徐州市史志办公室　江苏师范大学汉文化研究院　整理

徐州古方志丛书

·点校本·

赵明奇　主编

第一册

明正统《彭城志》

明弘治《重修徐州志》

明嘉靖《徐州志》（上）

文化艺术出版社
Culture and Art Publishing House

图书在版编目（CIP）数据

点校本徐州古方志丛书：全6册 / 赵明奇主编. —
北京：文化艺术出版社, 2024.5

ISBN 978-7-5039-7615-5

Ⅰ. ①点… Ⅱ. ①赵… Ⅲ. ①徐州－地方志－古代
Ⅳ. ①K295.33

中国国家版本馆CIP数据核字（2024）第093960号

点校本徐州古方志丛书（全6册）

主　　编　赵明奇
责任编辑　董良敏　邓丽君　汪　勇　赵吉平　李梦希
责任校对　董　斌
书籍设计　李　响　马夕雯
出版发行　文化艺术出版社
地　　址　北京市东城区东四八条52号（100700）
网　　址　www.caaph.com
电子邮箱　s@caaph.com
电　　话　（010）84057666（总编室）　84057667（办公室）
　　　　　84057696—84057699（发行部）
传　　真　（010）84057660（总编室）　84057670（办公室）
　　　　　84057690（发行部）
经　　销　新华书店
印　　刷　鑫艺佳利（天津）印刷有限公司
版　　次　2024年7月第1版
印　　次　2024年7月第1次印刷
印　　张　217
字　　数　3000千字
开　　本　787毫米×1092毫米　1/16
书　　号　ISBN 978-7-5039-7615-5
定　　价　1880.00元（全6册）

《点校本徐州古方志丛书》编纂人员

编纂办公室人员

顾　　问：娄峥嵘　商　亮

主　　任：艾新建　郝其宏

副 主 任：邢艳玲　王　利　柳　彦　卜轩宇

工作人员：王　坤　王文英　孙士军

点校工作人员

主　　编：赵明奇

副 主 编：张　政

标点校注：张　政　赵明奇　彭　校　祝　静　吴　阳　梁伟兴

导　　读：赵明奇　张　政　祝　静

总　　校：王智科

分　　校：李文普　阎　强　韩宜锋　孟召宜

审　　订：沙先一　王立增　乔秋颖　胡　政　兰　芳

编　　务：沈　山　周晓云

序

张乃格

徐州是名闻遐迩的全国历史文化名城，具有深厚的文化底蕴。早在原始社会末期，域内就建有大彭氏国，距今已有4000多年历史。西周至战国，邳国、钟吾等古老的方国先后建都于此，历史也远超2000年。

人们往往用“吴韵汉风”来概括江苏的地域文化，其中吴韵的“地理标志”在苏州，汉风的“地理标志”在徐州。苏州是状元之乡，有诗人气质。徐州为帝王之乡，具王者气度。汉高祖刘邦创建的汉帝国，经过其子孙前后汉400多年经营，汉文化业已形成，“汉族”“汉人”“汉字”“汉语”等词汇沿用至今，可见汉文化的影响源远流长。此后南朝宋武帝刘裕、南唐烈祖李昪，或生于彭城，或祖籍徐州，民间俗语有云“九朝帝王徐州籍”，这在全国历史上罕见其匹。

志书是社会的缩影，徐州地方志也具有悠久历史。秦末刘邦入咸阳，诸将争掠府库金帛、宫廷美姬，只有萧何收集秦图书，汉高祖后来借以洞悉天下山川厄塞、户口虚实，在和项羽的争胜中取得先机，最终夺取天下。萧何所收图书，具备早期地方志的大部分元素。其收图之举，可以说是后世读志用志的鼻祖。东汉佚名的《沛国耆旧传》，是现在所知全国最早的志书之一。截至隋以前，刘义庆的《徐州先贤传》《徐州先贤传赞》《江左名士传》，刘成国的《徐州地理志》，刘芳的《徐州人地录》等，不绝如缕。但由于时间过于久远，这些志书早已亡佚不存。

现存明代徐州志4种，清代徐州志3种、徐州府志2种。这些志书上下数千年，纵横数百里，包罗万象，囊括古今，是历史留给徐州人民的宝贵财富，大彭古国、雄豪汉风无不在其收录范围之内，且浓墨重彩、一唱三叹，是所有志书内容的重中之重。可惜的是，这些志书大多是数百年前形成的，距今最近的也超过150年。它们繁体竖排，没有标点，当代一般读者阅读起来颇为困难，其社会效益自然也就难以有效发挥。

明奇教授是徐州地方志、地方文献著名整理专家，徐州地方史、地域文化史研究专家。早在20世纪90年代初，我协助徐复先生编写《江苏旧方志提要》时，明奇教授就负责徐州府及其所属州县历代志书提要的撰写。出自明奇教授之手的这些文字，高屋建瓴，提要钩玄，言简意赅。数十年来，明奇教授在地方志、地域文化领域一步一个脚印，深耕细耘，矻矻穷年，先后出版《徐州地方志通考》《全本徐州府志》《徐州古方志丛书》《徐州自然灾害史》《江苏地方文化史·徐州卷》《江苏艺文志·徐州卷》《汉代武术》等，可谓著作等身。这次又主持整理现存历代徐州志，这对于古老的典籍走出书斋，走进社会，活化历史资源，延续地方文脉，努力留住记忆，坚定文化自信，具有重要意义。

和一般旧方志整理以“本”为单位的做法不同，明奇教授是将8种徐州志、徐州府志整体“打包”，统一整理，充分体现了过人的治学魄力。从治学轨迹看，明奇教授的旧志整理研究肇始于提要的撰写，继之以影印、汇编，终之以“一揽子”整理，堪称学术活动的“大满贯”。这无疑能够更加卓有成效地展示徐州历史文化的整体性、连贯性，以及历史资源的丰富性、系统性，为地方历史文化资源数据库的创建奠定基础，从而进一步促进地方志贴近当前，服务社会，为徐州经济社会建设提供精神动力与智力支持。

从古籍整理技术层面而言，整理者将8种志书当作一项系统文化工程，古今对照，前后验证，互勘互补，溯源穷流，正本清源，纠正了以往单部志书点校中存在的前不知所因、后不知所承而导致的种种困惑。整理者以断句标点为主，又不局限于断句标点，而是运用标点、校勘、补配、注释、辑佚等多种手段，对这些旧志进行综合性整理。在坚持“尊重原书，保留原貌”的前提下，凡讹、脱、衍、倒之处，发现一处，纠正一处。对于原书缺页、蠹蚀、漫漶之处，也尽力补配，千方百计补足补完。可以说，经过整理的徐州志书，其阅读和使用价值都大大超过了原书。

此外，弘治七年（1494）刻本马暾《重修徐州志》原书全10卷，目前仅国图善本部存残本前2卷，余皆亡佚不传。整理者仿照弘治志成书体例、语言风格，参考马暾弘治八年（1495）本《潞州志》、嘉靖十一年（1532）本《南畿志》及后续徐州各志所存弘治志佚文，还进行了辑佚。这是一项很花功夫、很见功力的苦差事。尽管辑补本有别于原本，但基本文献价值不容忽视。在今天，整理者青灯黄卷、孜孜不倦的过人定力，爬梳剔抉、求实存真的治学精神，值得肯定与鼓励。为此，我非常愉快地写下上面这篇文字，姑作为这套书的引玉之砖，同时也借此向明奇教授及合作同仁表达敬意！

2024年5月24日于南京楔斋

张乃格（江苏文脉整理研究与传播工程编纂出版委员会委员、《江苏文库·方志编》主编，江苏省地方志办公室旧志整理中心主任）

徐州古方志的历史、特色与价值

赵明奇　张政

千年一贯的正史和遍地开花的方志是世界上任何国家都无法与我国媲美的史学辉煌。徐州地方志编纂源远流长，始终与祖国的方志史相生相伴，同步发展。虽因徐州为兵家必争之地、黄泛频繁之区，失传志书较甚，但从现存古方志 36 部、可考失传古方志 34 部来看，亦堪为大观。这些志书或为官修，或为私修，或为全志，或为专志，历代相承，时有革新，不仅构成了一个相对完整的传承体系，并且亦有在全国产生影响的名作传世，为中华文明作出了一定的贡献。

一、徐州古方志的历史发展

《四库全书总目》关于方志源流叙述曰："古之地志，载方域、山川、风俗、物产而已，其书今不可见。然《禹贡》《周礼·职方氏》，其大较矣。《元和郡县志》颇涉古迹，盖用《山海经》例。《太平寰宇记》增以人物，又偶及艺文，于是为州县志书之滥觞。元明以后，体例相沿，列传侔乎家牒，艺文溢于总集，末大于本，而舆图反若附录。"这段话大体上概括了中国方志的起源和发展的基本线索。

徐州方志起源和发展情况与此略同，都是在兼收了春秋战国时期国别史、地理书和地图特点的基础上，随着历代政治、经济、文化的发展而逐渐完备起来的。

（一）徐州方志的起源

相传大禹治水后，铸九鼎，分列九州。当时的徐州，地跨东海、泰山及淮河之间，通江达海，交通方便，经济富庶。据《尚书·禹贡》记载："海岱及淮惟徐州。淮沂其乂，蒙羽其艺，大野既潴，东原底平。厥土赤埴坟，草木渐包。厥田惟上中，厥赋中中。厥贡惟土五色，羽畎夏翟，峄阳孤桐，泗滨浮磬，淮夷蠙珠暨鱼，厥篚玄纤缟。浮于淮泗，达于河。"从这段文字记载，到西汉扬雄《徐州箴》，都记叙了当时徐州的自然地理情况，已见后世地志之端倪。特别是扬雄《徐州箴》一文，又概述了当时徐州的政治地理形势："实列蕃蔽，侯卫东方。"同时证实了一些重要的历史事实："民好农蚕，大野以康。"从而再一次说明当时徐州土地肥沃，气候温湿，适宜农作和养蚕，人民生活比较富足，地方风化比较淳朴。结尾是作者告诫人们的箴言，也是全文的主旨："事由细微，不虑不图，祸如丘山"，牧徐者应该忠职守土。

（二）徐州地记的涌现

魏晋南北朝是一个"地理大发现"的时代，徐州地区先后出现了《徐州地理志》《徐州先贤传》《徐州人地录》《徐州记》等地记，编著数量较多，为徐州地方志书的修撰开创了先例。当时地记的名称并不一致，有记、志、录、传等名目，而以记为主流，这是徐州方志早期的主要编纂形式。地记的出现，一方面受《史记》《汉书》等史学著作和《禹贡》《山海经》的影响，说明方志自产生之日起，便与史学有着密切的关系；另一方面也是出于维护世家大族利益、巩固门第制度的需要。南北朝时期门第制度最为盛行，很多地记作者，如刘义庆、刘芳等人，都是出身于本地的名门望族，他们与本地的世家大族有着血肉难分的利害关系。因此，他们所写的地记，是直接为郡望门第服务的。

地记的产生，既有特定的社会条件，同时学术发展的继承、学科之间的相互影响和渗透亦都起着十分重要的作用。地记作者刘义庆是著名的文学家，刘芳是著名的经学大师，他们把文史编写的方法和要求带进了地记这一著作领域，直接影响和指导着这类著作的成长，在地记的发展中无疑都起了很大作用。

（三）徐州方志的成熟

隋唐以后，地记开始与地图合为一体，形成图经。这是我国志书由地记向史书转化的一个换向时期，也是志书形式处于总结、改造、创新、成熟的大发展时期。此期，徐州出现了《彭门纪乱》《彭门记》《彭门玉帐诀录》《彭门玉帐歌》《彭门花谱》《彭门古今集志》《徐州图经》《重修徐州图经》等地方合志和专志。特别是集志的出现，是徐州志书发展史上的一个重要里程碑。但由于兵燹水患，明以前志书均已亡佚。明代文华殿大学士权谨《彭城志序》云："吾州自昔为名郡，而历代之故实，可以纪载者多矣。惜自宋金之分争，元季之兵燹，郡乘不存，皆湮没而无闻焉。"准确地说明了旧志亡佚的原因。

（四）徐州方志的兴盛

明代是徐州方志发展的一个里程碑。为了尽显一统之功，了解各地民情，统治者在立国之初即对方志编修工作予以高度重视。正是在朝廷的推动和督促下，在地方主要官员的倡导和支持下，徐州及各属县执行修志凡例，并根据地方特点，增设类目，有所侧重，从而使志书更具地方特色，推动了徐州地方志编纂工作的繁荣发展。也正是在这样的时代背景下，永乐十八年（1420）徐州学官祝原礼等人纂成了徐州地区有名录可考的第一部地方性志书——永乐《彭城志》。

明代徐州之州志先后六修，现存世4种：正统三年《彭城志》、弘治七年《重修徐州志》（残本）、嘉靖二十六年《徐州志》、万历五年《徐州志》。其中正统、弘治、万历三志因原本极稀，一般读者很难得见。此次整理，我们对这4部旧志进行考证，撰写《导读》，详述版本源流、内容概要和编撰特点，并且还对弘治《重修徐州志》佚卷进行辑补，使之成一完志。今辖区内当时属县有隆庆三年《丰县志》、嘉靖二十二年《沛县志》、万历二十五年《沛志》和嘉靖十六年《重修邳州志》存世，亦都分别进行了相关研究。

明代值得一提的还有水利专志，即冯世雍《吕梁洪志》和陈穆《徐州洪志》。因大量的漕运物资沿运河自东南而来，必经吕梁、徐州（百步）二洪河道，方能继续北上以达京师。故此二志不仅是徐州山川地理专志，也是研究运河交通史的重要史料。二志原本已失传，其中《吕梁洪志》辑佚本由中国文史出版社于1991年在《徐州地方志通考·附录》中出版。

（五）徐州方志的繁荣

清王朝初定天下，大体沿袭明制，徐州仍为直隶州。雍正十一年（1733）升州为府，析州境置铜山县。当时徐州府统辖一州七县，即邳州和铜山、萧、沛、砀山、丰、宿迁、睢宁七县。清政府对于中国历朝修辑史志的传统并不反对，因为地方志往往是地方官员施政的重要参考，修志工作的开展对新政权的巩固是有益的。由于清廷三令五申，特别是康熙、乾隆时期两次纂修《江南通志》，既为筹编一统志做了准备，也为所属各府县的方志编纂树立了样板。在这种社会背景下，徐州及所属州县的方志编纂得以迅速繁荣。

以1840年为分界线，清代前期总述徐州之"州志""府志"现存四种，即顺治十一年《徐州志》、康熙二十二年《续徐州志》、康熙六十一年《徐州志》和乾隆七年《徐州府志》。其中，康熙六十一年姜焯《徐州志》，打破清代开国以来两修志书的格局，重新分类条目，并经过反复校勘，谨慎考订，成为一部有所革新的善本志书。乾隆《徐州府志》是徐州的第一部府志，主纂人王峻曾在《大清一统志》馆供职十四年，分担八个省及边外等地的志稿编写工作，才名颇高。此志为后来者树立了样本。属县存世志书，铜山有乾隆十年《铜山县志》、道光十年《铜山县志》；丰县有顺治十三年《新修丰县志》、乾隆二十四年《丰县志》；沛县有乾隆五年《沛县志》；邳州有康熙三十二年《邳州志》、乾隆十五年《邳州志》、嘉庆十八年《邳州志》；睢宁有康熙二十二年《睢宁县志》、康熙五十七年《睢宁县志》。另有张盛治

《丰邑两朝实录》、王初集《丰县志》、郭维新《沛县志》、杨弘绩《沛县志》、蒋瓒《邳州志》、石之玫《重修睢宁县志》等，今佚。

清代前期徐州方志的编纂及理论研究，基本上继续了宋元明志家对方志性质、渊源、功用的讨论辨析，但更加重视编纂方法的系统探究。由于讲求训诂考证的学风渐盛，志家对方志纂修中的资料采集、史实考辨予以更多的注意；又因诸家学者普遍将修史方法用于纂志，以纪传体编次方志，以撰述方式叙事，成为人们关注的话题。尽管这一时期徐州的方志编纂时断时续，质量参差不齐，但也出现了姜焯《徐州志》、乾隆《徐州府志》等善本志书。

（六）徐州方志的延续和变革

晚清民国时期是中国社会激烈转变的时期，也是徐州方志的延续和变革时期。这一时期的徐州方志编修，出现了一些求新现象，修志观念、志书类目发生变化，科学性有所增强；方志理论研究也取得了一定的成果。这一时期，徐州方志有同治十三年《徐州府志》、光绪《铜山县乡土志》、民国八年《铜山县志》、民国二十年铅印本《铜山》、光绪二十年《续修丰县志》、光绪十六年《沛县志》、民国七年《沛县志》、民国二十二年铅印本《沛县社会调查》、咸丰元年《邳州志》、民国十二年《邳志补》、光绪十二年《睢宁县志稿》、民国二十六年《睢宁县志稿》、民国三十七年《睢宁县新志稿》和专志徐时栋《徐偃王志》、孙运锦《徐故》等。

其中，同治《徐州府志》是一部有所革新、版本较好的志书，修志组织工作也是历次修志中做得最好的一次。“人物搜古表”将古籍中出现的有姓名无事迹的徐州人汇编为一表，“以省文而博载”，被现代方志学家瞿宣颖誉为“特创之格”。而鲁一同主纂的咸丰《邳州志》则是一部声震全国的地方志书。曾国藩在家书中写道：“吾友有山阳鲁一同通甫，所撰《邳州志》《清河县志》，即为近日志书之最善者。”一时间被誉为“志乘获矩”“志家法程”“邳邑信史”等。

晚清民国时期，徐州地区名志纷出，成果斐然可观。尤其是他们将各自的学术观点带入修志实践中，为方志学的深入研究做出了贡献。辛亥革命后，万事求变，新修志书相对摆脱了传统旧志的编纂体系，及时增加了很多新的自然地理知识，框架和资料的安排也较为灵活。编纂者力图使志书突破旧作而向新志编修过渡，对于人们了解当时经济社会形势具有重要的参考价值。

二、徐州古方志的特色

徐州古方志的内容包含山川地理、天文气候、建置沿革、职官科举、路道津梁、政治、军事、经济、文化、人物等众多门类。从编纂体例上看，以朝廷钦颁修志条例为指导，具有与外地相同的时近迹真、地近易核的共性；同时也由于地方特点，使得徐州志书别具特色。

（一）地域特色鲜明，门类有所侧重

徐州志书体现徐州地情，其中“河防”“军事”二目比重较大，记叙详明。黄河自南宋时期夺淮入海，流经徐州大地400余里，历时750余年，横绝泛滥，给人民的生产生活造成了极大破坏。徐州作为防汛要地，河患尤关国家生命线京杭大运河的安全通畅，历任官员治徐必先治水，均以河防为首务。体现在志书资料的裁选上，各志均设有“水利”一目，记载河防、漕运，并附载明清两朝治河之方针措施，既是徐州河患屡治不绝的直观写照，也为徐州运河文化保存了有价值的研究资料。同时，徐州作为兵家必争之地，军事战略地位极为重要。自嘉靖《徐州志》始设“兵防”“兵变”以来，后志皆有因袭，详叙驻徐军队数量及编制情况，突出了徐州“军事重镇”的地方特点。如姜焯《徐州志》“兵变”一节编年所载的历次重大战事多达118起，为全国其他地方志书所罕见。

（二）风格诚如乡土，大气雄豪偏重

徐州志书内容丰富，基本涵盖了社会生活的方方面面，尤以政治军事、英雄豪杰色彩浓重，体现了徐州人有情有义有血性的民性。志书的语言表达亦相对刚硬。遗憾的是，秀柔之美未能充分体现，其中尤以“宅第园林”门类的缺失最为明显。苏南志书多设有“园林”一目，记载地方建筑文化的历史演变。徐州虽非“园林之城”，亦有众多达官富贾的私家宅邸，足以反映本地区丰厚的文化底蕴和别样的生活风貌。但是综观36部古方志，均未设有“宅第园林”专目。究其社会原因，明清时期徐州地区经济欠发达，科举偏少，缺乏文化望族和科举世家的支撑，文教长期不振，宴饮游乐场所自然乏善可陈，以致与之相关的建筑文化没有得到相应的整理。

（三）天灾人祸频仍，失传版本甚众

徐州古方志著作虽多，但失传情况较外地更为严重。原因除了共性的收藏不善、自然损耗外，更为突出的是天灾人祸。据《江苏艺文志·徐州卷·引言》：“一者南国重镇、北国雄关的交通地理形势，使徐州成为兵家必争之地，从楚汉相争到近现代，大小战事之凿凿即四百余起，试想处此要冲，金石俱焚，文献几存？二者北宋以来，黄河夺泗，八百年间，水患二百余次，更有城池崩坍，大水入市，值彼洪涛之下，房舍荡然，安有完书？故徐州地方古籍失传甚于外邑。”又因饥荒盛行，即使朝廷“奉催严紧”，急命各地修志“以备献纳”，值此财源枯竭之际，仓促应命，所修志书亦无非是应酬而已。

总而言之，徐州志书作为本地区之全史，编排质量及特色深受当时社会环境的影响，具有鲜明的时代烙印。但因其中难免仓促草就之作，流传过程中亦有人为的讹误、脱漏现象，使用时必须参照其他史料慎加考订。然而，作为地方最重要的古籍文献，它不仅具有本身的存史价值，同时也具有资治、教化、审美价值和学术研究参考作用。

三、徐州古方志的现代价值

古方志晦涩难懂，必须整理才能应用，这已是社会的普遍共识。徐州古方志整理工作起步较早。20 世纪 80 年代，我们即开始检读徐州及所属六县市地方存佚文献，汇编为《徐州地方志通考》一书，成为人们查阅研究旧志的向导和路标。方志学家来新夏先生认为：“徐州地方文献虽篇帙繁多，可赖此钩玄纂要之作，足使学者得坐收便利于几席之间。设学人能如斯苦行，为一地文献、一领域典籍撰成提要之作，则嘉惠后学免涉翻检之劳。积以岁月，文献宝藏将次第开发，中华文化更将熠熠发光。”

世纪之交，在完成旧志资源调研后，我们开始尝试整理徐州旧志，于 2001 年由中华书局出版了《新千年整理全本〈徐州府志〉》。该书 310 万字，在清同治《徐州府志》基础上增补内容至宣统三年（1911），除了精心校勘、标点、注释，书末还增加了《人名索引》，极大地方便了使用。随着对徐州地方志书的认识加深，我们利用方志史料，辅以其他文献，相继出版：

《徐州自然灾害史》，首列《史前自然环境与灾害述略》《先秦自然环境与灾害概述》二文，正篇则以编年方式记述、考证秦汉至民国徐州历史上自然灾害计 1000 种次，对应编号，末附《灾害分类索引》，对研究徐州环境变迁很有参考价值；为专家学者进一步深入研究提供了方便，为计算机检索提供了条件，是方志学与现代科学结合的一种尝试，也是方志学对现代社会生活的一种奉献。

《江苏艺文志·徐州卷》，著录上古至清末和部分生于晚清而去世于 1949 年 9 月 30 日前的徐州籍作者以及外省流寓定居于徐州的作者 479 人，梳理了徐州学术财产账，为日后增订本打下了基础。

《徐州黄河》(上卷)，以古代徐州之地望、历史黄河之品评、黄河来前水系、主流来前路演、经徐历史纪事、徐州黄河人物、借黄行运盛况、黄河崇拜与祭祀、徐州黄河之胜迹、徐州黄河文赋共十章，叙述徐州黄河历史，为下卷“黄河故道治理”提供历史证据。

《江苏地方文化史·徐州卷》，上编为通史结构，从古到今，一脉相承，全景式地展现徐州文化的生成与演进；下编为专史结构，分门别类，揭示最具代表性的8个徐州历史文化单元。首次对徐州文化历史的发展脉络和规律进行了全方位、多角度的梳理研究，系统地展现了徐州地域文化的鲜明特色、主要特征和历史贡献。

其他还有《吕梁洪志(辑佚本)》《徐州访古》《徐州掌故》《江苏旧方志提要》《江苏历史文化揽胜·徐州卷》等著作和论文，也都得益于徐州古代地方志书。

特别是中华书局2016年出版的《徐州古方志丛书》(全10册)，搜集秘藏天涯海角的珍稀版本，采用影印方式，保存现有徐州古方志36部，并附录34部失传地方志书考证，具有保留旧志本真性的亚文物价值，让旧志查阅不再成为难事，也为整理旧志提供了底本。

久久为功的坚持，为今天的整理工作创造了良好的条件，使得《点校本徐州古方志丛书》整理工作具有以下四个方面的独特价值体现：

第一，实现了对明清两代现存徐州旧志的系统整理，初步形成了徐州古方志电子文库。8部徐州旧志记载的时限跨度大，资料较为丰富、全面，本次整理工作在2016年影印本《徐州古方志丛书》的基础上，参照国内外其他馆藏版本，进行标点整理、校勘、注释，实现旧志资源电子化，这与国务院《全国地方志事业发展规划纲要(2015—2020年)》“加快地方志信息化建设”提出“逐步建立地方志全文数据库，应用现代信息技术，加强对不同载体的地方文献收(征)集、保护和开发利用”是吻合的。同时，应用现代信息技术，继续加强对不同载体的地方文献征集、保护和开发利用，推动信息标准化工作，实现国家、省、市、县四级地方志资源共享，进而推动方志文化进机关、进农村、进社区、进校园、进企业、进军营等。

第二，完成了对存世各本徐州旧志的文字修补工作。在旧时代，由于雕刻印刷技术低下，且成书仓促应命，迫于就功，由此导致了各本旧志脱页倒页、字体缺谬、衍文余句无所不有，给学界读志用志造成了极大的障碍。其中尤以乾隆《徐州府志》残缺最甚，因清代文字狱对底版的人为破坏，加上虫蚀漶漫等自然因素，目前国内馆藏虽有数十部之多，但均为乾隆后期的递印残本，所幸各地藏本残损程度各不相同，通过互相勘比，稍可弥补各本之缺憾。本次整理工作广泛参考海内外馆藏本，互勘互校，在坚持“尊重原稿，保留原貌”的前提下，苦下校勘功夫，做好正字、标点等工作，千方百计设法补足补完。尽管最终仍有部分缺字无从勘查，至少就目前来看，已不甚影响阅读，勉强可称之为完本，最大限度地恢复了旧志全貌。

第三，完成了对弘治七年《重修徐州志》的佚卷补辑。弘治马暾《徐州志》原书全十卷，目前仅国图善本部存残本前二卷，余皆亡佚不传。本次整理工作仿照弘治志成书体例、语言风格，参考弘治八年《潞州志》(马暾纂修)、天顺五年御制序内府本《大明一统志》、嘉靖十一年《南畿志》及后续徐州各志所存弘治旧志佚句进行辑佚补足。尽管补本有别于原本，但仍不失基本文献价值。早在1991年，我们曾参考多种史志记载及现实勘察资料汇辑，补足了明冯世雍《吕梁洪志》所佚二卷，使许多原本零散的资料得到系统归类还原，维护了志书完整性，受到社会上的广泛好评。此次借助徐州旧志整理之机，借鉴《吕梁洪志》佚卷辑补经验，继续完成对马暾《徐州志》佚卷苴补，使之成为较具参考价值的完本志书。相对于整旧编新来说，补足佚卷仍是旧方志整理的单方面工作，尽管搜集、编排之难度不可低估，却很有探索和尝试的必要，不失为古籍整理的一次有益尝试。

第四，为读者提供了一套完善的旧志基础读本。与以往单部志书点校出版工作有所不同，本次8部志书统一组织，次第完成，集中出版，系统地比照前后志书之间的沿革取舍，正本清源，做了大量的互勘互补，纠正了以往单部志书点校中存在的前不知所因、后不知所承而导致的种种困惑。在整理工作过程中，点校、提要、考录、辑佚对学术能力要求较高。目前，业内旧志整理有标点、点校、影印、翻译、注释和类编等多种方式，每种方式各有千秋，需要根据实际情况来选择最恰当的整理方式。对于目前的徐州旧志来说，当务之急在于提供一套标准的、完善的基础读本，进而更好地服务学术研究。因此，本次标点本整理工作主要以断句标点为主，辅以必要的修补校勘。一则随着语文教育的改革和提高，各种参考工具的普及推广，相信人们阅读文言文无障碍的占比将日渐提高；二则因志书的读者以高校及科研院所学者为主，读者不同，注释程度也不同，难以折中适从。故而，本次整理工作以普及性、规范性为主，不刻意强调音义注释，仅就体例、格式、文字上的错误，参照校本进行规范、校正、替换、补足，难者注释，疑者按语，避免继续因谬传讹，为读者提供一个体例规范、标点准确、校勘全面、阅读方便、古朴典雅的版本。

阅地方之志，既可知古人之功，亦可明古人之心；既可励今人之志，亦可鉴今人之行。徐州地方志纵述古今，横陈百科，是传承区域历史文化的重要载体和纽带。徐州作为汉文化的发祥地，是汉文化资源的重要保存地，现代人对徐州历史的解读和城市品牌的宣传，古方志起到了不可或缺的作用。如徐州云龙书院的重建，“弘济桥”古名的恢复，制定有清一代徐州城免遭洪水灌城的护城石堤保护方案，户部山古民居的保护措施等，都有赖于从徐州旧志中寻找途径和证据。利用方志文化讲好徐州故事，实现文化传承和文化超越，才能让徐州历史文化遗产在新时代绽放独特的风采。希望《点校本徐州古方志丛书》能够成为一套完整系统地研究徐州传统文化资源、提炼精神标识、观照古今，服务于当代社会发展的铺路石。

2024 年 5 月 31 日

赵明奇（江苏师范大学汉文化研究院副院长、研究馆员、江苏省地方志学会副会长）

张政（徐州云龙书院地方文史研究中心研究员）

整理说明

1. 徐州地处要冲，通衢南北，文化多元。徐州古代地方志书源远流长，遗存丰厚，特色鲜明。然因时代久远，迭遭兵灾黄泛，据赵明奇《徐州地方志通考》（中国文史出版社 1991 年版）考述，明代以前志书均已亡佚。明清以来，总述徐州的志书共存世 9 种：明正统《彭城志》、弘治《重修徐州志》、嘉靖《徐州志》、万历《徐州志》，清顺治《徐州志》、康熙《续徐州志》、康熙《徐州志》、乾隆《徐州府志》、同治《徐州府志》。除同治《徐州府志》已于 2001 年由赵明奇等点校、中华书局出版发行外，现将剩余 8 种志书标点、校勘，集成出版，旨在完成存世徐州古代地方志书整理工作的全覆盖。

2. 整理出版工作在保持古籍内容原貌的基础上，使用句读、繁简转换、校勘、现代排版等手段，实现对古籍一定程度的现代解读。句读力求朴质，尊重文言文自身的语感和朗读节奏的同时，尽量符合现代汉语行文习惯和现代标点符号使用规范，旨在实现珍稀文献的延展。

3. 整理方法按国务院古籍整理出版规划小组编《古籍整理出版情况简报》第 112 期公布的《古籍点校通例》进行，标点符号使用遵循《中华人民共和国国家标准标点符号用法（GB/T15834 — 2011）》的规定，繁简转换以 2013 年国务院《通用规范汉字表》为标准。对超出上述规定的情况，参照其他旧志校注书籍采取适当的变通处理。

4. 以赵明奇主编、中华书局 2014 年影印出版《徐州古方志丛书》为底本，取《大明一统志》《大清一统志》《南畿志》《江南通志》等相关正史、别集为参照，择善而从。底本有明显错误但又无任何校勘依据者，酌用理校之法，以期最大限度地存真。

5. 旧志大字正文，今以宋体横排。旧志小字双行夹注，或为正文之必要补充，或为相关资料之附录，今以楷体括注，以示区别。旧志中有正文混入夹注、夹注杂入正文的现象，或为行文失误，或因补刻调整，整理时依据文例重新调整。

6．旧志卷首目录与正文各卷标目，或有用字不符之处，或有前后顺序错乱之处，今据正文实际内容重新编目，不再保留原书目录。

7．旧志为尊重朝廷及长官所采用避讳、抬头、空格、谨阙、侧偏等格式，以及其他不合现代排版体例的地方，一概予以取消。

8．旧志中的繁体字、异体字、类化字，除保留部分地名、人名等具有特殊意义者，其余均依据现行规范字体使用要求，做了统一处理。古今字、通假字在使用上易造成误解者，尽量结合语境改还本字。直观显见的文字错误，结合文义改回本字，不出校勘。

9．旧志所载史实，较之正史、笔记、碑刻、谱牒内容偶有不合，在整理时，凡因讹字、脱字造成的史实错误，据校本出勘改正；凡因误读误解造成的认知差异及不便径改之处，保留原文并出勘辨析。前后志书讹谬相承之处，于首次出现时详为勘正，于后志标注“勘详某志”。旧志所录诗文，因所据版本有异，除改正明显刊误之处，其余不强求与本集完全相同。

10．底本漶漫残损及缺页残页，尽量依据校本进行识别、替换和修补。校本未能填补者，每字以一“□”符号代替。底本衍字出勘删除，脱字以[ ]符号增补。校本与底本的文字偶有出入，凡本义可通、无碍史实之处，尽量保持底本原貌，不作过分订正。

总目录

明正统《彭城志》

彭城志卷第五

彭城志卷第六

彭城志卷第七

彭城志卷第八

彭城志卷第九

彭城志卷第十

彭城志卷第十一

彭城志卷第十二

彭城志卷第十三

彭城志卷第十四

彭城志卷第十五

彭城志卷第十六

彭城志卷第十七

彭城志卷第十八

彭城志卷第十九

明弘治《重修徐州志》

明嘉靖《徐州志》

明万历《徐州志》

清顺治《徐州志》

清康熙《续徐州志》

清康熙《徐州志》

清乾隆《徐州府志》

明正统《彭城志》

宋骥　纂修

彭城志卷第一

直隸徐州儒學學正餘姚宋驥脩

歷代建置沿革

徐古徐州之域周時地屬魯春秋時屬宋戰國時屬楚秦屬碭山郡漢改曰楚國後為徐州又為彭城郡東漢魏晉宋皆為徐州後魏為彭城郡後周為北徐州隋復為彭城郡唐屬河南道後改為武寧軍又改為感化軍五代時仍為武寧軍宋復為徐州金復以為武寧軍元初隸歸德州後改為徐州路至正十三年降為武安州

皇明洪武初仍為徐州隸鳳陽府洪武八年改直隸

京師

歷代建置總考

导读

明正统本《彭城志》(简称“正统志”),徐州儒学学正宋骥纂修,是我国稀见方志之一,也是现存最早的抄本官修徐州志书。因成书年代较早,史料价值异常珍贵。但因版本稀见,一般读者很难见到,其文史价值尚未得到很好的开发利用。今天重新整理出版,再现古籍价值,发掘历史文化资源,让典籍里的史料活起来,对于传承和弘扬地方历史文化,助推经济社会发展和城乡建设,都有着重要的现实意义。

一

徐州志书体现徐州地情,具有存史、资政、教化、兴利等社会功用。自魏晋南北朝以迄宋元,徐州地区先后曾有南朝宋刘义庆《徐州先贤传》一卷、《徐州先贤传赞》九卷;北魏刘芳《徐地录》一卷;宋代李震《彭门古今集志》二十卷、阳晔《徐州记》、无名氏《彭门记》、无名氏《重修徐州图经》三卷等(据张国淦《中国古方志考》著录)。以上著作,或记人,或记地,或杂录,可惜均已亡佚,仅存书名,难以探究其中有无较成熟者。

进入明代,徐州志书在之前地志修纂走向定型的基础上,又向前发展了一步,编纂更具规模,体例日臻完善,成书技术也在不断进步。明朝立国伊始,统治者即对修志工作予以高度重视。为了尽显一统之功,了解各地民情,洪武三年(1370)明太祖命令儒臣魏俊民、黄篪、刘俨等六人编类天下州郡地理形势,纂成《大明志书》(今其书不传)。洪武十七年(1384)诏令编纂《寰宇通衢书》,并令全国各都司报送城池、山川、关津、亭堠、水陆道路、仓库等图志。这些都对各地志书纂修的开展起到了很大的推动作用。

为了规范修志行为,确保志书质量,永乐十年(1412)、十六年(1418),明成祖两次颁布《修志凡例》,通令各地遵照执行。《修志凡例》的颁布,具体规定了志书的类目设置、类目记述内容,以及编辑方法、写作注意事项等等,既是对既往修志经验的总结,又是当下具有可操作性的工作条例。此后,各州县志书悉据该《凡例》执行,并结合地方特点,变通类目,从而更具地方特色。在政府的重视和推动下,各地纂修蔚然成风,以致僻郡下邑,率多有志。有明一朝,徐州志书凡六修,分别为:永乐十八年(1420)徐州学官祝原礼等纂修《彭城志》(卷目不详)、正统三年（1438）学正宋骥重修《彭城志》十九卷、景泰五年（1454）知州宋诚纂修《徐州志》(卷目不详)、弘治七年（1494）马暾重修《徐州志》十卷、嘉靖二十六年（1547）梅守德等纂修《徐州志》十二卷、万历四年（1576）萧县教谕姚应龙等纂修《徐州志》六卷。以上志书，或由官方主持，或为个人私修，或以抄本保存，或以刻本刊行，构成了明代徐州志书的不同层次。其中，除永乐志、景泰志亡佚外，其余四部志书或足本，或残本，均得以保存至今，为后人研究明代徐州地方史提供了珍贵的资料，具有文献学、历史地理学的双重价值。

二

永乐十八年本《彭城志》(简称“永乐志”)，是徐州地区有名录可考的第一部地方志书，也是后来正统《彭城志》的毛坯，尽管久已亡佚，但在研究正统志的编排体例和成书风格时，该书的存在和影响不容忽视。

明成祖永乐十六年六月，“诏纂天下郡县志书……命礼部遣官遍诣郡县，博采事迹及旧志书”(《明太宗实录》卷二〇一)，并颁布《纂修志书凡例》二十一条。值此契机，两年后徐州学官祝原礼等纂成《彭城志》，在成就徐州第一部志书的同时，也为明清两朝徐州志书的接续纂修拉开了帷幕。

祝原礼，生平无考，该书卷目亦因失传而不得其详。明代文华殿大学士、徐州人权谨在为正统《彭城志》所作序中曾写道：“吾州自昔为名郡，而历代之故实，可以纪载者多矣。惜自宋金之分争，元季之兵燹，郡乘不存，皆湮没而无闻焉。至国朝永乐十八年，朝廷命天下郡县各修志书，上于礼部，而吾州始有志。”权序不仅交代了明代以前徐州旧志亡佚的原因，同时也明确告诉了后人，徐州确实曾有永乐志书的存在。又据宋骥《重修彭城志序》记载：“宣德癸丑（宣德八年，1433）夏，余来职教于徐，即访诸生以郡志，久乃得于州治中。因阅之累日，而病其书之未善焉，乃前郡庠司训祝原礼及各县职教事者，所共成者也。”宋序则进一步说明：这次工作是由礼部负责具体组织执行，由徐州学官祝原礼组织各县学官协修。再根据宋骥所作自序题为“重修彭城志”来看，既谓“重修”，则大概可以推知永乐志的书名可能也叫“彭城志”或“彭城郡志”(从古郡名)。

明初，徐州隶属中都临濠府（即凤阳府）。洪武十四年（1381）十一月，改为京师直隶州，下辖萧、沛、砀山、丰四县。其时并无彭城郡建置，何故志书不径名“徐州志”而称之为“彭城志”呢？今人瞿宣颖在《万历徐州志》提要中曾谈及：“学部志目有正统《彭城志》写本一册，盖取古地名而名之耳。”(《方志考稿甲集》)徐州古称彭城，作为城邑名称，可以上溯到商王武丁四十三年（前1208），春秋鲁成公十八年（前 573）始有精确纪年；作为郡名，则始于西汉地节元年（前 69），因楚王刘延寿谋反，改楚国置彭城郡。此后，历代建置更易无常，至唐乾元元年（758）改彭城郡为徐州，名称基本稳定。永乐《彭城志》作为统辖一州四县行政区域的地方志书，不称当时之名“徐州”而别称古名“彭城”，亦可见灭元之后明代前期社会思潮之一斑。

永乐志久佚，今人无从见其原貌。但正统志在其基础上重修，故而在体例、编写等方面，参照正统重修志，尚能窥探出永乐旧志的一些情况。永乐志因仓促应命“以备献纳”，兼成于众手，纂修工作难免粗疏草率，未能对入选资料慎加考辨。正如权谨所言：“当时成于仓卒，不能无详略之过。”亦如宋骥所言：“当其成书之日，委任不专，议论不一，虽有所颁条例，而不自觉出于轨范之外者多矣。故简则失于略，详则失于秽，甚非纪载之体焉。”可见朝廷虽有统一规定，但由于催缴甚急，组织仓促，以致时常“不自觉出于轨范之外”。尽管永乐志不是比较完善的志书，但却为后来宋骥据以重修提供了底本，且因明代以前徐州地方志书荡然无存，故而永乐志的重新开创之功不容掩没。

三

正统《彭城志》主修人宋骥，浙江余姚人。永乐二十一年（1423）领乡荐（万历《绍兴府志·选举三》），宣德八年至正统四年（1433—1439）任徐州学正，“处诸生恩义蔼然，勤于教诲，善作人，一时士出其门者类多成立”（嘉靖《徐州志·宦迹传》）。宋骥兼擅文辞，有《徐州万会桥记》《徐州重建儒学记》《送马教谕序》等五篇文章收入正统志艺文卷。

关于宋骥修志的发心和动机，在本志卷七《古迹总论》中有所提及：任职期间，他在彭城驿遇到一位达官贵人，那人问道：“昔刘裕为彭城人，今其宅尚有存者否？”宋骥默然难对，深以为耻，“自谓一事不知，君子所耻。今被一问而即不能对，岂不可耻乎！”于是“访诸生以郡志”。此时，距离祝原礼纂修永乐志只过去了十三年，但志稿已不易得，“久乃得于州治中。因阅之累日，而病其书之未善焉”。宋骥深叹徐州“人材之盛，物产之富”，向为“英雄豪杰之所经理，名人硕士之所品题”（《重修彭城志序》），但志书记载却语焉不详，以致“一时之制度，今皆茫无所考”（《古迹总论》）。同时也对旧志体例之失当颇有微憾：“简则失于略，详则失于秽，甚非纪载之体焉。”这些都为他日后的重修奠定了思想基础。

然而真正促成宋骥修志的外部动力，却是来自知州汤惟坚的鼓励和支持。汤惟坚，浙江丽水人，监生，正统二年（1437）秋任徐州知州。据宋骥《重修彭城志序》，汤惟坚深谙方志的资治作用，“视事初，即问以郡志”。数日后，他对宋骥说：“郡志一书，颇不惬余意。子典教事于此亦久矣，而此书曾不加之意，于子之职，可谓尽乎？宜勉成之！”又说：“笔札之费，皆自吾出，子勿虑也！”汤知州此言让宋骥十分感动，他回答道：“此余之宿负，但患才不及尔。笔札之费，非所虑也！”从那以后，宋骥带领诸生“举其纲领，类其条例，广询之父老，远稽之载籍，伪缪者正之，遗缺者补之，疑似者辩之”，经冬历寒，终于在次年正月间告成（截至宋骥作序时间）。除宋序外，早已致仕在家的前文华殿大学士权谨也为该书作序，盛赞宋骥修志之举：“今先生之成此书，使吾郡千百年之故实，久湮没于无闻者，一旦得显于世。呜呼！吾郡之有赖于是书也，岂小小哉？而先生之于吾郡，何用心者若是其勤哉！”

正统志的纂修，首先与宋骥个人的学养及担当是分不开的。宋骥自谓：“成此书也，可以塞数年尸素之责，而无负于徐之人矣。”其事业心和责任感，值得后人取法和钦佩。其次，纂修得到了知州汤惟坚的大力支持。虽然志稿每一卷头皆署为“宋骥修”，但实际上是汤惟坚率先动议，并给予了必要的物质保障，才使得编纂工作得以顺利完成。从正统志的成书过程中，我们也可以看出，地方主要官员的态度和作为，对方志事业的发展起着非常重要的作用。

正统志卷首冠有序文三篇。首为正统六年秋刘羽《新增纂图彭城志序》。刘羽，江西吉水人，正统四年以举人继任学正。刘羽序文曾提道：“徐州志书，旧止在山川人物而无图。正统六年春，户部行移徐州图写申送，于是儒学学正刘羽因旧书而图之。”刘羽所谓“旧止在山川人物而无图”，应指宋骥底稿而言，而所因之“旧书”，大概是指永乐旧志。今正统志存本并无舆图，难知其详。次即郡人权谨《彭城志序》。第三篇才是宋骥自撰的《重修彭城志序》。刘序列于权序前，可能是刘羽“图写申送”时临时所加。

正统《彭城志》十九卷，各卷内容简介如下：

第一卷：历代建置沿革、历代建置总考、郡表、分野、疆域（四至八到附）、形胜、风俗、城垣、坊隅乡镇。第二卷：职役（只载明朝一代之制）、公署、军卫、学校、阴阳学、医学、僧道衙门（徐州僧正司，洪武十五年设于石佛寺，后迁铁佛寺；道正司无）。第三卷：山川、水利。第四卷：户口、田赋（残文）、屯田、两税、农桑（以上三目今阙）、岁课（残文）、孳牧、物产、土贡。第五卷：寺观（庵院附）、祠庙、坛壝、惠政（赈济机构，名曰“养济院”）、桥梁（河渡附）。第六卷：驿传、仓库、铺舍。第七卷：古迹（杂著附。杂著即三篇学术性辨疑论文：《古迹总论》《都邑考》《徐戎辨》）。第八卷：历代名宦、人物（各县附）、贡举、旌表、释道（方技附）。第九卷：杂志（各县附。记一州四县祥异之事）。第十至十三卷：萧、砀山、丰、沛各为一卷，分述建置、疆域、形胜、城垣、坊街、学校、古迹等，皆较州志为略（萧志稍详；沛志次之；丰志最略，不足千字）。第十四卷：文（元明碑文六篇）。第十五卷：记（自唐迄元游记、碑记十九篇）。第十六卷：记（明代碑记五篇）。第十七卷：杂述（自唐迄元书、状、铭、赋五篇）。第十八卷：序（明代赠序四篇）。第十九卷：诗（各县附。自汉以下诗歌五十九首）。

正统志结构紧凑，行文风格前后一贯，每一卷头皆注有“直隶徐州儒学学正余姚（间作‘会稽’，亦从古郡名）宋骥修”字样，说明全书由宋骥总其成。书成未刊，以写本形式保存。中国国家图书馆善本部藏有抄本，徐州市博物馆有复印件。

四

正统志在永乐志的基础上“精加去取”，既对前志有所传承，也对后志有所影响，由此构成了历代徐州志书接续纂修的一个历史渊源。尽管永乐志书久佚，后人难窥原貌，但通过正统志中保留的部分“旧志”佚文，尚可略知一二。且宋骥在自序中曾说：“伪缪者正之，遗缺者补之，疑似者辩之。”可见此次重修，在保存原有结构的前提下，主要做了以下三个方面的改进和完善。

（一）正缪，即宋骥所谓“伪缪者正之”。既有对永乐志所误的必要订正，也有对民间传闻怪诞之处的驳斥。如对采访中所闻项羽建都不在州治（原阙，疑指三乡彭城废县）一事，指出传闻之不切实际，该条应非旧志所载。当然，也因个人见识有限，很多纰缪之处宋骥未能及时发现并作订正。

（二）补遗。目前所能够认定的是，永乐十八年以后的史实、唐宋名贤的诗文（旧志艺文所载者，但取其见于石刻者耳。而韩、苏诸公之文，遗而不录）、每篇卷首的短序（各冠以短序一），以及随文标注“余谓”的按语，都是宋骥所增；卷七《古迹》“视旧增什之三四”。但宋骥的增补工作并不彻底，部分卷目甚至未作任何增补，如萧、砀山、沛三县“贡举”时间下限仍是永乐十七年（丰县“贡举”阙，疑永乐旧志亦阙）即为明证。查阅嘉靖《徐州志·选举表》，自永乐十八年至正统二年（1420—1437），各县科贡并不乏人。可能是因为各县送报不及时，也可能是宋骥未暇深入采访，故而皆阙。

（三）辨疑，集中体现在各目史论中。如丁塘等泉、迷刘等城之后的按语，认为民间传闻恐未可信，并阐明自己的见解：“盖徐之人以高帝为其乡人，特假之以神其事，欲以夸于人耳。”虽辨其妄，仍存其文，又可见态度之端谨。他如“杂著”目所存史论三篇，亦为辨疑解惑而作，颇见编纂者的学养，较具参考价值。

宋骥自序云：“余欲因其旧志，刊其所不当载，而增其所当载。”但在实际工作中，删削并不是太多，故而很多篇章都能够看到旧志的影子。如一州四县的寺观部分，多而庞杂，宋骥说："余修郡志，因阅旧志载一州四县僧尼寺几二百所"，明确交代了这部分内容都是移用旧志原文。宋骥认为：元朝僧道的盛行，给百姓生活造成了沉重负担，佛寺数量之多就是一个显著表现，"今皆存而不削"，目的是"可以观世道也"。此外如山川等目所载，亦有"详则失于秽"之嫌，按照今天的地理方位考查，颇有重复之处。以理推之，应当也是旧志原文，否则以宋骥个人之力，短期内很难搜罗如此详尽。这些做法的好处是有效保存了旧志原貌，缺点在于考证不详，内容过于杂乱，实用价值大为逊色。

关于宋骥对永乐旧志所作的删削，如"旧有太平等十四坊，皆废矣"，故重修志不复存录其名，这些都是显而易见的。相对而言，许多径删而未作说明的地方，则不易被觉察。从正文中为数不多的几处前后表述不合的地方来看，如卷五《寺观》"洪福禅院"云"详见进士孙炳文记"，卷十一《砀山·宫观》"聚仙宫"云"详见监察刘泰之记"，卷五《祠庙》"义勇武安王庙"、卷十一《砀山·古迹》"党太尉墓"条后皆注"碑详'诗文'类"等等，翻阅艺文卷，并无以上文章。可能是旧志本有其文，宋骥削之而未暇修改前注，因此留下了一些删削的痕迹。

总体来看，正统志较之永乐志，应当有所改观，但其本身仍存在着一些问题。较之后修诸志的体例日臻完善，正统志在篇目分类上过于繁杂，有些类目安排也不甚恰当，如"田赋""两税""岁课""孳牧"等同属于赋税类，"碑""记""杂述""序""诗"同属于艺文类，可以在类下设目，不必专门设类，以便层次清楚。又如"寺观、庵院"类与"桥梁、河渡"类合为一卷，有些不伦不类；艺文卷各种体裁的划分也缺乏科学性，时代排列较为混乱。在这方面，正统志确实不如后来诸志。

正统志纂成不久，宋骥即任满离去，书稿没有经过较好的修改和润色，也未及刊印，因此传播必然不广，影响也极为有限。景泰间，知州宋诚纂修《徐州志》时，曾以此书为底本，可惜景泰志亦佚，无从察考二书的具体传承关系。但就正统志所录宋骥在徐所作的五篇文章，后志中均不复传，可能是宋诚、马暾重修志时削去，故而后志无从得见。又，嘉靖以后诸志从未提及宋骥有过编修之举，也足以说明正统志的影响仅限于马暾重修以前，往后的志书纂修者都不曾见过正统志原稿。

中国国家图书馆善本部所藏正统《彭城志》抄本，现存约 250 页 500 面，每面 11 行，每行约二十六七字，版框 26.4 厘米 ×17 厘米。前九卷与序言、目录为一册，后十卷为一册，两册合为一函。瞿宣颖《万历徐州志提要》谓"学部有正统《彭城志》写本一册"，即指此。正统六年秋，徐州学正刘羽曾奉户部行移，图写申送京师，瞿氏所谓"正统写本"，疑据刘羽序而得。但从实际情况来看，该本并非

《中国地方志总目提要》所认定的“正统三年抄本”。

本志卷十九《诗文》的最末一篇，是署名“三山潘东”的一首诗：“歌风台下水汤汤，此日登临倍感伤。率土已非刘社稷，断碑犹是汉文章。关中鹿走人争逐，沛上龙兴地有光。千古英雄销灭尽，西风挥泪奠椒觞。”该诗化自傅汝砺的《沛公亭》，诗文意境不在本篇论述之列。然考潘东其人，福建侯官人，监生，景泰四年（1453）任徐州管河判官，天顺五年（1461）以后去职（见徐州文庙出土残碑）。任内操劳水利，修建徐州境山镇闸、沛县黄家闸，重修吕梁洪神庙，事迹散见嘉靖《徐州志》相关条目下。景泰、天顺期间的诗文杂入正统抄本，其事让人匪夷所思。考以其他史料，当时的情况可能是：景泰五年七月，明代宗诏令各地修志，以期汇总编修《寰宇通志》。此时，徐州知州宋诚纂修州志（详见弘治州志卷前《导读》），所据底本即是正统志。在纂修期间，潘东作为宋诚的助手，或因为工作需要，或基于收藏爱好，让人把旧志重新誊抄了一份，并把自己的诗文附录书后。时过境迁，只有这部抄本保存至今，为徐州地区留下了一份珍贵的历史文献。前人曾慨言文章寿世有其幸与不幸，其中太多的机缘巧合，难可逆料。

然而，这部抄本缮写不工，观笔迹非出一人之手，且水平参差不齐，错讹频出，脱页倒页现象严重，难称善本。又因为保存时间较久，字迹多有漫漶，加之古今书写习惯上的差异，给后人的识读、整理工作增加了很多难度。因此，我们在使用时必须参照其他史料，辨明真伪，慎加考订，以期最大程度地还原和开发这部志书应有的史料价值。

五

《文渊阁书目·新志》及《明书·经籍志·拾补》均载“《徐州并属县志》一册”，然未记撰者及撰著年代，目前只知其为一册，卷数多少，内容如何，均因失记而无从查证。通过对明代徐州志书编纂渊源的研究来看，该书极有可能就是永乐十八年徐州学官祝原礼等人呈送的《彭城志》写本。

《文渊阁书目》四卷，明杨士奇编，是明初官藏图书的登录簿。据《四库全书总目提要》介绍：“是编前有正统六年题本一通，称各书自永乐十九年南京取来，一向于左顺门北廊收贮，未有完整书目。近奉旨移贮文渊阁东阁，臣等逐一打点清切，编置字号，写完一本，总名《文渊阁书目》。请用‘广运之宝’钤识备照，庶无遗失。”但因该《书目》“所载书多不著撰人姓氏，又有册数而无卷数”，后人对此书褒贬不一。

明太祖灭元之后，大将军徐达收集元大都图书运送南京。此时，图书是宋、金、元三朝的旧藏，多为宋元刻本和抄本，基本上没有明人著作。永乐移都北京后，于十九年（1421）派人取运南京图书至北京，又遣官吏四出购买，使国家公藏达二万余部，近百万卷。但当时仅收集入藏，并未整理。直至正统六年，大学士杨士奇、学士马愉、侍讲曹和等奏请登录清点，才有《文渊阁书目》之役。清代学者钱大昕在《旧抄本文渊阁书目跋》中考记："《文渊阁书目》编号凡二十，每号分数厨贮之，凡七千二百五十六部。首御制、实录，次六经、性理、经济，次史家，次子家，次诗文集，次类书、韵书、姓氏、法帖、图画，次政刑、兵法、算术、阴阳、医方、农圃，次道书、佛书，而以古今地志终焉。……则此目不过内阁之簿账，初非勒为一书。"钱氏曲谅《文渊阁书目》只不过是一部官藏图书流水账，不必以目录学著作的要求责之太苛。清初学者朱彝尊却认为："《文渊阁书目》有册而无卷，兼多不著撰人姓氏，致览者茫然若失。"《四库提要》的说法较为公允持平，其曰："今以《永乐大典》对勘，其所收之书，世无传本者，往往见于此目，亦可知其储庋之富。士奇等承诏编录，不能考订撰次，勒为成书，而徒草率以塞责，较刘向之编《七略》、荀勖之叙《中经》，诚为有愧"，但是"今阅百载，已散失无余，惟藉此编之存，尚得略见一代秘书之名数，则亦考古所不废也"。故今之目录学家来新夏总结道："这部目录虽然疏陋，多被学者所讥评，但因为它是明代现存的一部国家目录，对于考校当时的图书状况和保留遗佚书的资料等，还是有一定参考价值的。"

《明书·经籍志》亦载"《徐州并属县志》一册"。《明书》是清初傅维麟私撰的一部纪传体史书。傅维麟为顺治三年（1646）进士，以翰林院编修与修《明史》。《明史》官修未成，傅维麟乃以个人之力，集所涉资料而成《明书》一百七十一卷，其中的第七十五至七十七卷即《经籍志》。《明书·经籍志》并非如后所修《明史·艺文志》专记一代著作之盛，而是承袭传统做法，以记藏书之盛。其所录均为明内府所藏历代经籍之目，实际上是杨士奇等人所编《文渊阁书目》的简略本。傅维麟认为《文渊阁书目》所著录的书籍藏在明王朝的殿阁和皇史宬内，所以在《经籍志》中题为"殿阁皇史宬内通籍库藏书"。傅维麟取舍《文渊阁书目》并未说明原由，故后人又据《文渊阁书目》予以拾补。此外还有据《文渊阁书目》节抄之作《菉竹堂书目》（叶盛）可作比勘，但与《徐州并属县志》无关，此则从略。

在清楚了《文渊阁书目》和《明书·经籍志》的来龙去脉及其价值所在之后，我们可以确认明代早期确实曾存在过一部《徐州并属县志》。根据权谨为正统《彭城志》所作序称：明以前徐州"郡乘不存"，因此该书不可能作成于明朝以前。又查《文渊阁书目》成书于正统六年六月二十六日（杨士奇编竣请旨时间），是年秋九月，徐州学正刘羽始图写申送重修《彭城志》两册一函，不论是从时间上来看，还是从册数上来看，都不可能是正统六年抄本《彭城志》。综合以上分析，《文渊阁书目》成书以前所修的徐州志书只有永乐十八年《彭城志》，因此我们基本确定，《徐州并属县志》与永乐旧志应是同一部书，即是徐州学官祝原礼等人申送的《彭城志》抄本一册。

新增纂图彭城志序

徐州志书，旧止在山川、人物而无图。正统六年春，户部行移徐州图写申送，于是儒学学正刘羽因旧书而图之，且见入徐州者，莫不访志书以观，故系其辞于首曰：凡看书，非徒以资辩博也。孔子曰：“见贤思齐焉，见不贤而内自省也。”斯可矣！夫徐，虽止一方，然其中之人才，亦有问学之醇者、心术之正者、德行之端者、节操之不可夺者、功名事业之尊主庇民者，出于前代，传于今日，使人称讶而赏叹之，则思彼丈夫也，我丈夫也，当与之齐焉。徐之户口，今之所载凡七十余万。前代盛时，必相上下。而传记之所在载、志书之所采摭，止此若干人，其他则未之见，是岂遗之也耶？必无善之可纪也。此则痛自猛省，反躬自进，恐如彼之没世而名不称也。且人为万物之灵，而山川又物之知觉者，若微子山、子房山、拔剑泉之类，尚得名于今日；而灵于物者乃无善之可传，反山川之不若，其将安于是耶？将有所愧而求超乎其上也。人之心，必不甘于下也。如是，则虽一方之志，亦不为无所助。故曰“开卷有益”，此也。若夫过眼一快，谓又涉一方山川、人物，足以备口耳之该博，而略不求诸心，如程子所谓“未读时是此等人，读后又只是此等人”，则虽圣人之经、贤人之传，亦何益哉?《诗》曰“凡为[①]君子，敬而听之”，毋曰“予小子”而废之也。

正统六年辛酉秋九月丙子

乡贡进士、徐州学正、吉水刘羽序

① 按:《诗经 · 小雅 · 巷伯》原文作“凡百”。

彭城志序

徐州郡庠典教宋先生修《彭城志》既成，凡若干卷，一日持示余，且请序之。余以衰朽辞不获，乃为之言曰：吾州自昔为名郡，而历代之故实，可以纪载者多矣。惜自宋金之分争，元季之兵燹，郡乘不存，皆湮没而无闻焉。至国朝永乐十八年，朝廷命天下郡县各修志书，上于礼部，而吾州始有志。当时成于仓卒，不能无详略之过。今先生因其旧编，精加去取，凡前代之故迹，以及古今名人诗文，具见于编，门分类析，各冠以短序一。事必考其由，其前代事有不得其实者，则稽之经史；近世之不可考者，则询之耆旧。先生每辱谓余为郡之先达，凡近事有可疑者，必以质余。余愧无所闻知，且年迫衰暮，多所遗忘，不能副先生之意焉。今先生之成此书，使吾郡千百年之故实，久湮没于无闻者，一旦得显于世。呜呼！吾郡之有赖于是书也，岂小小哉？而先生之于吾郡，何用心者若是其勤哉！且先生自谓成此书也，可以塞数年尸素之责，而无负于徐之人矣。然先生此言，虽过于谦，而亦不易之论也。虽然，以先生年齿之壮、学问之富，岂止于今日而已哉！他日登要途而展其所学，则功名事业必有以暴白于时者，而此书亦其余事耳。余往承之青宫，既归老田园，不数年而先生来吾郡典教事。辱先生知余为深，故因其请序，遂不揣芜陋，辄引数语于篇端，且致余爱慕之意焉。

时正统三年春正月，前文华殿大学士
升通政使司右参议致仕、郡人权谨序

重修彭城志序

郡之有志，尚矣！凡一郡一邑山川之险易、户口之登耗、物产之多寡、人物之隐显，与夫风土所宜、乡俗厚薄，皆载于是。故唐李吉甫作《元和郡国志》及《国计簿》，谓为政者执此可以治天下。朱子治南康军，下车首以郡志为问，论者谓其知所务。然则郡志之有关于政体，非浅浅也。宣德癸丑夏，余来职教于徐，即访诸生以郡志，久乃得于州治中。因阅之累日，而病其书之未善焉。乃前郡庠司训祝原礼及各县职教事者，所共成者也。当其成此书之日，委任不专，议论不一，虽有所颁条例，而不自觉出于轨范之外者多矣。故简则失于略，详则失于秽，甚非纪载之体焉。噫！徐自古为名郡，近为畿内大州。凡英雄豪杰之所经理，名人硕士之所品题，人材之盛，物产之富，苟不于志焉详之，亦终于湮没而已矣，岂不深可叹哉！余欲因其旧志，刊其所不当载，而增其所当载，有志而未就也。正统二年秋，今郡守括苍汤公惟坚视事初，即问以郡志。越数日，谓余曰："郡志一书，颇不惬余意。子典教事于此亦久矣，而此书曾不加之意，于子之职，可谓尽乎？宜勉成之。"因笑曰："笔札之费，皆自吾出，子勿虑也。"余曰："此余之宿负，但患才不及尔。笔札之费，非所虑也。"因退与诸生举其纲领，类其条例，广询之父老，远稽之载籍，伪缪者正之，遗缺者补之，疑似者辩之，凡五阅月而后成。噫！郡志之作，虽一郡之事，他日有秉彤笔、居笔削之任者，有取于是，顾余凉菲而妄加增损，得无不揆之甚乎？然择焉不精，语焉不详，昌黎韩子尝以此讥荀、扬，而后之评韩子者，未必不出于斯语也。余之此书，无乃类是，观者幸恕其狂僭。

时正统三年春正月望日宋骥序

彭城志卷第一

直隶徐州儒学学正余姚宋骥修

历代建置沿革

徐，古徐州之域。周时地属鲁，春秋时属宋，战国时属楚。秦属砀山郡[①]。汉改曰楚国，后为徐州，又为彭城郡。东汉、魏、晋、宋，皆为徐州。后魏为彭城郡，后周为北徐州，隋复为彭城郡。唐属河南道，后改为武宁军，又改为感化军。五代时仍为武宁军，宋复为徐州，金复以为武宁军。元初，隶归德府[②]，后改为徐州路。至正十三年，降为武安州。皇明洪武初，仍为徐州，隶凤阳府。洪武八年[③]，改直隶京师。

历代建置总考

按《禹贡》："海、岱及淮惟徐州。"今之徐，在古徐州之域，即大彭氏之国也。《史记·舜纪》注："陆终氏第三子曰篯铿，封于彭，即彭祖是也。"自唐、虞，历夏、殷，皆封于是。因城西三十里有大彭山，故名彭城[④]。商并青州于徐。周成王并徐于青，分入兖州之域，而属鲁焉。春秋时，为宋之属邑。战国时，齐、魏、楚共灭宋，楚遂有其地。秦并六国，置郡县，为砀山郡之属邑。秦末，诸侯兵起，立楚怀王孙心为楚王，自盱眙徙[⑤]都彭城。及项羽灭秦，分王诸侯，乃尊怀王为义帝，

---

① 按：秦有砀郡，非砀山郡。又，彭城于秦时所隶，史无明文。杜佑《通典·州郡十》谓"秦属泗水郡"，其说应有据。本志多仍《通典》原文，而此云"秦属砀山郡"，似误。《郡表》同误。自马暾《重修徐州志》以后，皆作"秦属泗水郡"，应是。

② 原作"归德州"。按：元有归德府，至元八年徐州割隶之。明洪武元年降为州，嘉靖二十四年又升为府。以元时建置，宜称"府"；于明初建置，可作"州"。本志记元朝"归德"凡五处，四作"州"，一作"府"（卷十《萧县》），今俱改为"归德府"。

③ 案《明太祖实录》卷一百四十：洪武十四年十一月"丁亥，以凤阳府之徐州直隶六部，仍以丰、沛、萧、砀山四县属之"。《明史·地理志一》："十四年十一月直隶京师。"同治《徐州府志》："十一年，改南京为京师。十四年，徐州直隶京师。"然自本志以迄乾隆《徐州府志》皆作"洪武八年直隶京师"，《明一统志》《南畿志》《江南通志》等并同，未详所据。

④ 按：山因城名，非城因山名。弘治《重修徐州志·郡名志》有辨。

⑤ 原作"徒"，径改。

迁于郴。羽自称西楚霸王，以其地属楚，遂［都］[①]焉。汉兴，高帝大封同姓，以薛郡、东海、彭城三十六县，立弟文信君交为楚王，亦都于此，号曰楚国。至孙戊以[②]反诛，后改为沛郡，领彭城、萧、砀、丰、沛五县[③]。武帝置十三州部刺史，复以其地为徐州，领琅琊、东海、临淮、泗水、楚国五郡。宣帝时改为彭城郡。光武并省郡国，亦为十三州，以徐治郯（今下邳[④]）。魏氏据有中原，有州十二，徐居其一，治彭城。晋武平吴，分天下为十九州，而徐亦治彭城。元帝南渡，命祖逖镇雍丘。逖既死，而徐州之半陷于石勒。苻坚得国，长淮以北悉为坚有。坚败，徐复入于晋。后青、兖陷于慕容德，荆、河[⑤]陷于姚兴，乃以彭城为北境藩捍，常置兵守之。宋孝武时，凡二十有二州，徐亦治彭城。明帝时，后魏南侵，淮北悉陷于魏。乃以长江为北境，侨徐、兖于[⑥]淮南，淮阴立兖州（淮阴，今淮南），钟离立徐州（钟离，今凤阳）。齐氏淮北之地全少，北兖治淮阴，北徐治钟离。梁武受禅，数年即失汉川、淮西之地。普通六年，魏徐州刺史元法僧以彭城内属。未几，又失之。大同三年，割徐州之北谯，立南谯州于桑根山[⑦]之西（今在[⑧]全椒县界）。陈氏得国，比[⑨]于梁氏，土宇弥蹙[⑩]，至以长江为境。宣帝太建中，尽复淮南之地。后更经略淮北，大破齐军于吕梁。九年，又破徐州总管梁士[⑪]彦军于吕梁，悉得淮北地。既而吴明彻为周军所败，江北之地尽入于周。及隋文帝受周禅，以徐州为彭城郡，而萧、砀、丰、沛、灵璧[⑫]皆属焉。唐初，因隋为彭城郡，领彭城、沛、滕、萧、丰、符离、蕲，凡七县。太宗贞观初，改为徐州，属河南道，置节度使以镇之，领

① 底本脱字，参下句楚元王“亦都于此”补。

② 原作“伐戊”，参《汉书·楚元王传》改。

③ 案《史记》《汉书》：刘戊自杀后，景帝改立刘礼为楚王，奉元王后，仍为楚国，统彭城、留、梧、吕、傅阳、武原、甾丘七县。又《汉书·地理志》：沛郡，故秦泗水郡，高帝更名，领县三十七。此云“至戊以反诛，后改为沛郡，领彭城、萧、砀、丰、沛五县”，语多不经。本志所载徐州历代统属亦与正史多舛，难暇一一细摘。

④ 按：郯与下邳非一地。杜佑《通典》谓徐州“理于郯，今临淮郡下邳县”，《通志》《文献通考》仍其说。考唐制，邳州领下邳、郯、良城三县；后废州为下邳县，郯县降为郯城乡，仍隶之。是则杜氏之说非误，而明初郯城县改隶山东沂州，诸本《徐州志》仍混下邳与郯为一地，是其自误。

⑤ 案《禹贡》：“荆、河惟豫州。”唐杜佑《通典》避代宗李豫讳，以“荆河州”代称豫州。

⑥ 原作“为”，据杜佑《通典》卷一七一《州郡一》改。

⑦ 原倒作“桑山根”，据《旧唐书·地理志三》乙正。

⑧ 原作“左”，径改。

⑨ 原作“北”，据杜佑《通典·州郡一》改。

⑩ 原作“工宇弥戚”，据杜佑《通典·州郡一》改。

⑪ 原作“氏”，据《陈书》《周书》改。

⑫ 案《隋书·地理志下》，时无灵璧县，此或为“符离”之误，亦或以今律古之谓。又，砀县时名安阳县，自北齐改属彭城郡，隋开皇十八年改名砀山县，大业二年改隶宋州。见《隋书·地理志中》《元和郡县志·河南道三》。

宿、濠、泗三州。德宗十六年，改为武宁军。懿宗[①]十一年，改为感化军[②]。历五代，仍为武宁军。宋复为徐州，统萧、丰、沛三县。宋既南渡，其地入于金，又为武宁军。元初，隶归德府。寻改为徐州路，领滕、峄、邳、宿四州。又置分兵马指挥使司，暨万户府以镇之。至正十一年，萧民芝麻李[③]据其地。十二年，丞相脱脱平之，遂废其地，徙州治于城南二里许，降为武安州，领萧一县。是年，张士诚复据其地，于旧地筑土城，使参政陆聚守之。二十六年，天兵下淮安，聚全城归附。仍改为徐州，领萧、砀、丰、沛四县。初隶中立府（今凤阳府也）。洪武八年，改隶京师。然徐之为郡，自唐虞迄今，逾三千[④]年，其分并废置不一，以骥之孤陋寡闻，考核不详，其缪误有不可胜言者，尚俟博洽君子删而正之。

郡表

昔黄帝方制天下，立为万国。帝喾创制九州，以统领万国。唐、虞、三代因之。秦制，天下为四十郡。汉兴，以地太大，更加郡国，而天下郡国建置之详，于是可考。徐自帝喾，历唐、虞、夏、商之世，属徐州之域。周并于青州。春秋时属宋，战国属楚，秦属砀山郡。汉初，号楚国。后汉、魏、晋、宋，皆为徐州。南北交争，徐当其冲，所属不一。唐属河南道，宋、元仍为徐州。逮入皇明，直隶京师。呜呼！徐在古昔，为天下九州之一，后世并省废置，莫不有同者。故备考典籍，自帝喾至于皇明，作图二十有五，以列于后，庶后者易于考阅。作《郡表》。

帝喾	地属徐州之域	《指掌》云：古徐州，今宿、泗、滁、沂、淮阳、涟[⑤]、海之地是
唐虞	地属徐州之域	
夏商	地属徐州之域	
周	地属青州之域	《周礼》“正东曰青州”者，周无徐，并徐于青也
春秋列国	地属宋	

① 原作“德”，径改。

② 原作“德宗十三年改为武宁军，懿宗十六年改为感化军”，据本卷《郡表》及后志“德宗贞元十六年改武宁军，懿宗咸通十一年改感化军”调整。按：徐州武宁军建置，《唐会要》云：“贞元二十一年三月，名其军曰武宁。”《顺宗实录》《新唐书·方镇表二》皆同，其说应确。《清一统志》作宪宗“元和二年”，清康熙姜焯《徐州志》作“元和四年”，皆无据。明州志作“贞元十六年”者，是年废徐泗濠节度使，徐州领本州留后，其说亦误。

③ 原作“季”，径改。

④ 原作“十”，径改。

⑤ 原作“连”，据《宋史·地理志》改。

续表

七国	地属楚	赧王二十九年，齐、楚、魏攻宋，康王走死于温，楚遂有其地
秦	地属砀山郡	始皇帝二[①]十六年，分天下为三十六郡，以彭城为砀山郡之属也
西汉	楚国	高皇帝六年，大封同姓，以薛郡、东海、彭城三十六县封弟交为楚王，都[②]彭城，号曰楚国。武帝时改为徐州。宣帝改为彭城郡
东汉	徐州	世祖皇帝建武六年，诏并省县国，以天下为十三州[③]，以徐治郯
三国	地属魏	武帝据有中原，有州十二，徐居其一，治彭城
晋	徐州	武帝平吴，分天下为十九州，徐治彭城，而萧、砀、沛三邑属焉
宋	徐州	孝武时，徐治彭城。明帝时，后魏南侵，淮北悉陷于魏，乃侨立郡县，侨徐州于钟离
南齐	北徐州	齐氏得国，淮北之地全少，以北兖治淮阴，北徐州治钟离，置刺史领之
梁	彭城	武帝初，失淮西地。普通六年，魏徐州刺史元法僧以彭城内附。未几，失之。大同三年，又割徐之北谯，立南谯郡(今滁州)
陈	徐州	陈氏有国，初失淮肥，以长江为境。宣帝太建七年，败齐师于吕梁。九年，又破周师于吕梁。十年，陈将军吴明彻为周所擒，而江北之地尽入于周
后魏	彭城	道武初，因慕容氏丧，遣将南略地，至于彭城。献文天安初，破宋军，遂尽有淮北之地
北齐	北徐州	天保二年，属[④]梁有侯景之乱，遣将略地，南际于江。武平六年，陈败齐师于吕梁。及周武灭齐，而淮北之地尽入于周
后周	北徐州	武帝建德六年，灭齐。静帝大象元年，取陈江北地，又取谯州、徐州。自是，江北之地尽为周有矣
隋	彭城郡	改北徐州为彭城郡，领萧、丰、沛三县
唐	地属河南道	唐初，因隋旧为彭城郡，领七县。太宗贞观初，分天下为十道，以徐州属河南道，领宿、濠、泗三州。贞元[⑤]十六年，改为武宁军。咸通十一年，改感化军
五代	武宁军	
宋	徐州	仍为徐州，领萧、丰、沛三县[⑥]
金	武宁军	

① 原作“三”。案《史记 · 秦本纪》：“秦王政立二十六年，初并天下为三十六郡，号为始皇帝。”《秦始皇本纪》：二十六年“分天下以为三十六郡，郡置守、尉、监。”时初并六国，分天下为三十六郡，后续有增置。此云“三十六年”，误，据改。

② 原作“郡”，径改。

③ 按：《后汉书 · 郡国志》首列司隶校尉部，次列十二州。马端临《文献通考》以司隶校尉部为一州，遂谓“后汉十三州”。

④ 属，音 zhǔ，适也，适值，恰好遇到。

⑤ 原作“贞观”，据前《历代建置总考》改。

⑥ 案《宋史 · 地理志一》，徐州领县五：彭城、沛、萧、滕、丰。

续表

[元][1]	徐州路	初隶归德府，后改为徐州路，领滕、峄、邳、宿四州。至正十一年，李二据其地。十三[2]年平之，降为武安州，领[3]萧一县
皇明	徐州	洪武初，隶归德府。三年，立徐州，隶中立府，领萧、砀、丰、沛四县。洪武八年，改直隶京师

分野

《周礼·春官》保章氏以星土辨九州，所封封域，皆有分星，以观妖祥。按此，则分野之说，古人所重，不可不知也。保章氏尝[4]谓："徐，天文，奎、娄之次。"《史记·天官书》："奎、娄，鲁之分野。"蔡邕曰："自奎八度，至胃一度，为降娄之次。"《晋·天文志》陈卓云："自奎五度，至胃六度，为降娄，于辰在戌，鲁分野，属徐州。"以今观之，今之徐州，乃古徐州之域，居鲁西南，其分野则亦在降娄之次矣。其萧、砀、丰、沛，亦不出此云。

疆域

四至八到附

按《禹贡》："海、岱及淮惟徐州。"孔《传》云："东至海，北至岱，南及淮。"又《尔雅》云："自济东，则是[5]西至济也。"按此，则古徐州之域，非今徐州之所至也。以今所至考之，东抵邳州，西接虞城，北距滕县，南限宿州，南北广二百十里，东西袤二百三十里，此徐州所至可知者也。

里至

南至南京，陆路七百里，水路[6]一千里。

北至北京，陆路一千八百里，水路二千里。

① 底本脱字，据文例补。
② 案《元史·顺帝纪》《续通鉴·元纪二十九》：至正十二年九月，脱脱平徐州之乱；十三年四月，降徐州为武安州。于军事言，宜作"十二年"；于建置言，实为"十三年"。
③ 原作"宿"，径改。
④ 原作"当"，径改。
⑤ 原作"自"。案《尔雅注疏》"自济东至海"，释曰："此云'自济东'，则是西至济也。"据改。
⑥ 原作"至"，据文例改。

四至

东至邳州界一百一十里，西至虞城县界二百二十里。

［南至宿州界九十里，北至滕县界一百二十里。］①

八到

东南到灵璧县界一百一十里，到灵璧县二百一十里。

西南到永城县界一百五十里，到永城县二百里。

东北到峄县界九十五里，到峄县一百八十里。

西北到金乡县界二百四十里，到金乡县三百里。

形胜

徐居南北之冲，当承平时，足为富庶之郡。昔南北分裂，而为必争之地者，以形胜足恃也。今睹其山川险固，城隍峻整，诚天造而地设者。故苏文忠公谓："其城三面阻水，楼堞之下，以汴泗为池。独其南可通车马，而戏马台在焉。其高十仞，广袤百步，若其战守之备，以与城相表里，虽有十万之众，无所用之。"由是而观，则徐之形胜可知矣。

风俗

古人为政，必以厚风俗为务。夫风俗系乎教化，有不可执一论者。徐昔为邹鲁旧国，汉兴，犹有儒风。自南北交争，天下分裂，介居二境，尤被残伤。尝置重兵，数百年中，无复讲诵②。故其俗好刚劲，轻剽急疾，虽一介之夫，莫有少屈。若苏文忠公《徐州上皇帝书》之所云者，盖其气习所由来者然也。迨至圣朝，为畿内名郡，衣冠文物渐盛于昔。信乎风俗系乎教化，此为政者所当知也。今将古今所习尚，录于左方，庶观风者有所考。

《尔雅注》曰："淮海间，其气宽舒，禀性安徐，故曰徐。徐，舒也。"

杜氏《通典》云："徐方，邹鲁旧国，犹有儒风。"

《图经》云："风俗劲悍，有霸王之遗风。"

宋苏文忠公云："其人自负雄桀之气，积以成习。"

---

① 二句据弘治《重修徐州志》卷一补。

② 原作"讼"，据杜佑《通典》卷一八〇《州郡十》改。

皇明自国初至今，养之既厚，教之有素。故闾里之间，恂恂有礼让之风；畎亩之中，熙熙皆勤[①]约之俗。较之于昔，大不侔矣。近时士子又知向学，而文风始振；科第相望，而仕宦者多。然而自始至今，民罕告讦之习，此其为可尚也。

城垣

旧志云：历代修筑之由无所考。按《史记》：唐、虞、夏、殷以其地封大彭氏，故曰彭城。则城池之设，当始于此。项羽亡秦，号西楚霸王，都彭城；高帝封弟交为楚王，亦都于此。则城池当益宏壮矣。自此之后，或为州治，或为镇路，城池之设，历代不绝。元至正十一年，芝麻李据其地。十三年平之，其城遂废。未几，又为张士诚所据，复于旧址增筑土城。二十六年，天兵下淮安，徐始归附。洪武八年，始筑城垣，砌之以砖。城高三丈三尺，周八百六十步，睥睨凡二千六百三十八。门四：东曰河清，西曰忠义[②]，南曰迎恩，北曰武宁。门各有子城，及楼、角楼二、城铺五十一。隍南深一丈五尺，广三丈余，东倚泗水，西北瞰汴河。隍绕城凡九里有奇。

余始至徐，暇日尝登戏马台，以望城中，因询父老以历代城池之建置。或言项羽建都，其城在今□□[③]，烟雾时，或隐隐见其雉堞。其言甚怪。以今考之，戏马台在今城南一里许，羽不应远去其城而筑是台也。后魏武侵宋，攻彭城不克，因设毡帐于戏马台上，以望城中；唐张建封为徐宿泗濠节度使，筑燕子楼，今其址见在城西南隅。以此二事观之，则历代城池之设，在今之城址无疑矣。且今之城垣，东俯泗水，西北临汴河，此自然之险固也。古之人岂肯舍自然之险，而别立城隍以劳民乎？惟元末因芝麻李[④]之乱，其城之险固易为奸宄，遂废之，徙州治于城南一里，今其城尚存微址。此则可知者也。

坊隅乡镇

乡、遂有等，闾、井有伍，古之制也。徐在城内外，旧有太平等十四坊，皆废

① 原作“动”，径改。

② 按：后志作“西曰通汴”，未详何时更名。

③ 原空阙，疑为“三乡”之脱。案嘉靖《徐州志·官署》：“今父老传谓三乡有彭城废县，未详其时。”万历《徐州志·古迹》：“彭城废县，在城东北八十里，与利国驿连境。在铜山下，今三乡地方，未详何时，疑昔建置。盖以地据山高阜，去黄河甚远，水不得为患故也。”顺治《徐州志·沿革》径谓秦置彭城县于此。其说由来有自，而宋骥以地远言怪，条辩甚详。然以情理度之，或为金元前避水暂治之所，亦未可知。

④ 原作“季”，径改。

矣。后新增八坊，正统元年又立育贤、崇仁、登云三坊，共十一坊焉，备录于此。

坊

镇肃坊，在城东南隅，徐州卫前。

澄清坊，在城西南隅，察院前。

宣化坊，在城西北隅，州治前。

中正坊，在城东南隅。

登科坊，在城西北隅，以举人权伦而名。

宾贤坊，在城西南隅，以举人魏賨而名。

广济坊，在城西南隅。

登第坊，在北关厢，以举人马蕙而名。

登云坊，在城东南隅，以举人陈赍而名。

育贤坊，在城东南隅，儒学前。

崇仁坊，在城西南隅。

街

东南隅四街：威远、河清、太平、中正。

西南隅二街：平治、马市。

西北隅六街：兴化、武宁、务本、敦化、阜民、崇礼。

北关厢二街：会通、广济。

乡村（附见）

一乡，古名隆德，在城之东南，凡十村，今为十六里：塔山村、双井村、白塔村、坊亭村、稍子村、悬水村、北集村、顾贺村、驼沟村、赤兰村。

二乡，古名昌化，去城之东，凡六村，今为九里：堌台村、屯头村、马头村、新郭村、安枝村、夏店村。

三乡，古名福宁，去城之北，凡十七村，今为□□[①]里：苏颜[②]村、辛马村、张村、南蔡丘村、王解村、单庄村、冈头村、枕沟村、柳泉、侯村、北蔡丘村、南冯

---

① 按：里数原阙，总数亦无考。本志卷五《坛壝》“乡厉坛”条：“在州旧九十四里……宣德七年，增一百三里。”即以旧编户九十四里计，三乡应有二十五里，其数似多。又宣德七年增为一百三里，自弘治《重修徐州志》以后作“一百三十里”，难详孰是。康熙《徐州志》云：“据旧志，编户如此。以今校之，多不相合。”前人既难详其数，今更稽考无据，付阙。

② 自弘治《重修徐州志》以后皆作“苏伯”。

村、北冯村、夏朔村、东高村、西高村、吕村。

四乡，古名延寿，去城之西，凡十二村，今为十六里：大彭村、三梁村、姬村、南曲直村、溜沟村、临秦村、清水沟村、末直村、呼家村、韩村、北曲直村、马栏村。

五乡，古名安乐，去城之北，凡二十三村，今为十二里：南邵团村、北邵团村、杜村、奉阳村、金凌村、曹团村、浊沙村、城子村、孙村、柏林村、南欧村、北欧村、安丘村、双堌村、南楼子村、朱村、龙堂村、东曹村、西曹村、新曹村、胡庄村、北楼子村、黄村。

六乡，古名嘉祐，在城之西南，凡十一村，今为七里：龚[①]城村、义安村、马场村、马栏村、塔山村、陶山村、灌沟村、林前村、林后村、阎村、董村。

七乡，古名崇庆，在城之东南，凡十六村，今为九里：三山村、梨林村、黄钟村、义堂村、张盆村、南黄钟村、北黄钟村、吴疃村、胡山村、中房村、东房村、西房村、南却鲍村、北却鲍村、贾城村、双沟村。

镇集（附见）

吕梁镇，去城东南六十里，在吕梁洪上。今巡检司在焉。

双沟集，去城东南九十里，在本州七乡。

房村集，去城东南六十里，在本州七乡。

黄钟集，去城东南三十里，在本州七乡。

夹沟集，去城北五十里，在本州三乡。

溜沟集，在城北四十里，在本州三乡。

谢沟集，在城北八十里，在本州三乡。

汴塘集，在城东北九十里，在本州二乡。

彭城志卷第一

① 原作“聋”，据后志改。

彭城志卷第二

直隶徐州儒学学正会稽[①]宋骥修

职役

夫设官分职，所以为民也。而府史、胥徒、舆隶之设，又所以奔走服役，以成其事也。上下有等，体统不紊，斯政务以成，纪纲以正，而教化可行矣。徐自前代之为治者，今虽不可考其制，然自皇明之有天下，凡建公署于徐者，若徐州卫及徐州左卫，凡厥职役，皆有所司。今备书之，以见一代之制云。

皇明

徐州

正官

知州一员（从五品。月支米十四石）。

判官一员（从七品。月支米七石）。

同知一员（从六品。月支米八石）。

管马判官一员（宣德六年添设）。

首领官

吏目一员（从九品。月支米五石）。

吏：司吏十一名，铺长一名，典吏十八名，承发典吏一名，勘合科司吏一名，架阁库典吏一名，马科司吏一名，典吏一名。

祗禁等役：祗禁一十五名，禁子一十名，弓兵三十名，库子二名，门子二名。

属官

儒学师生：学正一员（月支米二石五斗），训导三员（每员月支米二石）。生员三十名（每名月支廪米一石），增广生员（初无定额，宣德元年始额设三十名）。吏：学吏（月支米八斗）。

---

① 按：本志卷二、卷五作“会稽”，余皆作“余姚”，所指同为一地。秦置余姚县，属会稽郡。唐肃宗时改为越州，会稽郡遂不复存。本志仍沿“会稽”之名，盖取古称也。

医学官：典科一员（无俸）。

阴阳学官：典术一员（无俸）。

僧正司官：僧正一员（僧任）。吏：掌书一名（僧充）。

永福仓官：大使一员（月支米二石），副使一员（月支米二石）。吏：攒典一名。

广运仓官：大使四员，副使二员。吏：攒典。

税课局官：大使一员（无俸）。吏：司吏一名，典吏二名。

递运所官：大使一员。吏：司吏一名，典吏一名。

吕梁巡检司官：巡检一员（从九品。月支米一石二斗）。吏：巡吏一名，弓兵三十名。

永成库官：大使一员（月支米□□①）。吏：库吏一名。

徐州闸官：闸官一员（月支米□□②）。吏：闸吏一名。吕梁上闸、吕梁下闸：二闸官吏，俱与徐州闸同。

彭城驿官：驿丞一员（月支米一石二斗）。吏：驿吏一名。

黄河东岸驿、利国监驿、石山驿、夹沟驿、房村驿、桃山驿，六驿官吏俱与彭城驿同。

吕梁税课局，今革。

萧、砀、丰、沛四县：四县官吏并合属，详见各县志。

徐州卫

正官

指挥使一员（正三品。月支米三十五石）。

指挥佥使四员（正四品。月支米二十四石）。

首领官

经历一员（正七品。月支米一十四石）。

吏：令吏二名（每名月支米二石）。

典吏五名（每名月支米一石）。

架阁库典吏一名，勘合科司吏一名，承发司典吏一名。

属官

卫镇抚官：镇抚二员（从五品。月支米一十四石）。吏：司吏一名（月支米一石）。

---

① 原阙。

② 原阙。

千户所

正官

正千户一员（正五品。月支米一十六石）。副千户二员（从五品。月支米一十四石）。吏：司吏一名。

属官

百户一十员（正六品。每员月支米一十石）。所镇抚二员（从六品。每员月支米八石）。吏：军吏一十名。

旗军：总旗二十名，小旗一百名，旗军一千名。

徐州左卫

官、吏、旗军，皆与徐州卫同。

公署

徐之为郡，自汉、晋、南北朝，至隋、唐、宋、元，皆治彭城。廨宇废置，不可得考。惟宋有武卫营，元有兵马指挥使司及万户府，今亦仅存其名，而莫知其地也。元末，值芝麻李之乱，公私庐舍为之荡然。国初吴元年，知州文景宗始立州治，指挥使司敬始建军卫，其余合属衙宇相继而作。近以年久，颓圮者多，寻完葺之。若州治，若学校，其制度宏丽，视昔则有加矣。今将文武公署及合属廨宇建置之由，备列于左，庶来者有所考焉。

元州治，在今州治之北。

皇明州治，在城东北、西北二隅之中。元末，芝麻李之乱，废弛无存。吴元年，知州文景宗因旧址重建。至宣德十年，前厅及后堂皆颓压，知州杨秘具申工部，准令修理。于是因旧址益高大之，正厅视旧加二尺，若露台及当道，其高广视昔有加。又于正厅后建后堂五间，匾以“思政”。其余东西司房，俱焕然一新矣。

正厅三间两厦，前轩三间。

后堂三间两厦，前轩三间。

吏目厅三间，前轩一间。

州门三间两厦。

戒石亭一座。

架阁库两座，凡六间。

东西司房各十间。

土地祠一所，今知州杨公建。

知州宅，在后堂之北。

同知宅，在后堂东北。

州判宅，在后堂西北。

管马判官宅，在后堂西。

吏目宅，在管马判官宅南。

囹圄一所，在州前西街之南。

旌善亭，在州前街之东。

申明亭，在州治前街之西。

钟楼，在城西南隅，洪武七年建。　　鼓楼，在州治前，洪武七年建。

属官衙门

儒学，在州治东南半里许[①]（详“学校”类）。

阴阳学、医学（二学皆在州治前。建置岁月详“学校”类）。

税课局，在城西南隅中正街。　　永福仓，在州治前街之东。

永成库，在州治前街之西。　　彭城驿，在城东南二里。

黄河东岸驿，在泗河东，去城四里许。

递运所，去城北二里许。

吕梁巡检司，去城东南六十里。　　吕梁税课局，去城东南六十里。

夹沟驿，去城北九十里。　　房村驿，去城东南六十里。

桃山驿，去城东南六十里。　　利国监驿，去城东北九十里。

石山驿，去城东北四十里。　　广运仓，在城南二里。

僧正司，在铁佛寺，去城南一里。

徐州闸，在城东南二里。

吕梁上闸，去城东南六十里。　　吕梁下闸，去城东南六十里。

察院

在城西南隅。洪武十一年四月内，本州委老人黄子新建。

正厅三间两厦，前轩三间，后堂两间。

东西司房六间，厨房二间，仪门三间。

东馆驿

在城东南隅。洪武三年，知州文景宗建。时察院未立，巡按御史尝居于此，故又称东察院。今则监广运仓二内官居之。

正厅三间两厦，前轩三间，中门五间，后轩三间。

东西厢房十间，厨房三间，库房三间，仪门三间。

徐州卫

在城东南隅。吴元年，指挥使司敬建。

正厅三间两厦，前轩三间。后堂三间两厦，前轩三间。

---

① 原作“详”，径改。

东西司房各十间，库房三间，架阁库三间，厨房三间，仪门三间。

经历司

在卫厅东。洪武三年，知事马良建。

旗纛庙

在卫治后。（详“祠庙”类）

指挥、卫镇抚、经历、千户、百户，各散居城内。

属官衙

镇抚司，在卫前街东。

左千户所，在厅之东。

右千户所，在厅之南。

中千户所，在卫东南。

前千户所，在厅之东南。

后千户所，在厅西。

——以[①]上衙门，俱洪武八年建。

中、左千户所，在卫前街西。

——以上二所，永乐六年建。

徐州左卫

在城西南隅。宣德五年，指挥佥事范诚建。

正厅三间两厦，前轩三间，门楼三间。

经历司三间，在卫厅东。

属官衙门

镇抚司，在卫厅西。

左千户所，在卫厅前之东。

右千户所，在卫厅前之西。

前千户所，在右所前。

后千户所，在前所南。

中千户所，在左所南。

军器局，在卫治西北半里许。

指挥、卫镇抚、经历、千户、百户，散居城之内外。

---

① 原作“已”，通“以”，今用规范字。下同。

军卫

巡检司附

徐当南北之要膂①，分争之时，常置重兵。自唐及五代，则改郡为军，而兵制当益备矣。惜此地值宋、元季②世，遭兵燹特甚，典籍不存，茫无所征。惟宋有武卫营，而所领者皆禁军；元有兵马指挥使司及万户府，今亦仅存其名，而其制、其地皆不可考③。至于皇明，文教既敷，武备益修。洪武初，既立徐州卫，有指挥使司以总其事，有千户、百户以分领其士卒，上下相维，体统不紊。操习有时，耕牧有所，其兵马视昔益精劲矣。至宣德五年，又立左卫，调楚府护卫官军以充入之。而徐之武备，至是益重。今将二卫建置之由，备述于后。而前代仅有存者，亦附见焉，庶后人有所考。

徐州卫，在州之东南隅。吴元年，指挥使司敬立。所领左、右、中、前、后五所。永乐五年，又调灵山、安东二卫军到卫，由是增设中左、中右二所，凡领七所云。

徐州左卫，在城之西隅。宣德五年，调楚府护卫官军于徐州。由是立卫所，领左、右、中、前、后，凡五所云。

徐州大教场，去城北三里，地周四里。演武亭一座、旗竿台一座。

巡检司

皇明

吕梁巡检司，去城东南六十里。洪武六年八月内立。巡检一员，吏一名。弓兵五十名，专一巡捕在逃军囚及盘诘奸细。

关津

大浮桥关，在城北三里。　　小浮桥关，在城北半里。

——右二关，皆徐州卫拨军把守，专一讥察异言异服之人及盘诘奸细。

① 原作“旨”，径改。
② 原作“李”，径改。
③ 原作“者”，径改。

宋

武卫营。

元

兵马指挥使司。

万户府。

利国监巡检司，去城东北九十里，今废。

溜沟巡检司，去城北五十里，今废。

留城镇巡检司，去城北一百五十里，今废。

利国监捕盗司，去城东北九十里，今废。

境山捕盗司，去城北四十里，今废。[①]

学校

旧志云，徐州历代学校之设莫可考[②]。元时，在东南隅。至正辛卯，芝麻李据是州，而学校废为煨烬。洪武二年，知州文景宗徙于今所。有大成殿三间，东西庑十间，明伦堂五间，后堂五间。在庙之东，今学正宅即其地也。至于神厨、神库之类，虽颇完就，然皆隘陋摧圮。宣德六年，知州杨秘具申工部，准令修理。七年，始建庙。八年，徙学于庙之西。于是殿庑斋舍，俱焕然一新。其规模壮丽，气象宏伟，视昔迥不同矣。详见《修学记》[③]。

庙

大成殿五间，东西庑各五间；戟门五间，棂星门[④]三座；神厨三间，神库三间，宰牲房三间；文昌祠一所，贤人祠一所。

---

① 按："境山捕盗司"条，原错入"吕梁下闸"至"黄钟浅、石桥上浅"页。今据文例移入卷三《水利》"洪闸浅"条下，详卷三注。

② 案陈师道《徐州学记》："徐故无学。天禧几年，丞相濮阳李公迪来守，改庙为学，置师弟子，请名与田，以教养之。徐人始兴于学，而仕者众矣。"据此，徐州学当始于北宋天禧间（1017—1021）。

③ 文见本志卷十六宋骥《徐州重建儒学记》。

④ 原作"灵"。案陆以湉《冷庐杂识》："《诗·丝衣》小序，高子曰：'灵，星之尸也。'汉高祖始令天下祀灵星。《后汉书》注：'灵星，天田星也。欲祭天者，先祭灵星。'《宋史·礼志》：'仁宗天圣六年，筑南郊坛，置灵星门。至理宗景定间，移用于圣庙。'盖以尊天者尊圣也。《建康志》《金陵志》并云'圣庙立灵星门'，《元志》误以'灵'作'棂'，后人承而用之，则不知其义之所在矣。"据此，则"灵"为本字，明以后改作"棂"，承用既久。本志两字混用，今俱从后志例，统作"棂星门"。

学

明伦堂五间（前轩三间，后堂三间，耳房两间，穿廊一间），东西斋各七间；馔房三间，会馔堂三间；学仓一座，三间；仪门一座，五间；前门三间。

祭器

徐庠前代祭器之数莫可考。至皇明洪武十五年，命天下郡邑学校，遇春秋二丁，凡旧有铜祭器者，许用之。如无，其簠簋笾豆，俱许用磁碗碟代[①]之。罍爵亦许磁锡，惟篚用竹。其余祭器，各有定制，兹不备录。

乐器（洪武二十六年颁降）

麾幡一，铜钟一十六，石磬一十六，应鼓一，搏拊鼓二，琴六，瑟二，笙六，箫四，排箫二，笛四，埙二，篪二，柷[②]、敔各一，旌节一对，籥笛三十六，龙头杆三十六，雉尾全（硃红漆），钟磬、笋簴及鼓架、琴瑟几俱全（俱硃红漆）。

学产

前宋时，学校皆有圭租田。至元时，复增之。以其岁租奉祀事、修舍宇、养士类。徐学前代学产莫可考。迨我皇明，岁于民粮内拨赐夏税麦三十二石五斗三升、秋粮米五百三十三石，以为师生俸廪之用，于学仓收贮。

阴阳学

阴阳之术，历代所重。而郡邑建官以司其教，则自近代焉。皇明洪武十七年，开设天下阴阳学。而徐阴阳学，在州治前街东。官一员，曰典术，提调一州阴阳人等。始则裴士杰，今则胡深也。

医学

医者，人命之所系，故有国者恒重之。唐太宗贞观三年，始建医学，而后世因之。皇明洪武十七年，开设天下医学。官一员，曰典科。惠民药局内外科医者，咸属其提调云。

① 原作“伐”，径改。
② 原作“祝”，径改。

医学，在州前街西，洪武十七年开设。典科一员，初则陆九皋，今则王肃也。

惠民药局，在州治前。仍设内外科，命医者司其事。凡军民病者，于此请药。今医者王豫司其事焉。

僧道衙门

皇明洪武十五年，开设僧道衙门，择其戒行精勤者授之官，以领其众。二十四年，清理僧道，归并丛林，俾各守其教。在僧则分禅、讲、教三宗，道则分全真、正一。于是其教始清矣。徐止有僧正司，而道正司则缺焉。

僧正司，洪武十五年开设。初在石佛禅寺，今迁于铁佛教寺。僧正一员，初则胜吉，今则广善也。

彭城志卷第二

彭城志卷第三

直隶徐州儒学学正余姚宋骥修

山川

余向尝读颍滨《黄楼赋》，而知彭城山川之胜，恨不身即其地，而揽其秀焉。宣德癸丑夏①，因职教事于徐。尝因假日，登戏马台与石佛山以聘望之，而所谓楚王山、大彭山，举②在眉睫之下，献奇呈秀，莫可名状。况汴、泗二水，交流城之东北，迤逦曲折，循东南而至百步洪，忽铿鍧澎湃，可喜可愕③。徐之山水至此，至可穷中原之状观矣。余然后知颍滨先生之言，不我欺也。今取其山水允胜者，备书于此；若岩洞、泉石之有足称者，亦附见焉。俾后人于此，有所考也。

山

徐山，旧名武原山，在城南六十里。周时，徐偃王得国，江淮诸侯服从者三十六。时穆王荒于游宴，闻之，因命楚伐之。偃王不忍斗其民，北走彭城武原山下，百姓随之者万余家。偃王死，民因号其山为徐山，凿石为室以祀之。当时颇著灵验。今其室见存。

石佛山，在城南二里。山南有一石佛甚巨，相传宋、梁时所凿。唐昭宗时，时溥为节度使，朱全忠遣子友裕败溥军于石佛山前，即其地也。今僧文安建寺于其上，颇壮丽可观。（详“诗文”）

云龙山，去城二里。昔有云龙寺，今废。宋熙宁中，隐士张天骥居此山，因号云龙山人。尝作放鹤亭，苏文忠公守郡，因作文记之。（详“诗文”类）

楚王山，在城西二十里。有古冢数十，皆甃以巨石，或在山腰，或在山麓，或在山下。世远，莫详其实。或云楚王交都此，皆其子孙之墓。今山之南有井九十九口，亦呼楚王井。然或者之言，理或然也。

大彭山，在城西三十里。古大彭氏居此，故名。今山之左右犹称大彭村。

子房山，在城东五里。世传汉张子房尝隐于此，故名。山上今有子房庙。

① 原倒作“夏丑”，据文义乙正。

② 原作“夆”，系“夆”形讹，径改。

③ 原作“愣”，径改。

桓山，在城北九里。宋司马桓魋葬此，因名。宋苏文忠公守徐时尝游此，有记。（详“诗文”类）

微子山，在城北九十里。宋微子死葬于此，因名。今其石[①]墓见存。

陶山，在城南四十里。汉献帝时，陶谦为徐州［牧］[②]，死葬于此，故名。其墓见存。

圣龙山，在城东南八十里。山有二石穴，如龙眼，虽霖雨不溢，旱亦不枯。

吕梁山，在城东南六十里，正居吕梁洪上。凡石之布列于洪中者，皆其根也。

辛贾山，去城东五十里。昔有辛、贾居其下，今子孙犹有存者。

九里山，去城北九里。昔有韩信与楚兵交战，即其地也。

境山，去城北四十里。世传昔徐之封境界乎此，故因以名之。

寺山，在城东九十里。山上旧有显庆寺，今废，惟址存焉。

太山，去城南十里。徐州之山，为最大也。

宝峰山，在城北一十里。山上昔有宝峰院，今废。

塔山二：一在城东南三十里，一在城东北五十里。其上皆有一塔，不知何时所建也。

东簸箕山、西簸箕山，俱去城南十里。乡人以二山形似簸箕，故因以呼之。

南黄山、北黄山，俱去城南二十五里。每岁惟此二山之麦先黄，亦奇矣哉！

丁塘山，在城西南三十五里。山之东，丁塘在焉。

桃山，去城南五十里。今桃山驿在其南焉。

凤凰山，在城东北四十里。上有石凤凰二，不知何时所刻也。

小孤山，去城东北三十里。其山虽小[③]，傍无别山，故名。

双洞山，去城东五十里。山上有二小洞焉。

马鞍山，去城东四十里。

响山，去城东六里。人号呼于下，则山石有响应焉。

弓弦山，在城北五十里。山有二石，其直[④]如弦。

椒山，在城东北五十里。

绛山，在城东北五十里。

团山，在城北五里。

寨山，在城北三十里。

偏头山，在城东北三十里。

黄山，在城北八十里。

青顶山，在城东七里。

卧牛山，去城西南二十里。

① 原作“名”，径改。
② 字据弘治《重修徐州志》补。
③ 原作“山”，径改。
④ 原作“真”，据弘治《重修徐州志》改。

檀山，在城东北四十里。

庙山，在城西南二十五里。

洞山，在城西南二十五里。

铜山，在城北九十里。

茱萸山，在城东九十里。

光山，在城东七里。

看花山，在城北十里。

水

汴水，出河南陈留浚仪县。其水自城西循城而[①]至北门外，与泗水合焉。

泗水，源出山东泗水县陪尾山。其源有四[②]，因名。其水至城东北与汴水合，循城东南行，以达于淮。

濉水，在城南六十里。昔汉高祖伐楚，入彭城。项羽自以精兵还击，破汉军。汉军入谷、泗及濉水，死者二十余万人，水为之不流。

谷水，《史记》注："在沛郡彭城县。"旧志不载。询之父老，亦莫有知者。

石潭，在城东二十里。昔与泗水通[③]，增损清浊相应。今为沙塞矣。

浊河，在城北三十里。今微有水，下流与汴泗合。

运铁河，在城东九十里。宋时，置利国监铁冶，故开此河以通舟楫，为运铁之便。

沟

南溜沟，在城北五十五里。

北溜沟，在城北六十里。

秦沟，在城北五十里。

地崩沟[④]，在城北五十里。

九里沟，在城东南九里。

双沟，在城东南九十里。

——右六沟皆浅塞。今微有水，流与汴泗合。

岩洞

桓山洞，在城北二十里。高一丈，宽五尺。内有石佛一。外有程伊川诸公题，今剥落难辨。

① 原作"西"，径改。

② 原作"泗"，据《元和郡县志》《周官总义》改。

③ 原作"相应"，嘉靖《徐州志》作"潜通"。案苏轼《起伏龙行并引》："徐州城东二十里有石潭，父老云与泗水通，增损清浊，相应不差。"今参弘治《重修徐州志》"父老云与泗水通，增损清浊，相应不差"改。

④ 原作"地山明沟"，据嘉靖《徐州志》改。按：嘉靖、万历、康熙《徐州志》作"地崩沟"，《明穆宗实录》《明史》及乾隆《徐州府志》作"地浜沟"，《方舆纪要》《江南通志》《清一统志》作"池浜沟"。

仙人洞，在城东十四里[①]。洞内有石屋[②]四间许，偏一间许。世远[③]，莫知所自，必非[④]人所凿也。

池

饮马池，在城南三十里。因桃山、彭城二驿使者往来，常饮马于此，故因以名之。

井

彭祖井，在城西北隅，北门子城中。世传彭祖所浚，其水甘美。今其井虽存，而水则竭矣。

双井，去城东南七十里。其源出圣龙山，东西二井相向。上有龙王庙。凡旱，乡人浚其井则雨。

楚王井，在城西二十里楚王山[⑤]之南。井凡九十九口，父老相传为楚元王时所凿。今乡人相称曰："山前九十九口井，山后九十九所坟。"余谓元王造井至于如此之多者，不知其何[⑥]说。盖其起冢之时，必地理家厌胜之术也，然不可知矣。

泉

丁塘拔剑泉，在城西南二十五里。昔汉高祖与项羽交战于此，汉兵皆渴，高祖拔剑插[⑦]于地下，泉水涌出。流四里许，又洑流地下。至今雨不溢，旱不干，乡人呼为龙湫。遇旱，祷之辄应。

胡山拔剑泉，在城东南五十里。世传汉高帝驻兵于此，军士乏水，帝因掷剑于地，泉水遂涌出。流二里许，又洑流于地中。今泉上有高祖庙。

——右丁塘、胡山二泉，旧志云：世传皆为汉高帝拔剑插地所得之泉。按《汉书》，高帝尝与项羽战于彭城西，为丁公所窘，未尝与及乏水得泉之事。盖高帝为天眷之君，而天地神明固有默相之者，其神异之事，若斩蛇、云气之类是也。今此二泉称为高帝拔剑插地所得，何帝神异之事，若是其奇耶?《史记》既无明文可证，但俗传若是。盖徐之人以高帝为其乡人，特假之以神其事，欲以夸于人耳。今姑存

① 按：今不详其处。后志载州城东北三十余里龟山有仙人洞，然深晦莫测，与此不符；又睢宁县西北七十里有石屋山，山东有洞，洞外有石屋寺，未详是否。待考。

② 原作"产"，径改。

③ 原作"速"，径改。

④ 原作"莫"，径改。

⑤ 原作"山石"，据弘治《重修徐州志》改。

⑥ 原作"柯"，径改。

⑦ 原作"稗"，径改。

于此，而辨其妄焉。

饮马珠泉，在城东北六十里张家庄桥下。世传汉高帝驻兵于此而饮马焉。

水利

徐居南北水陆之要，三洪之险，闻于天下。及太宗文皇帝建行在于北京，凡江淮以南之贡赋及四夷方物上于京者，悉由于此，千艘万舸，昼夜罔息。于是以洪之险也，则各置人夫及谙于水势者以济之。虑水性顺下而易竭也，则增置诸闸，以时蓄泄。河或浅深不同，而有阻于舟楫，则十里、五里置守浅者，以时疏浚之。朝廷仍命廷臣之有才干者，往来提督，以惩其惰者、奸者。于是三洪无倾危之患，而公私舟楫往来，有顺利之益矣。今将洪闸及各浅之制，书备于此，以见我朝制度之大略云。

洪闸浅

百步洪，今名徐州下洪，去城东南百步许。徐州人夫九百名，萧县人夫一百名，徐州卫军夫一百名，水手一百五十名。

吕梁上洪，在城东南六十里。徐州人夫八百五十名，砀山县□□①，水手一百四十名。

吕梁下洪，去上洪二里许。徐州人夫一百五十名，萧县人夫三百五十名，水手九十二名。

——右三洪②，则常有一廷臣镇守焉。

徐州闸，在城东南二里。永乐十六年，平江伯陈瑄建。永乐③十七年，添设官吏：闸官一员，闸吏一名，闸夫二十名，提溜夫□□。

吕梁上闸，去城东南六十里。永乐十④六年，总兵平江伯陈瑄建。永乐十七年，增设官吏：闸官一员，闸吏一名，闸夫二十名，提溜夫□□。

吕梁下闸，去上闸二里许。永乐十七年，添设官吏：闸官一员，闸吏一名，闸夫二十名。

沽头上闸，在城北一百里。永乐二十年，沛县丞李钦重修。本年增设官吏：闸官一员，闸吏一名，闸夫二十名，提溜夫一百八十名。

---

① 按：人夫名数空阙，今皆无考，暂仍其缺。下同。
② 原作“右洪三洪”。前一“洪”字衍，今删。
③ 原作“十”，径改。
④ 原作“年”，参上文例改。

沽头下闸，在城北八十五里。永乐十三年造，十四年添设官吏：闸官一员，闸吏一名，闸夫二十名，提溜夫一百八十名。

金沟闸，在城北一百七十里。永乐十四年，沛县丞李钦造。是年增设官吏：闸官一员，闸吏一名，闸夫二十名。

新兴闸，在留城，去城北一百五十里。宣德七年造，宣德八年增设官吏：闸官一员。

胡陵城闸，去城北二百四十里。宣德八年造，宣德九年添设官吏：闸官一员，闸吏一名，闸夫二十名，提溜夫□□。

谢沟板闸，在城北一百里。宣德七年造，宣德八年增设官吏：闸官一员，闸吏一名，闸夫二十名。

昭阳湖板闸，在城北□□里。永乐十四年造。

——右沽头上闸至昭阳湖闸，凡七闸，今皆属沛县。

城南二十一浅：新洪浅、九里浅、狼屎沟浅、青田堡浅、干孤堆浅、白羊上浅、白羊下浅、李家沟浅、黄钟浅、石桥上浅[1]、[石桥下浅][2]、孟城湾上浅、孟城湾下浅、侯家石浅、薛家石浅、房村上浅、房村下浅、龙堂上浅、龙堂下浅、双沟上浅、双沟下浅。

城北二十一浅：秦梁洪浅、茶城浅、梁山浅、白羊圈上浅、白羊圈下浅、许家浅、白庙浅、夹沟浅、黄家浅、侯村上浅、侯村下浅、李家浅、皮沟下浅、皮沟中浅、皮沟上浅、贺家浅、留城下浅、留城中浅、留城上浅、荣家浅、谢家浅。

——右四十二浅，每浅有厅屋三间，中置总兵戒谕牌一面，委老人一名专守其事。人夫少者十名，多者至八九十名。每浅有井一口，以济往来之人焉。

彭城志[卷][3]第三

① 自“吕梁下闸”至“黄钟浅、石桥上浅”，原错入卷二“巡检司”条下，今据文例置此。
② 四字据文例补。
③ 字据文例补。

彭城志卷第四

直隶徐州儒学学正余姚宋骥修

户口

夫王者以民为天，故《周礼》“献民数于王，王拜受之”，所以重邦本也。徐昔居南北之冲，荐更兵燹，故历代户口之数莫可考究。至于皇明，休养生息，几八十年，故生齿日繁，烟火相望，虽前代之盛，未能过也。今将洪武二十四年至宣德七年户口之登于版籍者，备载于篇，以见我朝富庶之盛云。

洪武二十四年

本州并四县：户二万二千八百四十［三］①，口二②十万五百七十四③。

本州：户一万九百八十九，口九万五千九百一十二。

萧县：户三千九百一，口三万七千五百二十二。

砀山县：户二千一百六十二，口一万六千④五百三十四。

丰县：户一千八百七十九，口一万三千五十四。

沛县：户三千九百一十二，口五万七千五百五十二。

永乐十年

本州并四县：户二万二千七百九⑤，口二十万⑥七千六百五十六。

本州：户一万七百三十五，口一十万二千七百三十四。

萧县：户三千九百八十二，口四万三千四十四。

砀山县：户二千九十四，口二万三百四十。

丰县：户一千九百一，口一万六千八百五十七。

沛县：户三千九百九十七，口二万四千六百八十一。

---

① 检算各属明细，总户数实得“二万二千八百四十三”，据补。
② 原作“一”，据汇总实数改。
③ 原作“五”，汇总各属明细，实得“二十万五百七十四”，据改。
④ 原作“十”，据各属明细得实，径改。
⑤ 原作“六百五”，汇总各属明细，实得“二万二千七百九”，据改。
⑥ 原作“二十二万”，据各属汇总得实改。

永乐二十年

本州并县属：户二万五千七百五十八，口二十五万五千七百五十三[①]。

本州：户［一万］[②]二千六百七十一，口一十二万六千四十二。

萧县：户四千三百三十四，口四万八千二百四十四。

砀山县：户二千二百二十六，口二万二千五百七十。

丰县：户二千四十[③]八，口一万九千八百九十四。

沛县：户四千四百七十九，口三万九千三。

宣德七年

本州并县属：户二万六千六百八十九，口二十八万八千五百七。

本州：户一万二千七百八，口一十四万二千七百五。

萧县：户四千八百四十二，口五万三千五百五十。

砀山县：户二千四百一十七，口二万六千七百一十七。

［丰县：户二千五十，口二万二千二十五］[④]。

沛县：户四千六百七十二，口四万三千五百一十。

田赋

《禹贡·徐州》："厥土赤埴，厥田惟上中。"今徐州，在古徐州之域。昔薛虎子谓："其有良田十余万顷，水陆肥沃，一年之收，过于十倍之绢。"而苏文忠公亦谓："其地宜菽麦，一熟而饱数岁。"然而徐州土地之美，自古则然。今时或遇雨旸时若，其丰稔诚有如昔人所论者；一遇水旱，而饥馑亦所不免。然而徐土之美，则有藉于天时，非若江南水田以时蓄泄，而人力或可以施也。至于我朝，上下晏安，生庶日繁，且尽驱之南亩，由是野无不耕之田矣。今将洪武二十四年至宣德七年田亩之登于版籍者，备书于此。若前代之所开垦[⑤]者，都[⑥]来既阙，故莫得而考也。

洪武二十四年

本州四县官民地共二万九千三百五顷六十一亩四分：官地一百八十一顷四十六

---

① 原作"三十五"，汇总实得"二十五万五千七百五十三"，据改。

② 据各属明细得实，并参永乐十年户数补。

③ 原作"千"，据各属明细得实，径改。

④ 原阙丰县，今据总数及各属明细推补。

⑤ 原作"恳"，径改。

⑥ 原作"郡"，径改。

亩三分，民地二万九千一百二十四顷一十五亩。

本州官民地一万四千八百六十七顷九十四亩三分：官地一百顷三十七亩三分八毫，民地一万四千七百六十七顷五十七亩[①]。

萧县官民地五千九百六十六顷一十一亩：官田地五十一顷四十九亩九分，民田地五千九百一十四顷六十一亩。

砀山县官民地二千一百二十二顷三十一亩二分：官地四顷一十七亩八分，民地二千［一百］[②]一十八顷一十三亩四分。

丰县官民地一千六百四十顷六十二亩二分：官地六十六亩五分，民地一千六百三十九顷九十五亩七分。

沛县官民地四千七百八顷六十二亩六分：官地二[③]十四顷七十四亩八分，民地四千六百八十三顷八十七亩八分。

永乐十年

本州四县官民地共二万九千九百六十四顷九十亩七分：官地一百九十八顷四十二亩九分，民地二万九千七百六十六顷四十八亩七分。

本州官民地［一万］[④]五千一百七十九顷二[⑤]十二亩二分：官地九十二顷七十九亩一分，民地一万五千八十六顷五十三亩一分。

萧县官民田地五千九百九十二顷五十九亩七分：官田地四十四顷五亩五分，民地五千九百四十八顷一十四亩一分。

砀山县官民地二千一百七十七顷七十六亩八分：官地二十顷七十亩六分，民地二千一百五十六顷九十九亩二分。

丰县官民地一千七百一顷五十五亩八分：官地四十六亩五分，民地一千七百一顷九亩三分。

沛县官民地四千九百一十三顷六十六亩五厘：官地四十八顷一分五厘，民地四千八百七十三顷六十五亩九分。

---

① 原作“顷亩”。“顷”字衍，今删。
② 二字据本县官民地总数及各属官田地明细得实增补。
③ 原作“三”，据本县及各属官田地明细得实，径改。
④ 二字据本州官民地总数及各属总田地明细得实增补。
⑤ 原作“工”，径改。

永乐二十二年

本州四县官民地共二万九千八十二顷八十七亩。（下阙）[①]

屯田

存目

两税

存目

农桑

存目

岁课

（上阙）

本州为钞法事加增商税各色课钞：九千九百四十六锭七百二十文。

萧县为钞法事加增商税各色课钞：四千三百七十四锭四贯五百文。

砀山县为钞法事加增商税各色课钞：一千三百一十五锭三贯五百文。

丰县为钞法事加增商税各色课钞：二千一百九十六锭九百九十文。

沛县为钞法事加增商税各色课钞：二千四百六十六锭三贯二百文。

宣德七年

并属县岁办杂课钞：一十五万三千七百八十七锭五百八十文。

本州酒醋等项课钞：九万九千一百八十六锭三贯五百九十文。

萧县酒醋等项课钞：一万二千七百二十三锭三贯六百四十文。

砀山县酒醋等项课钞：一万五千一十锭二贯七百五十文。

丰县酒醋等项课钞：[一万][②]九百八十四锭一贯五百六十文。

沛县酒醋等项课钞：一万五千八百八十一锭[四贯四十文]。

---

① 按：前言“自洪武二十四年至宣德七年”，今所记止此，中脱数页。案之目录，尚有“屯田”“两税”“农桑”三目，皆佚。

② 据总数，丰县课钞亦应过万锭。以五贯进一锭计，补丰县一万锭后，尚欠总数四贯四十文，改补沛县课钞下。

孳牧

服牛乘马，自圣人有作，已有其政矣。况农以牛马为本，而马之为用尤大，此国家所以有孳牧之政也。徐州卫自洪武六年，每一军之家，养马一匹，岁纳一驹。二十三年，始定五家共养一匹，岁纳一驹。若欠驹一匹，止纳钞七百贯。此诚国家宽大之恩也。惟养牛者，户各一只，母牛则岁纳一犊。宣德六年，增设徐州左卫，又拨徐州卫孳牧牛，以给左卫屯田军士。今将卫孳牧之数，列于此云。

徐州卫官军牧养马并驹五百八十五匹（宣德五年）：骒马□□，骒驹□□，儿驹□□[①]。水、黄牛共二千二百九十七只。水牛五十五只：犍牛一十四只，牯牛三十三只，牸牛五只；黄牛一千九百四十五只。[②]

宣德七年，徐州卫拨过左卫牛只，共一百十二只：水牛□□，黄牛□□，牸牛七只。

物产

徐土虽沃，但宜菽、麦而已。土产之物，较诸他郡绝少。况古今风气变易靡常，而所产亦异。今特以时所有者，列于此云。

五谷

黍、稷、大麦、小麦、芝麻、黄豆、黑豆、绿豆、赤豆、荞麦、稻、粱、蜀黍。

果类

杏、桃、李、枣、栗、石榴、柿子。

材木

梧桐、榆、槐、桑、椿、杨、柳、梓。

豢养

牛、马、驴、羊、豕、鸡、鹅、鸭、鹁鸽。

---

① 原空阙。下同。

② 案文例：犍牛、牯牛、牸牛五十二只，皆水牛之细目，然未能符总数之五十五。又，水牛、黄牛两千只，亦少总数二百九十七。

鸟类

天鹅、䴔䴖、鹌鹑、雉、雁、鹤、鹰、鸠、乌。

兽类

鹿、獐、野豕、兔、狐、狸。

鱼类

鲤、鲫、鲇、鲦、鲂、鳜、鳖。

药类

柴胡、桔梗、泽泻、大戟、苦参、知母、葳灵仙、远志、何首乌、玄胡索、苍术、沙参、芫花、甘遂、地黄。

品物

丝、绵、绸、绢、绵花、绵布。

土贡

按《禹贡·徐州》:“厥贡惟土五色，羽畎夏翟，峄阳孤桐，泗滨浮磬，淮夷蠙珠暨鱼，厥篚玄纤缟。”今之徐州，乃在古徐州之域耳，非全州比也。如羽、峄、淮、泗，皆属他郡；而浮磬、蠙珠之属，皆无之。自汉以下，无籍可考。惟宋时贡铁，今亦无矣。兹特以圣朝之所贡者，列于此云。

宋

铁

去州治之东七十里，地产铁，尝贡于京，故置监曰利国。仍通河，以便运送。后铁渐少而额犹在，民受其害，故除之。

皇明

本州岁进野味：天鹅二十只，鹌鹑三百五十只，䴔䴖十只，雁一百二十九只。

本州四县岁办皮张共五千一百一十五张:

本州皮张三千张：绵羊皮一百七十八张，山羊皮一千二百三十六张，鹿皮一百张，獐皮一千四百八十六张。鹅、雁翎五万根。

萧县岁办皮张五百四十八张：绵羊皮五十五张，山羊皮四百九十三张。

砀山县山羊皮二百九十二张。

丰县岁办皮张二百四十四张：绵羊皮三十五张，山羊皮二百九张。

沛县皮张一千三十一张：绵羊皮五百四十八张，山羊皮一百六十张，獐皮三百二十三张。

彭城志卷第四

彭城志卷第五

直隶徐州儒学学正会稽宋骥修

寺观

庵院附

徐州当前元时，梵宇琳宫为最盛，及今历年既久，皆颓废无存。然道观比之僧寺尤少。今因旧志所载者，述于此焉。

寺

兴化禅寺，在城南二里许。因寺中有石佛一，故又名石佛寺。洪武戊寅，僧正胜吉尝建佛殿三间、僧房一所。宣德二年，住持文安建佛殿五间，高四丈有奇。七年，毁于火。八年[①]，文安又建佛殿五间，视旧高四丈。左建诸天明王殿，右罗汉殿及法堂、方丈，皆完饬。其制详于徐州同知玉山喻公则成之记（详“诗文”类）。

开元教寺，在城南一里。寺中有铁佛，故又名铁佛寺。洪武年间，僧正胜吉所建。有小殿一所，今迁为观音堂者是也。宣德四年，今僧正广善因寺左右皆民居，因以楮镪易之。前后所[②]得地以[③]丈计者五十有奇，东西视南北则不及三之一焉。于是中建佛殿七间，中塑佛像三，而居其中者则铁佛也。前左及右则塑二十天王之像，后左及右则塑罗汉像在焉。殿之后建方丈五间，方丈前左右建僧寮凡十有五间，外建山门三间。其余若钟、鼓楼虽未备，然而气象规模，足为寺之用矣。初创寺时，因劚土得石刻苏公手帖一及关王竹二，始知是僧寺旧号“开元”[④]。苏公帖字画遒劲可爱，今见在寺中，好事者日摹刻焉。

卧佛教寺，在城东南隅。旧有寺，已废。洪武二十七年十一月，僧正如安因旧

---

① 案本志卷十六所录喻则成《重建云龙山兴化禅寺记》：“昉于宣德甲寅，而迄于正统丙辰初元。”甲寅年为宣德九年，非八年。两说互异。

② 原作“所前后”，据文义乙正。

③ 原作“一”，参喻则成《重建开元寺记》改。案喻记：“南北以丈计者凡百。”与此稍异。

④ 案喻则成《重建开元寺记》：“初创殿时，于旧僧房入地数尺得石刻一，上镌苏文忠公与法明师手帖凡三首，字画遒婉可爱。后志云：‘元丰八年六月望，住徐州开元寺东院传教、赐紫沙门法明题。’人始知是寺旧名开元，而今称‘铁佛寺’者，从俗便也。苏公贴有云：‘开元大殿，非吾师学行神人响应，安能成？’后题云‘开元寺东院’。则是寺在宋时，固一巨刹也。”文见康熙《徐州志》卷三十二《艺文五》。

基而建。有佛殿五间，中有卧佛一。外有四天王殿三间，门三间。宣德二年，僧正广善建方丈五间，而僧寮、厨库粗备焉。

大云教寺，去城北四十里。旧有寺，已废。洪武十五年，僧明俊因旧基重建。佛殿、僧房、山门、垣墉皆完。旧名“大云”，不知所始。

台头寺，在城南一里许，戏马台上。

云龙寺，在城南三里，云龙山上。

龙兴寺，去城北一百二十里。

青龙寺，去城西二十五里。

神山寺，去城东一百里。

兴佛寺，去城东一百里。

显庆寺，去城东九十里。

显庆寺，去城东一百里。

兴国寺，去城西北一百四十里。

——右自台头至兴国，凡九寺，皆废，微有基址。

院

弥陀院，在城东南六十里。其院创于前元时，不详其年月。至国初已废，止遗基而已。宣德十年，有尼姑徐氏因捐己资，创正殿五间，颇宏壮。而方丈、厨库之类，皆有成绪。既而尼以事去，今僧正广善恐其遂废也，因命其徒文环往主其事。而正殿犹覆以茅焉。

观音堂，在城东南隅。洪武中，已有其制。永乐三年，有李百户者重建。中有观音小殿三间，穿廊一间，外轩三间。其尼姑所居之房，则在其左右焉。今主其事者，则尼姑李氏也。

功德禅院，在城北八十里。元中统中，有赈公禅师者自中山来，时徐邳二州总管李［杲哥］① 与其妻亦底氏，特建是院以居之。后赈公既为沂州普照寺中住持，因命其徒主是院。至元季，毁于兵，惟址存焉。

龙兴禅院，在城北十里。金大定三年，僧慧信建。旧有佛殿，遭兵而废，慧信乃重建佛殿、法堂、僧舍，中凿井以便汲引。慧信请额于朝，因赐是命意。是院当时亦为宏丽，虽有碑可考，但所记不② 详。今惟存其址耳。

十方奉圣禅院③，在城东北九十里。金大定十六年，僧德诚因旧有佛祠已废，乃募缘重建。若大殿、法堂，以及两廊、僧寮、厨库，皆完美矣。后毁于兵，今惟碑一在耳。

香亭院，去城东七十里。元大德初，僧普住，邢台人，因旧基重建佛殿、僧堂、方丈，以至仓库、庖湢之所皆具。仍于院侧置田一百余亩，收其入以赡其徒。

① 原空阙。案《元史·世祖纪二》《郭侃传》，中统仅五年，前徐邳总管曰李杲哥，后曰郭侃。据补。

② 原倒作“不记”，据文义乙正。

③ 原作“十方奉神圣院”，据弘治《重修徐州志》及后志改。

今亦废矣。

洪福禅院，在城北一百十五里。宋崇宁元年，僧慧诚，彭城县孙村黄氏子，幼慕佛法，其兄因施村西高埠地，结庵使居之。慧诚以庵之狭[①]小，不足以崇信礼，因募缘以建院，有前后殿及东西两廊。院初名“元宗”，至大观三年，其徒智方再加修治，朝廷因敕号“洪福禅院”。详见进士孙炳文记[②]。今废。

弥陀院，去城东四十里。

奉圣院，去城北一百里。

英蕙院，去城北一百二十里。

崇兴院，去城北六十里。

华严院，去城北三十里。

弥勒院，去城东六十里。

尼姑院，去城东一百二十里。

兴福院，去城东南四十里。

宝光院，去城东南五十里。

福胜院，去城东九十里。

寿圣院，去城东九十里。

天圣院，去城南五十里。

兴福院，去城东九十里。

下生院，去城东四十里。

堌台院，去城东四十里。

崇兴院，去城［北］[③]五十里。

十方罗汉[④]院，去城北七十里。

龙兴院，去城北五十里。

寿圣院，去城南四十里。

重福院，去城西北五十里。

宝峰院，去城北二十里。

禅登院，去城西北九十里，有塔二。

妙觉院，去城北一百十里，有塔一。

——右自功德禅院至妙觉院，共二十八院，皆创宋、元、金之时，今废弛，惟有基存焉。

观

真武观，在城东南。永乐初，有道人盖茅庵三间，中塑真武而已。宣德二年，都督郑铭来守徐州，更为大殿三间。后建道院三间、厨房三间、西房三间、门楼三间。而郡人文贤捐己资，塑玄帝像，及施观中应用什物。正统二年，徐州卫帖委舍人包道玄看守焉。

八仙观，在城西南隅。

白云观，去城东七十里。

庆真观，去城东六十里。

瑞云观，去城西北四十里。

集仙观，去城东南八十里。

三清观，去城南五十里。

——右六观皆摧废，微存基址焉。

① 原作“挟”，径改。
② 本志艺文各卷无孙炳文记。
③ 字据嘉靖《徐州志》卷九《寺观》补。
④ 原倒作“汉罗”，据文义乙正。

祠庙

明则有礼乐，幽则有鬼神，则祀典神祇所当祭者，岁时之常礼也。礼，徐之庙祀多矣。今将见在及已废者，备载于此，亦可见楚俗信神重祀之遗风云。

庙

城隍庙，在城东南隅。洪武二年[①]，知州文景宗建。是年，太祖高皇帝特诰赠神为“鉴察司民城隍灵佑侯”，诰文刻石于庙中。宣德九年，郡守杨秘以庙渐摧毁，更撤旧而新之，于是庙貌视旧益宏丽矣。今守庙者，则臧让焉。（碑“诗文”类附）

东岳行祠，在城西南隅。洪武二年二月，庙祝袁书文建。宣德九年，郡守杨秘因旧基更开广之，易三间为五间，增立仪门并两庑，其规模[②]较之于昔益壮丽矣。

螟昆庙，在城西北五里。旧有庙及碑，已毁，乃前元至元间所立者。洪武三十年，知州杨节仲因再建。宣德十年，郡守杨秘以旧庙隘陋，悉撤旧材，更建屋三间，外设以门，缭以周垣。同知玉山喻公则成作文记之。（详“诗文”类）

灵源弘济王庙，在城东四里百步洪上，即旧圣女祠。宋熙宁中，苏文忠公为徐州守，因与王定国、参寥师月夜泛舟百步洪[③]，过圣女祠，有“乱石一带争嵯峨”之句，正谓此也。宣德七年，奉行在礼部勘合，命有司岁时致祭焉。（碑详“诗文”类）

河平王庙，去城东六十里。元时有庙，已毁。永乐元年，庙祝孙珪建。宣德七年，奉行在礼部勘合，命有司岁时致祭。宣德九年，知州杨秘重修，为立碑以记[④]其事，即今青山龙神庙也。（碑详“诗文”类）

龙神庙，在吕梁下洪，去城东南六十里，即今黄河龙神庙也。前元时，驿丞董恩等建。宣德七年，奉行在礼部勘合，命有司岁时致祭焉。（碑详“诗文”类[⑤]）

吕梁洪庙，去城东南六十里，元时董恩建。（碑详“诗文”类）

关尉二公庙，去城东南六十里。旧惟草房三间。宣德七年，刑部郎中王[⑥]溥来

① 原作“洪武二十年”，“十”字衍，据弘治《重修徐州志》、嘉靖《徐州志》删。

② 原作“模模”，傍缀衍文符号，意当止存其一。今径改作“规模”。

③ 案苏轼《百步洪二首并叙》云：“王定国访余彭城，一日棹小舟，与颜长道携盼、英、卿三子游泗水。……余时以事不得往，夜着羽衣，伫立黄楼上，相视而笑。……定国既去逾月，复与参寥师放舟洪下。”弘治《重修徐州志》载苏轼手书十六字石刻：“郡守苏轼、山人张天骥、诗僧道潜月中游。”此“王定国”应为“张天骥”。元傅汝砺《灵源弘济王庙碑铭》：“宋熙宁中，坡公与王定国、参寥师月夜泛舟百步洪，过圣女山，有‘乱石一带争嵯峨’之句，盖谓此也。”此为误记。本志所载，应本于傅文。

④ 原作“祀”，径改。

⑤ 本志未见，所指即元卢挚《龙神庙记》，见康熙《徐州志》卷三十一《艺文四》。

⑥ 原作“主”，据本志卷十四宋骥《青山龙神碑并序》“刑部郎中会稽王公溥”句改。

督漕运，因旧基建正屋三间，中设二公神像。穿廊三间，前屋三间，库房二间。宣德七年，奉行在礼部勘合，命有司岁时致祭焉。事详前翰林承旨吴兴赵孟頫所撰记。（记详“诗文”类）

龙王庙，在城西二十里。庙前即高帝拔剑泉。旧有庙，已废。洪武三十二年，知州杨节仲因旧基再建。（碑详“诗文”类）

灌口神庙，在城北四十里。旧有庙，已废。洪武三十一年，乡人陈士宜因旧基重建。

玉皇庙，去城西北九十五里。旧有庙，已废。洪武三十一年，乡人李聚等建。

晏公庙，去城北半里。洪武十九年，庙祝叶良兴□[1]。

高皇庙，在城东南五里[2]。旧［庙久废。永乐间，耆民梁聚等建］[3]。近祈祷多应，徐州卫指挥使朱荣，于正统元年新其祠宇焉。

留侯庙，在城北一百里留城［西北隅］[4]，遗址尚存。汉封张良为留侯，死而立庙于此。

昭惠显灵真人祠堂，在城东南六十五里。其庙创于前元时，今废，惟遗址在耳。有碑尚存。（详“诗文”类）

宣圣庙，在城北五十里。元时，有一儒者常以朔望诣城谒宣圣庙，既而惮于涉远，因建庙于此，以便拜谒。

已革三皇庙，在城西北隅。洪武初，因旧基而建。二十九年，言者以为三皇既祭于京师，天下不宜立庙。始撤之，以其地为永福仓。今仓亦废，而悉为民居矣。

火德星君庙，在城凡四：一在西北隅，宣德九年知州杨秘重修；一在北关；一在百步洪上；一在云集桥边。

东岳行祠，除在城，而在外又四焉[5]：一在城北六十里；一在城北一百二十里（详“诗文”类）；一在城东南五十里，今有茅屋三间。

旗纛庙，在徐州卫公署后。洪武□[6]年建。每年秋霜降节，必致祭于此。宣德六年，新设徐州左卫，以未有庙，请于朝，特命就于是庙合祭焉。

司马神庙，在城南一里。宣德七年，本州为喂养官马，因建。有屋三间，周垣以缭之。

① 下有脱文。
② 原作“三里”，据弘治《重修徐州志》、嘉靖《徐州志》改。
③ 原空阙，十二字据弘治《重修徐州志》、嘉靖《徐州志》补。
④ 原空阙，三字据弘治《重修徐州志》补。
⑤ 疑在城、在外共有四所。
⑥ 原空阙。

义勇武安王庙，去城南三十里（碑详“诗文”类[①]）；一在城北六十里。

高皇庙，在城东南五十里。

圣女庙，在城东北九十里。

玉皇庙，在城南五十里。

老君庙，在城北一百二十里。

高祖祠堂，在城□[②]四十里。

昭惠庙，在城北一百二十里。

至圣炳灵王庙，在城东北九十里。

——右自义勇武安王庙，[至][③]至圣炳灵王庙，惟玉皇庙有茅屋三间，余皆废弛，或基址微存，或碑记可考，姑因旧志而志其额。

坛壝

夫春祈秋报，典礼之常。伏惟圣朝法古为治，崇重祀典。洪武二年，大举祀事，颁降社稷、山川各坛仪式于天下，俾为守令者知所以祈报。徐居畿内，而坛壝之制，首遵式而行。但前代之制，则莫可考也。

社稷坛，在城北二里。洪武二年，知州文景宗建。坛制：东西二丈五尺，南北二丈五尺。四出陛各三级。坛下前一十二丈，东、西、南各五丈，周缭以墙。四门红油，由北门入。坛上石主一，长二尺五寸，方一尺，埋于坛南正中，去坛二尺五寸，止露圆尖，余埋土中。神牌以木为之，硃[④]漆青字，高二尺二寸，书“州社之神”“州稷之神”。临祭，设于坛上，俱北向。祭毕藏之。神厨三间，宰[⑤]牲房三间，库房三间；水池一，凿于宰牲房内；井一口。祭器祝帛之制，详见于《洪武礼制》。

风云雷雨山川城隍坛，在城南门外一里。洪武二年，知州文景宗建。牌位凡三：一曰“风云雷雨之神”，一曰“徐州境内山川之神”，一曰“徐州城隍之神”，俱南向。由南门入，不用石主。其余坛制及厨库、祭器，与社稷同。详见《洪武礼制》。

郡厉坛，在城北二里。洪武八年，知州高玉琳[⑥]建。周缭以墙，一门，南向之。坛制与社稷同。临祭时，设本州城隍神位于上。坛之前三丈许，树石碑一，以刻祭厉文。岁以清明、中元节、孟冬一日致祭。祭仪详见《洪武礼制》。

乡厉坛，在州旧九十四里，每里设一坛，凡九十四所。宣德七年，增一百三里，凡为坛一百三所焉。

---

① 本志艺文卷无此碑文。注所谓“详‘诗文’类”，疑据永乐旧志删削未尽之文。

② 原空阙。

③ 字据文例补。

④ 原作“硃”，据《明会典·祭祀》改。

⑤ 原作“案”，径改。

⑥ 原作“林”，据弘治《重修徐州志》、嘉靖《徐州志》改。

惠政

昔文王发政施仁，必先于鳏[①]寡孤独，诚以天［下穷］[②]民之颠连无告者，尤仁政之所当急。此可见圣人仁民爱物之心，即天地生物之心也。我皇明之有天下，凡郡邑必令置养济院一所，以养民之无依者，人月给米三斗及柴薪，冬夏给布各一匹，有司常加监视，罔有失所。徐州于洪武十五年，于州治稍东南六十步建养济院。初有正屋三间，东西偏房共十间。历岁既久，坏[③]于风雨。宣德七年，重加修理。中为屋三间。东房三间，以居鳏夫；西房三间，以处寡妇[④]。外门一间，周缭以墙。若前代之创置，则莫可得而考焉。

附见

安乐堂一所，在城东南隅。永乐十年建。凡远方往来军民之有疾病者，于此调养，官给医药、饘粥之费。今废。

桥梁

河渡附

天根见而水涸，水涸而梁成，此古之制也；而徒杠舆梁，见称于轲书。则桥梁之建，有不容后者。徐当南北水陆要会，往来之人，日憧憧焉。若万会、云集诸桥，皆居孔道，有不可一日废者。旧志云：二桥皆垒石为之。今以前元田稷所撰《大通桥记》考之，则徐之桥梁，垒石为之者非一。今云集桥下有巨方石，纵横于奔流中，盖是桥在前元时，固为石桥。因汴水至此益峻悍，虽石桥而易坏矣。惜乎今石桥不可作，徒藉舟为浮桥，但易坏而不可恃以久也。今以古今桥梁，备书于此，庶后人有所考。

元

大通桥，在北门外二里许汴水上。旧有石桥九洪，后因河涨而圮。至元二十四年，徐州同知耿庭瑞重建石桥七洪，亘五百三十尺，广二十八尺，则是桥之壮丽可知矣。今颓圮无余，止遗石于水中，往往为人取去。惟有碑一通，昔坠于水，近因

---

① 原作“鳏”，径改。
② 二字参《孟子·梁惠王下》、张载《西铭》补。
③ 原作“怀”，径改。
④ 原作“媚”，径改。

居民拽于河侧。今人犹称其地为七星桥，盖以洪数而言也。

八仙桥，在城西半里。

小七孔桥，俱去城北半里。

浊河［桥］[①]，在城西北三十里。

——以上四桥，皆元时所建，今废。

汴塘桥二，去城东一百二十里，一五洪，一三洪。

庙相桥，去城东六十里。

柳沟桥，去［城］[②]东十四里。

马头桥，去城东一百一十里。

陡沟桥，去城南二十五里。

普济桥，去城东五十里。

苑家桥，去城南二十五里。

柳泉桥，去城东北五十里。

张家庄桥，去城东北九十里。

西湖桥，去城西北三十里。

大安桥，在西门外半里。

利国监桥，去城东北九十里。

——右自汴塘桥至利国监桥，皆元时垒石为之，但不可考其岁月耳。惟大安桥以木为之，然亦坚致，可通车马。以上十二桥皆存。

皇明

万会桥，旧名大浮桥，在城北二里泗水上。旧志云：元时垒石为之。后因水暴溢而坏。洪武十八年，造浮桥。正统元年，监察御史高峻来徐州，通除[③]弊法，与知州杨秘谋架木为梁，上施栏楯，壮丽冠于一方，因名“万会”，仍刻石记之。未几，泗水大作，而桥复坏矣。大抵汴、泗二水会于彭城下，势既峻悍，复涨溢不常，虽石桥有不可恃者，况木桥乎？今此桥仍作浮桥。

云集桥，在北门外五十步，居汴、泗二水上。旧志云：前元时垒石为之。今其石乱积水中，但以水势悍急，不可以力取[④]。洪武十六年，知州［徐］[⑤]恒联舟作浮桥，至今因之。遇汴水暴涨，必坏。正统二年，今郡守括苍[⑥]汤公惟坚患桥之易坏也，谋为久远计，于是先筑两堤，联舟于中，绊以铁索，上施栏楯，而桥视昔为壮丽矣。

上小浮桥，在北门外。宣德□[⑦]年，知州事杨秘以云集桥当汴、泗二水上，水势悍急，人畜时有溺死者，乃择上流平缓处，藉舟作浮桥，人皆便之。正统元年，

---

① 字据文例补。

② 字据文例补。案嘉靖《徐州志》：柳沟桥，在城东定国山而北二十里内。

③ 原作“褚”，径改。

④ 原作“耴”，径改。

⑤ 字据职官补。

⑥ 原作“仓”，径改。

⑦ 原空阙。

复架木为之，仍施栏楯，人益以为便。未几，汴水暴涨，坏其北[①]一半。今一半尚存，北则方舟而济也。

演武桥，去城北一里。洪武元年，徐州卫指挥佥事蔡详造。

河渡

吕梁渡，在城东南六十里。

末直渡，在城北二十里。

乔家渡，在城东南三十里。

——右三渡，皆官备舟楫以济往来之人。

彭城志卷第五

① 原作“此”，径改。

彭城志卷第六

直隶徐州儒学学正余姚宋骥修

驿传

驿传之设[①]，所以通达边情而宣布号令也。洪武初，本州驿传虽设，皆湫隘弗称。及太宗文皇帝建行在北京，以徐当南北水陆之要，使轺驲骑，昼夜络绎，于永乐十三年始降式令高大之。于是徐之驿传之设[②]，视前益宏丽矣。以故使客往来，陆则有车马，水则有舟楫，土则有馆舍，顿则有供养帐，饥渴则有饮食。呜呼！我朝制度之备，视古为益盛矣。

元

张村马站，去城北六十里，今废。（前代可考者惟此）

皇明

递运所，在城北半里。洪武二年建。额设红船六十四只，船夫五百九十七名，防夫六十名。

黄河东岸驿，在泗水东，去城东北三里。永乐十三年重修。额设驴马一百三十匹：马六十四匹，驴六十六头；馆夫五名；马夫六十四名[③]，驴夫六十六名。

彭城驿，去城东南二里。永乐十三年重修。额设站船一十一只，船夫一百十一名；馆夫四名；摆站船二只，船[④]夫二十名。新添河南太康县义安驿船一只，船夫一十名。

石山驿，去城东北四十里。永乐十三年重修。额设马五十匹，马夫五十名，馆夫四名。

利国监驿，去城东北九十里。永乐十三年重修。额设驴马一百四匹：马六十四匹，马夫六十四名；馆夫四名；驴四十头，驴夫四十名。新添宿迁石湖驿马六匹，

---

① 原作“说”，径改。
② 原作“驿设舍”，参下文“铺设”文例改。
③ 原作“匹”，径改。
④ 原作“囚”，径改。

马夫六名；驴三十头，驴夫三十名。

桃山驿，去城南五十里。旧在桃山之西，永乐十三年迁于桃山之南。额设马驴一百一十四匹：马六十匹，马夫六十名；馆夫四名；驴五十四头，驴夫五十四名。新添赵庄驿马六匹，马夫六名；驴一十二头，驴夫一十二名。

房村驿，去城东南六十里。永乐十三年重修。额设站船十二只，水夫一百二十名，馆夫四名。新添河南太康县义安驿站船一只，船夫一十名。新添马驴八头匹：山东高密县水驿马二匹，驴二头，夫四名；山东诸城县东关驿马一匹，驴一头，夫二名；淮安府赣[①]榆县王坊驿马一匹，驴一头，夫二名。

夹沟驿，去城北九十里。永乐十三年重修。额设站船一十二只，船夫一百二十名，馆夫五名。

仓库

仓库之设，所以谨积贮、阜财用而足上下也。徐居水陆要会，商贾往来视他郡颇多，租赋所入亦厚。仓库之设，有不容已者。永乐十三年，又于城南建广运仓，以贮江淮以南租赋而输京。徐之仓廒，至是益盛矣。兹特备述之，以志所自。若前代之所设者，则无所考。惟旧志载元时都酒务一所，今亦录于此云。

元

利国监都酒税务，去城东北九十里，今废。

皇明

永福仓三所：一在州治前街东。洪武元年，知州文景宗建。廒屋一百二十三间，官厅三间，库房一间。一在州治西。洪武三年，知州文景宗建。廒屋五十九间，官厅三间。一在城西北隅。永乐六年，知州张颙建，今废。廒屋一十六间，官厅三间。

永成库，在州治前街之西。洪武十五年，知州徐恒建。正厅三间，前轩一间，门一间，库房五间。

徐州卫仓二所，宣德□[②]年，奉户部勘合，凡军卫仓廒，并于有司。是仓今属徐州。一在州治之东。永乐五年，千户滕政造。廒屋一百三十四间，官厅三间。一

---

① 原作“戆”，径改。

② 原空阙。

在城西北隅，洪武二十五年，指挥范政建。厫屋四十五间，官厅三间。

徐州卫屯仓七十六所，洪武七年，指挥佥事严渊等造。每仓收贮逐岁子粒，多寡不等。本州九里山前等处二十七所，沛县汉亭等乡二所，萧县红亭等乡十一所，砀山县柳庄等社三十五所，河南归德州夏邑县绣女寨一所。

广运仓，在城南二里。永乐十三年，判官梁逊建。至宣德五年，又行增设。旧厫五十座，计屋五百间；新厫五十座，计屋五百间。官厅三间，前轩一间，后堂三间，门四座。

税课局，在城西南隅。洪武六年，副使李敬建。正统元年，大使冯箕重建。正厅三间，前轩一间。岁办课钞三万八千二百五十四贯四百文。

吕梁税课局，去城东南六十里。洪武六年十一月，大使张让建。正统元年，奉户部勘合，凡天下税课局钞不及三万贯者，并于有司。是局今于吕梁巡检司领其事焉。

济留仓，即古常平仓也。岁丰，则官给价以收籴之；岁歉，则出以济民。每仓则以老人并大户司其出入，本州官时加巡视。仓凡四，永乐三年建：吕梁洪仓，在一乡，岁收粮一百二石；黄山村仓，在二乡，岁贮粮一百六石；境山仓，在三乡，岁贮粮一百二十二石；赵团［山］①仓，在四乡，岁贮粮一百十石三斗。

兑运仓，在城东北三里沟。每岁收贮本州及萧、砀二县秋粮，以备徐州卫及徐州左卫漕运转输之粮。正统元年，建徐州仓、萧县仓、砀山仓。

境山河泊所，去城北四十里。洪武十四年开设。后因鱼课缺少，革之。

铺舍

置邮传命，古有其制矣。近代置急递铺以达文书，其亦置邮之意欤？自太宗文皇帝建行在于北京，而徐当南北之冲，四方文移，率由于此。故铺舍之设，视前代特盛。每铺设铺司一名。铺兵则多寡不等，走递文书，昼夜须行三百里。铺司则专提铺兵，附写铺历。复设铺长一名，以提督本铺。本州则时常委官点视，考其稽滞而惩艾之。此急递铺之大凡也。

本州铺舍，俱系洪武九年，知州文景宗委老人晁原等建。为铺凡三十有二，每铺正屋三间，邮亭一座，东西房各三间，门一座。

总铺，在州治前。（司兵十名）

---

① 字据弘治《重修徐州志》补。

三山铺，去城东［南］十里。梨[①]林铺，去城东［南］二十里。

黄钟铺，去城东［南］三十里。却鲍[②]铺，去城东［南］四十里。

吕梁铺，去城东南五十里。房村铺，去城东［南］六十里。

龙堂铺，去城东南七十里。双沟铺，去城东南八十里。

——右八铺，每设司兵四名，通淮安邳州界。

九里沟铺，去城西南九里。陡沟铺，去城西南二十里。

尔[③]家庄铺，去城西南三十里。孤栗树铺，去城西南四十里。

——右四铺，每设司[④]兵八人，通萧县及宿州界。

刘家[⑤]庄铺，去城西十里。鱼张铺，去城西二十里。

义安铺，去城西三十里。

——右三铺，每设司兵四名，通萧县界。

曹家庄铺，去城北一十里。王堌[⑥]朔铺，去城东北二[⑦]十里。

夏家庄铺，去城东北三十里。圪挞铺，去城东北四十里。

单庄铺，去城北五十里。高村铺，去城北六十里。

利国监铺，去城北七十里。

——右七铺，每设司兵八人，通兖州府峄县界。

彭城志卷第六

① 原作“梁”，据弘治《重修徐州志》改。
② 原作“包”，据弘治《重修徐州志》改。
③ 原作“佘”，系“尒”形讹，据弘治《重修徐州志》改。
④ 原作“因”，据文例改。
⑤ 原作“泉”，据弘治《重修徐州志》改。
⑥ 原作“涸”，据弘治《重修徐州志》改。
⑦ 原作“三”，据里次改。

彭城志卷第七

直隶徐州儒学学正余姚宋骥修

古迹

徐自昔为名郡，古迹尤多，历年既久，渐湮没无闻。况自宋、元以来，郡乘不修，所闻于人者，特十之一二耳。余尝谓徐之疆域，虽不过二百里，凡英雄豪杰之所经理，文人墨客之所题咏，不知其几，惜乎今皆不可得而闻也。今因旧志所载者，微加隐括，以述于篇。其所遗者，则询之父老、稽之载籍而补之，视旧增什之三四焉。若其犹有遗者，尚俟博洽君子。

微子墓，在城北九十里微子山。周武王封微子于宋。时彭城为宋之属邑，故微死而葬于此也。

留城，在城北一百里。汉初为县。高帝遍封[①]功臣，使张良自择齐三万户。对曰：“始臣起下邳，与上会留，此天以臣授陛下。臣愿封留足矣。”遂封良为留侯，即此地。今其城尚存。旧有子房庙，今毁。

舞阳城，去城北五十里。汉高帝封功臣樊哙为舞阳侯，于此筑城以居。其址见存。

梁王城，去城东南六十里。汉高帝封彭越为梁王，因城此[②]以居。其城见存。

迷刘城，去城西南二里。世传汉高帝与项羽决战，兵大溃，一时不知帝之所在，因名其营为迷刘城。此说未知何据。

灰城，去城西北一百里。世传汉高帝所筑。

食城，去城北一百四十里。世传亦高帝所筑，尝于此犒师，故名。

——右自迷刘城至食城三城，世传皆为汉高帝所筑。此说恐未可信。三城盖亦前世之营寨，而徐人妄引高帝以夸人耳。

---

① 原作“徧对”，径改。
② 原作“北”，径改。

彭城楼[①]，在城东北隅，汴、泗二水经流其下。今废。

徐君墓，去城北四十五里。昔延陵季札将聘上国，道经于徐。徐君爱札佩剑，口不言。札心知之，为使上国，未献。及还，徐君已死，乃挂剑于冢树而去，以不倍其心许云。

挂剑台，在城北四十五里，即季札挂剑处也。时人高其谊，为筑台以表其事。其址尚存。（碑详“诗文”类）

司马向魋墓，在城北九里。昔彭城为宋之属邑，故魋葬于此。魋为石椁，三年而不成，孔子讥之，即此地也。宋［苏］[②]文忠公尝游此，有记。（详“诗文”类）

戏马台，在城南一里。昔项羽因山筑台，以观戏马；后刘裕镇彭城，于九月九日率僚属登此饮宴，后遂相传以为故事；魏太武南侵，因攻彭城不克，乃设毡帐台上，以望城中，皆此地也。宋时有僧建寺于其上，名台头，今废。

亚父冢，在城南一里许。昔楚围汉王于荥阳，范增因劝羽急攻下之。时羽受陈平反间，已有疑增之心矣，不听其计。遂乞骸骨归。未至彭城，疽发背死，遂葬于此。元季时，有贾胡盗发其冢，深四十尺许，得一宝剑云。虞劭庵、朱本初有诗述其事甚悉。（详“诗文”类）

陵母墓，在城西二里。汉王陵既事高帝，项羽取陵母置军中，欲以招陵。其母[③]因与使者曰：“为我语陵，毋以我故持二心。”遂伏剑而死，故葬于此。

楚王墓，在城西二十里楚王山。有古冢数十处，皆依山为之，甃以巨方石，其冢甚大。相传以为楚元王交子孙之墓。以山名推之，疑世传为是。

梁王墓，去城东南六十里。旧志云：汉封彭越为梁王，既死而葬于此。按《汉书》：高皇帝十一年，帝初击陈豨，征兵于梁，梁王称病不行。吕后令人诬其谋反，遂被诛，枭首洛阳。梁大［夫］[④]栾布祠而哭之。上欲烹之，布曰：“梁王剖符受封，亦欲传之万世。今陛下一征兵，王病不行，而陛下诛灭之，臣恐功臣人人自危也！”上乃释之。梁王之死，其本末如此。而此有其墓，岂其死于洛阳而归葬于其所封之国欤？

樊哙墓，去城北三十里。哙受封于舞阳，故葬于此。

---

① 按：此条自《东坡全集》卷九《送郑户曹》诗“水绕彭城楼”所得。考《东坡诗集注》卷十五作“彭祖楼”，实为一楼。《水经注》：“城之东北角，起层楼于其上，号曰彭祖楼。……其楼之侧，襟泝带泗，东北为二水之会也，耸望川原，极目清野，斯为佳处矣。”《太平寰宇记》：“魏神龟二年，刺史元延明移彭祖庙于子城东北楼下，俗呼楼为彭祖楼。”弘治《重修徐州志》：“彭祖楼，在城东北隅，有石刻‘彭祖楼’三大字，久毁。”宋骥未察，故《古迹总论》云“彭祖楼已莫详其处矣”。

② 字据文义补。

③ 原作“墓”，径改。

④ 字据《史记·栾布列传》补。

磨旗穳，在城西九里山上[①]。世传樊哙磨旗于此，此其穳之迹也。

张良墓，去城北六十里。良受封于留，故葬于此。

刘向墓，去城西北二里。向，楚元王之子孙，故死于此。今俗呼为“怨骨堆”，大可笑也。

刘公子[②]墓，去城西九十里。公子名平，光武时为全椒长，归葬于此。（详“人物”类）

华陀[③]墓，在城南半里。旧志云：陀，沛人，善医。因忤曹操旨见杀，首葬于此。其墓今在山川坛侧。永乐初，知州杨节仲因修坛劚土，得一首甚巨，疑即陀首，遂加土而瘗之。今墓前有石碣[④]题曰“后汉名医华陀先生之墓”。余昔尝游陈，之项城，亦有陀冢，其冢比于今者甚大。岂陀之死，首葬于此而身葬于彼欤？不可考也。（详“方技”类）

陶谦墓，去城西四十里。东汉末，谦为徐州牧，死葬于此。

尉城，去城东南六十里。唐尉迟恭开吕梁二洪，因筑是城以居民。洪上今有尉公庙。

燕子楼，在城西北隅。唐贞元中，张建封为徐泗濠节度使[⑤]，因筑是楼，其妾盼盼居之。公薨，不他适，居是楼凡十余年，时人哀其节焉。昭宗景福二年，时溥为徐州节度使，朱全忠攻其城，拔之，溥举族登是楼焚死。今微有其址。

黄楼，在城东北隅。宋熙宁中，苏文忠公出守徐州。时河决曹村，泛于梁山泊，溢于南清河，汇于城下，涨不时泄，城不浸者三版。轼庐于城上，使吏民分堵以守，卒全其城。水既退，因筑黄楼，以黄为土色，能制水故也。今东北城角楼，即其地也。（赋详“诗文”类）

放鹤亭，在云龙山之西北。宋云龙山人张天骥所筑。时苏文忠公为郡守，尝游其地，为作文记之。今其址废[⑥]。（存《记》，详“诗文”类）

逍遥堂，苏文忠公守徐时所建[⑦]。尝与其弟子由共处于此，有“风雨夜联床”之句，正指此也。今废。

黄茅岗，在石佛山之西。苏文忠公守徐时，尝登此游玩。今其诗见刻在崖下，

---

① 原作“城西九十里山上”。考后志及今址，九里山有樊哙磨旗石。“十”字衍，今删。

② 原倒作“子公”，据《后汉书·刘平传》乙正。下同。

③ 按：华陀，亦作“华佗”“华坨”。今本《后汉书》《三国志》作“佗”，徐州旧志俱用“陀”字，今仍原稿。

④ 原作“竭”，径改。

⑤ 原作“徐泗宿濠节度便”。“宿”字衍，“便”字讹，据两《唐书》本传改。

⑥ 原作“今其北废存”，意殊难解。案弘治《重修徐州志》彭城八景注：“今山人物故矣，亭亦废矣。”当宋骥时，亭未重修，疑“北”为“址”之讹，“存”字入注。

⑦ 按：后志皆云“苏轼为守时，与弟辙尝会宿于此，各有诗”，不云苏轼所建。此说应系俗传。

皆剥落不堪读，后有翻梨本及题名年月。（诗详“诗文”类）

思亭，宋时富人甄氏筑于先垅，陈后山为命名，且作文记之。（详见“诗文”类）

利国监，去城东北九十里。宋苏文忠公守徐时，以其地产铁以利国，故立监以司其事[①]。后以产铁渐少，其监遂废。

苏公堤，在南门外。苏文忠公守徐时，河决曹村，汇于城下，因筑东南长堤以障城，首起戏马台，尾属于[②]城。今堤尚存。

武安州，在城南一里。元末，芝麻李据徐州，丞相脱脱平之，遂隳其城，因徙州治于此，降为武安州。今广运仓，即其地也。

河南王宅，姓陆，名聚，元末为张士[③]诚参政，来守徐州。至正[二十][④]六年，闻天兵下淮安，王即全城归附。时有众尚万余人，遂以功封于此。洪武十年，罢归。今徐州左卫，即其宅基[⑤]也。

朱尚书墓，在城东南六十八里双井村。（详“人物”类[⑥]）

杂著

古迹总论

向余见一达官于彭城驿，而忘其爵里姓名，因问余曰：“昔刘裕为彭城人，今其宅尚有[⑦]存者否？”余默不对者久之。且自谓一事不知，君子所耻。今被一问而即不能对，岂不可耻乎！虽然，彭城故迹，岂特刘裕宅所不可知，他若篯铿之封于此凡八百年，其可知者，惟彭祖井今在北门子城中，而彭祖楼已莫详其处矣[⑧]。他若楚怀王都此二年而迁于郴，项王都此凡五年，楚元王至孙戊都此近五十年，五代汉湘阴公赟[⑨]亦开府于此。意当时宫室府署之盛、城池守御之严，亦必极一时之制度，今皆茫无所考。且卢绾、灌[⑩]婴，汉初之功臣，今丰沛皆有其宅。而彭城五[⑪]王一公，其都邑官室反不可知者，何哉？盖徐之为郡，为南北必争之地，凡更一代，则

① 弘治《重修徐州志》按：“旧志云‘监，苏轼建置’，恐误。”
② 原作“去”，据《宋史·苏轼传》改。
③ 原作“仕”，径改。
④ 二字据本志卷一《历代建置总考》补。
⑤ 原作“墓”，径改。
⑥ 按：尚书谓朱守仁，彭城人，洪武初拜工部尚书。本志卷八《人物》有传。
⑦ 原作“存”，径改。
⑧ 详前“彭城楼”注。
⑨ 原析为“斌具”二字，据《旧五代史·汉书七·宗室列传》改。
⑩ 原作“汉”，径改。
⑪ 原作“王”，径改。“五王”指楚怀王、项羽、刘交、刘戊、刘裕；“一公”为湘阴公刘赟。

人民、鸡犬举不能保。今举其略而言：东汉末，曹操两屠其城。五胡傚扰及南北分争，残伤尤甚。唐遭庞勋之祸，而满城鱼肉。宋金分争，被祸尤酷。元末，丞相脱脱既平芝麻李之乱，而阖城人民无遗者。至国初，犹白骨蔽地，草莽弥望。噫！当其屠戮焚毁之时，虽金石犹不能保，况历代之古迹乎！然他郡古迹之不可知者，必详于郡志，而徐自宋、元以来，文献举不足征，宜其湮没而无闻也。近余见军德[①]修城于学宫后，入地数尺，得一铁栅，盖亦昔人官禁沟渎之所用者，然不知其何代物也。

都邑考

或有问于余曰："子典教事于徐，徐之往事宜知之。先王疆理天下，分为九州，而徐居其一。且一州必有主其事者。徐之君，若徐君，若偃王，若《春秋》所称徐子章羽，皆是也。既有其君，必有其都，以奉先君之宗庙。徐之为都，可得而知乎?"余应之曰："《地志》云：临淮有徐县、僮县。《春秋·僖公三年》：'徐人取舒。'注：'徐国，在下邳僮县东南。'又《括地志》云：'大徐城，在泗州北四十里，古徐国也。僮，在下邳，今泗州是也。'按此，则徐之为国，皆都大徐城也。《春秋》所谓'徐人取舒'，舒即今安庆、庐州之地。今泗州与二州地壤相接，宜徐人之所取也。汉高帝时，淮南王黥布反，击楚，与战于徐、僮间。时楚元王都彭城，而泗州皆其所封之地，则汉时泗州犹称徐僮也。《春秋·哀[②]公二十九年》：季札聘鲁，道经于徐，徐君爱其佩剑，口不语，札心知之，以使上国，未献也。时徐州为梁、宋、吴、楚之冲，齐、梁、汴、洛之道，故季札之聘鲁，必取道于徐也。当时彭城未尝称徐，今彭城乃有徐君墓与季札挂剑台，恐好事者为之，非实事也。昔偃王为楚所伐，乃北走彭城武原山下。今泗州与彭城正南北相对，故偃王之走，自泗州而彭城，正自南而北也。且彭城自唐、虞、夏、殷，皆在徐州之域[③]。于时但称彭城，故《春秋》曰'围宋彭城'，又曰'鱼石入于彭城'。当时，彭城为宋之属邑，初未尝与徐相统。其后徐为吴所灭，而徐子奔楚。宋为齐、魏、楚所灭，而彭城亦属楚矣。以此观之，则徐之为国，其都于泗州之大徐城也，盖较然矣。"问者又曰："然则彭城之称徐州，自何时始也?"余曰："《史记·舜纪》注：'陆终氏之第三子篯铿之后，为彭祖。'自唐、虞，历夏、殷，皆封于此，此时称大彭国。今

① 按："军德"二字殊难解。据弘治《重修徐州志》卷二《寺观》"命军耆邓亨募缘重建"云云，意其军卫之年劭有德者之谓，"德"字似误。

② 原作"衰"，径改。

③ 原作"城"，径改。

城西三十里有大彭山及［大］[1]彭村，皆其遗迹也。自周及秦，皆为彭城。秦末，项羽改为西楚。汉初，改为楚国。至武帝，始为徐州。然则彭城之称徐州，自武帝时始也。及光武中兴，乃以徐治郯，即今邳州，故当时称邳为东徐州。唐时，尚仍故号，故郑常墓志称'都督东徐州诸军事'是也。至南北分争，则以彭城为北徐州，以润州为南徐州。今人称徐州为北徐州者，则自南北时始也。"问者唯唯而退。余时方修郡志，因次第其语，为《都邑考》。

徐戎辩

自伯禽之征徐戎，至今人以戎目徐之人，有事辄[2]相诉以为辱。余谓戎乃西方之夷，而徐在先王所画九州之一，何得以戎加于徐之人哉！按《春秋·隐公二年》："秋八月庚辰，公及戎盟于唐。"而胡氏以为："徐州之戎，久居中国，在鲁之东郊者也。"《庄公十二年》："公会宋人、齐人伐徐。"而胡氏则以"戎在徐州[3]之域"者也。以胡氏二说观之，则戎人居徐州之境，而与徐表里，为中国之患。故或者疑《春秋》比徐人于夷狄，而先儒谓其实不同。且徐，伯益之后，其上世为元德显功，通于周室，与中国冠带之君无以异者也。但其不合与戎表里，为中国患。此其所以得号为[4]戎，而至今不能自辨也。噫！徐以衣冠之国，而一与戎相与，而辱以戎之名，然则君子当慎其所以与人者哉！作《徐戎[5]辩》。

彭城志卷第七

① 字据文义补。
② 原作"辙"，径改。
③ 原作"北"，据胡安国《春秋胡氏传》改。
④ 原作"焉"，径改。
⑤ 原作"城"，径改。

彭城志卷第八

直隶徐州儒学学正余姚宋骥修

历代名宦

自汉以来，最重守令之任，以亲民之职莫是过也。其有治行可称者，必列之史传以示后，其任信为重矣！徐自前代之为守贰者，皆名人硕士，若汉之王尊、唐之张建封、宋之苏轼，此其卓卓然者。至于皇明，得人尤盛，惜年远湮没无闻，今采其传于人者述于此。若前贤之治绩，则以其有及于徐者书之；他则具于全史，故兹得以略焉。

西汉

王尊，成帝时，以前京兆尹为本州刺史。修身洁己，砥节守公，有声。

东汉

陶谦，东汉末为本州刺史。时天下已乱，贡[①]赋罕至京师，独谦遣使奉贡。后升本州牧。疾笃，谓别驾麋竺[②]曰："非刘备不能安此州。"竺率州人迎之。备遂领徐州牧。

晋

谢琰，安帝时，以本州刺史讨孙恩有功，迁会稽太守。

[南朝][③]宋

王玄谟，文帝时为彭城太守。上言彭城要兼水陆，请以皇子抚临州事。朝廷遂以武陵王骏为徐州刺史。

张畅，文帝时为武陵王长史，佐守彭城。魏太武南侵，因攻彭城。城中食少，议欲南归。畅进曰："若有可去之理，下官敢不高赞？但恐一旦动足，百姓逃散。

① 原作"首"，据《明一统志》卷十八改。
② 原倒作"竺麋"，据《后汉书·陶谦传》乙正。
③ 字据文例补，以别后之赵宋。

今军食虽少，未至窘罄。岂有舍[①]万安之术，而就危亡之道？若此计必行，下官请以颈血污马蹄！”骏悟曰：“道民忝为城主，必与此城存亡。长史言不可易[②]也！”既而果获全。

北魏

薛虎子，仕北魏，累迁徐州刺史。在州多惠政，兵民德之。沛郡、下邳太守皆以赃[③]污为虎子所按。

唐

李光弼，肃宗时为都统，镇徐州。惟军旅之事自决之，众务悉委判官张傪。傪吏事精敏，区处如流。由是军中肃然，区[④]夏以宁。

张建封，德宗时为徐州节度使。为政宽厚而有纲纪，不贷人以法，其下畏而悦之。其僚佐皆一时名士，李藩为判官、韩愈为推官是也。在镇十年，军府称治。后卒于徐。

韩愈，张建封为节度时，辟愈为府推官。操行坚正，鲠言无忌。

温庭皓，懿宗时署徐州观察使［幕府］[⑤]。庞勋反，胁庭皓为表，以求节钺。庭皓请还家为之。明日来，曰：“昨日欲见妻子耳。吾岂以笔砚事汝耶？今谨来就死！”勋孰视，笑曰：“书生敢尔，不畏死耶？庞勋能取徐州，何患无人草表！”遂释之。后遇害。

宋

苏轼，字子瞻，眉州眉山人。宋神宗时，知徐州。时河决曹村，泛于梁山泊，溢于南清河。轼虑水[⑥]之至也，预使民具畚锸，畜土石，积刍茭，窒穴隙，以为水备。未几，水及城下，涨不时泄。城将败，富民将出避水。轼曰：“富民出，民皆动摇，吾[⑦]谁与守？吾在是，水决不能败城！”驱使复入。轼诣武卫营，呼卒长曰：“河将害城，事急矣，虽禁军且为我尽力！”卒长曰：“太守犹不避涂潦，吾侪小人，

---

① 原作“拾”，据《宋书》本传改。

②《宋书》《南史》本传作“异”。

③ 原作“赋”，据《魏书》本传改。

④《资治通鉴·唐纪三十八》作“东”。

⑤ 按：《旧唐书·温庭筠传》云“弟庭皓，咸通中为徐州从事”，《新唐书·温庭皓传》载“署徐州观察使崔彦曾幕府”，皆未明言职官。又《新唐书·崔彦曾传》作“僚官”，《旧唐书·崔彦曾传》作“判官”，莫衷一是。今从嘉靖《徐州志》补“幕府”二字。

⑥ 原作“外”，据嘉靖《徐州志》卷十一《宦迹传》改。

⑦ 原作“吉”，据《宋史》本传改。

当效命!”率其徒持畚锸以出，筑东南长堤，首起戏马台，尾属于城。雨复昼夜不止，城不沉者三版。轼庐于城上，誓与城存亡，使官吏分堵以守，卒全其城。方水之至也，老弱蔽川而下，壮者狂走[①]无所食，多死于丘陵林木上。轼使习水者以舟载糗粮以济，得活者无算。轼复请调来岁夫，增筑故城，为木岸，以虞水之再至。朝廷从之。故徐人仰之如父母云。轼在徐时，与高邮秦少游、诗僧参寥子、郡人陈师道相与游焉。

曾肇[②]，哲宗[③]时为徐州太守。以文雅为治，政有可纪。

元

燕只吉台，世[④]祖时为本州达鲁花赤。崇尚经术，明敏敦谨，周知民情。锄强翼弱，恩威兼尽。民皆畏而爱之。

国朝

文景宗，庐州府合淝人。丙午年，由婺源州同知升本州知州。时天下初定，民多流离。景宗招徕赈贷，劝课农桑，民皆安业。景宗性廉洁，善因事成功，如州治[⑤]、儒学以及坛壝[⑥]、城隍祠，皆其所建，民不告劳而事集。后升济南府知府。至今民思念之[⑦]。

刘秩，字伯序[⑧]，江剑人也。文学政事，咸过于人。国初，为徐州同知。时天下初定，秩与知州文景宗协力为政，以极遗黎，焯有政声。后被召入太常议礼，升崇明州知州。民为立生祠。

杨节仲，襄阳府樊城人。洪武三十一年[⑨]，以经明[⑩]行修授知徐州。其为政以厚风俗为务，未几而政化大洽。明年，举城大疫，无一家得免者。节仲素知医，遣医工四出治疗，官给药饵。其有贫者，倡同寅捐俸以给其饘粥之费。仍躬自程督，故医工皆尽其心，由是一城赖以安全。方疫之炽也，节仲以苍术性辟疫，遂[⑪]与台辈

① 原作“往者”，据苏辙《黄楼赋》改。
② 原作“巩”。案《宋史》列传第七十八：曾肇，曾巩之弟，哲宗元祐七年出知徐州。
③ 原作“宋”，据《宋史》本传改。
④ 原作“也”，径改。
⑤ 原作“治”，径改。
⑥ 原作“遗”，径改。
⑦ 原作“之子”。“子”字衍，今删。
⑧ 原作“叙”，本志卷十九作“序”，意同，今从《江南通志》《江西通志》统作“序”。
⑨ 案本志卷十六所收喻则成《徐州重建螟昆祠记》：“国朝洪武丁丑，知州杨节仲重构其祠。”时在洪武三十年已任，与此互异。
⑩ 原倒作“明经”，据文义乙正。
⑪ 原作“遗”，径改。

不远百里采于山泽，散于民，使焚之。性喜奖拔士类，若权谨、张端、朱诩，皆其荐举者，后皆仕有声。在任六年，萧、砀等四县合疏其治状，上于朝。升节仲知大理府事。节仲尤长于文学，有《补薇垣忠告》行于世。后以知府终考，以老谢事回。余之来徐，去节仲仕时几三十年，人往往有称其贤者。惜不得其详，但以传于父老者述于此云。

人物

各县附

徐，古为名郡。自汉高帝起丰沛而定天下，当时乘风云、依日月以垂名于竹帛者，大抵皆丰沛人也。自是以来，代有其人，载之简册，班班可考。或以忠孝，或以行义，或以功名，或以文学政事，前后辉映，可谓盛矣。至于皇明，其人物之盛，无歉前代。故掇其可以垂范于世者，详著乎篇。若其显于前代者，则各具于正史，兹特书其大概云。

西汉

萧何，沛人也。秦时为县主吏。沛公为汉王，以何为丞相。五年，论功行封，以为第一，封酂侯。惠帝三年薨，谥曰文忠。高祖尝曰："镇国家，抚百姓，给馈饷，不绝粮道，吾不如萧何。"与张良、韩信列为"三杰"云。

曹参，沛人也。尝为县狱吏。高祖起，参以中涓从，后迁将军。六年，封平阳侯。惠帝二年，继萧何为丞相，以清净为治。百姓歌曰："萧何为法，较若画一。曹参代之，守而勿失。载其清净，民以宁壹。"卒，谥曰懿。

周勃，沛人也。以织曲簿为生。沛公起，从入汉中，拜为将军。六年，[封绛侯。高后崩，与陈平议诛诸吕，迎立代王，是为文帝。勃为丞相，后以侯就国。卒，谥曰武。子亚夫，为河内守，封条侯。文帝六年，匈奴大入，以亚夫为将军，屯细柳。帝自劳军，有"真将军"之叹][①]，拜中尉。景帝三年，以中尉为太尉。七年，为丞相。后病免，以子连污，乃诣[②]廷尉，呕血而死。

王陵，沛人也。以兵从汉王。天下既定，封为安国侯。惠帝六年，为右丞相。后谏封诸吕为王，太后不悦，迁为太傅。遂病免归。

樊哙，沛人也。幼以屠猪狗为事。秦乱，与高祖俱隐芒砀山泽间。后从帝定天

---

① 按：底本混周勃、周亚夫事迹为一，中有脱文，今参嘉靖《沛县志》卷六《材武》补。

② 原作"诸"，参《史记》《汉书》本传"遂入廷尉"改。

下，封舞阳侯。孝惠六年薨，谥曰武。

灌婴，沛人也。高帝时为骑将，尝从破楚兵垓下。后以兵诛诸吕[①]，封颍阴侯。文帝元年，为太尉。三年，拜丞相。卒，[谥懿侯][②]。

夏侯婴，沛人也。为沛厩司御，少与高祖善。高祖为沛公，以婴为太仆。六年，封汝阴[③]侯。后与大臣[④]立文帝，复为太仆。八年薨，谥曰文。

周緤，沛人也。以舍人从高祖。尝为参乘，从击项羽有功，封蒯[⑤]成侯。

周昌，沛人也。以卒吏从沛公。六年，封汾[⑥]阴侯。后为御史大夫。以强直，选为赵王相。太后[鸩][⑦]杀赵王，昌遂谢病，薨。

周苛，沛人也。以兵从高祖。楚围荥[⑧]阳急，汉王遁去，使苛守。楚破荥阳，欲将苛。嫚骂不屈。项王怒，烹苛。后论功，以其子封列侯。

卢绾，丰县人也。与汉高祖同里人，同日生。及壮学书，又相友爱。高祖起沛，绾以客从。入汉，为将军。后击臧荼有功，封为燕王。

龚舍，字君倩[⑨]，彭城人。通五经。哀帝征为谏大夫[⑩]，以病免。复征为光禄[⑪]大夫，寻乞骸骨归乡里，教授生徒。少与龚胜相友善，俱著名节，故[⑫]世谓之"楚两龚"。

龚胜，字君宾[⑬]，彭城人。哀帝征为谏大夫，迁光禄大夫。王莽秉政，归老乡里。莽既篡，欲拜为祭酒。不屈，不食而死。后刻石以表其里。

刘平，字公子，彭城人。新莽末，天下乱，与母匿野泽中。出求食，逢饿贼，将烹之。平叩头曰："老母待平为命，愿归食母毕，当就死。"平还，既食母，因诣贼。众相谓曰："尝闻烈士，乃今见之。吾不忍食子！"于是得全。光武时，为全椒长，五日一听事。时虎为人害，平视政三日，虎[⑭]皆南渡。有惠爱，狱无系囚[⑮]。太

---

① 原作"必以兵吕咏诸"，据文义改。
② 三字据《史记》《汉书》本传补。
③ 原作"阳"，据《汉书》本传改。
④ 原作"巨"，径改。
⑤ 原作"郁"，据《汉书》本传改。
⑥ 原作"分"，据《汉书》本传改。
⑦ 原空阙，字据《汉书》本传补。
⑧ 原作"荣"，据《汉书·周昌传》改。
⑨ 原作"清"，据《汉书》本传改。
⑩ 原作"谏议大夫"，据《汉书·两龚传》改，下之龚胜条亦同。案《汉书·百官公卿表》："武帝元狩五年初置谏大夫，秩比八百石。"至东汉改称谏议大夫，秩为六百石。《后汉书·百官志二》注引胡广曰："武帝元狩五年置谏大夫为光禄大夫，世祖中兴，以为谏议大夫。"
⑪ 原作"卿"，据《汉书》本传改。
⑫ 按："故"前原衍一"俱"字，今删。
⑬ 原作"实"，据《汉书·龚胜传》改。
⑭ 原作"兽"，盖唐人笔记避讳，后世因之未改，今恢复本字。
⑮ 原作"击因"，径改。

守、刺史行部，惟班诏而去。

[施][1]雠，字长卿，沛人也。从田王孙受《易》。为人谦让，不肯教授。宣帝时拜为博士，与诸儒论难五经同异于石渠阁。史称十五[2]，而雠为之首。

东汉

姜肱，字伯淮，彭城人。与二弟仲海、季江，俱以孝行著闻。尝与季江适野，遇劫贼，兄弟更相欲死。贼遂两释焉。桓帝时，累征不至而卒。

朱浮，字叔元，萧人。初拜幽州牧，迁执金吾，后为大司空。显宗时，以直言见杀。

刘矩，字叔方，萧人。初为雍丘令，以礼为化。累迁至尚书令。

桓谭，字君山，彭城人也[3]。光武时为议郎。初，帝以赤伏符即位，由是信用谶文，多以决定嫌疑。谭上[4]疏谏曰："天道性命，圣人所难言，自子[5]贡以下不得而闻，况[6]后世小儒，能通[7]之乎？今[8]诸巧慧小才技数之人，增益图书，矫称谶记，以欺惑[9]贪邪，诖误人主，焉可不抑远之哉！陛下宜垂明听，发圣意，屏群小之曲说，述五经之正义。"疏奏，帝不悦。会议灵台所处，帝谓谭曰："吾欲以谶断之。"谭默然良久，曰："臣不读谶。"遂极言谶之非经。帝大怒，将下斩之。谭叩头流血，良久乃得解[10]。出为六安丞。谭又尝著书，言当世事二十九篇，号曰《新论》云。

赵孝，沛人也。王莽末，天下大乱，人相食。孝弟礼为饿贼所得，孝自缚诣贼，曰："礼久饿羸瘦，不如[11]孝肥饱。"贼惊曰："且归，持米糒来。"孝求不得，复往报，遂皆不害。后孝、礼并大贵。

---

① 字据《汉书·儒林传》补。
② 按："十五"二字未详何解。考《汉书·儒林传》序列六经，以《易》为首，施雠于《易》家较前，疑本意为"史称五经十四博士，而雠为之首"。实情待考。
③ 案《后汉书》本传，实为沛国相人。
④ 原作"工"，径改。
⑤ 原作"字"，据《后汉书》本传改。
⑥ 原作"光"，据《后汉书》本传改。
⑦ 原作"道"，据《后汉书》本传改。
⑧ 原作"人"，据《后汉书》本传改。
⑨ 原作"或"，据《后汉书》本传改。
⑩ 原作"叩头良久，流血乃得解"，据《后汉书》本传改。
⑪ 原作"知"，据《后汉书》本传改。

三国

夏侯惇[①]，沛人也。年十四就学，有辱其师者，惇杀之，由是以烈气闻。仕魏太祖，为大将军。谥忠侯。

张昭，字子布，彭城人。孙策定江东，昭为长史。策待以师友之礼，文武之事一以委之。吴王权立，礼敬弥重，拜辅吴将军，班亚三司。昭容貌矜严，有威风，自权以下皆惮之。卒，赠娄侯。

晋

刘牢之，字道坚，彭城人。沉毅多计画[②]。谢玄北镇广陵，以牢之为参军，领精锐为前锋，百战百胜，号“北府兵”。后为龙骧将军，领江州。桓玄反，牢之犹豫不决而死。

刘敬宣，字万寿，牢之子也。初为咨议参军[③]。桓玄反，牢之欲降。敬宣谏，不听。牢之犹豫不决而死。遂奔[④]洛阳。宋武帝在京口，手书召[⑤]之。敬宣驰还，袭封武冈县男，后迁青兖刺史。

刘隗，字大连，彭城人。少有文翰。避乱渡江，晋元帝以为从事中郎，迁丞相司直。后王敦作乱，隗攻之不克，携妻子奔石勒。

武陔[⑥]，字元夏，沛人也。与二弟叔夏、季夏，并总角知名。仕晋，位开府仪同三司。叔夏至散骑常侍，季夏至尚书。

刘伶，字伯伦，沛人也。性嗜酒，放情肆志[⑦]。尝乘鹿车，携一壶酒，使人荷锸[⑧]随之，曰：“死便埋我！”未尝厝[⑨]意文翰，惟著《酒德颂》一篇。后仕晋[⑩]为建威参[⑪]军，以寿终。

刘弘，字和季，沛人也。少家洛阳，与武帝同居永安里[⑫]，又同年。累迁荆州都督，在州多善政。永兴二年，进车骑将军。及卒，父老追思，虽《甘棠》之咏召[⑬]

---

① 按：夏侯惇，原误入南北朝之元魏，今据《三国志》前置。
② 原作“昼”，径改。
③ 原作“征参将军”，据《宋书》《南史》本传改。
④ 原作“令”，据《宋书》《南史》本传改。
⑤ 原作“石”，据《宋书》《南史》改。
⑥ 原作“陵”，据《晋书》本传改。
⑦ 原作“忌”，据《晋书》本传改。
⑧ 原作“锦”，据《晋书》本传改。
⑨ 原作“指”，据《晋书》本传改。
⑩ 原作“东晋”。案刘伶西晋人，“东”字衍，今删。
⑪ 原作“将”，据《晋书》本传改。
⑫ 原作“圣”，据《晋书》本传改。
⑬ 原作“居”，据《晋书》本传改。

伯，无以过也。

南［朝］[1] 宋

刘勔，字伯猷，彭城人。少有志节，兼[2]好文义。仕明帝时，累迁豫州刺史，加都督。及桂阳王作乱，加持节、镇军将［军］[3]，与贼战，败，死之。子悛[4]、绘[5]，皆有才能。悛仕齐，至领军将军，兼[6]侍中；绘历中书郎。

到[7]彦之，字道豫，彭城人。从武帝有战功，为中领军。元嘉二年，破谢晦，因监荆州府事，迁南豫州刺史。后以右将军统诸军北伐，军败，免官。

到溉，字茂灌[8]，彭城人。少贫孤，与兄沼[9]、弟洽俱知[10]名。溉长八尺，眉目秀美，美须髯，举动风华，善于应答。武帝初，为通事舍人，后历御史中丞、吏部尚书。洽以至御史中丞。时则人有同郡刘孝绰、刘苞、刘孺，沛国刘显等，及溉、洽，与御史中丞任昉，车轨所至，号曰“［兰］[11]台聚”。

刘粹，字道冲，萧人。事武帝竭诚，历[12]封滠阳县男[13]。文帝时，拜雍州刺史，加都督，卒于官。

刘孝绰，以字行，绘之子也。幼聪敏，七岁能属文，兼善草隶。宋武帝［时］[14]，累迁秘书丞，转廷尉卿。孝绰辞翰优赡[15]，文集数十万言行于时。弟潜，字孝仪，亦工属文，仕终率更令。

朱龄石，字伯儿，沛人也。少好武事，又练吏[16]职。武帝甚亲委之，累迁益州刺史，为元帅伐蜀。蜀平，封丰城侯。后为雍州刺史，督关中，为赫连勃［勃］[17]所杀。

超石，龄石弟也，亦果锐。武帝入关，以为河东太守。后除中书侍郎，封兴平

---

① 字据文例补，以别南渡之赵宋。
② 原作“廉”，据《南史》本传改。
③ 字据《南史》本传补。
④ 原作“俊”，据《南史》本传改，下同。
⑤ 原作“侩”，据《南史》本传改。
⑥ 原作“廉”，径改。
⑦ 原作“刘”，据《南史》本传改。下到溉亦同误，统改。
⑧ 原作“淮”，据《南史》本传改。
⑨ 原作“治”，据《南史》本传改。
⑩ 原作“如”，据《南史》本传改。
⑪ 字据《南史》本传补。
⑫ 原作“力”，径改。
⑬ 原作“涉县男”，据《宋书》本传改。
⑭ 字据文义补。
⑮ 原作“辞输优瞻”，径改。
⑯ 原作“史”，通“吏”，今据《宋书》《南史》本传改。
⑰ 字据《晋书》载记补。

县五等[①]侯。

魏

刘芳，字伯文，彭城人。文帝时，为中书侍郎，诏授皇太子经，迁太子庶子。后为青州刺史。还朝，议定律令，转太常卿。芳才思深敏，特精文义，尤长音律，辨析无疑，故学者咸宗焉。

隋

刘子翊，彭城人。文帝时，为新丰令，有能名。累迁治书侍御史。从幸江都，切谏忤旨，出为丹阳留守。督运上江，为贼所虏。炀帝被杀，贼欲请以为主，子翊不从。又执至临江城下，使告城中，云帝已崩。子翊反其言，遂见害。

唐

刘德威，徐州人。姿貌魁秀，有干略。贞观初，历绵州刺史，政号廉平。闺门友睦，生平所得俸禄，皆以分宗亲，家无留藏。子审礼，尤孝谨。贞观中为左[②]骁卫郎将。再从皆同居二百口，内外无间言。次子易从，累迁彭州[③]长史。永昌中，为酷吏周兴诬以死罪。将刑，百姓奔走，争解衣投地，曰："为长史祈福！"有司平直，乃十万余钱[④]。当时号为"孝义刘家"。

刘延祐，彭城人。补渭南尉，治绩第一。李勣戒之曰："子春秋少而有美名，宜稍自抑，无为出人上。"弟藏器[⑤]，亦有才干。高宗[⑥]时为侍御史，不[⑦]避豪贵，号称职。

刘商，字子夏，彭城人。工于诗。大历中，为检校礼部郎中。后迁居于长安。

五代

刘知俊，字希贤，彭城人。姿貌雄杰，勇出诸将。仕太祖。李茂贞左[⑧]右忌之，乃奔蜀。王建以为武信军节度。未几，忌其材勇，杀之。

---

① 原作"羊"，据《宋书》本传改。
② 原作"在"，据《旧唐书》本传改。
③ 原作"城"，据两《唐书》本传改。
④ 原作"言"，据《新唐书》本传改。
⑤ 原作"审"，据《新唐书》本传改。
⑥ 原作"高祖"，据《新唐书》本传改。
⑦ 原作"少"，径改。
⑧ 原作"在"，径改。

宋

陈师道，字无己，徐州人。高介有节，博学善文。哲宗元祐二年，以名臣合荐，为本州教授。迁太学博士，后为秘书正字。师道方正嫉恶，甘贫有守。章惇欲见之，不可。号后山居士，有文集行于世。

窦沔，萧人。尝主光泽县簿，能招贤以教子侄。

姚孝锡，丰县人。宣和六年进士及第，仕历中外致仕，加朝散大夫①。享年八十三。

金

彭昱，萧人。为裨将，有功，授怀远大将军。五子：长曰旺，镇守两淮等处防河元帅；次曰义，授敦武校尉、太康县尹兼沂州判官；次曰端，授萧县尹；次曰德，授金华县主簿。②

王立，萧人。为沛县令，志节刚方。

武之才，萧人。仕至朝散大夫、同知德州防御使③事、骑都尉、太原县开国男，食邑三百户，赐紫金鱼袋。

元

孔午，宣圣五十四代孙。其先因宋南渡，居萧。午当金末，盗起，午聚众誓约捍御，一境④以安。元初，授徐州观察副使。

王贵，萧人，为永固县尹。赠奉议大夫、汴梁路总管府治中、骁骑尉，追封萧县子。

杨惟良，萧人，仕至中奉大夫、甘肃行省参政，封弘农郡侯。

王居仁，萧人，仕至奉议大夫、平江路昆⑤山州知州致仕。

石普，字原周，砀山人。志倜傥，明经，有学术。前元至正间，以进士为翰林院编修。兵兴，授枢密院都事，率兵攻高邮。奋不顾身，殁于锋镝。赠兵部尚书，谥忠毅。

---

① 案周密《齐东野语》卷十一："姚孝锡，字仲纯，丰县人。登宣和六年第，调代州兵曹。金人寇雁门，州将恇怯议降，孝锡竟投床大鼾，不与其议。既得脱去，遂往五台簿，移疾不仕，因家焉，时年三十九。……中岁，尽以家事付诸子，日与宾朋放浪山水诗酒间，自号醉轩。至八十三乃终。"复考嘉靖《徐州志》《山西通志》等书，除登第年分有"政和四年"之异，余皆略同，然皆无"仕历中外"及"朝散大夫"云云。本志所云，未知何据。

② 按：彭昱五子，志书仅载其四，疑有阙误。

③ 原作"便"，据康熙《萧县志·历代人物表》改。

④ 原作"僡"，据嘉靖《徐州志·人物传》改。

⑤ 原作"嵬"，系"崑"形讹，径改。

曹伯启，字士开，砀山人。性澹泊，少好读书，复精吏事。前元时，以本县教谕历仕中外，拜集贤学士、御史中丞。执论正大，直道不挠，侃侃有大臣之节。卒，赠郡公，谥文贞。

袁遵道，字叔正，丰县人。气刚直，性敏悟。年十六，能诵五经。初为国学四门馆生，升伴读，历仕中外。及致仕，授翰林直学士、太中大夫。凡居官行事，毅然不惑，而勇于有为，每有异迹。年七十有四，以疾终于私第[①]。后以子贵，赠中奉大夫、中书参知政事、护军，追封汝南郡公，谥文靖。

郭通，字大亨，沛人也。以孝称。父丧，柩在室，东家失火，将延及通舍。通仰天大哭曰："既不能移柩，宁与俱焚以死！"遂入室伏柩而哭，火乃飞过西家。乡人惊叹，以为孝感所致云。

皇明

朱守仁，字存道[②]，彭城人。少有大志，好读书。元末，为本州贴书。时天下兵起。至正辛卯，萧县赵均[③]用据徐州，守仁欲去而不可得，则往见之。均用喜，即委以腹心。壬辰，徐被兵。均用奔濠州，众推以为王，以守仁为王傅。因说均用曰："今大众既集，非有纲纪刑赏，事无由济。"均用纳其言。由是号令严肃，将士用命。甲[④]午，安丰杜[⑤]遵道立赵升为主，召均用为相，守仁为参议，移守淮安。守仁随均用往山东徇地，既诛毛贵，未几，贵部将谋复仇，均用遇害。守仁由武定州还淮安。丙申，以参政回守徐州。张士诚陷徐，守仁还安丰，赵升拜为枢密院同知，出守舒城。及太祖皇帝龙飞淮甸，与守仁[⑥]旧相善，因招之，至则以为中书断事官，时甲辰年也。明年，除知袁州府事。洪武三年，升工部侍郎，寻拜尚书。四年，转北平行省参政。五年，以馈饷不继，左迁广西苍梧县知县，在任称治。九年，历容州、高唐二州知州。十二年，以治最，升四川布政使。时居方面[⑦]者多以簠簋不饰被重谴，惟守仁无所预。二十四年，朝于京师，太祖皇帝眷遇优厚，就拜太仆寺卿，赐钞二千贯、白金二十两，听致政还家，时年七十一矣。子三人，长曰恭，世袭锦衣卫镇抚。守仁既还家，每遇天寿节，必朝于京师，特被宠遇。守仁为

---

① 原作"弟"，古同"第"。

② 按：自本志以迄康熙《徐州志》作"字存道"。焦竑《国朝献征录》作"字符夫"。王鸿绪《横云山人明史稿》作"字元夫"，《清一统志》因之，乾隆《徐州府志》及后府县志并同。

③ 原作"君"，据《明史·太祖本纪》《郭子兴传》《薛显传》等改。下同，不复出注。

④ 原作"曰"，据对应干支改。案《明史》：刘福通、杜遵道等迎立赵升（即韩林儿），事在元至正十五年（乙未）二月间，此处疑误记，或别有他据。

⑤ 原作"社"，据《明史·韩林儿传》改。

⑥ 原倒作"仁守"，据文义乙正。

⑦ 原作"方居面"，据嘉靖《徐州志》卷十二本传改。

人朴实无华，自幼至老，终始一诚，故太祖皇帝知之最深，时对群[①]臣称之。永乐元年，因朝于京，遇疾卒。有诏乘传归葬焉[②]。

权谨，字仲常，徐州人也。为人温厚端介，性至孝。甫十岁，遭父丧，哀毁几绝，俨若成人。事母李氏尤谨。后知州杨节仲[③]嘉其贤，延之俾教乡闾子弟。得俸金，悉以具甘旨。永乐四年，以户部主事吕宁荐，授知乐安县。廉介自守，门无私谒，吏民畏而信之。县地皆斥卤井，咸苦不可饮，谨以为忧。一日，因修宣圣庙，劚土于东岳祠前，忽得水，甘洌异常。众皆异之，遂甃以为井，至今人赖其利焉。居官十余年。初至日，即迎母以居。视事外[④]，惟以悦亲为事。每日以其所行事以白母，或遇有不怡色，必惴惴然不宁处。秩满，转光禄掌醢署署丞，以目[⑤]疾辞归。其母尝病笃，躬视汤药，昼夜不懈，每稽颡天地，求以身代。其后，母年九十以疾终，谨水浆不入口者三日，每哀毁，必绝而复苏。暨葬，庐于墓者三年，躬负土成坟。凡墙垣树木，皆身自为之。虽终丧，哭泣常如袒括之日。永乐二十二年，知州杨秘、同知萧云举具状以闻。洪熙元年二月，上命驰驿至京。先是，谨已赴太宗文皇帝丧。是年三月，授文华殿大学士。谨辞曰："臣少孤失学，恐不能称其职。"上曰："朕之除卿，嘉汝之孝，欲以风励天下之为人子者耳。他非汝责也。"因侍东宫过南京。及宣宗皇帝即位，升通政使司右参议，仍赐白金十五两。即乞致仕。宣德二年，诏旌表其门闾为"孝子权谨孝行之门"。今［居］[⑥]乡里，年愈高而操行弥笃云。子伦，中山东丁酉科乡选。

刘泰，字致亨，彭城人也。少颖悟，游乡校，习《春秋》，即能通大意。中洪武丙子乡选。徐人由科目而仕进者，自泰始也。初授山西陵[⑦]川县学训导，以事谪戍泗州。洪武壬午，扈驾渡淮，以功授百户事。永乐初元，改文秩，授建宁府通判。永乐六年，升祠部员外郎，监修《永乐大典》。十年，书成，上赐宴，赏钞以劳之。十一年，改授仪部。时皇太子监国，以泰署礼部事。十四年，丁内艰，驰传归葬，费皆官给之。太宗皇帝回自北京，起复泰仍前任。未几，又署部事。后因同官者不谨于职，遂左授，主客部主事。宣德五年，升奉政大夫、户部福建清吏司郎中。八年，以两考最，诰赠其父德如泰之秩；母徐氏，太宜人。正统元年，以老致政。泰性好学，多所记览，临事尤明敏，故历仕有声云。

---

① 原作"郡"，据嘉靖《徐州志》本传改。
② 按：墓在城东南六十八里双井村，详卷八《古迹》"朱尚书墓"。
③ 原作"中"，径改。
④ 原作"服"，径改。
⑤ 原作"日"，据高穀《权学士墓表》改。
⑥ 按：正统三年春正月，权谨曾为本志作序。则宋骥修志时，权谨仍居乡里。字据文义补。
⑦ 原作"凌"，据《明史·地理志》改。

孟骥，字尚德，萧人也。洪武十八年，以人材举，任湖广石头口驿丞。二十年，转景州吏司。二十九年，除刑部山东部主事。三十一年，授试本部员外郎。既而以[①]事左迁云南，升凉州同知。未半载，复拜刑部员外郎。未期，以事历政礼部，给七品[②]俸。月余，除汉阳府推官。明年，以知者荐，拜刑部郎中。永乐五年，以三年考绩最，升河南布政司左参政。七年，丁外艰。九年，起复视事。以税粮未完，有司例以死罪处之，上特原之，俾视政如初。永乐十一年，朝廷以云南未立藩、宪二司，宜得老成练达者往莅其事，于是拜骥贵州布政[③]司右布政使，就给印以行。及至任，则建[④]立公署，与夷民示以教条。及五年，民夷皆服其威信，边徼以宁。既而以母丧去职。朝廷以云南素服骥之政教，遂不听其终丧，即起复，使[⑤]往视事。旧例，凡中[⑥]外大小之官，必三年考绩，以观其能否。骥在云南，以统所皆蛮夷，且去京师甚远，往返几一年，有司特留之抚字。至是，以六年得考绩。洪熙元年，钦升本司左布政使。宣德三年，以九年通考，将赴京师，夷民皆列疏请留。宣宗皇帝闻而嘉之，遂听其留。于是给俸视正二品，仍诰赠其祖父母、父母，皆如骥之秩。又三年考满，上怜其老，特命致政归乡里，时年七十三矣。骥为人体貌修伟，而朴实无华，处事必揆理之可否，未尝适莫其间，故人仰其德量云。

张宏，字大远，砀山人也。未成童，其孝友之至，出于天性。甫长，即有志于学。及入邑庠为弟子员，读书肄业，不以寒暑少懈。永乐八年，以材成贡于太学。未几，以上第授开封府同知。勤以莅事，廉[⑦]以律己，议者谓虽古人不多让。寻升户部郎中。在任几十载，苞苴之礼未尝一入其门。其清洁之操，人罔不畏仰。后授例、得赐诰赠其父，皆如[⑧]宏之秩。由户部出知荆州府，政治既修而操守愈励，人至以“闭门张”目之。后因考绩于朝，致政还家。今年七十三矣。

任肃，字伯雝，徐州人。为人温雅，有思致。由洪武己卯乡贡，卒业国学。时，台省之事必委之国子生，盖欲试其政也。肃因公事，道过其家，适父病笃，正昏瞆间，闻其至，即举目曰：“吾虽病笃，自谓必得见汝。今既至，吾死无憾矣！”语毕而逝。服阕，入国学。时母朱氏夫人在堂，三年得授例归省。不数日，母以病终。及服除，试政中外，初授工部主事，升刑部郎中。未几，改工部，因扈驾上北

① 原倒作“以而”，据文义乙正。
② 原倒作“品七”，据文义乙正。
③ 原倒作“政布”，据文义乙正。
④ 原作“达”，径改。
⑤ 原作“伴”，径改。
⑥ 原作“山”，径改。
⑦ 原作“庶”，径改。
⑧ 原作“加”，径改。

京。时缮宫殿，工匠土木皆委于肃。文簿胥[①]委，政务繁积，肃昼[②]夜不息，卒致事集。九年，以绩最升知济南府事，未赴，复升湖广布政司参政，既而转除南昌府。九年，将赴考，南昌等八县具其政迹，上于会府，愿再留之。时，吏部侍郎临安赵公新素闻其贤，因转闻于上。仍命肃知南昌府事，俸食视[③]三品。正统二年，以大臣荐，因敕授云南布政司左参政，仍驰驲赴任焉。

董轰，字文雷，浙江宁波府奉化县人。父惠，永乐初以儒士荐，授知海州，后改徐州。及卒，轰兄弟遂占籍于徐。轰聪颖过人，自幼嗜学，好著述。尝习举子业，试有司，一不[④]利即弃去。发愤读书，由是学益进。有《读左传》诸作，皆可观。宣德丙午，文华殿大学士权谨荐其学行，除承天门待诏。同户部尚书陈山于文华殿说书，凡所讲论，多合上意。翰院诸名公皆重其为人。宣德十年卒，时四十四。人皆惜其不得大用焉。

杨义，萧人也。洪武初，以军功累升大宁右卫指挥佥事。二十七年，以子鹏职而致仕。二十八年，仍升义为大宁行都司都指挥使，以寿终。鹏袭职大宁右卫指挥佥事职。鹏卒，弟英袭职，寻升龙兴卫指挥使。次子凤，以舍人授武成后卫指挥同知，有战功，升本卫指挥使。

薛显，萧人也。通韬略之书，擢亲军指挥，积军功至封永城[⑤]侯终，追谥永国公，葬钟山阴。长子经，初授羽林左卫镇抚，累功升右军都督；次缨，任甘州中护卫指挥佥事。

王缵，字继先，沛人也。资质[⑥]温厚。以太学生，初授湖广靖州通道县典史，后升监察御史，寻升授吏部郎中。

吕宁，字安仁，沛人也。禀性刚直。以太学生任户部主事，后升本部员外郎，卒于官。

蔡楫，字汝济，沛人也。严重有威。以人材荐，初授庐州府英山县税[⑦]课局大使，后升福建道监察御史，寻升浙江按察司佥事。

张端，字端甫，徐州人。性资惇实。好读书，不为文字之学，必见诸践履。家居孝友，乡里皆师尊之。暨父母殁，庐于墓者凡六年。永乐元年，知州杨节仲荐，授真定府新乐县知县，后以病卒家。子茂，由太学生，任河南虞城县知县。

---

① 原作“须”，径改。
② 原倒作“昼肃”，据文义乙正。
③ 原作“親”，系“視”形讹，径改。
④ 原倒作“不一”，据文义乙正。
⑤ 原作“成”，据《明史》本传改。
⑥ 原作“愠”，径改。
⑦ 原作“棁”，径改。

文篪，其先合肥人。父景宗，洪武初任徐州知州，因占籍为徐人。洪武三十二年，知州杨节仲以廉能干济荐，授荆州府潜江县知县。后改平江县，以病归而卒。

李冠，字公冕，徐州人。博学能诗文，尤深于医。为人任材使气，不拘小节，以故与人多不合。后知州杨节仲见其文，叹曰："吾守徐州十余年，今日始知有李冠，于心独无愧乎？"年八十余，终于家。

刘维新，字志善，徐州人。初为郡庠弟[①]子员。永乐五年，朝廷修《永乐大典》，维新以善书见征。十一年，授中书舍人。宣德五年，得赐敕以赠其父母。六年，升户部主事。正统二年，以老谢事回。维新为人谦谨，与人交恂恂然，未尝见其骄厉之色。而笔札之善，尤为世所推焉。

贡举

科目取士，自隋、唐、宋、元，皆不出乎是，而徐州独无一人见于史籍者，何哉？岂有其人而不闻于世欤？岂以郡乘不存而莫可考欤？且元之有天下几百年，而是州以科目显者，惟王廓一人得闻于今，则先是而遗逸者可知矣。至于皇明，以学校育才，以科贡取士，徐之士由是而进者，或居藩臬，或司风纪，或任守令，休声芳烈，前后相继，可谓盛矣。今特列书于此。后之君子，尚续书于无穷焉。

元

科举

王廓，字玄举，至正［二］[②]年燕南第一人。

皇明

科举

刘泰，洪武二十九年中应天府乡试。（详"人物"）

任肃，洪武三十二年中应天府乡试。（详"人物"）

邵著，洪武三十二年中试，任岷府奉祀。

杨守，永乐三年中乡试，任兖州府同知。

---

① 原作"躬"，径改。

② 原空阙，后志失载。明董斯张《吴兴备志》卷六引《徐州志》："元王廓，字元举，徐州人，至正二年燕南第一人，授湖州经历。"董本所引《徐州志》未详版本，然有所据，当非虚妄，据补。

蒋焕，永乐三年中乡试，任山西垣曲县儒学训导。

戴安，永乐六年中乡试，任府伴读。

薛昶，永乐九年中乡举，任宁津县儒学训导。

魏蕡，永乐十二年中乡举，任华州学正。

王演，永乐二十一年中乡举，任固安县学训导。

马蕙，宣德七年中乡举，任上蔡县学教谕。

陈赉，宣德十年中乡举，任伏羌县学训导。

贡士

朱芾，洪武十六年愿入太学[①]，任兵科给事中。

赵麟，洪武十六年愿入太学，任山东道监察御史。

王洪，洪武十七年贡，任兵部主事。

刘曾[②]，洪武十七年贡，任河南府知事。

王允，洪武十九年贡，任余干县主簿。

张躖，洪武二十年贡，任密县知县。

史恒，洪武二十五年贡，任山西道监察御史。

黄哲，洪武二十七年贡，任太原[③]府经历。

吴讷，洪武二十八年贡，任河南道监察御史。

胡秩，洪武二十八年贡，任许州学训导。

苏迪，洪武三十年贡，任工部主事。

邵著，洪武三十一年贡，任岷府奉祀。

陈琏，洪武三十二年贡，任丘县知县。

陈瑨，永乐二年贡，任台县丞。

王礼，永乐四年贡，任交趾下文州知州。

胡安，永乐五年贡，任连州吏目。

张茂，永乐五年贡，任虞城县知县。

王颐，永乐七年贡，任礼部主事。

潘义，永乐七年贡，任霍州知州。

王弼，永乐八年贡，任户部主事。

① 按：国子监太学生拨入名额之外，仍规定有缺即补，各州学内舍考试合格的上等生愿入太学者，可免于补试入学。

② 嘉靖《徐州志》卷二《选举表》作“刘增”。

③ 原作“源”，径改。

王芃，永乐九年贡，任中城兵马司副兵马。

潘励，永乐九年贡，任太原府推官。

潘玙，永乐九年贡，任昌乐县丞。

白素，永乐十一年贡，任太仆寺少卿。

李良聪，永乐十一年贡，任榆社县知县。

梁惠，永乐十二年贡，任衢州府龙游县知县。

孟凯，永乐十三年贡，任广西桂林府□□[①]知县。

张勖，永乐十三年贡，任郓城县主簿。

刘庸，永乐十四年贡，任曲沃县知县。

吴昶，永乐十七年贡，任保定卫经历。

王信，永乐十七年贡，任太常寺奉祀[②]。

孙顺，永乐十八年贡，任彰德府同知。

孟仝，永乐十八年贡，任福建安岐县[③]主簿。

刘端，宣德九年贡，任陕西王府典宝。

朱敬，宣德三年贡，任福建福州府长乐县丞。

金畧，宣德七年贡，任鸿胪寺序班。

朱善，宣德八年贡，任浙江衢州府通判。

张秉，宣德九年贡。　　刘义，宣德九年贡。

沙源，宣德十年贡。　　尹衡，正统二年贡。

楷书

刘维新，永乐五年贡。（详“人物”类）

段显，永乐六年贡，任湖广浏阳知县。

刘毅，永乐六年贡，任遵化县主簿。

申志，永乐六年贡，任曲周县丞。

戴安，永乐六年贡。是年中乡选，任府伴读。

旌表

洪惟国朝以孝治天下，故薄海内外，咸知向方。虽闾阎之间，匹夫匹妇，亦知

① 底本空阙。嘉靖《徐州志》卷二《选举表》作“兵马指挥”。

② 原作“巳”，径改。

③ 按：福建无安岐县，疑为“安溪县”之误。今查安溪旧志，明代主簿仅存三人，详情无考。

以名节自励，而朝廷必加以旌异之典，表厥宅里，以励后人。此所谓上好之而民必从之，信不诬者。徐州自洪武初以来，孝子、节妇蒙旌表其门闾者凡六人，今列书于此，以示来者。若前代之有闻，亦备书之。

孝子

隋

刘仕儁，彭城人，性至孝。遭母丧，庐于墓侧，负土成坟，手植松柏。狐兔驯扰，为之取食。高祖受禅，诏旌其门闾。

元

韦信，砀山人也。性质素，事亲至孝。朝夕进馔，必俯伏四拜而后退。人问其故，答[①]曰："父母之恩，终身难报，跪拜何劳？"积年不少懈。有司以闻，至元间奉旨旌其门闾，曰"韦信纯孝之门"。

皇明

权谨。（详"人物"）

阎马儿，彭城人，家世匠籍。马儿为人，性质朴。洪武二十五年[②]，衹役于京。闻父在家病笃，以弗得归省[③]，遂剖腹取肝，燃香祝天，以祈父病之瘳。事闻，复其役，仍旌表其门闾。

王僧儿，彭城人，性至孝。母尝病，医祷皆弗效。僧儿告天，剖腹取肝以食之，母病即愈。洪武二十五年，乡老上其事，遂旌表其门闾。

章文友，徐州卫军籍。早丧父，事母尤氏至孝。母病，惟医祷是务，旦夕祝天，以祈母愈。及母卒，水浆不入口者数日，哀毁骨立。及葬，独居墓侧，不至家者数年。宣德十年，卫上其事，诏旌表其门闾。

---

① 原作"芩"，据嘉靖《徐州志》卷十二《人物传》改。

② 按：嘉靖《徐州志》卷十二《人物传》载阎马儿、王僧儿事在"洪武壬午"，即洪武三十五年（建文四年）。此作"二十五"，难详孰是。《清一统志》折中为"洪武中"，盖亦不能详核也。

③ 原作"弗究归有"，据嘉靖《徐州志》改。

节妇

元

王节妇，沛县刘氏妇也。早丧夫，即誓不他适，寡居凡三十余年。有司以闻，天历二年，诏旌表其门间。

皇明

谢氏，徐州谢十一女也。年笄，归本州段二。元末兵乱，舅、姑、夫俱[①]亡。妇年二十有六，子友谅甫[②]六岁。夫家无可托者，乃依于父家，恪勤朝夕，守志不移。圣朝平定天下，节妇子亦成立，家道稍康，乡里称之。节妇年八十二而卒。洪武二十五年，有司以其事闻，诏旌表其门间。

李伯奴妻白氏，沛县白思明女也。思明无子[③]，惟一女，因赘伯奴为婿。洪武十八年，伯奴从军死于边，白氏时年二十，有女方晬。闻夫丧，即誓不再嫁。奉父母至孝。及父母殁，丧葬以礼。每仰天哭曰："我既不逮事舅姑，而良人亦早亡，今父母又相继而殁。余之荼毒，孰甚焉！"守节愈坚。乡人有托其邻母朱氏欲娶之者，白氏正色拒之，曰："夫死不嫁，礼之常也。苟违心亏礼，他日将何面目见吾夫于地下乎！"遂剪发为誓。疏衣粝食，寡居四十余年。宣德六年，知县陈原[④]宗以其事闻，诏旌表其门间。

释道

方技附

释道虽方外之教，其能守戒行之精严者，亦君子之所与也。徐郡自前代至今，释道之有闻于时者，仅一二人耳。岂亦有之，或深居简出而无闻耶？何寥寥之若是也！今著其可知者，以备一教云。

① 原作"但"，径改。
② 原作"哺"，据嘉靖《徐州志》改。
③ 原作"无一子"。"一"字衍，据嘉靖《徐州志》删。
④ 原作"源"，据嘉靖《徐州志》及《衡阳县志》改。

宋

释

僧道潜，号参寥子。与东坡最密。尝游徐，与陈师道论诗，师道深伟之，序以送之。其略曰："释门之表，士林之秀，而诗苑之英也。其议古今张弛，情貌肖否，言之从违，诗之精粗，若水赴壑，坂走丸，倒囊出物，鸷鸟举而风迫之也。升高视下，爬痒[①]而鉴貌也。"

元

道

真静大师丘公，涿郡人。早年北游京师，掌教真人祁[②]公一见大喜，赐号宝岩大师。又拜邹峄山东华宫丹阳真人邢志清为师，道德愈高。来游砀山，因建[③]宫室以居，而掌教大宗师孙真人名其宫为"聚仙"，道侣共号为"洞真子"。延祐乙[④]卯正月朔，邀里中故旧［会］茶［讫］[⑤]，托以他处有故，告别。翼旦，有见其西去者，而弟子赵志坚见其日高不起，辟户视之，已羽化矣。

萧县南三里白毛山阴，乡人旧传有三仙庙。盖亦古之有道者，但莫详其时世、姓名耳。

后汉

名医

华陀，字元化，一名旉，沛人也。通数经，晓养性之术。年百岁，有壮容。精于方药。若疾发于内，针药所不能及者，令先用酒服麻沸散，既醉，剖破腹背，抽割积聚。若在肠胃，则断截湔洗，除去疾秽而缝合之，傅以神膏，疾乃愈。曹操尝苦头风，一针而愈。后竟以忤操旨杀之。今墓见在州城南半里许。

---

① 原作"庠"，据《后山集》卷十一《送参寥序》改。
② 原作"祈"，实为全真教掌教祁志诚，据《元史·释老传》改。
③ 原作"见"，据《明一统志》卷十八改。
④ 原作"己"，据延祐二年干支改。
⑤ 二字据《明一统志》卷十八补。

皇明

陆翼，徐州人。自其祖、父皆以医鸣于时，至翼尤精诣。凡医家书，必欲考别，以究其指趣，故其术大行于时。洪武三十五年，以本州荐，补医学典科。至今其子姓业医者尤众。

彭城志卷第八

彭城志卷第九

直隶徐州儒学学正余姚宋骥修

杂志

各县附

昔王充著《论衡》，张华之博洽，干[①]宝之撰[②]记，当时识者皆称与之。近世儒者亦有为《剪灯新话》及《剪灯余话》者，而士君子亦皆褒美焉。然则神怪之事，亦可以广异闻而辨疑惑也。愚虽不敢望于古今贤士大夫，然或有所得，则亦不敢遗也。但恨采访未备，尚俟通洽君子续而书之。

《徐偃王志》云：徐君宫人娠而生卵[③]，以为不祥，弃之水滨。独孤母有犬[④]名鹄苍，猎于水滨，得所弃卵[⑤]，衔以东归。独孤以为异，覆暖之，遂蝉成儿。生时正偃，故以为名。徐君宫中闻之，乃更录取之。及长而仁智，袭君徐国。后鹄苍临死，生角[⑥]而九尾，实黄龙也，偃王又葬之徐界中。偃王既君其国，仁义著闻，欲舟行上国，乃通沟陈蔡间，得朱弓矢，以为得天瑞，遂因名为弓，自称徐偃王。江淮诸侯服从者三十六国。周天子闻之，遣使乘驷，一日至楚，[使][⑦]伐之。偃王仁，不忍斗其民，为楚所败，走彭城武原东山下，百姓从之者以万数，后遂名[⑧]其山为徐山。山上立石室，有神灵，民人祈祷。今见存焉。(《博物志》)

楚庄王围萧，[萧][⑨]溃。申公巫臣曰："师人多寒。"王[⑩]循三军，拊而勉之，三军之士皆如挟纩。遂傅于萧。还无社（萧大夫）与司马卯言，呼申叔展（司马卯、申叔展，皆楚大夫）。叔展曰："有麦麹乎?"曰："无。""有山鞠[⑪]穷乎?"

---

① 原作"千"，径改。
② 原作"馔"，径改。
③ 原作"偃而生卯"，据张华《博物志》卷七改。
④ 原作"大"，据《博物志》改。
⑤ 原作"卯"，据《博物志》改。
⑥ 原作"而生角"。"而"字衍，据《博物志》删。
⑦ 字据《博物志》补。
⑧ 原作"其多"。案《博物志》，"其"字衍，今删；"多"应为"名"，据改。
⑨ 字据《左传·宣公十二年》补。
⑩ 原作"正"，据《左传》改。
⑪ 原作"麹"，据《左传》改。

曰："无。"（二物所以御湿，使无社逃泥水中，无社不解[①]，故曰"无"。军中不敢正言，故谬语）"河鱼腹疾奈何？"（叔展言：无御湿药将病）曰："目于眢井而拯[②]之。""若为茅绖，哭井则已。"（叔展又教结茅以表井，须哭乃应，以为信）明日，萧溃，申叔视[③]其井，则茅绖存焉，号而出之。（《左·宣公十二年》）

汉高帝父太公微时，尝与帝母媪出田于外。媪息于桥，既而风雨至，太公遥望媪所息处云雾滃集，往视之，则见交龙于上（今丰县龙[④]雾桥，即其地也）。及生帝，隆准龙颜，左股有七十二黑子。初为泗上亭长，单父人吕公好相人，见帝状貌，奇之，以女妻之。既而帝以[⑤]亭长为县送徒骊山，徒多道亡。自度比[⑥]至皆亡之，到丰西泽中亭，止[⑦]饮，夜乃解纵所送徒，曰："公等皆亡去，吾亦从此逝矣！"徒中壮士愿从者十余人。帝被酒，夜径泽中，有大蛇当道，帝拔剑斩蛇。有妪哭曰："吾子，白帝子也，化为蛇当道，今赤帝子斩之。"帝尝亡匿芒砀山泽岩[⑧]石间，吕后与惠帝访求，必得之。帝怪之，后曰："季所止处，上尝有云气。故吾因得知其处也。"帝因此自负。沛子弟闻之，往往有愿从之者。（《汉书[⑨]》本纪）

汉太上皇微时，佩一剑，长[⑩]三尺，有铭字难识，传云殷高［宗］[⑪]伐鬼方时所作也。上皇游丰沛[⑫]山中，寓居穷谷，有人冶铸，上皇因息其旁，问曰："铸何器？"工[⑬]者笑曰："为天[⑭]子铸剑，慎勿言。"曰："得公佩剑，杂而冶之，即成神器，可克定天下。昴星精为辅佐，木衰火盛，此为异兆。"上皇解匕首投炉中，剑成，杀三牲衅祭之。工[⑮]问："何时得此？"上皇曰："秦昭襄王时，余行陌上，一野人授余。"工即以剑授上皇。上皇以赐高祖，高祖佩之斩白蛇者，即此剑也。及定天下，藏于宝库，守[⑯]藏者见白气如云，出户，状如龙蛇。吕后改库曰"灵金藏"。惠帝即位，以此库贮藏兵器，名曰"灵金内府"。（《三辅黄图》）

---

① 原作"改"，据《日讲春秋解义》卷二十九改。
② 原作"极"，据《左传》改。
③ 原作"祝"，据《左传》改。
④ 原作"云"，据嘉靖《徐州志》、隆庆《丰县志》改。
⑤ 原作"少"，据《汉书·高帝纪》改。
⑥ 原作"此"，据《汉书·高帝纪》改。
⑦ 原作"上"，据《汉书·高帝纪》改。
⑧ 原作"若"，据《史记·高祖本纪》改。
⑨ 原作"言"，径改。
⑩ 原作"表"，据《三辅黄图》卷六改。
⑪ 字据《三辅黄图》补。
⑫ 原作"城"，据《三辅黄图》改。
⑬ 原作"又"，据《三辅黄图》改。
⑭ 原作"尺"，据《三辅黄图》改。
⑮ 原作"云"，据《三辅黄图》改。
⑯ 原作"皆"，据《三辅黄图》改。

《史记 · 封禅书》谓："周之九鼎入于秦。或曰宋太丘社亡，而鼎没于泗水彭城下。"又《秦本纪》曰："周民东亡，九鼎入秦。"《正义》曰："秦昭王取九鼎，然一飞入泗水，余八入于秦。"至汉文帝十六年，新垣平[①]曰："周鼎亡在泗水中。"于是治庙汾阴，欲祠出鼎。

张建封镇徐州，奏李藩为判官。时有新罗僧能相人，公令看诸判官有为相者否，僧言并无。公曰："某妙择宾佐，岂无一人?"促召李判官至。僧降阶迎，谓曰："判官是纱笼中人。宰相冥司以纱笼护之，恐为异物所扰。余官不然。"藩后果为相。(《原化记》)

张建封镇守徐时，得瑞兔于安阜屯，毛质皦白，屯之役夫迫之弗逸，人立而拱。韩昌黎时为推[②]官，辨之曰："兔，阴类也。又窟居，狡而伏，逆象也。白其色，绝其群也。驯其心，化我德也。人立而拱，革而从人，且服罪也。在军田，武德行也。四方其有逆乱之臣，畏威崩析，归我乎哉，其事兆矣。"(韩文)

苏文忠公守徐时，尝云徐州城东有石潭，与泗水通，置虎头潭中，可致雷[③]雨。

本州不迎春，父老相传不一。或以州治之形若卧牛；或以城若犁然，击土牛，人或不安；或以为汴、泗二河善泛溢，昔[④]尝以铁牛镇之，打土牛，或恐惊其铁牛，今亦莫知其处。旧志不载，无可考。姑存众说于此。

萧县有古冢五处：二在县西十五里，三在县西北三十里。父老相[⑤]传：自宋、金至元，乡人有欲借漆器者，随名以[⑥]祷之，即应。至元末，有损之者，再祷之，不复得。

钟蹬，萧县东南九十里之沟[⑦]名也。父老相传：元末时，平地内见二巨钟纽。人欲取之，劚之至数段[⑧]，过夜即如初；埋其纽，[明日亦复露][⑨]。屡试屡验。一日，同蹬行约十余里，复鸣如初。其鸣处，因名其处为南响钟、北响钟。其过处，随成沟。又行十余里，入黄河中，喷水高丈余。顺[⑩]流至徐，时张士[⑪]诚守将祭留之，不住。适二尼过，因咒之，其一乃住，为守将碎之，载满八舟，送士诚处铸兵。纽内得黄金四锭。其一顺流而下，莫知其处。

---

① 原作"乎"，据《史记 · 封禅书》改。
② 原作"惟"，径改。
③ 原作"云"，据《东坡全集》卷九《起伏龙行》诗序改。
④ 原作"者"，据弘治《重修徐州志》改。
⑤ 原作"胡"，径改。
⑥ 原作"少"，径改。
⑦ 原作"清"，系"溝"形讹，据本志卷十《萧县》改。
⑧ 原作"尺"，据嘉靖《徐州志》卷四"叚"字改。
⑨ 五字据嘉靖《徐州志》补。
⑩ 原作"遡"。按：徐在萧之下游，不当逆流，今据嘉靖《徐州志》改。
⑪ 原作"仕"，径改。

萧县曹［马］[1]城塔，不知建于何时。洪武七年，乡民董顺利其砖石，日以铁椎椎[2]塔根，砖石日渐破损，乃驾牛拽倒之[3]。塔内见小碣刻云："逢顺而倒。"盖此塔必异人所建，其数已先定矣。

东簸箕山、西簸箕山，俱在城南十里。二山东西相去二里许[4]，形若簸箕。相传昔汉湘阴公赟镇徐州时，术者谓此山形似簸箕，苟非有以厌之，则达官有不安者。乃凿二石[5]犬，一向东，一向西，以镇之。今石犬皆存，然以年深，有缺者矣。

彭城志卷第九

① 原作"曾城"，据本志卷十《萧县》改补。
② 原作"其"，据康熙《萧县志》卷五《古迹》改。
③ 按："驾牛拽倒之"后原有"塔倒之"三字，衍文，今删。
④ 原作"详"，径改。
⑤ 原作"召"，径改。

彭城志卷第十

直隶徐州儒学学正余姚宋骥修

萧县

历代建置沿革

按《左传 · 庄公十二年》：宋万之乱，群公子奔萧。而萧之名，始见于此。宋桓公立，萧叔大心有功，因封之萧，以为附庸。后为楚灭。秦并楚，而萧为砀郡之属邑[①]。汉初属楚国，后改属沛郡。三国时属魏，隶徐州。晋因之。宋、魏分据南北，时属北徐州。隋属彭城郡，唐、宋皆属徐州。宋则以河决，水没其城，乃筑南城，以徙县治，即今之县治也。金改徐州为武宁军，而萧亦隶焉。正大间，割厥堌镇，立永固县[②]。元初，罢永固县为巡检司，复入本县。隶归德府，后改属徐州路。至正十一年，邑人赵均[③]用起兵据其地，继[④]为张士诚所并。甲辰三年，伪主簿张彬率吏归附。皇明仍为县，属徐州。旧领四乡，后析宿州符离县仁智等三乡属焉，今领七乡云。

疆域

东接本州界，西抵归德州夏邑县界，南连宿州，北控滕县。广二百四十里，袤一百一十里。

① 按：康熙《徐州志》及前旧志俱云萧为砀郡属县，乾隆《徐州府志》及《江南通志》《一统志》但载"秦置萧县，汉属沛郡"，未及秦时郡属。嘉庆《萧县志》云："《史记正义》：萧县，秦属泗水郡。"然考《正义》，此句未详出处。谭其骧《中国历史地图集》亦以萧县入泗水郡，或有依据。并存俟考。

② 案《金史 · 地理志中》："厥堌镇，元光二年升为永固县。"

③ 原作"君"，据《明史》改。

④ 原作"经"，径改。

里至

南至南京，陆路七百里，水路一千五十里。

北至北京，陆路一千八百里，水路二千五十里。

四至

东至徐州界二十里，西至砀山界七十里。

南至宿州界七十里，北至沛县界八十里。

八到

东南到灵璧县界一百七十里，到灵璧县三百里。

西南到永城县界七十里，到永城一百五十里。

西北到丰县界八十里，到丰县一百四十里。

东北到沛县界六十里，到沛县一百四十里。

形胜

汴、淇大渊乎西北，山阜萃乎东南，土田肥沃，而民用以足，此萧邑之形胜也。

城垣

旧城已废。（详“古迹”类）

山川

子贡山，在县东南一百七十里。旧志云：以子贡尝居其下而名。此说未知何据。

丁公山，在县东南二十里，以汉高帝斩丁公［于］[1]此而名。（详“古迹”丁公墓下）

① 字据文义补。案《元和郡县志》《太平寰宇记》皆云丁公追汉高帝处，二说较古。此处从永乐旧志文（参下“古迹”丁公墓），谓汉高帝斩丁公于此，疑民间之附会也。

骞山，在县东南八十里，以闵子墓而名。（详“古迹”闵子墓下）

黄果山，在县东南十二里。

龙山，在县东南一百三十里。

卧龙山，在县东南一百二十里。

凤凰山，在县东南一百二十里。

龙岗山，在县东南七十里。

栲栳山，在县东五里。

栲栳山，在县东南八十里。

圆头山，在县东南五十里。

圆头山，在县东南六十里。

双顶山，在县南七十里。

马蹄山，在县东七里。

簸箕山，在县东三里。

帐山，在县东南三十里。

马镫山，在县东南一百五十里。

城子山，在县东南六十里。

歪头山，在县东南七十里。

万山，在县东南五十里。

马鞍山，在县东南七十二里。

拐棒山，在县东南七十里。

孤山，在县东南四十里。

光山，在县东南四十里。

太平山，在县东南一百四十里。

白玉峰，在县东南五十里。

台子山，在县东南一百四十里。

东平山，在县东南一百二十里。

黄白顶山，在县东南五十里。

白猫山，一名白毛，在县东南三里。

胜[1]高山，在县南二里。

阴高山，在县东南二里。

瑁山，在县南一十里。

驴蹐山，在县东南一百二十里。

兴云山，在县东一十里。

云峰山，在县南二十五里。

云墟山，在县东南一百五十里。

广灵山，在县东南一百二十里。

土形山，一名土洞，在县南八十里。

罗里山，在县南四十里。

姬村山，在县南四十里。

里仁山，在县东二十二里。

萧关山，一名善溪，在县[2]东南十里。

钱村山，在县东一十里。

辛彭山，在县东一十二里。

落家山，在县东南一百五里。

杨落山，在县南五十里。

漕汪山，在县南五十里。

瓦子山，在县南三十里。

李杨洞，在县东南二十三里。

白草山，在县南四十里。

白花山，在县东南五十里。

白毛山，在县东南八十里。

香山，在县东南一百五十里。

獐鹿山，在县东南七十五里。

炭山，一名白土，在县东南四十里。

桃山，一名桃花山，在县南五十里。

---

① 原作“賸”，案嘉靖《徐州志》、康熙《萧县志》作“升高山”，嘉庆《萧县志》云“一名胜高山”，“賸”系“勝”音形之讹，据改。

② 原作“则”，径改。

烂石山，在县东北一十二里。
荆山，在县东南七十八里。
芦山，在县南一十五里。
凿石山，在县南二十三里。
竹竿山，在县南二十里。
老鹳山，在县东南一十里。
紫草山，在县东南五十里。
椒山，在县东南八十里。
暑兰山，在县东南一百二十五里。
石佛山，在县东南七十里。
桐山，在县南四里。
白米山，在县东四十里[1]。
地山，在县东南七十里。
明山，在县东南一十二里。
明山，在县东南六十里。
章山，在县东南一百四十里。
红山，在县南四十里。
庙山，在县东南四十里。
石洞山，在县东南一百三里。
寺山，在县南六十里。
南塔山，在县东南一百五十里。
北塔山，在县东南一百五十里。
石寨山，在县东南一百二十里。
泉水山，在县东南三里。
东岱山，在县南三里。
西岱山，在县南五里。
小观山，在县东南五十里。
大观山，在县东南五十里。
浮绥山，在县南三十五里。
大蒙山，在县东一十八里。
小蒙山，在县东二十八里。
善玉山，在县东南七十里。
北亭山，在县南六十里。
相山，一名襄山，在县东南五十里。
陈顾顶山，在县东南七十里。
坊山，在县南五十里。

河

汴河，自汉以后，黄河入汴，故人曰黄河。在县北三里。

淇河，在县南五十里。
西流河，在县南三十五里。

潭

龙潭，在县东南七十里。

泊

朱珊二泊，在县西十里，东西相连。

烂[2]石泊，在县东北十五里。
姬村泊，在县东十八里。
英州泊，在县西北五十五里。
牧马泊，在县西北七十五里。

① 下文“白迷堰”条，又载白迷山，在县东南五十里。后志皆从此说。
② 原作“礳”，系“爛”字类化。今参前后文“烂石山”，统改为“烂”。

湖

山西湖，在县西南三十里。　　浮绥湖，在县南三十五里。

永固湖，在县东南四十里。

沟

港沟，在县东南九十里。　　钟磴沟，在县东南九十里。

菱沟，在县西北七十里。

白沟，一名彭良沟，在县西北二十里。

黄沟，一名黄北沟，在县西北二十五里。

拖绳沟，在县西北五十里。　　鸿沟，在县西北四十五里。

岩洞

萧关洞，在县南一十里萧关口山石中。

龙山洞，在县东南一百三十里龙山阴。

张果老洞，在县东南六十五里龙岗山腰。

董老洞，在县东南五十里黄白顶山之西。

仙人洞，在县南五十五里相［山］① 阴。仙人不知姓氏。

坐禅山洞，在县东南一百一十里子贡山前。

西岱山洞，在县西南五里岱山之阳。　　山西湖洞，在县西南一十二里。

白土山洞，在县东南三十五里。　　禅洞，在县东南五十里明山西。

歪头山洞，在县东南七十里歪头山阳。

玲珑洞，在县南六十三里寺山阳②。　　洞山洞，在县南七十五里洞山上。

小观山洞，在县东南七十里③小观山上。

石洞，在县东南一百二十里石洞山上。

大观山洞，在县东南五十里大观山上。

羊吴洞，在县南三十里。　　薛村洞，在县南二十五里。

豹子洞，在县东南七十里。

---

① 字据文例补。

② 原作“寺南山阳”。按：县南六十里有寺山，无寺南山。寺山当以寺名，洞或在山阳之寺南，故云。然“南”字意重，径删。

③ 案前“山川”条下：大小观山俱在县东南五十里，此又云小观山在七十里，未详孰误。

园池

饮马池，在县西南半里。

龙泉池，在县东南一百三十里。互见“井泉”款目之下。

井泉

智井，相传在萧子城中。今邑厉坛东约百步，又名八角琉璃井。昔萧子被楚围时，所避入之井。今已堙没。（详“杂志”）

雾渚泉，在县东南五十里。

胡山泉，在县南十里。

泉水山泉，在县东南三里。

龙泉，在县东南一百三十里，俗呼[①]曰龙泉池[②]。互见“池”下。

圣境泉，在县东南一二十里[③]。

永固泉，在县东南四十里。

白迷泉，在县东南四十里。详见“白迷堰”下。

五眼泉，在县东南七十里。

醴泉，在县东南七十里。

土池泉，在县东南一百二十里。

栲栳泉，在县东南五十里。

四庄泉，在县东南四十五里。

石泉，在县南七十三里。

簸箕泉，在县东南九里。

暑兰泉二：一在县东南一百三十里，一在县东南一百三十五里。

陂堰

白迷堰，在县东南三十里。其水流，源出县东南五十里白迷山下。西北流经都仁乡，乡民堰引灌溉稻田，数可一十六顷。旧名“白迷”，非也。既能堰水灌稻以得米，当名曰“白米堰”也。

护河堤，在县西四十里，长二十里，高八尺。不知修筑之详。

坊街

宣化坊，在县前，以有司为治而名。

进士坊，在县东北隅，因曹士正中进士而名。

易安坊，在县西北隅，以前县丞刘俨归老而名。

集贤坊，在县东，以近学而名。

澄清坊，在县东，以察院而名。

---

① 原作“乎”，径改。

② 原作“也”，径改。下同。

③ 案后志，在县东南三十里。

迎恩坊，在县南，以迎恩旨而名。

东西街，在县治东北。　　南北街，在县治西。

乡村坊

附见

都仁乡，在县东南：龙冈村、冲团村、马团村、吾团村、云曲村、董团村、范团村、逐沟村、永固村、庄李村、桃墟村、留疃村、东珊[1]村、夏疃村、青冢村、北异村、暑兰村、石沟村、醴泉村。

仁智乡，在县南：徐暨村、孟城村、刘疃村、黄倍村、徐里村、留笳村、傍汪村、罗李村[2]、时村、浮绥村、北朔村、租里村。

红亭乡，在县西南：杨家赛村、李家庄村、鸿沟村、朱珊[3]村、曲里村、淇沟村、东镇村。

仁寿乡，在县西南：朱丁村、郭城村、铜钟村、薛村、瓦子村、中团村、东余戚村、留村、剑鸣村、青里村、斜沟村、堰头村。

乐善乡，在县北：梁果村、班鸠村、秦村、丁穆村、雁门村、杨村、北城村、吕李村、辛彭村。

里仁乡，在县东南：冒[4]山村、武薛村、丁里村、帐山村[5]、永宁村、姬村、齐村、烂石村。

孝义乡，在县西：黄白村、朱村、杨村、桃中村、东苗谷村、西苗谷村[6]、姬家村、白帽村、赵家圈村、开荒村。

镇集店

附见

安民镇，又名东镇，在县西四十里。

永宁镇，在县西四十里。　　梁郭镇，在县西北十里。

---

① 原作“册”，据县南路“东珊铺”改。

② 按：县南四十里，山名“罗里”，村名“罗李”，应为同音异写，然已难详本字。

③ 原作“宋册”。按：县西有朱珊店、朱珊铺、朱珊渡、朱珊泊，又本志讹“朱珊店”为“朱册店”，此处“宋册”亦为“朱珊”之讹，径改。

④ 原作“胃”，径改。案以方位，即县南一十里之瑁山也。

⑤ 按：后志作“张山村”，其地有张山店，清康熙三十年赵家圈巡检司徙此。

⑥ 按：“苗谷”，本卷间作“苗堌”。

朱珊[①]店，在县西十五里。
暑兰店，在县东南一百二十五里。
曲里店，在县西二十里。
赵家圈集，在县西五十里。
章山店，在县东南一百四十里。
孟城店，在县南三十五里。
申明亭［集］[②]，在县西北六十里。
姬家庄集，在县西北七十里。

官廨

县治

自宋以前，皆在萧子国古城内。至宋，则以水没其城，乃筑南城，以徙县治，今之治是也。洪武二年，主簿刘瑜因旧治日渐摧朽，悉撤旧材而鼎新之。

公宇：

正厅三间，前轩三间，耳房三间，后厅三间。幕厅三间，东西司房三间。仪门三间，戒石亭一座，架阁库三间，图圄一所。

官吏宅舍：知县宅一所，在县治北。县丞宅一所，在县治东北。主簿宅一所，在县治西北。典史宅一所，在县治东南。吏舍六十三间，在县治东南。

察院，在县治东。洪武二年主簿刘瑜建。正厅三间两厦，前轩一间，东西厢房各三间，厨房三间，门一座。

合属衙门

儒学。（详“学校”类）

税课局，在县治西半里，洪武三年建。岁办课钞二千一百六十七锭二百五十文。宣德□[③]年革之。（详郡志“仓库”类）

阴阳学，在县治西北，洪武十七年开设。

医学，在县治西北半里，洪武十七年开设。

永固巡检司，在县东南四十里，洪武十年开设。至十三年，罢之。

河泊所，在县南十里，洪武十四年开设。至三十年，以课额渐少罢之。其址见存。

---

① 原作“册”，径改。
② 字据嘉靖《徐州志》补。
③ 原空阙。案前吕梁税课局：“正统元年，奉户部勘合，凡天下税课局钞不及三万贯者，并于有司。”则萧之税课局亦当革于此时。嘉靖《徐州志》作“正德末年革”，疑讹。

仓库

预备仓四处，洪武三十年建。

周家庄仓，在乐善乡，收贮谷麦豆共一百六十一石五斗。

东镇仓，在孝义乡，收贮谷麦豆共一百四十九石七斗。

永固仓，在都仁乡，收贮谷麦豆共一百四十五石七斗。

瓦子仓，在仁寿乡，收贮谷麦豆共一百五十四石三斗。

坛壝

社稷坛，在县治西北二里，洪武初建。其房屋制度俱同本州。

风云雷雨山川城隍坛，去县南二里，洪武初建。其房屋制度俱同本州。

邑厉坛，去城北二里，洪武初建。其房屋制度俱同本州。

乡厉坛，在县并三十六所。

学校

儒学，在县治东三十步。旧志不存，前代兴废无考。宋初，在萧子城内西北隅。后因[①]水患，绍圣间，县令孙文率邑人窦沔徙治南城东南隅。又因湖水冲啮，右渐成河。元至元中，县令耶律庭瑞捐己俸，买河西地二十亩创之，即今儒学是也。大德中，监县欣都重加修饰。又建书楼，以为藏书之所。元末，兵毁无遗。国朝洪武初，主簿刘瑜于旧基重建殿庑。洪武二十九年，知县乔峻、县丞齐福东以殿宇卑狭，改建而高大之，堂屋、斋房于是稍备。年久，渐为风雨所敝。永乐十六年春，知县郝玘从而修葺之。于是殿庑、堂斋、门垣、庖湢之所，焕然一新矣。今将规模制度开附于后：

大成殿五间，东庑五间，西庑五间。

棂星门五间，神厨三间，库房三间。

明伦堂三间，有颁降卧碑置于东偏。

东斋曰崇德，三间；西斋曰广业，三间。

膳厨三间，［生员］[②]号房十间，门一间。

---

① 原作“内”，径改。

② 二字据沛县学文例补。

教谕宅十二间，训导宅七间。

射圃一所，在学东，长七十步，阔十步许。内有观德亭一座，永乐十六年，知县郝玘捐俸创立。

学仓一所，计屋三间，每岁收贮粮米三百八十石九斗八升九合四勺五抄。

元

去县东南八十里有闵子墓，墓左右有地若干亩，每岁收其人，以供儒学公用。今其地皆荒芜不治。其四至详见元碑阴。

寺

天门寺，在县东南三十里，其地乃幽雅可爱。旧寺建置年月不可考。至永乐间已废，惟佛像存焉，山下居人以席盖之而已。宣德四年，知州杨秘因捐己资创之，仍命徐州铁佛寺僧文宝主其事。有佛殿三间，伽蓝院一间，僧房三间，厨房三间。

龙寿寺，在县西南三十五里。

寿圣寺五：一在县东南二十五里，一在县东南一百四十里，一在县东南一百七十里，一在县东南四十五里，一在县东南一百二十里。

弥勒寺，在县东南七十里。

白土寺，在县东南四十里。

成果寺，一名精监寺，在县西南六十里。

龙兴寺，在县东南一百六十里。

显庆寺，在县南一百一十里。

草寺，在县西北四十五里。

卜堌寺，在县西北六十里。

塔寺，在县西北八十里。

青墟寺，在县西北八十里。

彭村寺，在县西北三十里。

兴佛寺，在县西南六十五里。

东庄寺，在县东南七十里。

马常寺，在县南二十里。

马头寺，在县东南八十里。

龙兴寺，在县东南九十里。

龙泉禅寺，在县南六十里。

普照禅寺，在县东南七十里。

崇兴尼寺，一名龙光寺，在县东南二十五里。

赵家圈尼寺，在县西五十里。

——右自天门寺至赵家圈尼寺，共二十六[1]所，见存者惟天门、龙寿二寺，余皆废。

---

① 原作“七”，据实数改。

院

正觉禅院二：一在县南五十里，一在县南五十五里。

净觉禅院，在县南三十五里。　显庆禅院，在县西南三十里。

凉楼弥陀禅院，在县东南一十里。

兴福禅院，在县西五十里。　兴胜禅院，在县西北十八里。

舍利禅院，在县西北二十里。　大圣禅院，在县西北六十里。

大觉禅院，在县西北四十里。　弥勒禅院，在县西北四十五里。

兴国禅院，在县南三十五里。　明化禅院，在县西二十里。

建凤法轮[①]禅院，在县西三十里。　报恩禅院，在县西南四十里。

大明院，在县南五十里。　广福院，在县西南五十五里。

九圣院，在县西南四十五里。　大圣院，在县西北六十里。

龙泉院三：一在县东七十五里；一在县西南二十五里；一又名大悲院，在县南三里。

宝峰院，在县东一十五里。　广灵院，在县东南一百二十里。

苏疃院，在县东南一百二十五里。　大墩院，在县东南一百二十里。

住子院，在县东南一百三十里。　四庄院，在县东南四十里。

涅槃[②]院，在县西北七十里。　毛家院，在县西二十里。

刘弘院，在县西北十五里。　刘友院，在县西七十里。

麻芳院，在县西四十五里。　兴福院，在县东二十一里。

李义院，在县西北二十五里。　释迦院，在县北三十里。

杨村院，在县东北十五里。　西苗堌院，在县西北六十里。

丁木院，在县西北四十里。　丁家庄院，在县西北四十里。

大院，在县西南三十一里。　小院，在县西南三十二里。

曹团院，在县西南三十五里。　寿圣院，在县西南二十五里。

兴福院，在县西南二十五里。　显庆院，在县南三十五里。

北大圣院，在县南四十五里。　傍汪院，在县南四十五里。

徐里院，在县南七十里。　宝泉院，在县西南五十五里。

——右自正觉禅院至宝泉院，共五十院，皆废。

① 原作“转”，据本卷“古迹”“古冢”等目改。

② 原作“盘”，径改。

庵

黄姑庵，在县东五里。金承安二年建。

王姑庵，在县西四十里。今废。

栖真庵，在县西七十里。今废。

观

大道玄元观，在县东南五十里。

乾明观，在县西南五十里。

花姑姑观，在县东南六十里。

玄元观，在县东南一十里，

太虚观，在县南五十里。

玉虚观，在县东南六十里。

——右自大道玄元观至玉虚观，六观皆废。

祠庙

二圣堂，在玄元观前。

蒋国公祠[1]堂，在县西南二十里。

大圣堂，在县南五十里。

徐圣公愿穷堂，在县东一百里。

玉皇庙，在县南四十里。

东岳庙，在县西六十五里。

南岳牛王庙，在县北半里。

关王庙，在县南一里。

城隍庙，在县西南隅，洪武初建。

显济王庙，在县东南五十五里。

二郎关王庙，在县东南二十二里，宋天圣二年建。

丁家庙，在县南一十里。

——右二圣堂至丁家庙，十二庙见存。

三皇庙，在县西北一里。

东岳庙，在县西十里。

玉皇庙，在县北二十五里。

伏羲庙，在县西十里。

西岳庙，在县西南三十里。

南岳牛王庙，在县西南一十里。

炳灵王庙，在县西南五十里。

关王庙，在县西北半里。

二郎庙，在县西南六十里。

速报司庙，在县西北一十里。

添子庙，在县南六十里。

府君庙，在县东南五十里。

留侯庙，在县西二十五里。

金龙庙，在县西十里。

城隍庙，在县东南四十里，昔永固县之城隍也。

曲里龙神庙，在县西十里。

明山圣母庙，在县南一十二里。

① 原作“词”，径改。

——右自三皇庙至明山圣母庙，共十七庙，皆废。

桥梁

东门桥，今名东新桥，在县东半里许。旧有木桥三洪，易于摧朽。正统元年，今县丞郭祯[①]议架石为之，因建石桥三洪，上施栏楯。其详载于记文。

吉安桥，在县西南五十里[②]，金承安五年建。

丁里桥，在县东南一十五里，大定十三年造。

青冢村桥，在县东南一百四十里，一名青中桥，宋熙宁四年造。

伯乐桥，在县南百步许，饮马池东。

房星桥，在县西南［百步］[③]许，饮马池西。

南门桥，在县南一里。

永固桥，在县东南四十里。

锦川桥，在县西南六十里。

孟城桥，在县南三十五里。

官庄桥，在县东南六十五里。

窦老桥，在县东南二十五里。

王老桥，在县东南二十五里。

桃山桥，在县东南七十里。

瓦子桥，在县南三十里。

上阛桥，在县西南五十五里。

新桥，在县东南三十六里。

苌池桥，在县西三十里。

鲁班桥，在县东南三十里。

燕儿桥，在县东南六十里。

中陈桥，在县东南四十五里。

白土桥，在县东南四十里。

租沟桥，在县东南一百里。

桃墟桥，在县东南七十里。

夏疃桥，在县东南一百二十里。

暑兰[④]店桥，在县东南二百二十里。

固子桥，在县东南三十五里。

白洋桥，在县西北六十里，废。

——右自东门桥至固子桥，二十［七］桥皆存，止白洋桥废。

驿传

元

冀门水驿，在县北三里。父老相传：元初，河水上通大梁，于此设驿。年久，不知驿基。

① 原作“桢”，据后志及萧县诸志改。
② 案后志：此桥在赵家圈，应为“西北五十里。”
③ 字据文义补。
④ 原作“烂”，据前“暑兰”名改。后皆同。

桃花马驿，在县西南七十里。

曲里马驿，在县西二十里。

暑兰马驿，在县东南一百二十里。

曲里水驿，在县西二十五里。

冀门递运所，在县北三里。父老相传：元初时，河水上通大梁，于此设所。年久，不知所基。

马园牚马驿，在县南七十里，元时所设。其址[①]渐为耕[②]犁所平。

——右六驿一所，皆元时所建，今废。

津渡

冀门渡，一云渡船口渡，在县北三里。

曲里渡，在县西二十里。

东镇渡，在县西四十里。

赵家圈渡，在县西五十里。

朱珊渡，在县西一十五里。

铺舍

本县铺舍凡九处，俱系洪武初主簿刘瑜建。

在城铺，在县西二十步，司兵六名。

朱珊铺，去县西一十里，司兵四名。

曲里铺，去县西二十里，司兵四名。

杨铺司铺，去县西三十里，司兵四名。

东镇铺[③]，去县西四十[④]里，司兵四名。

赵家圈铺，去县西五十里，司兵五名。

——以上通[⑤]砀山县界。

烂石铺，去县东十里，司兵五名。

——通徐州界。

胡辛庄铺，去县东南八十里，司兵八名。

东珊铺，去县东南七十里，司兵八名。

——右二铺，通宿州界。

① 原作“扯”，径改。

② 原作“畔”，系“畊”形讹，径改。

③ 原作“铺镇”，据嘉靖《徐州志》卷一《萧县境图》改。按：“东镇”以在赵家圈东而名。

④ 原作“一”，径改。

⑤ 原作“道”，径改。

职役

本县

正官

知县一员（正七品。月支米七石［五斗］[①]）。

县丞一员（正八品。月支米六石五斗）。

管马县丞一员（正八品。月支米六石五斗）。

主簿一员（正九品。月支米五石五斗）。

首领官

典史一员（未入流。月支米三石）。

吏典：司吏七名，典吏十四名，承发司典吏一名，马科司吏一名、典吏一名，铺长一名。

祗禁等役：祗候□名，弓兵□名，禁子□名，库子□名[②]。

属官

儒学师生：教谕一员（未入流。月支米二石五斗），训导二员（每员月支米二石[③]），生员二十名（每名月支廪膳米一石），增广生员（初无定额），学吏一名（月支食米六斗）。

税课局（今革）官：大使一员（无俸）。吏：司吏一名，攒典□名[④]。

阴阳学官：训术一员（无俸）。

医学官：训科一员（无俸）。

名宦

春秋

萧叔大心，翼戴宋桓公有功，因封于萧。

宋公子高哀，为萧贤封人。

---

① 案《明会典》：正七品月俸七石五斗，从七品月俸七石。参以同期他县志，所载皆同。徐属正七品例不当俸仅七石。又，弘治《重修徐州志》四县《职官志》虽佚，然于顺治《徐州志》、康熙《萧县志》略存，皆为“七石五斗”，据补。

② 原空阙。

③ 原作“每月支米员二石”，参卷二州训导、卷十三沛县训导例改。

④ 原空阙。

宋

张惇，绍圣三年为县令。行峻言直，不畏不侮。

孙文，绍圣五年为县令。能兴学校以教民。

元

耶律庭瑞，至元丁丑为萧县尹。能捐己资创建学宫。

马彻里，大德间为达鲁花赤。有果断才能，能弭水患。

完哲笃，字仲玉，唐兀人氏[①]。至正间为达鲁花赤。讼简赋平，民怀吏畏。

傅汝砺，茌平人。至元中为本县尹。历仕至朝列大夫、江浙廉访司佥事，政事文章有声。

皇明

齐福东，荆州府石首县人。洪武二十七年，由监生任本县县丞。洁己平政，民吏安之。时县多淫祠，福东能禁绝而革废之。秩满，升苏州府嘉定县知县。至今萧人德之。

郝玘，平阳府吉州人。洪武三十一年，由监生任乐安州阳信县典史。以廉能升邯郸县知县，调砀山县。永乐十六年春，调于萧。在任能劝农而富民，兴学以教士。虽邻邑皆称慕之。

贡举

前代贡举之士未闻。

皇明

科第

曹士正，永乐四年登林环榜进士。

杜礼，永乐十五年中乡试，任［训导］[②]。

王邻，宣德十年中乡试，任浙江□□[③]

---

① 原作“民”，径改。

② 原阙，二字据嘉靖《徐州志·选举表》补。

③ 原阙，康熙《萧县志》作“任清源教授”。

朱信，宣德十年中乡试，任浙江□□[①]

愿入太学

刘俨，洪武十九年，任湖广慈利县县丞。

管弘，洪武十六年。

贡士

武赳，洪武十七年贡。

李廷佐，洪武十八年贡。

彭季伸，洪武十九年贡。

蒋敬实，洪武二十年贡。

丁德量[②]，洪武二十三年贡。

孙春寿，洪武二十四年贡。

周性纯，洪武二十五年贡。

朱季和，洪武二十六年贡。

朱景安，洪武二十七年贡。

张敬宾，洪武二十八年贡，任泸州同知。

王祉泰，洪武二十九年贡，任户部主事，升广东按察司佥事。

钱守成，洪武三十年贡。

张忠信，永乐三年贡。

朱彦辉，永乐四年贡。

张玽，永乐五年贡。

李友梅，永乐六年贡，任镇番卫经历。

丁显，永乐七年贡。

夏仲弘，永乐八年贡。

李旻，永乐九年贡。

彭闰，永乐十年贡。

董暹，永乐十一年贡。

朱希文，永乐十二年贡。

秦仪，永乐十三年贡。

高镛，永乐十四年贡。

杜绍甫，永乐十五年贡。

化从心，永乐十六年贡。

冯扩，永乐十七年贡。

古迹

萧子国古城，在今县北半里，周九里三十步。门四：东曰安仁，西曰达义，南之名不传，北曰冀。冀临古汴，通舟楫。东南绕城有隍，山西湖水过之，亦通小舟入汴。西北无隍。自宋以前，县治在是城之内。至宋，则以水没其城，乃筑南城，以徙治之焉。

---

① 原阙，案康熙《萧县志》，初任浙江浦江学训，继迁山东茌平教谕。

② 原作“得亮”，据嘉靖《徐州志》、康熙《萧县志》改。

南城，今县治城基是也。宋前，县治皆在萧子国城内。后以河决，萧子城被水，乃筑南城，方四里，以徙县治。年久渐平。其址间存者，北与萧城相连。

北城，在县北二十里，周九里余。世传为萧子避暑城。

永固县。按陈明及王氏茔碑：金正大间，割厥堌镇，立永固县，无城。元初，罢县为巡检司。

英州，在县西北五十里，不知建废之详。元初，城基尚存，周九里余，高九尺，有四门，城中水可行舟。元至正甲申，平地水深二丈。水既去，城遂为平陆。俗呼曰雁门泊[①]，以水涨则生鱼也。

黑沙县，在县西北五十五里，相传为英州之倚郭也。其建置之详，则不可考矣。

曹马城，在县西北七十里，周九里三十步。父老相传为曹操歇马城，其详未知是否。

郭城，在县西南二十五里，周九里余。相传为后周太祖所筑，盖末帝时屯军之所也。今阴雾中有蜃气。

蒋蔡城，在县西南三十里。名虽为城，而实则一土丘也，围约五十步。意其城久而尽隳，其后为贵者葬其中耳。今雨盛则深八尺，没于山西湖中。

永固巡检司，在县东南四十里。宋时，名厥堌镇。至金，为永固县。元初，罢县为巡检司。至国朝洪武十年，亦设巡检司。洪武十三年革去。其址见存。

安民镇三务，在县西四十里。

钟楼，在县西北七十里曹马城内。基址微存。

歇凉楼，在县东一十里。遗址犹存，但不知何时所筑。

拜将台，在县西南六十五里。一云白侍郎墓。

拜坟台，在县西北三十里，建凤法轮禅院前（互见“古冢”下）。

三仙台，在县东三里。石壁峭立，前有平石，因呼为台。旧有三仙庙，元末毁于兵。洪武初，按旧址改建晏公庙，洪武二十二年亦废。今石上惟存旧刻“三仙台”三字。所谓“三仙”，亦不知其名姓。

舍身台，在县东南五十里大观山上，高七丈四尺，未知何时所筑。盖台以“舍身”名，意亦古之浮屠之所建欤？

古冢六十余所，在县西北三十里，建凤法轮禅院前。其二高五丈余，其余各高二三丈余，延亘东西约五里。世传昔低小者尤多，渐为耕犁所平，惟高者存。俗呼最高二者为拜坟台，其详不可究，意其为萧子子孙之墓欤？

闵子墓，在县东南八十里。按：闵子，孔子弟子闵损，鲁人也。今河南陈州西

---

① 原作“汨”，据嘉靖《徐州志》、康熙《萧县志》改。

北四十里亦有其墓。而此亦有之，未详孰是。今此名其乡曰闵子岭。元时尝有赡坟地租，以供儒学公用，今亦废矣。由是推之，则子骞之葬于此也，无疑矣。

子张墓，在县南三十五里。按：子张，疑即孔子门人颛孙师也。师，陈人。此云有其墓，岂其死于此欤？抑别有名子张者欤？不可知也。

丁公墓，在县南三十里。旧志云：即汉高帝斩丁公之处。按《汉书》：高皇帝五年，帝在洛阳，丁公来谒，帝因数其不臣之罪而斩之。丁公死未几，帝因娄敬之说，始迁都关中。则丁公之死，当在洛阳。今旧志所言若此，不知其何所据也。

宋玉墓，在县南三十里。按：玉，楚怀王时人也。时楚都郢，即今荆州江陵县也。玉有宅，今在江陵，是玉之死当在郢。今此有其墓，未详是否。

吕蒙墓，在县西南六十五里。旧志云：昔吕蒙尝庐墓于此，而俗讹为“驴粪冢”。按：吕蒙，三国时吴下人也。蒙之庐墓，当在其乡里，不应此有其墓。大抵旧志所载，伪缪若此，甚可笑也。

白侍郎墓，在县西南六十五里。余尝考之：自汉以来，白氏之最显者，惟唐白居易与其季弟行简、从弟敏中耳。白氏本太原人，后移籍同州。居易之曾祖徙居下邳[①]，遂为下邳人。居易仕唐，官至刑部尚书而卒；行简仕至门下中大夫、上柱国；敏中，咸通中由翰林拜相。今此所谓“侍郎”，盖指敏中而言也。且居易之卒，葬于洛城香山圣善寺；行简今有墓，在滁州来安县西北三十里，而五羊陈公琏尝辨其非[②]。而敏中既为下邳人，不知其卒果何以葬于此也？旧志既不明载其为何人，当俟博洽君子正之。

巨王墓，在县西七十里。又曰巨芦墓，莫知其详。

苗光裔墓，在县西北四十五里。

何公墓，在县东南七十五里，不知其何代人也。

蒋横公墓，在县南二十五里。

展雄墓，在县南七十五里。

熊氏墓，在县西南二十五里，不知其名。

康仁冢，在萧子城西北，莫详何时人。

青墟冢，在县西八十里，父老传云青墟，此必冢也。

虚粮冢，在县南三里。

---

① 案新旧《唐书》：白居易曾祖温徙于下邽（今陕西渭南），遂为下邽人，非徐之下邳。

② 按：陈琏，字廷器，广东东莞人，永乐二年知滁州（古名“永阳”），四年丙戌修成《永阳志》二十六卷，今佚。万历戴瑞卿《滁阳志》卷九《古迹》“白行简墓”条注：“考《白知节告身石刻》，知节为行简从祖，开元间官滁州刺史，卒葬此。”疑此句为陈琏旧志文，本志所云“五羊陈公琏尝辨其非”，即此。又按：万历《滁阳志》亦云白氏自太原迁下邳，盖其误由来久矣。

建凤三冢，在县西北三十里。

漆器二冢，在县西一十五里。（详“杂志”）[①]

萧关口，一名善溪洪，在县南一十里。

锦川桥关，在县西南六十里。洪武三十年，徐州卫尝拨军把守。

雁门关，在县西北六十里，古英州北关。

纵堌关，在县西北五十里，古英州东关。

丁穆关，在县西北四十五里，古英州南关。

梅村关，在县西北六十里，古英州西关。

——右四关皆父老相传，今基址虽存，而无关隘。

纪家寨，在县东南一百四十里章山巅。

陶墟寨，在县东南七十里寺山巅。

大寨，在县南七十八里大寨山巅。

小寨，在县南七十六里，与大寨山南北相连。

小石寨，在县东南一百四十五里太平山巅。

方山寨，在县南五十里方山之巅。

石山寨，在县东南一百二十里石寨山顶。

城子山寨，在县东南六十里城子山顶。

老婆寨，在县东南四十里老婆山顶。

云墟寨，在县东南一百五十里云墟山顶。

——以上十寨皆旧志所载，不知始于何时。

杨万户营，在县西北六十里，高五尺，围三里。杨万户，姓名、时世未详。

小韩千户营，在县西北三十里。元末小韩千户，疑韩林儿之兄弟子侄也，尝于此屯军。营高三尺，围三里。

唐家营，在县北一十五里，高五尺，围三里。修筑之详不可考。

大韩千户营，在县北四里，高五尺，围三里。其韩千户，永城人，元末尝于此屯军。

范家营，在县西北四十里，高八尺，围二里。元末总管范玉璧尝屯军于此。

张敏德营，在县西四十五里，高五尺，围三里余。其张敏德，不详何处人。

五省汉军张千户营，在县西五十里，方二里，高六尺。张千户，不知其详。

彭城志卷第十

① 按：“详杂志”三字原附“建凤三冢”下。然考本志卷九《杂志》有“漆器二冢”，无“建凤三冢”，故移置于此。

彭城志卷第十一

直隶徐州儒学学正余姚宋骥修

砀山县

历代建置沿革

县之东南七十余里有芒砀山，盖县因山以得名。按《禹贡》，其地在豫[①]州之域。春秋时属于宋。秦分三十六郡，砀为一郡。汉时属沛郡。三国时属徐州。晋以其地并入夏邑。南北朝复置县。高齐[②]以其地属宋州。五代时属单州。金兴［定］[③]间，水没其地，遂迁于鱼山。元初，仍于旧地置县，属济宁路。元末，县尹邵俊杰守其地。甲辰三年，俊杰既去，民人归附国朝。今隶徐州。

疆域

东接本州萧县界，西距河南虞城县界，南连河南归德州永城县界，北抵本州丰县界。广八十里，袤七十里。

里至

南至南京，陆路八百里，水路一千一十里。

北至北京，陆路一千八百里，水路二千一百八十里。

① 原作“兖”，据嘉靖《徐州志》、崇祯《砀山县志》改。案《文献通考》：秦砀郡，古豫州也。《周·职方》兖州之域。

② 原作“济”，径改。又按：本句“高齐以其地属宋州”误，应为“高齐以其地属彭城郡，隋大业二年改属宋州。”详见《隋书·地理志中》《元和郡县志·河南道三》。

③ 底本脱字，据下文“学校”目补。

四至

东至萧县界五十里。

南至夏邑、永城二县界三十五里。

西至虞城县界四十里。

北至丰、单二县界五十里。

八到

东南到萧县永城界五十里，到萧县一百二十里。

西南到夏邑县界三十五里，到虞城县九十里。

东北到丰县界五十里，到沛县一百三十八里。

西北到单县界五十里，到单县［八十里］[①]。

形胜

砀山为邑，处平原旷野间，无高山大川之限隔。惟能勤于稼穑，则公私可以仰给矣。

山川

本县山川俱无。

街坊社店

进士坊，在县治东大街，因倪鼎中进士而名。

登科坊，在县治南大街，因王怿乡试中举而名。

崇教坊，在县之东。　　庸信坊，在县之西。

大街，在县东南隅。　　北小街，在县西北隅。

柳庄社、封池社、马昂社、东张社、大彭社、使庄社、赵九社、渠城社、原奉社、段庄社、陈村社、浮沟社、子乾社、双沟社、蒲芦社、青[②]台社。

西镇店，在县之东五十里。　　王达店，在县西三十五里。

① 原阙，三字据嘉靖《徐州志》卷一《图说》补。

② 原作“东”，据嘉靖《徐州志》、崇祯《砀山县志》改。

市力寨店，在县北五十里。

监城店，在县西北三十五里。

双沟店，在县北四十五里。

廨宇

县治

在城中。自元季经兵燹，建置年月无由可考。洪武三十五年，火其前厅及库房一间、幕厅并前轩四间。永乐三年，知县郝玘重建。

公宇：正厅五间，前轩三间，后厅五间。幕厅三间，前轩一间。仪门三间，耳房二间。架阁库三间，东西司房共六间。囹圄一所，戒石亭一座。

官吏宅舍：知县住宅一座，在县治北。县丞住宅一所，在县治东北。主簿住宅，在县[治][1]西北。典史住宅，在县治东。吏舍十间，在县治西。

察院，在县治东南，洪武十三年建。正厅三间两厦，前轩三间，东西司房共六间，库房三间。

合属衙门

儒学。（详“学校”类）

税课局，在县治东北。洪武十五年建，岁办课钞一千五十锭。今废。（详郡志“仓库”类）

阴阳学，在县[治]东，永乐十六年重修。

医学，在县治前，洪武十三年建。

鼓楼，在县治东五步。洪武二十四年，知县冯钦因宴嬉台旧址而建。基高一丈五尺，楼屋三间。

钟楼，在县治东一里许。永乐三年，知县郝玘因崇寿院旧基而建。基高一丈，楼房二间。

申明亭，在城并各乡共一十九所，洪武十三年建。

旌善亭，在城并各乡共一十九所，洪武十三年建。

养济院，在县治西，永乐十五年建。有正屋三间，门一座。

[1] 字据文例补。下同。

坛壝

社稷坛，在县西北一里许，洪武十三年建。其制度俱同本州。

风云雷雨山川城隍坛，在县南一里，洪武十三年建。其制度俱同本州。

邑厉坛，在县北一里许，洪武十三年建。其制度俱同本州。

乡厉坛，一十八处，在各乡。

仓库

预备仓四处：

东仓，在崇教坊，岁收粟谷六十石三斗。

西仓，在大彭社，岁收粟谷五十八石。

南仓，在赵九社，岁收粟谷五十五石。

北仓，在浮沟社，岁收粟谷五十八石五斗。

际留仓一座，在县东，岁收米一百一十八石。

学校

儒学，在县治东一里许。金大定三年至兴定间，水没其城，饥馑相仍，继以师旅，庙貌隳废。东为佛寺所侵，西为民居所舍，其地悉无矣。元大德十一年，县尹杨泰乃于汉高皇庙故址创建。既而损坏。至元二十九年，县尹崔旭、主簿刘玘重建。国朝永乐四年，知县郝玘再修正殿，后修明伦堂，并前轩六间。永乐七年，主簿张文宪新创戟门三间。宣德八年，知县刘伯吉、教谕李孟玉各出己资，以倡[①]诸好义者，再新明伦堂及仪门。欲鸠材以新其庙，材已具，而伯吉以事去，孟玉以忧去矣。今将见在规模制度开附于后。

庙

大成殿并前轩共六间，东庑五间，西庑五间。

棂星门三座，戟门三间。

神厨三间，宰牲房一间，库房三间。

① 原作“桕”，径改。

学

明伦堂并前轩六间，有颁降卧碑置于东偏。

东斋曰博文，三间[①]；西斋曰约礼，三间。

学门三座，馔房三间。

教谕住宅九间，在学东。

训导住宅六间，在学东南。

［生员］[②]号房十间。

射圃一所，在学北，长五十步，阔十五步。

学仓三间，每岁收米二百八十六石二升九合三勺。

寺

永庆寺，在县西街北，不知何代所建。旧有殿三间。永乐七年，僧海辩塑佛及金刚、罗汉等像。又建万佛琉璃宝塔于前寺，其高九层，周四丈许。宣德十年，傅文瑁以旧殿材渐蠹朽，势将［颓］[③]压，乃悉撤旧材，高广其址。上建殿为五间，而观音殿及法堂、山门，皆有成绪矣。

奉伯寺，在县北二十五里。　　　　□□□

新安寺，在县北五里。　　　　□□□

清凉寺，在县北五十里。　　　　□□□

大圣寺，在县东三十里。

——右七寺[④]，不知兴废年月，惟额名与遗址在耳。

院

释迦禅院，在县东五十里。元天历中，南岳长老因旧有是院，再加葺理，塑诸佛像，焕然一新。其徒满润，嗣而主之。岁久，浸[⑤]废弛，今惟遗址与碑存焉。

净土院，在县南三十里。

资圣院，在县南二十五里。

大觉院，在县北四十五里。

普照禅院，在县东三十五里。

① 原作“门”，径改。

② 二字参沛县学例补。

③ 字据文义补。

④ 按：疑奉伯寺、新安寺、清凉寺下有各有脱文。

⑤ 原作“寝”，径改。

弥勒院，在县东四十里。

兴福院，在县西北四十五里。

崇庆院，在县东一里。

大觉院，在县北四十五里。

建福院，在县北四十五里。

寿圣院，在县东二十里。

——右十一院，唯释迦禅院有碑记可考，余惟遗址与额名存耳，而建置年月则莫可考也。

宫观

聚仙宫，在县北三十五里。元延祐间，真静大师丘公与其徒赵志坚购地而建，殿堂、庙庑以至斋堂、厨库、井亭、蔬圃皆具。延祐乙卯正旦，丘公尸解去，志坚遂主观事。详见监察刘泰之记[①]。元季毁于兵，今惟址存焉。

全真观，在县西北一里。已废，惟基存焉。

祠庙

先农祠，在县北一十二里。里人高子昭、戴士中倡众建之。详载陈郡袁杲所撰记[②]。今废。

城隍庙，在县西街北半里许。洪武二年，县尹邵俊杰建。

东岳庙，在县东半里许。永乐三年，知县郝玘重修。

关王庙，在县南一里许。元至元三年，邑人李成等建。

三灵侯庙，在县东南。洪武二十七年，邑人郭容等建。

二郎庙，在县北一里许。永乐十二年，知县郝玘重建。

火星庙，在县东一里。永乐七年，知县郝玘重建。

桥梁

狐[③]父桥，在县南三十五里。永乐十二年，知县周宗昕建。

① 本志艺文各卷无刘泰之记。

② 本志艺文各卷亦无此记。

③ 原作“胡”，据嘉靖《徐州志》、乾隆《砀山县志》改。嘉靖《徐州志》：《史记》曹参破秦军，取砀狐父，即此地。

铺舍

本县铺舍凡六处，俱系洪武十三年知县张清建。

总铺，在县前十步。

七里铺，在县东七里。

赵九铺，在县东二十里。

毛城[1]铺，在县东三十里。

陈村铺，在县东四十里。

西镇铺，在县东五十里。

——右每铺设司兵四人，通萧县界。

名宦

元

杨泰，大德十一年任本县尹。兴崇学校，勤课农桑，吏民怀之。

皇明

郝玘，山西吉州人。永乐元年来知县事。廉勤而爱民，劝课农桑，崇尚学校，民甚怀之。及秩满当迁，邑之耆民固原、杨贞等奏留在县。及丁内艰服阕，邻邑萧之百姓保留之。

贡举

元

石普，至正年中进士第，任翰林院编修。

皇明

科第

王怿，永乐九年中乡试，任陕西西安府高陵县儒学训导。

倪鼎，永乐十六年登李骐榜进士。

贡士

卢生，洪武十七年贡。

李忠，洪武十八年贡。

---

① 原作“诚”，据嘉靖《徐州志》卷六《官署》改。

朱安，洪武十九年贡，任四川道监察御史。

张友恒，洪武二十年贡。

刘叙，洪武二十□[①]年贡，任岳州府通判。

朱显，洪武二十五年贡[②]。

唐凯，洪武二十六年贡。

杜庆，洪武二十七年贡。

李范，洪武二十八年贡。

毛诚，洪武二十九年贡，任山东青州府同知。

姜熊，洪武三十年贡。

王佐，洪武三十一年贡。

范庸，永乐三年贡，任南京留守卫经历。

李旻，永乐四年贡，任四川夔州府奉节县典史。

张俊，永乐五年贡。

薛斐，永乐六年贡，任行在光禄寺署丞[③]。

张佑，永乐七年贡。

张弘，永乐八年贡，任荆州府知府。

刘安，永乐九年贡。

王瑾，永乐十年贡。

蒋幹，永乐十一年贡。

郭曾[④]，永乐十二年贡。

程宪，永乐十三年贡。

赵敏，永乐十四年贡。

褚让，永乐十五年贡。

刘瓒，永乐十六年贡。

李恕，永乐十七年贡。

古迹

砀山县故城，在县南四十五里，鱼山之北。今属河南永城县。

芒砀山，在县南七十里，即汉高帝微时隐处，然县因此而得名。今亦隶河南永城县。

靴尖阜，在县之西北一里许。世传因欲作砀山县，未及成而有此。

插花墩，在县之北一里许。世传昔有小庙在上，人有疾者，于此庙插花即愈。

宴喜台[⑤]，在县之东。唐李白有诗。洪武二十四年，知县冯钦因建鼓楼于上。

---

① 原空阙。嘉靖《徐州志》卷二《选举表》作永乐六年贡。

② 案嘉靖《徐州志》卷二《选举表》：朱显，洪武二十六贡。自朱显以下至王佐，皆第次后推一年。

③ 嘉靖《徐州志》载刘叙六年贡，自薛斐以下至李恕，皆第次后推一年。

④ 嘉靖《徐州志》作“郭惠”，疑“曾”系“會”形讹。

⑤ 本志卷十九作“嬉”。案嘉靖《徐州志》“宴喜台”注：“宋政和三年，真州知府李釜为书‘宴嬉’字，授知县许戡刻石于台，遂讹台名为‘宴嬉’。”

（诗[①]详“诗文”类）

梁安庄王墓，梁太祖犹子友宁也。今墓在县北二里许，已漫灭为平壤。有碑一，亦陷入土中，文皆剥落不可辨。

党太尉墓。太尉名进，宋太祖时朔[②]州马邑人，以太平兴国二年卒。墓在县南三十里，今漫灭已为平壤。（碑[③]详“诗文”类）

彭城郡志卷十一

① 按：“诗”字杂入正文，据文例入注。
② 原作“翔”，据《宋史》本传改。
③ 按：“碑”字杂入正文，据文例置此。又，艺文各卷无此碑记。

彭城志卷第十二

直隶徐州儒学学正余姚宋骥修

丰县

历代建置本末

丰在《禹贡》徐州之域,《周礼·职方氏》青、兖之境。春秋时为宋之属邑。秦隶泗水郡，汉属沛郡。武帝置十三部刺史，时属徐州。晋亦隶徐州。隋隶彭城郡。唐、宋皆隶徐州。宋南渡后，地没于金。元隶山东济宁路。至正二十四年，王宗举据守其地。二十六年八月内，国朝天兵下淮安，宗举逃遁，莫知其处。邑父老率众归附，仍隶徐州。

疆域

东接本州沛县界，西抵济宁州单县界，南距萧县界，北连济宁州鱼台县界。广九十里，袤一百一十里。

里至

南至南京，陆路九百里，水路一千二百里。

北至北京，陆路一千六百里，水路一千九百里。

四至

东至沛县界三十里，西至单县界六十里。

南至萧县界五十里，北至鱼台县界五十里。

八到

东南到徐州界九十里，到徐州一百八十里。

西南到砀山县界三十五里，到砀山县九十里。

东北[1]到沛县界四十里，到滕县界一百四十里。

西北到金乡县界五十里，到金乡县一百二十里。

城池

旧志不存，历代修筑之由无考。今之土城，亦不知创于何时。周九里三十步，址厚四丈，上阔一丈许，高四丈。池深一丈，阔约三丈许。门、楼、垛、铺俱废。

形胜

地邻邹鲁，地接彭城，华山拱其前，泡水环其后，此丰邑之胜概也。

山

小华山，在县东南三十五里，周围十余里。名曰“小”者，所以别西岳华山也。

川

泡河，在县城之北。上流自单县，流至本县，入沛县泗河。水溢，可通舟楫，商旅便之。

井泉

圣井，在县之东南。世传人有眼疾，以井水流之即[2]愈，故名圣井。今已芜塞。

坊街

中阳坊，在县东北。

嘉[3]庆坊，在县正东。

① 原作“地”，径改。
② 原作“既”，径改。
③ 原作“喜”，据隆庆《丰县志》改。

仁风坊，在县东南。 游艺坊，在县正西。

登科坊，在县东北，因王献中乡选而名。

南北街，在县东。 东西街，在县南。

乡保

一乡，在县之东南：华山保、大乌保、留顺保、万安保、七级保。

二乡，在县之西：安靖保、苗城保。

三乡，在县之西北：司马保、田村保。

四乡，在县之北：忽城保、力村保。

官廨

县治，在城西北。前代废置莫考。元至元十一年，知县刘士建于今所。元季，遭兵燹尽废。国朝洪武三年二月内，知县傅时即旧址重建。

公宇：正厅三间，前轩三间，耳房三间，后厅三间。幕厅三间，东西司房三间。仪门三间，戒石亭一座，架阁库三间，囹圄一所。

官吏宅舍：知县宅一所，在县治北。县丞宅一所，在县治东。主簿宅一所，在县治西。典史宅一所，在县治西北。

古迹

朱陈村，去县一百里。昔有朱、陈居此，二姓世世为婚姻。唐白乐天有诗。（详“诗文”类）

秦台，在县治前。秦始皇东游厌气之台。

凫鹥亭，在县之东陂池之上，为往来宾使游宴之所。有元名人诗文[①]刻石于傍。（详“诗文”类）

卢绾宅，在县东北隅。宋建炎间，建寺于上，即今永宁寺基是也。

娥墓，在县之西北三十五里。未详何人，盖必古烈女也。

袁学士墓，在县之东三十里。前元翰林院学士袁遵道葬焉。（详郡志“人

① 按：本志卷十九所录关景仁《凫鹥亭》、胡宗愈《寄题凫鹥亭》、马建中《新作凫鹥亭》，皆宋人诗而误置元代，故此云“元名人诗文”。

物”类）

周侯墓，在县之东北一十里。汉太尉绛侯周勃死，葬于此。（详郡志“人物”类）

杏花村。《古今诗话》载：“徐州古丰县朱陈村，有杏花二十里。”故苏文忠诗曰：“我是朱［陈］[1]旧使君，劝农曾入杏花村。如今风物那堪画[2]，县吏催钱夜[3]打门。”

彭城志卷十二终

① 字据《东坡全集》卷十一补。
② 原作“话”，据诸本苏集改。
③ 原作“来”，据《东坡全集》改。

彭城志卷第十三

直隶徐州儒学学正宋骥修

沛县

历代建置沿革

按《禹贡》：沛在徐州之域。《周礼·职方氏》青州之境。春秋时为宋之属邑。秦隶泗水郡。汉初为汤沐邑，后为沛郡之属县，号为小沛。晋属徐州。隋隶彭城郡。唐、宋皆隶徐州。宋绍兴后，没于金，时隶山东西路。元隶济宁路。至正十七年，同佥孔士亨据其地。甲辰三年，士亨奔溃，邑父老率众内附。国朝仍为县，隶徐。

疆域

东抵兖州府滕县界，西接丰县界，南连本州界，北距[①]济宁州鱼台县界。广九十八里，袤一百一十里。

城池

汉城隳废已久。元末，同佥孔士亨据有其地，因筑小城以守之，即今县治之土城是也。周二里零三百三十四步，高一丈许。楼堞俱废，其城亦间有崩缺者。池深约三尺，今渐淤塞。旧有东、西、南、北四门，今因之。

里至

南至南京，陆路八百六十里，水路一千一百八十里。

---

① 原作“据”，径改。

北至北京，陆路一千六百八十里，水路一千八百二十里。

四至

东至滕县界五十里，西至丰县界四十八里。

南至徐州界五十五里，北至鱼台县界五十五里。

八到

东南到本州界四十二里，到本州一百五十二里。

西南到丰县界八十里，到砀山县一百三十八里。

东北到滕县界四十里，到滕县一百二十里。

西北到鱼台县界五十里，到鱼台县九十里。

形胜

薛河来其左，泡水出其西。泗水之流，自北而东。况土地肥饶，自汉以来，实为名壤。

山

七山，去县西南三十里，在汉台乡。其山止一峰，约高二十丈。以七山为名，不知所自。

水

泗水，自济宁州经于沛东，南至于徐，而达于淮。（详郡志）

漷水，自兖州府滕县界下流，入于昭阳湖，而达于薛河。其源甚浅。

薛河，发源于兖州府滕、薛之境连青等山之下，故名薛[①]。出于金沟口闸，入于泗水。春夏水起，可通小舟。

泡河，自本州丰县界下流，至县治南关泗亭驿前入于泗水。春夏水起，可通小舟。

---

① 案《明史·地理志二》："薛水，源自（滕）县东高、薛二山间，西南流，合漷水，一名南沙河，至沛县入运。"

湖

昭阳湖，广约十余里。自兖州府滕县界下流，至金沟口，上合薛河，而达于泗水。春夏水起，可通小舟。

沟

泥沟，自鱼台县界下流，至县治西，入于泡河。其水甚浅。

清水沟，自泡河分流，至徐州界，出入溜沟①，入于泗水。

井泉

琉璃井，在县治河东岸一里许。其井甚深，泉味甘冽，下广上狭，人投以瓦石，则琅琅有声，至底而止。因上甃以黄琉璃瓦，故名。传言亦高帝所构，未详是否。

坊郭乡镇

攀桂坊，在县治东大街，因张威中乡举而名。

步蟾坊，在县治东大街，因李巽中乡举而名。

登云坊，在县治东小街，因杜旸②中乡举而名。

桂林坊，在县治北小街，因赵斌中乡举而名。

大街，在城东北隅。

小街，在城西北隅。

东③小街，在城东北隅。

南街，在县治前。

旧坊名

迎恩坊，在县治东门外。

宣化坊，在县门外。

泗亭坊，在县河东岸。

清化坊，在县治北门内。

育材坊，在县治北儒学前。

崇教坊，在县治东南小街。

---

① 原作“流沟”，即州境之北溜沟、南溜沟。其地有村，有集，元时曾设巡检司，俱名“溜沟”。此作“流”，盖同音相借，据改。

② 原作“肠”，据嘉靖《徐州志》卷二《选举表》改。

③ 原作“西”，径改。

中和坊，在县治东大街。 达道坊，在县治东北小街。

——右八坊，今废。

乡村店

汉台乡，在县之南：高义村、鲁[①]村、房枝村、黄重村、栗子村、马村、谢沟村、犇口村、北秦村、秦村、于家村、黄家村、欧[②]家村、杨家场。

泗亭乡，在县之东南：大社村、曲房村、欢城村、料城村、张家村。

广戚乡，在县之东：高村、丁马村、丁村、泉水村、房村、塔墟[③]村、夏村、横沟村、张林村、大刘村、南庄村、三河口村。

千秋乡，在县之西北：贺堌村、邵村、周田[④]村、杨名村、彭村、小房村、十字河村。

金沟店，在县之东南八里。

沙河店，在县之北六十里。

官廨

县治

旧在城西北隅。元季，毁于火。洪武二年，知县费忠信重建。至三十五年，日渐废弛。永乐元年，县丞胡先重盖草屋三间，极为隘陋。永乐十一年，知县李举贤重建。

公宇：

正厅三间，前轩三间，后堂三间。

幕厅一间，东西司房十四间。

仪门一间，库房三间，图圄一间。

官吏宅舍：

知县宅一所，在县治北。 县丞宅一所，在县治东北。

主簿宅一所，在县治南北[⑤]。 典吏宅一所，在县治东。

察院：

① 原作“曾”，参嘉靖《徐州志》、嘉靖《沛县志》改。

② 原作“殴”，据嘉靖《徐州志》改。

③ 原作“虚”，参嘉靖《徐州志》、嘉靖《沛县志》改。

④ 原作“天”，参嘉靖《徐州志》、嘉靖《沛县志》改。

⑤ 案嘉靖《沛县志》卷二《建置》：管粮主簿宅在县治西南，管河主簿宅在县治西北。此言“主簿宅一所”，又地在南北，疑为二所。

在县治东，永乐四年知县常瓘建。

正厅三间两厦，前轩三间。

东西厢房共六间，厨房三间，门一座。

官厅：

在县治西，宣德九年建，凡上司及使客往来多寓焉。

正厅三间两厦，前轩三间。

司房三间，厨房二间，马房三间，土地祠一所。

合属衙门

儒学。（详“学校”类）

泗亭驿，在县治南关，永乐十三年建。额设站船一十五只，水夫一百五十名，馆夫四名。

递运所，在县治河东岸，永乐四年建。额设红船六十二只，水夫五百四十二名，防夫六十名。

税课局，在县东北隅，永乐四年建。岁办课钞一千二百三十三锭一贯六百文。今废。（详郡志“仓库”类[①]）

阴阳学，在县门内西。洪武十七年间设，永乐十六年重修。

医学，在县治前。洪武十八年间设，永乐十八年重修。

金沟口闸，在县东八里。（详郡志）

沽头上闸，在县东南十五里。（详郡志）

沽头下闸，在县东南三十里。（详郡志）

新兴闸，在县治南五十里。

胡陵闸，在县治北六十里。

谢沟版闸，在县治南四十里。

申明亭，在城并各乡共五所，永乐十六年重建。

旌善亭，在城并各乡共五所，永乐十六年重建。

养济院，在县治北，永乐十六年建。正屋三间，门一间。

坛壝

社稷坛，去县西北一里许，永乐二年重建。其制度并同本州。

① 原作“廳”，径改。

风云雷雨山川城隍坛，在县南一里，永乐二年重建。并同本州。

邑厉坛，在县北一里，永乐二年重建。并同本州。

乡厉坛，凡三十六所，在各乡。

仓库

际留仓一座，在县治仪门外西南，永乐四年建。每岁收粮六石。

预备仓四座，俱于永乐四年建：

东仓一座，在汉台乡。收贮见在粮二十八石七斗七升：小麦一十二石五斗三升，粟谷一十六石［二斗四升］[①]。

西仓一座，在千秋乡。收贮见在粮二十六石五斗：小麦五石，粟谷二十一石五斗。

南仓一座，在汉台乡。收贮见在粮二十四石：小麦一十三石，粟谷一十一石。

北仓一座，在广戚乡。收贮见在粮二十二石四斗：小麦一十石九斗，粟谷一十三石五斗。

学校

儒学，在城之东北[②]隅半里许。旧基在县治河东岸泗亭坊，宋靖康中兵兴，毁废殆尽。金大定初，有司以往来不便，遂移置河西清化坊，制度甚陋，即今学是也。至大定辛卯，县令刘勋出己俸，作而新之。至正元年，达鲁花赤伯家奴、县尹孙文顺、主簿廓不花帖木儿、教谕王克明，各出己俸复修之。至正十五年[③]，达鲁花赤众家奴暨完者不花、县尹王居礼、教谕孔[④]希冕等复重修之。元季，复经兵火。国朝平定天下，大兴学校。洪武三年，知县费忠信、训导华革等重修。三十五年，废弛。永乐四年，知县常瓘、教谕李玘等重建。永乐十二年，知县李举贤、教谕刘铎等各出己俸，新塑先圣、四配像。今将规模制度开附于后：

大成殿三间，东庑五间，西庑五间。

棂星门三座，学门一间。

---

① 原阙，四字据汇算得实补。

② 原作“丸”，据嘉靖《沛县志》卷六徐惟贤《新迁沛学记》“学旧在邑治东北”改。

③ 原作“二十五年”。案孔希冕《重修沛县学记》云“至正乙未”，即至正十五年重修。又考助修职官姓氏，皆十五年任。“二”字衍，今删。

④ 原作“孙”，据嘉靖《徐州志》、嘉靖《沛县志》改。

明伦堂三间，有颁降卧碑置于东偏。

东斋博文，四［间］①；西斋约礼，四间。

馔厨二间，神厨三间，库房三间。

教谕住宅五间，在学东南。

训导住宅五间，在学西北。

生员号房十间，在学前后。

射圃，在学之北，城外。长五十步，阔十五步许。

学仓三间，每岁收米二百六十三石。

寺

龙泉寺，在县西北二里。旧有寺，已废，惟遗址存②耳，盖元时③所建者也。永乐二十年，僧满亨于旧基建佛殿。

兴国寺，在县东北二十里千秋乡。金大定间，僧重栞因旧基而建。初名洪济，其徒法济复修饰之。贞祐二年，赐名兴国。元季，主者既失其人，日渐颓圮④。今惟址存焉。

灌城寺，在县西三十里。

西秦村寺，在县西三十五里。

彭村寺，在县西四十里。

贺堌寺，在县西北四十里。

龙泉寺，在县西六十里。

白冢寺，在县东五十里。

吴儿寺，在县南三十里。

桑子寺，在县南四十里。

林堤寺，在县南三十里。

昭阳寺，在县东四十里。

桃阳寺，在县东三十五里。

卧佛寺，在县西三十五里。

杨名寺，在县西四十里。

邵村寺，在县西四十里。

汲冢⑤寺，在县西二十里。

楞公寺，在县东四十里。

七山寺，在县南七十里。

盘龙寺，在县南四十里。

马村寺，在县南三十里。

石楼寺，在县东三十里。

料城寺，在县东四十里。

① 字据文例补。
② 原作“仕”，径改。
③ 原作“寺”，系“時”形讹，径改。
④ 原作“玘”，径改。
⑤ 原作“家”，据嘉靖《沛县志》改。

院

福胜院，在县西北二十余里灌城村，即汉将灌婴之故宅也。院始[①]于唐，初名消灾禅院，岁久既毁。金大定甲申，复修崇之，既而又毁。大德五年，僧宗珪复于旧基建佛殿、法堂、僧舍，颇宏壮。元末毁于兵，惟址在焉。

庵

夏村庵，去县东四十里。

观

长春观，去县西二里。　　玉虚观，去县西二里。

龙翔观，去县东北二十五里。

余修郡志，因阅旧志载一州四县僧尼寺几二百所，而道观不与，皆前元时所建者。至国初，十废八九，今所存者仅一二耳。噫！以一州四县之民，虽前元盛时，不过一二万户，皆躬耕力作，上以供公家之赋税，下以养其父母妻子，尚遑遑有不给者。而二百余寺之僧尼，不田不蚕，皆欲华美其衣食，崇饰其室宇，日新月盛，而潜为民蠹，何民之不穷且困也！然而元氏之崇夷教至如此之盛，不知果何说欤？余今皆存而不削者，亦可以观世道也。

祠庙

城隍庙，在县一百步许。永乐四年，知县常瓘建。

三结义庙，在县治南门内之西。永乐十五年，邑人史直重修。（详“古迹”射戟台下）

东岳庙，在县治河东岸二里。永乐十六年，邑人赵明德等重修。

关王庙，在县治东三十五里广戚乡。永乐五年，邑人刘琬重修。

灵显真君庙，在县东北五十里泗亭乡，即祀所谓灌口二郎神者也。元延祐元年，里人杜珎所建，复殿重楹，照耀一时。详见吴兴陈绎曾所记。今废。

五殿庙，在县东北三十里。

---

① 原作“姑”，径改。

三皇庙，在县治内东南隅，已革。

玉皇庙，在县东四十里，今废。

杨仆庙，在县北六十里，今废。

高皇庙，在县治东，后因筑城而废。

二郎庙，在县东四十里，惟址存焉。

桥梁

飞云桥，在县治南门外。永乐［十］[①]九年，县丞夏添祥重建。

清河桥，在县治东门外。惟石垛子三座，无桥。前元时所修。

沙河桥，在县北六十里。今废。

宣丘桥，在县西南二十里。今废。

河渡

北门外渡，在县治北门外。

金沟口渡，在县治东南八里。

上沽头渡，在县治南十五里。

下沽头渡，在县治南三十里。

沙河渡，在县治北六十里。

铺舍

本县铺舍凡九处，俱于永乐四年知县常瓘建。

总铺，在县南门外。

十字河铺，在县西十里。

宣丘铺，在县西南二十里。

倪陵铺，在县西四[②]十里。

高坊[③]铺，在县西四十里。

——右每铺设司[④]兵四名，通丰县界。

净明铺，在县东十里。

聂庄铺，在县东二十里。

丁村铺，在县东三十里。

东仓铺，在县东四十里。

——右每铺设司兵四名，通兖州府滕县界。

---

① 字据嘉靖《沛县志》补。

② 嘉靖《沛县志》：三十里高坊铺，四十里倪陵铺。案以万历《沛志·县境图》方位，本志应误。

③ 原作“陵”，据嘉靖《徐州志》、嘉靖《沛县志》改。

④ 原作“四”，径改。

职役

皇明

正官

知县一员（正七品。月支米七石［五斗］[①]）。

县丞一员（正八品。月支米六石五斗）。

管马县丞一员（正八品。月支米六石五斗）。

主簿一员（正九品。月支米五石五斗）。

首领官

典史一员（未入流。月支米三石）。

吏典：司吏七名，典吏十四名，承发司典吏一名，马科司吏一名、典吏一名，铺长一名。

祗禁等役：祗候□名，弓兵□名，禁子□名，库子□名。[②]

属官

儒学师生：教谕一员（未入流。月支米二石五斗），训导二员（每员月支米二石），生员二十名（每名月支廪膳米一石），增广生员（初无定额），学吏一名（月支食米六斗）。

税课局（今革）官：大使一员（无俸）。吏：司吏一名，攒典二名。

阴阳学官：训术一员（无俸）。

医学官：训科一员（无俸）。

泗亭驿官：驿丞一员。（未入流。月支米一石二斗）吏：驿吏一名。

递运所官：大使一员（未入流）。吏：司吏一名，典吏二名。

金沟口闸官：闸官一员。吏：闸吏一名。

沽头上闸、沽头下闸、新兴闸、胡陵城闸、谢沟版闸——右五闸，官吏与金沟口闸同。

名宦

元

刘伯颜，字伯敬，真定人也。至正元年来知县事。在任仅三载，孜孜以爱民为

① 案《明会典》：正七品月俸七石五斗。从七品月俸七石。另参各县志皆同，据补。
② 原空阙。

心，由是德化大行。既去，而民思之不置，为立去思碑焉。

赵野，字子开，济南人也。大德二年为本县令。劝农桑，兴学校。莅政三年，能声远播。秩满而去，民甚慕之，为立去思碑焉。

马圭，字君章，兖州人也。至正八年[①]任本县知县。惟务以德化民，劝课农桑。既去，而民思之，为立去思碑焉。

皇明

常瓘，河内县人[②]也。永乐四年来知县事。处事公平，吏民悦服。既满去，以政最，升山西绛州知州。

科贡

前代科贡之士无考。

皇明

科举

张威，永乐元年中乡试，任乐州儒学训导。

李巽，永乐二年中乡试。

赵斌，永乐九年中乡试。

蒋让，宣德四年中乡试。

杜旸，洪武三十二年中乡选，任鸿胪司鸣赞。

岁贡

张泰，洪武十七年贡。

张本，洪武十八年贡。

郭勉[③]，洪武十九年贡。

谢昇，洪武二十年贡。

王观，洪武二十三年贡。

蒋迪，洪武二十四年贡。

王钥，洪武二十六年贡，任山东莒州学正。

王缵[④]，洪武二十七年贡。

刘昶，洪武二十八年贡，任江西进贤县丞。

① 嘉靖《徐州志》作“至元中”。
② 嘉靖《徐州志》作“河南内乡人”。
③ 嘉靖《徐州志》作“郭冕”。
④ 原作“瓒”，本志卷八《人物》作“缵”。据其字“继先”，当以“缵”字为是，据改。

李勖，洪武二十九年贡，任陕西按察司经历，升南阳府通判。

丁睿[①]，洪武三十年贡。

吕宁，洪武三十一［年］[②]贡。（详郡志“人物”类）

吴哲[③]，永乐四年贡，任广东按察司经历。

郭本，永乐六年贡，任河南府推官。　刘端，永乐五年贡。

张伦，永乐七年贡。　张昱，永乐八年贡，任安肃县主簿。

梁怡，永乐九年贡，任陕西蒲城知县。

魏廷，永乐十年贡。　申明，永乐十一年贡。

张兴，永乐十二年贡。　孔继宗，永乐十三年贡。

班肃，永乐十四年贡。　李恪，永乐十五年贡。

张勉，永乐十六年贡。　孟式，永乐十七年贡。

古迹

古城一座，在县城外。传言汉时所筑。故址尚存。

旧城一座，在县河东岸。元张士诚所筑。故址尚存。

虺城，在县南四十里。世传汤相仲虺之宅。城今废。

千秋小土城一座，在县北六十里，莫详何人所筑。故址尚存。

戚城，在县东三十五里。世传云汉戚夫人外家所居，未详是否。故址尚存。

胡陵城，在县北五十里千秋乡。故址尚存。

射戟台，在县南门内。汉末，袁术攻刘备于沛，吕布救之，曰：“我射戟中小枝，当各罢去。”遂中一小枝，围遂解。今有三结义庙在上。

歌风台，在县东南泗亭驿前。汉高帝既定天下，还乡，宴父老，作《大风歌》。今石刻见存。

汉高帝书院，在县东南三里。故址尚存。

丰西泽[④]，在县［西二十里］[⑤]，即高祖斩蛇之处也。

泗水亭，在县东百步，即今泗亭驿。高祖为泗上亭长，即其地也。

---

① 嘉靖《徐州志》作“王睿”。

② 字据文例补。按：嘉靖《徐州志》作洪武二十七年贡。

③ 嘉靖《徐州志》作“吕哲”。

④ 按：以志书类目而言，丰西泽属山川，不应附此。据本志卷九《杂志》，泽有丰西亭，高祖为县送骊山徒，纵徒止饮之所，则此宜作“丰西亭”。《明一统志》、万历《徐州志》载高祖斩蛇处为斩蛇沟，亦在丰西二十里，似与丰西泽别为二地。又，嘉靖《徐州志》谓二泽皆在县东北，不知所据。

⑤ 原空阙，四字据万历《徐州志》卷二《古迹》补。

吕母冢，在县治北五里。世传汉吕后之母葬于此。

灌婴宅，在县北二十余里灌城村。后人于其基建福胜院，今亦废，惟遗址在耳。

汲冢，去县治西北三十五里。旧志云：即《荀勖传》所谓得竹书古文之处。按《晋书》：武帝时，汲郡人不准盗发魏襄王（或言安釐王[①]）墓，得竹书数十车。今汲郡与魏王墓皆在今河南，而此云汲冢，而旧志所言若是，恐好事假之以夸人也。（不，方鸠反，姓也）

景物

苏文忠公竹刻于石者二，上题曰：东坡先生与叔祖山阳掾暨先大夫，实同榜契，雅相器重。熙宁中，守彭门，叔祖通直赴约雎堂，宴谈旬余。一日，戏写竹二枝，且曰："观此如[②]何？"叔祖指高节直干曰："此如学士立身许国，劲拔不倚。又其疏枝结叶，则如学士驭事爱民，简密以济。"先生笑曰："公精鉴[③]也！"卷而赠之。于今四十余年矣，乃刻石以传久云。宣和辛丑冬至日，朝奉郎、通判泽州时敦题，梁溪叟时道安[④]立石。

彭城志卷十三终

① 按：五字杂入正文，今据文例调整为注文。
② 原作"知"，据嘉靖《沛县志》、李日华《六研斋笔记·二笔》改。
③ 原作"监"，据嘉靖《沛县志》《六研斋笔记》改。
④ 原作"居"，据嘉靖《沛县志》《六研斋笔记》改。

彭城志卷第十四

直隶徐州儒学学正余姚宋骥修

文

昔柳、永二州僻在西南，自柳河东记其山水之胜，由是二州一泉一石皆名于天下后世。然则郡邑山川之有赖于文章也，尚矣！况徐自古为名郡，其山水之胜、风俗之美，多见于昔贤之著述，惜旧志皆不载。其所载者，但取其见于石刻者耳。而韩、苏诸公之文，乃[①]遗而不录。今因旧志，取其醇者，去其疵者。仍以古今诸名公今集，取其有关于徐者，录之于篇。庶使徐之为名郡者，固有赖于是也。

元

吕梁洪庙碑

神有所凭［依］[②]则灵。载于［有］[③]国之典，人得通祀者，惟山川之神与古圣贤之祠。山川则能藏天地之精气，古圣贤则有功德于民，有以圣贤而兼主山川之祠，则向往加多，祀亦加数焉。徐州之水，合于吕梁洪，而入于淮，近世乃兼受河之下流。徐州之山，自西南来，乱流而东，复起为冈峦，累然相系不绝。水中横石数百步，其纵十倍，其上下如纵得十之二三，高出于上者，龃龉然象人齿牙。水势少杀，则悍急尤甚。舟行至此，百篙枝柱，负缆之夫，流汗[④]至地，进以尺寸计，其难也乃几于登天。舟中之人，常号呼假助于神明。有元混一天下，凡东南贡赋之输，皆引道自此，故舟至益多，日百千万艘。有庙在洪之西堧，所祀二神：一为汉寿亭侯关公，公事汉昭烈帝，［昭烈］[⑤]尝为徐州牧；一为唐鄂国公尉迟公，相传公治水吕梁，徐州盖有二公之遗迹。二公生为大将，殁而为神，其急人之患难，夫岂

① 原作“及”，径改。

② 字据本志卷十五《吕梁洪庙碑记》（重出）、嘉靖《徐州志》卷八《祀典》补。

③ 字据本志卷十五《吕梁洪庙碑记》同文及嘉靖《徐州志》补。

④ 原作“污”，据本志卷十五同文及嘉靖《徐州志》改。

⑤ 二字据本志卷十五同文补。按：为州牧者刘备，非关羽。考《三国志》本传及演义、杂剧等，皆无关羽领徐州牧之说。然自嘉靖《徐州志》以迄民国《铜山县志》，皆脱“昭烈”二字，遂误以关羽尝牧徐州也。

愆于素志也哉？先王祭祀，能御大灾、[捍][①]大患则祀之。如二公者，盖庶几其人焉。二公所治，乃扼乎天地之巨险，在人所尤急难之地。始作庙者董恩。庙成，奉牲酒者争门而入，拜于轩陛之间者，至不能容[②]。人之精神萃聚于此，挟山川之气自壮，故祷焉辄应。每事必祝，其灵赫然。享祀之至，将愈久而愈盛。于此见忠义之士，虽历千载，遗烈犹不泯也，岂不伟哉！恩，下邳人，尝为驿官，性敦朴，笃于事神。予往年被召，数往来洪上。恩已砻巨石为碑，征余为文。余至京师，文成，书以遗之。铭曰：

於赫二[③]神，奋发雄武。[际会风云][④]，服事英主。维时[⑤]英主，遇合无间。左顾右盼[⑥]，力翦祸乱。生为大将，死为明神。能介景福，以祐下民。徐合众流，浩浩南注。石扼中路，增悍兴怒[⑦]。舟人至此，罔不震惧。日进[⑧]万艘，谒庙致祭。刲羊割豕，罗拜轩陛。神所主治，多部将吏。号呼乞灵，缓急如意。拔人于险，振人于扼。水循故道，湍弛崩迫。鼋鼍蛟龙，各守其宅。神依于人，英威凛然。千载不泯，[祷祀益虔][⑨]。作庙距涯[⑩]，允壮且丽。碑铭我词，以告来世。

皇庆二年十月十七日

翰林侍讲赵孟頫撰

灵源弘济王庙碑铭

中原州郡，河山形胜，惟彭城为最[⑪]。河源出昆仑，万里西来，宣房水之灵府，神明实主之。吞泾纳渭，历砥柱[⑫]而东，狂澜冲突，经纬畿[⑬]甸，变迁无定。由汴渠故道，掠彭门而与泗、汶通，其势汹涌弥盛。郡城南角，壮以双洪对峙，奔流澎湃，汇为涛渊，其险亚于吕梁。国朝收复残宋，南北车书混一。钱塘、两浙、瓯闽、郁林、象郡、越裳、云南、八番，无远不服，重译入贡。梯山航海，舆琛[⑭]辇

① 字据本志卷十五同文并参《礼记·祭法》补。
② 原作“至不能容人”。“人”字衍，据嘉靖《徐州志》删。
③ 原作“之”，据嘉靖《徐州志》改。
④ 四字据嘉靖《徐州志》补。
⑤ 原作“持”，据嘉靖《徐州志》改。
⑥ 原作“昐”，据卷十五同文及嘉靖《徐州志》改。
⑦ 原作“甚恕”，据嘉靖《徐州志》改。
⑧ 原作“佳”，据卷十五同文及嘉靖《徐州志》改。
⑨ 四字据嘉靖《徐州志》补。
⑩ 原作“淮”，据卷十五同文及嘉靖《徐州志》改。
⑪ 原作“敢”，系“冣”形讹，据嘉靖《徐州志》改。
⑫ 原作“枯”，据嘉靖《徐州志》改。
⑬ 原作“几”，据嘉靖《徐州志》改。
⑭ 原作“环”，据嘉靖《徐州志》改。

赀，必须经由水程。彭城当其冲[①]，驿船往来，使者旁午，殆[②]无虚日。洎富商大贾，连樯巨舶，络绎不绝，辐辏京师。百步洪之东堧，旧有祠宇[③]在其上。旧云[④]圣女祠，即今之弘济王庙也。下瞰洪涛，高崖峭壁，无云而雷，鼋鼍出没，人所惊嘻。宋熙宁中，坡公与王定国、参寥师月夜泛舟百步洪[⑤]，过圣女山，有“乱石一带争嵯[⑥]峨”之句，盖谓此也。惊湍悍急，横波之石，廉利侔剑戟。凡至洪下者，必舣舟弭楫，股栗心悸[⑦]，睥睨不敢发。莫不割牲酾酒，奔走恳切，恭谒庙貌，执校睢盱侦伺，以听神之景命。吉凶逆从，昭答如响。已济者，同舟更相为贺。少[⑧]有凭忽，舟上下失势，破陷沦溺者往往有之。曩岁江淮未附，邳徐[⑨]之境，家犀户鹤，民不聊生。庙于此时，亦自草创。岁月攸久，榱栋摧圮。郡侯赵克明与郡僚属，慎乃庶绩，凿其绝陋，倡率地主陈新遗孙陈起宗、庙祝孙德山、施主吴文质，一唱百和，资助者[⑩]众，醵钱为五百万缗，创建献殿三间，中为穿廊一间，后为正殿三间。翚飞跂翼，焕然一新。肇[⑪]工于丁巳正月，收工于戊午之九月。载国典礼：“御大灾则祀之，捍大患则祀之，有大功于世则祀之。”夫天一生水，善利万物，民所以取财用也。《礼记》云：“三王之祭川，皆先河而后[⑫]海，曰源也，委也，此之谓务本。”后汉元封、元光间，河决瓠子，白马沉璧[⑬]，历代所宗。与夫泯[⑭]竭其力，以奉无名之土木者，岂可同日而语哉？侯暇日来萧邑，请余为文以记之。比者宦游南国，舟行往返，亦尝祷于祠下，目击其状。故泚笔以记其实。夫[⑮]《易·需卦》：“须者，待也。”为险在前，须有所待也，可不慎欤！处于平地者，毋忽于险而已。乃系之以辞曰：

纳纳提封，徐当其中。奎娄之方，白羊之宫。河山襟带，惟徐最雄。河源[⑯]西

① 原作“衡”，径改。
② 原作“迫”，径改。
③ 原作“旧有祠守宇”，据文义，“守”疑“宇”形讹所衍，今删。
④ 原作“得去”，径改。
⑤ 案苏轼《百步洪二首并叙》及弘治《重修徐州志》所载苏轼手书十六字石刻，此处“王定国”应为张天骥。勘详本志卷五《祠庙》“灵源弘济王庙”下。
⑥ 原作“崖”。按：《东坡全集》作“乱石一线争磋磨”，本志卷五《祠庙》“灵源弘济王庙”条作“乱石一带争嵯峨”。据此，则“崖”系“嵯”形讹，今据本志改。
⑦ 原作“掉”，径改。
⑧ 原作“曰”，据嘉靖《徐州志》改。
⑨ 原作“州”，嘉靖《徐州志》作“徐”。以吕梁洪地理及下文“郡侯”醵修观之，应为“邳徐”，非“邳州”，据改。
⑩ 原作“孝”，径改。
⑪ 原作“藏”，径改。
⑫ 原作“俢”，据嘉靖《徐州志》改。
⑬ 原作“壁”，据嘉靖《徐州志》改。
⑭ 原作“眠”，据嘉靖《徐州志》改。
⑮ 原作“大”，据嘉靖《徐州志》改。
⑯ 原作“原”，据嘉靖《徐州志》改。

来，常[①]骛于东。郡城之角，泗汶潜通。乱石横波，对峙双洪。奔流澎湃[②]，汇为涛漅。驿船市舶，往来憧憧。殊方辐辏，津梁要冲。涛头出没，鼋鼍喁喁。惟天设险，鬼凿神工。少有凭忽，沦溺是从。灵源[③]弘济，历代所宗。孰其尸之，护国金龙。再新祠宇，龟石穹[④]窿。恭奠侦伺[⑤]，是效是崇。蘋蘩之荐，可羞王公。神其默相，报汝亦丰。兴王德溥，远迩攸同。屏卫王[⑥]室，万世无穷。

延祐［五］[⑦]年岁在戊午□月吉日

监察御史傅汝砺撰

［皇明］[⑧]

徐州孔子庙学碑铭（有序）

徐有孔子庙学，毁于兵。庐江文君景宗来治徐，新作之。洪武元年秋八月，庙学成。凡历日一百二十，费功三千。夫徐为名镇，素多佳士，孝友[⑨]如刘敬宣，忠义如赵立者，班班而是。《传》所谓“习俗好尚与邹鲁同”，盖不诬也。今侯之兴学，将以前人望徐。徐人士奉亲必孝，事君必忠，庶弗悖于侯之教。若曰攻记问辞章，以媒利禄，岂是学之初意也哉？金华宋景濂为之铭曰：

古之建学，释奠寓焉。礼以牖民，必身为先。师废学微，专崇庙报。［祀］[⑩]事虽严，匪及乎教。徐为名区，庙与学俱。揆之于古，亦曰庶几。彼蚩者氓，相挺启衅。涌殿飞楼，化为灰烬。皇明御天，海宇肃清[⑪]。选贤出守，以宣邦经。时［维］[⑫]文侯，来治兹土[⑬]。不鄙其民，视如邹鲁。乃谓其民，尔民固灵。弗莅于学，孰励其成？相惟故址，既陋且僻。卜迁南东，厥龟孔食。乃协其程，乃直以绳[⑭]。乃经乃

---

① 原作“当”，据嘉靖《徐州志》改。
② 原作“彭拜”，俱系省笔，据嘉靖《徐州志》改。
③ 原作“療”，据嘉靖《徐州志》改。
④ 原作“穷”，据嘉靖《徐州志》改。
⑤ 原作“祠”，据嘉靖《徐州志》改。
⑥ 原作“三”，据嘉靖《徐州志》改。
⑦ 字据戊午干支补。
⑧ 二字据文例补。
⑨ 原作“交”，据嘉靖《徐州志》卷六《学校》改。
⑩ 字据嘉靖《徐州志》补。
⑪ 原作“海寓载清”，据嘉靖《徐州志》改。
⑫ 字据嘉靖《徐州志》补。
⑬ 原作“士”，据嘉靖《徐州志》改。
⑭ 原作“纯”，据嘉靖《徐州志》改。

营，日夕靡宁。有殿言言，有堂矗矗。有庑轩轩，有门肃肃。视其斋[①]庐，有师有儒[②]。亦有生徒，执经而趋。[学究六经][③]，讲切六艺。以夜继日，莫之或替。人之所学，在孝与忠。忠孝一阙，昧其天衷[④]。搜猎载籍，无征[⑤]弗记。务贪得多，君子所刺。摛为篇章，葩藻是耽。斯谓偏徇，小人之甘。必蹈大中，内外孚浃。蕴于身心，著[⑥]于事业。贤侯兴学，实阐化基。岂曰土木，崇其巍巍。铭以著之，作者太史。用推本原，以告徐士。

前史官宋濂撰并书篆

徐州拔剑泉祷雨有感碑

奉直大夫、直隶徐州知州杨节仲撰

徐州城西二十里，地名丁塘，有池曰拔剑泉。世传汉高帝入彭城，垒此，为楚所困。时旱涸，士率乏水，帝以剑插地，拔即泉涌出，故以是名。人谓池有龙，至灵异，乃作祠奉享。凡遇旱，祷即应。节仲备员守郡以来，每以旱故造祠下，有所恳，神恒矜从。及再任初，适天久不雨，农失望，因惕然往为民请。甫摅诚致祼[⑦]，烈日昼晦，风雷[⑧]交集。回未及城，雨亦随至，岁竟不成灾。时永乐癸未夏五月也。乙酉冬十月，复不雨。至丙戌[⑨]春二月，万汇不荣，麦苗将槁，民忧惧尤甚。乃率同知张璟、刘道原，判官侯铭，于三月朔旦陈情引咎，徼惠于神。翌日，果大澍。自是沾濡浃旬，槁者顿苏，市野胥庆。窃惟兹郡恃神如慈父[⑩]母，神之庇民如子，而惠爱不是过。以故幽显交孚，应若桴鼓，灵异昭著，诚哉不诬！但下民归感于龙，词[⑪]出一口，不复言及汉[⑫]帝。必谓池之起龙云雨，若曰匪龙，其孰为之？殊不知有求即应，实[⑬]出于帝。帝本是龙也。当手提三尺剑于亢壤之时，非精神会融，龙德彰显，泉何从而出哉？设厥泽靡匮，以拯民急，油然沛然，惟诚所达，盖

① 原作“齐”，据嘉靖《徐州志》改。
② 原作“有师有师儒”。“师儒”之“师”衍，据嘉靖《徐州志》删。
③ 四字据嘉靖《徐州志》补。
④ 原作“衰”，据嘉靖《徐州志》改。
⑤ 原作“微”，据嘉靖《徐州志》改。
⑥ 原作“者”，据嘉靖《徐州志》改。下之“铭以著之”亦同。
⑦ 祼（guàn）：灌祭也，古代一种祭祀的仪式，将酒洒在地上以告神。
⑧ 原作“霆”，径改。
⑨ 原作“内戌”，径改。
⑩ 原作“交”，径改。
⑪ 原作“祠”，径改。
⑫ 原作“漠”，径改。
⑬ 原作“宝”，径改。

过化存神之妙耳。考诸《汉纪》：高祖媪息于大泽之陂，梦与神遇。时风雨晦冥，太公往视之，见交龙在上，遂有娠而生帝焉。及长，断蛇大泽，致老妪[1]夜泣之异。养晦芒[2]砀山，后尝望云气，知帝所在。宜涤七国煨烬之污，苏四面云霓之望，正位九五，肇基四百，是非龙而何？其讨英布过，酒酣起舞时，谓沛父兄曰："游[子][3]悲故乡。吾都关中，千秋万岁后，吾魂魄犹思沛！"况沛为徐属[4]邑，相去不远，徐又帝素游，庶遗迹见存。诚在天之灵，眷相旧邦，推原夫"思沛"之语，岂不昭昭然欤！节仲屡辱神贶，安敢隐默？故溯流探源，证以传记，虽不能彰帝遗烈，然流俗趋向之弊，庶或可因是而正焉。不愧芜陋，僭诘贞珉，俾后之君子知灵异有自，信有征而无复惑云。

徐州重建城隍庙碑

宋骥

昔我太祖高皇帝，受天明命，君临万方。当其临御之初，制礼作乐。凡天下祀典所载神祇，咸新其祠宇，崇其封爵，而锡以宝诰。至封徐州城隍之神，有曰"惟神聪明正直，圣不可知"，固有超于高城深池之表者。臣骥尝伏读三过而窃叹之，以为圣君之德，无幽不格，无远不孚，是宜神人协其灵应，保我生民，而无忝于血食也。徐旧有城隍庙在州治东南一里许，洪武初，知州事庐江文景宗之所建者也。历岁既久，颓毁弗治。宣德甲寅正月朔，今郡守辽阳[5]杨侯秘，因与贰守广信喻[6]侯则成、节判严陵杨侯道亨有[7]事祠下，相与顾瞻，咨嗟而言曰："事神治民[8]，实守令之职。今兹庙颓毁弗葺，既匪事神之道，且无以称高皇帝荣褒之意。"爰因其旧址而高大之。屏旧材悉不用。中建正祠，中间敞以前轩，以处神位。正祠之后，仍创横廊，以迩寝室。寝室如前祠之仪，而规模微小。祠之前，东西为两廊，廊为屋凡一十有八间焉。廊之后为左右司，司各有正屋三间，而左右之屋如正屋之数。为屋大小凡十有八间焉。屏以重门，缭以周垣。以登降[9]之阶、出入之路，昔之周砖者易以剥毁，今则咸易以石。其缔构之法，则以梁架桁，不施叠拱；以枅承榱，不出重檐。务为坚致久远之计，不为华饰以务观美。故其规模气象，高敞宏阔，望之翚

① 原作"娠"，径改。
② 原作"茫"，参《史记·高祖本纪》改。
③ 字据《史记·高祖本纪》补。
④ 原作"厉"，径改。
⑤ 按：此"辽阳"为山西辽州别称，因县西北有辽山，故名。
⑥ 原作"俞"，据前《职官》改。
⑦ 原作"府"，径改。
⑧ 原作"事民治神"，据文义调整。
⑨ 原作"夅"，径改。

飞，即之山立，郡人莫不叹羡称美。既落成，侯与同寅暨诸官[1]属享胙祠下，因举酒属骥[2]曰："庙既成矣，愿子一言以纪诸石。匪欲以此夸示于人，是欲后之人知其成之难，而祠继以葺治也！"辞不获，因复于侯曰："夫郡邑之有城隍祠，犹守令之宰郡邑也。凡水旱灾疠必祷诸神，神不顾恤，必贻神羞；抚字教养必归之守令，守令弗克尽心，则亦无愧乎？是守令之与神相为表里，以左右民。所谓明则有礼乐，幽则有鬼神，讵不信欤！今侯于政治之暇而以兴废为心，凡在祀典神祠，咸为一新[3]，而慈庙之绩尤伟，是宜纪也！"谨序其事而以铭。铭曰：

粤惟徐郡，实迩王畿。环山带河，雉堞[4]巍巍。惟城隍祠，在郡东隅。聿彰灵应，民奠厥居。幸际昌运，褒封自天。鸾翔凤翥，奎翰焕然。岁迁月易，屋毁而颠。仁哉杨侯，中心惕然。乃召工师，迁鸠材木。偕手并作，役不旬日。有祠渠渠，有轩翼翼。有庑言言，有阶秩秩。庙宇惟新，神斯妥焉。有感必应，享祀绵绵。荒札永息，民居永安。尚祐邦家，于万斯年！

青山龙神碑并序

宋骥

距徐州东南六十余里，有吕梁二洪，相去不二里许。洪之傍，皆出山石峻险，累累不绝，牙布爪[5]列于洪之中。兼地势相去高下，水至此则冲突悍猛，声闻数里。舟楫之经是者咸心悸胆栗，若不欲涉者，则皆酾酒焚楮，以祷于神；暨涉险，则举篙曳缆，殚其心号叩神明，以祈冥助；既涉已，莫不举手相庆，以为去危即安，而前进之无复是忧也。是险殆天造地设，有非人力所能为者乎？至我国家肇建南北二京，凡大江以南之贡赋，暨四夷方物之北上者，咸[6]由于是，千舸万艘，昼夜罔绝。朝廷虑碛之或为患也，乃择廷臣之练于事者往经理之。若今大理寺左丞盱江徐公仪、刑部郎中会稽王公溥，咸与其选。二公同心协力，凡可以利民者，靡不究心。洪之傍有神祠，尝著灵异，凡往来舟楫，必祷而后进。事闻，因敕神曰"青山龙神"，仍降祝文，命有司岁时致祭。日月既迈，栋宇颓圮弗葺，赤白日就漫漶。今知州事辽阳杨侯秘因有事祠下，顾瞻惕然，谋欲新之，因以咨于二公。二公则曰："古之公卿，先成民而后致力于神。矧今天子布诏，尝以群祀为事。郡县守令任承宣之寄，可不注意于斯乎？汝其勉之！"杨侯因鸠材庀工，广其轩荣，饬其陛级，

---

① 原作"言"，径改。
② 原作"既"，径改。
③ 原作"所"，径改。
④ 原作"喋"，径改。
⑤ 原作"找"，系"爪"音讹，径改。
⑥ 原作"赋"，径改。

缭以垣墙，涂以丹垩。二公日往视之。既成，于是祭奠有所，灵祥日臻，牲醴之诣祠下者至不能容。落成之日，迭奏箫鼓，大享乐神。若州掾□□[1]因率其里人砻石请文于余，用纪颠末。惟圣王制祀典，六神有其二：能捍大灾则祀之，能御大患则祀之。矧朝廷所领祝文，亦有“御灾捍患，拯援[2]艰危”之褒。宜有以纪之，以表敕封之荣、灵显之异，以示永远。铭曰：

维徐有险，粤维吕梁。流合汴泗，奔激舂撞。东西往来，胆悸心惶。匪藉神祐，厥惟民殃。有祠翼翼，在彼洪傍。拯危拔溺，厥灵维彰。廷议用嘉，锡号辉煌。屋颠而圮，人用恻伤。有嘉朝佐，曰徐曰王。有美郡守，辽阳之杨。谨再之新，合议允臧。厥工维善，厥材维良。不日告成，轮奂翚翔。吹箫击鼓，割豕刲羊。侑以束脯，荐以壶浆。神之格思，介我灵祥。俾涉险者，用履平原。自今伊始，曰烝曰尝。维神之祐，维民之庆。

彭城志卷十四

① 阙名。
② 原作“投”，据《漕运通志》卷十所录杨士奇撰《敕赐灵慈宫碑记》改。

彭城志卷第十五

直隶徐州儒学学正余姚宋骥修

记

唐

徐泗濠三州节度掌书记厅石记

韩愈

书［记］[①]之任，亦难矣！元戎整齐三军之士，统理所部之甿，以镇守邦国，赞天子施教化，而又外与宾客四邻交。其朝觐、聘问、慰荐、祭［祀］[②]、祈祝之文，与所部之政、三军之号令升黜[③]，凡文[④]辞之事，皆出书记。非闳辨通敏兼人之才，莫宜居之。然皆元戎自辟，然后命于天子。苟其帅[⑤]之不文，则其所辟或不当，亦其理宜也。南阳公自御史大夫、濠[⑥]寿庐三州观察使，授节移镇徐州，历十一年，而掌书记者三人：其一人曰高阳许孟容，入仕于王[⑦]朝，今为尚书礼部郎中；其一人曰京兆杜兼，今尚书礼部员外郎、观察判官；其一人陇西李博，自前乡贡进士授秘书省[⑧]校书郎，方为之。南阳公文章称天下，其所辟，实所谓闳辨通敏兼人之才者也。后之人苟未知南阳［公］[⑨]之文章，吾请观于三君子；苟未知三君子之文章，吾请观于南阳公可知矣。蔚乎其相彰[⑩]，炳乎其相辉，志同而气合，鱼川泳而鸟［云］[⑪]飞也。愈乐是宾主[⑫]之相得也，故请刻石以记之，而陷置于壁间，俾[⑬]来者得

---

① 原阙，字据《五百家注昌黎文集》卷十三补。
② 字据《五百家注昌黎文集》补。
③ 原作“出”，据《五百家注昌黎文集》改。
④ 原作“立”，据《五百家注昌黎文集》改。
⑤ 原作“师”，据《五百家注昌黎文集》改。
⑥ 原作“豪”。案《元和郡县志》：“濠字中间误去水，元和三年又加水焉。”《五百家注昌黎文集》作“豪”无误，今标题及后州志俱作“濠”，酌为统一用字。
⑦ 原作“三”，据《五百家注昌黎文集》改。
⑧ 原作“有”，据《五百家注昌黎文集》改。
⑨ 字据《五百家注昌黎文集》补。
⑩ 原作“祠章”，“祠”系“相”形讹，“章”同“彰”，据《五百家注昌黎文集》改。
⑪ 字据《五百家注昌黎文集》补。
⑫ 原作“至”，据《五百家注昌黎文集》改。
⑬ 原作“卑”，据《五百家注昌黎文集》改。

以览观焉。

［宋］[①]

思亭记

陈师道[②]

甄，故徐富家。至甄君，始以明经教授，乡称善人。而家益贫，更数十岁不克葬。乞贷邑里，葬其父母昆弟凡几丧。邑人怜之，多助之者。既葬，益树以木，作室其旁，而问名于余。余以为："目之所视，而思从之。视干戈则思斗，视刀锯则思惧，视庙社则思敬，视第家则思安。夫人存［好］[③]恶喜惧之心，物至而思，固其理也。今夫升高以望松梓，下丘垅而行墟墓之间，棘荆莽[④]然，狐兔之迹交道，其有不思其亲者乎？请名[⑤]之曰'思亭'。亲者，人之所不忘也，而君子慎之。故为墓于郊而封沟之，为庙于家而尝禘之，为衰为忌而悲哀之，所以存其思也，其可忘乎？虽然，自亲而下，至于服尽，服尽则情尽，［情尽］[⑥]则忘之矣。夫自吾之亲，而至于忘之者，远故也。此亭之所以作也，凡君之子孙登斯亭者，其有忘乎？因其亲以广其思，其有不兴乎？"君曰："博哉，子之言也！吾其庶乎？"曰："未也！贤不肖异思后，岂不有望其木思以为材[⑦]、视其榛棘思以为薪、登其丘墓思发其所藏者乎？"于是遽然流涕以泣，曰："未也！""吾为子记之，使君之子孙诵斯文者，视其美以为劝，视其恶以为戒，其可免乎？"君[⑧]揽涕而谢，曰："免矣！"遂为之记。

汳水新渠记

陈师道

汳句于萧，其阙[⑨]如玦。《水经》谓[⑩]：河至荥阳，莨[⑪]荡渠出焉。渠至阳武，其

① 字据文例补。
② 底本脱作者姓名，据文例补。
③ 字据陈师道《后山集》卷十二补。
④ 原作"莽"，据《后山集》改。
⑤ 原作"讲石"，据《后山集》改。
⑥ 字据《后山集》补。
⑦ 原作"林"，据《后山集》改。
⑧ 原作"若"，据《后山集》改。
⑨ 原作"铁"，据陈师道《后山集》卷十二改。
⑩ 原作"渭"，据《后山集》改。
⑪ 原作"蓑"，据《后山集》改。

下为沙，蔡水是也。其出为阴沟，沟至浚仪，其下为涡，别为汳。[汳][1]至蒙，别为获，余波迤于淮阳，东历彭城，入于泗。《注》谓鸿沟、官渡、甾获、丹浚[2]，与渠一也。禹塞荥泽[3]而通渠于甫田，其后河绝，旃然入焉，即索水也。《汉书 · 地理志》荥阳既有卞水，又有莨荡而受泲；蒙有获水，首受甾获，至彭城入泗。以余考之，《河渠书》云：自禹之后，荥阳引[河][4]为鸿沟，以通[5]宋、郑、陈、蔡、曹、卫，与济、汝、淮、泗会于楚。而《竹书纪年》“梁惠成王入河于甫田”，又引而东，明非禹之旧也。《书》曰：“济入于河，东出陶丘北”者，入而复出也；“溢为荥”者，济之别也。荥波既潴，障而东之也。《周官》又谓：豫之川，荥、洛；幽、兖之川，河、泲[6]。则河南无济矣。其谓“莨荡受济”“禹塞荥泽而用河”者，皆失之。《汉 · 志》莨荡无出，甾获[无始][7]，盖略之也。余谓与《经》合，而荥水诸书皆不载，又疑渠、汳为二，而荥有一焉。杜佑以《经》作于顺帝之后，诡诞无据；而《注》叙其渠源，或河或泲[8]，或河、泲合，其说不一。次其所[引][9]，《经》纷错悖戾，而《志》亦阔略不具辨[10]始末，盖皆不可考也。自汉末，[河][11]入于汳，灌注兖豫。永平中，导汴自荥阳，别而[12]东北，至千乘入于海，而河复。于是故渎在新渠之南，《注》所谓“绝河而受索”自此始。隋开皇中，因汉之旧，导河于汳。大业初，[合]河[13]、索为通济渠，别而[14]东南入于淮[15]，而故道竭。今始东都，受退水为臭[16]河，于畿为白沟，于宋为[长][17]沙，于单为石梁，于徐为汳，而入于南清。南清，故泗也。盖自王都而东，畿、宋、亳、宿、单、济之间，千里四来，而故道浅狭，春夏不胜舟，秋水大至，亦不能受也。萧，故附庸之国，城小不足居民，又列[18]肆于河外，每水至，南里之民皆徙避之，庐舍没焉，率数岁一逄，民以为病。

---

① 字据《后山集》补。
② 原作“渡”，据《后山集》改。
③ 原作“绎”，据《后山集》改。
④ 字据《后山集》补。
⑤ 原作“遥”，据《后山集》改。
⑥ 原作“冻”，据《后山集》改。
⑦ 二字据《后山集》补。
⑧ 原作“济”，据《后山集》改。
⑨ 字据《后山集》补。
⑩ 原作“卞”，据《后山集》改。
⑪ 字据《后山集》补。
⑫ 原作“西”，据《后山集》改。
⑬ 原脱“合”，“河”讹作“何”，据《后山集》增改。
⑭ 原作“西”，据《后山集》改。
⑮ 原作“准”，据《后山集》改。
⑯ 原作“奥”，据《后山集》改。
⑰ 字据《后山集》补。
⑱ 原作“别”，据《后山集》改。

绍圣三年，县令朝奉郎[①]张惇，始自西河，因故作新支为大渠，合于东河，以导滞而援[②]溺。于是富者出财，壮者出力，日劝旬劳，既月而成。邑人相[③]与语曰："渠议旧矣，更数令不决，而卒成于吾侯，孰有惠而不报者乎?"于是不谋[④]而同，欲纪于石，以属余。余谓张侯，其居善守，行峻而言直，以成其名；其任善义[⑤]，不畏不侮，以登于治。其可纪者多矣，而诸父兄[⑥]独有见于此[⑦]者，何也?夫善为治者，人知其善而已；至其所善，盖莫得［而］[⑧]言也。渠之兴作有迹，其效在今，此邑人之所欲书［也］[⑨]，遂为之书。

宋绍圣三年八月二十五日

彭城陈师道志

——右，近年邑人杨全于邑厉坛东耕地，触石损犁，掘七尺许，得此碑。永乐十六年秋，知县郝玘移置学宫。

放鹤亭记

苏轼[⑩]

熙宁十年秋，彭城大水，云龙山人张君天骥之草堂，水及其半扉。明年春，水落，迁于故居之东，东山之麓。升高[⑪]而望，得异境焉，作亭于其上。彭城之山，冈岭四合，隐然如大环，独缺其西[⑫]十二[⑬]，而山人之亭适当其缺。春夏之交[⑭]，草木际天；秋冬雪月，千里一色。风雨晦明之间，俯仰百变。山人有二鹤，甚驯而善飞，旦则望西山[⑮]之缺而放焉，纵其所如，或立于陂田[⑯]，或翔于云表，暮则傃东山而归，故名之曰放鹤亭。郡守苏轼，时从宾客僚吏往见山人，饮酒于斯亭而乐之，

① 原作"即"，据《后山集》改。
② 原作"缓"，据《后山集》改。
③ 原作"相"，据《后山集》改。
④ 原作"词"，据《后山集》改。
⑤ 原作"仕仪善"，据《后山集》改。
⑥ 原作"诸父兄弟"。"弟"字衍，据《后山集》删。
⑦ 原作"宋"，据《后山集》改。
⑧ 字据《后山集》补。
⑨ 字据《后山集》补。
⑩ 按：本篇及《游桓山记》俱苏轼文，底本皆无姓名，今据文例补。
⑪ 原作"堂"，据《东坡全集》卷三十六改。
⑫ 原作"四"，据《东坡全集》改。
⑬ 按：传世诸本苏轼集皆作"十二"，《古文观止》改为"一面"。以徐州地形观之，独缺其西北十之二，于实亦符，于意亦通。
⑭ 原作"郊"，据《东坡全集》改。
⑮ 原作"旦则望西山归"。案《东坡全集》，"归"字衍，今删。
⑯ 原作"曰"，据《东坡全集》改。

揖山人而告之曰："子知隐居之乐乎？虽南面之君，未可与易也。《易》曰：'鸣鹤在阴，其子和之。'《诗》曰：'鹤鸣于九皋，声闻于天。'盖其为物，清远闲放，超然于尘垢之外，故《易》、[诗][①]人以比贤人君子。隐德[②]之士狎而玩[之][③]，宜若有益而无损者，然卫懿公好鹤而亡[④]其国。周公作《酒诰》，卫武公作《抑戒》，以为荒惑败乱，无若酒者；而刘伶、阮籍之徒，以此全其真而名后世[⑤]。嗟夫！南面之君，虽清远闲放如鹤者，犹不得好，好之则亡其国；而山林遁世之士，虽荒惑败乱如酒者，犹不能为害，而况于鹤乎？由此观之，其为[乐][⑥]未可以同日语也！"山人欣然而笑曰："有是哉！"

游桓山记

苏轼

元丰二年正月己[⑦]亥晦，春服既成，从二三子游于泗之上。登桓山，入石室，使道士戴日祥鼓雷氏之琴，操《履霜》之遗[⑧]音。曰："噫嘻悲夫，此宋司马桓魋之墓也！"或曰："鼓琴于墓，礼欤？"曰："礼也。季武子之丧，曾点倚其门而歌。仲尼，日月也，而魋以为可得而害也。且[⑨]死为石椁，三年不成，古之愚人也。今将吊其藏，而其骨毛爪齿既已化为飞尘、荡为冷风矣，而况于椁乎？况于从死之臣妾、饭含之贝玉乎？使魋而无知也，余虽鼓琴而歌，可也。使魋[⑩]而有知也，闻余鼓琴而[⑪]歌，知哀乐之不可常，物化之无日也，其愚岂不少瘳乎？"二三子喟然而叹。乃歌曰："桓山之上，维石嵯峨兮。司马之恶，与石不磨兮。桓山之下，维水弥弥兮。司马之藏，与水皆逝兮！"

萧县移文宣王庙记

萧之为邑，负山濒河，多古形胜[⑫]。春秋时，萧人拒楚，匿[⑬]于眢井而出之。故

① 字据《东坡全集》补。
② 原作"得"，据《东坡全集》改。
③ 字据《东坡全集》补。
④ 原作"忘"，据《东坡全集》改。
⑤ 原作"也"，据《东坡全集》改。
⑥ 字据《东坡全集》补。
⑦ 原作"乙"，据《东坡全集》卷三十六改。
⑧ 原作"道"，据《东坡全集》改。
⑨ 原作"具"，据《东坡全集》改。
⑩ 原作"飞"，据《东坡全集》改。
⑪ 原作"可"，据《东坡全集》改。
⑫ 原作"势"，据嘉靖、康熙《徐州志》改。
⑬ 原作"赖"，据康熙《徐州志》卷三十一《艺文四》改。

其城高大，周袤[①]数里。游其国[②]者，想见昔人恃险阻深之迹。今其风俗浑厚，多智虑，务农生财，独饶于他邑。然官府民居皆聚于故垒之南，而其北地独佛宇神祠、乔木数处而已。孔子祠犹在西北无人之地，众不乐居之，虽存犹废也。自皇祐逮今，登进士第者才数人。故萧之士鲜知学校群居之乐，而邑之耆年长者常以为不足。前光泽簿窦君沔，喜儒学，有远识。其诸子侄在童[③]龀时，能招致四方贤士，日游其门，使夫耳目所接，皆文字笔墨间，不溺于他好。以身独当家之众务，使其家益富，号为中州巨室。然子弟皆纯素如寒士。长子盥，数预州荐。其族人多有以儒业成名者。又常训曰："凡以儒自名，而恃家之多财，最士之可耻者！"由是远近知者服君为有道。一日，白于邑宰孙公曰："郡邑之学，多居文明[④]之方。其说盖以利学者进取，向于高显之义。今愿于邑之东南，择爽垲[⑤]之地以徙学，可乎？"令遂白于州守，许为之。乃绘图以进。其规有堂有筵，有东西序，斋房、庖厨亦各有次。像先圣、七十二子，其列有差[⑥]。笾豆簠簋、罍洗爵斝，荐献之器，其藏有次。由是邑人争愿出力，以佐其役，而令却[⑦]之。肇工于绍圣五年三月壬子，落［成］[⑧]于七月丁未。乃遣侄敦礼求记于予，曰："君尝寓学于此，知萧之子弟多秀颖可教，当为之记。"因复［曰］[⑨]："窦君以富饶之财，能兴儒学，使为父兄者知以[⑩]礼义教子弟、以学古入官可尚也。邑人既乐公迁学之美，则君富[⑪]而好礼，绝人远甚矣。夫有功及人者，其报当在子孙。则公之后，必有登显仕者矣！"

宋绍圣五年八月庚寅

济北晁端中记

重修汉庙后殿奉安列圣记

王文昌

汉太祖以一布衣，提三尺剑，以有天下；世祖光武出应图谶，以起南阳之师，

---

① 原作"豪"，据康熙《徐州志》改。
② 原作"因"，据康熙《徐州志》改。
③ 原作"重"，据康熙《徐州志》改。
④ 原作"月"，据嘉靖、康熙《徐州志》改。
⑤ 原作"恺"，据嘉靖、康熙《徐州志》改。
⑥ 按：嘉靖、康熙《徐州志》作"楚"，似更切。
⑦ 按：嘉靖、康熙《徐州志》作"而令皆助之"，疑"却"为"助"之讹。
⑧ 字据嘉靖、康熙《徐州志》补。
⑨ 字据嘉靖、康熙《徐州志》补。
⑩ 原作"为"，据嘉靖、康熙《徐州志》改。
⑪ 原作"当"，据嘉靖、康熙《徐州志》改。

遂复帝业。二者皆拨乱之主也，用能开基西京，延祚[①]四百年。二十有四君，推本而言，皆丰人也。丰有五代[②]所建汉庙，殿分前后，规模粗完[③]。邑[④]人因之，以至于今。后殿神位，赵隐、鲁元之类，且犹立像；而帝自孝惠以降，讫于东汉，一无所见。虽当时设意[⑤]鄙近，亦丰人之阙典也。丰人奉汉祠甚严，每以为恤，注[⑥]意累年，塑切略具经营，立像之地，久之未决。淄川韩侯，博雅好古。宣和辛丑，出宰丰邑。祗谒汉祠，睹后[殿榱栋][⑦]摧坏，慨然悯之。视事未几，有“重修[⑧]殿宇，尊奉神像”之言，与邑人之志合焉。众闻[⑨]之，聚首而谋曰：“昔太上皇在关[⑩]中，常以丰为念；高帝万岁后，魂魄犹思[⑪]沛。其后圣子神孙，相继而立，安知[⑫]不归附其先于乡祠哉！苟知如此，丰人恝然不为崇奉之计，[成][⑬]夙宿之志，[以][⑭]享神之福耶？由是观之邑人[⑮]之厚者哉！”于是，将仕郎王侯之才筮日鸠工，鼎新革故，土木[⑯]增丽，而一殿告成。以九月三日奉安神坐，则迁旧像五位于前殿，而加彩绘焉。后殿则以太上皇、昭灵夫人居中，而列圣环置于四傍。有以武功创业者，有以文德守成者，衣冠严整，穆穆雍雍，使人望之肃然矣。神之联位也，二十四君如[⑰]处乎一堂[⑱]；人之瞻仰也，四百余年如睹乎一日。岁时祷赛，则休祥嘉瑞[⑲]将以骈集于邑人之门，请毋忘邑大夫之训旨焉。若无所识，则历年浸速来款祠下者，何以知更新庙貌、迁建神像之由？是以镂石而揭之，庶使后之人有考焉。

宣和三年冬十月二十有四日

将仕郎王之才立石[⑳]

---

① 原作“祐”，据顺治《丰县志》、康熙《徐州志》改。
② 原作“伐”，据顺治《丰县志》、康熙《徐州志》改。
③ 顺治《丰县志》、康熙《徐州志》作“规模精完”。
④ 原作“色”，据顺治《丰县志》、康熙《徐州志》改。
⑤ 原作“竟”，据顺治《丰县志》、康熙《徐州志》改。
⑥ 原作“洼”，据顺治《丰县志》、康熙《徐州志》改。
⑦ 原空阙三字，“殿”字据顺治《丰县志》、康熙《徐州志》补，“榱栋”参文例补。
⑧ 原倒作“修重”，据顺治《丰县志》、康熙《徐州志》乙正。
⑨ 原作“间”，据顺治《丰县志》、康熙《徐州志》改。
⑩ 原作“开”，据顺治《丰县志》、康熙《徐州志》改。
⑪ 原作“在”，据顺治《丰县志》、康熙《徐州志》改。
⑫ 按：“安知”前有“尽道以”三字，不明所云，疑有脱文。今参顺治《丰县志》、康熙《徐州志》删。
⑬ 底本脱字，据顺治《丰县志》、康熙《徐州志》补。
⑭ 底本脱字，据顺治《丰县志》、康熙《徐州志》补。
⑮ 原作“大”，径改。
⑯ 原作“王不”，据顺治《丰县志》、康熙《徐州志》改。
⑰ 原作“四”，据顺治《丰县志》、康熙《徐州志》改。
⑱ 原作“家”，据顺治《丰县志》、康熙《徐州志》改。
⑲ 原作“林禅嘉应”，据顺治《丰县志》、康熙《徐州志》改。
⑳ 原作“户”，径改。

金

萧县官民防遏水患记

河之为害，其来尚矣。若其决瓠子[①]，破澶渊，污漫济徐，衍溢淮泗，冲荡梁楚[②]，代［代］[③]不能无也。今之萧，即古之萧国也，负山濒河，正当水[④]冲。以形势考之，古亦当被其害，所以增筑南城而居之。至元癸酉，河既南徙[⑤]，民复奠居古城，今之时治是也。大德戊戌六月初，大雨，河决蒲口，奔流而东。水至城下，汪洋横溢，渺无涯涘[⑥]。城不及者三板，民相恐动。达鲁花赤马侯亲[⑦]率僚吏为谢，役夫聚土积石刍茭，补缉罅漏，凡可以为水备者，无不尽心。与人民躬操畚锸于风雨中，同力御备。夜必宿城上，严更守戍以防。自初至终，将阅[⑧]三月，水始就涸[⑨]。民稍安止，侯亦以亲丧去职。城既久为水围浸淫，与地泉[⑩]相接，阛阓复如江海，平地深数尺，庐舍漂没，非乘舟不能往来。长幼惶惶，栖于城陴[⑪]，朝不谋夕。民复大恐。先是，为水备者，南则有伏道口，北则有铁窗孔，无水则实土，遇水涨则开以泄之。及是，民相与请于县辟是穴。而主者方谋委其人民，徙县治于永[⑫]固。黎庶惊惶，奔走无所赴诉[⑬]。侯[⑭]还自亲丧，不见妻子，趣往二穴，将泄之。复有以言沮[⑮]止者。侯乃正色曰[⑯]："顷刻间民尽溺[⑰]矣，岂坐视其毙而不知救[⑱]耶？以我一身贷千百家命，尚何恤耶！"挥众[⑲]决导，去[⑳]水如注，［若］[㉑]沃焦釜，泄尾闾。未[㉒]终

---

① 原作"乎"，参苏辙《黄楼赋》改。
② 原作"秦"，据嘉靖《徐州志》改。
③ 字据嘉靖《徐州志》补。
④ 原作"求"，据嘉靖《徐州志》改。
⑤ 原作"徒"，据嘉靖《徐州志》改。
⑥ 原作"映涯"，据嘉靖《徐州志》改。
⑦ 原作"新"，据嘉靖《徐州志》改。
⑧ 原作"阙"，据嘉靖《徐州志》改。
⑨ 原作"洞"，据嘉靖《徐州志》改。
⑩ 原作"里"，据嘉靖《徐州志》改。
⑪ 原作"俾"，据嘉靖《徐州志》改。
⑫ 原作"求"，据嘉靖《徐州志》改。
⑬ 原作"塑"，系"愬"形讹，据嘉靖《徐州志》改。
⑭ 原作"后"，据嘉靖《徐州志》改。
⑮ 原作"且"，据嘉靖《徐州志》改。
⑯ 原作"由"，据嘉靖《徐州志》改。
⑰ 原作"弱"，据嘉靖《徐州志》改。
⑱ 原作"求"，据嘉靖《徐州志》改。
⑲ 原作"泉"，据嘉靖《徐州志》改。
⑳ 原作"出"，以文义观之，当为泄水，非复出水也，今据嘉靖《徐州志》改。
㉑ 底本脱字，据嘉靖《徐州志》补。
㉒ 原作"夫"，据嘉靖《徐州志》改。

日，城廓庐舍皆在陆地。虽沮泄，不复为民害也。水息之明年，侯适［终］①更。耆宿杨春等语予②曰：“吾民感侯深恩，无有以报。子当为文，以垂永久。石已具，子毋辞③。”乃摭其实而叙④之，庶俾世之人知侯有功于民，而民亦知侯之深，又以为是邑后来有官者劝。侯姓马氏，名彻⑤里，西夏⑥国人，读书好礼。乃祖、乃父皆列仕云。

大德三年九月

萧县儒学教谕蒋伯昇撰

重修大成至圣文宣王庙记

天地之于人也，覆载无疆，虽未尝求报于人，而人皆知覆载之恩，称谢不容于口。日月之于人也，照临亦无疆，虽未尝求报⑦于人，而人皆知照临之惠，爱敬不忘于心。吾夫子如天地无不覆载，如日月无不照临，真大圣人之德也。至于修述六经，发明大道，功垂万世，其教足以易人情性，凿人耳目，潦肌肤，沦骨髓。惠不惠，懋［不懋］⑧，正君臣、父子、兄弟、夫妇⑨尊卑之分。千载之上，千载之下，莫之其谆谆诲论之功。又此四岂特覆载、照临而已哉？虽然，吾夫子无求［报］⑩之心，而天下人心又乌能自已？宜乎立碑造像，而奉之者达于天下，愈于称谢天地、爱敬日月也。原其世祀，两汉以来，历代不绝。洎唐贞观四年，诏州县立孔子庙，故吾乡西北隅有宣庙兴焉。绵历代［祀］⑪，至宋元祐间，栋宇⑫残缺，不庇风雨。当是时也，有富民王惠等遂迁于此，各出私帑以助功贾，计钱五十余万，殿庙讲堂迄有成，粲然一新。宋末，因之以饥馑，加之以师旅，幸而存者十之一二。及正隆以后，独立殿尚存，亦且倾侧。大定十一年，县令杜之美同进士邵师古等为之重新。明昌六年，胡世忠知县事，尝命道士刘守显诸家观化，修殿及创两廊，绘七十二弟

① 底本脱字，据嘉靖《徐州志》补。
② 原作“子”，据嘉靖《徐州志》改。
③ 原作“解”，据嘉靖《徐州志》改。
④ 原作“序”，据嘉靖《徐州志》改。
⑤ 原作“征”，据嘉靖《徐州志》改。
⑥ 原作“下”，据嘉靖《徐州志》改。
⑦ 原作“尝”，径改。
⑧ 底本脱字，二字据《尚书·康诰》补。《书》曰：“怨不在大，亦不在小，惠不惠，懋不懋。”孔安国《传》：“当使不顺者顺，不勉者勉。”
⑨ 原倒作“妇夫”，据旁批乙正。
⑩ 底本脱字，据文义补。
⑪ 底本脱字，据文义补。
⑫ 原作“守”，径改。

子像于壁。富民李松、袁昕望风而喜，同创振文堂于后。泰和三年，主[①]簿侯丰与邦哲洎侄鉴，劝率诸人，同备诸物，修东西斋房各五间。又岁余，重［建］[②]大成门于前独临街。庙尚阙百有余年。至大安辛未，会邦哲丁母宜父[③]，兄邦荣因子鉴守虞城主簿阙，同在乡里，创议修之。投疏亲友，幸[④]有所得，遂成其功。始于三月二十有五，其年乙亥；迄如六月五日，其日乙酉。落成之日，兄邦荣议之曰："尝闻诸老先生说，汉高皇庙后，即县学旧射圃地。大定间，僧刘果钦阴谋买崇寿[⑤]院额，创寺其上。其地不归于学，殆五六十年，至今不能集也。吁，惜哉！今之临街庙门地，缘今无其屋，独空地邻里，遂为吕进所侵，东西长八步半，南北阔二步二分。张进继之，依然侵占。与钱一万二千，复其侵疆，成兹庙门。又学之南东隅有隙地，昔我先人与诸道士刘守显[⑥]居之，权行守庙耳。即非道家相传之庵，实系学之余屋，屡欲改作官厅，姑以费用未给而止。不若通定四至，量其步数，刻之守后，以久其传，使后世愚民不复得而侵之，不亦可乎？"咸以为然。遂量得南北长四十二步半，大成门南界墙，东西照直阔二十七步一尺，四各无拐曲之处，计积步一千一百二十八步三分七厘半，计田四亩七分一厘五丝六忽二微[⑦]半。北至河东北，正东至[⑧]崇寿院，东南［至］[⑨]汉高祖庙，南至东俑，次南至张进，西至街，次西至李果。比及刻石，兄邦荣议曰："造之者非一姓，亦可殚纪。"邦哲力拒之，曰："他姓之美，扬之可也。我[⑩]家倡始，与诸好事者同出所费，修之过半者。必记之，不亦几于自衔[⑪]？弟恐取诮于将来。"兄邦荣曰："不然。吾夫子功德被于无穷，虽天下之人尊之过于天地，仰之其于日月，更竭才力不足以报崇奉吾夫子之万一。此土木之功，但苟定耳，何足道哉？所可虑者，土木之功，有时而废。倘至于废，须赖将来好事之人兴弊补废。故[⑫]欲记之以来告者，庶使与[⑬]我同志者，升是堂，观是文，见是记，有起其效颦之念，将见世有作者。则此庙长无摧圮[⑭]腐败之患，可使与天地日月并久，不其伟欤？索记之意，尽在是矣，毋多让也！"邦哲敬闻其命，

① 原作"立"，径改。
② 底本脱字，据文义补。
③ 按："宜父"二字无解，疑当作"忧归"。
④ 原作"辛"，径改。
⑤ 原拆作"盖寺"二字，参弘治《重修徐州志》崇寿寺"金大定间，僧刘果钦建"改。
⑥ 原作"頭"，系"顯"形讹，径改。
⑦ 原作"征"，径改。
⑧ 原作"厘"，径改。
⑨ 底本脱字，据文例补。
⑩ 原作"成"，径改。
⑪ 原作"街"，径改。
⑫ 原作"放"，径改。
⑬ 原作"興"，系"與"形讹，径改。
⑭ 原作"地"，径改。

喜为之记。

承事郎、前开封府扶沟县主簿兼管巡河[①]防事邵邦哲撰[②]

大金大安三年岁次辛未六月乙未二十三日癸卯

乡贡进士邵师古书

元

吕梁洪庙碑记[③]

神有所凭依则灵。载于有国之典，人得通祀者，惟山川之神者与古圣贤之祠。山川则能藏天地之精气，古圣贤则有[④]功德于民，有以圣贤而兼主山川之祠，则向[⑤]往加多，祀亦加数焉。徐州之水，合于吕梁洪，而入于淮，近世乃兼受河之下流。徐州之山，自西南来，乱流而东，复起为冈峦，累累然相系不绝。水中横石数百步，其纵十倍，其上下如纵得十之二三，高出于上者，龃龉然象[⑥]人齿牙。水势少杀，则悍急尤甚。舟行至此，百篙枝柱，负缆之夫，流汗至地，进以尺寸计，其难也乃几于登天。舟中之人，常号呼假助于神明。有元混一天下，凡东南贡赋之输，皆引道自[⑦]此，故舟至益多，日百千万艘。有庙在洪之西堧，所祀二神：一为汉寿亭侯关公，公事汉昭烈，昭烈尝为徐州牧；一为唐鄂国公尉迟公，相传公治水吕梁洪，盖有二公之遗迹。二公生为大将，殁而为神，其急人之患难，夫岂忿于素志也哉？先王祭祀，能御大灾、捍大患则祀之。如二公者，盖庶几其人焉。二公所治，乃扼乎天地之巨险，在人所尤急难之地。始作庙者董恩。庙成，奉牲酒者争门而入，拜于轩陛之间者，至不能容[⑧]。人之精神萃聚于此，挟[⑨]山川之气自壮，故祷焉辄应。每事必祝，其灵赫然。享祀之至，将愈久而愈盛[⑩]。于此见忠义之士，虽历[⑪]千载，遗烈犹不泯也，岂不伟哉！恩，下邳人，尝为驿官，性敦朴，笃于事神。予往年被召，数往来洪上。恩已砻巨石为碑，征余为文。余至京师，文成，书以遗

① 原作“徇何”，径改。
② 原作“邵撰邦哲撰”。前“撰”字衍，据文义删。
③ 按：该文已见本志卷十四《吕梁洪庙碑》，字句略有不同，今并存录。
④ 原倒作“有则”，据本志卷十四同文及嘉靖《徐州志》乙正。
⑤ 原作“饗”，据本志卷十四同文及嘉靖《徐州志》改。
⑥ 原作“众”，据本志卷十四同文及嘉靖《徐州志》改。
⑦ 原作“至”，据本志卷十四同文及嘉靖《徐州志》改。
⑧ 原作“至不能容人”。“人”字衍，据嘉靖《徐州志》删。
⑨ 原作“侠”，据本志卷十四同文及嘉靖《徐州志》改。
⑩ 原作“钱”，据本志卷十四同文及嘉靖《徐州志》改。
⑪ 原作“恶”，据本志卷十四同文改。

之。铭曰：

於赫二[①]神，奋发雄武。[际会风云][②]，服事英主。维时[③]英主，遇合无间。左顾右盼，力翦祸乱。生为大将，死为明神。能介[④]景福，以祐下民。徐合众流，浩浩南注。石扼中路，增悍兴怒[⑤]。舟人至此，罔不震惧。日进万艘，谒庙致祭。刲羊割豕，罗拜轩陛。神所主治，多部将吏。号呼乞灵，缓急如意。拔人于险，振人于扼。水循故道，湍驰崩迫。鼋鼍蛟龙，各守其宅。神依于人[⑥]，英威凛然。千载不泯，[祷祀益虔][⑦]。作庙距涯，允壮且丽。碑铭我词，以告来世。

皇庆二年十月十七日

翰林侍讲赵孟頫撰

昭惠灵显真人祠堂记

昭惠灵[显][⑧]真人，秦[⑨]蜀郡守李冰次子也。冰仕秦孝文王时，凿山穿江以行舟，且广溉稻田，作石犀、石人以厌水怪。蜀人德之，历代庙祀不绝。宋政和三年，改封英惠王，而以其子从祀，谓之郎[君][⑩]神。后五年，封昭惠灵显真人。按：《宋会要》所载[⑪]者如此，而《搜神记》谓真人姓赵名昱，隋[⑫]炀帝起为嘉州守，率甲士操舟楫，夹[⑬]江鼓噪，从七[⑭]人入水斩蛟，故蜀人庙祀灌江口，谓之灌口二郎。宋初，追尊为清源妙道真君。窃详此二说，当以《宋会[要][⑮]》为正，第[⑯]不知祠于吕梁之东者自何时始。其祠岁久，摧剥[⑰]垂尽。居民陈以[⑱]德谘诸[⑲]驿长董恩，于皇庆壬子之秋，重构正堂四楹，像设真人，而以七人从入水者侍。精严峻丽，见

① 原作“之”，据嘉靖《徐州志》改。
② 底本脱字，四字据嘉靖《徐州志》补。
③ 原作“持”，据嘉靖《徐州志》改。
④ 原作“界”，据本志卷十四同文及嘉靖《徐州志》改。
⑤ 原作“甚恕”，据嘉靖《徐州志》改。
⑥ 原作“神依于人，人依于神”。据本志卷十四同文及嘉靖《徐州志》，“人依于神”四字衍，今删。
⑦ 底本脱字，四字据嘉靖《徐州志》补。
⑧ 底本脱字，据康熙《徐州志》卷三十一《艺文四》补。
⑨ 原作“泰”，据康熙《徐州志》改。
⑩ 底本脱字，据康熙《徐州志》补。
⑪ 原作“在”，据康熙《徐州志》改。
⑫ 原作“随”，据康熙《徐州志》改。
⑬ 原作“爽”，据康熙《徐州志》改。
⑭ 原作“存亡”，据康熙《徐州志》改。
⑮ 底本脱字，据康熙《徐州志》补。
⑯ 原作“弟”，同“第”，今用本字。
⑰ 原作“倒”，据康熙《徐州志》改。
⑱ 原作“必”，据康熙《徐州志》改。下同。
⑲ 原作“志”，据康熙《徐州志》改。

者为之竦惧。居民愈加敬惮而恪事之，水旱疠疫必祷。众欣然以为报效惟影响，于是状其［事］①，介行监察御史仁甫，属余为文以纪之。《祭法》曰：“能御大灾则祀之，能捍大患则祀之。”斯真人之谓也，其祀之灌江宜矣。然又能于千载之下，血食四方，远益不懈，非有以得乎民者能然哉？夫民至愚，而神天［下］②之至不可欺者也，而于真人严惮恪奉，凛乎如在。输诚信，向耆艾，不谋而同。凡有所苦必祷焉，而后心宁意惬。甚者如以德辈，倾所积以妥神灵，夫岂偶③然而已耶？故为书其颠末，而系以词曰：

河之水兮汤汤，神之灵兮洋洋。俨千古兮如在，克昭答兮民望。赳赳蟆兮蛟虬，怒④激水兮覆舟。愿夫君兮除民忧，俾浩波兮宁流。疠疫疫兮间⑤作，民札瘥兮委沟壑。愿夫君兮驱祟沴⑥，使闾阎兮清漠。水暵兮相仍，民冻馁兮交并。愿夫君兮默祐，雨旸若兮丰登。丰登兮民乐，怀灵贶兮孔博。差谷旦兮图报，［修］⑦祀事兮噩噩。吹箫兮伐⑧鼓，安歌兮缓⑨舞。荐肥腯兮奠⑩芳馨，灵冉冉兮来下。来下兮从容，恍惚兮若逢。丕欣欣兮顾享，［祉斯民兮无穷］⑪。

泰定元年四月

荣禄大夫、司徒汪公记⑫

昭惠灵显真君庙记

吴兴陈绎曾撰

沛东北五十里，乡曰泗亭，里曰欢城，前挹薛⑬河，后带漷水。新庙翼然，出枌榆⑭荫蔚间，曰昭惠灵显真君之⑮祠，里人杜珎⑯实作之。经始于延祐元年之春，

---

① 底本脱字，据康熙《徐州志》补。
② 底本脱字，据康熙《徐州志》补。
③ 原作“隅”，据康熙《徐州志》改。
④ 原作“如”，据康熙《徐州志》改。
⑤ 原作“问”，据康熙《徐州志》改。
⑥ 原作“并祟”，据康熙《徐州志》改。
⑦ 底本脱字，据康熙《徐州志》补。
⑧ 原作“代”，据民国《铜山县志》改。
⑨ 原作“绥”，据康熙《徐州志》改。
⑩ 原作“尊”，据康熙《徐州志》改。
⑪ 底本脱字，六字据康熙《徐州志》补。
⑫ 按：康熙《徐州志》署“曹元用”撰。此署“司徒汪公”，何人待考。
⑬ 原作“茚”，据嘉靖《沛县志》卷十《艺文》改。
⑭ 原作“粉”，径改。案嘉靖《沛县志》作“榆枌”，意同。
⑮ 原作“文”，径改。
⑯ 原作“社称”，据嘉靖《沛县志》改。

落成于延祐七年之冬。复殿重栾，两楹五栿[①]，金碧丹彩，扈扈煌煌。像设端丽[②]，有赫有严，以为乡人水旱疾病之所依。凡施以缗钱计者二千五百余缗，自基及像，皆独力创为之。乡人醵钱以助，不可。于是聚而谋曰："杜公之所以福于我者备矣，其何以报？"乃介［乡］[③]先生傅君国祥，征记于予，将刻诸石，以著不朽。予闻祭法："能御大[④]灾、捍大患则祀之。"昭惠灵显[⑤]真君者何？灌口神也[⑥]。灌[⑦]口者何？蜀彭门山阙也。蜀神而祀于中国者何？宋取蜀，故蜀王孟昶之妾私祀王之像于宋宫中。太祖至而问焉，诡以灌口神对。帝悦，因敕建祠于汴都。御灾捍患之功，于是著于中国，而祀之者几遍天下。此沛人所以并缘而得祠也。蜀神之灵，果能惠于沛之人乎？昔蜀太守李冰，秦人也，而惠于蜀；今昭惠灵显真君，蜀神也，而惠于沛。秦之人可以惠蜀，则蜀之神恶得不能以惠沛哉？况鬼神之道，不疾而速，不行而至，感[⑧]之则应，又有妙于人者乎？是故一勾龙而社天下，一周弃而稷天下，圣人不以为过。则沛之人禬禳患怡神，可也。杜翁[⑨]不以神惠自私，而求[⑩]福其乡人，亦可也。国祥与予[⑪]交厚，求记，故不得辞。翁以车人起家，今年八十而未有子。女三人，适萧荣，适李义，适王通荣。实经纪其家，相是役尤力云。

重修宣圣大成殿记

前曲阜孔颜孟三氏子孙教授王旭撰

至元甲午岁新，天子既即位，首颁明诏于天下，以"兴学养士，修理文庙"为言。于时砀邑之学，弦歌方盛，而圣殿适以霖雨坏。官吏震惊，莫敢宁处，即合谋改[⑫]作而大新之。邑人闻者，莫不欣然愿有以自效。盖旧殿板堂三间，规制弗宏，无以惬一方瞻仰之意。今[⑬]改而为琉璃五明转角之制，侈大华丽，巍峨轮焕，其于圣人之宫[⑭]甚相称也。邑人之喜，岂非有以合乎心之同然者欤？鸠工于甲午之孟冬，

---

① 原作"袱"，据嘉靖《沛县志》改。
② 原作"严"，据嘉靖《沛县志》、万历《沛志》改。
③ 底本脱字，据嘉靖《沛县志》补。
④ 原作"史"，据嘉靖《沛县志》改。
⑤ 原倒作"显灵"，据文义乙正。
⑥ 原作"池"，据嘉靖《沛县志》改。
⑦ 原作"權"，据嘉靖《沛县志》改。
⑧ 原作"咸"，据嘉靖《沛县志》改。
⑨ 原拆作"公有"，据嘉靖《沛县志》改。
⑩ 原作"束"，据嘉靖《沛县志》改。
⑪ 原作"祥"，据嘉靖《沛县志》》改。
⑫ 原作"即"，据王旭《兰轩集》卷十三改。
⑬ 原作"命"，据《兰轩集》改。
⑭ 原作"言"，据《兰轩集》改。

落成于乙[1]未之仲春。及厨库各三楹，亦次第而俱[2]新。于是耆老士夫从其官吏会于庭下，拜且[3]言曰："恭惟夫子之道，广大若天地，昭明如日月，顾此区区一殿之广狭高下，岂足[4]为增损哉？然世[5]道人心则于是[6]乎卜也。方今释老之宫遍天下，一小邑不下数十区，其壮丽，邦君之居不若也。而宣圣祠庙，州邑阖境数百里，唯一设耳，往往卑陋，而圮坏不以时修。噫！世道之消长，人心之邪［正］[7]，亦可知矣。然则我邑贤侯［今日］[8]之举，非唯无负于圣诏，其为世道人心计，亦可谓切[9]矣。使天下之为政者，皆知抑彼而崇此，如侯之用心，则斯文其有不振，学校其有不兴，而人材其有不盛者乎？"［某时方叨讲］[10]席，目击其事。众谓旭："盍记之？"因不辞而书，庶俾[11]来者有所考而继厥志焉。侯蒋氏，讳恕，平阴人。其协谋同志者，监县知鲁瓦、主簿王良。其余见碑阴，兹不详载。

大元国元贞元年岁次乙未四月日立石

创建宣圣庙记

夫孔子之道，穷天地，亘万世，大而能博[12]，久而益彰。历纪垂不易之教，唯孔子一人而已。自唐以下，郡县通得立庙，著之典礼。春秋二仲祀之，必用王者事，其为执也宜。砀山之为县也，介于楚宋，旧属单[13]州，圣朝开国，遂隶东平。初，金兴定间，水沉其城隅，逼民以迁于鱼山，由是人不得安食者有年矣。岁在丁巳，行台严公道经是县，慨然有兴[14]复之意。俾赵君守正是县，县无文庙久矣。赵公署事之后，以创建为己任，即于县西门外河拆[15]巨桥一座，抉[16]取财木欲营殿，方将庀工集事，俄以例离[17]去。迨至元六载，朝廷以东平为重镇，遂分为十路，拨砀山属

---

① 原作"之"，据《兰轩集》改。
② 原作"俣"，据《兰轩集》改。
③ 原作"一"，据《兰轩集》改。
④ 原作"之"，据《兰轩集》改。
⑤ 原作"也"，据《兰轩集》改。
⑥ 原作"规"，据《兰轩集》改。
⑦ 底本脱字，据《兰轩集》补。
⑧ 二字据《兰轩集》补。
⑨ 原作"荣"，据《兰轩集》改。
⑩ 原作"旭盍记之因"，据《兰轩集》改。
⑪ 原作"得"，据《兰轩集》改。
⑫ 原作"大帝而能博"。据旁批符号，"帝"字衍，今删。
⑬ 原作"草"，据砀山县建置沿革改。
⑭ 原作"与"，径改。
⑮ 原作"于"，径改。
⑯ 原作"扶"，径改。
⑰ 原作"冽罗"，径改。

济宁府。适杨侯泰来尹是县，而予表弟韩[①]让一为主簿。下车之日，以[②]修起文庙为首是。即鸠财募工，创构正殿三间，庑墙稍就完美。未及落成，韩弟秩满，求仕于燕，馆于余舍。暇日，语及文庙建立之由，且[③]恳求予文，记诸翠琰。余不能违，故书数语以告诸生曰："夫庙而后有学，学而后有士，此理之所必然者。然自古人材之多，未尝不出于教养之素。而今而后，吾士人诚能体[④]二君修学之意，日省月试，进而复进，新之又新，期于有成而后已。若徒以为美观，不劝讲习，非所以望于诸生也。吾[⑤]言止此，诸生其识之！"

翰[⑥]林承旨学士、知制诰[⑦]、兼修国史致仕
慎[⑧]独老人王鹗记

重修宣圣庙记

教谕孟麟撰

原夫混沌初分，鸿蒙肇造，天在上而无物不覆[⑨]，地[⑩]在下而无物不载，人家其中而莫穷其欲。三才位奠其间，圣人垂教以利于后世者，不为不多矣。然京都郡县村落，得署以牌而享春秋、岁时常祀者，独吾宣圣庙矣。何则？以其立君君臣臣、父父子子、兄兄弟弟、夫夫妇妇，治国之法，齐家[之要][⑪]，虽千万世不能磨也。所谓"贤于尧舜者远矣""自生民以来，未有以如夫子者也"，诚哉是言也！丰县衙之东，旧有宣圣庙一所。金运之末，倒[⑫]坠劫灰，弗存片瓦。我[⑬]朝开国，始以武定天下，而终以文绥海内，屡命有司兴崇[⑭]学校。然所居官者，虽有心于缔构，以时方多事，不遑暇焉，但为之草创，仅[蔽][⑮]风雨而已。至元五年，岁在戊辰，县尹郭公讳瑄来宰是邑。下车三日，敬谒于庙，悯其萧索，乃与主簿熊君合谋修建，不

① 原作"朝"，据下文"韩弟秩满"改。
② 原作"矣"，径改。
③ 原作"旦"，径改。
④ 原作"休"，径改。
⑤ 原作"五"，径改。
⑥ 原作"诸"，径改。
⑦ 原作"诸"，径改。
⑧ 原作"慑"，径改。
⑨ 原作"无物不有以不復"，"不有以"三字疑衍，"復"应作"覆"，并据文义删改。
⑩ 原作"也"，径改。
⑪ 二字据文义补。
⑫ 原作"例"，径改。
⑬ 原作"哉"，径改。
⑭ 原作"宗"，径改。
⑮ 底本脱字，据文义补。

劳民力，各捐俸以给庙之所费。尚赖邑士王文、张喜，及诸僚友属、耆老庶士辈，勠力相先，鸠工集木，创建圣殿。檐楹翚飞，门闼华丽，圣像容仪，焕然一新[①]。仍绕以垣墉，植其花木。远近闻之，来助施者前后继踵，故得庙宇[②]一一完成。来游圣人之门者[③]，皆曰如登阙里，略无憾[④]焉，实令尹郭公之为政者也。户口日以增，田野日以辟，军民于以和，词讼于以简，赋役平而盗贼息，学校兴而文风振，使民迁善远罪，咸跻寿域，皆我令尹郭公德化之所致也。虽古之[⑤]良吏，未有以加也。且殿之经营，始于至元六年己巳孟冬之初，功成于至元七年庚午季秋之末。其壮丽威严，比之他邑为最。使后之挽铜章、纡墨绶，来宰斯邑，则亦大有光矣。功既告成，祷余为文以识岁月。仆，一介寒儒，处圣人之门下，难为之言，然不容以鄙陋辞，勉即其事而为之记。

时至元七年岁在庚午冬十一月吉日立石

重修庙学之记

儒学教授臧浩撰[⑥]

圣朝有天下以来，稽古设科取士。上自京师，下至州县，爰命立孔子庙。庙各有学，春秋二仲月祀圣人以至者礼。自颜、孟以下，圣门高弟暨历代名儒，皆预从祀。其尊敬崇奉之意，可谓至矣。砀之庙学，自元贞乙未，县尹蒋恕改建转角琉璃五明，正殿三间。后历数政，两庑、神门、讲堂、斋舍，修理具完。岁月既久，寻复疏漏。增而修之，意者得其人欤？天历戊辰，县尹郓人孟侯[⑦]直，一日躬率僚属拜谒殿庭，顾谓主簿伯颜不花、典吏李仁曰：“今庙学年深，傍穿上漏，不蔽风雨，吾辈忍坐视而不为耶？矧我国朝诏天下，以为庙宇损坏，随即修完。今不力为，责将安逃？”乃以重修为己任。众皆乐从。未几，主簿伯颜不花以秩满而归，代官古范陈初下车[⑧]瞻仰，亦以协赞为先务。乃各出俸金，鸠工资财。邑之耆[⑨]英闻者，分帑乐助其费。遂命县吏吕允道督其役。于是重修殿庑，整饬门墙，增置儒服，添

---

① 原作“心”，径改。
② 原作“于”，径改。
③ 原作“有”，径改。
④ 原作“意”，径改。
⑤ 原作“至”，径改。
⑥ 按：篇末署“县学教谕夏丘张忠记”，未详孰误。
⑦ 原作“候”，径改。
⑧ 原作“军”，径改。
⑨ 原作“香”，径改。

买祭器。丹墀甬[1]道，既坚且完。户牖檐楹，涂丹绘雘。以至讲堂、斋舍，修葺一新。仍买书籍一百七十七卷，贮之于库，以备翻阅。由是缺［者］[2]补，损者完，倾者正，漏者塞。观者咸曰："昔若彼而今若此，非孟侯辈重修之力，恶得如是即其功？可谓不负朝廷立庙建学崇奉之美意！"是役[3]也，兴工于戊辰之季冬，落成于己巳之孟夏。匠不知劳，民不知费。工既告毕，士夫黄伊谅、魏亨等美其事，请纪功翠琰，且嘱忠为文。忠适忝学掾，目睹其事，因不敢辞。敬书数语，用纪颠末，以谂观者。窃惟造端托始，事固可嘉；继踵增辉，功恶可默？昔县尹忠等，创建于其前；今贤宰孟侯辈，［以弘道］[4]之心为心，损而复修。新而又新，则学校何患不兴，人材何患不出矣！虽然，人心之所瞻仰者，庙貌也；风俗之所自出者[5]，学校也。历兹以往，游圣人之门者，诚能观庙貌而思敬，登庠序而思［学］[6]，他日造理精明，承转道统，隐则诵诗书、尊礼乐，为修身养性之基；仕则应乡贡、登崇科，为治国平天下之本。将见人材辈出，学校日兴，而不为谓孟侯辈修理庙学作成之效，可乎？若徒以勤于土木之工藉口，而不以起敬进学为谋，可谓知其然而不知其所以然，恶乎宜乎？

天历三年岁在屠维大荒落四月吉日

县学教谕夏丘张忠记

重修沛县学记[7]

凡吏之职，禀天子法令，宣教化以赞治者也。然法令所以助治，而非所以为治也。［所以为治］[8]者，教化而已。奈俗吏区区于簿书狱讼而期会，而不知大体。是以一方之治，风俗或未淳，盗贼或未息，狴犴填满，礼义陵迟，其所以上佐天子、下御黎民而赞助其治者，果何在哉？若夫良吏朝夕从政，以临其民，于法令固奉行而不敢忽，然恃以为治者，终曰在彼而不在此也。是以苟有余暇，则必修学校，访儒雅，兴礼乐，行仁义，移风易俗，使耕者让畔，行者不拾[9]其遗，人人晓于礼让，纳诸君子之涂，故一郡一邑称为治最，而时君圣主有赐金增褒，顾不伟欤？古

① 原作"角"，径改。
② 字据文例补。
③ 原作"从"，径改。
④ 三字据文义补。
⑤ 原作"也"，径改。
⑥ 字参下文"起敬进学"补。
⑦ 按：此篇系金文，不合置于元下。又作者阙名，姓氏无考。
⑧ 四字径改。
⑨ 原作"捨"，径改。

沛，昔号剧邑。自宋末群盗蜂起，大河决流，居民舍宇，漂没煨烬[①]。宣圣庙旧在泗亭坊，一爇而尽殆。本［朝］[②]抚定之初，敬修祀典。春秋释奠，有司倦于败桥往来，遂移所存之故像于河之西清化坊，创建堂三间，以奉安神像，规模制度陋而不可言。至岁次丙戌，县令刘公勋下车，款谒[③]祠下，恻然伤之。既任满之际，遂出己俸，作而新之，并绘七十二弟子于壁，而题赞其上。庙貌俨然，庶罢郑国子衿之咏，兴鲁邦泮水之歌，使沛人复知文教之将兴，是可嘉也。然其后岁月既久，垣墉圮坏，栋折榱崩，风雨不蔽，圣像愧然者又几年于兹。不期己丑之岁，邹人孙公始以幼年登高第，俄以秩迁，来宰是邑。视政之际，自朝至日中昃[④]，不遑暇食。常继以火，勤强不怠。秋毫不取于下，惟务与民兴利除害。故因农隙，则开泡河，成泗桥，户口日益增，［收］[⑤]种岁益广，变凋敝之俗为乐土之乡。于是民既富而庶，乃曰："孔子尝言：'既庶富矣，又何加焉？'曰：'教之。'然而土木之筑，非雨粟鬼役，必人力而后成之。"乃推诚接下，以礼劝诱巨室大姓，共施财力。于是，人欣为之役。故功起于秋八月，讫于岁终而告成。凡新一殿，构两序、三门，筑圜墙，塑宣圣、颜、孟、十哲之像，绘七十二弟子之真，皆鼎新。其榱题楹桷[⑥]，丹青黼藻，不奢不俭，取其壮丽坚固而已。噫！立民之道，无[⑦]不以教化为先务。宣圣者，教化之本原也。是以文翁之治蜀，卓茂之治密，皆知尚此。而今邑大夫能继之，真所谓良吏而知其治之所恃者欤！予目击其事，固请纪其石而记之也。凡施一力一钱者，悉题其名，以传不朽焉。

大定十一年岁次辛卯四月日立石

重修沛县学记

沛县儒学教谕孔希冕志

沛县之有庙学，其来尚矣。以岁月有变迁，物理有隆替，敻[⑧]出俯临，傍风上雨[⑨]，加以邑经兵火之余，缺于修理，故摧残破折，日就倾圮。而学校之设，殆[⑩]名

① 原作"漂没爈烬殆"，"爈"系"煨"形讹，"殆"字衍，并据文义删改。
② 字据文义补。
③ 原作"歇"，径改。
④ 原作"吴"，径改。
⑤ 字据文义补。
⑥ 原作"桶"，径改。
⑦ 原作"矣"，径改。
⑧ 原作"高"，据万历《沛志》、康熙《徐州志》改。
⑨ 原作"两"，据万历《沛志》、康熙《徐州志》改。
⑩ 原作"迨"，据万历《沛志》、康熙《徐州志》改。

存而实废。观者莫不悯惜，痛吾道之厄塞也。至正乙未四月，承务郎、济宁路总管府判官伯公寿之儹运军储，驻车兹邑。瞻礼庙貌，慨然兴念曰：“政有似[①]缓而实急，学校是也。盖学校者，风化之本，出治之源。学校而兴，长幼尊卑皆闻孝弟忠信廉耻之言，皆习孝弟忠信廉耻之行。礼让既行，风俗自厚，政清民化，止盗息奸，不为小补。近年以来，风俗浇漓，民不古。若奸伪日滋，盗贼窃发，虽气运之适然，抑[②]亦教化不明之故。欲正本而清源，舍学校则何为？某荷国恩荣，苟可以化民成俗，有裨政治，力所能为，敢不勉乎！”于是捐己[③]俸以为之倡。既而官守贤良、士夫耆德，以至府史胥徒志于善者，莫不欢欣踊跃，各出己资，鸠工市材，咸[④]为之助。乃命路吏李郁专董其事。始工[⑤]于是岁仲夏戊戌，告成于七[⑥]月壬辰。凡倾者起之，欹者正之，缺者补之，旧者新之。正殿廊庑，讲堂斋舍，应门四楹，角门三座，金铺玉缀，雕闱缘[⑦]牖，丹漆图像，莫不灿然改观。愚尝敬而论之曰：夫[⑧]人生[而][⑨]有身，业而为士，戴天履地，秉彝好德，而灵于万物，不至斲丧磨灭、摈弃凋落，皆学校教养之力。苟悖天理而弃所学，去人伦而失信义，将何以立于两间？此孟子所谓：“饱食暖衣，逸居而无教，则近于禽兽，圣人有忧之。”盖谓此也。自夫世运艰虞，饥寒流落，由[⑩]忠君而孝父、舍生而取义者观之[⑪]，则教化有补[⑫]于世，岂浅浅也哉！彼或以仁义为迂阔，教化为不急，区区法制禁令之末[⑬]，屑屑簿书期会之密，以促办催科为贤，钩[⑭]深擿隐为能，护稂[⑮]莠而害嘉禾，拨本根而扶枝叶，欲事简而愈烦，求政治而益乱，将使斯民捐仁义以徇利诱，遗君父而灭纲常，亦独何心！今伯公寿之，当兵战警急之秋，身劳供给之际，以庙学为首善之地，不整严[⑯]无以起人之敬，不尊重无以导人之善，在公勤恤，见义勇为。故不言

① 原作“以”，据万历《沛志》、康熙《徐州志》改。
② 原作“柳”，据万历《沛志》、康熙《徐州志》改。
③ 原作“也”，据万历《沛志》、康熙《徐州志》改。
④ 原作“成”，据万历《沛志》、康熙《徐州志》改。
⑤ 原作“攻”，据万历《沛志》、康熙《徐州志》改。
⑥ 原作“也”，据万历《沛志》、康熙《徐州志》改。
⑦ 原作“绿”，据万历《沛志》、康熙《徐州志》改。
⑧ 原作“天”，据万历《沛志》、康熙《徐州志》改。
⑨ 字据万历《沛志》、康熙《徐州志》补。
⑩ 原作“有”，据万历《沛志》、康熙《徐州志》改。
⑪ 原作“者”，据万历《沛志》、康熙《徐州志》改。
⑫ 原作“捕”，据万历《沛志》、康熙《徐州志》改。
⑬ 原作“永”，据万历《沛志》、康熙《徐州志》改。
⑭ 原作“钓”，据万历《沛志》、康熙《徐州志》改。
⑮ 原作“粮”，据万历《沛志》、康熙《徐州志》改。
⑯ 原倒作“严整”，据万历《沛志》、康熙《徐州志》乙正。

而人信，不赏而人[1]劝，[工][2]不告劳而事底于成，使风俗薄而复淳，吾道塞而[3]复通。《诗》曰："讦谟定命，远犹辰告。敬慎威仪，维民之则。"此之谓也。扩而充之，则他日格君心，泽民物，措斯世泰和之域，事不难矣。此众所有望于公，公素所蕴藉者也。公讳伯[4]颜察儿，寿之其字也，家世阀阅。始由邳州睢宁县主簿，以清直公恪，选充太常礼仪院太祝。复以贤良廉干，擢升今任。所在莅政之际[5]，虽文移星火，事务丛棘，而简善惩恶，兴学劝农，弘毅正直，出乎天性。故人怀德畏威，令出维行，事多类此。沛县达鲁花赤众[6]家奴暨完者不花、县尹王居礼暨刘铎、主簿张造道暨韩仁义、典史刘熙等，协心信美，务兹善政，勇于有为，实赞成之。希冕忝谕斯邑，职守文学，适完盛事，诚为幸矣！敢不敬承邑贤士大夫请，纪公乐善化民之实，刻诸坚珉，为将[来][7]莅政者劝。

时至正十五年[8]仲秋吉日立石

东岳庙记

尝闻冲漠无朕，万象森然已具。盖天有五星，地有五岳，五行布而四时行，五镇峙而百物生。至于寒暑往来，品汇发育，阴有以相之。但幽冥昏窈，恍惚微妙，未易窥测。若斋戒沐浴，焄蒿凄怆，洋洋在上，在其左右，皆精诚所致尔。圣人云"敬而远之"，莫非无有也。凡山川丘陵出云气者，能御灾捍[9]患者，尚皆祀之，况岱山而为群山之宗、见于经书（《春秋》云：肤寸之云，不崇朝而雨[10]）、天下神之灵验大矣哉？自古圣帝明王，登封告成，燔柴设祀，勒名纪功，讵一二举？在唐封天齐王之思慕，欲报罔伸，所在建庙设祀，以供瞻仰。至于日月所照，霜露所坠，莫不尊之也，亲之也。留，古之侯国也，隶于徐。按《汉书》：高祖遍封功臣，帝使子房公自择齐三万户。对曰："始臣起下邳，与上会留，此天以臣授陛下。陛下

---

① 原作"工"，据万历《沛志》、康熙《徐州志》改。
② 字据万历《沛志》、康熙《徐州志》补。
③ 原作"雨"，据万历《沛志》、康熙《徐州志》改。
④ 原作"伯"，万历《沛志》作"的"，今从康熙《徐州志》用字。
⑤ 原作"除"，据万历《沛志》、康熙《徐州志》改。
⑥ 原作"象"，据万历《沛志》、康熙《徐州志》改。
⑦ 字据万历《沛志》、康熙《徐州志》补。
⑧ 原作"二十五年"。案记文：至正乙未四月，伯公寿之驻车兹邑，始工于是岁仲夏戊戌，告成于七月壬辰。据此，则碑当立于同年仲秋。且"至正乙未"为十五年，此云"二十五年"仲秋，应误。据文义，"二"字衍，今删。
⑨ 原作"悍"，径改。
⑩ 按：此句原为正文，据文义调整为注文。

用臣计，幸而时［中］[①]。臣愿封留足矣，不敢当三万户。”遂封留侯，兹地是也。有祠在焉。其地西临清泗，东接微山，胜地一曲。宋元祐重建东岳行宫一所，年岁辽远，芜秽弗治，栋宇桡败，丹垩剥落，鼠穿以为文，狗[②]人而为窦，凡百过者，谩不加省。至治元年，归德府留城巡防捕盗官秃满答儿来镇是城，谒于祠下。上雨傍风，无以盖障。怅然以为己任，乃集耆老楚德珎等属之曰：“人赖神而以生，神赖人而以享。人无神可祐，神无人而可祐焉！况昔造基址于前，今不修理于后，前功俱坠矣！今时和岁丰，家给人足，一方宁谧，托赖神荫，曷能报本？可不[③]重为修理之。”佥曰：“善！”公亲为视督，未尝少憩。助金者、助功者、挥金者、运甓者、画墁者、奋锸者、绘事者，百工庀职，各敬其事。经治于天历二年三月之始，落成于当年十一月之终。上栋下宇，岿然而壮。东廊西庑，翚然而雄。轮奂斯美，改观一新。圣像穆然，金碧相映。左右神仪，锵济肃恭。遐迩来观，无不敬悦。后秃满答儿解组荣归，复闻优迁承事郎、安丰路定远县达鲁花赤，兼劝农事。一方人思公[④]在任时，廉能兼济，不吐刚强，不茹柔弱，抚字有恩，百里无虞，于今受其赐，公之德也。里人江浙行省宣使曹野仙补花等议曰：“公之于庙，宣力多矣，不立一石[⑤]传之久远，泯灭其迹，甚为不可。”乃俾曹公佐、曹诚、邵敏来求余文。愚顾不才，何以当之？辞不获已，因道其本末。呜呼！幽明一里，隐显一机，有其诚则著，无其诚则湮。二三君子拳拳之心[⑥]，废者与今之损者修之，阙者补之，不坠前人之遗迹，即仁者之行，将见报以介福矣。因大书赞襄姓字碑阴，以示人久远，岂不伟欤！仍系之铭曰：

尝观元化，阴阳斡[⑦]运。天象五星，地形五镇。岩峨太山，鲁邦之中。五岳之长，群山之宗。大生之德，发育万物。率土之民，敬而讵咈。惟兹留城，子房[⑧]之封。山明水秀，东土是雄。前宋元祐，圣宫一所。时移岁改，摧颓栋宇。赳赳将军，豪气凌云。胸中间架，勇建奇勋。猗[⑨]欤父老，轻财重德。赞襄美事，落成不日。殿宇巍巍，金碧辉辉。廊庑门堵，神灵妥祐。幽明之间，惟诚是主。苟存以敬，神之福汝。二三君子，仁智可知。继志述事，起兹废基。刊石勒名，以传厥

① 字据《史记·留侯世家》补。
② 原作“狗”，同“徇”，径改。
③ 原作“可”，径改。
④ 按：原“公”后有“作”字，疑衍。
⑤ 原作“名”，径改。
⑥ 原作“指新”，径改。
⑦ 原作“干”，径改。
⑧ 原作“封”，径改。
⑨ 原作“倚”，径改。

后。遐迩观瞻，小大稽首。微山苍苍，汴泗阳阳①。行宫在焉，山水永长！

大元岁次辛未甲辰朔日

江浙行中书省宣使曹野仙补花等立石

彭城志卷第十五

① 阳阳：和乐、鲜明之貌。以水言之，似作“洋洋”“泱泱”更为妥帖。

彭城志卷第十六

直隶徐州儒学学正余姚宋骥修

记

皇明

徐州重建螟昆[1]祠记

喻则成

徐州城西北五里许，临汴水之左岸，有祠曰螟昆之祠。祠不知始于何时，相传自前元已血食兹土。元之元统乙亥，徐郡守张其姓者立石刻文，而神之名[2]始著。国朝洪武丁丑，知州杨节仲重构其祠，而神之灵始显。宣德八年癸丑，江北郡县多蝗，今知州事辽阳杨侯秘知神之灵，先诣祠祷，继率僚佐出丁塘、五河诸处捕之，蝗即灭。九年甲寅，蝗复滋蔓。侯之僚佐捕不能尽，侯复祷继。忽有众禽，群飞蔽天，啄而食之，助人力过半。不数日，蝗复尽绝。民皆德侯。侯曰："神之功也，我何德焉?"十年乙卯至正统元年丙辰，侯乃于春初无蝗时先往祷。祷后，他郡邑不复蝗者无几，独我徐之郡县非特不复蝗，彼别郡之蝗亦不我境而入。于是田谷丰穰，民心悦乐，益信神之灵而大敬侯之能以诚感神也。祠旧且隘，侯每谒神，念无以昭觇，乃割己俸新之。僚佐判官杨君道亨、朱君智，吏目徐君士颙，亦[3]争致助焉。工始于是年孟秋初吉，毕于是月既望。旧祠间止一，撤而不用，今重构增为三间，供应器具无不备。缭以垣墉，饰以丹垩。耆老士庶奔走承祀，物洁仪备。请余为记。余按《祭法》："能御大灾、捍大患则祀之。"蝗为害能除之，所谓御灾[4]捍患，神则有焉。祠而祭之，孰曰不宜? 侯治民以惠爱为急，事神以诚敬为先，故能得神佑而为民福也。余忝[5]郡佐，凡治民事神之道，侯之忠告善道，有非一日，故喜而为之记。

---

① 原作"昆螟"，据正文及卷五《祠庙》改。
② 原作"右"，径改。
③ 原作"奕"，径改。
④ 原作"菑"，同"灾"。
⑤ 原作"泰"，径改。

重建云龙山兴化禅寺记

喻则成[①]

距彭城南二里许，有山曰云龙。上有寺曰兴化，寺有石巨佛一。盖石生于崖间，人因刻镂以成佛，故又名石佛寺。而“兴化”之名，不知始于何代也。今住[②]持僧文安师常与人[③]言：寺未毁前，岩石间有题名者，乃开元间人。则是寺盖梁、宋之时已有之矣。及按欧阳公《五代史》，当唐昭宗景福二年时，徐州为感化军，而时溥为节度使，朱全忠使其子友裕攻溥，败溥军于石佛山前。而寺之有无，未尝及之。至宋熙宁中，苏文忠公出守徐州，为云龙山人张天骥作《放鹤亭记》。以其处考之，其地正在云龙山之西北，而《记》中亦未尝及寺之有无。自唐开元间距今几八百岁，其寺之兴废莫可考。至国朝洪武戊寅，僧正胜吉[④]始建佛殿三间及僧房[⑤]一所。胜吉既化去，而尸厥席者则觉兴。嗣觉兴而主其寺者，则今文安也。文安于宣德［二年］[⑥]又重构焉。其佛殿凡五间，高则四丈五尺，而妆饰石佛，色相具足，光彩夺目[⑦]，瞻者惕然，视昔大有径庭矣。宣[⑧]德七年壬子[⑨]，寺毁于火，而石佛之身岿然独存。识者以为我佛之身，［历］劫不能坏[⑩]，彼回禄小变，岂能有所损耶？文安顾瞻而嗟叹曰：“此寺虽创于吾，今而遭毁，吾何可以坠吾祖师之胜果也?”乃发弘愿，广檀那，图复旧观。或者难之曰：“师今将复兹寺，欲其有加于昔，恐财力弗胜；规模若小，则失庄严相，无以起众言礼。二者有一于此，均为难也！”师曰：“吾佛祖以善缘化人，顾岂以弗胜沮耶?”不懈益坚。于是，知州事[⑪]辽西杨侯秘捐俸以倡之。未旬月间，以财帛施者，川汇云集。乃裒所施具，凡木石砖瓦、涂塈之属，遂建正殿五间，上作重屋，其高视旧[⑫]则过也。次建[⑬]天王、诸[⑭]天罗汉、诸天明王之殿，及三门、方丈、禅堂、两廊，以至庖湢之所，靡不合度。杰阁巍宫，架

① 字据文例补。
② 原作“往”，径改。
③ 原作“今”，径改。
④ 原作“告”。本志“胜吉”数见，而“胜告”仅此篇见，故改。下同。
⑤ 原作“芳”，径改。
⑥ 底本字迹漫灭，二字据本志卷五《寺观》补。
⑦ 原作“自”，径改。
⑧ 原作“至”，据卷五《寺观》改。
⑨ 原作“己丑”。按：宣德七年（1432）干支为壬子。前己丑为永乐七年（1409），后己丑为成化五年（1469），此处或系八年“癸丑”之讹。案卷五《寺观》“七年，毁于火”，则年份无误，干支应讹，今改为“壬子”。
⑩ 原作“劫不能不坏”。据文义，增“历”字于前，删“不坏”之“不”。
⑪ 原作“知州徐”，据文例改。
⑫ 原作“旧视”，径改。
⑬ 原作“次”，径改。
⑭ 原作“诣”，径改。

崖溢壑。铃铎之声，闻于远迩。金碧之色，上下掩映。又于石佛之身饰以真金，诸佛、菩萨、天人之像设皆具庄严相。由是观者咸信礼皈依，而又服文安之勋绩[①]。且寺之成也，南面三山，北萦古汴，飞洪吼其东，叠嶂耸其西，登是而远眺者，咸适其意。孰谓佛氏之栖迟，无明心见性之助乎？昉于宣德甲寅，而迄于正统丙辰初元。既而具颠末来求文，以刻于石。昔人谓“有志者事竟成”，今吾于文安见之矣。或者谓余：“夫佛以寂灭清净[②]为宗，而空色一致者。今乃崇土木丹青之重，不过人天小过、有漏之因，无乃非夫释[③]氏之本意耶？”余以佛之教，欲一切众悉愿皈依，必先[④]睹相而起信，则土木丹青之事不为无助，况兹寺建造之不易乎？因书之以为记。

徐州万会桥记

宋骥

徐州万会桥，在州城之东，泗水之上，距城半里许。《图经》既亡，不能知其创始之年月。自余至徐，闲尝询诸父老，亦莫有能知者。桥以木建，其长以丈计者凡二十有四，其高视长则杀什之七，下以洞计者凡十有六。桥东为吊桥，以便舟[⑤]楫之往来。自国初至今，累修累坏。宣德乙卯秋，适侍御江右高公[⑥]峻弭节于徐。下车之初，疏滞剔蠹，扶弱抑强，凡可以利民者，靡不究心。一日，因睹桥之倾圮，往来者不能无病涉之苦；或藉舟以济之者，则有蹴踏倾覆之危。乃喟然叹曰：“夫为政者，贵乎兴其利而除其害，就其喜而违其戚。且害者戚者，莫甚于病涉。吾之职虽在风纪，今而坐视民之有罹[⑦]夫害且戚者而莫之恤，于吾心独能安乎？”遂谋有新之，且不欲有以烦乎民。乃命本州开元寺僧正广善，用其募缘之法，仍以州之父老勤敏而笃实者相之。由是，远近之人输财效力，不约而会。适知州事杨侯以九年满，升府同知，仍来知州事。公曰：“得彼之来，足以任吾[⑧]事矣！”于是上下协心，务臻于成。乃先筑东西两堤，其布栈为址，而累石其上。两堤既成，则立栈水中。栈之长，计二丈有奇，入水中者过半。以旧栈之少，不能持久也，今则倍其

---

① 原作“動勣”，“動”系“勳”形讹，“勣”同“绩”，据改。

② 原作“令炎”，不知何谓，参康熙《徐州志》卷三十二吴瑞《重修石佛寺记》“彼佛氏，以清净寂灭为教”句改。

③ 原作“推”，径改。

④ 原作“也”，径改。

⑤ 原作“丹”，径改。

⑥ 原作“兮”，径改。

⑦ 原作“罗”，径改。

⑧ 原作“五”，径改。

数焉。栈之上，联以横木[①]，以承巨木之直施者。桥旧用板，淋炙之不胜则朽败踵之，今则用圆木之坚硬者，横施巨桥之上，若比栉然。左[②]右仍施栏楯，以防坠溺之患。其长短高下之制悉如旧，而缔构坚密，视昔[③]夐不同矣。既成，其壮丽匪徒有以冠于一方矣，而[④]江以北之伟观，莫逾是矣。桥旧名“大浮”，侍御公今易以“万会”。盖“万”者，有取于多，“万会”之义而名之也。公因命余言以纪诸石。夫涉险为生民之甚病，圣人有作，取象于《涣》，而舟楫之利兴。水涸成梁，著于《夏令》。造舟成梁，于用制备矣。况是桥当［南］[⑤]北二京水陆之冲，往来者日憧憧[⑥]焉。今其成也，劳不及民，而四方之经行者逾越险阻，若履康庄。则其去民之害且戚者，而就其喜且利者，其功岂小小哉！或者谓余：“夫桥梁之设，莫坚于累石。今是桥乃藉木以为固，恐非经久之计。”余曰：“不然矣。物之成败若有数，而在人者则不以成败而囿于数也。兹桥虽藉木[⑦]以成，使后之提督其事者，咸若侍御公之用心；而协力以成功之美者，咸若杨侯之贤，则是桥之经久亦可保也。若不得其人，虽累石为壮，一旦梁欹石泐，其与藉木为之者何异哉？”或者唯唯而退。余时方纪其事，因次第其问答，以复于公。公曰：“诚哉，子之言也！”因笔之俾刻诸石。

徐州重建钟鼓楼记

喻则成

徐州鼓楼，在州治之南五十步许。岁久摧殒，识治体者无不嗟叹。宣德己酉，徐州太守辽阳杨侯秘进父老于前，语之曰：“为民先觉者，贵乎有以觉其民。郡城钟鼓，盖亦觉民之一端也。晨省昏定，孝子之心[⑧]觉于此也；出作入息，庶民之心觉于此也；朝出耕，暮归读古人书，士子之心觉于此也；夙兴夜寐，以事一人，乡大夫之心觉于此也。觉人之道，虽曰不［一］[⑨]，而谓钟鼓不为一端，不可也。然钟鼓虽备，而楼或缺，则挈壶氏且无掌[⑩]更漏之所，况于钟鼓有分明之声乎？今徐州之鼓楼，作于国初，摧于今日，为政者乃恬然不知，则于治体，岂可谓之有所得

---

① 原作“水”，径改。
② 原作“五”，径改。
③ 原作“者”，径改。
④ 原倒作“而夫”，“夫”系“矣”形讹，二字据旁批乙正。
⑤ 字据文义补。
⑥ 原作“燑”，径改。
⑦ 原作“水”，径改。
⑧ 原作“孝子之心也”。“也”字衍，今删。
⑨ 字据文义补。
⑩ 原作“堂”，径改。

哉？兹欲新之，尔父老以为何如？”佥曰：“民之父母既欲以逸道使其［民］①，则父母之民敢不供子职以力其役？”太守喜其言有以合其志，即捐己俸②先之。于是节判严陵杨公道亨③率诸僚属，以成太守之美。余亦忝④与于率作兴事之列，与夫有官君子，皆劳其位人之心；凡厥庶民，皆劳其役人之役。不两月间，而告厥成功。台高且古，砌以砖石，实坚实好，如切如磋。台下门容三轨⑤，车马⑥往来，日以千百计。台上重楼，五架七间，栋宇翚飞，檐牙高啄，置铜壶刻⑦漏于其上。画角钟鼓之类，无不备具。月色中天，坐啸于高寒者有之；角声永夜，吟哦其悲壮者有焉。至宣德七年壬子，复于是楼西南半里许，重修钟楼于旧台之上，不越旬而落成。视东楼虽小，然亦井然有条，秩然可观。自时厥后，东楼之上，春雷既动，而此楼之中，长鲸即吼，壮观于彭城，不为小矣。太守可谓善成始而成终者欤？士君子无不韪之，请余为之记。余曰：“太守重修是楼，固为设钟鼓计也，而其心岂止于此而已哉？必曰二楼之作，士君子岂有不登临者乎？江山胜览，实在于此。既有以广其览，必⑧有以致其思。菁菁者莪，在吾目⑨前，必思育材［以］⑩励其学。沃野千里，在吾目中，必思劝农以务其穑。白云缥缈，远在吾目，则亲舍其下，不可不思也。汴泗合流，险吾目也，则舆梁之成，不可不思也。凡入吾目，有关于风化，有益于清明⑪，有利于苍生者，莫不致其思而勉其力焉！则二楼之作，不无少助矣，岂止于钟鼓之分明而已矣！苟或不然，纵目山川而无仁智之思，下视闾阎而无抚字之思，瞻阙望云而无忠孝之思，徒以为登临之乐，则不特太守不与之游，抑亦为二楼之羞！”言未既，有一二同志以余言为然。于是乎记。

徐州重建儒学记

宋骥

徐州儒学，在州治东南五十步。而近按郡志，旧学在今学之南，距一里焉。洪武初，知州事文景宗徙于今所。有宣圣殿、两庑洎棂星门，咸隘陋卑小，弗具观瞻。今知州事辽阳杨侯秘既更而新之，又作戟门，门外凿池架梁，以备泮宫之制，

① 字据文义补。
② 原作“传”，径改。
③ 原作“享”，参前篇所记人名改。
④ 原作“天”，径改。
⑤ 原作“执”，参郑玄《周礼》注“路容三轨”改。
⑥ 原作“为”，径改。
⑦ 原作“亥”，径改。
⑧ 原作“心必”。“心”系“必”形讹所衍，今删。
⑨ 原作“自”，径改。
⑩ 字据文义补。
⑪ 原作“朝”，径改。

前郡得[①]山东武公埜已为勒石记之。其庙之规模，较之向日，盖有径庭矣。宣德[癸][②]丑夏五月，余来职教于兹。侯因谓余曰："庙庑虽新，而论堂[③]两斋偏于左隅，浅露湫隘，且逼近民居，甚非育材地也！"遂与贰守江右喻侯则成、节判严陵杨侯道亨、金华唐侯庆协议新之。适监察御史鄱阳姚公善弭节于斯，闻其议而嘉之，遂勉成其事。乃相庙[④]之西北，其地深旷，傍有民居，则易以他地及学地之无用者。前有宦族之居，正值其地，侯曰："得彼[⑤]地，则可以全兹学之美矣！"乃遣人劝以其地[⑥]售于学，宦族即欣然从之，侯遂捐俸以酬其直。于是得地南北以丈计者三十有五，东西视南北则不及三之一焉。遂鸠材庀[⑦]工，中建论堂五间，揭层轩以广前荣。堂之崇视旧加四尺，广五丈，深视广不及三之一。涂以黝垩，焕以丹碧。堂之后，达斋宿之所，夹室为屋，大小凡五间焉。堂之前为两斋，旧曰"进德""复性"，今则以"时习""日新"易之。屋以间计者，东西凡二十焉。斋之前为步廊，以趋堂之庑。次作中门五间，置钟鼓于其中。次建外门三间，夹以层台，揭以儒学之匾。神厨在庙前之左，欲其不令人溷也。大晟、乐器之库，在庙前之右，且近学之中门，欲其便于典守而谨其检阅也。以至治膳有厨，储粟有廪，师儒之居、诸生肄业之舍，罔不严饬。昔覆以茅者，今则以瓦；向壁以土者，今则以砖。固以重门，缭以周垣，轮奂翚飞，低昂掩映。兹学至是，始克大备。昉于是年八月望日，再逾月而讫工。侯不间晴雨，日必再至学[⑧]，凡一木石[之][⑨]恶，一工匠之怠，必审视程督，不啻若治家事。且经画措置，出人意表，虽老工师亦拱手仰成焉。既成，郡庠生董雄等乃相率请余言，以纪诸石，欲以永侯之绩[⑩]。余既其事，复进诸生于前而告之曰："夫学校者，国家风化所关，人材所由出，诚非细务。故自三代之盛，而至汉、唐、宋之世，咸资于是而为治焉。今幸遭遇圣明，崇儒右文，视昔为重，诚千载一时也。今杨侯又作兴鼓舞，毅然以为己任。其视彼之视具文[⑪]而漫不加之意者，岂可同日语哉！虽然，崇其堂室，饰其斋庐，岂徒为观美而已？盖欲学者处其中，得以悦其精神，专其心志，以从事乎明体适用之学，足以为国家任用，然后

① 案嘉靖《邹县地理志》卷一《科贡》：武埜，邹县人，永乐十二年举人，后任徐州学正。据此，"郡得"似应为"郡庠司训"或"郡庠典教"。

② 字据宋骥《重修彭城志序》补。

③ 论堂，即明伦堂。论，通"伦"。

④ 原作"朝"，系"廟"形讹，径改。

⑤ 原作"被"，径改。

⑥ 原作"他"，径改。

⑦ 原作"亢"，径改。

⑧ 原作"日不必再至学"。据文义，"不"字衍，今删。

⑨ 字据文例补。

⑩ 原作"续"，径改。

⑪ 原倒作"文具"，据文义乙正。

可也。若乃玩岁愒月[①]而不知所务，宁有不负圣朝教育之恩与杨侯作兴之望哉？余忝师席，与侯为宾主，恒内顾索然，尸素之责不得辞矣，又焉敢不夙夜砥砺，以与诸贤相从事乎？然余之所以为此言者，以余职在教事，于侯[②]兴学之绩[③]固当纪[④]，而于师弟子更相饬励者，又不得不申告之也！”是为记。

宣德八年岁次癸丑冬十月望日立

彭城志卷第十六

① 原作“月揭”，径改。
② 原作“使”，径改。
③ 原作“续”，径改。
④ 原作“绝”，径改。

彭城志卷第十七

直隶徐州儒学学正余姚宋骥修

杂述

唐

贺徐州张仆射白兔状

韩愈

伏闻今月五日，营田巡官陈从政[1]［献］[2]瑞兔，毛质皦白，天驯其心。其始，实得之符离安阜屯。屯之役夫朝行遇之，迫之弗逸，人立而拱。窃惟休咎之兆，天所以启觉于下。依类托喻，事之纤悉，不可图验。非睿知博通，孰克究明？愈虽不敏，请试辨之：兔，阴类也。又窟居，狡而伏，逆象也。今白其色[3]，绝其群也。驯其心，化我德也。人立而拱，非禽兽之事，革而从［人］[4]，且服罪也。得之符离，［符离］[5]实戎国名，又附丽也。不[6]在农夫之田，而在军田，武德行也。不战而来之之道，有安阜之嘉名焉。伏惟阁下股肱帝室，藩垣天下，四方［其］[7]有逆乱之臣，未[8]血斧锧[9]之属，畏威崩析，归我乎哉，其事兆矣。是宜具[10]迹表闻，以承答天意。小子不惠，猥以文句，微识蒙念，睹兹盛美，焉敢避不让之责而默默耶？愈再拜。

---

① 原作"攻"，据《东雅堂昌黎集注》卷十五改。
② 原阙，据《东雅堂昌黎集注》补。
③ 原作"也"，据《东雅堂昌黎集注》改。
④ 字据《东雅堂昌黎集注》补。
⑤ 二字据《东雅堂昌黎集注》补。
⑥ 原作"下"，据《东雅堂昌黎集注》改。
⑦ 字据《东雅堂昌黎集注》补。
⑧ 原作"永"，据《东雅堂昌黎集注》改。
⑨ 原作"鑽"，据《东雅堂昌黎集注》改。
⑩ 原作"其"，据《东雅堂昌黎集注》改。

宋

徐州上皇帝书

苏轼

臣以庸材，备员册府，出[①]守两郡，皆东方要地。私窃以为守法令，治文书，赴期会，不足以报塞万一。辄[②]伏思念东方之要务，陛下之所宜知者，得其一二，章具以闻，而陛下择焉。臣前任密州[③]，建言自古河北与中原离合，常系社稷存亡，而京东之地所以灌输河北，瓶竭则罍耻，唇亡则齿寒，而其民喜为盗贼，[为][④]患最甚，因为陛下画所以待盗贼之策。及移守徐州，览观山川之形势，察其风俗之所上，而考之于载籍，然后又知徐州为南北之襟要，而京东诸郡安危所寄也。昔项羽入关，既烧咸阳而东归，则都彭城。夫以羽之雄略，舍咸阳而取彭城，则彭城之险固形便，足以得志于诸侯者可知矣。臣观其地，三面被山，独其西平川数百里，西走梁宋。使楚人[开][⑤]关而延敌，材官驺发，突骑云从，真若屋上建瓴水也。地宜菽麦，一熟而饱数岁。其城三面阻水，楼堞之下，以汴[泗][⑥]为池。独其南可通车马，而戏马台在焉。其高十仞，广袤百步。若用武之世，屯千人其上，聚檑木炮石凡战守之具，以与城相表里，而积三年粮于城中，虽用十万人，不易取也。其民皆长大，胆力绝人，喜为剽掠，小不适意，则有飞扬跋扈之心，非止为暴而已。汉高祖，沛人也；项羽，宿迁人也；刘裕，彭城人也；朱全忠，砀山人也，皆在今徐州数百里间耳。其人以此自负，凶桀之气，积以成俗。魏太武以三十万众攻彭城不能下，而王智兴以卒伍庸材，恣睢于徐，朝廷亦不能讨，岂非[以][⑦]其地形便利、人卒勇悍故耶？州之东北[⑧]七十里余即利[⑨]国监，自古为铁官，商贾所聚。其民富乐，凡三十六冶。冶户皆大家，藏镪巨万，常为盗贼所窥，而兵卫寡弱，有同儿戏。[臣][⑩]中夜以思，即为寒心。使剧贼致死者十余人，白昼入市，则守者[皆][⑪]弃而

---

① 原作“世”，据《东坡全集》卷五十二改。
② 原作“辙”，据《东坡全集》改。
③ 原作“所”，据《东坡全集》改。
④ 字据《东坡全集》补。
⑤ 字据《东坡全集》补。
⑥ 字据《东坡全集》补。
⑦ 字据《东坡全集》补。
⑧ 原作“地”，据《东坡全集》改。
⑨ 原作“到”，据《东坡全集》改。
⑩ 字据《东坡全集》补。
⑪ 字据《东坡全集》补。

走耳[①]。地［既］[②]产精铁，而民皆善锻，散冶户之财，以啸召无赖，则乌合之众、数千［人］[③]之仗，可以一夕具也。顺流南下，辰发巳至，而徐有不守之忧矣。使不幸而贼有过人之[④]材，如吕布、刘备之徒，得徐而逞其志，则京东之安危，未可知也。近者，河北转运司奏乞禁止利国监铁，不许[⑤]入河北，朝廷从之。昔楚人亡弓，不能忘楚，孔子犹小之，况天下一家，东北二冶皆为国兴利，而夺彼以与此，不已隘乎？自铁不北行，冶户皆有失业之忧，诣臣而诉者数矣。臣欲因此以征冶户，为利国监之捍屏。今三十六冶，冶各有百余人，采矿伐炭，多饥寒亡命、强力鸷忍之民也。臣欲使冶户每冶各择有材力而忠谨者，［保］[⑥]任十人，籍其名于官，授以却刃刀槊，教之击刺[⑦]。每月两衙，集于知监之庭而阅试之。藏其刃于官，以待大盗，不得役使，犯者以违制论。冶户为盗所拟久矣，民皆知之。使冶出十人以自卫，民所乐也。而官又为除近日之禁，使铁得北行，则冶户皆悦而听命，奸猾[⑧]破胆而不敢[⑨]谋矣。徐城虽险固，而楼橹敝恶，又城大而兵少，缓急不可守。今战兵千人耳，臣欲乞移南京新招骑射两指挥于徐。此故徐人也，尝屯于徐，营垒材石既具矣，而迁于南京。异时转运使分东西路，畏馈饷之劳而移［之］[⑩]西耳。今两路为一，其去来无所损益，而足以为徐之重。城下数里，颇产精石无穷，而奉化厢军见[⑪]阙数百人。臣愿募石工以足之，听不差出，使此数百人者，常采石以甃城。数年之后，举为金汤之固。要使利国监不可窥，则[⑫]徐无事；徐无事，则京东无虞矣。沂州山谷重阻，为逋逃渊薮，盗贼每入徐州界中。陛下若采臣言，不以臣为不肖，愿复[⑬]三年守徐，且得兼领沂州兵甲巡检公事，必有以自效。京东恶盗，多出逃军。逃军为盗，民则望风畏之，何也？技精而法重也。技精则难敌，法重则致死，其势然也。自陛下置将官，修军政，士皆精锐，而不免于逃者，臣尝考其所[⑭]由。盖自近岁以来，部送罪人配军者，皆不使役人，而使禁军。军士当[⑮]部送者，受牒即行，往返常不下

① 原作“且”，据《东坡全集》改。
② 字据《东坡全集》补。
③ 字据《东坡全集》补。
④ 原倒作“之人”，据《东坡全集》乙正。
⑤ 原作“详”，据《东坡全集》改。
⑥ 字据《东坡全集》补。
⑦ 原作“赖”，据《东坡全集》改。
⑧ 原作“情”，据《东坡全集》改。
⑨ 原作“取”，据《东坡全集》改。
⑩ 字据《东坡全集》补。
⑪ 原倒作“见军”，据《东坡全集》乙正。
⑫ 原作“测”，据《东坡全集》改。
⑬ 原作“后”，据《东坡全集》改。
⑭ 原作“祈”，据《东坡全集》改。
⑮ 原作“卖”，据《东坡全集》改。

十日，道路之费，非取息钱不能办。百姓畏法不敢贷，贷亦不可复得；惟所部将校，乃敢出息钱与之，归而刻其粮赐。以故上下相持，军政不修，博弈[①]饮酒，无所不至，穷苦无聊，则逃去为盗。臣自至徐，即取不系省钱百余千别储之。当部[②]送者，量远近裁取，以三月刻纳，不取其息。将吏有敢贷息钱者，痛以法治之。然后严军政，禁酒博。比期年，士卒皆饱暖，练熟技艺，等第[③]为诸郡之冠。陛下遣敕使按阅，所具见也。臣愿下其法诸郡[④]，推此行之，则军政修而逃者衰，亦去盗之一端已。臣闻之汉相王嘉曰："孝文帝时，二千石长吏安官乐职，上下相望，莫有苟且之意。其后稍稍变易，公卿以下，转相促急，司隶、部刺史发扬阴私，吏或居官数月而退。二千石益轻贱，吏民慢易之，知其易危[⑤]，小失意则有离畔之心。前山阳亡徒苏令[⑥]纵横，吏士临难，莫肯有伏节死义者，以守相威权素夺故也。国家有急，取办于二千石。二千石尊重难危，乃能使下。"以王嘉之言而考之于今，郡守之威权可谓素夺矣。上有监司伺其过失，下有吏民持其长短，未及按问，而差替之命已下矣。欲督捕盗贼，法外求[⑦]一钱以使人，且不可得。盗贼凶人，情重而法轻者，守臣辄配流之，则使所在法司复按其状，劾以失入。惴惴如此，何以得吏士死力而破奸人之党乎？由此观之，盗贼所以滋炽者，以陛下守臣权太轻故也。臣愿陛下稍重其权，责以大纲，略其小过。凡京东多盗之郡，自青[⑧]、郓以降，如徐、沂、齐、曹[⑨]之类，皆慎择守臣，听法外处置强盗。颇赐缗[⑩]钱，使得以布设耳目，蓄养爪牙。然缗钱多赐[⑪]则难常[⑫]，少又不足于用。臣以为每郡可岁别给一二百千，使以酿酒。凡使人缉捕盗贼，得以酒予之；敢以为他用者，坐[⑬]赃论。赏格之外，岁得酒数百斛，亦足以使人矣。此又治盗之一[术也][⑭]。然此皆其小者，其大者非臣之所当言。欲默而不发，则又私自念遭值陛下英圣特达如此，若有所不尽，非忠臣之义，故昧死复言之。昔者以诗[⑮]赋取士，今陛下以经术用人，名虽不同，然皆以

① 原作"奕"，通"弈"。
② 原作"邦"，据《东坡全集》改。
③ 原作"弟"，据《东坡全集》改。
④ 原作"群"，据《东坡全集》改。
⑤ 原作"意为"，据《东坡全集》改。
⑥ 原作"合"，据《东坡全集》《汉书 · 王嘉传》改。
⑦ 原作"宋"，据《东坡全集》改。
⑧ 原作"目责"，据《东坡全集》改。
⑨ 原作"暂"，据《东坡全集》改。
⑩ 原倒作"缗赐"，据《东坡全集》乙正。
⑪ 原作"闻"，据《东坡全集》改。
⑫ 原作"棠"，据《东坡全集》改。
⑬ 原作"生"，据《东坡全集》改。
⑭ 二字据《东坡全集》补。
⑮ 原作"诸"，据《东坡全集》改。

文词进耳。考其所得，多吴、楚、闽、蜀之人。至于京东西、河北、河东、陕西五路，盖自古豪杰之场，其人沉鸷勇悍，可任以事。然欲使治声律、读经义，以与吴、楚、闽、蜀之士争得失于毫厘之间，则彼有不仕而已，故其得人[①]常少。夫惟忠孝礼义之士，虽不得志，而不失为君子。若德不足而才[②]有余者，困于无门，则无所不至矣。故臣愿陛下特为五路之士，别开仕进之门。汉法：郡县秀民，推择为吏，考行察廉，以次迁补，或至二千石，入为公卿。古者不专以文词取人，故得士为多。黄霸起于卒吏[③]，薛宣奋[④]于书佐，朱邑选于啬夫，丙[⑤]吉出于狱吏，其余名臣循吏由此而进者，不可胜数。唐自中叶以后，方镇皆选列校以掌牙兵。是时，四方豪杰不能以科举自达［者，皆］[⑥]争为之，往往积功[⑦]以取旄[⑧]钺。虽老奸巨盗或出其中，而名卿贤将如高仙芝、封常清、李光弼、来瑱、李抱玉、段秀实之流，所得亦已多矣。王者之用人如江河，江河所趋，百川赴焉，蛟龙生之。及其去而之他[⑨]，则鱼鳖无所还其体，而鲵鳅为之制。今世胥吏、牙校，皆奴仆庸人者，无他，以陛下不用也。今欲用胥吏、牙校，而胥吏行文书，治刑狱钱谷，其势不可废鞭挞。鞭挞一行，则豪杰不出于其间。故凡士之刑者不可用，而用者不可刑。故臣愿陛下采唐之旧，使五路监司郡守共选士人，以补其牙职，皆取人材心力有足[⑩]过人而不能从事于科举者，禄之以今之庸钱，而课之镇税场务、督捕盗贼之类，自公罪杖以下听赎。依将校法，使长吏得荐其才者，第[⑪]其功阀，书其岁月，使得出仕比任[⑫]子，而不以流外限其所至。朝廷察其尤异者，擢用数人。则豪杰[⑬]英伟[⑭]之士渐出于此途，而奸猾之党可得而笼取也。其条目委曲，臣未［敢］[⑮]尽言，惟陛下留神省察。昔晋武平吴之后，诏天下罢军役，州郡悉去武备，惟山涛论其不可。帝见之，曰："天下名言也！"而不能用。及永宁之后，盗贼蜂起，郡国[⑯]皆以无备不能

① 原作"八"，据《东坡全集》改。
② 原作"不"，据《东坡全集》改。
③ 原倒作"吏卒"，据《东坡全集》乙正。
④ 原作"进"，据《东坡全集》改。
⑤ 原作"雨"，据《东坡全集》改。
⑥ 原阙，二字据《东坡全集》补。
⑦ 原作"切"，据《东坡全集》改。
⑧ 原作"旌"，据《东坡全集》改。
⑨ 原作"地"，据《东坡全集》改。
⑩ 原作"不足"。"不"字衍，据《东坡全集》删。
⑪ 原作"弟"，据《东坡全集》改。
⑫ 原作"住"，据《东坡全集》改。
⑬ 原倒作"杰豪"，据《东坡全集》乙正。
⑭ 原作"儒"，据《东坡全集》改。
⑮ 字据《东坡全集》补。
⑯ 原作"固"，据《东坡全集》改。

制，其言乃验。今臣于无事之时，屡以盗贼为言，其私忧过计，亦已甚矣。陛下纵能容之，必为议者所笑。使天下无事而臣获笑，可也。不然，事至而图之，则已晚矣！干冒天威，罪在不赦。

徐州莲华漏铭

苏轼

故龙图阁直学士、礼部侍郎燕公肃，以创物之智闻于天下，作莲花漏，世服其精。凡公所临，必为之。今州郡往往尚在，虽有巧者，莫敢损益。而徐州独用瞽人卫朴所造，废法而任意，有壶而无箭，自以无目而废天下之视，使守者伺其满则决之而更注，人莫不笑之。国子博士傅君裼，公之外曾孙，得其法为详。其通守是邦也，实始改作，而请铭于轼。铭曰：

人之所信者，手足耳目也。[目]① 识多寡，手知轻重。然人未有以手量而目计者，必付之于度量与权衡。岂不自信而信物？盖以为无意无我，然后得万物之情。故天地之寒暑，日月之晦明，昆仑旁薄于三十八万七千里之外，而不能逃于三尺②之箭、五斗之瓶。虽疾雷霾风、雨雪昼晦而迟速有度，不加亏盈。使凡为吏者，如瓶之受水，不过其量；如水之浮箭，不失其平；如箭之升降也，视时之上下，降不为辱，升不为荣，则民将靡然心③服，而寄我以死生矣。

黄楼赋

苏辙

子瞻与客游于黄楼之上。客仰而望，俯而叹，曰："噫嘻殆哉！在汉元光，河决瓠子，腾④蹙钜野，衍溢[淮]⑤泗，梁楚受害二十余岁。下者为污泽，上者为沮洳。民为鱼鳖，郡县无所。天子封祀⑥泰山，徜徉东方。哀民之无辜，流死不藏。使公卿负薪，以塞宣房。[瓠]⑦子之歌，至今伤之。嗟维此邦，俯仰千载。河东倾而南泄，蹈汉世之遗害。包原隰而为一，窥吾墉之摧败。吕梁龃龉，横绝乎其前；四山连属，合围乎其外。水回洑而不进，环孤城而为海。舞鱼龙于隍壑，阅帆樯于睥睨。方飘风之迅发，震鞞鼓之惊骇。诚蚁穴之不救，分闾阎之横溃。幸冬日之既

① 字据《东坡全集》卷九十六补。
② 原作"尽"，据《东坡全集》改。
③ 原作"而"，据《东坡全集》改。
④ 原作"滕"，据苏辙《栾城集》卷十七改。
⑤ 字据《栾城集》补。
⑥ 原作"记"，据《栾城集》改。
⑦ 原空阙，字据《栾城集》补。

迫，水泉缩以自退。栖流枿于乔木，遗枯蚌于水裔。听澶渊之奏功，非天意吾谁赖？今我与公，冠冕裳衣，设几布筵，斗酒相属，饮酣乐作，[开口而笑][1]，夫岂偶然也哉？”子瞻曰：“今夫安于乐者，不知乐之为乐也，必涉于害者，而后知之。吾尝与子凭兹楼而四顾，览天宇之宏大。绕青山以为城，引长河而为带。平皋衍其如席，桑麻蔚乎旆[旆][2]。画阡陌之纵横，分园庐之向背[3]。放田[4]鱼于江浦，散牛羊于烟际。清风时起，微云霮䨴。山川开阖，苍莽[5]千里。东望则连山参差，与水皆驰。群石倾奔，绝流而西。百步涌波，舟楫分披。鱼鳖颠沛，没人所嬉。声崩雷震，城堞为危。南望则戏马之台，巨佛之峰。岿乎特起，下窥城中。楼观翱翔，巍峨相重。激水既平，渺茫浮空。骈洲接浦，下与淮通。西望则山断为玦，伤心极目。麦熟禾秀，离离满隰。飞鸿群往，白鸟孤没。横[6]烟澹澹，俯见落日。北望则泗水漶漫，古汴入焉。汇为涛渊，蛟龙所蟠。古木[7]蔽空，乌鸟号呼。贾客连樯，联络城隅。送夕阳之西尽，导明月之东出。金钲涌于青嶂，阴氛为之辟易。离人寰而直上，委余彩于沙碛。激飞楹而入户，使人体寒而战栗。息汹汹于群动，听川流之荡潏。可以起舞相命，一饮千石。遗弃忧患，超然自得。且子独不见夫昔之居此者乎？前则项籍、刘备，后则光弼、建封。战马成群，猛士成林。振臂长啸，风[动][8]云兴。朱阁青楼，舞女歌童。势穷力竭，化为虚空。山高水深，草生故墟。盖将问其遗老，既已灰灭而无余矣。故吾将[9]与子吊古人之既逝，悯河决于畴昔，知变化之无常，付杯酒于终日。”众客于是释[10]然而笑，颓然就醉。河倾月堕，携扶而出。

——右《黄[11]楼赋》石刻，见在州治前，仅得其半耳。

---

① 字据《栾城集》补。
② 字据《栾城集》补。
③ 原作“分园庐于之向背”。“于”字衍，据《栾城集》删。
④ 原作“佃”，据《栾城集》改。
⑤ 原作“奔”，据《栾城集》改。
⑥ 原作“黄”，据《栾城集》改。
⑦ 原作“本”，据《栾城集》改。
⑧ 原阙，字据《栾城集》补。
⑨ 原作“将吾”，据《栾城集》乙正。
⑩ 原作“哆”，据《栾城集》改。
⑪ 原作“广”，径改。

元

歌风台赋

王士熙

豳风《七月》，所以序王业之艰难；汉歌《大风》，所以一四海之至威。风，动也。风行天下，何所不遇之哉？豳始有邰，积累［其基］①。其为风也，不轩举而动荡收功于兹。若夫大风者，一扫而空四海，一呼而应万类，非高祖其谁欤？沛之为县，无高山大林之崄巇。平取白蛇，乃东乃西。秦婴面缚，项羽自隳②。僭号诈君，剑挥肉飞。四望既定，大号攸归。此其为风也，温惠条畅，浃于民肌。不扬其埃，弗动其旗。敛之无迹，动之有机。汉之大风，混之两夷。虽有土台突若，安得而私之耶？有河流之妥［妥］③，彼泡泉之左左④。万乘喜其来止，耄倪来其繁夥。万岁之后犹思，卑两京而皆可。乱曰：《诗》之六义，古圣传兮。《大风》之歌，班固勉旃兮。乐极而伤，猛士谁贤兮。韩彭皆死，有经有权兮。呜呼高祖，我思如川兮。

彭城志卷第十七

---

① 二字据嘉靖《沛县志》卷十《艺文》补。
② 原作“随”，据嘉靖《沛县志》改。
③ 字据嘉靖《沛县志》补。
④ 原作“右”，据嘉靖《沛县志》改。

彭城志卷第十八

直隶徐州儒学学正余姚宋骥修

序

皇明

送通政司参议权公还彭城序

仁宗皇帝嗣登大宝之初，今皇上正位储宫，凡宫臣悉简校其人任之。而彭城权公谨，特[①]拜文华殿大学士。上继承大统，悯公年老，以奉政大夫、通政司参议致事还乡。公之仕也，初以孝廉举，擢山东乐安县知县，升光禄署正。丁母忧归，庐于墓三年。州守列上其状，仁宗召至，嘉公之能孝，故有学士之除。及致政而归，有司奉诏旌其门曰“孝行”，公乃诣阙谢旌表恩。礼部尚书兼华盖殿大学士张公子玉、吏部侍郎王公东逊、翰林侍讲蔺公从善，尝与公同寅也，合相知者饯其还，又属余言以赠之。尝闻公令乐安时，以仁信孝弟导其民，民从其化。为光禄，能祗勤于职事。及居忧庐母墓，哀毁过甚，则公之能勉于孝也，信矣！夫孝，德之本，百行之源也。极孝之德，可以动天地、感神明，士之立身所当先者，而公能勉之。遭值圣明，故其进也，畀以清秩而显[②]之；退也不烦以政务，而加之名位以宠之荣之。乃又表其宅里，高门大书，恩光辉赫，照耀乡邑。此岂特为公荣？所以风励[③]世之人，俾皆如公之能孝者，实在于兹。则公之蒙恩亦厚矣，北上京师，俯伏阙庭而称谢者，公岂能已哉？彭城为郡，地邻邹鲁。闻之在昔多名士，以节义自重者有龚[④]舍、龚胜，以孝友称者有姜肱，有刘平。史册所载，垂之不朽。公之励行，固有以企其遗风矣。将见闻公之风者，又宁不有奋然兴起，所谓皆如公之能孝者乎？

---

① 原作“持”，径改。
② 原作“頭”，系“顯”形讹，径改。
③ 原作“疠”，径改。
④ 原作“龙”，据《汉书·龚舍传》改。

则公之名，亦将垂之悠久矣。余嘉公之孝，而恩荣始终如此，故乐为道之，以赠公之归。

宣德三年岁在戊申[①]秋八月望日

奉政大夫、右春坊大学士兼翰林侍讲学士、兼修国[②]史、抚郡王英序

送权学士致仕诗序

国家以孝治天下。盖自混一以来，内外文武小大之臣以暨四方闾阎、田野之间妇人小子，苟有以孝行称于乡党、达于朝廷者，辄敕礼官旌其门闾，或授以侍从之职，以表异之，甚盛典也。仁宗皇帝嗣位，继志述事，动遵成宪，褒崇之恩，有加无替。当莅位[③]之初，膏泽霶霈，无间远迩。稍见知遇，往往待以不次，恩德至厚也。先是，前光［禄］[④]掾署丞、彭城权公仲常以母忧去官，敦孝行道，泣[⑤]血哀毁，庐墓三年，未尝一至其家，乡里称之。至是服除，上吏部，有司荐[⑥]其行以闻，即拜文华殿大学士。明年洪熙乙巳夏六月，今上皇帝即位，眷[⑦]念宫臣，例加超擢，以仲常相从之旧，遂拜通政司右参议。仲常因以老疾辞，得致其政以归。将行，士大夫皆赋诗以赠之，而翰林侍[⑧]讲蒋公良夫属予为序。惟成周六行，宾兴贤能，以孝为之先。故孝者，人道之大端，百行之冠冕也。圣朝稽古建官，任贤图治，亦岂道于文艺之末哉？仲常之孝行，既有以著于其家，一旦蒙被恩命，以显庸于朝，诚足以风厉四方，为天下劝。今而又得悬车告老，以还其乡。荷两朝之眷遇，振四海之芳声，荣名美实，照耀当时，抑安知不有感发而兴起者乎？故予知仲常之归，不独为闾里之荣而已也。若其优游田园，徙倚丘垅，览黄楼之奇胜，仰放鹤之高风，此仲常之事耳，奚俟予言哉？遂为之序。

奉议大夫、左春坊大学士兼翰林侍读学士兼修国史、庐陵曾棨书

① 原作“甲”，据宣德三年干支改。
② 原作“目”，径改。
③ 原作“作”，径改。
④ 字据文义补。
⑤ 原作“汝”，径改。
⑥ 原作“件”，径改。
⑦ 原作“卷”，径改。
⑧ 原作“待”，径改。

送刘中书考满诗序

文江周孟简

中书舍人刘君至善，彭城人也。敦厚谦和，直而有守。永乐初，尝以缮书选，得从事于馆阁。余时滥官翰林，尝预纂修之末，因得朝夕与俱，雅爱重之。越十有一年春，至善始拜今官。余复喜得同朝，而偕为天子近臣矣。居无何，至善道再考，传诣行在。余友洪公益中笃寮东之谊，乃命工绘图，求能诗者，各赋以赠，属余序之。余惟中书，美官也。出入禁庭，恭事翰墨，有瞻[①]依侍从之荣，兼钱谷刑名之责，视翰林为相埒也。士君子官至是，亦荣矣哉！矧当国家承平，圣天子向用儒术，恩光宠特有加焉。士君子遭逢如是，亦幸矣哉！然古之君子委身干时，求诸己而已矣，岂以自外至者，有加损于其间？是故，已至而愈不至，已足而愈不足。其所造就，不亦宜乎？今至善列职清华，光宠若斯，俾无满足，益自砥砺，以图报称于贤，乃为贤矣。若然，则阶而进也，讵有已耶？余闻至善有亲在堂，兹而道过彭城，当必趋拜当下，以奉其亲之欢，以为其乡之荣，以访其旧游山水之胜。则斯行也，至善兼得之矣。余故不徒举其已至者为之荣，复以其所就者为之勉；不徒以所就者为之勉，犹必以其所得者为之庆也。

送马教谕序

宋骥

夫师之为任至重也，上以传先圣之道，下以开后学之惑，天下不可一日无者也。故学者之于师也，如矩之于方也，如规之于圆也[②]，如绳墨之于曲直也，如布帛菽粟之于民生日用也，此其不可一日无者也。苟一日而无师，是犹废规以求方，舍矩以求圆，置绳墨而论曲直，弃布帛菽粟而欲以济民生日用，断断乎其不可矣。夫师之所任者，果何道欤？本之六经以正其根源，道之义理以审其趋向，礼乐以变其气质，古今以博其闻见，谨之于心术之微，察之于言行之际，措之于天下国家之大。夫如是，然后谓之能尽师道者也。然是道也，果孰为而孰传之耶？盖自天生斯民，莫不有之。但圣人先得我心之同然，故语之足以为经，行之足以为法，施之当时则人被其泽，垂之后世则人仰[③]其化。若周、孔、颜、孟之为圣为贤，濂、洛、关、建之为道学君子，其人也皆身心斯道，而为天下后世之准的，所以为天地立心，为生民立命，为万世开太平者也。故师道立，则人皆可以为圣、为贤、为君

---

① 原作“赡”，径改。

② 原作“知规之于方也，如矩之于圆也”。按：“知”为“如”形讹，径改。又，以规画圆、以矩画方，此处颠倒，据文义调整。下文“如为方之有规也，如为圆之有矩也”，亦同。

③ 原作“抑”，径改。

子，而治道可兴；师道废，则为愚、为不肖、为小人之归禽兽之行，而何以望世之治哉？故曰师之任至重，天下不可一日无者，此也。彭城马彦芳氏，近将赴上蔡邑庠掌教之任，有来丐余言以为赠者。彦芳为人，质甚敏，问学甚富，持志甚锐而坚。向尝试教于曹，曹之子弟嬴粮而景从，此固可以见其所蕴矣。今其典教于上蔡也，非复暂试而已，其必以圣贤之道以开后学。吾知上蔡子弟，如为方之有矩也，如为圆之有规也，如论曲直之有绳墨也，如民生日用之有布帛菽粟也。风化以之而正，礼俗由之而成，人材由之而辈出，而其任之至重者，彦芳必无所负矣。上蔡去彭城不数百里远，吾当侧耳以聆教铎之振。

彭城志卷第十八

彭城志卷第十九

直隶徐州儒学学正余姚宋骥修

诗

各县附

徐昔邻齐鲁，而三百篇无其诗者，岂当时采之者有所遗欤？然汉高帝起于丰[①]沛，《大风》之歌，雄伟壮丽，自然帝王气象，固非专事吟咏者可比。后若唐之韩昌黎，宋之苏子瞻，元之虞伯生、陈刚中，以及我皇明诸公之作，或感古而兴怀，或因[②]物而写情，皆足有可观者。故备录之，以俟观风者采焉。

汉

高帝大风歌

亦名《三侯章》

文中子曰："《大风》安不忘危，其霸心之存乎！"美哉其言之也！汉之所以有天下，而不能为三代之王，其以是夫？朱子曰："自千载以来，人主之词，未有若是其壮丽而奇伟者也！"呜呼，雄哉！

大风起兮云飞扬，威加海内[③]兮归故乡，安得猛士兮守四方！

晋

九日从宋公戏马台集送孔[④]令

谢灵运[⑤]

季秋边朔苦，旅雁违霜雪。凄凄阳卉腓，皎［皎］[⑥]寒潭洁。良辰感圣心，云旗

---

① 原作"圣"，径改。
② 原作"固"，径改。
③ 原作"威加四海内"。"四"字衍，今删。
④ 原作"托"，据《昭明文选》卷二十《公宴》本诗改。
⑤ 原作"连"，径改。
⑥ 字据《文选》补。

兴暮节。鸣葭戾朱宫，兰卮[①]献时哲。饯宴光有孚，和乐隆所缺。在宥天下理，吹万群芳悦。归客遂海隅，脱冠谢朝列。弭棹泊枉渚，指景待乐[②]阕。河流有急澜，浮骖无缓辙。岂伊川途念[③]，夙心愧将别。彼美丘园道，喟焉[伤][④]薄劣。

唐

宴嬉台（在砀山）

李白

明宰试舟楫，张灯[⑤]宴华池。文招梁苑客，歌动郢中儿。月[⑥]色望不尽，空天交相宜。令人欲泛海，只待长风吹。

朱陈村（在丰县）

白居易

徐州古丰县，有村曰朱陈。去县百余里，桑麻青氛氲。机杼声轧轧，牛驴走纷纷。女汲涧下水，男采山上薪。县远官事少，山深民俗淳。有财不行商，有丁不入军。家家守村业[⑦]，白头不出门。生为陈村人，死为陈村民。田中老与幼，相见何忻忻。一村惟两姓，世世为婚姻。亲疏居有族，少长游[⑧]有群。黄鸡与白酒，欢会不隔旬。生者不远别，嫁娶先近邻。死者不远葬，坟墓多绕村。既安生与死，不苦形与神。所以多寿考，往往见玄孙。我生礼义乡，少小孤且贫。徒学辨是非，只自取辛勤。世法贵[⑨]名教，士人重冠婚。以此自桎梏，信为大谬人。十岁解读书，十五能属文。二十举秀才，三十为谏臣。下有妻子累，上有君父恩。承家与事国[⑩]，望此不肖身。忆昨旧游初，迨今十五春。孤舟三适楚，羸马四经秦[⑪]。昼行有饥色，夜寝无安魂。东西不暂住[⑫]，来往如浮云。乱离失故乡，骨肉多散分。江南与江北，各有平生亲。生者终日别，死者隔年闻。朝忧卧至暮，夕哭坐达晨。悲火烧心曲，愁霜

---

① 原作“芝”，据《文选》改。
② 原作“幽”，据《文选》改。
③ 原作“途念川”，据《文选》改。
④ 字据《文选》补。
⑤ 原作“登”，系“燈”省笔，据《李太白文集》卷十六《秋夜与刘砀山泛宴喜亭池》诗改。
⑥ 原作“目”，据《李太白文集》改。
⑦ 原作“李”，据《白氏长庆集》卷十改。
⑧ 原作“有”，据《白氏长庆集》改。
⑨ 原作“重”，据《白氏长庆集》改。
⑩ 原作“国事”，据《白氏长庆集》乙正。
⑪ 原作“春”，据《白氏长庆集》改。
⑫ 原作“任”，据《白氏长庆集》改。

侵鬓根。一生苦如此，长羡陈村民。

汴泗交流赠张仆射

韩愈

汴泗交流郡城角，筑场千步平如削。短垣三面缭逶迤，击鼓腾腾树赤旗。新秋朝凉未见日，[公][1]早结束来何为。分曹决胜约前定，百马攒蹄近相映。球惊杖奋合且离，红牛缨绂黄金羁。侧身转臂着马腹，霹雳应手[2]神珠驰。超遥散漫两闲暇，挥霍纷纭争变化。发难得巧意气粗，欢[3]声四合壮士呼。此诚习战非为剧，岂若安坐行良图。当今忠臣不可得，公马莫走须[杀][4]贼。

归彭城

韩愈

天下兵又动，太平竟何时。讦谟者谁子，无乃失所宜。前年关中旱，闾井多死饥。去岁东郡水，生民为流尸。上天不虚应，祸福各有随。我欲进短策，无由至彤墀。刳肝[5]以为纸，沥血以书辞。上言陈尧舜，下言引龙夔。言[6]词多感激，文字少葳蕤。一读已自怪，再寻良自疑。食芹虽云美，献御固已痴。缄封在骨髓，耿耿空自奇。昨者到京城，屡陪高车驰。周行多俊异，议论无瑕疵。见待颇异礼，未能去毛皮。到口不敢吐，徐徐俟其巇。归来戎[7]马间，惊顾似羁雌。连日或不语，终朝见相欺。乘闲[8]辄骑马，茫茫诣空陂。遇酒即酩酊，君知我为谁?

雉带箭（此诗，公佐张仆射在徐从猎而作也）

韩愈

原头火烧静兀兀，野雉畏鹰出复没。将军欲以巧伏人，盘马弯弓惜不发。地形渐窄观者多，雉惊弓满劲箭加。冲人决起百余尺，红翎白镞相倾斜。将军仰笑军吏贺，五色离披马前堕。

---

① 字据《东雅堂昌黎集注》卷三补。按：嘉靖《徐州志》以后皆作“早早结束”。
② 原作“乎”，据《东雅堂昌黎集注》改。
③ 原作“谁”，据《东雅堂昌黎集注》改。
④ 字据《东雅堂昌黎集注》补。
⑤ 原作“吁”，据《东雅堂昌黎集注》卷二改。
⑥ 原作“宫”，据《东雅堂昌黎集注》改。
⑦ 原作“我”，据《东雅堂昌黎集注》改。
⑧ 原作“闻”，据《东雅堂昌黎集注》改。

观徐州李司空猎

张祜[①]

晓出郡城东，分围浅草中。红旗开向日，白马骤[②]迎风。背手抽金镞，翻身控角弓。万人齐指处，一雁落寒空。

宋

泛舟

苏轼

彭城古战国，孤客倦登临。汴泗交流处，清潭百丈深。

送郑户曹

苏轼

水绕彭祖楼[③]，山围戏马台。古来豪杰地，千岁有余哀。

游［云］[④]龙山黄茅冈

苏轼

醉中走上黄茅冈，满冈乱石如群羊。冈头醉倒石作床，仰观白云天茫茫，歌声落谷秋风长。路人举首东南望，拍手大笑使君狂。

彭城行

文天祥

连山四围合，吕梁贯其中。河南大都会，故有项王宫。晋牧连扬豫[⑤]，虎视北方雄。唐时燕子楼，风流张建封。西望睢阳城，下与汴水通。太平黄楼赋，尚能想遗风。尔来百余年，正朔归江东。遗民死欲尽，莽然狐兔丛。我从南方来，停骖抚遗踪。故河蓄潢潦，荒城翳秋蓬。凄凉戏马台，憔悴巨佛峰。浮云变苍白，陵谷代不同。朝为朱门贵，暮作行旅穷。乘除信物理，感慨系所逢。古来贤[⑥]达人，一醉万

① 原作“陈祐”，据《全唐诗》卷五一〇改。
② 原作“骚”，据《全唐诗》改。
③ 按:《东坡全集》卷九作“彭城楼”，《东坡诗集注》卷十五作“彭祖楼”。
④ 字据文义补。《东坡全集》卷十作“登云龙山”。
⑤ 原作“杨预”，据乌程许氏藏明刊本《文山先生全集》卷十四、四库本《文山集》卷十九改。
⑥ 原作“贺”，据各本《文山集》改。

虑空。如此独醒何，悲风逐[①]征鸿。

沛歌

文天祥

秦世失其鹿，丰沛发龙颜。王侯与[②]将相，不[③]出徐济间。当时数公起，四海王气闲。至今尚想见，龙光照人寰。我来千载下，吊古泪如潸。白云落荒草，隐隐芒砀山。黄河天上雄，南去不复还。乃知盈虚故，天道如循环。卢王旧封地，今日发[④]崤关。

歌风台（在沛县）

文天祥

长陵有神气，万世光如虹。有时风云变，魂魄来沛宫。壮哉游子乡，一览万宇空。击筑戒复隍，帝业慎所终。重瞳爱梁楚，此情岂不同？锦衣绚白昼，丈夫何浅中。缅怀首丘意，自足分雌雄。尚惜霸心存，慷慨怀勇功。不见往来事，烹狗与藏弓。早知致两生，礼乐三代隆。匹夫事何往，安用责乃翁。我来汤沐邑，白杨吹悲风。永言三[⑤]侯章，隐隐［闻］[⑥]儿童。叶落皆归根，飘零独秋蓬。登台重凄恻，目送西征鸿。

徐州道中

文天祥

彭[⑦]城古官道，日[⑧]中十马驰。咫尺不见人，扑面黄尘飞。向来汉王缟素师，美人燕罢项羽归[⑨]。一时混战四十万，天昏地黑濉水湄[⑩]。乃知大风扬沙[⑪]失白昼，自是

---

① 原作“送”，据各本《文山集》改。

② 原作“典”，据各本《文山集》改。

③ 案《诗·周颂·清庙》：“不显不承，无射于人斯。”陈奂《诗毛氏传疏》：“以‘不’为发声。不显，显也；不承，承也。‘不’或作‘丕’。”戴震《毛郑诗考正》：“凡《诗》中不显、不承、不时、不宁、不康，皆当读为‘丕’。”按此，文天祥诗“不出徐济间”之“不”，顺治《徐州志》作“丕”，考以诗义言，应是。

④ 按：明刊本、四库抄本作“殺”，疑系“發”形讹。嘉靖《徐州志》作“设函关”，他本亦有作“函崤关”者，本义难详，并存待考。

⑤ 原作“王”，据各本《文山集》改。

⑥ 字据各本《文山集》补。

⑦ 原作“新”，据各本《文山集》改。

⑧ 原作“道”，据各本《文山集》改。

⑨ 按：各本《文山集》作“项羽晞”。以文义观之，“归”字更切。

⑩ 原作“淮水湄”，据各本《文山集》改。

⑪ 原倒作“扬沙大风”，据各本《文山集》乙正。

地利非天时。汉王仓皇问[①]道西，一儿一女嘻其危。太公吕后去不返，俎上宁有生还时。未央献寿太上皇[②]，巍然女祸帝中闱[③]。终然富贵自有命，造物颠倒真小儿。

元

歌风台

吴澄[④]

黄屋巍巍万乘尊，千秋游子故乡魂。韩彭自取夷三族，平勃犹堪托后昆。湛露知今王迹熄，歌风终古霸心存。当时尽自[⑤]规模远，愿起河汾与细论。

同前

陈旅

歌风台前野水长，王媪卖酒茅屋凉。酒边老父说刘季，头戴竹冠归故乡。山河霸气已销歇，飒飒老柳吹斜阳。台前小儿竞[⑥]击筑，筑声更似三侯章。

同前

揭傒斯

万乘东归火德开，汉皇曾此宴高台。沛中父老讴歌入，海内英雄倒载回。汤沐空余清泗在，风[云][⑦]犹似翠华来。穹碑立断苍烟上，静阅人间几劫灰。

同前

无名氏

白帝子死老妪哭，天下纷纷竞逐鹿。炎刘天子挥干戈，诛秦夷项何神速。功成治定回故乡，拥护马首皆侯王。槌牛酾酒宴邻里，酣歌击筑增慨慷[⑧]。沛中父老留不住，赤龙又驾西方去。十二山河锁帝居，杳杳白云在何处。太行落日群峰青，黄河不尽古今情。魂魄想存汤沐邑，至今台上风云生。

---

① 原作“闻”，据各本《文山集》改。
② 原作“皋”，据各本《文山集》改。
③ 原作“围”，据各本《文山集》改。又“女祸”，各本作“女娲”。
④ 原作“征”，据吴澄《吴文正集》改。
⑤ 原作“是”，据《吴文正集》改。
⑥ 原作“更”，据嘉靖《沛县志》、嘉靖《徐州志》改。
⑦ 底本脱字，据《揭傒斯全集》卷五《歌风台和李提举韵》诗补。
⑧ 原作“慷慨”，据《元诗选·癸集》乙正。

同前

益都于钦[①]

素灵夜哭赤旗开，鸿鹄高飞楚舞徊。猛气销沉人易老，白云千载绕荒台。

登汉祖歌风台韵

安阳韩性

武帐如星连钜鹿，重瞳谁敢相驰逐。刘郎深闭函谷关，坐听城南新鬼哭。赤鳞半天月无光[②]，阴陵匹马空［彷］[③]徨。百二山河笑谈取，殿前上寿称明良。榆社归来故庐在，山川不改风云改。酒酣自作三侯章，儿童拍手声翻海。君不见，帐中悲歌愁美人，乐府千载传受新[④]。英雄吐气天为窄，便肯变灭随飞尘。高台古碑字盈尺，神呵鬼护蛟龙石。四顾[⑤]铜雀叹凄凉，坠瓦无声土花碧。远山横空暮烟起，行客徘徊殊不已。当年遗事尚堪寻，断云飞度香城水。

同前

陈孚（天台人）

沛宫一曲大[⑥]风歌，谁识樽前感慨多。拔木扬沙潍水上，大风中有汉山河。

沛上[⑦]风云志未酬，彭城先有锦衣游。同为富贵归乡者，只是龙颜异沐猴。

原庙衣冠久已灰，断碑无首卧苍苔。至今风起云飞夜，犹想帝魂思沛来。

吕梁洪

陈孚

沂泗之水来鲁邦，平沙千里流淙淙[⑧]。忽逢吕梁万石硔，势与石斗不肯降。半天卷起千尺泷，怒声日夜相舂撞。有如万骑腾骊駹，左挟贲获右羿逄[⑨]。恶若哮虎鼎可扛，踊槊跃矢横矛鏦[⑩]。风云蛇鸟万旌幢，大呼击碎龙文杠，死战不须留空腔。我

---

① 原阙名，据嘉靖《沛县志》卷十《艺文》补。
② 嘉靖《沛县志》、《元诗选二集·己集》作“赤鳞半月天无光”。
③ 底本脱字，据嘉靖《沛县志》补。
④ 原作“辛”，据嘉靖《沛县志》改。
⑤ 原作“四头”，嘉靖《沛县志》作“四海”，嘉靖《徐州志》作“回头”。今从《元诗选二集·己集》改“四顾”。
⑥ 原作“尖”，据《陈刚中诗集》卷一改。
⑦ 原作“土”，据《陈刚中诗集》改。
⑧ 按：“淙”字，《广韵》“士江切”，《集韵》“徂江切”。
⑨ 原作“右羿降逄”，“降”系“逄”形近所衍，今据陈孚《陈刚中诗集》删。
⑩ 原作“𥫣”，据《陈刚中诗集》改。

生［事业在］[①]北窗，蒙庄一卷映秋釭[②]。［每］[③]羡老叟何其惷，忠信出入言非哤。及此更觉心悾悾，西风吹衣衣茸龙[④]。茅店[⑤]沽来酒盈缸，篙人赠我尺鲤双。扣舷而歌和柷[⑥]椌，问[⑦]禹何故留此洚[⑧]。何当理我小艄艭，东浮溟海西岷[⑨]江。沛然一口吸老庞，要使后[⑩]土安鸿庬[⑪]。

徐州

陈孚

项王熊豹姿[⑫]，气欲吞天下。大呼度河来，山岳如崩瓦。当其火[⑬]秦宫，血涌渭水赭。瞋目叱诸侯，胆落毛发洒。谁知阴陵路，浩歌泪如泻。惟徐乃故都，昔此奠宗社。尚想巍台上，铁槊拥万马。酒酣笳鼓鸣，旌旗蔽原野。及今亦何有，荒棘秋满把。皇天祚真主，神器不可假。岂有时雨师，刈人如土苴？天亡君勿悲，为君奠罍斝。

百步洪

陈孚

大山如飞虬，小山如伏牛。天河横空来，声[⑭]撼山骨浮。我偶石上眠，梦惊霹雳怒。急起扶瘦筇，恐山亦流去。

泗水

陈孚

落日渔歌何处，白鸥双堕苍烟。欲吊周家残鼎，秋风泗水千年。

---

① 底本脱字，三字据《陈刚中诗集》补。
② 原作“缸”，据《陈刚中诗集》改。
③ 底本脱字，据《陈刚中诗集》补。
④ 原作“葺龙”，据《陈刚中诗集》改。
⑤ 原作“杏”，据《陈刚中诗集》改。
⑥ 原作“祝”，据《陈刚中诗集》改。
⑦ 原作“间”，据《陈刚中诗集》改。
⑧ 原作“降”，据《陈刚中诗集》改。
⑨ 原作“眠”，据《陈刚中诗集》改。
⑩ 原作“君”，据《陈刚中诗集》改。
⑪ 原作“庞”，据《陈刚中诗集》改。
⑫ 原作“项王熊豹王姿”。后“王”字衍，据《陈刚中诗集》删。
⑬ 原作“大”，据《陈刚中诗集》改。
⑭ 原作“殿”，系“聲”形讹，据《陈刚中诗集》改。

燕子楼

陈孚

长相思，久别离，东风不暖残燕支。乳鸦困，柔鸾悲。樱桃泫[①]红腻，蘼芜凋绿滋。牙床琥珀枕，梦君君不知?

长相思，久离别，珠楼无人但有月。翠屏寒，银烛歇。芙蕖为谁怜[②]，丁香空自结。泪滴锦襜褕[③]，十年化为血。

出彭城北门

陈孚

千载金汤拥[④]上流，只今惟有荻花秋。江南客子笑无语，闲看黄河下汴州。

黄楼

陈孚

长河如带彭城东，乱石蹴起百步洪。昔年民歌山鞠蒡，孤城汇为河伯宫。城上闪闪鲸鬣红，雪堂先生人中龙。惊湍偃受丸泥封，手援赤子鱼腹中。黄楼千尺雉堞雄，巍梁画栋光㸌㸌，吹笙伐鼓撞歌钟。先生[⑤]铿然一枝笻，麾斥八极凌星虹。酒酣叱起楚重瞳，为我拔剑舞西风。卯君作赋声摩空，至今读者毛发松。百年事往犹飞鸿，我独流涕将何[⑥]从。孤角一声烟蒙蒙，又送落日沉西峰。

范增墓

七十衰翁两鬓霜，西来一笑火咸阳。平生奇计无他事，只劝鸿门杀汉王。

留侯庙

子房王佐才，其风凛冰[⑦]雪。天遣[⑧]鹤发翁，圯上授宝诀。博[⑨]浪沙中千尺铁，祖龙未死胆已裂。况此喑呜扛鼎[⑩]夫，不直秋风一剑血。谈笑帷幄间，六合雄雌决。

---

① 原作“絃”，据《陈刚中诗集》改。
② 原作“伶”，据《陈刚中诗集》改。
③ 原作“檐前褕”，“前”字衍，“檐”为“襜”形讹，悉据《陈刚中诗集》删改。
④ 原作“拱”，据《陈刚中诗集》改。
⑤ 原作“王”，据《陈刚中诗集》改。
⑥ 原作“倚”，据《陈刚中诗集》改。
⑦ 原作“冽”，据《陈刚中诗集》改。
⑧ 原作“遗”，据《陈刚中诗集》改。
⑨ 原作“専”，据《陈刚中诗集》改。
⑩ 原作“晶”，据《陈刚中诗集》改。

卯金四百年，只在三寸舌。但恨汉德非姚虞，不得身为古稷契。雍熙至治四百年，岂肯[①]脱冠挂北阙。留城古祠今千载，碧藓溜雨眠断碣。我恐至人或不死，尚有笙鹤拥玉节。酌泉采菊往奠之，回首芒砀堕山月。

陵母墓

陈孚

太傅勋名半纸残，百年人子痛如山。缘何方寸非徐[②]庶，忍死慈亲一剑间。

戏马台

游庄

戏马台前落日迟，英雄曾此驻旌旗。分王两楚功何盛，失守三秦事已危。垓下悲歌惭亚父，帐中起舞泣虞姬。落花芳草空基畔，逝水东流不尽悲。

盗发亚父冢

（彭城有盗识宝气[③]，于亚父冢上发之，得一剑云）

虞集

盗发亚父冢，宝剑实累之。冢开宝气尽，狱吏书盗辞。盗言惟见宝，宁知亚父谁。项王不相信，弟子遂舆尸。黄肠下深锢，千载复何为。大河在[④]城东，落日在城西。过客[⑤]知真城，踟蹰望安期。

盗发亚父冢

朱本初

戏马台前范增冢，英风千载行人竦。冢中宝气腾光芒，识宝贾胡心为动。筑室[⑥]潜谋二十年，一朝凿井穿其垄。畚锸才深四十尺，乃有石盘青巃嵸[⑦]。四旁牂杙大十围，各施九木[⑧]森环拱。石穿棺椁更分明，漆光可鉴刚而巩。斫[⑨]之不用挥金

① 原作“青”，据《陈刚中诗集》改。
② 原作“除”，据《陈刚中诗集》改。
③ 原作“亚”，据虞集《道园学古录》卷一改。
④ 按:《道园学古录》作“绕”，明清徐州志书皆作“在”，今仍原文。
⑤ 原作“容”，据各本《徐州志》改。又,《道园学古录》此句作“过客立城下”。
⑥ 原作“宝”，据朱思本（字本初）《贞一斋诗文稿》卷下改。
⑦ 原作“笼苁”，据《贞一斋诗文稿》改。
⑧ 原作“十”，据《贞一斋诗文稿》改。
⑨ 原作“琢”，据《贞一斋诗文稿》改。

椎，白骨俨然全[①]顶踵。[宝剑未化横苍]②虬，金玉辉[煌]③气交拥。贾胡致富须臾间，弃骨沟中宁愧恐。平原无色鼓角悲，山鬼夜号川泽涌。太守陈公英俊材，慨叹奸偷吾所统。亟呼伍伯[④]取群盗，械置狴犴见仁勇。伤哉亚父天下奇，鸿门高会真危机。火[龙][⑤]飞起实天意，拔剑起舞空尔为。风云变化失隆准，玉斗一碎山河非。如公明义古亦少，发愤乃作彭城归。六合茫茫汉疆土，厚葬何人诚可嗤。君不见，骊山牧竖遗烬酷，不如王孙裸葬[⑥]良亦足。

沛县

傅与砺

县路迷青草，行人荫绿杨。时逢沛父老，能说汉君王。芒砀来秋气，彭城送夕阳。凭高发慷慨，远色正苍苍。

黄河

黄河万古来天上，白日千雷斗地中。浮水巨鼋时出曝，傍巢灵鹊自知风。神珠化浊何由得，仙木寻源或可通。闻道千年圣人出，此生何幸见时丰。

沛公亭（在沛县）

遥山寂寂对危亭，坏础欹[⑦]沙柳自青。四海久非刘社稷，千秋犹有汉精灵。丰西水散烟沉浦，砀北云来雨入庭。坐想酒酣思猛士，歌风台下晚冥冥。

徐州

断山数里见浮屠，水树微茫映日疏。舟楫尽经危石过，人烟稍近白云居。朱陈县远思遗俗，楚汉台荒想故墟。万古风帆自来往，新诗吟罢独踌躇。

---

① 原作“金”，据《贞一斋诗文稿》改。
② 底本脱字，六字据《贞一斋诗文稿》补。按：嘉靖《徐州志》作“匣开宝剑露蟠龙”。
③ 底本脱字，据《贞一斋诗文稿》补。
④ 原作“函呼五百”，案“伍伯”亦作“伍百”，泛指役卒。据《贞一斋诗文稿》改。
⑤ 底本脱字，据《贞一斋诗文稿》补。
⑥ 原作“死”，据《贞一斋诗文稿》改。
⑦ 原作“歌”，据《傅与砺诗集》卷五改。

凫鹥亭（在丰县）

会稽关景仁[①]

古有凫鹥诗，喜物游太平。今见凫鹥乐，为作凫鹥亭。夜安洲渚[②]栖，昼无罗网惊。群嬉固侍匹，适意相飞鸣。春风藻荇稠，夜雨波澜清。得以王[③]泽深，遂此微物生。飞甍枕秦台，缭绕寒芜城。俯目瞰清泚，日羡凫鹥情。自惟县令职，朝夕亲编氓。土瘠民半馁，役频民少宁。嗟尔多蹙[④]迫，岂与凫鹥并？我心徒尔嗟，奈何存典刑。尔劳悯[⑤]以恕，尔重移之轻。庶几皆有乐，共戴君聪明。民安令亦暇，临流解尘缨。卒岁可归去，白发南山耕。

寄题凫鹥亭

胡宗愈[⑥]

君为凫鹥亭，更作凫鹥诗。凫鹥为鸟虽甚微，君心仁爱乃在兹[⑦]。不忍壮者弋[⑧]其母、儿童捕其儿，凫鹥母子何嬉戏。城头草静云烟迷，城下水暖菰蒲低。凫鹥朝傍云烟飞，[倦来][⑨]暮入菰蒲栖。寄巢生子冬复夏，巢稳子大无人知。我思入境观君为，坐见三异于今时。知君官久行亦归，亭上引满伤别离。岂惟丰人惜君去，虽我亦为凫鹥悲。

新作凫鹥亭

茂陵马建中[⑩]

古丰千岁远，汉皇膺[⑪]此生。雉堞皆榛荆，故魏徙都城。县宇构台上，台基起

① 关景仁，北宋仁宗嘉祐四年（1059）进士，英宗治平二年（1065）知丰县。又下胡宗愈、马建中，皆北宋人，例不当置元诗下。案本志卷十二《丰县志·古迹》“凫鹥亭”条下：“有元名人诗文刻石于傍（详诗文类）。”据此，则编撰者以为皆元人，故误置于此。

② 原作“堵”，据嘉靖《徐州志》卷六《人事志一》改。

③ 原作“士”，隆庆《丰县志》作“土”，嘉靖、康熙《徐州志》作“王”。案以“喜物游太平”“土瘠民半馁”等句，当以“王”字更切，据改。

④ 原作“戚”，据嘉靖《徐州志》改。

⑤ 原作“闲”，据嘉靖《徐州志》改。

⑥ 胡宗愈，字完夫，常州晋陵人，北宋仁宗嘉祐四年进士，《宋史》列传第七十七有传。诗为关景仁建凫鹥亭而作，亦宋诗。

⑦ 原作“君子仁民而爱物”，隆庆《丰县志》作“君心仁民而爱物”，皆与律未谐，今据康熙《徐州志》卷二十八《艺文一》改。

⑧ 原作“戈”，据隆庆《丰县志》改。

⑨ 二字据隆庆《丰县志》补。

⑩ 马建中，山东单县人，宋哲宗元祐元年（1086）令丰县，多有善政，入名宦祠。

⑪ 嘉靖《徐州志》、隆庆《丰县志》作“实”。

秦嬴[①]。四绕半农[②]桑，前池澄流清。东偏特起亭，题曰凫鹥名。传是关令建，下瞰连高甍。亭兴三十载，继踵多贤英。开轩敞眺[③]望，景趣江湖并。春夏芰荷茂，秋冬风月明。政暇来登赏，心虚厌簪缨。因观亭立意，期于仁化行。博爱飞鸟游，庶几及群氓。将使为政者，视物推斯诚。暴虐为[④]知禁，典［刑］[⑤]当就轻。今我来承乏，治术择未精。境土皆陂[⑥]泽，弥年水害惊。赋入复增重，务农难劝耕。积有弊源深，宣流孰为更。安得凫鹥乐，均尔黎庶情。年丰衣食足，大雅歌太平。[⑦]

皇明

谒汉高祖庙

王气几千载，古城散烟霞。遗庙锁云树，穹碑荫苔花。

秦台

御史孙鼎[⑧]

千年王气空云霭，厌气秦台丰县前。高祖龙兴犹庙祀，始皇谩筑圮寒烟。

歌风台

泗亭并立河水流，千年歌竟烟云浮。帝威遗庙接丰县，英风犹烈高台秋。

徐州怀古

河东薛瑄

戏马台边雉堞高，参差楼阁入烟霄。漕河控引淮黄近，驿路通连海岱遥。天府岂知成霸主[⑨]，彭城空复驻英豪。大风折木飞沙日，想见天心翊汉朝。

当年禹迹旧分州，走马南来遂此游。地势萦回环翠岭，关[⑩]城峭拔枕黄流。烧余豪杰千年冢（亚父冢），春老佳人百尺楼。周览未能穷往事，官河又放下洪舟。

---

① 原作“羸”，据隆庆《丰县志》改。
② 原作“晨”，据隆庆《丰县志》改。
③ 原作“跳”，据隆庆《丰县志》改。
④ 隆庆《丰县志》作“将”。
⑤ 底本脱字，据隆庆《丰县志》补。
⑥ 原作“波”，据隆庆《丰县志》改。
⑦ 原作“大雅歌太平，方今跨周成”，据嘉靖《徐州志》、隆庆《丰县志》改。
⑧ 底本脱姓名，据隆庆《丰县志》下卷《艺文》补。
⑨ 原作“王”，据薛瑄《敬轩文集》卷十改。
⑩ 原作“开”，据《敬轩文集》改。

歌风台

进贤胡顼

英雄注目了残棋，虎斗中原未息威。匹马五年疆宇定，六龙千里故[1]园归。乡人举首瞻宸冕，圣主垂情问布衣。酣笑浩歌天地隘，山川草木倍光辉。

舟泊泗亭侯诸生不至

吴溥

舟泊野亭西，南归人未齐。路经河水浅，山压野墙低。远戍惊秋雁，荒村闻暮鸡。诸生有新作，且得慰羁栖。

舟泊境山

吴溥

江带渔村阔，山连古戍雄。帆樯自高下，门巷各西东。崖屋蒸云湿，船窗透日红。今宵有诗兴，试问可谁同?

沛县阻雨

吴溥

汉祖歌风地，诸生阻雨时。滩声两岸［急］[2]，云气四山垂。已喜归期近，何嫌得句迟。明朝是重九，烂醉不须辞。

挂剑台行

宋无逸（余姚人）

泗水日夜流，千古流不休。谁为挂剑台，名声闻九州。九州行人泗水过，北来南去瞻［嵯］[3]峨。乃知挂剑一时事，剑与古［人］[4]名不磨。古人重知己，九鼎何[5]足比。况是三尺铁，肯背生与死? 徐君爱剑口无语，季子心中业相许。生死知心上国回，剑挂坟前泪如雨。坟前今有[6]台，季子不复来。当时宝剑安在哉，无乃一夜随风雷。君不闻，歌风台上赤帝子，宝剑龙吟哭蛇鬼。神物变化从何来，整顿[7]乾

① 原作“放”，径改。
② 字据吴溥《古崖先生诗集》补。
③ 字据宋禧（字无逸）《庸庵集》卷二补。
④ 字据《庸庵集》补。
⑤ 原作“河”，据《庸庵集》改。
⑥ 原作“挂剑”，据《庸庵集》改。
⑦ 原作“项”，据《庸庵集》改。

坤须仗尔。呜呼！神物去就，上天所使。隐见不常，获者有几？吾知宝剑勋业多季子，徐君焉得而有此？沛县台高大风起，风起云飞连泗水。守四方，得猛［士］①，台兮台兮，可徒挂剑而已矣！

歌风台

胡直

汉祖当时倒载回，金舆玉辇故乡来。千年汤沐犹存邑，万古歌风尚有台。碧树离离晴色远，青山澹澹月华开。穹碑读罢询遗俗，昭代于今富俊才。

同前

吴世中

曾开汉主宴高台，父老传呼大驾回。乐舞尽随天仗入，衣冠还从翠华来。中州文轨追三代，下②界欢谣遍九垓。千载梦魂何处是，穹碑蔓草独崔嵬。

同前

罗坤泰

翠华遥指故乡来，隆准高歌亦壮哉。海内风云三尺剑，沛中烟雨数层台。斩蛇空洒秦灵泪，戏马长怜楚霸材。二十四陵俱寂寞，古碑犹自枕苍苔。

次韵题项王戏马台

叶铭臻

项羽城南百尺台，乌骓驰骋信雄哉。八千子弟云从合，百万精兵席卷开。秦鹿共追锋正锐，楚歌齐唱志方灰。乌江渡口寒烟起，独立西风更可哀。

春日与客登黄茅冈怀古

彭城时广

日丽茅冈景物幽，芳尊同趣兴悠悠。群羊化石遗仙迹，孤鹤横江忆昔游。亚父殒身宁霸楚，王陵逼母却忠刘。英雄已远情何际，戏马台空汴泗流。

---

① 底本脱字，据《庸庵集》补。

② 原作“卞”，径改。

过彭城

陈汝言

画角吹残晓月明，官船挝鼓发彭城。山峰北去青如染，河水东来势若倾。两岸菰蒲天共远，几家村落屋初成。[长歌][1]激烈空怀古，亚父坟头草又生。

徐州即事十首（即彭城，余时忝同知之职）

刘秩（字伯序，丰城人）

宦游经楚泽，旅寓寄徐方。地势三边险，河流九曲黄。貉皮逢[2]野服，蓟[3]黍纳官粮。何事淹微禄，频年客异乡。

山川环胜地，戈甲集边城。沟记扬尸处，台存戏马名。猎尘终日起，烽火彻宵明。拟撰河清颂，何由罢战征。

郡曹承命远，书简寄家迟。归梦三千里，愁心十二时。[愁][4]来人易老，寒到客先知。无限伤怀处，临风赋竹枝。

官居尘事少，住近楚江滨。座有谈兵客，门无问[5]字人。淮淝民人困，齐鲁俗犹淳。何处堪渔钓，乘槎欲问津。

昔拟登楼赋，今成扣角歌。衣单怜俸[6]薄，酒禁觉愁多。候雁将书寄，看云把剑磨。马周今老去，心事托长[7]河。

山形东控鲁，地势北通齐。坝险河流响，城荒草树低。边声传近塞，野烧隔前溪。忽忆趋朝日，平明候晓鸡。

坐久知宵永，愁多觉梦频。江声清到枕，月色冷侵人。难买相如赋，宁甘范叔贫。客心千里外，日夜忆慈亲。

忆昔承恩日，还当奏赋时。宫衣须内帑，御酒赐前墀。王粲依刘早，陶潜去晋迟。只今江海上，忠愤顾相期。

书剑频为客，飘零似转蓬。故人俱荐鹗，朝士近乘骢[8]。去国怀明主[9]，安民问土风。捷书连日报，早脱下山东。

寒烟迷紫塞，晴日起黄埃。林果惟收枣，山花不见梅。游兵随马出，猎犬逐鹰

① 底本脱字，二字据康熙《御选明诗》卷七十补。
② 本志及嘉靖《徐州志》作“逢”，姜州志卷二十九《艺文二》作“缝”。
③ 嘉靖、康熙《徐州志》作“葛”。
④ 底本脱字，据文义补。
⑤ 按：“门无”二字据旁批补。“问”原作“间”，径改。
⑥ 原作“捧”，径改。
⑦ 原作“常”，径改。
⑧ 原作“骏”，径改。
⑨ 原作“皇”，径改。

回。千古中原地，如今半草莱。

无题①

三山潘东②

歌风台下水汤汤，此日登临倍感伤。率土已非刘社稷，断碑犹是汉文章。关中鹿走人争逐，沛上龙兴地有光。千古英雄销灭尽，西风挥泪奠椒觞。

彭城志卷［十九］终

① 按：题佚。

② 按：三山，即福州别称。潘东，福建侯官人，监生，景泰四年（1453）任徐州判官。考籍贯亦符，景泰间亦有修志，此诗应系后补。

明弘治《重修徐州志》

马暾　纂修

徐州志卷第一

奉訓大夫潞州知州郡人馬暾纂輯

建置沿革志

徐州自帝嚳受顓頊所建創制堯以之封大彭氏舜分十二州徐亦一也禹貢為九州之一商併青州於徐周併徐州於青春秋時為宋之屬邑戰國時齊魏楚共滅宋楚遂有其地秦滅楚置楚郡[illegible]置彭城縣屬泗水郡秦末兵起項梁立楚懷王孫心為楚王自盱眙徙都彭城項羽滅秦[illegible]自立為西楚霸王都

导读

明弘治七年（1494）刻本《重修徐州志》（简称“弘治志”“马暾重修志”），州人马暾编纂，是现存最早的刻本徐州志书，也是明清两代唯一的私修徐州志。马暾以一己之力，纂修本地志书，援据经史，考证见闻，较之仓促应命的官修志书，不论是从体例编排上，还是从史料剪裁上，都有了很大改观，故而后志续纂屡引为底本。然因种种原因，弘治志原书十卷，目前仅剩残本前二卷，藏于中国国家图书馆善本部，余皆亡佚不传。

一

弘治《重修徐州志》编纂者马暾，字廷震，徐州北关里人。据李秉《马教授墓表》、嘉靖《徐州志》等资料记载：其先世为苏州昆山人，高祖父马良，洪武初以荐授徐州卫知事，其孙马纪“随仕于徐，乐其土俗丰厚，遂占籍焉”。其后子姓繁衍，渐为望族。马纪之子马蕙，字彦芳，号兰斋，宣德七年（1432）中举，次年登会试副榜，历官曹县、上蔡县教谕，汝宁府教授，著有《兰斋集》。生五子，各有才名。尤以第三子马暾，自幼勤于问学，闻见赡博，成化七年（1471）领乡荐（别称“乡贡进士”“乡进士”，都是对举人的雅称，他书或以马暾为进士，系误）。弘治三年（1490），马暾出任山西潞州知州（一说“筮仕知蒲州，改守潞”，见程敏政《潞州志序》），以治绩卓著，升迁南京户部员外郎，寻进郎中，卒于官。从子马湘，与马暾同年中举；马津，正德十一年（1516）进士，从王守仁征讨宁王之乱，出为福建提学副使，致仕后，日居崇德楼，究心理学，撰有《克复篇》。嘉靖二十六年（1547）梅守德等纂修《徐州志》时，尚在人世（嘉靖《徐州志·人物传》）。

马暾治绩文章兼优，任潞九年，诸政毕举，清顺治十七年（1660）《潞安府志》亦载其“廉介刚方，才更明敏，赈穷孤，恤流移，兴学育才，表励风俗。留任九年，有利必兴，无废不举。相传州治贤守，公为第一”（卷四《建置三·郡县》）。乾隆间入祀潞州名宦祠。

马暾酷爱文学，政暇之余，著有《韦斋手稿》藏于家（同治《徐州府志·经籍志》未载，应佚），今存诗文十余篇，散见于潞州等地志书。马暾还熟悉家乡掌故，注意保存乡邦文献，曾搜集整理陈师道《后山先生集》三十卷，较之魏衍传本，诗多214首，文多29篇，于弘治十二年（1499）四月刊刻，人赞为“不朽之盛事”

（王鸿儒《后山先生集序》）。《四库全书》二十四卷本《后山集》，即为马暾所传，雍正八年（1730）赵鸿烈据以重刊。

此外，马暾最突出的成就则是以修志为己任，编纂志书，贻惠后世。嘉靖《徐州志》谓其“尝编纂郡志，足备典型”，即指弘治七年刻本《重修徐州志》而言。任潞之后，政治民孚，治有余力，又运用《重修徐州志》的经验，组织李玺、李壕等五人采集资料，历经数月，于弘治八年（1495）纂成弘治《潞州志》十二卷（刻于弘治十五年以后），第一次较完整地收集、整理了潞州的地理、历史、经济、人文资料，奠定了后来万历、顺治、乾隆《潞安府志》的框架和基础。一人一生纂辑两部志书，且占据多个首创，因此马暾也被誉为方志学家。

二

徐州志书历史悠久，但因天灾人祸，明代以前诸志均佚。明朝立国之后，在统治者的重视和推动下，永乐十八年（1420）徐州学官祝原礼等人纂修郡志“以备献纳”，这是徐州地区有名目可考的第一部志书。正统三年（1438），徐州学正宋骥在永乐旧志的基础上，增补史实，完善体例，修成正统《彭城志》十九卷，是现存最早的官修徐州志书。景泰五年（1454），徐州知州宋诚纂修郡志，定名《徐州志》，是首部以“徐州”命名的地方总志，也是后来马暾据以重修的底本。以上三部志书的纂修，都与素称文化右族的徐州北关马家有一些渊源。

马暾之父马蕙，“年十三，遣入州庠，从司训祝先生学，授《四书》《诗经》，悉通大义，命题属文，援笔立就，时人咸以远大期。”（李秉《马教授墓表》）时为永乐十五年（1417）。这里的“司训祝先生”，就是永乐本《彭城志》的编纂者祝原礼。永乐十六年六月，明成祖诏纂天下郡县志书，永乐十八年祝原礼纂成《彭城志》，此间马蕙都在州庠读书，亲眼见证了首部郡志的纂修过程。

宣德七年马蕙中举，次年“会试登进士右榜，授山东曹县教谕”，旋丁母忧归。同年夏，浙江余姚人宋骥来任徐州学正。据史料记载，马蕙家住徐州北关厢，宅前曾立有登第坊，距离州学不远。服阕后，马蕙改任上蔡教谕，临行前曾向宋骥辞行，宋骥作有《送马教谕序》（正统《彭城志》卷十八），说明二人之间交往密切。后来宋骥重修《彭城志》时，凡事有可疑者，广询之父老，征求过权谨等郡之先达的意见。马蕙虽然身在外地，以其“行止端庄，学问老成”，以及与宋骥的交谊来看，应当也是受访者之一。景泰间知州宋诚纂修《徐州志》时，马蕙仍在人世，直到天顺二年（1458）卒于汝宁教授任上，享年五十四。其子马暾，幼勤问学，兼得以上便利条件，应当对上述三部志书早有接触。

补充一点景泰《徐州志》的基本情况。永乐间祝原礼纂成《彭城志》，宋骥据以增修，命名为“重修彭城志”，以示不没前人之功；马暾亦将其所修志书定名为“重修徐州志”，很多人据此隐约意识到：在此以前，应当还有一部《徐州志》的存在。如陈光贻《稀见地方志提要》就认为“州志创修于成化时，早佚”，依据或许就是王梃《叙徐州志》所云“成化间尝一搦管”。然就目前为止，尚未发现成化年间何人先于马暾修志的记载。其实，马暾所谓之“重修”，应是基于景泰《徐州志》而言。明代宗景泰五年七月，为修《寰宇通志》，诏令各地进献志书，一时间全国各地颇多编述，如沛县知县古信创修了首部《沛县志》，宋诚纂修《徐州志》也应同时。尽管景泰年间的两部志书均已失传，但基本内容都被后志所承袭。

宋诚，字彦实，湖广蕲州人，景泰四年由剑州知州改任徐州。任内赈灾督治，重修署宇、祠庙、学校，百废俱兴。据嘉靖《徐州志》卷十一《宦迹传》载：“又以政暇，修纂郡志，徐文献实赖之。”这段文字或许抄自马暾《重修徐州志》卷三《名宦志》，然因弘治志的残损，嘉靖《徐州志》的相关记载成了宋诚曾经修志的最早记录。可能这部志书是由宋诚亲自主持编纂的，故而嘉靖《徐州志》以下，迄于民国《铜山县志》，均有同样的记载。反观任内同样纂修志书的清代徐州知州姜焯，却在本传中未有片言提及修志一事，这固然也与后续志书编纂者的态度有关。

景泰《徐州志》因无传，卷目及编排体例难详。大凡应命编修，多以抄本形式保存，景泰《沛县志》如此，景泰《徐州志》也难能例外。《明一统志》博采各地志书汇编而成，其中徐州卷的许多内容，已经超出了刘羽图写申送的正统《彭城志》所载范围，如“郡名彭城”，马暾《重修徐州志》亦云“彭城，旧志云秦名”，应当出自景泰志。马暾还提到其他几处“旧志”佚文，如“天文，房星分野”、华陀入《沛县志》、“徐州八景”有“剑台高谊”（马暾重修志改为“亭鹤清风”）等条，查正统《彭城志》皆无载，显然只能出自他书。特别是明志中的“八景”，清人对此多持不屑之态，认为“每志中例必有八景，皆牵合附会，好事者为之”（乾隆《砀山县志》卷一《舆地志·古迹》），这其实是景泰间志书的普遍特色。又《明一统志》、嘉靖《南畿志》俱载徐州人物有“黔夫”（战国齐人，“使守徐州，则燕人祭北门”者，非今徐州），估计也是受到了景泰《徐州志》的影响。

总体来说，景泰《徐州志》在体例上，仍然是“徐州并属县志”的编排方法，这点参看前后二志即可推知；在内容上，景泰志以正统《彭城志》为甚础，作了一些必要的考证和增补，这从马暾重修志中与正统《彭城志》多处文句雷同上亦可窥知，说明以上三部志书间的传承关系非常明显；可能景泰志在类目划分上略显繁琐，故而马暾屡有“旧志目录分类颇繁”之慨。在传播影响上，景泰志的存在感很低，虽然后志“宦迹传”都载有宋诚修志之举，但自马暾以后，后世编纂者均未见到该书。然而，作为徐州地方史上曾经存在过的一部志书，景泰志的纂修，既为《大明一统志》的编纂提供了可供征引的基础资料，也为马暾重修提供了直接利用的蓝本，特别是作为第一部以“徐州”命名的地方总志，其存在价值不容无视。

纵观方志发展渊源，后志都是在前志的基础上继续完善和创新。以理推之，景泰志在内容选择和形式安排上，应较正统《彭城志》有所改观。但在马暾看来，景泰志仍存有诸多问题，如“目录分类颇繁”，人物类目“混为一途”，没有细分职官、封建、灾祥、流寓、玄释、方技等目，又“事实本非徐有，旧志误收采之”，所载今人诗文颇多“虚文谀词”等，难称尽善。于是他下决心自己动手，重新加以修辑，为此也做了大量的准备工作。

关于马暾重修志的编纂时间，目前尚无确论。残卷记事最晚时间下限为弘治七年（1494）“监储左监丞莫昂修建玉皇殿”（卷二《寺观志》），卷首林瀚序文的作成时间为“弘治七年甲寅春三月望”，且刻本每一卷头均标注“奉训大夫潞州知州郡人马暾纂辑”，似乎志书的定稿及刊刻都在同一年。然而综合其他资料，该志书的编纂及脱稿时间还要更早一些。如程敏政《潞州志序》所云：“以乡进士家食时，尝编《徐州志》若干卷”，即言马暾未出仕前，已经纂成该书。再从马暾仕潞后的复杂政情来看，首先，潞州为明代沈王封国，藩王恃强挠法，时有发生，“潞守先是皆以迕宗藩罹祸”。马暾到任后，“处以诚敬平恕，久之信服，无挠法者”。其次，据《潞州志》记载：马暾任内，有利必兴，无废不举，如城楼、庙学、德风亭等景观，先后新建、修葺工程二十余项，“诸政以次毕举，在任九年，上党人谓自建州以来所未有云”。显然，这一时期政务繁忙，马暾也不可能因私废公，专心问志。综合马暾生平履历，成化七年（1471）乡试中举，至弘治三年（1490）始出仕，其间家居近二十年。也只有这段时间内，他才有足够的空闲，去对徐州地方史料进行广泛的考证，“博搜群经子史至余百部，凡事有关于徐者悉摘之”，最终“更历数年，易稿者四”，以一己之力纂成《重修徐州志》十卷。

综上，我们大致认定：弘治志的纂修始于成化后期，竣稿于弘治三年马暾仕潞以前。至于弘治七年“修建玉皇殿”一句，当系后来刊印前所补，未必出自马暾旧稿。也正是因为这部志书内容几乎无涉弘治一朝，故而王梴才认为徐州旧志于“成化间尝一搦管”。

三

衡量一部志书质量的高低，除了资料是否翔实之外，其卷目设置是否科学、类目划分是否恰当，也是一个重要参考依据。科学合理的卷目设置，既要与前志有所衔接，又要于新志彰显个性，这些都是在不断地继承和变通过程中完成的。虽然马暾重修志的整体框架，仍未出离旧志“统县志为州志”的体例，但在门类编排上则作了更为系统的改进与完善，这是其有别于前几部志书的显著之处，也是该志颇具特色之所在。马暾在《凡例》中多次提到，重修体例主要参考《大明一统志》《毗陵志》《维扬志》，重新条分类目，加以变通，可见以上三部志书在当时影响较大，较具参考借鉴价值。

《大明一统志》九十卷，成书于天顺五年（1461）四月，作为全国性总志，以两京、十三布政司为纲，以所属一百四十九府为目，下设建置沿革、郡名、形胜、风俗、山川、土产、公署、学校、书院、宫室、关津、寺观、祠庙、陵墓、古迹、名宦、流寓、人物、列女、仙释等门，“凡经书所载，咸在网罗；至若子史所传，举当收采”（李贤《进〈大明一统志〉表》），比较系统而集中地保存了明代政区的有关地理资料。

《毗陵志》，即成化《重修毗陵志》四十卷，卓天锡修，孙仁增修，朱昱纂。据书前王㑇等人的志序介绍，成化五年（1469），朱昱应知府卓天锡之聘纂修；成化十九年（1483），知府孙仁又聘朱昱增修。成稿后，曾请王㑇校订。该志以宋咸淳《毗陵志》为基础，类目设置有较多的增改，如旧志“地理”类有“叙州”“叙县”以通纪历代沿革，“列境”“县境”以遍述至到，该志则参《大明一统志》例，改题曰“建置沿革”（马暾重修志同），清人薛子衡在《辑志私言》中曾称此志体例“颇为允当”。

《维扬志》，即成化间高宗本所纂《维扬志》十二卷。清康熙十四年（1675）《扬州府志》金镇序云：《扬州府志》“自明初以及万历辛丑，则四经修葺矣”。参考雍正《扬州府志·撰述》可知：“明《扬州府志》：洪武间《府志》十五卷，纂辑姓氏不传；成化《维扬志》十二卷，江都寓贤高宗本编；嘉靖《维扬志》二十卷，郡人盛仪编；万历《维扬志》二十七卷，江都陆弼编。”其书今佚，无从窥知梗概，既能被马暾引为参照，想来该志在门目划分上也有一些创新之举。

以上三部志书，以官修本《大明一统志》的影响最大，《毗陵志》《维扬志》作为成化时期的知名志书，亦有可资借鉴之处。当然，各地地情不一，志书的类目设置也不可能千志一面。如永乐十六年部颁《纂修志书凡例》二十一条，尽管朝廷详细规定了写作内容和方向，但就具体卷目划分，并无硬性规定，各地志书编纂都是结合实际情况，自行变通。即以正统《彭城志》而言，门类划分多达51种，过于繁杂的同时，也尽多不合理之处。如“井泉即山川之属，堂亭楼阁即宫室之类，名贤即是人物，至到即属疆域”，这些完全可以归类整合，不必另设门类；而“职官、封建、灾祥、流寓、玄释、方技六目”则略之似缺。因此，马暾重修志以徐州及四属县为纲，首“建置沿革”而迄“词翰”，重新析为34目，总终之以“杂志”，在条分类目的科学性和系统性方面，都向前迈进了一大步。

四

除了门目划分的科学性和系统性以外，史料考证之详，剪选之谨，也是弘治《重修徐州志》的一个突出特色。马暾是一位通晓史体的学者，他本着“事贵实录”“志贵考古”的精神，将旧志误收的非徐州之事（如徐国历史、徐偃王传说、季子挂剑台）一概删去；谬误或简略之处，参据史传一一改补。沛人符令仪曾称“马公胸富五车，家藏万卷，去取之间，严于毫发”（万历《沛志》卷十五《人物》刘知俊传按语），应非过誉之谈。

从工作方法上，马暾做得比较妥当：凡事实旧志失采而今补录者，其下注曰“补遗”；旧志纪载未详而今增之者，其下注曰“补注”；附史传之散纪者，则曰“杂志”；削旧志之驾虚者，则曰“正误”。从材料剪裁上，马暾认为旧志内容“简则失于略，详则失于秽”，若公署、学校之类，应该纪其始末，保存必要史料；至于“祠庙则削其淫祠（不在祀典的祠庙），寺观惟录其古刹，堂亭惟收其胜处”，“桥梁，功大费多者载其实，余则收其名目而已”。他这种博取材料，驾驭繁简的原则，可以说是比较得当的。故而符令仪屡称其“考核最精，去取特严，足称善志”（万历《沛志》卷二十五《订讹》）。

弘治《重修徐州志》传史纪事，多有依据，同时还注重参考文献的保存，也给今天的校勘工作提供了若干便利。马暾“尝博搜群经子史至余百部，凡事有关于徐者悉摘之”，并将考证书目集中附录于卷首《凡例》之末。这种做法，不仅在以后的徐州志书中没有，就是在全国其他地方志中亦属少见（弘治《潞州志》残本未见凡例）。且其所列参考书目，后来有一部分失传，因而也就更显得志书所存资料的珍贵。

弘治《重修徐州志》凡十卷，卷前冠有图六表一，图即徐州总图、郡城图、萧县图、沛县图、砀山县图和丰县图，表即建置沿革简表。卷一：建置沿革志、郡名志、分野志、疆域志（至到并）、风俗志、形胜志、城郭志、山川志（井泉并）、土产志、田赋志、户口志、公署志。卷二：学校志、坛壝志、宫室志（堂亭楼阁台榭并）、桥梁志（渡附）、铺舍志、闾里志（坊乡镇集并）、寺观志、祠庙志、陵墓志、古迹志、职官志（并补遗）、封建志（并补遗）。卷三：名宦志、流寓志、人物志、孝义志、列女志、科贡志、方技志、玄释志、灾祥志。卷四、卷五为词翰志（不拘体格，只以时代先后为次）。卷六至卷九分别为萧、沛、砀山、丰四县专志。卷十为杂志（史传所纪徐事，有不可类者入此）。弘治《重修徐州志》木刻本，刻工精细，字迹清晰，版心中缝标有全书总页序数。间有脱页、倒页现象，且纸面墨团严重，影响瞻观，可能是后期印刷较多，木版涨变之故。版框 20.6 厘米 ×13.5 厘米，每面十行，每行二十字。令人遗憾的是，弘治志现今仅存卷首、卷一、卷二，卷三至卷十已散失。卷一现存 54 面，卷二现存 72 面，残本为一册。

五

马暾以其热爱家乡的拳拳之心，承前启后的耿耿之怀，不辞繁难，历经数年，四易志稿，最终纂成《重修徐州志》，为徐州地方文化留下一部信实文献。弘治七年（1494），新任徐州知州何宗理“嘉廷震（马暾字）用功之勤，考订之精，而一州典章足以传信”，遂将马暾志稿寄至京师，托付手艺精湛的工匠刻版印刷，并请国子监祭酒林瀚撰写了序言。

弘治《重修徐州志》文字精练，布局合理，分类科学，不论是对当时，还是对后世，都产生过较大影响。后来的嘉靖《徐州志》固然是在此基础上继续增修，时代稍早一些的嘉靖《南畿志》、嘉靖《沛县志》，稍晚一些的隆庆《丰县志》、万历《徐州志》、万历《沛志》，也都以此书作为参考依据。同期还有隆庆《砀山县志》、万历《萧县志》，因原书无传，兹不妄论。清朝前期，顺治《徐州志》刻意好古，其《历代秩官制》《历代秩官题名》等节，内容多抄自弘治《重修徐州志》；纂成于康熙四十七年（1708）的《御定佩文斋书画谱》，其中范宁等人条下亦注有“马暾《徐州志》”字样。但是到了康熙末年，姜焯着手纂修《徐州志》时，“据前明人所称，则一修于弘治末”（该志《凡例》。按：传闻有误，实为成化末），但在本地已经寻访不到了。

一部志书，传播两朝，影响了本地外地十余部志书的编纂，这固然是弘治《重修徐州志》体例严谨、资料翔实的一个表现，从中亦可见刊刻发行的传播优势。此前的永乐旧志仓促修成即呈送礼部，州治仅存底本，以致十多年后宋骥查找尚且费力，民间更是难能一见，然而宋骥重修亦未遑刊刻，仅有刘羽图写一部申送户部；景泰志亦是如此，传播情况也是一个未知数。弘治《重修徐州志》编成之后，在知州何宗理的过问下，“缄至京师，付良工梓之”，冀传信于将来，其发行数量相对应多，传播范围亦广。反观此前的正统《彭城志》所记所载，在嘉靖、万历两志中都难寻痕迹。我们据此可以认定：弘治《重修徐州志》成书后，被后人广泛使用，之前几部旧志作为参考资料来源的地位逐渐下降，最终湮灭无闻，多不存世。

重修徐州志序

徐当《禹贡》九州之一，入春秋则曰彭城，宋地也。后千百载，或仍故名，或从易名，见于史册者，殆不一而止。至我朝，始定其名曰徐，隶以萧、沛、砀、丰四邑，盖淮北一巨镇也。然事有所关者，非托州志以载之，则前乎千百世无以知，后乎千百世无以考，徐之文献亦衰矣。故名山、大川，形胜关焉，志之；忠臣、孝子、义士、节妇，风教关焉，志之；学校、词章，人文关焉，志之；人物、名宦，景仰关焉，志之。夫旧志所志者，大要亦不外此。然其间详略去取，未能一无所间，是以君子慨焉。潞州太守马君廷震，徐人也。既举京闱，家居，尝博搜群经子史至余百部，凡事有关于徐者悉摘之，用附于志。其曰“补遗”者，益旧志也；其曰“补注”者，详旧志也。附史传之散纪者，则曰“杂志”；削旧志之驾虚者，则曰“正误”。更历数年，易稿者四，而志成焉。志既成，适平凉何君邦治以名进士来守是州，嘉廷震用心之勤、考订之精，而一州典章足以传信于将来，惟斯志是赖，且曰非寿诸梓不可也。于是乃缄至京师，付良工梓之，复属予以序。夫徐，名州也；志，大典也；廷震，贤士也。不有斯贤，则无以成斯志；不有斯志，则徐之山川文物，将何所据以传于天下与后世哉？予手阅之，嘉叹不已，遂援笔序于首简，以告夫今之徐人，且使后之徐人举知斯志所由成云。

弘治七年甲寅春三月望，赐进士、朝议大夫
国子祭酒兼经筵讲官、前太子谕德、同修国史、三山林瀚序

重修徐州志凡例

一、旧志目录分类颇繁，如井泉即山川之属，堂亭楼阁即宫室之类，名贤即是人物，至到即属疆域，今仿《大明一统志》并焉。

二、孝子、节妇本类人物，又恐混为一途，今仿《大明志》为“列女”一条，以收节妇及有卓行者；仿《毗陵志》为“孝义”一条，以纪古之孝友、节义及今之旌表孝子、义民。

三、旧志无职官、封建、灾祥、流寓、玄释、方技六目，略之似缺，今仿《大明一统志》及《毗陵志》《维扬志》增之。

四、事贵实录。旧志除建置沿革、郡名、形胜、山川、土产之外，其余所纪，若公署、学校、祠庙、桥梁之类，不无过实，今悉正之。公署、学校则纪其始末，祠庙则削其淫祀，寺观惟录其古刹，堂亭惟收其胜处。至于桥梁，功大费多者载其实，余则收其名目而已。

五、事实本非徐有，旧志误收采之，如挂剑台之类，并用删去；若事本徐有，纪或差谬，及有减略者，今据史传改正。

六、旧志所载今人诗文颇富，纪实者固多，其间亦有虚文谀词，岂可信远传后？今用详究，若事有实迹及有关名教者，录之；其或有虚文而无实迹，及于名教无干者，并削之。

七、志贵考古。旧志名宦、人物，所采似略；山川、古迹、陵墓、祠庙，俱有所遗；古人词翰，收亦有漏。今各类所增古事，悉据史传；古人词翰，皆有集册可证。

八、凡事实，旧志未及采而今录之者，其下注曰“补遗”；有已采，纪载未详而今增之者，其下注曰“补注”。

九、录词翰，不拘体格，只以世代先后为次。

十、凡史传所纪徐事，有不可类入者，略之又缺，故为“杂志”，以附志末。其旧志先载，今或削去者，恐生疑议，故又为“正误”，以附“杂志”之末。

十一、考证书目：《书传大全》《诗传大全》《春秋大全》《周礼》《四书通义》《史记》《前汉书》《后汉书》《晋书》《南北史》《隋书》《唐书》《五代史》《宋史》《金史》《元史》《春秋左传》《杜氏通典》《贞观政要》《文献通考》《玉海》《通志略》《通鉴纲目》《续通鉴纲目》《十九史略》《读史备忘》《列子》《庄子》《吕氏春秋》《刘向说苑》《风俗通》《尔雅》《博物志》《本草》《二程全书》《伊洛渊源》《宋朝言行录》《事文类聚》《山堂考索》《黄氏日抄》《翰墨全书》《困学纪闻》《齐东野语》《百川学海》《氏族大全》《方舆胜览》《菊坡丛话》《御制为善阴骘》《洪武礼制》《诸司职掌》《大明一统志》《毗陵志》《维扬志》《山西通志》《古文苑》《唐朝文粹》《韩文》《柳文》《李太白诗》《唐诗鼓吹》《梨岳诗集》《三体唐诗》《唐诗类编》《胡曾诗》《宋朝文鉴》《击壤集》《东坡诗集注》《苏文忠全集》《王荆公文集》《赵清献文集》《范文正文集》《范忠宣文集》《朱子大全》《元丰类稿》《文山别集》《诗林广记》《集杜句诗》《瀛奎律髓》《元朝文类》《吴草庐文集》《柳文肃文集》《萨天锡诗集》《噴呓集》《西林诗集》《倥侗子集》《贡礼部集》《傅与砺诗集》《覆瓿拾遗》《刘崇明集》《皇明西江诗选》《胡仲子集》《光岳华英》《归田诗话》《东里诗集》《古廉诗集》《胡祭酒集》《钱文肃公集》《王文安公集》《续三体诗》《巢睫集》《双崖集》《觉非斋集》《河汾集》《使南稿》《备遗录》《宜闲集》《兰斋集》。[1]

重修徐州志凡例

① 按："南北史"为南北朝九部正史总称；"杜氏通典"即杜佑所撰《通典》；"刘向说苑"意当有别于"刘贶续说苑"；"韩文"为韩愈集，柳文为柳宗元集，虽非标准书名，然为整齐格式计，概以专用书名视之，从权之计也。

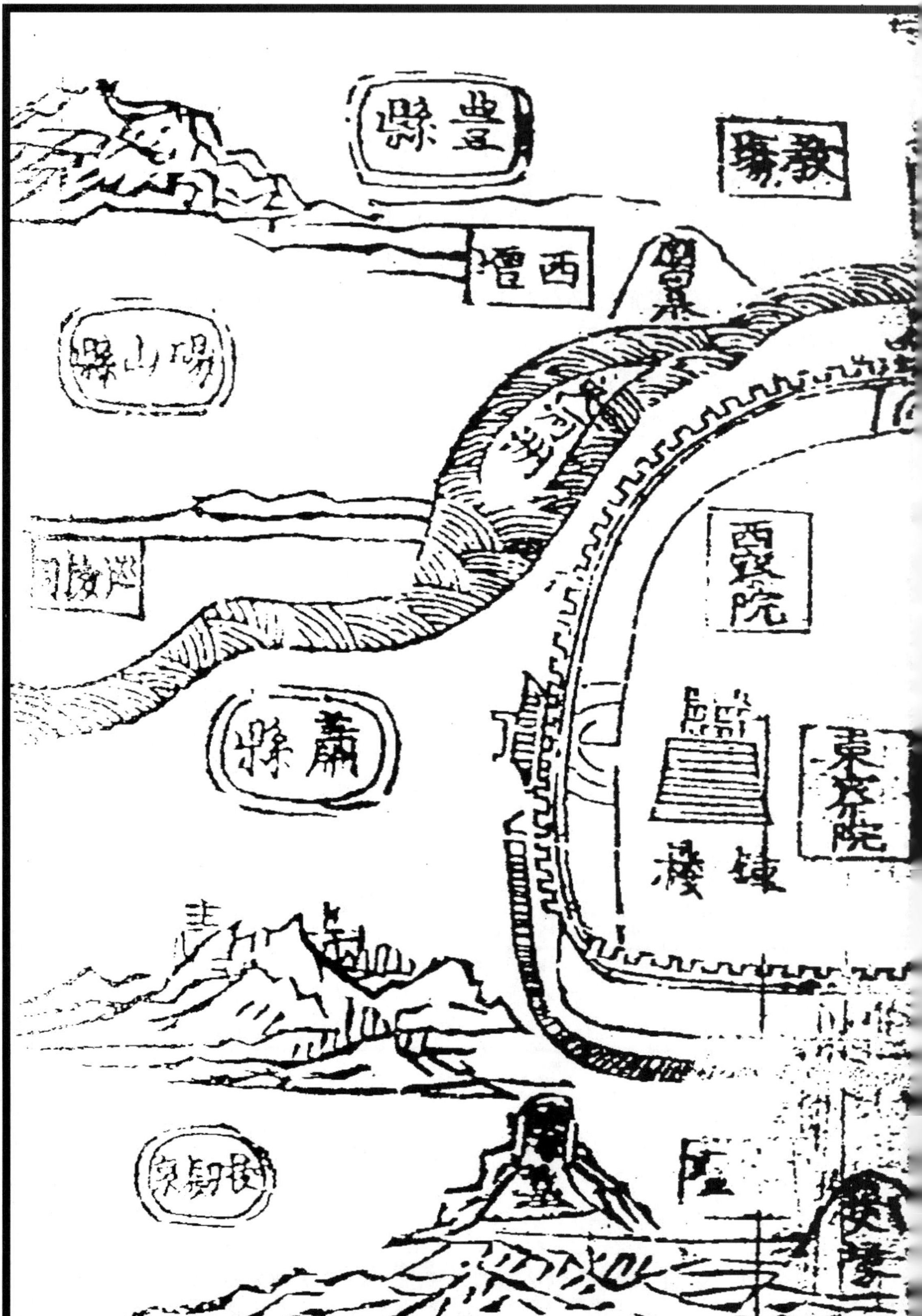
豐縣
教場
碭山縣
西察院
蕭縣
東察院

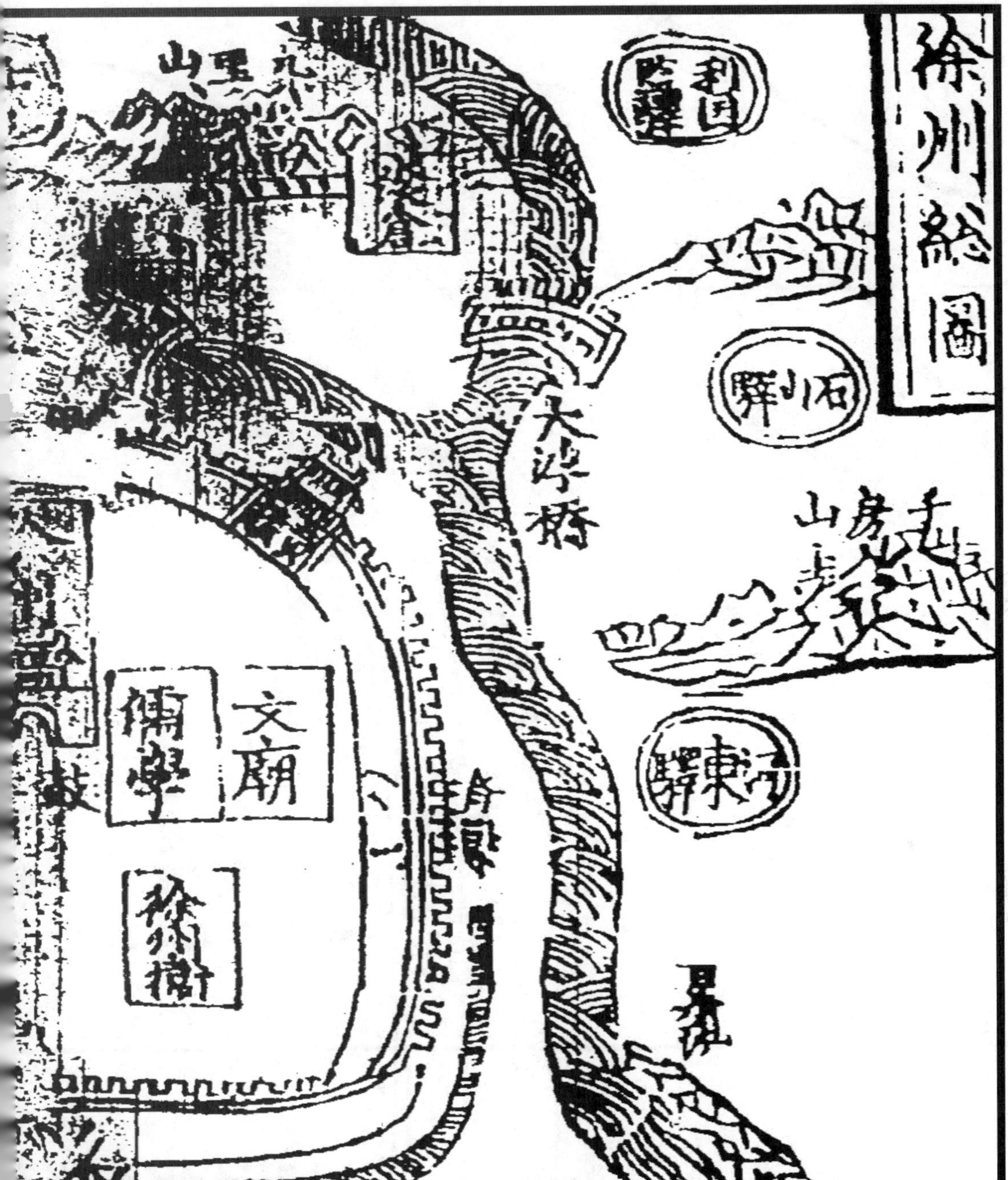
徐州總圖
利國監驛
大浮橋
文廟
儒學
徐州衛
彭城驛
廣運倉

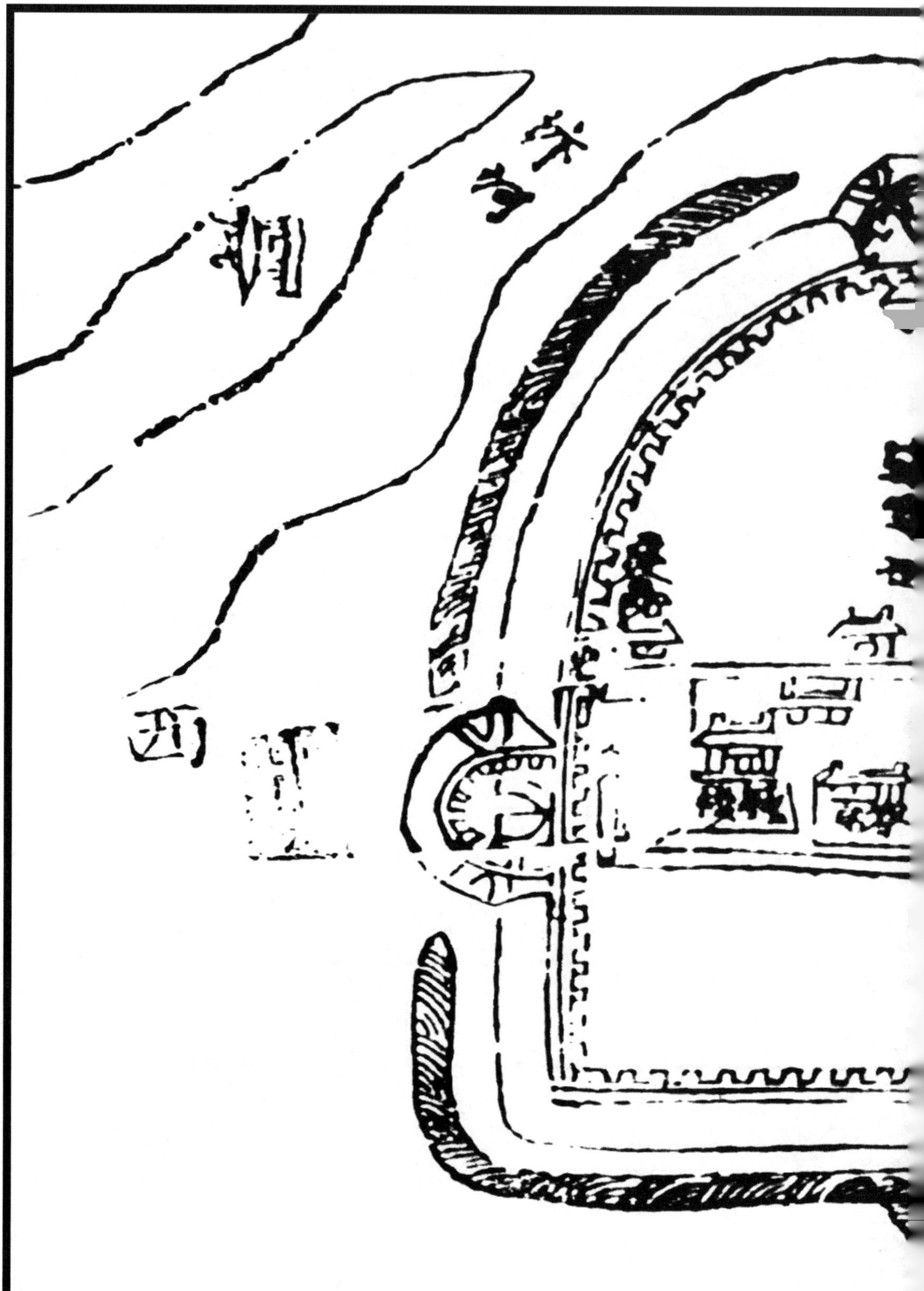

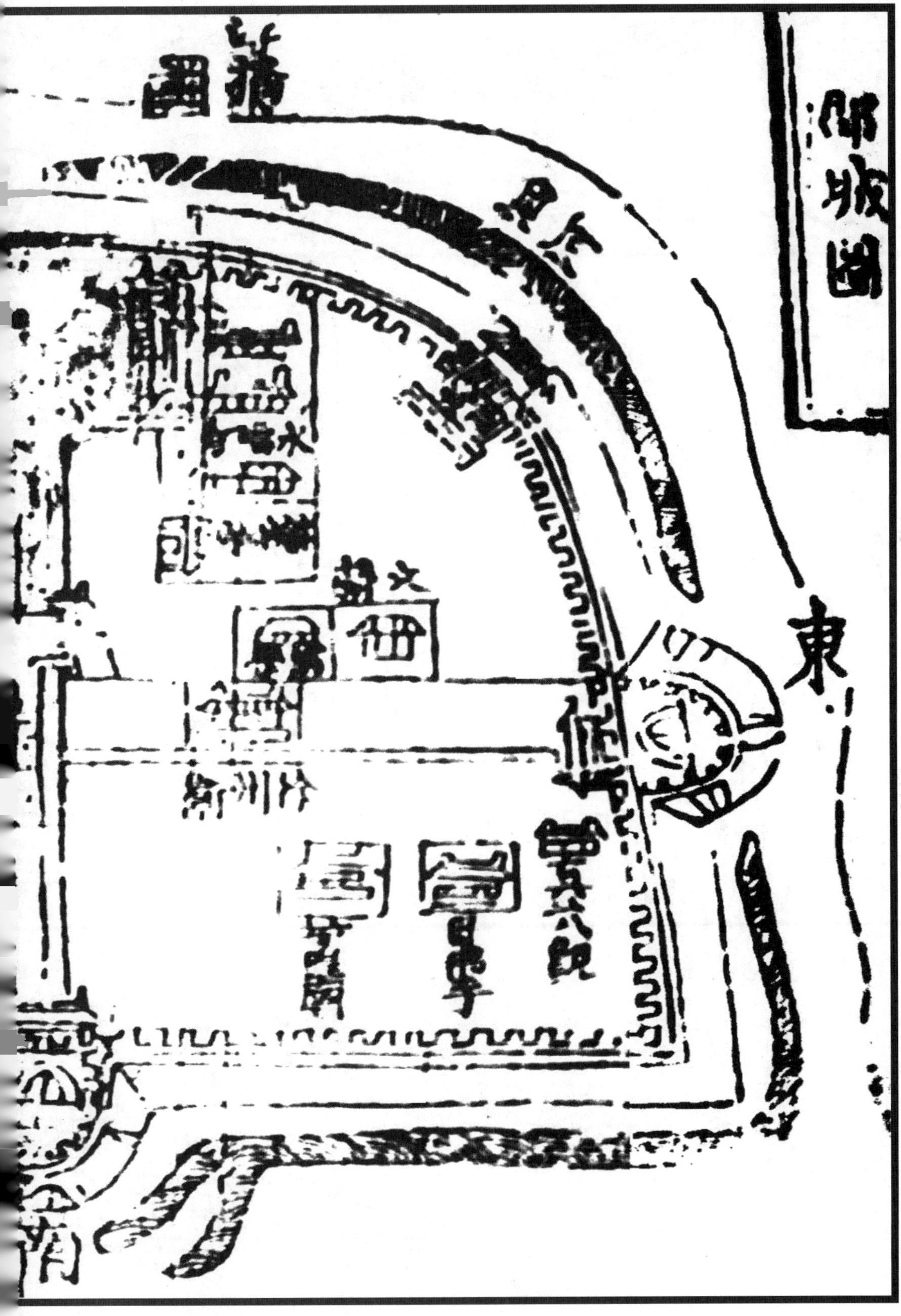

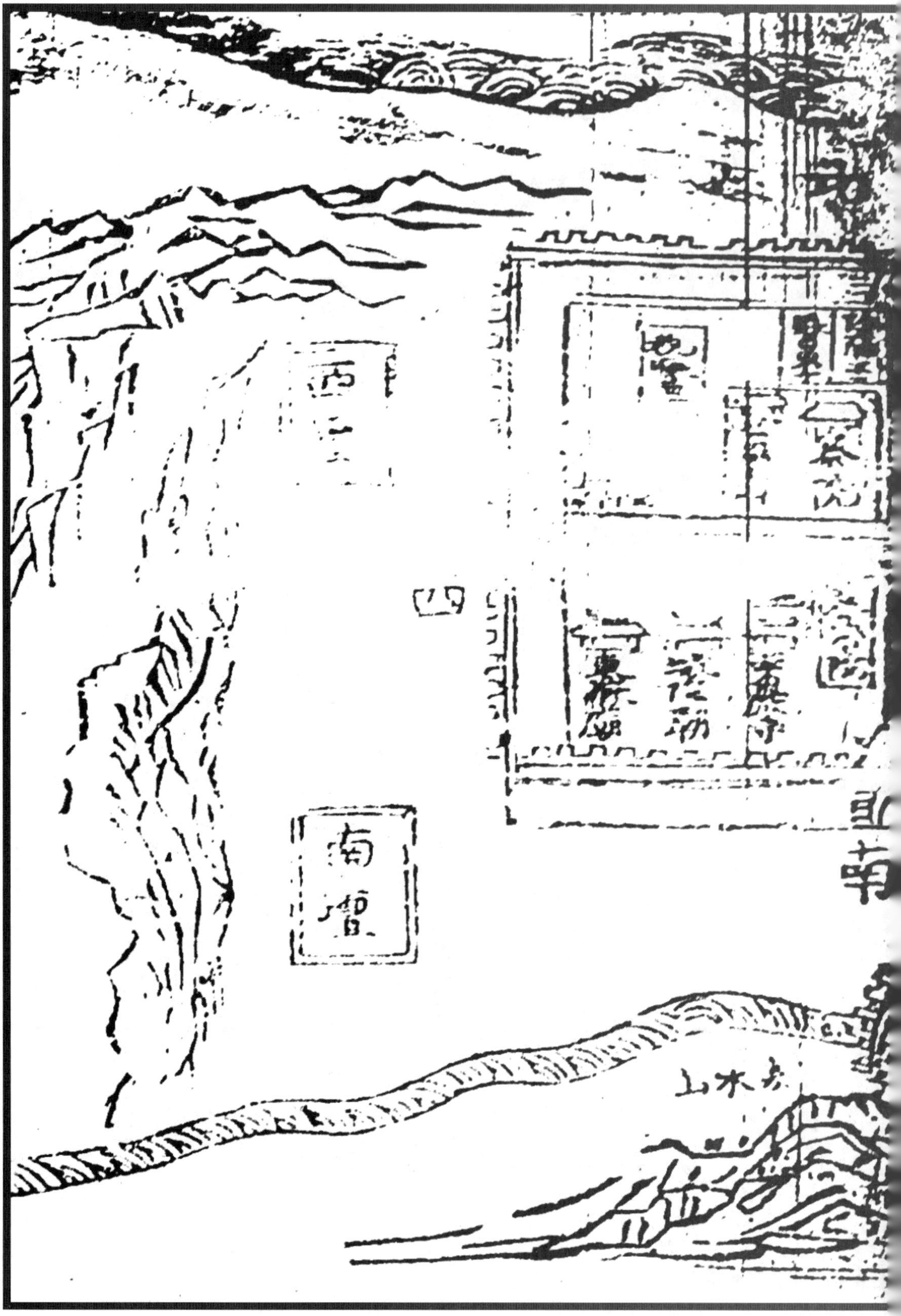
四
山水

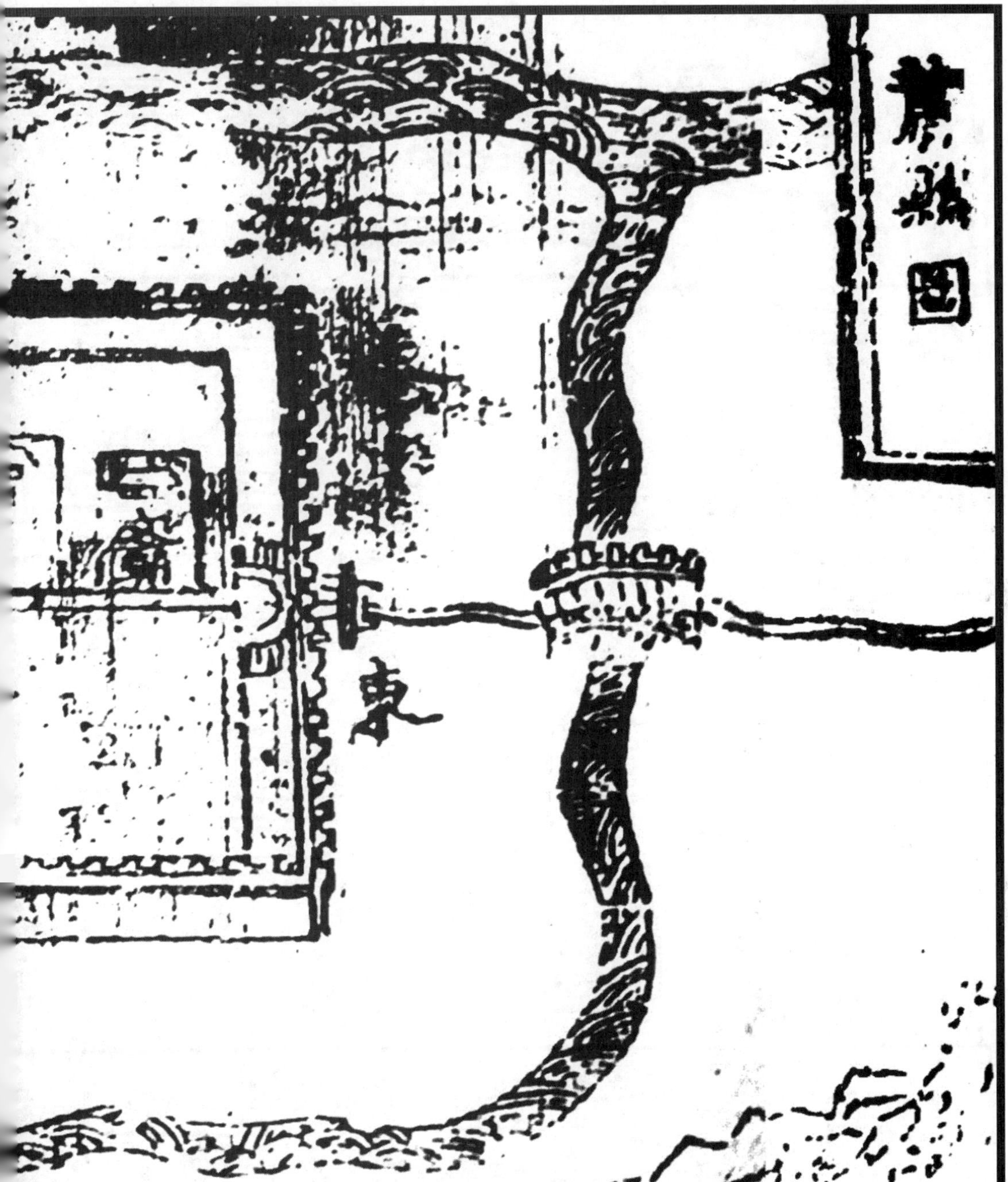
蕭縣圖
東

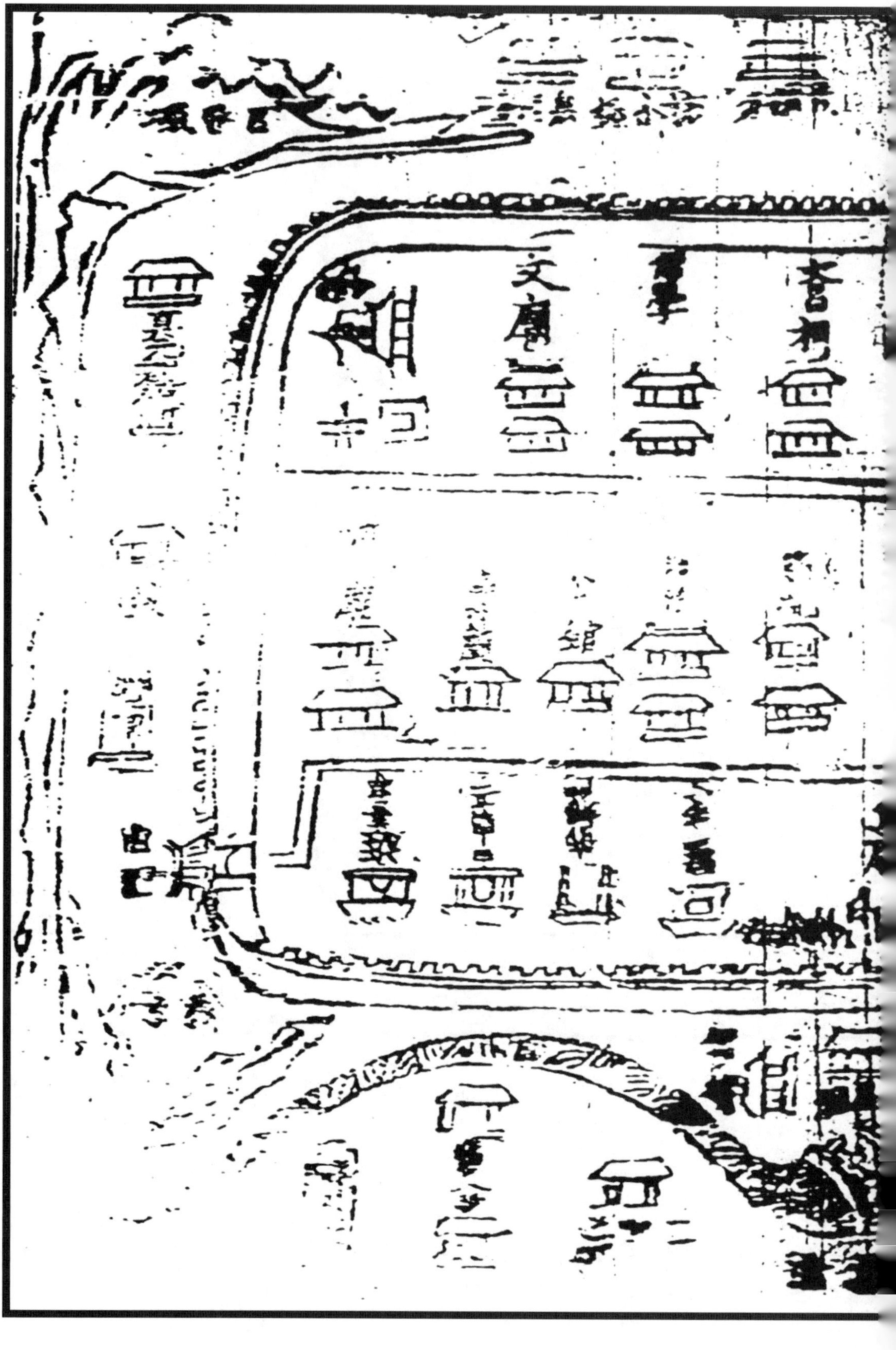
文廟

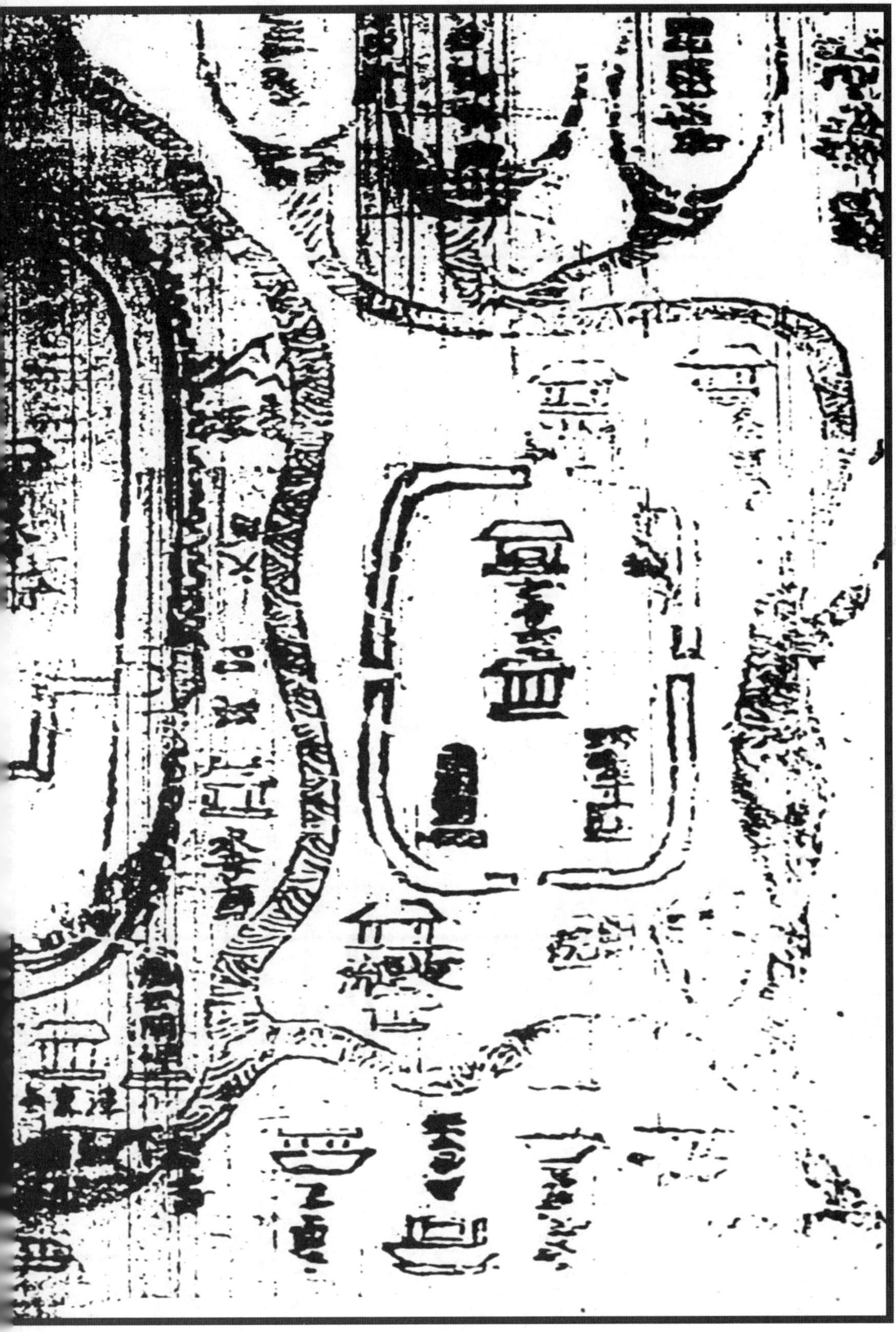

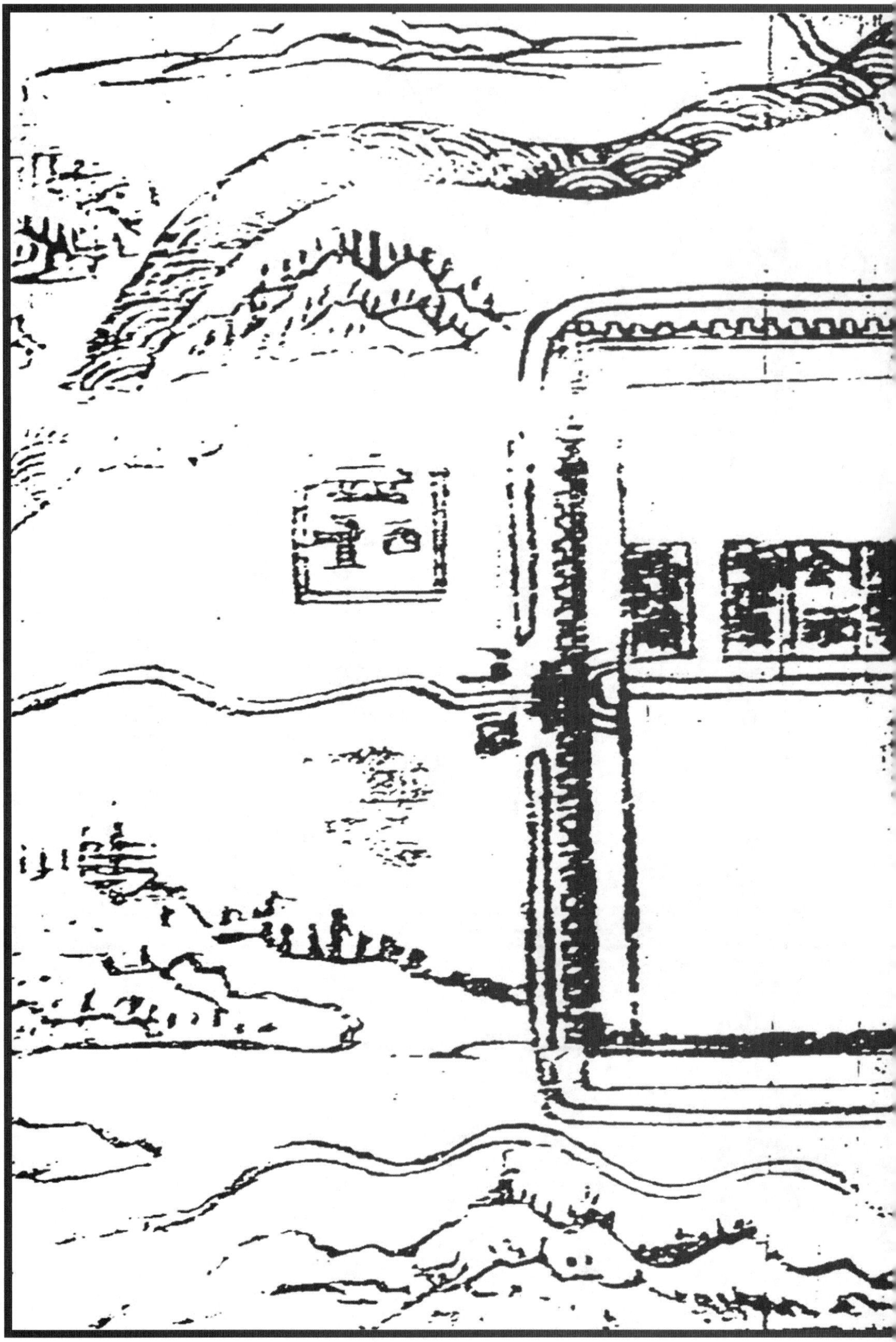

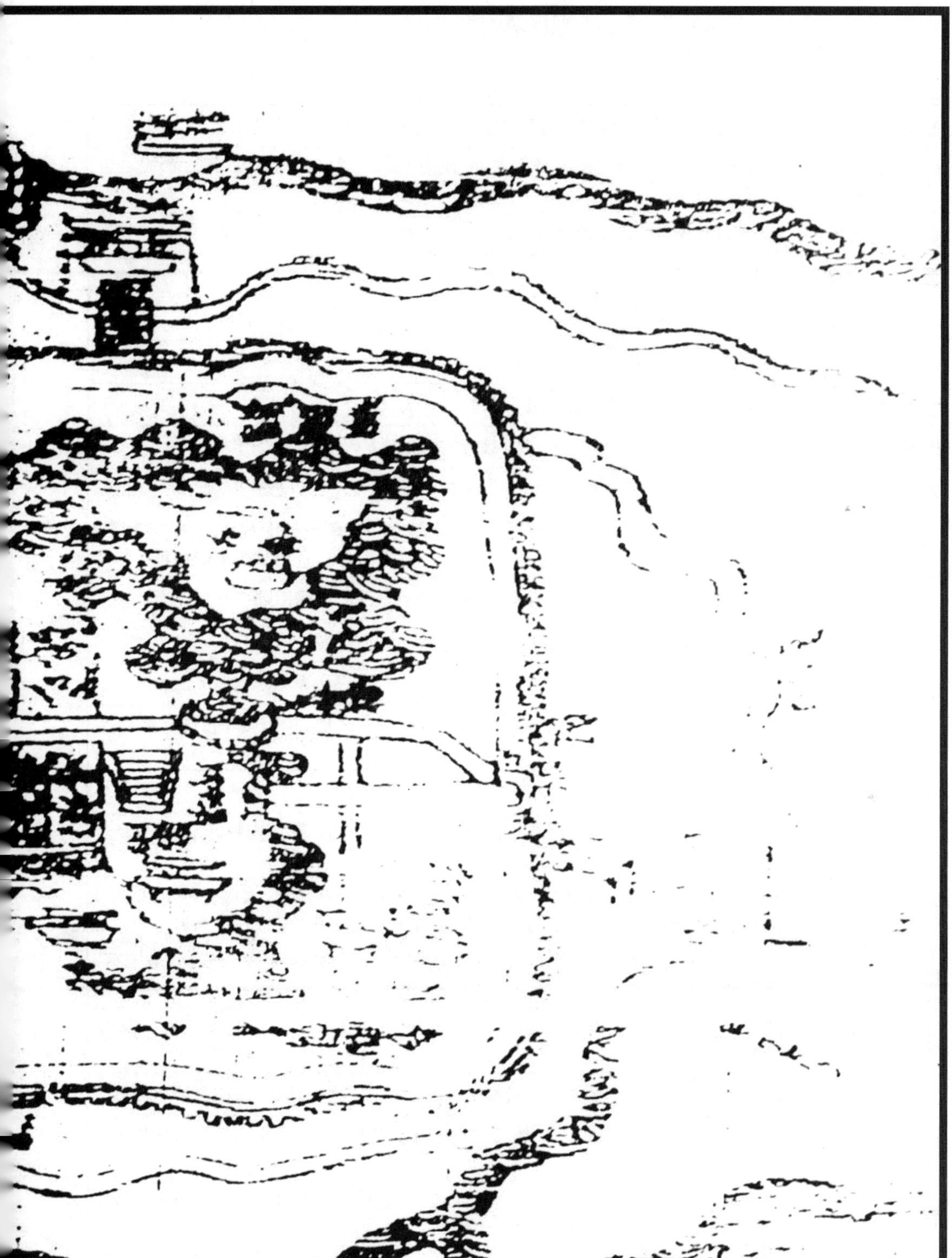

郡表①

帝喾	徐州	杜佑《通典》云：帝喾受颛顼所建，创制九州，统领万国，徐其一焉
唐	徐州	尧遭洪水，天下分绝，使禹平治水土，还为九州。尝以其地封大彭氏，彭城之名已肇于此时矣
虞	徐州	舜摄帝位，分十二州，徐仍其一
夏	徐州	《禹贡》：徐为九州之一
商	徐州	成汤受命，亦为九州，分统天下，徐仍其一
周	青州域	《周礼》"正东曰青州"，盖并徐于青也，故周时九州无徐
春秋	彭城	地属宋，《春秋》书"围宋彭城"是也
战国	彭城	地属楚。赧王二十九年，齐、楚、魏攻宋，康王走死于温，楚有其地
秦	彭城	地属泗水郡。始皇帝二②十六年，分天下为三十六郡，以彭城为泗水郡之属县
前汉	彭城	地属楚国。高皇帝六年，大封同姓，以薛郡、东海、彭城三十六县，封弟交为楚元王，都彭城，号楚国。武帝时改为徐州，复禹旧号。宣帝时改为彭城郡
后汉	徐州	世祖光武皇帝建武六年，并省县国，分天下十三州，以徐治郯
三国	徐州	地属魏。武帝据有中原，有州十二，徐居其一，治彭城
晋	徐州	武帝平吴，分天下为十九州，以徐治彭城
宋	徐州	孝武帝时，徐治彭城。至明帝时，后魏南侵，淮北之地悉陷于魏，乃侨立郡县，侨徐州治于钟离
南齐	徐州	齐氏得国，淮北之地全少，北徐州治钟离，徐州属魏
梁	彭城	武帝初，失淮西之地。普通六年，魏徐州刺史元法僧以彭城内附。未几，复失之
陈	徐州	陈氏有国，初失淮肥，以长江为境。宣帝太建中，经略淮北，大破齐师于吕梁。又北伐，破周师于吕梁。旋为周军所败，江北尽没于周，又以长江为界
后魏	彭城	本起自北方，因攻慕容氏丧败，遂遣将南略地，至于彭城。献文天安初，破宋军，尽有淮北之地
北齐	徐州	齐天保二年，属梁值侯景之乱，命将略地，南际于江。武平中，陈败齐师。及周武灭齐，淮北入周
后周	徐州	武帝建德六年，乘胜平齐。后遣军破陈军于吕梁，悉虏其众，东南之境尽属周
隋	彭城郡	开皇初，废郡，以州治民③。炀帝大业三年，改州为郡，以北徐州为彭城郡，县十一
唐	徐州	武德初，改郡置徐州。太宗分天下为十道，以徐州属河南道，领县七。德宗贞元，改武宁军。懿宗咸通，改感化军

① 底本无标题，据文例增加，以清眉目。
② 原作"三"。据《史记·秦本纪》《秦始皇本纪》改。
③ 原作"人"，盖袭杜佑《通典》避太宗讳旧文，今恢复本字。

续表

五代	徐州	梁曰感化军，晋为武宁军，汉、周仍为徐州
宋	徐州	宋初，仍为武宁军，复为徐州，属京东路。元丰初，改属京东西路，领萧、丰、沛等五县。南渡，没于金
金	武宁军	宋高宗绍兴后，没于金，复为武宁军，隶山东西路。县五[①]，治彭城
元	徐州	初为徐州，隶归德府。顺帝至正八年，升徐州路，领滕、峄、邳、宿四州。十一年，芝麻李据其地。十二年平，降武安州
皇明	徐州	吴元年，仍置徐州，隶中立府，领萧、沛、砀、丰四县。洪武八年，直隶京师

① 案《金史·地理志中》：大定二十二年（1182）置滕阳州（次年改滕州），领滕、沛、邹三县；徐州领彭城、萧、丰三县。此云“县五”，为金初之制。

重修徐州志卷第一

奉训大夫潞州知州郡人马暾纂辑

建置沿革志

徐州，自帝喾受颛顼所建创制。尧以之封大彭氏。舜分十二州，徐亦一也。《禹贡》为九州之一。商并青州于徐，周并徐州于青。春秋时，为宋之属邑。战国时，齐、魏、楚共灭宋，楚遂有其地。秦灭楚，置楚郡[①]，寻置彭城县，属泗水郡。秦末兵起，项梁立楚怀王孙心为楚王，自盱眙徙彭城。项羽灭秦，乃尊怀王为义帝，迁郴。羽自立为西楚霸王，都彭城。汉初为楚国，以弟文信君交为楚王，都此。后改为彭城县，属沛郡。武帝复改为徐州，领琅琊、东海、临淮、泗水、楚国五郡。楚国仍领彭城、留、梧、傅阳、吕、武原、淄丘七县。宣帝时改为彭城郡，寻复为楚国。光武并省郡国，以徐治郯（今下邳[②]）。魏武复治彭城，晋因之，领彭城、留、广戚、傅阳、武原、吕、梧七县。东晋，徐州［陷于］[③]石勒，于淮南侨立徐州。安帝分淮北曰北徐州。刘宋改北徐州曰徐州，而加淮南徐州曰南徐州。后魏于徐州仍立彭城郡，为北境藩捍，常置重兵守之。隋开皇初，废郡，改为徐州。炀帝大业初，改为彭城郡，而彭城、萧、留、丰、沛、蕲、谷阳、滕、兰陵、符离、方与十一县属焉。唐武德初，改郡置徐州。太宗贞观元年，分天下为十道，以徐州属河南道，领彭城、沛、滕、萧、丰、符离、蕲七县。德宗贞元十六年，改武宁军。懿宗咸通十一年，复置徐州观察使，统宿、濠、泗三州，寻改感化军。历五代，梁初曰感化军，晋为武宁军，汉、周仍为徐州。宋初为武宁军，复为徐州，统萧、丰、沛、彭城等五县。高宗南渡，没于金，为武宁军。元为徐州，领永固、彭城、萧三县。世祖至元二年，并永固于萧，并彭城于徐，徐领萧一县。八年，割隶归德府。顺帝至正八年，升徐州路，领滕、峄、邳、宿四州。十年，置兵马司。十

---

① 案《资治通鉴·秦纪二》："二十四年，王翦、蒙武虏楚王负刍，以其地置楚郡。"胡三省注："秦三十六郡无楚郡，此盖灭楚之时暂置耳，后分为九江、鄣、会稽三郡。"

② 按："今下邳县"为杜佑《通典》旧文，明时郯城县已改隶山东沂州。

③ 二字据《元和郡县志》《春秋地名考略》等补。案《元和郡县志》卷十："晋氏南迁，又于淮南侨立徐州，安帝始分淮北为北徐州。"《地名考略》卷十："晋因之，仍立徐州。东晋尝为重镇，再陷于石勒。"又参《晋书》《宋书》，东晋成帝咸和四年侨立南徐州，安帝义熙七年分淮北为北徐，淮南仍为徐州。当东晋初，徐州两陷于石勒，非石勒于淮南侨立徐州。又，《记纂渊海》《明一统志》"晋武帝于淮南侨立徐州"，"武"当为"成"。

一年，萧民芝麻李据其地。十二年，平降为武安州，仍领萧一县。十五年，置万户府。张士诚复据其地，伪将参政陆聚守之。二十六年，天兵下淮安，聚以全城归附，仍为徐州，领萧、沛、砀、丰四县，隶中立府（今凤阳）。洪武八年，直隶京师，编户一百三十里。

郡名志

彭城，旧志云“秦名”，又云“以城西有大彭山，故名”。今按《史记·舜纪》：“彭祖，自尧时举用。”注：“彭祖，即陆终氏第三子篯铿，为大彭氏。”《前汉书》：“彭城，古彭祖国。”《后汉书》：“彭城，古大彭邑。”《氏族大全》云：“尧封彭祖于彭城。”是彭城之名，肇于唐尧之时。自唐尧，至春秋，已历数千百年。而《春秋·成公十八年》书“宋鱼石复入于彭城”，《襄公元年》书“围宋彭城”，则春秋之时有彭城之名，已为明甚，而秦又在春秋后也。旧志乃云“秦名”，又“以城西有大彭山，故名”，盖山亦因封，秦始置县耳。今故备列经史所载，庶几乎一郡之名号为不失其真云。（补注）

彭门，亦因彭城而名。唐李频《送薛能赴镇徐方》诗：“彭门属九州。”《文献通考》载宋晁文元公“自父徙家彭门”。苏轼《答吕梁仲屯田》诗：“乱山合沓围彭门。”文天祥《燕子楼》诗：“我游彭城门。”（补遗）

分野志

奎、娄、胃，徐州。（《周礼》注）

徐州，属奎、娄、胃。（《史记》）

奎、娄、胃，徐州。（《汉·天文志》）

自奎五度，至胃六度，为降娄。于辰在戌，鲁之分野，属徐州。（《晋·天文志》）

自奎五度，至胃六度，为降娄。于辰在戌，徐、鲁得其分。（《隋·地理志》）

自奎五度，至胃六度，为降娄。于辰在戌，鲁之分野，属徐州。又曰降娄之次，其州曰徐。（《通志·天文略》）

奎、娄、胃，降娄，在戌，鲁，徐州。奎十六度，娄十二度，胃十四度。（《山堂考索·天文类》）

《玉海》载魏太史陈卓所谓入度，与《晋书》《隋书》同。费直又谓“起奎二度”，蔡邕谓“起奎八度”。《文献通考》所纪，星次与《隋书》《通志》同，度数与费直、蔡邕同。皇甫谧亦谓："自奎五度，至胃六度。"一行又谓："初，奎二度。中，娄一度。终，胃三度。"次在星纪，野在徐州之所入，诸史大概可定。其入度之细，则互有异同。大抵大界易知，细度难明。旧志又曰："天文，房星分野。"盖徐在春秋时为宋属邑，地与宋邻，故云。（补注）

疆域志

至到并

《禹贡》："海、岱及淮惟徐州。"注："徐州之域，东至海，南至淮，北至岱。而西不言济者，岱之阳，济东为徐；岱之北，济东为青。言济，不足以辨，故略之也。"《尔雅》："济东曰徐州。"《文献通考》："徐州，东据海，北至岱，南至淮。"大抵徐之封域，在古甚广。今所隶止萧、沛、砀、丰四县，东西广三百三十里，南北袤二百一［十］①里。

东至淮安府邳州界一百一十里，西至河南虞城县界二百二十里。

南至凤阳府宿州界九十里，北至山东滕县界一百二十里。

东南到凤阳府灵璧县二百二十里，西南到河南永城县二百二十里。

东北到山东峄县一百八十里，西北到山东金乡县三百里。

自州治至京师，陆路一千八百里，水路二千里。南京，陆路七百里，水路一千里。

风俗志

徐方，邹鲁旧国。汉兴，犹有儒风。自五胡乱华，天下分裂，分居二境，尤被残伤。彭城要害，藩捍南国，必争之地，尝置重兵，数百年无复讲诵。（杜氏《通典》）

考其旧俗，人颇劲悍轻剽，其士子则挟任节气，好尚宾游，此盖楚之风焉。大抵徐、兖同俗，故其余诸郡，皆得齐鲁之所尚，莫不贱商贾，务稼穑，尊儒慕学，得洙泗之俗焉。（《隋·地理志》）

风俗高迈，迥出等伦。（旧《图经》）

霸者之习②，以武为俗。（陈师道《学记》）

---

① 底本字迹漫灭，字据正统《彭城志》、嘉靖《徐州志》补。

②《后山集》卷十二《徐州学记》、《明一统志》卷十八《徐州》作"余"。

民淳讼简。（苏轼《徐州谢上表》）

徐即鲁境，地连淮海、东夷，其俗有二：曲阜沂泗，则礼义文雅之邦；而彭城，则其俗又雄杰，鸷悍自负，刘项起于丰沛，朱全忠以砀山人。牧守之任，亦不可不重慎也！（《书·禹贡》注）

形胜志

南届大淮，左右清汴。（南宋王玄谟表）

汴泗交流郡城角。（唐韩愈诗）

冈岭四合，隐然如大环。（宋苏轼《放鹤亭记》）

楚山以为城，泗水以为池。（轼《黄楼诗》）

东接齐鲁，北属赵魏，南通江淮，西通梁楚。（陈师道《学记》[①]）

吕梁龃龉，横绝乎其前；四山连属，合围乎其外。（苏辙[②]《黄楼赋》）

沂泗诸水在其前，冀东与兖豫之地，皆可接引而在怀抱拱揖之内，亦东方一形胜也。（《书·禹贡》注）

城郭志

南宋王玄谟云："城隍峻整。"《舆地志》云："郡城险固。"苏文忠公谓："其城三面阻水，楼堞之下，以汴泗为池，独其南可通车马。"熙宁十年，徐被水，公请增筑徐城。城池险固，自昔已然。国朝洪武初修筑，甃以砖石，城高三丈三尺，隍深一丈五尺，阔七尺[③]，周回九里有奇，雉堞凡二千六百三十八，角楼三，铺五十一。城有四门，门各有子城，其门东曰河清，西曰通汴，南曰迎恩，北曰武宁。世传徐州不打春。旧志云："城形似卧牛，且徐之河善泛溢，昔人尝铸铁牛镇之，迎击土牛，则于铁牛及城之形俱有所妨故耳。"噫！此传袭之言也。考无明据，似涉荒唐，略而不书，更复无征，姑疑以传疑如此云。

① 底本字迹漫灭，五字据《明一统志》卷十八补。

② 底本"辙"字漫灭。案顺治《徐州志》作"苏轼"，疑本志原即"轼《黄楼赋》"四字，径改。

③ 按：正统《彭城志》作"深一丈五尺，广三丈余"，嘉靖《徐州志》作"濠隍深、广各二丈许"。此云"阔七尺"，似太窄，疑为"二丈七尺"之脱。

山川志

井泉并

大彭山，在城西三十里。古大彭氏封此，故名。今山之左右犹称大彭村。

徐山，旧名武原山，在城南六十里。周徐偃王作乱，穆王命楚伐之。偃王北走彭城武原县东山下，百姓随之者以万数。偃王死，民因凿石为龛祀之，故名。《隋书·地理志》：彭城郡有徐山，即此。张华《博物志》亦云。

桓山，在城北十七里，临泗水。宋桓魋作石椁于此山，故名。圣女山即其处。苏轼守徐，尝与客游，有《游桓山记》。今有佛宇覆其上，往来士夫君子亦多登览焉。

楚王山，在城西二十五里。山下有楚元王墓。山皆赭土。《禹贡》：“厥贡惟土五色。”王莽使徐州岁贡五色土，即出此山。（补注）

子房山，在城东五里。相传汉张子房尝寓此，因名。宣德初，平江伯陈瑄建子房祠于上。

云龙山，在城南二里许。山有云气，蜿蜒如龙，故名。山之东南，顶上有石佛甚巨，故俗呼石佛山。唐昭宗时，时溥为节度使，朱全忠遣子友裕败溥军于石佛山前，即此。宋隐士张天骥尝居之。（补注）

黄茅冈，即云龙山阴。宋苏文忠守徐，其《登云龙山》诗有曰“醉中走上黄茅冈”，因名。（补注）

孤山，在城西北九里。傍近无峰峦，因名。

九里山，在城北五里。首起于东，绵亘于西，有九里，故名。俗以为去城九里，非是。山有穴，潜通琅邪、王屋，俗呼黄池穴。汉韩信伏兵与楚战，亦即其处。苏子瞻有诗曰：“山到九里回。”（补注）

境山，在城北四十里。世传徐之封境界于此，恐误。

吕梁山，在城东南五十里。《隋书》：彭城郡有吕梁山，即此。下有二洪，洪上有云梦、梁王二城，土人谓云梦即韩王信，梁王即彭越。宋人有诗云：“楚汉旧歌留俚耳，韩彭遗迹冠丘墟。”（补注）

圣龙山，在城东八十里。上有二石孔，如龙眼，虽霖雨不溢，久旱不枯。

宝峰山，在城北十里。

太山，在城南十里，徐山之最大者。

陶山，在城西四十里。汉州牧陶谦葬此，故名。

辛贾山，在城东五十里。昔有辛、贾二姓居其下，因名。今子孙犹有存者。

簸箕山，东西有二，去城南十余里，因形似得名。

黄山，南北有二，去城南二十五里。每岁惟此山之麦先黄，亦奇矣哉！

丁塘山，在城西南三十里。丁塘，在山之东。

桃山，在城南五十里。桃山驿在其阳。

凤凰山，在城东北四十里。有石刻二凤凰，故名。

弓弦山，在城北五十里。山有二石直如弦，因名。

彭城山，在城东北三里。大石上镌“彭城山”三大字。（补遗）

定国山，在城东四里。魏武定①五年，慕容绍②宗欲击梁，梁贞阳侯萧渊明营于此③。

荆山，在州城东北。苏轼云：山下可以沟畎积水。④

三山，在城东南一十里。有三嶷，故名。

盘马山，在城东北九十里。山顶数丈［无草木］⑤，土人谓汉高祖尝盘马于此。宋陈师道有诗⑥。

磨剑石⑦，在九里山。上有樊哙磨剑迹。

奚公山，《方舆胜览》云在州境，今不知其处。

抱犊山，《方舆胜览》云在州境，今不知其处。⑧

岠山，在城东南，吕梁之东南一十里许。元徐国公葬此。（以上俱补遗）

泗水，按《禹贡》注及《周·职方·青州·川》：“源出泗水县桃墟西北陪尾山。源有泉四，四泉俱导，因以为名。西南过彭城，又东南过下邳，入淮。”《通鉴纲目》：“周显王时，九鼎沦没于泗水彭城下，鼎气浮于水上。始皇过彭城，斋戒祷祀，欲出周鼎泗水，使千人没水求之，不获，谓之鼎伏。”宋苏轼诗：“传闻九鼎沦泗上，欲使万夫沉水取。暴君纵欲穷民力，神物应不污秦垢。”（补注）

---

① 原作“帝”，讹从《明一统志》，据南北史及《资治通鉴》改。

② 原作“昭”，据《北齐书》《北史》本传改。

③ 案《元和郡县志》：“慕容绍宗欲击梁贞阳侯萧［渊］明，营于此山。”似言慕容绍宗营于此山。《太平寰宇记》：“慕容绍宗欲击梁，梁贞阳侯萧［渊］明营于此。”此谓萧渊明营于此，然以文例言，语多唐突，疑“贞阳侯”前之“梁”字衍。

④ 案苏轼诗题：“有言郡东北荆山下可以沟畎积水，因与吴正字、王户曹同往相视，以地多乱石，不果。还游圣女山，山有石室如墓，而无棺椁，或云宋司马桓魋墓。二子有诗，次其韵二首。”据此，“山下可以沟畎积水”虽出自苏集，然非苏轼所云。

⑤ 三字据《后山集》卷八《盘马山》诗注补。

⑥ 原作“记”。案《后山集》有诗，“山顶数丈无草木，相传汉祖盘马于此”即陈自注，后志艺文皆有载，索其记则无。据改。

⑦ 案正统《彭城志》：九里山有樊哙磨旗磧。今名磨旗石，遗迹尚存。本志云“磨剑石”，或为传袭所讹。嘉靖《徐州志》以九里山磨剑石无考，询之故老，定为冈头。今名关公磨刀石，遗迹亦存。

⑧ 按：以上二山在古徐州之域。嘉靖《徐州志》云：“奚公山在滕县南六十里，上有奚仲墓；抱犊冈在沂州西南一百二十里。古今疆域不同。旧志误，今削之。”

汴水，出河南陈留浚仪界，东流过萧县，至州城之北，与泗水合。

濉水，在城南六十里。楚项羽败汉兵濉水上，水为之不流，即此。

谷水，《史记》注："在沛郡彭城县。"即楚破汉军，汉军皆走入谷水处。

石潭，在城东二十里。父老云与泗水通，增损清浊，相应不差，时有鱼出焉。苏轼尝置虎头潭中以祈雨，作《起伏龙行》。

浊河，在城北三十里。有小水，流入泗。

运铁河，在城东九十里。宋置利国监铁冶，故开河通舟楫。今淤。

百步洪，在城东南二里。水中若有限［石］①，悬下迅急，乱石巉岩，迎水激为怒涛，卷浪奔放，里许始平。舟行经此，甚为险艰。宋苏轼尝与山人张天骥、诗僧道潜月中游。国朝东南贡赋，悉由此道，专差工部官一员更理其事。成化三年，主事郭昇莅事，始凿去乱石，甃平堤岸，其详具于碑记。十四年，主事尹玠增筑地基，大建厅宇及役夫栖所百余间。二十年，主事饶泗因外洪及下洪障水坝旧以土草兼筑，冲塞不常，水利散溢，劳力费财，乃辇石作堤，甃砌如法，甚为坚省之计，有《记》纪其实。（补注）

吕梁洪，在城东南五十里。有上下二洪，巨石齿列，波流汹涌。《列子》《庄子》："吕梁悬水三十仞。"陈太建中，经略淮北，大破齐师于吕梁；后周将王轨破吴明彻于吕梁，即此。唐尉迟恭尝疏凿以杀其势，旁有尉城，盖其遗址。国朝东南贡赋，悉由于此，专差工部官一员更理。成化间，主事王俨、费瑄相继修浚，去其危险，舟楫便焉。（补注）

饮马池，在城南三十里。因桃山、彭城往来使客饮马于此，故名。

秦梁洪，在城北二十里。

皮沟，在城北七十里。

九里沟，在城南九里。

双沟，在城南九十里。

谢沟，在城北九十里。

夹沟，在城北六十里。

溜沟，南北有二，在城北五十五里。

寒山堰，在城东南一十八里。梁萧渊明伐魏，堰泗水以灌彭城。（补遗）

吕梁堰，按《通志》：谢玄既败苻坚，诸军乘衅经略旧都，玄率众次彭城。遣参军刘袭攻坚兖州刺史张崇于鄄城，走之。兖州既平，玄患水道险涩，粮运艰难，用督护闻人奭谋，堰吕梁水，树栅，立七埭为派，拥二岸之流以利漕运。自此，公私利便。（补遗）

清水堰，按《通志》：陈将吴明彻入寇吕梁，徐州总管梁士彦频与战，不利，乃退保州城。明彻遂堰清水以灌之，列船舰于城下，以图进取。（补遗）

① 字据《读史方舆纪要》《禹贡锥指》等补。

彭祖井，在城西北隅彭祖旧宅。相传今北门子城中即其井，井存，水竭。唐皇甫冉有诗，宋陈靖有《彭祖观井图铭》。（补注）

双井，在城东南七十里。源出圣龙山，东西二井相向，井有鱼。上有龙王庙。遇旱，土人浚其井则雨。

楚王井，在城西二十五里，楚王山之南。井九十九口，相传楚元王时所凿。今乡人称曰："山前九十九口井，山后九十九所冢。"

丁塘拔剑泉，在城西南二十五里。世传汉高帝入彭城，尝垒于此，为楚所困。汉兵皆渴，乏水，帝以剑插地，拔即泉涌出。至今雨不溢，旱不干，土人呼为龙湫。遇旱，祷之应，因立庙祀之。

胡山拔剑泉，在城南五十里。世传汉高帝尝驻兵于此，乏水，帝掷剑于地，泉遂涌出。

饮马珠泉，在城东北六十里张家庄桥下。世传汉高祖尝驻兵饮马于此。

曾参井[①]，按《一统志》云：在九里山。（补遗）

石佛井，在石佛山顶。方一丈二尺，自然液水，虽雨旱无增减。或云饮之愈疾。时有云气出其中，去地七百余尺。近为牧童樵叟戏投瓦砾探之，积以岁月，遂至湮塞绝水。成化二十三年，监储太监高瑛因修石佛寺，命工挑浚，水复涌出，寺僧免于远汲。

土产志

《禹贡·徐州》："厥土赤埴坟，草木渐包。"《周礼·职方氏》："其畜宜鸡狗，其谷宜稻粱。"薛虎子谓其"有良田十余万顷，水陆肥沃，一年之收，过于十倍之绢"，而苏轼亦谓其"地宜菽麦，一熟而饱数岁"。土地之美，在古为然。近多水患，物产则非昔比。

谷之属：黍、稷、大麦、小麦、芝麻、黄豆、黑豆、绿豆、赤豆、荞麦、蜀秫、稻、粱、豌豆。

果之属：桃、杏、李、樱桃、葡萄、枣、银杏、栗、石榴、柿、梨。

蔬之属：茄、胡荽、芥、瓜、瓠、白菜、韭、萝卜、葱、菠。

草之属：萱、莎、荇、蓝、蘋、蓼、苇。

木之属：桐、榆、槐、桑、柘、椿、棠梨、杨、柳、梓、柏、栎、楮。

① 按：《太平寰宇记》《明一统志》作"曹参井"，虽出附会，然石名樊哙，井名曹参，与楚汉故事亦符。本志作"曾"，疑形近之讹。后志皆从之，并谓"不详所由名"。

禽之属：天鹅、鸂鶒、雉、雁、鹊、鹤、鹳、鹰、雀、鸠、鹭、乌、燕、鹁、鸽。

兽之属：鹿、獐、野豕、兔、狼、狐。

药之属：柴胡、桔梗、大戟、葳灵仙、苦参、知母、泽泻、远志、何首乌、苍术、沙参、芫花、玄胡索、甘松、地黄、干葛、翻白草、益母草、麻黄（《本草注》陶弘景云：出青州、彭城、荥阳、中牟者为胜）、白头翁（《本草》云：徐州白头翁）、泽兰（《本草》云：徐州泽兰）。

帛之属：绸、绢、绵布。

货之属：丝、绵花、铁（盘马山出，今无）、石炭（白土镇出）。

田赋志

《禹贡·徐州》："厥田惟上中，厥赋中中，厥贡惟土五色，羽畎夏翟，峄阳孤桐，泗滨浮磬，淮夷蠙珠[①]暨鱼，厥篚玄纤缟。"大抵古徐州疆域甚广，今非古比。如羽、峄、淮、泗，皆属他郡。古所产物，今或无之。（补注）

汉平帝时，王莽使徐州牧岁贡五色土一斗。

唐徐州、彭城郡土贡双丝绫、绢、绵绸、布、刀错、紫石。又《文献通考》云：彭城郡贡绢二十匹。

宋徐州大都督、彭城郡、武宁军节度贡双丝绫、绸、绢。又《文献通考》云：徐州贡绸、绢。熙宁十年以前，徐州七务商税岁额五万贯以上，酒课岁额十万贯以上。

金武宁军贡双丝绫、绸、绢。（以上并补遗）

元本史不载，无考。

国朝岁进野味：天鹅二十只，鸧鹁三百五十只，鸂鶒一十只，雁一百二十九只。岁办皮张：绵羊皮一百七十八张，山羊皮一千二百七十八张，鹿皮一百张，獐皮一千四百八十六张。

《诸司职掌》纪徐州田土计二万八千二百四十一顷五十四亩。天顺、成化间，本州并四县黄册实在官、民地共三万一十一顷四十六亩七厘三毫九丝。

本州官、民地一万五千二百二顷二十六亩一分一厘二毫：官地九十六顷二亩九分八厘七毫，民地一万五千一百六顷二十三亩一分二厘五毫。

本州并四县实征：

---

① 按："珠"字原用类化字"蛛"，今用规范字。

夏税小麦六万七千一百五十八石九合八勺八抄二撮一圭九粟。

秋粮粟米七万九千八百五十八石一斗四升二合二勺一抄九撮二圭五粟。

京库税丝折绢三千二十五匹二尺二寸四分二厘五毫八丝五忽。

本州实征：

夏税小麦三万六千九百六十六石六斗七升五合一勺八抄九撮九圭。

秋粮粟米三万三千一百四十九石一斗九升七合四勺三抄四撮五圭。

京库税丝折绢一千六百六十六匹二丈八尺五寸七分三厘三毫五忽。

农桑丝折绢七百六十七匹六尺九寸六分。

马草四万一千五百二十八包。

户口食盐钞三十二万四千七百七十四贯。

在城税课局商税课钞一万七千六十二锭四百文。

吕梁洪税课局商税课钞二万一千六百二十二锭三贯三百四十文。

户口志

前汉，楚国，县七，户十一万四千七百三十八，口四十九万七千八百四。（补遗）

后汉，彭城国，八城，户八万六千一百七十，口四十九万三千二十七。

晋，徐州、彭城国，县七，户四千一百二十一。

隋，彭城郡，统县十一，户一十三万二百三十二[①]。

唐，徐州、彭城郡，县七，户六万五千一百七十，口四十七万八千六百七十。

宋，徐州大都督、彭城郡、武宁军节度，县五，崇宁户六万四千四百三十，口一十五万二千二百三十七。（以上并补遗）

元，按《元史·地理志》，徐为下州，户不及三万。升路，无考。

国朝，徐州，领县四。《诸司职掌》：户二万二千六百八十五，口一十八万八百一十。天顺、成化间，黄册实在户共三万四千二百六十，口三十六万四百五十四。

本州户一万七千二百四十四，口一十四万五千八百九。

公署志

州治，在城北正中，即楚怀王故都地。项羽都彭城，厅事亦在此。至宋，犹传

① 原作“二十三”，据《隋书·地理志下》改。

郡治有霸王厅。元末废弛。吴元年，知州文景宗仍旧址创建。宣德十年，知州杨秘增修。天顺元年，知州宋诚重建戒石亭。成化元年，知州王叙通为修理。九年，知州陈廷琏中建仪门。十八年，知州和鸾重建前轩。

正厅三间两耳，前轩三间，穿廊三间。后厅三间两耳，左右耳房各十。吏目厅三间，后厅三间。六房二十间。戒石亭一座，清军房一所，龙亭库三间，架阁库五间。仪门三间，大门三间，土祠一所。

知州、同知、判官、吏目宅各一所。管粮同知、管马判官、管河判官宅各一所。吏舍百余间，成化十年知州陈廷琏鼎建。

东察院，在城西南隅，巡按官莅事之所。洪武十一年建。成化九年，知州陈廷琏重修，外表以端本、澄源二坊。

西察院，在城西北隅，巡抚官莅事之所。景泰六年，知州宋诚建。成化九年，知州陈廷琏拓基改建。

公馆，在城东北隅。洪武三年，知州文景宗建，为官院。后为镇守官厅事，今管粮内臣居之。天顺间，知州王叙重修。

总漕公厅，漕运都宪总兵驻节之所。旧在百步洪，水泛，修筑不常。成化十八年，知州和鸾、指挥使苏宽等徙立于洪上河东水次。

管河公厅，在城东北隅，管河郎中居所。成化七年，知州陈廷琏建。

管粮公厅，在南门外，管粮主事居所。景泰四年，知州宋诚建。天顺八年，知州王叙重修。成化十五年，主事毛泰增大之。十九年，主事童兰外建监储、分署二坊。

管洪公厅，在百步洪，管洪主事莅事之所。旧为洪水所圮，工部主事蒋文创置。成化六年，主事郭昇重建。十四年，复为水坏，主事尹珎撤而大之。又有居所，在洪上东岸，亦郭昇撤旧鼎建。

吕梁洪公厅，在吕梁，管洪主事莅事之所。成化间，主事费瑄修建。

管闸公厅，在沽头上闸。成化二十一年，添差工部主事一员，提督沽头上、下等闸，建为莅事之所。

北关官厅，在万会桥西。旧为监收船料之所，今厅犹存。

河东官厅，在万会桥东。成化七年，知州陈廷琏建，为迎候使臣之所。

医学，在州治前。洪武十七年建。

阴阳学，在州治前。洪武三十一年建[1]。

① 按：正统《彭城志》作“洪武十七年开设”，与医学同时。本志改作“三十一年”，后志并袭此说，或当有据。

永成库，在州治前。洪武十五年，知州徐恒建。

永福仓，在州治前。洪武元年，知州文景宗建。景泰四年，知州宋诚填实地基，建厫一十座，计一百二十间。成化十年，知州陈廷琏筑垣于外，增设官、攒居舍各一所。

广运仓，在城南三里，元武安州故址。永乐十三年，判官梁逊建。宣德五年，增设厫，前后共一百座。

税课局，在城中正街。洪武六年，大使李敬建。正统二年，大使冯箕重建。

递运所，在北关厢。洪武二年建。天顺中，大使董良碧重修。

黄河东岸驿，在城外河东岸。永乐十三年建。成化十年，知州陈廷琏、驿丞赵恩重修。

彭城驿，在城南二里。永乐十三年建。成化十年，知州陈廷琏、驿丞苌苍重修。

徐州闸，在百步洪。永乐十二年，平江伯陈瑄建。十七年设官吏。今闸废，官吏仍设。

僧正司，在开元寺。洪武十五年开设。

吕梁洪税课局，在城东南六十里。洪武六年，大使张让建。正统元年裁革。今仍开设。

吕梁巡检司，在城东南六十里。洪武六年建。

石山驿，在城东北四十里。永乐十三年建[①]。

利国监驿，在城东北九十里。永乐十三年建。

桃山驿，在城南五十里。永乐十三年建。

房村驿，在城东南五十里。永乐十三年建。

夹沟驿，在城北九十里。永乐十三年建。

吕梁上闸，在城东南五十里。永乐十六年造，次年设官吏。

吕梁下闸，在城东南，去上闸二里许。永乐十七年造，设官吏。

沽头上闸，在城北一百三十里。宣德四年造，设官吏。

沽头下闸，在城北一百一十里。宣德十年造，设官吏。

黄家闸，在城北九十里。天顺六年造，设官吏。

沽头中闸，在城北一百二十里。成化二十年造，设官吏。

济众堂二处：一在河东驿前，一在吕梁洪。建以赈济饥民。

---

① 案《明太祖实录》卷二四四：洪武二十九年五月“癸未，置徐州石山驿”。正统《彭城志》谓“永乐十三年重修”，并下利国监、房村、夹沟等驿，俱同时重修。唯桃山驿旧在桃山之西，永乐十三年迁于桃山之南。

安乐堂，在城东南隅。永乐十年建，以济远方贫病军民。

旌善亭二：一在州治前，一在南关厢。

申明亭三：一在州治前，一在北关厢，一在南关厢。

预备仓，在州治南。天顺七年，知州王叙建廒五座，计四十间。

兑军仓，在城北水次。宣德年间设立。

济留仓四，一在吕梁，一在境山，一在黄山村，一在赵团山。

养济院，在城西北隅。成化九年，知州陈廷琏因旧所逼近学官，乃迁于今地。旧基并于学。

徐州卫，在城东南隅。吴元年，指挥使司敬等创立，领左、右、中、前、后五所。永乐五年，调灵山、安东二卫军，增中左、中右二所。正统七年，指挥同知王春重修，岁久倾圮。成化十一年，指挥使苏宽撤旧鼎建。

正厅五间两耳，前轩三间，后堂五间，左右耳房各五间，后堂厢房十间，库房十间，仪门一座，外门三间，土祠一所，东西司房各五间，架阁库三间，榜房二十间。吏舍二十余间，买民地创置。

经历司，在卫厅东。洪武三年，知事马良建。成化十一年，指挥使苏宽改建。

镇抚司，在卫治前。洪武八年，镇抚栗茂建。成化二十年，指挥使苏宽、镇抚张茂改建。

七千户所，列卫之左右，俱成化间改建。

军器局，在城西南隅。

教场，在北门外二里许。内有演武亭。

旗纛庙，旧在卫治后。成化间，创立于教场内。

预备仓，在卫治后。成化间创置。

经历知事廨，今二所，俱成化间买民地创置。

徐州左卫，在城西南隅，即河南侯旧宅。宣德五年，调楚府护卫来此，指挥佥事范诚创建，领左、右、中、前、后五千户所。成化七年，指挥使时宝重修。

正厅三间两耳，前轩三间，后堂三间，中门一座，外门三间，司房十间。

经历司，在卫厅东。　　镇抚司，在卫厅西。

五千户所，列之左右。　　军器局，在卫治西北。

预备仓，在东察院前。成化九年，指挥使时宝买民地创置。

重修徐州志卷第二

奉训大夫潞州知州郡人马暾纂辑

学校志

儒学，在城东北隅，去州治百步许。元时，在城东南隅，至正辛卯毁于兵。国朝洪武三年，知州文景宗徙置今所，有宋景濂碑铭。宣德七年，知州杨秘修建。景泰五年，知州宋诚增修。天顺六年，知州王叙修饰祭器、乐器，鼎建大成殿、东西两庑。以旧大成殿为戟门，易棂星门以石。垂成，满去。成化六年，知州陈廷琏受代，继完之。十年，增筑学后污地，重建明伦堂、斋舍，堂后鼎建尊经阁。噫！一郡学历数十年，更五六守，始克就绪。事功之成，亦难矣哉！

大成殿五间，东西庑各十间，戟门五间，棂星门三座，泮池（有桥），碑亭三座，神厨三间，神库三间，宰牲房三间，致斋所六间，明伦堂五间，尊经阁五间，东西斋各十间，仪门三间，前门三间，射圃亭三间，号房四十间，馔堂六间，学正、训导廨舍各一所。

祭器：锡香炉六个，锡花瓶三对，锡酒尊四个，锡盥盆三副，铜爵二十只，锡爵一百八只，锡簠一十六副，锡簋一十六副，锡豆七十二副，锡登五副，锡酒杓三柄，锡铏二十副，木牲匣五副，长木桌三十二张，小木香案四只，铁高烛台二对，小木烛台三十六对，牲匣桌二张，涤牲桶四个，宰牲木凳八条，竹篚箱九个，牲血盆八个，毛血盘十个，酒尊桌三张，铁锅五口，抬水桶五个。

颁降乐器：麾幡一面（并拔二片）；红漆竿一条，龙头钩一个；柷一座（并椎），敔一座（并帚）；排箫二面，搏拊鼓二面（圆条二条）；琴六张（弦枕全），红琴案六只；瑟二张（弦柱全），红瑟架四只；旌节二串（铜饰），红竿二条（龙头全）；笙六攒，笛四管，箫四枝，埙二个，篪二枝，籥笛三十六枝，舞竿三十六条（雉尾全）；应鼓一面，柱一座（十字螺虫全，带一条）；龙头四个，龙杖四条，铜钩四个，五色流苏四串（并座）；鼓槌二个，钟架一座；铜钟一十六，妆画龙头二个，妆画飞凤五个，螺虫二个，座子二个，五色流苏一串（并盘）；铜钩二个，铜槌二个，磬架一座，石磬一十六个，黄绵花条十六条；铜钩二个，磬槌二个，妆画龙头二个，座子二个，妆画飞鸾五个，皂鹅二个，五色流苏二串。

社学，凡十余所，俱在城关厢。成化三年，提学御史陈选遵旧制，命有司建立，各择教读一名主之，以教民间子弟。今或起废不常，似为缺典。

坛壝志

社稷坛，在北门外三里。洪武二年，知州文景宗创建。初分二坛，八年遵定制并为一坛。坛制：东西二丈五尺，南北二丈五尺，高三尺，四出陛各三级，坛下前九丈五尺，东、西、南各五丈，缭以周垣，四门红油，由北门入。石主长二尺五寸，方一尺，埋于坛南正中，去坛二尺五寸，止露圆尖，余埋土中。神牌二，以木为之，硃漆青字，书州社之神、州稷之神。临祭，设于坛上，以矮桌盛顿，祭毕藏之。旁设神厨、库房、宰牲房。岁以春秋仲月致祭。每有损坏，守臣相继葺理。

风云雷雨山川坛，在南门外一里。洪武二年，知州文景宗建。共一坛，不用石主，木牌凡三：一曰风云雷雨之神，一曰徐州境内山川之神，一曰徐州城隍之神，俱南向。由南门入，余制与社稷坛同。

郡厉坛，在北门外二里许。洪武八年，知州高玉琳建，祀本州无祀鬼神。祭之日，迎本州城隍神位于坛上[①]以主之。坛之制与社稷同，周缭以垣，一门南向，内树石碑一，以刻厉祭之文。每岁以春三月清明日、秋七月十五日、冬十月一日晡时致祭。

里社，洪武八年定制，每里立社一，命耆老岁以春秋仲月，用羊豕酒果祭五土之神、五谷之神。

乡厉，洪武八年定制，每里立无祀鬼神坛一，谓之乡厉，命耆老岁以清明日、七月十五日、十月一日，用羊豕酒果致祭。

宫室志

堂亭楼阁台榭并

鼓楼，在州治前。洪武七年，知州高玉琳，指挥严渊、蔡祥、知事马良建。宣德四年，知州杨秘重修。天顺元年，知州宋诚改建大楼。

钟楼，在城西南隅。洪武七年，知州高玉琳等建。宣德七年，知州杨秘重修。

彭祖楼，在城东北隅，有石刻“彭祖楼”三大字，久毁。宋苏轼《送郑户曹》诗：“水绕彭祖楼。”《方舆胜览》亦云：“汴、泗二水经彭城县彭祖楼之侧。”

① 原作“上坛”。案正统《彭城志》卷五《坛壝》：“临祭时，设本州城隍神位于上。坛之前三丈许，树石碑一，以刻祭厉文。”此作“上坛”者，句读实误，今据文义乙正。

（补遗）

燕子楼，在城中。唐贞元中，尚书张建封镇彭城，有妓妾曰盼盼。尚书既殁，张氏旧第有小楼名燕子，盼盼念旧爱而不嫁，居是楼十余年，幽独怅然，后不食而卒。昭宗景福二年，时溥据徐州，朱全忠攻其城，拔之，溥举族登燕子楼自焚死。则楼已毁于昭宗时矣。按此，则楼在州廨中为是。旧志袭俗传，以为即城西角楼，恐非。（补注）

大彭馆，在徐州城中。庞勋反，众四面超墉入，囚崔彦曾大彭馆，即此。（补遗）

黄楼，在城东门上。宋熙宁十年八月，苏轼为守时，河决，汇子城下，涨不时泄，城不浸者三版。轼庐于城上，使吏分堵以守，卒全其城。十月，奏京师。明年元丰正月，朝廷下诏奖谕，轼即城之东门为大楼，垩以黄土，曰土能胜水，乃具刻明诏于其上。轼弟辙为赋，轼自书碑，秦少游亦为赋，陈后山为铭。二赋一铭皆曰楼在东门。旧志袭俗传之误，遂以为即城东角楼，非是。（补注）

逍遥堂，在州治后。苏轼为守时，与弟辙尝会宿于此，各有诗。

秀楚堂，在州治园内。宋元祐中，知州孙觉建，自为记云："广陋适中，侈俭合度。燕申起居，既便且安。"（补遗）

明善堂，在州治后圃。宋元祐中，知州事杜纯建，自为记。（补遗）

放鹤亭，在云龙山之西麓，宋云龙山人张天骥所筑。山人有二鹤，旦则望西山而放，暮则傃东山而归，故名。苏轼为作记。

思亭，宋人甄氏筑于先陇，陈后山命名，为作记。

快哉亭，在徐州城东南隅提刑废廨。宋熙宁末，李邦直持宪节，构亭城隅之上，郡守苏轼名曰快哉。唐人薛能阳春亭故址也。陈后山有诗。（补遗）

戏马台，在城南一里许。项羽因山筑台，以观戏马，故名。刘裕为宋公，在彭城，九月九日出游此台，送孔靖[1]辞位归乡，谢灵运、宣远等并从作诗。（补注）

战台，在城东南八十五里。汉吕布自下邳与曹操相持，筑城于此，城上有战台焉。（补遗）

恭安斋庐，元徐人彭克温所筑，临川吴澄为作记。（补遗）

楚山堂，在城北泗上。元徐人钱光弼为平江路总管，晚筑此堂，有优游丘园志，刻石为记，士大夫多赋美之。（补遗）

苏墨亭，在百步洪。成化十六年，主事尹珍于洪东崖乱石中得石刻一，上书"郡守苏轼、山人张天骥、诗僧道潜月中游"十六字，盖苏轼守徐时笔迹也。因建

---

① 原作"静"，据《南史》本传改。

亭于厅事之左，陷置石刻于壁间。巡按都御史张瓒有跋，翰林学士徐琼书匾。

穷经斋，在百步洪。成化二十二年，主事吴瑞葺厅事之左，为讲读之所，因名，自为记。

桥梁志

渡附

万会桥，俗名大浮桥，在城东北三里，跨泗水。元时垒石为之，倾圮于水。洪武十八年，比舟于水为桥。其东二舟，时上下之，以便往来舟楫。正统元年，御史高峻、知州杨秘谋架木为梁，改今名。未几，又为水坏，仍联舟为浮桥，贯以铁索，后遂因之。岁久朽腐，前守虽相继修理，未为坚致。成化二十一年，知州朱鼎撤旧改造，维舟于水，加板于舟，鳞次鱼贯，上施栏楯，行者始称便焉。

云集桥，俗名小浮桥，在城北门外，跨汴水。元时垒石为之，后为水圮。洪武十六年，知州徐恒联舟作浮桥。正统二年，知州汤惟坚筑两堤，贯以铁索。岁久就弊，今仍联舟。四三十年，屡修屡坏。路当通衢，行者辐辏，一遇桥损，人咸病焉。成化二十二年，知州朱鼎撤旧改造，如万会桥之制。

利国监桥，在城东九十里，元建。（补遗）

大通桥，在北门外西去里许汴水上，以石为之，元建。今废，有记存。（补遗）

大安桥，在西门外。旧惟架木。景泰元年，徐州卫义士谭敬兄弟捐白金七百两建石桥，有记。

演武桥，在城北二里。洪武元年，徐州卫指挥蔡详建。

袁家桥，在城南三里。成化元年，徐州卫千户姚政捐白金五百两取石建。

通济桥，在城北三里。

广济桥，在城东北二十里。

九里沟桥，在城南九里。

秦梁洪桥，在城东二十里。

清源桥，在城北三十里。

响水沟桥，在城西十五里。

境山桥，在城北四十里。

萧家桥，在城北四十里。

夹沟桥，在城北九十里。成化七年，夹沟驿丞王深建。

麻沟桥，在城南三十里。

新洪浅桥，在城东南七里。

太平桥，在城西九里。

吕梁洪桥，在城南五十里。

黄家沟桥，在城南五十里。宣德十年，郎中王溥建。

通惠桥，在城南六十里。

吕梁洪渡，在城南六十里。

乔家渡，在城东三十里。

末直渡，在城北二十里。

铺舍志

急递铺三十所：

州前总铺，九里沟铺，陡沟铺，尔家庄铺，孤栗铺，东珊铺，胡辛庄铺。（以上去城南路通宿州）

三山铺，梨林铺，黄钟铺，却鲍铺，吕梁铺，房村铺，龙堂铺，双沟铺。（以上去城东南路通邳州）

刘家庄铺，鱼张铺，义安铺。（以上去城西路通萧县）

曹家庄铺，王堌朔铺，夏家朔铺，扢挞铺，单庄铺，高村铺，利国监铺。（以上去城东北路通峄县）

马兰铺，茶城铺，清水沟铺，张村铺，沈家庄铺。（以上去城北路通沛县）

闾里志

坊乡镇集并

澄清坊二，在二察院前。

宣化坊，在州治前。

承流坊，在州治前。

泮宫坊，在儒学前。

镇肃坊，在徐州卫治前。

中正坊，在城东南隅。

广济坊，在北门外。

在城四隅：东南隅、西南隅、东北隅、西北隅。

东南隅四街：威远、河清、太平、中正。

西南隅二街：平治、马市。

西北隅六街：兴化、武宁、务本、敦教、阜民、崇礼。

北关厢二街：会通、广济。

一乡古名隆德，在城之东南二十里，凡十村：塔山、双井、白塔、坊亭、稍子、悬水、北集、顾贺、驼沟、赤兰。

二乡古名昌化，去城之东十三里，凡六村：堌台、屯头、马头、新郭、安枝[①]、夏店。

三乡古名福宁，去城之北二十里，凡一十七村：苏伯、辛马、王解、南蔡丘、张村、南冯、冈头、枕沟、柳泉、侯村、单庄、北冯、夏朔、东高、吕村、西高、

① 原作“安技”，“枝”“技”字形惯混。正统《彭城志》作“枝”，后志作“技”，本义无考。徐州经济开发区大庙街道安然村史馆所藏《魏氏园井记》残碑亦作“枝”，今从其说。后志皆同。

北蔡丘。

四乡古名延寿，去城之北二十五里，凡一十三村：南关庄、三梁、溜沟、南曲直、姬村、临秦、末直、清水沟、呼家、韩村、北曲直、马栏、浊河。

五乡古名安乐，去城之西北十六里，凡二十三村：奉阳、金陵、南邵团、北欧、杜村、成子、曹团、北邵团、安丘、孙村、浊沙、北林、双堌、南楼子、朱村、南欧、东曹、龙堂、新曹、北楼子、黄村、胡庄、西曹。

六乡古名嘉祐，去城之西南九里，凡一十一村：龚成、义安、马场、大彭、董村、桃山、灌沟、林前、林后、阎村、塔山。

七乡古名崇庆，去城东南十三里，凡一十八村：三山、黄钟、义堂、南黄钟、梨林、胡山、贾城、张盆、西房、北黄钟、双沟、中房、南却鲍、北却鲍、东房、吴疃、龙堂、栲栳。

吕梁镇，在七乡，去城东南五十里。吕梁巡检司在焉。

境山集，在三乡，去城北四十里。元时尝设捕盗司，洪武初设河泊所，今皆废。

留城集，在三乡，去城北九十里。元设巡检司，今废。

利国监集，在三乡，去城东北九十里。

双沟集，在七乡，去城东南九十里。

房村集，在七乡，去城东南六十里。

夹沟集，在三乡，去城北六十里。

黄钟集，在七乡，去城东南三十里。

溜沟集，在三乡，去城北五十五里。元设巡检司，今废。

谢沟集，在三乡，去城北八十里。

汴塘集，在二乡，去城东北九十里。

泉河集，在二乡，去城东六十里。

杨家庄集，在一乡，去城东南七十里。

五沟集，在五乡，去城西北六十里。

黄村集，在五乡，去城西北八十里。

城子院集，在五乡，去城西北九十里。

皮沟集，在三乡，去城北八十里。

金陵集，[在五乡][1]，去城西北一百里。

① 三字据嘉靖《徐州志》补。

寺观志

卧佛寺，在城东南隅。中有卧佛像，故名。原有古刹，洪武二十七年，僧正如安因旧址建。宣德二年，僧正广善重修。正统五年，京刹僧恒斌买地以广其基，殿宇、方丈之类，视旧增饰焉。

开元寺，在城南一里许。中有铁佛像，一名铁佛寺。原有古刹，洪武三十年，僧沙上师因旧址建。宣德四年，僧正广善买地拓基增建。

兴化寺，在城南二里许，云龙山东畔。古有石佛甚巨，未详何时所为，俗因呼石佛寺。洪武三十一年，本州僧正胜吉因旧形建寺。永乐中，毁于火。宣德八年，僧文安重建。山径崎岖，松篁森列，往来士夫多登览焉。岁久就圮。成化二十三年，监储太监高瑛重修。

洪福寺，在城北河中洲上。旧有寺，废。正统九年，僧恒义因旧重建。

西观音堂，在城西北隅，洪武中千户刘海建。

台头寺，在戏马台上，宋建。今废。

大云教寺，去城北四十里。旧有寺，废。洪武十五年，僧高峻[①]重建。

洞山寺，在城北桓山上。山下有洞，故名。天顺、成化间，监储中官刘质、马敬、韦通相继修建，请敕额。

洪福禅院，去城北一百十五里。宋崇宁元年，僧慧诚建。金大定三年，僧智全、清能重修。

十方奉圣禅院，在城东北九十里利国监。金大定十六年，沙门德诚建。

龙兴禅院，在城北一十里马兰村，宝峰山之后。金大定十四年，僧惠信建。

功德禅院，在城北九十里留城西北隅，留侯庙之东。元中统二年，僧人赈公禅师建。

弥陀院，在城东南六十里。创于前元，宣德十年重建。

香亭院，在城东七十里，地名坊亭。旧有焚香亭，废。元大德间，僧普住、普威，弟子洪成，相继修建。

五级寺，在徐州城中[②]，北齐时建。（补遗）

真武观，在城东南隅。永乐初创建。宣德二年，都督郑铭重建。天顺二年，知州宋诚重修。成化二年，知州王叙、指挥苏宽、时宝，命军耆邓亨募缘重建。弘治七年，监储左监丞莫昂修建玉皇殿。

---

① 正统《彭城志》作“明俊”。

② 案《北齐书 · 苏琼传》：“徐州城中五级寺忽被盗铜像一百躯。”本志以其见于《北齐书》，遂云“北齐时建”，恐有武断之嫌。又，嘉靖《徐州志》以后皆作“城东”，似误。

祠庙志

城隍庙，在城东南隅，去州治二百六十步。洪武二年，知州文景宗建。宣德九年，知州杨秘重建。天顺二年，知州宋诚修理。成化五年，知州王叙撤旧鼎建前后殿宇、东西廊房、中门、外门、左右厢房，规模弘大，而功未毕。成化七年，知州陈廷琏受代，继成之。外表以二坊。

彭祖庙，按《一统志》：在城东北隅楼下，魏刺史元延明自他所徙建于此。（补遗）

黄石公庙，按《一统志》：在城东北二十里。《汉书》：圯上老父授张良以《素书》，谓良曰："济北谷城山黄石即我也！"后十三年，良从高帝过济北谷城山下，果得黄石，取而葆祀之。（补遗）

［汉高］祖庙，在州城东南五里，临泗水。旧庙久废。永［乐间，耆民］梁聚等建。正统五年，知州杨秘等［重修。岁］[①]久倾圮。成化十四年，监储监丞马敬修理，监察御史郑节为记。

留侯庙二：一古庙，在留城。《后汉书》：留城中有张良庙，即此。旧庙卑隘，弗称具瞻。成化二十年，巡河御史陈嘉谟、郎中顾余庆择地为改建焉。一今庙，在子房山上。宣德初，平江伯陈瑄因旱祷雨有应，建祠祀焉。景泰七年，知州宋诚徙其祠于左而新之，肖子房像于中。成化十九年，乡民增建前轩、大门，及守者居屋咸备焉。

忠烈庙，在徐州。宋知州王复死节，权知州事赵立奏为复立庙。每岁时及出师，必帅众泣祷曰："公为［朝］[②]廷死，必能阴佑其遗民也！"徐人闻之归心焉。（补遗）

徐州洪神庙，在百步洪上。旧曰灵源弘济王，或曰金龙四大王，舟楫过洪，必致祷焉。元郡守赵克明建，傅汝砺为碑。宣德七年，登载祀典，有司岁时致祭。成化七年，工部主事郭昇重建。元碑断裂，成化二十二年，主事饶泗重刻。旧志云"即旧圣女祠"，恐误。旧圣女祠无稽，今正之。（补注）

吕梁上洪神庙，旧曰河平王，在城东南六十里吕梁上洪。元有庙基。永乐初，庙祝孙垚[③]建。宣德七年，登载祀典，有司岁时致祭。十年，知州杨秘重建。旧额无稽，今正之。

吕梁下洪神庙，旧曰龙神，在吕梁下洪。元驿丞董恩建。宣德七年，登载祀

① 底本字迹漫灭，以上九字据嘉靖《徐州志》卷八《祀典》补。

② 字据《宋史·赵立传》补。

③ 按：正统《彭城志》作"珪"。此作"垚"，疑"珪"之坏字。

典，有司岁时致祭。天顺元年，知州宋诚、判官潘东重修。旧额无谓，今更之。

关尉神祠，在吕梁洪上。元董恩建，以祀汉寿亭侯关羽、唐鄂国公尉迟恭。盖羽事汉昭烈，昭烈尝为徐州牧；恭尝治水吕梁，皆有遗迹，故庙祀之。翰林侍讲赵孟頫撰碑铭。宣德七年，登载祀典，有司岁时致祭。成化四年，主事谢敬重修。

宣圣庙，在城北七十里。元时，有一儒者常以朔望诣城谒宣圣，惮于远涉，因建以便拜谒。岁久摧圮。成化二年，乡民重建。

拔剑泉庙，在丁塘。泉因汉高帝拔剑而出，后人旱祷获应，故庙祀之。洪武三十二年，知州杨节仲因旧基建，自为碑。天顺三年，知州宋诚重修，岁时致祭。旧曰“龙湫”，恐非。

田祖神庙，旧曰“螟蝗”，或曰“司稼”，在城西北五里许。前元有庙。元统三[1]年，郡守张姓者立石刻文，今已毁。洪武三十二年，知州杨节仲重建。宣德十年，知州杨秘重修。自是，守臣相继葺理。考其始建，亦为民祈谷之意。盖螟蝗，蝗属，害苗之虫，去之有赖于神，故庙祀之。《诗》曰：“田祖有神，秉畀炎火。”此宜为田祖神庙，题其主曰“田祖之神”。曰“螟蝗”，曰“司稼”，俱无谓。

司马神庙，在城南门外。宣德七年，因本州民喂养官马，建以祀天驷房星之神。《诗》曰：“既伯既祷。”比而立庙，亦为民祈佑之意也。守臣相继葺理。

三贤祠，在儒学。旧名“先贤”，祀徐之先贤，有学正刘羽碑存。天顺间，学正龚汇以韩昌黎、苏文忠二公仕徐皆有遗惠，故刻木像，置诸贤木主之前。成化七年，知州陈廷琏徙于黄茅冈，增徐之先贤陈后山为三贤，先贤祠遂废。成化十八年，知州和鸾以僻在旷郊，守者去留不常，复徙立于学宫东畔隙地。

恭襄祠，在河东水次，祀平江恭襄侯陈［瑄。侯有］[2]功漕运，故祀之。成化十八年，知州［和鸾、指挥使］[3]苏宽、千户刘显，以总漕平江伯陈锐规画鼎建。

东岳庙，在城西南隅。

寿亭祠，在城西门内。

文昌祠，在南门外西畔。

火星庙有四：一在东岳庙东，一在南关厢，二在北关厢。

① 原作“四年”，案元统只三年，参喻则成《徐州重建螟昆祠记》：“元之元统乙亥，徐郡守张其姓者立石刻文，而神之名始著。”改为“三年”。

② 底本残损，三字据嘉靖《徐州志 · 祀典》补。

③ 底本残损，五字据嘉靖《徐州志 · 祀典》补。又，自“田祖神庙”至“指挥使”，原错入“陵墓志”中，今置回。

陵墓志

彭祖墓，按《一统志》：彭祖，颛顼玄孙，为殷贤臣，寿八百岁，封于彭城，卒葬于此。（补遗）

司马桓魋墓，在城北桓山下。有洞，深五丈许。魋为石椁，三年不成，孔子讥之，即此。《后汉书》：城北有山，临泗水，有宋桓魋石椁，皆青石。（补注）

楚元王墓，在楚王山下。王即汉楚元王交也。山下又有古冢数十处，皆依山为之，甃以巨石，其冢甚大，相传为交之子孙墓。《后汉书》：城西二十里有山，山有楚元王墓。（补注）

范增墓，一名亚父冢，在城南一里。范增，项羽谋臣。羽以陈平反间疑增，增愿请骸骨归。未至彭城，疽发背死，葬此。元季时，有贾胡盗发其冢，深四十尺许，得宝剑去。

王陵母墓，在城西南二里。楚项羽取陵母置军中，召陵，母遂伏剑死，葬于此。

樊哙墓，在城北九十里。哙，汉将，卒葬于此。

张良墓，在城北七十里留城南。按《史记》良本传：留侯死，并葬黄石冢。每上冢伏腊，并祭黄石、留侯。（补注）

刘向墓，在城西北二里。向，汉楚元王之后，卒葬于此。

龚胜墓，在城东南三里。胜，汉臣，死节，葬于此。（补遗）

刘公子墓，在城西北九十里。公子，光武时累拜宗正，归老于家，葬此。

楚王英墓，按《通志略》：英，光武子，封楚王。以事徙丹阳，自杀。诏遣光禄大夫吊祀，以诸侯礼葬于泾。元和三年，复遣谒者备王官属迎英丧，改葬彭城。今不知其处。（补遗）

陶谦墓，在城西四十里。东汉末，谦为徐州牧，卒葬于此。

华陀墓，在城南半里许。陀善医，因忤曹操见杀，首葬于此，在山川坛侧。永乐初，知州杨节仲因修坛剷地，得一首甚巨，疑即陀首，遂加土瘗之，今墓前有石碣，题曰“后汉名医华陀之墓”。按《后汉书》：陀，本沛国谯人。谯，即今凤阳府亳县地，在后汉为谯县，属沛国。沛国治相，今虹县地。以此证之，非今沛县明矣。旧志直云“陀，沛人”，又以陀收入《沛县志》，恐误。（补注）

刘昶墓，按《通志略》：昶以大将军开府镇徐州，豫营墓于彭城西南，与三公主同茔而异穴。发石垒之，坟崩，压杀数十人。后复移改，颇为公私费害。太和二十一年，薨于彭城，葬焉。今不知其处。（补遗）

徐国公墓，元平章政事、徐国公燕只吉台彻里葬此。按神道碑，在岠山之阳。

岠山，在吕梁东南二十里许。（补遗）

钱总管墓，在九里山阴。元平江路总管光弼葬此，有神道碑铭。（补遗）

山都督墓，在留城。都督讳云，出镇广西，卒于镇。正统四年谕葬于此，有神道碑铭。

权学士墓，在城北赵团山之阳，今大学士谨葬焉。

任参政墓，在城西二里，今云南参政肃葬焉。

马教授墓，在城北九里山高峰下，今教授蕙葬于此。

义冢，在河东驿东，葬流民之殍死者。

古迹志

垞城，按《一统志》：在城北三十里，面临泗水。兖州人谓实中城曰“垞”。《舆地志》：“垞城，古崇国。”恐误。（补遗）

彭祖旧宅，在城西北隅。唐皇甫冉《彭祖井》诗云：“旧井莓苔近寝堂。”宅与井必在一处。（补遗）

楚故都，在州治。秦末，楚怀王都此。后项羽迁怀王于郴，自立为西楚霸王而都之。宋苏轼诗注：“徐州郡治有厅事，俗谓霸王厅，相传不可坐。轼在郡拆之，以盖黄楼。”（补遗）

雍门，在州城东南五十里。即雍门周善弹琴，能使孟尝君悲者［居此］[1]。（补遗）

试剑石，汉高祖庙有石，高三尺余，中裂如破竹，不尽者寸。父老曰：“此帝之试剑石也。”苏轼为守，弟辙从观此石，为之作铭。（补遗）

渎上，在彭城，韦孟所居里名。孟徙邹，作谏楚王戊诗云“梦我渎上”，即此。（补遗）

啮桑，按《史记·周勃世家》：“攻啮桑，先登。”《索隐》注云：“啮桑，在梁、彭城间。”（补遗）

迷刘城，在城西南二里。世传汉高与项羽战，汉兵大溃，一时不知帝之所在，因迷其处，故云。

灰城，在城西北一百里。世传汉高帝所筑。

食城，在城西北一百二十里。世传汉高帝尝犒师于此，故名。

舞阳城，在城西北五十里。汉封功臣樊哙为舞阳侯，筑城于此。

① 二字据嘉靖、康熙《徐州志》补。

梁王城，在城东南六十里。梁王即彭越，城见存。

留城，在州城北九十里。汉为县。高帝封功臣，使张良自择三万户。良曰："始臣起下邳，与上会留，此天以臣授陛下也。臣愿封留足矣。"遂封良为留侯，即此。今城尚存。《一统志》云："在沛东南二十里。"盖留在徐、沛之间，今省入郡，故收此。（补注）

武原城，在彭城界内。东汉置武原县，属彭城国。

吕布城，在州城东南八十五里。布与魏曹操相拒，筑城于此。按《东坡诗注》："吕布自下邳相持，筑城于彭城。"[①]

廉里，汉龚胜故居，后世刻石表其里门。盖胜汉臣，因王莽强起，绝食而死，故后世高其节而表之。今惜不知其处。

彭城三里，一曰丛亭，一曰安上，一曰绥舆。按《通志略》："彭城刘同出楚元王，分为三里，以别宋氏帝族。左将军刘怀肃居安上里，豫州刺史刘怀武居丛亭里，宋氏帝族居绥舆里。"《玉海》引《唐会要》："丛亭里，在彭城，汉宣帝曾孙司徒居巢侯刘恺之后居此。"

唐使院石幢题名、宋苏文忠书《黄楼赋》碑，见存，在州治仪门下。

古墓铭，在徐州。高流之为刺史时，河决，水绝破城，一古墓铭曰："死后三百年，背底生流泉。赖有高流之，迁吾上高原。"流之为造棺椁改葬焉[②]。（以上并补遗）

尉城，在城东南六十里。唐尉迟敬德疏吕梁二洪，因筑城以居。今有尉公庙。

利国监，在城北九十里。汉置铁官四十郡，彭城已有铁官。宋兴，差铁有四监，徐州之利国监，其一也。元丰初，苏轼在郡上皇帝书亦曰："利国监自古为铁官，商贾所聚。"旧志云"监，苏轼建置"，恐误。后因铁少，废监。元设巡检司、捕盗司、都酒税务，今皆废，止设利国监驿。（补注）

宝丰监，在徐州。宋元丰六年置，铸铜钱。八年废。（补遗）

黄茅冈诗刻，在城南二里，云龙山西畔。宋苏轼守徐，尝登此冈，作七句诗，刻崖石上，今或剥落。后有翻刻及题名年月，间亦模糊。近好事者杂勒诗文，无足传。

苏堤，在南门外。宋苏轼守徐时，河决，汇于城下，因筑东南长堤以障城，首起戏马台，尾属于城。今存。

---

① 案《太平寰宇记》卷十五《徐州》："吕布城，在县东南五十里。按《魏·地形志》：吕布自下邳与曹操相持，筑城于此。"今本《魏书》无此句。此云出自《东坡诗注》，亦无考。

② 案唐张鷟《朝野佥载》卷五：后魏高流之为徐州刺史，决滹沱河水绕城，破一古墓得铭云云。然考以滹沱河流经，应非今之徐州。

双石人，在州界上。苏轼寄弟辙诗“道边双石人，几见太守发”，即此。（补遗）

戏马台石勒，在戏马台上。台皆土阜，间亦有石。宋人于上建台头寺，因凿磴以升。磴傍一崖，高四五尺，广二丈余，皆宋人杂勒，岁月、姓名多漫漶者。循磴而上，又一崖，高二尺余，广三四尺，有文皆隶书，字法遒劲，然剥落不能读。

白鹤乡，在徐州彭城县。宋嘉祐七年，其地生面。今不知其处。

白土镇，在州之西南。镇之北出石炭，苏轼尝访获之。

白门，在徐州。按《唐书》：张玄稔攻徐州，徐吏路审中率死士应官军，开南白门入，因得破庞勋。宋苏轼《过云龙山人》诗：“肩舆白门道。”陈后山又有《和寇十一晚登白门》诗。观此，则白门恐即城之南门也。

悬水村，在吕梁。苏轼《答吕梁仲屯田》诗“官居独在悬水村”，注云：“吕梁地名。”《庄子》：“吕梁悬水三十仞。”故今言吕梁为悬水村也。

张山人园，山人谓张天骥，其居在云龙山之西麓，园必近居。苏轼有《游张山人园》诗。（以上并补遗）

张村废站，在城北六十里。

武安废州，在城南五里。元末，芝麻李据徐州，丞相脱脱平之，降武安州，徙治于此。今广运仓即其地。

河南侯故宅，侯谓陆聚，洪武初守徐居此，十年罢归。今徐州左卫即其地。

关羽竹、苏轼帖，二石刻。宣德四年，僧正广善创建铁佛寺，因劚地得之，见存。

彭城八景

汴泗交流（汴、泗，二水名。泗水自北来，至郡城东北角，与汴水合。唐韩愈诗：“汴泗交流郡城角。”宋苏轼守徐时，王定国、颜长道尝月夜棹小舟游泗水上，吹笛乘月而归。轼时不往，夜于黄楼上，相视而笑。至今风景依然。故云“汴泗交流”）

吕梁悬水（吕梁，即吕梁洪。《列子》《庄子》二书“孔子观于吕梁，悬水三十仞，流沫四十里”，故云。然或疑今吕梁洪之水无三十仞之高，流沫无四十里之远，欲拟悬水为冀州之吕梁，不可为徐州之吕梁。及考《书·禹贡》：“治岐及梁。”注：“梁山，即吕梁山也。”《尔雅》云：“梁山，晋望。”即冀州吕梁也。吕不韦曰：“龙门未辟，吕梁未凿，河出孟门之上。”又《春秋》：“梁山崩。”《左氏》《穀梁》皆以为“晋望”，则亦指吕梁矣。是则《书》注曰“晋望”，曰“未凿”，曰“崩”，皆指山而言，未闻有洪。惟郦道元谓：“吕梁之石崇竦，河流激荡，震动天地。”盖指未辟、未凿之时而言，亦未见有“悬水”二字。又按《史记·世家》：“孔子既不得用于卫[①]，将西见赵简子，至于河而返。”则冀州吕梁，又孔子之所未到。况此吕梁洪之悬水，且有凭据。《列子书》“孔子观于吕梁悬水”，晋人张湛注曰：“在今彭城郡”。宋苏轼《答吕梁仲屯田》诗云：“官居独在悬水村。”注曰：“《庄子》吕梁悬水三十仞，故今言吕梁为悬水村也。”今洪之东南，见有悬水村。且沧海桑田，不无变更。此洪在唐，尝经尉迟恭修浚，其势已杀。今其水虽无三十仞之高，安知在远古之时，亦无三十仞之高乎？刘向校《列子书》又云：“且多寓言，与庄周相类。”悬水之论，或恐寓言，又不敢必知其然也。国家定鼎北都，东南职贡，悉由此道，而漕舟客艘，往来纷纷，日凑其间，是亦郡中之形胜也，故仍其旧。曰“吕梁悬水”）

丁塘异泉（泉在丁塘。汉高帝与项羽战，尝垒于此，兵渴，无水，帝拔剑插地，泉水涌出。至今水流成渠，旱不枯，涝不溢，风景之胜，此亦奇矣。故云“丁塘异泉”）

黄楼胜迹（楼，宋苏轼所筑。时河决，水及，将坏城。轼庐城上，命将吏分堵以守，卒全其城。因筑楼城上，垩以黄土，谓土能胜水。古今词人墨客登眺之间，一郡中之佳胜，举在目前矣。故云“黄楼胜迹”）

石佛朝云（云龙山巅之东畔，有巨石佛，覆以大宇两序。依山形高下，轩轾其屋。左右前后，松篁丛列。其下惟崎岖一径通焉。每于烟霏雾霭之余，人远望之，比如蓬莱阆苑。故云“石佛朝云”）

留城夕照（留城，即汉张良所封处。土冈四起，隐然城形。自汉迄今，殆几百祀矣，而城之迹与良之名岿然独存，淡烟衰草，风景凄然，故云“留城夕照”）

亭鹤清风（宋云龙山人畜二鹤，每放于西山之阳，朝放暮归。先作亭于东山之麓，苏轼记之。今山人物故矣，亭亦废矣，而清风凛然，在人耳目。故易“剑台高谊”曰“亭鹤清风”）

苏堤遗爱（宋熙宁时，徐被水。苏轼为守，于郡城东南筑长堤以捍水，遂以免患。至今土堤尚存，垂柳婆娑，景物茫茫，郡人犹有甘棠蔽芾之思。故云“苏堤遗爱”）

---

① 原作“魏”，据《史记·孔子世家》改。

职官志

并补遗

汉

彭城县（初属楚国，景帝时改属沛郡[①]。武帝时，属徐州楚国）

县令，千石，月俸八十斛。

县丞，四百石，月俸五十斛（或以本郡人为之）。

主簿（令长自调用）。

县尉，二百石，月俸三十斛。

徐州部刺史（武帝元封五年，复禹旧号）

部刺史一人，秩六百石。成帝绥和元年，以刺史位下大夫，而临二千石，轻重不相准，为更为州牧，秩真二千石。哀帝建平二年，复为刺史。元寿二年，复为牧。

彭城郡（宣帝时改）

太守一人，秩二千石。

郡丞一人，秩六百石。

郡尉一人，秩比二千石。

徐州（光武建武时，并郡国置）

刺史一人（灵帝中平五年，改刺史，惟置牧）。

别驾从事史一人，治中从事史一人，主簿一人，功曹书佐一人，部郡国从事一人，典郡书佐一人。又有簿曹、兵曹等官，皆州自辟除，通为百石，或云秩六百石。

唐

徐州（武德初，改郡置）

刺史一人，从三品，职田十顷，岁给俸三百三十石。

别驾一人，从四品，职田八顷，岁给俸二百四十石。

长史一人，从五品，职田七顷，岁给俸一百四十石。

① 按：七国乱平，景帝改立元王子宗正刘礼为楚王，仍都彭城，未闻改属沛郡事。

司马一人，秩与长史同。

录事参军事一人，从七品，职田四顷，岁给俸六十五石。

录事二人，从九品。

司功参军事一人，司仓参军事一人，司户参军事二人，司田参军事一人，司兵参军事一人，司法参军事二人，司士参军事一人，以上皆从七品，秩与录事参军事同。

参军事四人，从八品。

市令一人，丞一人，并从九品。

文学一人，[从八品][①]。

医学博士一人，从九品。

武宁军（德宗贞元十六年置）

节度使一人。

副大使、知节度事、行军司马、副使、判官、支使、掌书记、推官、巡官、衙推各一人。

同节度副使十人。

馆驿巡官四人。

府院法直官、要籍、逐要、亲事各二人。

随军四人。

徐州观察使（懿宗咸通十一年置）

观察使一人。

副使、支使、判官、掌书记、推官、巡官、衙推、[随军、要][②]籍、进奏官各一人。

宋

武宁军（太祖初，仍旧置）

节度使无定员。

徐州（仁宗时复置）

知军州事一员，从五品，职田十顷，俸四十五千。

通判军州事一员，添差通判军州事一员。

---

① 三字据《新唐书·百官志四下》补。

② 底本残损，三字据《新唐书·百官志四下》补。

州学教授一员，增差州学教授一员。

录事参军一员，从八品，俸二十千。

司理参军一员，从八品，俸十二千。

司法参军一员，秩与司理参军同。

司户参军一员，从八品，俸十千。

监籴纳仓一员（即唐司仓参军）。

利国监知监一员。

元

徐州（元初置，下）

达鲁花赤一员，从五品，职田六顷，月俸三十贯。

知州一员，秩与达鲁花赤同。

同知一员，正七品，职田四顷，月俸钞十八贯。

判官一员，正八品，职田三顷，月俸钞十三贯。

吏目一员，月俸钞四十贯。

儒学学正一员。

徐州路总管府（顺帝至正八年，升上）

达鲁花赤一员，正三品，职田十六顷，月俸八十贯。

总管兼管内劝农事一员，秩与达鲁花赤同。

同知一员，职田八顷，月俸钞四十贯。

治中一员，职田六顷，月俸钞三十贯。

判官一员，职田五顷，月俸钞二十贯。

推官二员，月俸钞一十九贯。

经历一员，月俸钞一十七贯。　知事一员，月俸钞一十二贯。

照磨兼承发架阁一员。　通事、译史各一人。

司狱司司狱一员，丞一员。

录事司达鲁花赤一员，正八品，职田三顷。

录事一员，秩与达鲁花赤同。　录判一员，典史一员。

儒学教授一员，正九品。学正一员，学录一员。

蒙古教授一员，正九品。

阴阳教授一员。　医学教授一员。

利国监都酒税务提领一员，大使、副使各一员。

利国监、留城、溜沟三巡检司巡检各一员。

吕梁驿丞一员。

徐州兵马司（至正十一年添设）

都指挥二员，指挥二员，副指挥四员。

经历、知事、提控案牍各一员。译史二人，司吏十二人，奏差八人，贴书二十四人，司狱一员，狱丞一员。

武安州（至正十二年降路[①]置）

设官与徐州同。

忠勤万户府（至正十五年十二月置于武安州）

达鲁花赤一员，万户一员，副万户一员。

经历、知事、提［控案牍各一员］[②]。

镇抚司镇抚二员。

千户所达鲁花赤一员，千户一员，副千户一员，弹压二员，百户二员。

元制：诸路万户府以管军多寡，分上、中、下，官品视上、中、下为差等。时忠勤万户府添置于武安州，莫详其管［军之多寡］[③]，不见归附国朝，故不著其官品。

国朝

徐州（初隶中立府，洪武八年改直隶）

知州一员，从五品，月俸米一十四石。

同知一员，从六品，月俸米八石。

判官一员，从七品，月俸米七石。（增设管马一员、管河一员）

吏目一员，从九品，月俸米五石。

儒学学正一员，未入流，月俸廪米三石五斗。

训导三员，未入流，月俸廪米三石。

阴阳学典术一员。　医学典科一员。

---

① 原作“县”，据顺治《徐州志》卷之四上《历代秩官制》改。

② 底本残损，六字据顺治《徐州志》补。

③ 底本残损，四字据顺治《徐州志》补。

僧正司僧正一员（以上无俸）。

税课局大使一员。

吕梁洪税课局大使一员。

永成库大使一员。

永福仓大使、副使各一员。

递运所大使一员。

广运仓大使、副使各二员。

黄河东岸、石山、利国监、桃山四马驿，彭城、房村、夹沟三水驿，驿丞各一员。

徐州、黄家、吕梁上下、沽头上中下七闸，闸官各一员，以上俱未入流，月俸三石。

吕梁巡检司巡检一员，从九品，月俸五石。

徐州卫（吴元年设）

指挥使，正三品。指挥同知，从三品。

指挥佥事，正四品。卫镇抚，从五品。

经历一员，从七品。知事一员，正八品。

左、右、中、前、后、中左、中右七千户所：

正千户，正五品。副千户，从五品。

百户，正六品。所镇抚，从六品。

徐州左卫（宣德五年增设）

设官与徐州卫同。领左、右、中、前、后五千户所。

封建志

并补遗

陶唐

彭祖，姓篯名铿，颛顼孙，陆终氏第三子，曰大彭氏。尧封之彭城，历虞、夏至殷八百余年。孔子谓“老彭”，朱子谓“商贤大夫”，《庄子·逍遥游篇》注“彭祖名铿，尧臣，封于彭城”，《通志·氏族略》“陆终之子，三曰彭祖，封于大彭之墟”，皆是也。

周

鱼石，春秋时，彭城本宋地，楚取之，以封鱼石。《春秋》书“围宋彭城”，示楚不得取之宋，鱼石不得受之楚也。

冉求，字子有，鲁人，孔门弟子。唐玄宗赠徐侯，宋真宗加封彭城公，度宗改封徐公。

秦

景驹，秦族[①]。《史记·项羽纪》："秦嘉立景驹为楚王，军彭城。"《高帝纪》："秦嘉立景驹为楚假王，在留。"注："留，今彭城留县。"大抵留属彭城，相去不远。

楚王心，秦末兵起，项梁用范增计，乃求楚怀王孙心，得之民间，与沛公共立为楚怀王，都盱眙，后徙都彭城。

项羽，羽既分王诸侯，自立为西楚霸王，徙怀王于郴，都彭城。

汉

楚元王交，字游，高帝同母少弟。帝既定天下，六年，大封同姓，以薛郡、东海、彭城三十六县[②]封交为楚元王，都彭城。即位二十三年卒，子夷王郢客立。夷王四年卒，子王戊立。楚元王少时，与穆生、申公、白生俱受《诗》浮丘伯。文帝时，申公为《诗》最精，始为《诗》传，号《鲁诗》。元王亦次之，号《元王诗》。

楚文王礼，元三子，为汉宗正。景帝时，楚王戊谋逆，自杀。汉既平楚，乃拜礼为楚王，奉元王宗庙，是为楚文王。立三年卒，子安王道立。再传二世，国除。

卫胠，以梁将军从击韩信、陈豨、黥布，封武原靖侯，食二千八百户。（武原，楚国属邑）

张良，字子房，汉高祖谋臣。帝定天下，封功臣，使良自择三万户，良愿封留，因封留侯。（留，县名，属楚国）

楚孝王嚣，宣帝子。甘露二年，立为定陶王，三年徙楚。成帝河平三年入朝，诏以其素行纯茂，特加［显异，封其子］[③]勋为广戚侯。

楚王英，光武子，建武十五年封为楚公，十七年进爵为王，十八年就国。后以事徙丹阳，留母许太后住楚宫。英至丹阳，自杀。诏遣光禄大夫吊祀，以诸侯礼葬于泾，遣中黄门占护其妻子。明帝十五年，帝幸彭城，见许太后及英妻子于内殿，

---

① 案《史记·项羽本纪》："秦嘉已立景驹为楚王。"《集解》：秦嘉，广陵人；景驹，楚族。景驹虽为秦嘉所立，并非秦族，志书解读有误。

② 原作"郡"，据《汉书·楚元王传》改。

③ 底本残损，五字据《汉书·宣元六王传》补。

悲泣，感动左右。元和三[①]年，许太后薨，复遣光禄大夫持节吊祀，又遣谒者备王官属迎英丧，改葬彭城。

楚侯种，英子，建初二年封。

靖王恭，汉明帝子，初封钜鹿王，徙为六安王。肃宗崩，遗诏徙封彭城王，食楚郡，其年就国。恭敦厚威重，吏民敬爱之。

三国

彭城王据，魏武帝子。始封范阳侯，寻进为公。黄初时，封章陵王，徙义阳。文帝以南方下湿，又以其母彭城人，徙封彭城。

晋

彭城穆王权，字子舆，宣帝弟。武帝泰始元年受封，咸宁元年薨，子元王植嗣。元王薨，[子康王释立][②]。

刘义隆，裕之子。安帝义熙十一年，论平蜀功，升彭城公。

南北朝

刘义康，宋武帝子。元初元年，封彭城王。

元勃，后魏宗室，善射御，以勋赐爵彭城公。

元景隆，后魏宗室。初封丹阳公，位广州刺史，徙徐州，改封彭城王。

元勰，字彦和，后魏献文子。太和九年，封始平王，加侍中。车驾南伐，领宗子军，宿卫左右。转中书令，侍中如故，改封彭城王。

李谐，字虔和，幼有风采。赵郡李搔尝过门下见之，归谓其父元忠曰："领军门下见一神人。"元忠曰："必李谐也！"问之，果然。袭父先爵彭城侯。

元劭，魏主之兄，先封彭城王，后尊为无上王，以其世子韶封彭城王。

侯莫陈崇，代武川人也。仕周，累迁仪同三司，改封彭城郡公。崇兄顺，亦进爵彭城郡公。

[令狐][③]熙，燉煌人。起家以通经为吏部上士，[转夏]官府都上士。母忧，殆不胜丧，其父戒之，[稍加饘]粥。服阕，除少驾部。复丁父忧，非杖不起。河阴

---

① 原作"二"，据《后汉书·光武十王列传》改。

② 底本残损，五字据《晋书》本传补。

③ 底本残损，以下七字据《隋书》本传补。

之役，诏令墨缞[①]从事，授职方下大夫。袭封彭城县公[②]。

韦澄，字清仁，仕后周，为绵州刺史，封彭城公。

令狐整[③]，字延保，燉煌人。周孝闵帝践阼，拜司宪中大夫。处法平允，为当时所称。进爵彭城县公。

高溆，字子深，北齐神武第五子。尝为沧州刺史，转都督、定州刺史，为治严察，州境无复盗贼，治为天下第一。天保初，封彭城王。

隋

虞庆则，京兆人。开皇元年，进位大将军，迁内史、吏部尚书、京兆尹，封彭城郡公。

唐

徐康王元礼，高祖子。始王郑，即授郑州刺史，后徙王徐，迁徐州都督。

赵王隆业，睿宗子。始王赵，武后长庆二年，降封彭城郡王。

刘知柔，彭城人，藏器子，知几兄。开元初，累官太子［宾客］[④]，封彭城郡侯。

［深］[⑤]王悰，宪宗子。贞元二十一年，始王彭城郡。

刘弘远，蜀先主十九代孙。仕唐为检校司尉卿、临洮军使，袭封彭城郡公。

刘怦，幽州昌平人。积功至雄武军使，迁涿州刺史。得众心，擢御史大夫，封彭城郡公。

韦见素，袭父爵彭城郡公。杜工部尝投以诗。

刘渊之，弘远曾孙。初仕参幽州军事，转兵曹掾，历范阳令。兴元初，以太子家令为英州刺史，以御史中丞为行军司马，擢侍中、中书令，进封彭城郡王。

宋

刘继元，汉主。宋太宗太平兴国四年，降诏赐爵彭城郡公。

密王元偓，太宗子。端拱九年，封徐国公。天禧二年，封徐王。

徐王棣，徽宗子。初封徐国公，积封至徐王。

刘子羽，字彦修，建州崇安人。少以父任补将仕郎，入主太仆。累官除宝文阁

---

① 原作“衰”，据《隋书》本传改。

② 按：令狐熙为令狐整之子。《周书 · 令狐整传》：“进爵彭城县公。”《隋书 · 令狐熙传》：“袭爵彭阳县公。”而《北史 · 令狐整传》：整“进爵彭阳县公”，子熙“袭彭城县公”。诸书互异如此。

③ 按：令狐整为令狐熙之父。父在子后，疑志书未遑细核之故。

④ 底本残损，二字据《新唐书 · 文艺传上》本传补。

⑤ 底本残损，字据《旧唐书 · 宪宗二十子传》补。

直学士，封彭城县男。

刘珙，字恭父，子羽之子。以恩补承务郎中，[进士第][1]，累官中书舍人，复除翰林学士、知制诰兼侍读，以郊祀恩封建安县男，累进大学士，除知建康府、江南东路安抚使，兼行宫留守，徙封彭城郡侯。

元

刘宣，字伯宣，潞州人。仕至集贤学士、行台御史中丞，忠义节操为时所重。以触怒大臣，诬构成罪，卒。延祐四年，从子自持上宣行实，御史台以闻，制赠资善大夫、御史中丞、上护军，追封彭城郡公。

刘斌，济南历城人，累官本道左副元帅，升济南新旧军万户，移镇邳州。卒，赠中奉大夫、参知政事、护军、彭城郡公。

刘德温，字纯甫，大兴人。起家中书省宣使，累官通议大夫、永平路总管。卒，赠正议大夫、礼部尚书、上轻车都尉、彭城郡侯。

国朝

陆聚，元末为张士诚伪将，守徐。天兵下淮安，聚全城归附，以功封河南侯，守徐，洪武十年罢归。

马公，宿州人，以外戚封徐王。墓在宿州闵子乡，岁时享祀，徐亦供事焉。

重修徐州志卷第二

① 底本残损，三字据朱熹《晦庵集》卷九十四《刘枢密墓记》补。

重修徐州志卷第三

（补辑）

名宦志

周

黔夫[1]。齐威王与魏惠王会田于郊，魏王问：“齐有宝乎？”威王曰：“吾有黔夫者，使守徐州，则燕人祭北门，赵人祭西门，徙而从者七千余家。”

西汉

穆生，少与元王及申公、白生同受《诗》浮丘伯。元王王楚，以三人为中大夫，敬礼三人。穆生不嗜酒，元王每为设醴。及孙戊即位，常设，后忘设焉，生遂谢病去。

张尚，楚王戊丞相；赵夷吾，为戊太傅。王戊反，二人谏，不听而死。后封尚子当居为山阳侯，夷吾子周为高陵侯。

袁盎，楚人，字丝。景帝既平吴楚之乱，更以元王子平陆侯礼为楚王，盎为楚相。

何武，蜀郡郫县人。成帝时，为楚内史。好进士，奖称人之善。在楚厚两龚，及为公卿，荐之朝廷。世以此多焉。

王尊，涿郡高阳人。成帝时，为徐州刺史。洁己砥节，政声大著。

后汉

陈俊，南阳人。光武起兵，屡有讨定。张步叛还琅琊，俊追讨，斩之。帝美其功，赐玺书曰：“将军元勋大著，威震青徐。两州有警，得专征之。”俊抚贫弱，表行义，检制军吏不得与郡县相干，百姓歌之。

盖豫，光武时，为徐州刺史。尝授《古文尚书》与汝南周防。

王景，乐浪䛁邯人。以能治水知名。为徐州刺史。

---

① 按：《明一统志》《南畿志》皆有黔夫，嘉靖《徐州志》不录，亦未注删削之由。疑徐州旧志本有，弘治《重修徐州志》于卷十《正误》有辨，故嘉靖《徐州志》不复载。至顺治《徐州志》，黔夫复见。而后州府县志仍削不录。

杨统，建初中为彭城令。岁大旱，统推阴阳消伏，县界蒙泽。太守宗湛使统为郡祈雨，雨即大降。自是，朝廷灾异多访之。

苏章，扶风平陵人。安帝时，举贤良方正，对策高第。为议郎，数陈得失，其言甚直。出为武原令。时岁饥，辄开仓廪，活三千余户。

杨秉，弘农华阴人。为徐州刺史，计日受俸，余禄不入私门。故吏赍钱百万遗之，闭门不受。桓帝初，迁尚书。以廉洁为朝廷所知。

栾巴，魏郡内黄人。汉安元年，以光禄大夫与杜乔等八使循行州郡，观省风俗。巴使徐州，所按察无冤滥。

魏朗，彭城令。时，中官子弟为相国，多行非法，朗与更相章奏。幸臣忿疾。会九真贼起，荐为九真都尉去，得免。

百里嵩，为徐州刺史。境内旱，行部所至，甘雨随霪。东海祝其、合乡两县，僻在山间，嵩不到，无雨。父老请嵩入界，即雨。百姓立祠祀之。

史弼，陈留考城人。光和中为议郎，侯览等恶之，出为彭城相。病卒。

陶谦，丹阳人。东汉末，为徐州刺史。时天下兵起，贡赋罕至京师，独谦遣使奉贡，升本州牧。疾笃，谓别驾縻竺曰："非刘备不能安此州！"竺奉命率州人迎先主。

赵昱，琅琊人。清己嫉恶，潜志好学，为人耳不邪听，目不妄视。陶谦辟为别驾从事。以忠直见疏，奏出为广陵太守。

王朗，东海人，以通经为徐州治中。

薛礼，彭城相。为陶谦所逼，往依广陵太守赵昱，为笮融所杀。

车胄，曹公平吕布，以胄为徐州刺史。

縻竺，东海朐人。徐州牧陶谦辟为别驾从事。谦卒，竺奉谦遗命，迎先主于小沛。曹公表竺领嬴郡太守，竺弟芳为彭城相，皆去官，随先主周旋。

三国

臧霸，泰山华人。从陶谦击破黄巾，收兵于徐州。后归太祖，以讨黄巾余贼有功，迁徐州刺史。

陈娇，广陵东阳人。仕魏，历除彭城太守。位至司徒。

吕虔，任城人。仕魏，为徐州刺史。檄王祥为别驾，民事一以委之。有佩刀，工者相之，以为三公之器。虔谓祥曰："苟非其人，刀或为害。卿有公辅之量，故以相与。"世多其任贤。

王祥，琅琊临沂人。孝行纯至。隐居三十年，不应州郡之命。吕虔檄为别驾，委以州事。于时寇盗充斥，祥率励兵士，频讨破之，州界以宁。时人歌之曰："海沂之康，实赖王祥。邦国不空，别驾之功。”

郑岐，徐州刺史。桓范持节都督青徐，与岐争屋，坐免。

钟毓，太傅繇子。甘露二年，加后将军，都督徐州诸军事。

温恢，太原祁人。举孝廉，历任彭城、鲁相，所在见称。

丁奉，庐江安丰人。吴永安三年，假节领徐州牧。计略过人，能断大事。

冯朝，仕吴。五凤二年，以监军使者督徐州诸军事。民饥，军士怨畔。

朱桓，吴郡吴人，以奋武将军领彭城相。

贺齐，会稽山阴人，假节领徐州牧。

全琮，吴郡钱唐人，以左护军领徐州牧。

晋

卫瓘，河东安邑人。以克蜀功迁镇东将军，都督徐州诸军事。

琅邪王伷，宣帝子。早有才望。武帝践阼，出为镇东大将军、假节徐州诸军事。镇御有方，得将士死力，吴人惮之。伷既戚属尊重，加有平吴之功，克己恭俭，无矜满之色。僚吏尽力，百姓怀化。

东平王楙，晋宗室。齐王冏辅政，举为平东将军、都督徐州诸军事。

东海王越，少有令名，为中外所宗。太安初，帝北征邺，以越为大都督。六军败，越奔下邳。徐州都督东平王楙不纳，越径还东海。中尉刘洽劝越发兵以备，楙惧，乃以州与越。遂以司空领徐州都督。朝士多赴，关中大惧。

石苞，南皮人。历东莱、琅邪太守，所在皆有威惠。迁徐州刺史。司马昭战败于东关，苞全军而退。昭指所持节谓苞曰："恨不以此授卿，以究大事！"

胡威，楚国寿春人。父质，仕魏，累迁征东将军，都督青徐诸军事。广农积谷，有兼年之储。父子清慎，名誉著闻。武帝谓威曰："卿清孰与父?"威对曰："臣不如也。臣父清，恐人知；臣清，恐人不知。是臣不如者远也。"咸熙中，拜徐州刺史。勤于政术，风化大行，有殊绩焉。

王浑，晋阳人。武帝受禅，迁徐州刺史。时岁饥，浑开仓赈赡，百姓赖之。

胡奋，安定人。武帝时领徐州刺史，封夏阳子。

石崇，苞之子。元康初拜征虏将军，假节，监徐州诸军事。

羊忱，按《宋书 · 羊欣传》：曾祖忱，晋徐州刺史。

羊陶，按《晋书 · 羊祜传》：亮弟陶，为徐州刺史。

周馥，汝南人。起家为诸王文学。司徒王浑表馥理识清正，兼有才干。稍迁司徒左长史，拜徐州刺史，加冠军将军。

高诞，徐州刺史。石崇至镇，尝与诞争酒相侮，为军司奏免。

嵇绍，中散大夫康子，拜徐州刺史。时，石崇为都督，性虽骄暴，而绍将之以道。崇甚亲敬之。

丁绍，谯国人。开朗公正，早历清官，政平讼理，道化大行。迁徐州刺史，士庶恋慕，攀附如归。

裴盾，按《晋书·怀帝纪》：永嘉五年，东海王越遣从事中郎将杨瑁、徐州刺史裴盾共击苟晞。又《晋书·卞壶传》云：遭本州倾覆，东依妻兄徐州刺史裴盾。

祖逖，范阳人。属京师大乱，率亲党数百家避地淮泗。元帝用为徐州刺史。寻征军谘祭酒，居丹徒之京口。

蔡豹，圉城人。有气干。元帝时，迁徐州刺史。豹在徐土，内抚将士，外怀诸众，甚得远近情。

卞敦，徐州刺史。太宁元年三月，石勒攻陷下邳，敦退保盱眙。

刘遐，广平人。性果毅，便弓马，开豁勇壮。值天下大乱，遐为坞主，每击贼，率壮士陷坚摧锋。元帝以为下邳内史。周抚以彭城叛，诏遐领彭城内史，与徐州刺史蔡豹共讨平之。以功封泉陵公，监淮北军事、徐州刺史。

郗鉴，高平人，成帝初领徐州刺史。

蔡谟，考城人。成帝时领徐州刺史，假节。闻石季龙于青州造船数百，掠缘海诸县。时，谟所统七千余人，所戍东至土山，西至江乘，镇守八所，城垒十一处，烽火楼望三十一处，随宜防备，甚有算略。

褚裒，阳翟人。少有简贵之风。谯国桓彝目之曰："季野有皮里春秋。"言其外无臧否，而内有所褒贬也。历迁尚书，出领兖州刺史，都督兖、徐二州诸军事。

荀羡，颍川人。清和有准。除徐州刺史，监徐、兖二州诸军事，假节，时年二十八。在事有能名，故居以重任。

郗昙，字重熙。代荀羡为北中郎将，领徐、兖二州刺史。

庾希，隆和元年，以辅国将军、吴国内史，为徐、兖二州刺史。

桓温，谯国龙亢人。豪爽有风概，姿貌甚伟。选尚南康长公主，拜驸马都尉。累迁徐州刺史。太和四年，上疏悉众北伐，领平北将军，徐、兖二州刺史。

郗愔，高平人。桓温以愔与徐、兖有故义，乃迁都督徐、兖诸军事，领二州刺史、假节。

王蕴，晋阳人。起家佐著作郎。授左将军，都督京口诸军事、徐州刺史。

谢玄，太傅安从子也。苻坚寇边，朝廷求文武良将可以镇御北方者，安以玄应举。盱眙城陷，玄自广陵西讨坚将句难，破之，进号冠军，加领徐州刺史。以功封东兴县侯。

司马道子，孝武帝母弟。少以清澹，为谢安所称。领徐州刺史、太子太傅。

谢琰，阳夏人。弱冠，以贞干称。太元末，以平王恭功，迁卫将军、徐州刺史。安帝时，以本州刺史讨孙恩，迁会稽太守。

桓修，桓玄署为刺史。元兴三年，刘裕帅举义兵，败死京口。

刘柳，南阳人。有名誉，少登清官。历尚书左、右仆射，出为徐州刺史。

王修，为东平王楙军府长史。东海王越总兵谋迎大驾，楙惧。修说曰："东海宗室重望，今将兴义，公宜举徐州以授之，此克让之美也。"楙从之。

王隆，徐州监军。永嘉四年九月，石勒南侵，弃军奔周馥。

向韶，按《晋书·向雄传》："父韶，彭城太守。"

庾阐，颍川人。以平苏峻功，拜彭城内史。

何谦，彭城内史。苻坚围襄阳，诏发三州人丁。谦游军淮泗，以为形援。

刘涓子，以医名。从宋武帝北征，有被金疮者，以药涂之，随手而愈。(《古今医统》)

朱序，谢玄既破苻坚，朝议以征役既久，宜置戍而还。乃令序以豫州刺史，代镇彭城。

刘怀慎，元熙元年秋，刘裕移镇寿阳，以怀慎为前将军、北徐州刺史，镇彭城。(《晋书·恭帝纪》)

南朝宋

刘道怜，宋武帝中弟。谢琰镇徐州，命为从事史。武帝克京城，迁南彭城内史。时鲜卑侵逼，自彭城以南，民皆保聚，诸戍并不复立。道怜请据彭城，以渐修创。从征广固，加北徐州刺史，移镇彭城。

王懿，字仲德，太原祁人，以字行。苻氏之败，时年十七，及兄睿同起义兵，与慕容垂战败。被重创，困卧林中，有童子馈食、白狼衔渡之异。宋武帝受命，累迁徐州刺史。仲德凡三临徐州，威德宣著。

吉翰，池阳人。元嘉六年，除彭城王义康司马、徐州刺史。时有死罪囚，典签意欲活之。因翰入关斋，呈其事。翰谓之曰："卿意当欲宥此囚死命。但此囚罪重，不可全贷。既欲加恩，卿便当代！"因命左右收典签，付狱杀之，原此囚命。其刑政如此，下畏服，莫敢犯禁。

羊规，宋武帝之临徐州，辟祭酒从事、大中正。

王弘，琅琊人。少以清悟知名。宋武帝召补镇军谘议参军，领彭城太守。弘人望所宗，造次必存礼法。凡动止施为，及书翰仪体，后人依仿，谓为"王太保家法"。虽历任藩府，而不营财利。既薨，家无余业。

王裕之，琅邪人。少有清尚。宋武帝以为车骑从事中郎、徐州中从事史。累迁吏部尚书。

徐逵之，彭城内史。义熙十一年，雍州刺史鲁宗叛。命逵之出江夏口，没于军。(《宋书·武帝纪》)

魏恭子，仕宋，为彭城内史。廉恪修慎，在公忘私，安约守俭，久而弥固。

颜师伯，琅邪人。少孤贫，涉猎书传，颇解声乐。臧质为徐州，辟为主簿。

王玄谟，文帝时为彭城太守。上言彭城要兼水陆，请以皇子抚临州事。朝廷遂以武陵王骏为徐州刺史。

刘义恭，宋宗室。出镇彭城。元嘉二十七年春，魏太武南侵，上虑义恭不能固守，备加诫敕。义恭答曰："臣未能临瀚海，济居延，庶免刘仲奔逃之耻。"及虏至，义恭果欲走，赖众议得停。明年虏退，自彭城北过。义恭震惧，不敢追。魏尽杀所驱民而去。

刘义季，宋宗室。元嘉末，迁徐州刺史。明年，太武南侵，北境扰动。义季惩义康祸难，不欲以功勤自业，无它经略，唯饮酒而已，文帝下诏切责之。明年病笃，薨于彭城，时年三十三。

刘义欣，宋宗室。元嘉中，镇彭城。宋遣将伐魏，到彦之弃军走彭城。时青、兖大扰，将佐皆劝委镇还都。义欣不从。

刘义宾，宋宗室。位至辅国将军、徐州刺史。

张畅，宋武陵王骏长史，佐守彭城。魏兵至，骏欲南奔，畅曰："恐一动足，百姓逃散。是舍万安之术，就危亡之地也！"骏悟，曰："长史言不可易也！"果获全。

张岱，吴郡人。元嘉末，为冠军咨议参军，领彭城太守。为政端平，待物以礼。历任清直，以宽恕著名。

垣护之，桓道人。孝武初，迁宁朔将军、徐州刺史。有善声，境内宁谧。

申坦，魏郡人。孝建初徐州刺史。子令孙，明帝时徐州刺史，讨薛安都。行至淮阳，即与安都合。遣之睢陵，说降弟济阴太守阐。既降，并见杀。

沈昙庆，武康人。谨实清正，所莅有称绩。大明元年为徐州刺史。时，将军裴景仁助戍彭城，多悉戎荒事。昙庆使撰《秦记》十卷，叙苻氏僭伪本末。其书传于世。

曹欣之，新野人。元徽四年，以辅国将军为徐州刺史，进号冠军将军。

梁

豫章王综，普通六年，魏将元法僧以彭城降。高祖令综都督众军，镇于彭城，与魏相持。寻奔魏。改名缵，字德文。

江革，考城人。为豫章王长史，随镇彭城。城既失守，为魏人所执。刺史元延明闻革才名，令作丈八寺碑并祭彭祖文。革厉色曰：“江革行年六十，不能杀身报主，今日得死为幸，誓不为人执笔！”后释回，梁武举酒劝曰：“今日始见苏武之节！”

成景隽，范阳人。仕梁武帝，除北徐州刺史。侵魏，所向必推其智勇，时以比马仙埤。兼有政绩，见怀北州，吏人树碑纪德。

张豹子，梁徐州刺史。韦绚堰淮水以灌寿阳，豹子谓己必尸其事。既而他官来监作，豹子甚惭。绚还后，豹子不修堰。至其秋八月，淮水暴长，堰悉坏决。

孔休源，山阴人。梁大通中，行青徐州事，昼决词讼，夜览坟典。晋安王深相倚仗，常于中斋别施一榻，云：“此是孔长史坐。”人莫得预焉。其见敬如此。

羊侃，泰山梁甫人。以大通三年归梁，诏授徐州刺史。

后魏

叔孙建，代人。仕后魏，历官徐州刺史。沉敏多智，东西征伐，常为谋主。又雅尚人伦，礼贤爱士。魏初名将，鲜有及之。

刁雍，勃海人。仕后魏，上表陈诚，于南境自效。延和二年，立徐州于外黄城，置谯、梁、彭、沛四郡九县，以雍为徐州刺史。在镇七年征还，频岁为边民所请。太武嘉之，复授使持节、都督扬豫兖徐四州诸军事、徐州刺史。

郭逸，晋阳人。前后以二女妻司徒崔浩。及浩亲宠用事，拜徐州刺史，假榆次侯。终，赠光禄大夫。

尉元，代人。天安元年，薛安都以徐州内附。献文以元为使持节、都督诸军事，与孔伯恭赴之，授徐州刺史。元以张永仍屯下磕，攻守势倍，乃命安都等固守，身率精锐，分击谢善居于吕梁，大破之。永遂捐城遁。又表分兵置戍，进定青冀。

元云，后魏景穆子。屡有讨叛功，除徐州刺史。性善抚接，深得徐方之心。及去之日，百姓追恋，送遗一无所受。云长子澄，亦为徐州，甚著声绩。

元秉，魏宗室，宣武初徐州刺史[①]。

李䜣，范阳人。孝文初徐州刺史，后为文明太后所忿，见诛。

薛虎子，代人。仕后魏，累迁徐州刺史。时州镇戍兵数万，资绢自随，不入公库。虎子表请以兵绢市牛万头，兴置屯田十万余顷，积谷数岁，以为取江东之计。

① 案《魏书·世宗纪》：宣武帝正始三年，“以中山王英为征南将军、都督扬徐二道诸军事，指授边将”。疑“元秉”即“元英”也。

为政多惠爱，兵民怀之。沛郡、下邳太守皆以赃污为虎子所按。

崔鉴，博陵安平人。有文学。仕后魏，自中书博士转侍郎，出为徐州刺史。时欲安新附，人有年老者，表求假以守令，诏从之。又于州内冶铜为农具，兵人获利。

刘渴侯，禀性刚烈。太和中，为徐州后军，以御敌被擒，不降而死。赠平州刺史、上庸侯。同殿有严季者，亦为军校尉，被执不屈。后逃还，赐爵五等男。

元郁，济阴王小新成子，为徐州刺史。以黩货赐死，国除。

元衍，魏宗室，徐州刺史。性清慎，居官有称绩，不营产业。

祖莹，范阳人。以才名，拜太学博士。署彭城王勰法曹行参军，掌书记。

郑据，魏彭城守。(《北齐书·郑颐传》)

元愉，太和中徐州刺史。州事巨细，委之军府长史阳乌。

卢渊，字伯源，小字阳乌。仕魏，为徐州长史。时京兆王愉为刺史，年少，军府事皆决于渊。渊以诚信御物，甚得人和。南徐州刺史沈陵杀将佐，勒宿豫之众逃叛，渊以预备得全。余党颇见执送，渊皆抚而赦之，惟归罪于陵，众心乃安。[①]

元鉴，后魏宗室。沉重少言，宽和好士。为徐州刺史。属徐、兖大水，人多饥饿，鉴表加赈恤，人赖以济。表梁郡太守程灵虬虐政残民，诏免灵虬。于是徐境肃然。

卢昶，为徐州刺史。宽和矜恕，善于绥怀。戍兵有疾，亲自检恤。至番兵年满不归，听充后役，终昶一政，然后始还。人庶称便。

李元茂，后魏彭城镇副将，人吏安之。

李彦，敦煌人。迁徐州刺史。延昌二年夏，大霖雨，川渎皆溢。彦相水陆形势，随便疏通，得无淹渍之害。朝廷嘉之，频诏劳勉。

萧宝夤，神龟中为都督、徐州刺史。起学馆于郡东，朔望引见士姓子弟，与论经义。且勤于听理，吏民爱之。

房谟，洛阳人。魏徐州刺史。始在兖州，彭城慕其政化。及莅此州，合境欢悦。为政如在瑕丘。

元显和，后魏宗室。为徐州安东长史。刺史元法僧叛，命坐。不肯，曰："乃可死作恶鬼，不可生为叛臣！"临刑，神色自若。

高谅，正光中为徐州行台。元法僧反，逼谅同之。不从，见害。谥忠侯。谅造《亲表谱录》四十余卷，自五世以下，内外曲尽。览者服其博记。

---

① 据嘉靖《徐州志》所载，疑马暾亦分卢渊、卢伯源为二人，其传伯源甚悉，而渊无实迹，故嘉靖《徐州志》同误。今综为一传。

辛徽，魏徐州刺史。（《隋书·辛公义传》）

元延明，后魏宗室。先为徐州牧，甚得人誉。及讨元法僧，招怀旧土，远近归之。后都督徐州。徐州频经师旅，人物凋敝，延明招携新故，人悉安业。

元悦，魏宗室。为徐州刺史，盗贼屏息。

崔孝芬，挺之子。梁将成景隽逼彭城，魏以孝芬兼尚书右丞，为徐州行台。既至，景隽力屈退走。

杜德，按《魏书·元树传》：树窃据谯城，诏御史中尉樊子鹄为行台，率徐州刺史、大都督杜德讨平之。

高乾，勃海蓨人。孝武初，为徐州刺史、开府仪同三司。

任祥，广宁人。东魏天平初徐州刺史。在州大有受纳，然政不残，不为人疾苦。

元颢，北魏宗室。少慷慨，有壮气。为徐州刺史，寻弹劾去。

元孚，魏宗室。宋游道申表："北海未败之日，徐州刺史元孚，为其纯臣。"

陆通，吴郡人。仕魏，以迎孝武功，进爵都昌县公、徐州刺史。虽久处列位，常清慎自守，所得禄赐尽与亲故共之，家无余财。常曰："凡人患贫而不贵，不患贵而贫也。"

崔悛，清河东武城人。魏天平初，除徐州刺史。性豪慢。魏收过徐州，悛备刺史卤簿而送之，使人相闻曰："勿怪仪卫多，稽古之力也。"收报曰："白崔徐州，建义之勋，何稽古之有！"悛自以门阀素高，特不平之。

慕容绍宗，太原王恪之后。容貌恢毅，深沉有胆略。以军功进爵为公。属梁人刘乌黑入寇徐方，授徐州刺史，执乌黑杀之。还，除尚书左仆射。后卒，三军将士莫不悲惋。赠太尉，谥曰景惠。

王则，后魏徐州刺史。梁萧渊明堰泗水于寒山，则婴城固守。

北齐

高思宗，齐宗室，徐州刺史，封上洛王。

高亮，常山王演之子。为徐州刺史，坐夺商人财物免官。

阳斐，渔阳人。齐天保初，领徐州刺史，带东南道行台左丞。

赵隐，字彦深，南阳宛人。神武时，为徐州刺史。政尚恩信，吏民怀之。

张晏之，从尔朱荣平元颢，赐爵武城子，行徐州事。御史崔子武督察州郡，无所案劾，唯得百姓所制《清德颂》数篇，乃叹曰："本求罪状，遂闻颂声！"

苏琼，武强人。皇建中，迁左丞，行徐州事。城中五级寺忽被盗铜像一百躯，有司征检，逮系数十人，琼一时放遣。后十日，抄贼姓名及赃处所，径收掩，悉获实验。贼徒款引，道路叹服。旧制，以淮禁，不听商贩辄度。淮南岁俭，启听淮北取粜。后淮北人饥，复请通粜淮南。遂得商贾往还，彼此兼济，水陆之利，通于河北。

北周

梁士彦，安定乌氏人。仕周，为徐州总管。擒陈将军吴明彻、裴忌于吕梁，略定淮南地。除东南道行台，使持节、徐州总管、三十二州诸军事、徐州刺史。

王轨，太原人。建德时，以破吴明彻功，拜徐州总管。轨性严重，善谋虑，兼有吕梁之捷，威震邻境，陈人甚惮之。

杨素，少落魄不羁。大冢宰宇文护引为中外记室。从破陈军于吕梁，击走樊毅，夷泗口筑。拜大将军，迁徐州总管。

隋

源雄，西平人。仕周，检校徐州总管。陈人遣将侵江北，雄击走之，悉复故地。进位上大将军，拜徐州总管。

房兆，代人。刚毅，有武略。以功官至柱国、徐州总管。

和洪，汝南人，以军功迁徐州总管。

尔朱敞，秀容人。高祖甚重敞，拜徐州总管。在职数年，号为明肃，民吏惧之。

卢昌衡，开皇初为徐州总管长史，甚有能名。吏部尚书苏威考之曰：“德为世表，行为士则。”论者以为美谈。

乞伏慧，马邑鲜卑人。迁徐州总管。

董纯，陇西成纪人。开皇末，以劳旧擢彭城留守。

陈善藏，广宗人。为彭城郡赞治。大业初，卒。

唐

任瓌，字玮，庐州合淝人。高祖义师起，从讨徐圆朗，除招慰大使、徐州总管。

霍王元轨，唐宗室。贞观中徐州刺史。所至闭阁读书，以吏事委长史、司马。谦慎，未尝与物忤。数引见徐州处士刘玄平，为布衣交。或问王所长于玄平，答曰：“无长。”问者不解，玄平曰：“人有短，所以见长。若王无所不备，吾何以称之？”

柳子夏，按柳宗元《先侍御史府君神道碑》：曾祖讳子夏，徐州长史。

柳雄，按《贞观政要·论谏》：徐州司户柳雄妄加等级，将论死，少卿戴胄奏止之。

王焘，为徐州司马。穷医术，有《外台秘要》，世宝焉。

苏诜，字廷言，京兆武功人。举贤良方正高第，累转给事中。出徐州刺史，治有迹。卒，赠吏部侍郎。

姚崇，陕州硖石人。为徐州刺史，政条简静，州人为立德政碑。

卢齐贤[①]，涿郡人。齐贤少时，孙思邈尝曰："后五十年位方伯，吾孙为属吏，愿自爱。"时，思邈之孙溥尚未生。及溥为萧丞，而齐贤为徐州刺史。

崔玄同，按韩愈《崔评事墓志铭》：大父玄同，为刑部侍郎，出刺徐、相州。

李光弼，营州柳城人。肃宗时为都统，镇徐州。惟军旅事自决，众务悉委判官张傪。傪吏事精敏，区处如流。由是军中肃然，东夏以宁。

论瑀，字惟贞，本吐蕃族。开元末，为左武卫右将军。李光弼讨史朝义，以惟贞守徐州。

李洧，高句丽人。署徐州刺史。遣巡官崔程白宰相，言徐州不足独抗贼，得海、沂为节度，可与成功。及李纳攻徐，乃加洧徐海沂密观察使。卒，赠尚书左仆射。以洧将高承宗代之。

白季庚，居易父。为彭城令。李正己之叛，说刺史李洧自归。累擢襄州别驾。

高明应，兴元间嗣镇徐州。李泌上言："江淮漕运，以甬桥为咽喉，地属徐州，邻于李纳。刺史高明应年少，不习事。若李纳一旦复有异图，窃据徐州，是失江淮也。"请以建封代之。从之。

张建封，南阳人。贞元中以徐泗濠节度使镇徐州，凡十年。为政宽厚，有纪纲，下皆畏悦。许孟容、韩愈皆在幕府，时称得人。

韩愈，邓州南阳人。张建封辟为府推官。操行坚贞，鲠直无忌。

李藩，赵州人。少沉静，有检局。张建封辟为判官。初，建封之疾病也，濠州刺史杜兼阴图代之，疾驱至府。藩曰："仆射疾危如此，公宜在州防遏，来欲何为？不速去，当奏之！"兼错愕径归。及是，诬奏藩撼动军情。上大怒，密诏杜佑杀之。佑素重藩，出诏示之，神色不变。佑曰："吾已密论，用百口保君矣！"上犹疑之，召藩诣长安。见其仪度安雅，乃曰："此岂为恶者耶？"即除秘书郎。

许孟容，京兆长安人。张建封辟为掌书记。李纳以兵拒境，建封遣使谕止，前后三辈往，皆不听。乃使孟容敷引逆顺，纳即悔谢罢兵。表为濠州刺史。德宗知其能，召拜礼部员外郎。

---

①《新唐书·孙思邈传》作"卢齐卿"。

杜兼，京兆人。建中初进士高第，张建封表置其府。积劳为濠州刺史。

李博，陇西人。举乡贡进士，授秘书省校书郎。张建封表掌书记。

冯宿，东阳人。张建封表掌书记。建封卒，子愔为军中胁主留事。李师古将乘丧复故地，愔大惧。宿以书说王武俊曰："张公与公为兄弟。今张公不幸，幼儿为乱兵所胁。内则诚款隔绝，外则强寇侵逼。诚能奏天子，赦愔罪，使束身自归，则公有靖乱之功、继绝之德矣。"武俊即以表闻。遂授愔留后。

李鄘，吏部员外郎。值徐州节度张建封卒，军乱。拜鄘宣慰使，谕徐州。持节直入，谕以祸福。一军皆不敢动。

张愔，建封子。建封卒，授右骁卫将军，徐州刺史，知留守。愔治徐七年，其政称治。

王绍，元和初为武宁军节度使，复以濠、泗二州隶之。自张愔后，兵骄难治，绍搜辑军政，推诚示人。裨将安进达、唐重靖谋乱，绍以计取之，出家资赏士，举军安赖。

李愿，临洮人，晟之子。以父荫起家，为徐州刺史、武宁军节度。到镇，奉命讨伐青、郓，屠城下邑，捷奏屡闻。以疾去。

李愬，愿之弟。善骑射，理兵有方略。元和十一年，讨蔡州吴元济有功，擢上柱国，封凉国公。属李师道再叛，乃移愬为徐州刺史、武宁军节度使，代其兄愿。兄弟交换岐、徐二镇，旬日间再践父兄之任，世人荣之。

崔群，贝州武城人。穆宗立，拜御史大夫，检校兵部尚书，充武宁节度使。为王智兴所逐，左迁秘书监，分司东都。

王智兴，怀州温人。少骁锐，为徐州牙兵，事刺史李洧。李纳攻徐，智兴能驶步奉表，不数日至京师。自是，为徐特将。长庆初，河朔用兵，加检校左散骑常侍，充武宁军副使，帅兵三千度河。属朝廷用崔群为武宁节度使，智兴还，勒兵逐群。朝廷甫罢兵，不能讨，即诏检校工部尚书，充本军节度使。卒，赠太尉。

薛元赏，太和初为武宁节度使。奏免泗口猥税，人以为便。

崔珙，博陵人。徐州以王智兴后，军骄，数犯法，节度使高瑀未能制。天子思材望威烈者，检革其弊。见珙意慷慨，又知治泗得士心，即谓宰相曰："欲武宁节度使者，无易珙才。"更以珙代瑀。居二岁，徐人戢畏。

薛能，汾州人。会昌六年登进士第，历官中外。授工部尚书，节度徐州，改徙忠武。广明元年，徐军戍溵水，经许。能以军怀旧惠，馆之城中。许军惧见袭，大将周岌乘众疑，怒逐能。据城自称留后，因屠其家。

李廓，第进士，累迁刑部侍郎。大中初，拜武宁节度使，不能治军。补阙郑鲁奏言："新麦未登，徐必乱。"既而果逐廓。

卢弘正，宣宗大中三年，诏为武宁军节度使，代李廓。弘止至镇，抚循士卒，训以忠义，军府遂安。

李商隐，怀州河内人。大中三年，卢弘正镇徐州，辟为掌书记。

田牟，尝镇徐州，有能名。大中十二年，康季荣镇徐州，不恤军士，部下噪而逐之。明年，上复诏牟为武宁节度。一方遂安。

王式，王播子。咸通三年七月，徐州军乱，逐节度使温璋。式以浙东观察使转徐州节度使。至镇，尽诛银刀等七军，徐方平定。

崔彦曾，齐州人。咸通初，为徐州观察使。会庞勋反，或劝彦曾奔兖州，彦曾曰："我，方帅也，奉命于此，惟有死尔！"俄而勋傅城，超墉入，囚彦曾大彭馆，寻杀之。后赠刑部尚书。

温庭皓，属观察使崔彦曾幕府。庞勋反，以刃胁庭皓，使为表求节钺。庭皓请还家为之。明日来，曰："昨日欲见妻子耳。吾岂以笔事汝耶？今谨来就死！"勋孰视，笑曰："书生乃敢尔，不畏死耶？"后遇害。时，焦璐、李棁、崔蕴、柳泰、卢崇嗣、韦廷范六人，与庭皓皆为僚官，勋悉害之。后赠官有差，录用其子。

康承训，以军功至右金吾卫大将军。咸通九年，庞勋陷徐州，观察使崔彦曾死之。诏承训为徐泗行营兵马都招讨使，讨灭之。

令狐绹，京兆华原人。庞勋反，诏绹为徐州南面招讨使。师败，以前天雄军节度使马举代之。

支详，僖宗时武宁军节度使。黄巢据长安，详遣时溥率师五千赴难。行至河阴，军乱，剽河阴县回。详遣人迎犒，悉恕之。溥乃移军向徐州。既入，军人大呼，推溥为留后，送详于大彭馆。溥大出资装，遣陈璠援详归京。详宿七里亭，其夜为璠所杀，举家屠害。

时溥，彭城人。徐之牙将，迁留后，寻为节度使。有讨黄巢功。后朱全忠遣其子友裕攻之，战于石佛山前。溥败，阖门登燕子楼自焚死。

张廷范，梁客将，以宋州刺史从攻徐州。时溥自焚死，全忠以廷范知感化留后。

李达，按《新唐书·祖绶传》：绶未显时，过阌乡尉李达，达不礼，方饭他客。后，达罢彭城令，过并州，晨入谒。绶方大宴宾客，戒客勿起，让曰："吾昔羁旅阌乡，君方召客食，而不顾我。今我召客，亦不敢留君！"达惭去。

五代

寇彦卿，开封人。世事宣武军，为牙将。梁太祖即位，拜感化军节度使。

剧可久，范阳人。后唐同光初，补徐州司法。沉毅方正，明律令，以干职闻。

召为大理评事，累迁大理卿。在廷尉四十年，用法平允，时称仁恕。

吴峦，卢县人。晋高祖起太原，改武宁军节度副使、谏议大夫、复州防御使。

侯益，平遥人。晋天福四年，以功迁武宁军节度。徐大火，益出金粟赈之。

王周，魏州人。仕晋，历四镇，皆有善政。汉高祖入立，徙镇武宁军。

刘赟，晋阳人，汉高祖弟崇子也。高祖爱之，以为己子。初为徐州节度使，及隐帝遇害，周太祖遣太师冯道迎之。赟以巩廷美为都押衙、杨温为教练使，守徐州。行至宋州，太祖为兵士拥还京师，既监国，太后乃下诰，降赟开府仪同三司、上柱国，封湘阴公，竟以幽死。廷美等闻赟不得立，乃闭城拒命。广顺元年，王彦超克徐州，廷美等皆见杀。

王晏，滕县人。家世力田。少壮勇无赖，尝率群寇行攻劫。梁末，徐方大乱，属邑皆为他盗所剽，惟晏乡里以恃获全。仕周，为武宁军节度使。一境肃然，徐人奏为立碑，许之。

高锡，河中人。王晏镇徐州，辟掌书记。

宋

高继冲，其先陕州人。建隆四年十月，举地入觐。授徐州大都督府长史、武宁军节度使、徐宿观察使。镇彭门十年，委政僚佐，部内亦治。

王明，成安人。高继冲节钺彭门，以明为武宁军节度掌书记。

陈洪进，泉州人。太宗时入觐，授武宁军节度、同平章事，留京师奉朝请。雍熙二年，以疾卒。

范镛，博学，善属文。端拱初，随钱俶纳国，终武宁军节度掌书记。范文正公，即掌书记之第三子也。

曹彬，为武宁军节度使，知徐州。仁爱多恕。有吏罪犯，既具案，逾年然后杖之。人问其故，彬曰："吾闻此人新娶妇，若杖之，彼其舅姑必以妇为不利而恶之，朝夕笞骂，使不能自存。吾故缓其事，而法亦不赦也。"其用志如此。

路振，祁阳人，唐相岩之四世孙。淳化中举进士，通判徐州。

赵及，举进士，知徐州。和厚谦退，内行尤笃。所治有声，民吏爱之。

梁鼎，华阳人。淳化中知徐州，居官有介节，名称甚茂。

李虚己，建安人。按《事文类聚》：晏元献公殊父，本抚州弓手。晏幼能为文。李虚己知徐州[①]，一见奇之，荐于杨大年以闻，时年十二。

李迪，赵郡人。举进士第一，授将作监丞、通判徐州。

① 案他书，"徐"间有作"滁"者。考李虚己宦历及晏殊籍贯，疑皆为"洪州"之讹。

吴元扆，太原人，真宗时知徐州。性谨让，在藩镇有忧民心，待宾佐以礼。所得禄赐，即给亲族孤贫者。将赴徐州，请对言：“臣族属至多，其堪禄仕者皆为表荐，余皆均俸赡之。”

徐处仁，应天人。徽宗时，以忤童贯夺职，提举鸿庆宫、知徐州。

李溥，河南人。初为三司小吏，监徐州利国监。以千牛卫将军致仕。

王德用，赵州人。仁宗时武宁军节度使、徐州大都督府长史。

孔道辅，举进士，知徐州。性鲠挺特达，遇事弹劾无所避，出入风采肃然，权贵忌之。

王逵，濮阳人。知徐州。岁大饥，逵善于赈恤，多所全活。

赵禹，字庶明。尝诣阙上书，言赵元昊必叛。宰相以为狂，斥建州。未几，元昊果叛。上释禹，赏为徐州推官。石介有诗曰：“蔡牧男儿忽议兵”，谓禹也。（《渑水燕谈录》）

施昌言，静海人。旧志作“徐州通判”。按本传：“举进士高第，授将作监丞、通判滁州。”旧志误。

夏竦，德安人。累官至宰相，寻改枢密使，出知河南府，徙武宁军节度使。每朝廷锡赉，与辅臣等。将相居外，遇大礼有赐，自竦始。

王洙，宋城人。知徐州。时京东饥，朝廷议塞商胡，赋梃薪，输半而罢塞。洙命更其余为谷粟，诱愿输者以铺流民，因募其壮者为兵，得千余人，盗贼衰息。有司上其最，为京东第一。

孙沔，会稽人。知徐州。时京东多盗，沔明购赏，严诛罚，盗为衰止。

徐起，鄄城人。举进士，知徐州，就为转运使。募富室得米十七万斛，赈饿殍。又移粟以赡河北、京西者凡三百万。

吕公绰，宰相东莱子。天圣间，以翰林侍读学士知徐州，有惠政。

吕溱，扬州人。至和二年，以侍读学士知徐州。赐宴资善堂，诏自今由经筵出者，视为例。

张亢，临濮人，少有奇节。为徐州总管，好施轻财，人乐为用。驭军严明，所至有风迹，民图像祠之。

任颛，寿光人。以龙图阁直学士知徐州。积官户部侍郎，以太子宾客致仕。

王逢，当涂人。晚始登第，以太常博士通判徐州。

傅尧俞，字钦之，郓州人。知徐州。前政尝侵用公使库钱，尧俞代偿之。未足，罢去。后守反移文迫偿，尧俞复假贷偿之。久之，钩考得实，尧俞竟不辩。司马光尝谓邵雍曰：“清、直、勇之德，人所难兼，吾于钦之见焉！”雍曰：“钦之清而不耀，直而不激，勇而能温，是为难尔！”

苏轼，字子瞻，眉州人。神宗时知徐州。时河决曹村，水及州城下。富民争出避，轼使复入。躬率兵夫筑长堤，首起戏马台，尾属于城。雨日夜不止，河势益暴。轼宿于城上，使官吏分堵而守，卒全其城。次年，复增筑故城，为木岸，以虞水之再至。徐民至今德之。轼在徐时，与高邮秦少游、诗僧参寥子、郡人陈师道相与游焉。

傅裼，按苏轼《徐州莲花漏铭》：国子博士傅君裼，通守是邦。

孙觉，高邮人。登进士第，知徐州，有善政。尝捕盗，得杀人者五，其一仅胜衣。疑而讯之，曰："我耕于野，与甲遇，强以梃与我。半夜挟我东，使候诸门。不知其他也。"问吏："法何如？"曰："死。"觉止诛其首而释之，后遂为例。

李昭玘，济南人。少与晁补之齐名，为苏轼所知。擢进士第，徐州教授。守孙觉甚礼重之，每从容讲学，及古人行己之要，相得欢甚。

杨时，将乐人。熙宁间进士，杜门绩学。久之，调徐州司法。历知浏阳、余杭、萧山三县，皆有惠政。民思之不忘。

杨绘，绵竹人。王安石用事，陈免役十害，出知亳州。元祐初，易徐州。再知杭州，卒于官。（范祖禹《天章阁待制杨公墓志铭》）

孔宗翰，宣圣第四十六代孙。元祐初，以宝文阁待制知徐州，未拜而卒。

马默，成武人。初知徐州，属城利国监苦吴居厚之虐，默皆革之。召为司农少卿。司马光为相，以宝文阁待制复知徐州。长于治民，治每称最。

杜纯，濮州人。元祐间知徐州，作明善堂，自为记，讲明义理，以淑人心。

曾肇，元祐七年知徐州。仁厚谦和，而执法颇严，至于亲故犯法，未尝宽宥。公余，著书不辍。

刘奉世，新喻人。崇宁初，以元祐党人落职端明殿学士、知徐州。

王复，知徐州。建炎三年，金人围城，复与子倚勠力拒守。命赵立督战，中六矢，战愈厉。复壮其勇，酌酒挥涕劳之。城陷，坚坐厅事，曰："死守者，我也！愿杀我而舍僚吏百姓。"金人欲降之。复嫚骂求死，阖门百口皆被杀，独子佾先去。时，州教授郑褒、巡检杨彭年，俱骂敌而死。

金

高彪，本名召和失，辰州渤海人。从伐宋，身先士卒，大小数十战，率以少击众，无不胜捷。齐国既废，摄滕阳军，为武宁军节度使。尝坐赃，海陵以其勋旧，杖而释之。彪性机巧，通音律，人无贵贱皆温颜接之。

斡勒合打，盖州人。以荫补官，除武宁军节度使。

完颜仲德，贞祐用兵，辟充军职，授邳州刺史兼从宜。增筑城壁，汇水环之，州由是可守。哀宗即位，遥授同知归德府事，同佥书枢密院事，行院于徐州。徐州城东、西、北三面皆黄河，而南独平陆。仲德叠石为基，增城之半，复浚隍引水为固，民赖以安。后因城破，赴水死。

完颜赛不，历官山东西路兵马都总管，兼武宁军节度使。至大间，诏行尚书省事于徐州。初，源、徐交攻，郭野驴见徐州空虚，乃约源州叛将麻琮袭破徐州。时蔡已被围，徐州将士以朝命阻绝，且逼大兵，议出降。赛不弗从。至是，投河求死，军士援出之。复自缢于州。

王德全，徐州元帅，封乐安郡王。

徒单兀典，累官武胜军节度使。以剽掠南鄙为事，宋人亦时时报复，边民为之搔动。正大间，以兵部尚书权参知政事，行省事于徐州。

张钺，徐州学正。（旧志）

元

彻里，燕只吉台氏，本州人。世祖时为达鲁花赤。崇尚经术，明敏敦谨。周知民情，锄强翼弱，恩威兼尽，民皆畏而爱之。

三宝住，儒者，登辛丑进士。性廉介，所至搏贪猾无所贷。以江浙行省郎中为徐州兵马司指挥。

侯康济，州尹。耿廷端，州佐。（旧志）

国朝

文景宗，庐州合肥人。国初，自婺源州同知来知州事，廉介有守。时天下初定，疮痍未息，民多流离。景宗尽心招徕赈贷，劝督农桑，民始有生气，赖以安集。历任久，创建州治、公署、坛埠、祠庙，兴举学校，民不劳而事集。迁济南知府。景宗功勤惠泽，徐人与被至深厚矣。所宜百世享祀，永示报哉！

刘秩，字伯序，江西丰城人。吴元年，由内翰典签检阅经史官，出为徐州同知。文章政事，皆见称当时。与知州文景宗协力修政，以极遗黎，焯有政声。寻召入议大礼，迁知崇明州。民为立生祠。有诗集行于世，太史宋景濂为之叙。

马良，苏州昆山人。洪武初，以荐授徐州卫知事。明习法令，纠绳军政，上下咸服。尝与指挥蔡祥协建卫治。后升德庆州同知。其孙纪，遂占籍于徐，子姓蕃衍，为徐右族，文献世著云。

杨节仲，湖广樊城人。洪武戊寅，以荐举授知徐州。守己爱民，为政以厚风俗为务。州大疠，遣医四出治疗，躬自督视，又捐俸以给病之贫者。喜奖拔士类，所荐士后皆知名。在任六年，治满当迁，属邑各上疏乞留，弗得。升大理知府去，州人思之。

段实，洪武末，以中官守徐州。一日，有异人报兵变。实以为妖。异人言以九里山火起为候。囚异人，阴为战守之具。至期，兵果至。以城中有备，不能破，民因免于屠戮。又有毛姓中官，与实同守，惜其名逸。实有保境安民之绩，徐人传颂。故虽宦者，亦得列传云。

赵彝，字秉衷，凤阳虹县人。其父兄皆以忠死。彝由永平卫指挥佥事，迁徐州卫指挥使，历升北平都司都指挥使。洪武末，以靖难功，进封荣禄大夫、柱国、忻城伯。永乐十三年镇徐，政令严明，处心平恕，官军畏爱。

杨秘，山西辽州人。宣德己酉知徐州，多惠政，大得民心。郡中公署、庙学，悉为增饬。在郡九年，当代，属邑列状保留，升府同知，俾复任。前后十八年。秘为政，故志不详所以。然当时民爱留之，至今颂之不衰，此何以邪？要之，循良之政无赫赫功，故莫得而述焉。然阴惠洽人，固自不泯也。欢虞之政，其可与语此哉？

宋骥，浙江余姚人。宣德癸丑，为徐州学正。处诸生恩义蔼然，勤于教诲，善作人，一时士出其门者类多成立。

王竑，字公度，湖广江夏人，陕西河州戎籍也。以佥都御史巡抚地方，宣德震威，污墨者一时望风解去。景泰癸酉，徐州泊萧、沛诸邑岁大饥疫，民日就死徙。竑忧甚，亟令有司发粟赈贷，又令设糜制药饵，食疗贫病，赖以全活者数十万余。又请降诏文，遣祭境内群神。竑率属秉虔为坛，郊外祭告之。灾疠浸消，民始苏息。竑尝行部至徐，赋《苦雨诗》二章，忧民之志，蔼然言意。寻进副都御史，罢去，民思之如慕父母。天顺中，复召起，巡抚故地。徐人闻其至，老弱扶携，迎候道路者以数万计。争相拥舆入行台，以次进谒，逾三日犹未已。其见德于徐人如此。寻迁兵部尚书，乞病归。徐人被王泽独厚，自以其生为王公所更赐，故迄今颂之不衰，虽赵富青越之政无以加焉。古所谓御大灾、捍大患、有功德于民者则祀之，故不得以例废。

宋诚，字彦实，湖广蕲州人。景泰四年知徐州。器宇才能，迥出人表。时遭饥疠，与长吏协心共济。州当孔道繁剧，吏事率怠废不治，诚绳督严厉，吏民畏服。又以政暇，修纂郡志，徐文献实赖之。迁叙州知府去。今徐长老犹往往称其才识焉。

张德瑄，福建侯官人。景泰癸酉为州学正。守正不阿，为有司所见重。人或怀百金求为请托者，辄赧然麾去。人以此多之。

王叙，字大伦，山西临汾人。初仕为兖州通判。天顺中，迁知本州。廉洁自持，一介不妄取。莅政严明，事凡利于民者，辄毅然任之。尤笃意于学校，废坠多所修举。后升镇远知府。

陈廷琏，字宗器，湖广攸县人。成化中，以进士知州事。才识通敏，善奖进士类。敦劝风俗，治盖得其大者。迁南京刑部员外郎，历官延平守。

应广平，浙江黄岩人。成化中为州学正。端悫不苟，善立教规，临诸生无疾言遽色。以忧去，士追思之。

和鸾，字廷瑞，山西平定州人。成化中，由举人除知州事。性鲠介不阿，以廉慎俭约自持。遇事有定见，不为迁就。初以方执迕监司，久之，并加敬信焉。卫伍事赴诉者，悉为听，皆获平反。武胄闻而严惮之。在治八载，深得民心。迁襄阳守去。

沈全和，浙江乌程人。成化乙未同知州事，清介有守，临民不纵不苛。在任九年，迁州守去。

流寓志

汉

李燮，汉中南郑人。太尉固幼子。梁冀害固，并收其二子。固女文姬，适同郡赵伯英。知父将及难，以燮托父门生王成，曰："李氏存亡在此矣！"成以燮入徐州界，变姓名，为酒家佣。成卖卜于市，阴相往来。燮从受学。酒家异之，妻以女。燮遂得专精经学。十余年，还乡里追服。姊弟相见，悲感旁人。征拜议郎，迁河南尹。时人称其世忠。

郑玄，北海高密人。造太学受业，师事第五元。又从东郡张恭祖，博极群书。以山东无足问者，乃西入关，事扶风马融。玄自游学十余年归，家贫，客耕东莱。学徒相随已数百人。屡辟不应。会黄巾寇青部，乃避地入徐。徐州牧陶谦接以师友之礼。

三国

陈群，颍川许昌人。举茂才，除柘令，不行。随父纪避难徐州。属吕布破，太祖辟为司空西曹掾属。魏国既建，累官为司空，故录尚书事。

南北朝

王睿，太原人。与弟懿同起义兵，与慕容垂战败，南奔。太元末，徙居彭城。后以袭桓玄遇害。宋武帝追赠给事中、安复县侯。

唐

许铎，武城令，罢官，客于徐。庞勋反徐州，胁以官，不从。崔彦曾官属被囚，铎潜馈资粮。及死，为收瘗，匿免其子弟。贼平，乃皆归其丧。诏拜石首令，赐银绯。

宋

晁迥，本澶之清丰人。父佺，始徙家彭门。迥少有学行。真宗时，累官翰林学士，加承旨。又为工部尚书、集贤院学士。后以太子少傅致仕。作书命，杨亿称其得代言之体。子宗悫，知制诰，亦入翰林为学士，官至参知政事。

范纯礼，仲淹子。历官右丞。崇宁中，启党禁，贬静江军节度副使，徐州安置。

元

范宁，池州人，善楷书。[①]

国朝

文篪，其先本合肥人。父景宗，洪武初知徐州，因居焉。三十二年，知州杨节仲以篪廉能干济荐，授荆州府潜江县知县。改平江，以病归，卒。

董轰，字文雷。本浙江奉化人，以父惠知徐州，遂占籍于徐。性温雅，博通书史，词翰兼美。宣德丙午，文华殿大学士权谨荐其学行，除承天门待诏。宣德十年卒，时年四十四。人皆惜其不得大用焉。

人物志

汉

季布，楚人，任侠有名。楚人谚曰："得黄金百，不如得季布诺。"初为项籍将，数窘汉王。籍灭，高祖购求急。后因滕公言，乃赦布，诏拜郎中。布弟心，为任侠，方数千里，士争为死。当是时，季心以勇，布以诺，闻关中。

陆贾，楚人。以客从高祖定天下，有口辩。后使南越，有功，拜太中大夫。贾时时前称说诗书，高帝骂之曰："乃公马上得之，安事诗书！"贾曰："马上得之，宁可以马上治之乎？"因著《新语》十二篇奏之，帝称善。后诸吕擅权，危刘氏。

① 清倪涛《六艺之一录》引马暾《徐州志》佚文。

陈平用其计，交欢绛侯，尽诛诸吕，立孝文。孝文即位，复以贾为太中大夫，往使南越，说尉佗去黄屋称制。竟以寿终。

朱建，楚人。故尝为淮南王黥布相。汉既诛布，赐建号平原君，家徙长安。孝文时，使吏捕建，欲治。建遂自刭。

伍被，楚人。以材能称，为淮南中郎。淮南王阴有邪谋，被数微谏。后事发觉，被诣吏自告，卒被诛。

韦孟，彭城人。为楚元王傅，傅子夷王及孙王戊。戊荒淫不道，孟作诗讽谏。后去位，家于邹。自孟至贤五世，为邹鲁大儒。

刘向，字子政，楚元王四世孙。宣帝招选名儒，向预焉，讲论五经于石渠。元帝擢为散骑、宗正。成帝时，迁光禄大夫，著《列女传》及《说苑》五十篇。少子歆，卒父前业。治《左氏春秋》，著《三统历谱》。王莽持政，封红休侯。莽篡位，进为国师。

龚胜，字君宾，彭城人。三举孝廉，哀帝征为谏大夫。王莽秉政，乞骸归老乡里。莽既篡汉，遣使奉玺书、印绶，安车驷马征之。胜称病笃，谓门人高晖等曰："谊岂以一身事二姓哉！"遂不食而死。后刻石以表其里。

龚舍，字君倩，彭城武原人。通五经，以《鲁诗》教授。少与龚胜相友善，并著名节，故世谓"楚两龚"。舍不愿仕，后以胜荐，征为谏大夫，病免。哀帝时，遣使者即楚，拜为太山太守，之官数月，乞骸骨，复征不起。

刘平，字公子，彭城人。尝为菑丘长，政化大行。更始时，与母俱避乱泽中。平出求食，逢贼，将烹之，平乞归食母毕就烹，既而如期往，贼义之，曰："尝闻烈士，乃今见之。吾不忍食子！"于是得全。光武时，为全椒长，五日一听事。时虎为人害，平视政三日，虎皆南渡。有惠爱，狱无系囚。太守、刺史行部，惟班诏而去。累官至宗正。

刘般，宣帝之玄孙，楚孝王嚣之曾孙，家彭城。自嚣至般，积累仁义，世有名节。建武中，封菑丘侯，奉孝王祀。显宗嘉之，征般行执金吾事。肃宗即位，以为长乐少府，迁宗正。在位数言事，其收恤九族，行义尤著。子恺，当袭爵，让于弟宪而逃。久之，尚书陈忠上疏，称恺沉重渊懿，道德博备。诏拜太尉。以疾乞骸骨。后卒，诏赐东园秘器、宝钞。

刁韪，彭城人。为侍御史，迁尚书，在朝有鲠直节。出为鲁、东海二郡相，性抗厉，有明略。常以法度自整，家人莫见惰容。

姜肱，字伯淮，彭城人。与二弟仲海、季江俱以孝友闻，兄弟常共卧起。肱后与徐穉俱征，不至。桓帝乃使画工图其形状，以疾不出见。中常侍曹节等征肱为太守，乃隐身遁命，远浮海滨，历年乃还，终于家。

三国

张昭，彭城人。少好学，通《左氏春秋》。汉末，避乱渡江，孙策命为长史、抚军中郎将。策临亡，以弟权托昭。权为吴王，敬礼弥重，拜辅吴将军，封娄侯。昭容貌矜严，有威风，每以直言逆指。卒，谥曰文。昭子承，以才学知名，能甄别人物，封都乡侯。卒，谥定。昭弟子奋，亦为将军，有战功。

严畯，彭城人。少耽学，性尤纯直。避乱江东，张昭荐之孙权，以为骑都尉。及鲁肃卒，权令代镇陆口，畯固辞。后为卫尉使蜀，蜀相诸葛亮善之。著《孝经传》《潮水论》。

蔡款，彭城人。张承拔于孤微，为国士，官至卫尉。

晋

刘讷，字令言，彭城人。有人伦识鉴。初入洛，见诸名士，叹曰："王夷甫，太鲜明；乐彦辅，我所敬；张茂先，我所不解；周弘武，巧于用短；杜方叔，拙于用长。"讷官至司隶校尉。其子畴，字王乔，善谈名理。尝避乱坞壁，贾胡百数欲害之，畴无惧色，援笳而吹，为《出塞》《入塞》声，以动其游客之思，群胡皆垂涕而去。永嘉中，位至司徒左长史，为阎鼎所杀。司空蔡谟每叹曰："若使刘王乔得南渡，司徒公之美选也！"王导初拜司徒，谓人曰："王乔若过江，我不独拜公也！"其为名流所推服如此。

刘隗，字大连，彭城人，楚元王交之后。父砥，为东光令。隗少有文翰，避乱渡江，元帝以为从事中郎。及王敦作乱，隗都督青徐，入见，与刁协奏诛王氏，帝不从，遂奔石勒。子绥，举秀才，除驸马都尉、奉朝请。绥子波，初仕石季龙，及季龙死，遂南归。穆帝以为襄城太守，累迁散骑常侍。波子淡，元熙初为庐江太守。

刘牢之，彭城人。面紫赤色，须目惊人，而沉毅多计画。太元初，谢玄镇广陵，以牢之参军，领精锐为前锋，百战百胜，号"北府兵"，敌人畏之。累进都督、征西将军，镇江州。桓玄反，牢之犹豫不决而死。

南北朝

刘敬宣，牢之子。八岁丧母，昼夜号泣。桓序谓牢之曰："卿此儿非惟家之孝子，必为国之忠臣！"仕宋，官至左卫将军、散骑常侍。改镇冀州刺史，为参军司马道赐所害。

刘怀肃，彭城人，宋武帝从母兄也。家世贫窭，躬耕好学。初为宁朔府司马，征孙恩，屡有战功。为费令。后从武帝起义，为司马，平江陵，连破城垒，以建义功封东兴县侯。卒，赐左将军。

刘怀慎，怀敬弟。少谨慎质直。为振威将军、彭城内史。从武帝拒卢循于石头，屡战克捷，加辅国将军。镇彭城，加徐州刺史。为政严猛，境内震肃。庶长子荣祖，少好骑射，为武帝所知。尝讨卢循有功，又大破魏军于半城，封都乡侯。

刘亮，怀默从孙。少工刀盾。仕宋，以军功封顺阳县侯，历梁、益二州刺史。在位廉俭，所得公禄悉以还官，明帝下诏褒美。卒，谥刚侯。

刘钟，彭城人。少贫贱，依乡人中山太守刘回共居，有志慷慨。从宋高祖伐孙恩，有功，为刘牢之镇北参军督护。从征广固，孟龙符于阵陷殁，钟直入贼营，取其尸而反。卢循逼建邺，钟拒栅，身被重创，贼不得入。及循南走，与刘藩追斩徐道覆于始兴。后随朱龄石伐蜀，为前锋。以广固功，封永新县男。累迁右卫将军。

刘简之，彭城吕人。武帝将谋兴复，简之杀耕牛，会众以赴，位太尉咨议参军。弟谦之，好学，撰《晋纪》二十卷，位至广州刺史、太中大夫。

刘虔之，彭城人。诞节，不营产业，轻财好施。宋高祖西征司马休之、鲁宗之等，遣参军檀道济、朱超石步骑出襄阳，虔之时为江夏相，率府郡兵聚粮以待。道济等积日不至，为宗之子轨所袭，战败见杀，追赠梁、秦二州刺史。

刘康祖，虔之子。便弓马，膂力绝人。孝武为豫州刺史，以康祖为征虏中兵参军。魏太武攻汝南，康祖统师救援，奋击破之，太武烧营退走。迁左军将军。卒，赠益州刺史，谥曰壮。

刘道产，简之子。仕宋，初为辅国参军、无锡令，在县有能名。袭父爵晋安侯。广州群盗为寇，道产诛二十二家，宥其余党。后为雍州刺史，领宁蛮校尉，加都督、襄阳太守。善于临职，在雍政绩尤著，蛮夷前后不受化者皆顺服。百姓乐业，由此始有《襄阳乐歌》。卒，谥曰襄。子延孙，累迁尚书右仆射，除金紫光禄大夫。

刘遗民，彭城人。为柴桑令，遁迹庐山。时，陶渊明、周续之亦不应征命，谓之“寻阳三隐”。

刘善明，彭城人。元嘉末，青州饥荒，人相食。善明家有积粟，躬食饘粥，开仓以救。乡里多获全济，百姓呼其家田为“续命田”。

刘勔，彭城人。少有志节，兼好文义。宋初，为广州增城令，累迁镇军将军，封太亭侯，后持节都广、交二州诸军事，百姓感悦，为立生碑。桂阳王休范难作，死之。谥曰忠昭。子悛、悫、绘，皆有才能。悛仕齐，至领军将军兼侍中；绘历中书郎。并登显位。

刘孝孙，彭城人。博学通敏，仕多不遂。尝叹曰：“古人或开一说而致卿相，立谈间而降白璧，书籍妄耳！”

刘孝绰，勔之孙。七岁能属文，舅王融称为神童。起家著作郎，尝侍梁武宴，作诗七首，帝篇篇称赏，授秘书丞，谓周舍曰："第一官当用第一人！"故以孝绰居此职。迁散骑常侍，所著有《刘孝绰集》一卷。弟潜，字孝仪，幼孤，与兄弟相励勤学，并工属文。梁天监中，累迁尚书左丞，在职多所弹纠，无所顾望。出为临海太守，励精绥抚，境内翕然，仕终率更令。孝仪为人宽厚，内行尤笃，兄孝能早卒，奉寡嫂甚勤，家事巨细，必先谘白，与妻子朝夕供事，时人称之。从弟孺，字孝稚，七岁能文。年十四，居丧，毁瘠骨立，宗党咸异之。叔父瑱常置坐侧，谓宾客曰："此吾家之明珠也！"既长，美风采，性通和，虽家人不见其喜愠。仕梁，为吏部尚书，有文集二十卷行世。盖其群从子弟以文名者七十余人，而孝绰、孝仪、孝稚并有文集行于世。

到彦之，彭城武原人。仕宋，以战功封侯。佐守荆楚二十年，威信为士民所怀。后以右将军统诸军北伐，军败，免官。子仲度，孙㧑、贲、坦。㧑官太子洗马；贲，五兵尚书；坦，齐中书郎。曾孙沼、溉、洽、沆，俱仕梁。溉以清白自修，官兵部尚书；沼清警有才辩，官御史中丞；沆以高才硕学，官殿中侍郎。溉子镜，官太子舍人，作《七悟》，文甚美。镜子荩，梁武帝称为才子，官丹阳尹丞；洽子仲举，立身耿正，仕陈，为尚书左仆射；仲举子郁，仕陈，为中书侍郎。

徐文盛，彭城人。为梁宁州刺史。州在僻远，群蛮劫篡相寻，前后刺史竟莫能制。文盛推心抚慰，夷獠感之，风俗遂改。

刘瑴，彭城人。儒雅博洽，善辞翰。随湘东王在藩十余年，宠寄甚深，当时文檄皆其所为。位吏部尚书、国子祭酒。魏克江陵，入长安。

刘芳，彭城人。处穷窘而业尚专固，聪敏过人，笃志《坟》《典》，昼则佣书以自给，夜则穷经不寝，著《穷通论》以自慰。仕魏，累迁中书令，所撰述凡十有六书。卒，赠镇东将军、徐州刺史，谥曰文贞。子怿，历徐州别驾、兖州左军府长史、司空谘议参军。屡为行台出使，所历皆有当官之称。孙逖，少而聪敏，发愤自励，专精读书。有文籍所未见者，终日讽诵，或通夜不归。更留心文藻，尤工于诗咏。仕齐，历官黄门侍郎、修国史。

刘鹭，仕魏，位徐州开府从事中郎，转中书舍人。属梁通和，鹭前后受敕对其使一十六人。

刘懋，芳从子。博综书史，善草隶书，识奇字。芳甚重之，凡所撰定朝廷轨仪，皆与参量。尚书博议，懋常为议主。所著有《物祖》十五卷。

郑颐，彭城人。聪敏，颇涉文义。事北齐，与宋钦道特相友爱，钦道每师事之。乾明初，拜散骑常侍，权势之重，与杨愔相埒，并为常山、长广二王所害。弟抗，有文学。武平末，兼左右郎中，待诏文林馆。

隋

刘弘，彭城人。少好学，有行检，重节概。隋平陈，以功加上仪同，拜泉州刺史。会高智慧作乱，弘坚守百余日。贼知其饥，欲降之，弘抗节弥厉。比城陷，为贼所害。上嘉叹久之，官其子。

刘子翊，彭城丛亭里人。性刚謇，有吏干。仁寿中，为新丰令，有能名。大业中，为治书侍御史，从幸江都，以切谏忤旨，谪丹阳留守。寻遣上江督运，为贼吴棋子所虏。欲要以为主，不从。会炀帝遇弑，群贼执子翊至临川城下，使告城中，云帝已崩。子翊反其言，遂见害。

唐

刘德威，徐州人。姿貌魁秀，有干略。贞观初，历绵州刺史，政号廉平，百姓立石颂德。入为大理寺卿。太宗问曰："比刑网寖密，其咎安在?"德威曰："在君不在臣。下之宽猛，视主之好恶。"帝然其言。官至刑部尚书。德威于闺门友睦，生平所得俸禄，皆以分宗亲，家无留藏。诸子审礼、易从[①]、延景、延嗣[②]，并位显要，有声称。审礼，贞观中左骁卫郎将。易从，累迁彭州[③]长史。永昌中，为酷吏周兴诬以死罪，将刑，百姓奔走，争解衣投地，曰："为长史祈福!"有司平直，乃十万余钱。易从一门仁孝而横遇冤酷，海内痛之。

刘延祐，彭城人。举进士，补渭南尉，治绩第一。李勣戒之曰："子春秋少而有美名，宜少自抑，无为出人上。"官至并州刺史、安南都护。从弟藏器，亦有才干。高祖时，为侍御史，卫尉卿尉迟宝琳胁人女为妾，藏器劾还之。宝琳私请帝止其还。藏器曰："法为天下权衡。陛下用舍由情，法何所施?"乃诏可。后出为宋州司马。

刘知几，藏器子。博览群书，善文词。举进士，累迁凤阁舍人、修国史。著《史通》内外四十九篇，徐坚叹曰："为史氏者，宜置此座右也!"开元初，迁左散骑常侍。兄知柔，累官太子宾客，封彭城侯。卒，谥曰文。

刘昇，彭城人。景云中，授右武卫骑曹参军。开元中，累迁中书舍人、太子右庶子。能文，善草隶。

司马锽，徐州人。天授初，左补阙薛谦光上疏论选举之弊。长安中，选台阁贤

① 案《新唐书》本传：易从为德威之孙，审礼庶子。

② 案《新唐书》本传：延嗣为德威从子，审礼从弟。本段采自《南畿志》，径改则妨文例，暂仍原文，辨识于此。

③ 按：《新唐书》本传旧作"彭城"，中华书局标点本据《资治通鉴》卷二百四"彭州"、《新唐书·地理志·剑南道·彭州》"武后时长史刘易从"等改"彭州"。今从其说。

望，分典大郡，得韦嗣立等十九人，锽与焉。申选到部，政绩可称者，独谦光与锽二人而已。

刘海宾，彭城人。以义侠闻。为泾原兵马，累立战功。刘文喜叛，攻海宾，子光国击斩之。封海宾乐平郡王、太子太保。

刘廷珍，彭城人。以羽林军扈德宗奉天，屡立战功，官左骁卫大将军，封东阳郡王。

刘沔，廷珍子。少孤，客振武节度使范希朝，署牙将。希朝奇之，召谓曰："后日必处吾坐。"希朝卒，入为神策将。迁大将军，擢泾原节度使，进检校尚书左仆射。累立战功，进金紫光禄大夫，赐一子官。

石雄，徐州人。少为牙校，敢毅善战，气盖军中。会昌初，回鹘入寇，诏雄为天德防御副使兼朔州刺史，佐刘沔屯云州。雄临财廉，每朝廷赐与，辄置军门，自取一匹缣，余悉分士伍，由是众咸感奋。武宗喜曰："今将帅义而勇，罕雄比者！"就拜行营节度使。

刘商，字子夏，彭城人。第进士，历尚书虞部郎中，以病免。所著有《刘虞部集》十卷。

刘仁师，德威五世孙，商犹子也。长庆中为高陵令，抑豪猾，雪冤枉，筑新堰，通水渠，百姓长享其利，名其渠曰"刘公渠"，堰曰"彭城堰"，生子皆以刘名。迁检校屯田郎中，兼侍御史，民为立遗爱碑。刘禹锡称其理人为循吏，理财为能臣，一出于清白故也。

刘巨容，为州大将。庞勋反，自拔归，授埇桥镇遏使。浙西突阵将王郢反，攻明州，巨容以筒箭射郢死，拜明州刺史，徙楚州团练使。黄巢乱江淮，授蕲黄招讨副使，累立战功，迁检校礼部尚书，封彭城县侯。

王驾，字大用，彭城人，自号守素先生。大顺元年第进士。有集行世。

五代

刘仁赡，彭城人。仕南唐，以清淮节度使镇寿州。周师压境，仁赡坚守不下。子崇谏幸其父病，谋与诸将出降，仁赡立命斩之。于是士卒感泣，愿以死守。仁赡病甚，已不知人，其副使孙羽诈为仁赡书，以城降。世宗命舁仁赡至帐前，叹息久之。是日卒。国朝登载祀典。

刘涛，彭城人。后唐举进士，为左补阙。力荐薛居正，以为文章器业必至台辅。后果为相，世称其知人。宋太祖即位，以老疾求退，授秘书监致仕。子项，仕宋，为监察御史。项子晟，晟子讷、谭，并进士及第。

宋

郭廷谓，彭城人。幼好学，工书，善骑射。宋初，知亳州。冯瓒知梓州，为仆夫所讼，召廷谓为静江军节度观察使留后以代之，悉除弊政。子延泽，博通典籍，累官国子博士。咸平中，以虞部员外郎致仕。

王汉忠，彭城人。少豪宕，有膂力。太宗在藩，召见，奇其材力，因置左右。后从征太原，先登，流矢中眸，上壮之，迁指挥使。契丹掠中山，往御之，追杀甚众。汉忠有识略，军政甚肃，每行师，必焚香告曰："愿军民无犯吾令，违者一毫不贳。"故所部无盗。性刚果，不务小节，轻财乐施。好读书，崇儒好文，名称甚茂。卒，赠太尉。

刘颜，彭城人。好古学，不专章句。举进士，知龙兴县，免官。居家以著书自适，学者常数十百人。所著有《儒术通要》《经济枢言》。石介见其书，叹曰："恨不在弟子之列。"子庠，八岁能诗，蔡齐妻以女。英宗时，以直言论时事，除监察御史里行。后以枢密直学士知渭州。庠有吏能，奄通历代，王安石称其博。

陈师道，彭城人，字无己，号后山居士。祖洎，有学行，隐居教授。父琪，丞相庞籍尝从洎游，琪因得娶籍女，而生师道。师道刻苦问学，性高介，安贫乐道，诸经皆有训传，于《诗》《礼》尤邃。其为文师曾巩，为诗宗黄庭坚，平淡雅奥，自成一家。元祐中，以侍从合荐，除本州教授，累迁秘书省正字。师道方正嫉恶，甘贫有守。尝居都下逾年，未尝一至贵人之门。章子厚欲一见，终不可得。傅钦之知其贫甚，怀金馈之，及睹其貌，听其论议，竟不敢以出口。所著有《后山集》二十卷。

颜太初，彭城人，颜子四十七世孙。少博学，有隽才，慷慨好义，为诗多讥切时事。孔圣祐卒，罢袭封，太初作诗以讽在位，遂以圣祐弟袭封文宣公。后中进士，累官国子监说书。所著有《洙南子》《凫绎集》及《淳曜联英》。子复，为奉议郎。

刘湜，彭城人。举进士，历开封府推官，迁殿中侍御史。累迁龙图直学士，知庆州，改知密州。居官大著能声。

寇国宝，徐州人。举进士，任吴县主簿。从陈无己学，有诗名。其所题吴门寺壁一绝："黄叶西陂水漫流，籧篨风急滞扁舟。夕阳暝色来千里，人语鸡声共一丘。"人至今传之。惜不可多见尔。

张天骥，徐州人，号云龙山人。隐居不仕，与苏东坡、陈后山、参寥子游。尝作放鹤亭于云龙山之麓，东坡为记。

时敦，彭城人。宣和初，为泽州倅。政事、词翰，为时推重。

李处全，徐州人。文章宏肆，诗体兼众长，字画遒丽。登进士，由宗正寺簿迁太常丞。后迁家溧阳。

郑仅，彭城人。第进士，为大名府司户参军。历知冠、福昌，所至有善政，盗贼相戒不入境。累官吏部侍郎、知徐州，迁至显谟阁直学士。卒，谥修敏。子望之，少有文名。靖康初，再使金营。累官至户部侍郎，以徽猷阁直学士致仕。

元

燕只吉台彻里，徐州人。曾祖太赤，从太祖定中原，为马步军都元帅。彻里幼孤，母教以书。至元中，世祖召见，应对详雅，悦之。尝奉使江南，省风俗，访遗逸。官至中书平章政事。卒，追封徐国公，归葬于徐，有姚燧神道碑。

钱光弼，徐州人。日诵千言。未壮，辟掾镇南王府。寻以云南行省荐，授将仕郎、同知晋宁州事。迁太常司直、治中，再迁汴梁路总管兼府尹。在汴未二年，省宪交荐，迁平江路总管，兼管内劝农事。薨于徐州。赠兵部尚书、上轻车都尉，追封彭城郡侯。有神道碑存。

王廓，字元举，徐州人。至正二年燕南第一人，授湖州经历。

国朝

朱守仁，字存道。少有大志，好读书。元末兵起，为枢密同知，守舒城。洪武初，累迁工部尚书，转北平行省参政，以馈饷不继，谪广西苍梧知县。历知二州，以治最，升四川布政使。时居方面者，多以簠簋不饰被重谴，惟守仁无所预。拜太仆寺卿，寻致仕。守仁朴茂无华，始终一诚，故见重焉。永乐中，卒于京邸，诏乘传归葬。

任肃，字伯雝。领洪武己卯乡荐，初仕为工部主事，寻升郎中。以营缮宫殿成，迁南昌知府，政绩卓异。秩满，转云南左参政致仕。

房栋，字子材。祖友信，洪武中以文学荐，授翰林检讨。父端，领景泰丙子乡荐。栋博学明经，有文誉，知山西崞县。致仕归，蓄古今书籍，闭户诵读，学益该博。惜其诗文佚散，不尽传云。

刘泰，字致亨。少颖悟好学。洪武中乡举，授山西陵川训导，谪戍泗州。壬午，扈从渡淮，以功授百户。永乐初，仍改文职，授建宁府通判，进升礼部员外郎，与修《永乐大典》。书成，赏赉有加。寻致仕归。

刘惟新，字志善。郡庠生。永乐五年，以楷书征修《大典》，授中书舍人，迁户部主事。

朱芾，字大芾。洪武中，以户科给事中升御史，性刚直，纠劾无所避忌，以言事忤旨，谪戍云南。行次九江而卒，归葬于徐。

王弼，永乐中，历官良乡知县。良乡地当要冲，事极繁剧，弼处之皆得其宜。逾七旬，当代去，民恳留之，益勤政不怠。岁大旱，躬祷即得雨。有蝗入境，复自祈之，为群鸟食尽。民皆欢戴，以为至诚所感。寻迁户部主事。

魏賁，字学古。领永乐甲午乡荐，授陕西华州学正。性刚敏果断，施教有方，士人思之。

马荣，少习武事，有胆略。洪武末从靖内难，永乐初从征北虏，累功至右都督，追封景城伯，谥壮武。

山云，青之子。初，青从太祖征伐，累功中军都督佥事。云袭授指挥使，寻亦升佥事。宣德初，以都督镇守广西，讨溪峒诸蛮。在镇十年，威惠并行。卒，赠怀远伯，谥襄毅[1]。镇人怀其德，祠祀之。

陈玺，先世任府军前卫正千户。至玺，复以劳绩升本卫指挥佥事。博洽练达，荐升锦衣卫指挥使。

孙成，少骁勇，官至浙江都司都指挥使。持守廉介，人莫敢干以私。

西宁，任金山卫指挥使。明韬略，廉勤有为。荐升署都指挥佥事，守备汀漳等处。

孙顺，字以敬。为河南彰德同知，有惠政。迁贵州铜仁知府，莅政公平，夷民信服。

范寅，字敬时。性至孝，居亲丧尽礼。比葬，庐墓封树者三年。由国子生授知山西石州，卓有政誉。升河间府同知。

朱善，字伯元。性鲠介不阿。由国子生仕为浙江衢州通判，在官以能称。以母老乞养归。

朱志，字敏学。由国子生初授刑部主事，转户部，守官勤慎，迁南京员外郎。致仕归，以长者重于乡。

刘珩，字廷珮。领成化癸卯乡荐。仕为成安令，推诚御下，以孝友率人。尝岁旱为民祈雨有应，邑人歌之。

马蕙，字彦芳。其先苏之昆山人。曾祖良，任徐州卫知事。父纪，始占籍于徐，为州人。蕙器宇端庄，邃于问学。领宣德壬子乡荐，历官曹县、上蔡学谕，汝宁教授，所至敦重行谊，教有成效。藩省屡聘典文，皆辞不赴，士林雅重之。以疾卒于汝。著有《兰斋集》。

---

①《明英宗实录》《明史·功臣世表三》作“忠毅”，《氏族大全》《南畿志》及焦竑《国朝献征录》作“襄毅”。

孝义志

南北朝

孙道登，彭城吕县人。魏永安初，为梁将韦休等所虏，面缚临刃，巡达村坞，令其招降乡曲。道登厉声呼曰："但当努力，贼无所能！"贼遂屠之。朝廷遣使吊祭，赐爵听子袭封。

刘苞，字孝尝。三岁而孤。至六七岁，见诸父常泣。母怒之，苞曰："早孤，不识父。闻诸父多相似，故心中悲耳！"奉其母最孝，尝扇席温枕。初，苞父母及两兄相继亡殁，悉假瘗焉。苞年十六，始移墓所，经营改葬，不资诸父。

刘览，字孝智。以所生母忧，庐于墓。常再期不尝盐酪，食麦粥而已。隆冬止著单布衣，家人虑不胜丧，中夜窃置炭于床下，览因暖得寐，及觉知之，号恸呕血。梁武帝闻其至性，数使省视。

隋

刘仕儁，彭城人，性至孝。丁母丧，绝而复苏，勺饮不入口者七日。庐于墓侧，负土成坟，列植松柏。狐狼驯扰，为之取食。隋文帝受禅，表其门闾。

唐

皇甫恒、尹务荣，皆彭城人。数世同居，以孝弟名通朝廷，事亲、居丧著至行。天子各旌表门闾，给赐粟帛。

路审中，徐吏也。节度崔彦曾知其能，颇任之。彦曾遇害，辄赂守卒敛其尸。张玄稔攻徐州，审中率死士开南白门应官军，遂破庞勋。官至岚州刺史。郑畋谓其忠节贯神明，擢右羽林将军。

宋

彭程，徐州人，四世同居。淳化初，诏旌表门闾。

甄君，徐州人，明经教授，乡称善人。家贫，乞贷邑里以葬父母，作室墓傍以志思，陈后山名之曰"思亭"，因为之记。

赵立，徐州张益村人，以战功补官。建炎三年，金兵陷城，知州王复死之，立夜入城，潜求复尸掩藏。鼓率残兵邀击于外，军声复振。以复徐州功，诏授忠翊郎，就权州事。金人围楚州急，宣抚杜充命立往援，连七战而胜，誓众力守。相守百余日，忽飞炮碎其首，曰："吾终不能与国灭贼矣！"言绝而终。事闻，谥忠烈。立木强不知书，天性忠义，善骑射，容貌甚壮，不喜声色财货，与士卒同甘苦。每战，擐甲胄先登，众畏服，乐为用。视虏如仇，每言及必啮齿，常戒士卒，惟以杀金人为言。议者谓立之功，虽张巡、许远不能过矣。

金

曹珪，徐州人。大定中，州人江志作乱，珪子弼在贼党中。珪谋诛志，并弼杀之。金主诏云:“珪赤心为国，大义灭亲，特进三官，于正班用之。”

朱存器，徐州人，后徙宝坻。历官至修内司使。尝夜行卢沟桥，获金一囊，坐而待其主以付之，其人请中分，存器笑而遣之。子国宝，从元世祖攻鄂，累功官至宣慰司都元帅。

元

胡居仁、张允中，俱徐州人。事亲笃孝。以居丧庐墓，旌表门闾，诏复其家。

郭通，徐州人。父柩在殡，邻火延及，通仰天诉曰:“柩不能移，宁与俱焚死!”抚柩恸哭，火须臾遂熄。

国朝

王僧儿，母病，医祷弗效。沐浴叩天，剖腹取肝，入糜食母，母病寻愈。洪武壬午，乡老以闻，旌表其门。

阎马儿，洪武壬午，以匠执役京师。父家居病笃，马儿闻之，忧甚，例弗得归省，遂剖腹取肝，焚香吁天，祈父病瘳。事闻，复役，仍旌其门。

张端，读书笃孝。居父母丧，庐墓六年。永乐六年，荐授真定新乐尹。

章文友，卫军。早丧父，事母至孝。母病，告天以身代。母死，水浆不入口者数日。及至葬，庐墓数年。卫长上其事，旌表加焉。

朱环，守仁孙。由太学生，授西安靖宁州知州。母殁庐墓，由孝旌表。其居官亦著能声。

金嵩，由太学生任鸿胪序班。丁父丧，极其哀毁，庐墓三年。有司以闻，诏旌其门。服阕，升河南按察司佥事。

权谨，字仲常。性至孝。甫十岁，遭父丧，哀毁几绝。洪武中，荐知乐安县。升光禄署丞，迎母就养。母疾，躬侍汤药，吁天求以身代。母年九十而终，负土成坟。庐墓三年，哭泣不辍，致泉涌、兔驯之异。事闻，诏拜文华殿大学士，辞不称，朝廷不允，欲以风励天下之为人子者。寻改通政司右参议致仕，仍旌其门曰“孝行”。子伦，学行修明，举乡荐。养亲二十年。亲终，不仕。伦子宇，亦笃孝。伦年九十，病卧，宇侍汤药不少懈。及卒，负土种树，庐墓侧，晨昏哀泣。母卒，亦如之。成化十二年获旌。权氏世德，抑何其绳绳济美也！谨以孝表仪朝著，伦、宇藉其礼教，举之闾阎，其播徽烈而扬休声一也。彼德色谇语、忍心背本者，视此独无赪赧哉！

孙狗皮，洪武中北平都指挥。革除年间有战功，忠义著闻。永乐初，改授浙江某卫所千户[1]。

王豫，字德立。父弼，由国子生，历官良乡令、户部主事，皆有声。豫性孝善，医药施疗，恒逮贫者。初居父丧，哀毁骨立。母殁，如之。将举柩合葬父茔，道遇雷雨，豫号泣吁天，雨寻止。既葬，庐墓三年。有群鹊驯集墓树，依依不去。有司奏旌其门。年八十余卒。

吴友直，徐二乡人。居父母丧，甚哀。负土成坟，而庐其侧。路车，徐四乡人。父卒，哀毁呕血，庐墓三年。成化间并以孝行，诏旌其门。

刘茂，在城西北隅人；王真，北关厢人；刘芳，在城西北隅人；高荣，北关人；杨荣，四乡人；姚庆，北关厢人；潘杰，在城人；石鼎，北关厢人；杨兴，一乡人；贾圆善，徐州卫军余。正统五年，各出麦一千五百石助赈济。有司以闻，特敕奖谕，劳以羊酒，旌为义民，仍蠲其家，表其门曰“尚义”。

列女志

南朝宋

刘怀敬母，初，武帝产而母殂，家贫薄，无由得乳，议欲不举。从母生怀敬，未期，乃断怀敬乳，而自养帝。帝以旧恩，怀敬累见宠授，位尚书、金紫光禄大夫。

许氏，孙棘妻。宋大明五年，发三五丁，棘弟萨应充行，坐违期不至。棘诣郡辞列：“棘为家长，令弟不行，乞以身代萨。”萨又辞列自引。太守张岱疑其不实，以棘、萨各置一处，报云听其相代。颜色并悦，甘心赴死。许氏又寄语属棘：“君当门户，岂可委罪小郎？且大家临亡，以小郎属君，竟未与娶。君已有二儿，死复何恨！”岱依事表上，孝武诏特原罪。州加辟命，并赐许帛二十匹。

后魏

刘氏，彭城人，嫁渤海封卓。初成婚，卓赴官京师，坐事伏法。刘家居，忽梦卓死，哀哭，其嫂谕之不止。经旬，凶闻果至，遂愤而死。时人比之秦嘉妻。著作

① 按：明黄佐《革除遗事》作“百户”。然黄佐之书晚出，暂从嘉靖《徐州志》所引旧志佚文。

郎高允念其义高而名不著，为诗八章以哀之。

唐

王氏孝女，字和子。元和中，父、兄皆防秋屯泾州，吐蕃寇边，并战死。孝女年十七，却食跣足，缞裳抵泾。日丐贷，护二丧还葬于乡。植松柏，剪发坏容，庐于墓所。节度氏使王智兴白状，诏旌其门。

国朝

段二妻谢氏，元末兵乱，舅、姑、夫俱亡，乃依父家守志。年八十二卒。洪武二十五年旌表。

王五妻薛氏，夫亡，薛年十八，惟一子及周。誓不再适，以节行称。正统十八年旌表。

居瀚妻孟氏，年二十余。夫卧病久，孟许与同死。夫果弗起，孟视殓毕，从容自缢死。工部主事费瑄赋诗吊之。

李刚妻魏氏，学正黉女。年二十夫亡，无子。誓死不嫁，昼夜惟与夫灵座相对。所居一室萧然，不蔽风雨。门扉常掩，惟取薪水出入，始启之。人不堪其忧，魏处之晏如。纺绩自给，垂四十年。

科贡志

进士

唐

刘延祐　　刘知几　　刘　商　　王　驾

五代

刘　涛

宋

刘　晟　　刘　讷　　刘　谭　　晁　迥
刘　颜　　刘　庠　　刘　湜　　寇国宝
颜太初　　郑　仅　　李处全

金

刘贤佐

元

王　廓

国朝

牛　吉	张　佶	孙　珩

举人

国朝

刘　泰	任　肃	邵　著	胡　秩
蒋　焕	杨　守	戴　安	薛　袒
王　演	魏　蕡	权　伦	马　蕙
陈　赉	牛　吉	傅　鸿	牛　吉
董　云	王　荣	沙　杰	朱　玺
朱　瓒	王　環	张　伦	房　端
孙　珩	丘　岳	张　佶	马　暾
马　湘	卞　祥	张　鼎	张　锐
朱　轩	孙　珩	孙元佐	沙　立
刘　珩	周　云	刘　经	

岁贡

国朝

赵　麟	朱　芾	王　洪	刘　增
王　允	张　骥	史　恒	黄　哲
吴　讷	苏　迪	陈　缙	王　礼
胡　安	张　茂	王　颐	潘　义
王　弼	潘　励	王　芃	潘　玙
李良聪	白　素	梁　惠	孟　凯
张　勖	刘　庸	吴　袒	王　信

孙　顺	孟　仝	刘　端	张　英
钱　玉	朱　敬	金　暠	朱　善
张　秉	沙　源	尹　冲	范　寅
朱　环	朱　志	王　泽	杨　震
居　安	尹　莘	曹　智	宋　盛
李　恂	曹　豪	陈　孜	宋　鉴
李　惠	李　恭	贺　达	滕　俊
汪　润	任　皓	权　宗	任　伦
鉴　昭	周　谅	申　英	魏　瑛
孔　宗	朱　菖	王　迪	路　聪
孙　绎	孟　旸	苏　良	牛　祯
梅　玉	孟希鲁	马　暕	吴　叙
刘　正	黄　仑	周　会	李　杰
张　拣			

方技志

汉

樊阿，彭城人。与广陵吴普学医于谯人华陀，善针术。凡医咸言背及胸脏之间不可妄针，针之，不过四分；而阿针背入一二寸，巨阙、胸脏乃五六寸，而病者皆瘳。又尝从陀求服食方，陀授以漆叶青黏散：每漆叶屑一斗，率用青黏十四两，久服，去三虫，利五脏，轻体，使人头不白。阿从其言，寿百余岁。（漆叶处所时有，青黏生于丰、沛、彭城及朝歌间）

三国

管辂，字公明。善仰视星辰，明天文、地理变化之数，徐州号为神童。杜工部《上韦相》诗云“聪明过管辂”，即此。

国朝

陆翼，徐州人。自其祖、父皆以医鸣于时，至翼尤精诣，凡医家书，必欲考别，以究其指趣，故其术大行于时。洪武三十五年，以本州荐，补医学典科。至今其子姓业医者尤众。

李冠，字公冕，徐州人。天性旷达，博学，能诗文，善隶书。任材使气，不拘小节。以儒医鸣于时。尝拟卢仝《七碗茶》为《七碗酒》及《木绵歌》，乡人至今传诵。

裴仕杰，通儒书，习阴阳之术。永乐初，征天下儒硕纂修《古今大典》，阴阳家预焉，仕杰应召。

周昉，字彦华，徐州人。通天文阴阳之术。景泰元年，随征福建，以占候有功，历进五官灵台郎。升监副，卒。昉子佐，历升光禄寺少卿；儒，历升应天府府丞。佐子瀹，钦天监冬官正。皆世其业。

玄释志

晋

彭宗，彭城人。年二十，服药于杜冲，乃栖真味道，精贯人神。尝从师采药，忽堕深谷，被蛇中，曾无愠色。乃授丹经、五千文，宗宝而修之，洞畅幽漠。能三昼夜为一息，或一年不动，人以为死，及起，颜色愈鲜。山中蛇虎见之，并潜伏。后为太清真人。

南北朝

道生，彭城人。父为广戚令。道生为沙门法汰弟子，幼而聪悟，年十五便能讲经。及长，有异解，立顿悟义。

宋

僧道潜，号参寥子，与东坡最密。尝游于徐，陈师道与论诗，深器之，序以赠别，其略曰："释门之表，士林之秀，而诗苑之英也。其议古今张弛，情貌肖否，言之从违，诗之精粗，若水赴壑，坂走丸，倒囊出物，鸷鸟举而风迫之也。升高视下，爬痒而鉴貌也。"

戴日祥，元丰初道士也。尝随苏轼游桓山，为鼓雷氏之琴。

国朝

恒斌，本京刹僧。宣德间，以荐住持徐州卧佛寺。五十余年，精持戒律，始终不渝。国子祭酒李时勉序以赠之，略曰："恬静寡欲，进修清勤。言不妄发，事不苟为，人不泛交。"

灾祥志

春秋

襄公五年秋，大雩。先是，楚伐宋，取彭城；郑畔中国，附楚。襄与诸侯共围彭城，城郑虎牢以御楚，有亢阳动众之应。

汉

文帝元年四月，齐、楚地震。五年十月，楚王都彭城大风从东南来，毁市门，杀人。后元七年九月，有星孛于西方。其本直尾、箕，末指虚、危，长丈余。刘向以为："尾，宋地，今楚彭城。"是时，景帝初即位，信用晁错，削诸侯王地。后三年，楚并七国反。

景帝三年十一月，楚国吕县有白颈乌与黑乌群斗，白颈不胜，堕泗水死者数千。

宣帝本始二年，荧惑守房之钩钤。占曰："房为将相，心为子属。其地宋，今楚彭城。"地节元年正月辛酉，荧惑入氐中。氐，天子之宫，荧惑入之，有贼臣。是岁，楚王延寿谋逆自杀。元康元年，凤凰下彭城。

成帝阳朔元年七月壬子，月犯心星。占曰："房、心为宋，今楚彭城。"

王莽天凤六年，青、徐民饥，多弃乡里流亡，老弱死道路。

后汉

光武中元元年，楚、沛多蝗。

明帝永平九年正月戊申，客星出牵牛，长八尺，历建星，至房南灭。牵牛主吴越，房、心为宋。后广陵王荆、楚王英谋逆事觉，皆自杀。广陵属吴；彭城，古宋地。

章帝初年，兖、豫、徐三州大旱。诏勿收田租、刍稿，其以见谷赈给贫民。元和三年，白虎见彭城。

和帝永元十六年二月，诏兖、豫、徐、冀四州，比年雨多伤稼，禁沽酒。

安帝永初四年夏四月，司隶、豫、兖、徐、青、冀五州蝗。七年九月，调零陵、桂阳、丹阳、豫章、会稽租米，赈给南阳、广陵、下邳、彭城、山阳、庐江、九江饥民。

桓帝永兴二年六月，彭城泗水增长逆流。

三国

魏明帝景初元年九月，冀、兖、徐、豫四州水灾。遣侍御史循行没溺死亡及失财产者，所在开仓赈救之。二年九月，淫雨。冀、兖、徐、豫四州水出，溺杀人，漂失财产。

晋

武帝泰始四年九月，青、徐、兖、豫四州大水。五年，青、徐、兖三州水，遣使赈恤之。咸宁元年九月，徐州大水。三年，兖、豫、徐、青等七州大水，伤秋稼，诏赈给之。是年三月，星孛于胃。胃，徐州分。

惠帝永平五年，荆、扬、兖、豫、青、徐六州大水，遣御史巡行赈贷。六年三月，彭城吕县有流血，东西百余步。八年九月，荆、豫、扬、徐、冀五州大水。永宁元年，自夏及秋，青、徐、幽、并四州旱。太安元年秋七月，兖、豫、徐、冀四州大水。

元帝太兴元年七月，东海、彭城、下邳、临淮四郡蝗虫，害禾稼。二年，徐、扬诸郡蝗。四年十二月，月犯岁星，在房。占曰："其国兵饥，人流亡。"

穆帝升平元年十一月壬午，月掩岁星，在房。占曰："人饥。"一曰："豫州有灾。"二年闰三月乙亥，月犯岁星，在房。占曰同上。

孝武帝太和十年七月，彭城饥旱。先是，诸将略地，有事徐、豫等州。谢安又出镇广陵，使子琰进次彭城，频有军役。十三年闰正月戊辰，天狗东北下，有声。占曰："有大战，流血。"十四年正月，彭城妖贼刘黎称伪号于皇丘，刘牢之破灭之。又，彭城人刘象之家鸡有三足。十九年秋七月，荆、徐二州大水，伤秋稼，遣使赈恤之。二十年夏六月，荆、徐二州又大水。

安帝义熙二年十二月丁未，荧惑、太白皆入羽林，又合于壁。三年正月，慕容超寇淮北、徐州，至下邳。二月癸亥，荧惑、镇星、太白、辰星聚于奎、娄，从镇星也，徐州分。是时，慕容超僭号。十一年七月癸亥，彗星出太微。占曰："彗出太微，社稷亡。"十二年五月，岁星留房、心之间，宋之分野。始封刘裕为宋公，后有天下。

南朝宋

文帝元嘉十七年八月，徐、兖、青、冀四州大水，遣使赈恤。二十四年，徐、兖、青、冀四州大水。

北魏

宣武帝景明二年三月，青、齐、徐、兖四州大饥，人死者万余口。永平四年二月，青、齐、徐、兖四州民饥甚，遣使赈恤。

南陈

宣帝太建十年二月癸亥，日上有背。占者曰：“其野失地，有叛兵。”甲子，吴明彻兵败于吕梁，将卒没于周，淮南至徐州地尽入于周。

唐

太宗贞观三年五月，徐州蝗。秋，徐州水。十九年二月，徐州言驺虞见。

高宗咸亨二年八月，徐州山水，漂百余家。

武则天万岁通天元年八月，徐州大水，害稼。

玄宗开元二十八年，徐、泗二州无蚕，免今岁税赋。

德宗贞元十八年，徐州献嘉瓜、白兔。

宪宗元和元年夏，荆南及寿、幽、徐等州大水。九年三月，镇星、太白合于奎。占曰：“内兵，徐州之分。”

文宗太和二年九月，徐州李有华，实可食。三年，宋、亳、徐等州大水，害稼。六年六月，徐州大雨，败坏民居九百余家。开成二年六月，徐州火，延烧居民三百余家。

懿宗咸通四年七月，东都、许、汝、徐、泗等州大水，伤稼。六年，徐州彭城民家鸡生角。五年五月己亥，夜漏未尽一刻，有彗星出东北方，色黄白，长三尺。在娄，徐州分也。九年正月，彗星出于娄、胃。十一月，庞勋陷徐州。甲辰，大雾昏塞，至于丙午。

五代

后晋天福四年，徐州大火。

宋

太祖建隆四年九月，徐州水，损田。乾德五年，五星聚奎，经星直鲁分，徐州，白羊之域。

太宗太平兴国五年五月，徐州白沟河溢入州城，毁民舍。堤塘皆坏。八年八月，徐州清河涨丈七尺，溢出。堤塞州三面门以御之。

真宗咸平二年九月壬寅，徐州言禾一茎五穗。大中祥符二年，水发徐、兖。天禧三年五月，徐州利国监大风，起西南，坏舍二百余区，压死十二人。六月，河决滑州，漂没公私庐舍。历澶、濮，至徐州，与清河合，浸城壁，不没者四版。

仁宗天圣初，徐州仍岁水灾。嘉祐七年三月，徐州彭城县白鹤乡地生面。占曰："地生面，民将饥。"

神宗熙宁四年，徐州麦一本百七十二穗。十年秋七月，河决澶州曹村，东汇于诸山，及徐州，城不浸者三版。方水之至，老弱凭城而避，壮者无所食，死于丘陵林木上。又，徐州官舍生异草，经月不腐。次年，旱。

徽宗政和四年九月丙申，徐州彭城县柏开花。

金

世宗大定二十四年正月辛卯朔，徐州进芝十有八茎。

元

世祖至元元年，徐、宿、邳等州郡蝗。二年，徐、宿、邳蝗，旱。二十五年，徐、邳屯田雨雹，如鸡卵，害麦。

成宗大德元年，归德、徐州、邳州河水大溢。六月，蝗。三年，归德、济宁、徐、濠旱，蝗。五年，徐州、邳州雨五十日。六年五月，归德、徐州、邳州水。

武宗至大二年七月，徐、邳饥。四年，济宁、东平、归德、高唐、徐、邳诸州水。

明宗天历二年六月，徐、邳二州大水。

国朝

永乐十三年，饥，命进士梁洞赈恤。

景泰三年四月，水旱、疾疠相仍，民大饥乏。都御史王竑奉命赈恤。

成化元年，大饥。次年，复大疫，遣都御史吴琛、林聪赈恤。十三年秋，徐州大水，伤稼，坏民居，遣郎中国泰赈恤。十六年秋，大水。二十年十二月，有孕妇胁下瘤生儿。

重修徐州志卷第三

重修徐州志卷第四

（补辑）

词翰志

汉

韦孟《讽谏诗》

孟为元王傅，又傅子夷王及孙王戊。戊荒淫不遵道，孟作诗讽谏曰：

肃肃我祖，国自豕韦。黼衣朱绂，四牡龙旂。彤弓斯征，抚宁遐荒。总齐群邦，以翼大商。迭彼大彭，勋绩惟光。至于有周，历世会同。王赧听谮，实绝我邦。我邦既绝，厥政斯逸。赏罚之行，非繇王室。庶尹群后，靡扶靡卫。五服崩离，宗周以坠。我祖斯微，迁于彭城。在予小子，勤诶厥生。厄此嫚秦，耒耜以耕。悠悠嫚秦，上天不宁。乃眷南顾，授汉于京。於赫有汉，四方是征。靡适不怀，万国攸平。乃命厥弟，建侯于楚。俾我小臣，惟傅是辅。兢兢元王，恭俭静一。惠此黎民，纳彼辅弼。飨国渐世，垂烈于后。乃及夷王，克奉厥绪。咨命不永，唯王统祀。左右陪臣，此惟皇士。如何我王，不思守保。不惟履冰，以继祖考。邦事是废，逸游是娱。犬马繇繇，是放是驱。务彼鸟兽，忽此稼苗。烝民以匮，我王以媮。所弘非德，所亲非俊。唯囿是恢，唯谀是信。睮睮谄夫，谔谔黄发。如何我王，曾不是察。既藐下臣，追欲从逸。嫚彼显祖，轻兹削黜。嗟嗟我王，汉之睦亲。曾不夙夜，以休令闻。穆穆天子，临尔下土。明明群司，执宪靡顾。正遐由近，殆其怙兹。嗟嗟我王，曷不此思。非思非鉴，嗣其罔则。弥弥其失，岌岌其国。致冰匪霜，致坠靡嫚。瞻惟我王，昔靡不练。兴国救颠，孰违悔过。追思黄发，秦缪以霸。岁月其徂，年其逮耇。於昔君子，庶显于后。我王如何，曾不斯览。黄发不近，胡不时监！

后诗

微微小子，既耇且陋。岂不牵位，秽我王朝。王朝肃清，唯俊之庭。顾瞻余躬，惧秽此征。我之退征，请于天子。天子我恤，矜我发齿。赫赫天子，明哲且仁。县车之义，以洎小臣。嗟我小子，岂不怀土。庶我王寤，越迁于鲁。既去祢祖，惟怀惟顾。祁祁我徒，戴负盈路。爰戾于邹，剪茅作堂。我徒我环，筑室于墙。我既迁逝，心存我旧。梦我渎上，立于王朝。其梦如何？梦争王室。其争如何？梦我王弼。寤其外邦，叹其喟然。念我祖考，泣涕其涟。微微老夫，咨既迁绝。洋洋仲尼，视我遗烈。济济邹鲁，礼义唯恭。诵习弦歌，于异他邦。我虽鄙耇，心其好而。我徒侃尔，乐亦在而。

扬雄《徐州牧箴》

海岱伊淮，东海是渚。徐州之土，邑于蕃宇。大野既潴，有羽有蒙。孤桐蠙珠，泗沂攸同。实列蕃蔽，侯卫东方。民好农桑，大野以康。帝癸及辛，不祗不恪。沉湎于酒，而忘其东作。天命汤武，剿绝其绪祚。降周任姜，镇于琅琊。姜姓绝苗，田氏攸都。事由细微，不虑不图。祸如丘山，本在萌芽。牧臣司徐，敢告仆夫。

晋

谢灵运《九日从宋公戏马台集送孔令》

季秋边朔苦，旅雁违霜雪。凄凄阳卉腓，皎皎寒潭洁。良辰感圣心，云旗兴暮节。鸣葭戾朱宫，兰卮献时哲。饯宴光有孚，和乐隆所缺。在宥天下理，吹万群方悦。归客遂海隅，脱冠谢朝列。弭棹泊枉渚，指景待乐阕。河流有急澜，浮骖无缓辙。岂伊川途念，宿心愧将别。彼美丘园道，喟焉伤薄劣。

后魏

祖莹《悲彭城》

悲彭城，楚歌四面起。尸积石梁亭，血流濉水里。

唐

储光羲《登戏马台作》

君不见，宋公仗钺诛燕后，英雄踊跃争趋走。小会衣冠吕梁壑，大征甲卒碻磝口。天开神武树元勋，九日茱萸享六军。泛泛楼船游极浦，摇摇歌吹动浮云。居人满目市朝变，伯业犹存齐楚甸。泗水南流桐柏川，沂山北走琅琊县。沧海沉沉晨雾开，彭城烈烈秋风来。少年自苦未得意，落日萧条登古台。

皇甫冉《早春登徐州城》

落日凭危堞，春风似故乡。川流通楚塞，山色绕徐方。壁垒依寒草，旌旗动夕阳。无戎资上策，南亩起耕桑。

韩愈《徐泗濠三州节度掌书记厅石记》

书记之任，亦难矣！元戎整齐三军之士，统理所部之甿，以镇守邦国，赞天子施教化，而又外与宾客四邻交。其朝覲、聘问、慰荐、祭祀、祈祝之文，与所部之政、三军之号令升黜，凡文辞之事，皆出书记。非闳辨通敏兼人之才，莫宜居之。然皆元戎自辟，然后命于天子。苟其帅之不文，则其所辟或不当，亦其理宜也。南阳公自御史大夫、濠寿庐三州观察使，授节移镇徐州，历十一年，而掌书记者三人：其一人曰高阳许孟容，入仕于王朝，今为尚书礼部郎中；其一人曰京兆杜兼，今为尚书礼部员外郎、观察判官；其一人曰陇西李博，自前乡贡进士授秘书省校书郎，方为之。南阳公文章称天下，其所辟，实所谓闳辨通敏兼人之才者也。后之人苟未知南阳公之文章，吾请观于三君子；苟未知三君子之文章，吾请观于南阳公可知矣。蔚乎其相彰，炳乎其相辉，志同而气合，鱼川泳而鸟云飞也。愈乐是宾主之相得也，故请刻石以记之，而陷置于壁间，俾来者得以观览焉。

又《贺徐州张仆射白兔状》

伏闻今月五日，营田巡官陈从政献瑞兔，毛质皦白，天驯其心。其始，实得之符离安阜屯。屯之役夫朝行遇之，迫之弗逸，人立而拱。窃惟休咎之兆，天所以启觉于下。依类托喻，事之纤悉，不可图验。非睿智博通，孰克究明？愈虽不敏，请试辨之：兔，阴类也。又窟居，狡而伏，逆象也。今白其色，绝其群也。驯其心，化我德也。人立而拱，非禽兽之事，革而从人，且服罪也。得之符离，符离实戎国名，又附丽也。不在农夫之田，而在军田，武德行也。不战而来之之道，有安阜之嘉名焉。伏惟阁下股肱帝室，藩垣天下，四方其有逆乱之臣，未血斧锧之属，畏威崩析，归我乎哉，其事兆矣。是宜具迹表闻，以承答天意。小子不惠，猥以文句，微识蒙念，睹兹盛美，焉敢避不让之责而默默耶？愈再拜。

又《汴泗交流赠张仆射》

汴泗交流郡城角，筑场千步平如削。短垣三面缭逶迤，击鼓腾腾树赤旗。新秋朝凉未见日，早早结束来何为。分曹决胜约前定，百马攒蹄近相映。球惊杖奋合且离，红牛缨绂黄金羁。侧身转臂著马腹，霹雳应手神珠驰。迢遥散漫两闲暇，挥霍纷纭争变化。发难得巧意气粗，欢声四合壮士呼。此诚习战非为剧，岂若安坐行良图。当今忠臣不可得，公马莫走须杀贼。

又《归彭城》

天下兵又动，太平竟何时。讦谟者谁子，无乃失所宜。前年关中旱，闾井多死饥。去岁东郡水，生民为流尸。上天不虚应，祸福各有随。我欲进短策，无由至彤墀。刳肝以为纸，沥血以为辞。上言陈尧舜，下言引龙夔。言词多感激，文字少葳蕤。一读已自怪，再寻良自疑。食芹虽云美，献御固已痴。缄封在骨髓，耿耿空自奇。昨者到京城，屡陪高车驰。周行多俊异，议论无瑕疵。见待颇异礼，未能去毛皮。到口不敢吐，徐徐俟其巇。归来戎马间，惊顾似羁雌。连日或不语，终朝见相欺。乘闲辄骑马，茫茫诣空陂。遇酒即酩酊，君知我为谁？

又《雉带箭》

原头火烧静兀兀，野雉畏鹰出复没。将军欲以巧伏人，盘马弯弓惜不发。地形渐窄观者多，雉惊弓满劲箭加。冲人决起百余尺，红翎白镞相倾斜。将军仰笑军吏贺，五色离披马前堕。

张祜《观徐州李司空猎》

晓出郡城东，分围浅草中。红旗开向日，白马骤迎风。背手抽金镞，翻身控角弓。万人齐指处，一雁落寒空。

孙逖《送李给事归徐州觐省》

列位登青琐，还乡服彩衣。共言晨省日，便是昼游归。春水经梁宋，晴山入海沂。莫愁东路远，四牡正骓骓。

高瑀《使院新修石幢记》

元和十二年九月十二日，徐之从事立石记氏于府庭之南端。初，元戎岐公辛卯岁自夏台帅奉诏朝于京师。天子当扆，对百辟卿士，登公于明庭，曰："自理朔陲，边风变和，毡裘垂臂，敛衽从教。予嘉于衷，文武佥同。今之徐方，控临东极，淮海闽越，千里遥赖。地产坚金，俗风用刚。河山郁盘，我武宜扬。故有鈇钺、印绶之赐，予之戎柄，期于光大。郡邑之长，司我风教。烝人寿夭，系厥二吏。故悬以符印，备以僚属，予之耳目，期于观听。大野东原，既潴且平，纤缟草木，咸在征赋，故当命使，期于营度。城一十六，户一十万，兵六十旅，矛铤戈戟，戎车铁马，泊翔潜动植，宜咸领焉！"公拜稽首，激诚泪血，俯仰交感，左右动色。让德不获，改辕而东。红旌大旆，都人纵观，光腾九衢。以功绍复，再统幢节，近古无俦。是岁十一月四日，至于理所。从一日至于百千日，无一息无一顷暂忘向之帝命。旧府无积，衣食旷乏，则军声武备，其可知矣。遂假财于邻，从俭于身，戎装貔集，将卒骁敢，野夫行谣，四郡咸康。故以战则克，以祀则福，境有飞运，水无惊波，有征之师，以徐为则。上多乃茂绩，俾位冠于群帅，故有左揆之拜，时无等焉。皇乎哉！岐公之德，宜在鼎彝矣。噫！连帅大府，今天下三十有九。皆显才闻人，为佐为宾。诚明中和，从事之道也；离明诚中和，非从事之道也。扶善与能，鬼神潜光。谁或绐幽暗，而谓神无知？故予之同府，常恐惧乎不至，诫慎乎不闻。用明诚怡神，离明诚愧神。将此道也，奉我公，省厥躬，期此布名氏之不朽，则可转之石，焉足道哉！

刘长卿《晚泊留侯城》

访古此城下，子房安在哉？白云去不返，危堞空崔嵬。伊昔楚汉时，颇闻经济才。运筹风尘下，能使天地开。蔓草日已积，长松日已摧。功名满青史，祠庙唯蒿莱。百里暮程远，孤舟川上回。进帆东风便，转岸前山来。楚水澹相引，沙鸥闲不猜。扣舷从此去，延伫仍徘徊。

薛能《泛舟》

都人层立似山丘，坐啸将军拥棹游。绕郭烟波浮泗水，满船丝竹载凉州。城中睹望皆丹臒，旗里惊飞尽白鸥。儒将不须夸郤縠，未闻诗句解风流。

宋

陈靖《彭祖观井图铭》

淳化中，予将命之狄丘，道由彭门，有客得《彭祖观井图》以为贶。中有台榭、人物，山林森森然。盖状其佳象幽致，表绘事之工，予无取。所慕者，唯彭氏面井而覆之以轮，背树而缆之以绳，凭杖敛躬，局蹐而迎视，兢然若将坠也。呜呼！古人临事而惧之有若是，检身远害之有若是，后之君子得无效欤？予实好古，历考其迹于传记，虽敻而难信，且夫子云“窃比于我老彭”，亦其验也。故作铭于座右，曰：

至哉古人，远害全身，战战兢兢，恒若履冰。朽索之驭，纳隍是虑，天子则之，鸿休永据。存而惧亡，系于苞桑，诸侯则之，其国必昌。若舟弗济，夕惕而厉，大夫则之，其家孔炽。直哉惟清，执虚如盈，士子则之，其道元亨。不争在丑，无愧屋漏，庶人则之，其食孔阜。吾省予行，吾慎予守，窃比老彭，式介眉寿。

邵雍《题留侯庙》

灭项兴刘如覆手，绝秦昌汉若更棋。卷舒天下坐筹日，锻炼心源辟谷时。黄石公传皆是用，赤松子伴更何为。如君才业求其似，今古相望不记谁。

梅圣俞《送赵谏议知徐州》

鹿车几两马几匹，轸建朱幡骑彀弓。雨过短亭云断续，莺啼高柳路西东。吕梁水注千寻险，大泽龙归万古空。莫问前朝张仆射，球场细草绿蒙蒙。

陈荐《燕子楼》

仆射新阡狐兔游，侍儿犹住水边楼。风清玉簟慵欹枕，月好珠帘懒上钩。残梦觉来沧海阔，新诗吟罢紫兰秋。乐天才思如春雨，送断残花一夕休。

又《范增墓》

藏名羞立虎狼朝，乘鹤东依项籍豪。愤失壮图撞玉斗，不知天命与金刀。还家落日埋英气，回首浮云委旧劳。百步西连陵母冢，峨峨先识泰山高。

又《子房庙》

博浪沙头触副车，潜游东夏识真符。风云智略移秦鼎，星斗功名启汉图。商老已来宁少海，赤松还约访仙都。雍容进退全天道，凛凛高风万古无。

苏轼《贺河平表》

窃闻黄河决口已遂闭塞者，圣谟独运，天眷莫违。庶邦子来，民罔告病；万杵雷动，役不逾时。遂消东北莫大之忧，然后麦禾可得而食。人无后患，喜若再生。伏以大河为灾，历世所病。禹治兖州之野，十有三载乃同；汉筑宣房之宫，二十余年而定。未有收狂澜于既溃，复故道于将堙，俯仰而成，神速若此。恭惟皇帝陛下至仁博施，神智无方。达四聪以来众言，广大孝以安宗庙。水当润下，河不溢流。属岁久之无虞，故患生于所忽。方其决也，本吏失其防，而非天意；及其复也，盖天助有德，而非人功。振古所无，溥天同庆。维丰沛之大泽，实汴泗之所钟。伊昔横流，凛孤城之若块；迨兹平定，蔚秋稼以如云。害既广则利多，忧独深而喜倍。虽官守有限，不获趋外庭以称觞；而民意所同，亦能抒下情而作颂。

又《放鹤亭记》

熙宁十年秋，彭城大水。云龙山人张君之草堂，水及其半扉。明年春，水落，迁于故居之东，东山之麓。升高而望，得异境焉，作亭于其上。彭城之山，冈岭四合，隐然如大环，独缺其西十二，而山人之亭适当其缺。春夏之交，草木际天；秋冬雪月，千里一色。风雨晦明之间，俯仰百变。山人有二鹤，甚驯而善飞，旦则望西山之缺而放焉，纵其所如，或立于陂田，或翔于云表，暮则傃东山而归，故名之曰放鹤亭。郡守苏轼，时从宾客僚吏往见山人，饮酒于斯亭而乐之，揖山人而告之曰："子知隐居之乐乎？虽南面之君，未可与易也。《易》曰：'鸣鹤在阴，其子和之。'《诗》曰：'鹤鸣于九皋，声闻于天。'盖其为物，清远闲放，超然于尘垢之外，故《易》、诗人以比贤人君子。隐德之士，狎而玩之，宜若有益而无损者，然卫懿公好鹤则亡其国。周公作《酒诰》，卫武公作《抑戒》，以为荒惑败乱，无若酒者；而刘伶、阮籍之徒，以此全其真而名后世。嗟夫！南面之君，虽清远闲放如鹤者，犹不得好，好之则亡其国；而山林遁世之士，虽荒惑败乱如酒者，犹不能为害，而况于鹤乎？由此观之，其为乐未可以同日而语也！"山人欣然而笑曰："有是哉！"乃作《放鹤》《招鹤》之歌曰：

鹤飞去兮，西山之缺。高翔而下览兮，择所适。翻然敛翼，婉将集兮。忽何所见，矫然而复击。独终日于涧谷之间兮，啄苍苔而履白石。

鹤归来兮，东山之阴。其下有人兮，黄冠草屦，葛衣而鼓琴。躬耕而食兮，其余以汝饱。归来兮，西山不可以久留。

又《游桓山记》

元丰二年正月己亥，春服既成，从二三子游于泗水之上。登桓山，入石室，使道士戴日祥鼓雷氏之琴，操《履霜》之遗音。曰："噫嘻悲夫，此宋司马桓魋之墓也！"或曰："鼓琴于墓，礼欤？"曰："礼也。季武子之丧，曾点倚其门而歌。仲尼，日月也，而桓魋以为可得而害也。且死为石椁，三年不成，古之愚人也。余将吊其藏，而其骨毛爪齿既已化为飞尘、荡为冷风矣，而况椁乎？况于从死之臣妾、饭含之贝玉乎？使魋而无知也，余虽鼓琴而歌，可也；使魋而有知也，闻余鼓琴而歌，知哀乐之不可常，物化之无日也，其愚岂不少瘳乎？"二三子喟然而叹。乃歌曰："桓山之上，维石嵯峨兮。司马之恶，与石不磨兮。桓山之下，维水弥弥兮。司马之藏，与水皆逝兮。"歌阕而去。从游者八人：毕仲孙、舒焕、寇昌朝、王适、王遹、王肄、轼之子迈、焕之子彦举。

又《徐州上皇帝书》

臣以庸材，备员册府，出守两郡，皆东方要地。私窃以为守法令，治文书，赴期会，不足以报塞万一。辄伏思念东方之要务，陛下之所宜知者，得其一二，章具以闻，而陛下择焉。臣前任密州，所建言自古河北与中原离合，常系社稷存亡，而京东之地所以灌输河北，瓶竭则罍耻，唇亡则齿寒，而其民喜为盗贼，为害最甚，因为陛下画所以待盗贼之策。及移守徐州，观览山川之形势，察其风俗之所上，而考之于载籍，然后又知徐州为南北之襟要，而京东诸郡安危所寄也。昔项羽入关，既烧咸阳而东归，则都彭城。夫以羽之雄略，舍咸阳而取彭城，则彭城之险固形便，足以得志于诸侯者可知矣。臣观其地，三面被山，独其西平川数百里，西走梁宋。使楚人开关而延敌，材官驺发，突骑云从，真若屋上建瓴水也。地宜菽麦，一熟而饱数岁。其城三面阻水，楼堞之下，以汴泗为池。独其南可通车马，而戏马台在焉。其高十仞，广袤百步。若用武之世，屯千人其上，聚櫑木炮石凡战守之具，以与城相表里，而积三千粮于城中，虽用十万人，不易取也。其民皆长大，胆力绝人，喜为剽掠，小不适意，则有飞扬跋扈之心，非止为暴而已。汉高祖，沛人也；项羽，宿迁人也；刘裕，彭城人也；朱全忠，砀山人也，皆在今徐州数百里间耳。其人以此自负，凶桀之气，积以成俗。魏太武以三十万众攻彭城不能下，而王智兴以卒伍庸材，恣睢于徐，朝廷亦不能讨，岂非以其地形便利、人卒勇悍故耶？州之东北七十里即利国监，自古为铁冶，商贾所聚。其民富乐，凡三十六冶。冶户皆大家，藏镪巨万，常为盗贼所窥，而兵卫寡弱，有同儿戏。臣中夜以思，即为寒心。使剧贼致死者十余人，白昼入市，则守者皆弃而走耳。地既产精铁，而民皆善锻，散冶户之财，以啸召无赖，则乌合之众、数千人之仗，可以一夕具也。顺流南下，辰发巳至，而徐有不守之忧矣。使不幸而贼有过人之材，如吕布、刘备之徒，得徐而逞其志，则京东之安危，未可知也。近者，河北转运司奏乞禁止利国监铁，不许入河北，朝廷从之。昔楚人亡弓，不能忘楚，孔子犹小之，况天下一家，东北二冶皆为国兴利，而夺彼以与此，不亦隘乎？自铁不北行，冶户皆有失业之忧，诣臣而诉者数矣。臣欲因此以征冶户，为利国监之捍屏。今三十六冶，冶各百余人，采矿伐炭，多饥寒亡命、强力鸷忍之民也。臣欲使冶户每冶各择有材力而忠谨者，保任十人，籍其名于官，授以剑刃刀槊，教之击刺。每月两衙，集于知监之庭而阅试之。藏其刃于官，以待大盗，不得役使，犯者以违制论。冶户为盗所拟久矣，民皆知之。使冶出十人以自卫，民所乐也。而官又为除近日之禁，使铁得北行，则冶户皆悦而听命，奸猾破胆而不敢谋矣。徐城虽险固，而楼橹敝恶，又城大而兵少，缓急不可守。今战兵千人耳，臣欲乞移南京新招骑射两指挥于徐。此故徐人也，尝屯于徐，营垒材石既具矣，而迁于南京。异时转运使分东西路，畏馈饷之劳而移之西耳。今两路为一，其去来无所损益，而足以为徐之重。城下数里，颇产精石无穷，而奉化厢军见阙数百人。臣愿募石工以足之，听不差出，使此数百人者，常采石以甃城。数年之后，举为金汤之固。要使利国监不可窥，则徐无事；徐无事，则京东无虞矣。沂州山谷重阻，为逋逃渊薮，盗贼每入徐州界中。陛下若采臣言，不以臣为不肖，愿复三年守徐，且得兼领沂州兵甲巡检公事，必有以自效。京东恶盗，多出逃军。逃军为盗，民则望风畏之，何也？技精而法重也。技精则难敌，法重则致死，其势然也。自陛下置将官，修军政，士皆精锐，而不免于逃者，臣常考其所由。盖自近岁以来，部送罪人配军者，皆不使役人，而皆使禁军。军士当部送者，受牒即行，往反常不下十日，道路之费，非取息钱不能办。百姓畏法不敢贷，贷亦不可复得；惟所部将校，乃敢出息钱与之，归而刻其粮赐。以故上下相持，军政不修，博弈饮酒，无所不至，穷苦无聊，则逃去为盗。臣自至徐，即取不系省钱百余千别储之。当部送者，量远近裁取，以三月刻纳，不取其息。将吏有敢贷息钱者，痛以法治之。然后严军政，禁酒博。比期年，士卒皆饱暖，练熟技艺，等第为诸郡之冠。陛下遣敕使按阅，所具见也。臣愿下其法诸郡，推此行之，则军政修而逃者衰，亦去盗之一端也。臣闻之汉相王嘉曰："孝文帝时，二千石长吏安官乐职，上下相望，莫有苟且之意。其后稍稍变易，公卿以下转相促急，司隶、部刺史发扬阴私，吏或居官数月而退。二千石益轻贱，吏民慢易之，知其易危，小失意则有离畔之心。前山阳亡徒苏令纵横，吏士临难，莫肯有伏节死义者，以守相威权素夺故也。国家有急，取办于二千石。二千石尊重难危，乃能使下。"以王嘉之言而考之于今，郡守之威权可谓素夺矣。上有监司伺其过失，下有吏民持其长短，未及按问，而差替之命已下矣。欲督捕盗贼，法外求一钱以使人，且不可得。盗贼凶人，情重而法轻者，守臣辄配流之，则使所在法司复按其状，劾以失入。惴惴如此，何以得吏士死力而破奸人之党乎？由此观之，盗贼所以滋炽者，以陛下守臣权太轻故也。臣愿陛下稍重其权，责以大纲，略其小过。凡京东多盗之郡，自青、郓以及徐、沂、齐、曹之类，皆慎择守臣，听法外处置强盗。颇赐缗钱，使得以布设耳目，蓄养爪牙。然缗钱多则难常，少又不足于用。臣以为，每郡可岁别给一二百千，使以酿酒。凡使缉捕盗贼，得以酒予之；敢以为他用者，坐赃论。赏格之外，岁得酒数百斛，亦足以使人矣。此又治盗之一术也。然此皆其小者，其大者非臣之所当言。欲默而不发，则又私自念：遭值陛下英圣特达如此，若有所不尽，非忠臣之义。故昧死复言之。昔者以诗赋取士，今陛下以经术用人，名虽不同，然皆以文词进耳。考其所得，多吴、楚、闽、蜀之人。至于京东西、河北、河东、陕西五路，盖自古豪杰之场，其人沉鸷勇悍，可任以事。然欲治声律，读经义，以与吴、楚、闽、蜀之士争得失于毫厘之间，则彼有不仕而已，故其得人常少。夫惟忠孝礼义之士，虽不得志，而不失为君子。若德不足而才有余者，困于无门，则无所不至矣。故臣愿陛下特为五路之士，别开仕进之门。汉法：郡县秀民，推择为吏，考行察廉，以次迁补，或至二千石，入为公卿。古者不专以文词取人，故得士为盛。黄霸起于卒史，薛宣奋于书佐，朱邑选于啬夫，丙吉出于狱吏，其余名臣循吏由此而进者，不可胜数。唐自中叶以后，方镇皆选列校以长牙兵。是时，四方豪杰不能以科举自达者，皆争为之，往往积功以取旄钺。虽老奸巨盗或出其中，而名卿贤将如高仙芝、封常清、李光弼、来瑱、李抱玉、段秀实之流，所得亦已多矣。王者之用人如江河，江河所趋，百川赴焉，蛟龙生之。及其去而之他，则鱼鳖无所还其体，而鲵鳅为之制。今世胥吏、牙校，皆奴仆庸人者，无他，以陛下不用也。今欲用胥吏、牙校，而胥吏行文书，治刑狱钱谷，其势不可废鞭挞。鞭挞一行，则豪杰不出于其间。故凡士之刑者不可用，而用者不可刑。故臣愿陛下采唐之旧，使五路监司郡守共选士人，以补其牙职。皆取材力有足过人而不能从事于科举者，禄之以今之庸钱，而课之镇税场务、督捕盗贼之类，自公罪杖以下听赎。依将校法，使长吏得荐其才者，第其功阀，书其岁月，使得出仕比任子，而不以流外限其所至。朝廷察其尤异者，擢用数人。则豪杰英伟之士渐出于此途，而奸猾之党可得而笼取也。其条目委曲，臣未敢尽言，惟陛下留神省察。昔晋武平吴之后，诏天下罢军役，州郡悉去武备，惟山涛论其不可。帝见之，曰："天下名言也！"而不能用。及永宁之后，盗贼蜂起，郡国皆以无备不能制，其言乃验。今臣于无事之时，屡以盗贼为言，其私忧过计，亦已甚矣。陛下纵能容之，必为议者所笑。使天下无事而臣获笑，可也。不然，事至而图之，则已晚矣！

又《徐州莲花漏铭》

故龙图阁直学士、礼部侍郎燕公肃，以创物之智闻于天下，作莲花漏，世服其精。凡公所临，必为之。今州郡往往尚在，虽有巧者，莫敢损益。而徐州独用瞽人卫朴所造，废法而任意，有壶而无箭，自以无目而废天下之视，使守者伺其满，则决之而更注，人莫不笑之。国子博士傅君裼，公之外曾孙，得其法为详。其通守是邦也，实始改作，而请铭于轼。铭曰：

人之所信者，手足耳目也。目识多寡，手知重轻。然人未有以手量而目计者，必付之于度量与权衡。岂不自信而信物？盖以为无意无我，然后得万物之情。故天地之寒暑，日月之晦明，昆仑旁薄于三十八万七千里之外，而不能逃于三尺之箭、五斗之瓶。虽疾雷霾风、雨雪昼晦，而迟速有度，不加亏盈。使凡为吏者，如瓶之受水，不过其量；如水之浮箭，不失其平；如箭之升降也，视时之上下，降不为辱，升不为荣，则民将靡然心服，而寄我以死生矣。

又《祭枯骨文》

嗟尔亡者，昔惟何人。兵耶氓耶，谁其子孙。虽不可知，孰非吾民。暴骨累累，见之酸辛。为卜广宅，陶穴宽温。相从归安，各反其真。尚享！

又《祈雨青词》

河失故道，遗患及于东方；徐居下流，受害甲于他郡。田庐漂荡，父子流离。饥寒顿仆于沟坑，盗贼充盈于犴狱。人穷计迫，理极词危。望二麦之一登，救饥民于垂死。而天未悔祸，岁仍大荒。水未落而旱已成，冬无雪而春不雨。烟尘蓬勃，草木焦然。今者麦已过期，获不偿种；禾未入土，忧及明年。臣等恭循旧章，并走群望。意水旱之有数，非鬼神之得专。是用稽首告哀，吁天请命。若其赋政多辟，以谪见于阴阳；事神不恭，以获戾于上下。臣实有罪，罚其敢辞？小民无知，大命近止。愿下雷霆之诏，分敕山川之神。朝阶寸云，暮洽千里。使岁得中熟，则民犹小康。

又《河复诗并序》

熙宁十年秋，河决澶渊，注钜野，入淮泗，自澶、魏以北皆绝流，而齐、楚大被其害。彭城门下水二丈八尺，七十余日不退，吏民疲于守御。十月十三日，澶州大风终日，既止，而河流一支已复故道。闻之喜甚，庶几可塞乎？乃作《河复》诗，歌之道路，以致民愿而迎神休，盖守土者之志也。

君不见，西汉元光元封间，河决瓠子二十年。钜野东倾淮泗满，楚人恣食黄河鳣。万里沙回封禅罢，初遣越巫沉白马。河公未许人力穷，薪刍万计随流下。吾君仁圣如帝尧，百神受职河神骄。帝遣风师下约束，北流夜起澶州桥。东风吹冻收微渌，神功不用淇园竹。楚人种麦满河淤，仰看浮槎栖古木。

又《与梁先舒焕泛舟二首》

彭城古战国，孤客倦登临。汴泗交流处，清潭百丈深。故人轻千里，足茧来相寻。何以娱嘉客，潭水洗君心。

老守厌簿书，先生罢函丈。风流魏晋间，谈笑羲皇上。河洪忽已过，水色绿可酿。君毋轻此乐，此乐清且放。

又《答仲屯田》

乱山合沓围彭门，官居独在悬水村。居民萧条杂麋鹿，小市冷落无鸡豚。黄河西来初不觉，但讶清泗流奔浑。夜闻沙岸鸣瓮盎，晓看雪浪浮鹏鹍。吕梁自古喉吻地，万顷一抹何由吞。坐观入市卷闾井，吏民走尽余王尊。计穷路断欲安适，吟诗破屋愁鸢蹲。岁寒霜重水归壑，但见屋瓦留沙痕。入城相对如梦寐，我亦仅免为鱼鼋。旋呼歌舞杂谈笑，不惜饮醽空瓶盆。念君官舍冰雪冷，新诗美酒聊相温。人生如寄何不乐，任使绛蜡烧黄昏。宣房未筑淮泗满，故道堙灭疮痍存。明年劳苦应更甚，我当畚锸先黥髡。付君万指伐顽石，千锤雷动苍山根。高城如铁洪口快，谈笑却扫看崩奔。农夫掉臂免狼顾，秋谷布野如云屯。还须更置软脚酒，为君击鼓行金樽。

又《送郑户曹》

（名仅，彭城人，时为冠氏令）

水绕彭祖楼，山围戏马台。古来豪杰地，千岁有余哀。隆准飞上天，重瞳亦成灰。白门下吕布，大星陨临淮。尚想刘德舆，置酒此徘徊。迩来苦寂寞，废圃多苍苔。河从百步响，山到九里回。山水自相激，夜声转风雷。荡荡清河壖，黄楼我所开。秋月堕城角，春风摇酒杯。迟君为坐客，新诗出琼瑰。楼成君已去，人事固多乖。他年君倦游，白首赋归来。登楼一长啸，使君安在哉?

又《黄楼观月》

中秋天气未应殊，不用红纱照坐隅。山下白云横匹素，水中明月卧浮图。未成短棹还三峡，已约轻舟泛五湖。为问登临好风景，明年还忆使君无?

又《九日黄楼》

去年重阳不可说，南城夜半千沤发。水穿城下作雷鸣，泥满城头飞雨滑。黄花白酒无人问，日暮归来洗靴袜。岂知还复有今年，把盏对花容一呷。莫嫌酒薄红粉陋，终胜泥中千柄锸。黄楼新成壁未干，清河已落霜初杀。朝来白露如细雨，南山不见千寻刹。楼前便作海茫茫，楼下空闻橹鸦轧。薄寒中人老可畏，热酒浇肠气先压。烟消日出见渔村，远水鳞鳞山齾齾。诗人猛士杂龙虎（坐客三十余人，多知名之士），楚舞吴歌乱鹅鸭。一杯相属君勿辞，此境何殊泛清霅。

又《谢秦太虚寄黄楼赋》

我在黄楼上，欲作黄楼诗。忽得故人书，中有黄楼词。黄楼高十丈，下建五丈旗。楚山以为城，泗水以为池。我诗无杰句，万景骄莫随。夫子独何妙，雨雹散雷椎。雄词杂今古，中有屈宋姿。南山多磐石，清滑如流脂。朱蜡为摹刻，细妙分毫厘。佳处未易识，当有来者知。

又《游云龙山黄茅冈》

醉中走上黄茅冈，满冈乱石如群羊。冈头醉倒石作床，仰观白云天茫茫，歌声落谷秋风长。路人举首东南望，拍手大笑使君狂。

又《过云龙山人张天骥》

郊原雨初足，风日清且好。病守亦欣然，肩舆白门道。荒田咽蛩蚓，村巷悬梨枣。下有幽人居，闭门空雀噪。西风高正厉，落叶纷可扫。孤僮卧斜日，病马放秋草。墟里通有无，垣墙任摧倒。君家本冠盖，丝竹闹邻保。脱身声利中，道德自濯澡。躬耕抱羸病，奉养百岁老。诗书膏吻頬，菽水媚翁媪。饥寒天随子，杞菊自撷芼。慈孝董邵南，鸡狗相乳抱。吾生如寄耳，归计失不早。故山岂敢忘，但恐迫华皓。从君学种秫，斗酒时相劳。

又《游张山人园》

壁间一轴烟萝子，盆里千枝锦被堆。惯与先生为酒伴，不嫌刺史亦颜开。纤纤入麦黄花乱，飒飒催诗白雨来。闻道君家好井水，归轩乞得满瓶回。

又《访张山人》

鱼龙随水落，猿鹤喜君还。旧隐丘墟外，新堂紫翠间。野麋驯杖屦，幽桂出榛菅。洒扫门前路，山公亦爱山。

万木锁云龙，天留与戴公。路迷山向背，人在瀼西东。荞麦余春雪，樱桃落晚风。入城都不记，归路醉眠中。

又《台头寺步月》

风吹河汉扫微云，步屧中庭月趁人。浥浥炉香初泛夜，离离花影欲摇春。遥知金阙同清景，想见毡车碾暗尘。回首旧游真是梦，一簪华发岸纶巾。

又《与舒教授、张山人、参寥师同游》

古寺长廊院院行，此轩偏慰旅人情。楚山西断如迎客，汴水南来故绕城。路失玉钩芳草合，林亡白鹤古泉清。淡游何以娱庠老，坐听郊原琢磬声。

竹杖芒鞋取次行，下临官道见人情。天寒菽粟犹栖亩，日暮牛羊自入城。沽酒独教陶令醉，题诗谁似皎公清。更寻陋巷颜夫子，乞取微言继此声。

又《游圣女山过桓魋石室》

茫茫清泗绕孤岑，归路相将得暂临。试著芒鞋穿荦确，更燃松炬照幽深。纵令司马能镵石，奈有中郎解摸金。强写苍崖留岁月，他年谁识此时心。

又《游桓山》

东郊欲寻春，未见莺花迹。春风在流水，凫雁先拍拍。孤帆信溶漾，弄此半篙碧。舣舟桓山下，长啸理轻策。弹琴石室中，幽响清磔磔。吊彼泉下人，野火失枯腊。悟此人间世，何者为真宅。暮回百步洪，散坐洪上石。愧我非王襄，子渊肯见客。临流吹洞箫，水月照连璧。此欢真不朽，回首岁月隔。想像斜川游，作诗寄彭泽。

又《起伏龙行》

何年白竹千钧弩，射杀南山雪毛虎。至今颅骨带霜牙，尚作四海毛虫祖。东方久旱千里赤，三月行人口生土。碧潭近在古城东，神物所蟠谁敢侮。上歆苍石拥岩窦，下应清河通水府。眼光作电走金蛇，鼻息为云擢烟缕。当年负图传帝命，左右羲轩诏神禹。尔来怀宝但贪眠，满腹雷霆喑不吐。赤龙白虎战明日，倒卷黄河作飞雨。嗟余岂乐斗两雄，有事径须烦一怒。

又《送蜀人张师厚》

忘归不觉鬓毛斑，好事乡人尚往还。断岭不遮西望眼，送君直过楚王山。

云龙山下试春衣，放鹤亭前送夕晖。一色杏花红十里，状元归去马如飞。

又《百步洪二首》

王定国访余彭城，一日棹小舟，与颜长道携盼、英、卿三子游泗水，北上圣女山，南下百步洪，吹笛饮酒，乘月而归。余时以事不得往，夜着羽衣伫立黄楼上，相视而笑，以为李太白死，世间无此乐三百余年矣。定国既去逾月，复与参寥师放舟洪下，追怀曩游，已为陈迹，喟然而叹。故作二诗，一以遗参寥，一以寄定国，且示颜长道、舒尧文云。

长洪斗落生跳波，轻舟南下如投梭。水师绝叫凫雁起，乱石一线争磋磨。有如兔走鹰隼落，骏马下注千丈坡。断弦离柱箭脱手，飞电过隙珠翻荷。四山眩转风掠耳，但见流沫生千涡。险中得乐虽一快，何异水伯夸秋河。我生乘化日夜逝，坐觉一念逾新罗。纷纷争夺醉梦里，岂信荆棘埋铜驼。觉来俯仰失千劫，回视此水殊委蛇。君看岸边苍石上，古来篙眼如蜂窠。但应此心无所住，造物虽驶如余何。回船上马各归去，多言哓哓师所呵。

佳人未肯回秋波，幼舆欲语防飞梭。轻舟弄水买一笑，醉中荡桨肩相磨。不似长安闾里侠，貂裘夜走胭脂坡。独将诗句拟鲍谢，涉江共采秋江荷。不知诗中道何语，但觉两颊生微涡。我时羽服黄楼上，坐见织女初斜河。归来笛声满山谷，明月正照金叵罗。奈何舍我入尘土，扰扰毛群欺卧驼。不念空斋老病叟，退食谁与同委蛇。时来洪上看遗迹，忍见屐齿青苔窠。诗成不觉双泪下，悲吟相对惟羊何。欲遣佳人寄锦字，夜寒手冷无人呵。

又《答范祖禹》

吾州下邑生刘季，谁数区区张与李（来诗有张仆射、李临淮之句）。重瞳遗迹已尘埃，惟有黄楼临泗水。而今太守老且寒，侠气不洗儒生酸。犹胜白门穷吕布，欲将鞍马事曹瞒。

又《罢徐州，往南京，马上走笔寄子由五首》

吏民莫扳援，歌管莫凄咽。吾生如寄耳，宁独为此别。别离随处有，悲恼缘爱结。而我本无恩，此涕谁为设。纷纷等儿戏，鞭镫遭割截。道边双石人，几见太守发。有知当解笑，抚掌冠缨绝。

父老何自来，花枝袅长红。洗盏拜马前，请寿使君公。前年无使君，鱼鳖化儿童。举鞭谢父老，正坐使君穷。穷人命分恶，所向招灾凶。水来非吾过，去亦非吾功。

古汴从西来，迎我向南京。东流入淮泗，送我东南行。暂别复还见，依然有余情。春雨涨微波，一夜到彭城。过我黄楼下，朱栏照飞甍。可怜洪上石，谁听月中声。

前年过南京，麦老樱桃熟。今来旧游处，樱麦半黄绿。岁月如夙夕，人事几反覆。青衫老从事，坐稳生髀肉。联翩阅三守，迎送如转毂。归耕何时决，田舍我已卜。

卜田向何许，石佛山南路。下有尔家川，千畦种粳稌。山泉宅龙蜃，平地走膏乳。异时亩一金，近欲为逃户。逝将解簪绂，卖剑买牛具。故山岂不怀，废宅生蒿橹。便恐桐乡人，长祠仲卿墓。

苏辙《黄楼赋》

熙宁十年七月乙丑，河决于澶渊，东流钜野，北溢于济，南溢于泗。八月戊戌，水及彭城。余兄子瞻适为彭城守，水未至，使民具畚锸，畜土石，积刍茭，完窒隙穴，以为水备，故水至而民不恐。自戊戌至九月戊辰，水及城下者二丈八尺，塞东西北门，水皆自城际山，雨昼夜不止。子瞻衣裘履屦，庐于城上，调急走、发禁卒以从事，令民无得窃出避水，以身率之，与城存亡，故水大至而民不溃。方水之淫也，汗漫千余里，漂庐舍，败冢墓，老弱蔽川而下，壮者狂走，无所得食，槁死于丘陵林木之上。子瞻使习水者浮舟楫、载糗饵以济之，得脱者无数。水既涸，朝廷方塞澶渊，未暇及徐。子瞻曰："澶渊诚塞，徐则无害。塞不塞，天也，不可使徐人重被其患。"乃请增筑徐城，相水之冲，以堤防之。水虽复至，不能以病徐也。故水既去而民益亲。于是即城之东门为大楼焉，垩以黄土，曰土能胜水。徐人相劝成之。辙方从事于宋，登黄楼，览观山川，吊水之遗迹，乃作黄楼之赋。其词曰：

子瞻与客游于黄楼之上。客仰而望，俯而叹，曰："噫嘻殆哉！在汉元光，河决瓠子，腾蹙钜野，衍溢淮泗，梁楚受害二十余岁。下者为污泽，上者为沮洳。民为鱼鳖，郡县无所。天子封祀泰山，徜徉东方。哀民之无辜，流死不藏。使公卿负薪，以塞宣房。瓠子之歌，至今伤之。嗟维此邦，俯仰千载。河东倾而南泄，蹈汉世之遗害。包原隰而为一，窥吾墉之摧败。吕梁龃龉，横绝乎其前；四山连属，合围乎其外。水回洑而不进，环孤城而为海。舞鱼龙于隍壑，阅帆樯于睥睨。方飘风之迅发，震鞞鼓之惊骇。诚蚁穴之不救，分闾阎之横溃。幸冬日之既迫，水泉缩以自退。栖流枿于乔木，遗枯蚌于水裔。听澶渊之奏功，非天意吾谁赖？今我与公，冠冕裳衣，设几布筵，斗酒相属，饮酣乐作，开口而笑，夫岂偶然也哉？"子瞻曰："今夫安于乐者，不知乐之为乐也，必涉于害者，而后知之。吾尝与子凭兹楼而四顾，览天宇之弘大。缭青山以为城，引长河而为带。平皋衍其如席，桑麻蔚乎旆旆。画阡陌之纵横，分园庐之向背。放田渔于江浦，散牛羊于烟际。清风时起，微云霮霸。山川开阖，苍莽千里。东望则连山参差，与水皆驰。群石倾奔，绝流而西。百步涌波，舟楫分披。鱼鳖颠沛，没人所嬉。声崩震雷，城堞为危。南望则戏马之台，巨佛之峰。岿乎特起，下窥城中。楼观翱翔，巍峨相重。激水既平，渺莽浮空。骈洲接浦，下与淮通。西望则山断为玦，伤心极目。麦熟禾秀，离离满隰。飞鸿群往，白鸟孤没。横烟澹澹，俯见落日。北望则泗水湠漫，古汴入焉。汇为涛渊，蛟龙所蟠。古木蔽空，乌鸟号呼。贾客连樯，联络城隅。送夕阳之西尽，导明月之东出。金钲涌于青嶂，阴氛为之辟易。窥人寰而直上，委余彩于沙碛。激飞楹而入户，使人体寒而战栗。息汹汹于群动，听川流之荡潏。可以起舞相命，一饮千石。遗弃忧患，超然自得。且子独不见夫昔之居此者乎？前则项籍、刘备，后则光弼、建封。战马成群，猛士如林。摆臂长啸，风动云兴。朱阁青楼，舞女歌童。势穷力竭，化为虚空。山高水深，草生故墟。盖将问其遗老，既已灰灭而无余矣。故吾将与子吊古人之既逝，悯河决于畴昔，以变化之无在，付杯酒于终日。”于是众客释然而笑，颓然而醉，酒倾月坠，扶携而出。

又《中秋见月寄子瞻兄》

西风吹暑天益高，明月耿耿分秋毫。彭城闭门青嶂合，坐听百步鸣飞涛。使君携客登燕子，月色著人如著水。筵前不设鼓与钟，处处笛声相应起。浮云卷尽流金丸，戏马台西山郁蟠。杯中绿酒一时尽，衣上白露三更寒。扁舟明月浮古汴，回首逡巡陵谷变。河吞钜野入长淮，城没黄流只三版。明年筑城城似山，伐木为堤堤更坚。黄楼未成河已退，空有遗迹令人看。城头看水应更好，河流处处今生草。子孙免被鱼鳖食，歌舞聊宽使君老。南都从事老更贫，羞见青天月照人。飞鹤投笼不能出，曾是彭城坐中客。

又《逍遥堂会宿二首》

辙幼从子瞻兄读书，未尝一日相舍。既壮，将宦游四方，读韦苏州诗有云：“那知风雨夜，复此对床眠。”恻然感之，乃相约早退为闲居之乐。故子瞻始为凤翔幕官，留诗与辙曰：“夜雨何时听萧瑟。”其后子瞻通守余杭，复移守胶西，而辙留滞于睢阳、济南，不见者七年。熙宁十年二月，始复会于澶、濮之间，相从彭城，留百余日。时宿于逍遥堂，追感前约，作二小诗。

逍遥堂后千寻木，长送中宵风雨声。误喜对床寻旧约，不知漂泊在彭城。

秋来东阁凉如水，客去山公醉似泥。困卧北窗呼不醒，风吹松竹雨凄凄。

秦观《黄楼赋》

太史苏公守彭城之明年，既治河决之变，民以更生，又因修缮其城，作黄楼于东门之上。以为水受制于土，而土之色黄，故取名焉。楼成，使其客高邮秦观赋之。其辞曰：

惟黄楼之瑰玮兮，冠雉堞之左方。挟光晷以横出兮，干云气而上征。既要眇以有度兮，又洞达而无旁。斥丹雘而不御兮，爰取法于中央。列千山而环峙兮，交二水而旁奔。冈陵奋其攫拿兮，溪谷效其吐吞。览形势之四塞兮，识诸雄之所存。意天作以遗公兮，慰平日之忧勤。繄大河之初决兮，狂流漫而稽天。御扶摇以东下兮，纷万马而争前。象罔出而侮人兮，螭蜃过而垂涎。微精诚之所贯兮，几孤墉之不全。偷朝夕以昧远兮，固前识之所羞。虑异日之或然兮，复压之以兹楼。时不可以复得兮，姑从容而浮游。倘登临之信美兮，又何必乎故丘？觞酒醪以为寿兮，旅肴核以为仪。俨云霄以为侍兮，笑言乐而忘时。发哀弹与豪吹兮，飞鸟起而参差。

怅所思之迟暮兮，缀明月而成词。噫变故之相诡兮，遒传马之更驰。昔何负而遑遽兮，今何暇而遨嬉？岂造物之莫诘兮，惟元元之自诒。将苦逸之有数兮，畴工拙之能为。韪哲人之知其故兮，蹈险夷而皆宜。视蚊虻之过前兮，曾不介乎心思。正余冠之崔嵬兮，服余佩之焜煌。从公于斯楼兮，聊裴回以徜徉。

陈师道《黄楼铭》

熙宁十年，京东路安抚使臣某、转运使臣某、判官臣某稽首言：河决澶州，南倾淮泗，彭城当其冲。夹以连山，扼以吕梁，流泄不时，盈溢千里，平地水深丈余。下顾城中，井出脉发，东薄两隅，西入通洫，南坏水垣，土恶不支，百有余日而后已。守臣苏轼念惟流亡，为天子忧，夙夜不怠，以劳其人，兴发戍兵，固弊应卒。外为长楗，乘高如虹，以杀其恶；内为大堤，附城如环，以持其溃。筑二坊于南门之外，以适南山，以安危疑。发仓庾，明劝禁，以惠困穷，以督盗贼。宣布恩泽，巡行内外。吏民向化，兴于事功。法施四邑，诚格百神，可谓有功矣。宜有褒嘉，以扬郡县。十月二日甲子奏京师。明年元丰正月甲子，制诰谕意。臣轼惟念：祇承谟训，人神力同，敢自为功，以速大戾？而明扬褒大，无以报称，乃作黄楼于东门，具刻明诏，以承天休而明德意。使其客陈师道为之铭。臣师道伏惟：吕尚、南仲，内抚百姓，外平诸侯，《诗》美文武；尹甫、召虎，南伐淮夷，北伐猃狁，功歌宣王。君能使人以尽其才，臣能有功以报其上，古之义也。臣师道又惟：感而通之者，道也；行而化之者，德也；制法明教者，政也；治人成功者，事也。昔之诗人，歌其政事，则并其道德而传之。后王有作，可举而行。顾臣之愚，何与于此？诚乐其君臣之尽道云。臣不佞，昧死上《黄楼铭》。其词曰：

皇治惟成，修明法度，协和阴阳。十有一年，天灾时行，河失其防。齐鲁梁楚，千里四达，溃乱散亡。皇仁隐忧，临遣信臣，以惠东方。羸老困穷，安慰抚养，发散积仓。流人如归，居人忘危，完聚靡伤。天叙地平，明圣成能，人神效祥。灵平告成，百谷丰盈，万邦乐康。郡县祇畏，允迪圣谟，终事无荒。皇功不居，归休臣民，迩昭远扬。守臣拜手，夸大休嘉，使民不忘。改作黄楼，以临泗上，述修故常。庶民无佞，原始要终，铭之石章。以告成功，以扬德声，永永无疆！

又《彭城县令石记》

庆历初，西边弛兵，益修政事。谓吏之近民莫如令，始出王官行县事，以休其民。盖自选人三考，用举者为令；令三考，用举者为京官；京官满三岁，为朝官。盖士之选者，以选士治剧县若相宜，然而犹有不合者，岂法使然哉？徐为州部五县，而四用选令，以为难治，而彭城其尤也。昔汉宣帝责成郡国守相，班班声迹可纪。今选士为令，于古为加详，而吏治不尽如古，其故何耶？盖汉承秦弊，纲目疏阔，吏自为治，故易为功，而非王制。今法令备具，上下维持，中才可以守，而智者常患其不尽用，故其治难，无赫赫之功。虽然，善其身，明其视听，使民有所恃而不冤，亦可谓良有司矣。司马迁、班固传《循吏》，不刊县令，岂非令非王官，不登简策而不书耶？令皆天子命吏，可不自勉，使史氏有述焉！令厅故无记，承议郎梁君始追纪其名氏刊于石，凡十九人。记与不记，不足为吏能否，而梁君力能及之，为有余也。

又《思亭记》

甄，故徐富家。至甄君，始以明经教授，乡称善人。而家益贫，更数十岁不克葬。乞贷邑里，葬其父母昆弟凡几丧。邑人怜之，多助之者。既葬，益树以木，作室其傍，而问名于余。余以谓："目之所视，而思从之。视干戈则思斗，视刀锯则思惧，视庙社则思敬，视第宅则思安。夫人存好恶喜惧之心，物至而思，固其理也。今夫升高而望松楸，下丘垅而行墟墓之间，棘荆莽然，狐兔之迹交道，其有不思其亲者乎？请名之曰'思亭'。亲者，人之所不忘也，而君子慎之。故为墓于郊而封树之，为庙于家而尝禘之。为衰为忌而悲哀之，所以存其思也，其可忘乎？虽然，夫自亲而下，至于服尽，服尽则情尽，情尽则忘之矣。夫自吾之亲而至于忘之者，远故也。此亭之所以作也，凡君之子孙登斯亭者，其有忘乎？因其亲以广其思，其有不兴乎？"君曰："博哉，子之言也！吾其庶乎？"曰："未也！贤不肖异思后，岂不有望其木思以为材、视其榛棘思以为薪、登其丘墓思发其所藏者乎？"于是遽然流涕以泣，曰："未也！""吾为君记之，使君之子孙诵斯文者，视其美以为劝，视其恶以为戒，其可免乎？"君揽涕而谢，曰："免矣！"遂为之记。

又《奉陪赵大夫游桓山》

后水喧江落晕黄，晓云障日作微凉。笙歌声里旌旗动，罗绮丛中笑语香。劝相秋郊开稔熟，摩挲苔壁吊荒亡。风流一代今山简，有底樽前着葛强。

又《盘马山》

耕桑战伐饱曾经，庙毁村荒不乞灵。尚有君王盘马迹，至今草木不能青。

又《登寺山》

晴山堪着眼，别意不胜秋。小作三年别，聊为五斗谋。要须乘下泽，不待到壶头。预恐登临处，长思马少游（此处有马头桥）。

又《和寇十一晚登白门》

重门杰观屹相望，表里山河自一方。小市张灯归意动，轻衫当户晚风长。孤臣白首逢新政，游子青春见故乡。富贵本非吾辈事，江湖安得便相忘。

又《登燕子楼》

绿暗连村柳，红明委地霞。画梁初着燕，废沼已鸣蛙。鸥没轻春水，舟横着浅沙。相逢千岁语，犹说后庭花。

又《登快哉亭》

城与清江曲，泉流乱石间。夕阳初隐地，暮霭已依山。度鸟欲何向，奔云亦自闲。登临兴不尽，稚子故须还。

贺方回《九日登戏马台》

当年节物此山川，倦客登临独惘然。戏马台荒年自久，射蛇公去事空传。黄华半老清霜后，白鸟孤飞落照前。不与兴亡城下水，稳浮渔艇入淮天。

曾巩《彭城道中》

百步洪声潦退初，白沙新岸凑舟车。一时屠钓英雄尽，千载河山战伐余。楚汉旧歌流俚耳，韩彭遗迹冠荒墟。可怜马上纵横略，只在邳桥一卷书。

文天祥《发彭城》

今朝正重九，行人意迟迟。回首戏马台，野花发葳蕤。草埋范增冢，云见樊哙旗。时节正如此，道路将何之。我爱陶渊明，甲子题新诗。白衣送酒来，把盏卧东篱。

又《徐州道中》

彭城古官道，日中十马驰。咫尺不见人，扑面黄尘飞。向来汉王缟素师，美人燕罢项羽归。一时混战四十万，天昏地黑濉水湄。乃知大风扬沙失白昼，自是地利非天时。汉王仓皇问道西，一儿一女嘻其危。太公吕后去不归，俎上宁有生还时。未央称寿太上皇，巍然女娲帝中闱。终然富贵自有命，造物颠倒真小儿。

又《彭城行》

连山四围合，吕梁贯其中。河南大都会，故有项王宫。晋牧连扬豫，虎视北方雄。唐时燕子楼，风流张建封。西望睢阳城，下与汴水通。太平黄楼赋，尚能想遗风。尔来百余年，正朔归江东。遗民死欲尽，萧然狐兔丛。我从南方来，停骖抚遗踪。故河蓄潢污，荒城翳秋蓬。凄凉戏马台，憔悴巨佛峰。沧海变苍白，陵谷代不同。朝为朱门贵，暮作行旅穷。乘除信物理，感慨系所逢。古来贤达人，一醉万虑空。如此独醒何，悲风逐征鸿。

又《戏马台》

九月初九日，客游戏马台。黄花弄朝露，古人化飞埃。今人哀古人，后人复今哀。世事那可及，泪落茱萸杯。

又《燕子楼》

自别张公子，婵娟不下楼。遂令楼上燕，百岁称风流。我游彭城门，来吊楚王阙。问楼在何处，城东草如雪。娥眉代不乏，埋没安足论。因何张家妾，名与山川存？自古皆有死，忠义长不没。但传美人心，不说美人色。

元

赵孟频《吕梁洪庙碑记》

神有所凭依则灵。载于有国之典，人得通祀者，惟山川之神与古圣贤之祠。山川则能藏天地之精气，古圣贤则有功德于民。有以圣贤而兼主山川之祠，则向往加多，祀亦加数焉。徐州之水，合于吕梁，而入于淮，近世乃兼受河之下流。徐州之山，自西南来，乱流而东，复起为冈峦，累累然相系不绝。水中横石数百步，其纵十倍，其上下如纵得十之二三，高出于水上者，齰齰然象人齿牙。水势少杀，则悍急尤甚。舟行至此，百篙枝柱，负缆之夫，流汗至地，进以尺寸计，其难也乃几于登天。舟中之人，常号呼假助于神明。有元混一天下，凡东南贡赋之输，皆引道自此，故舟至益多，日百千万艘。有庙在洪之西堧，所祀二神：一为汉寿亭侯关公，公事汉昭烈帝，昭烈尝为徐州牧；一为唐鄂国公尉迟公，相传公治水吕梁洪，徐州盖有二公之遗迹。二公生为大将，殁而为神，其急人之患难，夫岂愆于素志也哉？先王祭祀，能御大灾、捍大患则祀之。如二公者，盖庶几其人焉。二公所治，乃扼乎天地之巨险，在人所尤急难之地。始作庙者董恩。庙成，奉牲酒者争门而入，拜于轩陛之间者，至不能容。人之精神萃聚于此，挟山川之气自壮，故祷焉辄应。每事必祝，其灵赫然。享祀之至，将愈久而愈盛。于此见忠义之士，虽历千载，遗烈犹不泯也，岂不伟哉！恩，下邳人，尝为驿官，性敦朴，笃于事神。予往年被召，数往来洪上。恩已砻巨石为碑，征余为文。余至京师，文成，书以遗之。皇庆二年十月十七日也。铭曰：

於赫二神，奋发雄武。际会风云，服事英主。维时英主，遇合无间。左顾右盼，力翦祸乱。生为大将，死为明神。能介景福，以祐下民。徐合众流，浩浩南注。石扼中路，增悍兴怒。舟人至此，罔不震惧。日进万艘，谒庙致祭。刲羊割豕，罗拜轩陛。神所主治，多部将吏。号呼乞灵，缓急如意。拔人于险，振人于扼。水循故道，湍驰崩迫。鼋鼍蛟龙，各守其宅。神依于人，英威凛然。千载不泯，祷祀益虔。作庙距涯，允壮且丽。碑铭我词，以告来世。

贡师泰《彭城怀古》

戏马台前拥旆旌，三齐才破到彭城。项王帐底犹虞舞，汉祖军中尽楚声。百二山河功自弃，八千子弟势都倾。月明闲却乌江渡，长使英雄恨不平。

游庄《戏马台》

戏马台前落日迟，英雄曾此驻旌旗。分王两楚功何盛，失守三秦事已危。垓下悲歌惭亚父，帐中起舞泣虞姬。落花芳草空基畔，逝水东流不尽悲。

吴师道《戏马台》

项王战马从东来，意气蹴踏全秦摧。入关不并沛公咎，还乡却上彭城台。重瞳按剑风云靡，万匹腾空烟雾起。凄凉垓下泣名骓，零落江边余数骑。寄奴千载心争雄，登高把酒临秋风。诈移晋鼎非男子，君看百战东城死。

鲜于枢《百步洪》

滟滪三蜀险，吕梁天下壮。我昔过彭门，舍舟步青嶂。酾酒神龙祠，凛乎不敢向。间关一叶下，号呼百人放。篙师稍失律，身入鱼肠葬。至今仆夫辈，言之气辄丧。危哉石梁洪，势与吕梁抗。一石截中流，两山束惊浪。雷霆怒轰訇，鱼龙气栗怆。轻舟泛顺风，大舰劈秋浪。我行有期程，稽留速官谤。惭愧双白鸥，飘然凌滉漾。

陈孚《吕梁洪》

沂泗之水来鲁邦，平沙千里流淙淙。忽逢吕梁万石矼，势与石斗不肯降。半天卷起千尺泷，怒声日夜相揰撞。有如万骑腾骊駹，左挟贲获右羿逄。恶若哮虎鼎可扛，踊椞跃矢横矛鏦。风云蛇鸟万旌幢，大呼击碎龙文杠，死战不须留空腔。我生事业在北窗，蒙庄一卷映秋缸。每羡老叟何其惷，忠信出入言非哤。及此更觉心悾悾，西风吹衣衣茸龙。茅店沽来酒盈缸，篙人赠我尺鲤双。扣舷而歌和柷椌，问禹何故留此洚。何当理我小艕艭，东浮溟海西岷江。沛然一口吸老庞，要使后土安鸿厖。

又《徐州》

项王熊豹姿，气欲吞天下。大呼渡河来，山岳如崩瓦。当其火秦宫，血涌渭水赭。瞋目叱诸侯，胆落毛发洒。谁知阴陵路，浩歌泪如泻。惟徐乃故都，昔此奠宗社。尚想巍台上，铁椞拥万马。酒酣笳鼓鸣，旌旗蔽原野。及今亦何有，荒棘秋满把。皇天祚真主，神器不可假。岂有时雨师，刈人如土苴。天亡君勿悲，为君奠罍斝。

又《百步洪》

大山如飞虬，小山如伏牛。天河横空来，声撼山骨浮。我偶石上眠，梦惊霹雳怒。急起扶瘦筇，恐山亦流去。

又《泗水》

落日渔歌何处，白鸥双堕苍烟。欲吊周家残鼎，秋风泗水千年。

又《燕子楼》

长相思，久别离，东风不暖残燕支。乳鸦困，柔鸾悲。樱桃泫红腻，蘼芜凋绿滋。牙床琥珀枕，梦君君不知?

长相思，久离别，珠楼无人但有月。翠屏寒，银烛歇。芙蕖为谁怜，丁香空自结。泪滴锦襜褕，十年化为血。

又《出彭城北门》

千载金汤拥上流，只今惟有荻花秋。江南客子笑无语，闲看黄河下汴州。

又《黄楼》

长河如带彭城东，乱石蹴起百步洪。昔年民歌山鞠䓖，孤城汇为河伯宫。城上闪闪鲸鬣红，雪堂先生人中龙。惊湍偃受丸泥封，手援赤子鱼腹中。黄楼千尺雉堞雄，巍梁画栋光爞爞，吹笙伐鼓撞歌钟。先生铿然一枝笻，麾斥八极凌星虹。酒酣叱起楚重瞳，为我拔剑舞西风。卯君作赋声摩空，至今读者毛发松。百年事往犹飞鸿，我独流涕将何从。孤角一声烟蒙蒙，又送落日沉西峰。

又《范增墓》

七十衰翁两鬓霜，西来一笑火咸阳。平生奇计无他事，只劝鸿门杀汉王。

又《留侯庙》

子房王佐才，其风凛冰雪。天遣鹤发翁，圯上授宝诀。博浪沙中千尺铁，祖龙未死胆已裂。况此喑呜扛鼎夫，不直秋风一剑血。谈笑帷幄间，六合雄雌决。卯金四百年，只在三寸舌。但恨汉德非姚虞，不得身为古稷契。雍熙至治四百年，岂肯脱冠挂北阙。留城古祠今千载，碧薜溜雨眠断碣。我恐至人或不死，尚有笙鹤拥玉节。酌泉采菊往奠之，回首芒砀堕山月。

又《陵母墓》

太傅勋名半纸残，百年人子痛如山。缘何方寸非徐庶，忍死慈亲一剑间。

虞集《盗发亚父冢》

（彭城有盗识宝气，于亚父冢上发之，得一剑云）

盗发亚父冢，宝剑实累之。冢开宝气尽，狱吏书盗辞。盗言惟见宝，宁知亚父谁。项王不相信，弟子遂舆尸。黄壤下深锢，千载复何为。大河在城东，落日在城西。过客知真城，踟蹰望安期。

朱本初《盗发亚父冢》

戏马台前范增冢，英风千载行人竦。冢中宝气腾光芒，识宝贾胡心为动。筑室潜谋二十年，一朝凿井穿其垄。畚锸才深四十尺，乃有石盘青巄嵸。四旁牂杙大十围，各施九木森环拱。石穿棺翣更分明，漆光可鉴刚而巩。斫之不用挥金椎，白骨俨然全顶踵。宝剑未化横苍虬，金玉辉煌气交拥。贾胡致富须臾间，弃骨沟中宁愧恐。平原无色鼓角悲，山鬼夜号川泽涌。太守陈公英俊材，慨叹奸偷吾所统。亟呼伍伯取群盗，械置狴犴见仁勇。伤哉亚父天下奇，鸿门高会真危机。火龙飞起实天意，拔剑起舞空尔为。风云变化失隆准，玉斗一碎山河非。如公明义古亦少，发愤乃作彭城归。六合茫茫汉疆土，厚葬何人诚可嗤。君不见，骊山牧竖遗烬酷，不如王孙裸葬良亦足。

胡士则《徐州春暮》

三秦已属真龙子，万古空余戏马台。燕子经年江上别，桃花一夜雨中开。鼋鼍汹涌清流合，塔庙参差碧嶂回。日暮黄楼登览遍，苏仙不见使人哀。

傅汝砺《灵源弘济王庙碑铭》

中原州郡，河山形胜，惟彭城为最。河源出昆仑，万里西来，宣房水之灵府，神明实主之。吞泾纳渭，历砥柱而东，狂澜冲突，经纬畿甸，变迁无定。由汴渠故道，掠彭门而与泗、汶通，其势汹涌弥盛。郡城南角，壮以双洪对峙，奔流澎湃，汇为涛渊，其险亚于吕梁。国朝收复残宋，南北车书混一。钱塘、两浙、瓯闽、郁林、象郡、越裳、云南、八番，无远不服，重译入贡。梯山航海，舆琛辇赞，必须经由水程。彭城当其冲，驿船往来，使者旁午，殆无虚日。洎富商大贾，连樯巨舶，络绎不绝，辐辏京师。百步洪之东堧，旧有祠宇在其上。旧云圣女祠，即今之弘济王庙也。下瞰洪涛，高崖峭壁，无云而雷，鼋鼍出没，人所惊嘻。宋熙宁中，坡公与王定国、参寥师月夜泛舟百步洪，过圣女山，有"乱石一带争嵯峨"之句，盖谓此也。惊湍悍急，横波之石，廉利侔剑戟。凡至洪下者，必舣舟弭楫，股栗心悸，睥睨不敢发。莫不割牲酾酒，奔走恳切，恭谒庙貌，执校睢盱侦伺，以听神之景命。吉凶逆从，昭答如响。已济者，同舟更相为贺。少有凭忽，舟上下失势，破陷沦溺者往往有之。曩岁江淮未附，邳徐之境，家犀户鹤，民不聊生。庙于此时，亦自草创。岁月攸久，榱栋摧圮。郡侯赵克明与郡僚属，慎乃庶绩，凿其绝陋，倡率地主陈新遗孙陈起宗、庙祝孙德山、施主吴文质，一唱百和，资助者众，醵钱为五百万缗，创建献殿三间，中为穿廊一间，后为正殿三间。翚飞跂翼，焕然一新。肇工于丁巳正月，收工于戊午之九月。载国典礼："御大灾则祀之，捍大患则祀之，有大功于世则祀之。"夫天一生水，善利万物，民所以取财用也。《礼记》云："三王之祭川，皆先河而后海，曰源也，委也，此之谓务本。"后汉元封、元光间，河决瓠子，白马沉璧，历代所宗。与夫泯竭其力，以奉无名之土木者，岂可同日而语哉？侯暇日来萧邑，请余为文以记之。比者宦游南国，舟行往返，亦尝祷于祠下，目击其状。故泚笔以记其实。夫《易·需卦》："须者，待也。"为险在前，须有所待也，可不慎欤！处于平地者，毋忽于险而已。乃系之以辞曰：

纳纳提封，徐当其中。奎娄之方，白羊之宫。河山襟带，惟徐最雄。河源西来，常骛于东。郡城之角，泗汶潜通。乱石横波，对峙双洪。奔流澎湃，汇为涛渊。驿船市舶，往来憧憧。殊方辐辏，津梁要冲。涛头出没，鼋鼍喁喁。惟天设险，鬼凿神工。少有凭忽，沦溺是从。灵源弘济，历代所宗。孰其尸之，护国金龙。再新祠宇，龟石穹窿。恭莫侦伺，是效是崇。蘋蘩之荐，可羞王公。神其默相，报汝亦丰。兴王德溥，远迩攸同。屏卫王室，万世无穷。

又《吕梁洪》

巨石中流伏，盘涡尽日旋。善游因土俗，近住有人烟。险或过三峡，深疑及九渊。轻舟脱鱼腹，锦缆得徐牵。

又《徐州》

断山数里见浮屠，水树微茫映日疏。舟楫尽经危石过，人烟稍近白云居。朱陈县远思遗俗，楚汉台荒想故墟。万古风帆自来往，新诗吟罢独踌躕。

李凤《吕梁洪》

洪波汹汹鼓鼙声，怪石棱棱剑戟明。源涤九川思夏禹，水悬千仞信庄生。

曹野仙补花《东岳庙记》

尝闻冲漠无朕，万象森然已具。盖天有五星，地有五岳，五行布而四时行，五镇峙而百物生。至于寒暑往来，品汇发育，阴有以相之。但幽冥昏窈，恍惚微妙，未易窥测。若斋戒沐浴，焄蒿凄怆，洋洋在上，在其左右，皆精诚所致尔。圣人云“敬而远之”，莫非无有也。凡山川丘陵出云气者，能御灾捍患者，尚皆祝之，况岱山而为群山之宗、见于经书（《春秋》云：肤寸之云，不崇朝而雨）、天下神之灵验大矣哉？自古圣帝明王，登封告成，燔柴设祀，勒名纪功，讵一二举？在唐封天齐王之思慕，欲报罔伸，所在建庙设祀，以供瞻仰。至于日月所照，霜露所坠，莫不尊之也，亲之也。留，古之侯国也，隶于徐。按《汉书》：高祖遍封功臣，帝使子房公自择齐三万户。对曰：“始臣起下邳，与上会留，此天以臣授陛下。陛下用臣计，幸而时中。臣愿封留足矣，不敢当三万户。”遂封留侯，兹地是也。有祠在焉。其地西临清泗，东接微山，胜地一曲。宋元祐重建东岳行宫一所，年岁辽远，芜秽弗治，栋宇桡败，丹垩剥落，鼠穿以为文，狗入而为窦，凡百过者，谩不加省。至治元年，归德府留城巡防捕盗官秃满答儿来镇是城，谒于祠下。上雨傍风，无以盖障。怅然以为己任，乃集耆老楚德琢等属之曰：“人赖神而以生，神赖人而以享。人无神可祐，神无人而可祐焉！况昔造基址于前，今不修理于后，前功俱坠矣！今时和岁丰，家给人足，一方宁谧，托赖神荫，曷能报本？可不重为修理之。”佥曰：“善！”公亲为视督，未尝少憩。助金者、助功者、挥金者、运甓者、画墁者、奋锸者、绘事者，百工庀职，各敬其事。经治于天历二年三月之始，落成于当年十一月之终。上栋下宇，岿然而壮。东廊西庑，翚然而雄。轮奂斯美，改观一新。圣像穆然，金碧相映。左右神仪，锵济肃恭。遐迩来观，无不敬悦。后秃满答儿解组荣归，复闻优迁承事郎、安丰路定远县达鲁花赤，兼劝农事。一方人思公在任时，廉能兼济，不吐刚强，不茹柔弱，抚字有恩，百里无虞，于今受其赐，公之德也。里人江浙行省宣使曹野仙补花等议曰："公之于庙，宣力多矣，不立一石传之久远，泯灭其迹，甚为不可。"乃俾曹公佐、曹诚、邵敏来求余文。愚顾不才，何以当之？辞不获已，因道其本末。呜呼！幽明一里，隐显一机，有其诚则著，无其诚则湮。二三君子拳拳之心，废者与今之损者修之，阙者补之，不坠前人之遗迹，即仁者之行，将见报以介福矣。因大书赞襄姓字碑阴，以示人久远，岂不伟欤！仍系之铭曰：

尝观元化，阴阳斡运。天象五星，地形五镇。岩峨太山，鲁邦之中。五岳之长，群山之宗。大生之德，发育万物。率土之民，敬而讵咈。惟兹留城，子房之封。山明水秀，东土是雄。前宋元祐，圣宫一所。时移岁改，摧颓栋宇。赳赳将军，豪气凌云。胸中间架，勇建奇勋。猗欤父老，轻财重德。赞襄美事，落成不日。殿宇巍巍，金碧辉辉。廊庑门堵，神灵妥祐。幽明之间，惟诚是主。苟存以敬，神之福汝。二三君子，仁智可知。继志述事，起兹废基。刊石勒名，以传厥后。遐迩观瞻，小大稽首。微山苍苍，汴泗洋洋。行宫在焉，山水永长！

曹元用《昭惠灵显真人祠堂记》

昭惠灵显真人，秦蜀郡守李冰次子也。冰仕秦孝文王时，凿山穿江以行舟，且广溉稻田，作石犀、石人以厌水怪，蜀人德之，历代庙祀不绝。宋政和三年，改封英惠王，而以其子从祀，谓之郎君神。后五年，封昭惠灵显真人。按：《宋会要》所载者如此，而《搜神记》谓真人姓赵名昱，隋炀帝起为嘉州守，率甲士操舟楫，夹江鼓噪，从七人入水斩蛟，故蜀人庙祀灌江口，谓之灌口二郎。宋初，追尊为清源妙道真君。窃详此二说，当以《宋会要》为正，第不知祠于吕梁之东者自何时始。其祠岁久，摧剥垂尽，居民陈以德谐诸驿长董恩，于皇庆壬子之秋，重构正堂四楹，像设真人，而以七人从入水者侍。精严峻丽，见者为之竦惧。居民愈加敬惮而恪事之，水旱疠疫必祷。众欣然以为报效惟影响，于是状其事，介行监察御史仁甫，属余为文以纪之。《祭法》曰："能御大灾则祀之，能捍大患则祀之。"斯真人之谓也，其祀之灌江宜矣。然又能于千载之下，血食四方，远益不懈，非有以得乎民者能然哉？夫民至愚，而神天下之至不可欺者也，而于真人严惮恪奉，凛乎如在。输诚信，向耆艾，不谋而同。凡有所苦必祷焉，而后心宁意惬。甚者如以德辈，倾所积以妥神灵，夫岂偶然而已耶？故为书其颠末，而系以词曰：

河之水兮汤汤，神之灵兮洋洋。俨千古兮如在，克昭答兮民望。赳赳蜈兮蛟虬，怒激水兮覆舟。愿夫君兮除民忧，俾浩波兮宁流。疠疫兮间作，民札瘥兮委沟壑。愿夫君兮驱祟沴，使闾阎兮清漠。水暵兮相仍，民冻馁兮交并。愿夫君兮默祐，雨旸若兮丰登。丰登兮民乐，怀灵贶兮孔博。差谷旦兮图报，修祀事兮踊踊。吹箫兮伐鼓，安歌兮缓舞。荐肥腯兮奠芳馨，灵冉冉兮来下。来下兮从容，恍惚兮若逢。丕欣欣兮顾享，祉斯民兮无穷！

史肃《过九里山》

断蛇扛鼎两争雄，陈迹荒凉万事空。今日山前无过客，数株衰柳管秋风。

临川吴澄《徐州怀古》

籍也楚世将，江东八千兵。伧侬饱肌骨，上国足横行。乘愤西入秦，昼锦归彭城。喑呜千人废，诸侯莫敢争。竟坐勇力亡，汉以宽仁兴。

斯文六经后，百世一昌黎。饥寒三十年，一朝从陇西。生死终不召，感恩报己知。徐牧亦何人，燕楼贮歌姬。翩翩伤弓鸟，谁暇择木栖。丈夫出处难，泪洒符离堆。

萨天锡《彭城杂咏》

亚父冢前春草齐，楚王城上夕阳低。黄莺不解兴亡事，飞过海棠枝上啼。

城下黄河去不回，四山依旧画屏开。无人念得登临意，独上将军戏马台。

雪白杨花拍马头，行人春尽过徐州。夜深一片城头月，曾照张良案上筹。

何处春风燕子楼，断碑落日古城头。画眉人远繁华歇，无数远山生暮愁。

歌扇摇风噀酒香，舞裙今日动鹅黄。柳边今夜孤舟发，水远山遥空断肠。

松阳练鲁《徐州故城》

前年秋八月，盗入徐州城。城卒不满百，夜深民乱惊。杀人烈火下，四面山河明。贼酋坐官府，烈刃胁同盟。牧守既宵遁，蚩蚩不敢争。唬呼千家裂，震嘣万井訇。揭竿立钩戟，斩木悬旆旌。锻砺锋刃合，攘刮囷廪盈。弄兵昼駊騀，伐鼓宵伧儜。我军隔河守，水上星散营。有时出数骑，视我百万轻。去年大兵合，相国亲南征。诏出天王旗，九月千里行。策马南渡河，北顿泗上兵。浮梁驾连舴，突骑尘随棚。日月动徐兖，雷霆震蛮荆。逆虏馘在眼，良家望全生。岂知七日战，网漏横海鲸。斯民不自白，杀气严秋声。俯仰万古迹，今日烟沙平。繁华逐飞烬，霸王沉余晶。彭门既北堕，黄楼亦东倾。戏马有荒土，驻跸无遗名。黄埃飒峁歙，崩榛杌攘抢。乱穴窜鼯鼫，废堵蜿蛷蝾。惨惨白骨上，飒飒阴云横。我有感慨泪，泪洒天无情。山长水亦远，草木悲风鸣。

又《徐州新城》

去年定徐土，城此山南陬。被山为崇墉，阻河即长沟。县官即居民，令下闻薮幽。户口多被伤，亡匿庶可求。流民归占籍，结屋欲绸缪。垣壁隔榛棘，门户编荆櫄。数家有壁立，一室欲盖头。敢求衽席安，庶为生计谋。奈何凋瘵余，力难及锄耰。艺麦不疗饥，种豆安得收。大家已蹙额，小家有殍髅。郡中二千石，视古伯与侯。此邦实保障，抚养斯民休。修政恤存没，秉德无竞絿。丧乱其有涯，宸衷方轸忧。

重修徐州志卷第四

重修徐州志卷第五

（补辑）

词翰志

国朝

金华宋景濂《徐州孔子庙学碑铭》并序

徐有孔子庙学，毁于兵。庐江文君景宗来治徐，新作之。洪武元年秋八月，庙学成。凡历日一百二十，费功三千。夫徐为名镇，素多佳士，孝友如刘敬宣，忠义如赵立者，班班而是。《传》所谓“习俗好尚与邹鲁同”，盖不诬也。今侯之兴学，将以前人望徐。徐人士奉亲必孝，事君必忠，庶弗悖于侯之教。若曰攻记问辞章，以媒利禄，岂是学之初意也哉？乃为之铭曰：

古之建学，释奠寓焉。礼以牖民，必身为先。师废学微，专崇庙报。祀事虽严，匪及乎教。徐为名区，庙与学俱。揆之于古，亦曰庶几。彼蚩者氓，相挺启衅。涌殿飞楼，化为灰烬。皇明御天，海宇肃清。选贤出守，以宣邦经。时维文侯，来治兹土。不鄙其民，视如邹鲁。乃谓其民，尔民固灵。弗莅于学，孰励其成？相惟故址，既陋且僻。卜迁南东，厥龟孔食。乃协其程，乃直以绳。乃经乃营，日夕靡宁。有殿言言，有堂矗矗。有庑轩轩，有门肃肃。视其斋庐，有师有儒。亦有生徒，执经而趋。学究六经，讲切六艺。以夜继日，莫之或替。人之所学，在孝与忠。忠孝一阙，昧其天衷。搜猎载籍，无征弗记。务贪得多，君子所刺。摛为篇章，葩藻是耽。斯谓偏徇，小人之甘。必蹈大中，内外孚浃。蕴于身心，著于事业。贤侯兴学，实阐化基。岂曰土木，崇其巍巍。铭以著之，作者太史。用推本原，以告徐士。

胡翰《吕梁洪》

河水趋山东，四旷无险塞。吕梁扼其冲，凛若万强敌。水势与石斗，终古怒未息。舟行龃腭间，众挽不余力。进始逾跬步，退忽落千尺。长年起相语，兹土神所职。登祠奉嘉荐，拜跪陈下臆。船头勇牵缆，樯表高挂席。好风东南来，送我天北阙。叱驭诚足钦，垂堂讵遑恤。昔闻庄叟言，有山在离石。悬水三十仞，鱼鳖皆辟易。孰隳天地性，遂拯生民溺。鸿飞九州野，吾愿观禹迹。

金华王袆《黄楼》

昔读黄楼赋，颇疑过铺张。今晨获登览，始觉词致长。缅怀澶渊决，彭城预为防。千年文章守，恩德遗此乡。只今河为患，居人极灾伤。谁为任民社，乃复循故常。山川如昔时，游子多慨慷。长风城上来，飞雨湿我裳。摩挲旧碑刻，欲去重徬徨。

庐陵周忱《过桓山宋司马桓魋之墓》

愚哉宋司马，仲尼安可轻？欲害其如何，不知天所生。此山昔葬骨，废穴尚留名。宿土消含饭，飘风散精灵。日中狐兔集，夜半鸱鸮鸣。当其始建时，久远劳经营。荷锸万夫集，石椁三年成。讵知百世下，牧竖来纵横。君看孔林树，千古犹青青。

丰城刘秩《徐州即事》

宦游经楚泽，旅寓寄徐方。地势三边险，河流九曲黄。貉皮缝野服，蜀黍纳官粮。何事淹微禄，频年客异乡。

山川环胜地，戈甲集边城。沟记扬尸处，台存戏马名。猎尘终日起，烽火彻宵明。拟撰河清颂，何由罢战征。

郡曹承命远，书简寄家迟。归梦三千里，愁心十二时。愁来人易老，寒到客先知。无限伤怀处，临风赋竹枝。

官居尘事少，住近楚江滨。座有谈兵客，门无问字人。淮淝民人困，齐鲁俗犹淳。何处堪渔钓，乘槎欲问津。

昔拟登楼赋，今成扣角歌。衣单怜俸薄，酒禁觉愁多。候雁将书寄，看云把剑磨。马周今老去，心事托长河。

山形东控鲁，地势北通齐。坝险河流响，城荒草树低。边声传近塞，野烧隔前溪。忽忆趋朝日，平明候晓鸡。

坐久知宵永，愁多觉梦频。江声清到枕，月色冷侵人。难买相如赋，宁甘范叔贫。客心千里外，日夜忆慈亲。

忆昔承恩日，还当奏赋时。宫衣须内帑，御酒赐前墀。王粲依刘早，陶潜去晋迟。只今江海上，忠愤顾相期。

书剑频为客，飘零似转蓬。故人俱荐鹗，朝士近乘骢。去国怀明主，安民问土风。捷书连日报，早脱下山东。

寒烟迷紫塞，晴日起黄埃。林果惟收枣，山花不见梅。游兵随马出，猎犬逐鹰回。千古中原地，如今半草莱。

庐陵李祯《留侯庙》

信族稀夷越醢躬，太平无复用英雄。高皇却堕先生计，世上何曾有赤松。

吉水邹缉《刘向墓》

汉廷怀直道，宗室独称贤。谏疏忧时切，遗经与世传。荒坟今寂寂，碧草自芊芊。何事扬雄宅，争传草太玄。

永嘉黄淮《百步洪》

崭崭乱石矗戈矛，挟束狂澜撼地浮。疏凿尚存神禹迹，万年不共水东流。

京口虞谦同题

崩涯乱石如人立，喷壑飞涛作雨声。气接江淮烟树绿，势连齐鲁暮云青。

豫章胡俨《上吕梁洪》

乱石穿空迭浪惊，乌犍百丈上洪轻。扁舟载雨西风急，试问徐州一日程。

细雨斜风拂画船，船头怪石起苍烟。仰看白浪排空下，始信河流远自天。

又《百步洪望黄楼故址述歌》

船头鼓鸣春浪急，浪花飞洒春衫湿。放船侵晓度长洪，森森乱石烟中立。遥望黄楼迹已非，却忆苏公初筑时。黎庶讴歌脱昏垫，座中宾客赋新诗。碧瓦雕甍映垂柳，凭栏把酒临风酾。醉骑黄鹤上碧落，东窥瀛海西瑶池。只今雉堞排空起，亦有高楼临绿水。人家两岸傍河堤，黄鹂碧草春风里。九里山前花正开，看花回首重徘徊。慨公神游不复返，空见断碑生绿苔。

又《徐州十二咏》

百步洪

九里山前百步洪，河流如箭石当空。黄头伐鼓穿洪去，宿雨初收日影红。

戏马台（城南一里）
盖世英雄酒一杯，悲歌只使后人哀。平生废尽屠龙技，今日空留戏马台。

华陀墓（城南一里）
徒把金针事老瞒，千年荒冢朔风寒。从来枉却陈琳檄，到底西陵泪不干。

亚父冢（元时冢有光气，盗发冢得宝剑。城南一里）
三尺青铜盗岂知，只因虹贯草萋萋。鸿门玉斗空如雪，拂袖归来路已迷。

向魋墓（城北二十里）
荒丘浅冢草斑斑，事在遗经不可刊。石椁成来功已竭，后人有法说邢山。

陵母墓（城西南一里）
匆匆窗下取吴钩，使者星驰不肯留。遂使鸿毛轻一死，却存马鬣重千秋。

子房墓（城北六十里）
辟谷何劳禄万钟，功成志就却辞封。分明古墓埋青草，始信空言托赤松。

刘向墓（城北二里）
十年封事遗编在，三尺荒丘宿草摧。鸿宝浪传谁见得，藜灯一去不重来。

留城（张良所封之地。城北百二十里）
偶然相遇若神交，多少奇谋胜六韬。辟谷归来应却扫，如何四皓又重劳。

彭祖楼
锡封曾奠大彭墟，千古传来事不虚。明月满楼尘影息，仙人曾驾五云车。

燕子楼
妙舞清歌一夕休，繁华销尽彩云收。多情只有乌衣侣，终岁相看不下楼。

黄楼
滚滚河流昼夜驰，长怀太守筑堤时。当年宾客黄楼盛，今日荒凉读断碑。

又《重过戏马台》

拔山力尽楚声哀，戏马千年尚有台。若使后人伤往事，何能更醉菊花杯。

又《放鹤亭》

昔者高亭石佛山，只今烟暝鸟声闲。千年白鹤归何处，惟有文章落世间。

隐隐青山晓雾开，望中谁谓有亭台。山人一去无消息，空想仙翁看鹤来。

河东薛瑄《入徐州》

春首及徐方，行来道路长。残冰余积水，霁雪带连冈。远野通淮甸，悬流近吕梁。征鞍行可解，不日上舟航。

又《彭城怀古》

戏马台边雉堞高，参差楼阁入烟霄。运河控引淮黄近，驿路通连海岱遥。天府岂知成伯主，彭城空复驻英豪。大风折木飞沙日，想见天心翊汉朝。

当年禹迹旧分州，走马南来遂此游。地势萦回环翠岭，关城峭拔枕黄流。烧余豪杰千年冢，春老佳人百尺楼。周览未能穷往事，官河又放下洪舟。

又《燕子楼》

孀妾当时一女流，犹知守节度春秋。往来忘义忘仁者，莫上彭城燕子楼。

又《戏马台》

八千兵渡大江来，戏马高台亦壮哉。何事乌江骓不逝，高台翻使后人哀。

又《陵母墓》

鹿走中原海起尘，独从草昧识真人。纷纭等是人间死，母死高名万古新。

又《吕梁洪》

长洪几折奔流急，乱石两崖还叠重。被发行游浑不见，往来舟楫自匆匆。

又《夜上吕梁洪》

水村夜寥寥，秋月流空白。牵舟上吕梁，逆浪涌寒雪。愧彼役夫劳，当此滩水涩。忆我四方游，江湖饱涉越。祇诏复兹行，恩重知才劣。矢心复何如，长洪石如铁。

又《过徐州》

去年春正月，南泛彭城舟。今岁值秋暮，北上溯长流。踪迹信往复，景物惬观游。风寒堤柳落，波减岸石稠。白见高城堞，苍出远山丘。何处戏马台，仿佛燕子楼。化迁无停轨，事往不可求。陈迹竟泯泯，虚名但悠悠。览今亦怀昔，发声遂成讴。

临川王英《送通政司参议权公还彭城序》

仁宗皇帝嗣登大宝之初，今皇上正位储宫，凡宫臣悉简校其人任之。而彭城权公谨，特拜文华殿大学士。上继承大统，悯公年老，以奉政大夫、通政司参议致事还乡。公之仕也，初以孝廉举，擢山东乐安县知县，升光禄署正。丁母忧归，庐于墓三年。州守列上其状，仁宗召至，嘉公之能孝，故有学士之除。及致政而归，有司奉诏旌其门曰“孝行”，公乃诣阙谢旌表恩。礼部尚书兼华盖殿大学士张公子玉、吏部侍郎王公东逊、翰林侍讲蔺公从善，尝与公同寅也，合相知者饯其还，又属余言以赠之。尝闻公令乐安时，以仁信孝弟导其民，民从其化。为光禄，能祇勤于职事。及居忧庐母墓，哀毁过甚，则公之能勉于孝也，信矣！夫孝，德之本，百行之源也。极孝之德，可以动天地、感神明，士之立身所当先者，而公能勉之。遭值圣明，故其进也，畀以清秩而显之；退也不烦以政务，而加之名位以宠之荣之。乃又表其宅里，高门大书，恩光辉赫，照耀乡邑。此岂特为公荣？所以风励世之人，俾皆如公之能孝者，实在于兹。则公之蒙恩亦厚矣，北上京师，俯伏阙庭而称谢者，公岂能已哉？彭城为郡，地邻邹鲁。闻之在昔多名士，以节义自重者有龚舍、龚胜，以孝友称者有姜肱，有刘平。史册所载，垂之不朽。公之励行，固有以企其遗风矣。将见闻公之风者，又宁不有奋然兴起，所谓皆如公之能孝者乎？则公之名，亦将垂之悠久矣。余嘉公之孝，而恩荣始终如此，故乐为道之，以赠公之归。

又《戏马台》

萧萧归马旌旗尽，寂寂空台草树荒。堪叹英雄还有恨，暗呜不似楚歌长。

又《百步洪》

遥看泗水来天际，流入长洪碧波起。惊奔倒泻乱石间，孤月摇光在波里。月光不随波浪沉，滉漾清辉照我心。虚明已觉万虑寂，怅望那知春夜深。

永丰曾棨《送权学士致仕诗序》

国家以孝治天下。盖自混一以来，内外文武小大之臣以暨四方间阎、田野之间妇人小子，苟有以孝行称于乡党、达于朝廷者，辄敕礼官旌其门间，或授以侍从之职，以表异之，甚盛典也。仁宗皇帝嗣位，继志述事，动遵成宪，褒崇之恩，有加无替。当莅位之初，膏泽霶霈，无间远迩。稍见知遇，往往待以不次，恩德至厚也。先是，前光禄掾署丞、彭城权公仲常以母忧去官，敦孝行道，泣血哀毁，庐墓三年，未尝一至其家，乡里称之。至是服除，上吏部，有司荐其行以闻，即拜文华殿大学士。明年洪熙乙巳夏六月，今上皇帝即位，眷念宫臣，例加超擢，以仲常相从之旧，遂拜通政司右参议。仲常因以老疾辞，得致其政以归。将行，士大夫皆赋诗以赠之，而翰林侍讲蒋公良夫属予为序。惟成周六行，宾兴贤能，以孝为之先。故孝者，人道之大端，百行之冠冕也。圣朝稽古建官，任贤图治，亦岂道于文艺之末哉？仲常之孝行，既有以著于其家，一旦蒙被恩命，以显庸于朝，诚足以风厉四方，为天下劝。今而又得悬车告老，以还其乡。荷两朝之眷遇，振四海之芳声，荣名美实，照耀当时，抑安知不有感发而兴起者乎？故予知仲常之归，不独为闾里之荣而已也。若其优游田园，徙倚丘垅，览黄楼之奇胜，仰放鹤之高风，此仲常之事耳，奚俟予言哉？遂为之序。

又《戏马台》

绕堤春树翠重重，项羽遗都有旧踪。城外高台空戏马，沛中佳气已成龙。英雄割据青山在，霸业销沉碧藓封。此日经过倍惆怅，乱鸦啼散晚烟浓。

又《燕子楼》

楼外双旌去未归，楼中寂寞减容辉。合欢枕冷愁长在，织锦机寒恨永违。青镜自嗟鸾独舞，画梁无复燕双飞。只今艳骨成尘土，空有行人吊落晖。

又《吕梁洪》

洪流昔怀襄，区域信茫昧。斯民靡宁居，婴此昏垫害。神哉夏先后，敷理乘四载。吕梁基其冲，滔天亦横溃。巨灵劈山骨，地轴为之碎。两岸束惊湍，咫尺一何隘。怒霆斗铿訇，飞瀑泻澎湃。沛然向东注，下与百川会。缅怀胼胝劳，遗迹远犹在。伟哉疏凿功，万世终永赖。

文江周孟简《送刘中书考满诗序》

中书舍人刘君至善，彭城人也。敦厚谦和，直而有守。永乐初，尝以缮书选，得从事于馆阁。余时滥官翰林，尝预纂修之末，因得朝夕与俱，雅爱重之。越十有一年春，至善始拜今官。余复喜得同朝，而偕为天子近臣矣。居无何，至善道再考，传诣行在。余友洪公益中笃寮东之谊，乃命工绘图，求能诗者，各赋以赠，属余序之。余惟中书，美官也。出入禁庭，恭事翰墨，有瞻依侍从之荣，兼钱谷刑名之责，视翰林为相埒也。士君子官至是，亦荣矣哉！矧当国家承平，圣天子向用儒术，恩光宠特有加焉。士君子遭逢如是，亦幸矣哉！然古之君子委身干时，求诸己而已矣，岂以自外至者，有加损于其间？是故，已至而愈不至，已足而愈不足。其所造就，不亦宜乎？今至善列职清华，光宠若斯，俾无满足，益自砥砺，以图报称于贤，乃为贤矣。若然，则阶而进也，讵有已耶？余闻至善有亲在堂，兹而道过彭城，当必趋拜当下，以奉其亲之欢，以为其乡之荣，以访其旧游山水之胜。则斯行也，至善兼得之矣，余故不徒举其已至者为之荣，复以其所就者为之勉；不徒以所就者为之勉，犹必以其所得者为之庆也。

余姚宋骥《送马教谕序》

夫师之为任至重也，上以传先圣之道，下以开后学之惑，天下不可一日无者也。故学者之于师也，如矩之于方也，如规之于圆也，如绳墨之于曲直也，如布帛菽粟之于民生日用也，此其不可一日无者也。苟一日而无师，是犹废规以求方，舍矩以求圆，置绳墨而论曲直，弃布帛菽粟而欲以济民生日用，断断乎其不可矣。夫师之所任者，果何道欤？本之六经以正其根源，道之义理以审其趋向，礼乐以变其气质，古今以博其闻见，谨之于心术之微，察之于言行之际，措之于天下国家之大。夫如是，然后谓之能尽师道者也。然是道也，果孰为而孰传之耶？盖自天生斯民，莫不有之。但圣人先得我心之同然，故语之足以为经，行之足以为法，施之当时则人被其泽，垂之后世则人仰其化。若周、孔、颜、孟之为圣为贤，濂、洛、关、建之为道学君子，其人也皆身心斯道，而为天下后世之准的，所以为天地立心，为生民立命，为万世开太平者也。故师道立，则人皆可以为圣、为贤、为君子，而治道可兴；师道废，则为愚、为不肖、为小人之归禽兽之行，而何以望世之治哉？故曰师之任至重，天下不可一日无者，此也。彭城马彦芳氏，近将赴上蔡邑庠掌教之任，有来丐余言以为赠者。彦芳为人，质甚敏，问学甚富，持志甚锐而坚。向尝试教于曹，曹之子弟嬴粮而景从，此固可以见其所蕴矣。今其典教于上蔡也，非复暂试而已，其必以圣贤之道以开后学。吾知上蔡子弟，如为方之有矩也，如为圆之有规也，如论曲直之有绳墨也，如民生日用之有布帛菽粟也。风化以之而正，礼俗由之而成，人材由之而辈出，而其任之至重者，彦芳必无所负矣。上蔡去彭城不数百里远，吾当侧耳以聆教铎之振。

杨节仲《拔剑泉祷雨有感碑》

徐州城西二十里，地名丁塘，有池曰拔剑泉。世传汉高帝入彭城，垒此，为楚所困。时旱涸，士率乏水，帝以剑插地，拔即泉涌出，故以是名。人谓池有龙，至灵异，乃作祠奉享。凡遇旱，祷即应。节仲备员守郡以来，每以旱故造祠下，有所恳，神恒矜从。及再任初，适天久不雨，农失望，因惕然往为民请。甫摅诚致祼，烈日昼晦，风雷交集。回未及城，雨亦随至，岁竟不成灾。时永乐癸未夏五月也。乙酉冬十月，复不雨。至丙戌春二月，万汇不荣，麦苗将槁，民忧惧尤甚。乃率同知张璟、刘道原，判官侯铭，于三月朔旦陈情引咎，徼惠于神。翌日，果大澍。自是沾濡浃旬，槁者顿苏，市野胥庆。窃惟兹郡恃神如慈父母，神之庇民如子，而惠爱不是过。以故幽显交孚，应若桴鼓，灵异昭著，诚哉不诬！但下民归感于龙，词出一口，不复言及汉帝。必谓池之起龙云雨，若曰匪龙，其孰为之？殊不知有求即应，实出于帝。帝本是龙也。当手提三尺剑于亢壤之时，非精神会融，龙德彰显，泉何从而出哉？设厥泽靡匮，以拯民急，油然沛然，惟诚所达，盖过化存神之妙耳。考诸《汉纪》：高祖媪息于大泽之陂，梦与神遇。时风雨晦冥，太公往视之，见交龙在上，遂有娠而生帝焉。及长，断蛇大泽，致老妪夜泣之异。养晦芒砀山，后尝望云气，知帝所在。宜涤七国煨烬之污，苏四面云霓之望，正位九五，肇基四百，是非龙而何？其讨英布过，酒酣起舞时，谓沛父兄曰："游子悲故乡。吾都关中，千秋万岁后，吾魂魄犹思沛！"况沛为徐属邑，相去不远，徐又帝素游，庶遗迹见存。诚在天之灵，眷相旧邦，推原夫"思沛"之语，岂不昭昭然欤！节仲屡辱神贶，安敢隐默？故溯流探源，证以传记，虽不能彰帝遗烈，然流俗趋向之弊，庶或可因是而正焉。不愧芜陋，僭诘贞珉，俾后之君子知灵异有自，信有征而无复惑云。

喻则成《重建螟昆祠记》

徐州城西北五里许，临汴水之左岸，有祠曰螟昆之祠。祠不知始于何时，相传自前元已血食兹土。元之元统乙亥，徐郡守张其姓者立石刻文，而神之名始著。国朝洪武丁丑，知州杨节仲重构其祠，而神之灵始显。宣德八年癸丑，江北郡县多蝗，今知州事辽阳杨侯秘知神之灵，先诣祠祷，继率僚佐出丁塘、五河诸处捕之，蝗即灭。九年甲寅，蝗复滋蔓。侯之僚佐捕不能尽，侯复祷继。忽有众禽，群飞蔽天，啄而食之，助人力过半。不数日，蝗复尽绝。民皆德侯。侯曰："神之功也，我何德焉？"十年乙卯至正统元年丙辰，侯乃于春初无蝗时先往祷。祷后，他郡邑不复蝗者无几，独我徐之郡县非特不复蝗，彼别郡之蝗亦不我境而入。于是田谷丰穰，民心悦乐，益信神之灵而大敬侯之能以诚感神也。祠旧且隘，侯每谒神，念无以昭贶，乃割己俸新之。僚佐判官杨君道亨、朱君智，吏目徐君士颙，亦争致助焉。工始于是年孟秋初吉，毕于是月既望。旧祠间止一，撤而不用，今重构增为三间，供应器具无不备。缭以垣墉，饰以丹垩。耆老士庶奔走承祀，物洁仪备。请余为记。余按《祭法》："能御大灾、捍大患则祀之。"蝗为害能除之，所谓御灾捍患，神则有焉。祠而祭之，孰曰不宜？侯治民以惠爱为急，事神以诚敬为先，故能得神佑而为民福也。余忝郡佐，凡治民事神之道，侯之忠告善道，有非一日，故喜而为之记。

又《重建开元寺记》

徐州开元寺，去城一里许。释氏相传：唐玄宗开元二十八年，帝命胜光法师讲内典于延庆殿，其说称旨，帝遂命天下郡县咸建佛寺一所，仍各赐以"开元"额。是寺以"开元"名，盖亦是时所建者也。自唐至宋，兴废莫考。元时重建。至元末，毁于兵，惟铁佛像及数石幢得不坏。洪武间，僧正胜吉建一殿，以覆其像。寺左右前后，草莽弥望，略无居人。及升平既久，民居渐密，寺之地多为士庶所侵，其存者数亩而已。永乐十三年，今僧正广善师承檄来主是寺，乃顾瞻咨嗟，而言曰："我佛祖以甚深妙法，来自西土，化被中国。所在巨刹奥宇、穹宫广殿，不可胜数，盖非徒以是夸耀人耳目，实所以表众生皈依心也。虽我佛之道固不假是为增损，而学佛弟子舍是则无所用力，以坚其报佛祖之思。今寺隘陋若是，顾何以起崇敬之心哉？"于是谋高广之。遂罄其衣钵，赎故侵地，南北以丈计者凡百，东西视南北不及三之一焉。财用不足，则告诸有力者，远近以金帛施者相继，得具凡木石瓦类。召匠庀工，先于宣德五年建正殿五间，甃石以崇其址。殿高六丈有奇，中塑释迦、弥陀、药师三佛像。居其中者，即铁佛也。傍塑罗汉及诸天，像设庄严，世所希有。次建外门三间，中塑金刚像。二殿后建方丈五间，前建僧寮，左右为屋凡十有四间。殿之前左曰观音殿，右曰大藏殿，殿之正前曰天王殿，在门内之东者曰伽蓝殿。他若钟楼及库廪庖湢，凡空门所应有者，莫不完整。初创殿时，于旧僧房入地数尺得石刻一，上铸苏文忠公与法明师手帖凡三首，字画遒婉可爱。后志云："元丰八年六月望，住徐州开元寺东院传教、赐紫沙门法明题。"人始知是寺旧名"开元"，而今称"铁佛寺"者，从俗便也。苏公帖有云："开元大殿，非吾师学行神人响应，安能成？"后题云"开元寺东院"。则是寺在宋时，固一巨刹也。今广善师斥地建寺，而适得是帖，旧观既复，旧额复新，则是寺建而废，废而复建，似有冥契者，固非偶然也。师以建立不易，愿为文以刻诸石，庶后人知其难而不隳其成也。余闻三佛既灭度，凡求佛者，类以庄严为佛事，然不能无成坏，而成则为住，坏则为空。夫谓成为住，谓坏为空，此世间相也。而其相无常，既成而坏，既坏而成，则亦存乎其人。广善师为人甘澹泊，耐辛苦，凡有所获，不以厚诸己，而其愿力坚忍，不以久而怠，故其成此寺，视至难如至易，视至巨如至细也。昔扬州浮屠慧礼建十方讲院，而荆国王文公称其行洁材敏，故能有所成也。嗟乎！方外之士苟非行洁材敏，欲有所为，安能有所成耶？此余所以深有羡于广善师也。而其文不以求诸若王文公者，乃以属诸芜陋，何耶？虽然，师之请不可以弗遂也，因笔以记之。

又《重建云龙山兴化禅寺记》

距彭城南二里许，有山曰云龙。上有寺曰兴化，寺有石巨佛一。盖石生于崖间，人因刻镂以成佛，故又名石佛寺。而“兴化”之名，不知始于何代也。今住持僧文安师常与人言：寺未毁前，岩石间有题名者，乃开元间人。则是寺盖梁、宋之时已有之矣。及按欧阳公《五代史》，当唐昭宗景福二年时，徐州为感化军，而时溥为节度使，朱全忠使其子友裕攻溥，败溥军于石佛山前。而寺之有无，未尝及之。至宋熙宁中，苏文忠公出守徐州，为云龙山人张天骥作《放鹤亭记》。以其处考之，其地正在云龙山之西北，而《记》中亦未尝及寺之有无。自唐开元间距今几八百岁，其寺之兴废莫可考。至国朝洪武戊寅，僧正胜吉始建佛殿三间及僧房一所。胜吉既化去，而尸厥席者则觉兴。嗣觉兴而主其寺者，则今文安也。文安于宣德二年又重构焉。其佛殿凡五间，高则四丈五尺，而妆饰石佛，色相具足，光彩夺目，瞻者惕然，视昔大有径庭矣。宣德七年壬子，寺毁于火，而石佛之身岿然独存。识者以为我佛之身，历劫不能坏，彼回禄小变，岂能有所损耶？文安顾瞻而嗟叹曰：“此寺虽创于吾，今而遭毁，吾何可以坠吾祖师之胜果也？”乃发弘愿，广檀那，图复旧观。或者难之曰：“师今将复兹寺，欲其有加于昔，恐财力弗胜；规模若小，则失庄严相，无以起众言礼。二者有一于此，均为难也！”师曰：“吾佛祖以善缘化人，顾岂以弗胜沮耶？”不懈益坚。于是，知州事辽西杨侯秘捐俸以倡之。未旬月间，以财帛施者，川汇云集。乃裒所施具，凡木石砖瓦、涂塈之属，遂建正殿五间，上作重屋，其高视旧则过也。次建天王、诸天罗汉、诸天明王之殿，及三门、方丈、禅堂、两廊，以至庖湢之所，靡不合度。杰阁巍宫，架崖溢壑。铃铎之声，闻于远迩。金碧之色，上下掩映。又于石佛之身饰以真金，诸佛、菩萨、天人之像设皆具庄严相。由是观者咸信礼皈依，而又服文安之勋绩。且寺之成也，南面三山，北萦古汴，飞洪吼其东，叠嶂耸其西，登是而远眺者，咸适其意。孰谓佛氏之栖迟，无明心见性之助乎？昉于宣德甲寅，而迄于正统丙辰初元。既而具颠末来求文，以刻于石。昔人谓“有志者事竟成”，今吾于文安见之矣。或者谓余：“夫佛以寂灭清净为宗，而空色一致者。今乃崇土木丹青之重，不过人天小过、有漏之因，无乃非夫释氏之本意耶？”余以佛之教，欲一切众悉愿皈依，必先睹相而起信，则土木丹青之事不为无助，况兹寺建造之不易乎？因书之以为记。

又《重建钟鼓楼记》

徐州鼓楼，在州治之南五十步许。岁久摧殒，识治体者无不嗟叹。宣德己酉，徐州太守辽阳杨侯秘进父老于前，语之曰：“为民先觉者，贵乎有以觉其民。郡城钟鼓，盖亦觉民之一端也。晨省昏定，孝子之心觉于此也；出作入息，庶民之心觉于此也；朝出耕，暮归读古人书，士子之心觉于此也；夙兴夜寐，以事一人，乡大夫之心觉于此也。觉人之道，虽曰不一，而谓钟鼓不为一端，不可也。然钟鼓虽备，而楼或缺，则挈壶氏且无掌更漏之所，况于钟鼓有分明之声乎？今徐州之鼓楼，作于国初，摧于今日，为政者乃恬然不知，则于治体，岂可谓之有所得哉？兹欲新之，尔父老以为何如？”佥曰：“民之父母既欲以逸道使其民，则父母之命，民敢不供子职以力其役？”太守喜其言有以合其志，即捐己俸先之。于是节判严陵杨公道亨率诸僚属，以成太守之美。余亦忝与于率作兴事之列，与夫有官君子，皆劳其位人之心；凡厥庶民，皆劳其役人之役。不两月间，而告厥成功。台高且古，砌以砖石，实坚实好，如切如磋。台下门容三轨，车马往来，日以千百计。台上重楼，五架七间，栋宇翚飞，檐牙高啄，置铜壶刻漏于其上。画角钟鼓之类，无不备具。月色中天，坐啸于高寒者有之；角声永夜，吟哦其悲壮者有焉。至宣德七年壬子，复于是楼西南半里许，重修钟楼于旧台之上，不越旬而落成。视东楼虽小，然亦井然有条，秩然可观。自时厥后，东楼之上，春雷既动，而此楼之中，长鲸即吼，壮观于彭城，不为小矣。太守可谓善成始而成终者欤？士君子无不韪之，请余为之记。余曰：“太守重修是楼，固为设钟鼓计也，而其心岂止于此而已哉？必曰二楼之作，士君子岂有不登临者乎？江山胜览，实在于此。既有以广其览，必有以致其思。菁菁者莪，在吾目前，必思育材以励其学。沃野千里，在吾目中，必思劝农以务其穑。白云缥缈，远在吾目，则亲舍其下，不可不思也。汴泗合流，险吾目也，则舆梁之成，不可不思也。凡入吾目，有关于风化，有益于清明，有利于苍生者，莫不致其思而勉其力焉！则二楼之作，不无少助矣，岂止于钟鼓之分明而已矣！苟或不然，纵目山川而无仁智之思，下视闾阎而无抚字之思，瞻阙望云而无忠孝之思，徒以为登临之乐，则不特太守不与之游，抑亦为二楼之羞！”言未既，有一二同志以余言为然。于是乎记。

杨士奇《夜过徐州》

怒涛翻河乱石横，牵舟上洪初月明。夜中不辨黄楼处，惟听层城钟鼓声。

又《吕梁洪》

吕梁洪，截流巉岩立巨石，森若虎豹蹲欹侧。洪波中射势怒激，鸣声喧豗万鼓击。自昔疏凿出神力，侧身望之皆辟易，蜀江瞿塘险莫敌。百丈牵船载牛轭，棹夫操篙捷贯的。君不见，北来南去皆安流，未若人心不可测。

又《范增墓》

千年宝剑无光气，衰草寒烟野水邻。同是遗骸葬徐土，当时陵母识天人。

三衢金寔《彭城怀古》

英雄一去霸图空，人指荒台是故宫。几度春风芳草绿，千年恨血土花红。好谋初易从遮说，自用终难恃战功。沛邑亦无原庙在，惟余河水尚流东。

又《留侯城》

明良际遇信由天，此地相逢不偶然。黄石有书传孺子，赤松无意托神仙。运筹非独称三杰，明哲由来贵两全。独恨官船连夜发，无由一滴酹祠前。

又诗

博沙奋狙击，报仇心方殷。此地逢真主，谈笑展经纶。素心既已遂，富贵焉足云。自择三万户，宁如兹邑亲。酂侯功第一，系狱岂无因。韩彭要王封，终与菹醢邻。贤达贵知足，明哲思保身。行经古封邑，吊古怀其人。赤松不可招，千载谁同群。

吴溥《舟泊境山》

江带渔村阔，山连古戍雄。帆樯自高下，门巷各西东。崖屋蒸云湿，船窗透日红。今宵有诗兴，试问可谁同?

叶铭臻《次韵题项王戏马台》

项羽城南百尺台，乌骓驰骋信雄哉。八千子弟云从合，百万精兵席卷开。秦鹿共追锋正锐，楚歌齐唱志方灰。乌江渡口寒烟起，独立西风更可哀。

彭城时广《春日与客登黄茅冈怀古》

日丽茅冈景物幽，芳尊同趣兴悠悠。群羊化石遗仙迹，孤鹤横江忆昔游。亚父殒身宁霸楚，王陵逼母却忠刘。英雄已远情何际，戏马台空汴泗流。

余姚宋骥《重建儒学记》

徐州儒学，在州治东南五十步。而近按郡志，旧学在今学之南，距一里焉。洪武初，知州事文景宗徙于今所。有宣圣殿、两庑洎棂星门，咸隘陋卑小，弗具观瞻。今知州事辽阳杨侯秘既更而新之，又作戟门，门外凿池架梁，以备泮宫之制，前郡得山东武公埜已为勒石记之。其庙之规模，较之向日，盖有径庭矣。宣德癸丑夏五月，余来职教于兹。侯因谓余曰："庙庑虽新，而论堂两斋偏于左隅，浅露湫隘，且逼近民居，甚非育材地也！"遂与贰守江右喻侯则成、节判严陵杨侯道亨、金华唐侯庆协议新之。适监察御史鄱阳姚公善弭节于斯，闻其议而嘉之，遂勉成其事。乃相庙之西北，其地深旷，傍有民居，则易以他地及学地之无用者。前有宦族之居，正值其地，侯曰："得彼地，则可以全兹学之美矣！"乃遣人劝以其地售于学，宦族即欣然从之，侯遂捐俸以酬其直。于是得地南北以丈计者三十有五，东西视南北则不及三之一焉。遂鸠材庀工，中建论堂五间，揭层轩以广前荣。堂之崇视旧加四尺，广五丈，深视广不及三之一。涂以黝垩，焕以丹碧。堂之后，达斋宿之所，夹室为屋，大小凡五间焉。堂之前为两斋，旧曰"进德""复性"，今则以"时习""日新"易之。屋以间计者，东西凡二十焉。斋之前为步廊，以趋堂之庑。次作中门五间，置钟鼓于其中。次建外门三间，夹以层台，揭以儒学之匾。神厨在庙前之左，欲其不令人溷也。大晟、乐器之库，在庙前之右，且近学之中门，欲其便于典守而谨其检阅也。以至治膳有厨，储粟有廪，师儒之居、诸生肄业之舍，罔不严饬。昔覆以茅者，今则以瓦；向壁以土者，今则以砖。固以重门，缭以周垣，轮奂翚飞，低昂掩映。兹学至是，始克大备。昉于是年八月望日，再逾月而讫工。侯不间晴雨，日必再至学，凡一木石之恶，一工匠之怠，必审视程督，不啻若治家事。且经画措置，出人意表，虽老工师亦拱手仰成焉。既成，郡庠生董雄等乃相率请余言，以纪诸石，欲以永侯之绩。余既其事，复进诸生于前而告之曰："夫学校者，国家风化所关，人材所由出，诚非细务。故自三代之盛，而至汉、唐、宋之世，咸资于是而为治焉。今幸遭遇圣明，崇儒右文，视昔为重，诚千载一时也。今杨侯又作兴鼓舞，毅然以为己任。其视彼之视具文而漫不加之意者，岂可同日语哉！虽然，崇其堂室，饰其斋庐，岂徒为观美而已？盖欲学者处其中，得以悦其精神，专其心志，以从事乎明体适用之学，足以为国家任用，然后可也。若乃玩岁愒月而不知所务，宁有不负圣朝教育之恩与杨侯作兴之望哉？余忝师席，与侯为宾主，恒内顾索然，尸素之责不得辞矣，又焉敢不夙夜砥砺，以与诸贤相从事乎？然余之所以为此言者，以余职在教事，于侯兴学之绩固当纪，而于师弟子更相饬励者，又不得不申告之也！"是为记。

眉山万安《庙学记》

圣人之生，岂偶然哉？盖天必任之，以助其不及。若羲、农、黄帝、尧、舜、禹、汤、文、武，任之以行夫道；孔子，任之以明夫道。行夫道者，当世被其泽；明夫道者，万世仰其功。故自汉、唐、宋而元，咸知尊用其教，厚礼庙祀，以报其功于无穷。我朝君师海宇，内而京师，外而府州县，皆于学建庙，崇祀孔子，封爵加号，悉如曩代之制。报功之意，不已盛哉！徐之有学，数百年中历兵革，屡毁屡复。洪武元年，知州文景宗创建庙学，岁久而敝。宣德辛亥，知州杨秘撤而新之。既三十年，为天顺辛巳，庙复敝。临汾王侯叙来知州事，首谒先师，顾瞻礼殿，卑隘弗称，及省乐器之多残缺，遽欲更新葺补之，度时有未能。乃于政治暇，辄蓄其材，取砺与锻。越四年为甲申，将有事兴作，适有诏罢天下工役，不果。又五年为成化己丑，岁丰民和，王侯悉发所储蓄，鸠工兴作之。首建大成殿，两庑次之。以旧大成殿为戟门，易棂星门以石柱，修饬乐器、祭器。功未集，王侯以秩满去。明年，知州陈廷琏以进士来知州事。初谒庙庭，视前功未毕，即恻然咨嗟曰："廷琏受命而来，职务孰有重于此乎？"遂图就之。于是饰圣贤像绘，殿庑、戟门及神厨、神库，咸以次完具。又远取土石，用填殿后水塘，围百五十丈，深三丈许。学之风气至是始有所萃，而庙之制度宏敞壮丽，益加于旧，上足以妥宣圣之灵明，下足以耸人士之瞻敬矣。呜呼！世之有司，率多孳孳以案牍几会为劳，以趋走迎饯为先，其能祗奉朝廷报功礼意，而知教化本原为重者几人哉？若二侯者，可谓世之良有司欤？学正应广平以二侯之功不可泯，乃具状征记，垂于永久。特为纪其始末云。

淳安商辂《重修庙学记》

圣朝崇儒右文，茂隆化理，学校之设，遍于天下。虽遐陬僻壤，弦诵不废，矧畿内之近，当南北孔道如徐者乎？州之学创自洪武初，迨今百年，风雨震凌，侵寻颓敝。中虽屡经葺治，无改旧观。岁成化庚寅，长沙陈廷琏由进士擢守是州，锐然以修建学校为己责。其文庙、两庑、戟门，悉以终前守王叙成始之功，既完且美。而又以堂斋诸所隘陋弗称，及颓圮弗支者，咸欲撤而新之。乃日节浮费，募工饬材，白之巡按、监察御史戴珊、熊绣，佥议惟允。卜日始事，辟旧广新，重建明伦堂五间，东西斋各十间。堂之后，鼎建尊经阁五间。以至会馔之所、出入之门，皆焕然一新。壮固宏丽，度越前规。肇工于甲午春三月，落成于秋七月。是役也，州守主之，僚佐赞之，仕者、居者、赢于资者助相之，民无劳焉。咸谓学校重务，不可无述，判官兰溪赵颙以记来请。夫所重于学校者，以人材所出，风化由系，王政之大，莫先于此。我朝列圣相承，治法帝王，道尊孔孟，而于建学育材之意尤惓倦焉，岂非学校兴则人材盛，人材盛则风俗厚，而治国平天下之道，由此而措之乎？自今来游之士，当仰体圣明崇重之意，俯惟贤有司作兴之功，操行必圣贤是师。其处也，行始于彝伦；其出也，光昭乎事业。斯治道有资，国家有赖，而学校非徒设矣。若乃发策决科，则余事耳，学校之教，岂止于此？有志之士，其慎所择焉！

吉水刘羽《先贤祠记》

徐州先贤祠，皆祀前代有功烈者，祭法所当也。旧无祀。正统改元，监察御史吉丰彭公勖，以提举学校巡按直隶郡县，命徐州判官朱泗等立祠祀之。羽题其石曰：祀先圣贤以祠，虽祭法所以示报功，亦以使后人之观感。何者？文天祥入忠节祠，慨然曰："殁不俎豆其间，非丈夫也！"厥后，身出宋衰，勤劳君父，险夷一节，卒以扶植纲常，表仪臣道，与忠公节公如列星众曜，灿烂争辉。观感之功，一至于此也。今之人是祠者，触物兴怀，人心所同，宁不恻然而感。徐之人亦岂止于是乎？而祠祀乃止于是也。其人已化而为尘埃，第宅已荒而为荆棘，子孙已离乱而不知其何在，而庙貌巍然见存，不随死而化，不恃亲而立，人岂得而私之乎？国有常法，人赋秉彝，有不可已者。"颜何人哉，希之则是。"感慨兴起，恶能已矣！吾故曰：祠祀先贤，虽祭法以示报功，亦以使后人之观感也。彭公由进士发身，学术醇正，善作兴人，此亦可见其一端云。

郡守宋诚《重修先贤祠记》

贤才之生，岂偶然哉？盖必有以钟川岳之秀，关气运之盛，明良相逢，后先继起，故能建立丰功，谋谟王室，勋名炫耀于当时，声实仪范乎后学，虽千百岁之远，自有不可泯灭者。徐之间气所钟萃于人，若汉丞相萧文忠公何、曹懿公参、太傅王公陵、太尉周公勃、舞阳侯樊公哙、夏侯文公婴、御史大夫周公昌、丞相周公亚夫、光禄大夫龚公胜、谏议大夫龚公舍、卓行姜公肱、石渠博士施公雠，隋治书侍御史刘公子翊，唐绵州刺史刘公德威，宋太学博士陈公师道，元御史中丞曹文贞公伯启、徐州观察副使孔公午、翰林学士袁文靖公遵道、兵部尚书石忠毅公普，国朝右佥都御史黄公政、文华殿大学士权公谨，凡二十有一人，建祠于学宫，祀之有年矣。予谒庙顾瞻，祠宇渐至倾侧，弗称景仰先哲意，遂乃鸠材庀工，撤而新之。经始于今年秋九月辛卯，十月癸酉始克完美。是冬十一月朔，率郡官僚师生奉安神位。俎豆之设，仪文之备，焕乎有章矣。夫贤才有益于天下国家，古今一致也。徐之先贤，或以相业著，或以战功显，或以文武节操称，皆足为后人所师法。学校，育才之所，诸士子朝夕游焉。幸今遭际圣明作义，其于先贤勋绩行实，皆素所饫闻，宜必以是自期待，必欲措诸事功。则庶几接武前修，与徐之山川增辉出色，亦不负圣朝养育之盛心矣。不然，则非予之所望。

李时勉《吕梁洪》

岸欹欲合连津石，水激遥翻到海波。淳朴独怜民俗在，凿疏漫说禹功多。

长洲吴宽《黄楼诗》

楼中不见羽衣人，黄垩依然四面新。坐使河流循故道，俯临山石倚长津。名邦信美皆吾土，胜日登高与众宾。从此再传苏子事，只须题壁扫清尘。

会稽胡谧同题

山接青徐横翠黛，水兼汴泗入洪流。西风落日凭栏处，廊庙江湖总系忧。

陈汝言《过彭城》

画角吹残晓月明，官船挝鼓发彭城。山峰北去青如染，河水东来势若倾。两岸菰蒲天共远，几家村落屋初成。长歌激烈空怀古，亚父坟头草又生。

华亭夏寅同题

刘项兵销霸气平，书生千古独含情。营中亚父绌汉策，垓下美人啼楚声。落日砀山云已散，大风濉水浪还鸣。梨花一斗彭城酒，长醉扣舷歌月明。

御史王竑《彭城苦雨》

方春正二月，久苦雨淋淋。陇亩浑无望，疮痍痛不禁。添成忧国恨，滴碎为民心。愿借西风力，凌空扫积阴。

两月连阴雨，羁怀倍惨然。有身当报国，无力可回天。冻水伤农业，寒声打客船。为怜黎庶苦，终夕不成眠。

黎淳《吕梁洪》

天地设险阻，石林森剑锋。越昔匪凭神禹智，谁其修治令疏通。胼胝手足谅有据，玉石简牒谁能穷。圣泽咸言万世赖，乃今无庙酬勋庸。我生千载下，慨古伤前功。载观齐楚伯，一扩云梦胸。清风偃波引双棹，长天杳渺飞晴鸿。

吉水钱习礼《放鹤亭》

山人住世薄浮荣，笑傲烟霞向草亭。双鹤只今何处去，西山仍是旧时青。

又《戏马台》

独携一樽酒，吊古登高台。昔人陈迹今寂寞，对酒欲饮仍停杯。忆昨重瞳起西楚，誓握乾符清国步。军门剑舞失真王，咸阳一炬成焦土。鸿沟何用东西盟，天令失道趋阴陵。艾旗斩将竟何勇，爱姬恨血千年青。可怜明月长如素，曾向当时照歌舞。年年九月西风来，秋草黄花旧时路。汴泗交流去不回，台下行人频往来。登临不尽万古意，落日孤城闻笛哀。

又《怀远伯襄毅山公神道碑铭》

《书》曰："天惟纯佑命，则商实。"《诗》曰："维岳降神，生甫及申。维申及甫，维周之翰。"是则上天眷佑人君，必赉以非常之佐，而后可以成莫大之功。若故特进荣禄大夫、右军都督山公，所谓非常之佐者欤？按状：公讳云，世家徐州之留城。曾祖讳某，祖讳伯川，俱赠荣禄大夫、右军都督。曾祖妣某氏，祖妣巩氏，俱赠夫人。父讳青，洪武初，随侍太祖高皇帝平定江内，以功授燕山左护卫百户，已而从成祖文皇帝奉天讨节有功，寻升中军都督佥事。母薛氏，累封夫人。永乐元年，都督公以疾卒于官，公以家嗣袭任金吾左卫指挥使节，随车驾征迤北，功为诸将先，调府军前卫掌印，寻升中军都督佥事。宣德二年，奉宣宗章皇帝制谕，充总兵官，挂征蛮将军印，出镇广西。先是，广西溪峒瑶僮叛服不常，数为边患。公至，镇之以静，煦之以仁，严号令，公赏罚，亲率官军，与叛贼韦朝列等前后数百余战，临机应变，能以身先士卒，故所向无前，斩贼首一万二千二百六十九，降贼酋三百七十七。获被贼抄虏男妇二千五百七十九，俾各宁家。擒虎豹三百四十，献于朝。筑永平等九堡，葺武宣等四城，创铺舍五百一十七。由是蛮夷慑服，居民安堵。天子嘉其功，进公右都督同知，敕赐红织金罗衣一袭，仍下诏奖谕，有"廉能公正，善抚军民，实副委任"之语。今上皇帝嗣位，念公守边日久，劳绩茂著，迁今官，赐白金彩段。正统三年九月二十日，公以疾卒于镇。有司以闻，天子嗟悼，辍视朝一日，遣官谕祭，命工部营冢圹，赠公怀远伯，谥襄毅，官其子俊为府军前卫指挥使。俊扶公之柩，以公卒之明年二月六日，归葬先茔之次。墓碑未及树，而俊以疾不能任事，白于朝，以弟泉代厥官，泉乃以文为请。呜呼！若公者，可谓非常之佐者矣！公姿貌魁梧，善骑射，晓兵略，持己以廉，虑事以慎，甘苦与众共之，临战，人皆出死力，歼强圉若拉朽腐，以保障生民。及其卒也，西广之人为之立祠，塑公像，岁时祭之，其得人心可知矣。公生丙辰年八月十五日，享年六十有三。夫人吴氏，金吾右卫指挥吴思正之女，有懿行。子男六人，长即俊，次即泉，能嗣其业。予虽未尝识公，然闻公之名在天下藉甚，铭固不可辞。铭曰：

桓桓虎臣，为国之辅。夙秉忠诚，动遵轨度。粤嗣先职，擢长万人。累从龙旂，克清寰尘。继握重兵，出镇西广。屹然保障，居民是仰。恩威并著，声势流闻。才超一世，勇冠三军。御侮擒奸，绰有奇略。号令一施，闻者落胆。荣禄之职，廉正之褒。宸章烨烨，于以报劳。西广之民，赖公之佑。昕夕吁天，祝公永寿。天胡不慭，遽然而终。讣闻于朝，天子忡忡。褒恤之典，特为优异。致祭于公，以劝来裔。公之义气，凛然丹青。下则河岳，上则列星。我作铭文，勒诸神道。百千亿年，永永有耀。

郡人马蕙《过九里山》

天空野烧连垓下，落日苍烟接沛中。唯有磨旗踪迹异，年年长见白云封。

又《戏马台》

戏马有台临泗水，沐猴无面复江东。霸图已逐寒烟灭，故垒空留夕照红。

又《彭祖井》

古井城边不记年，名留彭祖世相传。玉绳汲虎人何在，金鼎蟠龙客已仙。甃石苔侵秋雨积，梧桐叶落晚风旋。谁能更把寒泉浚，一饮须教寿八千。

彭文宪时《徐州洪兴造记》

徐州，古彭城，其地冈岭四合，隐然如大环，而汴、泗注其中，自城东北隅合流，越东南乱石间以去。《方言》："石阻河流为洪。"故旧名其处曰"百步洪"。洪石巉岩峭厉，星列棋布，当水势之所冲激，其声崩腾喧豗，雷霆轰而虎兕斗。舟人至此，莫不心骇目眩，相与祷神戒力，而后敢过；倘一失平，则舟触隐石，应声破损，其险且不测如此。自国家肇建北京以来，东南漕运利害所关尤大，乃命工部三岁一分官莅焉。成化三年丁亥，工部主事郭腾霄知岁补陡岸，劳费无益，欲加改作为经久计，遂以请于上，报可。因揭疏告劝，见中外文武官及四方商旅往来者，咸乐出钱以助。经始于成化四年正月，讫明年冬十月功成。惟是洪之险，闻天下久矣，类以天造地设，非人力所能改。虽受职专理者，亦复听其自然，不以介意。腾霄独能锐然兴事，以十数月之勤劳，卒夷积年不测之险，为万世无穷之利。使凡居官任职者，事事咸若此，天下岂有遗利哉！腾霄名昇，其先本苏州昆山人。

主事饶泗《重修徐州洪记》

徐州洪，旧名百步，最为险要。成化癸卯、甲辰，自春夏而秋，亢阳少雨，洪流不绝者一脉。或稍涨，乱石中四泄而下，舟楫上下惟艰。是年秋，募工伐石于山。八月戊寅，辇石作堤。工未竟，工部左侍郎桂公益之檄浚茶城河，将大众相河身之生地，因其直而凿之，俾就故道，至乙巳三月毕工。再两越月，石堤始成，长通八千丈，阔计三丈许。自是，减洪夫岁办草束三分之一。下洪障水旧用草坝，上覆以土，更砌以石，延袤一百余丈，广一百一十五尺。隐中流水涸，出露若大花、小花、鸭子、棺材诸石，凡伤舟者，渐次凿去，计三十余处。

尚书薛远《重修徐州洪题名记》

徐州之东，乱石巉岩而厄乎河流，有起而高耸者，有伏而森列者，是为徐州洪，旧名百步。奔流迅急，震荡汹涌。舟之下者，一或触之，则舟覆没，而人不免于漂溺。溯流而上，挽舟之人非有强力及熟知水道者主持，亦几不免。然洪有里外之别，里洪旧渠两畔，堤石崎岖，负缆之人恒难于行。前此主洪者，每积草覆土平之，水涨冲激，随复补葺，工料费以巨万，民始病焉。成化三年，工部主事颍川郭君昇提督是洪，慨然有平治之志，遂达于总督诸公，及询诸识者，佥以为可。乃成化四年正月，始募工凿治。俗所谓翻舟等石，悉去无遗。渠两旁之堤，咸叠以石，西堤延袤凡为丈三百杀其一焉，崇凡一丈，广五倍之。堤傍各树以柳，俾盛夏人有所依。五年冬毕功，君及期当代，徐人以外洪未修，恳词留之。六年春，复劝募召匠修治。秀王之国，悯其劳费，赐白金助之。七年六月告成，堤长凡为丈一百三十，崇广如里洪焉，水道阔凡十丈，深半之。其所经费，比里洪减十之四。君念两洪之成，工费实资官民商贾之助，因砻石题名，请予记。

淳安商辂《重修徐州洪记》

徐州城东南百步洪，势极险峻，舟行艰于上下。外洪大石百余，如兽蹲状，人呼为翻船石。里洪坝下数湾，屈曲如之玄字。每岁官民船经过，被损以百数，赋税供给之需、商旅之货物淹没，至不可胜记。甚者，舟人亦往往因而覆溺。东西两岸，挽路低隘。稍遇水涨，遂至弥漫，无路可寻；水退则土去石出，巉岩磊砢，艰于步履。官府督工修治，铺草万束，辇土平盖，费财劳民，仅取便目前。已而水至，则前功尽隳，艰险如旧。自永乐间通漕以来，所费不知其几矣。成化丁亥，冬官主事郭昇奉命守洪，至即相其洪势，度材量力，锐意修治。博询土人，广采舆议，遂具疏请之于朝，及移文部堂并总漕都宪，咸以其言为然。于是募工凿去外洪翻船诸石，铺平里洪坝下数弯。东西洪岸并牵路，各用石板甃砌，扣以铁锭，灌以石灰，既坚且固。两堤各植柳浚井，以荫济行者。凡有关于洪道，有益于漕运，如金龙等神祠、观音阁、公厅、闸厅、鼓楼，及军夫所居共二百余间，重修增建，焕然一新。所费钱谷以万计，悉设法劝率，所在军民，一毫无取，是以人不知劳而功易就。谋始于成化戊子春正月，落成于明年冬十月。舟行至此，如乘安流。东西牵挽，获履坦途。往来之人，靡不称快。儒士弘毅等以主事有功是洪，不可无述，不远千里求为之记。惟天下事无有不可为者，但安于苟且，乐于因循，以为人之受害乃势使之然，卒至于功无所成、害不可去者多矣。噫！此岂仁人君子之用心哉？昔李冰凿石堰江，范希文筑堤捍海，皆急于兴民之利而去其害。郭君先在临清三载，曾造遮洋船七百余只，改修南枝等闸，挑浚观音嘴等河，人至今赖之，而于此又克成伟绩，使去险即夷，易危为安。其利济之功，岂小补哉！郭君世家昆山，近隶籍颍川，由进士拜今官，廉勤干济，将来名位未量。其诸助财修建者，列名碑阴，庶来者知所劝云。

学士徐琼《重修吕梁下洪故道记》

惟我太宗皇帝命平江侯陈恭襄公总督漕运，开清江、临清等河，疏徐州、吕梁二洪，以达于都，民至今赖之。惟皇上嗣有令绪，惟时，掌吕梁洪工部主事王民望以前郎中郭腾霄奏请：下洪自恭襄既修，岁久水道变迁，自东折而西，复西折而东，势如关弓，水溢则湍悍莫挽，涸则潆激，不利于转，往来病焉。顾东涯古有里洪，凿之未就，往昔淤塞，今微冲开，若用功修之，水道直通上洪，实为经久之利事。下未举，督漕平江伯陈公、都宪李公会代郎中潘克宽议协兴工，运思指示，群工工作。其石如狼牙交者断之，如牛饮下者截之，如鼋背露者夷之，渊然鱼鳖之宫则窒之，深不陷，浅不胶，顺而平，矢而棘，两涯通砌，周道坦然，而外洪则固防之。厥功惟休，于尉迟鄂国以及襄公不有补哉！经始于成化十五年三月朔，讫工五月望，费出于储。迁天妃庙于洪口，祈灵祐也。徙居民庐于山河，防荡析也。官厅左右增翼以房，房之西后附以库，置闸官之居，修人夫之厂，挽道有陷者平以石。里洪之东涯亦联以夫厂，以便召趋于兹。又期，而嘉迹之凿凿若此。克宽，名洪，广州人，天顺丁丑进士，由赵州知州；民望，名俨，华容人，成化己丑进士，由职方主事改。克宽以民望建兹嘉迹，宜刻石以昭永世，乃属文为记。成化十六年九月吉日。

广昌何乔新《咏黄楼》

黄河西来坤轴折，浊浪排空天欲裂。彭城老稚哀哀啼，自分阖门作鱼鳖。仁明太守眉山翁，誓以只手障其冲。指麾徒旅荷畚鍤，长堤隐起如晴虹。波恬浪静民安堵，共喜更生歌且舞。九重下诏侈褒嘉，拯溺御灾非小补。飞楼高压城之东，张筵防客何雍容。后山作铭颍滨赋，笔力直与造化争瑰雄。神游八表知何处，赢得穹碑照今古。当年舒李今何如，羁鬼啾啾泣烟雨。

又《咏苏墨亭》

都水主事山阳尹君治徐州洪，得苏文忠公题名于乱石中，其文曰："郡守苏轼、山人张天骥、诗僧道潜月中游。"君洗涤污垢，识为坡书，舁置其视事之所，作亭以覆之。翰林学士徐先生题其亭曰"苏墨"，过而览者咸有赋咏焉。噫！君之于文忠公之遗墨宝爱之如此，则于公之平生风节，所向慕者深矣！

彭城太守眉山翁，雄词劲节人中龙。叩阍连疏诋新法，一麾来此绥疲癃。云龙山人亦超绝，每御仙禽溯天末。诗僧况复有参寥，耻与贯休较工拙。长空月白玉宇秋，扁舟载月淇边游。尘襟荡涤殆欲尽，便疑身世在瀛洲。琼楼贝阙凉如洗，月华倒蘸金樽里。酒酣俯视尘中人，瓮盎醯鸡飞复止。醉磨山骨题姓名，金戈宝剑何棱棱。不知埋殁几百载，夜深尚有虹光腾。多才水部偏好古，得此方珉淇上土。剜苔涤垢识坡书，宝爱不啻岐阳鼓。芳亭彩槛深且崇，壮夫舁来置其中。细观顿觉心神肃，姿媚岂与黄庭同。吴兴墨妙委芳草，学士新题名更好。千年化鹤倘来归，再与摛词美莘老。

淮南高縠《权学士墓表》

正统壬戌春三月二十有二日，学士权公卒。葬后十有五年，其子伦奉户部主事刘维新所述行状，拜予请文，以表诸墓。予与公同侍禁近，交久且厚，谊弗可辞。按状：公讳谨，字仲常，其先河间人。八世祖讳邦彦，字朝美，宋大观中知冀州。扈驾南渡，位至参知政事。卒，谥质肃。公生五子，仲曰义，自河间徙东昌。至公之父执中，复徙于沂。洪武初，挈公自沂徙于彭城，遂家焉。公十岁，父卒，母李氏辛勤训诲，俾务于学。既长，益自刻厉读书，以真知实践为务，暇则精研于书数。郡守杨节仲延训子弟，一时名士交游者众。兄度，举贤良，授山西寿阳丞，谪戍辽左，遂罄资以给其行。姊适郡人张纯，早卒，公为值茔原以葬之，奉寡姊尽礼，抚孤甥如子。其孝友之笃，出于天性然也。永乐丙戌，户部主事吕宁以求贤荐，授知青之乐安县。公至，其俗旧多盗发冢，既取所藏，暴露甚惨；与人微有隙，辄衔之，阳弗与较，暮夜则使人以锄锸铲其禾稼。习俗惟常，民甚苦之，公皆严以禁绝。奸黠数辈恒持里中及有司短长，胁人以逞其私，公执渠魁一人置于法，余皆屏迹。不数月间，其廉明仁恕，为山东六郡邑令之首称。庚寅、甲午岁，太宗文皇帝亲征胡寇，公两给饷于沙漠，三督军于青社，其他效劳多类此。板舆迎母，远就禄养，葬兄旅榇，抚其妻子，此孝友之洽于民心者；绝食祷旱，霖雨沛作，盈城水咸，甘泉涌出，此精诚之格于穹壤者。九载秩满，民取其靴悬之县门，斯可见邑人爱慕之实。乃迁光禄署丞，奉职惟谨。未几，以目疾归。后，母年九十令终，公哀毁几绝，葬祭一循《文公家礼》。倚庐墓次，负土成坟，种柏成林，朝夕哭奠，常如初丧。有乌鸣、犬来、泉涌、兔驯之异。元日黎明，祭于墓所，忽有相貌乘骑浮空而至，乡人皆以为孝感所致。郡守杨秘等交奏，仁宗昭皇帝命驰驿之京。及以事闻，上曰："高声再读与众官听！"盖以公之孝谕群臣也。特拜文华殿大学士，公辞曰："臣少孤失学，恐不能称其职。"上曰："止着东宫学尔孝，其余免尔。"制书判本曰："朕之除卿，嘉汝之孝，欲以风励天下之为人子者，他非汝责也。"恭祀文皇，以公为群臣班首，哭之哀。上嘉之，赐牛羊首、果饵、脯醢之类。随侍皇太子监国南京，得辅导体。宣宗皇帝继承大统，以老疾辞，遂进秩通政使司参议致仕，受白金、文绮、朱衣之赐，仍敕礼官旌其门曰"孝子权谨孝行之门"，永蠲其家徭。后凡与旌典者，皆曰"孝行"。以"孝子"名公者，由公能尽子职，故以子爵褒之，恩礼隆厚，可谓至矣。濒行，词林诸君子相与赋"忠孝流芳"诗卷以赠之，名其所居之堂曰"忠孝"。公既归，徙倚丘垅，优游林泉，崇道敦德之志，老而不倦。生元至正丙午四月初二日，寿七十有七，卒于正寝，葬九里山祖茔之次。配刘氏，孝敬慈惠，寡于言笑，御僮仆未尝叱责，终身被服布素淡然。夫德妇贤，闾里称之。后公五年卒，时丁卯冬十月十有七日也，寿七十有八。子男二：长曰伦，领丁酉乡荐，终养不仕；次曰儆。女曰淑安，适陆宾。孙男三人：宗，太学生；次宝，次宇。孙女三人，俱适士族。予在春坊时，稔知公之为人久矣，及今又三十余年，而伦乃以行实求表墓道。矧公之忠诚孝友，简在帝心，扬乎海宇，载诸青史，垂之不朽，予言何足为公轻重？但其请之甚笃，有不可辞，遂直述其概，刻诸贞石，庶后之为人子、为人臣者有所劝焉。

淳安商辂《承天门待诏董公墓表》

承天门待诏四明董公，以宣德乙卯岁卒于官，朝廷命驿舟归其丧，葬徐州城西，地名弥勒城，至是已三十又六年矣。公本浙之宁波奉化人。其父洪武中仕为徐州守，卒，遂葬焉[①]。子孙因留居，占籍徐之四乡。公宣德丁未以求贤被荐，赴天官。是岁六月，尚书蹇公奉旨，遂授公承天门待诏，俾直文华殿，赐邸第，命光禄供膳，眷遇特厚。甲寅，给敕命，进阶登仕佐郎，供职如故。未几，以疾卒，春

① 案正统《彭城志·人物》董轰本传："父惠，永乐初以儒士荐，授知海州，后改徐州。"与碑文"洪武中仕为徐州守"互异。

秋四十有五。公之葬此，祔先茔也。司礼监奉御韦公通，宣德间尝从公受学于文华。公捐馆时，韦尚幼，迄今虽思念公弗忘，然竟莫知公何许人。成化乙酉，韦奉敕监督徐州粮储。莅事之后，适遇公之侄震，具言履历。韦惊叹，即日诣墓下，设祭拜，哭尽哀。自是，时节必谒，谒必祭，祭必哭。而于公之族属在徐者，尤加存恤。韦复念公无亲子孙，坟墓且荒废弗治，乃为徙葬城南十里许北山下，欲立石表之，以图弗朽，间以文来属。予闻之怅然。呜呼！韦可谓笃于师生之义者矣。惟公学行老成，始用大臣荐起，受知圣明，擢置近侍，亦既遇矣。殁且三纪，墓在数千里外，一旦有如韦者为之表著，又可谓之不遇乎？是则公及人之德，韦感旧之情，皆可书也。予故表之，以为世劝。公讳轰，字文雷。娶陈氏，生男二：曰云，贡士，授大明郡庠司训；曰霖，未仕。皆后公卒。噫！公之德尚不泯，公之后竟无遗，不有斯刻，何以慰公之灵而永人之思？

曹南李秉《马教授墓表》

予师徐州马先生，与其配王氏合葬于郡城北九里山祖茔之侧有年矣。其子暕谋于诸弟曰："吾父母卒葬，虽墓圹有石，以铭诸幽，然墓石无文，惧其德善郁而不彰。"乃以工部主事王君道所述行实，命其弟乡贡进士暾持请予文，以表诸墓道，用垂不朽。予与道皆受业于先生之门，故先生历履之详，知之甚悉，义不可辞。按状：先生讳蕙，字彦芳，别号兰斋，徐之北关里人也。先世居东吴之玉峰，宋、元间代有闻人。高祖讳伯通。曾祖讳良，洪武初以才行荐，擢徐州卫知事，寻升广东德庆州同知。祖仲宁，考以伦，皆嘉遁不显。妣刘氏，元万户刘光远女。以伦随仕于徐，乐其土俗丰厚，遂占籍焉，故今为徐州人。生子三人：孟曰彦昭，仲曰彦杰，先生其季也。甫六岁而孤，赖母刘氏育之。先生聪敏过人，不与群儿伍。七岁入乡闾学，授读《孝经》、小学，过目即成诵。年十三，遣入州庠，从司训祝先生学，授《四书》《诗经》，悉通大义。命题属文，援笔立就。时人咸以远大期。不数载，学业大进。虽专习于《诗》，而《易》《书》《礼》靡不淹贯。宣德壬子，应天府乡试，果举高第。明年会试，登进士右榜。以母老，授山东曹县教谕。时至曹未久，方议迎养，而母孺人竟以疾终。先生痛伤风木，日夜悲号，吊者为酸惜。服阕，调汝宁之上蔡。上蔡人才朴茂，科目乏人。先生严立教条，启迪不倦，士风为之丕变。相继登科第者，皆出人右。九载满，天官考最，进秩汝宁教授。其教法之严，虽始终不渝，而诸生有善行者，礼遇之如宾客；少有过差，则正色临之，俟其悔悟。人多德之，至今脍炙人口。丙子岁当大比，江西、山西荐为主司，皆曰行止端庄，学问老成。使方迭至，先生力辞以疾，俱不往。人咸以不荣于名、不汩于利称之，可谓知先生之心矣。诸生法先生之学行，被先生之丽泽，登高科，跻膴仕，显明于时者，视上蔡益多，人皆以为善教所致。秩将满，忽疾作，召诸子语之曰："吾祖宗素有阴德，吾亦无失行。官止于斯，寿止于斯，命也！若辈尚当勉力进学，无忝尔所生，吾死亦无憾矣！"言讫而终。实天顺戊寅二月十二日巳时，距其生永乐乙酉三月二十六日酉时，得年五十有四。配王氏，讳淑真，世为顺德平乡之名族，监察御史王公矩之女也。生而聪慧，寡言笑，勤女工，夙闲姆训，父母钟爱之。为择良配，久之未得。洪熙改元，御史公适按徐郡，见群弟子中，先生独有异质。扣其所得，公爱而异之。察其未聘，遂谓之曰："欲求汝为吾婿，可乎？"先生遽以贫窭辞。公曰："吾择婿耳，婚姻以礼，岂效世俗论财耶？"遂妻之。孺人既归，事姑克尽孝道，能得其欢心。至于助祭祀、享宾客，必洁必丰。居常以礼自闲，闺门整肃。一日，于家门外获一金钗，莫知何人所遗，令人伺之。翌日，果闻一妇哭甚哀。廉知失钗者，遂还之，其妇泣谢不已。人咸谓其有阴德。孺人归先生逾三十年，使先生得以专力于学、尽心于职而无内顾之忧者，其内助之功居多也。既而先生卒于官，孺人挈诸孤扶榇归葬，一循礼度。遣二子暕、暾，孙湘，补州庠生，戒之曰："汝父位不满德，赍志而殁。汝曹当勉强学问，以图远大，庶成汝父志。"成化辛卯科，子暾、孙湘皆中高第。孺人喜曰："吾异日可以见汝父于地下无愧矣！"成化十年正月五日巳时，孺人无疾而卒，距所生永乐丁亥七月十五日辰时，享年六十有八。子五：长曰曈，先卒，娶郭氏；次曰暕，士行超卓，经学深邃，娶山氏；次曰暾，即请文者，娶彭氏；次曰暄，医学典科，娶祖氏；次曰暭，克绍先业，娶王氏。女三：德清，适邵珩；德正，适石嵩；德贞，适太学生汝宁高钦。孙男六：曰湘，乡贡进士，娶魏氏；曰沂，娶潘氏；曰汝，聘李氏；曰江，曰汴，曰汶。孙女五，俱幼。於戏！有阴德者，必有阳报，此理势之必然也。先生偕孺人积德行善若此，是以子孙蛰蛰绳绳，而有繁衍之盛。矧子孙之中学行卓异、足慰人望者亦多，它日登显秩，历崇阶，推恩之典，光贲九泉，不卜可知。则先生偕孺人虽死，犹不死也。古人云："天之报施善人，不在其身，而在其子孙。"验于斯矣！予因其请，故按状次第其言，归而镌诸贞石，庶使后之人有所考焉。

重修徐州志卷第五

重修徐州志卷第六

（补辑）

萧县志

建置沿革志

《禹贡》徐州，《周·职方》青兖之域。本古萧国。春秋为宋属邑。汉初属楚国，后属沛郡。东汉隶沛国，魏、晋因之。宋、魏分据南北，时属北徐州。齐改承高县，隶彭城郡。隋开皇六年，改龙城县。十八年，又改为临沛县。大业初，复为萧县，属彭城郡。唐、宋并属徐州。金属武宁军。元属徐州。至正十一年，赵均用起兵据其地，继为张士诚所并。二十六年，伪主簿张彬率吏归附。皇明仍为县，属徐州。旧领四乡，后析宿州符离县仁智等三乡属焉。今领七乡，编户四十六里。

郡名志

按《左传·庄公十二年》：宋万之乱，群公子奔萧。而萧之名，始见于此。宋桓公立，萧叔大心有功，因封之萧，以为附庸。后为楚灭。秦并楚，而萧为砀郡之属邑。

分野志

见《州志》。

疆域志

至到并

东接本州界，西抵归德州夏邑县界，南连宿州，北控滕县，东西广九十里，南北袤一百五十里。

东界本州二十里，西界砀山七十里，南界凤阳府宿州七十里，北界沛县八十里。

东南界凤阳府灵璧县二百里，西南界河南永城一百五十里，东北界沛县一百四十里，西北界丰县一百四十里。

自县治至北京，陆路一千八百里，水路二千五十里；至南京，陆路七百里，水路一千五十里。

风俗志

土田肥沃，山深俗朴。其人敦愿悫而勤本务，恂恂有往古之遗风焉。然习智虑，喜刚劲。比复频遭河患，民业无恒，凋敝嚣顽，颇为有司病矣。

形胜志

萧之为邑，负山濒河。（宋晁端中云）

介于大河之间，黄流漫漶。（元傅汝砺云）

带汴襟淇于西北，阻山控湖于东南，设险自天，而民足用。

城郭志

萧子国古城，方九里三十步。有四门：东曰安仁，西曰达义，南逸其名，北曰冀门，门临古汴。《后汉书·郡国志》："萧国城，南临汴水。"与此异，未详。东南绕城有隍，山西湖水过之，亦通小舟入汴。西北无隍。自宋以前，县治在是城之内。至宋，则以水没其城，乃筑南城以徙治，北连旧城。元末毁。皇明洪武二年，主簿刘瑜重建。

山川志

井泉并

三仙台山，在县南二里。山岩刻"三仙台"字，亦名白茅山。

泉水山，在县东南三里。上有泉水池，知县闭悌记。

香山，在县南二里。（《大明一统志》作"二十里"）

明山，在县西南五里，顶有泉，遇旱，取水祷之辄应。即彩凤山也。

岱山，在县西南五里。

兴云洞，在县东二十里。

永固山，在县南五十里。下有永固镇，因名。

绥舆山，在县东三十里。刘宋高祖绥舆里人，山因里而名。

烂石山，在县东北十二里。

萧关山，在县东南一十里。

里仁山，在县东南二十五里。

丁公山，在县东南二十五里丁里村。昔楚汉相攻，高祖败，薛人丁公追之至此，因名。

雾猪山，在县东南五十里。以下有雾猪泉，故名。

白玉峰，在县东南五十里。

龙冈山，在县东南七十里。东西亘一里，蜿蜒如龙，故名。

骞山，在县东南八十里。下有闵子墓。

暑兰山，在县东南一百二十里。以夏有野兰，故名。

子贡山，在县东南一百七十里。旧志云："以子贡尝居其下而名。"未知何据。

汴河，在县北三里，自汉末河入于汴，亦名黄河。

西流河，在县南三十里。浮绥诸湖水自东出瓦子口，入于山西湖。

淇河，在县南五十里。

钟蹬沟，在县东南九十里。

山西湖，在县南十二里。

浮绥湖，在县南三十五里。

永固湖，在永固山下，水流入山西湖。

龙潭，在县东南七十里。

眢井，在旧城中，今邑厉坛东约百步。春秋宣公十二年，楚子伐萧，萧大夫还无社求救于楚叔展，乃匿于眢井，明日叔展号而出之，即此。昔邑人犁地触石，掘得汲水新渠碑，俗呼"八角琉璃井"。今久湮。

白迷堰，在县东南三十里。其源出白迷山下，西北流经都仁乡，乡民堰以灌田，数可一十六顷。旧名"白迷"，非也。既能堰水灌稻以得米，当名曰"白米堰"也。

土产志

详《州志》。

田赋志

前代无考。

国朝天顺、成化间，本县官、民地五千九百九十二顷七十五亩二分五毫九丝：官地四十四顷四十五亩五分七厘四毫，民地五千九百四十八顷二十九亩六分三厘一毫九丝。

夏税小麦一万一千八百二十七石八斗二升四合二抄七撮二圭九粟。

秋粮粟米二万三十三石九斗四升八合三勺七撮二圭九粟。

京库税丝折绢五百二十八匹二丈九尺三分六厘五毫三丝五微。

农桑丝折绢八百三十七匹二丈六寸一分。

马草二万五千九十六包。

户口食盐钞二十一万六千九百五十四贯。

税课局商税课钞四千六百四十八锭四贯九百七十文。

户口志

前代无考。

国朝萧县四十六里。

洪武二十四年，户三千九百一，口三万七千五百二十二。

永乐十年，户三千九百八十二，口四万三千四十四。

永乐二十年，户四千三百三十四，口四万八千二百四十四。

宣德七年，户四千八百四十二，口五万三千五百五十。

公署志

县治，在城东隅。旧在萧子国城内，宋时水没其城，乃筑南城徙今治。国朝洪武二年，主簿刘瑜因旧治日渐摧朽，悉撤旧材而鼎新之。

正厅三间，前轩三间，耳房三间；后厅三间，幕厅三间，东西司房三间；仪门三间，戒石亭一座，架阁库三间，囹圄一所。

知县、县丞、主簿、典史宅各一所，吏舍六十三间。

察院，在县东五步。洪武二年，主簿刘瑜建。

公馆，在县西北隅。景泰元年，知县柳新建。

阴阳学，在县西北半里。洪武十七年，知县宋予建。

医学，在县西北半里。亦知县宋予建。

永固巡检司，在县东南四十里。洪武十年开设，至十三年罢之。

赵家圈巡检司，在县西北五十里。景泰二年建。

税课局，在县西半里。洪武三年，主簿刘瑜建。

安民镇三务，宋元祐中设，今废。

河泊所，在县南一十里。洪武十四年设建。至三十年，以课额渐少罢之。

济留仓，在县内。景泰元年，知县柳新建。

预备仓，在县东。正统五年，知县赵珣建。

营田仓五，正统五年知县赵珣建于各乡。

养济院，初在县东北，后徙西门外。

学校志

儒学，在县西南隅。宋旧学在西北隅。绍圣间，县令孙文、邑人窦沔捐资徙今城东南（晁端中《记》）。元至元间，复因湖水冲激其右，县尹耶律廷瑞卜建于河西隙地。大德中，监县欣都重修。又建书楼，以为藏书之所。元末，毁于兵。国朝洪武初，主簿刘瑜于旧基重建殿庑。洪武二十九年，知县乔峻、县丞齐福东增修。永乐十六年，知县郝玘重修。正统十三年，知县柳新因民人朱刚掘地得钱十余万缗，重建大成殿、戟门。景泰间教谕王隆、成化间知县马纶相继重修。

大成殿五间，东庑五间，西庑五间。棂星门五间，神厨三间，库房三间。明伦堂三间，有颁降卧碑置于东偏。东斋曰崇德，三间；西斋曰广业，三间。膳厨三间，号房十间，门一间。教谕宅十二间，训导宅七间。射圃一所，在学东，长七十步，阔十步许。内有观德亭一座，永乐十六年知县郝玘创立。

学仓三间，每岁收贮粮米三百八十石九斗八升九合四勺五抄。

学田，旧在县东南八十里闵子骞墓，元时置地若干亩，每岁收其入，以供儒学公用。今其地皆荒芜不治。

社学四，一在县东，三在乡。

坛壝志

社稷坛，在县北门外三里，洪武初建。其房屋制度俱同州。

风云雷雨山川坛，在县南二里，洪武初建。制同州。

邑厉坛，在县北二里，洪武初建。

乡厉坛，在县并三十六所。

里社，洪武八年定制，每里立社一，命耆老岁以春秋仲月，用羊豕酒果祭五土之神、五谷之神。

宫室志

堂亭楼阁台榭并

愿穷堂、不富亭，俱在县东南八十里陈疃村，元时邑人徐圣公所建。

红亭，《左传·昭公八年》："秋蒐于红。"杜注："萧县西有红亭。"

鼓楼，在县治前。宣德五年，知县郝玘建。

钟楼，在县西北七十里曹马城内。今废。

歇凉楼，在县东一十里。遗址犹存，建置无考。

拜将台，在县南六十里，名无所考。亦云白侍郎墓。

拜坟台，在县西北三十里，建凤法轮禅院前。

舍身台，在县东南五十里大观山上，高七丈四尺。未知何时所筑，意古之浮屠也。

桥梁志

渡附

广济桥，在县南半里，洪武初建。旧名东门桥，成化间知县陆本正改木为石，更今名。

丁里桥，在县东南十五里，金大定十三年造。

庙桥，在县东三十里绥舆山下。

瓦子桥，在县南三十里。

鲁班桥，在县东南三十里。

永固桥，在县东南四十里。

吉安桥，在县西南五十里，金承安五年建。

锦川桥，在县西南六十里。

桃山桥，在县东南七十里。

房星桥，在县西南饮马池西。

伯乐桥，在县南饮马池东。

东新桥，在县南半里，正统间县丞郭祯建。

青冢村桥，在县东南一百四十里，一名青中桥，宋熙宁四年造。

冀门渡，一名渡船口，在县北三里。

曲里渡，在县西二十里。

东镇渡，在县西四十里。

朱珊渡，在县西十五里。

赵家圈渡，在县西五十里。

铺舍志

急递铺六所：

县前铺，在县西二十步，司兵六名。

朱珊铺，在县西一十里，司兵四名。

曲里铺，在县西二十里，司兵四名。

东镇铺，在县西四十里，司兵四名。

赵家圈铺，在县西五十里，司兵五名。（以上通砀山县界）

烂石铺，在县东一十里，司兵五名。（通徐州界）

闾里志

坊乡镇集并

迎恩坊、集贤坊，俱在县治南。

易安坊，在西北隅，为致政知县刘俨立。

登云坊，在西北隅，为举人杜礼立。

进士坊，在东北隅，为进士曹士正立。

及第坊，在西南隅，为举人王邻立。

登科坊，在县治南，为举人朱信立。

登瀛坊，在县治南，为举人郑诲立。

恩荣坊，在东北隅，为工部员外郎孙谑立。

一登坊，在东北隅，为进士李性明立。

冠英坊，在东北隅，为举人王业立。

在城四隅：西北隅、西南隅、东北隅、东南隅。

乐善乡，在县北：梁果村、斑鸠村、秦村、丁穆村、雁门村、杨村、北城村、吕李村、辛彭村。

里仁乡，在县东南：冒山村、武薛村、丁里村、章山村、永宁村、姬村、齐村、烂石村。

孝义乡，在县西北：黄柏村、朱村、杨村、桃中村、东苗堌村、西苗堌村、姬家村、白帽村、赵家圈村、开荒村。

红亭乡，在县西南：杨家寨村、李家庄村、鸿沟村、朱珊村、曲里村、淇沟村、东镇村。

仁寿乡，在县南：朱丁村、郭城村、铜钟村、薛村、瓦子村、中疃村、东余戚村、留村、剑鸣村、青里村、斜沟村、堰头村。

都仁乡，在县东南：龙冈村、冲疃村、马疃村、吴疃村、云曲村、董疃村、范疃村、逐沟村、永固村、庄李村、桃墟村、留疃村、东珊村、夏疃村、青冢村、北异村、暑兰村、石沟村、醴泉村。

仁智乡，在县东南：徐暨村、孟城村、刘疃村、黄倍村、徐里村、留箢村、傍汪村、罗里村、时村、浮绥村、北朔村、租里村。

安民镇，在县西四十里，一名东镇。

永宁镇，在县西四十里。

梁郭镇，在县西北十里。

朱珊店，在县西十五里。

章山店，在县东南一百四十里。

暑兰店，在县东南一百二十五里。

孟城店，在县南三十五里。

曲里店，在县二十里。

申明亭集，在县西北六十里。

赵家圈集，在县西五十里。

姬家庄集，在县西北七十里。

寺观志

白云寺，在孝义乡，洪武元年建。

开皇寺，在孝义乡，金大定四年建。

华严寺，在县南隅。旧在古城邑厉坛东，宣德二年徙此。

寿圣寺，在县南二十五里。

显庆寺，在里仁乡，宋咸平元年建。

瑞云寺，在县东南七十里黄桑峪中。

石佛寺，在乐善乡，宋开宝八年建。

福寿寺，在乐善乡，金大定七年建。

朝阳寺，在乐善乡，洪武四年建。

新兴寺，在乐善乡，金大定四年建。

天门寺，在县东南六十五里山谷中。元至元间，僧净本建。宣德四年，知州杨秘因劝农偶憩，悦其景幽，遂命僧广善募缘重建，更名禅院。

龙泉禅寺，在县东南六十里。

皇藏寺，一呼“黄桑”，在都仁乡，元至正间建。

龙驹嘴寺，在都仁乡，正德元年建。

成阳寺，在都仁乡，元至元二十三年建。

尠沟寺，在都仁乡，金贞祐元年建。

五眼泉寺，在都仁乡，元至正四年建。

灵光寺，在都仁乡，金大定四年建。

普照寺，在都仁乡，金大定四年建。

腾云寺，在都仁乡，唐太和元年建。

白土寺，在都仁乡，金大定元年建。

龙寿寺，在都仁乡，金皇统元年建。

九圣寺，在红亭乡，金大安间建，元延祐间重修。

积善寺，在红亭乡，宋景祐三年建。

凉楼寺、永堌寺，今并废。

建凤法轮禅院，在县西北三十里。　　孝义院，在县北三十里。

龙泉院，在县东南三里泉水山阴，金明昌二年建。

延寿院，在县东。　　宝峰院，在县东十一里。

栖真观，在县西七十里。　　乾明观，在县西南五十里。

玉虚观，在县南五十里，宋曹国舅蜕骨于此。今有《蜕骨记》。

太虚观，在县南五十里。　　大道玄元观，在县东南五十里。

祠庙志

城隍庙，在县西南隅，洪武初建。

闵子庙，在县东南八十里闵子村，祀孔门弟子闵子骞。碑断，惟存遗址。

亚圣庙，在县南三十里。孟子后名瑞者，寓此建。

留侯庙，在县西二十里。

东岳庙二：一在县西南，一在明山之阴。

文昌祠，在华严寺东。　　八蜡庙，在县西南。

司马神庙，在县西北。宣德间建，祀天驷房星之神。

金龙四大王庙，在县西十里。　　晏公庙，在县东。

萧公庙，在县北三里冀门右。

陵墓志

闵子墓，在县东南八十五里，元时有赡坟地，供儒学公用，其碑阴有地界，县尹赵国纲徙置学宫。

子张墓，在县南三十五里，有司以春秋致祭。

宋玉墓，在县西南三十里。玉，楚大夫，葬此。

展雄墓，在县西南七十里。　　蒋横公墓，在县南三十五里。

吕蒙墓，在县西南六十里。　　白侍郎墓，在县西南六十里。

康仁冢，在城西北隅。

傅汝砺墓，在县南二里许。汝砺，萧人，卒葬于此。

谢祐墓，在白茅山之阳。祐为教谕，卒葬于此。迄今每岁师生犹以清明日相率奠之。

孟骥墓，在县西北七十里姬家村。骥仕为布政，卒葬于此。

古冢，凡六十余所，在县西北三十里，建凤法轮禅院前。世传为萧子世墓。其内三冢，高五丈余，即旧志所谓“建凤三冢”。相传宋元间，人欲假器用者，祷之辄应，后有假者损其器，遂不复可得。

古迹志

萧子国城，在县北，城临古汴。本宋邑，春秋时封子姓，别为附庸。《左传》“宋群公子奔萧”是也。

蒋蔡城，在县西南三十里。名虽为城，实则土丘，意为贵者葬其中。今没于山西湖中。

扶阳城，在县西南六十五里，汉丞相韦贤之后封侯于此。

杼秋城，在县西七十里。后汉杼秋县，属梁国，故城在萧县西北。光武封刘般为杼秋侯，即此。

曹马城，在县西北七十里。方九里，内有饮马池。相传汉曹操尝驻马于此，故名。

龙城，在县东三十里，即历龙城[①]。

郭城，在县西南二十五里。方二千三百步，相传后周太祖所筑。今阴雾中有蜃气。

永固废县，按陈明及王氏茔碑，金正大间，割厥堌镇立永固县，无城。元初，罢县为巡检司。

英州废治，在县西北五十里，不知建废之详。元初，城基尚存，周九里，高九尺，有四门，城中水可行舟。元至正甲申，平地水深二丈。水既去，城遂为平陆。俗呼雁门泊，以水涨则生鱼也。

黑沙废县，在县西北五十五里，相传为英州倚郭，建置无考。

萧关口，一名善溪洪，在县南一十里。

锦川桥关，在县西南六十里。洪武三十年，徐州卫尝拨军把守。

雁门关、纵堌关、丁穆关、梅村关，以上四关皆父老相传，在县西北英州故治。今基址虽存，而无关隘。

萧县八景

仙台棋势（县南山有平石如台，可为广坐。昔有樵者闻棋声丁丁，不知其处，

① 案《水经注》:“获水又东历龙城。”杨守敬按:“东历龙城，东径龙城也。”《明一统志》《南畿志》及嘉靖《徐州志》俱误读“历龙城”，疑弘治《重修徐州志》亦误。

循声迹之，见二人坐石上，落子方酣，一人袖手作局外观。近即之，遂不复见。古所称烂柯仙人，此其流亚欤？故云“仙台棋势”）

贤洞人声（圣泉山半岩有洞，深丈余。昔人往往夜过其下，闻洞中读书声出林杪，琅琅可听，若二子答和者。故云“贤洞人声”）

汴流晓渡（汴水经故城东，相传汉末有仙人渡，每当晨雾稀微时，有人呼渡者，一老叟即棹船渡之，登岸回视，茫然不见，故云“汴流晓渡”）

眢井春耕（在旧城东，俗呼八角琉璃井。偶有人俯窥井底，闻叱牛声，隐约见有人耕田于下者。故云“眢井春耕”）

龙潭皎月（自龙冈山而发曰龙潭，其水晶莹，皎洁如月。或曰寒潭澄碧，月影不留，独中秋夜潭中乃有月，邑人竞往观之。故云“龙潭皎月”）

凤岭卿云（明山，一名凤岭。山半有穴，曰虚窟，其深莫测。天将雨，窟内必吐云雾。故云“凤岭卿云”）

天枣奇芳（天门寺有枣树，其枝干蟠屈，数百年物。二月时开小花，结实离离，形如酸枣，可食。四月初七日，其实皆熟，初八遂空矣。故云“天枣奇芳”）

神钟怪迹（相传元末平地有二巨钟纽，劚至数段，寻复如初；瘗之土中，明日复露。忽闻鸣声如雷，见跫行十余里，过即成沟。入黄河中，喷水高丈余。顺流至徐，张士诚守将祷留，弗获。适三女僧过，咒之，留其一。取而碎之，载满数舟而去。内得黄金四锭。其一顺流而下，不知所往。故云“神钟怪迹”）

职官志

汉（初属楚国，后属沛郡）

县令，千石，月俸八十斛。

县丞，四百石，月俸五十斛（或以本郡人为之）。

主簿（令长自调用）

县尉，二百石，月俸三十斛。

唐（属徐州）

县令一人，从六品，职田五顷，岁给俸八十五石。

县丞一人，从八品，职田三顷，岁给俸六十四石五斗。

主簿一人，正九品，职田二顷五十亩，岁给俸四十九石五斗。

县尉，从九品，秩与主簿同（唐制：六千户以上为上县，上县尉二人，中县、中下县、下县并一人。萧在唐县之等第，今莫考其详，故未定尉之员）。

宋（属徐州）

知县一员（宋制：县令职田，万户以上六顷，五千户以上五顷，不满五千户并四顷。萧在宋户数多寡，今未考其详，未敢定职田之数）。

县丞一员（初不置，后或置或罢）。

主簿一员。

尉一员，秩与主簿同。

元（属徐州，下）

达鲁花赤一员，从七品，职田四顷，月俸十七贯。

县尹一员，秩与达鲁花赤同。

主簿一员，职田二顷，月俸钞一十二贯。

县尉一员，秩与主簿同。

典史二员，月俸钞三十五贯。

儒学教谕一员。

永固巡检司巡检一员。

国朝（隶徐州）

知县一员，正七品，月支米七石五斗。

县丞一员，正八品，月支米六石五斗。

主簿一员，正九品，月支米五石五斗。

典史一员，未入流，月支米三石。

儒学教谕一员，未入流，月支米三石。

训导二员，未入流，俸同谕。

赵家圈巡检司巡检一员，从九品，月支米五石。

阴阳学训术一员。 医学训科一员。

僧会司僧会一员。 道会司道会一员。（以上无俸）

封建志

周

萧叔大心，微子之支孙也。春秋时，宋万之乱，大心平之，有功焉。宋桓公立，封于萧，以为附庸。汉相国萧何，即其后也。（《风俗演义》）

汉

韦玄成，韦孟之后，丞相贤之子，封扶阳侯。（扶阳城，在萧境）

刘般，楚孝王嚣曾孙。光武时，封菑丘侯，奉孝王后。以国属楚，徙封杼秋侯。

名宦志

周

高哀，即子哀也。宋昭公无道，高哀为萧封人，以为卿。不义宋公而出，遂来奔。《春秋》书曰“子哀”，贵之也。

还无社，萧大夫。春秋宣公十二年，楚子伐萧。还无社与司马卯言，号申叔展。叔展曰：“有麦麴乎？”曰：“无。”“有山鞠穷乎？”曰：“无。”（二物所以御湿，使无社逃泥水中，无社不解，故曰“无”。军中不敢正言，故谬语）“河鱼腹疾奈何？”（叔展言：无御湿药将病）曰：“目于眢井而拯之。”“若为茅绖，哭井则已。”（叔展又教结茅以表井，须哭乃应，以为信）明日，萧溃，申叔视其井，则茅绖存焉，号而出之。

汉

刘良，字项。良，光武叔父也。前汉平帝时举孝廉，为萧令。

费汎，字仲虑，吴兴人。以孝友闻。除郎中、屯骑司马，迁萧令。在邑多善政，蝗不入境。

应劭，字仲瑗，汝南南顿人。仕为萧令。后为泰山太守。

吴斌，萧县令。有惠政，得士民心。

隋

刘高，彭城人。为萧令，有惠政。大业末，长吏多赃污，高清节愈厉。风教大治，狱无系囚，为吏民称。

唐

宋思礼，字过庭。事继母徐至孝。为萧主簿。会大旱，井池涸。母羸疾，非泉水不适口。思礼忧惧且祷，忽有泉出诸庭，味甘寒，日不乏汲。县人异之。

柳晃，为县尉。主簿宋思礼孝感异泉，晃刻石颂其事。

孙溥，思邈之孙，仕为县丞。互见州卢齐贤传。

宋

张惇，绍圣三年为县令。行峻言直，不畏强御。

梅君，名佚。嘉祐六年，以尚书虞部员外郎知县事。尝作清心亭，曾南丰为记。

孙文，绍圣五年为萧令，政通人和。邑人窦沔欲迁学舍，请于文，文主成之。

元

耶律廷瑞，至元丁丑为县尹。捐己资改建学宫，士风一振。

马彻里，西夏人。大德间为县达鲁花赤。有果断才，能捍水患。

完哲笃，字仲玉。至正间为县达鲁花赤。政廉赋平，吏民怀戢。行部所至，一饭必酬其直。

国朝

齐福东，湖广石首人。洪武中为县丞。公平廉洁，民安吏服，政声著闻。升嘉定知县。萧人至今称之。

郝玘，山西吉州人。永乐中为县典史，以廉能升知县。历邯郸、砀山二邑，劝农兴学，以致民富士成。后以父老陈请，改知萧，惠政尤著。

闭悌，广西横州人。起家进士，成化中左迁县丞。律己厚下，萧民宜之，奏请为令。寻升韶州府同知。

流寓志

晋

孙惠，本吴国富阳人。父、祖并仕吴。惠口讷，好学，有才识。晋武帝时，州辟不就，寓居萧、沛之间。

宋

孔恩，曲阜人，宣圣五十代孙。因宋南渡，徙居于萧。

人物志

后汉

陈宣，萧人。博学，明《鲁诗》。遭王莽篡位，隐处不仕。光武即位，征拜谏议大夫。刚猛性毅，多直言，上嘉纳之。迁为河堤谒者，以病免，卒于家。

朱浮，萧人。从光武，初拜幽州牧。后征讨有功，代贾复为执金吾，累迁大司空。显宗时，以直言见杀。

刘矩，萧人。少有高节。举孝廉，为雍丘令，以礼为化。累迁尚书令。性亮直，不附贵势。延熹中为太尉，与黄琼、种暠同心辅政，时号贤相。矩叔父光，仕为司徒；父叔辽，以辟拜议郎。

南北朝

刘粹，萧人。事武帝竭诚，历封滠阳县男。

刘损，粹族弟。宋元嘉中为吴郡太守。至阊门，入泰伯庙。时堂宇颓毁，垣墙不修，怆然曰："清尘尚可仿佛，衡宇一何摧颓?"即令修葺。

刘镇之，卫将军毅之父也。宋时，以毅贵显，闲居京口，未尝应召，尝谓毅曰："汝必破我家!"毅甚畏惮之，每还京口，未尝敢以羽仪入镇之门。

刘伯龙，少贫薄。历位尚书左丞、少府、武陵太守，而贫窭尤甚。尝在家慨然，召左右将营十一之方，忽见一鬼在傍抚掌大笑，伯龙叹曰："贫穷固有命，乃复为鬼所笑耶?"遂止。

宋

窦沔，萧人。喜儒学，有远识。尝主光泽县簿，能招贤以教子侄，四方贤士日游其门。萧县学在旧城西北无人之境，众不乐居，沔白邑宰，出己资购邑东南明爽之地迁之。

金

彭昱，萧人。为裨将，积功授怀远大将军。长子旺，镇守两淮等处防河元帅；次子义，授敦武校尉、太康县尹兼沂州判官；次曰端，授萧县尹；次曰德，授金华县主簿。

王立，萧人。为沛令，志节刚方。

武之才，萧人。仕至朝散大夫、同知德州防御便事、骑都尉、太原县开国男，食邑三百户，赐紫金鱼袋。

元

孔午，宣圣五十四代孙。其先因宋南渡，徙萧。当金末盗起，午聚众约誓，保捍一境，民赖以安。元初，授徐州观察副使，以寿终。

王贵，萧人。为永固县尹，赠奉议大夫、汴梁路总管府治中、骁骑尉，追封萧县子。

杨惟良，萧人。仕至中奉大夫、甘肃行省参政，封弘农郡侯。

王居仁，萧人。仕至奉议大夫、平江路昆山州知州致仕。

傅汝砺，萧人。仕为陕西行台监察御史，文章政事，卓绝于人。后迁朝列大夫、浙江廉访司佥事。

国朝

薛显，萧人。少习韬略。元乱，显亦敛兵自卫。国初，遂率所部诣泗州附顺。从征荆楚，以功升右丞。及随大将北定齐鲁燕冀，封永城侯。洪武丁卯，防胡塞上，以疾卒，追封永国公，谥桓襄，赐葬于钟山之阴。

高巽志，萧人。博学能文。元末，为鄮山书院山长。国初，征修《元史》，为翰林编修。累迁侍讲学士、太常少卿。庚辰会试，典文抡士，鉴别精审，舆论推服之。

孟骥，字尚德。洪武初，以才能荐授驿丞。累官礼部郎中，治绩书最。升河南左参政，益练达政务。迁贵州左布政使，任满，夷民不释，复增秩留之。后致仕卒。

欧阳股，以怀才抱德荐，授户部主事。

郝镗，历官伏羌县丞，甘泉、井陉县令，终兴化通判，所在有称。

欧阳耳，以贤良方正荐，授贵池县丞。

刘俨，字若思。洪武中，由国子生授慈利县丞。廉节刚方，督储底绩。以荐诣阙，赐宴。仍迁知慈利，廉爱益著。寻以疾归，囊箧萧然。俨好学，明经义。县令郝玘为建易安书院，聚徒授讲，萧士宗之。

李钺，字廷器。正统中为浙江温州同知。时部邑海寇钞掠为患，钺往平之，冒矢石，触危险，获其渠魁置之法，余胁从者招抚复业，民赖安堵。以功增秩，历知开封、巩昌二郡。所在有惠政，民皆思之。

朱信，少颖拔。弱冠，领宣德乙卯乡荐。初为浦江学训，继迁茌平教谕。清介自厉，生平不妄取，常捐俸以济诸生之乏者。致仕归，贫窭尤甚。敦俭朴，以率子侄。比卒，门人如都御史毕亨、京兆尹白良辅辈，越千里为文吊祭之。

孙谌，成化中，由国子生仕为吏部司务，迁工部员外郎，所居称职。在官凡二十五年，致政还。家益不给，恒躬自驱驴负薪山泽间，恶衣粝食晏如也。士论推之为古君子。

孝义志

元

刘福，萧人。性至孝。父母存，则能供甘旨；居丧，寝苫枕块飦粥，至终丧如一。

国朝

南真，早孤，事母至孝。母卒，庐墓，泣奠三年。

彭讨儿，父疾亟，医疗弗效，夜焚香吁天，刲股烹进，父食之愈。

孙应奎，萧人。力农，事母屈氏甚孝。母病，思食甜瓜。时四月未实，应奎奔号四投，忽从野蔓获之。母食，病愈。时人以为孝感。

张成，本县乐善乡人；周福，仁智乡人；何成，仁智乡人；谢玉，里仁乡人。正统五年，各出小麦一千一十石，输官赈济贫乏。正统六年，诏旌为义民，仍命有司表其门。

列女志

国朝

何鉴妻吴氏，年二十一夫亡，止一子在襁褓，事舅姑孝谨，抚子成立，贞淑为乡里所称。

穆二妻黄氏，归穆六月夫卒，时年十八，遗孕生子，养姑尽孝，教子成立。贞白之操，终身亡议焉。

王彬妻鹿氏，年十七于归，越五年彬卒，一子甫三岁。鹿守节，刻厉教训，子果成学登第。年七十九卒，君子谓古共姜流也。

科贡志

进士

元

张　明　　　　李　亨

国朝

曹士正	李性明

举人

国朝

曹士正	杜　礼	王　邻	朱　信
郑　诲	欧阳禄	李性明	

岁贡

国朝

王祉泰	武　赳	钱守成	孙　续
丁德量	蒋敬实	孙寿春	李庭佐
彭季伸	张敬宾	刘　俨	张　斌
张　珰	朱　瀫	李友梅	丁　显
夏仲宏	李　旻	彭　闰	周性纯
朱季和	朱景安	张志信	朱彦辉
冯　扩	董　暹	朱希文	化从心
秦　仪	杜　镛	杜纪甫	平　康
曹　春	方仲矩	南　安	王　宾
李　钺	朱　肜	王　辅	王　冕
邵　南	丁达道	郭　镛	孙　谏
田　福	杜　藁	蒋　善	纵　文
曹　祯	张　皓	孟　环	梁　聪
贾　迪	王　宪	孙　纯	李　贤
杜　洪	王　杰	郭　泰	赵　铭
欧阳隆	郝　濂	郝　淳	李　斌
征　安	朱　辐	朱　轸	秦　瓛
孙　立	郭　麟	胡　驯	王克岐
陈　敏	耿　举	李　时	王　珎

方技志

未有考。

玄释志

唐

张果老，六合园叟。尝居萧东南龙冈山，今山腰有果老洞。传闻张在洞时，掘地得物如羊，烹而食之，乃飞去。北眺龙冈石上，皆作驴蹄痕数十，云当年迹也。

宋

曹国舅，绍圣四年，蝉蜕于玉虚观。观在县东南五十里。后易寺曰腾云，即以其飞升云雾而名之，仰仙真于不歇云。

元

徐神翁，萧人，居县之东南陈疃村。通黄白之术，家日殷富，曾建愿穷堂、不富亭。后遇异人，绝粒飞升。今丹井遗址尚存坞间。

国朝

刘渊然，号体玄子，萧人。祖母谢梦紫衣道者入室而生。及长，遇异人秘书，呼召风雷，劾治鬼物，无不响应。高皇帝建西山道院以居之，侍坐，赐茶。文皇帝升左正一真人。昭皇帝赐貂裘鹤氅，亲赐以御书，曰“冲虚至道玄妙无为光范演教长春真人”。宣德七年八月八日，属其徒曰：“气聚而生，气散而死，生死一理，吾将逝矣！”引手作一圈，曰“呵呵”，趺坐而化。朝廷谕祭，为营葬。翰林豫章胡俨作传并赞。

灾祥志

唐

懿宗咸通七年，民家豕出圈舞。又，牡豕多将邻里群豕而行，复自相噬啮。

元

成宗大德六年五月，水。

国朝

永乐十三年，饥，进士梁洞奉命发粟赈之。

景泰三年，水旱、疫疠相仍。民大饥，都御史王竑奉命赈给。

弘治元年，仁寿乡麦生一茎四穗二本，一茎三穗五本，一茎两穗六本。

词翰志

宋

苏轼《石炭诗并引》

彭城旧无石炭，元丰元年十二月，始遣人访获于州之西南白土镇之北，以冶铁犀利胜常云。

君不见，前年雨雪行人断，城中居民风裂骭。湿薪半束抱衾裯，日暮敲门无处换。岂料山中有遗宝，磊落如豎万车炭。流膏迸髓无人知，阵阵腥风自吹散。根苗一发浩无际，万人鼓舞千人看。投泥泼水愈光明，烁石流金见精悍。南山栗林安可樵，北山顽矿何劳锻。为君铸作百炼刀，要斩长鲸为万段。

又《祈雪雾猪泉》

噫嘻我民，何辜于天。不水则旱，于今二年。天未悔祸，百日不雨。雪不敛尘，麦不盖土。天子命我，祷于山川。侧闻此山，神龙之渊。躬拜稽首，敢丐一勺。得雪盈尺，牲酒是酢。

又《与舒尧文》

三年走吴越，踏遍千重山。朝随白云去，暮与栖鸦还。翩如得木狖，飞步谁能攀。一为符竹累，坐老敲榜间。此行亦何事，聊散腰脚顽。浩荡城西南，乱山如玦环。山下野人家，桑柘杂榛菅。岁晏风日暖，人牛相对闲。薄雪不盖土，麦苗稀可删。愿君发豪句，嘲诙破天悭。

又《次舒尧文韵》

长笑蛇医一寸腹，衔冰吐雹何时足。苍鹅无罪亦可怜，斩颈横盘不敢哭。岂知泉下有猪龙，卧枕雷车踏阴轴。前年太守为旱请，雨点随人如撒菽。太守归国龙归泉，至今人咏淇园绿。我今又复罹此旱，凛凛疲民在沟渎。却寻旧迹叩神泉，坐客仍携王子渊。看草中和乐职颂，新声妙语慰华颠。晓来泉上东风急，须上层冰老蛟泣。怪词欲逼龙飞起，险韵不量吾所及。行看积雪厚埋牛，谁与春工掀百蛰。此时还复借君诗，余力汰辀仍贯笠。挥毫落纸勿言疲，惊龙再起震失匙。

曾巩《清心亭记》

嘉祐六年，尚书虞部员外郎梅君为徐之萧县，改作其治所之东亭，以为燕息之所，而名之曰清心亭。是岁秋，来请记于京师。明年冬，乃为之记曰：夫人之所以神明其德，与天地同其变化者，夫岂远哉？生于心而已矣。若夫极天下之知，以穷天下之理，与夫性之在我者能尽之，命之在彼者能安之，则万物自外至者，安能累我哉？此君子之所以虚其心也。万物不能累我矣，而应乎万物，与民同其吉凶者，亦未尝废也。于是有法诫之设、邪僻之防，此君子之所以斋其心也。虚其心者，极乎精微，所以入神也；斋其心者，由乎中庸，所以致用也。然则君子之欲修其身、治其国家天下者，可知矣。今梅君之为是亭，曰不敢为游观之美，盖所以推本为治之意，而且将清心于此。其所存者，亦可谓能知其要矣！乃为之记，而道余之所闻者焉。

陈师道《汳水新渠记》

汳句于萧，其阙如玦。《水经》谓：河至荥阳，莨荡渠出焉。渠至阳武，其下为沙，蔡水是也。其出为阴沟，至浚仪，其下为涡，别为汳。汳至蒙，别为获，余波迤于淮阳，东历萧、彭城，入于泗。《注》谓鸿沟、官渡、甾获、丹浚，与渠一也。禹塞荥泽，而通渠于甫田，其后河绝，旃然入焉，即索水也。《汉书·地理志》荥阳既有汴水，又有莨荡而受沸；蒙有获水，首受甾获，至彭城入泗。以余考之，《河渠书》云："自禹之后，荥阳引河为鸿沟，以通宋、郑、陈、蔡、曹、卫，与济、汝、淮、泗会于楚。"而《竹书纪年》"梁惠成王入河于甫田"，又引而东，明非禹之旧也。《书》曰"济入于河，东出于陶丘北"者，入而复出也；"溢为荥"者，济之别也。荥波既潴，障而东之也。《周官》又谓"豫之川，荥、洛；幽、兖之川，河、沸"，则河南无济矣。其谓"莨荡受济""禹塞荥泽而用河"者，皆失之。《汉志》莨荡无出，甾获无始，盖略之也。余谓与《经》合，而荥水诸书皆不载，又疑渠、汳为二，而荥有一焉。杜佑以《经》作于顺帝之后，诡诞无据；而《注》叙渠源，或河或沸，或河、沸合，其说不一。次其所引，《经》纷错悖戾，而《志》亦阔略，不具辨始末，盖皆不可考也。自汉末，河入于汳，灌注兖、豫。永平中，导汳自荥阳，别而东北，至千乘入于海，而河复。于是故渎在新渠之南，《注》所谓"绝河而受索"自此始。隋开皇中，因汉之旧，导河入汳。大业初，合河、索为通济渠，别而东南入于淮，而故道竭。今始东都，受退水为臭河，于畿为白沟，于宋为长沙，于单为石梁，于徐为汳，而入于南清。南清，故泗也。盖自王都而东，畿、宋、亳、宿、单、济之间，千里四来，而故道浅狭，春夏不胜舟，秋水大至，亦不能受也。萧，故附庸之国，城小不足居民，又列肆于河外。每水至，南里之民皆徙避之，庐舍没焉。率数岁一逢，民以为病。绍圣三年，县令朝奉郎张惇，始自河西，因故作新支为大渠，合于东河，以导滞而援溺。于是富者出财，壮者出力，日劝旬劳，既月而成。邑人相与语曰："渠议旧矣，更数令不决，而卒成于吾侯，孰有惠而不报者乎？"于是不谋而同，欲纪于石，以属余。余谓张侯，其居善守，行峻而言直，以成其名；其任善义，不畏不侮，以登于治。其可纪者多矣，而诸父兄独有见于此，何也？夫善为治者，人知其善而已；至其所善，盖莫得言也。渠之兴作有迹，其效在今，此邑人之所欲书也。遂为之书。

晁端中《萧县移文宣王庙记》

萧之为邑，负山濒河，多古形胜。春秋时，萧人拒楚，匿于眢井而出之。故其城高大，周袤数里。游其国者，想见昔人恃险阻深之迹。今其风俗浑厚，多智虑，务农生财，独饶于他邑。然官府民居皆聚于故垒之南，而其北地独佛宇神祠、乔木数处而已。孔子祠犹在西北无人之地，众不乐居之，虽存犹废也。自皇祐逮今，登进士第者才数人。故萧之士鲜知学校群居之乐，而邑之耆年长者常以为不足。前光泽簿窦君沔，喜儒学，有远识。其诸子侄在童龀时，能招致四方贤士，日游其门，使夫耳目所接，皆文字笔墨间，不溺于他好。以身独当家之众务，使其家益富，号为中州巨室。然子弟皆纯素如寒士。长子盥，数预州荐。其族人多有以儒业成名者。又常训曰："凡以儒自名，而恃家之多财，最士之可耻者！"由是远近知者服君为有道。一日，白于邑宰孙公曰："郡邑之学，多居文明之方。其说盖以利学者进取，向于高显之义。今愿于邑之东南，择爽垲之地以徙学，可乎？"令遂白于州守，许为之。乃绘图以进。其规有堂有筵，有东西序，斋房、庖厨亦各有次。像先圣、七十二子，其列有差。笾豆簠簋、罍洗爵斝，荐献之器，其藏有次。由是邑人争愿出力，以佐其役，而令却之。肇工于绍圣五年三月壬子，落成于七月丁未。乃遣侄敦礼求记于予，曰："君尝寓学于此，知萧之子弟多秀颖可教，当为之记。"因复曰："窦君以富饶之财，能兴儒学，使为父兄者知以礼义教子弟、以学古入官可尚也。邑人既乐公迁学之美，则君富而好礼，绝人远甚矣。夫有功及人者，其报当在子孙。则公之后，必有登显仕者矣！"

元

傅汝砺《重修孔子庙学记》

萧邑介大河之间，黄流漫漶，自古为害。南北两城，居民不能奠厥攸居。往者，庙学置于北城西墉之上。宋绍圣五年，因遭洪水，移于南城。继以狂澜四围，屡有废弛。至元丙子，一新于北城。岁久，悉皆芜没于苍烟灌莽之中。至元丁丑，县尹耶律廷瑞慨然兴复，遂于南城之东，买隙地二十亩有奇，积土聚财有所待。适廉访分司完颜公至，合其议，复指示地西偏面阳爽垲之墟，创建殿庑、堂斋、棂星门。翚跂翼齐，焕然一新，为多方之冠。萧县复立六十载，未闻有道义功烈显于时者，亦无一宾兴于场者，是岂其才之不足哉？抑为政者未有以兴起之也。今庙貌完，学校兴，有司、宪司交相勉励，不亦幸哉！诸生孜孜读书，以孝悌忠信正其心，以礼义廉耻修其身，则名声将有不可掩者，岂独乡闾之光，抑亦不负圣朝之意。斯役兴功于戊寅春正月，收功于冬十月。落成之日，士庶咸请立石，以传不朽。予目击其美，故乐为之书。

蒋伯昇《萧县官民防遏水患记》

河之为患，其来尚矣。若其决瓠子，破澶渊，污漫济徐，衍溢淮泗，冲荡梁楚，代代不能无也。今之萧，即古之萧国也，负山濒河，正当水冲。以形势考之，古亦当被其害，所以增筑南城而居之。至元癸酉，河既南徙，民复奠居古城，今之县治是也。大德戊戌六月初，大雨，河决蒲口，奔流而东。水至城下，汪洋横溢，渺无涯涘。城不及者三版，民相恐动。达鲁花赤马侯亲率僚吏为谢，役夫聚土积石刍茭，补缉罅漏，凡可以为水备者，无不尽心。与人民躬操畚锸于风雨中，同力御备。夜必宿城上，严更守戍以防。自初至终，将阅三月，水始就涸。民稍安止，侯亦以亲丧去职。城既久为水围浸淫，与地泉相接，阛阓复如江海，平地深数尺，庐舍漂没，非乘舟不能往来。长幼惶惶，栖于城陴，朝不谋夕，民复大恐。先是，为水备者，南则有伏道口，北则有铁窗孔，无水则实土，遇水涨则开以泄之。及是，民相与请于县辟是穴。而主者方谋委其人民，徙县治于永固。黎庶惊惶，奔走无所赴诉。侯还自亲丧，不见妻子，趋往二穴，将泄之。复有以言沮止者。侯乃正色曰："顷刻间民尽溺矣，岂坐视其毙而不知救耶？以我一身贷千百家命，尚何恤耶！"挥众决导，去水如注，若沃焦釜，泄尾闾。未终日，城郭闾舍皆在陆地。虽沮洳，不复为民害也。水息之明年，侯适终更。耆宿杨春等语予曰："吾民感侯深恩，无有以报。子当为文，以垂永久。石已具，子毋辞。"乃摭其实而叙之，庶俾世之人知侯有功于民，而民亦知侯之深，又以为是邑后来有官者劝。侯姓马氏，名彻里，西夏国人，读书好礼。祖、父皆列仕云。

重修徐州志卷第六

重修徐州志卷第七

（补辑）

沛县志

建置沿革志

《禹贡》徐州之域，《周礼·职方氏》青州之境。春秋为宋之属邑。秦置沛县，属泗水郡。汉因之，属沛郡。晋属沛国。南北朝宋属徐州，北齐省。隋复置，属彭城郡。唐以广戚县省入。宋因之。绍兴后没于金，初隶滕州，后为源州，县省。元初省入丰县，寻复置，属济宁路。至正十七年，同佥孔士亨据其地。二十六年，士亨奔溃，邑父老率众内附。国朝仍为县，隶徐州，编户三十八里。

郡名志

《一统志》：古偪阳国地。秦置沛县，为泗水郡治。汉改泗水为沛郡，迁治相，而沛县如故，更号小沛。十二年，汉祖过沛，以为汤沐邑。

分野志

详《州志》。

疆域志

至到并

东抵兖州府滕县界，西接丰县界，南连本州界，北距济宁州鱼台县界，广九十八里，袤一百一十里。

东至山东滕县界五十里，西至丰县界四十八里，南至本州界五十五里，北至山东鱼台县界五十五里。

东南到本州一百五十二里，西南到砀山县一百三十八里，东北到山东滕县一百二十里，西北到山东鱼台县九十里。

自县治至北京，陆路一千六百八十里，水路一千八百二十里；至南京，陆路八百六十里，水路一千一百八十里。

风俗志

地邻邹鲁，人务稼穑，敦尚礼义，不乐健讼。婚姻死丧，邻里互助，有洙泗遗泽。顾邑当会冲，懋迁者众，错处阛阓，挟众资以竞芬华，相沿受变，容亦不免乎尔。间其间右有力，至或激昂其岸，怙恃以自雄，无乃勇宕之流风乎？

形胜志

沛之为县，无高山大林之崄巇。（元王士熙云）

峄山控其左，华山揖其右，芒砀亘其前，北通鱼台，南有泗水，泡河环绕，土地饶沃，桑麻蔽野。

城郭志

汉城隳废已久（《一统志》云：微山下有沛县故城）。元末，同佥孔士亨据有其地，因筑小城以守之，即今县治之土城是也。周二里零三百三十四步，高一丈许，楼堞俱废，其城亦间有崩缺者。池深约三尺，今渐淤塞。旧有东、西、南、北四门，今因之。

山川志

井泉并

七山，在县西南三里汉台乡。

桂籍山，在县西南三十里。

微山，在县东南。《隋·地理志》：沛有微山。山无石，巃嵸若冈陵然。上有微子墓。

黄山，在县东。《隋·地理志》：沛有黄山。

柤水，《后汉书》：彭城国傅阳县有柤水。《春秋·襄公十年》“晋人灭偪阳”，汪氏注：“偪阳及柤地，皆在沛县。”

漷水，在县东北。出山东滕县界，流入昭阳湖，达于薛水。

泗水，出山东泗水县，南流入境，至徐城东北合汴水，循城东南达于淮。

泡水，在县西，即丰水，循泗亭驿前入于泗。

薛水，在县东。出滕、薛之境，西流会漷水，自金沟口闸入于泗。

鸿沟，在县东一十里。发源于滕县，会薛水。

泥沟河，自县西北鱼台县界而来，流至县西入泡水，达于泗。

昭阳湖，去县东八里。广十余里，泉穴甚多，流甚远。东北自邹、滕六十余里发源而来，汇于此。有闸积水，若运河水浅，则开闸泄水，经金沟，过薛河，达于泗以济。

琉璃井，在河东里许，深不可测。其水泉甘冽，下广上狭，投以瓦石，则砰然有声。所甃之砖，润滑光采。世传汉祖所凿。

土产志

详《州志》。

田赋志

前代无考。

国朝天顺、成化间，本县官、民地四千九百一十二顷六十六亩五厘：官地四十顷一分五厘，民地四千八百七十二顷六十五亩九分。

夏税小麦一万一千五百三十九石八斗六升九合七勺五抄。

秋粮粟米一万一千七百六十石九斗七合一勺四抄。

京库税丝折绢五百二十四九尺六寸。

农桑丝折绢四百二十七匹八尺五寸六分五厘。

马草一万四千六百八十包。

户口食盐钞二十二万三百九十二贯。

税课局商税课钞三千八百五十四锭一贯四百二十文。

户口志

前代无考。

国朝沛县三十八里。

洪武二十四年，户三千九百一十二，口五万七千五百五十二。

永乐十年，户三千九百九十七，口二万四千六百八十一。

永乐二十年，户四千四百七十九，口三万九千三。

宣德七年，户四千六百七十二，口四万三千五百一十。

公署志

县治，旧在城西北隅。《汉书》：高帝初为沛公，祠黄帝、蚩尤于沛廷。注谓“沛县之廷”，即此。元末毁于兵。国朝洪武二年，知县费忠信建，后圮。永乐初，县丞胡光草创之。十一年，知县李举贤重建。

正厅三间，前轩三间；后堂三间，幕厅一间，东西司房十四间；仪门一间，库房三间，囹圄一间。

知县、县丞、主簿、典吏宅各一所。

察院，在县东。永乐四年，知县常瓘建。

官厅，在县西。宣德九年建，凡上司及使客往来多寓焉。

阴阳学，在县前。洪武十七年间设，永乐十六年重修。

医学，在县前。洪武十八年间设，永乐十八年重修。

税课局，在县东北隅。永乐四年建，岁办课钞一千二百三十三锭一贯六百文。

递运所，在河东岸。永乐四年，知县常瓘建。

泗亭驿，在县南关。永乐十三年，知县李举贤建。成化十八年，因河水崩坏，稍南徙其址。

飞云桥闸，在县东南泡河口。景泰六年，徐州判官潘东、知县古信建。

金沟口闸，在县东南八里。永乐四年建。

新兴闸，在县南五十里。宣德七年建，八年设官吏。

湖陵城闸，在县北六十里。宣德八年建，九年设官吏。

谢沟板闸，在县南四十里。宣德七年建，八年设官吏。

昭阳湖板闸，在县东北八里。

昭阳湖大石闸、昭阳湖东小闸、昭阳湖西小闸，俱成化七年管河郎中郭昇建。

申明亭、旌善亭，永乐十六年建。

养济院，在县西。景泰三年，知县古信重修。

广济堂，在旧驿南。景泰壬申水灾，流亡丐食者众，巡抚都御史王竑令有司煮粥济之，凡活十六万人，故以名堂。

际留仓，在县仪门外西南。每岁收粮六石。

预备仓五：一在北门外，一在泗亭乡，一在汉台乡，一在千秋乡，一在广戚乡。

学校志

儒学，在县东北。旧在河东泗亭坊，宋靖康中毁于兵。金大定初，有司以往来不便，遂移置河西清化坊，制度甚陋，即今学是也。至大定辛卯，县令刘勋出己俸作而新之。元至正元年，达鲁花赤伯家奴、县尹孙文顺、主簿廓不花帖木儿、教谕王克明等重修。至正十五年，达鲁花赤众家奴暨完者不花、县尹王居礼、教谕孔希冕等复重修之。元季，复经兵火。国朝洪武三年，知县费忠信、训导华革重修。永乐四年，知县常瓘、教谕李玘增葺。十二年，知县李举贤、教谕刘铎新塑先圣、四配像。

大成殿三间，东庑五间，西庑五间。棂星门三座，学门一间。明伦堂三间，有颁降卧碑置于东偏。东斋博文，四间；西斋约礼，四间。馔厨二间，神厨三间，库房三间。教谕住宅五间，在学东南。训导住宅五间，在学西北。生员号房十间，在学前后。射圃，在学之北城外，长五十步，阔十五步许。学仓三间，每岁收米二百六十三石。

社学，在各里。

坛壝志

社稷坛，在县西北一里，永乐二年重建。其制度并同州。

风云雷雨山川坛，在县南一里，永乐二年重建。制同州。

邑厉坛，在县北一里，永乐二年重建。制同州。

乡厉坛，凡三十六所，在各乡。

宫室志

堂亭楼阁台榭并

沛宫，《玉海》引《括地志》云：“沛宫故地，在徐州沛县东南二十里一步。”即汉高祖置酒宴沛父老处。至孝惠时，以沛宫为原庙。周庾信作《置酒沛宫赞》。

泗水亭，在县东一里，汉高祖为亭长处。亭有高祖碑，班固为文。

歌风台，在县东南泗水西岸。汉高祖征英布，还沛，宴父老于此，尝歌《大风》之诗。后人因以“歌风”名台，立石刻辞于上。

射戟台，在县南门之西。后汉袁术攻刘备于沛，吕布救之，乃曰：“我射戟中小支，当各罢去。”一发果中，遂退师。台有三结义庙。

灌婴宅，在县北二十余里灌城村。后人于其基建福胜院，今亦废，惟遗址在耳。

樊巷，即樊哙所居，有断碑存。

汉高帝书院，在县东南三里，故址尚存。

桥梁志

渡附

猪嘴桥，在县西南半里许，久废。

飞云桥，在会源门外。永乐九年，县丞夏添祥建。景泰三年，知县古信重修。

清河桥，在县东永清门外。惟石垛子三座，无桥，前元时所修。

宣丘桥，在县西南二十里，久废。

沙河桥，在县北六十里。

南门渡，在飞云桥左，实一邑要道。

北门渡，在县北门外。

东门渡，在永清门外。

金沟口渡，在县东南八里。

沙河渡，在县北六十里。

上沽头渡，在县南十五里。

下沽头渡，在县南三十里。

铺舍志

急递铺十一所：

县前铺，在县南门外。

净明铺，在县东一十里，司兵四名。

聂庄铺，在县东二十里，司兵四名。

东仓铺，在县东四十里，司兵四名。（以上通兖州府滕县界）

十字河铺，在县西十里，司兵四名。

宣丘铺，在县西南二十里，司兵四名。

倪陵铺，在县西三十里，司兵四名。

高坊铺，在县西四十里，司兵四名。（以上通丰县界）

老鹳铺，在县东南一十里，司兵三名。

杨家厂铺，在县东南二十里，司兵三名。

界沟铺，在县东南三十里，司兵三名。（以上通本州）

闾里志

坊乡镇集并

攀桂坊，在县东大街，因张威中乡举而名。

步蟾坊，在县东大街，因李巽中乡举而名。

登云坊，在县东小街，因杜旸中乡举而名。

桂林街，在县北小街，因赵斌中乡举而名。

迎恩坊、宣化坊、泗亭坊、清化坊、育材坊、崇教坊、中和坊、达道坊。

大街，在城东北隅。　小街，在城西北隅。

东小街，在城东北隅。　南街，在县前。

汉台乡，在县南，辖村十四：高义村、鲁村、房枝村、黄重村、栗子村、马村、谢沟村、犇口村、北秦村、秦村、于家村、黄家村、欧家村、杨家场村。

泗亭乡，在县东南，辖村五：大社村、曲房村、欢城村、料城村、张家庄村。

广戚乡，在县东北，辖村十二：高村、丁马村、丁村、泉水村、房村、塔墟村、夏村、鸿沟村、张林村、大刘村、南庄村、三河口村。

千秋乡，在县西北，辖村七：贺堌村、邵村、周田村、杨名村、彭村、小房村、十字河村。

沽头集，在县南十五里。　新金沟集，在县东南八里。

沙河集，在县北六十里。

寺观志

龙泉寺，在县河南迤西半里许。元建，久废。国朝永乐二十年，住持僧满亨重修。

兴国寺，在县北四十里，金大定僧重棐重建。

祥国寺，在县东二十里，成化七年建。

新兴寺，在县东三十里。

上闸寺，在县东十五里。

夏村寺，在县东四十里。

灌城寺，在县西四十里。

汲冢寺，在县西二十五里。

高房寺，在县西三十五里。

卧佛寺，在县西三十里。

盘龙寺，在县西南三十里。

七山寺，在县西南三十八里。

蝗虫寺，在县西南十五里。

庙道口寺，在县北三十里。

龙冈寺，在县西北二十里，至正元年建。

福胜院，在县西北二十里灌城村，创于唐。

真元观，在县西北一里。

长春观，在县西二里。

玉虚观，今废。

祠庙志

城隍庙，在县西。国朝永乐四年，知县常瓘建。正统六年，知县王清重修。

汉高祖庙，在泗水亭中。按《后汉书》：光武建武二年，封盖延安平侯，伐刘永。永走，遂定沛，修高祖庙，置啬夫、祝宰、乐人。注：“沛县泗水亭中，即高祖为亭长之所。”《西征记》云：沛县西北有汉高祖庙，为亭长处。《括地志》云：泗水亭，在沛县东一百步，有高祖庙。前有碑，延熹十年立。

水母庙，在县东南，面临泗水。

昭惠庙，在县东北五十里泗亭乡。元延祐元年，里人杜珎建。

火星庙，在县南门北。正统七年，主簿王勔建。

东岳庙，在县河东岸二里。永乐十六年，邑人赵明德重修。

寿亭庙，在县东三十五里广戚乡。永乐五年，邑人刘琬重修。

五殿庙，在县东北三十里。

三皇庙，在县东南隅，已革。

玉皇庙，在县东四十里，今废。

真武庙，在县河东半里许，知县王清重建。

杨仆庙，在县北六十里，今废。

高皇庙，在县东，后因筑城而废。

二郎庙，在县东四十里，惟址存焉。

陵墓志

仲虺墓，虺，汤左相，墓在县南四十里许。其地曰虺城，墓在城内。

微子墓，按《一统志》：微子，商贤人，墓在微山上。（《续汉·郡国志》：薄有微子冢。未详孰是）

汲冢，在县西北三十五里。世传晋太康中，汲郡人发魏襄王冢，得古竹书，即此。

吕母冢，在县北三里许，汉吕后之母葬此。

献王陵，王名辅，光武帝子，封于沛。按《通志略》：章帝章和元年幸沛，祠献王陵。

古迹志

泗水郡城，在县东。秦置泗水郡，城于此。

沛县故城，按《一统志》：在微山下。今失其地。

虺城，在县南四十里，世传汤相仲虺之宅。城今废。

偪阳国城，按《春秋·鲁襄公十年》书：“夏五月甲午，遂灭偪阳。”汪氏注曰：“偪阳国，在今沛县。”《后汉书》：“傅阳，即偪阳”。今考《一统志》，城在山东峄县西南五十里。盖沛、峄皆偪阳国地，城在二邑境。

合乡故城，在县境，即古“互乡难与言”者。今不知处。

许城，按《后汉书·郡国志》注引《地道记》云：沛有许城。《左传·定公六年》“郑灭许”，即此。今未详。

广戚城，即今广戚乡。汉置县，名广戚。唐时省入沛。

千秋城，在县北六十里，即今千秋乡。未详建置。

胡陵城，在县北五十里千秋乡。秦县。汉曹参以中涓、樊哙以舍人，从沛公击胡陵，即此。故址尚存。

灌城，在县北二十余里。有灌城村，旧志以为灌婴故宅。按：婴非沛人，恐误。

香城，去歌风台二十里。按《一统志》：楚人琴高，居香城泗水中。

沛县八景

微山霁雪	泗水澄波	汉祖歌风	吕侯射戟
樊巷烟迷	虺城月照	璃井泉清	昭湖活水

职官志

汉（属沛郡）

县令，千石，月俸八十斛。　　县丞，四百石，月俸五十斛。

主簿（令长自调用）县尉，二百石，月俸三十斛。

唐（属徐州）

县令一人。

县丞二人。　　主簿一人。

县尉。（以上品级、职田并同萧县）

宋（属徐州）

知县一员。　　县丞一员。

主簿一员。　　尉一员。（以上并同萧志）

元（属济宁路，后属济州。下）

达鲁花赤一员，从七品，职田四顷，月俸十七贯。

县尹一员，秩同上。

主簿一员，职田二顷，月俸钞十二贯。

县尉一员，秩与簿同。

典史二员，月俸钞三十五贯。

儒学教谕一员。（以上职俸并同萧）

军民屯田使司一员，正三品，至正十五年十二月置。

国朝（属徐州）

知县一员。　　县丞一员。

主簿一员（增设管河主簿）。　　典史一员。

儒学教谕一员。

训导二员。（以上品俸并同萧县）

泗亭驿驿丞一员，未入流，月支米一石二斗。

递运所大使一员，未入流。

阴阳学训术一员。　　医学训科一员。

僧会司僧会一员。　　道会司道会一员。

税课局大使一员。（以上无俸）

封建志

汉

刘濞，高祖兄仲之子，初封沛侯。

刘将，鲁恭王子。武帝时，封广戚侯。（广戚，汉县，在沛境）

刘勋，楚孝王嚣子。成帝河平中，嚣入朝，时被恶疾，天子悯之，以广戚县四千三百户，封勋为广戚侯。

晋

顺王景，晋宗室，武帝受禅，封沛王。

唐

路王贤，唐宗室，高宗龙朔元年，徙为沛王。

五代

朱友宁，砀山人，梁太祖犹子，累功封沛县男。

名宦志

汉

许慎，为沛县长。尝作《说文解字》十四篇行于世。(《大明一统志》)

三国

袁涣，陈郡扶乐人，魏沛都尉。募民屯田，乐之者取，不欲者不强，百姓大悦。迁梁相，为政崇教训。以病去官，百姓思之。

司马芝，魏沛郡太守，有政绩。

郑浑，魏沛郡太守。郡界下湿水涝，百姓饥乏，浑躬率吏民于萧、相二县界，兴陂堨，开稻田。比年大收，顷亩岁增，租入倍常。民赖其利，号曰“郑陂”。

南北朝

朱就，字祖成，代郡桑乾人。仕魏，卒于沛县令。

宋

程珦，字伯温，河南二程之父。天圣中知沛县。会久雨，平地出水，谷既不登。珦谓：“俟可种而耕，则时已过矣！”乃募富家，得豆数千石以贷民，使布之水中。水未尽涸，而甲已露矣。是年遂不艰食。有丐于市者，自称僧伽之弟，愚者争遗金钱，公杖而出诸境。

金

王立，萧人，为沛令。廉节刚方，人心率服。

刘勋，大定间沛令，尝作新庙学。

元

刘伯颜，字伯敬，真定人。至元元年沛县尹，专以德化。任满，民不忍舍，去为立碑。

马珪，字君璋，兖州人。至元中沛尹，为政循良，颇有古风，民思之不忘，为立去思碑云。

赵野，字子开，济南人。大德初沛尹。劝农兴学，政平讼理，人多称之，有去思碑。

扎忽解，大德间监沛县，甚有惠爱。官至参知政事，封任城郡公。

王复，字克明，鄣人。至正初为县学教谕。作新学校，振起士风。

李茂，字廷实，齐河人。为沛尉，善于其职。民立美政碑，虞集为文。

孙文顺，至正元年为县尹，复修儒学。

王居礼，至正十五年县尹，与教谕孔希冕重修学宫。

国朝

常瓘，河南内乡人。永乐初知县事。平易近民，政务修举，远近悦服。迁绛州知州。

古信，湖广嘉鱼人。景泰初为沛令。作兴学校，勤于民事，百废具举，有遗爱焉。

冯谦，字履吉，诸暨人。成化间知县事，平恕不苛，有惠及民。卒于官。

马时中，山西太原人。成化中知县事，持守廉介，为政务崇简易。因忤权宦，谪庆远卫经历，民甚悼之。

流寓志

汉

闵仲叔，太原人，世称节士。虽周党之洁清，自谓弗及也。党见其含菽饮水，遗以生蒜，受而不食。建武中，应司徒侯霸之辟。既至，霸不及政事，遂去。复以博士征，不至。客居安邑，老病家贫，不能得肉，日买猪肝一片，屠者或不肯与，安邑令闻，敕吏常给焉。仲叔怪而问之，乃叹曰："仲叔岂以口腹累安邑耶?"遂去。客于沛，以寿终。

国朝

甄实，字德辉，直隶庆云县人。永乐初乡贡，历官湖州府同知，以绩最，升太仆寺少卿，寻迁四川左布政使，往来于沛，爱其土俗，及致仕，遂家焉。今其子孙世为沛人。

人物志

商

仲虺，奚仲之后。封于薛，为汤左相，作《仲虺之诰》。（薛今分属滕、沛二县。旧志：仲虺城、仲虺墓皆在沛国。故书）

汉

曹参，沛人。秦时治狱掾。佐高祖定天下，战功居多，封平阳侯。代萧何为丞相，一遵何约束，当时有"载其清净，民以宁一"之歌。卒，谥曰懿。

王陵，沛人。始为县豪，高祖微时，兄事之。及高祖定三秦，陵以兵属焉。天下既定，封安国侯。吕后王诸吕，陵为相，争之甚力，遂以病免。

周緤，沛人。以舍人从高祖起沛，至霸上，西入蜀，还定三秦，常为参乘。战有利不利，终无离上心。封信武侯，后改封鄘城侯。

樊哙，沛人。幼以屠猪狗为事。秦乱，从高祖起丰沛。鸿门之会，赖哙奔入营诮让项羽，不然事几殆。自是从入汉中，定三秦，天下既定，封舞阳侯。孝惠帝六年薨，谥曰武。

夏侯婴，沛人。为沛厩司御，少与高祖善。以太仆从高祖入蜀，定三秦，又从击项羽。及高祖受围平城，既开一角出，婴徐行，弩皆持满外向，帝得脱。后与大臣立文帝，复为太仆。八年薨，谥曰文。

周苛，沛人。为御史大夫。楚围荥阳急，汉王遁去，使苛守之。楚破荥阳，苛嫚骂不屈，项王怒，烹苛。后论功，封苛子为高景侯。

周昌，苛从弟。以卒吏从高祖，破项羽有功，封汾阴侯，后拜御史大夫。昌强力，敢直言，高帝欲易太子，昌力争不奉诏。选为赵王如意相。太后鸩杀赵王，昌遂谢病归。

周勃，沛人。以材官引强从高祖，战功居多。高后崩，与丞相陈平议诛诸吕，请迎代王即位，是为文帝。勃为丞相，后以绛侯就国。卒，谥武。

审食其，沛人。汉王兵败彭城西，楚取太上皇、吕后为质，食其以舍人侍吕后。其后从破项籍，封辟阳侯。吕后徙陈平为右丞相，食其为左丞相。

鄂千秋，沛人。汉高祖定功行封，千秋进曰："萧何有万世之功，当第一。"上曰："进贤受上赏，何功虽高，得鄂君乃益明！"封安平侯。

任敖，沛人。少为狱吏。高祖尝避吏，吏系吕后，遇之不谨。敖素善高祖，怒，击伤主吕后吏。及高祖初起，敖以客从为御史，守丰二岁。高祖为汉王，迁为上党守。陈豨反时，敖坚守，封广阿侯。高后时，为御史大夫。孝文元年薨，谥懿。

周亚夫，丞相勃子。仕为河内守，封条侯。文帝六年，匈奴大入。以亚夫为将军，屯细柳。帝自劳军，有"真将军"之叹。景帝时，吴、楚反。以亚夫为太尉，讨平之。拜丞相。后病免，以子连污，乃诣廷尉，呕血而死。

施雠，字长卿，沛人。从田王孙受《易》。为人谦让，不肯教授。宣帝时，拜为博士，与诸儒论难五经同异于石渠阁。雠授张禹及同郡戴宾，禹授彭宣及戴崇，由是施家有张、彭之学。

高相，沛人。治《易》，学亡章句，专说阴阳灾异。自言出于丁将军，传至相。相授子康及兰陵毋将永。康以明《易》为郎，永至豫章都尉。由是《易》有高氏学。

邓彭祖，字子夏，沛人。从梁丘贺之子临受《易》，仕至真定太傅。

闻人通汉，字子方，沛人。后仓说《礼》数万言，号《曲台记》，授东海孟卿。通汉与同县庆普及大小戴同受《礼》于孟卿。由是《礼》有大小戴、庆氏之学。通汉以太子舍人论石渠，至中山中尉。普仕至东平太傅。

蔡千秋，字少君，沛人。尝受《穀梁春秋》于鲁荣广，又事王孙皓星公，为学最笃。宣帝时为郎，召见，与《公羊》家并说。上善《穀梁》说，擢千秋为谏大夫、给事中，选郎十人从受。汝南尹更始翁君本自事千秋，能说矣。

刘馥，沛人。建安中为扬州刺史，恩化大行，百姓乐政，流民越江山而归者以万数。及卒，士民追思之。子靖，嗣迁庐江太守，诏曰："卿父昔为彼州，今卿复据此郡，可谓克负荷者也。”嘉平六年薨，谥曰景。

三国

楼玄，事吴王孙皓，从九卿侍卫。正身率众，奉法而行，应对切直，数忤皓意。后人诬玄谤讪政事，命送广州。华覈言玄清忠奉公，冠冕当世，乞赦前愆，责其后效。皓疾玄声名，竟徙交阯杀之。

晋

刘毅，彭城沛人。桓玄篡位，毅与刘裕、何无忌等密谋讨玄。毅号令严整，所经墟邑，百姓安悦。以匡复功，封南平郡开国公，进卫将军、开府仪同三司。后督江陵，刘裕以毅贰于己，自率众讨毅。毅众散走，去江陵二十里而缢，子侄皆伏诛。毅刚猛沉断，而专肆狠愎，与刘裕协成大业，而功居其次，深自矜伐，不相推伏。及居方岳，常怏怏不得志，故欲擅其威强，伺隙图裕，以至于败。毅兄迈，字伯群，少有才干。为桓玄刑狱参军，后为竟陵太守。及毅与刘裕等同谋起义，迈将应之，事泄，为玄所害。

武陔，沛人。与二弟叔夏、季夏，并总角知名。仕晋，位开府仪同三司。叔夏至散骑常侍，季夏至尚书。

刘伶，沛人。容貌甚陋，放情肆志，常以狭宇宙、齐万物为心。不妄交游，与阮籍、嵇康相遇，欣然神解。性尤嗜酒，尝乘鹿车，携一壶酒，使人荷锸随之，曰：“死便埋我！”未尝厝意文翰，惟著《酒德颂》一篇。仕晋，为建威参军。以寿终。

刘弘，沛人。有干略政事之才，与武帝少共研席。以旧恩起家，累官镇南大将军，都督荆州诸军事。弘每有兴废，手书守相，丁宁款密，人皆感悦，咸曰：“得刘公一纸书，贤于十部从事！”及卒，父老追思。

朱绰，沛人，家世将帅。为人忠烈，受桓冲更生之恩，事冲如父，遂参冲军事，至西阳广平太守。及冲薨，绰呕血而死。

南北朝

朱龄石，字伯儿，绰之子。少好武，又练吏职，从宋武帝讨平寇乱，为镇军参军，累迁益州刺史。伐蜀有功，封丰城侯。后为雍州刺史，督关中，为赫连勃勃所杀。弟超石，亦果锐，累官中书侍郎，封兴平伯。

刘臧，沛人。性方正，笃志好学。居家以孝闻。仕梁，为著作郎。子璠，九岁而孤，好读书，善属文。仕梁，为宜丰侯萧修记室，出镇梁州。属侯景渡江，梁室大乱，归周，为黄门侍郎。家居，作《雪赋》以谕志。所著有《梁典》三十卷。

刘祥，字休征，璠之子。幼聪慧，宾客见者皆号神童。事嫡母以孝闻。十岁能属文，十四通五经。仕梁，为记室参军。江陵平，随例入关中。齐公宪召为记室，府中书记皆令掌之。平齐露布，即休征文也。累迁车骑大将军、仪同大将军，历长安、万年二县令，颇获时誉。卒于官。

隋

刘行本，沛人。性刚，有不可夺之志。征拜谏议大夫、检校治书侍御史。高祖尝笞一郎于殿前，以行本谏而止。拜太子左庶子，皇太子虚襟敬惮。后领大兴令，权贵惮其方直，无敢至其门者。未几，卒于官，上甚伤惜之。及太子废，上曰："嗟乎！若使刘行本在，勇当不及此乎！"

唐

刘轲，沛人。流离郴湘，至韶家焉。博学，无所不通。游长安，为马植所奇，遂登第。历官至侍御史。所著有《春秋指要》《翼孟子》诸书数十卷。《摭言》称其文章与韩、柳齐名。

五代

刘知俊，徐州沛人。姿貌雄杰，勇出诸将。仕太祖。李茂贞左右忌之，乃奔蜀。王建以为武信军节度使。未几，忌其材勇，杀之。

国朝

蔡楫，字汝济。严重有威。以孝廉举为监察御史，仕终浙江按察佥事。

吕宁，字安仁。禀性刚直。以国子生任户部主事，后升本部员外郎。尤善知人，大学士权谨，其所荐拔也。

谢昇，字仲刚。由国子生，授监察御史。

王缵，字继先。由国子生，拜监察御史，迁吏部郎中。

孟式，字仪敬。由太学生，仕为户部主事。

吴希文，字友章。以贤良方正举，为献县知县。

李绅，字缙卿。侨居顺天。以丙戌进士，授行人司行人，迁户部员外郎，升光禄寺少卿。

王克明，景泰六年任湖广会溪巡检。时，秦襄毅公纮以御史降沅陵驿丞，适同候上官，意颇不怿。克明劝曰："公但当始终一节，顺处以待，无以官职为意。"公闻而重之。克明寻卒于仕。会秦公丧偶，感克明规教之益，聘其女为继室，为护丧归沛，待女服阕迎娶。

孝义志

汉

赵孝，沛人。天下大乱，人相食，弟礼为贼所获。孝闻之，即缚诣贼曰：“礼饿瘦，不如孝肥。”贼惊，并放之。

梁

刘璠，沛人。九岁而孤，居丧合礼。尝从萧晔在淮南，忽一日举身楚痛，寻家信至，云母病，璠即号泣戒道。当身痛之辰，即母死之日。居丧，毁瘠成疾。服阕后一年，犹扶而起。萧晔终于毗陵，故吏多分散，璠独奉晔丧还都，坟成乃退。后为周内史。

元

郭通，字大亨，沛人。以孝称。父丧，柩在室，东家失火，将延及通舍。通仰天大哭，曰：“既不能移柩，宁与俱焚以死！”遂入室伏柩而哭，火乃飞过西家。乡人惊叹，以为孝感所致云。

国朝

郭全，汉台里人。事母以孝闻。母殁，竭力营丧事，躬负土成坟，庐墓三年。

龚谦，千秋里人。父早丧，常以不获躬养为恨，事母备奉甘旨，未尝少懈。母殁，竭力丧事。既葬，负土成坟，朝夕号泣于墓侧，三年如一日。

赵安，泗亭里人。家贫，母早逝，事父竭诚奉养。父殁，每哭踊顿绝。葬毕，庐墓负土筑坟三年。

赵清，字本洁。性笃确刚直。父早逝，母教之业儒，应贡为国子生。清事母纯孝，母殁，庐墓三年，哀毁柴骨。母墓濒河，会大水且至，清负土吁天曰：“墓陷，则清与俱殁矣！”俄而水溢弗汩。夜有鼠衔草塞其庐隙，槁瓜复荣秀，远近闻者皆异之。初，清父孜年十七，尝封股疗其亲病。母卓氏，守节四十余年，贞白亡间。至清又力行孝，人咸称其“一门三善”。郎中余胤绪为叙其事。清卒，有司以乡贤崇祀之。

甄瓛、周昉、李卓、王原、蒋荣、张麟、黄成、马士云、龚成、黄智、卓旺、周成，俱本县人。正统五年，各出小麦一千余石助赈阵，诏旌为义民，仍命有司表其门曰“尚义”。

列女志

汉

王陵母，沛人。王陵以兵从高祖，项羽取陵母置军中。陵使至，则东乡坐陵母，欲以招陵。陵母私送使者，泣曰：“愿为老妾语陵，善事汉王。汉王长者，无以老妾故，持二心。妾以死送使者。”遂伏剑死。

元

王氏，刘门妇也。夫亡，誓不他适，寡居凡三十余年。天历二年，诏旌表其门闾。石门犹存州北门外。

国朝

李伯奴妻白氏，父思明无子，以女赘伯奴。洪武乙丑，夫死于边，白年二十，惟一女甫周岁。誓不再适，孝事父母。父母殁，竭力营葬。乡人有欲娶之者，属其邻媪以言，白正色拒之。茹粝衣恶，织纫自给，守节四十余年卒。宣德六年，知县陈原宗以其事闻，诏旌表其门闾。

张小女，汉台里人张浩女。年二十，受里人蒋政聘。未婚，政以病殁。小女闻之，哭甚哀。启父母，欲往持服，父母不许。又欲往视葬，父母曰：“汝受政聘，未相识，岂可遽行？”小女曰：“身既许政，生死以之。若不从视葬，有死而已！”父母乃许送葬。及归家，自缢死。

石景儿，广戚里人石隆女。父早丧，独与母居。年十七，聘里人张旺儿。未娶，旺以疾卒。景闻之，哀痛不已，至夜乃自经死，与旺合殡。

科贡志

进士

唐

刘　轲

元

吉　僧　　朱　襘

进士

国朝

李　绅

举人

国朝

杜　旸　　张　威　　李　巽　　赵　斌
蒋　让　　周　崧　　李　绅

岁贡

国朝

张　泰　　张　本　　郭　冕　　谢　昇（字仲刚）
王　缵（字继先）　　王　观　　蒋　迪
王　钥　　吕　宁　　刘　昶　　李　勖
王　睿　　吕　哲　　郭　本　　刘　端
张　伦　　张　昱　　梁　怡　　魏　廷
申　明　　张　奂　　孔继宗　　班　肃
李　恪　　张　勉　　孟　式　　田　畯
王　立　　王　恽　　胥　敬　　李　旻
李　复　　朱　芾　　张　玹　　邓　宁
张　铉　　岳　崇　　纵　昭　　纪　信
赵　鉴　　李　郁　　张　显　　陈　伦
季　显　　甄寿之　　刘　昌　　李　迪
石　泰　　刘　仪　　周　铭　　巩　敩
高　恺　　张　俊　　朱　璿　　杨　辅
韩　昇　　李　孜　　吴　玘　　夏　昌
田　玘　　袁　宪　　李　和　　彭　政

方技志

未有考。

玄释志

春秋

琴高，居香城泗水中。以善鼓琴，为康王舍人。行彭、涓之术，浮游梁、砀间二百余年。后入砀水娶龙子，乘赤鲤出入。（按：高虽楚人，其终始于沛、砀，与流寓同。书之）

晋

王玄甫，学道于赤城、霍山。服青精石饭，得吞日精丹景之法，内见五脏。穆帝永和元年正月望日，白日升举，为中岳真人。

国朝

鹿凤，幼习百家阴阳杂书，善祈祷法术。邑人旱，祷于坛，雨如响应。

灾祥志

汉

成帝河平二年正月，沛郡铁官铸铁，铁不下，隆隆如雷声，又如鼓音。工十三人惊走。音止，还视地，地陷数尺。炉分为十，一炉中销铁散如流星，皆上去。（按《地理志》，沛郡属县三十七，惟沛县有铁官，故收此）

宋

徽宗建中靖国元年，禾合穗。

元

泰定帝泰定元年六月，大水。

顺帝至正九年五月，白茅河东注沛县，遂成巨浸。黄河入沛，始此。

国朝

宣德七年，蝗，巡抚侍郎曹洪奏蠲税粮。

词翰志

汉

高祖《大风歌》

大风起兮云飞扬，威加海内兮归故乡，安得猛士兮守四方！

班固《汉高祖铭》

皇皇圣汉，兆自沛丰。乾降著符，精感赤龙。承魁流裔，袭唐末风。寸木尺土，无俟斯亭。建号宣基，维以沛公。扬威斩蛇，金精摧伤。涉关陵郊，系获秦王。鸿门造势，斗璧纳忠。天期乘祚，受爵汉中。勒陈征东，剟擒三秦。灵威神佑，洪沟是乘。汉军改歌，楚众易心。诛项讨羽，诸夏以康。陈张画策，萧勃翼终。出爵褒贤，列土封功。炎火之德，弥光以明。源清流洁，本盛末荣。叙将十八，赞述股肱。休勋显祚，永永无疆。国家宁安，我君是升。根生叶茂，旧邑是仍。於皇旧亭，苗嗣是承。天之福祐，万年是兴。

又《酂侯萧何铭》

耽耽相国，弘策不追。御国维纲，秉统枢机。文昌四友，汉有萧何。序功第一，受封于酂。

又《舞阳侯樊哙铭》

歎歎将军，威盖不当。操盾千钧，拔主项堂。兴汉破楚，矫矫忠良。卒为丞相，帝室以康。

又《绛侯周勃铭》

懿懿太尉，惇厚朴诚。辅翼受命，应节御营。历位卿相，土国兼并。见危致命，社稷以宁。

又《平阳侯曹参铭》

蹇蹇相国，允忠克诚。临危处险，安而匡倾。兴代之际，济主立名。身履国土，秉御乾桢。

又《汝阴侯夏侯婴铭》

斌斌将军，鹰武是扬。内康王室，外镇四方。诸夏乂安，流及要荒。声驰海内，苗嗣纪功。

又《安国侯王陵铭》

明明丞相，天赋庭直。刚德正行，不枉不曲。功业茂著，荣显食邑。距吕奉主，昭然不惑。

又《汾阴侯周昌铭》

肃肃御史，以武以文。相赵距吕，志安君身。征诣行所，如意不全。天秩邑土，勋乃永存。

又《留侯张良铭》

赫赫将军，受兵黄石。规图胜负，不出帷幄。命惠瞻仰，安全正朔。国师是封，光荣旧宅。（诸非丰沛人铭不录。良封于留，并及之）

唐

柳宗元《沛国汉原庙铭并序》

昔在帝尧，光有四海，元首万邦。时则舜、禹、稷、契，佐命垂统，股肱天下。圣德未衰而内禅，元臣继天而受命。四姓承休，迭有中邦。五神还运，炎德复起。周道削灭，秦德暴戾。皇天畴庸，审厥保承。乃命唐帝之后，振而兴之；又俾元臣之后，翊而登之。所以绍复丕绩，不坠厥祀。故曲逆起为策士，辅成帝图，吐谋洞灵，奋奇如神，舜之胄也。汝阴脱帝密网，摧虏暴气，扶乘天休，运行嘉谋，禹之苗也。酂侯保绥三秦，控引汉中，宏器廓度，以大帝业，契之裔也。淮阴整齐天兵，导扬灵威，覆赵夷魏，拔齐殄楚；平阳破三秦，虏魏王；绛侯定楚地，固刘氏，皆稷之裔也。克复尧绪，昭哉甚明。天意若曰：建火德者，必唐帝之胄，故汉氏兴焉；翼炎运者，必唐臣之孙，故群雄登焉。是以高帝诞膺圣祚，以垂德厚，探昊穹之奥旨，载幽明之休祐。杀白帝于大泽，以承其灵；建赤旂于沛邑，以昭其神。假手于嬴，以混诸侯；冯力于项，以离关东。奉缵尧之元命，而四代之后，咸献其用；德乘木之大统，而秦楚之盛，不保其位。既建皇极，设都咸阳，抚征四方，训齐天下。乃乐沛宫，以追造邦之本；乃歌《大风》，以昭武成之德；乃奠旧都，以壮王业之基。生为汤沐之邑，没为思乐之地。且曰万岁之下，魂游于此。惟兹原庙，沛宫之旧也。祭蚩尤于是庭，而赤精降；导灵命于是邦，而群雄至。登布衣于万乘，而子孙得以缵其绪；化环堵为四海，而黎元得以安其业。基岱岳之高，源洪河之长，蓄灵拥休，此焉发迹。盖以道备于是，而后行之天下；制成于是，而后广之宇内。天下备其道，而神复乎本；宇内成其制，而心怀其旧。宜其正名以表功，用成其始，俾生灵尽其敬焉；陈本以宅神，用成其终，俾生灵尽其慕焉。故高帝定位，建兹閟宫；惠皇嗣服，爰立清庙。绵越千祀，至今血食，此所以成终而成始也。且夫以断蛇之威，安知不运其密，用佐岁功以流泽欤？以约法之仁，安知不流其神，眷相旧邦之遗黎欤？以绍唐之余庆，统天之遗烈，安知不奋其神化，大祐于下土欤？然则展敬乞灵，乌可已也。铭于旧邑，以迪天命。其辞曰：

荡荡明德，时维放勋。揖让而退，祚于后昆。群蛇辅龙，以翊天门。登翼炎运，唐臣之孙。秦纲既离，鹿骇东夏。长蛇封豕，蹈跃中野。天复尧绪，钟祐于刘。赫矣汉祖，播兹皇猷。扬旂沛庭，约从诸侯。豪暴震叠，威声布流。总制虎臣，委成良畴。剿殄霸楚，遂荒神州。区宇怀濡，黔黎辑柔。表正万国，炎灵用休。定宅咸阳，以都上游。留观本邦，在镐如周。穆穆惠皇，宗禋克承。崇崇沛宫，清庙是凭。原念大业，肇经兹地。乃专元命，亦举严祀。建旂衅鼓，遂据天位。魂游故都，永介丕祚。焕列唐典，严恭罔坠。勒此休铭，以昭本始。

胡曾《歌风台》

汉高辛苦事干戈，帝业兴隆俊杰多。犹恨四方无壮士，还乡悲唱大风歌。

宋

张安道《过沛题歌风台》

落拓刘郎作帝归，尊前感慨大风诗。淮阴反接英彭族，更欲多求猛士为。

文天祥《歌风台》

长陵有神气，万岁光如虹。有时风云变，魂魄来沛宫。壮哉游子乡，一览万宇空。击筑戒复隍，帝业慎所终。重瞳爱梁父，此情岂不同。锦衣绚行昼，丈夫何浅中。缅怀首丘意，自足分雌雄。向昔霸心存，慷慨怀勇功。不见往年事，烹狗与藏弓。早知致两生，礼乐三代隆。匹夫事已往，安用责乃翁。我来汤沐邑，白杨吹悲风。永言三侯章，隐隐闻儿童。叶落皆归根，飘零独秋蓬。登台共凄恻，日落南飞鸿。

又《沛歌》

秦世失其鹿，丰沛发龙颜。王侯与将相，丕出徐泗间。当时数公起，四海王气闲。至今尚想见，龙光照人寰。我来千载下，吊古泪如潸。白云落荒草，隐隐芒砀山。黄河天下雄，南去不复还。乃知盈虚故，天道如循环。卢王旧封地，今日设函关。

元

陈孚《歌风台》

沛中一曲大风歌，谁识尊前慨慷多。拔木扬沙濉水上，大风中有汉山河。
沛上风云志未酬，彭城先有锦衣游。同为富贵归乡者，只是龙颜异沐猴。
原庙衣冠久已灰，断碑无首卧苍苔。至今风起云飞夜，犹想帝魂思沛来。

益都于钦同题

素灵夜哭赤旗开，鸿鹄高飞楚舞徊。猛气销沉人易老，白云千载绕荒台。

天台杨敬同题

布衣千古一英雄，五载乾坤入手中。遥想帝魂垂浩劫，舜弦天上和南风。

刘昂同题

刘项兴亡转烛过，乱蝉吟破汉山河。长陵卧老咸阳月，沛上犹传击筑歌。

吴澄同题

黄屋巍巍万乘尊，千秋游子故乡魂。韩彭自取夷三族，平勃犹堪托后昆。湛露只今王迹熄，大风终古霸心存。当时尽自规模远，愿起河汾与细论。

陈旅同题

歌风台前野水长，王媪卖酒茅屋凉。酒边父老说刘季，头戴竹冠归故乡。山河霸气已销歇，飒飒老柳吹斜阳。台前小儿竞击筑，筑声更似三侯章。

揭傒斯同题

万乘东归火德开，汉皇曾此宴高台。沛中父老讴歌入，海内英雄倒载回。汤沐空余清泗在，风云犹似翠华来。穹碑立断苍苔上，静阅人间几劫灰。

刘廉同题

击筑酣歌倚大风，高台良宴故人同。江东兵甲销沉后，天下山河指顾中。万乘襟期开宇宙，千年形胜傲英雄。霓旌立断苍烟上，还有神灵托沛丰。

无名氏同题

两雄逐鹿操干戈，觊觎中原奈力何。汉祚有成三尺剑，楚兵终散一声歌。承颜竞筑新丰舍，归梦长游古沛河。芒砀山高青不了，五云犹绕赤龙窝。

又同题

白帝子死老妪哭，天下纷纷竞逐鹿。炎刘天子挥干戈，诛秦夷项何神速。功成治定回故乡，拥护马首皆侯王。槌牛酾酒宴邻里，酣歌击筑增慨慷。沛中父老留不住，赤龙又驾西方去。十二山河锁帝居，杳杳白云在何处。太行日落群峰青，黄河不尽古今情。魂魄想存汤沐邑，至今台上风云生。

游庄同题

丰沛鸣鸾万乘归，酣歌游子故乡思。勋劳自信推三杰，宴乐宁忘守四夷。日月尚随丹凤辇，风云长绕赤龙旗。荒台遗址今犹在，蔓草寒烟锁断碑。

杨祖恕同题

怒涛突千骑，上有峥嵘台。六合一望间，万里天风来。畴昔龙虎气，芒砀深云堆。煌煌赤帜立，赫赫炎运开。皇灵固有属，亚父徒惊唉。得志加海内，故乡重徘徊。寤寐猛士守，宿将胡嫌猜。矧兹霸心存，咄彼后乘骀。朗咏三侯章，击节嗟雄哉。

吴师道同题

沛宫置酒君王归，酒酣思深风云飞。儿童环台和击筑，父老满座同沾衣。一歌丰沛白日动，再歌楚淮长波涌。龙髯气拂半空寒，虎士心驰四方勇。河山萧瑟长陵荒，野中怒响犹飞扬。高台未倾风未息，故乡之情那有极。

傅汝砺同题

黔首厌秦暴，龙德奋炎刘。英雄乘天诛，拔剑起相仇。天风堕陵谷，云物扬九州。天下事既定，怀土未遑休。置酒宴高台，中厨进庶羞。悲歌落林木，父老皆涕流。功臣日菹醢，壮士复何求。至今丰沛间，长顾使人愁。故乡帝所爱，零落遗旧丘。大运各有终，圣贤谁能留。焉知万岁后，魂魄复来游。

安阳韩性同题

武帐如星连钜鹿，重瞳谁敢相驰逐。刘郎深闭函谷关，坐听城南新鬼哭。赤鳞半月天无光，阴陵匹马虚彷徨。百二山河笑谈取，殿前上寿称明良。榆社归来故庐在，山川不改风光改。酒酣自作三侯章，儿童拍手声翻海。君不见，帐中悲歌愁美人，乐府千载传受新。英雄吐气天为窄，便肯变灭随风尘。高台古碑字盈尺，神呵鬼护蛟龙石。回头铜雀叹凄凉，坠瓦无声土花碧。远山横空暮烟起，行客徘徊殊不已。当年遗事尚可寻，断云飞度香城水。

李凤同题

一剑西提与楚争，风云惨淡五年兵。归来四海成家日，犹自悲歌气未平。

练鲁同题

沛宫秋风起，游子伤所思。故人侍高宴，故乡亦在兹。酣歌自起舞，慷慨有余悲。秦鹿方掎角，英雄并驱驰。帝业亦有在，真气匹妇知。天下且归己，功臣胡自危。九江自取尔，会稽徒尔为。俯仰数行泣，何以安四陲。天地驱日月，出入六马驰。上瞻芒砀云，下顾泗水湄。荒台忽千载，烟芜夕霏霏。

张光弼同题

世间快意宁有此，亭长还乡作天子。沛宫不乐复何为，诸母父兄知旧事。酒酣起舞和儿歌，眼中尽是汉山河。彭越诛夷黥布戮，且喜壮士今无多。纵酒极欢留十日，感慨伤怀涕沾臆。万乘旌旗不自尊，魂魄犹为故乡惜。从来乐极自生哀，泗水东流不再回。万岁千秋谁不念，古之帝王安在哉。莓苔石刻今如许，几度秋风灞陵雨。汉家社稷四百年，荒台犹是开基处。

萨天锡同题

歌风台下河水黄，歌风台上春草碧。长河之水日夜流，碧草年年自春色。当时汉祖为帝王，龙泉三尺飞秋霜。五年马上得天下，富贵乐在归故乡。里中故老争拜跪，布袜麻鞋见天子。龙颜自喜还自伤，一半随龙半为鬼。翻思向日亭长时，一身传檄日夜驰。只今宇宙极四海，一榻之外难撑持。却思猛士卫神宇，安得长年在乡土。可怜创业垂统君，却使乾机付诸吕。淮阴年少韩将军，金戈铁马立战勋。藏弓烹狗太急迫，解衣推食何殷勤。致令英杰遭妇手，血溅红裙即追首。萧何下狱子房归，左右功臣皆掣肘。还乡却赋大风歌，向来老将今无多。咸阳宫阙亲眼见，今见荆棘埋铜驼。台前老人泪如雨，为言不独汉高祖。古来此事无不然，稍稍升平忘险阻。为叹沛中荒凉台，前人已矣今人哀。悲歌感慨下台去，断碑春雨生莓苔。

萨天锡《金沟月夜沛尉蒋景山、簿赵伯颜别去有怀》

公子将军两少年，绣衣白马杏花天。醉中送客归城暮，回首金沟月满船。

傅汝砺《泗水亭》

遥山寂寂对危亭，坏础欹沙柳自青。四海久非刘社禝，千秋犹有汉精灵。丰西雨散烟沉浦，砀北云来雨入庭。坐想酒酣思猛士，歌风台下晚冥冥。

又《沛县》

县路迷青草，行人荫绿杨。时逢沛父老，能说汉君王。芒砀来秋气，彭城送夕阳。凭高发慷慨，远色正苍苍。

王士熙《歌风台赋》

豳风《七月》，所以叙王业之艰难；汉歌《大风》，所以一四海之至威。风，动也。风行天下，何所不遇之哉？豳始有邰，积累其基。其为风也，不轩举而动荡收功于兹。若夫大风者，一扫而空四海，一呼而应万类，非高祖其谁欤？沛之为县，无高山大林之崄巇。平取白蛇，乃东乃西。秦婴面缚，项羽自隳。僭号诈君，剑挥肉飞。四望既定，大号攸归。此其为风也，温惠条畅，浃于民肌。不扬其埃，弗动其旗。敛之无迹，动之有机。汉之大风，混之两夷。虽有土台突若，安得而私之耶？有河流之妥妥，彼泡泉之左左。万乘喜其来止，耄倪来其繁夥。万岁之后犹思，卑两京而皆可。乱曰：《诗》之六义，古圣传兮。《大风》之歌，班固勉旃兮。乐极而伤，猛士谁贤兮。韩彭皆死，有经有权兮。呜呼高祖，我思如川兮。

虞集《沛县尉李君美政记》

沛人有尉，善其职，其父老爱之，愿刻姓名于石，以示远久。国子生张复，邑人也，疏其邑人之颂云："舟车冲冲，出我沛邦。我任我载，唯尉之从，力用不穷。

岁饥有盗，尉制之有道。田则有蝗，尉除之有方。泗汉患水，防堤善圮。尉将役人，如视妻子。民有无告，尉缮其屋。有系在狱，尉哺之粟。顾瞻学宫，乃牖乃墉。释其弓刀，揖逊有容。”复之言曰：“尉尝学于济南李昌道先生，故知爱人之说。其父奉使平阳，罹地震之祸，尉以恩得官，故能感愤自树立也。嗟夫！尉于县政，无所敢自遂也，而及乎民者如此。自昔沛以勇宕为俗，今父老独不忘于一尉之善者又如此。且世之豪民狂吏，以动摇劫持为能，视一秩满尉何有此？乃以终爱闻，不亦善夫！使尉益自励，所至不倦，虽古循吏，何以过之？有司用材者，能无考于斯乎？”尉姓李，名茂，字廷实，德州齐河人，初为濮州观城尉，迁沛尉。父老曰张仲昂。

国朝

朱彦昌《歌风台》

黄屋东归自北州，飞龙犹认旧灵湫。并驱先获秦亡鹿，百战终擒楚沐猴。德政杂兼王霸道，宽仁贻厥子孙谋。至今日落荒台土，犹有精魂在上头。

胡直同题

汉祖当年倒载回，金舆玉辇故乡来。千年汤沐犹存邑，万古歌风尚有台。碧树离离晴色远，青山澹澹月华开。穹碑读罢询遗俗，昭代于今富俊才。

吉水罗坤泰同题

翠华遥指故乡来，隆准高歌亦壮哉。海内风云三尺剑，沛中烟雨数层台。斩蛇空洒秦灵泪，戏马长怜楚霸材。二十四陵俱寂寞，古碑犹自枕苍苔。

叶铭臻同题

黄屋初乘入故乡，悲风从此醉壶觞。固知有国因三杰，复恐无人守四方。丰沛到今何寂寞，风云终古自飞扬。荒台独上追陈迹，空见残碑傍夕阳。

河东薛瑄同题

故城南畔泗河隈，汉祖歌风有旧台。乐饮一时酬父老，壮心千古忆雄才。新丰桑柘萧疏尽，芒砀云霞散漫开。一自鼎湖龙去后，英魂几复沛中来。

又诗

素灵夜哭秋郊月，汉祖吴钩三尺血。芒砀云气从飞龙，咸阳竹帛随烟灭。独绌群策驱群雄，汉中一旅红旗东。韩郎对语识成败，董公遮说开天衷。王者之师仁以武，诸侯效顺力如虎。关河百战芟群雄，垓下一歌散强楚。风尘荡涤天下清，万乘不忘布素情。黄屋归来见乡邑，宴饮父老如平生。酒酣拔剑高歌起，歌词激烈振天地。雄志深知大业难，霸心尚思猛士倚。群儿逐和声悠扬，起舞四顾何慨慷。乐极哀来泪沾臆，魂魄千秋思故乡。遂令此邑为汤沐，独承天宠何优沃。四百休运同始终，三国遗民想兴复。至今有台泗水滨，雄豪一去余千春。坏埒层层积苍藓，平原漠漠生黄尘。我来正值清秋暮，桑柘萧萧叶飞雨。泗水南流芒砀高，伯业王风复何许。徘徊重是古帝郊，摩挲石刻心劳焦。俯仰秋天莽空阔，杳杳鸿鹄凌风高。

永丰曾棨同题

秦皇失其鹿，咸阳为飞灰。沐猴万人敌，叱咤生风雷。堂堂隆准翁，伏剑起蒿莱。天威动四海，顾指群雄摧。垂衣坐关中，黄屋高崔嵬。一朝念乡土，万乘忽归来。酒酣发浩歌，意气何壮哉。大风撼枌榆，白日照尊罍。焉知天运移，炎祚忽已颓。凄凉千载后，秋草翳荒台。流景能几时，昆明起尘埃。飘飘芒砀云，飞散不复回。至今中阳里，恻怆令人哀。

杨士奇同题

汉皇靖宇内，六合承统御。万乘还沛中，龙旗翼銮辂。酒酣歌大风，气势排云雾。往绩示殊伟，丕图怀永固。宽仁运乾刚，四百隆鸿祚。至今千载余，光华垂竹素。崇台面河曲，穹碑倚烟树。我来属秋杪，维舟久瞻顾。矫首芒砀云，澹澹青空曙。

胡俨同题

玺绶归秦土，英雄泣楚垓。金汤千里固，社稷万年开。故老樽前舞，朔风天际来。高歌激云汉，终古见层台。

金寔同题

秦鹿走中原，高节竞驰骛。砀云从真龙，疾足无窘步。遮说一以陈，三军尽缟素。煌煌仁义师，赫赫启赤祚。威加四海日，从容念乡土。酒酣启悲歌，壮心迈千古。关洛久已墟，英雄藐何处。落日登荒台，西望咸阳树。大风从天来，徘徊不能去。

吉水钱习礼同题

汉兵南行疾风雨，楚人魂断乌江水。赤龙王气满咸阳，云罕金根归故里。当时御宇意气多，酒酣抚剑成高歌。霸心激烈思壮士，目中虎视秦山河。肯信椒房弄神器，白日深宫哭人彘。若教右袒向军门，谁辨安刘有奇计。断碑剥落高台倾，过客犹传前日名。五陵松柏共萧瑟，泗水东流还旧声。

张瓛同题

酒罢酣歌意若何，炎风吹散楚云过。乡关回首英雄少，父老当筵感慨多。一代已非前制度，万年犹是此山河。断蛇剑气消应尽，谁把辛勤为洗磨？

黎淳同题

万乘酣歌故里时，四方兵革尚奔驰。留侯仙去韩彭死，猛士非伊更有谁？

又

颠嬴蹶项仆淮阴，归燕乡园慰壮心。桑梓敬恭诸父醉，风云感慨一龙吟。光生草木家为国，气盖山河古亘今。安不忘危伯图远，高台遗碣绿苔深。

李时勉同题

君不见，歌风昔日有高台，古人不见今人哀。露砌荒凉余白石，断碑剥落生苍苔。忆昨歌风台下路，凤辇归时花满树。锦筵戏乐天上来，娇娥舞袖云中度。威加海内未可论，何如归见旧山村。青云壮士古来有，白发遗民今少存。秋日经过望齐鲁，野草寒花是谁主。远色平分砀北云，寒声暝度丰西雨。层台叠榭势转奇，世人相逢那得知。好看汉祚从此启，铜雀姑苏空尔为。

吉水周叙《重修儒学记》

郡县有学，思讲求圣人之道，以施诸治也。圣人之道，害于杨、墨，塞于申、韩，蠹于仪、秦，而坏于佛、老，非赖吾孔子之圣，删述六经，阐明尧、舜、禹、汤、文、武、周公精神心术之奥，以范百王，开来学，福苍生，几何不沦胥于异端耶？盖孔子之道，即二帝三王之道，大用之则大效，小用之而小康。彼异端害道伤治者，譬诸云物翳天日之光，暂焉昏蚀，而卒不能渝其明也。故有天下国家者，凡立学，必祀孔子，亘万世莫能外焉。沛旧有学，废兴不一，比岁渐就倾圮，且地隘不足容众。正统初，成都王君清来知县事，予族弟缉实分教是邑，而掌教事者广信徐君经，同分教者绍兴陈君谟也，乃相与谋于王君曰：“盍廓而新之？”于是经营规度，捐俸为倡，创始于六年秋，毕工于次年之冬。中为礼殿，翼以两庑，重门设戟，而庙制以宏；讲会有堂，训迪有斋，栖众有舍，而学制以备。生徒来游，父老纵观，莫不顾瞻嗟叹，盖谓其力之不及己，而欲其成之有益于己，相率观感，乐补其遗余者亦众矣。缉乃以书来告曰："庙学重修，幸遂所图，愿为记其岁月，庶俾来者有征矣。"予诺之久，未有以复。凡以使命经沛至京者，二三君子申前请，至再四不厌。乃为之言曰：庙学之修，岂直为弥文之观哉？将必究其实焉。实者何？所谓讲求圣人之道，施诸治者也。其道载于诗书礼乐，著于父子君臣朋友，皆人心所固有，而日用不可缺。为师者以是传之，为弟子者以是受之，俾明而纲常，励而忠孝，不专于口耳，不流于异趋，颛颛焉惟孔子之所阐明是宗。由是发为文章，振为事功，国有利赖，民蒙惠泽，则建学之效成，而其实得矣。嗟夫！学校，王政之本也。有其实，斯其本立。继是来为师弟子者，尚其知勖之哉！

漳浦陈亹《重修庙学碑记》

沛之有学，学之有庙，盖自前代始。历岁既久，虫蠹侵蚀，复震陵以风雨，先圣裸荐之次，师儒讲习之所，倾侧弗修。有司不加省者，亦十数年于兹矣。我朝崇儒重道，天下学宫，敝兴废起。沛县当景泰纪元之初，知县武昌古信、教谕清源张晔，适相继视事。顾明伦堂、大成殿皆倾侧弗修，乃相谓曰："学所以明孔子之道，而庙又所以尊孔子，使人知是道之所从来者也。今倾侧若是，兴复葺理，其可缓乎？"即鸠工度材，运置砖石，以斫以砌，作明伦堂，修大成殿，宏敞清肃，秩然改观。既又立棂星门，创建经阁、射圃，与夫庖厨库庾，皆无不备。沛人以向已倾侧者既修，而素未有者复建，备庙学之制度，耸士庶之观瞻，役虽勤而不伤于农，用虽费而不及于官，皆喜其成，愿有述以著厥绩。教谕张先生重踶沛人意，走书属予记。予惟建国君民，教学为先，帝王之兴，率由斯道。秦人焚书坑儒，叛乱四起。高祖起沛中，身跻大业，虽当时诗书礼文之事有所未遑，然大纲克正，子孙继承，而经术名节之是尚，卒延国脉于四百年之久者，岂真以马上致哉？亦以斯道为之根柢耳。国家定制，以学校责守令贤否，视学校兴复为殿最，其重于此而不轻也较然矣。是以薄海内外，士劝伦叙，风俗丕变，弦歌之声相接也。沛之庙学弗修也久，遭时复兴，顾皆贤令长与掌教者之经营摹画，然潜孚默运，抑何莫而非本于上人鸢飞鱼跃之化哉！学于兹者，亦知沐朝廷化育之恩，睹学校兴复之盛，惕然以立身行道、忠君显亲自励，将不愧为沛中人矣。是役也，经始于景泰二年辛未之春，落成于景泰三年壬申。其时，若县丞韦聪、朱宁，主簿卢蓁，典史邓林，训导周载苾，皆重是举，能与古、张二公同心相协，以毕其功，是咸可书云。

清源张晔《新设飞云闸记》

漕运之法，古未有也。《禹贡》所载“入于渭”“乱于河”之类，而三代之输，不过九州之方物。《管子》所言“粟行五百”之类，而春秋之漕，不过一时之挽。卒自秦罢侯置守，使天下飞刍挽粟于琅琊负海之郡，以贮北河之仓，率三十钟而致一石，漕法始讲。汉漕皆仰于山东，而江淮未通。唐漕皆仰于江淮，而诸道不给。宋漕由江而淮，由淮而汴，人颇便之。厥后江船不入汴，汴船不出江，而风涛之飘荡，道里之逗留，主持之术兴，直达之法制，又不能无弊焉。我太祖定鼎南京，四方贡赋，各均所输，其漕法固无容议。太宗迁都北京，镇天下之重，四夷毕献。于是疏清源，浚济汴，凿淮阴，以达于江。汴之长河，实漕运之要，而漕河众派悉纳之。景泰乙亥仲春，徐之判官潘东于县治东南泗亭前、漕河之口，相度地宜为闸，白其事于漕运都台王公、陈公，悉如所请。经始于三月，落成于四月。闸高一丈一尺，宽一丈五尺。东南去泗亭驿三十步，北至水母神庙二十步，东抵长河，西接飞云桥之流，故采其名名之。

重修徐州志卷第七

重修徐州志卷第八

（补辑）

砀山县志

建置沿革志

《禹贡》豫州之域。《周礼·职方氏》兖州之域。春秋时属宋，战国属楚。秦分三十六郡，置砀郡、砀县。汉改郡为梁国，县属焉。东汉梁国迁治夏邑，改砀为砀山县。晋以砀山省入夏邑。后魏改为安阳县。隋复改砀山县，属梁郡。唐属宋州，后于县置辉州，县仍属之，寻徙州治单父。五代唐废辉州，以县属单州。宋因之。金初，属归德府，后废。元复置砀山县，属济宁路。皇明改属徐州，编户二十五里。

郡名志

境内今无山。其邑所名砀山，乃距邑治东南七十余里有芒砀山，县因山以得名也。按《史记》及《汉书》：高祖微时，隐于芒砀山泽间，上有云气，吕后与人俱求得之，即此。应劭注：“芒属沛国，砀属梁国。”旧志以芒砀为一山，误矣。颜师古曰：“砀，文石也，其山出焉。”故以名县。又《魏书》孝昌二年置安阳县，盖取旧县在保安山之阳，故云。

分野志

见《州志》。

疆域志

至到并

东接本州萧县界，西距河南虞城县界，南连河南归德州永城县界，北抵本州丰县界，广八十里，袤七十里。

东至萧县界五十里，南至河南夏邑、永城二县界三十五里，西至河南虞城县界四十里，北至山东单县界五十里。

东南到萧县一百二十里，西南到河南虞城县九十里，东北到沛县一百三十八里，西北到山东单县八十里。

自县治至北京，陆路一千八百里，水路二千一百八十里；至南京，陆路八百里，水路一千一十里。

风俗志

界乎萧丰，邻于邹鲁，躬稼食力，好勇而尚义，木强而易使，庶几古椎朴之风焉。（旧志）

砀邑之学，弦歌方盛。（元《大成殿记》）

地僻民豪，昔人所病。然迩来孝节，种种继出，其必有以风之者云。

形胜志

郊坰旷衍，四望弥弥，无高山之险阻。

东近齐鲁，西联郑魏，芒砀雄峙于前，黄河经带于后。

城郭志

旧志不存，历代修筑之由无考。金兴定间，以水迁保安镇（今在永城县境），其地犹有石刻“砀山县”三大字，及儒学棂星门石柱并存。元还旧治。国朝因之。

山川志

井泉并

芒山，在县东南六十七里。

砀山，在县东南七十里。考《寰宇记》，砀山载入永城县下，盖自宋初已然。然县以山名，不可不存其梗概也。

靴尖阜，在县西北一里。世传因欲作县治，未及成而有此。

插花墩，在县北一里。世传昔有小庙在上，人有疾者，于此庙插花即愈。

龙扒沟，在县南三十里，通汴河。

沧浪井，在县北一里沧浪庙内。天旱，取其水祷雨即应。

土产志

详《州志》。

田赋志

前代无考。

国朝天顺、成化间，本县官、民地二千三百七十八顷三十八亩三分五厘：官地二百二十一顷六十二亩六分，民地二千一百五十六顷七十五亩七分五厘。

夏税小麦三千四百九十四石二斗九升八合四勺六抄五撮。

秋粮粟米九千三百八十五石七升九合六勺七抄五撮。

京库税丝折绢一百五十四匹九尺二寸七分七厘七毫五丝。

农桑丝折绢三百八十四匹二丈九尺三寸八分五厘。

马草一万一千六百九十八包。

户口食盐钞一十四万七百四十四贯。

税课局商税课钞二千四百一十锭三贯二十文。

户口志

前代无考。

国朝砀山县二十五里。

洪武二十四年，户二千一百六十二，口一万六千五百三十四。

永乐十年，户二千九十四，口二万三百四十。

永乐二十年，户二千二百二十六，口二万二千五百七十。

宣德七年，户二千四百一十七，口二万六千七百一十七。

公署志

县治，当市之中。元末，毁于兵。国朝洪武初建，复毁。永乐三年，知县郝玘重建。

正厅五间，前轩三间；后厅五间，幕厅三间，前轩一间；仪门三间，耳房二间，架阁库三间，东西司房共六间；囹圄一所，戒石亭一座。

知县、县丞、主簿、典史宅各一间，吏舍十间。

察院，在县东南。洪武十三年建。

税课局，在县东北。洪武十五年建，岁办课钞一千五十锭。今废。

阴阳学，在县东。永乐十六年重修。

医学，在县前。洪武十三年建。

养济院，在县西。永乐十五年建。

预备仓四：一在县东崇教坊，一在大彭社，一在赵九社，一在浮沟社。

际留仓，在县东。岁收米一百一十八石。

学校志

儒学，旧在县东一里。唐贞观四年，奉诏立孔子庙于西北隅。宋元祐间，富民王惠迁于此。金大定三年水，庙学毁，县令杜之美重新之。元大德中，县尹杨泰创建于汉高庙故址。国朝永乐四年，知县郝玘重建。正统五年，知县杜钊迁庙于学左。成化六年，知县张梦辅重修。

社学，在各里。

坛壝志

社稷坛，在县西一里，洪武十三年建。制同州。

风云雷雨山川坛，在县南一里，洪武十三年建。制同州。

邑厉坛，在县北一里，洪武十三年建。制同州。

乡厉坛，共一十八处，在各乡。

宫室志

堂亭楼阁台榭并

振文堂，在儒学后。金明昌六年，知县胡世忠创。今废。

鼓楼，在县东五步。洪武二十四年，知县冯钦因宴喜台旧址而建。基高一丈五尺，楼屋三间。

钟楼，在县东一里许。永乐三年，知县郝玘因崇寿院旧基而建。基高一丈，楼房二间。

申明亭，在城并各乡共一十九所，洪武十三年建。

旌善亭，在城并各乡共一十九所，洪武十三年建。

心远亭，在城东里许，元人成简卿所筑，虞集有诗。

千佛阁，明永乐七年，僧海辯建。

宴喜台，在城东五十步。台上有石刻三大字，相传唐李白笔。按《李太白集》有《秋夜与刘砀山泛宴喜亭池诗》，则台下必有池。

桥梁志

五王铺桥，在县东三十里。

狐父桥，在县南三十五里。永乐十二年，知县周宗昕建。《史记》：曹参破秦军，取砀狐父，即此地。

铺舍志

急递铺六所：

县前铺，在县前十步，司兵四人。

七里铺，在县东七里，司兵四人。

赵九铺，在县东二十里，司兵四人。

毛城铺，在县东三十里，司兵四人。

陈村铺，在县东四十里，司兵四人。

西镇铺，在县东五十里，司兵四人。（以上通萧县）

闾里志

坊乡镇集并

进士坊，在县东大街，因倪鼎中进士而名。

登科坊，在县南大街，因王怿乡试中举而名。

崇教坊，在县东。　　庸信坊，在县西。

大街，在县东南隅。　　北小街，在县西北隅。

乡社一十六：使庄社、柳庄社、封池社、马昂社、东张社、大彭社、赵九社、渠城社、原奉社、段庄社、陈村社、浮沟社、子乾社、双沟社、蒲芦社、青台社。

西镇，在县东五十里。

王达店，在县西三十五里。　　市力寨店，在县北五十里。

监城店，在县西北三十五里。　　双沟店，在县北四十五里。

寺观志

永庆寺，在县西街北。国朝永乐七年，僧海辩建琉璃塔九层于寺前。访之父老，称塔下志石有开皇年号。

大明寺，在县东陈村社，金大定二年建。

立头寺，在县东保安社。　　白塔寺，在县东马昂社。

白云寺，在县东赵九社。　　定国寺，在县东马昂社。

兴国寺，在县东南渠城社，元至元二十六年建。

南大觉寺，在渠城社，至正元年建。

寿圣寺，在县东北崇教坊，金大定四年建。

云台寺，在县东北使庄社，至正二年建。

观音寺，在县南门外。

资圣寺，在县南赵九社，景泰七年建。

铜钟寺，在县北段庄社，元至元二年建。

吴庄寺，在县西北柳庄社。　　回罡寺，在县西北浮沟社。

奉伯寺，在县北二十五里。　　永安寺。

释迦院，在县东五十里。宋建，元天历二年重修。

崇寿院，在县东一里。金大定间，僧刘果钦建。

大觉院，在县北四十五里。　　崇庆庵，在县后。

聚仙宫，在县北三十五里安阳市力寨。元延祐中，洞真子购地创。

青华观，在县东北使庄社。　　全真观，在县北一里。

祠庙志

城隍庙，在县西街北半里。洪武二年，县尹邵俊杰建。

东岳庙，在县东半里。永乐三年，知县郝玘重修。

寿亭庙，在县南一里。元至元三年，邑人李成建。

三灵侯庙，在县东南。洪武二十七年，邑人郭容建。

二郎庙，在县北一里。永乐十二年，知县郝玘重建。

火星庙，在县东一里。永乐七年，知县郝玘重建。

龙王庙，在县西北靴尖阜上。

陵墓志

隐王墓，《前汉书》：胜之汝阴，还至下城父，其御庄贾杀胜降秦，葬砀。高祖时，为胜置守冢于砀，至今血食。王莽败，乃绝。不知其处。

梁广王墓，太祖朱温兄全昱，在城东北二里许。

安庄王墓，广王墓侧，太祖犹子友宁也。有碑铭，皆对隅。

党太尉墓，在城南三十里。太尉名进，宋太祖名将，朔州马邑人，太平兴国二年卒，葬于此。有碑记，迷灭不可读。子孙家其傍。元至元壬午，裔孙弘济葺其兆域。

曹伯启墓，在城北三里许。伯启为元集贤院学士，谥文贞，卒葬此。

成克敬墓，在城东二里。克敬为元朝列大夫，赠上谷郡伯，卒葬于此。

义冢三：一城北厉坛南，一城东官道南，一城西社稷坛南。

古迹志

狐父，在县南三十里。《史记》：曹参击秦将司马尼，取狐父是也。

梁城，汉梁怀王都城。即秦砀郡废城，梁孝王增筑之，遗址犹存。今县治居其东北隅。

麻乡城，在县北二十五里。东汉盖延屯兵处，后魏改砀山为安阳治，俱此。

衣锦乡、沛王里，五代梁朱氏族居此。

市力寨，在县北三十五里。后魏改砀山为安阳，此寨在安阳之境。

砀山八景

芒砀云气（《汉书》：刘季微时，常隐芒砀中，吕后辄求得。季问故，吕曰："季所居，其上常有云气。"故云"芒砀云气"）

星海洪涛（黄河发源星宿海，旧经城南，今经城北，洪涛湍悍，孔子曰"逝者如斯夫，不舍昼夜"是也。故云"星海洪涛"）

秋池邀月（梁孝王雁池，亦名华池，唐李白与刘砀山秋夜饮酒赋诗于此。故云"秋池邀月"）

春堤吟风（城外护城堤，隐如冈阜，春月桃李交映，为邑人游赏之地。故云"春堤吟风"）

层台鼓韵（梁孝王筑，平基在县东。洪武中，县令冯钦建谯楼于其上。故云"层台鼓韵"）

杰阁铃音（在永庆寺内。永乐七年僧海辩建万佛琉璃塔，其高九重，周四丈许，规制壮丽，每一微风，铃音铿然。故云"杰阁铃音"）

词宗雅兴（元集贤学士虞邵庵与邑人成简卿友善，尝客游于此，为赋《心远亭诗》。故云"词宗雅兴"）

仙客高踪（元洞真子游砀，遇胥井人赵志坚，创建琳宫。延祐羽化而去，敕赐宫名聚仙。故云"仙客高踪"）

职官志

汉（属梁国，东汉改砀山县）

县令，千石，月俸八十斛。　　县丞，四百石，月俸五十斛。

主簿（令长自调用）县尉，二百石，月俸三十斛。

唐（属宋州）

县令一人。　　县丞一人。

主簿一人。　　县尉。（以上品级、职田并同萧）

宋（属单州）

知县一员。　　县丞一员。

主簿一员。　　尉一员。（以上并同萧）

元（属东平府，后属济宁路）

达鲁花赤一员。　　县尹一员。

主簿一员。

县尉一员。

典史二员。

儒学教谕一员。(以上职俸并同萧)

国朝(属徐州)

知县一员。

主簿一员。

典史一员。

儒学教谕一员。

训导二员。(以上品俸并同萧)

阴阳学训术一员。

医学训科一员。

僧会司僧会一人。

道会司道会一人。(以上无俸)

封建志

未有考。

名宦志

唐

韦恒，嗣立子。开元初为砀山令，行政宽惠，民吏爱之。

刘砀山，按《李太白集》有《秋夜与刘砀山泛宴喜亭池》诗曰："明宰试舟楫。"则刘必砀山宰也。而其与太白游，人亦从可知已。

宋

王存立，熙宁中为砀山县尉，尝建白于朝。

许戬，政和间知县。见宴喜台石刻。

金

杜之美，大定十一年知县事，重新学宫。

胡世忠，明昌六年知县事。见《重修文庙碑记》。

侯丰，泰和三年主簿。见《文庙碑记》。

元

杨泰，大德中县尹。兴崇学校，劝课农桑，政教兼举，民怀其德。

蒋恕，平阴人，元贞乙未为县尹。尝改建学宫正殿。

孟直，郓城人，天历戊辰为县尹。见《重修庙学记》。

王良，贞元年主簿。见《重修大成殿记》。

韩让，至元六年主簿，创构宣圣庙。

国朝

郝玘，山西吉州人。永乐初知县事。廉勤爱民，劝民重农桑，兴举学校，作成人才。政教兼著，士民甚怀之。秩满，父老乞留，还任。寻以忧去。后服阕，萧民乞为令，因补除萧。见前传。

邹旦，江西乐安人。正统间知砀山县。重士爱民，声称藉甚。改宜兴令。

杜钊，直隶衡水人。为砀山令，政善民安。秩满当迁，因民乞留，增秩还官。

张梦辅，陕西澄城人。成化中，由举人知砀山县事。邑邻军屯，多盗，梦辅法禁严明，盗为止息。迁知颍州去。

叶楚华，浙江松阳人。成化初任教谕，学问该博，善作成人，士类颂之。

田禋，河南祥符人，成化中为邑令。廉介不苟，政务息民，绰有声绩。迁南道监察御史。

流寓志

秦

刘季，沛人。始皇时，有望气者言东南有天子气。季辄自负，尝隐芒砀山泽间，结纳豪俊，故灌婴十三侯皆从季起兵于砀。

申屠蟠，外黄人。初，范滂等臧否人物，非讦朝政。自公卿以下，皆折节事之。太学生争慕其风，以为文学将兴，处士复用。蟠独叹曰："战国之世，处士横议，列国之君至为拥彗先驱，卒有坑焚之祸。今之谓矣！"乃绝迹于梁、砀之间，因树为屋，自同佣人，不罹党锢之祸。

范冉，外黄人。桓帝时为莱芜长，不到官。朝廷欲以为御史大夫，遂遁去。布衣草履，卖卜梁、砀间。家徒四壁，处之裕如。

宋

陈纲，郎中；王仲，秘书省正字；吴子亮，文林郎，俱客游芒砀山中，赋诗吊古。

元

虞集，字伯生，临川人，集贤馆学士。与邑人成简卿交善，尝主其家，为赋

《心远亭诗》。砀及邻邑，多有集著作。

人物志

汉

栾布，梁人。为梁王彭越使于齐，及反，汉已诛彭越，枭首雒阳。布奏事彭越头下，祠而哭之。上嘉之，拜为都尉。孝文时，为燕相。吴、楚反，以军功封鄃侯。燕、齐之间皆为栾布立社，号曰“栾公社”。

申屠嘉，梁人。以材官蹶张从高祖击项羽，累官都尉，历淮阳守。孝文时，迁御史大夫，拜丞相，封故安侯。嘉为人廉直，不受私谒。邓通以幸臣戏殿上，嘉欲斩之，赦至乃免。后为晁错所卖，呕血而死。谥曰节。

丁宽，梁人。初，梁项生从田何受《易》，宽为项生从者，读《易》精敏，遂事何学。学成东归，何曰：“《易》已东矣！”景帝朝，宽为梁孝王将军，号丁将军。作《易说》三万言，授砀人田王孙。王孙授施雠、孟喜、梁丘贺。由是《易》有施、孟、梁丘之学。

焦赣，尝从孟喜问《易》。喜死，京房以为延寿《易》即孟氏学，从之，为京氏学。

桥仁，梁人。尝同杨荣从小戴学《礼》。仁仕为大鸿胪，荣仕为琅琊太守。由是小戴有桥、杨之学。

周庆，字幼君；丁姓，字子孙，皆梁人，从鲁荣广受《穀梁春秋》。宣帝时，选郎十人，从蔡千秋受《穀梁》学。会千秋病死，征江公孙为博士。江博士复死，乃征庆、姓，使十人卒业。由是《穀梁》之学大盛于时。庆与姓皆为博士。

刘纡，梁人。与阮孝绪、刘歆为三隐①。尝卜筑钟山，有终焉之志。常着谷皮冠、披衲衣游山泽。风神颖俊，意气弥满，过者以为神人。

唐

朱全昱，砀山人，梁主全忠之兄。梁主既即帝位，与宗戚饮博，全昱谓曰：“朱三，本砀山一民耳，从黄巢为盗。天子命汝为四镇节度使，富贵极矣！何一旦灭唐三百年社稷？”梁主不怿而罢。后，全昱不乐居京师，常居砀山故里。

朱友宁，梁祖子。累功赠开府仪同三司。追封安庄王。

朱友伦，梁祖子。为检校司空、胶州刺史。追封密王。

---

① 按：刘纡为刘讦之讹，刘歆为刘歊之讹。旧志并误，勘详嘉靖《徐州志》。

元

石普，字原周，砀山人。志倜傥，明经，有学术。前元至正间，以进士为翰林院编修。兵兴，授枢密院都事。时张士诚据高邮，普请先驱，为天下忠义倡。乃趋高邮，勒兵血战。左胁为贼枪所中，犹手握其枪，斫贼死。贼众攒枪以刺，力战死之。赠兵部尚书，谥忠毅。

曹伯启，砀山人。笃于问学。累官集贤学士、侍御史，泰定初致仕。伯启性庄肃，奉身清约。在中台，所奖惜名士甚多。有诗文十卷。六子、十孙皆显仕。

曹甫，砀山人。博学能文。累官陕西诸道行台御史中丞，赠体忠守宪功臣、行省左丞、鲁郡公，谥文贞。

成克敬，字简卿，砀山人。淳朴务实。由归德军判官转国子监典籍。卒，赠朝列大夫、秘书少监，追封上谷郡伯。

许义夫，砀山人。为夏邑县尹。每亲诣乡社，教民稼穑，见民勤者赏之，惰者罚之。后为封丘尹，值群盗劫略州县，义夫单骑出封郊，力言封丘邑小，民已惊窜，幸无入吾境。民获免于难。

国朝

黄正，砀山人。气质刚方，言语必信，居家以孝闻。洪武中为邑吏，以直言征，奏对称旨。擢右佥都御史，弹劾不避权要。后忤旨，黜为庐州英山县吏。及平金山叛寇，复升左佥都御史。未几，命讨云南叛夷，降服。还至普安，遇害。

陈修质、魏志道、高敏、魏宗周，洪武中并以荐用。修质任葭州知州，志道任怀庆府同知，敏历官知州、工部郎中、扬州知府，宗周任泉州知府。

陈敬，有武略。永乐中，以战功累官中军都督府都督佥事，镇守山海、永平。法令严明，军民怀服。

张宏，天性孝友，勤于问学。永乐中，由国子生授开封府同知，转户部郎中。律己廉洁，苞苴未尝一至其门。出知荆州府，政务既举，所守益励。门绝私谒，人称“闭门张”。

纪义，学博行醇，邃于《易》理。由岁贡任仁和县丞，声绩茂著。会卒于官，上下皆痛惜之，后以名宦见称云。

孝义志

元

韦信，砀山人。性俭素，事二亲尽孝。每朝夕供膳，必俯伏四拜而后退。人问其故。答曰:“父母之恩，终身难报，跪拜何劳?”不少懈。有司以闻，至元间诏旌其门。

国朝

纪旻，邑庠生。童子时，读书务力行实践。每云“身体发肤，受之父母”，遂置一青囊，出入恒佩之，每落爪发，必蓄囊中。比长，动履率服先训。居母丧，结庐墓侧，日三负土加冢上。三年，积冢若丘陵然。昕夕有群雀集巢林，相呼并鸣，依依驯狎，意气实相感焉。至今乡人不称其名字，第曰“纪孝子”云。

苗兴、玉景祥，崇教坊人；王都，东张社人；胡荣，段庄社人；高成，子乾社人；范深，双沟社人；毛福荣，蒲芦社人；许泰，段庄社人；王全，马昂社人；周良辅，原奉社人。正统五年，各出小麦一千石有奇，输官赈饥。正统六年，诏旌为义民，仍命有司表其门曰“尚义”。

列女志

五代

石氏，梁贺王友雍之妃。李存勖入汴，闻妃色美，召之。妃嫚骂不从，见杀。

元

段兴妻牛氏，年二十，夫殁。宗党欲夺其志。叱曰:“此心已定，敢有复言者，我当以颈血溅之！我死，则垂白姑舅、襁餔弱息，岂能自存? 是祸我一家!”语毕大泣，众不敢言。躬勤织纫，以养二亲。及卒，葬祭成礼。具式谷其子。

科贡志

进士

宋

葛进卿

元

石　普

国朝

魏　益　　倪　鼎

举人

国朝

魏　益　　王　怿　　倪　鼎

岁贡

国朝

卢　生	李　忠	朱　安	张友恒
朱　显	唐　凯	杜　庆	李　范
毛　诚	姜　熊	王　佐	范　庸
李　昱	张　俊	刘　叙	薛　裴
张　佑	张　宏	刘　安	王　瑾
蒋　幹	郭　惠	程　宪	赵　敏
褚　让	刘　瓒	李　恕	单　庆
张　显	楚　盛	董　彝	王　泽
纪　绅	胡　宁	刘　志	黄　远
齐　志	武　韬	许　昌	苗　本
姚　纲	朱　良	刘　涌	郭居仁
黄　中	李存仁	吴文彬	蒋德兴
李　恂	王　缙	赵　铭	刘　宗
陈　善	许　中	赵　英	段　珉
张　豫	朱　喆	季　春	丁　鉴
纪　义	丘　琰	许　侃	王　澄
刘　濬			

方技志

未有考。

玄释志

元

洞真子，涿州人，姓丘。壮年学道。至元庚寅，北游京师，谒真人祁公，赐号宝岩大师。既退，东南游邹峄山，拜丹阳真人为师，道侣共号为洞真子。乃西游砀山，遇胥井人赵志坚，建聚仙宫，因为提点。延祐中，邀里中故旧会茶讫，托以他往。次旦，人见其西去，弟子志坚辟户视之，时已羽化矣。

灾祥志

晋

武帝咸宁二年冬十一月，白龙二见于梁国。

宋

孝宗淳熙元年七月，蝗。

元

泰定帝泰定元年六月，大水。

国朝

洪武三年，献瑞麦。

永乐十三年，饥，进士梁洞奉命发粟赈之。

成化二十年，饥。

词翰志

唐

李白《秋夜与刘砀山泛宴喜亭》

明宰试舟楫，张灯宴华池。文招梁苑客，歌动郢中儿。月色望不尽，天空交相宜。令人欲泛海，只待长风吹。

元

虞集《赋砀山成简卿心远亭》

作亭临河河水浑，草树绕屋啼鸟闻。梦回枕上彭城雨，目送檐间芒砀云。归来黄菊有佳色，坐老青山无垢氛。但愿尊中常得酒，曲阿莫问旧参军。

国朝

安成刘球《砀山县儒学记》

皇上嗣天下之明年，选风纪之臣，分督郡邑学政。其陛辞也，悉授以敕条，建饰庙学乃其一端也。四年，砀山县学孔子庙告成。庙为一室，其崇以寻计者四，广以丈计者六，邃以尺计者三十有奇。斋堂门庑之展，庖廪之扩，莫不称之。其地夷，其材硕，其构浑坚，其绘郁然，其规制则皆壮丽于初。然官不伤于费，民不知其劳，自非志唯一出、谋与佥谐，何足以及此哉？至是，知县事衡水杜钊课最当迁，以民乞留，得增秩还官，来请予记。因问倡斯役者为谁，则曰："初，监察御史庐陵彭侯勖督学至邑，命迁于学东。既而监察御史庐陵孙侯鼎，喻使完美。筑营之功，以故兴焉。"又问宰斯役者为谁，则曰："前知县事刘伯吉，实经始之。继而程厥工，制厥用，以克有终者，钊暨县丞刘全、典史周文中预有力焉。"又问赞襄斯役者为谁，则曰："前教谕李孟玉、张观兴，今教谕丘纯、训导徐忞是赖焉。"予然后知任风纪者克率群职，奉敕旨以举事矣。嗟夫！道在天地间，万世犹一日也。二帝三王之后，唯孔子一人而已。四教所以立，六经所以明，百王之法所以备，孰非孔子之功欤？此其所以世为天下师也。后世之君，有志于昭文德以兴复古治，必诏郡邑隆其祀事。隆其祀者，尊其道也。尊斯道，而后民知所从焉。皇上御极，即留心于此，内外大小之臣又克副成圣意如砀山焉，岂非斯道之幸欤？诸生诵其诗书，习其礼乐，敏而为达才，粹而为成德。得志则发所蕴，上可措斯世于唐虞，下可等事业于伊周；不得志，亦足以仁其家，善其乡里之俗，安往而不得于道哉？因题诸石，以为诸生励。

博野刘吉《重修砀山儒学记》

砀山地僻而民豪，往因水旱荐臻，俗益贫甚，民失其所者半。天顺壬午，张侯梦辅来尹兹土，奋力振作，急于民事，岁事向丰。至有凶强不律者，设法锄之。由是民无顾虑，而安堵复故焉。一日，诣学谒庙，视其庙宇倾欹，且规制隘陋，因遂谋之僚贰暨诸直教事者，各捐俸资，鸠工抡材，诹日兴事。而侯躬莅教护属功，课其章程。邑之富人、义士观感者，悉力以助。经始于丁亥秋八月一日，落成于戊子冬十月九日。其大址延袤，视旧加三之一。凡庙寝、堂斋、庐舍、泡湢，俱彤碧相辉，黝垩交映。至于庙器、礼物，靡不补葺维新。而又建阁尊经，伟乎改观矣。既毕工，乃遣人走京师，以记为请。窃惟圣朝有天下百余年，列圣相承，聿图至治。其所立纲陈纪，为生民经久之计者，大要不外乎农桑、学校而已。夫农桑为衣食之本，学校为礼义之先，二者一有缺焉，虽欲言治，皆苟焉尔。今之守令不辨所重轻，率以奔走承顺为能事，催科速成为善政，至学校之倾颓、风俗之薄恶，则恝然莫之为介，良可慨也！其知所先务而能果于兴事，不负朝廷委任之意者几人哉？予于张侯，不能无取也。徐为中国衣冠之域，南畿首善之地，泮宫一新，秀民杰士殆将皤然自新，后先相望。人将指而颂之曰："此张侯作兴之效也！"其功用岂小补哉？用志于石，以俟采于观风者。

洛阳刘健《科举题名石记》

有所重于前，然后可激于其后。盖前者，后之表也。砀山，古郡邑，秦汉以来，奇伟之士生其间者，后先相望。我国家定都金陵，尤近在畿内，贤俊之士宜彬彬乎盛也，而自设科以来，仅一二见焉。此固士习之不振，亦所以感发激励之未尽其道耳。澄城张君梦辅来知县事，适监察御史临海陈公选奉命提督南畿学校，且以科目之盛衰，系有司之良否。张君于是笃意学校，悉用其极，乃砻石于学，题砀山之士凡发身科第者姓名及历官大略于其上。以余辱相善也，令其佐缪君贯书来请记。余闻伊川先生之言曰："名者，可以励中人。君子所存，非所汲汲。"盖以名而望之，疑若非忠厚之道矣。然君子之持己也常严，其与人也常切。持己严，故非圣人之道，不敢轻以自恕；与人切，故多方开导，惟恐其不入于善。是则诱人以名而望其进，乃君子所以为忠厚之至也。古之人自省台而下，至郡邑治署，皆有题以重前修而励后人，不但学校也，可少乎哉？然名者，实之华。诵其诗，读其书，心古人之心，行古人之行，使毫发无所愧，此名之实也。学者于此致力焉，则虽无意于名，而名自随之矣。张君，盖名实相符之士也，其必能以余言率砀之士矣。

重修徐州志卷第八

重修徐州志卷第九

（补辑）

丰县志

建置沿革志

《禹贡》徐州之域，《周礼·职方氏》青、兖之境。春秋属宋，战国属楚。秦置丰邑，汉置丰县，属沛郡。东汉属沛国，晋因之。宋、魏属北济阴郡。隋属彭城郡，唐因之。宋属徐州，后没于金。元属济宁路，至元二年以沛县并入，三年复析置沛县。至正二十四年，王宗举据守其地。二十六年八月内，天兵下淮安，宗举逃遁，邑父老率众归附，仍隶徐州，编户十九里。

郡名志

丰，又名凤城。唐白乐天咏《朱陈村》诗云："徐州古丰县。"

分野志

见《州志》。

疆域志

至到并

本县在徐州西北，东接本州沛县界，西抵济宁州单县界，南距萧县界，北连济宁州鱼台县界，广九十里，袤一百一十里。

东至沛县界三十里，西至山东单县界六十里，南至萧县界五十里，北至山东鱼台县界五十里。

东南到本州一百八十里，西南到砀山县九十里，东北到山东滕县界一百四十里，西北到山东金乡县一百二十里。

自县治至北京，陆路一千六百里，水路一千九百里；至南京，陆路九百里，水路一千二百里。

风俗志

丰邑乃汉祖生长之乡，地邻邹鲁，夙有儒风。然德不胜气，化不移习，好刚劲，尚节气，轻剽急疾，虽庸下莫肯少俯。唐白乐天诗云“山深民俗淳”，以今观之，亦近似矣。方今圣化渐摩，民风益淳，专事农桑，乐输赋税，婚姻死丧，有无相济，此又其俗之最厚云。

形胜志

广野平原，绵邈四际，华山拱其前，泡水环其后。

东近邹鲁，北联赵魏，南通淮泗，西接梁楚。

城郭志

旧有土城，莫究其始。考《史记》：秦始皇筑厌气台于此城内，仍凿四大池于城四隅，遗址迄今尚存，则此城已创自秦之前矣。周九里许，城角四丈余，高三丈余，城之西南角独高丈许，旧名“凤凰嗉”，垂左翼于东南，右翼于西北，各长数百丈，此“凤城”之所由名也。今两翼沙淤无迹，门楼垛铺俱废。成化二十一年，知县邝颐重修四门。

山川志

井泉并

东华山，在县东南三十五里。其山无石，今呼为小华山。

白驹山，在县东南十五里，地形高阜，世称汉祖尝憩会于此。

泡河，在县北。上流即丰水，自单县流经县北门，入于泗。

白帝河，在县西北五里。汉祖斩蛇之侧，夜闻老妪哭曰：“吾子，白帝子也，今被赤帝子斩之。”因以名河。

浊河，在县南五里。

大泽，在县北六里。汉祖母媪尝息大泽之陂，梦与神遇，即此。

丰西泽，在县西十五里。汉祖以亭长为县送徒骊山，止饮于此。

斩蛇沟，在县西二十里，汉祖斩白蛇于此。

土产志

详《州志》。

田赋志

前代无考。

国朝天顺、成化间，本县官、民地一千七百二十四顷三十九亩六分五厘：官地四十六亩五分，民地一千七百二十三顷九十三亩一分五厘。

夏税小麦三千三百二十九石三斗四升二合四勺五抄九圭。

秋粮粟米五千五百二十九石九合六勺六抄二撮五圭。

京库税丝折绢一百五十五匹一丈二尺五分五厘。

农桑丝折绢一百二十匹二丈三尺一寸七分五厘。

马草六千九百九十八包。

户口食盐钞一十二万六千二百六十四贯。

带管税课局商税课钞二千二百二十锭四贯一百六十文。

户口志

前代无考。

国朝丰县一十九里。

洪武二十四年，户一千八百七十九，口一万三千五十四。

永乐十年，户一千九百一，口一万六千八百五十七。

永乐二十年，户二千四十八，口一万九千八百九十四。

宣德七年，户二千五十，口二万二千二十五。

公署志

县治在城。秦以前已有治，未详其地。宋治平三年，县令关景仁建于此[①]。元至元十一年，知县刘士徙建此。后毁于兵。国朝洪武三年，知县傅时即旧址重建。景泰、成化间相继修葺，尚仍旧贯。

税课局，在县东，洪武十六年建。

预备仓四：一在华山保，一在七级保，一在苗城保，一在司马保。

阴阳学、医学，俱在县东。

养济院，在县东南。

学校志

学旧在县东半里。前代建置无考。金末，毁于火。元至元五年，县尹郭瑄即旧址创建，后毁于兵。国朝洪武六年，知县曾本重建。宣德间知县阙膺、天顺间知县张昇、成化间知县邝颐相继增修。

社学三，一在儒学南，一在中阳坊，一在县西。

坛壝志

社稷坛，在县西门外一里。建置同前。

风云雷雨山川坛，在县南门外一里。洪武初，知县曾本、杨扔创建。

邑厉坛，在泡河桥北。建置同前。

宫室志

鼓楼，在县前。永乐十六年，知县郝晔创建。成化二十二年，知县邝颐重加增葺，有工部主事陈宣记。

钟楼，在县东。永乐十一年，知县方琛鼎建。

厌气台，按《史记》：始皇帝望东南有天子气，于是东游以厌之，因筑此台。今在县门东。俗呼"秦台"，宋王禹偁有记。

丰西亭，在县西泽中。汉祖为亭长时，送徒骊山，过此亭饮。

---

① 按：治平三年关景仁于县治东北隅建凫鹥亭，而旧治久在此间，并非此时所建。

枌榆亭：在县西二十里。按《后汉书·郡国志》：丰有枌榆亭，汉祖斩白蛇，聚众徒于此亭息之。

凫鹭亭，在县后东隅池上。旧名“四望”，宋治平三年，县令关景仁重建，易今名。有诗。

桥梁志

白羊桥，在县南门外一里。

嘉庆桥，在县东门外莲花池畔。

天津桥，在中阳坊前。

地津桥，在仁风坊前。

人津桥，在嘉庆坊前。

龙雾桥，在县东北五里。即汉祖母媪息大泽之陂遇神处。

土桥，在县南三里。

泡河桥，在县北门外。

铺舍志

急递铺五所：

县前铺，铺司兵四人。

留村铺，在县东七里，有铺兵三人。

周村铺，在县东十五里，有铺兵三人。

新村铺，在县南一十里，有铺兵三人。

黎村铺，在县南二十五里，有铺兵三人。（达沛县界）

闾里志

坊乡镇集并

中阳坊，在县东北。

仁风坊，在县东南。

嘉庆坊，在县正东。

游艺坊，在县正西。

登科坊，在县东北，因王献中乡选而名。

南北街，在县东。 东西街，在县南。

在城一里，在乡四乡：

一乡，在县东南。辖保八：华山保、大乌保、留顺保、丁兰保、万安保、襄田保、七级保、艾村保。

二乡，在县西南。辖保三：安靖保、苗城保、新赵保。

三乡，在县西北。辖保三：司马保、田村保、食城保。

四乡，在县东北。辖保四：忽城保、力村保、永安保、新村保。

苗城集，在县西一十里。

丁兰集，在县东北一十里。

赵庄集，在县西北二十里。

棠林集，在县西南三十里。

首羡集，在县北三十五里。

寺观志

兴教寺，在县东北隅。旧有古刹，莫稽其由。国朝洪武二十年，僧会仲名重建，僧会司在焉。

永宁寺，在县东北二百五十步。北齐天保二年，改曰白塔寺。隋开皇十三年，改道成寺。唐上元二年，改重光寺。宋大中祥符四年，复改永宁寺。建炎间，迁城东北汉卢绾故宅。金大定十九年，僧普净修建。元至元、大德间，僧文秀、法澍修葺。

登云寺，即华山寺，在县东南三十里。系古迹，建立无考。

重福寺，在田村保，金大定元年建。

华严寺，在司马保，元至正元年建。

福胜寺，在苗城保，元至正元年建。

太平寺，今废。

大圣院，在县北四十里。有石碣，唐贞元十七年建。

洞真观，在县东北隅。元至元六年云真子建，即曲豆胜境。至元二十五年改为曲泉宫。

龙翔观，在县东北隅。正统十二年，典史马能因旧址建。

祠庙志

城隍庙，在县东街。

金龙四大王庙，在县南门外，前元翰林院学士袁遵道有记。

田祖神庙，在县北二十五里，洪武间知县曹仲篪建。

山神庙，在县东南三十五里，永乐间知县方琛重建。

司马神庙，在中阳坊。建设同州。

龙雾庙，在县东北五里。

汉高祖庙，在县中阳坊，五代时刘知远建。国朝命有司岁时享祭。

东汉光武庙，在县西北八里。

柳毅庙，在县西门外迤北。

司马温公庙，在县西北三十里。

崔府君庙，在县西二十五里许。

李文靖公祠，在县西三十里。洪武间，洪水漂流，乡人收其神主，知县杨抝立庙祀之。案《一统志》：文靖治第河南封丘。今丰与相邻，或传不妄。成化间，知县邝颐重建。

陵墓志

彝王陵，在县东南三十里堕山之下。

齐王陵，在县东北二十五里。相传汉齐王墓，傍有停灵台。今有庙。

秦王墓，在县西五里。

绛侯墓，在县东北十五里，至今子孙有世业地八十亩。

马惟堌，在县东北二里许。马惟先生，高祖、卢绾同学之师也，卒葬于此。

娥墓，在县治西北三十里。娥，未详姓氏，必古烈女也。

李若谷墓，在县治北五十里。若谷为宋参知政事，卒谥康靖，葬于此。其子淑，亦葬里中。

袁遵道墓，在华山西北。遵道为元学士，葬此。

曹中墓，在县治西百步许柳毅庙旁。中，元进士，仕至侍郎。

义冢，在泡河岸北。

古迹志

枌榆社，在县内。即汉祖初起，祷以徇沛处。枌榆，乡名。社在枌榆。《史记》：汉高祖初起，祷丰枌榆，徇沛，为沛公。二年，令县为公社。后四岁，天下已定，诏御史，令丰治枌榆社，常以仲春用羊、豕祠之。后汉章帝章和元年八月，遣使祠丰枌榆社。

汉祖故宅，按《玉海》引《述征记》：丰水东九十里有汉高祖宅。又引《汉旧仪》云：高皇帝家在丰中阳里，及为天子，祠丰故宅。

卢绾故宅，在县东北隅。宋建炎间，建寺于上，即今永宁寺基是也。

落马碑，在县中阳坊。俗传汉祖幼指此为秦始皇落马之地，后人为立碑。

伏道，在县东北城下。相传汉祖避秦厌气，曾出此道，至今道中棘针皆顺生。

邀城，在县西南二十里。俗传汉祖六龙还乡，父老邀驾于此。

朱陈村，在县东南一百里。按宋苏东坡诗注："在丰县深山中，民俗淳质，一村惟朱、陈两姓，世为婚姻。"

杏花村，按《古今诗话》："徐州丰县朱陈村有杏花二十里。"故苏文忠诗曰："我是朱陈旧使君，劝农曾入杏花村。如今风物那堪画，县吏催钱夜打门。"

丰县八景

华山岚色　泡水波光　圣井春游　天津晚钓

秦台夜月　娥堌秋容　中阳夕照　曲豆晨烟

职官志

汉（属沛郡）

县令，千石，月俸八十斛。　县丞，四百石，月俸五十斛。

主簿（令长自调用）县尉，二百石，月俸三十斛。

唐（属徐州）

县令一人。　县丞一人。

主簿一人。　县尉。（以上品级、职田并同萧）

宋（属徐州）

知县一员。　县丞一员。

主簿一员。　尉一员。（以上并同萧）

元（属济宁路）

达鲁花赤一员。　县尹一员。

主簿一员。　县尉一员。

典史二员。　儒学教谕一员。（以上职俸，并同萧）

国朝（属徐州）

知县一员。　主簿一员。

典史一员。　儒学教谕一员。

训导二员。（以上品俸并同萧）

阴阳学训术一员。医学训科一员。

僧会司僧会一员。道会司道会一员。（以上无俸）

封建志

晋

羊鉴，泰山人。成帝即位，命讨苏峻，以功封丰县侯[①]。

名宦志

汉

牟融，北海安丘人。永平间为丰令。存心仁恕，视事三月，狱无冤滞，政迹为诸邑最。

唐

李守素，贞观初为丰令。讼简民安，鸣琴尽日。迁文学馆学士。

宋

关景仁，会稽人。治平间举进士，为丰县令，政通民和。尝作凫鹥亭以游息，复自咏以记之。

马建中，单父人。元祐初为丰令，民安其政。有《凫鹥诗》传于世。

韩侯，佚其名，淄川人。宣和中为邑令。博雅好古，吏民钦之。

王之才，宣和中为主簿。洁己砺节，民称为“王清水”。

元

张荣，至元间县尹。兴学劝农，百姓悦服。

曹简，沂州人。至元间为丰主簿。政清讼简，爱民下士。后人立碑颂之。

曹谦，司县庠教事。

郭瑄，至正五年为县尹。沉毅有为，建廨宇、兴学舍，士民德之。

刘士，保定人。至正十一年为丰令。操行廉慎，政尚严明，吏民畏之。

杨嘉，至正间为县教谕。经明行修，诲人不倦，常俸之外，一无所取，士类

① 案《晋书》本传，应为“丰城县侯”。嘉靖、万历、顺治《徐州志》同误，自康熙《徐州志》始削去。

钦服。

王宗举，至正间作尉于丰。元末兵乱，宗举据守全县。后去，不知所终。

国朝

曾本，江西雩都人。洪武中知县事令。性廉洁，为政宽平，吏民怀服。

曹仲篪，江西湖口人。清白自持，平庶是尚，民咸归心。

阙膺，江西奉新人。宣德间为丰令。笃于民事，邑人称之。学校公署，悉为修缮。

刘昂，江西庐陵人。正统中任学谕。训课生徒，一以道义。卒于官。

段徽，山西怀仁人。为县学谕。持身端谨，勤于造士。

陈嵩，浙江山阴人。成化间任丰县训导。老成庄重，严毅刚方，士类钦服焉。

流寓志

战国

丰公。按《前汉书·高帝纪》赞曰："《春秋》晋史蔡墨有言：'陶唐氏既衰，其后有刘累，学扰龙，事孔甲。范氏，其后也。'而大夫范宣子亦曰：'祖自虞以上为陶唐氏，在夏为御龙氏，在商为豕韦氏，在周为唐杜氏，晋主夏盟为范氏。'范氏为晋士师，鲁文公世奔秦，后归于晋，其处晋者为刘氏。刘向云：战国时，刘氏自秦获于魏（六国时，秦伐魏，刘氏随军，为魏所获，故得徙居大梁）。秦灭魏，迁大梁（非始皇灭六国之时），都于丰。故周市说雍齿曰：'丰，故梁徙也。'是以颂高祖云：'汉帝本系，出自唐帝。降及于周，在秦作刘。涉魏而东，遂为丰公。'丰公，盖太上皇父，其迁日浅，坟墓在丰鲜焉。及高祖即位，置祠祀官，则有秦、晋、梁、荆之巫（丰属荆，有南巫也）。"按此，则刘氏迁丰，实自丰公始也。

汉

丁兰，河南陈州人。早丧父，事母至孝。及母丧，刻木为像祀之。后居丰县东十二里，因以名其镇曰丁兰镇，里曰丁兰里。

国朝

阙膺，江西奉新人。宣德中为丰令。九年，乞致仕，因遂家焉。

人物志

汉

萧何，丰人。初为沛主掾吏，高祖为亭长，何常左右之。及从入关，独先收秦律令、图书藏之。汉楚争雄，何常守关中，转给馈饷，军中无乏。天下既定，以功第一，封酂侯，为开国元臣。卒，谥文终。高祖尝曰："镇国家，抚百姓，给馈饷，不绝粮道，吾不如萧何。"与张良、韩信列为"三杰"云。

卢绾，丰人。与汉高祖同里人，同日生，里中交以羊酒贺。及壮，学书，又相友爱。高祖起沛，绾以客从。入汉，为将军，击破臧荼，乃立为燕王。

张鲁，字公祺。祖父陵，客蜀，学道鹄鸣山中，造作道书。传业衡，衡传于鲁。鲁行宽惠，自号君师，百姓亲附。供道之费，米限五斗，故世号"五斗米道"。魏太祖入南郑，鲁出家兵益之，太祖以为镇南将军。

隋

刘权，沛郡丰人。少有侠气，后折节好学，动循矩度。开皇中，以车骑将军领乡兵，从晋王广平陈，进开府仪同三司，拜苏州刺史，以诚信御下，民不忍欺。炀帝初，拜卫尉卿，改南海太守。路逢盗起，权为招谕，盗悉降附，帝闻而嘉之。抵任，有异政。数岁，世方扰乱，群雄多愿推权为首，权竟固守以拒之。子世彻又密书讽令举兵，权召集僚佐，对斩其使，守之以死，卒于官。

五代

朱珍，徐州丰人。少从梁太祖为将，善治军选士，累立战功，拜淄州刺史。

宋

李若谷，丰人。少孤，游洛下，因葬其考妣于缑氏之原，而占籍焉。举进士。累官资政殿大学士致仕，加太子少傅、中山郡开国公。卒，谥康靖。子淑，赐童子出身[①]，累官翰林学士。孙寿朋、复圭，皆仕于时，历官多政绩。

宋汝为，丰人。靖康元年，金人犯京师，阖门遇害，汝为思报之。建炎三年，谒部使者陈边事，高宗嘉纳，假开州刺史，奉国书使金，兼致书刘豫。豫诱以官，固辞，以机密归报朝廷。后亡归，献《恢复方略》，又上丞相书，极言用兵之要。

---

① 嘉靖《徐州志》云："李淑，旧志误作'淑赐'。"今案《大明一统志》："子淑，赐童子出身。"或为断句截取之误。

秦桧欲械送金人，乃变姓名为赵复，徒步入蜀，后竟终于蜀。隆兴二年，子南强以汝为之死哀诉于朝，参知政事虞允文、钱端礼以闻，特与官一子。有《忠嘉集》行于世。

姚孝锡，丰人。宣和六年登科，调代州兵曹。金兵入雁门，州将议以城降。官属畏怯，投死无所，孝锡投床大鼾，略不为意。大府就注五台簿，因家五台。善治生。州境岁饥，出家所藏粟一万石赈，贫乏多所全活。自号醉轩，所著有《鸡肋集》。

元

袁遵道，字叔正。年十六，以神童荐，累官翰林院直学士。凡居官行事，毅然不惑，而勇于有为，每有异政。后以子贵，追封汝南郡公，谥文靖。其子涣，少游虞集门下，登进士，累官太师、右丞相，赠鲁国公。当元至正末，尝自赞其像云："官高而不知其贵，道违而恒自退。不时乎时，而心乎忧世。虚灵众同，中正独异。惟孜孜于圣学，不知老之将至。隐华山之阳，号友山居士。"

国朝

王正，少刻苦读书，精于词翰。洪武初，以宋濂荐，授翰林孔目。升四川泸州知州，进秩致仕归。子度，以怀才抱德荐，任刑部主事，改河间府判。

陈明善，举明经，累官至山东济南知府致仕，年九十终。

唐懋，举人材，任山西太原府通判，升浙江金华府同知。

王献，由举人，仕为兵马指挥，执正不阿。时，禁军盗劫戚里财，命捕甚急。献缉获，法司欲有所原，献抗章竟置于法。

裴纪，字克振。由举人，仕为河南钧州同知。躬率孝弟，劝课农桑，卓有政誉。历任六年，郡人思之。

李俊，成化间任湖广光华知县。务敦朴，以身化民，讼简民安。改知靖海，刚介不畏强御。时，邑人不乐儒业，诸生率以渔为生。俊多方诱引，资给朝夕。越三年，士风遂振。忽一日，以公事出外，会母丧讣至，即长往不顾。吏人还检宅舍，止俸数斗而已。其清介如此。

孝义志

国朝

周潭，少补诸生，性至孝。初丧父，哀毁骨立，庐墓三年。后居母丧，亦如之。有司上其事，旌表其门。

孙荣，性孝友，家人化之，百口同爨，凡五世焉。成化五年，大饥，与邑人李祯各输粟赈济，所赖活者甚多。

李铸，一乡七级保人；张祥，三乡司马保人；胡祥，一乡留顺保人；孔仪，在城人；翟成，一乡大乌保人；王顺举，四乡永安保人；李保，四乡永安保人；周兴甫，二乡苗城保人；侯宗禄，四乡力村保人。正统五年，各出小麦一千五十石，输官赈济。正统六年，诏旌为义民，仍命有司表其门曰“尚义”。

列女志

金

黄才兴[①]女，名贞贤，年十八。金末兵乱，群盗夜入其家，欲污之。与妹义不受辱，同投井死。后，有司致礼葬祭。事闻，旌表其门。

科贡志

进士

宋

李若谷　　李　淑　　李寿朋　　姚孝锡

元

曹　中

举人

国朝

王　献　　李秉衷　　裴　纪

① 后志作“莫材兴”。

岁贡

国朝

傅　翼	王　润	马　骥	高　举
康　泰	丁　驯	荆　贵	王　度
马　端	杨　清	孙　颐	左　继
徐　浩	赵　恕	牛凤元	马　建
张　傅	董　立	王　山	王　纲
韩　温	马　驷	秦　珪	胡宗泰
赵　麟	周　冕	解以文	司　义
郑　斌	王　谦	白思恭	郑　洪
郝　敬	胡　宁	王　洪	牛　增
朱　铭	李　懋	张　常	王　懋
李　俊	段　文	胡　钦	陈　逵
王　纶	杨　伦	孙　清	黄　谦
黄　安	蔡　彧		

方技志

国朝

李复，字明善，善阴阳、历数之学，任南京钦天监副。

玄释志

元

云真子，姓房，名德稳。早慕玄风，学道于莱州长春真人，攻苦食淡二十余年。尝居丰，三年不出。至元六年，即曲豆胜境构洞真观。

灾祥志

汉

安帝延光三年，沛国言甘露降丰县。

元

泰定帝泰定元年六月，丰、沛水。

国朝

正统五年，大饥。

成化二年，大饥。十三年八月，大水。

词翰志

唐

白居易《朱陈村》

徐州古丰县，有村曰朱陈。去县百余里，桑麻青氛氲。梭杼声轧轧，牛驴走纷纷。女汲涧下水，男采崖上薪。县远官事少，山深民俗淳。有财不行商，有丁不入军。家家守村业，头白不出门。生为陈村人，死为陈村尘。田中老与幼，相见何欣欣。一村惟两姓，世世为婚姻。亲属居有族，少长游有群。黄鸡与白酒，欢会不隔旬。生者不远别，嫁娶先近邻。死者不远葬，坟墓多绕村。既安生与死，不苦形与神。所以多寿考，往往见玄孙。我生礼义乡，少小孤且贫。徒学见是非，只自取辛勤。世法贵名教，士人重冠婚。以此自桎梏，信为大谬人。十岁解读书，十五能属文。二十举秀才，三十为谏臣。下有妻子累，上有君亲恩。承家与事国，望此不肖身。忆昨旧游初，迨今十五春。孤舟三适楚，羸马四经秦。昼行有饥色，夜寝无安魂。东西不暂住，住往如浮云。离乱失故乡，骨肉多散分。江南与江北，各有平生亲。生者终日别，死者隔年闻。朝忧卧至暮，夕哭坐达晨。悲火烧心曲，愁霜侵鬓根。一生苦如此，长羡陈村民。

胡曾《大泽》

白蛇初断路人通，汉祖龙泉血刃红。不是咸阳将瓦解，素娥那泣月明中。

宋

王禹偁《厌气台铭》

古之王者筑灵台，视云物，察气候之吉凶，知政教之善恶。苟理合天道，垂休降祯，则必日新其德以奉之；化失民心，为妖作沴，则必夕惕其躬以惧之。如是，则变祸福而反灾祥，不为难矣。乌有筑高台，厌王气，行巫觋之事，御天地之灾者乎？嬴政之有天下也，始以利嘴长距，鸡斗六国而擅场；复以钩爪锯牙，虎噬万方而择肉；终以多藏厚敛，蚕食兆民而富国。然后戍五岭，筑阿房。驱周孔之书，尽付回禄；惑神仙之术，但崇方士。收太半之赋，则黔首豆分；用参夷之刑，则赭衣栉比。鲸鲵国政，蝼蚁人命。原膏野血，风腥雨膻。六国嗷嗷，上诉求主。天将使民息肩于炎汉，故望气者云：东南有天子气。于是祖龙巡狩，筑台以厌之。殊不知，民厌秦也，诉之于天；天厌秦也，授之于汉。秦独厌天、厌民而自王乎？向使筑是台，告天引咎，迁善树德，封六国之嗣，复万民之业，薄赋敛，省徭役，销戈镕兵，勖稼穑，除高斯之暴政，修唐虞之坠典，下从人望，上答天意，则王气不厌而自销矣，刘项之族何由而兴哉？某游丰沛之间，睹台之旧址，思古览今，怅然有怀。洒翰濡毫，遂为铭曰：

台之筑兮，救秦之衰。救之不得，为汉之基。气之厌兮，虑汉之昌。厌之不得，速秦之亡。秦之厌汉，其惟一身。汉之厌秦，乃有万民。高台巍峨，王气氤氲。秦政已矣，汉德惟新。泱泱前古，茫茫后尘。故国芜没，荒台草蓁。行人环竦，恻怆斯文。

梁灏《厌气台》

天生王气何能厌，嬴氏空劳筑此台。今日我来台上看，残春寂寞野花开。

张安道《高祖庙》

纵酒疏狂懒治生，中阳有土不归耕。偶因乱世成功业，更向翁前与仲争。

会稽关景仁《凫鹥亭》

古有凫鹥诗，喜物游太平。今见凫鹥乐，为作凫鹥亭。夜安洲渚栖，昼无罗网惊。群嬉固俦匹，适意相飞鸣。春风藻荇稠，夜雨波澜清。特以王泽深，遂此微物生。飞甍枕秦台，缭绕寒芜城。俯目瞰清泚，日羡凫鹥情。自惟县令职，朝夕亲编氓。土瘠民半馁，役频民少宁。嗟尔多蹙迫，岂与凫鹥并？我心徒尔嗟，奈何存典刑。尔劳悯以恕，尔重移之轻。庶几皆有乐，共戴君聪明。民安令亦暇，临流解尘缨。卒岁可归去，白发南山耕。

胡宗愈《寄题凫鹥亭》

君为凫鹥亭，更作凫鹥诗。凫鹥为鸟虽甚微，君心仁爱乃在兹。不忍壮者弋其母、儿童捕其儿，凫鹥母子何嬉戏。城头草静云烟迷，城下水暖菰蒲低。凫鹥朝傍云烟飞，倦来暮入菰蒲栖。寄巢生子冬复夏，巢稳子大无人知。我思入境观君为，坐见三异于今时。知君官久行亦归，亭上引满伤别离。岂惟丰人惜君去，虽我亦为凫鹥悲。

茂陵马建中《新作凫鹥亭》

古丰千岁远，汉皇膺此生。雉堞皆榛荆，故魏徙都城。县宇构台上，台基起秦嬴。四绕半农桑，前池澄流清。东偏特起亭，题曰凫鹥名。传是关令建，下瞰连高甍。亭兴三十载，继踵多贤英。开轩敞眺望，景趣江湖并。春夏芰荷茂，秋冬风月明。政暇来登赏，心虚厌簪缨。因观亭立意，期于仁化行。博爱飞鸟游，庶几及群氓。将使为政者，视物推斯诚。暴虐为知禁，典刑当就轻。今我来承乏，治术择未精。境土皆陂泽，弥年水害惊。赋入复增重，务农难劝耕。积有弊源深，宣流孰为更。安得凫鹥乐，均尔黎庶情。年丰衣食足，大雅歌太平。

姚云《凫鹥亭诗序》

丰县公宇之背，子城之东隅，有亭其上，曰“四望”，旧矣。治平三年，钱唐关公彦长以进士得官，来宰是邑。视事之暇，而登览焉，病其榱栋栏楯之朽败，不足以蔽风雨而延宾客也，于是易新今名而完壮之。又作诗其上，以赋其事。丰人嘉诵而喜传者，方领曳裾之外，闺门稚子、林野匹夫同之。於乎，何其声誉之琅琅也！粤二十余祀，单父马公以世胄之贤，为令是县。爱其陂池游衍，鱼鸟出没有江湖之态，芰荷菱芡有清适之境，佳木秀竹有山林之气，又嘉公能写咏其事而传遗后人也，于是迭出新意，以赓和之。言约而义丰，辞切而意远，不戾于古，不愧于今，信乎作者同风也。丰人安公之政而嘉公之咏，乐与二公之诗俱传不朽，故镵镌于石，以久岁月，而且属云序之。于是遂书云。

元

楚宝臣《厌气台》

自昔冥顽是始皇，不施仁义爱矜张。混鱼臭已遗千古，逐鹿尘还起四方。厌气无功消异代，焚书有焰及阿房。卜年四百皆天定，人意何容得抑扬。

学士袁遵道同题

西出咸阳驾上东，苍生辛苦恨遭逢。古来有德惟天命，厌气台空夕照中。

本朝

庐陵孙鼎《厌气台》

千年王气空云霭，厌气秦台丰县前。高祖龙兴犹庙祀，始皇漫筑圮寒烟。

曹仲篪同题

东南何故起高台，台下谁传宝剑埋。四百余年元有数，始皇今古恨无才。

弋阳陈善同题

天命从来自有归，秦王空自筑台基。不看池水东边月，照向台前又转西。

杨载《朱陈村》

道过丰中正孟春，沙边勒马问朱陈。而今风俗非前日，犹自踌躇懒渡津。

南海邝颐《卢绾故宅》

春水靡芜三月雨，夕阳城郭几家烟。野禽不解兴亡恨，犹自飞飞下碧川。

姑苏金甫同题

此地名存事已非，不胜感慨思依依。残碑寂寞空遗恨，古庙荒凉自落晖。大泽忽逢灵媪哭，中阳谁识赤龙飞。巡行天下秦无道，百二山河属布衣。

州人马暾同题

泽陂异瑞毓真人，海宇皇皇正苦秦。厌气筑时已迷鹿，枌榆祀处即通津。一朝相业何并绾，千载民风朱若陈。今日经过重惆怅，水村山郭漫铺茵。

庐陵刘昂《汉高祖庙记》

史称汉高皇帝，沛之丰邑中阳里人也，生而神异。夫神人之生，异于常人，理固然也。当秦并六国，虐海宇，始皇尽弃先王之法，自以为子孙万世之规。帝奋起布衣，提三尺剑，纵徒断蛇，英雄陈力，席卷三秦，驱除僭乱，困楚灭羽，不五载而莅中国，抚四夷，革命创制，肇大业四百二十余年。凡称治三代之下者，必曰汉。噫！帝之功德，加于当时，垂于后世，何其盛哉！考诸《礼经》“有功德于民则祀之”，此丰邑所以有庙，我朝所以命有司岁时祀享焉。庙基，帝产之处也。岁久，几经兴废。今县幕刘君，计诸同寅，询于父老，抡材训工，逾月而成。对越之顷，庶足以展诚敬，达灵贶也。或谓帝尊为天子，富有四海，居九重，兹庙似不足以格神。殊不知帝生于兹，长于兹，饮食嗜好、游观娱乐皆兹土之所资，且尝曰："吾万岁后，魂魄犹思沛。"今帝陟方虽久，其神宁不奠于兹乎？谨为诗，俾丰人歌之，以享帝云：嬴秦举火复开坑，帝承上命安苍生。翩然骑龙下玉京，断蛇方识炎赤精。风云庆会罗群英，雄才武略相逢迎。西入咸阳降子婴，约法三章黎庶宁。项籍到刎四海清，大纲宏正基业成。历年四百治化兴，斯民斯世何昌荣。华山秀色晓拂晴，佳气氤氲含旧灵。帝游八极返旆旌，凤笙龙管钧天鸣。降歆庙祀感乡情，品物土产嘉且馨。帝神萃止福禄增，时和岁稔五谷登。风俗淳美文物亨，巍巍庙貌永不更。帝德广运昭太平，帝德广运昭太平！

重修徐州志卷第九

重修徐州志卷第十

（补辑）

杂志

吕梁悬水

孔子观于吕梁（《列子》注：在今彭城郡），悬水三十仞，流沫四十里（《列子》“四”亦作“三”），鼋鼍鱼鳖之所不能游也。见一丈夫游之，以为有苦而欲死者也（《庄》无“者”字），使弟子并流而拯之。数百步而出，被发行歌，而游于棠行（“棠行”，《庄》作“塘下”）。孔子从而问之（“之”，《庄》“问焉”），曰：“吕梁悬水三十仞，流沫三十里，鼋鼍鱼鳖所不能游也。吾见子道之，以为有苦而欲死者，使弟子并流将拯子。子出而被发行歌（自“吕梁”至“行歌”，《庄》无），吾以子为鬼也（《庄》无“也”字）；察子，则人也。请问蹈水有道乎？”曰：“亡（“亡”音“无”）。吾无道。吾始乎故、长乎性、成乎命，与济俱入，与汨偕出，从水之道而不为私焉。此吾所以蹈之也。”孔子曰：“何谓始乎故、长乎性、成乎命也（《庄》无“也”字）？”曰：“吾生于陵而安于陵，故也；长于水而安于水，性也；不知吾所以然而然，命也。”（出《列子·黄帝第二篇》并《庄子·达生第十九篇》。《列子书目录》注云：“列子，先庄子。”故庄子称之）

孔子自卫反鲁，息驾乎河梁而观焉。顾悬水三十仞，圜流九十里，鱼鳖不能游，鼋鼍弗能居也，意者难可以济乎？丈夫不以错意，遂渡而出。孔子问之曰：“巧乎？有道术乎？所以能入而出者，何也？”丈夫对曰：“始吾之入也，先以忠信；及吾之出也，又从以忠信。忠信错吾躯于波流，而吾不敢用私。所以能入而复出者，以此也。”孔子谓弟子曰：“二三子识之：水且犹可以忠信诚身亲之，而况人乎？”（出《列子·说符第八篇》，与前小异。刘向《说苑》同此）

上皇受剑

汉太上皇微时，佩一剑，长三尺，有铭字难识，传云殷高宗伐鬼方时所作也。上皇游丰沛山中，寓居穷谷，有人冶铸，上皇因息其旁，问曰：“铸何器？”工者笑曰：“为天子铸剑，慎勿言。”曰：“得公佩剑，杂而冶之，即成神器，可克定天下。昴星精为辅佐，木衰火盛，此为异兆。”上皇解匕首投炉中，剑成，杀三牲衅祭之。

工问："何时得此？"上皇曰："秦昭襄王时，余行陌上，一野人授余。"工即以剑授上皇。上皇以赐高祖，高祖佩之斩白蛇者，即此剑也。及定天下，藏于宝库，守藏者见白气如云，出户，状如龙蛇。吕后改库曰"灵金藏"。惠帝即位，以此库贮藏兵器，名曰"灵金内府"。（《三辅黄图》）

高祖神异

汉高帝父太公微时，尝与帝母媪出田于外。媪息于桥，既而风雨至，太公遥望媪所息处云雾滃集，往视之，则见交龙于上（今丰县龙雾桥，即其地也）。及生帝，隆准龙颜，左股有七十二黑子。初为泗上亭长，单父人吕公好相人，见帝状貌，奇之，以女妻之。既而帝以亭长为县送徒骊山，徒多道亡。自度比至皆亡之，到丰西泽中亭，止饮，夜乃解纵所送徒，曰："公等皆亡去，吾亦从此逝矣！"徒中壮士愿从者十余人。帝被酒，夜径泽中，有大蛇当道，帝拔剑斩蛇。有妪哭曰："吾子，白帝子也，化为蛇当道，今赤帝子斩之。"帝尝亡匿芒砀山泽岩石间，吕后与惠帝访求，必得之。帝怪之，后曰："季所止处，上尝有云气。故吾因得知其处也。"帝因此自负。沛子弟闻之，往往有愿从之者。（《汉书》本纪）

试吏

汉高祖始壮，试为吏，为泗上亭长。秦二世元年，陈涉起，沛父老共立季为沛公。三年，楚怀王见项梁军破，恐，徙盱眙都彭城。以沛公为砀郡长，封武安侯。（《史记》）

筑制

汉高祖过沛所击。《释名》曰："筑，似筝，细项。"按今制：身长四尺二寸，项长三寸，围四寸五分，头七寸五分，上阔七寸五分，下阔六寸五分。（出《通志》）

竹皮冠

汉高祖为亭长时，乃以竹皮为冠，时时冠之。及贵，常冠，谓"刘氏冠"。（出《汉书》及《玉海》）

司马迁厄彭城

司马迁年二十而南游江、淮，上会稽，探禹穴，窥九疑，浮沅、湘；北涉汶、泗，讲业齐、鲁之都，观夫子遗风，乡射邹、峄；厄困蕃、薛、彭城，过梁、楚以

归。(《出《前汉书》)

沛县富翁

沛县有富家翁，资三千余万。小妇子年才数岁，顷失其母。父无近亲，其女不贤，翁病困思念，恐争其财，儿必不全。因呼族人为遗书，令悉以财属女，但遗一剑，云：“儿年十五，以还付之。”其后，果不肯与，儿诣郡，自言求剑。时，太守何武得其条词，因录女及婿，省其手书，顾谓掾史曰：“女性强梁，婿复贪鄙，畏残害其儿，又计小儿得此财不能全护，故且与女，实寄之耳，不当以剑与之。夫剑者，所以决断限。年十五者，智力足以自居。度此女、婿必不复还其剑，当闻县官。县官或能证察，得见申展。此凡庸何能思虑弘远如是哉！”悉取财以与子，曰：“敝女恶婿，温饱十岁，亦已幸矣！”论者大服武。(出《通考》)

文帝幸徐

魏文帝黄初六年，帝自谯循涡入淮，从陆道幸徐。(出《通志》)

白虎樽

晋穆帝升平二年，彭城计佐虞兴发白虎樽。(出《玉海》)

曲赦彭城

晋安帝元兴元年，曲赦广陵、彭城大逆以下。(出《通志》)

复彭城

南宋武帝永初元年八月戊辰，诏曰：“彭城桑梓，报本斯隆，宜同丰沛，各复租布三十年。”(出《南史》)

白狼童子像

南宋王懿与兄睿同起义兵，与慕容垂战败。懿被重创走，与家属相失。路径大泽，不能前，困惫，卧于林中。忽有一小儿青衣，年可七八岁，骑牛行，见懿，惊问曰：“汉已食未?”懿言饥。小儿去，须臾复来，得饭与之。懿食毕欲行，会暴雨，江溢，莫知津径。遇有一白狼至前，仰天而号，号讫，衔懿衣，因渡水。懿随之，得济，与兄睿相及。后宋武帝受命，以懿为徐州刺史。懿于彭城立佛寺，作白狼、童子像于塔中，以存河北所遇也。(出《通志》)

白玉戟

南宋孝武大明四年二月乙巳，徐州于汴水得白玉戟以献。（出《玉海》）

宋赦

南宋废帝景和元年十月癸亥，曲赦徐州。（出《南史》）

梁赦

梁武帝天监十一年，曲赦扬、徐二州。

梁武帝大通六年，曲赦司、豫、徐、兖及都下。（并出《通考》）

扬徐人丁

南齐自永元以后，魏每来伐，继以内难，扬、徐二州人丁，三丁取两，以此为率。（出《通考》）

褚玠善射

陈太建中，褚玠善骑射。尝从司空侯安都于徐州出猎，遇猛兽，玠射之，再发，皆中口入腹。（出《南史》）

泛舟泗水

魏孝文帝南行，崔休从驾。及还，幸彭城，泛舟泗水，休在侍筵，观者荣之。（出《北史》）

文帝幸小沛

后魏太和十九年夏四月癸丑，孝文帝幸小沛，使以太牢祭汉高祖庙。（出《通志》）

文伯忠义

魏徐州刺史元法僧将谋为逆。时，领注书兼舍人张文伯奉使徐州，法僧问曰："我欲与卿去危就安，能从我否？"文伯曰："安能弃孝义而从叛逆也！"法僧将杀之，文伯骂曰："仆宁死见文陵松柏，不能生作背国之虏！"法僧杀之。（出《北史》）

崔赡悲感

北齐太宁元年，卫尉少卿兼散骑常侍崔赡聘陈。过彭城，读道旁碑文，未毕而绝倒。从者遥见，以为中恶。此碑实赡父㥄为徐州时所立，故痛殒焉。（出《通志》）

孙思邈善相人

孙思邈于阴阳、推步、医药无不善。太子詹事卢齐卿之少也，思邈曰："后五十年位方伯，吾孙为属吏，愿自爱。"时思邈之孙溥尚未生。及溥为萧丞，而齐卿官徐州刺史。（《唐书·孙思邈传》）

张建封妾盼盼

唐张建封节制武宁，门下客皆词人名士，至于歌舞姝，必求知书者。盼盼乃徐府奇色也。初纳之燕子楼，三日乐不辍。时白乐天使经徐，访公，饮酣，出盼盼佐酒。乐天赠诗云："醉娇无气力，风袅牡丹枝。"张后别构新楼贮宠之。公薨，盼盼感恩，誓不他适。或有问答，皆以诗。有《燕子楼集》三百首。公从子仲素于汉中逢乐天，口占其诗三章："楼上残灯伴晓霜，独眠人起合欢床。相思一夜情多少，地角天涯不是长。""北邙松柏锁愁烟，燕子楼中思悄然。自埋剑履歌尘散，红袖香销一十年。""适看鸿雁岳阳回，又睹玄禽逼社来。瑶瑟笙箫无意绪，任从蛛网任从灰。"乐天和曰："满帘风月满楼霜，被冷灯残拂卧床。燕子楼空霜月苦，秋宵只为一人长。""钿翠裙罗黯似烟，一回看着一潸然。自从不舞霓裳曲，叠在空箱得几年。""今春有客洛阳回，曾到尚书冢上来。见说白杨堪作柱，争教红粉不成灰。"又一绝云："黄金不惜买蛾眉，拣得如花三两枝。歌舞教成心力尽，一朝身去不相随。"仲素到京觐从祖母，出此四诗示盼。盼盼得诗，挥涕缀和云："自守空闺敛恨眉，形同春后牡丹枝。舍人不会人深意，讶道泉台不去随。"不食旬日而卒。

文正公卒徐

宋皇祐四年五月甲子，资政殿学士、尚书、户部侍郎、汝南范文正公薨于徐州。公讳仲淹，字希文。其年请知颍州，肩舆至徐，遂不起。时年六十四。（出本集）

徐州风物

宋陈后山《寄曹州晁大夫》诗云："堕絮随风化作尘，黄楼桃李不成春。只今容有名驹子，困倚阑干一欠伸。"自注云："周昉画美人，有背立欠伸者，最为妍绝，东坡所赋《丽人行》也。”任天社云：此篇言徐州风物。后山尝有词并序云：晁大夫增饰披云，初欲压黄楼，而张、马二子，皆当年樽下世所谓英英、盼盼者。盼卒，英嫁，而盼之子莹，颇有家风。而曹妓未有显者，黄楼不可胜也。作《南乡子》以歌之，曰：“风絮落东邻，点缀繁枝旋化尘。关锁玉楼巢燕子，冥冥，桃李摧残不见春。流转到如今，翡翠生儿翠作衾。花样腰身官样立，婷婷，困倚阑干一欠伸。”盖前云“风絮”以属英，“尘化”以属盼，“名驹子”以属莹。莹之母，马氏也。（出《菊坡丛话》及《诗林广记》）

参寥子访东坡

宋参寥子来徐州访东坡，坡令妓求诗。诗曰：“多谢樽前窈窕娘，好将魂梦恼襄王。禅心已作沾泥絮，不逐春风上下狂。”（出《全书》及《类聚》）

东坡竹石二刻

沛县儒学大门嵌壁有东坡竹二枝，跋云：先生与叔祖山阳掾暨先大夫实同榜契，雅相器重。熙宁中守彭门，叔祖通直赴约雌堂，宴谈旬余。一日，戏写竹二枝，且曰：“观此如何？”叔祖指高节直干曰：“此如学士立身许国，劲拔不倚。又其疏枝结叶，则如学士驭事爱民，简密以济。”先生笑曰：“公精鉴也！”卷而赠之。于今四十余年矣，乃刻石以传久云。宣和辛丑冬至日，朝奉郎、通判泽州时敦题，梁溪叟时道安立石。（本集）

文天祥北行

宋文天祥以丁丑年十一月被执北行。戊寅年九月初九日至徐州，吊项羽故宫地，登黄楼台，读子由赋。十一日至沛县，作《歌风台》诗。（见本集）

元明善赈彭城

元元明善为翰林直学士，奉旨出赈山东、河南饥。时彭城、下邳诸州连数十驿，民饿马毙，而官无文书赈贷。明善以钞万二千锭分给之，曰：“擅命获罪，所不辞也！”（出《元史》）

漆器二冢

萧县有古冢五处，二在县西十五里，三在县西北三十里。父老相传自宋、金至元，乡人有欲借漆器者，随名以祷之，即应。至元末，有损之者，再祷之，不复得。（旧志）

萧民义犬

元末时，萧县一男子樵于白茅山。时林木荟蔚，寂无人行，独一犬随之。樵者为虎所获，将噬之。犬鸣斗不已，力竭而死。虎亦遁去，樵者遂免害。父老相传以为义犬。噫！世之忘义者，有愧于此犬多矣！录之，岂独为一犬哉？

重修徐州志卷第十[①]

① 按：据卷首《凡例》所云："其旧志先载，今或削去者，恐生疑议，故又为'正误'，以附'杂志'之末。"据此，则"杂志"之后尚有"正误"一目，因景泰志佚、本志残、后志径削去不载，此章无据可补，暂付阙如。

补辑后记

明弘治七年（1494）刻本《重修徐州志》，由徐州人马暾纂修，是一部颇具特色的徐州地方总志。马暾家藏万卷，博学多才，以个人之力，历时数年，易稿者四，终获告成。因系私修，避免了不必要的应命督催，得以从容开展，“考核最精，去取特严，足称善志”（沛人符令仪语）。稿成后，知州何宗理极为赞赏，认为“非寿诸梓不可”，于是邮寄京师，托付良工版印，冀传于世。然而文章寿世，本身有着很多不确定因素，即以刻本行世的弘治《重修徐州志》，在流传过程中，仍因种种难可逆料的原因而散佚严重。目前国图善本部所藏之残本，仅存卷首序言、目录、凡例、图、表、卷一、卷二，自卷三至卷十皆佚，虽经多方查找，迄今仍未有下落，给徐州文史界留下了莫大遗憾。

古人曾感慨“天地原本不全”，即如《春秋》经文，亦难免“郭公夏五”之残缺，正应了那句不全之奥妙，实非人力所能回转也。然而，较之徐州地区已经失传的其他30余部志书而言，马暾重修志虽有残缺，吉光片羽尚可得见，已经是莫大的幸运了。且正因为有了前两卷的存在，今天才能够在此基础上进行辑佚，完整全书。

修残补缺，实出无奈之举，虽有出格之嫌，并无违碍之理。1991年，赵明奇教授曾参考多种史志记载及现实勘察资料汇辑，补足了明冯世雍《吕梁洪志》全本，使许多原本零散的资料得到系统的归类还原，既维护了志书完整性，也保存了整体文献价值，受到社会上的广泛好评。今天，借助《点校本徐州古方志丛书》整理之机，借鉴《吕梁洪志》佚卷辑补经验，对马暾《重修徐州志》佚卷加以苴补，仍不失为古籍整理的有益尝试。

一、弘治《重修徐州志》补辑的可行性

（一）以有补无易，以无补有难

并非所有的古籍残缺之后，都能设法得到修复补足。如刘芳《徐州人地录》、宋代《徐州图经》，仅凭散见于其他著述中的若干佚句，据以扩补，何啻无米为炊。即以后之所有，补前之所无，同样亡佚的永乐《彭城志》，虽被后来的正统《彭城志》基本承袭，但因整体框架不复存在，强行还原，也如无根之塔，难以取信于人。以上各书，可以尝试辑佚，但却无从补完。然而这里所要谈到的弘治《重修徐

州志》佚卷辑补，却属于另外一种情况。

之所以认定弘治《重修徐州志》的辑佚不是无根之塔、无米之炊，这其中确实有着诸多便利条件，是其他佚志所无法比拟的。

首先，弘治《重修徐州志》的结构框架清晰完整。在现存残卷中，目录仍存，纲举目张，后八卷分别记述的是哪些内容，让人一目了然。另外，除弘治《重修徐州志》之外，马暾后来出任潞州知州，还编纂过一部弘治《潞州志》，框架结构和门类设置与弘治《重修徐州志》如出一辙，对弘治《重修徐州志》的辑补也有着不可替代的参考价值。

弘治《潞州志》全书十二卷，目次如下：卷一建置沿革志、郡名志、分野志、疆域志、风俗志、形胜志、城郭志、山川志、土产志、田赋志、户口志、藩府志、公署志；卷二学校志、坛壝志、宫室志、桥梁志、铺舍志、闾里志、寺观志、祠庙志、陵墓志、古迹志、职官志、封建志；卷三名宦志、流寓志、人物志、孝义志、列女志、科贡志、方技志、玄释志、灾祥志；卷四、卷五词翰志；卷六长子县志；卷七屯留县志；卷八襄垣县志；卷九潞城县志；卷十壶关县志；卷十一黎城县志；卷十二杂志。

通过对马暾所纂两部志书卷目设置的比较：潞志35目，因潞州是明代沈王的封国，故较徐州多出一目“藩府志”；徐州领县四，潞州领县六，故在总卷数上又较徐州多出两卷。除此之外，在其他卷目设置上，未见有任何差异。尽管《潞州志》内容无关徐事，但其结构极具参考价值：第一，潞州志卷四、卷五《词翰志》仅录本州艺文，以明朝建国为时代断限，析明前、明代各为一卷，不拘体格，只以时代先后为次，而所属各县艺文，则又于本县专志内别设“词翰”一目，不与州艺文混同；第二，潞州六县专志，按照州志体例次序，都是首“建置沿革”而终“词翰”，唯其体量较小，故而州志有五卷，各县志只有一卷；第三，杂志（州邑及各县的祥异之事）只以时代先后为次，不再区分州县之别。以理推之，弘治《重修徐州志》佚卷也应是这种编排方法。虽然弘治《重修徐州志》佚卷较多，但是参照《潞州志》的编排次序，仍可以按图索骥，次第填充。

其次，弘治《重修徐州志》虽然散佚严重，但其主要内容已经融入后来的嘉靖《徐州志》中，很多材料略加辨析即可直接抄回。纵观明代徐州四部存世古方志，一个显著的特点就是：前后志之间有着明显的传承关系，都是后志在前志的基础上补阙递增。目前，通过对徐州古方志的整理情况看，弘治《重修徐州志》残卷中的许多文句，都被后来的嘉靖《徐州志》直接移用，甚至在成书更晚的万历《徐州志》、顺治《徐州志》中，也能找到一些弘治《重修徐州志》的痕迹。如嘉靖《徐州志》未予收录的“徐州八景”，在万历《徐州志》中得到了完整的保存；《职官志》则在顺治《徐州志》中更名为《历代秩官制》重新出现。可见弘治《重修徐州志》的成就和影响，并非仅在一时一地。但就编纂时代的远近，以及文句相似度的比重而言，还推嘉靖《徐州志》对弘治《重修徐州志》的传承最为直接。也就是说，仅凭一部嘉靖《徐州志》，足以还原弘治《重修徐州志》原貌的十分之五六。此外，今天所能够查阅到的嘉靖《沛县志》、万历《沛志》、隆庆《丰县志》、崇祯《砀山县志》等明代志书，亦有部分内容可供参考。总之，基本框架既有，可供参阅的材料较多，所须辑补的内容明确，只需操作得法，大致上能够恢复旧志原貌的十分之七八。

（二）以多补少易，以少补多难

辑补工作的难易，固然与卷目的多少有关，但决定因素还在于现存资料的多少。以嘉靖《吕梁洪志》而言，三十年前已据相关资料进行辑佚。《吕梁洪志》原书十卷，现存八卷，亡佚二卷，因其整体文献价值尚在，所辑内容即便与原本有所出入，也不会影响全局，是谓之“以多补少”，相对易为。弘治《重修徐州志》同样也是十卷，仅存二卷，亡佚八卷，貌似辑补难度更大，即使补足完本，也恐面目全非，难以体现原有的文献价值，是谓之“以少补多”，容易弄巧成拙。然而，就目前的有利条件来看，影印本《徐州古方志丛书》的出版，汇集徐州地方文献最为齐全，查找旧志已非难事，为辑补提供了必要的文献基础；《点校本徐州古方志丛书》整理工作的次第开展，为辑补提供了更为便利的查对条件。据粗略统计，正统《彭城志》约 10 万言，嘉靖《徐州志》约 26 万言，以弘治《重修徐州志》现存前两卷的体量估算，全书应该在 15 万字左右。以前后两部志书 36 万字的内容，补足 15 万字的弘治《重修徐州志》佚卷，这其中的史料裁选余地是比较宽裕的。

单就嘉靖《徐州志》所存内容来看，部分章节可以直接使用，部分内容则需重新调整。可供直接使用的部分，如弘治《重修徐州志》卷三之名宦、流寓、人物、孝义、列女、科贡、方技、玄释、灾祥等目及卷十之杂志，嘉靖《徐州志》亦设有同题专目，剔除里面弘治元年以后的史实，剩下的基本都是弘治《重修徐州志》所曾载。需要重新归类调整的部分，如弘治《重修徐州志》的词翰两卷及四县专志，在嘉靖《徐州志》中固然有存，但是归类迥然有别，如何处理，详下“具体操作方法”。总体来看，弘治《重修徐州志》所列各类目，基本上都能够在嘉靖《徐州志》中找到对应的内容。尽管所补卷数过多，然而补本字字皆有出处，都是马暾当日心所当知、笔所当载的内容。这样一来，以有余而补不足，统其全而概其偏，不仅方向明确、操作可行，甚至文献价值也能够得到充分体现。

（三）拼缀史料易，挥发史论难

相对于苴补史料而言，据以寓褒贬、别善恶，阐述编者的个人见解，基本上是无从着手。如正统《彭城志》，各篇皆冠以短序，随文间有标注“余谓”的短论；嘉靖《徐州志》则前有引言，后有结语。然而这些史论挥发，如非当事人，他人实在无从揣摩作者心思。故而之前辑佚《吕梁洪志》，篇首之“冯世雍曰”，篇末之“赞曰”，皆以无米难为而付阙。然而，在弘治《重修徐州志》及《潞州志》中，马暾长于考辨，述而不作，并无任何史论挥发，这也为今天的辑补工作排除了一个很大的障碍。

综上，根基既有，框架齐全，史料现成可取，史论无须顾虑，天时、地利、人和兼而有之。古人常云“患不果为，无患果而弗成”，正今日事之谓也。

二、弘治《徐州志》补辑的具体操作

（一）史料的重新归类

弘治《重修徐州志》卷四、卷五《词翰志》专载艺文，根据马暾《潞州志》体例，其实仅为本州艺文，即卷四为汉唐宋元历代诗文，卷五为明代一朝诗文，不复区别碑、记、杂述、序、诗等体裁划分，只以时代先后为次；四县艺文，另附本县“词翰”目下，亦以时代先后为次，不拘体格。这种编排方法是否科学合理已属其次，对于辑补还原来说，反倒是易于上手操作。由于嘉靖、万历二志未设艺文专卷，所有诗文都改附山川、建置、人物等目之下，貌似杂乱无绪，难免有所漏载，但其完整性还是有所保障的。除了过半数诗文有迹可附，详见各条目之下，其余无处可附的诗文，则在“山川”卷下另设“徐州总题咏”、沛县“古今题咏”“古今过沛题咏”、丰县“古今题咏”等专题，予以汇总保存。可见嘉靖《徐州志》艺文部分，对于前志的继承还是相当完整的。本次辑补逐一汇总归类，州艺文析为两卷，补足卷四、卷五；四县艺文则径附本县“词翰”目下。由于现存艺文分量较多，除嘉靖《徐州志》所载之外，于其他各志所存题咏，原则上不予增补。

弘治《重修徐州志》卷六至卷九为萧、沛、砀山、丰四县专志。马暾及以前所修的几部徐州旧志，都是“徐州并属县志”编排体例，直到嘉靖《徐州志》纂修，体例始变，改为因类相从，四县内容附于总目之下，不再专设分县志。因此，四县部分也需重新调整归类。这部分工作虽然过于繁琐枯燥，但是操作难度并不是太大。

（二）佚文的还原处理

同一内容在不同志书中的传承，或直接，或间接，或一字不易，或推翻重来，一切皆有可能。嘉靖《徐州志》对于弘治《重修徐州志》的传承，主要可分为以下三种情形：

前后二志皆有，原则上直接还原。

前志无，后志新补（弘治朝以后新增史料不在此列），单就“田赋”一目而言，弘治《重修徐州志》载本州实征麦粟若干石，嘉靖《徐州志》所载数目亦同，且详附起解各仓额数及折银款数，显然嘉靖《徐州志》的记载更为详细，但是这部分并非弘治《重修徐州志》所曾载，本次辑补从略。

前志有，后志无，这类情况常有出现，详下“阙文辑补”。这里仅就辑佚所遇到的几种情形及相关解决方法介绍如下：

1. 前志本有其文，后志存疑仍录。如嘉靖《徐州志》：“按《后汉书》：徐州治郯。彭城，其所隶国，而书州刺史等官，于法不当。今姑仍旧志存之。”嘉靖《徐州志》所言“于法不当”，言虽在理，然而今天的主要工作是还原旧貌，即便弘治《重修徐州志》处置有所失当，也只能据旧还原，同时酌附按语，读者阅后，自能心知其非。

2. 前志本有其文，后志改移他处。如词翰志及四县专志，嘉靖《徐州志》拆散改附他处，处理方法已详前述。此外还有一种现象，也就是后志对于前志所做的“正谬”。如五代刘知俊，弘治《重修徐州志》载入沛志，嘉靖二十二年（1543）沛县重修志，以《大明一统志》未载，且考东莱史（吕祖谦《十七史详节》）作“徐州人”，故削之。嘉靖《徐州志》成书晚于嘉靖《沛县志》，亦沿此说，改入州人物传。考诸史志，刘知俊实为沛人，此谓之正谬不当，今仍归入沛人物传。又如萧县白土山，旧志载“在州”；徐州三乡之黄山，旧志载入沛县，皆系弘治《重修徐州志》之误。尽管嘉靖《徐州志》已作更正，尽管我们也心知其讹，但因辑补工作性质所在，仍然照旧处理，且于残卷已有之文加以脚注，于佚卷重辑之文加注按语，不致徒然还原其谬。

3. 前志本有其文，后志不传。如嘉靖《徐州志》：“旧志载谷水、濉水，俱在州境。今考《汉书》注：谷水，即泗水下流。《一统志》：濉水，在灵璧县，东流至宿迁县，入泗。今皆非州境，并不书。”此二条今存弘治残卷中，不需重辑；嘉靖《徐州志》：“旧志有中阳、游艺、嘉庆、仁风四坊，并在旧城，今废。”按以隆庆《丰县志》，四坊皆有详细方位存录。然而需要注意的是：此前洪水灌城，丰县治一度迁徙华山，隆庆修志时虽已迁回旧址，原建筑早已面貌全非，以上四坊不可能是当日的实有建置，然而方位有存，应当是抄自正德裴爵佚志，而裴志于弘治《重修徐州志》应有所因袭，今则据此补回弘治佚卷。又嘉靖《徐州志·宦迹传》：“袁盎，楚相；盖豫、王景、车冑，并刺史；王朗，治中；糜竺，别驾；史弼、薛礼、糜芳，并为相。无迹不传”等等，“无迹不传”者多至二百余人。考之弘治《潞州志》，各官履历或简或繁，并无“无迹不传”字样；复考以各县宦迹等目，所谓“无迹不传”者，即指在官无实迹可考，大概就是类似于“袁盎，楚人，景帝时为楚相”这样的介绍。既然旧志确实有载，故而参考正史、私家著述、碑记所存，一一为之辑补还原简传。

4. 前志本有其文，后志删削。如“旧志据《方舆胜览》载有奚公山、抱犊山，不详其处。今考：奚公山在滕县南六十里，上有奚仲墓；抱犊冈在沂州西南一百二十里。古今疆域不同。旧志误，今削之”；又“旧志：冉求，唐玄宗赠徐侯，宋真宗加封彭城公，度宗改封徐公。非封建，今不书。秦（编者按：应作“楚”，弘治《重修徐州志》同讹）族景驹、楚王孙心、项羽自立为西楚霸王，并非封建，今删之”；陶谦信用谗慝，“治行若此，旧志入‘名宦’，今削不传”。以上诸条，今存弘治《重修徐州志》残卷中，不需重辑。自卷三以后佚卷，“旧志《名宦》纪吴丁奉、冯朝、朱桓、贺齐、全琮。考史，州在三国非吴地，奉等并假节徐州；又魏钟毓、胡质皆都督青徐军事，并不书”。又如刘义恭骄奢不节、颜师伯多纳货贿、祖莹以贿败除名等，皆以“迹无可述”而见削，也是旧志本有其文，今参正史所载，一一辑补其概，为之还原。

（三）阙文的辑录补充

阙文，即指前志本有其文，而后志无载，亦未作任何删削说明者。如弘治《重修徐州志》所载之“徐州八景”“各县八景”，嘉靖《徐州志》皆无存。案“八景”之说，初始于北宋，然而“每志中例必有八景”，则大约滥觞于景泰年间，其后愈演愈炽，这也是明代志书的一个特色。对此，很多人曾持不屑之态：“皆牵合附会，好事者为之。”由于嘉靖《徐州志》的纂修宗旨是崇尚实用，因而对于“八景”之说未屑于采，尽管嘉靖《徐州志》无存，但在稍晚一些的万历《徐州志》中却得到了完整的保存，四县“八景”皆据此补回。

又如“风俗”，嘉靖《徐州志》未列专目，仅于“山川”卷内稍作提及。如谓丰县：“故称‘地邻邹鲁，夙有儒风’，乃今观之，要未必然。”此处改动较大，已非旧志原文；反观万历《徐州志》所载：“境接邹鲁，夙有儒风。但德不胜气，化不移习，好刚劲，尚节气，轻剽急疾，虽庸下莫肯少俯（旧志）。”此处“旧志”显然不是嘉靖《徐州志》。可见，到了万历时期，尽管嘉靖《徐州志》早已修成，但弘治《重修徐州志》的影响依然存在。又如郡名、形胜、山川、城郭、宫室、桥梁等目，万历《徐州志》的参考价值都远远超过了嘉靖志。特别是山川、桥梁二志，查弘治《重修徐州志》“山川”首载名称，次及道里，间附相关介绍。嘉靖《徐州志》则仿《山海经》体例，起始于某山，又几里为他山，鉴于古今道里有异，且旧志辨定方位未必精准，因此“山川”一目，难以在嘉靖《徐州志》的基础上直接还原，率多取从正统《彭城志》、万历《徐州志》及嘉靖《南畿志》。

同样情况还有丰县的公署、学校、坛壝、宫室等目，因嘉靖五年丰县旧城没于水，知县高禄徙治华山之阳，故而嘉靖《徐州志》所载都是新治制度，旧署规制全部失考。所幸的是，成书更晚的隆庆《丰县志》绕开嘉靖《徐州志》，保存了很多迁治之前的建置资料，今得以据此补还大概。

当然，也有部分内容实在是补无可补。如《田赋志》：“《诸司职掌》纪徐州田土，计二万八千二百四十一顷五十四亩。天顺、成化间，本州并四县黄册实在官、民地共三万一十一顷四十六亩七厘三毫九丝。”到了嘉靖时期，本州及各县重新丈量田亩登记造册，赋税征收发生了很大变化，故而各县实征夏税小麦、秋粮粟米、京库税丝折绢、农桑丝折绢、马草、户口食盐钞、各税课局商税课钞等实数皆付之阙如。《户口志》亦然，嘉靖《徐州志》所载为二十六年的实在人户数。因此，天顺、成化间各县黄册实在户数亦付阙如，暂借正统志所载，时间下限断至宣德七年。

又马暾《凡例》所云：“其旧志先载，今或削去者，恐生疑议，故又为‘正误’，以附‘杂志’之末。”据此，本志卷十《杂志》之后，应附有《正误》一篇。所谓“正误”，即是对前志滥收误收的删削说明，内容略同“旧志《名宦》纪吴丁奉、冯朝、朱桓、贺齐、全琮。考史，州在三国非吴地，奉等并假节徐州；又魏钟毓、胡质皆都督青徐军事，并不书”之类。但因景泰志佚、马暾志残，此章无据可补，亦付阙如。

（四）其他辑补事项

关于补本弘治《重修徐州志》的时间下限，经过综合考量，断至成化二十三年（1487）止。据徐州副使王梴为嘉靖《徐州志》所作序称：“徐志颇芜，成化间尝一搦管。”据此来看，弘治《重修徐州志》的记事大概是止于成化末年，罕及弘治以后之事，故而王梴认为纂修于成化年间。另外，台湾学生书局影印本《嘉靖徐州志》卷前《提要》曾据“成化间尝一搦管”，认为嘉靖《徐州志》撰者似未见到弘治重修本，故而王梴乃作是言。实际上，通过上文对二志内容之传承分析来看，该说法显然难以成立。因事关徐志，故而在此捎带提及。

关于方志艺文与别集的字句出入。徐州旧志皆有艺文，且比重较大，其中有许多都是节文，即便是全文，参照作者文集，仍可发现很多字句上的差异。一方面，固然或系誊录疏忽所致，另一方面，由于时代久远，当时修志所据版本可能也是各不相同。因此，同一篇文章在不同的志书当中，字句也不尽相同。本次辑补以嘉靖《徐州志》为底本，参照原集订正个别明显的讹字，不复如其他志书逐一勘注；其与原集字句有所出入者，在确保语法正确、文义通畅的基础上，概以本地志书所载为准，不刻意去追求与现行本之绝对一致。如文天祥《徐州道中》之“巍然女祸帝中闱”一句，乌程许氏藏明刊本《文山先生全集》、四库《文山集》皆作“女娲”，品味再三，实在不如正统《彭城志》之“女祸”（指吕后）更切题旨，今补本则采用“祸”字。其他文句异同，皆如此法。

关于残本与补本的文体风格统一。不同纂修者的行文风格必有差异，材料取舍也各不相同，尽管后志之于前志有着直接的承接关系，但各志之间的文风差异还是非常明显的。通过后志补足前志，只能在确保形似的基础上，求得神似之大概。至于一字一句之绝对精准，实无任何可能。因此，辑补工作只对基本史实负责，无法强求文风上的绝对统一。

关于补本的文献价值。照搬后志补足前志，很多人对此不屑一顾，认为嘉靖《徐州志》本身流传更广，影响更大，强行补充的这部分内容可有可无，参考价值并不是太大。此言固然有理，但从本志的辑补情况来看，所辑史料并非尽出嘉靖《徐州志》一书，于《明一统志》、嘉靖《南畿志》，于徐属各县志书（主要以明志为主），于马暾《凡例》所列书目之见存者中的相关史实，也都有部分征引；甚至其他史籍、类书、明人说部、文集、碑碣等文献典籍中有用的史料，也酌予辑录。如编成于康熙四十七年的《御定佩文斋书画谱》，参考书目中即有马暾志；又清人倪涛撰《六艺之一录》亦多引用马暾志，其资料弥足珍贵。借用马暾之言“凡事有关于徐者悉摘之”，以此作为考异附注，剔谬正讹，期与补本正文相互印证。总之，本书并非简单地以嘉靖《徐州志》再生为弘治《重修徐州志》，如果仅此而已，那么辑补工作的意义必然要大打折扣了。

三、弘治《重修徐州志》补辑的工作意义

补本弘治《重修徐州志》虽已草就，自知较之马暾原本，必然有着很大出入，间有遗漏也是在所难免。但是，也不能就此认定补本没有任何价值。从历史上来看，古籍补本历来都不乏前例，即以二十四史而言，范晔《后汉书》十志未及修成，后人取司马彪《续汉书》十志补足；《北齐书》自唐代中叶以后逐渐残缺，至北宋初仅存十七卷是李百药的原文，其余都是后人据《高氏小史》《北史》中的相

关纪传所补全。欧阳修《新五代史》修成，薛居正《旧五代史》逐渐不行于世，直到清代四库馆臣邵晋涵等据《永乐大典》所存佚文辑录排纂，始成今日之通行本。以上种种补正，历来也有争议，但从实际效果上看，很多补本反倒是在一些方面丰富了原本的内容，因此一并为大多数人所接受和认可。

到了今天，补本作为古籍整理方式已成为历史，但予以去取，未尝不可为今所用。当前，全国地方志书的整理和编纂工作发展很不平衡，旧志整理的方法尚未形成统一标准，怎样总结历史经验，进而推动新的地方志编纂工作继续向前开展，也是一个值得深入研究的课题。相对于整旧编新来说，补足佚卷仍是旧方志整理的单方面工作，尽管搜集、编排之难度不可低估，却很有探索和尝试的必要，补本弘治《重修徐州志》就是一次粗浅的尝试。唯如此，始能不负前贤用功之勤，也能为乡邦文献减去一丝遗憾。

明嘉靖《徐州志》

（上）

梅守德　任子龙　纂修

徐州志卷之一

徐州之域西北去　京師二千里在南京之東北一千里東界淮安之邳州一百一十里西界河南之虞城二百二十里南界鳳陽之宿州九十里北界山東之滕縣一百二十里東南界鳳陽之靈璧二百二十里西南界河南之永城二百二十里東北界山東之嶧縣一百八十里西北界山東之金鄉三百里東西廣三百三十里南北袤二百一十里州西五十里爲蕭一百七十里爲碭山西北一百八十里爲豐一百二十里爲沛

导读

明嘉靖刻本《徐州志》(简称“嘉靖志”)，是我国稀见珍本方志之一，也是存世四部明代徐州志中影印时间最早、传播范围较广的一部志书。嘉靖志在继承前志的基础上，编排体例有了重大改变，记载内容也有所扩展，特别是对民生疾苦有着较多的直接反映，记载历史人物褒贬并用，其崇尚实用、秉笔直书的编纂原则尤为珍贵。

一

在明代方志发展的初始阶段，志书编纂主要以永乐十六年（1418）朝廷所颁《修志凡例》及天顺五年（1461）所编《明一统志》为指导，因地制宜，变通类目，进而体现各自的地方特色。这一时期，徐州志书编纂主要注重志书的体式规范，突出记史方面的详略去取（正统《彭城志》)，以及类目设置的科学系统（弘治《重修徐州志》)，尚未开始强调志书“以寓劝惩”“用昭劝鉴”的编修思想和社会功能。随着地方修志在全国范围内的全面铺开，正德年间（1506—1521）出现了康海《武功县志》、韩邦靖《朝邑县志》等名志，“发明义例，尤加详焉”。受其影响，各地志书群起而模仿，“沿史法，工词章，褒贬善恶”，一时间蔚然成风。

嘉靖时期，全国各地修志已经相当普遍。朝廷诏修郡国志书进史局，地方上则有湖广布政司左参政丁明颁布《修志凡例》26则，规定志书的内容和各类目的具体编纂方法。在各级政府的倡导、组织之下，许多州县志书甚至一修再修，编排体例日臻完善，同时在形式上不断更新，如“三才”“四柱”“十二次”“二十四候”等结构的出现，图、表、志、传、纪等体式的齐全，凡例、大事记、修志名氏的运用，以上这些都在嘉靖《徐州志》中有所体现。

嘉靖志的纂修人梅守德（1510—1577)，字纯甫，号宛溪，安徽宣城人。嘉靖十七年（1538）中举，二十年（1541）登进士第，授浙江台州府推官，秩满，擢户部四川清吏司主事，二十六年（1547）任徐州户部分司主事，负责广运仓（志载武安州故址，即今之奎山)、永福仓，并督粮储转运之事。梅守德才华卓著，颇有文名，初司徐仓，即宣声艺林，深得地方人士的推崇。任子龙，字跃之，号雨川，是个道士，摛文而藻洁。此时，距离弘治七年（1494）马暾《重修徐州志》刊行已经过去50多年了，“徐志颇芜，成化间尝一搦管，距今五六十年阙弗载，佥病之”（王梴叙）。在各地修志热潮中，徐州地区先后创修《丰县志》（约正德末、嘉靖初，知县裴爵修，今佚）、《沛县志》（嘉靖二十二年知县王治修），然于州志纂修，始终无人动议。直到梅守德莅任后，与任子龙谈吐合契，志趣相投，于是二人遂与议修焉。地方官绅闻此义举，踊跃支持。其间，凤阳府通判黄九皋、徐州知州何萚、丰县知县叶烓、徐州学正吴时昭和训导廖辕，都参与了编修事务。他们组织生员朱金、徐嵩、宋琚、毕集、周中立、庄重（万历《徐州志》主纂之一），及儒士吴从正等人协助采录、校正，还委派高钦掌管后勤供应。梅守德与任子龙齐心协力，在马暾《重修徐州志》的基础上，博采嘉靖《南畿志》、嘉靖《沛县志》等书，昼夜用功，终于达成心愿，成就了又一部徐州志书。

嘉靖志中未注明纂修年代，据卷内《职官表》《选举表》，皆止于嘉靖二十六年（1547），则是书成于二十六年以后。考明制，梅守德所任之户部徐州分司主事任期很短，只有一年时间。卷七《漕政》云：“嘉靖二十六年，主事梅守德方图修复（仓廒），会任满去。主事尹梁继任，修复六座。”继任分司主事尹梁，志书中亦多详其作为，卷七《漕政》载“戊申，主事尹梁易民居三间为之”，其时已经是嘉靖二十七年了。又卷四《山川》载梅守德与王梴、冯有年登游桓山诗“登临喜新岁”“献岁聊乘暇”等句，梅守德离任时间应在年后。据此，嘉靖《徐州志》约动议于二十六年梅守德任内，至二十七年春初离任时，志书已经基本脱稿，但后续仍有补充，如尹梁任内的创建记载即为明证。至于刊印于何时，二十七年的可能性较大，证以卷末与修官在职年月，最迟不会超过二十八年。

嘉靖志凡十二卷，卷首有王梴叙。卷一图经：州总图一幅、州境图一幅、州治图一幅、县境图四幅、县治图四幅。卷二表：沿革表、职官表、选举表。卷三天文志：星野、灾祥。卷四地理志上：山川。卷五地理志下：田赋、贡赋、物产。卷六人事志一：官署、学校。卷七人事志二：户役、漕政。卷八人事志三：祀典（陵墓附）、兵防、附兵变。卷九人事志四：方外、杂纪。卷十至卷十二传记，分别为封建传、宦迹传、人物传（皆以州县为纲，世代为次）。卷末附列与修官吏及采录、校正、掌供应人员的名单。

嘉靖志刻工精美，双栏，白口，左右双边，版心单鱼尾下署卷次及卷内页序，版心底脚附有王用、彭淮、刘顺、朱相、胡大宽等梓工姓名，版框 20 厘米 ×14 厘米，每面 9 行，每行 19 字，全书计存 547 页，分订为 6 册，共为一函。据骆兆平考证，台湾藏本在“1884 年旧目及失窃目误作《徐州府志》十二卷，散出后曾为吴兴张氏适园所收藏，抗日战争期间又归前中央图书馆”，中华人民共和国成立前夕被运至台北。

二

嘉靖志在体例编排上，较之先前的正统《彭城志》、弘治《重修徐州志》，明显有了很大的变化。

首先，嘉靖志一改从前“徐州并属县志”的编排方式，改“统”为“通”，即以体裁为序，首冠以图，次继以表，再次以志，又次之传。其中以“志”和“传”这两部分的比重较大，文字最多。在总志中，每目先举其纲，一州四县相关故实附录于下，简明易查，章法贴当，从此被后来的州志、府志纂修袭为定例。

其次，嘉靖志一改旧志标目之繁，采用纲目框架结构，使得整部志书在形式上更为直观简洁。编纂者以天、地、人为三纲，设置天文志、地理志、人事志三部，“曰三才者，天下之理尽之矣”；三纲之下，又将内容析为十二目，首“星野”而终“杂纪”，以全十二分野之次，纲目秩然，有条不紊。其实，所谓“三才”（天文、地理、人事）、“四柱”（志地、志政、志人、志言）等形式上的整齐，并非嘉靖《徐州志》所独创，在同一时期的各地志书中，也是屡见不鲜，这应当是嘉靖时期志书编排的主流样式。然而在具体执行中，往往会因为过于迁就这种形式，反使得有些类目的归属显得不尽合理。如嘉靖《徐州志》将“田赋”和“户役”分开，隔置于地理志和人事志下，“山川”和“漕政”也是如此，都未免有些脱节。再如“灾祥”的记载，有些属于“天文”，有些并不是，笼统地置在天文志内，略显牵强。

另外，各目之间的内容时有混淆和重复。陈光贻《稀见地方志提要》曾对此提出批评：“编例虽符史法，然均须断限尽善，区分显明，方符体要。若用之不善，反足为全体之累。按是编则地理与沿革不能相应，人事志主以叙事，但与宦迹、人物二传有淆混。沿革表不宜与地理志分，既表志分立大纲，则沿革可不要表。人事志叙述政略，不宜与治绩混。按是编所列子目，有繁错淆混，区分断限，未足明确，故有错置全书体例也。”陈氏之言并非全无道理，特别是涉及本地人任本地官的情况下，“宦迹”“人物”二传常有淆混，以致出现一人二传，如刘高、燕只吉台彻里、阙膺等人即是。仔细考察三人传记，刘高、阙膺皆以治绩显著，应入“宦迹”而“人物”不宜重出；燕只吉台彻里事迹可传者颇多，非只政绩可称，宜改入“人物”而“宦迹”从省。又有关燕子楼的诗文，分载于“兵防”“杂纪”二目之中，其实都应并入“古迹”。以上种种，都因断限不善、区分不明，从而导致了不必要的混淆和重复。

另外，受康海《武功县志》的影响，嘉靖《徐州志》不设“艺文”专卷，而是把大量的诗文穿插入志书各部分当中。关于这种编排方法，历来也是褒贬不一。台湾“中国史学丛书”编委会《嘉靖徐州志提要》就认为本志“《地理志》尤佳。地理为经，以史纬之，旁附艺文，论方土风俗，亦能得《汉书·地理志》之遗意。志无艺文，盖亦以此，凡艺文之有关史、地、人物者，咸附系该项下矣”。然而，清代方志大家章学诚则持批评态度。如章氏直言康海《武功县志》滥收诗赋，以致芜秽特甚。尽管备受争议，但是这种编排方法直到民国时期，仍被很多志书继续采用，或许其中确有合理之处。今就嘉靖《徐州志》所收艺文而言，亦难免芜秽特甚之嫌，如卷四《山川》，在不足四万字的篇幅当中，粗略估算，竟有逾三万字的诗文，占据了全篇的四分之三。从保存史料的角度来说，广收诗文并无可厚非，只是冗杂的诗文相连而登，不仅打断了志书记述的连续性，而且使整个章节显得凌乱无章，严重影响瞻观。从这方面来看，确实不如专设艺文卷显得更合理一些。

当然，嘉靖志在类目设置上还是有可取之处的，如设置“兵防”“兵变”专目，突出了徐州作为“军事重镇”的地方特点。此外，“舆图”能够附有文字说明，便于对照检读，也是嘉靖《徐州志》的一个特色。

三

史者贵有史胆，较之前后诸志载人纪事率多“有美无刺，隐恶扬善”，嘉靖《徐州志》则直陈时事，关注国计民生，这也是该志较为突出的一个时代特色。王梴在叙中曾言：“乌乎！作者其亦有忧乎？”正因为纂修者心怀隐忧，故而所修志书的现实主义色彩十分浓厚，具有较强的实用价值。

嘉靖时期，明朝立国已经180年了，表面看来是“治化隆洽，礼文宣昭”，但长期以来的种种社会弊端，导致吏无法守，豪强兼并，军户大量逃亡，百姓聊生无计，给虚假的盛世背后埋下了巨大的社会隐患和国家危机。梅守德作为基层官吏，对民生疾苦深有体会，对奸猾横行深恶痛绝，心有不平，故借修志而鸣，“以弊吏治，以察民俗，以若生生，以赞天地”，从而达到“用昭劝鉴”的资政目的。嘉靖《徐州志》皇皇26万言，以四字概之，即是“兴利除弊”。

在志书中，凡有关兴利除弊之人之事，往往悉数尽载，不惮其烦。在歌颂能臣治吏的同时，也对社会现状有着触目惊心的直接反映。如所收王梴《议为议处赋役规则事》一文，有这么几句：“比年旱蝗相仍，因之黄河为壑，闾阎小民或死亡转徙，或啸聚弄兵，遂使沃壤成芜，比屋成墟，深可叹息。及查一应岁输，全无尺籍，且使有司有志者漫无法守，不才者相缘为奸，里胥收头上下其手，干没为窟弊也久矣！”又如驿站夫役粮草供应一项，久已成为周边民众的沉重经济负担，“市猾代役，倍索其直，率成利窟，民往往破产不支，逋徙相继”。类似这样的描述，在志书中还有很多，尽管结果都是“民有定业，赋始称平”“岁省民财万计，亟称惠焉”，然则未革之前百姓何以聊生，又其弊政根结何在，则更是发人深思。

也是在这一思想主导下，嘉靖志所收录诗文别有标准：凡力陈社会弊病或反映民间疾苦者尽先收录，如卷四《山川》“泗水”条下所收刘玉诗：“禾黍已空犹赋敛，茅茨何在半流亡”，格调异常沉重。反观其他风花雪月之文，则绝少收录。

至于如何革除弊政，改善民生，梅守德在其《徐州名宦祠记》一文中有所表达：“徐当南北孔道，赋役繁滋，又其鸷悍犷桀之俗，未尽消释，所赖以休养化导之者，诸执事责尔。”即寄希望于更多的能臣治吏奉公体国，端己率人。故而在嘉靖志人物传记中，对于历代循吏“凡称一善，并所不遗”。如记载苏轼，称其“为宋名臣”，并附诗文多篇；称完颜仲德“南渡以后，将相始终无瑕，仲德一人而已”；文景宗“功勤惠泽，徐人与被至深厚矣。所宜百世享祀，永示报哉”。以及大量的“吏民畏爱”“州人思之”等褒义词句彰昭名宦，以期后之莅职者能够闻其风兴起焉，继续施行仁政，以苏民困。

对于治行无足可称者，嘉靖志亦非尽如旧志那样匿而不书，而是直陈其非，以警后来。如直言陶谦信用“谗慝小人，刑政失和，良善被害，由斯渐乱”，刘道怜“素无才能，畜聚常若不足，去镇之日，府库为空”，刘义季“苟规远害，不欲以功勤自业，惟饮酒而已”，颜师伯“多纳货贿，妓妾声乐尽天下之选，骄奢淫纵为衣冠所疾”，等等。一番臧否之后，概予“削之不书”（并非不书，只是不立专传）。又如晚唐因失信而导致庞勋起义的徐州观察使崔彦曾，旧志多奉为“死义”楷模，嘉靖志虽为之立传，但缀以按语：“故论者谓彦曾虽死于义，而要亦其自召云。”态度稍为含蓄，评价亦为公允。

嘉靖时期，徐州地区黄患频仍与漕运峥嵘共存。频年的水灾，没田庐，伤禾稼，给百姓生活带来了不测和祸殃；漕运的兴盛，舟车会通，又促进了商业的繁荣发展，所谓“往往竞趋商贩而薄耕桑，野有惰农，市多游食”，即是一个侧面反映。尽管商业发展有其积极性和时代必然性，但在传统的农耕社会中，农业始终是国之根本，面对百姓弃农经商、军户逃亡逃役等行为可能造成的社会动乱，也是编纂者的隐忧之一。梅守德司事徐仓粮储并督转运，因职责所在，对此关注较多，志书所叙“田赋”“户役”“漕政”等项，较之其他各类尤为详尽。如“田赋”详载赋之九目，“户役”详载役之七目，保存了较为完整的赋役资料，也为研究明朝中后期徐州地区赋税沉重、百姓生活困苦等问题，提供了较为翔实的研究资料。

为国为民，兴利除弊，既是嘉靖《徐州志》纂修的主导思想，也是梅守德为官的基本原则。早在莅徐之前，梅守德初仕台州推官，即以清正廉明、抑强扶弱，获“清香唯有一枝梅”之誉。离徐回京后，升任吏部给事中，又屡次忤逆权臣严嵩，结果被排挤出京，改任绍兴知府。之后历任山东曹濮道兵备副使、山东学政、云南参政等官，所到之处，勤政爱民，兴学教士，民心感之。最后愤于朝政昏暗，以辞官归里来表达自己的抗议和不妥协。回到故乡，他创建志学书院，讲学二十余年，人称宛溪先生。梅守德一生著述颇丰，除嘉靖《徐州志》外，还编纂过万历《宁国府志》，其他著作有《宣风集》《古今家诫》《无文漫草》等（见梅鼎祚《苑雅二编》卷一），可惜大多亡佚。

四

台湾“中国史学丛书”编委会《嘉靖徐州志提要》曾称本志“搜罗材料颇具史识，叙次不蔓不枝，乃明志之佳构，匪独以年代之早为贵也”。在秉承志书考证谬误的宗旨等方面，嘉靖《徐州志》也有可称道之处。此前，正统《彭城志》编纂过于拘谨，往往有疑而不断，如徐国之事，虽作《都邑考》以辨方域，但在正文中仍保存徐偃王、挂剑台等事；弘治《重修徐州志》长于考辨，旁征博引，“凡事有关于徐者悉摘之，用附于志”，其间往往也会犯有“大徐州”地理概念上的宽泛之误，如《山川志》据《方舆胜览》《史记》注等书所载，收录奚公山、抱犊山、谷水、濉水，皆系不明古今疆域之变。嘉靖志经考证得实后，皆予以削之，并作按语，这种方法和态度是值得称道的。同样情况还有对弘治《重修徐州志》卷三《名宦志》的修订。尽管马暾旧稿该卷久佚，但从嘉靖志的按语来看，这部分存在的问题较为严重，如所收南北朝时期都督徐州军事、徐州刺史，甚至假节徐州等官百十人，凡冠以“徐”字者，概被滥收。后来的同治《徐州府志》曾撰有专论《徐州同名异地考》，考证魏晋以后侨置之徐州多达十六处，其统隶所及，皆非今天的徐州。嘉靖志也曾指出：“按《后汉书》：徐州治郯。彭城，其所隶国，而书州刺史等官，于法不当。”尽管“于法不当”，还是“姑仍旧志存之”，也为后人窥探弘治《重修徐州志》佚卷提供了必要的线索和依据。

嘉靖志的“十二志”部分赡而不秽，详而有体。相对来说，后面的“三传”部分则校订略显粗忽，引用史书成句率多不省之省，甚至断章取义，以致句读不通。本次整理时，对于部分易见的错讹已作校勘，但在阅读时仍需参照正史慎重核对。

五

嘉靖志成书后，对当时、对后世都曾产生过一定的社会影响。万历五年，萧县教谕姚应龙重修《徐州志》，固然就是在此基础上进行增订的；如隆庆《丰县志》、万历《沛志》、顺治《徐州志》的编纂，亦有部分内容明显出自嘉靖《徐州志》；万历年间创修的萧县、砀山县首部志书，虽然久已不存，但以理推之，应当也对该志有所继承。入清以后，明代志书多已无存，但姜焯编修《徐州志》(简称“姜州志”）时，却意外地找到了一部嘉靖《徐州志》，故而姜州志、乾隆《徐州府志》都对此书内容继续援引。其中有一个独特的现象：姜州志、乾隆《徐州府志》都称嘉靖《徐州志》为“嘉靖王志”“王志”，大概是基于王梴的官衔最高，且书前有其叙文，遂以清人风气揣度明人之心，认定王梴为该志的实际主编。再后来，道光《铜山县志》、同治《徐州府志》中虽存有多处注自“嘉靖州志”的引文，其实都是转自姜州志、乾隆《徐州府志》，当时的编纂者并未见过此书。民国《铜山县志·艺文考》则明确记载：“明嘉靖州志，嘉靖中副使王梴修。亡。”据此推断，约在乾嘉时期，这部志书已在本地失传。

尽管本地无存，但嘉靖《徐州志》早在明季时，即被福建藏书家徐惟起收藏。徐惟起（1570—1642)，明末布衣诗人，曾参与多部志书纂修，故而家中所藏各地志书众多，其红雨楼私藏数量仅次于宁波天一阁。今之日本官内厅书陵部（前官内省图书寮）所存嘉靖《徐州志》，即是徐氏藏本，书中尚有“闽中徐惟起藏书印”及“绿玉山房”钤印。据朱士嘉早年调查，嘉靖《徐州志》原本世存仅两部：一在浙江宁波天一阁，另一即在日本官内厅书陵部。1981 年，当时《中国地方志联合目录》和骆兆平《天一阁藏明代方志考录》尚未出版，江苏师范大学赵明奇教授走访天一阁，得知此处藏本已在中华人民共和国成立前夕被劫运到台湾。1983 年，台湾成文出版有限公司编辑《中国地方志丛书》，参照东洋藏本影印出版了《嘉靖徐州志》精装三册本；1987 年台湾学生书局出版了《中国史学丛书》三编，该志亦被收录，并通过香港书商转销内地。在此以前，内地仅有上海图书馆所藏之仿抄本。

叙徐州志

赐进士第、中宪大夫、山东等处提刑按察司副使
前中书舍人、四明王梃撰

徐志颇芜，成化间尝一搦管，距今五六十年阙弗载，佥病之。会宣城梅子以监仓至，梅宣声艺林，且同志而友人鄞任子适相过，任摛文而藻洁，遂与议修焉。乃分命博士弟子杂采州县之成，且探遐发潜，上下今昔，具次业矣。乃厘之前为图，次表，次志，次传。而志之纲三：曰天文，曰地理，曰人事。目十二：曰星野，曰灾祥，曰山川，曰田赋，曰官署，曰学校，曰户役，曰漕政，曰祀典，曰兵防，曰方外，曰杂纪。取材相丽，芜治而阙者亦完。既竣事矣，乃属有司梓焉。梅名守德，字纯甫，辛丑子大夫，地官主事，号宛溪。任名子龙，字跃之，号雨川。象山王梃叙而系之以论曰：夫志者，言乎心之所之也。天地之心，之于好生；人之心，之于生生。然裁成辅相，天地不与焉。《周官》小史掌邦国之志，外史掌四方之志。其意曰圣人为治，必将通天下之志，故欲遍观并诏，以弊吏治，以察民俗，以若生生，以赞天地，非以其文。谚曰“闭门造车，出门合辙”，以考志也。孔子称《春秋》：“其文则史。”他日有曰：“吾志在《春秋》。”嗟夫！可以观世云。汉郑玄谓志为记，而孟坚诸人纷纷制作，直以其文非本指矣，然论世者犹得缘文以见志。故志也者，言天下之志者也，圣人之所通也，弗可已矣。徐州近天地之中，气和而脉饶，然吏无法守，民多迁业。无法守则饕诐日行，多迁业则奇邪易作。其志睽矣，安望生生哉！方今圣人在上，寤寐好生，而庙廊之志，日在邦国。徐故扼天下之吭，乃法逸且业迁，有隐忧矣，此志所由以讲也。夫仰观俯察，关策而怀诚者，凡以为民也。勤身砥行，正供而往役者，凡以急君也。览兹志者，或感于斯文。吏志于为民，是之谓仁；民志于急君，是之谓义。仁义风行，是谓生生。生生不忒，好生乃宅。故曰：上下交而其志同。此又图、表、志、传所由以丽也。乌乎！作者其亦有忧乎？

徐州志卷之一

图说

徐州之域，西北去京师二千里，在南京之东北一千里。东界淮安之邳州一百一十里，西界河南之虞城二百二十里，南界凤阳之宿州九十里，北界山东之滕县一百二十里。东南界凤阳之灵璧二百二十里，西南界河南之永城二百二十里，东北界山东之峄县一百八十里，西北界山东之金乡三百里。东西广三百三十里，南北袤二百一十里。州西五十里为萧，一百七十里为砀山，西北一百八十里为丰，一百二十里为沛。

在城隅四（东北隅、西北隅、东南隅、西南隅）。

关厢二（南关厢、北关厢）。

街十四（威远、河清、太平、中正，在东南隅。平治、马市，在西南隅。兴化、武宁、务本、敦教、阜民、崇礼，在西北隅。会通、广济，在北关厢）。

坊见在十八（桂芳坊，在北关厢，为举人马蕙立。奎英坊，在东门外，为举人沙杰立。步青云坊，在州治前，为举人孙珩立。进士坊、绍芳坊，俱在东门外，为进士沙立立。登俊坊，在西南隅，为举人王景立。翀霄坊、进士坊，俱在东门外，为进士张佶立。翊元坊，在北关厢，为举人马暾立。世科坊，在北关厢，为举人马湘立。鸣凤坊，在州治前，为举人卞详立。飞腾坊，在北关厢，为举人张鼎立。世桂坊，在东北隅，为举人王度立。冠英坊，在东北隅，为举人刘经立。进士坊，在东北隅，为进士马津立。御史坊，在东北隅，为御史马津立。亚魁坊，在州治前，为举人刘霁立。鹗荐坊，在南门内，为举人高淳立。其旧有今废者不书）。

在乡七乡（一乡古名隆德，在东南境。二乡古名昌化，在东境。三乡古名福宁，在东北境。四乡古名延寿，在北境。五乡古名安乐，在西北境。六乡古名嘉祐，在西南境。七乡古名崇庆，在东南境）。

村九十八（一乡十村：塔山、双井、白塔、坊亭、稍子、悬水、北集、顾贺、驼沟、赤兰。二乡六村：堌台、屯头、马头、新郭、安枝、夏店。三乡一十七村：苏伯、辛马、王解、南蔡丘、张村、南冯、冈头、枕沟、柳泉、侯村、单庄、北冯、夏朔、东高、吕村、西高、北蔡丘。四乡一十三村：南关庄、三梁、溜沟、南曲直、姬村、临秦、末直、清水沟、呼家、韩村、北曲直、马栏、浊河。五乡二十三村：奉阳、金陵、南邵团、北欧、杜村、城子、曹团、北邵团、安丘、孙村、浊沙、北林、双堌、南楼子、朱村、南欧、东曹、龙堂、新曹、北楼子、黄村、胡庄、西曹。六乡一十一村：龚成、义安、马场、大彭、董村、桃山、灌沟、林前、林后、阎村、塔山。七乡一十八村：三山、黄钟、义堂、南黄钟、梨林、胡山、贾城、张盆、西房、北黄钟、双沟、中房、南却鲍、北却鲍、东房、吴疃、龙堂、栲栳）。

集四十五（一乡三集：淡家、林子头、杨家庄。二乡十集：汴塘、泉河、辛贾山、十里沟、塔山、堌台、马头、溜白沟、泉上、青山。三乡八集：境上[①]、留城、利国监、夹沟、溜沟、谢沟、皮沟、南庄。四乡一集：丁家集。五乡十五集：新集、黄家、胡庄、冯家、敬安、城子院、杨村、金陵、石城、楼子、管粥、火燎、雁麦、五沟、黄村。六乡四集：马阑、灌沟、安山、丁塘。七乡四集：双沟、房村、黄钟、胡山）。

萧县，在州城西五十里。东界本州二十里，西界砀山七十里，南界凤阳之宿州七十里，北界沛县八十里。东南界凤阳之灵璧二百里，西南界河南之永城一百五十里，东北界沛县一百四十里，西北界丰县一百四十里。东西广九十里，南北袤一百五十里。

在城隅四（西北隅、西南隅、东北隅、东南隅）。

坊十一（迎恩坊、集贤坊，俱在县治南。易安坊，在西北隅，为致政知县刘俨立。登云坊，在西北隅，为举人杜礼立。进士坊，在东北隅，为进士曹士正[②]立。及第坊，在西南隅，为举人王邻立。登科坊，在县治南，为举人朱信立。登瀛坊，在县治南，为举人郑诲[③]立。恩荣坊，在东北隅，为工部员外郎孙谏立。一登坊，在东北隅，为进士李性明立。冠英坊，在东北隅，为举人王业立）。

在乡乡七[④]（乐善乡，在县北。里仁乡，在东南。孝义乡，在西北。红亭乡、

---

① 按：三乡有境山，弘治《重修徐州志》卷二有“境山集”，此作“境上”，疑为“境山”之讹。

② 原作“登”，据本志《选举表》及康熙《萧县志》改。

③ 原作“郑谊”，按康熙《萧县志》卷三《科目》“郑诲，字明我”，名与字合，“谊”字应误。据顺治《徐州志》、康熙《萧县志》改。

④ 原作“六”，案下乐善、里仁、孝义、红亭、人寿、都仁、仁智，实为七乡，据改。

仁[1]寿乡，俱在西南。都仁乡、仁智乡，俱在东南）。

镇三（安民镇，在县西四十里，一名东镇。永固镇，在东南四十里。永宁镇，在县西四十里）。

店集十（暑兰店，在东南一百二十五里。梁郭店，在西北十里。朱珊店，在县西十五里。张山店，在东南一百四十里。孟城店，在县南三十五里。曲里[2]店，在［县西］二十里。申明亭集，在西北六十里。赵家圈集，［在县］西五［十］里。姬家庄集，在西北七十里。锦川桥集，［在西］[3]南六十里）。

沛县，在州城西北一百二十里。东界兖州之滕县五十里，西界本州丰县四十八里，南界本州五十五里，北界兖州之鱼台五十五里。东南界本州一百二十里，西南界本州砀山一百三十八里，西北界鱼台九十里，东北界滕县一百二十里。东西广九十八里，南北袤一百五里。

在城隅四（东隅、南隅、西隅、北隅）。

街六（东门街、南门街、西门街、北门街、东关街、南关街）。

坊十九（歌风台坊，泗亭坊，清化坊，中和坊，达道坊，迎恩坊，昭惠坊。鸿胪坊，为鸣赞唐弼立。孝子坊，为孝子杨冕立。节妇坊，为元李伯奴妻白氏立。登云坊，为举人杜旸立。攀桂坊，为举人张威立。步蟾坊，为举人李巽立。桂林坊，为举人赵斌立。折桂坊，为举人蒋让立。进士坊，为进士李绅立。鹗荐坊，为举人周崧立。光启坊，为举人刘章立。凤鸣坊，为举人周乾立）。

在乡乡四（广戚乡，在县东北。泗亭乡，在县东南。千秋乡，在县西北。汉台乡，在县南）。

村三十六（丁马村、丁村、泉水村、三河口村、塔墟村、鸿沟村、张家村、杨庄村、大刘村、高村、房村，在广戚乡。大社村、科城村、张家庄村，在泗亭乡。邵村、周田村、小房村、灌城村、彭村、十字河村、蔡家村，在千秋乡。瓦子村、临堤村、高义村、鲁村、黄重村、北秦村、于家村、秦村、栗子村、犇口村、黄家村、欧家村、房枝村、杨家场村、官庄村，在汉台乡）。

镇店集二十（沽头闸店、邵玉集、南庄集、夏村集、三河口集，在广戚乡。庙道口店、曲房集、欢城集，在泗亭乡。中立集、周田集、高房集、杨鸣集、张卢

① 原作“人”，据前后各本《徐州志》及萧县诸志改。
② 原作“星”，据正统《彭城志》、顺治《徐州志》、康熙《萧县志》改。
③ 底本漫漶，以上七字据万历《徐州志》补。

集、刘八店集、沙河镇，在千秋乡。金沟店、戚山集、马村集、谢沟集、秦村集，在汉台乡）。

砀山县，在州城西一百七十里。东界萧县五十里，西界开封之虞城四十里，南界开封之夏邑、永城二县三十五里，北界丰县、兖州之单县五十里。东南界萧县一百二十里，西南界虞城九十里，东北界沛县一百三十八里，西北界单县八十里。东西广九十里，南北袤八十五里。

在城隅四（东南隅、东北隅、东隅、西隅）。

坊八[①]（崇教坊，在县东。庸信坊，在县西。进士坊，一在县东，为进士倪鼎立；一在县南，为进士李稳立。登科坊，在县东，为举人王怿立。鸿胪坊，在县北，为鸿胪寺署丞刘濬立。彩凤坊，在县南，为山西道御史李稳立。锦衣坊，在县东南，为锦衣卫百户武振立）。

在乡社二十一（使庄社、柳庄社、封池社、马昂社、东张社、大彭社、赵九社、渠城社、原奉社、段庄社、陈村社、浮沟社、子乾社、双沟社、蒲芦社、青台社、忠义社、兴礼社、保安社、务本社、重安社）。

镇店集十二（西镇，在县东五十里。王达店，在县西三十五里。市力寨店，在城北五十里。坚城店，在县西北三十五里。双沟店，在县西北四十五里。杨村集，在县东北三十里。吕家集，在县西北二十里。羊耳河集，在县北二十里。礼河集，在县东北二十里。毛城铺集，在县东三十里。赵九铺集，在县东二十里。小神集，在县东南二十里）。

丰县，在州城西北一百五十里。东界本州沛县六里，西界兖州之单县九十里，南界本州萧县五十里，北界兖州之鱼台七十里。东西广九十六里，南北袤一百二十里。

新城无坊，其地即旧一乡境（旧志有中阳、游艺、嘉庆、仁风四坊，并在旧城，今废）。

在乡保十八（华山保、大乌保、留顺保、丁兰保、万安保、襄田保、七级保、

① 原作“七”，按进士坊有二，实为八坊，据改。

艾村保、安靖保、苗城保、新赵保、司马保、田村保、石城保[①]、忽城保、力村保、永安保、新村保)。

店集十二(刘家集，在县之西。苗城集，在县西十里。五沟集，在县西南。棠林集，在县西南三十里。赵庄集，在县西北二十里。忽城集、常家店、大圣集、欢口集、丁庄集，俱在县西北。首羡集，在县北三十五里。丁兰集，在县东北十里)。

① 案隆庆《丰县志》、万历《徐州志》作“食城保”。隆庆《丰县志》云:“世传汉高祖饷军之地，故名食城。”

域總圖
沛縣
豐縣
華山
崴山
微山
西壇
巡檢司
夾河洲
楚王山
蕭縣
陶山
三仙臺
南壇
丁塘山
黃山

徐州疆

利國驛
黃山
盤馬山
石山
桓山
九里山
鳳凰山
彭城山
定國山
荊山
子房山
呂梁
三山
東
廣運倉
徐州洪
呂梁洪
工部分司
房村驛
巡檢司

圖
之
北
五鄉地
孤山
西壇
徐州
楚王山
大安橋
義安鋪
魚張鋪
劉家庄鋪
大彭山
陶山
六鄉地
南壇
雲龍山
飲馬池
拔劍泉
丁塘山
桃山驛
胡山
桃山

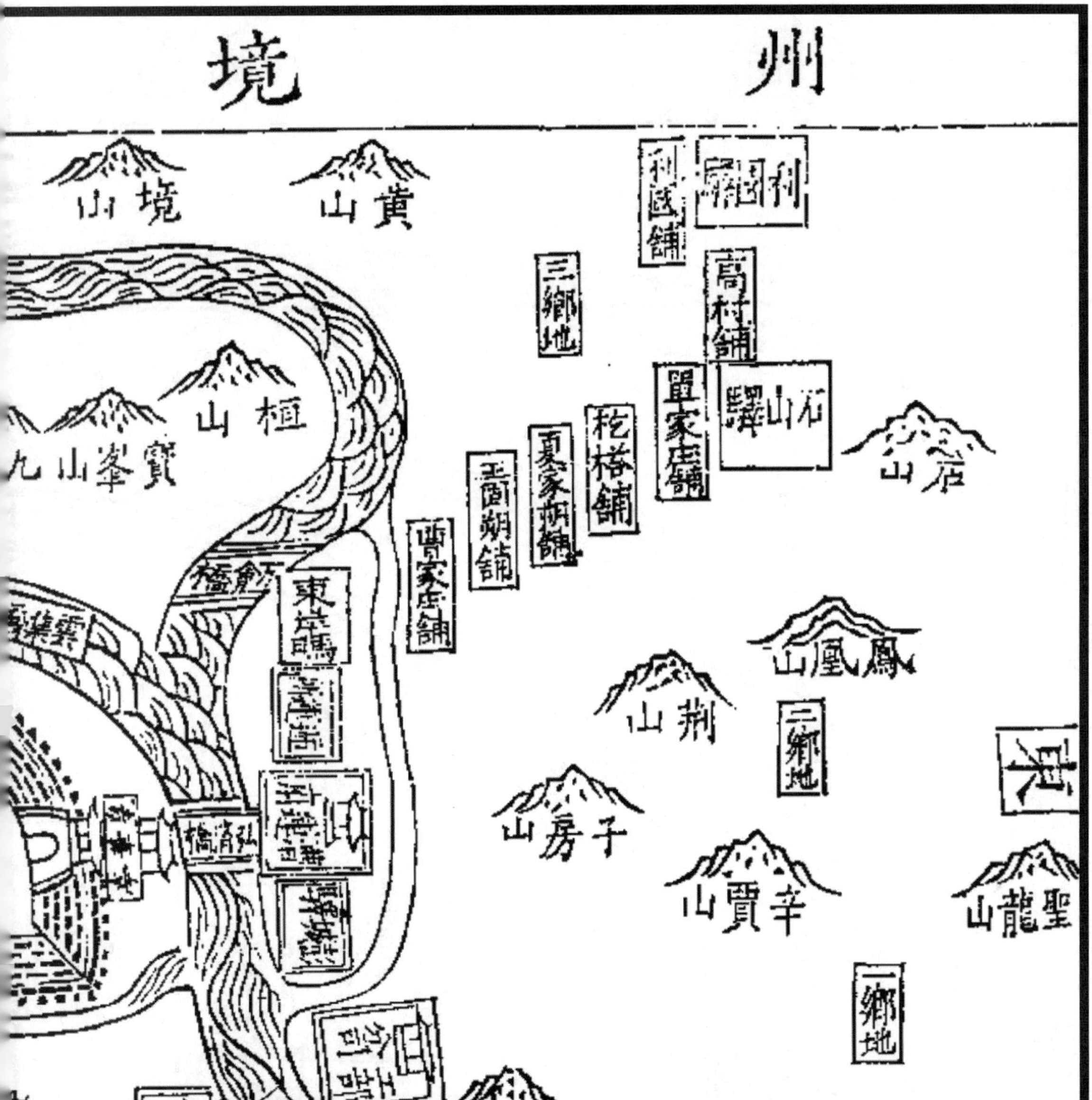
州境
境山
黄山
利國驛
利國鋪
三鄉地
高村鋪
桓山
寶峯山
石山驛
留家店鋪
夏家橋鋪
曹家店鋪
東岸碼
鳳凰山
荆山
二鄉地
子房山
辛賈山
聖龍山
一鄉地
駝山
呂梁山
徐州洪
廣運倉
陡溝鋪
九里溝鋪
三山鋪
梨林鋪
黃鍾鋪
三山
七鄉地
呂梁鋪
房村鋪
龍塘鋪
呂梁洪
徐山

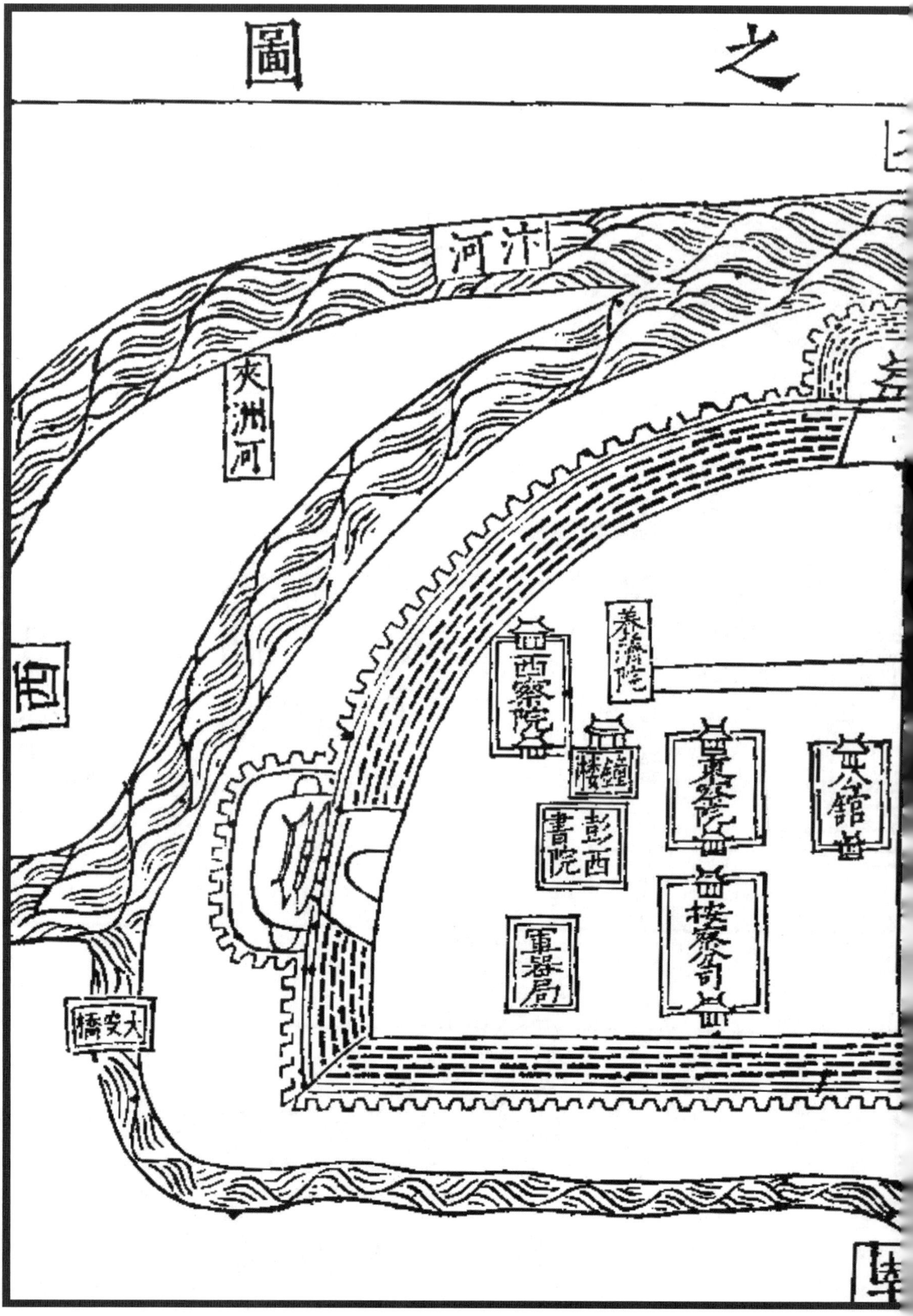
之
圖
汴河
夾洲河
西
養濟院
西察院
鐘樓
東察院
公館
彭西
書院
軍器局
按察分司
大安橋

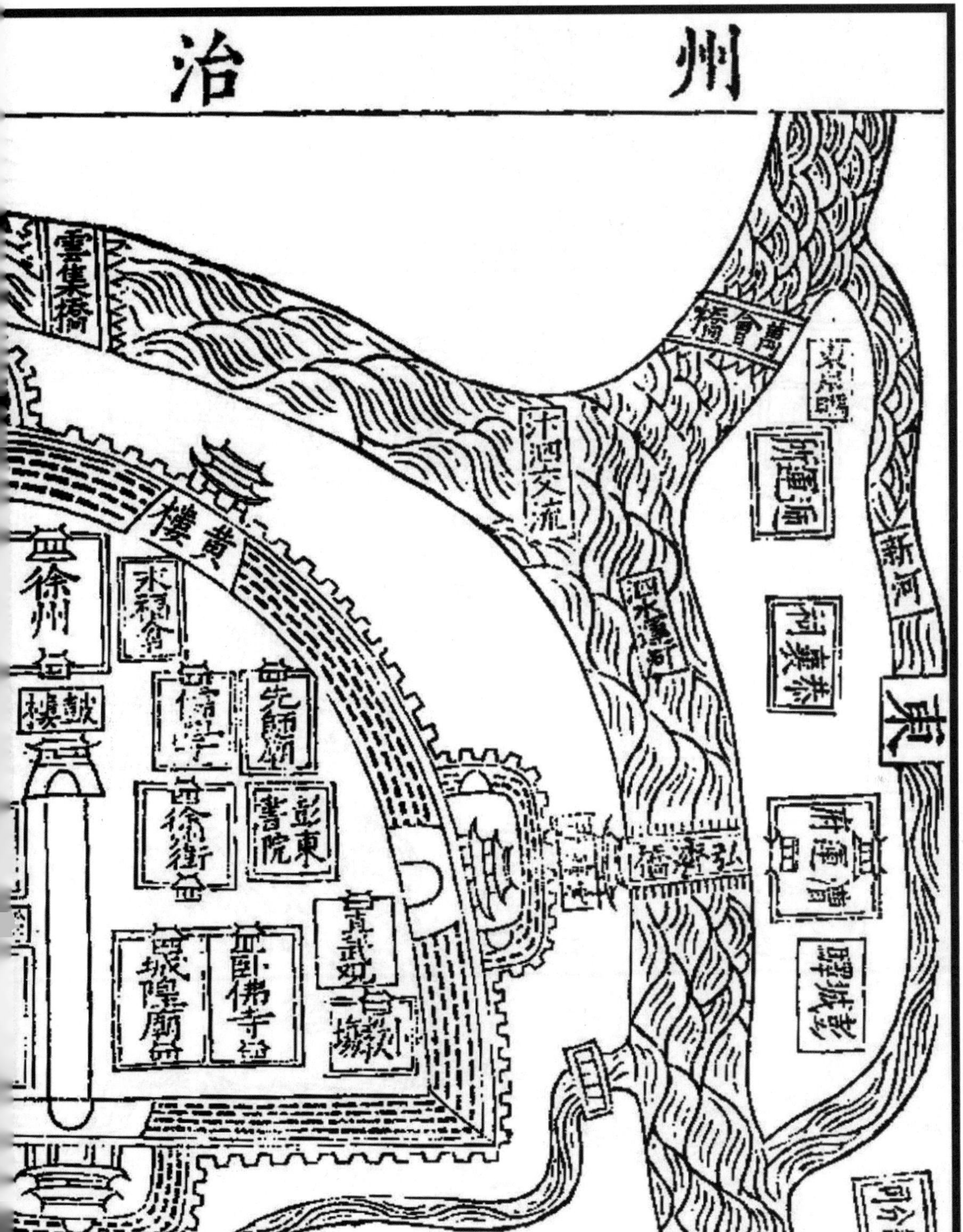

州
治
雲集橋
汴泗交流
黄樓
徐州
鼓樓
永福倉
先師廟
彭東書院
徐州衛
真武觀
卧佛寺
城隍廟
弘濟橋
新河
東
彭城驛
廣運倉
工部分司

明嘉靖《徐州志》

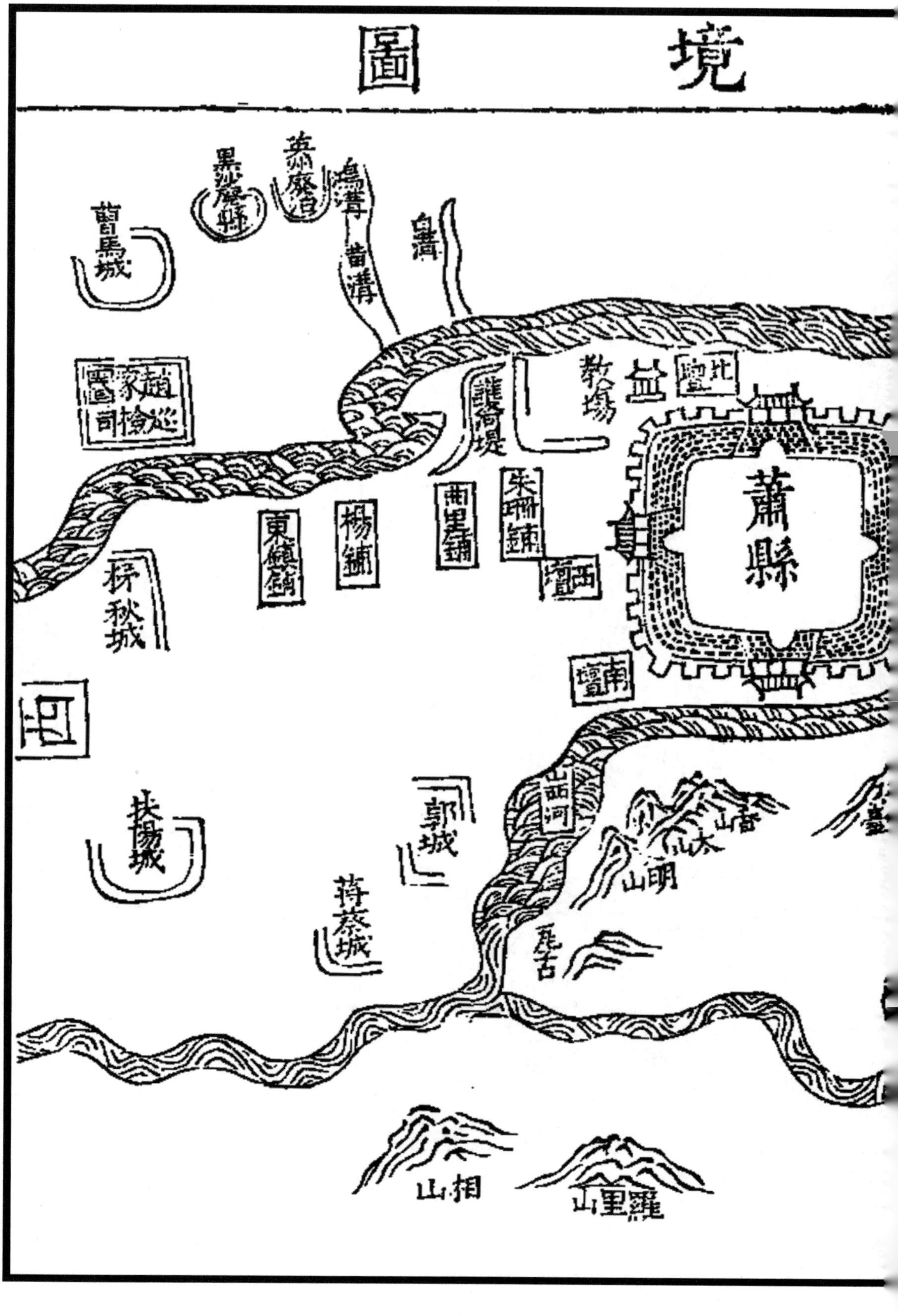
境圖
蕭縣
教場
北壇
西壇
南壇
護城堤
南里鋪
楊鋪
東鎮鋪
杼秋城
扶陽城
烏溝
黃溝
白溝
太山
明山
相山
羅里山

蕭縣
鳳凰山
白土山
神仙洞
黄谷山
馬鞍山
桃山
張山
梧桐湖

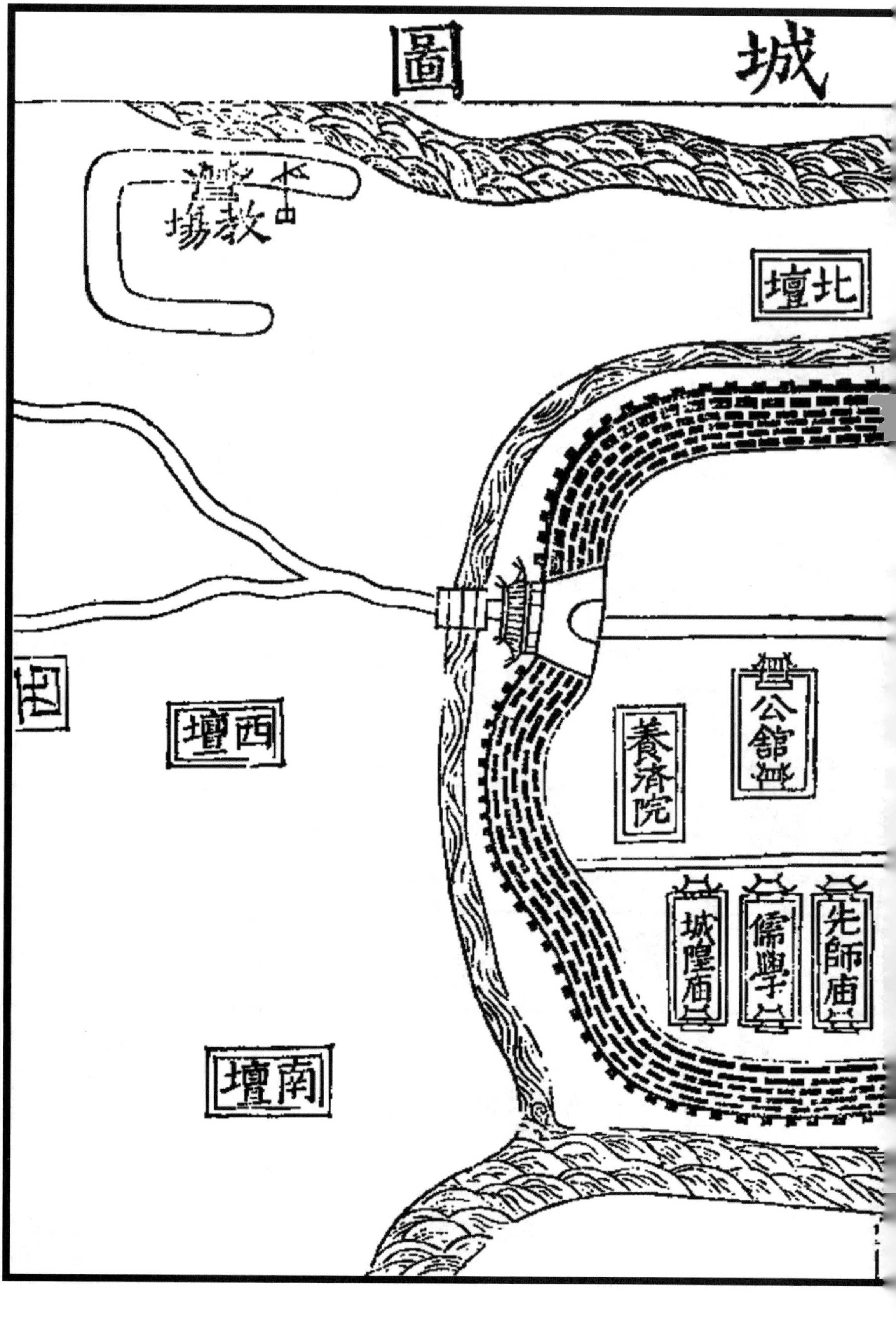

城
圖
教場
北壇
西壇
南壇
公館
養濟院
城隍廟
儒學
先師廟

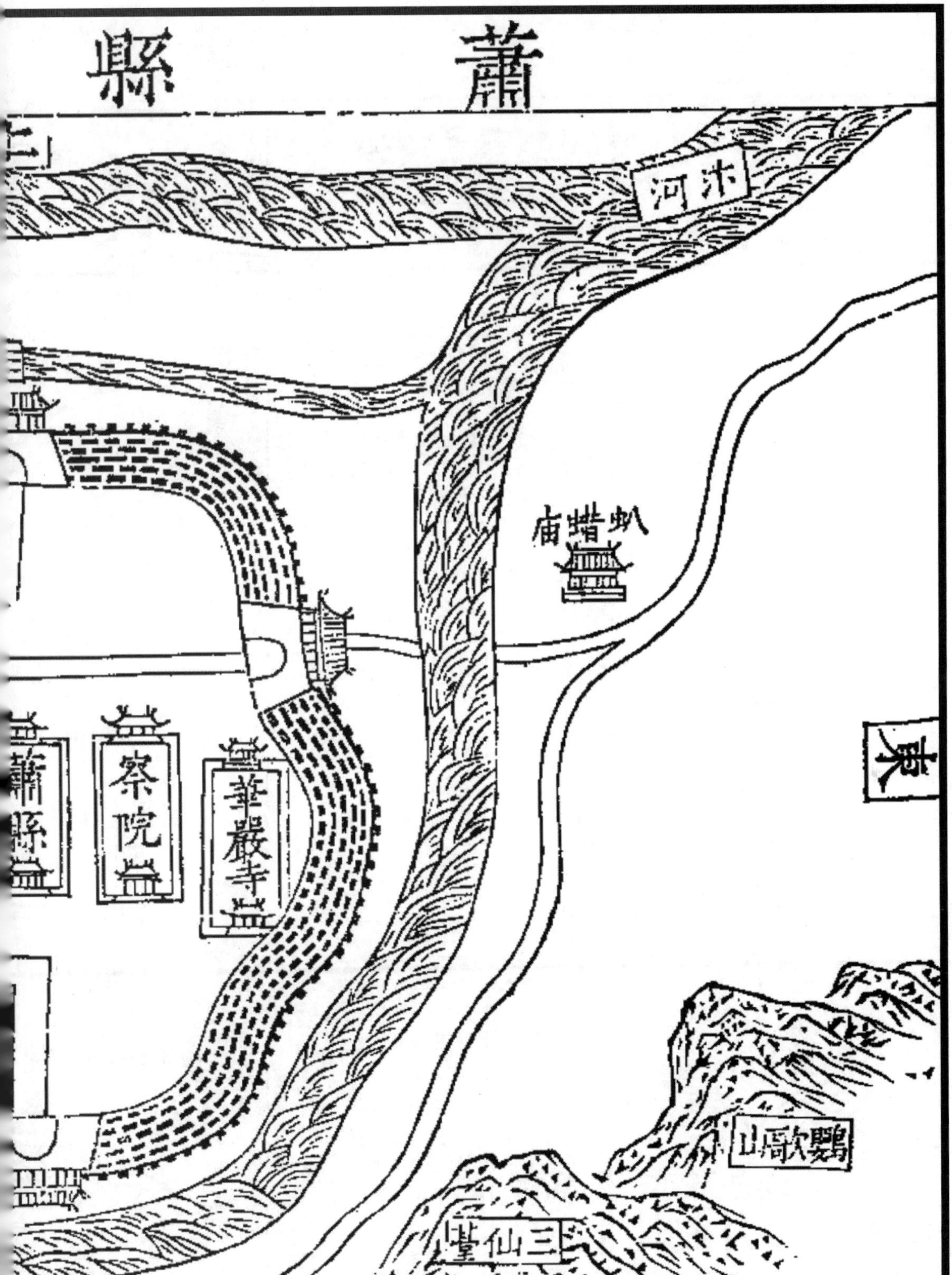
蕭縣
汴河
八蜡庙
察院
華嚴寺
蕭縣
東
鸚歌山
三仙臺

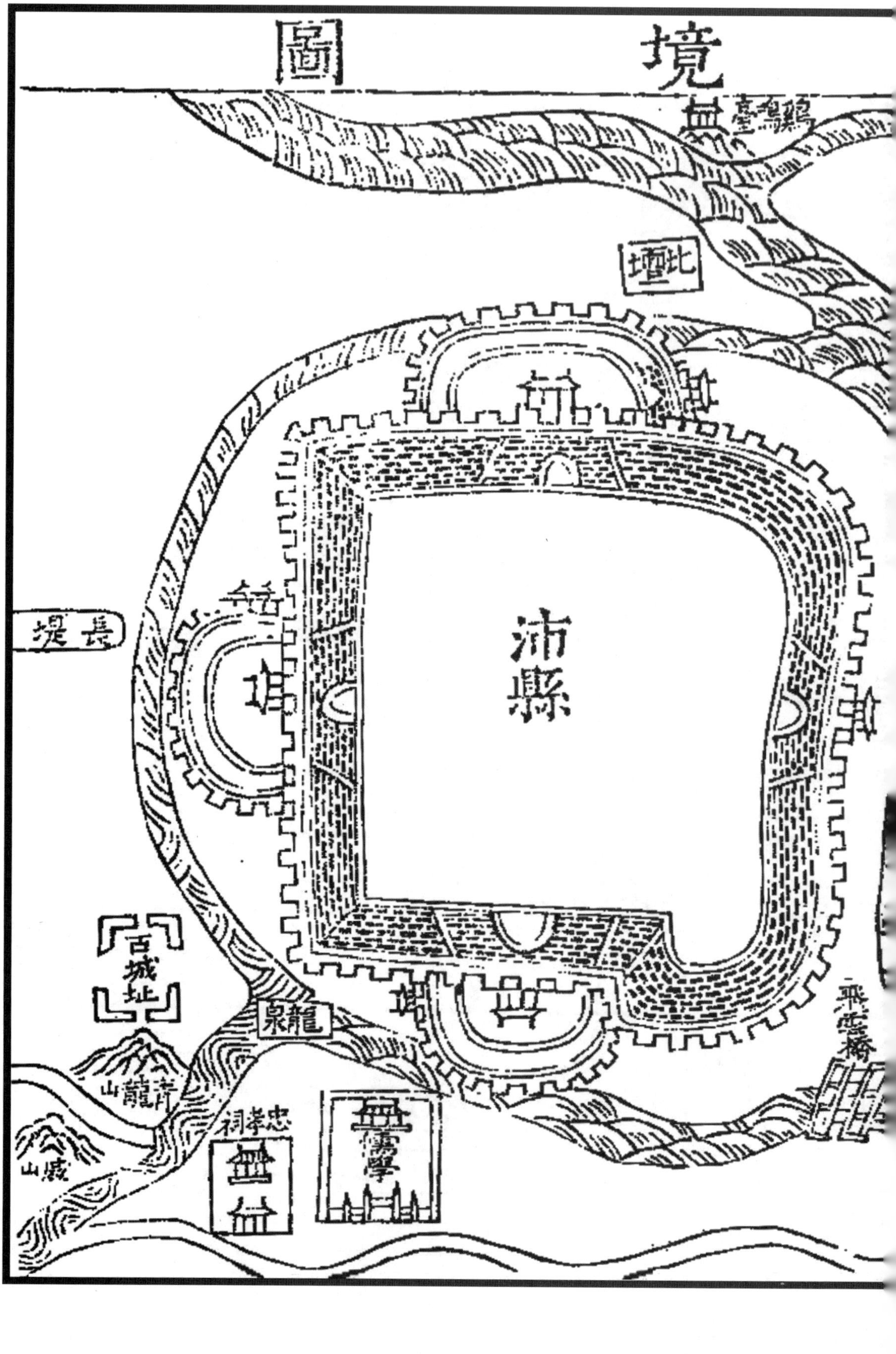
境圖
鷄鳴臺
比壇
沛縣
長堤
古城址
龍泉
青龍山
忠孝祠
儒學
飛雲橋

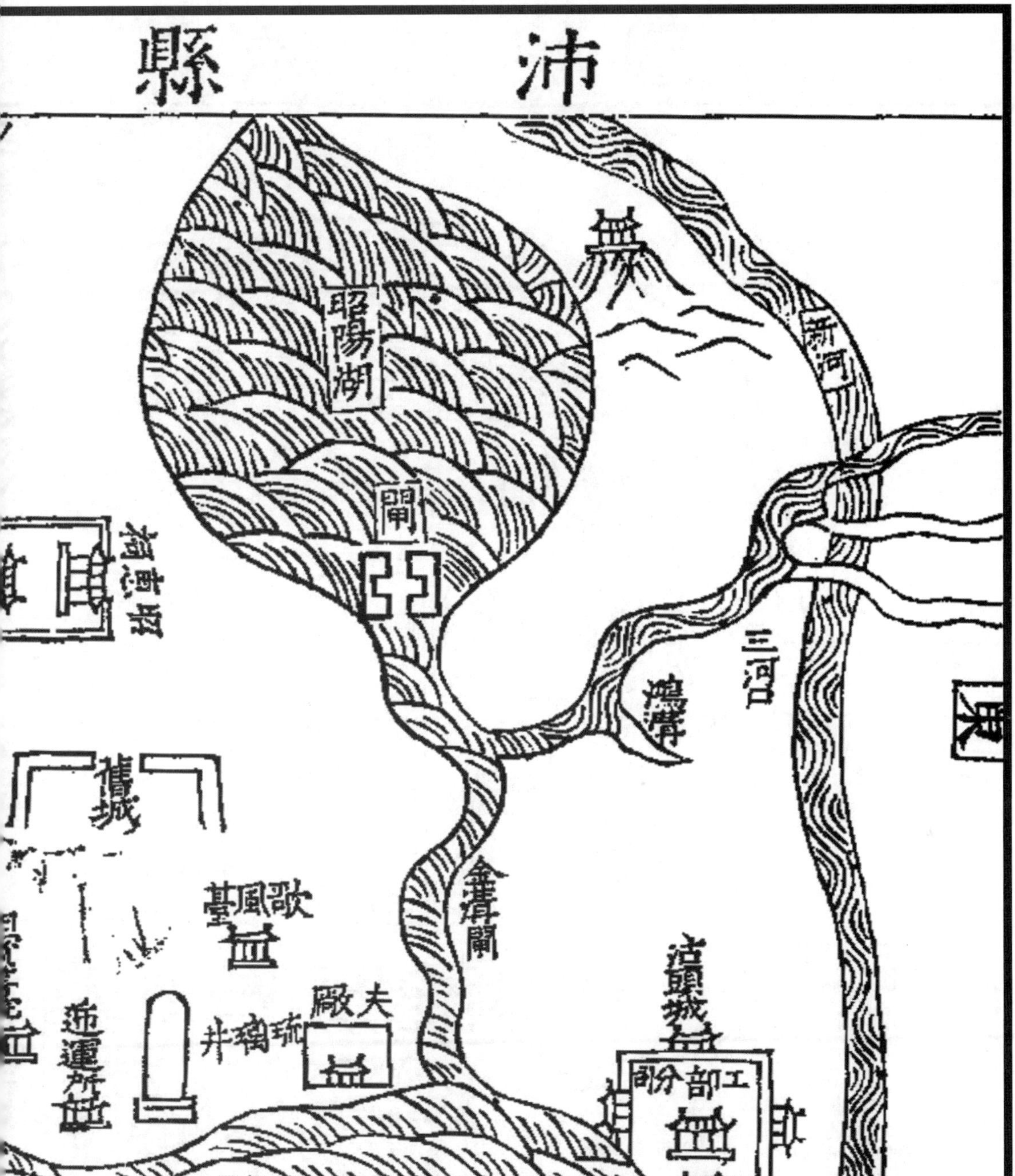

沛縣
昭陽湖
閘
新河
三河口
金溝閘
歌風臺
舊城
琉璃井
沽頭城
工部分司
沽頭閘
新河口

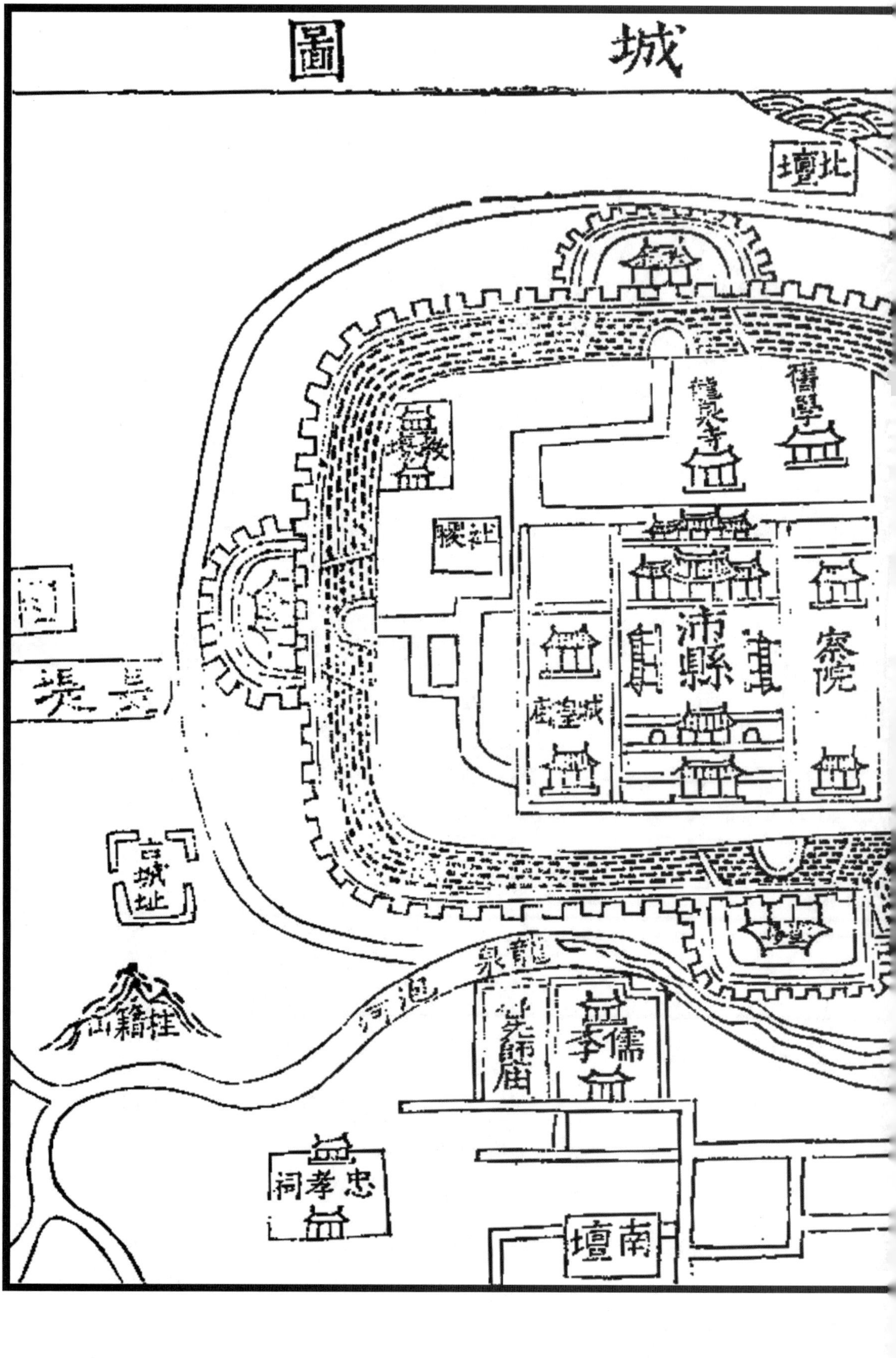
城圖
北壇
儒學
沛縣
察院
城隍廟
古城址
桂籍山
先師廟
忠孝祠
南壇

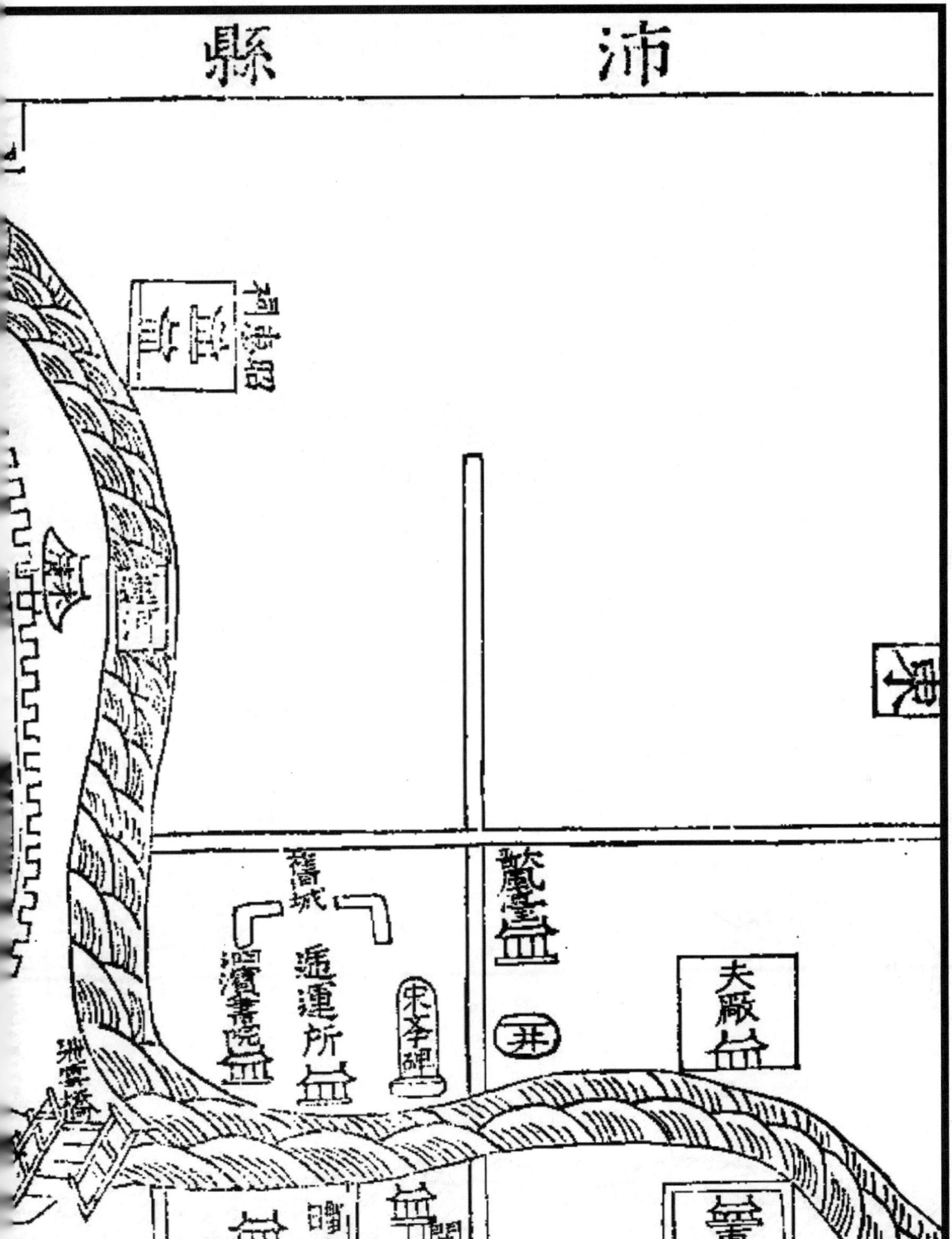
沛縣
東
歌風臺
舊城
遞運所
宋李碑
夫廠
東倉
關王廟

境圖

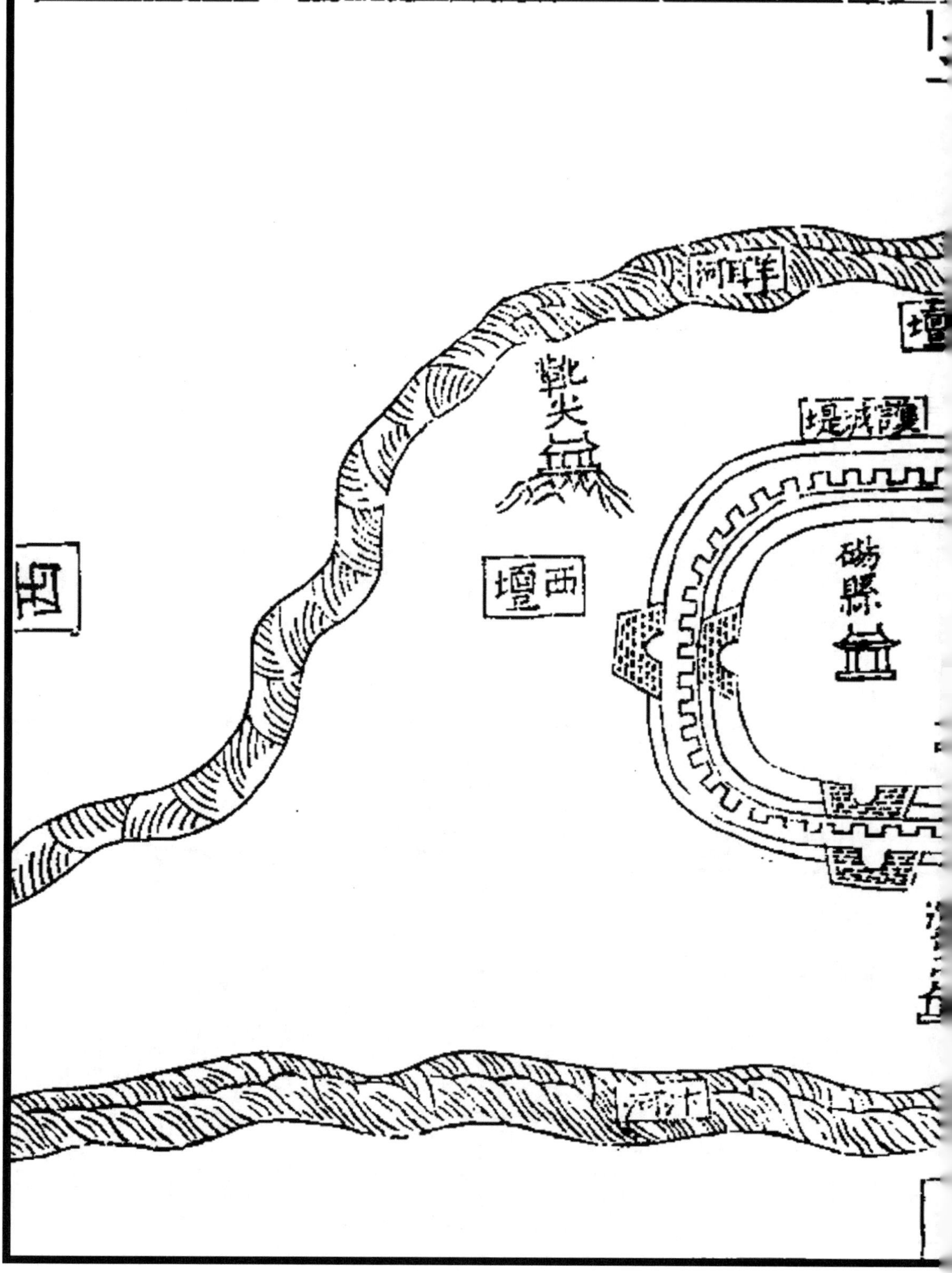

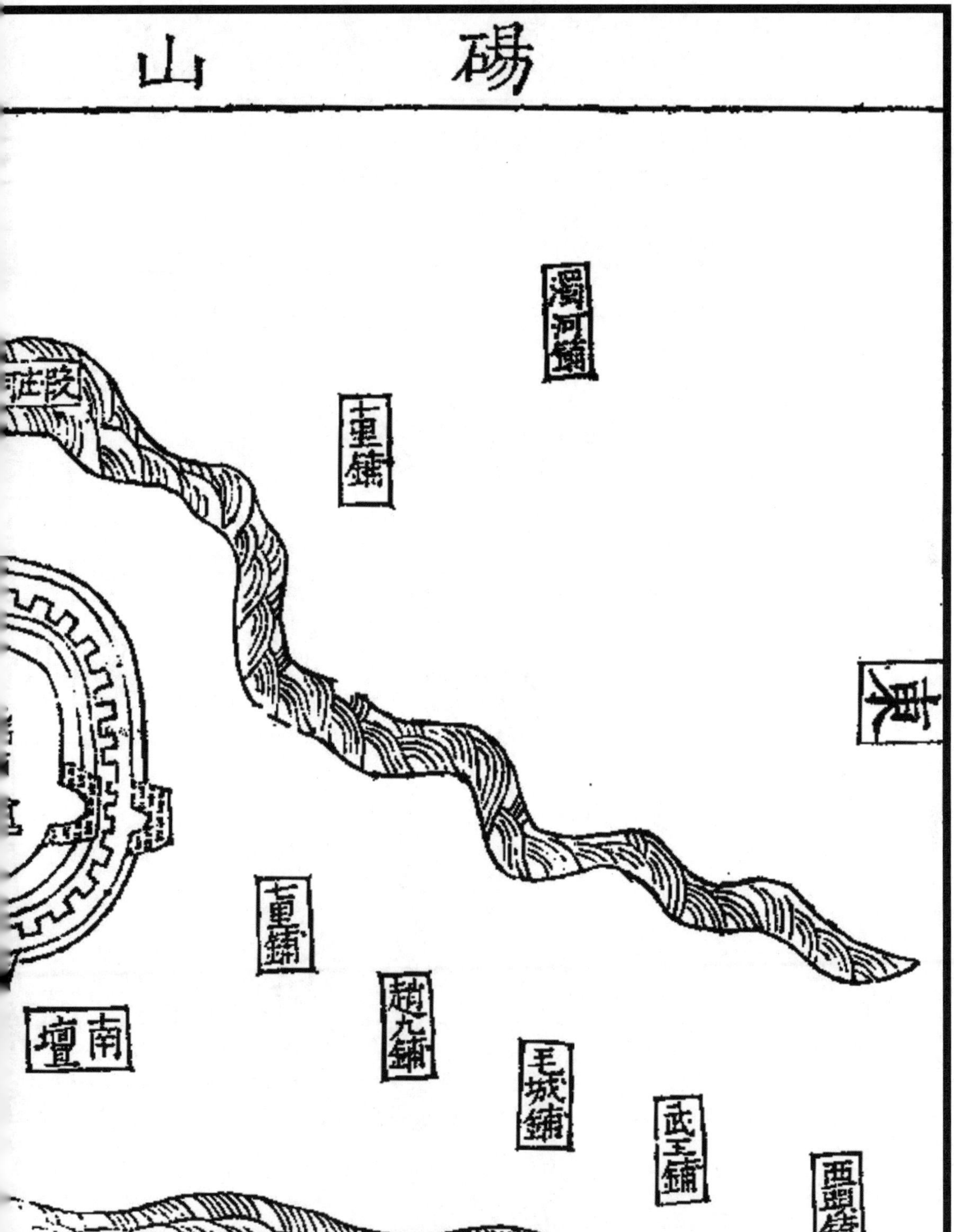
碭山
濁河鋪
十里鋪
東
七里鋪
南壇
趙九鋪
毛城鋪
武王鋪
西頭鋪

城圖

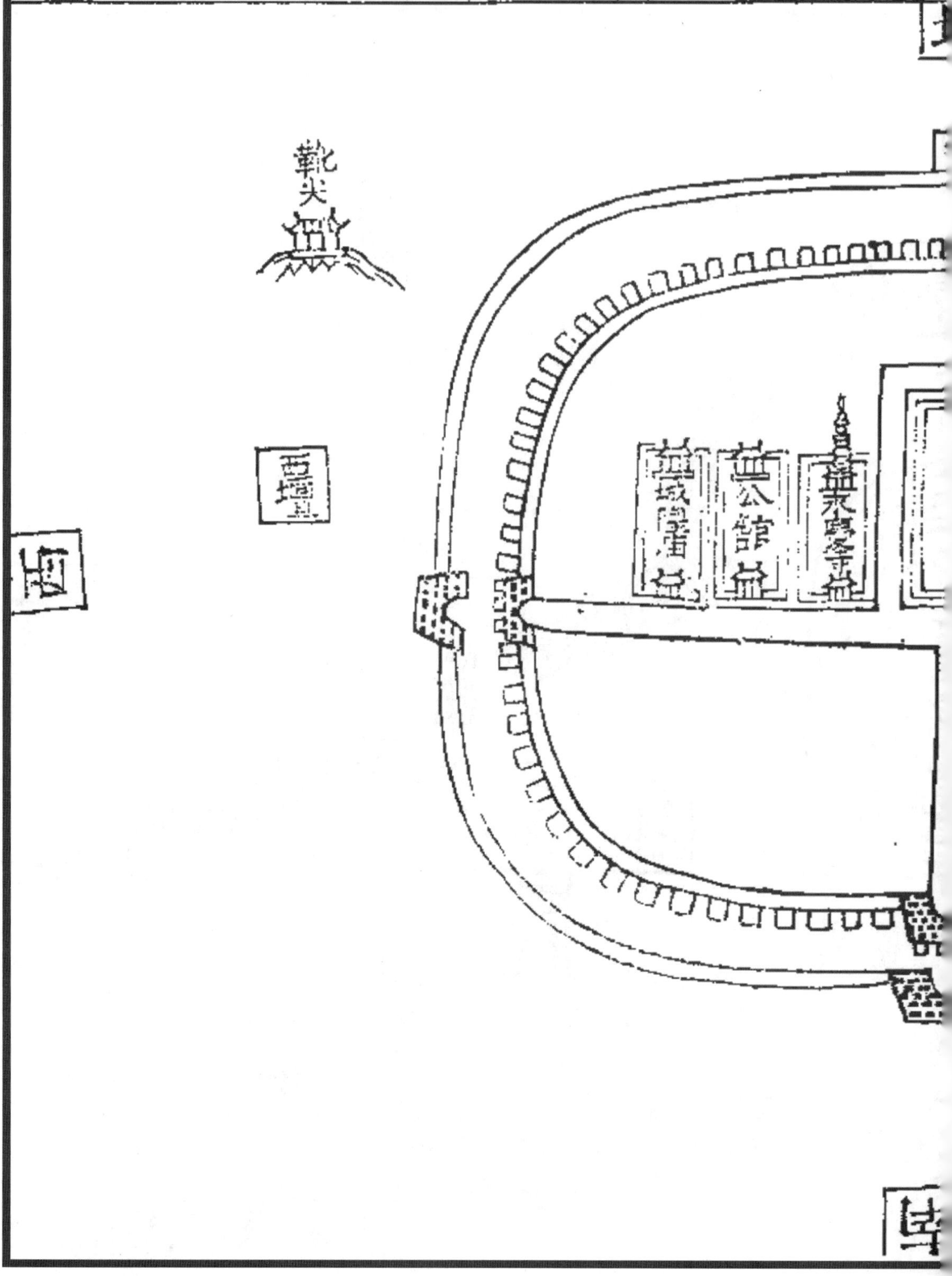

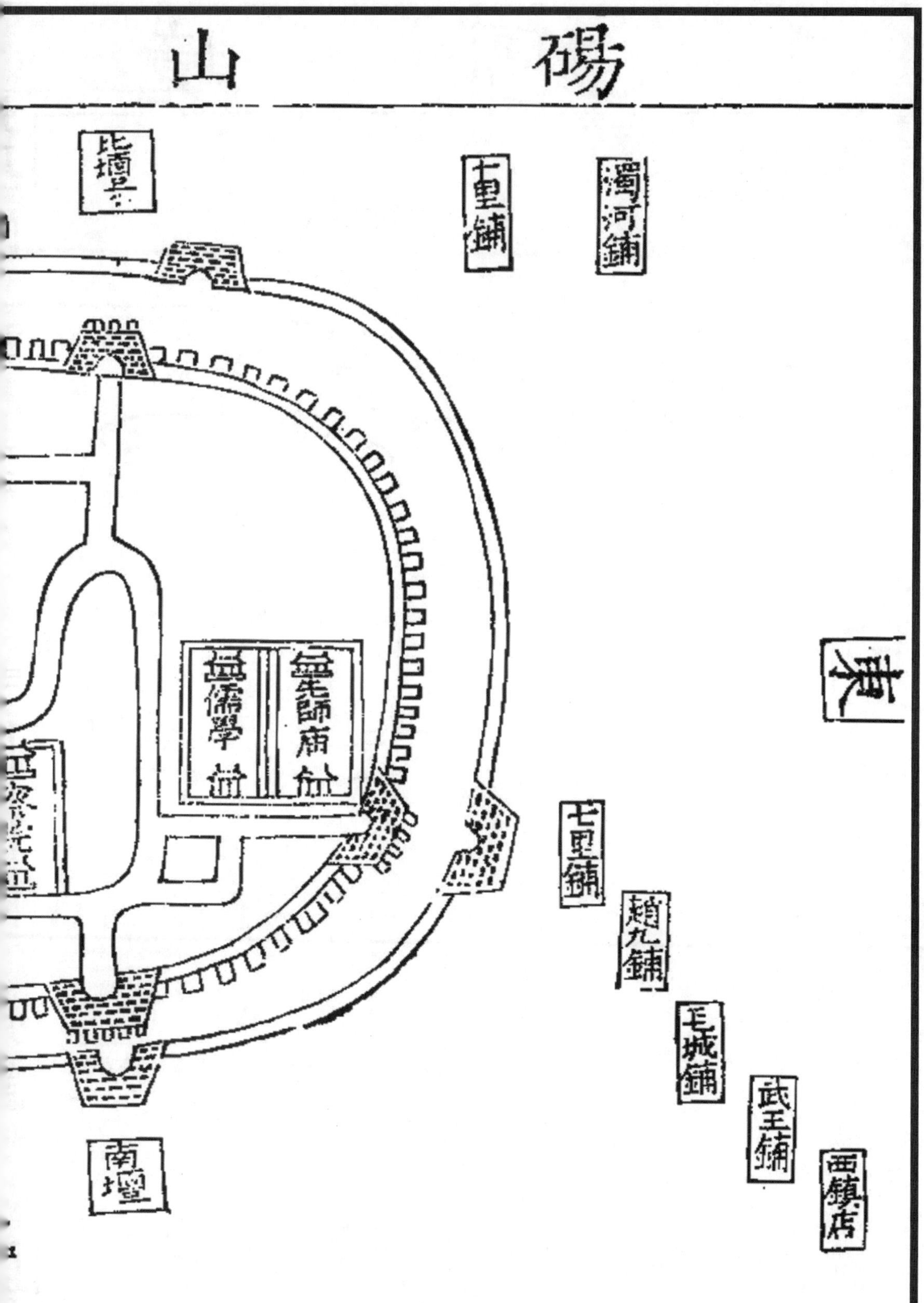
碭山
北壇
七里鋪
濁河鋪
東
先師廟
儒學
七里鋪
趙九鋪
毛城鋪
武王鋪
鎮店
南壇

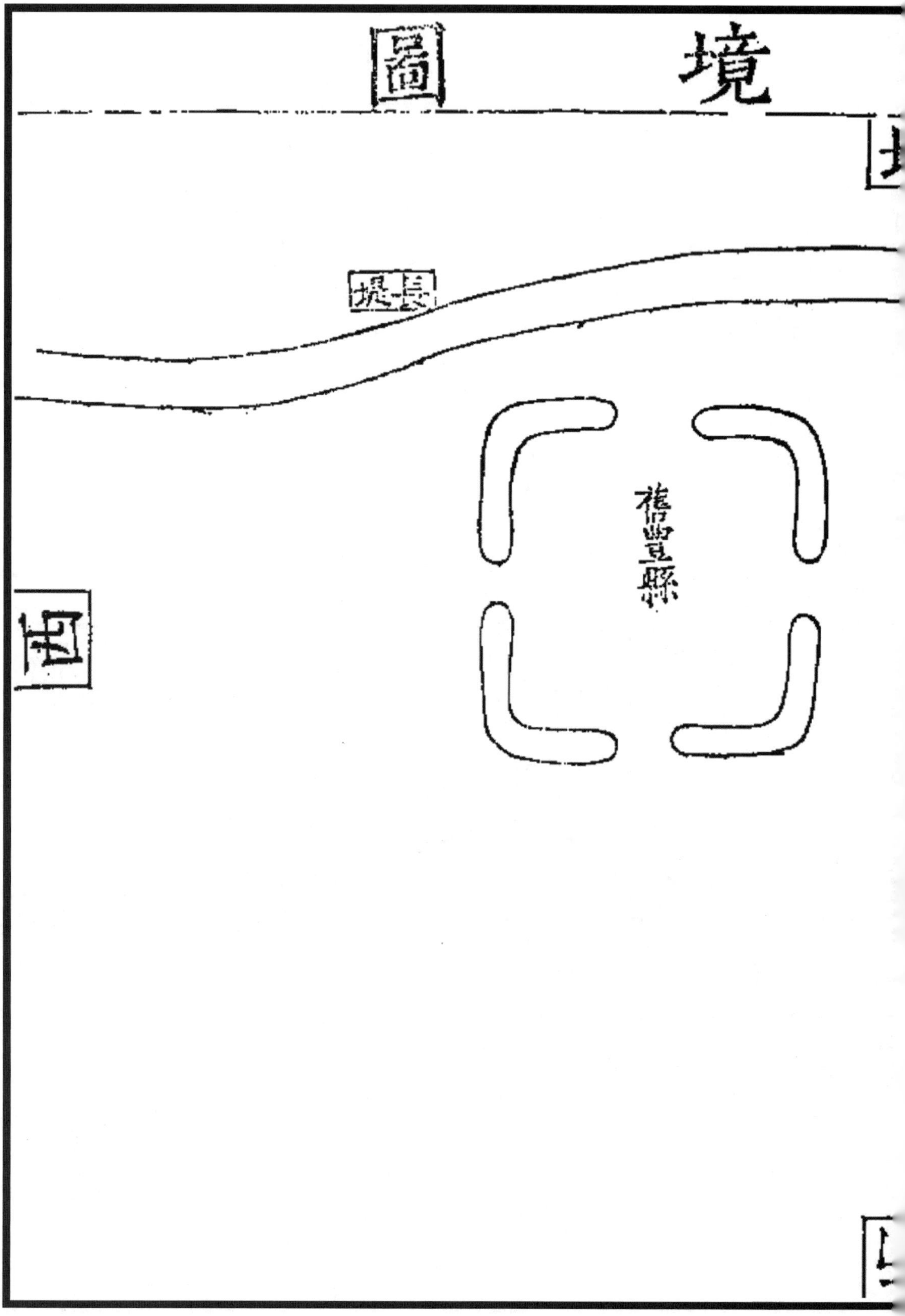
境圖
長堤
舊豐縣
西

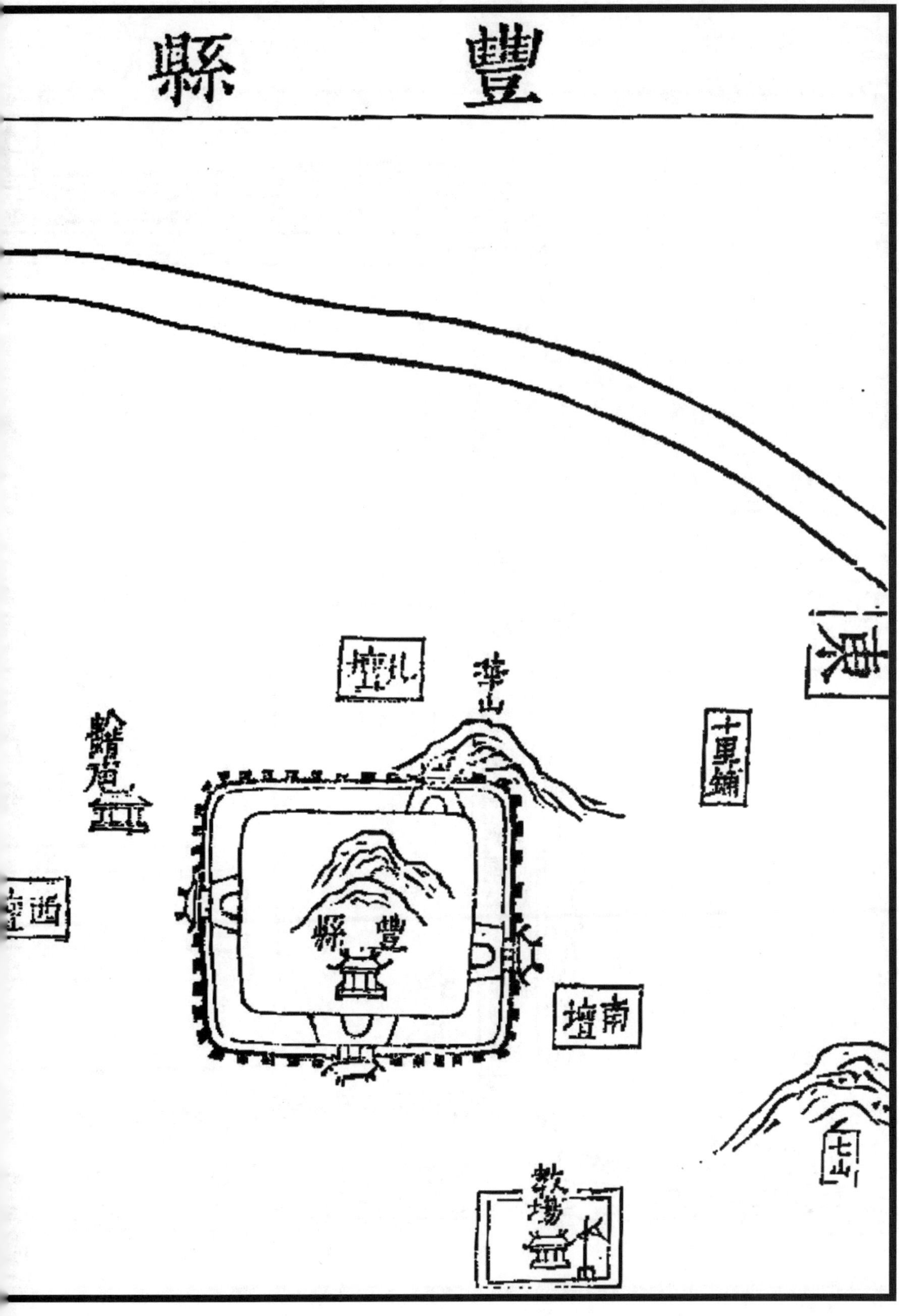
豐縣
東
北壇
十里鋪
豐縣
南壇
西壇
七山
教場

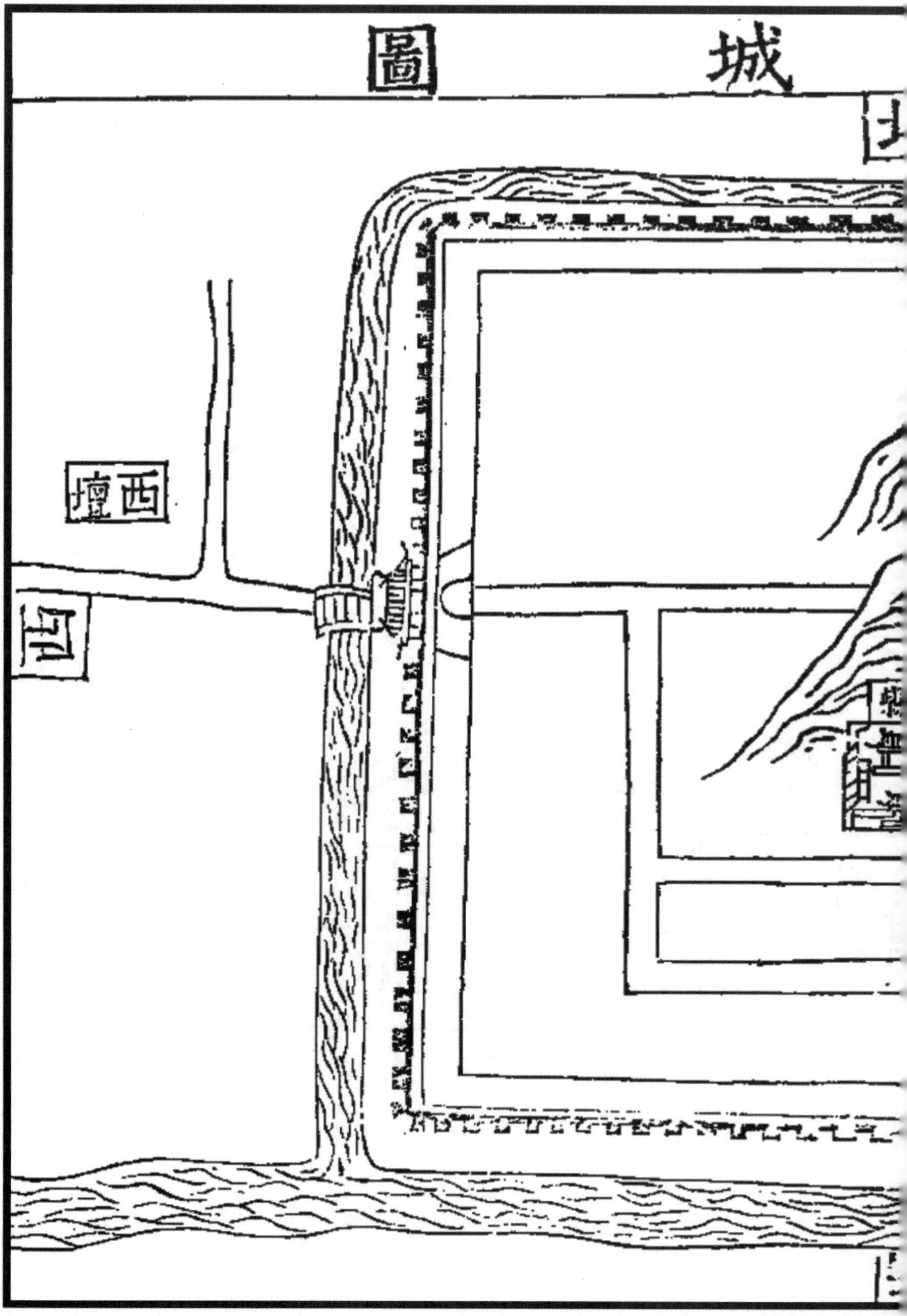
城
圖
西壇

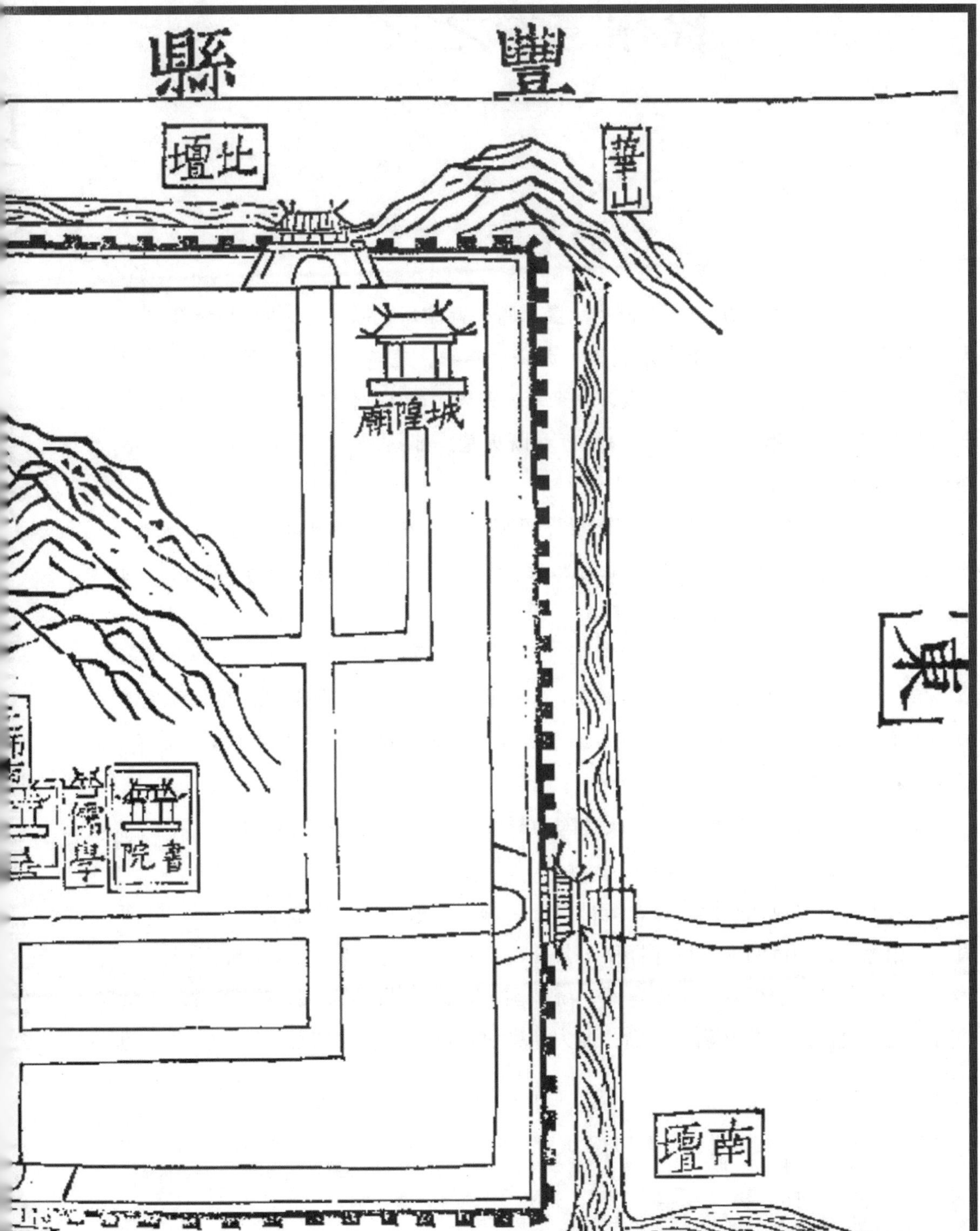
豐縣
北壇
華山
城隍廟
東
書院
儒學
南壇
教場

徐州志卷之二

沿革表

徐州自帝喾创置九州，历唐、虞、夏、商，皆徐州之域。尧封彭祖篯铿于此，为大彭国。周隶青州。春秋为宋属邑（成公十八年，楚与郑伐宋，取彭城，封鱼石。襄公元年，鲁与晋、卫围彭城，诛鱼石，归宋彭城）。宋亡，入楚（周赧王二十九年，齐、楚、魏共灭宋，分其地）。秦既灭楚，郡县天下，后世卒用不易，故断自秦兴。以下废置，具述于篇。

秦始皇二十四年①，初置楚郡于彭城。寻废，以彭城县改属泗水郡。（二世元年，项梁立楚怀王孙心，号为楚怀王，自盱眙徙彭城。后羽灭秦，乃迁王于郴，自立为西楚霸王，王梁、楚九郡地。五年灭）

汉高帝六年，封弟文信君交为楚王（即元王），置楚国，都彭城，统县七（彭城、留、梧、吕、傅阳、武原、甾丘）。武帝元封五年，置十三州刺史部，以统郡国。楚国隶徐州部，统县如故。宣帝地节二年，改彭城郡（时楚王延寿反，自杀，国除）。黄龙元年②，复为楚国。

后汉建武十八年，置州十二。改楚国为彭城国③，以沛郡之广戚来属，余因之。统县八，仍隶徐州（州治郯）。

三国魏武帝复以徐州治彭城，统郡国七，彭城郡隶如故。明帝景初二年，分沛国萧、相等十县为汝阴郡，以沛杼秋、公丘、彭城、丰、广戚并五县为沛王国④。

晋武帝立徐州于彭城，以为重镇，统郡国七。彭城国统县，视东汉省甾丘，余并同。元帝渡江后，淮北陷于石勒，流人相帅过江淮，并侨立郡县，以司牧之。乃

---

① 原作“五年”。案《史记 · 楚世家》：楚王负刍五年“秦将王翦、蒙武遂破楚国，虏楚王负刍，灭楚名为郡云”，时始皇二十四年也。据改。又《资治通鉴 · 秦纪二》胡三省注：“秦三十六郡无楚郡，此盖灭楚之时暂置耳，后分为九江、鄣、会稽三郡。”此云“置楚郡于彭城”，未知所据。

② 自嘉靖《徐州志》以迄顺治《徐州志》皆作“黄龙元年”。按《汉书 · 楚孝王嚣传》：“甘露二年立为定陶王，三年徙楚。”事在甘露三年（前 51），非黄龙元年（前 49）。

③ 案《后汉书》：光武帝建武十五年（39）封刘英为楚公，重建楚国。明帝永平十四年（71），楚王英有罪自杀，国除，复为楚郡。章帝章和二年（88），遗诏改楚郡为彭城国，徙六安王恭为彭城王。此云“改楚国为彭城国”，似太略。

④ 案《三国志 · 魏书 · 明帝纪》所载同。然彭城前已立国，何由复入沛郡，疑误。康熙《徐州志》改为“以沛、杼秋、公丘、丰及彭城之广戚，并五县为沛国”，此说似为得之。

分武进立彭城郡，隶南徐州（州治淮南）。安帝义熙七年，始分淮北曰北徐州，淮南但称徐州，统郡十一，彭城隶焉。

南朝宋武帝永平二年，改北徐州曰徐州，治彭城，统郡十二。元魏因之。北齐复为北徐州，兼立东南道行台。后周立总管府。

隋开皇七年，废郡为徐州，州统县。大业四年，复为彭城郡，统县十一（彭城、萧、留、丰、沛、蕲、谷阳、滕、兰陵、符离、方与）。

唐武德初，改置徐州。贞观初，置十五道[①]，以徐州隶河南道，统县七（彭城、沛、滕、萧、丰、符离、蕲）。天宝初，复改彭城郡。乾元初，复为徐州。贞元十六年，改武宁军，以节度使镇之。咸通十一年，复置徐州，寻改为感化军。

五代梁因之，晋复为武宁军，汉、周仍为徐州。

宋初，为武宁军，寻复为徐州，统县五（彭城、萧、丰、沛、滕），隶京东西路。绍兴后，没于金，复为武宁军，统彭城、萧、丰三县，隶山东西路。

元初，徐州统永固、彭城、萧三县，隶东平路。至元二年，三县并入徐州。八年，徐州割隶归德府。至正八年，升徐州路，领滕、峄、邳、宿四州。十年，置兵马司。十二年，降武安州（萧民芝麻李据其地，至是平，乃降），领萧一县。十五年，置万户府。寻为张士诚所据，以伪将陆聚守之。二十六年，皇明师下淮安，聚以城降附（封聚河南侯，守徐。十年罢），仍为徐州。初隶中立府（即今凤阳），洪武八年改直隶州，统萧、沛、砀、丰四县。本州编户一百三十里。

萧县，《禹贡》徐州，《周·职方》青、兖之域。本古萧国。春秋为宋附庸（《左传·鲁庄公十二年》：宋万之乱，群公子奔萧。宋桓公立，封萧叔大心于此）。战国，宋为楚灭，遂属楚。秦置萧县，隶砀郡。汉隶沛郡（时沛郡治相，隶豫州）。东汉隶沛国（仍隶豫州），魏、晋因之。齐改承高县，隶彭城郡。隋开皇六年，改龙城县。十八年，又改为临沛县。大业初，仍为萧，隶彭城郡如故。唐、宋及金，并隶徐州及武宁军。元至元二年，并省于州。十二年复置，隶徐州。本朝仍隶徐州，编户四十六里。

沛县，《禹贡》《周·职方》并同萧。春秋时，为偪阳国地。鲁襄公十年，晋会诸侯灭偪阳，以予宋。秦置泗水郡及沛县。汉改泗水郡为沛郡，迁治相（今虹县地），沛县隶如故，号小沛。东汉隶沛国（沛郡、沛国，说见萧），晋因之。刘宋、元魏并隶沛郡，北齐省。隋开皇十六年复置，隶彭城郡。唐以广戚县省入，隶徐州。宋因之。金初隶滕州，后为源州，县省。元初复置，至元二年省入丰县，三年

① 案《旧唐书·地理志一》：贞观元年，始于山河形便，分为十道。至玄宗开元二十一年，又分天下为十五道。此云“贞观初，置十五道”，误。

复置，隶济宁路济州，八年直隶济宁路。本朝仍为县，隶徐州，编户三十八里。

砀山县，《禹贡》豫州（《文献通考》：秦砀郡，古豫州地），《周·职方》兖州之域。春秋属宋，战国属楚（说见萧）。秦置砀郡及砀县。汉改砀郡为梁国，县如故，隶豫州。东汉梁国迁治夏邑，改砀县为砀山县[①]，仍隶焉。魏隶徐州，晋省入夏邑[②]。元魏改为安阳县，治麻城，隶砀郡。北齐仍为砀县。隋开皇十八年，复改砀山县，隶梁郡[③]。唐隶宋州。昭宗光化二年，于县置辉州（朱全忠表置），寻徙辉州治单父，县隶如故。五代唐废辉州，以县隶单州。宋因之。金初，隶河南路。兴定间没于水，迁治鱼山，寻废。元复置，还治旧地，隶东平路。至元二年，并入单父。三年复置，隶[④]济宁路济州。八年，直隶济宁路。本朝改隶徐州，编户二十五里。

丰县，《禹贡》徐州，《周·职方》并青、兖之域。春秋属宋，战国属楚（说见萧）。秦置丰县，隶泗水郡。汉隶沛郡。东汉、晋并隶沛国（沛郡、沛国，说见萧）。刘宋改隶北济阴郡，元魏因之。北齐隶永昌郡。隋隶彭城郡，唐因之。宋隶徐州。后没于金，隶武宁军。元初，隶济宁路济州。至元二年，以沛县并入。三年，复析置沛县。八年，直隶济宁路。国朝改隶徐州，编户一十九里。

徐州沿革表

世代	统辖	郡国	县邑
秦		楚郡 寻废	彭城 寻属泗水郡
汉	徐州刺史部	楚国彭城郡	彭城、留、梧、吕、傅阳、武原、甾丘
东汉	徐州 治郯(今下邳)	彭城国	七县同，增广戚(共八)
三国	徐州 治彭城	郡国七	县视前
晋	徐州 治彭城	彭城国	县视东汉省甾丘
	南徐州 治淮南	彭城郡	
	北徐州	彭城郡	
南朝宋 元魏	徐州 治彭城	郡十二	

---

① 乾隆《徐州府志》王峻曰：《后汉书·郡国志》“砀”下云“山出文石”，与《前汉志》同，乃司马彪本注也。后人误以“山”字连上“砀”字读，遂谓后汉改为砀山县，自《明一统志》始。《元和志》《寰宇记》并无此说也。

②《四库全书总目提要》谓崇祯《砀山县志》：“其《沿革》载‘东汉梁国砀山县’，不知东汉时沛国亦分界其地。又云‘晋省归夏邑’，不知《南畿志》载‘晋下邑即砀地’，非省并也。又以‘下邑’作‘夏邑’，更误矣。”以此视之，其谬有自。

③ 案《隋书·地理志中》《元和郡县志·河南道三》：隋开皇十六年，改梁郡为宋州。十八年，改安阳为砀山，时属徐州。大业二年，砀山改属宋州。次年，宋州复改梁郡。

④ 原作“立”，参下文丰县“隶济宁路济州”文例改。又，济宁路置于至元八年，非在三年。

续表

世代	统辖	郡国	县邑
北齐	北徐州 兼立东南道		
后周	总管府		
隋		徐州 彭城郡	彭城、萧、留、丰、沛、蕲、谷阳、滕、兰陵、符离、方与
唐	河南道	徐州、彭城郡 武宁军、感化军	彭城、沛、萧、滕、丰、符离、蕲
五代梁		感化军	彭城、沛、萧、滕、丰、符离、蕲
晋		武宁军	
汉、周		徐州	
宋	京东西路	武宁军、徐州	彭城、萧、丰、沛、滕
金	山东西路	武宁军	彭城、萧、丰
元	东平路	徐州	永固、彭城、萧
		徐州 至元二年，三县并入	
	归德府	徐州	
	徐州路 至正八年升	滕州、峄州、邳州、宿州	
		武安州	萧
皇明	中立府 今凤阳府	徐州 寻直隶京师	萧、沛、砀山、丰

萧县沿革表

世代	统辖	郡国	县邑
秦		砀郡	萧
汉	豫州	沛郡 治相	萧
东汉	豫州	沛国	萧
魏、晋	豫州	沛国	萧
齐	北徐州、东南道	彭城郡	承高
隋		徐州、彭城郡	龙城 开皇中改 临沛 十六年改 萧 大业初复
唐	河南道	徐州、彭城郡 武宁军、感化军	萧
宋	京东西路	武宁军、徐州	萧
金	山东西路	武宁军	萧

续表

世代	统辖	郡国	县邑
元		徐州	省入州
皇明	直隶	徐州	萧

沛县沿革表

世代	统辖	郡国	县邑
秦	楚	泗水郡	沛
汉	豫州	沛郡 迁治相(今虹地)	沛 号小沛
东汉	豫州	沛国	沛
晋	豫州	沛国	沛
刘宋、元魏	豫州	沛郡	沛
北齐	北徐州、东南道	沛郡	省入郡
隋		彭城郡	沛
唐、宋	河南道	徐州	沛 广戚省入
金		滕州	沛
		源州	省入州
元	济宁路	济州	沛 后直隶本路
国朝		徐州 直隶京师	沛

砀山县沿革表

世代	统辖	郡国	县邑
秦		砀郡	砀
汉		梁国	砀
东汉		梁国 迁治夏邑	砀山
魏		徐州	砀山
晋			省入夏邑
元魏		砀郡	安阳 治麻城
北齐			砀
隋		梁郡	砀山
唐		宋州	砀山
		辉州 寻徙治单父县	砀山 寻隶宋州
五代唐		单州	砀山

续表

世代	统辖	郡国	县邑
宋		单州	砀山
金	河南路		砀山 兴定间迁治鱼山，寻废
元	东平路		砀山 复旧地，寻并入单父
	济宁路	济州	砀山 至元三年复，后直隶本路
国朝	南直隶	徐州	砀山

丰县沿革表

世代	统辖	郡国	县邑
秦	楚	泗水郡	丰
汉	豫州	沛郡	丰
东汉、晋	豫州	沛国	丰
刘宋、元魏		北济阴郡	丰
北齐		永昌郡	丰
隋、唐	河南道	彭城郡	丰
宋	京东西路	徐州	丰
金	山东西路	武宁军	丰
元	济宁路	济州	丰 沛省入，寻析。直隶本路
国朝	南直隶	徐州	丰

职官表

夫徐，沿革靡常，官亦代异。由国有相、傅、中大夫、内史，由县有令、丞、尉，由郡有太守、丞、尉，由州有刺史、别驾、治中、从事史诸职。重以季叶，纷更尤出，一切从乎错然，殆未可胜纪也。明兴，稽古建官，咸正罔缺。维州若县，正佐僚幕，厥有定员，万世较若。是用年以表之，俾凡一命兹土者，咸有所稽。盖于其官，不于其人，法得并书云。

州官	知州	同知	判官	吏目	教职
洪武					
元年 戊申	文景宗 见传	刘秩 见传			

续表

州官	知州	同知	判官	吏目	教职
七年 甲寅	高玉琳				
十年 丁巳	张景 泗州人，生员				
十五年 壬戌	徐恒				
二十一年 戊辰	田渎 直隶易州人，监生				
三十一年 戊寅	杨节仲 见传				
三十二年① 己卯					陈胤 学正，山西陵川人，举人
永乐②					
元年 癸未					
二年 甲申			晏璧 江西庐陵人，迁山东佥事去		
八年 庚寅			侯铭 直隶完县人		
十年 壬辰		萧云举 江西新城人，监生			
十二年 甲午					俞盛世 学正，浙江象山人，举人
十三年 乙未			梁逊		
宣德					
元年 丙午					
四年 己酉	杨秘 见传				
八年 癸丑		喻则成 江西玉山人，进士，左迁	杨道亨 浙江严州人		宋骥 见传
			唐庆		
正统					

① 按：明成祖朱棣于建文四年（1402）废除建文年号，称“洪武三十五年”，一年后改元永乐。故虽洪武实有三十一年，而永乐后不可称建文，以洪武三十二年至三十五年为正。此处“洪武三十二年”，实为建文元年。

② 按：永乐间徐州知州，旧志俱阙。考正统《彭城志》，永乐初有杨节仲，六年有张颙，永乐中有董惠（民国《铜山县志》卷十九所收商辂《承天门待诏董公墓表》作“洪武中”），又志书《权谨传》“永乐二十二年，知州杨秘、同知萧云举具状以闻”，似杨秘亦于永乐末任，与本表“宣德四年任”互异。合旧志可考者，仅此四人而已。

续表

<table>
<tr><th>州官</th><th>知州</th><th>同知</th><th>判官</th><th>吏目</th><th>教职</th></tr>
<tr><td>元年 丙辰</td><td></td><td></td><td></td><td></td><td></td></tr>
<tr><td>二年 丁巳</td><td>汤惟坚 浙江丽水人，监生</td><td></td><td>朱泗 福建福安人</td><td></td><td></td></tr>
<tr><td>四年 己未</td><td></td><td></td><td></td><td></td><td>刘羽 学正，江西吉水人，举人</td></tr>
<tr><td>五年 庚申</td><td></td><td></td><td>程式 河南祥符人</td><td></td><td></td></tr>
<tr><td>六年 辛酉</td><td>章赞 浙江遂安人，监生</td><td></td><td></td><td></td><td></td></tr>
<tr><td>七年 壬戌</td><td></td><td></td><td>彭志 山东蓬莱人，监生</td><td></td><td>孔公礼 训导，山东曲阜人，岁贡</td></tr>
<tr><td>八年 癸亥</td><td></td><td>阎本 直隶滦州人，监生</td><td>周仕安 湖广崇阳人，监生</td><td></td><td></td></tr>
<tr><td>九年 甲子</td><td></td><td>包用达 浙江桐庐人，监生</td><td></td><td></td><td></td></tr>
<tr><td>十年 乙丑</td><td>苏璟 河南祥符人，监生</td><td></td><td></td><td></td><td></td></tr>
<tr><td rowspan="2">十一年 丙寅</td><td></td><td></td><td>黎用显 江西清江人</td><td></td><td>傅霖 江西永丰人，儒士</td></tr>
<tr><td></td><td></td><td></td><td></td><td>胡项 江西进贤人，儒士。并训导</td></tr>
<tr><td rowspan="2">十二年 丁卯</td><td></td><td>程综 福建福州人</td><td></td><td></td><td>罗兼善 学正，江西庐陵人，举人</td></tr>
<tr><td></td><td></td><td></td><td></td><td>赵敏 训导，四川永川人，举人</td></tr>
<tr><td>十三年 戊辰</td><td>任泰 陕西咸宁人，监生</td><td></td><td></td><td></td><td></td></tr>
<tr><td>十四年 己巳</td><td></td><td></td><td></td><td></td><td>崔盛 学正，江西清江人，举人</td></tr>
<tr><td colspan="6">景泰</td></tr>
<tr><td>元年 庚午</td><td></td><td></td><td></td><td></td><td></td></tr>
<tr><td>二年 辛未</td><td>罗正 江西丰城人，监生</td><td></td><td></td><td></td><td></td></tr>
</table>

续表

州官	知州	同知	判官	吏目	教职
三年 壬申				王纪 浙江海盐[①]人，监生	
四年 癸酉	宋诚 见传	王政 浙江鄞县人	潘东 福建侯[②]官人，监生		张德瑄 见传
					赵观 训导[③]
七年 丙子		李荣[④] 直隶隆平人			王达 训导，山西襄陵人，举人
天顺					
元年 丁丑					徐原怡[⑤] 训导，浙江临海人，监生
五年 辛巳	王叙 见传	王琦	韩琪		龚汇 学正，四川荣县人
成化					
元年 乙酉					
三年 丁亥					聂荣 学正，江西清江人
六年 庚寅	陈廷琏 见传		吕胜 直隶清苑人	欧铭 湖广长沙人	应广平 见传[⑥]
			赵颙 浙江兰溪人		
十年 甲午	张琳 河南上蔡人				
十一年 乙未	和鸾 见传	沈仝和 见传			
二十一年 乙巳	朱鼎				
弘治					
元年 戊申					
七年 甲寅	何宗理 邦治，陕西平凉人，进士	［张师载 浙江海盐人，监生］	［李文举］[⑦]		

① 底本漫漶，“海盐”二字据万历《徐州志》补。
② 原作“候”。按：候官，本汉冶县，西汉于瓯闽设会稽东部都尉，所谓“东南一尉，西北一候”，尉、候，皆武官名，东晋易名“候官”，历代“候”“侯”二字混用，遂成今名“侯官”。本志时作“候官”，时作“侯官”，概据今名统一作“侯官”。
③ 底本漫漶，以上二人从万历《徐州志》补。
④ 康熙《徐州志》云：“考明代文成侯庙、挂剑台诸碑，荣实为州判官，不应列同知内。”
⑤ 底本漫漶，三字据万历《徐州志》补。
⑥ 底本漫漶，五字据万历《徐州志》补。
⑦ 张师载、李文举二人，据万历《徐州志》卷二《职官》补。

续表

州官	知州	同知	判官	吏目	教职
十一年 戊午					刘文宗 学正
					宋时著 训导
十三年 庚申	王寅 四川安居人，举人				
十四年 辛酉					林应甫 学正
十八年 乙丑		孔易	刘理	赵志	
			周豫		
正德					
元年 丙寅					
二年 丁卯	上官崇 江西吉水人，进士				
五年 庚午	栗铭 山西潞州人，进士	邵立	陈鉴		
七年 壬申	张行甫 直隶大兴人，进士				
八年 癸酉		俞绫 浙江新昌人，监生		李新	杨和 学正，北直隶人
九年 甲戌	武雷 山东馆陶人，举人		赵宗良	焦澄	
			夏暹		
十年 乙亥					徐俨
					郭辉 并训导
十二年 丁丑					李珍 江西浮梁人
					邓孔清 江西进贤人
					杨琳 并训导
十三年 戊寅	樊准 见传		董相		胡崇易 见传
	张淮 义勇前卫人，进士，见传				
十六年 辛巳			潘九征 直隶蓟州人，监生		黄玉 学正，云南人
嘉靖					
元年 壬午	卢永春[1]			陆广 直隶安州人，监生	于松 训导

① 案《明世宗实录》卷三：正德十六年六月："甲午，降鸿胪寺丞卢永春为直隶徐州同知。永春偶宣奏声劣，御史王以旂等因纠。其由传升进用，故出之。"似此，当为州同。

续表

州官	知州	同知	判官	吏目	教职
二年 癸未	郭天锡 山东福山所人,举人	臧鲁	齐凤 河南临漳人,监生		
三年 甲申			戴魁 直隶大城人,举人		
			谢元		
五年 丙戌			王轼		
六年 丁亥	李邦 四川巴县人,举人	王芳			
七年 戊子		赵鸾 浙江余姚人,吏员	温文标 山西石州人,监生		吴湘 学正,福建人
八年 己丑			张溥 山东平原人,监生	阎锦 山西宁乡人,监生	
			项情 江西德兴人,监生,见传		
九年 庚寅	孙光 见传				余魁 学正,江西人
					方中孚 训导,浙江乌程人
十年 辛卯		姚一和 江西高安人,监生			
十一年 壬辰					李宪 学正,江西人
十二年 癸巳		樊艮 浙江缙云人,监生	郑清远 福建侯官人,吏员	吕纯	李仁 训导,江西浮梁人
			崔镆 直隶香河人,监生		
十三年 甲午	魏颂 湖广蒲圻人,举人				周易 学正,见传
					丘以山 训导,河南人
					[王时正 训导,湖广人][①]
十四年 乙未	陆时望 江西丰城人,举人	赵恒 直隶柏乡人,监生	王梓 江西安义人,监生	康淳 河南修武人,监生	
十五年 丙申			滕汉 湖广麻阳人,监生	范经 浙江乌程[②]人,监生	安止 学正,广西人
十六年 丁酉		李杜 江西玉山人,监生			

① 按:王时正,十三年任。据万历《徐州志》补。
② 原作"城",径改。

续表

州官	知州	同知	判官	吏目	教职
十七年 戊戌			程鸣 江西上饶人，监生		
			马云 直隶兴州右屯卫人，监生		
十八年 己亥			吴镛 福建长泰人，监生		朗楠 浙江人
					李敷阳 直隶真定人，并训导
十九年 庚子	陈克昌 浙江仁和人，进士	沈美 浙江慈溪人，吏员	李睿 四川达州人，吏员		李柡 学正，广西[1]人
					卢泰 训导，湖广[2]人
二十年 辛丑	熊林 广西人，举人		徐有恭 山东东平人，监生	王绾 山西怀仁人，监生	解初 训导，顺天[3]府人，岁贡
			陈壮 浙江余姚人，知印		
二十二年 癸卯	王重贤 见传				吕锐 学正，浙江永康人，举人，迁知县
					刘仲璋 训导[4]，河南人，岁贡
二十三年 甲辰	陈叔美 陕西泾阳人，举人	石岗 广西平乐人，吏员	黄应期 江西南城人，监生		
			欧世贤 广西苍梧人，监生		
二十四年 乙巳			袁衮 云南楚雄卫举人		谢京 训导，浙江於潜人，岁贡
二十五年 丙午				张九官 山东长清人，监生	高朗 河南通许人，岁[5]贡
					廖镶 江西崇仁人，贡。并训导

① 底本漫漶，“广西”二字据万历《徐州志》补。
② 底本漫漶，“训导湖广”四字据万历《徐州志》补。
③ 底本漫漶，“训导顺天”四字据万历《徐州志》补。
④ 底本漫漶，“训导”二字据万历《徐州志》补。
⑤ 底本漫漶，字据万历《徐州志》补。

续表

州官	知州	同知	判官	吏目	教职
二十六年 丁未	何莘 广西桂林人，举人		白雁 直隶兴济人，监生		吴时昭 学正，福建怀安人，举人

萧县	知县	县丞	主簿	典史	教职
洪武					
元年 戊申			刘瑜 建置多迹		
十七年 甲子	宋予				
二十九年 丙子	乔俊 尝修儒学	齐福东 见传			
三十五年 壬午	郑恕 死节，见传				
永乐					
元年 癸未					
十年 壬辰					谢祐 教谕，卒任[1]
十六年 戊戌	郝玘 见传				
宣德					
元年 丙午					李应吉 教谕，浙江余姚人，举人
五年 庚戌					欧阳安 训导，江西庐陵人，预修《大典》
正统					
元年 丙辰		郭祯			
五年 庚申	赵珣				
十二年 丁卯	柳新				
景泰					
元年 庚午		邓鏞			王隆 教谕，江西人，岁贡
					何櫍[2] 训导
成化					
元年 乙酉		段忠 香河人			

① 按：自康熙《徐州志》以后改"洪武十年任"。

② 原作"擠"，万历以后州志及萧县各志作"櫍"，今从之。

续表

萧县	知县	县丞	主簿	典史	教职
四年 戊子					任守中 教谕，四川人，举人
					董衡 训导，浙江永嘉人，岁贡
八年 壬辰					常俊 教谕，河南人，岁贡
					崔信 训导，山东人，岁贡
十年 甲午	闭悌 见传				
十三年 丁酉	马纶 四川内江人，进士				苏文渊 训导
十七年 辛丑	陆本正 辽东人，举人				
十九年 癸卯					晏文茂 教谕，四川泸州人，举人
二十一年 乙巳					孙绳宗 训导，山东掖县人，岁贡
弘治					
元年 戊申					
三年 庚戌					林忠 福建建宁人，岁贡
					袁缙[1] 陕西泾阳人，岁贡。俱训导
十六年 癸亥	冯显 河南荥泽人，举人，罢去				赵聪 训导，四川人，岁贡
年阙 下同	周棨 通州人，进士，忧去				
	仇惠 保定新安人，进士，行取御史				
	周湘 浙江人，举人				
	石邦柱 广西苍梧人，进士，升知州去				

① 康熙《徐州志》、康熙《萧县志》谓袁缙“五年任”。

续表

萧县	知县	县丞	主簿	典史	教职
正德					
元年 丙寅					
三年 戊辰	冯裕 山东临朐人，进士，升知州去				余宾 教谕，江西人，岁贡
六年 辛未	孟琎 山东济宁人，监生，贼陷城去				沈珪 教谕，浙江德清人，举人
年阙 下同					董琼 浙江乌程[1]人，岁贡
					施淦 浙江严州府人，岁贡。俱训导
七年 壬申		高文 山西石州人，吏员			姜芳 教谕，浙江兰溪人，举人
八年 癸酉			靳永庆 山东蒲台人，监生		徐瓒 教谕，浙江松阳人，岁贡
九年 甲戌	王隆 山东郓城人，举人，见传				
十年 乙亥					陈瓆 教谕，福建漳浦人，岁贡
十二年 丁丑		孙昇 直隶任丘人，吏员			
十五年 庚辰			黄继 福建同安人，吏员		周良 教谕，浙江德清人，岁贡
十六年 辛巳					毛祐 训导，河南洛阳人，岁贡
嘉靖					
元年 壬午		陈昂 湖广江夏人，监生			马玉 教谕，山西朔州人，岁贡
二年 癸未	郭濂 浙江余姚人，举人				卢珽 训导，河南上蔡人，岁贡

① 原作“城”，径改。

续表

萧县	知县	县丞	主簿	典史	教职
三年 甲申		方相 湖广巴陵人，吏员			
四年 乙酉	苏子受 广东海阳人，举人		任怀 河南涉县人，监生		
五年 丙戌		刘廷玺 湖广桂阳人，监生			毛美 训导，浙江人，岁贡
六年 丁亥					李天民 训导，河南洛阳人，岁贡
七年 戊子		熊肇 江西丰城人，吏员			
八年 己丑	寻孔乐 山西阳曲人，举人		楚富 河南荥阳人，监生		马德 教谕，山东沂州人，岁贡
					周仲鹏 训导，湖广湘潭人，岁贡
十一年 壬辰	朱同芳 浙江余姚人，举人，升太仆寺丞	石廷玺 贵州平都人，监生			周蕙 教谕，广西平乐人，岁贡
十三年 甲午					沈滕芳 训导，湖广浏阳人，岁贡
十四年 乙未			王宗儒 直隶大城人，监生，升知事		
			李继勋 直隶宣府前卫人，监生		
十六年 丁酉	孙重光 见传	于漯 陕西吴堡人，监生			李济川 训导，河南临漳人，岁贡
十九年 庚子			臧希古 山东莱阳人，监生		
二十年 辛丑		苏大纪 直隶邢台人，监生			胥纯 教谕，山东阳谷人，岁贡
二十二年 癸卯	王荩臣 广西桂林右卫人，举人				刘恺 训导，直隶衡水人，岁贡

续表

萧县	知县	县丞	主簿	典史	教职
二十三年甲辰		刘世泰 江西南城人，监生	张澜 山东长清人，监生		安中夏 训导，河南仪封人，岁贡
二十四年乙巳					彭士龙 训导，广东南海人，岁贡
二十六年丁未	周景会 浙江山阴人，举人	陈思义 山东灵山卫人，监生	张继芳 直隶南皮人，监生		王纳议 教谕，广西融县人，举人

沛县	知县	县丞	主簿	典史	教职
洪武					
元年 戊申					
二年 己酉	费忠信				华革 训导
三十五年 壬午	颜瓌 见传①	胡光	唐子清 见传	黄谦 见传	
永乐					
元年 癸未					
二年 甲申	王敏 直隶永年人	陶骥 山东滋阳人			
四年 丙戌	常瓘 见传				
年阙	王征 山西大同府人②			任敏 山西洪洞人	
十一年 癸巳	李举贤 直隶容城人	夏添祥			
十七年 己亥			何润 湖广华容人	熊信 四川泸州人	
二十年 壬寅			沈宗原 浙江武康人，监生		
二十二年甲辰③	陈原宗 湖广衡阳人				
洪熙					
元年 乙巳		吴自然 山西曲沃人④			

① 案本志《人物传》："洪武己卯，以贤良荐知县事。"应为洪武三十二年（朱棣废建文年号）任。
② 万历《沛志》：王征，十七年任；李举贤，十九年任。
③ 原作"丙辰"，径改。
④ 万历《沛志》作"湖广桂阳人"。

续表

沛县	知县	县丞	主簿	典史	教职
宣德					
元年 丙午	杜钊 直隶衡水人	何通 陕西[①]华阴人			
二年 丁未		张祥 直隶栾城人			
三年 戊申		李希贤 河南祥符人			
五年 庚戌		黄以容 浙江平阳人			
六年 辛亥[②]			李经 山西垣曲人		
七年 壬子		沈富 浙江仁和人			
八年 癸丑		罗敬 湖广衡山人		唐彦 山东高唐州人	
正统					
元年 丙辰	王清 四川新都人	雷忠 湖广桂阳人	王勖 山东莱阳人		
七年 壬戌		罗瓒 河南固始人			
八年 癸亥		王制 直隶完县人	侯智 河南河阴人	刘真 直隶东安人	
九年 甲子			卢蓁 直隶安肃人		
十年 乙丑				胡顺 山东济宁州人	
十一年 丙寅	王刚 河南鄢陵人	杨春 四川温江人			
十二年 丁卯		李暹 直隶遵化人			

① 原作“湖广”，据万历《沛志》改。
② 案正统《彭城志》，是年有沛县知县陈原宗上闻李伯奴妻白氏节孝事，或为再任。

续表

沛县	知县	县丞	主簿	典史	教职
阙年			吴举 直隶成安人，监生		
			吴本 山西蒲州人		
			曹鼎 陕西西安府人		
			郭增 陕西平凉人		
			高珽		
			易纮 湖广人		
景泰					
元年 庚午	古信 见传	韦聪 直隶河间人		邓林 陕西长安人	张晔 教谕，山东临清人
					周载苾 训导
四年 癸酉		朱宁 浙江金华人			
阙年	雷应春 四川人	陶纪 江西湖口人，监生		黄廷进	
		刘能 山东诸城人，监生		李豫 河南遂平人	
		孟楫 山西文水人			
		谢洪仁 四川人			
		方廉 山东泗水人			
成化					
元年 乙酉					
十一年 乙未	马时中 见传				
二十年 甲辰	王琛				
阙年	冯谦 见传①				
弘治					
元年 戊申					

① 万历《沛志》载“成化十一年任”。

续表

沛县	知县	县丞	主簿	典史	教职
阙年	吴钊 顺天府人，举人				
	袁[1]纪 山西潞州人，举人				
八年 乙卯	姚祥 见传				
十六年 癸亥	杨凤 见传				
阙年	张珩 直隶大名人，举人				聂让 教谕，湖广云梦人，岁贡
	徐彬 浙江余姚人，举人				尤聪 教谕，福建人，岁贡
	马伯骐[2] 直隶新乐人，举人				卢荣 教谕。见传
	栗钲 山西潞州人，举人				李道弘 教谕。见传
	孙宗[3]尧 直隶河间人，举人				蒋弼 教谕，福建莆[4]田人，举人
					虞铋 教谕，浙江金华府人，岁贡
					杨仲 教谕，浙江汤溪人，岁贡
阙年					林蕃 训导，广西藤县人，举人
					李兰 训导，福建南安[5]人，岁贡
					周鹏 训导，顺天丰润人，岁贡

① 原作“远”，据康熙《徐州志》及沛县诸志改。

② 原作“镇”，据康熙《徐州志》参《新乐县志》改。又康熙《徐州志》谓：岁贡，弘治十二年任。

③ 原作“完”，据康熙《徐州志》及《畿辅通志》《河间县志》等改。宗尧，弘治五年壬子举人。

④ 原作“蒲”，据嘉靖《沛县志》、万历《徐州志》改。按：蒋弼，嘉靖《沛县志》、嘉靖《徐州志》、万历《徐州志》作“福建莆田人”，万历《沛志》、康熙《徐州志》、乾隆《徐州府志》作“浙江青田人”。

⑤ 原作“安南”，据康熙《徐州志》及沛县诸志乙正。

续表

沛县	知县	县丞	主簿	典史	教职
正德					
元年 丙寅					
五年 庚午					张俊 训导。见传
十五年 庚辰					操松 教谕。见传
阙年	王瓒 陕西华阴人，举人				李洪 教谕，广西全州人，举人
	胡守约 见传				安信 训导，湖广澧州人，岁贡
	麻芝 见传				李镕 训导，湖广嘉鱼人，岁贡
嘉靖					
元年 壬午	周万金 直隶内黄人，举人	陶恕 直隶山海卫人，监生			周麒 教谕，浙江西安[①]人，岁贡
二年 癸未	孔时 陕西长安人，举人	李文宪 见传		韩良辅 直隶迁安人，吏员	
三年 甲申		张轼 贵州人，监生			胡福 训导，江西南丰人，岁贡
					陆渊 训导，广东高要人，岁贡
四年 乙酉			宁时智 直隶永年人，监生		
六年 丁亥	郑公奇 福建莆田人，进士				
七年 戊子	向必成 湖广黄梅人，监生				刘学夔 训导，湖广兴国州人，岁贡
	平世祥 山东日照人，监生				

① 按：西安县，位于今浙江省衢州市境内，曾为闽浙总督府、金衢严道、衢州府、龙游府、金华道驻地。唐咸通中，因西溪（衢江）改信安县为西安县。民国元年改为衢县。

续表

沛县	知县	县丞	主簿	典史	教职
八年 己丑		寇宗仁 河南祥符人，监生	李琦 河南颍州人[1]，监生	马昂 直隶河间人，吏员	于乔 教谕。见传
九年 庚寅	杨政 见传				
十一年 壬辰		周坚 湖广竹山人，监生	徐杰 浙江嘉兴人，吏员	戴仁 浙江鄞县人，吏员	
十三年 甲午			王廷相 山东掖县人，监生		蔡玉实 教谕，湖广华容人，岁贡
					苏镆 训导，湖广荆州府人，岁贡
十四年 乙未			董应期 山东东平州人，监生		
			何光明 湖广兴山人，监生		
十六年 丁酉	孙灿 山东朝城人，监生	孟绅 山东济宁州人，吏员	潘泽 直隶涿鹿左卫人，监生		
			李约 直隶献县人，监生		
十七年 戊戌				李仕佩 福建莆田人，吏员	
十八年 己亥					黄昶 训导，河南确山人，岁贡
十九年 庚子	王治 见传		刘钲 山东莱州府人，监生		
二十年 辛丑		王统 江西大庾人，监生	王璿 陕西神木人，监生	林大理 福建莆田人，吏员	张庆旸 训导。见传
			齐邦用 河南邓州人，吏员		
二十一年 壬寅					马伟 教谕，直隶广平人，岁贡
二十二年 癸卯			蒋廷瓒 湖广东安人，监生		

① 后志、沛县志所载并同。按：所谓“河南颍州人”，指颍川卫（间作“颍州卫”“河南颍川”）军籍。明洪武元年置颍川卫于颍州（今安徽阜阳），卫治与州同城。正统二年，改隶河南都指挥使司，卫籍诸生参加河南乡试。故正德《颍州志》云：州辖“颍上、太和、亳三县，又以地交南北，故置颍川卫于州城，而以兵籍属之河南焉，所谓犬牙相制是也”。

续表

沛县	知县	县丞	主簿	典史	教职
二十三年 甲辰	周泾 江西贵溪人，举人	吴元祥 湖广汉阳人，监生			唐伯杰 教谕，广西灵川人，举人
					季珩 训导，福建浦[1]城人，岁贡
二十五年 丙午					朱以和 教谕，江西高安人，岁贡
二十六年 丁未		方绍仁 湖广黄冈人，吏员	孙汝霖 山东招远人，监生		

砀山	知县	县丞	主簿	典史	教职
洪武					
元年 戊申					
三年 庚戌	邵俊杰			刘运	
十五年 壬戌[2]	张清	齐思鲁			
二十四年 辛未	冯钦				
永乐					
元年 癸未	郝玘 见传				
七年 己丑			张文宪		
十三年 乙未	周宗昕				
宣德					
元年 丙午					
八年 癸丑	刘伯吉	刘全			
十年 乙卯		王贯			徐忞[3] 训导
正统					
元年 丙辰	邹旦 见传				
五年 庚申	杜钊 见传				
成化					

① 原作“蒲”，据康熙《徐州志》改。

② 原作“壬辰”，径改。

③ 原拆作“徐文心”。案《浙江通志》《衢州府志》《常山县志》：徐忞，浙江常山人，永乐十八年庚子举人，任砀山训导。徐州志、砀山志《职官》皆作“徐文心”，而《艺文》所录刘球《砀山县儒学记》皆作“徐忞”。今参浙志统改为“徐忞”。

续表

砀山	知县	县丞	主簿	典史	教职
元年 乙酉					
二年 丙戌	刘宦 举人				叶楚华 见传
四年 戊子		缪贯	陈隆		
五年 己丑	张梦辅 见传				
八年 壬辰		陈纪	赵濬		郑吉 教谕
					陈翱 训导
					秦徽 训导
十年 甲午[①]	包鼒 浙江人，进士				
阙年 下同	叶林 北直隶人，监生	郑彝			
	田禋 见传	苏茂			
弘治					
元年戊申					
四年辛亥	胡希颜 见传	于溥	赵庆		习镛 教谕
					任道 训导
					廖轲 训导
阙年		张思温			
		周宝			
七年甲寅					周太 教谕
					尹鸿 训导
					季春 训导
阙年	杜臻 山西人，举人				
	周逊 江西人，举人				
	阎济 山西人，举人				
	孙昊 河南人，监生				
正德					

① 原作“丙午”，径改。

续表

砀山	知县	县丞	主簿	典史	教职
元年 丙寅					张来仪 教谕，直隶霸州人
					刘祐 训导，河南人
四年 己巳	李金 见传				
六年 辛未					孙甫 训导，直隶高阳人，岁贡
阙年		熊才			
七年 壬申	杨誉 福建莆田人，进士	林稳 福建莆田人，吏员		余盛	吴可贞 教谕，广西临桂人，举人
					陈仁 训导，广东万州人，岁贡
八年 癸酉	刘守恒 湖广宁乡[①]人，监生[②]		刘汉 陕西洵县人，监生	王聪	
九年 甲戌		傅英 山东临淄人，监生			
十年 乙亥	霍凤 直隶河间府青县人，监生		韩福 直隶曲周人，监生		
十一年 丙子					董槐 教谕。见传
十四年 己卯		陶昶 山海卫人，监生			陆铠 训导，山东登州卫人，监生
					李文伟 训导，河南荥泽人，岁贡
十五年 庚辰	季木 见传		王琦 山西太原人，监生	王完	袁钏[③] 教谕，湖广麻城人，岁贡
十六年 辛巳		李淡 江西南丰人，监生		李锐 直隶蓟州人，吏员	
嘉靖					

① 原作“宁都”，据万历《徐州志》改。案雍正《湖广通志》卷三十五《选举》：刘守恒，宁乡人，弘治二年己酉举人。本志误。康熙《徐州志》及乾隆三十二年刘王瑗本《砀山县志》并误。

② 万历《徐州志》作“举人”。

③ 原作“钏”，据《黄州府志》《黄冈县志》改。按：袁钏，黄冈人，正德二年岁贡。

续表

砀山	知县	县丞	主簿	典史	教职
元年 壬午					
二年 癸未					宋景春 训导，顺天府平谷[1]人，岁贡
四年 乙酉					严廷修 训导，江西瑞金人，岁贡
五年 丙戌		王守道 河南临漳人，监生		杨淮 直隶通州人，吏员	
六年 丁亥	吴大用 浙江仁和人，举人				
七年 戊子			万魁 大宁都司茂山卫人，监生		张桂 训导，浙江余杭人，岁贡
八年 己丑	彭以诚 山西曲阳人，举人				
九年 庚寅					吴俊 教谕，福建建安人，岁贡
					范希清 训导，江西弋阳人，岁贡
十年 辛卯				王容 直隶唐山人，吏员	
十一年 壬辰	陶师文 浙江会稽人				黄溥 教谕，广西藤县人，举人
十三年 甲午	陆登 浙江鄞县人，监生		蒋仪 贵州铜仁人，监生		
十四年 乙未	张忠 直隶南皮人，监生		邬源 浙江黄岩人，吏员		
十五年 丙申				李世材 福建侯官人，吏员	
十七年 戊戌				赖栋 江西丰城人，吏员	王一贯 教谕，江西泰和人，举人

明嘉靖《徐州志》

① 原作“谷平”，据万历《徐州志》乙正。

续表

砀山	知县	县丞	主簿	典史	教职
十八年 己亥					周赞 训导，浙江奉化人，岁贡
					李曾 湖广郧县人，岁贡
十九年 庚子	高珊 广西宜山人，监生				
二十年 辛丑	刘旸 见传		邓颐 江西弋阳人，监生	郑桂 浙江会稽人，吏员	
二十二年 癸卯					杨振纪 教谕，辽东前卫人，岁贡
二十三年 甲辰					吴奇 训导，浙江丽水人，岁贡
二十四年 乙巳	鲍继昌 山东曲阜人，监生				
二十五年 丙午				贾文英 直隶迁安人，吏员	沈璇 湖广汉阳人，岁贡
二十六年 丁未	王绍元 江西金溪人，举人				黄俭 教谕，湖广城步人，岁贡

丰县	知县	县丞	主簿	典史	教职
洪武					
元年 戊申					
三年 庚戌	傅时				
五年 壬子	曾本 见传				
八年 乙卯	杨抝				
三十年 丁丑	曹仲篪 见传				
永乐					
元年 癸未					
十年 壬辰	方琛				
十六年 戊戌	郝晔				
宣德					
元年 丙午	阙膺 见传				

续表

丰县	知县	县丞	主簿	典史	教职
四年 己酉		周公谨 浙江东阳人		王庸 直隶晋县人	
正统					
元年 丙辰					
三年 戊午					刘昂 教谕，江西庐陵人，举人
景泰					
元年 庚午	孙安			刘昂	
天顺					
阙年					段徽[①] 教谕。见传
成化					
元年 乙酉					
七年 辛卯					吴昂 训导，顺天固安人，举人
					陈璜 教谕，福建福清人，举人
弘治					
元年 戊申					
十年 丁巳	王纪 河南济源人，升苑马寺丞				
十一年 戊午					吴辙 训导，福建漳浦人，岁贡，升王府伴读
十二年 己未					郑发 教谕，福建龙溪人，举人
正德					
元年 丙寅					
九年 甲戌	张泮 浙江鄞县人，举人				

① 原作“微”，据《山西通志》、隆庆《丰县志》等改。

续表

丰县	知县	县丞	主簿	典史	教职
十年 乙亥	陈善 江西弋阳人，进士。见传				
十一年 丙子	裴爵 山西泽州人，举人				吴景寅 教谕，湖广通城人，举人
阙年					林拱 教谕，福建平海人
					王鸾 湖广黄陂人，岁贡
					杜良 浙江人，岁贡。俱训导
十五年 庚辰					孙桓 训导，山东蒲台人，岁贡
嘉靖					
元年 壬午					
二年 癸未					郭伟 训导，广西苍[1]梧人，岁贡
三年 甲申	王廷直 直隶博野人，举人				
四年 乙酉	高禄 山东博兴人，监生。见传				
五年 丙戌					胡文举 教谕，福建闽县人，举人
六年 丁亥				刘瑀 山东蓬莱人，吏员	
七年 戊子					孟景阳 训导，直隶无极人，岁贡
					闻翰 训导，浙江余杭人，岁贡
九年 庚寅			李克文 浙江余姚人，吏员		

① 原作“仓”，径改。

续表

丰县	知县	县丞	主簿	典史	教职
十年 辛卯	赵寿 陕西沔县人，监生		夏时 陕西城堌人，吏员		连大猷 训导，惠安人，监生
十一年 壬辰				金良璋 浙江乐清人，吏员	
十二年 癸巳			王宗儒 顺天大城人，监生		许天佑 教谕，福建闽县人，监生
十四年 乙未	张叔宣 见传		王椿 河南颍川卫人，监生	周景福 福建上杭人，吏员	
十五年 丙申			裁革		
十七年 戊戌				单仁 山东滕县人，吏员	
十八年 己亥					孟钥 训导，广西平乐所人，监生
十九年 庚子	张萃 直隶元城人，监生				
二十年 辛丑	李崇信 见传				王鹏举 教谕，浙江桐庐人，监生
二十一年 壬寅					周澈 训导，河南中牟人，岁贡
二十二年 癸卯				井廷玉 陕西华阴人，吏员	危春 训导，江西彭泽人，岁贡
二十三年 甲辰					杨滦 教谕，广西桂林中卫人，举人
二十四年 乙巳	叶烓 浙江丽水人，监生				

选举表

夫古者取士之制，盖多途矣。若进士之科，则肇自隋、唐以下，然尤未尽缘以得士也。故其时，徐人之举进士者，若唐则刘延祐、刘知几、刘商、王驾（并州）、刘轲（沛），后唐则刘涛，宋则刘晟、刘讷、刘谭、晁迥、刘颜、刘庠、刘湜、寇国宝[1]、颜太初、郑仪、李处全（并州）、葛晋卿（砀）、李若谷、李寿朋、姚孝锡（并丰），金则刘贤佐，元则王廓（并州）、张明、李亨（并萧）、吉僧、朱禬（并沛）、石普（砀）。夷搜往载，绩著几希。逮我圣明，始定为科、贡二制，而荐举之典，间行寻罢。盖自是明扬大受，非科贡弗预，而怀瑜思售之士，胥彬彬由兹途而出矣。乃用断自洪武而下，表而列之，俾此多士奋庸之迹，百世有稽云。武举制视文科例，并书之。

科	本州	萧县	沛县	砀山县	丰县
洪武					
元年 戊申					
三年 庚戌				魏益 登进士	
四年 辛亥				魏益 任县丞	
二十年 丁卯				王怿 任训导	
二十九年 丙子	刘泰 任员外郎				
三十二年 己卯	任肃 见传		杜旸 任鸣赞		
	邵著				
	胡秩				
三十五年 壬午			张威		
永乐					
元年 癸未					
三年 乙酉	蒋焕 任训导	曹士正 登进士	李巽		王献 见传
	杨守 任府同知				
	戴安 任王府伴读				
四年 丙戌		曹士正			
九年 辛卯	薛昶 任训导		赵斌 任府同知		
	王演 任训导				
十二年 甲午	魏黉 见传			倪鼎 登进士	
十五年 丁酉	权伦				
十六年 戊戌				倪鼎	

① 原作“寘”，据范成大《吴郡志》及本志《人物传》改。

续表

科	本州	萧县	沛县	砀山县	丰县
十八年 庚子		杜礼 任训导			
宣德					
元年 丙午					
七年 壬子	马蕙 见传				
十年 乙卯	陈赓 任教谕	王邻 任教授	蒋让		
		朱信 见传			
正统					
元年 丙辰					
三年 戊午	牛吉 登进士				
	傅鸿 任教授				
四年 己未	牛吉 任佥事				
六年 辛酉	董云 任训导				
	王荣 任长史				
九年 甲子	沙杰 见传	郑谊 任训导			
十二年 丁卯	朱玺 任学正				
景泰					
元年 庚午	朱瓒 任通判		周崧		
	王璟 任教谕				
四年 癸酉	张伦 任王府纪善				
七年 丙子		欧阳禄 任训导			
天顺					
元年 丁丑					
三年 己卯	房端 任教谕				
六年 壬午	孙珩 登进士				
成化					
元年 乙酉	丘岳				

续表

科	本州	萧县	沛县	砀山县	丰县
二年 丙戌			李绅[①] 任少卿		李秉衷 德夫，侨居应天，员外郎
四年 戊子	张佶[登进士][②]				
五年 己丑	张佶 见传				
七年 辛卯	马暾 见传				裴纪 见传
	马湘 见传				
	卞祥				
	张鼎				
十年 甲午	张锐 任知县				
	朱轩 任教谕				
十四年 戊戌	孙珩 任参议				
十六年 庚子	孙元佐 任推官				
	沙立[登进士]				
十九年 癸卯	刘珩 见传				
	周云 任知县				
二十二年丙午	刘经 见传	李性明 登进士			
二十三年丁未		李性明 任主事			
弘治					
元年 戊申					
二年 己酉	石城				
	白辅 任知州				
	王度				
三年 庚戌	沙立 任佥事				
十一年 戊午	刘贡	朱洪			
十七年 甲子				李稳 登进士	

① 案沛志及俞宪《皇明进士登科考》：李绅，锦衣卫籍直隶沛县人，成化元年乙酉科顺天中式乡举，二年中丙戌科进士三甲第四十一名。此谓成化二年乡举，误。

② 三字据文例补，下同。

续表

科	本州	萧县	沛县	砀山县	丰县
正德					
元年 丙寅					
二年 丁卯	舒经[登进士]				秦表
					张孟学
三年 戊辰				李稳 见传	
十一年 丙子	刘霁				
	马津 登进士				
十二年 丁丑	马津 福建提学副使				
	苏润 武举，任中都副留守				
十四年 己卯	吴九华				
嘉靖					
元年 壬午			刘章		
二年 癸未	舒经				
四年 乙酉	高淳				
十六年 丁酉	朱乾亨[登进士]		周乾		
十九年 庚子		王业			
二十年 辛丑	朱乾亨				

贡	本州	萧县	沛县	砀山县	丰县
洪武					
元年 戊申					
十二年 己未					傅翼 知县
十四年 辛酉					王润 卫经历
十六年 癸亥	赵麟 御史	王祉[泰][①] 佥事			马骥 县丞
	朱芾 见传				
十七年 甲子	王洪 主事	武赳	张泰	卢生	
	刘增 知府				

① 字据正统《彭城志》、康熙《萧县志》、康熙《徐州志》及《明太宗实录》《广东通志》补。按：王祉泰，洪武三十年任广东按察司佥事。

续表

贡	本州	萧县	沛县	砀山县	丰县
十八年 乙丑		钱守成	张本	李忠	高举 府经历
十九年 丙寅	王允 主簿	孙续[1] 御史	郭冕	朱安 御史	
二十年 丁卯	张骥 给事中	丁德量[2] 御史	谢昇 仲刚，任御史	张友恒	康泰 县丞
二十一年 戊辰		蒋敬实	王缵 继先，终吏部郎中		丁驯 县丞
二十二年 己巳		孙寿春			荆贵 主簿
二十三年 庚午		李廷佐 县丞	王观		王度 见传
二十四年 辛未		彭季伸	蒋迪 知县		马端 通事舍人
二十五年 壬申	史恒 御史	张敬宾 州同知			杨清 府经历
二十六年 癸酉		刘俨 见传	王钥 学正	朱显	孙颐 州判
二十七年 甲戌	黄哲 府经历	张斌 州同知	吕宁 见传	唐凯	
二十八年 乙亥	吴讷 御史	张瑺 检校	刘昶 县丞	杜庆	左继 卫经历
二十九年 丙子		朱瀫 主事	李勖 通判	李范	徐浩 典簿
三十年 丁丑	苏迪 主事	李友梅 卫经历	王睿	毛诚 府同知	赵恕 御史
三十一年 戊寅				姜熊	牛凤元 检校
三十二年 己卯	陈缙 县丞	丁显		王佐	马建 主簿
永乐					
元年 癸未					
三年 乙酉	王礼 知县	夏仲宏		范庸	张傅[3] 照磨

① 康熙《萧县志》卷十二《丛事·科目讹》云："旧志《岁贡》内载'孙续，洪武十九年，任陕西道御史'。查明伦堂题名版额，为永乐二十一年癸卯举人。"

② 康熙《萧县志》卷十二《丛事·科目讹》云："查明伦堂题名版额，为洪武十九年丙子举人，二十年丁丑进士。"按：丙子为洪武二十九年，丁丑为三十年，年份有误。嘉庆《萧县志·选举表》谓"洪武三十年韩克忠榜进士"，考《皇明进士登科考》无此人。今无由上溯，难详是否。

③ 万历《徐州志》作"张博"。

续表

贡	本州	萧县	沛县	砀山县	丰县
四年 丙戌		李旻	吕哲 按察司经历	李旻[①]	
五年 丁亥	胡安 吏目	彭闰	郭本 推官	张俊	董立 州同知
	张茂 知县				
六年 戊子		周性纯 通判	刘端	刘叙 通判	
七年 己丑	王颐 主事	朱季和	张伦	薛裴[②] 署丞	王山 伴读
	潘义 知州				
八年 庚寅	王弼 主事	朱景安	张昱 主簿	张佑	
九年 辛卯	潘励 推官	张志信 知县	梁怡 知县	张宏 见传	王纲 知县
	王芃 兵马指挥				
十年 壬辰	潘玙 县丞	朱彦辉[③] 经历	魏廷 布政司经历	刘安	
十一年 癸巳	李良聪 知县	冯[④]扩 吏目	申明	王瑾 县丞	韩温 知县
	白素 少卿				
十二年 甲午	梁惠 知县	董暹	张奂	蒋幹 府经历	
十三年 乙未	孟凯 兵马指挥	朱希文 经历	孔继[宗][⑤]	郭惠	
	张勖 主簿				
十四年 丙申	刘庸	化从心 检校	班肃	程宪	马驹 都事
十五年 丁酉		秦仪 府知事	李恪	赵敏	
十六年 戊戌	吴昶 卫经历	杜镛[⑥]	张勉 按察司经历	褚让	秦珪 主簿
	王信 太常奉祀				
十七年 己亥		杜纪甫		刘瓒	胡宗泰 中书舍人
十八年 庚子	孙顺 见传		孟式 主事	李恕 监正	
	孟仝 主簿				

① 案正统《彭城志》：萧县李旻，永乐九年贡；砀山县李旻，永乐四年贡，任四川夔州府奉节县典史。年份有异，实为两人。

② 后志皆作“谢裴”。

③ 原作“翬”，系“晖”字异写，今据正统《彭城志》、康熙《萧县志》改。

④ 原作“马”，据正统《彭城志》、康熙《徐州志》、康熙《萧县志》改。

⑤ 字据正统《彭城志》、嘉靖《沛县志》补。

⑥ 康熙《徐州志》、康熙《萧县志》作“高镛”。

续表

贡	本州	萧县	沛县	砀山县	丰县
十九年 辛丑		平康 州判	田畯	单庆 织染局副使	赵麟 推官
二十年 壬寅	刘端 王府典宝	曹春 教谕	王立	张显 县丞	
	张英				
二十一年 癸卯	钱玉	方仲矩 知县		楚盛 典史	周冕 知县
二十二年 甲辰		南安 知事	王恽		解以文 县丞
宣德					
元年 丙午		王宾 知县	胥敬 光禄寺署丞	董彝 县丞	司义 检校
三年 戊申	朱敬 县丞	李钺 见传	李旻		郑斌 训导
四年 己酉		朱彤 郑府纪善		王泽	王谦 训导
五年 庚戌			李复		白思恭 州判
六年 辛亥			朱芾 府经历		
七年 壬子	金暠 见传	王辅 知县		纪绅 县丞	郑洪[①] 审理
八年 癸丑	朱善 见传	王冕 县丞	张玹	胡宁 兵马指挥	
九年 甲寅	张秉	邵南 知县		刘志	郝敬 教谕
十年 乙卯	沙源	丁达道 县丞	邓宁	黄远	
正统					
元年 丙辰					
二年 丁巳	尹冲	郭镛 县丞	张铉 训导		胡宁 知州
三年 戊午		孙谌 见传		齐志	王洪 知县
四年 己未	范寅 见传	田福 州同知	岳崇		牛增 知县
五年 庚申		杜蘖 宁府典仪		武韬 知县	朱铭 县丞
六年 辛酉	朱环 知州	蒋善 州判	纵昭 知县		李懋 知县
	朱志 见传				
七年 壬戌		纵文 主簿		许昌 县丞	张常 吏目
九年 甲子	王泽 县丞	曹祯 教授	纪信	苗本	王懋 知县
	杨震 卫经历				

① 万历《徐州志》作“郑弘”。

续表

贡	本州	萧县	沛县	砀山县	丰县
十一年 丙寅	居安 州判	张皓 县丞	赵鉴 推官①	姚刚② 卫经历	李俊 见传
	尹莘 卫经历				
十二年 丁卯	曹智 县丞	孟环 主簿			段文 吏目
十三年 戊辰	宋盛	梁聪 县丞	李郁	朱良	胡钦 引礼舍人
十四年 己巳	李恂				
景泰					
元年 庚午	曹豪	贾迪 知县	张显	刘涌	
二年 辛未	陈孜	王宪 奉祀	陈伦 州判	郭居仁	
三年 壬申	宋鉴	孙纯	季显	黄中 县丞	
	李惠				
四年 癸酉	李恭	李贤	甄寿之 照磨	李存仁 训导	
五年 甲戌	贺达	杜洪 工正	刘昌 府经历	吴文彬	
	滕俊				
六年 乙亥	汪润 教谕	王杰	李迪	蒋德兴	
	任皓 学正				
七年 丙子		郭泰 县丞	石泰	李恂 州同知	
天顺					
元年 丁丑	权宗 教谕				
二年 戊寅	任伦 教谕	赵铭 县丞	刘仪		
三年 己卯				王缙	
四年 庚辰	鉴昭	欧阳隆 教谕	周铭		
五年 辛巳	周谅				
六年 壬午		郝濂 教谕	巩敩 州判		
七年 癸未	申英 典史				
八年 甲申	魏瑛 训导				
成化					
元年 乙酉		郝淳 教授	高恺 知县		陈逵 兵马指挥

① 底本漫漶，二字据万历《徐州志》卷四《选举》补。
② 崇祯《砀山县志》作“姚纲”。

续表

贡	本州	萧县	沛县	砀山县	丰县
二年 丙戌	孔宗 卫经历	李斌 主事	张俊 州判	赵铭	
三年 丁亥	朱菖 州判			刘宗 检校	王纶 州判
四年 戊子		征安 卫经历	朱璿	陈善 主簿	
五年 己丑	王迪			许中	杨伦 府知事
六年 庚寅	路聪	朱辐 按察司照磨	杨辅	赵英	
七年 辛卯				段珉 县丞	
八年 壬辰	孙绎 县丞	朱轸 训导	韩昇 训导	张豫 县丞	
九年 癸巳	孟旸 县丞	秦瓛 训导		朱喆 府经历	孙清 主簿
十年 甲午		孙立 教授	李孜 训导	季春 州判	
十一年 乙未	苏良① 府经历				
	牛祯				
十二年 丙申	梅玉 训导	郭麟 训导	吴玘 县丞	丁鉴	黄谦 州判
	孟希鲁 训导				
十四年 戊戌	马暕 长史	胡驯 教谕	夏昌	纪义 见传	
十五年 己亥	吴叙 卫经历				
十六年 庚子		王克岐	[田玘]②	丘琰③ 府知事	黄安 县丞
十七年 辛丑	刘正 州判				
十八年 壬寅	黄仑 训导	陈敏 伴读	袁宪 检校	许侃 府经历	
二十年 甲辰	周会 训导	耿举 教授	李和	王澄 知县	
二十一年乙巳	李杰	李时 府经历	彭政 县丞		蔡彧 教谕
二十二年丙午		王珎		刘濬 县丞	
二十三年丁未	张拣 知县				
弘治					
元年 戊申	孔雄 训导	朱辙 训导		张环 县丞	
二年 己酉		冯祯 训导	杨春 县丞		高宣 县丞

① 后志作“苏艮”。
② 据万历《沛志》注：马暾志载此人，据补。
③ 后志作“仇琰”。

续表

贡	本州	萧县	沛县	砀山县	丰县
三年 庚戌	任侃 教谕	潘玉 训导		李智	
四年 辛亥	孙玘 训导	李谦	刘福		
五年 壬子	居辅	杨霶 教授		孟昶 知县	胡政 教谕
六年 癸丑	尹瞻 知县	陈思明 训导	单镛 训导		
七年 甲寅	束琰 县丞	曹凤岐		毛麟 知县	裴纶 教谕
八年 乙卯	沙性 训导	欧阳俌	蒋雍 主簿	郭逊	
九年 丙辰	潘杰	郝槐 府经历		房资 训导	王大京 州判
十年 丁巳	蒋昇 学正		贾聚 县丞	王驸	王敩 卫经历
	张佐 教授				
十一年 戊午		王一鸣		赵翊 县丞	冯敏 提举
十二年 己未	朱绶 训导	王化任 教谕	闵祯	武禄	
十三年 庚申	蒋裕	孙文翰 训导	蒋洪 县丞	张伦 见传	
十五年 壬戌		赵梦熊		曹鄘	史全 县丞
十六年 癸亥	汪凤	贾昉	周良弼 州判		
十七年 甲子		孙元 卫经历		季旻	田原 县丞
十八年 乙丑	丁谦 训导				
	房栋 见传				
正德					
元年 丙寅	吴希哲 知县			李锡 知县	
二年 丁卯	周济 训导		李松 卫经历		
三年 戊辰				黄镐	魏璟 主簿
四年 己巳	石宁 教谕		韩禩		
五年 庚午	祖章 训导			王惠 县丞	
六年 辛未			王道		王希贤 通判
七年 壬申	金鳌			胡通 府经历	
八年 癸酉	朱廷耀 知县		崔恺		
九年 甲戌				范让	李琼 县丞
十年 乙亥	范廷章		钟昂 县丞		
十一年 丙子	任悦 训导	朱铭 知县		李兰 训导	
十二年 丁丑	潘经 训导		李璟 卫经历		孙宸 主簿

续表

贡	本州	萧县	沛县	砀山县	丰县
十三年 戊寅	李瓒 训导			李林 审理	
十四年 己卯	丘志广 训导	郭翀 教谕	周思明 县丞		
十五年 庚辰	王逢吉			白忠 训导	李天祐 主簿
十六年 辛巳	马江 见传	张翼 县丞	赵清 见传	王兰 训导	董珎 兵马指挥
	权大经 训导				
嘉靖					
元年 壬午	马林 主簿	朱玳 教授		孟嵩	
	赵环				
二年 癸未	张弓 学正	陈谟 府照磨		杨经 知县	
三年 甲申			王守约 主簿	崔性 训导	
四年 乙酉	胡伯启	胡文泰 典宝	赵汉 按察司经历		
五年 丙戌	徐兰	陈鸣鸾 主簿		张泰 县丞	李廷贤 教谕
六年 丁亥	周恺	郝楫	陆本 知县		
七年 戊子			龚贵 县丞	姚典 训导	
八年 己丑	沙玄 训导				
九年 庚寅	董恺	王亮采 学正	梁昇 府知事	赵绅 见传	宗岱 检校
十年 辛卯					魏翰 学正
十一年 壬辰	沙孟升	朱珊 卫经历	彭应选 县丞	李芹 县丞	
	尹玠 县丞				
十二年 癸巳	周鋐 主簿				胡弘毅 知县
十三年 甲午	陈锐		崔棠 县丞	赵继时 县丞	崔辅政 主簿
	王佩				
十四年 乙未		任逮 县丞		赵孟津	
十五年 丙申	崔铠	欧阳备 教谕	唐本 教谕	李嘉言	
十六年 丁酉	陈言 训导	孙重光		刘霆 训导	
十七年 戊戌	徐宪		崔仕伸		
十八年 己亥	尹埙	郭桐 训导	田润 训导	王化	
	周镎				
十九年 庚子	吴金	朱光裕	张连	常世辅	

续表

贡	本州	萧县	沛县	砀山县	丰县
二十年 辛丑	黄䆅[①]	郝圻	梁敦	李佶	
二十一年 壬寅	刘体义	欧阳俊	周思忠	姚寅	
二十二年 癸卯				王锐 训导	
二十三年 甲辰	马伦	刘性 州判	李士通		
		徐经			
二十四年 乙巳	杨年			曹溥	
	周贵				
二十五年 丙午		杨栋	徐守润		
二十六年 丁未	周泾		赵时若	纪孟儒	

① 原作“導”，据民国《铜山县志》勘误改。

徐州志卷之三

天文志

按:《周礼·保章氏》以星土辨九州之地，所封封域，皆有分星，以察灾祥。《春秋》纪诸国所占次舍、伏见、逆顺，皆可推考。即如宋之子韦、鲁之梓慎、魏石申夫、齐之甘公，并典是官，于以参伍机祥，发扬乾象，迄于今有稽焉。今徐当畿郡，制不下古侯国者，可无志与?夫天之高也，星辰之远，苟求其故，可坐而致。是用历探诸家，博综群史，以星野、灾祥并著于篇，庶几乎天人之故，可得而测云。

星野

《晋·天文志》曰:房星，宋，豫州。楚国，入房四度;梁国，入房五度。

《唐·天文志》曰:奎、娄，降娄也。初，奎二度，余千二百一十七，秒十七少。中，娄一度。终，胃三度。自蛇丘、肥城，南届钜野，东达梁父，循岱岳众山之阳，以负东海。又滨泗水，经方与、沛、留、彭城，东至于吕梁，乃东南抵淮，并淮水而东，尽徐夷之地，得汉东平、鲁国、琅邪、东海、泗水、城阳，古鲁、薛、邾、莒、小邾、徐、郯、鄫、鄅、邳、邿、任、宿、须句、颛臾、牟、遂、铸夷、介、根牟及大庭氏之国。奎为大泽，陬訾下流，当钜野之东阳，至于淮泗，娄、胃之墟。氐、房、心，大火也。初，氐二度，余千四百一十九，秒五太。中，房二度。终，尾六度。自雍丘、襄邑、小黄而东，循济阴，界于齐、鲁，右泗水，达于吕梁，乃东南接太昊之墟，尽汉济阴、山阳、楚国、丰、沛之地，古宋、曹、郕、滕、茅、郜、萧、葛、向城、偪阳、申父之国。商、亳负北河，阳气之所升也，为心分;丰、沛负南河，阳气之所布也，为房分。

《星经》曰:岁星，主泰山、徐州。又:玉衡第一星，主徐州五郡，常以五子日候之，戊子为彭城;第七星，主豫州五郡，常以五午日候之，壬午为梁国(今砀山)。

本朝《清类天文分野书》曰:奎、娄在戌，自奎二度，至胃三度，属鲁分，兖州。今兖(州)、沂(州)、密(今诸城县)、泗(州)、淮阳(邳州)、利国(在今徐州），皆鲁分也。氐、房、心在卯，自氐二度至尾二度，属宋分，徐州。今开封、陈留、封丘以东（今太康、杞县），及归德（今府）、亳（旧县，今州）分寿州之东界（今蒙城县），与宿（州）、徐（州）、济（宁州）、曹（今县）、单（今县），皆宋分也。徐州、萧县、沛县、砀山县、丰县，并氐、房、心，宋分野。

论曰：自《星经》散佚，而保章氏九州星土之说，其详不可得闻矣。汉班固、费直、蔡邕，魏陈卓，唐李淳风，皆有论撰，大略相因。惟僧一行谓天下山河之象，存乎两界，而以星辰河汉，别其阴阳升降，配以古今舆地，此则诸家所不逮者。欧阳修载之《唐书》，郑渔仲列之《通志》，我朝《清类分野书》据其说定十二次分野，今志实本焉。夫阴阳之精，其本在地，而上发于天，故其伏见、早晚、邪正、存亡、虚实、阔狭，及五星所行、合散犯守、陵历斗食、彗孛飞流，德与政之象也。故观文察变，救政序事，圣王其能废哉？天人合一之道，可以观矣。

灾祥

州

春秋

襄公五年秋，大雩。先是，楚伐宋，取彭城；郑畔中国，附楚。襄与诸侯共围彭城，城郑虎牢以御楚，有亢阳动众之应。

汉

文帝元年四月，齐、楚地震。○五年十月，楚王都彭城大风从东南来，入[①]市门，杀人。○后元七年九月，有星孛于西方。其本直尾、箕，末指虚、危，长丈余。刘向以为："尾，宋地，今楚彭城。"是时，景帝初即位，信用晁错，削诸侯王地。后三年，楚并七国反。

景帝三年十一月，楚国吕县有白颈乌与黑乌群斗，白颈不胜，堕泗水死者数千。

宣帝本始二年，荧惑守房之钩［钤］[②]。占曰："房为将相，心为子属。其地宋，

① 《汉书·五行志下之上》作"毁"。

② 字据《汉书·天文志》补。钩钤，星名，天子之御也。

今楚彭城。”十一月，楚王交薨[1]。〇元康元年，凤凰下彭城。

成帝阳朔元年七月壬子，月犯心星。占曰：“房、心为宋，今楚彭城。”

王莽天凤六年，青、徐民饥，多弃乡里流亡，老弱死道路。

后汉

光武中元元年，楚、沛多蝗。

明帝永平九年正月戊申，客星出牵牛，长八尺，历建星，至房南灭。牵牛主吴越，房、心为宋。后广陵王荆、楚王英谋逆，事觉，皆自杀。广陵属吴；彭城，古宋地。

章帝初年，兖、豫、徐三州大旱。诏勿收田租、刍稿，其以见谷赈给贫民。〇元和三年，白虎见彭城。

和帝永元十六年二月，诏兖、豫、徐、冀四州，比年雨多伤稼，禁沽酒。

安帝永初四年夏四月，司隶、豫、兖、徐、青、冀五州蝗[2]。〇七年九月，调零陵、桂阳、丹阳、豫章、会稽租米，赈给南阳、广陵、下邳、彭城、山阳、庐江、九江饥民。

桓帝永兴二年六月，彭城泗水增长逆流。

三国

魏明帝景初元年九月，冀、兖、徐、豫四州水灾。遣侍御史循行没溺死亡及失财产者，所在开仓赈救之。〇二年九月，淫雨。冀、兖、徐、豫四州水出，溺杀人，漂失财产。

晋

武帝泰始四年九月，青、徐、兖、豫四州大水。〇五年，青、徐、兖三州水。遣使赈恤之。〇咸宁元年九月，徐州大水。三年，兖、豫、徐、青等七州大水，伤秋稼。诏赈给之。〇是年三月，星孛于胃。胃，徐州分。

惠帝永平五年，荆、扬、兖、豫、青、徐六州大水。遣御史巡行赈贷。〇六年三月，彭城吕县有流血，东西百余步。〇八年九月，荆、豫、扬、徐、冀五州

---

① 案《汉书·天文志》宣帝本始二年（前72）“荧惑守房之钩钤”及后数条，事应楚王刘延寿，即地节元年（前69）“楚王延寿谋逆自杀”。楚王交为刘延寿四世祖，高祖六年（前201）受封楚王，“立二十三年薨”（《汉书·楚元王传》），时在文帝元年（前179），先本始二年百余年。又“十一月”者，东汉明帝永平十四年（71）“十一月，楚王英谋反，废，国除”（《后汉书·明帝纪》）。本条杂糅三事混为一谈，语多不经。

② 案《后汉书·安帝纪》：永初四年“夏四月，六州蝗”。李贤注引《东观记》云：“司隶、豫、兖、徐、青、冀六州。”本志云“五州”者，似未以“司隶”为州部，故云。

大水。○永宁元年，自夏及秋，青、徐、幽、并四州旱。○太安元年秋七月，兖、豫、徐、冀四州大水。

元帝太兴元年七月，东海、彭城、下邳、临淮四郡蝗虫，害禾稼。○二年，徐、扬诸郡蝗。○四年十二月，月犯岁星，在房。占曰："其国兵饥，人流亡。"

穆帝升平元年十一月壬午，月掩岁星，在房。占曰："人饥。"一曰："豫州有灾。"○二年闰三月乙亥，月犯岁星，在房。占曰同上。[1]

孝武帝太元[2]十年七月，彭城饥旱。先是，诸将略地，有事徐、豫等州。谢安又出镇广陵，使子琰进次彭城，频有军役。○十三年［闰正月］戊辰[3]，天狗东北下，有声。占曰："有大战，流血。"十四年正月，彭城妖贼刘黎称伪号于皇丘，刘牢之破灭之。○又，彭城人刘象之家鸡有三足[4]。○十九年秋七月，荆、徐二州大水，伤秋稼，遣使赈恤之。○二十年夏六月，荆、徐二州又大水。

安帝义熙二年十二月丁未，荧惑、太白皆入羽林，又合于壁[5]。三年正月，慕容超寇淮北、徐州，至下邳。○三年二月癸亥，荧惑、镇星、太白、辰星聚于奎、娄，从镇星也，徐州分。是时，慕容超僭号。○十一年七月癸亥，彗星出太微。占曰："彗出太微，社稷亡。"○十二年五月[6]，岁星留房、心之间，宋之分野。始封刘裕为宋公，后有天下。

恭帝元熙三年六月[7]，河决滑州，漂没公私庐舍。历澶、濮，至徐州，与清河合。浸城壁，不没者四版。

南朝宋

文帝元嘉十七年八月，徐、兖、青、冀四州大水。遣使赈恤。○二十四年，徐、兖、青、冀四州大水。

---

① 按：穆帝二条原在孝武帝后，据世代前置。

② 原作"宁康"。按：宁康只有三年。又案《晋书·孝武帝纪》：饥旱在太元十年，前后军事频兴（淝水之战）亦与此合，据改。

③ 原作"太元十三年戊辰"，前已改补"太元"年号，依文例，此处无谓，径删。又"闰正月"三字，据《晋书·天文志下》补。

④ 案《晋书·五行志上》：事在太元十三年四月。

⑤ 原作"璧"，据《晋书·天文志》改。

⑥ 原作"元兴十二年五月"。案《宋书·天文志三》，事在义熙十二年五月，且元兴在义熙前，仅三年，无谓十二年。据此，"元兴"二字衍，今删。

⑦ 按：恭帝元熙只有二年，无谓三年。又案《宋史·五行志一》："天禧三年六月，河决滑州城西南，漂没公私庐舍，死者甚众，历澶州、濮、郓、济、单至徐州，与清河合，浸城壁，不没者四板。"志条与此多同，疑误读北宋"天禧三年"为东晋"元熙三年"也。

北魏

宣武帝景明[①]元年，青、齐、徐、兖四州大饥，人死者万余口。○永平四年二[②]月，青、齐、徐、兖四州民饥甚。遣使赈恤。

南陈

宣帝太建十年二月癸亥，日上有背。占者曰：“其野失地，有叛兵。”甲子，吴明彻兵败于吕梁，将卒没于周，淮南至徐州地尽入于周。

唐

太宗贞观三年五月，徐州蝗。秋，徐州水。○十九年二月，徐州言驺虞见。

高宗咸亨二年八月，徐州山水，漂百余家。

武则天万岁通天元年八月，徐州大水，害稼。

玄宗开元二十八年，徐、泗二州无蚕，免今岁税赋。

德宗贞元十八年，徐州献嘉瓜、白兔。

宪宗元和元年夏，荆南及寿、幽、徐等州大水。○九年三月，镇星、太白合于奎。占曰：“内兵，徐州之分。”

文宗太和二年九月，徐州李有华，实可食。○三年，宋、亳、徐等州大水，害稼。○六年六月，徐州大雨，败坏民居九百余家。○开成二年六月，徐州火，延烧居民三百余家。

懿宗咸通四年七月，东都、许、汝、徐、泗等州大水，伤稼。○六年，徐州彭城民家鸡生角。○五年五月己亥，夜漏未尽一刻，有彗星出东北方，色黄白，长三尺。在娄，徐州分也。○九年正月，彗星出于娄、胃。十［一］[③]月，庞勋陷徐州。甲辰，大雾昏塞，至于丙午。

五代

后晋天福四年，徐州大火。

宋

太祖建隆四[④]年九月，徐州水，损田。乾德五年，五星聚奎，经星直鲁分，徐

---

① 原作“元”，据《魏书·世宗纪》改。

② 底本漫漶，字据《魏书·世宗纪》补。

③ 字据《新唐书·五行志三》补。

④ 原作“元”。旧志读史不细，据《宋史·五行志一上》改。

州，白羊之域。

太宗太平兴国五年五月，徐州白沟河溢入州城，毁民舍。堤塘皆坏。〇八年八月，徐州清河涨丈七尺，溢出。堤塞州三面门以御之。

真宗咸平二年九月壬寅，徐州言禾一茎五穗。〇大中祥符二年，水发徐、兖。〇天禧三年五月，徐州利国监大风，起西南，坏舍二百余区，压死十二人。〇六月，河决滑州。泛澶、濮、郓，至[①]徐境。

仁宗天圣初，徐州仍岁水灾。〇嘉祐七年三月，徐州彭城县白鹤乡地生面。占曰："地生面，民将饥。"

神宗熙宁[②]四年，徐州麦一本百七十二穗。〇十年秋七月，河决澶州曹村，东汇于诸山[③]，及徐州，城不浸者三版。方水之至，老弱凭城而避，壮者无所食，死于丘陵林木上。〇又，徐州官舍生异草，经月不腐[④]。〇次年，旱。

徽宗政和四[⑤]年九月丙申，徐州彭城县柏开花。

金

世宗大定二十四年正月辛卯朔，徐州进芝十有八茎。

元

世祖至元元年，徐、宿、邳等州郡蝗。〇二年，徐、宿、邳蝗，旱。[⑥]〇二十五年，徐、邳屯田雨雹，如鸡卵，害麦[⑦]。

成宗大德元年，归德、徐州、邳州河水大溢。六月，蝗。〇三年，归德、济宁、徐、濠旱，蝗。〇五年，徐州、邳州雨五十日。〇六年五月，归德、徐州、邳州水。

武宗至大二年七月，徐、邳饥。〇四年，济宁、东平、归德、高唐、徐、邳诸

---

① 原作"城"。案《宋史·五行志一》："六月，河决滑州……历澶州、濮、郓、济、单至徐州，与清河合，浸城壁，不没者四板。"据此，"城"宜作"至"，据改。

②《宋史·五行志二》作"元丰"，《文献通考》卷二九九《物异考五》作"熙宁"。

③ 案《宋史·河渠志二》："东汇于梁山张泽泺，分为二派，一合南清河入于淮，一合北清河入于海，凡灌郡县四十五，而濮、齐、郓、徐尤甚，坏田逾三十万顷。"此"诸山"疑"梁山泺"之讹。

④ 案《宋史·五行志二上》：元丰六年十二月，"滕县官舍生异草，经月不腐"。又《文献通考·物异考五》："熙宁六年十二月，徐州滕县官舍生异草，经月不腐。"其年分皆与本志有异，而事在滕县则无异也。又，宋之滕县隶徐，而明时已隶山东，于例不当复载。

⑤ 原作"二"，据《宋史·五行志三》改。

⑥ 按：此云元年、二年皆蝗，事疑重出。考《元史·五行志一》，至元二年"十二月，西京、北京、顺德、徐、宿、邳等州郡蝗。"民国《铜山县志》辨曰："蝗岂有十二月之理？而《五行志》至屡书不一书。考诸帝《纪》，实皆岁终汇载，而《志》竟漫以十二月冠之。旧志不察其误，《纪》《志》并采，兹删《志》文。"其说得实。

⑦ 底本漫漶，二字据《元史·世祖纪十二》《元史·五行志一》补。

州水。

明宗天历二年六月，徐、邳二州大水。

国朝

永乐十三年，饥。命进士梁洞赈恤。

景泰三年四月，水旱、疫疠相仍，民大饥乏。都御史王竑奉命赈恤。

成化元年，大饥。次年，复大疫。遣都御史吴琛、林聪赈恤。○十三年秋，徐州大水，伤稼，坏民居。遣郎中国泰赈恤。○十六年秋，大水。○甲辰[①]年，有孕妇胁下瘤生儿。

弘治元年，竹开花。

正德十四年，大水，坏官民舍，伤禾稼。

嘉靖二十五年八月二十五日子时，地震。越三日，复震。

国朝嘉靖二十六年秋七月，大水，坏伤民舍、禾稼。

萧

唐

懿宗咸通七年，萧县民家豕出圈舞。又，牡豕多将邻里群豕而行，复自相噬啮。

元

成宗大德六年五月，萧县水。

国朝

永乐十三年，饥。进士梁洞奉命发粟赈之。

景泰三年，水旱、疾疠相仍，民大饥。都御史王竑奉命赈给。

弘治元年，仁寿乡麦生一茎四穗二本，一茎三穗五本，一茎两穗六本。

正德十四年，大水。

嘉靖二年，大饥，人相食。○十年，蝗。○二十五年，孝义里民家室中忽有火光。俄而，牛产一犊，状特异，遍身皆鳞甲，红毛茸茸然。民骇，掊死之。时六月盛暑，阅数日，犹香气袭人。○二十六年，大水，坏伤民舍、禾稼。

---

① 甲辰，即成化二十年（1484）。

沛

汉

成帝河平二年正月，沛郡铁官铸铁，铁不下，隆隆如雷声，又如鼓音。工十三人惊走。音止，还视地，地陷数尺。炉分为十，一炉中销铁散如流星，皆上去。（按《地理志》，沛郡属县三十七，惟沛县有铁官，故收此）

宋

徽宗建中靖国元年，沛县禾合穗。

元

泰定帝泰定元年六月[①]，丰、沛大水。

顺帝至正九年五月，白茅河东注沛县，遂成巨浸。黄河入沛，始此。

国朝

宣德七年，蝗。巡抚侍郎曹洪奏蠲税粮。

正德二年，黄河东徙，入泡河，大水坏民禾稼、居舍。

嘉靖二年秋，河决，大水坏庐舍，民多流亡。〇四年，大蝗，无禾。〇八年，大水。舟行入市，乡邑民皆筏居。平地沙淤数尺余。〇二十一年夏，大雨五六日如注，昼夜不止。河溢，坏官署、民居、禾稼。

砀山

晋

武帝咸宁二年冬十一月，白龙二见于梁国。

宋

孝宗淳熙元年七月，砀山蝗。

① 案《元史 · 五行志一》：泰定元年六月，“济宁等郡二十有二县，曹、濮、高唐、德州等处十县淫雨，水深丈余，漂没田庐”。时丰、沛、砀山隶济宁等，志书或据此推之。然《元史》又载：泰定二年六月“济宁路虞城、砀山、单父、丰、沛五县水”。康熙《徐州志》、乾隆《徐州府志》并改为“二年六月，砀、丰、沛等五县水”，亦有所据。今各从原书用字。

元

泰定帝泰定元年六月，砀山水。

国朝

永乐十三年，饥。进士梁洞奉命发粟赈之。

成化二十年，饥。

正德九年，水。

嘉靖二年，旱并疫。〇十二年，蝗。〇二十六年，水。

丰

汉

安帝延光三年，沛国言甘露降丰县。

元

泰定帝泰定元年六月，丰、沛水。

国朝

正统五年，大饥。

成化二年，大饥。〇十三年，大水。

弘治十三年，大水。〇十五年，桃李冬华。

正德六年秋九月，梨花开。〇九年秋，大水。〇十三年秋，大水。〇十四年，大饥。

嘉靖二年，大水。〇三年，大饥。〇四年，复大饥。民死亡及散之四方者甚众。〇五年，大水，城陷。〇十年、十一年，蝗。〇二十五年夏四月，大雨雹。秋九月，地震。

论曰：古今言灾异者，始于《五行传》；言祥瑞者，详于《礼运》，而历代史氏所述，并皆因之。然必指事以为应，迁就以求符，则其说牵强拘泥，多有所不通。夫《春秋》书灾异，不著事应，盖慎之也。后世苏洵、欧阳修并为论，以正其牵强之失；郑夹漈亦为之说，以破其拘泥之见，要皆有可取者。然夹漈之见，一切归之妖妄，以为本无事应，则矫枉而过正矣，是谓天变不足畏也。大率和气致祥，乖气致异，庶征之应，非邈无与于人善乎？太史公曰："太上修德，其次修救，又其次修禳。"唯知道者择焉！

徐州志卷之三终

徐州市史志办公室　江苏师范大学汉文化研究院　整理

徐州古方志丛书

·点校本·

赵明奇　主编

第二册

明嘉靖《徐州志》（下）

明万历《徐州志》（上）

文化艺术出版社
Culture and Art Publishing House

明嘉靖《徐州志》

（下）

梅守德　任子龙　纂修

徐州志卷之四

地理志上

惟禹玄圭告功，《禹贡》是作，而表奠山川，任土底贡，则壤成赋，咸于是乎备。《周礼》职方氏之掌天下图籍也，惟谨焉。国朝混一海宇，南畿郡县，北极于徐。徐称州理人，统以四邑，其沃壤丰林、崇冈巨浸、人文萃止、财货攸殖，悉皆坤灵所钟发，以称淮北奥区也。今志地理，厥目凡二：曰山川，曰田赋。居然四域，如示诸斯。凡在境者，并得丽述焉。

山川

徐州境内之山自西南来，连络东趋，以极于海。其河自西北至，萦洄南注，以达于淮。二洪龃龉，横绝乎其前；四山连属，合围乎其外。襟带江淮，上游雄视；枕联河洛，万壑为宗。昔人所称东方一形胜焉，信有不诬者矣。览兹纪载，庶几其可睹云。

城北五里曰九里山，东西连亘凡九里。相传有穴，潜通琅琊、王屋，今不知处。其西一峰，形如伏象，俗称象山（故志云：汉韩信伏兵与楚战，即其地。上有樊哙磨旗石，下有曾参井[①]，不详所由名。〇元史肃诗：断蛇扛鼎两争雄，陈迹荒凉万事空。今日前山[②]无过客，数株衰柳管秋风。〇本朝郡人马蕙诗：天空野烧连垓下，落日苍烟接沛中。唯有磨旗踪迹异，年年长见白云封。〇四明王梃诗：楚汉闻多故，江淮昔上游。只今形胜地，都入帝王州。北郡饶颇牧，东原仗鲁邹。无劳对华发，中夜拂吴钩）。又稍西为团山，西北为孤山，稍东为宝峰山、看花山（并与九里山相属）。北十七里曰桓山（东临泗水，旧名圣女山。宋桓魋作石椁于此，故名。伏滔《北征记》云："椁皆青石，隐起龟、龙、鳞、鱼之象[③]。"今俗称洞山，有洞山寺。〇宋苏轼诗：茫茫清泗绕孤岑，归路相将得暂临。试著芒鞋穿荦确，更

① 案《太平寰宇记》《明一统志》作"曹参井"，与樊哙磨旗石同为楚汉遗迹。自弘治《重修徐州志》、嘉靖《南畿志》改作"曾"，后志相沿，皆作"曾参井"。

② 元好问《中州集》、四库本《御选金诗》作"山前"。

③《后汉书·郡国志》注引伏滔《北征记》曰："隐起龟、龙、麟、凤之象。"

燃松炬照幽深。纵令司马能镵石，奈有中郎解摸金。强写苍崖留岁月，他年谁识此时心。〇又《记》曰：元丰二年正月己亥，春服既成，从二三子游于泗水之上。登桓山，入石室，使道士戴日祥鼓雷氏之琴，操履霜之遗音。曰："噫嘻悲夫，此宋司马桓魋之墓也！"或曰："鼓琴于墓，礼欤？"曰："礼也。季武子之丧，曾点倚其门而歌。仲尼，日月也，而桓魋以为可得而害也。且死为石椁，三年不成，古之愚人也。予将吊其藏，而其骨毛爪齿既已化为飞尘、荡为冷风矣，而况椁乎？况于从死之臣妾、饭含之贝玉乎？使魋而无知也，予虽鼓琴而歌，可也；使魋而有知也，闻予鼓而歌，知哀乐之不可常，物化之无日也，其愚岂不少瘳乎？"二三子喟然而叹。乃歌曰："桓山之上，维石嵯峨兮。司马之恶，与石不磨兮。桓山之下，维水弥弥兮。司马之藏，与水皆逝兮。"歌阕而去。从游者八人：毕仲孙、舒焕、寇昌朝、王适、王遹、王肄、轼之子迈、焕之子彦举。〇又诗：舣舟桓山下，长啸理轻策。弹琴石室中，幽响清磔磔。吊彼泉下人，野火失枯腊。悟此人间世，何者为真宅。〇陈师道《陪赵大夫游》诗：后水喧江落晕黄，晓云障日作微凉。笙歌声里旌旗动，罗绮丛中笑语香。劝相秋郊开稔熟，摩挲苔壁吊荒亡。风流一代今山简，有底樽前着葛强。〇本朝京口虞谦[1]诗：宿土消饭含，飘飘散精灵。日中狐兔走，夜半鸱鸮鸣。君看孔林树，千古犹青青。〇徐九皋《记》略曰：兹山为魋所辱，千数百载矣，莫为洗之者。嘉靖壬寅春二月，会稽徐子按行徐郡，乃振衣桓丘之巅，下瞰石室，踪迹苏长公故事，鼓琴行觞，赋诗以吊焉。喟然叹曰：嗟哉！方魋盛时，怙势作威。仲尼，日月也，犹欲肆侮。则当时善类摧落，盖不可胜纪。经营石室，穷奢殚丽，谓传不朽也。乃今为狐鼠之窟，遗诟千古。嗟乎！不务立德行义而觊觎长存也，不亦悖乎？丑迹败轨，足昭永戒。因易其名曰桓戒山，勒置壁上，传之将来。[2]〇少师夏言《记》曰：桓山石洞，方直而深通，无谽谺穹窿之状，盖非天造。世传为宋桓魋所凿，明矣。故题曰"桓山石室"，曰"烟霞窟"。兵宪王君梃侍余游，顾谓曰："兹名失实且溢美，公盍易之？"余曰："魋，生也不能识孔子之圣，至欲杀之；而谋其死也，乃伐山为椁，治之三年不成。兹非愚乎？苏文忠亦曰：'魋，古之愚人。'名之曰'愚穴'，何如？"君曰："确哉斯名也，可以昭戒矣！请大书而识之。"余曰："诺！"〇王梃《同冯有年、梅守德登游》诗：王子善吹笙，梅君无世情。况逢少陵客，聊作洞山行。班坐云俱住，听歌鸟自鸣。谁言剡溪上，千载有余清。〇揽辔违城郭，停桡上水湄。登临喜新岁，谈笑总清时。孤屿看仍在，长河逝不疑。翻怜地下者，空作万年期。〇梅守德诗：高台引凤笙，

① 按：《明诗综》载为庐陵周忱《徐州过桓山宋司马桓魋之墓》，字句略有出入。

② 案万历《沛志》卷二十四《杂志》引马一化《闻见录》：徐九皋易山名曰"桓戒山"，为文勒石。时兵宪王梃恶其文中数目己以"王子"，俟徐去，遂踣其碑。

欢洽野人情。云气流山酌，旌旗拥客行。远峰和夕澹，好鸟傍春鸣。胜游陪妙躅，一啸海天清。〇献岁聊乘暇，移舟向曲湄。赏心逢胜地，高会复良时。石椁[①]谋何拙，山云意不疑。春来兴未已，登览更多期）。城东北三里曰彭城山（石刻三大字在）。二十里曰关山、塔山（俗称大山，距城二十五里。此地名冈头，有磨剑石，近驿路傍。故志云在九里山[②]，今询之故老，谓在此）。十里曰鸡鸣山，北五里为石山（有石山驿）。石山稍东[③]为檀山、凤凰山（山石刻二凤形），山南有柳泉（流入辛贯山鹅儿湖。有柳泉桥）。北七里为马山、二郎山。山北麓有泉二，曰拔剑，曰马泡，并（由运铁河）达于泗。由凤凰山而北为青山。青山稍东为荆山（距城六十里[④]。苏轼时，有言其下可以沟畎积水，因往相视，以山多乱石，不果）。东四十里有汴塘湖（水向南流入邳州河。有汴塘桥）。由荆山东北[⑤]二十里曰铜山（距城八十里，利国驿连境。相传古彭城废县在此），山南有运铁河（宋置利国监铁冶，开以通舟楫，淤久。嘉靖二十年，因运河涸，复浚，通新挑沟。有利国监桥，元时建），地中出泉者五：曰奉圣，曰海眼，曰黑龙，曰野沟，曰刘家泉，并（由运铁河至新挑沟）达于泗。十里曰盘马山（山顶平数丈，无草木，土人谓汉高祖盘马于此。〇宋陈师道诗：耕桑战伐饱曾经，庙毁村荒不乞灵。尚有君王盘马迹，至今草木不能青）。由盘马山而东为爬头山（距城东北一百二十里，连徐、邳、滕、峄四境）。由彭城山而北十五里曰苑山，稍西北为蜈蚣山，十五里曰寨山（距城三十里）、羊山（在寨山南一里）、张孤山（在寨山西南二里）、内花山（在寨山北二里）、梁山（在内花山北二里）、龟山（在寨山东一里。有石洞，俗称仙人洞，深晦莫测）。又北十里曰境山（距城四十里，西临泗水，有镇，有闸，有寺。〇本朝临川吴溥诗：水带渔村阔，山连古戍雄。帆樯自高下，门巷各西东。崖屋蒸云湿，船窗透日红。今宵有诗兴，试问可谁同）。由境山北二里为乌羊山，五里为焦山、绛山。山东地中有泉二：曰母猪，曰运端，并由地崩沟达于泗。又五里为弓弦山（有二石直如弦，故名）。二十里曰黄山，山东有湖曰黄山湖（水涨则与昭阳湖通，溢入运铁河），有泉曰饮马珠泉（世传汉高祖饮马于此。有马家桥、张庄桥。此泉与拔剑、奉圣诸泉，同由运铁河至新挑沟），达于泗。

---

① 原作“郭”，据康熙《徐州志》改。

② 案弘治《重修徐州志》：“磨剑石，在九里山，上有樊哙磨剑迹。”当为樊哙磨旗石之误也。冈头磨剑石，今传为关公磨刀石。

③ 案今方位，檀山在石山西南五里，本志方位误，后志相仍，至民国《铜山县志》皆误。

④ 旧志方位道里，案今实地，率多不符，难暇一一指谬。以其较著者言，“青山稍东为荆山”，实东南二十余里。又荆山在城东北六十里，亦误，实约二十里许。东坡诗注但云“郡东北荆山下”，此云“六十里”，不知所自。

⑤ 应作“西北”，道里亦误。

城东四里曰定国山（燕[1]慕容绍宗击梁，梁贞阳侯萧［渊］[2]明尝营于此）。东南二里为子房山（世传子房尝隐于此，故名。一谓良为沛公厩将，作楚歌以散羽兵处。有祠，见《祀典》。〇本朝四明陈穆诗：古人随寄寓，川岳便标名。四野晴岚合，孤峰锦石明。麦畦饶浪叠，桃径灿霞横。听听渔樵唱，犹闻楚士声）。南为蝦蟆山（即子房山余脉）。东一里为响山，上多穴，每兴云雨，人呼其下辄响应。五里为圣水山、青顶山、光山（并相连峙）。有石潭在其间，世传与泗水潜通，清浊增损时相应，或有鱼出焉，今淤塞（宋元丰间，苏轼因旱用人言，置虎头潭中祈雨，作《起伏龙行》曰：何年白竹千钧弩，射杀南山雪毛虎。至今颅骨带霜牙，尚作四海毛虫祖。东方久旱千里赤，三月行人口生土。碧潭近在古城东，神物所蟠谁敢侮。上歃苍石拥岩窦，下应清河通水府。眼光作电走金蛇，鼻息为云擢烟缕。当年负图传帝命，左右羲轩诏神禹。尔来怀宝但贪眠，满腹雷霆喑不吐。赤龙白虎战明日，倒卷黄河作飞雨。嗟余[3]岂乐斗两雄，有事径须烦一怒）。又十里为盘头山，二十里为马鞍山。东十余里为辛贾山，山下有鹅儿湖潴水（南流至邳州沂河，出达泗）。稍南为孤山。北为圣龙山，有石孔二，如龙眼，久旱，泉出不枯（双井泉源出此。有普济桥、庙相桥，并在其境）。又东四十里为寺山（旧有显庆寺，今废。陈师道诗：晴山堪着眼，别意不胜秋。小作三年别，聊为五斗谋。要须乘下泽，不待到壶头。预恐登临处，长思马少游。〇此地有马头桥）。十里为塔山、茱萸山。由定国山而北（有柳沟桥）二十里为双洞山。稍北为黄山（大小有二：小黄山在东南，大黄山在西北）、明山（在黄山正北），有溜白沟、东沟、西沟、泉河（泄受东北诸山水，并入辛贾山鹅儿湖）。由子房山南三里为骆驼山，东西横亘临泗水，若将奔饮者（有本朝户部郎中杨琏墓）。稍南为土山（山下地中有九女孤堆，相传为冢）。东南四十里为吕梁山（下临二洪，上有云梦、梁王二城，又有尉城，并详《兵防》。其境有雍门，古雍门周善弹琴，能使孟尝君悲者居此）。稍南为塔山。傍有凤凰山（山有两翼，故名）。稍东北为峰山（下旧有七十二泉，今悉湮。相传张良厌气之所。出翻白草，入药）。稍西北为午山、读书山（旧志载：吕梁东南二十里有岠山，山有元徐国公墓。今故老云：岠山在邳州境，非徐山。及考神道碑，亦云在徐邳岠山之阳。旧志误，今削之）。有泉二：曰双井，曰白塔，并由响水沟以达于泗。有湖三：曰青冢，曰成山（二湖相连凡四十余里，水泄于邳州沂河），曰泥沟。惟泥沟湖水由双沟达于泗。

① 慕容绍宗虽为前燕后裔，然历仕北魏、东魏，击萧渊明事在东魏武定五年，于时前燕久灭，此复云“燕”者，误甚。

② 案《元和郡县志》作于唐代，因避讳省，明人无需沿其陋，径补。

③《东坡全集》作“吾”，《全宋诗》作“我”。

城南二里曰云龙山，山有云气，蜿蜒如龙。东岩有石刻大佛，故又称石佛山（唐昭宗时，朱全忠遣子友裕败徐州节度使时溥军于石佛山前，即此。有兴化寺。有井，去地七百余尺[①]，或云泉可愈疾，积久堙塞。成化间，太监高瑛浚之泉出。今复堙）。宋山人张天骥放鹤亭在其上（山人有二鹤，朝放暮归，因以名亭。苏轼《记》曰：熙宁十年秋，彭城大水。云龙山人张君之草堂，水及其半扉。明年春，水落，迁于故居之东，东山之麓。升高而望，得异境焉，作亭于其上。彭城之山，冈岭四合，隐然如大环，独缺其西十二[②]，而山人之亭适当其缺。春夏之交，草木际天；秋冬雪月，千里一色。风雨晦明之间，俯仰百变。山人有二鹤，甚驯而善飞，旦则望西山之缺而放焉，纵其所如，或立于陂田，或翔于云表，暮则傃东山而归，故名之曰放鹤亭。郡守苏轼，时从宾客僚吏往见山人，饮酒于斯亭而乐之，揖山人而告之曰："子知隐居之乐乎？虽南面之君[③]，未可与易也。《易》曰：'鸣鹤在阴，其子和之。'《诗》曰：'鹤鸣于九皋，声闻于天。'盖其为物，清远闲放，超然于尘垢之外，故《易》、诗人以比贤人君子。隐德之士狎而玩之，宜若有益而无损者，然卫懿公好鹤则亡其国。周公作《酒诰》，卫武公作《抑戒》，以为荒惑败乱，无若酒者；而刘伶、阮籍之徒，以此全其真而名后世。嗟夫！南面之君，虽清远闲放如鹤者，犹不得好，好之则亡其国；而山林遁世之士，虽荒惑败乱如酒者，犹不能为害，而况于鹤乎？由此观之，其为乐未可同日而语也！"山人欣然而笑曰："有是哉！"乃作《放鹤》《招鹤》之歌曰："鹤飞去兮，西山之缺。高翔而下览兮，择所适。翻然敛翼，婉将集兮。忽何所见，矫然而复击。独终日于涧谷之间兮，啄苍苔而履白石。鹤归来兮，东山之阴。其下有人兮，黄冠草屦，葛衣而鼓琴。躬耕而食兮，其余以汝饱。归来兮，西山不可以久留。"〇岁久亭废，址存。嘉靖壬辰，都御史戴时宗即其址创构复之。户部主事伍铠《记》略曰：梁冈戴公行水至彭城，偕铠与水部鹊湖陈子登云龙山，因摄衣履巉岩，以寄妙赏，乃指而叹曰："是山之巅，其鹤亭遗址乎？鹤去亭墟，惟见寒烟衰草乎？名贤遗踪，可忍其落莫乎？"铠与陈子乃朋趋以答之曰："登山考古，示教怀古，而欲起其废、示像贤，君子乐厥议矣。"梁冈因处作亭之需役，千户刘勇即其旧基，芟芜垦埴，爰阖以土，爰廉以石，连构四达，垣墉四缭，弇其旧井今碑，左右拥护。虽其式度未必尽同，而苏子当年宴游之迹，已复其旧矣。尝考苏子鹤亭游息，以彭城水落，民

① 案《太平寰宇记》及弘治《重修徐州志》，"有井"二字后脱"时有云气出其中"七字。是井中云气去地七百尺，非指井口距山下七百尺而言。

② 传世诸本苏轼集皆作"十二"，唯《古文观止》作"一面"。以今地形观之，独缺其西北十分之二，于实亦切。

③ 原作"乐"，据《东坡全集》卷三十六改。

忧以纾；梁冈鹤亭之作，亦以梁靖诸水既就疏决堤防，亦如苏子之暇。古人政通民和，每即山川形胜，所以宣其和乐，净其尘襟，昭政成于亭楼，托玄思于观玩，且使民知彼之乐，实寄之我，而我之乐，所以为彼。则夫鹤亭之起其废，固以像贤也，亦以为民也。斯亭会峰峦之奇秀，含河流之蒸润，石错落而羊群，城伏傍而牛眠，云烟出没，风尘寥隔，徐之巨观，无过此矣。自宋迄今，废落数百余年，而兴之有俟于今者，岂梁冈与苏子声韵之相入，而怀像之独切耶？后此而亭之废兴，不可得而知也，亦有后人怀古而兴其废乎？记之以风将来。〇丙午，副使王梃重修葺之。〇宋苏轼诗：云龙山下试春衣，放鹤亭前送夕晖。[一色杏花红十里，状元归去马如飞][1]。〇本朝吉水钱习礼诗：山人住世薄浮荣，笑傲烟霞向草亭。双鹤只今何处去，西山仍是旧时青。〇庐陵刘玉诗：鹤去亭空草自青，坡公辞翰尚留馨。河流不尽英雄恨，处士山中醉未醒。〇四明杨守陈诗：重重石磴烟霞绕，绝顶平临城郭小。戏马台高只断云，放鹤亭空但荒草。〇吴郡王鏊诗：燕子楼前春草合，虎牢关外暮云生。不知白鹤归何日，辽海茫茫万里情。〇江都赵鹤次韵：鹤去亭空江月冷，台灰树远暮烟生。眼前多少兴亡事，回首乡关倍感情。〇白岩乔宇诗：鹫峰千仞俯崇冈，暂谢长途半日忙。海内帆樯通楚地，江南形势接淮扬。川原雨过烟花绕，殿阁风回竹树凉。笑指云龙山下路，放歌无惜醉华觞。〇余姚王守仁次韵：几度舟人指石冈，东西长是客途忙。百年风物初经眼，三月烟花正向阳。芒砀汉云春寂寞，黄楼楚调晚凄凉。惟余放鹤亭前草，还与游人藉醉觞。〇无锡秦金次：鱼鸟混茫洪水际，云龙缭绕楚山阳。三生石藉莓苔古，两袖风抟殿阁凉。〇黄岩黄绾次：解骓事去随流水，挂剑台寒空夕阳。草木兵前犹惨淡，川原水落正荒凉。〇铅山费寀次：水绕峦光寺枕冈，客来登眺野僧忙。百年碑碣苔封石，三月杯盘花向阳。天上黄河无昼夜，山头白日易暄凉。百壶不尽烟云思，月色纷纷对举觞。〇昆山柴奇诗：云龙山上放鹤亭，亭空鹤去山青青。松花满地石作磴，僧舍数间云自扃。太守风流真好事，山人落魄亦忘形。我来登此亦慷慨，西风匹马秋冥冥。〇东昌许成名诗：龙山独立倚丹霄，古殿松阴坐寂寥。东望青徐云万岭，南通淮海日千桡。黄茅人去冈犹[2]在，白鹤亭空事已遥。我欲凌风登绝顶，平林漠漠草萧萧。〇阳峰张璧诗：晚春斜日片帆开，望望诸峰半草莱。乍见海云从地起，忽闻雷雨到窗来。云龙尚隐西天寺，戏马空余旧野台。犹忆当年纵登赏，夜深舆马月中回。〇马卿诗：招提台殿冠层巅，旷望南徐思渺然。霸业山河空旧垒，官城花柳满晴烟。共乘佳兴宁辞醉，一笑浮名却爱禅。民瘼边尘忧正切，愿看熙皞赋归田。〇闽中康浩

① 二句据万历《徐州志》补。
② 原作“尤”，同“犹”。

诗：秋日寻山寺，登临兴未央。俯瞻江浪阔，周览暮云长。疆里名南土，风光俨故乡。无才平世难，含愧列尊觞。○偶听三秋雁，遥驰万里心。江流迷故道，民屋遍幽林。旅日秦音至，愁时燕使临。胡能游宴处，巧思对高岑。○暗暗愁阴霭，辉辉喜午晴。数回盘石磴，一览遍江城。众派成洪浪，群山叠翠屏。攀藤登绝顶，萧瑟起秋声。○吴郡唐符诗：春罗初着登云龙，参差金碧擎芙蓉。俯仰天宇自今古，攀缘纡曲多蒙丛。驯鹤双飞羽仪白，野杏十里花萼红。摄衣相从兴未已，刚风吹袖摩长空。○江夏冯世雍次：山云夭矫如游龙，蜿蜒幻出青芙蓉。天风吹衣蹑危磴，白日对酒披芳丛。黄茅冈上野烟合，戏马台边春烧红。我来题诗纪行色，一曲洞箫吹碧空。○济南陈明诗：寺倚危峰间半开，苍烟一簇起蒿莱。僧归山送断云去，我到溪牵远水来。亭敞[1]百年谁放鹤，江空万里客登台。东岩古刻今零落，独忆斜阳几吊回。○茶陵张治次：古郡遥连河上开，贤豪陈迹半蒿莱。山青雨歇断虹出，江阔夜深明月来。苹墨孤亭还细草，歌风千古有高台。绿阴自锁云龙色，无复山人放鹤回。○江阴张衮次乔韵诗：山形虎踞倚龙冈，本为寻僧费客忙。载酒何人是坡老，看花新兴入维扬。云盘石磴诸天合，日落山风两鬓凉。昏黑不辞登绝顶，清歌款进早梅觞。○又次唐韵诗：乱石如羊山若龙，青天一朵削芙蓉。金妆石佛开香界，露浥山花发锦丛。树隐禅扉朝露白，云收渔浦晚江红。罗衣初试山中酒，忽听春歌动远空。○又次陈韵诗：古寺遥从绝巘开，云龙隐隐隔蓬莱。城南雉堞苍烟细，洲落帆樯返照来。此日清尊谁放鹤，百年佳赏一登台。红尘客计愁明发，怅望青山首重回。○余姚闻人诠诗：烟涛极目龙归窟，花鸟惊心月上台。万里江天双鹤杳，两洪风雨片帆来。○苏祐诗：山上云龙望，亭攀放鹤回。禹功饶断石，汉业有荒台。兴与幽偏惬，嚣缘静不来。虽非谢公赏，讵是景侯哀。○澄山涂楗[2]诗：放鹤亭仍在，山人去不回。春风吹野水，夜月照孤台。鱼鸟自飞跃，帆樯倏往来。登临重怀古，万壑共兴衰。○长洲查应兆诗：冈头凝望野烟浓，彭祖遗墟览旧踪。二水争流涛迅马，千峰环合气成龙。汉楚雄图俱寂寂，韩苏高迹自重重。通南际北无如此，民俗愁闻五漏钟。○平湖释慈恩诗：昆仑小股忽飞堕，鬼斧何年奇凿破。上瞰青空饕雨露，下压后土根深固。洒然坐我空明中，口诵太古开鸿蒙。披襟长啸落幽壑，三十六洞桃花红。○祁门方山诗：云龙山头放鹤亭，高风吹秋客眼明。放鹤人去不可见，龙山依旧崔嵬青。孤城落日长河绕，四野连峰万马迎。古今天地漫感慨，与君且醉双玉瓶。○南楚郑天祐诗：十年白眼海岳小，万里青汉芙蓉开。清风满座鹤双下，落日半台僧独回。○汉中左思敬诗：朱甍宿雾蒙蒙湿，碧涧浮烟细细侵。鹤去

① 原作“敞”，据万历《徐州志》改。
② 涂楗，江西丰城县人，嘉靖八年己丑科进士二甲第二十一名。本志间作“揵”，今据《皇明进士登科考》《南河志》统作“楗”。

杳冥闻虎啸，云来滃郁有龙吟。〇贵溪夏言诗：还乡值青春，南来已一月。维舟彭城下，兴为龙山发。登舆眺广野，远见青青麦。千树桃李花，芳草正未歇。初登戏马台，徐览大佛石。披榛历峻坂，蹑磴陟层壁。坐观江淮胜，未觉风烟隔。高情王宪使，潇洒今摩诘。开尊放鹤亭，笙歌促绮席。相邀五六子，翩翩华省客。芳辰合俦侣，兹游谅难得。贪赏竟忘归，攀欢意不极。酒阑一骋望，青山半衔日。晚下黄茅冈，怪石莽离立。徘徊四贤堂，摩挲古碑刻。风流想一时，俯仰慨今昔。衰迟愧野老，解政遂闲适。看山从此始，把笔纪行迹。明朝度大江，矫矣冥鸿翼。〇又次韵诗：昔人曾放鹤，此日更登亭。地主能投辖，山僧解乞铭。河山余王气，尊俎聚文星。直北仍回首，偏多关塞情。〇王梃诗：野兴在高冈，凌虚见草堂。云深龙气重，风远鹤声长。客至多春服，僧来半夕阳。不须谈往事，歌罢转微茫。〇梅守德诗：石磴行行一径盘，梵钟声里夕阳残。云流香阁衣裳湿，龙起珠林杖锡寒。静虑凭教千劫遣，好怀赢得几回宽。野情剩有烟霞癖，暂拟东林一榻安。〇翠微深处独徘徊，城郭山河四望开。水接江淮通贡篚，地连沧海即蓬莱。高云黄叶吟边兴，落日丹霞客里杯。更上峰头寻旧迹，满山巉石乱莓苔。〇双飞白鹤倚云来，疑是山人放鹤回。石洞氤氲丹灶迥，松峰萧瑟夜猿哀。云连古堞依层[1]嶂，日隐残虹锁暮台。何处买山堪避俗，草堂应傍翠微开。〇萧山黄九皋次乔韵：云龙禅寺倚茅冈，俯瞰浮舟去住忙。吊古何如鹤遐举，悲秋不及雁随阳。黄河水落元田出，红叶霜浓别署凉。好景良时不常得，残碑读遍再持觞）。其阴为黄茅冈（苏轼诗：醉中走上黄茅冈，满冈乱石如群羊。冈头醉倒石作床，仰观白云天茫茫，歌声落谷秋风长。路人举首东南望，拍手大笑使君狂。〇本朝杨守陈诗：黄茅冈上吊坡仙，白云依旧群羊眠。〇马蕙诗：烟收泗水波光白，秋染龙山草色黄。〇郡人吴希哲诗：石剥苔生山雨过，亭空鹤去野云浮。唯余落谷秋风句，千古令人忆胜游。〇淮安柳琰诗：黄茅冈负彭城郭，远引林峦散村落。登登石磴近人纡，漠漠岚光向日薄。背岩细草满平坡，出洞闲云度孤壑。烂然醉我东风前，摩挲石壁谁能镌。疏才自笑有狂兴，苦无佳句如坡仙。〇吴郡伍余福诗：何哉坡老酷好奇，乱茅不剪冈累累。挥毫石上破千古，山光树色蟠蛟螭。我今吊古问坡老，紫芝孰与黄茅好。霸图王业空战场，白鹤飞去乌骓亡。惟有芙蓉[2]插霄汉，九里不断河流长）。下有张山人园（苏轼《过云龙山人张天骥》诗：郊原雨初足，风日晴且好。病守亦欣然，肩舆白门道。荒田咽蛩蚓，村巷悬梨枣。下有幽人居，闭门空雀噪。西风高正厉，落叶纷可扫。孤僮卧斜日，病马放秋草。墟里通有无，垣墙任摧倒。君家本冠盖，丝竹闹邻保。脱身声

① 原作“曾”，据万历《徐州志》改。

② 原作“夫容”，用同“芙蓉”，言山峦状若莲瓣。顺治、康熙《徐州志》“天容”，系形讹；同治《徐州府志》“山容”，系臆改。

利中，道德自濯澡。躬耕抱羸病，奉养百岁老。诗书膏吻颊，菽水媚翁媪。饥寒天随子，杞[1]菊自撷芼。慈孝董邵南，鸡狗相乳抱。吾生如寄耳，归计失不早。故山岂敢忘，但恐迫华皓。从君学种秫[2]，斗酒时[3]相劳。〇又《游张山人园》诗：壁间一轴烟萝子，盆里千枝锦被堆。惯与先生为酒伴，不嫌刺史亦颜开。纤纤入麦黄花乱，飒飒催诗白雨来。闻道君家有井水，归轩乞得满瓶回。〇又诗：提壶劝酒意虽重，杜鹃催归声更速。酒阑人散却关门，寂历斜阳挂疏木。〇又《访张山人》诗：鱼龙随水落，猿鹤喜君还。旧隐丘墟外，新堂紫翠间。野麋驯杖屦，幽桂出榛菅。洒扫门前路，山公亦爱山。〇万木锁云龙，天留与戴公。路迷山向背，人在瀼西东。荞麦余春雪，樱桃落晚风。入城都不记，归路醉眠中）。山北城南里许为戏马台，高数十仞，广袤数百步，有事则可用屯戍，与城相表里焉（项羽因山筑台，以观戏马，故名。魏［太］[4]武南侵，攻彭城弗克，乃设毡帐台上，以望城中。台循磴而上，傍有石崖，杂勒古岁月名氏有文，皆隶书，笔法遒劲，并剥落不可读。上有台头寺。〇宋公刘裕九日登台送孔靖[5]归乡，谢灵运从赋诗：季秋边朔苦，旅雁违霜雪。凄凄阳卉腓，皎皎寒潭洁。良辰感圣心，云旗兴暮节。鸣葭戾朱宫，兰卮[6]献时哲。饯宴光有孚，和乐隆所缺。在宥天下理，吹万[7]群方[8]悦。归客遂海隅，脱冠谢朝列。弥棹薄枉[9]渚，指景待乐阕。河流有急澜，浮骖无缓辙。岂伊川途念[10]，夙心愧将别。彼美丘园道，喟焉伤薄劣。〇唐储光羲诗：君不见，宋公仗钺诛燕后，英雄踊跃争趋走。小会衣冠吕梁壑，大征甲卒碻磝口。天开神武树元勋，九日茱萸享六军。泛泛楼船游极浦，摇摇歌吹动浮云。居人满目市朝变，伯业犹存齐楚甸。泗水南流桐柏川，沂山北走琅琊县。沧海沉沉晨雾开，彭城烈烈秋风来。少年自苦未得意，落日萧条登古台。〇宋贺方回诗：当年节物此山川，倦客登临独惘然。戏马台荒年自久，射蛇公去事空传。黄华半老清霜后，白鸟孤飞落照前。不与兴亡城下水，稳浮渔艇入淮天。〇苏轼《台头寺步月》诗：风吹河汉扫微云，步屧中庭月趁人。浥浥炉香初泛夜，离离花影欲摇春。遥知金阙同清景，想见毡车碾暗

① 原作“把”，据《东坡诗集注》改。
② 原作“术”，据《东坡诗集注》改。
③ 原作“诗”，据《东坡诗集注》改。
④ 字据文例补。
⑤ 原作“静”，据《宋书》本传改。
⑥ 原作“芝”，据《文选》谢灵运诗改。
⑦ 原作“迈”，据《文选》谢灵运诗改。吹万，李善注：“《庄子》南郭子綦曰：‘夫吹万不同而使其自已也。’司马彪曰：‘言天气吹煦，生养万物，形气不同。已，止也。使各得其性而止。’”
⑧ 原作“芳”，据《文选》谢灵运诗改。
⑨ 原作“泊杜”，据《文选》谢灵运诗改。李善注：“《楚辞》曰：‘朝发枉渚。’王逸曰：‘枉，曲也。’”本志“杜渚”，应为传抄之讹。
⑩ 原作“人”，据《文选》谢灵运诗改。

尘。回首旧游真是梦，一簪华发岸纶巾。〇又《与舒教授、张山人、参寥师同游》诗：古寺长廊院院行，此轩偏慰旅人情。楚山西断如迎客，汴水南来故绕城。路失玉钩芳草合，林亡白鹤古泉清。淡游何以娱庠老，坐听郊原琢磬[①]声。〇竹杖芒鞋取次行，下临官道见人情。天寒菽粟犹栖亩，日暮牛羊自入城。沽酒独教陶令醉，题诗谁似皎公清。更寻陋巷颜夫子，乞取微言继[②]此声。〇文天祥诗：九月初九日，客游戏马台。黄花弄朝露，古人化飞埃。今人哀古人，后人复今哀。世事那可及，泪落茱萸杯。〇元贡师泰诗[③]：戏马台前拥旆旌，三齐才破到彭城。项王帐底犹虞舞，汉祖军中尽楚声。百二山河功自弃，八千子弟势都倾。月明闲却乌江渡，长使英雄恨不平。〇游庄诗：垓下悲歌惭亚父，帐中起舞泣虞姬。落花芳草空基畔，逝水东流不尽悲。〇吴师道诗：重瞳按剑风云靡，万匹腾空烟雾起。凄凉垓下泣名骓，零落江边余数骑。寄奴千载心争雄，登高把酒临秋风。诈移晋鼎非男子，君看百战东城死。〇萨天锡诗：城下黄河去不回，四山依旧画屏开。无人会得登临意，独上将军戏马台。〇本朝永丰曾棨诗：绕堤春树翠重重，项羽遗都有旧踪。城外高台空戏马，沛中佳气已成龙。英雄割据青山在，霸业销沉碧藓封。此日经过倍惆怅，乱鸦啼散晚烟浓。〇豫章胡俨诗：盖世英雄酒一杯，悲歌只使后人哀。平生废尽屠龙技，今日空留戏马台。〇又[④]诗：拔山力尽楚声哀，戏马千年尚有台。若使后人伤往事，何能更醉菊花杯。〇叶铭臻诗：项羽城南百尺台，乌骓驰骋信雄哉。八千子弟云从合，百万精兵席卷开。秦鹿共追锋正锐，楚歌齐唱志方灰。乌江渡口寒烟起，独立西风更可哀。[⑤]〇临川王英诗：萧萧归马旌旗尽，寂寂空台草树荒。堪叹英雄还有恨，喑呜不似楚歌长。〇庐陵刘玉诗：马上功成伯仲间，拔山力尽此台闲。令人苦恨阴陵道，不见当时一骑还。〇马蕙诗：戏马有台临泗水，沐猴无面复江东。霸图已逐寒烟灭，故垒空留夕照红。〇河东薛瑄诗：八千兵渡大江来，戏马高台亦壮哉。何事乌江骓不逝，高台翻使后人哀。〇吉水钱习礼诗：独携一樽酒，吊古登高台。昔人陈迹今寂寞，对酒欲饮仍停杯。忆昨重瞳起西楚，誓握乾符清国步。军门剑舞失真王，咸阳一炬成焦土。鸿沟何用东西盟，天令失道趋阴陵。艾旗斩将竟何勇，爱姬恨血千年青。可怜明月长如素，曾向当时照歌舞。年年九月西风来，秋草黄花旧时路。汴泗交流去不回，台下行人频往来。登临不尽万古意，落日孤城闻笛哀。〇王梃诗：戏马今安在，嵬然此独存。停鞭坐芳草，酾酒望

---

① 原作“磨”，据《东坡诗集注》卷二十九改。赵次公注：“泗滨多磬石，故云琢磬声。”

② 原作“寄”，据各本苏集改。

③ 贡师泰《玩斋集》卷三题为《彭城怀古》。《元诗体要》《元诗选》并作贡师泰诗。明王翰《梁园寓稿》卷九亦收此诗，题为《和靳天章彭城怀古》。

④ 原作“叶铭臻”，据胡俨《颐庵文选》卷下《重过戏马台》诗改。

⑤ 叶铭臻诗据正统《重修彭城志·艺文》、万历《宿迁志·词翰》抄回。

高原。危堞楼台近，连敖鸟雀喧。将军不好武，兹意竟难言）。其下为苏堤（宋苏轼守徐时，河决为患，因筑以障城，自城属于台，长二里许，民赖以全活者众。今尚存。西南三里有袁家桥）。由云龙山南十里为太山（徐山最大者。此境有迷刘城，俗称刘城台，相传汉军败于楚，不知高帝所在处）。稍西为箕山（东南有二。下为簸箕洼，以形名）。箕山稍东为金磴山、红山。又东为马跑山。由太山南二十里为黄山（土人称南焦山。故志云：每岁此山麦先黄）。山南有饮马池，当驿道，行者多饮马于此。又南二十里为桃山（有驿，在山阳）。桃山西南十余里为徐山（旧名武原。周时，穆王命楚伐徐偃王。偃王败走其下，百姓随者以万数。王死，民即山凿石室以祠之，因名徐山。其室见存）。由云龙山东南二十里为三山（山有三巅，故名）。又二十里为胡山。山下有拔剑泉，世传汉高祖驻兵于此，拔剑得泉，饮汉兵。迄今不涸，流里许，即洑地中不见（有高祖庙）。又二十里为杨山。下有欧家泉，土人浚以灌田，东流至房村集，达泗。

由云龙山西南二十里为卧牛山。五里为南洞山（有洞幽邃）、庙山。南十里为女娥山。西十里为丁塘山。山之东有塘，曰丁塘（山以此名）。其下有拔剑泉，世传汉兵为楚所困，皆暍乏水，高祖拔剑劚地，泉为涌出。迄今虽旱不枯，雨亦不溢，土人称为龙湫。遇旱，祷之辄应（有汉高祖庙，见《祀典》。去城南十五里有楚沟桥，二十五里有苑家桥，三十里有麻沟桥，六十里有通惠桥）。

城西二十五里曰楚王山（山皆赭土。《禹贡》："厥贡惟土五色。"王莽使徐州岁贡五色土，皆出此。山下为楚元王墓。又有古冢、古井各数十，迄今里谚犹谓"山前九十九口井，山后九十九口冢"云。苏轼《送张师厚》诗：断岭不遮西望眼，送君直过楚王山）。五里为大彭山（古大彭氏封于此，故名。山左右今犹称大彭村）。十里为陶山（有东汉徐州牧陶谦墓。〇旧志据《方舆胜览》载有奚公山、抱犊山，不详其处。今考：奚公山在滕县南六十里，上有奚仲墓；抱犊冈在沂州西南一百二十里。古今疆域不同。旧志误，今削之）。由西迤北，有雁麦湖、张塘湖、马沟坡，接壤萧、砀。每冬春，则平原弥望；夏秋霖潦，乃汇为巨浸，由大彭沟、龙沟、五河[①]、湖淀沟、杨尸沟分流，以达于汴焉。

汴河（一名沁河，一名小黄河。按《一统志》：汴河源出河南荥阳县大周山，东流至中牟县，入黄河；沁河出山西沁源县绵山，东流至河南怀庆府，入黄河。又按《漕河志》：河居中，汴居南，沁居北，河南徙则与汴合，北徙则与沁合，故此河之名有三。今沁水久不达，唯河合于汴尔）由萧县至大彭集入州境，受大彭、湖淀、杨尸、龙沟、五河诸沟水（并由北岸入），至州城西九里受响水沟水（有金家

① 后志间作"母河"。又或合以上五沟，并称"五河"。

桥，徐州卫指挥金聚建。又有太平桥），二里受旱陂沟水（并由南岸入。景泰间，徐州卫人谭敬兄弟建石桥其上，名大安桥，大学士淳安商辂为记）。自城西（有八仙桥，元时建；大通桥，跨水上，元至元间建，郡人田稷记。今并废）汇于东北，合泗水南下，其流增杀率靡有恒云（宋苏轼《河复》诗并序曰：熙宁十年秋，河决澶渊，注钜野，入淮泗，自澶、魏以北皆绝流，而齐、楚大被其害。彭城门下水二丈八尺，七十余日不退，吏民疲于守御。十月十三日，澶州大风终日，既止，而河流一支已复故道。闻之喜甚，庶几可塞乎？乃作《河复》诗，歌之道路，以致民愿而迎神休，盖守土者之志也。君不见，西汉元光元封间，河决瓠子二十年。钜野东倾淮泗满，楚人恣食黄河鳣。万里沙回封禅罢，初遣越巫沉白马。河公未许人力穷，薪刍万计随流下。吾君仁圣如帝尧，百神受职河神骄。帝遣风师下约束，北流夜起澶州桥。东风吹冻收微渌，神功不用淇园竹。楚人种麦满河淤，仰看浮槎栖古木。〇又《贺河平表》略曰：维丰沛之大泽，实汴泗之所钟。伊昔横流，凛[①]孤城之若块；迨兹平定，蔚秋稼以如云。害既广则利多，忧独深而喜倍。虽官守有限，不能趋外庭以称觞；而民意所同，亦能抒下情而作颂。〇又《与梁先、舒焕泛舟》诗：彭城古战国，孤客倦登临。汴泗交流处，清潭百丈[②]深。故人轻千里，足茧来相寻。何以娱佳客，潭水洗君心。〇老守厌簿书，先生罢函丈。风流魏晋间，谈笑羲皇上。河洪忽已过，水色渌可酿。君毋轻此乐，此乐清且放。〇元陈孚诗：千载金汤拥[③]上流，只今惟有荻花秋。江南客子笑无语，闲看黄河下汴州。〇有云集桥，跨水上，在北门外。元以石甃，后为水啮。洪武十六年，知州徐恒联舟为浮桥。正统［二］[④]年，知州汤惟坚筑堤，贯以铁索。岁久敝。成化中，知州朱鼎改造。城北半里有七星桥，元建，今废。二里有演武桥，三里有通济桥，三十里有清源桥，四十里有萧家桥）。

泗水（源出山东泗水陪尾山，源有泉四，因以为名）由沛县至谢沟入州境，流十里至留城（汉张良封于此，详见《封建》。有庙，见《祀典》），东岸受小河水（源出山东滕县。而黄山、昭阳二湖水，时亦溢入焉）。二十里为皮沟，稍南受新沟水（东北乡拔剑、饮马诸泉，并由运铁河流至新挑沟，达于此，东岸入）。十里为夹沟（有夹沟驿。有桥，在西岸，成化中驿丞王深建）。五里受北溜沟水（源出沛县泡河，分流至此，西岸入）。三里受境山沟水（即地崩沟[⑤]。源出东北乡运端、母

---

① 万历《徐州志》同作“凛”，康熙《徐州志》、乾隆《徐州府志》及乾隆、道光《铜山县志》作“壈”。

② 原作“尺”，据《东坡全集》《东坡诗集注》等改。

③ 原作“拱”，据《陈刚中诗集》改。

④ 字据弘治《重修徐州志》卷二《桥梁》补。

⑤ 案万历《徐州志》以后诸志，境山沟与地崩沟别为二沟，地崩沟在境山沟北十里。

猪二泉，流至此，东岸入。有桥有闸），对岸受南溜沟水（源与北溜沟水同，分流至此，西岸入）。五里受秦沟水，又五里受浊河水（有浊河桥，元时建，今废）。以[1]上西岸沟并泄湖坡诸水，西水泛涨则满，余时恒涸。又十里为秦梁洪、末直渡（有广济桥，在东北岸），受乌嘴沟水（源出城北十八里屯东冷泉，西流五里至此，东岸入。嘉靖丁未，主事冯有年建木桥其上）。十七里有三里沟（主事冯有年建木桥）。三里至城东北（有万会桥，元以石建。洪武十八年，比舟为桥。正统间，架木为梁，寻复联舟。成化间，知州朱鼎撤旧改造今制，行者始称便焉。○元总管钱光弼建楚山堂，临水上。今废）受汴水合流，唐韩愈诗"汴泗交流郡城角"之句，谓此。周显王时，九鼎没于泗水彭城下，鼎气浮水上。后秦始皇过彭城，斋戒祷祠，欲出周鼎泗水上，使千人求之，不获，谓之"鼎伏"（唐薛能《泛舟》诗：都人层立似山丘，坐啸将军拥棹游。绕郭烟波浮泗水，满船丝竹载凉州。城中睹望皆丹艧，旗里惊飞尽白鸥。儒将不须夸郤縠，未闻诗句解风流。○元陈孚诗：落日渔歌何处，白鸥双堕苍烟。欲吊周家残[2]鼎，秋风泗水千年。○本朝庐陵刘玉《彭城被水，泊舟子房山》诗：河水东来溢吕梁，彭门无地系舟航。城根涛浪翻秋雨，渡口津涯混夕阳。禾黍已空犹赋敛，茅茨何在半流亡。观风无策苏民困，坐对青山忆子房。○分宜严嵩诗：十月彭城水，临观势渺漫。客帆牵树杪，日夕畏风湍。汴泗流争长，鱼龙卧未安。无人守茅屋，寂寞傍江干。○嘉靖丙午，副使王梃鼎建弘济桥于水上，如万会桥制。河当南北要津，远近行者翕然称便。○郡人副使马津《记》曰：天下之险莫如水，《易》言"利涉"，必曰"大川"，川之大者，济尤难也。徐之东门，沁、汴、汶、泗诸水合流，又益以河为运道，阔大且驶。两岸之途为南北二京之冲，而东连海岱，西走关梁，取道亦繁。内之编户，环城百三十里。萧、砀、丰、沛四邑附属于外，隐然如玦缺者，即此水之地。倚郭彭、黄二驿在焉，其外六驿，水陆交会，利国、石山、桃山，出入艮离；房村、夹沟、泗亭，经由巽坎。递运所、夫厂亦相连比水上，卫所、军屯参互其间。往来关涉应副，官民有事，日夕乱流，招募喧争，阽危怨苦，需桥未桥，病者久之。问诸父老，皆曰："其流湍漫不常，比舟叵测。前此，当涂轸念，盖有欲桥而中止者矣。未有弘济其难，断然成之，不惑群议者也。"嘉靖乙巳之岁，宪副同野王公来镇兹土，锐意兴革。城池黉宇，事多就绪，视此阙然，遂议创造桥船三十五只，编设渡夫七十名，选用关老专理其事。而凡应用石桩、铁锚、铁缆、绳缆、马路板片、栏楯、灯楼、什物皆具，计用纸米赃罚措置官银，共七百三十余两。受命而督造者，州守陈君叔

① 原作"已"，通"以"，今据通用字统改。后文皆同。
② 原作"浅"，据《陈刚中诗集》卷一改。

美、同守石君岗也。乙巳之冬肇工集料，次岁二月八日告成。官民胥庆，巷舞途歌，皆谓百年旷典，一旦始兴，逝者如斯，我公德与长也！因名弘济，请记贞石。余惟险夷一途，天下之险未尝无可济者，济之之艰，惟曰弗戒弗慎，漫以易心乘之而已。是故君子终日乾乾，夕惕若厉，无咎。其难其慎，罔弗济也。此桥冬春水平，既安且便，匪曰一州之利，四方咸有赖焉。夏秋潦至，则少间矣，又若凌下排山，飚兴啸海，虽云岁不一遇，典守者皆谨候而慎防之，若舟子为家，兢兢不懈者然，固无虞也。济者无弗利也，厥名弘济，我同野公亦采众论而属意云，并告来者。〇王梃自记曰：徐，故天下舟车要会。舟行者溯两洪，凌汴泗，虽险，有常道。若行陆者，至城东门，必渡河。河广数十寻，流故驶。顷年黄河决虞、砀而东，浸为巨川，偶挟风则波涛建瓴，视昔险十倍。且邮传舍皆河东偏官，无舣舟长。行者至，轮蹄杂沓，辄望洋号召。得小舸，则纷然竞登不复顾，多覆溺焉。余至而悯之。有建白者曰："州城北有浮桥二：一跨汴，名云集，俗称小浮桥，今挟黄河甚湍急，不可徙；一跨泗，名万会，俗称大浮桥，泗水缓，且渡者一州之民耳，徙东门便。"余是而下之有司。有司亦曰便，且议曰："泗水隘，万会桥比舟十八，久且敝矣。东门河广，计得舟三十五，而费不赀。故事，舟之道宝应者，法附湖堤石。已而淮北泊淮西者，率枉其途使附焉，民甚病。宜下令不至宝应者，稍为榷法，计盈遂止。庶民不赋而舟人乐从，事易集也。"余又是而上之抚台、督河泊六察诸公，佥是之。遂命之徙，因各置籍，命判官袁袞司入，同知石冈司出，知州陈叔美监焉。始于乙巳十月，至丙午二月竣事。由是东门行者始称便云。居无何，万会之间有告溺者。余视之，乃知徐之商旅尽集河北，桥不可已，乃怃然曰："为人上者，胡惜一处，分视吾民泯泯死哉！"乃令饬万会舟还旧所，别益东门舟。有司因计榷赢暨赎金，得如干，为舟三十五，每舟桥板、舵楫、铁缆、巨锚咸备焉。复损两桥夫数稍益之，会州县之徭，合如干人。不余月，桥成，榷皆止，而附石之法亦罢。由是河北与东门行者并称便云。是举也，初谓河在二洪上游，势暴迅不可成，余冒众论为之。今且逾岁矣，唯汴泗之交，舟子偶不戒，或绝缅而下，桥辄为解，虽不免少劳，而颠连者多恃桥无败也。夫东门之途，南通闽粤，西走荆楚，东连吴会，北拱燕齐，襜盖玺符，相望于道。丙午冬，当朝会之期，桥之足音，达旦不辍。比岁河决，民之扶携以避患者，率由之以依州城，亦达旦不辍。夫自古无尽利之法，顾有益于民，虽十五犹为之，况其大者哉？昔郑子产以其乘舆济人于溱洧，孟子曰："焉得人人而济之？"夫东门之涉，岂徒溱洧尔耶？乃知徒杠舆梁，诚王政之大端，而圣门所不废也。夫役募直，岁故有羡入官，为修桥之费，今仍之。桥名弘济，与万会、云集等。余为识其颠末，以告诸将来。至云喜作事，轻劳民，人虽无非，吾何取焉尔）。三里沟稍南，分为新河，至城东南复合流。里许为百步洪（宋苏轼诗并序曰：王定国访余彭城，一日棹小舟，与颜长道携盼、英、卿三子游泗水，北上圣女山，南下百步洪，吹笛饮酒，乘月而归。余时以事不得往，夜着羽衣伫立黄楼上，相视而笑，以为李太白死，世间无此乐三百余年矣。定国既去逾月，复与参寥师放舟洪下，追怀曩游，已为陈迹，喟然而叹。故作二诗，一以遗参寥，一以寄定国，且示颜长道、舒尧文云。〇长洪斗落生跳波，轻舟南下如投梭。水师绝叫凫雁起，乱石一线争磋磨。有如兔走鹰隼落，骏马下注千丈坡。断弦离柱箭脱手，飞电过隙珠翻荷。四山眩转风掠耳，但见流沫生千涡。险中得乐虽一快，何异水伯夸秋河。我生乘化日夜逝，坐觉一念逾新罗。纷纷争夺醉梦里，岂信荆棘埋铜驼。觉来俯仰失千劫，回视此水殊委蛇。君看岸边苍石上，古来篙眼如蜂窠。但应此心无所住，造物虽驶如余何。回船上马各归去，多言哓哓师所呵。〇又：佳人未肯回秋波，幼[①]舆欲语防飞梭。轻舟弄水买一笑，醉中荡桨肩相磨。不似长安闾里侠，貂裘夜走胭脂坡。独将诗句拟鲍谢，涉江共采秋江荷。不知诗中道何语，但觉两颊生微涡。我时羽服黄楼上，坐见织女初斜河。归来笛声满山谷，明月正照金叵[②]罗。奈何舍我入尘土，扰扰毛群欺卧驼。不念空斋老病叟，退食谁与同委蛇。时来洪上看遗迹，忍见屐齿青苔窠。诗成不觉双泪下，悲吟相对惟羊何[③]。欲遣佳人寄锦字，夜寒手冷无人呵。〇元陈孚诗：大山如飞虬，小山如伏牛。天河横空来，声[④]撼山骨浮。我偶石上眠，梦惊霹雳怒。急起扶瘦筇，恐山[⑤]亦流去。〇贡师泰诗：白云天际散如衣，四面青山落水涯。凿石空遗唐将庙，连峰犹竖汉臣旗。鱼龙浪挟黄楼动，牛斗星随碧汉垂。醉倚船窗问河伯，浊流何日是清时。〇鲜于枢诗：一石截中流，两山束惊浪。雷霆怒轰訇，鱼龙气栗怆。我行有期程，稽留速官谤。惭愧双白鸥，飘然凌滉漾。〇本朝胡俨诗：船头鼓鸣春浪急，浪花飞洒春衫湿。放船侵晓度长洪，森森乱石烟中立。〇王英诗：遥看泗水来天际，流入长洪碧波起。惊奔倒泻乱石间，孤月摇光在波里。月光不随波浪沉，滉漾清辉照我心。虚明已觉万虑寂，怅望那知春夜深。〇苏祐诗：九曲通星宿，双洪跨石梁。悬流喷日月，竞渡戒舟航。常拟蛟龙斗，空怜燕雀翔。无须经滟滪，亦足畏瞿唐。〇涂楗诗：停

---

① 原作“挽”。案《东坡诗集注》卷六程缜曰：“晋谢鲲，字幼舆。邻家高氏女有美色，鲲尝挑之，女投梭，折其两齿。时人为之语曰：‘任达不已，幼舆折齿。’鲲闻之，傲然长笑曰：‘犹不废我啸歌！’”据改。

② 原作“叵”，据各本苏集改。

③ 原作“平何”，各本苏集皆作“羊何”。《东坡诗集注》程缜曰：“谢灵运与族弟惠连、何长瑜、荀雍、羊璿之以文章赏会，时人谓之‘四友’。灵运有《登临海峤》诗，其序云：“与从弟惠连见，羊何共和之。”据改。

④ 原作“殿”，据《陈刚中诗集》卷一改。

⑤ 原作“出”，据《陈刚中诗集》改。

传[①]瞻宗岱，扁舟下吕梁。烟花暗征路，风雨趁归航。触[②]石鱼争上，盘涡鹭独翔。济川空有志，俯仰愧虞唐。〇张衮诗：河水从天外，洪波此有梁。斗悬今古险，梭掷去来航。时听雷霆斗，深疑鳣鲔藏。风涛恐相失，咫尺误瞿唐。〇郡人房栋诗：玉虹南下乱山斜，镇日涛声响万家。霜夜随风来枕畔，晓春挟雨度窗纱。翻车势彻惊寒雁，碎鼓声便集暮鸦。僧隐月明共苏子，也堪乘兴泛仙槎）。洪上有萃墨亭（初名苏墨。苏轼与山人张天骥、诗僧道潜月中游，轼书题石刻。成化间，主事尹珎得之东崖石中，因建亭，陷置壁间。学士临川徐琼题匾，都御史孝感张瓒跋。〇程敏政诗：高秋水落百步洪，登亭一见苏长公。大书深刻十六字[③]，横姿逸态生长风。黄楼东来水如注，野僧山人旧知遇。石濑溅溅月满天，仿佛当时旧游处。〇李东阳诗：手披荒藓看古石，上有坡翁旧时刻。河冲水啮四百年，字画半灭风神全。冬曹尹君真好事，自扫巉岩凿苍翠。山灵助喜河伯愁，白日骊珠照平地。孤亭素壁高巃嵸，登堂见字如见翁。山人在前僧在后，尚忆扁舟游月中。〇正德末，亭坏，主事李香筑台重建，更今名。自为记，略曰：宋元丰苏文忠公守徐，凡奇胜穷幽，恣玩未尝不至，所至未尝无赋咏书刻。尝偕山人张天骥、诗僧道潜，乘月游百步洪，有十六字纪于石，岁久湮没。成化甲辰，尹君珎获于洪涘，遂亭之，颜曰“苏墨”。正德间，徐河荡圮。己卯，陆君金嗣葺焉，后复荡于水。元年，余始至，亭已为颓垣，且数碑僵仆断缺，散委沙砾。余顾而叹，图复兴聚，以垂绵永。亭址夙卑，流少溢辄及。乃鸠工辇石为台，高八尺，广倍者三，长又倍于三。越明年冬，始作亭其上，移苏墨，收拾诸碑复置焉，并赋咏遗逸者数篇，咸搜刻集于斯亭。比月工讫，客有问名于余者，余曰：“请名‘萃墨’，取大《易》萃聚之义。仍以‘墨’名者，苏墨亭故匾也。弗擅于苏者，由苏及他，以类聚也。又散于昔，聚于今，于‘萃’为近焉！”客曰：“得之。”既余自怪，谓客曰：“世人至病乎聚者，货贿也。其上莫如德聚，德莫如敬。《传》曰：‘敬者，德之聚也。’是故君子戒慎恐惧，终日乾乾，以聚德也。德聚则崇，崇则盛，盛可久矣。吾知利之去而德未慊，徒区区眷意于翰墨，毋乃眩瞀错谬，失其本末矣乎？夫散聚兴废，物之数也，聚久卒散，又焉庸夫是？”客曰：“不然。吾闻之：‘太上立德，其次立功，其次立言。’词翰末艺，君子不废。至夫为世重轻，则存乎其人。若文忠公，虽未邃于德，亦豪杰者。墨以人重，宜也。吾子续坠而兴，振幽而显，尚古好善，不亦聚德之一乎？《诗》曰：‘高山仰止，景行行止。’好善也。”余聆是论，退而书为记。〇又安福邹

① 停传：宿站。停，通“亭”。
② 原作“独”，据康熙《徐州志》改。
③ 成化十六年，尹珎于洪东崖乱石中得石刻，上书“郡守苏轼、山人张天骥、诗僧道潜月中游”十六字，盖苏轼守徐时笔迹也。见弘治《重修徐州志》卷二《宫室志》“苏墨亭”条。

守益《记》曰：昔苏文忠公偕山人张天骥、诗僧道潜，乘月游百步洪，纪十六字于石。成化庚子，督洪主事尹君廷用获之水中，作亭于洪之洲以覆之，名曰“苏墨”，旁建清风堂、追胜亭。士君子各赋而记之。比年河决丰沛，徐多水患，亭悉圮。正德己卯，陆君德如葺之。比复圮。嘉靖二年，李君汝兰辇石筑基，复作亭其上，置苏墨及诸碑刻赋咏，名之曰“萃墨”。予将之广德，汝兰以记请。呜呼！十六字之存毁，于东坡何加损？而诸君惓惓收拾，瞿然戚其沦没者，岂繄重其墨，将重其人也。文忠公天才骏逸而记问浩博，有傲睨一代、凌厉万类之气举，宠利窘困不足以缚之。故立朝守官，侃侃自立，而野叟缁流，江风山月，无往而非超然之境。世之爱仰之者，如朱鸟黄鹄，冥不可睹，虽其残翮零羽，犹将珍而藏之。彼冒利怙权以挤公者，不啻枭獍之声，闻而恶之矣。凡登斯亭、抚斯墨者，其惕然尚友于公，正直自持，勿随人俯仰，以日进于高明，庶后之爱仰之者，亦将复如公也。汝兰才充而年富，沛然有愿学之志，因贻此以勉之，并以谂后之督洪事及四方之来游者。〇贵溪夏言诗：彭城城边秋系舸，黄河涨发波涛大。隔水遥看水部衙，有亭岌嶪山之左。我闻此亭新落成，筑台累石见高情。百年丽藻星辰聚，千秋遗墨烟云生。忆昔坡翁守兹土，月中之游谁与伍？张老还携铁笛歌，潜公自袒袈[①]裟舞。一时清兴真可怜，片石题名今宛然。那知埋没黄尘下，复得摩挲碧槛前。古人踪迹今不朽，文章照耀看身后。昭代诸公尽才彦，西涯东白俱山斗。登临啸咏古今同，人代推迁感慨中。悠悠白日浮云外，杳杳洪波砥柱东。亭中我是初来客，临风重洒淋漓墨。芒砀山前木叶飞，满天鸿雁悲秋色。吕梁白浪高崔嵬，盘涡转石鸣万雷。天关撼折地轴动，吁嗟气势何雄哉。北风萧萧卷江水，落日吴帆下千里。夏子高歌为谁起，作亭主人豫章李。〇分宜严嵩诗：高浪轩中沸，层楼画里开。浦云千嶂合，漕粟万艘来。墨萃刊亭石，风歌上沛台。树连平野尽，江逐古营回。砀泽烟霞改，桓山松柏哀。莫倚登楼赋，还资理国才）。**南里许为新洪**（有新洪浅桥。〇有清水堰。陈将吴明彻入寇吕梁，徐州总管梁士彦频战不利，退保州[②]城。明彻遂堰清水以灌之，列船舰城下，以图进取）。**又南九里受九里沟水**（由西岸入，有桥。下有寒山堰，梁萧渊明尝于此壅[③]泗水灌彭城）。**二十里东岸有狼豕沟**（东乡山水流此沟入。有桥，主事冯有年建）。**十里至黄钟集，有李家沟**（辛贯山鹅儿湖水分流至此入。有桥，主事冯有年建）。**三十里为吕梁洪**（《列子·黄帝第二篇》《庄子·达[④]生第十九

① 原作“架”，据乾隆《徐州府志》改。
② 底本漫漶，二字据万历《徐州志》补。
③ 原作“擁”，系“壅”形讹，径改。
④ 原作“养”。案《庄子》目录，《养生主》为第三篇，《达生》为第十九篇，孔子观吕梁事见《达生》，据改。

篇》并云：孔子观于吕梁，悬水三十仞，流沫四[1]十里，鼋鼍鱼鳖之所不能游也。见一丈夫游之，以为有苦而欲死者也，使弟子并流而拯之。数百步而出，被发行歌而游于棠行。孔子从而问之，曰："吕梁悬水三十仞，流沫四十里，鼋鼍鱼鳖所不能游也。吾见子道之，以为有苦而欲死者，使弟子并流将拯子。子出而被发行歌，吾以子为鬼也。察子，则人也。请问蹈水有道乎？"曰："亡，吾无道。吾始乎故、长乎性、成乎命，与济俱入，与汩偕出，从水之道而不为私焉。此吾所以蹈之也。"孔子曰："何谓始乎故、长乎性、成乎命也？"曰："吾生于陵而安于陵，故也；长于水而安于水，性也；不知吾所以然而然，命也。"○陈太建中，经略淮北，大破齐师于吕梁；后周将王轨破吴明彻于吕梁，并即此。唐尉迟恭尝疏凿以杀其势，有尉城遗址。○有吕梁堰，晋谢玄既败苻坚，率众次彭城，平兖州，用督护闻人奭谋，堰吕梁水以利漕运。○有悬水村。宋苏轼《答仲屯田》诗：乱山合沓围彭门，官居独在悬水村。居民萧条杂麋鹿，小市冷落无鸡豚。黄河西来初不觉，但讶清泗流奔浑。夜闻沙岸鸣瓮盎，晓看雪浪浮鹏鹍。吕梁自古喉吻地，万顷一抹何由吞。坐观入市卷闾井，吏民走尽余王尊。计穷路断欲安适，吟诗破屋愁鸢蹲。岁寒霜重水归壑，但见屋瓦留沙痕。入城相对如梦寐，我亦仅免为鱼鼋。旋呼歌舞杂谈[2]笑，不惜饮釂空瓶盆。念君官舍冰雪冷，新诗美酒聊相温。人生如寄何不乐，任使绛蜡烧黄昏。宣房未筑淮泗满，故道堙灭疮痍存。明年劳苦应更甚，我当畚锸先黥髡。付君万指伐顽石，千锤雷动苍山根。高城如铁洪口快[3]，谈笑却扫看崩奔。农夫掉臂免狼顾，秋谷布野如云屯。还须更置软脚酒[4]，为君击鼓行金樽。○元傅与砺诗：巨石中流伏，盘涡尽日旋。善游因土俗，近住有人烟。险或过三峡，深疑及九渊。轻舟脱鱼腹，锦缆得徐牵。○李凤诗：洪波汹汹鼓鼙声，怪石棱棱剑戟明。源涤九州[5]思夏禹，水悬千仞信庄生。○本朝胡翰诗：河水趋山东，四旷无险塞。吕梁扼其冲，凛若万强敌。水势与石斗，终古怒未息。舟行龃[6]腭间，众挽不余力。进始逾跬步，退忽落千尺。好风东南来，送我天北阙。叱驭诚足钦，垂堂遽且恤。昔闻庄叟言，有山在离石。悬水三十仞，鱼鳖皆辟易。孰隳天地性，遂拯生民溺。鸿飞九州野，吾愿观禹迹。○曾棨诗：洪流昔怀襄，区域信茫昧。斯民靡宁居，婴此昏垫害。神哉夏先后，敷理乘四载。吕梁基其冲，滔天亦横溃。巨灵劈山骨，地轴为之碎。两岸束惊湍，咫尺一何隘。怒霆斗铿訇，飞瀑泻澎湃。沛然向东注，下与百

①《列子》作"三十里"，《庄子》作"四十里"，志条取自《列子》，然用字多从《庄子》。
②《东坡全集》作"诙"，《东坡诗集注》作"谈"。
③《东坡全集》作"决"，《东坡诗集注》作"快"。康熙《徐州志》作"塞"，较合文义。
④ 原作"用"，据《东坡全集》《东坡诗集注》等改。
⑤ 原作"川"，据万历《徐州志》改。
⑥ 原作"艰"，据胡翰《胡仲子集》卷十改。

川会。缅怀胼胝劳，遗迹远犹在。伟哉疏凿功，万世终永赖。〇李时勉诗：岸欹欲合连津石，水激遥翻到海波。淳朴独怜民俗在，凿疏漫说禹功多。〇杨士奇诗：自昔疏凿出神力，侧身望之皆辟易，蜀江瞿塘险莫敌。〇永嘉黄淮诗：崭崭乱石矗戈矛，挟束狂澜撼地浮。疏凿尚存神禹迹，万年不共水东流。〇京口虞谦诗：崩崖乱石如人立，喷壑飞涛作雨声。气接江淮烟树绿，势连齐鲁暮云青。〇薛瑄诗：水村夜寥寥，秋月流空白。牵舟上吕梁，逆浪涌寒雪。愧彼役夫劳，当此滩水涩。忆我四方游，江湖饱涉越。祇诏复兹行，恩重知才劣。矢心复何如，长洪石如铁。〇黎淳诗：天地设险阻，石林森剑锋。越昔匪凭神禹智，谁其修治令疏通。胼胝手足谅有据，玉石简牒谁能穷。圣泽咸言万世赖，乃今无庙酬勋庸。我生千载下，慨古伤前功。载观齐楚伯，一扩云梦胸。清风偃波引双棹，长天杳渺飞晴鸿。〇李东阳诗：吕梁天下奇，涛石动森磢。傞牙引微路，镗鞳堕深响。周回百里间，天地无寸壤。天开与鬼凿，兹事真惚恍。江淮实襟带，幽蓟乃喉吭。冬干苦焦涸，夏潦愁泱漭。凭高瞥而下，跬步不得上。光阴在瞬息，性命寄篙桨。吾生好奇胜，寓目堪一赏。心神昼轩豁，毛骨秋飒爽。平生忠信心，利涉随所往。高歌溯天风，壮志方慨慷。〇南楚廖道南诗：君不见，吕梁悬水三十仞，龙门砥柱争雄长。天吴夜啸白浦前，海鹤高翔赤霄上。惊涛溅雪星月昏，浊浪乘风雷电奔。石华珠[①]英天黟黯，长蜡巨蜃纷吐吞。初如昆阳祛虎象，金戈铁骑森相向。万马齐驱矢石交，六军共奋旌旗扬。淮水汤汤诧风鹤，草妖木怪咸惊愕。降兵十万伏晋庭，壮士三千擒秦郭。纵如秦皇采药赴东海，瑶蕤翠葆生光彩。伏弩如林射老鲸，宛虹如带蟠修虺。汉王享祀下甘泉，月将云君五畤边。雷鼓喧阗振大地，凤韶缈缥落钧天。终如荆轲仗[②]剑辞易水，日暮萧萧朔风起。渐离击筑秋霜白，燕丹饮泣寒云紫。师[③]旷鸣弦古木秋，悲台哀壑阴岩幽。天神下格驾鸾鹤，水若仰听驱蛟虬。浩哉沨沨乎！吕梁之水真奇观，我欲赴之行路难。庄生秋水发天趣，尼父濠梁窥道澜。吁嗟乎，吕梁之水真奇观！〇东岸上洪有黄家沟桥，下洪有永济桥，永乐间民人居敬建，岁久圮。嘉靖乙巳，主事陈洪范改甃以石。有新桥，主事温濡建）。五里为吕梁渡。又五里至房村集，有沟（源出欧家泉，流至此入）。三里受响水沟水（源出东南乡双井、白塔二泉，流至此，东岸入。旧有石桥，久废，新建。有闸）。三十里至双沟（有泥沟湖水，由此达）出州境（《史记》：楚破汉军，皆相随走入谷泗水，楚追击汉军彭城灵壁东濉水上，多杀汉军数万，水为之不流。故旧志载谷水、濉水，俱在州境。今考《汉书》注：谷水，即泗水下流。《一统志》：濉水，在灵璧县，东流至宿迁县，入

① 原作“朱”，据明嘉靖二十五年何城、李桂刻本廖道南《楚纪》卷五十六改。
② 原作“伏”，据廖道南《楚纪》卷五十六改。
③ 原作“陟”，据廖道南《楚纪》卷五十六改。

泗。今皆非州境，并不书。〇徐州总题咏附：〇后魏祖莹《悲彭城》诗：悲彭城，楚歌四面起。尸积石梁亭，血流濉水里。〇唐韩愈《归彭城》诗：天下兵又动，太平竟何时。讦谟者谁子，无乃失所宜。前年关中旱，闾井多死饥。去岁东郡水，生民为流尸。上天不虚应，祸福各有随。我欲进短策，无由至彤墀。刳肝以为纸，沥血以为辞。上言陈尧舜，下言引龙夔。言词多感激，文字少葳蕤。一读已自怪，再寻良自疑。食芹虽云美，献御固已痴。缄封在骨髓，耿耿空自奇。昨者到京城，屡陪高车驰。周行多俊异，议论无瑕疵。见待颇异礼，未能去毛皮。到口不敢吐，徐徐俟其巇。归来戎马间，惊顾似羁雌。连日或不语，终朝见相欺。乘闲辄骑马，茫茫诣空陂。遇酒即酩酊，君知我为谁？〇张祜[①]《观徐州李司空猎》诗：晓出郡城东，分围浅草中。红旗开向日，白马骤迎风。背手抽金镞，翻身控角弓。万人齐指处，一雁落寒空。〇孙逖《送李给事归徐州觐省》诗：列位登青琐，还乡服彩衣。共言晨省日，便是昼游归。春水经梁宋，晴山入海沂。莫愁东路远，四牡正骈骈。〇宋苏轼《送郑户曹》诗：水绕彭祖楼，山围戏马台。古来豪杰地，千岁有余哀。隆准飞上天，重瞳亦成灰。白门下吕布，大星陨临淮。尚想刘德舆，置酒此徘徊。迩来苦寂寞，废圃多苍苔。河从百步响，山到九里回。山水自相激，夜声转风雷。荡荡清河壖，黄楼我所开。秋月堕城角，春风摇酒杯。迟君为坐客，新诗出琼瑰。楼成君已去，人事固多乖。他年君倦游，白首赋归来。登楼一长啸[②]，使君安在哉？〇苏辙《中秋见月寄子瞻兄》诗：西风吹暑天益高，明月耿耿分秋毫。彭城闭门青嶂合，坐听百步鸣飞涛。使君携客登燕子，月色著人如著水。筵前不设鼓与钟，处处笛声相应起。浮云卷尽流金丸，戏马台西山郁蟠。杯中渌酒一时尽，衣上白露三更寒。扁舟明月浮古汴，回首逡巡陵谷变。河吞钜野入长淮，城没黄流只三版。明年筑城城似山，伐木为堤堤更坚。黄楼未成河已退，空有遗迹令人看。城头看水应更好，河流处处今生草。子孙免被鱼鳖食，歌舞聊宽使君老。南都从事老更贫，羞见青天月照人。飞鹤投笼不能出，曾是彭城坐中客。〇曾巩《彭城道中》诗：百步洪声潦退初，白沙新岸凑舟车。一时屠钓英雄尽，千载河山战伐余。楚汉旧歌流俚耳，韩彭遗迹冠丘墟。可怜马上纵横略，只在邳桥一卷书。〇文天祥《发彭城》诗：今朝正重九，行人意迟迟。回首戏马台，野花发葳蕤。草埋范增冢，云见樊哙旗。时节正如此，道路将何之。我爱陶渊明，甲子题新诗。白衣送酒来，把盏卧东篱。〇又《徐州道中》诗：彭城古官道，日中十马驰。咫尺不见人，扑面黄尘飞。向来汉王缟素师，美人燕罢项羽啼[③]。一时混战四十万，天昏地黑濉水湄。乃知大风

① 原作“祐”，据《全唐诗》卷五一〇改。
② 原作“笑”，据《东坡全集》《东坡诗集注》等改。
③ 正统《彭城志》作“归”。以文义观之，“归”字似切。

扬沙失白昼，自是地利非天时。汉王仓皇问道西，一儿一女嘻其危。太公吕后去不归，俎上宁有生还时。未央称寿太上皇，巍然女娲帝中闱。终然富贵自有命，造物颠倒真小儿。〇又《彭城行》：连山四围合，吕梁贯其中。河南大都会，故有项王宫。晋牧连扬豫，虎视北方雄。唐时燕子楼，风流张建封。西望睢阳城，下与汴水通。太平黄楼赋，尚能想遗风。尔来百[①]余年，正朔归江东。遗民死欲尽，萧然狐兔丛。我从南方来，停骖抚遗踪。故河蓄潢污，荒城翳秋蓬。凄凉戏马台，憔悴巨佛峰。沧海变苍白，陵谷代不同。朝为朱门贵，暮作行旅穷。乘除信物理，感慨系所逢。古来贤达人，一醉万虑空。如此独醒何，悲风逐征鸿。〇元陈孚《徐州》诗：项王熊豹姿，气欲吞天下。大呼渡河来，山岳如崩瓦。当其火秦宫，血涌渭水赭。瞋目叱诸侯，胆落毛发洒。谁知阴陵路，浩歌泪如泻。惟徐乃故都，昔此奠宗社。尚想巍台上，铁槊拥万马。酒酣笳鼓鸣，旌旗蔽原野。及今亦何有，荒棘秋满把。皇天祚真主，神器不可假。岂有时雨师，刈人如土苴。天亡君勿悲，为君奠罍斝。〇胡士则《徐州春暮》诗：三秦已属真龙子，万古空余戏马台。燕子经年江上别，桃花一夜雨中开。鼋鼍汹涌清流合，塔庙参差碧嶂回。日暮黄楼登览遍，苏仙不见使人哀。〇江西傅与砺《徐州》诗：断山数里见浮屠，水树微茫映日疏。舟楫尽经危石过，人烟稍近白云居。朱陈县远思遗俗，楚汉台荒想故墟。万古风帆自来往，新诗吟罢独踌躕。〇临川吴澄《徐州怀古》诗：籍也楚世将，江东八千兵。伧侬饱肌骨，上国足横行。乘愤西入秦，昼锦归彭城。喑呜千人废，诸侯莫敢争。竟坐勇力亡，汉以宽仁兴。〇又：斯文［六］[②]经后，百世一昌黎。饥寒三十年，一朝从陇［西。生死］[③]终不召，感恩报己知。徐牧亦何人，燕楼［贮歌姬。翩］[④]翩伤弓鸟，谁暇择木栖。丈夫出处难，泪洒符离堆。〇萨天锡《彭城杂咏》诗：亚父冢前春草齐，楚王城上夕阳低。黄莺不解兴亡事，飞过海棠枝上啼。〇又：雪白杨花拍马头，行人春尽过徐州。夜深一片城头月，曾照张良案上筹。〇又：歌扇摇风噀酒香，舞裙今日动鹅黄。柳边今夜孤舟发，水远山遥空断肠。〇国朝丰城刘秩《徐州即事》诗：宦游经楚泽，旅寓寄徐方。地势三边险，河流九曲黄。貉皮缝野服，葛黍纳官粮。何事淹微禄，频年客异乡。〇又：山川环胜地，戈甲集边城。沟记扬尸处，台存戏马名。猎尘终日起，烽火彻宵明。拟撰河清颂，何由罢战征。〇又：山形东控鲁，地势北通齐。坝险河流响，城荒草树低。边声传近塞，野烧隔前溪。忽忆趋朝日，平明候晓鸡。〇杨士奇《夜过徐州》诗：怒涛翻河乱石横，牵船上洪初

① 原作“千”，据乌程许氏藏明刊本《文山先生全集》、四库本《文山集》改。

② 底本漫漶，字据《元音》卷二、万历《徐州志》卷二补。

③ 底本漫漶，三字据《元音》、万历《徐州志》补。

④ 底本漫漶，四字据《元音》、万历《徐州志》补。

月明。夜中不辨黄楼处，惟听层城钟鼓声。〇三衢金寔《彭城怀古》诗：英雄一去霸图空，人指荒台是故宫。几度春风芳草绿，千年恨血土花红。好谋初易从遮说，自用终难恃战功。沛邑亦无原庙在，惟余河水尚流东。〇河东薛瑄《入徐州》诗：春首及徐方，行来道路长。残冰余积水，霁雪带连冈。远野通淮甸，悬流近吕梁。征鞍行可解，不日上舟航。〇又《彭城怀古》诗：戏马台边雉堞高，参差楼阁入烟霄。运河控引淮黄近，驿路通连海岱遥。天府岂知成伯主，彭城空复驻英豪。大风折木飞沙日，想见天心翊汉朝。〇又：当年禹迹旧分州，走马南来遂此游。地势萦回环翠岭，关城峭拔枕黄流。烧余豪杰千年冢，春老佳人百尺楼。周览未能穷往事，官河又放下洪舟。〇又：去年春正月，南泛彭城舟。今岁值秋暮，北上溯长流。踪迹信往复，景物惬观游。风寒堤柳落，波减岸石稠。白见高城堞，苍出远山丘。何处戏马台，仿佛燕子楼。化迁无停轨，事往不可求。陈迹竟泯泯，虚名但悠悠。览今亦怀昔，发声遂成讴。〇华亭夏寅《过彭城》诗：刘项兵销霸气平，书生千古独含情。营中亚父绌汉策，垓下美人啼楚声。落日砀山云已散，大风滩水浪还鸣。梨[①]花一斗彭城酒，长醉扣舷歌月明[②]。〇苏祐诗：风尘重揽辔，驿路暂维舟。远道通南服，雄图属上游。青围山抱郭，舟涌水涵楼。龙战今常定，鸥惊漫未休。〇又：宝剑曾留地，乌骓不逝年。楚王元力屈，季札已心悬。古渡沉流[③]水，高城倚断烟。有怀方伏枕，无寐欲鸣弦。〇又：城郭千年在，江山百战余。徐君无起日，彭国竟遗墟。鼓角催舟楫，风云护简书。经行有词赋，叹慨岂离居。〇涂楗诗：楚汉千年梦，乾坤一叶舟。江山犹旧识，旌旆几经游。恋阙常瞻日，怀乡独倚楼。莺花正撩乱，清赏未应休。〇张衮诗：霄汉持龙节，江湖带鹤舟。宁亲纾远望，览古属兹游。山缺藏孤驿，云开见戍楼。霸王曾跃马，春草唤人愁。〇又：垓下楚歌日，砀山云起年。赤精方祚汉，大度即称贤。彭国名空在，雄图散若烟。客怀吟往事，愁绝不成篇。〇又：天地干戈暮，江村禾黍余。泗流沉宝鼎，王业已蓁墟。酷暴嬴秦事，凄凉黄石书。悠悠代兴废，天意竟何居）。

按：徐河山郁盘，风气刚劲。考其旧俗，人颇鸷悍轻剽，盖楚之风焉（出《隋书》）。又其地薄民贫，急疾颛已（出《前汉书》）。宋儒陈师道亦谓："霸者之习，以武为俗。"苏轼则云："汉高祖、刘裕、朱全忠，皆在徐州数百里间。其人以此自负雄桀之气，积以成俗。胆力绝人，喜为剽掠，小不适意，则有飞扬跋扈之心。"今去陈、苏数百年，且承平道久，俗渐丕变，民知怵法畏吏，不闻有骫治。然舟车会通，颇称津要，往往竞趋商贩而薄耕桑，野有惰农，市多游食，稍以靡风相扇，

---

① 原作"黎"，通"梨"。

② 原作"鸣"，据万历、康熙《徐州志》改。

③ 底本漫漶，字据万历《徐州志》补。

浸失其淳庞矣。

萧境东西相距百数十里，南北仅三之一，虽西联州治，而实绵亘于州之东南。其县治南二里，有山联峙，若抚几然。其右为香山，左为鹦歌山。左而差中者为白茅山，石壁峭立，前有平石如台，称曰三仙台（山石上镌“三仙台”三字。旧建三仙庙其上，元时毁，今建三贤堂。下有古岩泉，嘉靖间，知县朱同芳覆以亭，自为记）。南一里为泉水山（上有泉池，称曰圣泉，水仅一勺，冬夏不枯，祷之辄雨。嘉靖戊戌，知县孙重光于上建虚谷堂，为多士讲习之所。山阴有洞，深丈余。相传昔人夜过，闻洞中有讲诵声，晓视之，但有行坐人迹，故志纪曰“雪洞人声”云）。又南为丈山，稍西为帽山，南二十里为石牛山。由鹦歌山而东为簸箕山（下有簸箕泉）、萧关山（距城一十里）、龟山（在萧关稍西南）。县东五里为栲栳山。东北为烂石山（其下为烂石泊[①]）、小蒙山、大蒙山、里仁山，并相连属，有洞曰兴云洞（与州楚王山相连属）。由香山而西为岱山，西南为明山（一称彩凤山。山半有穴，俗称“虚窟”，其深莫测，天将雨，则穴中吐气。又有二石窦出泉，名龙眼泉，天旱，取水祷之辄应。今涸其一）。南十八里为升高山（山阴有黑洿，可三亩，水染人衣成黑色）。升高山之东为丁公山（汉为楚败，薛人丁公追北汉祖至此。下有丁公村、丁里桥。山南有孟城桥）。稍西为罗里山。

龟山稍东南为浮绥湖，迤南为永固湖，又南为梧桐湖，稍西为时村湖，又南而西为土形湖。其别汇于西南诸山之西者，为山西湖；汇于东北诸山之下者，为姬村湖。诸湖连络，而浮沃滐洄，颇称巨薮焉。

土形湖之西为鼋山（是境为红亭乡。《左传·鲁昭公八年》“秋蒐于红”，即其地）。西南为相山（至宿州境）。姬村湖之东南为凤凰山，浮绥湖之东南为浮绥山，永固湖之东南为永固山（下有泉，有桥，有镇，并名永固）。由凤凰山而东为孤山，南为黄山（西有鲁班桥，今废），西南为绥舆山（下有绥舆里，刘裕，其里人。东北有庙桥。桥北一里有天枣，春时吐花，结实如酸枣，可食。每四月七日，其实偕熟，次日遂空），东南为白土山（下有桥，有镇，并以白土名。旧志载在州[②]，盖此地宋为州境耳。镇出石炭，苏轼歌并序曰：彭城旧无石炭，元丰元年十二月，始遣

① 以上六字原为正文，据康熙《徐州志》改入夹注。

② 弘治《重修徐州志》卷二《古迹志》：“白土镇，在州之西南。镇之北出石炭，苏轼尝访获之。”盖宋时萧隶徐州，苏轼“在州之西南”未误，马暾据此改入州境，似误。

人访获于州之西南白土[1]镇之北，以冶[2]铁犀利胜常云。君不见，前年雨雪行人断，城中居民风裂骭。湿薪半束抱衾裯，日暮敲[3]门无处换。岂料山中有遗宝，磊落如䃜[4]万车炭。流膏迸髓无人知，阵阵腥风自吹散。根苗一发浩无际，万人鼓舞千人看。投泥泼水愈光明，烁石流金见精悍。南山栗林安可樵，北山顽矿何劳锻。为君铸作百炼刀，要斩长鲸为万段。○山西北有茋池桥）、庙山（在白土山稍东北）、大方山、小方山（联州境）。庙山东南为团头山，西南为紫草山、大观山（山洞有桃，开花一如常桃，而罕见其实，俗称为"仙桃"云）、雾猪山（下有泉）。由浮绥山而东为焦子山，又东为天门山（有天门寺、天台）。由永固山而东为帻子山。帻子山之南为关山（有仙人洞）。凤凰山之南为龙冈山，东西延亘里许，蜿蜒如龙（有果老洞），其北有栲栳泉。龙冈之南为黄桑峪（有洞曰秦王洞，未详所谓），又南为龙驹嘴峪（内有二泉，左甘右苦。其南有陶墟桥）。是境也，山谷邃奇，溪流清泚，林木亦深蔚，视它山迥异，至者每称幽胜焉。龙驹峪西南为白米山（下有泉）。黄桑峪东为獐鹿山，又东迤南为双顶山、长岭山，又东北为大京山、拐棒山、马鞍山、石佛山（凿石肖三佛，故名），又北为小观山、桃山（下有桃山桥。有驿，隶州治）。又东南去县治八十里为椒山、骞山（山有闵子墓，故名。下有青冢村桥。去此二十里有愿穷堂，元时邑人徐圣公所建）。又东南去县治一百二十五里为暑兰山（山趾出野兰，故名。有暑兰桥），又五里为龙泉山（山有泉，故名。其境有周疃桥），十里为马蹬山、章山，又二十里为子贡山。盖东南之境，群冈巃嵸，与州之南境诸山，实相联属，兹唯纪其大都云耳。至其培塿阜岜，连结蔓延，则有不可胜述者矣。

自黄山东发源（流出白土桥下）而东注州境者，曰四庄泉。自雾猪山发源者，曰雾猪泉，由石沟而南，与沈家峪泉合（苏轼《祈雪雾猪泉》文曰：噫嘻我民，何辜于天。不水则旱，于今二年。天未悔祸，百日不雨。雪不敛尘，麦不盖土。天子命我，祷于山川。侧闻此山，神龙之渊。躬拜稽首，敢丐一勺。得雪盈尺，牲酒是酢。○又诗《与舒尧文》曰：三年走吴越，踏遍千重山。朝随白云去，暮与栖鸦还。翩如得木[5]狖，飞步谁能攀。一为符竹累，坐老敲榜间。此行亦何事，聊散腰脚顽。浩荡城西南，乱山如玦环。山下野人家，桑柘杂榛菅。岁晏风日暖，人牛

① 本志及万历、顺治、康熙《徐州志》作"山皇镇"，康熙《萧县志》文苑卷佚，未详用字。案乾隆《徐州府志》、嘉庆《萧县志》及诸本苏轼集俱作"白土镇"，未知"山皇"何谓。疑"山"字当断入"西南"下，又合"白土"二字为"皇"，故讹。今据苏集改。

② 原作"治"，据《东坡诗集注》改。

③ 原作"鼓"，据《东坡诗集注》改。

④ 原作"墅"，尘埃，系"䃜"形讹，参《东坡全集》"礐"字改。

⑤ 原作"水"，据《东坡诗集注》卷九改。

相对闲。薄雪不盖土，麦苗稀可删。愿君发豪句，嘲诙破天悭。〇又《次尧文韵》曰：长笑蛇医一寸腹，衔冰吐雹何时足。苍鹅无罪亦可怜，斩颈横盘不敢哭。岂知泉下有猪龙，卧枕雷车踏阴轴。前年太守为旱请，雨点随人如撒菽。太守归国龙归泉，至今人咏淇园绿。我今又复罹此旱，凛凛疲民在沟渎。却寻旧迹叩神泉，坐客仍携王子渊。看草中和乐职颂，新声妙语慰华颠。晓来泉上东风急，须上层冰老蛟泣。怪词欲逼龙飞起，险韵不量吾所及。行看积雪厚埋牛，谁与春工掀百蛰。此时还复借君诗，余力汰辀仍贯笠。挥毫落纸勿言疲，惊龙再起震失匙。〇诗中"前年太守"，盖谓傅钦之先尝因旱祷此得雨云）。雾潴泉之南，由五石窦中出曰五眼泉。五眼泉之东南，出地中曰醴泉。自龙冈山而发曰龙潭，其水莹澈，皎洁如月，故称曰"龙潭皎月"云。又有拔剑泉，源发秦王洞。石屋圣泉，源发獐鹿山。以上七泉分流并趋，东至石佛山南而合，出御桥（北[1]有皇殿），由毛家沟，出桃山、小观山之后，稍迤而南，道港沟、钟蹬沟（父老相传：元末时，平地内见有二巨钟纽。剷至数段，明日复如初；瘗土中，明日亦复露。屡试皆然。忽一日，同跫[2]行约十余里，鸣鼓如雷。入黄河中，喷水高丈余。顺流至徐州，张士诚守将祷留，弗获。适三女僧过，为咒之，乃留其一。取而碎之，载满数舟，内获黄金四锭。其一顺流而下，不知所往），去县治八十里以南，入于小河（宿州境）。县南五十里曰白米山泉，源泉涌沸，迂回下骛，过绥舆山之阳，委折而西，为白米堰（在县东三十里都仁乡。乡人堰引溉田，可十六顷。米洁白独异常，故名。俗讹称"白迷"）。至双桥下，又折而北，迤东出卓家桥北，与圣境泉共入姬村湖，以达于州境。其旧城中有孝感泉，唐主簿宋思礼为其母祷之泉出，饮其母，疾愈，故称"孝感"，今湮。县西南曰淇河，自西而至。其东南若浮绥诸湖，由西流河（在县南三十里）出瓦子口（有桥），自东而至，并入山西湖，注县治之南，汇于东北而入汴焉。

汴河（自汉末河入于汴，故亦名黄河，详见州"山川"。〇傅与砺诗：黄河自古来天上，白日千雷斗地中。浮水巨鼋时出曝，傍巢灵鹊自知风。神珠化浊何由得，仙木寻源或可通。闻道千年圣人出，此时何幸见时丰）由新挑沟（上接河南永城及砀山界）入县境，历赵家圈渡（有吉安桥，金承[3]安五年建）、掩绳渡[4]、东镇渡、曲里渡、朱珊渡、朱珊二泊，遵护河堤（长二十里，高八尺），越冀门渡（旧有浮桥，今废），径县治之北，至两河口，与山西湖之委流合而过凉楼沟（即旧歇凉楼。元有凉楼寺），以达于州境。宋绍圣中，县令张惇疏凿汳水新渠，以避水患。

---

① 原作"此"，据万历《徐州志》改。
② 原作"蛩"，据正统《彭城志》卷九《杂志》改。
③ 原作"永"，案金无"永安"年号，据正统《彭城志》改。
④ 原作"沟"，据万历《徐州志》、康熙《萧县志》改。

陈师道为之记（曰：汳句于萧，其阙如玦。《水经》谓[①]：河至荥阳，莨荡渠出焉。渠至阳武，其下为沙，蔡水是也。其出为阴沟，至浚仪，其下为涡，别为汳。汳至蒙，别为获，余波迤于淮阳，东历萧、彭城，入于泗。《注》谓鸿沟、官渡、甾获、丹浚，与渠一也。禹塞荥泽，而通渠于甫田，其后河绝，旃然入焉，即索水也。《汉书·地理志》荥阳既有汴水，又有莨荡而受泲；蒙有获水，首受甾获，至彭城入泗。以余考之，《河渠书》云："自禹之后，荥阳引河为鸿沟，以通宋、郑、陈、蔡、曹、卫，与济、汝、淮、泗会于楚[②]。"而《竹书纪年》"梁惠成王入河于甫田"，又引而东，明非禹之旧也。《书》曰"济入于河，东出于陶丘北"者，入而复出也；"溢为荥"者，济之别也。荥波既潴，障而东之也。《周官》又谓"豫之川，荥、洛；幽、兖之川，河、泲"，则河南无济矣。其谓"莨荡受济""禹塞荥泽而用河"者，皆失之。《汉志》莨荡无出，甾获无始，盖略之也。余谓与《经》合，而荥水诸书皆不载，又疑渠、汳为二，而荥有一焉。杜佑以《经》作于顺帝之后，诡诞无据；而《注》叙渠源，或河或泲，或河、泲合，其说不一。次其所引，《经》纷错悖戾，而《志》亦阔略，不具辨始末，盖皆不可考也。自汉末，河入于汳，灌注兖、豫。永平中，导汳自荥阳，别而东北，至千乘入于海，而河复。于是故渎在新渠之南，《注》所谓"绝河而受索"自此始。隋开皇中，因汉之旧，[导][③]河入汳。大业初，合河、索为通济渠，别而东南入于淮，而故道竭。今始东都，受退水为臭河，于畿为白沟，于宋为长沙，于单为石梁，于徐为汳，而入于南清。南清，故泗也。盖自王都而东，畿、宋、亳、宿、单、济之间，千里四来，而故道浅狭，春夏不胜舟，秋水大至，亦不能受也。萧，故附庸之国，城小不足居民，又列[④]肆于河外。每水至，南里之民皆徙避之，庐舍没焉。率数岁一逢，民以为病。绍圣三年，县令朝奉郎张惇，始自河西，因故作新支为大渠，合于东河，以导滞而援溺。于是富者出财，壮者出力，日劝旬劳，既月而成。邑人相与语曰："渠议旧矣，更数令不决，而卒成于吾侯，孰有惠而不报者乎？"于是不谋而同，欲纪于石，以属余。余谓[张][⑤]侯，其居善守，行峻而言直，以成其名；其任善义，不畏不侮，以登于治。其可纪者多矣，而诸父兄独有见于此，何也？夫善为治者，人知其善而已；至其所善，盖莫得言也。渠之兴作有迹，其效在今，此邑人之所欲书也。遂为之书）。元大德间，达鲁花赤马彻里备御水灾，开南伏道口、北铁窗孔，而城赖以

① 原作"渭"，据《后山集》卷十二改。下同。

② 案《史记·河渠书》原文，"于楚"二字当断归下句，此云"会于楚"，系误。

③ 字据《后山集》补。

④ 原作"别"，据《后山集》改。

⑤ 字据《后山集》补。

全。有蒋伯昇记（曰：河之为患，其来尚矣。若其决瓠子，破澶渊，污漫济徐，衍溢淮泗，冲荡梁楚，代代不能无也。今之萧，即古之萧国也，负山濒河，正当水冲。以形势考之，古亦当被其害，所以增筑南城而居之。至元癸酉，河既南徙，民复奠居古城，今之县治是也。大德戊戌六月初，大雨，河决蒲口，奔流而东。水至城下，汪洋横溢，渺无涯涘。城不及者三版，民相恐动。达鲁花赤马侯亲率僚吏为谢，役夫聚土积石刍茭，补缉罅漏[①]，[凡][②]可以为水备者，无不尽心。与人民躬操畚锸于风雨中，同心御备。夜必宿城上，严更守戍以防。自初至终，将阅三月，水始就涸。民稍安止，侯亦亲丧去职。城既久为水围浸淫，与地泉相接，阛阓复如江海，平地深数尺，庐舍漂没，非乘舟不能往来。长幼惶惶，栖于城陴，朝不谋夕，民复大恐。先是，为水备者，南则有伏道口，北则有铁窗孔，无水则实土，遇水涨则开以泄之。及是，民相与请于县辟是穴。而主者方谋委其人民，徙县治于永固。黎庶惊惶，奔走无所赴诉。侯还自亲丧，不见妻子，趋往二穴，将泄之。复有以言[③]沮止者。侯乃正色曰："顷刻间民尽溺矣，岂坐视其毙而不之救耶？以我一身贷千百家命，尚何恤耶！"挥众决导[④]，去水如注，若沃焦釜，泄尾闾。未终日，城郭闾舍皆在陆地。虽沮洳，不复为民害也。水息之明年，侯适终更。耆宿杨春等语予曰："吾民感侯深恩，无以报。子当为文，以垂永久。石已具，子毋辞。"乃摭其实而叙之，庶俾世之人知侯有功于民，而民亦知侯之深，又以为是邑后来有官者劝。侯姓马氏，名彻里，西夏国人，读书好礼。祖、父皆列仕[⑤]云）。西南六十里为渠沟（经锦川桥，东北流），西北二十五里为白沟，三十五里为黄柏沟，四十里为鸿沟。鸿沟之北为牧马泊，六十里为白羊沟，七十里为菱沟，并流入汴。盖汴合于河，奔涛汹注，支流溃决，四出邑境，厥为民孽，所由来渐矣，岂一朝夕之故云。

按：萧阻山控湖于东南，带汴襟淇于西北，萦络表里，设险自天。缘之土沃利兴，山深俗朴，其人敦愿悫而勤本务，恂恂有往古之遗风焉。然习知虑，喜刚劲，比复频遭河患，民业无恒，凋敝嚣顽，颇为有司病矣。

沛县袤百十里。故志所称形胜："峄山控其左，华山揖其右，泗水流其北，芒砀亘其南。"以今考之，唯泗水径于城东，其它皆在疆域之外。境内之山惟三：曰微山（在县东南。《隋书·地理志》：沛有微山。山无石，隆隆若冈陵然。上有微

① 原作"陋"，据正统《彭城志》卷十五改。
② 字据正统《彭城志》补。
③ 原作"后有一言"，"后"字于时殊违，"一"为"以"音讹，今据正统《彭城志》改。
④ 原作"道"，通"导"。
⑤ 原作"士"，据正统《彭城志》改。

子墓。《一统志》云：沛县故城在微山下。○张庆旸[①]《微山霁雪》诗：泗上形阴破，苍茫见霁微。开天呈秀色，迸野入春辉。水鹤连云起，晴烟带湿飞。何时过山麓，把酒揖[②]崔嵬)，曰戚山（在县西南三十里汉台乡。圆耸前参，若为邑镇。居民利取其石，大肆劚凿。嘉靖乙巳，知县周泾下令勒石禁之)，曰青龙桂籍山（在县南稍西三十里。上有石，旧凿方池形，今存，世传为萧何饮马池。下有无儿寺，废。○旧志有黄山，在县东南，据《隋书·地理志》云。今已入州境，即三乡黄山是也)。无层冈茂麓，以为岩阻，乃维控接诸道源泉，洪流四合，迂回苞络，天堑为固。其东北有漷水（源出山东滕县，流入昭阳湖)，东有昭阳湖（湖亘十余里。山东滕、薛二县水咸汇于此，下与薛水合，至金沟口达泗。详见《漕政》)、薛水（出滕、薛境，西流会昭阳湖水，自金沟口达于泗)、鸿沟河（发源滕县，流出薛河。其水泛涸有时，春夏可行舟)，西南有泡水（即丰水，循泗亭驿前入于泗。正德初年，黄河泛溢，西南接泡水，出县南门外飞云桥，下流入泗，势甚汹涌。今涸)，西北有泥沟河（水派来自鱼台县界，至沛入泡水，达于泗。以上诸水并互见《漕政》)，南有龙泉（在县治前，旧没于泡。近河涸，泉水自下涌出不竭，东接泗水)。其自北而东曰泗水（源见州“泗水”下)，流经山东鱼台县境，至沙河入县境，为沙河渡（有沙河桥)。二十里为胡陵城（见《兵防》。按《一统志》云：“在鱼台县东六十里。”盖连境地也。有闸)。二十里至庙道口（有闸)。三十里至县城北，为北门渡；汇于城东，为东门渡（故有清河桥，久废)；迄城南隅受泡水，为南门渡（有飞云桥，永乐间建。景泰三年知县古信修，嘉靖十七年重修)。十五里受金沟口水，为金沟口渡（鸿沟河、漷水、昭阳湖、薛水合流并达。○萨天锡《金沟月夜沛尉蒋景山、簿赵伯颜别去有怀》诗：公子将军两少年，绣衣白马杏花天。醉中送客归城暮，回首金沟月满船)。五里为沽头，有上沽头渡、下沽头渡（各有闸)。十里至谢沟，以达于州境(《后汉·郡国志》：傅阳有柤水。今沛县东北境即傅阳地，未详柤水处，姑阙之)。

县东泗水之浒有泗水亭，即汉高祖为亭长处（详见《祀典》“高祖庙”下。今泗亭驿，乃其故址。○元傅与砺诗：遥山寂寂对危亭，坏础欹沙柳自青。四海久非刘社稷，千秋犹有汉精灵。丰西雨散烟沉浦，砀北云来雨入庭。坐想酒酣思猛士，歌风台下晚冥冥。○又里许有琉璃井，泉深味洌，其砖甃莹润如琉璃，因名。世传汉祖所凿)。亭北有歌风台。汉祖过沛，作《大风歌》曰：“大风起兮云飞扬，威加海内兮归故乡，安得猛士兮守四方！”沛人欲显扬帝绩，为筑此（事详“沛宫”

---

① 原作“阳”，据本志《职官表》统一用字。
② 嘉靖《沛县志》卷一《形胜·八景》作“挹”。

下。初，台在泗水西岸，立石篆刻歌辞其上。岁久台倾，仅存碑刻，间于民居。成化间，徙置河东琉璃井之次，复新其碑。无何，监察御史陈嘉谟更修拓之，迄为水废。嘉靖十四年，知县杨政即其地为堂以贮碑，寻亦坏。二十六年，知县周泾葺治之，别为台于东偏，覆圆亭其上，便登览。更立歌风台坊于门外。泾自为记，略曰：沛在汉为帝乡，多高帝遗迹，岁久皆湮，惟歌风碑亭尚存。成化二十年，侍御陈公［嘉］①谟自涯之西移建于此。泾承乏于沛，旧宇已隳矣。今年春，城沛工竣，以其遗材创之，前为坊门，中为亭榭，缭以环堵。游适之所，颇改观矣。乃读歌风之碑而叹曰：猗［与］②休哉，一天下者之言也！反而绎之，然后得其意乎？首以风起云扬，喻一时豪③杰，若韩、彭、豨、布之徒，后先景从，吞燕齐，并赵魏，以殪骨鲠之强羽，裂地千里，大启王封，诚一时际会之盛也。及天下既定，列国分据要冲，王畿孤立于上，不得已，诛伐加焉。今幸收其故封，以垂一统之业，威加海内之云，抑亦以自庆乎？昔之豪杰由是凋谢无几矣，复求勇猛如彼、可为社稷之镇者，犹未得夫人也，又以守国之虑终焉。此高帝建国之宏谟，临机制局，发于壮心劲气之时，不测如鬼神，有赫如雷电，驾驭英雄之术也。至于春秋已迈，穷情尽变，反之以自讼焉。故肆其事而无所隐，播于咏歌，与故乡耇老唱和于樽俎之间。遗音在沛，传之天下，天下之人共仰之，与帝之明神相为下上，沛亦因之显融于天下，夫岂偶然之故哉？〇古今题咏附：〇唐胡曾诗：汉高辛苦事干戈，帝业兴隆俊杰多。犹恨四方无壮士，还乡悲唱大风歌。〇宋张安道诗：落魄④刘郎作帝归，尊前感慨大风诗。淮阴反接英彭族，更欲多求猛士为？〇文天祥诗：长陵有神气，万岁光如虹。有时风云⑤变，魂魄来沛宫。壮哉游子乡，一览万宇空。击筑戒复隍，帝业慎所终。重瞳爱梁父，此情岂不同。锦衣绚行昼，丈夫何浅中。缅怀首丘意，自足分雌雄。向昔霸心存，慷慨怀勇功。不见往年事，烹狗与藏弓。早知致两生，礼乐三代隆。匹夫事已往，安用责乃翁。我来汤沐邑，白杨吹悲风。永言三侯章，隐隐闻儿童。叶落皆归根，飘零独秋蓬⑥。登台共凄恻，日落南飞鸿。〇元陈孚诗：沛中一曲大风歌，谁识尊前慨慷多。拔木扬沙滩水上，大风中有汉山河。〇又：沛上风云志未酬，彭城先有锦衣游。同为富贵归乡者，只是龙颜异沐猴。〇又：原庙衣冠久已灰，断碑无首卧苍苔。至今风起云飞夜，犹想帝魂思沛来。〇益

① 字据文例补。
② 字据文义补。
③ 原作“毫”，径改。
④ 落魄：张方平（字安道）《乐全集》卷二《过沛题歌风台》作“落托”，意同“落拓”，放浪不羁貌。《苕溪渔隐丛话》、嘉靖《沛县志》等作“落魄”，意似不贴。
⑤ 原作“雪”，乌程许氏藏明刊本《文山先生全集》、四库抄本并同。据正统《彭城志》、康熙《徐州志》改。
⑥ 原作“风”，与前重韵，据各本《文山集》改。

都于钦诗：素灵夜哭赤旗开，鸿鹄高飞楚舞徊。猛气销沉人易老，白云千载绕荒台。〇天台杨敬诗：布衣千古一英雄，五载乾坤入手中。遥想帝魂垂浩劫，舜弦天上和南风。〇刘昂诗：刘项兴亡转烛过，乱蝉吟破汉山河。长陵卧老咸阳月，沛上犹传击筑歌。〇吴澄诗：黄屋巍巍万乘尊，千秋游子故乡魂。韩彭自取夷三[①]族，平勃犹堪托后昆。湛露只今王迹熄，大风终古霸心存。当时尽自[②]规模远，愿起河汾与细论。〇陈旅诗：歌风台前野水长，王[③]媪卖酒茅屋凉。酒边父老说刘季，头戴竹冠归故乡。山河霸气已销歇，飒飒老柳吹斜阳。台前小儿竞击筑，筑声更似三侯章。〇揭傒斯诗：万乘东归火德开，汉皇曾[④]此宴高台。沛中父老讴歌入，海内英雄倒载回。汤沐空余清泗在，风云犹似翠华来。穹碑立断苍苔[⑤]上，静阅人间几劫灰。〇刘廉诗：击筑酣歌倚大风，高台良宴故人同。江东兵甲销沉后，天下山河指顾中。万乘襟期开宇宙，千年形胜傲英雄。霓旌立断苍烟上，还有神灵托沛丰。〇无名氏诗：两雄逐鹿操干戈，觊觎中原奈力何。汉祚有成[⑥]三尺剑，楚兵终[⑦]散一声歌。承颜竟筑新丰舍，归梦长游古沛河。芒砀山高青不了，五云犹绕赤龙窝。〇又诗：白帝子死老妪哭，天下纷纷竞逐鹿。炎刘天子挥干戈，诛秦夷项何神速。功成治定回故乡，拥护马首皆侯王。椎牛酾酒宴邻里，酣歌击筑增慨慷。沛中父老留不住，赤龙又驾西方去。十二山河锁帝居，杳杳白云在何处。太行日落群峰青，黄河不尽古今情。魂魄想存汤沐邑，至今台上风云生。〇游庄诗：丰沛鸣銮万乘归，酣歌游子故乡思。勋劳自信推三杰，宴乐宁忘守四夷。日月尚随丹凤辇，风云长绕赤龙旗。荒台遗址今犹在，蔓草寒烟锁断碑。〇杨祖恕诗：怒涛突千骑，上有峥嵘台。六合一望间，万里天风[⑧]来。畴昔龙虎气，芒砀深云堆。煌煌赤帜立，赫赫炎运开。皇灵固有属，亚父徒惊唉。得志加海内，故乡重徘徊。寤寐猛士守，宿将胡嫌猜。矧兹霸心存，咄彼后乘骀。朗咏三侯章，击节嗟雄哉。〇吴师道诗：沛宫[⑨]置酒君王归，酒酣思深[⑩]风云飞。儿童环台和击筑，父老满座同沾衣。一歌丰沛白日动，再歌楚淮长波涌。龙髯气拂半空寒，虎士心驰四方勇。河山萧瑟长陵

① 原作“三夷”，据吴澄《吴文正集》卷九十四乙正。
② 原作“是”，据《吴文正集》改。
③ 原作“丘”，据正统《彭城志》、嘉靖《沛县志》改。
④ 原作“从”，据《揭傒斯全集》卷五改。
⑤ 原作“烟”，据康熙《徐州志》改。案《揭傒斯全集》作“穹碑立断沧江上”，四库本作“苍烟”。以碑所立处及诗义言，“苔”字最确。
⑥ 原作“神”，据嘉靖《沛县志》改。
⑦ 原作“中”，据嘉靖《沛县志》改。
⑧ 原作“飞”，据嘉靖《沛县志》、《元音》改。
⑨ 原作“公”，据嘉靖《沛县志》、吴师道《礼部集》改。
⑩《元音》作“深”，嘉靖《沛县志》作“沉”，吴师道《礼部集》卷四作“惨”。

荒，野中怒响[1]犹飞扬。高台未倾风未息，故乡之情那有极。〇傅与砺诗：黔首厌秦暴，龙德奋炎刘。英雄乘天诛，拔剑起相仇。天风堕陵谷，云物扬九州。天下事既定，怀土未遑休。置酒宴高台，中厨进庶羞。悲歌落林木，父老皆涕流。功臣日菹醢，壮士复何求。至今丰沛间，长顾使人愁。故乡帝所爱，零落遗旧丘。大运各有终，圣贤谁能留。焉知万岁后，魂魄复来游。〇韩性[2]诗：武帐如星连钜鹿，重瞳谁敢相驰逐。刘郎深闭函[3]谷关，坐听城南新鬼哭。赤鳞半月天无光，阴陵匹马虚彷徨。百二山河笑谈取，殿前上寿称明良。榆社归来故庐在，山川不改风光改。酒酣自作三侯章，儿童拍手声翻海。君不见，帐中悲歌愁美人，乐府千载传受新。英雄吐气天为窄，便肯变灭[4]随风尘。高台古碑字[5]盈尺，神呵鬼护蛟龙石。回头铜雀叹凄凉，坠瓦无声土花碧。远山横空暮烟起，行客徘徊殊不已。当年遗事尚可寻，断云飞度香城水。〇李凤诗：一剑西提与楚争，风云惨淡五年兵。归来四海成家日，犹自悲歌气未平。〇练鲁诗：沛宫秋风起，游子伤所思。故人侍高宴，故乡亦在兹。酣歌自起舞，慷慨有余悲。秦鹿方掎角，英雄并驱驰。帝业亦有在，真气匹妇知。天下且归已，功臣胡自危。九江自取尔，会稽徒尔为。俯仰数行泣，何以安四陲。天地驱日月，出入六马驰。上瞻芒砀云，下顾泗水湄。荒台忽千载，烟芜夕霏霏。〇张光弼诗：酒酣起舞和儿歌，眼中尽是汉山河。彭越诛夷黥布戮，且喜壮士今无多。莓苔石刻今如许，几度西风灞陵雨。汉家社稷四百年，荒台犹是开基处。〇萨天锡诗：歌风台下河水黄，歌风台上春草碧。长河之水日夜流，碧草年年自春色。当时汉祖为帝王，龙泉三尺飞秋霜。五年马上得天下，富贵乐在归故乡。里中故老争拜跪，布袜麻鞋见天子。龙颜自喜还自伤，一半随龙半为鬼。翻思向日亭长时，一身传檄日夜驰。只今宇[6]宙极四海，一榻之外难撑持。却思猛士卫神宇，安得长年在乡土。可怜创业垂统君，却使乾机付诸吕。淮阴年少[7]韩将军，金戈铁马立战勋。藏弓烹狗太急迫，解衣推食何殷勤。致令[8]英杰遭妇手，血溅红裙即追首。萧何下狱子房归，左右功臣皆掣肘。还乡却赋大风歌，向来老将今无多。咸阳宫阙亲眼见，今见荆棘埋铜驼。台前老人泪如雨，为言不独汉高祖。古来此事无不然，稍稍升平忘险阻。[为叹沛中][9]荒凉台，前人已矣今人哀。悲歌感慨下

① 原作“向”，通“响”。
② 原作“信”，据正统《彭城志》、嘉靖《沛县志》改。
③ 原作“亟”，据正统《彭城志》、嘉靖《沛县志》改。
④ 原作“减”，据正统《彭城志》、嘉靖《沛县志》改。
⑤ 原作“自”，据正统《彭城志》、嘉靖《沛县志》改。
⑥ 原作“宁”，据《雁门集》卷一改。
⑦ 原倒作“少年”，据《雁门集》乙正。
⑧ 原作“至今”，据《雁门集》改。
⑨ 原墨丁，四字据万历《徐州志》补。

台去，断碑春雨生莓苔。〇王士熙赋曰：豳风《七月》，所以叙王业之艰难；汉歌《大风》，所以一四海之至威。风，动也。风行天下，何所不遇之哉？豳始有邰，积累其基。其为风也，不轩举而动荡收功于兹。若夫大风者，一扫而空四海，一呼而应万类，非高祖其谁欤？沛之为县，无高山大林之崄巇。平取白蛇，乃东乃西。秦婴面缚，项羽自隳。僭号[①]诈君，剑挥肉飞。四望既定，大号攸[②]归。此其为风也，温惠条畅，浃于民肌。不扬其埃，弗动其旗。敛之无迹，动之有机。汉之大风，混之两夷。虽有土台突若，安得而私之耶？有河流之妥妥，彼泡泉之左左。万乘喜其来止，耄倪来其繁夥。万岁之后犹思，卑两京而皆可。乱曰：《诗》之六义，古圣传[③]兮。《大风》之歌，班固勉旃兮。乐极而伤，猛士谁贤兮。韩彭皆死，有经有权兮。呜呼高祖，我思如川兮。〇国朝朱彦昌诗：黄屋东归自北州，飞龙犹认旧灵湫。并驱先获秦亡鹿，百战终擒楚沐猴。德政杂兼王霸道，宽仁贻厥子孙谋。至今日落荒台土，犹有精魂在上头。〇胡直诗：[汉祖当年倒载回，金舆玉辇故乡来]。千年汤沐犹存邑，万古歌风尚有台。碧树离离晴色远，青山澹澹月华开。[穹碑读罢询遗俗，昭代于今富俊才][④]。〇吉水罗坤泰诗：翠华遥指故乡来，隆准高歌亦壮哉。海内风云三尺剑，沛中烟雨数层台。斩蛇空洒秦灵泪，戏马长怜楚霸材。二十四陵俱寂寞，古碑犹自枕苍苔。〇叶铭臻[⑤]诗：黄屋初乘入故乡，悲风从此醉壶觞。固知有国因三杰，复恐无人守四方。丰沛到今何寂寞，风云终古自飞扬。荒台独上追陈迹，空见残碑傍夕阳。〇薛瑄诗：故城南畔泗河隈，汉祖歌风有旧台。乐饮一时酬父老，壮心千古忆雄才。新丰桑柘萧疏尽，芒砀云霞散漫开。一自鼎湖龙去后，英魂几复沛中来。〇又诗：素灵夜哭秋郊月，汉祖吴钩三尺血。芒砀云气从飞龙，咸阳竹帛随烟灭。独绌群策驱群雄，汉中一旅红旗东。韩郎对语识成败，董公遮说开天衷。王者之师仁以武，诸侯效顺力如虎。关河百战芟群雄，垓下一歌散强楚。风尘荡涤天下清，万乘不忘布素情。黄屋归来见乡邑，宴饮父老如平生。酒酣拔剑高歌起，歌词激烈振天地。雄志深知大业难[⑥]，霸心尚思猛士倚。群儿逐和声悠扬，起舞四顾何慨慷。乐极哀来泪沾臆，魂魄千秋思故乡。遂令此邑为汤沐，独承天宠何优沃。四百休运同始终，三国遗民想兴复。至今有台泗水滨，雄豪一去余千春。坏埒层层积苍藓，平原漠漠生黄尘。我来正值清秋暮，桑柘萧萧叶飞雨。泗水南流芒砀高，伯业王风复何许。徘徊重是古帝郊，摩挲石刻心劳焦。俯仰秋天莽

① 原作“君”，据正统《彭城志》、嘉靖《沛县志》改。
② 原作“收”，据正统《彭城志》、嘉靖《沛县志》改。
③ 原作“贤”，据正统《彭城志》改。
④ 以上四句据嘉靖《沛县志》卷十《艺文志》补。
⑤ 嘉靖《沛县志》同作“叶铭臻”。王绂《王舍人诗集》卷四亦录此诗。
⑥ 原作“成”，据薛瑄《敬轩文集》卷三改。

空阔，杳杳鸿鹄凌风高。○曾棨诗：秦皇失其鹿，咸阳为飞灰。沐猴万人敌，叱咤生风雷。堂堂隆准翁，伏剑起蒿莱。天威动四海，顾指群雄摧。垂衣坐关中，黄屋高崔嵬。一朝念乡土，万乘忽归来。酒酣发浩歌，意气何壮哉。大风撼枌榆，白日照尊罍。焉知天运移，炎祚忽已颓。凄凉千载后，秋草翳荒台。流景能几时，昆明起尘埃。飘飘芒砀云，飞散不复回。至今中阳里，恻怆令人哀。○杨士奇诗：汉皇靖宇内，六合承统御。万乘还沛中，龙旗翼銮辂。酒酣歌大风，气势排云雾。往绩示殊伟，丕图怀永固。宽仁运乾刚，四百隆鸿祚。至今千载余，光华垂竹素。崇台面河曲，穹碑倚烟树。我来属秋杪，维舟久瞻顾。矫首芒砀云，澹澹青空曙。○胡俨诗：玺绶归秦土，英雄泣楚垓。金汤千里固，社稷万年开。故老樽前舞，朔风天际来。高歌激云汉，终古见层台。○金寔诗：秦鹿走中原，高节竞驰骛。砀云从真龙，疾足无窘步。遮说一以陈，三军尽缟素。煌煌仁义师，赫赫启赤祚。威加四海日，从容念乡土。酒酣启悲歌，壮心迈千古。关洛久已墟，英雄藐何处。落日登荒台，西望咸阳树。大风从天来，徘徊不能去。○钱习礼诗：汉兵南行疾风雨，楚人魂断乌江水。赤龙王气满咸阳，云罕金根归故里。当时御宇意气多，酒酣抚剑成高歌。霸心激烈思壮士，目中虎视秦山河。肯信椒房弄神器，白日深宫哭人彘。若教右袒向军门，谁辨安刘有奇计。断碑剥落高台倾，过客犹传前日名。五陵松柏共萧瑟，泗水东流还旧声。○张黻诗：酒罢酣歌意若何，炎风吹散楚云过。乡关回首英雄少，父老当筵感慨多。一代已非前制度，万年犹是此山河。断蛇剑气消应尽，谁把辛勤为洗磨？○黎淳诗：万乘酣歌故里时，四方兵革尚奔驰。留侯仙去韩彭死，猛士非伊更有谁？○又诗：颠嬴蹶项仆淮阴，归燕乡园慰壮心。桑梓敬恭诸父醉，风云感慨一龙吟。光生草木家为国，气盖山河古亘今。安不忘危伯图远，高台遗碣绿苔深。○程敏政诗：万乘还家日，威生泗水前。楚歌聊复尔，汉业已茫然。宿雨苔花乱，斜阳树影偏。一台惭戏马，相望亦千年。○又诗：土墙茅屋断堤根，感慨当年此奉宸。废井独来提瓮女，空亭无复打碑人。真[①]王业可忘思沛，猛士歌应悔狩陈。斗酒未穷怀古意，夕阳红处麦粼粼。○李东阳诗：风急高城涌暮波，旧时台榭此山河。鹿当秦楚黄尘合，龙去芒砀紫气多。海内英雄休战伐，里中耆旧喜经过。功成坐失萧墙计，遗[②]恨当年猛士歌。○王谦诗：浮云不改暮山色，往事空随逝水声。四海加威三尺剑，千秋遗恨一杯羹。○鄱阳童轩诗：乌骓已逝走狗烹，威加海内来故乡。台前父老奉觞寿，酒酣激烈歌声长。高皇龙去台还朽，猛士何人四方守。落日悲风动地来，萧萧但见台前柳。岂不闻，姑苏草长游麋鹿，铜爵年深野

① 原作“兴”，据《篁墩文集》卷七十三改。
② 原作“遣”，据《怀麓堂集》卷九十一改。

猴[①]哭。唯有陶唐三尺阶，千载人思太平福。〇李时勉诗：君不见，歌风昔日有高台，古人不见今人哀。露砌荒凉余白石，断碑剥落生苍苔。忆昨歌风台下路，凤辇归时花满树。锦筵戏乐天上[②]来，娇娥舞袖云中度。威加海内未可论，何如归见旧山村。青云壮士古来有，白发遗民今少存。秋日经过望齐鲁，野草寒花是谁主。远色平分砀北云，寒声暝度丰西雨。[层台叠榭势转奇，世人相逢那得知][③]。好看汉祚从此启，铜雀姑苏空尔为。〇铅山费寀诗：临渚问高台，幽花台下开。雨荒前代迹，风起后人哀。故里有私泽，谋臣空异材。彭城城下水，此日共悠哉。〇贵溪夏言诗：白蛇断兮赤龙飞，布衣起家兮天子归，故乡草木兮生光辉。楚人蹙兮汉业长，四海为家兮号天王，岂无猛士兮怨销亡。手一剑兮驭英雄，礼缘治定兮乐宣功，不作大雅兮歌大风。〇台北有樊巷，即樊哙所居，古碑断裂，犹存。二十里有香城。按《一统志》：楚人琴高，居香城泗水中）。东南三里许有汉高祖书院（久废）。五里有射箭台（靖难时筑。今其上有三官庙）。二十里为沛宫，汉祖过沛，宴故人父老于此（按《玉海》引《括地志》云：沛宫，在沛县[东南][④]二十里一步。《史记·高帝纪》：十二年十月，高祖破黥布，军还，过沛，置酒沛宫，悉召故人父老子弟纵酒，发沛中儿得[百][⑤]二十人，教之歌。酒酣，高祖击筑，自为歌，令儿皆和[⑥]习之。高祖乃起舞，慷慨伤怀，泣数行下，谓父老曰："游子悲故乡。吾虽都关中，万岁后，吾魂魄犹思沛。且朕自沛公以诛暴逆，遂有天下，其以沛为朕汤沐邑，复其民，世世无所与。"沛父兄诸母故人日乐饮极欢，道旧故为笑乐。十余日，高祖欲去，沛父兄固请留高祖。高祖曰："吾众多，父兄不能给。"乃去。至孝惠时，以沛宫为原庙。周庾信作《置酒沛宫赞》。〇西南二十里有宣丘桥。〇古今过沛题咏附：〇宋文天祥诗：秦世失其鹿，丰沛发龙颜。王侯与将相，不[⑦]出徐泗间。当时数公起，四海王气闲。至今尚想见，龙光照人寰。我来千载下，吊古泪如潸。白云落荒草，隐隐芒砀山。黄河天下雄，南去不复还。乃知盈虚故，天道如循环。卢王旧封地，今日设[⑧]函关。〇元傅与砺诗：县路迷青草，行人荫绿杨。时逢沛父老，能说汉君王。芒砀来秋气，彭城送夕阳。凭高发慷慨，远色正苍苍。〇国朝李东阳诗：小县萧条泗水滨，旧时遗迹尚[⑨]风尘。山中白帝先降汉，天下黔黎正苦秦。

---

① 沛县诸志及童轩《清风亭稿》作"狐"。
② 原作"下"，据嘉靖《沛县志》改。
③ 二句据嘉靖《沛县志》补。
④ 二字据《史记·高祖本纪》张守节《正义》、《玉海》卷一五五《宫室》引《括地志》补。
⑤ 字据《史记·高祖本纪》《汉书·高帝纪》补。
⑥ 原作"歌"，据《史记·高祖本纪》《汉书·高帝纪》改。
⑦ 案顺治《徐州志》，"不"读"丕"，大。
⑧ 乌程许氏藏明刊本《文山先生全集》、四库本《文山集》作"杀"，正统《彭城志》作"发"。
⑨ 原作"向"，据李东阳《怀麓堂集》卷九十三改。

五载衣冠朝北面，三章号令忆西巡。南畿亦是今丰沛，莫作凄凉吊古人）。

按：沛郊垧旷衍，四望弥弥，颇称沃壤，足耕稼桑蚕，物阜民聚。用是崇恤知方，俗鲜告讦，虽古淳庞之遗，抑亦多赖之助哉！顾邑当会冲，懋迁者众，错处阛阓，挟重资以竞棼华，相沿受变，容亦不免乎尔。间其间右有力，至或激昂其岸，怙恃以自雄，无乃勇宕之流风乎？

砀山境内无山。其邑所名砀山，乃距邑治七十里，今在河南永城县之境（按《史记》及《汉书》：高祖微时，隐于芒砀山泽间，上有云气，吕后与人俱求得之。应劭注：芒属沛国，砀属梁国）。县西二里，有土窿然屹起，俗称靴尖阜，相传谓故将建邑于此而未成。其他原隰膴膴，可用耕桑。南北皆阻大河，间或引决黄流，灌濡畎浍，然疏淤不常，卒缘为病。县东六里为盘坌[①]河，十八里为礼河（三十里有夏家桥，三十五里有五王铺桥。又三十五里有狐父桥，永乐十三年，知县周宗昕建。按《史记》：曹参击秦司马尼军砀东，破之，取砀狐父，即此地）。西南五十里为夹河，由夏邑县刘富营集入县境，八十里至龙扒沟，入韩家道口（通汴。嘉靖二十六年，龙扒沟淤二里，岔[②]开一派，向县城东南二十五里冲王龙口，由原奉社地四十里至西镇店，一概波水为患，由萧县境入胡店沟）为新挑黄河，五十里由虞城县皮家口入县境凌家口（一百五里下至居家口入萧县境。嘉靖十九年开挖，二十四年沙淤）。西二十里为陈霜口河（原由虞城县史家、皮家二口分为两河，由镇里堌二十里至县境西南合流，入陈霜口河。南行十里至汪家口，西向冲为缺口，水漫东流，复分为二：一冲县小南门，一北行复西，绕县北门，经年为患，周城以外，汗漫若湖。嘉靖二十六年，知县王绍元将汪家口筑堤一道，长七十四丈七尺，厚一丈。又为月堤，高厚如之。沿堤上至镇里堌，下至高良相口，为顺水堤五十里，防御水患）。北（一里有沧浪井，在沧浪庙内。天旱，取其水祷雨辄应）三里为三里河（由虞城县镇里堌，二十里至县境吕家集，北行二十里至三里河，下二十里至礼河，五里入桑叶河），九里为九里沟（今淤）。西北十五里为白川河（由虞城县境入县回冈集，十五里至白川河，下二十里至蒋家营，五里入桑叶河），二十里为浊河，四十里为段庄河（由虞城县境入县回冈集迤南，嘉靖二十四年沙淤，坡水漫流至双沟集南一里成河，三十里至桑叶河，四十里至萧县境盘岔河，北流入胡店沟），四十里为新岔河（由虞城县境北入监城集，南四十里至庞家屯，下二十里至羊耳河集，迤南十五里至羊村集，迤北一里至五河，三十里至萧县境河）。东南三十里为

① 按："坌"疑"岔"字俗写，即下之"四十里至萧县境盘岔河"。又，《方舆纪要》作"盘盆河"，亦疑形误。

② 原作"坌"，径改。

龙扒沟（通汴。嘉靖二十六年沙淤）。东北二十里为羊耳河。砀县地势洼仰低下，屡经水患，地多淤沙浮土，虽屡浚凿成河，然一经水涨，率易淤塞。故河渠之名，变迁不常。缘是以为民病，日益滋焉（邑境有心远亭，元人成简卿筑建。〇虞集诗：作亭临河河水浑，草树绕屋啼鸟闻。梦回枕上彭城雨，目送檐间芒砀云。归来黄菊有佳色，坐老青山无垢氛。但愿尊中常得酒，曲阿莫问旧参军。〇有衣锦乡、沛王里，在县境。五代梁朱氏族居于此。〇王梴《行砀山》诗：平陆水沄沄，苍茫势不分。鱼龙树杪见，鸡犬壑中闻。野渡多秋色，孤舟半夕曛。风波漫[1]劙栗，昏垫正如焚）。

按：砀治界乎萧、丰，盖兄弟之邑也，风习所沿，不大相远。故其民躬稼食力，好勇而尚义，木疆而易使，庶几古椎朴之风焉。然地僻民豪，昔人所病。今嚚讼之习，独出它邑上。至其稽古礼文之事，多所疏阙，斯论者憾之。故志所称“邻于邹鲁，弦歌方盛”，夫豪杰之兴，尚复有待乎哉！尚复有待乎哉！

丰境广野平原，绵邈四际。迂其在瞩，乃唯县治之北，有山窿然，是曰东华（言“东”以别西岳。〇马卿诗：突兀孤峰峻，苍茫四野平。人烟聊避水，风气不[2]堪城），周亘十里许。多奇石，矗屹而门，巉嵚而谷，森若部署（王梴诗：小沛新[3]丰道，悠然见此山。僧行青障外，官坐翠微间。近石烟云狎，依林鸟雀闲。古人云吏隐，兹地偶跻攀）。其洞有五：曰会景，曰虚白，曰碧寒，曰太玄[4]，曰太乙，殊各幽胜（先是，洞堙土中。嘉靖丙午，知县叶炷建华山书院，劚土出之。〇王梴诗：谁凿山为窟，委蛇望转赊。出花逢客麈，入坞见官衙[5]。石尽疑无径，溪回似有槎。坐令尘鞅息，翻忆召陵瓜）。盖百十里之所磅礴，此其作之伟观者也。西南五十里曰白驹山，视地形稍高阜，遂以山名，世称汉祖尝憩会于此。华山之北有秦沟，相传秦始皇因人言其山有天子气，故凿以斩其脉者。其旧治城中有厌气台，亦始皇东游时筑（《史记》：始皇常曰东南有天子气，于是因东游以厌之。一名秦台。有宋王禹偁铭并序，曰：古之王者筑灵台，视云物，察气候之吉凶，知政教之善恶。苟理合天道，垂休降祯，则必日新其德以奉之；化失民心，为妖作沴，则必夕惕其躬以惧之。如是，则变祸福而反灾祥，不为难矣。乌有筑高台，厌王气，行巫觋之事，御天地之灾者乎？嬴政之有天下也，始以利嘴长距，鸡斗六国而擅场；复

① 原作“谩”，通“漫”，从同治《徐州府志》用字。
② 万历《徐州志》及顺治《丰县志》作“亦”。
③ 万历《徐州志》同。顺治《丰县志》、康熙《徐州志》作“连”。
④ 原作“素”，据本志叶炷《华山书院记》及后续徐州志、丰县诸志改。
⑤ 原作“牙”，官署、衙门，意同“衙”。今据顺治《新修丰县志》改。

以钩爪锯牙，虎噬万方而择肉；终以多藏厚敛，蚕食兆民而富国。然后戍五岭，筑阿房。驱周孔之书，尽付回禄；惑神仙之术，但崇方士。收太半之赋，则黔首豆分；用参夷之刑，则赭衣栉比。鲸鲵国政，蝼蚁人命。原膏野血，风腥雨膻。六国嗷嗷，上诉求主。天将使民息肩于炎汉，故望气者云：东南有天子气。于是祖龙巡狩，筑台以厌之。殊不知，民厌秦也，诉之于天；天厌秦也，授之于汉。秦独厌天、厌民而自王乎？向使筑是台，告天引咎，迁善树德，封六国之嗣，复万民之业，薄赋敛，省徭役，销戈镕兵，勖稼穑，除高斯之暴政，修唐虞之坠典，下从人望，上答天意，则王气不厌而自销矣，刘项之族何由而兴哉？某游丰沛之间，睹台之旧址，思古览今，怅然有怀。洒翰濡毫，遂为铭曰：台之筑兮，救秦之衰。救[①]之不得，为汉之基。气之厌兮，虑汉之昌。厌之不得，速秦之亡。秦之厌汉，其惟一身。汉之厌秦，乃有万民。高台巍峨，王气氤氲。秦政已矣，汉德惟新。泱泱前古，茫茫后尘。故国芜没，荒台草蓁。行人环竦，恻怆斯文。〇宋梁灏诗：天生王气何能厌，嬴氏空劳筑此台。今日我来台上看，残春寂寞野花开。〇元楚宝臣诗：自昔冥顽是始皇，不施仁义爱矜张。混鱼臭已遗千古，逐鹿尘还起四方。厌气无功消异代，焚书有焰及阿房。卜年四百皆天定，人意何容得抑扬。〇学士袁遵道诗：西出咸阳驾上东，苍生辛苦恨遭逢。古来有德惟天命，厌气台空夕照中。〇本朝庐陵孙鼎诗：千年王气空云霭，厌气秦台丰县前。高祖龙兴犹庙祀，始皇漫筑圮寒烟。〇曹仲篪诗：东南何故起高台，台下谁传宝剑埋。四百余年元有数，始皇今古恨无才。〇弋阳陈善诗：天命从来自有归，秦王空自筑台基。不看池水东边月，照向台前又转西）。其城北有伏道，汉祖微时，避秦厌气，潜由于此（俗传至今道中棘针皆顺生）。又其北五十里有泡水（上流即丰水），自单县流经旧县北门（循沛县泗亭驿），以入于泗，今淤（正德己巳，黄河水溢。三十余年，湮没无遗。旧县北有泡河桥，亦废）。时或河决，则四境为壑而已。县治西南二十五里有枌榆社，即汉祖［初起，祷］[②]以徇沛处（枌榆，乡名。社在枌榆。《史记》：汉高祖初起，祷丰枌榆，徇沛，为沛公。二年，令县为公社。后四岁，天下已定，诏御史，令丰治枌榆社，常以仲春用羊、豕祠之。后汉章帝章和元年八月，遣使祠丰枌榆社。又《后汉书·郡国志》云：丰有枌榆亭，汉高祖斩白蛇，聚众息于此亭）。西三十里有大泽，即汉祖母梦与神遇处（《史记·高祖纪》：母媪尝息大泽之陂，梦与神遇。是时雷电晦冥，父太公往视，则见交龙于上。已而有娠，遂产高祖。隆准而龙颜，美须髯，左股有七十二黑子。今泽有龙雾桥）。有中阳里，汉高祖故宅在焉（《玉海》引

---

① 原作“厌”，据《五百家播芳大全文粹》《明一统志》改。

② 底本漫漶，三字据康熙《徐州志·山川》引旧志文补。

《述征记》：丰水东九十里有汉高祖宅。又引《汉旧仪》云：高皇帝家在丰中阳里，及为天子，祠丰故宅。〇又天津桥，在中阳坊。有落马碑，俗传汉祖幼指此为秦始皇落马之地，后人立碑，今剥落不可识。〇张安道诗：纵酒疏狂懒治生，中阳有土不归耕。偶因乱世成功业，更向翁前与仲争）。东北三十里有丰西泽，有亭，亦曰丰西亭，即汉祖为县送徒骊山，纵徒止饮所（《汉书》：高祖以泗水亭长为县送徒骊山，徒多道亡，度比至皆亡之。到丰西泽亭中，止饮，夜皆解纵所送徒，曰："公等皆去，吾亦从此逝矣。"徒中壮士愿从者十余人）。东北五十里有斩蛇泽[①]，汉祖夜遇白蛇当道，斩之，即此（高祖被酒，夜径泽中，令一人行前。行前者还报曰："前有大蛇当径[②]，愿还。"高祖醉曰："壮士行，何畏！"乃前，拔剑斩蛇。蛇分为两，道开。行数里，醉困[③]卧。后人来至蛇所，有一老媪夜哭。人问妪何哭，妪曰："人杀吾子。"人曰："妪子何为见杀？"曰："吾子，白帝子也，化为蛇当道，今者赤帝子斩之，故哭。"乃以妪为不诚，欲苦之，妪因忽不见。后人至，高祖觉，告高祖。高祖乃心独喜，自负。诸从者日益畏之。〇唐胡曾诗：白蛇初断路人通，汉祖龙泉血刃红。不是咸阳将瓦解，素娥那泣月明中）。又有曰邀城，则汉祖六飞还丰，父老尝于此迎驾者。大要丰故帝乡，乃其山川之所衣被，恒多汉迹，若我圣明之濠泗焉尔（旧县东南一里有圣井，相传此水能疗目疾，故名。〇又旧志载朱陈村，在东南一百里。按《东坡诗注》云："在徐州丰县，去县远而官事少，处深山中，民俗淳质，一村惟朱、陈两姓，世为婚姻。民安其土，无羁旅行役之勤，故多寿考。"〇又杏花村，按《古今诗话》："徐州古丰县有杏花村二十里。"[④]今考：丰西无山，疑在萧境，旧属丰处。〇唐白居易诗：徐州古丰县，有村曰朱陈。去县百余里，桑麻青氤氲。梭杼声轧轧，牛驴走纷纷。女汲涧下水，男采崖上薪。县远官事少，山深民俗淳。有财不行商，有丁不入军。家家守村业，头白不出门。生为陈村人，死为陈村尘。田中老与幼，相见何欣欣。一村惟两姓，世世为婚姻。亲属居有族，少长游有群。黄鸡与白酒，欢[⑤]会不隔旬。生者不远别，嫁娶先近邻。死者不远葬，坟墓多绕村。既安生与死，不苦形与神。所以多寿考，往往见玄孙。我生礼义乡，少小孤且贫。徒学见是非，只自取辛勤。世法贵名教，士人重冠婚。以此自桎梏，信为大谬人。十岁解读书，十五能属文。二十举秀才，三十为谏臣。下有妻

① 按：《明一统志》、万历《徐州志》、丰县四志作"斩蛇沟"，在县西二十里。以华山至旧治道里计，此"东北"疑"西北"之讹。

② 原作"经"，据《汉书·高帝纪》改。

③ 原作"因"，据《汉书·高帝纪》改。

④ 案宋陈景沂《全芳备祖前集》卷十引《诗话》佚文："徐州古丰县朱陈村，有杏花一百二十里，近有人为德庆户曹道过此村，其花尚无恙也。"隆庆《丰县志》亦引《诗话》谓："徐州古丰县朱陈村，有杏花村，东去二十里。"又苏诗"劝农曾入杏花村"，综之，杏花村疑朱陈之别名也。

⑤ 原作"观"，据《白氏长庆集》卷十改。

子累，上有君亲恩。承家与事国，望此不肖身。忆昨旧游初，迨[1]今十五春。孤舟三适楚，羸马四经秦。昼行有饥色，夜寝无安魂。东西不暂住，住往如浮云。离乱失故乡，骨肉多散分。江南与江北，各有平生亲。生者终日别，死者隔年闻。朝忧卧至暮，夕哭坐达晨。悲火烧心曲，愁霜侵鬓根。一生苦如此，长羡陈村民。〇宋苏轼诗：我是朱陈旧使君，劝农曾入杏花村。而今风物那堪画，县吏催钱夜打门。〇本朝杨载诗：道过丰中正孟春，沙边勒马问朱陈。而今风俗非前日，犹自踌躇懒渡津。〇又，卢绾故宅，在今县西北隅。宋建炎间，改迁永宁寺于其地。〇古今题咏附：〇南海邝颐诗：春水蘼芜三月雨，夕阳城郭几家烟。野禽不解兴亡恨，犹自飞飞下碧川。〇姑苏金甫诗：此地名存事已非，不胜感慨思依依。残碑寂寞空遗恨，古庙荒凉自落晖。大泽忽逢灵媪哭，中阳谁识赤龙飞。巡行天下秦无道，百二山河属布衣。〇马暾诗：泽陂异瑞毓真人，海宇皇皇正苦秦。厌气筑时已迷鹿，枌榆祀处即通津。一朝相业何并绾，千载民风朱若陈。今日经过重惆怅，水村山郭漫铺茵。〇郭天锡《水患》诗：风帆错愕谁方向，云树苍茫果是非。拂日晓星鸥鹭起，漫空柳絮苇花飞。〇又：神禹定非疏凿处，洪蒙还似未分时。千家生业无抔土，百里提封总一池）。

按：丰故称“地邻邹鲁，夙有儒风”，乃今观之，要未必然。虽若椎木，不忘其初，而德不胜气，化不移习，至多悻悻自负，不相为下。其所谓“好刚尚气，轻剽急切”，则信尔矣。窃闻诸长老言：丰自河患改迁，率成沃壤，流人浮户，多往依之。故其怙恃自雄，盖与沛等。《传》曰：“沃土之民不才，佚也。”其此之谓与？如其礼乐，以俟君子云。

徐州志卷之四终

---

① 原作“追”，据《白氏长庆集》改。

徐州志卷之五

地理志下

田赋

夏秋田地七万二千四百七十三顷九十四亩六分二厘二毫六丝五忽一微。本州地四万一千九百七十三顷一十九亩六分三厘六毫八丝五忽（《诸司职掌》纪本州田土二万八千二百四十一顷五十四亩。天顺、成化间，本州地一万五千二百二顷二十六亩一分一厘二毫，内：官地九十六顷二亩九分八厘七毫九丝，民地一万五千一百六顷二十三亩一分二厘五毫。嘉靖十四年，乡民李富等告行丈量，定今数）。萧县地五千九百九十二顷七十五亩二分一厘一毫九丝[①]，内：官地四十四顷四十五亩五分七厘四毫，民地五千九百四十八顷二十九亩六分三厘一毫九丝。沛县地五千六十一顷七亩八分（旧志：地四千九百一十三顷六十六亩五厘。嘉靖十一年，知县杨政丈量，定今数）。砀山县地二千一百八十五顷三十五亩九分（旧志：地二千三[②]百七十八顷三十八亩三分五厘，内：官地二百二十一顷六十二亩六分，民地二千一百五十六顷七十五亩七分五厘）。丰县地一万五千二百六十一顷五十六亩七厘四毫八丝一微，内：官地四十六亩五厘[③]，民地一万五千二百六十一顷一十亩二厘四毫八丝一微（旧志：地一千七百二十四顷三十九亩六分五厘。邑频年河决，淤土积高，经界堙废，豪右占无赋之田，单弱则无地，使赋不均为病。嘉靖二十五年，知县叶烓申请丈量，定今数。民有定业，赋始称平）。

牧马草场地四十八顷二十一亩七分，内除荒地外，成熟地四十六顷三十四亩六分：本州场地二顷一十八亩，萧县场地一顷七十九亩五分，沛县场地一顷一十亩一分，砀山县场地三顷六十八亩，丰县场地一顷二十三亩，徐州卫草场地三十六顷三十六亩。

屯地三千七百五十四顷七十三亩七分：徐州卫屯地二千五百八十五顷三十三亩

---

① 按：官民地两项合计为“五千九百九十二顷七十五亩二分五毫九丝”。
② 原作“一”，据总分明细及崇祯《砀山县志》前卷《贡赋》改。
③ 原作“分”，据总分数明细改。

七分，徐州左卫屯地一千一百六十九顷四十亩。并坐落本州并萧、砀、丰三县地方。

贡赋

汉平帝时，王莽使徐州牧岁贡五色土一斗。唐徐州彭城郡土贡双丝绫、绢、绵䌷、布、刀错、紫石。又《文献通考》云：彭城郡贡绢二十匹。宋徐州大都督、彭城郡、武宁军节度贡双丝绫、䌷、绢。又《文献通考》云：徐州贡䌷、绢。熙宁十年以前，徐州七务商税岁额五万贯以上，酒课岁额十万贯以上。金武宁军贡双丝绫、䌷、绢。

国朝贡之目三：曰物料，曰野味，曰军器。

物料

本州（额办：户部绿笋等料银九两八钱八厘，南京户部蜡茶银九两九钱。礼部供应牲口银二百七十二两，稻皮折价银九两，药味银八两五钱，南京礼部药味银三两五钱。工部军需料价银二百二十四两一钱四分六厘，修理家火料银七十五两，绫䌷料银五十两，麂皮料银九十两，榆木料银七十五两，胖袄[①]价银五百一十三两。〇坐派：工部二火黄铜料银九十两，柁木银九十两，供应器皿料银六十两，成造神器料银六十两，预备绢匹料银六十两，木炭料银五十五两，鱼胶料银三十五两，金箔料银五十五两，急缺物料银二十两，松板料银五十五两，生绢料银八十两，串五丝料银二十七两五钱）。

萧县（额办：户部会计岁用物料、蜡茶银八两三钱，预备供应绿笋、茴香料银八两八钱二分七厘。礼部供应牲口猪羊价银一百八十三两五钱，药味银八两，供应稻皮银六两。工部胖袄等料银一百六十四两四钱，年例麂皮银四十两，年例缺少冬衣料银四十两，军需料银一百一十七两八钱四分。〇坐派：工部年例成造、修理家火等件银四十两，成造神器银三十五两，供应器皿银三十五两，修理紧用器皿银三十五两，松板价银四十两，鱼线胶料银二十五两，年例金箔物料价银一十四两五钱，年例皮张银四十两，修造军器金箔银四十两）。

沛县（额办：户部蜡茶料银八两六钱五分，绿笋银八两二钱五分。礼部供应牲口价银一百六十三两二钱，药材银一十一两，南京礼部药材银四两。工部年例冬衣绫䌷料银四十两，胖袄银三百二十三两一钱，军需料银一百三两一钱一分。〇坐派：工部成造军器金箔料银四十两，年例急缺物料银、箔银一十四两五钱，鱼线胶

---

① 胖袄：棉上衣，元明时专指边防将士或锦衣卫的冬服。元刻本《新集至治条例》："下户相合置备车牛，其应搬本奕衣甲、胖袄、枪刀、弓箭、军需等物。"《明史·食货志三》："乙字库，贮胖袄、战鞋、军士裘帽。"

银二十五两）。

砀山县（额办：户部绿笋价银七两六钱二厘，南京户部蜡茶价银八两六钱一分。礼部供应牲口猪羊价银一百三十九两三钱，稻皮银四两五钱，药材二项共银一十两，南京礼部药材料银五两。工部胖袄价银一百九两五钱，军需料银六十两五钱九分四厘九毫四丝，年例麂皮价银四十两，修理家火料价银三十九两，年例冬衣绫绸料价银三十九两。〇坐派：工部供应器皿银二十五两，年例物料银一十二两五钱，年例成造、修理物料银四十两，会计年例银四十两，修造、成造、兑换军器银三十五两，年例成造、修理家火银三十五两，成造神器银二十五两，修理紧用器物以便供用银三十五两，二火黄铜料价银二十五两）。

丰县（额办：户部绿笋银六两五钱二分，南京户部蜡茶银五两五钱四分。礼部供应牲口猪羊银一百一十八两七钱，药材银八两，稻皮银四两五钱，南京礼部药材银六两。工部胖袄银一十五两，军需料银五十七两三钱二分五厘四毫九丝六忽，金箔料银一十一两，成造神器料银三十两，供应器皿银一十九两二钱）。

凡物料，并取诸丁田额办者，岁以为常。其坐派，则惟承部札所征应之，或数岁一解尔。旧以概征于民。嘉靖二十六年，副使王梃议处规则，岁征其半，以备上需；余则省之，以苏民困焉。

野味

本州岁进天鹅四只，折价银二两。旧志有鹌鹑、鵓鴣等项，并免。

军器

二百四十副，计九千六十件。

徐州卫军器一百六十副，计六千四十件（盔一百六十顶，甲一百六十副，斩马刀四十把，腰刀一百六十把，弓一百六十张，弦三百二十条，箭四千八百枝，撒袋一百六十副，长牌八十面）。

徐州左卫军器八十副，计三千二十件（盔八十顶，甲八十副，斩马刀二十把，腰刀八十把，长牌四十面，弓八十张，弦一百六十条，箭二千四百枝，撒袋八十副）。

凡军器，岁委卫官一人解京备用。造作弗精，亡益实用，议者病之，恒欲罢输其直。夫承平岁久，民不习戎，寓兵郡国，实得“除戎器以戒不虞”之义，远计者自无惜于其细云。

赋之目九：曰夏税，曰秋粮，曰丝绢，曰马草，曰盐钞，曰税课，曰场租，曰马匹，曰屯粮。

夏税小麦六万七千一百五十八石九合八勺八抄二撮一圭九粟。

本州额征小麦三万六千九百六十六石六斗七升五合一勺八抄九撮（起运：广运

仓本色麦九千五十石。扬州仓本色麦一千七百石。保定府广盈仓麦一百七十七石四斗五升，内：原折色麦八十八石七斗二升五合，每石折银七钱；原本色麦八十八石七斗二升五合，每石改折银八钱，通共银一百三十三两八分七厘五毫。派剩京仓小麦一百八十六石四斗，每石折银六钱五分，共银一百二十一两一钱六分。〇存留：永福仓本色麦二万四千三百八十三石四斗一升二合六勺八抄九撮。甲、丁二库颜料价银扣征存留麦共一千三百四十五石四斗一升二合五勺，每石折银四钱，共银五百三十八两一钱六分五厘。[官吏俸][①]粮小麦一百二十四石，每石折银六钱，共银七十四两四钱）。

萧县额征小麦一万一千八百二十七石八斗二升四合二抄七撮二圭九粟（起运：广运仓本色麦三千五百六十石。扬州府仓本色麦九百石。保定府广盈仓麦一百一十一石七斗，内：原折色麦五十五石八斗五升，每石折银七钱；原本色麦五十五石八斗五升，每石改折银八钱，通共银八十三两七钱七分五厘。派剩京仓麦一百一十六石八斗，每石折银六钱五分，共银七十五两九钱二分。〇存留：永福仓本色麦六千三百二十二石二斗五合二勺七抄七撮二圭九粟；际留仓麦一百一十石，每石折银三钱，共银三十三两。甲、丁二库颜料价银扣征存留麦七百七石一斗一升八合七勺五抄，每石折银四钱，共银二百八十二两八钱四分七厘五毫）。

沛县额征小麦一万一千五百三十九石八斗六升九合七勺五抄（起运：广运仓本色麦三千四百七十石。扬州府仓本色麦八百石。保定府广盈仓麦九十四石三斗，内：原折色麦四十七石一斗五升，每石折银七钱；原本色麦四十七石一斗五升，每石改折银八钱，通共银七十两七钱二分二厘。派剩京仓麦八十九石二斗，每石折银六钱五分，共折银五十七两九钱八分。〇存留：永福仓本色麦六千二百九十三石一斗四升四合七勺五抄；际留仓麦二百石，每石折银六钱，共银一百二十两。甲、丁二库颜料价银扣征存留小麦五百九十三石二斗二升五合，每石折银四钱，共银二百三十七两二钱九分）。

砀山县额征小麦三千四百九十四石二斗九升八合四勺六抄五撮（起运：广运仓本色麦一千六十石。扬州府仓本色麦三百石。保定府广盈仓麦六十六石三斗，内：原折色麦三十三石一斗五升，每石折银七钱；原本色麦三十三石一斗五升，每石改折银八钱，通共银四十九两七钱二分五厘。派剩京仓麦六十三石八斗五升，每石折银六钱五分，共折银四十一两五钱二厘五毫。〇存留：永福仓本色麦一千五百九石四斗六升七合二勺一抄五撮；际留仓麦一百三十石，每石折银三钱，共银三十九两。甲、丁二库颜料价银扣征存留麦三百六十四石六斗八升一合二勺五抄，每石折

① 底本漫漶，三字据“秋粮”文例补。

银四钱，共银一百四十五两八钱七分二厘）。

丰县额征小麦三千三百二十九石三斗四升二合四勺五抄九圭（起运：广运仓本色麦一千一十石。扬州府仓本色麦三百石。保定府广盈仓麦五十石二斗五升，内：原折色麦二十五石一斗二升五合，每石折银七钱；原本色麦二十五石一斗二升五合，每石改折银八钱，通共银三十七两六钱八分七厘五毫。派剩京仓麦四十三石七斗五升，每石折银六钱五分，共银二十八两四钱三分七厘五毫。〇存留：永福仓本色麦一千四百四十三石一斗八升七合四勺五抄九圭；际留仓麦一百石，每石折银三钱，共银三十两。甲、丁二库颜料价银扣征存留麦三百八十二石一斗五升五合，每石折银四钱，共银一百五十二两八钱六分）。

秋粮粟米七万九千八百五十八石一斗四升二合二勺一抄九撮二圭九粟，每石加耗不等，该耗米一万九千二百六十石。

本州额征秋粮粟米三万三千一百四十九石一斗九升七合四勺三抄四撮五圭，耗米七千九百九十九石三斗二升（起运：本色兑军正米一万二千四百六十石，每石加耗米四斗一升，又两尖折米一斗，共该加耗米五斗一升。内：随船本色耗米二斗五升，该米三千一百一十五石；折色耗米二斗六升，该米三千二百三十九石六斗。每石折轻赍银五钱，共银一千六百一十九两八钱。改兑正米七千四百七十六石，随船耗米一千六百四十四石七斗二升。〇存留：永福仓本色粟米一万二千五百三十九石七斗九升七合四勺三抄四撮五圭。官吏俸粮折色米一百七十三石四斗，每石折银六钱，共银一百四两四分。儒学仓粟米五百石，每石折银六钱，共银三百两）。

萧县额征秋粮粟米二万三十三石九斗四升八合三勺七撮二圭九粟，每石加耗不等，该耗米四千八百二十七石八斗四升（起运：本色兑军正米七千五百二十石，每石加耗米四斗一升，又两尖折米一斗，该米五斗一升。内：随船耗米二斗五升，该米一千八百八十石；折色耗米二斗六升，该米一千九百五十五石二斗。每石折轻赍银五钱，共银九百七十七两六钱。改兑正米四千五百一十二石，随船本色耗米九百九十二石六斗四升。〇存留：永福仓本色粟米七千三百九十一石九斗四升八合三勺七撮二圭九粟。际留仓折色粟米二百五十石，每石折银六钱，共银一百五十两。儒学仓折色粟米三百六十石，每石折银六钱，共银二百一十六两）。

沛县额征秋粮粟米一万一千七百六十石九斗七合一勺四抄，每石加耗不等，该耗米二千八百三十七石六斗四升（起运：本色兑军正米四千四百二十石，每石加耗米四斗一升，又两尖折米一斗，该米五斗一升。内：随船本色耗米二斗五升，该[1]米一千一百五石；折色耗米二斗六升，该米一千一百四十九石二斗。每石折轻赍银

① 原作“共”，据文例改。

五钱，共银五百七十四两六钱。改兑正米二千六百五十二石，随船本色耗米一千五百五十五石八斗四升，正耗共米[①]四千二百七石八斗四升。○存留：永福仓本色粟米三千九百七十八石九斗七合一勺四抄。际留仓折色粟米三百五十石，内：一百石每石折银三钱，共银三十两，听支孤老月粮；二百五十石每石折银六钱，共银一百五十两，听支本县官吏俸粮。儒学仓折色粟米三百六十石，每石折银六钱，共银二百一十六两）。

砀山县额征秋粮粟米九千三百八十五石七升九合六勺七抄五撮，每石加耗不等，该耗米二千二百五十九石八斗四升（起运：本色兑军正米三千五百二十石，每石加耗米四斗一升，又两尖折米一斗，该米五斗一升。[内][②]：随船本色耗米二斗五升，该米八百八十石；折色耗米二斗六升，该米九百一十五石二斗。每石折轻赍银五钱，共银四百五十七两六钱。改兑正米二千一百一十二石，随船本色耗米四百六十四石六斗四升。○存留：永福仓本色粟米三千一百九十三石七升九合六勺七抄五撮。际留仓折色粟米二百石，每石折银六钱，共银一百二十两。儒学仓折色粟米三百六十石，每石折银六钱，共银二百一十六两）。

丰县额征秋粮粟米五千五百二十九石九合六勺六抄二撮五圭，每石加耗不等，该耗米一千三百三十五石三斗六升（起运：本色兑军正米二千八十石，每石加耗米四斗一升，又两尖折米一斗，该米五斗一升。内：随船本色耗米二斗五升，该米五百二十石；折色耗米二斗六升，该米五百四十石八斗。每石折轻赍银五钱，共银二百七十两四钱。改兑正米一千二百四十八石，随船耗米二百七十四石五斗六升。○存留：永福仓本色粟米一千七百一石九合六勺六抄二撮五圭。际留仓折色粟米一百四十石，每石折银六钱，共银八十四两。儒学仓折色粟米三百六十石，每石折银六钱，共银二百一十六两）。

凡税粮，诸所输上，重轻不齐，至有相倍蓰者。先是，州无定则，每临时派征，里书缘以作奸，上下其手，国与民并受其敝。嘉靖丁未，副使王梴始议处规则，定为画一行之，民大称平云（附：议为议处赋役规则事。据黄应期等呈将查议过本州并所属萧、沛、砀、丰四县各原额赋役规则，及将沛县原漏报祗候、马夫、馆夫银两分派明白，前件项下填注应减、应革、应合、照旧缘由前来。看得该州并属县地方，前据两洪，旁萃诸省，粮运所由，咽喉重地。比年旱蝗相仍，因之黄河为壑，闾阎小民或死亡转徙，或啸聚弄兵，遂使沃壤成芜，比屋成墟，深可叹息。及查一应岁输，全无尺籍，且使有司有志者漫无法守，不才者相缘为奸，里胥

① 原作“正耗共平米”。“平”疑“米”形讹而衍，今删。
② 字据文例补。

收头上下其手，干没为窟弊也久矣。据判官黄应期等呈缴登答议处赋役规则到道，亦见本官剂量处分，颇有条理。但征派未平，综核无绪，尚须参互画一，俾成可久之法，庶几还集安定，以保地方。除将二册阅过，略加议拟发来外，又经批仰，仍行黄应期等研查细处，纲纪经纬，逐一的确，掌印官公同会评，造册申报，以凭转详。续据徐州申：将本州掌印知州陈叔美，公同原委判官黄应期、经历董天赋会，将原呈登答议处赋役规则文册逐款覆加研查，如原额夏秋起存税粮、马草、盐钞、备用折色马价、厂[①]租、茼价、岁办天鹅、轮班匠役、驿递、户头、馆夫照旧外，其洪、闸、溜、浅接递班夫均徭银力，差俱各议减。至于不便于民者，如户口盐钞、税丝、农桑，今议并入夏税，由内带纳；马草于秋粮由内带纳。水次仓斗级、本州灯夫、听差皂隶原系见年里长编审，小浮桥桥夫原系本州四乡十一等图编当，今俱该议并入均徭。直日银两原系见年里长出办，今改议并入里甲。旱驿马驴照依江南插站事例，止许征银。及一应冗役、滥设差役，通行减革。其所属萧、沛、砀、丰四县钱粮夫役，俱照本州一体定为规则，明白造册，备由缴报到道。缘照徐州所申赋役规则，兴革不谬，条理可循，相应依拟，合候本院详示至日，备行该州，并转行所属县分，各将嘉靖二十六年以后赋役等项，查照议定款则，如数定拟，审编请允，刊刻成帙，发属永远，遵照施行。各该官吏敢有废搁不行、阻挠误事者，查访得出，定行参拿究治)。

京库税丝折绢三千二十五匹二丈四尺五寸四分二厘五毫八丝五忽五微，农桑折绢二千五百三十七匹二丈八尺六寸九分五厘。

本州原额税丝折绢一千六百六十六匹二丈八尺五寸七分三厘三毫五忽，每匹折银七钱，共银一千一百六十六两八钱二分五厘四丝二忽四纤。〇农桑折绢七百六十七匹一丈[②]九寸六分，每匹折银七钱，共银五百三十七两一钱三分九厘七毫五丝。

萧县原额税丝折绢五百二十八匹二丈九尺三分六厘五毫三丝五微，每匹折银七钱，共银三百七十两二钱三分五厘一毫七丝四忽一微一纤。〇农桑折绢八百三十七匹二丈六寸一分，每匹折银七钱，共银五百八十六两三钱五分八毫四丝三忽七微五纤。

沛县原额税丝折绢五百二十四匹九尺六寸，每匹折银七钱，共银三百六十四两二钱一分。〇农桑折绢四百二十七匹八尺五寸六分五厘，每匹折银七钱，共银二百九十九两八分七厘三毫五丝九忽三微八纤。

砀山县原额税丝折绢一百五十四匹九尺二寸七分七厘七毫五丝，每匹折银七

① 据上下文例，似应作“场”。
② 弘治《重修徐州志》卷一《田赋志》作“六尺”。

钱，共银一百八两二厘九毫五丝七微九纤。○农桑折绢三百八十四匹二丈九尺三寸八分五厘，每匹折银七钱，共银二百六十九两四钱四分二厘七毫九丝六忽八微八纤。

丰县原额税丝折绢一百五十五匹一丈二尺五分五厘，每匹折银七钱，共银一百八两七钱六分三厘七毫三忽一微三纤。○农桑折绢一百二十匹二丈三尺一寸七分五厘，每匹折银七钱，共银八十四两五钱六厘九毫五丝三忽一微三纤。

马草一十万包。

本州额征草四万一千五百二十八包（起运：京库草二万七百六十四包，每包折银三分，共银六百二十二两九钱二分。○存留：永福仓草二万七百六十四包，每包折粟米五升，共米一千三十八石二斗）。

萧县额征草二万五千九十六包（起运：京库草一万二千五百四十八包，每包折银三分，共银三百七十六两四钱四分。○存留：永福仓草一万二千五百四十八包，每包折粟米五升，共米六百二十七石四斗）。

沛县额征草一万四千六百八十包（起运：京库草七千三百四十包，每包折银三分，共银二百二十两二钱。○存留：永福仓草七千三百四十包，每包折粟米五升，共米三百六十七石）。

砀山县额征草一万一千六百九十八包（起运：京库草五千八百四十九包，每包折银三分，共银一百七十五两四钱七分。○存留：永福仓草五千八百四十九包，每包折粟米五升，共米二百九十二石四斗五升）。

丰县额征草六千九百九十八包（起运：京库草三千四百九十九包，每包折银三分，共银一百四两九钱七分。○存留：永福仓草三千四百九十九包，每包折粟米五升，共米一百七十四石九斗五升）。

户口盐钞一百二万九千九百二十贯，每贯各折不等，共折银二千五十九两九钱一分三厘六毫一丝五忽七微五纤。

本州额征钞三十二万五千五百六十六贯，共折银六百五十一两一钱五分五厘二毫五丝四忽七微二纤（起运：京库钞一十六万二千七百八十三贯：本色钞八万一千三百九十一贯五百[1]文，每贯折银一厘一毫四丝三忽，共银九十三两三分四毫八丝四忽五微；折色钞八万一千三百九十一贯五百文，每贯折铜钱二文，共钱一十六万二千七百八十三文，每钱七百文折银一两，共银二百三十二两五钱四分七厘一毫四丝二忽八微六纤。通共银三百二十五两五钱七分七厘六毫二丝七忽三微六纤。○存留：永成库钞一十六万二千七百八十三贯：本色钞八万一千三百九十一贯五百文，

① 原作"伯"，通"百"，志书二字时或混用，今据规范字统改。下同。

每贯折银一厘一毫四丝三忽，共银九十三两三分四毫八丝四忽五微，折色钞八万一千三百九十一贯五百文，每贯折铜钱二文，共钱一十六万二千七百八十三文，每钱七百文折银一两，共银二百三十二两五钱四分七厘一毫四丝二忽八微六纤。通共银三百二十五两五钱七分七厘六毫二丝七忽三微六纤）。

萧县额征钞二十一万六千九百五十四贯，除减革外，实征折银四百三十三两九钱二分三厘四毫九丝六忽七微二纤（起运：京库钞十万八千四百七十七贯：本色钞五万四千二百三十八贯五百文，每贯折银一厘一毫四丝三忽，共银六十一两九钱九分四厘六毫五忽五微；折色钞五万四千二百三十八贯五百文，每贯折铜钱二文，共钱一十万八千四百七十七文，每钱七百文折银一两，共银一百五十四两九钱六分七厘一毫四丝二忽八微六纤。通共银二百一十六两九钱六分一厘七毫四丝八忽三微六纤。〇存留：永成库钞一十万八千四百七十七贯：本色钞五万四千二百三十八贯五百文，每贯折银一厘一毫四丝三忽，共银六十一两九钱九分四厘六毫五忽五微；折色钞五万四千二百三十八贯五百文，每贯折铜钱二文，共钱一十万八千四百七十七文，每钱七百文折银一两，共银一百五十四两九钱六分七厘一毫四丝二忽八微六纤。通共银二百一十六两九钱六分一厘七毫四丝八忽三微六纤）。

沛县额征钞二十二万三百九十二贯，共折银四百四十两七钱九分九厘七毫四丝二忽三微（起运：京库钞一十一万一百九十六贯：本色钞五万五千九十八贯，每贯折银一厘一毫四丝三忽，共银六十二两九钱七分七厘一丝四忽；折色钞五万五千九十八贯，每贯折铜钱二文，共钱一十一万一百九十六文，每钱七百文折银一两，共银一百五十七两四钱二分二厘八毫五丝七忽一微五纤。通共银二百二十两三钱九分九厘八毫七丝一忽一微五纤。〇存留：永成库钞一十一万一百九十六贯：本色钞五万五千九十八贯，每贯折银一厘一毫四丝三忽，共银六十二两九钱七分七厘一丝四忽；折色钞五万五千九十八贯，每贯折铜钱二文，共钱一十一万一百九十六文，每钱七百文折银一两，共银一百五十七两四钱二分二厘八毫五丝七忽一微五纤。通共银二百二十两三钱九分九厘八毫七丝一忽一微五纤）。

砀山县额征钞一十四万七百四十四贯，除减革外，实征折银二百八十一两四钱九分八厘五丝三忽一微五纤（起运：京库钞七万三百七十二贯：本色钞三万五千一百八十六贯，每贯折银一厘一毫四丝三忽，共银四十两二钱一分七厘五毫九丝八忽；折色钞三万五千一百八十六贯，每贯折铜钱二文，共钱七万三百七十二文，每钱五百文折银一两，共银一百四十两七钱四分四厘。通共银一百八十两九钱六分一厘五毫九丝八忽。〇存留：永成库钞七万三百七十二贯：本色钞三万五千一百八十六贯，每贯折银一厘一毫四丝三忽，共银四十两二钱一分七厘五毫九丝八忽；折色钞三万五千一百八十六贯，每贯折铜钱二文，共钱七万三百七十二文，每钱五百文折银一两，共银一百四十两七钱四分四厘。通共银一百八十两九钱六分一厘五毫九丝八忽）。

丰县额征钞一十二万六千二百六十四贯，共折银二百五十二两五钱三分七厘一丝八忽八微六纤（起运：京库钞六万三千一百三十二贯：本色钞三万一千五百六十六贯，每贯折银一厘一毫四丝三忽，共银三十六两七分九厘九毫三丝八忽；折色钞三万一千五百六十六贯，每贯折铜钱二文，共钱六万三千一百三十二文，每钱七百文折银一两，共银九十两一钱八分八厘五毫七丝一忽四微三纤。通共银一百二十六两二钱六分八厘五毫九忽四微三纤。〇存留：永成库钞六万三千一百三十二贯：本色钞三万一千五百六十六贯，每贯折银一厘一毫四丝三忽，共银三十六两七分九厘九毫三丝八忽；折色钞三万一千五百六十六贯，每贯折铜钱二文，共钱六万三千一百三十二文，每钱七百文折银一两，共银九十两一钱八分八厘五毫七丝一忽四微三纤。通共银一百二十六两二钱六分八厘五毫九忽四微三纤）。

税课钞五万一千八百一十七锭七贯三百一十文，共折银四百六十九两八钱九分九厘九毫九丝八忽八微，铜钱六万九千二百四十四文。

本州税课钞三万八千六百八十四锭三贯七百四十文：在城税课局商税课钞一万七千六十二锭四百文，折银二百四十三两七钱四分四厘；吕梁洪税课局商税课钞二万一千六百二十二锭三贯三百四十文，折铜钱六万九千二百四十四文，每钱七百文折银一两，共该折银一百一两四钱九分一厘四毫。

萧县税课局商税课钞四千六百四十八锭四贯九百七十文，折银六十六两四钱一分二厘八丝四忽。

沛县税课局商税课钞三千八百五十四锭一贯四百二十文，折银六十一两六分四厘。

砀山县税课局商税课钞二千四百一十锭三贯二十文，折银四十七两二钱三分二厘。

丰县带管税课局商税课钞二千二百二十锭四贯一百六十文，折银五十一两四钱四分七厘九毫一丝四忽八微。

草场地租银五十两八钱三分二厘：本州额征银十两九钱，萧县额征银八两九钱七分五厘，沛县额征银七两七钱七厘，砀山县额征银一十七两一钱，丰县额征银六两一钱五分。初，州洎四邑并领孳牧，其草场以给刍养，死者责偿于民，岁课驹为备用，民重困之。弘治十七年，巡抚都御史张缙以州邑比罹河患，又水陆道冲，赋役繁重，特奏免养马，而以草场地征租，民用苏息，迄今颂之。

备用马一百五十四，每匹折银一十八两，共银二千七百两。本州额征马六十匹，共该银一千八十两；萧县额征马三十匹，共该银五百四十两；砀山县额征马四十四，共该银七百二十两；丰县额征马二十匹，共该银三百六十两（正德十三年，御史周题准派征）。

屯粮：夏秋麦豆共一万一千六百一十六石二合一勺五抄。徐州卫额征夏秋麦豆九千四百五十石五斗四升二合一勺五抄（夏税小麦六千一百二十一石五斗二升六合八勺九抄，秋粮黑豆三千三百二十九石一升五合二勺六抄），徐州左卫额征夏秋麦豆二千一百六十五石四斗六升（夏税小麦一千三百九十五石二斗七升六合，秋粮黑豆七百七十石一斗八升四合），并于永福仓上纳。

岁用之目七：曰庆贺，曰历日，曰乡饮，曰祭祀，曰科贡，曰供应，曰存恤。

庆贺：本州表笺纸札工食银一十二两六钱，进表官盘缠银一十二两，四县各进表盘缠银六两。

历日：四县关领历日各银二两五钱。

乡饮：本州银一十一两六钱，四县各银一十两。

祭祀：本州春秋二丁祭祀共银八十两，无祀鬼神三次祭祀共银一十三两五钱；四县各春秋二丁祭祀银四十两，无祀鬼神三次祭祀银一十二两。

科贡：本州科举生员盘缠银三十二两，岁贡生员盘缠银四十七两；四县各岁贡盘缠银三十两。

供应：本州供给上司并往来公使银三百六十两，萧县银八十两，沛县银一百二十两，砀山县银六十两，丰县银五十两。

存恤：本州孤老冬夏衣薪二项共银五十三两五钱九分，萧县银九两二钱四分，沛县银三十两（秋粮存留粟米内征给，每石折银三钱），砀山县银一十两五钱八分，丰县银三十两（秋粮存留内折征，与沛县同）。

物产

谷之品有黍、稷、麦（大麦、小麦、荞麦三种）、菽（黄豆、赤豆、绿豆、黑豆、菀豆五种）、稻（州县比年水盛，农多艺稻，产亦颇广。萧县白米山泉所灌，稻米洁白异常）、粱、秫、芝麻。

果之品有桃、李、梅、杏、梨（萧县梨曰兔头燕顶者，甘脆尤异）、枣（萧县天门寺出天枣，形小，色红异常）、柿、栗、藕、樱桃、葡萄、银杏、石榴、西瓜、沙果、胡桃、莲实、芡实、山楂。

蔬之品有茄、芥、芹、苋、葱、蒜、莴笋、荠、韭、瓜（甜瓜、苦瓜、稍瓜、丝瓜、冬瓜、黄瓜数种)、瓠、芋、胡荽、菠薐[1]、白菜、蘑菇、葫芦、萝卜、豆荚(刀豆、豇豆、扁豆、羊角豆凡数种)、蔓菁、山药、茼蒿、灰苋、马齿苋。

花草之品有蒲、苇、荇、蓼、蓝、萍、苜宿(草类多,不悉。姑据故志稍增数种)、野兰(萧县署兰山出)、紫草(砀山出)、红花、蜀葵、萱草、菊花、牡丹、芍药、凤仙、鸡冠、荷花、木槿、金钱、金盏、玉簪、蔷薇、海棠、石竹、地棠。

竹木之品有桐、梓、桑、柏、槐、柘、椿、榆、杨、柳、栎、楮、楝、竹、棠梨。

药味之品有柴胡、桔梗、巴戟、苦参、知母、泽泻、远志、苍术、沙参、芫花、甘松、地黄、干葛、牵牛、薄荷、紫苏、茵陈、栝蒌、地丁、牛蒡、麻黄(《本草》云:出彭城者胜)、泽兰(《本草》云:徐州出)、半夏、附子、三棱、细辛、黄精、罂粟、葳灵仙、何首乌、玄胡索、益母草、翻白草、香附子、蛇床子、车前子、金银花、天花粉、蒲公英、白头翁。

布帛之品有绸(丝绸、绵绸,凡二品)、绢、绵布。

杂货之品有丝、铁(盘马山出,今无)、绵花、石炭。

禽羽之品有鸡、鹅、鸭、鹤、雁、鸥、鹭、凫、雉、鹳、鹊、鹰、鹞、鸠、雀、乌、燕、天鹅、鹌鹑、鹁鸽、黄鸟、杜鹃、鸳鸯、鹡鸰、布谷、桑扈。

兽畜之品有牛(水牛、黄牛二种)、马、骡、驴、豕、羊、犬、鹿、獐、兔、狼、狐、野豕。

鳞甲之品有鱼(鲤、鲢、鲂、鲫、鳊、鲦数十种)、鳖、虾、蟹、蚬、蚌、螺蛳。四邑并同(附副使王梃《劝农文移》:为劝农事,照得农作乃生民衣食之源,耕种得宜,获利必大。窃见淮北军民之家,不分田地高下,一概尽种麦谷,一遇旱涝,即称淹没熯干。且农家自恃地土肥饶,全不苦于工力,浮华懒惰,袭以为风,不熟耕而就耩[2],既布种而不锄,旱则不能灌救,涝则无以开泄,农业大废。较之水田一亩可抵旱田数亩,收稻一年可抵收麦数年,因无种稻之方,每失生民之乐。一遇无收,家家缺食,鬻子卖牛,能延几日?年复一年,愈趋愈下。况连岁饥荒,军民狼狈,强悍者啸聚为盗,而终陷刑戮;懦弱者流亡失所,而挂累粮差。本道目视其艰,深用为惧,虽屡经面谕各该军卫有司设法劝导,恐各官略不留心,军民周知省悟,拟合劝谕。为此,出给告示张挂,晓谕一应官舍军民人等知悉。趁今冬尽春和之时,各将田土高阜去处,照常耕种麦豆等禾;其平下临河近泉处所,逐一度量地形水脉,询访江南秧田法则,觅倩惯能种稻农夫,随宜开浚沟渠,照田挑培塘

① 原作“菱”,据万历、康熙《徐州志》改。康熙《徐州志》注:“菠薐,本是颇棱国种,讹为‘波棱’,复加草。俗又呼菠菜。”

② 原作“構”,系“耩”形讹,径改。

埂，设法导引相近河泉周流环绕。及有等冷泉田地，下土尺余，即发水泽，比引河泉工力为易，可就掘塘池，积蓄水利，插种稻秧。旱则挈取浇灌，涝则开埂放泄。庶几旱涝有备，可期高下全收。再照牛畜犹宜爱惜，不得偶因目前济急，遂致损价变卖，来春耕种，工力难施。各该军民及逃亡复业人等，若肯一一体信，如法造作，则一年可获数年之租。储蓄既广，则衣食自丰；饱暖无忧，则盗贼自息。一劳永逸，为计深长。毋得懒惰，甘受饥寒。流亡刑宪，追悔何及！须至告示者）。

按《禹贡·徐州》："厥土赤埴，草木渐包。厥田惟上中，厥赋中中，厥贡惟土五色，羽畎夏翟，峄阳孤桐，泗滨浮磬，淮夷玭珠[①]暨鱼，厥篚玄纤缟。"《周礼·职方氏》："其畜宜鸡狗，谷宜稻粱。"今疆土非昔，如羽、峄、淮、泗皆为他郡，其所领仅古什一尔。山鲜树艺，地不畎沟，农甿习佚，而赤旱霪潦，无所于备。比岁复有河虞，率致为壑。故财力俱凋，而修养之道浸诎。薛虎子所称"水陆肥沃"，苏轼所称"一熟而饱数岁"，要亦未必然矣。《诗》曰："民亦劳止，汔可小康。"其此之谓焉！

徐州志卷之五终

① 按："珠"，原类化为"蛛"，今用规范字。

徐州志卷之六

人事志一

夫天地设位，而人成能乎其中，人道亦大矣。故财成辅相，经纬弥纶，匪夫人，其畴倚焉？今志人事凡八：曰官署，曰学校，明政教所宜先也；曰祀典，曰兵防，明国有大事也；曰户役，稽民数也；曰漕政，重邦计也；曰方外，示民弗惑也；曰杂纪，尽事物之变也。自有徐迄今，上下凡数千年，广袤凡数百里，究其因革之详、兴衰之故，搜罗隐括，具列于篇。孔子曰："殷因于夏，周因于殷。"其所损益，百世可知，庶几来者其有考焉。

官署

州治，在城北正中。中为正堂，左为龙亭库①，右为吏目厅，凡各三间。东西列吏房科凡十一（东：架阁库，承发司，吏、户、粮、礼房；西：勘合科，兵、刑、工房，马政科）。前为箴石亭。亭之前为仪门。仪门外左为土地祠、申明亭、永福仓，右为狱、总铺、永成库，前为大门。正堂后为川堂。川堂左右为耳房，后为后堂者二，又后为知州宅。知州宅左前为同知宅，后为预备仓，又后为东吏舍，右为判官宅，凡三所。吏目宅右为西吏舍。大门外东西旧有承流、宣化二坊，今废。自楚怀王、项羽都于此（霸王厅，至宋尚存，苏轼守徐，撤为黄楼。今父老传谓三乡有彭城废县，未详其时），汉以来，置废不常。元置武安州，治在今城东南（即广运仓地）。

本朝吴元年，知州文景宗即故址创建。宣德十年知州杨秘，天顺元年知州宋诚，成化元年知州王叙、九年知州陈廷琏，相继增修。嘉靖二年，知州张淮拓大之。宋有逍遥堂，苏轼守徐时，其弟辙留宿于此（辙诗并序云：辙幼从子瞻兄读

---

① 亦名"銮驾库"。明李乐《见闻杂记》卷七《恭题龙亭库壁》："本朝令甲，在外文武诸司遇万寿、元旦、冬至及太子千秋令节，则陈御座于中堂，陈卤簿、仪卫于两阶戺，幄中设亭，亭绕龙文，饰以黄金，其中大书阙宇，以象天子临见群臣之座，习称为龙亭。长官率其僚属、吏民望拜庭下，升而祝降，而嵩呼仪节视中朝无二。直竣事之后，令甲不着奉安之所，以故诸司往往杂诸器物置之居积之库。而库又率在堂之两傍，失居尊之体，间有别建以崇之者，盖亦鲜矣。"

书，未尝一日相舍。既壮，将宦游四方，读韦苏州诗有云：“那知风雨夜，复此对床眠。”恻然感之，乃相约早退为闲居之乐。故子瞻始为凤翔幕官，留诗与辙曰：“夜雨何时听萧瑟。”其后子瞻通守余杭，复移守胶西，而辙留滞于睢阳、济南，不见者七年。熙宁十年二月，始复会于澶、濮之间，相从彭城，留百余日。时宿于逍遥堂，追感前约，作二小诗。〇逍遥堂后千寻木，长送中宵风雨声。误喜对床寻旧约，不知漂泊在彭城。〇秋来东阁凉如水，客去山公醉似泥。困卧北窗呼不醒，风吹松竹雨凄凄。〇轼诗并序云：子由赴南都，与余会宿于逍遥堂，作两绝句。读之，殆不可为怀，因和其诗以自解。余观子由，自少旷达，天资近道，又得至人养生长年之诀，而余亦窃闻其一二。以为今者宦游相别之日浅，而异时退休相从之日多，既以自解，且以慰子由。〇别期渐近不堪闻，风雨潇潇已断魂。犹胜相逢不相识，形容变尽语音存。〇但令朱雀长金花，此别还同一转车。五百年间谁复在，会看铜狄两咨嗟）。有秀楚[①]堂，元祐中知州孙觉建；明善堂，知州杜纯建，皆自为记，今并废（别有官厅二，在城东北万会桥两岸，旧为榷舟税所。成化间，知州陈廷琏改建。〇申明亭三：一在州治前，一在北关厢，一在南关厢。〇旌善亭二：一在州治前，一在南关厢。〇皇华亭，在城东门外，河西岸，正德间圮于水。嘉靖二十六年，副使王梃重建，及题“襟喉重地”四字。〇宋有宝丰监，元丰六年置，铸铜钱，八年废。今不知故址所在）。

职官：知州一人（从五品）。

佐：同知一人（从六品）。

清军兼协理堂事判官三人（从七品。旧制一人，增设二人）：管马一人，管河一人，管粮一人。

幕：吏目一人（从九品），巡捕（各房科司典吏三十五人，直堂门子二人，库子二人，直堂皂隶三十二人，马快手二十人，禁子二十人）。

凡朝贡、庆会，及诸公移上之部院并直达四邑之政，皆请受约束以行。其大者，则申白于抚、按洎兵备监司，待报而后从事。若有关诸台省使者，并如之。岁以佐一人入贺万寿节。（汉扬雄《徐州牧箴》曰：海岱伊淮，东海是渚。徐州之土，邑于蕃宇。大野既潴，有羽有蒙。孤桐蠙珠，泗沂攸同。实列蕃蔽，侯卫东方。民好农桑，大野以康。帝癸及辛，不祗不恪。沉湎于酒，而忘其东作。天命汤武，剿绝其绪祚。降周任姜，镇于琅琊。姜姓绝苗，田氏攸都。事由细微，不虑不图。祸如丘山，本在萌芽。牧臣司徐，敢告仆夫。〇宋陈师道《彭城县令石记》曰：庆历初，西边弛兵，益修政事。谓吏之近民莫如令，始出王官行县事，以休其民。盖自

① 原倒作“楚秀”，据弘治《重修徐州志》、万历《徐州志》乙正。

选人三考，用举者为令；令三考，用举者为京官；京官满三岁，为朝官。盖士之选者，以选士治剧县若相宜，然而犹有不合者，岂法使然哉？徐为州部五县，而四用选[①]令，以为难治，而彭城其尤也。昔汉宣帝责成郡国守相，班班声绩可纪。今选士为令，于古为加详，而吏治不尽如古，其故何耶？盖汉承秦弊，纲目疏阔，吏自为治，故易为功，而非王制。今法令备具，上下维持，中才可以守，而智者常患其不尽用，故其治难，无赫赫之功。虽然，善其身，明其视听，使民有所恃而不冤，亦可谓良有司矣。司马迁、班固传《循吏》，不刊县令，岂非令非王官，不登简策而不书耶？令皆天子命吏，可不自勉，使史氏[②]有述焉！令厅故无[③]记，承议郎梁君始追纪其名氏刊于石，凡[④]十九人。记[与][⑤]不记，不足为吏能否，而梁君力能及之，为有余也。〇本朝泰和郭应奎《名宦碑记》曰：惟魏侯守徐州，首稽名宦。载在郡志，自汉以下凡若干人。乃简厥表著，得百几十有几人。喟然叹曰："厥昔莅兹土，曷尝乏人？若监、牧、守、宰、参、佐，大小不同，惟其职；若道德、政事、文学，才行不同，惟其贤；若上下数千百载，陵谷变迁，惟公论在人，未泯于闻。政莫大于取善，取善莫大于能自得师。惟予不敏，尚幸有稽于前人。"又曰："惟兹百几十有几人，宜碑于庭。俾自今伊后，庶永有观，亦永其有训。"乃咨厥僚樊君、项君、郑君、崔君，佥曰俞。乃相率请予记。予曰：噫嘻！世恒谓古今人不同，逮我则罔敢知。惟天降于人惟一，惟人好德攸同，惟德业懋不懋在厥志。今侯新守是邦，汲汲焉惟古名宦是考，其志可知也已。且勒诸石，以勖同列，以诏将来，侯之意远矣哉。夫以立身者尚其德，以临民者尚其政，以经世者尚其文，是故于诸名宦，可以得师矣。以不朽者存乎善，以兴善者存乎感，以昭感者存乎耳目，是故碑以观焉，可以寓训矣。吾闻侯昔典郡邑，行能茂著，数膺荐举。今兹甫半岁，省役夫不啻万余，民力大纾。且河清麦瑞，蝗不为灾，天休用昭，颂声流播。侯之为名宦也，岂待他日而后论定哉？侯名颂，字美之，湖广蒲圻人。樊君名良，字仲山，浙江缙云人。项君名情，字子和，江西德兴人。郑君名清远，字毅甫，福建侯官人。崔君名镇，字时用，直隶香河人。诸君寅恭左右，咸有政誉，予并记之，以俟续名宦者录焉）

儒学、社学（并见《学校》）。

永成库，洪武十五年设，知州徐恒建。大使一人司之（未入流。攒典一人，库

① 原作"县"，案下"选士为令"者云，当为"选"字，据《后山集》改。
② 原作"吏民"。案《史记》《汉书》循吏不刊县令，当知"有述"者为史氏，而非吏民。据《后山集》改。
③ 原作"年"，据《后山集》改。
④ 原作"九"，据《后山集》改。
⑤ 字据《后山集》补。

子六人）。

仓：广运仓（见漕政）。永福仓，洪武元年设，知州文景宗建。景泰四年，知州宋诚筑基增建廒座。成化十年，知州陈廷琏修。大使一人、副使一人同司之（俱未入流。攒典一人，斗级二十人），兼督于户部分司。预备仓，天顺七年知州王叙建廒五座（斗级六人）。兑军仓，在城北水次（斗级十四人）。济留仓四所：一在吕梁，一在境山，一在黄山村，一在赵团山。

阴阳学，在州治前东。洪武三十一年建。典术一人司之。

鼓楼，在州治前。洪武七年，知州高玉琳，指挥严渊、蔡祥，知事马良建。宣德四年，知州杨秘重修。天顺元年，知州宋诚改建大楼。

钟楼，在城西南隅。洪武七年，知州高玉琳等建。宣德七年，知州杨秘重建。（宋苏轼《莲花漏铭》曰：故龙图［阁］① 直学士、礼部侍郎燕公肃，以创物之智闻于天下，作莲花漏，世服其精。凡公所临，必为之。今州郡往往而在，虽有巧者，莫敢损益。而徐州独用瞽人卫朴所造，废法而任意，有壶而无箭，自以无目而废天下之视，使守者伺其满，则决之而更注，人莫不笑之。国子博士傅君裼，公之外曾孙，得其法为详。其通守是邦也，实始改作，而请铭于轼。铭曰：人之所信者，手足耳目也。目识多寡，手知重轻②。然人未有以手量而目计者，必付之于度量与权衡。岂不自信而信物？盖以为无意无我，然后得万物之情。故天地之寒暑，日月之晦明，昆仑旁薄于三十八万七千里之外，而不能逃于三尺之箭、五斗之瓶。虽疾雷霾风、雨雪昼晦，而迟速有度，不加亏赢③。使凡为吏者，如瓶之受水，不过其量；如水之浮箭，不失其平④；如箭之升降也，视时之上下，降不为辱，升不为荣，则民将靡然心服，而寄我以死生矣）

医学，在州治前东，洪武十七年建。典科一人司之。

驿：彭城驿，在城外，河东岸。旧在城南二里许，永乐十三年设建，正德中圮于水。嘉靖二十年，知州熊林徙今地。驿丞一人司之（未入流。吏一人，诸驿并同。水夫一百八十人，站船二十只，上中铺陈三十五副，什物一十八副）。房村驿，在城东南五十里，永乐十三年设建（官吏同上。水夫一百八十人，站船一十八只，上中铺陈、什物各一十八副）。夹沟驿，在城北九十里，永乐十三年设建（官吏同上。水夫一百五十人，站船一十五只，上中铺陈三十副，什物一十五副。上中马二匹，驴一头，马夫二人，驴夫一人）。黄河东岸驿，在城外河东岸，永乐十三年设

① 字据《东坡全集》卷九十六补。
② 原作“轻重”，失韵，据《东坡全集》乙正。
③ 原作“虚”，失韵，据《东坡全集》改。
④ 原作“中”，失韵，据《东坡全集》改。

建。成化十三年，知州陈廷琏重修（官吏同上。马六十五匹，马夫六十五人；驴六十六头，驴夫六十六人。大小铺陈、什物各一百三十一副）。桃山驿，在城南五十里，永乐十三年设建（官吏同上。马五十匹，马夫五十人，铺陈五十副）。石山驿，在城东北四十里，永乐十三年设建（官吏同上。马五十匹，马夫五十人，铺陈、什物各五十副）。利国监驿，在城北九十里。宋为铁监，后废。元设巡检司、捕盗司、都酒税务。永乐十三年设建今驿（官吏同上。马六十五匹，马夫六十五人，铺陈、什物各六十五副）。

递运所，在河东岸。旧在北关厢，洪武二年建。正德中，水圮。嘉靖中，知州熊林徙今地。大使一人司之（未入流。吏一人，防夫三十人，水夫三百四十人，红船三十四只，铺陈、什物各三十四副）。

税课局，在城中正街。洪武六年设建。大使一人司之（吏一人，巡拦八人）。

吕梁税课局，在城东南六十里。洪武六年设建。正[①]德末年裁革，以州局代司其事。

吕梁洪巡检司。（见《兵防》）

闸：徐州闸，吕梁上闸、下闸，境山镇闸，黄家闸，沽头上闸、中闸、下闸。（并见《漕政》）

僧正司，在开元寺。洪武十五年开设。（寺在城南一里许，中有铁佛像，一名铁佛寺。洪武中建。宣德中，僧正广善拓基增建。正德中，圮于水。嘉靖中，僧正会省重修。内有石刻关王竹二、苏公帖一，并建寺时劚地得）

养济院，在城西北隅。成化九年，知州陈廷琏因旧所逼近学宫，迁今地。别有济众堂二所：一在河东驿前，一在吕梁洪，建以赈济饥民。安乐堂一所，在城东南隅，永乐十年建，以济远方贫病军民。今并废。

铺舍：总铺，在州治大门内右（铺长吏一人，铺司兵一十五人）。正南：九里沟铺、陡沟铺、尔家庄铺、孤栗树铺，达宿州界。东南：三山铺、黎林铺、黄钟铺、却鲍铺、吕梁铺、房村铺、龙堂铺、双沟铺，达邳州界。东北：曹家庄铺、王堌朔铺、夏家庄铺、圪搭铺、单庄铺、高村铺、利国驿铺，达山东峄县界。正北：马兰铺、坨城铺、清水沟铺、张村铺（即张村废站地）、沈家铺，达沛县界。正西：刘家庄铺、鱼张铺、义安铺，达萧县界（铺兵各三人）。

行署：东察院，在城西南隅，巡按御史莅事之所，洪武十一年建。成化九年，知州陈廷琏重修。前左立风纪坊，外南北列激浊、扬清二坊。西察院，在城西北

---

① 案正统《彭城志》："正统元年，奉户部勘合，凡天下税课局钞不及三万贯者，并于有司。"吕梁税课局于此时已革，此云革于正德末者，如非字讹，即为屡设屡革。

隅，景泰六年知州宋诚建。成化九年，知州陈廷琏拓基改建。今管河郎中莅事居焉。南有澄清坊，东西列平成、通济二坊。

南公馆，在城西南隅，正德年建。

萧县治，在城东隅。中为正堂，前为箴石亭，东西列吏房科。亭之前为仪门。仪门外左为土神祠，右为狱。土神祠南为预备仓。前为大门。正堂后为后堂，又后为知县宅，左为县丞宅。县丞宅南为典史宅，右为主簿宅。主簿宅南为吏舍。大门外左为旌善亭，右为申明亭，前有圣谕亭、宣化坊。

县治东为清心亭，宋嘉祐间县令梅君建（名逸），南丰曾巩记（曰：嘉祐六年，尚书虞部员外郎梅君为徐之萧县，改作其治所之东亭，以为燕息之所，而名之曰清心亭。是岁秋，来请记于京师。明年冬，乃为之记曰：夫人之所以神明其德，与天地同其变化者，夫岂远哉？生于心而已矣。若夫极天下之知，以穷天下之理，与夫性之在我者能尽之，命之在彼者能安之，则万物自外至者，安能累我哉？此君子之所以虚其心也。万物［不能］[①]累我矣，而应乎万物，与民同其吉凶者，亦未尝废也。于是有法诫之设、邪僻之防，此君子之所以斋[②]其心也。虚其心者，极乎精微，所以入神也；斋其心者，由乎中庸，所以致用也。然则君子之欲修其身、治其国家天下者，可知矣。今梅君之为[③]是亭，曰不敢为游观之美，盖所以推本为治之意，而且将清心于此。其所存者，亦可谓能知其要矣！乃为之记，而道余之所闻者焉）。

宋以前在旧城，即古萧国城。至宋没于水，徙今地。元末毁。本朝洪武二年，主簿刘瑜建。正德七年兵毁。十二年，知县王隆重建（县南有饮马池。池东西桥各一：东曰伯乐，西曰房星。南有广济桥，洪武初建，名东门桥，成化间知县陆本正改建以石，更今名。又东半里有东新桥，正统间县丞郭祯建）。古治有永固废县（在县东南四十里永固山下。元至大间[④]，割厥堌镇为县，寻罢为巡检司。本朝洪武初因之，十三年亦罢。今永固镇是其地）、英州废治（在县西北五十五里，建置莫详。元初，城趾尚存，有四门，城中水可舟。至正甲申，河决水没，遂为平陆。今俗呼雁门泊）、黑沙废县（世传即英州之附[⑤]郭县），其遗迹犹可睹云。

职官：知县一人（正七品）。

佐：县丞一人（正八品），主簿一人（正九品）。

---

① 二字据曾巩《元丰类稿》卷十八补。

② 原作“齐”，据《元丰类稿》改。下同。

③ 原作“有”，据《元丰类稿》改。

④ 案《金史·地理志中》：“厥堌镇，元光二年升为永固县。”《元史·地理志二》：“至元二年，（徐州）例降为下州。旧领彭城、萧、永固三县及录事司。至是，永固并入萧县，彭城并录事司并入州。”按：永固置县在金元光中，元初以户口稀少，三县并入徐州；至元十二年萧县复置，永固降为巡检司，是为永固立县始末。本志沿《南畿志》“元至大间割厥堌镇为县”，误。万历、顺治、康熙《徐州志》同误。

⑤ 原作“负”，据顾祖禹《读史方舆纪要》、乾隆《徐州府志》、康熙《萧县志》改。

幕：典史一人（未入流。各房科司典吏总二十六人，直堂门子二人，库子二人，皂隶总十六人，马快手十人，禁子六人）。

儒学、社学。（并见《学校》）

阴阳学，在县治西北半里。洪武十七年设，知县宋予建。训术一人。

医学，在县治西北半里。洪武十七年设，知县宋予建。训科一人。

鼓楼，在县治前。宣德五年，知县郝玘建。

钟楼，在县西六十里曹马城中，今废。

巡检司。（见《兵防》）

税课局，在县治西半里。洪武三年设，主簿刘瑜建。正德末年革[①]（巡拦四人）。旧有安民镇三务，宋元祐中设，今废。

河泊所，在县南十里，洪武十四年设建。后革。

仓：济留仓，在县治内。景泰元年，知县柳新建。预备仓五所：一在县治东（斗级四人），一在乐善乡，一在都仁乡，一在孝义乡，一在仁[②]寿乡。并正统五年知县赵珣建，主事刘录记。今皆废。

养济院，在县西南隅。旧在县治东北，后徙今所。旧有济众堂，在县西北街，以济饥民。惠济堂，在县东，以济贫病者。并永乐十年建。今悉废。

铺舍：在城铺，在县治前（铺司兵六人）。朱珊铺、曲里铺、杨铺司铺、东镇铺、赵家圈铺，达砀山县界。烂石铺，达本州界。东珊铺、胡新庄铺，达宿州界（铺兵各三人）。

察院，在县东五步。洪武二年，主簿刘瑜建。正德二年，知县王隆重修。前有澄清坊。

公馆，在县西北隅，景泰元年知县柳新建。

沛县治，在城南隅。中为正堂，左为龙亭库，右为典史厅，前为箴石亭，东西列吏房科。西房科后为狱。亭之前为仪门。仪门外左为福神祠，右为预备仓，前为大门（嘉靖十二年，知县杨政建谯楼其上）。正堂后为后堂。后堂东为库楼，又后为知县宅，左为县丞宅。县丞宅南为管河主簿宅，右为主簿宅。主簿宅南为典史宅，又右为吏舍（嘉靖间，知县王治因旧廨水圮，改建今地）。大门外东西列承流、宣化二坊。

元以前，治在城西北隅。《汉书》：高帝初为沛公，祠黄帝、蚩尤于沛廷。注谓“沛县之廷”，即此。元季兵毁。本朝洪武二年，知县费忠信徙建今地，寻坏。永乐

① 案正统《彭城志》：“正统元年，奉户部勘合，凡天下税课局钞不及三万贯者，并于有司。”又云：萧县税课局“宣德□年革之”，疑当在宣德末年、正统初年间。此云“正德末年”，疑讹。

② 原作“人”，据前后各本《徐州志》及萧县诸志改。

元年，县丞胡光重建，制简陋甚。十一年，知县李举贤改建今制。二十五年，知县周泾增建吏房科，洎狱舍，视旧加饬焉。（别有官厅，在县治东南，嘉靖九年知县杨政建。申明亭、旌善亭，在城南门内，并永乐十六年建）

知县一人。县丞一人。主簿二人，旧止一人，后增设管河一人。典史一人（各房科司典吏二十四人，直堂门子二人，库子二人，皂隶总十四人，马快手八人，巡捕快手十人，禁子五人）。

儒学、社学。（并见《学校》）

阴阳学，在南门内西。洪武十七年设建。训术一人。

鼓楼，在县治南。景泰二年，知县古信建。

医学，在县治前。洪武十八年设建。训科一人。

泗亭驿，在县治东南。永乐十三年，知县李举贤建。成化十八年，圮于水，稍南徙其址，遂多为民窃占。嘉靖丙午，知县周泾请复故址重建。驿丞一人（吏一人，水夫一百六十人，站船一十六只，上中铺陈三十五副，什物一十六副）。

递运所，在河东岸，永乐四年知县常瓘建，嘉靖十七年重修。大使一人（吏一人，水夫三百五十人，红船三十五只，上中铺陈、什物各三十五副）。

税课局，在县治东北。永乐四年设建，嘉靖十一年裁革。

济留仓，在县仪门外西南。永乐四年建，今废。

水次仓，在县治东一里，河南岸（斗级四①人）。

预备仓五所：一在北门外，一在泗亭乡，一在汉台乡，一在千秋乡，一在广戚乡，并废。嘉靖二十一年，知县王治于县治内新建一所。

养济院，在县治北，景泰三年知县古信建。

广济堂，在旧驿南。景泰壬申水灾，流亡丐食者众，巡抚都御史王竑令有司煮粥济之，凡活一十六万余人，故以名堂。孚惠堂，在泗水浒，以济贫病者。今并废。

闸：金沟口闸、新兴闸、湖陵城闸、谢沟闸（并见《漕政》）。

铺舍：县前总铺（铺司兵四人）。净明铺、聂庄铺、东仓铺，达山东滕县界。十字河铺、宣丘铺、倪陵铺、高坊铺，达丰县界。老鹳铺、杨家厂铺、界沟铺，达本州界（铺兵各三人）。

察院，在县治东，永乐四年知县常瓘建。前有澄清坊。

工部分司（在沽头，见《漕政》）。

砀山县治，在市中。中为正堂，前为箴石亭，东西列吏房科。亭前为仪门，又

---

① 原阙。案本志卷七《户役·均徭》：沛县“水次仓斗级四名，每名银四两，共银一十六两”，据补。

前为大门。正堂后为后堂，又后为知县宅，左右为主簿、典史宅。大门外前有圣谕亭、宣化坊。宋以前，悉治此。金兴定间水没，迁治鱼山（今永城县境），元还治旧地。元季兵毁。洪武初创建，二十五年火。永乐三年，知县郝玘重建。成化五年，知县张梦辅改修。正德七年，复兵毁。十年，知县刘守恒重建。治东旧有宴喜台，洎亭、池。今亭废，台、池尚存（唐李白《秋夜与刘砀山泛宴喜亭》诗：明宰试舟楫，张灯宴华池[①]。文招梁苑客，歌动郢中儿。月色望不尽，天空交相宜。令人欲泛海，只待长风吹。〇宋政和三年，真州知府李釜为书“宴嬉”字，授知县许戬刻石于台，遂讹台名为“宴嬉”。俗传李白遗笔，误。〇元延祐二年，知县杜郁因其址为鼓楼。泰定四年，知县孟直复修。〇申明、旌善二亭，并在县治前，洪武十三年建。今废）。

知县一人，主簿一人，典史一人。

儒学、社学。（并见《学校》）

阴阳学，在县治东。永乐十六年建，今废。训术一人。

鼓楼，在县治东。洪武二十四年，知县冯钦因宴喜台故址建。[嘉靖二十一年][②]，知县刘旸[③]重修。

钟楼，所在与鼓楼同。永乐三年，知县郝玘建，在崇寿院旧基。弘治四年，县丞余溥徙今所。

医学，在县治前。洪武十三年建，今废。训科[一人][④]。

预备仓，旧四所，并废。今一仓徙县治东。旧有际留仓，今亦废。

养济院，在县治西。永乐十五年建。嘉靖丁未，知县王绍元重建。济众堂，在县东；惠济堂，在县西，今废。

铺舍：县前总铺（铺司兵四人）。七里铺、赵九铺、毛城铺、陈村铺、西镇铺，达萧县界。北十里铺、浊河铺、张清铺[⑤]，达丰县界（铺兵各三人）。

察院，在县治南。洪武十三年，知县张清创建。后废弛。嘉靖二十一年，知县刘旸重建。

公馆，在县西。

丰县治，在城中，华山之阳。中为正堂，右为典史厅，前为箴石亭，东西列吏房科。亭前为仪门。仪门外左为土神祠，右为狱，又前为大门。正堂后为后堂，左

---

① 原作“地”，失韵，据《李太白文集》卷十六改。

② 六字据万历《徐州志》补。

③ 原作“阳”，据本志《职官表》并参砀山诸志改。后皆同。

④ 字据万历《徐州志》补。

⑤ 本志卷七《户役》载砀山铺舍，有段庄、汉坊，无北十里、张清，疑后有易名。

为知县宅。知县宅前为典史宅。宋以前，治旧城中。治后东北隅池上有凫鹥亭，治平三年知县关景仁建（景仁诗：古有凫鹥诗，喜物游太平。今见凫鹥乐，为作凫鹥亭。夜安洲渚栖，昼无罗网惊。群嬉固俦匹，适意相飞鸣。春风藻荇稠，夜雨波澜清。特以王泽深，遂此微物生。飞甍枕秦台，缭绕寒芜城。俯目瞰清泚，日羡凫鹥情。自惟县令职[①]，朝夕亲编氓。土瘠民半馁，役频民少宁。嗟尔多蹙迫，岂与凫鹥并？我心徒尔嗟，奈何存典刑。尔劳悯以恕，尔重移之轻。庶几皆有乐，共戴君聪明。民安令亦暇，临流解尘缨。卒岁可归去，白发南山耕。〇马建中诗：古丰千岁远，汉皇实此生。雉堞皆榛荆，故魏徙都城。县宇构台上，台基起秦嬴。四绕半农桑，前池澄流清。东偏特起亭，题曰凫鹥名。传是关令建，下瞰连高甍。亭兴三十载，继踵多贤英。开轩敞眺望，景趣江湖并。春夏芰荷茂，秋冬风月明。政暇来登赏，心虚厌簪缨。因观亭立意，期于仁化行。博爱飞鸟[②]游，庶几及群氓。将使为政者，视物推斯诚。暴虐将知禁，典刑当就轻。今我来承乏，治术择未精。境土皆陂泽，弥年水害惊。赋入复增重，务农难劝耕。积有弊源深，宣流孰为更？安得凫鹥乐，均尔黎庶情。年丰衣食足，大雅歌太平。〇元祐五年，姚云《诗序》略曰：丰县公宇之背，子城之东隅，有亭其上，曰“四望”，旧矣。治平三年，钱唐关公彦长以进士得官，来宰是邑。视事之暇，而登览焉，病其榱栋栏楯之朽败，不足以蔽风雨而延宾客也，于是易新今名而完壮之。又作诗其上，以赋其事。丰人嘉诵而喜传者，方领曳裾之外，闾门稚子、林野匹夫同之。於乎，何其声誉之琅琅也！粤二十余祀，单父马公以世胄之贤，为令是县。爱其陂池游衍，鱼鸟出没有江湖之态，芰荷菱芡有清适之境，佳木秀竹有山林之气，又嘉公能写咏其事而传遗后人也，于是迭出新意，以赓和之。言约而义丰，辞切而意远，不戾于古，不愧于今，信乎作者同风也。丰人安公之政而嘉公之咏，乐与二公之诗俱传不朽，故镵镌于石，以久岁月，而且属云序之。于是遂书云）。元末兵毁。国朝洪武三年，知县傅时即故址重建。嘉靖五年，旧城没于水，知县高禄徙治今地。前有圣谕亭（知县李崇信建），后有观风亭（知县李崇信建）、宾阳亭、问月亭、瞻石斋（嘉靖二十五年，知县叶烓重修）。县迁改迄今，遭民凋瘵，财力并诎，虽长令相继增饬，然制度规模犹简陋未备云。

知县一人，典史一人。

儒学、社学。（并见《学校》）

阴阳学，在县治东。嘉靖二十一年，知县李崇信建。训术[③]一人。

---

① 原作“暇”，据正统《彭城志》、隆庆《丰县志》改。

② 原作“鸣”，据正统《彭城志》、隆庆《丰县志》改。

③ 原作“科”，径改。

医学，建置同上。训科[①]一人。

预备仓，在县后山。嘉靖二十五年，知县叶烓建（旧有四所：一在华山保，一在七级保，一在苗城保，一在司马保，并废）。

养济院，在县治东北，知县李崇信建。

铺舍：县前总铺（铺司兵四人）。留村铺、周村铺、新村铺、黎村铺，达沛县界（铺兵各三人）。

察院，在县治东南。嘉靖二十五年，知县叶烓建。

学校

州儒学，在城东北隅（东至城下路，西至养济院，南至徐州卫地六十丈，北至永福仓）。中为先师庙，东西列两庑，前为庙门。门外东为名宦祠，西为乡贤祠，又前为棂星门。门之外为泮池，跨以石桥，东西为碑亭者二，庙后为蹑云亭。国初，仍往代制，称大成殿、戟门。嘉靖庚寅，上用辅臣议，改大成殿称先师庙，戟门称庙门（诸所改正，详《祀典》）。棂星门左为启圣祠，又左为应璧楼，祠后为讲书楼（嘉靖甲午，督学御史闻人诠、兵备副使宋圭，以顺天固安杨维杰、维聪兄弟从其父讲习于此，后相继进士及第，改称及第楼，以励徐士问学。有修撰龚用卿记、御史苏祐赋，并诠自为记，皆不果立），楼后有号舍。棂星门右为学门，由大门入为仪门，东西匾曰义路、礼门，中为明伦堂，东西列各斋（东为进德、修德二斋，西为成德斋），堂后为尊经阁，东西为学正宅（一所）、训导宅（三所：一在东，二在西）。阁后为御制敬一箴亭。旧有神厨、神库、宰牲房、致斋所、馔堂、射圃亭，今并废。学故在城东南隅。元至正辛卯，毁于兵。国朝洪武初，知州文景宗徙建今所。学士金华宋景濂为撰碑铭（曰：徐州孔子庙学毁于兵，庐江文君景宗来治徐，新[②]作之。洪武元年秋八月，庙学成。凡历日一百二十，费功三千。夫徐为名镇，素多佳士，孝友如刘敬宣，忠义如赵立者，班班而是。《传》所谓“习俗好尚与邹鲁同”，盖不诬也。今侯之兴学，将以前人望徐。徐人士奉亲必孝，事君必忠，庶弗悖于侯之教。若曰攻记问辞章，以媒利禄，岂是学之初意也哉？为之铭曰：古之建学，释奠寓焉。礼以牖民，必身为先。师废学微，专崇庙报。祀事虽严，匪及乎教。徐为名区，庙与学俱。揆之于古，亦曰庶几。彼蚩者氓，相挻启衅。涌殿飞楼，化为灰烬。皇明御天，海宇肃清。选贤出守，以宣邦经。时维文

① 原作“术”，径改。
② 原作“州”，据正统《彭城志》改。

侯，来治兹土。不鄙其民，视如邹鲁。乃谓其民，尔民固灵。弗莅于学，孰励其成？相惟故址，既陋且僻。卜迁南东，厥龟孔食。乃协其程[①]，乃直以绳。乃经乃营，日夕靡宁。有殿言言，有堂矗矗。有庑轩轩，有门肃肃。视其斋庐，有师有儒。亦有生徒，执经而趋。学究六经，讲切六艺。以夜继日，莫之或替。人之所学，在孝与忠。忠孝一阙，昧其天衷。搜猎载籍，无征弗记。务贪得多，君子所刺。摛为篇章，葩藻是耽。斯谓偏徇，小人之甘。必蹈大中，内外孚浃。蕴于身心，著于事业。贤侯兴学，实阐化基。岂曰土木，崇其巍巍。铭以著之，作者太史。用推本原，以告徐士）。宣德间知州杨秘、景泰间知州宋诚相继增修，学正余姚宋骥为秘记。天顺六年，知州王叙拓大之。垂成，满去。成化六年，知州陈廷琏续成，重建堂斋楼阁。有眉山万安、淳安商辂并为记（安《记》略曰：圣人之生，岂偶然哉？盖天必任之，以助其不及。若羲、农、黄[②]帝、尧、舜、禹、汤、文、武，任之以行夫道；孔子，任之以明夫道。行夫道者，当世被其泽；明夫道者，万世仰其功。故自汉、唐、宋而元，咸知尊用其教，厚礼庙祀，以报其功于无穷。我朝君师海宇，内而京师，外而府州县，皆于学建庙，崇祀孔子，封爵加号，悉如曩代之制。报功之意，不已盛哉！徐之有学，数百年中历兵革，屡毁屡复。洪武元年，知州文景宗创建庙学，岁久而敝。宣德辛亥，知州杨秘撤而新之。既三十年，为天顺辛巳，庙复敝。临汾王侯叙来知州事，首谒先师，顾瞻礼殿，卑隘弗称，及省乐器之多残缺，遽欲更新葺补之，度时有未能。乃于政治暇，辄蓄其材，取砺与锻。越四年为甲申，将有事兴作，适有诏罢天下工役，不果。又五[③]年为成化己丑，岁丰民和，王侯悉发所储蓄，鸠工兴作之。首建大成殿，两庑次之。以旧大成殿为戟门，易棂星门以石柱，修饬乐器、祭器。功未集，王侯以秩满去。明年，知州陈廷琏以进士来知州事。初谒庙庭，视前功未毕，即恻然咨嗟曰："廷琏受命而来，职务孰有重于此乎？"遂图就之。于是饰圣贤像绘，殿庑、戟门及神厨、神库，咸以次完具。又远取土石，用填殿后水塘，围百五十丈，深三丈许。学之风气至是始有所萃，而庙之制度宏敞壮丽，益加于旧，上足以妥宣圣之灵明，下足以耸人士之瞻敬矣。呜呼！世之有司，率多孳孳以案牍几会为劳，以趋走迎饯为先，其能祗奉朝廷报功礼意，而知教化本原为重者几人哉？若二侯者，可谓世之良有司欤？学正应广平以二侯之功不可泯，乃具状征记，垂于永久。特为纪其始末云。○辂《记》略曰：圣朝崇儒右文，茂隆化理，学校之设，遍于天下。虽遐陬僻壤，弦诵

① 原作"成"，据正统《彭城志》改。
② 原作"皇"，径改。
③ 原作"三"。案甲申为天顺八年，成化己丑为成化五年，中间相去五年。此云"三"，似为"五"之形讹，据改。

不废，矧畿内之近，当南北孔道如徐者乎？州之学创自洪武初，迨今百年，风雨震凌，侵寻颓敝。中虽屡经葺治，无改旧观。岁成化庚寅，长沙陈廷琏由进士擢守是州，锐然以修建学校为己责。其文庙、两庑、戟门，悉以终前守王叙成始之功，既完且美。而又以堂斋诸所隘陋弗称，及颓圮弗支者，咸欲撤而新之。乃日节浮费，募工饬材，白之巡按、监察御史戴珊、熊绣，佥议惟允。卜日始事，辟旧广新，重建明伦堂五间，东西斋各十间。堂之后，鼎建尊经阁五间。以至会馔之所、出入之门，皆焕然一新。壮固宏丽，度越前规。肇工于甲午春三月，落成于秋七月。是役也，州守主之，僚佐赞之，仕者、居者、赢于资者助相之，民无劳焉。咸谓学校重务，不可无述，判官兰溪赵颙以记来请。夫所重于学校者，以人材所出，风化由系，王政之大，莫先于此。我朝列圣相承，治法帝王，道尊孔孟，而于建学育材之意尤惓惓焉。岂非学校兴则人材盛，人材盛则风俗厚，而治国平天下之道，由此而措之乎？自今来游之士，当仰体圣明崇重之意，俯惟贤有司作兴之功，操行必圣贤是师。其处也，行始于彝伦；其出也，光昭乎事业。斯治道有资，国家有赖，而学校非徒设矣。若乃发策决科，则余事耳，学校之教，岂止于此？有志之士，其慎所择焉）。正德壬申，督学御史黄如金、兵备副使柳尚义，命知州张行甫、学正杨和[①]增建斋宅。业未成，寻并迁去。明年，学正胡崇易白于继任御史张璿、副使罗循申饬之，乃就绪。有编修余姚孙清记（略曰：徐州儒学，自洪武初卜于此，为迁宅。迁之时，草略而已。宣德辛亥，始拓地以广其狭，增舍以饬其遗，然亦为草略而已。天顺庚辰，州守王叙始严夫子之宫，为初治。成化己丑，陈廷琏又崇堂斥地，及诸井灶器具，为益治。弘治庚戌，刘宪易武官居为弟子斋舍，建尊经阁于讲堂后。凡至是，始去草略为大治。及正德壬申，则已二十余年矣。殿庑垣墉，日蚀于风雨。督学御史莆田黄公如金见而忧之，曰："学已更百年而渐治，始去其草略者；今二十余年而渐不治，又将为草略者。吾忧其渐哉！"乃规设为倡，而谋诸兵备副使柳公尚义，亦捐公帑若干两，以命州守张行甫及学正杨和司其出纳，而别以指挥谭锦作率焉。凡易梁栋，筑垣墉，葺雨溜，作官舍于堂西，作斋舍于堂东。事渐有序，而副使、州守、学正相继迁去。明年，蜀垫[②]胡君崇易来掌教事，深以工事未绪为惧，乃簿正缺官斋夫若干金，请于副使罗君循，而督学御史张君璿，复以其事申加董励。于是，州守武雷及训导杨琳、徐俨、郭辉，及诸生之饶裕者，相与捐廪输金，事以次治。无何，而户部主事王君遵，水部吴君哲、蒋君益，督饷太监侯君富、金君奉、莫君昂，及徐之文武缙绅耆宿，亦皆相与捐廪输金，事于是大治。凡

① 案本志卷二《职官表》，学正杨和，正德八年癸酉始任。据下孙清《学记》：七年壬申杨和已为学正，疑前表所载有误。又表载学正胡崇易，正德十三年任，以记文观之，应为九年任。

② 蜀垫：四川垫江之省，见卷十一《宦迹》本传。

为堂斋门库若干楹，而义路、礼门二区，又自圣像及诸贤绨绘彰施，庄严俨肃，盖至是又为大治，事率一新云。於乎！事固有相趣而成者，其谓是耶？夫自其始迁，以至于大治，更历百年，易数人而后集。盖作者之难，其势然也。自其始敝，以及于再治，亦且更二十余年而后集，而又且更数人焉。述之者，其势亦难也。然亦有取于《渐》之义。夫及其渐而为之，而犹若是其难焉；向使不及其渐，渐且敝矣，益敝则力益难，又将为草略之规而已矣。诸君子之用心，其固善治其渐哉！於乎！安得诸君子者，以渐之道治天下之敝哉）。嘉靖丁亥，副使赵春命知州郭天锡拓学前基，洎庙庑堂斋，并加饬。癸巳，副使何鳌（山阴人）命学正李宪督修。甲午，知州魏颂卒役，更增葺之。编修楚人廖道南记（曰：嘉靖甲午夏四月既望，内史氏被命次徐。徐之诸生来言曰：徐之学宫，旧在城东南隅。国初，牧长文侯景宗改迁东北隅。嗣是，数经营度，益涂丹雘。肆于嘉靖癸巳，兵宪山阴何子鳌拓地鸠材，式弘厥制。文学李子宪督程测臬，思绍厥嗣服。爰以闻于中丞，始则刘公节，继则马公卿；爰以遍闻于柱史张君惟恕、陈君表、闻人君诠。咸韪厥议，以底于绩。越今甲午，蒲圻魏侯颂适守兹土，加意增葺，约轨示表。若罔纪述，后嗣胡观焉？内史氏喟然叹曰：於乎！古帝王之肇诸学，正也穆哉渊如也！矧徐为九州之一乎？粤自轩皇，分野星纪；昉占帝尧，锡胙彭城。庸建虞庠夏校，风被阛阓；殷序姬雍，化扬弦诵。骏烈鸿休，弗可尚已。迨兹以后，则有若穆生、申公，传经执礼；盖豫、韦贤，授典陈诗。唐则有若姚崇、李愿，秉节敦教；韩愈、李鄘，敷猷赞谟。宋则有若富弼、王洙，隆儒宣泽；杨时、苏轼，诱士昭文。咸以永光皇烈，载扬帝休，亦既弘且远矣！我皇上统一舆图，丕振神教，首开礼乐二局于南畿，继颁经典六籍于北郡。惟兹徐国，南北之冲，山祇毓灵，水若贡祉，星珠炳曜，月璧含祯。物采既章，人文载涣。百六十余年，士风趋正，民俗归厚，蔚蔚彬彬，克承古昔尔矣。予又闻焉：夫道，犹水也。不浚其源，则圣人之精罔攸发；不达其委，则圣人之蕴罔攸传。《易》有之巽者，入也，入而后说之，故受之以兑。兑者，说也，说而后散之，故受之以涣。夫兑，泽也，德盛而泽深，泽深而化流，其圣人之蕴乎？夫涣，文也，诚精而文明，文明而化成，其圣人之精乎？是故，我观诸徐有足征焉者矣。浑河放于西域，则星海攸渎；泗源播乎东鲁，则圣涯浩渺；吕梁险于南壑，则濉、谷澎湃；沛[1]水汇于北渚，则汜、漷泱漭。故曰“逝者如斯夫”，其圣人之道之精蕴乎？夫精以蕴矣，兑以涣矣，而学之弗巽，其何以入焉？《书》曰：“惟学巽[2]志，务时敏。”《礼》曰：“不凌节而施之，谓孙[3]。”其入道之门乎？继自

① 康熙《徐州志》、道光《铜山县志》作“汴”。
② 巽：通“逊”，让，谦让。《尚书·说命下》作“逊”，《书集传》：“巽、逊，古通用。”
③ 句自《礼记·学记》。凌，通“陵”，超越。孙，通“逊”，顺。

今藏焉、修焉、息焉、游焉，巽而入焉，兑而说焉，涣而天下之至文成焉，道不在兹乎？道不在兹乎？於乎！越若来守兹土，可以监矣。乃系之铭曰：粤稽邃古，神圣建邦。惟兹彭城，胙土陶唐。奎娄画野，淮楚奠疆。亶生英哲，炎祚炽昌。世封宗室，代列侯王。灏精协气，鸠灵发祥。两龚气节，三刘文章。奇材异器，魁梧頍颀。黉宫载启，彝典肃张。肃陈俎豆，恪秉圭璋。广牲在庙，雅乐在堂。圣谟肇作，贤范咸彰。菁莪雨霈，棫朴风扬。俨思穆穆，颂声洋洋。文侯正始，于古允臧。魏侯保终，于今有光。汴泗之阴，海岱之阳。爰庸勒铭，以告循良）。乙未，知州陆时望建敬一箴亭。己亥，清戎御史杨瞻改建应璧楼。庚子，户部主事吴岳筑土建蹑云亭。壬寅，知州王重贤建启圣祠。丁未，副使王梴益修葺之，焕然一新焉。

官：学正一人，训导三[①]人（俱未入流）。

生员：廪膳三十人，增广三十人，附学无定额（吏一人。庙夫三人，门子三人，库子二人）。

书籍：旧有《五伦书》《四书大全》《五经大全》《资治通鉴》《文献通考》各一部，今残缺未有补云。

凡教事，学正掌之，训导佐之，州正提调其事，而总之于督学御史，并以卧碑从事。三岁则大比于南京应天府，为乡试；凡四岁以三人应贡，为岁贡。二者并称正途。其科第题名，有学正聂荣记。

彭东书院，在城东北隅。嘉靖二十五年，兵备副使王梴建，为诸生讲读所。规制并详梴自为记（曰：象山王梴以圣天子命来镇徐，暇日尝进诸生，稍稍论问学，即诸生亦烝烝起，遂为作书院群焉。书院在彭城东门，因名而记之。且先之曰：君子之学，以成身也。天地万物，本吾一体。故天地位，万物育，然后一体尽而君子之身成，身成然后为君子之学。喜怒哀乐，人人所同，约言之曰：好恶，言其已发谓之情，言其未发谓之性，言其从出谓之命，言其灵觉谓之心，言其趋向谓之志，其实一尔。好以天下，天下安其好；恶以天下，天下安其恶。位育在兹乎？是故，志定然后知谨独，知谨独然后心不分，心不分则性合并，性合并则情节宣。故中和至则性命宅矣，敬义立则物我忘矣，是曰合内外。故弥存弥应，体即用矣；弥应弥定，用即体矣，是曰一动静。故旅进旅退，其道不匮；时止时行，其道光明，是曰通昼夜。夫好恶者，天地万物之管也；辨志者，天地万物之机也；吾身者，天地万物之会也。智愚之性同而不同者，习察之辨也，匪二性也；圣贤之学同而不同

① 原作“一”，据万历《徐州志》改。案万历《徐州志》：本三人，“嘉靖初裁一人，寻复”。复考《职官表》，同年莅事之训导亦非一人。合此有误，据改。

者，生熟之分也，匪二学也。箕子所称“无党无偏，会其有极”，孔子所称“克己复礼，天下归仁”，曾子所称“物格而天下平”，孟子所称“集义而塞乎天地之间”者，意在兹乎？舍性命而言学，故学日支；舍好恶而言性，故性日离；舍一体而言位育，故位育大难而本绪日非。顾哓哓然置喙于异端，而自忘其处，此何取焉？今夫负金以行乞，挟隋珠而鱼目之求，人皆知笑之；而学不悟，何明于人而自暗也？或曰：尧舜病诸，孔孟不偶①，位育安在哉？曰：否，非然也。臧获厮养，可谓至微，内能其亲，外能其党，则物我相安而日用皆顺；达官大人，喜怒一差，则晦明易位而上下解体。何则？其性一也。尧舜不以弗济忘其病，孔孟不以不偶忘辙环之心。百钧、乌获，各毕吾力而已。今以尧舜孔孟之所难必，而并弃吾力之所可为，不以云迂，则以云谬，是何异骇甫田而焚耒耜哉？圣天子方以人文化成天下，敬一有箴，四箴有训，盖拳拳焉。而徐州接壤鲁邹，流风遗俗，当有存者尔。乡先生问庵马氏，尝游阳明先生之门，与海内学者发明往绪，余至而扬搉②焉。尔诸生业已烝烝起矣。先儒有云：“学莫先于立志。”又云：“有天德，便可语王道，其要只在谨独。”呜呼！其无负圣天子之化、鲁邹之遗，与尔乡先生之素乎？兹役也，地取诸废址，材取诸故廨，庸直取诸束矢暨钧金。前为门二，中为堂五间，后为阁视堂。堂阁之左右翼屋皆两楹，东西号舍皆若干间，号北皆有会讲堂三间。肇工于乙巳之冬，迄丙午春二月落焉。且命判官黄应期理闲田若干顷，籍岁入为饩供之具。维时，若同志同事先后观厥成者，则水部冯子有年、陈子洪范、曹子英、徐子惟贤，地官周子镐、梅子守德。若与有劳者，则知州陈叔美，同知石岗，判官袁衮、欧世贤，暨学正吕锐，训导谢京、廖辕、高朗，又皆乐育而相观者，得备书云。是为记。〇又示诸生诗：天地委真官，几微在发端。不欺皆本体，有为即疮瘢。意动群阴动，心安万境安。圣门崇戒惧，都为缉熙难。〇学问无他术，工夫贵识微。放心何处是，辨志岂云非。动静皆人极，行违总气机。繁弦方切耳，谁识太音希）。

吕梁书院，在吕梁洪。嘉靖癸巳③，工部主事郭持平建。

社学十余所，在城内外隅关厢。成化三年，提学御史陈选遵制命有司建立。各择教读一人主之，以教民间子弟。今悉废，为缺典云。

萧县儒学，在县西南。中为先师庙，东西列两庑，前为庙门，门外东名宦祠，西乡贤祠。由名宦祠折而东，有神厨，又前为棂星门。庙之后为启圣祠。棂星门右

① 原作“俚”，据王樾《徐徐集》卷二改。下同。
② 原作“确”，据《徐徐集》改。
③ 按：嘉靖癸巳为嘉靖十二年。考郭持平任职时间为正德末（冯世雍《吕梁洪志·官师》），又舒芬《吕梁书院记》载该文作成时间“相语于洪上，则嘉靖癸未闰月癸丑”，时为嘉靖二年癸未闰四月。以此推之，“癸巳”应为“癸未”之讹。

为学门，由门而入，中为明伦堂，东西列斋二（左为崇德，右为广业）。斋之傍，各附以号舍。号舍之北偏，各为神库。堂后为敬一箴亭，又后为教谕宅（一所），稍东北为训导宅（二所）。

学故在旧城西北隅。宋绍圣间，县令孙文、邑人窦沔捐资徙今城东南，有晁端中记（略曰：萧为邑，负山濒河，多形胜。其风俗浑厚，多智虑，务农生财，独饶于他邑。然官民居庐皆聚于故垒之南，而宣圣庙犹在西北无人之地，众不乐居，虽存犹废也。自皇祐逮今，登进士第才数人。故萧之士鲜知学校群居之乐，而邑之耆年长者，常以是为不足。前光泽簿窦君沔，喜儒学，有远识，白于邑宰孙公曰："郡邑之学，多居文明之方，盖以利学者进取，向于高显之义。今愿于邑东择爽垲之地以徙学，可乎？"遂白于州守，许为之。乃绘图以进。其规有堂有筵，有东西序，斋房、庖厨亦各有次。像先圣、七十二子，其列有楚。笾豆簠簋、罍洗爵斝，荐献之器，其藏有次。由是邑人争愿出力，以佐其役，而令皆助之。肇工于绍圣五年三月壬子，落成于七月丁未。乃求记于余曰："君尝寓学于此，知萧之子弟多秀颖可教，当为之记。"因复曰："窦君以富饶之资，能兴儒学，使为父兄者知以礼义教子弟、以学古入官者可尚也。夫功及人者，其报当在子孙。则公之后，必有登显仕者矣！"）。后为水啮。元至元丁丑，县尹耶律廷瑞重建，萧人傅汝砺记（略曰：萧邑介大河之间，黄流漫滤，自古为害。南北两城，居民不能奠厥攸居。往者，庙学置于北城西墉之上。宋绍圣五年，因遭洪水，移于南城。继以狂澜四围，屡有废弛。至元丙子，一新于北城。岁久，悉皆芜没于苍烟灌莽之中。至元丁丑，县尹耶律廷瑞慨然兴复，遂于南城之东，买隙地二十亩有奇，积土聚财有所待。适廉访分司完颜公至，合其议，复指示地西偏面阳爽垲之墟，创建殿庑、堂斋、棂星门。翚跂翼齐，焕然一新，为多方之冠。萧县复立六十载[①]，未闻有道义功烈显于时者，亦无一宾兴于场者，是岂其才之不足哉？抑为政者未有以兴起之也。今庙貌完，学校兴，有司、宪司交相勉励，不亦幸哉！诸生孜孜读书，以孝悌忠信正其心，以礼义廉耻修其身，则名声将有不可掩者，岂独乡闾之光，抑亦不负圣朝之意。斯役兴功于戊寅春正月，收功于冬十月。落成之日，士庶咸请立石，以传不朽。予目击其美，故乐为之书）。元末，毁于兵。国朝洪武初，主簿刘瑜创建。知县乔峻、县丞齐福东，永乐间知县郝玘，正统间知县柳新，景泰间教谕王隆，成化间知县马纶相继重修，南溪刘忠为马纶记。正德间，巡按御史宁钦莅县，命撤华严寺、东岳观二所，移建其地，州判官董相、知县王隆董之成。嘉靖辛卯，知县寻孔乐建敬一箴

① 元初命官，以户口稀少，至元二年裁萧县并入徐州，至元十二年（1275）复立萧县。至此顺帝后至元四年（1338）戊寅，故曰"萧县复立六十载"。

亭，洎名宦、乡贤二祠。壬辰，知县朱同芳建启圣祠。至是，规制始备。唯泮池未有凿，为缺典云（有射圃亭，在城隍庙西，嘉靖十二年知县朱同芳建）。

官：教谕一人，训导二人。

生员：廪膳二十人，增广二十人，附学无定额（吏役视州学。诸邑并同）。

凡教事，教谕掌之，训导佐之，县令职提调焉。间岁以一人应贡，余并同州学。其科第题名，有安成吴节记[1]。

社学，在县西北司马神祠后。成化三年，督学御史陈选移文有司建。今废。

沛县儒学，在泗水南（龙泉寺故址）。中为先师庙，东西列两庑，前为庙门，外为泮池，跨以石桥。又前为棂星门。庙东为启圣祠，后为御制敬一箴亭。庙西为名宦祠、乡贤祠。棂星门之西为学大门，由大门入为仪门，中为明伦堂，东西列斋二（东曰博文，西曰约礼）。大门外东西列蛟腾、凤翥二坊（学西有射圃）。

旧在河东泗亭坊，宋靖康中，兵毁。金大定初，徙建河西清化坊。十一年辛卯，知县刘勋新葺。元至正间重修，寻复毁。本朝洪武三年，知县费忠信、训导华革等建。永乐间知县常瓘、李举贤，正统间知县王清，景泰间知县古信，相继修葺（学内新井，泉味清洌，亦信所凿），漳浦陈亹记（略曰：沛之有学，学之有庙，盖自前代始。岁久倾侧，有司不加省者，十数年于此矣。景泰纪元初，知县武昌古信、教谕清源张晔，适相继视事，乃相谓兴复葺理，不可缓者。即鸠工度材，作明伦堂，修大成殿，宏敞清肃，秩然改观。既又立棂星门，创建经阁、射圃，与夫庖厨库庾，皆无不备。沛人以役不伤农，费不及官，皆愿有述，以著厥绪。予惟建国君民，教学为先，帝王之兴，率由斯道。秦人焚书坑儒，叛乱四起。高祖起沛中，成大业，虽当时诗书礼文之事，有所未遑，然大纲克正，子孙继承，而经术名节之是尚，卒延国脉于四百年之久者，岂真以马上致哉？亦以斯道为之根柢耳。国家定制，以学校责守令贤否，视学校兴废为殿最。是宜薄海内外，士劝伦叙，风俗丕变，弦歌之声相接也。沛庙学遭时复兴，顾皆贤令长与掌教者之经营摹画，然潜孚默运，抑何莫而非本于上之鸢飞鱼跃之化哉？学于兹者，沐朝廷化育之恩，睹学校兴复之盛，惕然以立身行道、忠君显亲自励，将不愧为沛中人矣。是役也，经始于景泰二年辛未之春，落成于景泰三年壬申之夏。其时，若县丞韦聪、朱宁，主簿卢蓁，典史邓林，训导周载苾，皆重是举，能与古、张二公同心相协，以毕其功，是咸可书云）。嘉靖八年，圮于水。十一年，知县王治用旧学庙及地易建今所，今教谕、训导宅仍在旧学。二十五年，知县周泾增建门庑祠宇，凿泮池，易民地拓大之，始备规制云。工部主事徐惟贤记（曰：嘉靖丁未夏五月，沛县新迁儒学未成。

① 吴节《儒学科第题名记》，见康熙《徐州志》卷三十二《艺文五》。

学谕朱氏以和，偕若训季氏珩，合学之士如干人，持状告余曰：“学旧在邑治东北。正德间，为河决就圮。自是人文靡振，科目屡奇，士论病焉。识者以城南泡河、龙泉之会，风气完朗，真文明之宅也，第为浮屠所据。迨岁壬寅，前黄训昶、张训庆旸白于王令治，欲两易之。令闻其议于抚巡诸院，佥如议。遂表方正位，易民地如干丈以广之，而改创梵宫为先师庙。继撤旧材，为明伦堂，为博文、约礼两斋。工方经始，而王令去矣。甲辰岁，贵溪周君泾以乡进士来代之，相其未备，毅然欲亟终之，顾时未可。越明年，政孚民信，乃复请诸巡院、兵臬诸公，得廪余如干金，授成典史林大理，为之增置两庑。庑前为戟门，傍为庖库，前为泮池，又前为棂星门，门之左右为蛟腾、凤翥坊。又于学宫之东为敬一亭，为启圣祠；西为乡贤祠，为名宦祠。垣宇四周，而总括之以学门。盖益备王之所未备，而规模气象宏翼壮丽，凡所以足瞻仰、遂游息者，靡不饬矣。周令之有功于学也如是。和等愿乞言焉，以征诸远。”余辞不获，乃为之言曰：古者考绩论治，兴学为先。故《诗》颂鲁申，《史》赞文翁，昌黎美�侯之文，柳州著薛伯之勤，盖皆归其功也。今尔多师多士，固知若令之功矣，其亦知所自迪，以成令功者乎？夫建学者，有司之事；而敷教者，师儒之责。学立教修，而名实不著焉，多士之耻也。故胡文定教授苏湖，贤才辈出；范文正自做秀才时，便以天下为己任。彼二公者，自迪其选矣。今沛去邹鲁不远，有先圣贤之遗风；且邑隶南畿，为圣祖龙飞首善之地。而今皇上复以敬一之学倡明于上，则视昔苏湖，其机又易以兴也。苟能励胡、范之志，以追孔、孟之遗，振其敝陋者而更新之，有如此学，则志气交凝，人文丕应，将必有道德文章卓然名世者，迭出于科目之间，以鸣国家之盛，而绍邹鲁之休。其于兹学，宁不大有光哉！如或不然，而溺于旧习，则未免昔之所病，而有司之志荒矣。余固谅尔，多师多士所不屑也。于是乎言）。

凡学职官、教事、科贡制，并与萧同。

社学二所：圣水社学，在县南一里许；天津社学，在河东岸，俱嘉靖十一年知县杨政建。

砀山县儒学，在县东一里。中为先师庙，东西列两庑，前为庙门、神厨、神库、宰牲房，并东西列。又前为棂星门。棂星门之西为学大门，由大门入为仪门，由仪门入，中为明伦堂，东西二斋。堂后为教谕、训导宅凡三所，附以馔堂、学仓、号舍。

唐贞观四年建，在县西北隅。宋元祐间，徙今地（邑人王惠捐资成之）。金大定间，水没，废，县令杜之美同进士邵师古重新之。元元贞、大德、天历、至元间，县尹蒋恕、杨泰[1]、孟直、崔旭前后修建，夏丘张忠为孟直记。国朝永乐、宣德、正统、成化间，知县郝玘、刘伯吉、杜钊、张梦辅，主簿张文宪相继修建。安成刘球、博野刘吉各有记（球《记》略曰：皇上嗣天下之明年，选风纪之臣，分督郡邑学政。其陛辞也，悉授以敕条，建饰庙学乃其一端也。四年，砀山县学孔子庙告成。庙为一室，其崇以寻计者四，广以丈计者六，邃以尺计者三十有奇。斋堂门庑之展，庖廪之扩，莫不称之。其地夷，其材硕，其构浑坚，其绘郁然，其规制则皆壮丽于初。然官不伤于费，民不知其劳，自非志唯一出、谋与佥谐，何足以及此哉？至是，知县事衡水杜钊课最当迁，以民乞留，得增秩还官，来请予记。因问倡斯役者为谁，则曰："初，监察御史庐陵彭侯勖督学至邑，命迁于学东。既而监察御史庐陵孙侯鼎，喻使完美。筑营之功，以故兴焉。"又问宰斯役者为谁，则曰："前知县事刘伯吉，实经始之。继而程厥工，制厥用，以克有终者，钊暨县丞刘全、典史周文中预有力焉。"又问赞襄斯役者为谁，则曰："前教谕李孟玉、张观兴，今教谕丘纯、训导徐忞[2]是赖焉。"予然后知任风纪者克率群职，奉敕旨以举事矣。嗟夫！道在天地间，万世犹一日也。二帝三王之后，唯孔子一人而已。四教所以立，六经所以明，百王之法所以备，孰非孔子之功欤？此其所以世为天下师也。后世之君，有志于昭文德以兴复古治，必诏郡邑隆其祀事。隆其祀者，尊其道也。尊斯道，而后民知所从焉。皇上御极，即留心于此，内外大小之臣又克副成圣意如砀山焉，岂非斯道之幸欤？诸生诵其诗书，习其礼乐，敏而为达才，粹而为成德。得志则发所蕴，上可措斯世于唐虞，下可等事业于伊周；不得志，亦足以仁其家，善其乡里之俗，安往而不得于道哉？因题诸石，以为诸生励。〇吉《记》略曰：砀山地僻而民豪，往因水旱荐臻，俗益贫甚，民失其所者半。天顺壬午，张侯梦辅来尹兹土，奋力振作，急于民事，岁事向丰。至有凶强不律者，设法锄之。由是民无顾虑，而安堵复故焉。一日，诣学谒庙，视其庙宇倾欹，且规制隘陋，因遂谋之僚贰暨诸直教事者，各捐俸资，鸠工抡材，诹日兴事。而侯躬莅教护属功，课其章程。邑之富人、义士观感者，悉力以助。经始于丁亥秋八月一日，落成于戊子冬十月九日。其大址延袤，视旧加三之一。凡庙寝、堂斋、庐舍、泡湢，俱彤碧相辉，黝垩交映。至于庙器、礼物，靡不补葺维新。而又建阁尊经，伟乎改观矣。既毕工，乃遣人走京师，以记为请。窃惟圣朝有天下百余年，列圣相承，聿图至治。其所立纲陈纪，为生民经久之计者，大要不外乎农桑、学校而已。夫农桑为衣食之本，学校为礼义之先，二者一有缺焉，虽欲言治，皆苟焉尔。今之守令不辨所重轻，率以奔

① 原作"参"，据正统《彭城志》及本志卷十一《宦迹传》改。
② 县丞刘全、典史周文中，前教谕李孟玉、张观兴，今教谕丘纯等人，《职官表》俱失载。

走承顺为能事，催科速成为善政，至学校之倾颓、风俗之薄恶，则恝然莫之为介，良可慨也！其知所先务而能果于兴事，不负朝廷委任之意者几人哉？予于张侯，不能无取也。徐为中国衣冠之域，南畿首善之地，泮宫一新，秀民杰士殆将幡然自新，后先相望。人将指而颂之曰："此张侯作兴之效也！"其功用岂小补哉？用志于石，以俟采于观风者）。嘉靖五年，知县季木创凿泮池，重修棂星门。二十一年，知县刘旸重建庙，洎门、庑益拓大之，安福王学益记（曰：惟明有国，自国都至郡邑学，莫不立庙祀孔子，所以勖诸人士甚至。夫尧舜诸圣人，在上者也；孔子，在下者也。祀尧舜，则圣为君也有不可及之疑；祀孔子，则圣学人可为矣。故曰所以勖诸人士者甚至。夫孔子之学，心学也。子曰："吾道一以贯之。"盖言心也。舜授禹曰："人心惟危，道心惟微，惟精惟一，允执厥中。"心学之源也，一即中也。《诗》曰："上天之载，无声无臭。"又曰："不识不知，顺帝之则。"微也，惟微惟一。是故有感而通也，为恻隐，为羞恶，为辞让，为是非，为父子之亲，为君臣之义，为夫妇之别，为长幼之序，为朋友之信，为千变万化，时出无穷，措之宜也。其敷之言也，为《易》，为《书》，为《诗》，为《春秋》，为《礼》，为《乐》；其敷之政也，为皇，为帝，为王，所谓一以贯之也。世儒不察，析心与理为二，而外求知识以相附益，故圣人一贯之学遂荒，而其甚则举业记诵功利尔矣。夫今举业取士，即古之敷奏以言也。使果学以尽心，则前言往行，皆识以蓄德也；敷经衍义，修辞立其诚也，岂必有司之所弃乎？夫五伯之功利，孔门五尺童子所不道也。今之功利，所以崇欲而长恶也，又况五伯之罪人乎？余尝叹孔子之在当时，无有上人为之督劝，然奋于布衣，与其徒汲汲讲明斯道，以折众淆，至于发愤忘食。今幸际熙明，建学立师，以孔子之道相勖，顾背而驰，岂不可愧也乎？余友三峰刘君，盖学孔氏之道而有得者。其治砀也，日以孔子之道启诸人士。而周览学宫，见孔子之庙圮且隘，遂请于抚按、督学，皆曰可。乃更新之，为高三十六尺，广七十九尺，深四十七尺。又以地多水患，崇其址，加五尺有奇。又葺其两庑、戟门与庙称，又改建启圣祠，又增置乡贤、名宦祠，以附于庙，惟讲习之堂仍其旧。盖制焕然，以备邑之人士拜瞻其下，改视易听。于是相与树文石，请记于余。庸敢述我国家建学立庙，以勖诸人士之意，而发孔子之道与俗学之弊，以为诸人士告。诸人士闻余之言，必有沛然者矣）。

凡学职官、教事、科贡制，并与萧同。其科举题名，有洛阳刘健记（略曰：有所重于前，然后可激于其后。盖前者，后之表也。砀山，古郡邑，秦汉以来，奇伟之士生其间者，后先相望。我国家定都金陵，尤近在畿内，贤俊之士宜彬彬乎盛也，而自设科以来，仅一二见焉。此固士习之不振，亦所以感发激励之未尽其道耳。澄城张君梦辅来知县事，适监察御史临海陈公选奉命提督南畿学校，且以科目之盛衰，系有司之良否。张君于是笃意学校，悉用其极，乃砻石于学，题砀山之士凡发身科第者姓名及历官大略于其上。以余辱相善也，令其佐缪君贯书来请记。余闻伊川先生之言曰："名者，可以励中人。君子所存，非所汲汲。"盖以名而望之，疑若非忠厚之道矣。然君子之持己也常严，其与人也常切。持己严，故非圣人之道，不敢轻以自恕；与人切，故多方开导，惟恐其不入于善。是则诱人以名而望其进，乃君子所以为忠厚之至也。古之人自省台而下，至郡邑治署，皆有题以重前修而励后人，不但学校也，可少乎哉？然名者，实之华。诵其诗，读其书，心古人之心，行古人之行，使毫发无所愧，此名之实也。学者于此致力焉，则虽无意于名，而名自随之矣。张君，盖名实相符之士也，其必能以余言率砀之士矣）。

振文堂，在儒学后。金明昌六年建，今废。

社学二所，一在县治南东街，一在县治西街，并已废久。嘉靖二十六年，知县王绍元申请重建。

丰县儒学，在县治东六十步，华山之阳。中为先师庙，东西列两庑，前为庙门，门外东为名宦祠，西为乡贤祠，并南向。又前为棂星门。庙东为启圣祠，祠前为敬一箴亭，亭前为神库、神厨、宰牲所各一区。棂星门西为学大门，由大门入为二门，由二门入，中为明伦堂，东西为斋者二（左仁义，右道德）。堂后为后堂，堂西为教谕、训导宅，凡三所。

旧学在旧城，金末毁于火。元至元间，县尹郭瑄重建，寻毁于兵。本朝洪武六年，知县曾本创建。宣德间知县阙膺、天顺间知县张昇、成化间知县邝颐相继建修。嘉靖五年，旧城水没，县治徙今城，学废。至二十一年，知县李崇信创建今所，四明张邦奇记（曰：丰县有学在故城。嘉靖丙戌，河决城坏，学亦沦没，县令高禄携士民往迁境内之华山。巡抚都御史乐清高公临视，叹曰："丰人得此山依焉，诚福地也，可遂为县治。"乃奏请命下，计日起工。公迁工部尚书以去，事遂寝。已而黄河南徙，逋携来归，狃旧怀土，欲修复故城，更县令四三，莫敢定计。嘉靖辛丑冬，潜江李崇信来令于丰，乃属其士民相土于故城三日，又往从治河都御史浅斋郭公，观河于分流之源，上下五百里，归而三复告谕，丰人感悟，咸以华山永无河患为便。遂定议，白当道诸公，事行。而提学御史裁庵杨君按徐，复允诸生之请，令建学校。李令乃卜地于县治之东六十步，北负山麓，南临水浒，东连远岫，西带长河，爰即其中营文庙。左右庑各八楹，前为戟门，门东西为神库、神厨，前两隅为名宦、乡贤祠，又前为棂星门。庙东为启圣祠，祠前二十余步为敬一亭，亭东隅为宰牲所。庙西为明伦堂，仁义、道德二斋，前为道义之门，又前为儒学门。明伦堂西，为教官宅舍三区。又于城中官地及市民地，治诸生书舍若干区。盖数十年露享野祭之陋、草榻旅食之艰，至是始焕然新矣。而李令图虑之远、裁决之果、矢吁之诚、经画之敏，上下翕然誉之。以嘉靖癸卯冬十二月起工，明年甲辰夏五月落成。费出于官帑之羡，力借于公役之余，事集而民弗知云。夫唐虞之时，稷降播种，契敷五教，而其后皆有天下，延祚甚远，天之报稷、契之功者为尤盛也。然则天下事孰大于教？司教若授教者，尚亦深思而永励焉哉！矧兹丰邑多故，学宫肇新，答河岳之灵，副良有司之望，亦在诸[①]自新厥德而已。李令，楚产，予门下士，而能振兴治教若此。虽予未及之丰，如闻弦诵声也，莞尔而为之记）。

凡学职官、教事、科贡制，并与萧同。

华山书院，邻学宫。嘉靖丙午，知县叶烓创建，副使王梴记（曰：丰，故徐属邑。往岁以河决，徙治今华山。治当山之麓，并麓稍东为学宫，隘弗称。叶令烓至，以岁之乙巳某月，白之督学午山冯公暨予，复并麓稍东为华山书院，门堂号舍咸秩矣。堂之后，复并麓稍东为轩五间，境幽而颇奇。至某岁某月，乃略就绪。予行部偶寓焉，因进诸生而讯之曰：令为兹，其情深，其志戚哉！古之教者，时教必以正业，退息必有居学。故君子藏焉、修焉、游焉、息焉，是以安其学而亲其师，乐其友而信其道，虽离师辅而不反也。夫学宫者，时教正业之地也；书院者，其退息居学之所乎？并麓为轩且幽而奇者，其藏修游息之墟乎？尔诸生处焉亦既有日矣，果能安其学而亲其师乎？果能乐其友而信其道乎？抑能离师辅而不反否也？夫动静不违而内外合一者，作圣之极功也；情以境迁而机由静悟者，为学之始事也。吾心之良，本自炯然，顾眩于纷华，昧于功利，日昏日瞀，卒无以自解。偶入静境，则杂扰顿息，如蹈汤赴火之后，而沃以清冷之泉，其神跃然，心目俱爽矣。夫杂扰息，则真体自见而气日清；端绪发，则机括日竞而大有功。故察此谓之察识，推此谓之扩充，知此谓之知及，得此谓之仁守，蕴此谓之天德，措此谓之王道。故亲师友而不倦，离师辅而不反也，是之谓古人之学。夫以古人之学望诸生，望之至者，故曰其情深。夫太上无境，其次境境，最下不离境。安土敦乎仁，何境之有？语有之，吾入闻夫子之道而乐，出见纷华而悦，是谓境境。怒于室而作色于其父，何境之能离？夫无境者，吾不得而见之矣，必也其次乎？孟子三见齐王而不言事，程门之教每令学者先静坐，彼有取尔也。《易》之道，群阴尽《剥》，而后为《复》也。今之学者，纷华功利之说日陈于前，故呻占毕，多讯言[②]，隐学而疾师，苦其难而不知其益也久矣。夫藉境生心，而缘静兴悟，是之谓始学之道。呜呼！其不得已而思有恒之意乎？故曰其志戚。夫圣学无岐，而人心有觉也。天地之性，无所择而后生；豪杰之士，无所待而后兴。太行之东，大河之间，盖豪杰之陆而圣贤之薮

① 原作“请”，据康熙《徐州志》改。

② 句自《礼记·学记》：“今之教者，呻其占毕，多其讯言，及于数进而不顾其安。”呻：诵读。占毕：竹简。占，同“苫”。讯，告知。多讯言，犹言一味灌输。

也。尔诸生毋谓丰小，毋谓学问之难，庶几于令无负哉！令，故知名士，晚以贡入官，其展采错事多定力，岂亦有志于无境者乎？予诚不敏，于尔诸生暨良有司勖之矣。维时，教谕杨瀿，训导周澈、危椿请书之。遂书以为记，俾有志者决择云。〇叶烓自记略曰：丰，褊邑也。邑之镇曰华山，崛起中野。山之阳有遗地，邻学宫，诸士子以号舍无址，欲为肄业之所。烓为请于督学冯公、兵宪王公，市之于民，复以废仓益之，创为书院。院背山麓，涔水湮芜久矣，于是乎加疏瀹焉。中洞豁然而辟矣，洞前诸景，可揽而有，曰"会景"。复架小桥，以达西洞，洞塞巨石，曳而虚之，曰"虚白"。前通鸟道，斗折出石坛下，危岩屏设，石离离林立，亭其中，曰"寄兴"。亭之西，石门半蚀，土中剜而深之，穹然一洞也，曰"碧寒"。洞旁小亭，曰"独对"。北沿仄径，南出断石之间，东至通幽洞，景绝而路穷矣。天劖一窍，旁通寓乐轩，石壁千仞，森削于前，左有洞曰"太玄"，右有池曰"太一"。登观风亭，可以骋遐瞩而纳远景也。亭之后为高皇庙，亭之前为瞻石斋，面斋多奇石，矗叠如画。石罅线通径路，东至宾阳亭，西至问月亭，奇踪殊状，错出深菁丛莽之间，宰物者亦容得终秘之哉？由是观之，美哉山之体，具于天也，人力若无预焉。然而浮壒[①]昏之，丛棘蔽之，沦落于荒僻之墟，不能不假修治之功，宣灵发秘，所以致广大而极高明也。诸士子固将持志于有恒，养气于无馁，务使气习廓清，精明之本体宣露，无以异于此山已乎？抑将蠹于章句，俳于文辞，俾精明之本体，昏蔽于科目之中，终无摆脱之日，以异于此山已乎？是在诸子自择之而已矣）。

论曰：徐之士子，古称挟任节气，好尚宾游，又以常置重兵，数百年无复讲诵，故文事缘以不振。然今为畿辅首善之地，其所渐被贤者饬砺，以表其风，其次亦莫不奖儒服学，彬彬知所向往。文之以礼乐，盖庶几乎邹鲁之遗矣。《诗》曰："青青子衿，悠悠我心。"刺学校之废也。孟子曰："豪杰之士，虽无文王犹兴。"上下君子，尚各振其敝而兴之焉！

徐州志卷之六终

① 原作"磕"，同"礚"，系"壒"字类化。参光绪《丰县志》"壒"改。

徐州志卷之七

人事志二

户役

户口

前汉楚国，县七，户十一万四千七百三十八，口四十九万七千八百四。

后汉彭城国，八城，户八万六千一百七十，口四十九万三千二十七。

晋徐州彭城国，县七，户四千一百二十［一］[①]。

隋彭城郡，统县十一，户一十三万二百三十二。

唐徐州彭城郡，县七，户六万五千一百七十，口四十七万八千六百七十。

宋徐州彭城郡、武宁军节度，县五，崇宁户六万四千四百三十，口一十五万二千二百三十七。

元，徐为下州，户不及三万。

本朝徐州四县《诸司职掌》：户二万二千六百八十五，口一十八万八百一十。天顺、成化间，实在户三万四千二百六十，口三十六万四百五十四。嘉靖二十五年造册，实在户三万九千四百六十二，口三十二万一千一百五十一：本州户一万九千五十七，口一十二万九千三百一十三；萧县户八千五百六十，口六万二千五百六十八；沛县户六千八十八，口七万二千四百三十一；砀山县户二千九百七十七，口四万五千七百一十八；丰县户二千七百八十，口一万一千一百二十一。

役之目七：曰河道，曰驿传，曰夫役，曰均徭，曰人匠，曰民兵，曰里甲。

河道

本州额编各夫一千七百零三名，共银一万三千八百九十七两六钱（徐州洪洪夫

① 字据《晋书·地理志下》补。

二百五十名，每名工食银八两，共银二千两；草束银二钱，共银五十两。吕梁洪洪夫一千五十名，每名工食银八两，共银八千四百两；草束银二钱，共银二百一十两。徐州闸闸夫五名，每名征停役银六两，共银三十两。溜夫七十二名，内：五十名每名工食银八两，共银四百两；正户办桩草麻铁银四钱，共银二十两；代役办砖灰银一钱五分；余二十二名，每名征停役银六两，共银一百三十二两。吕梁闸闸溜夫八名，每名征停役银六两，共银四十八两。高家滩闸夫二十名，内：二名每名工食银八两，共银一十六两；正户办桩草麻铁银四钱，共银八钱；代役办砖灰银一钱五分；余一十八名，每名征停役银六两，共银一百八两。谢沟等三十六浅半，每浅人夫八名，共二百九十二名，每名工食银八两，共银二千三百三十六两；正户办桩草银四钱，共银一百一十六两八钱；代役办砖灰银一钱五分。利国、境山、丁塘等一十一泉，泉夫六名，每名征停役银五两，共银三十两）。

萧县额编各夫一千四百七十名，共银一万二千八十三两六钱（徐州洪洪夫四百五十名，每名工食银八两，共银三千六百两；草束银二钱，共银九十两。吕梁洪洪夫五百名，每名工食银八两，共银四千两；草束银二钱，共银一百两。黄家闸闸夫三十名，溜夫一百二十名，每名工食银八两，共银一千二百两；正户办桩草麻铁银四钱，共银六十两；代役办砖灰银一钱五分。新兴闸闸夫三十名，溜夫一百二十名，每名工食银八两，共银一千二百两；正户办桩草麻铁银四钱，共银六十两；代役办砖灰银一钱五分。谢沟闸闸夫一十八名，溜夫九十二名，每名工食银八两，共银八百八十两；正户办桩草麻铁银四钱，共银四十四两；代役办砖灰银一钱五分。庙道口闸闸夫六名，溜夫三十二名，每名工食银八两，共银三百零四两；正户办桩草麻铁银四钱，共银一十五两二钱；代役办砖灰银一钱五分。徐州闸闸夫四名，溜夫二十二名，俱停役，每名征银六两，共银一百五十六两。境山闸溜夫五名，俱停役，每名征银六两，共银三十两。金沟浅浅夫四十一名，每名工食银八两，共银三百二十八两；正户办桩草银四钱，共银一十六两四钱；代役办砖灰银一钱五分。里河一十五浅，共夫一百五十名，每名工食银六两，共银九百两）。

沛县额编各夫四百五十七名，共银三千五百一十四两八钱（鸡鸣台、金沟二厂，共夫一十二名，每名工食银八两，共银九十六两；正户办桩草银四钱，共银四两八钱；代役办砖灰银一钱五分。昭阳湖坡夫二十四名，每名工食银八两，共银一百九十二两；正户办桩草银四钱，共银九两六钱；代役办砖灰银一钱五分。鸡鸣台口、金沟口二减水石闸，共夫二十名，每名工食银八两，共银一百六十两；正户办桩草麻铁银四钱，共银八两；代役办砖灰银一钱五分。湖陵城闸闸夫一十五名，每名工食银八两，共银一百二十两；正户办麻铁银四钱，共银六两；代役办砖灰银一钱五分。溜夫八十名，每名工食银八两，共银六百四十两；正户办桩草麻铁银四钱，共银三十二两；代役办砖灰银一钱五分。徐州闸闸夫三名，溜夫十五名，俱停役，每名征银六两，共银一百零八两。境山镇闸溜夫三名，俱停役，每名征银六两，共银一十八两。湖陵等一十九浅，每浅人夫九名，共夫一百七十一名，每名工食银八两，共银一千三百六十八两；正户办桩草银四钱，共银六十八两四钱；代役办砖灰银一钱五分；又停役夫每浅六名，共夫一百一十四名，每名征银六两，共银六百八十四两）。

砀山县额编各夫五百九十七名，共银四千九百二十四两二钱（徐州洪洪夫二百一名，每名工食银八两，共银一千六百八两；草束银二钱，共银四十两二钱。沽头上闸闸夫三十名，溜夫一百四十名，每名工食银八两，共银一千三百六十两；正户办苘麻桩草银四钱，共银六十八两；代役办砖灰银一钱五分。谢沟闸闸夫四名，溜夫一十六名，每名工食银八两，共银一百六十两；正户办苘麻桩草银四钱，共银八两；代役办砖灰银一钱五分。庙道口闸闸夫十二名，溜夫五十六名，每名工食银八两，共银五百四十四两；正户办苘麻桩草银四钱，共银二十七两二钱；代役办砖灰银一钱五分。徐州闸闸夫四名，溜夫一十二名，每名征停役银六两，共银九十六两。境山镇闸溜夫五名，每名征停役银六两，共银三十两。金沟浅浅夫一百一十七名，每名工食银八两，共银九百三十六两；正户办桩草银四钱，共银四十六两八钱；代役办砖灰银一钱五分）。

丰县额编各夫五百六十七名，共银四千七百二十二两（谢沟闸闸夫八名，溜夫三十二名，每名工食银八两，共银三百二十两；正户办桩草麻铁银四钱，共银一十六两；代役办砖灰银一钱五分。沽头中闸闸夫三十名，溜夫一百四十名，每名工食银八两，共银一千三百六十两；正户办桩草苘麻银四钱，共银六十八两；代役办砖灰银一钱五分。沽头下闸闸夫三十名，溜夫一百四十名，每名工食银八两，共银一千三百六十两；正户办桩苘麻草银四钱，共银六十八两；代役办砖灰银一钱五分。庙道口闸闸夫一十二名，溜夫五十二名，每名工食银八两，共银五百一十二两；正户办桩草苘麻银四钱，共银二十五两六钱；代役办砖灰银一钱五分。王家浅浅夫六十八名，每名工食银八两，共银五百四十四两；[正户办][1]桩草银四钱，共银二十七两二钱。金沟浅浅夫三十八名，每名工食银八两，共银三百零四两；正户办桩草银四钱，共银一十五两二钱；代役办砖灰银一钱五分。徐州闸闸夫四名，溜夫九名，俱征停役每名银六两，共银七十八两。吕梁闸溜夫四名，俱停役，每名征银六两，共银二十四两）。

闸、溜诸夫，初缘漕河浅涸，编设应役，比年水溢，颇称滥冗。嘉靖丁未，副

① 三字据上下文例补。

使王梃议处裁节，量征停役之直，贮以备用，故额不废而冗食顿减云。

驿传

本州额编驿递站、红船总六十二只，水夫六百二十名（彭城驿站船一十三只，水夫一百三十名；房村驿站船一十只，水夫一百名；夹沟驿站船一十一只，水夫一百一十名；本州递运所红船二十三只，水夫二百三十名；沛县递运所红船五只，水夫五十名）。凡夫每名审编银一十八两，内以九两六钱雇募应役，以八两四钱征入于官，充给支应，其有赢羡则贮之以备修补船只、铺陈诸费焉。驿马驴总一百五十九匹头，铺陈、草料、工食、驴马价值，共银四千二百二十九两（黄河东岸驿银二千四百八十九两，利国监驿银一千八十五两，桃山驿银二百六十八两，石山驿银三百八十七两）。驿馆夫银一千六百三十四两四钱（彭城等六驿日支答应）。

萧县额编驿递站、红船总三十一只二分，水夫三百一十二名（彭城驿站船四只，水夫四十名；房村驿站船五只二分，水夫五十二名；沛县泗亭驿站船三只，水夫三十名；徐州递运所红船九只，水夫九十名；沛县递运所红船十只，水夫一百名）。驿马驴五十九匹头，铺陈、草料、工食、驴马价值，共银一千五百七十二两（并给桃山驿走递答应。其扣银贮库，与州同），驿馆夫银三百七两二钱（征完解州，转给桃山驿支应）。

沛县额编驿递站、红船二十一只七分，水夫二百一十七名，每名照州编银一十八两，共银三千九百六两（泗亭驿站船一十只三分，水夫一百三名；递运所红船一十一只四分，水夫一百一十四名）。驿马驴总四十八匹头，铺陈、草料、工食、驴马价值，共银一千三百二十三两（利国监驿银一千零二两，石山驿银一百二十六两，桃山驿银一百九十五两），驿馆夫银五百七十两（泗亭驿银三百三十两，解州转给彭城等驿银二百四十两）。

砀山县额编驿递站、红船一十一只，水夫一百一十名，每名编银一十八两，共银一千九百八十两（房村驿站船一只八分，水夫一十八名；夹沟驿站船六分，水夫六名；沛县泗亭驿站船一只，水夫一十名；徐州递运所红船二只，水夫二十名；沛县递运所红船五只六分，水夫五十六名）。驿马驴总二十三头匹，铺陈、草料、工食、驴马价值，共银六百二十一两（桃山驿银四百六十四两，石山驿银一百五十七两），驿馆夫银三百九十六两（解州转给彭城等驿支应）。

丰县额编驿递站、红船七只一分，水夫七十一名，每名银一十八两，共银一千二百七十八两（夹沟驿站船三只四分，水夫三十四名；沛县泗亭驿站船七分，水夫七名；沛县递运所红船三只，水夫三十名）。驿马驴总二十三头匹，铺陈、草料、工食、驴马价值，共银六百三两（利国监驿银四百八十八两，石山驿银一百一十五两），驿馆夫银三百两（解州转给彭城等驿。先是，丰市民賫充仪从、陵户，冒免驿差，知县叶烓申请均编，以纾民累）。

初，驿馆夫役，州邑不与均徭、里甲一体审编，唯取附驿乡分人户，酌量定役。经数十年，虽登耗悬异，籍不为变，且乡民鲜能自应，市猾代役，倍索其直，率成利窟，民往往破产不支，逋徙相继。嘉靖庚寅，兵备副使何鳌知民所疾苦，为议罢之，遂于里甲内随岁编审，输直于官，驿自领办。由斯蠹弊顿清，岁省民财万计，亟称惠焉。

夫役

本州接递班夫银五千两：萧县接递班夫银三百六十两，协济沛县夫银二千一百一十一两四钱；沛县接递班夫银一千八百六十九两；砀山县协济沛县夫银一千一百四十七两五钱；丰县接递班夫银三百六十两，协济沛县夫银八百七十二两一钱。

先是，夫役凡为八班，每班名以万计，加之冒破侵渔，为弊滋甚。比年裁革诡滥，节省居多。副使王梴议处规则，乃定为四班，如前数云（外附《议处黄马快船人夫议》：为申旧例，酌时宜，添夫役、立稽考，以安地方事。照得按属地方，据燕吴之中界，扼江淮之上游，东南财赋必由之途。而徐州水陆尤难之地，接递钱粮，出入不稽，糜费无节，使穷民受朘削之苦，贪夫多冒滥之奸。食尽路穷，盗贼蜂起，目击心伤，计无所出。其班夫一差，繁费无节，尤贻民害。查得节年题准事例，凡遇公差驰驿，文武大臣进贡进鲜等项，并其余公差人员、州县驿递人夫过关米粮，俱节经题奉钦依。又查得沿河夫厂驿递，节年申准定拟夫价、上水雇夫折夫，俱有定规，奈何管支纲老多系惯徒，奸薮弊窠，莫能致诘。一遇进贡进鲜船只，恣意侵冒，漫无可稽。良以前项船只，系上供御用之物，为臣子者，分当竭力应付，岂敢较查迟误？以故，无知之徒，乘机侵克。近查徐州并徐左二卫，开报应付南京守备太监丘委官李奉御进贡鲥鱼，黄马快船五只，州卫所驿共夫四百四十名，皂隶军牢三十六名，吹手一副，除拨过见雇夫外，州卫通共折银一百四十二两六钱；又委官王奉御进贡枇杷果，上水黄马快船二只，州卫所驿共夫二百零六名，皂隶军牢二十四名，吹手六名，除拨过见雇夫外，州卫通共折银五十九两二钱；又委官杨奉御进贡二起鲥鱼，上水黄马快船四只，州卫所驿共夫三百四十二名，皂隶军牢三十二名，吹手六名，除拨过见雇夫外，州卫通共折银一百六十二两九钱，各数开报到道。随据仪真至邳州沿河大小衙门报到，各该折干数目，为照前项船只应付则例，人夫折银各有定数，况节年禁例严重，各该委官岂不略知遵守？盖因沿河纲老上下通同，逐程加增，遂至几倍。及照进贡事体，本自崇重，限期本自紧急，原议乃与驰驿文武大臣一例应付，每船止许人夫二三十名，轻重缓急，委未分别，以致多添滥折，徒悬节省之虚名，反受侵凌之实祸。而军卫有司，惟以诚敬为心，谁敢相与较查？辄使军民膏血，顿成虚费。诚恐徐淮之间，自古多事之地，久困军民，愈加狼狈，而将来盗贼，何由底宁？合无俯从垂怜，财尽民穷，从长酌议，将前项事情，通行查要，各该前站人等，各项银两归着。仍乞题请，将一应进贡船只，量与加添夫役，并照船定拟，见夫若干，折夫该银若干，通行遵守。及每年凡遇进贡，请奉兵部，先将该差内，使某人进某物，某船几只，人夫若干，关文几张，通行抚按或本道，以备查照，并行沿河军卫有司，依例应付。年终，通将应付过起数，逐一造册，呈缴本部备查。仍遵候南京守备衙门，通将该年差过各起委官、沿途州县卫所驿递拨送过见在人夫、折干银两的确数目查明，开单连送本部，转发本道与各衙门报到，循环查对。中间若有侵克情弊，就行拿问，永为定例。如此，夫役既增成规，足守折干有则，而委官之心可明；稽查有法，而纲老之弊可革。地方幸甚，生民幸甚)。

均徭

本州额编银力差六百二十二名，共银四千三十四两八钱（工部管河郎中分司快手一名，银一十五两。户部主事分司皂隶一十二名，每名银六两，共银七十二两；门子四名，每名银五两，共银二十两；渡夫五名，每名银五两，共银二十五两。工部徐州洪分司皂隶一十二名，每名银六两，共银七十二两；门子四名，每名银五两，共银二十两。吕梁洪分司皂隶一十二名，每名银六两，共银七十二两；门子四名，每名银五两，共银二十两。兵备道马快手一十五名，每名银一十五两，共银二百二十五两；皂隶一十六名，每名银六两，共银九十六两；内班门子四名，每名银五两，共银二十两；外班门子二名，每名银三两，共银六两。本州马快手二十名，每名银一十五两，共银三百两；直堂皂隶一十二名，每名银六两，共银七十二两；直堂门子二名，每名银五两，共银一十两；直堂库子二名，每名银五两，共银一十两。本州同知直堂皂隶六名，每名银六两，共银三十六两。本州判官三员，每员直堂皂隶四名，每名银六两，共银七十二两。本州吏目皂隶二名，每名银六两，共银一十二两。儒学库子二名，每名银六两，共银一十二两；门子四名，每名银六两，共银二十四两。广运仓弓兵四名，每名银七两二钱，共银二十八两八钱。本州递运所防夫三十名，每名银八两，共银二百四十两。本州看监禁子二十名，每名银八两，共银一百六十两。各路铺二十七铺，每铺铺兵三名，共八十一名，每名银四两，共银三百二十四两。永成库库子六名，每名银五两，共银三十两。本州税课局巡拦八名，每名银二两，共银一十六两。南公馆门子一名，银三两。东察院门子二名，每名银三两，共银六两。西察院门子二名，每名银三两，共银六两。漕运府门子二名，每名银三两，共银六两。儒学庙夫三名，每名银六两，共银一十八两；斗级一名，编银六两；四贤、启圣二祠门子二名，每名银六两，共银一十二两。黄茅冈门子一名，银二两。吕梁巡检司弓兵四十名，每名银四两，共银一百六十两。山川社稷坛门子一名，银二两。无祀鬼神坛门子一名，银二两。黄楼门子一名，银二两。风云雷雨坛门子一名，银二两。官厅门子一名，银二两。本州渡夫五名，每名银五两，共银二十五两。本州知州祗候四名，每名银一十二两，共银四十八两；马夫四名，每名银十两，共银四十两。同知祗候四名，每名银一十二两，共银四十八两；马夫四名，每名银十两，共银四十两。判官三员，每员祗候二名，共六名，每名银一十二两，共银七十二两；每员马夫四名，共一十二名，每名银十两，共银一百二十两。吏目祗候二名，每名银一十二两，共银二十四两；马夫四名，每名银十两，共银四十两。儒学斋夫八名，每名银一十二两，共银九十六两；膳夫一十名，每名银九两，共银九十两。广运仓修仓夫二十名，每名银六两，共银一百二十两；广运仓修墙夫一十名，每名银六两，共银六十两。彭东书院门子二名，每名银三两，共银六两。本州巡盐快手一十名，每名银五两，共银五十两。广运仓斗级二十名，每名银六两，共银一百二十两。永福仓斗级一十二名，每名银五两，共银六十两。本州总铺铺兵一十四名，每名银四两，共银五十六两。预备仓斗级六名，每名银三两，共银一十八两。儒学应壁楼门子一名，银二两。弘济桥桥夫二十五名，每名工食银八两，正户办修舱银一两三钱三分。大浮桥桥夫六名，每名工食银八两，正户办修舱银一两三钱三分。小浮桥桥夫一十二名，每名工食银八两，正户办修舱银一两三钱三分。本州听差皂隶四十名，每名银六两，共银二百四十两。本州灯夫六名，每名银三两五钱，共银二十一两。水次仓抬斛斗级一十四名，每名银四两，共银五十六两）。

萧县额编银力差二百三十四名，共银一千六百四十四两五钱（本县直堂库子二名，每名银五两，共银十两。广运仓斗级一十二名，每名银六两，共银七十二两。本县直堂皂隶一十名，每名银六两，共银六十两。县丞皂隶二名，每名银六两，共银一十二两。主簿皂隶二名，每名银六两，共银一十二两。典史皂隶二名，每名银六两，共银一十二两。儒学斗级一名，银六两。厉坛门子一名，银一两五钱。社稷坛门子一名，银一两五钱。山川坛门子一名，银一两五钱。禹王庙、三贤祠、关王庙夫一名，银三两。子张坟户一名，银二两。兵备道马快手三名，每名工食银一十五两，共银四十五两。巡盐快手十名，每名银五两，共银五十两。巡拦四名，每名银二两，共银八两。儒学门子三名，每名银六两，共银一十八两；庙夫二名，每名银六两，共银一十二两；启圣祠庙夫一名，银六两；儒学库子一名，银六两。沛县递运所防夫十名，每名银八两，共银八十两。大浮桥桥夫二名，每名银八两，共银一十六两，正户办修舱银一两三钱三分。小浮桥桥夫五名，每名银八两，共银四十两，正户办修舱银一两三钱三分。弘济桥桥夫一十六名，每名银八两，共银[1]一百二十八两，正户办修舱银一两三钱三分。看监禁子六名，每名银八两，共银四十八两。永福仓斗级二名，每名银五两，共银十两。本县总铺铺兵六名，桃山、烂石等八铺，每铺铺兵三名，每名银四两，共银一百二十两。本县马快手十名，每名编银一十五两，共银一百五十两。本县直堂门子二名，每名银五两，共银十两。察院门子二名，每名银三两，共银六两。公馆门子二名，每名银三两，共银六两。赵家圈巡检司弓兵三十名，每名银四两，共银一百二十两。预备仓斗级四名，每名银三两，共银一十二两。水次仓斗级四名，每名银四两，共银一十六两。本县知县祗候四名，每名银一十二两，共银四十八两；马夫四名，每名银十两，共银四十两。县丞祗候二名，每名银一十二两，共银二十四两；马夫四名，每名银十两，共银四十两。主簿祗候二名，每名银一十二两，共银二十四两；马夫四名，每名银十两，共银四十两。典史祗候一名，银十二两[2]；马夫四名，每名银十两，共银四十两。儒学斋夫银七十二两，膳夫银六十两。广运仓墙夫二十四名，每名银六两，共银一百四十四两）。

沛县额编银力差一百八十三名，共银一千三百七十一两（巡捕快手十名，每名银八两，共银八十两。知县祗候四名，每名银一十二两，共银四十八两；马夫四名，每名银十两，共银四十两。县丞祗候二名，每名银一十二两，共银二十四两；马夫四名，每名银十两，共银四十两。主簿二员，每员祗候二名，每名银一十二两，共银四十八两；马夫每员四名，每名银一十两，共银八十两。典史祗候一名，银一十二两[3]；马夫四名，每名银十两，共银四十两。儒学斋夫银七十二两，膳夫银六十两。广运仓墙夫十名，每名银六两，共银六十两。本县直堂库子二名，每名银五两，共银十两。广运仓斗级四名，每名银六两，共银二十四两。工部管闸分司马快手二名，每名银一十五两，共银三十两。本县马快手八名，每名银一十五两，共银一百二十两。工部管闸分司皂隶一十二名，每名银六两，共银七十二两。巡拦四名，每名银二两，共银八两。看监禁子五名，每名编银八两，共银四十两。工部管闸分司门子二名，每名银五两，共银一十两。本县巡盐快手十名，每名编银五两，共银五十两。本县直堂皂隶一十名、把门皂隶二名、小厅皂隶二名，共一十四名，每名银六两，共银八十四两。本县直堂门子二名，每名银五两，共银十两。察院门子二名，公馆门子一名，每名银三两，共银九两。预备仓斗级四名，每名编银三两，共银一十二两。水次仓斗级四名，每名银四两，共银一十六两。工部管闸分

[1] 原作“两”，据文例改。
[2] 原作“名”，据上下文例改。
[3] 原作“名”，据上下文例改。

司铺兵二名，总铺铺兵八名，老鹳铺、杨家厂铺、界沟铺、净明铺、丁村铺、聂庄铺、东仓铺、十字河铺、宣丘[①]铺、高房铺，每铺铺兵三名，每名工食银四两，共银一百六十两。弘济桥桥夫八名，每名银八两，共银六十四两，正户办修艌银一两三钱三分。儒学斗级一名，银六两；庙夫二名，每名银六两，共银一十二两；儒学库子一名，银六两；启圣祠庙夫一名，银六两；儒学门子三名，每名银六两，共银一十八两）。

砀山县额编银力差一百五十七名，共银一千一百二十四两（广运仓斗级八名，每名编银六两，共银四十八两。本县直堂皂隶一十二名，主簿、典史［皂隶］[②]各二名，每名银六两，共银九十六两；直堂库子一名，银五两。儒学库子一名，银六两；斗级一名，银六两；门子三名，每名银六两，共银一十八两。沛县递运所防夫五名，每名银八两，共银四十两。永福仓斗级二名，每名银五两，共银十两。巡盐快手八名，每名银五两，共银四十两。看监禁子九名，每名银八两，共银七十二两。儒学庙夫二名，每名银六两，共银一十二两；启圣祠庙夫一名，银六两。巡拦四名，每名银二两，共银八两。大浮桥桥夫五名，每名银八两，共银四十两，正户办修艌银一两三钱三分。小浮桥桥夫三名，每名银八两，共银二十四两，正户办修艌银一两三钱三分。弘济桥桥夫一十一名，每名银八两，共银八十八两，正户办修艌银一两三钱三分。兵备道马快手一名，银一十五两。察院门子二名，公馆门子二名，每名银三两，共银一十二两。预备仓斗级四名，每名银三两，共银一十二两。本县直堂门子二名，每名银五两，共银十两。本县总铺铺兵七名，七里、毛城、西镇、赵九、陈村、浊河、段庄、汉坊，每铺铺兵三名，［每名］[③]银四两，共银一百二十四两。知县祗候四名，每名银一十二两，共银四十八两；马夫四名，每名银十两，共银四十两。主簿祗候二名，每名银一十二两，共银二十四两；马夫四名，每名银十两，共银四十两。典史祗候一名，银一十二两；马夫四名，每名银十两，共银四十两。儒学斋夫银七十二两，膳夫银六十两。广运仓墙夫一十六名，每名银六两，共银九十六两）。

丰县额编银力差一百零四名，共银八百八十五两（广运仓斗级六名，每名银六两，共银三十六两。本县直堂库子一名，银五两；直堂皂隶一十六名，每名银六两，共银九十六两。急递铺司兵一十名，每名银四两，共银四十两。儒学斗级一名，银六两。马快手八名，每名银一十五两，共银一百二十两。儒学门子三名，每

① 原作“兵”，据正统《彭城志》卷十三《沛县》、本志卷六《官署》改。
② 二字据文例补。
③ 二字据文例补。

名银六两，共银一十八两；启圣祠庙夫一名，银六两；[儒学][1]庙夫二名，每名银六两，共银一十二两；库子一名，银六两。兵备道马快手一名，银一十五两。工部沽头闸分司马快手一名，编银一十五两。看监禁子五名，每名银八两，共银四十两。永福仓斗级四名，每名银五两，共银二十两。巡拦二名，每名银二两，共银四两。大浮桥桥夫五名，每名银八两，共银四十两，正户办修艌银一两三钱三分。弘济桥桥夫一十名，每名银八两，共银八十两，正户办修艌银一两三钱三分。巡盐快手四名，每名银五两，共银二十两。察院门子二名，公馆门子二名，每名银三两，共银一十二两。直堂门子二名，每名银五两，共银一十两。预备仓斗级四名，每名银三两，共银一十二两。知县祗候四名，每名银一十二两，共银四十八两；马夫四名，每名银一十两，共银四十两。典史祗候一名，银一十二两；马夫四名，每名银一十两，共银四十两。儒学斋夫银七十二两，膳夫银六十两。先是，寄庄户多影射避役，贻损编氓，知县叶烓申请一体审编，著为令）。

人匠

本州原额轮班各色人匠四百七十六名，每年每名纳银一两八钱，共银八百五十六两八钱；原额住坐各色人匠一百三十名。萧县原额轮班各色人匠一百四十二名，每年每名纳银一两八钱，共银二百五十五两六钱；原额住坐各色匠户三十一名。沛县原额轮班各色人匠共一百三十四名，每年每名纳银一两八钱，共银二百四十一两二钱；原额住坐人匠五十一名。砀山县原额轮班各色人匠一百一十名，每年每名纳银一两八钱，共银一百九十八两；原额住坐各色人匠一十六名。丰县原额轮班各色人匠四十七名，[每年][2]每名纳银一两八钱，共银八十四两六钱；原额住坐各色匠户三十二名。凡轮班人匠，每四年一次，奉工部札发文册，照数征银解纳；其住坐者不征银，凡以共役而已。

民兵

见《兵防》。

里甲

本州见年里长走递马三十匹，每匹银二十两，骡二十头，每头银一十六两，共银九百二十两。贴监上宿甲首二十名，每名银三两五钱，共银七十两。萧县里长走递马二十匹，每匹银二十两，共银四百两。沛县里长走递马二十匹，每匹银二十两，骡十六头，每头银一十六两，[共银六百五十六两][3]。砀山县里长走递马二十匹，每匹银二十两，共银四百两。丰县里长走递马二十匹，每匹银二十两，共银四

---

① 二字据文例补。

② 二字据文例补。

③ 八字据文例补。

百两。

论曰：役民者官，役于官者民，力役之征，圣王之世所不免也。节之而不尽其力，有道存焉。后世乃虐用其民，民不能胜，各怀避免之意，始命之曰户役。由是任役者费日以重，议役者制日以详，曰差，曰顾[①]，曰义[②]，纷纭杂袭。而法出奸生，民胥为厉，恶在其为父母也。徐之民困于役者，十室而九，然孔道要区，裁省不易为也。补偏救敝，存乎损益之道云尔。

漕政

漕运府，在州城东门外，泗河东岸，总督漕运都御史、总兵、参将巡历驻节之所。旧在百步洪，水泛，修筑不常。成化十八年，知州和鸾、指挥苏宽等徙建。

户部分司，在城南门内，监督粮储主事莅政之所。中为正厅，左为绿竹轩（尹梁诗：地僻宜栽竹，平池已数竿。卷帘风自动，当户雪初残。劲节凌霄汉，虚心耐岁寒。公余聊少憩，对此独盘桓），右为书吏房，后为穿堂（匾曰“监兹”）、后堂（匾曰“清省”），又后为宅。穿堂左右，各翼以厢房。正厅前甬路，左右各为胥舍，前为二门、大门，外为州卫官伺候之所（戊申，主事尹梁易民居三间为之）。街东西列慎储、平政[③]二坊（辛巳，主事杨概建立），旧在南门外，附近广运仓侧，永乐乙未建。正德戊寅，圮于水。庚辰，主事李崧祥徙建今地。山阴刘栋记（曰：运漕，重事也；郎署，尊官也；徐州，古建封之域也。以郎署来古封域地，赞理储蓄之政，必廉干之才、果毅之力，足以制豪猾，抗权势，会计有无而赢缩之，然后始克胜任耳。我朝自燕漠建都，运漕始定规制。京、通二仓，内薄畿辅，固为直达之所，然仰给多，而分理之职亦众。如临、德、徐、淮四仓，各沿水次，以便转般。每仓必岁简户曹一员掌之，即其所居，名曰分司，示听政也。徐州分司，旧附广运仓之侧，比水飘没，不堪宁居。正德戊寅，重为水困。己卯，势益滥漫。由是荡无底止，来者虽不便僦居，未有能力而新之者。岁庚辰，贵池李君时望来莅兹土，喟然叹曰：“天下事果如此难哉？工必居肆，商必趋市，况官府无听政之所而僦居苟安，岂便事邪？”于是申请大司徒，颁鸠工聚财之资，得若干，择地而拓之，择日而落成之。又惧来者之不知其故也，因予过彭城，语予故而欲予记述之。於乎！天

---

① 顾，与“雇”同。《汉书·晁错传》：“敛民财，以顾其功。”颜师古注：“顾，酬也，若今言雇赁也。”

② 义：即“义役”，南宋孝宗时推行的一种徭役形式，人民依照贫富，出田谷助役，不愿者乃行差役。《宋史·食货志上六》：“乾道五年，处州松阳县倡为义役，众出田谷，助役户轮充。”《宋史·谢谔传》：“谔里居时，创义役法，编为一书，至是上之，诏行其法于诸路，民以为便。”

③ 万历《徐州志》作“平赋”。

下事如李君，吾未见其为难也，但人弗为耳。然狃于因循，而特立奋兴者寡，此天下事所以靡然从风，如影响之无定迹。然有识者固如是乎？昔单襄公以道茀不治，卜陈兴废；诸葛武侯治蜀，公廨舍宇，靡不修整。若二公，曷尝溺于因循之陋哉！矧徐之形胜，冈岭回合，双洪联贯于中，俯瞰长淮，宛然襟带之势。昔人图立霸功，未必不依恃乎此。又考之前代，敖仓、洛口，每因险设屯，以备不虞。今徐亦南北险厄也，据此以图进取，浮汴入洛，西至于渭，历龙门底柱，直驱关中而四达无碍者，亦由此。然则经国者岂不知所留意于斯？不然，凡会计出纳之数，一委吏足矣，又何假郎署尊官哉？夫假尊官以殿之，此分司之所必由建也。君名崧祥，池之世家人也，习《毛诗》，登甲戌进士，为人爽达，莅政仁爱严明，初见似落落，久则可亲爱。其伯兄曰嘉祥，亦起家进士，为南户曹郎。君之综理，殆不隤家声，而才力又非狃于寻常者比，他日践台位，列鼎食，享功名于无穷，势有所必至者，抑岂诬之哉！分司距州南门百步许，地势高亢，不狭隘。有厅有堂，有燕居休息之所。前障重门，旁翼两庑。尊自宾客，下逮胞翟百执事之役，皆馆谷有所。外缭垣墙，阶级崇峻。一时聿新耳目之观。州人欣然走告，曰："可以观政矣！"问其厥兆，则定墨献卜；问其方位，则面离向明；问谁落成，则都水陆君德如及守土张君本豫，相与赞襄之；问其力役，则经始于营室方中之时，而告讫于农祥晨正之后。州人复语曰："不烦官府，不妨民务，可以永听政矣，复何疑焉！"李君曰："既可以听政，始知天下事真无难者！"乃刻诸石，俾后之来者勿坠吾志）。主事杨概、林壁[①]、梅守德、尹梁相继修葺。本司主事一人，户部题奉钦依差委，赴内府领精微批，莅任行事，凡岁一代易。初专督广运仓粮储，后兼理永福仓事，及儹运与有任焉（《大明会典》一款：永乐十三年，令浙江都司并直隶卫，分官军于淮安，运粮至徐州，置仓收囤，本部委主事一员监督。〇漕运议单一款：户部每年行本仓收粮部官，不妨原委，各印刊花栏票帖，候粮船到彼即照。徐州至临清，算该水程若干日，严限填定，每一运官给付一张，令其星夜前进，赍至临清收粮部官处，照限查考。违者痛加究治，不许轻纵，亦不许因而拘留听点，反致迟误。每年九月终，仍将催过运船并违限官员，开具揭帖，呈报本部，以凭查究。〇见行事例一条：漕运船只，除运军自带土宜货物外，若附载客商势要人等酒面糯米、花草竹木、器皿货物者，将本船运军并附载人员参问发落，货物入官。其把总等官有犯，降一级回卫带俸差操，通行漕运衙门并儹运郎中及巡河御史、管仓、管河、管闸、管洪等官，一体查访，禁约施行）。

① 按：《皇明进士登科考》同作"壁"。万历《徐州志》、万历《福州府志》作"璧"。考以其他地志，二字皆有。本字难详，各仍其旧。

自创设迄今，莅任可考者凡百人：

熊　壮（阙[①]）

郭　安（湖广襄城人，戊辰进士）

丘　逵（阙[②]）

车　宁（福建闽县人）

蒋　敷（应天江宁人。俱戊辰进士）

孙　确（阙）

苗　灏（山东德州人，甲戌进士。俱景泰中任）

李淑玉（福建长乐人，乙丑进士）

贾　杰（阙）

夏　忠（德州卫人，甲戌进士）

解延年（山东栖霞人，壬戌进士）

王　珪（松江千户所人，甲戌进士）

张　遂（阙）

冯　灏（阙）

蒋云汉（四川巴县人，丁丑进士。俱天顺中任）

张　瓒（山西陵川[③]人，庚辰进士）

余　璞（四川富顺人，庚辰[④]进士）

刘　璋（河南卫辉人，丙戌进士）

阎　昶（河南荥阳人）

刘　澄（广东四会人。俱甲辰进士）

柳　琰（直隶仪真人，丙戌进士）

冯　绩（山东昌邑人）[⑤]

刘　道（山西怀仁人）

李　衍（直隶武强人。俱甲申[⑥]进士）

高　弼（山东武城人，丙戌进士）

袁　江（河南祥符人，甲申进士）

---

① 熊壮，广西马平人，永乐二十一年癸卯举人，始监徐州仓。见雍正《广西通志》卷七十一《选举·举人》。

② 丘逵，四川大足县人，永乐十八年庚子举人。见嘉靖《四川总志》卷九《科第》。

③ 原作“巴川”，据俞宪《皇明进士登科考》卷七改。

④ 原作“甲辰”，据《皇明进士登科考》改。按：余璞，天顺四年庚辰科三甲第十三名。

⑤ 原作“冯绪，陕西昌邑人”，查《皇明进士登科考》无“冯绪”，有“冯绩”，山东莱州府平度州昌邑县人，天顺八年甲申科三甲第一百四十七名。“绪”为“绩”形近之讹，据改。

⑥ 原作“甲戌”，查《皇明进士登科考》：冯绩，天顺甲申科三甲第一百四十七名；刘道，天顺甲申科三甲第六十五名；李衍，天顺甲申科三甲第六十八名。三人皆为“天顺甲申进士”，据改。

冀　绮（直隶宝应人，己丑进士）
翟　通（河南仪封人，壬辰进士）
毛　泰（河南南阳人，己丑进士）
刘　忠（四川南溪人，乙未进士）
郁　庠（直隶景州人，己丑进士）
李　云（直隶宜兴人，乙未进士）
吴　裕（广东揭阳人，壬辰进士）
童　兰（河南孟津人，乙未进士）
田　铎（山西阳城人）
缪　昌（直隶无锡人）
孙　识（山东商河人。俱戊戌进士）
康绍[1]宗（山东武定州人，辛丑进士。俱成化中任）
丁　珝（广东海丰人）
陈　昌（直隶无锡人。俱甲辰进士）
郭秉韶（广西桂阳人，辛丑进士）
黎世容（阙）
余　征（福建莆田人，丁未进士）
徐　逵（湖广长沙人，庚戌进士）
徐文英（河南西平人，丁未进士）
赵亮采（山东齐河人）
王　琰（湖广孝感人。俱甲辰进士）
胡　经（山东滨州人，丁未进士）
相　枢（山东博兴人，庚戌进士）
赵　鹤（直隶江都人，丙辰进士）
陈　策（直隶无锡人，癸丑进士）
王　玹（山西阳城人，己未进士）
宋　毓（山东德州人）
庄　襗（直隶武进人。俱丙辰进士）
侯启忠（四川长宁人，癸丑进士）
鲍继文（山东曲阜人，己未进士。俱弘治中任）
毛思义（字继贤，山东阳信人，壬戌进士）

① 原作“韶”，据康熙《徐州志》改。案《皇明进士登科考》：康绍宗，成化十七年二甲第八十四名。

张　秀（字茂实，福建瓯宁人，丙辰进士）
杨　清（字廉夫，直隶清河人，己未进士）
于　鏊（字器文，直隶滁州卫人）
冯　驯（字行健，四川岳池人。俱戊辰进士）
郑　琼（字玉之，广东海阳人，己未进士）
张孟中（字道宗，福建闽县人，辛未进士）
高　瑁（字廷用，直隶睢宁人，戊辰进士）
王　遵（字舜典，直隶宣城人，辛未进士）
王进贤（字国宝，河南邓州人，己未进士）
杨　易（字乾叔，福建建安人，戊辰进士）
康　浩（字德充，陕西武功人，辛未进士）
蒋　彬（字原学，广西全州人，甲戌进士）
张拱辰（字仰德，广东顺德人，丁丑进士）
李崧祥（字时望，直隶贵池人，甲戌进士）
杨　概（字孔平，山东德州人，丁丑进士，正德中任）
孙　仪（字孔瞻，山东平度州人，甲戌进士）
郑　建（字一中，直隶祁门人，丁丑进士）
王　召（字子行，直隶无锡人，癸未进士）
华　金（字子宣，直隶无锡人，辛巳进士）
江元辅（字尧卿，直隶婺源人，丁丑进士）
许　继（字士永，福建闽县人，癸未进士）
韦尚贤（字思肖，福建南安人，辛巳进士）
尹尚宾（字元夫，湖广茶陵人，丙戌进士）
陈　巩（字夫仪，河南郾城人，癸未进士）
郑　絅（字子尚，福建莆田人，己丑进士）
王邦裕（字子修，山东堂邑人，癸未进士）
伍　铠（字文卫，福建晋江人，丙戌进士）
李开先（字伯华，山东章丘人，己丑进士）
王维垣（字明辅，直隶武清人）
高　翀（字允升，湖广安陆人。俱丙戌进士）
张　愚（字子明，直隶天津人，壬辰进士）
张　伟（字士魁，直隶河间卫人，癸酉举人）
窦　润（字子雨，直隶滁州卫人，乙未进士）

王　问（字子裕，直隶无锡人，戊戌进士）

郭朝宾（字尚甫，山东汶上人，乙未进士）

吴　岳（字汝乔，山东汶上人，壬辰进士）

陈　捷（字仲迟，福建长乐人，己丑进士）

李　琇（字仲玉，直隶含山人，己卯举人）

李继先（字伯孝，四川泸州人，戊戌进士）

林　壁（字茂东，福建侯官人，己丑进士）

周　镐（字西邑，河南汲县人）

梅守德（字纯甫，直隶宣城人）

尹　梁（字子充，直隶晋州人。俱辛丑进士）

崧祥为《题名记》（曰：我国家定都燕京，而财赋取足漕运，故有京、通仓以为直达之所，有徐、淮、临、德沿水次仓以便转输。仓各有部署，以监临之，岁一易其人。盖国计之重且大焉者，而所在综理，亦必分任其所有事也。徐州仓监督，自永乐十三年来，无虑百二十余人。长沙徐君逵旧于碑阴刻其名氏，始于景泰纪元，仅得四十有四人，就泯者皆漫无可考焉。弘治甲子，武进庄君樨适题乏，再续之。迨正德戊寅，河决澶渊，徐大水，己卯益甚，分司尽被冲溃，前碑亦为之覆溺矣。庚辰秋，崧祥至，僦馆民舍，公事甚弗便也。乃具议上于大司徒杨公，得费以公帑，民免告劳。遂檄州卜地，度诸城内东南隅而鼎新之。工既就，方图起前碑而植之，补其诸君之阙题者。窃观夫狭隘分析，题可不数人而又乏，顾僭为他日沦没之虑，而续之以终二君之志。于是命工斫碑，视旧侈大其规。其凡仿编年为之，递书名姓，分系官第，表趾于下。通前可考者，合镵一石，以视后观者便焉。嗟乎！世远人亡，而其名犹深刻于其间赖有存者，谓非石有以为之不可也。石泐刻没，而后之人至不可踪迹追寻者，岂石所能与哉？要之，存乎其人耳。夫题名有碑，将以求其实、考其人也，其贤与否，人可得指其所行之实而议之矣。凡我诸君子，讵可不思所以自励者乎？能自励而勖之，俾他日勋名事业，掀揭天地，轰震雷霆，昭诸史册，则兹石亦因之以有光，虽永垂不朽可也。如其不然，固非愚之所敢望也。石成，当志其岁月，顾不揣芜陋，僭书此以记之。〇本司吏农，本州呈送，大约二十人。门子四人，皂隶十二人，俱本州编审。伞轿夫十人，马夫二人，座船、渡船水夫三十人，俱州驿递各呈送，互见《户役》）。

广运仓，在城南三里，东临泗水，即元武安州故址。永乐十三年建。宣德五年增创仓廒凡一百座（倾圮，仅存四座，积贮病之。嘉靖二十六年，主事梅守德方图修复，会任满去。主事尹梁继任，修复六座）。中为监督厅事，缭以崇垣，周凡四里。四门各国储坊一座，东北水次通衢［坊］[1]一座，东南井亭二座，俱正德中建（主事尹梁重修）。主事梅守德创建驻笏亭（尹梁诗：小亭春色晓，吏散寂无哗。风递松声细，日移竹影斜。闲池初解冻，石砌欲生花。尘嚣浑不扰，清兴向天涯），凿池潴水于厅事后。大使一人，副使一人（俱未入流。旧各二人，今省攒典二人。守护军余见在五十五人，徐州卫镇抚司带管，永福仓每人支月粮三斗。弓兵四人，本州编审。斗级五十人，仓墙夫八十人，每名征银六两，共银四百八十两，解发本州贮库听候修理，俱本州并四县编审，详见《户役》）。正德以前，中使司之。嘉靖初裁革，惟部使临督如故。岁凡额收各府州县夏税麦粮共四万八千一百五十石（徐州并四县粮数，详见《田赋》。外，凤阳府宿州粮八千一百石，泗州粮一千九百石，淮安府邳州粮八千石，睢宁县、桃源县、宿迁县各粮四千石）。本仓，永乐中为漕运转般设建。至成化中，改令各军径兑直达，而转般罢，户部议单开载本仓该给徐州、徐州左、邳州、河南归德四卫运军行饷。近年，总漕因淮安常盈仓告匮，每以江北附近卫所通融拨给，兼之各州县逋负居多，计岁所入，拟之额数，十不及其二三，虚耗亦已甚矣（《大明会典》一款，见上“分司”。〇漕运议单一款：改兑米内该浙江三万石，扬州府内该三万七千石，凤阳府三万三百石，徐州一万八千石，镇江府一万二千石，淮安府六万九千石，以上共一十九万六千三百石。先年，民运本仓上纳，军船赴仓支领，运送京、通二仓。成化十一年[2]，改令各军径赴水次领兑）。

徐州洪工部分司，在洪东岸面西，提督本洪主事莅政之所。中为正厅，左为洗心轩，后为宅一所，最后为眺远楼（主事戴德孺建）。正厅前甬路，左右为吏胥舍。前为二门、大门，外为坊一座（主事吴哲建）。北为官厅（州卫官候谒所），又北为义仓（主事李香建，自为记。主事戴鳌增建厫座）。南为含晖楼（主事于思睿即旧鼓楼址重建，司晨昏之节）。又南为井亭（亦于建）、社学、药局（俱主事陈之良建）、草厂各一区。初，本司公署有二：一为洪上公署，乃莅政之所，即今萃墨亭，其遗址也（基周一里许，大门内为厅事，穿堂后为清风堂，南为苏墨亭，又南为追胜亭。主事蒋文、郭昇、尹珎[3]、夏从寿相继建造，各有碑记。后改为萃墨亭，兴废详见《山川》）；一为洪东公署，乃燕居之所，即今所为莅政者也。正德丁丑，洪上公署圮于水，主事董恬即洪东公署，易民地，拓基鼎建今制。后主事陈辅、陈明、陈穆继修。

① 字据万历《徐州志》补。

② 原作“成化十一等年”。案《明会典》卷二十七《会计三·漕运》：“十一年，罢民运淮、徐、临、德等仓粮，令军船径赴水次领兑，运送京、通二仓交纳。此改兑之始。”据此，则事在该年。“等”字误衍，今删。

③ 原作“珍”，同“珎”，今据全书统一用字。

本洪宋、元皆名“百步”，直州城东南二里许，巨石盘踞，巉崿龃龉。汴泗经流其上，冲激怒号，惊涛奔浪，迅疾而下。舟行艰险，少不戒，即破坏覆溺。害与洪水等，故名曰“洪”[①]。其形象川字，有三道焉：中曰中洪，西曰外洪，东曰月河（月河即今里洪）。相传唐尉迟敬德经略徐州、吕梁二洪，爇火石烂，从而凿之，遂成水道。宋元祐中，京东转运司上言朝廷，委官度地势穿凿，修［月河石堤］[②]，置上下闸。本朝永乐十二年，平江伯陈瑄凿洪通漕，［更于洪］[③]口置闸。正统七年，参将汤节于洪上流筑堰，［逼水］[④]归月河；于南口设闸，壅积水势。成化中主事郭昇、尹玠、饶泗，嘉靖中主事戴鰲、陈穆，相继凿去洪内乱石，修砌两岸牵路石坝。二十五年，主事冯有年修砌东岸石堤十六丈，淳安商辂为郭昇记（略曰：徐州城东南百步洪，势极险峻，舟行难于上下。外洪大石如兽蹲状，人呼为翻船石。里洪坝下数湾，曲如之玄字。每岁民公私艘舶暨转输货，覆败不可胜计。甚者，舟人亦往往因而没溺。东西两岸，挽路低隘。稍遇水涨，遂至弥漫，无路可寻；水退则土去石出，巉岩磊砢，实艰步履。官府督工修治，铺草万束，辇土平盖，费财劳人，仅取便目前。已而水至，则前功尽隳，艰险如旧。自永乐通漕以来，所费不知其几，迄无经久之利。成化丁亥，冬官主事郭昇奉命守洪，至即相其形势，度时量力，锐意修治。博访土人，广采舆论，遂具疏请于朝，及移文部堂并总漕都宪。于是募工凿去外洪翻船诸石，铺平里洪坝下数湾。东西洪岸并牵路，各用石版甃砌，扣以铁锭，灌以石灰，既坚且固。两岸各植柳浚井，以荫济行者。凡有关于洪道，有益于漕运，如金龙等神祠、公厅、闸厅、鼓楼，及军夫所居房屋共二百余间，重修增建，皆焕然一新。工匠用价，雇倩夫役，日给以食，所费钱谷以万计，悉设法劝率，所在军民，一毫无取，是以人不知劳而功易就。谋始于成化戊子春正月，落成于明年冬十月。舟行至此，如乘安流。东西牵挽，咸履坦途。往来之人，靡不称快。郭君利济之功，岂小补哉？是可嘉已！君世家苏之昆山，隶籍颍川，由进士拜冬官，廉勤干济，将来名位未量。其助材修洪，多往来公使、达官贵人及富商义旅，用列名碑阴，庶来者知所劝云）。余姚徐存义为戴鰲记（曰：今徐州，即古徐州分野。夹河起石，中余断山，黄河之水至，则苦束缚砥触，奔腾澎湃，故曰洪。洪者，洪水也。岸东势最迅隘，然以近堤可索挽，故逆水之舟上焉；岸西势少宽衍，然以远石利橹，故顺水之舟下焉。其或泉涸河徙，水落石出，则舟由中石窦过，舟之生死一丝。此洪之大较也。然横东岸下，卧石齿齿，起樍舟，时时杀人，

① 案《扬子·方言》：“石阻河流为洪。”“洪”又作“硔”“碰”者，皆石横水中之意。

② 底本漫漶，四字据万历《徐州志》补。

③ 底本漫漶，三字据万历《徐州志》补。

④ 底本漫漶，二字据万历《徐州志》补。

无论货。成化间，郭君昇始垒石叠堤，挽易为力。历今五十余年，怒水复挑抉石而塌之，前患复兴矣。石江李子修坠举废，请诸总理院素斋于翁[①]，然工未施而以艰去矣。嗣以中山公子协谋。未几，少山戴君至，慨然欲完前绪。人皆曰："筑堤须桩秸。"戴君曰："旧石险矣。"戴君凿洪之石，甃洪之堤，事甚省也，且绝巨患。人曰："须假醋煅火。"戴君曰："天下之石同，奚凿他石弗尔？"直命工缒之，斩然而起，旁又得土中古废闸石数千片，有余石矣。人曰："洪夫之力单。"戴君曰："益之以萧、沛之浅夫。又不足，益之以往来之舟夫。吾为彼兴利，彼无趋乎？"有余力矣。人曰："凿石惧泄水潆回之道。"戴君曰："洪上之三洲，截坝束水之门自旧也，吾断其下乱流中之啮人者耳。"于是选官任能，筮日兴工，众咸跃赴。胶秫锢灰，联以铁锭。始于丁酉之冬十二月，毕于戊戌之春三月。略仍旧址而延袤二里，高广倍数丈，巍然石城汤池矣。罔铁百物，始虑不足，后更余半，以戴君之躬核无奸也。余出守叙郡，五月过之，见堤亘若城壁，河洪无石，惊曰："是何神也？"土人道其故。于是徐子喟然叹曰："余昔日读书至《禹贡》，知天下之事难惟治水。故执之无体，斧之无形，人侮其涓涓，彼方恃其滔滔[②]也。斯亦其刚而折、其柔难制之理也。治水之难又惟洪，以水中多石也。天下之若柔而刚、似显而隐者，又难制也。戴君奋独见之智，捐众盅之议，集不费之力，率简易之政，除百年之寇，创万世之功，可谓益国利漕，善纂禹业者也！"余试问人以禹，曰："古之神圣人也。"问戴子，则曰："今之能吏耳。"嗟乎！前后一揆，重信汗简而忽观览，是未达易地之旨者也。假令禹生今日，阻挠群议，掣肘财力，或未能凿龙门，导碛石，越大伾[③]，疏九河，允底地平天成之迹也。《传》曰："睹河洛而思禹功。"余亦曰："睹洪者，思戴君功。"戴君名鰲，字时化，四明人，乙未进士云）。初，城东北汴水横流，冲溢运艘，牵挽艰甚。正德初，治河郎中胡澧[④]凿新河，自三里沟至洪上，乃复合流入洪，始分杀水势，为漕便利。无何，土人规便，日渐下石堙阻。参将万表悬购疏抉，仍移所司厉禁。迄今汴水虽盛，犹得亡险焉。

本司之设，专为粮运，先年命官不一。永乐十九年，侯伯分理洪闸河道，继差御史王矩、户部郎中杨琏至。正统以来，始铨选工部都水司主事一员，领精微批，

① 素斋于翁：于湛，字莹中，号素斋，直隶金坛人，正德六年辛未进士，嘉靖十六年任总理河道右副都御史。

② 原作"滔天"，据康熙《徐州志》改。

③ 原作"火坯"，据《尚书·禹贡》改。案《禹贡》"东过洛汭，至于大伾"，孔颖达疏："郑玄云：'大岯在修武、武德之界。'张揖云：'成皋县山也。'"

④ 原作"礼"。案明朱国盛《南河志》卷二《年表》：胡澧，字百锺，广东南海人，弘治六年癸丑进士，正德七年任南河工部郎中。《皇明进士登科考》亦作"胡澧"，二甲第六十九名。雍正《广东通志》卷四十五《人物志二》：胡澧，字伯锺，南海三水县人。正德五年起为工部员外，迁郎中，督治济宁河道有功，迁知叙州，转四川松潘副使。本志"胡礼"误，万历、顺治、康熙《徐州志》讹为"杨礼"，更误。据改。

莅任督理洪事，兼理徐州、境山二闸。凡三年一代焉（初，本司不干闸务。嘉靖二十年，兵部左侍郎王以旂题奉钦依兼理。成化二十年，工部侍郎杜谦建议工部添置主事一员，修治河沁水道，下达徐州。又著令提督徐州洪主事，以河南黑洋山河沁水利深浅尺寸，月一疏闻。弘治初年，添置主事停罢，本司月报如故）。

其莅任可考者，凡四十七人：

杨　琏（直隶定远人，卒于官，墓在骆驼山下）

孙　昇（山东济宁人）

史　历（直隶溧水人）

王　豫（河南祥符人，景泰甲戌进士）

王　忠（浙江临海人）

蒋希性（浙江缙云人。俱正统丙辰进士）

蒋　文（福建侯官人）

成　伟（直隶兴化人）

李　蕃（云南河阳人，正统戊辰进士）

袁　润（江西丰城人，景泰甲戌进士）

张　寰（江西新建人）

宋　德（山东嘉祥人，天顺丁丑进士）

谢　弁（浙江余姚人）

郭　昇（字腾霄，河南颍川卫人，天顺庚辰进士）

王　道（字允志，河南固始人，天顺丁丑进士）

方　彬（字德中，福建莆田人，成化壬辰进士）

尹　珎（字廷用，直隶大河卫人，乙未进士）

吴　超（福建漳浦人，戊戌进士）

饶　泗（江西进贤人，辛丑进士）

吴　瑞（直隶昆山人，乙未进士）

谢　缉（字维熙，江西乐安人，辛丑进士）

冯　夔（字廷伯，直隶无锡人，弘治庚戌进士）

夏从寿（字如山，直隶江阴人，癸丑进士）

董　恬（字世良，直隶上海人，丙辰进士）

胡　昉（字启旸，浙江萧山人，癸丑进士）

朱　衮（字补之，浙江上虞人，壬戌进士）

罗　循（字遵善，江西吉水人，己未进士）

陆　鳌（字镇卿，直隶吴江人，壬戌进士）

戴德孺（字子良，浙江临海人）[1]

吴　哲（字濬之，直隶华亭人。俱弘治[2]乙丑进士）

陈　辅（字良佐，直隶仪真人，甲戌进士）

陆　金（字德如，直隶吴江人，丁丑进士）

王时泰（浙江余姚人，甲戌进士）

李　香（字子兰，江西分宜人，辛巳进士）

陈之良（字伯善，湖广应山人，嘉靖癸未进士）

于思睿（字智甫，山东青城人，丙戌进士）

刘　录（字公庸，江西鄱阳人）

陈　明（字继卿，山东历城人。俱癸未进士）

胡　岳（字宗高，江西鄱阳人，壬辰进士）

马从谦（字益之，直隶溧阳人）

李载赞（字进可，湖广石首人）

戴　鰲（字时化，浙江鄞县人。俱乙未进士）

陈　穆（字舜宾，浙江鄞县人，戊戌进士）

王重光（字廷宣，山东新城人）

王　觉（字士先，直隶无锡人。俱嘉靖辛丑进士）

冯有年（字子占，直隶无锡人，嘉靖甲辰进士）

彭登瀛（字选之，广西临桂人，嘉靖丁未进士）

谢缉、陈明各为《题名记》（缉《记》曰：徐洪旧名百步，元时已为要冲。国朝徙都冀方，视昔尤不侔，而官之分莅于此者无定员。至正统初，始以主事专其任焉。弘治改元之明年，余来视洪事。求前人之已行者，岂直不得其一二，并与其名氏而亡之矣，斯阙典也。乃广询博访，仅得二十人，命刻石于公署，而记之曰：圣朝奄有万邦，德教诞敷九夷八蛮。前世所不能臣服者，今皆重译而来，稽首奉贡于阙廷下，况中国乎？其东南则云、贵、川、广、江、湘、闽、浙，诸道所贡物产，官民舟楫，舳舻相接，悉由兹抵北。而洪之石巉岩峭厉，星列棋布，水势所束，激为飞流，怒为奔湍，湖涛砰湃，万虎斗而百雷轰，见之骇愕失措，舟往往因是覆溺者甚众，真天险也！且以粮储言，岁漕四百余万石，运船动以万艘，一有不虞，则漕运之数亏，而军国之需阙矣，责任不其大矣乎？且天下事以难处之，则敬心生，动罔不济；以易处之，则怠心生，而克有成者鲜矣。历考前人因时以就功，利泽及

① 案《明史》本传：嘉靖初，以德孺驭军最整，独增三秩，为云南右布政使。舟次徐州，覆水死。后赠光禄寺卿，予一子官。

② 原作“正德”。按：弘治十八年乙丑，次年为正德元年。本志误，据改。

人者至于今，是赖后之君子克艰厥事，以正大存心，以清白持家，于以昭盛德而垂休光，使前者晖，后者映，国家将于是有赖焉！顾余何人，滥竽于兹，自知庸劣无似，然亦常恐沦胥于怠忽，以重君子之讥。乃摭此书之，因以自警。○明《记》曰：地之险，大率有二：惟山与水，如斯而已。山水异处，未足以为险也；乃若山处于下，水居其上，巉岩峭壁之间，复有波涛汹涌之势，舟人过此，既忧其水藏乱岩于千寻，复忧其山拥跳浪于百尺，真若过滟滪，游禹门，蛟龙斗而雷霆鸣也。徐洪之险，可畏甚焉！然自弘治以前，远接汴泗之流，水势微缓，运船贯舶，往往卸剥，公私病之。正德、嘉靖年来，沛之飞云桥塞，而鱼台谷亭之水，通汴泗流衍，势乃张大，宾旅舟楫往来咸济，无复卸剥搬运之费矣。夫水之通塞，国家之盛衰关焉。我朝迁都于燕北，据形胜以镇朔方。南当长江、大河之流，转输千里，坐享万方，胥由此致。顷因鱼台之水不来，洪漕磷磷，干若尘壑，拽挽劳费，远近惊愕，深为当道者之忧。由是观之，水之所系，概可见矣。窃尝论运漕之水流通于南北，如人身之命脉周流于上下。徐、吕二洪，适当咽喉之处，苟非其人，斟酌相度，公明审处，未有不覆公𫗧者。当斯寄者，可不惧哉？前此分署于兹者，户部郎中杨君琏，工部郎中孙君昇、史君历，后以都水主事姜益都[①]、王君豫诸公，始专厥任焉。呜呼！今之去昔，仅六十七余年，声迹泯然，已不得其十之五六矣；而况后之视昔，世远迹亡，欲尽十之三四，岂能得乎？矧前碑石穷将剥，又恐其弗永也，乃作续纪。若官沿革之由，殊方贡献之物，运船往来之数，凡有关于洪事者，旧记亦详，兹不复赘。而乃谆谆于水道之说者，盖治洪之要务在焉。后之君子，建茂迹而张休声者，将有光于斯石，予何幸得与于斯！○书办听事吏农，本州呈送，无定数，大约二十人。门子四人，皂隶十二人，稍水一百四十四人，永福仓每人月支口粮三斗，俱本州编审。洪夫九百一人，本州并萧、砀二县编审。座船、渡船水夫二十人，伞轿夫一十人，马夫二人，俱州驿递各呈送）。

徐州洪闸，在洪东月河南口。正统中，参将汤节建议设（语见上）。景泰中，水涨闸坏。嘉靖二十年，治水兵部侍郎王以旂议复。大使一人（未入流。吏一人，闸夫二十人，每人岁纳苘麻七十五斤，生铁五斤。溜夫一百三十五人，每人岁办桩木六根，草一千斤，俱本州并四县编审。互见《户役》）。

境山镇闸，在境山。旧有积水闸，天顺四年判官潘东建，后废。嘉靖二十年，侍郎王以旂议设今闸。大使一人（吏一人。闸夫二十人，溜夫一百三十人，共一百五十人。内：本州五名，萧、沛、砀、丰四县各二名，通州二十名，泰州一十九名，蒙城县七名，定远县九名，颍州八名，太和县七名，高邮州、无为州各六名，

① 案康熙《徐州志》：姓姜名佚，山东益都人，工部都水司主事。以主事任，自此始。

舒城县、庐江县各五名，巢县四名，六安州三名，兴化县一十名，泰兴县一十五名，寿州一十三名。每名征工食银八两，桩草银一两八钱，解州发闸雇役应用）。

高家滩木闸，委官一人、老人一人共司之（闸夫二十人，本州编审，每名岁纳桩木六根，草六十束）。

浅铺一十五所（夹沟浅、白庙儿浅、许家浅、白洋圈上浅、白洋圈下浅、梁山浅、垞城浅、秦梁洪浅、新洪浅、九里沟浅、狼屎沟浅、青田浅、干谷堆浅、白洋浅、李家沟浅）。

吕梁洪工部分司，在洪东岸向西，提督本洪主事莅政之所。中为正厅，左为仪仗库，右为轩，后为穿堂、后堂（匾曰“自公”）。由正厅迤北，为大观堂（主事曹英建），后为状元亭（进士及第费文宪公宏读书处），亭后为望云楼（主事伍全建）。大观堂西为宅一所。正厅前为二门、大门，外为漕河通济坊，左右为钟、鼓楼，楼下各为门。缭以石垣，周凡六里（主事陈宪建。棠陵方豪《记》曰：予公干江南，及吕梁洪阻风。工部陈君伯度拿舟冒风波溯洪，直诣予舟，延至观物亭，礼意周至。临行，以垣记为请。予乃与之周观焉。其垣高一丈有奇，下广五尺，上四尺，长五百余丈。自行部以南六十余丈，以洪为险，则稍杀其高。前立南北二门，后立三门，以便出入，濒河留挽路于垣之外，俨然一城廓也。予乃仰而叹曰：“呜呼，壮哉垣乎！使十年前有此，吕梁之民安有屠燹之惨乎？”问其创造年月，则曰：“始于丁丑冬十一月，讫于戊寅夏四月。”予又仰而叹曰：“呜呼，神矣哉！夫以五百余丈之工，非有［公帑］① 专役，乃成于半岁间。虽古之灵台，亦［庶］② 几矣！君［果何］③ 以致是邪？”君曰：“宪也何能？不过乘其害而以利导之耳。”问其导之之方，则曰：“吕梁皆平地，前阻于洪，贼捣其后，则赴水死耳。故昔年刘六之变，最为荼毒。近者盗聚双井，居民甚恐。宪乃属其老少而诘之曰：‘尔辈能舍此以去乎？’曰：‘不能。’‘尔辈能保昔年之变不再见、双井之祸不尔及乎？’曰：‘不能。’‘然则何以为之备？’曰：‘非不欲备之，而无其策也。’‘然则吾将作尔垣，以为尔备，尔能从之乎？’曰：‘备我，利我也，利我子孙也，敢不共命！’于是相地之高下，而与众规画之。择其有识者数人，以洪夫分属之，而责其成。又择洪夫之能者为筑工，而稍劳之。于是居民各相谓曰：‘彼夫与工，非土著也而乃尔，吾何以可后？’其趋之犹夫与工也。垣外之民各相谓曰：‘彼垣即我垣也，急则入焉，安可独劳垣内之民？’其趋之犹垣内之民也。”予又仰而叹曰：“呜呼！远哉，陈君之为吕梁民计也！勇哉，吕梁之民之能趋令也！夫若是，则兹垣也何可以弗记哉！”予诺君岁

① 底本漫漶，二字据万历《徐州志》卷三《漕政》补。
② 字据康熙《徐州志》卷三十二《艺文五》补。
③ 底本漫漶，二字据万历《徐州志》补。

前当作。别且月余[①]，未暇举笔。兹道经溧水，实君旧茇之地，见其庶[②]务斩斩，皆君遗规。感此忆彼，知君为理之一也。石臼湖舟中草草记之，以践岁前之约。因忆吕梁鼓楼，亦毁于燹。君至，即剔夫弊，追价市材，造钟、鼓楼各一于行部左右。命人司之，以知晨昏、严启闭。事系于垣，亦附见云）。坊之左偏为观澜亭（主事日临儹运之所），南为书院，内有社仓二区（主事郭持平建。进贤舒芬《序》曰：郭子分部吕梁，得治洪济漕也，教事不与。民所鄙野，蒙不击[③]，厥有自已？郭子患之。聚比公之童子十余，教之孝弟敬让，教之习礼，教之歌诗。读小学书，以及于经，以收放心，以养忠德。逾时，得三十人。逾年，来学者百有三十人。郭子为社学四，建教读，颁教令，月朔必会于公，振德[④]之。闻之《周官·族师》："月吉，则属民而读邦法，书其孝弟睦姻有学者。"郭子之道，不其然与？又明年，将代。民患之，卜比公之地，得几步为书院，有寝，有堂，有门，门隘无塾，曰"四社"。月吉，其必会于是，以无忘郭公之心，观我髦士。《书》曰："惟皇上帝，降衷于下民，若有恒性，克绥厥猷惟后。"吕梁之民，不其然与？书院成，或曰："有非事者，将病郭子。"民曰："是吾私！"或曰："否。郭子得治洪济漕也，教事不与。"既而太史东郭、宗伯凤山[⑤]播以诗，人则和之，教读杨生、王生、陈生、董生集而刻之。舒子闻之，曰："《大雅》言：'人之秉彝，好是懿德。'不其然与？"郭子名持平，家万安；舒子名芬，进贤人。相语于洪上，则嘉靖癸未闰月癸丑）。外有夫厂二区，砖厂、药局各一区，今渐颓圮，仅存其半矣。初，旧署甚隘，弘治十一年，主事来天球创建今制（正德壬申，火于流贼。其修建旧志未详，无可考）。

本洪在州城东南五十里，上下二洪，绵亘七里。洪中诸石森列如齿，水脉劲疾，遇险怒号，白浪腾沸，一瞬数里，为南北至险焉。唐、宋疏凿修治遗迹，并与徐洪同。本朝成化八年，主事张达修砌石堤（上洪长三十五丈，下洪长三十六丈）。十六年，主事费瑄修筑堤坝，长沙李东阳记（曰：徐州有二洪，一以州名，一以山名。山名者曰吕梁。吕梁之为洪有二，上下相距可七里。盖河之下流与济水会于徐，以达于淮。国家定都北方，东南漕运岁余万艘，使船来往无虚日，民船贾舶多不可籍数，率此焉道，此其喉襟最要地也。洪石犷恶廉利，虎踞剑擢，阳隘阴龃，

① 原作"曰余"，据康熙《徐州志》改。

② 原作"度"，据康熙《徐州志》改。

③《易·蒙》。"上九，击蒙。不利为寇，利御寇。"王弼注："击去童蒙，以发其昧。"后遂以"击蒙"指发蒙、启蒙。

④ 振德，出自《孟子·滕文公上》："劳之来之，匡之直之，辅之翼之，使自得之，又从而振德之。"赵岐注："民既自得而悦乐之，于是又从加之恩惠而振德之。振德即恩惠耳。"朱熹《四书章句集注》："又从而提撕警觉以加惠焉，不使其放逸怠惰而或失之。"

⑤ 太史东郭：即翰林编修邹守益，字谦之，号东郭（亦作东廓），江西安福人，著名理学家。宗伯凤山：即秦金，字国声，号凤山，常州无锡人，弘治六年癸丑进士，嘉靖二年擢南京礼部尚书，是为"宗伯"。

中仅可下上。水势为所束不得肆，则激为飞流，怒为奔湍，哮吼喧哄，见者皆骇愕失度。巨缆弦引，进不得寸尺。乘流而放，瞥掠瞬迅，不复措手。其艰如此。铅[①]山费君仲玉，以工部主事督水利于徐，顾而叹曰："此可以人谋胜也！"乃循行洪北，见其支流水所泄处，旧阏以束藁，水至则荡为浮梗以去。会州县所具藁，岁至二十五万，以钱输者加十有三，而恒病不足，则又叹曰："谋之不臧，劳无益也。"乃白诸部长及总漕都御史张公瓒、平江伯陈公锐，聚徒给廪，辇块石，埴壤土，叠为长堤百六十又五丈，广五丈，而崇不过五尺。水小则迫之归洪，河用不涸；大则纵之，使漫流其上。又于堤西筑坝二十余丈，以杀湍悍，而堤得以不啮。又观于东堤丛石间，民困牵挽，足不能良步。乃畚瓦砾，实其洼隙，外以石甃之，为丈四百二十有奇。又东则甃为长衢，而行者亦因以为利。吕梁之险，历数千万年，而十去五六，君于是有奇绩焉。然问其役，则洪夫之余力；问其费所出，则岁课之赢财；问其食所由致，则剥载之余粟。而自以经画佐之，未尝责办于有司、劝假于漕士及往来之商民。而所奏减藁束岁十万，民钱至三十余万。功倍而费益省，可为难矣！初，君自成化庚子，越三年而成西堤。任满当代，民交章借君，又三年而东堤成。君既报政，选员外郎。予友华容刘国纪[②]，亦与君有宿昔，实知徐州，达观君所营作，叹其绩不可无述，请予记。予复闻于君从子、翰林修撰子充[③]者为详。乃为说曰：天地之道，必赖乎财成辅相，然后可以利乎民。故唐虞置虞官，益[④]掌山泽，佐禹治水。《周礼》以中士为川师，掌川泽之名，辨其物与其利害。其为制不可详，然其职固在也。今漕河所经，各有分职，要害之地则委郎官以总之，利病兴革，惟其所任。然不过水道之疏塞，如所谓"沟逆地泐""水[⑤]属不理孙"者，则浚涤之而已矣，修治之而已矣。若长虑倍力、去险为夷、因害以为利者，讵不甚难矣哉？天下事固有一劳而永逸者，故苟其利倍十于旧，则虽殚财力而不惜。今以利校之，殆不可訾矣。然则阅历代之险，而为永久不迁之利者，诚可为之难邪？夫功不必己出，惟其有益于民与世，继费君者尚缉而保之，则兹洪之益于国家愈大，而圣天子财成之治，不为小补矣！君名瑄，仲玉其字。其为放舟之厅、集夫之营、市易之场，皆洪事所赖。又值岁歉，以余粟千石赈州民、六百石给漕士，亦洪之余费。故附载之）。**嘉靖二十一年，主事徐有让修砌石堤，建安李默记**（曰：今神州雄奠燕蓟，衣冠玉帛，贡篚之珍，则壤之赋，四方辏进。其道徐而北者，舳舻相衔，至

① 原作"沿"，据李东阳《怀麓堂集》卷三十三《重修吕梁洪记》改。
② 刘宪，字国纪，华容人，成化二十二年知徐州。康熙《徐州志》卷十《职官二》始载，旧志皆阙。
③ 子充，即费瑄之侄费宏，字子充，成化二十三年丁未进士第一名，授翰林修撰，时年二十，为明代最年轻的状元翰林。
④ 原作"盖"，据《怀麓堂集》改。
⑤ 原作"之"，据《怀麓堂集》《皇明经世文编》改。

旁午也。矧徐、吕二洪，石棱棱弥亘河腹，森利错迕，以为舟厄。而吕梁延袤最广，盖天下称险焉。虽上承汶、泗泉湖委流，而实倚浊河、汴、沁汇为之助。当其淫潦暴涨，险不可睹，功在篙师；即有枯涸，舟辄胶滞。顷年，山东诸流颇疑涓细，黄河又复南徙，二洪愈益受病。至廑廷遣大僚行水，疏导节缩，殆无留智。水部主事东平徐君有让之治吕梁也，为嘉靖辛丑。遘逢事会，敝力以图，始于洪南置石闸，语在学士张公《记》中。已复筑堤上洪，障绝漫流，归之内洪。并掇水中悍石，甃为堤岸，东西遂成牵道，凡七百二十一丈有奇。当狭处，别作水门，水至此稍益深下。洪亦改凿。内洪障以木闸，并甃堤，悉如上洪之制，堤长减十之七。徐人称内、外洪，犹吴越称大、小港也。洪以东岸为内，水盛则内外皆舟，涸即专归内港。非此则水漫力微，石始重贻舟病。木闸水门皆随舟启闭，以木方石工，力减巨千，水门又殊省。凡如此者，相地宜与物力，以相屈也。诸役作于徐君莅事之明年，数月而毕。夫匠以名计，为千五百三十有六，并役诸在官者，不以勤民糜帑藏。发谋秉虑，调度征停，惟徐君能；而画可赋功，奖成令绪，则节使少司空万安郭公持平力也。又明年癸卯仲春，予以赴阙出洪下，周览近迹，惊顾骇叹，以为少时游历所未有。方舟利涉，爰思作者之劳，而徐君适以记见属，又曷忍辞？呜呼！君子图事轨物，将以济时也。今天制水旱，地私川渎，运道阻艰，妨国大计。徐君乃能应时裁变，争尺寸之水于石罅间，利济万艘，卒以力胜，此其才智不已伟耶？汉唐漕东南之粟以饷关中，所经三门砥柱之险，不啻吕梁也。是时，管干诸臣疏凿排击，固已不遗余力。厥后，法日以弛，运益告艰，彼人家国亦视以为盛衰，吁可畏哉！继自今，有如甘雨时降，川祇效灵，则洪流浩渺，舟楫自便，无所事智。即不然，徐君之法何可废也？舍是弗图，脱有缓急，非转般则海运耳，斯岂盛世所宜闻？然则后之君子，宁无感于予言，而重修徐君之旧者乎？徐君职竞维思，忧形于色，既以身为国役，而又以图其后人，其用志弘且远矣）。**二十三年，主事陈洪范凿去乱石，华亭徐阶记**（曰：君子之为政也，其必本诸万物一体之学乎？万物生而同出于天，其始也，本一体也。惟夫自为之私胜，而又不知学以克之，于是其情日疏，其势日隔，忧喜好恶，漠乎不相关，而善政始日以废。盖昔颜子问仁，孔子告之克己复礼；及问为邦，而孔子告之以四代礼乐。说者曰："克己复礼，学也；四代之礼乐，政也。"呜呼！政与学析而为二，则亦不知君子之所以为政者乎？今夫语治，至于虞夏商周；语人，至于舜禹汤武，其亦无以加矣。然而孔子冒非圣之嫌，弃反古之惑，举其所谓礼乐者去取之，而不顾里巷之浮言。其在士大夫之身，曾不足为[①]损益；而世之君子，恒至于畏且忌，而遂罢其所当为。何孔子之勇，而

---

① 原作"为之"，据现存残碑及康熙《徐州志》改。

世之君子其怯甚也？孔子之学，以万物为一体。视天下之政，有一不宜于民，不啻疾痛之在己，惕然惟去之之为快。故虽前圣之制作，不得而徇。世之君子，莫不有自为之私[①]焉。故虽里巷之浮言，惟恐其足以为吾累，而不肯以易天下之安。夫其自为之私，是则所谓己也。己克而礼复，则能以万物为一体，而行四代之礼乐。四代之礼乐行，则化理洽，而天下归其仁。是则孔子所以告颜子之旨，而政与学未尝二者也。呜呼！斯义晦，而天下无善政矣。我国家漕东南之粟，贮之京庾，为石至四百万。其道涉江乱淮，溯二洪而北，又沿卫以入白，然后达于京师，为里三千而遥，而莫险于二洪。二洪之石，其狞且利，如剑戟之相向，虎豹象狮之相攫，犬牙交而蛇蚓蟠，舟不戒辄败，而莫甚于吕梁。吏或议凿之，其旁之人曰："是鬼神之所护也！"则逡巡而不敢。嘉靖甲辰，都水主事陈君往莅洪事，恻然言曰："古之君子，苟利于民，则捐其身为之，矧里巷之浮言，其不足听。盖审而以罣吾所当为，是厚自为，而为民薄也！"遂以二月二十六日，率其徒凿焉。众亦闻君言，以为仁也，咸忭以奋。阅三日，怪石尽去，舟之行者如出坦途。于是洪之士民来请余记。始君为诸生，余幸识之，常与[②]言万物一体之学，君欣然受焉，不意其果能行之也。今天下之政，不宜于民者多矣。然而论者知求之政，而不知求之学，往往以自为之私为之，故其说愈长而善政卒不可见。其甚也，谓学不可以施诸政，而学校之设，六经之教，亦且为具文矣。孰有知孔、颜之受授者乎？余故因君，推本而记之石。君名洪范，字锡卿，辛丑进士，浙之仁和人）。

初，本司设官不一。永乐中，少卿徐仪（江西南城人）、廉使荣华（顺天宛平人）、郎中王溥（平城人）。自后，始以主事来任。其铨选更代事宜，亦与徐洪同。迄今可考者，通三十八人：

萧　宏（直隶宣城人）

张　荣（湖广人）

谢　逵（山东人）

丘　奎（山东人）

杜　谦（昌黎人）

虞　钟（浙江开化人）

钟　宸（直隶华亭人，天顺丁丑进士）

张　达（直隶太和[③]人，甲申进士）

过　璘（浙江平湖人，成化丙戌进士）

① 原作"托"，据现存碑刻及下文"夫其自为之私"改。

② 原作"以"，据现存碑刻及康熙《徐州志》改。

③ 案《天顺八年甲申进士登科录》：张达，江西泰和人，三甲第一名。

谢　敬（山东德州人，天顺丁丑进士）
孙　佐（浙江仁和人，庚辰进士）
李　瀛（顺天宛平人，成化壬辰进士）
王　俨（湖广华容人，成化己丑进士）
费　瑄（字仲玉，江西铅山人，乙未进士）
李　侃（江西玉山人）
李　浩（山西曲沃人。俱甲辰进士）
李　泰（江西新城人，戊戌进士）
赵　璜（江西安福人）
来天球（浙江萧山人。俱弘治庚戌进士）
皇甫录（直隶长洲[①]人，丙辰进士）
张文锦（广宁人，己未进士）
刘天麒（广西桂林人）
姜　荣（浙江余姚人。俱壬戌[②]进士）
伍　全（江西安福人，正德戊辰进士）
李　楫（四川成都人）
蒋　益（直隶武进人）
陈　宪（江西余干人。俱辛未进士）
郭持平（江西万安人，丁丑进士）
温　濡（山东招远人，甲戌进士）
冯世雍（湖广江夏人）
卢　绅（陕西咸宁人。俱嘉靖癸未进士）
蒋应奎（山西行都司人，丙戌进士）
张　镗（浙江余姚人，癸未进士）
公跻奎（山东蒙阴人，乙未进士）
张　珍（直隶丹阳人，乙未进士）
徐有让（山东东平人，乙酉举人）
陈洪范（字锡卿，浙江仁和人，辛丑进士）
曹　英（字质夫，四川江津人，辛卯举人）

濮阳李廷相为《题名记》（曰：吕梁洪工部分司，故有《题名记》。岁久石泐，

① 原作“常州”。案《千顷堂书目》《江南通志》，实为苏州府长洲人。据改。
② 原作“壬辰”。案弘治朝无该榜，据康熙《徐州志》及俞宪《皇明进士登科考》改。

字画漫缺不可读，江夏冯君子和慨焉。乃莅事之明年，爰伐乐石，规恢旧制，表采诸执事姓名宦履，且虚左方以俟。乃使南都，征记重刻之由。走读漆园书，至孔子观于吕梁，悬水三十仞，流沫四十里，未尝不壮其言，而思往一游焉。及典试佐铨，往来于南，始获观所谓吕梁者，絙舟下上，飞流惊沫，势若轰雷迅霆，即弗戒，容有他虞。又未尝不窃叹，以为伏至险于至夷，寓至艰于至易，天下之水，盖乃有若兹者乎？我国家初罢海运，即命文武大僚专理漕河。凡东南数百万石之粟，率由吕梁，以达京师；而使帆贯舶日夕道兹者，前后相属，蝉联蚁进，篙师之声弗绝。匪有专职，以掌启闭之政，势殆不可哉！乃著令特设主事一员，竟九年或六年一更，后定为三年。任久而职专，公私便焉。粤自永乐迄今，凡若干人。要其宦业人人殊，匪有所总萃，奚以训位昭休，信今而传后也哉？是故创制存乎事，举事存乎人，观人存乎迹，考迹存乎言。冯君之于兹役也，盖亦可谓兼得已乎？於乎！是可以观其政矣。后之君子，观斯石也，则必思其人；思其人，则必刑其政。庶不负朝廷建官之意，而于冯君斯举，亦式克有光。走不佞，敢僭缀厥辞，庸识诸首。○吏农、门皂、人役，并与徐洪同）。

吕梁上闸、下闸，在洪南北，俱正统中参将汤节建议设，后坏。嘉靖二十年，侍郎王以旂议复。各大使一人（各吏一人。上闸洪夫一千五十人，本州编审；稍水一百二十三人。下闸洪夫五百人，萧县编审；稍水九十人。稍水每名月支粮三斗；洪夫每名每年工食银一十八两，岁办桩草三百五十斤）。

浅铺七所（黄钟集浅、石桥浅、孟城湾浅、侯家石浅、房村浅、龙塘浅、双沟浅）。

沽头工部分司，在沛县治南二十里，泗河东岸，提督胡陵城诸闸座主事莅事之所。厅堂门宅规制，如徐、吕二洪分司。成化乙巳，主事陈宣创建。后主事王佩、颜德伦继修。嘉靖二十二年，主事侯宁筑建城垣，自为记（曰：沽头闸城告竣，或诣于予，曰："子[1]职水务，而谋及守土，无乃出位之思耶？"予惟我明抚运百余年来，承平相沿。岁嘉靖辛丑，边报孔炽，中外戒严，而内寇负险，亦且为乱。议者固谓患在腹心，而未然之防，宜豫为之图也。于时，郡县咸奉部檄，以新保障，且刻期课成。沽头地介两省，民多四游，又孤危而难守者。故夫域民卫众，有主者之责也；而漕河积贮，用戒不虞，亦吾司水者之责也。而此版筑之役，可终已哉？遂以其议，质之总河郭君子衡，亦以为可也。而百凡经制，次第举焉。镇之后为东北面，平芜疏旷，盗每乘间，乃竖之墙，以固藩篱。前面襟河，则补隙斩岸，有城之险而人不可攀矣。滨河两傍，各建大门，前四门规制视此为狭，且便出入防守焉。

① 原作"予"，据康熙《徐州志》卷三十三《艺文六》改。

合用夫匠计二千有奇，取诸闸浅之闲旷者，而参之以民力。其他陶梓金石之费，各随宜处办，工不告匮。要之，丝毫不染于公帑者也。董役，沛县主簿王璿、沽头闸闸官高昇，分管则乡耆张仲良等，咸与斯役。众以为义举也，各矢心竞劝，乐赞厥成。经始于壬寅之春，落成于是年之冬。工制，城门阔一丈，高一丈二尺。城基广三丈二尺，高一丈六尺。后面池凿，深一丈八尺，阔三丈二尺；前深九尺，阔二丈二尺，延袤广四里，而隍[1]亦称是。且迁萧、丰、砀三厂于内，而守者称便，不但专为安民计地。方其始也，或以劳役非常，难不可就，其厉我也。迨其成也，数月以来，不闻盗惊，咸私相告曰："吾今而后乃得安枕矣！卒然有变，与之守亦可也。"吾固不敢遽谓一劳永逸，而此民志戢定，又深幸漕储之为有赖耳。嗣是莅兹土者，其念创始为难，而少加之意，庶几与斯地、斯民共守于永久，而是举不为徒矣。予惧其远而或堙也，复属望于后之君子焉）。二十六年，主事徐惟贤建义仓、社学、药局各一区。玉山詹瀚记（曰：嘉靖丙午夏六月，余奉圣天子命，总河于济，凡执事于河者，例得关白。以故，诸水部兴革利病，咸与有闻焉。是月也，董沽头闸徐主事惟贤持牒告余曰："官师之设，以为漕也。漕以人为本，人以食为天。食之不给，而欲得人以集漕事也，难矣！我国家奠鼎燕京，浚会通之渠，以岁漕东南粟。而沽头八闸，实始入境，使不得人以疏导宣节之，则迤北诸闸均将告病。故成化乙巳，用陈平江锐之策，遣都水司主事一员董其事，盖重之也。然地当齐、楚之交，山泽深阻；丰、砀之间，古称豪杰盘据。今皇化沾濡，壬奸革面，而逋逃啸聚，时或未免，是故设险宜预，兵食宜充。前侯主事宁尝筑土城一区，以奠民居。惟是储积未备，间遇水旱凶札之灾，则嗷嗷待哺，民鲜克自保，况望其相与为守，以竭力事漕也哉？贤承乏兹任，深用为惧，思欲建立一仓，以为储蓄计。先此，尝以其议上之苑洛韩公、素斋于公[2]，虽佥蒙许可，第事难虑始，尚未克举也。今幸明公莅止，敢敬申前议，以共厥命。"余闻而是之，曰："此固《周礼》遗人所掌之政，而后世平籴常平之法因之。迨子朱子立社仓之法于建之崇安，而四方传以为式。御变恤灾之政，宜莫有先于此者。吾子以是为请，其知本矣！亟往成之，余将考焉。"徐子退，而适承部檄，调摄清源砖厂，行更中止。迨今年正月旋任，值妖贼窃发曹、单间，与沽接壤。余方虑为漕梗，札令守练。部札复有清源之调，众皆汹汹荷担立，乡之耆老百余诣余庭泣诉，愿留之。余为咨部，始得不往，民赖以安。徐子乃得毕力于义仓之图。经始于孟夏，而落成于仲秋。复以其成来上曰："曩仗钧裁，底定群寇。防变之民，咸乐趋事，是役幸已就绪。计今所建，则

① 原作"湟"，据康熙《徐州志》改。
② 苑洛韩公：韩邦奇，号苑洛，陕西朝邑人。素斋于公：于湛，号素斋，直隶金坛人。

堂之为间者三，厫之为间者左右各五。前为二门，又前为大门。缭以周垣，纵得如干丈，横三之二。而盖藏已有其地，谨捐俸余，籴粟如干石贮之，以为敛散本。散以春冬，敛以秋夏。岁大熟，令民每石出息三分，中熟舍一，大歉尽蠲其息，惟加耗五升。掌之耆老而籍之官司，权舆于此，俾后继者有所增益，则虽或灾变，沽民可以无饥矣。又惧民之无教而习于鄙野，无医而不免于夭札也，复于仓门之东为社学三间，以训蒙士；西为药局三间，以便疗治。盖因其余构，而图其兼济也。总计之，则役民之暇，为工者凡如干；取境之薪，陶埴瓦甓者凡如干；以薪之余，易财市值[1]者凡如干。费虽奢而财不出于官，工虽繁而力不征于私，事虽集于一时，而利图垂于百世。兹固我公主宰之力、诸徭事趋役之劳也，于贤小子何有焉？敢不稽首，以拜厥赐！"余又闻而嘉之，曰："择可而劳，义也；惠而不费，仁也；役不逾时，信也。行一物而三善备，可以观政本矣。君子曰：'一命之士，苟存心于爱物，于人必有所济。'徐子近之。虽然，余惧其成之甚速而易坏，储之尚寡而难周，委任匪人，钩检靡密，而行之不能无弊也。复为益其价值如干，以固厫座；粟本如干，以广储蓄。"徐子喜曰："贤不敏，赖明公之赐，幸成兹役。敢仰丐一言为记，以垂永永。"予乃次第其语以遗之。徐子，越之上虞人，为予年家子，登嘉靖甲辰进士）。

本司自成化中，上从总漕之请，差委主事一员提督闸座。弘治戊申罢，甲寅复之。正德丁卯再罢，辛未复之。嘉靖癸未又罢，乙未又复之（黄河入漕而沽头利涉，故罢；黄河南徙而诸闸泉微，故又复）。今铨选更代事宜，并与二洪同。莅任可考者，凡十七人：

陈　宣（浙江永嘉人，成化辛丑进士）

胡　倬（广西临桂人，甲辰进士）

俞　稳（浙江宁海人，弘治庚戌进士）

江师古（湖广蒲圻人，癸丑进士）

蒙　惠（广西苍梧人，庚戌进士）

高　贯（字曾唯，直隶江阴人，己未进士）

章文韬（浙江黄岩人，己未进士）

章　拯（字以道，浙江兰溪人，壬戌进士）

王孝忠（字全之，四川南充人，丙辰进士）

王　銮（字廷和，江西大庾人，正德戊辰进士）

李　瑜（字良卿，浙江缙云人，丁丑进士）

---

① 原作"植"，径改。下"复为益其价值如干"亦同。

乐　选（字舜举，浙江仁和人，辛未进士）

王　佩（字朝鸣，直隶文安人，嘉靖壬辰进士）

颜德伦（江西安福人，举人）

侯　宁（字怀德，山东东平人，己丑进士）

许　诗（字廷陈，河南灵宝人，乙酉举人）

徐惟贤（字师圣，浙江上虞人，甲辰进士）

惟贤为《题名记》（曰：粤稽水部之设，尚矣。自益掌泽，虞、周建川衡而下，代有建置，其沿革可考也。而都水之名则昉[1]于汉，我朝因之，列于工部四司之一，其亦虞、周分掌之遗意与？肇自成祖定鼎燕云，罢海道之运，复会通之渠，岁漕东南诸粟以资国命，凡沿河要害必设都水一员以专督之。而我沽分司，则自宪庙用平江伯陈锐之策，特命陈宣来主其事，时成化乙巳也。嗣后，河道通塞靡常，兴革不一。始罢于弘治戊申，而复于甲寅。继罢于正德丁卯，而复于辛未。至我皇上嘉靖癸未，亦尝停之，而乙未又复焉。列圣相承，随宜措置，凡以重国计而怀永图也。今所辖闸有八，介在齐、楚之间，袤延百数十里，势若建瓴，必仰汶、沂、济、泗诸水以资利涉，稍遇暵霖，即为壅激。且当夷夏朝贡，军民运输争先杂进之始，苟不得人以疏导堤防而宣节之，则迤北诸闸亦当均受其害。此真南北之咽喉、入漕第一关也。胜国以前，本名"隘船"，盖即其地以限节舟航，亦可以知其要且剧者久矣。嘉靖乙巳，余承乏兹任，大惧无以称奉明命，亟取前政而窃师之，则皆茫无纪述，虽其人年姓亦莫可详。溯陈子乙巳，历余仅一甲子，而泯漫若是，将不久而益磨矣乎！并漕诸司咸有记石，而余署独缺，岂皆时未及为，抑或有待而然欤？用是悉心征访，得于所见者二人，得于所闻者五人，得于所传闻者九人，率三年一更，总其数合余凡一十有七。因次其名氏，著其选里，用托诸石以传。且虚其左，俟来者登焉。庶几后之视今，今之视古，因名考迹，以昭永鉴，则我国漕其亦永赖也夫！〇吏农、门皂、人役，并与二洪分司同。俱沛县呈送）。

胡陵城闸，在沛县治北五十里，隶沛县辖。宣德四年建。大使一人（吏一人，下各闸同。闸夫三十名：沛县十五名，山东滕县十名，定陶县五名。溜夫一百五十五人：沛县八十名，滕县三十三名，沂州二十六名，定陶县十六名）。

庙道口闸，在沛县治北三十里，隶沛县辖。嘉靖十五年，郎中涂楗议设（闸夫三十人：砀山县十二名，丰县十二名，萧县六名。溜夫一百四十人：砀山县五十六名，丰县五十二名，萧县三十二名）。

沽头上闸，在沛县治南二十里。元延祐中建，本朝改修（闸夫三十人，溜夫一

---

[1] 原作"仿"，古亦作"方"，通作"昉"。

百四十人，俱砀山县编。闸夫每名办本色苘麻七十斤，溜夫办本色桩木六根，草六十束。如折色，每名银四钱。浅湖厂夫，每名办纳桩草数同）。

沽头中闸，在上闸南七里。成化二十年，工部郎中顾余庆建议设。

沽头下闸，在中闸南八里，创建年月无考。俱隶本州辖（中闸不设官，上闸官带管。二闸夫数，并同上闸，俱丰县编）。

谢沟闸，在沛县治南四十里，隶沛县辖。宣德八年，工部主事侯晖建议设（闸夫三十人：萧县十八名，丰县八名，砀山县四名。溜夫一百四十人：萧县九十二名，丰县三十二名，砀山县十六名）。

新兴闸，在沛县治南五十八里，隶沛县辖。宣德八年，工部主事侯晖建议设（闸夫三十人，溜夫一百二十人，俱萧县编）。

黄家闸，在州治北六十里，隶本州辖。天顺三年，本州判官潘东建议设（闸夫三十人，溜夫一百二十人，俱萧县编）。

浅铺三十四所（徐州地方一十五浅：谢沟浅、小阎村浅、荣家浅、泉水小闸浅、留城上浅、留城中浅、留城下浅、贺家浅、皮沟上浅、皮沟中浅、皮沟下浅、李家浅、侯村上浅、侯村下浅、黄家浅，每浅夫八名，本州编，各老人一名司之。沛县地方一十九浅：湖陵城浅、鸡鸣台浅、庙道口浅、张家庄浅、泗亭浅、金沟口浅、金沟上浅、金沟中浅、金沟下浅、鲁村浅、上闸上浅、上闸下浅、类家浅、马家浅、破闸浅、下闸上浅、下[①]闸下浅、梁村浅、阎村浅，每浅夫九名，本州编，各老人一名司之。外协济金沟口捞浅夫一百九十六人：萧县四十一名，砀山县一百一十七名，丰县三十八名。王家浅捞浅夫六十八名，俱丰县编）。

积水闸四座（留城闸，属徐州辖，正统五年参将汤节建。金沟口闸，在沛县治南八里，薛河并昭阳湖水入漕之处，元大德十年建。永乐十四年，县丞李钦改修。各老人一名。夫四名，本州编。昭阳湖闸，见本湖下。鸡鸣台闸，在沛县治东北五十五里河北岸。正统十一年，参将汤节建。嘉靖中，主事侯宁并加修筑。各闸夫十名，俱沛县编）。

蓄水

昭阳湖（在县治东北八里，萦回八十余里，北属滕县，南属沛县。永乐八年，于湖口建石闸；于东西二湖口建板闸，成化八年改为石闸。弘治七年重修。遇漕河水涸，开闸放湖水入薛河，由金沟口闸达于漕河。湖所受水不一：北沙河，出滕县北龙山，西南流经鱼台县境入湖；辛庄桥河，出滕县西南五十里，南流十里入湖；漷河，出滕县界，西南入湖；荆沟泉，出滕县东北十五里，泉眼百余，水流迅急，

① 原作“上”，据文例改。

西南流八十里至辛庄桥，漫流为泽。正统六年，参将汤节开渠十里，引水入湖，塞其两流故道，复于北岸建回龙以镇之）。

草厂、窑厂六座（沛县金沟、鸡鸣台各一座，萧县、丰县各一座，砀山县二座）。

附洪闸见行条例（宣德四年，都察院右副都御史顾佐等钦奉宣宗皇帝圣旨：沿河闸官都不尽心堤防水利，往往为权豪势要所胁，不时将闸开放，以致强梁泼皮的得以抢先过去，本分良善的动经旬日不得过。甚至争闸厮打，淹死人也不顾，十分无礼。恁都察院便出榜晓谕多人知道，今后除进用紧要的船不在禁例，其余运粮解送官物及官员、军民、商贾等船到闸，务候积水至六七板，方许开放。若公差内外官员人等，或乘马快及递运站船，如果事务紧急，就于所在驿分给马驴过去，并不许违例开闸。敢有仍前倚权豪势要、逼凌闸官及抢先过去的，许闸官将犯人拿赴巡河官处，及所在官司或巡按监察御史处，问的得实，轻则如律处治，重则奏闻区处。〇成化九年，兵部尚书白圭等题南京进时鲜等项船只，照依所拟只数差拨运送，仍于管运官员关文内明白开写数目，以凭沿河官司查照应付。本部仍通行淮扬迤北一带巡抚、巡按、管河洪闸等官，各行所在官司，凡遇各起进鲜等项船只经过，务要逐一查验。比与今次所拟只数相同，方许应付人夫拽送前去。不许畏避，将夹带数外船只一概应付。人难责有所归开，坐具题奉圣旨是。钦此！〇成化十年，总兵官陈锐奏准：一、凡府州县添设通判、判官、主簿及闸坝官，专理河防之务，不许别委干办他事，妨废正务，违者罪之。二、凡府州县管河官及闸坝官有犯，开具所犯事由，行移巡河御史等官问理，别项上司不得怀挟私忿，径自提问。三、凡闸，惟进贡鲜品船只到即开放，其余船只务要等待积水而行。若积水未满，或积水虽满，上面[1]船未过闸，或下闸未闭，并不得擅开。若豪强之人逼胁擅开，走泄水利；及闸已开，不依帮次，争先斗殴者，听所在闸官将应问之人，拿送管闸并巡河官处究问。因而搁坏船只、损失进贡官物，及漂流系官粮米，若伤人者，各依律例，从重问治。干碍豪势官员，参奏以闻。其闸内船已过，下闸已闭，积水已满，而闸官夫牌故意不开，勒取客船财物者，亦治以罪。四、凡漕河事务，悉听典掌之官区处，他官不得侵越。五、凡漕河所征桩草并折征银钱，以备河道之用，毋得以别事擅支，及无故停免。六、凡闸溜夫受雇，一人冒充二人之役者，编充为军；冒一人者，枷项徇众一月，毕罪遣之。七、凡侵占牵路为房屋者，治罪撤之。八、凡闸坝洪浅夫，各典其役，官员过者不许召呼牵船。九、凡马快等船，每驾船军余一名食米之外，听带货物三百斤。若多带及附搭客货私盐者，听巡河、管河、

① 原作“而”，据《漕运通志》卷八《漕例略》改。

洪闸官盘检，尽数入官。应提问者，就便提问。应参奏者，参奏提问。十、凡南京差人奏事，水驿乘船私载货物者，听巡河御史、郎中及洪闸主事盘问治罪。〇成化十三年，都察院节该钦奉宪宗皇帝圣旨：近闻两京公差人员装载官物，应给官快等船，有等玩法之徒，恃势多讨船只，受要各船小甲财物，纵容附搭私货，装载私盐，沿途索要人夫，措取银两，恃强越过巡司，抢开洪闸，军民受害，不可胜言。运粮官军仿效成风，回还船只广载私盐，阻坏盐法。恁都察院便出榜通行禁约，敢有不思改悔、仍蹈前非者，许管河、管闸官员并军卫有司巡捕官兵严加盘诘。应拿问者，就便拿问，如律照例发落；应奏请者，指实参奏以闻。若管河、管闸等官容情不举，坐视民患，事发，一体究治。〇正德七年，工部题奉武宗皇帝圣旨：京储重事。今运河水少，又被往来马快、座船人员挟势越帮，强开闸座，走泄水利，诚恐阻滞粮运。恁部里便申明旧例，行都察院出榜禁约，今后再有似这等的，重治不饶）。

按：漕河经流徐、沛之境，凡二百里有奇（自沙河至谢沟一百六里，为沛县境；自谢沟至双沟一百二十五里，为本州境。详见《山川》）。

其支流入漕，在沛境者三：曰泡河（上通贾鲁新开黄河，流经单县，至本县飞云闸桥入漕河。盈涸不常），曰薛河（自滕县东高、薛二山之间来，西南流二百里，会南沙河、玉华等泉，由金沟口闸入漕河），曰鸡鸣台东小河（在县治东北五十五里。源出滕县三里桥泉，并七里沟泉，西南流百余里，至鸡鸣台东入漕河。初，二泉之水漫流为泽。正统六年，漕运参将汤节始开渠引入漕河，置闸于河口以积水，既以济漕，又变沮洳为良田云）。

在州境者四：曰留城小河（源出山东滕县黄沟泉及微[①]山、三家湾等泉，西流八十里，至留城镇北，东岸入漕河），曰境山沟（源出东北马跑等泉，西南流三十里，至境山镇北，东岸入漕河），曰溜沟河（在州城北五十五里，自沛县泡河上流分来，至许家浅北，西岸入漕河），曰乌嘴沟（源出城北十八[②]里屯东冷泉[③]，西流三五里，至秦梁洪入漕河）。

至州城北，则受汴水合流，据二洪险阻，而黄河决啮，所必归焉。

夫会通河，上受汶、泗、洸、沂诸水，搜取山泽诸泉，以为漕纲之助；又有安山、南旺、昭阳诸湖潴蓄，谓之“水柜”，先朝尚书宋礼奉命经画。当时漕河初不藉黄河之水，元人所谓“漕以汶而不以河”者，此也。至正统以来，河势播迁，倏无定所，其支派大概有六：其一自汴梁东北，经兰阳、仪封、曹、郓，至阳谷县入

---

① 原作“徽”，据《漕运通志》《清一统志》等改。
② 原作“八十”，据卷四《山川》同文乙正。
③ 原作“东冷泉来”。案卷四《山川》同文，“来”字衍，今删。

漕；其一至曹州，由双河口分流，至鱼台县塌场口入漕；其一至仪封县东，经归德府至徐州入漕；其一至归德府东南，经虹县、宿州、睢宁，至宿迁县入漕；其一自汴梁东南，经陈留、通许、亳县，至怀远县入淮；其一自汴梁城西南，经荥泽、中牟、尉氏、陈、颍，至寿州入漕。自河入于漕，水势浸淫，诸闸沉于深渊，二洪泯其险隘，泉政日弛，湖防尽废。至于二洪而下，冲决岁深，崖岸宽广，一遇旱干，则汶、泗诸流涣散靡济，必赖黄河之水，而后漕运流通。如嘉靖庚子，诸闸泉微，二洪水涸，至厪宵旰，遣命重臣，是可鉴已。然河流所趋，泥沙相半，若决入阳谷、鱼台、丰、沛，则漕渠淤塞；经由睢、宿，则二洪反高；全入涡、淮，则陵寝所系，尤难轻议；全归汴水，则徐民昏垫，又所不堪。如嘉靖丁未，冲决曹县及城武、金乡、鱼台，溢于徐、沛、萧、砀，亦可鉴已。要之，徐、沛而上，非泉湖之备不能通；徐、吕而下，非黄河之来不能济。惟在疏浚得宜，堤防不失，俾源泉沛注，勺水不遗，以为闸河之助。于汴河故道，如野鸡冈、孙继口、黄陵冈诸处，各加浚治。使黄河正流，南趋凤阳，以入淮海；假其支流，从汴入泗，达于二洪，以济运道。既非上出丰、沛、鱼台，以淤漕闸；又不全入涡、淮，以干陵寝。而徐民垫溺，用是少瘳。则诚国家之庆，生民之福也。（附鹿园万表《论》曰：黄河自野鸡冈而下，分为二股：其自东南涡河而行者则为河身，其自孙继口出徐州小浮桥者则为支流，然皆并合于淮以入海。是故河流入海，舍淮无他道也。比岁庚子，二洪水涸，漕舟并阻，议者谓为黄河改流，予则曰非也。夫河流迁改，宜必有漫溢之处，计今水道，只涡河孙继口耳。今孙继口之出徐州者既淤，是当泛溢于东南之涡河，何涡河之水亦微，至可截以坝，断可识矣。盖自清河以至徐、沛，地势隆拥，节高一节，如往年黄河盛溢之时，则上漫济宁，其鲁桥诸闸皆为淹没，而淮水亦几浸城。后水势少降，则自鱼台以出谷亭；再降，则由飞云桥以出沛县，而淮水以次渐小；又降而出徐州小浮桥，则淮水亦渐平矣。近年黄河之水日微，故小浮桥之水淤塞。岂特小浮桥之水淤塞，宿迁、桃源二小河亦塞，今淮安河口合流入海之处可以褰裳而涉也。此徐水之通塞，实本于黄河之赢缩，非关于河之改流也。又曰：漕河原不用黄河之水，惟用洸、汶、沂、泗诸泉沟湖之水，足以济之渡淮。而西皆是清水，故名清河。正统十三年，黄河决荥阳，至阳谷入漕河，溃沙湾以达于海。景泰四年，都御史徐有贞塞治之，乃分流自兰阳东至徐入漕河，以疏杀之，而黄河始合于漕。然黄流尚微。至正德六年，水势方盛，行浸漫而冲洗之矣。先是，黄河未冲之时，清河河道皆狭，水故易充。然亦有浅，故沿河俱设浅铺，每年转运，固无滞也。后黄河水大来，而浅铺俱没而不用矣。今观二洪之旧堤路宛然，正是先年河道。但二洪一向黄水浸漫年久，一旦水落石出，而清河一带浅涸，人心乍见，不能无异，其实则故河也。盖自淮达济，由会通以至卫河，一路堤防，只恐黄河之水冲入为漕河之害。今徐二洪以下，一向反用黄河之水而忘其故；及水不来，则用工挑浚以引之，日望其来而不可得，此即所谓以病为药也。如酒本伤人之物，而耽酒者一向沉溺于酒，反以酒为生，一不饮酒，即欲死矣，此非今日漕河之喻乎）

附治水诸臣经略奏议（嘉靖十五年，总理河道、右副都御史李如圭题：窃[①]惟黄河发源，具载史传，今不敢烦渎[②]，姑自宁夏为始言之：自宁夏流至延绥、山西两界之间，两岸皆高山石麓，黄河流于其中，并无冲决之患。及过潼关，一入河南之境，两岸无山，地势平衍，土少沙多，无所拘制。而水纵其性，兼之各处小水皆趋于河，而河道渐广矣。方其在于洛阳、河内之境，必东之势未尝拂逆，且地无高下之分，水无倾泻之势，河道虽大，冲决罕闻。及入开封地界，而必东之势少折向南，其性已拂逆之矣。况又接南北直隶、山东地方，地势既有高下之殊，而小水之入于河者愈多，淤塞冲决之患自此始矣。此黄河之大概也。今之论黄河者，惟言其弥漫之势，又以其迁徙不常而谓之神水，遂以为不可治。殊不知黄河之水，泥沙相半。流之急则泥沙并行，流之缓则泥沙停积，而停积则淤之渐矣。淤之既久，则河高而不能行，水性就下，必于其地势之下者而趋焉。趋之既久，则岸面虽若坚固，水行地下，岸之根基已浸灌疏散而不可支矣。及遇大雨时至，连旬不晴，河水泛涨，弥漫浩荡，以不可支之岸基而遇此莫能御之水势，顷刻奔溃，一泻千里，遂成河道，无足怪也。合无听臣督同河南、山东并南北直隶管河副使张纶等，备查所管黄河州县河道地里[③]远近，动支河道银两，打造上中下三等船只，置造大小铁扒、铁锄，分发各该管河官收领。遇有淤塞，即便督率人夫，撑驾船只，用心扒浚，坚硬去处则用铁锄，俾泥沙随水而去，河道为之通流，则倾泻之患将渐弭矣。再照黄河先年由河南兰阳县赵皮寨地方，流经考城、东明、长垣、曹、萧等县，流入徐州；近年自赵皮寨南徙，由兰阳、仪封、归德、宁陵、睢州、夏邑、永城等州县，流经凤阳地方入淮。其归德、兰阳等州县，即今水患颇大，亦听臣督行管河道，责令各该管河官员，调用人夫，修筑堤岸，并扒浚河道。务使淤塞开除，自无冲决之患；防护完固，可免淹没之虞。其旧黄河，即今尚有微水流至徐州、吕梁二洪，亦合时加扒浚，使不致断流，接济运道，且分杀黄河水势。如此，则河患可息，而运道亦有益矣。〇嘉靖十六年，总理河道、右副都御史于湛题：据河南管河副使张纶呈勘，议得黄河为患，频年兴作，北冲则害及运道，南决则近于王陵，虽修浚之功累加，而迁徙之性无常。自挑河通流，地势渐下，全河之水俱由此河，致将北行。旧黄河梁靖口淤塞，屡浚屡淤，功用不成。今年天雨连绵，比于往年尤甚，河水泛

① 原作“切”，据康熙《徐州志》卷三十二《艺文五》改。
② 原作“渎”，据朱国盛《南河志》卷三李如圭《浚河道疏》改。
③ 原作“理”，据《南河志》改。

涨，冲决数多。新口一开，旧河随塞，百方莫救，众力徒施。致将饮马池以下一百八十里淤垫甫平，其新冲决口亦有随冲随塞者。见今仪封地方三家庄、于庄决口一处，归德州地方北岸郑家口决口一处，皆广深不可堵塞。一则由考城县以趋归德州城下，一则径趋归德州，二水俱径曹村口，入北黄河。接济二洪，惟赖此水。又睢州地方南岸地丘店、界碑口二处，宁陵县地方杨驿铺一处，共三决口，俱南入亳州涡河，势尤阔大，且经寿春王陵，大端南岸地下，今已成河。诚恐水性趋下，南决日久，众水皆归。且居郑家口上流，则郑家口不敢保其不淤，淤则趋二洪者少矣。漕运所关，诚不可以不虑也。为今之计，饮马池以下所淤一百八十里，开之则劳费甚多，然不过经符离桥、通宿迁往来商贾而已，于二洪无益也。若于地丘店、野鸡冈等口上流开凿一河，省工四十余里，通桃源集旧河故道，东北由丁家道口入旧黄河，则趋涡河之水，可截以入北河，接济两洪，其于寿春王陵水势可减，漕运无虞矣。合候呈允通调人夫来春正月初旬兴工挑浚等因，具呈到臣。臣会同巡抚河南右副都御史易瓒、巡按河南监察御史王镐，议得漕河沛县迤北，虽防黄河冲决，徐、吕二洪实赖黄河灌注。自赵皮寨支河开挑之后，黄河大势尽徙而南，一股自亳州涡河入淮，一股自宿州符离桥至小河口入运，鱼台、沛县决口相继不筑自塞，山东济宁迤南，人得安土耕种。河南归、睢一带岁苦淹没，梁靖口旧河灌注二洪之水亦掣而南，随挑随塞，迄无成功。远近方以二洪乏水为忧，幸而皇天降鉴，河神效灵，符离桥支河淤塞中高，漫流北溢，从夏邑县山西坡，仍入小浮桥，灌注二洪。以此，连年运道得以不阻。今山西坡水道亦复淤垫中高，以民事言之，淹没处所，秋禾虽废，夏麦倍收，以得偿失，害少利多，犹为可缓。但河南地势，北高南下，今大势既已南徙，支河又多淤塞，若不导引分杀，听其乘势奔崩，则寿春王陵与州县城郭，俱有可虑。若小浮桥断流，则徐、吕二洪全靠闸河之水，更遇旱年，泉流微细，何以接济？兴言及此，实可寒心。今副使张纶议呈前来，要行开挑地丘店至丁家道口新河四十余里，通连旧河，以免二洪浅涸之患，以杀归、宁淹没之害，以防寿春王陵冲决之虞，且用见在人夫物料，别无加派，事颇省便。臣等采访人言，参酌事理，委应准从）。

徐州志卷之七终

徐州志卷之八

人事志三

祀典

陵墓附

州

先师庙（规制详《学校》），祀先师孔子。东西列四配（颜子、曾子、子思子、孟子），次十哲（闵子骞、冉伯牛、冉仲弓、宰子我、端木子贡、冉子有、仲子路、言子游、卜子夏、颛孙子张），两庑列七十二子（澹台灭明、原宪、南宫适、商瞿、漆雕开、司马耕、有若、巫马期、颜辛、曹恤、公孙龙、秦祖、颜高、穰驷赤、石作蜀、公夏首、后处、奚容蒧、颜祖、句井疆、秦商、公孙句兹、县成、燕伋、颜之仆、乐欬、狄黑、孔忠、公西蒧、施之常、秦非、申枨、颜哙、宓不齐、公冶长、公皙哀、高柴、樊须、公西赤、梁鳣、冉孺、伯虔、冉季、漆雕哆、漆雕徒父、商泽、任不齐、公良孺、公肩定、鄡单、罕父黑、荣旂、左人郢、郑国、原亢、廉洁、叔仲会、邽巽、公西舆如、陈亢、琴张、步叔乘），次春秋以来诸儒（左丘明、公羊高、穀梁赤、高堂生、毛苌、伏胜、孔安国、董仲舒、后苍、王通、杜子春、韩愈、胡瑗、周敦[①]颐、程颢、程颐、邵雍、张载、司马光、欧阳修、杨时、朱熹、吕祖谦[②]、陆九渊、胡安国、张栻、蔡沈、真德秀、许衡），岁以春秋仲月上丁日致祭。

祭器，凡五百八十七件（锡香炉六个，锡花瓶三对，锡酒尊四个，锡盥盆三副，铜爵二十只，锡爵一百八只，锡簠、簋各一十六副，锡豆七十二副，锡登五副，锡酒杓三柄，锡铏二十副，木牲匣五副，长木桌三十二张，小木香案四张，铁

① 原作“惇”，径改。

② 吕祖谦后原有“胡瑗”，与前重出，径删。

高烛台二对，小木烛台三十六对，牲匣桌二张，涤牲桶四个，宰牲木凳八条，竹篚箱九个，牲血盆八个，毛血盘十个，酒尊桌三张，铁锅五口，水桶五个）

颁降乐器，凡二百二十七件（麾幡一面，红漆竿一条，龙头钩一个；柷一座，敔一座；排箫二面，搏拊鼓二面，圆条二条；琴六张，弦枕全，红琴案六只；瑟二张，弦柱全，红瑟架二只；旌节二串，铜饰，红竿二条，龙头全；笙六攒，笛四管，箫四枝，埙二个，篪二枝，籥笛三十六枝，舞竿三十六条，雉尾全；应鼓一面，柱一座，十字螺虫全；龙头四个，龙杖四条，铜钩四个，五色流苏四串，并座；鼓槌二个，钟架一座，铜钟一十六个，妆画龙头二个，妆画飞凤五个，螺虫二个，座子二个，五色流苏二串，并盘；铜钩二个，铜槌二个，磬架一座，石磬一十六个，黄绵花条十六条；铜钩二个，磬槌二个，妆画龙头二个，座子二个，妆画飞鸾五个，凫鹅二个，五色流苏二串）

凡祭，先师用帛一、羊一、豕一、爵三、登一、铏二、簠二、簋二、笾八、豆八。四配共用羊一、豕一，各帛一、爵三、登一、铏二、簠一、簋一、笾六、豆六。十哲共用帛二、豕二，各爵一、铏一、簠一、簋一、笾四、豆四。两庑，每庑共用帛一、豕一，每四坛共用爵四、簠一、簋一、笾四、豆四。

凡祭，必大合乐。麾一，柷一，敔一，琴六，瑟二，钟十有六，磬如之，埙二，篪如之，箫四，凤箫如之，笙六，笛四，搏拊鼓二，应鼓一，其乐生三十八人，工歌六人，旌二[1]。籥三十六，翟如之，舞生三十八人。属邑祀日与仪并同。

启圣祠（见《学校》），祀启圣孔公（叔梁纥），以四氏配（颜子父路、曾子父点、子思父鲤、孟子父孟孙），从祀三人（程珦、朱松、蔡元定）。凡祀先师，则前期行事，祭品视十哲。

国初，仍前代制，称孔子“大成至圣文宣王”，肖像，服衮冕。祭用笾豆十二，舞用八佾。四配以下从祀者，并以公侯称。嘉靖庚寅，上用辅臣议，改正礼制，去肖像，易以木主，题曰“至圣先师孔子”，四配曰“复圣颜子”“宗圣曾子”“述圣子思子”“亚圣孟子”，十哲以下曰“先贤某子”“先儒某子”。别祀孔子父启圣公于启圣祠，配以四子，从以三人（并见前）。削十三人（申党、公伯寮、秦冉、颜何、荀况、戴圣、刘向、贾逵、马融、何休、王肃、王弼、杜预、蔡澄），以七人各祀于其乡（林放、蘧瑗、郑众、卢植、郑玄、服虔、范宁），增祀五人（后仓、王通、欧阳修、胡瑗、陆九渊）。笾豆各损其四，乐用六佾，以示天下尊崇之实。诸邑同。

社稷坛，在北门外三里。洪武二年，知州文景宗创建。初分二坛。八年，遵定制并为一。当祭，设木主二，左州社之神，右州稷之神，俱南向，祭毕藏之。旁有

① 顺治《徐州志》载：“又特旌二人统之。”

神厨库、宰牲房。岁以春秋仲月上戊日致祭。凡祭，用羊二、豕二、帛二、爵三、登一、铏二、笾四、豆四、簠二、簋二，无乐。

里社，洪武八年定制，每里立社一，祀土、谷二神，命里中耆老，岁以春秋仲月，用羊、豕、酒、果祭。诸邑同。

风云雷雨山川坛，在南门外一里。洪武二年，知州文景宗建。当祭，设木主三，中一曰“风云雷雨之神”，左一曰“徐州境内山川之神”，右一曰“徐州城隍之神”，俱南向。岁以春秋仲月上丁第三日致祭。凡祭，用帛七，牲视社稷加其一，余并如之。诸邑同。

名宦祠（规制见《学校》），祀唐推官韩愈，宋知州苏轼、傅尧俞、王洙、曾肇、杜纯、王复，司法杨时，国朝按察司兵备副使汪舜民，知州文景宗、杨节仲、杨秘、宋诚、和鸾，同知刘秩，凡一十五人。嘉靖二十六年，副使王梴建，主事梅守德记（曰：徐在古，九州之一。尧封彭祖篯铿于此，为大彭氏国。自秦郡县理人，嗣世仍之，迄用不变。建置官守，则代有升降殊焉。时维建旄剖竹，布政宣风，其磨灭无述者勿论已，间若唐之姚崇、韩愈，宋之苏轼、杨时，或恤其灾患，或导以厚生，或敦典迪文，赞谟弼教，斯其绩用之最章章者，自徐所居民利、所去民思，率有可称谈。虽功自位殊，业缘时异，并以徽音流泽，芳润千祀。考诸先王之制，法施于民者，以死勤事者，以劳定国者，能御大灾、捍大患者，咸在祀典。昔子产殁而舆人颂，文翁终而西蜀祠。甘棠，召伯所茇，南国爱之，至相戒勿剪伐焉。夫颂者，宣其感者也；祠者，表其思者也；爱者，永其报者也，皆人之情也。人情所在，圣王不能违焉。故礼以缘情，而非强世为也。明兴且二百年，治化隆洽，礼文宣昭，怀柔百神，罔有恫怨。惟徐实在畿甸，邻壤鲁邹，士习章缝，亦既彬彬尔矣。顾兹礼之重且大者，辄废不讲，甚阙典也。权诸人情，鲜不用为病焉。象山同野王君梴，以山东按察司副使镇徐，倡道诱人，敕法贞度，问诸民所疾苦而辑和之。道久政成，民用晏堵，诸凡城郭、黉校、书院、津梁，次第修建，典章焕然。爰诹旧学正吕锐与其弟子辈，佥言是祠尤弗可但已。洎询州长老，则亦如弟子言。遂下有司，度地鸠工，［庀物兴役，以判官袁衮董之。不］[1]逾时而报落，［堂宇轮奂，奕奕维新。乃复益诹群言，稽摭］故实，得［宜祀者凡若干人，令有司列而祀之，凡皆］祭法所［当，协诸人情而协焉者也。夫理有旷世］而相感，苟［非其人，道不虚行。之数公者，其生］不同时，其官［不同职，其产不同地，逮今无虑］千百年，始得享血食［之报于徐之人，相与］俎豆于一堂之上，俨乎洋洋［乎，昭云汉而亘］今古。岂其精灵英爽，于今为烈？与云龙、汴泗相为不朽者，

① 底本残损，以下八处据万历、康熙《徐州志》补足。

亦必有待而发与？夫名者，实所由章；劝来者，未有不证诸往者也。证往以劝来，则感应速；循名以核实，则鉴戒昭。世降习窳，吏人或怀苟且，与世浮沉，甚则残虻以逞，隳败甘心焉。徐当南北孔道，赋役繁滋，又其鸷悍犷桀之俗，未尽消释，所赖以休养化导之者，诸执事责尔。继今吏于兹者，登斯堂也，无亦惕然而感思，以绍其绝响，不赧于古人。人则大者至含哺之嬉，小者有息肩之惠。厥祠之建，民永赖之，其义不至深远哉？是年，会余有事兹土，乐觏厥成。已而官属诸生，烝烝然进于庭，咸谓推扬懿美，阐发幽遐，宜有言为来者诏。《诗》曰："高山仰止，景行行止。"又曰："靖共尔位，好是正直。"守德不佞，盖尝窃寐于斯云）。

乡贤祠（规制见《学校》），祀宋教授陈师道、山人张天骥、国子监说书颜太初，国朝工部尚书朱守仁、大学士权谨、汝宁教授马蕙、新乐县知县张端、孝子王豫，凡八人。旧有先贤祠，在学宫，正统元年建，学正吉水刘羽记（略曰：徐州先贤祠，皆祀前代有功烈者，祭法所当也。旧无祀。正统改元，监察御史吉丰彭公勗，以提举学校巡按直隶郡县，命徐州判官朱泗等立祠祀[1]之。羽题其石曰：祀先圣贤以祠，虽祭法所以示报功，亦以使后人之观感。何者？文天祥入忠节祠，慨然曰："殁不俎豆其间，非丈夫也！"厥后，身出宋衰，勤劳君父，险夷一节，卒以扶植纲常，表仪臣道，与忠公节公如列星众曜，灿烂争辉。观感之功，[一]至于此也。今之入是祠者，触物兴怀，人心所同，宁不恻然而感。徐之人[亦]岂止于是乎？而祠祀乃止于是也。其人已化而为尘埃，第宅已荒而为荆棘，子孙已离乱而不知其何在，而庙貌巍然[见存]，不随死而化，不恃亲而立，人岂[得而][2]私之乎？国有常法，人赋秉彝，有不可已者。"颜何人哉，希之则是。"感慨兴起，恶能已矣！吾故曰：祠祀先贤，虽祭法以示报功，亦以使后人之观感也。彭公由进士发身，学术醇正，善作兴人，此亦可见其一端云）。天顺戊寅，知州宋诚重建，自为记（略曰：贤才之生，岂偶然哉？盖必有以钟川岳之秀，关气运之盛，明良相逢，后先继起，故能建立丰功，谋谟王室，勋名炫耀于当时，声实仪范乎后学，虽千百岁之远，自有不可泯灭者。徐之间气所钟萃于人，若汉丞相萧文忠公何、曹懿公参、太傅王公陵、太尉周公勃、舞阳侯樊公哙、夏侯文公婴、御史大夫周公昌、丞相周公亚夫、光禄大夫龚公胜、谏议大夫龚公舍、卓行姜公肱、石渠博士施公雠，隋治书侍御史刘公子翊，唐绵州刺史刘公德威，宋太学博士陈公师道，元御史中丞曹文贞公伯启、徐州观察副使孔公午、翰林学士袁文靖公遵道、兵部尚书石忠毅公普，国朝右佥都御史黄公政、文华殿大学士权公谨，凡二十有一人，建祠于学

---

① 原作"祀祠"，据文例乙正。

② 以上四处俱据万历《徐州志》补。

宫，祀之有年矣。予谒庙顾瞻，祠宇渐至倾侧，弗称景仰先哲意，遂乃鸠材庀工，撤而新之。经始于今年秋九月辛卯，十月癸酉始克完美。是冬十一月朔，率郡官僚师生奉安神位。俎豆之设，仪文之备，焕乎有章矣。夫贤才有益于天下国家，古今一致也。徐之先贤，或以相业著，或以战功显，或以文武节操称，皆足为后人所师法。学校，育才之所，诸士子朝夕游焉。幸今遭际圣明作乂，其于先贤勋绩行实，皆素所饫闻，宜必以是自期待，必欲措诸事功。则庶几接武前修，与徐之山川增辉出色，亦不负圣朝养育之盛心矣。不然，则非予之所望）。继学正龚汇以韩昌黎愈、苏文忠轼二公仕徐，皆有遗惠，刻像置诸贤前崇祀之。成化七年，知州陈廷琏徙建黄茅冈，增先贤陈后山师道，为三贤祠，而先贤祠遂废。成化十八年，知州和鸾复徙三贤祠于学宫东隙地，有司岁以春秋上丁日致祭。其诸先贤，迄废不祀。嘉靖丁未，副使王梴建今祠，郡人副使马津记（曰：乡贤祀于文庙之右，左以逊名宦也。宦之名者祀之，乡之贤者祀之，未名而贤者，将以思而劝也。古之乡先生，没则祀于社。惟其贤也，非贤何劝？自古圣神，以道经世。唐虞三代君臣，孔子贤之，传述其道，垂训万世，今六经所载是已。当时颜、闵诸子，以德、言、政、学，表见《鲁论》，皆其徒也，皆从夫子而有得焉者也，后世亦皆曰贤。吾徐，地邻阙里，流风遗泽，沾被无穷。是以诸贤承运而兴，德、言、政、学，往往名世。论而进之，以祀于夫子之宫，盖皆可立门墙之下，于道未有畔焉者也。如其畔，则麾之矣，孰能滥？凡我后生，生于斯，游于斯，能无高山景行思乎？思与之齐，由一乡以进于天下，不愧前人，思之功也。祠者，望也。若谓圣贤不可企及，居今之世，可以浮沉，则虽圣贤与居，亦末如之何矣！此非祠之意也。於戏！我明立国百八十年，文教周洽，二祠将遍宇内。徐在邦畿之内，前此未有，非阙典乎？嘉靖丁未，兵备宪使同野王公乃始创作，盖知鸢飞鱼跃之意，非徒为观美也。公名梴，浙江象山人。时修学宫而备其制，故弗遗，来者尚有考焉）。

城隍庙，在城东南隅。洪武二年，知州文景宗建。宣德、天顺间，知州杨秘、宋诚建修。成化五年，知州王叙撤旧鼎建，未就。[七年][①]，知州陈廷琏续成之。外表以城隍庙、灵佑侯二坊。

州厉坛，在北门外二里。洪武八年，知州高玉琳[②]建。岁以清明、中元、十月朔凡三日致祭。先期，导迎城隍神位于坛，榜无祀鬼神而祭之。凡祭，用羊三、豕三、果四，羹饭、冥衣凡数百具。

乡厉坛，洪武八年定制，每里立坛一，里中耆老主之。用羊、豕、果、酒，如

① 二字据万历《徐州志》补。
② 原作“球”，据《职官表》改。

州期，祭本乡无祀鬼神。诸邑同。

徐州洪神庙，在百步洪上。旧称灵源弘济王，或称金龙四大王。凡舟逾洪，必祷焉。元郡守赵克明建，萧人傅汝砺撰碑（文曰：中原河山形胜，彭城为最。河源出昆仑，万里西来，宣房水之灵府，神明实主之。吞泾纳渭，历砥柱而东，狂澜冲突，缠纬畿甸，变迁无定。由汴渠故道，掠彭门而与泗、汶通，其势弥盛。郡城东南，双洪对峙，奔流砰湃，汇为涛渊。国朝收复残宋，车书混一。无［远］[1]不服，重译入贡。舆琛辇赟，必由彭城。使者旁午，殆[2]无虚日。连樯巨舶，络绎不绝。百步洪东岸，旧有祠宇。下瞰洪涛，高崖峭壁，无云而雷，鼋鼍出没，人所惊嘻。横波之石，廉利侔剑戟。凡至洪下者，必舣舟弭楫，股栗［心悸］[3]，睥睨不敢发。莫不刲牲酾酒，恭谒庙貌，睢盱伺伺，以听神命。吉凶逆从，昭答如响。少有凭忽，舟上下失势，沦溺者往往有之。曩岁江淮未附，邳徐之境，家犀户鹤，民不聊生。庙亦草创，岁久摧圮。郡侯赵克明与其僚属，慎乃庶绩，整其隘陋，倡率资助，醵钱为五百万缗，创建殿廊，焕然一新。夫天一生水，善利万物，民所以取财用也。《礼》云："三王之祭川，皆先河而后海，曰源也，委也，此之谓务本。"后汉元光间，河决瓠子，白马沉璧，历代所宗。与夫泯竭其力，以奉无名之木土者，可同语哉？侯请予为文纪之。比者宦游南国，亦尝祷于祠下，目击其状。故泚笔以纪其实。夫《易·需卦》："需者，待也。"为险在前，须有所待也，可不慎欤？乃系之以辞曰：纳纳提封，徐当其中。奎娄之方，白羊之宫。河山襟带，惟徐最雄。河源西来，常骛于东。郡城之角，泗汶潜通。乱石横波，对峙双洪。奔流澎湃，汇为涛潨。驿船市舶，往来憧憧。殊方辐辏，津梁要冲。涛头出没，鼋鼍喁喁。惟天设险，鬼凿神工。少有凭忽，沦溺是从。灵源弘济，历代所宗。孰其尸之，护国金龙。再新祠宇，龟石穹窿。恭奠偵[4]伺，是效是崇。蘋蘩之荐，可羞王公。神其默相，报汝亦丰。惟王德溥，远迩攸同。屏卫王室，万世无穷）。成化七年，工部主事郭昇重建。

吕梁洪神庙二：一在上洪，旧称河平王，永乐初年建，宣德十年知州杨秘重修；一在下洪，旧称龙神，元皇庆间建，天顺元年知州宋诚、判官潘东重修。

关尉神祠，在吕梁洪上，祀汉寿亭侯关羽、唐鄂国公尉迟恭二神。元皇庆间建，翰林侍讲赵孟頫撰碑铭。（曰：神有所依凭则灵。载于有国之典，人得通祀者，惟山川之神与古圣贤之祠。山川则能藏天地之精气，古圣贤则有功德于民。有以圣

① 字据正统《彭城志》卷十四《艺文》补。
② 原作"适"，参正统《彭城志》"迨无虚日"，疑"适"为"迨"形讹，今据文义用"殆"。
③ 二字据正统《彭城志》补。
④ 原作"偵"，据正统《彭城志》、康熙《徐州志》改。

贤而兼主山川之祠，则向往加多，享祀亦加数焉。徐州之水，合于吕梁，而入于淮，近世乃兼受河之下流。徐州之山，自西南来，乱流而东，复起为冈峦，累累然相系不绝。水中横石数百步，其纵十倍，其上下如纵得十之二三，高出于水上者，䶥䶥然象人齿牙。水势少杀，则悍急尤甚。舟行至此，百篙支柱，负缆之夫，流汗至地，进以尺寸计，其难也乃几于登天。舟中之人，常号呼假助于神明。有元混一天下，凡东南贡赋之输，皆引道自此，故舟至益多，日百千万艘。有庙在洪之西堧，所祀二神：一为汉寿亭侯关公，公事汉昭烈，尝为徐州牧①；一为唐鄂国公尉迟恭。相传二公治水吕梁，徐州盖有二公之遗迹。二公生为大将，殁而为神，其急人之患难，夫岂愆于素志也哉？先王制礼，能御大灾、捍大患则祀之。如二公者，盖庶几其人焉。二公所治，乃扼乎天地之巨险，在人所尤急难之地。始作庙者董恩。庙成，奉牲酒者争门而入，拜于轩陛之间者，至不能容。人之精神萃聚于此，又挟山川之气以自壮，故祷焉辄应。每事必祝，其灵赫然。享祀之至，愈久而愈盛。于此见忠义之士，虽［历］②千载，遗烈犹不泯也，岂不伟哉！恩，下邳人，尝为驿官，性敦朴，笃于事神。予往年被召，数往来洪上。恩砻巨石为碑，征予为文。余至京师，文成，书以遗之。皇庆二年十月十七日也。铭曰：於赫二神，奋发雄武。际会风云，服事英主。维时英主，遇合无间。左顾右盼，力剪祸乱。生为大将，死为明神。能介景福，以祐下民。徐合众流，浩浩南注。石扼中路，增悍兴怒。舟人至此，罔不震惧。日进万艘，谒庙致祭。刲羊割豕，罗拜轩陛。神所主治，多部将吏。号呼乞灵，缓急如意。拔人于险，振人于扼。水循故道，湍驰崩迫。鼋鼍蛟龙，各守其宅。神依于人，英威凛然。千载不泯，祷祀益虔。作庙距涯，允壮且丽。碑铭我词，以告来世）

——以上祠庙四，并宣德七年登祀典，岁以春秋上丁三日致祭。凡祭，用羊一、豕一、帛一，余与社稷、山川同。

丁塘拔剑泉庙（详见《山川》），洪武末，知州杨节仲因故址建，自为碑。天顺间，知州宋诚重修。祭日、品与上祠庙同。

田祖神庙，在城西北五里许。旧称“螟蝗”，或称“司稼”。洪武末，知州杨节仲③因元故址建。宣德间知州杨秘、天顺间知州宋诚，相继修葺之。祭日、品与上祠庙同。

恭襄侯祠，在河东水次，祀平江恭襄侯陈瑄。侯有功漕运，故祠之。成化十八

① 按：为徐州牧者刘备，非关羽。正统《彭城志》卷十五《艺文》、弘治《重修徐州志》卷二《祠庙志》皆作“公事汉昭烈，昭烈尝为徐州牧”，其说应是。

② 字据正统《彭城志》卷十四《艺文》补。

③ 原作“仲节”，据本志《职官表》《宦迹传》乙正。

年，知州和鸾、指挥使苏宽、千户刘显，以总漕平江伯陈锐规画鼎建。

费公祠，在吕梁下洪。成化间，工部主事费瑄督理洪事，有惠政。初，洪人立生祠祀之，后登祀典，祭日、品与关尉诸祠庙同。嘉靖丁未，都御史詹瀚、主事曹英修，尚书费寀记（曰：吕梁洪旧有费公祠，盖洪民思公功德，塑像建祠，奏请敕祀云。先是，成化间，公以工部主事莅洪。当是时，洪险而漕艰，公悉心经画之，漕以无虞，语在西涯李文正公《记》中。自弘治戊子至今五十年矣，祠将圮，绘像将剥蚀。适总河副都御史詹公至洪，造公祠拜焉，顾谓冬官曹君曰："嗟！使前无此公，奚以治洪？使后无此公，奚以劝功？况兹祠者，又洪民之所敬慕，孝皇之所以诏往励来者耶？祠像弗称，凡莅兹洪者，将无愧焉？盍议新之。"曹君于是经费饬材，令义民朱曷董之。工始于嘉靖丁未正月，越三月而落成。詹公闻而喜曰："祠新矣，像绘矣，匪树之碑，以纪成事，则后来继今者，竟何所观感而兴也乎？"乃又议创碑亭焉。碑亭成，曹君走状属予记之，且曰："费公，公之伯父也。述世昭德，信莫如公。昔欧阳公尚自表其先阡，至今人能诵之。而况于伯父乎！"寀于是拜手言曰：嗟！我复庵公之治吕梁，其所经画，昭昭人耳目不可掩，岂惟莅官然哉？当其在家食时，昆弟五人，公行二，先少保公其四也。公创家训，朔望集男妇于堂，使子弟读而警之。饭以公厨，不私具饭食，内外斩斩。其后仕宦禄入，亦均与昆弟分之。乡里人至今称孝弟者，必曰复庵公云。故其莅官，视国事如家事，兹非其天性哉？吕梁之祠，所以垂之千万世不忘，亦宜矣！予闻昔人谓："士君子立身，生当封侯，死当庙食。"信斯言，则封侯与庙食者亦等耶？愚意不然。古今天下遭时取侯封者，奚啻什百千万？而其中磨灭无闻者，十又恒八九焉。君子以是知封侯短而庙食长也。公以进士起家，仕不过少参，而吕梁竟祠祀之，岂亦论其官耶？非《礼》所谓"有功德于人则祀之"者欤？鄙谚曰："不习为吏，视已成事。"公固为之于前矣。后之莅兹洪者，率能扩充其所经画，俾漕渠如安流，无亦标而趋之故耶？予观今天下多豪杰士，岂敢谓其人必俟公而兴者哉？若分署有退省轩，公所尝退食处也，今易为大观堂。有状元亭，先兄大学士文宪公宏所尝从公读书处也，则仍旧葺理之。公之氏名，备于前记，不书，亦非寀所敢书也。詹公名瀚，玉山人，正德丁丑进士，今以资望迁少司寇。曹公名英，江津人，辛卯乡荐士，有廉能声。法皆得书，使后之人有所考焉。〇费寀诗：十载并州梦，频来系所思。棠阴浓不改，云气缈何之。香火林边屋，声名水上碑。登堂诗史在，惆怅立多时）。

潘公祠，在城北四十里境山镇。嘉靖间，工部侍郎兼都察院副都御史潘希曾总理河道，民怀德政，立祠祀之。郡人马津记（曰：潘公何祠？民祠之也。德公思公，图报无地，故为祠以尸祝之也。民何德公？公之理河不扰民，激水漕舟通利，国富民安，饮水者思禹，不能一朝忘也。然则民作之乎？民无敢作，君子者听之也。君子何听？高山仰止，景行行止，五音之于六律，方圆之于规矩，不能舍之而他适也。於戏！遗爱于民，遗法于后，公去犹不去也，公没犹不没也。大人君子，其无尚于立德也已？是故可以祠，可以记。公讳希曾，字宗鲁，号竹涧，浙江金华人。嘉靖八年，以工部侍郎兼都察院副都御史，奉敕总理河道。祠成于十有六年之秋。倡之者，耆民郝端、伊魁等；听之者，理鹾监察御史陈公蕙、洪公垣；视其成者，徐州整饬兵备、山东按察司副使宋君圭，徐州知州陆君时望；记者，州人马津。记已为歌，歌曰：於戏！公之理河也，民无知。公之去河也，民有祠。河之水兮汤汤，公之灵兮洋洋。岁时伏腊兮，民曷可忘）。已而，有司致祭如费公祠。二十二年，知州王重贤废不祀，民祀之。

汉高祖庙，在城南五里广运仓东。永乐间，耆民梁聚等建。正统间知州杨秘、成化间监储监丞马敬继修。正德间复圮，户部主事王遵重修。（庙有石，高三尺余，中裂如破竹，不尽者寸，父老相传为高帝试剑石，苏辙有铭。〇三乡彭城废县亦有高祖庙。程敏政诗：古原荒树倚村斜，高庙威灵亦可嗟。警跸千年余塑马，铙箫终夕舞神鸦。砀山落日销云气，濉[①]水寒风卷岸沙。汉楚兴亡那复问，一龛灯火属僧家）

留侯庙二：一在留城。《后汉书》留城中有张良庙；晋义熙十三年，宋公刘裕军次留城，经庙下，令以时修饰栋宇致荐。皆即此。成化间，巡河御史陈嘉谟、郎中顾余庆改建。一在子房山，宣德初，平江伯陈瑄建山上。景泰间，知州宋诚徙山左新之。（宋邵雍诗：灭项兴刘如覆手，绝秦昌汉若更棋。卷舒天下坐筹日，锻炼心源辟谷时。黄石公传皆是用，赤松子伴更何为。如君才业求其似，今古相望不记谁。〇元陈孚诗：子房王佐才，其风凛冰[②]雪。天遣[③]鹤发翁，圯上授宝诀。博浪沙中三尺铁，祖龙未死胆已裂。况此喑呜扛鼎夫，不直秋风一剑血。谈笑帷幄间，六合雄雌决。卯金四百年，只在三寸舌。但恨汉德非姚虞，不能身为古稷契。雍熙至治四百年，岂肯脱冠挂北阙。留城古祠今千载，碧藓溜雨眠断碣。我恐至人或不死，尚有笙鹤拥玉节。酌泉采菊往奠之，回首芒砀堕山月。〇本朝庐陵李祯诗：信族豨夷越醢躬，太平无复用英雄。高皇却堕先生计，世上何曾有赤松。〇程敏政诗：子房祠在望中岑，蔓草寒烟[④]尚可寻。五世报韩终有恨，一时兴汉本无心。书传黄石知真假，名配青山自古今。立马斜阳无限思，天教风壑助豪吟。〇江夏冯世雍诗：青峦截列彭城东，山腰高构幽人宫。赤松黄石谩尘土，云裳月殿空玲珑。桃

---

① 原作“渺”，据程敏政《篁墩文集》卷六十七改。
② 原作“如”，据《陈刚中诗集》卷一改。
③ 原作“遗”，据《陈刚中诗集》改。
④ 原作“云”，据程敏政《篁墩文集》卷六十七改。

花片片野桥雨，杨柳依依山寺风。汉业楚雄今在不，一杯醽醁吊遗踪。○青城于思睿诗：[绝]壁孤峰四望通，悠然怀古思无穷。汉时勋业[秋风]外，楚国山河夕照中。海气东来常带雨，江流[南下]正飞鸿。只今谋相还祠庙，千载令人感慨同。○[庐陵][1]刘玉诗：蹑足封齐片语间，鸿沟不放虎东还。戏台战垒空相对，千古高名寄此山。○保定刘恺诗：辞却高皇访赤松，留侯圭冕亦虚封。携壶别欲游三岛，辟谷何消受万钟。公子志酬身未老，仙人侣在兴还浓。神机讵许萧曹识，挥手云霞路几重。○铅山费寀诗：仗剑当年辅沛公，生平筹策是丹衷。计行骁将潼关破，约解鸿沟楚帐空。黄石有编皆妙算，赤松无树不高风。乾坤回首青山在，千古凭谁智略同。○又诗：经行沧海逢黄石，鹿走秦家楚失骓。名重此山应自笑，一编书胜百斤椎。○王梃诗：何处子房祠，孤标隔翠微。登临多感慨，瞻拜忽忘机。分土城还在，藏舟碣已非。从游赤松侣，今度定安归。○黄九皋诗：博浪潜身就沛公，报韩节义满丹衷。函关破日公孙立，栈阁烧时汉业空。间道复归思借箸，鸿沟决策早歌风。谋成辟谷云游去，平勃虽奇万不同）

东岳庙，在城西南隅。洪武初建。宣德间知州杨秘、天顺间知州宋诚相继修。

忠烈庙，祀宋死节知州王复。复，事详本传。时赵立奏立庙祀，每岁时及出师，必帅众泣祷曰："公为朝廷死节，必能阴祐其遗民也！"徐人闻之归心焉。《一统志》云在徐州，故志不详其处。今废，无考。

四贤祠，在黄茅冈崖。旧有先贤祠，在学宫。成化七年，知州陈廷琏徙今地，祀韩愈、苏轼、陈师道，为三贤祠。寻复徙入学宫，是祠遂废。弘治甲子，户部主事庄襗修复之，东莞王缜[2]记（曰：徐州城南二里许，有山曰黄茅冈，旧有三贤祠，祀韩文公、苏文忠公及陈公无己。后守土者迁于州学东畔，而易以三大士像，旧祠遂废。弘治甲子春二月，户部主事庄君诚之游于冈上，慨然以兴复为任。于是撤佛像，鸠群工，夷旧维新，庙貌斩斩。工告讫，复征余言识之。余谓：能言距杨、墨者，圣人之徒也。君能毁淫祠，崇先哲，固当大书特书，能于言乎靳邪？夫山必藉人而后显，而仁人之于山，亦情之所钟，自有不能已焉者也。昔欧阳子知滁州，游琅琊，作醉翁亭；朱紫阳知南康，游匡庐，辟白鹿洞，至今传诵不朽。黄茅冈，亦三贤游咏之所，修而复之，固其理哉。且韩文公在唐为推官，鲠直贞[3]亮，其遗惠及人居多。苏公为徐州守，以身捍水，竭力赒穷，其功德之在徐，尤宪宪不衰。陈

① 底本漫漶，以上七字据万历《徐州志》补。

② 原作"縝"，系"缜"讹字。按：王缜，字文哲，东莞人，弘治六年癸丑进士。其诗《长至寓徐州，是日晴明，喜而有作》："上元新甲子，长至入彭城"。自注："是岁甲子年甲子月。"甲子，即弘治十七年，与庄襗重修四贤祠同时。

③ 原作"真"，据万历《徐州志》改。

公虽乡贤，亦尝教授于徐，其苦节文藻，亦人人之所爱慕，徐人乌得而无情？此祠之所以修也。修之而岂徒哉？盖将使仕于斯者，仰三贤之高风，则思所以振德育民，靡不承式；生于斯者，念三贤之遗泽，则思所以磨淬奋迅，日进无疆；客而游于斯者，览风烟之苍莽，嗟去来之无常，而思三贤之所以岿然独存，又必有能择轻重取舍于其间也。呜呼！有其举之莫敢废也。后之守土者，尚慎旃哉！其毋蹈前辙，兴异端，以诬惑人世与！诚之曰："大哉！微子言，又安知后之视今，不如今之视昔者乎？"请镵之石。余曰："诺！"遂撰其事以归之。诚之，武进人，以名进士历今官，奉命督饷于徐，直冤济弱，徐人德之。其可书者，非但止此。而赞襄以成之者，则中贵高公、莫公云）。正德初，主事张孟中增祀杨时，定今名。嘉靖初，御史杨瞻令知州陆时望，丙午副使王梴令判官黄应期增饬之。（梅守德诗：水郭凭危岫，香云护古祠。松杉巢野鹤，蘋藻荐清卮。事业千年在，文章百代师。因悲刘项迹，台上草离离）

寿亭祠三：一在西门内，一在城南二里许，一在城北二里。

旗纛庙，旧在徐州卫公署后。每秋霜降节，徐州卫、徐州左卫合祭。成化中，改建演武场将台东北。正德中，为水圮。

文昌祠二：一在南门外西，天顺间，知州宋诚自学宫徙建；一在戏马台，嘉靖二十六年建，工部主事冯有年记（曰：徐州当齐楚之交，古称勇敢，代多武弁。入国朝来，实为南甸之北门，首沐菁莪之化，文事始彬彬矣。自设科以来，科必得人，罔一二间。迨嘉靖乙酉后，盖寥寥无闻焉。岁乙巳，四明同野王君来按察，重以是虑。既饬黉宇，以育群材，又建彭东书院，以育其尤者。阅一岁为丙午，佥谓是科也得人其盛，延伫望捷。久之，未有与者。是年冬，同知石子岗实摄篆事，乃谓僚友曰："科贡至是，惟吾有司者之愆，其忍忽诸？"遂谋于州之缙绅大夫士，下逮堪舆家之说，咸谓前无文笔，坐是不昌。惟戏马台屹然城之丙位，又当学宫之阳，宜于兹更崇之。考诸志，上故有台头寺，意亦是故。今圮矣，曷不于此而祠以文昌乎？遂白于同野，可之。先是，僧惠礼者将梵宇于斯，闻是举也，力请任之，遍募以助费。时户部主事宛溪梅君与余倡之，自州而两卫，而大夫士，迨比闾之好事知义者，咸以文事故，皆乐于助。以故不烦公帑，阅几月而告成。台中为圆亭，其址窿然，其脊崒然，象文笔也。亭北为堂四楹，中祠文昌木主，北向，面学宫也，缭以周垣而门焉。予惟士之致身，固不屑屑于科目，而今世之行义达道者，匪是则为异途。有司之作人，苟可以旁罗豫养者，虽小道亦不废也，凡以得人耳矣。今徐之多士，不有才美如兹台之秀者乎？不有功积如兹台之厚者乎？又不有成章如兹台之焕发者乎？乃阅八试而罔一中式者，伊谁之咎？观昔人地灵人杰之句，要不可尽诿之人力也。矧是举也，费不烦于公帑，而事实切于兴贤。虽无庸，其将已乎？且一改观之间，而多士咸知自奋，行将起夫高明洞达之见，而益励其九仞一篑之功。虽天子之廷，其升有阶，其进有渐，其于乡举之细故乎何有？盖天下之事，曷易曷难，存乎人之为之耳。是役也，督工者为前指挥金鼐、耆民沙武[①]等云）。

彭祖庙，在城东北隅，魏刺史元延明自他所徙建于此。今废。

黄石公庙，在城东北二十里。《汉书》：圯上老父授张良以《素书》，谓良曰："济北谷城山黄石即我也。"后十三年，良从高帝过济北谷城山下，果求得之，因立祠祀。今废。

百里嵩庙，《一统志》载在徐州。今无考。（按：嵩，后汉徐州刺史。是时州治于郯，非今徐州也。志者未深考耳，今姑仍旧纪之）

火神庙六：西南隅、南关厢、北关厢、东关厢、西关厢、夹河洲各一，皆居民建。

司马神庙，在南门外二里。宣德中建，祀天驷房星之神。是时，民孳牧官马，故祀之。今废。

彭祖墓，按《一统志》：彭祖封彭城，卒葬焉。今不知处。

楚元王墓，在楚王山山下。又有古冢数十处，皆甃以巨石，相传为交子孙墓。

范增墓，在城南里许。增，项羽谋臣。羽以陈平反间，疑增。增请骸骨归，未至彭城，疽发背死。元季，有贾胡盗发其冢，得宝剑去。（元陈孚诗：七十衰翁两鬓霜，西来一笑火咸阳。平生奇计无他事，只劝鸿门杀汉王。〇虞集诗：盗发亚父冢，宝剑实累之。冢开宝气尽，狱吏书盗词。盗言惟见宝，宁知亚父谁。项王不相信，弟子遂舆尸。黄壤[②]下深锢，千载复何为。大河在城东，落日在城西。过客知真城[③]，踟蹰望安期。〇朱本初诗：匣开宝剑露蟠龙，金玉辉煌气交拥。贾胡致富须臾间，弃骨沟中宁愧恐。平原无色鼓角悲，山鬼夜号川泽涌。伤哉亚父天下奇，鸿门高会真危机。火龙[④]飞起实天意，拔剑起舞空尔为。风云变化失隆准，玉斗一碎山河非。〇萨天锡诗：亚父冢前春草齐，楚王城上夕阳低。黄莺不解兴亡事，飞过海棠枝上啼。〇本朝胡俨诗：三尺青萍盗岂知，只因虹贯草萋萋。鸿门玉斗空如雪，拂袖归来路已迷。〇华亭夏寅诗：谁阻归骸骨，焦[⑤]心竟道亡。青山埋未稳，一剑又遗殃。望气知天子，荥阳苦力争。平生好奇计，本是学纵横。〇杨士奇诗：千年宝剑无光气，衰草寒烟野水邻。同是遗骸葬徐土，当时陵母识天人。〇刘玉

① 万历《徐州志》作"沙序"。

② "黄壤"二字，四库本虞集《道园学古录》亦同，然未若正统《彭城志》"黄肠"为确。黄肠，《汉书·霍光传》颜师古注引苏林说："以柏木黄心致累棺外，故曰黄肠。"因借指棺椁。

③《道园学古录》卷一作"过客立城下"。

④ 原作"大旗"，据朱思本（字本初）《贞一斋诗文稿》卷下改。

⑤ 康熙《徐州志》作"无"。

诗：云龙山下路萦回，亚父坟连戏马台。宝剑却随金碗出，定知曾教项庄来）

张良墓，在城北七十里留城南。《史记》：留侯死，并葬黄石冢。每伏腊上冢，并祭黄石、留侯。（胡俨诗：辟谷何劳禄万钟，功成志就却辞封。分明古墓埋青草，始信空言托赤松。〇上虞徐惟贤诗：群山回合閟英雄，披棘还来认旧踪。石径残云留短屐，墓门斜日到深松。运筹本为韩仇出，辟谷终辞汉爵封。千古九原如可作，高风邈邈定谁从。〇晋州尹梁诗：孤冢依山麓，何人识子房。乾坤仍日月，楚汉几星霜。蔓草迷幽径，空林挂夕阳。韩彭非若匹，回首俱亡羊）

王陵母墓，在城西南二里。嘉靖中，御史朱裳[①]立碑冢上。（陈孚诗：太傅勋名半纸残，百年人子痛如山。缘何方寸非徐庶，忍死慈亲一剑间。〇胡俨诗：匆匆窗下取吴钩，使者星驰不肯留。遂使鸿毛轻一死，却存马鬣重千秋。〇薛瑄诗：鹿走中原海起尘，独从草昧识真人。纷纭等是人间死[②]，母死高名万古新）

刘向墓，在城西北二里演武场南，亦有祠在焉。（胡俨诗：千年封事遗编在，三尺荒丘宿草摧。鸿宝浪传谁见得，藜灯一去不重来。〇吉水邹缉诗：汉廷怀直道，宗室独称贤。谏疏忧时切，遗经与世传。荒坟今寂寂，碧草自芊芊。何事扬雄宅，争传草太玄）

龚胜墓，在城东南三里。

刘公子平墓，在城西北九十里。

楚王英墓，按《传》，在彭城。今不知处。

陶谦墓，在城西四十里陶山。

华陀墓，在城南山川坛侧。陀，沛国谯人，游学徐土，通晓养性之术，善医，以忤曹操见杀。永乐初，知州杨节仲修坛，劚地得髑髅甚巨，疑为陀首，加土瘗之，题其碣。（胡俨诗：徒把金针事老瞒，千年荒冢朔风寒。后来枉却陈琳檄，到底西陵泪不干）

刘昶墓，昶以大将军开府徐州，豫营墓[彭城西南][③]，发石垒之，坟崩，压杀人众。复改营，颇为公私费害。后薨，葬焉。今不知处。

总管钱光弼墓，在九里山之阴，孛术鲁翀[④]为撰神道碑。

都督山云墓，在留城，庐陵钱习礼撰神道碑。

① 原作“衮”，据《漕运通志》卷三《尚书、都御史、主事表》改。案《漕运通志》：朱裳，字公垂，直隶沙河人，嘉靖十二年以右副都御史总理河道。《明史》有传。又朱衮者，字补之，浙江上虞人，弘治十五年壬戌进士，正德间授徐州洪工部都水司主事，见本洪《分司表》。

② 原作“母”，据薛瑄《敬轩文集》卷五改。

③ 底本漫漶，四字据弘治《重修徐州志》补。

④ 原作“种”，据《新元史》列传一百八本传改。

学士权谨墓，在城北团山之阳，淮南高穀[①]撰表。

教授马蕙墓，在城北九里山上，曹南李秉撰表。

义冢三：一在城南二里，一在城西南半里，一在城西北四里。旧志载十余所，皆濒河，水没不复存。

萧县

先师庙（规制详《学宫》）。

启圣祠（详《学校》）。

社稷坛，在县西一里许。旧在县北二里，洪武初建。嘉靖十二年，知县朱同芳徙建今地。

风云雷雨山川坛，在县南二里，洪武初建。

名宦祠（在学宫），祀汉县令费汎，隋刘高，宋张惇，元耶律廷瑞、马彻里，达鲁花赤完哲笃，国朝知县郑恕、郝玘、闭悌、王隆、孙重光，县丞齐福东，凡一十二人。（旧祀巡抚都御史俞谏，名位非宜，似应别处，今姑阙之，以俟君子）

乡贤祠（在学宫），祀汉父城侯朱浮、太尉刘矩，南［朝］[②]宋建安县侯刘粹、征光禄大夫刘镇之、武陵太守刘伯龙，宋主簿窦沔，元观察使孔午、监察御史傅汝砺，国朝太常少卿高巽志[③]、贵州左布政使孟骥、慈利知县刘俨、茌平教谕朱信、工部员外孙谌，凡十三人。

城隍庙，在县西南隅，洪武初建。

邑厉坛，在城北二里，洪武初建。正德七年，流贼破县，屠杀民多，礼部奉命下檄，特赐新亡者另举祭一坛。

乡厉坛，在各里，建置同前。今废。

禹庙，在白茅山阴。嘉靖十三年，知县朱同芳建，岁时致祭。

闵子庙，在县南闵子村，祀孔门弟子闵子骞。今废。

三贤堂，在白茅山阴，祀闵子、子张、唐封萧伯颜辛。嘉靖十三年，知县朱同芳建，岁时致祭。

留侯庙，在县西二十里。

关王庙，在白茅山。嘉靖十三年，知县朱同芳建，岁时致祭。

寿亭祠，在县南一里。

① 原作“瀫”，据《明史》本传改。

② 字据文例补。

③ 原作“高选”，据康熙《徐州志》、康熙《萧县志》改。

东岳庙二：一旧在县西南隅，正德间，知县王隆以其地建学宫，撤徙白茅山；一在县西南明山之阴。

文昌祠，在华严寺东。

八蜡庙，在县东里许。旧在县西南隅，知县朱同芳徙建今地。

司马神庙，在县治西北。宣德间建，祀天驷房星之神。今废不祀。

闵子墓，在县东南八十里。元有赡坟地租，供儒学公用。其碑阴有地界，县尹赵国纲徙置学宫。

子张墓，在县南三十里，有司并以春秋致祭。

丁公墓，在县南二十里。丁公，即汉高祖斩以徇众者。

宋玉墓，在县西南三十里。玉，楚大夫，葬此。

白侍郎墓，在县西南六十里。

展雄墓，在县西南七十里。

吕蒙墓，在县西南六十里。

蒋横公墓，在县南三十五里。

康仁冢，在旧城西北隅。

傅汝砺墓，在县南二里许。汝砺，萧人，卒葬于此。

教谕谢祐墓，在县白茅山之阳。教谕卒，葬于此，迄今每岁师生犹以清明日相率奠之。

布政孟骥墓，在县西北七十里姬家村。

古冢，凡六十余所，在县西北三十里建凤法轮禅院前，世传为萧子世墓。其内三冢，高五丈余，即旧志所谓"建凤三冢"。相传宋元间，人欲假器用者，祷之辄应，后有假者损其器，遂不复可得。

义冢，凡三所：一在县西一里，一在县南二里，一在县北半里。

沛县

先师庙（规制详《学宫》）。

启圣祠（在学宫）。

社稷坛，在西门外。旧在县治西北半里许，永乐二年知县王敏建。嘉靖二十年，知县王治徙建今所。

风云雷雨山川坛，在县东南一里。永乐二年建，嘉靖二十一年重修。

名宦祠（在学宫），祀汉县令许慎、宋县令程珦、国朝知县颜瓌，凡三人。

乡贤祠（在学宫），祀商左相仲虺，汉丞相曹参、王陵、周亚夫，汉御史大夫周苛、周昌，汉博士施雠，汉大夫庆普，汉郎中蔡千秋，梁著作郎刘臧，国朝按察佥事蔡楫、赵清，凡十二人。

城隍庙，在县治西偏。永乐四年建。正统六年，知县王清重修，吉水周绢记。嘉靖十三年，知县杨政继修。

邑厉坛，在县北门外一里。旧在县治北，永乐二年建。嘉靖二十一年，知县王治徙今所。

乡厉坛，在各里。

汉高原庙，在沛宫故地。汉孝惠五年，帝思高祖之悲乐沛，以沛宫为原庙，作《安世歌》曰："乃立祖庙，敬明尊亲。大矣孝熙，四极爰臻。"高祖所教歌儿百二十人，皆令习吹以相和。后有缺，辄补之。哀帝时，孔光定数员十二人。光武建武五年七月幸沛，章帝章和元年八月幸梁，并祠之。唐柳宗元铭（曰：昔在帝尧，光有四海，元首万邦。时则舜、禹、稷、契，佐命垂统，股肱天下。圣德未衰而内禅，元臣继天而受命。四姓承休，迭有中邦。五神还运，炎德复起。周道削灭，秦德暴戾。皇天畴庸，审厥保承。乃命唐帝之后，振而兴之；又俾元臣之后，翊而登之。所以绍复丕绩，不坠厥祀。故曲逆起为策士，辅成帝图，吐谋洞灵，奋奇如神，舜之胄也。汝阴脱帝密网，摧虏暴气，扶乘天休，运行嘉谋，禹之苗也。酂[1]侯保绥三秦，控引汉中，宏器廓度，以大帝业，契之裔也。淮阴整齐天兵，导扬灵威，覆赵夷魏，拔齐殄楚；平阳破三秦，虏魏王；绛侯定楚地，固刘氏，皆稷之裔也。克复尧绪，昭哉甚明。天意若曰：建火[2]德者，必唐帝之胄，故汉氏兴焉；翼炎运者，必唐臣之孙，故群雄登焉。是以高帝诞膺圣祚，以垂德厚，探昊穹[3]之奥旨，载幽明之休祐。杀白帝于大泽，以承其灵；建赤旂于沛邑，以昭其神。假手于嬴，以混诸侯；冯力于项，以离关东。奉缵尧之元命，而四代之后，咸献其用；德乘木之大统，而秦楚之盛，不保其位。既建皇极，设都咸阳，抚征四方，训齐天下。乃乐沛宫，以追造邦之本；乃歌《大风》，以昭武成之德；乃奠旧都，以壮王业之基。生为汤沐之邑，没为思乐之地。且曰万岁之下，魂游于此。惟兹原庙，沛宫之旧也。祭蚩尤于是庭，而赤精降；导灵命于是邦，而群雄至。登布衣于万乘，而子孙得以缵其绪；化环堵为四海，而黎元得以安其业。基岱岳之高，源洪河之长，蓄灵拥休，此焉发迹。盖以道备于是，而后行之天下；制成于是，而后广之宇内。天下备其道，而神复乎本；宇内成其制，而心怀其旧。宜其正名以表功，用成其始，俾生灵尽其敬焉；陈本以宅神，用成其终，俾生灵尽其慕焉。故高帝定位，建兹闷宫；惠皇嗣服，爰立清庙。绵越千祀，至今血食，此所以成终而成始也。且夫以断蛇之威，安知不运其密，用佐岁功以流泽欤？以约法之仁，安知不流

① 据志书卷十二《人物传》注："酂侯之'酂'，俗讹作'鄼'，今正之。"今从原字。

② 原作"大"，据《柳宗元集》卷二十改。

③ 原作"穷"，通"穹"。

其神，眷相旧邦之遗黎欤？以绍唐之余庆，统天之遗烈，安知不奋其神化，大祐于下土欤？然则展敬乞灵，乌可已也。铭于旧邑，以迪天命。其辞曰：荡荡明德，时维放勋。登翼炎运，唐臣之孙。秦纲既离，鹿骇东夏。长蛇封豕，蹈跃中野。天复尧绪，钟祐于刘。赫矣汉祖，播兹皇猷。扬旂沛庭，约从诸侯。豪暴震叠，威声布流。总制虎臣，委成良畴。剿殄霸楚，遂荒神州。区宇怀濡，黔黎辑柔。表正万国，炎灵用休。定宅咸阳，以都上游。留观本邦，在镐如周。穆穆惠皇，宗禋克承。崇崇沛宫，清庙是凭。原念大业，肇经兹地。乃专元命，亦举严祀。建旂衅鼓，遂据天位。魂游故都，永介丕祚。焕列唐典，严恭罔坠。勒此休铭，以昭本始）。

汉高祖庙，在泗水亭中[①]（后汉光武建武二年，封盖[②]延安平侯，伐[③]刘永，遂定沛，修高祖庙，置啬夫、祝宰、乐人。注："沛县泗水亭中，即高祖为亭长之所。"《西征记》云：沛县西北有汉高祖庙，为亭长处。《括地志》云：泗水亭，在沛县东一百步，有高祖庙。前有碑，延熹十年立。高祖及十八侯，皆班固为铭。〇高祖铭曰：皇皇圣汉，兆自沛丰。乾降著符，精感赤龙。承魁流裔，袭唐末风。寸木尺土，无俟斯亭。建号宣基，维以沛公。扬威斩蛇，金精摧伤。涉关陵郊，系获秦王。鸿门造势，斗壁纳忠。天期乘祚，受爵汉中。勒陈征东，剟擒三秦。灵威神佑，洪沟是乘。汉军改歌，楚众易心。诛项讨羽，诸夏以康。陈张画策，萧勃翼终。出爵褒贤，列土封功。炎火之德，弥光以明。源清流洁，本盛末荣。叙将十八，赞述股肱。休勋显祚，永永无疆。国家宁安，我君是升。根生叶茂，旧邑是仍。於皇旧亭，苗嗣是承。天之福祐，万年是兴。〇酂侯萧何铭曰：耽耽相国，弘策不追。御国维纲，秉统枢机。文昌四友，汉有萧何。序功第一，受封于酂。〇舞阳侯樊哙铭曰：歕歕将军，威盖不当。操盾千钧，拔主项堂[④]。兴汉[⑤]破楚，矫矫忠良。卒为丞相，帝室以康。〇绛侯周勃铭曰：懿懿太尉，惇厚朴诚。辅翼受命，应节御营。历位卿相，土国兼并。见危致命，社稷以宁。〇平阳侯曹参铭曰：蹇蹇相国，允忠克诚。临危处险，安而匡倾。兴代之际，济主立名。身履国土，秉御

---

① 按：乾隆《徐州府志》谓高祖庙即原庙，略曰："嘉靖志以在沛宫故地为汉高原庙，以在泗水亭者为盖延所修，别为一庙。诸志多从之，不知'原'训重于京师，高庙之外又立庙，故谓之'原'，断无原庙之旁复有庙之事，且盖延岂有舍原庙而别修无名之庙？光武又岂有舍延所修而祠未修之庙乎？沛宫本与泗水亭相近，故后世但言庙在泗水亭耳，分为二者，非是。"

② 原作"益"，据《后汉书·盖延传》改。

③ 原作"代"，据《后汉书·盖延传》改。

④ 原作"唐"，据《东汉文纪》卷十改。

⑤ 原作"汉兴"，据《东汉文纪》乙正。

乾桢[①]。○汝阴侯夏侯婴铭曰：斌斌将军，鹰[②]武是扬。内康王室，外镇四方。诸夏乂[③]安，流及要荒。声驰海内，苗嗣纪功。○安国侯王陵铭曰：明明丞相，天赋庭直。刚德正行，不枉不曲。功业茂著，荣显食邑。距吕奉主，昭然不惑。○汾阴侯周昌铭曰：肃肃御史，以武以文。相赵距吕，志安君身。征诣行在，如意不全。天秩邑土，勋乃永存。○留侯张良铭曰：赫赫将军，受兵黄石。规图胜负，不出帷幄。念虑俯仰，安全正朔。国师是封，光荣旧宅。○诸非丰沛人铭不录。良封于留，并及之）。

昭惠祠，在县治河东。旧为子胥庙。嘉靖六年河决，运道淤塞，都御史章拯屡祷获应，请于朝，命有司重修，岁时致祭。十三年，副使何鳌令知县杨政更新之。

东岳庙，在泗亭里。永乐中建，岁久圮。嘉靖二十五年，知县周泾重建。

忠孝祠，在县治西南一里许，祀死节知县颜瓌父子。嘉靖十九年，工部主事颜德伦建。

文昌祠，在儒学东。

火星庙，在南门外。嘉靖二十一年，知县王治徙建。

司马神庙，在县治西南，今废。

仲虺墓，在县境，不详所在。

微子墓，在微山。微子，商贤人。《汉书》：薄有微子冢[④]。未详孰是。

吕母冢，在县北五里，世传汉吕后之母。

邵粲[⑤]墓，在泗浒。粲，废齐时人，廷试第一，官至中靖大夫。嘉靖二十三年，工部主事许诗因筑城，得其门人訾栋所撰故志，刻而立之。

颜知县墓，在南门外二里许。知县讳瓌，靖难时，父子死节，邑人葬于此，事详传中。永丰彭勖记（曰：颜公墓，在沛邑南关。公名瓌，字伯玮，庐陵芗城人也。相传为唐鲁公之裔，素以学行称于州里。洪武末，由明经授知是邑，民悦其政。太宗靖难兵压境，伯玮父子同日就死。邑人义之，遂敛葬焉。岁久冢平。正统初，监察御史彭勖巡教至邑，询于致仕户部主事孟式，得其葬处，乃令有司起坟立祠，而祭之以文曰：人孰不死，公独死义。荒冢累累，我独公祭。勖非要誉于乡党，盖欲振纲常于百世。维灵爽之洋洋，永庙食于此地。○杨士奇诗：平生金石见

① 原作“祯”，据《东汉文纪》改。案《古文苑》卷十三“秉御乾桢”注：“谓封侯胙土，后为相国，秉统国均。桢，干也。《诗》：‘维周之桢。’”

② 原作“膺”，据《东汉文纪》改。

③ 原作“人”，据《东汉文纪》改。

④ 案《后汉书·郡国志》“梁国薄县”注引杜预曰：“其西又有微子冢。”

⑤ 据万历《沛志》卷十三訾栋《中靖大夫邵公墓志铭》：“先生讳世矩，字彦礼。”应为“邵世矩”，非“邵粲”。

临危，就义从容子亦随。百里山河遗县在，一门忠孝史官知。故乡住近文丞相，先德传从鲁太师。欲吊丘坟何处是，离离芳草泪空垂。〇刘俨诗：花封兵压事尤危，子父存亡誓共随。千古纲常山岳重，存心忠义鬼神知。乡闾大节维君继，史传高风即我师。昨过歌风台下路，忍看荒冢墓云垂。〇泰和萧镃诗：泗上孤城日就危，生怀印绶死相随。九原白骨凭谁主，一片丹心只自知。政在棠阴传故老，歌闻薤露自兴师。可怜令子能同志，千载芳名许并垂。〇庐陵刘玉诗：大厦原非一木支，纲常轻重此心知。未驱玄武门前骑，已拔丹阳镇上旗。千古伯夷真义士，九原卞壸有佳儿。荒坟偏洒行人泪，泗水南流无尽时。〇安成邹守益诗：臣忠子孝首阳情，坐障江淮急浪平。吉郡流风宜有此，鲁公余裔亦知名。祠下新碑齐卞氏，云端清梦到芗城。焚香怀[①]古谈遗事，露净天空见月明。〇安成刘阳诗：春烟孤碣草茫茫，回首天南忆故乡。故山云木屹苍苍，青螺之水遥天长。首阳风流夙未亡，蕨薇不食惟刚肠。叫阍取日欲回光，一时英辈先吾邦。天摧地折非佯狂，未存舌柔舌亦刚。回看衣带血成行，玦分孥戮奚悲伤。公扶鳌极奠天纲，孤城万死真能当。身随抔土盖冠裳，气为河岳壮封疆，二[②]百年中不可忘。鞭骑龙豹遥相望，千章松柏余芬芳。梓楹桂宇群公堂，公兮归去俱徜徉。〇浮梁操松诗：尘满天空兵满城，山河一旦水飘萍。君臣义重心无二，父子肠刚死是轻。荒冢百年流沛水，英雄千古说庐陵。史臣编入忠臣传，上继真卿与杲卿。〇周泾《和颜死节诗》：偷生宁复世人情，弱臂当车愤未平。义比夷齐先一死，姓同真杲更齐名。恩深父子缘何事，分定君臣系此城。当日遗诗千古案，寸心真不愧高明。〇又：孤城援绝摇群情，颜家忠孝培生平。共拼一死不避难，由来双卞堪齐名。祠庙只今凛生气，纲常终古增长城。丹心炯炯映青史，直与日月争光明）。

汲冢，在县西北三十五里。世传晋太康中，汲郡人发魏襄王冢得古竹书，即此。汲郡与魏王冢皆在河南，其说非是。

义冢三：一在泗水东岸，一在县南一里，一在县西二里。

旧志有献王陵：献王辅封于沛，汉章帝章和元年幸沛，祠献王陵。今按：后汉沛郡治相，非今沛县，宜削不书。[③]

砀山县

先师庙（规制详《学宫》）。

---

① 原作“复”，据万历《徐州志》改。
② 原作“三”，据万历《徐州志》、万历《沛志》改。
③ 康熙姜焯按：“相即今虹邑。考《凤志》，虹无此陵。应照邑志补入。”

社稷坛，在县西北一里。

风云雷雨山川坛，在县南一里。并洪武十三年建。

名宦祠（在学宫），祀□□□□，凡□人。

乡贤祠（在学宫），祀□□□□，凡□[①]人。二祠向因水患灾伤，祀典久废。嘉靖丁未，知县王绍元重建。

城隍庙，在县西半里，洪武三年建。

邑厉坛，在县北一里，洪武十三年建。

乡厉坛，在各社。

东岳庙，在县治东半里。

寿亭祠，在县治南一里。

先农祠，在县北一十五里。

火星庙，在县治东一里。

安庄王墓，在县北二里。有碑铭，土淤其半。

党[②]太尉进墓，在县南三十里，有碑记。

曹文贞公伯启墓，在县北三里。

朝列大夫成克敬墓，在县东南二里。

义冢三：一在城北厉坛南，一在城东官道南，一在城西社稷坛南（旧为水淤，嘉靖丁未，知县王绍元量查，立石表识之）。

故志有陈胜墓，《前汉书》：胜之汝阴，还至下城父，其御庄贾杀胜降秦，葬砀。高祖时，为胜置守冢于砀，至今血食。王莽败，乃绝。不知其处。按《一统志》，在凤阳府灵璧县丘疃山西南麓。盖秦时灵璧皆砀郡地也，今不书。

丰县

先师庙（规制详《学宫》）。

社稷坛，在县西一里。（原在旧城。嘉靖二十一年，知县李崇信重建于今所）

风云雷雨山川坛，在县东南一里。徙建同前。

城隍庙，在县治东北。徙建同前。

邑厉坛，在县北半里许。

乡厉坛，在各保。徙建同。

汉高祖庙，在县治后华山上。原在旧县城中阳坊，国朝命有司岁时享祭。景泰中重修，庐陵刘昂记（略曰：史称汉高皇帝，沛之丰邑中阳里人也，生而神异。夫

---

① 原阙。案万历《徐州志》，砀山县名宦祠，祀唐县令韦恒，明知县郝玘、杜钊、张梦辅、田禋、胡希颜、李金，教谕叶楚华等八人。乡贤祠祀汉丞相申屠嘉、将军丁宽、小黄令焦赣，刘宋隐士刘纡，御史中丞曹伯启，孝子韦信，明都御史黄正、知府张宏、佥事李稳等九人。

② 原作“棠”，据正统《彭城志》卷十一、《宋史·党进传》改。

神人之生，异于常人，理固然也。当秦并六国，虐海宇，始皇尽弃先王之法，自以为子孙万世之规。帝奋起布衣，提三尺剑，纵徒断蛇，英雄陈力，席卷三秦，驱除僭乱，困楚灭羽，不五载而莅中国，抚四夷，革命创制，肇大业四百二十余年。凡称治三代之下者，必曰汉。噫！帝之功德，加于当时，垂于后世，何其盛哉！考诸《礼经》"有功德于民则祀之"，此丰邑所以有庙，我朝所以命有司岁时祀享焉。庙基，帝产之处也。岁久，几经兴废。今县幕刘君，计诸同寅，询于父老，抡材训工，逾月而成。对越之顷，庶足以展诚敬，达灵贶也。或谓帝尊为天子，富有四海，居九重，兹庙似不足以格神。殊不知帝生于兹，长于兹，饮食嗜好、游观娱乐皆兹土之所资，且尝曰："吾万岁后，魂魄犹思沛。"今帝陟方虽久，其神宁不奠于兹乎？谨为诗，俾丰人歌之，以享帝云：嬴秦举火复开坑，帝承上命安苍生。翩然骑龙下玉京，断蛇方识炎赤精。风云庆会罗群[①]英，雄才武略相逢迎。西入咸阳降子婴，约法三章黎庶宁。项籍到刎四海清，大纲宏正基业成。历年四百治化兴，斯民斯世何昌荣。华山秀色晓拂晴，佳气氤氲含旧灵。帝游八极返旆旌，凤笙龙管钧天鸣。降歆庙祀感乡情，品物土产嘉且馨。帝神莘止福禄增，时和岁稔五谷登。风俗淳美文物亨，巍巍庙貌永不更。帝德广运昭太平，帝德广运昭太平）。嘉靖中徙建，吴兴嵇世臣记（曰：丰，高帝故乡也。旧城有双枣，老干虬屈，不华不实，相传为帝儿时手植者，丰人因庙祀其侧。比遭河患，城庙并坏。潜江李侯之莅丰也，值漂决之后，凋落荒敝，百绪更始。乃从容经画，勤公恤私，改城高阜，民永有依矣。爰履视封内，历中阳、西泽之故墟，询事考古，作而叹曰："嗟乎！昔帝起布衣，举群策，诛秦蹙项，五载而成汉业，垂统四百余年。钟间异而开景昌，斯固其地也。庙祀不虔久矣，虽微故事，且将创之，矧有诸废而弗举，吾过也！"遂即小华山之颠，卜良程费，以属义民刘翥。翥复益以私藏，不日成之。巍然玄宫，濯濯翼翼，视昔殆有加焉。李侯以碑来请。夫礼，缘分而定者，经也；因地而思者，情也。帝王庙祀，国有典秩，而舜于历、禹于涂、汤于亳、文于岐，各有庙祀，岂不以本始之地，仰止尤切，俎豆致情，有弗可缺者欤！且帝既定四方，都关中，复置新城以悦太上皇帝。其过丰也，与诸父老子弟纵饮酣歌，且曰："游子悲故乡，吾万岁后，魂魄常思乐此。"慷慨泣数行下。又："丰，吾所生。"乃复丰比沛。是帝于丰，诚不薄矣[②]，英爽如在，宁无恋恋在斯乎？凡兹丰人，固皆昔之父老子弟之裔也，宅井甸以闻风，即桑梓而吊古，能无往哲之思乎？此固丰人之情也。礼因人情而为之，节文者也；以礼先民，政之良也。予每经沛上，登歌风之台，徘徊四望，

① 原作"郡"，径改。
② 原作"以"，同"已"，语气词，今从康熙《徐州志》作"矣"。

有余慕焉。今因李侯之请，而得附名丽牲之石，亦幸愿也。乃为辞三章，俾丰人歌以祀帝。辞曰：骋望兮烟渚，光霭霭兮上下。忽渢渢兮若来，复惝恍兮莫睹。乘黄幄兮御云，暖茀郁兮龙文。怅故墟兮渐返，增繁思兮纷纷。右迎神。〇丰准兮虬髯，灿龙服兮旒冠。瞻容与兮瑶席，色含笑兮欲言。乐康兮未极，忾若聆兮太息。太息兮云何？恋旧游兮情多。兰馨兮桂芳，纷雅奏兮浩倡。灵连蜷兮欲留，促颓景兮心伤。右降神。〇神驭兮上驰，驾火龙兮骖螭。随猛士兮并征，道前路兮赤旗。送君兮灵浦，盼不见兮心愁苦。愿垂贶兮明明，保我民兮终古。右送神）。

八蜡庙，在县治西北。徙建同坛。

李靖公祠，在旧县西三十里，岁时致祭。

火星庙，在县南门外。

东岳庙，在县治东。

龙雾桥祠，在旧县东北六里。

田祖神庙，在旧县北二十五里。

司马神庙，在旧县中阳坊，建设同州。今废。

彝王陵，在县境。

齐王陵，在县西北。

楚王墓[①]、停[②]灵台，在县西北。

马惟堌，在县治西北。俗传汉祖幼所从受学马惟，葬此。

周侯墓，在今县西北三十里。俗传汉相周勃葬此。

学士袁遵道墓，在县西北五十里。

娥墓，在县西北六十五里。故志未详姓氏，盖古烈女之墓云。

康靖公李若谷墓、学士李淑墓，并在县西北。

义冢二：一在县西北三十里，一在县西北三十六里。

论曰：先王之制祭也，法施于民，以死勤事、劳定国，能御大灾、捍大患，则祀之。及夫日月星辰，民所瞻仰；山林、川泽、丘陵，民所取用也，则祀之。非此族也，不在祀典。今天下郡邑，自风云雷雨山川、社稷、孔子，以至于厉鬼，并列常祀，是一守土之吏，而百神尔主也。惟昭之彝典而本以馨香，庶乎神之听之，祭则受福矣，岂曰“笾豆之事，则有司存”而已哉！

① 按：万历《徐州志》、隆庆《丰县志》作“秦王墓”，亦未详何人。
② 原作“亭”，据万历《徐州志》改。

兵防

按察分司，在城西南隅，山东按察司奉敕整饬徐州兵备，兼督理屯田、河道副使莅事之所。中为正厅，前左右列胥舍，左别为吏廨。前为仪门、大门，又前为风宪行台坊。正厅后为后堂，又后为宅。正德八年，即旧公馆改建。嘉靖十五年，副使宋圭于厅事西建射圃。二十五年，副使王梴益拓修之，为观德亭，较射其中。又于厅事东建与同轩（自为赋曰：主人为轩，榜曰“与同”。客至而问焉，主人曰：“予取诸程子。”客讶曰：“吾观子半亩之宫耳，非有芝陈药房、回山转溪、奇卉异花、珍羽修仪之玩也，何四时佳兴之云？吾观子晨而出睮睮焉，夕而入鳃鳃焉，首岑岑焉，足姗姗焉，稍却扫则龂龂焉，谪且四面至矣，何与人同之云然？则子病也，非兴也；徇人也，非同人也！”主人霍然谢曰：“子教我矣！子教我矣！然有说焉：予闻之茅茨土阶，其朴不裁；拳石勺水，其致千里。茂叔之草，无靡曼之华；伯子之雏，非焯烁之毛。必如子言，虑非崇素黜雕之志矣。且交际逢迎，厥维九经；疾疢罪谪，庸是玉成。子遂谓我为徇人，而拂与同之情，恐非所以广人心、究平生也。”客亦悠然答曰：“子教我矣！子教我矣！”于是呼童命酌，长歌尽醉。主人隐几，客亦辞去。忽有道人及门，自称大观，谓主人曰：“夫泰否相倾，复姤相仍，四时无终，人我有尽。程子不察，谓我同人，岂知无终为主、有尽为客之义乎？子之辨则辨矣，而未大也！”为顷，忽有冠无极之冠，曳元始之裳，黯然登堂，自称羲皇，呼大观而偈曰：“嗟乎！天地之道，无坏无成，孰为相倾？无臭无声，孰为相仍？因因陈陈，孰我孰人？沕沕轧轧，孰主孰宾？境无内外，孰雕孰素？时无古今，孰同孰异？身病可瘳，心病难祛。廓然太虚，是名如如。”言讫不见，主人亦寤。出门追客，客去弗顾。归而颓然，托笔斯赋）、皆见亭（自为说曰：史曰：“洞开诸门，犹如我心，少有私曲，人皆见之。”嗟乎！几于胜质矣。充斯言，其圣修之极乎？孟轲氏曰：“君子之过也，如日月之食，人皆见之；更也，人皆仰之。”夫惟有过，乃有更；惟皆见，乃皆仰也。先儒云：“无口过易，无身过难。无身过易，无心过难。”呜呼！畴口与身，不因诸心，而难易故悬耶？孔子以昭公为知礼，既而曰：“某也幸，苟有过，人必知之。”斯言信孔子之过，非为君讳也。如为君讳，不宜复以为过而彰君。圣人之心犹日月，意或有时而食，第更之速乎？所谓圣人无过者，第因其速更，即归于无耳。即归于无，是谓过化。所过者化，则所存益神。故曰：充是言，圣修之极也。然则有过无过不足云，在更不更之辨；更不更不足云，在皆见不皆见之辨。置国门之御，而讥穿窬，亦圣门不屑之意，非得已也。曾子云：“小人闲居为不善，见君子，而后厌然。”嗟夫，何其劳哉！何其劳哉！因为之说，系兹亭云）。

本司弘治以前无设，正德六年廷议始置，迄今莅任者凡二十人：

张　宪（字廷纪，大同府蔚州人，己未进士）

毛　科（字应奎[①]，浙江余姚人，戊戌[②]进士）

冯　显（字德彰，直隶安肃人，己未进士）

柳尚义（字宗正，湖广巴陵人，乙丑进士，历仕左佥都御史）

罗　循（字遵善，江西吉水人，己未进士）

陈　和（字廷雍，福建龙岩人，己未进士）

余　祐（字子积，江西鄱阳人，己未进士，仕至吏部右侍郎）

蔡　需（字时用，宝坻人，乙丑进士）

李　珏（字廷重，直隶开州人，乙丑进士，历仕右都御史）

吴嘉聪（字惟德，振武卫人，辛未进士）

赵　春（字体仁，四川巴县人，戊辰进士）

秦　钺（字懋功，浙江慈溪人，甲戌进士，历仕右都御史）

吴　昂（字德翼，浙江海盐人，乙丑进士，历仕右布政使）

何　鳌（字子鱼，广东顺德人，戊辰进士，仕至左布政使）

何　鳌（字巨卿，浙江山阴人，丁丑进士，见任右副都御史）

查应兆（字瑞征，直隶长洲人，辛巳进士，升参政）

宋　圭（字元锡，直隶新城人，癸未进士，升行太仆寺卿）

张　臬（字正野，江西进贤人，丙戌进士，升参政）

屠大山（字仁甫，浙江鄞县人，癸未进士，见任右布政）

王　梃（字子长，浙江象山人，壬辰进士，见任）

编修桂林张星为《题名记》（曰：我圣祖以神武圣文，定华夷而致太平。列圣相承，安不忘危。凡喉襟要地，必诘兵以备之，示重也。徐当《禹贡》九州之一，古称雄镇。盖自洪武乙卯，改隶京师，承平滋久，武卫寖弛，疆埸靡宁。正德辛未，廷议增设兵备［宪臣］一员，［往弹压］之，至是而其职专，其地愈重［矣。嘉靖甲午，姑苏查］公以山东按察司副使，奉玺书饬兵于［兹。至未］逾年，威惠滂洽，封境晏然。政暇，阅故牍，历［考前政］氏名，自张公宪而下，得十六人。惧久而日［湮，谋立］[③]石堂序，书而刻之。仍虚下方，以俟来者。予时改服北上，道出彭城。公谒予，谓曰："子，史氏也，盍为我记之？"惟官署有碑，旧

---

① 原墨丁。案《绍兴府志》：毛科，字应奎，号拙庵，毛吉次子，据补。

② 原作"壬戌"，《绍兴府志》作"戊戌"。案《皇明进士登科考》：毛科，成化十四年戊戌科殿试二甲第十四名。"壬戌"误，据改。

③ 底本漫漶，以上二十二字据万历、康熙《徐州志》补足。

矣。在昔唐元和间，吏兹土者，若高瑀之纪使院石幢、韩愈之纪书记厅石，去之千载，今即其人而论之，所谓节度宾佐，其贤与否，历历犹前日事。然则名之有题，匪直载氏名、纪岁月，资一时之谈玩，抑以表前哲、耸后观，而劝惩翼厉之道，于是乎在。古之君子，于一登临游燕，犹举其名而书之，矧其所莅有重且专焉者，而可忽也哉？且徐在今日，据汴泗之交，当南北两畿之冲，而连络齐鲁赵魏、江淮梁楚之境，转输漕运，朝觐献纳，戎工商贾，胥此焉道。其地之险固，人之鸷悍，尤有足虞者，厥地为甚重。宪臣以纲纪之司，祗承上命，建牙驻节，作镇于兹。诸隶郡邑，在数百里内者，咸属控制，凡兵马城池、盗贼刑狱、屯田水利诸政务，罔不当问，厥职为甚专。莅兹任者，是固不容以散地常秩视之矣。然则兹名之题，后之君子循名考实，前观后监，指其人，论其世，思其专且重也，于以靖一方而副九重之托者，将于是焉赖。兹举恶可少哉？是不可以无记也。公名应兆，字瑞征，别号穹[①]窿山人。起家辛巳进士，历驾部郎中，出参东藩，寻擢今秩。所在茂著成绩，法宜备书，且以征于他[②]日。〇附唐韩愈《徐泗濠三州节度掌书记厅石记》曰：书记之任，亦难矣！元戎整齐三军之士[③]，统理所部之甿，以镇守邦国，赞天子施教化，而又外与宾客四邻交。其朝觐、聘问、慰[④]荐、祭祀、祈祝之文，与所部之政、三军之号令升黜，凡文辞之事，皆出书记。非闳辨通敏兼人之才，莫宜居之。然皆元戎自辟，然后命于天子。苟其帅之不文，则其所辟或不当，亦其理宜也。南阳公自御史大夫、濠寿庐三州观察使，授节移镇徐州，历十一年，而掌书记者三人：其一人曰高阳许孟容，入仕于王朝，今为尚书礼部郎中；其一人曰京兆杜兼，今为尚书礼部员外郎、观察判官；其一人［曰］[⑤]陇西李博，自前乡贡进士授秘书省校书郎，方为之。南阳公文章称天下，其所辟，实所谓闳辨通敏兼人之才者也。后之人苟未知南阳公之文章，吾请观于三君子；苟未知三君子之文章，吾请观于南阳公可知矣。蔚乎其相彰，炳乎其相辉，志同而气合，鱼川泳而鸟云飞也。愈[⑥]乐是宾主之相得也，故请刻石以记之，而陷置于壁间，俾来者得以观览焉。〇高瑀《使院新修石幢记》曰：元和十二年九月十二日，徐之从事立石记氏于府庭之南端。初，元戎岐公辛卯岁自夏台帅奉诏朝于京师。天子当扆，对百辟卿士，登公于明庭，曰："自理朔陲，边风变和，毡裘垂臂，敛衽从教。予嘉于衷，文武佥同。今之徐

① 原作"穷"，通"穹"，据万历、康熙《徐州志》用本字。

② 原作"地"，据万历、康熙《徐州志》改。

③ 原作"事"，虽他本有据，然以下句"所部之甿"观之，作"士"为宜。今据正统《彭城志》卷十五、四库本《五百家注昌黎文集》卷十三改。

④ 原作"尉"，据《五百家注昌黎文集》卷十三改。

⑤ 字据《五百家注昌黎文集》补。

⑥ 原作"会"，据《五百家注昌黎文集》改。

方，控临东极，淮海闽越，千里遥赖。地产坚金，俗风用刚。河山郁盘，我武宜扬。故有铁[①]钺、印绶之赐，予之戎柄，期于光大。郡邑之长，司我风教。烝人寿夭，系厥[二吏。故]悬以符印，备以僚属，予之耳目，期于观听。[大野东原]，既潴[②]且平，纤缟[③]草木，咸在征赋，故当[命使，期于营度。城一十六，户一十万，兵六十旅，矛铤戈戟，戎车铁马，洎翔潜动植，宜咸领焉！"公拜稽首，激诚泪血，俯仰交感，左右][④]动色。让德不获，改辕而东。红旌大旆，都人纵观，光腾九衢。以功绍复，再统幢节，近古无俦。是岁十一月四日，至于理所。从一日至于百千日，无一息无一顷暂忘向之帝命。旧府无积，衣食旷乏，则军声武备，其可知矣。遂假财于邻，从俭于身，戎装貔集，将卒骁敢，野夫行谣，四郡咸康。故以战则克，以祀则福，境有飞运，水无惊波，有征之师，以徐为则。上多乃茂绩，俾位冠于群帅，故有左揆之拜，时无等焉。皇乎哉！岐公之德，宜在鼎彝矣。噫！连帅大府，今天下三十有九。皆显才闻人，为佐为宾。诚明中和，从事之道也；离明诚中和，非从事之道也。扶善与能，鬼神潜光。谁或绐幽暗，而谓神无知？故予之同府，常恐惧乎不至，诫[⑤]慎乎不闻。用明诚怡神，离明诚愧神。将此道也，奉我公，省厥躬，期此布名氏之不朽，则可转之石，焉足道哉！〇岐公谓李愿也。〇本司书办吏一[⑥]人，山东按察司分拨。门快、隶夫诸役，并见州户役均徭)。

统辖直隶府州三（扬州、淮安、徐州并所隶二十六州县，及凤阳之宿州），卫十（徐州卫、徐州左卫、邳州卫、宿州卫、淮安卫、大河卫、高邮卫、扬州卫、仪真卫、山东沂州卫），所五（通州、泰州、盐城、兴化、山东莒州）。

徐州卫，在城东南隅。国朝吴元年，指挥司敬创建。正统七年，指挥同知王春重修。成化十一年，指挥使苏宽重建。中为正堂，堂东为经历司，西为后千户所，左右列吏司房，洎左右千户所。前为仪门，又前为大门。正堂后为后堂，东西为厢房、库房，又后为预备仓。大门外东为前千户所，西为中千户所，前表以镇肃坊。坊外东为镇抚司及中右千户所，西为中左千户所及吏舍。其军器局，在城西南隅；演武场，在北门外二里（左卫同）。旧有经历、知事宅，今废。

职官：见任指挥使二人（赵檀祖赵俊任[⑦]；郭鸿祖郭军儿任），同知五人（王元伯祖王成任，元伯历荐升署都指挥，充漕运参将、南京坐营；徐汉祖徐兴任；王恭敬

① 原作"铁"，据《全唐文》卷七一六改。
② 原作"堵"，据《全唐文》改。
③ 原作"毫"，据《全唐文》改。
④ 以上五十六字，原版墨丁，据《全唐文》补。
⑤ 原作"诚"，据《全唐文》改。
⑥ 原阙，字据万历《徐州志》补。
⑦ 按：赵檀，嘉靖时现任。"祖赵俊"，系洪武、永乐时始任，三字应为注中夹注，刻本未加区别。后例皆同此。

祖王成任；苏磬祖苏得任；王鉴祖王三儿任），佥事十人（尹悌祖尹全任；王继祖王才任；金印祖金旺任；魏尚忠祖魏仁任；许邦义祖许文得任；张岱祖张捌任；费濂祖费先任；王印祖王成任；孙经祖孙阿都赤任；杨濂，原千户，以功升任。○卫令史二人，典吏七人）。

幕：镇抚司镇抚二人（王智祖王立任；喻津祖喻清任。○吏一人），经历一人（从七品。张谨，弘治年任；张龄，正德年任；马越；袁文林，山西阳和卫人，监生，嘉靖六年任；康爵，江西鄱阳人，吏员，十三年任；韩相，山东安丘县人，监生，十七年任；董天赋，湖广浏阳县人，监生，二十三年任），知事一人（正八品。马良，昆山人，洪武年任；谭大经，正德年任；陈本；乔玺；李绍，山东德州人，吏员，嘉靖八年任；王云，河南项城人，吏员，十五年任；邹相，湖广长沙人，监生，二十一年任；胡仲哲，湖广蕲水人，吏员，二十三年任；王承宗，山东临邑人，吏员，二十四年任；赵环，山东昌邑人，吏员，二十六年任）。

属：左所正千户一人（卫永祖尚都先任），副千户三人（文玉祖文寿孙任；陈良祖陈兴任；倪经祖倪关住任），百户十一人（柯桂祖柯克一任；寇盛祖寇彬任；魏章祖魏展任；周正祖周成任；陈桂祖陈绍任；周易祖周成任；郭臣祖郭琇任；赵孟泰祖赵仁任；张纲祖张光任；杨仲武祖杨林任；张兴祖张四任），镇抚二人（弘瀚祖不花帖木儿任；杨柱祖杨猪狗任）。

右所正千户二人（许谦祖许智任；刘忠祖刘恭任），副千户二人（张缙祖张兴任；邵臣祖邵文明任），百户九人（张纯祖张不花任；李易祖李德纯任；张勋祖张八兰任；范庠祖范贵任；奚忠祖奚受任；张政祖张伟任；孙绪祖孙材任；丁山祖丁贵任；文銮祖文成任），镇抚一人（温儒祖温恭任）。

中所正千户四人（刘宪祖刘行任；任夔祖任六儿任；郁洪祖郁忽剌歹任；谭谨祖□□□[①]任），副千户二人（徐相祖徐旺任；孟充祖孟成任），百户十人（王铸祖王贵任；陈钥祖陈原任；王臣祖王福任；张宝祖张雄任；丁相祖丁成任；周林祖周弼任；葛山祖葛二任；沈椿祖沈祥任；蔡田祖蔡二任；彭受祖彭福任）。

前所正千户一人（曹舜臣祖曹荣任），副千户五人（滕奇祖滕胜任；李隆祖李成任；邹堂祖邹远任；董爵祖董移住任；戴伦祖戴兴任），百户八人（张奇祖张彬任；陈辅祖陈贵任；金彦祖金贵任；赵鼎祖赵显任；周辅祖周阿胜任；黄钦祖黄法光任；吴必忠祖吴成任；尹宝祖尹贤任），镇抚一人（王受祖王福任）。

后所正千户一人（陶震祖陶勇任），副千户四人（王田祖王原任；蔡用祖蔡闰任；李明祖李七儿任；谭燧祖谭贵任），百户十一人（梁材祖梁二任；王耕祖王成任；吴

① 底版墨丁，后志失载，付阙。

乾祖吴道任；李禄祖李福任；费成祖费仲二任；杨时祖杨德任；陈节祖陈得新任；龚堂祖龚成任；汪堂祖汪勇任；拾逯祖拾旺任；吴昂祖吴兴任）。

中左所正千户二人（滕霄祖滕皮儿任；高举祖高得亮任），副千户二人（刘恺祖刘唐任；杨津祖杨景任），百户八人（葛时祖葛旺任；刘瑶祖刘胜任；徐仁祖徐福任；陆栋祖陆贵任；张艮祖张祥儿任；张宪祖张聚任；王钺祖王文祥任；王轼祖王成任）。

中右所正千户一人（尹经祖尹忠任），副千户三人（王崐祖王聚任；颜梅祖颜祥任；张诚祖张兴任），百户十人（梅芳祖梅福任；赵清祖赵兴任；姜鉴祖姜大任；袁平祖袁成任；万佶祖万一任；沈佐祖沈胜任；张化祖张五十任；汪珎祖汪景忠任；臧清祖臧成任；许宽祖许成任），镇抚一人（孙宪臣祖孙得任。○每所司吏一人）。

使以下袭荫及诸军政，悉报上中军都督府，以达于兵部。唯京操，则辖于中都留守司领班都指挥。岁以指挥一人入贺万寿圣节。每岁，抚、按洎兵备道察其贤否，阅五载一考选而变易之，谓之“考选军政”。其掌印及训练、屯田、漕运、京操、管局、巡盐、巡捕、巡河，各一人掌领之，并以选任，皆谓之“见任管事”。不预此者，编诸行伍，谓之“带俸差操”。其镇抚掌卫之狱事，经历则流官铨授，得以文法吏事，纲纪卫政。今多不行，势使然也。千百户考选军政、管事管军，如指挥之制。百户不皆堪任，常以能者兼摄之。本朝洪武初，稍仿元万户之制，凡内郡大者及要害地俱置卫，小者置守御千户所。徐州卫，吴元年即置，初辖左、右、中、前、后五所。景泰五年，调灵山、安东二所，增设中左、中右，凡为所者七。

旗军，初额凡七千八百四十人，其调补京匠者二百五十二人，见存充伍者仅一千九百三人，余皆死亡逋绝矣。至其漕运（浅船二百五十只，运军二千五百一十六人）、京操（春班四百九十五人，秋班一千四百七十一人）、局匠（原额一百八十人，今止七十五人，岁办料银一百五十两八钱二分八厘，军器数见《田赋》）、巡河（五人）、巡盐（二十人）、捕盗（二十人）、屯种（四千五百一十人，屯地粮数见《田赋》）、城操（七百二十六人）及诸杂役（预备仓军斗五人，库子五人，淮安厂造船一十三人，守门四十八人），则悉索军舍余丁充补额数，给饷一如正军。尺籍空虚，几于无兵可交者矣。

徐州左卫，在城西南隅（即河南侯故宅。侯谓陆聚，详见《沿革》）。宣德五年，调楚府护卫置此，辖五千户所，时指挥佥事范诚创建。成化七年，指挥使时宝重修。中为正堂，东为经历司，西为镇抚司，左右列吏司房，前为中门，又前为大门。正堂后为燕堂。有军器局在治西北；预备仓在东察院前，成化九年指挥时宝建。

职官：见任指挥使五人（时序祖时广任，序历荐升江西都司署都指挥佥事；李得阳祖李斌任；金銮父金勇任；向文祖向礼任；陈一清祖陈文任），佥事十人（孙世勋祖孙忠任；刘勋祖刘琮任；陈铸祖陈杰任；张仲裔祖张麒任；仇遂祖仇谅任；陈祥祖陈宁任；夏书祖夏宏任；韩仪祖韩玉任；钟琦祖钟馨任；蔺资祖蔺琥任。○卫令史二人，典吏[①]七人）。

幕：镇抚司镇抚一人（蒋弼祖蒋俊任。○司吏一人），经历司经历一人（从七品。马准，陕西泾阳人，吏员；周循；刘兰；蓝贯，江西进贤人，吏员；张辂，俱嘉靖年任；辛登，河南襄城县人，吏员，今见任），知事一人（正八品。张釜，河南渑池人；何衮，浙江慈溪人，俱吏员；吕厚，俱嘉靖年任；邵德，浙江定海人，吏员，今见任）。

属：左所正千户一人（林勇祖林英任），副千户二人（邹玉祖邹理任；陈尚仁祖陈瑄任），镇抚一人（谢恩祖谢斌任），百户八人（周文祖周能任；蒋议祖蒋庸任；杨相祖杨瑾任；刘永寿祖刘斌任；彭景祖彭仲义任；甘栋祖甘英任；方珍祖方文任；陈仁祖陈瑛任）。

右所正千户一人（徐尚儒祖徐文任），副千户二人（张京祖张胜任；苑荣祖苑显忠任），百户四人（翟海祖翟智璜任；张俊祖张荣任；辛正祖辛全任；贾勇祖贾福任）。

中所正千户一人（裴俊祖裴镇任），副千户一人（徐文祖徐旺任），百户四人（梁辅祖梁忠任；周相祖周信任；李伯孝祖李荣任；徐忠祖徐兴任）。

前所正千户一人（郎悌祖郎玉任），副千户二人（赵允祖赵斌任；吴孟嗣祖吴宽任），镇抚一人（杭仁祖杭斌任），百户五人（朱河祖朱伦任；李受祖李忠任；李文祖李广任；王珉祖王源任；李春祖李真任）。

后所正千户二人（刘勇祖刘兴任；管政祖管彦良任），副千户三人（王自清祖王弘任；邢清祖邢秀任；姚相祖姚瑄任），百户六人（马东野祖马良任；徐相祖徐宪任；汪勋祖汪鉴任；叶正祖叶盛任；吕兴周祖吕鉴任；王珊祖王瑾任。○每所司吏一人）。

使以下世袭、考选，悉如徐州卫，唯京操省。

旗军，初额五千六百四十四人，存留武昌护卫一千三十八人，调补武功右卫二百九十二人，见存充伍者一千一百一十一人，余皆逃亡矣。其漕运（浅船九十只，军一千五人）、屯种（三百七十六人）、巡捕（二十人）、巡盐（十人）、巡河（六人）、局匠（三十九人，岁办料银二百一十一两三钱八分，军器数见《田赋》）、城操（二百三人）及诸杂役（淮安厂造船三十四人，预备仓军斗五人，库子一人，看监一十二人，守门二十二人），悉以军舍余丁充补，给饷并与徐州卫同。

军便银，凡水陆递送夫役，州与两卫相参应办，卫当其十之三。初，征役于军，法无画一。嘉靖丙午，副使王梴议令岁以正、七月军粮扣留公贮（左卫军少，

① 原作“史”，据《明会典》卷七《吏员》改。

官俸亦扣其半），遴官一人司其出，而稽之以籍焉。

徐州城，本大彭氏所封，是为彭城。相传谓都于大彭山下，则距今城西三十里也。自秦末，楚怀王、项羽皆都于此。刘宋刺史王玄谟尝称"城隍峻整"，后魏刺史尉元亦称"郡城险固"（南宋元嘉中，王玄谟表曰："彭城南届大淮，左右清汴，表里京甸，捍接边境，城隍峻整，襟卫周固。又自淮以西，襄阳以北，经途三千，达于济岱，六州之人，三十[①]万户，常得全安，实由此镇。"后魏大将尉元表曰："彭城，宋之要蕃，南师来侵，莫不因之以陵诸夏。"[《舆地记》云][②]："郡城由来非攻所能拔。"言其险固也）。宋熙宁间，知州苏轼增筑各门子城。元置武安州于城外东南（今广运仓地是）。本朝洪武初，因旧城修筑，垒石甃甓，周九里有奇，高三丈三尺，趾广如之，颠仅三之一。三面阻水，即汴泗为池，独南可通车马。濠隍深、广各二丈许。堞凡二千六百三十八，角楼三，铺五十一。为门者四：东曰河清，西曰通汴，南曰迎恩（即古白门。唐张玄稔攻徐州，徐吏路审中率死士应官军，开白门入，乃得破庞勋。〇陈诗道《和寇十一晚登白门》诗：重门杰观屹相望，表里山河自一方。小市张灯归意动，轻衫当户晚风长。孤臣白首逢新政，游子青春见故乡。富贵本非吾辈事，江湖安得便相忘），北曰武宁（唐皇甫冉《登城》诗：落日凭危堞，春风似故乡。川流通楚塞，山色绕[③]徐方。壁垒依寒草，旌旗动夕阳。无戎资上策，南亩起耕桑。〇元松阳练鲁《徐州故城》诗：前年秋八月，盗入徐州城。城中[④]不满百，夜久[⑤]民乱惊。杀人烈火下，四面山河明。贼酋坐官府，烈刃胁同盟。牧守既宵遁，蚩蚩不敢争。唬呼千家裂，震嘣万井訇。揭竿立钩戟，斩木悬旆旌。铩铴锋刃合，攘刮囷廪盈。弄兵昼駇遝，伐鼓宵伧儜。我军隔河守，水上星散营。有时出数骑，视我百万轻。去年大兵合，相国亲南征。诏出天王旗，九月千里行。策马南渡河，北顿泗上兵。浮梁驾连舻[⑥]，突骑尘随輣[⑦]。日月动徐兖，雷霆震蛮荆。逆虏馘在眼，良家望全生。岂知七日战，网漏横海鲸。斯民不自白，杀气严秋声。俯仰万古迹，今日烟沙平。繁华逐飞烬，霸王沉余晶。彭门既北堕[⑧]，黄楼亦东倾。戏马有荒土，驻跸无遗名。黄埃飒赑歙，崩榛杌攘抢[⑨]。乱穴

① 原作"千"，据《通典》《元和郡县志》等改。
② 四字据《通典》补。
③ 原作"有"，据四库本《二皇甫集》卷三改。
④ 同治《徐州府志》、民国《铜山县志》作"卒"。
⑤ 同治《徐州府志》、民国《铜山县志》作"深"。
⑥ 原作"符"，据同治《徐州府志》、民国《铜山县志》改。
⑦ 原作"翃"，音许，出韵，据同治《徐州府志》、民国《铜山县志》改。
⑧ 原作"望"，据同治《徐州府志》、民国《铜山县志》改。
⑨ 原作"枪欃"，据文义改。

窜[1]龉龌，废堵蜿蛛蝾。惨惨白骨上，飒飒阴云横。我有感慨泪，泪洒天无情。山长水亦远，草木悲风鸣。〇又《徐州新城》诗：去年定徐土，城此山南陬。被山为崇墉，阻河即长沟。县官即居民，令下闻薮幽。户口多被伤，亡匿庶可求。流民归占籍，结屋欲绸缪。垣壁隔榛棘，门户编荆樀。数家有壁立，一室欲盖头。敢求衽席安，庶为生计谋。奈何凋瘵余，力难及锄耰。艺麦不疗饥，种豆安得收。大家已蹙额，小家有殍骸。郡中二千石，视古伯与侯。此邦实保障，抚养斯民休。修政恤存没，秉德无竞絿。丧乱其有涯，宸衷方轸忧）。城之上，东有黄楼。宋苏轼守徐时，即城东门建，事详本传。俗传谓即城东角楼，恐误。苏辙、秦观各为赋，陈诗道为铭（辙曰：熙宁十年七月乙丑，河决于澶渊，东流钜野，北溢于济，南溢于泗。八月戊戌，水及彭城。余兄子瞻适为彭城守，水未至，使民具畚锸，畜土石，积刍茭，完室隙穴，以为水备，故水至而民不恐。自戊戌至九月戊辰，水及城下者二丈八尺，塞东西北门，水皆自城际山，雨昼夜不止。子瞻衣褎履屦，庐于城上，调急走、发禁卒以从事，令民无得窃出避水，以身率之，与城存亡，故水大至而民不溃。方水之淫也，汗漫千余里，漂庐舍，败冢墓，老弱蔽川而下，壮者狂走，无所得食，槁死于丘陵林木之上。子瞻使习水者浮舟楫、载糗饵以济之，得脱者无数。水既涸，朝廷方塞澶渊，未暇及徐。子瞻曰："澶渊诚塞，徐则无害。塞不塞，天也，不可使徐人重被其患。"乃请增筑徐城，相水之冲，以堤防之。水虽复至，不能以病徐也。故水既去而民益亲。于是即城之东门为大楼焉，垩以黄土，曰土能胜水。徐人相劝成之。辙方从事于宋，登黄楼，览观山川，吊水之遗迹，乃作黄楼之赋。其词曰：子瞻与客游黄楼之上。客仰而望，俯而叹，曰："噫嘻殆哉！在汉元光，河决瓠子，腾蹙钜野，衍溢淮泗，梁楚受害二十余岁。下者为污泽，上者为沮洳。民为鱼鳖，郡县无所。天子封祀泰山，徜徉东方。哀民之无辜，流死不藏。使公卿负薪，以塞宣房。瓠子之歌，至今伤之。嗟维此邦，俯仰千载。河东倾而南泄，蹈汉世之遗害。包原隰而为一，窥吾墉[2]之摧败。吕梁龃龉，横绝乎其前；四山连属，合围乎其外。水回洑[3]而不进，环孤城而为海。舞鱼龙于隍壑，阅帆樯于睥睨。方飘风之迅发，震鞞鼓之惊骇。诚蚁穴之不救，分闾阎之横溃。幸冬日之既迫，水泉缩以自退。栖流枿于乔木，遗枯蚌于水裔。听澶渊之奏功，非天意吾谁赖？今我与公，冠冕裳衣，设几布筵，斗酒相属，饮酣乐作，开口而笑，夫岂偶然也哉？"子瞻曰："今夫安于乐者，不知乐之为乐也，必涉于害者，而后知之。吾尝与子凭兹楼而四顾，览天宇之弘大。缭青山以为城，引长河而为带。平皋衍其

① 原作"鼠"，据同治《徐州府志》、民国《铜山县志》"窜"改。
② 原作"牖"，据苏辙《栾城集》卷十七改。
③ 原作"决"，据《栾城集》改。

如席，桑麻蔚乎斾斾。画阡陌之纵横，分园庐之向背。放田渔于江浦，散牛羊于烟际。清风时起，微云霾霿。山川开阖，苍莽千里。东望则连山参差，与水背驰。群石倾奔，绝流而西。百步涌波，舟楫分披。鱼鳖颠沛，没人所嬉。声崩震雷，城堞为危。南望则戏马之台，巨佛之峰。岿乎特起，下窥城中。楼观翱翔[①]，巍峨相重。激水既平，渺莽浮空。骈洲接浦，下与淮通。西望则山断为玦，伤心极目。麦熟禾秀，离离满隰。飞鸿群往，白鸟孤没。横[②]烟澹澹，俯见落日。北望则泗水濴漫，古汴入焉。汇为涛渊，蛟龙所蟠。古木蔽空，乌鸟号呼。贾客连樯，联络城隅。送夕阳之西尽，导明月之东出。金钲涌于青嶂，阴氛为之辟易。窥人寰而直上，委余彩于沙碛。激飞楹而入户，使人体寒而战栗。息汹汹于群动，听川流之荡潏。可以起舞相命，一饮千石。遗弃忧患，超然自得。且子独不见夫昔之居此者乎？前则项籍、刘备，后则光弼、建封。战马成群，猛士如林。振臂长啸，风动云兴。朱阁青楼，舞女歌童。势穷力竭，化为虚空。山高水深，草生故墟。盖将问其遗老，既已灰灭而无余矣。故吾将与子吊古人之既逝，悯河决于畴昔，以变化之无在，付杯酒于终日。”于是众客释然而笑，颓然而醉，酒倾月坠，扶携而出。〇观曰：太史苏公守彭城之明年，既治河决之变，民以更生，又因修缮其城，作黄楼于东门之上。以为水受制于土，而土之色黄，故取名焉。楼成，使其客高邮秦观赋之。其辞曰：惟黄楼之瑰玮兮，冠雉堞之左方。挟光晷以横出兮，干云气而上征。既要眇以有度兮，又洞达而无旁。斥丹雘而不御兮，爰取法于中央。列千山而环峙兮，交二水而旁奔。冈陵奋其攫拿兮，溪谷效其吐吞。览形势之四塞兮，识诸雄之所存。意天作以遗公兮，慰平日之忧勤。繄大河之初决兮，狂流漫而稽天。御扶摇以东下兮，纷万马而争前。象罔出而侮人兮，螭蜃过而垂涎。微精诚之所贯兮，几孤墉之不全。偷朝夕以昧远兮，固前识之所羞。虑异日之或然兮，复压之以兹楼。时不可以复得兮，姑从容而浮游。倘登临之信美兮，又何必乎故丘？觞酒醪以为寿兮，旅肴核以为仪。俨云霄以为侍兮，笑言乐而忘时。发哀弹与豪吹兮，飞鸟起而参差。怅所思之迟暮兮，缀明月而成词。噫变故之相诡兮，遒传马之更驰。昔何负而遑遽兮，今何暇而遨嬉？岂造物之莫诘兮，惟元元之自诒。将苦逸之有数兮，畴工拙之能为。韪哲人之知其故兮，蹈险夷而皆宜。视蚊虻之过前兮，曾不介乎心思。正余冠[③]之崔嵬兮，服余佩之焜煌。从公于［斯］[④]楼兮，聊裴回以徜徉。〇师道曰：熙宁十年，京东路安抚使臣某、转运使臣某、判官臣某稽首言：河决澶州，南倾淮泗，彭

① 原作“翱”，据《栾城集》改。
② 原作“黄”，据《栾城集》改。
③ 原作“观”，系“冠”音讹，据秦观《淮海集》卷一改。
④ 字据《淮海集》补。

城当其冲。夹以连山，扼以吕梁，流泄不时，盈溢千里，平地水深丈余。下顾城中，井出脉发，东薄两隅，西入通洫，南坏水垣，土恶不支，百有余日而后已。守臣苏轼念惟流亡，为天子忧，夙夜不怠，以劳其人，兴发戍兵，固弊应卒。外为长楗，乘高如虹，以杀其恶；内为大堤，附城如环，以持其溃。筑二坊于南门之外，以适南山，以安危疑。发仓庾，明劝禁，以惠困穷，以督盗贼。宣布恩泽，巡行内外。吏民向化，兴于事功。法施四邑，诚格百神，可谓有功矣。宜有褒嘉，以扬郡县。十月二日甲子奏京师。明年元丰正月甲子，制诰谕意。臣轼惟念：祇承谟训，人神力同，敢自为功，以逮大戾？而明扬褒大，无以报称，乃作黄楼于东门，具刻明诏，以承天休而明德意。使其客陈师道为之铭。臣师道伏惟：吕尚、南仲，内抚百姓，外平诸侯，《诗》美文武；尹甫、召虎，南伐淮夷，北伐猃狁，功歌宣王。君能使人以尽其才，臣能有功以报其上，古之义也。臣师道又惟：感而通之者，道也；行而化之者，德也；制法明教者，政也；治人成功者，事也。昔之诗人，歌其政事，则并其道德而传之。后王有作，可举而行。顾臣之愚，何与于此？诚乐其君臣之尽［道］[①]云。臣不佞，昧死上《黄楼铭》。其词曰：皇治惟戒[②]，修明法度，协和阴阳。十有一年，天灾时行，河失其防。齐鲁梁楚，千里四达，溃乱散亡。皇仁隐忧，临遣信臣，以惠东方。羸老困[③]穷，安慰抚养，发散积仓。流人如归，居人忘危，完聚靡伤。天叙地平，明圣成能，人神效祥。灵平告成，百谷丰盈，万邦乐康。郡县祇畏，允迪圣谟，终事无荒。皇功不居，归休臣民，迩昭远扬。守臣拜手，夸大休嘉，使民不忘。改作黄楼，以临泗上，述修故常。庶民无佞，原始要终，铭之石章。以告成功，以扬德声，永永无疆！〇苏轼《黄楼观月》诗：中秋天气未应殊，不用红纱照坐隅。山下白云横匹素，水中明月卧浮图。未成短棹还三峡，已约轻舟泛五湖。为问登临好风景，明年还忆使君无？〇又《九日黄楼》诗：去年重阳不可说，南城夜半千沤发。水穿城下作雷鸣，泥满城头飞雨滑。黄花白酒无人问，日暮归来洗靴袜。岂知还复有今年，把盏对花容一呷。莫嫌酒薄红粉陋，终胜泥中千柄锸。黄楼新成壁未干，清[④]河已落霜初杀。朝来白露如细雨，南山不见千寻刹。楼前便作海茫茫，楼下空闻橹鸦轧。薄寒中人老可畏，热酒浇肠气先压。烟消日出见渔村，远水鳞鳞山齾齾。诗人猛士杂龙虎，楚舞吴歌乱鹅鸭。一杯相属君勿辞[⑤]，此境何殊泛清霅。〇又《谢秦太虚寄黄楼赋》诗：我在黄楼上，欲

---

① 字据《后山集》补。

②《后山集》作“成”。

③ 原作“不”，据《后山集》改。

④ 原作“青”，据《东坡全集》《东坡诗集注》等改。

⑤ 原作“词”，据《东坡诗集注》卷二十二改。

作黄楼诗。忽得故人书，中有黄楼词。黄楼高十丈，下建五丈旗。楚山以为城，泗水以为池。我诗无杰句，万景骄莫随。夫子独何妙，雨雹散雷椎。雄词杂今古，中有屈宋姿。南山多磬石，清滑如流脂。朱蜡为摹刻，细妙分毫厘。佳处未易识，当有来者知。〇本朝金华王祎诗：昔读黄楼赋，颇疑过铺张。今晨获登览，始觉词致长。缅怀澶渊决，彭城预为防。千年文章守，恩德遗此乡。只今河为患，居人极灾伤。谁为任民社，乃复循故常。山川如昔时，游子多慨慷。长风城上来，飞雨湿我裳。摩挲旧碑刻，欲去重彷徨。〇豫章胡俨《百步洪望黄楼故址述歌》：船头鼓鸣春浪急，浪花飞洒春衫湿。放船侵晓度长洪，森森乱石烟中立。遥望黄楼迹已非，却忆苏公初筑时。黎庶讴歌脱昏垫，座中宾客赋新诗。碧瓦雕甍映垂柳，凭栏把酒临风酾。醉骑黄鹤上碧落，东窥瀛海西瑶池。只今雉堞排空起，亦有高楼临绿水。人家两岸傍河堤，黄鹂碧草春风里。九里山前花正开，看花回首重徘徊。慨公神游不复返，空见断碑生绿苔。〇长洲吴宽诗：楼中不见羽衣人，黄垩依然四面新。坐使河流循故道，俯临山石倚长津。名邦信美皆吾土，胜日登高与众宾。从此再传苏子事，只须题壁扫清尘。〇会稽胡谧诗：山接青徐横翠黛，水兼汴泗入洪流。西风落日凭栏处，廊庙江湖总系忧。〇梅守德诗：高城楼阁出层霄，柳色烟光望欲饶。远岫逶迤云日乱，平芜弥漠海天遥。残碑古堞功仍在，霸业雄[①]图事已消。自古此中戎马地，只今谁是霍嫖姚？〇上虞徐惟贤诗：胜概黄楼天下奇，楚山为廓泗为池。楼中仙子今何在，城外长堤犹自垂。保障千年存国计，风流百世亦吾师。无端更觅秦陈侣，重与题诗读断碑。〇萧山黄九皋诗：秋月风渐高，山晚天半赤。徐州五色土，泗滨多奇石。合汶下洪梁，孤城悬绝壁。淮卫通漕纲，职贡需民力。神河徙汴来，就泗当城北。四山若[②]带围，合流如受敌。雉堞丽深渊，闾阎哀孔棘。眉山揆物理，土实胜水德。色取中央黄，奠楼立鳌极。人寿见几清，荣光休四塞。迩来阳侯怒，义沉澹台璧。激湍荡虚舟，暝色惊迁客。谁能疏九河，为拯徐扬溺？瓠子歌宣房，烝民免艰食。凭栏见波涛，不觉长太息）。东南隅旧有快哉亭。宋熙宁末，李邦直持宪节于徐，即唐薛能阳春亭故址构建，郡守苏轼名，今废（陈师道诗：城与清江曲，泉流乱石间。夕阳初隐地，暮霭已依山。度鸟欲何向，奔云亦自闲。登临兴不尽，稚子故须还）。东北隅旧有彭祖楼，楼上石刻三字，久毁。《方舆胜览》云：汴、泗二水经彭城彭祖楼之侧（胡俨诗：锡封曾奠大彭墟，千古传来事不虚。明月满楼尘影息，仙人曾驾五云车）。西北隅有彭祖旧宅，宅有井，唐皇甫冉诗“旧井莓苔近寝堂”是已（马蕙诗：古井城边不记年，名留彭祖世相传。玉绳

① 原作“确”，据万历《徐州志》改。
② 原作“苦”，据万历《徐州志》改。

汲虎人何在，金鼎蟠龙客已仙。甃石苔侵秋雨积，梧桐叶落晚风旋。谁能更把寒泉浚，一饮须教寿八千）。城中旧有大彭馆。唐庞勋之乱，贼众囚观察使崔彦曾于馆中，事详本传。又有燕子楼，在唐节度使张建封旧第中。建封有妓妾张氏，名盼盼[①]。建封殁，盼盼誓不他适，独处楼上十余年而卒。俗传即城西角楼，恐非是（宋陈荐诗：仆射新阡狐兔游，侍儿犹住水边楼。风清玉簟慵欹枕，月好珠帘懒上钩。残梦觉来沧海阔，新诗吟罢紫兰秋。乐天才思如春雨，送断残花一夕休。〇陈师道诗：绿暗连村柳，红明委地霞[②]。画梁初着燕，废沼已鸣蛙。鸥没轻春水，舟横着浅沙。相逢千岁语[③]，犹说后庭花。〇文天祥诗：自别张公子，婵娟不下楼。遂令楼上燕，百岁称风流。我游彭城门，来吊楚王阙。问楼在何处，城东草[④]如雪。娥眉代不乏，埋没安足论。因何张家妾，名与山川存？自古皆有死，忠义长不没。但传美人心，不说美人色。〇元陈孚诗：长相思，久别离，东风不暖残燕支。乳鸦困，柔鸾悲。樱桃绚红腻，蘼芜凋绿滋。牙床琥珀枕，梦君君不知。〇长相思，久离别[⑤]，珠楼无人但有月。翠屏寒，银烛歇。芙蕖为谁怜，丁香空自结。泪滴锦褕前，十年化为血。〇萨天锡诗：何处春风燕子楼，断碑落日古城头。画眉人远繁华歇，无数远山生暮愁。〇国朝曾棨诗：楼外双旌去未归，楼中寂寞减容辉。合欢枕冷愁长在，织锦机寒恨永违。青镜自嗟鸾独舞，画梁无复燕双飞。只今艳骨成尘土，空有行人吊落晖。〇胡俨诗：妙舞清歌一夕休，繁华销尽彩云收。多情只有乌衣侣，终岁相看不下楼。〇薛瑄诗：嬬妾当时一女流，犹知守节度春秋。往来忘义忘仁客，莫上彭城燕子楼。〇上虞徐惟贤诗：十年剑履贲荒丘，已誓终身不下楼。报主恩名千古在，对人歌舞一时休。河流伏槛牵啼恨，山色当窗锁黛愁。若使赵家飞燕识，幽魂端合有余羞）。

州境古有垞城（按《一统志》：在城北三十里，面临泗水。兖州人谓实中城曰“垞”。《舆地志》以为古崇国，误）、灰城（在城西北一百里。世传汉高帝所筑）、食城（在城西北一百二十里。世传汉高帝尝犒师于此，故名）、舞阳城（在城西北五十里，汉封功臣樊哙为舞阳侯，城于此）、留城（在城北九十里。汉为县，高帝封张良于此，详《封建》。〇唐刘长卿诗：访古此城下，子房安在哉？白云去不返，危堞空崔嵬。伊昔楚汉时，颇闻经济才。运筹风尘下，能使天地开。蔓草日已积，

① 此言盼盼姓张，不知所据。又，同治《徐州府志》谓盼盼为张愔侍妾，注曰：“按白居易《燕子楼》诗序：‘予为校书郎时，游徐泗间，张尚书宴予，出盼盼佐饮。’考居易以贞元十九年登拔萃科，二十年授校书郎（香山《泛渭赋序》），张建封以贞元十六年殁于徐（《旧唐书》本传），是尚书非建封，明甚。”

② 原作“花”，《后山集》《宋诗钞》皆同，然与末句重韵，参《宋元诗会》、乾隆《徐州府志》改。

③ 原作“诘”，据《后山集》卷四改。

④ 原作“莫”，据乌程许氏藏明刊本《文山先生全集》、四库本《文山集》改。

⑤ 原作“别离”，据《陈刚中诗集》卷一乙正。按：《御选宋金元明四朝诗》同作“别离”，然案以韵脚，似误。

长松日已摧。功名满青史，祠庙唯蒿莱。百里暮程远，孤舟川上回。进帆东风便，转岸前山[①]来。楚水澹相引，沙鸥闲不猜。扣舷[②]从此去，延伫仍徘徊。○本朝金寔诗：明良际遇信由天，此地相逢不偶然。黄石有书传孺子，赤松无意托神仙。运筹非独称三杰，明哲由来贵两全。独恨官船连夜发，无由一滴酹祠前。○又诗：博沙奋狙[③]击，报仇心方殷。此地逢真主，谈笑展经纶。素心既已遂，富贵焉足云。自择三万户，宁如兹邑亲。酂侯功第一，系狱岂无因。韩彭要王封，终与菹醢邻。贤达贵知足，明哲思保身。行经古封邑，吊古怀其人。赤松不可招，千载谁同群）、**武原城**（在武原山下。东汉置武原县于此[④]）、**云梦城、梁王城**（并在吕梁山。云梦谓韩信，梁王谓彭越，相传二人会于此，各筑城驻节焉）、**尉城**（在吕梁山，唐尉迟敬德疏吕梁二洪，因筑城以居。今有尉公庙）、**吕布城**（在吕梁南二十五里。布与曹操相持，筑城于此。一名战台），**其堑垒犹有存焉。**

萧县城，旧本古萧国城（在今县治北半里。城方九里三十步，有四门：东曰安仁，西曰达义，南逸其名，北曰冀门，门临古汴。《后汉书·郡国志》："萧国城，南临汴水。"与此异，未详。城外东南有隍，西北无［隍］[⑤]。城内有眢井，在今邑厉坛东约百步许。《春秋左传》：楚子伐萧，宋华椒以蔡人救萧。萧人囚熊相宜僚及公子丙，杀之。王怒，围萧。萧大夫还无社与楚大夫司马卯言，号申叔展，目于眢井而拯之，若为茅绖，哭井则已。明日，萧溃，申叔展视其井，则茅绖存焉，号而出之。今俗呼八角琉璃井，久湮）。**宋时，河决水没，乃筑南城，徙县治，北连旧城。后渐圮。国朝正德十一年，知县王隆即故址增筑土城，外甃以石，周四里许，城外浚濠。为门四：曰木荣、金英、朝阳、拱极。郓城于范记**（曰：是古萧子国也。春秋，宋封萧大心以为附庸，即其地。楚灭而县之，历秦、汉、晋、唐，废置不一，城仍故地，屡为水没，修圮相寻。迨赵宋为二城，南北相距，北则旧址，南其此也。绍圣五年，移儒学于此，是则可考焉。城濒汴渠，自汉元封间，河决瓠子，入汴渠，东会泗水，即今黄河是也。兹邑迩岁被冲激，是故难乎其城矣。民圜土垣以居，设栅为闭，聊谨晨昏而已。正德壬申，剧盗日寻奔流大河南北。萧当其冲，以无城故，并驰以入，毁民居，焚官舍，劫财货，掠士女。士女走避，莫敢谁何，佥谓："设有土墙丈余，闭门效死，亦或可恃！"甲戌秋，王侯宗治来宰斯邑。侯名隆，吾郓产也。实维介哲，事语匪苟，力学负材，以《易经》举乡。承命临此，尚

① 原作"山前"，据《刘随州集》卷六乙正。
② 原作"船"，据《刘随州集》改。
③ 原作"徂"，据《史记》《汉书》本传改。
④ 案《汉书·地理志下》，西汉楚国已有武原县，王莽时改曰和乐亭。县本高帝时卫胠侯国，景帝时国除，疑改县于当时，然非东汉始置。
⑤ 字据万历《徐州志》补。

见闾阎廨舍，燹迹荒凉。用是悼心，乃思图谋经画。明年乙亥，乃属父老而谓曰："盗何若苦?"曰："无以卫也。""城何尔颓?"曰："岁相循也。""盍筑而高之?"曰："固所愿也，罔或倡也。"曰："吾，而父也；而，吾子也。将城诸，而从乎?"曰："从也。""将劳诸，而率乎?"曰："率也。""将敛诸，而赋乎?"曰："赋也。"乃度其基数百丈，虞其用以万计，计其资余万缗，量其期逾周岁。用是劳心焦思，采薪于薮，伐石于山，陶砖于野，庀木于河，爇灰于窦。用舆于里，弗官势贷；劝施于氓，罔或多取。庶费具，庶工鸠，庶民和。乃舍于郊，相土奠址，平险塞缺，画式布令。乃用特举觞，酹曰："所有不尽于心，劳瘁是惮者；所有不公于法，苟且是恣者；所有不良于行，盗窃是图者，有如此酒！舆夫某，尔其效劳；匠人某，尔其输力；工师某，尔其董役；义民某，尔其劳来。其有不率于法、不协于众者，以惩！"众欢趋之，荷畚锸，负版杼，持筐筥，裹糇粮，以从事于役，罔昼夜息。既筑而高之，乃甃石于表。弘则下之，以翼坚也；锐则垒之，以成高也。灰之涂之，借属于石。惟多益善，罔或靳也。乃用砖于末，以为雉堞，翼然栉比。乃为四门，砌以坚石，包以铁鋄。周城为池，深半城，阔视深。其高则三丈，其厚则二丈，其周则五里有奇。居者以喜，行者改观。盖不百年，未易损也。丙子二月，实维经始；丁丑正月，则落成焉。官不知费，民罔告劳，士庶以欢，且曰："向以不城弗守，日虐于盗，病者未起，疮者靡愈，贫者不富。王侯城此，其纾予于难，生我于死乎？其仁弘矣，岂不贤于十万之众乎！侯其可伦乎?"越三年，侯之乡后进廪丘子过萧，乃惊其功。县博东越周子、徐子、周南毛子暨生徒问记于予。予曰："城以卫民，劳不害众，费不戕家，货不及私，王子有焉。不害为仁，不戕为忠，不私为义。仁以裕民，忠以体国，义以守官，人之本也，官之质也，士之行也，王子其有后乎？名于斯城，尤后朽焉！"是故记之)。嘉靖乙亥，知县孙重光建楼于四门上：东曰楚望，西曰秦观，南曰朝宗，北曰拱辰。自为记。

县境古有北城（在县北二十里，方九里余，世传萧子避暑处）、杼秋城（在县西七十里。后汉杼秋县，属梁国，故城在萧县西北，光武封刘般为杼秋侯，即此）、扶阳城（在县西南六十五里，汉丞相韦贤之后封于此）、龙城（在县东三十里，即龙城县城）、曹马城（在县西北七十里，方九里，内有饮马池，相传汉曹操尝歇马于此。又有废塔，洪武中，河南侯佃人董顺毁之，内见石碣云"逢顺而倒"，顺寻以事籍没）、郭城（在县西南二十五里，方二千三百步，相传后周太祖所筑）、蒋蔡城（在县西南三十里），并久废。

沛县城，旧废（《一统志》云：微山下有沛县故城）。元至正间，孔士亨据其地，筑小土城，周二里有奇，岁久圮。本朝嘉靖二十二年，知县王治创筑土城，周五里，高广各二丈，隍深广亦如之。郡人马津记（曰：夫城之设险守国，自古及今，未有能易之者，而其义尤取诸《豫》。盖“重门击柝，以待暴客”，非豫，则为人所乘也。故天子守万邦，诸侯守一国，罔不有事于此。泗水之东，沛故有城，元人筑之，湮灭久矣。今县治临于西浒，其民聚庐托处而已，未有守也。嘉靖二十一年，北虏犯边[①]，天子震怒，驱之太原。言者请修内以攘却之，制曰可。沛尹王君治，始因县治筑城。其垣周五里，筑土为之，高二丈，阔一丈八尺。濠深二丈，阔三丈。雉堞凡千三百二十，高五尺，周庐八所。四门各据其胜设楼橹，东曰永清，南曰会源，西曰恒休，北曰拱极。经始于本年八月，次年三月讫工。曾未期月，城池完美，伟然一县之观，可谓应命速矣。县之士夫耆老，咸以学训黄君昶状请记。余惟城池之役，虽曰佚道使民，然非上下之间诚意交孚，鲜有协心而即绪者。城非作之难，作者难也。沛尝为郡为国，其地非不可城；其覆于隍，非不可改作也。乃自我明开国以来，未有能任之者，其难可知。属者县当孔道，河徙岁侵，又若罢于奔命，非乐土矣。虽有金汤之险，尚虑无以守之，而况草创为［城］[②]，几与守耶？君子于此，可以观政，可以考时，可为吾民庆也。按状：王君先世，方岳郡县，代有显人。其始至也，平徭更赋，振业流冗，肃保伍，弭乱阶，植善良，敦化本。以至警游隋，广储蓄，迁学宫，秩祀典，学道爱人，谨身节用。凡诸要务，率若轻车熟路，按次举行，鲜有疑阻。今兹城役，银取诸官而民不知，夫取诸田而民不扰。其民信之，不以为劳，固其所也。然城虽一县，我圣天子用言图治之效，风行万里，四国于蕃，其于“无怠无荒，四夷来王”之治，有足征矣。来者可继也，不可忽也。故曰民之庆也。作《沛县新城记》)。二十五年，知县周泾因之垒石甃甓，高广视旧稍增，为门者四：东曰长春，南曰来薰，西曰永清，北曰拱辰。益建雉堞台铺，并详尚书费寀、副使王梴记（寀《记》曰：沛，徐属邑，自汉兴始著闻。其地高原巨陆，汇泗阻河，四方之贡赋，舟车达京师者，道沛无虚日，以故民多业贾。旧无城廓。方承平时，民易为生事；使卒有警，则沛被害尤深。岂千百年来，无一良有司议兹城者？盖任事之难也。嘉靖壬寅，边围[③]孔棘，关津戒严，前令王君治始筑土城，以卫沛民。然地多沙疏，霖潦则圮。及周君为令，即行城，慨然叹曰：“计大而惜小费，举事而忘永图，非政也。沛其可晏然土城已乎？”既又曰：“民未知信，不可劳也。”于是赈穷苏困，节用平赋，辟荒抚流，锄梗植良，专务修其政教。行之二年，民和岁丰，敝厘废举，曰：“民可劳矣。”乃协丞吴元祥，簿齐邦用、蒋廷瓒，史林大理，集沛之缙绅父老与其秀子弟于庭，议厥砖城事，咸唯唯。

① 嘉靖二十一年（1542）六七月间，蒙古族鞑靼部土默特万户首领俺答率兵南下山西，攻太原，扰沁州、汾州、襄垣、长子等地。旋遇抵抗，自雁门关故道退去。

② 字据万历《沛志》、乾隆《沛县志》补。

③ 原作“围”，据万历《徐州志》、万历《沛志》改。

白诸当道，若巡抚都御史王公、喻公，巡按监察御史陈公，兵备副使王公，又咸可之。君于是下令，召陶暨梓，暨厥圬墁[①]，度工商材，各有成画。凡陶之薪，则征诸计亩。梓之材、圬之灰石、工之饩廪，则出诸公锾。董役则简诸干勤，若官耆张进、杨文焕辈。费不民敛，役不农妨，趋事子来，如治私作。工始于丙午季秋，讫于丁未孟夏，仅数月而告成。城延袤仍旧，垣高二丈四尺，基厚二丈五尺，颠半之。雉堞凡千四百五十有六，为台八座，座置铺舍一区。为四门，门有子城，惟东门缺者，以运河妨。上各置楼五楹：东曰长春，南曰来薰，西曰永清，北曰拱辰。西南势稍下，故为石门以泻水，中树铁棂五枝。卫城有濠，捍河有堰，登城而望，则见其据淮上游，屹如巨镇。彭城、芒砀诸峰，相比肩立，使沛中之山若增而峻[②]，水若辟而深者，非兹城也乎？城成，而鲁寇适张，邻邑骚动，沛独恃以无恐，民咸颂曰："此周君赐也！"又方修砌时，土崩者三，而役者辄先警避无恙，人尤异之，以为君诚感所致。噫！其然乎，其然乎？乃今邑博朱君，偕缙绅父老与其秀子弟，胥谋镌石纪其事，请言于余。余曰：嗟！城之系于政也，岂易易为哉？余读《春秋》，见其书城不一，而独于城邢无贬辞者，知役有不可已者也。向使信不孚民，时诎举赢，非时用众，则大咎必加焉。若是，则城果易为哉？兹役也，众和财裕，使之以时，可谓得新城之道矣，虽《春秋》固将是之。君子以是知沛之永逸也！周君名泾，江西贵溪人，乡进士，余门生。将来树立，当必为国伟器者。沛城之功，乃其初试云。〇梃《记》曰：嘉靖岁丁未春三月，沛县城成。是役也，谋始于丙午某月，至是讫工，越如干时。厥直取诸官帑之羡金如干两。城延袤几五里，为堞千五百，为铺八，为水门一，为瓮城三，为敌台八，基广如干，崇如干。南、西、北三面浚湟视城，东临漕河。颜其门：东长春，南来薰，西永清，北拱辰，法象咸备。当其任，则周令泾暨分董相作如干人。既成，盖屹然泗水之右，可以为政矣。先是，前令王治者，鉴顷年寇攘之变，自为土垣，作四门，式廓粗立。周令将因而完之，初闻于余，余是之；已而上之前抚台克斋王公、六察节庵陈公，皆亟是之，遂城焉。今年以其成，上之抚台月梧喻公，公又亟贤而甄礼之。夏五月，余行县，登而纵观焉，因輾然曰："壮哉塞乎！此东南之枢也，可以为政矣。"沛虽小，介乎齐楚之间，由汉以来，率称多故。盖自复隍之后，上下千百年，莫或城之。乃至是始备，此何以焉？岂时尽诎而人尽选耎哉？将事之成不成，有定数也。说者曰："《春秋》内城二十三，皆不时害义。于齐美邢，于晋美成周，虽时且义，亦书见劳民为重事也。城沛无当乎？"余曰："时有乘有不乘，义有因有不因。乘其所不乘

① 原作"慢"，据万历《沛志》卷十三《艺文》改。

② 原作"浚"，据万历《沛志》改。

者，其势倾；因其所不因者，其害成。此天地之常而几事之会也。沛为徐属邑，当江淮之上游，国家转漕东南，不导此不达。昔陆宣公论唐患，至急汴荥、缓幽燕，其说曰：‘东寇则转输将阻，北窥则都城或惊。’嗟乎！今之徐沛，固唐之汴荥也。矧其俗轻转徙而狎逋逃，其气崇任侠而略儒雅，其计贱本业而贵末作，而饥馑泛溢，抑岁有加焉。是故《易》称设险，《诗》美伊洫，《春秋》纪事，美恶同辞。兹役也，意其必乘而难因者乎？此固逸道使民之志也。”令为江西贵溪人，起家乡进士，其居官廉毅有识，余素贤之。因章之记，俾后有考焉。〇山阴刘栋《喜见沛邑城》诗并序：三十年前无此城，后三十年城草青。当初舂筑民力苦，今日乐业民安生。古人作事重谋始，不在欢虞轻改徙。若得城坚如苞桑，疆宇永赖功难纪。甘棠推广召伯心，哲门皤瞑形讴吟。无言设教妙神化，请看万卉含恩深。序曰：沛，古邑也，旧无城垣。正德壬申，流贼纵横齐鲁。礼义之教之地，残破尤甚。予庚辰冬以编修北上，泊舟河滨，四顾瞻望，盖荒芜空旷，风沙眯目而已。即今城高数仞，楼橹森列，远近望之，则于于熙熙为可知也。使后之视今，时加修葺，不假缮完之力，咸荷按堵之休，岂不光前裕后，开拓创造之心于无穷也耶？喜而书之，以贻邑大夫。大夫姓周名泾，贵溪人。〇王梃《登新城》诗：雉影干云上，龙文抱水流。金汤一壮丽，齐楚定咽喉。四徼闻多垒，中原见隐忧。歌风故形胜，为尔重登楼。〇又：春色上干旌，楼船照日明。将军无细柳，令尹有长城。井邑初安枕，潢池或弄兵。居然负升斗，何以谢苍生。〇上虞徐惟贤诗：堞迥云俱住，隍深泗共流。青徐开保障，南北锁襟喉。圣世方隆治，贤侯尚远忧。观风扬伟迹，丽藻在重楼。乘高闪旆旌，粉堞映空明。蔽芾棠垂野，连岐麦到城。一方能屏翰，千里屈人兵。处处讴歌起，应知乐我生。〇城南门内西有射戟台。后汉末，袁术遣将纪灵等攻刘备于沛。吕布来救之，谓灵等曰：“令门候于营门中举一戟，布射戟小支，一发中者，军当解去；不中，可留决斗。”一发果中，遂欢会各罢。今上有三结义庙）。

县境古有仲虺城（在县南四十里。按《玉海》引《国史·地理志》云：沛县有仲虺城。〇张庆旸[①]《虺城月照》诗：相业从三代，勋名照古今。台荒城迹旧，夜静月华侵。断垅浮青草，疏林洒绿阴。乾坤终不老，千古故森森）、偪阳国城（按《春秋·鲁襄公十年》：晋会诸侯于柤[②]，伐偪阳。遂灭偪阳，予宋公。注曰：国在今沛县。《后汉书》：傅阳，即偪阳。今考《一统志》：城在山东峄县西南五十里。盖沛、峄，偪阳国地，城在二邑境）、许城（按《后汉书·郡国志》注引《地道记》

① 原作“阳”，据本志《职官表》统一用字。
② 原作“祖”，据《春秋·襄公十年》改。

云：沛有许城。《左传·定公六年》“郑灭许”，即此[1]。今未详）、合乡故城（在县境，即古“互乡难与言”者。今未详[2]）、泗水郡城（在县治东。秦置泗水郡，城于此）、广戚城（即今广戚乡。汉置县，名广戚，唐时省入沛）、胡陵城（在县北五十里。秦县，汉曹参以中涓、樊哙以舍人，从沛公击胡陵，即此）、灌城（在县北二十余里。有灌城村，旧志为灌婴故宅。婴非沛人，其说误）、千秋城（在县北六十里，即今千秋乡。未详建置）、旧城（在河东岸，元末张士诚所筑），并久废。

砀山县城，金迁鱼山保安镇（兴定间，避水患迁。其地犹有石刻“砀山县”三大字，及儒学棂星门石柱并存。今在永城县境）。至元还旧治，无城。国朝正德八年，知县李金创筑土城，高九尺五寸，周围一百六十八丈，隍深一丈，为门五。外护以堤，周九里有奇。近以河患稍圮。嘉靖二十五年，副使王梃行令重修，并植柳其上。比因水侵，帮筑未厚，嘉靖二十六年，知县王绍元复请增筑，根宽二丈，上阔一丈五尺，内高一丈，外高八尺，重植柳桩障护（王梃诗：城外波如沸，城中灶已沉。还将细柳意，聊弭大堤心。此日金为障，他年翠作阴。狂澜何所极，延伫一长吟）。

邑境有梁城（即汉梁国城。旧志云：在县境内）、麻城（后魏改砀山为安阳，治于此。旧志又云：市力寨，在县北三十五里安阳之境），并废，不知处所。

丰县旧有土城（在今县治东南三十里。周围九里三十步，趾广四丈，高如之，上颠视趾四之一。城中四际皆池）。嘉靖五年河决，水溢城陷，知县高禄迁治华山之阳。九年，知县赵寿浚沟筑墉，环卫县治。二十一年，知县李崇信增拓城趾，改筑土城，高可丈许，周六百一十二丈。为门四，上各有楼：南曰阜民，北曰拱极，东曰望鲁，西曰通汴。郡人马津记（曰：夫迁国图存，城守为大。城之有门，所以出政令而奔走其民。建楼置守，以立宏远之规不易也。是故皋、应作，而岐周之势张，诗人咏之。至以戎丑攸行、奔奏御侮言之，门之作，岂细故哉？丰自嘉靖五年，城圮于水，前尹高君禄以其民迁于华山之阳，暨今十有八载，民之怀土憧憧，往来鲜有定志。嗣尹李君崇信，吁怀慰止，始奠厥居。于是创作新城四门，以定一邑之制。盖旧城之道里适均，腴田近郭，民便久之，故虽荡析离居，降割无已，未能舍危而就安。今则华原膴膴，保聚日繁，官署学宫，闾阎郛郭，业已即绪。新城之役，不可缓矣。故四门之作，规制甫成，士民快睹，不啻如昏垫故区，潜移爽垲，永地于新邑也。其耆旧爰属乃忱，合辞请记，且曰：“北戴宸居，庶民

① 案《春秋·定公四年》：“许迁于容城。”《汉书·地理志》注引应劭曰，谓即南郡之华容县。以是，本志曰“未详”。

② 案《元和郡县志》《太平寰宇记》引刘芳《徐州记》佚句，应在山东滕州，即汉晋之合乡县城也。自《太平寰宇记》误附于沛，《明一统志》亦沿其说，而沛志多有辨驳。

惟星，名曰‘拱极’，其所也；南风之时，以阜吾财，阜民雅思，惟南有焉；东曰‘望鲁’，鲁，吾夫子之邦，以跂文教之兴；西曰‘通汴’，汴，今黄流之委，以慎水防。凡皆李公之意，非吾小人之箴也！”呜呼！率下亲上，聚人以财，朔南为经，敷政以文，慎防以豫，东西为纬。《易》曰：“屯以经纶。”李君之谓已。李君，崇信名，字贞甫，湖南乡进士。岁辛丑，来尹于丰。再逾年，四门乃作。来者庶有考云）。

彭西书院，在州城西南隅，旧称武学。嘉靖六年副使赵春建，为武举弟子居业所。廖道南记（曰：维今上皇帝元祀，觐光扬烈，畅幽宣郁，表忠树节，罔有弗钦。于时巴川赵公体仁，为先朝御史，屡扼权[①]奸，家食者屡矣。乃用荐起，起守建昌。未几，擢居宪职，备兹徐土。徐土罹于眚灾，邦乃大恐。赵公煦以惠和，威以震耀，民始有生气。明年，训以彝典，示以兵法，士始有固志。又明年，告以物宜，谕以侯度，职官始有法守，而无淫朋。乃毁淫庵，建为武举书院。书院成，史南告若曰：於乎！《易·象》有之：“地中有水，师，先王以容民蓄众。”言伏险也。“泽上于地，萃，君子以除戎器，戒不虞。”言谨微也。古之神圣，知微所当防，故轩征涿鹿，尧战丹水，弗忘竞惕，知险不可恃。故《礼》陈九伐，《诗》严三事，克致敬戒。周家承之，法制大备，中春振旅，中夏茇舍，中秋治兵，中冬大阅，而郊野相维，田赋相联，蒐狩相继。闾旅鄙党，民皆知武；伍两师旅，士皆可举。亦既弘远也尔矣！我国家法周治军，禁卫有骁勇，武学有俊乂，京辅有材官，要害有节制，边陲有经略，而于三岁文举之期，申之以武举，所以拔贤良、重韬略也。孔子郏谷之会，曰：“有文事者，必有武备；有武备者，必有文事。”文武并用，长久之术。今之武举者，能知文事所当务者乎？天下无事，则文士揖逊而有余；天下有事，则武夫奔驰而不足。匪曰全才，曷克攸济？是故全才之为世用也，测日玦以知变，测月晕以知精，测星纬以知化，测云气以知卜，测风角以知占，其观于天道有如此者；趋平原以俟战，趋城郭以俟守，趋险阻以俟伏，趋康衢以俟正，趋间道以俟奇，其察于地理有如此者；设天衡以达阳，设地冲以达阴，设奇耦以达方员，设主客以达内外，设坚瑕以达险易，其通于人事有如此者；象蛇鸟以效后先，象龙虎以效左右，象云雷以效震肃，象日星以效照临，象虹霓以效神化，其鉴于物理有如此者；制人而毋制于人，弥变而毋狃于变，相机而毋逆于机，运算而毋纷于算，仿古而毋泥于古，其符于世道有如此者。是故，符世道之谓信，鉴物理之谓智，通人事之谓敏，察地理之谓宜，观天道之谓神。神以审宜，宜以资敏，敏以用智，智以行信，有此五德，而武举之道备矣。粤稽诸古，徐居九州之一，上应奎、娄分野。

① 原作“藿”，据康熙《徐州志》卷三十二《艺文五》改。

《春秋》大书彭城，与郑之虎牢、秦之崤函、晋之壶关，其险一也。故其山峻以踞，水奔以驶，野旷以迥，士皆负气而好侠，轻生敢死而崇大义，用之可以理盘错而纾大难。赵公早见而豫待，乃为辟邪崇正，树风章采，以拓厥基，以作厥士，以垂厥训，是有大造于徐人也已矣！习斯举者，安知无全才出于其间尔乎？是故，望子房之故墟，必有魁梧奇伟、智越万夫者出；履淮阴之故垒，必有嗾暴匡仁、建盖世之勋、铭钟鼎而纪旂常者出；吊王陵之墟墓，必有守正不阿、无踪诡随、托孤寄命者出。上之为方叔，为召虎，为吕尚，庶无负于兹举也已。不然，王道废而霸诈兴，岂其光于彭城？敢庸书以告夫事者）。二十五年，副使王梴益拓大之，定今名。

徐州吕梁洪巡检司，在州城南吕梁，洪武六年建。（巡检一人，司吏一人，弓兵四十人）

萧县赵家圈巡检司，在县西北五十里，景泰二年建。（巡检一人，司吏一人，弓兵三十人）

民壮，州五百二十七人，萧二百二十九人，沛一百七十九人，砀山一百七十六人，丰九十三人。初，正统间以天下卫兵耗弱，令各州县籍民为兵，守御其土，皆以十年更编。本州洎诸邑乃据初籍为定，子孙世役之，虽流亡亦不得去其籍，至为里甲累，民患苦之。副使王梴议如它郡例编易之，仍著为后令（附原议：乞恤灾伤，比例编造民壮，以全公务事。为照民兵之设，本资武备，而其为累，尤甚于军。江北事体，自正德、嘉靖年间编审者，虽十数年一更，犹为不便；而徐州并属县民壮，自正统初年审定之后，迄今八九十年，再无编替，使民间应此役者，虽单丁极贫，犹岁岁追拘不已。小民无控诉之力，有司无轸念之心，情法荡然，深足悯悼。近蒙本院因高邮州刘约告行前例，真足以苏久困之民，建不世之利矣，地方幸甚！再照先后案行事宜内开，虽称十年一编，至于审编之时，又令亲审其间丁力尚堪者，照旧存留；唯逃亡消乏者，另为更换一节。访得江南与山、陕各省民壮事例，不论丁力消长，断以十年为期。故有司奉为定规，百姓据为定役，上下相守，而异议不兴。今既开有“十年一编”之文，而又云“尚堪者照旧存留，消乏者另为更换”，则有司之不才者，多因循而不行；百姓之无力者，苦控告之难达。间或告发，又烦议行，上下纷纷，终似未便。本道以为：自今二十六年为始，通行淮、扬、徐、宿四府州县，查照驿传均徭事例，不论丁力消长，断以十年为则。凡审编之日，有司官即便吊取赋役籍册，约算概州县丁粮若干，原额民壮若干，除官吏、生员例得免数外，其余不分军民匠灶，通融扣算，每丁粮各若干，编民壮一名。富厚有力者为头户，选骁壮通晓武艺之丁，应当取具年貌在官，不许雇倩代替。贫薄无力者为贴丁，工食则例每年定以七两二钱，众户朋出，听应役之人自行取讨，不许分外多科。每遇十年满期，不论尚堪消乏，通行更造，著为定规，永为遵守。仍勒限文书到二个月，以里编完，通将正丁年貌、贴户银数，造册申报。各委佐贰官管领提调，操演武艺，以备警急。不许各官役占差遣，违者以役占军伴事例，施行各断。自嘉靖二十七年正月初一日应役，有司官敢有不恤民隐，因循过期者，或告发访出，听本道查劾，参呈本院，以罢软黜退。庶法定而役均，有司遵一定之规，而百姓无偏累之病矣）。

团保长，州境内集镇乡村旧各编设防御，副使王梴更申饬之。又以萧、砀、丰三县军民错处多盗，创令编设（附原文移：为防守地方事，照得按属地方，河接江淮，境连各省，官使络绎经行，商贾往来必由。且淮北一带，长河旷野；徐邳等处，军民强悍，盗贼窃发。访得往年各该要路，昼则有响马出没流劫之患，夜则多抽帮截路掏挖之虞。旧时集镇乡村俱编有团保长，互相防御；沿河州卫县分设有哨船军壮，上下巡缉，立法尽善。奈何日久弊生，人心玩愒，船只损坏，军壮多被役占，团保多非其人，遂致前法废弛。况连岁灾伤重大，时将冬暮春初，四外驾船退闲光棍，本地不安生理强徒，迫于饥寒，易于为盗。各该巡捕官员，平时怠玩，素无备御之术，原设军壮团甲，久失整理，岂有应援之策？一遇警急，卒难克济。若不设法预防，未免临时无备，贻患地方，深为可虑。拟合通行为此，除行徐、左二卫委官，每员拨与城操军余、民壮各十名，分投四路，往来督率各该地方昼夜巡缉外，案仰徐州即行巡捕官，一面将本州原设哨船修理完固，查照原行拨与民壮，于分管河道上下巡缉；一面将各镇店乡村原编团保长逐一清查，有缺则选殷实、众所推服之人充补，用为保障。仍每月初二、十六日，量带应捕人役，遍历各路，会同两卫委官逐一查视，严加省谕老甲团保长、巡船军壮人等，齐心巡逻，昼夜提防。如有盗贼窃发，就便并力扑捕；若果势大，飞报会合，互相追袭擒剿，务期境内协谋共济，风声远被，盗贼潜踪，军民不扰，地方获安。敢有怠惰废事、科害地方、好事喜功、纵容打诈者，就便指名参拿，从重追究，依准缴来。又访得萧、砀、丰三县，外接河南疆境，内插徐左营屯，军民姻结，流寓杂处，顽军猾民，恃在有司军卫，自分彼此，效尤为非，肆无忌惮。至于巨恶大家，专一窝隐四外亡命之徒，或响马截人，或明火强劫，坐守分赃。一遇官兵追剿，军民互相隐蔽，不服拘摄，必待会约，以为远遁，玩寇殃民，积患有年。虽有司巡捕、军卫坐屯官员，俱因捕盗而设，掣肘难行，莫能禁治。若不设法委官，协谋统制，共图防守，恐恶俗愈长，深贻后累。拟合通行为此，案仰徐州卫经历司着落当该官吏，即委百户刘瑶亲诣萧、砀、丰三县，坐落本卫屯所，往来巡缉，会同各县巡捕官，遍历各该地方。但系军民杂处去处，从公询访，先将身家殷厚、骁勇众所推服军民，编为团长，然后不分军民官舍，惟以住居循序，每十家编一小牌，为一保，内取精健好汉、丁力强胜者充为保长，承牌管领十家。又相度地方远近、村屯顺便，每五保编一大牌，为一团，内取精健兼有行谊、众所推服者充为团长，收牌管辖五十家。务要分派合宜，不得拘定名数。仍出示晓谕，军民无分彼此，昼夜提防，若遇有警，互相救援，俱听县卫官员提调查视。其干碍地方盗情，军舍径听有司拘摄，百姓亦听军卫勾取，敢有仍前故违掣肘、不服督治者，各官呈来拿问。如有恶徒怙终不悛者，许本管团保长指实呈拿，从重问拟。若通同容纵，一家事发，九家连坐，团长仍从重论。承委官员，尽心整理，务使盗息民安，不得怠惰废事，及因而科[1]害、纵容下人乘机打诈，访出告发，定行重究，决不轻贷。案仰萧、砀、丰三县同）。

论曰：天生五材，民并用之，废一不可，谁能去兵？国朝两京并建，徐实据其厄冲，为天下重镇。设险守固，斯最要焉者也。鉴于兹篇，而徐之武事虚实，居然可见。承平既久，上下晏然，曾不讲其军旅，明其戒誓；一旦有事，驱其氓以向敌，犹鸠鹊捕鹰鹯，豚羊逐豺虎，虽有善者，末如之何。《易》曰“除戎器，戒不虞”，示豫也。君子得《豫》之义，斯无弃其民矣。

附兵变

夫徐，四战之国，而南北之枢也。兵争屠戮之惨，无代无之。爰稽史传，括其大凡，赘诸简末。用表葺战营守，诚徐要务，而身其任者，尤不可忘戒备于濡袽云。

春秋

鲁成公十八年，楚与郑伐宋，取彭城，封鱼石。

鲁襄公元年，鲁与晋、卫围彭城，诛鱼石，归宋彭城。

秦

二世元年，秦嘉立景驹为楚王，军彭城东，距项梁。梁从下邳击之，秦嘉败走。追之胡陵，嘉、景驹并死。梁并其军，引兵而西。三年，秦将章邯大破梁军于定陶，梁死，沛公、项羽相与谋，乃与吕臣俱引兵而东。吕臣军彭城东，项羽军彭城西，沛公军砀。怀王见梁军破于定陶，徙盱眙之彭城，并项羽、吕臣军，自将之。

二世二年，曹参击秦将司马尼军砀东，破之，取砀狐父。

① 原作“料”，径改。

汉

二[①]年春，汉王部[②]五十六万人东伐楚。初，项王将兵击齐，至是闻之，令诸将领其众，而自以精兵三万人，南从鲁出胡陵。四月，汉皆已入彭城，收其货宝美人，日置酒高会。项王乃西从萧，晨击汉军而东，至彭城，日中，大破汉军。汉军皆走，相随入谷泗水。杀汉卒十余万人。汉卒皆南走山，楚[③]又追击至灵壁东濉水上。汉军却，为楚所挤，多杀。汉卒十余万人皆入濉水，濉水为之不流。围汉王三匝，于是大风从西北起，折木发屋，扬沙石，窈冥昼晦，逢迎楚军。楚军大乱，坏散，而汉王乃得与数十骑遁去。

新莽末，赤眉贼掠楚、沛。又青、徐大饥，民皆从附贼樊崇寇乱。

建武二年，刘永招诸豪杰沛人周建等，并署为将，攻下沛、楚等凡二十八城。是年，盖延等大破刘永于沛西。

汉安二年十二月，扬、徐盗贼攻烧城寺，杀略吏民。

初平二年，黄巾贼寇徐州。以陶谦为徐州刺史，讨平之。

初平四年，曹公击徐州刺史陶谦，至彭城，大战。谦兵败走，死者万数，泗水为之不流。自是，五县城保无复行迹。

兴平二年，刘备与袁术相持于淮北。术遗书布，并送米令击备。布从之，勒兵袭下邳，获[④]备妻子。备走海西，饥困，请降于布。布又恚术运粮不继，乃遣车马迎备，以为豫州刺史，遣屯小沛。布自号徐州牧。术遣将纪灵等攻备，备求救于布。布率众千余，驰往赴之。灵等闻布至，皆敛兵而止。布屯沛城外，遣人招备并灵等，与共飨饮。乃令军候植戟营门，布弯弓顾曰："诸君观布射戟小支，中者当解兵，不中，可留决斗。"布一发正中戟支，灵等皆惊。明日复欢会，各罢。

建安三年冬十月，曹公屠彭城，获其相侯谐。时攻吕布也，遂进至下邳，擒布，杀之。

晋

惠帝太安二年夏五月，义阳妖贼张昌反，其别率封云寇徐州。广陵度支陈敏击之。云将张统斩云降，徐州平。

怀帝永嘉元年春二月，东莱人王弥起兵反，寇青、徐二州。

---

① 案《史记·项羽本纪》《高祖本纪》，楚汉彭城之战在汉二年（前205）四月，原作"三"，系误，据康熙《徐州志》改。

②《史记集解》徐广曰：一作"劫"。《索隐》按："《汉书》见作'劫'字。"

③ 原作"麓"，据《史记·项羽本纪》改。

④ 原作"护"，据《后汉书·吕布传》改。

元帝太兴元年冬十二月，彭城内史周抚杀沛国内史周默以反。初，沛人周坚，一名抚，与同郡周默因天下乱，各为坞主，以寇抄为事。默降祖逖，抚怒，遂袭杀默，以彭城叛。诏刘遐领彭城内史，与刺史蔡豹、太山太守徐龛共讨抚。战于寒山，抚败走。诏徙遐临淮太守。

明帝太宁二年春二月，石勒将石季龙寇兖州，刺史刘遐自彭城退保泗口。

九年冬十二月，石季龙徐州从事兰陵人朱纵，斩其将郭祥，以彭城来降。

孝武帝宁康[①]九年，诸将略地徐、兖。谢琰进次彭城。

孝武帝太元四年，以沛郡太守戴逯[②]将卒数千，戍彭城。苻秦兖州刺史彭超率兵寇彭城，攻之。晋遣兖州刺史谢玄，率东莞太守高衡、将军何谦，统众数万，次于泗汭，将救彭城。欲遣使报逯，令知救至，无由。小将田泓请没水潜行。将趣城，为贼所获。贼赂泓，令云“南军已败”。泓伪许之。既至，告城中曰：“南军垂至，勉之！”遂遇害。初，超围彭城，置辎重于留城。玄乃遣将率众，声趣留城。超引军赴之，谦遂驰入，解彭城围。逯率其众奔谢玄。九年，玄破苻坚于淮淝，复率众屯次彭城，经略中州，遣参军刘袭攻坚兖州。既平，玄患水道险涩，粮运艰难，用督护闻人奭谋，堰吕梁水，树栅，立七埭为派，拥流以利漕运，自此公私两便。进攻青、冀等州，黎阳、三魏皆降。还镇淮阴，以朱序代守彭城。

十四年春正月，彭城妖贼刘黎僭称皇帝于皇丘，又妖贼司马徽聚党马头山作乱。龙骧将军刘牢之并讨平之。

安帝义熙二年二月，慕容超侵略徐、兖。三年，又寇徐州，至下邳。

［南北朝］[③]

南宋元嘉二十二年，安北将军、徐州刺史、武陵王骏镇彭城（骏，孝武帝也）。后魏太武南侵，骏遣将冯[④]文恭至萧城，前军破之。文[⑤]帝又遣其弟太尉、江夏王义恭率众赴彭城。魏太武登亚父冢，以望城内，遣送其俘蒯应至小门，宣诏劳问义恭等。问应士马数，应曰：“中军四十万。”骏遣人献酒、甘蔗，并请骆驼。明日，太武遣尚书李孝伯至小市门，骏亦使其长史张畅出对。孝伯曰：“主上有诏，太尉、安北可暂出门相见，今遣赐骆驼及貂裘、杂物。”畅曰：“有诏之言，何得称之于

① 按：宁康止三年，谢玄进次彭城在太元九年，下有述。据文例，此条宜削去。

② 原作“逯”，据《晋书·谢玄传》《苻坚载记上》改。下同。

③ 字据文例补。

④ 案南北史及《通鉴》等书并作“马”，唯郑樵《通志》卷一四八《李孝伯传》作“冯”，本志节文率从《通志》，亦多自讹。

⑤ 原作“武”，据《通志》及南北史改。

此?"孝伯曰:"卿家太尉、安北,是人臣不?纵[①]为邻家之君,何为不称诏于邻国之臣?又何至杜门绝桥?"畅曰:"二王以魏帝营垒未立,此有精甲十万,恐后有凌践,故且闭门。待彼休息兵士,然后克日交战。"孝伯曰:"令行禁止,主将常事,何用废桥杜门,又复何以十万夸大?我亦有良马百万,复可以此相矜耶?"既开门,畅屏人却仗,出受赐。

后魏孝昌元年春正月庚申,徐州刺史元法僧杀行台高谅,据彭城反[②],自称宋王,遣其子归梁。其武官三千余人戍彭城者,法僧皆印额为奴,逼将南渡。梁遣豫章王综入守彭城,中护军夏侯亶督[军侵魏][③]。魏遣临淮王彧、尚书李宪为都督,安丰王延明为东道行台讨之。综奔魏,魏复据彭城。又元英攻徐州,韦睿救之,装大舰为水军,以小船载草,用火攻之,魏军大溃。

梁武帝中大通十年[④],遣贞阳侯萧[渊][⑤]明帅师于寒山,拥泗水灌彭城,与侯景为掎角声援。东魏将慕容绍宗击破[渊]明于寒山,擒之。

魏元象初年[⑥],梁人刘乌黑入寇徐方。徐州刺史慕容绍宗执乌黑,杀之。三年秋九月辛丑,梁贞阳侯萧[渊]明寇徐州,堰泗水于寒山,灌彭城,以应侯景。冬十一月乙酉,以尚书左仆射慕容绍宗为东南道行台,与大都督高岳、潘相乐大破擒之。〇又,梁将成景儁逼彭城,以崔孝芬兼尚书右丞,为徐州行台。既至,景儁力屈退走。

后周建德六年十一月,陈将吴明彻侵吕梁,总管梁士彦频战不利,退保州城。明彻遂堰清水以灌之,列船舰城下,以图进取。明年为宣政元年,诏以轨为行军总管,率诸军赴救。轨潜于清水淮口,多竖大木,以铁锁贯车轮,横截水流,以断其船路。方欲密决其堰以毙之,明彻知之,乃破堰遽退,冀乘决水以得入淮。比至清口,川流已阔,水势亦衰,船并碍于车轮,不复得过。轨因率兵围而蹙之,唯有骑将萧摩诃以二十骑先走得免,明彻及将士三万余人并辎重并就俘获。杨素时从轨军中,陈将樊毅筑城泗口,素击走之,夷毅所筑。明年,周又克谯、北徐二州。自是,淮南北地尽归于周矣。

---

① 原作"纵不",据《通志》及《魏书·李孝伯传》乙正。

② 原作"据彭城奔反"。案《通志》《魏书》《北史》,"奔"字衍,今删。

③ 按:"军侵魏"三字原错入下文"综奔魏"前,据《南史·梁本纪中》移置于此。

④ 按:梁中大通仅六年(529—534),无谓十年。萧渊明伐魏在梁太清元年(547),即东魏武定五年。案下条云"魏元象三年(540)渊明寇徐州",亦不知何据。

⑤ 按:梁贞阳侯萧渊明,因唐人作史避高祖李渊讳,遂删为单名"萧明"。本志他卷已改回本名,此处亦无须避之,径补"渊"字,后皆同。

⑥ 案《魏书·孝静帝纪》:慕容绍宗破刘乌黑,事在东魏武定二年(544),《北齐书·慕容绍宗》未详年月,编者遂臆断于"元象初";萧渊明寇徐州,事在武定五年(547),《北史·孝静帝纪》记载甚悉,本志"三年"为"五年"之讹。又案《魏书·肃宗纪》:崔孝芬却成景儁,事在孝明帝孝昌三年(527),于例不当附此。

唐

懿宗咸通九年七月，武宁军节度粮科判官庞勋反于桂林。十月丁丑，陷徐州，观察使崔彦曾逮其官属皆死之。初，彦曾料丁男乘城，勋傅城，城中大雾，勋众四面超墉入，囚彦曾大彭馆，杀之。勋自监军役。张玄稔攻勋，徐州吏路审中率死士应官军，开南白门，官兵入，因得破勋（详《人物传》）。

昭宗景福二年，朱全忠遣子友裕、将庞师古攻陷徐州。武宁军节度时溥分兵固保石佛山，师古攻拔之。自是，完垒不战。师古兵梯其堞以入。溥徙金玉，与妻子登燕子楼自焚死。全忠遂有其地，私置守焉。

金

太宗初，粘没喝复取徐州。先是，宋人运江淮金币皆在徐州府库。尽得之，分给诸军。

宣宗兴定二年十二月，红袄贼攻彭城之胡村寨，徐州兵讨破之。

宣宗兴定五年秋七月己亥，义勇军叛，据砀山县。庚子，诏增徐州、清口等处戍兵衣粮。

宣宗元光元年，红袄贼袭徐州十八里砦。

哀宗天兴元年六月丁巳，封仙据徐州，徒单益都走宿州，推张兴行省事。壬戌，国安用入徐州，杀张兴，推封仙为元帅，以主州事。

天兴三年二月，蒙古入徐州，金完颜用安[①]自杀。

元

顺帝至正十二年，萧县李二，号芝麻李，烧香聚众，与其党赵均用、彭早住攻陷徐州，据之。右丞相脱脱自乞率师伐李二，总制诸路军马。九月，至徐州，攻其西门。贼出战，以铁翎箭射马首。脱脱不为动，麾军奋击之，大破其众，入其外郛。明日，大兵四集，亟攻之。贼不能支。城破，芝麻李遁去。获其黄伞、旗鼓，烧其积聚，追擒其伪千户数十人，遂屠其城。事闻，遣中书平章政事普化等，即军中命脱脱为太师，依前右丞相，趣还朝。诏改徐州为武安州，而立碑以著其绩。

国朝

正德五年辛未，流贼刘六等作乱，攻破城邑及山东漕运。巡抚都御史张缙奏以宣府总兵白玉守徐州，诏从之。壬申正月甲子，贼党河南贼贾勉儿等三千人破砀

① 即上“国安用”，叛元降金后，赐姓完颜，改名“用安”。见《金史·哀宗纪》上。

山，丙寅，破萧，皆焚县治，杀人无算。二月癸卯，刘六等过吕梁，烧工部分司巡检司、房村驿民房舰皆煨烬，杀死税课局大使崔纶，余人杀死者无算。甲子，副总兵刘晖破贼于滕之吕孟社。贼败，趋徐州。晖等帅兵追袭，贼径趋邳。四月壬辰，都指挥杨鼎击贼于徐州之庄里集，斩首七人。

徐州志卷之八终

徐州志卷之九

人事志四

方外

夫玄祖清虚，释谈寂灭，二家似是，流世久矣，是以仙宫梵宇，其徒日滋。虽其为道，别为一端，然类聚焚修，上祝国厘，下化愚俗，亦圣世之所不迸也。列为方外，庶备旁稽。

州

玄释

晋

彭宗，彭城人。年二十，服药于杜冲，乃栖真味道，精贯人神。尝从师采药，忽堕深谷，蹈蛇中，曾无愠色。乃授丹经、五千文，宗宝而修之，洞畅幽漠。能三昼夜为一息，或一年不动，人以为死，及起，颜色愈鲜。山中蛇虎见之，并潜伏。

南北朝

道生，彭城人[①]。父为广戚令。道生为沙门法汰[②]弟子，幼而聪悟，年十五便能讲经。及长，有异解，立顿悟义。

宋

戴日祥，元丰初道士也。尝随苏轼游桓山，为鼓雷氏之琴。

按旧志：僧参寥子，尝从苏轼来徐。初非徐产，今不书。

① 案《高僧传》《法华传记》："竺道生，本姓魏，钜鹿人，寓居彭城，家世仕族。"
② 原作"大"，据《高僧传》《法华传记》改。

国朝

恒斌，本京刹僧。宣德间，以荐住持徐州卧佛寺。国子祭酒李时勉序以赠之，其略曰：“恬静寡欲，进修清勤。言不妄发，事不苟为，人不泛交。”斌住徐州五十年余，精持戒律，始终不渝，李《序》非过誉矣。

寺观（凡境内祠庙不登祀典者并附）

卧佛寺（在城东南隅，中有卧佛像，故名。先本古刹。洪武二十七年，僧如安重建。宣德二年，僧广善重修。正统五年，京僧恒斌市地拓址，栋宇一新）

开元寺（在城南一里许。中有铁佛像，一名铁佛寺。先本古刹。洪武三十年，僧沙上师重建。宣德四年，僧广善市地拓建）

兴化寺（在城南二里许，云龙山东畔。洪武三十五年①，僧胜吉因址建寺。以古有石琢佛相甚巨，俗呼为石佛寺。永乐中毁。宣德八年，僧文安鼎新之。岁久，复就圮。成化二十三年，监储太监高瑛②修）

台头寺（在戏马台上。创建于宋，久废。嘉靖二十五年，副使王梴命建文昌祠于寺址，事详《祀典》）

洪福寺（在城北河中洲上，久废。正统九年，僧恒义修建）

开元寺（在一乡三图，金大定二十二年建）

兴隆寺（在一乡十五图，天顺元年建）

景福寺（在一乡吕梁洪境上，金③大定二年建）

屯头寺（在二乡八图，金大定三年建）

五级寺（在州城东④，北齐时建）

三洞山寺（在六乡一图，元至正六年建）

清泉寺（在四乡十图，元至元三年建，正统八年重建）

兴台寺（在五乡九图，唐开元二十三年建）

七佛寺（在五乡金陵集，元至正元年建）

禅正寺（在五乡八图，金大定四年建）

兴明寺（在七乡七图，宋元祐元年建）

---

① 案正统初徐州同知喻则成《重建云龙山兴化禅寺记》碑文及正统《彭城志》、弘治《重修徐州志》俱载：“洪武戊寅，僧正胜吉始建佛殿三间及僧房一所。”洪武戊寅为三十一年。此云“三十五年”即建文四年，似误。万历、顺治、康熙《徐州志》同作“洪武三十五年”。乾隆《徐州府志》改用建文年号，然讹为“建文五年”，同治《徐州府志》同误。参考现存碑刻，皆当以“洪武三十一年”为正。

② 原作“高英”，据本志卷四《山川》并前后志统一。

③ 原作“元”，案元无“大定”年号，参下文“金大定三年”改。

④ 案《北齐书·苏琼传》：“徐州城中五级寺忽被盗铜像一百躯。”弘治《重修徐州志》据此载入，亦作“在徐州城中”。自本志以下，皆作“城东”，未审所据。

大云教寺（去城北四十里。旧废。洪武十五年，僧高峻重建）

洞山寺（在城北桓山上，山下有洞，故名。天顺、成化间，监储中官刘质、马敬、韦通相继修建，请敕额）

龙泉寺（在三乡十三图，金大定三年建）

英会寺（在三乡留城，金大定三年建）

香亭院（在城东七十里。创于前元，宣德十年重建）

弥陀院（在城东南六十里。创于前元，宣德十年重建）

西观音堂（在城西北隅。洪武中，千户刘海建）

洪福禅院（去城北一百十五里。宋崇宁元年，僧慧诚建。金大定三年，僧智全、清能重修）

龙兴禅院（在城北一十里马兰村，宝峰山之后。金大定十四年，僧惠信建）

功德禅院（在城北九十里留城西北隅。元中统二年，僧赈公建。又，州治东神仙寺、兴佛寺、显庆寺、寿圣寺、福胜院，西青龙寺，南天圣院，北龙兴教寺、崇兴院、华严寺、宝峰院、妙觉院，东南土山寺、宝光寺，东北奉圣禅院，西北兴国寺、福应寺，今并废）

真武观（在城东南隅，永乐初创建。宣德二年都督郑铭[①]、天顺二年知州宋诚前后完葺之，寻废。成化二年，知州王叙、指挥苏宽、时宝[②]命军耆邓亨募缘重建。弘治十年，监储左监丞莫昂重修玉皇殿。又，州治东白云观，南白鹤观、三清观，东南庆真观，西南八仙观，西北瑞云观，今并废）

祠庙附（三观庙，在城西南隅，里人孙凤建。五显昭灵王庙，在城南三里许，千户刘显建。宣圣庙，在城北七十里）

萧县

玄释

宋

曹国舅，绍圣四年，蝉蜕于玉虚观。在县东南五十里，今更名腾云寺。

① 原作“名”，据《明宣宗实录》、弘治《重修徐州志》改。

② 原作“宽”，据弘治《重修徐州志》卷二《寺观志》改。

元

徐神翁，萧人，居县东南八十里陈疃村。通黄白之术，家日殷富，曾建愿穷堂、不富亭。后白日升举。今丹井遗址存焉。

国朝

刘渊然，号体玄子，萧人[①]。祖母谢梦紫衣道者入室而生。及长，遇异人，授以秘书，呼召风雷，劾治鬼物。高皇帝建西山道院以居之。昭皇帝赐以御书，曰“长春真人”。宣德七年八月八日，属其徒曰：“气聚而生，气散而死，生死一理，吾将逝矣。”引手作一圈，曰“呵呵”，趺坐而化。翰林豫章胡俨作传，并赞曰：“羽衣协梦，灵岳储精。至人授受，金书玉经。掌握风雷，行通神明。褒封宠锡，终始恩荣。飘然乘化，逍遥太清。”

按《南畿通志》：唐张果尝寓居萧东南山洞中。考非萧人，不书。

寺观

白云寺（在孝义乡，洪武元年建）

开皇寺（在孝义乡，金大定四年建）

华严寺（在县南隅。旧在古城邑厉坛东，宣德二年徙此）

寿圣寺（在城南二十五里）

显庆寺（在里仁乡，宋咸平元年建）

石佛寺（在乐善乡，宋开宝[②]八年建）

福寿寺（在乐善乡，金大定七年建）

朝阳寺（在乐善乡，洪武四年建[③]）

新兴寺（在乐善乡，金大定四年建）

天门寺（在县东南六十五里山谷中。元至元间，僧净本建。宣德四年，知州杨秘因劝农偶憩，悦其景幽，遂命僧广善募缘重建，更名禅院）

龙泉禅寺（在县东南六十里）

皇藏寺（一呼“黄桑”，在都仁乡，元至正间建）

龙驹嘴寺（在都仁乡，正德元年建）

成阳寺（在都仁乡，元至元二十三年建）

---

① 案《明史》本传作“赣县人”。考景泰《云南图经志书》、正德《云南志》所录陈循《龙泉观长春真人祠记》：“其先徐之萧县人。祖讳伯成，为赣州路总管，子孙因家赣州。”

② 原作“开皇”，案宋代无此年号，据乾隆《徐州府志》改。

③ 康熙《徐州志》、乾隆《徐州府志》作“元至正间建”。

勘沟寺（在都仁乡，金贞[1]祐元年建）

五眼泉寺（在都仁乡，元至正四年建）

灵光寺（在都仁乡，金大定四年建）

普照寺（在都仁乡，金大定四年建）

腾云寺（在都仁乡，唐太和元年建）

白土寺（在都仁乡，金大定元年建）

龙寿寺（在都仁乡，金皇统元年建）

九圣寺（在红亭乡，晋大安间建，元元祐间重修[2]）

积善寺（在红亭乡，宋景祐三年建）

建凤法轮禅院（在县西北三十里）

孝义院（在县北三十里）

龙泉院（在县东南三里泉水山阴，金明昌二年建）

延寿院（在县治东）

宝峰院（在县东十一里。凉楼寺、瑞云寺[3]、永堌寺，今并废）

栖真观（在县西七十里）

乾明观（在县西南五十里）

玉虚观（在县南五十里）

太虚观（在县南五十里）

大道玄元观（在县东南五十里）

祠庙附（亚圣庙，在县南三十五里，孟子后名瑞者，寓此建。金龙四大王庙，在县西十里。晏公庙，在县东。萧公庙，在县北三里冀门右。火星庙，在县西南隅，监生朱光启建）

沛县

玄释

春秋

琴高，居香城泗水中。以善鼓琴，为康王舍人。行彭、涓之术，浮游砀间二百余年。后人砀中娶龙子，乘赤鲤出入。（按：高虽楚人，其终始于沛、砀，与流寓同。书之）

---

① 原作“真”，据金宣宗年号径改。

② 自本志以迄嘉庆《萧县志》俱作“晋大安间建”，疑“晋”为“金”音讹；又“元元祐间重修”，元亦无“元祐”年号，疑为元仁宗“延祐”之讹。待考。

③ 案《南畿志》：瑞云寺，在县东南七十里黄桑峪中，即上之皇藏寺。

晋

王玄甫，学道于赤城、霍山。服青精石饭，得吞日精丹景之法，内见五脏。穆帝永和元年正月望日，白日升举，为中岳真人。（见《一统志》并旧志）

国朝

鹿凤，幼习百家阴阳杂书，善祈祷法术。邑人旱暵必叩，雨如响应。

寺观

龙泉寺（在县治河南迤西半里许，坏于水。嘉靖十三年，住持僧觉颐重建。二十一年，知县王治申请易为儒学，改迁寺于旧学）

祥国寺（在县东二十里，成化七年建）

新兴寺（在县东三十里）

上闸寺（在县东十五里）

夏村寺（在县东四十里）

灌城寺（在县西四十里）

汲冢寺（在县西二十五里）

高房寺（在县西三十五里）

卧佛寺（在县西三十里）

盘龙寺（在县西南三十里）

七山寺（在县西南三十八里）

蝗虫寺（在县西南十五里）

庙道口寺（在县北三十里）

龙冈寺（在县西北二十里，至正元年建。兴国寺、福胜院、真元观、长春观[①]、玉虚观，今并废）

祠庙附（真武庙，在县治河东半里许，知县王清重建。三结义庙，在县治南门之西，里人史直重建。关王庙，在县治河南，道士王凤建。水母庙，在县治南。三官庙，在县治河南迤西半里。昭惠灵显真君庙，去县治东北五十里，里人杜珎建）

砀山县

玄释

春秋

琴高，楚人。（详沛）

① 案《南畿志》：兴国寺，在县北四十里，金大定僧重榘重建。福胜院，在县西北二十里灌城村，创于唐。真元观，在县西北一里。长春观，在县西二里。

元

洞真子，涿州人，姓丘。壮年学道。至元庚寅，北游京师，谒真人祁公，赐号宝岩大师。既退，东南游邹峄山，拜丹阳真人为师，道侣共号为洞真子。乃西游砀山，遇智井人赵志坚，创建琳宫。功成，达于集贤院并掌教大师，赐宫名“聚仙”，洞真子为真静大师，兼本宫提点。延祐乙卯，邀里中故旧会茶讫，托以他往，告别。次旦，人见其西去，其弟子志坚辟户视之，羽化矣。

寺观

永庆寺（在县西街北。旧有佛殿，创始不知何代。永乐七年，僧海辩建万佛琉璃宝塔于寺前，九重，高四丈。访之父老，称塔下志石有开皇年号。宣德十年，僧文琩重建殿宇。嘉靖十一年，僧真圆创千佛阁于后，高与塔齐）

立头寺（在县东保安社）

大明寺（在县东陈村社，金大定二年建）

白塔寺（在县东马昂社）

白云寺（在县东赵九社）

定国寺（在县东马昂社）

兴国寺（在县东南渠城社，元至元二十六年建）

南大觉寺（在渠城社，至正元年建）

寿圣寺（在县东北崇教坊，金大定四年建）

云台寺（在县东北使庄社，至正二年建）

观音寺（在县南门外）

资圣寺（在县南赵九社，景泰七年建）

铜钟寺（在县北段庄社，元至元二年建）

吴庄寺（在县西北柳庄社）

回罡寺（在县西北浮沟社）

释迦院（在县东五十里。宋建，元天历二年重修）

崇寿院（在县东一里，金大定间，僧刘果钦建）

大觉院（在县北四十五里）

崇庆庵（在县后。旧志有奉伯寺、永安寺，今废）

聚仙宫（在县北三十五里安阳市力寨。元延祐改元，洞真子与智井人赵志坚购地创建。功成，达于集贤院并掌教大宗师，赐宫名“聚仙”）

青华观（在县东北使庄社）

全真观（在县北一里）

祠庙附（马神庙，在县西六十步。龙王庙，在县北靴尖阜上。二郎庙，在县东北一里，知县郝玘重修）

丰县

玄释

三国

旧志《人物传》：张鲁，沛国丰人也，以鬼道教民，自号师君。似宜省入玄。按：鲁祖、父客蜀，已非丰产。而其左道惑众，名五斗米贼，尤为妖诞。今特削去。

元

云真子，姓房，名德稳。早慕玄风，学道莱州长春真人门，号云真子，攻苦食淡余二十年。尝居丰，三年不出。至元三年，即曲豆胜境构建洞真观。

寺观

兴教寺（在县东北隅。旧有古刹，莫稽其由①。洪武二十年，僧会仲名重建）

永宁寺（旧在县治东北二百五十步。北齐天保二年，改白塔寺。周天和六年毁。隋开皇元年重立，十三年改道成寺，大业元年又废。唐上元二年重兴，改重光寺。[宋]②大中祥符四年，复改永宁寺。建炎③间，迁东北隅汉卢绾故宅。金大定十九年，僧普净修建。元至元十四年，僧文秀重修。又十四年为大德七年，僧法澍屡葺之）

登云寺（在县治北门外一里许。系古迹，建立无考。嘉靖二十二年重建）

重福寺④（在田村保，金大定元年建）

华严寺（在司马保，至正元年建）

福胜寺（在苗城保，至正元年建。太平寺，今⑤废）

---

① 乾隆《徐州府志》谓即永宁寺迁建。

② 字据乾隆《徐州府志》补。

③ 原作“英”，参本志卷四《山川》“卢绾故宅，宋建炎间改迁永宁寺于其地”句改。

④ 案出土碑刻，应为“崇福寺”。

⑤ 原作“金”，径改。

洞真观（在县东北隅。元至元六年[1]云真子建，即曲豆胜境）

龙翔观（在县东北隅。正统十二年，典史马能因旧址建）

祠庙附（三官庙，在县治西南隅）

杂纪

夫志以纪事，期无逸遗，是故遐诹博探，稽类次编，无或不核。乃其存古传疑，殊条琐撰，未以类从，抑亦博雅之家所必究也。兼采并录，赜而不厌，要取文献足征焉已尔。

吕梁悬水

孔子观于吕梁（《列子》注：在今彭城郡），悬水三十仞，流沫四十里（《列子》“四”亦作“三”），鼋鼍鱼鳖之所不能游也。见一丈夫游之，以为有苦而欲死者也（《庄》无“者”字），使弟子并流而拯之。数百步而出，被发行歌，而游于棠行（“棠行”，《庄》作“塘下”）。孔子从而问之（“之”，《庄》“问焉”），曰：“吕梁悬水三十仞，流沫三十里，鼋鼍鱼鳖所不能游也。吾见子道之，以为有苦而欲死者，使弟子并流将拯子。子出而被发行歌（自“吕梁”至“行歌”，《庄》无），吾以子为鬼也（《庄》无“也”字）；察子，则人也。请问蹈水有道乎？”曰：“亡（“亡”音“无”）。吾无道。吾始乎故、长乎性、成乎命，与济俱入，与汩偕出，从水之道而不为私焉。此吾所以蹈之也。”孔子曰：“何谓始乎故、长乎性、成乎命也（《庄》无“也”字）？”曰：“吾生于陵而安于陵，故也；长于水而安于水，性也；不知吾所以然而然，命也。”（出《列子·黄帝第二篇》并《庄子·达生第十九篇》。《列子书目录》注云：“列子，先庄子。”故庄子称之）

孔子自卫反鲁，息驾乎河梁而观焉。顾悬水三十仞，圜流九十里，鱼鳖不能游，鼋鼍弗能居也，意者难可以济乎？丈夫不以错意，遂渡而出。孔子问之曰：“巧乎？有道术乎？所以能入而出者，何也？”丈夫对曰：“始吾之入也，先以忠信；及吾之出也，又从以忠信。忠信错吾躯于波流，而吾不敢用私。所以能入而复出者，以此也。”孔子谓弟子曰：“三二子识之：水且犹可以忠信诚身亲之，而况人乎？”（出《列子·说符第八篇》，与前小异。刘向《说苑》同此）

[1] 案本卷《玄释》作“至元三年”，此作“至元六年”，两说互异。隆庆《丰县志·寺观》同作“至元六年”，顺治《丰县志·玄释》作“至元三年”，《寺观》作“至正六年”。康熙《徐州志》、乾隆《徐州府志·寺观》同作“元至正六年”。其碑记久湮，无从查考，存异。

高祖试吏

汉高祖始壮，试为吏，为泗上亭长。秦二世元年，陈涉起，沛父老共立季为沛公。三年，楚怀王见项梁军破，恐，徙盱眙都彭城。以沛公为砀郡长，封武安侯。(《史记》)

筑制

汉高祖过沛所击。《释名》曰："筑，似筝，细项。"按今制：身长四尺二寸，项长三寸，围四寸五分，头七寸五分，上阔七寸五分，下阔六寸五分。(出《通志》)

竹皮冠

汉高祖为亭长时，乃以竹皮为冠，时时冠之。及贵，常冠，谓"刘氏冠"。(出《汉书》及《玉海》)

司马迁厄彭城

司马迁年二十而南游江、淮，上会稽，探禹穴，窥九疑，浮沅、湘；北涉汶、泗，讲业齐、鲁之都，观夫子遗风，乡射邹、峄；厄困蕃、薛、彭城，过梁、楚以归。(《出《前汉书》)

沛县富翁

沛县有富家翁，资三千余万。小妇子年才数岁，顷失其母。父无近亲，其女不贤。翁病困思念，恐争其财，儿必不全。因呼族人为遗书，令悉以财属女，但遗一剑，云："儿年十五，以还付之。"其后，果不肯与。儿诣郡，自言求剑。时，太守何武得其条词，因录女及婿，省其手书，顾谓掾史曰："女性强梁，婿复贪鄙，畏残害其儿，又计小儿得此财不能全护，故且与女，实寄之耳，不当以剑与之。夫剑者，所以决断限。年十五者，智力足以自居。度此女、婿必不复还其剑，当闻县官。县官或能证察，得见申展。此凡庸何能思虑弘远如是哉！"悉取财以与子，曰："敝女恶婿，温饱十岁，亦已幸矣！"论者大服武。(出《通考》)

文帝幸徐

魏文帝黄初六年，帝自谯循涡入淮，从陆道幸徐。(出《通志》)

白虎樽

晋穆帝升平二年，彭城计佐虞兴发白虎樽。（出《玉海》）

曲赦彭城

晋安帝元兴元年，曲赦广陵、彭城大逆以下。（出《通志》）

复彭城

南宋武帝永初元年八月戊辰，诏曰："彭城桑梓，报本斯隆，宜同丰沛，各[①]复租布三十年。"（出《南史》[②]）

白狼童子像

南宋王懿与兄睿同起义兵，与慕容垂战败。懿被重创走，与家属相失。路径大泽，不能前，困惫，卧于林中。忽有一小儿青衣，年可七八岁，骑牛行。见懿，惊问曰："汉已食未?"懿言饥。小儿去，须臾复来，得饭与之。懿食毕欲行，会暴雨，江溢，莫知津径。遇有一白狼至前，仰天而号，号讫，衔懿衣，因渡水。懿随之，得济，与兄睿相及。后宋武帝受命，以懿为徐州刺史。懿于彭城立佛寺，作白狼、童子像于塔中，以存河北所遇也。（出《通志》）

白玉戟

南宋孝武大明四年二月乙巳，徐州于汴水得白玉戟以献。（出《玉海》）

宋赦

南宋废帝景和元年十月癸亥，曲赦徐州。（出《南史》）

梁赦

梁武帝天监十一年，曲赦扬、徐二州。

梁武帝大通六年，曲赦司、豫、徐、兖及都下。（并出《通考》）

---

①《南史》原文"其沛郡、下邳各复租布三十年"。《宋书》"各"作"可"，亦指二郡而言。

② 原作"汉书"。案实为《南史》，且与《宋书》文句差异较大，据改。

扬徐人丁

南齐自永元以后，魏每来伐[①]，继以内［难］[②]，扬、徐二州人丁，三丁取两，以此为率。（出《通考》）

褚玠善射

陈太建中，褚玠善骑射。尝从司空侯安都于徐州出猎，遇猛兽，玠射之，载[③]发，皆中口入腹。（出《南史》）

泛舟泗水

魏［孝］[④]文帝南行，崔休从驾。及还，幸彭城，泛舟泗水，休在侍筵，观者荣之。（出《北史》）

文帝幸小沛

后魏太和十九年［夏四月］[⑤]癸丑，孝文帝幸小沛，使以太牢祭汉高祖庙。（出《通志》）

文伯忠义

魏徐州刺史元法僧将谋为逆。时，领注书兼舍人张文伯奉使徐州，法僧问曰："我欲与卿去危就安，能从我否?"文伯曰："安能弃孝义而从叛逆也!"法僧将杀之，文伯骂曰："仆宁死见文陵松柏，不能生作背国之虏!"法僧杀之。（出《北史》）

崔赡悲感

北齐太宁元年，卫尉少卿兼散骑常侍崔赡[⑥]聘陈。过彭城，读道旁碑文，未毕而绝倒。从者遥见，以为中恶。此碑实赡父㥄[⑦]为徐州时所立，故痛殒焉。（出《通志》）

① 原作"代"，据《文献通考》卷十《户口考一》改。
② 字据《文献通考》卷十《户口考一》补。
③《陈书》本传作"再"。又，"兽"即虎也，唐人避李虎讳改。
④ 字据《北史》本传补。
⑤ 三字据《魏书》《北史》本纪补。
⑥《北史·崔逞传》作"赡"，《北齐书·崔㥄传》作"瞻"。
⑦ 原作"俊"，据《北史》《北齐书》改。

张建封妾盼盼

唐张建封节制武宁，门下客皆词人名士，至于歌舞姝，必求知书者。盼盼乃徐府奇色也。初纳之燕子楼，三日乐不辍。时白乐天使经徐，访公，饮酣[1]，出盼盼佐酒。乐天赠诗云："醉娇无气力，风袅牡丹枝。"张后别构新楼贮宠之。公薨，盼盼感恩，誓不他适。或有问答，皆以诗。有《燕子楼集》三百首。公从子仲素于汉中逢乐天，口占其诗三章："楼上残灯伴晓霜，独眠人起合欢床。相思一夜情多少，地角天涯不是长。""北邙松柏锁愁烟，燕子楼中思悄然。自埋剑履歌尘散，红袖香销一十年。""适看鸿雁岳阳回，又睹玄禽逼社来。瑶瑟筆箫无意绪，任从蛛网任从灰。"乐天和曰："满帘风月满楼霜，被冷灯残拂卧床。燕子楼空霜月苦，秋宵只为一人长。""钿翠裙罗黯似烟，一回看着一潸然。自从不舞霓裳曲，叠在空箱得几年。""今春有客洛阳回，曾到尚书冢上来。见说白杨堪作柱，争教红粉不成灰。"又一绝云："黄金不惜买蛾眉，拣得如花三两枝。歌舞教成心力尽，一朝身去不相随。"仲素到京觐从祖母，出此四诗示盼。盼盼得诗，挥涕缀和云："自守空闺敛恨眉，形同春后牡丹枝。舍人不会人深意，讶道泉台不去随。"不食旬日而卒。

文正公卒徐

宋皇祐四年五月甲子，资政殿学士、尚书、户部侍郎、汝南范文正公薨于徐州。公讳仲淹，字希文。其年请知颍州，肩舆至徐，遂不起。时年六十四。（出本集）

徐州风物

宋陈后山《寄曹州晁大夫》诗云："堕絮随风化作尘，黄楼桃李不成春。只今容有名驹子，困倚阑干一欠伸。"自注云："周昉画美人，有背立欠伸者，最为妍绝，东坡所赋《丽人行》也。"任天社云：此篇言徐州风物。后山尝有词并序云：晁大夫增饰披云，初欲压黄楼，而张、马二子，皆当年樽下世所谓英英、盼盼者。盼卒，英嫁，而盼之子莹，颇有家风。而曹妓未有显者，黄楼不可胜也。作《南乡子》以歌之，曰："风絮落东邻，点缀繁枝旋化尘。关锁玉楼巢燕子，冥冥，桃李摧残不见春。流转到如今，翡翠生儿翠作衾。花样腰身官样立，婷婷，困倚阑干一欠伸。"盖前云"风絮"以属英，"尘化"以属盼，"名驹子"以属莹。[莹][2]之母，马氏也。（出《菊坡丛话》及《诗林广记》）

---

① 原作"边"，据白居易序改。

② 字据《菊坡丛话》《诗林广记》补。

参寥子访东坡

宋参寥子来徐州访东坡，坡令妓求诗。诗曰："多谢樽前窈窕娘，好将魂梦恼襄王。禅心已作沾泥絮，不逐春风上下狂。"（出《全书》及《类聚》）

天祥北行

宋文天祥以丁丑年十一月被执北行。戊寅年九月初九日至徐州，吊项羽故宫地，登黄楼台，读子由赋。十一日至沛县，作《歌风台》诗。（见《山川》）

明善赈彭城

元元明善为翰林直学士，奉旨出赈山东、河南饥。时彭城、下邳诸州连数十驿，民饿马毙，而官无文书赈贷。明善以钞万二千锭分给之，曰："擅命获罪，所不辞也！"（出《元史》）

萧县

萧民义犬

元末时，萧县一男子樵于白茅山。时林木荟蔚，寂无人行，独一犬随之。樵者为虎所获，将噬之。犬鸣斗不已，力竭而死。虎亦遁去，樵者遂免害。父老相传以为义犬。噫！世之忘义者，有愧于此犬多矣！录之，岂独为一犬哉？

萧不鸣钟

萧县相袭不撞钟，以为撞之则水至。嘉靖间，县尹朱同芳弗听，水果大至，漂没田庐。同芳坚不听，水亦寻涸。及孙重光尹萧，父老恳请，重光遂止之，乃为文以祭钟曰："鼓焉以钟，昏晨之轨。民有讹言，金能利水。为民父母，从此而已。御患无德，随俗可耻。钟兮有灵，尚鉴乎此。"重光去，王荩臣继之，复令撞钟，其家病祸相沿，惧而复止。钟果能祸福人耶？多见其不知命也。

老媪读史

贾媪，节妇陆氏女，举人王邻女弟。颇解文事。夜读史，至舜诛四凶，心疑之，曰："何物四凶，乃敢尔耶？"忽窗外有四丑[1]物，各道姓名以应曰："某等在此！"启户视之，寂无所见。媪遂得怖疾而终，年八十余矣。

---

① 原作"媿"，同"醜（丑）"。《篇海类编·人物类·女部》："媿，古文醜字。"

刘氏阴报

刘弘敬，字元溥，彭城人。有善相者告以天年将尽。弘敬曰："寿夭，天也。尔其奈我何?"后为女买婢，有名兰孙者，察知其为名家女也，乃备装资，先其女嫁之。是夜，梦一人曰："我兰孙父，荷君嫁女，无以报。今告天，延君寿二十四年。"既而相者复至，曰："相君面，可延二纪。行何阴德而致然?"弘敬曰："无他。不忍以贵为贱，嫁一婢耳!"讫果延二纪而终。

徐州志卷之九终

徐州志卷之十

封建传

建国亲侯，先王亲亲贤贤之大典也。秦置郡县，此道遂湮。汉虽鉴秦孤立，大封功臣，暨若同姓。无何吴、楚、韩、彭之变，惩羹过娇，往往隆以名爵，高而无民。唐、宋因之，迄莫能变。徐，古封建之地，列爵树国，代世有之。予故溯自商、周以还，尚论其迹，具著于篇。盖不惟世变之趋，为可考见，而其享祚修短，亦用贻无穷永鉴云尔。

陶唐

彭祖篯铿，颛顼孙，陆终氏第三子。尧封之彭城，曰大彭氏。历虞、夏至殷，寿八百余岁。州有大彭山，相传为其所封地。州城中有故楼、宅，洎井，迄今以古迹称。铿观井覆以车轮，背树而缆之以绳，凭杖敛躬，局蹐而迎视之，其远害全身如此。宋时，有绘其图以传者，陈靖为之铭云。（《彭祖观井图铭》曰：淳化中，予将命之狄丘，道由彭门，有客得《彭祖观井图》以为贶。中有台榭、人物，山林森森然。盖状其佳象幽致，表绘事之工，予无取。所慕者，唯彭氏面井而覆之以轮，背树而缆之以绳，凭杖敛躬，局蹐而迎视，兢然若将坠也。呜呼！古人临事而惧之有若是，检身远害之有若是，后之君子得无效欤？予实好古，历考其迹于传记，虽夐而难信，且夫子云“窃比于我老彭”，亦其验也。故作铭于座右，曰：至哉古人，远害全身，战战兢兢，恒若履冰。朽索之驭，纳隍是虑，天子则之，鸿休永据。存而惧亡，系于苞桑，诸侯则之，其国必昌。若舟弗济，夕惕而厉，大夫则之，其家孔炽。直哉惟清，执虚如盈，士子则之，其道元亨。不争在丑，无愧屋漏，庶人则之，其食孔阜。吾省予行，吾慎予守，窃比老彭，式介眉寿）

商

仲虺，奚仲之后，封于薛，为汤左相，作《仲虺之诰》。（薛今分属滕、沛二县。旧志：仲虺城、墓皆在沛。故书）

周

鱼石，春秋时彭城本宋地，楚取之，以封鱼石。《春秋》书“围宋彭城”，示楚不得取之宋，鱼石不得受之楚也。

旧志：冉求，唐玄宗赠徐侯，宋真宗加封彭城公，度宗改封徐公。非封建，今不书。秦[①]族景驹、楚王孙心、项羽自立为西楚霸王，并非封建，今删之。

汉

楚元王交，字游，高祖同父少弟也。好书，多材艺。少时尝[②]与鲁穆生、白生、申公俱受《诗》浮丘伯。高祖既为沛公[③]，交与萧、曹等俱从高祖攻战，封文信君。汉六年，既废楚王韩信，分其地，立交为楚王，王薛郡、东海、彭城三十六县，先有功也。元王既至楚，以穆生、白生、申公为中大夫。高后时，浮丘伯在长安，元王遣子郢客与申公俱卒业。申公始为《诗》传，号《鲁诗》。元王亦次之《诗》传，号曰《元王诗》。元王立二十三年薨，子郢客嗣，是为夷王。立四年薨，子戊嗣。文帝尊宠元王，子生，爵比皇子。景帝即位，以亲亲封元王宠子五人并为侯。穆生谢病去，申公、白生独留。王戊稍淫暴。二十年，为薄太后服私奸，削东海、薛郡。乃与吴通谋。二人谏，不听，胥靡之。二十一年春，景帝之三年也，削书到，遂应吴王反。其相张尚、太傅赵夷吾谏，不听。遂杀尚、夷吾，起兵会吴［西攻梁。吴］[④]王败走，戊自杀。景帝乃立元王子宗正平陆侯礼为楚王，奉元王后，是为文王，四年薨。子安王道嗣，二十二年薨。子襄王注嗣，十四年薨。子节王纯嗣，十六年薨。子延寿嗣。宣帝即位，延寿以为广陵王胥，武帝子，天下有变必得立，阴欲附倚辅助之。故为其后母弟赵何齐，取广陵王女为妻。与何齐谋，奉书遗广陵王曰：“愿长耳目，毋后人有天下。”何齐父长年，上书告之。事下有司考验，辞服，延寿自杀。立三十二年，国除。其后彭城刘氏分为三里，一曰“丛亭”，一曰“安上”，一曰“绥舆”。左将军刘怀肃居安上里，豫州刺史刘怀武居丛亭里，宋刘裕帝族居绥舆里。并出元王云。

卫胠，以梁将军从击韩信、陈豨、黥布，封武原靖侯，食二千八百户。（武原，楚国属邑）

---

① 案《史记·项羽本纪》，景驹，楚之公族，广陵人秦嘉立为楚王，非秦族。弘治《重修徐州志·封建志》作“秦族”，本志因之，俱误。

② 原作“常”，通“尝”。

③ 原作“高祖既为沛公，立为楚王”。案《汉书·楚元王传》：“高祖既为沛公，景驹自立为楚王。高祖使仲与审食其留侍太上皇，交与萧、曹等俱从高祖见景驹，遇项梁，共立楚怀王。”此时“立为楚王”者，景驹也，非刘交。四字今删。

④ 四字据《汉书》本传补。

留侯张良，其先韩人也，五世相韩。秦灭韩，志为韩报仇。二世元年，陈涉等起兵。良亦聚少年百余人，欲往从楚假王景驹于留，道遇沛公，数以兵法说沛公。沛公善之，常用其策。良曰："沛公殆天授！"遂从不去，为谋臣，运筹帷幄中。汉王定天下，多良计也。后帝封功臣，使良自择齐三万户。良曰："始臣与陛下遇于留，此天以臣授陛下也。臣愿封留足矣，不敢当三万户。"因封留侯。后托从赤松子游去。

楚王英，光武子。建武十五年封楚公，十七年进爵为王，二十八年就国。母许氏无宠，故英国最贫小。三十年，以临淮之取虑、须昌[①]二县益楚国。自显宗为太子时，英常独归附太子，太子特亲爱之。及即位，数受赏赐。英少时好游侠，交通宾客。晚节更喜黄老，学为浮屠斋戒祭祀。八年，诏令天下死罪皆入缣赎，英奉黄缣白纨，诣国相曰："托在藩辅，过恶累积。欢喜大恩，奉送缣帛，以赎愆罪。"国相以闻。诏报曰："楚王诵黄老之微言，尚浮屠之仁慈，洁斋三月，与神为誓。何嫌何疑，当有悔吝？其还赎，以助伊蒲塞桑门之盛馔。"因以班示诸国。英遂大交通方士，作金龟玉鹤，刻文字为符瑞。十三年，有司奏英大逆不道，请诛之。帝不忍，废徙丹阳泾县，楚太后留住楚宫。明年，英至丹阳，自杀。立三十三年，国除。诏遣吊祠，赠赗如法，以诸侯礼葬于泾。遣中黄门占护其妻子。制诏许太后保养幼弱，勉强饮食。十五年，帝幸彭城，见许太后及英妻子于内殿，悲泣，感动左右。建初二年，肃宗封英子楚侯种，五弟皆为列侯，并不得置相、臣、吏人。元和三年，许太后薨，复遣光禄大夫持节吊祠，因留护丧事，赙钱五百万。又遣谒者备王官属迎英丧，改葬彭城，加王仪，追爵，谥曰楚厉侯。章和元年，帝幸彭城，见英夫人及六子，厚加赠赐。种后徙封陆侯。卒，子度嗣。度卒，子拘嗣，传国于后。

彭城靖王恭，明帝子。永平九年，赐号灵寿王。十五年，封为钜鹿王。建初三年，徙封江陵王。元和二年，徙为六安王。肃宗崩，遗诏徙封彭城王，食楚郡。其年就国。恭敦厚威重，举动有节度，吏人敬爱之。永初六年，封恭子阿奴为竹邑侯。元初三年，恭以事怒子酺，酺自杀。国相赵牧因诬奏恭大逆不道。恭上书自讼。朝廷以其素著行义，令考实，无征，牧[②]坐下狱。恭立四十六年薨，子考王道嗣。道立二十八年薨，子顷王定嗣。定立四年薨，子孝王和嗣。和性至孝，太夫人薨，行丧陵次，毁胔过礼。傅相以闻，桓帝诏使奉牛酒，迎王还宫。和敬贤乐施，国中爱之。初平中，天下大乱。和为贼昌务所攻，避奔东阿，后得还国。立六十四

---

① 案《后汉书·楚王英传》注："临淮无须昌，有昌阳县。盖误也。"万历、顺治《徐州志》皆从《后汉书》作"须昌"，康熙《徐州志》、乾隆《徐州府志》据李贤注改作"昌阳"。

② 原作"收"，其实指国相赵牧也，据《后汉书》本传改。

年薨，孙祗嗣。立七年，魏受禅，以为崇德侯。

魏

彭城王据，魏武帝子。始封范阳侯，寻进为公。黄初时，封章[①]陵王，徙义阳。文帝以南方下湿，又以其母彭城人，徙封彭城。景初元年，坐私遣人诣中尚方作禁物，削县二千户。三年复之。后累增邑至四千六百户。

晋

彭城穆王权，字子舆，宣帝弟、魏鲁相、东武城侯馗之子也。武帝受禅，封彭城王，邑二千九百户。泰始中入朝，赐衮冕服。咸宁元年薨，子元王植立。植薨，子康王释立，益以鲁国蕃、薛二县地。释薨，子雄立，坐奔苏峻诛，更以释子纮嗣。纮字伟德，初封堂[②]邑县公，继高密王据。雄诛，纮入继本宗，拜国子祭酒，加散骑常侍，寻迁大宗正、秘书监。有风疾，性理不恒。或欲上疏陈事，历示公卿。又杜门让还章印、貂蝉，著《杜门赋》以显其志。更拜光禄大夫，领大宗师、常侍。后疾甚，驰骋无度，或攻劫军寺，或打伤官属，丑言悖詈，诽谤上下。又乘车突入端门，至太极殿前。御史中丞车灌奏免纮官。成帝诏令官属已下各以职奉卫，王解官，给车牛，赐米布床帐养疾。咸康八年薨，子玄[③]嗣立。历传至宋受禅，国除。

刘义隆，裕之子。安帝义熙十一年，论平蜀功，封为彭城公。

南北朝

刘义康，宋武帝子。元初元年，封彭城王。元嘉时，入辅政。后废为庶人，赐死。

元勃，后魏宗室，善射御。以勋，赐爵彭城公。

元景仲[④]，后魏宗室。景隆初封丹阳公，位广州刺史。徙徐州，改封彭城王。侯景作乱，遣诱召之，诈奉为主。景仲将应之，为西江督护陈霸先所攻，乃缢而死。

元勰，字彦和。少而岐嶷，姿性不群。太和九年，封始平王，加侍中。勰生而母潘氏卒，其年献文崩。及有所知，启求追服，文明太后不许。乃毁容憔悴，心丧

---

① 原作“竟”，据《三国志·魏书·武文世王公传》改。

② 原作“唐”，据《晋书》本传改。

③ 原作“玄俊”，案《晋书》本传：纮二子：玄、俊。玄嗣立彭城王，俊出嗣高密王。以文意“嗣立”言，不当及“俊”，志书以“玄俊”框为人名，误，据《晋书》删“俊”字。

④ 案《梁书·元法僧传》，元法僧及二子景隆、景仲，俱叛入梁。景隆“初封丹阳公，位广州刺史，徙徐州，改封彭城王”；自“侯景作乱”至“乃缢而死”为元景仲事。本志混二人为一传，误。

三年，不参吉庆。孝文大奇之。长而耽学，雅好属文。长直禁内，参决军国大政。及车驾南伐，领宗子军，宿卫左右。转中书令，侍中如故，改封彭城王。帝升金墉城，顾见堂后桐竹，曰："凤凰非梧桐不栖，非竹实不食，今梧竹并茂，讵能降凤乎?"勰曰："凤凰应德而来，岂桐竹能降?"帝笑曰："朕亦未望降之。"后宴侍臣于清徽堂。日晏，移于流化池芳林下，帝仰观桐叶之茂，曰："'其桐其椅，其实离离。恺悌君子，莫不令仪。'今林下诸贤，足符歌咏。"遂令黄门侍郎崔光读[①]暮春群臣应制诗。至勰诗，帝乃为改一字，曰："昔祁奚举子，天下谓之至公。今见勰诗，始知中令之举，非私也。"勰曰："臣露此拙，方见圣朝之私。赖蒙神笔赐刊，得有令誉。"帝曰："虽雕琢一字，犹是玉之本体。"勰曰："《诗》三百，一言可蔽。今陛下赐刊一字，足以价等连城。"后卒，太常卿刘芳议勰谥："保大定功曰'武'，善问周达曰'宣'，宜谥曰武宣王。"诏可。

元劭，字子讷。善武艺，少有气节。明帝初，梁将寇边，劭表上粟九千斛，资绢六百匹，国吏二百人，以充军用。初封彭城王，庄帝即位，尊为无上王。子韶，字世胄。好学，美容仪。初，尔朱荣将入洛，父劭恐，以韶寄所亲荥阳太守郑仲明。仲明寻为贼人所杀。韶因乱，与乳母相失，遂与仲明兄子僧副避难。路中逢一老妪程姓者，哀之，隐于私家。居十余日，庄帝访而获焉，袭封彭城王。

李谐，字虔和。幼有风采。赵郡李播尝过门下，见之，归谓其父元忠曰："领军门下见一神人。"元忠曰："必李谐也!"问之，果然。袭父先爵彭城侯，才辨为时所称。天平末，魏欲与梁和好，以谐兼常侍[聘焉。既南北通好，务以俊乂相矜。衔命接客，必尽一时之选][②]。

侯莫陈崇，代武川人也。仕周，累迁仪同三司，改封彭城郡公。崇兄顺，与周文帝同里闬，亦进爵彭城郡公。

令狐熙，字长熙，宜州[③]华原人。以通经为吏部上士，改官府都上士，俱有能名。居父母忧，殆不胜哀。闻其哭声者，莫不下泣。河阴之役，诏令墨缞[④]从事。授职方下大夫，袭彭城县公。及武帝平齐，以留守功，进位仪同。历司勋、吏部二曹中大夫，甚有时誉。子德棻[⑤]，唐高祖入关，引直大丞相府记室。武德初，为起居舍人，迁秘书丞。贞观三年，迁礼部侍郎、兼修国史。进爵彭城县子。

韦澄，字清仁。仕后周，为绵州刺史，封彭城公。

---

① 原作"续"，据《魏书》《北史》本传改。

② 句自《北史》本传补。

③ 原作"宣州"，据两《唐书·令狐德棻传》改。案《隋书》《北史》，令狐熙为令狐整之子，俱河西敦煌人。其少子令狐德棻以后，始称"宜州华原人"。

④ 原作"衰"，据《隋书》本传改。

⑤ 原作"芬"，据《隋书》《北史》令狐熙传、两《唐书》本传改。

令狐整，字延保，敦煌人也。骑射并为河右所推。刺史魏东阳王元荣辟整为主簿，加荡寇将军。整进趋详雅，对扬辩畅，谒见之际，州府倾目。荣器整德望，尝谓僚属曰："令狐延保，西州令望，方成重器，岂州郡之职所可縶维?"顷之，孝武西迁，河右扰乱。荣仗整防捍，州境获宁。及邓彦窃据瓜州，拒不受代。整密应使者，执彦送京师。周文［帝］[①]嘉其忠节，表为都督。周孝闵帝践阼，拜司宪中大夫。处法平允，为当时所称。进爵彭城县公。整雅识情伪，尤明政术，恭谨廉慎，常惧盈满。故历居内外，所在见称。进位大将军。谥曰襄。

高湝，字子深，神武第五子也。元象二年，拜通直散骑常侍，封长乐郡公。武定六年，出为沧州刺史。为政严察，部内肃然，盗贼敛迹，政化为当时第一。天保初，封彭城王。河清三年三月，群盗白子礼等数十人，谋劫湝为主。诈称使者，径向湝第。至内室，称敕，呼湝牵上马，临以白刃，欲引向南殿。湝大呼不从，遂遇害，时年三十二，朝野痛惜焉。子宝德嗣。

隋

虞庆则，京兆栎阳人也。幼雄毅倜傥。初以射猎为事[②]，中更折[③]节读书，常慕傅介子、班仲升为人。仕周，为中外府兵参军事，袭爵沁[④]源县公。拜石州总管，甚有威惠，稽胡慕义归者八千余户。开皇元年，历位内史监、吏部尚书、京兆尹，封彭城郡公。

唐

徐康王元礼，高祖子。性恭畏，善骑射。始王郑，即授郑州刺史。后徙王徐，迁徐州都督，为绛州刺史。有治名，玺书劳勉，实封至千户。永徽中，加司徒，兼潞州刺史。薨，陪葬献陵。三子[⑤]。茂为淮南王，上元中事泄[⑥]，流死振州。神龙初，以茂子璀嗣。开元中薨，子延年嗣。拔汗那王入朝，延年将以女嫁之，为右相李林甫劾奏，贬文安郡别驾，终余杭司马，国除。时，永泰初年也。

赵王隆业，睿宗子。始王赵。武后长庆二年，降封彭城郡王，兼陈州别驾。俄进司徒。二十二年，业有疾，帝忧之。及薨，帝悲不能食，册书加赠及谥，陪葬桥

① 字据万历《徐州志》补。
② 原作"侍"，据《隋书》《北史》本传改。
③ 原作"拆"，据《隋书》《北史》本传改。
④ 原作"泌"，据《隋书》《北史》本传改。
⑤ 案《新唐书·宗室世系下》：元礼三子：淮南王茂、淮南公蕃、汶山公蓁。
⑥ 案《新唐书》本传："茂险薄无行。初，元礼疾，姬赵有美色，茂逼烝之。元礼切责，茂恚，屏侍卫药膳，曰：'为王五十年足矣，何服药为？'以不食薨。茂嗣，上元中，事泄，流死振州。"本文裁选，率多不省之省。

陵。后，子琄嗣。天宝中为李林甫所构，坐贬夷陵别驾。及安禄山乱，乃还京师。国除。

刘知柔，延祐子[①]，彭城人。性俭静，美风仪。居亲丧，庐墓侧，诏筑阙表之。历国子司业，累迁工部尚书。开元六年，河南大水，诏知柔驰驿察民疾苦及吏善恶。所表陈州刺史韦嗣立、汝州刺史崔日用、兖州刺史韦元珪、符离［令］[②]綦毋顼等，止二十七人有治状。久之，迁太子宾客，封彭城县侯。致仕，给全禄终身。遗令薄葬，祖载服用皆自处其费。赠太子少保，谥曰文。

深王悰，宪宗子。贞元二十一年，始王彭城郡，进王深。

刘弘远，蜀先主十九代孙。仕唐，为检校司尉卿、临洮军使，袭封彭城郡公。曾孙渊之，初仕参幽州军事，转兵曹掾，历范阳令。兴元初，以太子家令为英州刺史，以御史中丞为行军司马，擢侍中、中书令，进封彭城郡王。

刘怦，幽州昌平人。少为范阳裨将。以亲老疾宜侍，辄去职。李怀仙为节度使，檄召，不应。朱滔时，积功至雄武军使，广垦田，节用度，以办治称，稍迁涿州刺史。滔之讨田承嗣，表知府事，和裕，得众心。李宝臣以兵劫滔于瓦桥，滔走，宝臣乘胜欲袭幽州，怦设方略，勒兵完守，宝臣不敢谋。擢御史中丞。滔败归，终不二，益治兵。人嘉怦忠于所奉。及滔死，军中尽推怦，乃总军事。俄诏为节度副大使、彭城郡公。居镇才三月，薨。赠兵部尚书，谥曰恭。

韦见素，字会微，京兆万年人。质性仁厚。及进士第，授相王府参军。袭父爵为彭城郡公，擢累谏议大夫。天宝五载[③]，为江西、山南、黔中、岭南道黜陟使，绳纠吏治，所至震畏。迁文部侍郎，平判皆诵于口，铨叙平允，官有丐求，辄下意听纳，人多德之。后，郭子仪为仆射，徙见素太子太师，诏至蜀郡奉迎太上皇，以功食实封三百户。上元初，以疾求致仕，许之，诏朝朔望。宝应元年卒，年七十六。赠司徒，谥忠贞。后传位至孙维、绳[④]，国除。

宋

刘继元，汉主。宋太宗太平兴国四年，降诏赐爵彭城郡公。

密王元偓，太宗子。端拱九年封徐国公，天禧二年封徐王。

徐王棣，徽宗子。初封徐国公，积封至徐王。

---

① 案两《唐书》本传，实系“藏器子”。

② 字据《新唐书》本传补。

③ 玄宗天宝三载正月朔，改“年”为“载”，肃宗时至德三载二月，复改为“年”。

④ 案《新唐书·韦凑传》：维、绳兄弟为韦叔谦之孙。叔谦，见素之曾叔祖。则维、绳应为见素从父，辈分悬殊过甚，且“国除”之言亦不知所本，合传文所载多误。

刘子羽，字彦修，建州崇安人。少以父任，补将仕郎，入主太仆。累官除宝文阁直学士，封彭城县男。子珙，字恭父。以恩补承务郎，中进士第，累官中书舍人。复除翰林学士、知制诰，兼侍读。以郊祀恩，封建安县男。累进太学士，除知建康府、江南东路安抚使兼行宫留守，徙封彭城郡侯。

元

刘宣，追封彭城郡公；刘斌，赠彭城郡公；刘德［温］[1]，赠彭城郡侯。非封建，今并不书。

萧县

周

萧叔大心，微子之支孙也。春秋时，宋万之乱，大心平之，有功焉。宋桓公立，封于萧，以为附庸。

汉

韦玄成，韦孟之后，丞相贤之子，封扶阳侯。（扶阳城，在萧境）

刘般，楚孝王嚣曾孙。光武时，封菑丘侯，奉孝王后，使就国。以国属楚，徙封杼秋侯。语在州《人物》本传。

沛县

汉

刘濞，高祖兄仲之子，初封沛侯。

刘将，鲁恭[2]王子。武帝时，封广戚侯。（广戚，县名，在沛境）

刘勋，楚孝王嚣子。成帝河平中，嚣入朝。时被恶疾，天子悯之，以广戚县四千三百户，封勋为广戚侯。

晋

顺王景，晋宗室。武帝受禅，封沛王。

① 字据弘治《重修徐州志》、《元史》本传补。

② 原作“共”，古同“恭”，今从《汉书》本传用字。

唐

路王贤，唐宗室。高宗龙朔元年，徙为沛王。

丰县

晋

羊鉴，泰山人。成帝即位，豫讨苏峻，以功封丰县侯[①]。

徐州志卷之十终

① 案《晋书》《文献通考》《明一统志》，应为“丰城县侯”。此作“丰县侯”，误。万历、顺治《徐州志》同误，自康熙《徐州志》始削去。

徐州志卷之十一

宦迹传

长民之任，政教系焉，古所重也。徐自秦汉而下，为州、为国、为郡、为县，自刺、牧、守、令，以至一命之吏，任于兹者，浩乎不可胜述也。乃如奉公体国、端己率人，敷功烈于当时，扬耿光于后代，使人闻其风，兴起焉者，则有若而人焉。以政以教，其迹率可传也。故苞总群贤，摭稽故实，为之列传。凡称一善，并所不遗。唯在今者，则论定去后，虽治行有述，例不得传云。

汉

穆生、申公、白生，并鲁人。与楚元王少时同受《诗》浮丘伯。汉高祖六年，元王王楚，以三人为中大夫，敬礼之。使申公傅其孙戊。戊不好学，病申公。初，穆生不嗜酒，元王每置酒，常为设醴。及戊即位，常设，后忘设焉。穆生退曰："醴酒不设，王之意怠。不去，楚人将钳我于市。"称疾卧。申公、白生强起之，穆生曰："《易》称：'知几其神乎？君子见几而作，不俟终日。'且先王所以礼吾三人者，为道之存故也。今而忽之，是忘道也。忘道之人，胡可与久处？岂为区区之礼哉！"遂谢病去，申公、白生独留。景帝三年，王戊以罪削郡，乃与吴通谋。二人谏，不听，胥靡之，衣之赭衣，使杵臼雅舂于市。申公耻之，退居教授，终身不出。戊遂应吴王反。时，相张尚、太傅赵夷吾并谏，不听，为戊所杀。

何武，字君公，蜀郡郫县人。宣帝时[①]，由京兆尹左迁楚内史。武为人仁厚，好进士，奖称人之善。在楚厚两龚，及为公卿，荐之朝廷。两龚显于世者，何侯力也。世以此多焉。

王尊，字子赣，涿郡高阳人。成帝时，以京兆尹为徐州刺史。尊在徐，政迹不见史传。其历官令、守、益州刺史、京兆尹，并修身洁己，砥节首公，刺讥诛恶，不避豪强，声称大著。

杨统，章帝建初中为彭城令。岁大旱，统推阴阳消伏，县界蒙泽。太守宗湛使

① 案《汉书》本传，宣帝神爵、五凤间，武年十四五；又左迁楚内史，自沛郡太守入为廷尉，在成帝绥和以前，合当于成帝时莅徐。

统为郡祈雨，雨即大降。自是，朝廷灾异多访之。

苏章，字孺文，扶风平陵人也。安帝时，举贤良方正，对策高第。为议郎，数陈得失，其言甚直。出为武原令。时岁饥，辄开仓廪，活三千余户。

杨秉，字叔节，弘农华阴人，震中子。少传父业，博通书传，常隐居教授。年四十，乃应辟。拜侍御史，有能名。尝出为徐州刺史，计日受俸，余禄不入私门。故吏赍钱百万遗之，闭门不受。桓帝初，迁尚书，以廉洁为朝廷所知。

栾巴，字叔元，魏郡内黄人。汉安元年，以光禄大夫与杜乔等八使循行州郡，观省风俗。巴使徐州，所按察无冤滥。

魏朗，字少英，会稽上虞人。桓帝时，再迁彭城令。时，中官子弟为相国，多行非法，朗与更相章奏。幸臣忿疾，欲中之。会九真贼起，众共荐朗为九真都尉去，得免。

百里嵩，《后汉书》：嵩为徐州刺史。境内旱，行部所至，甘雨随霪。东海两[①]县僻在山间，嵩不到，无雨。父老请嵩入界，即雨。百姓立祠祀之。

赵昱，字元达，琅琊人。清己疾恶，潜志好学，为人耳不邪听，目不妄视，知名士也。献帝时，陶谦牧徐州，信用非人，刑政失和，良善多被其害。昱为别驾从事，以忠直见疏，奏出为广陵太守。（时，徐州黄巾贼起，以谦为徐州刺史，击破之。是时，四方断绝，谦每遣使间行奉贡西京，诏迁徐州牧，封溧阳侯。时徐方谷实甚丰，流民多归之，而谦信用曹宏等谗慝小人，刑政失和，良善被害，由斯渐乱。曹操击谦，破彭城、傅阳，百姓流移依谦者皆歼。按：谦治行若此，旧志入"名宦"，今削不传）

袁盎，楚相；盖豫、王景、车胄，并刺史；王朗，治中；麋竺，别驾；史弼、薛礼、糜芳，并为相。无迹不传。

按《后汉书》：徐州治郯。彭城，其所隶国，而书州刺史等官，于法不当。今姑仍旧志存之。

三国魏

吕虔，字子恪，任[②]城人也。仕魏，为徐州刺史。檄王祥为别驾，民事一以委之。有佩刀，工者相之，以为三公之器。虔谓祥曰："苟非其人，刀或为害。卿有公辅之量，故以相与。"世多其任贤。

王祥，字休征，琅琊临沂人。性至孝。汉末遭乱，避地庐江，隐居三十余年，

① 原作"西"，据顺治《徐州志》改。今按：本志"东海西县"，或因《明一统志》"州东海西县"而误。参谢承《后汉书》云"东海祝其、合乡等二县"，案以"僻在山间"，谢说较是。"西"为"两"之形讹。

② 原作"伍"，据《三国志·魏书》本传改。

不应州郡之命。母终，居丧毁瘁，杖而后起。徐州刺史吕虔檄为别驾，委以州事。于时寇盗充斥，祥率励兵士，频讨破之，州界以宁。时人为之歌曰："海沂之康，实赖王祥。邦国不空，别驾之功。"以醇诚真粹见重于时，位至太保。

臧霸、郑岐[①]，并刺史；陈娇，郡守；温恢，魏［彭城］[②]相。无迹不传。

旧志《名宦》纪吴丁奉、冯朝、朱桓、贺齐、全琮。考史，州在三国非吴地，奉等并假节徐州；又魏钟毓、胡质皆都督青徐军事，并不书。

晋

王浑，太原人。沉雅有器量。咸熙中，为越骑校尉。武帝受禅，加扬烈将军，迁徐州刺史。时岁饥，浑开仓［赈赡］[③]，百姓赖之。

胡威，字伯武。其父质，仕魏，累迁征东将军，都督青徐诸军事。广农积谷，有兼年之储。父子清慎，名誉著闻。武帝谓威曰："卿清孰与父?"威对曰："臣不如也。臣父清，恐人知；臣清，恐人不知。是臣不如者远也。"咸熙中，拜徐州刺史。勤于政术，风化大行，有殊绩焉。

蔡豹，陈留人。有气干。元帝时，为振武将军、临淮太守。在郡有治绩，迁徐州刺史。豹在徐土，内抚将士，外怀诸众，甚得远近情。后讨徐龛，以畏懦诛，多悼惜之。

司马伷、东平王楙[④]、卫瓘，并都督军事；胡奋、裴盾、嵇绍、石苞、羊忱[⑤]、羊陶、高诞、刘柳、祖逖、庾亮[⑥]、刘遐、郗鉴、桓温、褚裒、荀羡、周馥、卞敦、蔡谟、谢玄、郗愔、丁绍、会稽王道子，并刺史；王修，长史；东海王越，领徐州都督；王隆、石崇，并监徐州军事；向韶、谢琰[⑦]，并彭城太守；庾阐、刘涓子、何谦，并彭城内史；朱序，镇守；徐放，别驾；刘怀为[⑧]，前将军。无迹不传。

---

① 原作"邹岐"。案《三国志·魏书·曹爽传》裴注引《魏略》：桓范督青徐诸军事，治下邳，"与徐州刺史郑岐争屋"，即是此人。然《通志》《册府元龟》《记纂渊海》等间作"邹岐"，疑系形近所讹，今据《三国志》改。

② 原作"魏相"，为"曹魏彭城相"之省，《三国志·魏书·温恢传》历任"彭城、鲁相"是也。为避歧义，据《三国志》本传补入"彭城"。

③ 二字据《晋书》本传补。

④ 原作"楙"，今从《晋书》本传用字。

⑤ 原作"耽"，据《宋书·羊欣传》改。

⑥ 顺治《徐州志》谓"元帝时刺史"，案《晋书》本传无载，未详所据。

⑦ 案《晋书》本传，谢琰以徐州刺史讨孙恩有功，迁会稽太守，未闻任彭城太守。

⑧ 案《晋书·恭帝纪》：元熙元年秋，刘裕移镇寿阳，"以刘怀慎为前将军、北徐州刺史，镇彭城"。本志脱"慎"字，以"刘怀为"作人名，故而事迹无考。又：刘怀慎，彭城安上里人，刘怀肃之弟，本志卷十二《人物》有传。

南北朝

刘义欣，宋宗室。元嘉中，镇彭城。宋遣将伐魏，到彦之弃军走彭城。时青、兖大扰，将佐皆劝委镇还都。义欣不从。

王玄谟，太原祁人。初仕宋，为徐州从事史。元嘉中，彭城太守义宾薨，玄谟上言彭城要害兼水陆，请以皇子抚临州政。从之。乃以武陵王、雍州刺史骏出镇彭城。

王懿，字仲德，太原祁人，以字行。沉审有意略。苻氏之败，时年十七，及兄睿同起义兵，与慕容垂战，败。[被重][①]创，困卧林中，有童子馈食、白狼衔渡之异。宋武帝受命，累迁徐州刺史，加都督。仲德凡三临徐州，威德宣著。

王弘，字休元，琅琊临沂人。少好学，以清悟知名。宋武帝召补镇军咨议参军、尚书仆射掌选，领彭城太守。弘人望所宗，造次必存礼法。凡动止施为，及书翰仪体，后人依仿，谓为“王太保[②]家法”。虽历任藩府，而不营财利。既薨，家无余业。

王裕之，字弘敬，琅邪临沂人，以字行。少有清尚。宋武帝以为车骑从事中郎、徐州中从事史，累迁吏部尚书。每被召，即便祗奉，既到宜退，旋复解官。武帝嘉其志，不苟违也。文帝尝问为政得失，对曰：“天下有道，庶人不议。”上高其言。

吉翰，字休文，冯翊池阳人。仕宋，为将佐十余年，清谨勤正，甚为武帝所知赏。元嘉中，历位梁、南秦二州刺史，徙益州刺史，加都督。在任著美绩，甚得方伯之体，论者称之。累迁徐州刺史，督徐兖二州、豫州梁郡诸军事。

张畅，字少微，吴郡吴人也。累迁太子中庶子。孝武镇彭城，畅为安北长史、沛郡太守。元嘉二十七年，魏太武南征，太尉江夏王义恭统诸军出镇彭城，欲弃彭城南归，计议弥日不定。畅曰：“今城内乏食，百姓咸有走情，但以关扃严固，欲去莫从耳。若一旦动脚，则各自散走，欲至所在，何由可得？今军食虽寡，朝夕犹未窘罄。岂有舍万安之术，而就危亡之道？若此计必用，下官请以颈血污君马迹！”孝武闻畅议，谓义恭曰：“长史言不可异也！”义恭乃止。

张岱，字景山，吴郡人。宋元嘉末，为冠军咨议参军，领彭城太守，行府州国事。为政端平，待物以礼。历任清直，以宽恕著名。

沈昙庆，吴兴武[③]康人。仕宋，位尚书左丞。大明元年为徐州刺史，谨实清正，所莅有称绩。常谓子弟曰：“吾处世无才能，图作大老子耳！”世以长者称之。

---

① 二字据《宋书》《南史》本传补。

② 原作“傅”，据《宋书》本传改。

③ 原作“永”，据《宋书》《南史》本传改。

王谌，字仲和，东海郯人。宋大明中，辟为州迎主簿，又为州迎从事。谌贞正和谨，朝廷称为善人，多与之厚。少贫，常自纺绩，及通贵后，每为人说之。世称其达。

魏恭子，仕宋，为彭城内史。廉恪修慎，在公忘私，安约守俭，久而弥固。

江革，字休映，济阳考城人。幼而聪敏，有才思。弱冠，举南徐州秀才。为镇北豫章王长史，被敕随镇彭城。城既失守，为魏人所执。革称脚疾，不拜。将害之，见革辞色严正，更加敬重。乃令革作丈八寺碑，并祭彭祖文。革辞以囚执既久，无复心思。将加棰扑，革厉色曰："江革年六十，不能杀身报主，今日得死为幸，誓不为人执笔！"后革还朝，上大宴，举酒劝革曰："今日始见苏武之节！"

成景儁，范阳人也。仕梁武帝朝，除北徐州刺史。侵魏，所向必推其智勇，时以比马仙琕。兼有政绩，见怀北州，吏人树碑纪德。卒，谥曰烈。

薛虎子，代人。仕后魏，累迁开府、徐州刺史。兴置屯田，甚多惠政，兵民怀之。郡太守污黩者，举为所按。

元鉴，字绍达，后魏宗室。沉重少言，宽和好士，为齐州刺史，转徐州刺史。属徐、兖大水，人多饥饿，鉴表加赈恤，人赖以济。

李元茂，仕后魏，位司徒、彭城镇副将，人吏安之。

叔孙建，代人。少以智勇著称。仕后魏，历官都督、前锋诸军事、徐州刺史。建沉敏多智，东西征伐，常为谋主。容貌清整，号令严明。又雅尚人伦，礼贤爱士。魏初名将，鲜有及之。

元显和，少有节操，历司徒记室参军。司徒崔光每见之，曰："元参军风流清秀，容止闲雅，乃宰相之器。"除徐州安东府长史。刺史元法僧叛，显和与战，被擒。执手命与连坐。显和曰："显和与阿翁，同源别派，皆是磐石之宗。一朝以地外叛，若遇董狐，能无惭德？"遂不肯坐。法僧犹欲慰喻，显和曰："乃可死作恶鬼，不能生为叛臣！"及将杀之，神色自若。

元云，后魏景穆子。献文时，拜都督中外诸军事。屡有讨叛功，除开府、徐州刺史。居官廉惠，深得徐方之心，百姓追念之。云子澄，字道镜[①]。父薨，居丧以孝闻。袭封，加大将军、梁州刺史。澄善怀附，西南款顺。加侍中，赐衣马，以旌其能。转开府、徐州刺史，甚著声绩。

元延明，后魏宗室。迁侍中，兼尚书右仆射。及法僧反，诏为东道行台、徐州大都督，节度诸军事讨法僧。延明先牧徐州，甚得人誉，招怀旧土，远近归之。迁都督、徐州刺史。徐州频经师旅，人物凋弊，延明招携新故，人悉安业。

①《魏书》本传作"道镇"，《北史》作"道镜"。

元悦，魏宗室。为开府仪同三司，寻迁太保。出为徐州刺史，盗贼屏息。

王则，仕后魏，为徐州刺史。梁命侍中羊侃与萧渊明堰泗水于寒山，以灌彭城。堰成，则婴城固守。

元衎，字安乐，魏宗室。位梁州刺史，寻转徐州刺史。衎性清慎，居官不营产业。历牧四州，皆有称绩。

崔孝芬，字恭梓，挺之子。早有才识，博学。任城王澄奏地制八条，孝芬所参定也。梁将成景儁逼彭城，魏以孝芬兼尚书右丞，为徐州行台。孝芬既至，景儁等力屈退走。

卢伯源，小字阳乌。敦尚学业。仕后魏，兼徐州长史，以诚信御物，甚得东南人和。南徐州刺史沈陵谋叛，伯源表闻，抚其余党而赦之，唯归罪于陵，众心乃安。

崔鉴，字神具，博陵安平人也。有文学。仕后魏，自中书博士转侍郎，出为徐州刺史[①]。时欲安新附，人有年老者，表求假以守令，诏从之。又于州内冶铜为农具，兵人获利。

刘渴侯，不知何许人也，禀性刚烈。太和中，为徐州后军，以力死战，众寡不敌，遂擒。瞋目大骂，不屈，为贼所杀。孝文赠立忠将军、平州刺史、上庸侯，赐绢千匹、谷千斛。有严季者，亦为军校尉，与渴侯同殿，势穷被执，终不降屈。后得逃还。除立节将军，赐爵五等男。

房谟，字敬放，河南洛阳人也。少淳厚。正光[②]末，历位昌平、代郡太守，转徐州刺史。先是，当州兵皆僚佐驱使，饥寒死病，动至千数。谟至，皆加检勒，不令烦扰。以休假、番代、洗沐，督察主司，亲自检视。又使佣赁，令作衣服，终岁还家，无不温饱。时梁、魏和好，使人入其界者，咸称叹之。

卢昶，字叔达，小字师颜。学涉经史，早有时誉。为徐州刺史。昶宽和矜恕，善于绥怀。其在徐州，戍兵有疾，亲自检恤。至番兵年满不归，听充后役，终昶一政，然后始还。人庶称便。

萧宝夤，字智亮。神龟[③]中为都督、徐州刺史、车骑大将军。乃起学馆于郡东，朔望引见士姓子弟，与论经义。且勤于听理，吏人推戴焉。

---

①《魏书》《北史》本传作“东徐州刺史”。北魏孝明帝孝昌元年（525）置东徐州，治下邳县。

② 原作“正平”，系魏太武帝年号，非此梁、魏之时，据《北史》本传改。

③ 原作“麢”，亦魏太武帝年号，非在宝夤时，据《北史》本传改。

高谅，字修贤。少好学，多识强记。居丧以孝闻。太和末[①][应辟][②]。正[③]光中，加骁骑将军，为徐州行台。至彭城，属元法僧反，逼谅同之。不从，见害。谥曰忠侯。谅造《亲表谱录》四十余卷，自五世以下，内外曲尽。览者服其博记。

陆通，字仲明，吴郡人也。性柔谨。仕魏，以迎孝武功，封都昌县伯。寻进爵为公，徐州刺史。虽久处列位，常清慎自守，所得禄赐尽与亲故共之，家无余财。常曰："凡人患贫而不贵，不患贵而贫也[④]。"建德元年，转大司马。其年薨。

孔休源，字庆绪，会稽山阴人。州举秀才，太尉徐孝嗣省其策，曰："观此足称王佐之才！"历官晋安王府长史、南兰陵太守，别敕专行青徐州事。累佐名藩，甚得人誉。王深相倚仗，常于中斋别施一榻，云："此是孔长史坐。"人莫得预。其见敬如此。

李彦，字次仲。孝文初举秀才，累拜河南尹，复敕行徐州。寻迁平东将军、徐州刺史。延昌二年夏，大霖雨，川渎皆溢。彦相水陆形势，随便疏通，得无淹渍之害。朝廷嘉之，频诏劳勉。

慕容绍宗，字绍宗，晃第四子太原王恪之后也。容貌恢毅，少言，深沉有胆略。以军功进爵为公，累迁御史中尉。属梁人刘乌黑入寇徐方，授徐州刺史，执乌黑杀之。还，除尚书左仆射。后卒，三军将士莫不悲惋，朝廷嗟伤焉。赠太尉，谥曰景惠。

赵隐[⑤]，字彦深，南阳宛[⑥]人。北齐文宣[⑦]时，累转东南道行台尚书、徐州刺史。为政尚恩信，为吏人所怀。

张晏之，字熙德。从尔朱荣平元颢，赐爵武城子，累迁尚书二千石郎中。高岳征颍[⑧]川，复以为都督中兵参军兼记室。晏之文士，兼有武干，每与岳帷帐之谋，又尝以短兵接刃，亲获首级，深为岳所嗟赏。齐天保初，侍宴文宣，晏之作诗云："天下有道，主明臣直。虽休勿休，永贻世则。"文宣笑曰："得卿箴讽，深以慰怀！"后行北徐州[⑨]事，寻即真，为吏人所爱。御史崔子武督察州郡，至北徐，无所

---

① 原作"永"，据《北史》本传改。

② 二字据《北史》本传补。案《北史》原文："太和末，京兆王愉开府辟召，孝文妙简僚佐，谅与陇西李仲尚、赵郡李凤起等同时应选。"

③ 原作"承"，据《北史》本传改。

④ 原作"不患贵而不贫也"。"不贫"之"不"字衍，今据《周书》《北史》本传删。

⑤ 原作"深"，据《北史》本传改。按：赵隐因避高欢六世祖高隐讳，改以字行，未闻改名为"深"，志书误。

⑥ 原作"宛"，据《北史》本传改。

⑦ 原作"神武"。案《北史》本传：神武时，赵隐补大丞相功曹参军，专掌机密，文翰多出其手。文宣帝天保初，始领徐州刺史。志书裁取多所失当，据改。

⑧ 原作"颖"，据《北史》本传改。

⑨ 北齐北徐州治在即丘（今山东临沂东南），领泰山、琅琊二郡。非今徐州。

案劾，唯得百姓所制《清德颂》数篇，乃叹曰："本求罪状，遂闻颂声！"迁兖州刺史，未拜，卒。赠齐州刺史、太常卿。

苏琼，字珍之，长乐武强人也。父备，仕魏，至卫尉少卿。琼幼时随父在边。尝谒东荆州刺史曹芝，芝戏问曰："卿欲官不?"对曰："设官求人，非人求官。"芝异其对，署为府长流参军。除南清河太守。郡多盗贼，及琼至，奸盗屏息。北齐皇建中，赐爵安定县男，徐州行台左丞，行徐州事。徐州城中五级寺忽被盗铜像一百躯，有司征检四邻及踪迹所疑，逮系数十人，琼一时放遣。寺僧怨诉不为推贼，琼遣之曰："但且还寺，得像自送尔！"后十日，抄贼姓名及赃处所，径[①]收掩，悉获实验。贼徒款引，道路叹伏。

杨素，字处道。少落魄不羁，人未之识。其从祖宽，特深异之。周大冢宰宇文护引为中外记室。转礼曹，加大都督。以平齐功，加上开府。从王轨破陈将吴明彻于吕梁。陈将樊毅筑城泗口，素击走之，夷毅所筑。宣帝即位，拜素大将军，迁徐州总管。

梁士彦，字相如，安定乌氏人也。少任侠，好读兵书，颇涉经史。仕周，以平齐功封郕国公，位上柱国。宣帝即位，除徐州总管。与王轨擒陈将吴明彻、裴[②]忌于吕梁，略定淮南地。后除东南道行台、使持节、徐州总管、三十二[③]州诸军事、徐州刺史。

王轨，太原人。仕周，建德时，以破陈将吴明彻功，拜徐州总管。轨性严重，善谋虑，兼有吕梁之捷，威震敌境，陈人甚惮之。

羊规，辟州祭酒从事，大中正；刘义宾、曹欣之、申坦、申令孙、羊侃、张豹子、元秉[④]、尉元、辛徽、元孚、高乾、杜德、元颢、李䜣[⑤]、郭逸、刁雍、崔悛、高思宗、阳斐，并州刺史；朱超石，任主簿；徐逵之，内史；萧缜[⑥]、孔伯恭、李崇、刘昶，并都督诸军事；王肃、崔挺[⑦]、卢渊[⑧]、沈保冲，并长史；薛循义，参军；郑据、王可久，并郡守；高孝珩，督军行台；李崇、韦叔裕，并总管。无迹不传。

昶迹无可述，今亦不书。按：刘道怜、刘义季、垣护之、元愉、元郁、高亮、任祥，并刺史；刘义恭，镇彭城；颜师伯，主簿；祖莹，参军。〇按传：道怜素无

---

① 原作"经"，据《北史》本传改。
② 原作"斐"，据《隋书》《北史》本传改。
③ 原作"二十三"，据《隋书》本传改。
④ 案顺治《徐州志·历代秩官题名》："元秉，魏宗室，宣武初刺史。"未详何人，疑为元英之讹。
⑤ 原作"诉"，据《魏书》《北史》本传改。
⑥ 萧缜，未详何人。案顺治志《历代秩官题名》"豫章王缜，梁帝子，镇彭城，摄徐州府事"，似为萧综（更名萧缵）之讹。萧综事见《梁书》卷五十五本传。
⑦ 原作"崔挺之"。案《魏书·崔挺传》，"之"字衍，今删。
⑧ 卢渊，即前"卢伯源，小字阳乌"者，已具传，非无迹可传者。

才能，畜聚常若不足，去镇之日，府库为空。义季当魏师北侵[①]，苟规远害，不欲以功勤自业，惟饮酒而已，文帝尝下诏责之。护之多聚敛货贿，坐下狱免官。愉以谋逆，郁以黩货，并坐死。亮坐夺商人财物免官，祥亦在州大有受纳。义恭骄奢不节，至赊市民财，民有通辞求钱者，率题“原”字。魏军北侵，辄议弃走。师伯多纳货贿，妓妾声乐尽天下之选，骄奢淫纵为衣冠所疾，竟以谋废立，与义恭同诛。莹后为镇东府长史，亦贿败除名。今并削之。

隋

卢昌衡，字子均。沉靖有才识。为徐州总管长史，绰有能名。吏部尚书苏威考之曰：“德为世表，行为士则。”闻者以为确言。

房兆、和洪、源雄、乞伏慧，并徐州总管；董纯，彭城留守；陈善藏，彭城赞治。无迹不传。

唐

姚崇，字元之，陕州硖石人。少倜傥，尚气节。仕武后，以与诛二张功，封梁县侯，实封二百户。移徐州刺史，政条简肃，人为纪德于碑。

李光弼，营州柳城人。严毅沉果，有大略。肃宗时为都统，镇徐州。惟军旅事自决，众务悉委判官张傪。傪吏事精敏，区处如流。由是军中肃然，区夏以宁。

张建封，字本立，南阳人。德宗贞元四年，以为徐泗濠节度使，镇徐州。政有纪纲，虽宽厚，不欲贷人以法。所辟僚佐，若韩愈、李藩、许孟容（并详后传）、李博、冯宿（并无迹不传），皆一时名士。在镇十年，一军大治。十三年入朝，帝不待旦，召见延英殿。上巳，赐宰臣宴于曲江亭，特令建封与宰相同榻而坐，以示殊宠。其还镇，帝赋诗送之（诗：牧守重所寄，才贤生为时。宣风自淮甸，授钺膺藩维。入觐展遐恋，临轩慰来思。忠诚在方寸，感激陈情辞。报国尔所尚，恤人余是资。勿以千里遥，而云无已知）。又[②]使左右以所持鞭赐之，曰：“卿节谊岁寒弗渝，故用此为况。”子愔，授右［骁卫］[③]将军、徐州刺史，知留后[④]，寻为武宁节度使。元和初，以疾求代，召为工部尚书，［未］[⑤]逾境而卒。愔治徐七年，其政亦以善称云。

---

① 按：“魏师北侵”疑言魏太武帝自瓜步北返，还攻彭城。

② 原作“及”，据《新唐书》本传改。

③ 二字据两《唐书》本传补。

④ 原作“守”，据两《唐书》本传改。按：唐代节度使出征或入朝，或死而未有代者，皆置知留后事，名“节度留后”；留守则以亲王重臣镇守京师，称“京城留守”。

⑤ 字据两《唐书》本传补。

韩愈，字退之。张建封辟愈为推官。操行坚贞，鲠言无忌。（其赠建封《汴泗交流》诗：汴泗交流郡城角，筑场千步平如削。短垣三面缭逶迤，击鼓腾腾树赤旗。新秋朝凉未见日，早[①]早结束来何为。分曹决胜约前定，百马攒蹄近相映。毬惊杖奋合且离，红牛缨绂黄金羁。侧身转臂著马腹，霹雳应手神珠驰。迢遥散漫两闲暇，挥霍纷纭争变化。发难得巧意气粗，欢声四合壮士呼。此诚习战非为剧，岂若安坐行良图。当今忠臣不可得，公马莫走须杀贼。〇《雉带箭》诗：原头火烧静兀兀，野雉畏鹰出复没。将军欲以巧伏人，盘马弯弓惜不发。地形渐窄观者多，雉惊弓满劲箭加。冲人决起百余尺，红翎白镞相倾斜。将军仰笑军吏贺，五色离披马前堕。〇《莫辞酒》诗：莫辞酒，此会固难同。请看女工机上帛，半作军人旗上红。莫辞酒，谁为君王之爪牙。春雷三月不作响，战士岂得来还家）

李藩，字叔翰。少沉静，有检局。建封辟为判官。建封卒，濠州刺史杜兼阴图代之，疾驱至府。藩泣谓曰：“公今丧，君宜谨守土，何弃而来？不速去，当奏劾之！”兼错愕径归，诬奏藩撼其军，有非望。上大怒，密诏杜佑杀之。佑素重藩，出诏示之。藩神色不变。佑曰：“慎无畏，吾已用百口保君矣。”帝复追藩入，望其状貌，曰：“是岂作乱人邪？”释之，寻拜秘书郎。

许孟容，字公范，京兆长安人。擢进士异等，又第明经，调校书郎。辟张建封府，为掌书记。李纳以兵拒境，建封遣使谕止，前后三辈往，皆不听。乃使孟容敷引逆顺，纳即悔谢，为罢兵。表为濠州刺史。德宗知其能，召拜礼部员外郎。孟容方劲，有礼[②]学，每所折衷，咸得其正。好提掖士类，清议尚之。

其时，京兆人杜兼亦与辟掌书记，志载其名。〇按传：兼性浮险，尚豪侈。张建封表置其府，积劳为濠州刺史。德宗既厌兵，大抵刺史重代易，至历年不徙。兼探帝意，谋自固，即修武备，募召劲兵三千，帝以为才，遂横恣。僚官韦赏、陆楚，皆有美誉，论事忤兼，诬劾以罪杀之，众莫不冤。又妄系令狐[③]运、陷李藩，欲杀之。行迹无取，今削去。

李鄘，字建侯。初，李怀光辟致幕府。怀光反河中，鄘与母、妻陷焉。怀光严兵召问之，鄘词气不挠，三军为感动。怀光不杀，囚之。河中平，罢归洛。会徐州张建封卒，兵乱，囚监军，迫建封子愔主军务。帝以鄘刚敢，拜宣慰使。持节直入其军，大会士卒，喻以祸福。出监军狱中，脱桎梏，使复位。众不敢动。后以太子少傅致仕，卒。

王绍，先名纯，自太原徙京兆之万年。少为颜真卿所器，字之曰德素。德宗

---

①《五百家注昌黎文集》卷三作“公”。

② 原作“理”，据《新唐书》本传改。

③ 原作“孤”，据《新唐书·杜兼传》改。

时，由员外郎判务，历官户部尚书。顺宗立，寻拜兵部尚书，出为东都留守。元和初，检校尚书右仆射，为武宁军节度使，复以濠、泗二州隶其军。自张愔后，兵骄难治，绍搜辑军政，推诚示人。裨将安进达、唐重靖谋乱，绍以计取之，出家资赏士，举军安赖。复拜兵部尚书，判户部。卒，年七十二。

薛元赏，亡里系所来。太和初，自司农少卿出为汉州刺史。会维州降，西川节度使李德裕受之，以闻。牛僧孺沮其议，执还之。元赏上书，极言可因抚之，溃虏膺腹，不可失。不省。段文昌代德裕，状元赏治当最，迁累司农卿、京兆尹。出为武宁节度使，罢泗口猥税，人以为便。

卢弘正[①]，字子疆。累擢监察御史，拜工部侍郎。以户部领度支，出为武宁节度使。徐自王智兴后，吏卒骄恣不法，弘正戮其尤无状者。终弘正治，不敢哗。优诏褒劳。弘正羸病，丐身还东都，不许。徙宣武，卒于镇，赠尚书右仆射。

田牟，大中十三年，上以牟尝镇徐州，有能名，复诏为武宁军节度使，代康季荣。一方遂安。

崔彦曾，齐州人。咸通初，由太仆卿为徐州观察使。庞勋反，或劝彦曾奔兖州，彦曾曰："我，方帅也，奉命于此，惟有死尔！"斩议者一人号于众。俄而勋傅城，彦曾悉诛贼家属。勋超墉入，囚彦曾大彭馆，寻杀之。先是，蛮寇五管陷交趾，诏节度使以八百人戍守桂林，三年一更。至期，彦曾乃徇亲吏尹戡、徐行俭之言，请代弗与，复留屯一年。于是戍者怒，杀都将，胁判官庞勋为将，合众千余，鼓噪而进矣。故论者谓彦曾虽死于义，而要亦其自召云。

温廷皓，咸通中署崔彦曾幕府。庞勋反，以刃胁廷皓，使为表求节度。廷皓绐曰："当为公信宿思之。"乃归，与妻子诀。明日，勋索表，倨答曰："我岂以笔砚事汝邪？其速杀我！"勋熟视，笑曰："儒生有胆邪？吾动众百万，无一人草檄乎！"杀之。时焦璐[②]、李棁、崔蕴、柳泰、卢崇[③]嗣、韦廷范[④]，同为幕府僚官，并遇害。诏赠官有差，录其子官之。

时溥，初为感化［军］[⑤]牙将，迁留后，寻为节度使。有讨黄巢功。后朱全忠遣其子友裕攻之，战于石佛山前。溥败，阖门登燕子楼自焚死。

---

① 按：《旧唐书》作"卢弘正"，《新唐书》《资治通鉴》作"卢弘止"。司马光《通鉴考异》："旧纪、传皆作'弘正'，实录、新纪、传皆作'弘止'，今从之。"民国《铜山县志》谓"正"为避讳所改，查亦无据。今嘉靖、万历、顺治《徐州志》作"正"，康熙《徐州志》、乾隆《徐州府志》、同治《徐州府志》、各本《铜山县志》作"止"，亦各仍原文，不作统一。

② 原作"路"，据两《唐书·崔彦曾传》改。

③ 原作"宗"，据《新唐书·崔彦曾传》改。

④《旧唐书·崔彦曾传》作"韦廷义"。

⑤ 字参《新唐书》本传补。

任瓌，大总管；柳雄，司户；霍王元轨、高明应、卢齐贤[①]、苏诜[②]、张廷范、论瑀，并刺史；李洧，刺史兼观察使；崔玄[同][③]，刑部侍郎出刺徐州；王楶，司马；柳子夏，长史；李愿、李愬、李廓、崔群、崔珙[④]、康季荣、薛能、温璋、王式、支详，并节度使；王智兴，节度副使[⑤]；李商隐，掌书记；李达[⑥]、白季庚，并彭城令。无迹不传。

旧志有令狐绹[⑦]、康承训，并招讨使。非常设治徐者，不书。

五代

剧可久，字尚贤，涿州范阳人。后唐同光初，赵凤荐于朝，补徐州司法。可久沉毅方正，明律令，以干职闻。召为大理评事，累迁大理卿。可久在廷尉四十年，用法平允，时称仁恕。

侯益，汾州平遥人。天福四年，晋祖追念虎牢之功，迁武宁军节度、同平章事。[遣][⑧]中侍谓益曰："朕思卿前年七月九日大立战功，故复以此月此日徙卿镇彭门，领相印。"九月，徐州大火，益出金、粟赈之。

王周，仕晋，历四镇，皆有善政。汉高祖入立，徙镇武宁军。初在定州，桥坏，覆民租车，周曰："桥梁不修，刺史过也。"乃偿民粟而治其桥。[⑨]

刘赟，晋阳人，汉高祖弟崇子也。高祖爱之，以为己子。初为徐州节度使，及隐帝遇害，周太祖入京师，见汉廷大臣无推立意，乃为太后诰，遣太师冯道迎赟嗣位。赟以巩廷美为都押衙、杨温为教练使，守徐州。赟行至宋州，太祖自澶州为兵士拥还京师，既监国，太后乃下诰，降赟开府仪同三司、上柱国，封湘阴公，竟以幽死。廷美等闻赟不得立，乃闭城拒命。广顺元年，王彦超克徐州，廷美等皆见杀。《五代史》云："赟于汉，非嫡长，特以周氏移国，畏天下而难之，故假赟以伺间尔。当是之时，天下皆知赟之必不立也。然廷美、温区区为赟守孤城以死，其始终之迹，何愧于死节之士哉！"

---

① 按：《新唐书·孙思邈传》作"卢齐卿"，《万姓统谱》作"卢齐贤"。

② 原作"洗"，据《新唐书·苏瓌传》改。

③ 原作"崔玄"，"同"字据韩愈《崔评事墓志铭》补。按："玄同"，他本间作"玄童"。

④ 原作"崔拱"，据《新唐书》本传改。

⑤ 按：王智兴亦为武宁军节度使。《旧唐书》本传：长庆二年春徐州兵变，"朝廷以罢兵，力不能加讨，遂授智兴检校工部尚书、徐州刺史、御史大夫，充武宁军节度、徐泗濠观察使。自是智兴务积财贿，以赂权势，贾其声誉"。《新唐书》本传多略，惟书"长庆初，河朔用兵，加检校左散骑常侍，充武宁军副使"。本志裁自《新唐书》，于事多阙。

⑥ 原作"李达先"。案《新唐书·严绶传》有彭城令李达。"先"字衍，今删。

⑦ 原作"令狐陶"，据《新唐书·令狐楚传》改。

⑧ 字据《宋史》本传补。

⑨ 依文例，王周亦属无迹可传者。其在定州修桥，无涉徐事，于例不当载。

王晏，徐州滕县人。仕周，为武宁军节度使。境内清肃，徐人奏为立碑，许之。

高锡，掌书记[①]；吴峦，武宁军节度副使[②]。并无迹不传。

寇彦卿，感化军节度使。〇按传：彦卿怙宠作威，好诛杀，多猜忌。今削之。

宋

夏竦，字子乔，江州德安人。累官至宰相，寻改枢密使，出知河南府。未几，赴本镇，加兼侍郎。飨明堂，徙武宁军节度使。每朝廷锡赉，与辅臣等。将相居外，遇大礼有赐，自竦始。

曹彬，为侍中、武宁军节度使，知徐州。彬仁爱多恕，有吏罪犯既具案，逾年，然后杖之。人问其故，彬曰："吾闻此人新娶妇，若杖之，彼其舅姑必以妇为不利而恶之，朝夕笞骂，使不能自存。吾故缓其事，而法亦不赦也。"其用志如此。

傅尧俞，字钦之，郓州人。知徐州。前守侵用公使库[③]钱，尧俞代偿之。未足，罢去。后守顾移文迫偿，尧俞复剧力偿之。久之，钩考得实，尧俞竟亦不辩。司马光尝谓河南邵雍曰："清、直、勇之德，人所难兼，吾于钦之见焉！"雍曰："钦之清而不耀，直而不激，勇而能温，是为难尔！"

孔道辅，字原鲁。幼端重。举进士，历官知徐州。性鲠挺特达，遇事弹劾无所避，出入风采肃然，权贵忌之。

孙沔，字元规，越州会稽人。知徐州。时京东多盗，沔明购赏，严诛罚，盗为止息。

王洙，知徐州。时京东饥，朝廷议塞商胡，赋梃薪，输半而罢塞。洙命更其余为谷粟，诱愿输者以铺流民，因募其壮者为兵，得千余人，盗贼衰息。有司上其最，为京东第一。

曾肇，知徐州。仁厚谦和，[而执法颇严][④]，至于亲故犯法，未尝宽宥。公余，著书不辍。更十一州，类多善政。

苏轼，字子瞻，蜀眉山人。神宗时知徐州。时河决曹村，泛于梁山泊，溢于南清河。轼虑水为害，预使民治具为备。未几，水及城下。城将败，富民争出避。轼曰："富民出，众皆动摇，吾谁与守？吾在是，水决不能败城！"驱使复入。诣武卫营，呼卒长曰："河将害城，事急矣，虽禁军且为我尽力！"士卒亦咸感劝效命，持

① 原作"武宁军节度使"，案《宋史》本传"王晏镇徐州，辟掌书记"，据改。
② 原作"掌书记"，案《新五代史》本传"晋高祖起太原……召峦，以为武宁军节度副使"，据改。
③ 原作"军"，据《明一统志》《南畿志》改。
④ 五字据康熙《徐州志》补。

畚锸以出，筑东南长堤，首起戏马台，尾属其城。雨复昼夜不止，城不浸者三版。轼庐于城上，与城存亡，使官吏分堵以守，卒全其城。方水之至，漂溺者蔽川而下，壮者攀陵丘，殍死林木。轼使载糗粮济之，活者无算。轼复请调来岁夫，增筑故城，为木岸，以虞水之再至。朝廷从之。水既去，乃筑楼城上，垩用黄土，从水所不胜，以厌之。事闻，朝廷下敕奖谕。轼文章政业，为宋名臣。卒，谥文忠。其在徐，有《上皇帝书》（书曰：臣以庸材，备员册[①]府，出守两郡，皆东方要地。私窃以为守法令，治文书，赴期会，不足以报塞万一。辄伏思念东方之要务，陛下之所宜知者，得其一二，章具以闻，而陛下择焉。臣前任密州，所建言自古河北与中原离合，常系社稷存亡，而京东之地所以灌输河北，瓶竭则罍耻，唇亡则齿寒，而其民喜为盗贼，为害最甚，因为陛下画所以待盗贼之策。及移守徐州，观览山川之形势，察其风俗之所移，而考之于载籍，然后又知徐州为南北之襟要，而京东诸郡安危所寄也。昔项羽入关，既烧咸阳而东归，则都彭城。夫以羽之雄略，舍咸阳而取彭城，则彭城之险固形便[②]，足以得志于诸侯者可知矣。臣观其地，三面被山，独其西平川数百里，西走梁宋。使楚人开关而延敌，材官驺发，突骑云从，真若屋上建瓴水也。地宜菽麦，一熟而饱数岁。其城三面阻水，楼堞之下，以汴泗为池。独其南可通车马，而戏马台在焉。其高十仞，广袤百步。若用武之世，屯千人其上，聚櫑木炮石凡战守之具，以与城相表里，而积三千粮于城中，虽用十万人，不易取也。其民皆长大，胆力绝人，喜为剽掠，小不适意，则有飞扬跋扈之心，非止为暴而已。汉高祖，沛人也；项羽，宿迁人也；刘裕，彭城人也；朱全忠，砀山人也，皆在今徐州数百里间耳。其人以此自负，雄桀之气，积以成俗。魏太武以三十万众攻彭城不能下，而王智兴以卒伍庸材，恣睢于徐，朝廷亦不能讨，岂非以其地形便利、人卒勇悍故耶？州之东北方六十里即利国监，自古为铁冶，商贾所聚。其民富乐，凡三十六冶。冶户皆大家，藏镪巨万，常为盗贼所窥，而兵卫寡弱，有同儿戏。臣中夜以思，即为寒心。使剧贼致死者十余人，白昼入市，则守者皆弃而走耳。地既产精铁，而民皆善锻，散冶户之财，以啸召无赖，则乌合之众、数千人之仗，可以一夕具也。顺流南下，辰发巳至，而徐有不守之忧矣。使不幸而贼有过人之材，如吕布、刘备之徒，得徐而逞其志，则京东之安危，未可知也。近者，河北转运司奏乞禁止利国监铁，不许入河北，朝廷从之。昔楚人亡弓，不能忘楚，孔子犹小之，况天下一家，东北二冶皆为国兴利，而夺彼以与此，不亦隘乎？自铁不北行，冶户皆有失业之忧，诣臣而诉者数矣。臣欲因此以征冶户，为利国监之翰屏。

① 原作“州”，据《东坡全集》改。按：嘉靖、万历、康熙《徐州志》，乾隆、同治《徐州府志》及乾隆、道光《铜山县志》皆作“州”；正统《彭城志》、民国《铜山县志》作“册”。

② 原作“彭城之险固形胜便”。案《东坡全集》卷五十二，“胜”字衍，今删。

今三十六冶，冶各百余人，采矿伐炭，多饥寒亡命、强力鸷忍之民也。臣欲使冶户每冶各择有材守而忠谨者，保任十人，籍其名于官，授以剑刃刀槊，教之击刺。每月两班，集于知监之庭而阅试之。藏其刃于官，以待大盗，不得役使，犯者以违制论。冶户为盗所拟久矣，民皆知之。使冶出十人以自卫，民所乐也。而官又为除近日之禁，使铁得北行，则冶户皆悦而听命，奸猾破胆而不敢谋矣。徐城虽险固，而楼橹敝恶，又城大而兵少，缓急不可守。今战兵千人耳，臣欲乞移南京新招骑射两指挥于徐。此故徐人也，尝屯于徐，营垒材石既具矣，而迁于南京。异时转运使分东西路，畏馈饷之劳而移之西耳。今两路为一，其去来无所损益，而足以为徐之重。城下数里，颇产精石无穷，而奉化厢军见阙数百人。臣愿募石工以足之，听不差出[①]，使此数百人者，常采石以甃城。数年之后，举为金汤之固。要使利国监不可窥，则徐无事；徐无事，则京东无虞矣。沂州山谷重阻，为逋逃渊薮，盗贼每入徐州界中。陛下若采臣言，不以臣为不肖，愿复三年守徐，且得兼领沂州兵甲巡检公事，必有以自效。京东恶盗，多出逃军。逃军为盗，民则望风畏之，何也？技精而法重也。技精则难敌，法重则致死，其势然也。自陛下置将官，修军政，士皆精锐，而不免于逃者，臣常考其所由。盖自近岁以来，部送罪人配军者，皆不使役人，而皆使禁军。军士当部送者，受牒即行，往反常不下十日，道路之费，非取息钱不能办。百姓畏法不敢贷，贷亦不可复得；惟所部将校，乃敢出息钱与之，归而刻其粮赐。以故上下相持，军政不修，博弈[②]饮酒，无所不至，穷苦无聊，则逃去为盗。臣自至徐，即取不系省钱百余千别储之。当部送者，量远近裁取，以三月刻纳，不取其息。将吏有敢贷息钱者，痛以法治之。然后严军政，禁酒博。比期年，士卒皆饱暖，练熟技艺，等第为诸郡之冠。陛下遣敕使按阅，所具见也。臣愿下其法诸郡，推此行之，则军政修而逃者衰，亦去盗之一端也。臣闻之汉相王嘉曰："孝文帝时，二千石长吏安官乐职，上下相望，莫有苟且之意。其后稍稍变易，公卿以下转相促急，司隶、部刺史发扬阴私，吏或居官数月而退。二千石益轻贱，吏民慢易之，知其易危，小失意则有离畔之心。前山阳亡徒苏令[③]纵横，吏士临难，莫肯有伏节死义者，以守相威权素夺故也。国家有急，取办于二千石。二千石尊重难危，乃能使下。"以王嘉之言而考之于今，郡守之威权可谓素夺矣。上有监司伺其过失，下有吏民持其长短，未及按问，而差替之命已下矣。欲督捕盗贼，法外求一钱以使人，且不可得。盗贼凶人，情重而法轻者，守臣辄配流之，则使所在法司复按其状，劾以失入。惴惴如此，何以得吏士死力而破奸人之党乎？由此观

① 原作"听不差不出"。案《东坡全集》，"不"字衍，今删。
② 原作"奕"，通"弈"。
③ 原作"合"，据《东坡全集》《汉书·王嘉传》改。

之，盗贼所以滋炽者，以陛下守臣权太轻故也。臣愿陛下稍重其权，责以大纲，略其小过。凡京东多盗之郡，自青、郓以及徐、沂、齐、曹之类，皆慎择守臣，听法外处置强盗。颇赐缗钱，使得以布设耳目，蓄养爪牙。然缗钱多则难常，少又不足于用。臣以为，每郡可岁别给一二百千，使以酿酒。凡使缉捕盗贼，得以酒予之；敢以为他用者，坐赃论。赏格之外，岁得酒数百斛，亦足以使人矣。此又治盗之一［术也］①。然此皆其小者，其大者非臣之所当言。欲默而不发，则又私自念：遭值陛下英圣特达如此，若有所不尽，非忠臣之义。故昧死复言之。昔者以诗赋取士，今陛下以经术用人，名虽不同，然皆以文词进耳。考其所得，多吴、楚、闽、蜀之人。至于京东西、河北、河东、陕西五路，盖自古豪杰之场，其人沉鸷勇悍，可任以事。然欲治声律，读经义，以与吴、楚、闽、蜀之士争得失于毫厘之间，则彼有不仕而已，故其得人常少。夫惟忠孝礼义之士，虽不得志，而不失为君子。若德不足而才有余者，困于无门，则无所不至矣。故臣愿陛下特为五路之士，别开仕进之门。汉法：郡县秀民，推择为吏，考行察廉，以次迁补，或至二千石，入为公卿。古者不专以文词取人，故得士为盛。黄霸起于卒史②，薛宣奋于书佐，朱邑选于啬夫，丙吉出于狱吏，其余名臣循吏由此而进者，不可胜数。唐自中叶以后，方镇皆选列校以长牙兵。是时，四方豪杰不能以科举自达者，皆争为之，往往积功以取旌钺。虽老奸巨盗或出其中，而名卿贤将如高仙芝、封常清、李光弼、来瑱、李抱玉、段秀实之流，所得亦已多矣。王者之用人如江河，江河所趋，百川赴焉，蛟龙生之。及其去而之他，则鱼鳖无所还其体，而鲵鳅为之制。今世胥吏、牙校，皆奴仆庸人者，无他，以陛下不用也。今欲用胥吏、牙校，而胥吏行文书，治刑狱钱谷，其势不可废鞭挞。鞭挞一行，则豪杰不出于其间。故凡士之刑者不可用，而用者不可刑。故臣愿陛下采唐之旧，使五路监司郡守共选士人，以补其牙职。皆取材力有足过人而不能从事于科举者，禄之以今之庸钱，而课之镇税场务、督捕盗贼之类，自公罪杖以下听赎。依将校法，使长吏得荐其才者，第其功阀③，书其岁月，使得出仕比任子，而不以流外限其所至。朝廷察其尤异者，擢用数人。则豪杰英伟之士渐出于此途，而奸猾之党可得而笼取也。其条目委曲，臣未敢尽言，惟陛下留神省察。昔晋武平吴之后，诏天下罢军役，州郡悉去武备，惟山涛论其不可。帝见之，曰："天下名言也！"而不能用。及永宁之后，盗贼蜂起，郡国皆以无备不能制，其言乃验。今臣于无事之时，屡以盗贼为言，其私忧过计，亦已甚矣。陛下纵能容之，必为议者所笑。使天下无事而臣获笑，可也。不然，事至而图之，亦晚

① 二字据《东坡全集》补。
② 原作"黄霸起于吏卒史"。案《东坡全集》，"吏"字衍，今删。
③ 原作"阅"，据《东坡全集》改。

矣！〇又《答范祖禹》诗：吾州下邑生刘季，谁数区区张与李。重瞳遗迹已尘埃，惟有黄楼临泗水。而今太守老且寒，侠气不洗儒生酸。犹胜白门穷吕布，欲将鞍马事曹瞒。〇又《祈雨青词》：河失故道，遗患及于东方；徐居下流，受害甲于他郡。田庐漂荡，父子流离。饥寒顿仆于沟坑，盗贼充盈于犴狱。人穷计迫，理极词危。望二麦之一登，救饥民于垂死。而天未悔祸，岁仍大荒。水未落而旱已成，冬无雪而春不雨。烟尘蓬勃，草木焦然。今者麦已过期，获不偿种；禾未入土，忧及明年。臣等恭循旧章，并走群望。意水旱之有数，非鬼神之得专。是用稽首告哀，吁天请命。若其赋政多辟，以谪见于阴阳；事神不恭，以获戾于上下。臣实有罪，罚其敢辞？小民无知，大命近止。愿下雷霆之诏，分敕山川之神。朝脐寸云，暮洽千里。使岁得中熟，则民犹小康。〇又《祭枯骨文》：嗟尔亡者，昔惟何人。兵耶氓耶，谁其子孙。虽不可知，孰非吾民。暴骨累累，见之酸辛。为卜广宅，陶穴宽温。相从归安，各反其真。尚享）。

徐起，举进士，累迁徐州转运使。募富室，得米十七万斛，赈饿殍。又移粟以赡河北、京［西者，凡］[1]三百万。

赵及，字希之。举进士，历官知徐州。和厚谦退，内行尤笃。所治有声，民吏爱之。（梅圣俞送及诗：鹿车几两马几匹，轸建朱幡骑彀弓。雨过短亭云断续，莺啼高柳路西东。吕梁水注千寻险，大泽龙归万古空。莫问前朝张仆射，球场细草绿蒙蒙）

杜纯，字孝锡，濮州鄄城人。少有成人之操。元祐间知徐州，作明善堂，自为记，讲明义理，以淑人心。

孙觉，字莘老，高邮人。登进士第，历知亳、扬、徐州。徐多盗，捕得杀人者五，其一仅胜衣。疑而讯之，曰："我耕于野，与甲遇，强以梃与我。半夜挟我东，使候诸门。不知其他也。"问吏："法何如？"曰："死。"觉止诛其首而释之，后遂为例。

马默，成[2]武人。举进士，以宝文阁待制再知徐州。默长于治民，治每称最。

张亢，临濮人。少有奇节。举进士，历官为徐州总管。好施轻财，人乐为用。驭军严明，所至有声迹，民图像祠之。

李昭玘，字成季，济南人。少与晁补之齐名，为苏轼所知。擢进士第，徐州教授。守孙觉深礼之，每从容讲学，及古人行己之要，相得欢甚。

王逵，字仲达，濮阳人。累官迁尚书兵部员外郎、徐州知州。时大饥，多所

① 三字据《宋史》本传补。
② 原作“城”，据《宋史》本传改。

全活。

王复，知徐州。金人围城，复与子倚勠力战守。久之，外援不至，城陷。坚坐厅事，曰："死守者，我也！愿杀我而舍僚吏百姓。"金人欲降之。复嫚骂求死，阖门百口皆被杀。其帐下赵立已夺门出，又潜入求复尸，亲为掩之。事定，赵立奏为复立忠烈庙于楚州[①]，谥壮节。时，教授郑褒、巡检杨彭年，亦愤激骂敌死之。

杨时，字中立，将乐人。熙宁间进士。调汀州司户参军，不赴，杜门绩学。久之，调徐州司法。历知浏[②]阳、余杭、萧山三县，皆有惠政。民思之不忘。

高继冲、陈洪进、王德用，并武宁军节度使；王明、范镛，并掌书记；吕公绰、梁鼎、刘奉世、孔[③]宗翰、吕溱、任颛、李虚己、吴元扆、徐处仁、杨绘，并知徐州；李溥，监徐州利国监；赵禹，推官；李迪、傅裼、路振[④]、王逢、施昌言[⑤]，并通判徐州。无迹不传。

金

完颜仲德，本名忽斜虎，合懒路人。有文武才。泰和三年，登进士第。贞祐用兵，辟充军职。尝为大元兵所俘，不逾年，尽解其语，寻率诸降人万余来归。宣宗召见，奇之，授邳州刺史兼从宜。增筑城壁，汇水环之，州由是可守。哀宗即位，遥授同知归德府事，同佥书枢密院事，行院于徐州。徐州城东、西、北三面皆黄河，而南独平陆。仲德叠石为基，增城之半，复浚隍引水为固，民赖以安。后因城破，赴水死。仲德平生，喜怒未尝妄发。闻人过，常讳之。虽在军旅，手不释卷。其掌军务，赏罚明信，号令严整。故所至军民为用，即危急，无一异志者。南渡以后，将相始终无瑕，仲德一人而已。

完颜赛不，始祖弟保活里之后也。初补亲卫军，历官山东西路兵马都总管，兼武宁军节度使。至大间，诏行尚书省事于徐州。初，源、徐交攻，郭野驴者每辞疾不行。赛不遂授野驴徐州节度副使，兼防城都总领，实羁之也。野驴既见徐州空虚，乃约源州叛将麻琮内外相应。十月甲申诘旦，袭破徐州。时蔡已被围，徐州将士以朝命阻绝，且逼大兵，议出降。赛不弗从。至是，投河求死，军士援出之。又五日，自缢于州。

---

① 案《宋史·赵立传》：庙在徐州。本志卷八《祀典》亦载忠烈庙，祀宋死节知州王复，据《明一统志》云在徐州。因久废，不详其处。此言"楚州"，无据。后志同误。

② 原作"刘"，系唐以前旧名，据《宋史》本传改。

③ 原作"孙"，据《宋史·孔道辅传》改。

④ 原作"政"，据《宋史·文苑三》本传改。

⑤ 案《宋史》本传："举进士高第，授将作监丞、通判滁州。"此言"徐州通判"，误。

张钺，学正；高彪、斡[①]勒合打，并武宁军节度使。无迹不传。

王德全，总帅；徒单兀典，代行省事。〇按传：郭仲安谋乱宿州，德全实助之；张瑊鱼台之乱，不从讨罪；又贪功滥杀曹党四十八人，讫以救萧败绩[②]见诛。兀典性深刻，妄大自居，过恃得君，论事不少假贷。及徒单百家郑西之败，并逮籍没为罪首，榜于通衢。今并削之。

元

燕只吉台彻里[③]，世祖时为徐州达鲁花赤。崇尚经术，周知民情，锄强翼弱，吏民畏而爱之。

三宝住，儒者也。登辛丑进士。性廉介，所至搏贪猾无所贷。以江浙行省郎中为徐州兵马司指挥[④]。

孔武[⑤]，观察副使；侯康济，知州；耿廷端，同知。并无迹不传。

国朝

文景宗，庐州合肥人。国初，自婺源州同知来知州事，廉介有守。时天下初定，疮痍未息，民多流离。景宗尽心招徕赈贷，劝督农桑，民始有生气，赖以安集。历任久，创建州治、公署、坛壿、祠庙，兴举学校，民不劳而事集。迁济南知府。景宗功勤惠泽，徐人与被至深厚矣。所宜百世享祀，永示报哉！

刘秩，字伯序，江西丰城人。吴元年，由内翰典签检阅经史官，出为徐州同知。文章政事，皆见称当时。与知州文景宗协力修政。寻召入议大礼，迁知崇明州。民为立生祠。有诗集行于世，太史宋景濂为之叙。

马良，苏州昆山人。洪武初，以荐授徐州卫知事。明习法令，纠绳军政，上下咸服。尝与指挥蔡祥协建卫治。后升德庆州同知。其孙纪，遂占籍于徐，子姓蕃衍，为徐右族，文献世著云。

杨节仲，湖广樊城人。洪武戊寅，以荐授知徐州。守己爱民，奖进士类，其政一以厚风俗为务。会郡大疠，节仲遣医四出疗治，其贫不能具药物者，则捐俸制剂

① 原作“干”，据《金史》本传改。

② 原作“迹”，据文义并参《金史·完颜仲德传》改。

③ 原作“理”，据《元史》本传、本志卷十二《人物传》改。

④ 案《元史·星吉传》：“湖东佥事三宝住，儒者也，性廉介，所至搏贪猾无所贷。御史有以自私请者，拒不纳，则诬以事劾之。章至，星吉怒曰：‘若人之廉，孰不知之，乃敢为是言耶！’即奏杖御史而白其诬。”“为徐州兵马司指挥”则未详所自。

⑤ 孔武，即萧人物传之“孔午”。

给之。在任六年[①]，政化大洽。秩满当迁，属邑各上疏乞留，弗得。升大理知府去，州人思之。

段实，洪武末，以中官守徐。俄有异人报兵变，言以九里山火起为候。段囚异人，阴为战守备。至期，兵果至。以城中有备，攻弗克，引去。民赖无虞。又有毛姓者，亦中官，与实同守，惜其名逸不传。实有保境安民之绩，徐人传颂，故虽宦者，亦得列传云。

赵彝，字秉衷，凤阳虹县人。其父兄皆以忠死。彝由永平卫指挥佥事，迁徐州卫指挥使，历升北平都司都指挥使。洪武末，以靖难功，进封荣禄大夫、柱国、忻城伯。永乐十三年镇徐，政令严明，处心平恕，官军咸畏爱之。[②]

杨秘，山西辽州人。宣德己酉知徐州，多惠政，大得民心。郡中公署、庙学，悉为增饬。秩满当代，属邑乞留，诏增秩，任如旧。先后凡十八年[③]。秘为政，故志不详所以。然当时民爱留之，至今颂之不衰，此何以邪？要之，循良之政无赫赫功，故莫得而述焉。然阴惠洽人，固自不泯也。欢虞之政，其可与语此哉？

宋骥，浙江余姚人。宣德癸丑为徐州学正。处诸生恩义蔼然，勤于教诲，善作人，一时士出其门者类多成立。

王竑，字公度，湖广江夏人，陕西河州戎[④]籍也。以佥都御史巡抚地方，宣德震威，污墨者一时望风解去。景泰癸酉，徐州洎萧、沛诸邑岁大饥疫，民日就死徙。竑忧甚，亟令有司发粟赈贷，又令设糜制药饵，食疗贫病，赖以全活者数十万余。又请降诏文，遣祭境内群神。竑率属秉虔为坛，郊外祭告之。灾疠浸消，民始苏息。竑尝行部至徐，赋《苦雨诗》二章，忧民之志，蔼然言意（诗：方春正二月，久苦雨淋淋。陇亩浑无望，疮痍痛不禁。添成忧国恨，滴碎为民心。愿借西风力，凌空扫积阴。〇又诗：两月连阴雨，羁怀倍惨然。有身当报国，无力可回天。冻水伤农业，寒声打客船。为怜黎庶苦，终夕不成眠）。寻进副都御史，罢去，民

---

① 案喻则成《徐州重建螟昆祠记》“国朝洪武丁丑，知州杨节仲重构其祠”，是洪武三十年已任。又杨节仲《徐州拔剑泉祷雨有感碑》自云，永乐元年癸未再任。又读李冠文，尝叹曰：“吾守徐州十余年，今日始知有李冠！”本传所谓“在任六年”者，或以永乐元年始也。

② 案《明史》本传：永乐八年，镇宣府，坐盗饷下狱，得释。寻以吕梁洪湍险，命彝镇徐州经理。复以擅杀运丁、盗官粮，为都御史李庆所劾。命法司论治，复得释。仁宗立，召还。宣德初卒。

③ 按：本传前云“宣德己酉知徐州”，继云“先后凡十八年”者，人颇疑其不实。考正统《彭城志·权谨传》：“永乐二十二年，知州杨秘、同知萧云举具状以闻。”据此，则杨秘当时已任。又据宋骥《徐州万会桥记》：宣德十年秋，“适知州事杨侯以九年满，升府同知，仍来知州事”。似始任于宣德二年，而非四年己酉。又，正统二年秋汤惟坚莅任，秘因事免。《明英宗实录》卷五一：正统四年二月“己未，命府同知、署直隶徐州事杨秘复任。秘初任徐州知州，任满当代，属县民言其能弭寇盗、均徭役，乞留之。乃升府同知，署州事。后坐事免。至是，新任知州失囚系狱，徐州军民相率诣阙，奏乞复秘，以慰人心。上以秘虽有过，然既去而民思之，必有善政及人，复之。”是则秘于四年复任，至六年章赞来代，始解去。自永乐二十二年（1424）迄正统六年（1441），先后约十八年，其说无误，而“宣德己酉知徐州”存疑。

④ 案《明史》本传：“其先江夏人。祖俊卿，坐事戍河州，遂著籍。”疑“戎”当作“戍”。

思之如慕父母。天顺中，复召起，巡抚故地。徐人闻其至，老弱扶携，迎候道路者以数万计。争相拥舆入行台，以次进谒，逾三日犹未已。其见德于徐人如此。寻迁兵部尚书，乞病归。抚台统部诸郡，先后名公，浩乎非徐可得书也。然徐人被王泽独厚，皆自以其生为王公所更赐，故迄今颂之不衰，虽赵富青越[①]之政无以加焉。古所谓御大灾、捍大患、有功德于民者则祀之，故不得以例废。

宋诚，字彦实，湖广蕲州人。景泰中，由剑州知州改任。时遭饥疠，巡抚王竑多方振救之，诚以长吏，协心共济，与有功焉。州故孔道繁剧，吏率怠惕，多废事不治。诚绳督严厉，弗少假借。久之，政务修举，吏民畏服。署宇、祠庙、学校，百废具兴。又以政暇，修纂郡志，徐文献实赖之。迁叙州知府。今徐长老犹往往称其才识焉。

张德瑄，福建侯官人。景泰中为州学正，守正不阿，为有司所见重。人或怀百金求为请托者，辄赧然麾去。人以此多之。

王叙，字大伦，山西临汾人。初仕为兖州通判。天顺中，迁知本州。廉洁自持，一介不妄取。莅政严明，事凡利于民者，辄毅然任之。尤笃意学校。时，废坠多所修举。迁镇远知府。

陈廷琏，字宗器，湖广攸县人。成化中，以进士知州事。才识通敏，善奖进士类。敦劝风俗，治盖得其大者。迁南京刑部员外郎，历官延平守。

应广平，浙江黄岩人。成化中为州学正。端悫不苟，善立教规，临诸生无疾言遽色。以忧去，士追思之。

和鸾，字廷瑞，山西平定人。成化中，由举人除知州事。性鲠介不阿，恒以廉慎俭约自持。遇事有定见，不为迁就。初以方执迕监司，久之，并加敬信焉。卫伍事赴诉者，悉为听，皆获平反。武胄闻而严惮之。在任八载，深得民心。迁襄阳守去。

沈全和，字尚中，浙江乌程人。成化中同知州事，清介有守，临民不纵不苛。在任九年，迁州守去。

孙光，浙［江］[②]萧山人。嘉靖中知州事。性谨厚仁爱，痛裁冗滥，约己爱民。如里甲徭役，悉为更定，务从节省。其则至今可守，民大获惠焉。

汪舜民，婺源人。弘治末[③]，以山东副使按徐。廉介刚正，门无私谒。临下以和，至论法，则不为假贷，惠威并著，时按属官吏无敢侵渔部下者。值岁饥，多方救民，仍白之抚院，发粟赈济，全活者万余人。

① 按：北宋赵抃在越州、富弼在青州，均以赈灾垂惠政，故云。

② 字据万历《徐州志》补。

③ 按：徐州兵备道设于正德六年，汪以山东副使按徐应在此后，此言“弘治末”，似误。

李珏，字廷重，直隶开州人。正德末，任兵备副使。性平恕，遇事敏决，案无稽牍。时山东逆贼王堂掠及丰沛境，珏调集骁勇，令所持旗帜，以李兵为号拒［贼］①。贼大败，遁去。山东、河南二省将官率兵剿捕，皆假李号旗帜。贼望见，亦辄走。其威望如此。州学宫后有污池二区，深广数十丈，珏见曰："文明之所，可令沮洳若是邪？"遂命辇土实之，仍增旧高广。至今士人传诵焉。

何鳌，字子鱼，广东顺德人。嘉靖庚寅，任兵备副使。州故有驿馆夫役，为民厉阶，久患苦之，莫有革者。鳌为议罢其役，岁省民财殆以万计。徐人以此归德焉。馆夫事，详见《户役》中。

樊准，江西南昌人。正德中知州事。廉介强立，不怵权势，政务节省民财。先是，中贵督广运仓储，左右恣肆，莫敢谁何者。准至，一以法绳之，无敢犯。会进鲜中使横索，州驿递供应不赀。准廉其挟附私物状，辄裁抑之。寻被诬逮系，老幼号泣相随送者几万人。抵京，事白，得调任。历官山东按察佥事。

张淮，字本豫，义勇前卫人。正德中知州事，守己爱民。时车驾南幸，民惶惧，皆思窜匿。淮与判官董相②慰抚民庶，一切以身当之，悉心经画。虽供亿不赀，无秋毫扰众。民赖以安。

胡崇易，四川垫江人。正德中为州学正。动履端肃，率人皆以矩矱，出其门者多誉髦。今士犹思其遗风焉。

王重贤，字［子尚］③，直隶交河人。性刚毅鲠介，有执持。初仕为御史，以敢言落职。嘉靖中，再迁知州事，政务节省，与民休息。州故以里役司直，縻费不经，豪猾缘以掊克，大为民病。重贤至，议罢免之。其所供应，取诸赎金，以亭老司之，民秋毫无扰，翕然称颂。性严于疾恶。时有僚佐黩滥，以结纳怙肆，当道莫能祛。重贤因入觐考察，力白铨部罢去之。徐人感其为民驱害焉。迁东昌同知，历官江西按察佥事，以疾免归。重贤强力有为，不当被废，时颇惜之。然自好寡合，不能容人，亦不为人所容。故论者亦每病其已甚，不长者云。

项情，江西德兴人。嘉靖中为州判官，洁己爱民，不苟取。尝自秋徂冬不雨，民皇惧无计，情徒跣为民祈雪。正日卓午，方出武宁门，雪随大降，积至盈尺。人咸为精诚所格，益归德焉。

周易，广东番禺人。嘉靖中，由举人为州学正。有志操，矩矱端严，好善疾

---

① 字据万历《徐州志》补。

② 案《明史》本传：相，嵩县人。正德六年进士。官御史，巡视居庸诸关。江彬遣小校米英执人于平谷，恃势横甚。相收而仗之，将以闻。彬遽谮于帝，械系诏狱，谪判徐州，时正德十三年二月。嘉靖初，召复故官。后终山东副使。

③ 原墨丁，后志皆省。今考民国《交河县志》：重贤字子尚，正德六年辛未进士，历官徐州知州、济南同知，终江西按察司佥事。据补。

恶，明辨至笃。教人以行谊为先，讲论亹亹不懈。恒复捐己，以济诸生贫者。疾卒于徐，弟子黄巢[①]辈哀痛悬恻，如丧考妣，相与敛之如礼。更求得其乡之贤大夫，附榇归葬焉。

时用，字建勋，徐州左卫指挥使。父宝，治卫，军政修明，绰有声誉。用弓马韬略，并出人右。比袭任，遂得简任卫事，修举废坠，百度秩然。尝董湖堤工役，遂不日成。成化癸丑，河决张秋，朝遣重臣塞治，用预征委，以劳绩受赉。正德初，督造运艘淮上，绳率有方，屡荐推山东备倭。用修政饬兵，海隅肃谧，夷人闻风，莫敢西向焉。寻以沮废归，时论惜之。子序嗣袭，历荐至江西都司署都指挥佥事，人以为用有余庥云。

王宪，字肃之，徐州左卫指挥。有武略，兼长于诗。尝征南有功，挂印充总兵官。廉介俭朴，茹苦攻澹，平生无秋毫苟取。缙绅名士雅敬重之，所在恒称为“清水王”，又或曰“青菜王”云。子元伯，历荐为署都指挥佥事，充漕运参将，南京坐营。以连时被放归。世将名家，门第萧然，盖近日武臣所难矣。

刘显，徐州左卫千户。廉介有守，抚爱军士如子弟。择城南山麓高阜所，构营为军栖止，今卒赖之不受水患。建社学，训所伍子弟读书。贫而疾者及死丧者，济之药饵及棺椁。军士甚德之。比卒，为立遗爱碑。

萧县

周

旧志：还无社，大夫。宋高子哀，封人。迹无足述，今并削之。萧叔大心，无迹不传。

汉

费汎，吴兴人。以孝友闻。仕为萧令。在邑多善政，蝗不入境。

吴斌，萧县令。司徒韩演为丹阳太守，坐从兄季朝为南阳太守刺探尚书。演法车征，以非身中脏衅，道路听其从容。至萧。斌，演同岁也。未至，谓其宾从：“到萧乃一相劳！”而斌内之狴犴，坚其镣挺，躬[②]将兵马，送之出境。从事汝南阎符迎之于杼秋，相得，令止传舍，解其桎梏，入与相见，为致脩具，曰：“明府所

---

① 原作“导”，据民国《铜山县志》勘误改。
② 原作“弓”，据《风俗通义·穷通篇》改。

在流称。今以公征，往便原除。不宜深以介［意］[①]！”意气过于所望。到亦遇赦。其间无几，演为沛相。斌去官。乃临中台，首传符焉。

刘良、应劭，并萧令。无迹不传。

隋

刘高，彭城人。为萧令，有惠政。大业之末，长吏多赃污，高清节逾厉。风教大洽，狱无系囚，为吏民所称。

唐

宋思礼，字过庭。事继母徐，为至孝。补萧县主簿。会大旱，井池涸。母羸疾，非泉水不适口。思礼忧惧且祷，忽有泉出诸庭，味甘寒，日不乏汲。县尉柳晃刻石颂其事。

孙溥，萧县丞。无迹不传。

宋

张惇，绍圣三年为萧县令。行峻言直，不畏强御。

梅君，嘉祐六年，以尚书虞部员外郎知萧县。尝作清心亭，曾南丰为记（见《官署》）。

孙文，绍圣五年为萧县令。邑人窦沔欲迁学舍，请于文，文主成之。

元

耶律廷[②]瑞，至元丁丑为萧县尹。捐己资改建学宫，士风一振。

马彻里，西夏人。大德间为萧县达鲁花赤。有果断才，能捍水患。

完哲笃，字仲玉。至正间为达鲁花赤。政廉赋平，吏民怀戢。行部所至，一饭必酬其直。

国朝

齐福东，湖广石首人。洪武中为县丞。廉洁不苟，莅事公平，吏民畏服之。以治最闻，迁知嘉定去。

---

① 原作“不宜深人以介”，案《风俗通义校注》引卢文弨《群书拾补》曰：“人字衍。”据删，并据《风俗通义》，补“意”字于“介”后。

② 原作“庭”，据傅汝砺《萧县重修孔子庙学记》改。

郑恕，浙江仙居人。革除间[①]，由训导迁知萧县。约己惠民，莅政不苟。靖难兵压境，恕抗节不屈，死之。

郝玘，山西吉州人。初由国子生仕为典史，以廉能著。迁邯郸令，调知砀山。所至政教修明，民怀其惠，邻邑皆慕之。以忧去。永乐戊戌[②]服阕，谒选京师，萧父老陈情，乞为萧令，听之。治迹视砀益著。

俞谏，浙江桐庐人。嘉靖初，任巡抚副都御史。时山东盗起，敕剿平之。会驻兵于萧，贼至犯境，遽调兵策应。境宇宁戢，萧民感颂。

闭悌，广西横州人。起家进士，成化中左迁县丞。律己厚下，萧民宜之，奏请为令。寻升韶州府同知去。

王隆，山东郓城人。嘉靖中，由举人知县事，政善民服。时山东群盗绎骚[③]，摽掠郡县，人情汹惧。隆为营缉城守，以相保障，民迄赖之。寻改建庙学，作新人才，士风丕振。迁安庆府通判。去后，士民思之。

孙重光，山东海丰人。嘉靖中，由举人知县事。性廉介刚正，节裁冗费。又倜傥有为，兴学校，表贞烈，和民训俗，善政可纪。邑故田赋不均，豪强兼并，多无赋之田；单弱细氓，则有无田而赋者。重光察知民所疾苦，慨然议为设法，履亩步量，缘地起税。其综画参核，皆井井有条理，人不敢欺，亦不能欺之。至是，民赋轻重乃与田多寡准。境内翕然，称均平焉。后迁邳州知州。行之日，图书数卷，囊橐萧然。父老遮道送之，泣留其履而去。

沛县

汉

许慎，为沛县长[④]。尝作《说文解字》十四篇行于世。

南北朝

朱就，县令。无迹不传[⑤]。

---

① 靖难后，明成祖革除建文法令，包括年号，故史称建文间为“革除间”，建文帝为“革除帝”。

② 原作“戊寅”，案洪武三十一年戊寅，玘由监生任乐安州阳信县典史。永乐元年任砀山，十六年任萧。且永乐无戊寅年，本志误，据《职官表》“永乐十六年戊戌”改。

③ 原作“搔”，古同“骚”，扰乱。

④ 案《后汉书》本传：“为郡功曹，举孝廉，再迁除洨长，卒于家。”东汉洨县治垓下，隶豫州沛国。志书从《明一统志》作“沛县长”者，疑“洨”“沛”形近误读，亦或为沛国某县长之省。

⑤ 案《魏书 · 朱瑞传》：朱就，字祖成，代郡桑乾人，卒于沛县令。

宋

程珦，字伯温，二程夫子之父。天圣中，补郊社斋郎，历官知徐州沛县事。会夏秋雨潦，平地泛溢，民大失秋。珦念曰："稻既不登，续食在菽。迟水退而后籽之，不已失时乎?"募富民，捐菽数千石以贷农，使布之水中。水未尽涸，而甲已露矣。是年遂不艰食。

金

王立，萧人。为沛县令，廉节刚方。

刘勋，大定间为沛县令，尝作新庙学。

元

刘伯颜，字伯敬，真定人。至元元年为沛尹，以德化为治，不事刑扑。

马珪，字君璋，兖州人。至元中为沛尹，行政循良，颇有古风。

赵野，字子开，济南人。大德初为沛尹，劝农兴学，政平讼理。○沛人皆怀之，各为立碑。

扎忽解，大德间监沛县，甚有惠爱。官至参知政事，封任城郡公。

王复，字克明，鄣人。至正初，为沛县学教谕。作新学校，振起士风。

李茂，字廷实，齐河人。初为濮州观城尉，迁沛尉。善于其职，民为立美政碑。虞集为文（曰：沛有尉，善其职，其父老爱之，愿刻姓名于石，以示远久。国子生张复，邑人也，疏其邑人之颂云："舟车冲冲，出我沛邦。我任我载，唯尉之从，力用不穷。岁饥有盗，尉制之有道。田则有蝗，尉除之有方。泗汉患水，防隍善圮。尉将役人，如视妻子。民有无告，尉缮其屋。有系在狱，尉哺之粟。顾瞻学宫，乃牖乃墉。释其弓刀，揖逊有容。"复之言曰：尉尝学于济南李昌［道］[1]先生，故知爱人之说。其父奉使平阳，罹地震之祸，尉以恩得官，故能感奋自树立也。嗟夫！尉于县政，无所敢自遂也，而及乎民者如此。自昔沛以勇宕为俗，今父老独不忘于一尉之善者又如此。且世之豪民狂吏，以动摇劫持为能，视一职满尉何有此?乃以终爱闻，不亦善夫！使尉益自励，所至不倦，虽古循吏，何以过之?有司用材者，能无考于斯乎）。

孙文顺、王居礼，并县尹；孔希冕，教谕。无迹不传。

① 字据虞集《道园学古录》卷七补。

国朝

颜瓌，字伯玮，江西庐陵人。聪明介直，能文词。洪武己卯，以贤良荐知县事，抚民有善政。未几，南北构兵。兵驻德州，淮北郡邑并馈军饷。瓌善筹画，民不告劳。岁辛巳六月望，北兵直捣济宁，临沛境，民多窜匿。兵退，瓌招徕复业如故。秋九月，有旨设沛丰军指挥司，筑堡备御。明年正月，靖难兵驻沙河。二十二日，攻沛。瓌遣县丞胡光、百夫长郜彦庄，告亟指挥都督。明日，攻益亟，瓌呼弟珏，暨次子有为，曰："兵势盛，孤城无援，势不可支。尔还家白大人：瓌既为人臣，子职弗克尽矣！"取笔赋诗一章题壁，曰："太守诸公鉴此情，只因国难未能平。丹心不改人臣节，青史谁书县令名。一木岂能支大厦，三军空拟作长城。吾徒虽死空遗憾，愿采民风达圣明。"比漏下二鼓，兵入东门，指挥王显迎降。瓌具衣冠南向拜，自经死。子有为自刎以从。俄诸军至，擒主簿唐子清、典史黄谦，俱死之。光与邑人敛瓌、有为尸殡之。

常瓘，河南内乡人。由举人，永乐初知县事，平易近民，政务修举，远近悦服之。迁绛州知州。

古信，湖广嘉鱼人。景泰初，由举人知县事。兴学校，勤于民事。百废具举，有遗爱焉。

冯谦，字履吉，浙江诸暨人。由举人知县事。平恕不苛，有利政及民。卒于官，民甚哀之。

马时中，山西太原人。成化中，由举人知县事。持守廉介，为政务崇简易。以忤势，谪庆远卫经历。

姚祥，字应龙，广东归善人。由进士，弘治中知县事。自奉清约，爱民如子。会天旱，禾稼就槁。祥忧形于色，引咎责躬，虔祷郊外。越三日，降澍如注。是岁，乃复有秋，民欢呼颂曰："姚公赐也！"民有负官租者殆百人，系且数年，祥与之期而遣归。民果至，无后期者。市中有恶少，尝被酒挟刃拟其父，祥立杖杀之。修葺学校，时进诸生，课校德业。任甫八月，擢御史去。后父老为立惠政碑。

杨凤，府军前卫人。由进士，弘治中知县事。刚明果断，事无停滞。在任二年，以忧去。后擢御史。

胡守约，四川合州人。由举人除知县事，性刚果，有干略。会中官史宣进贡经沛，陵轹官吏，横索无厌。守约乃挺身立辩，与宣讦奏，诬逮系狱。比对，复立论侃侃，略无屈挠，竟罢归。后复起用，官至湖广按察佥事。

麻芝，陕西榆林卫人。由国子生除知县事。善骑射，性刚才敏，强御慑服。剪除夙寇，境内晏然。

操松，江西浮梁人。由举人，正德中为学教谕。性谨厚，笃学好古，勤于立诲，每教人以孝弟为先。诸生贫者，辄捐俸资之。沛人士今称颂不衰。先是，有训导张俊，福建同安人，由岁贡，庚午年授任。持守清洁，诲人有方。亦不忝师儒之任者。

李文宪，直隶某县人。由国子生，嘉靖癸未任县丞。明年三月二十八日夜，忽贼众百余人，入城劫掠。文宪率民兵拒敌。贼势炽，众惧曰："势亟矣！盍谨避之?"文宪毅然曰："吾为国家守民社，苟遇变而避，如吾民何?"乃奋独当先。夜三鼓，矢尽，遂遇害。百姓号泣，如丧考妣焉。

杨政，江西南昌人。由国子生，嘉靖中任知县。初，沛田赋不均，敝与萧类。政议行步量，加意综理，乃得田亩核实，赋税均平。民所颂赖，要亦不殊于萧令孙重光云。

王治，直隶永年[①]人。嘉靖十九年，由国子生任知县事。性刚果，莅政精勤。沛故无城，时北虏寇边，声言南掠，民用骚然。治为筑城，民恃无恐，咸多其绩。又撤龙泉寺，徙建学宫。寺址爽垲，风气凝结，故称善地，诸士讲习得所，尤感颂焉。

于乔，山东高唐州人。嘉靖中，以岁贡任教谕。刚方苦介，士类称之。是后，有训导张庆旸，浙江泰顺人，以贡任，笃学能文，志趋不苟。皆不愧于师模云。

砀山县

唐

韦恒[②]，开元初为砀山令。政宽惠，民吏[③]爱之。

刘砀山，按《李太白集》有《秋夜与刘砀山泛宴喜亭池》诗曰："明宰试舟楫。"则刘必砀山宰也。而其与太白游，人亦从可知已。旧志莫稽其名氏。今书之，亦羊存之意云尔。

宋

王存立，县尉。无迹不传。

① 原作"永平"，自本志以迄康熙《徐州志》悉误，据嘉靖《沛县志》改。

② 原作"韦恒嗣"。案《氏族大全》："韦恒，嗣立子，开元初为砀山令，政宽惠，吏民爱之。"考《旧唐书·韦思谦传》，韦嗣立三子：孚、恒、济，皆知名，"恒，开元初为砀山令，为政宽惠，人吏爱之。"据此，"嗣"字衍，今删。

③ 原作"知"，系"吏"音讹，据《旧唐书》本传改。

金

杜之美、胡世忠，知砀山县事；侯丰，主簿。无迹不传。

元

杨泰，大德十一年为砀山县尹。兴崇学校，劝课农桑，政教兼举，民怀其德。

蒋恕、孟直，并县尹；王良、韩让，并主簿；王天泽，教谕。无迹不传。

国朝

郝玘，山西吉州人。永乐初知县事。廉勤爱民，劝民重农桑，兴举学校，作成人才。政教兼著，士民甚怀之。秩满，父老乞留，还任。寻以忧去。后服阕，萧民乞为令，因补除萧。见前传。

邹旦，江西乐安人；杜钊，直隶衡水人。正统间相继知县事，兴学爱民，并有惠政。旦改宜兴去；钊秩满，民乞留，增秩还任。二令皆可述，而杜泽尤深焉。

张梦辅，陕西澄城人，成化中由举人；胡希颜，陕西乾州人，弘治中由进士。并知县事，后先为政，类刚果有为，百废兴举。邑素多盗，善弭之，盗风为熄。梦辅迁知颍州去，希颜迁监察御史去，民咸颂之。

叶楚华，浙江松阳人。由举人，成化初任教谕。学问该博，善作成人，士类颂之。九年，以病去。

田禋，河南祥符人。由进士授知县事。廉介不苟，政务息民，绰有声绩。迁南道监察御史。

李金，江西丰城人。由进士，正德中知县事。性仁恕，律己廉洁。时盗贼猖獗，金尽心调度，率民筑重城，捍卫防守，民恃无恐。后洪水冲决，城赖此保障得免。迁兵部主事，历台州知府。

董槐，山西代州人。由举人，正德中任学谕。持身端悫，立教严明。士有怀金干托者，麾斥之，人多其介。迁宣城知县去。

季木，浙江会稽人。由举人，嘉靖初除知县事，志勤抚字。会岁饥，多方赈济。时遭洪水，城为冲泛且溃，木率众尽力筑堤，赖以保全。迁赣州府同知。

刘阳，江西安福人。由举人，嘉靖中除知县事。卓有介操，临民以岂弟。尤笃于理学。每政暇，辄引士民训谕之，随贤愚皆获其益。恒敦重孝义，雅致敬礼，以为俗劝。凡公署、庙学，率多修坠。迁监察御史。

丰县

汉

牟融，永平间为丰令。视事三月，狱无滞讼，为诸郡最。

宋

关景仁，字彦长，会稽人。治平三年，以进士知丰县。尝改作凫鹥亭，为宴游之所，事载“诗咏”。

马建中，单父人。元祐初为丰令，民安其政。有《咏凫鹥亭》诗。

韩侯，淄川[①]人，博雅好古。宣和中为丰令。

王之才，主簿。无迹不传。

元

郭瑄，字廷玉。至正五年知丰县事。沉静有为，凡建廨宇、兴学舍，不动声色，而民德之。

刘士，字尚志，保定人。至正十一年知丰县事。廉慎称职，舆论所归。

曹简，字士廉，沂州人。至元间为丰县主簿。政清讼简。既去，吏民立碑美之。

王宗举，至正间为丰县尉。元末兵乱，宗举据守全县。后去，不知所终。

张荣，丰县令；曹谦，教谕。并无迹不传。

国朝

曾本，江西雩都人；曹仲篪，江西湖口人。洪武中先后知县事，廉洁公平，吏民怀服，并有声绩。

阙膺，字允登，江西奉新人。宣德中知县事。勤于民事，政务修举，凡公署、学校，悉加缮缉。九年，乞致仕，因遂家焉。

段徽[②]，山西怀仁人。由举人除任学谕。持身端谨，勤于造士。九年，致仕去。

陈善，江西弋阳人。由进士，正德初除知县事，刚明果断，洁己爱民。半载，迁安吉州守去。士民深惜其不久焉。

高禄，山东博兴人，由国子生，嘉靖初除知县事。会城遭水陷，民流离失所。

---

① 底本漫漶，二字据王文昌《重修汉庙后殿奉安列圣记》补。

② 原作“微”，据雍正《山西通志》、康熙《徐州志》、隆庆《丰县志》等改。

禄率众徙于华山，斩茨即居，专务俭约节省，民赖以全。迁平阳通判去，丰人思其安集之惠，尤追颂焉。禄后张叔宣继任。叔宣，四川内江人，以举人除任。廉洁贞笃，能称其官，民亦便之。升松江通判去。

李崇信，湖广潜江人。由举人，嘉靖中除知县事。县自旧城溃没，民依华山以居，井邑未定，奸民每倡言仍旧城便，以摇惑众志。崇信率邑中长老，往来川原，相度地宜，开谕恳恻，舆情始翕然言新城便。崇信乃悉心经画，创城池，兴建庙学。及诸公署茅茨简陋，秩然修举，则崇信之功居多。士民感思之。

徐州志卷之十一终

徐州志卷之十二

人物传

徐故多贤地也。自汉祖开基，群雄猬出，嗣后发祥宣秘，代不乏人。太上立德，其次立功，其次立言，有一于斯，并为不朽。至如凡民以豪杰自兴，闺门有君子之操，皆可坊世厉风，人伦永鉴。故远稽群籍，近采舆言，具述于篇。

汉

季布，楚人也，为任侠有名。楚人谚曰："得黄金百，不如得季布诺。"项籍使将兵，数窘汉王。籍灭，高祖购求布急。布匿濮阳周氏。周氏置布车中，之鲁朱家所卖之。朱家心知季布也，买置田舍。乃之雒阳，见滕公，说曰："季布何罪？各为其主用，职耳。今上以私怨求一人，何示不广也？以布之贤，汉求之急如此，此不北走胡、南走越耳！君何不从容为上言之。"滕公待，间言如朱家指。上乃赦布，召见，拜郎中。布弟心，气盖关中。遇人恭谨，为任侠，方数千里，士争为死。当是时，季心以勇，布以诺，闻关中。

陆贾，楚人也。以客从高祖定天下，有口辩。时中国初定，尉佗平南越，因王之。高祖使贾赐佗印，为南越王。贾至，佗初魋结箕据见贾。贾因说谕之，佗乃大悦，谓贾曰："越中无足与语。至生来，日闻所不闻。"赐贾千金。贾卒拜为南越王，令称臣，奉汉约束。归报，高帝大悦，拜贾太中大夫。帝谓贾曰："试为我著秦所以失天下，吾所以得之者，及古成败之国[①]。"贾凡著十二篇。每奏一篇，帝未尝不称善，称其书曰《新语》。后，吕太后欲王诸吕，畏大臣及有口者。贾往说平交欢太尉。平用其计，乃与太尉周勃两人深相结，吕氏谋益坏。及诛诸吕，立孝文，贾颇有力。孝文即位，欲使人之南越。乃复以贾为太中大夫，往使尉佗，去黄屋称制，令比诸侯，皆如意指。竟以寿终。

朱建，楚人也。故尝为淮南王黥布相，有罪去。后复事布。布欲反时，问建，建谏止之。布不听，听梁父侯，遂反。汉既诛布，闻建谏之，高祖赐号平原君，家徙长安。为人辩有口，刻廉刚直，行不苟合，义不取容。辟阳侯得幸吕太后，欲知

① "国"字,《史记》《汉书》《资治通鉴》并同，唯荀悦《前汉纪·高祖皇帝纪四》作"故"，于义更切。

建，建不肯见。及建母死，贫未有以发丧。陆贾素与建善，乃见辟阳侯，令奉百金税，列侯贵人以辟阳侯故，往赙凡五百金。久之，惠帝大怒辟阳侯，下吏，欲诛之。太后惭，不可言。建乃求见惠帝幸臣闳籍孺，说之言帝，果出辟阳侯。后诸吕诛，辟阳侯卒全者，皆陆生、平原君力也。孝文时，使吏捕建，欲治。建遂自刭。文帝闻而惜之，召其子，拜中大夫。

伍被，楚人也。或言其先伍子胥后也。被以材能称，为淮南中郎。是时，淮南王安好术学，折节下士，招致英俊以百数，被为冠首。久之，淮南王阴有邪谋，被数微谏。后王召被，欲与计事，呼之曰："将军上！"被曰："王安得亡国之言乎？昔子胥谏吴王不用，乃曰：'臣今见麋鹿游姑苏之台也！'今臣亦将见宫中生荆棘，露沾衣也！"王怒，系被父母，囚之三月，复召问。被不从，数危谏流涕。后事发觉，被诣吏自告，卒被诛。

韦孟，彭城人，为楚元王傅[①]，傅子夷王及孙王戊。[戊][②]荒淫，不遵道，孟作诗风谏（诗：肃肃我祖，国自豕韦。黼衣朱绂，四牡龙旂。彤弓斯征，抚宁遐荒。总齐群邦，以翼大商。迭彼大彭，勋绩惟光。至于有周，历世会同。王赧听谮，实绝我邦。我邦既绝，厥政斯逸。赏罚之行，非繇王室。庶尹群后，靡扶靡卫。五服崩离，宗周以坠。我祖斯微，迁于彭城。在予小子，勤诶厥生。厄此嫚秦，耒耜以耕。悠悠嫚秦，上天不宁。乃眷南顾，授汉于京。於赫有汉，四方是征。靡适不怀，万国攸平。乃命厥弟，建侯于楚。俾我小臣，惟傅是辅。兢兢元王，恭俭静一。惠此黎民，纳彼辅弼。飨国渐世，垂烈于后。乃及夷王，克奉厥绪。咨命不永，唯王统祀。左右陪臣，此惟皇士。如何我王，不思守保。不惟履冰，以继祖考。邦事是废，逸游是娱。犬马繇繇，是放是驱。务彼鸟兽，忽此稼苗。烝民以匮，我王以媮。所弘非德，所亲非俊。唯囿是恢，唯谀是信。睮睮谄夫，谔谔黄发。如何我王，曾不是察。既藐下臣，追欲从逸。嫚彼显祖，轻兹削黜。嗟嗟我王，汉之睦亲。曾不夙夜，以休令闻。穆穆天子，临尔下土。明明群司，执宪靡顾。正遐由近，殆其怙兹。嗟嗟我王，曷不此思。非思非鉴，嗣其罔则。弥弥其失，岌岌其国。致冰匪霜，致坠靡嫚。瞻惟我王，昔靡不练。兴国救颠，孰违悔过。追思黄发，秦缪以霸。岁月其徂，年其逮耇。於昔君子，庶显于后。我王如何，曾不斯览。黄发不近，胡不时监）。后遂去位，徙家于邹，复作诗一章（诗：微微小子，既耇且陋。岂不牵位，秽我王朝。王朝肃清，唯俊之庭。顾瞻余躬，惧秽此征。我之退征，请于天子。天子我恤，矜我发齿。赫赫天子，明哲且仁。县车

① 原作"传"，据《汉书·韦贤传》改，下文皆同改。
② 字据《汉书·韦贤传》补。

之义，以洎[①]小臣。嗟我小子，岂不怀土。庶我王寤，越迁于鲁。既去祢祖，惟怀惟顾。祁祁我徒，戴负盈路。爰戾于邹，剪茅作堂。我徒我环，筑室于墙。我既迁逝，心存我旧。梦我渎上，立于王朝。其梦如何？梦争王室。其争如何？梦我王弼。寤其外邦，叹其喟然。念我祖考，泣涕其涟。微微老夫，咨既迁绝。洋洋仲尼，视我遗烈。济济邹鲁，礼义唯恭。诵习弦歌，于异他邦。我虽鄙耇，心其好而。我徒侃尔，乐亦在而)。自孟至贤五世，为邹鲁大儒。

刘向，字子政，本名更生。年十二，以父德任为辇郎。既冠，以行修饬，擢谏大夫。宣帝时，招选名儒俊材置左右。更生以通达能文辞，预进对，献赋颂凡数十篇。更生幼得淮南《枕中鸿宝［苑］[②]秘书》及邹衍重道延命方，读诵之，以为奇书。时上复兴神仙方术事，更生献之，不验。乃下吏系狱，当死。逾冬，得减死论。征更生受《穀梁春秋》，讲论五经于石渠。复拜郎中、给事黄门，迁散骑、谏大夫、给事中。元帝初即位，萧望之、周堪荐更生明经有行，擢散骑、宗正、给事中。寻为外戚许、史及宦官恭、显所谮诉，凡再系狱。既为庶人，乃上封事，推《春秋》灾异，以救今事。请放远佞邪之党，坏散险诐之聚，杜闭群枉之门，广开众正之路。恭、显见之，愈与许、史比而怨更生。谪废十余年。成帝即位，更生乃复进用，更名向。拜中郎，数奏封事，迁光禄大夫。时数有灾异，向以为外戚贵盛，王氏用事之咎，乃集《洪范五行传论》奏之。天子心知向忠精，然终不能夺王氏权。向又上疏谏营昌陵，制度泰奢，致民怨气[③]感动阴阳，宜从公卿大臣议，以息众庶。又睹俗弥奢淫，而赵、卫之属起微贱，逾礼制，故采取《诗》《书》所载贤妃贞妇及孽嬖乱亡者，序次为《列女传》凡八篇，以戒天子。及采传记行事，著《新序》《说苑》凡五十篇奏之。数上疏言得失，陈法戒。书数十上，以助观览，补遗阙。上虽不能尽用，然内嘉其言，常嗟叹之。时上无继嗣，政由王氏出，灾异浸甚。复上封事极谏。天子召见向，叹息悲伤其意，谓曰："君且休矣，吾将思之！"向为人简易，无威仪，廉靖乐道，不交接世俗。专积思于经术，昼诵书传，夜观星宿，或不寐达旦。向自见得信于上，故常显讼宗室，讥刺王氏及在位大臣，其言多痛切，发于至诚。上数欲用向为九卿，辄为王氏居位者及丞相、御史所持，故终不迁。居列大夫官，前后三十余年。年七十二，卒。卒后十三岁，而王氏代汉。向三子，皆好学，少子歆最知名。向死后，歆复领五经，卒父前业。歆治《左氏春秋》，欲与《毛诗》《逸礼》《古文尚书》皆列于学官。哀帝令歆与五经博士讲论其义。诸博士或不肯置对，歆因移书太常博士责让之，言甚切。诸儒皆怨恨。歆由是忤执政

① 原作"泊"，据《汉书·韦贤传》改。
② 字据《汉书》本传补。
③ 原作"其"，据《汉书》本传改。

大臣，出补吏。王莽持政，白太后，留歆为右曹大夫。迁京兆尹，使治明堂辟雍，封红休侯。典儒林史卜之官，考定律历，著《三统历谱》。初，歆以建平元年改名秀，字颖叔云。及王莽篡位，歆为国师。

两龚，皆楚人也。胜字君宾，舍字君倩。二人相友，并著名节，故世谓之“楚两龚”。少皆好学明经。胜为郡吏，舍不仕。久之，楚王入朝，闻舍高名，聘舍为常侍，不得已随王。归国固辞，愿卒学，复至长安。而胜为郡吏，三举孝廉，以王国人不得宿卫，补吏，再为尉，一为丞。胜辄至官乃去。州举茂材，为重泉令，病去官。大司空何武、执金吾阎崇荐胜，征为谏大夫。引见。胜荐龚舍，有诏征。舍至，为谏大夫。胜居谏官，数上书求见，言百姓贫，盗贼多，吏不良，风俗薄，灾异数见，不可不忧；制度泰奢，刑罚泰深，赋敛泰重，宜以俭约先下。其言祖述王吉、贡禹之意。为大夫一岁余，迁丞相司直，徙光禄大夫，守右扶风。数月，上知胜非拨烦吏，乃复还胜光禄大夫、诸吏、给事中。胜言董贤乱制度，逆上指，贬秩一等。胜谢罪，乞骸骨。上乃复加赏赐，以子博为侍郎，出胜为渤海太守。胜谢病不任之官，积六月，免归。上复征为光禄大夫。胜常称疾卧，数上书乞骸骨。会哀帝崩，王莽白太皇太后，遣赐如昭帝时涿郡韩福故事，遂归老于乡里。初，龚舍以龚胜荐，征为谏大夫。病免。复征为博士，又病去。顷之，哀帝遣使者即楚，拜舍为太山太守。舍家居在武原，使者至县请舍，欲令至廷拜授印绶。舍曰：“王者以天下为家，何必县官？”遂于家受诏，便道之官。既至数月，上书乞骸骨。上征舍，至京兆东湖界，固称病笃。天子使使者收印绶，拜舍为光禄大夫。数赐告[①]，舍终不肯起，乃遣归。舍年六十八，王莽居摄中卒。莽既篡国，明年，遣使者即拜胜为讲学祭酒。胜称疾不应。后二年，莽复遣使者奉玺书、太子师友祭酒印绶，安车驷马迎胜，即拜秩上卿，先赐六月禄，直以办装。使者与郡太守、县长吏、三老官属、行义诸生千人以上，入胜里致诏。胜称病笃，为床室中。使者入户，南面立，致诏付玺书。至以印绶就加胜身，胜辄推不受。使者五日一与太守俱问起居，为胜两子及门弟子高晖等言：“朝廷虚心待君以茅土之封。虽疾病，宜动移至传舍，示有行意。必为子孙遗大业。”晖等白使者语。胜谓晖等：“吾受汉家厚恩，亡以报。今年老矣，旦暮入地，谊岂以一身事二姓，下见故主哉！”因敕以棺敛丧事，吾冢[②]种柏，作祠堂。语毕，遂不复开口饮食。积十四日死，时年七十九[③]。胜居彭城廉里，

① 原作“召”，据《汉书》本传改。汉律，官二千石者病满三月当免。“赐告”谓皇帝优赐其假，准带印绶僚属归家治病。

② 原作“家”，据《汉书》本传改。案原传：“勿随俗动吾冢，种柏，作祠堂。”所言较悉。本志节文多不省之省。

③ 原作“九十七”，据《汉书》本传乙正。

后世刻石表其里门。

刁瑭，字子荣，彭城人。以侍御史迁尚书，在朝有鲠直节。出为鲁、东海二郡相，性抗厉，有明略，所在称神。常以法度自整，家人莫见惰容。

刘平，字公子，楚郡彭城人也。本名旷，显宗后改为平。王莽时，为郡吏，守菑丘长（菑丘县属彭城国），政教大行。其后，每属县有剧贼，辄令平守之，所至皆理，一郡称其能。更始时，天下乱，平弟仲为贼所杀。其后，贼复忽至，平扶母逃难。仲遗腹女始一岁，平抱仲女而弃其子，曰："力不能两活，仲不可以绝类！"遂去不顾，与母俱匿野泽中。平朝出求食，逢饿贼，将烹。平叩头曰："今旦为老母求菜，愿得先归，食母毕，还就死。"因涕泣。贼见其志诚，哀而遣之。平还，既食母讫，因白曰："属与贼期，义不可欺。"遂还诣贼。众皆大惊，相谓曰："尝闻烈士，乃今见之。子去矣！"讫不忍烹。建武初，庞萌反于彭城，攻败郡守孙萌。平时复为郡吏，冒白刃伏萌身上，被七创，困顿不知所为，号泣请曰："愿以身代府君！"贼乃敛兵，指曰："此义士也，勿杀！"遂解去。萌伤甚气绝，有顷苏，渴求饮，平倾其创血以饮之。后数日，萌竟死，平乃裹创扶送萌丧，至其本县。后举孝廉，拜济阴郡丞。太守刘育甚重之，任以郡职，上书荐平。会平遭父丧，去官。服阕，拜全椒长。政以恩惠，百姓怀感。人或增资就赋，或减年从役。刺史、太守行部，狱无系囚，唯颁诏书而去。后以病免。显宗初，尚书仆射钟离意上书，荐旷执性恬淡，修身行义，应在朝次。书奏，诏征拜议郎，数引见。再迁侍中，数荐达名士。在位八年，以老病，疏乞骸骨，卒于家。

刘般，字伯兴，宣帝玄孙也。世封于楚。及般父纡袭封，遭王莽篡位，废为庶人，因家于彭城。般数岁而孤，独与母居。王莽败，天下乱，太夫人闻更始即位，乃将般奔长安。会更始败，复与般转侧兵革中，西行上陇，流至武威。般虽少，而笃志修行，讲诵不怠。建武八年，般将家属东至洛阳，修经学。明年，光武下诏封般为菑丘侯，奉孝王祀，使就国。后以国属楚王，徙封杼秋侯。十九年，行幸沛，诏问郡中诸侯行能。太守荐言般秉修至行，为诸侯师。帝闻而嘉之，乃赐般绶，钱百万，缯二百匹。永平元年，以国属沛，徙封居巢侯。就国数年，扬州刺史观恂荐般在国口无择言，行无怨恶，宜蒙旌显。显宗嘉之，征般行执金吾事，从至南阳，还为朝侯。帝欲置常平仓，公卿多以为便，般对以常平仓外有利民之名，而内实侵刻百姓，豪右因缘为奸，小民不能得其平，置之不便。帝乃止。先是，下令禁民渔捕二业，又以郡国牛疫，通使区种增耕，而吏下检括，多失其实，百姓患之。般上言民资渔采，以助口实，不妨农事。又乞申敕刺史、二千石，务令实核种田，其有增加，皆使与夺田同罪[①]。帝悉从之。建初二年，迁宗正。般在位，数言政事。其收恤九族，行义尤著，时人称之。建初三年卒。长子恺，字伯豫。以爵让弟宪，遁逃避封。久之，章和中，有司奏请绝恺国，肃宗美其义，特优假之。永元十年，有司复奏之，侍中贾逵因上书曰："孔子称：'能以礼让为国，于从政乎何有？'窃见居巢侯刘般嗣子恺，素行孝友，谦逊洁清，让封弟宪，潜身远迹。有司不原乐善之心，而绳以循常之法，惧非长克让之风，成含弘之化。恺景仰前修，有伯夷之节。宜蒙矜宥，全其先功，以增圣朝尚德之美。"和帝纳之，乃征恺，拜为郎，稍迁侍中。恺之入朝，在位者莫不仰其风行。永初元年，为太常。恺性笃古，贵处士，每有征举，必先岩穴。论议引正，辞气高雅。元初二年，为司徒。旧制：公卿、二千石、刺史不得行三年丧。内外众职，并废丧礼。元初中，邓太后诏长吏以下，不为亲行服者，不得典城选举。时有上言牧守宜同此制。诏下公卿，议者以为不便。恺独议曰："诏书所以为制服之科者，盖崇化厉俗，以弘孝道也。今刺史，一州之表；二千石，千里之师。职在平章百姓，宣美风俗，尤宜尊重典礼，以身先之。而议者不寻其端，至于牧守，则云不宜。是犹浊其源而望流清，曲其形而欲景直，不可得也。"太后从之。永宁元年，称病致仕，有诏优许，赐钱归养，河南尹岁致羊酒。时安帝始亲政事，朝廷多称恺之德，帝乃遣问起居，厚加赏赐。尚书陈忠上疏，诏引恺，拜太尉。视事三年，以疾乞骸骨。久乃许之。岁余，卒于家，诏使者护丧事，赐东园秘器，钱五十万，布千匹。少子茂，字叔盛，亦好礼让。历位出纳，桓帝时为司空。会司隶校尉李膺等抵罪，而南阳太守成瑨[②]、太原太守刘瓆下狱当死，茂与太尉陈蕃、司徒刘矩共上书讼之，帝不悦。有司承旨劾奏三公，茂遂坐免。建宁中，复为太中大夫，卒于官。

三国

张昭，字子布，彭城人。少好学，博览群书。昭渡江，孙策以为长史，待以师友礼，文武事一以委之。策临殁，以弟权托昭。权为吴王，敬礼弥[③]重，拜辅吴将军，班亚三司。昭容貌矜严，有威风，自权以下皆惮之。卒，赠娄侯[④]，时年八十一，谥曰文。昭子承，以才学知名，能甄别人物。时有同郡蔡款，承以国士荐为卫尉。承卒，谥定侯。昭弟子奋，亦为将军，有战功。

---

① 案《后汉书》本传："郡国以牛疫、水旱，垦田多减，故诏敕区种，增进顷亩，以为民也。而吏举度田，欲令多前，至于不种之处，亦通为租。"故乞申敕部州，凡报有种田增加者，皆与夺田同罪，以绝浮夸。

② 原作"晋"，据《后汉书》本传改。

③ 原作"称"，据正统《彭城志》、乾隆《徐州府志》及《三国志》裴注"待遇尤重"等改。

④ 案《三国志·吴书》本传：权既称尊号，昭以老病，上还官位及所统领，更拜辅吴将军，改封娄侯，食邑万户。此言"卒赠"，未审所据。

严畯，字曼才，彭城人。少耽学，性尤纯直。避难江东，张昭荐之孙权，以为骑都尉。及鲁肃卒，权令代镇陆口，因辞："[朴][1]素书生，不闲军事。"后为卫尉，使使蜀，蜀相诸葛亮善之。所著有《孝经传》《潮水论》。

晋

刘隗，字大连，彭城人，楚元王交之后也。隗少有文翰，起家秘书郎、彭城内史。避乱渡江，元帝以为从事中郎，迁丞相司直，委以刑宪。屡有劾奏，不畏强御。与尚书刁协，并为元帝所宠，万机秘密，皆豫闻之。拜镇北将军，都督青、徐、幽、平四[2]州，假节，加散骑常侍，率万人镇泗口。及王敦作乱，隗与刁协入见，奏诛王氏，不从。有惧色，遂奔石勒，卒。（隗子绥，举秀才，除驸[3]马都尉、奉朝请。绥子波，字道则，初仕石季龙。季龙死，遂归。穆帝以为襄城太守，累迁散骑常侍。督[4]淮北诸军、冀州刺史，未行，上疏而卒。波子淡，元熙初为庐江太守）

刘讷，字令言。有人伦识鉴。初入洛，见诸名士，叹曰："王夷甫，太鲜明；乐彦辅，我所敬；张茂先，我所不解；周弘武，巧于用短[5]；杜方叔，拙于用长。"讷后官至司隶校尉。讷子畴，字王乔。少有美誉，善谈名理。永嘉中，位至司徒左长史，为阎鼎所杀。司空蔡谟每叹曰："若使刘王乔南渡，司徒公之美选也！"王导拜司徒，叹曰："刘王乔若过江，我不独拜公也！"其为名流所推服如此。

刘牢之，字道坚，彭城人也。祖官父[6]，世以壮勇称。牢之面紫赤色，须目惊人，而沉毅多计画。太元初，谢玄北镇广陵，牢之以骁猛应选。玄以牢之为参军，领精锐为前锋，百战百胜。迁龙骧将军、彭城内史，以功赐爵武冈县男，食邑五百户。后戍彭城，复领太守。妖贼刘黎僭尊号于皇丘，及司马徽聚党马头山，牢之皆讨灭之。都督兖、青、冀、幽、并、徐、扬州晋陵军事[7]。及孙恩陷会稽，牢之率众东讨，屡胜之，径临浙江，进拜前将军、都督吴郡诸军事。恩惧，逃于海。顷之，恩浮海奄至京口，战士十万，楼船千余。牢之使刘裕自海盐赴难，牢之率大众而还。裕兵不满千人，与贼战，破之。恩死，牢之威名转振。元兴初，朝廷将讨桓玄，以牢之为前锋都督、征西将军，领江州事。元显以讨玄事咨牢之。牢之惧不能

① 字据《三国志·吴书》本传补。
② 原作"泗"，据《晋书》本传改。案《隋书·地理志》，东晋无泗州，北周始改安州为泗州，治宿豫。
③ 原作"附"，据《晋书》本传改。
④ 原作"都"，据《晋书》本传改。
⑤ 原作"拙"，据《晋书》本传、《世说新语·品藻》改。
⑥ 案《晋书》本传："曾祖羲，以善射事武帝，历北地、雁门太守。父建，有武干，为征虏将军。世以壮勇称。"此言"祖官父"，未审何解。
⑦ 原作"士"，据《晋书》本传改。

制，又虑平玄之后，功盖天下，必不为元显所容，深怀疑贰。玄遣何穆说牢之曰："自古乱世君臣相信者，有燕昭、乐毅，玄德、孔明，然皆勋业未卒，而二主早世。设使功成事遂，未保二臣之祸也。鄙语有之：'高鸟尽，良弓藏；狡兔殚，猎犬烹。'自开辟以来，戴震主之威，挟不赏之功，以见容于暗世者其谁？至如管仲相齐、雍齿侯汉，则往往有之。今君战败则倾宗，战胜亦覆族，欲以安归乎？孰若幡然改图，保其富贵，则身与金石等固，名与天壤无穷；孰与头足异处，身名俱灭，为天下笑哉！惟君图之。"牢之乃颇纳穆说，遣使与玄交通，俄令［其子］[①]敬宣降玄。玄大喜。元显既败，玄以牢之为征东将军、会稽太守，牢之乃叹曰："始尔便夺我兵，祸将至矣！"时玄屯相府，敬宣劝牢之袭玄，犹豫不决，佐吏多散走。而敬宣先还京口拔[②]其家，失期不到，牢之乃自缢死。俄而敬宣至，不遑哭，奔于广陵，将吏兵共殡敛牢之丧归丹徒。桓玄令斫棺斩首，暴尸于市。及刘裕建义，追理牢之，乃复本官。牢之子敬宣，字万寿。八岁丧母，昼夜号泣。四月八日，敬宣见众人灌佛，乃下头上金镜，为母灌像，因悲泣不自胜。桓序叹息，谓牢之曰："卿此儿非唯为家之孝子，必为国之忠臣！"起家为王恭前军参军，改后军咨议参军。进平会稽，迁后军从事中郎。桓玄得志，敬宣晓天文，知必有兴复晋室者。寻梦丸土服之，既觉，喜曰："丸者，桓也。桓既吞矣，吾当复本土乎！"乃结青州大姓，谋灭慕容德。会宋武帝平京口，手书召敬宣。至京师，以为辅国将军、晋陵太守，袭封武冈县男。累破诸贼，迁建威将军、江州刺史。安帝反正，表求解职，寻除宣城内史。义熙五年，宋武帝伐慕容超，除中军咨议参军。大破超军，进围广固，屡献规画。仍从南讨，为左卫将军。敬宣宽厚，善待士，多技艺，弓马音律，无事不善。十一年，进号右将[③]军，寻被害。子光祖[④]嗣。

南北朝

刘怀肃，彭城人，宋武帝从母兄也。家世贫窭，而躬耕好学。初为宁朔府司马，征孙恩，屡有战功。为费令。闻武帝起义，弃县远奔。京邑平定，振武将军道规追桓玄，以怀肃为司马，连破城垒。桓振据荆州，怀肃自云杜兼程七日而至。振勒兵三万，旗帜蔽野，跃马横矛，躬自突阵。流矢伤怀肃额，众惧欲奔。怀肃瞋目奋戈，胆气益壮。于是士卒争先，临阵斩振首。江陵平，道规加怀肃督江夏九郡，镇夏口，以建义功封东兴县侯。义熙元年，除辅国将军，淮南、历阳二郡太守。

① 二字据万历《徐州志》补。

② 原作"援"，据《晋书》本传改。

③ 原作"卫"，据《宋书》本传改。又，《南史》作"右军将军"。

④《南史》本传同，《宋书》本传无"光"字。

卒，赐左将军。弟怀敬，武帝以其母乳保旧恩，累见宠授，至会稽太守，历尚书、金紫光禄大夫。怀敬子真道，仕宋，为钱唐令。元嘉十三年，东土饥荒，扬州从事沈演之表真道有美政。上嘉之，赐谷千斛，以为步兵校尉。十四年，出为梁、南[①]秦二州刺史。十八年，讨破杨难当。十九年，大致克捷，以真道为建威将军、雍州刺史。

刘怀慎，怀敬弟。少谨慎质直。从宋武帝征伐，位徐州刺史。为政严猛，境内震肃。以平广固及卢循功，封南城县男。武帝北伐，以为中领军、征虏将军。怀慎名位转优，而恭恪愈至。永初元年，以佐命功进爵为侯，位五兵尚书，加散骑常侍、太中大夫。景平元年，迁护军将军。禄赐班于宗族，家无余财。卒，谥肃侯。子德愿嗣。初为游击将军，改秦郡太守，迁豫州刺史。庶长子荣祖，少好骑射，为宋武帝所知。及卢循攻逼京邑，时贼乘小舰入淮拔栅，武帝宣令三军不得辄射贼。荣祖不胜愤怒，冒禁射之，所中应弦而倒，帝益奇焉。以战功参太尉［军事］[②]。从讨司马休之，上乃解所著铠授之，荣祖陷阵，身被数创。及帝北伐，转镇西中兵参军，大破魏军于半城。帝大飨将士，谓荣祖曰："卿以寡克众，攻无坚城，虽古名将，何以过此！"永初中，为辅国将军，追论半城功，赐爵都乡侯。荣祖为人轻财贵义，善抚将士。卒于官。

刘亮，怀慎从孙[③]。少工刀盾。仕宋，以军功封顺阳县侯，历梁、益二州刺史。在位廉俭，所得公禄悉以还官，明帝下诏褒美。卒，谥刚侯。

刘钟，字世之，彭城人也。少孤，有志［力］[④]，常慷慨于贫贱。宋武帝伐孙恩，钟摧坚陷阵，为郡主簿。后除南齐国内史、安丘县五等侯。从征广固，孟龙符于阵陷殁，钟直入贼营，取其尸而反。卢循逼建邺，钟拒栅，身被重创，贼不得入。及循南走，与王仲德追之，又与刘藩追徐道覆[⑤]于始兴，斩之。后随朱龄石伐蜀，为前锋。以广固功，封永新县男。累迁右卫将军。

刘简之，彭城吕人也。有志干，为宋武帝所知。帝将谋兴复，收集才力之士，尝再造简之，会有客。简之悟意，谓弟虔之曰："刘下邳再来，必当有意。既不得语，汝可试往见之。"及虔之至，武帝已克京口，虔之即投义。简之闻之，杀耕牛，会众以赴之。位太尉咨议参军。简之弟谦之，好学，撰《晋纪》二十卷，位至广州刺史、太中大夫。虔之轻财好施，为江夏相，从宋武帝征司马休之，追赠梁、南秦

① 原作"国"，据《宋书》《南史》本传改。
② 二字据《通志》《南史》本传补。
③ 原作"子"，案《宋书》《南史》本传：怀慎弟怀默，怀默子孙登，孙登子亮，实为从孙，据改。
④ 字据《宋书》本传补。
⑤ 原作"福"，据《宋书》《南史》本传改。

二州刺史，封新康县男。

刘康祖，虔之子。便弓马，膂[①]力绝人。袭封，拜员外郎。宋孝武为豫州刺史，镇历阳，以康祖为征虏中兵参军。魏太武攻围汝南，文帝遣救援，康祖总统为前驱，奋击破之，太武烧营退走。迁左军将军。卒，赠益州刺史，谥曰壮。

刘道产，简之子。仕宋，初为无锡令，袭爵晋安县五等侯。元嘉三年，累迁至梁、南秦二州刺史，加都督，在州有惠化。后为雍州刺史，领宁蛮校尉，加都督，襄阳太守。善于临职，在雍部[②]政绩尤著，蛮夷前后不受化者皆顺服。百姓乐业，由此有《襄阳乐歌》，自道产始也。卒于官，谥曰襄。道产泽被西土，及其丧还，诸蛮皆缞绖号哭，送至沔口。子延孙，孝武初位侍中，封东昌县侯。累迁尚书右[③]仆射，除金紫光禄大夫。卒，奏谥忠穆，诏改为文穆。

刘遗民，彭城人。尝为柴桑令，遁迹庐山。时，陶渊明、周续之亦不应征命，谓之"浔阳三隐"。

刘勔，字伯猷，彭城安上里人也。少有志节，兼好文[④]义，家贫。仕宋，初为广州增城令，稍迁郁林太守。大明初，还都[⑤]，徐州刺史刘道隆请为宁朔司马。竟陵王诞据广陵为逆，勔随道隆受沈庆之节度。事平，封金城县五等侯。明帝即位，江州刺史晋安王子勋为逆，四方响应。勔以本官领建平王景素辅国司马，进据梁山。会豫州刺史殷琰反叛，召勔还都致讨。时琰婴城固守，自始春至于穷冬，勔内攻外御，战无不捷。善抚将帅，以宽厚为众所依。及琰请降，寿阳平，勔约令三军不得妄动，城内士庶感悦，为立碑纪德。还都，拜太子右卫率，封鄱阳县侯。迁右卫将军，行豫州刺史，加都督。后征拜散骑常侍、中领军。明帝临崩，顾命以勔为守尚书右仆射、中领军。废帝即位，加兵五百人。元徽初，桂阳王休范为乱，奄至建邺。勔战败，死之。事平，赠司空，谥曰昭。子悛，字士操。仕齐，初[⑥]为领军将军、司州刺史。父勔于大航战死，悛时遇疾，扶伏路次，求勔尸。勔尸顶后[⑦]伤缺，悛拔发补之。持丧墓侧，冬月不衣絮。后道从寿阳之司州刺史任，过勔碑下，再拜泣涕。以父死朱雀航，终身不由其路。明帝崩，东昏侯即位，改授散骑常侍，领[⑧]骁骑将军。卫送山陵，路经朱雀航，感恸[⑨]，至曲阿而卒。

---

① 原作"智"，据《宋书》《南史》本传改。
② 原作"日"，据《宋书》《南史》本传改。
③ 原作"左"，据《宋书》《南史》本传改。
④ 原作"交"，据《宋书》《南史》本传改。
⑤ 原作"迁都督"，据《宋书》《南史》本传改。
⑥ 原作"为"，据万历《徐州志》改。
⑦ 原作"复"，据《南齐书》《南史》本传改。
⑧ 原作"郎"，据《南齐书》《南史》本传改。
⑨ 原作"动"，据《南齐书》《南史》本传改。

到彦之，字道豫，彭城武原人也。仕宋，以战功进爵为侯。佐守荆楚垂二十载，威信为士民所怀。后以制督诸军北伐无功，免官。寻复起为护军将军，复封爵邑，固辞。卒，谥曰忠。彦之［曾］[①]孙溉，字茂灌；洽，字茂沿，兄弟并以文才知名。溉仕梁，累官至兵部尚书[②]，最为武帝所亲爱；洽应召为太子舍人。时任昉为御史丞，又有彭城刘孝绰、刘苞、刘孺，吴郡陆倕、张率，沛国刘显，及溉、洽，车轨所至，号曰“兰台聚”。有集二十卷。梁以溉、洽兄弟比之二陆，故元帝赠诗及之（诗：魏世重双丁，晋朝称二陆。何如今两到，复似凌霜竹）。帝尝幸华光殿，诏洽赋二十韵诗，以洽辞为工，赐绢二十匹。历迁御史中丞。溉从弟沆，五岁时即过目成诵。既长，勤学善属文，工篆隶。梁天监初，以高才硕学，待诏学士省。帝宴华光殿，命群臣赋诗，独诏沆为二百字，三刻便成[③]。沆于坐立奏，其文甚美。三年，以为殿中曹侍郎。溉子镜，五岁便口授为诗，婉有辞况。仕梁，位太子舍人。作《七悟》，文甚美。镜子荩，早聪慧，历尚书殿中郎。尝从梁武帝幸京口，令群臣赋北顾诗，荩受诏便就。上览以示溉曰：“荩定是才子！”因赐绢二十匹，除丹阳尹［丞］[④]。帝尝谓任昉曰：“诸到可谓才子！”昉对曰：“臣窃以为，宋得其武，梁得［其］[⑤]文。”洽子仲举，字德言，志操耿特。陈文帝居乡里，尝过之。及嗣位，授侍中，参掌选事。天嘉元年，守都官尚书，封建昌县侯。天康元年，迁侍中、尚书仆射，寻加贞毅将军、金紫光禄大夫。

刘孝孙，彭城人。博学通敏，仕多不遂。尝叹曰：“古人或开[⑥]一说而致卿相，立谈间而降白璧，书籍妄耳！”

刘孝绰，勔之孙。七岁能属文，舅王融称为神童。起家著作郎，尝侍梁武帝宴，作诗七首，帝篇篇叹赏，授秘书丞，谓周舍曰：“第一官当知用第一人！”故以孝绰居此职。迁散骑常侍，坐免，复起为秘书监。孝绰词藻为时所宗，流闻河朔。弟潜，字孝仪。幼孤，兄弟相勖以学。梁天监五年，举秀才，累迁尚书左丞，兼御史中丞。在职多所弹纠，无或顾望。出为临海太守，励精绥抚，境内翕然。入迁都官尚书。太清元年，出为豫章内史[⑦]。孝仪为人宽厚，内行尤笃，奉寡嫂甚谨，家无巨细，必咨于嫂然后行。从弟孺，字孝稚。幼聪敏，能属文如孝绰。年十四，居丧，毁瘠骨立。叔父瑱常置坐侧，谓宾客曰：“此吾家明珠也。”仕梁，起家中军法

① 案《南史》卷二十五：到彦之少子仲度，仲度子抅，抅子沆，抅弟子溉，“溉与兄沼、弟洽俱知名”，是溉、洽等皆为彦之曾孙，非孙辈，字据《南史》《梁书》本传补。

② 据《南史》本传：“掌吏部尚书。”《氏族大全》《南畿志》等作“兵部”，未审所据。

③ 案《梁书·文学传上》“二刻使成”，“便”似为“使”形近之讹。

④ 字据《南史·到溉传》补。

⑤ 字据《南史·到溉传》补。

⑥ 原作“闻”，据《南史》本传改。

⑦ 原作“豫州刺史”，据《梁书》《南史》本传改。

曹行参军，迁太子中舍人。尝在御坐为《李赋》，受诏便成，文不加点，武帝甚叹赏之。后侍宴寿光殿，应诏赋诗，未及成，帝取孺手版题诗戏之，其见亲爱如此。迁中书郎、散骑常侍。大同五年，授吏部尚书。出为晋陵太守，在郡和理，为吏民所称。入为侍中，复为吏部尚书。母忧，以毁卒，谥曰孝。盖其群从子弟以文名者七十余人，而孝绰、孝仪、孝稚并有文集行于世。孺弟览，字孝智。十六通《老》《易》，位中书郎。以所生母忧，庐于墓。常再期不尝盐酪，食麦粥而已。隆冬止著单布衣，家人虑不胜丧，中夜窃置炭于床下，览因暖得寐，及觉知之，号恸呕血。梁武帝闻其至性，数使省视。服阕，除尚书左丞。览弟遵，字孝陵。少清雅，有学行。为晋安王纲宣惠[①]、云麾二府记室，甚见宾礼。王立为皇太子，仍除中庶子。遵自随藩及在东宫，以旧恩偏蒙宠遇，时辈莫及。卒于官，皇太子深痛惜之，形诸悼辞（曰：中庶奄至殒逝，痛可言乎？其孝友淳深，立身贞固，内含玉润，外表澜清，言行相符，终始如一。文史该富，琬琰为心；辞章博赡，玄黄成采。既以鸣谦表性，又以难进自居。吾昔在汉南，连翩书记；及忝朱方，从容坐首。鹢舟乍动，朱鹭徐鸣，未尝一日而不追随，一时而不会遇。益者三友，彼实其人。及弘道下邑，未申善政，而能使人结去思，野多驯翟。此亦威凤一羽，足以验其五德）。

刘苞，字孝尝，一字孟尝，悛弟子也。苞三岁而孤，至六七岁，见诸父常泣。时伯［叔］[②]父悛、绘等并显贵，其母谓其畏惮，怒之。苞曰："早孤，不及有识，闻诸父多相似，故心中悲耳！"因而歔欷，母亦悲恸。初，苞父母及两兄相继亡殁，悉假瘗焉。苞年十六，始移墓所，经营改葬，不资诸父。奉其母孝，尝为扇席温枕焉。

孙棘，彭城人也。宋大明五年，发三五丁，弟萨应充行，坐违期不至。棘诣郡辞列："棘为家［长］[③]，令弟不行，罪应百死，乞以身代萨。"萨又辞列自引。太守张岱疑其不实，以棘、萨各置一处，报云听其相代。并色喜，甘心赴死。棘妻许又寄语属棘："君当门户，岂可委罪小郎？且大家临亡，以小郎属君，竟未妻娶，家道不立。君已有二儿，死复何恨！"岱依事表上，孝武诏特原罪。州加辟命，并赐帛二十匹。

徐文盛，彭城人。梁大同末，为宁州刺史。州在僻远，群蛮劫窃，前后刺史竟莫能制。文盛推心抚慰，夷人感之，风俗遂改。

---

① 原作"慰"，据《梁书》《南史》本传改。

② 字据《梁书》《南史》本传补。案《南史》：悛弟愃，是为苞父，愃弟为绘，不当统曰伯父。

③ 字据《南史·孝义传上》补。

刘善明，彭城人[①]。[父怀民][②]，仕宋，为齐、北海二郡太守。元嘉末，青州饥荒，人相食。善明家有积粟，躬食馑粥，开仓以救。乡里多获全济，百姓呼其家田为“续命田”。废帝见杀，善明为高帝骠骑咨议、南东海太守、行南徐州事。沈攸之反，善明献计。事平，高帝召善明还都，谓曰：“卿策沈攸之，虽张良、陈平，适如此耳！”仍迁太尉右司马。齐台建，为右卫将军，辞疾不拜。高帝践阼，以善明勋诚，欲与之禄，召谓曰：“淮南近畿，国之形势，非亲贤不居，卿与我卧理之。”乃代明帝为淮南、宣城二郡太守，遣使拜授，封新淦伯。善明至郡[③]，上表陈事凡一十一条，上优诏答之。善明少立节行，常云：“在家当孝，为吏当清，子孙楷栻足矣！”所历之职，廉简不烦，俸禄散之亲友。建元二年卒，遗命薄殡。赠左将军、豫州刺史，谥烈。善明家无遗储，唯有书八千卷。高帝闻其清贫，赐其子涤葛塘屯谷五百斛，曰：“葛屯亦吾之垣下，令后世知其见异。”从弟僧副，字士云，位前将军，封丰阳男，卒于巴西、梓潼二郡太守。上图功臣像赞，僧副与焉。

刘芳，字伯友[④]，彭城丛亭里人。魏[孝][⑤]文帝时，为中书侍郎，授太子经。才思深敏精博。初，王肃来奔，芳与辩论。肃曰：“此非刘石经也？”昔汉世造三字石经于太学，学者文字不正，多往质焉，芳音义明辩，疑者往询，故时人号为“石经”。出为刺史，朝廷吉凶大事皆就咨焉。齐将入寇徐州，疆埸之人颇怀去就，帝忧之，以芳为散骑常侍、国子祭酒、徐州大中正，行徐州事。后兼侍中，迁中书令，出除青州刺史。还朝正朝仪，补太常卿，议郊祀礼，宣武从之。尝集《礼记义证》十卷。卒，赠镇东将军、徐州刺史，谥曰文贞。子怿，仕魏，历徐州别驾、兖州左军府长史、司空咨议参军。屡为行台出使，所历皆有当官之称。转通直散骑常侍、徐州大中正，行郢州事。寻迁安南将军、大司农卿。卒，赠徐州刺史，谥曰简。孙逖，有文藻，仕北齐，官至仪同三司。骘[⑥]，仕魏，位徐州开府从事中郎，转中书舍人。属梁通和，骘前后受敕对其使一十六人。为司徒左长史。卒，赠南青州刺史。弘，少好学，有行检，重节概。周武帝以为本郡太守。以功授仪同、永昌太

① 按：《南齐书》《南史》本传并云刘善明为山东平原人。本志云“彭城人”者，系误。案《梁书·张缵传》：“普通初，魏遣彭城人刘善明诣京师请和。”此善明为魏彭城人，事在梁武帝普通元年（520）以后，本志善明仕齐，卒于齐武帝建元二年（480），是为同名而不同时。后志皆同误。

② 字据《南齐书》本传补。按：宋世为二郡太守者，其父怀民也，非善明。参本传“年四十，刺史刘道隆辟为治中从事，父怀民谓曰：‘我已知汝立身，复欲见汝立官也。’善明乃应辟”明矣。自康熙《徐州志》以前并省“父怀民”三字，悉误。

③ 原作“都”，据《南齐书》本传改。

④《魏书》作“伯文”，《北史》作“伯支”，郑樵《通志》作“伯友”。徐州诸志三说间采，正统《彭城志》、康熙《徐州志》作“伯文”，嘉靖、万历、顺治《徐州志》作“伯友”，道光《铜山县志》作“伯支”。

⑤ 字参《魏书》《北史》本传补。

⑥ 原作“隙”，据《魏书》《北史》本传改，下同。按：刘骘，字子昇，刘廞之子，刘芳之孙。

守、齐州长[①]史。志在立功，不安佐职。隋高祖平陈之役，表请从军，以功加上仪同，封濩泽县公，拜泉州刺史。会高智慧作乱，以兵攻州。弘城守百余日，救兵不至。前后出战，死亡太半。粮尽，无所食，与士卒数百人煮犀甲腰带，及剥树皮而食之，一无所离散。贼知其饥饿，欲降之，弘抗节弥厉。贼悉众来攻，城陷，为贼所害。上闻而嘉叹者久之，赐物二千段。长子信，袭其官爵。[芳之][②]从子懋，博综书史，善草隶书，识奇字。魏宣武初入朝，位尚书外兵郎中。芳甚重之，凡所撰定朝廷轨仪，皆与参量。尚书博议，懋与殿中郎袁翻常为议主。达于从正，府中疑事，咸所访决。迁步兵校尉。孝明初，大军攻硖石[③]，懋为李平行台郎中。城拔，懋颇有功。迁太尉司马，卒。家甚清贫，亡之日，徒四壁而已。当时才俊莫不痛惜之。赠持节、前将军，谥曰宣简。所制诗文，见称于时。又撰诸品物造作之始十五卷，名曰《物祖》。

孙道登[④]，彭城吕县人。魏永安初，为梁将韦休等所获，胁使招降乡曲。道登乃厉声倡呼："贼无所能！"遂见屠戮。朝廷遣官吊祭，赐五等子爵。

郑抗，字子信，彭城人。有文学。北齐武平末，兼左右郎中，待诏文林馆。（兄颐，行迹无取，今削之）

渤海封卓妻刘氏，彭城人。卓始醮，即赴官京师，寻坐事伏法。刘家居，忽梦卓已死，号哭不止。经旬，凶问果至，遂恸而绝。著作郎高允作诗八章以哀之（诗：两仪正位，人伦肇甄。爰制夫妇，统业承先。虽曰异族，气犹自然。生则同室，终契黄泉。○封生令达，卓为时彦。内协黄中，外兼三变。谁能作配，克应其选。实有华宗，挺生淑媛。○京野势殊，山川乖互。乃奉王命，载驰在路。公务既弘，私义获著。因媒致币，遘止一暮。○率我初冠，眷彼弱笄。形由礼比，情以趣谐。忻愿难常，影迹易乖。悠悠言迈，戚戚长怀。○时遇险迍，横罹尘网。伏锧[⑤]就刑，身分土壤。千里虽遐，应如影响。良嫔洞感，发于梦想。○仰惟亲命，俯寻嘉好。谁谓会浅，义深情到。毕志守穷，誓不二醮。何以验之，殒身是效。○人之处世，孰不厚生。必存于义，所重则轻。结愤钟心，甘就幽冥。永捐堂宇，长辞母兄。○茫茫中野，翳翳孤丘。葛藟冥蒙，荆棘四周。理苟不昧，神必俱游。异哉贞妇，旷世靡俦）。

① 原作"刺"，据《隋书·诚节》本传改。
② 二字据万历《徐州志》补。
③ 原作"陕右"，据《魏书》《北史》本传改。
④《魏书·节义》本传同。《北史·节义传》作"逊道登"。
⑤ 原作"质"，通"锧"，今从《魏书·列女传》用"锧"。自万历《徐州志》以下同改。

隋

刘子翊，彭城丛亭里人。性刚蹇，有吏干。大业间，授侍书侍御史[①]。尝从幸江都，因侍切谏，出为丹阳留守。寻遣上江督运，为贼吴棋子所虏。欲要以为主，不从。会炀帝被弑，群贼执子翊至临川城下，使以帝崩告城中。子翊反其言，于是见害。

刘高，彭城人，仕为萧令。语在《萧·宦迹传》。

刘縠[②]，字仲宝，彭城人。儒雅博洽，善辞翰。随湘东王在藩十余年，宠寄甚深，当时文檄皆其所为。位吏部尚书、国子祭酒。魏克江陵，入长安。

刘仕雋，彭城人也。性至孝。丁母丧，绝而复苏，勺饮不入口者七日。庐于墓侧，负土成坟，列植松柏。虎[③]狼驯扰，为之取食。隋文帝受禅，表其门闾。

唐

刘德威，彭城人。有干略。隋大业末，从裴仁基讨淮贼，手剑贼酋，传行在。后归李密。密降，俱入朝，授左武候[④]将军，封滕县公。诏将兵击刘武周。俄为武周所获，使率本部徇地浩州，得自拔归。尽上贼中虚实，高祖嘉纳。贞观初，历大理卿、绵州刺史，政号廉平，百姓立石颂德。寻检校益州大都督府长史，入为大理卿。太宗问曰："比刑网浸密，咎安在?"德威曰："在君不在臣。下之宽猛，视主之好恶。今坐入者无辜，坐出者有罪，所以吏务深文，为自营计，非有教使然也。"帝然其言。后迁刑部尚书，检校雍州别驾。母丧，免。既除，为同州刺史。永徽三年卒，赠礼部尚书、幽州都督，谥曰襄，陪葬献陵。德威于闺门友睦，为人宽平。生平所得俸禄，以分宗亲，无留藏。子二：审礼、易从[⑤]。审礼[⑥]以孝义著闻。贞观中，历左骁卫郎将。仪凤三年，吐蕃寇凉州，审礼战败见执。易从往省之。既至，而审礼卒。易从昼夜号哭不止，吐蕃哀其志，乃还其尸。徒跣万里，扶护以归，见

---

① 按：即《后汉书·百官志》之"治书侍御史"，掌律令，隋时秩从五品。唐人避高宗李治讳，改"持书侍御史""授书侍御史"。《隋书》《明一统志》《南畿志》作"治"，从本称也；《北史·节义传》、郑樵《通志》作"授"；《唐六典》《江南通志》作"侍"，皆相沿避字，积久成俗。嘉靖、万历、顺治、康熙《徐州志》作"侍"；正统《彭城志》、康熙《徐州志·祀典》、乾隆《徐州府志》、各本《铜山县志》作"治"，皆有所本，各从原文。

② 案《南史·刘瓛传》，刘縠，萧梁时人，没入北周。《隋书·艺术·庾信传》载："庾季才……常吉日良辰，与琅邪王褒、彭城刘縠、河东裴政及宗人信等，为文酒之会。"志书或据此以为隋人。

③《北史》作"虎"，《隋书》作"狐"。

④ 原作"侯"，据两《唐书》本传改。

⑤ 案《新唐书》本传：德威二子：审礼、延景。本志作"易从"者，实为德威之孙，审礼庶子。又易从入吐蕃而审礼殁，昼夜号哭，吐蕃哀其志，《新唐书》作"乃还父尸"，本志改作"乃还其尸"，似为刻意所改，非系解读之误，未审何所据也。今径改则妨文例，暂仍原文，附辨于此。

⑥ 原作"理"，据两《唐书》本传改。

者流涕。永昌中，封任城县男。为酷吏周兴诬构，坐死。将刑，百姓奔走，争解衣投地，曰："为长史祈福！"有司平直，乃十余万。当时号"孝义刘家"，及易从以非祸死，天下冤之。从孙[①]延嗣，为润[②]州司马。徐敬业攻润州，延嗣与刺史固守。俄而城陷，敬业邀以降，延嗣曰："吾世蒙恩，今城不守，所负多矣，讵能苟生为宗族羞?"敬业怒，将斩之，其党魏思温救止，系江都狱。敬业败，录忠当叙，以裴炎近亲，裁迁梓州长史，转汾州刺史。

司马锽[③]，州人。天授初，左补阙薛谦光上疏论选举之弊。长安中，选台阁贤望分典大郡，得韦嗣立等十九人，锽与焉。申选到部，政绩可称者，独谦光与锽二人而已。

路审中，徐吏也。崔彦曾知其能，颇任之。既遇害，赂守卒，敛藏其尸。张玄稔攻徐州，审中率死士应官军，开南白门入，因得破庞勋。后位岚州刺史。郑畋谓审中节贯神明，请擢为右羽林将军，诏可。

刘海宾，彭城人。以义侠闻。为泾原兵马将，与段秀实友善，累立战功，兼御史中丞。刘文喜据泾州叛，海宾与其子光国给以奏请，及入对，因言奸慝可诛状。既还，光国手斩文喜，献阙下。拜左骁卫大将军，封五原郡王；海宾，乐平郡王，赠太子太保，实封百户。

刘沔，字子汪，廷珍子。少孤，客振武节度使范希朝，署牙将。希朝奇之，召谓曰："后日必处吾坐。"希朝卒，入为神策将。迁大将军，擢泾原节度使，进检校尚书左仆射。累立战功，又进金紫光禄大夫，赐一子官。

石雄，州人。少为牙校，敢毅[④]善战，气盖军中。会昌初，回鹘入寇，诏雄为天德防御副使，兼朔州[⑤]刺史，佐刘沔屯云州。雄临财廉，每朝廷赐与，辄置军门，自取［一］[⑥]匹缣，余悉分士伍，由是众咸感奋。武宗喜曰："今将帅义而勇，罕雄比者！"就拜行营节度使。

刘延祐，彭城人。[伯父胤之][⑦]，少志学。武德中，杜淹荐为信都令，有惠政。

---

① 案两《唐书》本传，延嗣系德威从子，审礼从弟。此处传主德威，当云"从子"。

② 原作"闰"，据两《唐书》本传改。下同。

③ 案《旧唐书·文苑传中·刘宪》："则天时，敕吏部糊名考选人判，以求才彦，宪与王适、司马锽、梁载言，相次判入第二等。"附传载："锽，洛州温人也。神龙中，卒于黄门侍郎。"《新唐书·文艺传中》载："锽，河南人，神龙初，以中书侍郎卒。"又《通鉴总类》卷八下《内外之任门》亦载此事，谓："其后政迹可称者，唯常州刺史薛谦光、徐州刺史司马锽而已。"据此，锽应为河南洛州温县人，尝为徐州刺史，似宜改入《宦迹传》。

④ 原作"义"，据《新唐书》本传改。

⑤ 原作"方"，据《新唐书》本传改。按：汉武帝元朔二年置朔方刺史，察朔方、五原、云中、上郡、安定、北地，凡六郡；唐朔州只马邑一地，不合以古称视之。

⑥ 底本漫漶，字据《新唐书》本传补。

⑦ 四字据《新唐书·文艺传上》补。

永徽初，以著作郎、弘文馆学士，撰次国史并实录，以劳封阳城县男，终楚州刺史。延祐，擢进士，补渭南尉，有吏能，治第一。李勣戒之曰："子春秋少，而有美名，宜稍自抑，无为出人上。"延祐钦纳。后检校司宾少卿，封薛县男。从弟藏器，高宗[①]时为侍御史。卫尉卿尉迟宝琳胁人女为妾，藏器劾还之。宝琳私请帝止其还。藏器曰："法为天下权衡。陛下用舍由情，法何所施？"乃诏可。后出为宋州司马。子知几，通览群书，善文辞。举进士，累迁凤阁舍人、修国史。著《史通[②]》内外四十九篇，徐坚叹曰："为史氏者，宜置此座右也！"开元初，迁左散骑常侍。

刘商，字子夏，彭城人。第进士，历尚书虞部郎中，以病免。所著有《刘虞部集》十卷。

刘巨容，州人，为州大将。庞勋之反，自拔归，授埇桥镇遏使。浙西突阵将王郢反，攻明州，巨容以筒箭射郢死，拜明州刺史，徙楚州团练使。黄巢乱江淮，授蕲黄招讨副使，徙襄州行军司马、检校右散骑常侍。累立战功，迁检校礼部尚书。后授南面行营招讨使，累兼天下兵马先锋开道供军粮料使，检校司空，封彭城县侯。

王驾，字大用，彭城人[③]，自号守素先生。大顺元年第进士。所著有《王驾集》一卷。

皇甫恒[④]、尹务荣，皆彭城人。咸数世同居，以孝弟名通朝廷，事亲、居丧著至行。天子各旌表门闾，给赐粟帛。

王孝女，州人，字和子。元和中，父、兄皆防秋屯泾州，吐蕃寇边，并战死。和子年十七，单身被发，徒跣缞裳抵泾屯。日丐贷，护二丧还葬于乡。植松柏，剪发坏容，庐墓所。节度使王智兴白状，诏旌其门。

五代

刘仁赡[⑤]，字守惠，彭城人。仕南唐，以清淮军节度使镇寿州。周师攻寿州，仁赡坚壁不下。子崇［谏］[⑥]幸其父病，谋与诸将出降，仁赡立命斩之。于是士卒皆

---

① 原作"祖"，据两《唐书》本传改。

② 原作"论"，据《新唐书》本传改。

③ 马端临《文献通考·经籍考》引陈傅良说"唐彭城王驾大用"，《唐才子传》谓王驾"蒲中人"，《唐诗纪事》及《山西通志》俱谓"河中人"。并存俟考。

④ 皇甫恒前原有"思义"二字。案《新唐书·孝友传》载孝悌名通朝廷者，有"徐州皇甫恒、彭城尹务荣"，未有"思义"其人。而"鼓城彭思义、陈屺、田堤岳"三人，皆定州鼓城县人。本志只录"思义"而脱其姓，未及陈、田二人，疑涂删未尽所遗，今径删。

⑤ 原作"瞻"，案今正史皆作"赡"，据改，下皆同。按：刘仁赡，《新五代史》作"彭城人"，陆游《南唐书》作"淮阴洪泽人"。

⑥ 字据《新五代史》补。

感泣，愿以死守。仁赡病甚，其副使孙羽诈为仁赡书，以城降。世宗命舁仁赡至帐前，叹嗟久之，复使入城养疾，是日卒。国朝南京十庙，有刘忠肃王庙，即祀仁赡者。《五代史·死节传》：语曰“世乱识忠臣”，诚哉！五代之际，不可以为无人，吾得全节之士三人焉：一王彦章，一裴约，一仁赡云。

刘涛，彭城人。后唐举进士，为左补阙，累官少[①]詹事。宋太祖即位，素知涛履行，召至阙下。以老疾求退，授秘书监致仕。初，清泰中，中书舍人卢导受诏主文，将锁院，涛力荐薛居正，以为文章器业，必至台辅。导取之。后果为相，世称其知人。涛子顼，仕宋，为监察御史。顼子晟，晟子讷、谭，并进士及第。

刘知俊[②]，字希贤，州人也。从梁太祖，以为左开道指挥使。姿[③]貌雄杰，勇出诸将。历海、怀、郑三州刺史，以功表匡国军节度使，拜行营招讨使，加检校太尉兼侍中，封大彭郡王。

宋

郭廷谓，彭城人。幼好学，工书，善骑射。性恭谨，事母以孝闻。宋初，知亳州。冯瓒知梓州，为仆夫所讼，召［廷谓］[④]为静江军节度观察使留后以代之，悉除弊政。子延泽，博通典籍，累官国子博士。咸平中，以虞部员外郎致仕。

王汉忠，彭城人。少豪宕，有膂力。太宗时，为殿前指挥使，累迁侍卫马军都指挥使。契丹掠中山，往御之，追杀甚众。汉忠有识略，轻财乐施，崇儒好文，名称甚茂。卒，赠太尉。

刘颜，彭城人。好古学，不专章句。举进士，知龙兴县，［免官］[⑤]，家居以著书自适，学者常数十百人。所著有《儒术通要》《经济枢言》。石介见其书，叹曰：“恨不在弟子之列。”子庠，八岁能诗，蔡齐妻以子。第进士，迁太常博士[⑥]。英宗时，以灾异求直言，庠上书论时事，除监察御史里行。后以枢密直学士知渭州，复

---

①《宋史》本传作“右”。

② 案《新五代史》本传，知俊沛人，马暾《重修徐州志》入沛传。其后，嘉靖《沛县志》以景泰旧志与《明一统志》未收，并考吕祖谦《十七史详节》云“徐州人”，遂以马志为误而削之（嘉靖《沛县志·凡例》）。本志遂因而改入州人。万历《沛志》复收，辨曰：“知俊沛人，欧史足证。潞守马公收入邑志，是矣。吾邑志者，独据《一统志》、东莱《详节》削之。夫《一统志》概耳，采辑非出一手，订正不假岁月，失所不免。《详节》节史之略，吕公盖为知约者设也，可资为断案耶？马公胸富五车，家藏万卷，去取之间，严于毫发，此犹诋之，信无异盲瞽之诮离朱，拙工之短公输也！”（万历《沛志》卷十五《人物志》）

③ 原作“资”，据《新五代史》改。

④ 二字据《宋史》本传补。

⑤ 底本漫漶，二字据《明一统志》卷十八补。

⑥《明一统志》同。《宋史》本传及他书作“为高密广平院教授”。

知太原府[①]。庠有吏能，奄通历代，世称其博。

陈师道，徐州人也，字无己，号后山居士。父琪，国子博士，通判绛州。师道少刻苦问学，诸经皆有训传，于《诗》《礼》尤邃。其为诗文，平淡雅奥，自成一家。元祐中，以侍从合荐，为本州教授，改颍州，再迁棣学。元符三年庚辰冬，除秘书省正字。郊祀为执事官，其内子闻郊坛高寒，非挟纩不可，借姨家赵挺之绵裘衣之。临行，后山问此裘所从来，妻以实对，后山脱而掷之地。其夜寒冻，得疾不起，明年辛巳卒。师道方正嫉恶，甘贫有守。尝居都下逾年，未尝一［至］[②]贵人之门。章子厚欲一见，终不可得。傅钦之［知其］[③]贫甚，怀金馈之，及睹其貌，听其论议，竟不［敢以出］[④]口。所著有《后山集》二十卷。

甄君，州人，明经教授，乡称善人。既葬其亲，作室墓傍，陈后山名之曰“思亭”，而为之记（曰：甄，故徐富家。至甄君，始以明经教授，乡称善人。而家益贫，更数十岁不克葬。乞贷邑里，葬其父母昆弟凡几丧。邑人怜之，多助之者。既葬，益树以木，作室其傍，而问名于余。余以谓：“目之所视，而思从之。视干戈则思斗，视刀锯则思惧，视庙社则思敬，视第宅则思安。夫人存好恶喜惧之心，物至而思，固其理也。今夫升高而望松楸，下丘垅而行墟墓之间，棘荆莽然，狐兔之迹交道，其有不思其亲者乎？请名之曰‘思亭’。亲者，人之所不忘也，而君子慎之。故为墓于郊而封树之，为庙于家而尝禘之，为衰为忌而悲哀之，所以存其思也，其可忘乎？虽然，夫自亲而下，至于服尽，服尽则情尽，情尽则忘之矣。自吾之亲而至于忘之者，远故也。此亭之所以作也，凡君之子孙登斯亭者，其有忘乎？因其亲以广其思，其有不兴乎？”君曰：“博哉，子之言也！吾其庶乎？”曰：“未也！贤不肖异思后，岂不有望其木思以为材、视其榛棘思以为薪、登其丘墓思发其所藏者乎？”于是遽然流涕以泣，曰：“未也！”“吾为君记之，使君之子孙诵斯文者，视其美以为劝，视其恶以为戒，其可免乎？”君揽涕而谢，曰：“免矣！”遂为之记）。

刘湜，彭城人。举进士，历开封府推官，迁殿中侍御史。累迁龙图直学士、知庆州，改知密州。居官著能声。

寇国宝，州人。举进士，任吴县主簿。久从陈无己受学，文字实有渊源。其所题吴门寺壁一绝（诗：黄叶西陂水漫流，籧篨风急滞扁舟。夕阳暝色来千里，人语

① 案《宋史》本传：熙宁间，庠不肯屈事王安石，奏论新法，遂以为龙图阁直学士知太原府。迨元祐初，加枢密直学士，知渭州，寻卒。本志以太原在渭州后，与史有异。

② 底本漫漶，字据朱熹《宋名臣言行录·后集》卷十四补。

③ 底本漫漶，二字据《宋名臣言行录》补。

④ 底本漫漶，三字据《宋名臣言行录》补。

鸡声共一丘），人至今传之。惜不可多见尔。

张天骥，州人，号云龙山人。隐居不仕，与苏东坡、后山、参寥子游。尝作放鹤亭于云龙山之麓，东坡为作记（见《山川》下）。

时敦，彭城人。宣和初，为泽州倅。政事、词翰，为时推重。

李处全，州人①。文章宏肆，诗体兼众长，字画遒丽。登第，由宗正寺簿迁太常丞。后迁居溧阳。

颜太初，彭城人，颜子四十七世孙。第进士，累官国子监说书。所著有《洙南子》《凫绎集》及《淳曜联英》。尤慷慨好义，诗多讥切时事。初，孔圣祐卒，罢袭封，太初作诗以讽在位，因以圣祐弟袭封文宣公云。

郑仅，彭城人。第进士，为大名府司户参军。有善政，盗贼相戒不入境。累官吏部侍郎、知徐州。迁至显谟阁直学士。卒，谥修敏。子望之，少有文名。靖康初，再使金营。累官至户部侍郎，以徽猷阁直学士致仕。

赵立，徐州张益村人。政和中，补武卫军都虞候。建炎三年，金兵陷徐州，王复死之。立巷战夺门以出，为贼所得，夜杀守者入城，潜求复尸，恸哭掩藏。鼓率残兵邀击于外，断贼归路，尽焚营垒，夺舟船，扰击四出，军声复振。尽团乡民为兵，歃血申令，威震诸军。一鼓破贼遁去，乃抚循其民，召使复业。又奏置王复庙城中，遇出师，必率众泣祷。以复徐州功，诏授忠翊郎，就权州事。金人围楚州急，宣抚杜充命立往援。斩刈道路，行至淮阴遇贼，且行且战，遂抵城下。楚人被围久，闻立来，欢迎鼓舞。立时中箭，镞入舌下，坚不可取，命医以铁钳破齿骨钮去，移时乃出，流血盈襟，立色不变。贼益兵不已，立大破之。四年，以泗②州涟水军镇抚使兼知楚州。贼又并兵，列寨城下，相守百余日，忽飞炮碎其首，左右驰救之，犹曰："吾终不能与国灭贼矣！"言终而绝。事闻，特赠奉③国军节度使、开府仪同三司，立庙楚州，谥忠烈。立木强不知书，天性忠义。善骑射，容貌甚壮。不喜声色财货，与士卒同甘苦。每战，擐甲胄先登，众畏服，乐为用。视虏如仇，每言及必啮齿，而常戒士卒，惟以杀金人为言。议者谓立之功，虽张巡、许远不能过矣！

①《佩文斋书画谱》卷三十五引符衍《溧阳志》："李处全，字粹伯，徐州丰县人。"元张铉《至大金陵新志》卷十三下之上亦谓："徐州丰县人，邯郸公淑之曾孙。"他书间作徐人者，取其概也。

② 原作"楚"，据《宋史》本传改。

③ 原作"秦"，据《宋史》本传改。

金

曹珪，州人。大定中，州人江志①作乱，珪子弼在贼②中。珪谋诛志，并弼杀之。金主云："赤心为国，大义灭亲，特进三官，于正班用之。"

元

彻里，燕只吉台氏，州人。彻里幼孤，母教以书。至元中，世祖召见，应对详雅，悦之。尝奉使江南，省风俗，访遗逸。累官至中书平章政事。卒，追封徐国公，归葬于徐。有姚燧神道碑。

钱光弼，字仲明，彭城人。日诵千言。未壮，辟掾镇南王府。俄以云南行省荐，授将仕郎、同知晋宁州事。寻迁太常司直、治中，再迁汴梁路总管兼府尹。在汴未二年，省宪交荐，迁平江路总管，兼管内劝农事。薨于徐州。赠兵部尚书、上轻车都尉，追封彭城郡侯。有神道碑存。

石普，字元周，州人③。至正五年进士，授国史院编修官。后以军功升枢密院都事。时张士诚据高邮，普请先驱，为天下忠义倡。乃趋高邮，勒兵血战。左胁为贼枪所中，犹手握其枪斫贼死。贼众攒枪以刺，普力战死之。

国朝

朱守仁，字存道。少有大志。初仕元，为枢密院同知。本朝洪武初，改除中书断事，累迁工部尚书、北平行省参政。寻谪广西苍梧知县，旋复历官四川左布政使。时居方面者多贿败，唯守仁以廉洁见知，拜太仆卿。年七十乞归，赐白金、宝钞，仍官其子一人锦衣卫镇抚，世袭。守仁既家居，每圣节诣阙朝贺，特被优宠，上时对群臣褒美之。永乐中，卒于京邸，诏乘传归葬。孙环，字璇玉，由国子生授陕西靖宁州知州。有孝行，母殁庐墓，有司上闻，旌表其门。其居官亦著能声云。

王僧儿，母病，医祷弗效。僧儿沐浴叩天，剖腹取肝，入糜食母，母病寻愈。洪武壬午④，乡老以闻，旌表其门。阎马儿，洪武壬午，以匠执役京师。父家居病笃，马儿闻之，忧甚，例弗得归省，遂剖腹取肝，焚香吁天，祈父病瘳。事闻，复役，仍旌其门。王、阎爱亲捐躯，过中为孝，若不可以训者。然皆市廛细氓，素阙稽古，乃因心笃孝，亦足表振颓风。要未可律以先王之中道矣。

---

① 原作"忠"，据《金史·忠义传》改，下同。

② 原作"城"，据《金史·忠义传》改。案曹珪本传，江志作乱事在金大定四年（1164），即南宋孝宗隆兴北伐，符离兵溃之后，宋金议和之前。

③ 案正统《彭城志》及本志《选举表》：石普，砀山人。宜改归砀《人物传》。

④ 按：洪武壬午即建文四年，以明成祖去其年号，亦作洪武三十五年。阎马儿事亦同。正统《彭城志》云二人事在"洪武二十五年"，难详孰是。

任肃，字伯雝。领洪武己卯乡荐，初仕为工部主事，升刑部郎中。寻改工部营缮司，绰有能声。出为南昌守，多惠政。秩满上计，父老乞留，命增秩还任。寻升云南左参政，致仕归。

房栋，字子材。祖友信，洪武中以文学荐，授翰林检讨。父端，领景泰丙子乡荐。栋博学明经，有文誉。由国子生，授知山西崞县。致仕归，蓄古今书籍，闭户诵读，学益该博。惜其诗文佚散，不尽传云。

孙狗皮，洪武中，以功为北平都司都指挥。故志称："忠义著闻。永乐初，改授浙江某卫所千户。"不详其事。意或靖难时抗节不屈者邪?

刘泰[①]，字致亨。少颖悟好学。领洪武丙子乡荐，授山西陵川训导，谪戍泗州。壬午，扈从渡淮，以功授百户。永乐初，改授建宁通判，升礼部员外郎，监修《永乐大典》。书成，赏赉有加。寻致仕归。同时有郡庠生刘惟新，以楷书征修《大典》，授中书舍人，迁户部主事。无行迹，不传[②]。

朱芾，字大芾，州人。洪武中，仕为户科给事中。升御史，性刚直，纠劾百僚，无所避忌。以言事忤旨，谪戍云南。行次九江而卒，归葬于徐。

权谨，字仲常。其先河间人，父执中，徙家彭城，谨始为州人。天性孝友，十岁遭父丧，即哀毁尽礼，不啻如成人。母李氏，训之问学。谨刻厉成母志。兄度，初举贤良，授山西寿阳丞，坐事谪戍，谨罄资给其行。妹[③]早寡，谨抚其遗孤，俾成立。永乐丙戌，以沛人主事吕宁荐，为乐安令。廉明仁恕，为山东诸郡邑最。秩满，转光禄署丞。母病，躬汤药弗效，叩首吁天，求以身代。母愈，年九十终。比葬，躬负土封树。庐墓三年，孝感乌鸣、泉涌、兔驯之异。永乐二十二年，有司以闻，命驰驿赴阙。又命以其事状，朗诵大廷，示百僚。拜文华殿大学士，谨辞弗称，上曰："朕之除卿，嘉其孝，以风天下之为人子者，他非卿责也!"时，恭祀文皇，谨独哭之哀，上嘉赐牛羊脯醢、果饵。随侍皇太子监国留京，得辅导体。宣德元年，以疾乞归，进秩通政司右参议，赐白金、文绮，听致仕，仍敕礼官旌其门。谨既归，崇道敦德，终始不渝。正统中卒。子伦，字民衷，领永乐丁酉乡荐，学行修明。养亲二十年。亲终，隐居教授，不仕。伦子宇，亦笃孝道。伦年九十，病卧，宇侍奉汤药，寝不解带。既卒葬，庐墓负土，种树成林，晨昏哀泣。母卒合殡，亦如之。州守以闻，旌表其门。权氏世德，抑何其绳绳济美也!谨以孝表仪朝

---

① 原作"恭"，据正统《彭城志》及本志卷二《选举表》改。案《易·泰》："小往大来，吉，亨。"盖名"泰"字"致亨"，与《易》理合，《明一统志》亦同。后志沿作"刘恭"，讹或自此始。顺治《徐州志》改字为"政亨"，其讹益甚。

② 按：正统《彭城志》作"维新"，履历稍详，见卷八《人物》。疑弘治《重修徐州志》未载，故本志云"行迹不传"。

③ 高穀《权学士墓表》作"姊"。

著，伦、宇藉其礼教，举之闾阎，其播徽烈而扬休声一也。彼德色谇语、忍心背本者，视此独无赧赧哉！

魏黉，字学古。领永乐甲午乡荐，仕为陕西华州学正。性刚敏果断，施教有方，人士思之。

山云，青之子。初，青从太祖征伐，以功授燕山左护卫百户。青涉猎古今，沉毅有勇。永乐初，以靖难功，累官中军都督佥事。云袭授金吾左卫指挥使，寻亦升中军都督佥事。宣德初，以总兵挂征蛮将军印，出镇广西。时，溪峒瑶僮数为边患。云至，严号令，公赏罚，亲率将士讨平蛮寇韦朝列等，斩首万余级，降贼酋三百七十余人，获还被虏男女二千五百七十九人，筑九堡四城，威惠并行，夷酋慑服，居民按堵者十余载。累升特进荣禄大夫、右都督，降敕奖励，赐金币。正统初，以疾卒于镇。上闻嗟悼，为辍视朝一日，遣官祭葬，赠怀远伯，谥曰忠毅，官其子俊为指挥使。镇人怀其德，祠祀之。云世将忠勇，其所树立，足靖虏安边。古封疆之臣，亦庶几近之焉！

孙顺，字以敬。性温厚谦谨。初由国子生为河南彰德同知，有惠政。迁贵州铜仁知府，莅政公平，夷民信服之。其孙珩，字邦玉。登成化戊戌进士，历官广东左参议。莅官行己，类不忝其世美云。

张端，字端夫，永乐中以孝行荐，授真定尹。章文友，徐州卫军；金鬲，字士昭，国子生；张睐，郡庠生；吴友直、路车，俱民，成化中并以孝行上闻，旌表其门[①]。诸人皆亲丧庐墓，迹其所行，虽逾先王之典制，要亦观过而知仁矣！

范寅[②]，字敬时。性至孝，居亲丧尽礼。比葬，庐墓封树者三年。由国子生授知山西石州，卓有政誉。升河间府同知，乞休归。

朱善，字伯元。性鲠介不阿。由国子生仕为浙江衢州通判，在官以能称。母老，乞养归。二子：玺、瓒，并领乡荐。朱志，字敏学。由国子生初授刑部主事，转户部，守官勤慎。迁南京员外郎，致仕归。善、志在官无显施，盖以恂恂长厚称于乡者，故因旧志而述之。

王豫，字德立。父弼，由国子生，历官良乡令、户部主事，皆有声。豫性孝善，医药施疗，恒逮贫者。初居父丧，哀毁骨立。母殁，如之。将举柩合葬父茔，道遇雷雨，豫号泣吁天，雨寻止。既葬，庐墓三年。孝感群鹊，驯集所种树林，依

① 案《明实录》：章文友，宣德九年旌；金鬲，正统十年旌；吴友直，成化二年旌；路车，成化十一旌；张睐，《宪宗实录》作“拣”，《明史·孝义传》作“栋”，成化十三年旌。本志以诸人见于弘治《重修徐州志》中，不详年月，遂概言“成化中旌”。下迄康熙《徐州志》，皆同。

② 按：乾隆《汾州府志》卷八《职官》载“范寅，景泰中任”。康熙、光绪《永宁州志》讹作“范宾”，景泰元年知州事，修筑城垣，有惠政。

依不去。有司奏旌其门。豫操履端正，足表式乡闾。岁举乡饮正宾席，礼度肃然，瞻者起敬。年八十余卒。

马蕙，字彦芳。其先苏之昆山人也。曾祖良，任徐州卫知事（传见《宦迹》）。父纪，始占籍于徐，为州人。蕙器宇端庄，邃于问学。领宣德壬子乡荐，历官曹县、上蔡学谕，汝宁教授。所至敦重行谊，教有成效。藩省屡聘典文，皆辞不赴，士林雅重之。以疾卒于汝。所著有《兰斋集》。子暾，字廷震。领成化辛卯乡荐，初仕为潞州守。潞守先是皆以连宗藩罹祸，暾至，处以诚敬平恕，久之信服，无挠法者。在郡多惠政，若均徭赋、兴学校，则其大端尔。以治最，迁南京户部员外郎。寻进郎中，卒于官。暾勤问学，闻见赡博，尝编纂郡志，足备典型[①]。有《韦斋手稿》藏于家。从子[②]湘，字宗海；江，字宗岷，皆服儒笃学。湘与暾同举乡试，仕为庆阳通判，贤能著绩，少知名乡郡间。江由贡，历仕深泽、光山学训，南阳教谕，兴礼劝俗，以古道教人。从孙津，乃举进士，历官御史、大理寺丞，擢督学副使。年五十余，乞休归。博文邃理，立朝居乡，类不愧古人，人咸谓世德所贻。然以论定身后例，不得详为传云。

刘珩，字廷珮。领成化癸卯乡荐。仕为成安令，推诚御下，以孝友率人。尝岁旱为民祈雨有应，邑人歌之。任三载，乞侍养归。

马尚用，辛贾山村人。幼孤，奉母至孝。比卒，合葬父冢，遂庐墓所，负土种树，朝夕泣奠，虽雨雪不少懈。时正德壬申，流贼钞掠州境，乡邻虑其罹害，劝之归，不从，强而后可。今辛贾山之麓，有冢巍然，人自远望之，即指曰“马孝子父母墓”云。

刘经，字引之。领成化丙午乡荐。初为武义令，治称最，迁济宁州守。时逆瑾擅权作威，遣人索金，经不从，遂被免官。后瑾败，或劝自白。经竟安于恬退，以自终焉。

张佶，字习之。成化[③]己丑以进士为鄞令。性敏达过人，尤长政事，刚毅有执，视声势藐如。为治卓有风裁，锄薙豪右，善良赖以植立。迁南京刑部主事。时有疑狱久不决，佶至，立讯决之。其他多所平反，声闻益彰。迁浙江按察佥事，势豪闻者，为之愕然，至相戒勿犯。民有抑者，争赴诉之。寻为忌者所中，放归。佶于疾恶，犹鹰鹯之逐鸟雀，其为人浩乎正气，不挠者矣。假令遭时遇主，得尽行其志，岂不侃侃然，邦之司直哉！

---

① 原作“刑”，通“型”，今用本字。

② 以传主马蕙论，马湘、马江皆其孙，不得曰“从子”；若改以马暾论，则下马津不当曰“从孙”，即以马蕙论，马津亦嫡孙。万历《徐州志》悉删“从子”“从孙”，俱以一“孙”字总领，稍合笔法。

③ 原作“弘治”，自本志已迄康熙《徐州志》皆误。据本志《选举表》、乾隆《徐州府志·人物二》改。

陈玺、孙成、西宁，俱州人。玺先世任府军前卫正千户，至玺，以劳绩升本卫指挥佥事。博洽练达，荐升锦衣卫指挥使。成，少骁勇，官至浙江都司都指挥使。持守廉介，人莫敢干以私。宁，任金山卫指挥使，明韬略，廉勤有为。荐升署都指挥佥事，守备汀、漳等处。三人皆将材，其履历大都不殊云。

蒋轮，字孟载，圣母章圣皇太后之兄也。其先曰横公，实州人。曾祖讳明善，以戎籍徙京。传世至讳敩者，皇太后考也。今上入绍大统，推恩外氏，以敩无嗣，命轮为其后，授锦衣卫指挥佥事。未几，封玉田伯，加号推诚宣忠翊运武臣，特进荣禄大夫、柱国、太子太保，禄千石。由敩而上，至曾祖明善，皆赠如爵。又畀之诰券，世袭。比卒，上闻，悼念不已，为辍视朝一日，命礼官谕祭者九，赙以布粟若干，赠太保，谥曰荣僖。大学士费宏为撰墓志铭，称其天性孝友，寡言笑，重然诺。初在藩邸，以谨厚见称于帝。扈上北入时，先朝权幸求庇者，路馈千金为寿，咸峻却之。尝往迎圣母，又大婚礼成，往告显陵，所过，人不知扰。尝诫其子荣、华，暨群从辈曰："吾等藉世德乃能至此，可不思养之以福邪？"故其家以循礼闻于戚畹。荣袭伯爵；华，显陵奉祀，授都督职衔。诏永蠲原籍户役。

沙杰，字彦英。守贞履素。由举人任沂州学正。旌取至京，或讽以致赂当涂，可觊风宪。乃谢曰："当如义命何？"卒授西安教授。杰子立，登进士，历官广西按察佥事。素刚介，尝自署云："公心一点神明鉴，私意纤毫天地诛。"迄用迕逆瑾中害，奄卒于家。从子玄，以贡授济阳训导，狷节不苟。初为诸生，尝却请托之金于门外。盖其清白相济，世守寒约者云。

周湘，字东之，州人。精于《易》学，达生诿命，不希荣进，自号玩易子。后学多师之，至墙舍不能容。性至孝，悦亲极滋味。母亡，侍父寝食，十有一年不入私室。

王秀，幼孤贫，奉母笃孝。母卒，奉之中堂，朝夕泣奠无少替。既七年始葬，遂庐墓不归。人物凡存者，例不得书，秀微贱如例，恐遂湮翳无闻矣，故传之。盖窃比孔子书吴楚之善，惟虑不得为后世劝云。

杨荣，字子华。其先保定人。父勤，任吕梁巡检，卒于官。荣墓居三年，墓石皆其手累。先母而卒。子辅，亦克继父志，墓居三年。主事刘天麒上闻，旌其门。

段二妻谢氏，年及笄归段。遭元末乱，舅、姑、夫俱死。谢年二十六，止一子甫六岁，又贫无倚，乃往依父家。守志不移，垂白如一日。年八十二卒。洪武中，有司上其事，旌表之。

王五妻薛氏，年十八，夫卒，生子甫数月。誓不更适，躬纺绩，抚子成立。正统中，有司以闻，旌表其门。

居瀚妻孟氏，年二十余，瀚疾革，孟誓与偕逝。既殓毕，遂自经死。工部主事费瑄赋诗吊之。

李刚妻魏氏，学正簧女也。性刚介，幼勤女红。年二十夫亡，无子。誓不他适，昼夜缝纫辟纑，与夫灵相守。环堵萧然，茕茕孑处，惟取薪水，为一启扉。庭内芜没榛莽中。人情咸怜苦之，魏自处晏如也。垂四十年卒。弘治中，有司上其事，旌表之。

张颐妻境山伊氏，颐早逝，无嗣，伊亲自殡葬，誓死守之。姑欲夺其志，遂自经于墓侧。张爵妻石氏，训导天衢女。爵疾革，石乃与诀，先一日自经。二妇之死，虽其先后不同，然律以柏舟，皆无遗议矣！

石嵩妻马氏，教授马蕙女也。年二十九嵩卒，子城甫六岁。笃志苦节，抚城长，遣依兄瞰，教之成学。领乡荐，寻亦夭殁。马辟纑自给，杜门不出，虽懿亲亦罕见之。年六十五卒，有司奏旌其门。

董霑妻薛氏，霑卒，薛笄年，守志不移，以终其身。陆鲸妾单氏，年二十而鲸疾革，因誓与同死。既属纩，即自经，乃合殡焉。夫由薛为守死善道，由单为杀身成仁，盖均之不辱其夫者矣！

金棉妻陈氏，年十九，棉卒，遂雉经以殉，与棉同穴葬。时州学皆为文祭之。

李华妻甄氏，年二十五，华卒，止一女甫弥岁，坚志无它。父怜其无嗣，欲夺之。甄以死自誓，父乃已。守节五十余年，卒。弘治末，有司以闻，旌表其门。

尹镐妻霍氏，年二十，镐卒，无嗣，霍遂自经偕死。正德六年，有司上其事，旌表之。

周杲妻权氏，学士谨孙也。性端介淳谨。年二十余，杲卒，子甫四岁，权哀毁几绝。尝自经，家人觉救，谕以抚孤为大义，因免。后贫苦日甚，所居不蔽风日，惟勤女红，以自给赡。逾五十余年，冰操如一日。寿八十一终。

侨寓

晋

王睿，字元德。本太原人。与弟懿同起义兵，与慕容垂战败。太元[①]末，徙居彭城。后以袭桓玄遇害。刘宋武帝追赠给事中、安复县侯。

唐

许铎，罢武城令，客于徐。庞勋反徐州，胁以官，不从。崔彦曾官属被囚，

① 原作“原”，据《宋书·王懿传》改。

铎潜馈资粮。及死，为收瘗，匿免其子弟。贼平，乃皆归其丧。诏拜石首令，赐银绯。

宋

晁迥，字明远。本澶之清丰人。父佺[1]，始徙家彭门。幼从王禹偁，太平兴国五年进士。至道末，擢右正言、直史馆、知制诰，入翰林为学士，加承旨，眷礼优厚。天禧[2]中，祈解近职，判西京留司御史台。居六年，请老，以太子少保致仕。终少傅，年八十四，谥文元。子宗悫，知制诰，亦入翰林为学士，官至参知政事。[3]

范纯礼，仲淹子。历官右丞。崇宁中，启党禁，贬静[4]江军节度副使，徐州安置。

国朝

文篪，其先本合肥人。父景宗，洪武初知徐州，因居焉。三十二年，知州杨节仲以篪廉能干济荐，授荆州府潜江县知县，改平江，以病归，卒。

董轰，字文雷。本浙江奉化人，以父知徐州[5]，侨居于徐。轰性温雅，博通书史，词翰兼美，以徐州知州杨秘、大学士徐人权谨交荐，授承天门待诏。子云，大名府学训导。

旧志：李燮、郑玄，并东汉时人；陈群，三国时人。按东汉以还，徐治在郯城，非今彭城也。又云：燮十余年还乡里，征拜议郎。则燮子孙亦未尝家于徐。今并削去。

方技

汉

樊阿，彭城人。与广陵吴普[6]学医于谯人华陀，善针术。凡医咸言背及胸脏之间不可妄针，针之，不过四分；而阿针［背］[7]入一二寸，巨阙、胸脏乃五六寸，而

① 原作“俭”，据《文献通考·经籍考六十一》、《宋史》本传改。
② 原作“僖”，据《文献通考》改。
③ 晁迥、晁宗悫二人，自康熙《徐州志》改入州籍，后志从之。
④ 原作“靖”，据《宋史·范仲淹传》改。
⑤ 案正统《彭城志》，其父曰惠，永乐中知州。本志《职官表》失载。
⑥ 原作“晋”，据《三国志》《后汉书》华佗本传改。
⑦ 字据《后汉书·方术列传》补。

病者皆瘳。又尝从陀求服食方，陀授以漆叶青[1]黏散：每漆叶屑一斗[2]，率用青黏十四两，久服，去三虫，利五脏，轻体，使人头不白。阿从其言，[寿百余岁][3]。（漆叶处所时有，青黏生于丰、沛、彭城及朝歌间）

魏

管辂，字公明。善仰视星辰，明天文、地理变化之数，徐州号为神童。杜工部《上韦相》诗云“聪明过管辂”，即此。

国朝

李冠，字公冕，徐州人。天性旷达，博学，能诗文，善隶书。任材使气，不拘小节。以儒医鸣于时。尝拟卢仝《七碗茶》为《七碗酒》及《木绵歌》，乡人至今传诵。

裴仕杰，通儒书，习阴阳之术。永乐初，征天下儒硕纂修《古今大典》，阴阳家预焉，仕杰应召。

周昉，字彦华，徐州人。通天文阴阳之术。景泰元年，随征福建，以占候有功，历进五官灵台郎。升监副，卒。昉子佐，历升光禄寺少卿；儒，历升应天府府丞。佐子瀹，钦天监冬官正。皆世其业。

萧县

后汉

陈宣，字子兴。性刚猛，博学，明《鲁诗》。遭王莽篡位，隐处不仕。光武即位，征拜谏议大夫。建武十年，雒水出，造津城门。校尉欲奏塞之，宣曰：“昔周公卜雒，以安宗庙，为万世基，水不当入城门。如为灾异，人主过不可辞，塞之无益。昔东郡金堤大决，水欲没郡，太守王尊忘身敕吏民，伫立不动，水应时自消。尊，人臣，尚修正弭[4]灾，岂况朝廷中兴圣主？水必不入！”言未绝，水去。上善其言。后乘舆出，宣列引在前，行迟，乘舆欲驱，钩宣御者堕车下。宣谏曰：“王者承天统地，动有法度，车则和鸾，步则佩玉，动静应天。昔孝文时，有献千里马者，还而不受。陛下宜上稽唐虞，下以文帝为法。”上纳其言，遂徐行按辔。迁为

① 原作“清”，据《后汉书 · 方术列传》改。下并同。
②《后汉书》同作“斗”，《三国志》作“升”。
③ 四字据《后汉书 · 方术列传》补。
④ 原作“弥”，同“弭”，今从《后汉书 · 五行志》注引谢承书用字。

河堤谒者，以病免，卒于家。

朱浮，字叔元。初从光武为大司马主簿，迁偏将军。从破邯郸，拜大将军、幽州牧，守蓟城，遂讨定北边。建武二年，封舞[①]阳侯，食三县。浮年少有才能，颇欲厉风迹，收士心。辟召州中名宿，以为从事，及故吏皆引置幕府。乃多发诸郡仓谷，廪赡其妻子。渔阳太守彭宠以为天下未定，不宜多置官属以损军实，不从其令。浮性矜急自多，颇不平，因以峻文诋之。宠亦狠强负功，嫌怨转积。浮密奏宠遣吏迎妻而不迎其母，又受货贿，杀害友人，多聚兵谷，意计难量。宠闻之，遂大怒，举兵攻浮。浮以书质责之，宠得书愈怒，攻浮转急。明年，涿郡太守张丰亦举兵反。时二郡畔戾，北州忧恐，浮怀惧，乃上疏请救，诏不从。浮城中粮尽，人相食。浮乃遁走，城降于宠。尚书令侯霸奏浮败乱幽州，构成宠罪，徒劳军师，不能死节，罪当伏诛。帝不忍，以浮代贾复为执金吾，徙封父城侯。后丰、宠并自败。帝以二千石长吏多不胜任，时有纤微之过者，必见斥罢，交易纷扰，百姓不宁。六年，有日食之异，浮因上疏（曰：日者，众阳之所宗，君上之位也。凡居官治民，据郡典县，皆为阳为上，为尊为长。若阳上不明，尊长不足，则干动三光，垂示王者。陛下哀愍海内，保宥[②]生人，而今牧人之吏，多未称职，小违理实，辄见斥罢，岂不粲然黑白分明哉！然以尧舜之盛，犹加三考；大汉之兴，亦累功效。吏皆积久，养老于官，至名[③]子孙，因为氏姓。当时吏职，何能悉理？论议之徒，岂不喧哗？盖以为天地之功，不可仓卒；艰难之业，当累日月也。而间者守宰数见换易，迎新相代，疲劳道路。寻其视事日浅，未足昭见其职，既加严切，人不自保，各相顾望，无自安之心。有司或因睚眦以骋私怨，苟求长短，求媚上意。二千石及长吏迫于举劾，惧于刺讥，故争饰诈伪，以希虚誉。斯皆群阳骚动，日月失行之应。愿陛下游意于经年之外，望化于一世之后）。帝下其议，群臣多同于浮。自是，牧守易代颇简。旧制，州牧奏二千石长吏不任位者，事皆先下三公。帝时用明察，不复委任三府，而权归刺举之吏，浮复上疏言之。七年，转太仆。浮又以国学既兴，上书言宜广博士之选，帝然之。二十年，代窦融为大司空。二十二年，坐卖弄国恩免。二十五年，徙封新息侯。帝以浮陵轹同列，每衔之，惜其功能，不忍加罪。永平中，有人单辞告浮事者，显宗大怒，赐浮死。长水校尉樊儵[④]言于帝曰："浮事虽昭明，而未达人听，宜下廷尉，章著其事。"帝亦悔之。

刘矩，字叔方。少有高节。举孝廉，为雍丘令，以礼让化民。其无孝义者，皆

---

① 原作"武"，据《后汉书》本传改。
② 原作"育"，据《后汉书》本传改。
③ 原作"各"，据《后汉书》本传改。
④ 原作"儵"，据《后汉书》本传改。

感悟自革。民有争讼，矩常提耳训告，使归更寻思。讼者感之，辄各罢去。其有得路遗者，皆推寻其主。后，太尉胡广举矩贤良方正，四迁尚书令。矩性亮直，不能谐附贵势，以疾去官。起补从事中郎，复为尚书令，迁宗正、太常。延熹四年，代黄琼为太尉，琼复为司空。矩与琼及司徒种暠，同心辅政，号为贤相。寻以蛮夷反叛，免。灵帝初，再为上公，所辟召皆名儒宿德。不与诸郡交通。顺辞默谏，多见省用。复以日食免，卒于家。（矩叔父光，仕为司徒；[父叔][1]辽，以辟拜议郎）

南北朝

刘粹，字道冲，沛郡萧人。事宋武帝，克京城，参建武军事，以功封西安县五等侯，转中军[2]咨议参军。奉文帝镇京口，尽心于国，封溉[阳][3]县男。后迁相国司马、左卫将军，改封建安县侯。文帝即位，领宁蛮校尉[4]，襄阳、新野二郡太守。在任简役爱民，罢诸沙门二千余人，补府史卒[5]。族弟损，字子骞。宋元嘉中为吴郡太守。至阊门，便入泰伯庙。时堂室颓毁，垣墙不修，损怆然曰："清尘尚可仿佛，衡宇一何摧颓？"即令修葺。卒，赠太常。损叔父镇之，字仲德，卫将军毅之父也[6]。宋时，以毅贵显，闲居京口，未尝应召。谓毅曰："汝必破我家！"毅甚畏惮之，每还京口，未尝敢以羽仪入镇之门。以左光禄大夫征，不就，卒。

刘伯龙，少贫薄。及长，历位尚书左丞、少府、武陵太守，贫窭尤甚。尝在家慨然，召左右将营十一之方，忽见一鬼在傍抚掌大笑，伯龙叹曰："贫穷固有命，乃复为鬼所笑耶？"遂止。

宋

窦沔，萧人。喜儒学，有远识，能招贤以教子姓，四方贤士日游其门。仕为光泽簿。萧县学在旧城西北无人之境，众不乐居，沔白邑宰，出己资购邑东南明爽之地迁之，晁端中为记（见《学校》）。

---

① 按：《后汉书》本传原作"叔父辽"，中华书局标点本《后汉书·循吏传》校勘记据钱大昕、李慈铭等说乙正为"父叔辽"。今从书局本，据文例增补"父叔"二字。

② 原作"书"，据《宋书》本传改。

③ 字据《宋书》本传补。

④ 原作"将军"，据《宋书》本传改。

⑤ 案《宋书》本传："罢诸沙门二千余人，以补府史。……明年，粹卒，时年五十三。"此据文例，似言"补府史"而卒。志书节文，多不经之省。自本志以迄康熙《徐州志》，皆同。

⑥ 康熙《徐州志》按："毅本传为沛人，而萧志则载其父入萧《人物》，盖此方刘氏，皆出楚元王后，本是一族，随其身之所在，即云某地人耳。"

元

傅汝砺，萧人。仕为陕西诸道行御史台监察御史。文章政事，卓异于人。后迁朝列大夫、浙江廉访司佥事。

刘福，萧人。性至孝，为奏差。父母存，则能供甘旨；居丧，寝苫枕块馔粥，至终丧如一。

国朝

高巽志，博学能文。元末，为郧山书院山长。国朝洪武初，征修《元史》，为翰林编修。累迁侍讲学士、太常少卿。庚辰会试，典文抡士，鉴别精审，舆论推服之。

薛显，少通韬略，膂力绝人。元末大乱，显亦敛兵自卫。至闻太祖起兵，知天命有在，遂率所部诣泗州附顺。擢亲军都指挥，分镇江西。从征荆楚，迁右丞。还，与大将共北定齐、鲁、燕、冀。论功，封永城侯，食禄二千五百石。洪武二十年，将兵屯塞上防［胡，以］[①]疾卒于军。追封永国公，谥桓襄，诏赐葬于钟山之阴。长子经，初授羽林左卫镇抚，累功升左[②]军都督；次子缨，甘州中护卫指挥佥事。女一，为肃王妃。

孟骥，字尚德。洪武初，以荐授驿丞。历迁至贵州左[③]布政使，有惠政，得夷民心。秩满乞留，诏增秩还任。后致仕归，卒。同时有欧阳股、郝镗，并以怀材抱德荐。股授户部主事；镗历官伏羌县丞，甘泉、井陉县令，终兴化通判。欧阳耳，以贤良方正荐，授贵池县丞。然莅官政迹皆不孟逮矣。

南真，早孤，事母至孝。母卒，庐墓，泣奠三年。彭讨儿，父疾亟，医疗弗效，夜焚香吁天，刲股烹进父，食之愈。

刘俨，字若思。洪武中，由国子生为慈利县丞。廉节刚方，督储底绩。以荐诣阙，赐宴[④]。仍迁知慈利，廉爱益著。寻以疾归。比还，囊箧萧然。俨好学，明经义。时县令郝玘为建易安书院，聚徒授讲，萧士宗之。

李钺，字廷器。正统中，仕为浙江温州同知。时部邑瑞安、罗洋诸所，海寇钞掠为患，钺往平之，冒矢石，触危险，获其渠魁置之法，余胁从者招抚复业，民赖安堵。以功增秩，历知开封、巩昌二郡。所在有惠政，民皆思之。致仕归。

朱信，少颖拔。甫弱冠，遂领宣德乙卯乡荐。初为浦江学训，继迁茌平教谕。

① 底本漫漶，二字据万历《徐州志》补。

② 正统《彭城志》卷八本传作“右”。

③ 正统《彭城志》本传作“右”。

④ 原作“燕”，古同“宴”。

清介自厉，生平不妄取，常捐俸以济诸生之乏者。致仕归，贫窭尤甚。敦俭朴，以率子侄。比卒，门人如都御史毕亨、京兆尹白良辅辈，越千里为文吊祭之，盖绎思其恩义云。

孙谌，成化中，由国子生仕为吏部司务，迁工部员外郎，所居称职。在官凡二十五年，致政还。家益不给，恒躬自驱驴负薪山泽间，恶衣粝食晏如也。士论推之为古君子。

唐鸾，字彦祥，萧人。天性笃孝。父母继卒，居丧如礼。及葬，结庐墓侧，负土成坟者三年。知县冯显上其事，弘治十五年受旌。嘉靖十一年，所司复匾其门，曰“旌表孝子唐鸾之门”。

孙应奎，字天瑞，萧人。力农，事母屈氏甚孝。母病，思食甜瓜。时四月未实，应奎奔号四投，忽从野蔓获之。母食，病愈。时人以为孝感。

朱锐，性质直好义，乐施予。正德壬申，山东盗起，钞掠及萧。未至，萧人先往避匿州境，锐以舟载麦八百斛，往济乏食者。邑人至今义之。

丁仁，字汝爱，萧人。由例贡，嘉靖二十年授山西隰州判官。时，云索三村人作乱，州牧屡擒捕弗获。仁至，乃单骑往开喻之，众咸感服，伏地悲泣请命。仁率众往见州牧，牧为惊叹，抚按交章上其事。二十一年，钦升隆平知县。值胡人扰边，总制以仁守紫荆关。后胡平，复旌之。居官八月，以疾卒。

何鉴妻吴氏，年二十一而鉴卒，止一子在襁褓。吴事舅姑孝谨，抚子成立。至老，贞淑为乡里所称。

穆二[①]妻黄氏，归穆六月而夫卒，时年十八，有遗孕，生子。黄养姑尽孝，教子成立。贞白之操，终身亡议焉。

王彬妻鹿氏，年十七归彬，越五年彬卒，一子甫三岁。鹿守节，刻厉教训，子果成学登第。年七十九卒。君子谓：鹿，古共姜流也。又成其子，昌其世，拟诸断织、和丸者，顾孰曰不可哉?

邑庠生马世禄妻王氏，世禄先尝授以古《列女传》《孝经》，辄晓大义。嘉靖壬寅，世禄卒，王氏年二十二，扶柩往殡，行泣失声。比葬，投圹欲殉者屡，诸媪强掖之归。竟雉经以死。乡人重怜之，争为贸棺以殓，即日启夫窆合殡焉。时巡按督学诸台使闻之，各为文遣官以祭。县令孙重光为撰墓表，寻上闻。明年，旌表其门曰“贞烈”。

黄恩妻徐氏，年十七归恩，二十一无子而寡。舅姑屡将夺其志，不为屈。日躬纺绩以自赡，乡人至怜而周之。今年八十有三。又庠生卜同妻郝氏，年二十三，生

① 万历《徐州志》以后作“穆三”。

子甫晬而夫亡。值姑孙氏老病，郝侍养勤劳百状。病笃，至为尝粪。及姑卒，剧力以为敛具。隆冬惟单衣自蔽，虽肤趾皴裂不恤。今年亦七十。此二妇者，甘心贫苦，以身徇节，兹年跻大耋，已可卜其盖棺矣，并为书之。

侨寓

晋

孙惠，字德施。本吴国富阳人，父、祖并仕吴[①]。惠口讷，好学，有才识。州辟不就，寓居萧、沛之间。

宋

孔恩，宣圣五十代孙。[因宋][②]南渡，徙居于萧。四世孙午，当金末，聚众誓约，捍御一境，民赖以安。元初，授徐州观察副使，以寿终。

沛县

汉

曹参，沛人。秦时为狱掾豪吏。高祖为沛公，参以中涓从击胡陵、方与（音房豫），攻秦监军，大破之，取胡陵。汉王即皇帝位，以参为齐相国。六年，赐参爵列侯，食邑平阳万六百三十户，世世勿绝。参功：凡下二国，县百二十二；得王二人，相三人，将军六人，大莫嚣、司马、侯、御史各一人。孝惠元年，更以参为齐丞相。参尽召长老诸先生，问所以安集百姓。诸儒以百数，言人人殊，参未知所定。闻胶西有盖公，善治黄老言，使人厚币请之。既见，盖公言治道贵清静，而民自定，推此类具言之。参于是避正堂，舍盖公焉。其要用黄老术，相齐九年，齐国安集，大称贤相。萧何薨，参入相。始参微时，与何善；及为宰相，有隙。至何且死，所推贤唯参。参代何为相，举事无所变更，一遵何约束。择郡国吏讷于文辞、谨厚长者，即召除为丞相史。吏言文刻深者，辄斥去之。日夜饮酒，不事事。参子窋为中大夫，惠帝怪相国不治事，以为“岂少朕与?”乃谓窋：“归，试从容问乃父。”窋既归，时间，自从其所谏参，参怒而笞之。至朝，帝让之。参免冠谢曰：“高皇帝与萧何定天下，法令既明具。陛下垂拱，参等守职，遵而勿失，不亦

① 底本漫漶，字从《晋书》本传。
② 二字据正统《彭城志》卷八《人物》补。

可乎?”帝曰:“善!”参为相三年,薨,谥曰懿。百姓为歌之曰:“萧何为法,较若画一。曹参代之,守而勿失。载其清静,民以宁壹。”

王陵,沛人。始为县豪,高祖微时,兄事之。及高祖起沛,入咸阳,陵亦聚党数千人,居南阳。及汉王还击项籍,陵乃以兵属汉。项羽取陵母置军中,欲以招陵。陵使人诣母所,陵母曰:“善事汉王,无以老妾故持二心!”遂对使者伏剑而死。陵卒从汉王定天下,封安国侯。陵少文任气,好直言。为右丞相二岁,惠帝崩。高后欲立诸吕为王,问陵。陵力争之,曰:“高皇帝刑白马而盟曰:‘非刘氏而王者,天下共击之!’今王吕氏,非约也。”太后不说。问左丞相陈平及绛侯周勃等,皆无不可。陵让平、勃曰:“始与高帝啑血而盟,诸君不在耶?纵欲阿意背约,何面目见高帝于地下乎!”吕太后欲废陵,乃阳迁陵为帝太傅,实夺之相权。陵谢病免,杜门竟不朝请,十年而薨。

周緤,沛人。以舍人从高祖起沛,至霸上,西入蜀,还定三秦,赐食邑池阳。从东击项羽,战不利,终亡离上心。上以緤为信武侯,食邑三千三百户。上欲自击陈豨,緤泣止,上以为爱我,赐入殿不趋。后改封鄘城侯。孝文五年薨,谥曰贞。

樊哙,沛人也,以屠狗为事。与高祖俱隐。初从高祖起丰,高祖为沛公,以哙为舍人。尝从攻胡陵、方与,击泗水,战却司马尼。及从击章邯军,从攻东郡守尉于成武,从击秦军出亳南,从攻长社,攻武关,咸破虏斩级。其从击章邯,攻阳城,击赵贲军,破杨熊于曲遇,攻宛陵,攻雍城,战襄国,破柏人,咸先登下敌。凡斩首百七十六级,虏二百八十七人,别破军七,下城五,定郡六、县五十二,得丞相一人,将军十三人,二千石以下至三百石十二人。自赐爵国大夫,历进为舞阳侯,与诸侯剖符,世世勿绝。初,项羽在戏下,欲攻沛公。沛公因项伯谢羽鸿门。羽既飨军士,中酒,亚父谋欲杀沛公,令项庄拔剑舞坐中。樊哙居营外,闻事急,乃持铁盾直撞入,立帐下。项羽目问为谁,张良曰:“沛公参乘樊哙。”项羽曰:“壮士!”赐之卮酒、彘肩。哙既饮酒,拔剑切肉,食尽之。项羽曰:“能复饮乎?”哙曰:“臣死且不辞,岂特卮酒乎!且沛公先入定咸阳,暴师霸上,以待大王。大王今日至,听小人言,与沛公有隙,臣恐天下解心疑大王也!”项羽默然。沛公如厕,既出,与樊哙等从间道归走霸上军。是日,微哙入营谯让项羽,沛公事几殆。汉王赐哙爵列侯,号临武侯。哙娶吕后女弟吕须为妇,生子伉,故比诸将最亲。先黥布反时,高祖尝病卧禁中,诏户者毋得入群臣。绛、灌等莫敢入。十余日,哙乃排闼直入,大臣随之。上独枕一宦者卧。哙等见上,流涕曰:“始陛下与臣等起丰沛,定天下,何其壮也!今天下已定,又何惫也!且陛下病甚,大臣震恐,不见臣等计事,独与一宦者绝乎?且陛下不见赵高之事乎?”高帝笑而起。后卢绾反,高帝使哙击燕。时高帝病甚,人有恶哙党于吕氏,即上一日宫车晏驾,则哙欲以其兵尽诛灭戚氏、赵王如意之属。高帝闻之大怒，乃使陈平载绛侯代将，而即军中斩哙。陈平畏吕后，执哙诣长安。至则高帝已崩，吕后释哙，使复爵邑。孝惠六年薨，谥武。

夏侯婴，沛人。为沛厩司御。以太仆从高祖，多战功。沛公为汉王，赐爵列侯，号昭平侯。后复为太仆，从入蜀汉。还定三秦，从击项籍。至彭城，项羽大破汉军。汉王驰急，常蹶孝惠、鲁元弃之，婴常收载。汉王怒，欲斩婴，卒得脱，而致孝惠、鲁元于丰。以功益食兹氏、汝阴、细阳，凡六千九百户。高祖崩，以太仆事惠帝及高后。德之，赐婴北第第一，曰“近我”，以尊异之。文帝立，复为太仆。八岁薨，谥文侯。初，婴为滕令奉车，故号滕公。

周昌，苛从弟。秦时为泗水卒史。及高祖起沛，从沛公为职志，从入关破秦。沛公为汉王，以昌为中尉，[寻拜御史大夫。从破项籍，封汾阴侯。昌强力，敢直言，自萧、曹等皆卑下之。高祖欲废太子，而立戚姬子如意，昌廷争之强。上问其说，昌力争。昌为人吃，又盛怒，曰：“臣口不能言，然臣期期知其不可奉诏！”后，上以留侯策止。昌争时，吕后于东箱听，见，跪谢之。如意为赵王，年十岁，高祖徙昌为赵相，昌曰：“臣初起从陛下，独奈何中道弃之于诸侯乎？”帝曰：“吾极知其左迁。然吾私忧赵，念非公无可者。公强为我行！”高祖崩，太后鸩杀赵王。昌谢病，越三岁薨，谥曰悼。

周苛，沛人。初从沛公，以为客。及为汉王，以苛为御史大夫。楚围荥阳急，汉王遁去，使苛守荥阳。楚破荥阳，欲令苛将，苛嫚骂曰：“若趣降汉！不然，为虏矣！”项羽怒，亨苛。后论功，封苛子为高阳侯。

周勃，沛人。以织薄曲为生，常为人吹箫以给丧事。高祖初起，勃以材官引强从攻胡陵，下方与。最从高祖，得相国一人，丞相二人，将军、二千石各三人；别破军二，下城三，定郡五、县七十九，得丞相、大将][①]各一人。拜为将军，封列侯，食绛邑。勃为人木疆敦厚，不好文学。高帝以为可属大事，又尝语吕后曰：“安刘氏者，必勃也！”惠帝六年，为太尉。高后崩，与丞相陈平等议，共诛诸吕，迎立代王，是为孝文帝。即位，以勃为右丞相，赐金五千斤，邑万户。或说勃诛诸吕、立代王后，威震天下，而受厚赏、处尊位以厌之，祸及身矣！勃惧，亦自危，乃谢归相印，免就国。其后有上书告勃欲反，下廷尉逮捕治之。薄太后以冒絮提帝曰：“绛侯绾皇帝玺，将兵于北军，不以此时反，今居一小县，顾欲反邪！”帝于是赦勃，复爵邑就国。十一年薨，谥曰武侯。子胜之嗣，坐杀人，死。胜之弟亚夫复为侯。亚夫初仕为河内守，文帝择勃子贤者，皆推亚夫，乃封为条侯。六年，匈奴

① 底本缺页。据万历《徐州志》卷五《人物》本传并参《汉书·周勃传》补。

大入边。以亚夫为将军，军细柳。帝自劳军，之细柳军。军士吏被甲，锐兵刃，彀弓弩持满。天子先驱至，不得入。军门都尉曰："军中闻将军令，不闻天子诏。"有顷，上至，又不得入。上使使持节诏之，乃传言开壁门。壁门士请车骑曰："将军约，军中不得驱驰。"天子乃按辔徐行。至中营，亚夫揖曰："介胄之士不拜，请以军礼见。"天子为动，改容式车，敬劳将军，成礼而去。既出门，曰："嗟乎，此真将军矣！"称善者久之。军罢，拜中尉。景帝时，吴、楚反。以亚夫为太尉，将兵击之，三月而吴、楚破平。迁丞相，景帝甚重之。上废栗太子，亚夫固争之，不得。上由此疏之。窦太后欲封皇后兄王信为侯，亚夫曰："高帝约'非有功不得侯'。信无功，侯之，非约也！"上默然而沮。后匈奴臣五人降汉，上欲侯之。亚夫曰："彼背其主降，陛下侯之，即何以责人臣不守节者乎？"上曰："丞相议不可用！"乃悉封为侯。亚夫因谢病免相。顷有上变告其子，事连污亚夫。下吏，入廷尉，因不食而死。

审食其，沛人。汉王败彭城西，楚取太上皇、吕后为质，食其以舍人侍吕后。其后从破项籍，封辟阳侯。吕后徙陈平为右丞相，以食其为左丞相。

鄂千秋，沛人。汉祖定功行封，千秋进曰："萧何有万世之功，当第一。"上曰："进贤受上赏，何功虽高，得鄂君乃益明矣！"封安平侯。

任敖，沛人。少为狱吏。高祖尝避吏，吏系吕后，遇之不谨。敖素善高祖，怒，击伤主吕后吏。及高祖初起，敖以客从为御史，守丰二岁。高祖为汉王，敖迁为上党守。陈豨反时，敖坚守，封为广阿侯。高后时，为御史大夫。孝文元年薨，谥懿。

施雠，字长卿，沛人也。沛与砀相近，雠为童子，从砀田王孙受《易》。后雠徙长陵，田王孙为博士，复从卒业，与孟喜、梁丘贺并为门人。谦让，常称学废，不教授。及梁丘贺为少府，事多，乃遣子临分将门人张禹等从雠问。雠自匿不肯见，贺固请，不得已，乃授临等。于是贺荐雠："结发事师数十年，贺不能及。"诏拜雠为博士。甘露中，与五经诸儒杂论同异于石渠阁。雠授张禹、琅邪鲁伯。伯为会稽太守，禹至丞相。禹授淮阳彭宣、沛戴崇子平。崇为九卿；宣，大司空。禹、宣皆有传。由是施家有张、彭之学。同郡戴宾，亦受《易》于雠。

高相，沛人。治《易》，其学亦亡章句，专说阴阳灾异。自言出于丁将军，传至相。相授子康，及兰陵毋将永。康以明《易》为郎，永至豫章都尉。由是《易》有高氏学。

邓彭祖，字子夏，沛人。尝从梁丘贺子临受《易》，仕至真定太傅。

闻人通汉，字子方。后仓说《礼》数万言，号曰《后氏曲台记》，东海人孟卿受之，以授通汉。通汉以太子舍人论石渠，至中山中尉。同郡庆普，字孝公，与戴德、戴圣亦同受《礼》于孟卿。由是《礼》有大戴、小戴、庆氏之学。普仕为东平太傅。

蔡千秋，字少君，沛人。尝受《穀梁春秋》于鲁荣广，又事王孙皓星公，为学最笃。宣帝时为郎，召见，与《公羊》家并说。上善《穀梁》说，擢千秋为谏大夫、给事中。后有过，左迁平陵令。复求能为《穀梁》者，莫及千秋。上愍其学且绝，乃以千秋为郎中户[①]将，选郎十人从受。汝南尹更始翁君本自事千秋，能说矣[②]。

姜肱，字伯淮，彭城广戚人也（广戚，今沛县地）。与二弟仲海、季江，俱以孝行著闻。其友爱天至，常共卧起。肱博通五经，兼明星纬，士之远来就学者三千余人。辟命皆不就。二弟名声相次，亦不应征聘。时人慕之。肱尝与季江谒郡，夜于道遇盗，欲杀之。肱兄弟更相争死，贼遂两释焉，但掠夺衣资而已。既至郡中，肱终不言。盗闻而感悔，后乃就精庐，求见征君，皆叩头，还所略物。肱不受而遣之。后与徐稺等俱征，不至（延熹二年，尚书令陈蕃等上疏荐稺等曰："臣闻善人，天地之纪，政之所由也。《诗》云：'思皇多士，生此王国。'天挺俊乂，为陛下出，辅弼明时，左右大业者也。伏见处士豫章徐稺、彭城姜肱、汝南袁闳[③]、京兆韦著[④]、颍川李昙，[德][⑤]行纯备，著于民听[⑥]。若使擢登三事，协亮天工，必能翼宣盛美，增光日月。"桓帝乃以安车玄纁，备礼征之，并不至）。桓帝乃使画工图其形。肱伏卧于幽暗，以被韬面，工竟不得见之。中常侍曹节等专执朝[⑦]事，诛陈蕃、窦武，欲借宠贤德，以释众望，乃白征肱为太守。肱得诏，乃私告其友曰："吾以虚获实，遂藉声价。明明在上，犹当固其本志，况今政在阉竖，夫何为哉！"乃隐身遁命，远浮海滨。再以玄纁聘，诏书至门（灵帝诏曰：肱抗凌云之志，养浩然之气，以朕德薄，未肯降志。昔许由不屈，王道为化；夷齐不挠，周德不亏。州郡以礼优顺，勿失其意）。肱使家人对云："久病就医。"遂羸服间行，窜伏青州界中，卖卜给食，历年乃还。熹平二年，终于家。弟子陈留刘操追慕肱德，共刊石颂之。

刘馥[⑧]，[字][⑨]元颖。建安中为扬州刺史，恩化大行，百姓乐政，流民越江山而

① 原作"召"，据《汉书·儒林传》改。
② 原作"本自是能千秋说矣"，据《汉书·儒林传》改。
③ 原作"阉"，据《后汉书·徐稺传》改。
④ 原作"着"，用同"著"，据《后汉书·徐稺传》改。
⑤ 字据《后汉书·徐稺传》补。
⑥ 原作"人德"，人系"民"讳改，德系"聽"形讹，并据《后汉书·徐稺传》改。
⑦ 原作"明"，据《后汉书》本传改。
⑧ 案《三国志·魏书》本传：刘馥，沛国相（今安徽淮北）人，非沛人。
⑨"字"据《三国志·魏书》本传补。

归者以万数。于是立学校，广［屯］[①]田，为战守备。及卒，士民追思之。子靖，嗣迁庐江太守，诏曰："卿父昔为彼州，今卿复据此郡，可谓克［负］[②]荷者也。"后上疏陈儒训，略云："其经明行修者，则进之以崇德；荒教废业者，则退之以惩惰。"后迁镇北将军，开拓[③]边守，屯据险害，边民利之。嘉平六年薨，谥曰景。

三国

楼玄[④]，事吴王孙皓，从九卿侍卫[⑤]。正身率众，奉法而行，应对切直，数忤皓意。后人诬玄谤讪政事，命送广州。华覈言玄清忠奉公，冠冕当世，乞赦前愆，责其后效。皓疾玄声名，竟徙交趾杀之。

晋

刘毅，字希乐，彭城沛人也。毅少有大志，不修家人产业。仕为州从事，桓弘以为中兵参军。属桓玄篡位，毅与刘裕、何无忌等密谋讨玄。［玄］[⑥]逼帝及琅[⑦]邪王西上。毅追及玄，战于峥嵘州，乘风纵火，尽锐争先。玄众大溃，烧辎重夜走。及玄死，毅为桓振所败，坐免官，寻原之。何无忌与毅不平，毅唯自引咎，时论韪之。毅号令严整，所经墟邑，百姓安悦。初，毅丁忧在家，及义旗初兴，遂墨绖从事。至是军役渐宁，上表乞还终丧，不许，诏以毅为都督豫州、扬州［之淮南］、历阳、庐江、安丰、［堂邑］[⑧]五郡诸军事，豫州刺史，持节，将军、常侍如故。以匡复功，封南平郡开国公，兼都督宣城军事，给鼓吹一部。俄进拜卫将军、开府仪同三司。及何无忌为卢循所败，贼军乘胜而进，朝廷震骇。毅具舟船讨之，将发而疾笃，内外失色。朝议欲奉乘舆北就中军刘裕。会毅疾瘳，将率军南征。裕与毅书，遣毅弟藩往止之。毅大怒，投书于地，遂以舟师二万发姑熟，次于桑落洲，与贼战，败绩，辎重盈积皆弃走。刘裕深慰勉之。后进为都督荆、宁、秦、雍四州之河东、河南、广平，扬州之义成[⑨]四郡诸军事，卫将军、开府仪同三司、荆州刺史，持节如故。毅表请加督交、广二州。毅至江陵，乃辄取江州兵及豫州西府文武

---

① 字据《三国志·魏书》本传补。
② 字据《三国志·魏书》本传补。
③ 原作"招"，据《三国志·魏书》本传改。
④ 案《三国志·吴书》本传：楼玄，沛郡蕲（今安徽宿州南）人，亦非沛人。
⑤ 原作"御"，据《三国志·吴书》本传改。
⑥ 字据《晋书》本传补。
⑦ 原作"狼"，据《晋书》本传改。
⑧ 以上字并据《晋书》本传补。
⑨ 原作"城"，据《晋书》本传改。按：义成郡，东晋孝武帝时侨置，治襄阳县（今襄樊市襄州区），属扬州。南朝宋改为实土，治义成县（今丹江口市），属雍州。西魏改"成"为"城"，北周废。

万余，留而不遣。又告疾困，请藩为副。刘裕[①]以毅贰于己，乃奏之。安帝下诏，刘裕自率众讨毅，命王弘、王镇恶等率军攻之。毅众乃散。毅走，去江陵二十里而缢。经宿，居人以告，乃斩于市，子姓皆伏诛。毅刚猛沉断，而专肆狠[②]愎，与刘裕协成大业，而功居其次，深自矜伐，不相推伏。及居方岳，常怏怏[③]不得志，裕每柔而顺之。毅骄纵滋甚，每览史籍，至蔺相如降屈于廉颇，辄绝叹，以为不可能也。尝云："恨不遇刘项，与之争中原。"又谓郗僧施曰："昔刘备之有孔明，犹鱼之有水，今吾与足下，虽才非古贤，而事同斯言。"众咸恶其陵傲不逊。及败于桑落，知物情去[④]，而弥复愤激。初，裕征卢循凯归，帝大宴于西池，有诏赋诗。毅诗云："六国多雄士，正始出风流。"自知武功不竞，故示文雅有余也。既出西藩，虽上流分陕，而顿失内权。又颇自嫌事计[⑤]，故欲擅其威强，伺隙图裕，以至于败。毅兄迈，字伯群。少有才干，为殷仲堪中兵参军。桓玄之在江陵，甚豪横，士庶畏之，过于仲堪。玄曾于仲堪听事前戏马，以矟拟仲堪。迈时在坐，谓玄曰："马矟有余，精理不足。"玄自以才雄冠世，而心知外物不许之。仲堪为之失色。玄出，仲堪谓迈曰："卿乃狂人也！玄夜遣杀卿，我岂能相救！"迈以正辞折仲堪，而不以为悔。仲堪使迈下都以避之。玄果令追之，迈仅而免祸。后玄得志，迈诣门称谒。玄谓迈曰："安知不死，而敢相见？"迈对曰："射钩、斩袪，与迈为三，故知不[⑥]死。"玄甚喜，以为刑狱参军，后为竟陵太守。及毅与刘裕等同谋起义，迈将应之，事泄，为玄所害。

刘弘[⑦]，字和季。少游洛阳，与武帝同居永安里，又同年。累迁荆州都督，在州多善政。永兴二年，进车骑将军。及卒，父老追思，如《甘棠》之咏召伯焉。

旧志载：朱绰，为桓冲参军，位至西阳、广平太守。及冲薨，绰感冲恩厚，呕血而死。武陔，字元夏，与二弟叔夏、季夏，并总角知名。事晋，拜为开府仪同三司。叔夏至散骑常侍，季夏至尚书。皆无它善状，并不传。

南北朝

朱龄石，字伯儿，沛人，绰之子。世为将。龄石少好武事，宋武帝以为建武参军，转镇军参军，累功为建威将军、益州刺史。蜀平，封丰城侯，寻为相国右司

① 自"具舟船讨之"至此，原杂入本卷第十九叶，今据文义置回。
② 原作"狼"，参《晋书》本传"很愎"改。
③ 原作"快快"，据《晋书》本传改。
④ 原作"云"，据《晋书》本传改。
⑤ 原作"几"，据《晋书》本传改。
⑥ 原作"不知"，据《晋书》本传乙正。
⑦ 案《晋书》本传：刘弘，沛国相人，祖馥、父靖，俱详前传。

马。弟超石，亦果锐，虽出身将家，兄弟并娴[①]尺牍，为徐州主簿。义熙十二年北伐[②]，超石前锋，[魏军][③]遂溃。大军进克蒲坂，以为河东太守。后除中书侍郎，封兴平县五等侯。关中乱，遣超石慰劳河洛，与龄石俱没赫连勃勃见杀。

刘臧，沛人。性方正，笃志好学。居家以孝闻。仕梁，为著作郎。子璠，九岁而孤，居丧合礼。少好读书，兼善文笔。[年][④]十七，为上黄侯萧晔所器重。晔或辞色不平，璠曰："何王之门，不可曳长裾也?"遂拂衣去。晔谢之，乃止。后随晔在淮南，璠母在建康遘疾，璠忽一日举身楚痛，寻而家信至，云其母病。璠即号泣戒道，绝而复苏。当身痛之辰，即母死之日。居丧毁瘠，遂感风疾。服阕后一年，犹杖而后起。及晔终于毗陵，故吏多分散，璠独奉晔丧还都，坟成乃退。璠少慷慨，好功名，志欲立事边城，不乐随牒平进。会宜丰侯萧修[⑤]出为北徐州刺史，即请为其轻车府主簿，兼记室参军。修为梁州，又补为中记室，补华阳太守。属侯景渡江，梁室大乱，修以璠有才略，甚亲委之。时周文[帝][⑥]以璠为中外府记室，迁黄门侍郎、仪同三司。周明帝初，授内史中大夫，掌纶诰，寻封平阳县子。在职清白简亮，不合于时，左迁同和郡守。璠善于抚御，莅职未期，生羌降附者五百余家。秋毫无所营取，妻子并随羌俗，食麦衣皮。洮阳、洪和二郡羌，常越境诣璠讼理。后为陇右总管府司录，卒于官。著《梁典》三十卷，有集二十卷行于世。璠子祥，字休征。幼聪慧，以神童称。事嫡母以至孝闻。十岁能属文，十二通五经。仕梁，为记室参军。江陵平，随例入关中。齐公宪召为记室，府中书记皆令掌之。平齐露布，即休征文也。累迁车骑大将军、仪同大将军，历长安、万年二县令，颇获时誉。卒于官。初，璠所撰《梁典》始就，未及刊定而卒，临终，谓休征曰："能成我志，其在此书乎?"休征修定缮写，勒成一家，行于世。璠兄子行本。父瓌，仕梁，历职清显。行本起家梁武陵王国常侍。遇萧修以梁州北附，遂与叔父璠归周，寓居新丰。每以讽读为事，虽衣食乏绝，晏如也。周大冢宰宇文护引为中外府记室。武帝亲总万机，累迁掌朝下大夫。周代故事：天子临轩，掌朝典笔砚；持至御坐，则承御大夫取进之。及行本为掌朝，将进笔于帝，承御复欲取之，行本抗声曰："笔不可得!"帝惊视，问之，行本曰："臣闻设官分职，各有司存。臣既不得佩承御刀，承御亦焉得取臣笔?"帝曰："然!"因令二司各行所职。及宣帝嗣位，

① 原作"阅"，《宋书》《南史》并作"闲"，通"娴"，据改。

② 原作"北伐还"。案《南史》本传，"还"字衍，今删。

③ 二字据《南史》本传补。

④ 字据《周书》本传补。

⑤《北史》作"脩"，《周书》作"循"，二字盖形近而误，训以遵循，义同。又本节"脩""修"二字混用，今俱统作"修"字。

⑥ 字据《北史》本传补。

多失德，行本切谏忤旨，出为河内太守。及尉迟迥[1]作乱，攻怀州，行本率吏人拒之。拜仪同，赐爵文安县子。隋文帝践祚，拜谏议大夫、检校中书侍郎。上尝怒一郎，于殿前笞之。行本进曰："此人素清，其过又小。"上不顾。行本正当上前曰："陛下不以臣不肖，令臣在左右。臣言若是，陛下安得不听？臣言若非，当致之于理，安得轻臣而不顾？臣所言非私！"因置笏于地而退。上敛容谢之，遂原所笞者。雍州别驾元肇言于上曰："有一州吏，受人馈钱二百文，律令杖一百。然臣下车之始，与其为约。此吏故违，请加徒一年。"行本驳之曰："律令之行，盖发明诏。今肇乃敢重其教命，轻忽宪章，亏法取威，非人臣之礼！"上嘉之，赐绢百匹，拜太子左庶子，领侍御史如故。皇太子虚襟敬惮。时唐令则为左庶子，太子昵狎之，每令以弦歌教内人。行本责之曰："庶子当匡太子以正道，何嬖昵房帷之间哉！"令则甚惭。时左卫率长史夏侯福为太子所昵，尝于阁内与太子戏，福大笑，声闻于外。行本时在阁下闻之，待其出，数之曰："汝何小人，敢为亵慢！"因付执法者推之。太子为请，乃释之。太子尝得马，令福乘而观之，太子甚悦，因欲令行本复乘。行本正色曰："至尊置臣于庶子位，欲辅导殿下以正道，非为殿下作弄臣。"太子惭而止。复以本官领大兴令。权贵惮其方正，无敢至其门者。由是请托路绝，吏人怀之。未几，卒于官，上甚伤惜之。及太子废，上曰："嗟乎！若使刘行本在，勇当不及此乎！"

［唐］[2]

刘轲，沛人。流离郴湘，至韶家焉。博学多识。游长安，为马植所奇，遂登第。历官至侍御史。所著有《春秋指要》《翼孟子》诸书数十卷。《摭言》称其文章与韩、柳齐名。

元

刘妇王氏，夫亡，誓不他适。天历二年，诏旌表其门间。故迹犹存北门外。

国朝

吕宁，字安仁。禀性刚直。洪武中，由国子生，初仕为户部主事，迁员外郎。尝荐郡人权谨于朝，世多其善知人。同时有蔡楫，字汝济，以孝廉举为监察御史，仕终浙江按察佥事。吴希文，字友章，以贤良方正举为献县令。皆无显施，故不

---

① 原作"回"，据《北史》本传改。

② 字据文例补。

传云。

郭全，汉台里人；龚谦，千秋里人。俱养母尽孝。母殁，哀毁逾礼，竭力营丧事。比葬，结庐墓所，朝夕号泣，负土封树三年。赵安，泗亭里人。母早逝，事父尽孝。父殁，踊恸几绝。比葬，庐墓如全、谦焉。

赵清，字本洁。性笃确刚直。父早逝，母教之业儒，应贡为国子生。清事母纯孝。母殁，庐墓三年，哀毁柴骨。母墓濒河，会大水且至，清负土吁天曰："墓陷，则清与俱殁矣！"俄而水溢弗汩。夜有鼠衔草塞其庐隙，槁瓜复荣秀，远近闻者皆异之。初，清父孜年十七，尝刲股疗其亲病。母卓氏，守节四十余年，贞白亡间。至清又力行孝，人咸称其"一门三善"。郎中余胤绪为叙其事。清卒，有司以乡贤崇祀之。

杨冕，邑庠生。事母至孝。母殁，庐墓三年，哀痛弗辍。嘉靖中，有司奏闻，旌表，仍赐冠带，复其家。广戚里人石璞，天性朴实，事亲孝。母殁，庐墓三年，哀毁骨立。服阕，亲友相率往迎之。归月余，病卒。汉台里人杨东莱，性至孝。年甫十四，母马氏疾笃，刲股调羹进。母食之，疾愈。有司达于督学御史，令补邑痒生，月给米赡其母。东莱年二十二卒。同里有张奉者，父与继母先后疾卒，既就殡，奉庐墓不归。时县令闻之，给以布粟。未几，奉亦卒于墓所。三人皆笃孝秉礼，竟夭天年，胡天之不憖[①]遗也？伤哉！

李伯奴妻白氏，父思明无子，以女赘伯奴。洪武乙丑，伯奴从戍死于边，白年二十，惟一女甫周岁。白誓不再适，孝事父母。父母殁，竭力营葬。乡人有欲娶之者，属其邻媪以言，白正色拒之。茹糗衣恶，织纫自给，守节四十余年卒。宣德中，有司上其事，旌表之。

汉台里人张浩女张氏，年二十，聘里人蒋政。未行，政卒。女闻之，恸哭几绝，欲往吊，父母不可。比出殡，欲往视葬，又不可。女曰："若不吾从，有死而已！"父母弗听，往送政丧。比归，张已自经死。广戚里人石隆女石氏，讳景儿。父早丧，独与母居。年十七，聘里人张旺儿。未娶，旺以疾卒。景闻之，哀痛不已，至夜乃自经死，与旺合殡。千秋里人陈宣女陈氏，讳季春。性聪慧，幼有志操。尝读《孝经》《列女传》，通大义。聘里人甄时用，时年十六，未归，时用以疾终。春闻之，忧形于色，窃入寝室，手书时用及己姓名，置诸怀中，自经死，遂与时用合殡焉。汉台里人郭端女郭氏，讳青儿，年十八，许聘里人王成。一日，成与邻人竞计，欲自死。乃诣郭氏，嘱其僮，求一相见。郭拒之。求至再三，终不与见。成归，自经死。郭闻之，痛咽不食，形色惨然，第为死计。母觉之，防范甚

① 原作"憗"，古同"整"，字误。参《左传·哀公十六年》"旻天不吊，不憖遗一老"改。

严，弗获。及成将就窆，欲往送丧，父母不许。乃给母求面羹食。母入厨良久，遂自经死。时县令率僚属、师生往吊祭之，遂令与成合殡。寻达于督学御史，立石表其墓。诸女事大相类，故并传之。夫从一而终，古之道也，然生未同牢，死乃殉之以同穴，疑亦过矣。因心秉节，非由矫强岂哉！季世之灵光，皭然与日月争辉可也，又何过焉？

汉台里人袁经女袁氏，性贞静。年十七，未尝一出闺门。正德辛未，流贼钞掠逮沛境，邑人皆弃家走避。经虑女为贼所掠，令男服杂众中走。女出门里许，还顾父曰："我为女子，不能贞信自守，伪饰偷生，吾耻之！"俄而，贼追迫将及。适道傍有大坑堑，女遂给父前行从后，堕堑中死。

生员马继立妻贺氏，年十八，归继立，克尽妇道。继立早逝，无子，家贫，亲族或劝之他适，贺坚却不从。孀居五十二年，贞白亡间，有司相继表其闾。

侨寓

汉

闵仲叔，本太原人，世称节士。虽周党之洁清，自谓弗及也。党见其含菽饮水，遗以生蒜，受而不食。建武中，应司徒侯霸之辟。既至，霸不及政事，遂辞出，投劾而去。复以博士征，不至。客居安邑，老病家贫，不能得肉，日买猪肝一片，屠者或不肯与，安邑令因敕吏常给焉，仲叔怪而叹曰："闵仲叔岂以口腹累安邑耶？"遂去。客沛，以寿终。

国朝

甄实，字德辉，直隶庆云县人。由举人，历官永乐、宣德间，任太仆少卿，湖广、四川布政使，宣著勤能。往来于沛，爱其土俗，及致仕，遂家焉。今其子孙世为沛人。

砀山县

汉

栾布，梁人也。彭越为家人时，尝与布游。穷困，卖佣于齐，为酒家保。数岁别去。布为人所略卖，为奴于燕。为其主报仇，燕将臧荼举以为都尉。及荼反，汉击燕，虏布。梁王彭越闻之，乃请赎布为梁大夫。使于齐，未反，汉召彭越，责以谋反，夷三族，枭首雒阳，下诏："有收视者捕之！"布从齐还，奏事彭越头下，祠而哭之。吏捕以闻。上召布，骂曰："若与彭越反耶[①]？吾禁人勿收，若独祠而哭之，与越反明矣！"趣烹之。布顾曰："愿一言而死。"上曰："何言？"布曰："方上之困彭城，败荥阳、成皋间，项王所以不能西，徒以彭王居梁地，与汉合从苦楚也。当是时，彭王一顾，与楚则汉破，与汉则楚破。且垓下之会，微彭王，项氏不亡。天下已定，彭王剖符受封，亦欲传之万世。今反形未见，以苛小案诛灭之，臣恐功臣人人自危也！彭王已死，臣生不如死，请就烹。"于是上释布，拜为都尉。孝文时，为燕相。吴、楚反，以军功封鄃侯。燕、齐之间皆为栾布立社，号曰"栾公社"。景帝中五年薨。

申屠嘉，梁人。以材官蹶张从高帝击项籍，迁为队率。从击黥布，为都尉。孝惠时，为淮阳守。孝文元年，举故吏士二千石从高皇帝者，悉以为关内侯食邑，而嘉食邑五百户。后以御史大夫，代张苍为丞相，因故邑封为故安侯。嘉为人廉直，门不受私谒。是时，邓通以弄臣戏殿上。嘉召通诣丞相府，欲斩之。通顿首，首尽出血，不解。赦至乃免。嘉为丞相五岁，孝文帝崩，孝景帝即位。二年，晁错为内史，贵幸用事，诸法令多所变更。嘉疾错，会错擅穿宗庙垣为门，奏请诛错。帝谓："错无罪。"罢朝，嘉谓长史曰："吾悔不先斩错，乃先请之，为错所卖！"至舍，因呕血而死。谥为节。故班固赞曰："申屠嘉可谓刚毅守节，然无术学，殆与萧、曹异矣。"

丁宽，字子襄，梁人也。初，同郡项生从田何受《易》，时宽为项生从者，读《易》精微，才过项生，遂事何。学成，谢宽。宽东归，何谓门人曰："《易》已东矣！"宽至雒阳，复从周王孙受古义，号《周氏传》。景帝时，宽为梁孝王将军，距吴、楚，号丁将军。作《易说》三万言，训诂举大谊而已，今《小章句》是也。宽授同郡田王孙，王孙授施雠（沛人）、孟喜、梁丘贺。由是《易》有施、孟、梁丘之学。

焦赣，字延寿，梁人。尝从孟喜问《易》。会喜死，京房以为延寿《易》即孟氏学，从之，为京氏学。

桥仁，字季卿，梁人也。与同郡杨荣同从小戴，受《礼》学。仁仕为大鸿胪，荣仕为琅琊太守。由是小戴有桥、杨之学。

周庆，字幼君；丁姓，字子孙，皆梁人，从鲁荣广受《穀梁春秋》。宣帝时，选郎十人，从蔡千秋受《穀梁》学。会千秋病死，征江公孙为博士，刘向以故谏大夫[②]通达，待诏受《穀梁》，欲令助之。江博士复死，乃征庆、姓二人待诏保宫，使

① 原作"即"，据《史记·栾布列传》改。

② 原作"谏议大夫"，案西汉谏大夫，东汉改谏议大夫，兹从《汉书·儒林传》删"议"字。

卒授十人。自是《穀梁》之学大盛。庆与姓皆为博士。

刘纡，梁人。与阮孝绪、刘歆为三隐[①]。尝卜筑钟山，有终焉之志。常着谷皮冠、披衲衣游山泽。风神颖俊，意气弥满，过者以为神人。

唐

朱全昱，徐州砀山人，五代梁太祖兄也。太祖将受禅，有司备礼前殿。全昱视之，顾太祖曰："朱三！尔作得否？"太祖燕居宫中，与诸王饮博。全昱酒酣，取骰子击盆而迸之，呼太祖曰："朱三！尔砀山一百姓，遭逢天子用汝，为四镇节度使，于汝何负？汝灭他唐家三百年社稷，吾将见汝赤其族矣，安用博为！"太祖不悦，罢会。全昱亦不乐在京师，常居砀山故里。

友宁，累功赠开府仪同三司，追封安庄王；友伦，为检校司空、胶州刺史，追封密王。皆梁太祖子。

元

曹伯启，字士开，砀山人。弱冠从东平李谦游，笃于问学。至元间，历仕为兰溪簿，以荐授西台御史，累迁集贤学士、御史台侍御史。至元三年，奉命同完颜纳丹纂集累朝格例，名曰《皇元通制》，颁行天下。又上言："五刑者，刑异五等，今黥杖徒役于千里之外，百无一生还者，是一人身被五刑，非五刑各底于一人也。法当改。"丞相虽是之，而卒不果行。泰定初致仕。伯启性庄肃，奉身清约。在中台，所奖借[②]名士甚多。所著有诗文十卷、《汉泉漫稿续集》三卷行世。六子十孙，皆显仕。

曹甫，砀山人。博学能文。累官陕西诸道行台御史中丞，赠体忠守宪功臣、行省左丞、鲁郡公，谥文贞。

成克敬，字简卿，砀山人。淳朴务实。由归德军判官转国子监典籍。卒，赠朝列大夫、秘书少监、上谷郡伯。

许义夫，砀山人。为夏邑县尹，每亲诣乡社，教民稼穑，见民勤者赏之，惰者罚之，境内丰足。后为封[③]丘尹，值群盗劫掠州县，义夫单骑出郊，力言封丘邑小，民已惊窜，幸无入吾境。民获免于难。

---

① 康熙《徐州志》按："纡为汉故楚王，新莽篡立，废处彭城，不闻有徙砀与隐钟山事。虽与刘歆同时，歆仕莽，终身未尝与纡偕隐。至阮孝绪，则为萧武帝时人，与纡、歆隔数百年矣。《梁书》：阮孝绪同时有刘訏，平原人，共从兄刘歊隐于钟山。旧志所载，当是此人。而讹'訏'为'纡'，讹'歊'为'歆'，遂并移孝绪作汉人耳。其误志平原为砀山，亦失考。"

② 原作"惜"，据《元史》本传改。

③ 原作"丰"，据《续通志》《南畿志》等改，下同。

韦信，砀山人。性俭素，事二亲尽孝。每朝夕供膳，必俯伏四拜而后退。人问其故，答曰："父母之恩，终身难报，跪拜何劳？"不少懈。有司以闻，至元间诏旌其门。

国朝

黄正，气质刚方。洪武中为邑吏，以直言征，奏对称旨。擢右佥都御史，卓有风［裁，弹劾］[①]不避权势。后迕旨，黜为英山县吏。会金［山寇叛］[②]，求能讨平之者。或以正子琰闻。征琰至，对曰："臣年幼才弱，不如臣父。"上遂遣人征正至，复以为右佥都御史。即日阙[③]辞渡江，募勇敢士，得十万余人，遂讨平之。升左佥都御史。未几，命讨云南叛夷，亦降服而还，至普安，为贼创伤，卒。永乐中，陈敬亦娴韬略，累以战功，官至中军都督佥事，出镇山海、永平。法令严明，军民怀服，盖亦有正之风焉。

张宏，性孝友，勤于问学。永乐中，由国子生仕为开封府同知，迁户部郎中，律己廉洁。出知荆州府，政务既平，所守益励。门绝私谒，人每称之曰"闭门张"云。先是，洪武中有陈修质、魏志道、高敏、魏宗周，并以荐用。修质任葭州知州，志道任怀庆府同知，敏历官知州、工部郎中、扬州知府，宗周任泉州知府。皆无治迹可考，并不传。

李稳，字邦泰。由进士任仁和知县，锄强扶弱，吏民畏怀。迁御史，有风裁，弹劾不避，时称为"真御史"。以触权［贵］[④]落职归。嘉靖初，应诏起，迁浙江按察佥事。吏事精确，声望烨然。寻乞终养归。居乡恂恂，称长者。已而铨部以贤能疏用，竟不起，终于家。

张伦，性醇厚，与物无迕。事父母至孝。以岁贡任谷[⑤]潜训导，迁项城教谕，所至以道诲人。时，僚友有夫妇偕卒于任者，无子，独遗二女，远弗克归。伦为治具营葬，复为二女捐俸资遣之。再迁陈州学正，遂不就，引去。乡人重之。

赵绅，少居乡，以孝弟称。家素贫，无一介苟取。由岁贡司训济源。在官常徒行，或一蹇驴从诸僚后，其颛朴如此。时，诏下河南祭济渎，命慎选清白官主祀事，绅被首推焉。济人爱之，刻石以纪其事。

纪义，学博行醇，邃于《易》理。由岁贡任仁和县丞，声绩茂著。会卒于官，

① 底本漫漶，三字据万历《徐州志》补。
② 同上。
③ 原作"闢"，疑"阙"形讹，参乾隆《砀山县志》"即日陛辞渡江"改。
④ 字据万历《徐州志》补。
⑤ "谷"疑"於"音讹。

上下皆痛惜之。后以名宦见称云。持己端庄，守身廉洁，勤于子育，直道事人，可谓无负丞者！

段廷光，天性醇朴。由国子生任西安簿，介不苟取，奉公为民，民皆颂其为“真父母”。遭母丧归，行李费亦不给。邑人思之，为立祠祀。复颂以诗文，汇为集，名曰《思段谣》云。

纪旻，邑庠生。仪度雍雅，器宇清晬。童子时，读书务力行实践。每云“身体发肤[①]，受之父母”，遂置一青囊，出入恒佩之，每落爪发，必蓄囊中。比长，动履率服先训。居母丧，结庐墓侧，日三负土加冢上。三年，积冢若丘陵然。昕夕有群雀集巢林，相呼并鸣，依依驯狎，意气实相感焉。至今乡人不称其名字，第曰“纪孝子”云。

赵光霁，性孝友，言动中法则，有古君子风度焉。父卒于官，扶榇归葬。庐于墓侧，朝夕哭奠，负土封树。既终制，犹不归。时邑令率乡士大夫就而慰之，且曰：“先王制礼，不可过也。况子有母焉，将不赖菽水邪？”于是始归养其母。后母卒，复庐墓不归。同时有刘诚，少为邑学吏，满归，奉母极孝。母卒，哀毁尽礼。既殡，庐墓，朝夕哀奠。盖与光霁并以孝称于乡党云。

刘卿妻张氏，年十六归卿。会正德壬申，流贼攻破砀城，杀人无数。贼驱诸妇女入其巢，如束鸡豚就埘圈也。张独不入，贼迫之，妇以掌愤击贼面，骂不绝口。贼怒，举刀先截其掌，复刺二刀死，贼肆其尸于东门上。同时有马鼒妻武氏，年三十一，为贼执。贼食之，武曰：“我良家子，肯从尔贼？任死，但乞一快尔！”贼犹未怒。武乃洒涕食中，愤骂激之，遂杀死。又有赵钬妻陈氏，居村落中。贼至举火，家人尽逃散。陈虑出门为贼辱，竟投烈火中死。

毛九韶妻段氏，年十六而归九韶。无翁姑，育于叔父母，亦未有子。九韶卒，段欲以死殉，家人觉之，防严，弗得死。既而以岁除，归父母家，或诱之曰：“尔上下皆无倚，谁见尔名节，苦若是邪？”妇怒辞。诣夫墓，返至途中，解衣与所同行老妪，为别曰：“自是不复尔累矣！”是日归，即称病，遣人报其母。父谓真疾也，往问之。比至，则段已经死矣。

尚希尧妻朱氏，年十八，希尧遘疾将革，朱许以死殉。希尧既殓，即从母家取色服，母觉其有死意，戒姑慎防之。朱旦夕守夫柩，哭之哀，水浆不入口者七日。姑力劝之食，乃勉为一啜粥，且绐从求益。姑方入厨，朱遽引声长恸，以首一触柩而绝。姑惊出扶之，则额裂，流血被面，不可为已。夫此一妇人耳，而其从容勇决，得乃死所，虽古义烈，其能有加哉？知县王绍元状列于副使王梃，特先令大书

① 原作“膚”，系“膚”形讹，径改。

其门以表之，而后为请旌于朝[①]。

丰县

汉

萧何，丰人。为沛主吏掾。高祖为布衣时，数以吏事护高祖。高祖为亭长，常佑之。高祖起为沛公，何为丞督事。沛公至咸阳，何独先入收秦图书藏之。沛公以是具知天下厄塞、户口多少强弱处。项羽立沛公为汉王，而三分关中地，王秦降将。汉王怒，欲谋攻羽。何谏之曰："夫能诎于一人之下，而信于万乘之上者，汤、武是也。臣愿大王王汉中，养其民，以致贤人，收用巴蜀，还定三秦，天下可图也！"汉王乃以何为丞相。何进韩信，汉王以为大将军，说汉王引兵东定三秦。何留收巴蜀，谕告使给军食。汉二年，汉王与诸侯击楚，何守关中，为令约束，立宗庙、社稷、宫室、县邑，计户转运给军。汉王常失军，何常兴关中卒，辄补缺。上以此剸属任何关中事。五年，汉王即皇帝位，以何功最盛，先封为酂侯。功臣皆言："何徒持文墨议论，不战，顾居臣等上，何也?"上曰："诸君知猎乎? 夫猎，追杀兽者，狗也；发纵指示兽处者，人也。今诸君，功狗也；至如何，功人也！"群臣皆莫敢言。列侯毕已受封，奏位次，上心欲何第一，关内侯鄂千秋进曰："萧何万世功，当第一。"上乃令何第一，赐带剑履上殿，入朝不趋，悉封何父母兄弟十余人，皆食邑。高祖崩，事惠帝。何病，上亲自临视何疾，何举曹参代。何买田宅，必居穷辟处，为家不治垣屋，曰："令后世贤，师吾俭；不贤，毋为势家所夺。"孝惠二年薨，谥曰文终侯。（酂侯之"酂"，俗讹[②]作"赞"，今正之）

卢绾，丰人也，与高祖同里。绾亲与高祖太上皇相爱，高祖、绾同日生，里中持羊酒贺两家。及高祖、绾壮，学书文，又相爱。高祖为布衣时，有吏事避宅，绾[③]常随上下。及高祖初起沛，绾以客从。入汉，为将军，常侍中。从东击项籍，以太尉常从，出入卧内，衣被食饮赏赐，群臣莫敢望，虽萧、曹等，其亲幸莫及绾者。封为长安侯。绾与刘贾击临江王共尉，还，从击燕王臧荼，皆破平，乃立为燕王。诸侯得幸，莫如燕王者。绾立六年，以陈豨事见疑。上使樊哙击绾，绾悉将其宫人家属，骑数千，居长城下候伺，幸上病愈，自入谢。高祖崩，绾遂将其众亡入匈奴，匈奴以为东胡卢王。居岁余，死胡中。

---

① 乾隆刘王瑗本《砀山县志》卷九《祠祀志》"朱烈妇墓"条注："在县西庸信里，葬尚希尧妻朱氏，副司王梃为立碑。"

② 原作"僞"，系"讃"形讹，径改。

③ 原作"绾宅"，据《汉书》本传乙正。颜师古注："避宅，谓不居其家，潜匿东西。"

隋

刘权，字世略，彭城丰人，轨之孙。少有侠气，后折节好学，动循法度。开皇中，以车骑将军领乡兵。后从晋王广平陈，进授开府仪同三司[①]。十二年，拜苏州刺史，赐爵宋[②]城县公。权抚以恩信，甚得人和。炀帝嗣位，拜卫尉卿，进位银青光禄大夫。累加金紫光禄大夫，寻为南海太守。路逢盗起，权召募抚谕，群盗降附，帝闻而嘉之。及至南海，甚有异政。数岁，遇盗贼。群雄多愿推权为首，权竟固守以拒之。子世彻又密书诣权，称时方扰乱，讽令举兵。权召集僚佐，对斩其使，矢无异图，守之以死。卒于官。

五代

朱珍，徐州丰人也。少从梁太祖为将，善治军选士，累立战功，拜淄州刺史。

宋

李若谷，字子渊，徐州丰人。举进士，累官至参知政事，以太子少傅致仕。卒，年八十，赠太子太傅，谥康靖。若谷性资端重，在政府论议，常近宽厚。治民多智虑，恺悌爱人，其去，每见思。子淑（旧志误作“淑赐”[③]），字献臣。年十二，真宗幸亳，献文行在所。真宗奇之，命赋诗，赐童子出身。试秘书省校书郎，寇准荐之，授校书郎、馆阁校勘。乾兴初，迁大理评事。修《真宗实录》，为检讨官。书成，改光禄寺丞、集贤校理，为国史院编修官。召试，赐进士及第，改秘书郎，进太常丞、[知][④]许州，历官翰林学士、中书舍人，端明、侍读二学士。卒，赠尚书右丞。淑警慧过人，博习诸书，详练朝廷典故，凡有沿革，帝多咨访。制作诰命，为时所称。其他文多裁取古语，务为奇险，时人不许也。尝修《国朝会要》《三朝训鉴图》《阁门仪制》，所著别集百余卷。淑子寿朋，字延老。庆历初，与弟复圭同试学士院，赐进士出身，判吏部南曹。使行诸陵，奏言：“昭宪皇后诞育二圣，为国文[⑤]母，独以合葬安陵，不及时祭，请更其礼。”从之。迁群牧判官，历开封府推官、户部判官、知凤翔府。沧州地震，坏城郭帑庾。寿朋以席为屋，督吏采缮葺，未数月，复其旧。括芜田三万顷，纵民耕，择其壮者使习兵。河方北漏，随

---

① 原作“进授开府仪同三司、宋国公”。案《隋书》《北史》本传：“进授开府仪同三司”后句有“宋国公贺若弼甚礼之”。明非刘权为宋国公，且参下文始赐爵宋城县公，亦可证。志书讹从《南畿志》。今补“贺若弼甚礼之”六字甚无谓，“宋国公”三字衍，径删。

②《隋书》本传作“宗”，《北史》作“宋”。按：宗城县在河北贝州，本名广宗，隋仁寿元年（601）避皇太子杨广讳改。刘权受封在开皇十二年（592），时无宗城，《隋书》误。

③ 案《明一统志》“子淑，赐童子出身”，弘治《重修徐州志》云“子淑赐”，似为句读之误。

④ 字据《宋史》本传补。

⑤ 原作“之”，据《宋史》本传改。

塞之。故道狭，寿朋度必东溃，谕居人徙避，后三县四镇果垫焉。司马光出使，荐其能，加直史馆，入直舍人院，同修起居注。进户部、盐铁副使。暴得疾卒，诏中使抚其孥，赐白金三百两。寿朋弟[①]复圭，字审言。通判澶州，历知滑、相、泾三州，临事敏决，推称健吏。在泾州时，民苦三司转运使折[②]税繁困，复圭为奏免，民立生祠。

宋汝为，字师禹，丰人。靖康元年，金人犯京师，阖门遇害，汝为思报之。建炎三年，金人再至。谒部使者陈边事，遣对行在。高宗嘉纳，特补修武郎、假武功大夫、开州刺史，奉国书副京东运判杜时亮使金。时刘豫节制东平，丞相吕颐浩因致书豫。汝为行次寿春，遇完颜宗弼军，不克与时亮会，独驰入其壁，将上国书。宗弼盛怒，劫而缚之，欲加戮辱。汝为一无惧色，衔命惟请达书而就死。宗弼顾汝为不屈，遂解缚延之曰："此山东忠义士也！"听往见豫。汝为持颐浩书与之，开陈祸福，勉以忠义，使归朝廷。豫拘留汝为，诱以官，固辞。绍兴十三年，汝为亡归，作《恢复方略》献于朝。久之，桧将械送汝为于金人。汝为乃变姓名为赵复，徒步入蜀。杨企道为假僧舍居之。闻桧死，曰："除此巨蠹，中原恢复有日矣！"后竟终于蜀。隆兴二年，其子南强以汝为之死哀诉于朝，参知政事虞允文、钱端礼以闻，特与官一子。有《忠嘉集》行于世。

姚孝锡，字仲纯，丰县人。政和四年[③]登科，调代州兵曹。金兵入雁门，州将议以城降。官属畏怯，投死无所，孝锡投床大鼾，略不为意。大府就注五台簿，因家五台。善治生。州境岁饥，出家所藏粟一万石赈，贫乏多所全活。自号醉轩，所著有《鸡肋集》。

元

袁遵道，字叔正，丰县人。气刚直，性颖悟。年十六，能诵五经。初为国学四门馆正字，升伴读，历任中外。及致仕，授翰林直学士、太中大夫。凡居官行事，毅然不惑，而勇于有为，每有异迹。年七十四，以疾终。后以子贵，赠中奉大夫、中书参知政事、护军，追封汝南郡公，谥文靖。子涣[④]，仕至奉训大夫、吏部侍郎。

---

① 原作"子"，据《宋史》本传改。案《宋史》李淑二子：寿朋、复圭。志书寿朋传已云"庆历初，与弟复圭同试学士院"，此作"寿朋子复圭"者，误。

② 原作"拆"。案《宋史》本传："始时二税之人，三司移折已重，转运使又覆折之。"据改。

③ 按：正统《彭城志》作"宣和六年进士及第"、周密《齐东野语》作"登宣和六年第"，元好问《中州集》、嘉靖《徐州志》及以后志书作"政和四年"。案《宋登科记考》无政和四年榜，志书应误。

④ 原作"深"，据《南畿志》及袁遵道神道碑改。

国朝

王正，字惟中。少刻苦读书，精于词翰。洪武初，以翰林学士宋濂荐明经，任翰林孔目。升四川泸州知州，进秩致仕归。子度，亦以怀材抱德荐，任刑部主事，改河间府判。同时有陈明善、唐懋，并以荐用。明善累官至山东济南知府致仕，年九十终；懋任山西太原府判，升浙江金华府同知。

王献，由举人，仕为兵马指挥，执正不阿。时，禁军盗劫戚里财，命捕甚急。献缉获，法司欲有所原，献抗章竟置于法。

裴纪，字克振。由举人，仕为河南钧州同知。躬率孝弟，劝课农桑，卓有政誉。历任六年，郡人思之。

李俊，成化间仕知湖广光化县，务敦朴，以身化民，讼简民安。改知靖海[①]，刚介，不畏强御。时邑人不乐儒业，其见充诸生者，率以渔为生。俊至，多方诱引，资给朝夕。越三年，士风遂振。忽一日，以公事出外，会母丧讣至，即长往不顾。吏人还检宅舍，止俸数斗而已。其清介如此。

周潭，字德隐。少补邑庠诸生。性至孝。初丧父，哀毁骨立，庐墓三年。后居母丧，亦如之。有司上其事，旌表其门。

孙荣，字世华。性孝友，家人化之，百口同爨，凡五世焉。成化五年大饥，与邑人李祯各输粟赈济，所赖活者甚多。

刘志明妻吴氏，年十四，归志明。越五岁，志明卒，遗孕三月，后生男名臣。抚孤守志，不贰其操。会罹水患，饥窘千状，吴织纫自给，早夜课子读书。比长，补邑庠弟子。其伯氏家裕，哀怜之，乃为援例人胄监。时督学御史尝以礼劝之，有司上其事，未下。吴今年五十有五，尚存，例不得书。然闻之人言，皆嘉亮无它，不待盖棺而可论定者。故因舆议采之，以风世云。

侨寓

战国

丰公。按《前汉书·高帝纪》赞曰："《春秋》晋史蔡墨有言：'陶唐氏既衰，其后有刘累，学扰龙，事孔甲。范氏，其后也。'而大夫范宣子亦曰：'祖自虞以上为陶唐氏，在夏为御龙氏，在商为豕韦氏，在周为唐杜氏，晋主夏盟为范氏。'范氏为晋士师，鲁文公世[②]奔秦，后归于晋，其处晋者为刘氏。刘向云：战国时，刘

---

① 按：靖海县，北宋大观二年设，明洪武初年改"靖"为"静"。时称应为"静海"（今天津静海区）。

② 原作"鲁文公后世"。案《汉书》本纪，"后"字衍，今删。

氏自秦获于魏（六国时，秦伐魏，刘氏随［军］[①]，为魏所获，故得徙居大梁）。秦灭魏，迁大梁（非始皇灭六国之时[②]），都于丰。故周市说雍齿曰：'丰，故梁徙也。'是以颂高祖云：'汉帝本系，出自唐帝。降及于周，在秦作刘。涉魏而东，遂为丰公。'丰公，盖太上皇父，其迁日浅，坟墓在丰鲜焉。及高祖即位，置祠祀官，则有秦、晋、梁、荆之巫（丰属荆，有南巫也）。"按此，则刘氏迁丰，实自丰公始也。

国朝

阙膺，江西奉新人。宣德中为丰县尹。致仕，因家焉（详《宦迹》）。

方技

国朝

李复，字明善，丰县人。善阴阳、历数之学。任南京钦天监副。

徐州志卷之十二终

① 原作"隋"，脱"军"字，据《汉书·高帝纪》颜师古注引文颖曰改补。

② 案《汉书·高帝纪》颜师古注："秦昭王伐魏，魏惠王弃安邑，东徙大梁，更号曰梁，非始皇灭六国之时。"

附纂修姓氏

与修官

凤阳府通判	黄九皋
徐州知州	何　莘
丰县知县	叶　烓
州学学正	吴时昭
训导	廖　辕

采录

生员	朱　金
	徐　鬲
	宋　琚
	毕　集
	周中立
	庄　重

校正

儒士	吴从正

掌供应

义官	高　钦

明万历《徐州志》

（上）

姚应龙　严淮　庄重　纂修

徐州志卷之一

沿革

上古畫野分州以明封守而此地遂以徐名與蕭沛碭豐傑然稱王霸之邦自唐虞三代歷漢唐宋元其間為國為郡為州為縣為路判析統轄時異制殊至我
國朝之大一統而體統土疆森然畫一矣爰發廢置之由載之篇首

徐州

昔自帝嚳創置九州歷唐虞夏商皆徐州之域堯封

导读

明万历刻本《徐州志》(简称“万历志”)，徐州兵备副使舒应龙监修，萧县教谕姚应龙、砀山县教谕严淮、徐州贡生庄重等纂，这是明代徐州志书的最后一修，也是目前藏本数量最少的一种足本徐州志。万历志在嘉靖旧志基础上，增补了嘉靖二十七年（1548）至万历五年（1577）间的人文、经济资料，尤详于漕运治理、赋税改革，既是对明代徐州旧志的全面继承，也是继续开拓。约在清康熙中后期，徐州境内刻本即已失传。目前仅天津图书馆存有一部，系任振采天春园藏书捐赠，被著名明史学者谢国桢誉为“海内孤本，罕见秘籍”(《天春园方志目序》，载《中国留日同学会刊》1943年第3期)，版本及史料价值极高。

一

万历《徐州志》的纂修组织者舒应龙，广西全州人，嘉靖四十一年（1562）进士。万历元年（1573）二月，由湖广左参议升山东副使整饬徐州等处兵备。任内修筑护城石堤，以御水患，“复求名笔，纂修郡乘，务俾文献足征”(顺治十一年《徐州志·宦绩》本传)。这里所提到的“名笔”，就是本志的三位实际编纂人：姚应龙、严淮、庄重。

姚应龙，浙江慈溪人，隆庆元年丁卯科举人，万历二年任萧县教谕（各志《职官表》作“二年”，宦迹本传作“三年”)，“文学才望，卓冠畿省，诸当路以文墨相干者，殆无虚日。徐志多出所撰”(康熙二十二年《萧县志·秩官》)、“台司钦重文品，命修《徐州志》”(天启四年《慈溪志·人物》)，后任南平知县，仕终漳州府同知。严淮，云南太和（大理府治）人，举人，万历二年任砀山县教谕，“才华敏赡，力以振兴文风为己任”(乾隆三十二年《砀山县志·职官》)，后迁南雄府推官。庄重，徐州生员，早年曾参修嘉靖《徐州志》，负责采录工作，万历元年岁贡，后任灵璧县教谕（姜焯《徐州志·选举》)。

万历初年重修徐州志，此时距嘉靖志纂修尚不足三十年，因万历《徐州志》卷首无序、卷后无跋，不仅纂修经过难知其详，编纂者对本次修纂意义抱以何种主张，也无文字可考，只能根据一些零散的资料进行大致推断。

关于本次修志的诉求，可用六字以概之，即“务俾文献足征”。从当时的社会环境来看，明朝中后期，志书编纂务求实用，已经相当普遍，很多州县一修再修，逐渐形成了以地方官主持、有乡绅名流和文化学者参与的志书纂修体制。首先，修志工作是政府行为，体现官方意识。万历志的编纂，或出于兵备副使舒应龙的动议，或由他下发修志文移，都说明了官方对修志工作的重视和支持。其次，从本次修志的人员组成来看，姚应龙、严淮以属县学官领衔纂修州志，貌似越俎代庖，实则却体现了萧、砀二县与徐州密不可分的历史关系。就在万历州志编纂前不久，隆庆三年（1569）丰县知县尹梓重修《丰县志》，隆庆六年（1572）砀山知县王廷卿创修《砀山县志》，至此，除萧县外，徐州及丰、沛、砀三县均有志书问世。姚应龙以萧县教谕主纂徐州志，则基于徐州志即是萧县志，只要徐州志纂修适时，萧县文物典章必不致湮灭，这其实也是一种官方行为。而庄重以本地贡生的身份参与编修，则代表着地方士绅阶层对修志行为的主动介入。乡绅名流对于本地文化承续有着天然的道德感和责任感，因此他们也强烈要求编修志书，以彰本地的文华风流。共同的价值取向和利益需求，推动了徐州及属县志书编纂的接续发展。

存史资政是志书的社会功能。自嘉靖《徐州志》编成后，三十年来，徐州的地情政情又发生了许多变化：第一，频年水患愈演愈烈，特别是嘉靖四十四年（1565）秋七月，黄河北徙秦沟，与泗水合于茶城，循城东南以入淮，由此造成了旧有漕河淤没。次年，工部尚书朱衡于昭阳湖东另开新河，设置夏镇工部分司，维护了当时的经济命脉——漕运的正常运转。第二，万历元年（1573），徐州知州刘顺之在巡抚都御史王宗沐的支持下，开始推行“一条鞭”法，将田地、户口合而为一，重新丈量田亩，稽查人口，赋役制度发生了重大改变。第三，丰县县城于嘉靖五年（1526）被黄水淹没，一度迁址华山之南，嘉靖《徐州志》编成时，县治尚在此处。尽管嘉靖志认为这里“永无河患为便”，然而民安故土，就在志书刊成后不久，嘉靖三十一年（1552），县治又重新迁回旧址。以上种种变动，使得旧有志书已经无法满足地方官的资政需求，加之其间职官、科贡有所增加，建置有所更易，都需要及时载入志书，因此重新编修成了主政官员和地方士绅阶层的共同需求。

关于万历《徐州志》的编纂时间，清人黄虞稷《千顷堂书目》谓“隆庆壬申修”，恐是基于隆庆六年（壬申）知州刘顺之到任而言；朱士嘉《中国地方志综录》载为“万历二年修”，应是以志书的两位主笔姚应龙、严淮于该年到任，遂据此作为依据。瞿宣颖《方志考稿甲集》则云：“观《选举表》人名止于万历四年，知其编于是年以后也。”以上三种观点都有可商榷之处。准确地说，这部志书草成于万历四年内，刻印于万历五年间，而动笔开修时间，则要稍早一些。

本志卷二存录徐州知州刘顺之《题名碑记》一文，该文作于万历三年环城堤坝修成以后，就在刘顺之准备树立知州题名石碑时，“会萧谕姚子应龙、砀山谕严子淮、郡彦庄子重，于时乃敬以纂修志事进谒”，可见，此时志书编纂已有动议。考以当时情况：万历二年秋徐州大水，“环城为海，四门俱蔽”，“历三月不消”，刘顺之竭力赈恤，创筑护堤，竣工于次年三月，正如刘顺之在文章里所写：“河患频仍，凋瘵已甚，昏垫转散之民，离披不振之度，方许所以敉宁而厘刷之，他未遑也。”值此护堤告竣、民力复苏，多年来的治绩政声也有必要进行总结，由此产生了重新修志的现实需求。刘顺之任徐四年，修旧起废，很有作为，姚应龙等人“以纂修志事进谒”，自无不准之理。且从志书中对刘顺之的政绩不吝溢美之辞，仅载入志书中的大小政绩就多达53项，可以看出，他在任期间，可谓有利必兴，无废不举。或许刘顺之曾对本次修志给予过很多帮助，也或许他是本次纂修的实际组织人。但是志成之后，舒应龙、刘顺之二人均未列名纂修姓氏。大约就在这次会晤之后，姚应龙等人即开始分工整理资料，着手进行编纂工作。据此推知，万历志的纂修时间始于万历三年间。

姚应龙素有文名，作为主纂之一，“修州志多出所撰”（姜焯《徐州志·政绩》），所费心血最多。第二年（万历四年），志书尚未纂成，先是刘顺之超迁而去，姚应龙又于同年秋“北都聘典文衡”，担任该年丙子科顺天乡试阅卷官，志书编纂时断时续。秋试后，姚应龙擢升旌德县令，尚未赴任，即丁母忧而归。天启《慈溪县志》卷九《人物》本传载：“应龙著有《徐州志草》并《巢鹊楼稿》若干卷。”所谓“志草”，说明姚应龙离开萧县时，志书尚未完全脱稿，剩下的工作当由严淮、庄重二人接手完成。然据本志“职官”“选举”所录名单、各款兴革记事，都是止于万历四年，可见后期也没有进行太大的增补。尽管编修人事出现变动，但作为修志发起人的副使舒应龙始终未曾离去。接下来，在舒应龙的安排下，志书由徐州学正章浚及训导刘朝阳、李重卿、鲁一贯等人审阅后，很快即雕版印行，让此事得以善始善终。1984年中国科学院北京天文台编辑《中国地方志联合目录》时，天津图书馆考定其为舒应龙纂修、万历五年刻本，应当是有一定依据的。

二

与其他志书长达数页的佐修名单相比，万历志的“纂修姓氏”仅列姚应龙等三人，另有“校正姓氏”列章浚等4人。从这份单薄的名单可以看出，本次纂修的规模较小，甚至不曾发动生员外出采录，也未请地方官或社会名流为之作序。大灾之后，经费告绌固然是其中一个因素，而实际上，当时可供征引的参考资料相对充裕，也使得编纂工作不需要花费太多的精力。首先，此次修志距上次嘉靖修志不足三十年，其间的文物典章变化不是太大，很多旧志原文如嘉靖志的“土产”“古迹”“宦迹”“人物”“杂纪”等目，基本上都是直接移用；其次，成书于隆庆年间的《丰县志》《砀山县志》，也为本次编修提供了可供直接利用的最新材料。尽管萧县志尚未创修，但姚应龙作为本县教谕，征集资料自非难事；徐州及沛县则各有显著大事，可从相关文书中整理摘录。基于以上种种原因，姚应龙等人以最为节省的成本，成就了体量最大、记载时限最长的一部明代徐州志，无意间也为明代徐州志书的接替纂修划上了一个句号。

万历《徐州志》六卷，在嘉靖旧志三纲十二目的基础上，重新改以天道之二十四候，析作二十四门。开篇即为目录，无序。卷一：前列版图十一幅，即州总图一、州境图一、州治图一、县境图四、县治图四（每页一幅，图版无中缝）；次即沿革（“沿革考述”与“沿革表”，一州四县分而述之，同嘉靖志）、星野、疆域、形胜、风俗、山川（桥梁附）、城池。卷二：古迹（陵墓附）、土产、职官（析嘉靖志《职官表》为条目式）、公署（含仓库、驿递）、学校。卷三：兵防（兵变附）、漕政、河防、赋役。卷四：祀典、选举（析嘉靖志《选举表》为条目式）、宦迹。卷五：人物（含列女、侨寓、方技）。卷六：封建、灾祥（记事止于万历三年）；方外（内分玄释、寺观）、杂纪。卷首附有凡例和纂修者姓氏。

从编排格式上看，万历《徐州志》取法《明一统志》，一改嘉靖旧志分纲列目的编排方式，让现有的二十四目平行排列，不再刻意统属“天文”“地理”“人事”三纲。从类目设置上看，万历志将旧志之“田赋”“户役”二目并为“赋役”一目；将“形胜”“风俗”自“山川”中析出，将“城池”自“兵防”中析出；新增“河防”一目，其余类目则未有变化。从内容体量上看，万历志对旧志稿作了少许的精简和调整，分别增入时事若干；唯“赋役”“漕政”二目改动较大，不啻重纂。盖因明朝赋役制度，“先年田地、户口分而为二，赋属于田地，役属于户口”，体现在志书当中，嘉靖志分设“田赋”“户役”二目，分属“天文志”和“地理志”。万历元年以后，徐州则开始推行“一条鞭”法，“合田地、户口为一，通融编银，每岁征收”。故而新志统合为“赋役”一目，以适应时代变化，至于记载不殚繁琐，则如《凡例》所云“盖以水患频仍，而役繁赋重，民不聊生矣，欲观者垂隐恤焉”，翔实保存了具体赋役制度始末和概况的同时，也直接反映了统治阶级在经济政策上的残酷性。详漕政者，盖因漕运事关国计，徐州地当转输要冲，志书中详细存录了当时黄河改道、漕河新开、夏镇分司的设置、相应浅渡闸坝的更易兴革，有助于今人了解明代后期徐州境内漕运沿革演变过程。又“河防”一篇，旧志所无，为本次修志新增。自嘉靖以来，黄河屡决，徐州频年水患，居民流离失所，聊生无计。志书编纂者详细考察历代河道所经及泛滥所由，并提出了“修遥堤以宽水势”的治河方略，然而统治阶级只求漕运畅通，借口财用不足，坐视不问。志书按语“论大事者不当恤费也”，既流露出地方人士的无奈之情，也是对当道者目光短浅的含蓄讥讽。以上种种指导思想，都说明了编纂者对民生疾苦怀有深切的同情心理，这也是明代志书崇尚实用的一个鲜明体现。

在载人记事上，万历志的编纂者以“志以传信，率多据事直书，不务藻饰”为旨，这种观点无疑是正确的。本志《凡例》明确规定：“礼贵远嫌，故见任官不书政迹。”可能是当时社会上，志书编纂时有徇情现象发生，故而预定此例，以杜请托、绝争端。也正是这个原因，在任的副使舒应龙在志书中的存在感很低，而刚刚离任的知州刘顺之则被大书特书，固然是因为刘顺之任内确实政绩卓著，但也难以掩盖编纂者的个人感情倾向。

《凡例》还提到，该志的“纂修规式具遵《大明一统志》。间有不合者，亦以郡县之偏书，不嫌于加详也”，这也是经验之谈，因为各地毕竟有各地的特点，一律按钦颁条例照套，不是切实可行的方法。然而，瞿宣颖《方志考稿甲集》则批评万历《徐州志》：“其人物不载汉高祖、梁太祖而载其昆季，卷六《杂纪》中略载高祖佚事，关于燕子楼之诗篇分载《古迹》《杂纪》两卷中，皆翦裁未纯者。”其实，地志不载帝王，清乾隆时王峻主编《徐州府志》已有非议：“以一郡之志乘，必欲援帝后以为人物，其僭妄无识，乃三尺童子所知。若为生长之乡，不便不记，则丰沛故墟与当年经历旧迹，已散见各类中，何虑湮灭不彰？至于朱梁篡夺，事同莽操，载之简编，更不可驯。”（乾隆《徐州府志·凡例》）王峻的意思是说：帝王后妃的事迹，已经具见国史，且记载得更为详细，不至湮灭无闻；而志书作为一地地情之总汇，应当详国史之所不及，如帝王故墟、佚事传闻等。从这点来看，万历志的做法无可厚非。至于燕子楼，在嘉靖志中归属《兵防》，万历志改入《古迹》，已然较为合理；至于《杂纪》中另存白居易诗文，也是始自嘉靖旧志，或许两部志书的编纂者均视此说为小说家言，故而归入杂纪，这点也无需苛责。

此外，万历志继续沿袭嘉靖志体例，将相关的资料集中于各条目之下，虽有附注繁猥之嫌，但也极便互证，不失为本书特色之一。

三

陈垣有云：“读史必须观其语之所出。”应当“追寻其史源，考正其讹误”。万历《徐州志》在嘉靖《徐州志》基础之上重撰而成，全书约32万字，近三分之二的内容都是移用嘉靖志旧文，但是姚应龙却没有采用如后来康熙二十二年本《续徐州志》的方法，说明编纂者的发心在于修谬补阙，另成新编。嘉靖志成书后，许多文句上的错讹、史料上的谬误陆续被发现，因此万历志在引用旧稿的同时，也作了许多必要的修改。其余或音讹或形讹，乃至脱衍之处，万历志多所更改。因为是重修，而非校勘，故而他们采用的是径改方式，如非仔细对照阅读，很难发现其中的校勘之劳。然而毕竟人手较少、精力有限，尚有许多未作订正之处，如“燕慕容昭宗”“刘知柔，延祐子”等，两部志书同误。又如二志所引苏轼《石炭歌并引》俱作“访获于州之西南山皇镇之北”，且后来的顺治《徐州志》、姜焯《徐州志》亦同此讹。查阅目前行世诸本苏轼诗文集，“山皇镇”都写作“白土镇”，且徐州志书中也都有白土山、白土镇的记载，显然“山皇镇”是错误的。可能这是编纂者在断句或识读中出现了偏差，如所衍之“山”字或当断入“西南”之后，即“访获于州之西南山”；又把“白土”二字上下叠成一个“皇”字，从而才出现了上述之误，直到乾隆《徐州府志》中才予以改回。

另外，万历志中还有多处旧志本不误而新志自误者，如“泗水郡”写作“沛水郡”等，限于篇幅，难以一一枚举。以卷四《宦迹》为例：志书于人名初次出现时，例以竖框圈出，但是很多人名却圈得莫名奇妙，如晋朝“东平王楙”“会稽王道子”，东平王、会稽王为封号，司马是姓氏，《晋书》本传多从省，万历志则分别圈为“东平”“王楙”“会稽”“王道子”四人；元秉、尉元、辛徽三人，被万历志圈为“元秉尉”“元辛徽”二人；申令孙、羊侃则被圈为“申令”“孙羊侃”。诸如此类，可以想见当时的校正粗忽。

除嘉靖《徐州志》之外，万历州志对隆庆《丰县志》、隆庆《砀山县志》也有较多征引。隆庆六年本《砀山县志》为砀山志书之创修，今已失传，无从得知具体作了哪些征引。《丰县志》，隆庆三年知县尹梓重修，今有刻本存世。之前嘉靖志修成时，丰县治尚在华山新城，不久即迁回旧址，故而嘉靖志中关于丰县的很多记载，已经失去资政价值，只能转引于隆庆《丰县志》。故而嘉靖志所载“丰县，在州城西北一百五十里”为实情，而隆庆志、万历志所载“在州城西北一百八十里”，亦为实情，都是以当时县治所在地而言的。他如丰县坊郭乡镇、坛壝寺观，察其文字，即知录自隆庆《丰县志》。

万历修志时，刻印于弘治七年（1494）的马暾《重修徐州志》（简称“弘治志”）版本仍在，也曾被引作参考依据。如：此前未被嘉靖志所引的“徐州八景”正文及注文，再次在万历志中得到保存，且字句几无改变；“旧志云‘（利国）监，苏轼建置’，恐误”，亦出自弘治马暾志；“辛贾山”条下“昔有辛、贾二姓居其下，因名。今子孙犹有存者”，该句最早出自正统《彭城志》，弘治志所载亦同，考虑到万历初年继续见到正统志的可能性基本不存在了，故而一并视作引自弘治志。此外，尚有挂剑台遗址、徐国文化等典故，之前的弘治志、嘉靖志皆因事不在徐而未录，此时则陆续重新收入。我们认为：作为一种文化现象，即使事出附会，毕竟建筑实存，据此载入地志，也未尝不可。

四

自万历《徐州志》刊行以后，直到明王朝覆灭之前，徐州志再无续修。因此，明末清初很多学者研究徐州掌故，多以此书作为参考依据。如清初顾祖禹《读史方舆纪要·南直十一·徐州》中所引用的“旧志”文句，基本都是出自万历《徐州志》。然因兵燹水患，大约在明末天启、崇祯期间，万历《徐州志》已经开始残缺不全了（姜焯《徐州志·凡例》）。清顺治十一年（1654）徐州兵备道胡廷佐等人重新修志时，尚能得见大概，这从万历、顺治二志中的多处文句同误的现象中即可看出。又隔数十年后，康熙六十一年（1722）姜焯编纂《徐州志》，多方查访，也只找到了嘉靖《徐州志》和王应时辑本《吕梁洪志》这两部明代志书，此时，万历《徐州志》连同正统《彭城志》、弘治《重修徐州志》，久已不知所向了。

天津图书馆所藏万历《徐州志》，木刻本，每面十行，每行二十字，小字双行，卷内编次页码（今缺四页），每卷为一册，合为一函，卷首有“任氏天春园藏书”印一方。证以有关文史资料，悉知此书系由任振采（字凤苞）先生于解放后捐赠。综合各方面资料来看，唯天津图书馆存此一部，海外亦未听闻有此书收藏，已经成为孤本，现珍藏于石棉库中，为了防止风化、翻损，轻易不予出示。1999年，中华全国图书馆文献缩微复制中心曾影印该书，编入《天津图书馆孤本秘籍丛书》第五册。2016年，赵明奇主编《徐州古方志丛书》全十册由中华书局出版，该书被收入丛书第一册。海内孤本一经整理转精，进而影印出版，化身百千，便利阅读，这种继承先贤初心、传承中华文明的文化接力，必将惠及社会，服务时代。

徐州志凡例

一、纂修规式具遵《大明一统志》。间有不合者，亦以郡县之偏书，不嫌于加详也。

二、分门二十有四，按天道之二十四候也。各以小序括之。

三、志以传信，率多据事直书。不务藻饰者，惧眩实也。

四、赋役纪载独详者，盖以水患频仍，而役繁赋重，民不聊生矣，欲观者垂隐恤焉。

五、礼贵远嫌，故见任官不书政迹。但所兴所革，必核实以载者，俾后人有所考云。

六、诗文浩瀚，多出名家，欲便观，故各系于本题之下。

七、节孝，人道之大经也。凡经表扬者毕录。盖表扬则物论定矣；否则，不敢以私臆概志之。

八、灾祥不分类，惟循其世代而书之。

九、以大书为纲，细书为目，庶一披阅，而事之始终可毕见也。

纂修姓氏

直隶徐州萧县儒学署教谕事	举人	姚应龙
砀山县儒学署教谕事	举人	严　淮
郡人	贡士	庄　重

校正姓氏

直隶徐州儒学学正	章　浚
训导	刘朝阳
	李重卿
	鲁一贯

域總圖
教場
蕭縣
楚王山
大彭山
三仙臺
黄山

徐州疆
黄山
石山
桓山
定國山
荆山
三山
東岸驛
彭城驛
工部分司
工部分司

之圖
張村舖
五鄉地
孤山
四鄉舖
教場
護城堤
楚王山
大彭山
六鄉地
飲馬池
南山
丁塘山
桃山驛
胡山
桃山

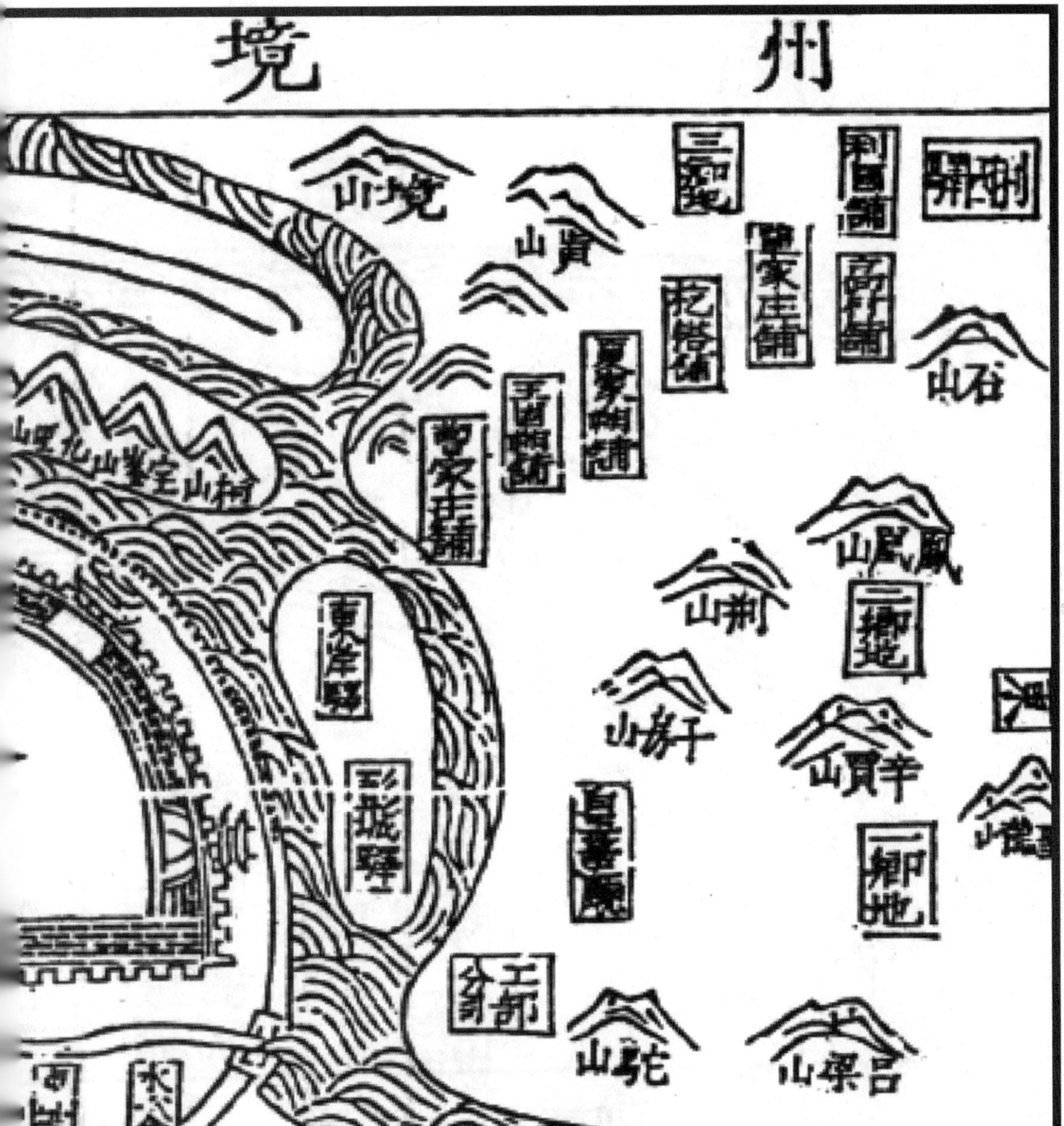

明万历《徐州志》

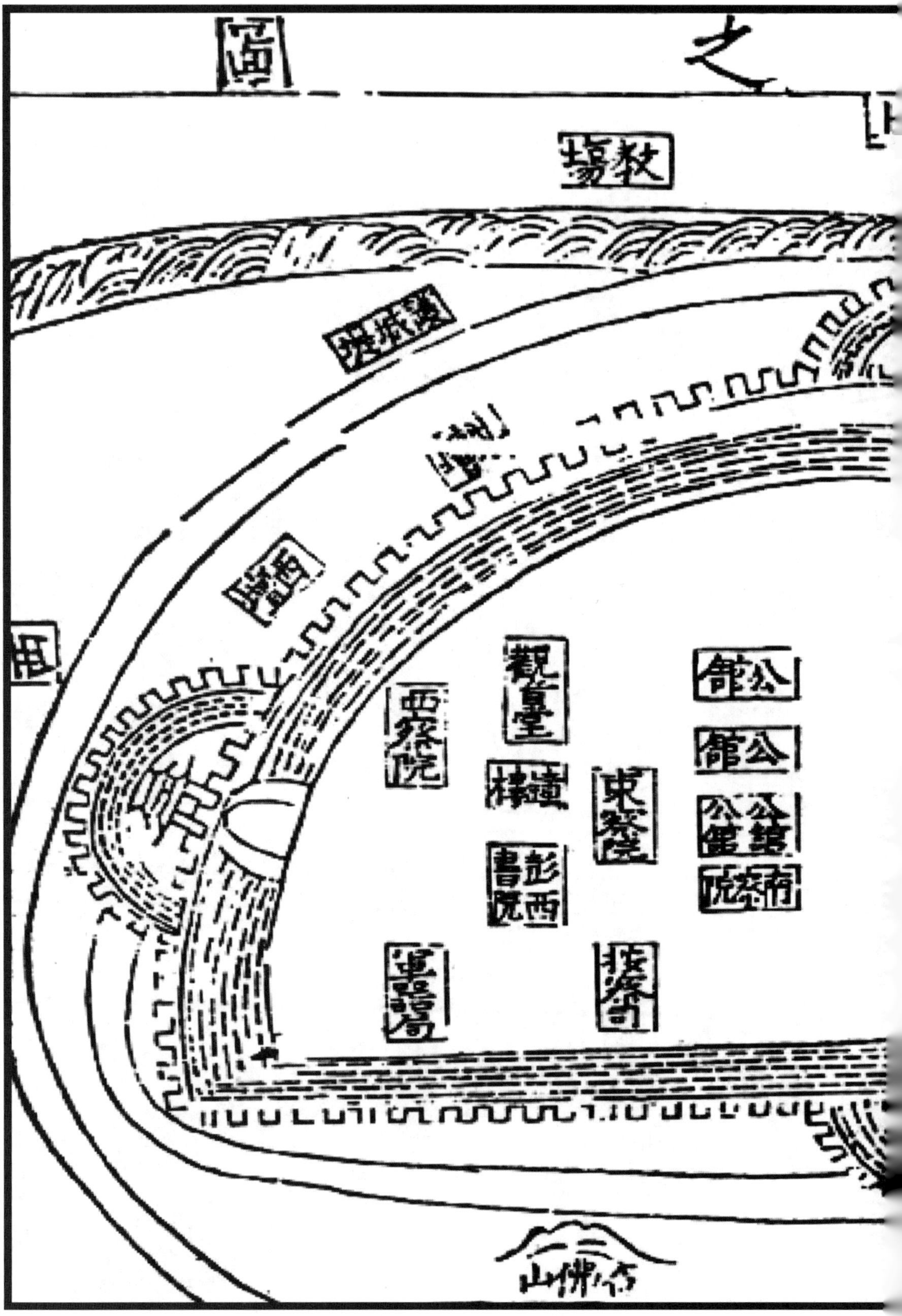
之
教場
護城堤
西關
公館
公館
府察院
觀音堂
西察院
譙樓
東察院
按察司
石佛山

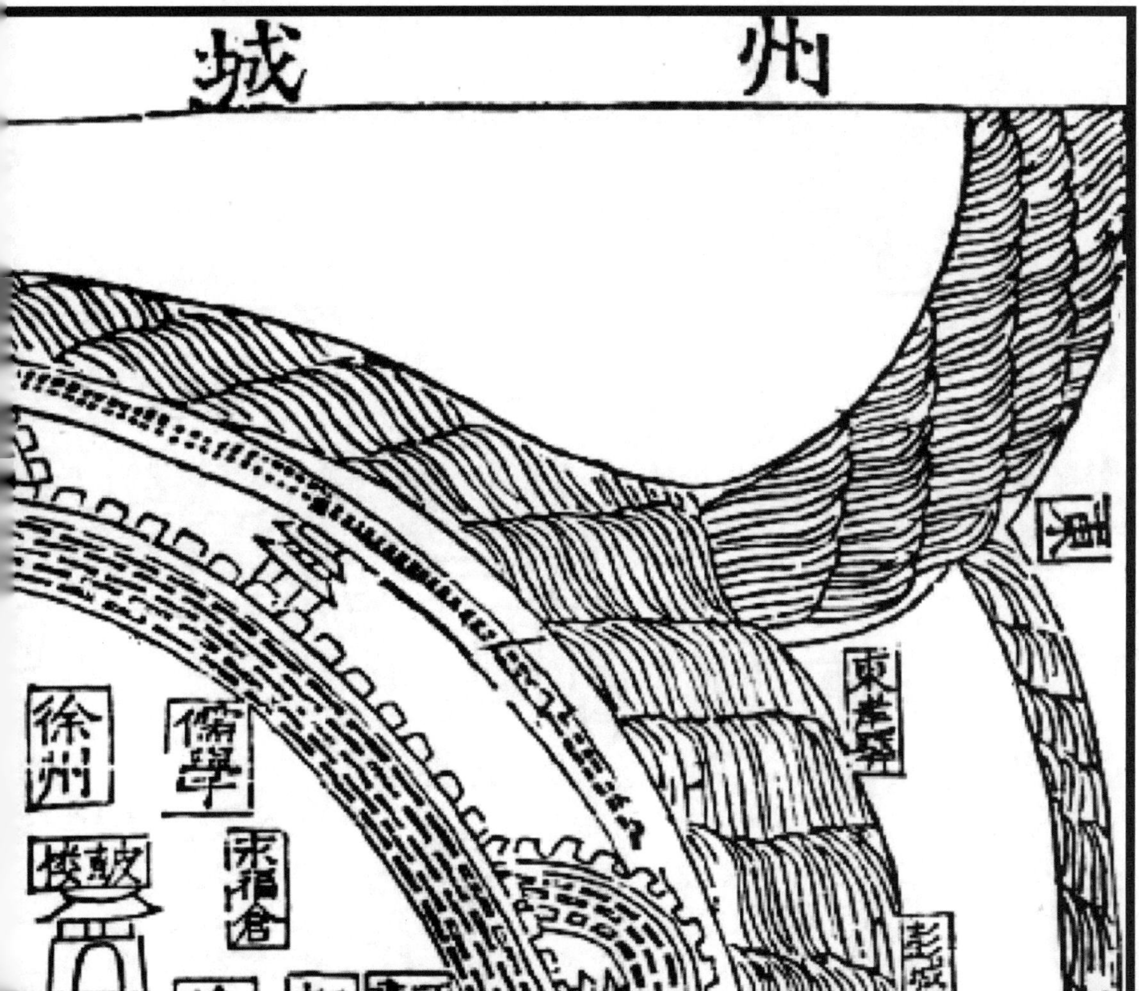
州城
東
東岸驛
彭城驛
工部分司
徐州
儒學
永福倉
徐州衛
都察
清河書院
城隍廟
卧佛寺
小教場
水次倉
廣運倉

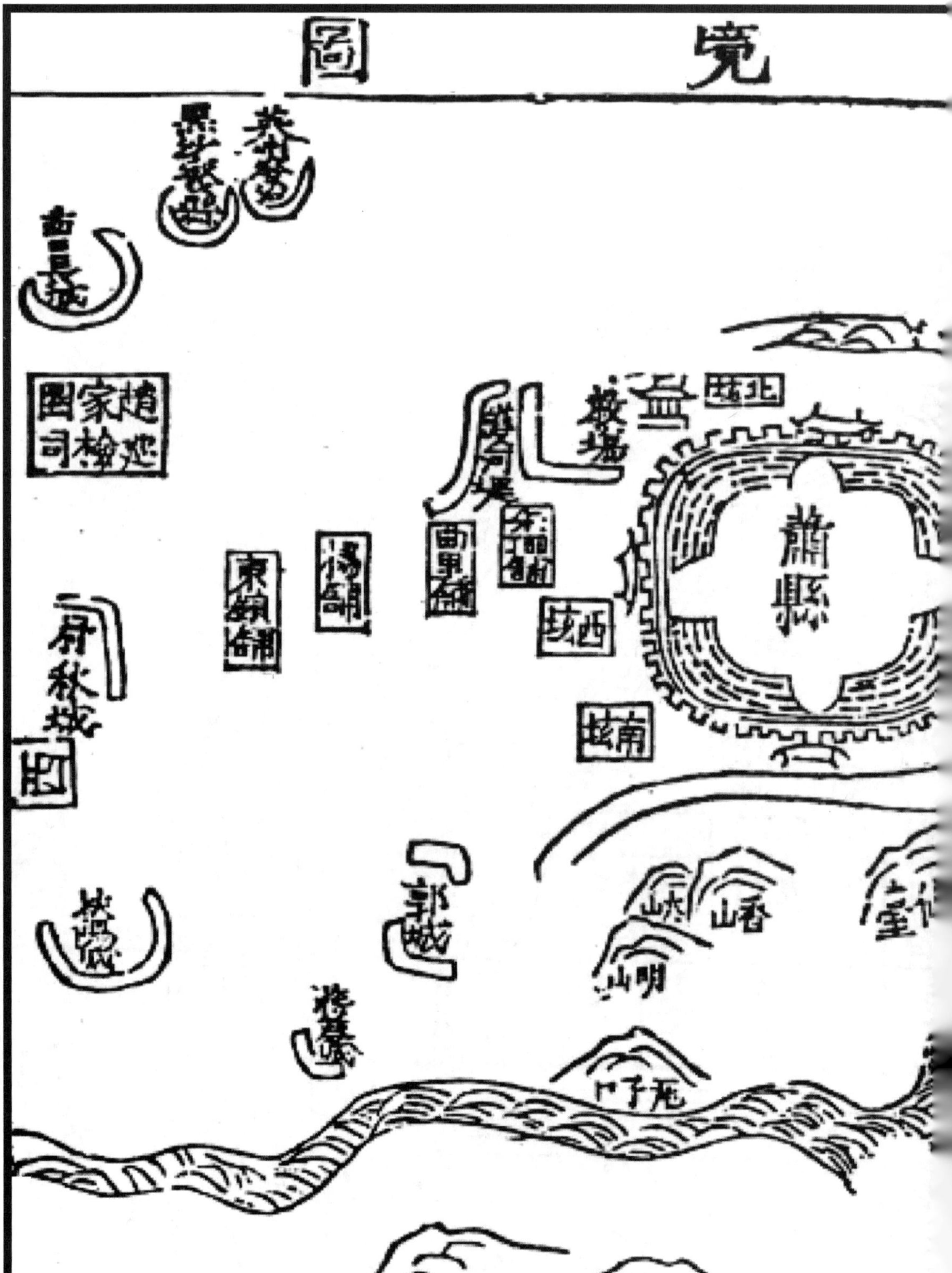

境
圖
蕭縣
教場
趙家圈巡檢司
郭城
香山
明山
相山

蕭縣
鳳凰山
烏龍潭
白土山
神仙洞
青谷山
馬鞍山
桃山

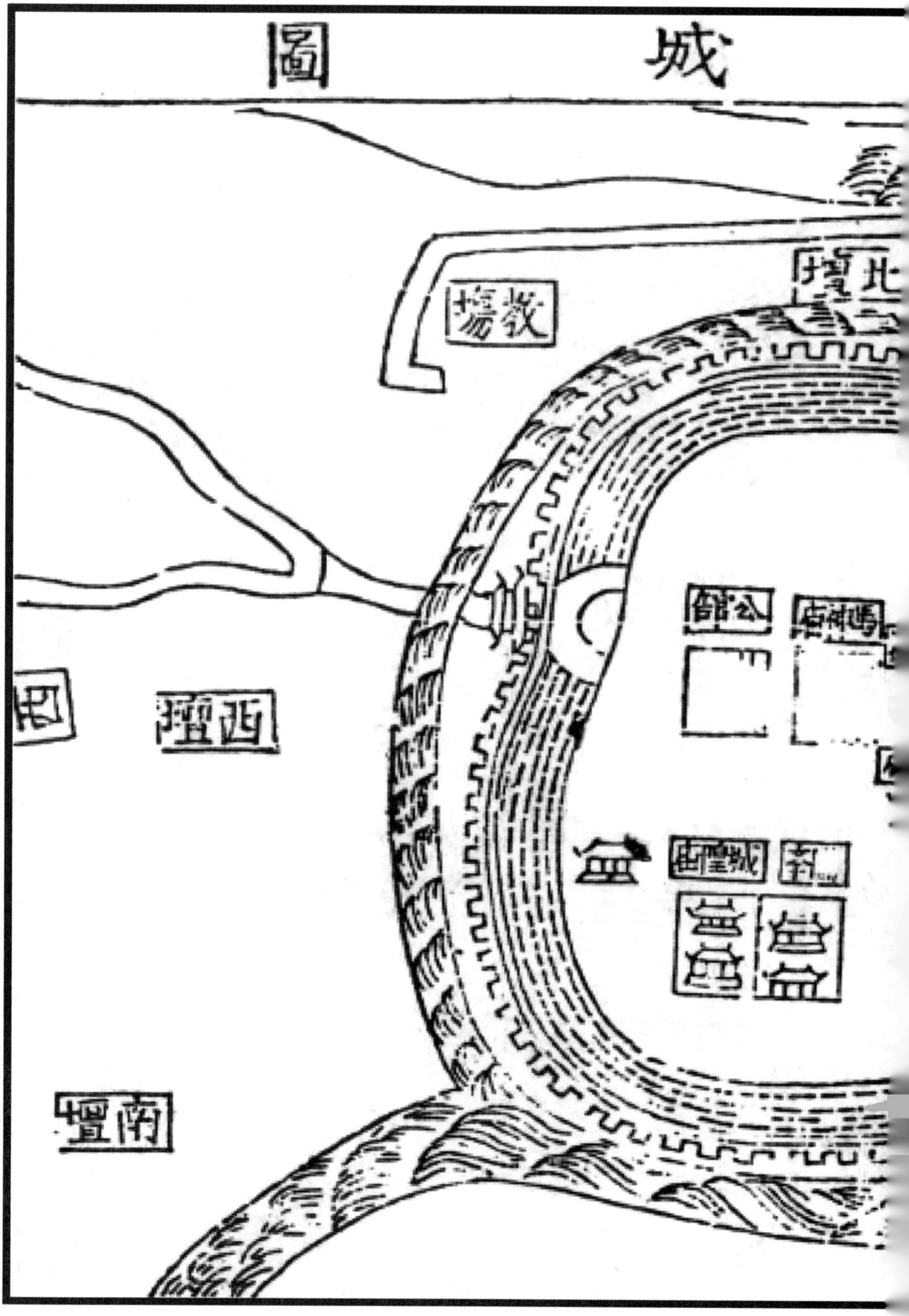
城圖
教場
北壇
西壇
南壇
公館
城隍廟

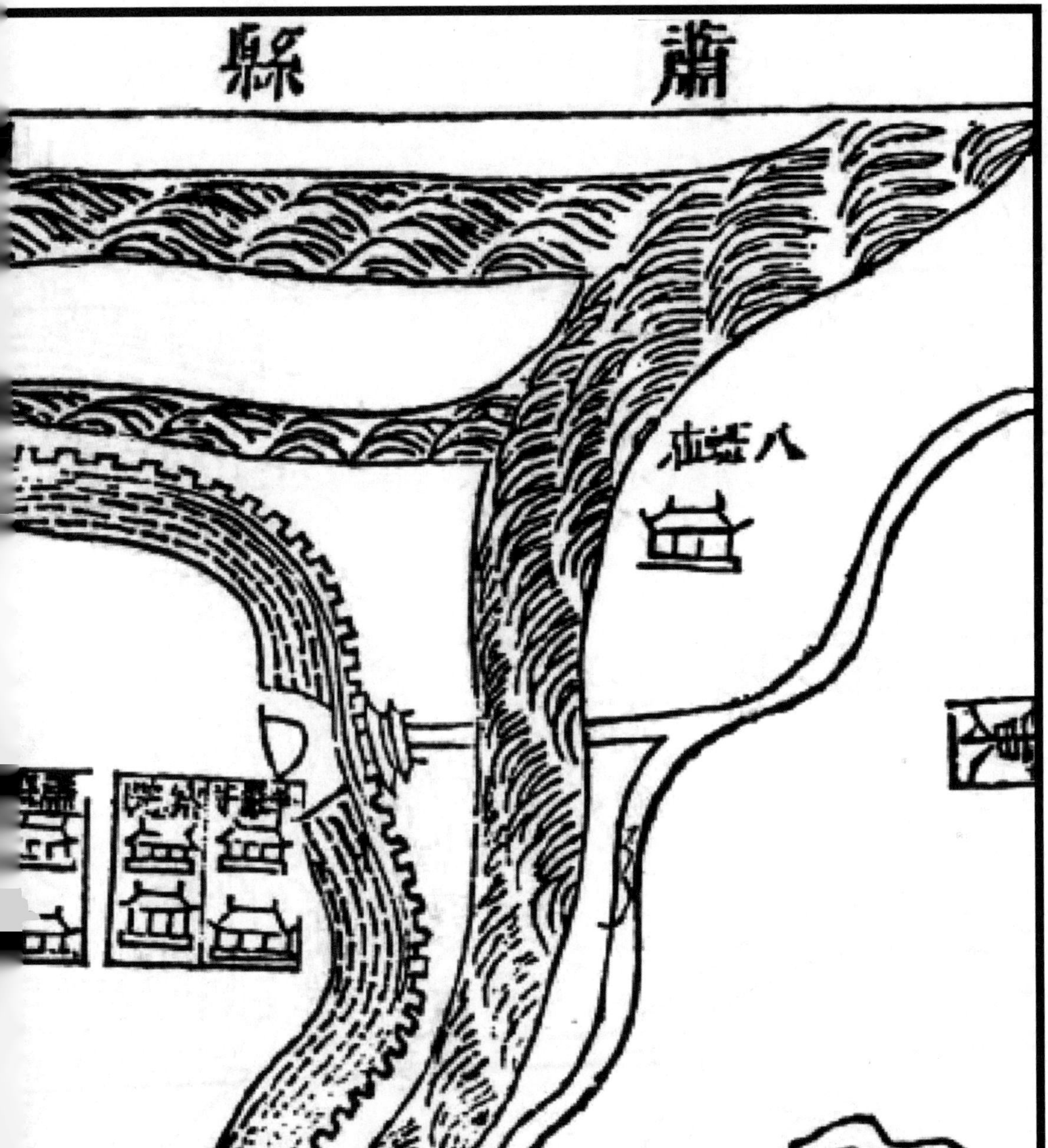
蕭縣
三仙臺

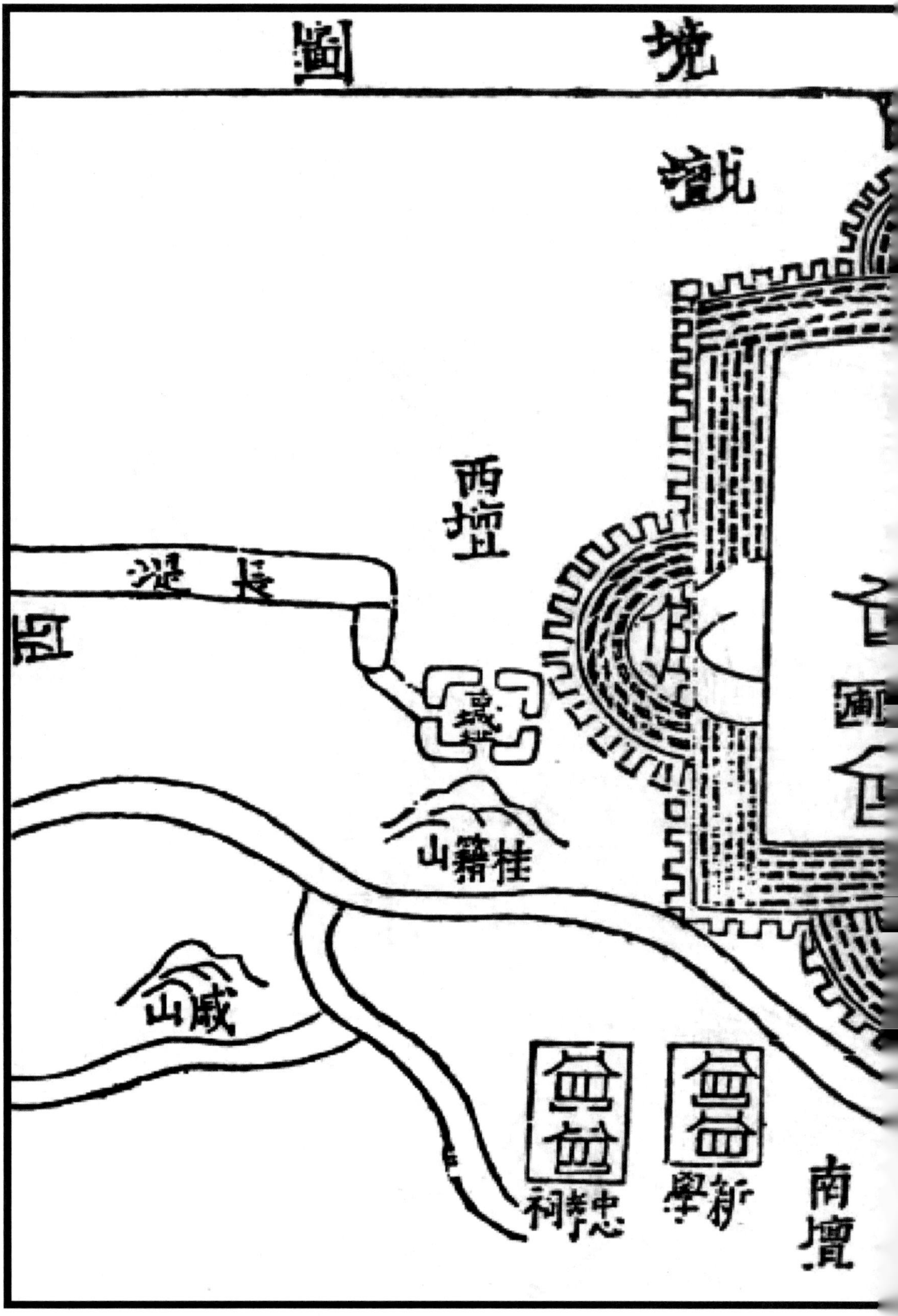
境圖
長堤
桂籍山
戚山
新學
南

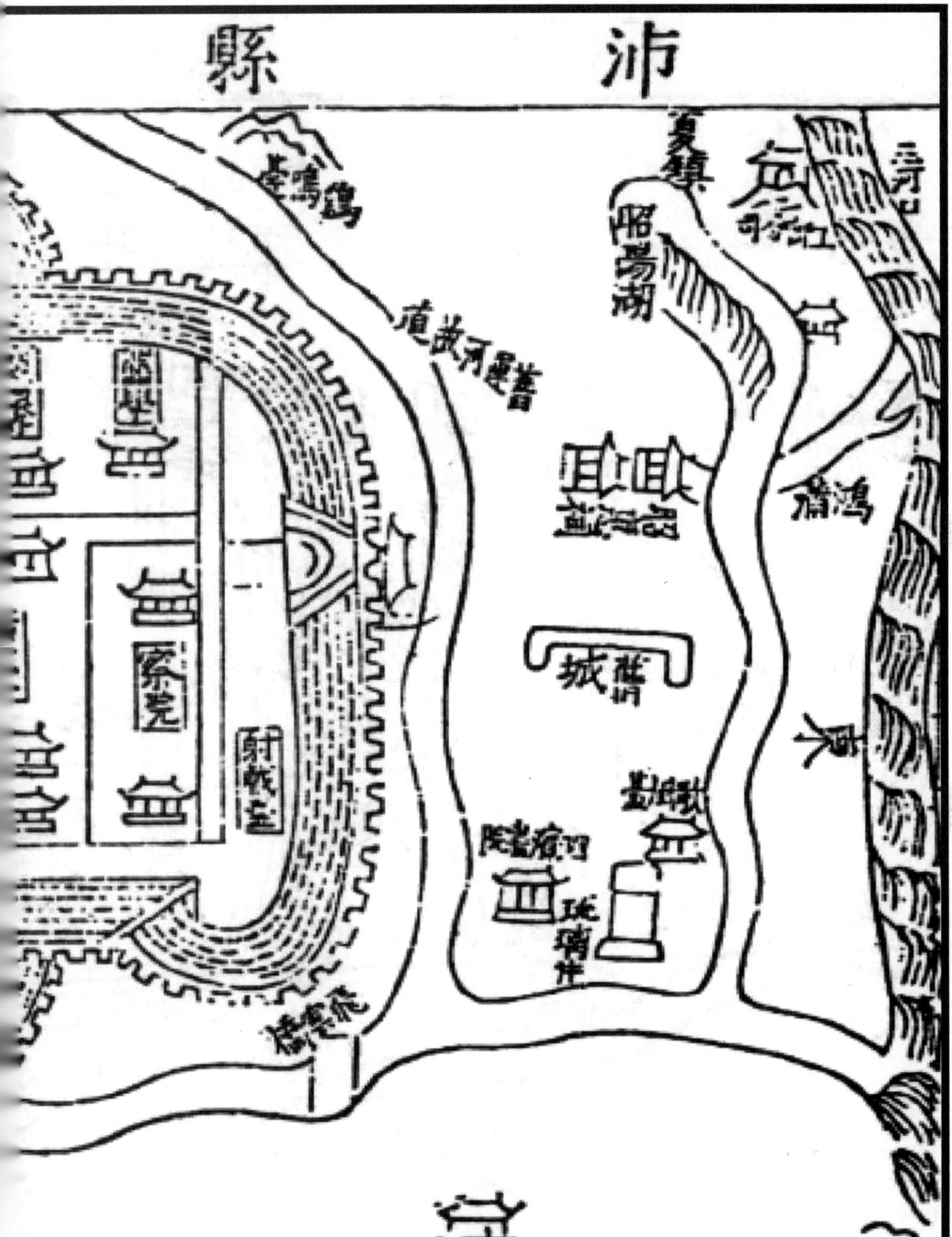
沛縣
鷄鳴臺
夏鎮
昭陽湖
舊運河故道
舊城
射戟臺
鴻溝
微山

城圖

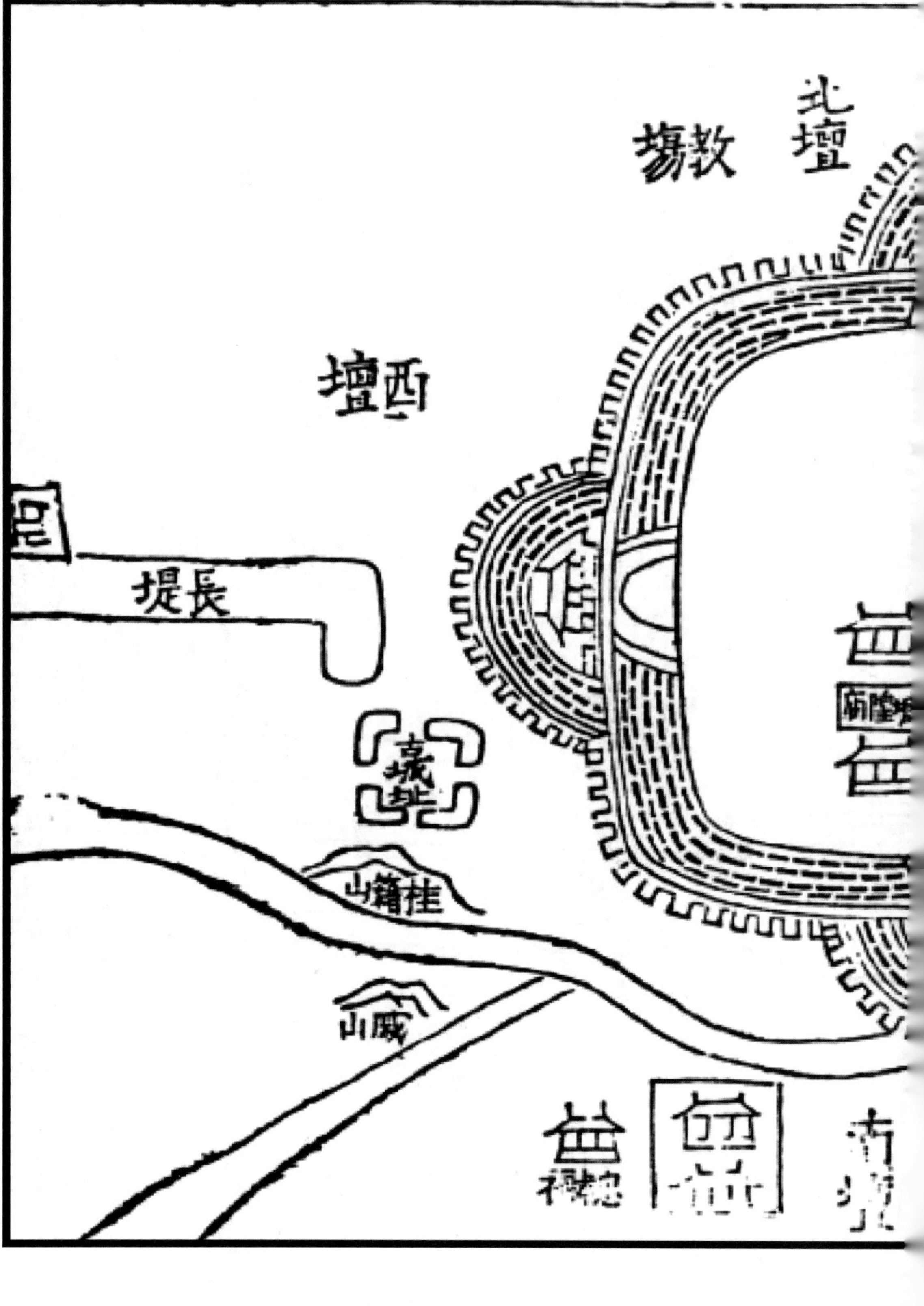

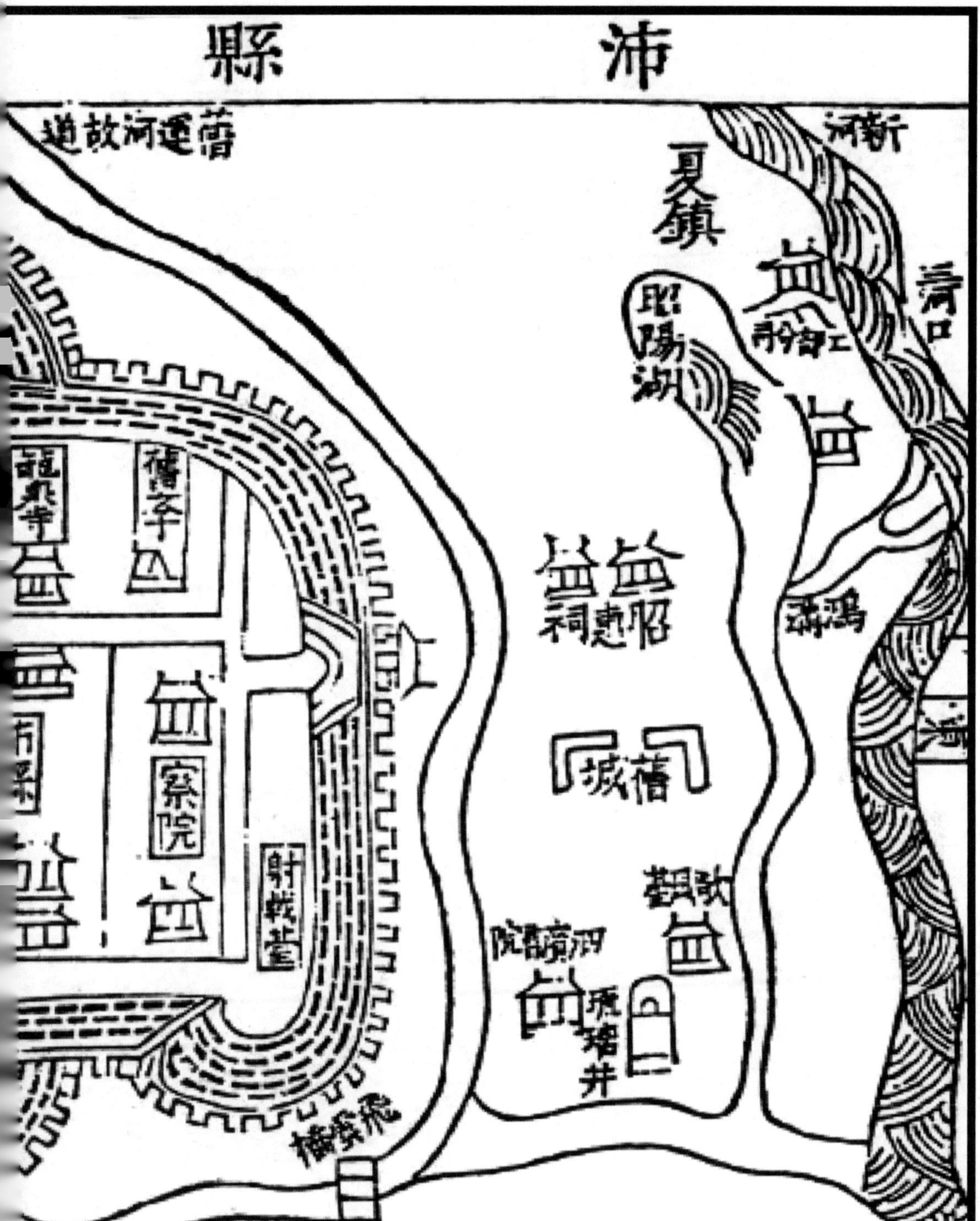
沛縣
舊運河故道
新河
夏鎮
昭陽湖
河口
鴻溝
昭惠祠
舊城
歌風臺
察院
射戟臺
飛雲橋
關王廟

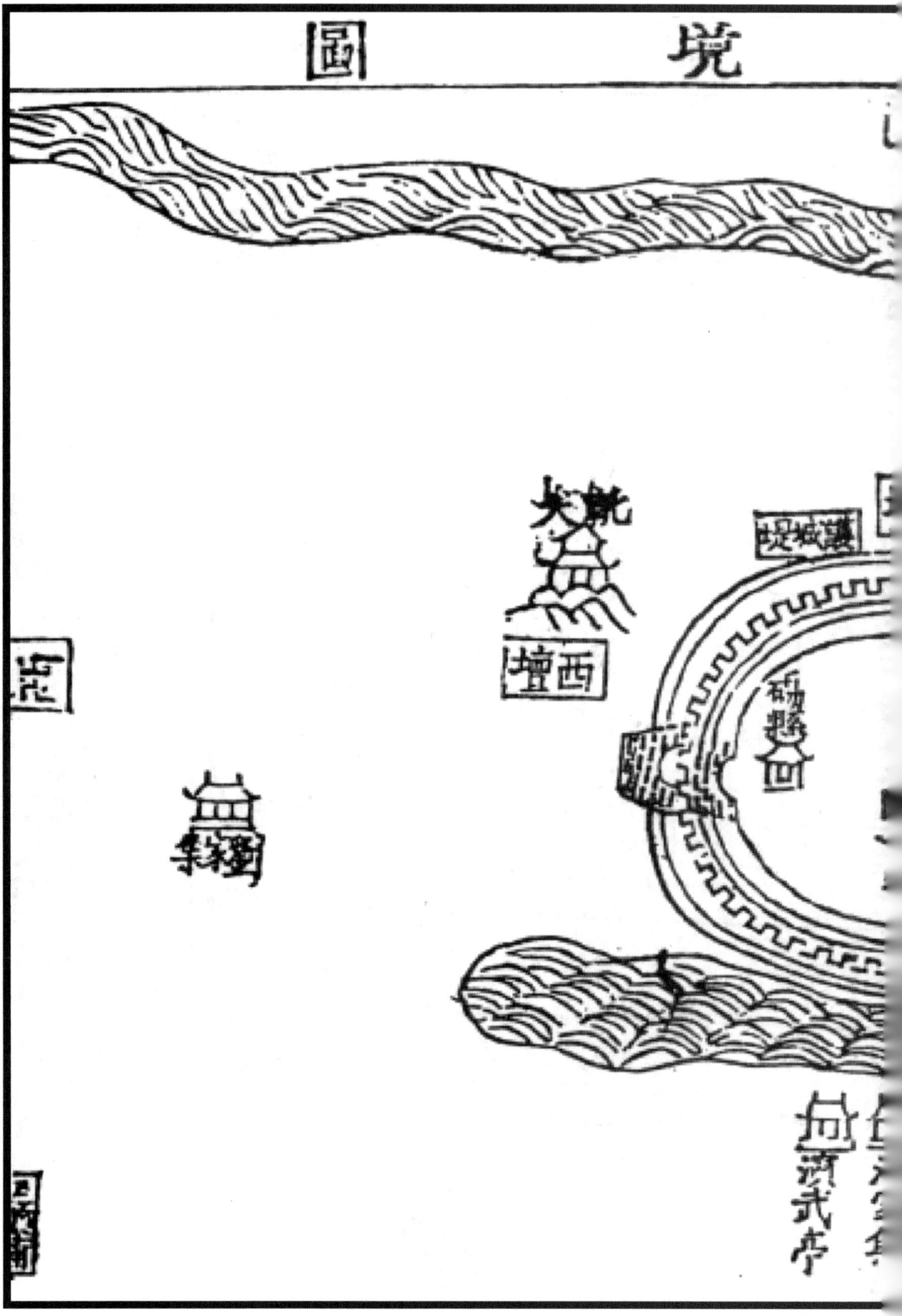
境圖
西壇
劉家集
護城堤

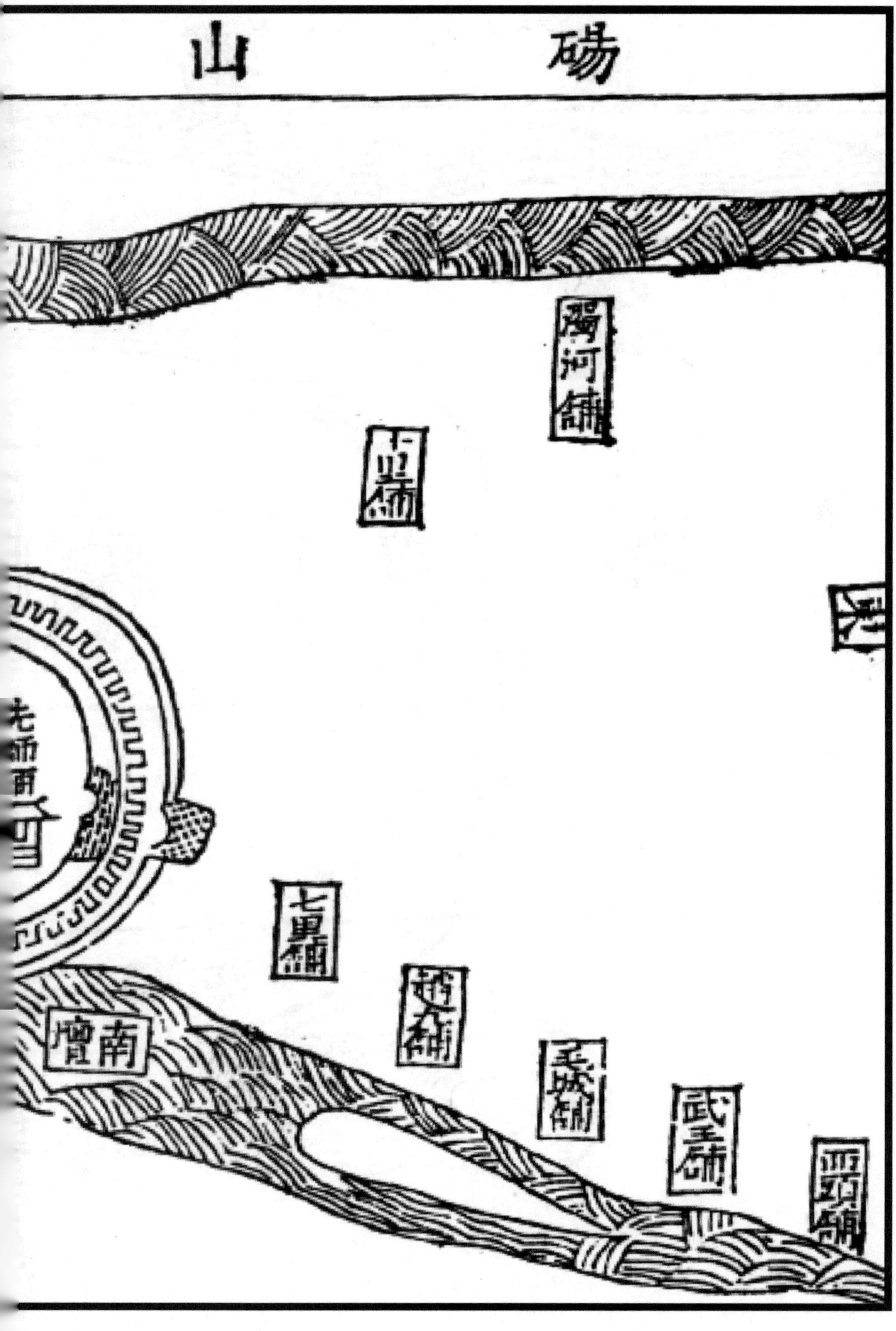
碭山
濁河舖
七里舖

城

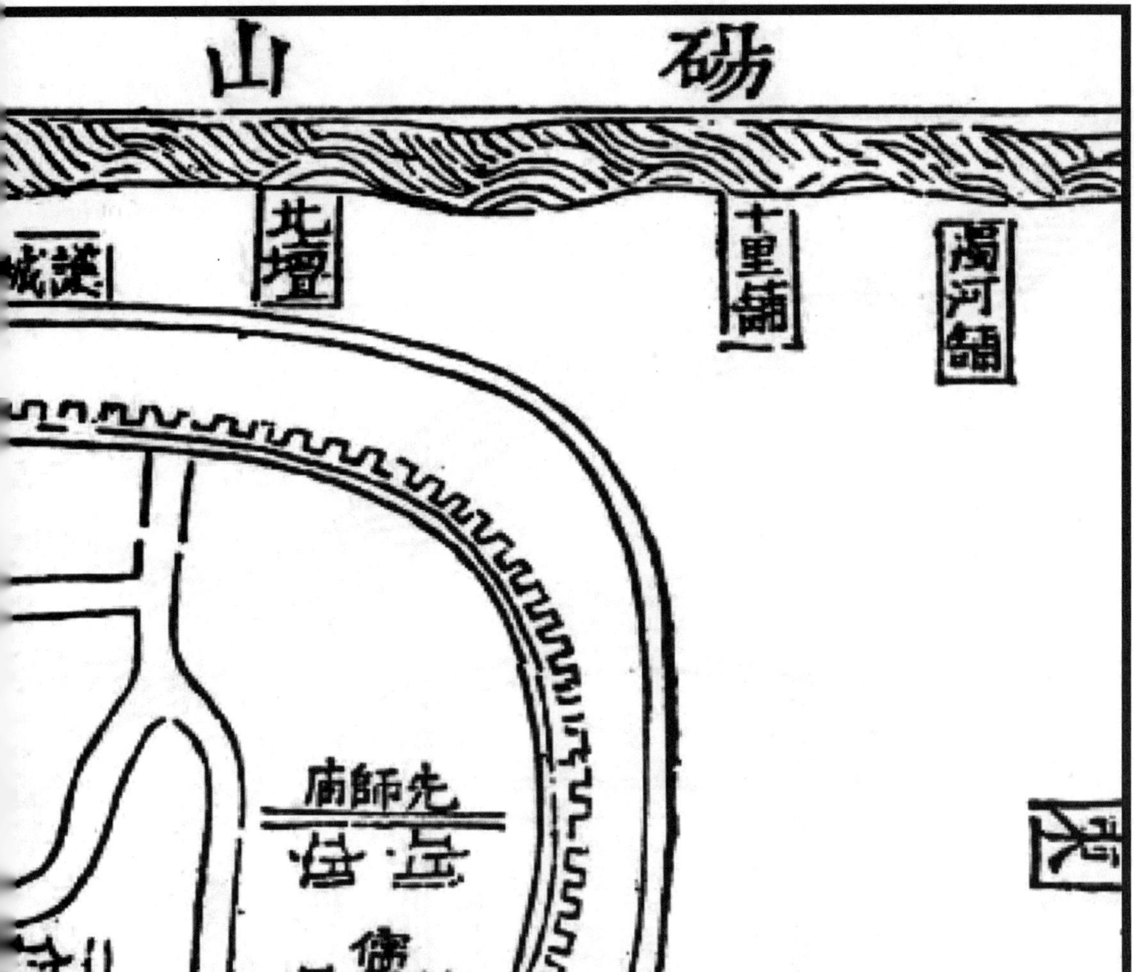
砀山
北壇
十里舖
濁河舖
先師廟
儒學
七里舖
毛城舖

境　圖

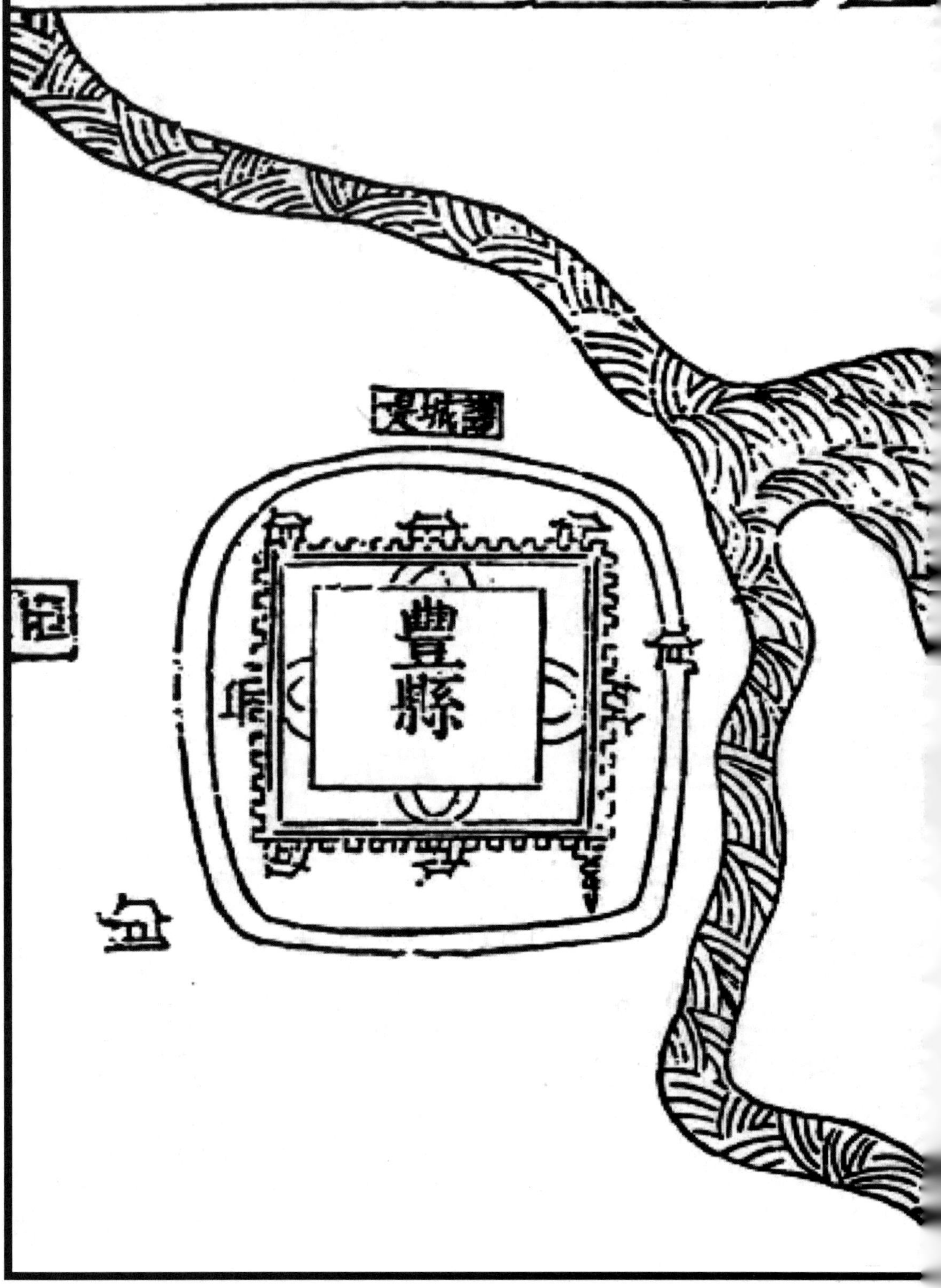

豐縣

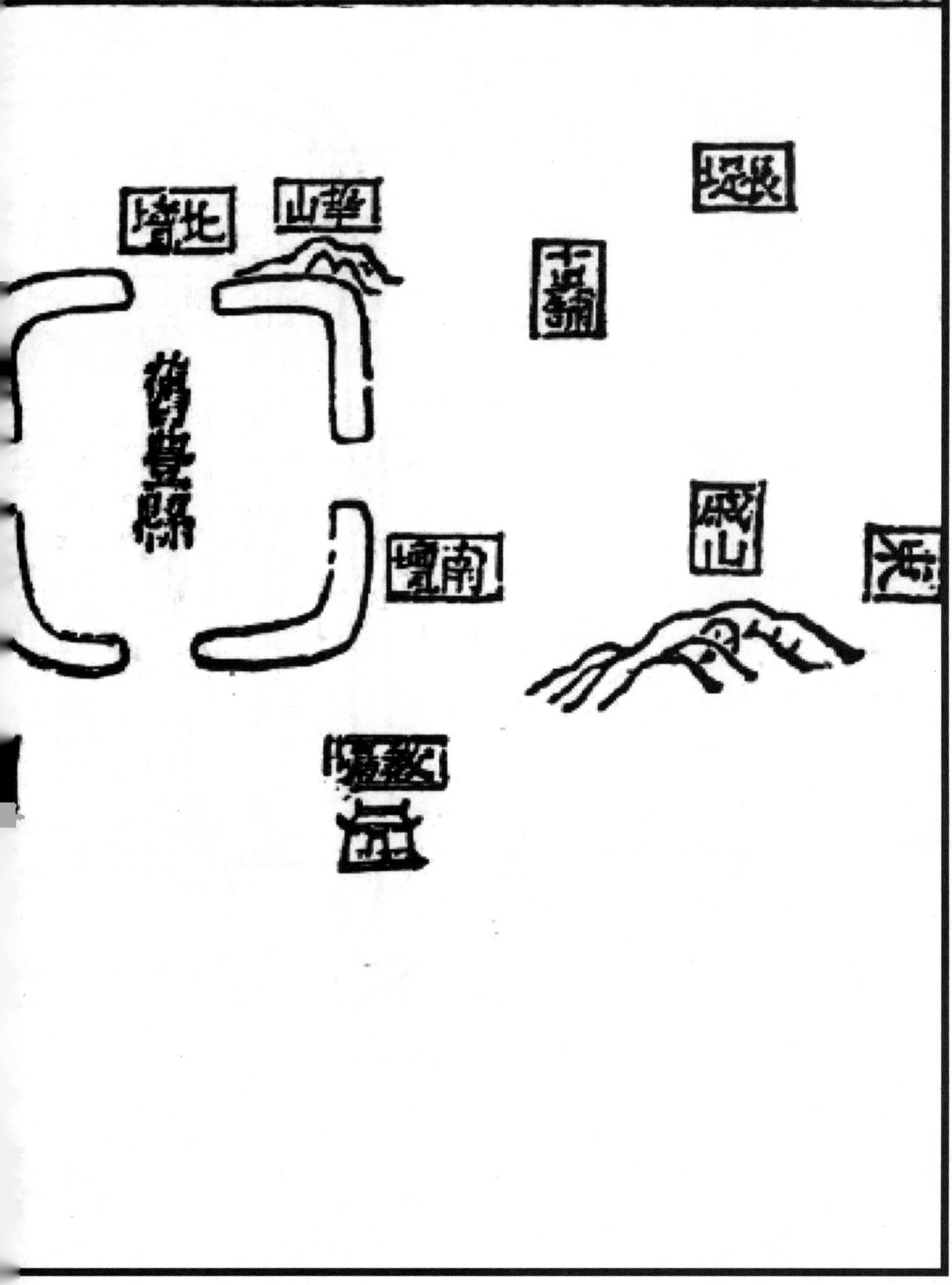

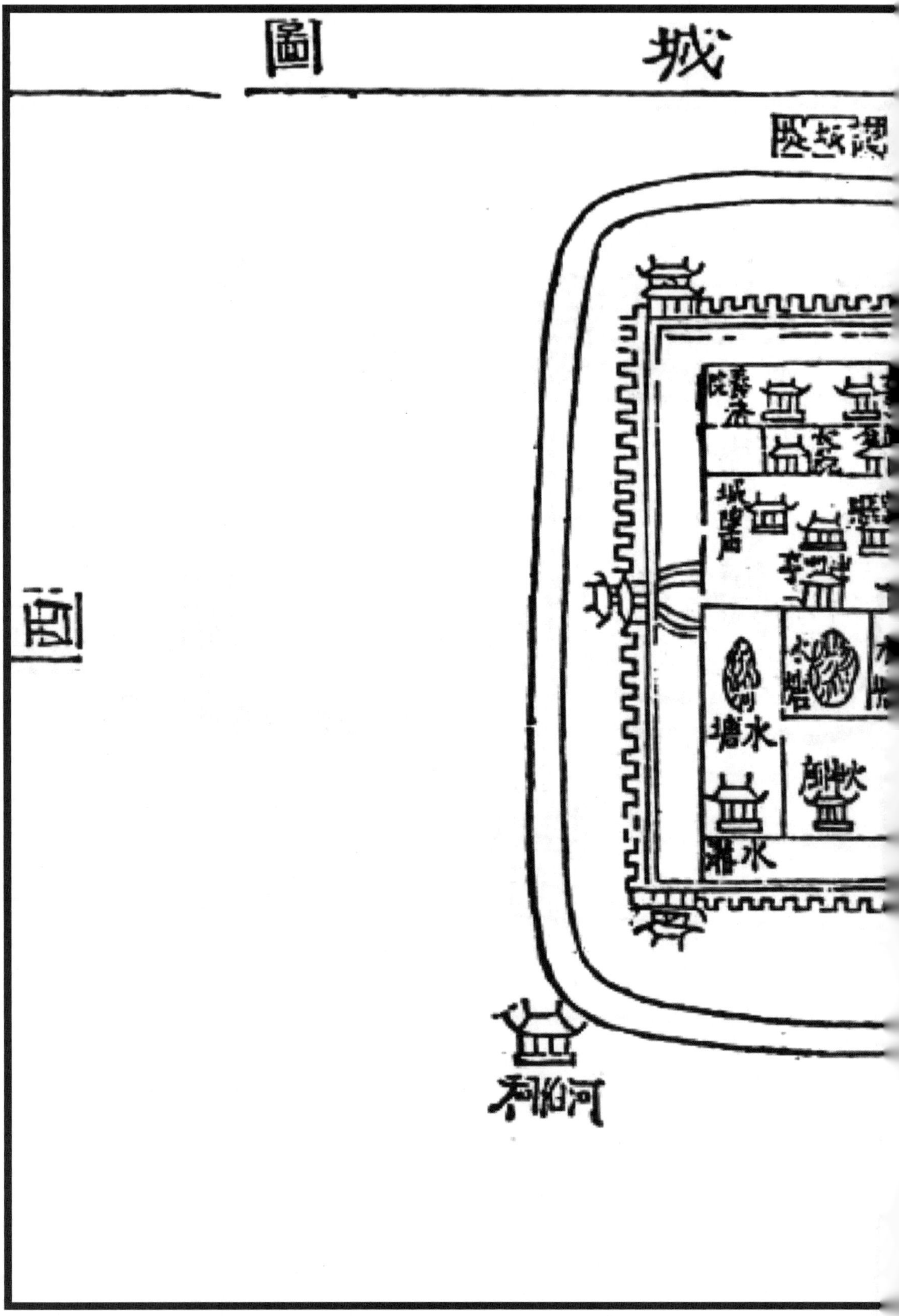
城圖
河泊祠
水塘

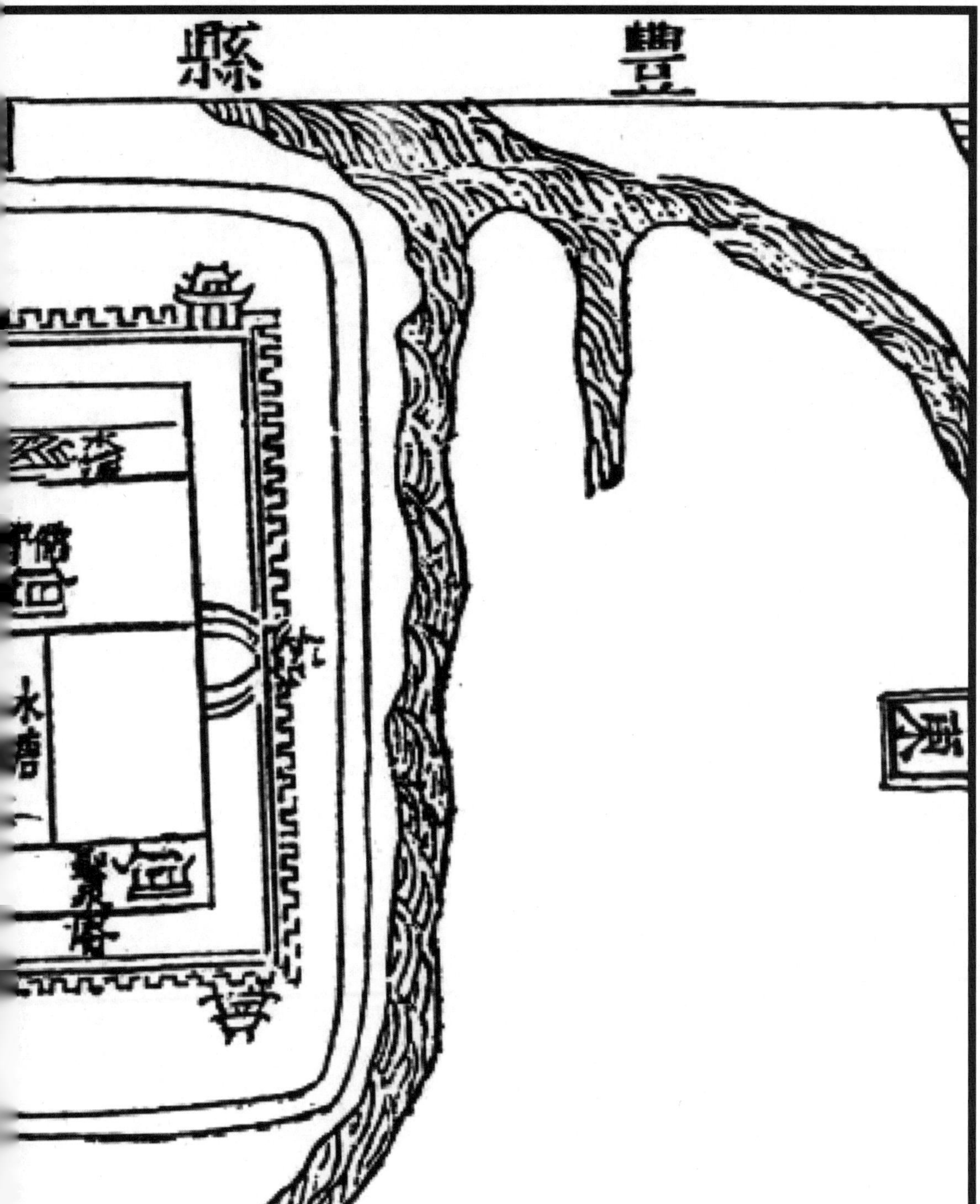
豐縣
東

徐州志卷之一

沿革

上古画野分州，以明封守，而此地遂以徐名，嗣与萧、沛、砀、丰，杰然称王霸之邦。自唐虞三代，历汉唐宋元，其间为国、为郡、为州、为县、为路，判析统辖，时异制殊。至我国朝之大一统，而体统土疆，森然画一矣。爰核废置之由，载之篇首。

徐州

昔自帝喾创置九州，历唐、虞、夏、商，皆徐州之域。尧封彭祖籛铿于此，为大彭国。周隶青州。春秋为宋属邑（成公十八年，楚与郑伐宋，取彭城，封鱼石。襄公元年，鲁与晋、卫围彭城，诛鱼石，归宋彭城）。宋亡，入楚（周赧王二十九年，齐、楚、魏共灭宋，分其地）。秦既灭楚，郡县天下，后世卒用不易。

秦始皇二十四年[①]，初置楚郡于彭城。寻废，以彭城县改属泗水郡。（二世元年，项梁立楚怀王孙心，号为楚怀王，自盱眙徙彭城。后羽灭秦，乃迁王于郴，自立为西楚霸王，王梁、楚九郡地。五年灭）

汉高帝六年，封弟文信君交为楚王（即元王），置楚国，都彭城，统县七（彭城、留、梧、吕、傅阳、武原、甾丘）。武帝元封五年，置十三州刺史部，以统郡国。楚国隶徐州部，统县如故。宣帝地节二年，改彭城郡（时楚王延寿反，自杀，国除）。黄龙元年，复为楚国。

后汉建武十八年，置州十二。改楚国为彭城国，以沛郡之广戚来属，余因之。统县八，仍隶徐州（州治郯）。

三国魏武帝复以徐州治彭城，统郡国七[②]，彭城郡隶如故。明帝景初二年，分沛国萧、相等十县为汝阴郡，以沛杼秋、公丘、彭城、丰、广戚并五县为沛王国。

晋武帝立徐州于彭城，以为重镇，统郡国七。彭城国统县，视东汉省甾丘，余

① 原作“五年”，讹同嘉靖《徐州志》，据《史记·秦始皇本纪》《楚世家》改。

② 原作“十”，据嘉靖《徐州志》改。考《通典·州郡十》：“魏晋亦曰徐州，领郡国七，理彭城。”《资治通鉴》胡三省注：“魏徐州治彭城，领彭城、南阳平、蕃、沛、兰陵、北济阴、砀郡。”

并同。元帝渡江后，淮北陷于石勒，流人相帅过江淮，并侨立郡县，以司牧之。乃分武进立彭城郡，隶南徐州（州治淮南）。安帝义熙七年，始分淮北曰北徐州，淮南但称徐州，统郡十一，彭城隶焉。

南朝宋武帝永平二年，改北徐州曰徐州，治彭城，统郡十二。元魏因之。北齐复为北徐州，兼立东南道行台。后周立总管府。

隋开皇七年，废郡为徐州，州统县。大业四年，复为彭城郡，统县十一（彭城、萧、留、丰、沛、蕲、谷阳、滕、兰陵、符离、方与）。

唐武德初，改置徐州。贞观初，置十五道，以徐州隶河南道，统县七（彭城、沛、滕、萧、丰、符离、蕲）。天宝初，复改彭城郡。乾元初，复为徐州。贞元十六年，改武宁军，以节度使镇之。咸通十一年，复置徐州，寻改为感化军。

五代梁因唐旧，晋复为武宁军，汉、周仍为徐州。

宋初，为武宁军，寻复为徐州，统县五（彭城、萧、丰、沛、滕），隶京东西路。绍兴后，没于金，复为武宁军，统彭城、萧、丰三县，隶山东西路。

元初，徐州统永固、彭城、萧三县，隶东平路。至元二年，三县并入徐州。八年，徐州割隶归德府。至正八年，升徐州路，领滕、峄、邳、宿四州。十年，置兵马司。十二年，降武安州（萧民芝麻李据其地，至是平，乃降），领萧一县。十五年，置万户府。寻为张士诚所据，以伪将陆聚守之。二十六年，皇明师下淮安，聚以城降附（封聚河南侯，守徐。十年罢），仍为徐州。初隶中立府（即今凤阳），洪武八年改直隶州，统萧、沛、砀、丰四县。徐州编户一百三十里。

萧县

《禹贡》徐州，《周·职方》青、兖之域。本古萧国。春秋为宋附庸（《左传·鲁庄公十二年》：宋万之乱，群公子奔萧。宋桓公立，封萧叔大心于此）。战国，宋为楚灭，遂属楚。秦置萧县，隶砀郡。汉隶沛郡（时沛郡治相，隶豫州）。东汉隶沛国（仍隶豫州），魏、晋因之。齐改承高县，隶彭城郡。隋开皇六年，改龙城县。十八年，又改为临沛县。大业初，仍为萧，隶彭城郡如故。唐、宋及金，并隶徐州及武宁军。元至元二年，并省于州。十二年复置，隶徐州。国朝仍隶徐州，编户四十六里。

沛县

《禹贡》《周·职方》并同萧。春秋时，为偪阳国地。鲁襄公十年，晋会诸侯灭偪阳，以予宋。秦置泗水郡及沛县。汉改泗水郡为沛郡，迁治相（今虹县地），沛县隶如故，号小沛。东汉隶沛国（沛郡、沛国，说见萧），晋因之。刘宋、元魏并隶沛郡，北齐省。隋开皇十六年复置，隶彭城郡。唐以广戚县省入，隶徐州。宋因之。金初隶滕州，后为源州，县省。元初复置，至元二年省入丰县，三年复置，隶济宁路济州，八年直隶济宁路。国朝仍为县，隶徐州，编户三十八里。

砀山县

《禹贡》豫州（《文献通考》：秦砀郡，古豫州地），《周·职方》兖州之域。春秋属宋，战国属楚（说见萧）。秦置砀郡及砀县。汉改砀郡为梁国，县如故，隶豫州。东汉梁国迁治夏邑，改砀县为砀山县，仍隶焉。魏隶徐州，晋省入夏邑。元魏改为安阳县，治麻城，隶砀郡。北齐仍为砀县。隋开皇十八年，复改砀山县，隶梁郡。唐隶宋州。昭宗光化二年，于县置辉州（朱全忠表置）。寻徙辉州治单父，县隶如故。五代唐废辉州，以县隶单州。宋因之。金初，隶河南路。兴定间没于水，迁治鱼山，寻废。元复置，还治旧地，隶东平路。至元二年，并入单父。三年复置[①]，隶[②]济宁路济州。八年，直隶济宁路。国朝改隶徐州，编户二十五里。

丰县

《禹贡》徐州，《周·职方》并青、兖之域。春秋属宋，战国属楚（说见萧）。秦置丰县，隶泗水郡。汉隶沛郡。东汉、晋并隶沛国（沛郡、沛国，说见萧）。刘宋改隶北济阴郡，元魏因之。北齐隶永昌郡。隋隶彭城郡，唐因之。宋隶徐州，后没于金，隶武宁军。元初，隶济宁路济州。至元二年，以沛县并入。三年，复析置沛县。八年，直隶济宁路。国朝改隶徐州，编户一十九里。

---

① 原作“治”，据嘉靖、顺治《徐州志》改。

② 原作“立”，讹从嘉靖《徐州志》，据顺治《徐州志》改。

徐州沿革表

世代	统辖	郡国	县邑
秦		楚郡 寻废	彭城 寻属泗水郡
汉	徐州刺史部	楚国彭城郡	彭城、留、梧、吕、傅阳、武原、甾丘
东汉	徐州 治郯(今下邳)	彭城国	七县同，增广戚 共八
三国	徐州 治彭城	郡国七	县视前
晋	徐州 治彭城	彭城国	县视东汉省甾丘
	南徐州 治淮南	彭城郡	
	北徐州	彭城郡	
南朝宋 元魏	徐州 治彭城	郡十二	
北齐	北徐州 兼立东南道		
后周	总管府		
隋		徐州 彭城郡	彭城、萧、留、丰、沛、蕲、谷阳、滕、兰陵、符离、方与
唐	河南道	徐州、彭城郡 武宁军、感化军	彭城、沛、萧、滕、丰、符离、蕲
五代梁		感化军	彭城、沛、萧、滕、丰、符离、蕲
晋		武宁军	
汉、周		徐州	
宋	京东西路	武宁军、徐州	彭城、萧、丰、沛、滕
金	山东西路	武宁军	彭城、萧、丰
元	东平路	徐州	永固、彭城、萧
		徐州 至元二年，三县并入	
	归德府	徐州	
	徐州路 至正八年升	滕州、峄州、邳州、宿州	
		武安州	萧
皇明	中立府 今凤阳府	徐州 寻直隶京师	萧、沛、砀山、丰

萧县沿革表

世代	统辖	郡国	县邑
秦		砀郡	萧
汉	豫州	沛郡 治相	萧

续表

世代	统辖	郡国	县邑
东汉	豫州	沛国	萧
魏、晋	豫州	沛国	萧
齐	北徐州、东南道	彭城郡	承高
隋		徐州、彭城郡	龙城 开皇中改 临沛 十六年改 萧 大业初复
唐	河南道	徐州、彭城郡 武宁军、感化军	萧
宋	京东西路	武宁军、徐州	萧
金	山东西路	武宁军	萧
元		徐州	省入州
皇明	直隶	徐州	萧

沛县沿革表

世代	统辖	郡国	县邑
秦	楚	泗水郡	沛
汉	豫州	沛郡 迁治相(今虹地)	沛 号小沛
东汉	豫州	沛国	沛
晋	豫州	沛国	沛
刘宋、元魏	豫州	沛郡	沛
北齐	北徐州、东南道	沛郡	省入郡
隋		彭城郡	沛
唐、宋	河南道	徐州	沛 广戚省入
金		滕州	沛
		源州	省入州
元	济宁路	济州	沛 后直隶本路
国朝		徐州 直隶京师	沛

砀山县沿革表

世代	统辖	郡国	县邑
秦		砀郡	砀
汉		梁国	砀

世代	统辖	郡国	县邑
东汉		梁国 迁治夏邑	砀山
魏		徐州	砀山
晋			省入夏邑
元魏		砀郡	安阳 治麻城
北齐			砀
隋		梁郡	砀山
唐		宋州	砀山
		辉州 寻徙治单父县	砀山 寻隶宋州
五代唐		单州	砀山
宋		单州	砀山
金	河南路		砀山 兴定迁治鱼山,寻废
元	东平路		砀山 复旧地,寻并入单父
	济宁路	济州	砀山 至元三年复,后直隶本路
国朝	南直隶	徐州	砀山

丰县沿革表

世代	统辖	郡国	县邑
秦	楚	泗水郡	丰
汉	豫州	沛郡	丰
东汉、晋	豫州	沛国	丰
刘宋、元魏		北济阴郡	丰
北齐		永昌郡	丰
隋、唐	河南道	彭城郡	丰
宋	京东西路	徐州	丰
金	山东西路	武宁军	丰
元	济宁路	济州	丰 沛省入,寻析。直隶本路
国朝	南直隶	徐州	丰

星野

《周礼》大司徒辨十有二土之名物，保章氏以星土辨九州之地。星分九野，疆分九州，天纲地维，章章不爽。观禆灶之知楚子，梓慎之知宋国，则丽属占候之说，盖有征矣。用志星野，以为度方顺纪之助。

《晋·天文志》曰：房星，宋，豫州。楚国，入房四度；梁国，入房五度。

《唐·天文志》曰：奎、娄，降娄也。初，奎二度，余千二百一十七，秒十七少。中，娄一度。终，胃三度。自蛇丘、肥城，南届钜野，东达梁父，循岱岳众山之阳，以负东海。又滨泗水，经方与、沛、留、彭城，东至于吕梁，乃东南抵淮，并淮水而东，尽徐夷之地，得汉东平、鲁国、琅邪、东海、泗水、城阳，古鲁、薛、邾、莒、小邾、徐、郯、鄫、鄅、邳、邿、任、宿、须句、颛臾、牟、遂、铸夷、介、根牟及大庭氏之国。奎为大泽，陬訾下流，当钜野之东阳，至于淮泗，娄、胃之墟。氐、房、心，大火也。初，氐二度，余千四百一十九，秒五太。中，房二度。终，尾六度。自雍丘、襄邑、小黄而东，循济阴，界于齐、鲁，右泗水，达于吕梁，乃东南接太昊之墟，尽汉济阴、山阳、楚国、丰、沛之地，古宋、曹、郕、滕、茅、郜、萧、葛、向城、偪阳、申父之国。商、亳负北河，阳气之所升也，为心分；丰、沛负南河，阳气之所布也，为房分。

《星经》曰：岁星，主泰山、徐州。又：玉衡第一星，主徐州五郡，常以五子日候之，戊子为彭城；第七星，主豫州五郡，常以［五］①午日候之，壬午为梁国（今砀山）。

国朝《清类天文分野书》曰：奎、娄在戌，自②奎二度，至胃三度，属鲁分，兖州。今兖（州）、沂（州）、密（今诸城县）、泗（州）、淮阳（邳州）、利国（在今徐州），皆鲁分也。氐、房、心在卯，自氐二度，至尾二度，属宋分，徐州。今开封、陈留、封丘以东（今太康、杞县），及归德（今府）、亳（旧县，今州）分寿州之东界（今蒙城县），与宿（州）、徐（州）、济（宁州）、曹（今县）、单（今县），皆宋分也。徐州、萧县、沛县、砀山县、丰县，并氐、房、心，宋分野。

疆域

王者之建国邑，首以山川定经界，如昔时所谓立大石、表铜柱者是也。盖国有

① 底本脱字，据郝经《续后汉书·历象录》及嘉靖《徐州志》补。

② 原作“目”，据嘉靖《徐州志》改。

分土，治有分民，不惟为之民者，得以奠居力食，而司牧兹壤者，自当周恤保爱，而弘化于四境之内矣。故州邑之疆隅、里集、至到，例得备书之。

徐州

疆域：西北去京师二千里，在南京之东北一千里。东界淮安之邳州一百一十里，西界河南之虞城二百二十里，南界凤阳之宿州九十里，北界山东之滕县一百二十里。东南界凤阳之灵璧二百二十里，西南界河南之永城二百二十里，东北界山东之峄县一百八十里，西北界山东之金乡三百里。东西广三百三十里，南北袤二百一十里。州西五十里为萧，一百七十里为砀山，西北一百八十里为丰，一百二十里为沛。

在城隅四（东北隅、西北隅、东南隅、西南隅）。

关厢二（南关厢、北关厢）。

街十四（威远、河清、太平、中正，在东南隅；平治、马市，在西南隅；兴化、武宁、务本、敦教、阜民、崇礼，在西北隅；会通、广济，在北关厢）。

坊见在二十一（桂芳坊，在北关厢，为举人马蕙立。奎英坊，在东门外，为举人沙杰立。步青云坊，在州治前，为举人孙珩立。进士坊、绍芳坊，俱在东门外，为进士沙立立。登俊坊，在西南隅，为举人王景立。世桂坊，在西南隅①，为举人王度立。翀霄②坊、进士坊，俱在东门外，为进士张佶立。翃元坊，在北关厢，为举人马瞰立。世科坊，在北关厢，为举人马湘立。鸣凤坊，在州治前，为举人卞祥立。飞腾坊，在北关厢，为举人张鼎立。冠英坊，在东北隅，为举人刘经立。柱史坊，在东北隅，为御史马津立。廷尉坊，在东北隅，为大理寺丞马津立。亚魁坊，在州治前，为举人刘霁立。鹗荐坊，在南门内，为举人高淳立。进士坊，在州治前，为进士朱乾亨立。义民坊，在城西北隅，为刘茂立。贞节坊，在南关，为生员李纲妻魏氏立。其旧有今废者，不书）。

在乡七乡（一乡古名隆德，在东南境。二乡古名昌化，在东境。三乡古名福宁，在东北境。四乡古名延寿，在北境。五乡古名安乐，在西北境。六乡古名嘉祐，在西南境。七乡古名崇庆，在东南境）。

村九十八（一乡十村：塔山、双井、白塔、坊亭、稍子、悬水、北集、顾贺、驼沟、赤兰。二乡六村：堌台、屯头、马头、新郭、安枝、夏店。三乡一十七村：

① 嘉靖《徐州志》作“东北隅”。

② 原作“宵”，通“霄”，今从嘉靖、康熙《徐州志》用字。

苏伯、辛马、王解、南蔡丘、张村、南冯[①]、冈头、枕沟、柳泉、侯村、单庄、北冯、夏朔、东高、吕村、西高、北蔡丘。四乡一十三村：南关庄、三梁、溜沟、南曲直、姬村、临秦、末直、清水沟、呼家、韩村、北曲直、马栏、浊河。五乡二十三村：奉阳、金陵、南邵团、北欧、杜村、城子、曹团、北邵团、安丘、孙村、浊沙、北林、双堌、南楼子、朱村、南欧、东曹、龙堂、新曹、北楼子、黄村、胡庄、西曹。六乡一十一村：龚成、义安、马场、大彭、董村、桃山、灌沟、林前、林后、阎村、塔山。七乡一十八村：三山、黄钟、义堂、南黄钟、梨林、胡山、贾城、张盆、西房、北黄钟、双沟、中房、南却鲍、北却鲍、东房、吴疃、龙堂、栲栳）。

集四十五（一乡三集：淡家、林子头、杨家庄。二乡十集：汴塘、泉河、辛贾山、十里沟、塔山、堌台、马头、溜白沟、泉上、青山。三乡八集：境上、留城、利国监、夹沟、溜沟、谢沟、皮沟、南庄。四乡一集：丁家集。五乡十五集：新集、黄家、胡庄、冯家、敬安、城子院、杨村、金陵、石城、楼子、管粥、火燎、雁麦、五沟、黄村。六乡四集：马兰、灌沟、安山、丁塘。七乡四集：双沟、房村、黄钟、胡山）。

萧县

疆域：在州城西五十里。东界本州二十里，西界砀山七十里，南界凤阳之宿州七十里，北界沛县八十里。东南界凤阳之灵璧二百里，西南界河南之永城一百五十里，东北界沛县一百四十里，西北界丰县一百四十里。东西广九十里，南北袤一百五十里。

在城隅四（西北隅、西南隅、东北隅、东南隅）。

坊十四（迎恩坊、集贤坊，俱在县治南。易安坊，在西北隅，为致政知县刘伾立。登云坊，在西北隅，为举人杜礼立。进士坊，在东北隅，为进士曹士正[②]立。及第坊，在西南隅，为举人王邻立。登科坊，在县治南，为举人朱信立。登瀛坊，在县治南，为举人郑诲[③]立。恩荣坊，在东北隅，为工部员外郎孙谏立。一登坊，在东北隅，为员外李性明立。豸史坊，在城东北隅，为御史王业立。烈妇坊三：一

① 原从嘉靖《徐州志》作“南堣”，据正统《彭城志》、弘治《重修徐州志》改。

② 原作“登”，据本志《选举》及康熙《萧县志》改。

③ 原作“谊”，据顺治《徐州志》、康熙《萧县志》改。

为生员马[世][1]禄妻王氏立，一为生员彭好古妻丁氏立，一为赵之璧[2]妻马氏立）。

在乡乡七[3]（乐善乡，在县北。里仁乡，在东南。孝义乡，在西北。红亭乡、仁[4]寿乡，俱在西南。都仁乡、仁智乡，俱在东南）。

镇三（安民镇，在县西四十里，一名东镇。永固镇，在东南四十里。永宁镇，在县西四十里）。

店集十（暑兰店，在东南一百二十五里。梁郭店，在西北十里。朱珊店，在县西十五里。张山店，在东南一百四十里。孟城店，在县南三十五里。曲里[5]店，在县西二十里。申明亭集，在西北六十里。赵家圈集，在县西五十里。姬家庄集，在西北七十里。锦川桥集，在西南六十里）。

沛县

疆域：在州[城][6]西北一百二十里。东界兖州之滕县五十里，西界本州丰县四十八里，南界本州五十五里，北界兖州之鱼台五十五里。东南界本州一百二十里，西南界本州砀山一百三十八里，西北界鱼台九十里，东北界滕县一百二十里。东西广九十八里，南北袤一百五里。

在城隅四（东隅、南隅、西隅、北隅）。

街[7]六（东门街、南门街、西门街、北门街、东关街、南关街）。

坊十九（歌风台坊，泗亭坊，清化坊，中和坊，达道坊，迎恩坊，昭惠坊。登云坊，为举人杜旸立。攀桂坊，为举人张威立。步蟾坊，为举人李巽立。桂林坊，为举人赵斌立。折桂坊，为举人蒋让立。进士坊，为进士李绅立。鹗荐坊，为举人周崧立。光启坊，为举人刘章立。凤鸣坊，为举人周乾立。鸿胪坊，为鸣赞唐弼[8]立。孝子坊，为孝子杨冕立。节妇坊，为元李伯奴妻白氏立）。

在乡乡四（广戚乡，在县东北。泗亭乡，在县东南。千秋乡，在县西北。汉台乡，在县南）。

村三十六（丁马村、丁村、泉水村、三河口村、塔墟村、鸿沟村、张家村、杨庄村、大刘村、高村、房村，在广戚乡。大社村、科城村、张家庄村，在泗亭乡。

① 字据本志卷五《人物》、康熙《萧县志》卷十一《烈妇列传》补。
② 原作“望”，据本志卷五《人物》、康熙《萧县志》卷十一《烈妇列传》改。
③ 原作“六”，讹从嘉靖《徐州志》，据所列明细改。
④ 按：本志“人寿”“仁寿”混用，今据前后州志、萧县诸志，统作“仁寿”。
⑤ 原作“星”，据正统《彭城志》、顺治《徐州志》、康熙《萧县志》改。
⑥ 字据文例补。
⑦ 底本漫漶处，悉据嘉靖《徐州志》补足。
⑧ 原作“粥”，据嘉靖《徐州志》、嘉靖《沛县志》改。

邵村、周田村、小房村、灌城村、彭村、十字河村、蔡家村，在千秋乡。瓦子村、临堤村、高义村、鲁村、黄重村、北秦村、于家村、秦村、栗子村、犇口村、黄家村、欧家村、房枝村、杨家场村、官庄村，在汉台乡）。

镇店集二十（沽头闸店、邵玉集、南庄集、夏镇集、三河口集，在广戚乡。庙道口店、曲房集、欢城集，在泗亭乡。中立集、周田集、高房集、杨鸣集、张卢集、刘八店集、沙河镇，在千秋乡。金沟店、戚山集、马村集、谢沟集、秦村集，在汉台乡）。

砀山县

疆域：在州城西一百七十里。东界萧县五十里，西界开封之虞城四十里，南界开封之夏邑、永城二县三十五里，北界丰县、兖州之单县五十里。东南界萧县一百二十里，西南界虞城九十里，东北界沛县一百三十八里，西北界单县八十里。东西广九十里，南北袤八十五里。

在城隅四（东南隅、东北隅、东隅、西隅）。

坊十（崇教坊，在县东。庸信坊，在县西。进士坊，一在县东，为进士倪鼎立；一在县南，为进士李稳立；一在东门外，为进士魏益立。柱史坊，一在察院东，为御史朱安立；一在南门内，为御史李稳立。登科坊，在县东，为举人王怿立。鸿胪坊，在县北，为鸿胪寺署丞刘濬立。锦衣坊，在县东南，为锦衣卫百户武振立）。

在乡社二十一（使庄社、柳庄社、封池社、马昂社、东张社、大彭社、赵九社、渠城社、原奉社、段庄社、陈村社、浮沟社、子乾社、双沟社、蒲芦社、青台社、忠义社、兴礼社、保安社、务本社、重安社）。

镇店集十二（西镇，在县东五十里。王达店，在县西三十五里。市力寨店，在城北五十里。坚城店，在县西北三十五里。双沟店，在县西北四十五里。杨村集，在县东北三十里。吕家集，在县西北二十里。羊耳河集，在县北二十里。礼河集，在县东北二十里。毛城铺集，在县东三十里。赵九铺集，在县东二十里。小神集，在县东南二十里）。

丰县

疆域：在州城西北一百八十里。东界本州沛县四十六里，西界兖州之单县五十里，南界本州萧县七十里，北界兖州之鱼台五十里。东南界本州六十里，西南界砀山县五十里，东北界山东之滕县一百三十里，西北界山东之金乡九十里。东西广九十六里，南北袤一百二十里。

在城隅四（东南隅、东北隅、东隅、西隅）。

坊十八（承流坊，在县治东。宣化坊，在县治西。科第坊，在儒学门东。澄清坊，在察院前。泮宫坊，在文庙前。中阳坊，在县治东北。仁风坊，在县治东南。嘉庆坊，在县治东。游艺坊，在县治西。翰林坊，为孔目王正立。绣衣坊，为御史赵恕立。专城坊，为知县王正立。进士坊，为李秉忠立。折桂坊，为举人王献立。攀龙坊，为举人秦表立。附凤坊，为举人张孟周立。步蟾坊，为举人裴纪立。孝行坊，为生员周潭立）。

在乡保十八（华山保、大乌保、留顺保、丁兰保、万安保、襄田保、七级保、艾村保、安靖保、苗城保、新赵保、司马保、田村保、食城保、忽城保、力村保、永安保、新村保）。

店集二十五（棠林集，在县西南二十里。丁兰集，在县东北十二里。苗城集，在县西南十八里。赵庄集，在县西北二十里。首[①]羡集，在县西北三十五里。忽城集，在县西北三十五里。华山集，在县东南三十里。新安集，在县西四十里。司马集，在县西北三十五里。废洪光集，在县西北四十里。废艾村集，在县东南十五里。废丁庄集，在县西北四十里。废五沟集，在县南五十里。大圣集，在县北三十五里。褚庄集，在县西北一十八里。刘家集，在县西四十五里。欢口集，在县东北三十五里。贺堌集，在县东北四十里。襄田集，在县东南二十五里。废兴利集，在县东北三十五里。停灵台集，在县北二十五里。便益集，在县西北四十里。常家店，在县北一十二里。任家店，在县北四十五里。废黄店，在县北五十里）。

形胜

古人画野分州，必望景观卜，以占风气之聚、阴阳之和。盖以如是，而后可以蕃育民物，宣著人文。徐之州邑，宅自隆古，期间王霸迭兴[②]，豪杰并起，名山大川之钟英湛秀者居多也。故表而出之，以见国家襟喉重地之胜。

① 原作“守”，据嘉靖《徐州志》、顺治《丰县志》及今通用地名改。
② 原作“舆”，系“興”形讹，径改。

徐州

南届大淮，左右清汴。（南宋王玄谟云）

山自西南来，连络东趋，以极于海；河自西北至，萦洄南注，以达于淮。

襟带江淮，上游雄视，枕联河洛，万壑为宗，东方一形胜焉。（旧志）

汴泗交流郡城角。（唐韩愈云）

冈岭四合，隐然如大环。

楚山以为城，泗水以为池。（宋苏轼云）

吕梁龃龉，横绝乎其前；四山连属，合围乎其外。（宋苏辙云）

萧县

萧之为邑，负山濒河。（宋晁端中云）

介于大河之间，黄流漫漶。（元傅汝砺云）

带汴襟淇于西北，阻山控湖于东南。（旧志）

沛县

沛之为县，无高山大林之险巘。（元王士熙云）

薛河来其左，泡泉出其西。泗水之流，自北而东。平原旷野，土地肥沃。（旧志）。

又，旧志云：“峄山控其左，华山揖其右，芒砀亘其前。”然考三山皆在境外，今削之。

砀山县

郊坰旷衍，四望弥弥，无高山之险阻，惟黄河经带于后。（旧志）

又，旧志云：“芒砀雄峙于前。”然考此山乃在境外，今削之。

丰县

广野平原，绵邈四际。华山拱其前，泡水环其后。（旧志）

风俗

广谷大川异制，民生其间者异俗。风俗之美恶，系世道之污隆，而实由于教化之宣滞也。徐俗昔号近古，时以地当孔道，比岁复有河虞，力疲财竭，恐难与昔同风。虽然，在位之化民，若金之在冶，惟其所铸。文翁以礼让教西蜀，信臣以力本教南阳，其俗彬彬焉富而有礼。可见倡率转移，起弊维风，皆执事事也。

徐州

徐方，邹鲁旧国，汉兴犹有儒风。（杜氏《通典》）

风俗高迈，迥出等伦。（《图经》）

民淳讼[①]简。（宋苏轼云）

考其旧俗，人颇鸷悍轻剽，其士子则挟任节气，好尚宾游，盖楚之风焉。（《隋书》）

汉高、刘裕、朱全忠，皆在徐数百里间。其人以此自负雄桀，而勇力可为时恃。然俗元淳庞，民知怯法畏吏，不闻有骫治。虽迩年重罹河患，民失恒业，至无以自赖，而其俗卒亦不变。但郡为舟车会通，颇称津要，往往趋商贩而薄耕桑，若稍以靡风相扇焉。（旧志）

萧县

地介宋、鲁、徐、宿，有刚劲剽急之习。更化既久，务稼穑，尚礼义，而其俗渐纯。（旧志）

风俗浑厚，多智虑，务农生财。（宋晁端中云）

沛县

地邻邹鲁，务稼穑，尚礼义。（旧志）

自昔沛以勇宕为俗。（元虞集《李尉美政记》）

邑夙称沃壤，故俗鲜告讦，抑亦多赖之助。但当会冲四方，懋迁者众，杂处

---

① 原作“词”，据苏轼《徐州谢上表》改。

阛[1]阓，挟重资以竞芬华，相沿受变间有。间右至或激昂其岸，怙恃以自雄者焉。（旧志）

砀山县

界乎萧丰，邻于邹鲁，躬稼食力，好勇而尚义，木强而易使，庶[2]几古椎朴之风焉。（旧志）

砀邑之学，弦歌方盛。（元《大成殿记》）

地僻民豪，昔人所病。然迩来孝节，种种继出，其必有以风之者云。

丰县

境接邹鲁，夙有儒风。但德不胜气，化不移习，好刚劲，尚节气，轻剽急疾，虽庸下莫肯少俯。（旧志）

习俗朴直，笃实不文，然自河患改迁，邑为沃土，时谓："丰收，可抵三州。"则民专事农桑，乐输赋役，而其俗亦淳。

山川

桥梁附

徐之山，自西南来，层峦叠嶂，连络称雄。徐之水，自西北来者为汴，自东北来者为泗，加以曰湖、曰泉、曰沟之类，停蓄流衍，浵漫浩淼，被地浮天。虽流峙异形，而寰宇之奇观备矣。顷自河流逆轨，垒险肆殃，高岸为谷而深谷为陵。川岳之恒图，亦匪其旧也。

徐州

云龙山，在城南二里。山有云气，蜿蜒如龙。东岩有石刻大佛，又名石佛山（唐昭宗时，朱全忠遣子友裕败徐州节度使时溥军石佛山前，即此。宋山人张天骥作放鹤亭于上，见《古迹》。上有兴化寺，见《方外》。有古井，去地七百余尺，或

① 原作"阓"，据嘉靖《徐州志》改。
② 原作"度"，据嘉靖《徐州志》改。

云泉可愈疾，积久堙塞。成化间，太监高瑛浚之泉出。今复堙。〇又，此山龙脉由南门进城，结成州治。说者谓为一州根本，诚当设禁，恐凿石则伤龙泄气，而所关匪细也）。

黄茅冈，即云龙山之阴（见《古迹》）。

戏马台，在云龙山东北半里（见《古迹》）。

金磴山，即云龙山之尾，乃余气西峙者。

太山，在云龙山尾偏东，徐山之最大者。上有显济大王庙（见《祀典》）。其境有迷刘城，相传汉军败于此，不知高帝处（见《古迹》）。

簸箕山，去城南十余里。东西有二，因形以名。其山下为簸箕洼。

马跑[①]山，在太山之东，距城五里。

红山，在马跑山稍东。

黄山，南北有二，去城南二十五里。每岁惟此山之麦先黄。土人称南焦山。

桃山，在城南五十里。有桃山驿，在其阳。

徐山，在城南六十里。旧名武原山。周穆王命楚伐[徐][②]，偃王败走其下，百姓随者万数。王死，即凿石室[以][③]祠之，因名徐山。其石室尚存。

三山，在城东南十里余。山有三巔，故名其山。又东西绵亘甚长，中有洞，又名南洞山。

庙山，与洞山邻。

胡山，在城南三十里。

杨山，在城南五十里。

卧牛山，在城南二十里。

女娥山，在城南三十里。

丁塘山，在城西南三十里。山之东有丁塘，因以名山。

楚王山，在城西二十五里，有楚元王墓。山皆赭土[④]。《禹贡》："惟土五色。"王莽使徐州贡五色土，即出此山。（苏轼《送张师厚》诗曰：断岭不遮西望眼，送君直过楚王山）

大彭山，在城西三十里。古大彭氏封此，故名。今山之左右犹称大彭村。

陶山，在城西四十里。汉州牧陶谦葬此，故名。

九里山，在城北五里。首起于东，绵亘于西，凡九里。相传有穴，潜通琅琊、王屋，今不知处。相属东有宝峰山，西有团山。又有一峰，形如伏象，俗称象山。故志云：上有樊哙磨旗石，下有曾参井，不详所由名。（元史肃诗：断蛇扛鼎两争

① 原作"炮"，系"跑"之讹。

② 底本漫漶，据顺治《徐州志》补。

③ 底本漫漶，据顺治《徐州志》补。

④ 原作"王"，据嘉靖《徐州志》改。

雄，陈迹荒凉万事空。今日前山[①]无过客，数株杨柳管秋风。○本朝郡人马蕙诗：天空野烧连垓下，落日苍烟接沛中。唯有磨旗踪迹异，年年长见白云封）

孤山，在城西北十里，傍无峰峦，故名。

看花山，在城北十里许，与九里山相属。

桓山，在城东北十七里，东临泗水，旧名圣女山。宋桓魋作石椁于此，故名。伏滔《北征记》云："椁皆青石，隐起龟、龙、鳞、鱼之象[②]。"今俗称洞山，有洞山寺。（宋苏轼诗：茫茫清泗绕孤岑，归路相将得暂临。试着[③]芒鞋穿荦确，更燃松炬照幽深。纵令司马能镵石，奈有中郎解摸金。强写苍崖留岁月，他年谁识此时心。○又《记》曰：元丰二年正月己亥，春服既成，从二三子游于泗水之上。登桓山，入石室，使道士戴日祥鼓雷氏之琴，操履霜之遗音。曰："噫嘻悲夫，此宋司马桓魋之墓也！"或曰："鼓琴于墓，礼欤？"曰："礼也。季武子之丧，曾点倚其门而歌。仲尼，日月也，而桓魋以为可得而害也。且死为石椁，三年不成，古之愚人也。予将吊其藏，而其骨毛爪齿既已化为飞尘、荡为冷风矣，而况椁乎？况于从死之臣妾、饭含之贝玉乎？使魋而无知也，予虽鼓琴而歌，可也；使魋而有知也，闻予鼓而歌，知哀乐之不可常，物化之无日也，其愚岂不瘳乎？"二三子喟然而叹。乃歌曰："桓山之上，维石嵯峨兮。司马之恶，与石不磨兮。桓山之下，维水弥弥兮。司马之藏，与水皆逝兮。"歌阕而去。从游者八人：毕仲孙、舒焕、寇昌朝、王适、王遹、王肄、轼之子迈、焕之子彦举。○又诗：舣舟桓山下，长啸理轻策。弹琴石室中，幽响清砾砾。吊彼泉下人，野火失枯腊。悟此人间世[④]，何者为真[⑤]宅。○陈师道《陪赵大夫游》诗：后水喧江落晕黄，晓云障日作微凉。笙歌声里旌旗动，罗绮丛中笑语香。劝相秋郊开稔熟，摩挲苔壁吊荒亡。风流一代今山简，有底樽前着葛强。○本朝京口虞谦[⑥]诗：宿土消饭含，飘飘散精灵。日中狐兔走，夜半鸱鸮鸣。君看孔林树，千古犹青青。○徐九皋《记》略曰：兹山为魋所辱，千数百载矣，莫为洗之者。嘉靖壬寅春二月，会稽徐子按行徐郡，乃振衣桓丘之巅，下瞰石室，踪迹苏长公故事，鼓琴行觞，赋诗以吊焉，喟然叹曰：嗟哉！方魋盛时，怙势作威。仲尼，日月也，犹欲肆侮，则当时善类摧落，盖不可胜纪。经营石室，穷奢殚丽，谓传不朽也，乃今为狐鼠之窟，遗诟千古。嗟乎！不务立德行义，而觊觎长存也，不亦悖乎？丑迹败轨，足昭永戒，因易其名曰桓戒山，勒置壁

① 元好问《中州集》卷五、四库本《御选金诗》卷二十一作"山前"。

②《后汉书·郡国志》注引伏滔《北征记》曰："隐起龟、龙、麟、凤之象。"

③ 原作"看"，据《东坡全集》卷八改。

④ 原作"世间"，据《东坡全集》卷十改

⑤ 原作"贞"，据《东坡全集》卷十改。

⑥ 按：《明诗综》载为庐陵周忱《徐州过桓山宋司马桓魋之墓》，字句略有出入。

上，传之将来。〇少师夏言《记》曰：桓山石洞，方[①]直而深通，无谽谺穹窿之状，盖非天造。世传为宋桓魋所凿，明矣。故题曰“桓山石室”，曰“烟霞窟”。兵宪王君梴侍余游，顾谓曰：“兹名失实且溢美，公盍易之？”余曰：“魋，生也不能识孔子之圣，至欲杀之；而谋其死也，乃伐山为椁，治之三年不成。兹非愚乎？苏文忠亦曰：‘魋，古之愚人。’名之曰‘愚穴’，何如？”君曰：“确哉斯名也，可以昭戒矣！请大书而识之。”余曰：“诺！”〇王梴诗曰：揽辔违城郭，停桡上水湄。登临喜新岁，谈笑总清时。孤屿看仍在，长河逝不疑。翻怜地下者，空作万年期。〇梅守德诗曰：献岁聊乘暇，移舟向曲湄。赏心逢胜地，高会复良时。石椁[②]谋何拙，山云意不疑。春来兴未已，登览更多期）

彭城山，在城东北三里。大石上镌“彭城山”三大字。

关山，在城东北二十五里。

塔山，在城东北二十五里，俗称大山。地名冈头，有磨剑石。

鸡鸣山，去塔山十里。

石山，在城东北四十里。下有石山驿，废。

檀山，在石山稍东[③]。

凤凰山，在石山稍东，有石刻二凤形，故名。

马山，去石山七里。

二郎山，在城东北，去石山十里。

青山，在凤凰山北。

荆山，在城东六十里。苏轼时，有言其山下可以沟畎[④]积水，因往相度，以山多乱石，不果。

铜山，在城东北八十里，与利国驿连境。相传古彭城废县在此（见《古迹》）。

盘马山，在城东北九十里。山顶平数丈，无草木，土人谓汉高帝尝盘马于此（宋陈师道诗：耕桑战伐饱曾经，庙毁村荒不乞灵。尚有君王盘马迹，至今草木不能青）。

爬头山，在城东北一百二十里，连徐、邳、滕、峄四境。

苑山，在城东北十八里。

蜈蚣山，在苑山稍西北。

寨山，在城北三十里。

张孤山，在寨山［西］[⑤]南二里。

① 原作“房”，据嘉靖《徐州志》改。
② 原作“郭”，据康熙《徐州志》改。
③ “东”应作“西”，旧志皆误。
④ 原作“亩”，据《东坡全集》《东坡诗集注》改。
⑤ 字据嘉靖《徐州志》补。

羊山，在寨山南一里。　　内花山，在寨山北二里。

梁山，在内花山北二里。

龟山，在寨山东一里。有石洞，俗称仙人洞，深晦莫测[①]。

境山，在城北四十里，相传徐之封境界于此。西临泗水，有镇，有闸，有寺。（本朝临川吴溥诗：水带渔村阔，山连古戍雄。帆樯自高下，门巷各西东。崖屋蒸云湿，船窗透[②]日红。今宵有诗兴，试问可谁同）

乌羊山，在境山北二里。　　焦山，在境山北五里。

绛山，在境山北六里。

弓弦山，在城北五十里。山有二石直如弦，故名。

黄山，在城北七十里。

定国山，在城东四里。燕[③]慕容绍[④]宗击[⑤]梁，梁贞阳侯萧［渊］[⑥]明尝营于此。

子房山，在城东二里。世传子房隐于此，故名。一谓良为沛公厩将，作楚歌以散羽兵处。宣德初，平江［伯］[⑦]陈瑄作子房祠于上（见《祀典》。〇本朝四明陈穆诗曰：古人随寄寓，川岳便标名。四野晴岚合，孤峰锦石明。麦畦饶浪叠，桃径灿霞横。听听渔樵唱，犹闻楚士声）。

蝦蟆山，在子房山南，即其余脉。

响山，在蝦蟆山东一里。上多穴，每兴云雨，人呼其下辄应，因名。

圣水山、青顶山、尖山[⑧]，俱在城东八里，三山相连峙。

盘头山，在城东十八里。

马鞍山，在城东四十里。

辛贾山，在城东五十里。昔有辛、贾二姓居其下，因名。今子孙犹有存者。

孤山，在辛贾山稍北[⑨]。

圣龙山，在城东八十里。上有石孔二，如龙眼，虽淫雨不溢，久旱不枯。双井泉源出于此。（普济桥、庙相桥并在其境，今久废）

寺山，在城东一百二十里。旧有显庆寺，今废。（陈师道诗：晴山堪着眼，别

① 底本漫漶，字从嘉靖《徐州志》。
② 原作“秀”，据《古崖先生诗集》改。
③ 按：慕容绍宗虽为前燕后裔，然击萧渊明在东魏武定五年，此复云“燕”，误。
④ 原作“昭”，据《元和郡县志》卷九改。
⑤ 原作“繫”，系“擊”形讹，据《元和郡县志》改。
⑥ 按：唐人作史避李渊讳，删为单名，今径补之。后皆同。
⑦ 字据嘉靖《徐州志》补。
⑧ 嘉靖《徐州志》作“光山”，本志作“尖山”，康熙《徐州志》云：“尖山，或作‘光山’。”后志皆从其说，两名并载。然本志“石潭”条复作“光山”，“尖山”则仅此一见，疑字形相近之讹。
⑨ 嘉靖《徐州志》谓辛贾山稍南为孤山，与此有异。

意不胜秋。小作三年别，聊为五斗谋。要须乘下泽，不待到壶头。预恐登临处，长思马少游。〇此地有马头桥）

塔山，去寺山十里。

茱萸山，去寺山十里。

双洞山，在城东北二十五里。（有柳沟桥）

黄山，在双洞山稍北。大小有二：小黄山在东南，大黄山在西北。

明山，在黄山正北。

骆驼山，在城东南五里。东西横亘临泗水，若将奔饮者。下有本朝户部郎中杨琏墓。

土山，在骆驼山稍南。山下地中有九女孤堆，相传为冢。

吕梁山，在城东南五十里。下有二洪，洪上有云梦、梁王二城，又有尉城。其境有雍门，即古雍门。（并[①]见《古迹》）

塔山，在城东南五十余里。

凤凰山，在塔山之傍。山有双翼如凤，故名。

峰山，在城东南五十五里。下旧有七十二泉，今悉湮。相传张良厌气之所。出翻白草，入药。

午山，在凤凰山稍西北。

读书山，在凤凰山稍西北。旧志载此地有岠山，[山有][②]元徐国公墓。今考：岠山在邳州境，及神道碑亦云在徐邳之阳，旧志误。

泗河，源出山东泗水县陪尾山。其源有四，因名。先年，水由境山，历茶城，流至州城东北角，与汴水合。后嘉靖间，汴水北徙，出秦沟，而泗水则北至茶城即与汴水合，循城东南，以达于淮。周显王时，九鼎没于泗水彭城下，鼎气浮水上。后秦始皇过彭城，斋戒祷祠，欲出周鼎泗水上，使千人求之，不获，谓之“鼎伏”。（唐薛能《泛舟》诗：都人层立似山丘，坐啸将军拥棹游。绕郭烟波浮泗水，满船丝竹载凉州。城中睹望皆丹艧，旗里惊飞尽白鸥。儒将不须夸郤縠，未闻诗句解风流。〇元陈孚诗：落日渔歌何处，白鸥双堕苍烟。欲吊周家残[③]鼎，秋风泗水千年。〇本朝庐陵刘玉《彭城被水，泊舟子房山》诗：河水东来溢吕梁，彭门无地系舟航。城根涛浪翻秋雨，渡口津涯混夕阳。禾黍已空犹赋敛，茅茨何在半流亡。观风无策苏民困，坐对青山忆子房。〇水之上流，去城东北二里，有万会桥，俗名大

① 按：“并”字杂入正文，今据文义调整为注文。

② 二字据嘉靖《徐州志》补。

③ 原作“浅”，据《陈刚中诗集》卷一改。

浮桥。元时垒石为之，圮于水。洪[①]武十八年，比舟为桥。正统间，御史高峻、知州杨秘谋架木为梁，定今名。未几又坏，乃联以舟，贯之铁索。嘉靖二十六年，副使王梴议城东门外为泗水下流，实南北津要，驿使行旅为渡尤急。乃徙桥于此，改名弘济。〇王梴自记曰：徐，故天下舟车要会。舟行者溯两洪，凌汴泗，虽险，有常道。若行陆者，至城东门，必渡河。河广数十寻，流故驶。顷年黄河决虞、砀而东，浸为巨川，偶挟风则波涛建瓴，视昔险十倍。且邮传舍皆河东偏官，无舣舟长。行者至，轮蹄杂沓，辄望洋号召。得小舸，则纷然竞登不复顾，多覆溺焉。余至而悯之。有建白者曰："州城北有浮桥二：一跨汴，名云集，俗称小浮桥，今挟黄河甚湍急，不可徙；一跨泗，名万会，俗称大浮桥，泗水缓，且渡者一州之民耳，徙东门便。"余是而下之有司。有司亦曰便，且议曰："泗水隘，万会桥比舟十八，久且敝矣。东门河广，计得舟三十五，而费不赀。故事，舟之道宝应者，法附湖堤石。已而淮北洎淮西者，率枉其途使附焉，民甚病。宜下令不至宝应者，稍为榷[②]法，计盈遂止。庶民不赋而舟人乐从，事易集也。"余又是而上之抚台、督河洎六察诸公，佥是之。遂命之徙，因各置籍，命判官袁衮司入，同知石岗司出，知州陈叔美监焉。始于乙巳十月，至丙午二月竣事。由是东门行者始称便云。居无何，万会之间有告溺者。余视之，乃知徐之商旅尽集河北，桥不可已，乃怃然曰："为人上者，胡惜一处，分视吾民泯泯死哉！"乃令饬万会舟还旧所，别益东门舟。有司因计榷赢暨赎金，得如干，为舟三十五，每舟桥板、舵楫、铁缆、巨锚咸备焉。复损两桥夫数稍益之，会州县之徭，合如干人。不余月，桥成，榷皆止，而附石之法亦罢。由是河北与东门行者并称便云。是举也，初谓河在二洪上游，势暴迅不可成，余冒众论为之。今且逾岁矣，唯汴泗之交，舟子偶不戒，或绷而下，桥辄为解，虽不免少劳，而颠连者多恃桥无败也。夫东门之途，南通闽粤，西走荆楚，东连吴会，北拱燕齐，襜盖玺符，相望于道。丙午冬，当朝会之期，桥之足音，达旦不辍。比岁河决，民之扶携以避患者，率由之以依州城，亦达旦不辍。夫自古无尽利之法，顾有益于民，虽十五犹为之，况其大者哉？昔郑子产以其乘舆济人于溱洧，孟子曰："焉得人人而济之？"夫东门之涉，岂徒溱洧尔耶？乃知徒杠舆梁，诚王政之大端，而圣门所不废也。夫役募直，岁故有羡入官，为修桥之费，今仍之。桥名弘济，与万会、云集等。余为识其颠末，以告诸将来。至云喜作事，轻劳民，人虽无非，吾何取焉尔？〇今废）

汴河，一名汳河，一名小黄河。按《一统志》：汴河源出河南荥阳县大周山，

① 原作"弘"，径改。

② 原作"椎"，据嘉靖《徐州志》改。

东流至中牟县，入黄河；沁河出山西沁源县绵[①]山，东流至河南怀庆府，入黄河。又按《漕河志》：河居中，汴居南，沁居北，河南徙则与汴合，北徙则与沁合，故此河之名有三。今沁水久不达，唯河合于汴尔，故谓之汴河。先年由西来，势甚湍悍，迤州城之东北，与泗水合，故称“汴泗交流”。自嘉靖末，徙西北，出秦沟，流至州城东南而下，亦通塞靡有恒云。（详见《河防》。〇宋苏轼《河复》诗并序曰：熙宁十年秋，河决澶渊，注钜野，入淮泗，自澶、魏以北皆绝流，而齐、楚大被其害。彭城门下水二丈八尺，七十余日不退，吏民疲于守御。十月十三日，澶州大风终日，既止，而河流一支已复故道。闻之喜甚，庶几可塞乎？乃作《河复》诗，歌之道路，以致民愿而迎神休，盖守土者之志也。君不见，西汉元光元封间，河决瓠子二十年。钜野东倾淮泗满，楚人恣食黄河鳣。万里沙回封禅罢，初遣越巫沉白马。河公未许人力穷，薪刍万计随流下。吾君仁圣如帝尧，百神受职河神骄。帝遣风师下约束，北流夜起澶州桥。东风吹冻收微渌，神功不用淇园竹。楚人种麦满河淤，仰看浮槎栖古木。〇又《贺河平表》略曰：维丰沛之大泽，实汴泗之所钟。伊昔横流，凛孤城之若块；迨兹平定，蔚秋稼以如云。害既广则利多，忧独深而喜倍。虽官守有限，不能趋外庭以称觞；而民意所同，亦能抒下情而作颂。〇又《与梁先、舒焕泛舟》诗：彭城古战国，孤客倦登临。汴泗交流处，清潭百丈[②]深。故人轻千里，足茧来相寻。何以娱佳客，潭水洗君心。〇又：老守厌簿书，先生罢函丈。风流魏晋间，谈笑羲皇上。河洪忽已过，水色渌可酿。君毋轻此乐，此乐清且放。〇惟河在城北门外，元时，其流尚细，垒石为桥，比圯于水。洪武[③]十六年，知州徐恒联舟而加板于上，贯以铁索，施以栏楯，名曰“云集”，俗名小浮桥。正统二年，知州汤[④]惟坚筑两岸，修舟梁，岁久就弊。成化二［十二］[⑤]年知州朱鼎、嘉靖二十七年副使杨宜，相继重修。嗣者亦往往加葺，随修随坏。今废。〇按：以上汴、泗二水，在徐为大，行者辐辏，必假以渡。嘉靖末，黄河失经，水溢若海，浮桥既无可施，且势若摧山，铁索维舟，岂能久固？故桥难复。万历初，知州刘顺之查先年既败浮桥船板，改造划船十只，与见存桥船三只，分布汴、泗诸渡口。若东门、北门外及车店等处，而以四县额派桥夫，每船分拨二名撑驾，亦权为利涉云）

① 原作“经”，嘉靖《徐州志》作“绵”。案《广志绎》《明史·河渠志五》“沁河，出山西沁源县绵山东谷”，本志误，据改。
② 原作“尺”，据《东坡全集》《东坡诗集注》等改。
③ 原作“嘉靖”，据嘉靖《徐州志》改。
④ 原作“杨”，据嘉靖《徐州志》及本志《职官》卷改。
⑤ 二字据弘治《重修徐州志》卷二《桥梁》补。

百[1]步洪，在城东南，其长百步许，故名（见《漕政》）。洪之中有洲，方半亩，洲之上有萃墨亭（见《古迹》）。西又有一洲差小，名砥洪台。上有洪洲寺，今久湮。（宋苏轼诗并序曰：王定国访余彭城，一日棹小舟，与颜长道携盼、英、卿三子游泗水，北上圣女山，南下百步洪，吹笛饮酒，乘月而归。余时以事不得往，夜着羽衣伫立黄楼上，相视而笑，以为李太白死，世间无此乐三百余年矣。定国既去逾月，复与参寥师放舟洪下，追怀曩游，已为陈迹，喟然而叹。故作二诗，一以遗参寥，一以寄定国，且示颜长道、舒尧文云。〇长洪斗落生跳波，轻舟南下如投梭。水师绝叫凫雁起，乱石一线争磋磨。有如兔走鹰隼落，骏马下注千丈坡。断弦离柱箭脱手，飞电过隙珠翻荷。四山眩转风掠耳，但见流沫生千涡。险中得乐虽一快，何异水伯夸秋河。我生乘化日夜逝，坐觉一念逾新罗。纷纷争夺醉梦里，岂信荆棘埋铜驼。觉来俯仰失千劫，回视此水殊委蛇。君看岸边苍石上，古来篙眼如蜂窠。但应此心无所住，造物虽驶如余何。回船上马各归去，多言哓哓师所呵。〇又：佳人未肯回秋波，幼[2]舆欲语防飞梭。轻舟弄水买一笑，醉中荡桨肩相磨。不似长安闾里侠，貂裘夜走胭脂坡。独将诗句拟鲍谢，涉江共采秋江荷。不知诗中道何语，但觉两颊生微涡。我时羽服黄楼上，坐见织女初斜河。归来笛声满山谷，明月正照金叵[3]罗。奈何舍我入尘土，扰扰毛群欺卧驼。不念空斋老病叟，退食谁与同委蛇。时来洪上看遗迹，忍见屐齿青苔窠。诗成不觉双泪下，悲吟相对惟羊何[4]。欲遣佳人寄锦字，夜寒手冷无人呵。〇元陈孚诗：大山如飞虬，小山如伏牛。天河横空来，声[5]撼山骨浮。我偶石上眠，梦惊霹雳怒。急起扶瘦筇，恐山[6]亦流去。〇贡师泰诗：白云天际散如衣，四面青山落水涯。凿石空遗[7]唐将庙，连峰犹竖汉臣旗。鱼龙浪挟黄楼动，牛斗星随碧汉垂。醉倚船窗问河伯，浊流何日是清时。〇鲜于枢诗：一石截中流，两山束惊浪。雷霆怒轰訇，鱼龙气栗怆。我行有期程，稽留速官谤。惭愧双白鸥，飘然凌滉漾。〇本朝胡俨诗：船头鼓鸣春浪急，浪花飞洒春衫湿。放船侵晓度长洪，森森乱石烟中立。〇王英诗：遥看泗水来天际，流入长洪碧波起。惊奔倒泻乱石间，孤月摇光在波里。月光不随波浪沉，滉漾清辉照我心。虚明已觉万虑寂，怅望那知春夜深。〇苏祐诗：九曲通星宿，双洪跨石梁。悬流喷日月，竞渡戒舟航。常拟蛟龙斗，空怜燕雀翔。无须经滟滪，亦足畏瞿唐。〇涂楗

① 原作“白”，径改。
② 原作“挽”，据《东坡诗集注》卷六改。
③ 原作“匝”，讹从嘉靖《徐州志》，据各本苏集改。
④ 原作“平何”，讹从嘉靖《徐州志》，据各本苏集改。
⑤ 原作“殿”，讹从嘉靖《徐州志》，据《陈刚中诗集》卷一改。
⑥ 原作“出”，讹从嘉靖《徐州志》，据《陈刚中诗集》改。
⑦ 原作“遣”，据贡师泰《玩斋集》卷四改。

诗：停传瞻宗岱，扁舟下吕梁。烟花暗征路，风雨趁归航。独石鱼争上，盘涡鹭独翔。济川空有志，俯仰愧虞唐。○张衮诗：河水从天外，洪波此有梁。斗悬今古险，梭掷去来航。时听雷霆斗，深疑鳣鲔藏。风涛恐相失，咫尺误瞿唐）

新洪，在城东南里许。（有新洪浅桥）

吕梁洪，在城东南六十里，其长凡七里（详见《漕政》)。《列子·黄帝第二篇》《庄子·达[1]生第十九篇》并云"孔子观于吕梁悬水"（见《杂纪》)；又陈太建中，经略淮北，大破齐师于吕梁；后周将王轨破吴明彻于吕梁，并即此。唐尉迟恭尝疏凿以杀其势，有尉城遗址。有吕梁堰（见《古迹》)，晋谢玄既败苻坚，率众次彭城，平兖州，用督护闻人奭谋，堰吕梁水以利漕运。有悬水村。（见《古迹》。○宋苏轼《答仲屯田》诗：乱山合沓围[2]彭门，官居独在悬水村。居民萧条杂麇鹿，小市冷落无鸡豚。黄河西来初不觉，但讶清泗流奔浑。夜闻沙岸鸣瓮盎，晓看雪浪浮鹏鹍。吕梁自古喉吻地，万顷一抹何由吞。坐观入市卷[3]闾井，吏民走尽余王尊。计穷路断欲安适，吟诗破屋愁鸢蹲。岁寒霜重水归壑，但见屋瓦留沙痕。入城相对如梦寐，我亦仅免为鱼鼋。旋呼歌舞杂谈笑，不惜饮釂空瓶盆。念君官舍冰雪冷，新诗美酒聊相温。人生如寄何不乐，任使绛蜡烧黄昏。宣房未筑淮泗满，故道堙灭疮痍存。明年劳苦应更甚，我当畚锸先黥髡。付君万指伐顽石，千锤雷动苍山根。高城如铁洪口快，谈笑却扫看崩奔。农夫掉臂免狼顾，秋谷布野如云屯。还须更置软脚酒[4]，为君击鼓行金樽。○元傅与砺诗：巨石中流伏，盘涡尽日旋。善游因土俗，近住有人烟。险或过三峡，深疑及九渊。轻舟脱鱼腹，锦缆得徐牵。○李凤诗：洪波汹汹鼓鼙声，怪石棱棱剑戟明。源涤九州思夏禹，水悬千仞信庄生。○本朝胡翰诗：河水趋山东，四旷无险塞。吕梁扼其冲，凛若万强敌。水势与石斗，终古怒未息。舟行龃[5]腭间，众挽不余力。进始逾跬步，退忽落千尺。好风东南来，送我天北阙。叱驭诚足钦，垂堂遽且恤。昔闻庄叟言，有山在离石。悬水三十仞，鱼鳖皆辟易。孰隳天地性，遂拯生民溺。鸿飞九州野，吾愿观禹迹。○曾棨诗：洪流昔怀襄，区域信茫昧。斯民靡宁居，婴此昏垫害。神哉夏先后，敷理乘四载。吕梁基其冲，滔天亦横溃。巨灵劈山骨，地轴为之碎。两岸束惊湍，咫尺一何隘。怒霆斗铿訇，飞瀑泻澎湃。沛然向东注，下与百川会。缅怀胼胝劳，遗迹远犹在。伟哉疏凿功，万世终永赖。○李时勉诗：岸欹欲合连津石，水激遥翻到海波。淳朴独

① 原作"养"，讹从嘉靖《徐州志》。案《庄子》目录，《养生主》为第三篇，《达生》为第十九篇，孔子观吕梁事见此，据改。

② 原作"闱"，据《东坡诗集注》卷十一改。

③ 原作"巷"，据《东坡诗集注》改。

④ 原作"用"，据《东坡全集》《东坡诗集注》等改。

⑤ 原作"艰"，据胡翰《胡仲子集》卷十改。

怜民俗在，凿疏漫说禹功多。〇杨士奇诗：自昔疏凿出神力，侧身望之皆辟易，蜀江瞿塘险莫敌。〇永嘉黄淮诗：崭崭乱石矗戈矛，挟束狂澜撼地浮。疏凿尚存神禹迹，万年不共水东流。〇京口虞谦诗：崩崖乱石如人立，喷壑飞涛作雨声。气接江淮烟树绿，势连齐鲁暮云青。〇薛瑄诗：水村夜寥寥，秋月流空白。牵舟上吕梁，逆浪涌寒雪。愧彼役夫劳，当此滩水涩。忆我四方游，江湖饱涉越。祗诏复兹行，恩重知才劣。矢心复何如，长洪石如铁。〇黎淳诗：天地设险阻，石林森剑锋。越昔匪凭神禹智，谁其修治令疏通。胼胝手足谅有据，玉石简牒谁能穷。圣泽咸言万世赖，乃今无庙酬勋庸。我生千载下，慨古伤前功。载观齐楚伯，一扩云梦胸。清风偃波引双棹，长天杳渺飞晴鸿。〇李东阳诗：吕梁天下奇，涛石动森磢。傞牙引微路，镗鞳堕深响。周回百里间，天地无寸壤。天开与鬼凿，兹事真惚恍。江淮实襟带，幽蓟乃喉吭。冬干苦焦涸，夏潦愁泱漭。凭高瞥而下，跬步不得上。光阴在瞬息，性命寄篙桨。吾生好奇胜，寓目堪一赏。心神昼轩豁，毛骨秋飒爽。平生忠信心，利涉随所往。高歌溯天风，壮志方慨慷。〇南楚廖[①]道南诗：君不见，吕梁悬水三十仞，龙门砥柱争雄长。天吴夜啸白浦前，海鹤高翔赤霄上。惊涛溅雪星月昏，浊浪乘风雷电奔。石华珠[②]英天黪黯，长蛸巨蜃纷吐吞。初如昆阳袪虎象，金戈铁骑森相向[③]。万马齐驱矢石交，六军共奋旌旗扬。淮水汤汤诧风鹤，草妖木怪咸惊愕。降兵十万伏晋庭，壮士三千捣秦郭。纵如秦皇采药赴东海，瑶蕤翠葆[④]生光彩。伏弩如林射老鲸，宛虹如带蟠修虺。汉王[⑤]享祀下甘泉，月将云君五畤边。雷鼓喧阗振大地，凤韶缈缥落钧天。终如荆轲仗[⑥]剑辞易水，日暮萧萧朔风起。渐离击筑秋霜白，燕丹饮泣寒云紫。师[⑦]旷鸣弦古木秋，悲台哀壑阴岩幽。天神下格驾鸾鹤，水若仰听驱蛟虬。浩哉沨沨乎！吕梁之水真奇观，我欲赴之行路难。庄生秋水发天趣，尼父濠梁窥道澜。吁嗟乎，吕梁之水真奇观！〇东岸上洪有黄家沟桥，下洪有永济桥。永乐间，民人居敬建。岁久圮。嘉靖乙巳，主事陈洪范改甃以石。〇有新桥，主事温濡建。〇下有吕梁洪桥）

秦梁洪，在城东北二十里。（有末直渡，有广济桥）

新河，在徐洪北口。（见《漕政》）

留城小河，源出山东滕县黄沟泉及微[⑧]山、三家湾等泉，西流八十里，至留城

① 原作“寥”，据嘉靖《徐州志》改。
② 原作“朱”，据廖道南《楚纪》卷五十六改。
③ 原作“句”，据廖道南《楚纪》改。
④ 原作“保”，据廖道南《楚纪》改。
⑤ 原作“工”，据廖道南《楚纪》改。
⑥ 原作“伏”，据廖道南《楚纪》改。
⑦ 原作“陟”，据廖道南《楚纪》改。
⑧ 原作“徽”，据《漕运通志》《清一统志》等改。

镇北，东岸入漕。

五河，在城西三十里。与大彭沟、龙沟、湖淀沟、杨尸沟并分五道，泄北流诸水。

浊河，在城北二十里。旧止有小水入泗，今汴水皆由此出。隆庆中淤。（见《河防》。〇有浊河桥，元时建，今废）

泉河，在城东北三十五里，泄受东北诸山水。

运铁河，在城东［北］[①] 九十里。宋置利国监铁冶，凿河以通舟楫，久淤。嘉靖二十年，因运河涸，复浚，通新挑沟。（有利国监桥，元时建）

三里沟，在城北三里。

九里沟，在城东［南］[②] 九里，泄东［乡］[③] 诸山水。沟口时通时塞。有桥，今废。

南溜沟，在城北五十里。嘉靖末年，黄河水西来由此出。今淤。

北溜沟，在城北六十里。同南溜沟。今淤。

秦沟，在城东北三十里。自隆庆中冲成大河，今汴水由之。

夹沟，在城北六十里。（有夹沟驿、夹沟桥）

双沟，在城东南九十里。

皮沟，在城北七十里。

谢沟，在城北九十里。

急五道沟，在城北七十里。

大彭沟、龙沟、湖淀沟、杨尸沟，以上四沟皆在城西北三十余里，与五河并分流以达于汴。

响水沟二：一在城西九里，有金家桥，指挥金聚[④] 建，又有太平桥；一在城东南七十里，源出东南乡双井、白塔二泉，旧有石桥，又建闸，今废。

旱陂沟，在城西二里。沟上有石桥，名大安桥，徐州卫人谭敬兄弟建，大学士商辂为记。（稍西有八仙桥、大通桥，并元时建。今俱废）

新挑沟，在城东北八十里，与运铁河通。

境山沟，在城东北二十里。源出东北马跑等泉，西南流三十里，至境山镇北，东岸入漕。（有境山桥）

地崩沟，在城东北三十里，境山之北。嘉靖四十四年，黄河北溢，水悉由此出。今沟口淤塞。

---

① 字据嘉靖《徐州志》补。

② 字据嘉靖《徐州志》补。

③ 字据嘉靖《徐州志》补。

④ 原作“众”，据嘉靖《徐州志》改。

乌嘴沟，在城西北二十里。源出城北十八[1]里屯东冷泉，西流三五里，至秦梁洪入漕。

狼豕沟，在城东南二十里，东岸[2]，东乡山水流此沟出。（有桥，主事冯有年建）

李家沟，在城东南三十里黄钟集，辛贾山鹅儿湖水分流至此出。（有桥，主事冯有年建）

溜白沟、东沟、西沟，三沟并在城东北二十五里，泄受东北诸山水，并入辛贾山鹅儿湖。

丁塘拔剑泉，在城西南二十五里。（见《古迹》）

胡山拔剑泉，在城东南四十里。（见《古迹》）

欧家泉，在城东南六十里杨山下。

柳泉，在城东北四十里，凤凰山之南。（有柳泉桥）

马泡泉，在城东北五十里，由运铁河达于泗。

奉圣泉、黑龙泉、野沟泉、刘家泉、海眼泉，五泉并由运铁河至新挑沟，以达于泗。

母猪泉、运端泉，二泉在境山之北，绛山之东，出地崩沟达于泗。

饮马珠泉，在城东北六十里张庄桥下。（见《古迹》。○有马家桥）

双井泉、白塔泉，在城东南七十里，并由响水沟以达于泗。

七十二泉，旧在峰山下，今悉湮。

饮马池，在城南三十里驿道傍，行者多饮马于此。

石潭，在城东十里光山中。世传与泗水通，清浊损益，每每相应，或有鱼出焉。今淤。（宋苏轼值旱用人言，置虎头潭中祈雨，作《起伏龙行》曰：何年白竹千钧弩，射杀南山雪毛虎。至今颅骨带霜牙，尚作四海毛虫祖。东方久旱[3]千里赤，三月行人口生土。碧潭近在古城东，神物所蟠谁敢侮。上歃苍石拥岩窦，下应清河通水府。眼光作电走金蛇，鼻息为云擢烟缕。当年负图传帝命，左右羲轩诏神禹。尔来怀宝但贪眠，满腹雷霆喑不吐。赤龙白虎战明日，倒卷黄河作飞雨。嗟余岂乐斗两雄，有事径须烦一怒）

雁麦湖、张塘湖、马沟陂，在城西南四十里，接壤萧、砀。每冬春，则为平原弥望；夏秋霖潦，乃汇为巨浸[4]。

① 原作“八十”，讹自嘉靖《徐州志·漕政》，据嘉靖《徐州志·山川》同文乙正。

② 案嘉靖《徐州志》：泗水自九里沟又南“二十里东岸有狼豕沟，东乡山水流此沟入”。据此，“东岸”二字就其在泗水方位言也。案以本志上下文例，似为裁削未尽之冗言也。

③ 原作“十”，据《东坡诗集注》卷七改。

④ 原作“侵”，据嘉靖《徐州志》改。

鹅儿湖，在城东五十里辛贾山下。稍北即圣龙山境（有普济桥、庙相桥）。

汴塘湖，在城东北百余里，水自南流而入邳州河。（有汴塘桥）

黄山湖，在城北八十里，水涨则与昭阳湖通。

青冢湖、成山湖，在城东南七十余里。二湖相连凡四十余里，水泄于邳州沂河。

泥沟湖，由双沟达于泗。

清水堰，在城东南里许。陈将吴明彻入寇吕梁，徐州总管梁士彦频战不利，退守州城。明彻遂作堰，以清水灌之，列船舰于城下，以图进取。

寒山堰，在城东南十八里。梁萧渊明伐魏，堰泗水以灌彭城。

吕梁堰、吕梁渡。

又楚沟桥，在城南十五里；苑家桥，在城南二十［五］[①]里；麻沟桥，在城南三十里；通惠桥，在城南六十里；袁家桥，在城南一里；萧家桥，在城北四十里；广济桥，在城东北二十里；大通桥，在北门外西去里许，以石为之，元时建。今并废。

萧县

鹦歌山，在县治东二里，列于县之左。

香山，在县治南二里，列于县之右。

三仙台山，在县治南里许。石壁峭立，前有平石如台，山石上镌“三仙台”三字。建三仙庙于上，元时毁。今建禹王祠、三贤堂于上。堂下有古岩泉，嘉靖间，知县朱同芳覆以亭，自记。万历四年，知县宋伟重修。

白茅山，在鹦歌山左而差东，与三仙台连。

泉水山，在三仙台南一里。上有泉池，称曰圣泉，水仅一勺，冬夏不枯，祷之辄雨。嘉靖间，知县孙重光建虚谷堂于上，为多士讲习之所。山阴有洞，深丈余。相传昔人夜过，闻讲诵声，诘旦视之，但有行坐人迹，故《志》纪曰“雪洞人声”云。

簸箕山，由鹦歌山而东。下有簸箕泉。

丈山，在县东南十五里。

帽山，在丈山稍西。

① 字据嘉靖《徐州志》、康熙《徐州志》、乾隆《徐州府志》补。

凤凰山二：一在县东三十里，一在县东［南］[①]七十里。

龙冈山，在凤凰山南，东西绵亘里许，蜿蜒如龙。有果老洞。

栲栳山，在县东五里。

烂石山，在县东十里。

萧关山，在县东稍南十里。

龟山，在萧关山稍西南。

大蒙山、小蒙山、里仁山，在县东二十里。三山相联属（有洞曰兴云[②]），与州之楚王山并列。

绥舆山，在县东三十里。下有绥舆里，宋高祖刘裕，其里人。

永固山，在县东南四十里。有湖，有桥，有镇，并名永固。

浮绥山，在县南三十里。

庙山，在县东三十里，白土山稍东北。

大方山、小方山，在县治东南二十里，与州境联。

团头山，在庙山东五里。

紫草山，在庙山西南。

大观山，在团头山西南。山洞有桃，花开而罕见其实，俗称为仙桃。

龙驹嘴峪，与永固山相联为一派。内有泉，左甘右苦。（其南[③]有陶墟桥）

黄桑峪，与龙驹峪联。有洞曰秦王洞，未详所谓。

天门山，在焦子山东。有天门寺、天台。○以上龙驹嘴峪、黄桑峪、天门山，山谷邃奇，溪流清泚，林木深蔚，宛然一仙境，视他山迥异，至者每称幽胜焉。

焦子山，在浮绥山东。

碛[④]子山，在永固山东。

关山，在碛子山南，有仙人洞。

双顶山，在獐鹿山东。

长岭山，与双顶山并。

獐鹿山，在黄桑峪东。

大京山、拐棒山、马鞍山、石佛山（凿石肖三佛，故云[⑤]），以上四山俱在黄桑峪东北。

小观山，在黄桑峪北。

桃山，在县东南六十里。下有桃山驿，隶州治。（有桃山桥）

岱山，在香山之西。

明山，与岱山并，一称彩凤山。山半有穴，俗云“虚窟”，其深莫测，天将雨，则穴中吐气。又有二石窦出泉，名龙眼泉，天旱，取水求祷之辄应。今涸其一。

---

① 原作“一在县东南三十里，一在县东七十里”。案康熙《萧县志》、乾隆《徐州府志》，此处“县东南三十里”，“南”字衍；又，“县东七十里”已入徐州界，实误。萧志作“县南”，府志作“东南”，稍确之。今从乾隆《徐州府志》所载调整。

② 以上五字，参嘉靖、康熙《徐州志》移入注文。

③ 按：“其南”二字杂入正文，今参嘉靖《徐州志》移入注文。

④ 嘉靖《徐州志》作“帻”。

⑤ 以上七字杂入正文，今据嘉靖《徐州志》移入注文。

石牛山，在县南二十里。

丁公山，在县［东南］[1]二十里。汉为楚败，丁公追北高祖至此。下有［丁］[2]公村、丁公里。（有丁公桥。南有孟城桥）

升高山，在县南二十里。

元龟山[3]，在县南十八里。是境为红亭乡。《左传·鲁昭公八年》："秋蒐于红。"即其地。

白米山，在县东南五十里。　　罗里山，在县南四十里。

相山，在县南六十里，邻宿州境。

白土山，在县东南五十里。下有桥，有镇，并以白土名。旧志[4]载"在州"，盖为此地宋为州境耳。镇出石炭。（苏轼歌并序曰：彭城旧无石炭，元丰元年十二月，始遣人访获于州之西南白土[5]镇之北，以冶[6]铁犀利胜常云。君不见，前年雨雪行人断，城中居民风裂骭。湿薪半束抱衾裯，日暮敲[7]门无处换。岂料山中有遗宝，磊落如磬[8]万车炭。流膏迸髓无人知，阵阵腥风自吹散。根苗一发浩无际，万人鼓舞千人看。投泥泼水愈光明，烁石流金见精悍。南山栗林安可樵，北山顽矿何劳锻。为君铸作百炼刀，要斩长鲸为万段。〇山西北有苌池桥）

椒山，在县东南八十里。

骞山，在县东南八十里。下有闵子墓，故名。（境有青冢村桥）

雾猪山，在县东南五十里。以下有雾猪泉，故名。

暑兰山，在县治东南一百二十里。以夏有野兰，故名。（有暑兰桥）

龙泉山，去暑兰山五里。下有泉，故名。（有周疃桥）

马蹬山，去暑兰山十里。　　章山，去暑兰［山］[9]十五里。

子贡山，在县东南一百七［十］[10]里。（按：萧东南之境，群冈巃嵷，与州之南境诸山，实相联属，兹唯纪其大都云耳。至其培塿阜岊，连结蔓延，则有不可胜述者矣）

① 二字据嘉靖《徐州志》补。
② 底本脱字，据嘉靖《徐州志》补。又，嘉靖《徐州志》云："下有丁公村、丁里桥。"
③ 按：元龟山，即嘉靖《徐州志》之"鼋山"。疑析"鼋"字为"元龟"二字所误。乾隆《徐州府志》、嘉庆《萧县志》云："一名元龟山。"盖折中之言也。
④ 按："旧志"指弘治马暾《重修徐州志》。案苏轼《石炭歌引》："访获于州之西南白土镇之北。"仅就方位概言之，无关县境归属。马暾据此以白土镇载入徐州《古迹》，似误。
⑤ 原作"山皇"，讹从嘉靖《徐州志》，据《东坡诗集注》卷三十改。
⑥ 原作"治"，据《东坡诗集注》改。
⑦ 原作"慕鼓"，据《东坡诗集注》改。
⑧ 原作"壂"，系"磬"形讹，参《东坡全集》"礐"字改。
⑨ 字据顺治《徐州志》、乾隆《徐州府志》补。
⑩ 字据正统《彭城志》、嘉靖《徐州志》补。

汴河，汉末黄河入汴，亦名黄河（详见州《山川》。〇傅与砺诗：黄河自古来天上，白日千雷斗地中。浮水巨鼋时出曝，傍巢灵鹊自知风。神珠化浊何由得，仙木寻源或可通。闻道千年圣人出，此时何幸见时丰）。由新挑沟入县境，历赵家圈［渡］[①]、拖绳渡、东镇渡、曲里渡、朱珊渡，遵护河堤（长二十里，高八尺），越冀门渡，经县治之北，至两河口，与山西湖之委流合，以达州境。嘉靖三十七年七月内，河决秦沟。自新挑沟一带，以至朱珊渡，尽淤平。

淇河，在县南五十里。经杨家集，由城西南以趋东北，会两河口，以达州境。

西流河，在县［南］[②]三十里。浮绥诸湖皆由此出瓦子口，自东而至，并入山西湖，注县治之南，汇于东北两河口，以泄而入汴。

新挑沟，上接河南永城及砀山界。

凉楼沟，在县东北八里。即旧歇凉楼。元有凉楼寺，见存。（见《方外》）

渠沟，在县西南六十里[③]，经锦川桥北流。

白沟，在县西北二十里。

黄柏沟，在县西北三十五里。

鸿沟，在县西北四十里。

白羊沟，在县西北六十里。

毛家沟、港沟，二沟并县东南五十里。

钟跫[④]沟，在县东南九十里，由南入于小河（宿州境）。父老相传：元末时，平地内见有二巨钟纽[⑤]，劚至数段，明日复如初；瘗之土中，明日复露。屡试皆然。忽一日，同跫行十余里，鸣声如雷。入黄河中，喷水高丈余。顺流至州，张士诚守将祷留，弗获。适三女僧过，为咒之，乃留其一，取而碎之，载满数舟而去，内获黄金四锭。其一顺流而下，不知其所。

菱沟，在县西北七十里。

石沟，雾猪泉由此出。

赵家圈渡，在县西六十里。（有吉安桥）

拖绳渡，在县西五十里。

东镇渡，在县西四十里。

曲里渡，在县西二十里。

朱珊渡，在县西十五里。

冀门渡，在县西三里。昔黄河之水自赵家圈，经诸渡，以达两河东下。今诸渡皆淤，而此渡仅存。

圣泉，在泉水山。水仅一勺，冬夏不枯，祷之辄雨。

古岩泉，在三仙台下。

① 字据嘉靖《徐州志》补。

② 字据嘉靖《徐州志》补。

③ 原作“六十四里”。案嘉靖、顺治《徐州志》及嘉庆《萧县志》作“六十里”，“四”字衍，今删。又，康熙《萧县志》作“曲沟”，亦云“县西南六十里”。

④ 原作“蛩”，讹从嘉靖《徐州志》，据正统《彭城志》卷九《杂志》改。下同。

⑤ 原作“细”，据正统《彭城志》、嘉靖《徐州志》改。

龙泉，出龙驹嘴。有二泉，左甘右苦。

龙眼泉，在明山。有二石窦出泉，故名。天旱，取水祷之辄应。今涸其一。

栲栳泉，在龙冈山北。　　　　　　永固泉，在永固山下。

四庄泉，自黄山东发源，流出白土桥下，东注州境。

雾猪泉，在县东南五十里，自雾猪山发源。苏轼尝祈雨雪于此，有《祈雪雾猪泉》诗文。又轼诗注云：傅钦之曾祷此泉得雨。（轼祈雪文曰：噫嘻我民，何辜于天。不水则旱，于今二年。天未悔祸，百日不雨。雪不敛尘，麦不盖土。天子命我，祷于山川。侧闻此山，神龙之渊。躬拜稽首，敢丐一勺。得雪盈尺，牲酒是酢[①]。○又诗《与舒尧文》曰：三年走吴越，踏遍千重山。朝随白云去，暮与栖鸦还。翩如得木[②]狖，飞步谁能攀。一为符竹累，坐老敲榜间。此行亦何事，聊散腰脚顽。浩荡城西南，乱山如玦环。山下野人家，桑柘杂榛菅。岁晏风日暖，人牛相对闲。薄雪不盖土，麦苗稀可删。愿君发豪句，嘲[③]诙破天悭。○又《次尧文韵》：长笑蛇医一寸腹，衔冰吐雹何时足。苍鹅无罪亦可怜，斩颈横盘不敢哭。岂知泉下有猪龙，卧枕雷车踏阴轴。前年太守为旱请，雨点随人如撒菽。太守归国龙归泉，至今人咏淇园绿。我今又复罹此旱，凛凛疲民在沟渎。却寻旧迹叩[④]神泉，坐客仍携王子渊。看草中和乐职[⑤]颂，新声妙语慰华颠。晓来泉上东风急，须上层冰老蛟泣。怪词欲逼龙飞起，险韵不量吾所及。行看积雪厚埋牛，谁与春工掀百蛰。此时还复借君诗，余力汰辀仍贯笠。挥毫落纸勿言疲，惊龙再起震失匙。○诗中“前年太守”，盖谓傅钦之先尝因旱祷此得雨云）

沈家峪泉，在雾猪泉之南。

五眼泉，在雾猪泉之南。泉由五石窦中出。

醴泉，在五眼泉之东南。出地中，其泉甘。

龙潭，源出龙冈山。其水莹澈，皎洁如月，故称“龙潭皎月”云。

拔剑泉，发源秦王洞。

石屋[⑥]圣泉，发源獐鹿山。○以上七泉，分流并趋，东至石佛山南而合，出御桥。（北有皇殿）

白米山泉，在县南五十里。源泉涌沸，迂回下骛，以达绥舆［山］[⑦]之阳，委折

① 原作“醉”，据《东坡全集》卷九十九改。
② 原作“水”，讹从嘉靖《徐州志》，据《东坡诗集注》卷九改。
③ 原作“朝”，据《东坡诗集注》改。
④ 原作“叨”，据《东坡诗集注》卷十一改。
⑤ 原作“知”，据《东坡诗集注》改。案《汉书·王褒传》：褒，字子渊，尝作《中和》《乐职》等诗。颜师古注：“中和者，言政教和平也。乐职者，言百官各得其职也。”
⑥ 原作“台”，据嘉靖《徐州志》、康熙《萧县志》改。
⑦ 字据嘉靖《徐州志》补。

而西。（当与下“白米堰”同观）

簸箕泉，在簸箕山下。

圣境泉，在卓家桥南。由白米山泉白米堰，至双桥而折北迤东，出卓家桥合流，共入姬村湖，以达州境。

孝感泉，在旧城中。唐主簿宋思礼为其母疾，祷之泉出，母饮而愈，故名。今湮。

浮绥湖，在县南三十五里。

永固湖，在永固山下，水流入山西湖。

梧桐湖，在永固［湖］[①]南。

时村湖，在梧桐湖稍西。

土形湖，在时村湖南。

山西湖，在县西南十二里，汇西南诸山之水。

姬村湖，在县东二十里。

英州泊，在县西北五十五里。

牧马泊，在县西北七十里。

姬村泊[②]，在县东二十里。

朱珊二泊[③]，在县西一十里。

烂石泊，在县东十二里。

白米堰，在县东南三十里。其源出县东南五十里白米山下，西北流经都仁乡，乡民堰引灌稻田，可十五六顷。以能灌稻得米，故名。俗云“迷”者，讹也。

汳水新渠，宋绍圣中，县令张惇疏凿此渠，以避水患。元大德间，达鲁花赤马彻里复开南伏道口、北铁窗[④]孔，而城赖以全。（陈师道作《汳水新渠记》曰：汳句于萧，其阙如玦。《水经》谓[⑤]：河至荥阳，莨荡渠出焉。渠至阳武，其下为沙，蔡水是也。其出为阴沟，至浚仪，其下为涡，别为汳。汳至蒙，别为获，余波迤于淮阳，东历萧、彭城，入于泗。《注》谓[⑥]鸿沟、官渡、甾获、丹浚，与渠一也。禹塞荥泽，而通渠于甫田，其后河绝，旃然入焉，即索水也。《汉书·地理[⑦]志》荥阳既有汴水，又有莨荡而受泲；蒙有获水，首受甾获，至彭城入泗。以余考之，《河渠书》云：“自禹之后，荥阳引河为鸿沟，以通宋、郑、陈、蔡、曹、卫，与济、汝、淮、泗会于楚。”而《竹书纪年》“梁惠成王入河于甫田”，又引而东，明非禹之旧也。《书》曰“济入于河，东出于陶丘北”者，入而复出也；“溢为荥”者，济之别也。荥波既潴，障而东之也。《周官》又谓“豫之川，荥、洛；幽、兖之川，河、

---

① 字据嘉靖《徐州志》补。

② 姬村泊，与前“姬村湖”重。

③ 原作“礡”，据嘉靖《徐州志》改。下之“烂石礡”亦同改。

④ 原作“锁”，据下文蒋伯昇文及嘉靖《徐州志》改。

⑤ 原作“渭”，径改。

⑥ 同上。

⑦ 原作“里”，据《后山集》改。

沛”，则河南无济矣。其谓“莨荡受济”“禹塞荥泽而用河”者，皆失之。《汉志》莨荡无出，甾获无始，盖略之也。余谓与《经》合，而荥水诸书皆不载，又疑渠、汳为二，而荥有一焉。杜佑以《经》作于顺帝之后，诡诞无据；而《注》叙渠源，或河或沛，或河、沛合，其说不一。次其所引，《经》纷错悖戾，而《志》亦阔略，不具辨始末，盖皆不可考也。自汉末，河入于汳，灌注兖、豫。永平中，导汳自荥阳，别而东北，至千乘入于海，而河复。于是故渎在新渠之南，《注》所谓“绝河而受索”自此始。隋开皇中，因汉之旧，[导][①]河入汳。大业初，合河、索为通济渠，别而东南入于淮，而故道竭。今始东都，受退水为臭河，于畿为白沟，于宋为长沙，于单为石梁，于徐为汳，而入于南清。南清，故泗也。盖自王都而东，畿、宋、亳、宿、单、济之间，千里四来，而故道浅狭，春夏不胜舟，秋水大至，亦不能受也。萧，故附庸之国，城小不足居民，又列[②]肆于河外。每水至，南里之民皆徙避之，庐舍没焉。率数岁一逢，民以为病。绍圣三年，县令朝奉郎张惇，始自河西，因故作新支为大渠，合于东河，以导滞而援溺。于是富者出财，壮者出力，日劝旬劳，既月而成。邑人相与语曰：“渠议旧矣，更数令不决，而卒成于吾侯，孰有惠而不报者乎?”于是不谋而同，欲纪于石，以属余。余谓[张][③]侯，其居善守，行峻而言直，以成其名；其任善义，不畏不侮，以登于治。其可纪者多矣，而诸父兄独有见于此，何也？夫善为治[④]者，人知其善而已；至其所善，盖莫得言也。渠之兴作有迹，其效在今，此邑人之欲书也。遂为之书。〇蒋伯昇作《备金城记》曰：河之为患，其来尚矣。若其决瓠子，破澶渊，污漫济徐，衍溢淮泗，冲荡梁楚，代代不能无也。今之萧，即古之萧国也，负山濒河，正当水冲。以形势考之，古亦当被其害，所以增筑南城而居之。至元癸酉，河既南徙，民复奠居古城，今之县治是也。大德戊戌六月初，大雨，河决蒲口，奔流而东。水至城下，汪洋横溢，渺无涯涘。城不及者三版，民相恐动。达鲁花赤马侯亲率僚吏为谢，役夫聚土积石刍茭，补缉罅漏[⑤]，[凡][⑥]可以为水备者，无不尽心。与人民躬操畚锸于风雨中，同心御备。夜必宿城上，严更守戍以防。自初至终，将阅三月，水始就涸。民稍安止，侯亦亲丧去职。城既久为水围浸淫，与地泉相接，阛阓复如江海，平地深数尺，庐舍漂没，非乘舟不能往来。长幼惶惶，栖于城陴，朝不谋夕，民复大恐。先是，为水备者，南则有伏道口，北则有铁窗孔，无水则实土，遇水涨则开以泄之。

---

① 字据《后山集》补。
② 原作“别”，讹从嘉靖《徐州志》，据《后山集》改。
③ 字据《后山集》补。
④ 原作“始”，据《后山集》改。
⑤ 原作“陋”，讹从嘉靖《徐州志》，据正统《彭城志》卷十五改。
⑥ 字据正统《彭城志》补。

及是，民相与请于县辟是穴。而主者方谋委其人民，徙县治于永固。黎庶惊惶，奔走无所赴诉。侯还自亲丧，不见妻子，趋往二穴，将泄之。复有以言①沮止者。侯乃正色曰："顷刻间民尽溺矣，岂坐视其毙而不之救耶？以我一身贷千百家命，尚何恤耶！"挥众决导②，去水如注，若沃焦釜，泄尾闾。未终日，城郭闾舍皆在陆地。虽沮洳，不复为民害也。水息之明年，侯适终更。耆宿杨春等语予曰："吾民感侯深恩，无以报。子当为文，以垂永久。石已具，子毋辞。"乃摭其实而叙之，庶俾世之人知侯有功于民，而民亦知侯之深，又以为是邑后来有官者劝。侯姓马氏，名彻里，西夏国人，读书好礼。祖、父皆列仕③云。○按：汴水合于河，经萧，奔涛汹注，支流四出，邑境故多沟湖云）

沛县

微山，在县东南。《隋书·地理志》：沛有微山。山无石，巃嵸若冈陵然。上有微子墓。《一统志》云：沛县故城，在微山下。（张庆旸《微山霁雪》诗：泗上彤阴破，苍茫见霁微。开天呈秀色，迸野入春辉。水鹤连云起，晴烟带湿飞。何时过山麓，把酒揖④崔嵬）

戚山，在县西南三十里汉台乡。圆耸前参，若为邑镇。居民利取其石，大肆劖凿。嘉靖乙巳，知县周泾下令勒石禁之。

青龙桂籍山，在县南稍西三十里。上有石，旧凿方池形，今存，世传为萧何饮马池。下有无儿寺，今废。

又，旧志有黄山，在县东南，据《隋书·地理志》云。今已入州境，即三乡黄山是也。

滕河，源出山东滕县，流入昭阳湖。

薛河，出滕、薛境，西流会昭阳湖，自金沟口达于泗。

泡河，即丰水。上通贾鲁新开⑤黄河，流经单县至沛，循泗亭驿前入于泗。正德初年，黄河泛溢，西南接泡水，出县南⑥门外飞云桥下流入泗，势甚汹涌。今淤。

泗河，源出山东泗水县（见州"泗河"下），南流过沛。秦置泗⑦水郡，汉有泗

① 原作"后有一言"。案正统《彭城志》同文，"后"字于时殊违，"一"为"以"音讹，据改。
② 原作"道"，通"导"。
③ 原作"士"，据正统《彭城志》改。
④ 嘉靖《沛县志》卷一《形胜·八景》作"挹"。
⑤ 原作"闸"，据嘉靖《徐州志》改。
⑥ 原作"西"，据正统《彭城志》、嘉靖《徐州志》改。
⑦ 原作"沛"，据嘉靖《徐州志》改。

水亭（见《古迹》）。嘉靖四十五年，淤塞为平陆（见《漕政》）。

鸿沟河，发源滕县，流出薛河。其水泛涸不时。

泥沟河，水自鱼台县界至沛，入泡河，达于泗。今淤。

鸡鸣台东小河，在县治东北五十五里。源出滕县三里桥泉，并七里沟泉，西南流百余里，至鸡鸣台东入漕河。初，二泉之水漫流为泽。正统六年，漕运参将汤节始开渠引入漕河，置闸于河口以积水，既以济漕，又变沮洳为良田云。今淤。

龙泉，在县治前。旧没于泡。近河涸，泉水自下涌出不竭，东接泗水。

昭阳湖，在县治东北八里。萦回八十余里，北属滕县，南属沛县。永乐八年，于湖口建石闸。于东西二湖口建板闸，成化八年改为石闸，弘治七年重修。遇漕河水涸，开闸放湖水入薛河，由金沟口闸达于漕河。湖所受水不一：北沙河，出滕县北龙山，西南流经鱼［台］[①] 县境入湖。辛庄桥河，出滕县西南五十里，南流十里入湖。漷河，出滕县界西南入湖。荆沟泉，出滕县东北十五里，泉眼百余，水流迅急，西南流八十里至辛庄桥，漫流为泽。正统六年，参将汤节开渠十里，引水入湖，塞其两流故道，复于北岸建回龙以镇之。嘉靖四十四年，黄河北溢，湖亦湮塞。且创开新河，去此湖甚远，于漕运今亦无裨。

谢沟，去下沽头渡十里，以达于州境。

沙河渡，泗水经山东鱼台县，至沙河入县境为渡。今淤。（有沙河桥）

北门渡，在县北，今淤。

东门渡，在县东，今淤。（有清河桥，久废）

南门渡，在县南（有飞云桥），永乐间建。景泰知县古信修。嘉靖十七年重修。

金沟口渡，在县东[②] 南十五里，鸿沟河、漷水、昭阳湖、薛水合流于此。今淤。（萨天锡《金沟月夜[③] 沛尉蒋景山、簿赵伯颜别去有怀》诗：公子将军两少年，绣衣白马杏花天。醉中送客归城暮，回首金沟月满船）

上沽头渡、下沽头渡，并在县［东南］[④] 二十里，各有闸。今俱淤。

琉璃井，在县东岸一里许。深不可测，水泉甘冽。下广上狭，投以瓦石，则砰然有声。所甃之砖，润滑光彩，无间琉璃，故名。世传汉高祖所凿。

新井，在儒学内。泉味甘美，景泰四年知县古信凿。

---

① 底本漫漶，字据嘉靖《徐州志》卷七《漕政》补。

② 原作“西”，据正统《彭城志》、嘉靖《徐州志》改。

③ 原倒作“夜月”，据嘉靖《徐州志》、《雁门集》乙正。案《雁门集》诗题“沛尉蒋景山、沛簿赵伯颜送予金沟，月夜别去有怀”。

④ 二字据正统《彭城志》、嘉靖《徐州志》补。

砀山县

县境内无山。其邑所名砀山，乃距邑治七十里，今在河南永城县境。按《史记》及《汉书》：高祖微时，隐于芒砀山泽间，上有云气，吕后与人俱求得之，即此。

靴尖阜，在县西二里。有土窿然屹起，俗遂以此名。又世传谓：故将建砀山县于此，未及成，而有是阜。

黄河，旧在城南三十里，即元贾鲁所开。由虞城入境，经狐父，达杼秋九十余里，下出徐州小浮桥入漕。嘉靖三十八年，河流变迁，将其经行一带淤塞，北徙距县二十里戎[①]家口，出徐州茶城入漕。万历元年，又自县西陈孟口分杀一股，绕县护城堤，绕毛城铺、周家口、龙沟，出徐州小浮桥。今陈孟口渐淤，每岁夏秋泛[②]滥为害。隆庆五年，知县王廷卿募民作堤，首起虞城，尾属萧县，延袤七十余里，以障堤内。六年，仍于河北筑堤，起市力寨，至秦沟，通计四千五百八十丈，以障漕渠。

盘坌河，在县东六里。

礼河，在县东十八里。元季，韩林儿倡义起兵，父老送至河阴。既别，林儿俟父老半涉，乃于河浒北向稽首，父老不能答，故以名河。（去礼河三十里有夏家桥[③]，三十五里有五王铺[④]桥。又三十五里有狐父桥，永乐十三年知县周宗昕建。按《史记》：曹参击司马尼军于砀东，破之，取狐父，即此地。见《古迹》）

夹河，在县西南五十里。又，县志[⑤]谓即礼河，旧名未详。

新挑黄河，在县西南八十里，由夏邑县刘富营入县境。

陈霜口河，原由虞城县史家、皮家二口分为两河，由镇里堌二十里至县境西南合流，入陈霜口河。南行十里至汪家口，西向冲为缺口，水漫东流，复分为二：一冲县小南门，一北行复西，绕县北门，经年为患，周城以外，汗漫若湖。嘉靖二十六年，知县王绍元将汪家口筑堤一道，长七十四丈七尺，厚一丈。又为月堤，高厚如之。沿堤上至镇里堌，下至高良相口，为顺水堤五十里，防御水患。

三里河，由虞城县镇里堌，二十里至县境吕家集，北行二十里至三里河，下又二十里至礼河，五里入桑叶河。

① 原作“戍”，据《河防一览》《读史方舆纪要》《行水金鉴》等改。

② 原作“记”，系“氾”形讹，径改。

③ 案嘉靖《徐州志》：县东十八里为礼河，又“三十里有夏家桥，三十五里有五王铺桥”，皆距县治而言，并非距礼河言也。此处解读有误。

④ 原作“捷”，据嘉靖《徐州志》、乾隆刘王瑗《砀山县志》改。

⑤ 按：“县志”指隆庆六年知县王廷卿所修《砀山县志》，今佚。

白川河，由虞城县境入县回冈集，十五里至白川河，下二十里至蒋家营，五里入桑叶河。

桑叶河，在县东二十五里。　　浊河，在县西北二十五里。

段庄河，在县西北四十里，由虞城县境入县回冈集迤西[①]。嘉靖二十四年沙淤，坡水漫流至双沟集南一里成河，三十里至桑叶河，四十里至萧县境盘岔河，北流入胡淀沟。

新岔河，由虞城县境北入监城集南，四十里至庞家屯，下二十里至羊耳河集，迤南十五里至羊村集，迤北一里至五河，三十里至萧县境河。

羊耳河，在县东北二十里。

龙扒沟，在县东南三十里，初通汴。嘉靖二十六年淤二里，岔开一派，向县城东南二十五里冲王龙口，由原[②]奉社地四十里至西镇淀，一概被水为患，由萧县境入胡淀沟[③]。

九里沟，在县北九里，今淤。

凌家口，在县东三十里，一百五里至居家口入萧县境。嘉靖十九年开挖，二十四年沙淤。

沧浪井，在县北一里，在沧浪庙内。天旱，取水祷雨辄应。

新汇泽，在南郭外。以河徙成泽，南北可二十里许，东西四十余里，经冬不竭，淹占良田若干顷。隆庆二年，知县戴伟凿渠疏泄，寻湮。六年，知县王廷卿更开新渠一千八百一十七丈，以苏昏垫。

按：砀山地势洼仰低下，屡经水患，地多淤沙浮土，虽节经浚凿成河，然一遇水涨，率易淤塞。故河渠之名，变迁不常。缘是以为民病，日益滋焉。

丰县

东华山，在县东南三十五里，周亘十里。多奇石，矗屹而门，巇嵚而谷，森若部署[④]。言“东”以别西［岳］[⑤]。嘉靖五年，以避水故，曾于此迁县治。（马卿诗：突兀孤峰峻，苍茫四野平。人烟聊避水，风气亦堪城。〇王梃诗：小沛新丰道，悠然见此山。僧行青障外，官坐翠微间。近石烟云狎，依林鸟雀闲。古人云吏隐，兹

① 嘉靖《徐州志》作“南”。

② 原作“源”，据各本徐州志及乾隆《砀山县志》改。

③ 按：西镇淀、胡淀沟之“淀”，嘉靖《徐州志》皆作“店”，且“街坊社店”亦具本名。疑本志“淀”字为音同所讹。

④ 原作“置”，据嘉靖、顺治《徐州志》改。

⑤ 字据嘉靖《徐州志》补。

地偶跻攀。〇后还旧县，复弃此。总河都御史万恭《记》曰：丰沛之间，平原[①]千里，亡有峻坂崇冈。徐州诸阜之北[②]峙为华山，高三百尺有奇，曳尾北[③]联诸丰，骧首而南揵诸［徐］[④]，若黑子之著面。上产蒙山茶，下悬岩洞，为归云，为偃月，为来薰，实钟沛公。沛公都长安，为新丰，而以所生丰为旧丰；长安有华山，亦令丰有华山。盖以旧丰尊新丰，又以长安之华山尊汤沐邑之华山，重本始也。嘉靖中，河灌丰邑，治尽圮，则徙邑于华山，环而居数年。民乐故土，尽心思北归，复弃华山而邑诸故丰。隆庆六年，余以左司马治水徐、邳、丰、沛间，惧河北[⑤]决坏饷道，为常山蛇堤，延袤二百余里，倚华山而缕旃。河亡横流，民鲜漂没。余乃循堤登华山之巅，以东望齐滕，南仰凤泗，西盼宋卫，北[⑥]瞻岱宗。诸阜若揖者，若拱者，若顾[⑦]者，若留者，沨沨乎有《大风》之思焉。壮哉山河犹故也，乃泗上亭长安在哉？威加海内归故乡者又安在哉？华山求复为汤沐邑巨镇，令父老且感、且爱、且恋、且重焉，不可复得矣。岂惟［不］[⑧]且感、且爱、且恋、且重之，即求不为民所烧石、伐岩、堙洞，摧其巅而戕其麓，亦不可复得矣，岂不悲哉！余特为封华山，令有司曰："所有烧石、伐岩、堙洞，摧巅而戕麓者，罚无赦！"而华山始[⑨]得保一朝之命。呜呼！山灵不失故吾者，昔能翼蔽沛公，贵与长安华山并；乃今仅仅为邑城不能保，又失之，贱与丘垤并。山灵其若之何？犹幸余以河患，倚山而缕之堤，父老不爱山，独奈何不爱堤以自固乎？山灵有知，其尚自爱，拥堤以自卫而卫民，则父老爱之，当万倍于长安之拥虚名、徒为沛公之所尊者）

白驹山，在县西南二十里。视地形稍高，遂以山名，世传汉祖尝憩会于此。

会景洞、虚白洞、碧寒洞、太玄洞、太乙洞，五洞皆在华山[⑩]，殊各幽胜。先是，洞堙土中。嘉靖丙午，知县叶烓建华山书院，劚土出之。

泡河，在县治之北，去城百步许。上接单县，至丰，循沛之泗亭驿前入于泗。今河[⑪]迹尚存。（有泡河桥，今废）

浊河，在县治南五里，今淤。

圣泉，在县城东南。相传此水能疗目疾，故名。今淤。

---

① 原作"厚"，据顺治《徐州志》、顺治《丰县志》改。
② 原作"状"，据顺治《徐州志》改。
③ 原作"壮"，径改。
④ 字据乾隆《丰县志》卷十二《艺文》补。
⑤ 原作"壮"，据顺治《徐州志》改。
⑥ 同上。
⑦ 原作"赖"，据顺治《徐州志》改。
⑧ 字据顺治《徐州志》、顺治《丰县志》补。
⑨ 原作"使"，据顺治、康熙《徐州志》改。
⑩ 原作"华山山"，"山"字重出，今删其一。
⑪ 原作"何"，径改。

走马池、白马池、莲花池。（俱见《古迹》）

城池

王公设险，以守其国。故筑斯城，凿斯池，所以严保障而戒不虞也。矧徐为国家之咽喉，当万方之走集，必使隐然有金汤之险，斯可矣。

徐州城，肇自大彭氏（按《古迹》：城内有彭祖故宅、楼、馆洎井。则今城肇自大彭氏，信矣。相传谓封于大彭山下，则距今城［西］[①]三十里也。疑封于彼而城于此尔）。秦末，楚怀王、项羽皆都城于此。刘宋刺史王玄谟尝称“城隍峻整”，后魏刺史尉元亦称“郡城险固”（南宋元嘉中，王玄谟表曰：“南届大淮，左右清汴，表里京甸，捍接边境，城隍峻整，襟卫周固。又自淮以西，襄阳以北，经途三千，达于济岱，六州之人，三十[②]万户，常得全安，实由此镇。”后魏大将尉元表曰：“彭城，宋之要蕃，南师来侵，莫不因之以陵诸夏。”［《舆地记》云］[③]“郡城由来非攻所能拔”，言其险固也）。宋熙宁间，徐大水，知州苏轼请增筑各门子城。元置武安州，移城于城外东南（今广运仓地是）。国朝洪武初，仍复旧城修筑，垒石甃甓，周九里有奇，高三丈三尺，趾广如之，颠仅三之一。三面阻水，即汴泗为池，独南可通车马。濠隍深、广各二丈许。堞凡二千六百三十八，角楼三，铺五十一。为门者四：东曰河清，西曰通汴，南曰迎恩（即古白门，见《古迹》），北曰武宁（唐皇甫冉《登城》诗：落日凭危堞，春风似故乡。川流通楚塞，山色绕[④]徐方。壁垒依寒草，旌旗动夕阳。无戎资上策，南亩起耕桑。○元松阳练鲁《徐州故城》诗：前年秋八月，盗入徐州城。城中不满百，夜久民乱惊。杀人烈火下，四面山河明。贼酋坐官府，烈刃胁同盟。牧守既宵遁，蚩蚩不敢争。唬呼千家裂，震嘣万井訇。揭竿立钩戟，斩木悬旆旌。锻[⑤]砺锋刃合，攘刮囷廪盈。弄兵昼駊騀，伐鼓宵伧儜。我军隔河守，水上星散营。有时出数骑，视我百万轻。去年大兵合，相国亲南征。诏出天王旗，九月千里行。策马南渡河，北顿泗上兵。浮梁驾连舴[⑥]，突骑尘随軿[⑦]。日月动徐兖，雷霆震蛮荆。逆虏馘在眼，良家望全生。岂知七日战，网漏横海鲸。斯民不自白，杀气严秋声。俯仰万古迹，今日烟沙平。繁华逐飞烬，霸王沉余晶。

① 字据嘉靖《徐州志》补。
② 原作“千”，讹从嘉靖《徐州志》，据《通典·郡十》改。
③ 四字据《通典》补。
④ 原作“有”，据四库本《二皇甫集》卷三改。
⑤ 原作“锑”，据同治《徐州府志》、民国《铜山县志》改。
⑥ 原作“符”，据同治《徐州府志》、民国《铜山县志》改。
⑦ 原作“翈”，音许，出韵，据同治《徐州府志》、民国《铜山县志》改。

彭门既北堕[①]，黄楼亦东倾。戏马有荒土，驻跸无遗名。黄埃飒峁歙，崩榛杌攘抢[②]。乱穴窜[③]鼯鼱，废堵蜿蛛蝶。惨惨白骨上，飒飒阴云横。我有感慨泪，泪洒天无情。山长水亦远，草木悲风鸣。〇又《徐州新城》诗：去年定徐土，城此山南陬。被山为崇墉，阻河即长沟。县官即居民，令下闻薮幽。户口多被伤，亡匿庶可求。流民归占籍，结屋欲绸缪。垣壁隔榛棘，门户编荆櫄。数家有壁立，一室欲盖头。敢求衽席安，庶为生计谋。奈何凋瘵余，力难及锄耰。艺麦不疗饥，种豆安得收。大家已蹙额，小家有殍髅。郡中二千石，视古伯与侯。此邦实保障，抚养斯民休。修政恤存没，秉德无竞絿。丧乱其有涯，宸衷方轸忧）。顾城迄今如故。但自嘉靖四十年黄河失经后，历年夏秋泛涨，环城为海，洪涛搏激，至决西门，而城几溃。万历二年，水益大涨，浸城过半，三月不消，四门俱塞，城渐有裂意。其不决者，特几希耳。时兵备副使舒应龙目击其危，深用患之，知州刘顺之亦是患，乃上下输谋，候九月水涸，鸠工调夫，运土采石，环城外创筑护堤。南自云龙山后起，旋西而北，而东而南，复转西至云龙山前止，四周旋绕如带，即外郭然。长二千六十四丈，高一丈余，址阔二丈，颠少杀。惟北与东滨河，障以巨石，仍外下竹络，贮碎石为护，余皆累土，真坚固可捍冲流。又穿东南堤口，建石闸一座，名曰金门，高一丈五尺，左右雁翅长一丈七尺五寸，上接南隍，俾堤内注潦入隍者由闸放出。若外河水涨，则闭之。隍亦深浚。而城南门外，旧南北相连有木桥二座，北邻门，仍而高之；南则拆西门外废大安桥，移建于此，为二洞石桥，高与北齐，长十二丈五尺，抵大街，注潦出闸者悉由之，亦以备堤内水大，而城中外人可缘以徒行也。自是，水不为患，城可保焉（户部主事张敷潜《护城堤记》曰：护城堤者，徐州兵宪中阳舒公所作也。公以癸酉秋，奉命按视其地，振纲纪，肃戎行，通漕计，弭盗贼，一如上德音所谓。而公故宽厚博大君子也，不专倚办绳督为能，尤一意奖进良吏，委任而责成之。以故，闾阎与棨戟之地，得便自达矣。今年秋，河水自茶城来道某地，徐为上流，顾逆而四出，若束若触，悍怒斗激，奔蹲倾注，直接某地，徐为甚。以今去后，视所覆冒，高故土十有五尺，水势当倍之。民急上山及入城，然漂没者何可胜计？竟所以脱须臾之命者，公于急时犹能次第援拯以佐也。水渐去渐拊循，分遣赈贷，破格捐租，皆出公议。公于其间，亲问诸疾苦状，行视城外河以东地，日或再三至，人以为公留意民若是，而不知公目营心计，惟所以护城者。城据势高，以附山麓，故水不浸。假令再至如前，使得直抵城所，城奈何独安哉？业为堤图，秘之箧中，未以语人。复加行视，而无以易前之图也。上其议于督漕王公

① 原作“望”，据同治《徐州府志》、民国《铜山县志》改。

② 原作“枪欃”，据文义改。

③ 原作“鼠”，据同治《徐州府志》、民国《铜山县志》“窜”改。

敌所、河道傅公后川，二公皆以其身当社稷之大计，而于徐灾日夜念之至熟也。语合，皆报可。公乃手出是图从事，城环十里九步，堤夹故河，其中、东、西、北各去河若干尺，度可长若干尺。又自县西上循南抵云龙山，东上循南抵红庙，对峙若双阙然。而东稍近南处，设减水闸一座，便水道。视三面长，盖四之矣，共十里千八十丈，高一丈四尺，厚加七尺，而杀其上，得厚三分之二。用银五千两，役民力四千六百五十名。工民以灾故，欲转移执事而苦无从得，就银甚便。始于万历二年季秋之月，迄于明年季春三月。堤成，今以图按校之，良是何其神也，然亦苦心矣哉！夫古来兴大役，常在于大患之后，财计正艰于济急，而利害方未形，必利多害少而为之。然少者在目前而难卒办，多者在异日有然不然焉。贤知达人为其民当事，以不然图卒办，犹谓之急民。今兹河故事，具在可覆也。河流自西最高，来必东，必决而之海乃已。始者出三门，抵天津为稍南，而河身尚东西相衔。已乃稍南，又复北向。今趋淮直南矣。计自西北而东南甚回远，中间尽引纳诸小水，又益一河也。其为今灾无疑，终以未得遥堤故，明年恐复如是。堤足护城，纵汹显奔踊、蹙沸游荡于外，而人得动息兴居、安暇业作于中。灾复不已，而增卑厚薄，为力且易。则今卒办者，为之地也，有赐于徐之人多且久矣。后人视利害，以何识公思也？是役也，公亲监之。知州刘君顺之，能代公之劳，加慎而靡怠，又率其属官老赵禄、盛橰、刘凤鸣、刘为川等十余人分效焉。前所谓良吏，刘君是已。公名应龙，号中阳，广西全州人。起家进士。知广东之东莞县，时年最少，计擒剧贼于海外万里之遥。历礼、吏二部郎大夫，出参湖广，议为今官。当庙堂急才之时，如公才不可一二，台席岂他需哉？〇翰林院修撰赵志皋《护城堤序》曰：余读苏子由《黄楼赋》"舞鱼龙于隍壑，阅帆樯于睥[1]睨"，盖叹徐民之幸免于鱼鳖云。子瞻守徐时，河决曹村，水洄洑城下，筑长堤，起戏马台，属之城，城卒不坏。徐之患水，藉堤以为固也，自昔然矣。我国家定鼎蓟北，资河渠以通运，而徐为燕、赵、梁、楚、齐、鲁、江、淮之界，四方玉帛、贡篚、漕粟必经之道。异时，河之上流疏孙家渡、赵皮寨、涡河、梁靖二口，为四支以杀水势；下流则有涧河、马逻港及诸套以分泄之，故河常安流道徐。今疏者塞而泄者淤矣，每岁全河之水东注汇于徐，则徐为受水，若决灌之无所避。捍之以堤，若家之藩垣，藉以御寇，必不可缺。行水之使疏浚，堤防不遗余力，而徐之患水尤甚。刘大夫之守徐，岂异子瞻之时乎？大夫政治廉明，多所兴革，咸若人心。尝筑张村堤以遏河流之冲，置夫役以行四湖之水，尤以城所关至重，堤当豫筑，而民凋瘠不可赋，乃先节缩夏镇协济夫厂与三驿供亿，得费三千，上不动公帑，下不敛锱铢，筑堤十里千八十丈。是岁水至，更高

① 原作"睥"，据苏辙《栾城集》卷十七《黄楼赋》改。

溢衍漫，堤内安堵，免于漂溺。州人德之，室相庆而里相颂也。夫吏治莫急于捍患，民患莫浮于被水，惟图之豫者，乃有济矣。古人视人之溺若己溺之，当其时不知有身也。子瞻昼则率兵夫力筑，夜则宿危城上，命官曹分堵而守，竟赖以全。后乃增筑雉堞，黄楼所为建也。汉王子赣再刺徐，迁守东郡，河溢瓠子金堤，子赣祷祀河伯，止宿堤上。堤坏，未决三尺，不为动，水波稍却回避。是岁，水不为灾，天子玺书嘉之。彼二公者，危城殆堤，非以身委，要以精诚自信，为卫民之本耳。大夫所值，非有孔棘若二公，乃能以豫贻州人安。假令当濒危时，志虑感发，倘亦有二公之精诚乎？是在大夫豫养之也。余每过徐，顾望洋洋，为州牧先事虑，使水无灌城；又为行水诸大夫计，必杀其势而速之淮。闻大夫之建筑，为徐人幸，因以名公宦徐者并论之。他日过徐，闻三老欣欣颂说于堤下，则大夫之名，亦二公之亚矣。余友顾君判徐，亦重民瘼，以余与大夫尝晤言，雅知大夫政在成民，不自为者，为余复悉数之，且曰："书善政，史氏事也。"余为著其捍水事，盖举其大者，以概其余也。〇郡人乡进士张鹤鸣《护城堤记》曰：徐滨河而城，在唐时已然者，故昌黎有"汴泗交流郡城角"之句。其时，河之为殃与否未详。至宋元祐间，黄水突至，城不浸者三版。适东坡苏公为郡守，多方防护，城赖以全。及水涸，则构黄楼以压之。复筑堤一道，由城之南门以达云龙山麓，用戒不虞。观此，则徐之城在宋已危之矣。然今之城即宋之城，而今之河则非宋之河也。昔之出荥泽而由寿州入淮、出祥符而由怀远入淮者，近皆以陵寝故塞。全河之水统由秦沟，直射城之东北，倾泻而南，以下二洪。泥沙停壅，河身渐高，由外视城，形如仰釜。每夏秋之交，巨浸周遭，风鼓洪涛，势凭吞吐。浸灌既久，土脉皆润，地泉涌出，不雨而溢。于斯时也，而孤城屹立，百孔千伤，人人惟鱼鳖是惧。万历初载，中阳舒公总宪于徐，下车阅城，惊谓郡守达斋刘侯曰："徐为天下襟喉地，而洪水一至，被地浮天，所恃以全一郡之生灵者，以此城为之包罗也。今破碎单薄如此，万一决裂，祸延元元，不知谁执其咎？宜筑护堤，以捍其外。"侯应曰："顺之夙有是心矣，苦于无备。二年以来，所省不经之费储之官帑者二千五百金有奇，于用恐未充，奈之何？"公曰："篮事之后，当别为区画。不可以时绌而濡迟也。"惟时晋阳张公为计部使者，公语之曰："徐之城，军民错处也；堤之筑，军民举安也。请以军便二千金助。至于力役，民劳其七，军劳其三，则其事易集矣。"晋阳公曰："诺！"议既克合，公遂与侯登陟相度，务为一劳永逸之图。四周共二千六十四丈。自城东南转角楼以迄东门，自鄗家巷以迄四大王庙，堤以石甃者一百七十五丈。自小土山东麓以迄城东南之板桥，又自黄茅冈绕西门，经洪福寺以迄鄗家巷，又自四大王庙以至东门，堤以土筑者一千七百丈。其尺度之高下，基面之广狭，石者与土异，当水冲者与漫流处异，地势高者与卑下者异。若堤之近水者，多用汉人筑瓠子之法，以竹笼贮石，盘护堤根，以防冲啮。又自城西北隅迤至东南，则城下有濠，制水柜以泄城内之水。即东南转角楼之下，为减水闸一座，以时蓄泄。复移西门久淤石桥，建于南门，以便往来。因户出夫，凡役夫以四千六百五十名计。夫役日给之食，各艺给食而兼其直，加以竹木铁石，费以五千两有奇金计。经始于万历二年季秋之月，告成于明年季春之月，间以冱寒休暇者凡一月而讫事也。方公与侯之肇斯举也，士民群然哗曰："洪水滔天，民不堪命。食无所需，居无所定。妄兴大役，卒劳百姓。"声闻之侯，侯复闻之公。公曰："人情难与虑始，此辈讵识大计？当弗为其摇也。"侯亦曰："人情有恩有怨。事失其当，则众怨之丛；苟得其当，久之则恩在而怨释矣。以民事而任民怨，顺之诚甘之！"遂毅行无沮。既而夫[①]役之直[②]，日可食二人；各艺之直，日可食三人。兴造之中，阴寓救荒之策。民始欣欣焉，子来之恐后也，不日告成。逶迤袤亘云龙之麓，若白虎列序而蹲踞[③]也；汴泗洪流，若苍龙承隅而蚴蟉也。有基无坏，我墉言言，听河伯之肆虐，任浊浪之排空，而足称金汤之险也。凡厥人士，瞻眺裴[④]徊，喜色相告，庆复隍之虑释，乐生聚之无涯。属张子鹤鸣而记之。张子曰：伟哉，此公、侯不世之恩也！自九河失轨，迷漫四出，孰能疏掘排决，以嗣禹功者？故治河无上策，昔人有余慨矣。夫既不能与水争地也，又不容坐视吾民之溺也，随时救弊，曲为堤防，理势之可为者，不过如此。虽圣贤从政，不可或易也。惟公与侯，勤恤民隐，先事豫防，丛谤而莫之恤，举大事而不伤其财，动大众而劳其力，悦道使民，而民心之天，久之自定矣。夫徐人语宦迹之最者，必曰苏公，顾世远政湮，多不可考。讯之故老，每以黄楼、南堤见其心存保。又至今视楼与堤，不啻甘棠爱也。公以端凝英伟之器，用贞百度；而侯复以刚果练达，分其猷念。诸凡嚣慢成风，离披不振者，厘举殆尽，不但如黄楼一区。而堤功所就，较苏之筑，实数十倍，则其忧民也大，而利民也深矣。固宜人士之爱戴于公、侯，而思记其事也。由今逆后，其衔恩志思，必不在苏公之下矣。夫有基者无怀，而救弊者随时，若夫卑则高之，薄则厚之，罅漏则塞之，以永公侯之泽，底烝民之生，则俟后之君子）。

萧县城，旧本古萧国城（见《古迹》）。宋时，河决水没，乃筑南城，徙县治，北连旧城。年久，复渐圮。国朝正德十一年，知县王隆即故址增筑土城，外甃以石，周四里许。城外浚濠。为门四：曰木荣、金英、朝阳、拱极。郓城于范记（曰：是古萧子国也。春秋，宋封萧大心以为附庸，即其地。楚灭而县之，历秦、

① 原作"大"，径改。
② 原作"食"，据顺治《徐州志》、康熙《徐州志》、乾隆《徐州府志》改。
③ 原作"踞"，参李白《化城寺大钟铭》"虎形蹲踞"义改。
④ 原作"襄"，径改。

汉、晋、唐，废置不一，城仍故地，屡为水没，修圮相寻。迨赵宋为二城，南北相距，北则旧址，南其此也。绍圣五年，移儒学于此，是则可考焉。城濒汴渠，自汉元封间，河决瓠子，入汴渠，东会泗水，即今黄河是也。兹邑迩岁被冲激，是故难乎其城矣。民圜土垣以居，设栅为闬，聊谨晨昏而已。正德壬申，剧盗日寻奔流大河南北。萧当其冲，以无城故，并驰以入，毁民居，焚官舍，劫财货，掠士女。士女走避，莫敢谁何，佥谓："设有土墙丈余，闭门效死，亦或可恃！"甲戌秋，王侯宗治来宰斯邑。侯名隆，吾郓产也。实维介哲，事语匪苟，力学负材，以《易经》举乡。承命临此，尚见闾阎廨舍，燹迹荒凉。用是悼心，乃思图谋经画。明年乙亥，乃属父老而谓曰："盗何若苦？"曰："无以卫也。""城何尔颓？"曰："岁相循也。""盍筑而高之？"曰："固所愿也，罔或倡也。"曰："吾，而父也；而，吾子也。将城诸，而从乎？"曰："从也。""将劳诸，而率乎？"曰："率也。""将敛诸，而赋乎？"曰："赋也。"乃度其基数百丈，虞其用以万计，计其资余万缗，量其期逾周岁。用是劳心焦思，采薪于薮，伐石于山，陶砖于野，庀木于河，爇灰于窦。用舆于里，弗官势贷；劝施于氓，罔或多取。庶费具，庶工鸠，庶民和。乃舍于郊，相土奠址，平险塞缺，画式布令。乃用特举觞，酹曰："所有不尽于心，劳瘁是惮者；所有不公于法，苟且是恣者；所有不良于行，盗窃是图者，有如此酒！舆夫某，尔其效劳；匠人某，尔其输力；工师某，尔其董役；义民某，尔其劳来。其有不率于法、不协于众者，以惩！"众欢趋之，荷畚锸，负版杼，持筐筥，裹糇粮，以从事于役，罔昼夜息。既筑而高之，乃甃石于表。弘则下之，以翼坚也；锐则垒之，以成高也。灰之涂之，借属于石。惟多益善，罔或靳也。乃用砖于末，以为雉堞，翼然栉比。乃为四门，砌以坚石，包以铁鋘。周城为池，深半城，阔视深。其高则三丈，其厚则二丈，其周则五里有奇。居者以喜，行者改观。盖不百年，未易损也。丙子二月，实维经始；丁丑正月，则落成焉。官不知费，民罔告劳，士庶以欢，且曰："向以不城弗守，日虐于盗，病者未起，疮者靡愈，贫者不富。王侯城此，其纡予于难，生我于死乎？其仁弘矣，岂不贤于十万之众乎！侯其可伦乎？"越三年，侯之乡后进廪丘子过萧，乃惊其功。县博东越周子、徐子、周南毛子暨生徒问记于予。予曰："城以卫民，劳不害众，费不戕家，货不及私，王子有焉。不害为仁，不戕为忠，不私为义。仁以裕民，忠以体国，义以守官，人之本也，官之质也，士之行也，王子其有后乎？名于斯城，尤后朽焉！"是故记之）。嘉靖乙亥，知县孙重光建楼于四门上，更其名：东曰楚望，西曰秦观，南曰朝宗，北曰拱辰。历隆庆，每年水浸，城渐就倾。至万历二年，水更大涨，决城南隅为巨窟，而几大溃。知县宋伟于时塞决口，俟水涸，复大加修葺，而益崇之，遂言可恃焉[1]。

沛县城，旧废。元至正间，孔士亨据其地，筑小土城，周二里有奇。岁久圮。国朝嘉靖二十二年，知县王治创筑土城，周五里，高广各二丈，隍深广亦如之。为门者四：曰永清、会源、恒休、拱极。郡人马津记（曰：夫城之设险守国，自古及今，未有能易之者，而其义尤取诸《豫》。盖"重门击柝，以待暴客"，非豫，则为人所乘也。故天子守万邦，诸侯守一国，罔不有事于此。泗水之东，沛故有城，元人筑之，湮灭久矣。今县治临于西浒，其民聚庐托处而已，未有守也。嘉靖二十一年，北虏犯边，天子震怒，驱之太原。言者请修内以攘［却］[2]之，制曰可。沛尹王君治，始因县治筑城。其垣周五里，筑土为之，高二丈，阔一丈八尺。濠深二丈，阔三丈。雉堞凡千三百二十，高五尺，周庐八所。四门各据其胜设楼橹，东曰永清，南曰会源，西曰恒休，北曰拱极。经始于本年八月，次年三月讫工。曾未期月，城池完美，伟然一县之观，可谓应命速矣。县之士夫耆老，咸以学训黄君昶状请记。余惟城池之役，虽曰佚道使民，然非上下之间诚意交孚，鲜有协心而即绪者。城非作之难，作者难也。沛尝为郡为国，其地非不可城；其覆于隍，非不可改作也。乃自我明开国以来，未有能任之者，其难可知。属者县当孔道，河徙岁侵，又若罢于奔命，非乐土矣。虽有金汤之险，尚虑无以守之，而况草创为［城］[3]，几与守耶？君子于此，可以观政，可以考时，可为吾民庆也。按状：王君先世，方岳郡县，代有显人。其始至也，平徭更赋，振业流冗，肃保伍，弭乱阶，植善良，敦化本。以至警游隋，广储蓄，迁学宫，秩祀典，学道爱人，谨身节用。凡诸要务，率若轻车熟路，按次举行，鲜有疑阻。今兹城役，银取诸官而民不知，夫取诸田而民不扰。其民信之，不以为劳，固其所也。然城虽一县，我圣天子用言图治之效，风行万里，四国于蕃，其于"无怠无荒，四夷来王"之治，有足征矣。来者可继也，不可忽也。故曰民之庆也。作《沛县新城记》）二十五年，知县周泾因之，垒石甃甓，高广视旧稍增。更四门名：东曰长春，南曰来薰，西曰永清，北曰拱辰。益建雉堞台铺。并详尚书费寀、副使王梃记（寀《记》曰：沛，徐属邑，自汉兴始著闻。其地高原巨陆，汇泗阻河，四方之贡赋，舟车达京师者，道沛无虚日，以故民多业贾。旧无城廓。方承平时，民易为生事；使卒有警，则沛被害尤深。岂千百年来，无一良有司议兹城者？盖任事之难也。嘉靖壬寅，边围孔棘，关津戒严，前令王君治始筑土城，以卫沛民。然地多沙疏，霖潦则圮。及周君为令，

---

① 原作"遂言言可恃焉"，"言"字重出，今删其一。

② 字据嘉靖《徐州志》、万历《沛志》补。

③ 字据万历《沛志》、乾隆《沛县志》补。

即行城，慨然叹曰："计大而惜小费，举事而忘永图，非政也。沛其可晏然土[①]城已乎？"既又曰："民未知信，不可劳也。"于是赈穷苏困，节用平赋，辟荒抚流，锄梗植良，专务修其政教。行之二年，民和岁丰，敝厘废举，曰："民可劳矣！"乃协丞吴元祥，簿齐邦用、蒋廷瓒，史林大理，集沛之缙绅父老与其秀子弟于庭，议厥砖城事，咸唯唯。白诸当道，若巡抚都御史王公、喻公，巡按监察御史陈公，兵备副使王公，又咸可之。君于是下令，召陶暨梓，暨厥圬墁[②]，度工商材，各有成画。凡陶之薪，则征诸计亩。梓之材、圬之灰石、工之饩廪，则出诸公镪。董役则简诸干勤，若官者张进、杨文焕者。费不民敛，役不农妨，趋事子来，如治私作。工始于丙午季秋，讫于丁未孟夏，仅五月而告成。城延袤仍旧，垣高二丈四尺，基厚二丈五尺，颠半之。雉堞凡千四百五十有六，为台八座，座置铺舍一区。为四门，门有子城，惟东门缺者，以运河妨。上各置楼五楹，东曰长春，南曰来薰，西曰永清，北曰拱辰。西南势稍下，故为石门以泻水，中树铁棂五枝。卫城有濠，捍河有堰，登城而望，则见其据淮上游，屹如巨镇。彭城、芒砀诸峰，相比肩立，使沛中之山若增而峻[③]，水若辟而深者，非兹城也乎？城成，而鲁寇适张，邻邑骚动，沛独恃以无恐，民咸颂曰："此周君赐也！"又方修砌时，土崩者三，而役者辄先警避无恙，人尤异之，以为君诚感所致。噫！其然乎，其然乎？乃今邑博朱君，偕缙绅父老与其秀子弟，胥谋镌石纪其事，请言于余。余曰："嗟！城之系于政也，岂易易为哉？余读《春秋》，见其书城不一，而独于城邢无贬辞者，知役有不可已者也。向使信不孚民，时诎举赢，非时用众，则大咎必加焉。若是，则城果易为哉？兹役也，众和财裕，使之以时，可谓得新城之道矣，虽《春秋》固将是之。君子以是知沛之永逸也！"周君名泾，江西贵溪人，乡进士，余门生。将来树立，当必为国伟器者。沛城之功，乃其初试云。〇梴《记》曰：嘉靖岁丁未春三月，沛县城成。是役也，谋始于丙午某月，至是讫工，越如干时。厥直取诸官帑之羡金如干两。城延袤几五里，为堞千五百，为铺八，为水门一，为瓮城三，为敌台八，基广如干，崇如干。南、西、北三面浚湟视城，东临漕河。颜其门：东长春，南来薰，西永清，北拱辰，法象咸备。当其任，则周令泾暨分董相作如干人。既成，盖屹然泗水之右，可以为政矣。先是，前令王治者，鉴顷年寇攘之变，自为土垣，作四门，式廓粗立。周令将因而完之，初闻于余，余是之；已而上之前抚台克斋王公、六察节庵陈公，皆亟是之，遂城焉。今年以其成，上之抚台月梧喻公，公又亟贤而甄礼之。夏五月，余行县，登而纵观焉，因辗然曰："壮哉塞乎！此东南之枢也，可以为政

① 原作"上"，据嘉靖《徐州志》、万历《沛志》改。
② 原作"馒"，讹从嘉靖《徐州志》，据万历《沛志》卷十三《艺文》改。
③ 原作"浚"，讹从嘉靖《徐州志》，据万历《沛志》改。

矣。”沛虽小，介乎齐楚之间，由汉以来，率称多故。盖自复隍之后，上下千百年，莫或城之。乃至是始备，此何以焉？岂时尽诎而人尽选耎哉？将事之成不成，有定数也。说者曰：“《春秋》内城二十三，皆不时害义。于齐美邢，于晋美成周，虽时且义，亦书见劳民为重事也。城沛无当乎？”余曰：“时有乘有不乘，义有因有不因。乘其所不乘者，其势倾；因其所不因者，其害成。此天地之常而几事之会也。沛为徐属邑，当江淮之上游，国家转漕东南，不导此不达。昔陆宣公论唐患，至急汴荥、缓幽燕，其说曰：‘东寇则转输将阻，北窥则都城或惊。’嗟乎！今之徐沛，固唐之汴荥也。矧其俗轻转徙而狎逋逃，其气崇任侠而略儒雅，其计贱本业而贵末作，而饥馑泛溢，抑岁有加焉。是故《易》称设险，《诗》美伊洫，《春秋》纪事，美恶同辞。兹役也，意其必乘而难因者乎？此固逸道使民之志也。”令为江西贵溪人，起家乡进士，其居官廉毅有识，余素贤之。因章之记，俾后有考焉。〇山阴刘栋《喜见沛邑城》诗并序：三十年前无此城，后三十年城草青。当初畚筑民力苦，今日乐业民安生。古人作事重谋始，不在欢虞轻改徙。若得城坚如苞桑，疆宇永赖功难纪。甘棠推广召伯心，哲门皤畀形讴吟。无言设教妙神化，请看万井含恩深。序曰：沛，古邑也，旧无城垣。正德壬申，流贼纵横齐鲁。礼义之教之地，残破尤甚。予庚辰冬以编修北上，泊舟河滨，四顾瞻望，盖荒芜空旷，风沙眯目而已。即今城高数仞，楼橹森列，远近望之，则于于熙熙为可知也。使后之视今，时加修辑，不假缮完之力，咸荷按堵之休，岂不光前裕后，开拓创造之心于无穷也耶？喜而书之，以贻邑大夫。大夫姓周名泾，贵溪人。〇王梃《登新城》诗：雉影干云上，龙文抱水流。金汤一壮丽，齐楚定咽喉。四徼闻多垒，中原见隐忧。歌风故形胜，为尔重登楼。〇又：春色上干旌，楼船照日明。将军无细柳，令尹有长城。井邑初安枕，潢池或弄兵。居然负升斗，何以谢苍生。〇上虞徐惟贤诗：堞迥云俱住，隍深泗共流。青徐开保障，南北锁襟喉。圣世方隆治，贤侯尚远忧。观风扬伟迹，丽藻在重楼。乘高闪旆旌，粉堞映空明。蔽芾棠垂野，连岐麦到城。一方能屏翰，千里屈人兵。处处讴歌起，应知乐我生）。历隆庆，每年以河患，就圮。万历二年，知县倪民望重加修葺，仍鼎建北门，乃备焉。

砀山县城，金迁鱼山保安镇（兴定间，避水患迁。其地犹有石刻“砀山县”三大字，及儒学棂星门石柱并存。今在永城县境）。至元，还旧治（见《沿革》）。即今所，无城。国朝正德八年，知县李金创筑土城，高九尺五寸，周围一百六十八丈，隍深一丈，为门五，外护以堤，周九里有奇。近以河患稍圮。嘉靖二十六年，知县王绍元增筑，并植柳桩障护。嘉靖三十四年河决，陷没城堤，仅存遗址。隆庆

□[①]年，知县王廷卿重创筑。城高加至一丈八尺，基广［三］[②]丈。另建五门：东曰从龙，西曰崇德，北曰仰高，南门左曰永赖，右曰怀保。其西水门在怀保门西，东水门在[③]永赖门东，以泄城中注潦。又堤及[④]郛郭，亦大加增筑，高阔倍昔，克为巨防，可恃无恐焉。

丰县城，莫究其始。考《史记》：秦始皇筑厌气台（见《古迹》）于此城内，仍凿四大池于城四隅，遗址迄今尚存，则此城已创自秦前。周九里许，城角四丈余，高三丈余，西南角独高丈许，旧名“凤凰嗉”，垂左翼于东南，右翼于西北，各长数百丈，此“凤城”之所由名也。今两翼淤平无迹。成化二十一年知县邝颐、弘治十三年知县于让、弘治十四年知县王纪，相继修筑。正德十三年，知县裴爵筑堤于城外，为障护。嘉靖五年河决，没城，知县高禄迁于华山。九年，知县赵寿浚沟筑墉，环卫县治。二十一年，知县李崇信增拓城趾，改筑土城，高可丈许，周六百一十二丈。为门四，上各有楼：南曰阜民，北曰拱极，东曰望鲁，西曰通汴。三十一年，知县徐萁从民议，复还故城创造。三十四年，知县戴辅始修四门，又东曰启元，南曰大亨，西曰美利，北曰肃贞。更筑护城堤，亦仿裴所筑之旧云。顾城堞岁久就圮，万历二年，知县吴文光重加补筑，其势益崇焉。

徐州志卷之一终

① 底本残损，后志无考，付阙。按：王廷卿，隆庆四年始任。其事当在四、五、六年间。
② 底本残损，字据乾隆《砀山县志》卷三《建置》补。
③ 原作“左”，据乾隆《砀山县志》改。
④ 原作“名”，据乾隆《砀山县志》改。

徐州志卷之二

古迹

陵墓附

尝闻珠藏川媚，玉韫山辉。甚矣，人之足为地重也！徐为王霸贤豪之薮，诸凡山川、宫室，为其所经由、卜筑、居处、掩藏者，皆传为古迹。核实缀书，俾探奇吊古之士有所稽焉。

徐州

彭城，本大彭氏所封，是为彭城。相传有谓“都于大彭山下，故名”者，然不知山因封而名，非以山而名其封也。今袭为郡名，曰“彭城”。又因彭城，而亦名其郡曰“彭门”。盖彭城之名，据其封实肇自唐尧，非旧志所谓“秦名”云。彭城题咏附（后魏祖莹《悲彭城》诗：悲彭城，楚歌四面起。尸积石梁亭，血流濉水里。〇唐韩愈《归彭城》诗：天下兵又动，太平竟何时。讦谟者谁子，无乃失所宜。前年关中旱，闾井多死饥。去岁东郡水，生民为流尸。上天不虚应，祸福各有随。我欲进短策，无由至彤墀。刳肝以为纸，沥血以为辞。上言陈尧舜，下言引龙夔。言词多感激，文字少葳蕤。一读已自怪，再寻良自疑。食芹虽云美，献御固已痴。缄封在骨髓，耿耿空自奇。昨者到京城，屡陪高车驰。周行多俊异，议论无瑕疵。见待颇异礼，未能去毛皮。到口不敢吐，徐徐俟其巇。归来戎马间，惊顾似羁雌。连日或不语，终朝见相欺。乘闲辄骑马，茫茫诣空陂。遇酒即酩酊，君知我为谁？〇张祜[①]《观徐州李司空[②]猎》诗：晓出郡城东，分围浅草中。红旗开向日，白马骤迎风。背手抽金镞，翻身控角弓。万人齐指处，一雁落寒空。〇孙逖《送李给事归徐州觐省》诗：列位登青琐，还乡服彩衣。共言晨省日，便是昼游归。春水经梁宋，晴山入海沂。莫愁东路远，四牡正騑騑。〇宋苏轼《送郑户曹》诗：水绕彭祖楼，山围戏马台。古来豪杰地，千岁有余哀。隆准飞上天，重瞳亦成灰。白门下

---

① 原作“祐”，讹从嘉靖《徐州志》，据《全唐诗》卷五一〇改。

② 原作“思孔”，据《全唐诗》改。

吕布，大星陨临淮。尚想刘德舆，置酒此徘徊。迩来苦寂寞，废圃多苍苔。河从百步响，山到九里回。山水自相激，夜声转风雷。荡荡清河壖，黄楼我所开。秋月堕城角，春风摇酒杯。迟君为坐客，新诗出琼瑰。楼成君已去，人事固多乖。他年君倦游，白首赋归来。登楼一长啸[①]，使君安在哉？〇苏辙《中秋见月寄子瞻兄》诗：西风吹暑天益高，明月耿耿分秋毫。彭城闭门青嶂合，坐听百步鸣飞涛。使君携客登燕子，月色著人如著水。筵前不设鼓与钟，处处笛声相应起。浮云卷尽流金丸，戏马台西山郁蟠。杯中渌[②]酒一时尽，衣上白露三更寒。扁舟明月浮古汴，回首逡巡陵谷变。河吞钜野入长淮，城没黄流只三版。明年筑城城似山，伐木为堤堤更坚。黄楼未成河已退，空有遗迹令人看。城头看水应更好，河流处处今生草。子孙免被鱼鳖食，歌舞聊宽使君老。南都从事老更贫，羞见青天月照人。飞鹤投笼[③]不能出，曾是彭城坐中客。〇曾巩《彭城道中》诗：百步洪声潦退初，白沙新岸凑舟车。一时屠钓[④]英雄尽，千载河山战伐余。楚汉旧歌流俚耳，韩彭遗迹冠丘墟。可怜马上纵横略，只在邳桥一卷书。〇文天祥《发彭城》诗：今朝正重九，行人意迟迟。回首戏马台，野花发葳蕤。草埋范增冢，云见樊哙旗。时节正如此，道路将何之。我爱陶渊明，甲子题新诗。白衣送酒来，把盏卧东篱。〇又《徐州道中》诗：彭城古官道，日中十马驰。咫尺不见人，扑面黄尘飞。向来汉王缟素师，美人燕罢项羽啼。一时混战四十万，天昏地黑濉水湄。乃知大风扬沙失白昼，自是地利非天时。汉王仓皇问道西，一儿一女嘻其危。太公吕后去不归，俎上宁有生还时。未央称寿太上皇，巍然女娲帝中闱。终然富贵自有命，造物颠倒真小儿。〇又《彭城行》：连山四围合，吕梁贯其中。河南大都会，故有项王宫。晋牧连扬豫，虎视北方雄。唐时燕子楼，风流张建封。西望睢阳城，下与汴水通。太平《黄楼赋》，尚能想遗风。尔来百[⑤]余年，正朔归江东。遗民死欲尽，萧然狐兔丛。我从南方来，停骖抚遗踪。故河蓄潢污，荒城翳秋蓬。凄凉戏马台，憔悴巨佛峰。沧海变苍白，陵谷代不同。朝为朱门贵，暮作行旅穷。乘除信物理，感慨系所逢。古来贤达人，一醉万虑空。如此独醒何，悲风逐征鸿。〇元陈孚《徐州》诗：项王熊豹姿，气欲吞天下。大呼渡河来，山岳如崩瓦。当其火秦宫，血涌渭水赭。瞋目叱诸侯，胆落毛发洒。谁知阴陵路，浩歌泪如泻。惟徐乃故都，昔此奠宗社。尚想巍台上，铁槊拥万马。酒酣笳鼓鸣，旌旗蔽原野。及今亦何有，荒棘秋满把。皇天祚真主，神器

① 原作“笑”，讹从嘉靖《徐州志》，据《东坡全集》《东坡诗集注》等改。
② 原作“绿”，据苏辙《栾城集》卷八改。
③ 原作“宠”，据《栾城集》改。
④ 原作“狗”，失对，据曾巩《元丰类稿》卷八改。
⑤ 原作“千”，据乌程许氏藏明刊本《文山先生全集》、四库本《文山集》改。

不可假。岂有时雨师，刈人如土苴。天亡君勿悲，为君奠罍斝。〇胡士则《徐州春暮》诗：三秦已属真龙子，万古空余戏马台。燕子经年江上别，桃花一夜雨中开。鼋鼍汹涌清流合，塔庙参差碧嶂回。日暮黄楼登览遍，苏仙不见使人哀。〇江西傅与砺《徐州》诗：断山数里见浮屠，水树微茫映日疏。舟楫尽经危石过，人烟稍近白云居。朱陈县远思遗俗，楚汉台荒想故墟。万古风帆自来往，新诗吟罢独踌躕。〇临川吴澄《徐州怀古》诗：籍也楚世将，江东八千兵。伧侬饱肌骨，上国足横行。乘愤西入秦，昼锦归彭城。喑呜千人废，诸侯莫敢争。竟坐勇力亡，汉以宽仁兴。〇又：斯文六经后，百世一昌黎。饥寒三十年，一朝从陇西。生死终不召，感恩报已知。徐牧亦何人，燕楼贮歌姬。翩翩伤弓鸟，谁暇择木栖。丈夫出处难，泪洒符离堆。〇萨天锡《彭城杂咏》诗：亚父冢前春草齐，楚王城上夕阳低。黄莺不解兴亡事，飞过海棠枝上啼。〇又：雪白杨花拍马头，行人春尽过徐州。夜深一片城头月，曾照张良案上筹。〇国朝丰城刘秩《徐州即事》诗：山川环胜地，戈甲集边城。沟记扬尸处，台存戏马名。猎尘终日起，烽火彻宵明。拟撰河清颂，何由罢战征。〇又：山形东控鲁，地势北通齐。坝险河流响，城荒草树低。边声传近塞，野烧隔前溪。忽忆趋朝日，平明候晓鸡。〇杨士奇《夜过徐州》诗：怒涛翻河乱石横，牵舟上洪初月明。夜中不辨黄楼处，惟听层城钟鼓声。〇三衢金寔《彭城怀古》诗：英雄一去霸图空，人指荒台是故宫。几度春风芳草绿，千年恨血土花红。好谋初易从遮说，自用终难恃战功。沛邑亦无原庙在，惟余河水尚流东。〇河东薛瑄《彭城怀古》诗：戏马台边雉堞高，参差楼阁入烟霄。运河控引淮黄近，驿路通连海岱遥。天府岂知成伯主，彭城空复驻英豪。大风折木飞沙日，想见天心翊汉朝。〇又：当年禹迹旧分州，走马南来遂此游。地势萦回环翠岭，关城峭拔枕黄流。烧余豪杰千年冢，春老佳人百尺楼。周览未能穷往事，官河又放下洪舟。〇又：去年春正月，南泛彭城舟。今岁值秋暮，北上溯长流。踪迹信往复，景物惬观游。风寒堤柳落，波减岸石稠。白见高城堞，苍出远山丘。何处戏马台，仿佛燕子楼。化迁无停轨，事往不可求。陈迹竟泯泯，虚名但悠悠。览今亦怀昔，发声遂成讴。〇华亭夏寅《过彭城》诗：刘项兵销霸气平，书生千古独含情。营中亚父绌汉策，垓下美人啼楚声。落日砀山云已散，大风濉水浪还鸣。梨[①]花一斗彭城酒，长醉扣舷歌月明。〇苏祐诗：宝剑曾留地，乌骓不逝年。楚王元力屈，季札已心悬。古渡沉流水，高城倚断烟。有怀方伏枕，无寐欲鸣弦。〇又：城郭千年在，江山百战余。徐君无起日，彭国竟遗墟。鼓角催舟楫，风云护简书。经行有词赋，叹慨岂离居。〇涂楗诗：楚汉千年梦，乾坤一叶舟。江山犹旧识，旌旆几经游。恋阙常瞻

① 原作“黎”，通“梨”。

日，怀乡独倚楼。莺花正撩乱，清赏未应休。○张衮诗：霄汉持龙节，江湖带鹢舟。宁亲纡远望，览古属兹游。山缺藏孤驿，云开见戍楼。霸王曾跃马，春草唤人愁。○又：垓下楚歌日，砀山云起年。赤精方祚汉，大度即称贤。彭国名空在，雄图散若烟。客怀吟往事，愁绝不成篇）。

留城，在城北。汉初为县，高帝封功臣，使张良自择三万户。良曰："始臣起下邳，与上会于留，此天以臣授陛下也。臣愿封留足矣。"遂封良为留侯，即此城。今城尚存。《一统志》云："在沛东南二十里。"盖留在徐、沛之间，今入郡。（唐刘长卿诗：访古此城下，子房安在哉？白云去不返，危堞空崔嵬。伊昔楚汉时，颇闻经济才。运筹风尘下，能使天地开。蔓草日已积，长松日已摧。功名满青史，祠庙唯蒿莱。百里暮程远，孤舟川上回。进帆东风便，转岸前山[①]来。楚水[②]澹相引，沙鸥闲不猜。扣舷从此去，延伫仍徘徊。○本朝金寔诗：明良际遇信由天，此地相逢不偶然。黄石有书传孺子，赤松无意托神仙。运筹非独称三杰，明哲由来贵两全。独恨官船连夜发，无由一滴酹祠前。○又诗：博沙奋椎击，报仇心方殷。此地逢真主，谈笑展经纶。素心既已遂，富贵焉足云。自择三万户，宁如兹邑亲。酂侯功第一，系狱岂无因。韩彭要王封，终与俎醢邻。贤达贵知足，明哲思保身。行经古封邑，吊古怀其人。赤松不可招，千载谁同群）

迷刘城，在城南二里。世传汉高与项羽战，汉兵大溃，一时不知帝之所在，因迷其处，故名。

灰城，在城西北一百里。世传汉高帝所筑。

食城，在城西北一百二十里。世传汉高帝尝犒师于此，故名。

舞阳城，在城西北五十里。汉封功臣樊哙为舞阳侯，筑城于此。前有七土堆，俗称"七星堌堆"。哙庙亦在是。

武原城，在武原山下。东汉置武原县于此，属彭城国。

云梦城，在城东南六十里。韩信尝筑城驻节于此。

梁王城，在城东南六十里。汉高帝封彭越为梁王，即此。与云梦城并在吕梁山下。

尉城，在城东南六十里吕梁山下。唐尉迟恭开吕梁二洪，因筑城以居。今有尉公庙。

吕布城，在城东南八十里吕梁山南。布与曹操相持，筑城于此。一名战台，其堑垒犹存。

---

① 原作"山前"，据《刘随州集》卷六乙正。
② 原作"山"，据《刘随州集》改。

垞城，按《一统志》：在城北三十里，面临泗水。兖州人谓实中城曰“垞”。《舆地志》：“垞城，古崇国。”第不知何考，恐误。

楚故都，在州治。秦末，楚怀王都此。后项羽迁怀王于郴[①]，自立为西楚霸王而都之。宋苏轼诗注云：徐州郡治有厅事，俗相传谓霸王厅，不可坐，坐必贾祸。轼在郡拆之，以盖黄楼。至国朝成化间，将其东隙地建仓。隆庆三年，改为学时，营造劚地，得矢镞计千。盖羽昔以武争雄，故兵器历今千百年，犹有存也。

武安州，在城南五里。元末，芝麻李据徐州，丞相脱脱平之，降武安州，徙治于此。今广运仓即其地。

彭城废县，在城东北八十里，与利国驿连境。在铜山下，今三乡地方，未详何时，疑昔建置。盖以地据山高阜，去黄河甚远，水不得为患故也。

利国监，在城北九十里。汉置铁官四十郡，彭城已有铁官。宋兴，差铁有四监，徐州之利国，其一也。元丰初，苏轼在郡上皇帝书亦曰：“利国监自古为铁官，商贾所聚。”旧志云“监，苏轼建置”，恐误。后因铁少，废监。元设巡检司、捕盗司、都酒税务。今皆废，止设利国监驿。（见《公署》）

宝丰监，在徐州。宋元丰六年置，铸铜钱。八年废。

彭祖宅，在城西北隅。唐皇甫冉《彭祖井》诗云“旧井莓苔近寝堂”，则知宅与井必在一处。

大彭馆，在徐州城中。唐庞勋反，众四面超墉入，囚崔彦曾大彭馆，即此。

彭祖楼，在城东北隅，有石刻“彭祖楼”三字，久毁。宋苏轼《送郑户曹》诗：“水绕彭祖楼。”《方舆胜览》亦云：“汴、泗二水经彭城县彭祖楼之侧。”（胡俨诗曰：锡封曾奠大彭墟，千古传来事不虚。明月满楼尘影息，仙人曾驾五云车）

燕子楼，在城中。唐贞元中，尚书张建封镇彭城，有妓妾曰盼盼。尚书既殁，张氏旧第有楼名“燕子”，盼盼念旧爱而不嫁，居是楼十余年，幽独怅然，后不食而卒。昭宗景福二年，时溥据徐州，朱全忠攻徐州，拔之，溥举族登燕子楼自焚死。则此楼已毁于昭宗时矣。按此，楼在州廨中。旧志袭俗传，以为即城西角楼，非是。（宋陈荐诗曰：仆射新阡狐兔游，侍儿犹住水边楼。风清玉簟慵欹[②]枕，月好珠帘懒上钩。残梦觉来沧海阔，新诗吟罢紫兰秋。乐天才思如春雨，送断残花一夕休。〇陈师道诗曰：绿暗连村柳，红明委地霞[③]。画梁初著燕，废沼已鸣蛙。鸥没轻春水，舟横着浅沙。相逢千岁语[④]，犹说后庭花。〇文天祥诗曰：自别张公子，婵娟

---

① 原作“彬”，据《史记·项羽本纪》改。
② 原作“歌”，据嘉靖《徐州志》及《苕溪渔隐丛话》改。
③ 原作“花”，与末句重韵，参《宋元诗会》、乾隆《徐州府志》改。
④ 原作“诘”，据《后山集》卷四改。

不下楼。遂令楼上燕，百岁称风流。我游彭城门，来吊楚王阙。问楼在何处，城东草[①]如雪。娥眉代不乏，埋没安足论。因何张家妾，名与山川存？自古皆有死，忠义长不没。但传美人心，不说美人色。○陈孚诗：长相思，久别离，东风不暖残燕支。乳鸦困，柔莺悲。樱桃绚红腻，蘼芜凋绿滋。牙床琥珀枕，梦君君不知。○又：长相思，久离别[②]，珠楼无人但有月。翠屏寒，银烛歇。芙蕖为谁怜，丁香空自结。泪滴锦褕前，十年化为血。○萨天锡诗：何处春风燕子楼，断碑落日古城头。画眉人远繁华歇，无数远山生暮愁。○国朝曾棨诗：楼外双旌去未归，楼中寂寞减容辉。合欢枕冷愁长在，织锦机寒恨永违。青镜自嗟鸾独舞，画梁无复燕双飞。只今艳骨成尘土，空有行人吊落晖。○胡俨诗：妙舞清[③]歌一夕休，繁华销尽彩云收。多情只有乌衣侣，终岁相看不下楼。○薛瑄诗：孀妾当时一女流，犹知守节度春秋。往来忘义忘仁客，莫上彭城燕子楼。○上虞徐惟贤诗：十年剑履贲荒丘，已誓终身不下楼。报主恩名千古在，对人歌舞一时休。河流伏槛牵啼恨，山色当窗锁黛愁。若使赵家飞燕识，幽魂端合有余羞）

黄楼，在城东门上。宋熙宁十年八月，苏轼为守时，河决，汇于城下，涨不时泄，城不浸者三版。轼庐于城上，使吏分堵以守，卒全其城。十月，奏京师。明年元丰正月，朝廷下诏奖谕，轼即城之东门为大楼，垩以黄土，曰土能胜水，乃具刻明诏于其上。轼弟辙为赋，轼自书碑，秦少游亦为赋，陈后山为铭。二赋一[④]铭具曰楼在东门。旧志袭俗传之误，遂以为即城东角楼，非是。（苏辙《黄楼赋》曰：熙宁十年七月乙丑，河决于澶渊，东流钜野，北溢于济，南溢于泗。八月戊戌，水及彭城。余兄子瞻适为彭城守，水未至，使民具畚锸，畜土石，积刍茭，完室隙穴，以为水备，故水至而民不恐。自戊戌至九月戊辰，水及城下者二[⑤]丈八尺，塞东西北门，水皆自城际山，雨昼夜不止。子瞻衣裘履屦，庐于城上，调急走、发禁卒以从事，令民无得窃出避水，以身率之，与城存亡，故水大至而民不溃。方水之淫也，汗[⑥]漫千余里，漂庐舍，败冢墓，老弱蔽川而下，壮者狂走，无所得食，槁死于丘陵林木之上。子瞻使习水者浮舟楫、载糗饵以济之，得脱者无数。水既涸消，朝廷方塞澶渊，未暇及徐。子瞻曰："澶渊诚塞，徐则无害。塞不塞，天也，不可使徐人重被其患。"乃请增筑徐城，相水之冲，以堤防之。水虽复至，不能以

① 原作"莫"，据乌程许氏藏明刊本《文山先生全集》、四库本《文山集》改。
② 原作"别离"，失韵，据《陈刚中诗集》卷一乙正。
③ 原作"青"，据胡俨《颐庵文选》改。
④ 原作"乙"，据弘治《重修徐州志》卷二《宫室》改。
⑤ 原作"三"，据苏辙《栾城集》卷十七改。后志沿此，皆作"三丈八尺"，案《东坡全集》卷三十七《奖谕敕记》云"凡二丈八尺九寸"，与辙赋亦同。本志及后志皆误。
⑥ 原作"汉"，据《栾城集》改。

病徐也。故水既去而民益亲。于是即城之东门为大楼焉，垩以黄土，曰土能胜水。徐人相劝成之。辙方从事于宋，登黄楼，览观山川，吊水之遗迹，乃作黄楼之赋。其词曰：子瞻与客游黄楼之上。客仰而望，俯而叹，曰："噫嘻殆哉！在汉元光，河决瓠子，腾蹙钜野，衍溢淮泗，梁楚受害二十余岁。下者为污泽，上者为沮洳。民为鱼鳖，郡县无所。天子封祀泰山，徜徉东方。哀民之无辜，流死不藏。使公卿负薪，以塞宣房。瓠子之歌，至今伤之。嗟维此邦，俯仰千载。河东倾而南泄，蹈汉世之遗害。包原[①]隰而为一，窥吾墉[②]之摧败。吕梁龃龉，横绝乎其前；四山连属，合围乎其外。水回洑[③]而不进，环孤城而为海。舞鱼龙于隍壑，阅帆樯于睥睨。方飘风之迅发，震鞞鼓之惊骇。诚蚁穴之不救，分闾阎之横溃。幸冬日之既迫，水泉缩以自退。栖流枿于乔木，遗枯蚌于水裔。听澶渊之奏功，非天意吾谁赖？今我与公，冠冕裳衣，设几布筵，斗酒相属，饮酣乐作，开口而笑，夫岂偶然也哉?"子瞻曰："今夫安于乐者，不知乐之为乐也，必涉于害者，而后知之。吾尝与子凭兹楼而四顾，览天宇之弘大。缭青山以为城，引长河而为带。平皋衍其如席，桑麻蔚乎旆旆。画阡陌之纵横，分园庐之向背。放田渔于江浦，散牛羊于烟际。清风时起，微云霮霸。山川开阖，苍莽千里。东望则连山参差，与水背驰。群石倾奔[④]，绝流而西。百步涌波，舟楫分披。鱼鳖颠沛，没人所嬉。声崩震雷，城堞为危。南望则戏马之台，巨佛之峰。岿乎特起，下窥城中。楼观翱翔[⑤]，巍峨相重。激水既平，渺莽浮空。骈洲接浦，下与淮通。西望则山断为玦，伤心极目。麦熟禾秀，离离满隰。飞鸿群往，白鸟孤没。横[⑥]烟澹澹，俯见落日。北望则泗水湠漫，古汴入焉。汇为涛渊，蛟龙所蟠。古木蔽空，乌鸟号呼。贾客连樯，联络城隅。送夕阳之西尽，导明月之东出。金钲涌于青嶂，阴氛为之辟易。窥人寰而直上，委余彩于沙碛。激飞楹而入户，使人体寒而战栗。息汹汹于群动，听川流之荡潏。可以起舞相命，一饮千石。遗弃忧患，超然自得。且子独不见夫昔之居此者乎？前则项籍、刘备，后则光弼、建封。战马成群，猛士如林。振臂长啸，风动云兴。朱阁青楼，舞女歌童。势穷力竭，化为虚空。山高水深，草生故墟。盖将问其遗老，既已灰灭而无余矣。故吾将与子吊古人之既逝，悯河决于畴昔。以变化之无在，付杯酒于终日。"于是众客释然而笑，颓然而醉，酒倾月坠，扶携而出。○秦观曰：太史苏公守彭城之明年，既治河决之变，民以更生，又因修缮其城，作黄楼于东门之上。以

① 原作"源"，据《栾城集》改。
② 原作"牖"，据《栾城集》改。
③ 原作"决"，据《栾城集》改。
④ 原作"莽"，据《栾城集》改。
⑤ 原作"翱"，据《栾城集》改。
⑥ 原作"黄"，据《栾城集》改。

为水受制于土，而土之色黄，故取名焉。楼成，使其客高邮秦观赋之。其辞曰：惟黄楼之瑰玮兮，冠雉堞之左方。挟光晷以横出兮，干云气而上征。既要眇以有度兮，又洞达而无旁。斥丹雘而不御兮，爰取法于中央。列千山而环峙兮，交二水而旁奔。冈陵奋其攫拿兮，溪谷效其吐吞。览形势之四塞兮，识诸雄之所存。意天作以遗公兮，慰平日之忧勤。繄大河之初决兮，狂流漫而稽天。御扶摇以东下兮，纷万马而争前。象罔出而侮人兮，螭蜃过而垂涎。微精诚之所贯兮，几孤墉之不全。偷朝夕以昧远兮，固前识之所羞。虑异日之或然兮，复压之以兹楼。时不可以复得兮，姑从容而浮游。倘登临之信美兮，又何必乎故丘？觞酒醪以为寿兮，旅肴核以为仪。俪云霄以为侍兮，笑言乐而忘时。发哀弹与豪吹兮，飞鸟起而参差。怅所思之迟暮兮，缀明月而成词。噫变故之相诡兮，遒传马之更驰。昔何负而遑遽兮，今何暇而遨嬉？岂造物之莫诘兮，惟元元之自诒。将苦逸之有数兮，畴工拙之能为。韪哲人之知其故兮，蹈险夷而皆宜。视蚊虻之过前兮，曾不介乎心思。正余冠[①]之崔嵬兮，服余佩之焜煌。从公于［斯］[②]楼兮，聊裴回以徜徉。〇陈师道曰：熙宁十年，京东路安抚使臣某、转运使臣某、判官臣某稽首言：河[③]决澶州，南倾淮泗，彭城当其冲。夹以连山，扼以吕梁，流泄不时，盈溢千里，平地水深丈余。下顾城中，井出脉发，东薄两隅，西入通洫，南坏水垣，土恶不支，百有余日而后已。守臣苏轼念惟流亡，为天子忧，夙夜不怠，以劳其人，兴发戍兵，固弊应卒。外为长楗，乘高如虹，以杀其恶；内为大堤，附城如环，以持其溃。筑二坊于南门之外，以适南山，以安危疑。发仓庾，明劝禁，以惠困穷，以督盗贼。宣布恩泽，巡行内外。吏民向化，兴于事功。法施四邑，诚格百神，可谓有功矣。宜有褒嘉，以扬郡县。十月二日甲子奏京师。明年元丰正月甲子，制诰谕意。臣轼惟念：祗承谟训，人神力同，敢自为功，以速大戾？而明扬褒大，无以报称。乃作黄楼于东门，具刻明诏，以承天休而明德意，使其客陈师道为之铭。臣师道伏惟：吕尚、南仲，内抚百姓，外平诸侯，《诗》美文武；尹甫、召虎，南伐淮夷，北伐猃狁，功歌宣王。君能使人以尽其才，臣能有功以报其上，古之义也。臣师道又惟：感而通之者，道也；行而化之者，德也；制法明教者，政也；治人成功者，事也。昔之诗人，歌其政事，则并其道德而传之。后王有作，可举而行。顾臣之愚，何与于此？诚乐其君臣之尽［道］[④]云。臣不佞，昧死上《黄楼铭》。其词曰：皇治惟戒，修明法度，协

① 原作“观”，据秦观《淮海集》卷一改。
② 字据《淮海集》补。
③ 原作“何”，据《后山集》卷十七改。
④ 字据《后山集》补。

和阴阳。十[①]有一年，天灾时行，河失其防。齐鲁梁楚，千里四达，溃乱散亡。皇仁隐忧，临遣信臣，以惠东方。羸老困[②]穷，安慰抚养，发散积仓。流人如归，居人忘危，完聚靡伤。天叙地平，明圣成能，人神效祥。灵平告成，百谷丰盈，万邦乐康。郡县祗畏，允迪圣谟，终事无荒。皇功不居，归休臣民，迩昭远扬。守臣拜手，夸大休嘉，使民不忘。改作黄楼，以临泗上，述修故常。庶民无伎，原始要终，铭之石章。以告成功，以扬德声，永永无疆！〇苏轼《黄楼观月》诗：中秋天气未应殊，不用红纱照坐隅。山下白云横匹素，水中明月卧浮图。未成短棹还三峡，已约轻舟泛五湖。为问登临好风景，明年还忆使君无？〇又《九日黄楼》诗：去年重阳不可说，南城夜半千沤发。水穿城下作雷鸣，泥满城头飞雨滑。黄花白酒无人问，日暮归来洗靴袜。岂知还复有今年，把盏对花容一呷。莫嫌酒薄红粉陋，终胜泥中千柄锸。黄楼新成壁未干，清[③]河已落霜初杀。朝来白露如细雨，南山不见千寻刹。楼前便作海茫茫，楼下空闻橹鸦轧。薄寒中人老可畏，热酒浇肠气先压。烟消日出见渔村，远水鳞鳞山齾齾。诗人猛士杂龙虎，楚舞吴歌乱鹅鸭。一杯相属君勿辞[④]，此境何殊泛清霅。〇又《谢秦太虚寄黄楼赋》诗：我在黄楼上，欲作黄楼诗。忽得故人书，中有黄楼词。黄楼高十丈，下建五丈旗。楚山以为城，泗水以为池。我诗无杰句，万景骄莫随。夫子独何妙，雨雹散雷椎。雄词杂今古，中有屈宋姿。南山多磬石，清滑如流脂。朱蜡为摹刻，细妙分毫厘。佳处未易识，当有来者知。〇本朝金华王祎诗：昔读黄楼赋，颇疑过铺张。今晨获登览，始觉词致长。缅怀澶渊决，彭城预为防。千年文章守，恩德遗此乡。只今河为患，居人极灾伤。谁为任民社，乃复循故常。山川如昔时，游子多慨慷。长风城上来，飞雨湿我裳。摩挲旧碑刻，欲去重徬徨。〇豫章胡俨《百步洪望黄楼故址述歌》：船头鼓鸣春浪急，浪花飞洒春衫[⑤]湿。放船侵晓度长洪，森森乱石烟中立。遥望黄楼迹已非，却忆苏公初筑时。黎庶讴歌脱昏垫，座中宾客赋新诗。碧瓦雕甍映垂柳，凭栏把酒临风酾。醉骑黄鹤上碧落，东窥瀛海西瑶池。只今雉堞排空起，亦有高楼临绿水。人家两岸傍河堤，黄鹂碧草春风里。九里山前花正开，看花回首重徘徊。慨公神游不复返，空见断碑生绿苔。〇长洲吴宽诗：楼中不见羽衣人，黄垩依然四面新。坐使河流循故道，俯临山石倚长津。名邦信美皆吾土，胜日登高与众宾。从此再传苏子事，只须题壁扫清尘。〇会稽胡谧诗：山接青徐横翠黛，水兼汴泗入洪流。西风

① 原作“寸”，据《后山集》改。
② 原作“不”，据《后山集》改。
③ 原作“青”，据《东坡全集》等改。
④ 原作“词”，讹从嘉靖《徐州志》，据《东坡诗集注》卷二十二改。
⑤ 原作“山”，据嘉靖《徐州志》改。

落日凭栏处，廊庙江湖总系忧。〇梅守德诗：高城楼阁出层霄，柳色烟光望欲饶。远岫逶迤云日乱，平芜弥漠海天遥。残碑古堞功仍在，霸业雄图事已消。自古此中戎马地，只今谁是霍嫖姚？〇上虞徐惟贤诗：胜概黄楼天下奇，楚山为廓泗为池。楼中仙子今何在，城外长堤犹自垂。保障千年存国计，风流百世亦吾师。无端更觅秦陈侣，重与题诗读断碑。〇萧山黄九皋诗：秋月风渐高，山晚天半赤。徐州五色土，泗滨多奇石。合汶下洪梁，孤城悬绝壁。淮卫通漕纲，职贡需民力。神河徙汴来，就泗当城北。四山若带围，合流如受敌。雉堞丽深渊，闾阎哀孔棘。眉山揆物理，土实胜水德。色取中央黄，奠楼立鳌极。人寿见几清，荣光休四塞。迩来阳侯怒，义沉澹台璧。激湍荡虚舟，暝色惊迁客。谁能疏九河，为拯徐扬溺？瓠子歌宣房，烝民免艰食。凭栏见波涛，不觉长太息）

逍遥堂，在州治后。苏轼为太守时，与弟辙尝会宿于此。（辙诗并序云：辙幼从子瞻兄读书，未尝一日相舍。既壮，将宦游四方，读韦苏州诗有云："那知风雨夜，复此对床眠。"恻然感之，乃相约早退为闲居之乐。故子瞻始为凤翔幕官，留诗与辙曰："夜雨何时听萧瑟。"其后子瞻通[①]守余杭，复移守胶西，而辙流滞于睢阳、济南，不见者七年。熙宁十年二月，始复会于澶、濮之间，相从彭城，留百余日。时宿于逍遥堂，追感前约，作二小诗。〇逍遥堂后千寻木，长送中宵风雨声。误喜对床寻旧约，不知漂泊在彭城。〇秋来东阁凉如水，客去山公醉似泥。困卧北窗呼不醒，风吹松竹雨凄凄。〇轼诗并序云：子由赴南都，与余会宿于逍遥堂，作两绝句。读之，殆不可为怀，因和其诗以自解。余观子由，自少旷达，天资近道，又得至人养生长年之诀，而余亦窃闻其一二。以为今者宦游相别之日浅[②]，而异时退休相从之日多，既以自解，且以慰子由。轼诗：别期渐近不堪闻，风雨潇潇已断魂。犹胜相逢不相识，形容变尽语音存。又诗：但令朱雀长金花，此别还同一转车。五百年间谁复在，会看铜狄两咨嗟）

秀楚堂，在州治园内。宋元祐中知州孙觉建，自为记云："广陋适均，侈俭合度。燕申起居，既便且安。"

明善堂，在州治后圃。宋元祐中知州杜纯建，自为记。

楚山堂，在城北万会桥之涯，元总管钱光弼建。

恭安斋庐，元徐人彭克温所筑，临川吴澄为记。

河南侯宅，侯谓陆聚，洪武初守徐居此，十年罢归。今徐州左卫即其地。

① 原作"迁"，据《栾城集》《东坡全集》改。按：通守，即通判，佐理郡务，职位略低于太守。熙宁四年苏轼上书谈论新法之弊，出京任职，授杭州通判，故云"通守余杭"。

② 原作"几"，据《东坡诗集注》卷十八改。

雍门，在城南五十里，即周善弹琴，能使孟尝君悲者［居此］[①]。

白门，按《唐书》：张玄稔攻徐州，徐吏路审中率死士应官军，开南白门入，因得破庞勋。苏轼《过云龙山人》诗："肩舆白门道。"陈后山又有《和寇十一[②]晚登白门》诗："重门杰观屹相望，表里山河自一方。小市张灯归意动，轻衫当户晚风长。孤臣白首逢新政，游子青春见故乡。富贵本非吾辈事，江湖安得便相忘。"观此，则白门恐即城之南门也。

放鹤亭，在云龙山之西麓，宋云龙山人张天骥所筑。山人有二鹤，朝放暮归，因以名亭。（苏轼《记》曰：熙宁十年秋，彭城大水。云龙山人张君之草堂，水及其半扉。明年春，水落，迁于故居之东，东山之麓。升高而望，得异境焉，作亭于其上。彭城之山，冈岭四合，隐然如大环，独缺其西十二，而山人之亭适当其缺。春夏之交，草木际天；秋冬雪月，千里一色。风雨晦明之间，俯仰百变。山人有二鹤，甚驯而善飞，旦则望西山之缺而放焉，纵其所如，或立于陂田，或翔于云表，暮则傃东山而归，故名之曰放鹤亭。郡守苏轼，时从宾客僚吏往见山人，饮酒于斯亭而乐之，揖山人而告之曰："子知隐居之乐乎？虽南面之君[③]，未可与易也。《易》曰：'鸣鹤在阴，其子和之。'《诗》曰：'鹤鸣于九皋，声闻于天。'盖其为物，清远闲放，超然于尘垢之外，故《易》、诗人以比贤人君子。隐德之士狎而玩之，宜若有益而无损者，然卫懿公好鹤则亡其国。周公作《酒诰》，卫武公作《抑戒》，以为荒惑败乱，无若酒者；而刘伶、阮籍之徒，以此全其真而名后世。嗟夫！南面之君，虽清远闲放如鹤者，犹不得好，好之则亡其国；而山林遁世之士，虽荒惑败乱如酒者，犹不能为害，而况于鹤乎？由此观之，其为乐未可同日而语也！"山人欣然而笑曰："有是哉！"乃作《放鹤》《招鹤》之歌曰："鹤飞去兮，西山之缺。高翔而下览兮，择所适。翻然敛翼，婉将集兮。忽何所见，矫然而复击。独终日于涧谷之间兮，啄苍苔而履白石。鹤归来兮，东山之阴。其下有人兮，黄冠草屦，葛衣而鼓琴。躬耕而食兮，其余以汝饱。归来兮，西山不可以久留。"〇岁久亭废，址存。嘉靖壬辰，都御史戴时宗即其址创构复之。户部主事伍铠《记》略曰：梁冈戴公行水至彭城，偕铠与水部鹊湖陈子登云龙山，因摄衣履巉岩，以寄妙赏，乃指而叹曰："是山之巅，其鹤亭遗址乎？鹤去亭墟，惟见寒烟衰草乎？名贤遗踪，可忍其落莫乎？"铠与陈子乃朋趋以答之曰："登山考古，示教怀古，而欲起其废，示像贤，君子乐厥议矣。"梁冈因处作亭之需役，千户刘勇即其旧基，芟芜垦埴，爰阖以土，爰廉以石，连构四达，垣墉四缭，弇其旧井今碑，左右拥护。虽其式度未必

① 二字据嘉靖、康熙《徐州志》补。

② 原作"十一寇"，据《后山集》卷六改。

③ 原作"乐"，据《东坡全集》卷三十六改。

尽同，而苏子当年宴游之迹，已复其旧矣。尝考苏子鹤亭游息，以彭城水落，民忧以纾；梁冈鹤亭之作，亦以梁靖诸水，既就疏决堤防，亦如苏子之暇。古人政通民和，每即山川形胜，所以宣其和乐，净其尘襟，昭政成于亭楼，托玄思于观玩，且使民知彼之乐，实寄之我；而我之乐，所以为彼。则夫鹤亭之起其废，固以像贤也，亦以为民也。斯亭会峰峦之奇秀，含河流之蒸润，石错落而羊群，城伏傍而牛眠，云烟出没，风尘寥隔，徐之巨观，无过此矣。自宋迄今，废落数百余年，而兴之有俟于今者，岂梁冈与苏子声韵之相入，而怀像之独切耶？后此而亭之废兴，不可得而知也，亦有后人怀古而兴其废乎？记之以风将来。〇丙午，副使王梃重修葺之。〇宋苏轼诗：云龙山下试春衣，放鹤亭前送夕晖。一色杏花红十里，状元归去马如飞。〇本朝吉水钱习礼诗：山人住世薄浮荣，笑傲烟霞向草亭。双鹤只今何处去，西山仍是旧时青。〇庐陵刘玉诗：鹤去亭空草自青，坡公辞翰尚留馨。河流不尽英雄恨，处士山中醉未醒。〇四明杨守陈诗：重重石磴烟霞绕，绝顶平临城郭小。戏马台高只断云，放鹤亭空但荒草。〇吴郡王[①]鏊诗：燕子楼前春草合，虎牢关外暮云生。不知白鹤归何日，辽海茫茫万里情。〇江都赵鹤次韵：鹤去亭空江月冷，台灰树远暮烟生。眼前多少兴亡事，回首乡关倍感情。〇白岩乔宇诗：鹫峰千仞俯崇冈，暂谢长途半日忙。海内帆樯通楚地，江南形势接淮扬。川原雨过烟花绕，殿阁风回竹树凉。笑指云龙山下路，放歌无惜醉华觞。〇余姚王守仁次韵：几度舟人指石冈，东西长是客途忙。百年风物初经眼，三月烟花正向阳。芒砀汉云春寂寞，黄楼楚调晚凄凉。惟余[②]放鹤亭前草，还与游人藉醉觞。〇无锡秦金次：鱼鸟混茫洪水际，云龙缭绕楚山阳。三生石藉莓苔古，两袖风抟殿阁凉。〇黄岩黄绾次：解骓事去随流水，挂剑台寒空夕阳。草木兵前犹惨淡，川原水落正荒凉。〇铅山费寀次：水绕峦光寺枕冈，客来登眺野僧忙。百年碑碣苔封石，三月杯盘花向阳。天上黄河无昼夜，山头白日易暄凉。百壶不尽烟云思，月色纷纷对举觞。〇东昌许成名诗：龙山独立倚丹霄，古殿松阴坐寂寥。东望青徐云万岭，南通淮海日千桡。黄茅人去冈犹[③]在，白鹤亭空事已遥。我欲凌风登绝顶，平林漠漠[④]草萧萧。〇阳峰张壁诗：晚春斜日片帆开，望望诸峰半草莱。乍见海云从地起，忽闻雷雨到窗来。云龙尚隐西天寺，戏马空余旧野台。犹忆当年纵登赏，夜深舆马月中回。〇马卿诗：招提台殿冠层巅，旷望南徐思渺然。霸业山河空旧[⑤]垒，官[⑥]城花柳满晴烟。

① 原作“玉”，据嘉靖《徐州志》改。
② 原作“与”，据嘉靖《徐州志》改。
③ 原作“尤”，同“犹”。
④ 原作“莫莫”，据嘉靖《徐州志》改。
⑤ 原作“傅”，据嘉靖《徐州志》改。
⑥ 原作“宫”，据嘉靖《徐州志》改。

共乘佳[1]兴宁辞醉，一笑浮名却爱禅。民瘼边尘忧正切，愿看熙皞赋归田。○闽中康浩诗：秋日寻山寺，登临兴未央。俯瞻江浪阔，周览暮云长。疆里名南土，风光侭故乡。无才平世难，含愧列尊觞。○又：偶听三秋雁，遥驰万里心。江流迷故道，民屋遍幽林。旅日秦音至，愁时燕使临。胡能游宴处，巧思对高岑。○又：暗暗愁阴霭，辉辉喜午晴。数回盘石磴，一览遍江城。众派成洪浪，群山叠翠屏。攀藤登绝顶，萧瑟起秋声。○吴郡唐符诗：春罗初着登云龙，参差金碧擎芙蓉。俯仰天宇自今古，攀缘纡曲多蒙丛。驯鹤双飞羽仪白，野杏十里花萼红。摄衣相从兴未已，刚风吹袖摩长空。○江夏冯世雍次：山云夭矫如游龙，蜿蜒幻出青芙蓉。天风吹衣蹑危磴，白日对酒披芳丛。黄茅冈上野烟合，戏马台边春烧红。我来题诗纪行色，一曲洞箫吹碧空。○济南陈明诗：寺倚危峰间半开，苍烟一簇起蒿莱。僧归山送断云去，我到溪牵远水来。亭敝百年谁放鹤，江空万里客登台。东岩古刻今零落，独忆斜阳几吊回。○茶陵张治次：古郡遥连河上开，贤豪陈迹半蒿莱。山青雨歇断虹出，江阔夜深明月来。苹墨孤亭还细草，歌风千古有高台。绿阴自锁云龙色，无复山人放鹤回。○江阴张衮次乔韵诗：山形虎踞倚龙冈，本为寻僧费客忙。载酒何人是坡老，看花新兴入维扬。云盘石磴诸天合，日落山风两鬓凉。昏黑不辞登绝顶，清歌款进早梅觞。○又次唐韵诗：乱石如羊山若龙，青天一朵削芙蓉。金妆石佛开香界，露浥山花发锦丛。树隐禅扉朝露白，云收渔浦晚江红。罗衣初试山中酒，忽听春歌动远空。○又次陈韵诗：古寺遥从绝巘开，云龙隐隐隔蓬莱。城南雉堞苍烟细，洲落帆樯返照来。此日清尊谁放鹤，百年佳赏一登台。红尘客计愁明发，怅望青山首重回。○余姚闻人诠诗：烟涛极目龙归窟，花鸟惊心月上台。万里江天双鹤杳，两洪风雨片帆来。○苏祐诗：山上云龙望，亭攀放鹤回。禹功饶断石，汉业有荒台。兴与幽偏惬，嚣缘静不来。虽非谢公赏，讵是景侯哀。○澄山涂楗诗：放鹤亭仍在，山人去不回。春风吹野水，夜月照孤台。鱼鸟自飞跃，帆樯倏往来。登临重怀古，万壑共兴哀。○长洲查应兆诗：冈头凝望野烟浓，彭祖遗墟览旧踪。二水争流涛迅马，千峰环合气成龙。汉楚雄图俱寂寂，韩苏高迹自重重。通南际北无如此，民俗愁闻五漏钟。○平湖释慈恩诗：昆仑小股忽飞堕，鬼斧何年奇凿破。上瞰青空饕雨露，下压后土根深固。洒然坐我空明中，口诵太古开鸿蒙。披襟长啸落幽壑，三十六洞桃花红。○祁门方山诗：云龙山头放鹤亭，高风吹秋客眼明。放鹤人去不可见，龙山依旧崔嵬青。孤城落日长河绕，四野连峰万马迎。古今天地漫感慨，与君且醉双玉瓶。○南楚郑天祐诗：十年白眼海岳小，万里青汉芙蓉开。清风满座鹤双下，落日半台僧独回。○汉中左思敬诗：朱甍宿雾蒙蒙湿，碧涧

① 原作“作”，据嘉靖《徐州志》改。

浮烟细细侵。鹤去杳冥闻虎啸，云来滃郁有龙吟。○贵溪夏言诗：还乡值青春，南来已一月。维舟彭城下，兴为龙山发。登舆眺广野，远见青青麦。千树桃李花，芳草正未歇。初登戏马台，徐览大佛石。披榛历峻坂，蹑磴陟层壁。坐观江淮胜，未觉风烟隔。高情王宪使，潇洒今摩诘。开尊放鹤亭，笙歌促绮席。相邀五六子，翩翩华省客。芳辰合俦侣，兹游谅难得。贪赏竟忘归，攀欢意不极。酒阑一骋望，青山半衔日。晚下黄茅冈，怪石莽离立。徘徊四贤堂，摩挲古碑刻。风流想一时，俯仰慨今昔。衰迟愧野老，解政遂闲适。看山从此始，把笔纪行迹。明朝度大江，矫矣冥鸿翼。○又次韵诗：昔人曾放鹤，此日更登亭。地主能投辖，山僧解乞铭。河山余王气，尊俎聚文星。直北仍回首，偏多关塞情。○王梃诗：野兴在高冈，凌虚见草堂。云深龙气重，风远鹤声长。客至多春服，僧来半夕阳。不须谈往事，歌罢转微茫。○梅守德诗：石磴行行一径盘，梵钟声里夕阳残。云流香阁衣裳湿，龙起珠林杖锡寒。静虑凭教千劫遣，好怀赢得几回宽。野情剩有烟霞癖，暂拟东林一榻安。○翠微深处独徘徊，城郭山河四望开。水接江淮通贡篚，地连沧海即蓬莱。高云黄叶吟边兴，落日丹霞客里杯。更上峰头寻旧迹，满山巉石乱莓苔。○双飞白鹤倚云来，疑是山人放鹤回。石洞氤氲丹灶迥，松峰萧瑟夜猿哀。云连古堞依层嶂，日隐残虹锁暮台。何处买山堪避俗，草堂应傍翠微开）

思亭，宋人甄氏筑于先陇，陈后山命名，作记（曰：甄，故徐富家。至甄君，始以明经教授，乡称善人。而家益贫，更数十岁不克葬。乞贷邑里，葬其父母昆弟凡几丧。邑人怜之，多助之者。既葬，益树以木，作室其傍，而问名于余。余以谓："目之所视，而思从之。视干戈则思斗，视刀锯则思惧，视庙社则思敬，视第家则思安。夫人存好恶喜惧之心，物至而思，固其理也。今夫升高而望松楸，下丘垅而行墟墓之间，荆棘莽然，狐兔之迹交道，其有不思其亲者乎？请名之曰'思亭'。亲者，人之所不忘也，而君子慎之。故为墓于郊而封沟之，为庙于家而尝禘之，为衰为忌而悲哀之，所以存其思也，其可忘乎？虽然，夫自亲而下，至于服尽，服尽则情尽，情尽则忘之矣。自吾之亲而至于忘之者，远故也。此亭之所以作也，凡君之子孙登斯亭者，其有忘乎？因其亲以广其思，其有不兴乎？"君曰："博哉，子之言也！吾其庶乎？"曰："未也！贤不肖异思后，岂不有望其木思以为材、视其榛棘思以为薪、登其丘墓思发其所藏者乎？"于是遽然流涕以泣，曰："未也！""吾为君记之，使君之子孙诵斯文者，视其美以为劝，视其恶以为戒，其可免乎？"君揽涕而谢，曰："免矣！"遂为之记）。

快哉亭，在徐州城东南隅提刑废廨。宋熙宁末，李邦直持宪节，构亭城隅之上，郡守苏轼名之曰"快哉"，即唐人薛能阳春亭故址也。今废。（陈师道诗曰：城与清江曲，泉流乱石间。夕阳初隐地，暮霭已依山。度鸟欲何向，奔云亦自闲。登

临兴不尽，稚子故须还）

萃墨亭，在徐洪公署之前。初名“苏墨”。苏轼与山人张天骥、诗僧道潜月中游，轼书题于石。成化间，主事尹珎得之东崖石中，因建亭，陷壁间。学士临川徐琼题匾，都御史孝感张瓒跋。（程敏政诗：高秋水落百步洪，登亭一见苏长公。大书深刻十六字[①]，横姿逸态生长风。黄楼东来水如注，野僧山人旧知遇。石濑溅溅月满天，仿佛当时旧游处。〇李东阳诗：手披荒藓看古石，上有坡翁旧时刻。河冲水啮四百年，字画半灭风神全。冬曹尹君真好事，自扫巉岩凿苍翠。山灵助喜河伯愁，白日骊珠照平地。孤亭素壁高巃嵸，登堂见字如见翁。山人在前僧在后，尚忆扁舟游月中。〇正德末，亭坏，主事李香筑台重建，更今名。自为记，略曰：宋元丰，苏文忠公守徐，凡奇胜穷幽，恣玩未尝不至，所至未尝无赋咏书刻。尝偕山人张天骥、诗僧道潜，乘月游百步洪，有十六字纪于石，岁久湮没。成化甲辰，尹君珎获于洪涘，遂亭之，颜曰“苏墨”。正德间，徐河荡圮。己卯，陆君金嗣葺焉，后复荡于水。元年，余始至，亭已为颓垣，且数碑僵仆断缺，散委砂砾。余顾而叹，图复兴聚，以垂绵永。亭址夙卑，流少溢辄及。乃鸠工辇石为台，高八尺，广倍者三，长又倍于三。越明年冬，始作亭其上，移苏墨，收拾诸碑复置焉，并赋咏遗逸者数篇，咸搜刻集于斯亭。比月工讫，客有问名于余者，余曰：“请名‘萃墨’，取大《易》萃聚之义。仍以‘墨’名者，苏墨亭故匾也。弗擅于苏者，由苏及他，以类聚也。又散于昔，聚于今，于‘萃’为近焉！”客曰：“得之。”既余自怪，谓客曰：“世人至病乎聚者，货贿也。其上莫如德聚，德莫如敬。《传》曰：‘敬者，德之聚也。’是故君子戒慎恐惧，终日乾乾，以聚德也。德聚则崇，崇则盛，盛可久矣。吾知利之去而德未慊，徒区区眷意于翰墨，毋乃眩瞀错谬，失其本末矣乎？夫散聚兴废，物之数也，聚久卒散，又焉庸夫是？”客曰：“不然。吾闻之：‘太上立德，其次立功，其次立言。’词翰末艺，君子不废。至夫为世重轻，则存乎其人。若文忠公，虽未邃于德，亦豪杰者。墨以人重，宜也。吾子续坠而兴，振幽而显，尚古好善，不亦聚德之一乎？《诗》曰：‘高山仰止，景行行止。’好善也。”余聆是论，退而书为记。〇又安福邹守益《记》曰：昔苏文忠公偕山人张天骥、诗僧道潜，乘月游百步洪，纪十六字于石。成化庚子，督洪主事尹君廷用获之水中，作亭于洪之洲以覆之，名曰“苏墨”，旁建清风堂、追胜亭。士君子各赋而记之。比年河决丰沛，徐多水患，亭悉圮。正德己卯，陆君德如葺之。比复圮。嘉靖二年，李君汝兰辇石筑基，复作亭其上，置苏墨及诸碑刻赋咏，名之曰“萃墨”。

① 按：成化十六年，尹珎于洪东崖乱石中得石刻，上书“郡守苏轼、山人张天骥、诗僧道潜月中游”十六字，盖苏轼守徐时笔迹也。见弘治《重修徐州志》卷二《宫室志》“苏墨亭”条。

予将之广德，汝兰以记请。呜呼！十六字之存毁，于东坡何加损？而诸君惓惓收拾，瞿然戚其沦没者，岂繄重其墨，将重其人也。文忠公天才骏逸而记问浩博，有傲睨一代、凌厉万类之气举，宠利窘困不足以缚之。故立朝守官，侃侃自立，而野叟缁流，江风山月，无往而非超然之境。世之爱仰之者，如朱鸟黄鹄，冥不可睹，虽其残翮零羽，犹将珍而藏之。彼冒利怙权以挤公者，不啻枭獍之声，闻而恶之矣。凡登斯亭、抚斯墨者，其惕然尚友于公，正直自持，勿随人俯仰，以日进于高明，庶后之爱仰之者，亦将复如公也。汝兰才充[①]而年富，沛然有愿学之志，因贻此以勉之，并以谂后之督洪事及四方之来游者。〇贵溪夏言诗：彭城城边秋系舸，黄河涨发波涛大。隔水遥看水部衙，有亭岌嶪山之左。我闻此亭新落成，筑台累石见高情。百年丽藻星辰聚，千秋遗墨烟云生。忆昔坡翁守兹土，月中之游谁与伍？张老还携铁笛歌，潜公自袒袈[②]裟舞。一时清兴真可怜，片石题名今宛然。那知埋没黄尘下，复得摩挲碧槛前。古人踪迹今不朽，文章照耀看身后。昭代诸公尽才彦，西涯东白俱山斗。登临啸咏古今同，人代推迁感慨中。悠悠白日浮云外，杳杳洪波砥柱东。亭中我是初来客，临风重洒淋漓墨。芒砀山前木叶飞，满天鸿雁悲秋色。吕梁白浪高崔嵬，盘涡转石鸣万雷。天关撼折地轴动，吁嗟气势何雄哉。北风萧萧卷江水，落日吴帆下千里。夏子高歌为谁起，作亭主人豫章李）

张山人园，张山人天骥，其居在云龙山之西麓，园必近居。（苏轼《过云龙山人张天骥》诗：郊原雨初足，风[日][③]晴且好。病守亦欣然，肩舆白门道。荒田咽蛩蚓，村巷悬梨枣。下有幽人居，闭门空雀噪。西风高正厉，落叶纷可扫。孤僮卧斜日，病马放秋草。墟里通有无，垣墙任摧倒。君家本冠盖，丝竹闹邻保。脱身声利中，道德自濯澡。躬耕抱羸病，奉养百岁老。诗书膏吻颊，菽水媚翁媪。饥寒天随子，杞[④]菊自撷芼。慈孝董邵南，鸡狗相乳抱。吾生如寄耳，归计失不早。故山岂敢忘，但恐迫华皓。从君学种秫[⑤]，斗酒时[⑥]相劳。〇又《游张山人园》诗：壁间一轴烟萝子，盆里千枝锦被堆。惯与先生为酒伴，不嫌刺史亦颜开。纤纤入麦黄花乱，飒飒催诗白雨来。闻道君家有井水，归轩乞得满瓶回。〇又诗：提壶劝[⑦]酒意虽重，杜鹃催归声更速。酒阑人散却关门，寂历斜阳挂疏木。〇又《访张山人》

① 原作“克”，系“充”形讹，据嘉靖《徐州志》改。
② 原作“架”，据乾隆《徐州府志》改。
③ 字据《东坡诗集注》卷九补。
④ 原作“把”，据《东坡诗集注》改。
⑤ 原作“术”，据《东坡诗集注》改。
⑥ 原作“诗”，据《东坡诗集注》改。
⑦ 原作“把”，据《东坡诗集注》卷十七改。案赵次公注：提壶，鸟名，“提壶”之声，俗仿之如云“提壶芦”。盖啼声如劝酒，非把酒。

诗：鱼龙[①]随水落，猿鹤喜君还。旧隐丘墟外，新堂紫翠间。野麋驯杖屦，幽桂出榛菅。洒扫门前路，山公亦爱山。○万木锁云龙，天留与戴公。路迷山向背，人在瀼西东。荞麦余春雪，樱桃落晚风。入城都不记，归路醉眠中）

黄茅冈，即云龙山之阴。（苏轼诗：醉中走上黄茅冈，满冈乱石如群羊。冈头醉倒石作床，仰观白云天茫茫，歌声落谷秋风长。路人举首东南望，拍手大笑使君狂。○本朝杨守陈诗：黄茅冈上吊坡仙，白云依旧群羊眠。○马蕙诗：烟收泗水波光白，秋染龙山草色黄。○郡人吴希哲诗：石剥苔生山雨过，亭空鹤去野云浮。唯余落谷秋风句，千古令人忆胜游。○淮安柳琰诗：黄茅冈负彭城郭，远引林峦散村落。登登石磴近人纡，漠漠岚光向日薄。背岩细草满平坡，出洞闲云度孤壑。烂然醉我东风前，摩挲石壁谁能镌。疏才自笑有狂兴，苦无佳句如坡仙。○吴郡伍余福诗：何哉坡老酷好奇，乱茅不剪冈累累。挥毫石上破千古，山光树色蟠蛟螭。我今吊古问坡老，紫芝孰与黄茅好。霸图王业空战场，白鹤飞去乌骓亡。惟有芙蓉[②]插霄汉，九里不断河流长）

戏马台，在城南一里。高数十仞，广袤数百步，有事则可用屯戍，与城相表里。昔项羽因山筑台，以观戏马，故名。后魏［太］[③]武南侵，攻彭城弗克，乃设毡帐台上，以望城中。台循磴而上，傍有石崖，杂勒古岁月名氏有文，皆隶书，笔法遒劲，并剥落不可读。上有台头寺，今改为三义庙。（见《祀典》。○宋公刘裕九日登台送孔靖[④]归乡，谢灵运从赋诗：季秋边朔苦，旅雁违霜雪。凄凄阳卉腓，皎皎寒潭洁。良辰感圣心，云旗兴暮节。鸣葭戾朱宫，兰卮[⑤]献时哲。饯宴光有孚，和乐隆所缺。在宥天下理，吹万群方悦[⑥]。归客遂海隅，脱冠谢朝列。弭棹泊枉渚，指景待乐阕。河流有急澜，浮骖无缓辙。岂伊川途念[⑦]，夙心愧将别。彼美丘园道，喟焉伤薄劣。○唐储光羲诗：君不见，宋公仗钺诛燕后，英雄踊跃争趋走。小会衣冠吕梁壑，大征甲卒碻磝口。天开神武树元勋，九日茱萸享六军。泛泛楼船游极浦，摇摇歌吹动浮云。居人满目市朝变，伯业犹存齐楚甸。泗水南流桐柏川，沂山北走琅琊县。沧海沉沉晨雾开，彭城烈烈秋风来。少年自苦未得意，落日萧条登古台。○宋贺方回诗：当年节物此山川，倦客登临独惘然。戏马台荒年自久，射蛇公去事空传。黄华半老清霜后，白鸟孤飞落照前。不与兴亡城下水，稳浮渔艇入淮

① 原作“笼”，据《东坡诗集注》卷九改。
② 原作“夫容”，用同“芙蓉”。
③ 字据文例补。
④ 原作“静”，讹从嘉靖《徐州志》，据《宋书》本传改。
⑤ 原作“芝”，参《文选》谢灵运诗改。
⑥ 原作“吹迈群芳悦”，讹从嘉靖《徐州志》，据《文选》谢灵运诗改。
⑦ 原作“人”，讹从嘉靖《徐州志》，据《文选》谢灵运诗改。

天。○苏轼《台头寺步月》诗：风吹河汉扫微云，步屧中庭月趁人。浥浥炉香初泛夜，离离花影欲摇春。遥知金阙同清景，想见毡车碾暗尘。回首旧游真是梦，一簪华发岸[①]纶巾。○又《与舒教授、张山人、参寥师同游》诗：古寺长廊院院行，此轩偏慰旅人情。楚山西断如迎客，汴水南来故绕城。路失玉钩芳草合，林亡白鹤古泉清。淡游何以娱庠老，坐听郊原琢磬[②]声。○竹杖芒鞋取次行，下临官道见人情。天寒菽粟犹栖亩，日暮牛羊自入城。沽酒独教陶令醉，题诗谁似皎公清。更寻陋巷颜夫子，乞取微言继[③]此声。○文天祥诗：九月初九日，客游戏马台。黄花弄朝露，古人化飞埃。今人哀古人，后人复今哀。世事那可及，泪落茱萸杯。○元贡师泰诗[④]：戏马台前拥旆旌，三齐才破到彭城。项王帐底犹虞舞，汉祖军中尽楚声。百二山河功自弃，八千子弟势都倾。月明闲却乌江渡，长使英雄恨不平。○游庄诗：垓下悲歌慚亚父，帐中起舞泣虞姬。落花芳草空基畔，逝水东流不尽悲。○吴师道诗：重瞳按剑风云靡，万匹腾空烟雾起。凄凉垓下泣名骓，零落江边余数骑。寄奴千载心争雄，登高把酒临秋风。诈移晋鼎非男子，君看百战东城死。○萨天锡诗：城下黄河去不回，四山依旧画屏开。无人会得登临意，独上将军戏马台。○本朝永丰曾棨诗：绕堤春树翠重重，项羽遗都有旧踪。城外高台空戏马，沛中佳气已成龙。英雄割据青山在，霸业销沉碧藓封。此日经过倍惆怅，乱鸦啼散晚烟浓。○豫章胡俨诗：盖世英雄酒一杯，悲歌只使后人哀。平生废尽屠龙技，今日空留戏马台。○又[⑤]诗：拔山力尽楚声哀，戏马千年尚有台。若使后人伤往事，何能更醉菊花杯。○临川王英诗：萧萧归马旌旗尽，寂寂空台草树荒。堪叹英雄还有恨，喑呜不似楚歌长。○庐陵刘玉诗：马上功成伯仲间，拔山力尽此台闲。令人苦恨阴陵道，不见当时一骑还。○马蕙诗：戏马有台临泗水，沐猴无面复江东。霸图已逐寒烟灭，故垒空留夕照红。○河东薛瑄诗：八千兵渡大江来，戏马高台亦壮哉。何事乌江骓不逝，高台翻使后人哀。○吉水钱习礼诗：独携一樽酒，吊古登高台。昔人陈迹今寂寞，对酒欲饮仍停杯。忆昨重瞳起西楚，誓握乾符清国步。军门剑舞失真王，咸阳一炬成焦土。鸿沟何用东西盟，天令失道趋阴陵。艾旗斩将竟何勇，爱姬恨血千年青。可怜明月长如素，曾向当时照歌舞。年年九月西风来，秋草黄花旧时路。汴泗交流去不回，台下行人频往来。登临不尽万古意，落日孤城闻笛哀。○王梃诗：戏马今安在，嵬然此独存。停鞭坐芳草，酾酒望高原。危堞楼台近，连敖鸟

① 原作“带”，据《东坡诗集注》卷八改。
② 原作“磨”，据《东坡诗集注》卷二十九改。
③ 原作“寄”，据各本苏集改。
④ 一作王翰诗，见明王翰《梁园寓稿》卷九《和靳天章彭城怀古》。
⑤ 原作“叶铭臻”，讹从嘉靖《徐州志》，据胡俨《颐庵文选》卷下改。按：叶铭臻诗见正统《彭城志》卷十九。

雀喧。将军不好武，兹意竟难言）

挂剑台，在城南一里许，即季札挂剑处。时人高其谊，筑台表之，址尚存。知州宋诚立石刻文于上。

试剑石，汉高祖庙有石，高三尺余，中裂如破竹，不尽者寸。父老曰："此帝之试剑石也。"苏轼为守，弟辙从观此石，为之作铭。

磨旗石，在九里山，世传樊哙磨旗此石。其迹尚存。

苏堤，在城南门外。宋苏轼守徐时，河决，汇于城下，因筑东南长堤以障城，首起戏马台，尾属于城。今尚存。

渎上，在彭城，韦孟所居里名。孟徙邹，作谏楚王戊诗云"梦我渎上"，即此。

白鹤乡，在徐州彭城县。宋嘉祐七年，其地生面。今不知其处。

双石人，在州界上。苏轼寄弟辙诗"道边双石人，几见太守发"，即此。

啮桑，按《史记·周勃世家》："攻啮桑，先登。"注云："啮桑，在［梁］[①]、彭城间。"

悬水村，在吕梁。（详见下"八景"）

彭祖井，在城西北隅彭祖旧宅。相传今北门子城中即其井，井存水竭。万历元年，知州刘顺之浚之及泉。今为人汲用云。（马蕙诗：古井城边不记年，名留彭祖世相传。玉绳汲虎人何在，金鼎蟠龙客已仙。甃石苔侵秋雨积，梧桐叶落晚风旋。谁能更把寒泉浚，一饮须教寿八千）

曾参井，按《一统志》云：在九里山。

楚王井，在城西二十五里楚［王］[②]山之南，井九十九口，父老相传楚元王时所凿。今乡人称曰："山前九十九口井，山后九十九所冢。"

双井，在城东南七十里。源出圣龙山，东西二井相向，井有鱼。上有龙王庙，遇旱，土人浚其井则雨。

丁塘拔剑泉，在城南二十五里。昔汉高祖与项羽战于此，汉兵渴甚，高祖拔剑插地，泉水涌出，流四里许，又洑流于地下。雨不溢，旱不干，乡人呼为龙湫。遇旱，祷之辄应。天顺二年，知州宋诚重修庙像，立石刻文记之。

胡山拔剑泉，在城东南五十里。汉高祖驻兵于此，乏水，帝掷剑于地，泉水涌出，流二里许，又洑于地中。今有高祖庙。

饮马珠泉[③]，在城东北六十里张家庄桥下。世传汉高祖尝驻兵饮马于此。

唐使院石幢题名、宋苏文忠书《黄楼赋》碑，见存，在州治仪门下。

---

① 字据司马贞《史记索隐》补。

② 字据嘉靖《徐州志》补。

③ 原作"饮马珠泉庙"。案顺治《徐州志》，"庙"字衍，今删。

关羽竹、苏轼帖，二石刻。宣德四年，僧正广善修铁佛寺，因劚地得之，见存。

八景

汴泗交流（汴、泗，二水名。泗水自北来，至郡城东北角，与汴水合。唐韩愈诗："汴泗交流郡城角。"宋苏轼守徐时，王定国、颜长道尝月夜棹小舟游泗水上，吹笛乘月而归。轼时不往，夜于黄楼上，相视而笑。至今风景依然）

吕梁悬水（吕梁，即吕梁洪。《列子》《庄子》二书"孔子观于吕梁，悬水三十仞，流沫四十里"，故云。然或疑今吕梁洪之水无三十仞之高，流沫无四十里之远，欲拟悬水为冀州之吕梁，不可为徐州之吕梁。及考《书·禹贡》："治岐及梁。"注："梁山，即吕梁山也。"《尔雅》云："梁山，晋望。"即冀州吕梁也。吕不韦曰："龙门未辟，吕梁未凿，河出孟门之上。"又，《春秋》："梁山崩。"《左氏》《穀梁》皆以为"晋望"，则亦指吕梁矣。是则《书》注曰"晋望"，曰"未凿"，曰"崩"，皆指山而言，未闻有洪。惟郦道元谓："吕梁之石崇竦，河流激荡，震动天地。"盖指未辟、未凿之时而言，亦未见有"悬水"二字。又按《史记·世家》："孔子既不得用于卫[①]，将西见赵简子，至于河而返。"则冀州吕梁，又孔子之所未到。况此吕梁洪之悬水，且有凭据。《庄》《列》之书[②]"孔子观于吕梁悬水"，晋人张湛注曰："在今彭城郡"。宋苏轼《答吕梁仲屯田》诗云："官居独在悬水村。"注曰："《庄子》吕梁悬水三十仞，故今言吕梁为悬水村也。"今洪之东南，见有悬水村。且沧海桑田，不无变更。此洪在唐，尝经尉迟恭修浚，其势已杀。今其水虽无三十仞之高，安知在远古之时，亦无三十仞之高乎？刘向校《列子书》又云："且多寓言，与庄周相类。"悬水之论，或恐寓言，又不敢必知其然也。国家定鼎北都，东南职贡，悉由此道，而漕舟客艘，往来纷纷，日凑其间，是亦郡中之形胜也，故仍其旧。曰"吕梁悬水"）

丁塘异泉（泉在丁塘，见《古迹》。至今水流成渠，旱不枯，涝不溢，风景之胜，此亦奇矣。故云"丁塘异泉"）

黄楼胜迹（楼，宋苏轼所筑。时河决，水及，将坏城。轼庐城上，命将吏分堵以守，卒全其城。因筑楼城上，垩以黄土，谓土能胜水。古今词人墨客登眺之间，一郡中之佳胜，举在目前矣。故云"黄楼胜迹"）

石佛朝云（云龙山巅之东畔，有巨石佛，覆以大宇两序。依山形高下，轩轾其

---

① 原作"魏"，讹从弘治《重修徐州志》，据《史记·孔子世家》改。

② 按：弘治《重修徐州志》作"列子书"，本志改"庄列之书"，然验以下文"晋人张湛注"，则"庄"字甚无谓也。

屋。左右前后，松篁丛列。其下惟崎岖一径通焉。每于烟霏雾霭之余，人远望之，比如蓬莱阆苑。故云“石佛朝云”）

留城夕照（留城，即汉张良所封处。土冈四起，隐然城形。自汉迄今，殆几百祀矣，而城之迹与良之名岿然独存，淡烟衰草，风景凄然。故云“留城夕照”）

亭鹤清风（宋云龙山人畜二鹤，每放于西山之阳，朝放暮归。先作亭于东山之麓，苏轼记之。今山人物故矣，亭亦废矣，而清风凛然，在人耳目。故易“剑台高谊”曰“亭鹤清风”）

苏堤遗爱（宋熙宁时，徐被水。苏轼为守，于郡城东南筑长堤以捍水，遂以免患。至今土堤尚存，垂柳婆娑，景物茫茫，郡人犹有甘棠蔽芾之思。故云“苏堤遗爱”）

陵墓附

彭祖墓，按《一统志》：彭祖封彭城，卒葬焉。今不知处。

楚元王墓，在楚王山山下。又有古冢数十处，皆甃以巨石，相传为交子孙墓。

范增墓，在城南里许。增，项羽谋臣。羽以陈平反间疑增，增请骸骨归。未至彭城，疽发背死。元季，有贾胡盗发其冢，得宝剑去。嘉靖中，户部主事岳东升表其墓。（元陈孚诗：七十衰翁两鬓霜，西来一笑火咸阳。平生奇计无他事，只劝鸿门杀汉王。〇虞集诗：盗发亚父冢，宝剑实累之。冢开宝气尽，狱吏书盗词。盗言惟见宝，宁知亚父谁。项王不相信，弟子遂舆尸。黄壤下深锢，千载复何为。大河在城东，落日在城西。过客知真城，踟蹰望安期。〇朱本初诗：匣开宝剑露蟠龙，金玉辉煌气交拥。贾胡致富须臾间，弃骨沟中宁愧恐。平原无色鼓角悲，山鬼夜号川泽汹。伤哉亚父天下奇，鸿门高会真危机。火龙[①]飞起实天意，拔剑起舞空尔为。风云变化失隆准，玉斗一碎山河非。〇萨天锡诗：亚父冢前春草齐，楚王城上夕阳低。黄莺不解兴亡事，飞过海棠枝上啼。〇本朝胡俨诗：三尺青萍盗岂知，只因虹贯草萋萋。鸿门玉斗空如雪，拂袖归来路已迷。〇华亭夏寅诗：谁阻归骸骨，焦心竟道亡。青山埋未稳[②]，一剑又遗殃。望气知天子，荥阳苦力争。平生好奇计，本是学纵横。〇杨士奇诗：千年宝剑无光气，衰草寒烟野水邻。同是遗骸葬徐土，当时陵母识天人。〇刘玉诗：云龙山下路萦徊，亚父坟连戏马台。宝剑却随金碗出，定知曾教项庄来）

张良墓，在城北七十里留城南。《史记》：留侯死，并葬黄石冢，每伏腊上冢，

① 原作“大旗”，据朱思本（字本初）《贞一斋诗文稿》卷下改。

② 原作“隐”，据嘉靖《徐州志》改。

并祭黄石、留侯。（胡俨诗：辟谷何劳禄万钟，功成志就却辞封。分明古墓埋青草，始信空言托赤松。〇上虞徐惟贤诗：群山回合闭英雄，披棘还来认旧踪。石径残云留短屐，墓门斜日到深松。运筹本为韩仇出，辟谷终辞汉爵封。千古九原如可作，高风邈邈定谁从。〇晋州尹梁诗：孤冢依山麓，何人识子房。乾坤仍日月，楚汉几星霜。蔓草迷幽径，空林挂夕阳。韩彭非若匹，回首俱亡羊）

王陵母墓，在城西南二里。嘉靖中，御史朱裳[①]立碑冢上。（陈孚诗：太傅勋名半纸残，百年人子痛如山。缘何方寸非徐庶，忍死慈亲一剑间。〇胡俨诗：匆匆窗下取吴钩，使者星驰不肯留。遂使鸿毛轻一死，却存马鬣重千秋。〇薛瑄诗：鹿走中原海起尘，独从草昧识真人。纷纭等是人间死[②]，母死高名万古新）

刘向墓，在城西北二里演武场南，亦有祠在焉。（胡俨诗：千年封事遗编在，三尺荒丘宿草摧。鸿宝浪传谁见得，藜灯一去不重来。〇吉水邹缉诗：汉廷怀直道，宗室独称贤。谏疏忧时切，遗经与世传。荒坟今寂寂，碧草自芊芊。何事扬雄宅，争传草太玄）

龚胜墓，在城东南三里。

刘公子平墓，在城西北九十里。

楚王英墓，按《传》在彭城，今不知处。

陶谦墓，在城西四十里陶山。

华陀墓，在城南山川坛侧。陀，沛国谯人，游学徐土，通晓养性之术，善医，以忤曹操见杀。永乐初，知州杨节仲修坛，劚地得髑髅甚巨，疑为陀首，加土瘗之，题其碣。嘉靖中，监仓主事岳东升表其墓。万历元年，知州刘顺之立祠于墓前。（胡俨诗：徒把金针事老瞒，千年荒冢朔风寒。后来枉却陈琳檄，到底西陵泪不干）

刘昶墓，昶以大将军开府徐州，豫营墓彭城西南。发石垒之，坟崩，压杀人众。复改营，颇为公私费害。后薨，葬焉。今不知处。

钱光弼墓，在九里山之阴，孛术鲁翀[③]为撰神道碑。

山云墓，在留城，庐陵钱习礼撰神道碑（曰：《书》曰："天惟纯佑命，则商实。"《诗》曰："维岳降神，生甫及申。维申及甫，维周之翰。"是则上天眷佑人君，必赉以非常之佐，而后可以成莫大之功。若故特进荣禄大夫、右军都督山公，所谓非常之佐者欤？按状：公讳云，世家徐州之留城。曾祖讳某，祖讳伯川，俱赠荣禄大夫、右军都督。曾祖妣某氏，祖妣巩氏，俱赠夫人。父讳青，洪武初，随侍

① 原作"衮"，据《漕运通志》卷三《尚书、都御史、主事表》改。
② 原作"母"，讹从嘉靖《徐州志》，据薛瑄《敬轩文集》卷五改。
③ 原作"种"，据《新元史》列传一百八本传改。

太祖高皇帝平定江内，以功授燕山左护卫百户，已而从成祖文皇帝奉天讨节有功，寻升中军都督佥事。母薛氏，累封夫人。永乐元年，都督公以疾卒于官，公以家嗣袭任金吾左卫指挥使节，随车驾征迤北，功为诸将先，调府军前卫掌印，寻升中军都督佥事。宣德二年，奉宣宗章皇帝制谕，充总兵官，挂征蛮将军印，出镇广西。先是，广西溪峒瑶僮叛服不常，数为边患。公至，镇之以静，煦之以仁，严号令，公赏罚，亲率官军，与叛贼韦朝列等前后数百余战，临机应变，能以身先士卒，故所向无前，斩贼首一万二千二百六十九，降贼酋三百七十七。获被贼抄虏男妇二千五百七十九，俾［各］[1]宁家。擒虎豹三百四十，献于朝。筑永平等九堡，葺武宣等四城，创铺舍五百一十七。由是蛮夷慑服，居民安堵。天子嘉其功，进公右都督同知，敕赐红织金罗衣一袭，仍下诏奖谕，有"廉能公正，善抚军民，实副委任"之语。今上皇帝嗣位，念公守边日久，劳绩茂著，迁今官，赐白金彩段。正统三年九月二十日，公以疾卒于镇。有司以闻，天子嗟悼，辍视朝一日，遣官谕祭，命工部营冢圹，赠公怀远伯，谥忠毅[2]，官其子俊为府军前卫指挥使。俊扶公之柩，以公卒之明年二月六日，归葬先茔之次。墓碑未及树，而俊以疾不能任事，白于朝，以弟泉代厥官，泉乃以文为请。呜呼！若公者，可谓非常之佐者矣。公姿貌魁梧，善骑射，晓兵略，持己以廉，虑事谨慎，甘苦与众共之，临战，人皆出死力，歼强围若拉朽腐，以保障生民。及其卒也，西广之人为之立祠，塑公像，岁时祭之，其得人心可知矣。公生丙辰年八月十五日，享年六十有三。夫人吴氏，金吾右卫指挥吴思正之女，有懿行。子男六人，长即俊，次即泉，能嗣其业。予虽未尝识公，然闻公之名在天下藉甚，铭固不可辞。铭曰：桓桓虎臣，为国之辅。夙秉忠诚，动遵轨度。粤嗣先职，擢长万人。累从龙旂，克清寰尘。继握重兵，出镇西广。屹然保障，居民是仰。恩威并著，声势流闻。才超一世，勇冠三军。御侮[3]擒奸，绰有奇略。号令一施，闻者落胆。荣禄之职，廉正之褒。宸章烨烨，于以报劳。西广之民，赖公之佑。昕夕吁天，祝公永寿。天胡不憖[4]，遽然而终。讣闻于朝，天子忡忡。褒恤之典，特为优异[5]。致祭于公，以劝来裔。公之义气，凛然丹青。下则河岳，上则列星。我作铭文，勒[6]诸神道。百千亿年，永永有耀）。

权谨墓，在城北团山之阳，淮南高穀[7]撰表（曰：正统[8]壬戌春三月二十有二

---

① 字据《明名臣琬琰续录》卷十五《怀远伯襄毅山公神道碑铭》补。
② 本志及《明史·功臣世表三》作"忠毅"，《明名臣琬琰续录》作"襄毅"。
③ 原作"海"，据《明名臣琬琰续录》卷十五改。
④ 原作"慭"，据《明名臣琬琰续录》改。
⑤ 原作"毕"，据《明名臣琬琰续录》改。
⑥ 原作"勤"，据《明名臣琬琰续录》改。
⑦ 原作"瀫"，据《明史》本传改。
⑧ 原作"纯"，误，径改。壬戌即正统七年（1442）。

日，学士权公卒。葬后十有[①]五年，其子伦奉户部主事刘维新所述行状，拜予请文，以表诸墓。予与公同侍禁近，交久且厚，谊弗可辞。按状：公讳谨，字仲常，其先河间人。八世祖讳邦彦，字朝美，宋大观中知冀州。扈驾南渡，位至参知政事。卒，谥质肃。公生五子，仲曰义，自河间徙东昌。至公之父执中，复徙于沂。洪武初，挈公自沂徙于彭城，遂家焉。公十岁，父卒，母李氏辛勤训诲，俾务于学。既长，益自刻厉读书，以真知实践为务，暇则精研于书数。郡守杨节仲延训子弟，一时名士交游者众。兄度，举贤良，授山西寿阳丞，谪戍辽左，遂罄资以给其行。姊适郡人张纯，早卒，公为值茔原以葬之，奉寡姊尽礼，抚孤甥如子。其孝友之笃，出于天性然也。永乐丙戌，户部主事吕宁以求贤荐，授知青之乐安县。公至，其俗旧多盗发冢，既取所藏，暴露甚惨；与人微有隙，辄衔之，阳弗与较，暮夜则使人以锄锸铲其禾稼。习俗惟常，民甚苦之，公皆严以禁绝。奸黠数辈恒持里中及有司短长，胁人以逞其私，公执渠魁一人置于法，余皆屏迹。不数月间，其廉明仁恕，为山东六郡邑令之首称。庚寅、甲午岁，太宗文皇帝亲征胡寇，公两给饷于沙漠[②]，三督军于青社，其他效劳多类此。板舆迎母，远就禄养，葬兄旅榇，抚其妻子，此孝友之洽于民心者；绝食祷旱，霖雨沛作，盈城水咸，甘泉涌出，此精诚之格于穹[③]壤者。九载秩满，民取其靴悬之县门，斯可见邑人爱慕之实。乃迁光禄署丞，奉职惟谨。未几，以目疾归。后，母年九十令终，公哀毁几绝，葬祭一循《文公家礼》。倚庐墓次，负土成坟，种柏成林，朝夕哭奠，常如初丧。有乌鸣、犬来、泉涌、兔驯之异。元日黎明，祭于墓所，忽有相貌乘骑浮空而至，乡人皆以为孝感所致。郡守杨秘等交奏，仁宗昭皇帝命驰驿之京。及以事闻，上曰："高声再读与众官听！"盖以公之孝谕群臣也。特拜文华殿大学士，公辞曰："臣少孤失学，恐不能称其职。"上曰："止着东宫学尔孝，其余免尔。"制书判本曰："朕之除卿，嘉汝之孝，欲以风励天下之为人子者，他非汝责也。"恭祀文皇，以公为群臣班首，哭之哀。上嘉之，赐牛羊首、果饵、脯醢之类。随侍皇太子监国[④]南京，得辅导体。宣宗皇帝继承大统，以老疾辞，遂进秩通政使司参议致仕，受白金、文绮、朱衣之赐，仍敕礼官旌其门曰"孝子权谨孝行之门"，永蠲其家徭。后凡与旌典者，皆曰"孝行"。以"孝子"名公者，由公能尽子职，故以子爵褒之，恩礼隆厚，可谓

① 原作"月"，径改。案本文"予在春坊时，稔知公之为人，及今又三十余年，而伦乃以行实求表墓道"之句，自宣德元年权谨致仕，逾十年改元正统，而谨卒于正统七年壬戌，葬后十五年始求墓表，正三十余年。

② 原作"汉"，据顺治《徐州志》改。

③ 原作"穷"，同"穹"。

④ 原作"图"，据顺治《徐州志》改。

至矣。濒[①]行，词林诸君子相与赋“忠孝流芳”诗卷以赠之，名其所居之堂曰“忠孝”。公既归，徙倚丘垅，优游林泉，崇道敦德之志，老而不倦。生元[至][②]正丙午四月初二日，寿七十有七，卒于正寝，葬九里山祖茔之次。配刘氏，孝敬慈惠，寡于言笑，御僮仆未尝叱责，终身被服布素淡然。夫德妇贤，闾里[称][③]之。后公五年卒，时丁卯冬十月十有七日也，寿七十有八。子男二：长曰伦，领丁酉乡荐，终养不仕；次曰儆。女曰淑安，适陆宾。孙男三人：宗，太学生；次宝，次宇。孙女三人，俱适士族。予在春坊时，稔知公之为人久矣，及今又三十余年，而伦乃以行实求表墓道。矧公之忠诚孝友，简在帝心，扬乎海宇，载诸青史，垂之不朽，予言何足为公轻重？但其请之甚笃，有不可辞，遂直述其概，刻诸贞石，庶后之为人子、为人臣者有所劝焉）。

马蕙墓，在城北九里山下，曹南李秉撰表（曰：予师徐州马先生，与其配王氏合葬于郡城北九里山祖茔之侧有年矣。其子暕谋于诸弟曰：“吾父母卒葬，虽墓圹有石，以铭诸幽，然墓石无文，惧其德善郁而不彰。”乃以工部主事王君道所述行实，命其弟乡贡进士暾持请予文，以表诸墓道，用垂不朽。予与道皆受业于先生之门，故先生历履之详，知之甚悉，义不可辞。按状：先生讳蕙，字彦芳，别号兰斋，徐之北关里人也。先世居东吴之玉峰，宋、元间代有闻人。高祖讳伯通。曾祖讳良，洪武初以才行荐，擢徐州卫知事，寻升广东德庆州同知。祖仲宁，考以伦，皆嘉遁不显。妣刘氏，元万户刘光远女。以伦随仕于徐，乐其土俗丰厚，遂占籍焉，故今为徐州人。生子三人：孟曰彦昭，仲曰彦杰，先生其季也。甫六岁而孤，赖母刘氏育之。先生聪敏过人，不与群儿伍。七岁入乡闾学，授读《孝经》、小学，过目即成诵。年十三，遣入州庠，从司训祝先生学，授《四书》《诗经》，悉通大义。命题属文，援笔立就。时人咸以远大期。不数载，学业大进。虽专习于《诗》，而《易》《书》《礼》靡不淹贯。宣德壬子，应天府乡试，果举高第。明年会试，登进士右榜。以母老，授山东曹县教谕。时至曹未久，方议迎养，而母孺人竟以疾终。先生痛伤风木，日夜悲号，吊者为酸惜。服阕，调汝宁之上蔡。上蔡人才朴茂，科目乏人。先生严立教条，启迪不倦，士风为之丕变。相继登科第者，皆出人右。九载满，天官考最，进秩汝宁教授。其教法之严，虽始终不渝，而诸生有善行者，礼遇之如宾客；少有过差，则正色临之，俟其悔悟。人多德之，至今脍炙人口。丙子岁当大比，江西、山西荐为主司，皆曰行止端庄，学问老成。使方迭至，

① 原作“滨”，通“濒”。

② 底本漫漶。案本传，权谨寿七十七，卒于正统七年（1442）壬戌，其生年为元至正二十六年（1366）丙午，据补。

③ 底本漫漶，字据顺治《徐州志》补。

先生力辞以疾，俱不往。人咸以不荣于名、不汩于利称之，可谓知先生之心矣。诸生法先生之学行，被先生之丽泽，登高科，跻膴仕，显明于时者，视上蔡益多，人皆以为善教所致。秩将满，忽疾作，召诸子语之曰：“吾祖宗素有阴德，吾亦无失行。官止于斯，寿止于斯，命也！若辈尚当勉力进学，无忝尔所生，吾死亦无憾矣！”言讫而终。实天顺戊寅二月十二日巳时，距其生永乐乙酉三月二十六日酉时，得年五十有四。配王氏，讳淑真，世为顺德平乡之名族，监察御史王公矩之女也。生而聪慧，寡言笑，勤女工，夙闲姆训，父母钟爱之。为择良配，久之未得。洪熙改元，御史公适按徐郡，见群弟子中，先生独有异质。扣其所得，公爱而异之。察其未聘，遂谓之曰：“欲求汝为吾婿，可乎？”先生遽以贫窭辞。公曰：“吾择婿耳，婚姻以礼，岂效世俗论财耶？”遂妻之。孺人既归，事姑克尽孝道，能得其欢心。至于助祭祀、享宾客，必洁必丰。居常以礼自闲，闺门整肃。一日，于家门外获一金钗，莫知何人所遗，令人伺之。翌日，果闻一妇哭甚哀。廉知失钗者，遂还之，其妇泣谢不已。人咸谓其有阴德。孺人归先生逾三十年，使先生得以专力于学、尽心于职而无内顾之忧者，其内助之功居多也。既而先生卒于官，孺人挈诸孤扶榇[①]归葬，一循礼度。遣二子暕、暾，孙湘，补州庠生，戒之曰：“汝父位不满德，赍志而殁。汝曹[②]当勉强学问，以图远大，庶成汝父志。”成化辛卯科，子暾、孙湘皆中高第。孺人喜曰：“吾异日可以见汝父于地下无愧矣！”成化十年正月五日巳时，孺人无疾而卒，距所生永乐丁亥七月十五日辰时，享年六十有八。子五[③]：长曰曈，先卒，娶郭氏；次曰暕，士行超卓，经学深邃，娶山氏；次曰暾，即请文者，娶彭氏；次曰暄，医学典科，娶祖氏；次曰暭，克绍先业，娶王氏。女三：德清，适邵珩；德正，适石嵩；德贞，适太学生汝宁高钦。孙男六：曰湘，乡贡进士，娶魏氏；曰沂，娶潘氏；曰汝，聘李氏；曰江，曰汴，曰汶。孙女五，俱幼。於戏！有阴德者，必有阳报，此理势之必然也。先生偕孺人积德行善若此，是以子孙蛰蛰绳绳，而有繁衍之盛。矧子孙之中学行卓异、足慰人望者亦多，它日登显秩，历崇阶，推恩之典，光贲九泉，不卜可知。则先生偕孺人虽死，犹不死也。古人云：“天之报施善人，不在其身，而在其子孙。”验于斯矣！予因其请，故按状次第其言，归而镌诸贞石，庶使后之人有所考焉）。

义冢，凡三所：一在城南二里，一在城西南半里，一在城西北四里。旧志载十余所，皆濒河，水没不复存。

① 原作“衬”，径改。
② 原作“曾”，径改。
③ 原作“七”，实为五人，据顺治《徐州志》改。

萧县

萧国城，在今县治北半里，城方九里三十步，有四门：东曰安仁，西曰达义，南逸其名，北曰冀门，门临古汴。《后汉书·郡国志》：“萧国城，南临汴水。”与此异，未详。城外东南有隍，西北无隍。自宋徙县治于南城，故城渐平。

北城，在县北二十里，周围九里，相传萧子避暑处。

杼秋城，在县西七十里。后汉杼秋县，属梁国。光武封刘般为杼秋侯，即此。

扶阳城，在县西南六十五里。汉丞相韦贤之后封于此。

龙城，在县东三十里，即龙城县城。

曹马城，在县西北七十里，方九里。相传汉曹操尝歇马于此，故名。内有废塔，洪武中，河南侯佃人董顺毁之，内见石碣云“逢顺而倒”。后顺寻以事籍没。

郭城，在县西南二十五里，方二千三百步。相传后周太祖所筑。

蒋蔡城，在县西南三十里。

英州，在县西北五十里，建置莫详。元初，城址尚存，有四门，城中水可舟。至正[①]甲申，河决水没，遂为陆。今俗呼雁门泊。

黑沙县，在县西北五十五里。相传为英州之附[②]郭县。

永固县，在县东南四十里永固山下。元至大间，割［厥］[③]固镇，立为永固县，寻罢为巡检司。国朝洪武初因之，十三年亦罢。今永固镇是其地。

安民镇三务，宋元祐中设，今废。

愿穷堂，在骞山之南二十里，邑人徐圣公建。

清心亭，在县治东。宋嘉祐六年，县尹梅君建为燕息之所，曾南丰为记（曰：嘉祐六年，尚书虞部员外郎梅君为徐之萧县，改作其治所之东亭，以为燕息之所，而名之曰“清心亭”。是岁秋，来请记于京师。明年冬，乃为之记曰：夫人之所以神明其德，与天地同其变化者，夫岂远哉？生于心而已矣。若夫极天下之知，以穷天下之理，与夫性之在我者能尽之，命之在彼者能安之，则万物自外至者，安能累我哉？此君子之所以虚其心也。万物［不能］[④]累我矣，而应乎万物，与民同其吉凶者，亦未尝废也。于是有法诫之设、邪僻之防，此君子之所以斋[⑤]其心也。虚其心

① 原作“至”，据嘉靖《徐州志》改。
② 原作“负”，据《读史方舆纪要》、乾隆《徐州府志》、康熙《萧县志》改。
③ 字据《金史·地理志中》、嘉靖《徐州志》补。又案《金史》：元光二年升厥堌镇为永固县。本志作“元至大间”立县，其讹始自嘉靖《徐州志》，稍后之《读史方舆纪要》、顺治《徐州志》因袭本志，同误。辨详嘉靖《徐州志》勘注。
④ 二字据曾巩《元丰类稿》卷十八补。
⑤ 原作“齐”，讹从嘉靖《徐州志》，据《元丰类稿》改。下同。

者，极乎精微，所以入神也；斋其心者，由乎中庸，所以致用也。然则君子之欲修其身、治其国家天下者，可知矣。今梅君之为[①]是亭，曰不敢为游观之美，盖所以推本为治之意，而且将清心于此。其所存者，亦可谓能知其要矣！乃为之记，而道余之所闻者焉）。

红亭，在县西[②]南十八里，即《左传》所书“蒐于红”[③]是也。

三仙台（见《山川》）。

天台，在天门寺。

拜将台，在县南六十里，名无所考。亦云白侍郎墓。

智井，在旧城中，今邑厉坛［东］[④]约百步。春秋时，楚人围萧，萧人拒楚，赖智井而出，即此。昔邑人犁地触石，掘得汲水新渠碑，俗呼“八角琉璃井”。今久湮。

虚窟，在县南十里明山之腰。天将雨，窟内必吐气，其深不测。

黑洿[⑤]，在升高山之阴，约三亩。夏秋积水，染衣即成黑色。

仙桃，绕大观山洞极多，其桃仿佛家桃，见花不见实。

天枣，在庙桥北一里。枝干盘屈交加，正二月间开小花，结实如酸枣，可食。四月初七日，其实全熟，初八日遂空。

钟磴（见《山川》）。

雪洞（见《山川》）。

饮马池二：一在县治南半里，一在县西北［七］[⑥]十里曹马城中，为曹操饮马处。

八景

智井春耕	汴河晓渡	层台仙迹	雾泉灵睨
贡峰耸翠	骞墓埋青	凤山庆云	龙潭皎月

① 原作“有”，据《元丰类稿》改。

② 原作“东南”，据康熙《萧县志》改。按：萧县城虽屡经迁徙，然以红亭乡方位，皆应在西南。本志作“东南十八里”，系误。《读史方舆纪要》、乾隆《徐州府志》改作“西北”，亦不为得。嘉庆《萧县志》、《清一统志》改回“西南”。

③ 原作“蒐于红亭”。参《左传》及前后志，“亭”字衍，今删。

④ 字据正统《彭城志》、嘉靖《徐州志》补。

⑤ 原作“污”，通“洿”，从嘉靖《徐州志》用字。

⑥ 字据嘉靖《徐州志》补。又，本目“曹马城，在县西北七十里”亦证。康熙《萧县志》“西北十里”，亦脱“七”字。

陵墓附

闵子墓，在县东南八十里。元有赡坟地租，供儒学公用。其碑阴有地界，县尹赵国纲徙置学宫。

子张墓，在县南三十里。有司并以春秋致祭。

丁公墓，在县南二十里。丁公，即汉高祖斩以徇众者。

宋玉墓，在县西南三十里。玉，楚大夫，葬此。

白侍郎墓，在县西南七十里。

展雄墓，在县西南七十里。

吕蒙墓，在县西南六十里。

蒋横公墓，在县南三十五里。

康仁冢，在旧城西北隅。

傅汝砺墓，在县南二里许。汝砺，萧人，卒葬于此。

谢祐墓，在县白茅山之阳。祐为教谕，卒葬于此。迄今每岁师生犹以清明日相率奠之。

孟骥墓，在县西北七十里姬家村。骥仕为布政，卒葬于此。

古冢，凡六十余所，在县西北三十里，建凤法轮禅院前。世传为萧子世墓。其内三冢，高五丈余，即旧志所谓“建凤三冢”。相传宋元间，人欲假器用者，祷之辄应，后有假者损其器，遂不复可得。

义冢三：一在县西一里，一在县南二里，一在县北半里。

沛县

仲虺城，在县南四十里。按《玉海》引《国史·地理志》云：沛县有仲虺城。（张庆旸《虺城月照》诗：相业从三代，勋名照古今。台荒城迹旧，夜静月华侵。断垅浮青草，疏林洒绿阴。乾坤终不老，千古故森森）

偪阳国城，按《春秋·鲁襄公十年》书：“夏五月甲午，遂灭偪阳。”汪氏注曰：“偪阳国，在今沛县。”《后汉书》：“傅阳，即偪阳。”今考《一统志》，城在山东峄县西南五十里。盖沛、峄皆偪阳国地，城在二邑境。

合乡故城，在县境，即古“互乡难与言”者。今不知处。

许城，按《后汉书·郡国志》注引《地道记》云：沛有许城。《左传·定公六年》“郑灭许”，即此。今未详。

泗水郡城，在县治东。秦置泗水郡，城于此。

广戚城，即今广戚乡。汉置县，名[①]广戚。唐时省入沛。

胡陵城，在县北五十里。秦县。汉曹参以中涓、樊哙以舍人，从沛公击胡陵，即此。

灌城，在县北二十余里。有灌城村，旧志以为灌婴故宅。按：婴非沛人，恐误。

沛故城，按《一统志》：在微山下。今失其地。

千秋城，在县北六十里，即今千秋乡。未详建置。

旧城，在河东岸，元末张士诚所筑。

香城，去歌风台二十里。按《一统志》：楚人琴高，居香城泗水中。

汉高祖书院，在县治东南三里，今废。

沛廷，按《前汉书》：高祖初立为沛公，祠黄帝，祭蚩尤于沛廷。注云：沛廷，即沛县之廷。

沛宫，《玉海》引《括地志》云："沛宫故地，在徐州沛县东南二十里一步。"《史记·高帝纪》：十二年十月，高祖破黥布，军还，过沛，置酒沛宫，悉召故人父老子弟纵酒。发沛中儿，得百二十人，教之歌。酒酣，高祖击筑，自为歌，令儿皆和习之。高祖乃起舞，慷慨伤怀，泪数行下，谓沛父兄曰："游子悲故乡。吾虽都关中，万岁后，吾魂魄犹思沛。且朕自沛公以诛暴逆，遂有天下，其以沛为朕汤沐邑，复其民，世世无所与。"沛父兄诸母故人日乐饮极欢，道旧故为笑乐。十余日，高祖欲去，沛父兄固请留。高祖曰："吾人众多，父兄不能给。"乃去。至孝惠时，以沛宫为原庙。周庾信作《置酒沛宫赞》。（宋文天祥诗：秦世失其鹿，丰沛发龙颜。王侯与将相，不出徐泗间。当时数公起，四海王气闲。至今尚想见，龙光照人寰。我来千载下，吊古泪如潸。白云落荒草，隐隐芒砀山。黄河天下雄，南去不复还。乃知盈虚故，天道如循环。卢王旧封地，今日设函关。〇元傅与砺诗：县路迷青草，行人荫绿杨。时逢沛父老，能说汉君王。芒砀来秋气，彭城送夕阳。凭高发慷慨，远色正苍苍。〇国朝[②]金寔诗：手提一剑定神州，老夫还乡似旧游。情熟不知天子贵，酒酣且为故人留。比邻有惠家家庆，汤沐无征处处忧。慷慨悲歌思猛士，绛侯持重足安刘。〇李东阳诗：小县萧条泗水滨，旧时遗迹尚[③]风尘。山中白帝先降汉，天下黔黎正苦秦。五载衣冠朝北面，三章号令忆西巡。南畿亦是今丰沛，莫作凄凉吊古人）

泗水亭，在县治东一里，即汉高祖为亭长处。亭有高祖碑，班固为文。相传泗

① 原作"令"，据嘉靖《徐州志》改。

② 按：金寔诗系本志新补，"国朝"二字从嘉靖旧文冠于李东阳前，今据文例前置。

③ 原作"向"，据李东阳《怀麓堂集》卷九十三改。

亭驿即其故址。（元傅与砺诗曰：遥山寂寂对危亭，坏础欹沙柳自青。四海久非刘社稷，千秋犹有汉精灵。丰西雨散烟沉浦，砀北云来雨入庭。坐想酒酣思猛[①]士，歌风台下晚冥冥）

歌风台，在县治东南，泗水西岸，汉祖过沛，作《大风歌》，曰："大风起兮云飞扬，威加海内兮归故乡，安得猛士兮守四方！"沛人欲显扬帝绩，为筑此台，立石刻歌于上。岁久台倾，仅存碑刻，间于民居。成化间，徙置河东琉璃井之次，复新其碑。无何，监察御史陈嘉谟更修拓之，迄为水废。嘉靖十四年，知县杨政即其地为堂，以贮碑，寻亦坏。二十六年，知县周泾葺治之，别为台于东偏，覆圆亭其上，便登览，更立歌风台坊于门外。近又圮于水。万历二年，知县倪民望益重加修复。（胡曾诗：汉高辛苦事干戈，帝业兴隆俊杰多。犹恨四方无壮士，还乡悲唱大风歌。〇宋张安道诗：落魄刘郎作帝归，尊前感慨大风诗。淮阴反接英彭族，更欲多求猛士为？〇文天祥诗：长陵有神气，万岁光如虹。有时风云[②]变，魂魄来沛宫。壮哉游子乡，一览万宇空。击筑戒复隍，帝业慎所终。重瞳爱梁父，此情岂不同。锦衣绚行昼，丈夫何浅中。缅怀首丘意，自足分雌雄。向昔霸心存，慷慨怀勇功。不见往年事，烹狗与藏弓。早知致两生，礼乐三代隆。匹夫事已往，安用责乃翁。我来汤沐邑，白杨吹悲风。永言三侯章，隐隐闻儿童。叶落皆归根，飘零独秋蓬[③]。登台共凄恻，日落南飞鸿。〇元陈孚诗：沛中一曲大风歌，谁识尊前慨慷多。拔木扬沙滩水上，大风中有汉山河。〇又：沛上风云志未酬，彭城先有锦衣游。同为富贵归乡者，只是龙颜异沐猴。〇又：原庙衣冠久已灰，断碑无首卧苍苔。至今风起云飞夜，犹想帝魂思沛来。〇益都于钦诗：素灵夜哭赤旗开，鸿鹄高飞楚舞徊。猛气销沉人易老，白云千载绕荒台。〇天台杨敬诗：布衣千古一英雄，五载乾坤入手中。遥想帝魂垂浩劫，舜弦天上和南风。〇刘昂诗：刘项兴亡转烛过，乱蝉吟破汉山河。长陵卧老咸阳月，沛上犹传击[④]筑歌。〇吴澄诗：黄屋巍巍万乘尊，千秋游子故乡魂。韩彭自取夷三[⑤]族，平勃犹堪托后昆。湛露只今王迹熄，大风终古霸心存。当时尽自[⑥]规模远，愿起河汾与细论。〇陈旅诗：歌风台前野水长，王[⑦]媪卖酒茅屋凉。酒边父老说刘季，头戴竹冠归故乡。山河霸气已销歇，飒飒老柳吹斜阳。台前小儿竞击筑，筑声更似三侯章。〇揭傒斯诗：万乘东归火德开，汉皇曾[⑧]此宴

① 原作"壮"，据《傅与砺诗集》卷五改。
② 原作"雪"，据正统《彭城志》、康熙《徐州志》改。
③ 原作"风"，与前重韵，讹从嘉靖《徐州志》，据各本《文山集》改。
④ 原作"系"，据嘉靖《徐州志》改。
⑤ 原作"三夷"，据吴澄《吴文正集》卷九十四乙正。
⑥ 原作"是"，据《吴文正集》改。
⑦ 原作"丘"，据正统《彭城志》、嘉靖《沛县志》改。
⑧ 原作"从"，据《揭傒斯全集》卷五改。

高台。沛中父老讴歌入，海内英雄倒载回。汤沐空余清泗在，风云犹似翠华来。穹碑立断苍苔[①]上，静阅人间几劫灰。〇刘廉诗：击筑酣歌倚大风，高台良宴故人同。江东兵甲销沉后，天下山河指顾中。万乘襟期开宇宙，千年形胜傲英雄。霓旌立断苍烟上，还有神灵托沛丰。〇无名氏诗：两雄逐鹿操干戈，觊觎中原奈力何。汉祚有成[②]三尺剑，楚兵终[③]散一声歌。承颜竟筑新丰舍，归梦长游古沛河。芒砀山高青不了，五云犹绕赤龙窝。〇又诗：白帝子死老妪哭，天下纷纷竞逐鹿。炎刘天子挥干戈，诛秦夷项何神速。功成治定回故乡，拥护马首皆侯王。椎牛酾酒宴邻里，酣歌击筑增慨慷。沛中父老留不住，赤龙又驾西方去。十二山河锁帝居，杳杳白云在何处。太行日落群峰青，黄河不尽古今情。魂魄想存汤沐邑，至今台上风云生。〇游庄诗：丰沛鸣銮万乘归，酣歌游子故乡思。勋劳自信推三杰，宴乐宁忘守四夷。日月尚随丹凤辇，风云长绕赤龙旗。荒台遗址今犹在，蔓草寒烟锁断碑。〇杨祖恕诗：怒涛突千骑，上有峥嵘台。六合一望间，万里天风[④]来。畴昔龙虎气，芒砀深云堆。煌煌赤帜立，赫赫炎运开。皇灵固有属，亚父徒惊唉。得志加海内，故乡重徘徊。寤寐猛士守，宿将胡嫌猜。矧兹霸心存，咄彼后乘骀。朗咏三侯章，击节嗟雄哉。〇吴师道诗：沛宫[⑤]置酒君王归，酒酣思深风云飞。儿童环台和击筑，父老满座同沾衣。一歌丰沛白日动，再歌楚淮长波涌。龙髯气拂半空寒，虎士心驰四方勇。河山萧瑟长陵荒，野中怒响[⑥]犹飞扬。高台未倾风未息，故乡之情那有极。〇傅与砺诗：黔首厌秦暴，龙德奋炎刘。英雄乘天诛，拔剑起相仇。天风堕陵谷，云物扬九州。天下事既定，怀土未遑休。置酒宴高台，中厨进庶羞。悲歌落林木，父老皆涕流。功臣日菹醢，壮士复何求。至今丰沛间，长顾使人愁。故乡帝所爱，零落遗旧丘。大运各有终，圣贤谁能留。焉知万岁后，魂魄复来游。〇韩性[⑦]诗：武帐如星连钜鹿，重瞳谁敢相驰逐。刘郎深闭函[⑧]谷关，坐听城南新鬼哭。赤鳞半月天无光，阴陵匹马虚彷徨。百二山河笑谈取，殿前上寿称明良。榆社归来故庐在，山川不改风光改。酒酣自作三侯章，儿童拍手声翻海。君不见，帐中悲歌愁美人，乐府千载传受新。英雄吐气天为窄，便肯变灭[⑨]随风尘。高台古碑字[⑩]盈尺，神呵

① 原作“烟”，据康熙《徐州志》改。
② 原作“神”，据嘉靖《沛县志》改。
③ 原作“中”，据嘉靖《沛县志》改。
④ 原作“飞”，据嘉靖《沛县志》、《元音》改。
⑤ 原作“公”，据嘉靖《沛县志》、吴师道《礼部集》改。
⑥ 原作“向”，通“响”。
⑦ 原作“信”，据正统《彭城志》、嘉靖《沛县志》改。
⑧ 原作“亟”，据正统《彭城志》、嘉靖《沛县志》改。
⑨ 原作“减”，据正统《彭城志》、嘉靖《沛县志》改。
⑩ 原作“自”，据正统《彭城志》、嘉靖《沛县志》改。

鬼护蛟龙石。回头铜雀叹凄凉，坠瓦无声土花碧。远山横空暮烟起，行客徘徊殊不已。当年遗事尚可寻，断云飞度香城水。〇李凤诗：一剑西提与楚争，风云惨淡五年兵。归来四海成家日，犹自悲歌气未平。〇练鲁诗：沛宫秋风起，游子伤所思。故人侍高宴，故乡亦在兹。酣歌自起舞，慷慨有余悲。秦鹿方掎角，英雄并驱驰。帝业亦有在，真气匹妇知。天下且归己，功臣胡自危。九江自取尔，会稽徒尔为。俯仰数行泣，何以安四陲。天地驱日月，出入六马驰。上瞻芒砀云，下顾泗水湄。荒台忽千载，烟芜夕霏霏。〇张光弼诗：酒酣起舞和儿歌，眼中尽是汉山河。彭越诛夷黥布戮，且喜壮士今无多。莓苔石刻今如许，几度西风霸陵雨。汉家社稷四百年，荒台犹是开基处。〇萨天锡诗：歌风台下河水黄，歌风台上春草碧。长河之水日夜流，碧草年年自春色。当时汉祖为帝王，龙泉三尺飞秋霜。五年马上得天下，富贵乐在归故乡。里中故老争拜跪，布袜麻鞋见天子。龙颜自喜还自伤，一半随龙半为鬼。翻思向日亭长时，一身传檄日夜驰。只今宇宙极四海，一榻之外难撑持。却思猛士卫神宇，安得长年在乡土。可怜创业垂统君，却使乾机付诸吕。淮阴年少[1]韩将军，金戈铁马立战勋。藏弓烹狗太急迫，解衣推食何殷勤。致令[2]英杰遭妇手，血溅红裙即追首。萧何下狱子房归，左右功臣皆掣肘。还乡却赋大风歌，向来老将今无多。咸阳宫阙亲眼见，今见荆棘埋铜驼。台前老人泪如雨，为言不独汉高祖。古来此事无不然，稍稍升平忘险阻。为叹沛中荒凉台，前人已矣今人哀。悲歌感慨下台去，断碑春雨生莓苔。〇王士熙赋曰：豳风《七月》，所以叙王业之艰难；汉歌《大风》，所以一四海之至威。风，动也。风行天下，何所不遇之哉？豳始有邰，积累其基。其为风也，不轩举而动荡收功于兹。若夫大风者，一扫而空四海，一呼而应万类，非高祖其谁欤？沛之为县，无高山大林之险巇。平取白蛇，乃东乃西。秦婴面缚，项羽自隳。僭号[3]诈君，剑挥肉飞。四望既定，大号攸[4]归。此其为风也，温惠条畅，浃于民肌。不扬其埃，弗动其旗。敛之无迹，动之有机。汉之大风，混之两夷。虽有土台突若，安得而私之耶？有河流之妥妥，彼泡泉之左左。万乘喜其来止，耋倪来其繁夥。万岁之后犹思，卑两京而皆可。乱曰：《诗》之六义，古圣传[5]兮。《大风》之歌，班固勉旃兮。乐极而伤，猛士谁贤兮。韩彭皆死，有经有权兮。呜呼高祖，我思如川兮。〇国朝朱彦昌诗：黄屋东归自北州，飞龙犹认旧灵湫。并驱先获秦亡鹿，百战终擒楚沐猴。德政杂兼王霸道，宽仁贻厥子

① 原作“少年”，据《雁门集》卷一改。
② 原作“至今”，据《雁门集》改。
③ 原作“君”，据正统《彭城志》、嘉靖《沛县志》改。
④ 原作“收”，据正统《彭城志》、嘉靖《沛县志》改。
⑤ 原作“贤”，据正统《彭城志》改。

孙谋。至今日落荒台土，犹有精魂在上头。〇胡直诗：[汉祖当年倒载回，金舆玉辇故乡来]。千年汤沐犹存邑，万古歌风尚有台。碧树离离晴色远，青山澹澹月华开。[穹碑读罢询遗俗，昭代于今富俊才][1]。〇吉水罗坤泰诗：翠华遥指故乡来，隆准高歌亦壮哉。海内风云三尺剑，沛中烟雨数层台。斩蛇空洒秦灵泪，戏马长怜楚霸材。二十四陵俱寂寞，古碑犹自枕苍苔。〇叶铭臻诗：黄屋初乘入故乡，悲风从此醉壶觞。固知有国因三杰，复恐无人守四方。丰沛到今何寂寞，风云终古自飞扬。荒台独上追陈迹，空见残碑傍夕阳。〇薛瑄诗：故城南畔泗河隈，汉祖歌风有旧台。乐饮一时酬父老，壮心千古忆雄才。新丰桑柘萧疏尽，芒砀云霞散漫开。一自鼎湖龙去后，英魂几复沛中来。〇又诗：素灵夜哭秋郊月，汉祖吴钩三尺血。芒砀云气从飞龙，咸阳竹帛随烟灭。独绌群策驱群雄，汉中一旅红旗东。韩郎对语识成败，董公遮说开天衷。王者之师仁以武，诸侯效顺力如虎。关河百战芟群雄，垓下一歌散强楚。风尘荡涤天下清，万乘不忘布素情。黄屋归来见乡邑，宴饮父老如平生。酒酣拔剑高歌起，歌词激烈振天地。雄志深知大业难[2]，霸心尚思猛士倚。群儿逐和声悠扬，起舞四顾何慨慷。乐极哀来泪沾臆，魂魄千秋思故乡。遂令此邑为汤沐，独承天宠何优沃。四百休运同始终，三国遗民想兴复。至今有台泗水滨，雄豪一[3]去余千春。坏埒层层积苍藓，平原漠漠生黄尘。我来正值清秋暮，桑柘萧萧叶飞雨。泗水南流芒砀高，伯业王风复何许。徘徊重是古帝郊，摩挲石刻心劳焦。俯仰秋天莽空阔，杳杳鸿鹄凌风高。〇曾棨诗：秦皇失其鹿，咸阳为飞灰。沐猴万人敌，叱咤生风雷。堂堂隆准翁，伏剑起蒿莱。天威动四海，顾指群雄摧。垂衣坐关中，黄屋高崔嵬。一朝念乡土，万乘忽归来。酒酣发浩歌，意气何壮哉。大风撼枌榆，白日照尊罍。焉知天运移，炎祚忽已颓。凄凉千载后，秋草翳荒台。流景能几时，昆明起尘埃。飘飘芒砀云，飞散不复回。至今中阳里，恻怆令人哀。〇杨士奇诗：汉皇靖宇内，六合承统御。万乘还沛中，龙旗翼銮辂。酒酣歌大风，气势排云雾。往绩示殊伟，丕图怀永固。宽仁运乾刚，四百隆鸿祚。至今千载余，光华垂竹素。崇台面河曲，穹碑倚烟树。我来属秋杪，维舟久瞻顾。矫首芒砀云，澹澹青空曙。〇胡俨诗：玺绶归秦土，英雄泣楚垓。金汤千里固，社稷万年开。故老樽前舞，朔风天际来。高歌激云汉，终古见层台。〇金寔诗：秦鹿走中原，高节竞驰骛。砀云从真龙，疾足无窘步。遮说一以陈，三军尽缟素。煌煌仁义师，赫赫启赤祚。威加四海日，从容念乡土。酒酣启悲歌，壮心迈千古。关洛久已墟，英雄藐何处。落日登荒台，西望咸阳树。大风从天来，徘徊不能去。〇钱习礼诗：汉兵南行

① 以上四句据嘉靖《沛县志》卷十《艺文志》补。
② 原作“成”，据薛瑄《敬轩文集》卷三改。
③ 原作“千”，据《敬轩文集》改。

疾风雨，楚人魂断乌江水。赤龙王气满咸阳，云罕金根归故里。当时御宇意气多，酒酣抚剑成高歌。霸心激烈思壮士，目中虎视秦山河。肯信椒房弄神器，白日深宫哭人彘。若教右袒向军门，谁辨安刘有奇计。断碑剥落高台倾，过客犹传前日名。五陵松柏共萧瑟，泗水东流还旧声。○张轼诗：酒罢酣歌意若何，炎风吹散楚云过。乡关回首英雄少，父老当筵感慨多。一代已非前制度，万年犹是此山河。断蛇剑气消应尽，谁把辛勤为洗磨？○黎淳诗：万乘酣歌故里时，四方兵革尚奔驰。留侯仙去韩彭死，猛士非伊更有谁？○又诗：颠嬴蹶项仆淮阴，归燕乡园慰壮心。桑梓敬恭诸父醉，风云感慨一龙吟。光生草木家为国，气盖山河古亘今。安不忘危伯图远，高台遗碣[①]绿苔深。○程敏政诗：万乘还家日，威生泗水前。楚歌聊复尔，汉业已茫然。宿雨苔花乱，斜阳树影偏。一台惭戏马，相望亦千年。○又诗：土墙茅屋断堤垠，感慨当年此奉宸。废井独来提瓮女，空亭无复打碑人。真[②]王业可忘思沛，猛士歌应悔狩陈。斗酒未穷怀古意，夕阳红处麦粼粼。○李东阳诗：风急高城涌暮波，旧时台榭此山河。鹿当秦楚黄尘合，龙去芒砀紫气多。海内英雄休战伐，里中耆旧喜经过。功成[③]坐失萧墙计，遗[④]恨当年猛士歌。○王谦诗：浮云不改暮山色，往事空随逝水声。四海加威三尺剑，千秋遗恨一杯羹。○鄱阳童轩诗：乌骓已逝走狗烹，威加海内来故乡。台前父老奉觞寿，酒酣激烈歌声长。高皇龙去台还朽，猛士何人四方守。落日悲风动地来，萧萧但见台前柳。岂不闻，姑苏草长游麋鹿，铜爵年深野猴哭。唯有陶唐三尺阶，千载人思太平福。○李时勉诗：君不见，歌风昔日有高台，古人不见今人哀。露砌荒凉余白石，断碑剥落生苍苔。忆昨歌风台下路，凤辇归时花满树。锦筵戏乐天上[⑤]来，娇娥舞袖云中度。威加海内未可论，何如归见旧山村。青云壮士古来有，白发遗民今少存。秋日经过望齐鲁，野草寒花是谁主。远色平分砀北云，寒声暝度丰西雨。[层台累榭势转奇，世人相逢那得知][⑥]。好看汉祚从此启，铜雀姑苏空尔为。○铅山费案诗：临渚问高台，幽花台下开。雨荒前代迹，风起后人哀。故里有私泽，谋臣空异材。彭城城下水，此日共悠哉。○贵溪夏言诗：白蛇断兮赤龙飞，布衣起家兮天子归，故乡草木兮生光辉。楚人夔兮汉业长，四海为家兮号天王，岂无猛士兮怨销亡。手一剑兮驭英雄，礼缘治定兮乐宣功，不作大雅兮歌大风）

射戟台，在南门内之西。后汉袁术攻刘备于沛，吕布救之，乃曰：“我射戟中

① 原作“有”，据嘉靖《徐州志》改。
② 原作“兴”，据《篁墩文集》卷七十三改。
③ 原作“臣”，据《怀麓堂集》卷九十一改。
④ 原作“遣”，据《怀麓堂集》改。
⑤ 原作“下”，据嘉靖《沛县志》改。
⑥ 二句据嘉靖《沛县志》补。

小支，当各罢去。”一发果中，遂退师。台存，三结义庙在其上。

射箭台，靖难时筑。今其上有三官庙。

樊巷，在歌风台北，即樊哙所居。犹存断裂古碑。

苏东坡竹二石刻，在旧儒学内。乃东坡守彭城时，戏写以赠叔祖山阳掾[①]。宣和间，时道安为之刻石。

八景

微山霁雪	泗水澄波	汉祖歌风	吕侯射戟
樊巷烟迷	虺城月照	璃井泉清	昭湖活水

陵墓附

仲虺墓，在县南四十里许。有虺城，墓在城内。

微子墓，按《一统志》：微子，商贤人，墓在微山上。

吕母冢，在县治北三里许，相传汉吕后之母葬此。

防陵，在县治北三里河东岸，汉因吕母冢筑。

邵桀[②]墓，在泗浒。桀，废齐人，廷试第一，官至中靖大夫。嘉靖二十三年，工部主事许诗因筑城，得其门人訾栋所撰故志，刻而立之。

颜瓌墓，在南门外二里许。靖难时，瓌父子死节，邑人葬于此，事详传中。永丰彭勖记（曰：颜公墓，在沛邑南关。公名瓌，字伯玮，庐陵芗城人也。相传为唐鲁公之裔，素以学行称于州里。洪武末，由明经授知是邑，民悦其政。太宗靖难兵压境，伯玮父子同日就死。邑人义之，遂敛葬焉。岁久冢平。正统初，监察御史彭勖巡教至邑，询于致仕户部主事孟式，得其葬处，乃令有司起坟立祠，而祭之以文曰：人孰不死，公独死义。荒冢累累，我独公祭。勖非要誉于乡党，盖欲振纲常于百世。维灵爽之洋洋，永庙食于此地。〇杨士奇诗：平生金石见临危，就义从容子亦随。百里山河遗县在，一门忠孝史官知。故乡住近文丞相，先德传从鲁太师。欲吊丘坟何处是，离离芳草泪空垂。〇刘俨诗：花封兵压事尤危，子父存亡誓共随。千古纲常山岳重，存心忠义鬼神知。乡闾大节维君继，史传高风即我师。昨过歌风台下路，忍看荒冢墓云垂。〇泰和萧镃诗：泗上孤城日就危，生怀印绶死相随。九原白骨凭谁主，一片丹心只自知。政在棠阴传故老，歌闻薤露自兴师。可怜令子能同志，千载芳名许并垂。〇庐陵刘玉诗：大厦原非一木支，纲常轻重此心知。未驱

① 按：“叔祖山阳掾”者，乃宋人时敦语。即时氏叔祖时宗道，与苏轼同年进士，相交厚，曾任山阳掾。时敦文见正统《彭城志》及嘉靖、万历、乾隆《沛县志》。

② 案万历《沛志》卷十三訾栋《中靖大夫邵公墓志铭》：“先生讳世矩，字彦礼。”其名应为“邵世矩”。

玄武门前骑，已拔丹阳镇上旗。千古伯夷真义士，九原下壶有佳儿。荒坟偏洒行人泪，泗水南流无尽时。○安成邹守益诗：臣忠子孝首阳情，坐障江淮急浪平。吉郡流风宜有此，鲁公余裔亦知名。祠下新碑齐下氏，云端清梦到芗城。焚香怀古谈遗事，露净天空见月明。○安成刘旸诗：春烟孤碣草茫茫，回首天南忆故乡。故山云木[1]屹苍苍，青螺之水遥天长。首阳风流夙未亡，蕨薇不食惟刚肠。叫阍取日欲回光，一时英辈先吾邦。天摧地折非佯狂，未存舌柔舌亦刚。回看衣带血成行，玦分孥戮奚悲伤。公扶鳌极奠天纲，孤城万死真能当。身随抔土盖冠裳，气为河岳壮封疆，二百年中不可忘。鞭骑龙豹遥相望。千章松柏余芬芳，梓楹桂宇群公堂，公兮归去俱徜徉。○浮梁操松诗：尘满天空兵满城，山河一旦水飘萍。君臣义重心无二，父子肠刚死是轻。荒冢百年流沛水，英雄千古说庐陵。史臣编入忠臣传，上继真卿与杲卿。○周泾《和颜死节诗》：偷生宁复世人情，弱臂当车愤未平。义比夷齐先一死，姓[2]同真杲更齐名。恩深父子缘何事，分定君臣系此城。当日遗诗千古案，寸心真不愧高明。○又：孤城援绝摇群情，颜家忠孝培生平。共拼一死不避难，由来双下堪齐名。祠庙只今凛生气，纲常终古增长城。丹心炯炯映青史，直与日月争光明）。

汲冢，在县西北三十五里。世传晋太康中，汲郡人发魏襄王冢，得古竹书，即此。汲郡与魏王冢皆在河南，其说非是。

义冢三：一在泗水东岸，一在县南一里，一在县西二里。

旧志有献王陵：献王辅封于沛，汉章帝章和元年幸沛，祠献王陵。今按：后汉沛郡治相，非今沛县，宜削不书。

砀山县

狐父，在县南三十里。《史记》：曹参击秦将司马尼，取狐父，是也。

梁城，汉梁怀王都城。即秦砀郡废城，梁孝王增筑之，遗址犹存。今县治居其东北隅。

麻城，在县北二十五里。东汉盖延尝于此屯兵。后魏改砀山为安阳，治于此。

市力寨，在县北三十五里，安阳之境。

宴喜台，在县治东五十武。上有石刻三大字，相传为唐李白笔，盖取《诗》“鲁侯燕喜”义也。台下有池，名“华池”。《太白集》有《秋夜与刘砀山泛舟宴喜

① 原作“水”，据嘉靖《徐州志》改。
② 原作“性”，据嘉靖《徐州志》改。

亭池》诗（诗曰：明宰试舟楫，张灯宴华池。文招梁苑客，歌动郢中儿。月色望不尽，空天交相宜。令人欲泛海，只待长风吹。〇宋政和三年，真州知府李釜为书“宴嬉”字，授知县许戡[①]刻石于台，遂讹台名为“宴嬉”。俗传李白遗笔，误。〇延祐二年，知县杜郁因其址为鼓楼。泰定四年，知县孟直复修）。

华池（见上）。

振文堂，在儒学后。金明昌六年知县胡世[②]忠，乡民李［松］[③]、袁昕同创。今废。

渠亭，在县南。朱［梁］[④]文惠太后毓秀之地。

心远亭，在城东一里许。元邑人成简卿所筑，学士虞集赋诗（曰：作亭临河河水浑，草树绕屋啼鸟闻。梦回枕上彭城雨，目送檐间芒砀云。归来黄菊有佳色，坐老青山无垢氛。但愿尊中常得酒，曲阿莫问旧参军）。

朱温宅，在县北午沟里，名“衣锦乡”。

小明王宅，小明王，宋帝韩林[⑤]儿也。宅在礼河之阴。《元史》记刘福通自砀山夹［河］[⑥]迎立之，即此。

傅颖公宅，在儒学西北隅。

缩石碑，在邑厉坛北，相传为傅颖公墓碑。弘治中，土淤强半，知县胡希颜命数百人起之，竟不能，俗以为“缩石碑”。

八景

芒砀云气	星海洪涛	秋池邀月	春堤吟风
层台鼓韵	杰阁铃音	词宗雅兴	仙客高踪

陵墓附

梁广王墓，在城东北二里许，太祖朱温兄［全］[⑦]昱也。

安庄王墓，在广王墓侧。王，太祖犹子友宁也。有碑铭，皆对隅。

党太尉墓，在城南三十里。太尉名进，宋太祖名将，朔州马邑人，太［平］[⑧]兴

① 原作“勘”，据嘉靖《徐州志》、乾隆三十二年刘王瑗《砀山县志》改。
② 原作“性”，据正统《彭城志》、嘉靖《徐州志》改。按：乾隆《砀山县志》卷一《舆地》作“胡性忠”，似讹；卷六《职官》作“胡世忠”，曰“采明书、州志补”。今以“世”为正。
③ 底本漫漶，据正统《彭城志》卷十五邵邦哲《重修大成至圣文宣王庙记》补。
④ 底本漫漶，据乾隆《砀山县志》卷一补。
⑤ 原作“休”，据乾隆《砀山县志》卷一《舆地》改。
⑥ 字据乾隆《砀山县志》卷一《舆地》补。
⑦ 字据新旧《五代史》及本志《人物传》补。
⑧ 字据乾隆《砀山县志》卷九《祠祀》补。

国二年卒，葬于此。有碑记，迷灭不可读。子孙家其傍。元至元壬午，裔孙弘济葺其兆域。

曹甫墓，在城北三里。甫仕元，为御史中丞，赠行省左丞、鲁郡公。

曹伯启墓，在城北三里许。伯启为元集贤院学士，谥文贞。

成克敬墓，在城东二里。克敬为元朝列大夫，赠上谷郡伯。

义冢三：一在城北厉坛南，一在城东官道南，一在城西社稷坛南。

丰县

邀城，在县南二十里。俗传汉高祖还乡，父老于此迎驾。

伏道，在县城东北。相传汉高祖微时，避秦厌气，曾出此道。至今道中棘针皆顺生。

枌榆社，在县东北二十五里。《史记正义》以为高祖里社，《前汉书》颜师古注曰："以此树为社神，因名。"汉高祖初起，祷丰枌榆社。后四年，天下悉定，诏御史，令丰治枌榆社，以时祀之。章帝章和元年八月，遣使祠枌榆社。

汉祖宅，《玉海》引《述征[①]记》：丰水东九十里有汉高祖宅。又引《汉旧仪》云：高皇帝家在丰沛中阳里，及为天子，祀丰故宅。今淤。

马公书院，在县东北城下伏道之右。相传汉高祖与卢绾初时，从马惟先生读书之处。

萧何宅，在县东门北城之下。其地最僻，相传为酂侯宅。

卢绾宅，在县东北隅。绾即汉高祖同里同学者，封燕王，宅于此。建炎间，改其地为永宁寺。

厌气台，在县门内之东，秦始［皇］[②]东游以厌王气，筑台于此，俗呼"秦台"。（宋王禹偁铭并序曰：古之王者筑灵台，视云物，察气候之吉凶，知政教之善恶。苟理合天道，垂休降祯，则必日新其德以奉之；化失民心，为妖作沴，则必夕惕其躬以惧之。如是，则变祸福而反灾祥，不为难矣。乌有筑高台，厌王气，行巫觋之事，御天地之灾者乎？嬴政之有天下也，始以利嘴长距，鸡斗六国而擅场；复以钩爪锯牙，虎噬万方而择肉；终以多藏厚敛，蚕食兆民而富国。然后戍五岭，筑阿房。驱周孔之书，尽付回禄；惑神仙之术，但崇方士。收太半之赋，则黔首豆分；用参夷之刑，则赭衣栉比。鲸鲵国政，蝼蚁人命。原膏野血，风腥雨膻。六国

① 原作"正"，据嘉靖《徐州志》改。

② 底本脱字，据文例补。

嗷嗷，上诉求主。天将使民息肩于炎汉，故望气者云：东南有天子气。于是祖龙巡狩，筑台以厌之。殊不知，民厌秦也，诉之于天；天厌秦也，授之于汉。秦独厌天、厌民而自王乎？向使筑是台，告天引咎，迁善树德，封六国之嗣，复万民之业，薄赋敛，省徭役，销戈镕兵，勖稼穑，除高斯之暴政，修唐虞之坠典，下从人望，上答天意，则王气不厌而自销矣，刘项之族何由而兴哉？某游丰沛之间，睹台之旧址，思古览今，怅然有怀。洒翰濡毫，遂为铭曰：台之筑兮，救秦之衰。救[①]之不得，为汉之基。气之厌兮，虑汉之昌。厌之不得，速秦之亡。秦之厌汉，其惟一身。汉之厌秦，乃有万民。高台巍峨，王气氤氲。秦政已矣，汉德惟新。泱泱前古，茫茫后尘。故国芜没，荒台草蓁。行人环竦，恻怆斯文。○宋梁灏诗：天生王气何能厌，嬴氏空劳筑此台。今日我来台上看，残春寂寞野花开。○元楚宝臣诗：自昔冥顽是始皇，不施仁义爱矜张。混鱼臭已遗千古，逐鹿尘还起四方。厌气无功消异代，焚书有焰及阿房。卜年四百皆天定，人意何容得抑扬。○学士袁遵道诗：西出咸阳驾上东，苍生辛苦恨遭逢。古来有德惟天命，厌气台空夕照中。○本朝庐陵孙鼎诗：千年王气空云霭，厌气秦台丰县前。高祖龙兴犹庙祀，始皇漫筑圮寒烟。○曹仲篪诗：东南何故起高台，台下谁传宝剑埋。四百余年元有数，始皇今古恨无才。○弋[②]阳陈善诗：天命从来自有归，秦王空自筑台基。不看池水东边月，照向台前又转西）

枌榆亭，相传在社之侧。高祖即斩蛇，尝聚众于此。

丰西亭，在丰西泽中。高祖为亭长时，送徒骊山，尝止此亭而饮。

凫鹥亭，在县东北池上。旧名“四望”。宋治平三年，县令关景仁重建。（景仁诗：古有凫鹥诗，喜物游太平。今见凫鹥乐，为作凫鹥亭。夜安洲渚栖，昼无罗网惊。群嬉固俦匹，适意相飞鸣。春风藻荇稠，夜雨波澜清。特以王泽深，遂此微物生。飞甍枕秦台，缭绕寒芜城。俯目瞰清泚，日羡凫鹥情。自惟县令职[③]，朝夕亲编氓。土瘠民半馁，役频民少宁。嗟尔多蹙迫，岂与凫鹥并？我心徒尔嗟，奈何存典刑。尔劳悯以恕，尔重移之轻。庶几皆有乐，共戴君聪明。民安令亦暇，临流解尘缨。卒岁可归去，白发南山耕。○马建中诗：古丰千岁远，汉皇实此生。雉堞皆榛荆，故魏徙都城。县宇构台上，台基起秦嬴。四绕半农桑，前池澄流清。东偏特起亭，题曰凫鹥名。传是关令建，下瞰连高甍。亭兴二十载，继踵多贤英。开轩敞眺望，景趣江湖并。春夏芰荷茂，秋冬风月明。政暇来登赏，心虚厌簪缨。因观亭立意，期于仁化行。博爱飞鸟游，庶几及群氓。将使为政者，视物推斯诚。暴虐将知

① 原作“厌”，据《明一统志》改。
② 原作“戈”，据嘉靖《徐州志》改。
③ 原作“暇”，据正统《彭城志》、隆庆《丰县志》改。

禁，典刑当就轻。今我来承乏，治术择未精。境土皆陂泽，弥年水害惊。赋入复增重，务农难劝耕。积有弊源深，宣流孰为更？安得凫鹥乐，均尔黎庶情[①]。年丰衣食足，大雅歌太平。○姚云《诗序》略曰：丰县公宇之背，子城之东隅，有亭其上，曰“四望”，旧矣。治平三年，钱唐关公彦长以进士得官，来宰是邑。视事之暇，而登览焉，病其榱栋栏楯之朽败，不足以蔽风雨而延宾客也，于是易新今名而完壮之。又作诗其上，以赋其事。丰人嘉诵而喜传者，方领曳裾之外，闺门稚子、林野匹夫同之。於乎，何其声誉琅琅也！粤二十余祀，单父马公以世胄之贤，为令是县。爱其陂池游衍，鱼鸟出没有江湖之态，芰荷菱芡有清适之境，佳木秀竹有山林之气，又嘉公能写咏其事而传遗后人也，于是迭出新意，以赓和之。言约而义丰，辞切而意远，不戾于古，不愧于今，信乎作者同风也。丰人安公之政而嘉公之咏，乐与二公之诗俱传不朽，故镵镌于石，以久岁月，而且属云序之。于是遂书云）

白帝河，在县西北五里许，高祖斩蛇之侧。夜闻老妪哭曰：“吾子，白帝子也，今被赤帝子斩之。”因以名河。

大泽，在县治东北。高祖母尝息大泽之陂，梦与神遇，即此。

[丰][②]西泽，在县西二十里，事见“丰西亭”下。

斩蛇沟，在县西二十里，高祖斩蛇于此。

落马碑，在中阳坊。俗传汉高祖幼指此为秦始皇落马之地，后人立碑，今剥落不可识。（张安道诗：纵酒疏狂懒治生，中阳有土不归耕。偶因乱世成功业，更向翁前共仲争）

朱陈村，在县东南一百里。《东坡诗注》云：在徐州丰县，去县远而官事少，处深山中，民俗淳质，惟朱、陈两姓，世为婚姻。民安其土，无羁旅行役之勤，故多寿考。（唐白居易诗曰：徐州古丰县，有村曰朱陈。去县百余里，桑麻青氛氲。梭杼声轧轧，牛驴走纷纷。女汲涧下水，男采山上薪。县远官事少，山深民俗淳。有财不行商，有丁不入军。家家守村业，头白不出门。生为陈村人，死为陈村尘。田中老与幼，相见何欣欣。一村惟两姓，世世为婚姻。亲属居有族，少长游有群。黄鸡与白酒，欢会不隔旬。生者不远别，嫁娶先近邻。死者不远葬，坟墓多绕村。既安生与死，不苦形与神。所以多寿考，往往见玄孙。我生礼义乡，少小孤且贫。徒学见是非，只自取辛勤。世法贵名教，士人重冠婚。以此自桎梏，信为大谬人。十岁解读书，十五能属文。二十举秀才，三十为谏臣。下有妻子累，上有君亲恩。承家与事国，望此不肖身。忆昨旧游初，迨[③]今十五春。孤舟三适楚，羸马四经秦。

① 原作“清”，与前重韵，据嘉靖《徐州志》改。
② 字据嘉靖《徐州志》、隆庆《丰县志》补。
③ 原作“追”，据《白氏长庆集》卷十改。

昼行有饥色，夜寝无安魂。东西不暂住，住往如浮云。乱离失故乡，骨肉多散分。江南与江北，各有平生亲。生者终日别，死者隔年闻。朝忧卧至暮，夕哭坐达晨。悲火烧心曲，愁霜侵鬓根。一生苦如此，长羡陈村民。〇宋苏轼《题陈季常所畜朱陈村嫁娶图》诗曰：何年顾陆丹青手，画作朱陈嫁娶图。闻道一村惟两姓，不将门户买崔卢。〇又：我是朱陈旧使君，劝农曾入杏花村。而今风物那堪画，县吏催钱夜打门）

杏花村，按《古今诗话》："徐州古丰县有杏花村二十里[①]。"苏轼诗有"劝农曾入杏花村"。

仙井，在曲泉宫下。相传元云真子房德稳所凿，其味甘。今淤。

仲井，在大泽之南。相传汉高祖兄刘仲所凿，遇旱祈祷，取水有应。今淤。

走马池、白马池，俱在西门外。今淤。

莲花池，在东门外。

按丰，大要帝乡，乃其山川之所衣被，恒多汉迹，若我皇明之濠泗焉尔。

八景

华山岚色	泡水波光	圣井春游	天津晚钓
秦台夜月	娥墒秋容	中阳夕照	曲豆晨烟

陵墓附

彝王陵，在县东南三十里，堕山之下。

齐王陵，在县东北二十五里。相传汉齐王墓，傍有停灵台。今有庙。

秦王墓，在县西五里。

绛侯墓，在县东北十五里。至今子孙有世业地八十亩。

马惟墒，在县东北二里许。马惟先生，高祖、卢绾同学之师也，卒葬于此。

周勃墓，在县东北十里[②]。

娥墓，在县治西北三十里。娥，未详姓氏，必古烈女也。

李若谷墓，在县治北五十里。若谷为宋参知政事，卒谥康靖，葬于此。其子淑[③]，亦葬里中。

---

① 隆庆《丰县志》云："徐州古丰县朱陈村有杏花二十里。"

② 案顺治《丰县志》云："周绛侯墓，即太尉勃。"谓旧志不当析载为二。本志兼采嘉靖《徐州志》之"周侯墓"，隆庆《丰县志》之"汉绛侯墓"，遂致重出，且道里互异。考隆庆《丰县志》"在县东北一十二里"，清代州县志皆从此说。

③ 原作"淑赐"。案嘉靖《徐州志·人物传》："李若谷子淑，字献臣，旧志误作'淑赐'。"本志成于嘉靖《徐州志》后，仍沿弘治旧志之讹。今据《宋史》本传删"赐"字。

袁遵道墓，在华山西北。遵道为元学士，葬此。

曹中墓，在县治西百步许柳毅庙旁。中，元进士，仕至侍郎。

义冢，在泡河岸北。

土产

按《禹贡》所纪，及《周礼·职方氏》之典籍，则古徐物产之饶，甲于寰宇。今疆土非昔，而洪水岁复为殃，水陆之产，皆萧索而失生。较诸薛虎子"肥沃"之称、苏轼"一熟恒饱"之言，大不侔矣。《诗》曰："秋日凄凄，百卉具腓。"正今日之谓也，仁人不可不念。

谷类有黍、稷、麦（大麦、小麦、荞麦三种）、菽（黄豆、赤豆、绿豆、黑豆、菀豆五种）、稻（州县比年水盛，农多艺稻，产亦颇广。萧县白米山泉所灌，稻米洁白异常）、粱、秫、芝麻。

果类有桃、李、梅、杏、梨（萧县梨曰兔头燕顶者，甘脆尤异）、枣、柿、栗、藕、樱桃、葡萄、银杏、石榴、西瓜、沙果、胡桃、莲实、芡实、山楂。

蔬类有茄、芥、芹、苋、葱、蒜、莴笋、荠、韭、瓜（甜瓜、苦瓜、稍瓜、丝瓜、冬瓜、黄瓜数种）、瓠、芋、胡荽、菠薐、白菜、蘑菇、葫芦、萝卜、豆荚（刀豆、豇豆、扁豆、羊角豆凡数种）、蔓菁、山药、茼蒿、灰苋、马齿苋。

花草类有蒲、苇、荇、蓼、蓝、萍、苜宿（草类多不悉，姑据故志稍增数种）、野兰（萧县暑兰山出）、紫草（砀山出）、红花、蜀葵、萱草、菊花、牡丹、芍药、凤仙、鸡冠、荷花、木槿、金钱、金盏、玉簪、蔷薇、海棠、石竹、地棠。

竹木类有桐、梓、桑、柏、槐、柘、椿、榆、杨、柳、栎、楮、楝、竹、棠梨。

药味类有柴胡、桔梗、巴戟、苦参、知母、泽泻、远志、苍术、沙参、芫花、甘松、地黄、干葛、牵牛、薄荷、紫苏、茵陈、栝蒌、地丁、牛蒡、麻黄（《本草》云：出彭城者胜）、泽兰（《本草》云：徐州出）、半夏、附子、三棱、细辛、黄精、罂粟[①]、葳灵仙、何首乌、玄胡索、益母草、翻白草、香附子、蛇床子、车前子、金银花、天花粉、蒲公英、白头翁。

布帛类有绸（丝绸、绵绸，凡二品）、绢、绵布。

杂货类有丝、铁（盘马山出，今无）、绵花、石炭。

禽羽类有鸡、鹅、鸭、鹤、雁、鸥、鹭、凫、雉、鹳、鹊、鹰、鹞、鸠、雀、

① 原作"栗"，据嘉靖《徐州志》改。

乌、燕、天鹅、鸜鹆、鹁鸽、黄鸟、杜鹃、鸳鸯、鹡鸰、布谷、桑扈。

兽畜类有牛（水牛、黄牛二种）、马、骡、驴、豕、羊、犬、鹿、獐、兔、狼、狐、野豕。

鳞甲类有鱼（鲤、鲢、鲂、鲫、鳊、鲦数十种）、鳖、虾、蟹、蚬、蚌、螺蛳。四邑并同。

石有花石（斑形即画成云山竹木，亦有如玛瑙者，徐州出。嘉靖三十六年，上取用计四千八百二十九块，每块方四尺，径九寸。时兵备副使于德昌以石虽徐产，而一方疲民，岂能独采？白于巡抚都御史李，遂议将是石令徐州合庐、凤、淮、扬四府，滁、和二州，并其本府州之卫，以及皇陵、武平、归德等卫，两淮盐运使司分采，量地方简繁，派以石数多寡，某府若干，某州若干，某卫若干，运司若干，采毕，各照所派，拽运诣京。徐得无偏累焉）。

土有白土（徐州与萧县出）。

职官

徐，沿革靡常，官亦代异。由国有相、傅、中大夫、内史，由县有令、丞、尉，由郡有太守、丞、尉，由州有刺史、别驾、治中、从事史诸职。重以季叶，纷更尤出，一切丛乎错然，殆未可胜纪也。明兴，稽古建官，咸正罔缺。维州若县，正佐僚幕，厥有定员，万世较若。是用表之，俾凡一命兹土者，咸有所稽。盖于其官，不于其人，法得并书云。

徐州

知州

文景宗（洪武元年任。见传）

高玉琳（七年任）

张　景（泗州人，生员，十年任）

徐　恒（十五年任）

田　渎（直隶易州人，监生，二十一年任）

杨节仲（三十一年任。见传）

杨　秘（宣德四年任。见传）

汤惟坚（浙江丽水人，监生，正统二年任）

章　赞（浙江遂安人，监生，六年任）

苏　璟（河南祥符人，监生，十年任）
任　泰（陕西咸宁人，监生，十三年任）
罗　正（江西丰城人，监生，景泰二年任）[①]
宋　诚（四年任。见传）
王　叙（天顺五年任。见传）
陈廷琏（成化六年任。见传）
张　琳（河南上蔡人，十年任）
和　鸾（十一年任。见传）
朱　鼎（二十一年任）
何宗理（陕西平凉人，进士，弘治七年任）
王　寅（四川安居人，举人，十三年任）
上官崇（江西吉水人，进士，正德二年任）
栗　铭（山西潞州人，进士，五年任）
张行甫（直隶大兴人，进士，七年任）
武　雷（山东馆陶人，举人，九年任）
樊　准（十三年任。见传）
张　淮（十三年任。见传）
卢永春（嘉靖元年任）
郭天锡（山东福山所人，举人，二年任）
李　邦（四川巴县人，举人，六年任）
孙　光（九年任。见传）
魏　颂（湖广蒲圻人，举人，十三年任）
陆时望（江西丰城人，举人，十四年任）
陈克昌（浙江仁和人，进士，十九年任）
熊　林（广西人，举人，二十年任）
王重贤（二十二年任。见传）
陈叔美（陕西泾阳人，举人，二十三年任）
何　莘（广西桂林人，举人，二十六年任）
李　桐（直隶吴桥人，举人，三十年任）
胡　麟（直隶藁城人，进士，三十二年任）

① 案《明英宗实录》卷二二六：景泰四年二月乙卯，“巡按直隶监察御史周必兆奏：徐州知州罗正将出粟大户胡信报作饥民，按月支粮赈济，宜执正问罪。从之”。

王　霄（陕西秦州人，举人，三十五年任）
郑维邦（福建侯官人，举人，三十九年任）
邹　臣（河南安阳人，举人，四十三年任）
王　銃（山西灵丘人，举人，隆庆元年任）
章世祯（江西余干人，举人，三年任）
刘顺之（五年任[1]。见传）
孙养魁（直隶容城人，举人，万历四年任）

同知

刘　秩（洪武元年任。见传）
萧云举（江西新城人，监生，永乐十年任）
喻则成（江西玉山人，进士，宣德八年任）
阎　本（直隶滦州人，监生，正统八年任）
包用达（浙江桐庐人，监生，九年任）
程　综（福建福州人，十二年任）
王　政（浙江鄞县人，景泰四年任）
李　荣（直隶隆平人，七年任）
王　琦（天顺五年任）
沈仝和（成化十一年任。见传）
张师载（浙江海盐人，监生，弘治七年任）
孔　易（十八年任）
邵　立（正德五年任）
俞　绫（浙江新昌人，监生，八年任）
臧　鲁（嘉靖二年任）
王　芳（六年任）
赵　鸾（浙江余姚人，吏员，七年任）
姚一和（江西高安人，监生，十年任）
樊　良（浙江缙云人，监生，十二年任）
赵　恒（直隶柏乡人，监生，十四年任）
李　杜（江西玉山人，监生，十六年任）
沈　美（浙江慈溪人，吏员，十九年任）

① 本志卷四《宦迹传》作“六年任”。

石　岗（广西平乐人，吏员，二十三年任）
刘天叙（福建莆田人，吏员，二十八年任）
梁　仪（直隶无极人，三十一年任）
刘　宣（四川人，监生，三十五年任）
王文华（山西人，吏员，三十六年任）
陈　鸣（浙江山阴人，监生，三十八年任）
王继志（广东琼山人，监生，四十一年任）
谢俊芳（湖广辰溪人，监生，四十三年任）
胡　轲（江西鄱阳人，隆庆元年任）
陈大章（浙江鄞县人，进士，二年谪任）
应世卿（浙江诸暨人，监生，二年任）
冯　镮（山西威远卫人，监生，四年任）
何　普（浙江龙游人，监生，六年任）
王　璞（河南淇县人，监生，万历二年任）

判官

晏　璧（江西庐陵人，永乐二年任）
侯　铭（直隶完县人，八年任）
梁　逊（十三年任）
杨道亨（浙江严州人，宣德八年任）
唐　庆（八年任）
朱　泗（福建福安人，正统二年任）
程　式（河南祥符人，五年任）
彭　志（山东蓬莱人，监生，七年任）
周仕安（湖广崇阳人，监生，八年任）
黎用显（江西清江人，十一年任）
潘　东（福建侯官人，监生，景泰四年任）
韩　琪（天顺五年任）
吕　胜（直隶清苑人，成化六年任）
赵　颙（浙江兰溪人，六年任）
李文举（弘治七年任）
刘　理（十八年任）
周　豫（十八年任）

陈　鉴（正德五年任）

赵宗良（九年任）

夏　暹（九年任）

董　相（十三年任）

潘九征（直隶蓟州人，监生，十六年任）

齐　凤（河南临漳人，监生，嘉靖二年任）

戴　魁（直隶大城[1]人，举人，三年任）

谢　元（三年任）

王　轼（五年任）

温文标（山西石州人，监生，七年任）

张　溥（山东平原人，监生，八年任）

项　情（江西德兴人，监生，八年任。见传）

郑清远（福建侯官人，吏员，十二年任）

崔　镇（直隶香河人，监生，十二年任）

王　梓（江西安义人，监生，十四年任）

滕　汉（湖广麻阳人，监生，十五年任）

程　鸣（江西上饶人，监生，十七年任）

马　云（直隶兴州卫人，监生，十七年任）

吴　镛（福建长泰人，监生，十八年任）

李　睿（四川达州人，吏员，十九年任）

徐有恭（山东东平人，监生，二十年任）

陈　壮（浙江余姚人，知印，二十年任）

黄应期（江西南城人，监生，二十三年任）

欧世贤（广西苍梧人，监生，二十三年任）

袁　衮（云南楚雄卫人，举人，二十四年谪任）

白　雁（直隶兴济人，监生，二十六年任）

唐仕祐（湖广会同人，监生，二十九年任）

高　瀛（直隶成安人，监生，二十九年任）

王　沂（山东德州人，监生，三十一年任）

阎绍光（山东青州人，监生，三十三年任）

杜　巍（山东登州卫人，监生，三十五年任）

① 原作“成”，据嘉靖《徐州志》改。

路　塘（陕西靖虏人，监生，三十七年任）
张自义（河南永城人，监生，三十七年任）
张邦治（浙江崇德人，知印，三十八年任）
刘继厚（福建闽县人，吏员，三十九年任）
梁明经（直隶景州人，监生，四十年任）
黄　鳌（江西赣县人，监生，四十二年任）
黄国勋（江西清江人，吏员，四十二年任）
章世祯（江西余干人，举人，四十四年谪任）
周　宸（湖广保康人，监生，四十四年任）
徐文训（浙江永康人，监生，四十五年任）
唐　俊（浙江兰溪［人］[①]，官生，隆庆元年谪任）
邹　乔（福建建宁人，监生，二年任）
张志通（辽东广宁卫人，监生，三年任）
郑国贤（浙江兰溪人，监生，四年任）
李从龙（广东新会人，举人，五年谪任）
萧　梅（江西龙南人，监生，六年任）
白　经（直隶抚宁人，举人，六年谪任）
余国英（浙江西安人，监生，万历元年任）
王　寀（直隶景州人，监生，元年任）
陈　宰（四川仁寿人，吏员，二年任）
卢　宁（湖广广济人，吏员，二年［任］[②]）
陈　址（湖广施州卫人，监生，二年任）
顾应臣（浙江武义人，监生，三年任）
蒋自淑（广西全州人，吏员，三年任）
欧阳策（直隶武强人，监生，三年任）

吏目

王　纪（浙江海盐人，监生，景泰三年任）
欧　铭（湖广长沙人，成化六年任）
赵　志（弘治十八年任）

① 字据文例补。
② 字据文例补。

李　新（正德八年任）

焦　澄（九年任）①

陆　广（直隶安州人，监生，嘉靖元年任）

阎　锦（山西宁乡人，监生，八年任）

吕　纯（十二年任）

康　淳（河南修武人，监生，十四年任）

范　经（浙江乌程②人，监生，十五年任）

王　绾（山西怀仁人，监生，二十③年任）

张九官（山东长清人，监生，二十五年任）

王　钊（山东人，监生，二十八年［任］④）

李　政（山东莱芜人，吏员，三十二年任）

翁　守（福建福清⑤人，承差，四十一年任）

李志勇（陕西［吴］⑥堡人，监生，四十二年任）

曹　锡（直隶清苑人，四十五年任）

叶文溥（浙江庆元人，监生，隆庆二年任）

沈　汉（湖广邵阳人，监生，六年任）

张思齐（山东钜野人，监生，万历三年任）

金鸣远（江西丰城人，吏员，三年任）

郑文迪（福建福清人，知印，万历五年任）

学正

陈　胤（山西陵川人，举人，洪武［三十二］⑦年任）

俞盛世（浙江象山人，举人，永乐十二年任）

宋　骥（宣德八年任。见传）

刘　羽（江西吉水人，举人，正统四年任）

罗兼善（江西庐陵人，举人，十二年任）

崔　盛（江西清江人，举人，十四年任）

---

① 焦澄，据嘉靖《徐州志》补。

② 原作“城”，据顺治《徐州志》改。

③ 原作“十四”，据嘉靖《徐州志》改。

④ 字据文例补。

⑤ 原作“青”，据康熙《徐州志》改。

⑥ 字据康熙《徐州志》补。

⑦ 字据嘉靖《徐州志》补。按：刻本受限于版面空间，脱省过甚。

张德瑄（景泰四年任。见传）

龚　汇（四川荣县人，天顺五年任）

聂　荣（江西清江人，成化三年任）

应广平（六年任。见传）

刘文宗（弘治十一年任）

林应甫（十四年任）

杨　和（直隶固安人，岁贡，正德八年任）

胡崇易（十三年任。见传）[1]

黄　玉（云南人，岁贡，十六年任）

吴　湘（福建人，岁贡，嘉靖七年任）

余　魁（江西人，九年任）

李　宪（江西人，举人，十一年任，迁知县）

周　易（十三年任。见传）

安　止（广西人，举人，十五年任）

李　柡（广西人，举人，十九年任）

吕　锐（浙江永康人，举人，二十二年任）

吴时昭（福建怀安人，举人，二十六年任）

夏云鹏（浙江嘉兴人，岁贡，三十一年任）

袁文遴（福建龙溪人，举人，三十三年任）

林维杰（三十九年任。见传）

林东阶（福建闽县人，举人，四十年任）

耿　介（直隶元城人，岁贡，四十三年任）

宁惟良（直隶祁州人，岁贡，隆庆元年任）

孔彦沂（山东曲阜人，岁贡，三年任）

章　浚（江西新喻人，岁贡，万历元年任）

训导

孔公礼（山东曲阜人，岁贡，正统七年任）

傅　霖（江西永丰人，儒士，十一年任）

胡　项（江西进贤人，儒士，十一年任）

赵　敏（四川永川人，举人，十二年任）

---

① 按：胡崇易误置“训导”下，今据本传移回。传详卷四《宦迹》。

赵　观（[景泰][1]四年任）
王　达（山西襄陵人，举人，七年任）
徐原怡（浙江临海人，天顺元年任）
宋时著（弘治十一年任）
刘天锡（十三年任）
徐　俨（正德十年任）
郭　辉（十年任）
李　珍（江西浮梁人，十二年任）
邓孔清（江西进贤人，十二年任）
杨　琳（十二年任）
胡崇易（十三年人。见传）
于　松（嘉靖元年任）
方中孚（浙江乌程人，九年任）
李　仁（江西浮梁人，十二年任）
丘以山（河南人，十三年任）
王时正（湖广人，十三年任）
朗　楠（浙江人，十八年任）
李敷阳（直隶真定人，十八年任）
卢　泰（湖广人，十九年任）
解　初（顺天府人，岁贡，二十年任）
刘仲璋（河南人，岁贡，二十二年任）
谢　京（浙江於潜人，岁贡，二十四年任）
高　朗[2]（河南通许人，岁贡，二十五年任）
廖　镶（江西崇仁人，岁贡，二十五年任）
张九旂（直隶邢[3]台人，岁贡，二十九年任）
郭本固（山东冠县人，岁贡，三十一年任）
王可久（河南杞[4]县人，岁贡，三十二年任）
崔进美（山西襄陵人，岁贡，三十五年任）
王　裳（直隶栾城人，岁贡，三十七年任）

① 二字据嘉靖《徐州志》补。
② 原作“郎”，据嘉靖《徐州志》、康熙《徐州志》、乾隆《徐州府志》、乾隆《通许县志》卷七《选举》改。
③ 原作“刑”，据顺治《徐州志》改。
④ 原作“祁”，据顺治《徐州志》改。

李一旸（湖广麻城人，岁贡，三十八年任）

任　统（山西岳阳[1]人，三十九年任）

郑良贵（浙江常山人，岁贡，四十三年任）

杨秉中（河南裕州人，岁贡，四十三年任）

蒲　祥（河南祥符人，岁贡，四十四年任）

邬　麒[2]（江西余干人，岁贡，隆庆二年任）

钱　运（江西星子人，岁贡，三年任）

胡士荣（山东章丘人，岁贡，四年任）

刘朝阳（河南睢州人，岁贡，六年任）

李重卿（江西兴国人，岁贡，万历元年任）

鲁一贯（直隶当涂人，岁贡，二年任）

萧县

知县

宋　予（洪武十七年任）

乔　俊（二十九年任）

郑　恕（三十五年任。见传）

郝　玘（永乐十六年任。见传）

赵　珣（正统五年任）

柳　新（十二年任）

闭　悌（成化十年任。见传）

马　纶（四川内江人，进士，十三年任）

陆本正（辽东人，举人，十七年任）

冯　显（河南荥泽人，举人，弘治十六年任）

周　棨（通州人，进士）

仇　惠（直隶新安人，进士，行取御史）

周　湘（浙江人，举人）

石邦柱（广西苍梧人，进士。以上俱年阙）

冯　裕（山东临朐人，进士，正德三年任）

---

① 按：此“岳阳”即今临汾市安泽县。隋大业二年，改为岳阳县（治今安泽县岳阳镇），以其在霍太山（又名“太岳山”）之南，故名。因与湖南岳阳县重名，1914 年 6 月改为安泽县。

② 顺治、康熙《徐州志》作“麟”。

孟　琎（山东济宁人，监生，六年任）
王　隆（九年任。见传）
郭　濂（浙江余姚人，举人，嘉靖二年任）
苏子受（广东海阳人，举人，四年任）
寻孔乐（山西阳曲人，举人，八年任）
朱同芳（浙江余姚人，举人，十一年任）
孙重光（十六年任。见传）
王荩臣（广西桂林卫人，举人，二十二[①]年任）
周景会（浙江山阴人，举人，二十六[②]年任）
何稽贤（福建汀州人，选贡，二十八年任）
李文蔚（云南石屏州人，举人，三十年任）
张启晨（湖广江夏人，举人，三十二年任）
张季良（云南赵州人，举人，三十七年任）
成尧卿（山东齐东人，选贡，四十二年任）
胡　润（直隶密云卫人，监生，四十三年任）
陈择善（江西德[③]化人，选贡，隆庆二年任）
唐文华（河南怀庆卫人，举人，三年任）
宋　伟[④]（江西新建籍丰城人，举人，万历二年任）

县丞

齐福东（洪武二十九年任。见传）
郭　祯（正统元年任）
邓　鼐（景泰元年任）
段　忠（香河人，成化元年任）
高　文（山西石州人，吏员，正德七年任）
孙　昇（直隶任丘人，吏员，十二年任）
陈　昂（湖广江夏人，监生，嘉靖元年任）
方　相（湖广巴陵人，吏员，三年任）
刘廷玺（湖广桂阳人，监生，五年任）

---

① 原作“嘉靖年任”，据嘉靖《徐州志》、康熙《萧县志》补。
② 原作“二十二”，据嘉靖《徐州志》、康熙《萧县志》改。
③ 底本漫漶，字从康熙《徐州志》、康熙《萧县志》。
④ 康熙《徐州志》、康熙《萧县志》作“宋炜”。

熊　肇（江西丰城人，吏员，七年任）
石廷玺（贵州平都人，监生，十一年任）
于　漯（陕西吴堡人，监生，十六年任）
苏大纪（直隶邢台人，监生，二十年任）
刘世泰（江西南城人，监生，二十三年任）
陈思义（山东灵山[卫][1]人，监生，二十六[2]年任）
袁　宝（山东博兴人，监生，二十八年任）
李　环（河南永城人，选贡，三十年任）
徐恒爱（浙江余姚人，吏员，三十一年任）
朱　钦（浙江仁和人，吏员，三十四年任）
陆　遂（广东南海人，吏员，三十七年任）
胡　贡（山东历城人，都吏，四十年任）
冯邦本（湖广上津人，选贡，四十四年任）
马如龙（直隶开州人，岁贡，隆庆二年任）
赵景昌（直隶蓟州人，吏员，五年任）
罗廷祯（江西奉新人，监生，万历二年任）

主簿

刘　瑜（洪武元年任）
靳永庆（山东蒲台人，监生，正德八年任）
黄　继（福建同安人，吏员，十五年任）
任　怀（河南涉县人，监生，嘉靖四年任）
楚　富（河南荥阳人，监生，八年任）
王宗儒（直隶大城人，监生，十四年任）
李继勋（直隶宣府卫人，监生，十四年任）
臧希古（山东莱阳人，监生，十九年任）
张　澜（山东长清人，监生，二十三年任）
张继芳（直隶南皮人，监生，二十六年任）
周朝宾（山西和顺人，选贡，二十九年任）
许思恭（山东莱芜人，选贡，三十一年任）

---

① 字据嘉靖《徐州志》、康熙《萧县志》补。
② 原作“二十五”，据嘉靖《徐州志》、康熙《萧县志》改。按：康熙《萧县志》、康熙《徐州志》作“陈思议”。

李存智（山东莱芜人，选贡，三十五年任）
张　堦（浙江余姚人，承差，四十年任）
王从儒（河南阳武人，监生，四十四年任）
周天济（锦衣卫人，监生，四十五年任）
王维藩（山东平原人，监生，隆庆四年任）
王一夔（直隶乐亭人，监生，万历二年任）

典史

程　伦（浙江人，吏员，嘉靖二十七年任）
莫　麟[①]（浙江仁和人，知印，三十年任）
孟朝纪（山东青[②]城人，吏员，三十二年任）
王克俭（河南胙城人，吏员，三十七年任）
杨　耀[③]（江西丰城人，吏员，四十二年任）
萧大成（湖广襄阳人，吏员，隆庆二年任）
朱　诏（浙江山阴人，吏员，四年任）
费邦骥（浙江武康人，吏员，六年任）
张文林（浙江慈溪人，吏员，[万历][④]二年任）

教谕

谢　祐（永乐[⑤]十年任）
李应吉（浙江余姚人，举人，宣德元年任）
王　隆（江西人，岁贡，景泰元年任）
任守中（四川人，举人，成化四年任）
常　俊（河南人，岁贡，八年任）
晏文茂（四川泸州人，举人，十九年任）
余[⑥]宾（江西人，岁贡，正德三年任）
沈　珪（浙江德清人，举人，六年任）
姜　芳（浙江兰溪人，举人，七年任）

① 原作“麒”，据康熙《萧县志》、康熙《徐州志》改。
② 原作“清”，据康熙《萧县志》、康熙《徐州志》改。
③ 康熙《萧县志》同作“耀”，康熙《徐州志》、嘉庆《萧县志》作“辉”。
④ 二字据康熙《萧县志》、康熙《徐州志》补。
⑤ 康熙《徐州志》以后改作“洪武”。
⑥ 原作“俞”，据嘉靖、康熙《徐州志》，康熙《萧县志》改。

徐　瓒（浙江松阳人，岁贡，八年任）
陈　璮（福建漳浦人，岁贡，十年任）
周　良（浙江德清人，岁贡，十五年任）
马　玉（山西朔州人，岁贡，嘉靖元年任）
马　德（山东沂州人，岁贡，八年任）
周　蕙（广西平乐人，岁贡，十一年任）
胥　纯（山东阳谷人，岁贡，二十年任）
王纳议（广西融县人，举人，二十六年任）
袁　旻（浙江嵊县人，岁贡，三十五年任）
沈　种（云南赵州人，选贡，三十八年任）
萧　蔚（四十一年任。见传）
刘凤翔（河南汲县人，岁贡，四十四①年任）
陈大璘（莆田人，举人，隆庆二年任）
王锡卿（莱州掖县人，岁贡，四年任）
姚应龙（浙江慈溪人，举人，万历二年任）

训导

欧阳安（江西庐陵人，宣德五年任）
何　檟（景泰元年任）
董　衡（浙江永嘉人，岁贡，成化四年任）
崔　信（山东人，岁贡，八年任）
苏文渊（十三年任）
孙绳宗（山东掖县人，岁贡，二十一年任）
林　忠（福建建宁人，岁贡，弘治三年任）
袁　缙（陕西泾阳人，岁贡，三年②任）
赵　聪（四川人，岁贡，十六年任）
董　琼（浙江乌程③人，岁贡）
施　淦（浙江严州人，岁贡。以上俱年阙）
毛　祐（河南洛阳人，岁贡，正德十六年任）
卢　斑（河南上蔡人，岁贡，嘉靖二年任）

① 底本漫漶，据康熙《萧县志》、康熙《徐州志》补足。
② 康熙《萧县志》、康熙《徐州志》作“五年”。
③ 原作“城”，径改。

毛　美（浙江人，岁贡，五年任）
李天民（河南洛阳人，岁贡，六年任）
周仲鹏（湖广湘潭人，岁贡，八年任）
沈滕芳（湖广浏阳人，岁贡，十三年任）
李济川（河南临漳人，岁贡，十六年任）
刘　恺（直隶衡水人，岁贡，二十二年任）
安中夏（河南仪封人，岁贡，二十三年任）
彭士龙（广东南海人，岁贡，二十四年任）
楼　祁（浙江萧山人，岁贡，二十六年任）
叶　贲（江西德兴人，选贡，二十八年任）
陈　谟（湖广邵阳人，岁贡，三十年任）
马　祯（湖广巴陵人，岁贡，三十五年任）
耿　介（三十七年任。见传）
刘　寅（河南郾城人，岁贡，四十一年任）
张时旦（河南鄢陵人，岁贡，四十三年任）
史　策（河南开封人，岁贡，隆庆二年任）
张　勋（直隶赵州人，岁贡，五年任）

沛县

知县

费忠信（洪武二年任）
颜　瓌（三十五年任[①]。见传）
王　敏（直隶永年人，永乐二年任）
常　瓘（四年任。见传）
王　征（山西大同府人。年阙[②]）
李举贤（直隶容城人，十一年任）
陈原宗（湖广衡阳人，二十二年任）
杜　钊（直隶衡水人，宣德元年任）
王　清（四川新都人，正统元年任）

① 案《人物传》载“洪武己卯，以贤良荐知县事”，应为洪武三十二年（建文元年）任。
② 万历《沛志》谓王征十七年任，李举贤十九年任。

王　刚（河南鄢陵人，十一年任）

古　信（景泰元年任。见传）

雷应春（四川人。年阙）

马时中（成化十一年任。见传）

王　琛（二十年任）

冯　谦（年阙。见传）

吴　钊（顺天府人，举人。年阙[1]）

袁[2]纪（山西潞州人，举人。年阙[3]）

姚　祥（弘治八年任。见传）

杨　凤（十六年任[4]。见传）

张　珩（直隶大名人，举人。年阙）

徐　彬（浙江余姚人，举人）

马伯骐[5]（直隶新乐人，举人）

栗　钲（山西潞州人，举人）

孙宗[6]尧（直隶河间人，举人。以上俱年阙[7]）

王　瓒（陕西华阴县，举人）

胡守约（见传）

麻　芝（见传。以上俱年阙）

周万金（直隶内黄人，举人，嘉靖元年任）

孔　时（陕西长安人，举人，二年任）

郑公奇（福建莆田人，进士，六年任）

向必成（湖广黄梅人，监生，七年任）

平世祥（山东日照人，监生，七年任）

杨　政（九年任。见传）

孙　灿（山东朝城人，监生，十六年任）

王　治（十九年任。见传）

周　泾（江西贵溪人，举人，二十三年任）

① 康熙《徐州志》作“成化十一年任”，万历《沛志》、乾隆《徐州府志》作“二十一年任”。
② 原作“远”，讹从嘉靖《徐州志》，据康熙《徐州志》及沛县诸志改。
③ 万历《沛志》作“弘治七年任”。
④ 万历《沛志》作“十七年任”。
⑤ 原作“锟”，据康熙《徐州志》并参《新乐县志》改。又，康熙《徐州志》谓“岁贡，弘治十二年任”。
⑥ 原作“完”，讹从嘉靖《徐州志》，据《畿辅通志》《河间县志》改。
⑦ 万历《沛志》谓孙宗尧“正德元年任”。

李　祯（二十七年任。见传）

郭进贤（湖广麻城人，举人，三十年任[①]）

叶恒嵩（浙江太平人，举人，三十二年任）

张性深（直隶邯郸人，举人，三十三年任）

罗见麟（广东番禺人，举人，三十六年任）

滕　霁（三十八年任。见传）

宋聚奎（山西闻喜人，监生，三十九年任）

李　时（四川奉节人，举人，四十年任[②]，升主事）

白　经（永平府人，举人，隆庆三年任）

徐　辂（浙江杭州府海宁[③]人，举人，五年任）

倪民望（湖广黄梅人，举人，万历元年任）

祝希哲（密云卫籍江西德兴人，举人，三年任）

县丞

胡　光（洪武三十五年任）

陶　骥（山东滋阳人，永乐二年任[④]）

夏添祥（十一年任）

吴自然（山西曲沃人[⑤]，洪熙元年任）

何　通（陕西[⑥]华阴人，宣德元年任）

张　祥（直隶栾城人，二年任）

李希贤（河南祥符人，三年任）

黄以容（浙江平阳人，五年任）

沈　富（浙江仁和人，七年任）

罗　敬（湖广衡山人，八年任）

雷　忠（湖广桂阳人，正统元年任）

罗　瓒（河南固始人，七年任）

王　制（直隶完县人，八年任）

① 万历《沛志》作“三十一年任”。

② 万历《沛志》作“四十一年任”。据本志卷二《公署》李时《新迁县治记》“壬戌春，拜沛令”，亦为四十一年壬戌。本志应误。

③ 原作“宁海”，据万历《沛志》乙正。

④ 万历《沛志》作“二十年任”。

⑤ 万历《沛志》作“湖广桂阳人”。

⑥ 原作“湖广”，据万历《沛志》改。

杨　春（四川温江人，十一年任）
李　暹（直隶遵化人，十二年任）
韦　聪（直隶河间人，景泰元年任）
朱　宁（浙江金华人，四年任）
陶　纪（江西湖口人，监生）
刘　能（山东诸城人，监生）
孟　楫[①]（山西文水人）
谢洪仁（四川人）
方　廉（山东泗水人。以上俱年阙）
陶　恕（山海卫人，监生，嘉靖元年任）
李文宪（二年任。见传）
张　轨（贵州人，监生，三年任）
寇宗仁（河南祥符人，监生，八年任）
周　坚（湖广竹山人，监生，十一年任）
孟　绅（山东济宁州人，吏员，十六年任）
王　统（江西大庾人，监生，二十年任）
吴元祥（湖广汉阳人，监生，二十三年任）
方绍仁（湖广黄冈人，吏员，二十六年任）
沈汝立（浙江归安人，监生）
吴　杞（浙江孝丰人，监生）
曹　岳（浙江嘉兴人，监生）
徐一举（湖广醴陵人，监生。以上俱年阙）
王　评（山东黄县人，监生，四十一年任）
孙公惠（福建罗源人，吏员，四十二年任）
左　极（江西星子人，监生，隆庆元年任）
孟绪恩（陕西岐山人，监生，三年任）
张友方（浙江磐[②]石卫人，监生，六年任）
邓　海（江西新建人，吏员，万历二年任）

① 万历《沛志》作“孟之楫”，康熙《徐州志》作“孟文楫”。
② 原作“盘”，通“磐”。

主簿

唐子清（洪武三十五年任。见传）

何　润（湖广华容人，永乐十七年任）

沈宗原（浙江武康人，监生，二[①]十年任）

李　经（山西垣曲人，宣德六年任）

王　勖（山东莱阳人，正统元年任）

侯　智（河南河阴人，八年任）

卢　蓁（直隶安肃人，九年任）

吴　举（直隶成安人，监生）

郭　增（陕西平凉人）

高　珽

易　纮（湖广人。以上俱年阙）

宁时智（直隶永年人，监生，嘉靖四年任）

李　琦（河南颍州人，监生，八年任）

徐　杰（浙江嘉兴人，吏员，十一年任）

王廷相（山东掖县人，监生，十三年任）

董应期（山东东平州人，监生，十四年任）

何光明（湖广兴山人，监生，十四年任）

潘　泽（直隶涿鹿卫人，监生，十六[②]年任）

李　约（直隶献县人，监生，十六年任）

刘　钲（山东莱州府人，监生，十九[③]年任）

王　璿（陕西神木人，监生，二十年任）

齐邦用（河南邓州人，吏员，二十年任）

蒋廷瓒（湖广东安人，监生，二十二年任）

孙汝霖（山东招远人，监生）[④]

宁守宽（山东章丘人）

都永靖[⑤]（山西林川人，监生）

李意光（直隶庆都人，监生）

---

① 原作“三”，永乐无三十年，合误，据嘉靖《徐州志》改。
② 原作“九”，据嘉靖《徐州志》改。
③ 原作“二十”，据嘉靖《徐州志》改。
④ 嘉靖《徐州志》作“二十六年任”。
⑤ 原作“清”，据万历《沛志》、康熙《徐州志》改。

闻思贤（浙江鄞[1]县人，吏员）
郑　实（直隶涿州人，监生）
马　珩（山东郓城人，监生）
李志道（浙江嘉兴人，监生）
李存忠（福建漳浦[2]人，承差。以上俱年阙）
娄　聪（浙江会稽人，吏员，四十一年任）
谢　鸾（福建龙溪人，吏员，四十一年任）
傅　儒（浙江会稽人，吏员，四十二年任）
孔承学（山东曲阜人，监生，四十五[3]年任）
高　述（山东掖县人，监生，隆庆元年任）
熊孔廉（广西临桂人，吏员，五年任）
李惟高（四川松潘卫人，监生，万历二年任）

典史

黄　谦（洪武三十五年任。见传）
任　敏（山西洪洞人。年阙）
熊　信（四川泸州人，[永乐][4]十七年任）
唐　彦（山东高唐州人，宣德八年任）
刘　真（直隶东安[5]人，正统八年任）
胡　顺（山东济宁州人，十年任）
邓　林（陕西长安人，景泰元年任）
黄廷进
李　豫（河南遂平人。以上年阙）
韩良辅（直隶迁安人，吏员，嘉靖二年任）
马　昂（直隶河间人，吏员，八年任）
戴　仁（浙江鄞县人，吏员，十一年任）
李仕佩（福建莆田人，吏员，十七年任）
林大理（福建莆田人，吏员，二十年任）

① 原作“鄞”，据万历《沛志》改。
② 原作“德”，据万历《沛志》改。
③ 原作“一”，据万历《沛志》改。按：以上年阙九人，任职俱详万历《沛志》。
④ 二字据万历《沛志》补。
⑤ 原作“平”，据嘉靖《徐州志》改。

沈　祚（浙江慈溪人，吏员）

陈　恩[①]（江西[②]德化人，吏员）

刘永清[③]（福建邵武人，吏员。以上俱年阙）

王尧辅（山东濮州人，吏员，四十一年任）

孙　翔（山东沂州人，吏员，四十三年任）

胡朝器（浙江东阳人，吏员，四十五年任）

周敏政（浙江鄞县人，吏员，隆庆四年任）

赵万亮（江西南昌人，吏员，万历二年任）

教谕

张　晔（山东临清人，景泰元年任）

聂　让[④]（湖广云梦人，岁贡）

尤　聪[⑤]（福建人，岁贡）

卢　荣（见传）

李道弘（见传）

蒋　弼（福建莆田人，举人[⑥]）

虞　铋（浙江金华府人，岁贡）

杨　仲（浙江汤溪人，岁贡。以上俱年阙）

操　松（正德十五年任。见传）

李　洪（广西全州人，举人。年阙）

周　麒（浙江西安人，岁贡，嘉靖元年任）

于　乔（八年任。见传）

蔡玉实（湖广华容人，岁贡，十三年任）

马　伟（直隶广平人，岁贡，二十一年任）

唐伯杰（广西灵川人，举人，二十三年任）

朱以和（江西高安人，岁贡，二十五年任）

滕　霁（嘉靖年任。见传）

---

① 自康熙《徐州志》后皆作“陈思”。

② 原作“浙江”，据万历《沛志》改。

③ 万历《沛志》作“刘清”，康熙《徐州志》作“刘靖”。

④ 底本漫漶，二字据嘉靖《徐州志》补。又聂让，嘉靖《徐州志》、《沛县志》作教谕。万历《沛志》改为训导。

⑤ 底本漫漶，二字据嘉靖《徐州志》补。

⑥ 案万历《沛志》、光绪《青田县志》：蒋弼，浙江青田人，岁贡，弘治十七年任沛县教谕。本志误从嘉靖《徐州志》。

李乘鲸（陕西南郑人，岁贡。以上年阙）

孙惟慎（江西泰和人，岁贡，四十年任）

饶　耀（江西德化人，岁贡，隆庆二年任）

高维嵩（江西庐陵人，举人，五年任）

邵华翰（贵州普安卫籍人，岁贡，六年任）

训导

华　革（洪武二年任）

周载苾（景泰元年任）

林　蕃（广西藤县人，举人）

李　兰（福建南安[①]人，岁贡）

周　鹏（北直隶丰润人，岁贡。俱年阙）

张　俊（正德五年任。见传）

安　信（湖广澧州人，岁贡）

李　镕（湖广嘉鱼人，岁贡。以上年阙）

胡　福（江西南丰人，岁贡，嘉靖三年任）

陆　渊（广东高要人，岁贡，三年任）

刘学夔（湖广兴国州人，岁贡，七年任）

苏　镆（湖广荆州府人，岁贡，十三年任）

黄　昶（河南确山人，岁贡，十八年任）

张庆旸（二十年任。见传）

季　珩（福建浦[②]城人，岁贡，二十三年任）

钟大器（广东曲江人，监生）

董　勋（河南怀庆府人，岁贡）

杨　爵（江西贵溪人，岁贡）

周可久（四川泸州人，岁贡）

宋时奎（直隶新河人，岁贡）

李　嵩（广东高要人，岁贡。以上俱年阙）

曾继爵（江西上犹人，岁贡，四十年任）

冯中州（直隶景州人，岁贡，四十四年任）

---

① 原作“安南”，讹从嘉靖《徐州志》，据万历《沛志》乙正。

② 原作“蒲”，据万历《沛志》改。

史思贤（山东宁阳人，岁贡，隆庆四年任）
寇立纪（湖广应城人，岁贡，万历元年任）

砀山县

知县

邵俊杰（洪武三年任）
张　清（十五年任）
冯　钦（二十四年任）
郝　玘（永乐元年任。见传）
周宗昕（十三年任）
刘伯吉（宣德八年任）
邹　旦（正统元年任。见传）
杜　钊（五年任。见传）
刘　宧（举人，成化二年任）
张梦辅（五年任。见传）
包　鼐（浙江人，进士，十年任）
叶　林（北直隶人，监生）
田　禋（见传。以上俱年阙）
胡希颜[1]（弘治四年任。见传）
杜　臻（山西人，举人）
周　逊（江西人，举人）
阎　济（山西人，举人）
孙　昊（河南人，监生。以上俱年阙）
李　金（正德四年任。见传）
杨　誉（福建莆田人，进士，七年任）
刘守恒（湖广宁乡人，举人，八年任）
霍　凤（直隶青县人，监生，十年任）
季　木（十五年任。见传）
吴大用（浙江仁和人，举人，嘉靖六年任）
彭以诚（山西曲阳人，举人，八年任）

① 原作“贤”，据嘉靖《徐州志》及崇祯《砀山县志》改。

陶师文（浙江会稽人，十一年任）

陆　登（浙江鄞县人，监生，十三年任）

张　忠（直隶南皮人，监生，十四年任）

高　珊（广西宜山人，监生，十九年任）

刘　旸（二十年任。见传）

鲍继昌（山东曲阜人，监生，二十四年任）

王绍元（二十五年［任］①。见传）

李　坦（直隶武强人，监生，三十年任）

孔维经（河南汝宁人，监生，三②十五年任）

方叔猷（福建莆田人，举人，三十七年任）

甘懋德（江西奉新人，举人，四十一年任）

崔元吉（直隶开州人，举人，四十三年任）

戴　伟（四十五年任。见传）

王廷卿（隆庆四年任。见传）

吴尚诚（福建连江人，举人，万历四年任）

县丞

齐思鲁（洪武十五年任）

刘　全（宣德八年任）

王　贯（十年任）

缪　贯（成化四年任）

陈　纪（八年任）

郑　彝

苏　茂（以上年阙）

于　溥（弘治四年任）

张思温

周　宝（以上年阙）

熊　才（年阙）

林　稳（福建莆田人，吏员，正德七年任）

傅　英（山东临淄人，监生，九年任）

---

① 字据文例补。又，嘉靖《徐州志》、康熙《徐州志》、乾隆《徐州府志》、乾隆《砀山县志》作“二十六年任”。

② 原作“二”，据年代次序改。

陶　恕（山海卫人，监生，十四年任）

李　淡（江西南丰人，监生，十六年任）

王守道（河南临漳人，监生，嘉靖五年任）[①]

主簿

张文宪（永乐七年任）

陈　隆（成化四年任）

赵　濬（八年任）

赵　庆（弘治四年任）

刘　汉（陕西洵县人，监生，正德八年任）

韩　福（直隶曲周[②]人，监生，十年任）

王　奇[③]（山西太原人，监生，十五年任）

万　魁（大宁都司卫人，监生，嘉靖七年任）

蒋　仁[④]（贵州铜仁人，监生，十三[⑤]年任）

邬　源（浙江黄岩人，监生，十四年任）

邓　颐（江西弋[⑥]阳人，监生，二十[⑦]年任）

马　桂（年阙）

刘拱极（直隶任县人）

苏天章（以上年阙）

李光奎（滨州人）

李镇南（浙江临海人，吏员）

丰　丛（直隶滑县人，监生，迁潍县丞）

吴　履（浙江山阴人，吏员，四十一年任）

杨　栀（山东莘县人，监生，隆庆元年任）

李文林（山西曲沃人，监生，二年任）

黄可征（湖广罗田人，监生，六年任[⑧]）

陈危言（直隶定兴人，监生，万历三年任）

① 按：嗣后裁撤。
② 原作“州”，据嘉靖《徐州志》、崇祯《砀山县志》改。
③ 崇祯《砀山县志》字同。嘉靖《徐州志》、乾隆《砀山县志》作“王琦”。
④ 崇祯《砀山县志》字同。嘉靖《徐州志》、乾隆《砀山县志》作“蒋仪”。
⑤ 原作“二”，据嘉靖《徐州志》、乾隆《砀山县志》改。
⑥ 原作“戈”，据嘉靖《徐州志》、乾隆《砀山县志》改。
⑦ 原作“十二”，据嘉靖《徐州志》、乾隆《砀山县志》乙正。
⑧ 原作“隆庆六年任”，依文例，“隆庆”二字可省，径删。

典史

刘　运（洪武三年任）

周文忠（年阙）

余　盛（正德七年任）

王　聪（八年任）

王　完（十五年任）

李　锐（直隶蓟州人，十六年任）

杨　淮（直隶通州人，嘉靖五年任）

王　容（直隶唐山人，十年任）

李世材（福建侯官人，十五年任）

赖　栋（江西丰城人，十七年任）

郑　桂（浙江会稽人，二十年任）

贾文英（直隶迁[①]安人）

邹云翰（福建人）

傅廷用（湖广巴陵人，迁汉中府仓大使）

周　銭（湖广黄冈人。以上俱年阙）

文从周（湖广东安人，万历二年任）

教谕

叶楚华（浙江松阳人，举人，成化二年任）

郑　吉（成化八年任）

刁　镛（弘治四年任）

周　太（七年任）

张来仪（直隶霸州人，正德元年任）

吴可贞[②]（广西临桂人，举人，七年任）

董　槐（山西代州人，举人，十一年任）

袁　钏（湖广麻城人，十五年任）

吴　俊（福建建安人，嘉靖九年任）

黄　溥（广西藤县人，举人）

王一贯（江西泰和人，举人，十七年任）

---

① 原作“延”，据嘉靖《徐州志》改。

② 原作“真”，据嘉靖《徐州志》、乾隆《砀山县志》改。

杨振纪（辽东前卫人，二十二年任）

黄　俭（湖广城[①]步人，二十六年任）

李应扬（福建侯官人，举人）

贾　崧（浙江金华人）

徐天麒[②]（湖广龙阳人，四十一年任）

陈九畴（浙江海盐人，四十四年任）

刘朝孚（广东顺德人，举人，隆庆二年任）

丘　崧（河南陕州人）

严　淮（云南大理人，举人，万历二年任）

陈　琯（福建宁德[③]人，选贡，三年任）

训导

陈　翱（成化八年任）

秦　徽（九年任）

任　道（弘治五年任）

廖　轲（六年任）[④]

尹　鸿（七年任）

季　春（八[⑤]年任）

刘　祐（河南人，正德元[⑥]年任）

孙　甫（直隶高阳人，六年任）

陈　仁（广东万州人，七年任）

陆　铠（山东登州卫人，十四年任）

李文伟（河南荥泽人，十四年任）

宋景春（直隶平谷人，嘉靖二年任）

严廷修（江西瑞金人，四年任）

张　桂（浙江余杭[⑦]人，七年任）

① 原作“成”，据嘉靖《徐州志》改。

② 康熙《徐州志》、乾隆《砀山县志》作“麟”。

③ 原作“德县”，据康熙《徐州志》、乾隆《砀山县志》改。

④ 案嘉靖《徐州志·职官表》：任道、廖轲，俱弘治四年任。自万历《徐州志》以后，皆顺推为五年、六年任，疑非。

⑤ 嘉靖《徐州志·职官表》作“七年任”。

⑥ 原作“二”，据嘉靖《徐州志》、乾隆《砀山县志》改。

⑦ 原作“姚”，据嘉靖《徐州志》、崇祯《砀山县志》改。

范希清（江西弋[1]阳人，九年任）

周　赞（浙江奉化人，十八年任）

李　曾（湖广郧阳人，十八年任）

吴　奇（浙江丽水人，二十三年任）

沈　璇（湖广汉阳人，二[2]十五年任）

王子朴（山东黄县人，迁博野教谕）

范　济

赵　镃

林彦嘉（福建安溪人）

张时穆（直隶祁州人，迁陕西学正）

卫　锐（浙江仁和人）

杨　佐（山西闻喜人，迁博野教谕）

贾梦鲤（山东峄县人）

徐　镗（山东登州卫人）

朱维翰（直隶合肥人）

丰县

知县

傅　时（洪武三年任）

曾　本（五年任。见传）

杨　扐（八年任）

曹仲篪（三十年任。见传）[3]

方　琛（永乐十年任）

郝　晔（十六年任）

阙　膺（宣德元年任。见传）

孙　安（景泰元年任）

王　纪（河南济源人，弘治十年任）

张　泮（浙江鄞县人，举人，正德九年任）

陈　善（江西弋阳人，进士，十年任。见传）

---

① 原作“戈”，据嘉靖《徐州志》改。

② 原作“三”，据嘉靖《徐州志》、乾隆《砀山县志》改。

③ 案本卷《公署》：洪武二十八年，知县马奉先曾建阴阳学。旧志失载其人，附录于此。

裴　爵（山西泽州人，举人，十一年任）
王廷直（直隶博野人，举人，嘉靖三年任）
高　禄（四年任。见传）
赵　寿（陕西沔县人，监生，十年任）
张叔宣（十四[①]年任。见传）
张　萃（直隶元城人，监生，十九年任）
李崇信（二十年任。见传）
叶　烓（浙江丽水人，监生，二十四年任）
祝　文（江西宁州人，举人，二十八年任）
徐　蓂（浙江常山人，监生，二十九年任）
戴　辅（广西灌阳人，举人，三十二年任）
胡乂心（浙江仁和人，举人，三十九年任）
丘　铉（山东德州人，监生，四十三年任）
任惟贤（四十五年任。见传）
尹　梓（直隶南宫人，举人，隆庆二年任）
吴文光（万历元年任。见传）
欧阳宇（江西庐陵人，监生，四年任）

县丞

周公谨（浙江东阳人，宣德四年任）

主簿

李克文（浙江余姚人，吏员，嘉靖九年任）
夏　时（陕西城堌人，吏员，十年任）
王宗儒（顺天大城人，监生，十二年任）
王　椿（河南颍川卫人，监生，十四年任）[②]

典史

王　庸（直隶晋县人，宣德四年任）
刘　昂（景泰元年任）

---

① 原作“二十”，据嘉靖《徐州志》、隆庆《丰县志》改。
② 按：嘉靖十五年裁革，万历四年复设。

刘　瑀（山东蓬莱人，吏员，嘉靖六年任）
金良璋（浙江乐清人，吏员，十一年任）
周景福（福建上杭人，吏员，十四年任）
单　仁（山东滕县人，吏员，十七年任）
井廷玉（陕西华阴人，吏员，二十二年任）
林孔泰（福建莆田人，吏员，二十九年任）
韩　耀（江西临[①]川人，吏员，三十一年任）
谭邦直（直隶满城人，吏员，三十六年任）
黄　宲（江西丰城人，吏员，三十九年任）
吴大年（福建莆田人，吏员，四十二年任）
萧　操（江西庐陵人，吏员，隆庆元年任）
潘元谅（广东南海人，吏员，五年任）
戴廷玼（浙江太平人，吏员，万历二年任）

教谕

刘　昂（江西庐陵人，举人，正统三年任）
段　徽[②]（见传。年阙）
陈　璜（福建福清人，举人，成化七年任）
郑　发（福建龙溪人，举人，弘治十二年任）
吴景寅（湖广通城人，举人，正德十［一］[③]年任）
林　拱（福建平海人。年阙）
胡文举（福建闽县人，举人，嘉靖五年任）
许天佑（福建闽县人，岁贡，十二年任）
王鹏举（浙江桐庐人，岁贡，二十年任）
杨　灿（广西桂林人，举人，二十三年任）
刘汝贤（河南祥符人，岁贡，二十八年任）
经彦宣（广西全州人，举人，二十九年任）
孙世宁（直隶沙河人，岁贡，三十五年任）
王　献（浙江乐清人，岁贡，三十九年任）
余廷桂（湖广黄冈人，岁贡，四十年任）

---

① 原作“林”，据隆庆《丰县志》改。
② 原作“微”，据雍正《山西通志》、康熙《徐州志》、隆庆《丰县志》等改。
③ 字据嘉靖《徐州志》并参丰县诸志补。

李　珂（山西洪洞人，岁贡，四十四年任）
李　星（浙江海盐人，举人，隆庆二年任）
何　熤（浙江於潜人，岁贡，四年任）
白　笺（河南长葛人，岁贡，万历元年任）

训导

吴　昂（顺天固安人，举人，成化七年任）
吴　辙（福建漳浦人，岁贡，弘治十一年任）
王　鸾（湖广黄陂人，岁贡）
杜　良（浙江人，岁贡。以上俱年阙）
孙　桓（山东蒲台人，岁贡，正德［十五］[①]年任）
郭　伟（广西苍[②]梧人，岁贡，嘉靖二年任）
孟景阳（直隶无极人，岁贡，七年任）
闻　翰（浙江余姚[③]人，岁贡，七年任）
连大猷（福建惠安人，岁贡，十年任）
孟　钥（广西平乐所人，岁贡，十八年任）
周　澈（河南中牟人，岁贡，二十一年任）
危　春（江西彭泽人，岁贡，二十二年任）
郑　敬（浙江缙云人，岁贡，二十八年任）
杨汝舟（山东平度人，岁贡，二十九年任）
王　和（浙江定海人，岁贡，二十九年任）
元东光（直隶大名府人，岁贡，三十五年任）
章天伦（四川成[④]都人，岁贡，三十五年任）
王承乾（顺天府人，岁贡，三十七年任）
巩　固（直隶[⑤]深州人，岁贡，三十九年任）
杨　泾（直隶涿州人，岁贡，四十三年任）
谌　达（江西高安人，岁贡，四十五年任）
夏　时（浙江德清人，岁贡，隆庆二年任）

---

① 字据嘉靖《徐州志》、隆庆《丰县志》补。
② 原作“仓”，径改。
③ 嘉靖《徐州志》、隆庆《丰县志》作“余杭”。
④ 原作“城”，径改。
⑤ 原作“山西”，据隆庆《丰县志》改。

曹　贡（山东新泰人，岁贡，五年任）

刘惟一（山东人，岁贡，万历三年任）

公署

徐之公署不一，有州邑治，有官师衙舍，有抚按行台，有使者公馆驿递，虽崇卑异秩，久暂异时，去住异迹，然皆所以出政令、肃观瞻、利即次也。登是堂、居是室者，当思缘分尽职，随遇敷仁，不徒视为传舍，斯与是署为无负矣，尚其念之！

徐州

州治，在城北正中，即楚怀王及项羽故都地（见《古迹》）。汉、唐废置不常。宋治亦在此，建有逍遥[1]、秀楚、明善三堂（见《古迹》）。元置武安州，移治城东南（即今广运仓地）。国朝吴元年，知州文景宗复即故地，创建今所。宣德十年知州杨秘、天顺元年知州宋诚、成化元年知州王叙、九年知州陈廷琏，相继增修。嘉靖二年，知州张淮拓大之。

中为正堂，左为龙亭库，右为吏目厅，各三间。东西列吏房科，凡十一（东：架阁库，承发司，吏、户、粮、礼房；西：勘合科，兵、刑、工房，马政科）。前为箴石亭，亭前为仪门。仪门外左为土地祠、申明亭（申明亭旧有三：一在州治，即今所。其一在北关，一在南关，今并废）、迎宾馆（隆庆六年，知州章世祯创建。万历元年，知州刘顺之增置），右为狱、总铺、永成库。前为大门。旧大门去仪门甚远，且低昂失度。先是，吏者无能裁也。万历元年，知州刘顺之改进内二丈六尺有奇，高与堂称。复于门外两旁，捐俸买民地，拓为斜垣，如八字状，东西建二房，东栖役使，西贮廪饩。门内东西建二小房，次守者。又外移门屏，起太湖石以蔽中外。屏迤东为邻学，建兴贤坊；西建图治坊。规模轩豁，气象改观，殊为尽制云。刘顺之自为记（曰：按郡邑治最外为大门，欲其巍峨高耸，与厅事稍低昂。门之外设屏，相离欲远。左右两垣，如八字状，欲斜而长。其间弘旷疏敞，与门克称制也。徐为古州，治堂则高，而门则卑，且不设屏。东坡苏公来守是邦，立太湖石以当门之冲。嗣公而守者，以斯石为公所树，不忍去，乃高建屏于石之后，去大门不一二武。屏之内，门之外，不容旋马，湫隘甚矣。嘉靖乙丑，邹公臣莅徐，以屏

① 原倒作“遥逍”，参前后各志并东坡诗集“逍遥堂”乙正。

高于门，势相凌轧，似跛扈之臣北面而压其君之象，遂瘗石，而迁屏于衢之南，去门较远。而仍于屏之址建坊牌一座，以树塞门，蔽人之东西行者。事有更张，而湫隘犹昔也。隆庆己巳，章公世祯来，又废坊牌而复屏于故址，其地之卑犹昔也。予后章二年承乏兹土，甫下车，睇其规制弗称，窃非前守之简略也，特以公冗猬聚，未遑建置。暨壬申之十二月，度仪门、大门距二十一丈八尺许，幸其迁徙有余地，乃移大门，却后二丈六尺有奇，高峻一丈三尺有奇。稍迁屏前数尺。且捐俸以易李贞民居，为斜垣、倚垣，置左右两箱凡六楹，东西横二丈四尺，南北纵四丈五尺。起东坡遗石于屏之南。东西立二坊：东曰“兴贤”，为其邻黉校也；西曰“图治”，将以敬职守也。翼翼然若为屏左右手者。越十七日而告成。规制既备，地形增胜，而一洗畴曩之陋矣。予惟《易》之《观》曰“大观在上”，重民望也；《诗》之“绵绵瓜瓞”，曰“乃立应门，[应门][1]将将”，言严正也。应门而取其严正，非《易》之“大观”义与？今之正门，即古之应门也。徐盖天下冲郡，而门屏相迫，卑隘相仍，甚非所以示大观而莅众庶矣，此予之所以改辟而更新也。抑有告焉：君子之所以树大观于物表者，系于居中应外之治，初不在于区区规制间。凡我同志，出入是门，当致慎于莅官之度，严以律己，正以率物，恩尚其广，量尚其宽，忠君体国之功尚其高，以礼之阖辟为门，以义之裁制为阈，以保障民物为屏翰，则大观肃而民具瞻矣，然亦可为同志者告耳。此固不佞再建之意也。故记之）。正堂后为穿堂，左右为耳房。万历元年，知州刘顺之因永成库外近大门，曾诲盗，改左耳房为内库左列。后为后堂，又后为知州宅。左前为同知宅，后为预备仓。又后为[东][2]吏舍，右为判官宅凡三所、吏目宅、西吏舍（成化十年，知州陈廷琏即西吏舍中建书院一所，延师教吏子弟。廷琏兄举人廷珪为记。今废）。

职官：知州一人（从五品）。

佐：同知清军兼巡捕一人（从六品），判官三人（从七品。旧制一人，后寻增寻裁二人）：管粮一人，管河一人，管堤一人（隆庆六年，因沿河筑堤新设）。管马（因马折价，裁），治农（裁附管粮）。

幕：吏目一人（从九品。各房科司典吏三十五人，农民候缺者无额数。门皂、马快手、禁子、灯夫等，名数编银见《赋役》）。

凡朝贡、庆会，及诸公移上之部院并直达四邑之政，皆请受约束以行。其大者，则申白于抚、按洎兵备监司，待报而后从事。若有关诸台省使者，并如之。岁以佐一人入贺万寿节。（汉扬雄《徐州牧箴》曰：海岱伊淮，东海是渚。徐州之土，

① 二字据《诗·大雅·绵》补。
② 字据嘉靖《徐州志》补。

邑于蕃宇。大野既潴，有羽有蒙。孤桐蠙珠，泗沂攸同。实列蕃蔽，侯卫东方。民好农桑，大野以康。帝癸及辛，不袛不恪。沉湎于酒，而忘其东作。天命汤武，剿绝其绪祚。降周任姜，镇于琅琊。姜姓绝苗，田氏攸都。事由细微，不虑不图。祸如丘山，本在萌芽。牧臣司徐，敢告仆夫。〇宋陈师道《彭城县令石记》曰：庆历初，西边弛兵，益修政事。谓吏之近民莫如令，始出王[①]官行县事，以休其民。盖自选人三考，用举者为令；令三考，用举者为京官；京官满三岁，为朝官。盖士之选者，以选士治剧县若相宜，然而犹有不合者，岂法使然哉？徐为州部五县，而四用选[②]令，以为难治，而彭城其尤也。昔汉宣帝责成郡国守相，班班声绩可纪。今选士为令，于古为加详，而吏治不尽如古，其故何耶？盖汉承秦弊，纲目疏阔，吏自为治，故易为功，而非王制。今法令备具，上下维持，中才可以守，而智者常患其不尽用，故其治难，无赫赫之功。虽然，善其身，明其视听，使民有所恃而不冤，亦可谓良有司矣。司马迁、班固传《循吏》，不刊县令，岂非令非王官，不登简策而不书耶？今皆天子命吏，可不自勉，使史氏[③]有述焉！令厅故无[④]记，承议郎梁君始追纪其名氏刊于石，凡[⑤]十九人。记[与][⑥]不记，[不][⑦]足为吏能否，而梁君力能及之，为有余也。〇本朝徐州知州刘顺之《题名碑记》曰：余闻诸欧阳子曰："君子以同道为朋。"信斯言也！时之先后久近，事之成败利钝，有不记焉，何者？治理图惟，德化沦浃，要皆本于精神之翕聚，道术之融通。是故政与时宜，何嫌于异；政拂有众，则何取于同？博观豪杰之进用，治虽人人殊，而端本澄源、弘化达治，则心与道未始不相符也。我国家以同寅协恭之义，望百执事俾中外庶职，于公署左右设题名碑，凡居其位、业其官者，罔论殊时异事，例得悉书。徐之为郡最古，而守兹郡者号为多贤，前此未有碑。嘉靖甲午，魏侯颂仅托御铭之碑阴，以勒诸贤之名姓而纪载，又多不详。隆庆三载[⑧]，余承乏[⑨]来守是邦，见碑制之不经，首欲易之，顾河患频仍，凋瘵已甚，昏垫转散之民，离披不振之度，方许所以救宁而厘刷之，他未遑也。近尝进诸父老而采舆情，津津焉动以东坡苏公、观海王公[⑩]为慕。余因之重有感焉。夫苏、王二公，世之相去若彼其远也，而民之爱且慕者信

① 原作"正"，据《后山集》卷十二改。
② 原作"县"，案下"选士为令"者云，当为"选"字，据《后山集》改。
③ 原作"吏民"，据《后山集》改。
④ 原作"年"，据《后山集》改。
⑤ 原作"九"，据《后山集》改。
⑥ 字据《后山集》补。
⑦ 字据《后山集》补。
⑧ 案本志卷二《官司表》：章世祯，三年任；刘顺之，五年任。此处云"三"，疑误。
⑨ 原作"之"，径改。
⑩ 按：观海王公，未详何人。疑即冯敏功《新迁庙学记》所云"临海王公"，即巡抚都御史王宗沐，浙江临海人。本志卷四《宦迹》本传亦载"徐人戴宗沐德，最为深重"。

若符节。果孰强之然哉？良由二公，生虽殊时，心存兼济，以道经政，政通人和，不必接尘而游也。道一则心孚，心孚则义合，朋之时义大矣哉！夫曰朋，则作于前者垂观摩之范，嗣于后者切尚友之怀，不谋而自合，不戒而自孚。大同之休，和衷之度，固蔼然在也。知乎此，而凡领徐州牧者，必不可无题名之刻矣。然树非其地则陋，名有所遗则疏，疏也陋也，非制之善也。思所以更魏侯之旧，会萧谕姚子应龙、砀山谕严子淮、郡彦庄子重，于时乃敬以纂修志事进谒，闻予言而韪之，遂命工砻而建于公明堂之左方。苏公邈矣，可仰而不敢齿也。自文公景宗，以迄不敏，取次毕录。纵未必皆心一道同之事，然一顾调间，而二百年来共事之雅，恍恍若在贯矣。登斯堂也，睹斯刻也，神交气感，善念乃生。集众思，广忠益，自信于心，无诡于道，则为苏为王，惟其所向，卓乎旷世而相感，异事而同揆矣。此豪杰之所自信，而泽被元黎，声施后世，于斯刻乎增耀也。其或循常袭故，尸位无补；又或行私恣僻，以为民仇；又或党援为奸，朋比作慝，均有乖乎同心共济、同道相益之谊，而贻贞珉以辱矣！敢告同志，尚慎旃哉）

永成库，洪武十五年设，知州徐恒建。大使一人司之（未入流。攒典一人。库子、库书名数编银见《赋役》）。

永福仓，旧在州左。洪武元年设，知州文景宗建。景泰四年知州宋诚、成化十年知州陈廷琏，相继修增。外，官、攒居舍各一所。隆庆三年，改其地为学。户部主事朱光宇、知州章世祯即旧学地筑基建廒，为今仓。官、攒居舍并在内。大使一人、副使一人同司之（俱未入流。攒典一人。斗级名数编银见《赋役》），兼督于户部分司。

预备仓，天顺七年知州王叙建廒五座。（斗级名数、编银见《赋役》）

兑军仓，宣德年设。旧在城北三里，滨河，迩来常没于水。万历三年，知州刘顺之改移南关新堤内。（斗级名数编银见《赋役》）

济留仓四：一在吕梁，一在境山，一在黄山村，一在赵团山。

阴阳学，在州治前东，洪武三十一年建。典术一人司之。所司鼓楼，在州治前。洪武七年，知州高玉琳，指挥严渊、蔡祥，知事马良建。宣德四年，知州杨秘重修。天顺元年，知州宋诚改建大楼。岁久圮坏。万历元年，知州刘顺之重修。钟楼，在城西南隅。洪武七年，知州高玉琳等建。宣德七年，知州杨秘重建。（宋苏轼《莲花漏铭》曰：故龙图［阁］[①]直学士、礼部侍郎燕公肃，以创物之智闻于天下，作莲花漏，世服其精。凡公所临，必为之。今州郡往往而在，虽有巧者，莫敢损益。而徐州独用瞽人卫朴所造，废法而任意，有壶而无箭，自以无目而废天下之

① 字据《东坡全集》卷九十六补。

视，使守者伺其满，则决之而更注，人莫不笑之。国子博士傅君裼，公之外曾孙，得其法为详。其通守是邦也，实始改作，而请铭于轼。铭曰：人之所信者，手足耳目也。目识多寡，手知重轻[①]。然人未有以手量而目计者，必付之于度量与权衡。岂不自信［而信］[②]物？盖以为无意无我，然后得万物之情[③]。故天地之寒暑，日月之晦明，昆仑旁薄于三十八万八千里之外，而不能逃于三尺之箭、五斗之瓶。虽疾雷霾风、雨雪昼晦，而迟速有度，不加亏赢[④]。使凡为吏者，如瓶之受水，不过其量；如水之浮箭，不失其平[⑤]；如箭之升降也，视时之上下，降不为辱，升不为荣，则民将靡然心服，而寄我以死生矣）

医学，在州治前东。洪武十七年建，典科一人司之。

彭城驿，在城外河东岸。旧在城南二里许，永乐十三年设建，正德中圮于水。嘉靖二十二年[⑥]，知州熊林徙今地。驿丞一人司之（未入流。吏一人，诸驿同。州县站船一十七只，水夫一百七十人，上中铺陈各一十七副，什物一十七副。俱编银见《赋役》。外，河南光、罗二县协济插站，共站船一只，水夫各五人，上铺陈一副，什物一副）。

房村驿，在城东南五十里，永乐十三年设建（官吏同上。州县站船一十七只，水夫一百七十人，铺陈各一十七副。俱编银见《赋役》。外，河南密县协济插站水夫十人，通许县五人，西平县二十人，共站船三只五分，上铺陈三副五分，什物三副五分）。

夹沟驿，在城北九十里，永乐十三年设建（官吏同上。州县站船一十五只，水夫一百五十人，上中铺陈各一十五副，什物一十五副。俱编银见《赋役》。外，山东胶州协济插站上马一匹，马夫一人，驴一头，驴夫一人；平度州中马一匹，马夫一人；即墨县中马一匹，马夫一人，共上中铺陈四副，什物四副）。

黄河东岸驿，在城外河东岸，永乐十三年设建。成化十三年，知州陈廷琏重修（官吏同上。州县上马二十四匹，中马十九匹，下马十七匹，马夫六十人；骡六十六头，骡夫六十六人；什物一百二十六副。俱编银见《赋役》。外，江浙二省协济粮佥上马一十七匹，中马八匹，下马十匹，马夫三十五人，上中下铺陈三十五副，什物三十五副）。

桃山驿，在城南五十里，永乐十三年设建（官吏同上。州县上马十二匹，中马

---

① 原作“轻重”，失韵，据《东坡全集》乙正。
② 字据《东坡全集》补。
③ 原作“精”，据《东坡全集》改。
④ 原作“虚”，失韵，据《东坡全集》改。
⑤ 原作“中”，失韵，据《东坡全集》改。
⑥ 嘉靖《徐州志》作“二十年”。

七匹，[下马七匹][①]，马夫二十六人；骡六十五头，骡夫六十五人；什物九十一副。俱编银见《赋役》。外，江浙二省协济粮佥上马十五匹，中马九匹，下马十一匹，马夫三十五人，上中下铺陈三十五副，什物三十五副）。

利国监驿，在城北九十里，永乐十三年设建（官吏同上。州县上马一十一匹，中马七匹，下马五匹，马夫二十三人；骡五十二头，骡夫五十二人；什物七十五副。俱编银见《赋役》。外，江浙二省协济粮佥上马二十一匹，中马六匹，下马八匹，马夫三十五人，上中下铺陈三十五副，什物三十五副）。

石山驿，在城东北四十里，永乐十三年设建。嘉靖四十二年，兵备副使徐节请裁（马匹、铺陈、什物各分附别驿）。

以上黄河东岸、桃山、利国三陆驿，原有浙江、江西粮佥马解价来济。但马有上、中、下之分，银有马价、铺陈之别。惟时久弊生，马虚银实，一遇价解，至代养马者遂夤缘为奸，虽马极下，亦冒领上价。间以上下交征，告给铺陈者亦滥发，殊无实用，此驿之所以日疲也。万历元年，知州刘顺之深为是虑，议将三驿马匹验烙分别，然后照马给价。如马果上，则以上价给之；不然，即给以中、下价。即是扣减银申请贮库，以备驿使盛行，为赔差费。其铺陈价，候查各驿果缺，方发置造，不允别项挪移支销。土民马亦准此。自是为定规焉。

递运所，在河东岸。旧在北关厢，洪武二年建。正德中，水圮。嘉靖中，知州熊林徙今地。大使一人司之（未入流。吏一人。州县红船三十四只，水夫三百四十人，中铺陈三十四副，什物三十四副。外，邳州协济水夫三十人，红船三只，中铺陈三副，什物三副）。万历元年八月，都御史王宗沐题请裁革。原邳州协济夫船随革回止，与睢宁县贴站夫银一百七十二两八钱，并州县以上原额夫船、铺陈、什物，同站夫银俱归并夫厂。

夫厂，在河东岸。原额班夫银五千两，为接递费，出自州民，势难取盈，往往不足应用，取嗔驿使。嘉靖四十五年知州邹臣、隆庆四年知州章世祯，协济以行税银二千五百两，减其民出者。民虽少纾，但连岁荒歉，而其竭犹昔也。万历元年，知州刘顺之议裁萧、沛、砀、丰四县旧发利国、桃山驿马骡，将其直银九百五两六钱更为协济，而民出者益减。又于行人、里长中，各立纲头二人，一轮催攒银两，一轮应付驿使，而以一谙练者总之，别置号簿，时严稽查。自是民财不匮，接递无失，盖两得其利云。

税课局，在城中正街，洪武六年设建。大使一人司之（吏一人。巡拦名数编银见《赋役》）。

① 四字据文例补。

吕梁税课局，在城东南六十里，洪武六年设建。正德末年裁革，以州局代司其事。

僧正司，在开元寺（见《方外》），洪武十五年开[①]设。

总铺，在州治大门内右（铺长吏一人）。〇正南：九里沟铺、陡沟铺、尔家庄铺、孤栗树铺、东珊铺、胡辛庄铺[②]，以上达宿州界。〇东南：三山铺、黎林铺、黄钟铺、却鲍铺、吕梁铺、房村铺、龙堂铺、双沟铺，以上达邳州界。〇东北：曹家庄铺、王堌朔铺、夏家庄铺、圪搭铺、单庄铺、高村铺、利国驿铺，以上达山东峄县界。〇正北：马兰铺、垞城铺、清水沟铺、张村铺（即张村废站地）、沈家庄铺，以上达沛县界。〇正西：刘家庄铺、鱼张铺、义安铺，以上达萧县界。（各铺司兵、铺兵名数编银见《赋役》）

圣谕亭，在鼓楼前。嘉靖二十二年，知州王重贤建。

旌善亭，在州治前西。旧有一，在南关厢，今废。

养济院，原在旧学旁。成化九年，知州陈廷琏议其逼近圣宫，改城西北隅。后数被水浸，不可居。隆庆三年，知州章世祯迁城东隅。万历三年，知州刘顺之重修。

济众堂二：一在河东驿前，一在吕梁洪。永乐十年建，以赈济饥民。今废。

安乐堂，在城东南隅。永乐十年建，以济远方贫病军民。今废。

都察院，在城东隅。先为彭东书院，嘉靖二十六年[③]，副使王梃改旧公馆二所建置。三十一年，徐州添设抚营，都御史王玑因拓改为今所。三十二年，玑裁去。后仍之，称都府云（大门内有先巡抚都御史唐龙去思碑，亭堂上有总河工部尚书朱衡诗碑。门左右有州、卫二官厅）。

东察院，在城西南隅。洪武十一年建。成化九年，知州陈廷琏重修，前左立风纪坊。旧南北列激浊、扬清二坊，今废。

西察院，在城西北隅。景泰六年，知州宋诚建。成化九年，知州陈廷琏拓基改建。旧暂为管河郎中莅事所，南有澄清坊，东西列平成、通济二坊，今并废。万历元年，知州刘顺之议大门失制，改进内一丈有奇，门外东西拓斜垣如八字状，移门屏于前。

南察院，在城西南隅。正德中为南公馆，监仓内臣居之。万历元年，知州刘顺

① 原作“间”，据正统《彭城志》、弘治《重修徐州志》、嘉靖《徐州志》改。

② 按：东珊铺、胡辛（嘉靖《徐州志》作“胡新”）庄铺在萧县，弘治《重修徐州志》置入州境，嘉靖《徐州志》改归萧县。本志复改入州铺，然于后文萧县铺舍重见。案以萧县诸志所载，此二铺例当入萧。

③ 案王梃《彭东书院记》：“肇工于乙巳（二十四年）之冬，迄丙午（二十五年）春二月落焉。”据此，则改置彭东书院应在二十五年，非二十六年。

之改为今所。

公馆四：二在东察院左，总一门并列，左为东公馆，右为西公馆；二在东察院后，同一街对列，南为南公馆，北为北公馆。缘徐为南北孔道，驿使不时星聚，至栖氓舍，殊非国体。万历初，知州刘顺之买民地创建今四馆，时得有庐次焉。（以上察院、公馆内应用器物，旧皆取诸在城里长及本方老甲，病民为甚。万历元年，知州刘顺之用官银照数置买。仍照各院馆分散，责成门役监收听用，为定规焉）

房村公馆，嘉靖三十一年，总河都御史曾钧因治河创建。今为管堤判官公署。

桃山驿公馆，万历元年，知州刘顺之因过客时多，驿不能容，特创建为分憩处。

利国监驿公馆，万历三年，知州刘顺之创建，为分憩过客。与桃山同。

黄钟集公馆，万历三年，知州刘顺之创建。

柳泉公馆，在城北四十里。自石山驿裁后，凡南北驿使悉由柳泉行，间暂为驻节。顾憩茇无所，至栖蔀屋间，甚非国体。万历元年[①]，知州刘顺之即石山驿废革遗材，移建今所。置前后厅、左右两翼，并缭垣四周，即驿状。自是，冠盖所经，籍籍称便焉。知州刘顺之自为记（曰：石山，故驿所也，南至东岸驿，北至利国驿，各仅三十五里，故南北官使即石山暂为驻节地。自兵宪徐公据徐州议疏奏准，并石山于利国，则官使往来率由柳泉，出入民居，无复憩茇之所矣。予忝刺徐，深惟古者《周官》之制，凡丞弼内入、旬宣外出，皆由庐舍委积，为王臣馆谷之备，俾四牡无留行焉，抑亦以重王臣而劝忠义也。国家仿古设置邮于天下，而荐绅之南北行过柳泉者，乃寄蔀屋间，非国体矣。于是始议立署于柳泉。吏告于予曰："敢请工材百费何出？"予曰："石山废革，直省驿递马力资，而遗材犹在也。今皇华厅前后凡十间，遗后厅备当道取用，前厅事及左右厢凡六间，可移置公署。或不足，当捐俸以成之。"乃白之兵宪冯公，韪予议。卜日戒事鸠工，迁斫大厅三间，纵横凡九尺许，后厅三间，庖爨寓焉。左右小厢凡六间，馆门间阔一丈二尺，缭垣四周凡九十丈。肇事于隆庆壬申长至之月，落成盖望后廿六日也。自此而冠盖所经，得尊崇之体，籍籍称便。夫国家待臣之礼，不为不隆，居则给之廪饩，行则豫其馆谷，体亮备至，恩贷绸叠，正人臣之所当绎思者，不惟丞弼、旬宣思以尽职为良也。即次之安，当思民力之所运也；供亿之备，当思民财之所需也。惕然于衷，祈殚厥职，则于国家设邮之意不徒矣。或者怙重作威，恃势行虐，至邀郡邑之利，责送迎之文，则不惟旷官丛怨，而区区今日建置之忱，岂如是哉？敢记之，以告荐绅之往

---

① 案刘顺之《柳泉公馆记》："肇事于隆庆壬申长至之月，落成盖望后廿六日。"是应公馆修建于隆庆六年冬，疑碑刻立于万历元年春，故有此时差。

来者）。

北关官厅，在旧万会桥西，为榷船税所。今废。

河东官厅，在旧万会桥东，为迎送官所。成化七年，知州陈廷琏建。今废。

皇华亭，旧在城东门外，河西岸。正德中，圮于水。嘉靖二十六年，兵备副使王梴重建。隆庆六年，复没于水。万历元年，兵备副使舒应龙、知州刘顺之移建河东子房山下。多建置，若行署状，即为庐次，驿使称便云。

朱少保（衡）碑亭，在东门城闉。缘嘉靖四十四年徐大水，民饥，少保以治河来按，力请宫眷银赈济，乃为殊典。万历元年，兵备副使舒应龙、知州刘顺之为作亭立石，以纪其事（见《宦迹》）。

冯兵宪（敏功）去思亭，在城南门里。兵宪有惠德在徐，民怀之，为肖像建亭，以纪去思云（见《宦迹》。郡人通判高淳记曰：平湖小翁冯公，往自西江少参擢任，奉命备兵徐方。甫逾年，威惠浃流。天子就所在拜公河南大参，因去徐。徐人以谊不可留，又德公不能忘，乃相与肖像建祠，周寄遐思。复命工伐石树碑，书公治迹，昭示来世。淳猥以凡，敢不自揣，敬摹令闻，播之芜辞。辞曰：荡荡川原，宅是徐方。天府所经，六达之庄。水夫陆行，舟车接武。送往迎来，耗斁兹土。维公之来，樽节有式。委人以食，候人以息。虐矣河伯，溃易桑仓。以漕以贡，厥惟河防。惟公念兹，河役焚如。乃属地所，不以累徐。河漕缉缉，河堤安堵。无俾民殃，咸歌神禹。鲁宋错壤，江淮裔境。丰砀奥区，盗贼为梗。维公之来，省厥乱阶。问民疾苦[①]，忧乐与偕。乃饬群吏，毋猎以渔。简田薄敛，以定赋书。乃肄戎兵，乃辟要害。乃立什伍，乃伸乡会。以劝以惩，威惠攸行。寇攘如扫，既夷既平。嗟嗟徐封，岁仍作沴。不适有居，云谁奠丽。维公莅止，痌瘝乃身。乃咨兰院，式广春仁。半蠲田租，弛其逋负。绥厥流亡，载号冯父。慨昔徐庠，圮亦有年。青衿城阙，衰藻沉茑。维公之来，易地而立。壁水溶溶，黉除岌岌。乃蔚天章，为陶为甄。誉髦斯士，遐不作人。猗[②]与有众，荷公之德。冰月东风，奕世遗泽。小翁既西，徐人祠之。来也民贺，去也民思。嗟嗟小翁，古之召伯。苾苾蘋蘩，甘棠同碧。何以祝公，名覆金瓯。永庇徐土，无疆之休）。

① 原作“若”，径改。
② 原作“倚”，径改。

萧县

县治在城东隅。宋以前在旧城，即古萧国（见《古迹》）。至宋，没于水，徙今地。嘉祐间，县令梅（名逸）[①]于治东建清心亭（见《古迹》）。元末毁。国朝洪武二年，主簿刘瑜建。正德七年，兵毁。十二年，知县王隆重建。

中为正堂，左为赞政厅，东西列吏房科，前为箴石亭。亭前为仪门。仪门外左为土地祠，右为狱。土地祠南为预备仓，前为大门。正堂后为后堂，后堂旁为库楼。又后为知县宅，左为县丞宅。县丞宅南为典史宅，右为主簿宅。主簿宅南为吏舍。

职官：知县一人（正七品）。

佐：县丞一人（正八品），主簿一人（正九品）。

幕：典史一人（未入流。各房科司典吏二十五人，农民候缺者无额数。门皂、库子、库书、快手、禁子等，名数编银见《赋役》）。

阴阳学，在县治西北半里。洪武十七年设，知县宋予建。训术一人司之。所司鼓楼，在县治前，宣德五年知县郝玘建。钟楼，在县西六十里曹马城中，今废。

医学，在县治西北半里。洪武十七年设，知县宋予建。训科一人司之。

税课局，在县治西半里。洪武三年设，主簿刘瑜建，宣德间裁。正统十二年复设，正德末复裁。

河泊所，在县南十里。洪武十四年设建，后革。

济留仓，在县［治］[②]内。景泰元年，知县柳新建。

预备仓五：一在县治东（斗级名数编银见《赋役》），一在乐善乡，一在都仁乡，一在孝义乡，一在仁寿乡。并正统五年知县赵珣建，主事刘录记。今悉废。

县前总铺（铺长吏一人）；朱珊铺、曲里铺、杨铺司铺、东镇铺、赵家圈铺，以上达砀山县界；烂石铺，达本州界；东珊铺、胡新庄铺，以上达宿州界（各铺司兵、铺兵名数编银见《赋役》）。

圣谕亭，在县治前。

申明亭，在县治前。

旌善亭，在县治前。

瑞麦亭，旧在县治仪门内。纪弘治初知县陆邦本献瑞麦，蒙上赏赉。久圮。万历乙亥，知县宋伟勤民获应，麦秀四五岐，若先瑞。士民请如故事，伟不可。众乃即故址建亭树碑，萧教谕姚应龙记（曰：萧之为邑，分里虽四十有奇，然周遭广

---

① 原作正文“梅逸”，实梅姓而不知其名，今据嘉靖《徐州志》调整入注。

② 字据嘉靖《徐州志》补。

衺，具[1]为沃壤，投种于地，不假耔壅而收获穰富。民生其间者，逸而阜成。自涡河既塞，全河之水皆汇徐以达淮，每夏秋之交，洪涛奄至，平土为川。兼之泥沙并行，易成淤莽，使民不得耕耨；纵耕且耨，亦无发秀颖栗之望者，若干年矣。邑境闾檐顿殊，畴曩君子隐之。万历甲戌岁，宋侯伟以江右奇英，策名天箓，剖符兹邑，下令悉除故政之不便民者数事。弛操切，尚简静，遏浮奢，赈孤茕，建庠校，树德则务滋也，见恶则如农夫之去草也，培植元元则亟欲其寿且孳也。仁心仁闻，传播遐迩，流移复业者甚众。侯循郊野，劝相勤农，且威之曰："昏惰芜业者，罚无原！"爰是民咸感奋，相率而力穑。无旷土，无游民，雨旸亦时若。越明年，麦秋来牟，被亩一穗有两三岐者，至四五岐者，甚之岐以六七计，岁果大稔。父老欢呼相庆，曰："年来求一宿饱，尚不可得。今天瑞倏臻，伊谁致之？"将刈而献之于侯。诸乡踵接而至，多岐之麦充斥于公庭矣。侯曰："余日惶惶，以不能长养若辈是惧。厥明之赐，乃苍苍之重悯若辈也，余何与焉？"众欲上其瑞于朝，侯弗许。欲转闻于当路，侯亦弗许。众皆合手视顾而去。缙绅士聚而议曰："让美不居者，侯之德也。垂德不朽者，民之义也。"乃治金伐石，索姚子而记其事。姚子曰：天人相与之际，甚可畏哉！人事有得失，而岁之丰凶因之，若《诗》之咏丰年，《春秋》之书无麦是也。是故语循吏之异政者，多考成于麦，而张堪之两岐、崔鸿之九岐，照耀史帙，外此亦不多见。明兴以来，徐之郡县，洪武间徐有此瑞，弘治初萧有此瑞。昨甲戌，则瑞在砀山矣。或告之天子，或达之抚台，用彰大有之庆，未有郁而不显者也。惟侯已溺已饥之念，上通于天，诞敷灵贶，率育黔黎，嘉瑞荐至，而侯独不有其瑞。侯之贤益著矣，是不可不贞诸珉也。敢忘固陋而记之)。

养济院，在县西南隅。旧在县治东北，后徙今所。今废。

济众堂，在县西北街。永乐十年建，以济饥民。今废。

惠济堂，在县东。永乐十年建，以济贫病民。今废。

察院，在县东五步。洪武二年，主簿刘瑜建。正德二年，知县王隆重修，前有澄清坊。今废。

公馆，在县西北隅。景泰元年，知县柳新建。

演武厅，在县城外西北隅。

---

① 按："具"，古同"俱"，都、完全。嘉庆《萧县志》作"且"。

沛县

县治在城南隅。元以前，在城西北隅，汉沛廷即此（见《古迹》）。元季，兵毁。国朝洪武二年，知县费[①]忠信徙建今地，寻坏。永乐元年，县丞胡光重建，制甚简陋。十一年，知县李举贤改建今制。嘉靖四十四年坏于水，知县李时修葺，自为记曰（予昔将上春官，一夕梦坐瞿塘、滟滪石上，水泛没足，四顾无人，予安坐，略不为惧，顷则徙登高台。寤曰："此何祥也？"壬戌[②]春，拜沛令，至则谒庙，道过飞［云］[③]桥，桥下涓涓细流。问之，曰："此黄河故道，计三十年一至。"癸亥仲夏，河水果从西南入三里河，佥云："是其候也。"西南境先被水患，予亟补筑三里河堤以捍之。逾时溃堤，入飞云桥。甲子秋，水洊至，视前有加。是冬，予入觐。乙丑孟春，积冰，水暴至，冲决桥两岸，堕南月城。仲秋七月十一日，乃洋溢无涯，没阜襄城至五六尺。予塞四门，幸不浸灌。然泉窍潜通，县廨以迤西北，水亦二三尺许，出入门堂，揭衣徒涉。公廨墙垣，次第倾覆，予亦挈室避之民居。院史上状，世宗皇帝遣大臣祭告，出内帑安抚。浊流北趋，下流壅塞，漕渠一淤几百里，散漫乱流，直冲城西址。运舫俱乘急流而行，缆夫则登城而挽，如是者数月。官民凛凛，佥谓此水继来，势将无邑。丙寅仲秋，及期大至，民无生气。幸决西堤北走，以杀正流，城址如故，止积淤五尺。外高内洼，城中汇为水潴。至于丁卯夏，中乃涸焉。院史议改邑，就新河高阜。予白："民苦垫溺，坊乡流徙，遗民方免巢居，呻吟未息，迁何以堪？"乃募民先筑中后堂，基约高三尺余，次露台，次仪门，次鼓楼，悉仿旧营建，以树标准。院史罢迁议，助修行院及僚舍吏曹。城垣南楼近前蔽，则撤移稍东。总理部院檄修补旧堤及古土城，为县学右臂，防水直突。是役也，不无劳民，然视[④]改邑，力省万倍，财贿无算。以是年十二月，百工告成，且淤高而水远，无复决。沛民复故土，渐次就业。嗟呼！沛昔贤令当富庶之会，运道之通，民丰物阜，如登春台，不三五年而迁。予适遭其变，独淹者六年，追思畴昔之梦，无不征验，若天待予以宁是邑。及阅中堂落成题，并戒石亭题，一为正统丙寅，去今百二十年；一为正德丁卯，去［今］[⑤]六十年。天人相感之际，先征诸梦；《易》穷变通之数，次协于干支，是岂偶然哉！是岂偶然哉）。

中为正堂，左为龙亭库，右为典史厅，前为箴石亭，东西列吏房科。西房科后

① 原作"黄"，据嘉靖《徐州志》及沛县诸志改。
② 原作"戊"，径改。
③ 字据万历《沛志》卷十三《艺文》补。
④ 原作"是"，据万历《沛志》改。
⑤ 字据万历《沛志》补。

为狱。亭前为仪门。仪门外左为福神祠，右为预备仓，前为大门（嘉靖十二年，知县杨政建谯楼其上）。正堂后为后堂，东为库楼。又［后］[①]为知县宅，左为县丞宅。县丞宅南为管河主簿宅，右为主簿宅。主簿宅南为典史宅，又［右］[②]为吏舍（嘉靖间，知县王治因旧廨水圮，改建今地）。大门外东西列承流、宣化二坊。

知县一人。县丞一人。主簿二人，旧止一人，后增设管河一人。典史一人（各房科司典吏二十三人，农民候缺者无额数。门皂、库子、库书、快手、禁子、灯夫等，名数编银见《赋役》）。

阴阳学，在南门内。洪武十七年［设］[③]建，训术一人司之。所司鼓楼，在县治南，景泰二年知县古信建。

医学，在县治前。洪武十八年设建，训科一人司之。

泗亭驿，旧在县治东南。永乐十三年，知县李举贤建。成化十八年，圮于水，稍南徙其址，遂多为民窃占。嘉靖丙午[④]，知县周泾请复故址重建。嘉靖四十五年，随新河改迁夏镇。驿丞一人（吏一人。四县站船一十五只，水夫一百五［十］[⑤]人，上中铺陈各一十五副，什物一十五副。俱编银见《赋役》。外，河南密县、鹿邑县协济插站，共站船一只九分，水夫密县十人，鹿邑县九人，上铺陈一副九分，什物一副九分。又，山东胶州协济插站驴一头，驴夫一人；即墨县中马一匹，马夫一人，共中下铺陈二副，什物二副）。

递运所，旧在河东岸。永乐四年，知县常瓘建。嘉靖十七年重修。嘉靖四十五年，从新河改迁夏镇。大使一人（吏二人。州县红船三十五只，水夫三百五十人，中铺陈三十五副，什物三十五副）。万历元年八月，都御史王宗沐题请裁革，其原额夫船、铺陈、什物俱归并夫厂。

夫厂，旧在县前河南岸，久废。嘉靖二[⑥]十一年，知县王治迁河东岸。嘉靖四十五年，从新河改迁夏镇。旧驿使夫马，萧、砀、丰三县分月委官督夫来济。事属隔县，厥地纲老辈营为利窟，通同豪猾，措索冒破，致使赔费千金，因而倾家殒命，大为三县病者久矣。万历元年，知州刘顺之白于兵备副使冯敏功，继舒应龙转请于抚、按洎总河都院，议令三县免解夫往役，止将额银萧县二千一百一十一两、砀山县一千一百四十七两五钱、丰县八百七十二两五钱解赴委官，合沛县银一千八百六十九两，通融常行，觅夫听差买马，发泗亭驿轮派，无分萧、沛、砀、丰。其

---

① 字据嘉靖《徐州志》补。
② 字据嘉靖《徐州志》补。
③ 字据文例补。
④ 原作“年”，据嘉靖《徐州志》改。
⑤ 字据文例补。
⑥ 原作“三”。按：王治，嘉靖十九年始任，二十三年去任。此云“三十一年”，误，据改。

名惟称徐州夏镇夫厂，复候题请，为永规焉。

税课局，旧在县治东北。永乐四年设建，嘉靖十一年裁革。

济留仓，在县治仪门外西南。永乐四年建，今废。

水次仓，在县治东一里，河南岸（斗级名数编银见《赋役》）。

预备仓五：一在北门外，一在泗亭乡，一在汉台乡，一在千秋乡，一在广戚乡，并废。嘉靖二十一年，知县王治于县治内创建一所。嘉靖二十六年，知县周泾于县后创建一所。

县前总铺（铺长吏一人）；夏镇铺、净明铺、聂庄铺、东仓铺，以上达山东滕县界；十字河铺、宣丘铺、倪陵铺，高坊铺，以上达丰县界；老鹳铺、杨家厂铺、界沟铺，以上达本州界（各铺司兵、铺兵名数编银见《赋役》）。

申明亭，在县治前。　旌善亭，在县治前。

养济院，在县治北。景泰三年知县古信建，久废。嘉靖二十二年，知县王治重建。

广济堂，在旧驿南。景泰壬申水灾，流亡丐食者众，巡抚都御史王竑令有司煮粥于此济之，凡活一十六万余人，故以名堂。今废。

孚惠堂，在泗水浒。亦王竑令有司济贫病者，故名。今废。

察院，在县治东。永乐四年，知县常瓘建。前有澄清坊。

官厅，旧在县治西南。宣德九年建，久废。嘉靖九年，知县杨政改建县治东。今废。

演武厅，在旧县城南隅。嘉靖二[①]十一年，知县王治建改西北隅。

砀山县

县治在市中。唐、宋以前，悉治此。金兴定间，圮于河，迁鱼山南保安镇，今永城县境（见《沿革》）。元至元间，复还旧治[②]。元季，毁于兵。国朝洪武三年，知县邵俊杰建。二十五年，毁于火。永乐三年，知县郝玘重建。成化五年，知县张梦辅改修。正德七年，复毁于兵。十年，知县刘守恒重建。嘉靖四十一年，复圮于河，迁治小神集。四十四年，知县崔元吉复还旧治。隆庆六年，知县王廷卿大加

① 同上“夫厂”。

② 案正统《彭城志》：“元初，仍于旧地置县。”嘉靖《徐州志》：“元还治旧地。”皆略云元时，未详年月。本志误读，以“至元”为年号，改为“元至元间”。其后，顾祖禹《读史方舆纪要》因之，乾隆《徐州府志》复因顾氏，皆以为“至元”为年号。乾隆《砀山县志》综合《元史·地理志》济宁路、归德府各条，谓：“元宪宗七年始复置县，还旧地，隶东平路。”其说应是。

修葺。

中为正堂，东西列吏房科，前为箴石亭。亭前为仪门。仪门左为土地祠，右为狱，又前为大门。正堂后为后堂，左为库楼（知县王廷卿创建）。又后为知县宅，右为主簿宅，左为典史宅。大门外为宣化坊（知县王廷卿建）。

知县一人，主簿一人，典史一人（各房科司典吏二十二人，农民候缺者无额数。门皂、库子、库书、快手、禁子、灯夫等，名数编银见《赋役》）。

阴阳学，在县治东。永乐十六年建，训术一人司之，今废。所司鼓楼，在县治东。洪武二十四年，知县冯钦因宴喜台故址建。嘉靖二十一年，知县刘旸[①]重修。钟楼，与鼓楼并[②]。永乐三年，知县郝玘建，在崇寿院旧址。弘治四年，县丞余溥徙今所。

医学，在县治前。洪武十三年建，训科一人司之。今废。

济留仓，在县治东。隆庆初，知县戴伟重修。六年，知县王廷卿即其内创建义仓一所，贮新立公田岁租备赈（隆庆壬申，王廷卿擒获响马贼段廷器等，将其劫赃买民田八顷四十三亩，申准入官，立为公田。每岁赋租三百余石，贮之是义仓内）。

预备仓四：一在崇教坊，一在大彭社，一在赵九社，一在浮沟社。今并废（斗级名数编银见《赋役》）。

县前总铺（铺长吏一人）；七里铺、赵九铺、毛城铺、陈村铺、西镇铺，以上达萧县界；北十里铺、浊河铺、张清铺，以上达丰县界（各铺司兵、铺兵名数编银见《赋役》）。

申明亭，在县治前。洪武十三年建，今废。

旌善亭，在县治前。洪武十三年建，今废。

养济院，在县治西。永乐十五年建。嘉靖二十六年，知县王绍元重建。

济众堂，在县治东，今废。　　惠济堂，在县治西，今废。

察院，在县治南。洪武十三年，知县张清创建。后废。嘉靖二十一年，知县刘旸重建。四十一年，没于水。隆庆六年，知县王廷卿又重建。

公馆，在县西，今废。　　演武厅，在城外南隅。

① 原作“阳”，据本志《职官》并参砀山诸志改。后皆同。

② 按：“与鼓楼并”，即嘉靖《徐州志》所云“所在与鼓楼同”，就其方位而言也。顺治、康熙《徐州志》改冯钦所建鼓楼为“谯楼”，于此截取“钟楼与鼓楼并永乐三年知县郝玘建”十五字，其意迥别，故而乾隆《徐州府志》《砀山县志》并云：“钟楼、鼓楼，俱明永乐三年知县郝玘建。”

丰县

县治在城。秦以前已有治，在县内，未详其地。宋治平三年，县令关景仁建于此[①]，有凫鹥亭（见《古迹》）。元至正十一年，县令刘士复建。元末，毁于兵火。国朝洪武三年，知县傅时即故址重建。嘉靖五年，没于水，知县高禄徙治华山。三十一年，知县徐蓂复还旧治。四十一年，知县胡乂心增置。万历二年，知县吴文光重修。

中为正堂。堂左为库，右为典史厅，东西列吏房科，前为箴石亭。亭前为仪门。仪门外东为土地祠，为总铺；西为于公小憩亭，为狱。又前为大门。正堂后为穿堂，穿堂后为后堂。后堂东北为知县宅，西北为典史宅。六房后为吏舍。

知县一人。典史一人（各房科司典吏十一人，农民候缺者无额数。门皂、库子、库书、快手、禁子、灯夫等，名数编银见《赋役》）。

阴阳学，在县治前。洪武二十八年知县马奉先建，训术一人司之。所司鼓楼，在县治前，永乐十六年知县郝晔建。成化［二］[②]十二年，知县邝[③]颐修置，工部主事陈宣为记。钟楼，在县治前，永乐十一年知县方琛建，今废。

医学，在县治东。洪武二十八年知县马奉先建，训科一人司之。今废。

预备仓，旧四：一在华山保，一在七级保，一在苗城保，一在司马保，并废。今一：在县治西北（斗级名数编银见《赋役》）。

水次仓，在沛县漕河岸。嘉靖四十四年，黄水冲废。

县前总铺（铺长吏一人）；留村铺、周村铺、新村铺、棠林铺，以上达沛县界（各铺司兵、铺兵名数编银见《赋役》）。

申明亭，在县治西。万历二年，知县吴文光重建。

旌善亭，在县治东。万历二年，知县吴文光重建。仍书善恶辈姓名，悬匾于内，昭劝惩焉。

养济院，在县治西北。洪武九年，知县杨抝建。后废。嘉靖三十一年，知县徐蓂重建。

济众堂，在县治东，今废。

惠济堂，在惠民药局东，今废。

察院，在县治西北。嘉靖三十一年，知县徐蓂改建儒学于上。三十九年，知县

---

① 案嘉靖《徐州志》："宋以前，治旧城中。治后东北隅池上有凫鹥亭，治平三年知县关景仁建。"本志解读有误，遂以为县治为关景仁所建。顺治《徐州志》同误。

② 字据隆庆《丰县志》补。按：邝颐，南海人，进士，成化十九年任。本志《职官》失载。

③ 原作"郑"，据隆庆《丰县志》改。

胡乂心迁儒学于县治东南，仍即其地复改建焉。

公馆，在县治前。景泰元年，知县孙安建。今废。

演武厅，在城外东北隅，汉高祖庙东。嘉靖四十年，知县胡乂心建。

又，华山昔为县治，前有圣谕亭，后有观风亭、宾阳亭、问月亭、瞻石斋。今因治还旧县，俱废。

学校

上有教化，斯下有风俗，学校之关于理道也，尚矣。故采芹泮水，鲁治其昌；而青衿城阙，郑邦不竞。可见守土者，必当以育才造士为首务也。徐方邻于邹鲁，代有真儒，如焦赣、施雠之《易》，通汉、庆普之《礼》，千秋、周庆之《春秋》，皆渊源之正学也。顾世久道湮，渐非畴曩。今则臬司牧伯，加意治陶，多士将烝烝然兴矣。

徐州

儒学故在城东南隅。元至正辛卯，毁于兵。国朝初，洪武二年[①]知州文景宗徙东北隅，学士金华宋景濂为撰碑铭（曰：徐州孔子庙学毁于兵，庐江文君景宗来治徐州，创作之。洪武元年秋八月，庙学成。凡历日一百二十，费功三千。夫徐为名镇，素多佳士，孝友如刘敬宣，忠义如赵立者，班班而是。《传》所谓“习俗好尚与邹鲁同”，盖不诬也。今侯之兴学，将以前人望徐。徐人士奉亲必孝，事君必忠，庶弗悖于侯之教。若曰攻记问辞章，以媒利禄，岂是学之初意也哉？为之铭曰：古之建学，释奠寓焉。礼以牖民，必身为先。师废学微，专［崇庙］报。祀事虽严，匪及乎教。徐为名区，庙与学俱。［揆之］于古，亦曰庶几。彼蚩者氓，相挻启衅。涌殿飞［楼，化］[②]为灰烬。皇明御天，海宇肃清。选贤出守，以宣邦经。时维文侯，来治兹土。不鄙其民，视如邹鲁。乃谓其民，尔民固灵。弗莅于学，孰励其成？相惟故址，既陋且僻。卜迁南东，厥龟孔食。乃协其程[③]，乃直以绳。乃经乃营，日夕靡宁。有殿言言，有堂矗矗。有庑轩轩，有门肃肃。视其斋庐，有师

① 按：嘉靖《徐州志》作“洪武初，知州文景宗徙建”。本志改“洪武二年”，然下文所录宋濂《庙学记》仍作“洪武元年”。姜焯于志文、宋铭俱改为“二年”，乾隆《徐州府志》、铜山诸志皆仍之，遂以为洪武二年庙学重修。今查《宋太史文集》未收此文，学宫碑碣亦无存，详情无考。案万安《徐州学记》“洪武元年，知州文景宗创建庙学”，似应以“元年”为确。

② 底本漫漶，以上六字据嘉靖《徐州志》补。

③ 原作“成”，据正统《彭城志》改。

有儒。亦有生徒，执经而趋。学究六经，讲切六艺。以夜继日，莫之或替。人之所学，在孝与忠。忠孝一阙，昧其天衷。搜猎载籍，无征弗记。务贪得多，君子所刺。摛为篇章，葩藻是耽。斯谓偏徇，小人之甘。必蹈大中，内外孚浃。蕴于身心，著于事业。贤侯兴学，实阐化基。岂曰土木，崇其巍巍。铭以著之，作者太史。用推本原，以告徐士）。宣德间知州杨秘、景泰间知州宋诚相继增修。天顺六年，知州王叙拓大之。成化六年，知州陈廷琏续成，重建堂斋楼阁。有眉山万安、淳安商辂并为记（安《记》略曰：圣人之生，岂偶然哉？盖天必任之，以助其不及。若羲、农、黄[①]帝、尧、舜、禹、汤、文、武，任之以行夫道；孔子，任之以明夫道。行夫道者，当世被其泽；明夫道者，万世仰其功。故自汉唐宋元，咸知尊用其教，厚礼庙祀，以报功于无穷。我朝君师海宇，内而京师，外而府州县，皆于学建庙，崇祀孔子，封爵加号，悉如曩代之制。报功之意，不已盛哉！徐之有学，数百年中历兵革，屡毁屡复。洪武元年，知州文景宗创建庙学，岁久而敝。宣德辛亥，知州杨秘撤而新之。既三十年，为天顺辛巳，庙复敝。临汾王侯叙来知州事，首谒先师，顾瞻礼殿，卑隘弗称，及省乐器之多残缺，遽欲更新葺补之，度时有未能。乃于政治暇，辄蓄其材，取砺与锻。越四年为甲申，将有事兴作，适有诏罢天下工役，不果。又五[②]年为成化己丑，岁丰民和，王侯悉发所储蓄，鸠工兴作之。首建大成殿，两庑次之。以旧大成殿为戟门，易棂星门以石柱，修饬乐器、祭器。功未集，王侯以秩满去。明年，知州陈廷琏以进士来知州事。初谒庙庭，视前功未毕，即恻然咨嗟曰："廷琏受命而来，职务孰有重于此乎？"遂图就之。于是饰圣贤像绘，殿庑、戟门及神厨、神库，咸以次完具。又远取土石，用填殿后水塘，围百五十丈，深三丈许。学之风气至是始有所萃，而庙之制度宏敞壮丽，益加于旧，上足以妥宣圣之灵明，下足以耸人士之瞻敬矣。呜呼！世之有司，率多孳孳以案牍几会为劳，以趋走迎饯为先，其能祇奉朝廷报功礼意，而知教化本原为重者几人哉？若二侯者，可谓世之良有司欤？学正应广平以二侯之功不可泯，乃具状征记，垂于永久。特为纪其始末云。〇辂《记》略曰：圣朝崇儒右文，茂隆化理，学校之设，遍于天下。虽遐陬僻壤，弦诵不废，矧畿内之近，当南北孔道如徐者乎？州之学创自洪武初，迨今百年，风雨震凌，侵寻颓敝。中虽屡经葺治，无改旧观。岁成化庚寅，长沙陈廷琏由进士擢守是州，锐然以修建学校为己责。其文庙、两庑、戟门，悉以终前守王叙成始之功，既完且美。而又以堂斋诸所隘陋弗称，及颓圮弗支者，咸欲撤而新之。乃日节浮费，募工饬材，白之巡按、监察御史戴珊、熊绣，佥议惟

① 原作"皇"，讹从嘉靖《徐州志》，径改。
② 原作"三"，系"五"形讹，据实数改。

允。卜日始事，辟旧广新，重建明伦堂五间，东西斋各十间。堂之后，鼎建尊经阁五间。以至会馔之所、出入之门，皆焕然一新。壮固宏丽，度越前规。肇工于甲午春三月，落成于秋七月。是役也，州守主之，僚佐赞之，仕者、居者、赢于资者助相之，民无劳焉。咸谓学校重务，不可无述，判官兰溪赵颙以记来请。夫所重于学校者，以人材所出，风化由系，王政之大，莫先于此。我朝列圣相承，治法帝王，道尊孔孟，而于建学育材之意尤惓惓焉。岂非学校兴则人材盛，人材盛则风俗厚，而治国平天下之道，由此而措之乎？自今来游之士，当仰体圣明崇重之意，俯惟贤有司作兴之功，操行必圣贤是师。其处也，行始于彝伦；其出也，光昭乎事业。斯治道有资，国家有赖，而学校非徒设矣。若乃发策决科，则余事耳，学校之教，岂止于此？有志之士，其慎所择焉）。正德壬申，督学御史黄如金、兵备副使柳尚义、知州张行甫、学正杨和增建斋宅。业未成，寻并迁去。明年，学正胡崇易白于继任御史张璿、副使罗循申饬之，乃就绪。编修余姚孙清记（略曰：徐州儒学，自洪武初卜于此，为迁宅。迁之时，草略而已。宣德辛亥，始拓地以广其狭，增舍以饬其遗，然亦为草略而已。天顺庚辰，州守王叙始严夫子之宫，为初治。成化己丑，陈廷琏又崇堂斥地，及诸井灶器具，为益治。弘治庚戌，刘宪易武官居为弟子斋舍，建尊经阁于讲堂后。凡至是，始去草略为大治。及正德壬申，则已二十余年矣。殿庑垣墉，日蚀于风雨。督学御史莆田黄公如金见而忧之，曰："学已更百年而渐治，始去其草略者；今二十余年而渐不治，又将为草略者。吾忧其渐哉！"乃规设为倡，而谋诸兵备副使柳公尚义，亦捐公帑若干两，以命州守张行甫及学正杨和司其出纳，而别以指挥谭锦作率焉。凡易梁栋，筑垣墉，葺雨溜，作官舍于堂西，作斋舍于堂东。事渐有序，而副使、州守、学正相继迁去。明年，蜀垫胡君崇易来掌教事，深以工事未绪为惧，乃簿正缺官斋夫若干金，请于副使罗君循，而督学御史张君璿，复以其事申加董励。于是，州守武雷及训导杨琳、徐俨、郭辉，及诸生之饶裕者，相与捐廪输金，事以次治。无何，而户部主事王君遵，水部吴君哲、蒋君益，督饷太监侯君富、金君奉、莫君昂，及徐之文武缙绅耆宿，亦皆相与捐廪输金，事于是大治。凡为堂斋门库若干楹，而义路、礼门二区，又自圣像及诸贤缔绘彰施，庄严俨肃，盖至是又为大治，事率一新云。於乎！事固有相趣而成者，其谓是耶？夫自其始迁，以至于大治，更历百年，易数人而后集。盖作者之难，其势然也。自其始敝，以及于再治，亦且更二十余年而后集，而又且更数人焉。述之者，其势亦难也。然亦有取于《渐》之义。夫及其渐而为之，而犹若是其难焉；向使不及其渐，渐且敝矣，益敝则力益难，又将为草略之规而已矣。诸君子之用心，其固善治其渐哉！於乎！安得诸君子者，以渐之道治天下之敝哉）。嘉靖丁亥，副使赵春命知州郭天锡拓学前基，洎庙庑堂斋，并加饬。癸巳，副使何鳌命学正李宪督

修。甲午，知州魏颂卒役，更增葺之。编修楚人廖道南记（曰：嘉靖甲午夏四月既望，内史氏被命次徐。徐之诸生来言曰：徐之学宫，旧在城东南隅。国初，牧长文侯景宗改迁东北隅。嗣是，数经营度，益涂丹雘。肆于嘉靖癸巳，兵宪山阴何子鳌拓地鸠材，式弘厥制。文学李子宪督程测臬，思绍厥嗣服。爰以闻于中丞，始则刘公节，继则马公卿；爰以遍闻于柱史张君惟恕、陈君表、闻人君诠。咸韪厥议，以底于绩。越今甲午，蒲圻魏侯颂适守兹土，加意增葺，约轨示表。若罔纪述，后嗣胡观焉？内史氏喟然叹曰：於乎！古帝王之肇诸学，正也穆哉渊如也！矧徐为九州之一乎？粤自轩皇，分野星纪；昉占帝尧，锡胙彭城。庸建虞庠夏校，风被阛闾；殷序姬雍，化扬弦诵。骏烈鸿休，弗可尚已。迨兹以后，则有若穆生、申公，传经执礼；盖豫、韦贤，授典陈诗。唐则若姚崇、李愿，秉节敦教；韩愈、李鄘，敷猷赞谟。宋则有若富弼、王洙，隆儒宣泽；杨时、苏轼，诱士昭文。咸以永光皇烈，载扬帝休，亦既弘且远矣！我皇上统一舆图，丕振神教，首开礼乐二局于南畿，继颁经典六籍于北郡。维兹徐国，南北之冲，山衹毓灵，水若贡祉，星珠炳曜，月璧含祯。物采既章，人文载涣。百六十余年，士风趋正，民俗归厚，蔚蔚彬彬，克承古昔尔矣。予又闻焉：夫道，犹水也。不浚其源，则圣人之精罔攸发；不达其委，则圣人之蕴罔攸传。《易》有之巽者，入也，入而后说之，故受之以兑。兑者，说也，说而后散之，故受之以涣。夫兑，泽也，德盛而泽深，泽深而化流，其圣人之蕴乎？夫涣，文也，诚精而文明，文明而化成，其圣人之精乎？是故，我观诸徐有足征焉者矣。浑河放于西域，则星海攸渎；泗源播乎东鲁，则圣涯浩渺；吕梁险于南壑，则濉、谷澎湃；沛[1]水汇于北潴，则泡、漷泱漭。故曰"逝者如斯夫"，其圣人之道之精蕴乎？夫精以蕴矣，兑以涣矣，而学之弗巽，其何以入焉？《书》曰："惟学巽志，务时敏。"《礼》曰："不凌节而施之，谓孙。"其入道之门乎？继自今藏焉、修焉、息焉、游焉，巽而入焉，兑而说焉，涣而天下之至文成焉，道不在兹乎？道不在兹乎？於乎！越若来守兹土，可以监矣。乃系之铭曰：粤稽邃古，神圣建邦。惟兹彭城，胙土陶唐。奎娄画野，淮楚奠疆。亶生英哲，炎祚炽昌。世封宗室，代列侯王。灏精协气，鸠灵发祥。两龚气节，三刘文章。奇材异器，魁梧颉颃。黉宫载启，彝典肃张。肃陈俎豆，恪秉圭璋。广牲在庙，雅乐在堂。圣谟肇作，贤范咸彰。菁莪雨霈，棫朴风扬。俨思穆穆，颂声洋洋。文侯正始，于古允臧。魏侯保终，于今有光。汴泗之阴，海岱之阳。爰庸勒铭，以告循良）。**乙未，知州陆时望建敬一箴亭。己亥，清戎御史杨瞻改建应壁楼。甲午，兵备副使宋圭改读书楼，称"及第"**（以固安杨维杰、维聪从其父和学正讲习于此，后相继进士及

---

[1] 康熙《徐州志》、道光《铜山县志》作"汴"。

第，故以是名，以励徐士）。庚子，户部主事吴岳筑土建蹑云亭。壬寅，知州王重贤建启圣祠。丁未，副使王梃益修葺之。后历廿[1]稔，黄河频决，浸入城中，学宫以基洼成沼，至不可妥圣灵。隆庆三年，知州章世祯白于总河都御史翁大立，请以户部主事朱光宇辖永福仓地相易改建。时惟草创，世祯解去。五年，知州刘顺之相继，大侈营建，日亲工程，规画皆自裁定，兵备副使冯敏功亦协力助工于上，不逾年，既完且美，遂为全学。

中为先师庙，东西列两庑，前为戟门。戟门外为泮池，跨以石桥。石桥旁为东西二门，东门旁为启圣祠，西门旁为名宦祠、乡贤祠、五贤祠、五公祠，又前为棂星门。棂星门左为学大门，由大门入为仪门，旋西即庙后，又为东西二门，入中为明伦堂，东西为三斋（东进德斋、修德斋，西成德斋），堂后为敬一箴亭，亭后为尊经阁。阁西为学正宅，迤前为训导宅；阁东前后为训导宅二所。棂星门前立文明坊，坊前为石栏及屏墙（栏、屏俱监仓户部郎中申嘉瑞建），左兴贤坊，右育才坊。育才坊迤南，旧有应壁楼，仍为学青龙云。神厨、神库、宰牲房、致斋所、馔堂、射圃、号舍，并未建。学前隙地及旧学址东畔，东西若干丈，南北若干丈，议作射圃。徐州兵备副使冯敏功记曰（徐，故彭城郡，用武地也。汉晋而下，若韦孟、刘更生、龚胜、张昭、刘隗、孝绰、知几诸人，冥搜玄骋，翼道传经，劲气直节，扶纲植纪，亦后先相望焉。盖其山川融会，风气攸钟，其代有杰人，亦地灵使然也。旧有学，在州治东南，其后洪水迤城，淤沙日垫，学宫居泽，若盘盂然。总院少司空余姚翁公行部至徐，病旧宫之卑隘弗称也。乃升高凝睇，四顾踟蹰，见西南诸山迤逦而来，跃为云龙，翔于凤凰，驰于戏马，蜿蜒入城，历州治而东，土脉隆起，东尽于城而逼于河滨。公曰："是谓势来形止，山川之所界也，风气之所结也，是最吉。"实仓储故地也，遂谋于仓部大梁朱君，易而授宫焉。抚院大中丞临川陈公、临海王公，河院大中丞归安潘公、少司马南昌万公，按院宁乡王公、汾州张公，协志崇教，饬工佐材；而州守章子世祯、刘子顺之相继效劳，群工乃作。中为文庙，正殿五楹，东西两庑各十二楹。庑之东北为神库，西北为神厨，前为戟门。门之左为启圣祠，右为五贤、名宦、乡贤三祠。又前为泮池，跨以石梁。又前为棂星门，前为儒林街。街之南为文明坊，街之左为育才坊，街之右为兴贤坊。文明坊之前为莲池。文庙之北为明伦堂，东西为斋各十二楹。堂之北为敬一亭，又北为尊经阁。堂之右为学正廨一、训导廨一，堂之左为训导廨二。而学门则直训导廨而南，共适儒林街。缭以周垣，东西四十丈，南北三十六丈。地址之恢，黉宇之壮，视旧宫有

① 原作"甘"，径改。

侈焉。于是应[①]壁耸左，郡谯埒右，云龙峙前，汴河绕后，而黄楼背护，俯雉昂霄，莲池清漪，袭芳铺丽，群[②]山映翠，环水为清，诚形胜之要区而文明之奥宅也。是役也，经始于隆庆己巳冬，竣于万历癸酉春。敏功承乏徐臬，[乐][③]观厥成，诸士子以功与有地方责，属之言。功闻山处者，其人多劲直，其敝则峭急而少文；水处者，其人多文秀，其敝则浮靡而少实。徐地山水甲天下，而直节文艺之士，犹有古先英哲之余风，固彬彬若是盛矣。然峭直浮靡之习，亦所不免，则变化气质，以适于中和，是在诸士子学问之功耳。其尚思所以陶养德性，懋修华实，妙契玄诠，桢干皇国，追踪先哲之遗轨，以无负诸公作兴之盛心，其于山川尚亦有光哉！若夫由文章而进之性命，由功业而进之道德，则自有圣教与官师之守在，功何敢赘）。

官：学正一人（未入流），训导三人（俱未入流。嘉靖初裁一人，寻复）。

生员：廪膳三十人，增广三十人，附学无定额（吏一人。庙夫、门库名数编银见《赋役》）。

书：旧有《五伦书》《四书大全》《五经大全》《资治通鉴》《文献通考》各一部，今残缺未有补云。

凡教事，学正掌之，训导佐之，州正提调其事，而总之于督学御史，并以卧碑从事。三岁则大比于南京应天府，为乡试；凡四岁以三人应贡，为岁贡。二者并称正途。其科第题名，有学正聂荣记。

河清书院，在东门里，因门为“河清”，故名。隆庆三年，知州章世祯创建。万历二年，知州刘顺之改大门进内数尺，堂后增置寝室，其规益大焉。

吕梁书院，在吕梁洪，嘉靖癸巳[④]，工部主事郭持平建。

境山书院，在境山山麓，隆庆四年，吕梁洪主事吴自新浚河境山，憩息于此，因创建焉。

社学十余所，在城内外隅关厢。成化三年，提学[御史][⑤]陈选遵制命有司建立。各择教读一人主之，以教民间子弟。今悉废，为缺典云。

① 原作“庑”，据顺治、康熙《徐州志》改。按：应璧，即前所云“育才坊迤南，旧有应璧楼，仍为学青龙云”。

② 原作“郡”，据顺治、康熙《徐州志》改。

③ 字据顺治、康熙《徐州志》补。

④ 按：“癸巳”为“癸未”之讹。辩见嘉靖《徐州志》勘注。

⑤ 底本漫漶，字据嘉靖、顺治《徐州志》补。

萧县

儒学故在旧城西北隅。宋绍圣间，县令孙文、邑人窦沔捐资徙今城东南，有晁端中记（略曰：萧为邑，负山濒河，多形胜。其风俗浑厚，多智虑，务农生财，独饶于他邑。然官民居庐皆聚于故垒之南，而宣圣庙犹在西北无人之地，众不乐居，虽存犹废也。自皇祐逮今[①]，登进士第才数人。故萧之士鲜知学校群居之乐，而邑之耆年长者，常以是为不足。前光泽簿窦君沔，喜儒学，有远识，白于邑宰孙公曰："郡邑之学，多居文明之方，盖以利学者进取，向于高显之义。今愿于邑东择爽垲之地以徙学，可乎？"遂白于州守，许为之。乃绘图以进。其规有堂有筵，有东西序，斋房、庖厨亦各有次。像先圣、七十二子，其列有楚。笾豆簠簋、罍洗爵斝，荐献之器，其藏有次。由是邑人争愿出力，以佐其役，而令皆助之。肇工于绍圣五年三月壬子，落成于七月丁未。乃求记于余曰："君尝寓学于此，知萧之子弟多秀颖可教，当为之记。"因复曰："窦君以富饶之资，能兴儒学，使为父兄者知以礼义教子弟、以学古入官者可尚也。夫功及人者，其报当在子孙。则公之后，必有登显仕者矣！"）。后为水啮。元至元丁丑，县尹耶律廷瑞重建，萧人傅汝砺记（略曰：萧邑介大河之间，黄流漫漶，自古为害。南北两城，居民不能奠厥攸居。往者，庙学置于北城西墉之上。宋绍圣五年，因遭洪水，移于南城。继以狂澜四围，屡有废弛。至元丙子，一新于北城。岁久，悉皆芜没于苍烟灌莽之中。至元丁丑，县尹耶律廷瑞慨然兴复，遂于南城之东，贯隙地二十亩有奇，积土聚财有所待。适廉访分司完颜公至，合其议，复指示地西偏面阳爽垲之墟，创建殿庑、堂斋、棂星门。翚跂翼齐，焕然一新，为多方之冠。萧县复立六十载，未闻有道义功烈显于时者，亦无一宾兴于场者，是岂其才之不足哉？抑为政者未有以兴起之也。今庙貌完，学校兴，有司、宪司交相勉励，不亦幸哉！诸生孜孜读书，以孝悌忠信正其心，以礼义廉耻修其身，则名声将有不可掩者，岂独乡闾之光，抑亦不负圣朝之意。斯役兴功于戊寅春正月，收功于冬十月。落成之日，士庶咸请立石，以传不朽。予目击其美[②]，故乐为之书）。元末，毁于兵。国朝洪武初，主簿刘瑜创建。知县乔峻、县丞齐福东，永乐间知县郝玘，正统间知县柳新，景泰间教谕王隆，成化间知县马纶，相继重修。正德间，巡按御史宁钦莅县，病其风气不聚，命撤华严寺、东岳观二所，移建今学，州判官董相、知县王隆董其成。嘉靖辛卯知县寻孔乐、壬辰知县朱同芳，相继修葺，年久尽圮[③]。万历三年，知州刘顺之见而太息，即谋更建，适知县

① 原作"金"，据嘉靖《徐州志》改。
② 原作"微"，参嘉靖《徐州志》"媺"改。
③ 原作"玘"，径改。

宋伟及教谕姚应龙一时继至，顺之首以责成，仍属乡民捐资协助，伟及应龙即心图身任。越明年，工材既聚，乃移文以请兵备副使舒应龙洎顺之，亲诣相度裁定，遂构成。

中为先师庙，东西列两庑，前为戟门，戟门外为泮池，又前为棂星门。棂星门西为学大门，由大门［入］[①]为仪门，旋东即庙后为明伦堂，东西为二斋（左为崇德，右为广业）。堂西北为启圣祠，祠南为名宦祠，又为乡贤祠。堂之东北为敬一箴亭，亭两旁为神库，南为教谕、训导宅凡二所。学前为□□[②]坊（有射圃亭，在城隍庙西，嘉靖十二年知县朱同芳建）。

官：教谕一人，训导一人（旧二人，嘉靖末裁一人）。

生员：廪膳二十人，增广二十人，附学无定额（吏役视州学，诸邑并同）。

凡教事，教谕掌之，训导佐之，县令职提调焉。间岁以一人应贡，余并同州学。其科第题名，有安成吴节记。

社学，在县西北司马神祠后，成化三年督学御史陈选移文有司建。今废。

沛县

儒学旧在河东泗亭坊，宋靖康中，兵毁。金大定初，徙建河西清[③]化坊。十一年辛卯，知县刘勋新葺。元至正间重修，寻复毁。国朝洪武三年，知县费忠信、训导华革重建。永乐间知县常瓘、李举贤，正统间知县王清、景泰间知县古信，相继修葺（学内新井，泉味清冽，亦信所凿）。漳浦陈亹记（略曰：沛之有学，学之有庙，盖自前代始。岁久倾侧，有司不加省者，十数年于此矣。景泰纪元初，知县武昌古信、教谕清源张晔，适相继视事，乃相谓兴复葺理，不可缓者。即鸠工度材，作明伦堂，修大成殿，宏敞清肃，秩然改观。既又立棂星门，创建经阁、射圃，与夫庖厨库庾，皆无不备。沛人以役不伤农，费不及官，皆愿有述，以著厥绪。予惟建国君民，教学为先，帝王之兴，率由斯道。秦人焚书坑儒，叛乱四起。高祖起沛中，成大业，虽当时诗书礼文之事，有所未遑，然大纲克正，子孙继承，而经术名节之是尚，卒延国脉于四百年之久者，岂真以马上致哉？亦以斯道为之根柢耳。国家定制，以学校责守令贤否，视学校兴废为殿最。是宜薄海内外，士劝伦叙，风俗丕变，弦歌之声相接也。沛庙学遭时复兴，顾皆贤令长与掌教者之经营摹画，然潜乎默运，抑何莫而非本于上之鸢飞鱼跃之化哉？学于兹者，沐朝廷化育之

① 字据文例补。
② 原阙，疑志成时，坊未有立。
③ 原作“靖”，据嘉靖《徐州志》及沛县诸志改。

恩，睹学校兴复之盛，惕然以立身行道、忠君显亲自励，将不愧为沛中人矣。是役也，经始于景泰二年辛未之春，落成于景泰三年壬申之夏。其时，若县丞韦聪、朱宁，主簿卢蓁，典史邓林，训导周载苾，皆重是举，能与古、张二公同心相协，以毕其功，是咸可书云）。嘉靖八年，圮于水。十一年，知县王治用旧学庙及地，易泗水南龙泉寺址建今学，教谕、训导宅仍在旧学。二十五年，知县周泾增置门庑祠宇，凿泮池，易民地拓大之，始备规制云。工部主事徐惟贤记（曰：嘉靖丁未夏五月，沛县新迁儒学未成。学谕朱氏以和，偕若训季氏珩，合学之士如干人，持状告余曰："学旧在邑治东北。正德间，为河决就圮。自是人文靡振，科目屡奇，士论病焉。识者以城南泡河、龙泉之会，风气完朗，真文明之宅也，第为浮屠所据。迨岁壬寅，前黄训昶、张训庆旸白于王令治，欲两易之。令闻其议于抚巡诸院，佥如议。遂表方正位，易民地如干丈以广之，而改创梵宫为先师庙。继撤旧材，为明伦堂，为博文、约礼两斋。工方经始，而王令去矣。甲辰岁，贵溪周君泾以乡进士来代之，相其未备，毅然欲亟终之，顾时未可。越明年，政孚民信，乃复请诸巡院、兵臬诸公，得廪余如干金，授成典史林大理，为之增置两庑。庑前为戟门，傍为庖库，前为泮池，又前为棂星门，门之左右为蛟腾、凤翥坊。又于学宫之东为敬一亭，为启圣祠；西为乡贤祠，为名宦祠。垣宇四周，而总括之以学门。盖益备王之所未备，而规模气象宏翼壮丽，凡所以足瞻仰、遂游息者，靡不饬矣。周令之有功于学也如是。和等愿乞言焉，以征诸远。"余辞不获，乃为之言曰：古者考绩论治，兴学为先。故《诗》颂鲁申，《史》赞文翁，昌黎美郴侯之文，柳州著薛伯之勤，盖皆归其功也。今尔多师多士，固知若令之功矣，其亦知所自迪，以成令功者乎？夫建学者，有司之事；而敷教者，师儒之责。学立教修，而名实不著焉，多士之耻也。故胡文定教授苏湖，贤才辈出；范文正自做秀才时，便以天下为己任。彼二公者，[自][①]迪其选矣。今沛去邹鲁不远，有先圣贤之遗风；且邑隶南畿，为圣祖龙飞首善之地。而今皇上复以敬一之学倡明于上，则视昔苏湖，其机又易以兴也。苟能励胡、范之志，以追孔、孟之遗，振其敝陋者而更新之，有如此学，则志气交凝，人文丕应，将必有道德文章卓然名世者，迭出于科目之间，以鸣国家之盛，而绍邹鲁之休。其于兹学，宁不大有光哉！如或不然，而溺于旧习，则未免昔之所病，而有司之志荒矣。余固谅尔，多师多士所不屑也。于是乎言）。四十四年，洪水冲决，半就圮坏。万历二年，知州刘顺之捐俸鼎新先师庙，余皆知县倪民望重修。

中为先师庙，东西列两庑，前为庙门。庙门外为泮池，跨以石桥。又前为棂星

① 字据嘉靖《徐州志》、万历《沛志》补。

门。庙东为启圣祠，后为敬一箴亭。庙西为名宦祠、乡贤祠。棂星门东为学大门，由大门入为仪门，中为明伦堂，东西列两斋（东曰“博文”，西曰“约礼”）。大门外为兴贤、育才二坊（有射圃，在学西）。

凡学职官、教事、科贡制，并与萧同。

泗滨书院，在县治河东岸，邻旧递运所，即汉高书院，故址犹存。

建中书院，在县治南，久废。

镇山书院，在夏镇，镇山为工部尚书朱衡别号。嘉靖乙丑，衡奉特命，创开新河，时民戴德，即夏镇驻节处祠祀，衡不居，以书院名，礼部尚书董份记曰（初，河决沛县，閰殚为河，河成陆而漕壅[1]塞。大司空朱公治渠通漕，徐沛底定，中外咸服。土人尤感之，以公治渠庐夏镇，夏镇者，公所劳苦立功处，议即其地祠公，公谢弗许。而水部钱君、季君议曰：“祠业构而公弗许。今诸郡邑弟子员从公游者日益众，方无他庐，令诸弟子野处露从，非所以群肄历学之意也。今即祠表为书院，授弟子室，而公俨然临之，则学者有肄，不乖土人感戴祠祀报德之心，而因可以兴教。以请，宜许。”公果许，而二君者走使千里征余言。余惟祠本祀功，公让以明教。余请先言公之功，而因以为教，可乎？盖公之治渠也，数问策，或言开新集，或言开庞家屯。新集、庞家屯者，旧河也。公遣按视，还称新集亘二百余里，费三百余万金，工三十余万人，作终岁乃就。公蹙然曰：“今县官方匮，费何出？且河非可以人力争也，诸故所徙道弃弗居，今殚[2]三百万委巨壑，挽所弃而争之，即渠成，河不来；来或决，后何从焉？是虚国之道也。聚三十万人终岁作，即有疫疠，或他变生，是社稷之忧也。可为寒心。”乃数橇[3]涉，亲行河，得故盛中丞所建未就之迹镌广之，加凿为新渠。新渠地高，稍远河，导诸山之水厮渊陂流，无所事河，漕可以济，而任其所弃，弗与之争。任所弃则无靡财，弗与争则避决患。是役也，较旧渠省二百余万金，免二十余万人，作以数月速就。从枕席过万舟，立漕数百万粟灌输太仓，官无抵滞之虞，民无骚动之苦，近纾目前之急，远奠无疆之基，国用不虚，社稷永赖，老臣之忠于为谋如此。余览史册，自上古无治河。至禹而随山浚川，九河始著。此开辟以来，圣人崛起非常之迹也。自禹后，河或决或塞，无能用河。至明兴，而宋尚书引河为漕，利其用。自尚书后，漕或塞或开，无不遵用河。至嘉靖间，朱公避河为渠，杜其决。虽圣贤不同，其崛起非常之迹则一也。夫琴敝者更弦，途穷者改辙，岂不欲守其常哉？时不得不然，而势有必至也。故时穷则变，势敝则通，圣人不凝滞于时，而与势推移；贤者识时之务，观势而动。夫随

① 原作“雍”，古同“壅”。
② 原作“单”，径改。
③ 原作“毳”，通“橇”。

时以顺变者，性之原也；沿势以会通者，道之本也。昔孔子取水以喻道，而孟子称言性，比于治水，固以道有本而性有原也。因性以明道者，谓之善教；由性以悟道者，谓之善学。朱公继禹之迹，识其变通，此其学之所得深远矣。其所以教诸弟子者，当不外是。夫拘学守常经，不越诵习以裨见闻者，其志敝也；俗师守常训，不离占毕以传口耳者，其知浅也。故闻道则笑，语性则惑，学之敝也极矣，而君子之教穷矣。夏镇去邹鲁近。邹鲁，孔孟之乡，性命道德所自出也。当是时，三千七十子之徒，孔子独称颜回为好学，而参也卒得其传；以子贡之辩智，犹叹性与天道之难闻也。岂教有所待，而学者未易至耶？及孟子言性论道，发孔子之教，尤大章明，而其受业者无传焉。岂学由心得，而非教之所能为耶？今诸弟子生近孔孟之居，以高才从朱公之教而起，其间必有非常之士，越常经，超常训，闻孔门未闻之指，传孟氏不传之绪，余从千里外望之矣。朱公名衡，号镇山，以渠功晋太子少保。书院门三楹，仪门三楹，堂五楹，堂后东西舍各六楹，阁五楹，落后游息堂三楹，井灶庖湢皆具，为夏镇杰构云。钱君名锡汝，季君名膺，议表书院者也，宜得书）。

社学二所：圣水社学，在县南一里许；天津社学，在河东岸，俱嘉靖十一年知县杨政建。

砀山县

儒学故在城西北隅，唐贞观四年建。宋元祐间，迁东北隅，即今所（邑人王惠捐资成之）。金[①]大定间，水浸，县令杜之美同进士邵师古重新之。元元贞、大德、天历、至元［间］[②]，县令蒋恕、杨泰[③]、孟直、崔旭前后修建。国朝永乐、宣德、正统、成化间，知县郝玘、刘伯吉、杜钊、张梦辅，主簿张文宪，相继增修。安成刘球、博野刘吉各有记（球《记》略曰：皇上嗣天下之明年，选风纪之臣，分督郡邑学政。其陛辞也，悉授以敕条，建饰庙学乃其一端也。四年，砀山县学孔子庙告成。庙为一室，其崇以寻计者四，广以丈计者六，邃以尺计者三十有奇。斋堂门庑之展，庖廪之扩，莫不称之。其地夷，其材硕，其构浑坚，其绘郁然，其规制则皆壮丽于初。然官不伤于费，民不知其劳，自非志唯一出、谋与佥谐，何足以及此哉？至是，知县事衡水杜钊课最当迁，以民乞留，得增秩还官，来请予记。因问倡斯役者为谁，则曰："初，监察御史庐陵彭侯勖督学至邑，命迁于学东。既而监察

---

① 原作"今"，据嘉靖《徐州志》改。
② 字据嘉靖、顺治《徐州志》补。
③ 原作"参"，据正统《彭城志》、乾隆《砀山县志》改。

御史庐陵孙侯鼎，喻使完美。筑营之功，以故兴焉。”又问宰斯役者为谁，则曰：“前知县事刘伯吉，实经始之。继而程厥工，制厥用，以克有终者，钊暨县丞刘全、典史周文中预有力焉。”又问赞襄斯役者为谁，则曰：“前教谕李孟玉、张观兴，今教谕丘纯、训导徐忞是赖焉。”予然后知任风纪者克率群职，奉敕旨以举事矣。嗟夫！道在天地间，万世犹一日也。二帝三王之后，唯孔子一人而已。四教所以立，六经所以明，百王之法所以备，孰非孔子之功欤？此其所以世为天下师也。后世之君，有志于昭文德以兴复古治，必诏郡邑隆其祀事。隆其祀事者，盖尊其道也。尊斯道，而后民知所从焉。皇上御极，即留心于此，内外大小之臣又克副成圣意如砀山焉，岂非斯道之幸欤？诸生诵其诗书，习其礼乐，敏而为达才，粹而为成德。得志则发所蕴，上可措斯世于唐虞，下可等事业于伊周；不得志，亦足以仁其家，善其乡里之俗，安往而不得于道哉？因题诸石，以为诸生励。〇吉《记》略曰：砀山地僻而民豪，往因水旱荐臻，俗益贫甚，民失其所者半。天顺壬午，张侯梦辅来尹兹土，奋力振作，急于民事，岁事向丰。至有凶强不律者，设法锄之。由是民无顾虑，而安堵复故焉。一日，诣学谒庙，视其庙宇倾欹，且规制隘陋，因遂谋之僚贰暨诸直教事者，各捐俸资，鸠工抡材，诹日兴事。而侯躬莅教护属功，课其章程。邑之富人、义士观感者，悉力以助。经始于丁亥秋八月一日，落成于戊子冬十月九日。其大址延袤，视旧加三之一。凡庙寝、堂斋、庐舍、泡湢，俱彤碧相辉，黝垩交映。至于庙器、礼物，靡不补葺维新。而又建阁尊经，伟乎改观矣。既毕工，乃遣人走京师，以记为请。窃惟圣朝有天下百余年，列圣相承，聿图至治。其所立纲陈纪，为生民经久之计者，大要不外乎农桑、学校而已。夫农桑为衣食之本，学校为礼义之先，二者一有缺焉，虽欲言治，皆苟焉尔。今之守令不辨所重轻，率以奔走承顺为能事，催科速成为善政，至学校之倾颓、风俗之薄恶，则恝然莫之为介，良可慨也！其知所先务而能果于兴事，不负朝廷委任之意者几人哉？予于张侯，不能无取也。徐为中国衣冠之域，南畿首善之地，泮宫一新，秀民杰士殆将幡然自新，后先相望。人将指而颂之曰：“此张侯作兴之效也！”其功用岂小补哉？用志于石，以俟采于观风者）。嘉靖五年，知县季木创凿泮池，重修棂星门。二十一年，知县刘旸[1]重建庙，洎门、庑益拓大之，安福王学益记（曰：惟明有国，自国都至郡邑学，莫不立庙祀孔子，所以勖诸人士甚至。夫尧舜诸圣人，在上者也；孔子，在下者也。祀尧舜，则圣为君也有不可及之疑；祀孔子，则圣学人可为矣。故曰所以勖诸人士者甚至。夫孔子之学，心学也。子曰：“吾道一以贯之。”盖言心也。舜授禹曰：“人心惟危，道心惟微，惟精惟一，允执厥中。”心学之源也，一即中也。

① 原作“阳”，据本志《职官表》及乾隆《砀山县志》统一用字。

《诗》曰："上天之载，无声无臭。"又曰："不识不知，顺帝之则。"微也，惟微惟一。是故有感而通也，为恻隐，为羞恶，为辞让，为是非，为父子之亲，为君臣之义，为夫妇之别，为长幼之序，为朋友之信，为千变万化，时出无穷，措之宜也。其敷之言也，为《易》，为《书》，为《诗》，为《春秋》，为《礼》，为《乐》；其敷之政也，为皇，为帝，为王，所谓一以贯之也。世儒不察，析心与理为二，而外求知识以相附益，故圣人一贯之学遂荒，而其甚则举业记诵功利尔矣。夫今举业取士，即古之敷奏以言也。使果学以尽心，则前言往行，皆识以蓄德也；敷经衍义，修辞立其诚也，岂必有司之所弃乎？夫五伯之功利，孔门五尺童子所不道也。今之功利，所以崇欲而长恶也，又况五伯之罪人乎？余尝叹孔子之在当时，无有上人为之督劝，然奋于布衣，与其徒汲汲讲明斯道，以折众淆，至于发愤忘食。今幸际熙明，建学立师，以孔子之道相勖，顾背而驰，岂不可愧也乎？余友三峰刘君，盖学孔氏之道而有得者。其治砀也，日以孔子之道启诸人士。而周览学宫，见孔子之庙圮且隘，遂请于抚按、督学，皆曰可。乃更新之，为高三十六尺，广七十九尺，深四十七尺。又以地多水患，崇其址，加五尺有奇。又葺其两庑、戟门与庙称，又改建启圣祠，又增置乡贤、名宦祠，以附于庙，惟讲习之堂仍其旧。盖制焕然，以备邑之人士拜瞻其下，改视易听。于是相与树文石，请记于余。庸敬述我国家建学立庙，以勖诸人士之意，而发孔子之道与俗学之弊，以为诸人士告。诸人士闻余之言，必有沛然者矣）。四十一年，河决，城、学宫尽坏。隆庆元年，知县戴伟修葺。五年，知县王廷卿复大修葺，以青龙方偏隘，易民地二亩有奇，移建儒林门；又依城为卓笔台，取"文峰兆科第"云。

中为先师庙，东西列两庑，前为戟门、神厨、神库、宰牲房，并东西列。戟门前为泮桥，左前为启圣祠，后为名宦祠，右为乡贤祠。又前为棂星门，棂星门东为学大门，即儒林门，由大门入为仪门，旋西即庙后为明伦堂，东西列二斋（左曰"博文"，右曰"约礼"）。明伦堂后为振文堂（见《古迹》。今废），振文堂后为敬一箴亭，敬一箴亭后为射圃，西为教谕、训导宅凡二所，附以馔堂、学仓、号舍。

凡学职官、教事、科贡制，并与萧同。

龙峰书院，在察院东，万历元年知县王廷卿创建。龙峰，实廷卿别号，故名。廷卿建此，为诸生居业地，岁贡以公田租三百石。即中又建天语亭，纪恩纶旌异；瑞麦亭，纪岁应嘉征，皆廷卿一时盛际云。沛县知县倪民望为《瑞麦颂》，有序。曰（圣天子新握乾符，敦礼耆硕，迎和劝耕，轸念烝黎。下明诏首正人心，以儆官邪，想皇极荡平之治。迨今大察人计吏，抡其最异者，召见奖赉，风天下以教养实政。合藩臬诸司郡若邑，凡二十五人，而砀山王令廷卿与焉，岂非希世一奇遘哉？令衔恩祗惧，矢报称，还省岁事。适二麦垂颖，穑人告瑞，有一茎四穗至五穗者，其三岐两岐无论焉，见者瞿然异之。夫砀滨黄河，频罹巨浸，胡为有是哉？良以一时台宪监司协德宣和，郡牧伯分猷率属，而令乃克奉若以致之民，用是潜消阴沴，薰集嘉祥，渔阳秀麦之歌，复见于芒砀旌异之后，讵非当宁宝贤育民之征应哉？传曰：“嗜欲将至，有开必先。”昔成王厘成农官，来牟受明，嘉禾同颖；而吉人蔼蔼，茀禄永康，召公以为车马礼贤之致。我皇上妙龄践祚，清明志气迈成王，中外夹辅如周召，肇修旷典，视车马之礼有加焉。今兹麦瑞，其至治开先者乎？尝考圣祖统天，是瑞献于陕之宝鸡交成刘公墓，既颂之矣[①]。今砀有宝鸡之瑞而莫之献者，固盛世臣子忧治之道宜尔也，独可无言以纪之？敬拜手[②]稽首，僭效歌《豳诗》者以为颂。颂曰：於惟皇祖，肇兹[③]丕基。来牟率育，瑞应宝鸡。受天之祐，太史[④]摛词。绵绵丰艺，以燕以遗。迨我皇上，神圣冲资。勤民法祖，茂衍纯禧。礼耆旌卓，百工允厘。中外宁谧，品汇咸滋。眷兹芒砀，大河之涯。洪流作沴，民用阻[⑤]饥。帝命中丞，节镇抚绥。肃肃侍御，有美监司。循牧承宣，惠我烝黎。大和薰洽，绿遍新菑。芃芃者麦，载见多岐。黄云荏苒，翠浪纷披。三事成始，九谷其宜。丰年穰穰，帝力何知。足民裕国，永祚雍熙。明明天子，万寿无期)。

社学二所，一在县治南东街，一在县治西街，并已废久。嘉靖二十六年，知县王绍元申请重建。

丰县

儒学旧在县治东。金末，毁于火。元至元间，县尹郭瑄重建，寻毁于兵。国朝洪武六年，知县曾本创建。宣德间知县阙膺、天顺间知县张昇、成化间知县邝颐、正德间知县裴爵，相继建修。嘉靖五年，水没县治，知县高禄徙学于华山。二十一年，知县李崇信创建，四明张邦奇记（曰：丰县有学在故城。嘉靖丙戌，河决城坏，学亦沦没，县令高禄携士民往迁境内之华山。巡抚都御史乐清高公临视，叹曰：“丰人得此山依焉，诚福地也，可遂为县治。”乃奏请命下，计日起工。公迁工部尚书以去，事遂寝。已而黄河南徙，逋携来归，狃旧怀土，欲修复故城，更县令四三，莫敢定计。嘉靖辛丑冬，潜江李崇信来令于丰，乃属其士民相土于故城三日，又往从治河都御史浅斋郭公，观河于分流之源，上下五百里，归而三复告谕，

① 见刘基《瑞麦颂并序》。
② 原作“乎”，据顺治、康熙《徐州志》，乾隆《砀山县志》改。
③ 原作“丕”，据顺治、康熙《徐州志》，乾隆《砀山县志》改。
④ 原作“大吏”，差通，今从顺治、康熙《徐州志》，乾隆《砀山县志》用字。
⑤ 原作“四”，据顺治、康熙《徐州志》，乾隆《砀山县志》改。

丰人感悟，咸以华山永无河患为便。遂定议，白当道诸公，事行。而提学御史栽庵杨君按徐，复允诸生之请，令建学校。李令乃卜地于县治之东六十步，北负山麓，南临水浒，东连远岫，西带长河，爰即其中营文庙。左右庑各八楹，前为戟门，门东西为神库、神厨，前两隅为名宦、乡贤祠，又［前］[①]为棂星门。庙东为启圣祠，祠前二十余步为敬一亭，亭东隅为宰牲所。庙西为明伦堂，仁义、道德二斋，前为道义之门，又前为儒学门。明伦堂西，为教官宅舍三区。又于城中官地及市民地，治诸生书舍若干区。盖数十年露享野祭之陋、草榻旅食之艰，至是始焕然新矣。而李令图虑之远、裁决之果、矢吁之诚、经画之敏，上下翕然誉之。以嘉靖癸卯冬十二月起工，明年甲辰夏五月落成。费出于官帑之羡，力借于公役之余，事集而民弗知云。夫唐虞之时，稷降播种，契敷五教，而其后皆有天下，延祚甚远，天之报稷、契之功者为尤盛也。然则天下事孰大于教？司教若授教者，尚亦深思而永励焉哉！矧兹丰邑多故，学宫肇新，答河岳之灵，副良有司之望，亦在诸[②]自新厥德而已。李令，楚产，予门下士，而能振兴治教若此。虽予未及之丰，如闻弦诵声也，莞尔而为之记）。三十一年，知县徐蓂复还旧县，创建于县治西北。三十九年，知县胡乂心改迁于县治东南，规模始宏阔焉。

中为先师庙，东西列两庑。东庑北为神库，西庑北为神厨，前为戟门，戟门外为泮桥。泮桥左为名宦祠，右为乡贤祠。又前为棂星门，棂星门东为学大门，大门内为文昌祠。由大门入为仪门，由仪门入旋西，左右为义路、礼门二门，入二门中即庙后，为明伦堂，堂左右列两斋（左为“修德”，右为“明道”）。堂东为启圣祠，西为敬一箴亭，亭迤南为宰牲所。堂后为教谕、训导宅凡二所。

凡学职官、教事、科贡制，并与萧同。

华山书院，嘉靖丙午，知县叶烇以县治迁华山故创建，副使王梃记（曰：丰，故徐属邑。往岁以河决，徙治今华山。治当山之麓，并麓稍东为学宫，隘弗称。叶令烇至，以岁之乙巳某月，白之督学午山冯公暨予，复并麓稍东为华山书院，门堂号舍咸秩矣。堂之后，复并麓稍东为轩五间，境幽而颇奇。至某岁某月，乃略就绪。予行部偶寓焉，因进诸生而讯之曰：令为兹，其情深，其志戚哉！古之教者，时教必以正业，退息必有居学。故君子藏焉、修焉、游焉、息焉，是以安其学而亲其师，乐其友而信其道，虽离师辅而不反也。夫学宫者，时教正业之地也；书院者，其退息居学之所乎？并麓为轩且幽而奇者，其藏修游息之墟乎？尔诸生处焉亦既有日矣，果能安其学而亲其师乎？果能乐其友而信其道乎？抑能离师辅而不反

① 字据嘉靖《徐州志》补。

② 原作“请”，据康熙《徐州志》卷三十三《艺文六》改。

否也？夫动静不违而内外合一者，作圣之极功也；情以境迁而机由静悟者，为学之始事也。吾心之良，本自炯然，顾眩于纷华，昧于功利，日昏日瞀，卒无以自解。偶入静境，则杂扰顿息，如蹈汤赴火之后，而沃以清冷之泉，其神跃然，心目俱爽矣。夫杂扰息，则真体自见而气日清；端绪发，则机括日竟而大有功。故察此谓之察识，推此谓之扩充，知此谓之知及，得此谓之仁守，蕴此谓之天德，措此谓之王道。故亲师友而不倦，离师辅而不反也，是之谓古人之学。夫以古人之学望诸生，望之至者，故曰其情深。夫太上无境，其次境境，最下不离境。安土敦乎仁，何境之有？语有之，吾入闻夫子之道而乐，出见纷华而悦，是谓境境。怒于室而作色于其父，何境之能离？夫无境者，吾不得而见之矣，必也其次乎？孟子三见齐王而不言事，程门之教每令学者先静坐，彼有取尔也。《易》之道，群阴尽《剥》，而后为《复》也。今之学者，纷华功利之说日陈于前，故呻占毕，多讯言，隐学而疾师，苦其难而不知其益也久矣。夫藉境生心，而缘静兴悟，是之谓始学之道。呜呼！其不得已而思有恒之意乎？故曰其志戚。夫圣学无歧，而人心有觉也。天地之性，无所择而后生；豪杰之士，无所待而后兴。太行之东，大河之间，盖豪杰之陆而圣贤之薮也。尔诸生毋谓丰小，毋谓学问之难，庶几于令无负哉！令，故知名士，晚以贡入官，其展采错事多定力，岂亦有志于无境者乎？予诚不敏，于尔诸生暨良有司勖之矣。维时，教谕杨濲，训导周澈、危椿请书之。遂书以为记，俾有志者决择云。〇叶烓自记略曰：丰，褊邑也。邑之镇曰华山，崛起中野。山之阳有遗地，邻学宫，诸士子以号舍无址，欲为肄业之所。烓为请于督学冯公、兵宪王公，市之于民，复以废仓益之，创为书院。院背山麓，泽水湮芜久矣，于是乎加疏瀹焉。中洞豁然而辟矣，洞前诸景，可揽而有，曰“会景”。复架小桥，以达西洞，洞塞巨石，曳而虚之，曰“虚白”。前通鸟道，斗折出石坛下，危岩屏设，石离离林立，亭其中，曰“寄兴”。亭之西，石门半蚀，土中剜而深之，穹然一洞也，曰“碧寒”。洞旁小亭，曰“独对”。北沿仄径，南出断石之间，东至通幽洞，景绝而路穷矣。天劚一窍，旁通寓乐轩，石壁千仞，森削于前，左有洞曰“太玄”，右有池曰“太一”。登观风亭，可以骋遐瞩而纳远景也。亭之后为高皇庙，亭之前为瞻石斋，面斋多奇石，矗叠如画。石罅线通径路，东至宾阳亭，西至问月亭，奇踪殊状，错出深菁丛莽之间，宰物者亦容得终秘之哉？由是观之，美哉山之体，具于天也，人力若无预焉。然而浮壒[①]昏之，丛棘蔽之，沦落于荒僻之墟，不能不假修治之功，宣灵发秘，所以致广大而极高明也。诸士子固将持志于有恒，养气于无馁，务使气习廓清，精明之本体宣露，无以异于此山已乎？抑将蠹于章句，俳于文辞，俾精明之

① 原作“磕”，同“磕”，系“壒”字类化。参光绪《丰县志》“壒”改。

本体，昏蔽于科目之中，终无摆脱之日，以异于此山已乎？是在诸子自择之而已矣）。嘉靖三十一年，知县徐蓂复还旧县，而书院今遂废焉。

徐州志卷之二终

徐州志卷之三

兵防

兵变附

天生五材，谁能去兵？自古记之矣。国朝两京并建，此为要地，设险守国，尤重兵防。是故宪节以诘戎兵，材官以精简阅，军壮以充部伍，具有成法，历历可稽。但州滨汴泗，水患频加，以役使不均，守备单弱。然则优恤奋扬之政，其当今之急务乎？

按察分司，在城西南隅，山东按察司奉敕整饬徐州兵备，兼督理屯田、河道副使莅事之所。本司弘治以前无设。正德六年，廷议徐为重地，始置，用饬兵防。嘉靖初，增督屯田、河道，漕运因寄焉。原[1]统徐与淮、扬及宿。嘉靖末，倭夷犯扬，设海防道。时，扬因归隶海防，本司诸统如故（原统府州：扬州、淮安、徐州并所属州县及凤阳之宿州、灵璧县。嘉靖末，割扬州及其所属归隶海防。原统卫：徐州、徐州左、邳州、宿州、淮安、大河、高邮、扬州、仪真及山东沂州。嘉靖末，割高邮、扬州、仪真归隶海防。原统所：通州、泰州、盐城、兴化、海州、东海及山东莒州。嘉靖末，割通州、泰州、盐城归隶海防）。迩年漕河失经，运务方殷，厥责愈重（漕运议单一款。徐州兵备请敕一道：每年粮运过淮，亲诣清河、桃源等处，会同各处粮储参政等官，分地驻扎黄河一带，逐程催儧。但有脱压帮次，即将为首军旗责治，以速行者。更易在先，许其越帮前进。务要三月以里，尽数过洪入闸。在闸河，仍旧挨帮，不许搀越。完日，将催儧过洪日呈报漕司具奏。违者参究）。今司实始置之。二年，即旧公馆改建。

中为正厅，前左右列胥舍，左别为吏廨，前为仪门，外左为土地祠，右为迎宾馆（隆庆四年副使冯敏功建）。前为大门，大门外左右列两翼。又前为观察行台坊，坊南为州卫官候署。正厅后为后堂、后宅。嘉靖十五年，副使宋圭于厅西建射圃。二十五年，副使王梃益拓修之，为观德亭，较射其中。又于厅东建与同轩（自为赋曰：主人为轩，榜曰“与同”。客至而问焉，主人曰：“予取诸程子。”客讶曰：“吾观子半亩之宫耳，非有芝陈药房、回山转溪、奇卉异花、珍羽修仪之玩也，何四时

① 原作“顾”，据顺治《徐州志》改。

佳兴之云？吾观子晨而出睮睮焉，夕而入鳃鳃焉，首岑岑焉，足姗姗焉，稍却扫则龂龂[1]焉，谪且四面至矣，何与人同之云然？则子病也，非兴也；徇人也，非同人也！”主人霍然谢曰：“子教我矣！子教我矣！然有说焉：予闻之茅茨[2]土阶，其朴不裁；拳石勺水，其致千里。茂叔之草，无靡曼之华；伯子之雏，非焯烁之毛。必如子言，虑非崇素黜雕之志矣。且交际逢迎，厥维九经；疾疢罪谪，庸是玉成。子遂谓我为徇人，而拂与同之情，恐非所以广人心、究平生也。”客亦悠然答曰：“子教我矣！子教我矣！”于是呼童命酌，长歌尽醉。主人隐几，客亦辞去。忽有道人及门，自称大观，谓主人曰：“夫泰否相倾，复姤相仍，四时无终，人我有尽。程子不察，谓我同人，岂知无终为主、有尽为客之义乎？子之辩则辩矣，而未大也！”为顷，忽有冠无极之冠，曳元始之裳，黯然登堂，自称羲皇，呼大观而偈曰：“嗟乎！天地之道，无坏无成，孰为相倾[3]？无臭无声，孰为相仍？因因陈陈，孰我孰人？沕沕轧轧，孰主孰宾？境无内外，孰雕孰素？时无古今，孰同孰异？身病可瘳，心病难祛。廓然太虚，是名如如。”言讫不见，主人亦寤。出门追客，客去弗顾。归而颓然，托笔斯赋）、皆见亭（自为说曰：史曰：“洞开诸门，犹如我心，少有私曲，人皆见之。”嗟乎！几于胜质矣。充斯言，其圣修之极乎？孟轲氏曰：“君子之过也，如日月之食，人皆见之；更也，人皆仰之。”夫惟有过，乃有更；惟皆见，乃皆仰也。先儒云：“无口过易，无身过难。无身过易，无心过难。”呜呼！畴口与身，不因诸心，而难易故悬耶？孔子以昭公为知礼，既而曰：“某也幸，苟有过，人必知之。”斯言信孔子之过，非为君讳也。如为君讳，不宜复以为过而彰君。圣人之心犹日月，意或有时而食，第更之速乎？所谓圣人无过者，第因其速更，即归于无耳。即归于无，是谓过化。所过者化，则所存益神。故曰：充是言，圣修之极也。然则有过无过不足云，在更不更之辨；更不更不足云，在皆见不皆见之辨。置国门之御，而讥穿窬，亦圣门不屑之意，非得已也。曾子云：“小人闲居为不善，见君子，而后厌然。”嗟夫，何其劳哉！何其劳哉！因为之说，系兹亭云）。嘉靖三十七年，副使于德昌改大门为仪门，而大门移向外丈余。其规益大。

凡莅任迄今三十六人：

张　宪（大同府蔚州人，己未进士）

毛　科（浙江余姚人，戊戌[4]进士）

① 原作“断断”，据嘉靖《徐州志》、王梴《徐徐集》改。

② 原作“次”，据嘉靖《徐州志》改。

③ 原作“顷”，通“倾”。

④ 原作“壬戌”，《绍兴府志》作“戊戌”。案俞宪《皇明进士登科考》：毛科，成化十四年戊戌科殿试二甲第十四名。“壬戌”误，据改。

冯　显（直隶安肃人，己未进士）
柳尚义（湖广巴陵人，乙丑进士）
罗　循（江西吉水人，己未进士）
陈　和（福建龙岩人，己未进士）
余　祐（江西鄱阳人，己未进士）
蔡　需（宝坻人，乙丑进士）
李　珏（直隶开州人，乙丑进士）
吴嘉聪（振武卫人，辛未进士）
赵　春（四川巴县人，戊辰进士）
秦　钺（浙江慈溪人，甲戌进士）
吴　昂（浙江海盐人，乙丑进士）
何　鳌（广东顺德人，戊辰进士）
何　鳌（浙江山阴人，丁丑进士）
查应兆（直隶长洲人，辛巳进士）
宋　圭（直隶新城人，癸未进士）
张　臬（江西进贤人，丙戌进士）
屠大山（浙江鄞县人，癸未进士）
王　梴（浙江象山人，壬辰进士）
杨　宜（直隶衡水人，癸未进士。见传）
王　玑（浙江西安人，壬辰进士）
谭　棨（四川涪州人，戊戌①进士）
李天宠（河南孟津人，戊戌②进士）
刘天授（江西万安人，壬辰进士）
于德昌（四川仁寿人，辛丑进士）
翁时器（浙江余姚人，丁未进士）
卢　镃③（陕西咸宁人，庚戌进士）
钱　峄（浙江鄞县人，甲辰进士）
余朝卿（江西南昌人，癸丑进士）
徐　节（山西临汾人，癸丑进士。见传）

① 原作“乙未”。据顺治《徐州志》改。案《四川通志》卷三十四《选举·进士》同作“戊戌”，俞宪《皇明进士登科考》载嘉靖十七年戊戌科三甲第四十五名，皆是。
② 原作“辛丑”，据顺治《徐州志》改。案《皇明进士登科考》，亦载嘉靖十七年三甲第六十九名。
③ 原作“镒”，据《陕西通志》《皇明进士登科考》等改。

陈　奎（福建怀安人，癸丑进士）

顾　问（湖广蕲州人，戊戌进士）

刘经纬（江西进贤人，壬戌进士。见传）

冯敏功（浙江平湖人，壬戌进士。见传）

舒应龙（广西全州人，壬戌进士。见任）

编修桂林张星为《题名记》（曰：我圣祖以神武圣文，定华夷而致太平。列圣相承，安不忘危。凡喉襟要地，必诘兵以备之，示重也。徐当《禹贡》九州之一，古称雄镇。盖自洪武乙卯，改隶京师，承平滋久，武卫[1]浸弛，疆埸靡宁。正德辛未，廷议增设兵备宪臣一员，往弹压之，至是而其职专，其地愈重矣。嘉靖甲午，姑苏查公以山东按察司副使，奉玺书饬兵于兹。至未逾年，威惠滂洽，封境晏然。政暇，阅故牍，历考前政氏名，自张公宪而下，得十六人。惧久而日湮，谋立石堂序，书而刻之。仍虚下方，以俟来者。予时改服北上，道出彭城。公谒予，谓曰："子，史氏也，盍为我记之？"惟官署有碑，旧矣。在昔唐元和间，吏兹土者，若高瑀之纪使院石幢、韩愈之纪书记厅石，去之千载，今即其人而论之，所谓节度宾佐，其贤与否，历历犹前日事。然则名之有题，匪直载氏名、纪岁月，资一时之谈玩，抑以表前哲、耸后观，而劝惩翼厉之道，于是乎在。古之君子，于一登临游燕，犹举其名而书之，矧其所莅有重且专焉者，而可忽也哉？且徐在今日，据汴泗之交，当南北两畿之冲，而连络齐鲁赵魏、江淮梁楚之境，转输漕运，朝觐献纳，戎工商贾，胥此焉道。其地之险固，人之鸷悍，尤有足虞者，厥地为甚重。宪臣以纲纪之司，祗承上命，建牙驻节，作镇于兹。诸隶郡邑，在数百里内者，咸属控制，凡兵马城池、盗贼刑狱、屯田水利诸政务，罔不当问，厥职为甚专[2]。莅斯任者，是固不容以散地常秩视之矣。然则兹名之题，后之君子循名考实，前观后监，指其人，论其世，思其专且重也，于以靖一方而副九重之托者，将于是焉赖。兹举恶可少哉？是不可以无记也。公名应兆，字瑞征，别号穹窿山人。起家辛巳[3]进士，历驾部郎中，出参东藩，寻擢今秩。所在茂著成绩，法宜备书，且以征于他日。○本司书办吏一人，山东按察司分拨。门快隶夫诸役，本州并四县出，名数编银见《赋役》）。

参将府，即西察院。本府原无设，隆庆三年兵科给事中温纯建议："边腹多故，

① 原作"卫武"，据嘉靖《徐州志》乙正。

② 原作"重"，据嘉靖《徐州志》改。

③ 原作"辛未"，据嘉靖《徐州志》及前莅职表改。

要害地方宜设将领。”始置[①]。奉敕提调徐州、徐州左洎宿州、归德、武平、睢阳、陈州、曹州、颍州等卫，滕县、濮州、颍上等所官兵及诸民兵，即徐驻节。本年冬，总河军门都御史翁大立请于所统地分月驻扎：正、二、三、四月莅徐，设中军官一员，统营兵八百，训练防运；五、六、七、八月则移归德；九、十、十一、十二月则又移宿。万历二年，巡抚都御史王宗沐、巡按御史张更化复题裁归德及掣回永城民兵，拟添邳州卫，而移莅亦准归德。缘是，本府莅徐有时，不为定员。但有事地方，例得并书云。

自始置迄今凡三人：

王　柱（直隶新安卫指挥升任）

尹　凤（南京卫指挥、武进士第一升任）

韩　荣（献陵卫指挥升任）

本府诸供应，取办于各属地方。莅徐，则州役门皂、轿水夫、报事人凡十六名，卫役舍人、军牢六十名。

徐州卫，在城东南隅。国朝吴元年，指挥司敬创建。正统七年，指挥王春重修。成化十一年，指挥苏宽重建。中为正堂，堂东为经历司，西为后千户所，左右列吏司房，洎左右千户所。前为仪门，又前为大门。正堂后为后堂，东西为厢房、库房，又[后][②]为预备仓。大门外东为前千户所，西为中千户所，前表以镇肃坊。坊外东为镇抚司及中右千户所，西为中左千户所及吏舍。其军器局，在城西南隅；演武场，在北门外二里（左卫同）；经历、知事宅，在东察院前。知事宅，因裁今废。

职官：指挥使三人（原受职赵浦，今赵檀袭任；原百户丁贵才，今丁山升任，历升广西游击；郭军儿，今未袭），同知四人（原受职王全，今王策勋袭任；苏德[③]，今苏晖袭任；马尖头，系邳州卫，今马震调任；徐兴、王三儿，今未袭），佥事十八人（原受职谭巨渊，今谭冲宗袭任；王才，今王受袭任；尹全，今尹一元袭任；许秀，今许良弼袭任；倪兴旺，今倪祚袭任；金旺，今金承宗袭任；杨智，今杨木袭任；国戚武仕杰，今武甲士袭任；原千户滕皮儿，今滕兖升任；原镇抚孙德，今孙一元升任；原同知王全，今王立降任；原千户李仕能，今李继春纳级授任；原千户王聚，今王化纳级授任。张八儿、张定、安孙、阿都赤、王成、魏仕，今俱未袭。〇卫令史二人，典吏七人）。

① 案《穆宗实录》卷四十四：隆庆四年四月乙巳，兵科给事中温纯建议博访将材。同月丁巳，王柱以南直隶金山游击将军分守徐州，是为徐州参将之始。乾隆《徐州府志》改为“四年置参将”，其说应是。

② 字据嘉靖《徐州志》补。

③ 嘉靖《徐州志》、出土《苏宽墓志铭》作“苏得”。

幕：镇抚司镇抚三人（原受职喻清，今喻文昇袭任；薛三保，今薛守田袭任；原百户陈桂，今陈永康纳级授任；王立，今未袭。○司吏一人），经历一人（从七品。张谨，弘治年任；张龄，正德年任；马越；袁文林，山西阳和卫人，监生，嘉靖六年任；康爵，江西鄱阳人，吏员，十三年任；韩相，山东安丘县人，监生，十七年任；董天赋，湖广浏阳县人，监生，二十三年任；唐宗汉，湖广衡阳县人，监生，三十三年任；熊惟臣，湖广巴陵县人，吏员，四十二年任；韩柏，浙江山阳县人，吏员，隆庆四年任；张锦，陕西西安府三原县人，监生，万历二年任），知事一人（正八品。马良，昆山人，洪武年任；谭大经，正德年任；陈本；乔玺；李绍，山东德州人，吏员，嘉靖八年任；王云，河南项城人，吏员，十五年任；邹相，湖广长沙人，监生，二十一年任；胡仲哲，湖广蕲水人，吏员，二十三年任；王承宗，山东临邑人，吏员，二十四年任；赵环，山东昌邑人，吏员，二十六年任；安世臣，直隶魏县人，吏员，二十七年任；许山，福建漳[①]州人，吏员，三十二年任；董价，山西广灵县人，吏员，三十八年任；周乾，浙江海宁县人，吏员，四十四年任。○嘉靖四十五年裁）。

属：左所正千户一人（原受职尚都先，今卫政袭任），副千户三人（原受职文寿，今文才袭任；陈兴，今陈政袭任；蒋成、倪兴，今俱未袭），百户九人（原受职陈绍，今陈桂袭任；周成，今周水袭任；寇彬，今寇应奎袭任；柯克一，今柯源袭任；杨林，今杨仲文袭任；魏展，今魏一清袭任；赵仁、张光、郭琇，今俱未袭），镇抚二人（原受职杨猪狗，今杨胤袭任；不花帖木儿，今弘木袭任）。

右所正千户二人（原受职刘泰[②]、许智，今俱未袭），副千户二人（原受职邵文明、张兴，今俱未袭），百户八人（原受职张不花，今张兆袭任；李得纯，今李易袭任；张伟，今张士元袭任；张八兰，今张应隆袭任；孙才，今孙山袭任；文成，今文枢袭任；范贵，今范才袭任；张祐，今未袭），镇抚一人（原受职温恭，今温伦袭任）。

中所正千户三人（原受职任宽，今任一贞袭任；郁忽剌歹[③]，今郁凤袭任；刘行，今未袭），副千户三人（原受职徐通，今徐乾袭任；孟成，今孟克袭任；徐德旺，今徐炳袭任），百户十人（原受职张雄，今张宝袭任；陈原，今陈应积袭任；彭福，今彭思忠袭任；丁成、王贵、王福、周弼、葛二、盛婆孙、沈祥，今俱未袭）。

前所正千户一人（原受职曹荣，今曹舜臣袭任），副千户四人（原受职滕胜，

---

① 原作“彰”，径改。
② 嘉靖《徐州志》作“刘恭”。
③ 原作“夕”，据嘉靖、康熙《徐州志》改。

今滕辛袭任；戴兴，今戴伦袭任；邹远，今邹凤袭任；董奉，今董爵袭任），百户七人（原受职张杰，今张桂袭任；尹章，今尹敬袭任；黄法先[①]，今黄钦袭任；金贵、赵祥、吴源、周阿盛，今俱未袭），镇抚一人（原受职王福，今王之屏任）。

后所正千户一人（原受职指挥佥事费先，今费栋降任），副千户二人（原受职王原，今王田袭任；李浩，今未袭），百户七人（原受职拾旺，今拾逯袭任；杨德，今杨应春袭任；龚成，今龚堂袭任；汪胜，今汪堂袭任；梁旺，今梁臣袭任；吴道，今吴从正袭任；王成，今未袭）。

中左所副千户四人（原受职刘唐，今刘权袭任；徐象牙，今徐立袭任；杨景，今杨桂袭任；高得亮，今未袭），百户七人（原受职张聚，今张仲稳袭任；张伴儿[②]，今张有功袭任；刘胜，今刘本袭任；陆遇山，今陆栋袭任；王文祥、徐福、葛旺，今未袭）。

中右所正千户一人（原受职尹忠，今尹祯袭任），副千户一人（原受职颜祥，今颜焕袭任），百户十人（原受职赵兴，今赵时春袭任；姜大，今姜生周袭任；张五十，今张化袭任；许成，今许春袭任；万一，今万鹤年袭任；汪景[③]，今汪珎袭任；沈胜、梅福、臧成、袁成，今俱未袭。○每所司吏一人）。

使以下袭荫及诸军政，悉报上中军都督府，以达于兵部。唯京操，则辖于中都留守司领班都指挥。岁以指挥一人入贺万寿圣节。每岁，抚、按洎兵备道察其贤否，阅五载一考选而变易之，谓之“考选军政”。其掌印及训练、屯田、漕运、京操、管局、巡盐、巡捕、巡河，各一人掌领之，并以选任，皆谓之“见任管事”。不预此者，编诸行伍，谓之“带俸差操”。其镇抚掌卫之狱事，经历则流官铨授，得以文法吏事，纲纪卫政。今多不行，势使然也。千百户考选军政、管事管军，如指挥之制。百户不皆堪任，常以能者兼摄之。国朝洪武初，稍仿元万户之制，凡内郡大者及要害地俱置卫，小者置守御千户所。徐州卫，吴元年即置，初辖左、右、中、前、后五所。景泰五年，调灵山、安东二所，增设中左、中右。凡为所七。

旗军，初额凡七千八百四十人，其调补京匠者二百五十二人，见存充伍者仅一千九百三人，余皆死亡逋[④]绝矣。至其漕运（浅船二百五十只，运军二千五百一十六人）、京操（春班四百九十五人，秋班一千四百七十一人）、局匠（原匠一百八十人，今止七十五人，岁办料银一百五十两八钱二分八厘，军器数见《赋役》）、巡河（五人）、巡盐（二十人）、捕盗（二十人）、屯种（四千五百一十人，屯地粮数

① 嘉靖《徐州志》作“黄法光”。
② 嘉靖《徐州志》作“张祥儿”。
③ 嘉靖《徐州志》作“汪景忠”。
④ 原作“补”，据嘉靖《徐州志》改。

见《赋役》)、城操(七百二十六人)及诸杂役(预备仓军斗五人，库子五人，淮安厂造船一十三人，守门四十八人)，则悉索军舍余丁充补额数，给饷一如正军。外，新设马兵七十二人，每岁春戍守通泰等处，口粮编入徐州条鞭银内，见《赋役》。

徐州左卫，在城西南隅(即河南侯故宅，侯谓陆聚，详见《沿革》)。宣德五年，调楚府护卫置此，辖五千户所，时指挥范诚创建。成化七年，指挥时宝重修。中为正堂，东为经历司，西为镇抚司，左右列吏司房。前为中门，又前为大门。正堂后为燕堂。有军器局，在治西北；预备仓，在东察院前，成化九年指挥时宝建，今为经历宅。知事宅，因裁久废。

职官：指挥使五人(原受职谨只帖木儿，今金汉袭任；时从义，今时熙袭任，熙升仪真守备；陈友僧，今陈国忠袭任；原百户贾陆，今贾勇升任，勇历升河南参将；向那海、李斌，今未袭)，同知一人(原受职华礼，今华衮袭任)，佥事十一人(原受职仇彪，今仇遂袭任；陈原二，今陈鹤松袭任；陈子名，今陈祥袭任；蔺富，今蔺怡袭任；孙长，今孙维山袭任；刘鉴通，今刘守仁袭任；原千户刘保，今刘愚纳级授任；张宝、韩玉，今俱未袭；钟馨，今钟时泰，调淮安卫。○卫令史二人，典吏七人)。

幕：镇抚司镇抚一人(原受职蒋实，今蒋中行袭任。○司吏一人)，经历司经历一人(从七品。马准，陕西泾阳人，吏员；周循；刘兰；蓝贯，江西进贤人，吏员；张辂，俱嘉靖年任。辛登，河南襄城县人，吏员，嘉靖二十五年任。王廷谏，山东黄县人，监生，嘉靖二十九年任；李裕，湖广蒲圻县人，吏员，嘉靖三十二年任；王章，四川巴县人，吏员，嘉靖三十六年任；连应魁，福建大田人，由吏员嘉靖四十三年任；刘志义，湖广松滋人，吏员，隆庆二年任；刘龙，江西峡江人，吏员，隆庆四年任；林英，福建闽县人，吏员，万历二年任)，知事一人(正八品。张釜，河南渑池人；何[①]袭，浙江慈溪人，俱吏员；吕厚，俱嘉靖年任。邵德，浙江定海人，吏员，嘉靖二十三年任，二十六年裁)。

属：左所正千户一人(原受职林茂，今林大节袭任)，副千户二人(原受职邹聚，今邹相袭任；陈二郎，今陈基袭任)，镇抚二人(原受职谢子明，今未袭；蒋助，武进士授职)，百户八人(原受职周礼，今周铨袭任；刘兴先，今刘应兆袭任；蒋高，今蒋功袭任；刘宗仁，今刘彬袭任；刘进达，今刘机袭任；杨遇春，今杨相袭任；甘泉，今甘杰袭任；方名，今方珊袭任；陈得、彭景，今俱未袭)。

右所正千户一人(原受职徐庸，今徐椿袭任)，副千户二人(原受职张省，今张恩袭任；苑得成，今苑宗文袭任)，百户五人(原受职张汉，今张邦袭任；张福，

① 原作“河”，据嘉靖《徐州志》改。

今张炳袭任；辛山[①]，今辛正袭任；翟文甫、戴承祖，今俱未袭）。

中所正千户一人（原受职裴忠，今裴完袭任。原指挥夏荣，今夏书降任），副千户二人（原受职刘兴，今刘光勳袭任；杜雄，故绝），百户六人（原受职徐宝，今徐忠袭任；李真，今李经袭任；王成，今王良翰袭任；梁七，今梁勇袭任；张正，今张时袭任；周保，今周尚言袭任；康宁、倪纲、夏勇，俱故绝）。

前所正千户二人（原受职王兴，今王尊袭任；郎荣，今未袭），副千户一人（原受职吴福一，今吴从龙袭任；韩礼、赵忠，今俱未袭），镇抚一人（原受职杭旺，今未袭），百户六人（原受职李成，今李用袭任；李清，今李从春袭任；王文，今王珉袭任；朱盛，今朱河袭任；李小斯，今李春袭任；黄朋、李涌、曹柯、缪涌，俱故绝）。

后所正千户一人（原受职管彦良，今管勬袭任），副千户三人（原受职王成，今王世臣袭任；邢[②]聚、姚显，今俱未袭；李玺，故绝），镇抚一人（原受职胡大自，今胡椿袭任），百户六人（原受职强聚，今强茂袭任；王必兴，今王立袭任；汪兴，今汪基袭任；马先，今马继禄袭任；吕成，今吕兴周袭任；徐天祐，今未袭；张祷、于朋、叶政，俱故绝）。

使以下世袭、考选，悉如徐州卫，唯京操省。

旗军，初额五千六百四十四人，存留武昌护卫一千三十八人，调补武功右卫二百九十二人，见存充伍者一千一百一十一人，余皆逃亡矣。其漕运（浅船九十只，军一千五人）、屯种（三百七十六人）、巡捕（二十人）、巡盐（十人）、巡河（六人）、局匠（三十九人，岁办料银二百一十一两三钱八分，军器数见《赋役》）、城操（二百三人）及诸杂役（淮安厂造船三十四人，预备仓军斗五人，库子一人，看监一十二人，守门二十二人），悉以军舍余丁充补，给饷并与徐州卫同。外，新设马兵三十六人，每岁春戍守通泰等处，口粮编入徐州条鞭银内，见《赋役》。

军便银，凡水陆[③]递送夫役，两卫与州相参应办，卫当其十之三。初，征役于军，法无画一，嘉靖丙午，副使王梃议令岁将正、七月军粮扣留公贮（左卫军少，官俸亦扣其半），遴官一人计司其出。今领于各所掌印者轮流应付，而听其查于按使焉。

武学，在州城西南隅，今称彭西书院，嘉靖六年副使赵春建，为武举弟子居业所，廖道南记（曰：维时今上皇帝元祀，觐光扬烈，畅幽宣郁，表忠树节，罔有弗钦。于时巴川赵公体仁，为先朝御史，屡扼权奸，家食者屡矣。乃用荐起，起守

---

① 嘉靖《徐州志》作“辛全”。

② 原作“刑”，据嘉靖《徐州志》改。

③ 原作“路”，据嘉靖《徐州志》改。

建昌。未几，擢居宪职，备兹徐土。徐土罹于眚灾，邦乃大恐。赵公煦以惠和，威以震耀，民始有生气。明年，训以彝典，示以兵法，士始有固志。又明年，告以物宜，谕以俟度，职官始有法守，而无淫朋。乃毁淫庵，建为武举书院。书院成，史南告若曰：於乎！《易·象》有之："地中有水，师，先王以容民蓄众。"言伏险也。"泽上于地，萃，君子以除戎器，戒不虞。"言谨微也。古之神圣，知微所当防，故轩征涿鹿，尧战丹水，弗忘竞惕，知险不可恃。故《礼》敕九伐，《诗》严三事，克致敬戒。周家承之，法制大备，中春振旅，中夏茇舍，中秋治兵，中冬大阅，而郊野相维，田赋相联，蒐狩相继。闾旅鄙党，民皆知武；伍两师旅，士皆可举。亦既弘远也尔矣！我国家法周治军，禁卫有骁勇，武学有俊乂，京辅有材官，要害有节制，边陲有经略，而于三岁文举之期，申之以武举，所以拔贤良、重韬略也。孔子郏谷之会，曰："有文事者，必有武备；有武备者，必有文事。"文武并用，长久之术。今之武举者，能知文事所当务者乎？天下无事，则文士揖逊而有余；天下有事，则武夫奔驰而不足。匪曰全才，曷克攸济？是故全才之为世用也，测日玦以知变，测月晕以知精，测星纬以知化，测云气以知卜，测风角以知占，其观于天道有如此者；趋平原以俟战，趋城郭以俟守，趋险阻以俟伏，趋康衢以俟正，趋间道以俟奇，其察于地理[①]有如此者；设天衡以达阳，设地冲[②]以达阴，设奇耦以达方员，设主客以达内外，设坚瑕以达险易，其通于人事有如此者；象蛇鸟以效后先，象龙虎以效左右，象云雷以效震肃，象日星以效照临，象虹霓以效神化，其鉴于物理有如此者；制人而毋制于人，弥变而毋狃于变，相机而毋逆于机，运算而毋纷于算，仿古而毋泥于古，其符于世道有如此者。是故，符世道之谓信，鉴物理之谓智，通人事之谓敏，察地理之谓宜，观天道之谓神。神以审宜，宜以资敏，[敏][③]以用智，智以行信，有此五德，而武举之道备矣。粤稽诸古，徐居九州之一，上应奎、娄分野。《春秋》大书彭城，与郑之虎牢、秦之崤函、晋之壶关，其险一也。故其山峻以踞，水奔以驶，野旷以迥，士皆负气而好侠，轻生敢死而崇大义，用之可以理盘错而纾大难。赵公早见而豫待，乃为辟邪崇正，树风章采，以拓厥基，以作厥士，以垂厥训，是有大造于徐人也已矣！习斯举者，安知无全才出于其间尔乎？是故，望子房之故墟，必有魁梧奇伟、智越万夫者出；履淮阴之故垒，必有嗾暴匡仁、建盖世之勋、铭钟鼎而纪旂常者出；吊王陵之墟墓，必有守正不阿、无踪诡随、托孤寄命者出。上之为方叔，为召虎，为吕尚，庶无负于兹举也已。不然，王道废而霸诈兴，岂其光于彭城？敢庸书以告夫事者）。二十五年，副使王梴益拓大之。近就

① 原作"里"，据嘉靖《徐州志》改。
② 原作"衡"，据嘉靖《徐州志》改。
③ 字据嘉靖《徐州志》补。

圮。万历四年，副使舒应龙重修。

徐州吕梁洪巡检司，在州城南吕梁，洪武六年建。（巡检一人，司吏一人。弓兵名数、编银见《赋役》）

萧县赵家圈巡检司，在县西北五十里，景泰二年建。（巡检一人，司吏一人。弓兵名数、编银见《赋役》）

民壮：

徐州原额五百二十七人，止实在［四百］① 八十一人。

萧县原额二百二十九人，止实在一百八十八人。

沛县原额一百七十九人，止实在一百四十三人。

砀山县原额一百七十六人，止实在一百四十人。

丰县原额九十三人，止实在一十八人。（以上除编银解京，故实在止此）

初，正统间以天下卫兵耗弱，令各州县籍民为兵，守御其土。本州洎诸邑乃据初籍为定，子孙世役之，虽流亡亦不得去其籍，民患苦焉。嘉靖丁未，副使王梴编易，然犹以民之有力者为正役，而以次者帮之。万历二年，知州刘顺之奉巡抚都御史王宗沐新规，将其役类入条鞭编银，给代者役之。

团保长，即古乡兵，其来甚远，缘涂② 多盗，设以防御。大要，凡境内集镇乡村，不分军民官舍，惟循住居，每十家编一小牌，为一保，内选精健者一人为保长；又顺地方远近，每五保编一大牌，为一团③，内选精健及有行谊者为团长，收牌管五十家。居常，分轮防守；各境有警，则率众齐至救援。军舍径听有司拘摄，百姓亦听卫官巡逻者勾取。至嘉靖丁未，副使王梴又以萧、砀、丰境内插徐左营屯，军民错处，盗寇愈多，创令编设，亦准州治。法久玩愒。万历元年，副使舒应龙更申饬之，足为一方保障焉。

兵变附

春秋

鲁成公十八年，楚与郑伐宋，取彭城，封鱼石。

鲁襄公元年，鲁与晋、卫围彭城，诛鱼石，归宋彭城。

① 底本漫漶，二字从顺治《徐州志》。

② 原作“绿除”，疑“缘涂”之形讹，据文义改。

③ 原作“围”，据嘉靖《徐州志》改。下同。

秦

二世元年，秦嘉立景驹为楚王，军彭城东，距项梁。梁从下邳击之，秦嘉败走。追之胡陵，嘉、景驹并死。梁并其军，引兵而西。三年，秦将章邯大破梁军于定陶，梁死，沛公、项羽相与谋，乃与吕臣俱引兵而东。吕臣军彭城东，项羽军彭城西，沛公军砀。怀王见梁军破于定陶，徙盱眙之彭城，并项羽、吕臣军，自将之。

二世二年，曹参击秦将司马尼军砀东，破之，取砀狐父。

汉

二[①]年春，汉王部五十六万人东伐楚。初，项王将兵击齐，至是闻之，令诸将领其众，而自以精兵三万人，南从鲁出胡陵。四月，汉皆已入彭城，收其货宝美人，日置酒高会。项王乃西从萧，晨击汉军而东，至彭城，日中，大破汉军。汉军皆走，相随入谷泗水。杀汉卒十余万人。汉卒皆南走山，楚[②]又追击至灵壁东濉水上。汉军却，为楚所挤，多杀。汉卒十余万人皆入濉水，濉水为之不流。围汉王三匝，于是大风从西北起，折木发屋，扬沙石，窈冥昼晦，逢迎楚军。楚军大乱，坏散，而汉王乃得与数十骑遁去。

新莽末年，赤眉贼掠楚、沛。又青、徐大饥，民皆从附贼樊崇寇乱。

建武二年，刘永招诸豪杰沛人周建等，并署为将，攻下沛、楚等凡二十八城。是年，盖延等大破刘永于沛西。

汉安二年十二月，扬、徐盗贼攻烧城寺，杀略吏民。

初平二年，黄巾贼寇徐州。以陶谦为徐州刺史，讨平之。

初平四年，曹公击徐州刺史陶谦，至彭城，大战。谦兵败走，死者万数，泗水为之不流。自是，五县城保无复行迹。

兴平二年，刘备与袁术相持于淮北。术遗书布，并送米令击备。布从之，勒兵袭下邳，获[③]备妻子。备走海西，饥困，请降于布。布又恚术运粮不继，乃遣车马迎备，以为豫州刺史，遣屯小沛。布自号徐州牧。术遣将纪灵等攻备，备求救于布。布率众千余，驰往赴之。灵等闻布至，皆敛兵而止。布屯沛城外，遣人招备并灵等，与共飨饮。乃令军候植戟营门，布弯弓顾曰："诸君观布射戟小支，中者当解兵，不中，可留决斗。"布一发正中戟支，灵等皆惊。明日复欢会，各罢。

建安三年冬十月，曹公屠彭城，获其相侯谐。时攻吕布也，遂进至下邳，擒

① 原作"三"，讹从嘉靖《徐州志》，据《史记·项羽本纪》《高祖本纪》改。
② 原作"麓"，讹从嘉靖《徐州志》，据《史记·项羽本纪》改。
③ 原作"护"，据《后汉书·吕布传》改。

布，杀之。

晋

惠帝太安二年夏五月，义阳妖贼张昌反，其别率封云寇徐州。广陵度支陈敏击之。云将张统斩云降，徐州平。

怀帝永嘉元年春二月，东莱人王弥起兵反，寇青、徐二州。

元帝太兴元年冬十二月，彭城内史周抚杀沛国内史周默以反。初，沛人周坚，一名抚，与同郡周默因天下乱，各为坞主，以寇抄为事。默降祖逖，抚怒，遂袭杀默，以彭城叛。诏刘遐领彭城内史，与刺史蔡豹、太山太守徐龛共讨抚。战于寒山，抚败走。诏徙遐临淮太守。

明帝太宁二年春二月，石勒将石季龙寇兖州，刺史刘遐自彭城退保泗口。

九年冬十二月，石季龙徐州从事兰陵人朱纵，斩其将郭祥，以彭城来降。

孝武帝宁康[1]九年，诸将略地徐、兖。谢琰进次彭城。

孝武帝太元四年，以沛郡太守戴遂[2]将卒数千，戍彭城。苻秦兖州刺史彭超率兵寇彭城，攻之。晋遣兖州刺史谢玄，率东莞太守高衡、将军何谦，统众数万，次于泗汭，将救彭城。欲遣使报遂，令知救至，无由。小将田泓请没水潜行。将趣城，为贼所获。贼赂泓，令云“南军已败”。泓伪许之。既至，告城中曰：“南军垂至，勉之！”遂遇害。初，超围彭城，置辎重于留城。玄乃遣将率众，声趣留城。超引军赴之，谦遂驰入，解彭城围。遂率其众奔谢玄。九年，玄破苻坚于淮淝，复率众屯次彭城，经略中州，遣参军刘袭攻坚兖州。既平，玄患水道险涩，粮运艰难，用督护闻人奭谋，堰吕梁水，树栅，立七埭为派，拥流以利漕运，自此公私两便。进攻青、冀等州，黎阳、三魏皆降。还镇淮阴，以朱序代守彭城。

十四年春正月，彭城妖贼刘黎僭称皇帝于皇丘，又妖贼司马徽聚党马头山作乱。龙骧将军刘牢之并讨平之。

安帝义熙二年二月，慕容超侵略徐、兖。三年，又寇徐州，至下邳。

[南北朝][3]

南宋元嘉二十二年，安北将军、徐州刺史、武陵王骏镇彭城（骏，孝武帝也）。

---

① 按：宁康止三年，谢玄进次彭城在太元九年，下有述，据文例，此条宜削去。

② 原作“逯”，据《晋书·谢玄传》《苻坚载记上》改。下同。

③ 字据文例补。

后魏太武南侵，骏遣将冯[①]文恭至萧城，前军破之。文[②]帝又遣其弟太尉、江夏王义恭率众赴彭城。魏太武登亚父冢，以望城内，遣送其俘蒯应至小门，宣诏劳问义恭等。问应士马数，应曰："中军四十万。"骏遣人献酒、甘蔗，并请骆驼。明日，太武遣尚书李孝伯至小市门，骏亦使其长史张畅出对。孝伯曰："主上有诏太尉、安北可暂出门相见，今遣赐骆驼及貂裘、杂物。"畅曰："有诏之言，何得称之于此？"孝伯曰："卿家太尉、安北，是人臣不？纵[③]为邻家之君，何为不称诏于邻国之臣？又何至杜门绝桥？"畅曰："二王以魏帝营垒未立，此有精甲十万，恐后有凌践，故且闭门。待彼休息兵士，然后克日交战。"孝伯曰："令行禁止，主将常事，何用废桥杜门，又复何以十万夸大？我亦有良马百万，复可以此相矜耶？"既开门，畅屏人却仗，出受赐。

后魏孝昌元年春正月庚申，徐州刺史元法僧杀行台高谅，据彭城反[④]，自称宋王，遣其子归梁。其武官三千余人戍彭城者，法僧皆印额为奴，逼将南渡。梁遣豫章王综入守彭城，中护军夏侯亶督［军侵魏］[⑤]。魏遣临淮王彧[⑥]、尚书李宪为都督，安丰王延明为东道行台讨之。综奔魏，魏复据彭城。又元英攻徐州，韦睿救之，装大舰为水军，以小船载草，用火攻之，魏军大溃。

梁武帝中大通十年[⑦]，遣贞阳侯萧［渊］明帅师于寒山，拥泗水灌彭城，与侯景为掎角声援。东魏将慕容绍宗击破［渊］明于寒山，擒之。

魏元象初年[⑧]，梁人刘乌黑入寇徐方。徐州刺史慕容绍宗执乌黑，杀之。三年秋九月辛丑，梁贞阳侯萧［渊］明寇徐州，堰泗水［于］[⑨]寒山，灌彭城，以应侯景。冬十一月乙酉，以尚书左仆射慕容绍宗为东南道行台，与大都督高岳、潘相乐大破擒之。又，梁将成景隽逼彭城，以崔孝芬兼尚书右丞，为徐州行台。既至，景隽力屈退走。

后周建德六年十一月，陈将吴明彻侵吕梁，总管梁士彦频战不利，退保州城。明彻遂堰清水以灌之，列船舰城下，以图进取。明年为宣政元年，诏以轨为行军总管，率诸军赴救，潜于清水淮口，多竖大木，以铁锁贯车轮，横截水流，以断其船

① 案《宋书》《晋书》及《通鉴》等书并作"马"，郑樵《通志·李孝伯传》作"冯"。
② 原作"武"，讹从嘉靖《徐州志》，据《通志》及南北史改。
③ 原作"纵不"，据《通志》及《魏书·李孝伯传》乙正。
④ 原作"据彭城奔反"。案《通志》《魏书》《北史》，"奔"字衍，今删。
⑤ 按："军侵魏"三字原错入下文"综奔魏"前，据《南史·梁本纪中》移置于此。
⑥ 原作"或"，据嘉靖《徐州志》及南北史改。
⑦ 按：梁中大通无十年，事在梁太清元年、东魏武定五年。此处讹同嘉靖《徐州志》。
⑧ 案《魏书·孝静帝纪》：慕容绍宗破刘乌黑，事在武定二年（544）；擒萧渊明，事在武定五年（547）。《魏书·肃宗纪》：崔孝芬却成景隽，事在孝明帝孝昌三年（527）。讹同嘉靖《徐州志》。
⑨ 字据嘉靖《徐州志》补。

路。方欲密决其堰以毙之，明彻知之，乃破堰遽退，冀乘决水以得入淮。比至清口，川流已阔，水势亦衰，船并碍于车轮，不复得过。轨因率兵围而蹙之，唯有骑将萧摩诃以二十骑先走得免，明彻及将士三万余人并辎重并就俘获。杨素时从轨军中，陈将樊毅筑城泗口，素击走之，夷毅所筑。明年，周又克谯、北徐二州。自是，淮南北地尽归于周矣。

唐

懿宗咸通九年七月，武宁军节度粮科判官庞勋反于桂林。十月丁丑，陷徐州，观察使崔彦曾逮其官属皆死之。初，彦曾料丁男乘城，勋傅城，城中大雾，勋众四面超墉入，囚彦曾大彭馆，杀之。勋自监军役。张玄稔攻勋，徐州吏路审中率死士应官军，开南白门，官兵入，因得破勋（详《人物传》）。

昭宗景福二年，朱全忠遣子友裕、将庞师古攻陷徐州。武宁军节度时溥分兵固保石佛山，师古攻拔之。自是，完垒不战。师古兵梯其堞以入。溥徙金玉，与妻子登燕子楼自焚死。全忠遂有其地，私置守焉。

金

太宗初，粘没喝复取徐州。先是，宋人运江淮金币皆在徐州府库。尽得之，分给诸军。

宣宗兴定二年十二月，红袄贼攻彭城之胡村寨，徐州兵讨破之。

宣宗兴定五年秋七月己亥，义勇军叛，据砀山县。庚子，诏增徐州、清口等处戍兵衣粮。

宣宗元光元年，红袄贼袭徐州十八里砦。

哀宗天兴元年六月丁巳，封仙据徐州，徒单益都走宿州，推张兴行省事。壬戌，国安用入徐州，杀张兴，推封仙为元帅，以主州事。

天兴三年二月，蒙古入徐州，金完颜用安自杀。

元

顺帝至正十二年，萧县李二，号芝麻李，烧香聚众，与其党赵均用、彭早住攻陷徐州，据之。右丞相脱脱自乞率师伐李二，总制诸路军马。九月，至徐州，攻其西门。贼出战，以铁翎箭射马首。脱脱不为动，麾军奋击之，大破其众，入其外郛。明日，大兵四集，亟攻之。贼不能支。城破，芝麻李遁去。获其黄伞、旗鼓，烧其积聚，追擒其伪千户数十人，遂屠其城。事闻，遣中书平章政事普化等，即军中命脱脱为太师，依前右丞相，趣还朝。诏改徐州为武安州，而立碑以著其绩。

国朝

正德五年辛未，流贼刘六等作乱，攻破城邑及山东漕运。巡抚都御史张缙奏以宣府总兵白玉守徐州，诏从之。壬申正月甲子，贼党河南贼贾勉儿等三千人破砀山，丙寅，破萧，皆焚县治，杀人无算。二月癸卯，刘六等过吕梁，烧工部分司巡检司，房村驿民房舰皆煨烬，杀死税课局大使崔纶，余人杀死者无算。甲子，副总兵刘晖破贼于滕之吕孟社。贼败，趋徐州。晖等帅兵追袭，贼径趋邳。四月壬辰，都指挥杨鼎击贼于徐州之庄里集，斩首七人。

漕政

国家卜燕蓟以立极，而廪禄军储悉仰给于东南，即河渠之一带，以运数百万之粟，系诚重矣。顾漕艘渡淮历邳，逾沛之新河，咸为坦道，惟其中二洪之天险，茶城之易湮，皆在徐之境内，国家备之甚严，敕臬司以专督之，设部使者以分理之，或先事预防，或相时筹翼翼焉，奉公体国于大计，良有济矣。特以二洪牵挽之夫，其直岁以若干计，而尽取足于徐之郡县，虽近经协济，亦未全豁。夫民已穷而敛愈急，盼盼然将何以生？恐徐之民不宜若是其独累也，怀远计者，其亟为图之！

漕运府，在州城东门外，泗河东岸，总督漕运都御史、总兵、参将巡历驻节之所。旧在百步洪，水泛，修筑不常。成化十八年，知州和鸾、指挥苏宽徙建。今废。

户部分司，在城南门内，监督粮储主事莅任之所。本司主事一人，户部题奉钦依，赴内府领精微批，莅任行事，凡岁一代易。初专督广运粮储，后兼理永福仓事及儹运，又后并商税管辖焉（《大明会典》一款：永乐十三年，令浙江都司并直隶卫分官军于淮安运粮至徐州，置仓收囤，本部委主事一员监督。

漕运议单一款：户部每年行本仓收粮部官，不妨原委，各印刊花栏票帖，候粮船到彼即照。徐州至临清，算该水程若干日，严限填定，每一运官给付一张，令其星夜前进，赍至临清收粮部官处，照限查考。违者痛加究治，不许轻纵，亦不许因而拘留听点，反致迟误。每年九月终，仍将催过运船并违限官员，开具揭帖，呈报本部，以凭查究。

见行事例一条：漕运船只，除运军自带土宜货物外，若附载客商势要人等、酒面糯米花草竹木器皿货物者，将本船运军并附载人员参问发落，货物入官。其把总等官有犯，降一级回卫带俸差操，通行漕运衙门并儹运郎中及巡河御史、管仓、管河、管闸、管洪等官，一体查访，禁约施行。

续添职掌：嘉靖二十九年，徐州卫舍余王镇奏准：徐州存留户口食盐及门摊课程银两内，扣除五十六两四钱九分一厘九毫九丝四忽四微，径给该州官吏俸钞，余解本司专备折色俸钞，放给两卫官军并该州合署官吏；其商税银两并改隶本司管理，每年止准领七百两回州代里甲之费，余尽解京济边。

计岁入岁出：〇广运仓每岁原额小麦二万八千一百五十石，每石折银四钱，共银一万一千二百六十两：徐州小麦银三千六百二十两，萧县小麦银一千四百二十四两，沛县小麦银一千三百八十八两，砀山县小麦银四百二十四两，丰县小麦银四百四两，宿州小麦银三千二百四十两，泗州小麦银七百六十两。〇每岁给放各卫所行粮银一万八百四十七两六钱：徐州卫支行粮银一千九百一十两六钱四分，徐州左卫支行粮银八百五十三两七钱六分，邳州卫支行粮银八百九十两五钱六分，高邮州卫支行粮银一千一十二两四钱八分，宿州卫支行粮银四百两九钱六分，寿州卫支行粮银一千六百八十八两九钱六分，长淮卫支行粮银八百四十四两四钱八分，凤阳右卫支行粮银四百七十三两七钱六分，颍州卫支行粮银二百八十六两七钱三分，通州所支行粮银二百六十九两九钱二分，武平卫支行粮银五百三十六两四钱八分，庐州卫支行粮银三百五十三两九钱二分，扬州卫支行粮银三百六十七两三钱六分，六安卫支行粮银六百八十六两五钱六分，留守左卫支行粮银二百七十一两四分。俱走马数查志，唯派徐、左两卫及邳州、归德卫尔。辛未以后，漕司方增前数。〇永福仓每岁原额粮一十一万六千五百四十二石，各折不等，共银四万五千二百九十三两四钱。徐州夏税麦折银七千七百五十两五钱六分，秋粮米折银三千八百一十三两九钱五分，马草米折银六百二十二两九钱二分；萧县夏税麦折银二千一百七两六钱，秋粮米折银二千二百一十七两五钱，马草米折银三百七十六两四钱四分；沛县夏税麦折银二千五十六两六钱二分，秋粮米折银一千一百九十三两六钱七分，马草米折银二百二十两二钱；砀山县夏税麦折银五百七十二两一分，秋粮米折银九百五十七两九钱二分，马草米折银一百七十五两四钱七分；丰县夏税麦折银五百四十七两五钱六分，秋粮米折银五百一十两三钱，马草米折银一百四两九钱七分；徐州卫夏税麦折银二千一百四十二两五钱，秋粮豆折银一千一百六十五两一钱；徐州左卫夏税麦折银四百八十八两九钱一分，秋粮豆折银二百六十九两五钱六分。直隶松江府每岁原额秋粮粳米一万五千石，每石折银六钱，共银九千两：华亭县米折银三千三百六两四钱九分三厘三丝三忽；上海县米折银一千九百九十一两三分三厘九毫四丝九忽一微；青浦县米折[1]银三千七百二两四钱八分三厘一丝七忽九微。浙江杭州府每岁原额秋粮粳米二[2]千五百石，每石折银六钱，共银一千五百两：钱唐县米折银二百

① 原作“浙”，径改。
② 原作“三”，据检算改。

四十七两八钱；仁和县米折银五百七十六两，海宁县米折银五百六十八两二钱，富阳县米折银一百八两。嘉兴府每岁原额秋粮粳米七千石，每石折银六钱，共银四千二百两：嘉兴县米折银八百四十七两八钱，秀水县米折银七百三十九两八钱，嘉善县米折银八百九十一两，海盐县米折银四百五十四两八钱，平湖县米折银四百七十四两，桐乡县米折银三百六十八两四钱，崇德县米折银四百二十四两二钱。湖州府每岁原额秋粮粳米五千五百石，每石折银六钱，共银三千三百两：安吉州米折银八十四两，乌程县米折银一千七十五两八钱，归安县米折银九百一十六两八钱，长兴县米折银五百二十八两，德清县米折银五百六十七两六钱，武康县米折银一百二十七两八钱。每岁放给徐、左两卫官军并徐州合属官吏及徐、吕二洪稍水人等俸月粮银，共二万一千三百六十三两七钱六分。徐州卫官八十四员，每年共该俸银一千四十两零；吏十二名，每年共该俸银一十四两三钱；春班军四百九十七名，每年共粮银一千五百六十二两；秋班军一千四百七十一名，每年粮银四千五百三十三两五钱四分；运军一千七百四十名，每年粮银四千五百九十三两六钱；军门八十九名，每年粮银一百四两一钱三分；局匠军一百三十名，每年粮银二百五十三两五钱；城操军舍五百九十名，每年支六个月粮银，共三百一十八两六钱。军便：每年除春秋两班并运军共四千四百八十名，正、七二个月粮银本卫使用，共银二千三百一十三两九钱六分；运军修舱什物银一千三百二十两六钱，减存料银每年七百一十七两四钱八分；淮安厂用工军人一十三名，每年粮银三十两四钱二分。徐州左卫官四十五员，每年共俸银五百二十两；吏一十[1]一名，每年共俸银一十二两八钱七分；运军七百七十名，每年共粮银二千三十二两八钱；城操军舍一百五十七名，每年支六个月粮，共银八十四两七钱八分；杂差军余六百三十名，每年共粮银二百三十一两。军便：旗军共一千一百七十八名，每年除正、七二个月本卫使用，共该银五百三十八两八钱六分；淮安厂办料军人二十四名，每年共粮银四十七两五钱二分；淮安厂用工军人一十一名，每年共粮银二十五两七钱八分；运军修舱什物，每年共粮银五百八十八两。徐州合属官吏共一十七员名，每年共该俸银六十三两六钱；守护军六十一名，每年共该粮银一百四十二两七钱四分；徐州洪稍水一百四十四名，每年共该粮银一百一十二两三钱二分；吕梁洪稍水二百一十二名，每年共该粮银一百六十五两三钱六分。〇永成库每岁额解户口盐钞、课程，共银一千五百五两九钱零，盐钞银一千二十九两九钱三分二厘，课程银四百七十五两九钱六分八厘：徐州盐钞银三百二十五两五钱六分六厘，课程银二百四十三两七钱四分四厘；萧县盐钞银二百

① 原作“员”。以徐州卫“吏十二名，年俸银一十四两三钱”计，左卫年俸银一十二两八钱七分，合当有吏十一人，且下永成仓盐钞课程银亦载左卫有“吏一十一名”，则此“吏一员一名”之“员”，系“十”之讹，据改。

一十六两九钱五分四厘，课程银六十六两四钱一分二厘八丝四忽；沛县盐钞银二百二十两三钱九分九厘九毫，课程银六十两三钱六分六厘；砀山县盐钞银一百四十两七钱四分四厘，课程银四十七两二钱三分二厘；丰县盐钞银一百二十六两二钱六分八厘六毫，课程银五十八两二钱一分四厘。每岁放给徐、左二卫并徐州合属官吏一年连闰共该钞银一千三十二两一分四厘零。徐州卫官八十六员，一年连闰共该银六百四十一两；吏一十一名，一年连闰共该钞银一两六钱五分。徐州左卫官五十四员，一年连闰共该钞银三百二十五两，吏一十一名，一年连闰共该钞银一两六钱五分。旗军一千五名，奉文每年于钞银内支给四个月，共该折钞银四十五两九钱四分三厘。徐州合属仓局驿巡闸库等官一年连闰共该钞银一十六两七钱七分。〇税课局每岁收解商税银约有四千余两，徐州每岁支领商税银七百两代里甲费用，支剩商税银三千三百余两，本司差官解赴太仓银库交纳。〇广、永二仓收受本折事例：徐、宿、泗三州并萧、沛、砀、丰四县岁额广运仓夏税折色小麦，不遇灾俱解本色麦，若遇灾伤，系折色银两，每一石折银四钱；徐州并萧沛砀丰四县岁额永福仓夏税小麦、秋粮马草粟米，不遇灾俱解本色麦米，若遇灾伤，夏税小麦每一石折银三钱，秋粮粟米每一石折银三钱，马草粟米每一石折银六钱；徐、左二卫额解永福仓屯粮夏税小麦、秋粮黑豆，不遇灾俱解本色麦豆，若遇灾轻，小麦每一石折银三钱五分，灾重，每一石折银三［钱］①；黑豆灾轻每石折银三钱，灾重每石折银二钱。直隶松江并浙江杭、嘉、湖，四府所属州县岁额永福仓秋粮折色粳米，俱系折色，每石折银六钱）。

司故在南门外，附广运仓侧，永乐乙未建。正德戊寅，圮于水。庚辰，主事李崧祥徙建今地，山阴刘栋记（曰：运漕，重事也；郎署，尊官也；徐州，古建封之域也。以郎署来古封域地，赞理储蓄之政，必廉干之才、果毅之力，足以制豪猾，抗权势，会计有无而赢缩之，然后始克胜任耳。我朝自燕漠建都，运漕始定规制。京、通二仓，内薄畿辅，固为直达之所，然仰给多，而分理之职亦众。如临、德、徐、淮四仓，各沿水次，以便转般。每仓必岁简户曹一员掌之，即其所居，名曰分司，示听政也。徐州分司，旧附广运仓之侧，比水飘没，不堪宁居。正德戊寅，重为水困。己卯，势益滥漫。由是荡无底止，来者虽不便僦居，未有能力而新之者。岁庚辰，贵池李君时望来莅兹土，喟然叹曰："天下事果如此难哉？工必居肆，商必趋市，况官府无听政之所而僦居苟安，岂便事邪？"于是申请大司徒，颁鸠工聚财之资，得若干，择地而拓之，择日而落成之。又惧来者之不知其故也，因予过彭城，语予故而欲予记述之。於乎！天下事如李君，吾未见其为难也，但人弗为耳。

① 字据文例补。

然狃于因循，而特立奋兴者寡，此天下事所以靡然从风，如影响之无定迹。然有识者固如是乎？昔单襄公以道茀不治，卜陈兴废；诸葛武侯治蜀，公廨舍宇，靡不修整。若二公，曷尝溺于因循之陋哉！矧徐之形胜，冈岭回合，双洪联贯于中，俯瞰长淮，宛然襟带之势。昔人图立霸功，未必不依恃乎此。又考之前代，敖仓、洛口，每因险设屯，以备不虞。今徐亦南北险厄也，据此以图进取，浮汴入洛，西至于渭，历龙门砥柱，直驱关中而四达无碍者，亦由此。然则经国者岂不知所留意于斯？不然，凡会计出纳之数，一委吏足矣，又何假郎署尊官哉？夫假尊官以殿之，此分司之所必由建也。君名崧祥，池之世家人也，习《毛诗》，登甲戌进士，为人爽达，莅政仁爱严明，初见似落落，久则可亲爱。其伯兄曰嘉祥，亦起家进士，为南户曹郎。君之综理，殆不隤家声，而才力又非狃于寻常者比，他日践台位，列鼎食，享功名于无穷，势有所必至者，抑岂诬之哉！分司距州南门百步许，地势高亢，不狭隘。有厅有堂，有燕居休息之所。前障重门，旁翼两庑。尊自宾客，下逮胞翟百执事之役，皆馆谷有所。外缭垣墙，阶级崇峻。一时聿新耳目之观。州人欣然走告，曰："可以观政矣！"问其厥兆，则定墨献卜；问其方位，则面离向明；问谁落成，则都水陆君德如及守土张君本豫，相与赞襄之；问其力役，则经始于营室方中之时，而告讫于农祥晨正之后。州人复语曰："不烦官府，不妨民务，可以永听政矣，复何疑焉！"李君曰："既可以听政，始知天下事真无难者！"乃刻诸石，俾后之来者勿坠吾志）。主事杨概、林璧、梅守德、尹梁、张国华相继修葺。

中为正厅，左为清节轩，右为书吏房，后为穿堂、后堂，又后为宅（宅正寝，万历二年毁于火，员外张敷潜重建）。穿堂左右，各翼以厢房，正厅前甬路，左右各为胥舍。前为二门，二门外左为土地祠，右为寅宾馆。又前为大门，大门外前为州卫官候署（嘉靖戊申，主事尹梁易民房三间为之），左为转限房，右为写单房。街东西列慎储、平赋[①]二坊（正德辛巳，主事杨概建之）。

自创建迄今，莅任于兹者凡一百二十八人：

熊　壮（阙[②]）

郭　安（湖广襄城人，戊辰进士）

丘　逵（阙[③]）

车　宁（福建闽县人）

蒋　敷（应天江宁人。俱戊辰进士）

孙　确（阙）

---

① 嘉靖州志作"平政"。

② 熊壮，广西马平人，永乐二十一年癸卯举人，始监徐州仓。见雍正《广西通志》卷七十一《选举·举人》。

③ 丘逵，四川大足县人，永乐十八年庚子举人。见嘉靖《四川总志》卷九《科第》。

苗　灏（山东德州［人］[①]，甲戌进士）
李淑玉（福建长乐人，乙丑进士）
贾　杰（阙）
夏　忠（德州卫人，甲戌进士）
解延年（山东栖霞人，壬戌进士）
王　珪（松江千户所人，甲戌进士）
张　遂（阙）
冯　灏（阙）
蒋云汉（四川巴县人，［丁丑］[②]进士）
张　瓒（山西陵川[③]人，庚辰进士）
余　璞（四川富顺人，庚辰[④]进士）
刘　璋（河南卫辉人，丙戌进士）
阎　恕（河南荥阳人）
刘　澄（广东四会人。俱甲辰进士）
柳　琰（直隶仪真人，丙戌进士）
冯　绩（山东昌邑人）[⑤]
刘　道（山西怀仁人）
李　衍（直隶武强人。俱甲申[⑥]进士）
高　弼（山东武城人，丙戌进士）
袁　江（河南祥符人，甲申进士）
冀　绮（直隶宝应人，己丑进士）
翟　通（河南仪封人，壬辰进士）
毛　泰（河南南阳人，己丑进士）
刘　忠（四川南溪人，乙未进士）
郁　庠（直隶景州人，己丑进士）
李　云（直隶宜兴人，乙未进士）
吴　裕（广东揭阳人，壬辰进士）
童　兰（河南孟津人，乙未进士）

① 二字据嘉靖《徐州志》补。
② 二字据嘉靖《徐州志》补。案《皇明进士登科考》：蒋云汉，天顺元年丁丑科二甲第六十九名。
③ 原作“巴川”，据《皇明进士登科考》改。
④ 原作“甲辰”，据《皇明进士登科考》改。
⑤ 原作“冯绪，陕西昌邑人”，据《皇明进士登科考》改。
⑥ 原作“甲戌”，应为天顺甲申，据《皇明进士登科考》改。

田　铎（山西阳城人）

缪　昌（直隶无锡人）

孙　识（山东商河人。俱戊戌进士）

康绍[1]宗（山东武定州人，辛丑进士）

丁　翊（广东海丰人）

陈　昌（直隶无锡人。俱甲辰进士）

郭秉韶（广西桂阳人，辛丑进士）

黎世容（阙）

余　征（福建莆田人，丁未进士）

徐　逵（湖广长沙人，庚戌进士）

徐文英（河南西平人，丁未进士）

赵亮采（山东齐河人）

王　琰（湖广孝感人。俱甲辰进士）

胡　经（山东滨州人，丁未进士）

相　枢（山东博兴人，庚戌进士）

赵　鹤（直隶江都人，丙辰进士）

陈　策（直隶无锡人，癸丑进士）

王　玹（山西阳城人，己未进士）

宋　毓（山东德州人）

庄　襗（直隶武进人。俱丙辰进士）

侯启忠（四川长宁人，癸丑进士）

鲍继文（山东曲阜人，己未进士）

毛思义（山东阳信人，壬戌进士）

张　秀（福建瓯宁人，丙辰进士）

杨　清（直隶清河人，己未进士）

于　鏊（直隶滁州卫人）

冯　驯（四川岳池人。俱戊辰进士）

郑　琼（广东海阳人，己未进士）

张孟中（福建闽县人，辛未进士）

高　瑁（直隶睢宁人，戊辰进士）

王　遵（直隶宣城人，辛未进士）

① 原作“韶”，据康熙《徐州志》改。案《皇明进士登科考》：康绍宗，成化十七年辛丑科二甲第八十四名。

王进贤（河南邓州人，己未进士）
杨　易（福建建安人，戊辰进士）
康[1]浩（陕西武功人，辛未进士）
蒋　彬（广西全州人，甲戌进士）
张拱辰（广东顺德人，丁丑进士）
李崧[2]祥（直隶贵池人，甲戌进士）
杨　概（山东德州人，丁丑进士）
孙　仪（山东平度州人，甲戌进士）
郑　建（直隶祁门人，丁丑进士）
王　召（直隶无锡人，癸未进士）
华　金（直隶无锡人，辛巳进士）
江元辅（直隶婺源人，丁丑进士）
许　继（福建闽县人，癸未进士）
韦尚贤（福建南安人，辛巳进士）
尹尚宾（湖广茶陵人，丙戌进士）
陈　巩（河南郾城人，癸未进士）
郑　絅（福建莆田人，己丑进士）
王邦裕（山东堂邑人，癸未进士）
伍　铠（福建晋江人，丙戌进士）
李开先（山东章丘人，己丑进士）
王维垣（直隶武清人）
高　翀（湖广安陆人。俱丙戌进士）
张　愚（直隶天津人，壬辰进士）
张　伟（直隶河间卫人，癸酉举人）
窦　润（直隶滁州卫人，乙未进士）
王　问（直隶无锡人，戊戌进士）
郭朝宾（山东汶上人，乙未进士）
吴　岳（山东汶上人，壬辰进士。见传）
陈　捷（福建长乐人，己丑进士）
李　琇（直隶含山人，己卯举人）

---

① 原作“唐浩”，据嘉靖《徐州志》改。案《皇明进士登科考》，康浩，正德六年辛未科殿试三甲第二百二十七名。

② 原作“松”，据嘉靖《徐州志》及下文《题名记》改。

李继先（四川泸州人，戊戌进士）
林　璧（福建侯官人，己丑进士）
周　镐（河南汲县人）
梅守德（直隶宣城人）
尹　梁（直隶晋州人。俱辛丑进士）
李　台（湖广公安人，辛丑进士）
方　瑜（直隶歙县人）
李　燧（山东金乡人）
卢岐嶷（福建长泰人。俱甲辰进士）
李　敬（陕西泾阳人，丁未进士）
杨胤贤（山东寿张人，辛丑进士）
郑　铭（福建闽县人，丁未进士）
岳东升（河南信阳卫人，甲午举人）
邓廷猷（湖广蒲圻人）
毛　木（直隶任县人）
雷上儒（湖广嘉鱼人。俱癸丑进士）
马云雷（山西祁县人，选贡）
张文渊（四川西蜀人）
张一霁（河南睢阳人。俱丙辰进士）
刘大遗（福建晋江人，己未进士）
毛自道（山东平原人，丙辰进士）
蔡可教（直隶成安人，己未进士）
王缵宗（四川南充人，丙午举人）
任汝亮（山西猗[①]氏县人，壬戌进士）
顾应龙（直隶无锡人，乙丑进士）
赵　讷（山西孝义人，己未进士）
朱光宇（河南祥符县人。见传）
薛　钥（山西代州人。俱乙丑进士）
申嘉瑞（河南叶县人，丙午解元）
张国华（四川巫山人，己酉举人）
张敷潜（福建晋江人，壬子举人）

① 原作“倚”，据康熙《徐州志》改。

许大光[①]（河南安阳人，乙丑进士）

郑继之（湖广襄阳卫人，乙丑进士）

李崧祥为《题名记》（曰：我国家定都燕京，而财赋取足漕运，故有京、通仓以为直达之所，有徐、淮、临、德沿水次仓以便转输。仓各有部署，以监临之，岁一易其人。盖国计之重且大焉者，而所在综理，亦必分任其所有事也。徐州仓监督，自永乐十三年来，无虑百二十余人。长沙徐君逵旧于碑阴刻其名氏，始于景泰纪元，仅得四十有四人，就泯者皆漫无可考焉。弘治甲子，武进庄君禋适题乏，再续之。迨正德戊寅，河决澶渊，徐大水，己卯益甚，分司尽被冲溃，前碑亦为之覆溺矣。庚辰秋，崧祥至，僦馆民舍，公事甚弗便也。乃具议上于大司徒杨公，得费以公帑，民免告劳。遂檄州卜地，度诸城内东南隅而鼎新之。工既就，方图起前碑而植之，补其诸君之阙题者。窃观夫狭隘分析，题可不数人而又乏，顾僭为他日沦没之虑，而续之以终二君之志。于是命工斫碑，视旧侈大其规。其凡仿编年为之，递书名姓，分系官第，表趾于下。通前可考者，合镵一石，以视后观者便焉。嗟乎！世远人亡，而其名犹深刻于其间赖有存者，谓非石有以为之不可也。石泐刻没，而后之人至不可踪迹追寻者，岂石所能与哉？要之，存乎其人耳。夫题名有碑，将以求其实、考其人也，其贤与否，人可得指其所行之实而议之矣。凡我诸君子，讵可不思所以自励者乎？能自励而勖之，俾他日勋名事业，掀揭天地，轰震雷霆，昭诸史册，则兹石亦因之以有光，虽永垂不朽可也。如其不然，固非愚之所敢望也。石成，当志其岁月，顾不揣芜陋，僭书此以记之。〇本司吏农，本州呈送大约二十人。门、皂、夫诸役名数编银见《赋役》）。

广运仓，在城南三里，东临泗水，即元武安州故址。永乐十三年，为漕运转般建。宣德五年，增创仓廒凡一百座。成化中，改令各军径兑直达，而转般罢。惟岁贮各府州县夏税麦粮（数见上“计岁入岁出”），户部议单又开载本仓所贮该给徐州卫、徐州左卫、邳州卫、河南归德卫四卫运军行饷。近年，总漕因淮安常盈仓[②]告匮，复以江北附近卫所通融拨给，亦在本仓（见上“计岁入岁出”）。正德以前，添设中使司之，嘉靖初裁革，而部使临督如故。

监督厅在仓中，厅左右列二翼，后有不染亭（先主事梅守德建，名“驻笏”，后主事杨胤贤改今名），又后凿池潴水，四周缭以崇垣，凡四里。四门各国储坊一座，东北水次通衢坊一座，井亭一座，俱正德中建。但自嘉靖末以来，黄河水溢，具被浸没，并上诸廒，亦殆倾尽。大使一人，副使一人（俱未入流。旧各三人，攒

① 原倒作“光大”，据《明清进士题名碑录》乙正。

② 原作“分”，据嘉靖《徐州志》改。

典二人。守护军六十一人，徐州卫镇抚司带管，永福仓每人支月粮六斗九合。弓兵、斗级，本州并四县出，名数编银见《赋役》）。

徐州洪工部分司，在洪东岸面西，提督本洪主事莅政之所。本洪宋、元皆名“百步”，去州城东南二里许，巨石盘踞，巉崿龃龉。汴泗经流其上，冲激怒号，惊涛奔浪，迅疾而下。舟行艰险，少不戒，即破坏覆溺。害与洪水等，故名曰“洪”。其形象川字，有三道：中曰中洪，西曰外洪，东曰月河（月河即今里洪）。相传唐尉迟敬德经略徐州、吕梁二洪，爇火石烂，从而凿之，遂成水道。宋元祐中，京东转运司上言朝廷，委官度地穿凿，修月河石堤，置上下闸。国朝永乐十二年，平江伯陈瑄凿洪通漕，更于洪口置闸。正统七年，参将汤节于洪上流筑堰，逼水归月河；于南口设闸，壅积水势。成化中主事郭昇、尹珎、饶泗，嘉靖中主事戴鰲、陈穆，相继凿去洪内乱石，修砌两岸牵路石坝。二十五年，主事冯有年修砌东岸石堤十六丈，淳安商辂为郭昇记（略曰：徐州城东南百步洪，势极险峻，舟行难于上下。外洪大石如兽蹲状，人呼为翻船石。里洪坝下数湾，曲如之玄字。每岁民公私艘舶暨转输货，覆败不可胜计。甚者，舟人亦往往因而没溺。东西两岸，挽路低隘。稍遇水涨，遂至弥漫，无路可寻；水退则土去石出，巉岩磊砢，实艰步履。官府督工修治，铺草万束，辇土平盖，费财劳人，仅取便目前。已而水至，则前功尽隳，艰险如旧。自永乐通漕以来，所费不知其几，迄无经久之利。成化丁亥，冬官主事郭昇奉命守洪，至即相其形势，度时量力，锐意修治。博访土人，广采舆论，遂具疏请于朝，及移文部堂并总漕都宪。于是募工凿去外洪翻船诸石，铺平里洪坝下数湾。东西洪岸并牵路，各用石版甃砌，扣以铁锭，灌以石灰，既坚且固。两岸各植柳浚井，以荫济行者。凡有关于洪道，有益于漕运，如金龙等神祠、公厅、闸厅、鼓楼，及军夫所居房屋共二百余间，重修增建，皆焕然一新。工匠用价，雇倩夫役，日给以食，所费钱谷以万计，悉设法劝率，所在军民，一毫无取，是以人不知劳而功易就。谋始于成化戊子春正月，落成于明年冬十月。舟行至此，如乘安流。东西牵挽，咸履坦途。往来之人，靡不称快。郭君利济之功，岂小补哉？是可嘉已！君世家苏之昆山，隶籍颍川，由进士拜冬官，廉勤干济，将来名位未量。其助材修洪，多往来公使、达官贵人及富商义旅，用列名碑阴，庶来者知所劝云）。余姚徐存义为戴鰲记（曰：今徐州，即古徐州分野。夹河起石，中余断山，黄河之水至，则苦束缚砥触，奔腾澎湃，故曰洪。洪者，洪水也。岸东势最迅隘，然以近堤可索挽，故逆水之舟上焉。岸西势少宽衍，然以远石利橹，故顺水之舟下焉。其或泉涸河徙，水落石出，则舟由中石窦过，舟之生死一丝。此洪之大较也。然横东岸下，卧石齿齿，起樻舟，时时杀人，无论货。成化间，郭君昇始垒石叠堤，挽易为力。历今五十余年，怒水复挑抉石而塌之，前患复兴矣。石江李子修坠举废，请诸总理院素斋于翁，然工未施而以艰去矣。嗣以中山公子协谋。未几，少山戴君至，慨然欲完前绪。人皆曰："筑堤须桩秸。"戴君曰："旧石险矣。"戴君凿洪之石，甃洪之堤，事甚省也，且绝巨患。人曰："须假醋煅火。"戴君曰："天下之石同，奚凿他石弗尔？"直命工縋之，斩然而起，旁又得土中古废闸石数千片，有余石矣。人曰："洪夫之力单。"戴君曰："益之以萧、沛之浅夫。又不足，益之以往来之舟夫。吾为彼兴利，彼无趋乎？"有余力矣。人曰："凿石惧泄水潆回之道。"戴君曰："洪上之三洲，截坝束水之门自旧也，吾断其下乱流中之啮人者耳。"于是选官任能，筮日兴工，众咸跃赴。胶秫锢灰，联以铁锭。始于丁酉之冬十二月，毕于戊戌之春三月。略仍旧址而延袤二里，高广倍数丈，巍然石城汤池矣。筒铁百物，始虑不足，后更余半，以戴君之躬核无奸也。余出守叙郡，五月过之，见堤亘若城壁，河洪无石，惊曰："是何神也？"土人道其故。于是徐子喟然叹曰："余昔日读书至《禹贡》，知天下之事难惟治水。故执之无体，斧之无形，人侮其涓涓，彼方恃其滔滔[①]也。斯亦其刚而折，其柔难制之理也。治水之难又惟洪，以水中多石也。天下之若柔而刚、似显而隐者，又难制也。戴君奋独见之智，捐众盅之议，集不费之力，率简易之政，除百年之寇，创万世之功，可谓益国利漕，善纂禹业者也！"余试问人以禹，曰："古之神圣人也。"问戴子，则曰："今之能吏耳。"嗟乎！前后一揆，重信汗简而忽观览，是未达易地之旨者也。假令禹生今日，阻挠群议，掣肘财力，或未能凿龙门，导碛石，越大伾[②]，疏九河，允底地平天成之迹也。《传》曰："睹河洛而思禹功。"余亦曰："睹洪者，思［戴君功］[③]。"戴君名鰲，字时化，四明人，乙未进士云）。

正德初，治河郎中胡澧[④]以洪之上流有汴水，在城东北隅，横冲运艘，牵挽艰甚，乃北自三里沟稍东向凿新河一道，南下接洪口，俾运艘上洪，即由之径达直前，得不受汴水之冲。迄今尤为顺利，遂成大河。是洪实漕运咽喉。本司之设，专为漕运，先［年］[⑤]命官不一。永乐十九年，侯伯分理洪闸河道，继差御史王矩、户部郎中杨琏。至正统以来，始铨选都水司主事一员，领精微批，莅任督理洪事，后兼理徐州、境山闸座。隆庆元年，先管吕梁洪主事唐炼、后改御史，请于吕梁洪设闸榷税，接济河费。六年，工部尚书朱衡按徐视河，乃移隶徐州洪本司管理。本司

① 原作"滔天"，据康熙《徐州志》改。

② 原作"火坯"，据《尚书·禹贡》改。案《禹贡》"东过洛汭，至于大伾"，孔颖达疏："郑玄云：'大岯在修武、武德之界。'张揖云：'成皋县山也。'"

③ 三字据嘉靖《徐州志》补。

④ 嘉靖《徐州志》讹为"胡禮"，本志以后讹为"杨禮"，皆据朱国盛《南河志》卷二《年表》、雍正《广东通志》卷四十五《人物志二》等改。

⑤ 字据嘉靖《徐州志》补。

凡三年一代，隆庆二年，因洪水安流，用河道御史蒙赉议裁革，归统吕梁洪。六年，河道御史张宪翔题复焉（初，本司不干闸务。嘉靖二十年，兵部左侍郎王以旂题奉钦依兼理。成化二十年，工部侍郎杜谦建议工部添置主事一员，修治河沁水道，下达徐州。又著令提督徐州洪主事，以河南黑洋山河沁水利深浅尺寸，月一疏闻。弘治初年，添置主事停罢，本司月报如故）。

初，本司公署有二：一为洪上公署，乃督理所，即今萃墨亭，其遗址也（基[①]周一里许，大门内为正厅，穿堂后为清风堂[②]，南为苏墨亭，又南为追胜亭。主事蒋文、郭昇、尹珎[③]、夏从寿相继建造，各有碑记。后改为萃[④]墨亭，兴废详见《古迹》。后圮于水。万历二年，主事张登云重建高亭，形方而末锐，在洪中为砥柱，更名“回澜”。户部员外张敷浅《记》曰：张君浩宇治洪逾年，剔蠹举废，厥绩用章。一日，听事署堂，睹黄流中屹然若丘，阅旧基为苏墨亭址也，毅然图之。乃台长张桐冈自淮扬贻书曰：“岁三月，当与诸君督漕于斯。”未几而亭成。凡昔之翰藻墨迹委落沙砾者，荡涤而出，若河伯护之以献，盖亦异矣。维时，济上司马万两溪先生奉旨归，过而题之曰“回澜”。而江右熊映川、松陵钱朗峰、浙东黄两高，以部使者往来徐方。宪伯则舒中阳，参戎则韩松泉[⑤]，与余小子，咸有事于徐者，群燕而落之，喜有斯亭也。浩宇顾谓余曰：“子为我记之。”余惟黄河之水，汹涌澒洞，演洋洄洑，曲折递逦，不知其几万里，而波涛震荡，能使陵谷变、川泽移。惟是屹然者，巉岩隐伏，若龙盘虎踞，排巨浪而捍冲流，视碣石之表东海，奚让焉？岂非地脉所钟，巩固不摇，中流砥柱，亘古[⑥]犹存，有足重耶？且天下之平久矣。当楚汉角立，彭城之地为战区，今其故宫、旧冢易为州治，鞠为茂草，后人视之不甚惜。而苏文忠公以畸逐之臣，乘月之游，数字之遗，能使杰人哲士珍藏表异，若周鼎商彝然，何哉？观其《上皇帝书》累数千言，忠诚恳恻，其曰孤城若块，百姓艰食，春夏蝗旱，至今想其景象，令人感慨增悲。而风流文雅，徜徉暇豫，忘其摈逐之为辱，而鞅掌之为瘁，寻幽选胜，日与山人、诗僧者侣。其视雄风霸习，亦何以异于河中之一沤？宜其高风遗韵，与斯洪相终始也。夫挟孤高之操者，巍立峻洁，

---

① 原作“其”，据嘉靖《徐州志》改。

② 原作“亭”，案嘉靖《徐州志》及本志卷二《古迹》所录邹守益《萃墨亭记》，皆作“堂”，据改。

③ 原作“珍”，同“珎”，今据全稿统一用字。下皆同。

④ 原作“翠”，径改。

⑤ 台长张桐冈：督漕御史张宪翔，字肖雏，号桐冈，山东青州人。济上司马万两溪：总河都御史万恭，字肃卿，别号两溪，万历二年被劾罢官，文中讳言“奉旨归”，即此。江右熊映川：山东副使熊俸，江西南康人。松陵钱朗峰：夏镇工部分司主事钱锡汝，吴县人。浙东黄两高：吕梁洪工部分司主事黄猷吉，浙江山阴人。宪伯舒中阳：兵备副使舒应龙，字时见，号中阳。参戎韩松泉：韩荣，隆庆六年七月由大宁都司掌印充参将，分守徐州等处。二年十月，改徐邳参将，专驻徐州。

⑥ 原作“右”，径改。

足树清标，其弊使与斯人无所容，乃混油油足以兼容并包而和光同尘，君子有破觚为圆之诮。以彼其地之镇重不拔，而复有倜傥不群[①]者遨游其间，可谓兼得而并胜者矣。君盖有取焉。君筮仕即为水部尚书郎，属庙堂督责漕事，视黄流涨涸，不啻血卫之盈竭。方春夏时，漕艘鳞集，诘早据亭以望，漏三下方就寝。所辖茶城口，岁每一淤，躬橇檋，泥手涂足，与诸役同劳苦。虽劳且苦，君惟司其居以力于事，不为毁誉得失介意。徐固水陆辐辏，吏于斯者，辄损己以应之，至贬诎若关候长，少不如意，怨诟丛焉。君署处河津，高帆危樯，四方商旅与中官贡输之所集，门外之屦无虚日。君又能以暇力应酬乎宾客，而友其贤者，读书赋诗，登临傲啸，浩然自得，盖不知乾坤之为大、日月之为高与万物之为众，何者？其中有主故也。苏氏有云："士生于世，使其中坦然，不以物伤性，将何适而非快？"余于浩宇君亦云：《诗》曰"惟其有之，是以似之"，兹其所以作亭之意也。余固表而记之，以告夫后之同志者。若其始末岁月，君当书之于乘，不待缕缕也）；一为河东公署，乃燕居所，即今莅政者也。正德丁丑，洪上公署水坏，主事董恬即洪东公署，易民地，拓基鼎建今制，后主事陈辅、陈明、陈穆、彭登瀛继修。迩来频遭异常河患，淤沙涌漫辄[②]数尺，高与廉隅齐，甚不可居。万历二年，主事张登云培土筑基，既高且厚，乃逐一更建。中为正厅，左为洗心轩，右为书吏房，正厅后为穿堂，为宅，最后为眺[③]远楼（前主事戴德孺创，今更建）。正厅前甬路，左右为胥舍。前为二门，二门东为迎宾馆，易民地为之。又前为大门，大门外为坊一座。北为州卫官候署。又公署北为北钞厅，即义仓主事李香建，寻主事张大猷改为洪启书社。今改钞厅，收上水钞在此。南为南钞厅，收下水钞在此。又南为含晖楼（先主事于思睿即旧鼓楼址重建，司晨昏之节）。又南为井亭（亦于建）、社学、药局（俱主事陈之良建[④]）、草厂一区。

莅任于兹者，凡五十八人：

杨　琏（定远人，卒于官，墓在骆驼山下）

孙　昇（山东济宁人）

史　历（直隶溧水人）

王　豫（河南祥符人，景泰甲戌进士）

王　忠（浙江临海人）

---

① 原作"郡"，径改。

② 原作"辙"，径改。

③ 原作"跳"，据嘉靖《徐州志》改。

④"俱主事陈之良建"七字杂入正文，今据嘉靖《徐州志》改入夹注。

蒋希性（浙江缙云人。[俱][1]正统丙辰进士）
蒋　文（福建侯官人）
成　伟（直隶兴化人）
李　蕃（云南河阳人，正统戊辰进士）
袁　润（江西丰城人，景泰甲戌进士）
张　寰（江西新建人）
宋　德（山东嘉祥人，天顺丁丑进士）
谢　弁（浙江余姚人）
郭　昇（河南颍川卫人，天顺庚辰进士）
王　道（河南固始人，天顺丁丑进士）
方　彬（福建莆田人，成化壬辰进士）
尹　珎（直隶大河卫人，乙未进士）
吴　超（福建漳浦人，戊戌进士）
饶　泗（江西进贤人，辛丑进士）
吴　瑞（直隶昆山人，乙未进士）
谢　缉（江西乐安人，辛丑进士）
冯　夔（直隶无锡人，弘治庚戌进士）
夏从寿（直隶江阴人，癸丑进士）
董　恬（直隶上海人，丙辰进士）
胡　昉（浙江萧山人，癸丑进士）
朱　衮（浙江上虞人，壬戌进士）
罗　循（江西吉水人，己未进士）
陆　鳌（直隶吴江人，壬戌进士）
戴德孺（浙江临海人）
吴　哲（直隶华亭人。俱弘治[2]乙丑进士）
陈　辅（直隶仪真人，甲戌进士）
陆　金（直隶吴江人，丁丑进士）
王时泰（浙江余姚人，甲戌进士）
李　香（江西分宜人，辛巳进士）
陈之良（湖广应山人，嘉靖癸未进士）

① 字据嘉靖《徐州志》补。
② 原作“正德”，讹从嘉靖《徐州志》，据顺治《徐州志》改。

于思睿（山东青城人，丙戌进士）

刘　录（江西鄱阳人）

陈　明（山东历城人。俱癸未进士）

胡　岳（江西鄱阳人，壬辰进士）

马从谦（直隶溧阳人）

李载贽（湖广石首人）

戴　鰲[①]（浙江鄞县人。俱乙未进士）

陈　穆（浙江鄞县人，戊戌进士）

王重光（山东新城人）

王　觉（直隶无锡人。俱[②]辛丑进士）

冯有年（直隶无锡人，甲辰进士）

彭登瀛（广西临桂人，丁未进士）

陈元琰（福建怀安人，庚戌进士）

吴遵晦（浙江钱塘人，癸丑进士）

张大猷（广东番禺人）

董　懋（四川泸州人）

姚体信（浙江平湖人。俱丙辰进士）

李　汶（直隶任丘人）

王　宜（福建晋江人。俱壬戌进士）

刘　泮（福建籍直隶江都人，壬戌进士）

欧阳绍庆（江西泰和人，举人）

张登云（山东宁阳人，辛未进士）

万文卿（江西南昌人，甲戌进士）

谢缉、陈明各为《题名记》(缉纪曰：徐洪旧名百步，元时已为要冲。国朝徙都冀方，视昔尤不侔，而官之分莅于此者无定员。至正统初，始以主事专其任焉。弘治改元之明年，余来视洪事。求前人之已行者，岂直不得其一二，并与其名氏而亡之矣，斯阙典也。乃广询博访，仅得二十人，命刻石于公署，而记之曰：圣朝奄有万邦，德教诞敷九夷八蛮。前世所不能臣服者，今皆重译而来，稽首奉贡于阙廷下，况中国乎？其东南则云、贵、川、广、江、湘、闽、浙，诸道所贡物产，官民舟楫，舳舻相接，悉由兹抵北。而洪之石巉岩峭厉，星列棋布，水势所束，激为飞

① 原作“鳌”，据《皇明进士登科考》卷十一改。

② 原作“俱俱”，字重，删其一。

流，怒为奔湍，湔渃砰湃，万虎斗而百雷轰，见之骇愕失措，舟往往因是覆溺者甚众，真天险也！且以粮储言，岁漕四百余万石，运船动以万艘，一有不虞，则漕运之数亏，而军国之需阙矣，责任不其大矣乎？且天下事以难处之，则敬心生，动罔不济；以易处之，则怠心生，而克有成者鲜矣。历考前人因时以就功，利泽及人者至于今，是赖后之君子克艰厥事，以正大存心，以清白持家，于以昭盛德而垂休光，使前者晖，后者映，国家将于是有赖焉！顾余何人，滥竽于兹，自知庸劣无似，然亦常恐沦胥于怠忽，以重君子之讥。乃摭此书之，因以自警。〇明《记》曰：地之险，大率有二：惟山与水，如斯而已。山水异处，未足以为险也；乃若山处于下，水居其上，巉岩峭壁之间，复有波涛汹涌之势，舟人过此，既忧其水藏乱岩于千寻，复忧其山拥跳浪于百尺，真若过滟滪，游禹门，蛟龙斗而雷霆鸣也。徐洪之险，可畏甚焉！然自弘治以前，远接汴泗之流，水势微缓，运船贯舶，往往卸剥，公私病之。正德、嘉靖年来，沛之飞云桥塞，而鱼台谷亭之水，通汴泗流衍，势乃张大，宾旅舟楫往来咸济，无复卸剥搬运之费矣。夫水之通塞，国家之盛衰关焉。我朝迁都于燕北，据形胜以镇朔方。南当长江、大河之流，转输千里，坐享万方，胥由此致。顷因鱼台之水不来，洪漕磷磷，干若[1]尘壑，拽挽劳费，远近惊愕，深为当道者之忧。由是观之，水之所系，概可见矣。窃尝论运漕之水流通于南北，如人身之命脉周流于上下。徐、吕二洪，适当咽喉之处，苟非其人，斟酌相度，公明审处，未有不覆公餗者。当斯寄者，可不惧哉？前此分署于兹者，户部郎中杨君琏，工部郎中孙君昇、史君历，后以都水主事姜益都、王君豫诸公，始专厥任焉。呜呼！今之去昔，仅六十七余年，声迹泯然，已不得其十之五六矣；而况后之视昔，世远迹亡，欲尽十之三四，岂能得乎？矧前碑石穷将剥，又恐其弗永也，乃作续纪。若官沿革之制，殊方贡献之物，运船往来之数，凡有关于洪事者，旧记亦详，兹不复赘。而乃谆谆于水道之说者，盖治洪之要务在焉。后之君子，建茂迹而张休声者，将有光于斯石，予何幸得与于斯！〇本洪稍水一百四十四人，永福仓每人月支口粮三斗。徭夫二百七十二名：徐州八十五名，萧县一百一十四名，砀[山县][2]七十三名，每名银八两二钱，外桩草每名银二钱，先年年丰，每年全征，贮徐州库听河道支用；少丰征一钱五分，荒征一钱或请免。募夫四百七十九名，每名银六两，淮安府每年解瓜、仪二坝挑盘脚米银九百一十余两，其余徐州解船税银雇募以上徭、募二项。洪夫共七百五十一名，协济夫一百三十五名，出自庐、凤二府，解给工食每名银八两，每名解桩草银一两二钱，贮徐州库听河道支用。外，书办听

① 原作“石”，据嘉靖《徐州志》改。
② 字据文例补。

事吏农，本州呈送，大约二十人；门、皂、夫诸役名数编银见《赋役》）。

徐州洪闸，旧在洪东月河南口。正统中，参将汤节议设（语见上）。景泰中，水涨闸坏。嘉靖二十年，河决野鸡冈，洪因告竭，兵部侍郎王以旂奉命督治，会同漕运都御史周金，总河都御史郭持平，巡按御史杨勉学，督河御史焦琏、胡植，议于月河南口下去洪一里许，附东岸创建闸一座。大使一人（未入流。吏一人，闸夫二十人，每人岁纳苘麻七十五斤，生铁五斤。溜夫一百三十五人，每人岁办桩木六根，草一千斤，俱本州并四县编审）。翰林学士张邦奇为记。后历隆庆、万历，水益大涨，闸遂淤废。

境山镇闸，旧在境山北。原为积水闸，天顺四年判官潘东建，后废。嘉靖二十年，治河兵部侍郎王以旂，会同周金、郭持平、杨勉学、焦琏、胡植，复议更建。大使一人（吏一人。闸夫二十人，溜夫一百三十人，共一百五十人。内：本州五名，萧、沛、砀、丰四县各二名，通州二十名，泰州一十九名，蒙城县七名，定远县九名，颍州八名，太和县七名，高邮州、无为州各六名，舒城县、庐江县各五名，巢县四名，六安州三名，兴化县一十名，泰兴县一十五名，寿州一十三名。每名征工食银八两，桩草银一两八钱，解州发闸雇役应用），都御史丁汝夔为记。后又废。迩来黄河由秦沟出，势常上逆，将入塞新河诸闸。万历二年，总河都御史傅希挚乃即境山南，命知州刘顺之、判官余国英创建闸一座，并为防云。其官夫旋议设焉。

高家滩木闸，委官一员、老人一人共司之（闸夫一十人，本州编审，每名岁纳桩木六根，草六十束）。后历隆庆、万历水涨，闸遂淤废。

浅铺十五所（夹沟浅、白庙儿浅、许家浅、白洋圈上浅、白洋圈下浅、梁山浅、垞城浅、秦梁洪浅、新洪浅、九里沟浅、狼屎沟浅、青田浅、干谷堆浅、白洋浅、李家沟浅。每浅先夫九名，今裁至七名。河溢铺废，夫听河道用，编银见《赋役》）。

吕梁洪工部分司，在洪东岸，向西，提督本洪主事莅政之所。本洪在州城东南五十里，上下二洪，绵亘七里。洪中诸石森列如齿，水脉劲疾，遇险怒号，白浪腾沸，一瞬数里，为南北至险。唐、宋疏凿修治遗迹，并与徐洪同。国朝成化八年，主事张达修砌石堤（上洪长三十五丈，下洪长三十六丈）。十六年，主事费瑄修筑堤坝，长沙李东阳记（曰：徐州有二洪，一以州名，一以山名。山名者曰吕梁。吕梁之为洪有二，上下相距可七里。盖河之下流与济水会于徐，以达于淮。国家定都北方，东南漕运岁余万艘，使船来往无虚日，民船贾舶多不可籍数，率此焉道，此其喉襟最要地也。洪石狞恶廉利，虎踞剑擢，阳隘阴龃，中仅可下上。水势为所束不得肆，则激为飞流，怒为奔湍，哮吼喧哄，见者皆骇愕失度。巨缆弦引，进不得寸尺。乘流而放，瞥掠瞬迅，不复措手。其艰如此。铅[1]山费君仲玉，以工部主事督水利于徐，顾而叹曰："此可以人谋胜也！"乃循行洪北，见其支流水所泄处，旧阏以束藁，水至则荡为浮梗以去。会州县所具藁，岁至二十五万，以钱输者加十有三，而恒病不足。则又叹曰："谋之不臧，劳无益也。"乃白诸部长及总漕都御史张公瓒、平江伯陈公锐，聚徒给廪，辇块石，埴壤土，叠为长堤百六十又五丈，广五丈，而崇不过五尺。水小则迫之归洪，河用不涸；大则纵之，使漫流其上。又于堤西筑坝二十余丈，以杀湍悍，而堤得以不啮。又观于东堤丛石间，民困牵挽，足不能良步。乃畚瓦砾，实其洼隙，外以石甃之，为丈四百二十有奇。又东则甃为长衢，而行者亦因以为利。吕梁之险，历数千万年，而十去五六，君于是有奇绩焉。然问其役，则洪夫之余力；问其费所出，则岁课之赢财；问其食所由致，则剥载之余粟。而自以经画佐之，未尝责办于有司、劝假于漕士及往来之商民。而所奏减藁束岁十万，民钱至三十余万。功倍而费益省，可为难矣！初，君自成化庚子，越三年而成西堤。任满当代，民交章借君，又三年而东堤成。君既报政，选员外郎。予友华容刘国纪，亦与君有宿昔，实知徐州，达观君所营作，叹其绩不可无述，请予记。予复闻于君从子、翰林修撰子充者为详。乃为说曰：天地之道，必赖乎财成辅相，然后可以利乎民。故唐虞置虞官，益[2]掌山泽，佐禹治水。《周礼》以中士为川师，掌川泽之名，辨其物与其利害。其为制不可详，然其职固在也。今漕河所经，各有分职，要害之地则委郎官以总之，利病兴革，惟其所任。然不过水道之疏塞，如所谓"沟逆地泐""水[3]属不理孙"者，则浚涤之而已矣，修治之而已矣。若长虑倍力、去险为夷、因害以为利者，讵不甚难矣哉？天下事固有一劳而永逸者，故苟其利倍十于旧，则虽殚财力而不惜。今以利校之，殆不可訾矣。然则阅历代之险，而为永久不迁之利者，诚可为之难邪？夫功不必己出，惟其有益于民与世，继费君者尚缉而保之，则兹洪之益于国家愈大，而圣天子财成之治，不为小补矣！君名瑄，仲玉其字。其为放舟之厅、集夫之营、市易之场，皆洪事所赖。又值[4]岁歉，以余粟千石赈州民、六百石给漕士，亦洪之余费。故附载之）。嘉靖二十一年，主事徐有让修砌石堤，建安李默记（曰：今神州雄奠燕蓟，衣冠玉帛，贡篚之珍，则壤之赋，四方辏进。其道徐而北者，舳舻相衔，至旁午也。矧徐、吕二洪，石棱棱弥亘河腹，森利错迕，以为舟厄。而吕梁延袤最广，盖天下称险焉。虽上承汶、泗泉湖委流，而实倚浊河、汴、沁汇为之助。当其淫潦暴涨，险不可睹，功在篙师；

① 原作"沿"，据李东阳《怀麓堂集》卷三十三《重修吕梁洪记》改。
② 原作"盖"，据《怀麓堂集》改。
③ 原作"之"，据《怀麓堂集》《皇明经世文编》改。
④ 原作"植"，据嘉靖《徐州志》改。

即有枯涸，舟辄胶滞。顷年，山东诸流颇疑涓细，黄河又复南徙，二洪愈益受病。至廑廷遣大僚行水，疏导节缩，殆无留智。水部主事东平徐君有让之治吕梁也，为嘉靖辛丑。遘逢事会，敝力以图，始于洪南置石闸，语在学士张公《记》中。已复筑堤上洪，障绝漫流，归之内洪。并掇水中悍石，甃为堤岸，东西遂成牵道，凡七百二十一丈有奇。当狭处，别作水门，水至此稍益深下。洪亦改凿。内洪障以木闸，并甃堤，悉如上洪之制，堤长减十之七。徐人称内、外洪，犹吴越称大、小港也。洪以东岸为内，水盛则内外皆舟，涸即专归内港。非此则水漫力微，石始重贻舟病。木闸水门皆随舟启闭，以木方石工，力减巨千，水门又殊省。凡如此者，相地宜与物力，以相屈也。诸役作于徐君莅事之明年，数月而毕。夫匠以名计，为千五百三十有六，并役诸在官者，不以勤民糜帑藏。发谋秉虑，调度征停，惟徐君能；而画可赋功，奖成令绪，则节使少司空万安郭公持平力也。又明年癸卯仲春，予以赴阙出洪下，周览近迹，惊顾骇叹，以为少时游历所未有。方舟利涉，爰思作者之劳，而徐君适以记见属，又曷忍辞？呜呼！君子图事轨物，将以济时也。今天制水旱，地私川渎，运道阻艰，妨国大计。徐君乃能应时裁变，争尺寸之水于石罅间，利济万艘，卒以力胜，此其才智不已伟耶？汉唐漕东南之粟以饷关中，所经三门砥柱之险，不啻吕梁也。是时，管干诸臣疏凿排击，固已不遗余力。厥后，法日以弛，运益告艰，彼人家国亦视以为盛衰，吁可畏哉！继自今，有如甘雨时降，川祇效灵，则洪流浩渺，舟楫自便，无所事智。即不然，徐君之法何可废也？舍是弗图，脱有缓急，非转般则海运耳，斯岂盛世所宜闻？然则后之君子，宁无感于予言，而重修徐君之旧者乎？徐君职竟维思，忧形于色，既以身为国役，而又以图其后人，其用志弘且远矣）。二十三年，主事陈洪范凿去乱石，华亭徐阶记（曰：君子之为政也，其必本诸万物一体之学乎？万物生而同出于天，其始也，本一体也。惟夫自为之私胜，而又不知学以克之，于是其情日疏，其势日隔，忧喜好恶，漠乎不相关，而善政始日以废。盖昔颜子问仁，孔子告之克己复礼；及问为邦，而孔子告之以四代礼乐。说者曰："克己复礼，学也；四代之礼乐，政也。"呜呼！政与学析而为二，则亦不知君子之所以为政者乎？今夫语治，至于虞夏商周；语人，至于舜禹汤武，其亦无以加矣。然而孔子冒非圣之嫌，弃反古之惑，举其所谓礼乐者去取之，而不顾里巷之浮言。其在士大夫之身，曾不足为[①]损益；而世之君子，恒至于畏且忌，而遂罢其所当为。何孔子之勇，而世之君子其怯甚也？孔子之学，以万物为一体。视天下之政，有一不宜于民，不啻疾痛之在己，惕然惟去之之为快。故

① 原作"为之"，据现存残碑及康熙《徐州志》改。

虽前圣之制作，不得而徇。世之君子，莫不有自为之私[①]焉。故虽里巷之浮言，惟恐其足以为吾累，而不肯以易天下之安。夫其自为之私，是则所谓己也。己克而礼复，则能以万物为一体，而行四代之礼乐。四代之礼乐行，则化理洽，而天下归其仁。是则孔子所以告颜子之旨，而政与［学］[②]未尝二者也。呜呼！斯义晦，而天下无善政矣。我国家漕东南之粟，贮之京庾，为石至四百万。其道涉江乱淮，溯二洪而北，又沿卫以入白，然后达于京师，为里三千而遥，而莫险于二洪。二洪之石，其狞且利，如剑戟之相向，虎豹象狮之相攫，犬牙交而蛇蚓蟠，舟不戒辄败，而莫甚于吕梁。吏或议凿之，其旁之人曰："是鬼神之所护也！"则逡巡而不敢。嘉靖甲辰，都水主事陈君往莅洪事，恻然曰："古之君子，苟利于民，则捐其身为之，矧里巷之浮言，其不足听。盖审而以罣吾所当为，是厚自为，［而为］[③]民薄也！"遂以二月二十六日，率其徒凿焉。众亦闻君言，以为仁也，咸忭以奋。阅三日，怪石尽去，舟之行者如出坦途。于是洪之士民来请余记。始君为诸生，余幸识之，常与[④]言万物一体之学，君欣然受焉，不意其果能行之也。今天下之政，不宜于民者多矣。然而论者知求之政，而不知求之学，往往以自为之私为之，故其说愈长而善政卒不可见。其甚也，谓学不可以施诸政，而学校之设，六经之教，亦且为具文矣。孰有知孔、颜之受授者乎？余故因君，推本而记之石。君名洪范，字锡卿，辛丑进士，浙之仁和人）。万历元年，主事黄猷吉因旧堤圮于水，重建石堤一千三百丈。时知州刘顺之助工费二百金，萧知县唐文华、砀山知县王廷卿、丰知县吴文光各十金，而堤用成。总河督御史万恭记（黄河经流中国，故道大都三变焉。赵宋前，自[⑤]龙门而下，会沁水，历大伾，或经大名、河间，或道修武，下卫河，皆东注于青州之海。此北道也，时则患在河北。赵宋都汴，遵卫河为玉河，恐黄河伤之，遂堤大樊，排沁入河。河势大炽，乃南决，穿宋、郑，或出颍、昌，或出寿春，会长淮而注于扬州之海。此南道也，时则患在河南。我朝饷道不藉之，而徒以汶、泗、沂河之水灌而输旃，故徐邳之间有青田浅、白浪浅，出清河，特航河而达淮扬。正统以后，条行河南，条析徐邳，而徐邳旧渠遂博，青田、白浪不虞浅阻，饷道大利，然河身故在河南也。嘉靖中，河南故道悉湮，而全河尽注徐邳。此东道也，时则患在徐邳。而吕梁夏秋黄水注荡，莫之谁何。梁王城南至下邳，庐[⑥]殚为河，田殚成渊。治水使咸委之曰天灾流行，直束手避之耳。隆庆壬申，余以总河至，都水

① 原作"托"，据现存碑刻及下文"夫其自为之私"改。
② 字据现存碑刻及嘉靖《徐州志》补。
③ 二字据现存碑刻及嘉靖《徐州志》补。
④ 原作"以"，据现存碑刻及康熙《徐州志》改。
⑤ 原作"目"，据顺治、康熙《徐州志》改。
⑥ 原作"炉"，据顺治、康熙《徐州志》改。

黄君猷吉以治吕梁。至秋，河水大灌吕梁城。黄君以居民避入山[①]麓，已乃循山岭而望之，则吕梁者，徐方之门户而下邳之头颅也。明年癸酉，白余以洪夫锢石为堤五百丈，而城以南至下邳百里悉为平陆，稼穑蔽野，岁以大稔。皆德黄君而多石堤之功。又明年甲戌，再白余以洪夫锢城北石堤三百七十丈，又北联梁王城石堤而楗诸凤冠山之麓七十丈，又锢城西旧堤三百丈，又议锢城南新堤三百八十丈。余以病返，初服叙金龙之祠，憩九宫之台，陟梁王之城，登凤冠之巅，以北望徐方，南睇下邳，则黄河若带，石堤若墉。薰风时来，麦秋大至，如茨者，如梁者，如栉者，如坻与京者，柱[②]吕梁城而下长亩而登之。梁民曰："堵我洪涛，锡我年丰，谁之功？"邳民曰："蔽我头颅，成我稼穑，谁之力？"余为之拊膺高蹈，曰："固我上游，泽我下流，唯帝之休！"黄君曰："记诸。"余因忆[③]西汉故事：有凿山空洞、引水灌田数万顷者，惧其久而湮也，则窍洞瘗钱百万缗。历数百祀，而洞湮[④]、田无溉[⑤]，乃修洞而得所瘗缗钱，用其半而洞成，溉田若故；而复瘗其半纳窍中，以待百世而下之修洞者。嗟，古惠人意深长乃尔哉！黄君为石堤，缭城十余里，役夫为工，凿石为材，烧石为粉，梁民不烦负荷，不费瓶粟，不惊鸡犬，而坐享千百世平成之利，波及下邳。而复纪诸贞砥，以永千百世平成之业，此古惠人窍洞瘗钱[⑥]意也。呜呼！我吕梁父老子弟，其绎思之哉，绎思之哉）。

本司督是洪，亦为漕运。先命官不一，永[⑦]乐中，少卿徐仪（江西南城人）、廉使荣华（顺天宛平人）、郎中王[⑧]溥（平城人）。自后，始以主事来任。其铨选更代事宜，与徐洪同。公署初甚隘，弘治十［一］年[⑨]，主事来天球创建今制。正德壬申，火于流贼，寻重建。迩来频遭异常河患，淤沙涌漫辄数尺，上与廉隅齐，甚不可居。万历二年，主事黄猷吉培土筑基更建。中为正厅，左为仪仗库，右为养素轩，东西列胥舍，后为穿堂、后堂。正厅迤北为大观亭（主事曹英建），后为状元亭（昔文宪公读书处，公后举进士及第，故以名亭），亭后为望云楼（主事伍全建）。大观堂西为宅。正厅前为二门，又前为大门，大门外为漕河通济坊，左右为钟、鼓楼，楼下各为门。缭以石垣，周凡六里（主事陈宪建。棠陵方豪《记》曰：

① 原作"出"，据顺治、康熙《徐州志》改。
② 顺治、康熙《徐州志》作"注"。
③ 原作"亿"，据顺治、康熙《徐州志》改。
④ 原作"烟"，据顺治、康熙《徐州志》改。
⑤ 原作"田无溉湘"，案顺治、康熙《徐州志》，"湘"字衍，今删。
⑥ 原作"瘗纸钱"，案顺治、康熙《徐州志》，"纸"字衍，今删。
⑦ 原作"水"，径改。
⑧ 原作"土"，据嘉靖《徐州志》改。
⑨ 字据嘉靖《徐州志》补。

予公干江南，及吕梁洪阻风。工部陈君伯度拿舟冒风波溯[1]洪，直诣予舟，延至观物亭，礼意周至。临行，以垣记为请。予乃与之周观焉。其垣高一丈有奇，下广五尺，上四尺，长五百余丈。自行部以南六十余丈，以洪为险，则稍杀其高。前立南北二门，后立三门，以便出入，濒河留挽路于垣之外，俨然一城廓也。予乃仰而叹曰："呜呼，壮哉垣乎！使十年前有此，吕梁之民安有屠燹之惨乎？"问其创造年月，则曰："始于丁丑冬十一月，讫于戊寅夏四月。"予又仰而叹曰："呜呼，神矣哉！夫以五百余丈之工，非有公帑专役，乃成于半岁间。虽古之灵台，亦[庶][2]几矣！君果何以致是邪？"君曰："宪也何能？不过乘其害而以利导之耳。"问其导之之方，则曰："吕梁皆平地，前阻于洪，贼捣其后，则赴水死耳。故昔年刘六之变，最为荼毒。近者盗聚双井，居民甚恐。宪乃属其老少而诘之曰：'尔辈能舍此以去乎？'曰：'不能。''尔辈能保昔年之变不再见、双井之祸不尔及乎？'曰：'不能。''然则何以为之备？'曰：'非不欲备之，而无其策也。''然则吾将作尔垣，以为尔备，尔能从之乎？'曰：'备我，利我也，利我子孙也，敢不共命！'于是相地之高下，而与众规画之。择其有识者数人，以洪夫分属之，而责其成。又择洪夫之能者为筑工，而稍劳之。于是居民各相谓曰：'彼夫与工，非土著也而乃尔，吾何以可后？'其趋之犹夫与工也。垣外之民各相谓曰：'彼垣即我垣也，急则入焉，[安可][3]独劳垣内之民？'其趋之犹垣内之民。"予又仰而叹曰："呜呼！远哉，陈君之为吕梁民计也！勇哉，吕梁之民之能趋令也！夫若是，则兹垣也何可以弗记哉！"予诺君岁前当作。别且月余[4]，未暇举笔。兹道经溧水，实君旧茇之地，见其庶[5]务斩斩，皆君遗规。感此忆彼，知君为理之一也。石臼湖舟中草草记之，以践岁前之约。因忆吕梁鼓楼，亦毁于燹。君至，乃即剔夫弊，追价市材，造钟、鼓楼各一于行部左右。命人司之，以知晨昏、严启闭。事系于垣，亦附见云）。垣岁久就圮。嘉靖三十四年，主事王应时因旧叠增拓，上有堞[6]，按方隅为门者五，即城然。今亦淤没将平。

坊之左偏为观澜亭（主事日临儧运之所），南为书院（主事郭持平建，进贤舒芬《序》曰：郭子分部吕梁，得治洪济漕也，教事不与。民所鄙野，蒙不去，厥有自已？郭子患之。聚比公之童子十余，教之孝弟敬让，教之习礼，教之歌诗。读小学书，以及于经，以收放心，以养忠德。逾时，得三十人。逾年，来学者百有三十

① 原作"沂"，系"泝"字形讹，据嘉靖《徐州志》改。
② 字据康熙《徐州志》卷三十二《艺文五》补。
③ 底本漫漶，二字据嘉靖《徐州志》补。
④ 原作"曰余"，据康熙《徐州志》改。
⑤ 原作"度"，据康熙《徐州志》改。
⑥ 原作"碟"，径改。

人。郭子为社学四，建教读，颁教令，月朔必会于公，振德之。闻之《周官·族师》："月吉，则属民而读邦法，书其孝弟睦姻有学者。"郭子之道，不其然与？又明年，将代。民患之，卜比公之地，得几步为书院，有寝，有堂，有门，门隘无塾，曰"四社"。月吉，其必会于是，以无忘郭公之心，观我髦士。《书》曰："惟皇上帝，降衷于下民，若有恒性，克绥[①]厥猷惟后。"吕梁之民，不其然与？书院成，或曰："有非事者，将病郭子。"民曰："是吾私！"或曰："否。郭子得治洪济漕也，教事不与。"既而太史东郭、宗伯凤山播以诗，人则和之，教读杨生、王生、陈生、董生集而刻之。舒子闻之，曰："《大雅》言：'人之秉彝，好是懿德。'不其然与？"郭子名持平，家万安；舒子名芬，进贤人。相语于洪上，[则][②]嘉靖癸未闰月癸丑）、养正书院（主事王应时建。左春坊秦鸣雷之《记》曰：国家定鼎燕幽，凡玉帛贡篚之珍，则壤之赋，与夫使符贾客之南北者，率于吕梁取道焉，舳舻相衔，岁无虚日。顾其地距州治既远，又山川险怪，民多冥悍，徒事牵挽为业，不复知有文物揖让之存，亦其劳使然也。其有书院，则自少司空郭浅斋公。始公草创于荒度之余，去今且三十余祀矣，不无湫隘颓圮之患。比王君育泉至，适妖术所谓白莲教者煽动远迩，君惧洪民易染尤甚，乃喟而曰："教其可缓乎哉？"相地得社仓旧址而新之，重为二门，门后有堂，两翼有室，室后有轩，轩之后则叠石为山，可供凭眺，于是书院之规制宏矣。门曰养正，堂曰育德，室曰时习，轩曰居学，于是书院之取义备矣。洪地宜于麻，君取在官之隙者，令遍植之，岁得油若干，按月分给，以供继晷之需，贫乏者倍之，于是书院之资用裕矣。士既集矣，业既专矣，每朔望，君则俨然临视，较其艺能，观以德谊，色笑载温，升降有度，于是书院之模范严矣。已乃遣人持缄币告予以始末，请为之纪。予惟天降下民，厥有恒性，其为不善者，起于无观感化导，以恣其无所忌惮之心焉耳。先王庠序、学校、党塾之设，与夫言语动息、饮食男女之制，随事随地，皆有教焉，凡以复其性而防未然也。今之所谓书院，大都与古乡学意同，第未知所为学者，亦有同于古焉否也？君以麟经冠天下，学有源本，且雅静好修，耻为流俗干没脂[③]韦之态，其为教可知。徐邳弟子员群聚而居焉，据栋宇之轮奂，资经籍之讨论，盖亦思所自奋哉！孟子曰"人皆可以为尧舜"，学问之道无他，求其放心而已矣。惟诚以不远复者也，如以功利焉尔矣，荣华焉尔矣，岂惟异于古之人，亦非君意也。君，闽人，名应时，举庚戌进士，以工部尚书郎督理洪务，育泉，其别号云）、会墨亭（主事陈洪范改旧废税课局建）；北为社仓二区（主事郭持平建，今废）、义塾（主事来天球建）。吕城

① 原作"缓"，据嘉靖、康熙《徐州志》，道光《铜山县志》改。
② 字据嘉靖《徐州志》补。
③ 原作"指"，径改。

南门为万石仓（主事黄猷吉因义仓久废，创建，贮粟二千石，以待本洪饥者。名亦自定）。其夫厂二区，砖厂、药局各一区，俱废。

莅任于兹者，凡五十人：

萧　宏（直隶宣城人）

张　荣（湖广人）

谢　逵（山东人）

丘　奎（山东人）

杜　谦（昌黎人）

虞　钟（浙江开化人）

钟　宸（直隶华亭人，天顺丁丑进士）

张　达（直隶太和[①]人，甲申进士）

过　璘（浙江平湖人，成化丙戌进士）

谢　敬（山东德州人，天顺丁丑进士）

孙　佐（浙江仁和人，庚辰进士）

李　瀛（顺天宛平人，成化壬辰进士）

王　俨（湖广华容人，成化己丑进士）

费　瑄（江西铅山人，乙未进士）

李　侃（江西玉山人）

李　浩（山西曲沃人。俱甲辰进士）

李　泰（江西新城人，戊戌进士）

赵　璜（江西安福人）

来天球（浙江萧山人。俱弘治庚戌进士）

皇甫录（直隶长洲[②]人，丙辰进士）

张文锦（广宁人，己未进士）

刘天麒（广西桂林人）

姜　荣（浙江余姚人。俱壬戌[③]进士）

伍　全（江西安福人，正德戊辰进士）

李　楫（四川成都人）

蒋　益（直隶武进人）

陈　宪（江西余干人。俱辛未进士）

---

① 案《天顺八年甲申进士登科录》：张达，江西泰和人，三甲第一名。

② 原作“常州”，据《千顷堂书目》《江南通志》等改。

③ 原作“壬辰”，据康熙《徐州志》及《皇明进士登科考》改。

郭持平（江西万安人，丁丑进士）
温　濡（山东招远人，甲戌进士）
冯世雍（湖广江夏人）
卢　绅（陕西咸宁人。俱嘉靖癸未进士）
蒋应奎（山西行都司人，丙戌进士）
张　镗（浙江余姚人，癸未进士）
公跻奎（山东蒙阴人，乙未进士）
张　珍（直隶丹阳人，乙未进士）
徐有让（山东东平人，乙酉举人）
陈洪范（浙江仁和人，辛丑进士）
曹　英（四川江津人，辛卯举人）
纪　璿（顺天府蓟州人，丁未进士）
包应麟（浙江临海人）
诸　暲[1]（浙江余姚人，庚戌进士）
王应时（福建侯官人，庚戌进士）
卢加庆（河南祥符人，癸丑进士）
章汝槐（江西临川人，丙辰进士）
何　源（江西广昌人，己未进士）
吴善言（直隶成安人）
唐　炼（湖广常德卫人。俱壬戌进士）
吴自新（应天府江宁人）
黄猷吉（临清州籍浙江人。俱戊辰进士）
陈邦彦（直隶青阳人，甲戌进士）

濮阳李廷相为《题名记》（曰：吕梁洪工部分司，故有题名记。岁久石泐，字画漫缺不可读，江夏冯君子和慨焉。乃莅事之明年，爰伐乐石，规恢旧制，表采诸执事姓名官履，且虚左方以俟。乃使南都，征记重刻之由。走读漆园书，至孔子观吕梁悬水三十仞，流沫四十里，未尝不壮其言，而思往一游焉。及典试佐铨，往来于南，始获观所谓吕梁者，絙舟下上，飞流惊沫，势若轰雷迅霆，即弗戒，容有他虞。又未尝不窃叹，以为伏至险于至夷，寓至艰于至易，天下之水，盖乃有若兹者乎？我国家初罢海运，即命文武大僚专理漕河。凡东南数百万石之粟，率由吕梁，以达京师；而使帆贯舶日夕道兹者，前后相属，蝉联蚁进，篙师之声弗绝。匪有专

① 原作“璋”，据《皇明进士登科考》卷十二改。

职，以掌启闭之政，势殆不可哉！乃著令特设主事一员，竟九年或六年一更，后定为三年。任久而职专，公私便焉。粤自永乐迄今，凡若干人。要其官业人人殊，匪有所总萃，奚以训位昭休，信今而传后也哉？是故创制存乎事，举事存乎人，观人存乎迹，[考迹][①]存乎言。冯君之[于][②]兹役也，盖亦可谓兼得已乎？於乎！是可以观其政矣。后之君子，观斯石也，则必思其人；思其人，则必刑其政。庶不负朝廷建官之意，而于冯君斯举，亦式克有光。走不佞，敢僭缀厥辞，庸识诸首。○外，本洪徭夫四百七十二名：徐州三百一十二名，萧县一百六十名，每名工食银八两二钱，草束银二钱。募夫八百二十八名，每名工食银六两。每年解瓜、仪二坝脚米银一千五百余两，其余俱徐州船税派剩麦银并庐、凤桩草银内，雇募以上徭募二项。洪夫共一千三百名，吏农、门皂、人役并与徐洪同，详见《赋役》）。

——以上徐、吕二洪洪夫。先年，皆本州洎萧、砀二县均徭编审：徐九百一人，吕一千五百五十人。迩来河溢沙漫，洪流稍缓，而夫几多设，乃裁徐止七百五十一人，吕止一千三百人。又以是役，实牵挽各省粮运，难独累一方疲民，先经御史唐炼题请，准于洪上设关抽税，雇[③]夫应役，旋为河道取用。万历元年，知州刘顺之力白于抚、按洎总河都院，每年量拨所抽鯡船银三千八百五十一两，合工部尚书朱衡所请瓜、仪二坝挑盘米脚银，共凑募夫，以足今岁额之数。而徐与萧、砀又得减其大半，人称苏息云。

吕梁上闸、下闸，在洪南北，俱正统中参将汤节建议设，后坏。嘉靖二十年，侍郎王以旂会多官议复。各大使一人（各吏一人。上闸洪夫一千五十人，本州编审；稍水一百二十三人。[下][④]闸洪夫五百人，萧县编审；稍水九十人。稍水每名月支粮三斗；洪夫每名每年工食银一十八两，岁办桩草三百五十斤）。后历隆庆、万历水涨，闸遂淤废。

浅铺七所（黄钟集浅、石桥浅、孟城湾浅、侯家石浅、房村浅、龙塘浅、双沟浅。每浅先夫九名，今裁至七名。河溢铺废，夫听河道用，编银见《赋役》）。

夏镇工部分司，在沛县东北四十里，提督夏镇诸闸主事莅政之所。旧在沛县南沽头，成化乙[⑤]巳，上纳平江伯陈锐议，命主事陈宣提督闸务创建，后主事王佩、颜德[伦][⑥]继修。嘉靖二十二年，主事侯宁筑建城垣。二十六年，主事徐惟贤建义仓、社学、药局，各有记。但本司役革不常，弘治戊申罢，甲寅复之；正德丁卯

① 二字据嘉靖《徐州志》补。
② 字据嘉靖《徐州志》补。
③ 原作“顾”，古同“雇”。
④ 字据嘉靖《徐州志》补。
⑤ 原作“己”。按：成化无己巳，乙巳为成化二十一年。今据嘉靖《徐州志》改。
⑥ 字据嘉靖《徐州志》补。

罢，辛未复之；嘉靖癸未又罢，乙未又复之（黄河入漕，而诸闸利涉，故罢；黄河南徙，而诸闸泉微，故又复[①]）。至四十四年，黄河大水异常，决新集，淤塞庞家屯，向东趋华山，出沛飞云桥，分七股而奔冲入昭阳湖。于是沛之北，水逆行，历湖陵、孟阳，至谷亭四十里；其南溢于徐，漫成巨浸；中留城至沙河一带，漕渠湮塞不可运，本司公署淤没。时工部尚书朱衡奉命督治，会同总河都御史潘季驯，及三省抚按各司道等官，佥议上源既难开导，旧河又弥漫无迹，工无可施，独南阳至留城，在昭阳湖东，地势高峻，黄水不能为患，先都御史盛应期曾于此开凿未竟，遗渠尚存，乃题请循故迹，开新河一道，东北自南阳，至南留城，共一百四十一里，借汶、泗诸水，由留城出口，以会于旧漕，即中建闸，曰留城闸，曰马家闸，曰西柳庄闸，曰满家闸，曰夏镇闸，曰杨庄闸，曰珠梅闸。又导诸泉河，开月河，疏支河，建减水闸，筑土坝，砌石堤，凡所以备新河者既至，复浚旧河，起留城迄境山五十三里，而新旧得相接焉。大学士徐阶及工部尚书雷礼、工部主事陈楠各为记（阶《漕运新渠记》曰：先皇帝之四十四年秋七月，河决而东注，自华山出飞云桥，截沛以入昭阳湖。于是沛之北，水逆行，历湖陵、孟阳，至谷亭四十里。其南溢于徐，渺然成巨浸，运道阻焉。事闻，诏吏部举大臣之有才识者督河道。都御史，直隶、河南、山东之抚臣，洪闸之司属，暨诸藩臬有司治之，得今万安朱公衡。爰自南京刑部尚书，改工部尚书，兼都察院右副都御史，奉玺书总理其事。公至，驾轻舸，凌风雨，周视河流，规复沛渠之旧。而时潴者为泽，淤者为沮洳，疏与塞俱不得施。公喟然言曰："夫水之性下，而兹地下甚，不独今不可治也，即能治之，他岁河水至，且复沦没，若运事何？"召诸吏士及父老而问计。或曰："道南阳折而南，东至于夏村，又东南至于留城，其地高，河水不能及。昔中丞盛公应期尝议凿渠于此，而不果就。其迹尚存，可续也。"公率僚属视之，果然。驰疏以请，先皇帝从之。工既举，而民之规利与士大夫之泥于故常者，争以为复旧渠便。先皇帝若曰："兹国之大事，谋之不可不审也！"敕工科右给事中何君起鸣勘议焉。何君具言旧渠之难复者五，急宜治新渠而增其所未备，以济漕运。诏工部集廷臣议，佥又以为然。诏报可。公乃庐于夏村，昼夜督诸属，程役以工，授匠以式，测水之平，铲高而实下，导鲇鱼诸泉、薛沙诸河，会其中坝三河口，以杜浮沙之壅；堤马家桥，遏河之出飞云者尽入于秦沟，涤泥沙，使不得积。凡凿新渠，起南阳迄留城百四十一里有奇；疏旧渠，起留城迄境山五十三里。建闸九，减水闸十有六，为月河于闸之旁者六，为坝十有三，石坝一。堤于渠之两涯，以丈计者四万一千六百有奇，以里计者五十三。为石堤三十里，又疏支河九十六里二千六百余丈，修其堤六

① 原作"役"，据嘉靖《徐州志》改。

千三百四十六丈。而运道复通，由徐达于济，舟行坦然，视旧加捷。阶惟国家建都燕蓟，百官六军之食，咸仰给于东南。漕运者，盖国之大计也。自海运罢，而舟之转漕，独兹一线之渠。其通与塞，又国之所谓大利大害也。河势悍而流浊，塞之则复决，浚之则辄淤。事在往代及先朝者姑弗论，即嘉靖间，疏筑之役屡矣，而卒未有数岁之宁。则今徙渠而避焉，诚计之所必出也。然当议之初上也，或以为方命，或以为厉民，哗之以众口，挠之以贵势，诬之以重谤，胁之以危言。于其时，公之身且不能自保，况敢冀渠之成哉？赖先皇帝明圣，不怒不疑，徐以公论付之谏臣，择两端之中，而因得夫远猷[1]之所在。由是，公始得竭智毕力，以竟其初志，而质其谋之非迂。然则兹渠之成，固公之功，实先皇帝成之也。昔禹受治水之命于尧，尽舍其前人湮塞之图，而创为疏导之说。彼其骤闻焉者，岂无或骇且谤乎？惟尧信之深、任之笃，至八年而不二，禹是以得建万世永赖之绩，奉玄圭以告厥成。则洪水底平，虽谓尧之功，可也。而虞夏之史臣与后世之文人学士咸知称禹，而莫知颂尧。呜呼！此尧之德所以为无能名也欤？洪惟先皇帝力持国是，以就兹渠，功德之隆，较之帝尧，可谓协矣。阶曩岁备员内阁，尝屡奉治河之谕。迩谢政南归，复得亲至新渠，观其水土而考论其事之始末，追感往昔，不自知涕泗之交颐也。遂因公请，僭为之记，且以告夫修实录者。役始于四十四年十一月二十四日，成于次年九月初九日。用夫九万一千有奇，银四十万。赞其议者，河道都御史孙公慎、潘公季驯；综理于其间者，工部郎中程道东、游季勋、沈子木、朱应时、涂渊，主事陈楠、李汶、吴善言、李承绪、王宜、唐炼、张纯，参政熊桴，副使梁梦龙、徐节、胡涌、张任、陈奎、李幼滋，佥事董文寀、黎德充、郭天禄、刘贽，并列名左方。○礼《新河工成记》曰：嘉靖四十四年秋七月，黄河大水异常，淤塞庞家屯，从华山入飞云桥，分七股奔趋沽、沛，自谷亭至境山旧运河数百里，遍成巨浸，漕挽梗阻。仰廑世宗轸忧，知大司寇镇山朱公可任，特改大司空兼都御史，总理河漕。至则水势弥漫，无处著足。集河道抚按及司道等官，佥议上源既难分导，沽、沛一带又湮没不能施工，独南阳至留城在昭阳湖东，地势高，黄水之患可免。先年，上纳司寇胡端敏公建议，敕都御史盛公应期开凿，以异议中止，其遗迹人力可施。具疏，下工部，题准改凿接旧河。时，不便己私者腾谤。仰荷圣明洞察，敕给谏何君起鸣相勘。何备奏旧河虽复，利去害存；新河工犹可加，害小利多。旨下九卿科道会议，佥同。公感激，殚心思不计昼夜，经画筑堤建闸，竟底绩，凡一百四十一里余。复修理留城至境山凡五十三里。又因薛、沙二水为患，各开支河以杀其势，筑大坝以障其流。凡所以为新河久远计者，纤悉备至。即今漕艘通行无滞，害去利

① 原作“犹”，通“猷”，今从夏镇现存碑刻作“猷”。

集，人以是服公用意之远云。予告老南行，备阅河工。水部郎涂渊等，同兖州太守张君文渊，以予赞成于内，宜记其事。予闻善治水者莫如禹，禹疏九河，不过顺水之性而已。三代以降，惟汉贾让有云："不与水争咫尺之地。"宋欧阳修有云："河流已弃之故道难复。"盖诚通达事体者也。我国家治河，欲资其利通漕，非昔比；而河徙不常，自古为然，即如嘉靖以来，冲决凡八处矣。而纷纷持异议者，乃欲疏上源、复旧河，是贾让不与争者而欲争之、欧阳修称难复者而欲复之，宁无凿乎禹智耶？况沽、沛低下，黄水自西而东，越闸河，奔入昭阳湖，水去沙停，旋挑旋淤，则难与争利、复故道，较然可晰[①]。而端敏公之初议，与公之成功，岂漫无远虑者哉！夫睹河者思禹绩，以乂安烝民，万世永赖也。公奋贞亮，秉节自信，为国家建不朽远猷，遭逢世宗乾断于上，不惑浮议，使辅臣与予亦得以赞公于成，变鱼鳖之区为菽粟之场，而万万年漕饷亦永赖之。是皆公心禹之心，置异议不摄阻，而大禹神灵岂无默相于其间乎？《书》云："劝之以九歌，俾勿坏。"是宜纪功叙遗，后来者所以嗣守云。是役也云云，并与其劳云。〇楠《开挑新河始末记》曰：国家建都燕蓟，漕东南之粟以给京师，全籍运河。而为运河之害者，黄河也。盖黄河流至延绥、山西两界之间，皆高山大麓为拘束，故无冲决之患。及过潼关至河南而下，两岸无山，地势平衍，土少沙多，一遇霖雨，水纵其性，北高则趋南，南高则趋北，而淤塞冲决之患不免矣。故自嘉靖三年淤庙道口，九年淤塌场口，冲谷亭，十年、十一年、十二年仍俱横截庙道口南，十三年淤谷亭，二十六年决曹县，趋谷亭，三十七年新集淤平。然虽淤塞，而堤闸俱露，或止淤三十余里，或淤后秋冬即涸，以故工力可加，旋淤旋复。至嘉靖四十四年七月十一日，黄水异常，庞家屯淤塞，全河之水向东北趋华山，以入沛县飞云桥，冲漫运河，一望无际。盖黄河之大势，始塞于新集，而南流之道已阻；继淤于庞家屯，而北冲之势遂盛。此运道之所以湮塞，而不能不廑宵旰之忧也。八月十八日，上命大司空兼御史大夫吉安朱公衡浚治。至则水势弥漫，无处驻足，乃登沛城祭告，惟冀刻期开复旧河，以祗若休命，固无暇于他图也。维时，旧河遍成巨浸，取工甚艰，沙淤深厚，著足即陷。计其横冲缺口，大者阔七百丈，小者不下三百丈，深至二三丈，投埽不胜其费，钉桩未得其底，虽有数万人夫，无处施工，仅有白草堌堆并上、中沽，沙涌露干，乃竭力开浚成河形，旋亦淤矣。反覆思惟，莫知为计。访据耆民指引，沛县迤北新河一道，嘉靖七年都御史盛公应期曾凿未成，两岸土俱坚实，三十余年黄水不侵，开挑可以通运。随委官勘估，佥谋允协。公乃欣然定议曰："黄河自西而东，奔入昭阳湖，而旧河则在昭阳湖之西，乃其冲突经行之区，故水去沙停，屡经淤塞。若新河

① 底本漫漶，字据顺治《徐州志》卷六《文苑》定。

则在昭阳湖之东，相距颇远，黄水得昭阳而散漫。于此凿河，淤塞庶几可免！”遂具疏题开新河，以为一劳永逸计。仰荷世宗皇帝乾断不惑，元老徐公洎诸宰辅协赞勿贰，用允所请，开挑新河，由留城出口复旧河，由留城至境山新旧相接，庶为利便。公即于四十五年正月中旬，出次夏镇，分官画地，所役人夫，徭募相兼，立章程，定工食，度有司，纤悉详备。然而为工甚巨，为力甚艰：在南阳之工，则坡水散漫，筑堤无土；在鲇鱼泉之工，则防溃导湮，且挑且堵；在三河口之工，则地势高垲，挑之欲深，遍是沙礓，凿之难尽；在满家桥之工，则筑堤起土，疏凿并举；在百中桥之工，则淤土稀陷，树株纵横，手足难措；在马家之工，则黄水冲激，并无堤根，乃远渡微山以取土，悬搭木架以布桩；而工之在境山者，则沙积如山，淤凝如脂，人夫陷足，每至没顶。公则多方设法，尽瘁干理。以言乎去淤也，则有兜杓、方杓、杏叶杓、滚江龙、混海鲸、刮板、铁簸箕之制；以言乎御水也，则有水车、木筲、柳斗之制；以言乎去沙而运土也，则有兜袋、荆筐、竹箕之制；以言乎凿石而去树也，则有锹镬齿、扒锯铲之制[①]。又虑官夫丛集，处置失宜，无以护其力而安其心，为之医药以疗其疾病，为之棋炒以济其饥馁，为之银牌以激其勤励。由是精神意气流通鼓舞，而新河工程已骎骎乎垂成矣。夫何人情恒骇于改作，浮议遂出于不根，幸而君相远览俯察，钦命科臣何君起鸣[②]亲诣踏勘，目击三沽水势洸漾，始知旧河之难复有五，皆势不可为，利去而害存；新河虽难开有三，而犹可加工，则害少而利多。遂议勒限开挑新河，而国是始定。公益感激思奋，不殚暑雨，不计昼夜，经画催督，筑南阳、临河、欢城、赶牛沟、大小港、土桥、薛河口石坝，以防冲突；创利建、珠梅、夏镇、西柳庄闸，以司蓄泄。尤赖天道助顺，雨旸时若，而众心固以竞劝，迄于九月初九日，遂克放水行舟，报命于朝。天子嘉悦，谕公遍祀河伯，以觉报焉。公以为新河虽成，而未尽事宜尚难枚举，又量工命日，分布官夫，以竟其功。于马家桥一带西堤、留城至境山一带东堤，各加倍筑，而遍植柳树，以为护卫；杨庄闸、马家桥闸、留城闸次第创建，而复开月河，以备霖潦。添设管河主簿，缮盖各堤铺舍，议请二年大挑。而凡所以为新河谋者，罔不周悉。然而人为可尽，灾变难测，至隆庆元年五月十九日，薛河石坝被水冲损，越月初二黑夜，山水陡来为灾。乃挑东邵支河，以杀其势；而即于东邵筑土坝，薛河口复筑石

① 以上开河之法，参明杨旦《刘天和治河始末》：“淤深泥陷不能着足之工，则杂施土草，截河筑坝，纵横填路，下施新制兜杓、方杓、杏叶杓，鱼贯以浚之。泥最稀陷最深者，则用木筲、柳斗下取，猿臂传递登岸。瓦砾之土则用锹镬，溜沙之土则用兜杓，姜石之土则制锯齿铁叉，尺寸凿之。泥陷者，施樀子法，每州县各截河为数横坝，坝之内则纵横填路，如井字然，兜杓者以铁为方口，系布为兜，以取泥，几至斗许。泥稀及溜沙，用之方杓者，以铁为平底，而周遭各高寸许；泥稍坚者用之二杓，俱前有如锯齿……泥最陷者，用斗子法，涂泥为坎，自下倒斗于上，出水堤外”云云。见明黄训编《名臣经济录》卷五十。

② 原作“明”，据前各文所载及《明史·河渠志》改。

坝，以障其流。又挑王家口支河，以泄薛河之水；而于王家口、豸里沟各筑土坝，所以拦薛水之溢也；挑黄甫以泄沙河之水，而于黄甫、翟家口、米家口各筑土坝，所以捍沙水之趋也。盖薛、沙二水有似于暴客，而御暴必俟于重门，其所以曲为之防者，乌容已耶？至于佃户屯抵留城一带东堤俱加高厚，而马家桥之西堤亦相继而葺补。新庄桥至马家口一带堤岸俱加帮修，而于南阳之石堤亦乘时而砌筑。重建马家桥、留城闸及修复黄家闸，以束全河之水；创建南阳并佃户屯减水闸，以泄湖坡之水；而昭阳湖之积水，复大挑回回墓以泻之。前项工程，或题准而兴工，或随宜而续举，罔不刻期就绪。以故运道安流，害去利集，而舳舻相衔，输转称便焉。然而新河未成之时，有开上源分杀之说；新河既成之际，有开下流支河之议。夫所谓开上源者，盖谓黄水逆流，淹没鱼、沛，欲浚故道以复小浮桥之旧也。殊不知孙家渡、赵皮寨随挑随淤，久已淀平，欧阳公所谓“故道难复”是已。且势薄皇陵，关系重大，脱或径从洪下冲注，则二洪何以能济？此非敢轻议也。若夫开挑新集与庞家屯，不过移鱼、沛之患于萧、砀、夏邑之间耳。况钱粮估议，合用三百三十余万金，所费不赀；人夫估议，合用三十三万余名，无处征调。况见今曹、单、丰、沛长堤并华山堵筑，沛县断流，而黄河之水出自秦沟，与出小浮桥无异，其开上源，将安用之？所谓开下流支河者，盖谓全河之水非一秦沟所能容，而恐其漫决也。殊不知秦沟河身广阔处所，乃有数里，而隆庆元年正月，秦沟迤南又冲浊河一道，以分其流，尚何忧其难容乎？此支河之所以不必开也。公于二议，俱置之弗从，而专意修治新河，殚四载之力以裕无疆之计，变鱼鳖之区以为菽粟之场，其功岂在禹下哉？历观前哲开挑数十里之淤塞，以济一时之运者，固不可仿佛。而宋司空所浚会通河，皆元人故道，创开者不过袁家口二十里；陈恭襄经理其功，止在清江浦。视公之功，其大小难易，后世自有能辨之者。是役也，开新河身一百四十一里零八十八步，开旧河身五十三里，共一百九十四里八十八步。开支河九十六里六十一丈，开回回墓二千六百二十丈，筑东西土堤四万六千三百三十六丈五尺，石堤五千四百丈，建闸九座，建减水闸二十座。开月河六道，筑土坝十三道，石坝一道，种柳树一十三万三千九百五株，役夫九万一千有奇，官帑之费四十万缗，桩草灰石类称是。总督漕运、右都御史马公森，巡抚山东、户部右侍郎兼佥都御史霍公冀，巡抚河南、户部右侍郎兼佥都御史迟公凤翔，右佥都御史冀公炼，原任河道、右副都御史孙公慎，巡按直隶监察御史尚君德恒、薛君朝宗，巡按山东监察御史韩君君恩，总督漕运、兵部左侍郎兼佥都御史张公瀚，巡抚山东、右副都御史洪公朝选，总理河道、右佥都御史潘公季驯，巡抚河南、右副都御史孟公养性，巡按直隶监察御史孙君丕扬、孙君以仁，原任河南巡按、监察御史李君文续，巡抚河南、右佥都御史刘公应节，巡抚山东、右副都御史姜公廷赞，巡按山东监察御史罗君凤翔，巡按河南监察御史成君守节，阅勘河道，输助钱粮，协心共济，而都御史潘公季驯协赞宣画，劳绩尤多。分董其役者，工部郎中程道东、游季勋、沈子木、朱应时、涂渊，主事李汶、吴善言、陈楠、李承绪、王宜、唐炼、张纯，户部主事王缵宗，山东布政司左参政熊桴、右参政史直臣，按察司副使徐节、胡涌、张任、陈奎、李幼滋，佥事刘贽、郭天禄，河南布政司右布政陈兴，按察司副使梁梦龙，佥事黎德充、董文案，咸矢心经理，极力督率，务底厥绩。若郡县卫所庶官、同知王简而下，凡三百余员，咸克相成斯役者也。楠久寓河滨，亲承公指授训植，得以盖愆竣事，殊不能忘。谨用铨次，以备后之镜考，以垂休美于不朽云）。本司于时遂迁夏镇，居中统理。隆庆二年，主事陈楠买民地十八亩有奇，定基创建今署。中为正厅，东西各为书房，前为二门，又前为大门，大门外东西列官候署二所，后为宅，工部尚书雷礼记（曰：沽头故有分司，自成化乙巳，宪皇纳平江伯陈公锐议，命主事陈宣治水事，于上沽头东隅创建衙宇，嗣后莅兹土者相继增葺。至嘉靖四十四年七月，河决漕湮，公署淤没，司官暂憩民舍。值大司空吉安镇山朱公、都御史吴兴印川潘公，会三省巡抚及司道等官，佥议旧河弥漫无迹，工难施。题下工部，会官覆议，奉世宗俞旨，改凿新河，将分司议驻夏镇。缘连岁经营河工，未遑兴造。至隆庆二年七月，大工底绩，主事陈楠子材乃买民地十八亩六分，定基址。其工费司道会估，请于朱公，允支河道银两，檄沛县知县李时总管，主簿高述、典史胡朝器分管。于是月初九日起土，八月十六日起正厅及大门，九月十二日成寝楼，十月初四日立大门、仪门，并仪门内东西小房、行廊，十九日兴后堂及寝楼，并后堂东西侧房。缭以周垣，宽广视沽头旧基加倍。垣外南留八丈八尺，北留三丈五尺，西留三丈，为官路，便往来。值予告老南行，抵其地，阅视工程，子材求予记其事。予闻建大事者不胶于故迹，图永逸者不惜乎一劳。国家定鼎北京，军国之需，仰给东南贡赋，其漕艘必由徐沛浮济，以达于帝都。济宁据中原之脊，其地独高，漕河跨之，势倾南北。三沽当其下流，为咽喉要地。正统以来，黄河北徙靡常，涨溢无所底止，丰沛屡罹其患。至嘉靖年间，前后冲决淤塞者凡几处，建白经理者凡几疏，卒[1]不免三沽淤没焉。此其为咽喉之病非一日矣，可蹈常惜劳而不思所以疗之耶？夫治人之病者，必先通咽喉，利饮食，庶命脉不虚。今三沽淤没，阻滞南北咽喉，治之不可不先且急。镇山公操国手，切脉络，聚集良方，力主改凿南阳，贯夏镇，通留城，接旧河，使咽喉利达，漕艘无梗，而国家命脉实永赖之。其视善治病者使人气血流通，为何如也？矧夏镇居昭阳湖东，地形峻且远，黄水不能淤没，实天设此地，以

① 原作“下”，据万历《沛志》、乾隆《沛县志》改。

俟改凿通运道，而分司创建，不有待于今日欤？子材负隽[①]才，躬亲河患，督夫役疏凿堤防而宣节之，冒风霜者凡数载。兹奉镇山指画，率属官，新轮奂，使荒僻草莽之墟，峻公宇，肃具瞻，而街市比邻环拱，凡万艘入贡者得觙食于兹土焉。其利济所及，不与国运同其悠久耶？予睹其成而记之，庶以后职水者，仰思今日改创之艰，求所以祗钦命、表官常，则漕务有补，于前修亦有光云）。

本司铨选更代事宜，并与二洪同。自先驻沽头，及后迁夏镇，莅任凡二十九人：

陈　宣（浙江永嘉人，成化辛丑进士）
胡　倬（广西临桂人，甲辰进士）
俞　稔（浙江宁海人，弘治庚戌进士）
江师古（湖广蒲圻人，癸丑进士）
蒙　惠（广西苍梧人，庚戌进士）
高　贯（直隶江阴人，己未进士）
章文韬（浙江黄岩人，己未进士）
章　拯（浙江兰溪人，壬戌进士）
王孝忠（四川南充人，丙辰进士）
王　銮（江西大庾人，[正][②]德戊辰进士）
李　瑜（浙江缙云人，丁丑进士）
乐　选（浙江仁和人，辛未进士）
王　佩（直隶文安人，壬辰进士）
颜德伦（江西安福人，举人）
侯　宁（山东东平人，己丑进士）
许　诗（河南灵宝人，乙酉举人）
徐惟贤（浙江上虞人，甲辰进士）
钦拱极（直隶太仓人，庚戌进士）
曾　鉴（山东德州人，癸丑进士）
陆梦韩（浙江平湖人，丙辰进士）
施笃臣（直隶青阳人，丙辰进士）
宋预卿（四川富顺人，己未进士）
陈　楠（浙江奉化人，壬戌进士）

① 原作“青”，据乾隆《沛县志》改。
② 字据嘉靖《徐州志》补。

钱锡汝（直隶吴县人，乙丑进士）

季　膺（直隶华亭人，乙丑进士）

高自新（直隶获鹿人，戊辰进士）

钱锡汝（起复，复补）

陆　檄（直隶吴县人，甲戌进士）

［徐］[①]惟贤为《题名记》（曰：粤稽水部之设，尚矣。自益掌泽，虞、周建川衡而下，代有建置，其沿革可考也。而都水之名则昉[②]于汉，我朝因之，列于工部四司之一，其亦虞、周分掌之遗意与？肇自成祖定鼎燕云，罢海道之运，复会通之渠，岁漕东南诸粟以资国命，凡沿河要害必设都水一员以专督之。而我沽分司，则自宪庙用平江伯陈锐之策，特命陈宣来主其事，时成化乙巳也。嗣后，河道通塞靡常，兴革不一。始罢于弘治戊申，而复于甲寅。继罢于正德丁卯，而复于辛未。至我皇上嘉靖癸未，亦尝停之，而乙未又复焉。列圣相承，随宜措置，凡以重国计而怀永图也。今所辖闸有八，介在齐、楚之间，袤延百数十里，势若建瓴，必仰汶、沂、济、泗诸水以资利涉，稍遇暵霖，即为壅激。且当夷夏朝贡，军民运输争先杂进之始，苟不得人以疏导堤防而宣节之，则迤北诸闸亦当均受其害。此真南北之咽喉、入漕第一关也。胜国以前，本名"隘船"，盖即其地以限节舟航，亦可以知其要且剧者久矣。嘉靖乙巳，余承乏兹任，大惧无以称奉明命，亟取前政而窃师之，则皆茫[③]无纪述，虽其人年姓亦莫可详。溯陈子乙巳，历余仅一甲子，而泯漫若是，将不久而益磨矣乎！并漕诸司咸有记石，而余署独缺，岂皆时未及为，抑或有待而然欤？用是悉心征访，得于所见者二人，得于所闻者五人，得于所传闻者九人，率三年一更，总其数合余凡一十有七。因次其名氏，著其选里，用托诸石以传。且虚其左，俟来者登焉。庶几后之视今，今之视古，因名考迹，以昭永鉴，则我国漕其亦永赖也［夫］！〇外，本司吏农[④]、门皂、人役并与二洪分司同。详见《赋役》）。

胡陵城闸，在沛县治北五十里，隶沛县辖。宣德四年建。大使一人（吏一人，下各闸同。闸夫三十名：沛县十五名，山东滕县十名，定陶县五名。溜夫一百五十五人：沛县八十名，滕县三十三名，沂州二十六名，定陶县十六名）。

庙道口闸，在沛县治北三十里，隶沛县辖。嘉靖十五年，郎中涂楗议设（闸夫

① 按：嘉靖《徐州志》之题名最末为徐惟贤，故艺文起以"惟贤为《记》曰"，本志既增钦拱极以下十一人，于例当著其姓，故补。

② 原作"仿"，古亦作"方"，通作"昉"。

③ 原作"芒"，据嘉靖《徐州志》改。

④ 原作"本司夫吏农"。案嘉靖《徐州志》文例，"其亦永赖也夫"为徐惟贤《题名记》正文，本志增入"外本司"三字于"夫"前，似以"夫"为"夫役"，然与后之"人役"意重，今据嘉靖《徐州志》，移"夫"字入徐惟贤文。

三十人：砀山县十二名，丰县十二名，萧县六名。溜夫一百四十人：砀山县五十六名，丰县五十二名，萧县三十二名）。

沽头上闸，在沛县治南二十里，元延祐中建，本朝改修（闸夫三十人，溜夫一百四十人，俱砀山县编。闸夫每名办本色苘麻七十斤，溜夫办本色桩木六根，草六十束。如折色，每名银四钱。浅湖厂夫每名办纳桩草数同）。

沽头中闸，在上闸南七里。成化二十年，工部郎中顾余庆建议设。

沽头下闸，在中闸南八里，创建年月无考。俱隶本州辖（中闸不设官，上闸官带管。二闸夫数，并同上闸，俱丰县编）。

谢沟闸，在沛县治南四十里，隶沛县辖。宣德八年，工部主事侯晖建议设（闸夫三十人：萧县十八名，丰县八名，砀山县四名。溜夫一百四十人：萧县九十二名，丰县三十二名，砀山县十六名）。

积水闸四座（留城闸，属徐州辖，正统五年参将汤节建。金沟口闸，在沛县治南八里，薛河并昭阳湖水入漕之处，元大德十年建。永乐十四年，县丞李钦改修。各老人一名，夫四名，本州编。昭阳湖闸，见本湖下。鸡鸣台闸，在沛县治东北五十五里河北岸。正统十一年，参将汤节建。嘉靖中，主事侯宁并加修筑。各闸夫十名，俱沛县编）。

——以上六闸并积水四闸，在旧泗河。嘉靖四十四年，黄河决沛，俱致淤塞。寻泗河改迁沛东，闸弃不用，故并废。今姑存之，以备后考。

黄家闸，在州治北六十里，隶本州辖。天顺三年，本州判官潘东建议设。嘉靖四十四年，工部尚书朱衡议令累石重修。大使一人（吏一人。下各闸同添设官吏。其闸夫三十人，溜夫一百二十八名，每名工食银八两二钱二分，砖灰银一钱二分，俱萧县编）。

新兴闸，在沛县治南五十八里，隶沛县辖。宣德八年，工部主事侯晖建议设（闸夫三十人，溜夫一百二十人，俱萧县编。嘉靖四十四年，水涨淤漫，遂废启闭，止留夫一十五名，付留城闸官带管，编银见《赋役》，余夫俱裁）。

留城闸，在沛县南四十里，隶本州辖。嘉靖四十四年，工部尚书朱衡因沛县旧河淤塞，创开新河，建此于南，为第一闸（闸夫三十名：砀山县十名，丰县二十名。溜夫一百二十五名：萧县一百七名，丰县一十八名。俱编银见《赋役》）。

马家桥闸，在沛县东南四十里，隶本州辖，亦工部尚书朱衡议建。以下五闸，俱一时并建（闸夫三十名，砀山编。溜夫一百二十五名：砀山县二十八名，丰县五十九名，萧县三十八名。俱编银见《赋役》）。

西柳庄闸，在沛县东四十里，隶滕县辖。但统于徐沛新河，为夏镇分司所属，故并书（闸夫三十名，沛县编。溜夫一百二十五名：沛县四名，定陶县二十一名，滕县四十三名，单县二十六名，鱼台县三十一名。系沛县者，编银见《赋役》)。

满家桥闸，在沛县东四十里，隶沛县辖(闸夫三十名，溜夫一百二十五名，俱丰县编银，见《赋役》)。

夏镇闸，在沛县东北四十里，隶沛县辖(闸夫三十名，溜夫一百二十五名，俱丰县编银，见《赋役》)。

[杨庄闸，在沛县东北四十三里，隶沛县辖(闸夫三十名，溜夫一百二十五名，俱丰县编银，见《赋役》)。

珠梅闸，在沛县北四十一里，隶沛县辖(闸夫三十名，溜夫一百二十五名，俱丰县编银，见《赋役》)。

浅铺三十四所(徐州地方一十五浅：谢沟浅、小阎村浅、荣家浅、泉水小闸浅、留城上浅、留城中浅、留城下浅、贺家浅、皮沟上浅、皮沟中浅、皮沟下浅、李家浅、侯村上浅、侯村下浅、黄家浅，每浅夫八名，本州编，各老人一名司之。沛县地方一十九浅：湖陵城浅、鸡鸣台浅、庙道口浅、张家庄浅、泗亭浅、金沟口浅、金沟上浅、金沟中浅、金沟下浅、鲁村浅、上闸上浅、上闸下浅、类家浅、马家浅、破闸浅、下闸上浅、下闸下浅、梁村浅、阎村浅，每浅夫九名，本州编，各老人一名司之。外协济金沟口捞浅夫一百九十六人：萧县四十一名，砀山县一百一十七名，丰县三十八名。王家浅捞浅夫六十八名，俱丰县编)。

昭阳湖，在县治东北八里，萦回八十余里，北属滕县，南属沛县。永乐八年，于湖口建石闸；于东西二湖口建板闸，成化八年改为石闸。弘治七年重修。遇漕河水涸，开闸放湖水入薛河，由金沟口闸达于漕河。(湖所受水不一：北沙河，出滕县北龙山，西南流经鱼台县境入湖；辛庄桥河，出滕县西南五十里，南流十里入湖；漷河，出滕县界，西南入湖；荆沟泉，出滕县东北十五里，泉眼百余，水流迅急，西南流八十里至辛庄桥，漫流为泽。正统六年，参将汤节开渠十里，引水入湖，塞其两流故道，复于北岸建回龙以镇之)

附洪闸见行条例(宣德四年，都察院右副都御史顾佐等钦奉宣宗皇帝圣旨：沿河闸官都不尽心提防水利，往往为权豪势要所胁，不时将闸开放，以致强梁泼皮的得以抢先过去，本分良善的动经旬日不得过。甚至争闸厮打，淹死人也不顾，十分无礼。恁都察院便出榜晓谕多][1]人知道，今后除进用紧要的船不在禁例，其余运粮解送官物及官员、军民、商贾等船到闸，务候积水至六七板，方许开放。若公差内外官员人等，或乘马快及递运站船，如果事务紧急，就于所在驿分给马驴过去，并不许违例开闸。敢有仍前倚权豪势要、逼凌闸官及抢先过去的，许闸官将犯

[1] 底本脱页，据嘉靖《徐州志》、万历《沛志》补足。

人拿赴巡河官处，及所在官司或巡按监察御史处，问的得实，轻则如律处治，重则奏闻区处。○成化九年，兵部尚书白圭等题南京进时鲜等项船只，照依所拟只数差拨运送，仍于管运官员关文内明白开写数目，以凭沿河官司查照应付。本部仍通行淮扬迤北一带巡抚、巡按、管河洪闸等官，各行所在官司，凡遇各起进鲜等项船只经过，务要逐一查验，比与今次所拟只数相同，方许应付人夫拽送前去。不许畏避，将夹带数外船只一概应付。人难责有所归开，坐具题奉圣旨是。钦此！○成化十年，总兵官陈锐奏准：一、凡府州县添设通判、判官、主簿及闸坝官，专理河防之务，不许别委干办他事，妨废正务，违者罪之。二、凡府州县管河官及闸坝官有犯，开具所犯事由，行移巡河御史等官问理，别项上司不得怀挟私忿，径自提问。三、凡闸，惟进贡鲜品船只到即开放，其余船只务要等待积水而行。若积水未满，或积水虽满，上面[①]船未过闸，或下闸未闭，并不得擅开。若豪强之人逼胁擅开，走泄水利，及闸已开，不依帮次，争先斗殴者，听所在闸官将应问之人，拿送管闸并巡河官处究问。因而搁坏船只、损失进贡官物，及漂流系官粮米，若伤人者，各依律例，从重问治。干碍豪势官员，参奏以闻。其闸内船已过，下闸已闭，积水已满，而闸官夫牌故意不开，勒取客船财物者，亦治以罪。四、凡漕河事务，悉听典掌之官区处，他官不得侵越。五、凡漕河所征桩草并折征银钱，以备河道之用，毋得以别事擅支，及无故停免。六、凡闸溜夫受雇，一人冒充二人之役者，编充为军；冒一人者，枷项徇众一月，毕罪遣之。七、凡侵占牵路为房屋者，治罪撤之。八、凡闸坝洪浅夫，各典其役，官员过者不许召呼牵船。九、凡马快等船，每驾船军余一名食米之外，听带货物三百斤。若多带及附搭客货私盐者，听巡河、管河、洪闸官盘检，尽数入官。应提问者，就便提问；应参奏者，参奏提问。十、凡南京差人奏事，水驿乘船私载货物者，听巡河御史、郎中及洪闸主事盘问治罪。○成化十三年，都察院节该钦奉宪宗皇帝圣旨：近闻两京公差人员，装载官物，应给官快等船，有等玩法之徒，恃势多讨船只，受要各船小甲财物，纵容附搭私货，装载私盐，沿途索要人夫，掯取银两，恃强越过巡司，抢开洪闸，军民受害，不可胜言。运粮官军仿效成风，回还船只广载私盐，阻坏盐法。恁都察院便出榜通行禁约，敢有不思改悔、仍蹈前非者，许管河、管[②]闸官员并军卫有司巡捕官兵严加盘诘。应拿问者，就便拿问，如律照例发落；应奏请者，指实参奏以闻。若管河、管闸等官容情不举，坐视民患，事发，一体究治。○正德七年，工部题奉武宗皇帝圣旨：京储重事。今运河水少，又被往来马快、座[③]船人员挟势越帮，强开闸座，走泄水利，

① 原作“而”，据《漕运通志》卷八《漕例略》改。
② 原作“官”，据嘉靖《徐州志》改。
③ 原作“等”，据嘉靖《徐州志》改。

诚恐阻滞粮运。恁部里便申明旧例，行都察院出榜禁约，今后再有似这等的，重治不饶）。

按：漕河经流，旧北自沙河至谢沟闸一百六里，为沛县境；自谢沟闸南至双沟一百二十五里，为徐州境。其中支流在沛境者，有泡河、薛河、鸡鸣台东小河等河；在州境者，有留城小河、境山沟、溜沟河、乌嘴沟等河（以上并见《山川》）。嘉靖四十四年，黄河决沛，上溢于沙河，下及留城，而其诸支河在徐沛者，惟薛河、留城小河尚存，余皆淤塞。工部尚书朱衡奉命治河，时以旧漕河不可复治，创于沛东开凿新河（见上“夏镇工部分司”），而上流之经流遂移。北自新建珠梅闸至新兴闸一百一十里，为沛县境；自新兴闸至黄家闸一百一十里，为徐州境，水由之流至州城北秦沟，与汴水合，据二洪险阻，而黄河决啮，所必归焉。

夫会通河，上受汶、泗、洸、沂诸水，搜取山泽诸泉，以为漕纲之助；又有安山、南旺、昭阳诸湖，及今吕孟湖潴蓄，谓之“水柜”，先朝尚书宋礼奉命经画。当时初不藉黄河之水，即元人所谓“漕以汶而不以河”也，而今乃用之。顾汶、泗诸水，夙获安流，而河自正统以来，冲决无时。历嘉靖迄今，奔腾放溢，无岁无之。沙淤随停，河高岸浅，溯流穷源，皆下流壅塞所致。然要之，徐、沛而上，非泉湖之水不能通；徐、吕而下，非黄河之水不能济。二者又皆当兼理。故专司者惟在时疏导，严堤防，俾源泉沛注，勺水不遗，以为闸河之助；而于黄河，多方疏浚下流，如《河防议》所画，使其由淮入海，则漕河通济，诚国家之庆也。并附载之。

河防

黄河之源最远，而势若滔天。顾历代有资用与否，而治不治因之。至我国家卜宅幽燕，漕江南数百万之粟，集天下不赀[①]之货以充京师，由淮历徐，以入会通，则徐固咽喉之地。而河流之曰决曰淤，其系于国家，诚非渺[②]小矣，当事者其图之！

黄河源出吐蕃朵甘思西鄙，逾昆仑，抵积石，万里而入中国。又数千里，入河南，与沁水、汴水或分或合。至于国初，分为六道：出荥阳者，至寿入淮；出祥符者，至怀远入淮；出长垣者，至阳谷入漕；出归德者，至宿迁入漕；出仪封者，由新集、赵家圈，经萧县之北，至徐州小浮桥入漕。此其故道也。但河惟湍悍，冲决

① 原作“货”，径改。
② 原作“耿”，系“眇”之俗字，通“渺”。

靡常，试举其经徐及决徐者载之。

正德四年，北决沛县飞云桥（先决曹县杨家口，奔流沛县，舟楫通行。工部侍郎崔严役夫四万二千有奇，塞之垂成，而暴涨冲荡。会严以忧去，李堂代之，四月弗绩，盗起停工。七年，都御史刘恺筑大堤，自魏家湾起，至双堌集八十余里。八年，都御史赵璜补筑三十余里）。嘉靖二年，复决沛县。五年，复决沛县老和尚寺等处，又决丰县。八年，决溜沟大港（遂淤赤龙潭。都御史潘希曾浚之，又筑丰县长堤八十里）。十九年，决野鸡冈，由亳入涡河，不惟二洪告涸，漕舟胶阻，而且震惊陵寝，乃命大臣（兵部侍郎王以旂同河道、漕运二都御史周金、郭持[①]平塞野鸡冈）浚李景口，由萧县以达小浮桥，凡六百余里。于是涡河堙，而河之全力皆入于徐矣。三十一年，决房村诸处（次年，河道都御史曾钧与漕运都御史会题画圻挑浚，钧管浚房村二十里）。三十七年秋，自新集至小浮桥，河水经行之道二百余里，倏尔淤平，直趋东北，出砀山县治之背，冲成大河，分为七股：出大溜沟、小溜沟、浊河、胭脂沟、飞云桥凡六股，俱由运河夺泗水至徐入洪；又一股由砀山县坚城集，下郭贯楼，迤而东折，以趋萧县，散作五股，出自龙沟、母河、梁楼沟、阳尸沟[②]、胡淀沟，亦从小浮桥入洪。四十三年，上六股皆淤，而统会于秦沟。迨四十四年，水泛异常，决新集，塞庞家屯，向东又出飞云桥，漫成巨浸，迤而南注，由秦沟直射茶城，而经徐入淮矣。

夫星海发源，如此其远也；汴、沁与泗流，如此其广也。加以秋水时至，百川灌河，而欲以区区一带之渠容之，势未有不溃漫决裂者。是以河从东指，而茶城之淤，无岁无之也；河从南下，而陈孟口、荣家口之决，萧、砀二邑之淹，无岁无之也。隆庆四年八月，河复大决于邳、睢。次年六月，复决徐之双沟黄钟集（河道都御史潘季驯率副使傅希挚、冯敏功等先后筑塞。自三山以下，夹河而堤之，河乃复故）。先是，总河都御史开府济上、兵备宪使驻督徐州，经理河道。至是，沙垫河浅，一遇水涨辄溢。隆庆六年（都御史潘季驯、给事中雒遵）勘议沿河筑堤，添设府同知一员，于淮安并管之；其本州则仍旧管河判官一员（建署茶城，以统两岸之上流），新添管堤判官一员（建署房村，以统两岸之下流。以上凡筑塞、防守、疏凿、修理皆责成焉，抚按司道不得别委），干济又有人矣。

先是，惧河之决会通运道也，则北筑太行堤（西起自虞城界，东抵沛县）。在太行不可以无护也，则近河而筑缕水堤（西起自虞城界，东抵张村站，止张村堤。隆庆六年知州刘顺之接筑。万历三年，丰县知县吴文光修其近丰者）。其新筑长堤，

① 原作“时”，系“持”形讹，据前吕梁洪工部分司历官名录改。
② 母河，即“五河”；阳尸沟，多作“杨尸沟”，间作“扬尸沟”，详卷一《山川》。

上自茶城，下历三山，以抵双沟。两涯之间，咸有每堤三里设铺一所（每铺夫十名，以老人一人统之），外更设游夫一枝，往来巡逻，协力防守（万历元年，河道都御史万恭题议：比照防边事体，设游夫二枝五百名，防守徐邳；徐州界内一枝，该夫二百五十名，听管河同知统调，用戒不虞）。至于卷埽桩草工费，悉取之河道公帑之储于房村故有厂（亦有取于州县者），靡不先时为备，真所谓防河如防虏云。

按：黄河，我国家之所必资者也。特以全河之力会于秦沟，倾泻南下，雄杰浩瀚，平土[①]为川，鱼鳖我生灵，漂没我庐舍，吞啮我土疆，徐民之害未有甚于此时，而运舶亦往往告困矣。然治河无上策，昔人已有余慨焉。又有委之为神，水听其所决而不与之争者，尤失策也。传曰："水逆行谓之洚水。"水岂能自逆哉？良由河流暴涨，含沙带土，流急则泥沙并行，流缓则泥沙停殢。今河水出海之口，七套参错，芦荻丛生，下流壅结而水势迂缓，泥沙不行而河身渐高，顺下之性反之为逆，而横溃四出矣。当职者夙有浚海口之议，但一昼一夜，潮汐必再，俟其既汐方可加功，有顷而潮又继至，虽有机智，将焉用之？盍度安东滨海之区，别穿一渠，俾得旁分支脉，浩淼归壑，则下流宣泄而上源无滞矣。脱偶有滞，则用都御史李如圭之论，造上、中、下三等船，置大小铁扒、铁锄，命守河之吏督帅夫众，或扒或锄，则泥沙必随水而去也。此特语其概耳，若图拯援徐方，必以杀水势为第一义。盖秋夏之交，百川贯河，非秦沟一带所能容，岁必南决，而萧、砀、州境浸灌累月，民不堪命。尝观距州之西九里有沟，沟与姬村湖通，迤南为双桥，为永固湖，为土形湖。循徐溪口，历符离桥、孟山以出小河口，约可五百里，向为舟楫通行之处，但稍有宽窄浅深之殊耳。当于窄者辟之使广，浅者疏之使深，因势利导，为力甚易。以今径行出二洪者为正派，引一股入九里沟者为支河，水势既分，自无剽悍弥漫之患矣。至于筑堤障水，尤为急务。徐之一河两岸，虽各有堤，堤各有夫，备之不为不严也。试稽贾让[②]之言，病汉堤狭，故束迫而为决溢；古堤阔，故游波有所纵荡。宋人亦云：遥堤宽其水势，故民利沃壤[③]。及考齐堤、赵堤、魏堤，各去河二十五里，是以均无河患。今河流视昔加悍，而作堤较昔加狭，欲其不决，不可得也。近经都御史傅希挚、副使舒应龙议筑遥堤，规画既定而不果，虽恐堤阔水流必缓而沙淤易停，然亦以财用之告绌欤？窃恐论大事者，不当恤费也。嗟乎！水非神也，水犹血也。血循脉络以周流，则身其无恙；少有阻窒，易成痈瘇。善疗者啖之以药饵，散之以针灸，血行而身斯安矣。有寿国寿民之责者，幸熟筹之！

---

① 原作"上"，据文义并参卷二姚应龙《萧县瑞麦记》"洪涛奄至，平土为川"句改。

② 原作"逊"，盖宋人避英宗父濮安懿王允让讳，改"让"为"逊"，今据《汉书·沟洫志》改回本字。

③ 语见《续资治通鉴·宋纪十一》：郭守文塞决河堤，久不成。帝（太宗）谓宰相曰："或言河两岸古有遥堤以宽水势，其后民利沃壤，咸居其中，河盛溢即罹水患。当令按视修复。"

赋役

先年田地、户口分而为二，赋属于田地，役属于户口，缘是旧志立“田赋”“户役”二编。万历元年，知州刘顺之遵巡抚都御史王宗沐宪纪，行“一条鞭”法，除夏、秋并京库税为田地常赋，其余诸赋役皆合田地、户口为一，通融编银，每岁征收，或解京师，或给役使，仍五年一易。故今统为“赋役”云。

任土之贡，力役之征，王政之所不免者，然优之不竭其财，节之不尽其力，则休养元元之妙道也。徐之田，多沙淤水泊，而役使则纷纭杂袭，奈之何民不穷且遁哉？近以三等九则之法制，赋以“一条鞭”之法，顾役履亩加税，因租起庸，穷檐稍稍息肩。然水患频仍，昏垫日甚，为上者尤不可无法外之仁！

夏秋田地九万八千五百二顷五亩八分六厘六毫八丝五忽一微。

徐州地四万一千九百七十三顷一十九亩六分三厘六毫八丝五忽（《诸司职掌》纪本州田土二万八千二百四十一顷五十四亩。天顺、成化间，本州地一万五千二百二顷二十六亩一分[①]一厘二毫，内：官地九十六顷二亩九分八厘七毫九丝，民地一万五千一百六顷二十三亩一分二厘五毫。嘉靖十四年，乡民李富等告行丈量，定今数。后豪猾飞洒，去五千七百一十三顷二十五亩三分三毫。万历元年，知州刘顺之因审条鞭，循行郊野，查出补足。但其中有河湖堤占者）。

萧县地二万二千二百八十五顷一十六亩（旧志：地五千九百九十二顷七十五亩二分一厘一毫九丝[②]，内：官地四十四顷四十五亩五分七厘四毫，民地五千九百四十八顷二十九亩六分三厘一毫九丝。近自嘉靖末，黄河北徙，水去田出，故有今数）。

沛县地一万六千八百六十顷（旧志：地四千九百一十三顷六十六亩五厘[③]，内官地四十顷一分五厘，民地四千八百七十二顷六十五亩九分。嘉靖十一年，知县杨政丈量，定五千六十一顷七亩八分。近自嘉靖末年，泗河沙漫成田，故有今数）。

砀山县地二千一百七十八顷三十九亩九分七厘（旧志：地二千三[④]百七十八顷三十八亩三分五厘，内：官地二百二十一顷六十二亩六分，民地二千一百五十六顷七十五亩七分五厘）。

丰县地一万五千二百一十五顷三十二亩七分六厘（旧志：地一千七百二十四顷三十九亩六分五厘，内：官地四十六亩五分，民地一千七百二十三顷九十三亩一分五厘。嘉靖二十五年，知县叶烓丈量，定今数）。

---

① 原作“八”，据嘉靖《徐州志》改。

② 按：官民地两项合计为“五千九百九十二顷七十五亩二分五毫九丝”，六毫之差，不知孰误。

③ 按：官民地两项合计为“四千九百一十二顷六十六亩五厘”，一顷之差，不知孰误。

④ 原作“一”，据总分明细及崇祯《砀山县志》改。

牧马草场地：

徐州场地二顷一十八亩。

萧县场地一顷七十九亩五分。

沛县场地一顷一十亩一分。

砀山县场地三顷六十八亩。

丰县场地一顷二十三亩。

徐州卫场地三十六顷三十六亩。

屯地：

徐州卫屯地二千七百八十三顷三十八亩一分，坐落本州九里山并萧、砀、丰三县地方。

徐州左卫屯田一千三十三顷三十五亩，坐落与徐州卫同。

户口：前汉楚国，县七，户十一万四千七百三十八，口四十九万七千八百四。后汉彭城国，八城，户八万六千一百七十，口四十九万三千二①十七。晋徐州彭城国，县七，户四千一百二十［一］②。隋彭城郡，统县十一，户一十三万二百三十二。唐徐州彭城郡，县七，户六万五千一百七十，口四十七万八千六百七十。宋徐州彭城郡、武宁军节度，县五，崇宁户六万四千四百三十，口一十五万二千二百三十七。元，徐为下州，户不及三万。

国朝徐州四县《诸司职掌》：户二万二千六百八十五，口一十八万八百一十。天顺、成化间，实在户三万四千二百六十，口三十六万四百五十四。嘉靖二十五年造册，实在户三万九千四百六十二，口三十二万一千一百五十一。万历元年造册，实在户三万四千八百八十六，口三十五万八千五百二十一。

徐州：户一万七千二百四十四，口一十四万六千一百六十九。

萧县：户五千六百八十九，口六万六千六百五十一。

沛县：户六千三十五，口六万二千一百九。

砀山县：户三千一百一，口四万五千二百五十八。

丰县：户二千八百七，口三万六千一百八十三。

贡：汉平帝时，王莽使徐州牧岁贡五色土一斗。唐徐州彭城郡土贡双丝绫、绢、绵绸、布、刀错、紫石。又《文献通考》云：彭城郡贡绢二十匹。宋徐州大都督、彭城郡、武宁军节度贡双丝绫、绸、绢。又《文献通考》云：徐州贡绸、绢。熙宁十年以前，徐州七务商税岁额五万贯以上，酒课岁额十万贯以上。金武宁军贡

① 原作“三”，据《后汉书·郡国志三》改。

② 字据《晋书·地理志下》补。

双丝绫、䌷、绢。

国朝贡之目三：曰物料，曰野味，曰军器。

物料

徐州岁征（额办：礼部药材银八两五钱，南京礼部药材银三两五钱。工部胖袄三百四十二副，每副银一两五钱，共银五百一十三两。工部四司料银三百二十四两三钱九分五厘三毫九丝八忽，每两该水脚银二分，共银六两四钱八分七厘九毫七忽九微六纤，二项共银三百三十两八钱三厘三[1]毫五忽九微六纤。徐州卫军器料银一百四十八两七钱三分二厘，每两水脚银二分，共银二两九钱七分四厘六毫四丝，二项共银［一百］[2]五十一两七钱六厘六毫四丝。徐州左卫军器料银七十四两三钱六分六厘，每两水脚银二分，共银一两四钱八分七厘三毫二丝，二项共银七十五两八钱五分三厘三毫二丝。〇坐派：光禄寺绿笋等料银一十三两九钱五分五厘四毫八丝三忽，内除加派银二两四钱二分三厘四毫八丝三忽于隆庆六年七月奉诏书裁免外，止实在银一十一两五钱三分二厘，每两水脚银二分，共银二钱三分六毫四丝，二项共银一十一两七钱六分二厘六毫四丝。户部黄蜡银九两四钱，每两水脚银二分，共银一钱八分八厘，二项共银九两五钱八分八厘。南京户部叶茶四十六斤，每斤价银一钱，共银四两六钱。礼部上下二半年猪羊银四百两，每两水脚银三分，共银一十二两，二项共银四百一十二两。礼部三年二次[3]稻皮银六两，每两水脚银三分，共银一钱八分，二项共银六两一钱八分。工部砖［料］[4]银六十两，每［两］[5]水脚银二分，共银一两二钱，二项共银六十一两二钱）。

萧县岁征（额办：礼部药材银八两，南京礼部药材银四两。工部胖袄一百九副六分，每副银一两五钱，共银一百六十四两四钱。工部四司料银一百九十四两二钱五分。徐州卫军器料银七十四两三钱六分，徐州左卫军［器］[6]银三十七两一钱八分。〇坐派：光禄寺绿笋等料银一十两八钱九分七厘六毫七丝三忽，内除加派银二两七分六毫七丝三忽于隆庆六年七月奉诏书裁免外，止实在银八两八钱二分七厘，每两该水脚银二分，共银一钱七分六厘五毫四丝，二项共银九两零三厘五毫四丝。户部黄蜡银八两二钱，每两水脚银二分，共银一钱六分四厘，二项共银八两三钱六分四厘。南京户部叶茶银四两二钱。礼部上下二半年猪羊银二百七十三两五钱，每两水脚银三分，共银八两二钱五厘，二项共银二百八十一两七钱五厘。礼部稻皮银

① 原作“一”，据计算核实改。
② 字据二项总数补。
③ 原作“欠”，径改。
④ 字参下文文例补。
⑤ 同上。
⑥ 字据文例补。

四两，每两水脚银三分，共银一钱二分，二项共银四两一钱二分。工部砖料银一百六十四两四钱，每两水脚银二分，共银三两二钱八分八厘，[二项共银一百六十七两六钱八分八厘][1]）。

沛县岁征（额办：礼部药材银一十一两，每两水脚银二分，共银二钱二分，二项共银一十一两二钱二分。南京礼部药材银四两。工部胖袄二百一十五副四分，每副银一两五钱，共银三百二十三两一钱，每两水脚银二分，共银六两四钱六分二厘，二项共银三百二十九两五钱六分二厘。工部四司料银二百五十九两三钱二厘六毫九丝九忽，每两水脚银二分，共银五两一钱八分六厘五丝三忽九微八纤，二项共银二百六十四两四钱八分八厘七毫五丝二忽九[2]微八纤。徐州卫、左卫军器银九十两四钱九分五厘。〇坐派：光禄寺绿笋等料银一十两二钱一分九厘八毫一丝八忽，内除加派银一两九钱一分九厘八毫一丝八忽于隆庆六年七月奉诏书裁免外，止实在银八两七钱零七厘，每两水脚银二分，共银一钱七分四厘一毫四丝，二项共银八两八钱八分一厘一毫四丝。户部黄蜡银八两四钱，每两水脚银二分，共银一钱六分八厘，二项共银八两五钱六分八厘。南京户部叶茶银四两一钱。礼部上下二半年猪羊银一百六十三两二钱，每两水脚银三分，共银四两八钱九分六厘，二项共银一百六十八[3]两九分六厘。礼部稻皮银四两，每两水脚银三分，共银一钱二分，二项共银四两一钱二分。工部砖料银三十五两，每两水脚银二分，共银七钱，二项共银三十五两七钱）。

砀山县岁征（额办：礼部药材银八两，每两水脚银二分，共银一钱六分，二项共银八两一钱六分。南京礼部药材银五两。工部胖袄七十三副，每副银一两五钱，共银一百九两五钱。工部四司料银一百五十九两四钱七分四厘七毫二丝，每两水脚银二分，共银三两一钱八分九厘四毫九丝四忽四微，二项共银一百六十二两六钱六分四厘二毫一丝四忽四微。徐州卫、左卫军器银九十三两一钱九分。〇坐派：光禄寺绿笋等料银九两四钱四分五厘六毫五丝六忽，内除加派银一两八钱四分三厘六毫五丝六忽于隆庆六年七月奉诏书裁免外，止实在银七两六钱零二厘，每两水脚银二分，共银一钱五分二厘四丝，二项共银七两七钱五分四厘四丝。户部黄蜡银八两二钱，每两水脚银二分，共银一钱六分四厘，二项共银八两三钱六分四厘。南[京][4]户部叶茶银四两一钱。礼部上下二半年猪羊银一百八十九两三钱，每两水脚银三分，共银五两六钱七分九厘，二项共银一百九十四两九钱七分九厘。礼部稻皮银四

① 参上下文例并据二项总数补。
② 原作“八”，据计算核实改。
③ 原作“七”，据二项总数改。
④ 字据文例补。

两五钱，每两水脚银三分，共银一钱三分五厘，二项共银四两六钱三分五厘。工部砖料银一十两，每两水脚银二分，共银二钱，二项共银一十两二钱）。

丰县岁征（额办：礼部药材银八两，每两水脚银二分，共银一钱六分，二项共银八两一钱六分。南京礼部药材银六两。工部胖袄十副，每副银一两五钱，共银一十五两。工部四司料银二百五十九两五钱八分，每两水脚银二分，共银五两一钱九分一厘六毫，二项共银二百六十四两七钱七分一厘六毫。徐州卫、左卫军器料银四十九两五钱七分五厘。〇坐派：光禄寺绿笋等料银八两二钱三分七厘三毫七丝，内除加派银一两七钱一分七厘三毫七丝于隆庆六年七月奉诏书裁免外，止实在银六两五钱二分，每两水脚银二分，共银一钱三分四毫，二项共银六两六钱五分四毫。户部黄蜡银五两八钱，每两水脚银二分，共银一钱一分六厘，二项共银五两九钱一分六厘。南京户部叶茶银三两。礼部上下二半年猪羊银一百五十四两七钱，每两水脚银三分，共银四两六钱四分一厘，二项共银一百五十九两三钱四分一厘。礼部稻皮银三两，每两水脚银三分，共银九分，二项共银三两九分。工部砖料银三十四两，每两水脚银二[①]分，共银六钱八分，二项共银三十四两六钱八分）。

凡物料，并取诸丁田旧额办者，岁以为常。其坐派，则承部札所征应之。自万历元年行一条鞭法，概征于民，惟俟时解焉。

野味

徐州岁征进天鹅四只，折价银二两。旧志有鹌鹑、鹚鸫等项，并免。

军器

二百四十副，计九千六十件。

徐州卫军器一百六十副，计六千四十件（盔一百六十顶，甲一百六十副，斩马刀四十把，腰刀一百六十把，弓一百六十张，弦三百二十条，箭四千八百枝，撒袋一百六十副，长牌八十面）。

徐州左卫军器八十副，计三千二[②]十件（盔八十顶，甲八十副，斩马刀二十把，腰刀八十把，长牌四十面，弓八十张，弦一百六十条，箭二千四百枝，撒袋八十副）。

凡军器，岁委卫官一人解京备用，造作弗精，亡益实用，议者病之，恒欲罢，令输其直，但寓兵郡国，实“除戎器以戒不虞”之义，远计者自无容于废也。

赋之目九：曰夏税，曰秋粮，曰丝绢，曰马草，曰盐钞，曰税课，曰场租，曰马匹，曰屯粮。

① 原作“三”，误，参前他县水脚银价，据此检算改。
② 原作“一”，据所下军器明细及嘉靖《徐州志》改。

夏税小麦六万七千一百五十八石六斗四合八勺八抄二撮一圭九粟。

徐州额征小麦三万六千九百六十六石三斗一升四合七勺七抄六撮二圭九粟（起运：广运仓本色小麦九千五十石，遇灾，每石折银四钱。亳州仓小麦四百六十九石三斗六升六合，每石折银四钱，共银一百八十七两七钱四分六厘四毫。扬州仓小麦一千二百七十五石，每石折银四钱，共银五百一十两。派剩仓小麦五百八十二石八斗五升九合，每石折银一两，共银五百八十二两八钱五分九厘。〇存留：甲丁二库颜料小麦一千二百四十石七斗九升三合七勺五抄，每石折银四钱，共银四百九十六两三钱一分七厘五毫，系内府钱粮，每一两水脚银三分，共银一十四两八钱八分九厘五毫二丝五忽，二项共银五百一十一两二钱七厘二丝五忽。户工二部三分司春夏二季本色俸麦一十八石，并五年二次闰月上半年加征闰月俸麦六斗，共麦一十八石六斗，每石折银一两，共银一十八两六钱。本州官吏俸并徐左二卫首领、见役承差春夏二季该俸麦一百三十六石，并五年二次闰月上半年加闰月俸麦四石四斗，共麦一百四十石四斗。内：官吏俸麦每石折银六钱，承差连闰该麦七石四斗四升，每石折银五钱，连闰共该银八十三两四钱九分六厘。济留仓小麦一百四十四石，五年二次闰月，每年加闰月麦二石四斗，共麦一百四十六石四斗，每石折银三钱，共该银四十三两九钱二分。永福仓小麦二万四千四十二石八斗九升六合二抄六撮二圭九粟，每石折银三钱，共银七千二百一十二两八钱六分八厘八毫七忽八微八纤七尘，如遇灾伤，照依勘灾分数递减）。

萧县额征小麦一万一千八百二十七石八斗二升五合四抄（起运：广运仓小麦三千五百六十石本色，遇灾，每石折银准州例。下沛、砀、丰并同。亳州仓小麦一百八十三石九斗四升二合，每石折银四钱，共银七十三两五钱七分六厘八毫。扬州府仓小麦六百七十五石，每石折银四钱，共银二百七十两。派剩仓小麦一百八十六石五斗五升，每石折银一两，共银一百八十六两五钱五分。〇存留：甲丁二库颜料小麦四百三石九斗一升九勺三抄七撮，每石折银四钱，共银一百六十一两五钱六分四厘三毫七丝五忽，每两该水脚银二分，共银三两二钱三分一厘二毫八丝七忽五微，二项共该银一百六十四两七钱九分五厘六毫六丝二忽五微。徐州永福仓小麦六千七百八石四斗二升二合一勺二撮五圭，每石折银三钱，共银二千一十二两五钱二分六厘六毫三丝七微五纤，如遇灾伤，递减准州例，下沛、砀、丰并同。本县济留仓小麦一百一十石，例征本色）。

沛县额征小麦一万一千五百四十石八斗六升四合一[1]勺五抄（起运：广运仓小麦三千四百七十石。亳州仓小麦一百七十二石八斗九升七合，每石折银四钱，共

① 底本漫漶，字据各款明细汇总实数补。

银六十九两一钱五分八厘八毫。扬州仓小麦六百石，每石折银四钱，共银二百四十两。派剩仓各马房仓小麦一百八十二石，每石折银一两，共银一百八十二两。〇存留：甲丁二库颜料小麦三百九十二石五斗九升二合一勺八抄［七撮］[①]五圭，每石折银四钱，共银一百五十七两三［分六］[②]厘八毫七丝五忽，每两水脚银二分，共银三［两一］[③]钱四分七毫三丝七忽五微，二项共银一百［六十］[④]两一钱七分七厘六毫一丝二忽五微。徐州［永福］[⑤]仓小麦六千五百一十六石三斗七升九合九勺六抄二撮五圭，每石折银三钱，共银一千九[⑥]百五十四两九钱一[⑦]分三厘九毫八丝八忽七微五纤。本县济留仓小麦二百石，每石折银六钱，共银一百二十两。工部分司俸麦七石[⑧]，每石折银一两，共银七两）。

砀山县额征小麦三千四百九十四石二斗五升八合四勺六抄五撮（起运：广运仓小麦一千六十石。亳州仓小麦五十八石四升九合，每石折银四钱，共银二十三两二钱一分九厘六毫。扬州仓小麦二百二十五石，每石折银四钱，共银九十两。派剩仓小麦五十五石一斗一升二合，每石折银一两，共银五十五两一钱一分二厘[⑨]。〇存留：甲丁二库颜料小麦一百一十六石九斗三升七合五勺，每石折银四钱，共银四十六两七钱七分五厘，每两[⑩]水脚银二分，共银九钱三分五厘五毫，二项共银四十七两七钱一分五毫。徐州永福仓小麦一千八百四十九石五斗五升九合九勺六抄五撮，每石折银三钱，共银五百五十四两八钱六分七厘九毫八丝九忽五微。本县济留仓小麦一百三十石，每石折银三钱，共银三十九两）。

丰县额征小麦三千三百二十九石三斗四升二合四勺五抄九圭（起运：广运仓小麦一千一十石。亳州仓小麦五十六石七斗四升六合，每石折银四钱，共银二十二两六钱九分八厘四毫。扬州仓小麦二百二十五石，每石折银四钱，共银九十两。派剩仓小麦五十二石四斗七升九合，每石折银一两，共银五十二两四钱七分九厘。〇存留：甲丁二库颜料小麦一百一十二石一斗，每石折银四钱，共银四十四两八钱四分，每两水脚银二分，共该银八钱九分六厘八毫，二项共银四十五两七钱三分六厘八毫。徐州永福仓小麦一千七百七十三石一升七合四勺五抄九圭，每石折银三钱，

---

① 底本漫漶，二字据该项明细检算补。
② 同上。
③ 同上。
④ 同上。
⑤ 底本漫漶，字参萧县存留名目补。
⑥ 原作“五”，据计算核实改。
⑦ 原作“九”，据计算核实改。
⑧ 原作“俸麦银七石”。据文例，“银”字衍，今删。
⑨ 原作“二十二两四分四厘八毫”，据检算改。
⑩ 原作“石”，据上下文改。

共银五百三十一两九钱五厘二毫三丝五忽二微七纤[1]。本县济留仓小麦一百石，系孤贫月粮，适贫数少，挨支不尽，恐致浥烂，每石折银五钱，共银五十两，贮库听支）。

秋粮粟米七万九千八百五十八石一斗四升二合二勺一抄九撮二圭九粟，每石加耗不等，该耗米一万九千二百六十石。

徐州额征秋粮粟米三万三千一百四十九石一斗九升七合四勺三抄四撮五圭，[每石加耗不等，该][2]耗米七千九百九十九石三斗二升（起运：本色兑军正米一万二千四百六十石，每石加耗米四斗一升，又两尖折米一斗，共该加耗米五斗一升。内：随船本色耗米二斗五升，该米三千一百一十五石；折色耗米二斗六升，该米三千二百三十九石六斗，每石折轻赍银五钱，共银一千六百一十九两八钱，改兑正米七千四百七十六石，随船耗米一千六百四十四石七斗二升，兑改正米一万九千九百三十六石，每米二石芦席一领，共席九千九百六十八领，本色五分席四千九百八十四领，每领征银一分九厘，共银九十四两六钱九分六厘，折色五分席四千九百八十四领，每领折银一分二厘，共银五十九两八钱八厘，同草与轻赍俱随粮带征。如遇灾伤，奉例改折，兑军每石折银七钱，改兑每石折银六钱，征解太仓库交纳。〇存留：永福仓粟米一万二千三百九十石七斗九升七合四勺三抄四撮五圭，每石折银三钱，共银三千七百一十七两二钱三分九厘二毫三丝三[3]微五纤，遇灾，照依勘灾分数递减。户工二部三分司秋冬二季俸米一十八石，每五年二次闰月，又该加征闰月俸米一十八石六斗，每石折银一两，共银一十八两六钱。本州官吏俸并徐左二卫首领及见役承差秋冬二季该俸米一百三十六石，并五年二次闰月下半年加征闰月俸米四石四斗，共米一百四十石四斗。内：官吏俸米一百三十二石九斗六升，每石折银六钱，共银七十九两七钱七分六厘，承差连闰该俸米七石四斗四升，每石折银五钱，二项共银八十三两四钱九分六厘。儒学仓米五百石，并五年二次闰月每年该加征闰月学粮一十七石，共粮五百一十七石，每石折银六钱，共银三百一十两二钱。济留仓粟米一百四十四石，五年二[4]次闰月，每年加征闰月米二石四斗，共米一百四十六石四斗，每石折银三钱，共银四十三两九钱二分）。

萧县额征秋粮粟米二万三十三石九斗四升八合三勺七撮二圭九粟，每石加耗不等，该耗米四千八百二十七石八斗四升（起运：本色兑军正米七千五百二十石，每

---

① 按："七纤"之"七"，底本漫漶，据检算补。又前"两"以下原作"九钱一厘二毫二丝一忽七微"与检算不符，据改。
② 据前后文例补。
③ 原作"二"，据计算核实改。
④ 原作"三"，据前后文"五年二闰"成例改。

石加耗米四斗一升，又两尖折米一斗，该米五斗一升。内：随船耗米二斗五升，该米一千八百八十石；折色耗米二斗六升，该米一千九百五十五石二斗，每石折轻赍银五钱，共银九百七十七两六钱。改兑正米四千五百一十二石，随船本色耗米九百九十二石六斗四升。兑改正米一万二千三十二石，每米二石芦席一领，共席六千一十六领，本色五分席三千零八领，每领征银一分九厘，共银五十七两一钱五分二厘，折色五分席三千零八领，每领折银二[①]分二厘，共银三十六两九分六厘，同草与轻赍俱随粮带征。遇灾改折准州例，下沛、砀、丰并同。〇存留：徐州永福仓米七千三百九十一石九斗四升八合三勺七撮二圭九粟，每石折银三钱，共银二千二百一十七两五钱八分四厘四毫九丝二忽一微八纤七尘，遇灾准州例，下沛、砀、丰并同。本县儒学仓米三百六十石，每石折银六钱，共银二百一十六两。本县济留仓米二百五十石，每石折银六钱，共该银一百五十两，存留无闰月，下沛、砀、丰并同）。

沛县额征秋粮粟米一万一千七百六十石九斗七合一勺四抄，每石加耗不等，该耗米二千八百三十七石六斗四升（起运：本色兑军正米四千四百二十石，每石加耗米四斗一升，又两尖折米一斗，该米五斗一升。内：随船本色耗米二斗五升，共米一千一百五石；折色耗米二斗六升，该米一千一百四十九石二斗，每石折轻赍银五钱，共银五百七十四两六钱；外：正米每石扣加河工米二升，共米八十八石四斗。改兑正米二千六百五十二石，随船本色耗米五百八十三石四斗四升。兑改正米七千七十三石，每正米二石芦席一领，共席三千五百三十六领五分，本色五分席一千七百六十七领二分五厘，每领征银一分九厘，共银三十三两五钱七分八厘七毫五丝，折色五分席一千七百六十七领二分五厘，每领折银一分二厘，共银二十一两二钱七厘。〇存留：徐州永福仓米三千九百九十六石九斗七合一勺四抄，每石折银三钱，共银一千一百九十九两七分一厘一毫四丝二忽，摘派工部分司俸米六石，每石折银一两，共银六两。本县儒学仓米三百六十石，每石折银六钱，共折银二百一十六两。本县济留仓米三百二十六石，每石折银六钱，共银一百九[②]十五两六钱）。

砀山县额征秋粮粟米九千三百八十五石七升九合六勺七抄五撮，每石加耗不等，该耗米二千二百五十九石八斗四升（起运：本色兑军正米三千五百二十石，每石加耗米四斗一升，又两尖折米一斗，该米五斗一升，[内][③]：随船本色耗米二斗五升，该米八百八十石；折色耗米二斗六升，该米九百一十五石二斗，每石折轻赍银五钱，共银四百五十七两六钱。改兑正米二千一百一十二石，随船本色耗米四百六

① 原作“一”，据检算并参徐州、沛县价银改。
② 原作“六”，据检算改。
③ 据文例补。

十四石六斗四升。兑改正米五千六百三十二石，每二石芦席一领，共席二千八百一十六领，本色五分席一千四百九领，每领征银一分九厘，共银二十六两七钱七分一厘，折色五分席一千四百九领，每领折银一分二厘，共银一十六两九钱八厘。〇存留：徐州永福仓米三千一百九十三石七升九合六勺七抄五撮，每石折银三钱，共银九百五十七两九钱二分三厘九毫二忽五微。儒学仓米三百六十石，每石折银六钱，共银二百一十六两。济留仓米二百石，每石折银六钱，共银一百二十两）。

丰县额征秋粮粟米五千五百二十九石九合六勺六抄二撮五圭，每石加耗不等，该耗米一千三百三十五石三斗六升（起运：本色兑军正米二千八十石，每石加耗米四斗一升，又两尖折米一斗，该米五斗一升。内：随船本色耗米二斗五升，该米五百二十石；折色耗米二斗六升，该米五百四十石八斗，每石折轻赍银五钱，共银二百七十两四钱。改兑正米一千二百四十八石，随船耗米二百七十四石五斗六升。兑改正米共三千三百二十八石，每米二石芦席一领，共席一千六百六十四领，本色五分席八百三十二领，每领征银一分九厘，共银一十五两八钱八厘，折色五分席八百三十二领，每领折银一分二厘，共银九两九钱八分四厘。〇存留：徐州永福仓米一千七百一石九合六勺六抄二撮五圭，每石折银三钱，共银五百一十两三钱二厘八毫九丝八忽七微五纤。本县儒学仓米三百六十石，每石折银六钱，共银二百一十六两。本县济留仓米一百四十石，每石折银六钱，共银八十四两）。

凡粮税输上，先是赋无定法，或以地分金银铜铁而重轻不齐，至相倍蓰者；或以膏腴地常被水患，约其收入，与山地同乃一律者，然亦朝行夕改，殊非典常，兼之临时派征，里书缘以作奸，上下其手，惟国与民并受其敝。万历元年，知州刘顺之循行郊野，因时察地肥瘠，为派粮轻重，即本州一百三十里，地分八样起科：每亩科麦米一升六合七勺七抄八撮五圭者，计地七千五百四顷六十五亩七分一厘；每亩科麦米一升一合四勺七抄八撮六圭者，计地六千四百六十六顷四十七亩八分；每亩科麦米二升二合六勺四抄八撮六圭者，计地六千一十九顷五十七亩六分；每亩科麦米二升二合六勺九抄八撮五圭者，计地六千一百九十八顷四十一亩二厘三毫；每亩科麦米一升四合七勺二抄八撮六圭者，计地七千四百七十三顷二十四亩六分一厘三毫八丝五忽；每亩科麦米一升五勺二抄八撮六圭者，计地三千八百四顷五亩；每亩科麦米一升七合四勺九抄八撮六圭者，计地三千六百六十九顷八十五亩二分三厘；每亩科麦米一升一合五勺二抄八撮六圭者，计地八百三十六顷九十二亩六分六厘。照此编为定赋，仍同条鞭，五年一易。但徐河变不常，沙淤靡定，后又当变易焉。

京库税丝折绢三千二十五匹二丈四尺五寸四分二厘五毫八丝五忽五微，农桑折绢二千五百三十七匹二丈八尺六寸九分五厘。

徐州原额税丝折绢一千六百六十六匹二丈八尺五寸七分三厘三毫五忽，每匹折银七钱，共银一千一百六十六两八钱二分六厘，每两水脚银二分，共银二十三两三钱三分六厘五毫二丝，二项共银一千一百九十两一钱六分二厘五毫二丝。○农桑折绢七百六十七匹一丈九寸六分，每匹折银七钱，共银五百三十七两一钱三分九厘七毫五丝，每两水脚银二分，共银一十两七钱四分二[1]厘七毫九丝五忽，二项共银五百四十七两八钱八分二厘五毫三丝五忽。

萧县原额税丝折绢五百二十八匹二丈九尺三分六［厘］[2]五毫三丝五忽，每匹折银七钱，共银三百七十两二钱三分五厘二毫，每两水脚银二分，共银七两四钱四厘七毫四忽，二项共银三百七十七两六钱三分九厘九毫四忽。○农桑折绢八百三十七匹二丈六寸一分，每匹折银七钱，共银五百八十六两三钱五分一厘，每两水脚银二分，共银一十一两七钱二分七厘二丝，二项共银五百九十八两七分八厘二丝。

沛县原额税丝折绢五百二十匹九尺六寸，每匹折银七钱，共银三百六十四两二钱一分，每两水脚银二分，共银七两二钱八分四厘二毫，二项共银三百七十一两四钱九分四厘二毫。○农桑折绢［四］[3]百二十七匹八尺五寸六分五厘，每匹折银七钱，共银二百九十九两一钱，每两水脚银二分，共银五两九钱八分二[4]厘，二项共银三百五两八分二厘。

砀山县原额税丝折绢一百五十四匹九尺二寸七分七厘七毫五丝，每匹折银七钱，共银一百［八］[5]两二厘九毫五丝七微九纤，每两水脚银二分，共银二两一钱六分五丝九忽一纤五秒八尘，二项共银一百一十两一钱六分三厘九忽八微五抄八尘。○农桑折绢三百八十四匹二丈九尺三寸八分五厘，每匹折银七钱，共银二百六十九两四钱四分二厘七毫九丝六忽八微八纤。每两水脚银二分，共银五两三钱八分八厘八毫五丝五忽九微三纤七秒六尘，二项共银二百七十四两八钱三分一厘六毫五丝二忽八微一纤七秒六尘。

丰县原额税丝折绢一百五十五匹一丈二尺五分五厘，每匹折银七钱，共银一百八两七钱八分一厘二毫八丝三忽二微，每两水脚银二分，共银二两一钱七分五厘六毫二丝五忽六微六纤四秒，二项共银一百一十两九钱五分六厘九毫八忽八微六秒四尘。○农桑折绢一百二十匹二丈三尺一寸七分五厘，每匹折银七钱，共银八十四两五钱三分九厘九毫七丝七忽五微，每两水脚银二分，共银一两六钱九分七毫九丝九

[1] 底本漫漶，据检算实数补。
[2] 底本漫漶，据《赋役全书》法码单位补。
[3] 底本漫漶，据检算实数补。
[4] 原作“三”，据检算实数改。
[5] 底本漫漶，据检算实数补。

忽五微五纤，二项共银八十六两二钱三分七毫七丝七忽五纤。

马草一十万包。

徐州额征草四万一千五百二十八包（起运：京库草二万七百六十四包，每包折银三分，共银六百二十二两九钱二分，每两该水脚银二分，共银一十二两四钱五分八厘四毫，二项共银六百三十五两三钱七分八厘四毫。○存留：永福仓马草二万七百六十四包，每包折粟米五升，共米一千三十八石二斗，遇灾，比照京价每包折银三分，共银六百二十二两九钱二分）。

萧县额征草二万五千九十六包（起运：京库草一万二千五百四十八包，每包折银三分，共银三百七十六两四钱四分，每两水脚银二分，共银七两五钱二分八厘八毫，二项共银三百八十三两九钱六分八厘八毫。○存留：徐州永福仓草一万二千五百四十八包，每包折粟米五升，共米六百二十七石四斗，遇灾每包折银三分，共银三百七十六两四钱四分）。

沛县额征草一万四千六百八十包（起运：京库草七千三百四十包，每包折银三分，共银二百二十两二钱，每两水脚银二分，共银四两四钱四厘，二项共银二百二十四两六钱四厘。○存留：本州永福仓草七千三百四十包，每包折粟米五升，共米三百六十七石，遇灾每包折银三分，共银二百二十两二钱）。

砀山县额征草一万一千六百九十八包（起运：京库草五千八百四十九包，每包折银三分，共银一百七十五两四钱七分，每两水脚银二分，共银三两五钱九厘四毫，二项共银一百七十八两九钱七分九厘四毫。○存留：徐州永福仓草五千八百四十九包，每包折粟米五升，共米二百九十二石四斗五升，遇灾每包折银三分，共银一百七十五两四钱七分）。

丰县额征草六千九百九十八包（起运：京库草三千四百九十九包，每包折银三分，共银一百四两九钱七分，每两水脚银二分，该银二两九分九厘四毫，二项共银一百七两六分九厘四毫。○存留：徐州永福仓草三千四百九十九包，每包折粟米五升，共米一百七十四石九斗五升，遇灾每包折银三分，共银一百四两九钱七分）。

户口盐钞一百二万九千九百二十贯，每贯各折不等，共折银二千五十九两九钱一分三厘五毫一丝五忽七微五纤，外添闰月并水脚银共一百二两八钱七分四厘五毫六丝六微一纤三尘。

徐州额征钞三十二万五千五百六十六贯，共折银六百五十一两一钱五分五厘二毫五丝四忽七微二纤，外添闰月并水脚银四十四两五钱八分八厘九毫三丝六忽四微七纤二尘（起运：京库钞一十六万二千七百八十三贯：本色钞八万一千三百九十一贯五百[①]文，每贯折银一厘一毫四丝三忽，共银九十三两三分四毫八丝四忽五微；折色钞八万一千三百九十一贯五百文，每贯折铜钱二文，共钱一十六万二千七百八十三文，每钱七百文折银一两，共银二百三十二两五钱四分七厘一毫四丝二忽八微六纤，每五年二次闰月加征闰月钞银一十八两八钱五分二毫，共银三百四十四两四钱二分六厘八毫一丝七忽三微六纤，每两水脚银二分，共银六两八钱八分八厘五毫三丝六忽四微七纤二尘，二项共银三百五十一两三钱一分五厘三毫五丝三忽八微三纤二尘。〇存留：永成库钞一十六万二千七百八十三贯：本色钞八万一千三百九十一贯五百文，每贯折银一厘一毫四丝三忽，共银九十三两三分四毫八丝四忽五微；折色钞八万一千三百九十一贯五百文，每贯折铜钱二文，共钱一十六万二千七百八十三文，每钱七百文折银一两，共银二百三十二两五钱四分七厘一毫四丝二忽八微六纤，每五年二次闰月加征闰月钞银一十八两八钱五分二毫，二项共银三百四十四两四钱二分六厘八毫一丝七忽三微六纤）。

萧县额征钞二十一万六千九百五十四贯，除减革外，实征折银四百三十三两九钱二分三厘四毫九丝六忽七微二纤，外添闰月并水脚银一十八两九钱四分七厘四毫七丝九忽六微七纤二尘（起运：京库钞一十万八千四百七十七贯：本色钞五万四千二百三十八贯五百文，每贯折银一厘一毫四丝三忽，共银六十一两九钱九分四厘六毫五忽五微；折色钞五万四千二百三十八贯五百文，每贯折铜钱二文，共钱一十万八千四百七十七文，每钱七百文折银一两，共银一百五十四两九钱六分七厘一毫四丝二忽八微六纤，每五年二次闰月加征闰月钞银七两二钱三分一厘八毫，每两水脚银二分，共银四两四钱八分三厘八毫七丝九微六纤二尘二秒，二项共银二百二十八两六钱七分四厘四毫一丝九忽三微三纤二尘二秒。〇存留：永成库钞一十万八千四百七十七贯：本色钞五万四千二百三十八贯五百文，每贯折银一厘一毫四丝三忽，共银六十一两九钱九分四厘六毫五忽五微；折色钞五万四千二百三十八贯五百文，每贯折铜钱二文，共钱一十万八千四百七十七文，每钱七百文折银一两，共银一百五十四两九钱六分七厘一毫四丝二忽八微六纤。[通][②]共银二百一十六两九钱五分四厘，每五年二次闰月加征闰月钞银七两二钱三分八厘八毫，二项共银二百二十四两一钱九分五毫四丝八忽三微六纤）。

沛县额征钞二十二万三百九十二贯，共折银四百四十两七钱九分九厘七毫四丝二忽三微，外添闰月并水脚银一十九两七钱九厘九毫九丝七忽四微二纤三尘（起运：京库钞一十一万一百九十六贯：本色钞五万五千九十八贯，每贯折银一厘一毫

① 原作“伯”，通“百”，志书二字时有混用，今俱用本字。下同。

② 字据文例补。

四丝三忽，共银六十二两九钱七分七厘一丝四忽；折色钞五万五千九十八贯，每贯折铜钱二文，共钱一十一万一百九十六文，每钱七百文折银一两，共银一百五十七两四钱二分二厘八毫五丝七忽一微五纤，每五年二次闰月加征闰月钞银七两六钱，每两水脚银二分，共银四两五钱五分九厘九毫九丝七忽四微三纤三尘，二项共银二百三十二两五钱五分九厘八毫六丝八忽五微七纤三尘。〇存留：永成库钞一十一万一百九十六贯：本色钞五万五千九十八贯，每贯折银一厘一毫四丝三忽，共银六十二两九钱七分七厘一丝四忽；折色钞五万五千九十八贯，每贯折铜钱二文，共钱一十一万一百九十六文，每钱七百文折银一两，共银一百五十七两四钱二分二厘八毫五丝七忽一微五纤，每五年二次闰月加征闰月钞银一十五两，二项共银二百二十七两九钱九分九厘八毫七丝一忽一微五纤）。

砀山县额征钞一十四万七百四十四贯，除减革外，实征折银二百八十一两四钱九分八厘五丝三忽一微五纤，外添闰月并水脚银一十两零一分七厘二毫二丝二忽八微五纤八尘（起运：京库钞七万三百七十二贯：本色钞三万五千一百八十六贯，每贯折银一厘一毫四丝三忽，共银四十两二钱一分七厘五毫九丝八忽；折色钞三万五千一百八十六贯，每贯折铜钱二文，共钱七万三百七十二文，每钱七百文折银一两，共银一百两五钱三分一厘四毫二丝八忽五微，每五年二次闰月加征闰月银三两五钱六分五厘四毫六丝六忽五微，每两水脚银二分，共银二两八钱八分六厘二毫八丝九忽八微五纤八尘，二项共银一百四十七两二钱［一分］①七毫八［丝二］②忽八③微五纤八尘。〇存留：［永成库］④钞七万三百七十二贯：本色钞三万五千一百八十六贯，每贯折银一厘一毫四丝三忽，共银四十两二钱一分七厘五毫七丝八忽；折色钞三万五千一百八十六贯，每贯折铜钱二文，共钱七万三百七十二文，每钱七百文折银一两，共银一百两零五钱三分一厘四毫二丝八忽五微，每五年二次闰月加征闰月银三两五钱六分五厘四毫六丝六忽五微，二项共银一百四十四两三钱一分四厘四毫九丝二忽九微）。

丰县额征钞一十二万六千二百六十四贯，共折银二百五十二两五钱三分七厘八忽八微六纤，外添闰月并水脚银九两六钱一分九毫二丝四忽一微八纤八尘（起运：京库钞六万三千一百三十二贯：本色钞三万一千五百六十六贯，每贯折银一厘一毫四丝三忽，共银三十六两七分九厘九毫三丝八忽；折色钞三万一千五百六十六贯，每贯折铜钱二文，共钱六万三千一百三十二文，每钱七百文折银一两，共银九十两

点校本徐州古方志丛书

① 据检算实数补。

② 底本漫漶，据检算实数补。

③ 原作“七”，据检算实数改。

④ 三字据前后文例补。

一钱八分八厘五毫七丝一忽四微三纤，每五年二次闰月加征闰月银三两五钱七厘七毫，每两水脚银二分，共银二两五钱九分五厘五毫四忽一微八纤八尘，二项共银一百三十二两三钱七分一厘七毫九丝八忽四微八纤八尘。〇存留：永成库钞六万三千一百三十二贯：本色钞三万一千五百六十六贯，每贯折银一厘一毫四丝三忽，共银三十六两七分九厘九毫三丝八忽；折色钞三万一千五百六十六贯，每贯折铜钱二文，共钱六万三千一百三十二文，每钱七百文折银一两，共银九十两一钱八分八厘五毫七丝一忽四微三纤，每五年二次闰月加征闰月银三两五钱七厘七毫，二项共银一百二十九两七钱七分六厘二毫七丝四忽三微)。

按：上盐钞自与下税课钞有别，宜分为二。

税课钞五万一千八百一十七锭七贯三百一十文，共折银四百六十九两八钱九分九厘九毫九丝八忽八微，铜钱六万九千二百四十四文。

徐州税课钞三万八千六百八十四锭三贯七百四十文：在城税课局商税课钞一万七千六十二锭四百文，折银二百四十三两七钱四分四厘；吕梁洪税课局商税课钞二万一千六百二十二锭三贯三百四十文，折铜钱六万九千二百四十四文，每钱七百文折银一两，共该折银一百一两四钱九分一厘四毫。

萧县税课局商税课钞四千六百四十八锭四贯九百七十文，折银六十六两四钱一分二厘八丝四忽。

沛县税课局商税课钞三千八百[1]五十四锭一贯四百二十文，折银六十一两六分四厘。

砀山县税课局商税课钞二千四百一十锭三贯二十文，折银四十七两二钱三分二厘。

丰县带管税课局商税课钞二千二百二十锭四贯一百六十文，折银五十一两四钱四分七厘九毫一丝四忽八微。

草场地租银五十两八钱三分二厘。

徐州额征银一十两九钱。

萧县额征银八两九钱七分五厘。

沛县额征银七两七钱七厘。

砀山县额征银一十七两一钱。

丰县额征银六两一钱五分。

初，州洎四邑并领孳牧，其草场以给刍养，死者责偿于民，岁课驹为备用，民重困之。弘治十七年，巡抚都御史张缙以州邑比罹河患，又水陆道冲，赋役繁重，

[1] 原作“贯”，参嘉靖《徐州志》并据上下文义改。

特奏免养马，而以草场地征租，民用苏息，迄今颂之。

备用马一百五十匹，每匹折银二十四两，连水脚共银三千六百七十一两二钱。

徐州额征马六十匹，共折银一千四百四十两，每两水脚银二分，共银二十八两八钱，二项共银一千四百六十八两八钱。

萧县额征马三十匹，共折银七百二十两，每两水脚银二分，共银一十四两四钱，二项共银七百三十四两四钱。

砀山县额征马四十匹，共折银九百六十两，每两水脚银二分，共银一十九两二钱，二项共银九百七十九两二钱。

丰县额征马二十匹，共折银四百八十两，每两水脚银二分，共银九两六钱，二项共银四百八十九两六钱（正德十三年，御史周□题准派征每马一匹，价银一十八两。嘉靖三十二年，巡抚都御史骆颙题增价二十四两，即今数）。

[屯粮：夏秋][1]麦豆共一万一千六百一十六石二合一勺五抄。徐州卫额征夏秋麦豆九千四百五十石五斗四升二合一勺五抄（夏税小麦六千一百二十一石五斗二升六合八勺九抄，遇灾每石折银三钱五分；秋粮黑豆三千三百二十九石一升五合二勺六抄，遇灾每石折银三钱），徐州左卫额征夏秋麦豆二千一百六十五石四斗六升（夏税小麦一千三百九十五石二斗七升六合，秋粮黑豆七百七十石一斗八升四合，二项遇灾折银与徐州卫同，并于户部分司交纳，验发永福仓给散二卫官军月粮）。

岁用之目八：曰庆贺，曰历日，曰乡饮，曰祭祀，曰科贡，曰供应，曰军需，曰存恤。

庆贺

徐州岁征（表笺纸札工食并进表官盘缠，共银二十二两六钱二分）。

萧、沛、砀、丰岁征（各进表盘缠银六两）。

历日

萧、沛、砀、丰岁征（关领历日，各银二两五钱，每两水脚银二分）。

乡饮

徐州岁征（银一十两六钱）。

萧、沛、砀、丰岁征（各银一十两）。

祭祀

徐州岁征（春[秋二丁]祭祀银八十两，厉坛三次祭祀银一十三[两五][2]钱，祭徐王坟二次礼生盘缠银二两四钱）。

---

① 底本漫漶，据嘉靖《徐州志》文例补。

② 以上阙字据嘉靖《徐州志》补。

萧、沛、砀、丰岁征（各春秋二丁祭祀银四十两，厉坛三次祭祀银一十二两。萧祭徐王坟礼生盘缠银三钱九分）。

科贡

徐州岁征（举人会试盘缠银二十两，每年编银六两六钱六分七厘；科场岁贡盘缠银五十三两三钱四分；应试生儒饯席花红，子午卯酉年编银三十三两三钱三分三厘；学院岁考、本州季考茶食银一十两，岁考花红银四两）。

萧县岁征（科场岁贡盘缠银二十五两；应试生儒饯席花红银一十三两三钱三分；学院岁考银七两，岁考花红银三两）。

沛县岁征（科场岁贡盘缠银二十五两；应试生儒饯席花红银一十五两；学院岁考银四两，季考茶食银七两）。

砀山县岁征（科场岁贡盘缠银二十五两；应试生儒饯席花红银九两三钱三分；学院岁考银二两五钱，季考茶食银六两）。

丰县岁征（科场岁贡盘缠银二十五两；应试生儒饯席花红银九两三钱三分；学院岁考并本县季考茶食银六两，岁考花红银二两）。

供应

徐州岁征（三年一次应朝纸札盘费银，每年编银三十二两；军门公费银一百二十五两；户工二部三分司纸札柴烛共银一百八两，遇闰月每年加银一十两八钱，共银一百一十八两八钱；户部分司造册报部盘缠银一十二两；兵备道供应下程银一百二十两，遇闰月每年加银四两，共银一百二十四两；柴马食盐银一十两五钱九厘九毫八丝，遇闰月加银二钱八分一厘一毫四丝四忽；漕储道供应银八两；本州支应银三百三十两，遇闰月每年加银一十一两，共银三百四十一两；本州公用纸札银七两二钱，备用银一百两，仓费银四十两；狼山总兵心红纸札银六两，闰月每年加银二钱一分三厘六毫；奏缴南北各部勘合盘费银九两，新官到任家火银五十两，修理各察院公署共银五十两，各衙门围裙共银二十三两，公馆酒席家火银二十两，伞扇轿乘银一十三两二钱七分一厘五毫，节礼春晏春花、元宵节灯银五两，门神桃符银三两五钱，每年差官押解重囚处决盘缠银一十五两）。

萧县岁征（三年一次应朝纸札盘费银二十八两六钱六分，吕梁洪药饵银三两五钱；兵备道柴马食盐银七两，遇闰月加银四钱六分九厘；漕储道供应银一十两；狼山总兵供应银五两，遇闰月加银一钱七分八厘；本州协助银三百两，本州抬册盘缠银三两，支应银六十两；本县直堂公费银四十两，公用纸札银一两八钱，备用银七十两，仓费银四十两，奏缴勘合银二两，奏缴通关银三两五钱，岁报钱粮银二两五钱，修理各衙门银一十两，围裙坐褥银七两二钱，伞扇轿乘银一十四两六钱六分三厘，铺陈银六两二钱六分，新官到任家火银一十两，应用酒席银五两，门神桃符银一两五钱，节礼春晏春花、元宵节灯共银三两，白牌扛架卷箱刑具等银一十七两，每年押解重囚处决盘缠银五两）。

沛县岁征（夏镇工部分司纸札银三十六两，折俸并布绢银三十五两四钱六分，柴薪银一百三十八两；兵备道柴马食盐银六两，遇闰月加银四钱二厘；漕储道供应银一十两；狼山总兵供应银四两，遇闰月每年加银三钱五分；上司支应银四十两，本县直堂公费银四十两，备用银五十两，仓费银二十两，赍缴勘合银六两，奏缴通关银三两五钱，岁报钱粮银二两五钱，公馆家火铺陈银六两五钱，修理各衙门银一十两，新官到任家火银二十两，围裙坐褥银九两一钱，门神桃符银一两，节礼春晏春花、元宵节灯共银二两，伞扇轿乘银一十两八钱三分一厘五毫，白牌扛架卷箱刑具等银二两，每年押解重囚处决盘缠银五两；新设官员俸粮银三十两五钱一分八厘七毫三丝二忽八纤；苘麻银三两五分，每两水脚银二分，共银六分三厘）。

砀山县岁征（军门公费银一十五两，漕运药饵银二两；兵备道柴马［食盐］① 银五两五钱，闰月银一钱二分二厘九毫六丝六忽；漕储道供应银一十两；狼山总兵供应银二两七钱，闰月银七分五厘；支应银［三十六］② 两，本县直堂公费银四十两，备用银五十两，仓费银四十两，查盘备用酒席银五两，赍缴勘合银二两七钱，奏缴通关银［三］③ 两五钱，岁报钱粮盘缠银二两五钱，修理各衙门银一十两，新官到任家火银七两三钱三分三厘三毫，围裙坐褥银五两五钱，伞扇轿乘银一十二两八钱七分三厘，铺陈银二两一钱三分，门神桃符银五钱；节礼春晏春花、元宵节灯共银二两；白牌扛架卷箱刑具银，共该银八两）。

丰县岁征（漕运药饵银二两；兵备道柴马食盐银五两，闰月银一钱三分八厘六毫；漕储道供应银一十两；狼山总兵供应银四两七钱，闰月银一钱三分一厘；支应银三十六两，赍缴勘合银四两，奏缴通关银三两五钱，岁报钱粮盘缠银二两五钱，本县直堂公费银四十两，备用银五十两，仓费银二十两，围裙坐褥银四两六钱，伞扇轿乘银一十一两八分三厘，修理各衙门银一十两，公馆酒席家火银三两，新官到任家火银五两，门神桃符银八钱，春宴春花、元宵节灯银二两，白牌扛架卷箱刑具各一十两，押解重囚处决盘缠银五两）。

军需

徐州岁征（随粮带征军饷银四百四十一两七钱八分，快手军饷银七十九两九钱七分五厘，民壮军饷银一千二百六十四［两］④ 八钱，内除奉文将本州原编徐、左二

---

① 二字据萧、沛、丰三县例补。

② 底本漫漶，三字参丰县岁征补。

③ 底本漫漶，字参萧、沛、丰三县补。

④ 字据文例补。

卫寄庄条鞭银即兑二卫粮料银九百七十三两八钱径自收支，又除征抵本州解京民壮银二百四十七两二钱外，实征银四十三两八钱，军门战马草料银五两七钱二分）。

萧县岁征（随粮带征军饷银四百一两八钱六分，备补部文军饷银七十两，快手军饷银二十六两二钱八分，军门战马草料银五两七钱二分，民壮军饷银四百一十八两四钱四分）。

沛县岁征（随粮带征军饷银二百六十二两七钱五分，每两水脚银二分，共银五两二钱五分二厘，二项共银二百六十［八］[1]两零二厘；军饷战马草料银五两七钱二分，民壮军饷银三百三十七两零八分）。

砀山县岁征（备补部文军饷银五十两，军门快手军饷银一十八两二钱八分，巡路马兵草料银六十二两四钱）。

丰县岁征（随粮带征军饷银二百七两一钱三分，备补部文军饷银五十两，马快手军饷银二两二钱二分五厘，军门战马草料银二两二钱二分五厘；民壮军饷银一百一十二两三钱四分，扣解徐州供给马兵口粮银五十七两六钱，共银一百六十九两九钱四分）。

存恤

徐州岁征（孤老冬夏衣薪二项。共银二十五两）。

萧、沛、砀、丰岁征（萧银一十两，沛银八两，砀银八两五钱五分，丰银一十两）。

役之目六：曰河道，曰驿传，曰夫役，曰均徭，曰人匠，曰里乘。

河道

徐州［额编各夫共］[2]七百五十五名，共银六千五百三十五两三钱二分（徐、吕二洪洪夫共三百九十七名，每名银八两二钱，共银三千二百五十五两四钱，草束银二钱，共银七十九两四钱，通共银三千三百三十四两八钱。各闸溜停役夫改编守堤堡夫一百三名，每名银八两二钱，共银八百四十四两六钱，桩草银三钱，共银三十两九钱，砖灰银四钱四分，共银四十五两三钱二分，通共银九百二十两八钱二分。各浅浅夫二百五十五名，每名银八两二钱，共银二千九十一两，桩草银三钱，共银七十六两五钱，砖灰银四钱四分，共银一百一十二两二钱，通共银二千二百七十九两七钱）。

萧县额编各夫六百九十名，共银五千八百九十五两八钱四分（徐、吕二洪洪夫共二百七十四名，每名银八两二钱，共银二千二百四十六两八钱，草束银二钱，共

---

① 字据检算实数补。

② 底本漫漶，字参以下四县文例补。

银五十四两八钱，通共银二千三百一两六钱。各闸溜并厂共夫二百九十名，每名银八两二钱，共银二千三百七十八两，桩草银三钱二分，砖灰银一钱二分，共银一百二十七两六钱，通共银二千五百五两六钱。见复停役夫一百二十六名，每名银八两二钱，共银一千三十三两二钱，桩草银三钱二分，砖灰银一钱二分，共银五十五两四钱四分，通共该银一千八十八两六钱四分）。

沛县额编各夫共三百二十八名，共银二千八百三十三两九钱二分（各闸溜并厂共夫三十八名，每名银八两二钱，共银三百一十一两六钱，桩草银三钱二分，砖灰银一钱二分，共银一十六两七钱二分，通共银三百二十八两三钱二分。浅夫一百三十三名，每名银八两二钱，共银一千九十两六钱，桩草银三钱二分，砖灰银一钱二分，共银五十八两五钱二分，通共银一千一百四十九两一钱二分。见复停役夫一百五十七名，每名银八两二钱，共银一千二百八十七两四钱，桩草银三钱二分，砖灰银一钱二分，共银六十九两八分，通共银一千三百五十六两四钱八分）。

砀山县额编各夫共二百九十八名，共银二千五百五十七两七钱二分（徐州洪夫七十三名，每名银八两二钱，共银五百九十八两六钱，草束银［二钱］[①]，共银一十四两六钱，通共银六百一十三两［二钱］[②]。［各闸］[③]溜并厂共夫二百二十五名，每名银八两［二钱］[④]，共银一千八百四十五两，桩草银三钱二分，砖灰银一钱二分，共银九十九两，通共银一千九百四十四两）。

丰县额编各夫共四百四十三名，共银三千八百一十四两九钱六分（各闸堤浅厂并停役夫共四百四十三名，每名银八两二钱，共银三千六百三十二两六钱，内除看堤夫一十七名无桩草砖灰，并停役夫一十七名无桩草，止每名砖灰银一钱二分，共银二两四分；外其余闸溜浅夫四百九名，每名桩草砖灰银四钱四分，共该银一百七十九两九钱六分，通共银三千八百一十四两九钱六分）。

洪闸诸夫，初缘漕河浅涸编设应役，迩年水溢，颇称滥冗，兼之灾伤叠见，财力告竭，民愈难应。嘉靖末迄万历初，节经建议裁革协济，而徐泊四邑乃少得息肩云。

驿传

徐州额编驿递站红船总六十二只，水夫六百二十名，岁派工食、买米雇夫、修舱银共八千四百九十四两（彭城驿站船一十三只，水夫一百三十名，每名工食银七

① 底本漫漶，参他县征额补。
② 底本漫漶，据检算实数补。
③ 底本漫漶，参沛县文例补。
④ 底本漫漶，据上下文例补。

两二钱，共银九百三十六两；买米雇夫银六两，共银七百八[1]十两；修艌银五钱，共银六十五两。房村驿站船十只，水夫一百名，每名工食银七两二钱，共银七百二十两；买米雇夫银六两，共银六百两；修艌银五钱，共银五十两。夹沟驿站船一十一只，水夫一百一十名，每名工食银七两二钱，共银七[2]百九十二两；买米雇夫银六两，共银六百六十两；修艌银五钱，共银五十五两。本州递运所红船二十三只，水夫二百三十名，每名工食银七两二钱，共银一千六百五十六两；买米雇夫银六两，共银一千三百八十两，奉文裁革停征；又修艌银五钱，共银一百一十五两。沛县递运所红船五只，水夫五十名，每名工食银七两二钱，共银三百六十两；买米雇夫银六两，共银三百两，奉文裁革停征；又修艌银五钱，共银二十五两）。驿马骡总一百五十九匹头，外各夫一百二十六名，马骡价值、草料工食并夫工食共银六千九十八两四钱（东岸驿上马一十八匹，每匹银四十二两，共银七百五十六两；中马十二匹，每匹银四十两，共银四百八十两；下马十匹，每匹银三十八两，共银三百八十两；骡六十六头，每头银二[3]十九两四钱，共银一千九百四十两四钱；轿夫七十四名，每名工食银八两二钱，共银六百零六两八钱；役占夫二十六名，每名工食银七两二钱，共银一百八十七两二钱。桃山驿中马一匹，银三十六两；下马二匹，每匹银三十四两，共银六十八两；骡八头，每头银二十六两四钱，共银二百一十一两二钱。利国监驿上马五匹，每匹银三十八两，共银一百九十两[4]；中马五匹，每匹银三十六两，共银一百八十两；下马三匹，每匹银三十四两，共银一百二两；骡二十九头，每头银二十六两四钱，共银七百六十五两六钱；轿夫一十四名，每名银八两二钱，共银一百一[5]十四两八钱；役占夫一十二名，每名银七两二钱，共银八十六两四钱）。驿馆夫廪给银一千五百四十两八钱，外带征朝会银九十六两六钱六分六厘六毫八丝，共银一千六百三十七两四钱六分六厘六毫八丝（彭城驿岁额银三百五十四两，外带征朝会银二十两，共银三百七十四两；房村驿岁额银三百五十四两，外带征朝会银二十两，共银三百七十四两；夹沟水驿岁额银三百三十六两，朝会不经由，该驿无加征银；黄河东岸驿岁额银四百五十两，外带征朝会银三十三两三钱三分三厘三毫四丝，共银四百八十三两三钱三分三厘三毫四丝；桃山驿岁额银四十六两八钱，外带征朝会银二十两，共银六十六两八钱；利国监驿每年止带征朝会银三两三钱三分三厘三毫四丝）。

① 原作“六”，据检算实数改。
② 原作“九”，据检算实数改。
③ 原作“一”，据检算实数改。
④ 原作“一百七十四两”，误，径改。
⑤ 原作“二”，据检算实数改。

萧县额编驿递站红船总三十一只二分，水夫三百一十二名，岁派工食、买米雇夫、修舱银共四千八百九十四两六钱四分[①]（彭城驿站船四只，水夫四十名，每名工食银七两二钱，共银二百八十八两[②]；买米雇夫银八两二分，共银三百二十两八钱；修舱银五钱，共银二十两。房村驿站船五只二分，水夫五十二名，每名工食银七两二钱，共银三百七[③]十四两四钱；买米雇夫银八两二分，共银四百一十七两四分；修舱银五钱，共银二十六两。徐州递运所红船九只，水夫九十名，每名银七两二钱，共银六百四十八两；买米雇夫银八两二分，共银七百二十一两［八钱］[④]，奉文裁革停征；又修舱银五钱，共银四十五两。泗亭驿站船三只，水夫三十名，每名工食银七两二钱，共银二百一十六两；买米雇夫银八两二分，共银二百四十两六钱；修舱银五钱，共银一十五两。沛县递运所红船一十只，［水夫一百名，每名］[⑤]工食银七两二钱，共银七百二［十两；买米雇夫银］[⑥]八两二分，共银八百二两，奉文裁革停征；又修舱银五钱，共银五十两）。驿马骡五十九匹头，价值草料工食银内雇轿夫六十名，通共银二千四百二十八两五钱（桃山驿上马一十一匹，每匹银六十五两，共银七百一十五两；中马五匹，每匹银五十五两五钱，共银二百七十七两五钱；下马四匹，每匹银五十二两，共银二百八两；骡三十九头，每头银三十一两五钱，共银一千二百二十八两［五钱］[⑦]）。驿馆夫廪给银（桃山驿岁额银三百七两二钱）。

沛县额编驿递站红船总二十［一］[⑧]只七分，水夫二百一十七名，岁派工食、买米雇夫、修舱银共三千四百一十一两二钱四分（泗亭驿站船一十只三分，水夫一百三名，每名工食银七两二钱，共银七百四十一两六钱；买米雇夫银八两二分，共银八百二十六两六分；修舱银五钱，共银五十一两五钱。沛县递运所红船一十一只四分，水夫一百一十四名，每名工食银七两二钱，共银八百二十两八钱；买米雇夫银八两二分，共银九百一十四两二钱八分，奉文裁革［停征］[⑨]；又修舱银五钱，共银五十七两）。驿马骡四十八匹头，草料工食、马骡价值银内雇轿夫五十九名，每名工食银不等，通共银二千四十七两五钱（东岸驿上马三匹，每匹银六十五两，共银一百九十五两，本县于马骡银内雇轿夫十八名。桃山驿上马一匹，银六十五两；中

---

① 总数难符，各款亦多错讹，据改之后实得“四千九百零四两六钱四分”，较此尚多十两。

② 原作“八百八十两”，据检算改。

③ 原作“六”，据检算改。

④ 二字据检算补。

⑤ 底本漫漶，七字参他县文例并据检算补。

⑥ 同上。

⑦ 二字据检算实数补。

⑧ 字据总水夫数编制及泗亭驿、递运所总船数补。

⑨ 原阙，二字据上下文例补。

马一匹，银五十五两五钱；下马一匹，银五十二两；骡四头，每头银三十一两五钱，共银一百二十六两。利国监驿上马八匹，每匹银六十五两，共银五百二十两；中马二匹，每匹银五十五两五钱，共银一百一十一两；下马二匹，每匹银五十二两，共银一百零四两；骡二十六头，每头银三十一两五钱，共银八百一十九两，本县于马骡银内雇轿夫[①]役占夫四十一名）。驿馆夫廪给银六百六十两（泗亭驿岁额银三百三十两，外供应工部管理夏镇分司坐支银九十两；利国监驿岁额银二百四十两）。

砀山县额编驿递站红船总一十一只，水夫一百一十名，岁派工食、买米雇夫、修舱银共一千七百二十九两二钱（房村驿站船一只八分，水夫一十八名，每名工食银七两二钱，共银一百二十九两六钱；买米雇夫银八两二分，共银一百四十四两三钱六分；修舱银五钱，共银九两。夹沟驿站船六分，水夫六名，每名工食银七两二钱，共银四十三两二钱；买米雇夫银八两二分，共银四十八两一钱二分；修舱银五钱，共银三两。徐州递运所红船二只，水夫二十名，每名工食银七两二钱，共银一百四十四两；买米雇夫银八两二分，共银一百六十两四钱，奉文裁革停征；又修舱银五钱，共银一十两。泗亭驿站船一只，水夫一十名，每名工食银七两二钱，[共银七十二两][②]；买米雇夫银八两二分，共银八十两二钱；修舱银五钱，共银五两。沛县递运所红船五只六分，水夫五十六名，每名工食银七两二钱，共银四百三两二钱，买米雇夫银八两二分，共银四百四十九两一钱二分，奉文裁革停征；又修舱银五钱，共银二十八两）。驿马骡二十三匹头，价值草料工食银内雇夫二十九名，通共银九百六十两五钱（东岸驿上马二匹，每匹银六十五两，共银一百三十两；中马一匹，银五十五两五钱；下马一匹，银五十二两，马骡银内雇轿夫九名。桃山驿上马三匹，每匹银六十五两，共银一百九十五两；中马一匹，银五十五两五钱；骡一十五头，每头银三十一两五钱，共银四百七十二两五钱，马骡银内雇占役夫二十名）。驿馆夫廪给、供应札住上司银三百九十一两二钱（彭城驿岁额供应户部管仓分司坐支银九十两，又参将坐支银二十四两；房村驿岁额供应工部管理吕梁洪分司坐支银七十二两；黄河东岸驿岁额供应工部管理徐州洪分司坐支银九十两，兵备道并书吏坐支银共一百一十五两二钱）。

丰县额编驿递站红船总七只一分，水夫七十一名，岁派工食、买米雇夫、修舱银共一千一百一十六两一钱二分（夹沟驿站船三只四分，水夫三十四名，每名工食银七两二钱，共银二百四十四两八钱；买米雇夫银八两二分，共银二百七十二两

---

① 原作“大”，据文例改。

② 六字据文例补。

六钱八分；修艌银五钱，共银一十七两。泗亭驿站船七分，水夫七名，每名工食银七两二钱，共银五十两四钱；买米雇夫银八两二分，共银五十六两一钱四分；修艌银五钱，共银三两五钱。沛县递运所红船三只，水夫三十名，每名工食银七两二钱，共银二百一十六两；买米雇夫银八两二分，共银二百四十两六钱，奉文裁革停征；又修艌银五钱，共银一十五两）。驿马骡二十三匹头，价值草料工食银内雇轿夫二十二名，通共银九百二十五两（东岸驿上马一匹，银六十五两；中马一匹，银五十五两五钱；下马一匹，银五十二两，马骡［银］[1]内雇轿夫六名。利国监驿上马一匹，银六十五两；中马二匹，每匹银五十五两五钱，共银一百一十一两；下马二匹，每匹银五十二两，共银一百四两；骡一十五头，每头银三十一两五钱，共银四百七十二两五钱，马骡银内雇轿夫一十六名）。驿馆夫廪给银（利国监驿岁额银三百两）。

夫役

徐州接递班夫银二千五百两二钱，三年朝会每年带征银一百三十三两三钱三分三厘三毫四丝，又五年二次闰月，每［年］[2]带征银一百六十六两八钱，三项共银二千八百两三钱三分三厘三毫四丝，除实减去扣追四县协助马骡银六百两，实编银二千二百两三钱三分三厘三毫四丝。

萧县接递班夫银七百二十两，协助本州夫银三百两，协济沛县夫银二千二百两，五年二次闰月该银三百六十六两六钱六分八厘，每年带征银七十三两三钱三分三厘六毫。

沛县接递班夫银一千七百六十二两零四分。

砀山县接递班夫银八十一两，白夫银二百一十六两，协济沛县夫银一千三百七十七两。

丰县接递班夫银一百一十五两二钱，协济沛县夫银八百七十二两一钱。

先是，夫役凡为八班，每班名以万计，加之冒破侵渔，为弊滋甚。嘉靖二十六年，兵备副使王梴裁为四班。四十四年知州邹臣、隆庆四年知州章世祯节议协济。万历元年，知州刘顺之定今规（详见《公署》夫厂）。外间有簰夫，又随时议派焉（嘉靖三十五年，钦取川贵大木三十六万，上用植编成簰，由河道拽运，经徐诣京。时兵备副使于德昌虞徐有二洪，水逆难挽，用夫既多雇徐，频年被灾，财力俱困，民何以役？白于巡抚都御史王诰，议是役宜准采运花石例，合属于庐、凤、淮、扬四府，滁、和洎徐三州，并本府州之卫，先计南自仪真起，北至济宁止，照

---
① 字据文例补。
② 字据文例补。

站派夫，共用三万九千名，该雇夫银七万五千六百六十两，乃量各府州卫地方繁简，分派夫银多寡，某府若干，某州若干，某卫若干，即所派银解贮淮、扬、徐官库，随艚至时，听其支领，照数雇夫应役。自是，不惟徐无偏累，而沿河地方亦有攸赖矣）。

均徭

徐州额编杂差共九百五十七名，共银七千三百八十八两四钱四分八厘二毫八丝九忽九微八纤（巡抚都察院皂隶一名，银一十两。南京太仆寺皂吏一名，银一十三两，每年征银二两六钱。医兽一名，银一十二两，每年征银二两四钱。工部管河郎中快手一名，银一十二两。户部管仓分司皂隶一十二名，每名银七两二钱，共银八十六两四钱。门子四名，每名银七两二钱，共银二十八两八钱。渡夫二名，每名银五两，共银一十两。工部管徐州洪分司皂隶一十二名，每名银七两二钱，共银八十六两四钱。门子四名，每名银七两二钱，共银二十八两八钱。工部管吕梁洪分司皂隶一十二名，每名银七两二钱，共银八十六两四钱。门子四名，每名银七两二钱，共银二十八两八钱。兵备道马快手十五名，每名银二十两，共银三百两；皂隶一十六名，每名银七两二钱，共银一百一十五两二钱；内班门子四名，每名银七两二钱，共银二十八两八钱；外班门子二名，每名银七两二钱，共银一十四两四钱。淮安府管河通判马夫等银三十两五钱一分八厘七毫三丝二忽八微，外加闰月银一钱二分九厘五毫二丝七忽一微八纤。本州知州直堂听差皂隶五十二名，每名银七两二钱，共银三百七十四两四钱；直堂门子二名，每名银七两二钱，共银一十四两四钱；直堂灯夫六名，每名银四两二钱，共银二十五两二钱；马快手二十名，节奉兵备道陆续裁革一十名，止实存一十名，每名银二十两，共银二百两。祗候四名，每名[银][1]一十二两，共银四十八两。马夫一十名，每名银四两，共银四十两。同知皂隶六名，每名银七两二钱，共银四十三两二钱；祗候四名，每名银一十二两，共银四十八两；马夫一十名，每名银四两，共银四十两。管粮判官皂隶四名，每名银七两二钱，共银二十八两八钱。管河判官二员，每员皂隶四名，每名银七两二钱，共银五十七两六钱。以上判官三员，每员祗候二名，共祗候六名，每名银一十二两，共银一百零八两[2]；每员马夫一十名，共马夫三十名，每名银四两，共银一百二十两。吏目皂隶二名，每名银七两二钱，共银一十四两四钱；祗候二名，每名银一十二两，共银二十四两；马夫一十名，每名银四两，共银四十两。儒学库子、斗级、门子各二名，共六名，每名银一十两，共银六十两；斋夫八名，每名银一十二

① 字据前后文例补。
② 祗候六名，合该银七十二两。

两，共银九十六两；膳夫六名，每名银二十两，共银一百二十两。广运仓斗级五名，每名银七两二钱，共银三十六两。永福仓斗级三名，每名银七两二钱，共银二十一两六钱。水次仓斗级五名，每名银七两二钱，共银三十六两。预备仓斗级二名，每名银七两二钱，共银一十四两四钱。永成库库子二名、库书二名，每名银七两二钱，共银二十八两八钱；看监禁子一十二名，每名银七两二钱，共银八十六两四钱，外每月刑具银二两八钱，共银三十三两六钱，二项共银一百二十两。州前总铺并各路二十七铺司兵八十三名，冲繁司兵六十七名，每名银一十两；路僻司兵十六名，铺司［二名］①，每名银七两二钱，铺兵每名银五两四钱，共银七百七十两八钱。民壮五百二十七名，每名银七两二钱，共银三千七百［九十］②四两四钱，内奉户部事例，扣解工食济边四十六名，共银三百三十一两二钱，每两水脚银二分，共银六两六钱二分四厘。吕梁洪巡检司弓兵二十名，每名银七两二钱，共银一百四十四两，内奉户部事例，扣解工食济边四名，银二十八两八钱，每两水脚银二分，共银五钱七分六厘，二项共银一百四十四两五钱七分六厘。税课局巡拦八名，每名银七两二钱，共银五十七两六钱。申明亭抬礼捧盘夫四名，每名银七两二钱，共银二十八两八钱。都抚门子二名，每名银七两二钱，共银一十四两四钱。东察院门子二名，每名银七两二钱，共银一十四两四钱。西察院门子一名，银七两二钱。南察院门子一名，银七两二钱。留祖庙夫一名，银二两。旧巡盐快手、广运仓墙夫，诸坛、黄茅岗、黄楼、启圣祠、应璧楼各门子并诸浮桥夫，今俱裁）。

萧县额编杂差共四百六十七名，共银三千九百六十四两七钱二分（巡抚都察院皂隶一名，银一十两。南京太仆寺皂隶一名，每年解银二两四钱。工部管河郎中快手一名，银一十二两。兵备道快手三名，每名银二十两，共银六十两；健步四名，每名银一十二两，共银四十八两。徐州广运仓斗级四名，每名银七两二钱，共银二十八两八钱。徐州轿夫四名，每名银六两、绳缆银一两，共银二十八两。本县知县皂隶一十名，每名银七两二钱，共银七十二两；上司听差皂隶三十名，每名银七两二钱，共银二百一十六两；快手四名，每名银二十两，共银八十两；门子二名，每名银七两二钱，共银一十四两四钱；灯夫二名，每名银四两二钱，共银八两四钱；祇候四名，每名银一十二两，共银四十八两；马夫一十名，每名银四两，共银四十两。县丞皂隶二名，每名银七两二钱，共银一十四两四钱；门子一名，银七两二钱；祇候二名，每名银一十二两，共银二十四两；马夫一十名，每名银四两，共银四十两。主簿皂隶二名，每名银七两二钱，共银一十四两四钱；门子一名，银七两

① 二字据文例补。
② 二字据检算实数补。

二钱；祗候二名，每名银一十二两，共银二十四两；马夫一十名，每名银四两，共银四十两。典史皂隶二名，每名银七两二钱，共银一十四两四钱；门子一名，银七两二钱；祗候一名，银一十二两；马夫一十名，每名银四两，共银四十两。上司并县丞、主簿、典史灯夫一十名，每名银四两二钱，共银四十二两。儒学庙夫一名，银一十两；启圣祠［庙］①夫一名，银一十两；门子二名，每名银一十两，共银二十两；斗级一名，银一十两；斋夫四名，每名银一十二两，共银四十八两；膳夫四名，每名银二十两，共银八十两。本县预备仓斗级二名，每名银七两二钱，共银一十四两四钱。水次仓斗级二名，每名银七两二钱，共银一十四两四钱；库子二名，每名银七两二钱，共银一十四两四钱；库书二名，每名银七两二钱，共银一十四两四钱；看监禁子六名，每名银七两二钱，共银四十三两二钱。总铺并各路铺共九铺，司兵一十九名，冲繁司兵九名，每名银一十两；僻地铺司五名，每名银七两二钱，兵五名，每名银五两四钱，二项共银一百五十三两，续增银一十两。解人甲首一十五名，每名银七两二钱，共银一百八两。民壮二百二十九名，每名银七两二钱，共银二千二百一十七两七钱一分，内奉户部事例，扣解工食济边四十五名银三百二十四两，每两水脚银二分，共银六两四钱四分，通共银二千二百二十四两六钱②；纳粮解边弓兵五名，每名银七两二钱，共银三十六两，每两水脚银二分，共银七钱二分，通共银三十六两七钱二分。察院、公馆门子三名，每名银七两二钱，共银二十一两六钱。巡拦二名，每名银七两二钱，共银一十四两四钱。赵家圈巡检司弓兵二③十一名，每名银七两二钱，共银一百五十一两二钱。子张墓户一名，银四两。禹［王］、三贤④、关王三庙共夫一名，银八两。旧巡盐快手、广运仓墙夫、诸坛门子并防夫，今俱裁）。

沛县额编杂差共三百九十名，共银二千五百八十四两三钱七分八厘（巡抚都察院快手一十名，每名银二两二钱八分五厘，共银二十二两八钱五分。南京太仆寺皂吏一名，医兽一名，每名银一十二两，共银二十四两。管河郎中快手一名，银一十二两，工部管夏镇闸分司皂隶一十二名，门子二名，兵夫二名，每名银七两二钱，共银一百一十五两二钱。兵备道快手二名，每名银二十四两，共银四十八两。海防道皂隶一名，银七两二钱。徐州广运仓斗级一名，银七两二钱。徐州轿夫四名，每名工食并绳缆银八两五钱三分，共银三十四两一钱二分。本县皂隶一十八名，每名

① 字据文例补。
② 按：民壮一条银两总数难符。旧志算法既难审计，暂仍原文。
③ 原作“三”，据检算实数改。
④ 原作“禹三黄”，案嘉靖《徐州志》卷七《户役》，萧县均徭有“禹王庙、三贤祠、关王庙夫一名，银三两”，此时并为一夫，则“王”字脱，“贤”字讹，据嘉靖《徐州志》补改。

银七两二钱，共银一百二十九两六钱；听差青衣皂隶三十名，每名银七两二钱，共银二百一十六两；门子三名，每名银七两二钱，共银二十一两六钱；灯夫四名，每名银四两二钱，共银一十六两八钱。知县祇候四名，每名银一十二两，共银四十八两；马夫一十名，每名银四两，共银四十两。县丞祇候二名，每名银一十二两，共银二十四两；马夫一十名，每名银四两，共银四十两。主簿祇候二名，每名银一十二两，共银二十四两；马夫一十名，每名银四两，共银四十两。典史祇候一名，银一十二两；马夫一十名，每名银四两，共银四十两。儒学庙夫二名，门子四名，每名银一十两，共银六十两；斋夫四名，每名银一十二两，共银四十八两；膳夫四名，每名银二十两，共银八十两。水次仓斗级二名，每名银七两二钱，共银一十四两四钱；库子二名，每名银七两二钱，共银一十四两四钱；库书二名，每名银七两二钱，共银一十四两四钱。看监禁子六名，每名银七两二钱，共银四十三两二钱。总铺、夏镇铺司二名，每名银七两二钱，共银一十四两四钱。兵夫十四[①]名，每名银五两四钱，共银七十五两六钱。民壮一百七十九名，每名银七两二钱，共银一千二百八十八两八钱，内奉户部事例，扣解工食济边三十二名，银二百三十两四钱，每两水脚银二分，共银四两六钱八厘，通共银一千二百九十三两四钱八厘。巡拦一名，银四两。旧有巡盐快手等差，俱裁）。

砀山县额编杂差共二百八十一名，共银二千四十一两七分四厘（巡抚都察院皂隶一名，银一十两。工部管河郎中快手一名，银一十二两。兵备道马快手一名，银二十四两；健步四名，每名银一十二两，共银四十八两。徐州听差民壮二名，每名银七两二钱，共银一十四两四钱。徐州广、永二仓斗级二名，每名银一十两，共银二十两。本县直堂皂隶一十六名，每名银七两二钱，共银一百一十五两二钱；门子二名，每名银七两二钱，共银一十四两四钱；灯夫四名，每名银三两六钱，共银一十四两四钱。知县马夫一十名，每名银四两，共银四十两；祇候四名，每名银一十二两，共银四十八两。主簿马夫一十名，每名银四两，共银四十两；祇候二名，每名银一十二两，共银二十四两。典史马夫一十名，每名银四两，共银四十两；祇候一名，银一十二两。以上祇候七名，每年带征闰月银二两三钱三分三厘。儒学庙夫、库子、门役共五名，每名银一十两，共银五十两；斋夫四名，每名银一十二两，共银四十八两，每年带派闰月银一两三钱三分三厘；膳夫四名，每名银二十两，共银八十两。本县预备仓斗级二名，每名银七两二钱，共银一十四两四钱；库役二名，每名银七两二钱，共银一十四两四钱；库书二名，每名银七两二钱，共银

① 原作“四十”，据检算实数乙正。

一十四两四钱。看监禁子六名，每名银七两二钱，共银四十三[①]两二钱。铺兵一十二名，每名银五两四钱，共银六十四两八钱。民壮一百七十名，每名银七两二钱，共银一千二百一十四两，内奉户部事例，扣解工食济边三十二名，银二百三十两四钱，每两水脚银二分，共银四两六钱八厘。察院、公馆门子一名，银七两二钱。巡拦一名，银四两。旧巡盐快手、徐州桥夫，今俱裁）。

丰县额编杂差共一百六十九名，共银一千二百八十两七钱九分九厘（巡抚都察院皂隶一名，银一十两。南京太仆寺皂吏一名，每年解银二两四钱。工部管河郎中快手一名，银一十五两。兵备道马快手二名，每名银二十两，共银四十两；健步二名，每名银一十二两，共银二十四两。徐州广运仓斗级一名，银七两二钱。永福仓斗级二名，每名银七两二钱，共银一十四两四钱。本县直堂皂隶一十名，每名银七两二钱，共银七十二两；门子二名，每名银七两二钱，共银一十四两四钱；灯夫四名，每名银三两六钱，共银一十四两四钱。知县马夫一十名，每名银四两，共银四十两；祗候四名，每名银一十二两，共银四十八两，带派闰月银一两三钱三分三厘。典史马夫一十名，每名银四两，共银四十两；祗候一名，银一十二两，带征闰月银二钱三分三厘。儒学庙夫二名、门子二名、斗级一名，库子一名，每名银一十两，共银六十两；斋夫四名，每夫银一十二两，共银四十八两，带派闰月银一两三钱三分；膳夫四名，每名银二十两，共银八十两。本县预备仓斗级二名，每名银七两二钱，共银一十四两四钱；库子二名，每名银七两二钱，共银一十四两四钱；库书二名，每名银七两二钱，共银一十四两四钱。看监禁子六名，每名［银］[②]七两二钱，共银四十三两二钱。总铺并各路铺五处，司兵共七名，总铺司一名，银七两二钱；铺兵六名，每名银五两四钱，共银三十九两六钱。赍文夫一十名，每名银七两二钱，共银七十二两。察院门子一名，银七两二钱。听差有马民壮一十八名，每名银七两二钱，共银一百二十九两六钱，外草料、弓矢议申扣留徐州供给马兵口粮银内，支给守城民壮五十五名，每名银七两二钱，共银三百九十两。巡拦一名，银四两。旧有启圣祠门子、巡盐快手、先沛县工部分司马快手、徐州桥夫，今俱裁）。

人匠

徐州原额轮班各色人匠四百八十二名，每年每名纳银四钱五分，共银二百一十六两九钱；原额住坐各色人匠一百三十八名。

萧县原额轮班各色人匠一百四十三名，每年每名纳银四钱五分，共银六十四两三钱五分；原额住坐各色人匠三十一名。

① 原作“五”，今据编银实数检算改。
② 字据文例补。

沛县原额轮班各色人匠一百二十六名，每年每名纳银四钱五分，共银五十六两七钱；原额住坐各色人匠五十一名。

砀山县原额轮班各色人匠一百四名，每年每名纳银四钱五分，共银四十六两八钱；原额住坐各色人匠一十六名。

丰县原额轮班各色人匠四十九名，每年每名纳银四钱五分，共银二十二两五分；原额住坐各色人匠三十二名。

凡轮班人匠，每四年一次，奉工部札发文册，照数征银解纳，每名征银一两八钱。近照新例，止征银四钱五分，遇闰月，年征银五钱；其住坐者不征银，凡以供役而已。

里乘

徐州见年里长走递马骡四十匹，各编银不等，共银八百二十两。

萧县里长走递马二十三匹，骡二十三头，各编银不等，共银三百三十一两二钱。

沛县里长走递马二十八匹，共银五百九十六两八钱八分。

砀山县里长走递马八匹，骡七头，各编银不等，共银三百九两二钱。

丰县里长走递马八匹，骡七头，各编银不等，共银三百九两二钱。

凡马骡，视昔稍减，旧贴监上宿甲首同马骡编者，今俱裁。

徐州志卷之三终

徐州志卷之四

祀典

凡境内祠庙不祀者并附

《礼》曰："有功德于民者，祀之；为民御灾捍患者，祀之。"故《春秋》禋荐，首先师而次社稷山川，所以崇圣道而重封守也。惟徐之州邑，帝王贤人之祠墓在焉，且以漕舶所经，多奉河道群神，以祈眷佑，皆礼所当祀，而非失之淫且谄[①]也，法得具载。其他祠庙，间有不经，然时俗所尚信，而私为之报赛祈禳者，亦附列于左云。

徐州

先师庙（规制见《学校》），祀先师孔子。东西列四配（颜子、曾子、子思子、孟子），次十哲（闵子骞、冉伯牛、冉仲弓、宰子我、端木子贡、冉子有、仲子路、言子游、卜子夏、颛孙子张），两庑列七十二子（澹台灭明、原宪、南宫适、商瞿、漆雕开、司马耕、有若、巫马期、颜辛、曹恤、公孙龙、秦祖、颜高、穰驷赤、石作蜀、公夏首、后处、奚容蒧、颜祖、句井疆、秦商、公孙句兹、县成、燕伋、颜之仆、乐欬、狄黑、孔忠、公西蒧、施之常、秦非、申枨、颜哙、宓不齐、公冶长、公晳哀、高柴、樊须、公西赤、梁鳣、冉孺、伯虔[②]、冉季、漆雕哆、漆雕徒父、商泽、任不齐、公良孺、公肩定、鄡单、罕父黑、荣旂、左人郢、郑国、原亢、廉洁、叔仲会、邽巽、公西舆如、陈亢、琴张、步叔乘），次春秋以来诸儒（左丘明、公羊高、穀梁赤、高堂生、毛苌、伏胜、孔安国、董仲舒、后苍、王通、杜子春、韩愈、胡瑗、周敦[③]颐、程颢、程颐、邵雍、张载、司马光、欧阳修、杨时、朱熹、吕祖谦[④]、陆九渊、胡安国、张栻、蔡沈、真德秀、许衡），岁以春秋仲月上丁日致祭。

---

① 原作"謟"，系"谄"俗字，见《论语·为政》："非其鬼而祭之，谄也。"

② 原作"处"，据《史记·仲尼弟子列传》改。

③ 原作"惇"，径改。

④ 吕祖谦后原有"胡瑗"，与前重出，径删。

祭器，凡五百八十七件（锡香炉六个，锡花瓶三对，锡酒尊四个，锡盥盆三副，铜爵二十只，锡爵一百八只，锡簠、簋各一十六副，锡豆七十二副，锡登五副，锡酒杓三柄，锡铏二十副，木牲匣五副，长木桌三十二张，小木香案四张，铁高烛台二对，小木烛台三十六对，牲匣桌二张，涤牲桶四个，宰牲木凳八条，竹篚箱九个，牲血盆八个，毛血盘十个，酒尊桌三张，铁锅五口，水桶五个）

颁降乐器，凡二百二十七件（麾幡一面，红漆竿一条，龙头钩一个；柷一座，敔一座；排箫二面，搏拊鼓二面，圆条二条；琴六张，弦枕全，红琴案六只；瑟二张，弦柱全，红瑟架二只；旌节二串，铜饰，红竿二条，龙头全；笙六攒，笛四管，箫四枝，埙二个，篪二枝，籥笛三十六枝，舞竿三十六条，雉尾全；应鼓一面，柱一座，十字螺虫全；龙头四个，龙杖四条，铜钩四个，五色流苏四串，并座；鼓槌二个，钟架一座，铜钟一十六个，妆画龙头二个，妆画飞凤五个，螺虫二个，座子二个，五色流苏二串，并盘；铜钩二个，铜槌二个，磬架一座，石磬一十六个，黄绵花条一十六条；铜钩二个，磬槌二个，妆画龙头二个，座子二个，妆画飞鸾五个，凫鹅二个，五色流苏二串）。

凡祭，先师用帛一、羊一、豕一、爵三、登一、铏二、簠二、簋二、笾八、豆八。四配共用羊一、豕一，各帛一、爵三、登一、铏二、簠一、簋一、笾六、豆六。十哲共用帛二、豕二，各爵一、铏一、簠一、簋一、笾四、豆四。两庑，每庑共用帛一、豕一，每四坛共用爵四、簠一、簋一、笾四、豆四。

凡祭，必大合乐，麾一，柷一，敔一，琴六，瑟二，钟十有六，磬如之，埙二，篪如之，箫四，凤箫如之，笙六，笛四，搏拊鼓二，应鼓一，其乐生三十八人，工歌六人，旌二。籥三十六，翟如之，舞生三十八人。属邑祀日与仪并同。

启圣祠（见《学校》），祀启圣孔公（叔梁纥），以四氏配（颜子父路、曾子父点、子思父鲤、孟子父孟孙），从祀三人（程珦、朱松、蔡元定）。凡祀先师，则前期行事，祭品视十哲。

国初，仍前代制，称孔子“大成至圣文宣王”，肖像，服衮冕。祭用笾豆十二，舞用八佾。四配以下从祀者，并以公侯称。嘉靖庚寅，上用辅臣议，改正礼制，去肖像，易以木主，题曰“至圣先师孔子”，四配曰“复圣颜子”“宗圣曾子”“述圣子思子”“亚圣孟子”，十哲以下曰“先贤某子”“先儒某子”。别祀孔子父启圣公于启圣祠，配以四子，从以三人（并见前）。削十三人（申党、公伯寮、秦冉、颜何、荀况、戴圣、刘向、贾逵、马融、何休、王肃、王弼、杜预、蔡澄），以七人各祀于其乡（林放、蘧瑗、郑众、卢植、郑玄、服虔[1]、范宁），增祀五人（后仓、王通、

① 原作“处”，据嘉靖《徐州志》改。

欧阳修、胡瑗、陆九渊）。笾豆各损其四，乐用六佾，以示天下尊崇之实。诸邑同。

名宦祠（见《学校》），祀唐推官韩愈，宋知州苏轼、傅尧俞、王洙、曾肇、杜纯、王复，司法杨时，国朝都御史王竑，兵备副使汪舜民，知州文景宗、杨节仲、杨秘、宋诚、王叙、和鸾，同知刘秩，凡一十七人。户部主事梅守德记（曰：徐在古，九州之一。尧封彭祖篯铿于此，为大彭氏国。自秦郡县理人，嗣世仍之，迨用不变。建置官守，则代有升降殊焉。时维建旐剖竹，布政宣风，其磨灭无述者勿论已，间若唐之姚崇、韩愈，宋之苏轼、杨时，或恤其灾患，或导以厚生，或敦典迪文，赞谟弼教，斯其绩用之最章章者，自馀所居民利、所去民思，率有可称谈。虽功自位殊，业缘时异，并以徽音流泽，芳润千祀。考诸先王之制，法施于民者，以死勤事者，以劳定国者，能御大灾、捍大患者，咸在祀典。昔子产殁而舆人颂，文翁终而西蜀祠。甘棠，召伯所茇，南国爱之，至相戒勿剪伐焉。夫颂者，宣其感者也；祠者，表其思者也；爱者，永其报者也，皆人之情也。人情所在，圣王不能违焉。故礼以缘情，而非强世为也。明兴且二百年，治化隆洽，礼文宣昭，怀柔百神，罔有恫怨。惟徐实在畿甸，邻壤鲁邹，士习章缝，亦既彬彬尔矣。顾兹礼之重且大者，辄废不讲，甚阙典也。权诸人情，鲜不用为病焉。象山同野王君梃，以山东按察司副使镇徐，倡道诱人，敕法贞度，问诸民所疾苦而辑和之。道久政成，民用晏堵，诸凡城郭、黉校、书院、津梁，次第修建，典章焕然。爰诹旧学正吕锐与其弟子辈，佥言是祠尤弗可但已。洎询州长老，则亦如弟子言。遂下有司，度地鸠工，庀物兴役，以判官袁衮董之。不逾时而报落，堂宇轮奂，奕奕维新。乃复益诹群[1]言，稽摭故实，得宜祀者凡若干人，令有司列而祀之，凡皆祭法所当，协诸人情而协焉者也。夫理有旷世而相感，苟非其人，道不虚行。之数公者，其生不同时，其官不同职，其产不同地，逮今无虑千百年，始得享血食之报于徐之人，相与俎豆于一堂之上，俨乎洋洋乎，昭云汉而亘今古。岂其精灵英爽，于今为烈？与云龙、汴泗相为不朽者，亦必有待而发与？夫名者，实所由章；劝来者，未有不证诸往者也。证往以劝来，则感应速；循名以核实，则鉴戒昭。世降习窳，吏人或怀苟且，与世浮沉，甚则残甿以逞，隳败甘心焉。徐当南北孔道，赋役繁滋，又其鸷悍犷桀之俗，未尽消释，所赖以休养化导之者，诸执事责尔。继今吏于兹者，登斯堂也，无亦惕然而感思，以绍其绝响，不赧于古人。人则大者至含哺之嬉，小者有息肩之惠。厥祠之建，民永赖之，其义不至深远哉？是年，会余有事兹土，乐觏厥成。已而官属诸生，烝烝然进于庭，咸谓摧扬懿美，阐发幽遐，宜有言为来者诏。《诗》曰："高山仰止，景行行止。"又曰："靖共尔位，好是正直。"守德不佞，盖

[1] 原作"郡"，据康熙《徐州志》卷三十三《艺文六》改。

尝寤寐于斯云）。

乡贤祠（见《学校》），祀汉光禄大夫龚胜，宋教授陈师道、山人张天骥、国子监说书颜太初，国朝工部尚书朱守仁、大学士权谨、汝宁教授马蕙、新乐知县张端、孝子王豫、福建提学御史马津，凡十人。先是，马津记（曰：乡贤祀于文庙之右，左以逊名宦也。宦之名者祀之，乡之贤者祀之，未名而贤者，将以思而劝也。古之乡先生，没则祀于社。惟其贤也，非贤何劝？自古圣神，以道经世。唐虞三代君臣，孔子贤之，传述其道，垂训万世，今六经所载是已。当时颜、闵诸子，以德、言、政、学，表见《鲁论》，皆其徒也，皆从夫子而有得焉者也，后世亦皆曰贤。吾徐，地邻阙里，流风遗泽，沾被无穷。是以诸贤承运而兴，德、言、政、学，往往名世。论而进之，以祀于夫子之宫，盖皆可立门墙之下，于道未有畔焉者也。如其畔，则麾之矣，孰能滥？凡我后生，生于斯，游于斯，能无高山景行思乎？思与之齐，由一乡以进于天下，不愧前人，思之功也。祠者，望也。若谓圣贤不可企及，居今之世，可以浮沉，则虽圣贤与居，亦末如之何矣！此非祠之意也。於戏！我明立国百八十年，文教周洽，二祠将遍宇内。徐在邦畿之内，前此未有，非阙典乎？嘉靖丁未，兵备宪使同野王公乃始创作，盖知鸢飞鱼跃之意，非徒为观美也。公名梃，浙江象山人。时修学宫而备其制，故弗遗，来者尚有考焉）。

五贤祠（见《学校》），即故先贤祠。原在旧学宫，正统元年建，学正吉水刘羽记（略曰：徐州先贤祠，皆祀前代有功烈者，祭法所当也。旧无祀。正统改元，监察御史吉丰彭公勖，以提举学校巡按直隶郡县，命徐州判官朱泗等立祠祀[①]之。羽题其石曰：祀先圣贤以祠，虽祭法所以示报功，亦以使后人之观感。何者？文天祥入忠节祠，慨然曰："殁不俎豆其间，非丈夫也！"厥后，身出宋衰，勤劳君父，险夷一节，卒以扶植纲常，表仪臣道，与忠公节公如列星众曜，灿烂争辉。观感之功，一至于此也。今之入是祠者，触物兴怀，人心所同，宁不恻然而感。徐之人亦岂止于是乎？而祠祀乃止于是也。其人已化而为尘埃，第宅已荒而为荆棘，子孙已离乱而不知其何在，而庙貌顾巍然见存，不随死而化，不恃亲而立，人岂得而私之乎？国有常法，人赋秉彝，有不可已者。"颜何人哉，希之则是。"感慨兴起，恶能已矣！吾故曰：祠祀先贤，虽祭法以示报功，亦以使后人之观感也。彭公由进士发身，学术醇正，善作兴人，此亦可见其一端云）。天顺戊寅，知州宋诚重建，自为记（略曰：贤才之生，岂偶然哉？盖必有以钟川岳之秀，关气运之盛，明良相逢，后先继起，故能建立丰功，谋谟王室，勋名炫耀于当时，声实仪范乎后学，虽千百岁之远，自有不可泯灭者。徐之间气所钟萃于人，若汉丞相萧文忠公何、曹懿

① 原作"祀祠"，据文例乙正。

公参、太傅王公陵、太尉周公勃、舞阳侯樊公哙、夏侯文公婴、御史大夫周公昌、丞相周公亚夫、光禄大夫龚公胜、谏议大夫龚公舍、卓行姜公肱、石渠博士施公雠，隋治书侍御史刘公子翊，唐绵州刺史刘公德威，宋太学博士陈公师道，元御史中丞曹文贞公伯启、徐州观察副使孔公午、翰林学士袁文靖公遵道、兵部尚书石忠毅公普，国朝右佥都御史黄公政、文华殿大学士权公谨，凡二十有一人，建祠于学宫，祀之有年矣。予谒庙顾瞻，祠宇渐至倾侧，弗称景仰先哲意，遂乃鸠材庀工，撤而新之。经始于今年秋九月辛卯，十月癸酉始克完美。是冬十一月朔，率郡官僚师生奉安神位。俎豆之设，仪文之备，焕乎有章矣。夫贤才有益于天下国家，古今一致也。徐之先贤，或以相业著，或以战功显，或以文武节操称，皆足为后人所师法。学校，育才之所，诸士子朝夕游焉。幸今遭际圣明作乂，其于先贤勋绩行实，皆素所饫闻，宜必以是自期待，必欲措诸事功。则庶几接武前修，与徐之山川增辉出色，亦不负圣朝养育之盛心矣。不然，则非予之所望）。继学正龚汇以韩昌黎愈、苏文忠轼二公仕徐，皆有遗惠，刻像置诸贤前崇祀之。成化七年，知州陈廷琏徙建黄茅冈，增先贤陈后山师道，为三贤祠，而先贤祠遂废。成化十八年，知州和鸾复徙三贤祠于旧学宫西畔。正德二年，户部主事张孟中增杨龟山，为四贤祠。嘉靖四十年，知州郑维邦增刘子政，为五贤祠。隆庆三年，从新学徙今所。

五公祠（见《学校》），祀总河都御史翁大立、监仓户部主事朱光宇、徐州兵备副使冯敏功、徐州知州章世祯、刘顺之。缘徐旧学久罹水患，五公首倡大举，共图迁徙今学，诸生德之，各捐资创祠，肖像祀焉。山东副使南康熊俸记（曰：五公祠，祀总河中丞见海翁公、计部使者文川朱公、宪副小山冯公、郡守近云章公、达斋刘公也。五公曷为而祠也？为其有功于徐之学也。徐学旧在丽谯[1]东偏，地势卑下，每暑雨辄为壑，经月潴决，秋祭恒废不举。公署漂没，师儒投止民舍，殊非所以陈俎豆而广弦诵也。故贤科日见寥落，而曾、杨之家多归咎焉，共指永福废址为吉。第废为计部所辖，莫或致之，诸生抱隐忧数十年矣。隆庆己巳秋，翁公以河务按徐，循例谒庙。会学宫在巨浸中，即宫墙外之通衢而遥拜焉。因进诸生以讯，得其故，深为太息。首倡大义，力主改卜，乃恳于朱公，请以学易废。朱曰："废取其定，以广储而已，地不必吉也。易之而可以贲人文，夫何靳？"议既戢矣，翁公亟命章公任其事。冬十二月，先迁先师庙，次两庑、戟门，又次明伦堂。规制甫定，诸生翕然慰也。庚午秋试，张生鹤鸣果登天箓，人皆谓其协应云。嗣而翁公、章公相继去，工遂停罢，诸生又忧之。迨辛未，冯公以饬兵至，兴废振坠，立文明坊，建斋舍，治垣围，渐次修举。而刘公适自四会迁守，庶务未遑，锐志完美。若

① 原作"樵"，意通。

泮池、棂星门，启圣、名宦、乡贤、五贤诸祠，尊经阁、敬一亭、公署、号舍、坊牌、路径，莫不躬度方位，捐俸聚材，并乎偕作。严课章程，群工效其能，而乐成于不日矣。爰是，诸生相告语曰："五公有长世之泽于多士也，当图报于不朽者。"乃建祠列位于文庙之西，俾之世享[①]血食，与此学相终始。祠既成，适熊子北上过徐，诸生谒而白状，乞一言以记之。夫[②]崇圣道而育贤才，得形胜之地为难；起大事而动大众，得肩事之人为难。故昔之有事于徐者，不知其若干人矣，听学宫之浸灌颓圮，纵以改卜告之，漫然曰"地不可得也"，或曰"大役不可轻举也"，徒使青襟之士，共抱孤耿而已。五公者，先后殊时，尔汝异秩，惟能同道以相益，是以同心而共济图之。数十年而不获者，相继而成之。有华构以备妥侑，有斋堂以便讲肄，有杰阁以储典坟。率作兴事，综理惟周；吐馥腾华，其应如响。礼乐文明之会，皆五公协力殚心之致矣。其高风茂烈，永永不磨。而祀有崇祠，正崇德报功之义也。顾余尚有以告多士焉："奉五公之祠者，尤当亮五公之心。思得鸿生巨儒，用光庠序，实其所惓惓者。宜远突梯滑稽之态，去纷华波动之习，矢心圣道，接武贤科。入则敦伦徙义，为乡之彦；出则宣猷沛泽，为国之桢。德业兼隆，华实两懋。庶几仰副五公之所属望矣！"并告同志，敬而听之）。

社稷坛，旧在北门外三里。洪武二年，知州文景宗创建。初分二坛。八年，遵定制并为一。当祭，设木主二，左州社之神，右州稷之神，俱南向，祭毕藏之。旁有神厨库、宰牲房。岁以春秋仲月上戊日致祭。凡祭，用羊二、豕二、帛二、爵三、登一、铏二、笾四、豆四、簠[③]二、簋二，无乐。万历二年，知州刘顺之因每年水涨，至不可祭，徙于新筑堤内，仍在北门外西一里许。

里社，洪武八年定制，每里立社一，祀土、谷二神，命里中耆老，岁以春秋仲月，用羊、豕、酒、果祭。诸邑同。

风云雷雨山川坛，在南门外一里。洪武二年，知州文景宗建。当祭，设木主三，中一曰"风云雷雨之神"，左一曰"徐州境内山川之神"，右一曰"徐州城隍之神"，俱南向。岁以春秋仲月上丁第三日致祭。凡祭，用帛七，牲视社稷加其一，余并如之。诸邑同。近圮于水。万历三年，知州刘顺之重修。

州厉坛，在北门外二里。洪武八年，知州高玉琳[④]建。岁以清明、中元、十月朔凡三日致祭。先期，导[⑤]迎城隍神位于坛，榜合无祭祀鬼神而祭之。凡祭，用羊

① 原作"亨"，通"享"。案《康熙字典》："古惟'亨'字，兼三义。后加一画，作享献之'享'；加四点，作烹饪之'烹'。今皆通用。"

② 原作"犬"，径改。

③ 原作"簋"，据嘉靖《徐州志》改。

④ 原作"球"，讹从嘉靖《徐州志》，据《职官表》改。

⑤ 原作"道"，通"导"，今从嘉靖《徐州志》用字。

三、豕三、果四，羹饭、冥衣凡数百具。万历二年，知州刘顺之因每年水涨，至不可祭，徙坛于新筑堤内，仍在北门外西一里许。

乡厉坛，洪武八年定制，每里立坛一，里中耆老主之。用羊、豕、果、酒，如州期，祭本乡无祀鬼神。诸邑同。

田祖神庙，在城西北五里许，旧称“螟蝗”，或称“司稼”。洪武末，知州杨节仲[①]因元故址建。宣德间知州杨秘、天顺间知州宋诚相继修葺。祭日、品与坛同。

城隍庙，在城东南隅。洪武二年，知州文景宗建。宣德九年，知州杨秘重建。天顺二[②]年，知州宋诚重修。成化五年，知州王叙撤旧鼎建，未就。七年，知州陈廷琏继成之。外表以城隍庙、灵佑侯二坊。

徐州洪神庙，在百步洪上。旧称灵源弘济王，或称金龙四大王。凡舟逾洪，必祷焉。元郡守赵克明建，萧人傅汝砺撰碑（文曰：中原河山形胜，彭城为最。河源出昆仑，万里西来，宣房水之灵府，神明实主之。吞泾纳渭，历砥柱而东，狂澜冲突，缠纬畿甸，变迁无定。由汴渠故道，掠彭门而与泗、汶通，其势弥盛。郡城东南，双洪对峙，奔流砰湃，汇为涛渊。国朝收复残宋，车书混一。无［远］[③]不服，重译入贡。舆琛辇赀，必由彭城。使者旁午，殆[④]无虚日。连樯巨舶，络绎不绝。百步洪东岸，旧有祠宇。下瞰洪涛，高崖峭壁[⑤]，无云而雷，鼋鼍出没，人所惊嘻。横波之石，廉利侔剑戟。凡至洪下者，必舣舟弭楫，股栗［心悸］[⑥]，睥睨不敢发。莫不割牲酾酒，恭谒庙貌，睢盱偵伺，以听神命。吉凶逆从，昭答如响。少有凭忽，舟上下失势，沦溺者往往有之。曩岁江淮未附，邳徐之境，家犀户鹤，民不聊生。庙亦草创，岁久摧圮。郡侯赵克明与其僚属，慎乃庶绩，整其隘陋，倡率资助，醵钱为五百万缗，创建殿廊，焕然一新。夫天一生水，善利万物，民所以取财用也。《礼》云：“三王之祭川，皆先河而后海，曰源也，委也，此之谓务本。”后汉元光间，河决瓠子，白马沉璧，历代所宗。与夫泯竭其力，以奉无名之木土者，可同语哉？侯请予为文纪之。比者宦游南国，亦尝祷于祠下，目击其状。故泚笔以记其实。夫《易·需卦》：“需者，待也。”为险在前，须有所待也，可不慎欤？乃系之以辞曰：纳纳提封，徐当其中。奎娄之方，白羊之宫。河山襟带，惟徐最雄。河源西来，常骛于东。郡城之角，泗汶潜通。乱石横波，对峙双洪。奔流澎湃，汇为涛漈。驿船市舶，往来憧憧。殊方辐辏，津梁要冲。涛头出没，鼋鼍喁喁。惟天

明万历《徐州志》

① 原作“仲节”，讹从嘉靖《徐州志》，据本志《职官表》《宦迹传》乙正。
② 原作“一”，据弘治《重修彭城志》卷二《祠庙志》改。
③ 字据正统《彭城志》卷十四《艺文》补。
④ 原作“适”，系“迨”形讹，径改。
⑤ 原作“璧”，径改。
⑥ 二字据正统《彭城志》补。

设险，鬼凿神工。少有凭忽，沦溺是从。灵源弘济，历代所宗。孰其尸之，护国金龙。再新祠宇，龟石穹窿。恭奠侦伺，是效是崇。蘋蘩之荐，可羞王公。神其默相，报汝亦丰。惟王德溥，远迩攸同。屏卫王室，万世无穷）。成化七年，工部主事郭昇重建。嘉靖四十四年，沛河淤塞，新河凿成。越明年，皇帝遣工部尚书朱衡致祭，其文曰（昨岁以运道湮塞，命官开浚，祈祐于神。兹新河报成，神之福国利民，功实著焉。特用祭谢，所望昭垂保护。俾河道运济，永延无疆之休）。

徐州洪关尉神庙，在百步洪上，祀汉寿亭侯关羽、唐鄂国公尉迟恭二神。隆庆六年，主事张登云建。

吕梁洪神庙二：一在上洪，旧称河平王，永乐初建，宣德十年知州杨秘重修；一在下洪，旧称龙神，元皇庆间建，天顺元年知州宋诚重修。在上洪者，近没于水。万历二年，主事黄猷吉移迁左方，去原址数武，侈大其庙。庙后为新芳亭，延四方宾旅焉。

吕梁洪关尉神庙，在本洪，祀汉关羽、唐尉迟恭二神。元皇庆间建，翰林侍讲赵孟頫撰碑铭曰（夫神有所依凭则灵。载于有国之典，人得通祀者，惟山川之神与古圣贤之祠。山川则能藏天地之精气，古圣贤则有功德于民。有以圣贤而兼主山川之祠，则向往加多，享祀亦加数焉。徐州之水，合于吕梁，而入于淮，近世乃兼受河之下流。徐州之山，自西南来，乱流而东，复起为冈峦，累累然相系不绝。水中横石数百步，其纵十倍，其上下如纵得十之二三，高出于水上者，齰齰然象人齿牙。水势少杀，则悍急尤甚。舟行至此，百篙支柱，负缆之夫，流汗至地，进以尺寸计，其难也乃几于登天。舟中之人，常号呼假助于神明。有元混一天下，凡东南贡赋之输，皆引道自此，故舟至益多，日百千万艘。有庙在洪之西堧，所祀二神：一为汉寿亭侯关公，公事汉昭烈，尝为徐州牧；一为唐鄂国公尉迟恭。相传二公治水吕梁，徐州盖有二公之遗迹。二公生为大将，殁而为神，其急人之患难，夫岂忝于素志也哉？先王制礼，能御大灾、捍大患则祀之。如二公者，盖庶几其人焉。二公所治，乃扼乎天地之巨险，在人所尤急难之地。始作庙者董恩。庙成，奉牲酒者争门[①]而入，拜于轩陛之间者，至不能容。人之精神萃聚于此，又挟山川之气以自壮，故祷焉辄应。每事必祝，其灵赫然。享祀之至，愈久而愈盛。于此见忠义之士，虽［历］[②]千载，遗烈犹不泯也，岂不伟哉！恩，下邳人，尝为驿官，性敦朴，笃于事神。予往年被召，数往来洪上。恩砻巨石为碑，征予为文。余至京师，文成，书以遗之。皇庆二年十月十七日也。铭曰：於赫二神，奋发雄武。际会风云，

① 原作“问”，据嘉靖《徐州志》改。
② 字据正统《彭城志》卷十四《艺文》补。

服事英主。维时英主，遇合无间。左顾右盼，力剪祸乱。生为大将，死为明神。能介景福，以祐下民。徐合众流，浩浩南注。石扼中路，增悍兴怒。舟人至此，罔不震惧。日进万艘，谒庙致祭。刲羊割豕，罗拜轩陛。神所主治，多部将吏。号呼乞灵，缓急如意。拔人于险，振人于扼。水循故道，湍驰崩迫。鼋鼍蛟龙，各守其宅。神依于人，英威凛然。千载不泯，祷祀益虔[①]。作庙距涯，允壮且丽。碑铭我词，以告来世）。近没于水。万历二年，主事黄猷吉移建高阜，去原址二十余舍，题曰“共济”。

——以上四庙[②]，并宣德七年登祀典，岁以春秋上丁三日致祭。凡祭，用羊一、豕一、帛一，余与诸坛同。

金龙庙三：一在城北门外，河南岸，面泗水，运艘初过及过尽致祭；一在河东岸，万历二年圮于水，知州刘顺之重建；一在房村，嘉靖三十二年总河都御史曾钧题建，有祭。

昭灵神祠，在羊山。隆庆四年，总河都御史翁大立请建。徐州管洪主事岁主其祭。

文昌祠二：一在南门外西，天顺间知州宋诚自学宫徙建，久废；今一在戏马台，嘉靖二十六年建，工部主事冯有年记（曰：徐州当齐楚之交，古称勇敢，代多武弁。入国朝来，实为南甸之北门，首沐菁莪之化，文事始彬彬矣。自设科以来，科目得人，良不可限。迨嘉靖乙酉后，乃寥寥无闻焉。岁乙巳，四明同野王君来按察，重以是虑。既饬黉宇，以育群材，又建彭东书院，以育其尤者。阅一岁为丙午，佥谓是科也得人其盛，延伫望捷。久之，未有与者。是年冬，同知石子岗实摄篆事，乃谓僚友曰：“科贡至是，惟吾有司者之愆，其忍忽诸？”遂谋于州之缙绅大夫士，下逮堪舆家之说，咸谓前无文笔，坐是不昌。惟戏马台屹然城之丙位，又当学宫之阳，宜于兹更崇之。考诸志，上故有台头寺，意亦是故。今圮矣，曷不于此而祠以文昌乎？遂白于同野，可之。先是，僧惠礼者将梵宇于斯，闻是举也，力请任之，遍募以助费。时户部主事宛溪梅君与余倡之，自州而两卫，而大夫士，迨比闾之好事知义者，咸以文事故，皆乐于助。以故不烦公帑，阅几月而告成。台中为圆亭，其址窿然，其脊崒然，象文笔也。亭北为堂四楹，中祠文昌木主，北向，面学宫也，缭以周垣而门焉。予惟士之致身，固不屑屑于科目，而今世之行义达道者，匪是则为异途。有司之作人，苟可以旁罗豫养者，虽小道亦不废也，凡以得人耳矣。今徐之多士，不有才美如兹台之秀者乎？不有功积如兹台之厚者乎？又不

① 原作“处”，据嘉靖《徐州志》改。

② 以上四庙：即徐州洪神庙、吕梁洪神庙二座、吕梁洪关尉神庙，俱宣德七年登祀典（见嘉靖《徐州志》）。本志增补徐州洪关尉神庙，系隆庆六年新建，合前庙凡五，犹云“以上四庙”者，未妥。

有成章如兹台之焕发者乎？乃阅八试而罔一中式者，伊谁之咎？观昔人地灵人杰之句，要不可尽诿之人力也。矧是举也，费不烦于公帑，而事实切于兴贤。虽无庸，其将已乎？且一改观之间，而多士咸知自奋，行将起夫高明洞达之见，而益励其九仞一篑之功。虽天子之廷，其升有阶，其进有渐，其于乡举之细故乎何有？盖天下之事，曷易曷难，存乎人之为之耳。是役也，督工者为前指挥金鼐、耆民沙序[①]等云）。原居中北向。万历元年，知州刘顺之移建左方，南向焉。

丁塘拔剑泉庙（详见《古迹》），洪武末，知州杨节仲因故址建，自为碑记。天顺间，知州宋诚重修。

留侯庙二：一在留城。《后汉书》：留城中有张良庙。晋义熙十三年，宋公刘裕军次留城，经庙下，令以时修饰栋宇致荐。皆即此。成化间，巡河御史陈嘉谟、郎中顾余庆改建。一在子房山。宣德初，平江伯陈瑄因旱祷雨有应，建祠祀焉。景泰七年，知州宋诚徙山左新之（宋邵雍诗：灭项兴刘如覆手，绝秦昌汉若更棋。卷舒天下坐筹日，锻炼心源辟谷时。黄石公传皆是用，赤松子伴更何为。如君才业求其似，今古相望不记谁。〇元陈孚诗：子房王佐才，其风凛冰[②]雪。天遣[③]鹤发翁，圯上授宝诀。博浪沙中三尺铁，祖龙未死胆已裂。况此喑呜扛鼎夫，不直秋风一剑血。谈笑帷幄间，六合雄雌决。卯金四百年，只在三寸舌。但恨汉德非姚虞，不能身为古稷契。雍熙至治四百年，岂肯脱冠挂北阙。留城古祠今千载，碧藓溜雨眠断碣。我恐至人或不死，尚有笙鹤拥玉节。酌泉采菊往奠之，回首芒砀堕山月。〇本朝庐陵李祯诗：信族豨夷越醢躬，太平无复用英雄。高皇却堕先生计，世上何曾有赤松。〇程敏政诗：子房祠在望中岑，蔓草寒烟[④]尚可寻。五世报韩终有恨，一时兴汉本无心。书传黄石知真假，名配青山自古今。立马斜阳无限[⑤]思，天教风壑助豪吟。〇江夏冯世雍诗：青峦截列彭城东，山腰高构幽人宫。赤松黄石谩尘土，云裳月殿空玲珑。桃花片片野桥雨，杨柳依依山寺风。汉业楚雄今在不，一杯醽醁吊遗踪。〇青城于思睿诗：绝壁孤峰四望通，悠然怀古思无穷。汉时勋业秋风外，楚国山河夕照中。海气东来常带雨，江流南下正飞鸿。只今谋相还祠庙，千载令人感慨同。〇庐陵刘玉诗：蹑足封齐片语间，鸿沟不放虎东还。戏台战垒空相对，千古高名寄此山。〇保定刘恺诗：辞却高皇访赤松，留侯圭冕亦虚封。携壶别欲游三岛，辟谷何消受万钟。公子志酬身未老，仙人侣在兴还浓。神机讵许萧曹识，挥手

① 嘉靖《徐州志》作“沙武”。
② 原作“如”，据《陈刚中诗集》卷一改。
③ 原作“遗”，据《陈刚中诗集》改。
④ 原作“云”，据程敏政《篁墩文集》卷六十七改。
⑤ 原作“恨”，据《篁墩文集》改。

云霞路几重。〇铅山费寀诗：仗剑当年辅沛公，生平筹策是丹衷。计行骁将潼关破，约解鸿沟楚帐空。黄石有编皆妙算，赤松无树不高风。乾坤回首青山在，千古凭谁智略同。〇又诗：经行沧海逢黄石，鹿走秦家楚失骓。名重此山应自笑，一编书胜百斤椎。〇王梃诗：何处子房祠，孤标隔翠微。登临多感慨，瞻拜忽忘机。分土[①]城还在，藏舟碣已非。从游赤松侣，今度定安归。〇黄九皋诗：博浪潜身就沛公，报韩节义满丹衷。函关破日公孙立，栈阁烧时汉业空。间道复归思借箸，鸿沟决策早歌风。谋成辟谷云游去，平勃虽奇万不同）。

恭襄侯祠，在河东水次，祀平江恭襄侯陈瑄。侯有功漕运，故祀之。成化十八年，知州和鸾、指挥苏宽、千户刘显，以总漕平江伯陈锐规画鼎建。万历元年重修。

费公祠，在吕梁下洪。成化间，工部主事费瑄督理洪事，有惠政。初，洪人立生祠祀之，后登祀典。嘉靖丁未，都御史詹瀚、主事曹英修，尚书费寀记（曰：吕梁洪旧有费公祠，盖洪民思公功德，塑像建祠，奏请敕祀云。先是，成化间，公以工部主事莅洪。当是时，洪险而漕艰，公悉心经画之，漕以无虞，语在西涯李文正公《记》中。自弘治戊子至今五十年矣，祠将圮，绘像将剥蚀。适总河副都御史詹公至洪，造公祠拜焉，顾谓冬官曹君曰："嗟！使前无此公，奚以治洪？使后无此公，奚以劝功？况兹祠者，又洪民之所敬慕，孝皇之所以诏往励来者耶！祠像弗称，凡莅兹洪者，将无愧焉？盍议新之。"曹君于是经费饬材，令义民朱畐董之。工始于嘉靖丁未正月，越三月而落成。詹公闻而喜曰："祠新矣，像绘矣，匪树之碑，以纪成事，则后来继今者，竟何所观感而兴也乎？"乃又议创碑亭焉。碑亭成，曹君走状属予记之，且曰："费公，公之伯父也。述世昭德，信莫如公。昔欧阳公尚自表其先阡，至今人能诵之。而况于伯父乎！"寀于是拜手言曰：嗟！我复庵公之治吕梁，其所经画，昭昭人耳目不可掩，岂惟莅官然哉？当其在家食时，昆弟五人，公行二，先少保公其四也。公创家训，朔望集男妇于堂，使子弟读而警之。饭以公厨，不私具饭食，内外斩斩。其后仕宦禄入，亦均与昆弟分之。乡里人至今称孝弟者，必曰复庵公云。故其莅官，视国事如家事，兹非其天性哉？吕梁之祠，所以垂之千万世不忘，亦宜矣！予闻昔人谓：士君子立身，生当封侯，死当庙食。信斯言，则封侯与庙食者亦等耶？愚意不然，古今天下遭时取侯封者，奚啻什百千万？而其中磨灭无闻者，十又恒八九焉。君子以是知封侯短而庙食长也。公以进士起家，仕不过少参，而吕梁竟祠祀之，岂亦论其官耶？非《礼》所谓"有功德于人则祀之"者欤？鄙谚曰："不习为吏，视已成事。"公固为之于前矣。后之莅兹

① 原作"士"，据嘉靖《徐州志》改。

洪者，率能扩充其所经画，俾漕渠如安流，无亦标而趋之故耶？予观今天下多豪杰士，岂敢谓其人必俟公而兴者哉？若分署有退省轩，公所尝退食处也，今易为大观堂。有状元亭，先兄大学士文宪公宏所尝从公读书处也，则仍旧葺理之。公之民名，备于前记，不书，亦非寀所敢书也。詹公名瀚，玉山人，正德丁丑进士，今以资望迁少司寇。曹公名英，江津人，辛卯乡荐士，有廉能声。法皆得书，使后之人有所考焉。○费寀诗：十载并州梦，频来系所思。棠阴浓不改，云气缈何之。香火林边屋，声名水上碑。登堂诗史在，惆怅立多时）。

潘公祠，在城北四十里境山镇。嘉靖间，工部侍郎兼都察院副都御史潘希曾总理河道，民怀德政，立祠祀之。已而，有司致祭。郡人马津记（曰：潘公何祠？民祠之也。德公思公，图报无地，故为祠以尸祝之也。民何德公？公之理河不扰民，激水漕舟通利，国富民安，饮水者思禹，不能一朝忘也。然则民作之乎？民无敢作，君子者听之也。君子何听？高山仰止，景行行止，五音之于六律，方圆之于规矩，不能舍之而他适也。於戏！遗爱于民，遗法于后，公去犹不去也，公没犹不没也。大人君子，其无尚于立德也已？是故可以祠[①]，可以记。公讳希曾，字宗鲁，号竹涧，浙江金华人。嘉靖八年，以工部侍郎兼都察院副都御史，奉敕总理河道。祠成于十有六年之秋。倡之者，耆民郝端、伊魁等；听之者，理鹾监察御史陈公蕙、洪公垣；视其成者，徐州整饬兵备、山东按察司副使宋君圭，徐州知州陆君时望；记者，州人马津。记已为歌。歌曰：於戏！公之理河也，民无知。公之去河也，民有祠。河之水兮汤汤，公之灵兮洋洋。岁时伏腊兮，民曷可忘）。后节罹水患，沙淤齐檐，甚非庙貌。万历三年，知州刘顺之重加修葺，将其祠基升高八尺，焕然一新焉。

——以上八祠庙，并先后续登祀典，祀日、品与上庙同。如留侯庙，惟在留城者祀之；费公、潘公二祠，嘉靖二十二年知州王重贤废不祀，后旋复祀焉。

以下凡祠庙不祀者并附：

玉皇庙，在黄钟集，近圮于水。万历三年，知州刘顺之移建堤内。

东岳庙，在城西南隅，洪武初建。宣德间知州杨秘、天顺间知州宋诚，相继重修。

玄帝庙三：一在城北门闉，嘉靖四十年本里人建；一在城外小河口，万历三年移建河东岸；一在黄钟集河滨，近圮于水，万历三年知州刘顺之移建堤内。

火神庙八：一在南门城闉，一在城北小河东岸，俱万历元年知州刘顺之建。一在城西南隅，里人徐瀛建。二在南关，近山者，姜朋建，葛文秀修；滨洪者，申

① 原作“词”，据嘉靖《徐州志》改。

清、杨宝建。一在北关，王锁建。一在西关，杨铭建。一在夹河，郭奇建。

三官庙二：一在城北门闉，惟神司水，连岁黄河泛涨，知州刘顺之咎其无祀，乃于万历元年即北门滨河创建；一在城南隅，里人孙凤建。

宣圣庙，在城北七十里。

禹王庙，在吕梁上洪东岸。嘉靖十五年，主事张镗建。

关王庙六：一在城南门闉，嘉靖末副使刘天授建；一在双沟，隆庆四年总河都御史潘季驯建；一在城西门内，一在城南二里，一在城北二里，[一在城东门内][①]。副使冯敏功为双沟庙记曰（隆庆庚午秋八月，河决于睢宁，行田庐间，故道淤，转漕路绝。次年，大中丞潘公奉命督诸司道治之，塞诸决口，浚故道，夹河而堤之，殚悉区画，河乃复故，转漕复通。当是时，河患在邳、睢，故所治独详于邳、睢。其睢以上在徐、灵境者，犹仍故事，州邑缮御。公将议并筑之，未遑也。秋七月望，伏秋水大至，决灵璧之双沟。其下连九岭诸山河，幸无他徙虑，而民病昏垫，禾豆漂溺。公即棹小舟，亲探决口经度之。会日暮，风雨大作，舟掣入口，猛迅奔射，舟人不知所为。触挂树杪，欹侧垂覆，公身半濡水中。舟人皆泣，公神色不变，默念："吾竭力主事，以安万民，乃至于此。神独弗我佑乎？"顷之，舟忽肩平，若有翊出之者，风雨亦随息。公乃得渡。小憩间，忽梦有金甲神，赤颜而长髯者，若指示公出险状。觉而语诸人曰："此必关云长公也！"是夜，公即以所度决口距广，计调工科。翌日大集，役乃作。甫旬而决塞，民得平土而居之，因指其地[②]曰："此[③]潘公再生处！"即其地建云长祠而祀之，识不忘也。余惟天地间，亘古而不磨、旷世而相感者，惟正气也。云长在汉，以忠义著称，而其[不泯之精英]，在历朝犹各以护国庇民，代致褒异。[徐邳间乃其驻守]之地，其精灵英[爽，必有钟聚于此][④]者。其见公之竭劳尽瘁，济国拯民，固必将有冥助而阴佑之者，矧公以劳役故，身履颠危，神其有不相之者乎？然则河之成，成于公；而翊公以成此河者，实神之为之也。民之濒死而复生者，生于公；而翊公以再生此民者，实神之生之也。此固其正气之相为感，而公之成绩、神之为公，其不可掩者如此，宜乎公之德神而不忘、民之享祀而不忒也。祠凡五楹，前门三楹，后寝五楹，周缭以垣，凡三十丈。经始于三月十三日，落成于九月望日。因并记之，复系之辞曰：赤骥乘空耀神光，修髯金甲汉云长。仗钺昔镇徐州疆，鉴兹昏垫维心伤。中丞殚画浚且防，

① 六字据顺治《徐州志》补。
② 原作"也"，径改。
③ 原作"地"，径改。
④ 底本漫漶，以上三句康熙《徐州志》卷三十四《艺文七》补。

亲度决口棹[①]孤航。冲波吸浪身几殃，神威显佑蛟鳄藏。须臾一苇仍安常，转漕复达民还康。平成河运[②]神攸襄，英灵入梦瞻威扬。正气相感何洋洋，为言卜筑双沟旁。庙貌赫奕增辉煌，庇民护国永烝尝）。

司马神庙，在南门外一里。宣德中建，祀天驷房星之神。是时，民孳牧官马，故祀之。后马折价不孳牧，而庙遂废。

五显庙，在南门外二里。宣德末年，左卫千户刘显创建。

显济大王庙，在泰山上。嘉靖末，里人义建。每岁三月十八日，各出祭赛，为胜会焉。

彭祖庙，在城东北隅，魏刺史元延明自他所徙建，久废。隆庆六年，知州邹臣即北门外堤楼祀焉。万历元年，知州刘顺之徙北门城闉，乃彭祖故井边，创建。

百里嵩庙，《一统志》载在徐州，今无考。（按：嵩，后汉徐州刺史。是时州治于郯，非今徐州也。志者未深考耳，姑仍旧纪之）

汉高祖庙，在城南五里广运仓东。永乐间，耆民梁聚等建。正统间知州杨秘、成化间监储监丞马敬继修。正德间复圮，户部主事王遵重修。（三乡彭城废县[亦][③]有高祖庙）

黄石公庙，在城东北二十里。《汉书》：圯上老父授张良以《素书》，谓良曰："济北谷城山黄石即我也。"后十三年，良从高帝过济北谷城山下，果求得之，因立祠祀。今废。

三义庙，在城南一里许，即台头寺址，在戏马台上。寺创建于宋，久废。嘉靖二十五年，兵备副使王梴重修，寻又废。万历元年，知州刘顺之以地在州左，为青龙，且为学前朱雀，请于兵宪副使冯敏功，议改建今庙，取汉君臣义，用风一方。中为正庙，东为寿亭侯特庙，西为聚奎堂，左右各两翼，前表以坊牌，后为台榭，四周环堵如围。费直皆旧石山驿并各废庙遗材。甫半岁而成，屹然为一郡形胜焉。闽永邑进士沈孟化、徐州兵备副使冯敏功各为[记][④]（孟化《记》曰：四会令体信刘君，辛未春闻报转守滁州，初不知所谓也。越七日夜，梦游天外，过石洞，洞后门次石人忽能言，謞曰："侯焉往耶？"君曰："吾将涉江淮，聘兖冀也。"石人曰："寿亭侯军至矣，盍避诸？"君出而望，望而愕，潜于洞门之左。无何，果长髯红袍，跨白龙款段，挥万众而来，呼曰："云长之后安在？"如是连呼者三。君益骇，不敢出。侯欲见君之急，直逼洞左，携手相与语曰："汝实余之后身，何避为？"君

① 原作"躍"，系"櫂"形讹，径改。
② 原作"速"，径改。
③ 字据嘉靖《徐州志》补。
④ 字据文例补。

曰："公之爱诚至也，如各一其面何？"旋命取镜如鉴状，摩肩并照，笑曰："得无相肖也耶？"君且逊且谢曰："敢不窃附其后！"侯因指石人曰："此周仓也。亦知汝效力人乎？"既寤，逾明，会报转徐，非滁也。始知徐乃侯用事之地，其先示默眷至此哉！迨君奉命莅徐之明年，政通民和，遂阅徐之南郊戏马台，为州左胜地，捐俸鸠工于上，建三义庙，复建特庙于左祀焉。侯之灵爽，其得以常对越云。庙甫建，徐适春旱，黑雾迷空，狂风肆起，火延民居，半及城之北楼，君率众望风叩火，少顷，风止火熄，真若古"反风灭火"然者。顾天尤未雨也。寻忽有羽士，自称茅山来者，丫发铁面，手板直书"卖雨"，语君隶人曰："余梦受关将军命，来为刘徐州沛霖雨，救尔徐旱。尔报无忽也！"君得报，朝进羽士登坛，伏剑指麾，俄而气清云浍，酉初即雨，子半又雨，丑初大雨如注，羽士遂别去。君曰："噫嘻！微侯眷我，何以至此？"于时，庙五间忽用告成，前坊牌，后亭榭，中门及左右房计九间，亦竭作并起，四周环堵如围。落成盖万历元年五月十三日也。予过徐，闻其事，且慕侯之灵，往观厥成，固深嘉君能受眷于侯，而亦能崇祀侯也。因谓徐之父老曰："若知寿亭侯体信君之心乎？侯之眷君，所以爱徐也。盖侯之生也，爱汉室之民，威折僭暴，以忠于汉室；殁也爱后世之民，左右元良，以忠于后世。故历唐宋，至昭代，咸世祀焉。君始以壬子偕计吏京师，丙辰受闽杭谕，爱厥声，杭之士民德之。再令广东之四会，修政教，诛寇攘，不忍赪尾子毒于烘釜之鱼，四会之人德之。迨守徐，而爱民之心亦如杭、会。盖心侯之心也，故侯眷眷焉，而灵爽潜孚，又奚足怪者？君崇以庙祀，其将为四会之梦乎？为徐之灵雨乎？亦知侯爱徐之心，托之庙以妥其灵，使抚徐于万世乎？尔属知君庙祀之心，为侯之爱徐也，当奉若君爱民之政，而遵道遵路，亦如侯之伏忠义，芟夷强暴，以辑流亡，则庶乎于侯与君之心，两无负矣。不然，背义斁伦，叛忠负国，虽圣庙百拜，焚香燃纸无益也，岂徒为体信君之忧，抑亦为寿亭侯之羞！〇敏功《记》曰：徐为汉室始终之地。高帝起沛，为徐属邑，今有庙在徐东南隅。昭烈首事，即牧徐州，观其救陶谦、破袁术、袭车胄[1]、拒曹操，下救民命，上振皇纲，而云长、翼德相与左右，匡襄以建大业。且其仗节归汉，伸威擒布，平生义勇之最著，皆在此地。今其英风义烈，照耀千古，虽遐方僻壤，犹思慕崇奉之不衰，矧此乃其精神心术之所聚，流风余泽犹有可想像其遗。向者而无一祠宇以栖神焉，甚非所以扬先烈而昭永思也。敏功奉命来备徐臬，窃愿有举焉，属河务旁午，未遑也。会州守刘子顺之自四会来，有感于云长之梦，相与谋饬其祀，遂卜城南台头寺山之巅，建庙而祠之。中为正殿，表君臣也。左为特庙，昭灵异也。后为寝宫，示晏息也。右为招贤，崇教化

① 原作"胃"，径改。

也。前为门坊，肃瞻视也。旁为丛庐，司典守也。缭以周垣，卫严邃也。向于西南，指巴蜀也。前为戏马，时武事也。又前为云龙，郁佳气也。庶民子来，食旧德也。成不逾时，从民愿也。盖惟昭烈君臣功德之在人者，旷百世而未泯，故百世之下，人心一有感触，即奔走敬祀之恐后，盖有若或使之而不容已者。夫昭烈立业于艰难之际，拯民于水火之中。当其时，虽至于颠连濒死，而不忍弃民。其视民生之垫危，诚有不忍恝然不为之援者。然当时兵燹之患，犹有及不及；今此徐民，固即昭烈之遗民，而洪水为灾，千里一壑，室荡沙埋，聊生无计，使昭烈君臣见之，不知又当何如？其为心也，则其所以捍民之灾、御民之患，要必当有默佑于冥冥之中而不容恝者，宜乎徐民之欲报功报德于无忘也。凡我有官兹土者，其尚体神之心为心而布其德，谋除其灾患，为古先哲王爱养其遗民，则神必为之佐其行事而默相其成；如或贪纵怠荒，自底弗类，以伤先王之遗民，则神必将为我民而殛之矣。然则登斯庙也，瞻斯像也，其能无惕乎哉？斯固神阴骘下民之意，而亦徐民崇祀之心也。因书此，以告后之职兹土者）。

旗纛庙，旧在徐州卫公署后。每秋霜降节，徐州卫、徐州左卫合祭。成化中，改建演武场将台东北。正德中为水圮，迄今无建焉。

忠烈庙，祀宋死节知州王复，事详本传。时赵立奏立庙祀，每岁时及出师，必帅众祷曰："公为朝廷死节，必能阴祐其遗民也！"徐人闻之归心焉。《一统志》云在徐州，故志不详其处。今废，无考。

三义祠，在广运仓南门。先为关王庙。隆庆壬申，户部主事申嘉瑞改今祠。

四贤祠，在黄茅冈崖。旧有先贤祠，在学宫。成化七年，知州陈廷琏徙今地，祀韩愈、苏轼、陈师道，为三贤祠。寻复徙人学宫，是祠遂废。弘治甲子，户部主事庄襗修复之，东莞王缜[①]记（曰：徐州城南二里许，有山曰黄茅冈，旧有三贤祠，祀韩文公、苏文忠公及陈公无已。后守土者迁于州学东畔，而易以三大士像，旧祠遂废。弘治甲子春二月，户部主事庄君诚之游于冈上，慨然以兴复为任。于是撤佛像，鸠群工，夷旧维新，庙貌斩斩。工告讫，复征余言识之。余谓：能言距杨、墨者，圣人之徒也。君能毁淫祠，崇先哲，固当大书特书，能于言乎靳邪？夫山必藉人而后显，而仁人之于山，亦情之所钟，自有不能已焉者也。昔欧阳子知滁州，游琅琊，作醉翁亭；朱紫阳知南康，游匡庐，辟白鹿洞，至今传诵不朽。黄茅冈，亦三贤游咏之所，修而复之，固其理哉。且韩文公在唐为推官，鲠直贞亮，其遗惠及人居多。苏公为徐州守，以身捍水，竭力赒穷，其功德之在徐，尤宪宪不衰。陈公虽乡贤，亦尝教授于徐，其苦节文藻，亦人人之所爱慕，徐人乌得而无情？此祠之

① 原作"績"，系"缜"讹字。

所以修也。修之而岂徒哉？盖将使仕于斯者，仰三贤之高风，则思所以振德育民，靡不承式；生于斯者，念三贤之遗泽，则思所以磨淬奋迅，日进无疆；客而游于斯者，览风烟之苍莽，嗟去来之无常，而思三贤之所以岿然独存，又必有能择轻重取舍于其间也。呜呼！有其举之莫敢废也。后之守土者，尚慎旃哉！其毋蹈前辙，兴异端，以诬惑人世与！诚之曰：“大哉！微子言，又安知后之视今，不如今之视昔者乎？”请镵之石。余曰：“诺！”遂撰其事以归之。诚之，武进人，以名进士历今官，奉命督饷于徐）。后增杨龟山为四贤祠，今久废。

东坡祠，在城南台头山三义庙东南隅。万历三年，知州刘顺之创建。东坡昔为宋名守，顺之守徐，筑堤捍水，诸事皆师东坡，故特立祠祀之，以示尊崇之意云。

刘郡守（顺之）祠二：一在城正中，一在台头山。郡守治徐四载，有实政实惠及民，民德之。逮迁官去，遂为立祠以祀。（事见《宦迹》）

萧县

先师庙（规制见《学校》）。

启圣祠（见《学校》）。

名宦祠（见《学校》），祀汉县令费汎，隋刘高，宋张惇，元耶律廷瑞、马彻里，达鲁花赤完哲笃，国朝知县郑恕、郝玘、闭[①]悌、王隆、孙重光，县丞齐福[东][②]，凡一十二人。

乡贤祠（见《学校》），祀汉父城侯朱浮、太尉刘矩，南[朝][③]宋建安县[侯][④]刘粹、征光禄大夫刘镇之、武陵太守刘伯龙，宋主簿窦沔，元观察使孔午、监察御史傅汝砺，国朝太常少卿高巽志[⑤]、贵州左布政使孟骥、慈利知县刘俨、茌平教谕朱信、工部员外孙謜，凡十三人。

社稷坛，在县西一里许。旧在县北二里，洪武初建。嘉靖十二年，知县朱同芳徙建今地。

风云雷雨山川坛，在县南二里，洪武初建。

邑厉坛，在城北二里，洪武初建。正德七年，流贼破县，屠杀民多，礼部奉命下檄，特赐新亡者，另举祭一坛。

---

① 原作“闵”，据嘉靖《徐州志》、康熙《萧县志》改。
② 字据嘉靖《徐州志》、康熙《萧县志》补。
③ 字据文例补。
④ 字据嘉靖《徐州志》及《宋书》《南史》本传补。
⑤ 原作“高选”，据康熙《萧县志》、康熙《徐州志》改。

乡厉坛，在各里，建置同州。今废。

城隍庙，在县西南隅，洪武初建。

八蜡庙，在县东里许。旧在县西南隅，知县朱同芳徙建今地。万历四年，知县宋伟重修。

文昌祠，在华严寺东。

禹庙，在白茅山阴，嘉靖十三年知县朱同芳建，岁时致祭。

关王庙二：一在白茅山，嘉靖十三年知县朱同芳建，岁时致祭；一在县南一里。

三贤堂，在白茅山阴，祀闵子、子张、唐封萧伯颜辛，嘉靖十三年知县朱同芳建，岁时致祭。

——以上祠、庙、堂俱登祀典。以下不祀者并附：

东岳庙二：一在白茅山，一在县西南明山之阴。

火神庙，在县治西。

大王庙，在县西北二里，冀门右。

留侯庙，在县西二十里。

司马神庙，在县治西。宣德间建，祀天驷房星神。今废。

亚圣庙，在县南三十五里。孟子后名端者，寓此建。

闵子庙，在县南闵子村，祀孔门弟子闵子骞。今废。

欧阳公祠，在桃山。公裔安训萧，后俊寓此建[①]。

唐公（文华）祠，在县治西。隆庆三年，文华为萧令，敷政慈祥，与民休息。居四年，迁德州守去，萧人立祠祀之。

沛县

先师庙（规制见《学校》）。

启圣祠（见《学校》）。

名宦祠（见《学校》），祀汉县令许慎、宋县令程珦、国朝知县颜瓌，凡三人。

乡贤祠（见《学校》），祀商左相仲虺，汉丞相曹参、王陵、周亚夫，御史大夫周苛、周昌，博士施雠，大夫庆普，郎中蔡千秋，梁著作郎刘臧，国朝按察佥事蔡楫、赵清，凡十二人。

① 案康熙《萧县志》卷六《祠典》“欧阳公祠”条注：“公裔欧阳安训萧寓此，建以祀文忠公者。嘉靖末年毁，欧阳俊、欧阳光重建，请设衣巾生员奉祀。”

社稷坛，在西门外。旧在县治西北半里许，永乐二年知县王敏建。嘉靖丁未年，知县周泾徙建今所。

风云雷雨山川坛，在县东南一里。永乐二年建。嘉靖二十一年重修。

邑厉坛，在县北门外一里。旧在县治北，永乐二年建。嘉靖二十一年，知县王治徙今所。

乡厉坛，在各里。

城隍庙，在县治西偏，永乐四年建。正统六年，知县王清重修，吉水周缉记。嘉靖十三年，知县杨政继修。

文昌祠，在儒学东。

昭惠祠，在县治河东。旧为子胥庙。嘉靖六年河决，运道淤塞，都御史章拯屡祷获应，请于朝，命有司重修，岁时致祭。十三年，副使何鳌令知县杨政更新之。

洪济神祠，在夏镇。隆庆四年，总河都御史翁大立题请创建，工部夏镇主事春秋主其祭。

三河口龙神庙，事详本传[①]。嘉靖乙丑建，都御史李邦珍记（曰：河之难治，古之人累言之。谓顺流利导，行所无事，治之善者也。然由其地，行其性，则功易施。若夫奔涛怒湍，沙水俱下，我适有渠横亘以厄厥冲，而地不能徙，又欲资水之我利，避沙之我堙，于此治之，非出古人所难之外者乎？今之三河口，固其所也。滕之东境，层岭沓涧，霖潦水溢，自连青山而发，是为沙河。薛之故墟有三涌泉，曰薛谷，曰三山，曰魏庄，会而西下，是为薛河。两河之间，有玉华泉，渊深滥溢，岁出不穷，是为赶牛沟。三河交汇处曰口，西趋昭阳湖，殆百里而遥，流长势缓，惟余清泚，由荆沟口入旧渠，以济转漕，亦永有利矣。乃嘉靖乙丑，河决于沛，旧渠堙没。上廑圣念，特命工部尚书兼都察史吉州朱公衡往治之。公虚己咨询，议开新渠，自南阳经三河口，讫于留城，斥远冲啮，不与河争利。疏闻，制曰可。时大中丞吴兴潘公季驯实理河道，相与协心，讲求疏凿之故，而首以三河为计。盖洼之难于起，阜之难于深，皆可倍工取效；而三河之治之也，务利之归、害之去，势不可以兼善，难莫甚焉。时惟山东左参政荆南熊公桴，尝官吴中，修水利，缮海防，茂彰绩望，俾分理之。公得三河口至鲇鱼泉地凡十里，星驰野宿，率万众贾力向役，劝勤侣惰，惠不掩威，浚深凿坚，旋将竣事。顾三河不易为力，搜壑穷源，心思是竭，质成二老，务裨永图。上下其谋虑，经时弗决。忽一日，二老移教同文，与公之情想吻合。遂去渠数里，筑长堤，遏沙河之冲；沿渠则断以高坝，相视上流，疏某口，某口泄其水于某湖，北合鲇鱼泉，以济新渠。盖逶迤其

① 按："事详本传"一语，不详所谓。

势，与趋昭阳、出荆沟者同意也。赶牛沟之口则筑塞之，折其流南会于薛河。薛河之口则筑石坝稍昂之，使水溢出而泥滓不得俱下。凡水土木石之工，费以巨万，而始克报竣。值秋三雨，水三溢，水如所处，尽得厥利，而害卒以远。熊公不敢居其成，而颂美二老。朱公曰："余岂贪天之功哉？或神之启予衷也！第山川奠灵而辄有更置，盍祠之水口，以报飨之？"潘公闻而趯然曰："异哉！余有先兆也。昨梦三神云：帝赐尔祉，当祠我于水西，固水口也！"熊公喜，以告其僚佥宪洛阳刘公贽。公曰："心之虚境，神之府也；身之虚境，天地之神所游也。吾有谋有猷，根之心之诚，则吾之神合天地之神，而所以成天下之务者，若或导之，是故思之。思之鬼神，通之人谋鬼谋，相参以成能，所谓吉事有像，有开必先是已。兹二老忠贞体国，忧勤至计，而熊公夙夜惕若，以求允济，则神之听之，发其明睿，出有嘉画，以毕此骏功。不有冥佑默相，而人力乃克臻此耶？"相与捐资建龙神之祠，为三河口之镇。时滕尹[①]吉安张君启元，以文学政事知名，于时克肩堤坝之筑，有劳于是役者，谓祠成当记之石，以表群公之德，昭神之贶，垂示百世，俾由渠而上下者，知所以治之之难。乃属余为辞。辞不获，辄叙次之，而系之言曰：维河有神，禹则肇之。[白][②]马沉璧，灵庥乃滋。愍兹徐方，洪流斯震。民命胥沦，王会靡觐。帝命司空，水土是乘。勖哉祗事，副之中丞。翼[翼][③]司空，国之蓍蔡。桓桓中丞，桢干攸赖。戾止河滨，集议广思。参政乃来，协恭以维。相惟三河，新渠中贯。利则我济，淤亦我患。难之慎之，嘉画是资。久而通之，实神司之。乃堤乃坝，以宣以遏。疏筑互兴，水利用达。混混新渠，国之元脉。万方来廷，迈往靡忒。宣房徒侈，郑白匪俦。修缵禹功，千祀永休。功高不伐，归美于神。有炳神烈，景贶聿臻。肃肃庙貌，维神于妥。肤功勿忘，念哉元佐）。

汉高原庙，在沛宫故地。汉孝惠五年，帝思高祖之悲乐沛，以沛宫为原庙，作《安世歌》曰："乃立祖庙，敬明尊亲。大矣孝熙，四极爰臻。"高祖所教歌儿百二十人，皆令习吹以相和。后有缺，辄补之。哀帝时，孔光定数员十二人。光武建武五年七月幸沛，章帝章和元年八月幸梁，并祠之。唐柳宗元铭（曰：昔在帝尧，光有四海，元首万邦。时则舜、禹、稷、契，佐命垂统，股肱天下。圣德未衰而内禅，元臣继天而受命。四姓承休，迭有中邦。五神还运，炎德复起。周道削灭，秦德暴戾。皇天畴庸，审厥保承。乃命唐帝之后，振而兴[④]之；又俾元臣之后，翊而

① 原作"君"，据万历《沛志》卷十三《艺文》改。

② 底本漫漶，字据顺治《徐州志》补。

③ 字据顺治《徐州志》补。

④ 原作"与"，据《柳河东集》卷二十改。

登之。所以绍复丕绩[1]，不坠厥祀。故曲逆起为策士，辅成帝图，吐谋洞灵，奋奇如神，舜之胄也。汝阴脱帝密网，摧虏暴气，扶乘天休，运行嘉谋，禹之苗也。鄌[2]侯保绥三秦，控引汉中，宏器廓度，以大帝业，契之裔也。淮阴整齐天兵，导扬灵威，覆赵夷魏，拔齐殄楚；平阳破三秦，虏魏王；绛侯定楚地，固刘氏，皆稷之裔也。克复尧绪，昭哉甚明。天意若曰：建火[3]德者，必唐帝之胄，故汉氏兴焉；翼炎运者，必唐臣之孙，故群雄登焉。是以高帝诞膺圣祚，以垂德厚，探昊穹[4]之奥[5]旨，载幽明之休祐。杀白帝于大泽，以承其灵；建赤旂于沛邑，以昭其神。假手于嬴，以混诸侯；冯力于项，以离关东。奉缵尧之元命，而四代之后，咸献其用；德乘木之大统，而秦楚之盛，不保其位。既建皇极，设都咸阳，抚征四方，训齐天下。乃乐沛宫，以追造邦之本；乃歌《大风》，以昭武成之德；乃奠旧都，以壮王业之基。生为汤沐之邑，没为思乐之地。且曰万岁之下，魂游于此。惟兹原庙，沛宫之旧也。祭蚩尤于是庭，而赤精降；导灵命于是邦，而群雄至。登布衣于[6]万乘，而子孙得以缵其绪；化环堵为四海，而黎元得以安其业。基岱岳之高，源洪河之长，蓄灵拥休，此焉发迹。盖以道备于是，而后行之天下；制成于是，而后广之宇内。天下备其道，而神复乎本；宇内成其制，而心怀其旧。宜其正名以表功，用成其始，俾生灵尽其敬焉；陈本以宅神，用成其终，俾生灵尽其慕焉。故高帝定位，建兹宫；惠皇嗣服，爰立清庙。绵越千祀，至今血食，此所以成终而成始也。且夫以断蛇之威，安知不运其密，用佐岁功以流泽欤？以约法之仁，安知不流其神，眷相旧邦之遗黎欤？以绍唐之余庆，统天之遗烈，安知不奋其神化，大祐于下土欤？然则展敬乞灵，乌可已也。铭于旧邑，以迪天命。其辞曰：荡荡明德，时维放勋。登翼炎运，唐臣之孙。秦纲既离，鹿骇东夏。长蛇封豕，蹈跃中野。天复尧绪，钟祐于刘。赫矣汉祖，播兹皇猷。扬旂沛庭，约从诸侯。豪暴震叠，威声布流。总制虎臣，委成良畴。剿殄霸楚，遂荒神州。区宇怀濡，黔黎辑柔。表正万国，炎灵用休。定宅咸阳，以都上游。留观本邦，在镐如周。穆穆惠皇，宗禋克承。崇崇沛宫，清庙是凭。原念大业，肇经兹地。乃专元命，亦举严祀。建旂衅鼓，遂据天位。魂游故都，永介丕祚。焕列唐典，严恭罔坠。勒此休铭，以昭本始）。

① 原作“续”，据《柳河东集》改。
② 据本志卷五《人物传》注：“鄌侯之‘鄌’，俗讹作‘酇’，今正之。”今从之。
③ 原作“大”，据《柳河东集》改。
④ 原作“穷”，通“穹”。
⑤ 原作“粤”，据《柳河东集》改。
⑥ 原作“千”，据《柳河东集》改。

汉高祖庙，在泗水亭中（后汉光武建武二年，封盖[①]延安平侯，伐[②]刘永，遂定沛，修高祖庙，置啬夫、祝宰、乐人。注："沛县泗水亭中，即高祖为亭长之所。"《西征记》云："沛县西北有汉高祖庙，为亭长处。"《括地志》云："泗水亭，在沛县东一百步，有高祖庙。"前有碑，延熹十年立。高祖及十八侯，皆班固为铭。〇高祖铭曰：皇皇圣汉，兆自沛丰。乾降著符，精感赤龙。承鲍流裔，袭唐末风。寸木尺土，无俟斯亭。建号宣基，维以沛公。扬威斩蛇，金精摧伤。涉关陵郊，系获秦王。鸿门造势，斗璧纳忠。天期乘祚，受爵汉中。勒陈征东，剟擒三秦。灵威神佑，洪沟是乘。汉军改歌，楚众易心。诛项讨羽，诸夏以康。陈张画策，萧勃翼终。出爵褒贤，列土封功。炎火之德，弥光以明。源清流洁，本盛末荣。叙将十八，赞述股肱。休勋显祚，永永无疆。国家宁安，我君是升。根生叶茂，旧邑是仍。於皇旧亭，苗嗣是承。天之福祐，万年是兴。〇酂侯萧何铭曰：耽耽相国，弘策不追。御国维纲，秉统枢机。文昌四友，汉有萧何。序功第一，受封于酂。〇舞阳侯樊哙铭曰：虓虓将军，威盖不当。操盾千钧，拔主项堂[③]。兴汉[④]破楚，矫矫忠良。卒为丞相，帝室以康。〇绛侯周勃铭曰：懿懿太尉，惇厚朴诚。辅翼受命，应节御营。历位卿相，土[⑤]国兼并。见危致命，社稷以宁。〇平阳侯曹参铭曰：蹇蹇相国，允忠克诚。临危处险，安而匡倾。兴代之际，济主立名。身履国土，秉御乾桢[⑥]。〇汝阴侯夏侯婴铭曰：赳赳将军，鹰[⑦]武是扬。内康王室，外镇四方。诸夏乂[⑧]安，流及要荒。声驰海内，苗嗣纪功。〇安国侯王陵铭曰：明明丞相，天赋庭直。刚德正行，不枉不曲。功业茂著，荣显食邑。距吕奉主，昭然不惑。〇汾阴侯周昌铭曰：肃肃御史，以武以文。相赵距吕，志安君身。征诣行在，如意不全。天秩邑土，勋乃永存。〇留侯张良铭曰：赫赫将军，受兵黄石。规图胜负，不出帷幄。念虑俯仰，安全正朔。国师是封，光荣旧宅。〇诸非丰沛人铭不录。良封于留，并及之）。

——以上祠、庙，俱登祀典。以下不祀者并附：

东岳庙，在泗亭里。永乐中建，久圮。嘉靖二十五年，知县周泾重建。

真武庙，在县治东河岸。

玉皇庙，在县治东四十里。

圣帝庙，在县治东四十里。

水母庙，在县治南，面临泗水。

---

① 原作"益"，据《后汉书·盖延传》改。
② 原作"代"，据《后汉书·盖延传》改。
③ 原作"唐"，据《东汉文纪》卷十改。
④ 原作"汉兴"，据《东汉文纪》乙正。
⑤ 原作"上"，据《东汉文纪》改。
⑥ 原作"祯"，据《东汉文纪》改。
⑦ 原作"膺"，据《东汉文纪》改。
⑧ 原作"入"，据《东汉文纪》改。

三官庙，在县治河南，迄西半里。

火神庙，旧在县治南门北。正统七年，主簿王勖建。嘉靖二十一年，知县王治迁南关。

三义庙，在县治南门西。永乐十五年，里人史直重建。

关王庙，在县治河南，羽士王凤建。

司马神庙，在县治西南，建设与州同。今废。

昭惠灵显真君庙，在县治东北五十里，即所谓灌口二郎神庙。元延祐元年，里人杜琌建。

忠孝祠，在县治西南一里许，祀死节知县颜瓌父子。嘉靖十九年，工部主事颜德伦建。万历三年，知县倪民望重修。民望记曰（沛故有颜公祠，祀先令颜公瓌也。公令邑时，靖难兵进逼，殊死力守。援绝，属子有为归事大父，自赋诗题御史院壁曰："太守诸公鉴此情，只因国难未能平。丹心不改人臣节，青史谁书县令名。一木岂能支大厦，三军空拟作长城。吾徒虽死终无憾，愿采民风达圣明。"赋罢，衣冠南望拜，自经。有为亦自刎以从。及城降，邑簿若尉唐子清、黄谦皆不屈，死于难。天下闻而壮之。邑人思公，为建祠祀，合而四节，兼名"四贤祠"。从其著，又名"忠孝祠"云。祠岁久圮，邑学博邵君华翰，及迁去史君思贤，始欲捐俸易以新，筹于摄邑张丞友方为料理，未克就。余承乏来兹土，相厥成而祀始称。既成，博士诸弟子请碑之。倪子曰：余至沛，盖游歌风之台，而览颜公肇祀之区云。尝思文皇帝欲用练子宁、黄子澄[①]辈，而汉祖必杀丁公，俯仰今古，作而叹曰：嗟乎！此顺逆之感而厚薄之应也。夫士平居学古诵、法忠义，岂无慨然自许者？及当事局，情境变迁，难言矣！非利害之择战其中，而卒莫之胜乎？至有传舍视去旧，而比于周周蛩蛩之不如者，薄亦甚矣。有国者何利若人用之哉？乃练、黄烈矣！文皇帝盖曰："若在，则朕固当用之。"呜呼，帝德至矣！岂非以宁等之厚，欲以厚道风天下乎？若颜公者，以城守不守为存亡，而以一死以见志，固亦练、黄之匹，伟然烈丈夫也，利害得入[②]其中乎？当其时若在，将文皇帝所必用矣。且其子非有官守，僚若簿、尉非寄专城，意颜公之教之倡，与蹈死如归，要俱非利害所动者，不可谓非夫也！而君臣、父子、朋友之彝，一举兼惇矣，皆厚之道也。今上即位，诏表忠义，首及靖难诸臣，举文皇思用练、黄之语以劝，而诸臣有余耀焉。即如颜公数子之义，又非上所必予者乎？祠而祝之，独土人之思之？故遵明诏，崇厚道也。呜呼！此义行，怀二心为自薄者无所得矣。系之词曰：於赫天兵，靡坚弗折。淮徐

① 原作"证"，据顺治《徐州志》改。

② 原作"失"。案上下文，皆言"利害"，无涉"得失"。据顺治《徐州志》改。

上游，矧谓援绝。守土裔谁，曰自鲁公。孤城抗志，凛凛遗风。为臣死忠，为子死孝。僚友之倡，家庭之教。献身成信，留壁赋诗。从容仿佛，有赞存衣。地纪天纲，赖以立国。猗[①]与汉乡，山川生色。圣神践祚，爰表忠贞。黄练同归，死有余荣。泮宫之南，河水弥弥。相厥崇基，堂户再启。有俨来临，有风凄其。愧彼二心，福我群黎)。

吴公鹏祠，在县治南一里，祀刑部侍郎吴鹏。嘉靖三[②]十二年，鹏奉特命赈徐，时沛饥未报，鹏亦并赈。沛人德之，立祠祀焉。

砀山县

先师庙（规制见《学校》）。

启圣祠（见《学校》）。

名宦祠（见《学校》），祀唐县令韦恒[③]，国朝知县郝玘、杜钊、张梦辅、田禋、胡希颜、李金，教谕叶楚华，凡八人。

乡贤祠（见《学校》），祀汉丞相申屠嘉、将军丁宽、小黄令焦赣[④]，刘宋隐士刘纡，御史中丞曹伯启，孝子韦信，国朝都御史黄正、知府[⑤]张宏、佥事李稳，凡九人。

社稷坛，在县西北一里。

风云雷雨山川坛，在县南一里。并洪武十三年建。

邑厉坛，在县北一里。洪武十三年建。

乡厉坛，在各社。

城隍庙，在县西半里。洪武三年建。

——以上祠、庙俱登祀典。以下不祀者并附：

东岳庙，在县治东半里。

岳神庙，在县治东。

火神庙，在岳神庙东。

玄帝庙，在城隍庙西。

三灵侯庙，与岳神庙对。

龙王庙，在靴尖阜。

司马神庙，在玄帝庙西，建设与州同。今废。

汉高祖庙，在城东北隅。西汉初建，金大定间犹存，后寻废。

---

① 原作“倚”，径改。

② 原作“二”，据万历《沛志》教谕滕霁本传及乾隆《徐州府志》改。

③ 原作“洹”，据嘉靖《徐州志》卷十一《宦迹传》改。

④ 原作“贡”，据嘉靖《徐州志》卷十二《人物传》改。

⑤ 原作“知县”。案正统《彭城志》、乾隆《砀山县志》人物本传：初仕开封府同知，后由户部郎中出知荆州府，有“闭门张”之誉。是未尝为知县也，据改。

壮穆侯庙，在南郭外。蜀汉前将军关羽封汉寿亭侯，谥壮穆。

先农祠，在城北十五里。元里人高子昭、戴士中重修，有碑记。

见思祠，在县治前，祀贤令季木、刘旸。

丰县

先师庙（规制见《学校》）。

启圣祠（见《学校》）。

名宦祠（见《学校》），祀汉县令牟融，宋县令关景仁、马建中、韩侯[①]，元县令郭瑄、刘士，国朝知县曾本、曹仲篪、阙膺、裴爵、高禄、陈善、张叔宣，教谕段徽[②]、陈璜、陈让，凡十六人。

乡贤祠（见《学校》），祀汉酂侯萧何、汾阴侯周昌、绛侯周勃，宋少傅李若谷，国朝泸州知州王正、兵马指挥王献、葭州知州胡宁、泗水教谕蔡彧、归安县丞李琼、征士秦英、孝子孙荣，凡十一人。

社稷坛，在县西一里。

风云雷雨山川坛，在县东南一里。

邑厉坛，在泡河桥北。今桥废，岁时致祭不便，迁于堤内玄帝庙之西。

乡厉坛，在各保。

城隍庙，旧在县东。元至正十年，达鲁花赤也达答儿创建。至国朝，洪武知县曾本重建。正统典史马能、宣德知县阙膺、景泰知县孙安、弘治县丞方，相继修理。至嘉靖五年，洪水漂没，县迁华山，建庙于驼山之巅。嘉靖三十一年，复还旧治，建庙于县治西，有记。

田祖神庙，在县西二十五里，洪武间知县曹［仲］[③]篪所建。今遗址尚存。

八蜡庙，在县治西北。

金龙庙，旧在县南门外，元翰林学士袁遵道有记。今复徙建于南门外堤上。

唐李文靖庙[④]，在县西三十里。国朝洪武间，黄水漂流，乡人收其神主，知县杨扐立庙祀之。成化间，知县邝颐重建，岁时致祭。

汉高祖庙，旧在县城中阳坊，五代时刘知远建。宋宣和间重建，元至正间重

---

① 按：名佚。王文昌《重修汉庙后殿奉安列圣记》："淄川韩侯，博雅好古，宣和辛丑，出宰丰邑"。此"侯"字乃是对县令之尊称。

② 原作"微"，据雍正《山西通志》、康熙《徐州志》、隆庆《丰县志》等改。

③ 字据本志《职官表》补。

④ 乾隆《徐州府志》谓祀宋李沆，本志疑误。

修，国朝命有司岁时享祭。景泰中重修，庐陵刘昂记（略曰：史称汉高皇帝，沛之丰邑中阳里人也，生而神异。夫神人之生，异于常人，理固然也。当秦并六国，虐海宇，始皇尽弃先王之法，自以为子孙万世之规。帝奋起布衣，提三尺剑，纵徒断蛇，英雄陈力，席卷三秦，驱除僭乱，困楚灭羽，不五载而莅中国，抚四夷，革命创制，肇大业四百二十年。凡称治三代之下者，必曰汉。噫！帝之功德，加于当时，垂于后世，何其盛哉！考诸《礼经》："有功德于民则祀之"，此丰邑所以有庙，我朝所以命有司岁时祀享焉。庙基，帝产之处也。岁久，几经兴废。今县幕刘君，计诸同寅，询于父老，抡材训工，逾月而成。对越之顷，庶足以展诚敬，达灵贶也。或谓帝尊为天子，富有四海，居九重，兹庙似不足以格神。殊不知帝生于兹，长于兹，饮食嗜好、游观娱乐皆兹土之所资，且尝曰："吾万岁后，魂魄犹思沛。"今帝陟方虽久，其神宁不奠于兹乎？谨为诗，俾丰人歌之，以享帝云：嬴秦举火复开坑，帝承上命安苍生。翩然骑龙下玉京，断蛇方识炎赤精。风云庆会罗群[①]英，雄才武略相逢迎。西入咸阳降子婴，约法三章黎庶宁。项籍到刎四海清，大纲宏正基业成。历年四百治化兴，斯民斯世何昌荣。华山秀色晓拂晴，佳气氤氲含旧灵。帝游八极返旆旌，凤笙龙管钧天鸣。降歆庙祀感乡情，品物土产嘉且馨。帝神萃止福禄增，时和岁稔五谷登。风俗淳美文物亨[②]，巍巍庙貌永不更。帝德广运昭太平，帝德广运昭太平）。嘉靖丙戌，水没县，徙建华山，吴兴嵇世臣记（曰：丰，高帝故乡也。旧城有双枣，老干虬屈，不华不实，相传为帝儿时手植者，丰人因庙祀其侧。比遭河患，城庙并坏。潜江李侯之莅丰也，值漂决之后，凋落荒敝，百绪更始。乃从容经画，勤公恤私，改城高阜，民永有依矣。爰履视封内，历中阳、西泽之故墟，询事考古，作而叹曰："嗟乎！昔帝起布衣，举群策，诛秦夔项，五载而成汉业，垂统四百余年。钟间异而开景昌，斯固其地也。庙祀不虔久矣，虽微故事，且将创之，矧有诸废而弗举，吾过也！"遂即小华山之颠，卜良程费，以属义民刘翥。翥复益以私藏，不日成之。巍然玄宫，濯濯翼翼，视昔殆有加焉。李侯以碑来请。夫礼，缘分而定者，经也；因地而思者，情也。帝王庙祀，国有典秩，而舜于历、禹于涂、汤于亳、文于岐，各有庙祀，岂不以本始之地，仰止尤切，俎豆致情，有弗可缺者欤？且帝既定四方，都关中，复置新城以悦太上皇帝。其过丰也，与诸父老子弟纵饮酣歌，且曰："游子悲故乡，吾万岁后，魂魄常思乐此。"慷慨泣数行下。又："丰，吾所生。"乃复丰比沛。是帝于丰诚不薄矣[③]，英爽如在，宁无恋恋在斯乎？凡兹丰人，固皆昔之父老子弟之裔也，宅井甸以闻风，即

---

① 原作"郡"，径改。
② 原作"享"，通"亨"。
③ 原作"以"，同"已"，语气词，今从康熙《徐州志》作"矣"。

桑梓而吊古，能无往哲之思乎？此固丰人之情也。礼因人情而为之，节文者也；以礼先民，政之良也。予每经沛上，登歌风之台，徘徊四望，有余慕焉。今因李侯之请，而得附名丽牲之石，亦幸愿也。乃为辞三章，俾丰人歌以祀帝。辞曰：骋望兮烟渚，光霭霭兮上下。忽沨沨兮若来，复惝恍兮莫睹。乘黄幄兮御云，暖茀郁兮龙文。怅故墟兮渐返，增繁思兮纷纷。右迎神。〇丰准兮虬髯，灿龙服兮旒冠。瞻容与兮瑶席，色含笑兮欲言。乐康兮未极，忾若聆兮太息。太息兮云何？恋旧游兮情多。兰馨兮桂芳，纷雅奏兮浩倡。灵连蜷兮欲留，促颓景兮心伤。右降神。〇神驭兮上驰，驾火龙兮骖螭。随猛士兮并征，道前路兮赤旗。送君兮灵浦，盼不见兮心愁苦。愿垂贶兮明明，保我民兮终古。右送神）。嘉靖三十一年，复旧县，知县胡乂心建庙于北门东。

——以上祠、庙俱登祀典。以下不祀者并附：

玄帝庙，在县北门外，北堤里。

三皇庙，在县治西，今废。

关王庙，在县治东。

司马神庙，在中阳坊。弘治间县丞、主簿改建于县西，建设与州同。今废。

司马温公庙，在县西北三十里，今废。

东汉光武庙，在县西北八里，今名东王庙。

东岳行祠，在县东门外。

贤侯祠，在县治北门东。

吴邑令（文光）祠，在县治东。邑令有惠政，丰人祀之。（事见《宦迹》）

徐州市史志办公室　江苏师范大学汉文化研究院　整理

徐州古方志丛书

·点校本·

赵明奇　主编

第三册

明万历《徐州志》（下）

清顺治《徐州志》

文化艺术出版社
Culture and Art Publishing House

明万历《徐州志》

（下）

姚应龙　严淮　庄重　纂修

选举

古者取士之制，盖多途矣。若进士之科，则肇自隋、唐以下，然尤未尽缘以得士也。故其时，徐人之举进士者，若唐则刘延祐、刘知几、刘商、王驾（并州）、刘轲（沛），后唐则刘涛，宋则刘晟、刘讷、刘谭、晁迥、刘颜、刘庠、刘湜、寇国宝[①]、颜太初、郑仅、李处全（并州）、葛晋卿（砀）、李若谷、李寿朋、姚孝锡（并丰），金则刘贤佐，元则王廓（并州）、张明、李亨（并萧）、吉僧、朱禬（并沛）、石普（砀），夷搜往载，绩著几希。逮[②]我圣明，始定为科、贡二制，而荐举之典，间行寻罢。盖自是明扬大受，非科贡弗预，而怀瑜思售之士，胥彬彬由兹途而出矣。乃用断自洪武而下，表而列之，俾此多士奋庸之迹，百世有稽云。武举制视文科例，并书之。

徐州

进士

牛　吉（正统四年己未科，任佥事）

张　信（成化五年己丑科，任佥事）

孙　珩（十四年戊戌科，任参议。见传）

沙　立（弘治三年庚戌科，任佥事。见传）

马　津（正德十二年丁丑科，任提学副使。见传）

舒　经（嘉靖二年癸未科）

朱乾亨（嘉靖二十年辛丑科，任知府）

举人

刘　泰（洪武二十九年丙子科，任员外郎）

任　肃（三十二年己卯科。见传）

邵　著　　胡　秩（同己卯科）

① 原作“宾”，据范成大《吴郡志》及本志《人物传》改。
② 原作“建”，据嘉靖《徐州志》卷二《选举表·序》改。

蒋　焕（永乐三年乙酉科，任训导）

杨　守（任府同知）　　戴　安（同乙酉科，任王府伴读）

薛　昶（九年辛卯科，任训导）　　王　演（同辛卯科，任训导）

魏　黉（十二年甲午科。见传）　　权　伦（十五年丁酉科）

马　蕙（宣德七年壬子科。见传）　　陈　賨（十年乙卯科，任教谕）

牛　吉（正统三年戊午科，登进士）

傅　鸿（同戊午科，任教授）　　董　云（六年辛酉科，任训导）

王　荣（同辛酉科，任长史）　　沙　杰（九年甲子科。见传）

朱　玺（十二年丁卯科，任学正）　　朱　瓒（景泰元年庚午科，任通判）

王　璟（同庚午科，任教谕）　　张　伦（四年癸酉科，任王府纪善）

房　端（天顺三年己卯科，任教谕）

孙　珩（六年壬午科，登进士）　　丘　岳（成化元年乙酉科）

张　佶（四年戊子科，登进士）　　马　暾（七年辛卯科。见传）

马　湘（见传）　　卞　祥

张　鼎（同辛卯科）　　张　锐（十年甲午科，任知县）

朱　轩（同甲午科，任教谕）　　孙元佐（十六年庚子科，任推官）

沙　立（同庚子科，登进士）　　刘　珩（十九年癸卯科。见传）

周　云（同癸卯科，任知县）　　刘　经（二十二年丙午科。见传）

石　城（弘治二年己酉科）　　白　辅（任知州）

王　度（同己酉科，任司务）　　刘　贡（十一年戊午科）

舒　经（正德二年丁卯科，登进士）　　马　津（十一[①]年丙子科，登进士）

刘　霁（同丙子科，任教授）　　吴九华（十四年己卯科，任通判）

高　淳（嘉靖四年乙酉科，任通判）　　朱乾亨（十六年丁酉科，登进士）

徐行道（三十一年壬子科）　　张鹤鸣（隆庆四年庚午科）

武会试中式

苏　润（正德十二年丁丑科[②]，任中都副留守）

蒋　助（隆庆二年戊辰科，任镇抚）

① 原作“六”，据嘉靖《徐州志》卷二《选举表》改。

② 原作“十四年丁卯科”，据嘉靖《徐州志》卷二《选举表》改。今按：苏润疑为正德二年丁卯科武举，十二年丁丑科武进士。此言“十四年丁卯”，干支与年份俱误，康熙《徐州志》意其止于武举，改为“隆庆元年丁卯”，后志沿其说，皆误。

贡

赵　麟（洪武十六年，任御史）
王　洪（十七年，任主事）
王　允（十九年，任主簿）
史　恒（二十五年，任御史）
吴　讷（二十八年，任御史）
陈　缙（三十二年，任县丞）
胡　安（五年，任吏目）
王　颐（七年，任主事）
王　弼（八年，任主事）
王　芃（同本年，任兵马指挥）
李良聪（十一年，任知县）
梁　惠（十二年，任知县）
张　勖（同本年，任主簿）
吴　昶（十六年，任卫经历）
孙　顺（十八年。见传）
刘　端（二十年，任王府典宝）
钱　玉（二十一年）
金　鬲（七年。见传）
张　秉（九年）
尹　冲（正统二年）
朱　环（六年，任知州）
王　泽（九年，任县丞）
居　安（十一年，任州判）
曹　智（十二年，任县丞）
李　恂（十四年）
陈　孜（二年）
李　惠（同本年）
贺　达（五年）
汪　润（六年，任教谕）
权　宗（天顺元年，任教谕）
鉴　昭（四年）
申　英（七年，任典史）
朱　芾（同本年。见传）
刘　增（同本年，任知府）
张　骥（二十年，任给事）
黄　哲（二十七年，任府经历）
苏　迪（三十年，任主事）
王　礼（永乐三年，任知县）
张　茂（同本年，任知县）
潘　义（同本年，任知州）
潘　励（九年，任推官）
潘　玙（十年，任县丞）
白　素（同本年，任少卿）
孟　凯（十三年，任兵马指挥）
刘　庸（十四年）
王　信（同本年，任太常奉祀）
孟　仝（同本年，任主簿）
张　英（同本年）
朱　敬（宣德三年，任县丞）
朱　善（八年。见传）
沙　源（十年）
范　寅（四年。见传）
朱　志（同本年。见传）
杨　震（同本年，任卫经历）
尹　莘（同本年，任卫经历）
宋　盛（十三年）
曹　豪（景泰元年）
宋　鉴（三年）
李　恭（四年）
滕　俊（同本年）
任　皓（同本年，任学正）
任　伦（二年，任教谕）
周　谅（五年）
魏　瑛（八年，任训导）

孔　宗（成化二年，任卫经历）
朱　菖（三年，任州判）
王　迪（五年）
路　聪（六年）
孙　绎（八年，任县丞）
孟　旸（九年，任县丞）
苏　艮（十一年，任府经历）
牛　祯（同本年）
梅　玉（十二年，任训导）
孟希鲁（同本年，任训导）
马　暕（十四年，任长史）
吴　叙（十五年，任卫经历）
刘　正（十七年，任州判）
黄　仑（十八年，任训导）
周　会（二十年，任训导）
李　杰（二十一年）
张　拣（二十三年，任知县）
孔　雄（弘治元年，任训导）
任　侃（三年，任教谕）
孙　玘（四年，任训导）
居　辅（五年）
尹　瞻（六年，任知县）
束　琰（七年，任县丞）
沙　性（八年，任训导）
潘　杰（九年）
蒋　昇（十年，任学正）
张　佐（同本年，任教授）
朱　绶（十二年，任训导）
蒋　裕（十三年）
汪　凤（十六年）
丁　谦（十八年，任训导）
房　栋（同本年。见传）
吴希哲（正德元年，任知县）
周　济（二年，任训导）
石　宁（四年，任教谕）
祖　章（五年，任训导）
金　鳌（七年）
朱廷耀（八年，任知县）
范廷章（十年）
任　悦（十一年，任训导）
潘　经（十二年，任训导）
李　瓒（十三年，任训导）
丘志广（十四年，任训导）
王逢吉（十五年）
马　江（十六年。见传）
权大经（同本年，任训导）
马　林（嘉靖元年，任主簿）
赵　环（同本年）
张　弓（二年，任学正）
胡伯启（四年）
徐　兰（五年）
周　恺（六年）
沙　玄（八年。见传）
董　恺（九年，任主簿）
沙孟升（十一年）
尹　玠（同本年，任王府审理）
周　铉（十二年，任主簿）
陈　锐（十三年）
王　珮（同本年）
崔　铠（十五年，任通判）
陈　言（十六年，任教谕）
徐　宪（十七年，任训导）
尹　埙（十八年，任训导）
周　镎（同本年，任训导）
吴　金（十九年，任训导）
黄　巙（二十年）

刘体义（二十一年）

马　伦（二十三年）

杨　年（二十四年，任训导）

周　贵（同本年，任吏目）

周　泾（二十六年，任主簿）

徐　暠（二十八年，任知县）

厉　仁（二十九年）

宋　琚（三十一年）

周　冕（三十二年，任训导）

毕　集（三十三年）

朱　金（三十五年，任训导）

周　椝（三十六年，任学正）

刘　岱（三十七年，任教谕）

权思明[①]（三十九年）

居　易（四十年，任王府教授）

孙永祚（四十一年，任训导）

范常健（四十三年，任教授）

孙永明（四十四年，任教谕）

周　依（四十五年，任王府教授）

周中立（隆庆二年）

刘　宫（同本年，任主簿）

徐　夔（三年，任王府教授）

伊天民（四年）

吴　愚（六年，任训导）

庄　重（万历元年）

杨思寿（同本年）

丘　岳（二年）

陶云鹗（四年）

萧县

进士

曹士正（永乐四年丙戌科）

李性明（成化二十三年丁未科，任主事）

举人

曹士正（永乐三年乙酉科）

杜　礼（十八年庚子科，任训导）

王　邻（宣德十年乙卯科，任教授）

朱　信（同乙卯科。见传）

郑　谊（正统九年甲子科，任训导）

欧阳禄（景泰七年丙子科，任训导）

李性明（成化二十二年丙午科）

朱　洪（弘治十一年戊午科）

王　业（嘉靖十九年庚子科，任御史）

贡

王祉［泰］[②]（洪武十六年，任佥事）

---

① 自顺治《徐州志》以后皆作“权思期”。

② 字据正统《彭城志》、康熙《萧县志》、康熙《徐州志》补。

武　赳（十七年）　钱守成（十八年）
孙　续[①]（十九年，任御史）　丁德[②]量（二十年，任御史）
蒋敬实（二十一年）　孙寿春（二十二年）
李廷佐（二十三年，任县丞）　彭季伸（二十四年）
张敬宾（二十五年，任州同知）　刘　俨（二十六年。见传）
张　斌（二十七年，任州同知）　张　琄（二十八年，任检校）
朱　瀫（二十九年，任主事）　李友梅（三十年，任卫经历）
丁　显（三十二年）　夏仲宏（永乐三年）
李　旻（四年）　彭　闰（五年）
周性纯（六年，任通判）　朱季和（七年）
朱景安（八年）　张志信（九年，任知县）
朱彦辉[③]（十年，任经历）　冯[④]扩（十一年，任吏目）
董　暹（十二年）　朱希文（十三年，任经历）
化从心（十四年，任检校）　秦　仪（十五年，任府知事）
杜　镛[⑤]（十六年）　杜纪甫（十七年）
平　康（十九年，任州判）　曹　春（二十年，任教谕）
方仲矩（二十一年，任知县）　南　安（二十二年，任知事）
王　宾（宣德元年，任知县）　李　钺（三年。见传）
朱　彤（四年，任郑府纪善）　王　辅（七年，任知县）
王　冕（八年，任县丞）　邵　南（九年，任知县）
丁达道（十年，任县丞）　郭　镛（正统二年，任县丞）
孙　谌（三年。见传）　田　福（四年，任州同知）
杜　藁（五年，任宁府典仪）　蒋　善（六年，任州判）
纵　文（七年，任主簿）　曹　祯（九年，任教授）
张　皓（十一年，任县丞）　孟　环（十二年，任主簿）
梁　聪（十三年，任县丞）　贾　迪（景泰元年，任知县）
王　宪（二年，任奉祀）　孙　纯（三年，任□□[⑥]）

① 康熙《萧县志》据明伦堂题名版额，改为永乐二十一年癸卯举人。
② 原作“得”，据嘉靖《徐州志》、康熙《萧县志》改。康熙《萧县志》据明伦堂题名版额，改为“洪武十九年丙子举人，二十年丁丑进士”，年份有误。嘉庆《萧县志·选举表》改为“洪武二十年贡，二十九年丙子科领乡荐，三十年丁丑科韩克忠榜进士”。案俞宪《皇明进士登科考》，未见此人。诸说皆存疑。
③ 原作“翚”，据正统《彭城志》、康熙《徐州志》、康熙《萧县志》改。
④ 原作“马”，据正统《彭城志》、康熙《徐州志》、康熙《萧县志》改。
⑤ 康熙《萧县志》作“高镛，任南京刑部主事”。康熙《徐州志》以后同作“高镛”。
⑥ 原缺。查各志，孙纯无任。又康熙《萧县志》、康熙《徐州志》作“孙纪”。

李　贤（四年）　　杜　洪（五年，任工正）
王　杰（六年）　　郭　泰（七年，任县丞）
赵　铭（天顺二年，任县丞）　　欧阳隆（四年，任教谕）
郝　濂（六年，任教谕）　　郝　淳（成化元年，任教授）
李　斌（二年，任主事）　　征　安（四年，任卫经历）
朱　辐（六年，任按察司照磨）　　朱　轸（八年，任训导）
秦　瑊（九年，任训导）　　孙　立（十年，任教授）
郭　麟（十二年，任训导）　　胡　驯（十四年，任教谕）
王克岐（十六年）　　陈　敏（十八年，任伴读）
耿　举（二十年，任教授）　　李　时（二十一年，任［府］① 经历）
王　珎（二十二年）　　朱　辙（弘治元年，任训导）
冯　祯（二年，任训导）　　潘　玉（三年，任训导）
李　谦（四年）　　杨　肃（五年，任教授）
陈思明（六年，任训导）　　曹凤岐（七年）
欧阳俌（八年）　　郝　槐（九年，任府经历）
王一鸣（十一年）　　王化任（十二年，任教谕）
孙文翰（十三年，任训导）　　赵梦熊（十五年）
贾　昉（十六年）　　孙　元（十七年，任卫经历）
朱　铭（正德十［一］② 年，任知县）
郭　翀（十四年，任教谕）　　张　翼（十六年，任县丞）
朱　玳（嘉靖元年，任教授）　　陈　谟（二年，任府照磨）
胡文泰（四年，任典宝）　　陈鸣鸾（五年，任主簿）
郝　楫（六年）　　王亮采（九年，任学正）
朱　珊（十一年，任卫经历）　　任　逮（十四年，任县丞）
欧阳备（十五年，任教谕）　　孙重光（十六年）
郭　桐（十八年，任训导）　　朱光裕（十九年）
郝　圻（二十年）　　欧阳俊（二十一年）
刘　性（二十三年，任州判）　　徐　经（同本年）
杨　栋（二十五年）　　朱　沆（二十七年，任教授）
徐　茂（二十九年，任知县）　　王尚员（三十一年，任教谕）

① 字据嘉靖《徐州志》补，以别“卫经历”。案康熙《萧县志》，任莱州府经历。
② 字据嘉靖《徐州志》补。案本志脱字明显，然自顺治《徐州志》以下及萧县各志，皆从作“十年”。

刘　道（三十三年，任府照磨）　孟　禄（三十五年）
张廷桂（三十七年）　徐　景（三十九年，任县丞）
蒋　仕（四十一年，任教授[①]）　孙文扬（四十三年）
杨惟高（四十五年，任州判）　张　涤（隆庆二年）
李　尧（三年）　张廷槐（四年，任训导）
张　洲（六年，任训导）　张鹏翰（万历元年）
纵　垠（二年）　徐　澜（四年）

沛县

举人

杜　旸（洪武三十二年己卯科，任鸣赞）
张　威（三十五年壬午科）　李　巽（永乐三年乙酉科）
赵　斌（九年辛卯科，任府同知）　蒋　让（宣德十年乙卯科）
周　崧（景泰元年庚午科）　李　绅[②]（成化二年丙戌科，任少卿）
刘　章（嘉靖元年壬午科）　周　乾（十六年丁酉科）
蔡　桂（三十七年戊午科）　马一化（嘉靖四十三年甲子科）
张贞观（万历元年癸酉科）

贡

张　泰（洪武十七年）　张　本（十八年）
郭　冕（十九年）　谢　昇（二十年，任御史）
王　缵（二十一年，任郎中）　王　观（二十二[③]年）
蒋　迪（二十四年，任知县）　王　钥（二十六年，任学正）
吕　宁（二十七年。任见传）　刘　昶（二十八年，任县丞）
李　勖（二十九年，任通判）　王　睿（三十年）
吕　哲（永乐四年，任经历）　郭　本（五年，任推官）
刘　端（六年）　张　伦（七年）

① 顺治《徐州志》、康熙《萧县志》皆作“知县”。案康熙县志《人物传》：蒋仕，字笃斋，历任武昌司训、祁阳教谕、南京教授，后升南和令。据此，二说皆然。或当万历志成时，适为南京府学教授，故云。

② 案沛县旧志及《皇明进士登科考》：李绅，锦衣卫籍直隶沛县人，成化元年乙酉科顺天中式乡举，二年中丙戌科进士三甲第四十一名。本志“进士”遗李绅，谓成化二年举人。

③ 嘉靖《徐州志》作“二十三年”。

张　昱（八年，任主簿）

梁　怡（九年，任知县）

魏　廷（十年，任经历）

申　明（十一年）

张　奂（十二年）

孔继［宗］[①]（十三年）

班　肃（十四年）

李　恪（十五年）

张　勉（十六年，任经历）

孟　式（十八年，任主事）

田　畯（十九年）

王　立（二十年）

王　恽（二十二年）

胥　敬（宣德元年，任署丞）

李　旻（三年）

李　复（五年）

朱　芾（六年，任府经历）

张　玹（八年）

邓　宁（十年）

张　铉（正统二年，任训导）

岳　崇（四年）

纵　昭（六年，任知县）

纪　信（九年）

赵　鉴（十一年，任推官）

李　郁（十三年）

张　显（景泰元年）

陈　伦（二年，任州判）

季　显（三年）

甄寿之（四年，任照磨）

刘　昌（五年，任府经历）

李　迪（六年）

石　泰（七年）

刘　仪（天顺二年）

周　铭（四年）

巩　敩（六年，任州判）

高　恺（成化元年，任知县）

张　俊（二年，任州判）

朱　璿（四年）

杨　辅（六年）

韩　昇（八年，任训导）

李　孜（十年，任训导）

吴　玘（十二年，任县丞）

夏　昌（十四年）

袁　宪（十八年，任检校）

李　和（二十年）

彭　政（二十一年，任县丞）

杨　春（弘治二年，任县丞）

刘　福（四年）

单　镛（六年，任训导）

蒋　雍（八年，任主簿）

贾　聚（十年，任县丞）

闵　祯（十二年）

蒋　洪（十三年，任县丞）

周良弼（十六年，任州判）

李　松（正德二年，任卫经历）

韩　禩（四年）

王　道（六年）

崔　恺（八年）

钟　昂（十年，任县丞）

李　璟（十二年，任卫经历）

周思明（十四年，任县丞）

赵　清（十六年。见传）

① 字据正统《彭城志》、嘉靖《沛县志》补。

王守约（嘉靖三年，任主簿）
赵　汉（四年，任经历）
陆　本（六年，任知县[1]）
龚　贵（七年，任县丞）
梁　昇（九年，任府知事）
彭应选（十一年，任县丞）
崔　棠（十三年，任县丞）
唐　本（十五年，任教谕）
崔仕伸[2]（十七年）
田　润（十八年，任训导）
张　连（十九年）
梁　敦（二十年）
周思忠（二十一年）
李士通（二十三年）
徐守润（二十五年）
赵时若（二十六年）
张　桂（二十九年）
吕文旌（三十一年）
杨　材（三十三年）
孙宗尧（三十五年）
卢　雄（三十七年，任教授）
贾　池（三十九年，任县丞）
田　泰（四十一年，任学正）
王守道（四十三年，任教谕）
辛　汉（四十五年，任训导）
曹世勋（隆庆二年，任教谕）
钟耀先（四年，任训导）
蔡　楠（六年）
踪　淳（万历元年）
刘可久（三年）
梁　鹗（四年）

砀山县

进士

魏　益（洪武四年辛亥科，任县丞）
倪　鼎（永乐十六年戊戌科）
李　稳（正德三年戊辰科。见传）

举人

魏　益（洪武三年庚戌科，登进士）
王　怿（二十年丁卯科，任训导）
倪　鼎（永乐十二年甲午科，登进士）
李　稳（弘治十七年甲子科，登进士）

---

① 原作“主簿”，据嘉靖《徐州志》改。案嘉靖《沛县志》：陆本，直隶故城县知县。
② 原作“绅”，据嘉靖《徐州志》、嘉靖《沛县志》改。

贡

卢　生（洪武十七年）
李　忠（十八年）
朱　安（十九年，任御史）
张友恒（二十年）
朱　显（二十六年）
唐　凯（二十七年）
杜　庆（二十八年）
李　范（二十九年）
毛　诚（三十年，任府同知）
姜　熊（三十一年）
王　佐（三十二年）
范　庸（永乐三年）
李　旻（四年）
张　俊（五年）
刘　叙（六年，任通判）
谢　裴（七年，任署丞）
张　佑（八年）
张　宏（九年。见传）
刘　安（十年）
王　瑾（十一年，任县丞）
蒋　幹（十二年，任府经历）
郭　惠（十三年）
程　宪（十四年）
赵　敏（十五年）
褚　让（十六年）
刘　瓒（十七年）
李　恕（十八年，任监正）
单　庆（十九年，任织染局副使）
张　显（二十年，任县丞）
楚　盛（二十一年，任典史[①]）
董　彝（宣德元年，任县丞）
王　泽（四年）
纪　绅（七年，任县丞）
胡　宁（八年，任兵马指挥）
刘　志（九年）
黄　远（十年）
齐　志（正统三年）
武　韬（五年，任知县）
许　昌（七年，任县丞）
苗　本（九年）
姚　刚[②]（十一年，任卫经历）
朱　良（十三年）
刘　涌（景泰元年）
郭居仁（二年）
黄　中（三年，任县丞）
李存仁（四年，任训导）
吴文彬（五年）
蒋德兴（六年）
李　恂（七年，任州同知）
王　缙（天顺三年）
赵　铭（成化二年）
刘　宗（三年，任检校）
陈　善（四年，任主簿）
许　中（五年）
赵　英（六年）
段　珉（七年，任县丞）
张　豫（八年，任县丞）
朱　喆（九年，任府经历）

① 原作“典中”，据嘉靖《徐州志》改。
② 崇祯《砀山县志》作“纲”。

季　春（十年，任州判）　　丁　鉴（十二年）
纪　义（十四年。见传）　　仇　琰（十六年，任府知事）
许　侃（十八年，任府经历）　　王　澄（二十年，任知县）
刘　濬（二十二年，任县丞）　　张　环（弘治元年，任县丞）
李　智（三年）　　孟　昶（五年，任知县）
毛　麟[1]（七年，任知县）　　郭　逊（八年）
房　资（九年，任主簿[2]）　　王　驸（十年）
赵　翊（十一年，任县丞）　　武　禄（十二年）
张　伦（十三年。见传）　　曹　鄘（十五年）
季　旻（十七年）　　李　锡（正德元年，任知县）
黄　镐（三年）　　王　惠（五年，任县丞）
胡　通（七年，任府经历）　　范　让（九年）
李　兰（十一年，任训导）　　李　林（十三年，任审理）
白　忠（十五年，任训导）　　王　兰（十六年，任训导）
孟　嵩（嘉靖元年）　　杨　经（二年，任知县）
崔　性（三年，任训导）　　张　泰（五年，任县丞）
姚　典（七年，任训导）　　赵　绅（九年。见传）
李　芹（十一年，任县丞）　　赵继时（十三年，任县丞）
赵孟津（十四年）　　李嘉言（十五年）
刘　霆（十六年，任训导）　　王　化（十八年）
常世辅（十九年）　　李　佶（二十年）
姚　寅（二十一年）　　王　锐（二十二年，任教授）
曹　溥（二十四年）　　纪孟儒（二十六年，任主簿）
魏景芳（二十八年，任主簿）　　胡守仁（三十年）
常　策（三十二年，任县丞）　　胡应登（三十四年）
薛　锐（三十六年）　　王　赓（三十八年，任教谕）
朱　旃（四十年，任教授）　　李夏臣（四十二年，任教谕）
陈大谟（四十四年）　　胡邦杰（隆庆元年）
赵道南（二年）　　赵继芳（三年）
蒋世爵（五年）　　纪　动（万历元年）

① 崇祯《砀山县志》以后作“麒”。
② 嘉靖《徐州志》作“训导”，崇祯《砀山县志》作“钱塘县丞”。

杨　楠（二年）　　王自勉（四年）

丰县

举人

王　献（永乐三年乙酉科。见传）

李秉衷（成化二年丙戌科[①]，任员外郎）

裴　纪（七年辛卯科。见传）　　秦　表（正德二年丁卯科）

张孟学（同丁卯科）

贡

傅　翼（洪武十二年，任知县）　　王　润（十四年，任卫经历）

马　骥（十六年，任县丞）　　高　举（十八年）

康　泰（二十年，任县丞）　　丁　驯（二十一年，任县丞）

荆　贵（二十二年，任主簿）　　王　度（二十三年。见传）

马　端（二十四年，任通[②]事舍人）　　杨　清（二十五年，任府经历）

孙　颐（二十六年，任州判）　　左　继（二十八年，任卫经历）

徐　浩（二十九年，任典簿）　　赵　恕（三十年，任御史）

牛凤元（三十一年，任检校）　　马　建（三十二年，任主簿）

张　博（永乐三年，任照磨）　　董　立（五年，任州同知）

王　山（七年，任伴读）　　王　纲（九年，任知县）

韩　温（十一年，任知县）　　马　驷（十四年，任都事）

秦　珪（十六年，任主簿）　　胡宗泰（十七年，任中书舍人）

赵　麟（十九年，任推官）　　周　冕（二十一年，任知县）

解以文（二十二年，任县丞）　　司　义（宣德元年，任检校）

郑　斌（三年，任训导）　　王　谦（四年，任训导）

白思恭（五年，任州判）　　郑　弘（七年，任审理）

郝　敬（九年，任教谕）　　胡　宁（正统二年，任知州）

王　洪（三年，任知县）　　牛　增（四年，任知县）

朱　铭（五年，任县丞）　　李　懋（六年，任知县）

① 案《皇明进士登科考》：李秉衷为成化五年己丑科二甲第五名。

② 原作“中”，据嘉靖《徐州志》改。

张　常（七年，任吏目）
王　懋（九年，任知县）
李　俊（十一年。见传）
段　文（十二年，任吏目）
胡　钦（十三年，任引礼舍人）
陈[1]逵（成化元年，任兵马指挥）
王　纶（三年，任州判）
杨　伦（五年，任府知事）
孙　清（九年，任主簿）
黄　谦（十二年，任州判）
黄　安（十六年，任县丞）
蔡　彧（二十一年，任教谕）
高　宣（弘治二年，任县丞）
胡　政（五年，任教谕）
裴　纶（七年，任教谕）
王大京（九年，任州判）
王　敩（十年，任卫经历）
冯　敏（十一年，任提举）
史　全（十五年，任县丞）
田　源（十七年，任县丞）
魏　璟（正德三年，任主簿）
王希贤（六年，任通判）
李　琼（九年，任县丞）
孙　宸（十二年，任主簿）
李天祐（十五年，任主簿）
董[2]珎（十六年，任兵马指挥）
李廷贤（嘉靖五年，任教谕）
宗　岱（九年，任检校）
魏　翰（十年，任学正）
胡弘毅（十二年，任知县）
崔辅政（十三年，任主簿）
刘见龙（二十八年，任教谕）
刘鹤鸣（三十一年，任训导）
仇孟辰（三十四年，任州同知）
李　朴（三十七年，任训导）
刘　汀（四十一年，任知县）
王元贞（四十三年）
李大美（四十六年）
屈　伸（隆庆元年）
崔　动（三年）
李　明（六年）
董　冕（万历元年）
渠有源（二年）
刘　演（四年）

宦迹

长民之任，政教所系，而懋举厥职，民不忍谖。故甘棠足以志思，而丰碑亦不能堕泪，民心之至愚而神如此。徐自秦汉而下，为州、为国、为郡、为县，自刺史守令，以至一命之吏，任兹土者浩不胜述。其奉公体国，为能表鸿烈于当时，扬耿辉于后世，有若人焉，信可爱而传也。以故摭稽故实，著为列传，俾之脍炙人口，永永不磨。嗟乎！载用有嗣之君子，亦以闻风而动虑矣。彼何人斯，而可使之专美

① 原作“陆”，隆庆《丰县志》同，据嘉靖《徐州志》、顺治《丰县志》、康熙《徐州志》改。
② 原作“黄”，据嘉靖《徐州志》、隆庆《丰县志》改。

于畴曩耶?

徐州

汉

穆生，鲁人。少与楚元王及申公、白生俱受《诗》浮丘伯。元王王楚，以三人为中大夫，甚敬礼之。穆不嗜酒，王每为设醴。及孙戊即位，常设，后忘设焉。穆生曰："醴酒不设，王之意怠。不去，楚人将钳我于市。"遂谢病去。

申公，鲁人。为楚元王中大夫，傅其孙戊。戊不好学。景帝三年，戊以罪削郡，乃与吴通谋。公与白生谏，不听，胥靡之，衣之赭衣，使杵臼雅舂于市。申公耻之，退居教授，终身不出。

白生，鲁人。为楚元［王］[①]中大夫。至戊淫暴，穆生谢病去，生念先王之德，独留。

何武，字君公，蜀郡郫县人。宣帝时[②]，由京兆尹左迁楚内史[③]。武为人仁厚，好进士，奖称人之善。在楚厚两龚，及为公卿，荐之朝廷。世以此多焉。

王尊，字子赣，涿郡高阳人。成帝时，以京兆尹为徐州刺史。尊历官令、守，洁己砥节，诛恶不避豪强，声称大著。

杨统，章帝建初中为彭城令。岁大旱，统推阴阳消伏，县界蒙泽。［太］[④]守宗湛使统为郡祈雨，雨即大降。自是，朝廷灾异多访之。

苏章，字孺文，扶风平陵人也。安帝时举贤良，即对策高第。为议郎，数陈得失，其言甚直。出为武原令。时岁饥，辄开仓廪，活三千余户。

杨秉，字叔节，弘农华阴人，震中子。少传父业，博通书传。常隐居教授。年四十，乃应辟。拜侍御史，出为徐州刺史，有能名。计日受俸，余禄不入私门。故吏赍钱百万遗之，闭门不受。桓帝初，迁尚书，以廉洁为朝廷所知。

栾巴，字叔元，魏郡内黄人。汉安元年，以光禄大夫与杜乔等八使循行州郡，观省风俗。巴使徐州，所按察无冤滥。

魏朗，字少英，会稽上虞人。桓帝时，再迁彭城令。时，中官子弟为相国，多行非法，朗与更相章奏。幸臣忿疾，欲中之。会九真[⑤]贼起，众共荐朗为九真都尉

① 字据文例补。
② 案《汉书》本传，左迁楚内史，应在成帝时。
③ 原作"使"，据《汉书》本传改。
④ 字据《后汉书》本传补。
⑤ 原作"贞"，据《后汉书·党锢列传》改。下同。

去，得免。

百里嵩，为徐州刺史。境内旱，行部所至，甘雨随霪。东海两[①]县僻在山间，嵩不到，无雨。父老请嵩入界，即雨。百姓立祠祀之。

赵昱，字元达，琅琊人。清己疾邪，潜志好学，生平不妄视听。献帝时，陶谦牧徐州，信用非人，曹宏等谗慝，刑政失和，良善多被其害。昱为别驾从事，以忠直见疏，奏出为广陵太守。（时，徐州黄巾贼起，以谦为徐州刺史，击破之。是时，四方断绝，谦每遣使间行奉贡西京，诏迁徐州牧，封溧阳侯。时徐方谷实甚丰，流民多归之，而谦信邪失政，民心日离，由斯渐乱。曹操击谦，破彭城、傅阳[②]，百姓流移依谦者皆歼。按：谦治行若此，今削不传）

张尚（楚王戊傅），赵夷［吾］[③]（亦楚王戊傅），袁盎（楚相），刁子都、盖豫、王景、车胄（并徐刺史），张皓、史弼、袁贺、汲廉、糜芳、薛礼（并徐州□[④]），糜竺（别驾），皆以无迹不传。（按：后汉徐州治郯城。徐，其所隶国，而书州刺史等官，于法不当。今姑仍旧志）

三国魏

吕虔，字子恪，任[⑤]城人。仕魏，为徐州刺史。檄王祥为别驾，民事一以委之。虔有佩刀，工者相之，以为三公之器。虔谓祥曰："苟非其人，刀或为害。卿有公辅之量，故以相与。"世多其任贤。

王祥，字休征，琅琊临沂人。性至孝。汉末遭乱，避地庐江，隐居三十余年，不应州郡之命。母终，居丧毁瘁，杖而后起。徐州刺史吕虔檄为别驾，委以州事。于时寇盗充斥，祥率励兵士，频讨破之，州界以宁。时人为之歌曰："海沂之康，实赖王祥。邦国不空，别驾之功。"以醇诚真粹见重于时位至太保。

臧霸、郑岐[⑥]（并刺史），陈娇（郡守），温恢（魏［彭城］[⑦]相），并以无迹不传。（旧志《名宦》纪吴丁[⑧]奉、冯朝、朱桓、贺齐、全琮。考史，州在三国非吴地，奉等并假节徐州；又魏钟毓、胡质皆都督青徐军事，并不书）

① 原作"西"，讹从嘉靖《徐州志》，据顺治《徐州志》改。按：两县者，东海郡之祝其、合乡，见谢承《后汉书》。
② 原作"扬"，据《后汉书·陶谦传》改。
③ 据《汉书·楚元王传》补。
④ 原墨丁。案史志，以上六人皆彭城国相。
⑤ 原作"伍"，讹从嘉靖《徐州志》，据《三国志·魏书》本传改。
⑥ 原作"邹岐"，据《三国志·魏书·曹爽传》裴松之注改。
⑦ 字据《三国志·魏书》本传补。
⑧ 原作"无吴"，据嘉靖《徐州志》改。

晋

王浑，太原人。沉雅有器量。咸熙中，为越骑校尉。武帝受禅，加扬烈将军，迁徐州刺史。时岁饥，浑[①]开仓大赈，百姓赖之。

胡威，字伯武。其父质，仕魏，累迁征东将军，都督青徐诸军事。广农积谷，有兼年之储。父子清慎，名誉著闻。武帝谓威曰："卿清孰与父？"威对曰："臣不如也。臣父清，恐人知；臣清，恐人不知。是臣不如者远也。"咸熙中，拜徐州刺史。勤于政术，风化大行，有殊绩焉。

蔡豹，陈留人。有气干。元帝时，为振武将军、临淮太守。在郡有治绩，迁徐州刺史。豹在徐土，内抚将士，外怀诸众，甚得远近情。

司马伷、东平王楙[②]、卫瓘（并都督徐州军事），胡奋、裴盾、嵇绍、石苞[③]、羊忱[④]、羊陶、高诞、刘柳、祖逖、庾亮[⑤]、刘遐、郗鉴、桓温、褚裒、荀羡[⑥]、周馥、卞敦、蔡谟、谢玄、郗愔、丁绍、会稽王道子[⑦]（并徐州刺史），王修（长史），东海王越（领徐州都督），王隆、石崇（并监徐州军事），向韶[⑧]、谢琰[⑨]（并彭城太守），庾阐、刘涓子、何谦（并彭城内史），朱序（镇守），徐放（徐州别驾）；刘怀（为前将军[⑩]），皆无迹不传。

南北朝

刘义欣，宋宗室。元嘉中，镇彭城。宋遣将伐魏，到彦之弃军走彭城。时青、兖大扰，将佐皆劝委镇还都。义欣不从。

王玄谟，太原祁人。初仕宋，为徐州从事史。元嘉中，彭城太守义宾薨，玄谟上言彭城要害兼水陆，请以皇子抚临州政。从之。乃以武陵王、雍州刺史骏出镇彭城。

王懿，字仲德，太原祁人，以字行。沉审有意略。苻氏之败，时年十七，及兄睿同起义兵，与慕容垂战败。[被重][⑪]创，困卧林中，有童子馈食、白狼衔渡之异。

---

① 原作"混"，据嘉靖《徐州志》改。

② 原框断为"东平""王懋"二人，误，实为东平王司马楙。"懋"字据《晋书》本传改。

③ 原作"包"，据《晋书》本传改。

④ 原作"耽"，讹从嘉靖《徐州志》，据《宋书·羊欣传》改。

⑤ 按：顺治《徐州志》谓"元帝时刺史"，然《晋书》本传无载，未详所据。

⑥ 原作"美"，据嘉靖《徐州志》改。

⑦ 原框断以"会稽"为地名，"王道子"为人名，亦误，实为会稽王司马道子。下"东海王越"亦同此误。

⑧ 原作"诏"，据嘉靖《徐州志》改。

⑨ 案《晋书》本传，谢琰以徐州刺史讨孙恩有功，迁会稽太守，未曾任彭城太守。

⑩ 案《晋书·恭帝纪》"以刘怀慎为前将军、北徐州刺史，镇彭城"。嘉靖《徐州志》文例："刘怀为，前将军。"本志以"刘怀"作人名，改"为"动词人注，亦不为得。

⑪ 二字据《宋书》《南史》本传补。

宋武帝受命，累迁徐州刺史，加都督。仲德凡三临徐州，威德宣著。

王弘，字休元，琅琊临沂人。少好学，以清悟知名。宋武帝召补镇军谘议参军、尚书仆射掌选，领彭城太守。弘人望所宗，造次必存礼法。凡动止施为及书翰仪体，后人依仿，谓为“王太保[①]家法”。虽历任藩府，而不营财利。既薨，家无余业。

王裕之，字弘敬，琅琊临沂人，以字行。少有清尚。宋武帝以为车骑从事中郎、徐州中从事史，累迁吏部尚书。每被召，即便祗奉，既到宜退，旋复解官，武帝嘉其志不苟违。

吉翰，字休文，冯翊池阳人。仕宋，为将佐十余年，清谨勤正，甚为武帝所知赏。元嘉中，历位梁、南秦二州刺史，徙益州刺史，加都督。在任著美绩，甚得方伯之体，论者称之。累迁徐州刺史，督徐兖二州、豫州梁郡诸军事。

张畅，字少微，吴郡吴人也。累迁太子中庶子。孝武镇彭城，畅为安北长史、沛郡太守。元嘉二十七年，魏太武南征，太尉江夏王义恭统诸军出镇彭城，欲弃彭城南归，计议弥日不定。畅曰：“今城内乏食，民无固志，但以关扃严，欲去莫从耳。若先去以为民望，则各吝正命，欲至所在，何由可得？军食虽寡，朝夕犹未窘罄。岂有舍万安之术，而就危亡之道？若此计必用，畅请以颈血污君马迹！”孝武闻畅议，谓义恭曰：“长史言不可异也！”义恭乃止。果获全。

张岱，字景山，吴郡人。宋元嘉末，为冠军咨议参军，领彭城太守，行府州国事。为政端平，待物以礼。历任以清直宽恕著名。

沈昙庆，吴兴武[②]康人。仕宋，位尚书左丞。大明元年为徐州刺史，谨实清正。常谓子弟曰：“吾处世无才能，图作大老子耳！”世以长者称之。

王谌，字仲和，东海郯人。宋大明中，辟为州迎主簿，又为州迎从事。谌贞正和谨，朝廷称为善人，多与之厚。少贫，常自纺绩，及通贵后，不以为讳。世称其达。

魏恭[③]子，仕宋，为彭城内史。廉恪修慎，在公忘私，安约守俭，久而弥固。

江革，字休映，济阳考城人。幼而聪敏，有才思。弱冠，举南徐州秀才。为镇北豫章王长史，被敕随镇彭城。城既失守，为魏人所执。革称脚疾，不拜。将害之，见革辞色严正，更加敬重，乃令革作丈八寺碑并祭彭祖文。革辞以囚执既久，无复心思。将加棰扑，革厉色曰：“江革年六十，不能杀身报主，今日得死为幸，誓不为人执笔！”魏人释之。后革还朝，上大宴，举酒劝革曰：“今日始见苏武

① 原作“傅”，据《宋书》本传改。

② 原作“永”，据《宋书》《南史》本传改。

③ 原作“公”，据嘉靖《徐州志》、《宋书·良吏传》改。

之节！”

成景隽，范阳人也。仕梁武帝朝，除北徐州刺史。侵魏，所向必推其智勇，时以比马仙埤。兼有政绩，见怀北州，吏人树碑纪德。卒，谥曰烈。

薛虎子，代人。仕后魏，累迁开府、徐州刺史。兴置屯田，甚多惠政，兵民怀之。郡太守污黩者，举为所按。

元鉴，字绍达，后魏宗室。沉静少言，宽和好士，为齐州刺史，转徐州刺史。属徐、兖大水，人多饥饿，鉴表加赈恤，人赖以济。

李元茂，仕后魏，位司徒、彭城镇副将，人吏安之。

叔孙建，代人。少以智勇著称。仕后魏，历官都督、前锋诸军事、徐州刺史。建沉敏多智，东西征伐，常为谋主。容貌清整，号令严明。又雅尚人伦，礼贤爱士。魏初名将，鲜有及之。

元显和，少有节操，历司徒记室参军。司徒崔光每见之，曰：“元参军风流清秀，容止闲雅，乃宰相之器。”除徐州安东府长史。刺史元法僧叛，显和与战，被擒。执手命与连坐。显和曰：“显和与阿翁，同源别派，皆是磐石之宗。一朝以地外叛，若遇董狐，能无惭德?”遂不肯坐。法僧犹欲慰喻，显和曰：“乃可死作恶鬼，不能生为叛臣！”及将杀，神色自若。

元云，后魏景穆子。献文时，拜都督中外诸军事。屡有讨叛功，除开府、徐州刺史。居官廉惠，深得徐方之心，百姓追念之。云子澄，字道镜。父薨，居丧以孝闻。袭封，加大将军、梁州刺史。澄善怀附，西南款顺。加侍中，赐衣马，以旌其能。转开府、徐州刺史，甚著声绩。

元延明，后魏宗室。迁侍中，兼尚书右仆射。及法僧反，诏为东道行台、徐州大都督，节度诸军事讨法僧。延明先牧徐州，甚得人誉，抚怀旧土，远近归之。迁都督、徐州刺史。徐州频经师旅，人物凋弊，延明招携新故，人悉安业。

元悦，魏宗室。为开府仪同三司，寻迁太保。出为徐州刺史，盗贼屏息。

王则，仕后魏，为徐州刺史。梁命侍中羊侃与萧渊明堰泗水于寒山，以灌彭城。堰成，则婴城固守。

元衎，字安乐，魏宗室。位梁州刺史，寻转徐州刺史。衎性清慎，居官不营产业。久历州牧，皆有称绩。

崔孝芬，字恭梓，挺之子。博学，有才识。任城王澄奏地制八条，孝芬所参定也。梁将成景隽逼彭城，魏以孝芬兼尚书右丞，为徐州行台。孝芬既至，景隽等力屈退走。

卢伯源，小字阳乌。敦尚学业。仕后魏，兼徐州长史，以诚信御物，甚得人和。南徐州刺史沈陵谋叛，伯源表闻，惟归罪于陵，抚其余党而赦之。

崔鉴，字神具，博陵安平人。有文学。仕后魏，自中书博士转侍郎，出为徐州刺史[①]。时欲安新附，人有年老者，表求假以守令，诏从之。又于州内冶[②]铜为农具，兵人获利。

刘渴侯，禀性刚烈。太和中，为徐州后军。适寇至，渴以力死战，众寡不敌，遂被[③]获。瞋目大骂，不屈，为贼所杀。赠立忠将军、平州刺史、上庸侯，赐绢千匹、谷千斛。时，严季为军校尉，与渴侯[④]同殿，势穷被执，终不降屈。后得逃还。除立节将军，赐爵五等男。

房谟，字敬放，河南洛阳人。少淳厚。正光[⑤]末，历官昌平、代郡太守，转徐州刺史。先是，州兵皆僚佐驱使，饥寒可悯，死病无算。谟至，皆加检勒，不令烦扰。以休假、番代、洗沐，[督察主司，亲自检视][⑥]。又使佣赁，令作衣服，终岁还家，无不温饱。时梁、魏和好，使人入其界者，咸称叹之。

卢昶，字叔达，小字师颜。学涉经史，早有时誉。为徐州刺史。昶宽和矜恕，善于绥怀。徐之戍兵有疾，亲自检恤。至番兵年满不归，听充后役，[终昶一政][⑦]，然后始还。人庶称便。

萧宝夤，字智亮。神龟[⑧]中为都督、徐州刺史、车骑大将军。乃起学馆于郡东，朔望引见士姓子弟，与论经义。且勤于听理，吏人推戴焉。

高谅，字修贤。少好学，多识强记。居丧以孝闻。太和末[⑨][应辟][⑩]。正[⑪]光中，加骁骑将军，为徐州行台。至彭城，属元法僧反，逼谅同之。不从，见害。谥曰忠侯。谅造《亲表谱录》四十余卷，自五世以下，内外曲尽。览者服其博记。

陆通，字仲明，吴郡人也。性柔谨。仕魏，以迎孝武功，封都昌县伯。寻进爵为公，徐州刺史。虽久处列位[⑫]，常清慎自守。所得禄赐，尽与亲故共之，家无余财。每曰："凡人患贫而不贵，不患贵而贫也[⑬]。"建德元年，转大司马薨。

孔休源，字庆绪，会稽山阴人。州举秀才，太尉徐孝嗣省其策，曰："观此足

①《魏书》《北史》本传作"东徐州刺史"。北魏孝明帝孝昌元年（525）置东徐州，治下邳县。
② 原作"治"，据《魏书》《北史》本传改。
③ 原作"破"，据嘉靖《徐州志》改。
④ 原作"候"，据《魏书·节义》本传改。
⑤ 原作"正平"，系魏太武帝年号，非此梁、魏之时也，据《北史》本传改。
⑥ 八字据嘉靖《徐州志》、康熙《徐州志》补。
⑦ 四字据《魏书》本传补。
⑧ 原作"麢"，亦魏太武帝年号，非在宝夤时，据《北史》本传改。
⑨ 原作"永"，据《北史》本传改。
⑩ 二字据《北史》本传补。案《北史》原文："太和末，京兆王愉开府辟召，孝文妙简僚佐，谅与陇西李仲尚、赵郡李凤起等同时应选。正光中，加骁骑将军，为徐州行台。"
⑪ 原作"承"，据《北史》本传改。
⑫ 原作"侯"，据《周书》《北史》本传改。
⑬ 原作"不患贵而不贫也"。"不贫"之"不"字衍，据《周书》《北史》本传删。

称王佐之才！”历官晋安王府长史、南兰陵太守，别敕专行青徐州事。累佐名藩，甚专时誉。王深相倚仗[①]，常于中斋别施一榻，云：“此是孔长史坐。”人莫得预。其见敬如此。

李彦，字次仲。孝文初举秀才，累拜河南尹，复敕行徐州事。寻迁平东将军、徐州刺史。延昌二年夏，大霖雨，川渎皆溢。彦相水陆形势，随便疏通，得无淹渍之害。朝廷嘉之，频诏劳勉。

慕容绍宗，字绍宗，晃第四子太原王恪之后也。容貌恢毅，少言，深沉有胆略。以军功进爵为公，累迁御史中尉。属梁人刘乌黑入寇徐方，授徐州刺史，执乌黑杀之。还，除尚书左仆射。后卒，三军将士莫不悲惋，朝廷嗟伤焉。赠太尉，谥曰景惠。

赵隐[②]，字彦深，南阳宛[③]人。北齐文宣[④]时，累转东南道行台尚书、徐州刺史。政尚恩信，吏人怀之。

张晏之，字熙德。从尔朱荣平元颢，赐爵武城[⑤]子，累迁尚书二千石郎中。高岳征颍川，复以为都督中兵参军兼记室。晏之文士，兼有武干，每参帷帐之谋，又尝以短兵接刃，亲获首级，深为岳所嗟赏。齐天保初，侍宴文宣，晏之作诗云：“天下有道，主明臣直。虽休勿休，永贻世则。”文宣笑曰：“得卿箴讽，深以慰怀！”后行北徐州[⑥]事，寻即真，为吏人所爱。御史崔子武督察州郡，至北徐，无所案劾，唯得百姓所制《清德颂》数篇，乃叹曰：“本求罪状，遂闻颂声！”迁兖州刺史，未拜，卒。赠齐州刺史、太常卿。

苏琼，字珍之，长乐武强人。父备，仕魏，至卫尉少卿。琼幼时随父在边。尝谒东荆州刺史曹芝，芝戏问曰：“卿欲官不?”对曰：“设官求人，非人求官。”芝异其对，署为府长流参军。除南清河太守。郡多盗贼，及琼至，奸盗屏息。北齐皇建中，赐爵安定县男[⑦]，徐州行台左丞，行徐州事。徐州城中五级寺忽被盗铜像一百躯，有司征检四邻及踪迹所疑，逮系[⑧]数十人，琼一时放遣。寺僧怨诉不为推贼，琼遣之曰：“但且还寺，得像自送尔！”后十日，抄贼姓名及赃处所，径[⑨]收掩，悉获实验。贼徒款引，道路叹伏。

① 原作“杖”，据《梁书》《南史》本传改。
② 原作“深”，讹从嘉靖《徐州志》，据《北史》本传改。
③ 原作“窥”，讹从嘉靖《徐州志》，据《北史》本传改。
④ 原作“神武”。讹从嘉靖《徐州志》，据《北史》本传改。
⑤ 原作“成”，据《北史》本传改。
⑥ 北齐北徐州治在即丘（今山东临沂东南），领泰山、琅琊二郡。非今徐州。
⑦ 原作“南”，据《北史》本传改。
⑧ 原作“击”，据《北史》本传改。
⑨ 原作“经”，据《北史》本传改。

杨素，字处道。少落魄不羁，人未之识。其从祖宽，特深异之。周大冢宰宇文护引为中外记室。转礼曹，加大都督。以平齐功，加上开府。从王轨破陈将吴明彻于吕梁。陈将樊毅筑城泗口，素击走之，夷毅所筑。宣帝即位，拜素大将军，迁徐州总管。

梁士彦，字相如，安定乌氏人。少任侠，好读兵书，颇涉经史。仕周，以平齐功封郕国公，位上柱国。宣帝即位，除徐州总管。与王轨擒陈将吴明彻、裴[①]忌于吕梁，略定淮南地。后除东南道行台、使持节、徐州总管、三十二[②]州诸军事、徐州刺史。

王轨，太原人。仕周，建德时，以破陈将吴明彻功，拜徐州总管。轨性严重，善谋虑，兼有吕梁之捷，威震敌境，陈人甚惮之。

羊规（祭酒从事、大中正），刘义宾、曹欣之、申坦、申令孙、羊侃[③]、张豹子、元秉、尉元、辛徽[④]、元孚、高乾、杜德、元颢、李祈[⑤]、郭逸、刁雍、崔悛、高思宗、阳斐（并州刺史），朱超石（主簿），徐逵之（内史），萧缜[⑥]、孔伯恭、李崇、刘昶（并都督诸军事），王肃、崔挺[⑦]、卢渊[⑧]、沈保冲（并长史），薛循义（参军），郑据、王可久（并郡守），高孝珩（督军行台），李崇、韦叔裕（并总管），皆无迹不传。（按：刘道怜、刘义季、垣护之、元愉、元郁、高亮、任祥，并刺史；刘义恭，镇彭城；颜师伯，主簿；祖莹，参军。〇按传：道怜素无才能，畜聚常若不足，去镇之日，府库为空。义季当魏师北[⑨]侵，苟规远害，不欲以功勤自业，惟饮酒而已，文帝尝下诏责之。护之多聚敛货贿，坐下狱免官。愉以谋逆，郁以黩货，并坐死。亮坐夺商人财物免官，祥亦在州大有受纳。义恭骄奢不节，至赊市民财，民有通辞求钱者，率题“原”字。魏军北侵，辄议弃走。师伯多纳货贿，妓妾声乐尽天下之选，骄奢淫纵为衣冠所疾，竟以谋废立，与义恭同诛。莹后为镇东府长史，亦贿败除名。今并削之）

① 原作“斐”，据《北史》本传改。

② 原作“二十三”，据《隋书》本传改。

③ 原框断为“申令”“孙羊侃”，误。案《南史》等书：申令孙，即前申坦之子，宋明帝时徐州刺史；羊侃，梁武帝时徐州刺史。

④ 按：元秉、尉元、辛徽，原断为“元秉尉”“元辛徽”二人，误。元秉，疑北魏中山王英；尉元事具《魏书》本传，辛徽见《隋书·辛公义传》。

⑤ 原作“诉”，据《北史》本传改。按：祈音欣，《魏书》本传作“李欣”，《魏书·天象志》复载“太和元年十月，诛徐州刺史李诉”，实为一人。

⑥ 萧缜未详何人，案顺治《徐州志·历代秩官题名》作：“豫章王缜，梁帝子，镇彭城，摄徐州府事。”应为萧缵（本名萧综）之讹，见《梁书》卷五十五本传。

⑦ 原作“崔挺之”。案《魏书·崔挺传》，“之”字衍，今删。

⑧ 按：卢渊，即前“卢伯源，小字阳乌”者，名渊，字伯源，已具传，非无迹可传。

⑨ 原作“伯”，据嘉靖《徐州志》改。所谓“魏师北侵”，即魏太武帝自瓜步北返，还攻彭城。

隋

卢昌衡，字子均。沉靖有才识。为徐州总管长史，绰有能名。吏部尚书苏威考之曰："德为世表，行为士则。"闻者以为确言。

房兆、和洪、源雄[①]、乞伏慧[②]（并徐州总管），董纯（彭城留守），陈善藏（彭城赞治），皆无迹不传。

唐

姚崇，字元之，陕州硖石人。少倜傥，尚气节。仕武后，以与诛二张功，封梁县侯，实封二百户。移徐州刺史，政条简肃，人为纪德于碑。

李光弼，营州柳城人。严毅沉果，有大略。肃宗时为都统，镇徐州。惟军旅事自决，众务悉委判官张傪。傪吏事精敏，区处如流。由是军中肃然，区夏以宁。

张建封，字本立，南阳人。德宗贞元四年，以为徐泗濠节度使，镇徐州。政有纪纲，虽宽厚，不欲贷人以法。所辟僚佐，若韩愈、李藩、许孟容（并详后传）、李博、冯[③]宿（并无迹不传），皆一时名士。在镇十年，一军大治。十三年入朝，帝不待旦，召见延英殿。上巳，赐宰臣宴于曲江亭，特令建封与宰相同榻而坐，以示殊宠。其还镇，帝赋诗送之（诗曰：牧守重所寄，才贤生为时。宣风自淮甸，授钺膺藩维。入觐展遐恋，临轩慰来思。忠诚在方寸，感激陈情辞。报国尔所尚，恤人余是资。勿以千里遥，而云无已知）。又[④]使左右以所持鞭赐之，曰："卿节谊岁寒弗渝，故用此为况。"子愔，授右［骁卫］[⑤]将军、徐州刺史，知留后[⑥]，寻为武宁节度使。元和初，以疾求代，召为工部尚书，［未］[⑦]逾境而卒。愔治徐七年，其政亦以善称。

韩愈，字退之。张建封辟愈为推官。操行坚贞，鲠言无忌。（其赠建封《汴泗交流》诗：汴泗交流郡城角，筑场千步平如削。短垣三面缭逶迤，击鼓腾腾树赤[⑧]旗。新秋朝凉未见日，早[⑨]早结束来何为。分曹决胜约前定，百马攒蹄近相映。球惊杖奋合且离，红牛缨绂黄金羁。侧身转臂著马腹，霹雳应手神珠驰。迢遥散漫两

---

① 原断为"房兆和""洪源雄"两人，误，据《隋书》本传改。
② 原作"伏乞慧"，据《隋书》本传改。
③ 原作"马"，据《新唐书》本传改。
④ 原作"及"，据《新唐书》本传改。
⑤ 二字据两《唐书》本传补。
⑥ 原作"守"，据两《唐书》本传改。按：唐代节度使出征或入朝，或死而未有代者，皆置知留后事，名"节度留后"；留守则以亲王重臣镇守京师，称"京城留守"。
⑦ 字据两《唐书》本传补。
⑧ 原作"亦"，据《五百家注昌黎文集》卷三改。
⑨《五百家注昌黎文集》作"公"。

闲暇，挥霍纷纭争变化。发难得巧意气粗，欢声四合壮士呼。此诚习战非为剧，岂若安坐行良图。当今忠臣不可得，公马莫走须杀贼。○《雉带箭》诗：原头火烧静兀兀，野雉畏鹰出复没。将军欲以巧伏人，盘马弯弓惜不发。地形渐窄观者多，雉惊弓满劲箭加。冲人决起百余尺，红翎白镞相倾斜。将军仰笑军吏贺，五色离披马前堕。○《莫辞酒》诗：莫辞酒，此会固难同。请看女工机上帛，半作军人旗上红。莫辞酒，谁为君王之爪牙。春雷三月不作响，战士岂得来还家。○孟郊《留别李观、韩愈，因献张徐州》诗：富别愁在颜，贫别愁销骨。懒磨旧铜镜，畏见新白发。古树春无花，子规啼有血。离弦不堪[①]听，一听三四绝。世路非一险，俗虑有千结。有客步大方，驱车独迷辙。故人韩与李，逸翰双皎洁。哀我[②]摧折归，赠词纵横设。徐方国东枢，元戎天下杰。祢生投刺游，王粲吟诗谒。高情无遗照，朗抱开晓月。有抑不埋冤，有仇皆为雪。愿为直草木，永向君地列。愿为古琴瑟，永向君地发。欲识丈夫心，曾将宝镜说）

李藩，字叔翰。少沉静，有检局。建封辟为判官。建封卒，濠州刺史杜兼阴图代之，疾驱至府。藩泣谓曰："公今丧，君宜谨守土，何弃而来？不速去，当奏劾之！"兼错愕径归，诬奏藩撼其军，有非望。上大怒，密诏杜佑杀之。佑素重藩，出诏示之。藩神色不变。佑曰："慎无畏，吾已用百口保君矣。"帝复追藩入，望其状貌，曰："是岂作乱人邪？"释之，寻拜秘书郎。

许孟容，字公范，京兆长安人。擢进士异等，又第明经，调校书郎。辟张建封府，为掌书记。李纳以兵拒境，建封遣使谕[③]止，前后三辈往，皆不听。乃使孟容敷引逆顺，纳即悔谢，为罢兵。表为濠州刺史。德宗知其能，召拜礼部员外郎。孟容方劲，有礼[④]学，每所折衷，咸得其正。好提掖士类，清议尚之。

其［时］[⑤]，京兆人杜兼亦与辟掌书记，志载其名。○按传：兼性浮险，尚豪侈。张建封表置其府，积劳为濠州刺史。德宗既厌兵，大抵刺史重代易，至历年不徙。兼探帝意，谋自固，即修武备，募召劲兵三千，帝以为才，遂横恣。僚官韦赏、陆楚，皆有美誉，论事忤兼，诬劾[⑥]以罪杀之，众莫不冤。又妄系[⑦]令狐运、陷李藩，欲杀之。行迹无取，今削去。

李鄘，字建侯。初，李怀光辟致幕府。怀光反河中，鄘与母、妻陷焉。怀光严

① 原作"甚"，据《孟东野诗集》卷七改。
② 原作"哉"，据《孟东野诗集》改。
③ 原作"论"，据《新唐书》本传改。
④ 原作"理"，讹从嘉靖《徐州志》，据《新唐书》本传改。
⑤ 字据嘉靖《徐州志》补。
⑥ 原作"刻"，据《新唐书·杜兼传》改。
⑦ 原作"击"，据《新唐书·杜兼传》改。

兵召问之，鄘词气不挠，三军为感动。[怀][1]光不杀，囚之。河中平，罢归洛。会徐州张建封卒，兵乱，囚监军，迫建封子愔主军务。帝以鄘刚敢，拜宣慰使。持节直入其军，大会士卒，喻以祸福。出监军狱中，脱桎梏，使复位。众不敢动。后以太子少傅致仕，卒。

王绍，先名纯，自太原徙京兆之万年。少为颜真卿所器，字之曰德素。德宗时，由员外郎判务，历官户部尚书。顺宗立，寻拜兵部尚书，出为东都留守。元和初，检校尚书右仆射，为武宁军节度使，复以濠、泗二州隶其军。自张愔后，兵骄难治，绍搜辑军政，推诚示人。裨将安进达、唐重靖谋乱，绍以计取之，出家资赏士，举军安赖。复拜兵部尚书，判户部。卒，年七十二。

薛元赏，太和初，自司农少卿出为汉州刺史。会维州降，西川节度使李德裕受之，以闻。牛僧孺沮其议，执还之。元赏上书，极言可因抚之，溃虏膺腹，不可失。不省。段文昌代德裕，状元赏治当最，迁累司农卿、京兆尹。出为武宁节度使，罢泗口猥税，人以为便。

卢弘正，字子疆。累擢监察御史，拜工部侍郎。以户部领度支，出为武宁节度使。徐自王智兴后，吏卒骄恣，弘正戮其尤无状者。终弘正治，不敢哗。优诏褒劳。弘正羸病，丐身还东都，不许。寻徙宣武，卒于镇，赠尚书右仆射。

田牟，大中间，上以牟尝镇徐州，有能名，复诏为武宁军节度使，代康季荣。一方遂安。

崔彦曾，齐州人。咸通初，由太仆卿为徐州观察使。庞勋反，或劝彦曾奔兖州，彦曾曰："我，方帅也，奉命于此，惟有死尔！"斩议者一人号于众。俄而勋傅城，彦曾悉诛贼家属。勋超墉入，囚彦曾大彭馆，寻杀之。（先是，蛮寇五管陷交趾，诏节度使以八百人戍守桂林，三年一更。至期，彦曾乃徇亲吏尹戡、徐行俭之言，请代弗与，复留屯一年。于是戍者怒，杀都将，胁判官庞勋为将，合众千余，鼓噪而进矣。故论者谓彦曾虽死于义，而要亦其自召云）

温廷皓，咸通中署崔彦曾幕府。庞勋反，以刃胁廷皓，使为表求节度。廷皓绐曰："当为公信宿思之。"乃归，与妻子诀。明日，勋索表，倨答曰："我岂以笔砚事汝邪？其速杀我！"勋熟视，笑曰："儒生有胆邪？吾动众百万，无一人草檄乎！"杀之。时焦璐[2]、李棁、崔蕴、柳泰、卢崇[3]嗣、韦廷范，同为幕府僚官，并遇害。诏赠官有差，录其子。

---

① 字据文例补。
② 原作"路"，据两《唐书·崔彦曾传》改。
③ 原作"宗"，据《新唐书·崔彦曾传》改。

时溥，初为感化［军］[①]牙将，迁留后，寻为节度使。有讨黄巢功。后朱全忠遣其子友裕攻之，战于石佛山前。溥败，阖门登燕子楼自焚死。

任瓌[②]（大总管），柳雄（司户），霍王元轨[③]、高明应、卢齐贤[④]、苏诜[⑤]、张廷范、论瑀（并刺史），李洧（刺史兼观察使），崔玄［同］[⑥]（刑部侍郎出刺徐州），王焘（司马），柳子夏（长史），李愿、李愬、李廓、崔群、崔珙[⑦]、康季荣、薛能、温璋、王式、支详（并节度使），王智兴（节度副使），李商隐（掌书记），李达[⑧]、白季庚（并彭城令），皆无迹不传。（旧志有令狐绹[⑨]、康承训，并招讨使。非常设治徐者，不书）

五代

剧可久，字尚贤，涿州范阳人。后唐同光初，赵凤荐于朝，补徐州司法。可久沉毅方正，明律令，以干职闻。召为大理评事，累迁大理卿。可久在廷尉四十年，用法平允，时称不冤。

侯益，汾州平遥人。天福四年，晋祖追念虎牢之功，迁武宁军节度、同平章事。［遣］[⑩]中侍谓益曰："朕思卿前年七月九日大立战功，故复以此月此日徙卿镇彭门，领相印。"九月，徐州大火，益出金、粟赈之。

王周，仕晋历四镇，皆有善政。汉高祖入立，徙镇武宁军。

刘赟，晋阳人，后汉高祖弟崇子也。高祖爱之，以为己子。初为徐州节度使，及隐帝遇害，周太祖入京师，见汉廷大臣无推立意，乃为太后诰，遣[⑪]太师冯道迎赟嗣位。赟以巩廷美为都押衙、杨温为教练使，守徐州。赟行至宋州，太祖自澶州为兵士拥还京师，既监国，太后乃下诰，降赟开府仪［同］[⑫]三司、上柱国，封湘阴公，竟以幽死。廷美等闻赟不得立，乃闭城拒命。广顺元年，王彦超克徐州，廷美等皆见杀。（《五代史》云：赟于汉，非嫡长，特以周氏移国，畏天下而难之，故

---

① 字参《新唐书》本传补。
② 原作"坏"，据两《唐书》本传改。
③ 原断为"霍王""元轨"，误。霍王李元轨，贞观中出徐州刺史，见《新唐书·高祖诸子传》。
④ 高明应、卢齐贤，原断为"高明""应卢""齐贤"三人，亦误。高明应事见《新唐书·张建封传》；卢齐贤事见《氏族大全》，《旧唐书·孙思邈传》作"卢齐卿"。
⑤ 原作"苏洗"，据《新唐书·苏瓌传》改。
⑥ 原作"崔玄"，"同"字据韩愈《崔评事墓志铭》补。
⑦ 原作"崔拱"，据《新唐书》本传改。
⑧ 原作"李达先"。案《新唐书·严绶传》，"先"字衍，今删。
⑨ 原作"令狐陶"，据《新唐书·令狐楚传》改。
⑩ 字据《宋史》本传补。
⑪ 原作"遗"，据《新五代史·汉家人传》改。
⑫ 字据《新五代史·汉家人传》补。

假赟以伺间尔。当是之时，天下皆知赟之必不立也。然廷美、温区区为赟守孤城以死，其始终之迹，何愧于死节之士哉）

王晏，徐州滕县人。仕周，为武宁军节度使。境内清肃，徐人奏为立碑，许之。

高锡（掌书记[①]）、吴峦（武宁军节度副使[②]），并无迹不传。（寇彦卿，感化军节度使。〇按传：彦卿怙宠作威，好诛杀，多猜忌。今削之）

宋

夏竦，字子乔，江州德安人。累官至宰相，寻改枢密使，出知河南府。未几，赴本镇，加兼侍郎。飨明堂，徙武宁军节度使。每朝廷锡赉，与辅臣等。将相居外，遇大礼有赐，自竦始。

曹彬，为侍中、武宁军节度使，知徐州。彬性仁爱，有吏罪犯，既具案，逾年然后杖之。人问其故，彬曰："吾闻此人新娶妇，若杖之，彼其舅姑必以妇为不利而恶之，朝夕笞骂，使不能自存。吾故缓其事，而法亦不赦也。"

傅尧俞，字钦之，郓州人。知徐州。前守侵用公使库[③]钱，尧俞代偿之。未足，罢去。后守顾移文迫偿，尧俞复剧力偿之。久之，钩考得实，尧俞竟亦不辩。司马光尝谓邵雍曰："清、直、勇之德，人所难兼，吾于钦之见焉！"雍曰："钦之清而不耀，直而不激，勇而能温，是为[④]难尔！"

孔道辅，字原鲁。幼端重。举进士，历官知徐州。性鲠挺特达，遇事弹劾无所避，出入风采肃然，权贵忌之。

孙沔，字元规，越州会稽人。知徐州。时京东多盗，沔明购赏[⑤]，严诛罚，盗为止息。

王洙，知徐州。时京东饥，朝廷议塞商胡，赋梃薪，输半而罢塞。洙命更其余为谷粟，诱愿输者以铺流民，因募其壮者为兵，得千余人，盗贼衰息。有司上其治，为京东第一。

曾肇，知徐州。仁厚谦和，[而执法颇严][⑥]，至于亲故犯法，未尝宽宥。公余，著书不辍。更十一州，类多善政。

苏轼，字子瞻，蜀眉山人。神宗时守徐。河决曹村，泛梁山，溢于南清河。轼

---

① 原作"武宁军节度使"，案《宋史》本传"王晏镇徐州，辟掌书记"，据改。

② 原作"掌书记"，案《新五代史》本传"晋高祖起太原……以为武宁军节度副使"，据改。

③ 原作"军"，据《明一统志》《南畿志》改。

④ 原作"以"，据《宋史》本传改。

⑤ 原作"赎尝"，据《宋史》本传改。

⑥ 五字据康熙《徐州志》补。

虑水为害，预使民治具为备。未几，水及城下。城将败，富民争出避。轼曰：“富民出，众皆动摇，吾谁与守？吾在是，水决不能败城！”驱使复入。诣武卫营，呼卒长曰：“河将害城，事急矣，虽禁军且为我尽力！”士卒亦咸感劝效命，持畚锸以出，筑东南长堤，首起戏马台，尾属其城。雨复昼夜不止，城不浸者三版。轼庐于城上，与城存亡，使官吏分堵以守，卒全其城。方水之至，漂溺者蔽川而下，壮者攀陵丘，殍死林木。轼使载糗粮济之，活者无算。轼复请调来岁夫，增筑故城，为木岸，以虞水之再至。朝廷从之。水既去，乃筑楼城上，垩用黄土，从水所不胜，以厌之。事闻，朝廷下敕奖谕。轼文章政业，为宋名臣。卒，谥文忠。其在徐，有《上皇帝书》(书曰：臣以庸材，备员册[1]府，出守两郡，皆东方要地。私窃以为守法令，治文书，赴期会，不足以报塞万一。辄伏思念东方之要务，陛下之所宜知者，得其一二，章具以闻，愿陛下择焉。臣前任密州，所建言自古河北与中原离合，常系社稷存亡，而京东之地所以灌输河北，瓶竭则罍耻，唇亡则齿寒，而其民喜为盗贼，为害最甚，因为陛下画所以待盗贼之策。及移守徐州，观览山川之形势，察其风俗之所移，而考之于载籍，然后又知徐州为南北之襟要，而京东诸郡安危所寄也。昔项羽入关，既烧咸阳而东归，则都彭城。夫以羽之雄略，舍咸阳而取彭城，则彭城之险固形便[2]，足以得志于诸侯者可知矣。臣观其地，三面被山，独其西平川数百里，西走梁宋。使楚人开关而延敌，材官驺发，突骑云从，真若屋上建瓴水也。地宜菽麦，一熟而饱数岁。其城三面阻水，楼堞之下，以汴泗为池。独其南可通车马，而戏马台在焉。其高十仞，广袤百步。若用武之世，屯千人其上，聚櫑木炮石凡战守之具，以与城相表里，而积三千粮于城中，虽用十万人，不易取也。其民皆长大，胆力绝人，喜为剽掠，小不适意，则有飞扬跋扈之心，非止为暴而已。汉高祖，沛人也；项羽，宿迁人也；刘裕，彭城人也；朱全忠，砀山人也，皆在今徐州数百里间耳。其人以此自负，雄桀之气，积以成俗。魏太武以三十万众攻彭城不能下，而王智兴以卒伍庸材，恣睢于徐，朝廷亦不能讨，岂非以其地形便利、人卒勇悍故耶？州之东北方六十里即利国监，自古为铁冶，商贾所聚。其民富乐，凡三十六冶。冶户皆大家，藏镪巨万，常为盗贼所窥，而兵卫寡弱，有同儿戏。臣中夜以思，即为寒心。使剧贼致死者十余人，白昼入市，则守者皆弃而走耳。地既产精铁，而民皆善锻，散冶户之财，以啸召无赖，则乌合之众、数千人之仗，可以一夕具也。顺流南下，辰发巳至，而徐有不守之忧矣。使不幸而贼有过人之材，如吕布、刘备之徒，得徐而逞其志，则京东之安危，未可知也。近者，河北

① 原作“州”，据《东坡全集》改。
② 原作“彭城之险固形胜便”。案《东坡全集》卷五十二，“胜”字衍，今删。

转运司奏乞禁止利国监铁，不许入河北，朝廷从之。昔楚人亡弓，不能忘楚，孔子犹小之，况天下一家，东北二冶皆为国兴利，而夺彼以与此，不亦隘乎？自铁不北行，冶户皆有失业之忧，诣臣而诉者数矣。臣欲因此以征冶户，为利国监之翰屏。今三十六冶，冶各百余人，采矿伐炭，多饥寒亡命、强力鸷忍之民也。臣欲使冶户每冶各择有材守而忠谨者，保任十人，籍其名于官，授以剑刃刀槊[①]，教之击刺。每月两班，集于知监之庭而阅试之。藏其刃于官，以待大盗，不得役使，犯者以违制论。冶户为盗所拟久矣，民皆知之。使冶出十人以自卫，民所乐也。而官又为除近日之禁，使铁得北行，则冶户皆悦而听命，奸猾破胆而不敢谋矣。徐城虽险固，楼橹敝恶，又城大而兵少，缓急不可守。今战兵千人，臣欲乞移南京新招骑射两指挥于徐。此故徐人也，尝屯于徐，营垒材石既具矣，而迁于南京。异时转运使分东西路，畏馈饷之劳而移之西耳。今两路为一，其去来无所损益，而足以为徐之重。城下数里，颇产精石无穷，而奉化厢军见阙数百人。臣愿募石工以足之，听不差出[②]，使此数百人者，常采石以甃城。数年之后，举为金汤之固。要使利国监不可窥，则徐无事；徐无事，则京东无虞矣。沂州山谷重阻，为逋逃渊薮，盗贼每入徐州界中。陛下若采臣言，不以臣为不肖，愿复三年守徐，且得兼领沂州兵甲巡检公事，必有以自效。京东恶盗，多出逃军。逃军为盗，民则望风畏之，何也？技精而法重也。技精则难敌，法重则致死，其势然也。自陛下置将官，修军政，士皆精锐，而不免于逃者，臣常考其所由。盖自近岁以来，部送罪人配军者，皆不使役人，而皆使禁军。[军][③]士当部送者，受牒即行，往反常不下十日，道路之费，非取息钱不能办。百姓畏法不敢贷，贷亦不可复得；惟所部将校，乃敢出息钱与之，归而刻其粮赐。以上下相持，军政不修，博弈[④]饮酒，无所不至，穷苦无聊，则逃去为盗。臣自至徐，即取不系省钱百余千别储之。当部送者，量远近裁取，以三月刻纳，不取其息。将吏有敢贷息钱者，痛以法治之。然后严军政，禁酒博。比期年，士卒皆饱暖，练熟技艺，等第为诸郡之冠。陛下遣敕使按阅，所具见也。臣愿下其法诸郡，推此行之，则军政修而逃者衰，亦去盗之一端也。臣闻之汉相王嘉曰："孝文帝时，二千石长吏安官乐职，上下相望，莫有苟且之意。其后稍稍变易，公卿以下转相促急，司隶、部刺史发扬阴私，吏或居官数月而退。二千石益轻贱，吏民慢易之，知其易危，小失意则有离叛之心。前山阳亡徒苏令[⑤]纵横，吏士临难，莫肯

① 原作"塑"，据《东坡全集》改。
② 原作"听不差不出"。案《东坡全集》，"不"字衍，今删。
③ 字据《东坡全集》补。
④ 原作"奕"，通"弈"。
⑤ 原作"合"，据《东坡全集》《汉书·王嘉传》改。

有伏节死义者，以守相威权素夺故也。国家有急，取办于二千石。二千石尊重难危，乃能使下。”以王嘉之言而考之于今，郡守之威权可谓素夺矣。上有监司伺其过失，下有吏民持其长短，未及按问，而差替之命已下矣。欲督捕盗贼，法外求一钱以使人，且不可得。盗贼凶人，情重而法轻者，守臣辄配流之，则使所在法司复按其状，劾以失人。惴惴如此，何以得吏士死力而破奸人之党乎？由此观之，盗贼所以滋炽者，以陛下守臣权太轻故也。臣愿陛下稍重其权，责以大纲，略其小过。凡京东多盗之郡，自青、郓以及徐、沂、齐、曹之类，皆慎择守臣，听法外处置强盗。颇赐缗钱，使得以布设耳目，蓄养爪牙。然缗钱多则难常，少又不足于用。臣以为，每郡可岁别给一二百千，使以酿酒。凡使缉捕盗贼，得以酒予之；敢以为他用者，坐赃论。赏格外，岁得酒数百斛，亦足以使人矣。此又治盗之一［术也］[①]。然此皆其小者，其大者非臣之所当言。欲默而不发，则又私自念：遭值陛下英圣特达如此，若有所不尽，非忠臣之义。故昧[②]死复言之。昔者以诗赋取士，今陛下以经术用人，名虽不同，然皆以文词进耳。考其所得，多吴、楚、闽、蜀之人。至于京东西、河北、河东、陕西五路，盖自古豪杰之场，其人沉鸷勇悍，可任以事。然欲治声律，读经义，以与吴、楚、闽、蜀之士争得失于毫厘之间，则彼有不仕而已，故其得人常少。夫惟忠孝礼义之士，虽不得志，而不失为君子。若德不足而才有余者，困于无门，则无所不至矣。故臣愿陛下特为五路之士，别开仕进之门。汉法：郡县秀民，推择为吏，考行察廉，以次迁补，或至二千石，入为公卿。古者不专以文词取人，故得士为盛。黄霸起于卒史[③]，薛宣奋于书佐，朱邑选于啬夫，丙吉出于狱吏，其余名臣循吏由此而进者，不可胜数。唐自中叶以后，方镇皆选列校以长牙兵。是时，四方豪杰不能以科举自达者，皆争为之，往往积功以取旄钺。虽老奸巨盗或出其中，而名卿贤将如高仙芝、封常清、李光弼、来瑱、李抱玉、段秀实之流，所得亦已多矣。王者之用人如江河，江河所趋，百川赴焉，蛟龙生之。及其去而之他，则鱼鳖无所还其体，而鲵鳅为之制。今世胥吏、牙校，皆奴仆庸人者，无他，以陛下不用也。今欲用胥吏、牙校，而胥吏行文书，治刑狱钱谷，其势不可废鞭挞。鞭挞一行，则豪杰不出于其间。故凡士之刑者不可用，而用者不可刑。故臣愿陛下采唐之旧，使五路监司郡守共选士人，以补其牙职。皆取材力有足过人而不能从事于科举者，禄之以今之庸钱，而课之镇税场务、督捕盗贼之类，自公罪杖以下听赎。依将校法，使长吏得荐其才者，第其功阀[④]，书其岁月，使得出仕比任

① 二字据《东坡全集》补。
② 原作“殊”，据《东坡全集》改。
③ 原作“黄霸起于吏卒史”。案《东坡全集》，“吏”字衍，今删。
④ 原作“阅”，据《东坡全集》改。

子，而不以流外限其所至。朝廷察其尤异者，擢用数人。则豪杰英伟之士渐出于此途，而奸猾之党可得而笼取也。其条目委曲，臣未敢尽言，惟陛下留神省察。昔晋武平吴之后，诏天下罢军役，州郡悉去武备，惟山涛论其不可。帝见之，曰："天下名言也！"而不能用。及永宁之后，盗贼蜂起，郡国以无备不能制，其言乃验。今臣于无事之时，屡以盗贼为言，其私忧过计，亦已甚矣。陛下纵能容之，必为议者所笑。使天下无事而臣获笑，可也。不然，事至而图之，亦晚矣！〇又《答范祖禹》诗：吾州下邑生刘季，谁数区区张与李[①]。重瞳遗迹已尘埃，惟有黄楼临泗水。而今太守老且寒，侠气不洗儒生酸。犹胜白门穷吕布，欲将鞍马事曹瞒。〇又《祈雨青词》：河失故道，遗患及于东方；徐居下流，受害甲于他郡。田庐漂荡，父子流离。饥寒顿仆[②]于沟坑，盗贼充盈于犴狱。人穷计迫，理极词危。望二麦之一登，救饥民于垂死。而天未悔祸，岁仍大荒。水未落而旱已成，冬无雪而春不雨。烟尘蓬勃，草木焦然。今者麦已过期，获不偿种；禾未入土，忧及明年。臣等恭循旧章，并走群望。意水旱之有数，非鬼神之得专。是用稽首告哀，吁天请命。若其赋政多辟，以谪见于阴阳；事神不恭，以获戾于上下。臣实有罪，罚其敢辞？小民无知，大命近止。愿下雷霆之诏，分敕山川之神。朝阶寸云，暮洽千里。使岁得中熟，则民犹小康。〇又《祭枯骨文》：嗟尔亡者，昔惟何人。兵耶氓耶，谁其子孙。虽不可知，孰非吾民。暴骨累累，见之酸辛。为卜广宅，陶穴宽温。相从归安，各反其真）。

徐起，举进士，累迁徐州转运使。募富室，得米十七万斛，赈饿殍。又移粟三百万，以赡河北、京［西］[③]。

赵及，字希之。举进士，历官知徐州。和厚谦退，内行尤笃。所治有声，民吏爱之。（梅圣俞送及诗：鹿车几两马几匹，轸建朱幡骑彀弓。雨过短亭云断续，莺啼[④]高柳路西东。吕梁水注千寻险，大泽龙归万古空。莫问前朝张仆射，球场细草绿蒙蒙）

杜纯，字孝锡，濮州鄄城人。少有成人之操。元祐间知徐州，作明善堂，自为记，讲明义理，以淑人心。

孙觉，字莘老，高邮人。登进士第，历知亳[⑤]、扬、徐州。徐多盗，捕得杀人者五，其一仅胜衣。疑而讯之，曰："我耕于野，与甲遇，强以梃与我。半夜挟我东，使候诸门。不知其他也。"问吏："法何如？"曰："死。"觉止诛其首而释之，后遂

① 据苏诗自注"来诗有张仆射、李临淮之句"，张与李，即张建封、李光弼。
② 原作"什"，据《东坡全集》卷九十八改。
③ 字据《宋史》本传补。
④ 原作"蹄"，据嘉靖《徐州志》并参《宋诗钞》改。
⑤ 原作"亮"，据《宋史》本传改。

为例。

马默，成[1]武人。举进士，以宝文阁待制再知徐州。默长于治民，政绩称最。

张亢，临濮人。少有奇节。举进士，历官为徐州总管。好施轻财，人乐为用。驭军严明，所至有声迹，民图像祠之。

李昭玘，字成季，济南人。少与晁补之齐名，为苏轼所知。擢进士第，徐州教授。守孙觉深礼之，每从容讲学，及古人行己之要，相得欢甚。

王逵，字仲达，濮阳人。累官迁尚书兵部员外郎、徐州知州。时大饥，逵百方赈恤，多所全活。

王复，知徐州。金人围城，复与子倚勠力战守。久之，外援［不］[2]至，城陷。坚坐厅事，曰："死守者，我也！愿杀我而舍僚吏百姓。"金人欲降之。复嫚骂求死，阖门百口皆被杀。其帐下赵立已夺门出，又潜入求复尸，亲为掩之。事定，赵立奏为复立忠烈庙于楚州，谥壮节。时，教授郑褒、巡检杨彭年，亦愤激骂敌死之。

杨时，字中立，将乐人。熙宁间进士。调汀州司户参军，不赴，杜门绩学。久之，调徐州司法。历知浏[3]阳、余杭、萧山三县，皆有惠政。民思之不忘。

高继冲、陈洪进、王德用（并武宁军节度使），王明、范镛（并掌书记），吕公绰、梁鼎、刘奉世、孔[4]宗翰、吕溱、任颛、李虚己、吴元扆、徐处仁、杨绘（并知徐州），李溥（监徐州利国监），赵禹（推官），李迪、傅禓、路振[5]、王逢、施昌言[6]（并徐州通判），皆无迹不传。

金

完颜仲德，本名忽斜虎，合懒路人。有文武才。泰和三年，登进士第。贞祐用兵，辟充军职。尝为大元兵所俘，不逾年，尽解其语，寻率诸降人万余来归。宣宗召见，奇之，授邳州刺史兼从宜。增筑城壁，汇水环之，州由是可守。哀宗即位，遥授同知归德府事，同佥书枢密院事，行院于徐州。徐州城东、西、北三面皆黄河，而南独平陆。仲德叠石为基，增城之半，复浚隍引水为固，民赖以安。后因城破，赴水死。仲德平生，喜怒未尝妄发。闻人过，常讳之。虽在军旅，手不释卷。

---

① 原作"城"，据《宋史》本传改。

② 字据《宋名臣言行录》、嘉靖《徐州志》补。

③ 原作"刘"，系唐以前旧名，据《宋史》本传改。

④ 原作"孙"，据《宋史·孔道辅传》改。案传：孔宗翰，字周翰，宣圣第四十六代孙。元祐初，以宝文阁待制知徐州，未拜而卒。

⑤ 原作"政"，据《宋史·文苑传三》本传改。

⑥ 案《宋史》本传，施昌言实为滁州通判，嘉靖《徐州志》误读"滁"为"徐"，本志同误。

其掌军务，赏罚明信，号令严整。故所至军民为用，即危急，无一异志者。南渡以后，将相始终无瑕，仲德一人而已。

完颜赛不，始祖弟保活里之后也。初补亲卫军，历官山东西路兵马都总管，兼武宁军节度使。至大间，诏行尚书省事于徐州。初，源、徐交攻，郭野驴者每辞疾不行。赛不遂授野驴徐州节度副使，兼防城都总领，实羁之也。野驴既见徐州空虚，乃约源州叛将麻琮内外相应。十月甲申诘[①]旦，袭破徐州。时蔡已被围，徐州将士以朝命阻绝，且逼大兵，议出降。赛不弗从。至是，投河求死，军士援出之。又五日，自缢于州。

张钺（学正），高彪、斡[②]勒合打（并武［宁］[③]军节度使），皆无迹不传（王德全，总帅；徒单兀典，代行省事。〇按传：郭仲安谋乱宿州，德全实助之；张瓛鱼台之乱，不从讨罪；又贪功滥杀曹党四十八人，讫以救萧败绩[④]见诛。兀典性深刻，妄大自居，过恃得君，论事不少假贷。及徒单百家郑西之败，并逮籍没为罪首，榜于通衢。今并削之）

元

燕只吉台彻里[⑤]，世祖时为徐州达鲁花赤。崇尚经术，周知民情，锄强翼弱，吏民畏而爱之。

三宝住，登辛丑进士。性廉介，所至搏贪猾无所贷。以江浙行省郎中为徐州兵马司指挥。

孔武[⑥]（观察副使），侯康济（知州[⑦]），耿廷端（同知），并无迹不传。

国朝

文景宗，庐州合肥人。国初，自婺源州同知来知州事，廉介有守。时天下初定，疮痍未息，民多流离。景宗尽心招徕赈贷，劝督农桑，民始有生气，赖以安集，惠泽最为深厚。历任久，创建州治、公署、坛墠、祠庙，兴举学校，民不劳而事集。迁济南知府。

刘秩，字伯序，江西丰城人。吴元年，由内翰典签检阅经史官，出为徐州同

① 原作“诰”，据《金史》本传改。

② 原作“幹”，据《金史》本传改。

③ 字据嘉靖《徐州志》补。

④ 原作“迹”，据文义并参《金史·完颜仲德》改。

⑤ 原作“理”，据《元史》本传、本志卷五《人物传》改。

⑥ 孔武，即“孔午”音讹，事详正统《彭城志》卷八《人物》。本志卷四《祀典》萧县乡贤祠有“元观察使孔午”，即此人。

⑦ 二字据嘉靖《徐州志》补。

知。文章政事，皆见称当时。与知州文景宗协力修政。寻召入议大礼，迁知崇明州。民为立生祠。有诗集行于世。

马良，苏州昆山人。洪武初，以荐授徐州卫知事。明习法令，纠绳军政，上下咸服。尝与指挥蔡祥协建卫治。后升德庆州同知。其孙纪，遂占籍于徐，子姓蕃衍，为徐右族，文献世著云。

杨节仲，湖广樊城人。洪武戊寅，以荐授知徐州。守己爱民，奖进士类，其政一以厚风俗为务。会郡大疠，节仲遣医四出疗治，其贫不能具药物者，则捐俸制剂给之。在任六年，政化大洽。秩满当迁，属邑各上疏乞留，弗得。升大理知府去，州人思之。

段实，洪武末，以中官守徐。俄有异人报兵变，言以九里山火起为候。实囚异人，阴为战守备。至期，兵果至。以城中有备，攻弗克，引去。民赖无虞。又有毛姓者，亦中官，与实同守，惜其名逸不传。实[①]有保境安民之迹。（宦者本不足录，第其政治为徐人传颂，故得列传云）

赵彝，字秉衷，凤阳虹县人。其父兄皆以忠死。彝由永平卫指挥佥事，迁徐州卫指挥使，历升北平都司都指挥使。洪武末，以靖难功，进封荣禄大夫、柱国、忻城伯。永乐十三年镇徐，政令严明，处心平恕，官军咸畏爱之。

杨秘，山西辽州人。宣德己酉知徐州，多惠政，大得民心。郡中公署、庙学，悉为增饬。秩满当代，属邑乞留，诏增秩，任如旧。先后凡十八年。虽不事炫耀，而阴惠洽人。徐民至今颂之不衰。

宋骥，浙江余姚人。宣德癸丑，为徐州学正。处诸生恩义蔼然，勤于教诲，善作人，一时士出其门者类多成立。

王竑，字公度，湖广江夏人，陕西河州戎籍也。以佥都御史巡抚地方，宣德震威，污墨者一时望风解去。景泰癸酉，徐州洎萧、沛诸邑岁大饥疫，民日就死徙。竑忧甚，亟令有司发粟赈贷，又令设糜制药饵，食疗贫病，赖以全活者数十万余。又请班降诏文，遣祭境内群神。竑率属秉虔为坛，郊外祭告之。灾疠浸消，民始苏息。竑尝行部至徐，赋《苦雨诗》二章，忧民之志，蔼然言意（诗曰：方春正二月，久苦雨淋淋。陇亩浑无望，疮痍痛不禁。添成忧国恨，滴碎为民心。愿借西风力，凌空扫积阴。〇又诗曰：两月连阴雨，羁怀倍惨然。有身当报国，无力可回天。冻水伤农业，寒声打客船。为怜黎庶苦，终夕不成眠）。寻进副都御史，罢去，民思之如慕父母。天顺中，复召起，巡抚故地。徐人闻其至，老弱扶携，迎候道路

---

① 案嘉靖《徐州志》："实有保境安民之绩，徐人传颂。故虽宦者，亦得列传云。""实"为人名段实，非副词"确实"。本志节文似专指毛姓中官，与事虽符，然去本意甚远。

者以数万[①]计。争相拥舆入行台，以次进谒，逾三日犹未已。其见德于徐人如此。寻迁兵部尚书，乞病归。

宋诚，字彦实，湖广蕲州人。素有才识。景泰中，由剑州知州改任。时遭饥疠，巡抚王竑多方振救之，诚以长吏，协心共济，与有功焉。州故孔道繁剧，吏率怠愒，多废事不治。诚绳督严厉，弗少假借。久之，政务修举，吏民畏服。署宇、祠庙、学校，百废具兴。又以政暇，修纂郡志，徐文献实赖之。迁叙州知府。

张德瑄，福建侯官人。景泰中为州学正。守正不阿，为有司所见重。人或怀百金求为请托者，辄赧然麾去。人以此多之。

王叙，字大伦，山西临汾人。初仕为兖州通判。天顺中，迁知本州。廉洁自持，一介不妄取。莅政严明，事凡利于民者，辄毅然任之。尤笃意学校，废坠多所修举。迁镇[②]远知府。

陈廷琏，字宗器，湖广攸县人。成化中，以进士知州事。才识通敏，善奖成士类。敦劝风俗，治盖得其大者。迁南京刑部员外郎，历官延平守。

应广平，浙江黄岩人。成化中为州学正。端悫不苟，善立教规，临诸生无疾言遽色。以忧去，士追思之。

和鸾，字廷瑞，山西平定人。成化中，由举人除知州事。性鲠[③]介不阿，恒以廉慎俭约自持。遇事有定见，不为迁就。初以方执迕监司，久之，并加敬信焉。卫伍事赴诉者，悉为听，皆获平反。武胄闻而严惮之。在任八载，深得民心。迁襄阳守去。

沈全和，字尚中，浙江乌程[④]人。成化中同知州事，清介有守，临民不纵不苛。在任九年，迁州守去。

汪舜民，婺源人。弘治末[⑤]，以山东副使按徐。廉介刚正，门无私谒。临下以和，至论法，则不为假贷，惠威并著，时按属官吏无敢侵渔部下者。值岁饥，多方救民，仍白之抚院，发粟赈济，全活者万余人。

李珏，字廷重，直隶开州人。正德末，任兵备副使。性平恕，遇事敏决，案无稽牍。时山东逆贼王堂掠及丰沛境，珏调集骁勇，令所持旗帜，以李兵为号拒贼。贼大败，遁去。山东、河南二省将官率兵剿捕，皆假李号旗帜。贼望见，亦辄走。其威望如此。州学宫后有污池二区，深广数十丈，珏见曰："文明之所，可令沮洳

① 原作"余"。据嘉靖《徐州志》改。
② 原作"庆"，据嘉靖《徐州志》改。案《贵州通志》《镇远府志》：王叙，成化七年任镇远知府，"事神恤民，俱有吏政"。
③ 原作"绠"，据嘉靖《徐州志》改。
④ 原作"城"，据嘉靖《徐州志》改。
⑤ 按：徐州兵备道设于正德六年，汪以山东副使按徐应在此后，言"弘治末"系误。

若是邪?”遂命辇土实之，仍增旧高广。至今士民怀之。

樊淮，江西南昌人。正德中知州事。廉介强立，不怵权势，政务节省。先是，中贵督广运仓储，左右恣肆，莫敢谁何。淮至，一以法绳之，无敢犯。会进鲜中使横索，州驿递供应不赀。淮廉其挟附私物状，辄裁抑之。寻被诬逮系，老幼号泣相随送者几万人。抵京，事白，得调任。历官山东按察佥事。

张淮，字本豫，义勇前卫人。正德中知州事，守己爱民。时驾南幸，民惶惧，皆思窜匿。淮与判官董相慰抚民庶，一切以身当之，悉心经画。虽供亿不赀，无秋毫扰众。民赖以安。

胡崇易，四川垫江人。正德中为州学正。动履端肃，率人皆以矩矱，出其门者多誉髦。今士犹思其遗风焉。

王重贤，直隶交河人。性刚毅鲠介，有执持。初仕为御史，以敢言落职。嘉靖中，再迁知州事，政崇俭朴，与民休息。州故以里役司直，糜费不经，豪猾缘以掊克，大为民病。重贤至，议罢免之。其所供应，取诸赎金，以亭老司之，民秋毫无扰，翕然称颂。性严于疾恶。时有僚佐黩滥，以结纳怙肆，当道莫能祛。重贤因入觐考察，力白铨部罢去之。徐人感其为民驱害焉。迁东昌同知，历官江西按察佥事，以疾免归。

何鳌，字子鱼，广东顺德人。嘉靖庚寅，任兵备副使。州故有驿馆夫役，为民厉阶，久患苦之，莫有革者。鳌为议罢其役，岁省民财殆以万计。人以此德之。

孙光，浙江萧山人。嘉靖中知州事，性谨厚仁爱，痛裁冗滥，约己爱民。如里甲徭役，悉为更定，务从节省。民大获惠焉。

项情，江西德兴人。嘉靖中为州判官，洁己爱民，不苟取。尝自秋徂冬不雨，民皇惧无计，情徒跣为民祈雪。正日卓午，方出武宁门，雪随大降，积至盈尺。人咸为精诚所格，益归德焉。

周易，广东番禺人。嘉靖中，由举人为州学正。有志操，矩矱端严，好善疾恶，明辨至笃。教人以行谊为先，讲论亹亹不懈。恒复捐己，以济诸生贫者。疾卒于徐，徐士恳恻，如丧考妣，相与敛之如礼。更求得其乡之贤大夫，附榇归葬焉。

吴岳，山东汶上人。由进士，以户部主事监理徐庾。饮冰餐蘖，视利若仇，不为外物所点染。岳性虽清约，而与人无畔岸，人乐亲就之。尤能加惠于庠校，增筑土山，建蹑云亭于学宫之北，以增玄武之胜。时进诸生而谈道艺，意气蔼如也。声问猎猎，荐陟崇阶，仕终南［京］吏部尚书。至清风古道，推当时第一。

杨宜，直隶衡水人。由进士，嘉靖中以名御史督学。正身率物，风采凛然，所录士，悉登上第。徐在按中，夙荷甄就。寻擢佥都御史，或议其骤。己酉，调徐道兵备副使。先是，徐有市民快手八百余人，实为冗役，宜下车甫三日，即为裁革，散之归农。又诸不便于民者，皆芟夷之。秋试届期，群诸生于书院程文艺，远聘留都名士为会纲，而宜复时过讲校。一切供亿，取诸本道刑赎，毫无他扰。已而，诸生果有脱颖者。他如并商行以一税法，修浮桥以利徒行，办疑狱七人以全无辜，善政种种。居五月，迁河南参政去。仕终南京兵部侍郎。

何源，江西广昌人。由进士，以工部主事出署吕梁洪。性端凝介直，若挟冰霜。遇事剖析，疾于迎刃。御群下未尝少假辞色，而嚚慢无经之弊，悉为裁铲。洪民有犯科武断者，源绳以法无少贷，风猷赫然。

姚体信，浙江平湖人。由嘉靖丙辰进士，任工部都水司主事。四十年间，督理徐州洪。体信不缮性，不滑欲，夷旷平易，与人不设机防。人有一善，敬且爱之，契谊蔼如也。居徐者三越岁，尽芟恒例，厘剔夙蠹，商民啧啧称便。于州县一无所扰，与诸执事相接，常屈己推诚。时谓其玄风高节，不愧古人云。

朱衡，江西万安人。由进士，嘉靖四十四年漕河淤，饷道阻，衡以工部尚书奉命勘处河务，周历至徐。会洪水兼天，荼毒下土，衡乃痛陈民间疾苦状，上览奏动容。时外帑告绌，出宫眷银若干，大溥赈恤，民获更生。衡中有经略，有才猷，开凿新河，转输万国，国计攸赖。至请赈一事，尤得徐人心。徐人为请于兵备舒应龙、知州刘顺之，建记事碑于东城之阓，以志不忘。

徐节，山西临汾人。由进士任兵备副使。倜傥有为，志节兼励。故事，驿马驴骡皆办之富室，分给各驿，以供迎送。守者既不加意刍牧，而役使又复不均，畜辄毙，毙则责富室补偿之。与兹役者，多破[①]家损躯。节廉知之，酌为良法，定上中下之直若干，听各驿卒自买，肥羸生死咸不问。其差遣之序，周而复始，民籍籍称便。其裁革石山冗驿，主议开凿新河，足国便民，实难枚举。

刘经纬，江西进贤人。举进士，隆庆二年任兵备副使。才识精明，狷介绝俗，而犹以文学称。每莅［学］[②]与诸生讲论，亹亹不倦，而皆根极理要。至于优恤军士，设处班夫，威惠两懋。寻以忧夺，行李萧[③]然。属州邑虑无以茔葬事，乃核赎锾助之，竟辞不受。

翁大立，浙江余姚人。由进士任理河都御史。隆庆改元，徐大水。室庐禾黍，荡然无存；少壮老羸，几填巨壑。大立忧甚，仿郑侠故事，绘图以进。时，穆宗皇帝偶有观灯、采珠之癖，谏官有言及者辄贾祸。大立上疏曰："愿陛下以观灯之心观臣之图，以采珠之心采臣之言！"疏人不下，中外为翁危之。既而有旨，发粟大赈。民归德焉。按徐莅学，见学宫圮于水，且以庾址之风气攸聚，乃谋于计部使者

① 原作"被"，径改。

② 字据顺治《徐州志》补。

③ 原作"潇"，据顺治《徐州志》改。

朱光宇，易庾为学。规度翼然，皆其经画。诸生以其大有功于文教，建祠于泮宫祠之。

冯敏功，浙江平湖人。由进士，隆庆三年任兵备副使。心蕴中和，而才复练达。当其时，洪水济泱，父子不相保。敏功恳恳请赈，许之。诸赋役不便于民者，一切停罢，与民休养。其督理河防，至竭心力。撤驺从，忘寒暑，往来于洪波草野中，未尝告劳。新学之建，实敏功之赞成，又复捐俸资助。寻迁山东参政。士民不忍忘，既为建祠于学，又祠于南城东隅。

朱光宇，河南祥符人。由进士筮为民部主事，夙驰俊声，被命出督徐庾。庾之隐弊，铲革殆尽。雅尚俭约，恂恂若儒素。日用饮食，惟取办于常俸，于世澹然无所嗜。先是，州学地卑，且非风会之钟，堪舆家深以永福仓之基为善，部使者恒靳弗与。诸生因光宇崇儒重道，复以请。光宇曰："庾足以广储蓄而已，不必善地。使真可以昌人文，宜速易之！"遂以地为今学，惠至渥也。寻以代去，诸生戴之，为建生祠于学宫内，与翁大立、冯敏功、章世祯、刘顺之并，以隆其报。

林维杰，广东番禺人。由举人，嘉靖二十九年署徐教事。资性近道，动止合方。启迪恒亹亹不倦，而尤以身教为先。人有馈遗，多却不受。其自处，则恂恂若寒士也。莅事甫三月，即以忧夺。诸生垂涕泣而送之，迄今尤思慕其教泽。

王宗沐，浙江临海人。由进士，万历初任总漕都御史。性爽朗，而学更渊博，蕴经济才。故事，漕舶以五月渡淮，渐次逾两洪。时则洪水泛滥，不惟洪夫之牵挽告功，而往往沦没，重为徐方累。宗沐特疏请于正月起运，期至春末，则过洪入茶城，安流而涉，转输无虞。人皆服其知大计云。徐方力役之征，昔多偏弊，凋残兹甚。宗沐隐之，立条鞭法，因丁因地，输财雇役，贫富无失均之叹。甲戌岁，海啸河溢，徐之州邑水变异常。宗沐乃恳疏乞怜，愿留漕粮赈济。上特允之。颠连无告之民，得此更生。又冒风雪按徐，亲为抚循。仍撰祭章，示有灾郡县，于元旦祀群神，告社稷，以禳灾祈年。徐人戴宗沐德，最为深重。

刘顺之，广西马平人。由举人，隆庆六年[①]任徐州知州。廉介端严，精明敏练，剖应剧务如响，尤亹亹不倦。徐频年被水凋残，顺之殚心干济。筑张村站堤，塞房村决口。虞水溃城，创四周护堤如带。遍历郊野，问民疾苦状。力行条鞭法，裁定赋役，请赈蠲恤。至黉庠新迁未集，顺之复日视工程，倏成完学。若置三义祠于台头山巅，建皇华亭于子房山下，广立传舍于蔀屋间，又其余事。故徐癸酉春及秋不雨，顺之两祷辄应；越明年，火延城楼，拜之即灭，惟神亦应。居四年，百度

① 本志卷二《职官表》作"五年任"。本卷沈孟化《徐州三义庙记》所载年岁亦多龃龉。案本志卷二"迎宾馆"条下"隆庆六年，知州章世祯创建"，似章是年尚在任；又"学校"条下"时惟草创，世祯解去。（隆庆）五年，知州刘顺之相继，大侈营建"，今难详其实。

俱饬。旌者凡三十檄，而荐牍又十三上。迁琼州府同知，百姓争赴保留。及不获，则士祠于学，民祠于社。已而当路疏留，佐淮防河。徐人尤常往谒之，盖诚不能忘云。

萧县

周

旧志：还无社，大夫；宋高子哀，封人。迹无足述，今并削之。萧叔大心，无迹不传。

汉

费汎，吴兴人。以孝友闻。仕为萧令。在邑多善政，蝗不入境。

吴斌，萧县令，守法不假贷。司徒韩演为丹阳太守，坐从兄季朝为南阳太守刺探尚书，演法车征，以非身中脏衅，道路听其从容。至萧，斌，演同岁也。未至，谓其宾从："到萧乃一相劳！"而斌内之狴犴，坚其镣挺，躬[①]将兵马，送之出境。从事汝南阎符迎之于杼秋，相得，令止传舍，解其桎梏，入与相见，为致修具，曰："明府所在流称，今以公征，往便原除，不宜深以介［意］[②]。"意气过于所望。到亦遇赦。其间无几，演为沛相，斌去官，乃临中台，首传符焉。

刘良、应劭（并萧令），无迹不传。

隋

刘高，彭城人。为萧令，有惠政。大业之末，长吏多赃污，高清节逾厉。风教大洽，狱无系囚，为吏民所称。

唐

宋思礼，字过庭。事继母徐，为至孝。补萧县主簿。会大旱，井池涸。母羸疾，非泉水不适口。思礼忧惧且祷，忽有泉出诸庭，味甘寒，日不乏汲。县尉柳晃刻石颂其事。

孙溥（萧县丞），无迹不传。

---

① 原作"弓"，据《风俗通义·穷通篇》改。

② 原作"不宜深入以介"，案《风俗通义校注》引卢文弨《群书拾补》曰："入字衍。"据删，并据《风俗通义》，补"意"字于"介"后。

宋

张惇，绍圣三年为萧县令。行峻言直，不畏强御。

梅君，嘉祐六年以尚书虞部员外郎知萧县。尝作清心亭，曾南丰为记（见《公署》）。

孙文，绍圣五年为萧县令，政通人和。邑人窦沔欲迁学舍，请于文，文主成之。

元

耶律廷瑞，至元丁丑为萧县尹。捐己资改建学宫，士风一振。

马彻里，西夏人。大德间为萧县达鲁花赤。有果断才，能捍水患。

完哲笃，字仲玉。至正间为达鲁花赤。政廉赋平，吏民怀戢。行部所至，一饭必酬其直。

国朝

齐福东，湖广石首人。洪武中为县丞。廉洁不苟，莅事公平，吏民畏服之。以治最闻，迁知嘉定去。

郑恕，浙江仙居人。革除间[①]，由训导迁知萧县。约己惠民，莅政不苟。靖难兵压境，恕抗节不屈，死之。

郝玘，山西吉州人。初由国子生仕为典史，以廉能著。迁邯郸令，调知砀山。所至政教修明，民怀其惠，邻邑皆慕之。以忧去。永乐初[②]，服阕，谒选京师，萧父老陈情，乞为萧令，听之。治迹视砀益著。

闭悌，广西横州人。起家进士，成化中左迁县丞。律己厚下，萧民宜之，奏请为令。寻升韶州府同知去。

俞谏，浙江桐庐人。嘉靖初，任巡抚副都御史。时山东盗起，敕剿平之。会驻兵于萧，贼至犯境，遽调兵策应，境宇宁戢，萧民感颂。

王隆，山东郓城人。嘉靖中，由举人知县事，政善民服。时，山东群盗绎骚[③]，摽掠郡县，人情汹惧。隆为营缉城守，以相保障，民迄赖之。寻改建庙学，作新人才，士风丕振。迁安庆府通判，去后，士民思之。

---

① 明成祖朱棣登基后，革除建文年间的一切法令，包括建文年号。所以，史书称建文年间为“革除间”，建文帝为“革除帝”。

② 案本志《职官》，永乐元年任砀令，十六年改萧。此言“永乐初服阕任”，误。

③ 原作“搔”，古同“骚”，扰乱。

冯裕，山东临朐[1]人。由进士，正德三年为令尹，政敷子惠，而守亦端洁。邑饥，裕发仓廪以赈，仍日煮豆粥三百釜食之，民赖以活。精明浑厚，相须为用。又抚流离，垦荒田，劝课农桑，补助不给，邑人依之若慈母。至于肇祀先贤，修葺黉宇，尤为有功于名教。

孙重光，山东海丰人。由举人，嘉靖中知县事。性廉介刚正，倜傥有为，兴学校，表贞烈，节冗费，善于其职。萧苦田赋不均，重光履亩步量，缘地起税，境内翕然称平。后迁州知州。

耿介，直隶元城人。由岁贡，嘉靖三十七年为萧训导，性淳朴，淡泊自甘。饬躬范士，教以正心修身为先，而次文艺，端严中煦然有春，且捐俸以周士之贫者（萧之民士思介之教，请于学院，乞入名宦。批曰：盖棺从祀）。

萧蔚，广西马平人。由举人，嘉靖四十一年掌萧教事。慷慨有气节，而所养亦邃，诲诸子严而有恩。时西学圮，迁先师神位于旧东学宫，庶事莽略。蔚特捐常俸，倡大义，以建戟门，且作书舍数楹，为诸子藏修地，而亲课其业，人谓其模范可宗。

沛县

汉

许慎，为沛县长。尝作《说文解字》十四篇行于世。

南北朝

朱就（县令），无迹不传。

宋

程珦，字伯温，二程夫子之父。天圣中，补郊社斋郎，历官知徐州沛县事。会夏秋雨潦，平地泛溢，民大失秋。珦念曰：“稻既不登，续食在菽。迟水退而后耔[2]之，不已失时乎?”募富民捐菽数千石以贷农，使布之水中。水未尽涸，而甲已露矣。是年遂不艰食。

---

① 原作“朐”，径改。

② 原作“籽”，据嘉靖《徐州志》改。

金

王立，萧人，为沛县令。廉节刚方，人心率服。

刘勋，大定间为沛县令，尝作新庙学。

元

刘伯颜，字伯敬，真定人。至元元年为沛尹，以德化为治，不事刑扑。

马珪，字君璋，兖州人。至元中为沛尹，行政循良，颇有古风。

赵野，字子开，济南人。大德初为沛尹，劝农兴学，政平讼理。沛人皆怀之，各为立碑。

札忽觧，大德间监沛县，甚有惠爱。官至参知政事，封任城郡公。

王复，字克明，鄗人。至正初，为沛县学教谕。作新学校，振起士风。

李茂，字廷实，齐河人。初为濮州观城尉，迁沛尉。善于其职，民为立美政碑。虞集为文（曰：沛有尉，善其职，其父老爱之，愿刻姓名于石，以示远久。国子生张复，邑人也，疏其邑人之颂云："舟车冲冲，出我沛邦。我任我载，唯尉之从，力用不穷。岁饥有盗，尉制之有道。田则有蝗，尉除之有方。泗汉患水，防隍善圮。尉将役人，如视妻子。民有无告，尉缮其屋。有系在狱，尉哺之粟。顾瞻学宫，乃牖乃墉。释其弓刀，揖逊有容。"复之言曰：尉尝学于济南李昌［道］[①]先生，故知爱人之说。其父奉使平阳，罹地震之祸，尉以恩得官，故能感奋自树立也。嗟夫！尉于县政，无所敢自遂也，而及乎民者如此。自昔沛以勇宕[②]为俗，今父老独不忘于一尉之善者又如此。且世之豪民狂吏，以动摇劫持为能，视一职满尉何有此？乃以终爱闻，不亦善夫！使尉益自励，所至不倦，虽古循吏，何以过之？有司用材者，能无考于斯乎）。

孙文顺、王居礼（并县令），孔希冕（教谕），无迹不传。

国朝

颜瓌，字伯玮，江西庐陵人。聪明介直，能文词。洪武己卯，以贤良荐知县事，抚民有善政。未几，南北构兵。兵驻德州，淮北郡邑并馈军饷。瓌善筹画，民不告劳。岁辛巳六月望，北兵直捣济宁，临沛境，民多窜匿。兵退，瓌招徕复业如故。秋九月，有旨设沛丰军指挥司，筑堡备御。明年正月，靖难兵驻沙河。二十二日，攻沛。瓌遣县丞胡光、百夫长郜彦庄，告亟指挥都督。明日，攻益亟，瓌呼弟

① 字据虞集《道园学古录》卷七补。
② 原作"岩"，据《道园学古录》改。

珏，暨次子有为，曰：“兵势盛，孤城无援，势不可支。尔还家白大人：瓌既为人臣，子职弗克尽矣！”取笔赋诗一章题壁，曰：“太守诸公鉴此情，只因国难未能平。丹心不改人臣节，青史谁书县令名。一木岂能支大厦，三军空拟作长城。吾徒虽死空遗憾，愿采民风达圣明。”比漏下二鼓，兵入东门，指挥王显迎降。瓌具衣冠南向拜，自经死。子有为自刎以从。俄诸军至，擒主簿唐子清、典史黄谦，俱死之。光与邑人敛瓌、有为尸殡之。

常瓘，河南内乡人。由举人，永乐初知县事。平易近民，政务修举，远近悦服之。迁绛州知州。

古信，湖广嘉鱼人。景泰初，由举人知县事。兴学校，勤于民事，百废具举，有遗爱焉。

冯谦，字履吉，浙江诸暨人。由举人知县事。平恕不苛，有利政及民。卒于官，民甚哀之。

马时中，山西太原人。成化中，由举人知县事。持守廉介，为政务崇简易。以忤势，谪庆远卫经历。

姚祥，字应龙，广东归善人。由进士，弘治中知县事。自奉清约，爱民如子。会天旱，禾稼就槁。祥忧形于色，引咎责躬，虔祷郊外。越三日，降澍如注，乃复有秋，民欢呼颂曰：“姚公赐也！”民有负官租者殆百人，系且数年，祥与之期而遣归。民果至，无后期。修葺学校，时进诸生，课校德业。任甫八月，擢御史去。后父老为立惠政碑。

杨凤，府军前卫人。由进士，弘治中知县事。刚明果断，事无停滞。在任二年，以忧去。后擢御史。

胡守约，四川合州人。由举人知县事，性刚果，有干略。会中官史宣进贡经沛，陵轹官吏，横索无厌。守约乃挺身立辩，与宣讦奏，诬逮系狱。比对，复立论侃侃，略无屈挠，竟罢归。后复起用，官至湖广按察佥事。

麻芝，陕西榆林卫人。由国子生知县事。善骑射，性刚才敏，强御慑服。剪除夙寇，境内晏然。

操松，江西浮梁人。由举人，正德中为学教谕。性谨厚，笃学好古，勤于立诲，每教人以孝弟为先。诸生贫者，辄捐俸资之。沛人士今称颂不衰。

张俊[①]，福建同安人。由岁贡，正德[庚午][②]年授训导。持守清洁，诲人有方，不忝师儒之任。

---

① 原作“悛”，据嘉靖《徐州志》及本志卷二《职官表》改。

② 二字据嘉靖《徐州志》补。

李文宪，直隶某县人。由国子生，嘉靖癸未任县丞。明年三月二十八日夜，忽贼众百余人，入城劫掠。文宪率民兵拒敌。贼势炽，众惧曰："势亟矣！盍谨避之？"文宪毅然曰："吾为国家守民社，苟遇变而避，如吾民何？"乃奋独当先。夜三鼓，矢尽，遂遇害。百姓号泣，如丧考妣焉。

杨政，江西南昌人，由国子生，嘉靖中任知县。初，沛田赋不均，议行步量，加意综理，乃得核实。赋税均平，民免偏害。

王治，直隶永年[①]人。由国子生，嘉靖十九年任知县事，性刚果而敏。沛故无城，时北虏寇边，声言南掠，民用骚然。治为筑城，民恃无恐。又撤龙泉寺，徙建学宫。寺址爽垲，风气凝结，诸士讲习得所，尤感颂焉。

李祯，江西新昌人。由举人，嘉靖二十七年任知沛事。博学能文章，且长于政。邑多荒芜不治之土，祯给牛令垦之，禾菽被野。发奸擿伏，共指为神。尤加惠于学校，论文讲德，津津不倦，诸士实嘉赖之。寻擢御史。[②]

滕霁，福建建安人。由举人，先署沛庠教事，学行两优，士心钦服。寻迁邑令，益励名节，膏泽弘流。善政善教，至今有遗思云。

于乔，山东高唐人。嘉靖中，以岁贡任教谕。刚方，不能容人之过。苦节自持，却贫士馈且助之。

张庆旸，浙江泰顺人，以贡任训导。笃学能文，志趋端洁，其师模之善，与于乔先后见称云。

砀山县

唐

韦恒[③]，开元初为砀山令。政宽惠，民吏[④]爱之。

刘砀山（按《李太白集》有《秋夜与刘砀山泛宴喜亭池》诗曰："明宰试舟楫。"则刘必砀山宰也。而其与太白游，人亦从可知已。旧志莫稽其名。今不删者，亦存羊之意云）。

---

① 原作"永平"，据嘉靖《沛县志》改。

② 万历《沛志》卷二十五《订讹》曰：祯"善事上官，以万金贿得河东巡盐御史去。教谕滕霁尝为其所中伤云"。又曰："迹李令小传，又何饰听文观甚也！修史者而尽若曹，范晔、陈寿之徒接踵矣！"

③ 原作"韦恒嗣"。案《旧唐书·韦思谦传》，"嗣"字衍，今删。

④ 原作"知"，据《旧唐书》本传改。

宋

王存立（县尉），无迹不传。

金

杜之美、胡世忠（并砀山令），侯丰（主簿），俱无迹不传。

元

杨泰，大德十一年为砀山尹。兴崇学校，劝课农桑，民怀其德。

蒋恕、孟直（并县令），王良、韩让（并主簿），王天泽（教谕），俱无迹不传。

国朝

郝玘，山西吉州人。永乐初[①]为砀令。廉勤爱惠，务民义，作人才。政教兼著，声闻邻邑。秩满，父老乞留，还任。寻以忧夺。服阕，萧民聚都下者乞为令。大曹允之，因除萧（见前传）。

邹旦，江西乐安人。正统间令为砀，重士爱民，声称藉甚。改宜兴令。

杜钊，直隶衡水人。继邹旦而为政。政善，民安之。秩满，民恳借留，遂增秩还任。

张梦辅，陕西澄城[②]人。成化中，由举人知邑事。刚果有为，百废具举。尤能弭盗，四境晏然。迁知颍州去。

胡希颜，陕西乾州人。弘治中，由进士为砀令。其政大都类梦辅，颇尚严明，风猷赫奕。邑素多盗，至是顿熄焉。迁监察御史。

叶楚华，浙江松阳人。由举人，成化初任教谕。学问该博，善作成人，士类颂之。

田禋，河南祥符人。由进士为邑令。廉介不苟，政务息民，绰有声绩。迁南道监察御史。

李金，江西丰城人。由进士，正德中知县事。性仁厚，律己廉洁。时盗贼猖獗，金悉心经略，率民筑重城以捍御，卒恃无恐。后洪水至，亦赖此保障得免[③]。迁兵部主事，历台州知府。

董槐，山西代州人。由举人，正德中任学谕。持身端谨，敷教严明。士有怀金

---

① 原作“末”，据嘉靖《徐州志》改。案《职官表》：郝玘，永乐元年任砀山，十六年任萧县，此云“永乐末”，疑与任萧时间混淆。

② 原作“州”，据嘉靖《徐州志·宦迹传》《陕西通志·选举二》改。

③ 原作“勉”，据嘉靖《徐州志》改。

干托者，麾斥之。人多其介。

季木，浙江会稽人。由举人嘉靖中为令尹。心本易良，尤勤抚字。会岁饥，多方赈恤，赖以全[①]活者甚众。及罹洪水，城几冲溃，木率众筑堤守之，水不为殃。迁赣州府同知。

刘旸，江西安福人。由举人，嘉靖中知县事。临民以岂弟，尤笃于理学，敦崇孝义。每公余，辄引士民训谕之，贤愚皆获其益。且修饬公署、庙学诸所。迁监察御史。

王绍元，江西金溪人。由举人，嘉靖中知砀山事。门绝苞苴，政兼宽猛，疲民赖以息肩。其清查隐田之弊，更为明作。擢居台中，称名御史。

戴伟，山东郓城人。由举人，嘉靖四十五年为令尹。厚自标植，笃中勿欺。不曲法以长恶，不操切以厉[②]民。事交于前，迎刃而解。议新政七事，上之监司，报曰："此法可永永行之也！"命镌石于堂。

王廷卿，湖广荆门人。由举人，隆庆四年为令。性岂弟，才复精敏。轸念凋残，多方抚字。以薄敛恤民，以诚信御物。至于豪滑干纪者，绳之无少贷。招抚流移，曲为安插。仍建书院，进诸生而造就之，月必三校其文。置义田若干亩，以供课文之需，而并给其贫寒者。歌颂匝衢，流闻当路，旌其贤者积二十七檄，而荐牍凡七上。万历二载，挟册入觐。时，上简循良吏，得二十五人，廷卿与焉。温诏褒之，赐宴尚方，兼有大赉，共指为荣。及归，邑麦之穗有四岐、五岐、六岐者，二三岐者无算，人以为廷卿善政之应。越明年，擢南京户部主事。

丰县

汉

牟融，永平间为丰令。视事三月，狱无滞讼，为诸郡最。

宋

关景仁（会稽人。治平三年以进士为令，尝作凫鹭亭以宴游）、马建中（单父人。元祐初为丰令，政与民宜）、韩侯（淄川人。宣和中为令，博雅好古）、王之才（主簿），并无迹不传。

---

① 原作"金"，据乾隆《砀山县志·名宦传》改。

② 原作"属"，据顺治《徐州志》改。

元

郭瑄，字廷玉。至正五年知丰事。沉静有为，凡建廨宇、兴学舍[①]，不动声色而事集，民咸安之。

刘士，字尚志，保定人。至正十一年知丰事。廉慎称职，舆论所归。

曹简，字士廉，沂州人。至元间为主簿，政清讼理。既去，吏民立碑美之。

王宗举，至正间作尉于丰。元末兵乱，宗举据守全县。后去，不知所终。

张荣（丰令）、曹谦（教谕），并无迹不传。

国朝

曾本，江西雩都人。洪武中为县令。性廉洁而政宽平，吏民怀服。

曹仲篪，江西湖口人。继曾本为令。清白自持，平恕是尚，民咸归心。

阙膺，字允登，江西奉新人。宣德中知县事。明达谙练，政教兼举。公署、学校，焕然更新。九年，乞致政，遂[②]家焉。

段徽[③]，山西怀仁人。由举人任学谕。持身谨悫，造士多方。九年，致政去。

陈善，江西弋阳人。由进士，正德初知县事。刚明果断，洁己字民。仅半载，迁安吉州守去。士民惜其不久。

高禄，山东博兴人。嘉靖初，由国子生为丰尹。会洪水陷城，民流离失所。禄率众徙于华山，斩茨即居，专务俭约节省，民赖以全。迁平阳通判去，丰人永思其安集之惠。

张叔宣，四川内江人。由举人，继高禄之任。持身贞白，临事儆敏，民亦便之。擢松江通判去。

李崇信，湖广潜江人。由举人，嘉靖中为县尹。时旧城溃没，民依华山以居。崇信相度形便，经画城池。兴建庙学，及诸公署，处置得宜。民皆悦服。

任惟贤，湖广黄陂人。由举人，嘉靖末知丰事。少绩学，明《易》《礼》二经，博有大干略。筑新堤，崇节孝，抑奸贪，雪幽滞，缓征薄敛，与民休暇，民咸德之。后以去，老幼争为攀辕，号泣之声，闻数十里。相率镌碑，以志去思。

吴文光，江西高安人。由举人，万历元年任丰县知县。廉介端方，倜傥有为。丰频年被水，灾疲荐至，文光加意抚循，行条鞭法，裁繁冗役，修缕水堤，开荒芜田。贫民有负公赋者，请以其地变直赔偿，文光遂捐俸金三十，易为学田。其损上益下，大都若是。尤一意作新士类，修葺学宫。以故，境内晏然，士民胥庆，时有

---

① 原作“金”，据嘉靖《徐州志》改。

② 原作“还”，据嘉靖《徐州志》改。事见卷五《人物·丰县·侨寓》。

③ 原作“微”，据《山西通志》、康熙《徐州志》、隆庆《丰县志》等改。

颂长春者。即徐癸酉岁秋税逋负，移之代御[1]史六察，亦以清戎重委。盖文光为县令，而兼州郡风宪之务也。当路廉其才，疏调桃源繁地。命甫下，乃以忧夺去，上下咸惜之。

徐州志卷之四终

① 原作“促”，径改。

徐州志卷之五

人物

天地秀灵之气，未始择人而畀。虽类别男女，位等崇卑，分殊贵贱，间有发挥于事业，扶植其纲常，皆足以标美恒品，而遗芬不朽也。徐自汉祖开基，群雄猬出，即豪杰以逮凡民，由朝宁以及闺壶，发祥宣秘，代不乏人。故远稽群[1]籍，近采舆言，列而传之，以俟后人知所景式焉。

徐州

汉

季布，楚人也，为任侠有名。楚人谚曰："得黄金百，不如得季布诺。"项籍使将兵，数窘汉王。籍灭，高祖购求布急。布匿濮阳周氏。周氏置布车中，之鲁朱家所卖之。朱家心知季布也，买置田舍。乃之雒阳，见滕公，说曰："季布何罪？各为其主用，职耳。今上以私怨求一人，何示不广也？以布之贤，汉求之急如此，此不北走胡、南走越耳！君何不从容为上言。"滕公侍，间言如朱家指。上乃赦布，召见，拜郎中。布弟心，气盖关中，遇人恭谨，任侠有布风。方数千里，士争为死。当时，季心以勇，布以诺，并闻关中。

陆贾，楚人也。以客从高祖定天下，有口辩。时中国初定，尉佗平南越，因王之。高祖使贾赐佗印，为南越王。贾至，佗初魋结箕倨见贾。贾因说谕之，佗乃大悦，谓贾曰："越中无足与语。至生来，日闻所不闻。"赐贾千金。贾卒拜为南越王，令称臣，奉汉约束。归报，高帝大悦，拜贾太中大夫。帝谓贾曰："试为我著秦所以失天下，吾所以得之者，及古成败之国。"贾凡著十二篇。每奏一篇，帝未尝不称善，称其书曰《新语》。后，吕太后欲王诸吕，畏大臣及有口者。贾往说陈平交欢太尉周勃。平用其计，乃与勃两人深相结，吕氏谋益坏。及诛吕，立孝文，贾颇有力。孝文即位，欲使人之南越。乃复以贾为太中大夫，往使尉佗，去黄屋称制，令比诸侯，皆如意指。竟以寿终。

① 原作"郡"，据嘉靖《徐州志》卷十二《人物传·序》改。

朱建，楚人也。故尝为淮南王黥布相，有罪去。后复事布。布欲反时，问建，建谏止之。布不听，听梁父侯，遂反。高帝既诛布，闻建曾谏，赐号平原君，徙家长安。建为人有口辩，刻廉刚直，行不苟合，义不取容。辟阳侯得幸吕太后，欲知建，建不肯见。及建母死，贫未有以发丧。陆贾素与建善，乃见辟阳侯，令奉百金祱，列侯贵人以辟阳侯故，往赙凡五百金。久之，惠帝大怒辟阳侯，下吏，欲诛之。太后惭，不可言。建乃求见惠帝幸臣闳籍孺，说之言帝，果出辟阳侯。后诸吕诛，辟阳侯卒全者，皆陆生、平原君力也。孝文时，使吏捕建，欲治建。建遂自刭。文帝闻而惜之，召其子，拜中大夫。

伍被，楚人也。或言其先伍子胥后也。被以材能称，为淮南中郎。是时，淮南王安好术学，折节下士，招致英俊以百数，被为冠[①]首。久之，淮南王阴有邪谋，被数微谏。后王召被，欲与计事，呼之曰："将军上！"被曰："王安得亡国之言乎？昔子胥谏吴王不用，乃曰：'臣今［见］[②]麋鹿游姑苏之台也！'今臣亦将见宫中生荆棘，露沾衣也！"王怒，系被父母，囚之三月，复召问。被不从，数危谏流涕。后事发觉，被诣吏自告，卒被诛。

韦孟，彭城人，为楚元王傅，傅子夷王及孙王戊。［戊］[③]荒淫，不遵道，孟作诗风谏（诗：肃肃我祖，国自豕韦。黼衣朱绂，四牡龙旂。彤弓斯征，抚宁遐荒。总齐群邦，以翼大商。迭彼大彭，勋绩惟光。至于有周，历世会同。王赧听谮，实绝我邦。我邦既绝，厥政斯逸。赏罚之行，非繇王室。庶尹群后，靡扶靡卫。五服崩离，宗周以坠。我祖斯微，迁于彭城。在予小子，勤诶厥生。厄此嫚秦，耒耜以耕。悠悠嫚秦，上天不宁。乃眷南顾，授汉于京。於赫有汉，四方是征。靡适不怀，万国攸[④]平。乃命厥弟，建侯于楚。俾我小臣，惟傅是辅。兢兢元王，恭俭静一。惠此黎民，纳彼辅弼。飨国渐世，垂烈于后。乃及夷王，克奉厥绪。咨命不永，唯王统祀。左右陪臣，此惟皇士[⑤]。如何我王，不思守保。不惟履冰，以继祖考。邦事是废，逸游是娱。犬马繇繇，是放是驱。务彼鸟兽，忽此稼苗。烝民以匮，我王以媮。所弘非德，所亲非俊。惟囿是恢，惟谀是信。睮睮谄夫，谔谔黄发。如何我王，曾不是察。既藐下臣，追欲从逸。嫚彼显祖，轻兹削黜。嗟嗟我王，汉之睦亲。曾不夙夜，以休令闻。穆穆天子，临尔下土。明明群司，执宪靡顾。正遐由近，殆其怙兹。嗟嗟我王，曷不此思。非思非鉴，嗣其罔则。弥弥其

① 原作"寇"，据《汉书》本传改。
② 字据《汉书》本传补。
③ 字据《汉书·韦贤传》补。
④ 原作"直"，系"逌"形讹，据《汉书·韦贤传》改。
⑤ 原作"上"，据《汉书·韦贤传》改。

失，岌岌其国。致冰匪霜，致坠靡嫚。瞻惟我王，昔靡不练。兴国救颠，孰违悔过。追思黄发，秦缪以霸。岁月其徂，年其逮耇。於昔君子，庶显于后。我王如何，曾不斯览。黄发不近，胡不时监）。后遂去位，徙家于邹，复作诗一章（诗：微微小子，既耇且陋。岂不牵位，秽我王朝。[王朝][①]肃清，唯俊之庭。顾瞻余躬，惧秽此征。我之退征，请于天子。天子我恤，矜我发齿。赫赫天子，明哲且仁。县车之义，以洎小臣。嗟我小子，岂不怀土。庶我王寤，越迁于鲁。既去祢祖，惟怀惟顾。祁祁我徒，戴负盈路。爰戾于邹，剪茅作堂。我徒我环，筑室于墙。我既迁逝，心存我旧。梦我渎上，立于王朝。其梦如何？梦争王室。其争如何？梦我王弼。寤其外邦，叹其喟然。念我祖考，泣涕其涟。微微老夫，咨既迁绝。洋洋仲尼，视我遗烈。济济邹鲁，礼义唯恭。诵习弦歌，于异他邦。我虽鄙耇，心其好而。我徒侃尔，乐亦在而）。自孟至贤五世，为邹鲁大儒。

刘向，字子政，本名更生。年十二，以父德任为辇郎。既冠，以行修饬，擢谏大夫。宣帝时，招选名儒俊材置左右。更生预焉，献赋颂凡数十篇。更生幼得淮南《枕中鸿宝[苑][②]秘书》及邹衍重道延命方，读诵之，以为奇书。时，上复兴神仙方术事，更生献之，不验。乃下吏系狱，当死。逾冬，得减死论。征尝受《穀梁春秋》，讲论五经于石渠。复拜郎中、给事黄门，迁散骑、谏大夫、给事中。元帝初即位，萧望之、周堪荐更生明经有行，擢散骑、宗正、给事中。寻为外戚许、史及宦官恭、显所谮诉，再系狱。既为庶人，乃上封事，推《春秋》灾异，以救今事。请放远佞邪之党，坏散险诐之聚，杜闭群枉之门，广开众正之路。恭、显见之，愈与许、史比而怨更生。谪废十余年。成帝即位，乃复进用，更名向。拜中郎，数奏封事，迁光禄大夫。时数有灾异，向以为外戚贵盛，王氏用事之咎，乃集《洪范五行传论》奏之。天子心知向忠精，然终不能夺王氏权。向又上疏谏营昌陵，制度泰奢，致民怨气[③]感动阴阳，宜从公卿大臣议，以息众庶。又睹俗弥奢淫，而赵、卫之属起微贱，逾礼制，故采取《诗》《书》所载贤妃贞妇及孽嬖乱亡者，序次为《列女传》凡八篇，以戒天子。及采传记行事，著《新序》《说苑》凡五十篇奏之。又数上疏言得失，陈法戒。上虽不能尽用，然内嘉其言，常嗟叹之。时，上无继嗣，政由王氏出，灾异浸甚。复上封事极谏。天子召见向，叹息悲伤。上曰："君且休矣，吾将思之！"向为人简易，无威仪，廉靖乐道，不交接世俗。专积思于经术，昼诵书传，夜观星宿，或不寐达旦。向自见得信于上，故常显讼宗室，讥刺王氏及在位大臣，其言多痛切，发于至诚。上数欲用向为九卿，辄为王氏居位者及丞

① 字据《汉书·韦贤传》补。
② 字据《汉书》本传补。
③ 原作"其"，据《汉书》本传改。

相、御史所持，故终不迁。居列大夫官，前后三十余年。年七十二，卒。卒后十三岁，而王氏代汉。向三子，皆好学，少子歆最知名。向死后，歆复领五经，卒父前业。治《左氏春秋》，欲与《毛诗》《逸礼》《古文尚书》皆列于学官。哀帝令歆与五经博士讲论其义。诸博士或不肯置对，歆因移书太常博士责让之，言甚切。诸儒皆怨恨。歆由是忤执政大臣，出补吏。王莽持政，白太后，留歆为右曹大夫。迁京兆尹，使治明堂辟雍，封红休侯。典儒林史卜之官，考定律历，著《三统历谱》。初，歆以建平元年改名秀，字颖叔云。及王莽篡位，歆为国师。

龚胜，字君宾，彭城人。与龚舍相友善。好学明经，为郡吏。三举孝廉，以王国人不得宿卫，补吏，再为尉，一为丞。胜辄至官乃去。州举茂材，为重泉令，病去官。大司空何武、执金吾阎崇荐胜，征为谏大夫。引［见］①。胜居谏官，数上书求见，言百姓贫，盗贼多，吏不良，风俗薄，灾异数见，不可不忧；制度泰奢，刑罚泰深，赋敛泰重，宜以俭约先下。为大夫一岁余，迁丞相司直，徙光禄大夫，守右扶风。数月，上知胜非拨烦吏，乃复还胜光禄大夫、诸吏、给事中。胜言董贤乱制度，逆上指，贬秩一等。胜谢罪，乞骸骨。上乃复加赏赐，以子博为侍郎，出胜为渤海太守。胜谢病不之官，积六月，免归。上复征为光禄大夫。胜常称疾卧，数上书辞不就。莽既篡国，明年，遣使者拜胜为讲学祭酒，胜称疾不应。后二年，莽复遣使者奉玺书、太子师友祭酒印绶，安车驷马迎胜，即拜秩上卿，先赐六月禄，直以办装。使者与郡太守、县长吏、三老官属、行义诸生千人以上，入胜里致诏。胜称病笃，为床室中。使者入户，南面立，致诏付玺书。至以印绶就加胜身，辄推不受。使者五日一与太守俱问起居，且为胜两子及门人高晖等言："朝廷虚心待君以茅土之封。虽疾病，宜动移至传舍，示有行意。必为子孙遗大业。"晖等白使者语。胜曰："吾受汉家厚恩，亡以报。今年老矣，旦暮②入地，谊岂以一身事二姓，下见故主哉?"因敕以棺敛丧事，吾冢种柏，作祠堂。语毕，遂不复开口饮食。积十四日死，时年七十九③。胜居彭城廉里，后世刻石表其里门。

龚舍，字君倩，彭城人。通五经。少与龚胜善，并著名节，故世谓之"楚两龚"。舍不仕。久之，楚王入朝，闻舍高名，聘为常侍，不得已随王。归国固辞，［愿］④卒业，复至长安。追胜为谏大夫⑤，荐舍，诏征。舍至，如胜官，寻以病免。

① 字据嘉靖《徐州志》志并参《汉书》本传补。
② 原作"墓"，据《汉书》本传改。
③ 原作"九十七"，据《汉书》本传乙正。
④ 字据《汉书》本传补。
⑤ 原作"谏议大夫"。案《汉书》本传，"议"字衍，今删。

复征为博士，又以病辞去。顷之，上遣使者即楚，拜舍为太山太守。舍家在武原，使者至县，欲请舍至廷拜授印绶。舍曰："王者以天下为家，何必县官？"遂于家受诏之官。甫数月，以病乞归。上征舍，至京兆东湖界，固称病笃。乃拜舍为光禄大夫，遣归。王莽居摄中卒，年六十有八。

刁韪，字子荣，彭城人。以侍御史迁尚书，在朝有鲠直节。出为鲁、东海二郡相，性抗厉，有明略，所在称神。常以法度自整，家人莫见惰容。

刘平，字公子，彭城人。本名旷，显宗后改为平。王莽时，为郡吏，守菑丘长（菑丘县属彭城国），政教大行。每属县有剧贼，辄令平守之，所至皆理，一郡称其能。更始时，天下乱，平弟仲为贼所杀。其后，贼复忽至，平扶母逃难。仲遗腹女始一岁，平抱仲女而弃其子，曰："力不能两活，仲不可以绝类！"遂去不顾，与母俱匿野泽中。平朝出求食，逢饿贼，将烹。平叩头曰："今旦为老母求菜，愿得先归，食母毕，还就死。"因涕泣。贼见其志诚，哀而遣之。平还，既食母讫，因白曰："属与贼期，义不可欺。"遂还诣贼。众皆大惊[①]，相谓曰："尝闻烈士，乃今见之。子去矣！"讫不忍烹。建武初，庞萌反于彭城，攻败郡守孙萌。平时复为郡吏，冒白刃伏萌身，号泣请曰："愿以身代府君！"身被七创而不动，贼乃敛兵，指曰："此义士也，勿杀！"遂解去。萌伤甚气绝，有顷苏，渴求饮，平倾其创血以饮之。后数日，萌竟死，平乃裹创扶送萌丧，至其本县。后举孝廉，拜济阴郡丞。太守刘育甚重之，任以郡职，上书荐平。会平以父丧去。服阕，拜全椒长。政以恩惠，百姓怀感。人或增资就赋，或减年从役。刺史、太守行部，狱无系囚，唯颁诏书而去。后以病免。显宗初，尚书仆射钟离意荐其执性恬淡，修身行义，应在朝次。诏征拜议郎，数引见。再迁侍中，数荐达名士。在位八年，以老病，疏辞去，卒于家。

刘般，字伯兴，宣帝玄孙也。世封于楚。及般父纡袭封，遭王莽篡位，废为庶人，因家于彭城。般数岁而孤，与母独居。莽败，天下乱，母闻更始即位，乃将般奔长安。会更始败，复与般转侧兵革中，西行上陇，流至武威。般虽少，而笃志修行，讲诵不怠。建武八年，般将家属东至洛阳，修经学。明年，光武下诏封般为菑丘侯，奉孝王祀，使就国。后以国属楚王，徙封杼秋侯。十九年，行幸沛，诏问郡中诸侯行能。太守荐般秉修至行，为诸侯师。帝闻而嘉之，乃赐绶，钱百万，缯二百匹。永平元年，以国属沛，徙封居巢侯。就国数年，扬州刺史观恂荐般在国口无择言，行无怨恶，宜蒙旌显。显宗嘉之，征般行执金吾事，从至南阳，还为朝侯。建初二年，迁宗正。般在位，数言政事，尤能收恤九族，时人称之。建初三年卒。

---

① 原作"警"，据《后汉书》本传改。

长子恺，字伯豫。以爵让弟宪，遁去。章和中，有司奏请绝恺国，肃宗美其义，特优假之。永元十年，有司复奏之，侍中贾逵因上书曰：“孔子称：‘能以礼让为国，于从政乎何有?’窃见居巢侯刘般嗣子恺，素行孝友，谦逊洁清，让封弟宪，潜身远迹。有司不原乐善之心，而绳以循常之法，惧非长克让之风，成含弘之化。恺景仰前修，有伯夷之节。宜蒙矜宥，全其先功，以增圣朝尚德之美。”和帝纳之，乃征恺，拜为郎，稍迁侍中。恺之入朝，在位者莫不仰其风行。永初元年，为太常。恺性笃古，贵处士，每有征举，必先岩穴。论议引正，辞气高雅。元初二年，为司徒。永宁元年，称病致仕，有诏优许，赐钱归养，河南尹岁致羊酒。时，安帝始亲政事，朝廷多称恺之德，帝乃遣问起居，厚加赏赐。尚书陈忠上疏，诏引恺，拜太尉。视事三年，以疾乞休，久乃许之。岁余，卒于家，诏使者护丧事，赐东园秘器，钱五十万，布千匹。少子茂，字叔盛，亦好礼让。历位出纳，桓帝时为司空。会司隶校尉李膺等抵罪，而南阳太守成瑨[①]、太原太守刘瓆下狱当死，茂与太尉陈蕃、司徒刘矩共上书讼之，帝不悦。有司承旨劾蕃等，茂遂坐免。建宁中，复为太中大夫，卒于官。

三国

张昭，字子布，彭城人。博览群书，孙策以为长史，待以师友礼，文武事一以委之。策临殁，以弟权托昭。权为吴王，敬礼弥[②]重，拜辅吴将军，班亚三司。昭容貌矜严，有威风，自权以下皆惮之。卒，赠娄侯[③]，时年八十一，谥文。昭子承，以才学知名，能甄别人物。同郡蔡款，有国士风，承荐为卫尉。承卒，谥定侯。昭弟子奋，亦为将军，有战功。

严畯，字曼才，彭城人。少耽学，性尤纯直。避难江东，张昭荐之孙权，以为骑都［尉］[④]。及鲁肃卒，权令代镇陆口，辞曰：“书生不闲军事。”后为卫尉，使使蜀，蜀相诸葛亮善之。所著有《孝经传》《潮水论》。

晋

刘隗，字大连，彭城人，楚元王交之后也。少有文翰，起家秘书郎、彭城内史。元帝以为从事中郎，迁丞相司直，委以刑宪。屡有劾奏，不畏强御。与尚书刁

① 原作“晋”，据《后汉书》本传改。

② 原作“称”，据正统《彭城志》、乾隆《徐州府志》及《三国志》裴注“待遇尤重”等改。

③ 案《三国志 · 吴书》本传：张昭生前已封娄侯，此言“卒赠”，讹从嘉靖《徐州志》。

④ 字据《三国志 · 吴书》本传补。

协，并为帝所宠，万机秘密，皆豫闻之。拜镇北将军，都督青、徐、幽、平四[①]州，假节，加散骑常侍，率万人镇泗口。及王敦将乱，隗与刁协入见，奏诛王氏，不从。有惧色，遂奔石勒，卒。（隗子绥，举秀才，除驸[②]马都尉、奉朝请。绥子波，字道则，初仕石季龙。季龙死，遂归。穆帝以为襄城太守，累迁散骑常侍。督[③]淮北诸军、冀州刺史，未行，上疏而卒。波子淡，元熙初为庐江太守）

刘讷，字令言。有识鉴[④]。初入洛，见诸名士，叹曰："王夷甫，太鲜明；乐彦辅，我所敬；张茂先，我所不解；周弘武，巧于用短[⑤]；杜方[⑥]叔，拙于用长。"讷后官至司隶校尉。讷子畴，字王乔。少有美誉，善谈名理。永嘉中，位至司徒左长史，为阎鼎所杀。司空蔡谟每叹曰："若使刘王乔南渡，司徒公之美选也！"王导拜司徒，叹曰："刘王乔若过江，我不独拜公也！"其为名流所推服如此。

刘牢之，字道坚，彭城人。祖官父[⑦]，世以壮勇称。牢之面紫赤色，须目惊人，而沉毅多计画。太元初，谢玄北镇广陵，牢之以骁猛应选。玄以为参军，领精锐为前锋，百战百胜。迁龙骧将军、彭城内史，以功赐爵武冈县男，食邑五百户。后戍彭城，复领太守事。妖贼刘黎僭尊号于皇丘，及司马徽聚党马头山，牢之皆讨灭之。都督兖、青、冀、幽、并、徐、扬州晋陵军事[⑧]。及孙恩陷会稽，牢之率众东讨，屡著奇绩，径临浙江，进拜前将军、都督吴郡诸军事。恩惧，逃于海。顷之，恩浮海奄至京口，战士十万，楼船千余。牢之使刘裕自海盐赴难，牢之率众而还。裕兵不满千人，与贼战，破之。恩死，牢之威名转振。元兴初，朝廷将讨桓玄，以牢之为前锋都督、征西将军，领江州事。元显以讨玄事谘牢之。牢之惧不能制，又虑平玄之后，功盖天下，必不为元显所容，深怀疑贰。玄遣何穆说牢之曰："自古乱世君臣相信者，有燕昭、乐毅，玄德、孔明，然皆勋业未卒，而二主早世。设使功成事遂，未保二臣之祸也。鄙语有之：'高鸟尽，良弓藏；狡兔殚，猎犬烹。'自开辟以来，戴震主之威，挟不赏之功，以见容于暗世者其谁？至如管仲相齐、雍齿侯汉，则往往有之。今君战败则倾宗，战胜亦覆族，欲以安归乎？孰若幡然改图，保其富贵，则身与金石等固，名与天壤无穷；孰与头足异处，身名俱灭，为天下笑哉！惟君图之。"牢之乃颇纳穆说，遣使与玄交通，俄令其子敬宣降玄。玄大

---

① 原作"泗"，据《晋书》本传改。
② 原作"附"，据《晋书》本传改。
③ 原作"都"，据《晋书》本传改。
④ 原作"见"，据《晋书》本传改。
⑤ 原作"拙"，据《晋书》本传、《世说新语·品藻》改。
⑥ 原作"芳"，据《晋书》本传、《世说新语·品藻》改。
⑦ 案《晋书》本传："曾祖羲，以善射事武帝，历北地、雁门太守。父建，有武干，为征虏将军。世以壮勇称。"此言"祖官父"，未审何解。
⑧ 原作"士"，据《晋书》本传改。

喜。元显既败，玄以牢之为征东将军、会稽太守，牢之乃叹曰："始尔便夺我兵，祸将至矣！"时玄屯相府，敬宣劝牢之袭玄，犹豫不决，佐吏多散走。而敬宣先还京口拔[1]其家，失期不到，牢之乃自缢死。刘裕建义，追理牢之，乃复本官。子敬宣，字万寿。八岁丧母，昼夜号泣。四月八日，敬宣见众人灌佛，乃下头上金镜，为母灌像，因悲泣不自胜。桓序见而叹息，谓牢之曰："卿此儿非唯为家之孝子，必为国之忠臣！"及长，性宽厚，多技艺，弓马音律，无事不善。初为王恭前军参军，改后军咨议参军。进平会稽，迁后军从事中郎。桓玄得志，敬宣晓天文，知必有兴复晋室者。寻梦丸土服之，既觉，喜曰："丸者，桓也。桓既吞矣，吾当复本土乎！"乃结青州大姓，谋灭慕容德。会宋武帝平京口，手书召敬宣。至京师，以为辅国将军、晋陵太守，袭封武冈县男。累破诸贼，迁建威将军、江州刺史。安帝反正，表求解职，寻除宣城内史。义熙五年，宋武帝伐慕容超，除中军咨议参军。大破超军，进围广固，屡献规画。仍从南讨，为左卫将军。十一年，进号右将[2]军，寻被害。子光祖嗣。

南北朝

刘怀肃，彭城人，宋武帝从母兄也。家贫，躬耕好学。初为宁朔府司马，征孙恩，屡有战功。为费令。闻武帝起义，弃县远奔。京邑平定，振武将军道规追桓玄，以怀肃为司马，连破城垒。桓振据荆州，怀肃自云杜兼程七日而至。振勒兵三万，旗帜蔽野，跃马横矛，躬自突阵。流矢伤怀肃额。众惧欲奔，怀肃瞋目奋戈，胆气益壮。于是士卒争先，临阵斩振首。江陵平，道规加怀肃督江夏九郡，镇夏口，以建义功封东兴县侯。义熙元年，除辅国将军，淮南、历阳二郡太守。卒，赐左将军。弟怀敬，武帝以其母乳保恩，累见宠授，至会稽太守，历尚书、金紫光禄大夫。怀敬子真道，仕宋，为钱唐令。扬州从事沈演之表真道有美政，上嘉之，赐谷千斛，以为步兵校尉。逾年，出为梁、南秦[3]二州刺史。及杨难当反，真道破之。复大捷，改建威将军、雍州刺史。

刘怀慎，怀敬弟。少谨慎质直。从宋武帝征伐，位徐州刺史。为政严猛，境内震肃。以平广固及卢循功，封南城县男。武帝北征，以为中领军、征虏将军。怀慎名位转优，而恭恪愈至。永初元年，以佐命功进爵为侯，位五兵尚书，加散骑常侍、太中大夫。景平元年，迁护军将军。禄赐班于宗族，家无余财。卒，谥肃侯。子德愿嗣。初为游击将军，改秦郡太守，迁豫州刺史。庶长子荣祖，少好骑射，轻

---

① 原作"援"，据《晋书》本传改。
② 原作"卫"，据《宋书》本传改。
③ 原作"国秦"，据《宋书》《南史》本传改。

财好义，为宋武帝所知。及卢循攻逼京邑，时贼乘小舰入淮拔栅，武帝宣令三军不得辄射贼。荣祖不胜愤怒，冒禁射之，应弦而倒，帝益奇焉。以战功参太尉［军事］①。从讨司马休之，上乃解所著铠授之，荣祖陷阵，身被数创。及帝北伐，转镇西中兵参军，大破魏军于半城。帝大飨将士，谓荣祖曰："卿以寡克众，攻无坚城，虽古名将，何以过此！"永初中，为辅国将军，追论半城功，赐爵都乡侯，卒于官。

刘亮，怀慎从孙②。少工刀盾。仕宋，以军功封顺阳县侯，历梁、益二州刺史。在位廉俭，所得公禄悉以还官，明帝下诏褒美。卒，谥刚侯。

刘钟，字世之，彭城人。少孤贫，志常慷慨。从宋武帝伐孙恩，能摧坚陷阵，为郡主簿。后除南齐国内史、安丘县五等侯。再征广固，孟龙符于阵陷殁，钟直入贼营，取其尸而反。卢循逼建邺，钟拒栅，身被重创而守益固，循不得入，遂南走。钟又与刘藩追徐道覆③于始兴，斩之。后随朱龄石伐蜀，为前锋。以广固功，封永新县男。累迁右卫将军。

刘简之，彭城吕人也。有志干，为宋武帝所知。帝将谋兴复，收集才力之士，尝再造简之，会有客。简之悟意，谓弟虔之曰："刘下邳再来，必当有意。既不得语，汝可试往见之。"及虔之至，武帝已克京口，虔④之即投义。简之闻之，杀耕牛，会众以赴之。位太尉咨议参军。简之弟谦之，博学洽闻，撰《晋纪》二十卷，位至广州刺史、太中大夫。虔之轻财好义，为江夏相，从宋武帝征司马休之，追赠梁、南秦二州刺史，封新康县男。

刘康祖，虔之子。便弓马，膂⑤力绝人。袭封，拜员外郎。宋孝武为豫州刺史，镇历阳，以康祖征虏中兵参军。魏太武攻围汝南，文帝遣康祖为总统前驱，以往救援，奋击破之，太武烧营退走。迁左军将军。卒，赠益州刺史，谥曰壮。

刘道产，简之子。仕⑥宋，为无锡令，袭爵晋安县五等侯。元嘉初，累迁至梁、南秦二州刺史，加都督，在州有惠化。后为雍州刺史，领宁蛮校尉，加都督，襄阳太守。所至政绩光播，蛮夷效顺，百姓乐业，由此始有《襄阳乐歌》。卒于官，谥曰襄。民若失其怙恃，丧还，诸蛮皆缞绖号哭，送至于沔口。道产子延孙，孝武初位侍中，封东昌县侯。累迁尚书右⑦仆射，除金紫光禄大夫。卒，奏谥忠穆，诏改为文穆。

① 二字据《通志》《南史》本传补。
② 原作"子"，案《宋书》《南史》本传，实为从孙，据改。
③ 原作"福"，据《宋书》《南史》本传改。
④ 原作"处"，据前后文改。
⑤ 原作"智"，据《宋书》《南史》本传改。
⑥ 原作"任"，据嘉靖《徐州志》改。
⑦ 原作"左"，据《宋书》《南史》本传改。

刘遗民，彭城人。尝为柴桑令，遁迹庐山，累征不起。陶渊明、周续之亦不应征命，时谓之“浔阳三隐”。

刘勔，字伯猷，彭城安上里人也。少有志节，兼好文[①]义，家贫。仕宋，初为广州增城令，迁郁林太守。大明初，还都[②]，徐州刺史刘道隆请为宁朔司马。竟陵王诞据广陵为逆，勔随道隆受沈庆之节度。事平，封金城县五等侯。明帝即位，江州刺史晋安王子勋叛，四方响应。勔以本官领建平王景素辅国司马，进据梁山。会豫州刺史殷琰亦叛，召勔还都致讨。时琰婴城固守，自始春至于穷冬，勔善抚将帅，众皆依戴，内攻外御，战无不捷。及琰请降，寿阳平，勔约令三军不得妄动，城内士庶感悦，为立碑纪德。还都，拜太子右卫率，封鄱阳县侯。迁右卫将军，行豫州刺史，加都督。后征拜散骑常侍、中领军。明帝临崩，顾命以勔为守尚书右仆射、中领军。废帝即位，加兵五百人。元徽初，桂阳王休范为乱，奄至建邺。勔战败，死之。赠司空，谥曰昭。子悛，字士操。仕齐，初为领军将军、司州刺史。父勔于大航战死，悛时遇疾，扶伏路次，求勔尸。勔尸顶后伤缺，悛拔发补之。持丧墓侧，冬月不衣絮。后为司州刺史，将之官，道出寿阳，过勔碑下，再拜泣涕。以父死朱雀航，终身不由其路。明帝崩，东昏侯即位，改授散骑常侍，领[③]骁骑将军。卫送山陵，逾朱雀航，感而哀毁，行至曲阿卒。

到彦之，字道豫，彭城武原人也。仕宋，以战功进爵为侯。佐守荆楚垂二十载，威信为士民所怀。后以制督诸军北伐无功，免官。寻起为护军将军，复封爵邑，固辞。卒，谥曰忠。其［曾］[④]孙溉，字茂灌；洽，字茂沿，并以文才知名。溉仕梁，累官至兵部尚书，最为武帝所亲爱；洽应召为太子舍人。时，［任］[⑤]昉为御史丞，尝与彭城刘孝绰、刘苞、刘孺，吴郡陆倕、张率，沛国刘显辈相友善，车轨所至，号曰“兰台聚”。有集二十卷。梁以溉、洽兄弟比之二陆，故元帝赠诗及之（诗：魏世重双丁，晋朝称二陆。何如今两到，复似凌霜竹）。帝尝幸华光殿，诏洽赋二十韵诗，以洽辞为工，赐绢二十匹。历迁御史中丞。溉从弟沆，五岁时即过目成诵。既长，勤学善属文，工篆隶。梁天监初，以高才硕学，待诏学士省。帝宴华光殿，命群臣赋诗，独诏沆为二百字，三刻便成[⑥]。沆于坐立奏，其文甚美。三年，以为殿中曹侍郎。溉子镜，五岁辄口占诗，婉有辞况。仕梁，位太子舍人，作《七

① 原作“交”，据《宋书》《南史》本传改。
② 原作“迁都督”，据《宋书》《南史》本传改。
③ 原作“即”，据《南齐书》《南史》本传改。
④ 字据《南史》《梁书》本传补，勘详嘉靖《徐州志》。
⑤ 字据《南史·到溉传》补。
⑥《南史》本传同作“三刻便成”，《梁书·文学传上》作“二刻使成”。“使”字较切。

悟》文[①]。镜子荩，早聪慧，历尚书殿中郎。尝从梁武帝幸京口，令群臣赋北顾诗，荩受诏即就。上览以示溉曰："荩定是才子！"因赐绢二十匹，除丹阳尹［丞］[②]。帝尝谓任昉曰："诸到可谓才子！"昉对曰："臣窃以为，宋得其武，梁得［其］[③]文。"洽子仲举，字德言，志操耿特。陈文帝居乡里，尝过之。及嗣位，授侍中，参掌选事。天嘉元年，守都官尚书，封建昌县侯。天康元年，迁侍中、尚书仆射，寻加贞毅将军、金紫光禄大夫。

刘孝孙，彭城人。博学通敏，仕多不遂。尝叹曰："古人或开[④]一说而致卿相，立谈间而降白璧，书籍妄耳！"

刘孝绰，勔之孙。七岁能属文，舅王融神之。起家著作郎，词章藻丽，流闻河朔。尝侍梁武帝宴，作诗七首，帝篇篇叹赏，谓周舍曰："第一官当知用第一人！"遂授孝绰秘书丞。迁散骑常侍，坐免，复起为秘书监。弟潜，字孝仪。幼孤，兄弟相勖以学。梁天监间，举秀才，累迁尚书左丞，兼御史中丞。在职多所弹纠，无或顾望。出为临海太守，励精绥抚，境内翕然。入迁都官尚书。太清初年，出为豫章内史[⑤]。潜性宽厚，内行尤笃，奉寡嫂甚谨，家无巨细，必咨于嫂然后行。从弟孺，字孝稚。幼聪敏，能属文如孝绰。年十四居丧，毁瘠骨立。叔父瑱尝置坐侧，谓宾客曰："此吾家明珠也。"仕梁，起家中军法曹行参军，迁太子中舍人。尝在御坐为《李赋》，受诏即成，文不加点，武帝甚奇之。后侍宴寿光殿，应诏赋诗，未及成，帝取孺手版题诗戏之，其见亲爱如此。迁中书郎、散骑常侍。大同五年，授吏部尚书。出为晋陵太守，在郡和理，为吏民所称。入为侍中，复为吏部尚书。母忧，以毁卒，谥曰孝。孝绰、孝仪、孝稚，并有文集行于世，子弟从孝稚者甚众，以文名者[⑥]七十余人。孺弟览，字孝智。十六通《老子》《易》，位中书郎。所生母死，庐于墓，常食麦粥，再期不尝盐酪。隆冬止著单布衣，家人虑不胜丧，中夜窃置炭于床下，览因暖得寐，及觉知之，号恸呕血。梁武帝闻其孝，数使省视。服阕，除尚书左丞。览弟遵，字孝陵。清雅，有学行。为晋安王纲宣惠[⑦]、云麾二府记室，甚见宾礼。王立为皇太子，仍除中庶子。遵自随藩及在东宫，以旧恩偏蒙宠遇，时辈莫及。卒于官，皇太子深痛惜之，形诸悼辞（曰：中庶奄至殒逝，痛可言乎？其孝

① 案《南史》本传"作《七悟》，文甚美"。"七悟"者，应为赋之"七体"，如楚辞《七谏》、枚乘《七发》、张衡《七辩》等，皆以七段成篇。《南史》谓到镜作《七悟》，文辞甚美。今志书省"甚美"二字，读为"作《七悟》之文"，其意虽通，然去本意甚远。

② 字据《南史·到溉传》补。

③ 字据《南史·到溉传》补。

④ 原作"闻"，据《南史》本传改。

⑤ 原作"豫州刺史"，据《梁书》《南史》本传改。

⑥ 原作"在"，据嘉靖《徐州志》改。

⑦ 原作"慰"，据《梁书》《南史》本传改。

友淳深，立身贞固，内含玉润，外表澜清，言行相符，终始如一。文史该富，琬琰为心；辞章博赡，玄黄成采。既以鸣谦表性，又以难进自居。吾昔任汉南，连翩书记；及忝朱方，从容坐首[①]。鹢舟乍动，朱鹭徐鸣，未尝一日而不追随，一时而不会遇。益者三友，彼实其人。及弘道下邑，未申善政，而能使人结去思，野多驯翟。此亦威凤一羽，足以验其五德）。

徐文盛，彭城人。梁大同末，为宁州刺史。州在僻远，群蛮劫窃，前后刺史竟莫能制。文盛推心抚慰，夷人感之，风俗遂改。

刘善明，彭城人[②]。[父怀民][③]，仕宋，为齐、北海二郡太守。元嘉末，青州饥荒，人相食。善明家有积粟，躬食馆粥，开仓以救。乡里多获全济，百姓呼其家田为“续命田”。废帝见杀，善明为高帝骠骑谘议、南东海太守、行南徐州事。沈攸之反，善明献计平之，高帝召善明还都，谓曰：“卿策沈攸之，虽张良、陈平，适如此耳！”仍迁太尉右司马。齐台建，为右卫将军，辞疾不拜。高帝践阼，以善明勋，召谓曰：“淮南近畿，国之形胜，非亲贤不居，卿与我卧理之。”命为淮南、宣城二郡太守，遣使拜授，封新涂伯。善明至郡[④]，上表陈事凡一十一条，上优诏答之。善明少立节行，常云：“在家当孝，为吏当清，为子孙楷栻足矣！”所历官廉简不烦，俸禄散之亲友。建元二年卒，遗命薄殡。赠左将军、豫州刺史，谥烈。善明入仕虽久，而家计不迨畴曩，廪无遗储，唯有书八千卷。高帝闻其清贫，赐其子涤葛塘屯谷五百斛，曰：“葛屯亦吾之垣下，令后世知其见异。”从弟僧副，字士云，位前将军，封丰阳男，卒于巴西、梓潼二郡太守。上图功臣像，僧副与焉。

刘芳，字伯友[⑤]，彭城丛亭里人。魏[孝][⑥]文帝时，为中书侍郎，授太子经。才思深敏精博。初，王肃来奔，芳与辩论。肃曰：“此非刘石经耶?”昔汉世造三字石经于太学，学者文字不正，多往质焉，芳音义明辩，疑者往询，故时人号为“石经”。出为刺史，朝廷吉凶大事皆就咨焉。齐将入寇徐州，疆埸之人颇怀去就，帝忧之，以芳为散骑常侍、国子祭酒、徐州大中正，行徐州事。后兼侍中，迁中书令，出除青州刺史。还朝正朝仪，补太常卿，议郊祀礼，宣武从之。尝集《礼记义证》十卷。卒，赠镇东将军、徐州刺史，谥曰文贞。子怿，仕魏，历徐州别驾、兖州左军府长史、司空谘议参军。屡为行台出使，所历皆有贤称。转通直散骑常侍、

① 原作“苒”，据《梁书》《南史》本传改。

② 此善明非彭城人，勘详嘉靖《徐州志》。

③ 字据《南齐书》本传补。按：宋世为二郡太守者，其父怀民也，非为善明。

④ 原作“都”，据《南齐书》本传改。

⑤《魏书》作“伯文”，《北史》作“伯支”，郑樵《通志》作“伯友”。徐州诸志三说间采，如正统《彭城志》、康熙《徐州志》作“伯文”；嘉靖、万历、顺治《徐州志》作“伯友”；道光《铜山县志》作“伯支”，或其所据版本各有不同。

⑥ 字参《魏书》《北史》本传补。

徐州大中正，行郢州事。寻迁安南将军、大司农卿。卒，赠徐州刺史，谥曰简。孙逖，有文藻，仕北齐，官至仪同三司。鸷[①]，仕魏，位徐州开府从事中郎，转中书舍人。属梁通和，鸷前后受敕专对梁使一十六人，庶几不辱君命。仕至司徒左长史。卒，赠南青州刺史。弘，少好学，有行检，重节概。周武帝以为本郡太守。以功授仪同、永昌太守、齐州长[②]史。志在立功，不安佐职。隋高祖平陈之役，表请从军，以功加上仪同，封濩泽县公，拜泉州刺史。会高智慧作乱，以兵攻州。弘城守百余日[③]，救兵不至。前后出战，死亡太半。粮尽，无所食，与士卒数百人煮犀甲腰带，及剥树皮而食之，一无所离散。贼知其饥饿，欲降之，弘抗节弥厉。贼悉众来攻，城陷，为贼所害。上闻而嘉叹者久之，厚赉其家。子信，袭其官爵。芳之从子懋，博综书史，善草隶书，识奇字。魏宣武初入朝，位尚书外兵郎中。芳甚重之，凡所撰定朝廷轨仪，皆与参量。尚书博议，懋与殿中郎袁翻常为议主。达于从正，府中疑事，咸所访决。迁步兵校尉。孝明初，大军攻硖石[④]，懋为李平行台郎中。城拔，懋颇有功。迁太尉司马，卒。家甚清贫，亡之日，徒四壁而已。当时莫不痛惜之。赠持节、前将军，谥曰宣简。所制诗文，见称于时。又撰诸品物造作之始十五卷，名曰《物祖》。

孙道登，彭城吕县人。魏永安初，为梁将韦休等所获，胁使招降乡曲。道登乃厉声倡呼："贼无所能！"遂见屠戮。朝廷遣官吊祭，赐五等子爵。

郑抗，字子信，彭城人。有文学。北齐武平末，兼左右郎中，待诏文林馆。（兄颐，行迹无取，今削之）

刘苞，字孝尝，一字孟尝。苞三岁而孤，至六七岁，伯［叔］[⑤]父悛、绘等并显贵，苞见之辄泣。其母谓其畏惮，怒之。苞曰："早孤，不识父，闻诸父多与父类，故心中悲耳！"因而歔欷，母亦悲恸。奉其母最孝，尝为扇席温枕焉。初，苞父母及两兄相继亡殁[⑥]，悉假瘗焉。苞年十六，始移墓所，经营改葬，不资诸父。

孙棘，彭城人。宋大明五年，发三五丁，弟萨应充行，坐违期不至。棘诣郡辞列："棘为家［长］[⑦]，令弟不行，罪应百死，乞以身代萨。"萨又辞列自引。太守张岱疑其不实，以棘、萨各置一处，报云听其相代。并色喜，甘心赴死。棘妻许又寄语属棘："君当门户，岂可委罪小郎？且大家临亡，以小郎属君，竟未妻娶，家道

① 原作"隙"，据《魏书》《北史》本传改，下同。
② 原作"刺"，据《隋书·诚节》本传改。
③ 原作"目"，径改。
④ 原作"陕右"，据《魏书》《北史》本传改。
⑤ 字据《梁书》《南史》本传补。
⑥ 原作"忘没"，皆系通假，今用规范字。
⑦ 字据《南史·孝义传上》补。

不立。君已有二儿，死复何恨！”岱依事表上，孝武诏特原罪。州加辟命，并赐帛二十匹。

隋

刘子翊，彭城丛亭里人。性刚謇，有吏干。大业间，授侍书侍御史。尝从幸江都，因侍切谏，出为丹阳留守。寻遣上江督运，为贼吴棋子所虏。欲要以为主，不从。会炀帝被弑，群贼执子翊至临川城下，使以帝崩告城中。子翊反其言，于是见害。

刘高，彭城人，仕为萧令（见《宦迹》）。

刘瑴，字仲宝，彭城人。儒雅博洽，善辞翰。随湘东王在藩十余年，宠寄甚深，当时文檄皆其所为。位吏部尚书、国子祭酒。

刘仕隽，彭城人。性至孝。丁母丧，绝而复苏，勺饮不入口者七日。庐于墓侧，负土成坟，列植松柏。虎狼驯扰，为之取食。隋文帝受禅，表其门。

唐

刘德威，彭城人。宽平友睦，有干略。隋大业末，从裴仁基讨淮贼，手剑贼酋，传行在。后归李密。密降，俱入朝，授左武候将军，封滕县公。诏将兵击刘武周。俄为武周所获，使率本部徇地浩州，得自拔归。尽上贼中虚实，高祖嘉纳。贞观初，历大理卿、绵州刺史，政号廉平，百姓立石颂德。寻检校益州大都督府长史，入为大理卿。太宗问曰：“比刑网浸密，咎安在?”德威曰：“在君不在臣。下之宽猛，视主之好恶。今坐入者无辜，坐出者有罪，所以吏务深文，为自营计。”帝然其言。后迁刑部尚书，检校雍州别驾。母丧，免。既除，为同州刺史。永徽三年卒，赠礼部尚书、幽州都督，谥曰襄，陪葬献陵。子二：审理、易从[①]。审理以孝义著闻。贞观中，历左骁卫郎将。仪凤初，吐蕃寇凉州，审理战败见执。易从往省之。既至，而审理卒。易从昼夜号哭不止，吐蕃哀其志，乃还其尸。徒跣万里，扶护以归，见者流涕。永昌中，封任城县男。为酷吏周兴诬构，坐死。将刑，百姓奔走，争解衣投地，曰：“为长史祈福！”有司平直，乃十余万。当时刘氏素号“孝义”，及易从以无辜论死，天下冤之。从孙[②]延嗣，为润[③]州司马。徐敬业攻润州，延嗣与刺史固守。俄而城陷，敬业邀以降，延嗣曰：“吾世蒙恩，今城不守，所负

---

① 案《新唐书》本传：德威二子：审礼、延景。本志作“审理”，误；至于“易从”者，实为德威之孙，审理庶子，见两《唐书》本传，本志亦误。

② 案两《唐书》本传，延嗣系德威从子，审理从弟。此处传主德威，当云“从子”。

③ 原作“闰”，据两《唐书》本传改。下同。

多矣，讵能苟生为宗族羞?”敬业怒，将斩之，其党魏思温救止，系江都狱。敬业败，录忠当叙，以裴炎近亲，裁迁梓州长史，转汾州刺史。

司马锽，徐州人[①]。天授初，左补阙薛谦光上疏论选举之弊。长安中，选台阁贤望分典大郡，得韦嗣[立][②]等十九人，锽与焉。申选到部，政绩可称[者][③]，独谦光与锽二人而已。

路审中，徐吏也。崔彦曾知其能，颇任之。嗣彦[曾][④]既遇害，审中赂守卒，敛藏其尸。张玄稔攻徐州，审中率死士应官军，开南白门入，因得破庞勋。后位岚州刺史。郑畋谓审中节贯神明，请擢为右羽林将军，诏可。

刘海宾，彭城人。以义侠闻。为泾原兵马将，与段秀实友善，累立战功，兼御史中丞。刘文喜据泾州叛，海宾与其子光国绐[⑤]以奏请，及入对，言奸慝可诛状。既还，光国手斩文喜，献阙下。拜左骁卫大将军，封五原郡王；海宾，乐平郡王，赠太子太保，实封百户。

刘沔，字子汪，廷珍子。少孤，客振武节度使范希朝，署牙将。希朝奇之，召谓曰："后日必处吾坐。”希朝卒，入为神策将。迁[⑥]大将军，擢泾原节度使，进检校尚书左仆射。累立战功，又进金紫光禄大夫，赐一子官。

石雄，徐州人。少为牙校，敢毅善战，气盖军中。会昌初，回鹘入寇，诏雄为天德防御副使，兼朔州[⑦]刺史，佐刘沔屯云州。雄临财廉，每朝廷赐与，辄置军门，自取一匹[缣][⑧]，余悉分士伍，由是众咸感奋。武宗喜曰："今将帅义而勇，罕雄比者!”就拜行营节度使。

刘延祐，彭城人。少志学。擢进士，补渭南尉，有吏能，治第一。李勣戒之曰："子春秋少，而有美名，宜稍自抑，无为出人上。”延祐钦纳。后检校司宾少卿，封薛县男。从弟藏器，高宗[⑨]时为侍御史。卫尉卿尉迟宝琳胁人女为妾，藏器劾还之。宝琳私请帝止其还。藏器曰："法为天下权衡。陛下用舍由情，法何从施?”乃诏可。后出为宋州司马。子知几，通览群书，善文辞。举进士，累迁凤阁舍人、修国史。著《史通[⑩]》内外四十九篇，徐坚叹曰："为史[氏][⑪]者，宜置此座

---

① 案《旧唐书》《通鉴总类》，司马锽，河南洛州温人，曾任徐州刺史，注详嘉靖《徐州志》。
② 字据嘉靖《徐州志》补。
③ 字据嘉靖《徐州志》补。
④ 字据文例补。
⑤ 原作“始”，据《新唐书·段秀实传》改。
⑥ 原作“选”，据《新唐书》本传改。
⑦ 原作“方”，据《新唐书》本传改。
⑧ 字据《新唐书》本传补。
⑨ 原作“祖”，据两《唐书》本传改。
⑩ 原作“论”，据《新唐书》本传改。
⑪ 字据《新唐书》本传补。

右也！”开元初，迁左散骑常侍。

刘商，字子夏，彭城人。第进士，历尚书虞部郎中，以病免。所著有《刘虞部集》十卷。

刘巨容，州人，为州大将。庞勋之反，自拔归，授埇桥镇遏使。浙西突阵将王郢反，攻明州，巨容以筒箭射郢死，拜明州刺史，徙楚州团练使。黄巢乱江淮，授蕲黄招讨副使，徙襄州行军司马、检校右散骑常侍。累立战功，迁检校礼部尚书。复授南［面］[①] 行营招讨使，累兼天下兵马先锋开道供军粮料使，检校司空，封彭城县侯。

王驾，字大用，彭城人，自号守素先生。大顺元年第进士。所著有《王驾集》一卷。

皇甫恒，彭城人。以孝弟名通朝廷，天子旌表其门。

尹务荣，彭城人。事亲[②]、居丧具以纯孝闻。

郭通[③]，徐州人。父柩在殡而邻火炽，通号天诉曰：“柩不能移，宁与柩俱焚！”伏柩而恸，火遂熄。

王孝女[④]，徐州人，字和子。元和中，父、兄皆防秋屯泾州，吐蕃寇边，并战死。和子年十七，单身披发，徒跣缞裳抵泾屯。日丐贷，护二丧还葬于乡。植松柏，剪发坏容，庐墓所。节度使王智兴白状，旌其门。

甄君[⑤]，徐州人，明经教授，乡称善人。家贫，乞贷邑里，以葬父母，作室墓傍以志思，陈后山名之曰“思亭”，因为之记（见《古迹》）。

五代

刘仁赡[⑥]，字守惠，彭城人。仕南唐，以清［淮］[⑦] 军节度使镇寿州。周师攻寿州，仁赡坚壁不下。子崇［谏］[⑧] 幸其父病，谋与诸将出降，仁赡立命斩之。于是士卒皆感泣，愿以死守。仁赡病甚，其副使孙羽诈为仁赡书，以城降。世宗命舁仁赡至帐前，叹嗟久之，复使入城养疾，是日卒。《五代·死节传》纪全节之士三人：

① 字据《新唐书》本传补。

② 原作“祀”，据《新唐书·孝友传》改。

③ 按：郭通，嘉靖《徐州志》失载。正统《彭城志》载为元时沛人。《明一通志》概云“徐州人”，后世沛志遂不复录。考《明一通志》所载，亦为元人。本志列入唐代，误。

④ 按：本志既设“列女”，如南北朝封卓妻刘氏已后置，则王孝女例不得复留于此。

⑤ 按：甄君，北宋人，陈师道《思亭记》可证。又本志注“见古迹”者，考卷二《古迹》“思亭”条亦云：“宋人甄氏筑”。嘉靖《徐州志》载入宋代为是，本志移入唐代，误。

⑥ 原作“瞻”，据《新五代史》改。下皆同。

⑦ 字据《新五代史》补。

⑧ 字据《新五代史》补。

一王彦章，一裴约，一仁赡云（国朝南京十庙，有刘忠肃王庙，即祀仁赡者）。

刘涛，彭城人。后唐举进士，为左补阙，累官少[①]詹事。宋太祖即位，素知涛履行，召至。以老疾求退，授秘书监致仕。初，清泰中，中书舍人卢导[②]受诏主文，将锁院，涛力荐薛居正，以为文章器业，必至台辅。导取之。后果为相，世称其知人。涛子顼[③]，仕宋，为监察御史。顼子晟，晟子讷、谭，并进士及第。

刘知俊[④]，字希贤，徐州人。从梁太祖，以为左开道指挥使。姿[⑤]貌雄杰，勇出诸将。历海、怀、郑三州刺史，以功表匡国军节度使，拜行营招讨使，加检校太尉兼侍中，封大彭郡王。

宋

郭廷谓，彭城人。幼好学，工书，善骑射。性恭谨，事母以孝闻。宋初，知亳州。冯瓒知梓州，为仆夫所讼，召廷谓为静江军节度观察使留后以代之，悉除弊政。子延泽，博通典籍，累官国子博士。咸平中，以虞部员外郎致仕。

王汉忠，彭城人。少豪宕，有膂力。太宗时，为殿前指挥使，累迁侍卫马军都指挥使。契丹掠中山，往御之，追杀甚众。汉忠虽介胄士，而崇儒好文，轻财乐施，故名称甚茂。卒，赠太尉。

刘颜，彭城人。好古学，不专章句。举进士，知龙兴县，免官。家居以著书自适，学者常数十百人。所著有《儒术通要》《经济枢言》。石介见其书，叹曰："恨不在弟子之列。"子庠，八岁能诗，长淹通历代，蔡齐妻以子。第进士，迁太常博士。英宗时，以灾异求直言，庠上书论时事，除监察御史里行。后以枢密直学士知渭州，复知太原府。

陈师道，徐州人，字无己，号后山。国子博士、通判绛[⑥]州琪之子也。师道少苦心学问，诸经皆有训传，于《诗》《礼》尤邃。其为诗文，平淡雅奥，自成一家。元祐中，以侍从合荐，为本州教授，改颍州，再迁棣学。元符三年，除秘书省正字。郊祀为执事官，其内子闻郊坛高寒，非挟纩不可，借姨家赵挺之绵裘衣之。临行，师道问此裘所从来，妻以实对，遂脱而掷之地。其夜寒甚，得寝疾，明年卒。师道方正嫉恶，甘贫有守。居都下逾年，未尝一至贵人之门。章子厚欲一见，终不

①《宋史》本传作"右"。
② 原作"道"，据下文"导取之，后果为相"并参《宋史》本传改。
③ 原作"项"，据《宋史》本传改。
④ 案《新五代史》本传，知俊沛人，弘治《重修徐州志》入沛传，嘉靖《沛县志》削之，自万历《沛志》以前，皆视为州人，本志亦同。辨详嘉靖《徐州志》本传注。
⑤ 原作"资"，据《新五代史》改。
⑥ 原作"颖"，据《后山集》卷十六《先君事状》改。

可得。傅钦之知其贫，怀金馈之，及睹其貌，听其论议，竟不敢以出口。所著有《后山集》二十卷行于世。

刘湜，彭城人。举进士，历开封府推官，迁殿中侍御史。累迁龙图直学士、知庆州，改知密州。居官著能声。

寇国宝，州人。举进士，任吴县主簿。久从陈无己受学，文字实有渊源。其所题吴门寺壁一绝（诗：黄叶西陂水漫流，籧篨风急滞扁舟。夕阳暝色来千里，人语鸡声共一丘），人至今传之。惜不可多见尔。

张天骥，徐州人，号云龙山人。隐居不仕，与苏东坡、陈后山、参寥子游。尝作放鹤亭于云龙山之麓，东坡为作记（见《山川》下）。

时敦，彭城人。宣和初，为泽州倅。政事、词翰，为时推重。

李处全，徐州人。文章宏肆，诗体兼众长，字画遒丽。登第，由宗正寺簿迁太常丞。后迁居溧阳。

颜太初，彭城人，颜子四十七世孙。第进士，累官国子监说书。所著有《洙南子》《凫绎集》及《淳曜联英》。尤慷慨好义，诗多讥切时事。初，孔圣祐卒，罢袭封，太初作诗以讽在位，因以圣祐弟袭封文宣公云。

郑仅，彭城人。第进士，为大名府司户参军。有善政，盗贼相戒不入境。累官吏部侍郎、知徐州。迁至显谟阁直学士。卒，谥修敏。子望之，少有文名。靖康初，再使金营。累官至户部侍郎，以徽猷阁直学士致仕。

赵立，徐州张益村人。政和中，补武卫军都虞候。建炎三年，金人[①]陷徐州，王复死之。立巷战夺门以出，为贼所得，夜杀守者入城，潜求复尸，恸哭掩藏。鼓率残兵邀击于外，断贼归路，尽焚营垒，夺舟船，扰击四出，军声复振。尽团乡民为兵，歃血申令，威震诸军。一鼓破贼遁去，乃抚循其民，召使复业。又奏置王复庙城中，遇出师，必率众泣祷。以克复徐州功，诏授忠翊郎，就权州事。金人围楚州急，宣抚杜充命立往援。斩刈道路，行至淮阴遇贼，且行且战，遂抵城下。楚人被围久，闻立来，欢迎鼓舞。立时中箭，镞入舌下，坚不可取，命医以铁箝破齿骨钮去，移时乃出，流血盈襟，立色不变。贼益兵不已，立大破之。四年，以泗[②]州涟水军镇抚使兼知楚州。贼又并兵，列寨城下，相守百余日，忽飞炮碎其首，左右驰救之，犹曰："吾终不能与国灭贼矣！"言终而绝。事闻，特赠奉[③]国军节度使、开府仪同三司，立庙楚州，谥忠烈。立木强不知书，天性忠义。善骑射，容貌甚壮。不喜声色财货，与士卒同甘苦。每战，擐甲胄先登，众畏服，乐为用。视虏如

① 原作"二"，据嘉靖《徐州志》改。
② 原作"楚"，据《宋史》本传改。
③ 原作"秦"，据《宋史》本传改。

仇，每言及必啮齿，而常戒士卒，惟以杀金人为言。议者谓立之功，虽张巡、许远不能过矣[①]！

金

曹珪，徐州人。大定中，州人江志[②]作乱，珪子弼在贼[③]中。珪谋诛志，并弼杀之。金主云："赤心为国，大义灭亲，特进三官，于正班用之。"

元

彻里，燕只吉台氏，徐州人。彻里幼孤，母教以书。至元中，世祖召见，应对详雅，悦之。尝奉使江南，省风俗，访遗逸。累官至中书平章政事。卒，追封徐国公，归葬于徐。姚燧为撰神道碑。

钱光弼，字仲明，彭城人。日诵千言。未壮，辟掾镇南王府。俄以云南行省荐，授将仕郎、同知晋宁州事。寻迁太常司直、治中，再迁汴梁路总管兼府尹。在汴未二年，省宪交荐，迁平江路总管，兼管内劝农事。薨于徐州。赠兵部尚书、上轻车都尉，追封彭城郡侯。有神道碑存。

石普[④]，字元周，徐州人。至正五年进士，授国史院编修官。后以军功升枢密院都事。时张士诚据高邮，普请先驱，为天下忠义倡。乃趋高邮，勒兵血战。左胁为枪所中，犹手握其枪斫贼死。贼众攒枪以刺，普力战死之。

国朝

朱守仁，字存道。少有大志。初仕元，为枢密院同知。洪武初，改除中书断事，累迁工部尚书、北平行省参政。以馈饷不继，寻谪广西苍梧知县，旋复历官四川左布政使。时居方面者多贿败，唯守仁以廉洁见知，拜太仆卿。年七十乞归，赐白金、宝钞，仍官其子一人锦衣卫镇抚，世袭。守仁既家居，每圣节必诣阙朝贺，特被优宠，上时对群臣褒美之。永乐中，卒于京邸，诏乘传归葬。孙环，字璇玉，由国子生授陕西靖宁州知州。有孝行，母殁庐墓，有司上闻，旌表其门。其居官亦著能声云。

---

①《宋名臣言行录》别集上卷十三："公天挺英勇，风节凛烈，岂彭城从昔名将所出，其山川气俗性习所钟然耶？公死至城破，天为沉阴昼晦，而褒赠隐恤，照烂竹帛，其心明著，天与圣主知之矣。智力虽踬于一时，而名誉耸动万世者也。巡、远皆出卿相之族，临难行其所知，易矣；公起自行伍，奋不谋身，比之巡、远为尤难也！"

② 原作"忠"，据《金史·忠义》本传改。

③ 原作"城"，据《金史·忠义》本传改。

④ 案正统《彭城志》及本志《选举》：石普，砀山人。宜入砀人物传。

任肃，字伯雝。领洪武己卯乡荐，初仕[1]为工部主事，升刑部郎中。寻改工部营缮司，绰有能声。出为南昌守，多惠政。秩满上计，父老乞留，命增秩还任。寻升云南左参政，乞致仕。

房栋，字子材。祖友信，洪武中以文学荐，授翰林检讨。栋博学明经，有文誉。由国子生，授知山西崞县。致仕，蓄古今书籍，闭户诵读，学益该博。惜其诗文佚散，不尽传。栋父端，于景泰丙子领乡荐。

孙狗皮，洪武中，以功为北平都司都指挥。故志称："忠义著闻。永乐初，改授浙江某卫所千户。"不详其事。意或靖难时抗节不屈者邪？

刘泰[2]，字致亨，徐州人。少颖悟好学。领洪武丙子乡荐，授山西陵川训导，谪戍泗州。壬午，扈从渡淮，以功授百户。永乐初，改授建宁通判，升礼部员外郎，监修《永乐大典》。书成，赏赉有加。寻致仕归。

刘惟新，郡庠生，与刘泰同时，以楷书征修《大典》，授中书舍人，迁户部主事。

朱芾，字大芾，徐州人。洪武中，仕为户科给事中。升御史，性刚直，纠劾百僚，无所避忌。以言事忤旨，谪戍云南。行次九江而卒，归葬于徐。

权谨，字仲常。其父执中，自河间徙居于徐，谨遂为徐州人。天性孝友，十岁遭父丧，即哀毁尽礼，不啻如成人。母李氏，训之问学。谨刻厉成母志。兄度，初举贤良，授山西寿阳丞，坐事谪戍，谨罄资给其行。妹[3]早寡，谨抚其遗孤，俾成立。永乐丙戌，以沛人主事吕宁荐，为乐安令。廉明仁恕，为山东诸郡邑最。秩满，转光禄署丞。母病，躬汤药弗效，叩首吁天，求以身代。母愈，年九十终。比葬，躬负土封树。庐墓三年，孝感乌鸣、泉涌、兔驯之异。永乐二十二年，有司以闻，命驰驿赴阙。又命以事状朗诵大廷，示百僚。拜文华殿大学士，谨辞弗称，上曰："朕之除卿，嘉其孝，以风天下之为人子者，他非卿责也！"时，恭祀文皇，谨独哭之哀，上嘉赐牛羊脯醢、果饵。随侍皇太子监国留京，得辅导体。宣德元年，以疾乞归，进秩通政司右参议，赐白[4]金、文绮，听致仕，仍敕礼官旌其门。谨既归，崇道敦德，终始不渝。正统中卒。子伦，字民衷，领永乐丁酉乡荐，学行修明。养亲二十年。亲终，隐居教授，不仕。伦子宇，亦笃孝道。伦年九十，病卧，宇侍汤药，寝不解带。既卒，负土种树，庐于墓侧，晨昏哀泣。母卒合殡，亦如之。州守以闻，旌表其门。人以世德称权氏云。

---

① 原作"试"，据嘉靖《徐州志》改。
② 原作"恭"，据正统《彭城志》及本志卷二《选举》改。
③ 高穀《权学士墓表》作"姊"。
④ 原作"曰"，据嘉靖《徐州志》改。

魏黉，字学古。领永乐甲午乡荐，仕为陕西华州学正。性刚敏果断，施教有方，人士思之。

山云，青之子。青涉猎古今，沉毅有勇，初从太祖征伐，以功授燕山左护卫百户。永乐初，以靖难功，累官中军都督佥事。云袭授金吾左卫指挥使，寻升中军都督佥事。宣德初，以总兵挂征蛮将军印，出镇广西。时，溪峒瑶僮数为边患。云至，严号令，公赏罚，亲率将士讨平蛮寇韦朝列等，斩首万余级，降贼酋三百七十余人，获还被虏男女二千五百七十九人，筑九堡四城，威惠并行，夷酋慑服，居民安堵。累迁特进荣禄大夫、右都督，降敕奖励，赐金币。正统初，以疾卒于镇。上闻嗟悼，为辍朝一日，遣官祭葬，赠怀远伯，谥曰忠毅，官其子俊为指挥使。镇人怀其德，祠祀之。

孙顺，字以敬。性温厚谦谨。初由国子生为河南彰德同知，有惠政。迁贵州铜仁知府，莅政公平，夷民信服之。其孙珩，字邦玉。登成化戊戌进士，历官广东左参议。莅官行己，不忝世美。

范寅，字敬时。性至孝，居亲丧尽礼。比葬，庐墓封树者三年。由国子生授知山西石州，卓有政誉。升河间府同知。

朱善，字伯元。由国子生，仕为浙江衢州府通判。鲠介不阿，懋著能声。二子：玺、瓒，并领乡荐。

朱志，字敏学。由国子生授刑部主事，转户部，守官清谨。迁南京户部员外致仕。志与善，皆以恂恂长者重于乡。

王弼[①]，字汝右。由国子生任良乡令，迁户部主事，历官有俊声。

马蕙，字彦芳。其先昆山人，任徐州卫知事（见《宦迹》）。父纪，始占籍为徐人。蕙器宇端庄，邃于问学。领宣德壬子乡荐，历官曹县、上蔡学谕，汝宁教授。所至敦重行谊，教有成效。藩省屡聘典[②]文，皆辞不赴，士林雅重之。以疾卒于汝。所著有《兰斋集》。子暾，字廷震。领成化辛卯乡荐，初仕为潞州守。先是，潞守多迕宗藩罹祸，暾处以诚敬平恕，久之信服，无挠法者。在郡有惠政，若均徭赋、兴学校，则其大端尔。以治最，迁南京户部员外郎。寻进郎中，卒于官。暾勤学问，闻见赡博，尝[③]编摹郡志，足备典型[④]。有《韦斋手稿》藏于家。孙湘，字宗海；江，字宗岷，皆服儒笃学。湘与暾共举乡试，仕为庆阳通判，贤能著绩，知名乡郡

① 原作“王一弼”。案嘉靖、顺治《徐州志》，王豫之父名弼，“一”字衍，今删。
② 原作“兴”，据嘉靖《徐州志》改。
③ 原作“有”，据嘉靖《徐州志》改。
④ 原作“刑”，通“型”，今用本字。

间[①]。江由贡，历仕深泽、光山学训，南阳教谕，兴礼劝俗，以古道教人。津，字宗孔，举进士。筮仕余干，会宸濠弄兵，从王守仁戮力征讨，即宗守仁致良知之学，豁然玄悟。濠既服诛，特拜御史。抗疏直言，风裁凝峻。寻迁大理寺丞。擢福建提学副使，端己帅物，秉经贞教。而校阅文艺，不爽长短黑白，八闽士诚服焉。以疾乞归，日居崇德楼，究心圣学，不为外物所牵引，亦不妄交接名硕。如湛若水、邹守益、罗洪先、唐顺之辈过，则礼其庐而论学焉。所撰《克复》诸篇，最得孔门正脉，时佥以巨儒称之。

刘珩，字廷珮。领成化癸卯科乡荐。仕为成安令，推诚御物，孝友率人。尝岁旱为民祈雨辄应，时乃有秋，邑人歌之。任三年，乞侍养归。

刘经，字引之。领成化丙午乡荐。初为武义令，治称最，迁济宁州守。时逆瑾擅权作威，遣人索金，经不从，遂免官。后瑾败，或劝自白。经竟安于恬退以自终。

张佶，字习之。成化[②]己丑，以进士为鄞令。性敏达过人，尤长政事，刚毅有执，视声势藐如。为治卓有风裁，锄薙豪右，善良赖以植立。迁南京刑部主事。时有疑狱久不决，佶至，立讯决之。其他多所平反，声闻益彰。迁浙江按察佥事，势豪闻者，为之愕然，至相戒勿犯。民有抑者，争赴诉之。寻为忌者所中，放归。

沙杰，字彦英。守贞履素。由举人任沂州学正。旌取至京，或讽以致赂当涂，可觊风宪。杰谢曰："当如义命何？"卒授西安教授。子立，登进士，历官广西按察佥事。素刚介，尝自署云："公心一点神明鉴，私意纤毫天地诛。"迄用迕逆瑾中害，奄卒于家。从子玄，以贡授济阳训导，狷节不苟。初为诸生，尝却请托之金于门外。其真清白相济，世守寒约者。

蒋轮，字孟载，圣母章圣皇太后之兄也。其先曰横公，实州人。曾祖讳明善，以戎籍徙京。传世至讳敩者，皇太后考也。世宗入绍大统，推恩外氏，以敩无嗣，命轮为其后，授锦衣卫指挥佥事。未几，封玉田伯，加号推诚宣忠翊运武臣，特进荣禄大夫、柱国、太子太保，禄千石。由敩而上，至曾祖明善，皆赠如爵，又畀之诰券，世袭。比卒，上闻，悼念不已，为辍视朝一日，命礼官谕祭者九，赙以布粟若干，赠太保，谥曰荣僖。大学士费宏为撰志铭，称其天性孝友，寡言笑，重然诺。初在藩邸，以谨厚见称于帝。扈上北入时，先朝权幸求庇者，路馈千金为寿，咸峻却之。尝往迎圣母，又大婚礼成，往告显陵，所过，人不知扰。尝诫其子荣、华，暨群从辈曰："吾等藉世德乃能至此，可不思养之以福邪？"故其家以循礼闻于

① 原作"邵问"，据嘉靖《徐州志》改。

② 原作"弘治"，讹从嘉靖《徐州志》，据本志《选举》改。

戚畹。荣袭伯爵；华，显陵奉祀，授都督职衔。诏永蠲原籍户役。

陈玺、孙成、西宁，俱州人。玺先世任府军前卫正千户，至玺，以劳绩升本卫指挥佥事。博洽练达，荐升锦衣卫指挥使。成，少骁勇，官至浙江都司都指挥使。持守廉介，人莫敢干以私。宁，任金山卫指挥使，明韬略，廉勤有为。荐升署都指挥佥事，守备汀、漳等处。三人皆将材，其履历大都不殊云。

时用，字建勋，徐州左卫指挥使。父宝，治卫，军政修明，绰有声誉。用弓马韬略，并出人右。比袭任，遂得简任卫事，修举废坠，百度秩然。尝董湖堤工役，遂不日成。成化癸丑，河决张秋，朝遣重臣塞治，用预征委，以劳绩受赉。正德初，督造运艘淮上，绳率有方，屡荐推山东备倭。用修政饬兵，海隅肃谧，夷人闻风，莫敢西向焉。寻以沮废归，时论惜之。子序嗣袭，历荐至江西都司署都指挥佥事，人以为用有余庥云。

王宪，字肃之，徐州左卫指挥。有武略，兼长于诗。尝征南有功，挂印充总兵官。廉介俭朴，茹苦攻澹，平生无秋毫苟取。缙绅名士雅敬重之，所在恒称为“清水王”，又或曰“青菜王”云。子元伯，历荐为署都指挥佥事，充漕运参将，南京坐营。

刘显，徐州左卫千户。廉介有守，抚爱军士如子弟。择城南山麓高阜所，构营为军栖止，今卒赖之不受水患。建社学，训所伍子弟读书。贫而疾者及死丧者，济之药饵及棺椁。军士甚德之。比卒，为立遗爱碑。

王僧儿，母病，医祷弗效。僧儿沐浴叩天，剖腹取肝，入糜食母，母病寻愈。洪武壬午，乡老以闻，旌表其门。

阎马儿，洪武壬午，以匠执役京师。父家居病笃，马儿闻之，忧甚，例弗得归省，遂剖腹取肝，焚香吁天，祈父病瘳。事闻，复役，仍旌其门。

张端，读书笃孝。父母丧，庐墓六年。永乐六年，荐授真定新乐尹。

章文友，卫军。早丧父，事母至孝。母病，告天以身代。母死，水浆不入口者数日。及至葬，庐墓数年。卫长上其事，旌表加焉。

朱环[①]，守仁孙。由太学生，授西安靖宁州知州。母殁庐墓，由孝旌表。居官亦著能声。

金鬲，由太学生，任鸿胪序班。丁父丧，极其哀毁，庐墓三年。有司以闻，诏旌其门。服阕，升河南按察司知事。

王豫，州人。性孝善，医药施疗，恒逮贫者。初父丧，哀毁骨立。母殁，如之。将举柩合葬父茔，道遇雷雨，豫号泣吁天，雨寻止。既葬，庐墓三年。孝感群

① 朱环事已详前朱守仁传，此又重出。

鹊，驯集所种树林，依依不去。有司奏旌其门。年八十余卒。

吴友直，徐二乡人。居父母丧，甚哀。负土成坟，而庐其侧。

马尚用，辛贾山村人。幼孤，奉母至孝。比卒，合葬父冢，遂庐墓所，负土种树，朝夕泣奠，虽雨雪不少懈。时正德壬申，流贼钞掠州境，乡邻虑其罹害，劝之归，不从，强而后可。

路车，徐四乡人，生员。父聪，国子生，以疾卒。车尚弱冠，哀毁呕血，庐其墓三年。有司以闻，得旌其门。

周湘，字东之，州人。精于《易》学，达生诿命，不希荣进，自号玩易子。后学多师之，至墙舍不能容。性至孝，悦亲极滋味。母亡，侍父寝食，十有一年不入私室。

王秀，幼孤贫，奉母笃孝。母卒，奉之中堂，朝夕泣奠无少替。既七年始葬，遂庐墓不归。

杨荣，字子华。其先保定人。父勤，任吕梁巡检，卒于官。荣墓居三年，墓石皆其手累。先母而卒。子辅，亦［克］[1]继父志，墓居三年，诏表其闾。

杨泽，母宫氏，病增剧，医祷辄不效，乃吁天割股以进。母病寻愈。

徐韶，父贤，为齐河县尉。母董氏，以寿终。既葬，亲操畚锸[2]，负土为坟，庐守三年，哀毁骨立。其妹亦以节闻。有司两上其事，各给米粟，人称一门孝节云。

李恩，少厄孤贫，采薪给母。母年七十，患风痰垂死，恩无力延医，昕夕守泣，引刀割股，母赖以全。兵宪舒[3]闻而嘉之，有大赉，并表其门。

刘茂（本州在城西北隅人）、王真（本州北关厢人）、刘芳（本州在城西北隅人）、高荣（本州北关人）、杨荣（本州四乡人）、姚庆（本州北关厢人）、潘杰（本州在城人）、石鼎（本州北关厢人）、杨兴（本州一乡人）、贾圆善（徐州卫军余），正统五年，各出麦一千五十石助赈济。有司以闻，特敕奖谕，劳以羊酒，旌为义民，仍蠲其家，表其门曰“尚义”。

南北朝

刘氏，彭城人，渤海封卓[4]妻。卓始醮，即赴官京国，寻坐事伏法。刘家居，忽梦卓已死，号哭不止。经旬，问果至，遂恸而绝。著作郎高允作诗八章以哀之（诗：两仪正位，人伦肇甄。爰制夫妇，统业承先。虽曰异族，气犹自然。生则同

① 底本漫漶，字据嘉靖《徐州志》补。
② 原作“牐”，径改。
③ 原阙省。案传，应为兵备副使舒应龙。
④ 原作“卓封”，据《魏书》《北史·列女传》乙正。

室，终契黄泉。〇封生令达，卓[1]为时彦。内协黄中，外兼三变。谁能作配，克应其选。实有华宗，挺生淑媛。〇京野势殊，山川乖互。乃奉王命，载驰在路。公务既弘，私义获著。因媒致币，遘止一暮。〇率我初冠，眷彼弱笄。形由礼比，情以趣谐。忻愿难常，影迹易乖。攸攸言迈，戚戚长怀。〇时遘险屯[2]，横罹尘网。伏锧就[3]刑，身分土壤。千[4]里虽遐，应如影响。良嫔洞感，发于梦想。〇仰惟亲命，俯寻嘉好。谁谓会浅，义深情到。毕志守穷，誓不再醮。何以验之，殒身是效。〇人之处世，孰不厚[5]生。必存大义，所重则轻。结愤钟心，甘就幽冥。永捐堂室，远辞母兄。〇茫茫中野，翳翳孤丘。葛藟冥蒙，荆棘四周。理苟不昧[6]，神必俱游。异哉贞妇，旷世靡俦）。

国朝

谢氏，段二妻。年及笄归段，遭元末乱，舅、姑、夫俱死。谢年二十六，止一子甫六岁，又贫无倚，乃往依父家。守志不移，垂白如一日。年八十二卒。洪武中，有司上其事，旌表之。

薛氏，王五妻。年十八，夫卒，生子甫数月。誓不更适，躬纺绩，抚子成立。正统中，有司以闻，旌表其门。

孟氏，居瀚妻，年二十余，瀚疾革，孟誓与偕逝。既殓毕，遂自经死。工部主事费瑄赋诗吊之。

魏氏，李刚妻，学正黉女也。性刚介，幼勤女红。年二十夫亡，无子。誓不他适，昼夜缝纫辟纑，与夫灵相守。环堵萧然，茕茕孑处，惟取薪水，为一启扉。庭内芜没榛莽中。人情咸怜苦之，魏自处晏如也。垂四十年卒。弘治中，有司上其事，旌表之。

伊氏，张颐妻。颐早逝，无嗣，伊亲自殡葬，誓死守之。姑欲夺其志，遂自经于墓侧。石氏，张爵妻，训导天衢女。爵疾革，石乃与诀，先一日自经。当路闻之，各有奖恤。

马氏，石嵩妻，教授蕙女也。年二十九嵩卒，子城甫六岁。苦节抚城长，遣依兄暾，教之成学。领乡荐，寻亦夭殁。马辟纑自给，杜门不出，虽懿亲亦罕见之。年六十五卒，有司奏旌其门。

---

① 原作“早”，据《魏书》《北史》改。
②《魏书·列女传》作“时值险屯”，《北史·列女传》作“时遇险迍”。
③ 原作“上”，据《魏书》《北史》改。
④ 原作“十”，据《魏书》《北史》改。
⑤ 原作“好”，据《魏书》《北史》改。
⑥ 原作“脉”，据《魏书》《北史》改。

薛氏，董霑妻。霑卒，薛笄年，守志不移，以终其身。

单氏，陆鲸妾。年二十而鲸疾革，因誓与同死。既属纩，即自经，乃合殡焉。

陈氏，金楳妻。年十九，楳卒，遂雉经以殉，与楳同穴葬。

甄氏，李华妻。年二十五，华卒，止一女甫弥岁，坚志无它。父怜其无嗣，欲夺之。甄以死誓，父乃已。守节五十余年，卒。弘治末，有司以闻，旌表其门。

霍氏，尹镐妻。年二十，镐卒，无嗣，霍遂自经偕死。正德六年，有司上其事，旌表之。

权氏，周杲妻，学士谨孙也。性端介。年二十余，杲[①]卒，子甫四岁，权哀毁几绝。尝自经，家人觉救，谕以抚孤为大义，因免。后贫苦日[②]甚，所居不蔽风日，惟勤女红，以自给赡。逾五十余年，冰操如一日。寿八十一终。

李氏，刘孝妻。笄年归孝，孝迩弱疾，李侍汤药，衣不解带，目不交睫者三月许。及孝不禄，脱珥易棺，悲号达旦，五日不食，潜于柩侧自经。当道闻之，给棺椁粟帛而旌其门。

徐氏，齐河县尉贤之女，适郡吏梁信。早寡，无出，翁姑怜之，将有他议，徐矢心励节，意不能夺。葬翁养姑，乡评［胥］[③]重，并其内兄。诏以孝闻，并得嘉旌厚赉云。

张氏，年及笄，适指挥倪禄。禄以征倭功，升福建游击将军。未几，倭寇余烬再炽，乃大呼陷阵，死之。张闻，欲自引决，以倪氏无子，姑年且八十无托，乃毁容矢节，事姑惟谨。当道匾其门，以示旌焉。

邵氏，适郡民李玺。甫及二年，玺以疾卒，辄欲自经。其亲族[④]劝之曰："汝有遗腹，脱得一男，汝夫为不死矣；不然，是绝李氏后也！"乃稍稍强自饮食。及弥月，果生子鲸，竭力抚育。既成室，生二孙，方在稚弱，鲸夫妇俱相继不起。前后三丧，皆邵自办。二孤成立，其抚养教育之功居多。

侨寓

晋

王睿，字元德。本太原人，与弟懿同起义兵，与慕容垂战。太元[⑤]末，徙居彭

① 原作"泉"，据嘉靖《徐州志》改。
② 原作"目"，据嘉靖《徐州志》改。下同。
③ 底本漫漶，字据顺治《徐州志》补。
④ 原作"旌"，径改。
⑤ 原作"原"，据《宋书·王懿传》改。

城。后以袭桓玄遇害。宋武帝追赠给事中、安复县侯。

唐

许铎，罢武城令，客于徐。庞勋反徐州，胁以官，不从。崔彦曾官属被囚，铎潜馈资粮。及死，为收瘗，匿免其子弟。贼平，乃皆归其丧。即诏拜石首令，赐银绯。

宋

晁迥，字明远。本澶之清丰人。父佺[①]，始徙家彭门。幼从王禹偁，太平兴国五年进士。至道末，擢右正言、直史馆、知制诰，入翰林为学士，加承旨，眷礼优厚。天禧[②]中，祈解近职，判西京留司御史台。居六年，请老，以太子少保致仕。终少傅，[年][③]八十四，谥文元。子宗悫，知制诰，亦入翰林为学士，官至参知政事。

范纯礼，仲淹子。历官右丞。崇宁中，启党禁，贬静[④]江军节度副使，徐州安置。

国朝

文篪，其先本合肥人。父景宗，洪武初知徐州，因居焉。三十二年，知州杨节仲以篪廉能干济荐，授荆州府潜江县知县。

董轰，字文雷。本浙江奉化人，以父知徐州，侨居于徐。轰性温雅，博通书史，词翰兼美，以徐州知州杨秘、大学士徐人权谨交荐，授官承天门待诏。子云，大名府学训导。

旧志：李燮、郑玄，并东汉时人；陈群，三国时人。按：东汉以还，徐治在郯城，非今彭城也。又云：燮十余年还乡里，征拜议郎。则燮子孙亦未尝家于徐。今并削去。

---

① 原作“俭”，据《文献通考·经籍考六十一》《宋史》本传改。

② 原作“僖”，据《文献通考》改。

③ 字据《宋史》本传补。

④ 原作“靖”，据《宋史·范仲淹传》改。

方技

汉

樊阿，彭城人。与广陵吴普[①]学医于谯人华陀，善针术。凡医咸言背及胸脏之间不可妄针，针之，不过四分；而阿针［背］[②]入一二寸，巨阙、胸脏乃[③]五六寸，而病者皆瘳。又尝从陀求服食方，陀授以漆叶青[④]黏散：每漆叶屑一斗[⑤]，率用青黏十四两，久服，去三虫，利五脏，轻体，使人头不白。阿从其言，［寿百余岁］[⑥]。（漆叶处所时有，青黏生于丰、沛、彭城及朝歌间）

魏

管辂，字公明。善仰视星辰，明天文、地理变化之数，徐州号为神童。杜工部《上韦相》诗“聪明过管辂”，即此。

国朝

李冠，字公冕，徐州人。天性旷达，博学，能诗文，善隶书。任材使气，不拘小节。以儒医鸣于时。尝拟卢仝《七碗茶》为《七碗酒》及《木绵歌》。

裴仕杰，通儒书，习阴阳之术。永乐初，征天下儒硕纂修《古今大典》，阴阳家预焉，仕杰应召。

周昉，字彦华，徐州人。通天文阴阳之术。景泰元年，随征福建，以占候有功，历进五官灵台郎。升监副，卒。子二：佐，历升光禄寺少卿；儒，历升应天府丞。佐子瀹，钦天监冬官正。皆世其业。

萧县

后汉

陈宣，字子兴。性刚猛，博学，明《鲁诗》。遭王莽篡位，隐处不仕。光武即位，征拜谏议大夫。建武十年，雒水出，造津城门。校尉奏欲塞之，宣曰：“昔周公卜雒，以安宗庙，为万世基，水不当入城门。如为灾异，人主过不可辞，塞之无

---

① 原作“晋”，据《三国志》《后汉书》华佗本传改。
② 字据《后汉书·方术列传》补。
③ 原作“及”，据《后汉书·方术列传》改。
④ 原作“清”，据《后汉书·方术列传》改。
⑤《后汉书》同作“斗”，《三国志》作“升”。
⑥ 四字据《后汉书·方术列传》补。

益。昔东郡金堤大决，水欲没郡，太守王尊忘身敕吏民，伫立不动，水应时自消。尊，人臣，尚修正弭灾，岂况朝廷中兴圣主？水必不入！”言未绝，水去。上善其言。后乘舆出，宣列引在前，行迟，乘舆欲驱，钩宣御者堕车下。宣谏曰：“王者承天统地，动有法度，车则鸣鸾，步则佩玉，动静应天。昔孝文时，有献千里马者，却而不受。陛下宜上稽唐虞，下以文帝为法。”上纳其言，遂徐行按辔。迁为河堤谒者，以病免，卒于家。

朱浮，字叔[①]元。初从光武为大司马主簿，迁偏将军。从破邯郸，拜大将军、幽州牧，守蓟城，遂讨定北边。建武二年，封舞[②]阳侯，食三县。浮年少有才能，颇欲厉风迹，收士心，辟召州中名宿，以为从事。后拜执金吾，徙封[③]父城侯。帝尝以二千石长吏多不胜任，时有纤微之过者，必见斥罢，交易纷扰，百姓不宁。六年，有日食之异，浮因上疏（曰：日者，众阳之所宗，君上之位也。凡居官治民，据郡典县，皆为阳为上，为尊为长。若阳上不明，尊长不足，则干动三光，垂示王者。陛下哀愍海内，保宥[④]生人，而今牧人之吏，多未称职，小违理实，辄见斥罢，岂不粲然黑白分明哉！然以尧舜之盛，犹加三考；大汉之兴，亦累功效。吏皆积久，养老于官，至名[⑤]子孙，因为氏姓。当时吏职，何能悉理？论议之徒，岂不喧哗？盖以为天地之功，不可仓卒；艰难之业，当累日月也。而间者守宰数见换易，迎新相代，疲劳道路。寻其视事日浅，未足昭见其职，既加严切，人不自保，各相顾望，无自安之心。有司或因睚眦以骋私怨，苟求长短，求媚上意。二千石及长吏迫于举劾，惧于刺讥，故争饰诈伪，以希虚誉。斯皆群阳骚动，日月失行之应。愿陛下游意于经年之外，望化于一世之后）。帝下其议，群臣多同于浮。自是，牧守易代颇简。旧制，州牧奏二千石长吏不任位者，事皆先下三公。帝时用明察，不复委任三府，而权归刺举之吏，浮复上疏言之。七年，转太仆。浮又以国学既兴，上书言宜广博士之选，帝然之。二十年，进大司空。二十二年，坐免。二十五年，徙封新息侯。永平中，有人辞告浮事者，遂赐死。长水校尉樊鯈[⑥]言于帝曰：“浮事虽昭明，而未达人听，宜下廷尉，章著其事。”帝亦悔之。

刘矩，字叔方。少有高节。举孝廉，为雍丘令，以礼让化民。其无孝义者，皆感悟自革。民有争讼，矩常提耳训告，讼者感之，辄各罢去。其有得路遗者，皆推寻其主。后，太尉胡广举矩贤良方正，四迁尚书令。矩性亮直，不能谐附贵势，以

① 原作“淑”，据《后汉书》本传改。
② 原作“武”，据《后汉书》本传改。
③ 原作“讨”，据《后汉书》本传改。
④ 原作“育”，据《后汉书》本传改。
⑤ 原作“各”，据《后汉书》本传改。
⑥ 原作“儵”，据《后汉书·樊宏传》改。

疾去官。起补从事中郎，复为尚书令，迁宗正、太常。延熹四年，代黄琼为太尉，琼复为司空。矩与琼及司徒种暠，同心辅政，号为贤相。寻以蛮夷叛，免。灵帝初，再为上公，所辟召皆名儒宿德。不与诸郡交通。顺辞默谏，多见省用。复以日食免，卒于家。（矩叔父光，仕为司徒；[父叔][1]辽，以辟拜议郎）

南北朝

刘粹，字道冲，沛郡萧人。事宋武帝，克京城，参建武军事，以功封西安县五等侯，转中军[2]谘议参军。奉文帝镇京口，尽心于国，封滠[阳][3]县男。后迁相国司马、左卫将军，改封建安县侯。文帝即位，领宁蛮校尉[4]，襄阳、新野二郡太守。在任简役爱民，罢诸沙门二千余人，补府史卒。族弟损，字子骞。宋元嘉中为吴郡太守。至阊门，便入泰伯庙。时庙室颓毁，垣墙不修，损怆然曰："清尘尚可仿佛，衡宇一何摧颓？"即令修葺。卒，赠太常。损叔父镇之，字仲德，卫将军毅之父也。宋时，以毅贵显，闲居京口，未尝应召。谓毅曰："汝必破我家！"毅甚畏惮之，每还京口，未尝敢以羽仪入镇之门。以左光禄大夫征，不就，卒。

刘伯龙，少贫薄。及长，历位尚书左丞、少府、武陵太守，贫窭[5]尤甚。尝在家慨然，召左右将营十一之方，忽见一鬼在傍抚掌大笑，伯龙叹曰："贫穷固有命，乃复为鬼所笑耶？"遂止。

宋

窦沔，萧人。喜儒学，有远识，能招贤以教子姓，四方贤士日游其门。仕为光泽簿。萧县学在旧城西北无人之境，众不乐居，沔白邑宰，出己资购邑东南明爽之地迁之，晁端中为记（见《学校》）。

元

傅汝砺，萧人。仕为陕西诸道行御史台监察御史，文章政事，卓异于人。后迁朝列大夫、浙江廉访司佥事。

刘福，性至孝，父母存，则能供甘旨；居丧，寝苫枕块飦粥，至终丧如一。

---

① 按：《后汉书》本传原作"叔父辽"，中华书局本《后汉书·循吏传》校勘记据钱大昕、李慈铭等说乙正为"父叔辽"。今从中华书局本，据文例增补"父叔"二字。

② 原作"书"，据《宋书》本传改。

③ 字据《宋书》本传补。

④ 原作"将军"，据《宋书》本传改。

⑤ 原作"屡"，据《南史·刘粹传》改。

国朝

高巽志，博学能文。元末，为郧山书院山长。国朝洪武初，征修《元史》，为翰林编修。累迁侍讲学士、太常少卿。庚辰会试，典文抡士，鉴别精审，舆论推服之。

薛显，少通韬略，膂力绝人。元末大乱，显亦敛兵自卫。至闻太祖起兵，知天命有在，遂率所部诣泗州附顺。擢亲军都指挥，分镇江西。从征荆楚，迁右丞。还，与大将共北定齐鲁燕冀。论功，封永城侯，食禄二千五百石。洪武二十年，将兵屯塞上防胡，以疾卒于军。追封永国公，谥桓襄，诏赐葬于钟山之阴。长子经，初授羽林左卫镇抚，累功升左[①]军都督；次子缨，甘州中护卫指挥佥事。女一，为肃王妃。

孟骥，字尚德。洪武初，以荐授驿丞。历迁至贵州左[②]布政使，有惠政，得夷民心。秩满乞留，诏增秩还任。后致仕归，卒。

欧阳股，洪武初，以怀材抱德荐，授户部主事；欧阳耳，以贤良方正荐，授贵池县丞。一时同有贤声。

郝镗，以怀材抱德，见用于洪武初。由伏羌县丞，历甘泉、井陉县令，仕终兴[化][③]通判。所至种种，多德泽民，咸去思之。

刘俨，字若思。洪武中，由国子生为慈利县丞。廉节刚方，督储底绩。以荐诣阙，赐宴[④]。仍迁知慈利，廉爱益著。寻以疾归。比还，囊箧萧然。俨好学，明经义。时县令郝玘为建易安书院，聚徒授讲，萧士宗之。

李钺，字廷器。正统中，仕为浙江温州同知。时部邑瑞安、罗洋诸所，海寇钞掠为患，钺往平之，冒矢石，触危险，获其渠魁置之法，余胁从者招抚复业，民赖安堵。以功增秩，历知开封、巩昌二郡，所在有惠政。致政，民尸祝焉。

朱信，少颖拔。甫弱冠，遂领宣德乙卯乡荐。初为浦江学训，继迁茌平教谕。敦朴素，厉清介，生平不妄取，常捐俸以济诸生之乏者。门人如都御史毕亨、京兆尹白良辅辈，乃出其门下，蒙其恩泽。及信卒，越千里为文以吊之。

孙谌，成化中，由国子生仕为吏部司务，迁工部员外郎，所居称职。在官凡二十五年，致政还。家益不给，恒躬自驱驴负薪山泽间，恶衣粝食晏如也。士论推之为古君子。

① 正统《彭城志》卷八本传作“右”。
② 正统《彭城志》本传作“右”。
③ 字据嘉靖《徐州志》补。
④ 原作“燕”，用同“宴”。

[丁][1]仁，字汝爱，萧人。由例贡，嘉靖二十年授山西隰州判官。时，云索三村人作乱，州牧屡捕弗获。仁至，乃单骑往开谕之，众咸感服，悲泣请命。仁率之往见州牧，牧为惊叹，抚按交章上其事。二十一年，钦升隆平知县。值胡人扰边，抚台以仁守紫荆关。胡平，大有奖赉。居官八月，以疾卒。

王业，由举人，嘉靖癸丑授永清县令。政尚平恕，一介不苟。至于遏抑豪右，则绰有风裁。寻擢御史，权贵惮之。卒于官。

朱玳，由岁贡，初授莒州训导，迁赵州学正，历保宁府教授。纯朴无伪，清修苦节，淫声冶色绝不乱其视听，简默端凝，见者钦服。历仕三郡，克树师模，诸生罔不敬且爱。尤以长者称于乡。

南真，早孤，事母至孝。母卒，庐墓，泣奠三年。

彭讨儿，父疾亟，医疗弗效，夜焚香吁天，刲股烹进，父食之愈。

唐鸾，天性笃孝。父母继卒，居丧如礼。及葬，结庐墓侧，负土成坟者三年。知县冯显上其事，弘治十五年受旌。嘉靖十一年，所司复表其门。

孙应奎，字天瑞，萧人。力农，事母屈氏甚孝。母病，思食甜瓜。时四月未实，应奎奔号四投，忽从野蔓获之。母食，病愈。时人以为孝感。

刘鑛，甫十岁即知子道。父载，有长者风，偶得疾，鑛对天泣祷，乡人异之。及长，母病，鑛夜燃[2]香烛，祈于北斗，愿以身代。会大风卒至，扬沙走石，烛终不灭，母亦寻愈。后由太学生，任徽府审理，导王以正，甚敬惮之。屡求终养，不许，令旨表其第曰“孝行”。鑛竟以不获归养，郁懑成疾，卒于官。

蒋仕，为庠生时，父故，哀毁极至，负土成墓，结庐其侧。家素贫，妻子饥寒不恤焉，三年足不履私室。母故，筑之庐之一如父丧时。服阕，亲友迎之归。偶庆云见于山隅，人共指为孝感。后膺贡，三任教职，清修愈励，每曰：“吾求无忝于所生！”

潘廷恩（红亭乡民），幼失父，力耕养母，训二弟成人。母故，随柩结庐墓傍，哭奠累土，啖蔬三年。乡人皆称孝友。

岳钟灵，性禀谦冲，天植纯孝。父病，医祷备至，竟不禄。既葬，志欲庐墓，念母老，不敢远出，乃于堂外设主，昕夕哀奠。且廑定省于慈帷，三年间未尝一窥私室。乡人称其得事死事生之礼。

任逮，髫年即清修苦学，事亲以孝闻。父殁，哀痛逾礼。结庐于墓，日必致奠而泣，闻者伤之。毛御史复亲造其庐。服阕，以选贡授乐亭丞，迁蕲州经卫。忠勤

① 底本漫漶，字据嘉靖《徐州志》补。

② 原作“然”，通“燃”。

廉干，为当路嘉重。

张成（本县乐善乡人）、周福（本县仁智乡人）、何成（本县仁智乡人）、谢玉（本县里仁乡人），正统五年各出小麦一千一十石，输官赈济贫乏，正统六年，诏旌为义民，仍命有司表其门。

朱锐，性质直，好义乐施。正德壬申，山东盗起，剽掠将及萧，萧人先往避匿州境，锐载麦八百斛，以济乏食者。邑人至今义之。

吴氏，何鉴妻。年二十一而鉴卒，止一子在襁褓。吴事舅姑孝谨，抚子成立，贞淑为乡里所称。

黄氏，穆三[①]妻。归穆六月而夫卒，黄时年十八岁，有遗孕，生子端。黄竭力以养姑抚孤，孝致而兼义方。贞白之操，终身亡议。

鹿氏，王彬妻。年十七归彬，越五年彬卒，一子某，甫三岁。鹿守节，刻厉以训遗孤，有断机风，子果成学登第。年七十九卒。

王氏，庠生马世禄妻。世禄先尝授以古《列女传》《孝经》，辄晓大义。世禄卒，王氏年二十二，扶柩往殡，行泣失声。比葬，投圹欲殉者屡，诸媪强掖之归。竟雉经以死。乡人重怜之，争为贸棺以殓，即日启夫窆合殡焉。时，巡按督学诸台使闻之，各为文遣官以祭。县令孙重光为撰墓表，寻上闻。明年，旌表其门曰“贞烈”。

徐氏，黄恩妻。年十七归恩，二十一无子而寡。舅姑屡将夺其志，不为屈。日躬纺绩以自赡，乡人至怜而周之。以寿终。

郝氏，生员卜同妻。年二十三[②]，生子甫岁而夫亡。值姑孙氏老病，郝侍养，勤劳百状。病笃，至为尝粪。及姑卒，剧力以为敛。隆冬惟单衣自蔽，虽肤趾皴裂不恤。甘心贫苦，以身殉节，邑人仰之。

马氏，赵之璧妻。璧以力学遘疾笃，昼则侍汤药，夜则焚香请代。度璧须臾死，遂自经。璧竟不起，同日棺殓。

丁氏，彭好古妻。好古补邑庠生，有文声，以好学婴疾。丁殚力事之，至忘寝膳。继而好古疾且革，丁泣曰：“子危矣，吾愿与子合殡。且不忍见子之绝也！”先一日自经死。有司以闻，诏旌其门。

［谭］[③]氏，郑槐妻。早寡，以遗腹不忍自决。及期，幸举一子，辟纩鞠育，备

---

① 嘉靖《徐州志》作“穆二”。

② 原作“三十二”，顺治《徐州志》、康熙《萧县志》亦同。案旧制“已过三十者弗与旌，谓中年之稍易也”，此处“三十二”应误，据嘉靖《徐州志》乙为“二十三”。又，康熙《徐州志》、嘉庆《萧县志》改作“二十二”，与情虽符，然未详讹谬之由。

③ 底本漫漶，据顺治《徐州志》卷七《闺德》补。

诸艰苦，而贞白之操，至死不变。

郝氏，李宗孔妻。年二十而孀居，柏舟之矢，可贯天日。每逢节序及宗孔忌辰，洒洒大恸，累日不食。事姑，尤[①]以孝闻。

宗氏，亓[②]邦泮妻，夫妇皆少，恒爱且敬。不幸邦泮一疾不起，宗从容殓之。殓毕，大恸有顷，即自经死。

冯氏，葛为绤妻。缔婚未几而为绤疾，冯为之茹[③]蔬，吁天以祈阴祐。既而疾且增剧，冯为治棺衾奠具。既备，潜入卧内自经。为绤[④]亦寻卒，遂与之同殡焉。

孙氏，朱玻妻。年十九而玻卒，孙欲即引决，其舅氏觉而止之曰："吾与汝姑俱抱夙恙，危若朝露。汝夫不幸，天实丧予！有汝在，尚相依倚，以全残喘。今若此，将置吾二老于何地?"乃相向而哭。孙始忍死以终养，调药侍馔，益修妇职。舅姑殁，丧葬皆以礼。旌其门曰"节孝"。

陈氏，郝臣妻。年十七适臣，越三年臣故，陈哭之几绝。时遗孤方五月，而舅姑皆垂白，遂剪发自誓，孝事尊人，养生送死，曲尽妇道。育子一本，博学姱修，由母氏和熊之功。有司为旌其门。

王氏，任士英妻。室处时，闻[⑤]士英力学致疾，心窃疚之，谓其父母曰："任生疾笃，愿往侍汤药。"父母从之。事士英者三越月，寝膳辄忘。士英竟不起，抚棺泣血，七日不食，即自经。

赵氏，刘楚才妻。赵父文鉴，闽人也，为萧丞，见楚才少有奇质，遂以女妻之。年二十四而楚才卒，欲以身殉，念姑老，且遗腹甫六月，不果。后举一子，赵亲操井臼，以养姑育子，慈孝兼至。寿七十九卒。

徐氏，刘子奇妻。子奇，庠之彦也，篮婚而疾笃，徐扪泪事之不懈。及卒，徐屡欲自经，姑泣慰之曰："而翁早世，吾所以不即死者，以汝夫在也。又不幸中道弃捐，汝子尚在襁褓，汝死，吾与汝子何归?况汝父瞽且独，汝之一身，子道、妇道、母道备焉，汝何以死！"徐稍悟，黾勉事姑而抚孤，人皆贤之。有司表之曰"双节之门"。

朱氏，孙雷妻。雷负异才而夭折，朱年仅二十，哀毁几不生，誓以死守。惟偕一老妪，擘麻躬织，冰霜同操。人以为乃祖乡进士信之遗训云。

王氏，童生李世甲妻。年十七而于归，甫及九月，世甲以力学致疾卒。王哭之

① 原作"犹"，通"尤"。

② 原作"开"，据顺治《徐州志》、康熙《萧县志》改。

③ 原作"如"，径改。

④ 原作"絺"，据前文改。

⑤ 原作"间"，据顺治《徐州志》卷七《阃德》改。

呕血，闻者伤之。越二日，自经以殉。

侨寓

晋

孙惠，字德施。本吴国富阳人，父、祖并仕吴。惠口讷，好学，有才识。州辟不就，寓居萧、沛之间。

宋

孔恩，宣圣五十代孙。[因宋][1]南渡，徙居于萧。四世孙午，当金末，聚众誓约，捍御一境。元初，授徐州观察副使。

沛县

汉

曹参，沛人。秦时为狱掾豪吏。高祖为沛公，参以中涓从击胡陵、方与（音房豫），攻秦监军，大破之，取胡陵。汉王即皇帝位，以参为齐相国。六年，赐参爵列侯，食邑平阳万六百三十户，世世勿绝。孝惠元年，更以参为齐丞相。参尽召长老诸先生，问所以安集百姓。言人人殊，参未知所定。闻胶西有盖公，善治黄老言，使人厚币请之。既见，盖公言治道贵清静，而民自定，推此类具言之。参于是避正堂，舍盖公焉。其要用黄老术，相齐九年，齐国安集，大称贤相。萧何薨，参入相。始参微时，与何善；及为宰相，有隙。至何且死，所推贤唯参。参代何为相，举事无变更，一遵何约束。择郡国吏讷于文辞、谨厚长者，即召除为丞相史。吏言文刻深者，辄斥去之。日夜饮酒，不事事。帝怪相国不治事，让之。参免冠谢曰："高皇帝与萧何定天下，法令既明具。陛下垂拱，参等守职，遵而勿失，不亦可乎？"帝曰："善！"参为相三年，薨，谥曰懿。百姓为歌之曰："萧何为法，较若画一。曹参代之，守而勿失。载其清静，民以宁一。"

王陵，沛人。始为县豪，高祖微时，兄事之。及高祖起沛，入咸阳，陵亦聚党数千人，居南阳。及汉王还击项籍，陵乃以兵属汉。项羽取陵母置军中，欲以招陵。陵使人诣母所，陵母曰："善事汉王，无以老妾故，持贰心！"遂对使者伏剑而死。陵卒从汉王定天下，封安国侯。陵少文任气，好直言。为右丞相二岁，惠帝

---

① 二字据正统《彭城志》卷八《人物》补。

崩。高后欲立诸吕为王，问陵。陵力争之，曰：“高皇帝刑白马而盟曰：‘非刘氏而王者，天下共击之！’今王吕氏，非约也！”太后不说。问左丞相陈平及绛侯周勃等，皆无不可。陵让平、勃曰：“始与高帝啑血而盟，诸君不在耶？纵欲阿意背约，何面目见高帝于地下乎！”吕太后欲废陵，乃阳迁陵为帝太傅，实夺之相权。陵谢病免，杜门竟不朝请，十年而薨。

周緤，沛人。以舍人从高祖起沛，至霸上，西入蜀，还定三秦，赐食邑池阳。从东击项羽，战不利，终无离上心。上以緤为信武侯，食邑三千三百户。欲自击陈豨，緤泣止，上以为爱我，赐入殿不趋。后改封鄘城侯。孝文五年薨，谥曰贞。

樊哙，沛人也，以屠狗为事。与高祖俱隐。初从高祖起丰，高祖为沛公，以哙为舍人。尝从攻胡陵、方与，击泗水，战却司马尼。及从击章邯军，从攻东郡守尉于成武，从击秦军出亳南，从攻长社，攻武关，咸破虏斩级。其从击章邯，攻阳城，击赵贲军，破杨熊于曲遇，攻宛陵，攻雍城，战襄国，破柏人，咸先登下敌，斩获甚重。赐爵国大夫，历进为舞阳侯，与诸侯剖符，世世勿绝。初，项羽在戏下，欲攻沛公。沛公因项伯谢羽鸿门。羽既飨军士，中酒，亚父谋欲杀沛公，令项庄拔剑舞坐中。樊哙居营外，闻事急，乃持铁盾直撞入，立帐下。项羽目问为谁，张良曰：“沛公参乘樊哙。”项羽曰：“壮士！”赐之卮酒、彘肩。哙既饮酒，拔剑切肉，食尽之。项羽曰：“能复饮乎？”哙曰：“臣死且不避，卮酒安足辞？且沛公先入定咸阳，暴师霸上，以待大王。大王今至，听小人言，与沛公有隙，臣恐天下解心疑大王也！”项羽默然。沛公如厕，既出，与樊哙等从间道归走霸上军。是日，微哙入营谯让项羽，沛公事几殆。汉王赐哙爵列侯，号临武侯。哙娶吕后女弟吕须为妇，生子伉，故比诸将最亲。先黥布反时，高祖尝病卧禁中，诏户者毋得入群臣。绛、灌等莫敢入。十余日，哙乃排闼直入，大臣随之。上独枕一宦者卧。哙等见上，流涕曰：“始陛下与臣等起丰沛，定天下，何其壮也！今天下已定，又何惫也！且陛下病甚，大臣震恐，不见臣等计事，独与一宦者绝乎？且陛下不见赵高之事乎？”高帝笑而起。孝惠六年薨，谥武。

夏侯婴，沛人。为沛厩司御。以太仆从高祖，多战功。沛公为汉王，赐爵列侯，号昭平侯。后复为太仆，从入蜀汉。还定三秦，从击项籍。至彭城，项羽大破汉军。汉王驰急，常蹶孝惠、鲁元弃之，婴常收载。汉王怒，欲斩婴，卒得脱，而致孝惠、鲁元于丰。以功益食兹氏、汝阴、细阳，凡六千九百户。高祖崩，以太仆事惠帝及高后。德之，赐婴北第第一，曰“近我”，以尊［异］[1]之。文帝立，复为太仆。八岁薨，谥文侯。初，婴为滕令奉车，故号滕公。

① 底本漫漶，字据《汉书》本传补。

周昌，苛从弟。秦时为泗水卒史。及高祖起沛，从沛公为职志，从入关破秦。沛公为汉王，以昌为中尉，寻拜御史大夫。从破项籍，封汾阴侯。昌强力，敢直言，自萧、曹等皆卑下之。高祖欲废太子，而立戚姬子如意，昌廷争之强。上问其说，昌力争。昌为人吃，又盛怒，曰："臣口不能言，然臣期期知其不可奉诏！"后，上以留侯策止。昌争时，吕后于东厢听，见，跪谢之。如意为赵王，年十岁，高祖徙昌为赵相，昌曰："臣初起从陛下，独奈何中道弃之于诸侯乎？"帝曰："吾极知其左迁。然吾私忧赵，念非公无可者。公强为我行！"高祖崩，太后鸩杀赵王。昌谢病，越三岁薨，谥曰悼。

周苛，沛人。初从沛公，以为客。及为汉王，以苛为御史大夫。楚围荥阳急，汉王遁去，使苛守荥阳。楚破荥阳，欲令苛将，苛嫚骂曰："若趣降汉！不然，为虏矣！"项羽怒，亨苛。后论功，封苛子为高阳侯。

周勃，沛人。以材官引强，攻胡陵，下方与，最[①]从高祖，战功居多，拜为将军，封列侯，食绛邑。勃为人木彊敦厚，不好文学。高帝以为可属大事，又尝语吕后曰："安刘氏者，必勃也！"惠帝六年，为太尉。高后崩，与丞相陈平等议，共诛诸吕，迎立代王，是为文帝。既即位，以勃为丞相，赐金五千斤，邑万户。寻谢相印就国。其后有上书告勃欲反，下廷尉逮捕治之。薄太后以冒絮提帝曰："绛侯绾皇帝玺，将兵于北军，不以此时反，今居一小县，顾欲反邪！"帝于是赦勃，复爵邑就国。十一年薨，谥曰武侯。次子亚夫，初仕为河内守，文帝复封为条侯。六年，匈奴大入边。以亚夫为将军，军细柳。帝自劳之。军士吏披甲，锐兵刃，彀弓弩持满。天子先驱至，不得入。军门都尉曰："军中闻将军令，不闻天子诏。"有顷，上至，又不得入。上使使持节诏之，乃传言开壁门。壁门士请车骑曰："将军约，军中不得驱驰。"天子乃按辔徐行。至中营，亚夫揖曰："介胄之士不拜，请以军礼见。"天子为动，改容式车，敬劳将军，成礼而去。既出门，曰："嗟乎，此真将军矣！"称善者久之。军罢，拜中尉。景帝时，吴、楚反。以亚夫为太尉，将兵击之，三月而吴、楚平。迁丞相。上废栗太子，亚夫固争之，不得。上由此疏之。窦太后欲封皇后兄[②]王信为侯，亚夫曰："高帝约'非有功不得侯'。信无功，侯之，非约也！"上默然而沮。后匈奴臣五人降汉，上欲侯之。亚夫曰："彼背其主降，陛下侯之，即何以责人臣不守节者乎？"上曰："丞相议不可用！"乃悉封为侯。亚夫因谢病免相。顷有上变告其子，事连污亚夫。下吏，入廷尉，因不食而死。

审食其，沛人。汉王败彭城西，楚取太上皇、吕后为质，食其以舍人侍吕后。

---

① 原作"最后"。案《史记》《汉书》本传，"后"字衍。司马贞《索隐》："最，都凡也，谓总举其从高祖攻战克获之数也。"最，总计，缀一"后"字，不知所云，今删。

② 原作"凡"，据《汉书》本传改。

其后从破项籍，封辟阳侯。吕后徙陈平为右丞相，以食其为左丞相。

鄂千秋，沛人。汉祖定功行封，千秋进曰："萧何有万世之功，当第一。"上曰："进贤受上赏，何功虽高，得鄂君乃益明矣！"封安平侯。

任敖，沛人。少为狱吏。高祖尝避吏，吏系吕后，遇之不谨。敖素善高祖，怒，击伤主吕后吏。及高祖初起，敖以客从为御史，守丰二岁。高祖为汉王，敖迁为上党守。陈豨反时，敖坚守，封为广阿侯。高后时，为御史大夫。孝文元年薨，谥懿。

施雠，字长卿，沛人。沛与砀相近，雠童时，从砀田王孙受《易》。后雠徙长陵，田王孙为博士，复从卒业，与孟喜、梁丘贺并为门人。贺为少府，荐雠"结发事师数十年，贺不能及"，诏拜雠为博士。甘露中，与五经诸儒杂论同异于石渠阁。雠授张禹，禹授彭宣，由是施家有张、彭之学。

高相，沛人。治《易》，其学亦亡章句，专说阴阳灾异。自言出于丁将军，传至相。相授子康，及兰陵毋将永。康以明《易》为郎，永至豫章都尉。由是《易》有高氏学。

邓彭祖，字子夏，沛人。尝从梁丘贺子临受《易》，仕至真定太傅。

闻人通汉，字子方，沛人。后仓说《礼》数万言，号曰《后氏曲台记》，东海人孟卿受之，以授通汉。通汉以太子舍人论石渠，至中山中尉[①]。

庆普，字孝公，沛人。与戴德、戴圣亦同受《礼》于孟卿。故大戴、小戴、庆氏《礼》并传。普仕为东平太傅。

蔡千秋，字少君，沛人。尝受《穀梁春秋》于鲁荣广，又事王孙皓星公，为学最笃。宣帝时为郎，召见，与《公羊》家并说。上善《穀梁》说，擢千秋为谏大夫、给事中，后左迁平陵令。上求能为《穀梁》者，莫如千秋，复拜郎中户[②]将，选郎十人从受。汝南尹更始翁君本自事千秋，能说矣[③]。

姜肱，字伯淮，彭城广戚人（广戚，今沛县地）。与二弟仲海、季江，俱以孝行著闻。其友爱天至。肱博通五经，兼明星纬，士之远来就学者三千[④]余人。辟命皆不就。二弟名声相次，亦不应征聘。时人慕之。肱尝与季江谒郡，夜于道遇盗，欲杀之。肱兄弟更相争死，贼遂两释焉，但掠夺衣资而已。既至郡中，肱终不言。盗闻而感悔，后乃就精庐求见，皆叩头，还所略物。肱不受而遣之。后与徐稺等俱征，不至（延熹二年，尚书令陈蕃等上疏荐稺等曰："臣闻善人，天地之纪，政之

① 原作"中山中尉郡"。案《汉书》本传，"郡"字衍，应系"同郡庆普"四字删改未尽所遗，今删。
② 原作"召"，据《汉书·儒林传》本传改。
③ 原作"本自是能千秋说矣"，据《汉书·儒林传》改。
④ 原作"十"，据《后汉书》本传改。

所由也。《诗》云：'思皇多士，生此王国。'天挺俊乂，为陛下出，辅弼明时，左右元业者也。伏见处士豫章徐稺、彭城姜肱、汝南袁闳[①]、京兆韦著[②]、颍川李昙，德行纯备[③]，著于人[听][④]。若使擢登三事，协亮天工，必能翼宣盛美，增光日月。"桓帝乃以安车玄纁，备礼征之，并不至）。桓帝乃使画工图其形。肱伏卧于幽暗，以被韬面，工竟不得见之。中常侍曹节等专执朝[⑤]事，诛陈蕃、窦武，欲借宠贤德，以释众望，乃白[⑥]征肱为太守。肱得诏，乃私告其友曰："吾以虚获实，遂藉声价。明明在上，犹当固其本志，况今政在阉竖，夫何为哉！"乃隐身遁命，远浮海滨。再以玄纁聘，诏书至门（灵帝诏曰：肱抗凌云之志，养浩然之气，以朕德薄，未肯降志。昔许由不屈，王道为化；夷齐不挠，周德不亏。州郡以礼优顺，勿失其意）。肱使家人对云："久病就医。"遂羸服间行，窜伏青州界中，卖卜给食，历年乃还。熹平二年，终于家。弟子陈留刘操追慕肱德，共刻石颂之。

刘馥[⑦]，[字][⑧]元颖。建安中为扬州刺史，恩化大行，百姓乐政，流民越江山而归者以万数。于是立学校，广[屯][⑨]田，为战守备。及卒，士民追思之。子靖，嗣迁庐江太守，诏曰："卿父昔为彼州，今卿复据此郡，可谓克[负][⑩]荷者也。"后上疏陈儒训，略云："其经明行修者，则进之以崇德；荒教废业者，则退之以惩惰。"后迁镇北将军，开拓[⑪]边守，屯据险害，边民利之。嘉平六年薨，谥曰景。

三国

楼玄[⑫]，事吴王孙皓，从九卿侍卫[⑬]。正身率众，奉法而行，应对切直，数忤皓意。后人诬玄谤讪政事，命送广州。华覈言玄清忠奉公，冠冕当世，乞赦前愆，责其后效。皓疾玄声名，竟徙交趾杀之。

---

① 原作"阉"，据《后汉书 · 徐稺传》改。
② 原作"着"，同"著"，据《后汉书 · 徐稺传》改。
③ 原作"行纯德备"，据《后汉书 · 徐稺传》补。
④ 字据《后汉书 · 徐稺传》补。
⑤ 原作"明"，据《后汉书》本传改。
⑥ 原作"台"，据《后汉书》本传改。
⑦ 案《三国志 · 魏书》本传：刘馥，沛国相人，非沛县人。
⑧ 字据《三国志 · 魏书》本传补。
⑨ 字据《三国志 · 魏书》本传补。
⑩ 字据《三国志 · 魏书》本传补。
⑪ 原作"招"，据《三国志 · 魏书》本传改。
⑫ 案《三国志 · 吴书》本传：楼玄为沛郡蕲人，非沛县人。
⑬ 原作"御"，据《三国志 · 吴书》本传改。

晋

刘毅，字希乐，沛人也。少有大志，不修家人产业。仕为州从事，桓弘以为中兵参军。属桓玄篡位，毅与刘裕、何无忌等密谋讨玄。战于峥嵘州，乘风纵火，尽锐争先。玄众大溃，烧辎重，玄走死。及义旗初兴，适毅以丧家居，遂墨绖从事，诏以毅为都督豫州、扬州［之淮南］、历阳、庐江、安丰、［堂邑］①五郡诸军事，豫州刺史，持节，将军、常侍如故。以匡复功，封南平郡开国公，兼都督宣城军事，给鼓吹一部。俄进拜卫将军、开府仪同三司。进为都督荆、宁、秦、雍四州之河东、河南、广平，扬州之义成②四郡诸军事，卫将军、开府仪同三司、荆州刺史，持节如故。后裕以毅贰己，乃奏之。安帝下诏，裕自率众讨毅，命王弘、王镇恶等率军攻之，毅遂自经死。毅兄迈，字伯群。有才干，为殷仲堪中兵参军。桓玄之在江陵，甚豪横，士庶畏之，过于仲堪。玄曾于仲堪听事前戏马，以槊拟仲堪。迈时在坐，谓玄曰："马稍有余，精理不足。"玄自以才雄冠世，而心知外物不许之。仲堪为之失色。玄出，仲堪谓迈曰："卿乃狂人也！玄夜遣杀卿，我岂能相救！"迈以正辞折仲堪，而不以为悔。仲堪使迈下都以避之。玄果令追之，迈仅而免祸。后为竟陵太守。及毅与刘裕等同谋起义，迈将应之，事泄，为玄所害。

刘弘③，字和季。少游洛阳，与武帝同居永安里，又同年。累迁荆州都督，在州多善政。永兴二年，进车骑将军。及卒，父老追思，如《甘棠》之咏召伯焉。

旧志载：朱绰，为桓冲参军，位至西阳、广平太守。及冲薨，绰感冲恩厚，呕血而死。武陔，字元夏，与二弟叔夏、季夏，并总角知名。事晋，拜为开府仪同三司。叔夏至散骑常侍，季夏至尚书。皆无它善状，并不传。

南北朝

朱龄石，字伯儿，沛人，绰之子。世为将。龄石少好武事，宋武帝以为建武参军，转镇军参军，累功为建威将军、益州刺史。蜀平，封丰城侯，寻为相国右司马。弟超石，亦果锐，虽出身将家，兄弟并娴④尺牍，为徐州主簿。义熙十二年北伐⑤，超石前锋，［魏军］⑥遂溃。大军进克蒲坂，以为河东太守。后除中书侍郎，封兴平县五等侯。

刘臧，沛人。性方正，笃志好学。居家以孝闻。仕梁，为著作郎。子璠，九岁

① 以上字并据《晋书》本传补。
② 原作"城"，据《晋书》本传改。
③ 案《晋书》本传：刘弘，沛国相人，祖馥、父靖，俱详前传。
④ 原作"阅"，《宋书》《南史》并作"闲"，通"娴"，据改。
⑤ 原作"北伐还"。案《南史》本传，"还"字衍，今删。
⑥ 二字据《南史》本传补。

而孤，居丧合礼。少好读书，兼善文笔。[年][1]十七，为上黄侯萧晔所器重。[晔][2]或辞色不平，璠曰："何王之门，不可曳长裾也？"遂拂衣去。晔谢之，乃止。母死，居丧毁瘠，感疾。服阕后一年，犹杖而后起。及晔终于毗陵，故吏多分散，璠独奉晔丧还都，坟成乃退。后随宜丰侯萧修出为北徐州刺史，即请为轻车府主簿，兼记室参军。修为梁州，又补为中记室，补华[3]阳太守。属侯景渡江，梁室大乱，修以璠有才略，甚亲委之。时周文[帝][4]以璠为中外府记室，迁黄门侍郎、仪同三司。周明帝初，授内史中大夫，掌纶诰，寻封平阳县子。在职清白简亮，不合于时，左迁同和郡守。莅职未期，生羌降附者五百余家。洮阳、洪和二[5]郡羌，常越境诣璠讼理。后为陇右总管府司录，卒于官。著《梁典》三十卷，有集二十卷行于世。璠子祥，字休征。幼聪慧，以神童称。事嫡母以孝闻。十岁能属文，十二通五经。仕梁，为记室参军。江陵平，随例入关中。齐公宪召为记室，府中书记令掌之。平齐露布，即祥文也。累迁车骑大将军、仪同大将军，历长安、万年二县令，颇获时誉。卒于官。初，璠所撰《梁典》始就，未及刊定而卒，临终，谓休征曰："能成我志，其在此书乎？"休征修定缮写，以竣乃事。璠兄瓌，仕梁，历职清显。瓌[6]子行本，起家梁武陵王国常侍。遇萧修以梁州北附，遂与叔父璠归周，寓居新丰。每以讽读为事，虽衣食乏绝，晏如也。周大冢宰宇文护引为中外府记室。武帝亲总万机，累迁掌朝下大夫。及宣帝嗣位，多失德，行本切谏忤旨，出为河内太守。及尉迟迥[7]作乱，攻怀州，行本率吏人拒之。拜仪同，赐爵文安县子。隋文帝践祚，拜谏议大夫、检校中书侍郎。上尝怒一郎，于殿前笞之。行本进曰："此人素清，其过又小。"上不顾。行本正当上前曰："陛下不以臣不肖，令臣[在][8]左右。臣言若是，陛下安得不听？臣言若非，当致之于理，安得轻臣而不顾？臣所言非私！"因置笏于地而退。上敛容谢之，遂原所笞者。雍州别驾元肇请于上，欲于法外罪一吏。行本驳之曰："律令之行，盖发明诏。今肇乃敢重其教命，轻忽宪章，亏法取威，非人臣之礼！"上嘉之，赐绢百匹，拜太子左庶子，领侍御史如故。皇太子虚襟敬惮。时唐令则为左庶子，太子每令以弦歌教内人。行本责之曰："庶子当匡太子以正道，何嬖昵房帷之间哉！"令则甚惭。时左卫率长史夏侯福为太子所昵，尝于阁内与太子戏，福大笑，声闻于外。行本时在阁下闻之，待其出，数之

① 字据《北史》本传补。
② 字据《周书》《北史》本传补。
③ 原作"晔"，据《周书》《北史》本传改。
④ 字据《北史》本传补。
⑤ 原作"三"，据《北史》本传改。
⑥ 原作"璠"，据《北史》《隋书》本传改。按：行本为璠兄刘瓌之子，有本传"与叔父璠归周"可证。
⑦ 原作"回"，据《北史》本传改。
⑧ 字据《北史》本传补。

曰：“汝何小人，敢为亵慢！”因付执法者推之。太子为请，乃释之。太子尝得马，令福乘而观之，太子甚悦，因欲令行本复乘。行本正色曰：“至尊置臣于庶子位，欲辅导殿下以正道，非为殿下作弄臣。”太子惭而止。复以本官领大兴令。权贵惮其方正，无敢至其门者。由是请托路绝，吏人怀之。未几，卒于官，上甚伤惜焉。

［唐］①

刘轲，沛人。流离郴湘，至韶家焉。博学多识。游长安，为马植所奇，遂登第。历官至侍御史。所著有《春秋指要》《翼孟子》诸书数十卷。《摭言》称其文章与韩、柳齐名。

国朝

吕宁，字安仁。赋性刚直。洪武中，由国子生初仕为户部主事，迁员外郎。尝荐郡人权谨于朝，世多其善知人。

谢昇，字仲刚，由国子生为监察御史；王缵，字继先，由国子生拜监察御史，迁吏部郎中；孟式，字仪敬，由太学生仕为户部主事；蔡楫，字汝济，任监察御史，升浙江按察司佥事；吴希文，字友章，以贤良方正授献县知县；李绅②，字缙卿，侨居顺天，以丙戌进士授行人司行人，迁户部员外郎，升光禄寺少卿。六人皆沛人，仕无显迹，故不传。

郭全，汉台里人。事母以孝闻。母殁，竭力营丧事。躬负土成坟，庐墓三年。

龚谦，千秋里人。贫而能孝。父先逝，事母曲尽子职。母卒，哀毁逾礼。结庐于墓，朝夕号泣。

赵安，泗亭［里］③人。母早逝，事父尽孝。父殁，踊恸几绝，三年墓居。

赵清，孜之子也。初，孜年十七，尝刲股以疗亲疾。孜死，其妻卓氏贞居垂四十年，教清业儒，应贡为国子生。清性笃直刚方，事母纯孝。母殁，庐墓三年，形神俱敝。母墓濒河，会大水且至，清吁天曰：“墓陷，则清与俱没矣！”俄而水溢弗汩。庐旁有隙，清仓卒不暇塞，夜有鼠衔草塞之。槁瓜复荣秀。远近闻者，皆异其事。清卒，有司以乡贤崇祀之。

杨冕，邑庠生。事母至孝。母殁，庐墓三年，哀痛弗辍。嘉靖中，有司奏闻，旌表，仍赐冠带，复其家。

---

① 刘轲为唐人，字据文例补。

② 原作“伸”，据本志《选举》及沛县诸志改。

③ 字据嘉靖《徐州志》补。

石璞，[广][①]戚里人。天性朴实，事亲孝。母殁，庐墓三年，衔哀茹血。服阕，亲友相率往迎之。归月余，病卒。

杨东莱，汉台里人，性至孝。年甫十四，母马氏疾笃，刲股调羹进，母食之愈。有司达于督学御史，令补邑庠生，月给米赡其母。东莱年二十二卒。

张奉，汉台里人。父与继母先后疾卒，既就殡，奉庐墓不归。县令闻之，给以布粟。未几，奉亦卒于墓所。按：三人笃孝秉礼，而天竟夺其年，人皆伤之。

李三阳，家贫力食。母唐氏卒，负土为坟，庐守三年。

梅映春，父信卒，丧葬一于礼。躬为封树，庐墓三年。及母卒，亦如之。

张楫，性醇笃，事母克孝。及母卒，居丧毁瘠。及葬，庐而居之，三年后返。

江汉，行惇伦秩。父婴寝疾，偶思鹿脯。汉力不能致，潜割左臂肉，脯而进之。父疾愈。

许九官，少孤，祖母杨育之。嗣杨遘奇疾，危甚，医云："惟人肉可疗。"九官乃于后园引刀割股，杨啖之，疾果愈。[②]

甄瑾[③]、周昉、李卓、王元[④]、蒋荣、张麟、黄成、马士云、龚成、黄智、卓旺、周成，俱本县人，正统五年各出小麦一千余石助赈，诏旌为义民，仍命有司表其门曰"尚义"。

元

王氏，刘门妇也。夫卒，誓不再适。天历二年，诏旌其门。故迹犹存北门外。

国朝

白氏，李伯奴妻。父思明无子，以女赘伯奴。洪武乙丑，伯奴从征戍死于边，白年二十，惟一女甫周。誓不再适，孝事父母。殁，竭力营葬。乡人有欲娶之者，属其邻媪以言，白正色拒之。茹糗衣恶，织纫自给，守节四十余年卒。宣德中，有司上其事，旌表之。

张氏，汉台里人张浩女。年二十，里人蒋政聘之。未行，政卒。女闻之，恸哭几绝。欲往吊，父母不可。比出殡，欲往视葬之，又不可。女曰："若不吾从，有死而已！"父母弗听，往送政丧。比归，张已自经死。

---

① 字据嘉靖《徐州志》补。

② 案万历《沛志》卷二十五《订讹》：梅映春，邑宿猾也，善伺官长意而行谄；张楫，后去而为僧；江汉，句容人，居沛，贷富人钱输息为小贾；许九官，鬻酒于邑，尝结舟人醉过客，沉溺河者无算。以上四人皆藉名不终，沛后志仍存张楫、江汉，削梅映春、许九官。

③ 嘉靖《沛县志》作"瑨"，康熙《徐州志》作"鑑"。

④ 嘉靖《沛县志》、康熙《徐州志》作"原"。

石氏，讳景儿，广戚里人石隆女。父早丧，独与母居。年十七，许配里人张旺儿。未娶，旺以疾卒。景闻之，哀痛不已，至夜乃自经死，与旺合葬。

陈氏，讳季春，千秋里人陈宣女。性聪慧，幼有志操。尝读《孝经》《列女传》，通大义。里人甄时用聘之。年十六，未归，时用以疾终。春闻之，忧形于色，窃入寝室，手书时用及己姓名，置诸怀中，自经死。遂与时用合殡焉。

郭氏，讳青儿，汉台里人郭端女。年十八，许配里人王成。一日，成与邻人竞计，欲自死。乃诣郭氏，嘱其僮，求一相见。郭拒之。求至再三，终不与见。成归，自经死。郭闻之，痛咽不食，第为死计。母觉之，防范甚严，弗获。及成将就窆，欲往送丧，父母不许。乃绐母求面羹食。母入厨良久，遂自经死。时县令率僚属、师生往吊祭之，遂令与成合殡。寻达于督学御史，立石表其墓。

袁氏，汉台里人袁经女。性贞静，年十七，未尝一出门阈。正德辛未，流贼钞掠逮沛境，邑人皆弃家走避。经虑女为贼所掠，令男服杂众走。女出门里许，还顾父曰："我为女子，不能贞信自守，伪饰[①]偷生，吾耻之！"俄而，贼追迫将及。适道傍有大坑堑，女遂绐父前行，堕堑中死。

贺氏，生员马继立妻。年十八，归继立，克尽妇道。继立早逝，无子而贫。亲族或劝之他适，贺坚却不从。孀居五十二年，贞白亡间。有司相继表其闾。

姜氏，陈恕妻。恕患肿疾，姜日夕忧劳，尽脱簪珥以佐医药费。逾[②]年，恕竟不起。悲号五日，不进水浆。乃解恕平日所束带，自经死。

胡氏，张化龙妻。偶合未几，而化龙遘疾卒。胡每恸绝而复苏，三日不食，欲自决，家人守之甚密。明日五鼓，守者稍倦，遂自经死。

侨寓

汉

闵仲叔，本太原人，世称节士。虽周党之清，自谓弗及也。党尝见其含菽饮水，遗以生蒜，受而不食。建武中，应司徒侯霸之辟。既至，霸言不及政事，遂辞出，投劾而去。复以博士征，不至。客居安邑，老病家贫，不能得肉，日买猪肝一片，屠者或不肯与，安邑令因敕吏常给焉，仲叔怪而叹曰："闵仲叔岂以口腹累安邑耶？"遂去。客沛，以寿终。

① 原作"饬"，古同"饰"，巧饰。
② 原作"愈"，通"逾"。

国朝

甄实，字德辉，直隶庆云人。由举人，历官永乐、宣德间，任太仆少卿，湖广、四川布政使，宣著勤能。往来于沛，爱其土俗，及致政，遂家焉。今其子[孙][1]世为沛人。

砀山县

汉

栾布，梁人也。彭越为家人时，尝与布游。穷困，卖佣于齐，为酒家保。数岁别去。布为人所略卖，为奴于燕。为其主报仇，燕将臧荼举以为都尉。及荼反，汉击燕，虏布。梁王彭越闻之，乃请赎布为梁大夫。使于齐，未反，汉召彭越，责以谋反，夷三族，枭首雒阳，下诏："有收视者捕之！"布从齐还，奏事彭越头下，祠而哭之。吏捕以闻。上召布，骂曰："若与彭越反耶[2]？吾禁人勿收，若独祠而哭之，与越反明矣！"趣烹之。布顾曰："愿一言而死。"上曰："何言?"布曰："方上之困彭城，败荥阳、成皋间，项王所以不能西，徒以彭王居梁地，与汉合从苦楚也。当是时，彭王一顾，与楚则汉破，与汉则楚破。且垓下之会，微彭王，项氏不亡。天下已定，彭王剖符受封，亦欲传之万世。今反形未见，以苛小案诛灭之，臣恐功臣人人自危也！彭王已死，臣生不如死，请就烹。"于是上释布，拜为都尉。孝文时，为燕相。吴、楚反，以军功封鄃侯。燕、齐之间皆为栾布立社，号曰"栾公社"。景帝中五年薨。

申屠嘉，梁人。以材官蹶张从高帝击项籍，迁为队率。从击黥布，为都尉。孝惠时，为淮阳守。孝文元年，举故吏士二千石从高皇帝者，悉以为关内侯食邑，而嘉食邑五百户。后以御史大夫，代张苍为丞相，因故邑封为故安侯。嘉为人廉直，门不受私谒。是时，邓通以文帝弄臣戏殿上。嘉召通诣丞相府，欲斩之。通顿首，首尽出血，不解。赦至乃免。嘉为丞相五岁，帝崩，孝景帝即位。二年，晁错为内史，贵幸用事，诸法令多所变更。嘉疾错，会擅穿宗庙垣为门，奏请诛错。帝谓："错无罪。"罢朝，嘉谓长史曰："吾悔不先斩错，乃先请之，为错所卖！"至舍，因呕血而死。谥为节。

丁宽，字子襄，梁人也。初，同郡项生从田何受《易》，时宽为项生从者，读《易》精微，才过项生，遂事何。学成，谢宽。宽东归，何谓门人曰："《易》已东

① 字据嘉靖《徐州志》补。
② 原作"即"，据《史记·栾布列传》改。

矣！”宽至雒阳，复从周王孙受古义，号《周氏传》。景帝时，宽为梁孝王将军，距吴、楚，号丁将军。作《易说》三万言，训诂举大谊而已，今《小章句》是也。宽授同郡田王孙，王孙授施雠（沛人）、孟喜、梁丘贺。由是《易》有施、孟、梁丘之学。

焦赣，字延寿，梁人。尝从孟喜问《易》。会喜死，京房以为延寿《易》即孟氏学，从之，为京氏学。

桥仁，字季卿，梁人也。与同郡杨荣同从小戴，受《礼》学。仁仕为大鸿胪，荣仕为琅琊太守。由是小戴有桥、杨之学。

周庆，字幼君；丁姓，字子孙，皆梁人，从鲁荣广受《穀梁春秋》。宣帝时，选郎十人，从蔡千秋受《穀梁》学。会千秋病死，征江公孙为博士，刘向以故谏大夫[①]通达，待诏受《穀梁》，欲令助之。江复死，乃征庆、姓二人待诏保宫，使卒授十人。自是《穀梁》之学大盛。庆与姓皆为博士。

刘纡，梁人。与阮孝绪、刘歆为三隐[②]。尝卜筑钟山，有终焉之志。常着谷皮冠、披衲衣游山泽。风神颖俊，意气弥满，过者以为神人。

韩俞，字伯俞，砀山人，事母至孝。一日，被笞，泣不已。母曰：“常笞尔，尔甘受之。今泣不已，何也？”曰：“常笞痛，知母力强；今不痛，知母力衰，是以泣也。”

唐

朱全昱，徐州砀山人，五代梁太祖兄也。太祖将受禅，有司备礼前殿。全昱视之，顾太祖曰：“朱三！尔作得否？”太祖燕居宫中，与诸王饮博。全昱酒酣，取骰子击盆而迸之，呼太祖曰：“朱三！尔砀山一百姓，遭逢天子用汝，为四镇节度使，于汝何负？汝灭他唐家三百年社稷，吾将见汝赤其族矣，安用博为！”太祖不悦，罢会。全昱亦不乐在京师，常居砀山故里。

友宁，累功赠开府仪同三司，追封安庄王；友伦，为检校司空，胶州刺史，追封密王，皆梁太祖子。

元

曹伯启，字士开，砀山县人。弱冠从东平李谦游，笃于问学。至元间，历仕为兰溪簿，以荐授西台御史，累迁集贤学士、御史台侍御史。泰定初致仕。伯启性庄

---

① 原作“谏议大夫”，据《汉书 · 儒林传》删“议”字。

② 刘纡与阮孝绪、刘歆为三隐说，讹自嘉靖《徐州志》，康熙《徐州志》曾辨其误。盖萧梁时，与阮孝绪同时有刘讦，平原人，共从兄刘歊隐于钟山，旧志讹“讦”为“纡”，讹“歊”为“歆”。

肃，奉身清约。在中台，所奖借[①]名士甚多。著有诗文十卷、《汉泉漫稿续集》三卷行世。六子十孙，皆显仕。

曹甫，砀山人。博学能文。累官陕西诸道行台御史中丞，赠体忠守宪功臣、行省左丞、鲁郡公，谥文贞。

成克敬，字简卿，砀山人。淳朴务实。由归德军判官转国子典籍。卒，赠朝列大夫、秘书少监、上谷郡伯。

许义夫，砀山人。为夏邑县尹，每亲诣乡社，教民稼穑，见民勤者赏之，惰者罚之，境内丰足。后为封[②]丘尹，值群盗劫掠州县，义夫单骑出郊，力言封丘邑小，民已惊窜，幸无入吾境。民获免于难。

韦信，砀山人。性俭素，事二亲尽孝。每朝夕供膳，必俯伏四拜而后退。人问其故，答曰："父母之恩，终身难报，跪拜何劳？"不少懈。有司以闻，至元间被诏旌其门。

国朝

黄正，气质刚方。洪武中为邑吏，以直言征，奏对称旨。擢右佥都御史，卓有风裁，弹劾不避权势。后迕旨，黜为英山县吏。会金山寇叛，求能讨平之者。或以正子琰闻。征琰至，对曰："臣年幼才弱，不如臣父。"上遂遣人征正至，复以为右佥都御史。即日阙[③]辞渡江，募勇敢士，得十万余人，遂讨平之。升左佥都御史。未几，讨云南叛夷，亦降。还至普安，为贼创伤，卒。

陈敬，娴韬略。永乐中以战功，官至中军都督佥事，出镇山海、永平。法令严明，军民怀服。

张宏，性孝友，勤于问学。永乐中，由国子生仕为开封府同知，迁户部郎中，律己廉洁。出知荆州府，政务既平，所守益励。门绝私谒，人每称之曰"闭门张"云。（洪武中有陈修质、魏志道、高敏、魏宗周，并以荐用。修质任葭州知州，志道任怀庆府同知，敏历官知州、工、户部郎［中］[④]、扬州知府，宗周任泉州知府，皆无治迹可考，并不传）

李稳，字邦泰。由进士任仁和县知县，锄强扶弱，吏畏民怀。迁御史，有风裁，弹劾不避。以触权贵落职归。嘉靖初，应诏起，迁浙江按察佥事。吏事精确，声望烨然。寻乞终养归。居乡恂恂，称长者。已而铨部以贤能疏用，竟不起，终

---

① 原作"惜"，据《元史》本传改。
② 原作"丰"，据《元史》本传改。
③ 原作"关"，据乾隆《砀山县志》改。
④ 字据嘉靖《徐州志》补。

于家。

张伦，性醇厚，与物无迕。事父母至孝。以岁贡任谷[1]潜训导，迁项城教谕，所至以道诲人。时，僚友有夫妇偕卒于任者，无子，独遗二女，远弗克归。伦为治具营葬，复为二女捐俸资遣之。再迁陈州学正，不就，引去。

赵绅，居乡以孝弟称。家素贫，无一介苟取。由岁贡司训济源。在官常徒行，或一蹇驴从诸僚后，其颛朴如此。时，诏下河南祭济渎，慎选清白官主祀事，绅被首推焉。济人爱之，刻石以纪其事。

纪义，学博行醇，邃于《易》理。由岁贡任仁和县丞，守身廉洁，声绩茂著。会卒于官，上下皆痛惜之。后以名宦见称云。

段廷光，天性醇朴。由国子生任西安簿，介不苟取，奉公为民。遭母丧归，行李费亦不给。邑人思之，为立祠祀。且汇诗文以颂之，名曰《思段谣》。

纪旻，邑庠生。仪度雍雅，器宇清睟。童子时，读书务力行实践。每念“身体发肤，受之父母”，遂置一青囊，出入恒佩之，每落爪发，必蓄囊中。比长[2]，动履率服先训。居母丧，结庐墓侧，日三负土加冢上。三年，积冢若丘陵然。昕夕有群雀集巢林，相呼并鸣，依依驯狎，意气实相感焉。

赵光霁，性孝友，言动中法则，有古君子风。父卒于官，扶榇归葬。庐于墓侧，朝夕哭奠，负土封树。既终制，始归养其母。后母卒，复庐墓不归。

刘诚，少为邑学吏。满归，奉母极孝。母卒，哀毁尽礼。既殡，庐墓，朝夕哀奠，闻者悲之。

张拱辰，邑庠生。嘉靖辛亥，单县巨贼董大有，公行劫掠。拱辰父文渊，力卫乡曲。贼并众攻之，一时丧元者五人。拱辰见父中创，肉袒[3]冒刃，赴斗而死。

苗兴、玉景翔[4]（俱崇教坊人）、王都（东张社人）、胡荣（段庄社人）、高成（子乾社人）、范深（双沟社人）、毛福荣（蒲庄社人）、许泰（段庄社人）、王全（马昂社人）、周良辅（原奉社人），正统五年，各出小麦一千石有奇，输官赈饥。正统六年，诏旌为义民，仍命有司表其门曰“尚义”。

五代

石氏，梁贺王友雍之妃。李存勖入汴，闻妃色美，召之。妃嫚骂不从，见杀。

---

① “谷”疑“於”音讹。

② 原作“常”，据嘉靖《徐州志》改。

③ 原作“祖”，径改。

④ 乾隆《砀山县志》载正统六年敕文，作“王景祥”。

元

牛氏，段兴妻。年二十，兴殁。宗党欲夺其志。叱曰："此心已定，敢有复言者，我当以颈血溅之！我死，则垂白姑舅、襁餔弱息，岂能自存？是祸我一家！"语毕，复大泣，众不敢言。牛躬勤织纫，以养二亲。及卒，葬祭成礼。具式谷其子。

国朝

张氏，刘卿妻，年十六归卿。会正德壬申，流贼攻破砀城，杀人无数。贼驱诸妇女入其巢，如束鸡豚就埘圈也。张独不入，贼迫之，妇以掌愤击贼面，骂不绝口。贼怒，举刀先截其掌，复刺二刀死，贼肆其尸于东门上。

武氏，马鼐妻。年三十一，为贼执。贼食之，武曰："我良家子，肯从尔贼？任死，但乞一快尔！"贼犹未怒。武乃洒涕食中，掷之于地，愤骂激贼。贼大怒，杀之。

陈氏，赵钦妻，居村落中。贼至举火，家人俱逃散。陈虑出门为贼辱，竟投烈火中死。

段氏，毛九韶妻。九韶少孤，育于叔父母。段[①]年十六而归之。九韶卒，段欲以死殉，家人觉之，防严，弗得死。启居食息，与一老妪俱。既而以岁除，归父母家，或诱之曰："尔上下皆无倚，谁见尔名节，何苦乃尔？"妇怒辞。诣夫墓，大恸。返至途中，解衣与所同行老妪，为别曰："自是不复尔累矣！"是日归，即称病，遣人报其母。父谓真疾也，往问之。比至，则段已经矣。

朱氏，尚[②]希尧妻，年十八，希尧遘疾将革，朱许以死殉。希尧既殓，即从母家取色服。母觉其有死意，戒姑慎防之。朱旦夕守夫柩，哭之哀，水浆不入口者七日。姑力劝之食，乃勉为一啜粥，且绐从求益。姑方［入］[③]厨，朱遽引声长恸，以首一触柩而绝。姑惊出扶之，则颡裂，流血被面，不可为已。事闻，诏旌之。

段氏，庠生张拱辰妻。年十九于归，拱辰为盗所害，段闻之，欲自尽。以孕故，中止。居无何，产男，五日而夭。段之死计益决。姑觉之，与同起居。段曰："毋过防，死亦多术矣！"水不入口者七日。姑知其不可回，曰："第从汝志。"即强起饮食，遍辞诸亲，哭于拱辰柩次，寻缢焉。

段氏，太学生薛锐妻。锐卒业南雍，疾革，段吁天刲股以和药。锐竟不起，段

---

① 原作"毛"，据嘉靖《徐州志》改。
② 原作"向"，据嘉靖《徐州志》、乾隆《砀山县志》改。
③ 字据嘉靖《徐州志》补。

哭之哀甚，[寻不禄][1]。少司空马一龙闻而哀之，手作奠章，命同舍各致赙，且贤致段，匾其门曰“节义”。段之守贞，埒[2]于冰蘖，监司复以“贞节”表之。

段氏，李崇谦妻。段为处子时，以孝闻。年二十三，崇谦卒，即自经以殉，家人救之苏。段不食者三日，自经者三举，家人防之益严。段故稍稍解颐，舅姑幸其悟也，防亦渐懈，即乘间雉经以死。（段氏四女，兄弟也，皆牛氏裔。舍生以植节，固根天性，亦其遗泽未斩与？）

王氏，年十六归单士进。士进久婴寝疾，王侍汤药不少懈，竟不能起。王拊心踊足，以首触棺，破面折鼻，家人竞持之，不得死。越宿乘间，复自缢死，时年二十岁。事闻，当道表扬交加。督学耿御史定向，令以公帑之金制丰碑，以识其墓。

李氏，庠生赵汝器妻，甫及笄而于归。汝器以疾卒，李[3]欲殉之，舅姑泣止之，曰：“汝夫不幸，汝欲与偕亡，诚伟节也。顾襁褓弱息，赵氏之宗盟攸托，汝死，其何以全子？是亡赵也，汝熟思之！”李乃悟，勉强自存。孝奉二亲，义方其子，藉然以节孝称。巡按王表其门。

焦氏，生员毛国光妻。居尝以顺谨闻，不为冶容嫚语。年二十一，国光病卒，家人不知焦之欲以死殉也，方为国光属纩，而焦已入室自缢矣。

王氏，毛九式妻。年十九，式殁，自缢不得死，抚棺痛哭，三日不食。婶母杨氏知王有遗腹，劝之曰：“汝当自爱，万一生男，是式不死也！”妇悟，始营葬事。后生子珠，伶仃孤苦，无以自存。宗党欲夺其志，氏厉声詈之，众莫敢犯。卒获完节。

侨寓

秦

刘季，沛人。始皇时，有望气者言东南有天子气。季辄自负，尝隐芒砀山泽间，结纳豪俊。故灌婴十三侯，皆从季起兵于砀。

丰县

汉

萧何，丰人。为沛主吏掾。高祖为布衣时，及为亭长时，何数以吏事护之。

---

① 三字据顺治《徐州志》补。
② 原作“埒”，径改。
③ 原作“赵”，径改。

高祖起为沛公，何为丞督事。沛公至咸阳，何独先入收秦图籍。沛公以是具知天下厄塞、户口多少强弱处。项羽立沛公为汉王，而三分关中地，王秦降将。汉王怒，欲谋攻羽。何谏之曰：“夫能诎于一人之下，而伸于万乘之上者，汤、武是也。臣愿大王王汉中，养其民，以致贤人，收用巴蜀，还定三秦，天下可图也！”汉王乃以何为丞相。何进韩信，汉王以为大将军，说汉王引兵东定三秦。何留收巴蜀，谕告使给军食。汉二年，汉王与诸侯击楚，何守关中，转给馈饷，军中无乏。汉王常失军，何常兴关中卒，辄补缺。五年，汉王即皇帝位，以何功最盛，先封为酂侯。功臣皆言：“何徒持文墨议论，不战，顾居臣等上，何也？”上曰：“诸君知猎乎？夫猎，追杀兽者，狗也；发纵指示兽者，人也。今诸君，功狗也；至如何，功人也！”群臣皆莫敢言。列侯毕已受封，奏位次，上欲何第一，关内侯鄂千秋进曰：“萧何万世功，当第一。”上乃令何第一，赐带剑履上殿，入朝不趋，悉封何父母兄弟十余人，皆食邑。高祖崩，[事][①]惠帝。何病，上亲自临视何疾，何举曹参代。何买田宅，必居穷辟处，为家不治垣屋，曰：“令后世贤，师吾俭；不贤，毋为势家所夺。”孝惠二年薨，谥曰文终侯。（酂侯之“酂”，俗讹[②]作“鄼”，今正之）

卢绾，丰人，与高祖同里。绾亲、高祖太上皇相爱，高祖、绾同日生，里中交持羊酒贺。及高祖、绾壮，学书文，又相爱。高祖为布衣时，有吏事避宅，绾[③]常随上下。及高祖初起沛，绾以客从。入汉，为将军，常侍中。从东击项籍，以太尉常从，出入卧内，衣被食饮赏赐，群臣莫敢望，虽萧、曹等，其亲幸莫及绾者。封长安侯。绾与刘贾击临江王共尉，还，从击燕王臧荼，皆破平，乃立为燕王。绾立六年，以陈豨事见疑。上使樊哙击绾，绾悉将其宫人家属，骑数千，居长城下候伺，幸上病愈，自入谢。高祖崩，绾遂将其众亡入匈奴，匈奴以为东胡卢王。居岁余，死胡中。

隋

刘权，字世略，彭城丰人，轨之孙。少有侠气，后折节好学，动循法度。开皇中，以车骑将军领乡兵。后从晋王广平陈，进授开府仪同三司[④]。十二年，拜苏州刺史，赐爵宋城县公。炀帝嗣位，拜卫尉卿，进位银青光禄大夫。累加金紫光禄大夫，

① 字据《汉书》本传及嘉靖《徐州志》补。
② 原作“僞”，系“譌”形讹，径改。
③ 原作“绾宅”，据《汉书》本传乙正。颜师古注：“避宅，谓不居其家，潜匿东西。”
④ 原作“进授开府仪同三司、宋国公”，案《隋书》《北史》本传，“宋国公”三字当断下句，为“宋国公贺若弼甚礼之”，非刘权受封。据删。

寻为南海太守。路逢盗起，权召募抚谕，群盗降附，帝闻而嘉之。及至南海，甚有异政。数岁，遇盗贼。群雄多愿推权为首，权竟固守以拒之。子世彻又密书诣权，称时方扰乱，讽令举兵。权召集僚佐，对斩其使，矢无异图，守之以死。卒于官。

五代

朱珍，徐州丰人也。少从梁太祖为将，善治军选士，累立战功，拜淄州刺史。

宋

李若谷，字子渊，徐州丰人。举进士，累官至参知政事，以太子少傅致仕。卒，年八十，赠太子太傅，谥康靖。若谷性资端重，在政府论议，常近宽厚。治民多智虑，恺悌爱人，其去，每见思。子淑（旧志误作“淑赐”），字献臣。年十二，真宗幸亳，献文行在。真宗奇之，命赋诗，赐童子出身。试秘书省校书郎，寇准荐之，授校书郎、馆阁校勘。乾兴初，迁大理评事。修《真宗实录》，为检讨官。书成，改光禄寺丞、集贤校理，为国史院编修官。召试，赐进士及第，改秘书郎，进太常丞、[知][1]许州，历官翰林学士，中书舍人，端明、侍读二学士。卒，赠尚书右丞。淑警慧过人，博习诸书，详练朝廷典故，凡有沿革，帝多谘访。制作诰命，为时所称。又尝修《国朝会要》《三朝训鉴图》《阁门仪制》，所著别集百余卷。

李寿朋，字延老，淑之子也。庆历初，与弟复圭同试学士院，赐进士出身，判吏部南曹。使行诸陵，奏言：“昭宪皇后诞育二圣，为国文[2]母，独以合葬安陵，不及时祭，请更其礼。”从之。迁群牧判官，历开封府推官、户部判官、知凤翔府，才敏而多惠政。司马光出使，荐其能，加直史馆，入直舍人院，同修起居注。进户部、盐铁副使。暴得疾卒，诏中使抚其孥，赐白金三百两。寿朋弟[3]复圭，字审言。通判澶州，历知滑、相、泾三州，临事敏决，推称健吏。在泾州时，民苦三司转运使折[4]税繁困，复圭为之奏免，民立祠祀之。

宋汝为，字师禹，丰人。靖康元年，金人犯京师，阖门遇害，汝为思报之。建炎三年，金人再至。谒部使者陈边事，遣对行在。高宗嘉纳，特补修武郎、假武功大夫、开州刺史，奉国书副京东运判杜时亮使金。时刘豫节制东平，丞相吕颐浩因致书豫。汝为行次寿春，遇完颜宗弼军，不克与时亮会，独驰入其壁，将上国书。

① 字据《宋史》本传补。
② 原作“之”，据《宋史》本传改。
③ 原作“子”，据《宋史》本传改。案《宋史》：李淑二子：寿朋、复圭。本志寿朋传已云“庆历初，与弟复圭同试学士院”，此作“寿朋子复圭”者，系误。
④ 原作“拆”，据《宋史》本传改。

宗弼盛怒，劫而缚之，欲加戮辱。汝为一无惧色，衔命惟请达书而就死。宗弼顾汝为不屈，遂解缚延之曰："此山东忠义士也！"听往见豫。汝为持颐浩书与之，开陈福祸，勉以忠义，使归朝廷。豫拘留汝为，诱以官，固辞。绍兴十三年，汝为亡归，作《恢复方略》献于朝。久之，桧将械送汝为于金人。汝为乃变姓名为赵复，徒步入蜀。杨企道为假僧舍居之。闻桧死，曰："除此巨蠹，中原恢复有日矣！"后竟终于蜀。隆兴二年，其子南强以汝为之死哀诉于朝，参知政事虞允文、钱端礼以闻，特官其子。有《忠嘉集》行于世。

姚孝锡，字仲纯，丰人。政和四年登科，调代州兵曹。金兵入雁门，州将议以城降。官属畏怯，投死无所，孝锡投床大鼾，略不为意。大府就注五台簿，因家五台。善治生。州境岁饥，出家所藏粟一万石赈，贫乏多所全活。自号醉轩，所著有《鸡肋集》。

元

袁遵道，字叔正，丰人。气刚直，性颖悟。年十六，能诵五经。初为国学四门馆正字，升伴读，历仕中外。及致仕，授翰林直学士、太中大夫。凡居官行事，毅然不惑，而勇于有为，每有异迹。年七十四，以疾终。后以子贵，赠中奉大夫、中书参知政事、护军，追封汝南郡公，谥文靖。子涣[①]，仕至奉训大夫、吏部侍郎。

国朝

王正，字惟中。刻志好文，精于词翰。洪武初，以翰林学士宋濂荐明经，任翰林孔目。升四川泸州知州，进秩致仕。子度，亦以怀材抱德荐，任刑部主事，改河间府判。

陈明善、唐懋，并以荐用。明善累官至山东济南知府致仕，年九十终；懋任山西太原府判，升浙江金华府同知。

王献，由举人，仕为兵马指挥，执正不阿。时，禁军盗劫戚里财，命捕甚急。献缉获，法司欲有所原。献抗章，竟置于法。

裴纪，字克振。由举人，仕为河南钧州同知。躬率孝弟，劝课农桑，卓有政誉。历任六年，郡人思之。

李俊，成化间仕知湖广光化县。务敦朴素，以身率物，讼简民安。改知靖海。时邑人不乐儒业，诸生率以渔为生。俊至，多方诱引，资给朝夕。越三年，士风遂振。忽一日，以公事出外，会母丧讣至，即长往不顾。吏人还检宅舍，止俸数斗而

① 原作"深"，据《南畿志》及袁遵道神道碑改。

已。其清介如此。

胡宁，先任涪州知州。母故，庐墓三年。后任葭州，劝农兴学，为一方贤牧。

秦英，征士，无迹不传。

周潭，字德隐。少补邑庠诸生，性至孝。丧父，哀痛无已，庐墓三年。后居母丧，亦如之。

刘德恩，早丧母，事父克孝。父疾革，割股。其妻见其流血不止，痛泣惊心而卒。德恩持股肉为汤以进，父食之愈，越二年方卒。邑令任惟贤为捐葬地，遂迁母合圹焉，结庐哭奠者三年。寻以毁伤之过卒，邑令尹梓为治棺殓，师生为文祭之。

李稠，事父以孝闻。父病，不疗于医，乃割股以进，父遂以瘳。嗣以寿终，治丧循礼。既窆，即倚庐致哀者，三年始归。

许松，三岁而孤，育于祖母。祖母婴寝疾，百计医祷，竟无裨。毕力治丧，庐墓三年。

朱景清，性纯朴，善事亲，服劳承志，务得其欢。母卒，泣踊几绝，负土作穴，庐而守之三年，罕迹城市。

孙荣，字世华。性孝友，家人化之，百口同爨者凡五世。成化五年，大饥，与邑人李祯各输粟以赈，赖以全活者甚众。

李铸（一乡七级保人）、张祥（三乡司马保人）、胡祥（一乡留顺保人）、孔仪（在城人）、翟成（一乡大乌保人）、王顺举（四乡永安保人）、李保（四乡永安保人）、周兴甫（二乡苗城保人）、侯宗禄（四乡力村保人），正统五年，各出小麦一千五十石，输官赈济。正统六年，诏旌为义民，仍命有司表其门曰“尚义”。

吴氏，刘志明妻，年十四而归志明。越明年，志明卒，遗孕三月，后举一子名臣。茹哀育子，不贰其操。会罹水患，饥窘千状，吴织纫自给，课子读书。名臣亦顺母志，有所成立。

周氏，李晟妻。甫笄年适晟，未几，晟以疾殂。周即自经，家人觉之，不遂。寻投于河，家人拯之，又不遂。周知家人范己者严，似不得死所，乃断发自誓，抚伯氏子为嗣。冰霜励节，终始不渝。

王氏，庠生孙修妻。性贞静，事修甚恭。修年少而遘危疾，王惶惶无计。及卒，王泣曰：“子第往[①]，我即见子于地下也！”泣罢，忽自经死。

周氏，庠生渠鸾妻。年二十六而鸾故，遗子民赡甫三岁。其家甚贫，周朝夕织纺自给，教成其子。处霜茹冰，始终不变。乡人欲以贞洁举于官，竟力辞之。时尤服其高云。

① 原作“姓”，据乾隆《丰县志》卷十《列女》改。

戴氏，崔大节妻。年十八，大节卧病，拟不能起，戴即自誓不生。或劝之食，乃终不食。及大节死，戴亦同死。

李氏，年十六适童生周诗，未逾年而诗卒。李即绝粒，家人劝之不应，潜雉经于柩旁，因合殡焉。

侨寓

战国

丰公。按《前汉书 · 高帝纪》赞曰："《春秋》晋史蔡墨有言：'陶唐氏既衰，其后有刘累，学扰龙，事孔甲。范氏，其后也。'而大夫范宣[①]子亦曰：'祖自虞以上为陶唐氏，在夏为御龙氏，在商为豕韦氏，在周为唐杜氏，晋主夏盟为范氏。'范氏为晋士师，鲁文公世[②]奔秦，后归于晋，其处晋者为刘氏。刘向云：战国时，刘氏自秦获于魏（六国时，秦伐[③]魏，刘氏随军[④]，为魏所获，故得徙居大梁）。秦灭魏，迁大梁（非始皇灭六国之时），都于丰。故周市说雍齿曰：'丰，故梁徙[⑤]也。'是以颂高祖云：'汉帝本系，出自唐帝。降及于周，在秦作刘。涉魏而东，遂为丰公。'丰公，盖太上皇父，其迁日浅，坟墓在丰鲜焉。及高祖即位，置祠祀[⑥]官，则有秦、晋、梁、荆之巫（丰属荆，有南巫也）。"按此，则刘氏迁丰，实自丰公始也。

国朝

阙膺，江西奉新人。宣德中为丰县尹。致仕，因家焉（详见《宦迹》）。

方技

国朝

李复，字明善，丰县人。善阴阳、历数之学。任南京钦天监副。

徐州志卷之五终

① 原作"宜"，据《汉书》本纪改。
② 原作"鲁文公后世"。案《汉书》本纪，"后"字衍，今删。
③ 原作"代"，径改。
④ 原作"隋"，脱"军"字，据《汉书 · 高帝纪》颜师古注引文颖曰改补。
⑤ 原作"地"，据《汉书》本纪改。
⑥ 原作"祀祠"，据《汉书》本纪改。

徐州志卷之六

封建

《易》曰："先王建万国，以亲诸侯。"故同姓之封，所以亲其亲也；异姓之封，所以贤其贤也。此先王公天下之大端大本也。徐自篯铿立国之后，或以支庶而受介圭，或懋勋庸而膺爵赏者，更仆未易数矣，例得备列于篇，以彰畴昔显比之盛。

徐州

陶唐

彭祖篯铿，颛顼孙，陆终氏第三子。尧封之彭城，曰大彭氏。历虞、夏至殷，寿八百余岁。州有大彭山，相传为其所封地。州城中有故楼、宅洎井，迄今以古迹称。铿尝观井，覆以车轮，背树而缆之以绳，凭杖敛躬，局蹐而迎视，其远害全身如此。宋时，有绘图以传者（陈靖铭其图曰：淳化中，予将命之狄丘，道由彭门，有客得《彭祖观井图》以为贶。中有台榭、人物，山林森森然。盖状其佳象幽致，表绘事之工，予无［取］[①]。所慕者，唯彭氏面井而覆之以轮，背树而缆之以绳，凭杖敛躬，局蹐而迎视，兢然若将坠也。呜呼！古人临事而惧之有若是，检身远害之有若是，后之君子得无效欤？予实好古，历考其迹于传记，虽夐而难信，且夫子云"窃比于我老彭"，亦其验也。故作铭于座右，曰：至哉古人，远害全身。战战兢兢，恒若履冰。朽索之驭，纳隍是虑。天子则之，鸿休永据。存而惧亡，系于苞桑。诸侯则之，其国必昌。若舟弗济，夕惕而厉。大夫则之，其家孔炽。直哉惟清，执虚如盈。士子则之，其道元亨。不争在丑，无愧屋漏。庶人则之，其食孔阜。吾省予行，吾慎予守。窃比老彭，式介眉寿）。

商

仲虺，奚仲之后，封于薛，为汤左相，作《仲虺之诰》。（薛今分属滕、沛二县。旧志：仲虺城、墓皆在沛。故书）

---

① 字据吕祖谦编《宋文鉴》卷七十三陈靖《彭祖观井图铭》补。

周

鱼石，春秋时彭城本宋地，楚取之，以封鱼石。《春秋》书“围宋彭城”，示楚不得取之宋，鱼石不得受之楚也。（旧志：唐玄宗赠[①]冉求为徐侯，宋真宗加封彭城公，度宗改封徐公。至秦[②]族景驹、楚王孙心、项羽自立为楚霸王，并非封建，今删之）

汉

楚元王交，字游，高祖同父少弟也。好书，多材艺。少时尝[③]与鲁穆生、白生、申公俱受《诗》浮丘伯。高祖既为沛公[④]，交与萧、曹等俱从高祖攻战，封文信君。汉六年，既废楚王韩信，分其地，立交为楚王，王薛郡、东海、彭城三十六县，先有功也。元王既至楚，以穆生、白生、申公为中大夫。高后时，浮丘伯在长安，元王遣子郢客与申公俱卒业。申公始为《诗》传，号《鲁诗》。元王亦次之《诗》传，号曰《元王诗》。元王立二十三年薨，子郢客嗣，是为夷王。立四年薨，子戊嗣。文帝尊宠元王，子生，爵比皇子。景帝即位，以亲亲封元王宠子五人并为侯。穆生谢病去，申公、白生独留。王戊稍淫暴。二十年，为薄太后服私奸，削东海、薛郡。乃与吴通谋。二人谏，不听，胥靡之。二十一年春，景帝之三年也，削书到，遂应吴王反。其相张尚、太傅赵夷吾谏，不听，遂杀尚、夷吾，而起兵会吴［西攻梁。吴］[⑤]王败走，戊自杀。景帝乃立元王子宗正平陆侯礼为楚王，奉元王后，是为文王，四年薨。子安王道嗣，二十二年薨。子襄王注嗣，十四年薨。子节王纯嗣，十六年薨。子延寿嗣。宣帝即位，［延寿］[⑥]以为广陵王胥，武帝子，天下有变必得立，阴欲附倚辅助之。故为其后母弟赵何齐，取广陵王女为妻。与何齐谋，奉书遗广陵王曰：“愿长耳目，毋后人有天下。”何齐父长年，上书告之。事下有司考验，辞服，延寿自杀。立三十二年，遂斩封国。其后彭城刘氏分为三里，一曰“丛亭”，一曰“安上”，一曰“绥舆”。左将军刘怀肃居安上里，豫州刺史刘怀武居丛亭里，宋刘裕帝族居绥舆里。并出元王云。

卫胠，以梁将军从击韩信、陈豨、黥布，封武原靖侯，食二千八百户。（武原，楚国属邑）

---

① 原作“增”，据嘉靖《徐州志》改。

② 案《史记·项羽本纪》，景驹，楚之公族，广陵人秦嘉立为楚王，非秦族。弘治《徐州志·封建》作“秦族”，后志因之，俱误。

③ 原作“常”，通“尝”。

④ 原作“高祖既为沛公，立为楚王”，案《汉书·楚元王传》：“高祖既为沛公，景驹自立为楚王。”此时“立为楚王”者，景驹也，非刘交。四字今删。

⑤ 四字据《汉书》本传补。

⑥ 二字据嘉靖《徐州志》补。

留侯张良，其先韩人也，五世相韩。秦灭韩，良为韩报仇。二世元年，陈涉等起兵。良亦聚少年百余人，欲往从楚假王景驹于留。道遇沛公，数以兵法说，沛公善之，常用其策，遂从不去，为沛公谋臣，运筹帷幄中。沛公定天下，多良计也。后帝封功臣，使良自择齐三万户。良曰："始臣与陛下遇于留，此天以臣授陛下也。臣愿封留足矣，不敢当三万户。"因封留侯。后托从赤松子游去。

楚王英，光武子。建武十五年封楚公，十七年进爵为王，二十八年就国。母许氏无宠，故英国最贫小。后三十年，以临淮之取虑、须昌[①]二县益楚国。自显宗为太子时，英常独归附太子，太子特亲爱之。及即位，数受赏赐。英少时好游侠[②]，交通宾客。晚节更喜黄老，学为浮屠斋戒祭祀。八年，诏令天下死罪皆入缣赎，英奉黄缣白纨，诣国相曰："托在藩辅，过恶累积。欢喜大恩，奉送缣帛，以赎愆罪。"国相以闻。诏报曰："楚王诵黄老之微言，尚浮屠之仁慈，洁斋三月，与神为誓。何嫌何疑，当有悔吝？其还赎，以助伊蒲塞桑门之盛馔。"因以班示诸国。英遂大交通方士，作金[③]龟玉鹤，刻文字为符瑞。十三年，有司奏英大逆不道，请诛之。帝不忍，废徙丹阳泾县，楚太后留住楚宫。明年，英至丹阳，自杀。立三十三年，国除。诏遣吊祠，赠赗如法，以诸侯礼葬于泾。遣中黄门占护其妻子。制诏许太后保养幼弱，勉强饮食。十五年，帝幸彭城，见许太后及英妻子于内殿，悲泣，感动左右。建初二年，肃宗封英子楚侯种，五弟皆为列侯，并不得置相、臣、吏人。元和三年，许太后薨，复遣光禄大夫持节吊祠，因留护丧事，赙钱五百万。又遣谒者备王官属迎英丧，改葬彭城，加王仪，追爵，谥曰楚厉侯。章和元年，帝幸彭城，见英夫人及六子，厚加赠赐。种后徙封陆侯。卒，子度嗣。度卒，子拘嗣，传国于后。

彭城靖王恭，明帝子。永平九年，赐号灵寿王。十五年，封为钜鹿王。建初三年，徙封江陵王。元和二年，徙为六安王。肃宗崩，遗诏徙封彭城王，食楚郡。其年就国。恭敦厚威重，举动有节度，吏人敬爱之。永初六年，封恭子阿奴为竹邑侯。元初三年，恭以事怒子酺，酺自杀。国相赵牧因诬奏恭大逆不道。恭上书自讼。朝廷以其素著行义，令考实，无征，牧[④]坐下狱。恭立四十六年薨，子考王道嗣。道立二十八年薨，子顷王定嗣。定立四年薨，子孝王和嗣。和敬贤乐施，得国人心。且性至孝，母夫人薨，行丧陵次，毁胔过礼。傅相以闻，桓帝诏使奉牛酒，迎王还宫。初平中，天下大乱。和为贼昌务所攻，避奔东阿，后得归国。立六十四

① 案《后汉书·楚王英传》李贤注："临淮无须昌，有昌阳县。盖误也。"
② 原作"好游侠道"。案《后汉书》本传，"道"字衍，今删。
③ 原作"全"，据《后汉书·楚王英传》改。
④ 原作"收"，为国相赵牧之误，据《后汉书》本传改。

年薨，孙祗嗣。立七年，魏受禅，以为崇德侯。

魏

彭城王据，魏武帝子。始封范阳侯，寻进为公。黄初时，封章[①]陵王，徙义阳。文帝以南方下湿，又以其母彭城人，徙封彭城。景初元年，王私遣人诣中尚方作禁物，事露，削县二千户。三年复之。后累增邑至四千六百户。

晋

彭城穆王权，字子舆，宣帝弟、魏鲁相、东武城侯馗之子也。武帝受禅，封彭城王，邑二千九百户。泰始中入朝，赐衮冕服。咸宁元年薨，子元王植立。植薨，子康王释立，益以鲁国蕃、薛二县地。释薨，子雄立，坐奔苏峻诛，更以释子纮嗣。纮字伟德，初封堂[②]邑县公，继高密王据。雄诛，纮入继本宗，拜国子祭酒，加散骑常侍，寻迁大宗正、秘书监。有风疾，性理不恒。或欲上疏陈事，历示公卿。又杜门让还章印、貂蝉，著《杜门赋》以显其志。更拜光禄大夫，领大宗师、常侍。后疾甚，驰骋无度，或攻劫军寺，或殴伤官属，丑言悖詈，诽谤上下。又乘车突入端门，至太极殿前。御史中丞车灌劾纮，免其爵。成帝诏令官属已下各以职奉卫，王解官，给车牛，赐米布床[③]帐养疾。咸康八年薨，子玄[④]嗣立。历传至宋受禅，国除。

刘义隆，裕之子。安帝义熙十一年，论平蜀功，封为彭城公。

南北朝

刘义康，宋武帝子。元初元年，封彭城王。元嘉时，入辅政。后废为庶人，赐死。

元勃，后魏宗室，善射御。以勋，赐爵彭城公。

元景仲[⑤]，后魏宗室。景隆初封丹阳公，位广州刺史。徙徐州，改封彭城王。侯景作乱，遣诱召之，许奉为主。景仲将应之，为西江督护陈霸先所攻，死。

元勰，字彦和。少而岐嶷，姿性不群。太和九年，封始平王，加侍中。勰生而

---

① 原作“竟”，据《三国志 · 魏书 · 武文世王公传》改。

② 原作“唐”，据《晋书》本传改。

③ 原作“林”，系“牀”形讹，据《晋书》本传改。

④ 原作“玄俊”，案《晋书》本传：纮二子：玄、俊。玄嗣为彭城王，俊出嗣高密王。志书以“玄俊”为一人，误，据《晋书》删“俊”字。

⑤ 案《梁书 · 元法僧传》，元法僧率二子景隆、景仲叛入梁。景隆“初封丹阳公，位广州刺史，徙徐州，改封彭城王”；自“侯景作乱”以下数句为元景仲事。本志误混二人为一传。

母潘氏卒，其年献文崩。及有所知，启求追服，文明太后不许。乃毁容憔悴，心丧三年，不参吉庆。孝文大奇之。长而耽学，雅好属文。长直禁内，参决军国大政。及车驾南伐，领宗子军，宿卫左右。转中书令，侍中如故，改封彭城王。帝升金墉城，顾见堂后桐竹，曰："凤凰非梧不栖，非竹实不食，今梧竹并茂，讵能降凤乎?"勰曰："凤凰应德而来，岂桐竹能降?"帝笑曰："朕亦未望降之。"后宴侍臣于清徽堂。日晏，移于流化池芳林下，帝仰观桐叶之茂，曰："'其桐其椅，其实离离。恺悌君子，莫不令仪。'今林下诸贤，足符歌咏。"遂令黄门侍郎崔光读[①]暮春群臣应制诗。至勰诗，帝乃为改一字，曰："昔祁奚举子，天下谓之至公。今见勰诗，始知中令之举，非私也。"勰曰："臣露此拙，方见圣朝之私。赖蒙神笔赐刊，得有令誉。"帝曰："虽雕琢一字，犹是玉之本体。"勰曰："《诗》三百，一言可蔽。今陛下赐刊一字，足以价等连城。"及卒，帝命太常卿刘芳议勰谥，芳曰："保大定功为'武'，善问周达为'宣'，宜谥武宣王。"诏曰可。

元劭，字子讷[②]。善武艺，少有气节。明帝初，梁将寇边，劭表上粟九千斛，资绢六百匹，国吏二百人，以充军用。初封彭城王，庄帝即位，尊为无上王。子韶[③]，字世胄。好学，美容仪。初，尔朱荣将入洛，父劭惧，以韶寄所亲荥阳太守郑仲明。仲明寻为贼人所杀。韶因乱，与乳母相失，遂与仲明兄子僧副避难。路中逢一老妪程姓者，哀之，隐于私家。居十余日，庄帝访而获焉，袭封彭城王。

李谐，字虔和。幼有风采。赵郡李搔尝过门下，见之，归谓其父元忠曰："领军门下见一神人。"元忠曰："必李谐也!"问之，果然。袭父先爵彭城侯，才辩为时所称。天平末，魏欲与梁和好，以谐兼常侍[聘焉。既南北通好，务以俊乂相矜。衔命接客，必尽一时之选][④]。

侯莫陈崇，代武川人也。仕周，累迁仪同三司，改封彭城郡公。崇兄顺，与周文帝同里闬，亦进爵彭城郡公。

令狐熙，字长熙，宜州[⑤]华原人。以通经为吏部上士，改官府都上士，所至有能名。居父母忧，哭之哀，闻其声者，莫不泣下。河阴之役，诏令墨缞[⑥]从事。授职方下大夫，袭彭城县公。及武帝平齐，以留守功，进位仪同。历司勋、吏部二曹中大夫，甚有时誉。子德棻[⑦]，唐高祖入关，引直大丞相府记室。武德初，为起居舍

① 原作"续"，据《魏书》《北史》本传改。
② 原作"纳"，据《魏书·彭城王勰传》改。按：劭即勰嫡子。
③ 原作"诏"，据《魏书·彭城王勰传》改。
④ 句自《北史》本传补。
⑤ 原作"宣州"，据两《唐书·令狐德棻传》改。案《隋书》《北史》，令狐熙为令狐整之子，俱河西敦煌人。其少子令狐德棻以后，始称"宜州华宜人"。
⑥ 原作"衰"，据《隋书》《北史》本传改。
⑦ 原作"芬"，据《隋书》《北史》令狐熙传、两《唐书》本传改。

人，迁秘书丞。贞观三年，迁礼部侍郎、兼修国史。进爵彭城县［子］[1]。

韦澄，仕后周，为绵州刺史，封彭城公。

令狐整，字延保，敦煌人也。骑射并为河右所推。刺史魏东阳王元荣辟整为主簿，加荡寇将军。整进趋详雅，对扬辩畅，谒见之际，州县倾目。荣器整德望，尝谓僚属曰："令狐延保，西州令望，方成重器，岂州郡之职所可絷[2]维?"顷之，孝武西迁，河右扰乱。荣仗整防捍，州境获宁。及邓彦窃据瓜州，拒不受代。整密令使者，执彦送京师。周文帝嘉其忠节，表为都督。周孝闵帝践祚，拜司宪中大夫。处法平允，为当时所称。进爵彭城县公。整雅识情伪，尤明政术，恭谨廉慎，常惧盈满。故历居内外，所在见称。进位大将军。谥曰襄。

高澈，字子深，神武第五子也。元象二年，拜通直散骑常侍，封长乐郡公。武定六年，出为沧州刺史。政尚严察，盗贼敛迹，部内肃然，政化为当时第一。天保初，封彭城王。河清三年，群盗白子礼等数十人，谋劫澈为主。诈称使者，径向澈第。至内室，称敕，呼澈牵上马，临以白刃，欲引向南殿。澈大呼不从，遂遇害，时年三十二，朝野痛惜。子宝德嗣。

隋

虞庆则，京兆栎阳人也。幼雄毅倜傥。初以射猎为事[3]，中更折[4]节读书。仕周，为中外府兵参军事，袭爵沁[5]源县公。拜石州总管，甚有威惠，稽胡慕义归者八千余户。开皇元年，历任内史监、吏部尚书、京兆尹，封彭城郡公。

唐

徐康王元礼，高祖子。性恭畏，善骑射。始王郑，即授郑州刺史。后徙王徐，复迁徐州都督，为绛州刺史。有治名，玺书劳勉，实封至千户。永徽中，加司徒，兼潞州刺史。薨，陪葬献陵。三子。茂为淮南王，上元中事泄[6]，流死振州。神龙初，以茂子璀嗣。开元中薨，子延年嗣。永泰初年，拔汗那王入朝，延年将以女嫁之，为右相李林甫劾奏，贬文安郡别驾，终余杭司马，国不复传。

赵王隆业，睿宗子。初王赵。武后长庆二年，降封彭城郡王，兼陈州别驾。俄

① 字据《新唐书 · 令狐德棻传》补。
② 原作"击"，据《周书》《北史》本传改。
③ 原作"侍"，案《隋书》《北史》本传，非"侍中"，据改。
④ 原作"拆"，据《隋书》《北史》本传改。
⑤ 原作"泌"，据《隋书》《北史》本传改。
⑥ 案《新唐书》本传："茂险薄无行。初，元礼疾，姬赵有美色，茂逼蒸之。元礼切责，茂恚，屏侍卫药膳，曰：'为王五十年足矣，何服药为？'以不食薨。茂嗣，上元中，事泄，流死振州。"

进司徒。二十二年，业有疾，帝忧之。及薨，帝悲不能食，册书加赠及谥，陪葬桥陵。子琄嗣，天宝中为李林甫所构，坐贬夷陵别驾。及安禄山乱，乃还京师。国除。

刘知柔，延祐子[①]，彭城人。性俭静，美风仪。亲丧，庐于墓侧，诏筑阙表之。历国子司业，累迁工部尚书。开元六年，河南大水，诏知柔驰驿察民疾苦及吏善恶。所表陈州刺史韦嗣立等二十七人有治状。久之，迁太子宾客，封彭城县侯。致仕，给全禄终身。及卒，遗命薄葬。赠太子少保，谥曰文。

深王悰，宪宗子。贞元二十一年，始王彭城郡，进封深王。

刘弘远，蜀先主十九代孙。仕唐，为检校司尉卿、临洮军使，袭封彭城郡公。曾孙渊之，初仕参幽州军事，转兵曹掾，历范阳令。兴元初，以太子家令为英州刺史，寻以御史中丞为行军司马。擢侍中、中书令，进封彭城郡王。

刘怦，幽州昌平人。少为范阳裨将。以亲老疾宜侍，辄去职。李怀仙为节度使，移檄召之，不应。朱滔时，积功至雄武军使，垦田节用，以办治称，稍迁涿州刺史。滔之讨田承嗣，表怦知府事，最得众心。李宝臣以兵劫滔于瓦桥，滔走，宝臣乘胜欲袭幽州，怦誓不二，设方略，勒兵完守，宝臣不敢谋。人嘉怦忠于所奉，擢御史中丞。及滔死，军中尽推怦总军事。俄诏为节度副大使、彭城郡公。居镇才三月，薨。赠兵部尚书，谥曰恭。

韦见素，字会微，京兆万年人。性仁厚。及进士第，授相王府参军。袭父爵为彭城郡公，累擢谏议大夫。天宝五载，为江西、山南、黔中、岭南［道］[②]黜陟使，绳纠吏治，所至震畏[③]。迁文部侍郎，平判铨叙平允。官有丐求，辄下意听纳，人多德之。后，郭子仪为仆射，徙见素太子太师，诏至蜀郡奉迎太上皇，以功食实封三百户。上元初，因疾求致仕，许之，诏朝朔望。宝应元年卒，年七十六。赠司徒，谥忠贞。后传位至孙维、绳[④]，国除。

宋

刘继元，汉主也。宋太宗太平兴国四年，降诏赐爵彭城郡公。

密王元偓，太宗子。端拱九年封徐国公，天禧二年封徐王。

徐王棣，徽宗子。初封徐国公，积封至徐王。

---

① 案两《唐书》本传，实系“藏器子”。

② 字据《新唐书》本传补。

③ 原作“叠”，据《新唐书》本传改。

④ 案《新唐书·韦凑传》：维、绳兄弟为韦叔谦之孙。叔谦，见素之曾叔祖。则维、绳应为见素从父，辈分悬殊过甚，且“国除”之言亦不知所本，合传文所载多误。

刘子羽，字彦修，建州崇安人。少以父任，补将仕郎，入主太仆。累官除宝文阁直学士，封彭城县男。子珙，字恭父。以恩补承务郎，中进士第，累官中书舍人。复除翰林学士、知制诰，兼侍读。以郊祀恩，封建安县男。累进太学士，除知建康府、江南东路安抚使兼行宫留守，徙封彭城郡侯。

元

刘宣，追封彭城郡公；刘斌，赠彭城郡公；刘德［温］[1]，赠彭城郡侯。非封建，今并不书。

萧县

周

萧叔大心，微子之支孙也。春秋时，宋万之乱，大心平之，有功焉。宋桓公立，封于萧，以为附庸。

汉

韦玄成，韦孟之后，丞相贤之子，封扶阳侯。（扶阳城，在萧境）

刘般，楚孝王嚣曾孙。光武时，封菑丘侯，奉孝王后，使就国。以国属楚，徙封杼秋侯。（见州《人物传》）

沛县

汉

刘濞，高祖兄仲之子，初封沛侯。

刘将，鲁恭[2]王子。武帝时，封广戚侯。（广戚，县名，在沛境）

刘勋，楚孝王嚣子。成帝河平中，嚣入朝。时被恶疾，天子悯之，以广戚县四千三百户，封勋为广戚侯。

晋

顺王景，晋宗室。武帝受禅，封沛王。

---

① 字据弘治《重修徐州志》、《元史》本传补。

② 原作“共”，古同“恭”，今从《汉书》本传用字。

唐

路王贤，唐宗室。高宗龙朔元年，徙为沛王。

丰县

晋

羊鉴，泰山人。成帝即位，豫讨苏峻，以功封丰县侯[①]。

灾祥

天人相与之际，甚可畏也。和气则致祥，乖气则致异，祸福所乘之机，则存乎人之感召者，何如尔？然有祥之实，无祥之文，不害其为治世；虽治教休明，而天或示变，君子尤当侧身修行，以转祸为福，斯善也！苟谓天变不足畏，则大可畏者至矣，尚慎旃哉！

徐州

春秋

襄公五年秋，大雩。先是，楚伐宋，取彭城；郑畔中国，附楚。襄与诸侯共围彭城，城郑虎牢以御楚，有亢阳动众之应。

汉

文帝元年四月，齐、楚地震。○五年十月，楚王都彭城大风从东南来，入市门，杀人。○后元七年九月，有星孛于西方。其本直尾、箕，末指虚、危，长丈余。刘向以为："尾，宋地，今楚彭城。"是时，景帝初即位，信用晁错，削诸侯王地。后三年，楚并七国反。

景帝三年十一月，楚国吕县有白颈乌与墨乌群斗，白颈不胜，堕泗水死者数千。

宣帝本始二年，荧惑守房之钩 [钤][②]。占曰："房为将相，心为子属。其地宋，

---

① 此条沿隆庆《丰县志》。案《晋书》《文献通考》《明一统志》，应为"丰城县侯"。
② 字据《汉书·天文志》补。

今楚彭城。”十一月，楚王交薨[1]。○元康元年，凤凰下彭城。

成帝阳朔元年七月壬子，月犯心星。占曰：“房、心为宋，今楚彭城。”

王莽天凤六年，青、徐民饥，多弃乡里流亡，老弱死道路。

后汉

光武中元元年，楚、沛多蝗。

明帝永平九年正月戊申，客星出牵牛，长八尺，历建星，至房南灭。牵牛主吴越，房、心为宋。后广陵王荆、楚王英谋逆事觉，皆自杀。广陵属吴；彭城，古宋地。

章帝初年，兖、豫、徐三州大旱。诏勿收田租、刍稿，其以见谷赈给贫民。○元和三年，白虎见彭城。

和帝永元十六年二月，诏兖、豫、徐、冀四州，比年雨多伤稼，禁沽酒。

安帝永初四年夏四月，司隶、豫、兖、徐、青、冀五州蝗。○七年九月，调零陵、桂阳、丹阳、豫章、会稽租米，赈给南阳、广陵、下邳、彭城、山阳、庐江、九江饥民。

桓帝永兴二年六月，彭城泗水增长逆流。

三国

魏明帝景初元年九月，冀、兖、徐、豫四州水灾。遣侍御史循行没溺死亡及失财产者，所在开仓赈救之。○二年九月，淫雨。冀、兖、徐、豫四州水出，溺杀人，漂失财产。

晋

武帝泰始四年九月，青、徐、兖、豫四州大水。○五年，青、徐、兖三州水。遣使赈恤之。○咸宁元年九月，徐州大水。三年，兖、豫、徐、青等七州大水，伤秋稼。诏赈给之。○是年三月，星孛于胃。胃，徐州分。

惠帝永平五年，荆、扬、兖、豫、青、徐六州大水。遣御史巡行赈贷。○六年三月，彭城吕县有流血，东西百余步。○八年九月，荆、豫、扬、徐、冀五州大水。○永宁元年，自夏及秋，青、徐、幽、并四州旱。○太安元年秋七月，兖、豫、徐、冀四州大水。

[1] 按：《汉书·天文志》本始二年“荧惑守房之钩钤”及后数条，事应楚王刘延寿，并非元王刘交。勘见嘉靖《徐州志》。

元帝太兴元年七月，东海、彭城、下邳、临淮四郡蝗虫，害禾稼。〇二年，徐、扬诸郡蝗。〇四年十二月，月犯岁星，在房。占曰："其国兵饥，人流亡。"

穆帝升平元年十一月壬午，月掩岁星，在房。占曰："人饥。"一曰："豫州有灾。"〇二年闰三月乙亥，月犯岁星，在房。占曰同上。[①]

孝武帝太元[②]十年七月，彭城饥旱。先是，诸将略地，有事徐、豫等州。谢安又出镇广陵，使子琰进次彭城，频有军役。〇十三年［闰正月］戊辰[③]，天狗东北下，有声。占曰："有大战，流血。"十四年正月，彭城妖贼刘黎称伪号于皇丘，刘牢之破灭之。〇又，彭城人刘象之家鸡有三足。〇十九年秋七月，荆、徐二州大水，伤秋稼，遣使赈恤之。〇二十年夏六月，荆、徐二州又大水。

安帝义熙二年十二月丁未，荧惑、太白皆入羽林，又合于壁。三年正月，慕容超寇淮北、徐州，至下邳。〇三年二月癸亥，荧惑、镇星、太白、辰星聚于奎、娄，从镇星也，徐州分。是时，慕容超僭号。〇十一年七月癸亥，彗星出太微。占曰："彗出太微，社稷亡。"〇十二年五月[④]，岁星留房、心之间，宋之分野。始封刘裕为宋公，后有天下。

恭帝元熙三年六月[⑤]，河决滑州，漂没公私庐舍。历澶、濮，至徐州，与清河合。浸城壁，不没者四版。

南朝宋

文帝元嘉十七年八月，徐、兖、青、冀四州大水。遣使赈恤。〇二十四年，徐、兖、青、冀四州大水。

北魏

宣武帝景明[⑥]元年，青、齐、徐、兖四州大饥，人死者万余口。〇永平四年二月，青、齐、徐、兖四州民饥甚。遣使赈恤。

南陈

宣帝太建十年二月癸亥，日上有背。占者曰："其野失地，有叛兵。"甲子，吴

---

① 按：穆帝二条原在孝武帝后，据世代前置。

② 原作"宁康"，误，宁康止三年，此事在太元十年，据《晋书·孝武帝纪》改。

③ 原作"太元十三年戊辰"，前已改补"太元"年号，此处径删。又"闰正月"三字，据《晋书·天文志下》补。

④ 原作"元兴十二年五月"。案《宋书·天文志三》，事在义熙十二年五月。"元兴"二字衍，今删。

⑤ 按：恭帝元熙只二年，无谓三年。此条与《宋史·五行志一》天禧三年六月河决之事相混，勘详嘉靖《徐州志》。

⑥ 原作"元"，据《魏书·世宗纪》改。

明彻兵败于吕梁，将卒没于周，淮南至徐州地尽入于周。

唐

太宗贞观三年五月，徐州蝗。秋，徐州水。〇十九年二月，徐州言驺虞见。

高宗咸亨二年八月，徐州山水，漂百余家。

武则天万岁通天元年八月，徐州大水，害稼。

玄宗开元二十八年，徐、泗二州无蚕，免今岁税赋。

德宗贞元十八年，徐州献嘉瓜、白兔。

宪宗元和元年夏，荆南及寿、幽、徐等州大水。〇九年三月，镇星、太白合于奎。占曰："内兵，徐州之分。"

文宗太和二年九月，徐州李有华，实可食。〇三年，宋、亳、徐等州大水，害稼。〇六年六月，徐州大雨，败坏民居九百余家。〇开成二年六月，徐州火，延烧居民三百余家。

懿宗咸通四年七月，东都、许、汝、徐、泗等州大水，伤稼。〇六年，徐州彭城民家鸡生角。〇五年五月己亥，夜漏未尽一刻，有彗星出东北方，色黄白，长三尺。在娄，徐州分也。〇九年正月，彗星出于娄、胃。十［一］[①]月，庞勋陷徐州。甲辰，大雾昏塞，至于丙午。

五代

后晋天福四年，徐州大火。

宋

太祖建隆四[②]年九月，徐州水，损田。〇乾德五年，五星聚奎，经星直鲁分，徐州，白羊之域。

太宗太平兴国五年五月，徐州白沟河溢入州域，毁民舍。堤塘皆坏。〇八年八月，徐州清河涨丈七尺，溢出。堤塞州三面门以御之。

真宗咸平二年九月壬寅，徐州言禾一茎五穗。〇大中祥符二年，水发徐、兖。〇天禧三年五月，徐州利国监大风，起西南，坏舍二百余区，压死十二人。〇六月，河决滑州，泛澶、濮、郓，至[③]徐境。

---

① 字据《新唐书 · 五行志三》补。

② 原作"元"，据《宋史 · 五行志一上》改。

③ 原作"城"，参《宋史 · 五行志一》"六月，河决滑州……历澶州、濮、郓、济、单至徐州，与清河合"句改。

仁宗天圣初，徐州仍岁水灾。○嘉祐七年三月，徐州彭城县白鹤乡地生面。占曰："地生面，民将饥。"

神宗熙宁[①]四年，徐州麦一本百七十二穗。○十年秋七月，河决澶州曹村，东汇于诸山，及徐州，城不浸者三版。方水之至，老弱凭城而避，壮者无所食，死于丘陵林木上。○又，徐州官舍生异草，经月不腐。○次年，旱。

徽宗政和四[②]年九月丙申，徐州彭城县柏开花。

金

世宗大定二十四年正月辛卯朔，徐州进芝十有八茎。

元

世祖至元元年，徐、宿、邳等州郡[③]蝗。○二年，徐、宿、邳蝗，旱。○二十五年，徐、邳屯田雨雹，如鸡卵，害麦。

成宗大德元年，归德、徐州、邳州河水大溢。六月，蝗。○三年，归德、济宁、徐、濠旱，蝗。○五年，徐州、邳州雨五十日。○六年五月，归德、徐州、邳州水。

武宗至大二年七月，徐、邳饥。○四年，济宁、东平、归德、高唐、徐、邳诸州水。

明宗天历二年六月，徐、邳二州大水。

国朝

永乐十三年，饥。命进士梁洞赈恤。

景泰三年四月，水旱、疾疠相仍，民大饥。都御史王竑奉命赈恤。

成化元年，大饥。次年，复大疫。遣都御史吴琛、林聪赈恤。○十三年秋，徐州大水，伤稼，坏民居。遣郎中国泰赈恤。○十六年秋，大水。○甲辰[④]年，有孕妇肋下瘤生儿。

弘治元年，竹开花。

正德十四年，大水，坏官民舍，伤禾稼。

嘉靖二十五年八月二十五日子时，地震。越三日，复震。○嘉靖二十六年秋七

① 案《宋史·五行志二》作"元丰"，《文献通考》卷二九九《物异考五》作"熙宁"。
② 原作"二"，据《宋史·五行志三》改。
③ 原作"群"，径改。
④ 甲辰，即成化二十年（1484）。

月，大水，坏伤民舍、禾稼。○嘉靖二十七年，大水。○历至三十二年，益大水，历夏秋冬不消。兼之疫疠，道馑相望。民食草叶、榆皮，不能自疗，甚至人相食者。钦命刑部侍郎吴鹏发赈。○四十四年，大水，淤塞漕河。民亦饥，治河工部尚书朱衡请发宫眷银大赈。○四十五年，大水。有赈。

隆庆二年八月十六日，大风雨，三昼夜不止，坏官署、民舍、禾稼。○三年，大水。总河都御史翁大立请赈。○四年，大水。○五年九月初六日，大水，冲决城西门，倾覆房屋，人溺死者无算。○六年，大水。俱有赈。

万历元年，大水。○二年，大水，环城为海，四门俱蔽。时亦饥，巡抚都御史王宗沐请赈。○三年，水益大，为害愈甚。

萧县

唐

懿宗咸通七年，萧县民家豕出圈舞。又，牡豕多将邻里群豕而行，复自相噬啮。

元

成宗大德六年五月，萧县水。

国朝

永乐十三年，饥。进士梁洞奉命发粟赈之。

景泰三年，水旱、疫疠相仍，民大饥。都御史王竑奉命赈给。

弘治元年，仁寿乡麦一茎四穗二本，一茎三穗五本，一茎两穗六本。

正德十四年，大水。

嘉靖二年，大饥，人相食。○十年，蝗。○二十五年，孝义里民家室中忽有火光。俄而，牛产一犊，状特异，遍身皆鳞甲，红毛茸茸然。民骇，掊死之。时六月盛暑，阅数日，犹香气袭人。○二十六年，大水坏伤民舍、禾稼。○嘉靖二十七年，大水。○二十八年，大水围城，四门俱塞。○二十九年、三十年、三十一年，俱大水。○三十二年，大水淤平黄河，民半饿死。钦命刑部侍郎吴鹏发赈。○三十三年、三十四年、三十五年，俱大水。○四十四年，大水，兼蝗、旱。治河工部尚书朱衡请发宫眷银大赈。○四十五年，大水。有赈。

隆庆二年、四年、五年，俱大水。

万历元年，大水。○二年，大水，决城南门为巨窟。时饥，巡抚都御史王宗沐请赈。〇三年，益大水。

沛县

汉

成帝河平二年正月，沛郡铁官铸铁，铁不下，隆隆如雷声，又如鼓音。工十三人惊走。音止，还视地，地陷数尺。炉分为十，一炉中销铁散如流星，皆上去。（按《地理志》，沛郡属县三十七，惟沛县有铁官，故收此）

宋

徽宗建中靖国元年，沛县禾合穗。

元

泰定帝泰定元年六月，丰、沛大水。

顺帝至正九年五月，白茅河东注沛县，遂成巨浸。黄河入沛，始此。

国朝

宣德七年，蝗。巡抚侍郎曹洪奏蠲税粮。

正德二年，黄河徙入泡河，大水坏民禾稼、居舍。

嘉靖二年秋，河决，大水坏庐舍，民多流亡。〇四年，大蝗，无禾。〇八年，大水。舟行入市，乡邑民皆筏居。平地沙淤数尺余。〇二十一年夏，大雨五六日如注，昼夜不止。河溢，坏官署、民居、禾稼。

嘉靖三十一年，大水。〇三十二年，大水。民饥，时未报灾。钦命刑部侍郎吴鹏赈徐，时按其实，亦并赈。〇四十四年，黄水大发，淤塞漕河，冲塌城南门，淹伤人民无算。治河工部尚书朱衡请发宫眷银大赈。

万历二年夏，大雨雹，打伤禾稼。秋，大水。巡抚都御史王宗沐请赈。

砀山县

晋

武帝咸宁二年冬十一月，白龙二见于梁国。

宋

孝宗淳熙元年七月，砀山蝗。

元

泰定帝泰定元年六月，砀山水。

国朝

永乐十三年，饥。进士梁洞奉命发粟赈之。

成化二十年，饥。

正德九年，水。

嘉靖二年，旱并疫。〇十二年，蝗。〇二十六年，水。

嘉靖四十一年六月十六日夜，大水骤发，天雨倾盆，陷没城池，官署、民舍荡尽，人溺死不计其数。暂迁治小神集。〇四十四年，大水。治河工部尚书朱衡请发宫眷银大赈。

隆庆二年、四年，俱大水。有赈。

万历元年，大水。〇二年夏，兆火铺等处麦秀多岐，有一茎五穗者一本，一茎四穗者三本，一茎三穗者二十余本，一本一茎二穗者更多。秋，大水横发，城几冲决。时遂告荒，巡抚都御史王宗沐请赈。盖一岁灾祥并见焉。〇三年，益大水。

丰县

汉

安帝延光三年，沛国言甘露降丰县。

元

泰定帝泰定元年六月，丰、沛水。

国朝

正统五年，大饥。

成化二年，大饥。〇十三年八月，大水。

弘治十三年，大水。〇十五年十月，桃李有华。

正德六年秋九月，梨花开。〇九年秋，大水。〇十三年秋，大水。〇十四年，大饥。

嘉靖二年，大水。〇三年、四年，大饥。〇五年，水陷城。〇二十五年九月夜，地震。〇三十二年，大饥。钦命侍郎吴鹏赈。〇四十四年，大水。工部尚书朱衡请宫眷银赈。

万历二年，大水。巡抚都御史王宗沐请赈。〇三年，大水。

方外

玄祖清虚，释谈寂灭，二家似是，流世久矣，是以仙宫梵宇，其徒日滋。虽其为道，别为一端，然类聚焚修，上祝国厘，下化愚俗，亦圣世之所不迸也。列为方外，庶备旁稽。

徐州

玄释

晋

彭宗，彭城人。年二十，服药于杜冲，乃栖真味道，精贯人神。尝从师采药，忽堕深谷，蹈群蛇，曾无惧色。师乃授丹经、五千文。宗宝而修之，洞畅幽漠。能三昼夜为一息，或一年不动，人以为死，及起，颜色愈鲜。山中蛇虎见之，并潜伏。

南北朝

道生，彭城人。父为广戚令。道生为沙门法汰[①]弟子，幼而聪悟，年十五便能讲经。及长，有异解，立顿悟义。

宋

戴日祥，元丰初道士也。尝随苏轼游桓山，为鼓雷氏之琴。

按旧志：僧参寥子，尝从苏轼来徐。初非徐产，今不书。

国朝

恒斌，本京刹僧。宣德间，以荐住持徐州卧佛寺。五十余年，精守戒律，始终

① 原作“大”，据《高僧传》《法华传记》改。

不渝。国子祭酒李时勉序以赠之，其略曰：“恬静寡欲，进修清勤。言不妄发，事不苟为，人不泛交。”

寺观

卧佛寺，在城东南隅，中有卧佛像，故名。先本古刹。洪武二十七年，僧如安重建。宣德二年，僧广善重修。正统五年，京僧恒斌市地拓址，栋宇一新。岁久就圮。嘉靖三十九年，监仓主事张文渊重修。寻又圮于水。万历三年，知州刘顺之以是寺夙习□朝□[①]，乃于殿东建朝房数楹。丰县知县吴文光建公署于后，至徐则暂憩焉。

开元[②]寺，在城南一里许。中有铁佛像，一名铁佛寺。先本古刹。洪武三十年，僧沙上师重建。宣德四年，僧广善市地拓建。嘉靖后，屡遭河患，沙淤齐檐，四周垣堵俱没。万历三年，知州刘顺之重修。

兴化寺，在城南二里许，云龙山东畔。洪武三十五年，僧胜吉因址建寺。以古有石琢佛相甚巨，俗呼为石佛寺。永乐中毁。宣德八年，僧文安鼎新之。岁久复圮。成化二十三年，监储太监高瑛[③]重修。（寺高出山巅，石佛法相尤巨，士人四时游谒，四方过者亦争赴而伏睹焉）

台头寺，在城南戏马台上。万历元年，知州刘顺之改为三义庙，事见《祀典》。

洪福寺，在城北河中洲上，久废。正统九年，僧恒义重修建。

开元寺，在一乡三图，金大定二十二年建。

兴隆寺，在一乡十五图，天顺元年建。

景福寺，在一乡吕梁洪境上，金[④]大定二年建。

屯头寺，在二乡八图，金大定三年建。

五级寺，在州城东，北齐时建。

三洞山寺，在六乡一图，元至正六年建。

清泉寺，在四乡十图，元至元三年建，正统八年重建。

兴台寺，在五乡九图，唐开元二十三年建。

七佛寺，在五乡金陵集，元至正元年建。

---

① 底本漫漶，以上二字付阙。

② 原作“化”，据嘉靖《徐州志》改。按：铁佛寺本名开元寺，见正统《彭城志》、弘治《重修徐州志》、嘉靖《徐州志》。宣德初州同喻则成《重建开元寺记》云：“初创殿时，于旧僧房入地数尺，得石刻一，上镌苏文忠与法明师手帖凡三首，字画遒婉可爱。后志云：‘元丰八年六月望，住徐州开元寺东院傅教赐紫沙门法明题。’人始知是寺，旧名开元。而今称铁佛寺者，从俗便也。”（康熙《徐州志》卷三十二《艺文五》）

③ 原作“高英”，据前后志统一。

④ 原作“元”，案元无“大定”年号，参下文“金大定三年”改。

禅正寺，在五乡八图，金大定四年建。

兴明寺，在七乡七图，宋元祐元年建。

大云教寺，去城北四十里境山，旧废。洪武十五年，僧高峻重建。

洞山寺，在城北桓山上。山下有洞，故名。天顺、成化间，监储中官刘质、马敬、韦通相继修建，请敕命，遂以今名匾其额。又名嘉福寺。

龙泉寺，在三乡十三图，金大定三年建。

英会寺，在三乡留城，金大定三年建。

香亭院，在城东七十里。创于前元，宣德十年重建。

弥陀院，在城东南六十里。创于前元，宣德十年重建。

西观音堂，在城西北隅。洪武中，千户刘海建。

洪福禅院，去城北一百十五里。宋崇宁元年，僧慧诚建。金[①]大定三年，僧智全、清能重修。

龙兴禅院，在城北一十里马兰村宝峰山之后。金大定十四年，僧惠信建。

功德禅院，在城北九十里留城西北隅。元中统二年，僧赈公建。

又：龙兴教寺，在城北一百二十五里；青龙寺，在城西二十五里；神仙寺，去城东一百里；兴佛寺，在城东一百里；显庆寺，在城东九十里；兴国寺，在城西北一百四十里；土山寺，在城东北一百三十五里[②]；南观音堂，在城南门外半里；东观音堂，在城东南隅；十方奉圣院，在城东北九十里；崇兴院，在城北六十里；华严院，在城北三十里；宝光院[③]，在城东南五十里；寿圣院，在城东九十里；福胜院，在城东九十里；天圣院，在城南五十里；宝峰院，在城北二十里；禅证院，在城北九十里，有塔二；妙觉院，在城北一百一十里，有塔一。今并废。

真武观，在城东南隅。永乐初创建。宣德二年都督郑铭[④]、天顺二年知州宋诚前后完葺之。寻废。成化二年，知州王叙、指挥苏宽、时宝[⑤]命军耆邓亨募缘重建。弘治十年，监储左监丞莫昂重修玉皇殿。

又：八仙观，在城西南隅；白云观，在城东七十里；庆真观，在城东南六十里；瑞云观，在城西北四十里；集仙观，在城东南八十里；三清观，在城南五十里。今并废。

① 原作“今”，径改。下同。
② 案嘉靖《徐州志》载在州“东南”，未详里数。
③ 嘉靖《徐州志》作“宝光寺”。
④ 原作“名”，据《明宣宗实录》、弘治《重修徐州志》改。
⑤ 原作“觉”，据弘治《重修徐州志》卷二《寺观志》改。

萧县

玄释

宋

曹国舅，绍圣四年，蝉蜕于玉虚观。在县东南五十里，今更名腾云寺。

元

徐神翁，萧人，居县东南八十里陈疃村。通黄白之术，家日殷富，曾建愿穷堂、不富亭。后白日升举。今丹井遗址存焉。

国朝

刘渊然，号体玄子，萧人。祖母谢梦紫衣道者入室而生。及长，遇异人，授以秘书，呼召风雷，劾治鬼物。高皇帝建西山道院［以］①居之。昭皇帝赐以御书，曰“长春真人”。宣德七年八月八日，属其徒曰：“气聚而生，气散而死，生死一理，吾将逝矣！”引手作一圈，曰“呵呵”，趺②坐而化。翰林豫章胡俨作传，并赞曰：“羽衣协梦，灵岳储精。至人授受，金书玉经。掌握风雷，行通神明。褒封宠锡，终始恩荣。飘然乘化，逍遥太清。”

按《南畿通志》：唐张果尝寓居萧东南山洞中。考非萧人，不书。

寺观

华严寺，在县南隅。旧在古城邑厉坛东，宣德二年徙此。

天门寺，在县东南六十五里山谷中。元至元间，僧净本建。宣德四年，知州杨秘因劝农偶憩，悦其景幽，遂命僧广善募缘重建，更名禅院。

白云寺，在孝义乡，洪武元年建。

开皇寺，在孝义乡，金大定四年建。

寿圣寺，在城南二十五里。

显庆寺，在里仁乡，宋咸平元年建。

石佛寺，在乐善乡，宋开宝③八年建。

福寿寺，在乐善乡，金大定七年建。

朝阳寺，在乐善乡，洪武四年建。

新兴寺，在乐善乡，金大定四年建。

龙泉禅寺，在县东南六十里。

皇藏寺，一呼“黄桑”，在都仁乡，元至正间建。

---

① 原阙，字据嘉靖《徐州志》补。

② 原作“跌”，径改。

③ 原作“开皇”，讹从嘉靖《徐州志》，据乾隆《徐州府志》改。

龙驹嘴寺，在都仁乡，正德元年建。

成阳寺，在都仁乡，元至元二十三年建。

尠沟寺，在都仁乡，金贞[1]祐元年建。

五眼泉寺，在都仁乡，元至正四年建。

灵光寺，在都仁乡，金大定四年建。　普照寺，在都仁乡，金大定四年建。

腾云寺，在都仁乡，唐太和元年建。　白土寺，在都仁乡，金大定元年建。

龙寿寺，在都仁乡，金皇统元年建。

九圣寺，在红亭乡，晋大安间建，元元祐间重修[2]。

积善寺，在红亭乡，宋景祐三年建。　建风法轮禅寺，在县西北三十里。

孝义寺，在县北三十里。

龙泉寺，在县东南三里泉水山阴，金明昌二年建。

延寿寺，在县治东。　宝峰寺，在县东十一里。

凉楼[3]寺，在县东北十里。

瑞云寺，在县东南七十里。正统七年，卧佛寺在持僧恒斌重建。

又：永堌寺，在县东南三十里；今佛寺，在县西南三十里；东庄寺，在县东南七十里；马常寺，在县南二十里；报恩院，在县南四十里；正觉院，在县南五十里；大明院，在县南五十里；兴宝泉院，在县西南五十里；徐里院，在县南七十里；北大圣院，在县南五十里；明化禅院，在县西二十里；大圣禅院，在县西北五十里；兴佛禅院，在县西五十里。今并废。

栖真观，在县西七十里。　乾明观，在县西南五十里。

玉虚观，在县南五十里。　太虚观，在县南五十里。

大道玄元观，在县东南五十里。

沛县

玄释

春秋

琴高，居香城泗水中。以善鼓琴，为康王舍人。行彭、涓之术，浮游砀间二百余年。后入砀中娶龙子，乘赤鲤出入。

① 原作“真”，据金宣宗年号径改。

② 按：“晋大安”，疑“金大安”之讹，“元祐”疑元仁宗“延祐”之讹。

③ 原作“栖”，据嘉靖《徐州志》、康熙《萧县志》改。

晋

王玄甫，学道于赤城、霍山。服青精石饭，得吞日精丹景之法，内见五脏。穆帝永和元年正月望日，白日升举，为中岳真人。（见《一统志》并旧志）

国朝

鹿风，幼习百家阴阳杂书，善祈祷法术。邑人旱暵必叩，雨如响应。

寺观

龙泉寺，在县治河南迤西半里许，坏于水。嘉靖十三年，住持僧觉颐重建。二十一年，知县王治申请易为儒学，改寺于旧学。

兴国寺，在县西四十里千秋乡。金大定间，僧重棐因旧址建，初名“洪济”。其徒法济，复修饬之。贞祐二年，赐今名。

杨名寺，在县北四十里。

盘龙寺，在县西南三十里。

龙冈寺，在县西北二十里。

汲冢寺，在县西二十五里。

高房寺，在县西三十五里。

马村寺，在县西南三十五里。

昭阳寺，在县东北二十里。

石羊寺，在县东三十五里。

大安寺，在县西南三十五里。

蝗虫寺，在县西南十五里。

贺堌寺，在县西北四十里，有碑记。

祥国寺，在县东二十里，成化七年建。

七山寺，在县西南三十八里。

夏镇寺，在县东四十里。

新兴寺，在县东三十里。

卧佛寺，在县西三十里。

上闸寺，在县东十五里。

栗子寺，在县南二十里。

庙道口寺，在县北三十里。

欢城寺，在县东北三十五里。

又：灌城寺，在县西四十里；青墩寺，在县南三十里；张家庄寺，在县北十里；桑子寺，在县南三十里；无儿寺，在县西南三十里青龙桂籍山下；黄龙寺，在县南三十里；昭庆寺，在县东四十里；秦村寺，在县南二十八里；隆兴寺，在县北二十里；丁庄寺，在县西二十里；晓明寺，在县西十里；华严寺，在县东南二十里；邢家寺，在县西北五十里；兴国寺、福胜院、贞元观、长春观、玉虚观，今并废。

砀山县

玄释

春秋

琴高，楚人。（详沛）

元

洞真子，涿州人，姓丘。壮年学道。至元庚寅，北游京师，谒真人祁公，赐号宝岩大师。既退，东南游邹峄山，拜丹阳真人为师，道侣共号为洞真子。乃西游砀山，遇智井人赵志坚，创建琳宫。功成，达于集贤院并掌教大师，赐宫名“聚仙”，洞真子为真静大师，兼本宫提点。延祐乙卯，邀里中故旧会茶讫，托以他往，告别。次旦，人见其西去，其弟子志坚辟户视之，羽化矣。

寺观

永庆寺，在县西街北。旧有佛殿，创始不知何代。永乐七年，僧海辩建万佛琉璃宝塔于寺前，九重，高四丈。访之父老，称塔下志石有开皇年号。宣德十年，僧文琩重建殿宇。嘉靖十一年，僧真圆创千佛阁于后，高与塔齐。

立头寺，在县东保安社。

大明寺，在县东陈村社，金大定二年建。

白塔寺，在县东马昂社。

白云寺，在县东赵九社。

定国寺，在县东马昂社。

兴国寺，在县东南渠城社，元至元二十六年建。

南大觉寺，在渠城社，至正元年建。

寿圣寺，在县东北崇教坊，金大定四年建。

云台寺，在县东北使庄社，至正二年建。

观音寺，在县南门外。

资圣寺，在县南赵九社，景泰七年建。

铜钟寺，在县北段庄社，元至元二年建。

吴庄寺，在县西北柳庄社。

回罡寺，在县西北浮沟社。（又：奉伯寺、永安寺，今并废）

释迦院，在县东五十里。宋建，元天历二年重修。

崇寿院，在县东一里。金大定间，僧刘果钦建。

大觉院，在县北四十五里。

崇庆庵，在县后。

聚仙宫，在县北三十五里安阳市力寨。元延祐改元，洞真子与智井人赵志坚购地创建。功成，达于集贤院并掌教大宗师，赐宫名“聚仙”。

[青华观，在县东北使庄社。　　全真观，在县北一里。

丰县

玄释

三国

张鲁，字公祺。祖父陵，客蜀，学道鹄鸣山中，造作道书。传业衡，衡传于鲁。鲁行宽惠，自号君师，百姓亲附。供道之费，米限五斗，故世号“五斗米道”。

元

云真子，姓房，名德稳。早慕玄风，学道莱州长春真人门，号云真子，攻苦食淡余二十年。尝居丰，三年不出。至元三年，即曲豆胜境构建洞真观。

寺观

永宁寺，旧在县治东北二百五十步。北齐天保二年，改白塔寺。周天和六年毁。隋开皇元年重立，十三年改道成寺。大业元年，又废。唐上元二年重兴，改重光寺。宋大中祥符四年，复改永宁寺。建炎间，迁东北隅汉卢绾故宅。金大定十九年，僧普净修建。元至元十四年，僧文秀重修。又十四年为大德七年，僧法澍屡葺之]。[①]

登云寺，即华山寺，在县东南三十里。系古迹，[建立][②]无考。嘉靖二十二年重建。

重福寺，在田村保，金大定元年建。　　华严寺，在司马保，至正元年建。

福胜寺，在苗城保，至正元年建。　　清凉寺，在县东南十里。

大圣寺，即大圣院，在县北四十里。　　杨庄寺，在县西北二十里。

许家寺，在县南二十里。　　刘庄寺，在县西北三十里。

春台寺，在县东南三十里。　　吕堌寺，在县西三里许。

贺堌寺，在县东北四十里。　　丁兰寺，在县东北十里。

马庄寺，在县东九里。　　观音寺，在县北四十里。

---

① 底本缺页，自“青华观”迄此，参嘉靖《徐州志》、顺治《徐州志》补。

② 二字据嘉靖《徐州志》补。

清堌寺，在县北三十里。　　褚庄寺，在县西北三十五里。

洪方寺，即龙泉寺，在县西北五十里。

明教寺，在县北五十里。　　首[①]羡寺，在县西北四十里。

胡庄寺，在县西北三十五里。　　应封寺，在县西四十里。

苗城寺，在县西南一十五里。　　韩村寺，在县北一十五里。

铜钟寺，在县西南二十里许钓台村中。

曲房寺，在县南五十里。　　石瓮寺，在县西南二十五里。

郑家寺，在县南五里。　　卧佛寺，在县西北十里。

夹河滩寺，在县西十五里。　　万陈寺，在县南落东三十里[②]。

安国寺，在县西北四十里村中，有古碑记。

圣泉庵，在县内东南隅。　　望彭庵，在县南门外西。

洞真观，在县城下。元至［元］[③]六年云真子建，即曲豆胜境。至元二十五年改为曲泉[④]宫，有记。

南华观，在县南四十里。　　长春观，在县南七里。

和光观，在县西北四十里。（又：龙翔［观］[⑤]、紫薇观、天和观，今淤废）

杂纪

事有蔓诞不经、琐屑无据者，若不足以传信。虽然，杂纪、杂录、琐言、野丛谈之类，自昔不废。况一方之乘，在当时必据事直书，初非驾空语怪，以资谈笑者，故不得而芟刻焉。

吕梁悬水

孔子观于吕梁（《列子》注：在今彭城郡），悬水三十仞，流沫四十里（《列子》“四”亦作“三”），鼋鼍鱼鳖之所不能游也。见一丈夫游之，以为有苦而欲死者也（《庄》无“者”字），使弟子并流而拯之。数百步而出，披发行歌，而游于棠行（“棠行”，《庄》作“塘下”）。孔子从而问之（“之”，《庄》“问焉”），曰：“吕梁悬水三十仞，流沫三十里，鼋鼍鱼鳖所不能游也。吾见子道之，以为有苦而欲死者，

① 原作“鲻”，据隆庆《丰县志》改。

② 隆庆《丰县志》同作“县南落东”，顺治《丰县志》删“落东”二字。

③ 底本脱字，据嘉靖《徐州志》、隆庆《丰县志》补。又，隆庆志作“至正二十五年改为曲泉宫”，与此有异。

④ 原作“全”，据本志卷二“古迹”及丰县博物馆存雍正五年石碑改。

⑤ 字据文例补。案嘉靖《徐州志》：龙翔观在县城东北隅，正统十二年典史马能因旧址建。

使弟子并流将拯子。子出而披发行歌（自“吕梁”至“行歌”，《庄》无），吾以子为鬼也（《庄》无“也”字）；察子，则人也。请问蹈水有道乎？”曰：“亡（“亡”音“无”）。吾无道。吾始乎故、长乎性、成乎命，与济俱入，与汩偕出，从水之道而不为私焉。此吾所以蹈之也。”孔子曰：“何谓始乎故、长乎性、成乎命也？”（《庄》无“也”字）曰：“吾生于陵而安于陵，故也；长于水而安于水，性也；不知吾所以然而然，命也。”（出《列子·黄帝第二篇》并《庄子·达生第十九篇》。《列子书目录》注云：“列子，先庄子。”故庄子称之）

孔子自卫反鲁，息驾乎河梁而观焉。顾悬水三十仞，圜流九十里，鱼鳖不能游，鼋鼍弗能居也，意者难可以济乎？丈夫不以错意，遂渡而出。孔子问之曰：“巧乎？有道术乎？所以能入而出者，何也？”丈夫对曰：“始吾之入也，先以忠信；及吾之出也，又从以忠信。忠信错吾躯于波流，而吾不敢用私。所以能入而复出者，以此也。”孔子谓弟子曰：“三二子识之：水且犹可以忠信诚身亲之，而况人乎？”（出《列子·说符第八篇》，与前小异。刘向《说苑》同此）

高祖试吏

汉高祖壮，试为吏，为泗上亭长。秦二世元年，陈涉起，沛父老共立季为沛公。三年，楚怀王见项梁军破，恐，徙盱眙都彭城。以沛公为砀郡长，封武安侯。（《史记》）

筑制

汉高祖过沛所击。《释名》曰：“筑，似筝，细项。”按今制：身长四尺二寸，项长三寸，围四寸五分，头七寸五分，上阔七寸五分，下阔六寸五分。（出《通志》）

竹皮冠

汉高祖为亭长时，乃以竹皮为冠，时时冠之。及贵，常冠，谓“刘氏冠”。（出《汉书》及《玉海》）

司马迁厄彭城

司马迁年二十而南游江、淮，上会稽，探禹穴，窥九疑，浮沅、湘；北涉汶、泗，讲业齐、鲁之都，观夫子遗风，乡射邹、峄；厄困蕃、薛、彭城，过梁、楚以归。（《出《前汉书》）

文帝幸徐

魏文帝黄初六年，帝自谯循涡入淮，从陆道幸徐。（出《通志》）

白虎樽

晋穆帝升平二年，彭城计佐虞兴发白虎樽。（出《玉海》）

曲赦彭城

晋安帝元兴元年，曲赦广陵、彭城大逆以下。（出《通志》）

复彭城

南宋武帝永初元年八月戊辰，诏曰：“彭城桑梓，报本斯隆，宜同丰沛，各[①]复租布三十年。”（出《南史》[②]）

白狼童子像

南宋王懿与兄睿同起义兵，与慕容垂战败。懿重创走，与家属相失。路径大泽，不能前，困惫，卧于林中。忽一小儿青衣，年可七八岁，骑牛行。见懿，惊问曰：“汉已食未?”懿言饥。小儿去，须臾复来，得饭与之。懿食毕欲行，会暴雨，江溢，莫知津径。遇有一白狼至前，仰天而号，号讫，衔懿衣，因渡水。懿随之，得济，与兄睿相及。后宋武帝受命，以懿为徐州刺史。懿于彭城立佛寺，作白狼、童子像于塔中，以存河北所遇也。（出《通志》）

白玉戟

南宋孝武大明四年二月乙巳，徐州于汴水得白玉戟以献。（出《玉海》）

宋赦

南宋废帝景和元年十月癸亥，曲赦徐州。（出《南史》）

梁赦

梁武帝天监十一年，曲赦扬、徐二州。

---

①《南史》原文“其沛郡、下邳各复租布三十年”。《宋书》“各”作“可”，亦指二郡而言。

② 本条出自《南史》，与《宋书》文句差异较大。原作“汉书”，误，今改。

梁武帝大通六年，曲赦司、豫、徐、兖及都下。（并出《通考》）

扬徐人丁

南齐自永元以后，魏每来伐[①]，继以内［难］[②]，扬、徐二州人丁，三丁取两，以此为率。（出《通考》）

褚玠善射

陈太建中，褚玠善骑射。尝从司空侯安都于徐州出猎，遇猛兽，玠射之，载[③]发，皆中口入腹。（出《南史》）

泛舟泗水

魏［孝］[④]文帝南行，崔休从驾。及还，幸彭城，泛舟泗水，休在侍筵，观者荣之。（出《北史》）

文伯忠义

魏徐州刺史元法僧将谋为逆。时，领注书兼舍人张文伯奉使徐州，法僧问曰："我欲与卿去危就安，能从我否？"文伯曰："安能弃孝义而从叛逆也！"法僧将杀之，文伯骂曰："仆宁死见文陵松柏，不能生作背国之虏！"法僧杀之。（出《北史》）

崔赡悲感

北齐太宁元年，卫尉少卿兼散骑常侍崔赡聘陈。过彭城，读道旁碑文，未毕而绝倒。从者遥见，以为中恶。此碑实赡父㥄[⑤]为徐州时所立，故痛殒焉。（出《通志》）

古墓铭

高流之为徐州刺史时，河决，水冲破城，一古墓铭曰："死后三百年，背底生

① 原作"代"，据《文献通考》卷十《户口考一》改。
② 字据《文献通考·户口考一》补。
③《陈书》本传作"再"。又，"兽"即虎也，唐人避讳改。
④ 字据《北史》本传补。
⑤ 原作"俊"，据《北史》《北齐书》改。

流泉。赖有高流之，迁吾上高原。”流之为造棺椁改葬焉。（出《朝野佥载》[①]）

张建封妾盼盼

唐张建封节制武宁，门下客皆词人名士，至于歌舞姝，必求知书者。盼盼乃徐府奇色也。初纳之燕子楼，三日乐不辍。时白乐天使经徐，访公，饮酣[②]，出盼盼佐酒。乐天赠诗云：“醉娇无气力，风袅牡丹枝。”张后别构新楼贮宠之。公薨，盼盼感恩，誓不他适。或有问答，皆以诗。有《燕子楼集》三百首。公从子仲素于汉中逢乐天，口占其诗三章：“楼上残灯伴晓霜，独眠人起合欢床。相思一夜情多少，地角天涯不是长。”“北邙松柏锁愁烟，燕子楼中思悄然。自埋剑履歌尘散，红袖香销一十年。”“适看鸿雁岳阳回，又睹玄禽逼社来。瑶瑟笙箫无意绪，任从蛛网任从灰。”乐天和曰：“满帘风月满楼霜，被冷灯残拂卧床。燕子楼空霜月苦，秋宵只为一人长。”“钿翠裙罗黯似烟，一回看着一潸然。自从不舞霓裳曲，叠在空箱得几年。”“今春有客洛阳回，曾到尚书冢上来。见说白杨堪作柱，争教红粉不成灰。”又一绝云：“黄金不惜买蛾眉，拣得如花三两枝。歌舞教成心力尽，一朝身去不相随。”仲素到京觐从祖母，出此四诗示盼。盼盼得诗，挥涕缀和云：“自守空闺敛恨眉，形同春后牡丹枝。舍人不会人深意，讶道泉台不去随。”不食旬日而卒。

文正公卒徐

宋皇祐四年五月甲子，资政殿学士、尚书、户部侍郎、汝南范文正公薨于徐州。公讳仲淹，字希文。其年请知颍州，肩舆至徐，遂不起。时年六十四。（出本集）

徐州风物

宋陈后山《寄曹州晁大夫》诗云：“堕絮随风化作尘，黄楼桃李不成春。只今容有名驹子，困倚阑干一欠伸。”自注云：“周昉画美人，有背立欠伸者，最为妍[③]绝，东坡所赋《丽人行》也。”任天社云：此篇言徐州风物。后山尝有词并序云：晁大夫增饰披云，初欲压黄楼，而张、马二子，皆当年樽下世所谓英英、盼盼者。盼卒，英嫁，而盼之子莹，颇有家风。而曹妓未有显者，黄楼不可胜也。作《南乡

① 字据文例补。案《朝野佥载》：“后魏高流之为徐州刺史，决滹沱河水绕城，破一古墓，得铭。”考滹沱河之流经，似不在今域。

② 原作“边”，据白居易序改。

③ 原作“研”，据《诗林广记》卷四改。

子》以歌之，曰："风絮落东邻，点缀繁枝旋化尘。关锁玉楼巢燕子，冥冥，桃李摧残不见春。流转到如今，翡翠生儿翠作衾。花样腰身官样立，婷婷，困倚阑干一欠伸。"盖前云"风絮"以属英，"尘化"以属盼，"名驹子"以属莹。[莹]①之母，马氏也。（出《菊坡丛话》及《诗林广记》）

参寥子访东坡

宋参寥子来徐州访东坡，东坡令妓求诗。诗曰："多谢樽前窈窕娘，好将魂梦恼襄王。禅心已作沾泥絮，不逐春风上下狂。"（出《全书》及《类聚》）

天祥北行

宋文天祥以丁丑年十一月被执北行。戊寅年九月初九日至徐州，吊项羽故宫地，登黄楼台，读子由赋。十一日至沛县，作《歌风台》诗。（见《山川》）

明善赈彭城

元元明善为翰林直学士，奉特旨出赈山东、河南饥。时彭城、下邳诸州连数十驿，民饿马毙，而官无文书赈贷。明善以钞万二千锭分给之，曰："擅命获罪，所不辞也！"（出《元史》）

老媪读史

贾媪，节妇陆氏女，举人王邻女弟。颇解文事。夜读史，至舜诛四凶，心疑之，曰："何物四凶，乃敢尔耶？"忽窗外有四丑②物，各道姓名以应曰："某等在此！"启户视之，寂无所见。媪遂得怖疾而终，年八十余矣。

刘氏阴报

刘弘敬，字元溥，彭城人。有善相者告以天年将尽。弘敬曰："寿夭，天也。尔其奈我何？"后为女买婢，有名兰孙者，察知其为名家女也，乃备装资，先其女嫁之。是夜，梦一人曰："我兰孙父，荷君嫁女，无以报。今告天，延君寿二十四年。"既而相者复至，曰："相君面，可延二纪。行何阴德而致然？"弘敬曰："无他。不忍以贵为贱，嫁一婢耳！"讫果延二纪而终。

---

① 字据《菊坡丛话》《诗林广记》补。

② 原作"媿"，同"醜（丑）"。《篇海类编 · 人物类 · 女部》："媿，古文醜字。"

徐不鞭春

徐州城形如卧牛，且其河善放溢，昔人尝铸铁牛镇之。迎击土牛，则于城形及铁牛俱有妨，故不鞭春。盖俗传云。[①]

萧不鸣钟

萧县相袭不撞钟，以为撞之则水至。嘉靖间，县尹朱同芳弗听，水果大至，漂没田庐。同芳坚不听，水亦寻涸。及孙重光尹萧，父老恳请，重光遂止之，乃为文以祭钟曰："鼓焉以钟，昏晨之轨。民有讹言，金能利水。为民父母，从此而已。御患无德，随俗可耻。钟兮有灵，尚鉴乎此！"重光去，王荩臣继之，复令撞钟，其家病祸相沿，惧而复止。钟果能祸福人耶？多见其不知命也。

萧民义犬

元末时，萧县一男子樵于白茅山。时林木荟蔚，寂无人行，独一犬随之。樵者为虎所获，将噬之。犬鸣斗不已，力竭而死，虎亦遁去，樵者遂免害。父老相传以为义犬。噫！世之忘义者，有愧于此犬多矣！录之，岂独为一犬哉？

趯钟怪迹

萧元末时，平地内见有二巨钟纽。劚至数段，明日复如初；埋土中，明日复露。屡试皆然。忽一日，同趯行约十余里，鸣鼓如雷。走入黄河，喷水丈余。顺流而下徐州，张士诚守将祷留弗获。适三女僧过而咒之，乃留其一，取碎，内获黄金四锭。其一流去，莫究所往。（旧志）

沛县富翁

沛县有富家翁，资三千余万。小妇子年才数岁，顷失其母。父无近亲，其女不贤，翁病困思念，恐争其财，儿必不全。因呼族人为遗书，令悉以财属女，但遗一剑，云："儿年十五，以还付之。"其后，果不肯与。儿诣郡，自言求剑。时，太守何武得其条词，因录女及婿，省其手书，顾谓掾史曰："女性强梁，婿复贪鄙，畏残害其儿，又计小儿得此财不能全护，故且与女，实寄之耳，不当以剑与之。夫剑者，所以决断限。年十五者，智力足以自居。度此女、婿必不复还其剑，当闻县

① 弘治末，东莞王缜《徐州春日野望》诗注："徐俗不作土，询之故老，云徐州是卧牛城，打春则人不安。"其俗当时尚存，可资佐证。

官。县官或能证察，得见申展。此凡庸何能思虑弘远如是哉！”悉取财以与子，曰：“敝女恶婿，温饱十岁，亦已幸矣！”论者大服武。（出《通考》）[①]

文帝幸小沛

后魏太和十九年［夏四月］[②]癸丑，孝文帝幸小沛，使以太牢祭汉高祖庙。（出《通志》）

徐州志卷之六终

① 底本缺页，“逿钟怪迹”“沛县富翁”二则参顺治《徐州志》、万历《沛志》补。
② 三字据《魏书》《北史》本纪补。

清顺治《徐州志》

胡廷佐　　监修
李向阳等　纂修

徐州志卷之一

輿地

郡人　蔣之綖　同修

夏應鳳

按黃帝始君天下未分州郡顓頊創置九州帝嚳受之以淮北爲徐州而記曰烈山氏霸九州烈山氏在炎帝以前其語不涉渾沌乎孔子謂子貢曰吾與若渾沌奚足以知之記之言非夫子之言也禹治水作貢因嚳之舊耳舜肇十有二州而商止言九圍九有

导读

清顺治十一年（1654）刻本《徐州志》(简称“顺治志”)，胡廷佐监修，李向阳、夏应凤等纂，由州、县主官共主其事，地方学者执笔同修，是入清后的第一部徐州志书。顺治《徐州志》既有传统志书的编排共性，又有自身鲜明的时代特性。因处改朝换代之际，迫于当时的文化专制政策，志书编纂颇多禁忌，在史料取舍上厚古薄今，对当时的社会政治、经济情况多所疏缺，发凡起例、叙事议论都较之明代志书更显晦涩。又兼成于众手，考据不够精详，体例时有参差，都对这部志书的质量有所影响。

一

17世纪中叶，清王朝初定天下，民族矛盾尖锐，社会动荡不安。为了巩固和加强自身政权，统治者在艰难的文化抉择中，最终确立了“崇儒重道”的传统为政方针，在积极恢复科举的同时，也把修志作为巩固新政权的一项重要措施。根据当时的文治政策，统治者一方面认为可以通过修志工作的开展，网罗一批汉族知识分子参加，以减少汉人的反抗情绪；另一方面，借助修志之机，掌握各地户口、钱粮、山川形势、兵防险要、风土民俗等情况，从而加强对地方的控制。为此，从顺治初期开始，徐属各县即陆续开始修志。顺治四年，砀山知县赵启建曾纂辑《砀山实录》抄白本一册，“以应史馆之采”(乾隆三十二年本《砀山县志·凡例》)；顺治七年，萧县知县祖永勋主修《萧县志》十卷（今存残本)。徐州知州余志明所说：“徐志垂七十余年未经修辑，而属邑顾先有从事者，是未提其纲也。”(《修徐州志叙》) 即是指以上两事。

顺治十年二月，甘肃平凉人胡廷佐出任淮徐兵备道(《顺治朝实录》卷七十二)。到任后，翻阅州志，见其失修已久，慨然有意重修。胡廷佐认为“水土物产，经国大儒皆宜究心”，修纂志书可以“寓古人筹边绘图之深意”，遂于次年“征聘名宿，分类撰辑，用昭文献”。据志书卷首纂修姓氏名单显示，志书由整饬淮徐等处兵备、江南提刑按察司佥事胡廷佐挂名纂修，徐州知州余志明负责经理，同时参与协助工作的还有河务同知叶腾凤、魏裔鲁，萧县知县丁体仁、沛县知县郭维新、丰县知县阎瑶、砀山县知县夏以牧、徐州守备冯士显等人。正是因为有了这批官员从上到下的支持和协调，顺治《徐州志》的编纂才能够得以顺利开展。而《中国地方志联合目录》《中国地方志总目提要》等均载该志为“余志明修，李向阳纂”，可能是基于余志明的知州身份。编修徐州志书，余志明自然不能置身事外，但实际上，从本志的最初动议，以及编修中具体事务组织、稿成后的删削审定等情况来看，胡廷佐从中出力较多，并非以其权高望重而徒事挂名。

考胡廷佐生平履历，明季以贡生谒选，改授直隶容城知县，任内曾修县志（崇祯癸未修，稿成未梓，罢去）。鼎革后剃发易服，再仕新朝，由山西冀北道升任江南淮徐兵备道，治所就在徐州。胡廷佐《修徐州志叙》言：“余分刺淮徐，翻阅州志，见其相沿已久，不无愆忘，逮今不修，更滋迷漏。”余志明序亦称：“观察胡老大人按徐，百废俱举，首葺圣宫，即垂情郡乘，集一郡四邑之彦而从事焉。”可见胡廷佐确有事前动议之功。本志卷八《会览》所录石湖姚佺《杨母节孝传》云：“甲午，会廉察胡公来徐，敕郡国县道有好文学、敬长上、奇节笃行、出入不悖所闻者，辄以名闻。诸生胡儒统等得条上张节妇，为之传。公曰：‘是媪，吾所急也，与入琬琰。’”可见志书的资料征集、人物收录标准的制定，胡廷佐多有参与。稿成后，“笔削之权，游夏莫赞，众逡巡谢不敏”（余志明序），胡廷佐于公余之暇，亲为点次，使得志书得以最终定稿，又见其有事后审订之劳。明清两朝，淮徐兵备副使（后改为淮徐兵备道）作为驻徐最高行政长官，修葺学官、创办书院、编修志书，多有参与，且其态度和作为对于推动各项工作的开展至关重要。封建时代固然常有请权高望重之人挂名编修的风气，但就徐州志书而言，并非所有位高权重者都能够得以挂名总修，如康熙《徐州志》、乾隆《徐州府志》等，则因时任淮徐道未参与具体事务，事后都不曾列名编务。

顺治志的纂修主持人李向阳，字孝乾，又字晴寰，康熙朝徐州状元李蟠的祖父。明末天启四年（1624）甲子科中举，次年春赴京会试，因拒绝魏阉以“大魁”拉拢，故不得入闱，遂亡匿江南。阉党失败后，一度出任金山卫（今属宝山县）教授。解组归来，与万寿祺意气相投，诗文唱和，往来密切。明亡后，以遗民自居，屡辞清廷征召。清朝定鼎后，一来为了取得正统地位，二来为了笼络汉族知识分子，编《明史》、修方志等工作很快就开展起来了。作为前朝遗民，李向阳深怀故国情思，同时也为了留史存真、启教后世，故而当胡廷佐延请其修志时，毅然出山主持编纂事务。负责各卷分纂工作的有学官张如骞、蔡尚廉、李陶寰、苏渊、程孔思，地方文人夏应凤、蒋之绂、毕翰、蔡日知、任国鑽、吴汝琜等人。他们参考明志，斟酌损益，在李向阳的统一主持下，于顺治十一年（1654）八月初定稿，旋付刊印，成就了清朝立国之后的第一部徐州志书。

顺治志共八卷，因卷四、卷六分量较大，各析为上下卷，共分十册装订。卷首有胡廷佐和余志明序文各一则。原目卷一舆地志：州县境城图；星野、疆域、沿革、沿革表、形胜、山川、里图、古迹（陵墓附）。卷二建置：城池、封建、漕政、兵防、兵变附、赋役、河防、公署、铺驿。卷三儒学：学校、上丁（即祭孔，旧时于阴历二月、八月上旬丁日举行）、陈设图、祀典。卷四宦绩：宦绩、历代秩官制、历代秩官题名、选举、武途、恩荫（正文作“恩遇”）、乡饮、保举。卷五人物：人物（隐逸附）。卷六文苑：诰谕、誓、诏、议、疏、表、序、书、记、诗、赋、铭（实际行文另有标准）。卷七阐德（记烈女、节妇）。卷八会览：谱序、灾祥、丛纪、侨寓、方外、方技、风俗、土产、纂志诸生姓氏。卷末有胡廷佐之子胡大定《跋语》一篇。全书二十一万余字，《中国地方志总目提要》谓“约十三万字”，不知据何估算，今订正之。

顺治《徐州志》的纂修，在当时并非孤立事件。除顺治四年砀山草志、顺治七年萧县修志外，在州志编纂的同时，丰、沛二县也各有纂修。《新修丰县志》十卷，知县阎玿修、生员张逢宸等纂，始修于顺治十一年，后《徐州志》两年告成，余志明曾为作序（今存顺治十三年刻本）。顺治《沛县志稿》，知县郭维新修，稿成未刊，今佚，但其内容基本被后来乾隆五年李棠所修《沛县志》所承袭。正是因为四属县或已有近志，或正在纂修新志，故而顺治《徐州志》在纂修时，偏重于州境掌故人事的记载，于四邑内容则多作“见邑志”“见邑新志”等字样，这也为后来康熙二十二年《续修徐州志》的独特体例开了先河。

二

儒家教育历来注重培养士人的忧世意识，即使身处江湖之远，他们仍以国士自诩，以天下为己任。面对异族政权入主中原，李向阳虽未如阎尔梅、万寿祺一样参与武装反抗，但受儒家忠孝思想的影响，身怀前明亡国之痛，又对清政府充满种种怀疑，于是以遗民自居，“大中丞赵累疏荐用，弗就”，在家注书编文，足迹不入都市，“然其志不以文为也，但寓意焉”（康熙《续徐州志·人物》），因此一旦机会来临，便自觉承担起了纂修之任。

李向阳作为主编，主要负责发凡起例，统筹各分卷的纂修规划。另外，志书中每目之后的短跋，从语言风格上看，也应当都出自其手。由于当时民族矛盾尖锐，很多人事存有争议，故而李向阳借口徐州入清岁月不久，史事较为贫乏，刻意回避了当前重大问题，一意搜古访佚。正如《凡例》所言，“当搜天下之书”“具千古之见”。综观全书所载，除“仕宦”“科举”两目对于入清后的人事偶有涉及，其他篇幅的下限基本都止于明季甲申（1644）以前。后来姜焯曾批评该志“田制赋税，多书未变条鞭以前”，也正是这一指导思想的忠实体现，然非身处其境，实难知其中的隐衷。

故国的灭亡让李向阳倍感痛苦，但又不能公然宣泄，于是仿效《春秋》笔法，寓褒贬于言辞之外，委婉地表达自己的观点。正如《凡例》所言："谁云载事之书，而非谈理之契也！"这点在志书《人物卷》的编排上有着微妙的体现。旧志记载人物，都是以州县为经，以世代为纬，从秦汉以迄当朝，次第铺开。顺治志则独出心裁，将明朝人物单独列出，再按属地重新编排，以与宋元以前人物形成并列两个部分。这种编排方式，貌似并无必要，实则正见孤臣孽子之心。对于人物的收录标准，顺治志也另有原则，尽管在《凡例》中没有直接交代，但通过对前后几部志书的仔细比较，于人物删削之间，其意自明。如明代志书都有记载的刘牢之、徐文盛、刘知俊等人，因其反复无常，多次背叛，此番修志概予削去；徐州人曹珪为金朝大义灭亲、砀山人石普为元廷讨红巾而死，其所效忠的都是异族政权，亦在删削之列。旧志于人物传中多有"孝义"一目，内容本来都是可以直接移用的，然而顺治志概削去不载，似乎隐言当时已无孝义可谈。再如《闺德》一卷之增设，仔细推敲，亦寓苦心。自东晋《华阳国志》以后，历代正史、地志中为女性立专卷者不乏前例。明代徐州志书仅附载人物之后，以旌其德；真正为女性专设一卷，则始于入清不久的顺治州志。通过一系列守节、殉夫等女性形象的记录，固然有维护封建纲常的教化寓意，但若进一步联想国变以来缙绅士夫的前后所为，此时刻意强调女德的"从一而终"，难免不让人生发须眉有愧巾帼之慨。以上种种，李向阳作为前朝遗民，为新朝修志，故意给志书糊上一层窗户纸，至于读者能否看穿幕后的真相，了解作者的苦心，就要看各自的眼光了。

志成之后，一起参与编修的人对此心照不宣，以致出现了"笔削之权，游夏莫赞，众逡巡谢不敏"（余志明序）的现象。成一代之书，立千秋之功，此时竟相"逡巡谢不敏"，固然不仅仅只是谦德。最后，志稿交由副使胡廷佐"以公余之暇"进行审定，且如余志明所言："一为点次，便觉日星加耀、山岳加崇、川谷加润而珠玑加烂也，猗与千百世之巨典矣！"如果只把此言视作谀词来看的话，未免有些失之草率了。

顺治志内容受阶级功利主义的局限很大，这一点前明遗民和清廷政要都是一致的。例如对待农民起义，一概诬以"匪寇"。而对于清兵的血腥暴行，尽管编纂者心有成见，但却不得不屈于政治压力。如记述清兵践踏徐州，把他们描绘得像是为民除害似的；对于李自成、张献忠部在徐活动的记载，则痛恨之词溢于言表。可见当时虽然积极提倡修志，但在思想上却有着非常严格的准绳。

三

顺治《徐州志》各卷都署有分修者姓名，分别为“郡人蒋之绂、夏应凤同修”“郡铎张如骞、郡人毕翰同修”“郡人夏应凤、蒋之绂同修”“沛邑蔡日知、萧邑任国鑽同修”“郡训蔡尚廉、萧谕李陶裛同修”“砀谕苏渊、萧训程孔思同修”“郡人夏应凤、吴汝球同修”“郡人蒋之绂、夏应凤同修”。从科学研究的角度来看，每个人的知识结构不同，思维方式不同，一个人想独力完成综合性的地方志书确实有困难，而集体编纂、多人合作，无疑是一种理想的编纂方式；但在具体执行中，却也不乏因参与人数众多而产生意见不一、体例参差的问题。从顺治志的《凡例》可以看出，编纂者的初意在于革新，试图“搜天下之书”“具千古之见”，虽然其体例上较之明代嘉靖、万历《徐州志》有所改变，但其分类设目却未尽合理，体系上也显得不甚科学。

以纲目设置而言，据《凡例》称，卷目仿“大衍之数五十”，以八纲统五十目，又合《序》《姓氏》《目录》《凡例》《跋》为五十五，以会通河图、洛书之数。然而翻阅正文，尚多出陵墓、城池、兵变、乡饮、保举五目，已经超出了事先预设。又如《会览》一卷的设置，虽为创格，却多有拼凑之嫌，其中一些类目完全可以归附他卷，如谱序归入《文苑》，侨寓、方外、方技归入《人物》，风俗、土产归入《舆地》。

志书目录与正文间多不合之处，如卷四列“武途”“恩荫”二目于“选举”之后，正文却置于“秩官题名”之前。卷六《文苑》目录详分诰谕、誓、诏、议等十二种文体，而正文中记、诗、赋、铭四目的安排，却是重分山川、古迹、城池、祀典、兵防、漕政、风告、公署、近汇等九目，其中“近汇”一目收录旧志所未载诗文外，其余八目则完全按照万历《徐州志》中各目所附诗文的先后顺序拼辑所成，编排次序毫无章法可言，很不便后人的检索。

顺治志内容紊乱，错讹颇多，尤以职官、艺文两卷为甚。姜焯曾批评顺治志“赵宋事纪于六朝，丰城事窜入丰县”（康熙《徐州志·凡例》）。前者指北宋主簿窦沔误入南朝刘宋（主簿前脱世代“宋”字，应系誊抄之疏），后者指东晋羊鉴以讨苏峻功受封为丰县侯（实为“丰城县侯”，其讹始自嘉靖《徐州志》，万历、顺治《徐州志》同误）。又如：“《官司》《人物》中不知霍王、司法为官爵，而与元轨、杨时析为两人；房兆、和洪、源雄三人也，而合为二；高明应、卢齐卿，二人也，而分为三；元显和删一字曰元显；李达、刘矩、刘粹各增一字，曰李达先、刘矩南、刘粹征。如此之类，甚不可解。”这些问题固然多受万历志的误导，但纂修者既诩“搜天下之书”，却依然沿袭谬误，只能说是囿于时见，或者是学非所长，遂致遗憾志林。

顺治志既设《文苑》专卷，但在其他卷中仍大量附载诗文，让人难寻其中条理。又《文苑》卷滥收帝王诏令，如东汉光武帝《策邓禹》《与子陵书》两篇，内容无涉徐州人地，不知因何收录。此外，顺治志在收录前人文章时，率意节录，颇多不省之省，甚至凭一己之喜好，大段进行改写，严重破坏了原始文献的完整性。在抄录过程中，间有将万历志正文一并混入艺文的现象，如王梴《汴水桥记》一文起始数句“水之上流，去城东北二里，有万会桥……嘉靖二十六年，副使王梴议城东门外为泗水下流，徙桥于此，改名弘济，因自记曰”即是，今天在整理过程中，只能把这段话作为短序，以区别正文。又李东阳《吕梁洪修筑堤坝记》题下增小注曰“成化八年”，本有添足之嫌，且时间亦误。考万历志原文：“成化八年，主事张达修砌石堤。十六年，主事费瑄修筑堤坝，长沙李东阳记。”显然是裁剪不精、审读有误。实际上，李东阳该文作成时间更晚，应在成化二十三年费宏登第授翰林修撰以后。

稿成之后，审核工作亦难称谨严。如卷三《上丁》“名宦”条后所补“国朝副使袁应泰、参议徐标”，“乡贤”条后所补“国朝教授沙杰、佥事沙立”，砀山县“乡贤”条后所补“国朝永平府通判邵宗玄”，以上五人都是明人，此时难以“国朝”称之；而卷四《历代官制》赫然还有“大明官制”标题，以及南明“弘光”年号，不论是编者有意所为，还是无意疏忽，事情在当时或许可大可小，但在乾隆中后期的志书文字审查中，随时都会带来毁版之灾。或许这也是顺治《徐州志》在本地过早失传的一个原因。

顺治志存史记事，颇多缺略，特别是入清以来的当代资料脱省过甚。徐州地当南北孔道，正如阎珝《重修丰县志弁言》所言：军机旁午，百务肇兴，大兵大差络绎繁至，东贼西寇交讧肘腋等等。应当说可载之事还是有很多的，但在志书中却鲜有体现。鼎革之际，家国多难，志书固然不便秉笔直录，而入清后的重大时事仍刻意漏载，如夏应凤《马孝子传》“顺治十年秋，胶兵震徐”一句，参看《清史稿》列传十八：顺治十年九月，胶州总兵海时行叛乱，为暴莱州、沂州间，一度南走宿迁，西走永城，后为总督马光辉等讨灭。然而，这件事在志书其他正文中再无印证。总之，今人研究清初时期的徐州历史，很难从这部志中寻觅到多少有价值的资料。

四

据胡廷佐所作序的落款时间“顺治甲午岁仲秋上浣之吉”，又据胡廷佐之子胡大定所作《跋语》称“仲夏叩辞北上，谬为当事所收。比归，而刊定已成矣”。据此可知，顺治十一年秋后，这部志书已经刊成，故而《中国地方志联合目录》《中国地方志综录》等书都记为“顺治十一年刻本”，唯《中国地方志总目提要》误记为“同治十一年（1872）刻本”。但是，目前所能见到的顺治《徐州志》两个本子，分别珍藏于国图善本部（简称“国图本”）、日本国立公文书馆（简称“东京本”），都是后来的补刻本，且内容亦微有差异。

顺治十一年，李向阳主持纂修《徐州志》，碍于种种原因，刻意回避当前时政，对于许多不便下结论的人事，一概采取回避态度，如袁应泰、罗霖等人皆未载，且对当时颇有影响的彭城望族——张胆家族，也未有任何收录。因此，当多年后张胆功成名就、赋闲归来时，即对志书内容作了许多增补。

据张胆所撰《明兵部袁公祖传赞》(兵备副使袁应泰，天启元年抗击后金，殉难辽阳）写道：“近以归养，罢钓葸里，取郡乘读之，而我公之流风善政，绝未载及。不觉潸然凭吊，为之补遗。”另有天启三年萧县知县张镜心、山人罗霖的简传，也署名为“郡人张胆”，这些都是显而易见的；其他未署名的部分，则因补版字体较纤瘦，与旧版风格迥然有别，也不难被识别。合计张家所增刻、改刻版面如下：

卷四《宦绩》第41、又41两页补入袁应泰，《宦绩》第45页补入张镜心，皆系整版改刻。卷四《武途》第74、75页补入张胆、张铎、张道祥，原志卷目作“恩荫”，改刻后作“恩遇”，内容只有张道祥、张铎二人，因旧志面貌无存，难详改刻动机，或许旧志无载，重新补入，也可能是旧志本有，但内容需要重新调整。卷七《闻德》第15、16页涉及张胆之母刘氏，改版增入。卷八《会览》第1页为增刻，原版第1至第3页（即会1、会2、会3）为改刻，增入刘明偀《彭城张氏族谱序》。除增刻一版外，尚有8行字的版面需求，为节约成本，遂于前挤兑卷目及编修姓氏两行空间，于后改徐标《吴氏家谱序》文末12行大字为6行的双行小字。《会览》第12页、又13页系改刻、补刻，增入张胆之父张垣及王明德、王养心、王业大四人殉难事，版面处理技术同前。第60页增入山人罗霖简传，补刻。另卷七《闻德》第54、55、56三页补入吴氏等16人，或贞或烈，或孝或贤，未作统一整理，视其版式风格，也是同一时间补入。

关于补刻时间，参看卷八《会览》所录石湖姚佺《杨母节孝传》一文有“顺治庚子，诏求节孝”字样。杨母张氏，即徐州孝子杨枝荣之母，庚子为顺治十七年（1660)。康熙二十二年《续修徐州志》也有相应记载“顺治十七年八月，按院马上其事，旌其门”。可见，姚佺的这篇文字也非原版所有。另外，彭城张氏族谱约创修于康熙元年前后。本志补有刘明僎所作《彭城张氏族谱序》，而康熙元年绍兴张昺所作谱序则未补入，据此大致推测，顺治《徐州志》的递补时间可能是在顺治十七年八月以后，至康熙元年（1662）以前这三年内。

东京本成书时间更晚，在国图本的基础上仍有所增补。如卷首有顺治十六年所颁《世祖章皇帝谕修明崇祯帝陵诏》残文一篇（整理本径删），卷六之下有康熙四十年间江宁府为补刊名宦惠绩所上详文三则（因全省同祀，保留），皆为国图本所无。特别是详文三则，士绅方苞等人请将麻勒吉、阿席熙、傅腊塔三人事迹补入通志、郡志，参以文中所提到的上元县知县谭有年任职时间为康熙四十五年至四十九年间，可见东京本增补时间应在此间。又卷八《杨母节孝传》一文，东京本与国图本的文句差异较大，虽均有“顺治庚子”字样可证并非顺治十一年所刻，但东京本记载杨枝荣先世人名、事迹较详，貌似应为初稿；国图本所存为节文，且康熙二十二年《续徐州志》亦收该文，字句全同国图本，或许该本才是正式的官方收藏本。总之，目前无从详知两篇的各自依据。

五

顺治《徐州志》纂成后，数十年内始终作为徐州的官藏志书，《古今图书集成·方舆汇编》所引徐州掌故，基本都是出自此书。康熙二十二年（1683）淮徐按察使刘元勋在此基础上续修，近半篇目仅注曰“见前”，于正文却不置一字。康熙六十年（1721）姜焯纂修《徐州志》时，曾谓顺治《徐州志》不足依据，原因是“仓促掇拾，仅以成书，颇不完备”。乾隆五年（1740）王峻纂修《徐州府志》，该志与嘉靖《徐州志》、康熙《徐州志》一并作为重要参考。经历乾、嘉两朝之后，道光十年（1830）崔志元修《铜山县志》时，已不复言及该书了。民国《铜山县志·艺文考》则明确记载为“亡”，且云“不知卷数”。

目前，国家图书馆、日本国立公文书馆均有顺治《徐州志》刻本收藏，版面还算清楚，原北京柏林寺分馆散本残存五卷，字迹已经模糊不堪。国图本与东京本在装订上，各有不同的错脱讹误，且页次时有中断或重出，其中国图本缺失十页，东京本缺失三页，互补二本所缺，尚少卷七之第53页、卷八之第11页。从成书技术上来看，顺治州志可以说是现存徐州志书中最差的一种本子。

修徐州志叙

昔李卫公[①]节度西川，作筹边楼，凡南入南诏，西至吐番，其山川城邑广狭险易，无不了然，如指诸掌。盖古来留心经济之杰，身履其地，必考其地之图籍，有以周知盈虚强弱之实，而后张弛修备，可以惟我设施而无敝。元魏崔浩当太武伐凉，廷臣阻议，以姑臧地皆枯石，水土乏绝，人马易困。浩独言："史称凉州之畜为天下饶。若无水草，畜何以蕃?"其后魏军入凉，浩言悉验。夫以沙漠幽辽之地，而物产水土，浩能引典剥证，一一不诬，可见有志经国者，方州之大，其风土物宜，远迩饶瘠，无不周览而毕知，所以耳目不穷于万里之外。况士君子出仕一方，分土而治，凡关梁险阻之所倚，河渎迁徙之所经，田赋增减、人物盛衰之所备，包并甚大，而图记册籍，蛛封螺裹，听其残缺沿误，使身历之地，山川、人物、兵戎、钱赋，条古案今，茫然莫忆，不几为当事之辱乎？余尝谓：直省郡邑之有志，犹朝廷之有史也。天子、宰相考史书之治乱得失，以行其四海之兴革；方伯、刺史核舆志之险易奢俭，以善其一方之因剔，则志之为功大矣。志之为功也大，则其为书也，不得不严而审。余分刺淮徐，翻阅州志，见其相沿已久，不无愆忘，逮今不修，更滋迷漏。因征聘名宿，分类撰辑，用昭文献。夫徐，捍接淮邳，边徼[②]齐豫，道路要害，[以][③]时设备，则关梁四塞，得无有阙，而未载者是宜书；汴水东注，徐值其冲，流澌迁徙，夫柳[④]日繁，则防筑变迁，得无有阙，而未载者是宜书；过淮以西，地羸人诎，兵燹数经，额赋失实，则履亩核饷，得无有阙，而未载者是宜书；徐在春秋为宋地，中原要区，河山所汇，人物杰出，照耀史乘，而代不乏材，后者莫彰，得无有阙，而未载者是宜书。至学校、城郭，以及风俗、土产，莫不纲举节分，捃摭罔漏。观太武姑臧之功，成于崔浩"凉州之畜为天下饶"之一语，则水土物产，经国大儒皆宜究心，况其钜焉者乎！然则修之，岂以备闻见哉？抚山川之形胜，则保障何以固；揽河流之冲啮，则堤筑何以久；考田赋之盈亏，何以上下俱不困；核人物之显晦，何以兴观俱有裨。是余州乘一书，即寓古人筹边绘图之深

① 李卫公：唐代名臣李德裕，曾任西川节度使等职，文宗和武宗时居相位，封卫国公。

② 原作"檄"，据康熙《徐州志》卷首《原叙》改。

③ 底本漫灭，据康熙《徐州志》卷首《原叙》补。

④ 柳：广柳车，泛指载货大车。裴骃《史记集解》引服虔曰："东郡谓广辙车为柳。"又李奇曰："大牛车也，车上覆为柳。"傅瓒曰："茂陵书中有广柳车，每县数百乘，是今运转大车是也。"

意。倘谓张华《博物》、董巴《舆服》，以之斗靡前哲也，则余岂敢？

时顺治甲午岁仲秋上浣之吉
淮徐备兵使、泾原胡廷佐题于含青馆

徐州志小序

夫牧民贞宪，皆古方伯事也。周、召分陕而治，载在《诗》《书》。洛之诰，棠之诵，经营疆理，不遗余力。何宪非牧，何牧非宪？推之千八百国，可陈诗而知其风，按图而悉其概也。后世称道、称路，以至布、按，称为两司，似布司牧、按司宪，而实非分属也，皆古方伯也，郡邑承流宣化而已。昔酂侯入关，急收版籍，毋乃郡邑之纲领与？徐志垂七十余年未经修辑，而属邑顾先有从事者，是未提其纲也。观察胡老大人按徐，百废俱举，首葺圣宫，即垂情郡乘，集一郡四邑之彦而从事焉。乃笔削之权，游夏莫赞，众逡巡谢不敏，而大人以公余之暇，一为点次，便觉日星加耀、山岳加崇、川谷加润而珠玑加烂也，猗与千百世之巨典矣！志承乏兹守，当事过而索乘，顾可以七十年前应故事耶？虽以半豹蠡窥，罔敢莫殚。今乐观厥成，而如椽之提挈，闳且远矣！抑又思之：《春秋》，夫子之刑书，所以志褒讥也。凡郡邑志有褒无讥，毋乃濡水不知畏，而不知春和之长养，五日风，十日雨，万物兑焉，固无所为霜雪也。四时至信，春和不可狃，万物以收藏为发育，其大人不言之教与？

知徐州事渤海余志明耀乾甫撰

姓氏

监督徐仓税务户部员外郎	丰润谷应泰霖苍甫	
提督中河兼理徐吕二洪钞务工部主事	蕲春李本晟嵩岑甫	
提督夏镇等闸河道工部主事	安陵常锡胤御泠甫	
镇守徐州等处副总兵功加一级	辽阳陈一贯唯公甫	同鉴定
整饬淮徐等处兵备江南提刑按察司佥事	泾原胡廷佐葵衷甫	纂修
淮安府管理徐属河务同知	叶腾凤	
	魏裔鲁	
徐州知州	余志明	
萧县知县	丁体仁	
沛县知县	郭维新	
丰县知县	阎　玿	
砀山县知县	夏以牧	
署守备武进士	冯士显	经理
郡人	李向阳	
	夏应凤	同纂修

凡例

《图》《书》而天下之理备矣。顾九、十之数异焉，兹编统以八纲，遵羲数也。畴数四十有九，而大衍之数五十，乃虚其一焉，与畴不约而同，其实则五十有五也。兹以八纲统众目，共计五十，而序，而姓氏，而目录，而凡例，而跋，又五焉，以之会通《河》《洛》，其数不爽矣。谁云载事之书，而非谈理之契也?

虽一郡之乘，而当搜天下之书；虽一时之辑，而当具千古之见。见，未有不本之书者也。徐郡沉于水，而书之缺者过半矣；毁于兵，而书之缺者又过半矣。斟酌损益，仅凭故乘，顾安所得千古之识乎? 按故乘而有疑焉，他不具论，即《人物》一节，率多世族显宦，何也? 抑闻之修者徒事沿袭，久则难变也。后有作者，其亦有感于斯!

直道而行，子慨想于三代焉。有所誉，必有所试，启口犹严之，况载笔乎? 毁誉之变，而为德怨；德怨之变，而为酬矛。三代远矣，畴能不滋惧也? 况乎断绝已久，文献无征，既多遗失，亦或简略，此指摘之林也。虽然，圣训昭然，曷敢大螯? 故于故乘点窜，示之意焉。

故乘于每项，先括数言。窃谓其项既有名目，无庸也。今项后间附数言，亦以足项内未尽之意耳。其尽者，则亦无赘也。古有“言尽而意无穷”者，孟子谓其指远也。夫若无所指，何远哉?

徐州志卷之一

舆地

郡人蒋之绂、夏应凤同修

按黄帝始君天下，未分州郡。颛顼创置九州，帝喾受之，以淮北为徐州。而《记》曰：“烈山氏霸九州。”[①] 烈山氏在炎帝以前，其语不涉浑沌乎？孔子谓子贡曰：“吾与若，浑沌奚足以知之？”《记》之言，非夫子之言也。禹治水作贡，因喾之旧耳。舜肇十有二州，而商止言“九围”“九有”，则是为十二州，盖不甚久，但不知何时复合为九也。由是观之，徐居九州之一，其由来远矣。

图经

州全境图。

州治新旧图。

县治新旧图

天其运乎，地其处乎？天地一指，而图概于是矣。图中之图，是星官所不能悉，而《职方》所不能殚也。况世变沧桑，今日列眉，明日道故，图之可胜图乎？故仍旧图者，思古也；增新图者，概今也。凡为帛者，不外乎经纬两端，而花鸟云物之异，经纬之错而综之也。然则从纬乎？提而挈之，取其常不可易者尔。

① 案《礼记·祭法》原句：“是故厉山氏（郑玄注：或曰烈山氏）之有天下也，其子曰农，能殖百谷，夏之衰也，周弃继之，故祀以为稷。共工氏之霸九州也，其子曰后土，能平九州，故祀以为社。”观此，《礼记》实未有言“烈山氏霸九州”。

域總圖
三仙臺

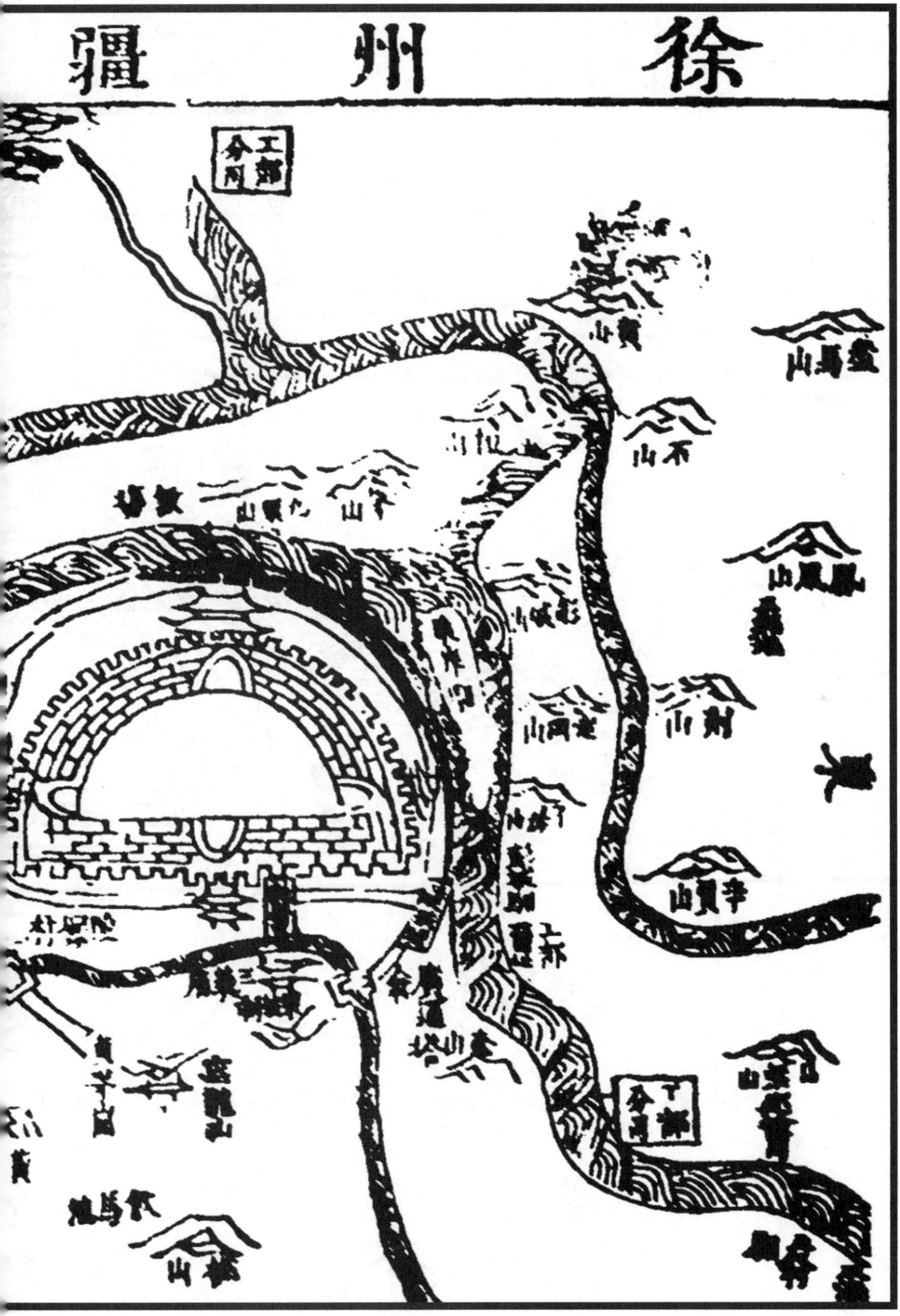
徐州疆
工部分司
工部分司

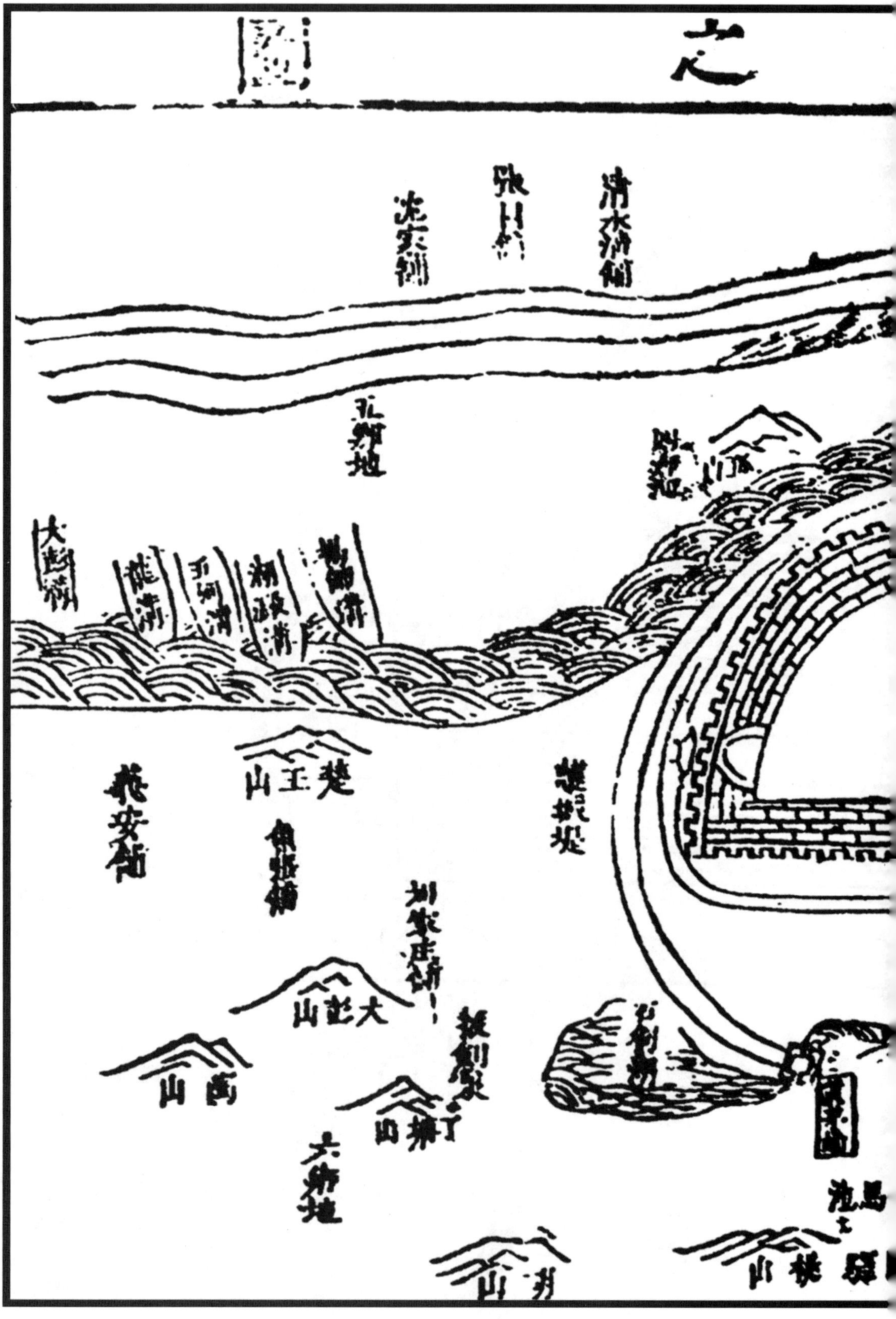
楚王山
大彭山

州境
东岸驿
彭城驿
子房山
三川铺
石山
工部分司

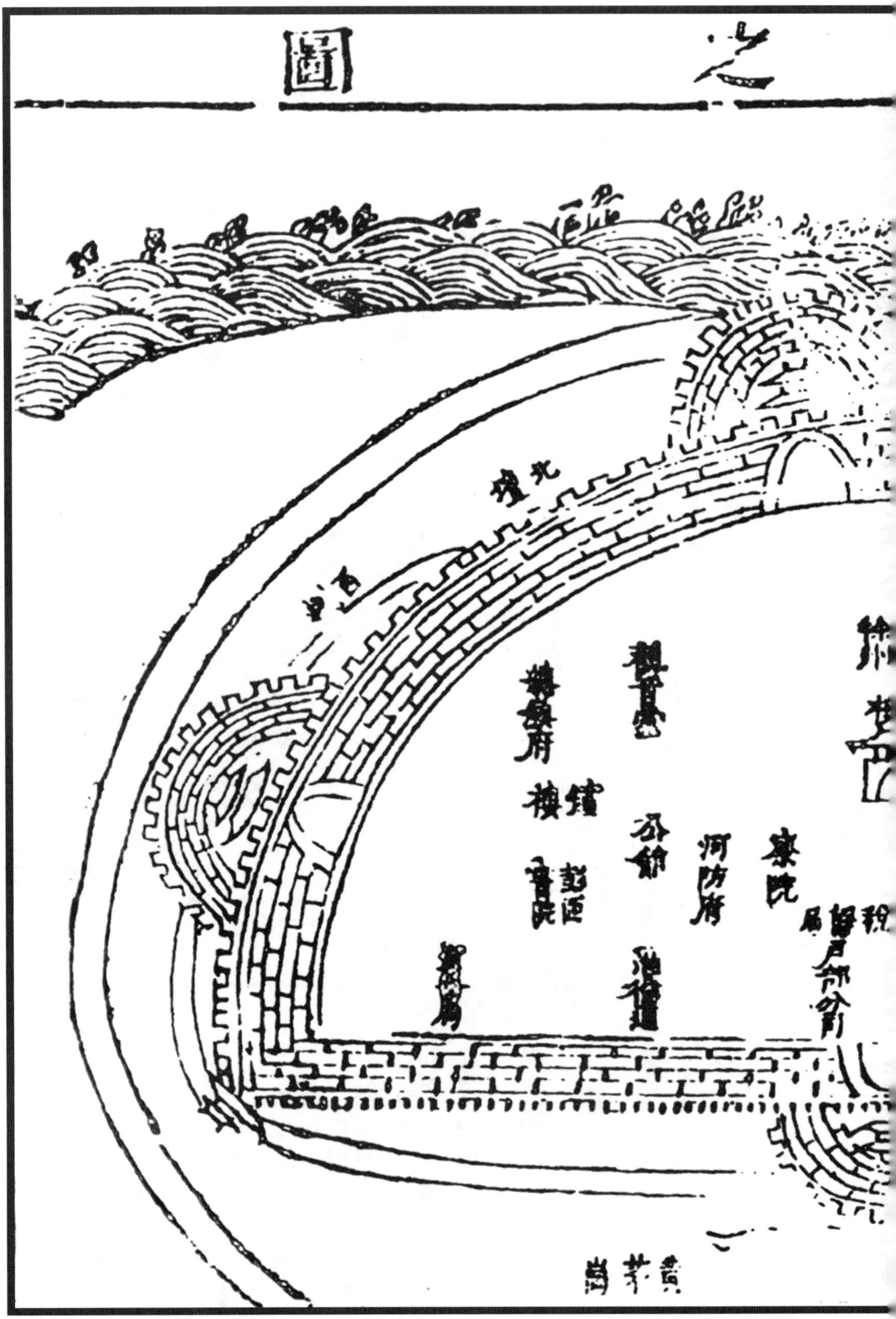
河防府
察院

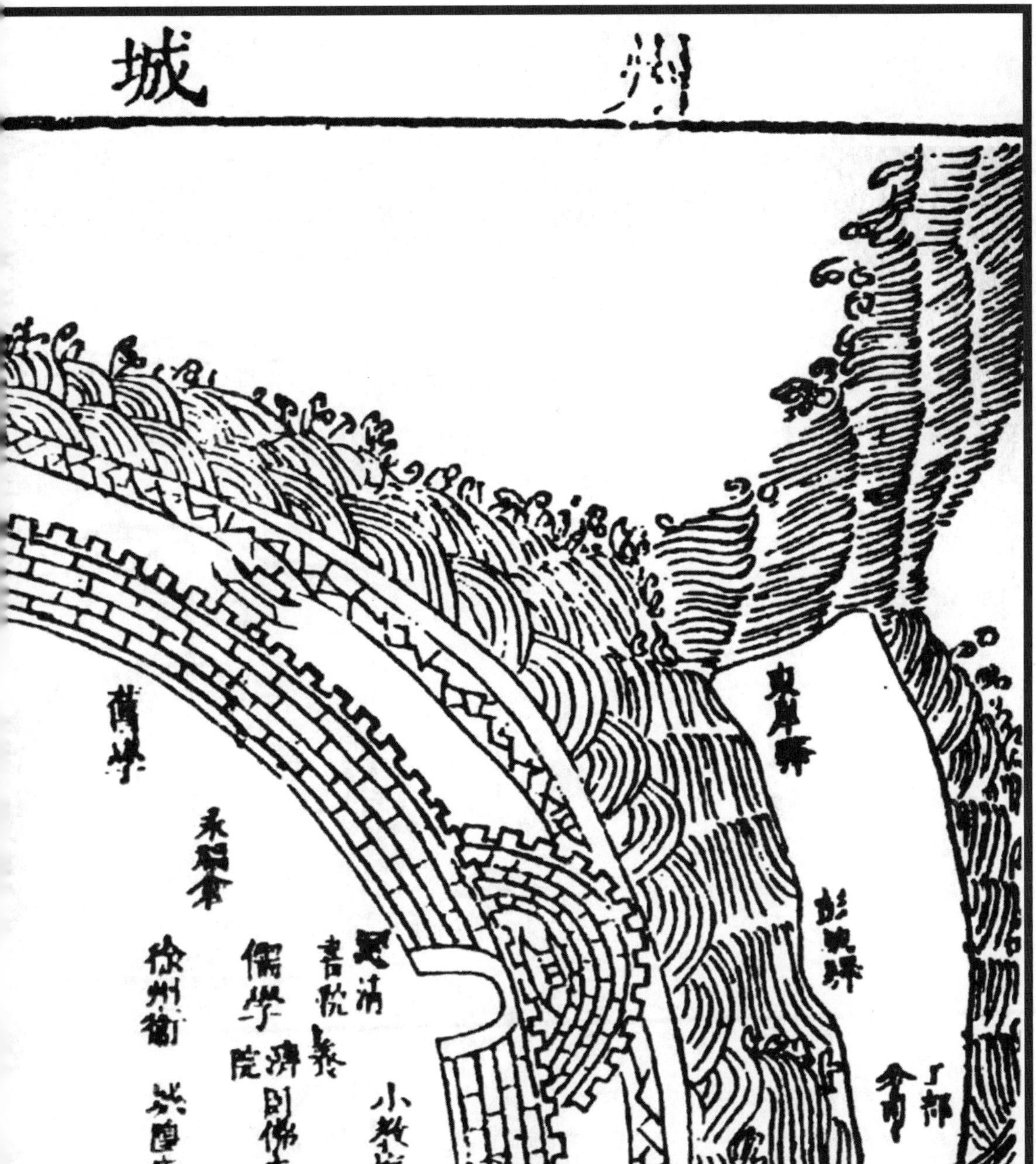
城
州
東岸驛
彭城驛
舊縣
永福倉
徐州衛
儒學
院
書院
養濟
永清
别佛寺
小教場
城隍廟
工部
分司
水次倉
三義
廣運

圖
洪濟
黄濟
蕭縣
三仙台
趙家圈
巡檢司
東鎮鋪
山頭鋪
杜秋城
扶陽城
香山
明山
帽山
龍子口
相山

蕭縣
楚王山
姬村湖
鳳凰山
白土山
大京山
黄谷山

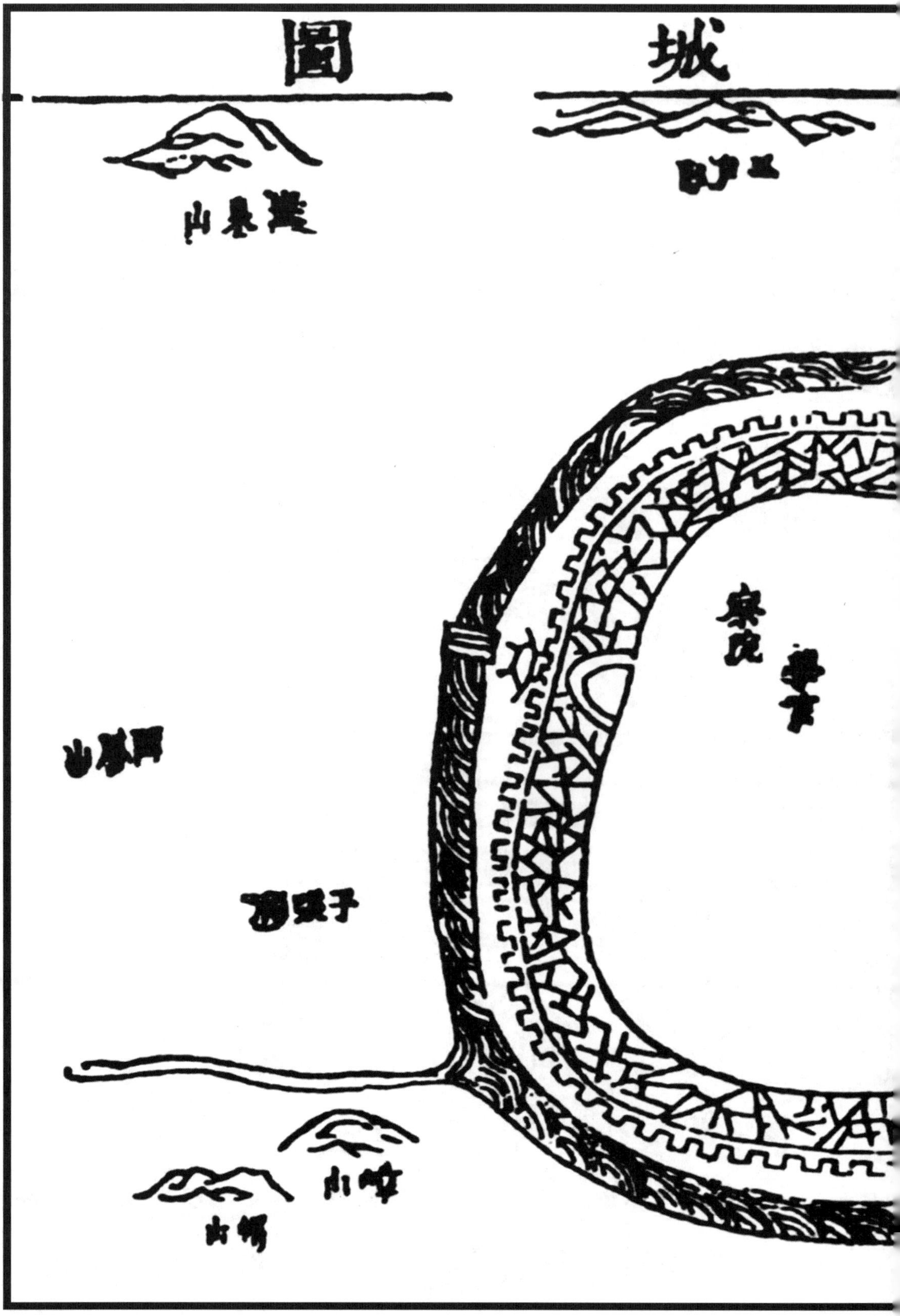
城圖

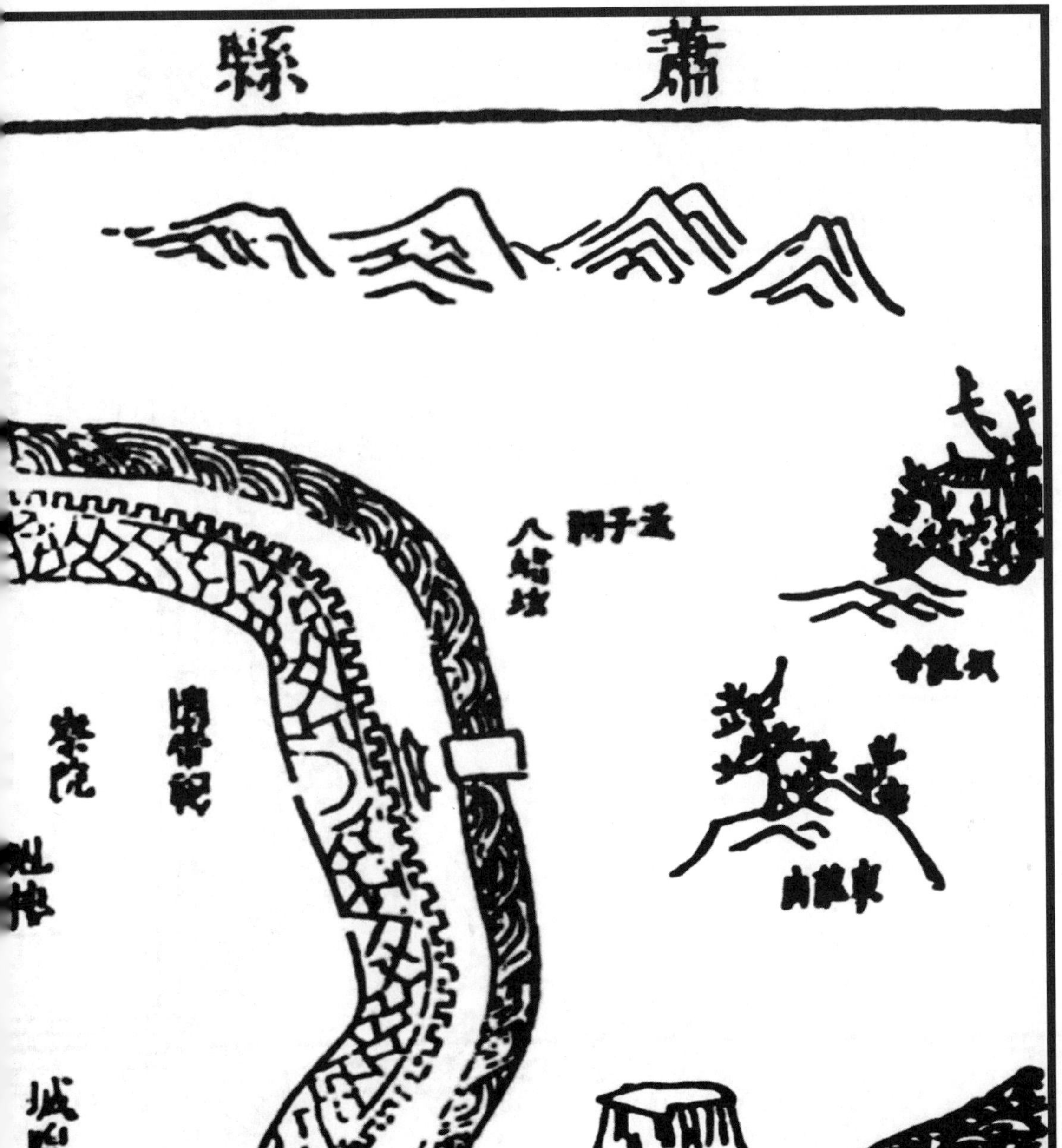
蕭縣
太湖

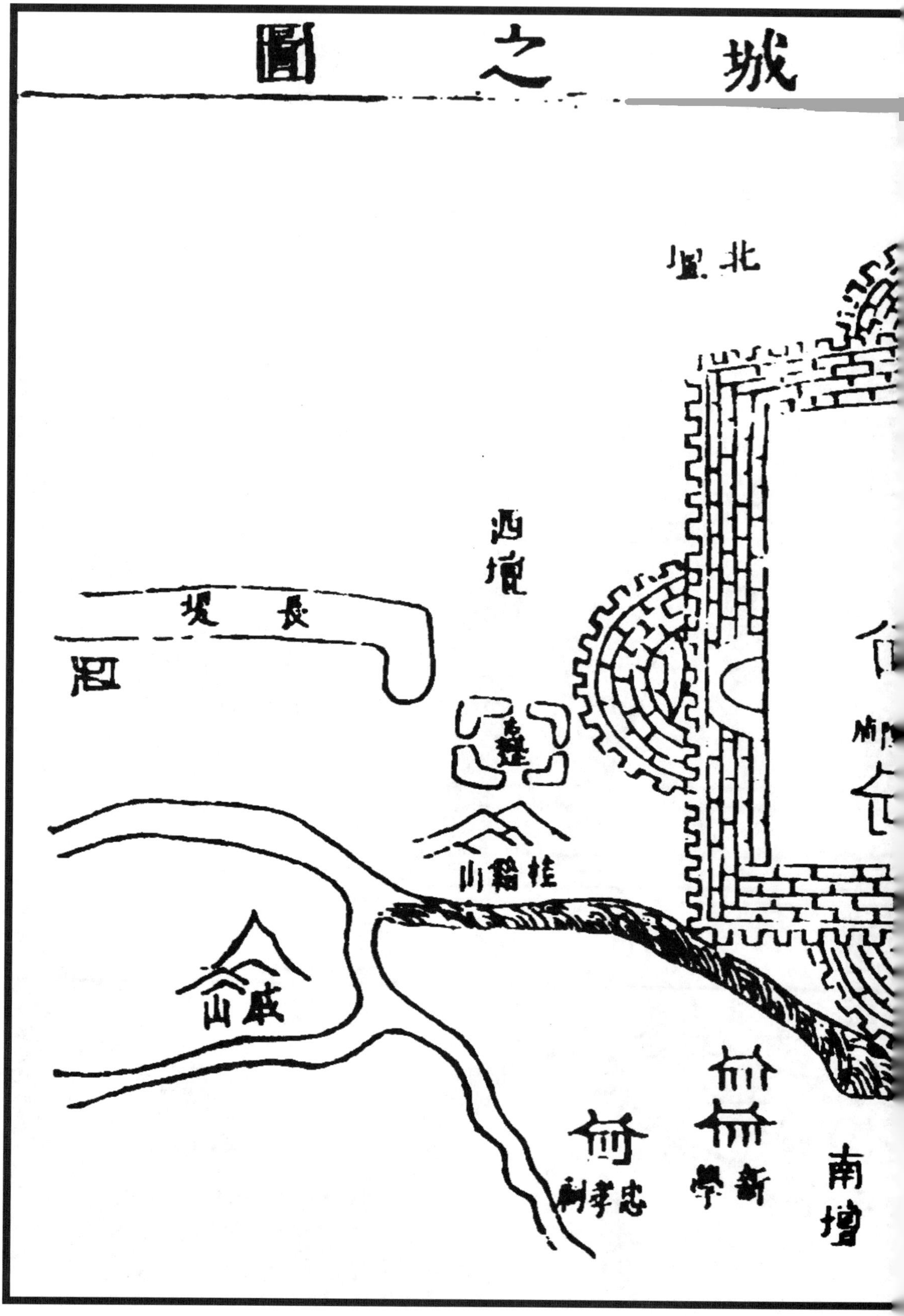
城之圖
長堤
新學
忠孝祠
南增

沛縣境

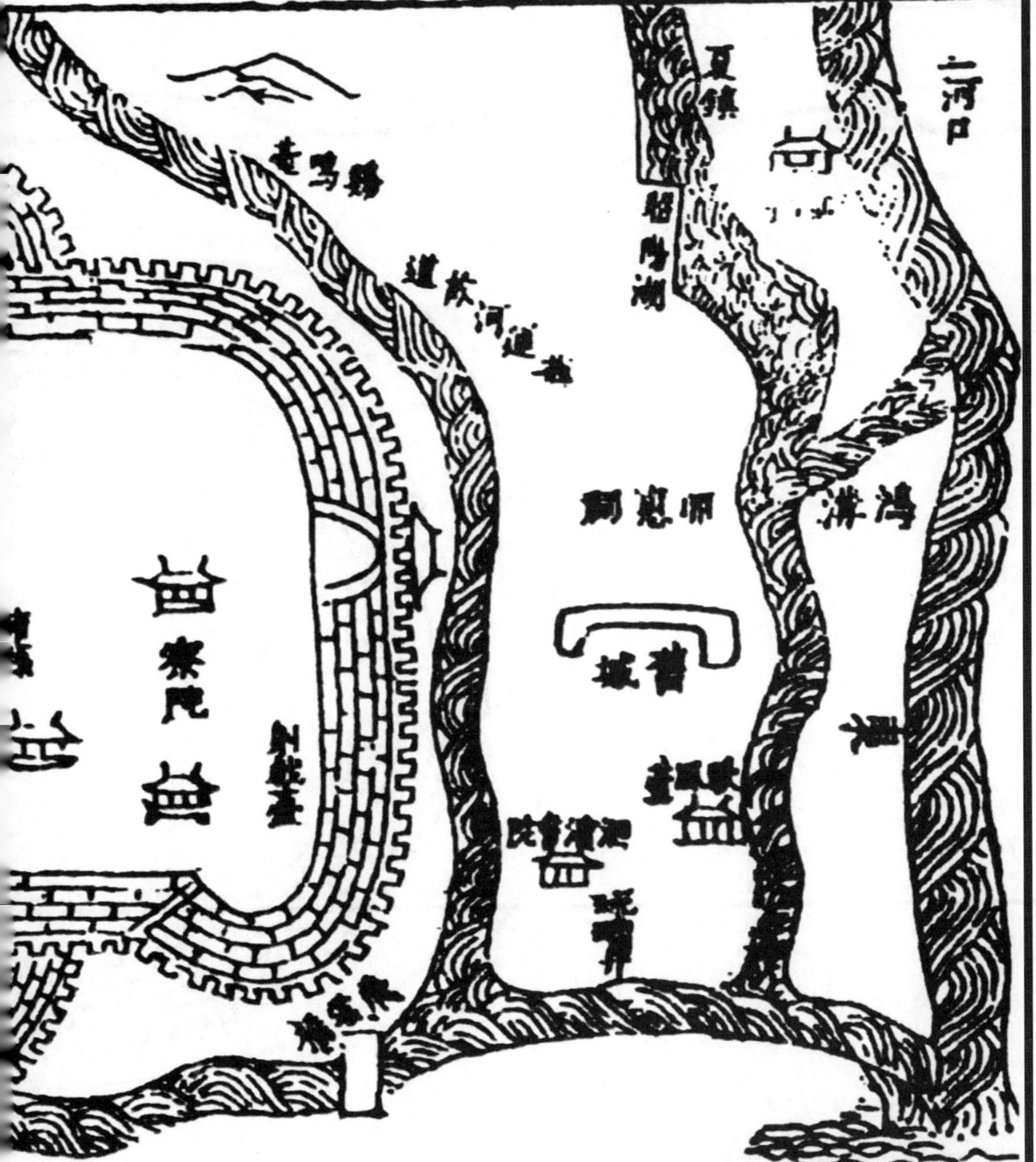

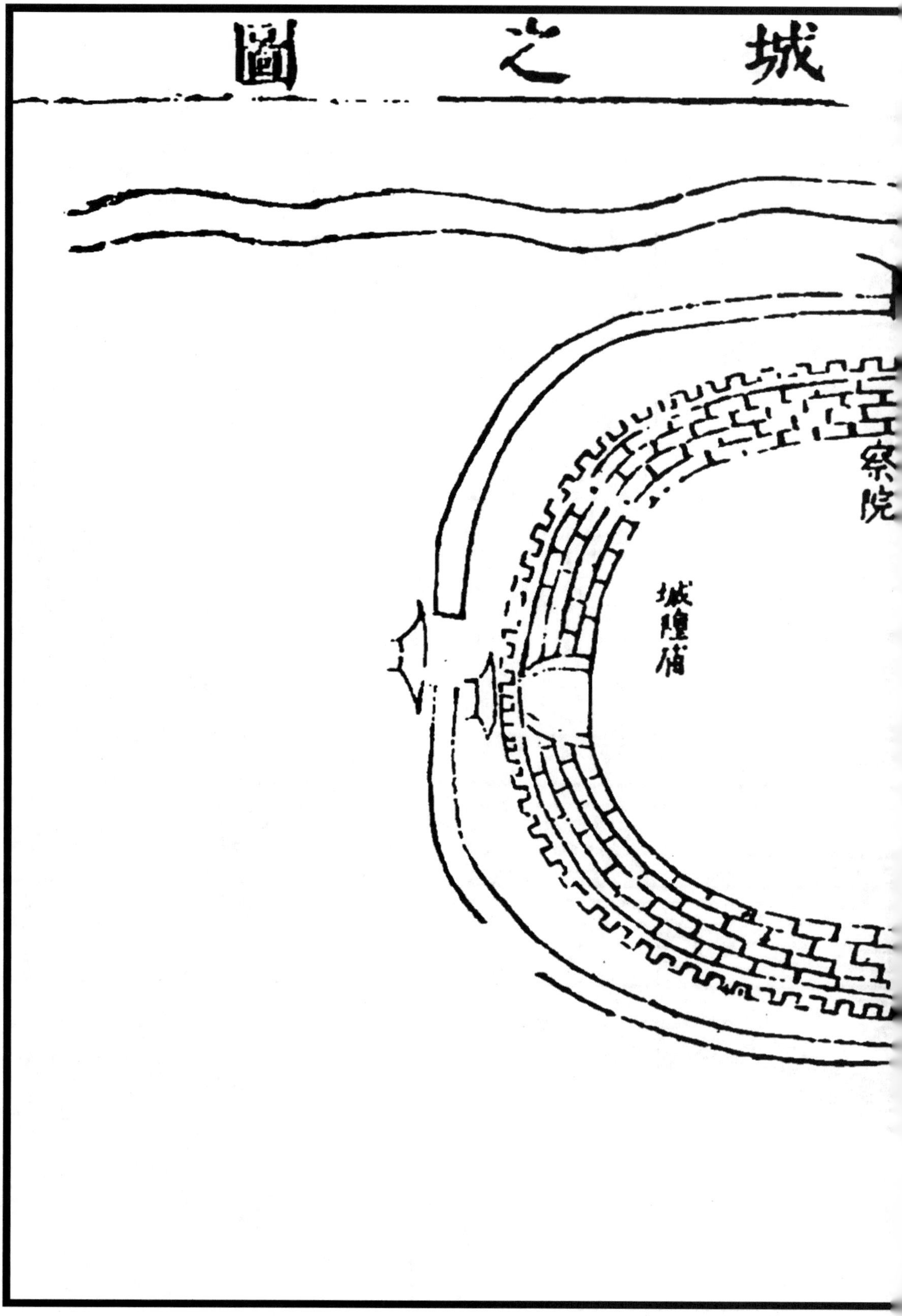
城之圖
察院
城隍廟

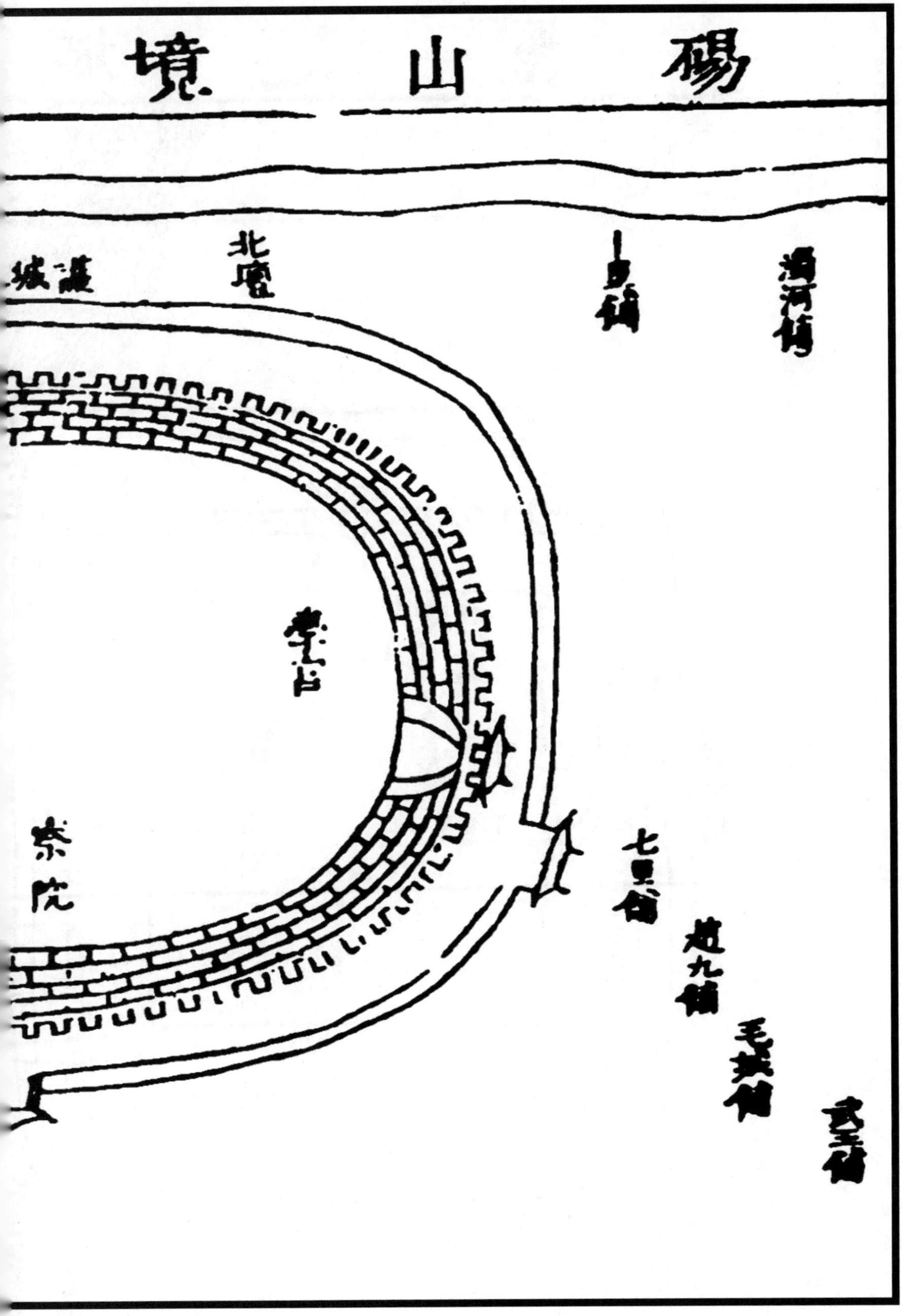
碭山境
護城
北壇
十里鋪
清河鋪
察院
七里鋪
趙九鋪
毛莊鋪

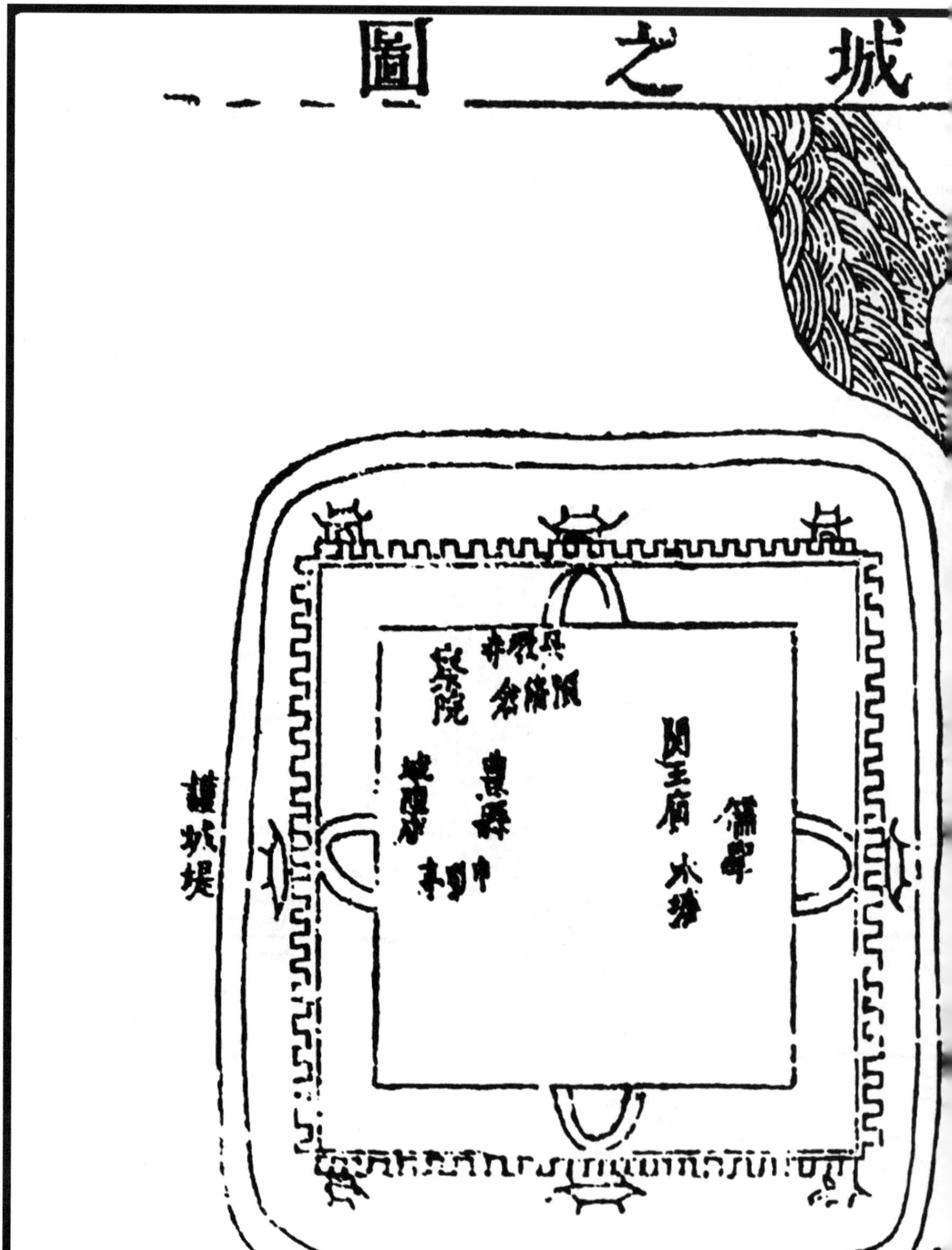
城之圖
護城堤
關王廟
儒學

豐縣境

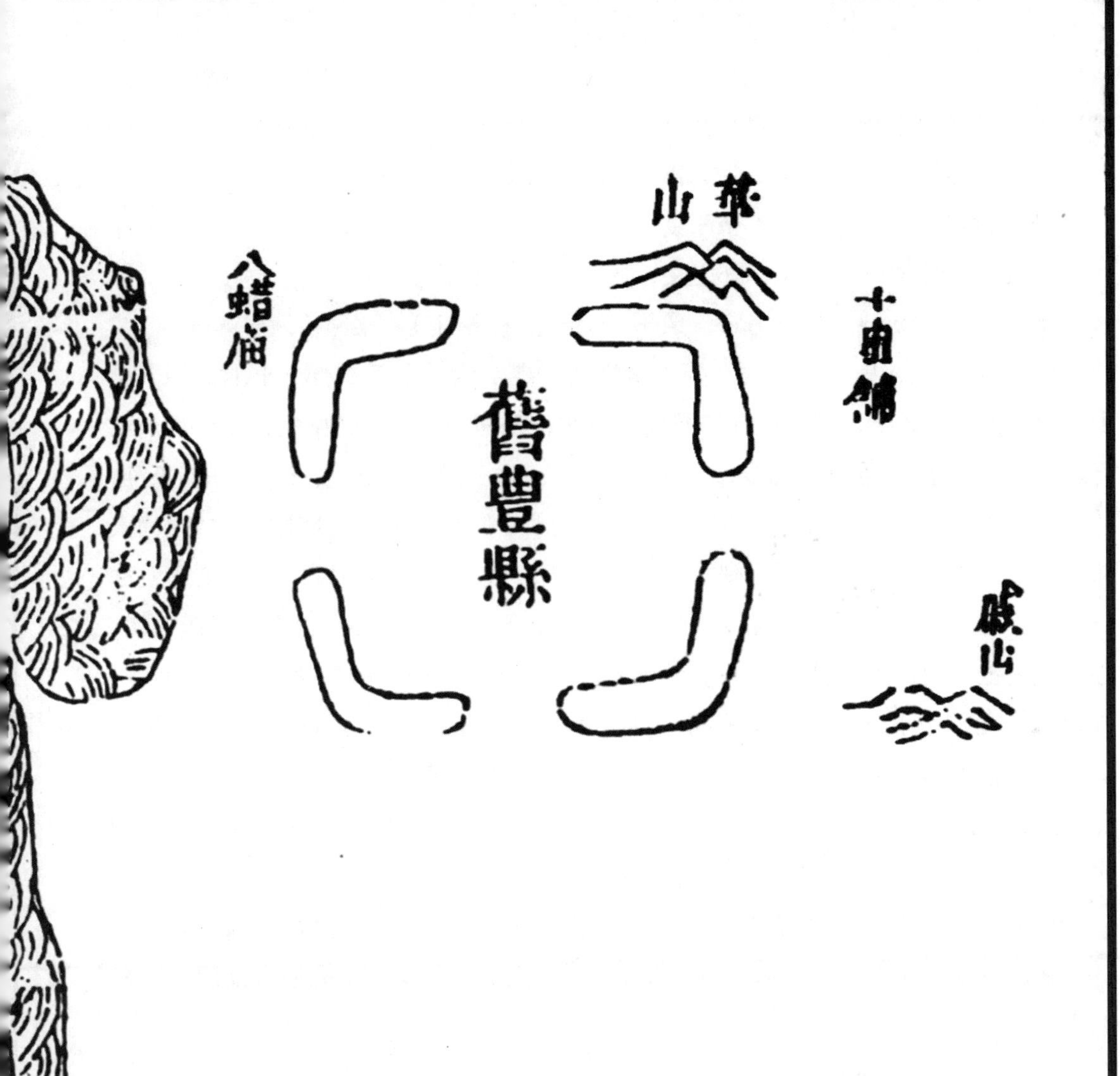

星野

徐州

《周礼》注曰：奎、娄、胃，徐州。

《汉书·地理志》曰：奎、娄、胃，为鲁，徐州。

《文献通考》曰：东海，入奎三度；琅琊，入奎六度。

《史记·天官书》曰：宋、郑之交，候在岁星，占于房、心。

《晋·天文志》曰：房星，宋，豫州。楚国，入房四度；梁国，入房五度。

《唐·天文志》曰：奎、娄，降娄也。初，奎二度，余千二百一十七，秒十七少。中，娄一度。终，胃三度。自蛇丘、肥城，南届钜野，东达梁父，循岱岳众山之阳，以负东海。[又][1]滨泗水，经方与、沛、留、彭城，东至吕梁，乃东南抵淮，并淮水而东，尽徐地，得汉东平、鲁国、琅琊、东海、泗水、城阳，古鲁、薛、邾、莒、小邾、徐、郯、鄫、鄅、邳、邿、任、宿、须句、颛臾、牟、遂及大庭氏之国。奎为大泽，陬訾下流，当钜野之东阳，至于淮泗，娄、胃之墟。氐、房、心，大火也。初，氐二度，余千四百一十九，秒五太；中，房二度；终，尾六度。自雍丘、襄邑、小黄而东，循济阴，界于齐、鲁，右泗水，达吕梁，乃东南接太昊之墟，尽汉济阴、山阳[2]、楚国、丰、沛之地，古宋、曹、郕[3]、滕、茅、郜、萧、葛、向城、偪阳、申父之国。商、亳负北河，阳气之所升也，为心分；丰、沛负南河，阳气之所布也，为房分。

《星经》曰：岁星，主泰山、徐州。又曰：玉衡第一星，主徐州五郡，以五子日候之，戊子为彭城；第七星，主豫州五郡，以五午日候之，壬午为梁国（今砀山县）。

明《天文分野书》曰：奎、娄在戌[4]，自奎二度，至胃三度，属鲁分，兖州。今兖、沂、密（今诸城县）、泗、淮阳、利国，皆鲁分也。氐、房、心在卯，自氐二度，至尾二度，属宋分，徐州。今开封府、陈留、封丘以东（今太康、杞县），及归德、亳分寿州之东界（今蒙城县），与宿、徐、济、曹、单，皆宋分也。

考古志主奎、娄，指古徐之全境言也；今志主房、心，指今徐州所统言也。

---

① 底本漫灭，字据《新唐书·天文志一》补。
② 原作“阴”，据《新唐书·天文志》改。
③ 原作“城”，据《新唐书·天文志》改。
④ 原作“戍”，据万历《徐州志》改。

分星考

氐，四星，距西南星去极一百四度半，主宫室、妃嫔。度二十六度，外四尺为黄道。初，氐一度外。末，尾[三度][1]内。于辰为卯，于分为宋，于野为豫州。于六月在房、心之昏中，十二月为旦中，九月为太阳躔次。

房，四星，距南第二星去极一百一十四度半，主明堂，天子布政之宫也；又为天驷，主车驾。度五度六十分。中为黄道。于辰为卯，下同氐。九月为太阴躔次。

心，三星，一名大火，距西前星去极一百一十四度半，主明堂，为天王正位。度六度五十分，内二尺为黄道。于辰为卯，下同氐。

奎，十六星，距去西南大星去极七十二度，主兵戎，天之武库也，石氏谓之天豕，亦曰封豕；又主沟渎。度十六度六十分，外十三尺为黄道。初，奎三度外。末，奎四度内。于辰为戌，于分为鲁，于野为徐州。于十一月在壁昏中东，二月[2]为太阳躔次。

娄，三星，距中星去极七十五度半，主天狱、苑牧、牺牲及兴兵聚众。度十二度六十分，外九尺为黄道。初，奎三度外。末，胃四度内。于辰为戌，下同奎。

萧县，为心分，沛县，为房分。丰县，为房分。砀山县，为房分。明《天文分野志》曰：并氐、房、心，宋分野。

按：伏羲以来，世有官掌星野之说，而以画地分配焉。《周礼》保章氏观分星以察灾祥。星变于天，灾符于地。如禆[3]灶之知楚子，梓慎之知宋国，占验固不爽矣。但古今疆域，改隶不常，而星宿分野，岁时亦异。从以管历，详之岁差，然后可言征应于天人之际。不然，如奎、娄在西，而鲁乃在东，封域、分星固有不相值者，可胜言哉！

---

① 底本漫灭，二字据明郑大郁《经国雄略·天经考三》补。

② 原作“十二月”。案《经国雄略》，娄星二月为太阳躔次，女星十二月亦太阳躔次。据此，“十”字误衍，今删。

③ 原作“稗”，据《左传·襄公二十八年》改。《史记正义》：“禆灶，郑大夫。”

疆域

里至并

徐州

东西广三百三十里，南北袤二百十里。

自西北至于京师千五百里而遥，自东南至于金陵七百里而近。

东至淮安府邳州百八十里；西至萧县五十里，砀山县百七十里，河南虞城县二百二十里；南至凤阳府宿州百二十里；北至山东滕县百二十里。

东南二百二十里凤阳府灵璧县；西南至河南永城县同；东北百八十里山东峄县；西北至丰县同，百二十里沛县，二百里山东金乡县。

萧县

州城正西。

其东西广九十里，南北袤百五十里。

东抵本州界二十里，西抵砀山县界七十里，南抵凤阳府宿州界同，北抵沛县界八十里。

东南二百里界凤阳府灵璧县，西南百五十里界河南永城县，东北百四十里界沛县，西北界丰县同。

沛县

州城西北。

其东西广九十八里，南北袤百一十里。

东抵兖州府滕县界五十里，西抵丰县界四十八里，南抵本州界五十五里，北抵山东鱼台县界同。

东南百二十里至本州，东北至山东滕县同，西南百二十八里至砀山县，西北九十里至山东鱼台县。

砀山县

州西北百七十里。

东西广九十里，南北袤八十五里。

东抵萧县界五十里，北抵丰县、单县界同，西抵河南虞城界四十里，南抵夏邑、永城二县界三十五里。

东南百二十里萧县界，西南九十里虞城县界，东北百三十八里沛县界，西北八十里单县界。

丰县

州西北百五十里。

东西广九十里，南北袤百二十里。

东抵沛县界三十里，西抵单县界五十里，南抵萧县界、北抵鱼台县界俱同。

东南六十里本州界，西南五十里砀山县界，东北百四十里滕县界，西北百二十里金乡县界。

按《禹贡》及《文献通考》："徐，东至海，北至岱，南至淮。自泰山之南、淮之北，海之西，彭城、临淮、鲁郡、东海、琅琊等地皆是。今青州得沂山及沂、泗、淮三水，兖州得大野，无复古徐州矣。"今州，即古彭城地。徐昔大而今小，古今有不同也。

古者分土惟三，而《诗》曰："锡之山川，土田附庸。"惟三者，所封国也；山川、土田、附庸者，所封之属国也。皆有封域，用昭世守。孟子言"巡狩"者，巡所守是已。昔宋以学士苏公出守是邦，其亦重守土之责也欤？恢恢钜典，岂非千古盛事哉！

沿革

徐州

按：徐州自颛顼创置九州，始历唐。及虞舜肇十有二州，建十二牧，淮北属徐州牧。夏禹治水作贡，因旧制。商命式[①]于九围。徐州之域，皆未尝易也。周并徐入青，有青无徐。故沿革断自周焉。

周有天下，周公相成王，改禹九州，徐入青、兖。

周初，尚有千八百国，后损至千二百国。及平王东迁，迄获麟之末，二百四十二年间，诸侯更相吞灭，见于《春秋》经传者，仅百有七十国。徐之疆内十四国。

春秋，为宋属邑（鲁成公十八年，楚与郑伐宋，取彭城，封鱼石。襄公元年，鲁与晋、卫围彭城，诛鱼石，归宋彭城）。战国，赧王二十九年，齐、楚、魏共攻宋，灭之，分其地，彭城入于楚。

秦始皇帝二十四年[②]，置楚郡于彭城。寻废，以彭城县（城东北八十里铜山下，与利国驿连境）改属泗水郡。二[③]十六年，分天下为三十六郡，又增至四十郡。徐地为郡三。

二世元年，项梁立楚怀王孙心为楚怀王（以祖谥为号者，顺民望也），自盱眙徙彭城。后羽灭秦，乃迁王于郴，自立为西楚霸王，王梁、楚九郡。五年灭。

汉高皇帝六年，以薛郡、东海、彭城三十六县，封弟文信君为楚王（即楚元王），都彭城，号楚国，统县七。汉时，徐州为郡国八，县一百零六。武帝元封五年，改雍曰凉、梁曰益，复置徐州，置十三州刺史部。楚国隶徐州部，统县如故。宣帝地节二年，改彭城郡（时楚王延寿反，自杀，国除）。黄龙元年，复为楚国。

东汉光武皇帝建武十八年，仍置州十三[④]。改楚国为彭城国，以沛郡之广戚来属，余因之。统县八，仍隶徐州（州治郯）。

三国魏武帝复以徐州治彭城，统郡国七[⑤]，彭城郡隶如故。明帝景初二年，分沛国萧、相等十县为汝阴郡，以沛杼秋、公丘、彭城、丰、广戚五县为沛王国。

---

① 原作“式命”，据《诗·商颂·长发》“帝命式于九围”乙正。孔颖达疏：“天命之使用事于九州。”

② 原作“五年”，讹同嘉靖、万历《徐州志》，据《史记·秦始皇本纪》《楚世家》改。

③ 原作“三”，据《史记·秦本纪》《秦始皇本纪》改。

④ 案《后汉书·百官志五》：“建武十八年，复为刺史十二人，各主一州。其一州属司隶校尉。”其交州部后置，不当云“仍置州十三”。

⑤ 原作“十”，据嘉靖《徐州志》改。考《通典·州郡十》：“魏晋徐州，领郡国七，理彭城。”《资治通鉴》胡三省注：“魏徐州治彭城，领彭城、南阳平、蕃、沛、兰陵、北济阴、砀郡。”

晋武帝太康元年，分天下为十九州部，立徐州于彭城，以为重镇，统郡国七。彭城国统县视东汉省甾[①]丘，余并同。元帝渡江后，淮北陷于石勒，流人相帅过江淮，并侨立郡县，以司牧之。乃分武进立彭城郡，隶南徐州（州治淮南）。安帝义熙七年，始分淮北为北徐州，淮南但称徐州，统郡十一，彭城隶焉。

南朝宋武帝永平二年，改北徐州曰徐州，治彭城，统郡十二。元魏如宋制。北齐复为北徐州，兼立东南道行台。后周立总管府。

隋开皇七年，废郡为徐州，以州统县。大业四年，复改州为郡，乃置司隶、刺史，分部巡察。以北徐州为彭城郡，统县十一。

唐武德初，改郡为州，太守为刺史，以彭城郡为徐州，置总管府领军戎。七年，改总管府为都督府。太宗贞观初，并省州县，分为十道。开元二十一年，又分为十五道，以徐州隶河南道，统县七。天宝初，复以淮北为徐州，改彭城郡，统邳。乾元初，复为徐州。贞元十六年，改武宁军，以节度使镇之。懿宗咸通十一年，复置徐州观察使，统宿、濠、泗三州，寻改为感化军。唐末，海、泗二州为杨行密所据，后为南唐。周世宗伐南唐，取二州。

五代梁仍唐为感化军，唐因之，晋复为武宁军，汉、周仍为徐州。

宋初，为武宁军，寻复为徐州，统县五，隶京东路。元丰初，改属京东西路。绍兴后没于金，复为武宁军，统彭城、萧、丰三县，隶山东西路。

元初为徐州，统永固、彭城、萧三县，隶东平路。至元二年，三县并入徐州。八年，徐州割隶归德府。至正八年，升徐州路，领滕、峄、邳、宿四州。十年，置兵马司。十二年，平萧民芝麻李，降武安州，领萧一县。十五年，置万户府。

明复为徐州。洪武初，隶中立府（今凤阳府）。八年，改直隶徐州，统萧、沛、砀、丰四县。

国朝以徐州隶江南，统县如故。

萧县

《周·职方》青、兖之域。本古萧国。春秋，为宋附庸（《左传·鲁庄公十二年》：宋万之乱，群公子奔萧。宋桓公立，封萧叔大心于此）。战国，宋为楚灭，遂属楚。秦置萧县，隶砀郡。汉隶沛郡（时沛郡治相，隶豫州）。东汉隶沛国（仍隶豫州），魏、晋因之。北齐改承高县，隶彭城郡。隋开皇六年，改龙城县。十八年，又改临沛县。大业初，仍为萧，隶彭城郡如故。唐、宋及金并隶徐州及武宁军。元

① 原作“淄”，从《后汉书·郡国志》及前后《徐州志》、本志《沿革表》统作“甾”。

至元二年并省于州，十二年复置，隶徐州。明隶徐州，国朝仍旧。

沛县

《周·职方》同萧。春秋，为偪阳国地（鲁襄公十年，晋会诸侯灭偪阳，以予宋）。秦置泗水郡及沛县。汉改泗水郡为沛郡，迁治相（今虹县），沛县隶如故，号小沛。东汉隶沛国（沛郡[1]、沛国，说见萧），晋因之。刘宋、元魏并隶沛郡。北齐省。隋开皇十六年复置，隶彭城郡。唐以广戚县省入，隶徐州。宋因之。金初隶滕州，后为源州，县省。元初复置，至元二年省入丰县，三年复置，隶济宁路济州，八年直隶济宁路。明仍为县，隶徐州。国朝仍旧。

砀山县

《周·职方》兖州之域。春秋属宋，战国属楚（说见萧）。秦置砀郡及砀县。汉改砀郡为梁国，县如故，隶豫州。东汉梁国迁治夏邑，改砀县为砀山县，仍隶豫。魏隶徐州，晋省入夏邑。元魏改为安阳县，治麻城[2]，隶砀郡。北齐仍为砀县。隋开皇十八年，复改砀山县，隶梁郡。唐隶宋州。昭宗光化二年，于县置辉州（朱全忠表置）。寻徙辉州治单父，县隶如故。五代唐废辉州，以县隶单州。宋因之。金初，隶河南路。兴定间没于水，迁治鱼山，寻废。元复置，还治旧地，隶东平路。至元二年，并入单父。三年复置，隶济宁［路］[3]济州。八年，直隶济宁路。明改隶徐州，国朝如故。

丰县

《周·职方》同萧。春秋属宋，战国属楚。秦置丰县，隶泗水郡。汉隶沛郡。东汉、晋并隶沛国。刘宋改隶北济阴郡，元魏因之。北齐隶永昌郡。隋隶彭城郡，唐因之。宋隶徐州，后没于金，隶武宁军。元初，隶济宁路济州。至元二年以沛县并入，三年复析置沛县，八年直隶济宁路。明改隶徐州，国朝因之。

孔子曰："殷因于夏礼，所损益可知也；周因于殷礼，所损益可知也。"宇宙间

① 原作"县"，据万历《徐州志》改。

② 康熙《徐州志》按："《魏书·地形志》载砀郡领县二：一安阳，一砀县。不云安阳即砀县也。旧志注'麻城'云：'后魏改砀山为安阳。'殊误。"

③ 字据万历《徐州志》补。

所不可得而变革者，惟礼而已矣，余则未有不可得而变革者也。郡邑之隶合属分，帝王所以新一代之制，安得尽同？然此其名郡邑者耳。若夫气运之否泰，人事之臧否，物理之盛衰，则郡邑之所由以污隆者也。君子察世变而扶维整顿之，当不以沿革而异焉。

徐州沿革表

世代	统辖	郡国	县
周	青州		
秦		楚郡 寻废	彭城 寻属泗水郡
汉	徐州刺史部	楚国彭城郡	彭城、留、梧、吕、傅阳、武原、甾丘
东汉	徐州 治郯(今下[邳][1])	彭城国	七县同，增广戚(共八)
三国	徐州 治彭城	郡国七[2]	县视前
晋	徐州 治彭城	彭城国	县视东汉省甾丘
	南徐州 治淮南	彭城郡	
	北徐州	彭城郡	
南朝宋 元魏	徐州 治彭城	郡十二	
北齐	北徐州 兼立东南道		
后周	总管府		
隋		徐州 彭城郡	彭城、蕲、谷阳、沛、留、丰、兰陵[3]、滕、符离、萧、方与
唐	河南道	徐州、彭城郡 武宁军、感化军	彭城、沛、萧、滕、符离、丰、蕲
五代梁		感化军	彭城、萧、丰、沛、滕、符离、蕲
晋		武宁军	
汉、周		徐州	
宋	京东西路	武宁军 徐州	彭城、萧、丰、沛、滕
金	山东西路	武宁军	彭城、萧、丰[4]

① 字据嘉靖、万历《徐州志》补。

② 原作“十”，据万历《徐州志》改。

③ 原作“阳”，据万历《徐州志》改。

④ 原作“彭城、萧、丰、沛”四县。案《金史 · 地理志中》：大定二十二年升滕县为州，以沛隶属之，徐州领彭城、萧、丰三县。以滕升州前而言，徐州领县五；滕升州后，徐州领县三。此处既不云滕，“沛”字亦衍，今删。

续表

世代	统辖	郡国	县
元	东平路	徐州	永固、彭城、萧
		徐州 三县并入	
	归德府	徐州	
	徐州路		滕州、峄州、邳州、宿州
		武安州	萧
明	中立府	徐州	萧、沛、砀山、丰
国朝		徐州	县同

萧县

世代	统辖	郡国	县
周	青州	宋国	萧
秦		砀郡	萧
汉	豫州	沛郡 治相	萧
东汉	豫州	沛国	萧
魏、晋	豫州	沛国	萧
齐	北徐州 东南道	彭城郡	承高
隋		徐州 彭城郡	龙城、临沛、萧
唐	河南道	徐州、彭城郡 武宁军、感化军	[萧]①
宋	京东西路	武宁军、徐州	萧
金	山东西路	武宁军	萧
元		徐州	省入州
明	直隶	徐州	萧
国朝	江南	徐州	[萧]②

① 字据万历《徐州志》补。
② 字据文例补。

沛县

世代	统辖	郡国	县
周	青州	宋	偪阳
秦	楚	泗水郡	沛
汉	豫州	沛郡	沛
东汉	豫州	沛国	沛
晋	豫州	沛国	沛
刘宋、元魏	豫州	沛郡	沛
北齐	北徐州、东南道	沛郡	省入郡
隋		彭城郡	沛
唐、宋	河南道	徐州	沛 广①戚省入
金		滕州	沛
		源州	省入州
元	济宁路	济州	沛
明	直隶	徐州	沛
国朝	江南	徐州	沛

砀山县

世代	统辖	郡国	县
周	兖州	宋、楚	
秦		砀郡	砀
汉		梁国	砀
东汉		梁国	砀山
魏		徐州	砀山
晋			省入夏邑
元魏		砀郡	安阳
北齐			砀
隋		梁郡	砀山
唐		宋州	砀山
		辉州	砀山

① 原作“廣”，系“廣”形讹，据前后州志改。

续表

世代	统辖	郡国	县
五代唐		单州	砀山
宋		单州	砀山
金	河南路		砀山
元	东平路		砀山
	济宁路	济州	砀山
明	直隶	徐州	砀山
国朝		同	

丰县

世代	统辖	郡国	县
周	青、兖	宋、楚	
秦	楚	泗水郡	丰
汉	豫州	沛郡	丰
东汉、晋	豫州	沛国	丰
刘宋、元魏		北济阴郡	丰
北齐		永昌郡	丰
隋、唐	河南道	彭城郡	丰
宋	京东[1]西路	徐州	丰
金	山东西路	武宁军	丰
元	济宁路	济州	丰
明	直隶	徐州	丰
国朝		同	

① 原作“口”，据万历《徐州志》改。

形胜

徐州

南届大淮，左右清汴。（南宋王玄谟云）

山自西南，连络[①]东趋，以极于海；河自西北，潆洄南注，以达于淮。襟带江淮，上游雄视，枕联河洛，万壑为宗。（失名）

汴泗交流郡城角。（唐韩愈诗）

冈岭四合，隐然如大环。楚山以为城，泗水以为池。（宋苏轼云）

吕梁龃龉，横绝乎其前；四山连属，合围乎其外。（宋苏辙[②]云）

沂泗诸水在其前，冀东与兖、豫之地，皆可接引在怀抱拱揖之内，亦东方一形胜也。（《禹贡注》云）

东接齐鲁，北联赵魏，南通江淮，西控梁楚，中原要害之地。（《广舆记》）

萧县

负山濒河。（宋晁端中云）

介于大河之间，黄流漫漶[③]。（元傅汝砺云）

带汴襟淇于西北，阻山控湖于东南。

沛县

沛无高山大林之险巇。（元王士熙云）

薛河来其左，泡泉出其西。泗水之流，自北而东。平原旷野，土地莽沃。

砀山县

郊埛旷衍，四望弥弥，无高山之险阻。

东近齐鲁，西联郑魏，黄河经带于后。

---

① 原作“路”，据万历《徐州志》改。

② 原作“苏轼”，句出苏辙《黄楼赋》，径改。

③ 原作“漶”，据傅汝砺《萧县儒学记》及前后州志改。

丰县

广野平原，绵邈四际，华山拱其前，泡水环其后。

东近邹鲁，北联赵魏，南通淮泗，西接梁楚。

上下山原，望景观卜，古人建国所以察形势之雄胜，以终焉允臧也。徐环山拱秀，三面滨河，美哉山河之固，有不侈为王霸之图者哉！慨自甲子城沉，神气为瘵，重以沛之水、萧之荒，又何以列屏翰而壮维垣也？求三年之艾，能无望医国者乎？

里图

徐州

编户一百三十里。

乡八：一乡二十里，二乡十三里，三乡二十六里，四乡二十五里，五乡十六里，六乡九里，七乡十二里，在城九里。

旧止分七乡：一、东南隆德乡；二、正东昌化乡；三、东北福宁乡；四、正北延寿乡；五、西北安乐乡；六、西南嘉祐乡；七、东南崇庆乡。

街十四：威远、河清、太平、中正，在东南隅；平治、马市，西南隅；兴化、武宁、务本、敦教、阜民、崇礼，西北隅；会通、广济，在北关厢。

坊二十六[①]：桂芳坊（在北关厢，为举人马蕙立）、奎英坊（在东门外，为举人沙杰立）、步青云坊（为举人孙珩立）、登俊坊（在西南隅，为举人王景立）、进士坊、绍芳坊（俱在东门外，为进士沙立立）、世桂坊（在西南隅，为举人王度立）、翻元坊（在北关厢，为举人马暾立）、翀霄[②]坊、进士坊（俱在东门外，为进士张佶立）、世科坊（在北关厢，为举人马湘立）、鸣凤坊（在州治前，为举人卞祥立）、飞腾坊（在北关厢，为举人张鼎立）、冠英坊（在东北隅，为举人刘经立）、柱史坊（在东北隅，为御史马津立）、亚魁坊（在州治前，为举人刘霁立）、廷尉坊（为大理寺丞马津立）、鹗荐坊（在南门内，为举人高淳立）、进士坊（州前，为进士朱

① 原作“五”。自“桂芳坊”以迄“天朝元辅坊”，凡二十六坊，据改。

② 原作“宵”，通“霄”，今从嘉靖、康熙《徐州志》用字。

乾亨立）、义民坊（在城西北隅，为刘茂立）、进士坊、臬宪坊（在州南，为陈汝麟立）、孝子坊（在南关，为贫民周正立）、贞节坊（在南关，为生员李纲妻魏氏立）、节孝坊（在兵道东，为监生李三省妻谭氏立）、天朝元辅坊（为文华殿大学士权谨立。以上诸坊，年远城沉，又加兵火，存者寡矣。此坊，武宗曾幸其第，城没之后，参议徐标复立）。

村九十八（一乡十村：塔山、双井、白塔、坊亭、稍子、悬水、北集、顾贺、驼沟、赤兰。二乡六村：堌台、屯头、马头、新郭、安枝、下店。三乡十七村：苏伯、辛马、王解、南蔡丘、张村、南冯[①]、冈头、枕沟、柳泉、侯村、单庄、北冯、夏朔、东高、吕村、西高、北蔡丘。四乡十三村：南关庄、三梁、溜沟、南曲直、姬村、临秦、末直、清水沟、呼家、韩村、北曲直、马栏、浊河。五乡二十三村：奉阳、金陵[②]、南邵团、北欧、杜村、城子、曹团、北邵团、安丘、孙村、浊沙、北林、双堌、南楼子、朱村、南欧、东曹、龙堂、新曹、北楼子、黄村、胡庄、西曹。六乡十一村：龚成、义安、马场、大彭、董村、桃山、灌沟、林前、林后、阎村、塔山。七乡十八村：三山、黄钟、义堂、南黄钟、梨林、胡山、贯城、张盆、西房、北黄钟、双沟、中房、南却鲍、北却鲍、东房、吴疃、龙堂、栲栳）。

集四十五（淡家、林子头、杨家庄，以上一乡集；汴塘、泉河、辛贯山、十里沟、塔山、堌台、马头、溜白沟、泉上、青山，以上二乡集；境上、留城、利国监、夹沟、溜沟、谢沟、皮沟、南庄，以上三乡集；四乡一集：丁家集；新集、黄家、胡庄、冯家、敬安、城子院、杨村、金陵、石城、楼子、管粥、火燎、雁麦、五沟、黄村，以上五乡集；马栏、灌沟、安山、丁塘，以上六乡［集］[③]；双沟、房村、黄钟、胡山，以上七乡集）。

萧县

编户三十七里。

乡共八（在坊乡，三里；乐善乡，三里；里仁乡，三里；孝义乡，七里；红亭乡，三里；仁寿乡，七里；都仁乡，六里；仁智乡，五里）。

坊十七（迎恩坊、集贤坊，俱旧县治南；易安坊，旧县西北隅，为知县刘伡立；登云坊，为举人杜礼立；及第坊，旧县西南隅，为举人王邻立；进士坊，旧县东北隅，为进士曹士正立；登科坊，旧县治南，为举人朱信立；登瀛坊，为举人郑

① 原作“南瑪”，据正统《彭城志》、弘治《重修徐州志》改。
② 原作“阳”，据嘉靖、万历《徐州志》，乾隆《徐州府志》改。
③ 字据文例补。

诲立；恩荣坊，旧县北隅，为员外郎孙谦立；一登坊、豸史坊，俱旧县东北隅，为员外李性明、御史王业立；烈妇坊三：为生员马世[①]禄妻王氏、生员彭好古妻丁氏、赵之璧妻马氏立；兴贤坊，新县儒学前，知县康炜立；贞烈坊，为儒士张冲奎妻徐氏立；孝子坊，东门外，奉旨为王可邻立）。

集二十六（申明亭、赵家圈、姬家庄、锦川桥、黄家口、瓦子口、朔里店、韦家道口、芋[②]曲、北城[③]、吕间、郝家、管粥、雁门、杨家、吴家、西陈、留歇、红庙、棠林、青里、高岳、丁里、永堌、庙桥、桃山）。

店八（帽山、朱珊、曲里、孟城、刘家、梁郭、暑兰、张山）。

沛县

编户三十八里。

乡四（县东北广戚乡、东南泗亭乡、西北千秋乡、西南汉台乡）。

街六（东门街、南门街、西门街、北门街、东关街、南关街）。

坊十九（歌风台坊；泗亭坊；清化坊；中和坊；达道坊；迎恩坊；昭惠坊；登云坊，为举人杜旸立；攀桂坊，为举人张威立；步蟾坊，为举人李巽立；桂林坊，为举人赵斌立；折桂坊，为举人蒋让立；进士坊，为进士李绅立；鹗荐坊，为举人周崧立；光启坊，为举人刘章立；凤鸣坊，为举人周乾立；鸿胪坊，为鸣赞唐弼[④]立；孝子坊，为孝子杨冕立；节妇坊，为元李伯奴妻白氏立）。

村三十六（丁马、丁村、泉水、三河口、塔墟、鸿沟、张家、杨庄、大刘、高村、房村，在广戚乡；大社、科城、张家庄，在泗亭乡；邵村、周田、小房、灌城、彭村、十字河、蔡家村，在千秋乡；瓦子、临堤、高义、鲁村、黄重、北秦、于家、秦村、栗子、犇口、黄家、欧家、房枝、杨家场、官庄，在汉台乡）。

镇店集二十（沽头闸店、邵玉集、南庄、夏镇、三河口，在广戚乡；庙道口店、曲房集、欢城，在泗亭乡；中立集、周田[⑤]、高房、杨鸣、张卢、刘八店、沙河镇，在千秋乡；金沟店、戚山集、马村、谢沟、秦村，在汉台乡）。

---

① 原作“王禄”。按：马世禄妻王氏，各志《列女》有传。万历《徐州志》卷一《疆域》脱为“马禄”，本志讹为“王禄”，康熙《萧县志》同误。据本志卷七《阃德》、康熙《萧县志》卷十一《烈妇列传》改。

② 原作“芊”，据康熙《徐州志》、康熙《萧县志》改。

③ 康熙《萧县志》同作“北城”。康熙《徐州志》、乾隆《徐州府志》、嘉庆《萧县志》作“北辰”。

④ 原作“粥”，讹从万历《徐州志》，据嘉靖《徐州志》、嘉靖《沛县志》改。

⑤ 原作“曲”，据万历《徐州志》改。

砀山县

编户二十五里。

坊十（崇教坊，庸信坊；进士坊，为进士倪鼎、[李稳][1]、魏益立；柱史坊，为御史朱安、李稳立；登科坊，为举人王怿立；鸿胪坊，为刘濬立；锦衣坊，[为][2]百户武振立）。

社二十一（使庄、柳庄、封池、马昂、东张、大彭、赵九、渠城、原奉、段庄、陈村、浮沟、子乾、双沟、蒲芦、青台、忠义、兴礼、保安、务本、重安）

镇店集十二（西镇、王达、市力寨、坚城、双沟、杨村集、吕家集、羊耳河集、礼河集、毛城铺集、赵九铺集、小神集）。

丰县

编户一十九里。

坊十八（承流坊，县治东；宣化坊，县治西；科第坊，儒学门东；澄清坊，察院前；泮宫坊，文庙前；中阳坊，县治东北；仁风坊，县治东南；嘉庆坊，县治东；[游艺坊，县治西][3]；翰林坊，为孔目王正立；绣衣坊，为御史赵恕立；专城坊，为知县王正立；进士坊，为李秉忠立；折桂坊，为举人王献立；攀龙坊，为举人秦[4]表立；附凤坊，为举人张孟周立；步蟾坊，为举人裴纪立；孝行坊，为生员周潭立）。

保十八（华山、大乌、留顺、丁兰、万安、襄田、七级、艾村、安靖、苗城、新赵、司马、田村、食城、忽城、力村、永安、新村）。

集镇二十五（棠林、丁兰、苗城、赵庄、首[5]羡、忽城、华山、新安、司马、洪光、艾村、丁庄、五沟、大圣、褚庄、刘家、欢口、贺堌、襄田、兴利、停灵台、便益集、常家店、任家店、黄店）。

里图近琐。孔子曰："里仁为美，择不处仁，焉得知？"若是乎，里之所系重也，村则亘乎野无遗民矣。孟子慨想"同井"，今使尽村而井之，三代夫岂远乎？

---

① 按：砀山十坊沿自旧志，进士坊下遗漏为李稳所立之坊，今据万历《徐州志》补。

② 字据万历《徐州志》补。

③ 按：丰县十八坊，沿自隆庆《丰县志》、万历《徐州志》原文，尚脱"游艺坊"，据补。

④ 原作"袁"，据嘉靖《徐州志》、隆庆《丰县志》、万历《徐州志》改。

⑤ 原作"守"，据嘉靖《徐州志》、顺治《丰县志》及今通用地名改。

归市者，不独城郭也，曰集，曰店，村内外皆有熙攘[①]往来，顾何以裨之无凋瘵与？坊，所以坊民也，忠孝节义为上，科目次之。世多上其所次，而次其所上，持世教者作何权衡也？

山川

徐州

云龙山，城南二里许。山有云气，蜿[②]蜒如龙。东岩石峰匝围，中峰妆成大佛，面方数丈，覆以殿宇及诸大士像，参差错置，邃曲如洞。又名石佛山。黄茅冈，西向此山之阴也。唐昭宗时，朱全忠败节度使时溥，即此。山巅放鹤亭，宋山人张天骥所作。古井穿于左，深七丈余，不知所始，今名饮鹤泉。（山脉自楚中来，相传昆仑中枝之分布者，徐得列九州，胎于此，凿石则脉伤。自当事弛禁，为厉多矣。来者犹可追，所大望焉）

戏马台山，去城南不盈里。高数十仞，广袤数百步。有事可用戍守，与城表里。昔项羽因山筑台，以观戏马。后魏武南侵，攻彭城弗克，设毡帐台上，以望城中。台循磴而上，旁有石崖，杂勒古岁月名氏文，皆隶书，并剥落不可读。（上有台头寺，今改三义庙）

奎山，城东南四里许，枕河，对岸骆驼山，为徐门户。山脚一小河，名奎河，万历间兵宪陈文燧所浚，北泻城内之水，南通宿州境。又郡侍御万崇德建塔其上，以壮锁钥，亦称“文峰”云。（按：城内水由东角楼城下水关出，循开元寺石桥而南。又城西石狗湖水俱汇于此，奎前襟能受之，徐免汗漫之患。其不泻之黄而泻之奎者，黄势大，恐其内侵也。但下源颇亢，虽流亦缓，疏浚之功，所赖后之君子）

簸箕山，城南九里许，东西有二，因形以名。下有簸箕洼，洼久成湖，南山之水交注于此，民田多污。万历间，作二石狗镇之。湖终未底，至今赖奎山一线泻焉。（俗传石狗未置，守徐者多目病，置后遂无之。虽俚不可信，毋亦箕之形主出糠秕，与龙山为徐元气。严凿削之禁，亦所永鉴矣）

太山，奎山之西，龙山之东，视诸山为大。两形峙立，中辟一径，为南北孔道。旧传其境有迷刘城，汉军失高帝处。（今无稽）

---

① 原作“穰”，径改。
② 原作“婉”，径改。

金磴山，即云龙山之尾余气西峙者。迤望萧邑，诸峰几无断绝。

马跑[①]山，太山迤东，平而圆小。

红山，上与数山接趾，其色稍红。

黄山，南北有二，城南二十里。每岁此山之麦先黄。土人称南焦山。

黄山，在双洞山稍北，大小有二，小东南，大西北。

黄山，城北七十里。（半属沛境）

桃山，城南五十里。有驿，在其阳。

武原山，城南六十里，一名徐山。周穆王命楚伐徐，偃王败走其下，百姓随之万数。王死，凿石室以祠之，因名徐山，其石［室］[②]尚存。

三山，城东南十里余，山有三巖，故名。东西绵亘，中有洞，又名南洞山。（邻庙山）

胡山，城南三十里余。（有拔剑泉）

杨山，城南五十里。　　女娥山，城南三十里。

丁塘山，城西南二十五里。东有丁塘泉（名拔剑）。楚汉治兵于此，汉兵渴，高祖拔剑插地，泉涌出（流四里又洑流地下。雨不溢，旱不干，乡人呼为龙湫。遇旱，祷辄应。有庙像，刻文记之）。

楚王山，城西二十五里。有楚元王墓。《禹贡》“惟土五色”，王莽使徐州贡五色土，即出此。

大彭山，城西三十里。古大彭氏封此，今左右犹称大彭村。

陶山，城西四十里。汉州牧陶谦葬此。

九里山，城北五里，东西绵亘（凡九里）。相传有穴，潜通琅琊、王屋，今不知处。东有宝峰山，西有团山。又一峰，形如伏象，俗称象山。（上有樊哙磨旗石，下有曾参井，不详所由名）

孤山，城西北十里。旁无峰峦，故名。

看花山，城北十里许，与九里山相属。

桓山，城东北十七里，东临泗水。旧名圣女山。宋桓魋作石椁于此（伏滔《北征记》云：椁皆青石，隐起龟、龙、鳞、鱼之象）。今俗称洞山。（有洞山寺）

彭城山，城东北三里。石上镌“彭城山”三大字。

关山，城东北二十五里。

塔山，同名者三：一城东北二十五里，俗称大山，地名冈头，有磨石剑；一城

---

① 原作“砲”，系“跑”形讹。跑，本意兽用足刨地，如“虎跑泉”等。下同，不复逐一出注。

② 字据万历《徐州志》补。

东南五十余里；一去寺山十里。

石山，城东北四十里。下有驿，今废。

檀山，石山稍东。

凤凰山有二：一石山稍东，有石刻二凤形，故名；[一][1]城东南五十余里，山有双翼如凤，故名。

马山，去石山七里。

二郎山，去石山东北十里。

青山，凤凰山北。

荆山，城东六十里。苏轼时，有言其山下可以沟畎[2]积水，因往相度，以山多乱石，不果。

铜山，城东北八十里，与利国驿连境。相传古彭城废县在此（见《古迹》）。

盘马山，城东北九十里。山顶平数丈，无草木。土人谓汉高帝尝盘马于此。

爬头山，城东北一百二十里，连徐、邳、滕、峄四境。

苑山，城东北十八里。

蜈蚣山，苑山稍西北。

寨山、张孤山、羊山、内花山、梁山（俱城东北三十余里）。

龟山，寨山东一里。有石洞，俗称仙人洞，深晦莫测。

境山，城北四十里，相传徐之封境界于此。西临泗水，有镇，有闸，有寺。

乌羊山、焦山、绛山（俱境山北数里）。

弓弦山，城北五十里，山有二石直如弦，故名。

定国山，城东四里，燕慕容绍[3]宗击[4]梁，梁贞阳侯萧[渊][5]明尝营于此。

子房山，一名鸡鸣山，城东二里，[世][6]传子房隐于此。一谓良为沛公厩将，作楚歌以散羽兵处。宣德初，平江[伯][7]陈瑄作子房祠于上。

蝦蟆山，子房山南，即其余脉。

响山，蝦蟆山东一里。上多穴，每兴云雨，人呼其下辄应，因名。

圣水山、青顶山、尖山[8]（俱城东八里，三山相连峙）。

盘头山，城东十八里。

马鞍山，城东四十里。

---

① 字据文义补。

② 原作“亩”，据《东坡诗集注》改。

③ 原作“昭”，据《元和郡县志》卷九改。

④ 原作“系”，据《元和郡县志》改。

⑤ 案《元和郡县志》作于唐代，因避李渊讳省，今补入。

⑥ 字据万历《徐州志》补。

⑦ 按：“平江”其非籍贯，“伯”字脱同万历《徐州志》，今据嘉靖《徐州志》补。

⑧ 按：尖山，即后文石潭所在之“光山”。嘉靖《徐州志》作“光”，万历《徐州志》作“尖”，始分二名。康熙《徐州志》折中曰：“尖山，或作光山。”然以字形度之，恐为形近之讹，并非别名。

辛贾山，城东五十里。昔有辛、贾二姓居其下，因名。今子孙犹有存者[①]。

孤山，辛贾山稍北[②]。

圣龙山，城东八十里。上有石孔二，虽淫雨不溢，久旱不枯。双井泉源出于此。

寺山，城东一百二十里。旧有显庆寺，今废。

茱萸山，去寺山十里。

双洞山，城东北二十五里（有柳沟桥）。正北有明山。

骆驼山，城东南五里。东西横亘，临泗水，若奔饮状。

土山，骆驼山稍南。下有九女孤堆，相传为冢。

吕梁山，城东南五十里。下有二洪，洪上有云梦、梁王二城，又有尉城。其境即古雍门。

凤凰山，双翼如凤。今名凤冠山（上有书院，游览称胜）。稍西北群峦环簇，一尖如刀圭，四面望同，或曰午山。

峰山，城东南五十五里。下旧有七十二泉（今悉湮），相传张良厌气之所。产翻白草，入药。

读书山，凤凰山稍西北。旧载此地有岠山，今考岠山在邳境，误。

泗河，源出山东泗水县陪尾山。其源有四，因名。水由境山，历茶城，南流至州城东北，与汴水合。嘉靖间，汴水北徙出秦沟，泗水至茶城即与汴合，循城东南，以达于淮。先是，周显王时，九鼎没于泗水彭城下，有气浮水上。后秦始皇过彭城，斋戒祷祠，欲出周鼎泗水上，使千人求之，不获，谓之"鼎伏"。（有诗序）

汴河，一名沁河，一名小黄河。按《一统志》：汴源出河南荥阳县大周山，东流至中牟县，入黄河；沁河出山西沁源县绵[③]山，东流至河南怀庆府，入黄河。又按《漕河志》：河居中，汴居南，沁居北，河南徙则与汴合，北徙则与沁合，故此河之名有三。今沁水久不达，惟河合于汴尔。汴由西来，势甚湍悍，迤州城之东北与泗水合，故称"汴泗交流"。自嘉靖末，徙西北出秦沟，流至州城东南而下，亦通塞靡恒云。（详见《河防》。有诗序）

百步洪，城东南，其长百步许。洪之中有洲，方半亩，洲之上有萃墨亭（见《古迹》）。西又有一洲差小，名砥洪台。上有洪洲寺，今久湮。（有诗序）

新洪，城东南里许。（有桥）

① 按："今子孙犹有存者"七字始见于正统《彭城志》，后志相仍其语，未审清初时，其子孙仍有存者否。

② 按：此说沿自万历《徐州志》。嘉靖《徐州志》谓辛贾山"稍南为孤山"，康熙《徐州志》改作"南"。

③ 原作"经"，讹从万历《徐州志》。案《广志绎》《明史·河渠志五》等书，沁河出山西沁源县绵山东谷，据改。

吕梁洪，城东南五十余里，其长凡七里。孔子观于吕梁悬水，见丈人（有问答）；陈太建中，经略淮北，大破齐师于吕梁；后周将王轨破吴明彻于吕梁，并此。晋谢玄既败苻坚，率众次彭城，平兖州，用督护闻人奭谋，堰吕梁水以利漕运。有悬水村。唐尉迟恭尝疏凿以杀其势，有尉城遗址。有吕梁堰。（并见《古迹》，有诗）

秦梁洪，城东北二十里。（有末[1]直渡，有广济桥）

留城小河，源出山东滕县黄沟泉及微[2]山、三家［湾］[3]等泉，西流八十里至留城镇北，东岸入漕。

五河，城西三十里。与大彭沟、龙沟、湖淀沟、杨尸[4]沟并分五道，泄北流诸水。

浊河，城北二十里。旧止有小水入泗，后汴水皆由此出。隆庆中淤。

泉河，城东北三十五里，泄受东北诸山水。

运铁河，城东［北］[5]九十里。宋置利国监铁冶，凿河以通舟楫，久淤。嘉靖二十年，因运河涸，复浚，通于新挑沟。

三里沟，城北三里。

九里沟，城东［南］九里，泄东［乡］[6]诸山水。口时通塞。（有桥，今废）

秦沟，城东北三十里。隆庆中成大河，今汴水由之。

夹沟，城北六十里。（有驿、有桥）

双沟，城东南九十里。（今有镇）　　皮沟，城北七十里。

谢沟，城北九十里。　　急五道沟，城北七十里。

大彭沟、龙沟、湖淀沟、杨尸沟，皆在城西北三十余里，与五河并分流以达于汴。

响水沟，城西九里，有金家桥，指挥金聚建（今废）；一在城东南七十里，源出东南乡双井、白塔二泉，旧有石桥并闸（今废）。

新挑沟，城东北八十里，与运铁河通。

境山沟，城东北二十里。源出东北马跑等泉，西南流三十里，至境山镇北，东岸入漕。

狼豕沟，城东南二十里。今为黄河要冲（有堤、堰防之）。

---

① 原作“水”，据万历《徐州志》改。
② 原作“徽”，据《漕运通志》《清一统志》等改。
③ 底本漫灭，东京藏本亦同，字据万历《徐州志》补。
④ 原作“月”，据万历《徐州志》改。
⑤ 原作“城东”，讹从万历《徐州志》，字据嘉靖《徐州志》补。
⑥ 以上二字据嘉靖《徐州志》补。

李家沟，[在]①城东南三十里黄钟集。辛贾山鹅儿湖水分流至此出。

溜白沟、东沟、西沟，并在城东北二十五里。泄受东北诸山水，并入辛贾山鹅儿湖。

欧家泉，城东南六十里杨山下。

柳泉，城东北四十里，凤凰山之南。（有桥）

马泡泉，城东北五十里，由运铁河达于泗。

奉圣泉、黑龙泉、野沟泉、刘家泉、海眼泉，并由运铁河至新挑沟，以达于泗。

母猪泉、运端泉，境山之北，绛山之东，俱达于泗。

双井泉、白塔泉，城东南七十里，由响水沟达于泗。

旱陂沟，城西二里，沟上有石桥，名大安桥，徐州卫谭敬兄弟建，大学士商辂为记（今废）。

饮马池，城南三十里驿道[傍]②，行者多饮马于此。

石潭，城东十里光山中。世传与泗水通，清浊损益，每每相应，或有鱼出焉。今淤。

雁麦湖、张塘湖、马沟陂，俱城西南四十里，接壤萧、砀。每冬春，平原弥望；夏秋霖潦，汇为巨浸。

鹅儿湖，城东五十里辛贾山下。稍北即圣龙山境（有普济桥、庙相桥）。

汴塘湖，城东北百余里，水自南流入邳州河。（有桥）

黄山湖，城北八十里，水涨则与昭阳湖通。

青冢湖、成山湖，城东南七十余里。二湖相连凡四十余里，水泄邳州沂河。

寒山堰，城东南十八里。梁萧渊明伐魏，堰泗水以灌彭城。

清水堰，城东南里许，今湮。　　　　吕梁堰（吕梁渡）

萧县

三台山，县治坐此麓，形家以为主山。数峰如屏，甲于诸岭。

鹦歌山，县治东二里，列于县之左。

香山，县治南二里，列于县之右。

① 字据万历《徐州志》补。
② 字据万历《徐州志》补。

三仙台山，[旧][①]县治南里许，石壁峭立，前有平石如台，上镌“三仙台”三字。三仙庙，元时毁，今建禹王祠、三贤堂于上。堂下有古岩泉，嘉靖间，知县朱同芳覆以亭，自记。

白茅山，鹦歌山左差东，与三仙台连。

泉水山，三仙台南一里。上有泉池，名“圣泉”，水仅一勺，冬夏不枯，祷之辄雨。嘉靖间，知县孙重光建虚谷堂于上。山阴有洞，深丈余，相传人夜过，闻讲诵声，诘旦视之，如有行坐人迹，称“雪洞人声”云。

簸箕山，由鹦歌山而东，下有簸箕泉。

丈山，县东南十五里。

帽山，丈山稍西。

凤凰山二：一在县东三十里，一在县东[南][②]七十里。

龙冈山，凤凰山南，东西绵亘里许，蜿蜒如龙。有果老洞。

栲栳山，县东五里（有泉）。

烂石山，县东十里。

萧关山，县东稍南十里。

龟山，萧关山稍西南。

大蒙山、小蒙山、里仁山，县东二十里。三山相属（有洞曰兴云[③]），与州之楚王山并列。

绥舆山，县东三十里。下有绥舆里，宋高祖刘裕，其里人。

永固山，县东南四十里，有湖，有桥，有镇，有泉（并名“永固”）。

浮绥山，县南三十里。

庙山，县东三十里，白土山东北。

大方山、小方山，县治东南二十里，与州境联。

团头山，庙山东五里。

紫草山，庙山西南。

大观山，团头山西南。山洞有桃，花开而罕见其实，俗称为仙桃。

龙驹嘴峪，与永固山相联为一派。内有泉，左甘右苦。其南有陶墟桥。

黄桑峪，与龙驹嘴峪联。有洞曰秦王洞，未详所谓。

天门山，焦子山东，上有天门寺、天台。与龙驹嘴、黄桑峪相联，山谷邃奇，溪流清泚，林木深蔚，宛然仙境，称幽胜焉。

焦子山，浮绥山东。

碛子山，永固山东。

关山，碛子山南，有仙人洞。

双顶山，獐鹿山东。

长岭山，与双顶山并。

獐鹿山，黄桑峪东。

① 字据康熙《徐州志》、乾隆《徐州府志》补。案万历《徐州志》：“三仙台山，在县治南里许。”其说无误。至万历五年夏，城沉，知县伍维翰迁治三台山之南，方位已易。此处仍抄旧文，自误。康熙《徐州志》改作“旧治南二里”，乾隆《徐州府志》作“在县北，旧县治南二里”，康熙《萧县志》“县治坐于山麓”，其说皆是。据补。

② 原作“一在县东南三十里，一在县东七十里”，据乾隆《徐州府志》调整。

③ 以上五字杂入正文，今参康熙《徐州志》移入注文。

大京山、拐棒山、马鞍山、石佛山（凿石肖三佛，故云[①]），以上四山俱黄桑峪东北。

小观山，黄桑峪北。

桃山，县东南六十里。下有桃山驿，隶[②]州治。（有桃山桥）

岱山，香山之西。

明山，与岱山并，一称彩凤山。山半有穴，俗云“虚窟”，其深莫测，天将雨，则穴中吐气。又有二石窦出泉，名龙眼泉，天旱，取水祷之辄应。今涸其一。

石牛山，县南二十里。

丁公山，县［东南］[③]二十里。汉为楚败，丁公追高祖于此。下有丁公里。（南有孟城桥）

升高山，县南二十里。

元龟山，县南十八里。是境为红亭乡。《左传·鲁昭公八年》“秋蒐于红”，即其地。

罗里山，县南四十里。　相山，县南六十里，邻宿州境。

白土山，县东南五十里，下有桥，有镇，并以“白土”名。在宋为州境。镇出石炭。

椒山，县东南八十里。

骞山，县东南八十里，下有闵子墓，故名。（境有青冢村桥）

雾猪山，县东南五十里，下有雾猪泉，故名。

暑兰山，县治东南一百二十里，以夏有野兰，故名。（有暑兰桥）

龙泉山，去暑兰山五里，下有泉，故名。（有周疃桥）

马蹬山，去暑兰山十里。　章山，去暑兰山十五里。

子贡山，县东南一百七［十］[④]里。（按：萧东南之境，群冈巃嵷，与州之南境诸山相属，兹其大都云耳。至其培塿阜岜，连结蔓延，则有不可胜述者矣）

汴河。（见州志[⑤]）

获水，东径梁国杼秋县故城南，又东历洪沟，北流注萧之南对山[⑥]，即刘澄之所谓白渎水也。

---

① 以上七字杂入正文，据嘉靖《徐州志》移入注文。

② 原作“半”，据万历《徐州志》改。

③ 原阙，二字据嘉靖《徐州志》补。

④ 字据正统《彭城志》、嘉靖《徐州志》、康熙《萧县志》补。按：万历五年县城没于水，知县伍维翰改迁东南十里三台山之南，康熙《徐州志》据减二十里，作“县东南一百五十里”，未知所据。

⑤ 原作“治”，据康熙《徐州志》改。

⑥ 按：本志所云“北流注萧之南对山”者，杨守敬《水经注疏》谓为睢水，因形似讹为“获”字。参以《水经》睢水止于萧县，当县南入于获，杨守敬所言为是。

淇河，县西南五十里，会两河口，以达州境。

西流河，县南二十里，浮绥诸湖皆由此出瓦子口，入山西［湖］①，会两河口入汴。

新挑沟，上接河南永城及砀山界。

凉楼沟②，县东北十五里，以寺名。上接两河口，下通姬村湖。

曲沟，县西南六十里，经锦川桥北流。

白沟，县西北二十里。黄柏沟，县西北四十里。

洪沟，县西北五十里。白羊沟，县西北七十里。

毛家沟、港沟，并县东南五十里。

菱沟，县西北八十里。石沟，五眼泉径此东流。

赵家圈渡，县西北七十里。拖绳渡，县西北六十里。

东镇渡，县西北五十里。曲里渡，县西北三十里。

朱珊渡，县西北二十里。

冀门渡，县西北十里。昔河水自诸渡达两河，皆淤，此渡仅存。

龙眼泉（见明山）。

凤眼泉，三台山西侧，一名泌泉。溽暑雨注，片石孔中涌出，泻落数坎，曲曲映带城廓。

筛珠泉，三台山东侧。盛夏宕漾若池，泡影上［涌，散］③如珠筛者数里。

四庄泉，黄山东发源，流出白土桥，东注州境。

雾猪泉，雾猪山发源，渊汇数亩，人莫敢测，东南流入桃山。（东坡有诗文）

五眼泉，雾猪泉之南，泉有五，自石窦中出。

醴泉，五眼泉之东南，出地中，［其泉］④甘。

拔剑泉，发源秦王洞。

石屋⑤圣泉，发源獐鹿山下。诸泉分流趋东，至石佛山南而合出御桥。

圣境泉，今名“境泉”，卓家桥南。由白米山白米堰至双桥，折北迤东，出卓家桥，入姬村［湖］⑥，以达州境。

孝感泉，旧城中。唐主簿宋思礼为其母疾，祷泉出，母饮而愈。今湮。

---

① 原阙，字据万历《徐州志》补。

② 原倒作“凉沟楼”，据万历《徐州志》、康熙《萧县志》乙正。

③ 底本漫灭，二字据东京藏本补。案康熙《萧县志》：“泡影上涌，散如筛珠，潆洄数里不绝。”嘉庆《萧县志》：“泡影上涌，散如筛珠，涌沸数里，泉声不绝。”

④ 字据万历《徐州志》补。

⑤ 原作“台”，讹从万历《徐州志》，据嘉靖、康熙《徐州志》及康熙《萧县志》改。

⑥ 字据万历《徐州志》补。

益井，天门山，邑令孙重光题。

喷玉泉，河泊所。

石交泉，凉楼寺南余家屯。

龙潭，源出龙冈山。其水皎洁如月，故称“龙潭皎月”。

梧桐湖、土形湖，俱永固湖南。

时村湖，梧桐湖稍西。

青庄湖，罗里山东。

山西湖，县西十二里，汇西南诸山之水。

苏家湖，县东南八十里。

薛村洞。（洞以村名。悬峭壁间，深如石舫。下有石井，泉孔旁出一勺，汲不竭。黄白之士多隐焉）

王小仙洞，方山。

桃花洞，圣泉西。（桃花周匝。入洞，有滴沥声）

仙真洞，关山。

英州泊，县西北五十五里。一名雁门泊。

朱珊泊，县西北十五里。

牧马泊，县西北七十里。

姬村泊，县东北十五里。（并湖）

烂石泊[1]，县东十二里。

梧桐陂，《水经注》云：陂侧有梧桐山。陂水西南流，径相东，而南注于睢。睢盛入陂，陂盛入睢。

郑陂，《水经注》云：在萧、相之间。黄初中，郑浑为沛郡太守，患水，兴陂[遏][2]，比年大收。民刻石号此。

双桥陂，浮绥湖北，姬村湖南。民田洼成陂，变湖。

汳水新渠，宋绍圣中，县令张惇疏凿避水。（陈师道《记》）

南伏道口、北铁窗孔，元马彻里御水全城。（蒋伯昇《记》）

岱西堰，县西十里。

白米堰，县东南二十里。其泉源出白米山下，西北流经都仁乡，引灌稻田。俗呼“嶂山米”，亦此。（云“迷”者讹）

沛县

微山，县东南。《隋书·地理志》：沛有微山。山无石，巉巉若冈陵然。上有微子墓。

① 原作“礴”，据万历《徐州志》及萧县诸志改。

② 字据《三国志·魏书》本传等补。

戚山，县西南三十里汉台乡，圆耸前参，若为邑镇。居民利取其石，知县周泾勒石禁之。

青龙桂籍山，县南稍西三十里。旧凿石方池，世［传为］[1]萧何饮马池。（旧志：黄山，在[2]县东南，据《隋志》。今入州境三乡界）

漷河，源出山东滕县，流入昭阳湖。

薛河，出滕、薛境，西流会昭阳湖，自金沟口达于泗。

泡河，即丰水。经单县，循沛泗亭驿入泗。今淤。

泗河（见州志[3]），秦置泗[4]水郡，汉有泗水亭。今淤。

鸿沟河，发源滕县，流出薛河。其水泛涸不时。

泥沟河，自鱼台县界入泡，达泗。今淤。

鸡鸣台东小河，县东北五十里。源出滕县，至鸡鸣台东入漕河。今淤。

龙泉，县治前。

昭阳湖，永乐八年，湖口建石闸。嘉靖四十四年，黄河北溢，湖湮。又创开新河，去此远。

谢沟，去下沽头渡十里，达于州境。

沙河渡，泗水经鱼台县［至沙河］入沛境［为渡］[5]。今淤。

北门渡、东门渡（近县，俱淤）。

南门渡，有飞云桥。永乐间建，景泰中知县古信修，嘉靖十七年重修。

金沟口渡，县西南十五里。今淤。

上、下沽头渡，各有闸。今淤。

琉璃井，县东一里许。深不可测，水泉甘冽。甃砖润滑光彩，无间琉璃。世传汉高祖所凿。

新井，儒学内，泉味甘美，知县古信凿。

① 二字据万历《徐州志》补。
② 原作“右”，据万历《徐州志》补。
③ 原作“治”，参前萧县“汴河”例改。
④ 原作“沛”，讹从万历《徐州志》，据嘉靖《徐州志》改。
⑤ 以上五字据万历《徐州志》补。

砀山县

芒砀山，今在河南永城县界。按《史记》及《汉书》：高祖微时，隐于芒砀山间，上有云气，吕后与人俱求得之，即此。（金①县治在芒砀山之阳，保安山之阴）

靴尖阜，县西二里。有土窿然屹起，遂名。

黄河，绕县西北五十里、东北二十里。

礼河，县东十八里。元季，韩林儿倡义，父老送至河阴。既别，林儿俟父老半涉，乃于河浒稽首，父老不能答，故名。

陈霜口河，由虞城县至汪家口分为二，汗漫若湖。嘉靖二十六年，知县王绍元汪家口筑堤［一］②道，又为月堤、顺水堤。

沧浪井，县北一里，在沧浪庙内。天旱，取水祷辄应。

新汇泽，南郭外。河徙成泽，南北可二十里，东西四十余里，经冬不竭。隆庆二年，知县戴伟凿渠疏泄，寻湮。六年，知县王廷卿更开新渠，以苏昏垫。（按：砀山地势洼仰低下，屡经水患，地浮淤沙。虽节经浚凿，遇涨率易［淤塞］③。故河渠之名，变迁不常）

雁池（李白与刘砀山秋夜泛舟同饮，易名华池）。

按：旧志砀无山，县以山名，故入芒砀，亦本其旧治也。新志有虞山、戏山、狼牙山、磨山、铁角山、平顶山，恐不如芒砀之确也。砀河渠多淤，新志止四见：黄河、雁池则书之，若汴水仍附于黄，芒砀泽仍附于山，不必条列。其原见旧志者，犹稍存以备考焉。

丰县

东华山，县东南三十里。周亘十里。多奇石，有紫苔色。矗屹而门，巇嵚而谷，森若部署。言“东”以别西也。

白驹山，县东南十五里④。相传汉高祖与乡人憩会。唐有崔生隐此，自号“白驹山人”。嘉靖间，黄水始没。

岚山、驼山，华山之二峦也。又洞五：曰会景、曰虚白、曰碧寒、曰太玄、曰

① 原作“今”。按：芒砀山在县东南七十里，已入河南永城县界。考旧志：金兴定间，县城圮于河，暂迁鱼山之南保安镇，其址即“芒砀山之阳，保安山之阴”。元时还故址，明清仍之未变。“今”为“金”音讹，据改。

② 底本漫灭，字据万历《徐州志》补。

③ 二字据万历《徐州志》补。

④ 隆庆《丰县志》作“在县治东南十里许”，万历《徐州志》作“县西南二十里”。

太乙，皆堙。嘉靖丙午，县令叶烓出之。今复湮。

泡河，城北百步许。源接单县，循沛东入于泗。（有桥，今废）

浊河，县南五里许，一名白羊。

白帝河，县北九里许，因白帝子名。

论徐者，谓云龙以肇其基，汴泗以通其脉，徐得天地之气，为大环。萧皆山，其拱而护之者乎？沛，固泗之所由导也。芒砀之云，新丰之市，至今传不朽。似郡邑各有其胜，何以独称全徐也？夫西北，乾也；东南，巽也。四邑居乾，徐之得气，溥以长矣，高以厚矣，江淮居巽而襟带之，岂非巨灵所提挈者乎？

古迹

附陵墓

徐州[①]

彭城。（见《封建》）

留城，汉初为县。高帝封功臣，使张良自择三万户。良曰："始臣起下邳，与上会于留，此天以臣授陛下也。臣愿封留足矣。"遂封良为留侯。今城尚存。《一统志》云：在沛东南二十里。盖留在徐、沛之间，今入郡。（有诗）

灰城，世传汉高帝所筑。（城西北百里）

食城，世传汉高帝尝犒师于此。（城西北百二十里）

舞阳城，汉封樊哙为舞阳侯，筑城于此。前有土堆七，俗称"七星堌堆"。哙庙在焉。（城西北五十里）

武原城，武原山下。东汉置，属彭城国。

云梦城，韩信尝筑城驻节于此。（城东南六十里）

梁王城，汉高帝封彭越为梁王，与云梦城并在吕梁山下。（今废县为洪）

尉城，唐尉迟恭开吕梁筑。（见《山川》）

吕布城，布与操相持筑。一名"战台"，堑垒犹存。（城东南八十里）

垞城，面临泗水。兖州人谓实中城曰"垞"（垞，丘名也）。《舆地》为古崇国，不知何考。

① 字据文例补。

利国监，汉置铁官四十郡，彭城已有铁官。宋兴，差铁有四监，徐之利国，其一也。元丰初，苏轼在郡上书亦曰："利国监自古为铁官，商贾所聚。"旧志云："监，苏轼置。"恐误。（城北九十里）

宝丰监，元丰六年置，铸铜钱。（在州治，今废）

彭祖宅，唐皇甫冉《彭祖井》诗云："旧井莓苔近寝堂。"（城西北隅）又东北隅有石刻"彭祖楼"三字，久毁。

大彭馆，唐庞勋反，众四面超墉入，囚崔彦曾，即此。

燕子楼，唐贞元中，尚书张建封镇彭城，有妓妾曰盼盼。尚书殁，旧第有楼名"燕子"，盼盼念旧不嫁，居是楼十余年，幽恨怅然，后不食卒。（按：唐昭宗景福二年，节度使时溥守徐州，朱全忠攻拔之，溥举族登此楼自焚死。此楼已毁于昭宗时矣。旧志以为即城西角楼，非是。有诗）

黄楼，熙宁十年八月，苏轼为守，河决，汇于城下，城不浸者三版。轼庐城上，使吏分堵，城卒全。十月，奏京师。明年元丰正月，朝廷下诏奖谕。轼即城之东门为大楼，垩以黄土，曰土能胜水，具刻明诏于其上。轼弟辙为赋，轼自书碑。秦少游、陈后山为赋与铭，具曰楼在东门。旧志以为即城东角楼，非是。

逍遥堂，苏轼为太守时，与弟尝会宿。（州治后。有诗）

秀楚堂，宋元祐中知州孙觉建，自为记云："广陋适均，侈俭合度。燕申起居，既便且安。"（州治园内）

明善堂，元祐中知州杜纯建，自为记。（州治后圃）

楚山堂，元总管钱光弼建。（城北万会桥之涯）

恭安斋庐，元郡人彭克温筑，临川吴澄为记。

河南侯宅，侯谓陆聚，洪武初守徐，十年罢归。（今徐州左卫址）

雍门，周善弹琴，能使孟尝君悲者［居此］[1]。（见《山川》）

白门，苏轼《过云龙山人》诗："肩舆白门道。"则白门恐即城之南门也。

放鹤亭，宋山人张天骥所筑。骥有二鹤，朝放暮归，因以名亭（云龙山巅，有记与诗）。又，西麓有张山人园。（今废。有诗）

思亭，宋人甄氏筑于先陇。（陈后山命名，作记）

快哉亭，宋熙宁末，李邦直持宪节，构亭城隅之上（苏轼为名），即唐人薛能阳春亭故址。（今废）

萃墨亭，初名苏墨亭。轼与张天骥、僧道潜月中游，轼书勒于石。成化间，主事尹珍得之东崖石中，建亭嵌壁间。正德末，亭坏，主事李香筑台重建，更今名，

① 二字据嘉靖、康熙《徐州志》补。

自为记。（今亭没。有记与诗）

挂剑台，季札挂剑处。后人高其谊，筑台表之，址尚存。知州宋诚刻文于上。（城南一里许）

黄茅冈。（见《山川》）

试剑石，汉高祖庙有石，高三尺余，中裂如破竹，不尽者寸。父老曰："此帝之试剑石也。"（苏辙作铭）

戏马台。（见《山川》）

磨旗石，世传樊哙磨旗，其迹尚存。（九里山上）

苏堤，苏轼守徐，河决，汇城下，筑东南长堤障之，首起戏马台，尾属于城。天启甲子，河决城溃，堤存一线。

渎上，[在]彭城，韦孟所居里名。孟徙[邹，作谏楚王戊诗云"梦我渎上"，即此][1]。

白鹤乡，宋嘉祐七年，其地生面。（今五乡有白鹤村，未详是否）

双石人，苏轼寄辙诗："道边双石人，几见太守发。"

彭祖井，相传在今北门子城中。水竭[2]，刘顺之复浚及泉。

楚王井，楚[王][3]山之南，井九十九口，相传楚元王时所凿。今人呼曰："山前九十九口井，山后九十九所冢。"

双井，源出圣龙山，东西二井相向。井有鱼。上有龙王庙，遇旱，土人浚之则雨。

拔剑泉。（有二，见《山川》）

饮马珠泉，世传汉高祖尝驻兵饮马。（城东北张家庄桥下）

关云长竹、苏子瞻帖二石刻，宣德四年，僧正广善修铁佛寺得之。

八景

汴泗交流	吕梁悬水	丁塘异泉	黄楼胜迹
石佛朝云	留城夕照	亭鹤清风	苏堤遗爱

楚元王墓，楚王山之下。又有古冢数十处，皆甃以巨石，相传为其子孙墓。

范增墓，增，项羽谋臣。羽以陈平反间疑增，增请骸骨归，未至彭城，疽发背死。元季，有贾胡盗发其冢，得宝剑去。嘉靖中，户部主事岳东升表其墓。（有诗）

① 底本残句，以上十五字据万历《徐州志》补。

② 原作"渴"，据万历《徐州志》改。

③ 字据弘治《重修徐州志》补。

张良墓，在留城南。《史记》：留侯死，并葬黄石冢，每伏腊上冢并祭。（有诗）

王陵母墓，嘉靖中，御史朱裳①立碑冢上。（城西南［二］②里。有诗）

刘向墓，演武场南。旧有祠。（城西北二里。有诗）

龚胜墓，城东南三里。　　　　　刘公子平墓，城西北九十里。

楚王英墓，按《通志略》：英，光武子，封楚王，以事徙丹阳，自杀。诏遣光禄大夫吊祀，以诸侯礼葬于泾。元和三年，复遣谒者备王官属迎英丧，改葬彭城。

华陀墓，陀，沛国谯人，游学于徐，善医，忤曹操见杀。永乐初，知州杨节仲修坛，劚地得髑髅甚巨，疑为陀首，加土瘗之，题其碣。万历初，刘顺之立祠墓前。（城南山川坛侧）

刘昶墓，昶以大将军开府徐州，豫营墓于彭城西南，与三公主同茔而异穴。发石，坟崩，压杀人众。复改茔，后葬焉。今失其处。

明山云墓，在留城。云为都督，出镇广西，卒于镇。正统四年，谕葬于此。

权谨墓，城北团山之阳。以孝行征为学士。（淮南高縠③撰表）

马蕙墓，城北九里山下。（曹南李秉撰表）

张鹤鸣墓，子房山下。　　　　　万崇德墓，太山之东，奎山之西。

陈汝麟墓，奎山之南。

义冢，凡三所：一城南二里，一城西南一里，一城西北四里。（旧志十余所，皆水没不存）

萧县

萧子国古城，旧县治北，临古汴。《经》云：“汳句于萧，其阙如玦”④，即此。

眢井城⑤，旧城厉坛东百余步，俗呼八角琉璃井。楚子伐萧，目于眢井而拯之，即此。（无水曰眢）

扶阳城，汉丞相韦贤子玄成，代父为丞相，后坐不敬，失列侯，得食其故国邑，封扶阳之千八百户。（旧城西南六十里）

杼秋城，光武封刘般为杼秋侯。郦道元曰：获水东径梁国杼秋县（王莽之予秋

① 原作“衮”，据《漕运通志》卷三《尚书、都御史、主事表》改。
② 原阙，字据万历《徐州志》补。
③ 原作“瀫”，据《明史》本传改。
④ 按：“汳句于萧，其阙如玦”八字出自陈师道《汳水新渠记》。志云“《经》曰”，疑误认《水经》原文。
⑤ 康熙《徐州志》按：“眢井，即在古萧国城中。旧志《古迹》于萧子国古城后又有眢井城，非是。”

也[1]）。汉明帝以杼秋属沛国。

曹马城，相传汉曹操尝[2]歇马于此。内有废塔，洪武七年，河南侯佃人董顺毁之，内见石碣云“逢顺而倒”，后顺寻以事籍没。（旧城西北七十里）

郭城，方二千三百步，相传周太祖郭威所筑。（旧城西南二十五里）

龙城，隋开皇中改设。（县东二十里，今湮）

英州，建置莫详。元初，城址尚存，围九里余，城中水可舟。至正甲申，河决，没为陆。今俗呼雁门泊。（旧城西北五十里）

黑沙县，相传为英州之附[3]郭县。

永固县，水固山下。元至大间，割［厥］[4]固镇，立为永固县，寻罢为巡检司。洪武初因之，亦罢。今永固镇，即其地。

车牛坂，闵子御寒覆车处。（县西南二十里）

清心亭，宋嘉祐六年县尹梅君建，曾南丰为记。

黑洿[5]，升高山之阴，约三亩，夏秋积水，染衣即成黑色。

汴河渡，相传汉末，每当露晞，有人呼渡，一老叟即棹船渡之。登岸回视，茫然不见。因呼为“仙人渡”。（旧城东）

龙潭，中秋夜，潭中乃有月，人竞观之。（见《山川》）

文璧塔，龙山绝巘，县令康炜立。

吉星台，在龙山前，县令管为国建，曰“罗星”。后令祖永勋改今名，立石。

八景

智井春耕	汴河晓渡	层台仙迹	雾泉灵觋
贡峰耸翠	骞墓埋青	凤山庆云	龙潭皎月

闵子墓，元置赡坟地租，儒学公用。其碑阴有地界，县尹赵国纲徙置学宫。（县东南八十里）

子张墓，有司并以春秋致祭。（县南三十里）

子申详墓（堀坊村）

宋玉墓，玉为楚大夫，葬此。

---

① 原作“秋，王莽子也”，意王莽有子曰“秋”。案《汉书·地理志下》：“杼秋，莽曰予秋。”是王莽改“杼秋”为“予秋”。《水经·获水》“又东径梁国抒秋县故城南”，郦注：“王莽之予秋也。”明朱谋㙔《水经注笺》讹“予”为“子”，曰“王莽之子秋也”，本志不察，臆断“秋，王莽子也”，为讹益甚。今以郦注原文改之。

② 原作“常”，通“尝”，今据万历《徐州志》用本字。

③ 原作“负”，据《读史方舆纪要》、乾隆《徐州府志》、康熙《萧县志》改。

④ 字据《金史·地理志中》、嘉靖《徐州志》补。又，“元至大间”误，勘详嘉靖《徐州志》。

⑤ 原作“坞”，据嘉靖《徐州志》改。

展雄墓，县西南六十里。　吕蒙墓，县西南六十里。

蒋横公墓，唐将军。明文林郎笃斋公，入乡贤者，即其后裔。

谢祐墓，白茅山之阳。祐为教谕，葬此。

白侍郎墓，县西南七十里。　孟骥墓，县西北七十里。

康仁冢，旧城西北隅。

郑知县墓，白茅山之南，知县王衮树碑。

方塘处士墓，刘鉴，字彦章。（县东五里）

马御史墓，徐州人，讳津，字宗孔，蕙之后裔。（县东凤凰山之阳[①]）

傅汝砺墓，旧城南二里许。

古冢凡六十余所，旧城西北三十里，建凤法轮禅院之前，相传为萧子世墓。其内三冢，高五丈余。宋、元间，人有假器用者，祷之辄应，后有损其器者，遂不可复得。

义冢凡四：一旧县西[一][②]里，一旧县南二里，一旧县北半里，一旧县西十里。

沛县

仲虺城，县南四十里（半属州境）。又，虺墓。

偪阳国城，沛、峄皆偪阳国地，城在二邑境。

合乡，即“互乡难与言”者。今不知处。

许城，《左传·定公六年》“郑灭许”，即此。

广戚城，汉置县，唐时省入沛。旧志：戚夫人之外家。

胡陵城，秦县。汉曹参以中涓、樊哙以舍人，从沛公击胡陵，即此。（县北五十里）

灌城，旧志以为灌婴故宅。按《史记》：婴，睢阳贩缯者。误。

旧城，河东岸，元末张士诚所筑。

香城，按《一统志》：楚人琴高，居香城泗水中。（去歌风台二十里）

沛廷，按《汉书》：高祖初立为沛公，祠黄帝，祭蚩尤于此。

沛宫，按《高帝纪》：十二年十月，高祖破黥布，军还，过沛，置酒沛宫，悉召故人父老子弟纵酒。发沛中儿，得百二十人，教之歌。酒酣，高祖击筑，自为

---

① 案康熙《萧县志》：“墓在县东绥舆里凤凰山之阳，隆庆二年葬此。”疑马津卒于是年。

② 原阙，字据万历《徐州志》补。

歌，令儿皆和习之。高祖乃起舞，慷慨伤怀，泪数行下，谓沛父兄曰："游子悲故乡。吾虽都关中，万岁后，吾魂魄犹思沛。且朕自沛公以诛暴逆，遂有天下，其以沛为朕汤沐邑，复其民，世世无所与。"沛父兄诸母故人日乐饮极欢，道旧故为笑乐。十余日，高祖欲去，沛父兄固请留。高祖曰："吾人众多，父兄不能给。"乃去。至孝惠时，以沛宫为原庙。周庾信作《置酒沛宫赞》。（有诗）

泗水亭，汉高为亭长处。亭有高祖碑，班固为文。（县东一里）

歌风台，汉祖过沛，作《大风歌》曰："大风起兮云飞扬，威加海内兮归故乡，安得猛士兮守四方！"（沛人为筑台立石。台倾，仅存碑。成化间，徙置河东琉璃井之次，迄为水废。嘉靖十四年，知县杨政即其地为堂贮碑，寻亦坏。二十六年，知县周泾葺之，别为台于东，覆圆亭其上，更立坊门外，又圮。万历二年，知县倪民望重修。今仍之。有诗）

射戟台，后汉袁术攻刘备于沛，吕布救之，曰："我射戟中小支，当各罢去。"一发果中，遂退师。台存，三结义庙在其上。（南门内之西）

樊巷，即樊哙所居，犹存断碑。（歌风台北）

苏东坡竹二石刻，乃［东］[①] 坡守徐时，戏写以赠叔祖山阳掾[②]。宣和间，时道安为之刻石。（旧儒学内）

八景

微山霁雪	泗水澄波	汉祖歌风	吕侯射戟
樊巷烟迷	虺城月照	璃井泉清	昭湖活水

吕母冢，相传吕后之母葬此。（县北三里）

防陵，汉因吕母冢筑。（河东岸）

邵渠[③] 墓。渠，废齐人，廷试第一，官至中靖大夫。嘉靖中，主事许诗因筑城，得其门人訾栋所撰故志，刻而立之。（在泗浒）

颜瓌墓。靖难时，瓌父子死节，邑人葬此。永丰彭勖记。（城南二里许）

汲冢。世传晋太康中，汲郡人发魏襄王冢，得古竹书。按：郡与魏王冢皆在河南。误。（县西北三十五里）

义冢三：一泗水东岸，一县南一里，一县西二里。

---

① 字据万历《徐州志》补。

② 按："叔祖山阳掾"者，乃宋人时敦碑刻语，非苏轼叔祖也。勘详万历《徐州志》。

③ 案万历《沛志》卷十三訾栋《中靖大夫邵公墓志铭》"先生讳世矩，字彦礼"，应为"邵世矩"。嘉靖、万历《徐州志》作"邵榘"，本志复讹为"邵渠"，皆误。

砀山县

狐父城，《史记》曹参击秦将司马尼，取狐父是也。（城南三十里）

梁城，汉梁怀王都城，即秦砀郡废城，梁孝王增筑之，遗址犹存。今县治居其东北隅。

麻乡城，东汉盖延屯兵处，后魏改砀山为安阳治。（俱此）

燕喜台，石刻三大字，相传为唐李白笔，盖取《诗》"鲁侯燕喜"义也。台下有池，名"华池"。《太白集》有《秋夜与刘砀山泛舟燕喜亭池》诗。（宋政和三年，真州知府李釜为书"宴嬉"字，授知县许戢①刻石于台，遂讹台名为"燕嬉"）

渠亭，朱温母生此。

心远亭，元邑人成简卿所筑，学士虞集赋诗。

安阳县，以保安山得名②。（山南水北曰阳。今废县在砀山之阳，保安山在县治之阴，盖古人取以为邑之镇山也）

朱温宅，县北午沟里，后名"衣锦乡"。

缩石碑，相传为傅颖公墓碑。（弘治中，土淤强半，县令胡希颜命百余人起之，不克）

古塔，创建不知何始，棱层高数仞。（旧县西，今城东）

八景（昔旧城胜迹也，频罹河患，仅存二三）

芒砀云气	星海洪涛	秋池邀月	春堤吟风
层台鼓韵	杰阁铃音	词宗雅兴	仙客高踪

梁广王墓，太祖朱温兄全昱。（城东北二里许）

隐王墓，《汉书》：陈胜御庄贾杀胜降秦，葬芒砀山中，高祖为置守冢三十家，谥曰隐。莽篡，血食乃绝。

安庄王墓，广王墓侧，太祖犹子友宁也。（有碑铭，皆对隅）

党太尉墓，尉名进，宋太祖名将，子孙家其傍。至元壬午，裔孙弘济葺其兆域。

① 原作"勘"，讹从万历《徐州志》。据嘉靖《徐州志》、乾隆《砀山县志》改。

② 按：北魏安阳县治麻乡，在今县东北，其去保安山甚远，自不得在山阳云。考《水经注》："谷水东径安山北，即砀北山也。"以秦汉古县而言，其地就近芒砀，非今治也。县北有安山，山南水北曰阳，所谓"安阳"，意本于此。其后，北魏既于鲁城恢复砀县，又于麻乡置新县，仍取古砀旧在安山之阳，因以名县，非必谓麻乡城即在安山之阳也。

李稳墓，邑人，官至佥事。（葬南郊外）

曹甫墓，元御史中丞。　　　　曹伯启墓，元学士。

成克敬墓，元列大夫。

义冢三：一城北厉坛南，一城东官道南，一城西社稷坛南。

丰县

邀城，相传汉高祖还乡，父老于此迎驾。（城南二十里）

伏道，始皇厌气，大索城中，汉祖即自疑畏，夜潜由此道，遁芒砀山。荆棘皆顺生，今不复见。

枌榆社，《史记正义》以为高祖里社，《汉书》颜师古《注》曰：“以此树为社神，因名。”高祖初起，祷丰枌榆社，后四年，天下悉定，诏御史，令丰治枌榆社，以时祀之。（县东北十五里）

高祖宅，高祖生中阳里，距县九里。《玉海》引《述征[①]记》云：宅，丰水东九十里（“十”字恐多）。

马公书院，伏道之右。相传高祖与卢绾从马惟先生读书处。今废。

萧何宅，何云：“令后世贤，师吾俭；不贤，勿为势家所夺。”即此。（东门北城下）

卢绾宅，高祖同里同学，封燕王。建炎间，改其地为永宁寺。（县东北隅）

厌气台（见“伏道”），一名秦台。

丰西亭，高祖为亭长时，送徒骊山，尝止此亭饮。（丰西泽中）

凫鹥亭，旧名“四望”，宋治平间，县令关景仁重修。（有诗）

大泽，高祖之母尝息大泽陂，梦与神遇，即此。（县东北）

落马碑，始皇厌气之丰，高祖在稠人中，暗指之，曰：“大丈夫当如此！”始皇即为落马。后人立碑，今剥落不可识。（中阳坊）

朱陈村，《东坡诗注》云：在徐州丰县。去县远而官事少，处深山中，民俗淳质。惟朱、陈两姓，世为婚姻。民安其土，无羁旅行役之勤，故多寿考。（有诗）

杏花村，东坡诗有“劝农曾入杏花村”。

凤凰嗉，旧城，周围九里许，四角高三丈余，西南独四丈余，相传为凤凰嗉。垂左翼于东南，右翼于西北，各长数百丈。今两翼淤，唯嗉高丈余。

---

① 原作“正”，讹从万历《徐州志》，据嘉靖《徐州志》改。

八景

华山岚色	泡水波光	圣井春游	天津晚钓
秦[1]台夜月	娥堌秋容	中阳夕照	曲豆晨烟

彝王陵，驼山之中，春秋时人。（县东南三十里）

齐王陵，王名肥，高帝微时外妇之子，封于齐。（县东北二十五里）

秦王墓，县西五里。

绛侯墓，即太尉勃，至今世业八十余亩。（城东北十二里）

亚夫墓，勃次子也，墓在绛侯左二里。

雍齿墓，城北九里许。　　马惟堌。（事见前）

娥墓（未详），必古烈女。

李若谷墓，宋参知政事，谥康靖。其子淑，官学士，亦葬此。（县北五十里）

袁遵道墓，元翰林姚燧撰文，赵孟頫书丹，郭贯篆额，时称三绝。其子涣，官丞相，葬相近。（华山西北）

曹中墓，元侍郎。（城西百步）

丁宰相墓，邑人，子孙至今祭扫。在灰城界。

秦征士墓，名英，元末兵戈扰攘，读书自若。

史可传墓，邑人，官遂昌令。（县东北六里）

义冢，泡河岸北。

论迹而据其有形者，即鬼神不能护其常存。能见古人之著作与其神情丰度，庶可旦暮千古。古人潜跃殊遭，奇正殊态，欲传不欲传殊志。据其微迹，可以尚论。至于萧萧原下，人与俱往，而吊古者反恫乎其不安夷陵跖冢，又其身后之迹不容泯没者也。风月自常，陵谷自变，持其中者，谁氏之子哉?

① 原作“春”，据隆庆《丰县志》、万历《徐州志》、顺治《新修丰县志》改。

徐州志卷之二

建置

郡铎张如骞、郡人毕翰同修

尝读《诗》《书》，至周公营洛、文公营楚，未尝不掩卷而三叹也。盖建于开国之始，难在创；递治而后，难在因。非因之果难于创也，创者以创创，因者以因创，不有狭小前人之讥，则有盛美难继之虞。经营劬瘁，每以今人待后人，而后人复待之。故经国者以因为建，尤善建不拔者矣！

城池

徐州

唐尧封大彭氏（按《古迹》：城内有彭祖故宅、楼、馆，洎井。而大彭山下距今城三十里）。秦末，项羽立楚怀王，建都于此。刘宋刺史王玄谟称为“城隍峻整”，后魏刺史尉元亦称为“险固”[①]。宋熙宁间大水，知州苏轼增筑各门子城。元置武安州，移城于东南二里许（今广运仓地是）。明洪武初，复修旧城，周九里有奇，高三丈三尺，基广如之。三面阻水，独南可通车马，濠隍深广各二丈余。堞凡二千六百三十八，角楼三，铺五十一。为门四：东曰河清，西曰通汴（左右有两耳），南曰迎恩（即古白门），北曰武宁（有诗）。嘉靖四十年，黄河汹涌荡激，势决西门，城几溃。万历二年，水溢大涨，浸城过半者三月，城又几溃。兵备副使舒应龙协谋知州刘顺之，环城外创置护堤口。又于东南堤建金门闸，北接南隍，泄堤内注潦于南门外。木桥在南者易以石。捍导周详。历至十八年，城中又大患积水，

① 案《通典》：“后魏大将尉元上表曰：‘彭城，宋之要藩。南师来侵，莫不因之，以陵诸夏。’《舆地记》云：‘郡城由来非攻所能拔。’言其险固也。”《文献通考》脱“舆地记云”四字，嘉靖《徐州志》遂以为“郡城由来非攻所能拔”二句亦为尉元表云，故曰“后魏刺史尉元亦称郡城险固”，顺治、康熙《徐州志》相沿，皆误。乾隆《徐州府志》改为“顾野王《舆地志》曰：‘郡城险固，由来非攻所能拔’”，其为得之。

兵备陈文燧开支河[①]引泄，至今赖之。四十二年，参议袁应泰起城，重修四门，各增箭楼，更门之名：东曰明德，南曰奎光，西曰威远，北曰拱极。天启四年甲子六月初二日甲申，河决奎[②]山堤，夜半坏城，内外人民溺死者不可胜纪。兵备副使杨廷槐同署州事、河防同知司乃疆请迁于南二十里铺，时估费八万金，已经兴役十余月，会刑科给事中陆文献疏《徐城六不宜迁》状，得旨遂罢。崇祯元年，兵备布政唐焕修复旧城[③]。七年，参议徐标继补葺之，三面凿池，南北增筑敌台四。顺治十年九月，山东叛兵作乱，兵备佥事胡廷佐、户部郎中贾益谦、副总兵陈一贯、知州余志明同[④]率众固守，贼不敢近，获保无虞。

萧县

古萧国城（见《古迹》）。宋时河决，乃南徙县治，筑城仍与旧连，年深久圮。明正德十一年，知县王隆即南［城］[⑤]故址增筑土城，周四里许，城外浚壕，为门四，曰木荣、金英、朝阳、拱极。嘉靖乙亥，知县孙重光各门为楼，更名：东曰楚望，西曰秦观，南曰朝宗，北曰拱辰。万历二年，水涨，城几溃，知县宋伟多方障御。［万］[⑥]历五年夏，城沉，知县伍维翰迁于三台山之南（即今城）[⑦]。崇祯九年丙子，为流寇所破。次年再破，民多逃散。今略有起色焉。

沛县

古沛国旧城废。元至正间，孔士亨据其地，筑小土城，周二里有奇，久圮。明嘉靖二十二年，知县王治创筑土城，周五里，高广各二丈，隍深广如之。为门四，曰永清、会源、恒休、拱极（有记）。二十五年，知县周泾垒石更修，改门之名：东曰长春，南曰来薰，西曰永清，北曰拱辰。增建雉堞台铺（有记）。万历二年，知县倪民望重修。迄今岁葺城如故。

① 即今奎河。

② 原作“魁”。按：“魁”“奎”同音相借，无谓是非。《明熹宗实录》《明史·河渠志》《读史方舆纪要》《两河清汇》皆作“河决魁山堤”；本志“魁山”“奎山”间用，概据今称改用“奎”字，不复逐一出注。

③ 案民国《铜山县志》：“崇祯元年，兵备道唐焕修复旧城，改门名：东曰河清，西曰武安，南曰奎光，北曰武宁。”道光《铜山县志》谓四门之名，定于嘉庆二年。民国县志辨曰：“四门题字今犹存，确为崇祯戊辰唐焕重修，道光县志属之嘉庆二年，误。”此事旧志皆失载，特附于此。

④ 东京本作“仝”，国图本漫漶似“个”。今用规范字“同”。

⑤ 字据康熙《徐州志》、乾隆《徐州府志》补。

⑥ 字据文例补。

⑦ 案《明神宗实录》卷七十四：万历六年四月，“壬戌，改迁萧县治及城垣、衙宇、儒学”。

砀山县

金迁城于鱼山保安镇（兴定间，避水迁之。其地犹有石刻“砀山县”三大字，及儒学棂星门石柱并存。今在永城县境）。元还旧治，即今所，无城。明正德八年，知县李金创筑土城。嘉靖壬戌年，陷没于水。万历戊戌年，又没于水，仅存遗址。知县熊应祥改迁旧治西里许①，土城砖堞，建门四，各有楼：东曰景云，西曰瑞洛，南曰永保，北曰企宁。迄今用为保障。

丰县

旧城莫究其始。考《史记》云，秦始皇筑厌气台于此，仍凿城内四隅为四大池。则是城已［始］②于秦之前，周九里许。明正德十三年，知县裴爵于城外为护堤。嘉靖五年，河决城陷，知县高禄迁于华山。二十一年，知县李崇信增拓城址，改筑土城，高丈许，周六百一十二丈，为门四，各有楼：南曰阜民，北曰拱极，东曰望鲁，西曰通汴。三十一年，知县徐蓂从民议，复还故城。三十四年，知县戴辅始修四门：东曰启元，南曰大亨，西曰美利，北曰肃贞。更筑护堤，亦仿裴所筑之旧云。万历二年，知县吴文光重加补筑。历今犹崇固焉。

按《礼运》“古圣人天下为一家”，未有藩篱也。嗣后城池以为固，时也势也，作之者其有忧乎？况世愈降而治愈少，徐与丰、沛，尤为古今必争之地哉！向非设险，何以固吾圉也？筑斯城，凿斯池，恐子舆氏不独为滕告矣。

封建

徐州

陶唐

彭祖篯铿，颛顼孙，陆终氏第三子。尧封之彭城，曰大彭氏。历虞、夏至殷，寿八百余岁。尝观井，覆以车轮，背树而缆之以绳，凭杖敛躬，局蹐而迎视，其远

① 案《明神宗实录》卷三二七：万历二十六年十月，迁徐州砀山县城于秦家塘地方。
② 原空阙，字据万历《徐州志》补。

害全身如此。宋时，有绘图以传者。

商

仲虺，奚仲之后。封于薛，为汤左相，作《仲虺之诰》（薛今分属滕、沛二县。旧志：仲虺城、墓皆在沛。故书）。

周

鱼石，春秋时彭城本宋地，楚取之，以封鱼石。《春秋》书“围宋彭城”，示楚不得取之宋，鱼石不得受之楚也。

汉

楚元王交，字游，高祖同父少弟也。好书，多材艺。少时尝与鲁穆生、白生、申公俱受《诗》浮丘伯。高祖既为沛公[①]，交与萧、曹等俱从攻战，封文信君。汉六年，既废楚王韩信，分其地，立交为楚王，王薛郡、东海、彭城三十六县。王既至楚，以穆生、白生、申公为中大夫。高后时，浮丘伯在长安，王遣子郢客与申公卒业。申公始为《诗》传，号《鲁诗》。元王亦次《诗》传，号《元王诗》。王立二十三年薨，子郢客嗣，是为夷王。立四年薨，子戊嗣。文帝尊宠元王，子生，爵比皇子。景帝即位，以亲亲封元王宠子五人并为侯。穆生谢病去，申公、白生独留。王戊稍淫暴。二十年，为薄后服私奸，削东海、薛郡。乃与吴通谋。二人谏，不听，胥靡之。二十一年春，景帝之三年也，削书到，遂应吴王反。其相张尚、太傅赵夷吾谏，不听，遂杀尚、夷吾，而起兵会吴［西攻梁。吴］[②]王败走，戊自杀。景帝乃立元王子宗正平陆侯礼为楚王，奉元王后，是为文王，四年薨。子安王道嗣，二十二年薨。子襄王注嗣，十四年薨。子节王纯嗣，十六年薨。子延寿嗣，以广陵王胥，武帝子，天下有变必得立，阴欲附助之。故为其后母弟赵何齐，取广陵王女为妻。与何齐谋，奉书广陵王曰：“愿长耳目，毋后人有天下。”何齐父长年上其事。宣帝下有司考验，辞服，延寿自杀，遂斩封国。其后彭城刘氏分为三里：一曰丛亭，一曰安上，一曰绥舆。左将军刘怀肃居安上里，豫州刺史刘怀武居丛亭里，宋刘裕帝族居绥舆里。并出元王云。

卫胠，以梁将军从击韩信、陈豨、黥布，封武原靖侯，食二千八百户（武原，楚国属邑）。

---

① 原作“高祖既为沛公，立为楚王”。案《汉书·楚元王传》：“高祖既为沛公，景驹自立为楚王。”此时“立为楚王”者，景驹也，非刘交。四字今删。

② 四字据《汉书》本传补。

留侯张良，其先韩人也，五世相韩。秦灭韩，良为韩报仇。二世元年，陈涉等起兵。良亦聚少年百余人，欲往从楚假王景驹于留。道遇沛公，数以兵法说，沛公善之，遂为谋臣，运筹帷幄。沛公定天下，多良计也。后帝封功臣，使良自择齐三万户。良曰："始臣与陛下遇于留，此天以臣授陛下也。愿封留足矣，不敢当三万户。"因封留侯。后托从赤松子游去。

楚王英，光武子。建武十五年封楚公，十七年进爵为王，二十八年就国。母许氏无宠，故英国最贫小。后三十年，取虑、须昌[①]二县益楚国。显宗为太子时，英常归附之，太子特见亲爱。及即位，数受赏赐。英少时好游侠，交通宾客。晚节更喜黄老，学为浮屠斋戒祭祀。八年，诏令天下死罪皆入缣赎，英奉[②]黄缣白纨，诣国相曰："托在藩辅，过恶累积。欢喜大恩，奉送缣帛，以赎愆罪。"国相以闻。诏报曰："楚王诵黄老之微言，尚浮屠之仁慈，洁斋三月，与神为誓。何嫌何疑，当有悔吝？其还[③]赎，以助伊蒲塞桑门之盛馔。"因以班示诸国。英遂大交通方士，作金龟玉鹤，刻文字为符瑞。十三年，有司奏英大逆不道，请诛之。帝不忍，废徙丹阳泾县，楚太后留楚宫。明年，英至丹阳，自杀，国除。诏遣吊祠，赠赗如法，以诸侯礼葬于泾。遣中黄门占护其妻子。制诏许太后保养幼弱，勉为饮食。十五年，帝幸彭城，见许太后及英妻子于内殿，悲泣，感动左右。建初二年，肃宗封英子楚侯种，五弟为列侯，并不得置相、臣、吏人。元和三年，许太后薨，复遣光禄大夫持节吊祀，因留护丧事，赙钱五百万。又遣谒者备王官属迎英丧，改葬彭城，加王仪，追爵，谥曰楚厉侯。章和元年，帝幸彭城，见英夫人及六子，厚加赠赐。种后徙封陆侯。卒，子度嗣。度卒，子拘嗣，传国于后。

彭城靖王恭，明帝子。永平九年，赐号灵寿王。十五年，封钜鹿王。建初三年，徙封江陵王。元和二年，徙六安王。肃宗崩，遗诏徙封彭城王，食楚郡。其年就国。敦厚威重，举动有节度，吏人敬爱之。永初六年，封恭子阿奴为竹邑侯。元初三年，恭以事怒子酺，酺自杀。国相赵牧因诬奏恭大逆不道。恭上书自讼。朝廷以其素著行义，令考实，无征，牧坐下狱。恭立四十六年薨，子考王道嗣。道立二十八年薨，子顷王定嗣。定立四年薨，子孝王和嗣。和敬贤乐施，得国人心。且性至孝，母夫人薨，行丧陵次，毁胔过礼。傅相以闻，桓帝诏令奉牛酒，迎王还宫。初平中，天下大乱。和为贼昌务所攻，避奔东阿，后得归国。立六十四年薨，孙祇嗣。立七年，魏受禅，以为崇德侯。

---

① 案《后汉书·楚王英传》李贤注："临淮无须昌，有昌阳县。盖误也。"

② 原作"奏"，据《后汉书》本传改。

③ 原作"远"，据《后汉书》本传改。

魏

彭城王据，魏武帝子。始封范阳侯，寻进公。黄初时，封章[①]陵王，徙义阳。文帝以南方下湿，又其母彭城人，徙封彭城。景初元年，王私遣人诣中尚方作禁物，事露，削县二千户。三年复之。后累增四千六百户。

晋

彭城穆王权，字子舆，宣帝弟、魏鲁相、东武城侯馗之子也。武帝受禅，封彭城王，邑二千九百户。泰始中入朝，赐衮冕服。咸宁元年薨，子元王植立。植薨，子康王释立，益以鲁国蕃、薛二县。释薨，子雄立，坐奔苏峻诛，更以释子纮嗣。纮字伟德，初封堂[②]邑县公，入继本宗，拜国子祭酒，加散骑常侍，寻迁大宗正、秘书监。有风疾，性理不恒。或欲上疏陈事，历示公卿。又杜门让还章印、貂蝉，著《杜门赋》以显其志。更拜光禄大夫，领大宗师、常侍。后疾甚，驰骋无度，或攻劫军寺，或殴伤官属，丑言悖詈，诽谤上下。又乘车突入端门，至太极殿前。御史中丞车灌劾纮，免其爵。成帝诏令官属已下各以职奉卫，王解官，给车牛，赐米布床帐养疾。咸康八年薨，子玄[③]嗣立。历传至宋受禅，国除。

刘义隆，裕之子。安帝义熙十一年，论平蜀功，封为彭城公。

南北朝

刘义康，宋武帝子。元初元年，封彭城王。元嘉时，入辅政。后废为庶人，赐死。

元勃，后魏宗室，善射御。以勋，赐爵彭城公。

元景仲[④]，后魏宗室。景隆初封丹阳公，位广州刺史。徙徐州，改封彭城王。侯景作乱，遣诱召之，诈奉为主。景仲将应之，为西江督护陈霸先所攻，死。

元勰，字彦和。少而岐嶷，姿性不群。太和九年，封始平王，加侍中。始生，母潘氏卒，其年献文崩。及有所知，启求追服，文明太后不许。乃毁容憔悴，心丧三年，不参吉庆。孝文大奇之。长而耽学，雅好属文。长直禁内，参决军国大政。及车驾南伐，领宗子军，宿卫左右。转中书令，侍中如故，改封彭城王。帝升金墉城，顾见堂后桐竹，曰："凤凰非梧不栖，非竹实不食，今梧竹并茂，讵能降

---

① 原作"竟"，据《三国志 · 魏书 · 武文世王公传》改。

② 原作"唐"，据《晋书》本传改。

③ 原作"玄俊"。案《晋书》，"俊"字衍，今删。

④ 案《梁书 · 元法僧传》，元法僧率二子景隆、景仲叛入梁，"封丹阳公，位广州刺史，徙徐州，改封彭城王"者为元景隆；自"侯景作乱"以下为元景仲事。自嘉靖《徐州志》混二人为一传，万历《徐州志》、本志同误。

凤乎?”勰曰:“凤凰应德而来,岂桐竹能降?”帝笑曰:“朕亦未望降也!”后宴侍臣于清徽堂。日晏,移流化池芳林下,帝仰观桐叶之茂,曰:“‘其桐其椅,其实离离。恺悌君子,莫不令仪。’今林下诸贤,足符歌咏。”遂令黄门侍郎崔光读[①]暮春群臣应制诗。至勰诗,帝乃为改一字,曰:“昔祁奚举子,天下谓之至公。今见勰诗,始知中令之举,非私也。”勰曰:“臣露此拙,方见圣朝之私[②]。赖蒙神笔赐刊,得有令誉。”帝曰:“虽雕琢一字,犹是玉之本体。”勰曰:“《诗》三百,一言可蔽。今陛下赐刊一字,足以价等连城。”及卒,帝命太常卿刘芳议谥,芳曰:“保大定功为‘武’,善问周达为‘宣’,宜谥武宣王。”诏曰可。

元劭,字子讷[③]。善武艺,少有气节。明帝初,梁将寇边,表上粟九千斛、资绢六百匹、国吏二百人充军用。初封彭城王,庄帝即位,尊为无上王。子韶[④],字世胄。好学,美容仪。初,尔朱荣将入洛,父劭惧,以寄所亲荥阳太守郑仲明。仲明寻为贼所杀。韶因乱,与乳母相失,遂与仲明兄子僧副避难。路中逢一老妪哀之,隐于私家。居十余日,庄帝访而获,袭封彭城王。

李谐,字虔和。幼有风采。赵郡李搔尝过门下,见之,归谓其父元忠曰:“领军门下见一神人。”元忠曰:“必李谐也!”问之,果然。袭父先爵彭城侯,才辩为时所称。天平末,魏欲与梁和好,以谐兼常侍[聘焉。既南北通好,务以俊乂相矜。衔命接客,必尽一时之选][⑤]。

侯莫陈崇,代武川人。仕周,累迁仪同三司,改封彭城郡公。崇兄顺,与周文帝同里闬,亦进爵彭城郡公。

令狐熙,字长熙,宜州[⑥]华原人。以通经为吏部上士,改官府都上士,所至有能名。居父母忧,哭之哀,闻其声音,莫不泣下。河阴之役,诏令墨缞[⑦]从事。授职方下大夫,袭彭城县公。及武帝平齐,以留守功,进位仪同。历司勋、吏部二曹中大夫,甚有时誉。子德棻[⑧],唐高祖入关,引直大丞相府记室。武德初,为起居舍人,迁秘书丞。贞观三年,迁礼部侍郎、兼修国史。进爵彭城县子[⑨]。

令狐整,字延保,敦煌人。骑射并为河右所推。刺史魏东阳王元荣辟为主簿,

---

① 原作“续”,据《魏书》《北史》本传改。
② 原作“弘”,据《魏书》《北史》本传改。
③ 原作“纳”,据《魏书·彭城王传》改。按:劭即勰嫡子。
④ 原作“诏”,据《魏书·彭城王传》改。
⑤ 句自《北史》本传补。
⑥ 原作“宣州”,据两《唐书·令狐德棻传》改。案《隋书》《北史》,令狐熙为令狐整之子,俱河西敦煌人。其少子令狐德棻以后,始称“宜州华原人”。
⑦ 原作“衰”,据《隋书》《北史》本传改。
⑧ 原作“芬”,据《隋书》《北史》令狐熙传、两《唐书》本传改。
⑨ 原作“公”,据《新唐书·令狐德棻传》改。

加荡寇将军。整进趋详雅，对扬辩畅，谒见之际，州县倾目。荣尝谓僚属曰：“令狐延保，西州令望，方成重器，岂州郡之职所可絷[①]维?”顷之，孝武西迁，河右扰乱。荣恃整防捍，州境获宁。及邓彦窃据瓜州，拒不受代。整密令使者，执彦送京师。周文帝嘉其忠节，表为都督。周孝闵帝践祚，拜司宪中大夫。处法平允，为当时所称。进爵彭城县公，进位大将军。谥曰襄。

高湝，字子深，神武第五子也。元象二年，拜通直散骑常侍，封长乐郡公。武定六年，出为沧州刺史。政尚严察，盗贼敛迹，部内肃然。天保初，封彭城王。河清三年，群盗白子礼等数十人，谋劫湝为主。诈称使者，径向湝第。至内室，称敕，呼湝牵上马，临以白刃，欲引向南殿。湝大呼不从，遂遇害，时年三十二，朝野痛惜。子宝德嗣。

隋

虞庆则，京兆栎阳人也。幼雄毅倜傥。初以射猎为事[②]，中更折节读书。仕周，为中外府兵参军事，袭爵沁[③]源县公。拜石州总管，甚有威惠，稽胡慕义归者八千余户。开皇元年，历任内史监、吏部尚书、京兆尹，封彭城郡公。

唐

徐康王元礼，高祖子。性恭畏，善骑射。始王郑，即授郑州刺史。后徙王徐，复迁徐州都督，为绛州刺史。有治名，玺书劳勉，实封千户。永徽中，加司徒，兼潞州刺史。薨，陪葬献陵。子茂，为淮南王，上元中事泄，流死振州。神龙初，以茂子璀嗣。开元中薨，子延年嗣。永泰初，拔汗那王入朝，延年将以女嫁之，为右相李林甫劾，贬文安郡别驾，终余杭司马，国不复传。

赵王隆业，睿宗子。初王赵。武后长庆二年，降封彭城郡王，兼陈州别驾。俄进司徒。二十二年，业有疾，帝忧之。及薨，帝悲不能食，册书加赠及谥，陪葬桥陵。子琄[④]嗣，天宝中为李林甫所构，坐贬夷陵别驾。及安禄山乱，乃还京师。国除。

刘知柔，延祐子[⑤]，彭城人。性俭静，美风仪。亲丧，庐于墓侧，诏筑阙表之。历国子司业，累迁工部尚书。开元六年，河南大水，诏[知][⑥]柔驰驿察民疾苦及吏

---

① 原作“系”，据《周书》《北史》本传改。
② 原作“侍”，案《隋书》《北史》本传，非为“侍中”，据改。
③ 原作“泌”，据《隋书》《北史》本传改。
④ 原作“瑁”，据两《唐书》改。
⑤ 案两《唐书》本传，实系“藏器子”。
⑥ 字据万历《徐州志》并参《新唐书》本传补。

善恶，所表陈州刺史韦嗣立等二十七人有治状。久之，迁太子宾客，封彭城县侯。致仕，给全禄终身。及卒，遗命薄葬。赠太子少保，谥曰文。

深王悰，宪宗子。贞元二十［一］[①]年，始王彭城郡，进封深王。

刘弘远，蜀先主十九代孙。仕唐，为检校司尉卿、临洮军使，袭封彭城郡公。曾孙渊之，初仕参幽州军事，转兵曹掾，历范阳令。兴元初，以太子家令为英州刺史，寻以御史中丞为行军司马。擢侍中、中书令，进封彭城郡王。

刘怦，幽州昌平人。少为范阳裨将。以亲老疾，辄去职。李怀仙为节度使，檄召之，不应。朱滔时，积功至雄武军使，垦田节用，以办治称，稍迁涿州刺史。滔之讨田承嗣，表怦知府事，最得众心。李宝臣劫滔于瓦桥，滔走，宝臣乘胜欲袭幽州，怦誓不二，设方略，勒兵完守，宝臣不敢谋。人嘉怦忠，擢御史中丞。及滔死，军中尽推怦总军事。俄诏为节度副大使、彭城郡公。居镇才三月，薨。赠兵部尚书，谥曰恭。

韦见素，字会微，京兆万年人。性仁厚。及进士第，授相王府参军。袭父爵为彭城郡公，累擢谏议大夫。天宝五载，为江西、山南、黔中、岭南［道］[②]黜陟使，绳纠吏治，所至震畏[③]。迁吏部侍郎，平判铨叙平允。官有丐求，辄下意听纳，人多德之。后，郭子仪为仆射，徙素太子太师，诏至蜀郡奉迎上皇，以功食实封三百户。上元初，因疾求致仕，许之，诏朝朔望。宝应元年卒，年七十六。赠司徒，谥忠贞。传位至孙维、绳[④]，国除。

宋

刘继元，汉主也。宋太宗太平兴国四年，降诏赐爵彭城郡公[⑤]。

密王元偓，太宗子。端拱九年封徐国公，天禧二年封徐王。

徐王棣，徽宗子。初封徐国公，积封至徐王。

刘子羽，字彦修，建州崇安人。少以父任，补将仕郎，入主太仆。累官除宝文阁直学士，封彭城县男。子珙，字恭父。以恩补承务郎，中进士第，累官中书舍人。复除翰林学士、知制诰，兼侍读。以郊祀恩，封建安县男。累进太学士，除知建康府、江南东路安抚使兼行宫留守，徙封彭城郡侯。

---

① 字据《旧唐书·宪宗二十子》本传补。

② 字据《新唐书》本传补。

③ 原作“叠”，据《新唐书》本传改。

④ 案《新唐书·韦凑传》：维、绳兄弟为韦叔谦之孙。叔谦，见素之曾叔祖。则维、绳应为见素从父，辈分悬殊过甚，且“国除”之言亦不知所本，合传文所载多误。

⑤ 原作“令”，据《宋史·北汉刘氏世家》改。

萧县

周

萧叔大心，微子之支孙也。春秋时，宋万之乱，大心平之，有功。宋桓公立，封于萧，以为附庸。

汉

韦玄成，韦孟之后，丞相贤之子，封扶阳侯。（扶阳城，在萧境）

沛县

汉

刘濞，高祖兄仲之子，初封沛侯。

刘将，鲁恭[①]王子。武帝时，封广戚侯。（广戚，县名，在沛境）

刘勋，楚孝王嚣子。成帝河平中，嚣入朝。时被恶疾，天子悯之，以广戚县四千三百户，封勋为广戚侯。

晋

顺王景，晋宗室。武帝受禅，封沛王。

唐

路王贤，唐宗室。高宗龙朔元年，徙为沛王。

丰县

晋

羊鉴，泰山人。成帝即位，豫讨苏峻，以功封丰县侯[②]。

封志其人，所封志其地，沧桑一变，而人与地往矣。甘棠一舍，至今思盛德不衰，岂燕封之足重哉？何地无棠，乃历者未有称也，召乎勉矣！

---

① 原作“共”，古同“恭”，今从《汉书》本传用字。

② 案《晋书》《文献通考》《明一统志》，应为“丰城县侯”。此作“丰县侯”，误，即康熙《徐州志》凡例所谓“丰城事窜入丰县”是也。

漕政

总漕都御史，统护运参将，沿河巡历催儹。徐河东岸有漕运府（久废，见《公署》）。

淮徐兵备道（每岁粮运过淮，亲诣催儹）。

永乐十三年，令浙江都司并直隶卫分官军于淮安运粮至徐州，置仓收囤转般，名广运仓（见《公署》，凡四阜），设户部主事一员专督之，后兼理永福仓事及儹运，又后并商税管辖焉。本仓自转般罢后，止收贮各府州县夏税小麦计二万八千一百五十石，如遇灾伤，每石折银四钱（徐州该折银三千六百二十两，萧县一千四百二十［四］[①]两，沛县一千三百八十八两，砀山县四百二十四两，丰县四百四两，余系外府州县。每岁各卫所行粮，以此支给）。

永福仓额粮一十一万六千五百四十二石，遇灾，每石折银三钱，并各折不等，共银四万五千二百九十三两四钱（折麦：徐州该银七千七百五十两五钱六分，萧县二千一百七两六钱，沛县二千五十六两六钱七分，砀山县五百七十［二］[②]两一分，丰县五百四十七两五钱六分，徐州卫二千一百四十二两五钱，左卫四百八十八两九钱。秋粮米折银：徐州三千八百一十三两九钱五分，萧县二千二百一十七两五钱，沛县一千一百九十三两六钱七分，砀山县九百五十七两九钱二分，丰县五百一十两三钱，徐州卫豆折银一千一百六十五两一钱，左卫豆折［银］二百六十九两五钱六分。马草米折［银］[③]：徐州六百二十二两九钱二分，萧县三百七十六两四钱四分，沛县二百二十两二钱，砀山县一百七十五两四钱七分，丰县一百四两九钱七分。徐、左两卫官军并徐属官吏俸月粮，以此给）。

永成库岁额盐钞银一千二十九两九钱三分（徐州三百三十五两五钱六分六厘，萧县二百一十六两九钱五分四厘，沛县二百二十两三钱九分九厘，砀山县一百四十两七钱四分四厘，丰县一百二十六两二钱七分），课程银一千五百五两九钱（徐州二百四十三两七钱四分，萧县六十六两四钱一分，沛县六十两三钱六分六厘，砀山县四十七两二钱三分，丰县五十八两二钱一分。余银系外府州县）。

本司职官题名（见《秩官》）。

徐州洪工部分司，专为漕运而设。本洪宋、元皆名“百步洪”，去州城东南二里许，巨石盘踞，巉崿龃龉。汴泗经流其上，冲激怒号，惊涛奔浪，迅疾而下。舟行艰险，少不戒即坏溺，害与洪水等，故名曰“洪”。其形象川字，有三道：中曰

---

① 字据万历《徐州志》卷三《漕政》所附《计岁入岁出》明细补。

② 底本漫灭，从万历《徐州志·计岁入岁出》用字。

③ 原阙，两字据万历《徐州志》补。下同。

中洪，西曰外洪，东曰月河（即里洪）。相传唐尉迟敬德经略徐、吕二洪，爇火石烂，从而凿之，遂成水道。宋元祐中，京东转运使上言朝廷，委官度地穿凿，修月河石堤，置上下闸。永乐十二年，平江伯陈瑄凿洪通漕，洪口置闸。正统七年，参将汤节于上流筑堰，月河南口设闸。成化中主事郭昇、尹珍、饶泗，嘉靖中主事戴鰲[①]、陈穆，相继修砌两岸牵路石坝。二十五年，主事冯有年修东岸石堤十六丈（淳安商辂、余姚徐存义皆有记）。正德初，郎中胡澧[②]以洪之上流有汴水，从东北横冲运艘，牵挽艰甚，乃自三里沟稍东向凿新河一道，南下接洪口，俾运艘上洪，即由[③]之径达直前，不受汴水之冲，最称顺利，遂成大河。隆庆二年，因洪水安流，本司裁。六年，议复。万历六年，又裁（职系漕运，故职名皆见《秩官》，仍旧志存之）。其署内萃墨亭（见《古迹》）、徐洪闸（见上）、境山镇闸（境山北，久废）、浅铺十五所（夹沟浅、白庙儿浅、许家浅、白洋圈上下浅、梁山浅、垞城浅、秦梁洪浅、新洪浅、九里沟浅、狼矢沟浅、青田浅、干谷堆浅、白洋浅、李家沟浅。每浅先夫九名，后裁止七名。河溢铺废，夫听河道用，编银见《赋役》[④]）。

吕梁洪，州城东南五十里，上下二洪，绵亘七里。洪中石森列如齿，水势劲疾，遇险怒号，雪浪风涛，一瞬数里。唐、宋疏凿修治遗迹，与徐洪同。设工部分司一员督之，亦为漕运也。成化八年，主事张达修砌石堤。十六年，主事费瑄修筑堤坝（长沙李东阳有记）。嘉靖二十一年，主事徐有让砌修石堤（建安李默记）。二十三年，主事陈洪范凿去乱石（华亭[⑤]徐阶记）。万历元年，主事黄猷吉重建石堤一千三百丈。时知州刘顺之助工费二百金，四县各十金[⑥]，总河都御史万恭记。主事郭持平、王应时各建书院（有序，有记）。

职官题名（见《秩官》）。

徐、吕二洪，昔年设有洪夫牵挽，各省运艘皆本州洎萧、砀二县均徭编审：徐九百一人，吕一千五百五十人。后稍裁减。御史唐炼以牵运不宜独累一方，请于洪上设关抽税，雇[⑦]夫应役，旋为河道取用。万历初，知州刘顺之力白各院，每年量拨所抽艄船银三千八百五十一两，合工部尚书朱衡所请瓜、仪二坝挑盘米脚银，共凑募夫，徐与萧、砀又得减其大半，人称苏息云。

吕梁上、下闸，俱正统中参将汤节建。嘉靖二十年，侍郎王以旂会议复修（今

① 原作“鳌”，据嘉靖、万历《徐州志》并参《皇明进士登科考》改。
② 原作“杨澧”。据明朱国盛《南河志》卷二《年表》改，勘详嘉靖《徐州志》。
③ 原作“田”，据万历《徐州志》改。
④ 按：浅夫之“编银见《赋役》”系万历《徐州志》旧文，本志“赋役”既削编银，类此“见赋役者”皆不当存，后皆同，不复一一指正。
⑤ 徐阶，松江府华亭县（今上海市松江区）人。原“华亭”二字杂入正文，今据文例入注。
⑥ 案万历《徐州志》：“萧知县唐文华、砀山知县王廷卿、丰知县吴文光各十金”，无沛，例不当曰“四县”。
⑦ 原作“顾”，古同“雇”。

久淤废）。浅铺七所（黄钟集浅、石桥浅、孟城湾浅、侯家石浅、房村浅、龙塘浅、双沟浅。每浅先夫九名，后裁二名。后废，听河道用。编见《赋役》）。

递运所，州城河东岸。万历元年，都御史王宗沐题裁，其州县原额夫船、铺陈、什物，同站夫银归并夫厂。

夫厂，亦在河东岸。原额班夫银五千两，为接递费，出自州民，势难取盈。嘉靖四十五年知州邹臣、隆庆四年知州章世祯，协济行税银二千五百两，减其民出者。万历初，知州刘顺之议裁萧、沛、砀、丰旧发利国、桃山驿马骡，将其直银九百五两六钱，更为协济，而民出者益减（俱久废）。

成化乙[1]巳，平江伯陈锐请命工部分司提督夏镇闸务[2]，遇黄河入漕，诸闸利涉则罢；遇河南徙，诸闸泉微，则又复。故弘治戊申罢，甲寅复之。正德丁卯罢，辛未复之。嘉靖癸未罢，乙未又复之。至四十四年，黄水异常，决新集，淤塞庞家屯，东趋华山，出沛飞云桥，分七股奔流冲会昭阳湖。于是沛之北，水逆行，历湖陵、孟阳，至谷亭四十里；南溢于徐，漫成巨浸；其中留城至沙河一带，漕渠湮塞。工部尚书朱衡出督，会同总河都御史潘季驯，及三省抚按各司道等，佥议上源既难开导，旧河又弥漫无迹，工无可施，独南阳至留城，在昭阳湖东[3]，地势高峻，黄不能侵，先都御史盛应期曾于此开凿未竟，遗渠尚存，乃题请循故迹，开新河一道，东北自南阳，至南留城，共一百四十一里，借汶、泗诸水，由留城出口，以会于旧漕，即中建闸，曰留城闸，曰马家闸，曰西柳庄闸，曰满家闸，曰夏镇闸，曰杨庄闸，曰珠梅闸。又导诸泉河，开月河，疏支河，建减水闸，筑土坝，砌石堤，凡所以备新河者既至，复浚旧河，起留城迄境山[4]五十三里，新旧相接，而漕运始得达矣（大学士徐阶、尚书雷礼各为记）。

职官题名（见秩官）。

以上诸闸俱久废。浅铺旧三十四所（州地方十五，沛地方十九），俱淤废，其夫随新河用。

万历三十八年，总河都御史李化龙开东运河成，运粮艘悉由东河，而徐之运道遂废矣。崇祯八年，东河水浅，运复由徐。参议徐标于徐洪之上流东边，创开月河，北与旧运河接，运得无滞。明年，运复由东河，徐运道又废。

国朝漕运仍由东河，近因河决金龙口，徐河连竭，其商舟之不绝往来者，月河

---

① 原作“己”。按：成化无己巳，乙巳为成化二十一年。据嘉靖《徐州志》改。

② 按：成化间所创者为沽头工部分司，在沛县治南二十里，泗河东岸，提督胡陵城诸闸座。嘉靖四十四年旧漕河没于水，其后改开新河，始移夏村，更名“夏镇工部分司”。

③ 原作“北”，据万历《徐州志》改。

④ “境山”二字原为夹注，今依文例改入正文。

之利赖居多也。

按：古漕未有河患也，自元引河为漕，而漕始多故矣。明之定鼎金陵也，漕于江；馈饷辽卒，则因元旧，漕于海。永乐都燕，海运由直沽达京师者未改。其河运者，则由江入淮，由淮入黄河，水运至阳武县；阳武以北，则陆运入卫河抵京。及会通河开，陈瑄凿徐、吕二洪通漕，则始漕里河，道经于徐，而海运罢矣。里河者，即今瓜仪北通燕冀者是也。徐、吕二洪之险，每岁戒心，东河所由开也。运道归东，而徐之治河犹无虚日者，何也？盖徐、吕而下，济运有赖于黄，徐虽非运道，而下流关乎运道也。

国朝漕抚设官仍为一，漕艘过淮，抚台亲为简历。其所辖地方有灾伤者，则疏上减之。沈公讳文奎，造民宏远矣。[①]

兵防

历代设官镇守（俱见《秩官》）。

明

按察分司，奉敕整饬淮徐兵备道，驻扎徐州。正德六年始置。嘉靖初，增督屯田、河道，漕运因寄焉（原统府州：扬州、淮安、徐州并所属州县及凤阳之宿州、灵璧县。嘉靖末，割扬州及其所属归隶海防。原统卫：徐州、徐州左、邳州、宿州、淮安、大河、高邮、扬州、仪真及山东沂州。嘉靖末，割高邮、扬州、仪真归隶海防。原统所：通州、泰州、盐城、兴化、海州、东海及山东莒州。嘉靖末，割通州、泰州、盐城归隶海防）。

职官名（见《秩官》）。

总府[②]

隆庆三年始置，提调徐州卫、左卫，洎宿州、归德、武平、睢阳、陈州、曹州、颍州等卫，滕县、濮州、颍上等所官兵民兵，即徐驻节（本年，总河军门都御史翁大立请于所统地方分月驻扎：正月至四月莅徐，设中军官一员，统营兵八百，训练防运；五月至八月则移归德，九月至十二月则又移宿。万历二年，巡抚都御史

① 东京藏本无此段。按：沈文奎，上虞百官人。顺治二年擢淮扬漕运总督，四年以擅免荒田税赋、请明陵寝祀典，被革。八年复受命总督淮扬漕运。十一年（1654）以催运稽迟降三级调去。

② 始为参将府，莅徐有时，不为定员。天启三年，改以总兵领其事，故曰总府。

王宗沐、巡按御史张更化题裁归德以后，提调广狭不等。天启二年，改为总府，以总兵领其事。四年，又易以副总兵领其事）。

职官名

参将

王 柱	尹 凤	韩 荣
黄孝感	解 元	陈［嘉勋］①
卢继忠	王时伟	韦国祯
金一清	田有成	孙继祖
王良相②	姜济美	公光国
王 鼎	刘文炳	龚□□③

总兵

萧如薰④	刘邦域

副总兵

曹鸣雷	仇［时明］⑤	
陈九德	马孟骅	周洪胤
马 炌	刘［良佐］⑥	

国朝

王之纲	周维墉	陈一贯（见任）

淮徐道中军（万历三十五年设）

冯□□⑦

① 原墨丁。案《明神宗实录》卷二百八：万历十七年二月壬午，“改徐州参将陈嘉勋为四川叙泸参将”。应即此人，据补。又同月，解元以中都署都指挥佥事继任。二十一年正月，解元调守山西，卢继忠以五军五营佐击继任。《实录》俱有年月可考，本志次序应误。

② 案《明神宗实录》卷四二七作“王廷相”，万历三十四年十一月自真定游击升任。

③ 阙名，康熙《徐州志》亦同。案《明实录》：万历间徐州参将，十一年有戴寅、梅应奎，十九年有熊世锦，四十七年有陈承祚，徐志皆遗。

④ 案《明熹宗实录》：天启二年九月，升福建副总兵张嘉策为徐州总兵官，此为徐州置总兵之始。三年二月，萧如薰以京营副将来代。

⑤ 原墨丁。二字据康熙《徐州志》补。案《明熹宗实录》卷六十一：天启五年七月己酉，以保定骑营游击将军仇时明为副总兵，镇守徐州。

⑥ 阙名。二字据康熙《徐州志》补。又《崇祯实录》：崇祯十六年有副总兵金声桓；《明季南略》：南明弘光元年有总兵李成栋，本志皆遗。

⑦ 原墨丁，康熙《徐州志》作“名阙”。

金汝佐　王国柱　王一麟
杨晋玄　唐光裕　王三才
骆循理　董大寿　卓　圣

国朝

谢　灿　刘汉杰
冯士显（由武进士。缮修今志）
员汝白（见任）

总府中军

柳吉润（山西人）
张进忠　董次仲

左营

王恂

右营

张弼明　白国栋

砀营

金志皋

国朝

罗景芳　高大乾

徐州卫（在城东门内，水没）

职官

指挥使三人（赵浦、丁山、郭军儿）。

同知四人（王全、苏德、马尖头、徐兴）。

佥事十八人（谭巨渊、王才、尹全、许秀、倪兴旺、金旺、杨智、武仕杰、滕皮儿、孙德、王立、李仕能、王聚、张八儿、张定、安孙、阿都赤、王成、魏化）。

幕

镇抚司镇抚三人（喻清、薛三保、陈永康）。

经历一人（系选任，今仍之）。

属

左所正千户一人（尚都先），副千户三人（文寿、陈兴、蒋成），百户九人（陈绍、周成、寇彬、柯克一、杨林、魏展、赵仁、张光、郭琇），镇抚二人（杨胤、弘木）。

右所正［千］[①]户二人（刘泰、许智），副千户二人（邵文明、张兴），百户八人（张不花、李得纯、张伟、张八兰、孙才、文成、范贵、张祐），镇抚一人（温恭）。

中所正千户三人（任宽、郁忽剌歹[②]、刘行），副千户三人（徐通、孟成、徐德旺），百户十人（张雄、陈原、彭福、丁成、王贵、王福、周弼、葛二、盛婆孙、沈祥）。

前所正千户一人（曹荣），副千户四人（滕胜、戴兴、邹远、董奉），百户七人（张杰、尹章、黄法先、金贵、赵祥、吴源、周阿盛），镇抚一人（王福）。

后所正千户一人（费先），副千户二人（王源、李浩），百户七人（拾旺、杨德、龚成、汪胜、梁旺、吴道、王成）。

中左所副千户四人（刘唐、徐象牙、杨景、高得亮），百户七人（张聚、张伴儿、刘胜、陆遇山、王文祥、徐福、葛旺）。

中右所正千户一人（尹忠），副千户一人（颜祥），百户十人（赵兴、姜大、张五十、许成、万一、汪景、沈胜、梅福、臧成、袁成）。

使以下袭荫及诸军政，悉报中军都督府，达于兵部。惟京操，则辖于中都留守司领班都指挥。岁以指挥一人入贺万寿圣节。每岁，抚、按洎兵备道察其贤否，阅五载一考选而变易之，谓之“考选军政”。其掌印及训练、屯田、漕运、京操、管局、巡盐、巡捕、巡河，各一人掌领之，谓之“见任管事”。不预此者，编诸行伍，谓之“带俸差操”。其镇抚掌卫之狱事，经历则流官铨授，得以文法吏事，纲纪卫政。今多不行，势使然也。千百户考选军政、管事管军，如指挥之制。徐州卫，初辖五所。景泰五年，调灵山、安东二所，增设中左、中右，凡为所七。旗军，初额凡七千八百四十人，其调补京匠者二百五十二人，见存充伍者仅一千九百三人，余皆死亡逋[③]绝。至其漕运、京操、局匠、巡河、巡盐、捕盗、屯种、城操，及诸杂役，悉索军舍余［丁］[④]充补额数，给饷一如正军。

徐州左卫（在徐卫东折而南，系调楚府护卫置此，水没）

职官

指挥使五人（金汉、时从义、陈友僧、贾陆、向那海）。

---

① 原阙，字据文例补。
② 原作“夕”，讹从万历《徐州志》，据嘉靖、康熙《徐州志》改。
③ 原作“补”，据嘉靖、康熙《徐州志》，乾隆《徐州府志》改。
④ 字据万历《徐州志》补。

同知一人（华礼）。

佥事十一人（仇彪、陈鹤松、陈子名、蔺富、孙长、刘鉴通、刘保、张宝、韩玉、钟馨）。

幕

镇抚司镇抚一人（蒋实）。

经历一人（归并徐州卫）。

属

左所正千户一人（林茂），副千户二人（邹聚、陈二郎），镇抚二人（谢子明、蒋助），百户八人（周礼、刘兴［先］①、蒋高、刘宗仁、刘进达、杨遇春、甘泉、方名。陈得、彭景，未袭）。

右所正千户一人（徐庸），副千户二人（张省、苑得成），百户五人（张汉、张福、辛山、翟文甫、戴承祖）。

中所正千户一人（裴忠），副千户二人（刘兴、杜雄），百户六人（徐宝、李真、王成、梁七、张正、周保）。

前所正千户二人（王兴、郎荣），副千户一人（吴福［一］②），镇抚一人（杭旺），百户六人（李成、李清、王文、朱盛、李小斯、黄朋）。

后所正千户一人（管彦良），副千户三人（王世臣、邢③聚、姚显），镇抚一人（胡大自），百户六人（强聚、王必兴、汪兴、马先、吕成、徐天祐）。

使以下世袭、考选，悉如徐州卫，唯京操省。

旗军，初额五千六百四十四人，存留武昌护卫一千三十八人，调补武功右卫二百九十二人，见存充伍者一千一百一十一人，余皆逃亡。其漕运、屯种、巡捕、巡盐、巡河、局匠、城操，及诸杂役，悉以军舍余丁充补，给饷并与徐州卫同。

军便银，凡水陆④递送夫役，两卫与州相参应办，卫当其十之三。初，征役于军，法无画一，嘉靖丙午，副使王梃议令岁将正、七月军粮扣留公贮（左卫军少，官俸亦扣其半），而听其查于按使焉。

武学，在州城西南隅，今称彭西书院，嘉靖六年副使赵春建，为武举弟子居业所，廖道南记。

今官与学俱废，军便银未除。另设守备、经历、千总等官，运粮、管理卫事，而旧弁间选用附之。

---

① 字据万历《徐州志》补。

② 字据万历《徐州志》补。

③ 原作“刑”，讹从万历《徐州志》，据嘉靖《徐州志》改。

④ 原作“路”，讹从万历《徐州志》，据嘉靖《徐州志》改。

徐州卫兼左卫守备一人

于　蛟　　王永禄（见任）

经历司二人

杨用陛（见任）　金鸿图

千总五人

王一谦　孙　翊　曹应宿

萧　晖　刘弘基（俱见任）

徐州吕梁洪巡检司。

萧县赵家圈巡检司。

民壮

徐州原额五百二十七人，实在四百八十一人。

萧县二百二十九人，实在一百八十八人。

沛县一百七十九人，实在一百四十三人。

砀山县一百七十六人，实在一百四十人。

丰县九十三人，实在一十八人。（以上除编银解京故，实在止此）

兵变附

秦

二世元年，秦嘉立景驹为楚王，军彭城东，距项梁。梁从下邳击之，秦嘉败走。追之胡陵，嘉、景驹并死。梁并其军，引兵而西。三年，秦将章邯大破梁军于定陶，梁死，沛公、项羽相与谋，乃与吕臣俱引兵而东。吕臣军彭城东，项羽军彭城西，沛公军砀。怀王见梁军破于定陶，徙盱眙之彭城，并项羽、吕臣军，自将之。

汉

二[①]年春，汉王部五十六万人东伐楚。初，项王将兵击齐，至是闻之，令诸将

① 原作“三”，讹自嘉靖《徐州志》，据《史记·项羽本纪》《高祖本纪》改。

领其众，而自将精兵三万人，南从鲁出胡陵。四月，汉已入彭城，收其货宝美人，日置酒高会。项王乃西从萧，晨击汉军而东，至彭城，日中，大破汉军。[汉军皆走][1]，相随入谷泗水。杀汉卒十余万人。又追击至灵壁东濉水上，汉军却，十余万人皆入濉水，濉水为之不流。围汉王三匝，忽大风从西北起，折木发屋，扬沙石，窈冥昼晦。楚军大乱，溃散。汉王乃得与数十骑遁去。

新莽末，赤眉贼掠楚、沛。又青、徐大饥，民皆附贼樊崇寇乱。

建武二年，刘永招豪杰沛人周建等，并署为将，攻下沛、楚等二十八城。是年，盖延等大破刘永于沛西。

初平二年，黄巾贼寇徐州。以陶谦为徐刺史，讨平之。

初平四年，曹公击徐州刺史陶谦，至彭城，大战。谦兵败走，死者万数。自是，五县城保无复行迹。

兴平二年，刘备与袁术相持于淮北。术遗书布，并送米令击备。布从之，勒兵袭下邳，获备妻子。备走海西，饥困，请降于布。布又恚术运粮不继，乃遣车马迎备，以为豫州刺史，遣屯小沛。布自号徐州牧。术遣将纪灵等攻备，备求救于布。布率众千余，驰赴之。灵等闻布至，皆敛兵而止。布屯沛城外，遣人招备并灵等共飨饮，乃令军候植戟营门，布弯弓顾曰："诸君观布射戟小支，中者当解兵，不中，可留决斗。"布一发正中戟支，灵等皆惊。明日复欢会，各罢。

建安三年冬十月，曹公屠彭城，获其相侯谐。[时][2]攻吕布也，遂进至下邳，擒布，杀之。

晋

惠帝太安二年夏五月，义阳妖贼张昌反，其别率封云寇徐州。广陵度支陈敏击之。云将张统斩云降，徐州平。

元帝太兴元年冬十二月，彭城内史周抚杀沛国内史周默以反。初，沛人周坚，一名抚，与同郡周默因天下乱，各为坞主，以寇抄为事。默降祖逖，抚怒，遂袭杀默，以彭城叛。诏刘遐领彭城内史，与刺史蔡豹、太山太守徐龛共讨抚。战于寒山，抚败走。诏徙遐[3]临淮太守。

明帝太宁二年春二月，石勒将石季龙寇兖州，刺史刘遐自彭城退保泗口。

孝武帝太元四年，以沛郡太守戴逯[4]将卒数千，戍彭城。苻秦兖州刺史彭超率

① 四字据嘉靖、万历《徐州志》补。
② 字据万历《徐州志》补。
③ 原作"迁"，据万历《徐州志》及《晋书·刘遐传》改。
④ 原作"逯"，据《晋书·谢玄传》《苻坚载记上》改。

兵寇彭城，攻之。晋遣兖州刺史谢玄，率东莞太守高衡、将军何谦，统众数万，次于泗汭，将救彭城。欲遣使报邃，令知救至，无由。小将田泓请没水潜行。将趣城，为贼所获。贼赂泓，令云“南军已败”。泓伪许之。既至，告城中曰：“南军垂至，勉之！”遂遇害。初，超围彭城，置辎重于留城。玄乃遣将率众，声趣留城。超引军赴之，谦遂驰入，解彭城围。邃率其众奔谢玄。九年，玄破苻坚于淮淝，复率众屯次彭城，经略中州，遣参军刘袭攻坚兖州。既平，玄患水道险涩，粮运艰难，用督护闻人奭谋，堰吕梁水，树栅，立七埭为派，拥流以利漕运，自此公私两便。进攻青、冀等州，黎阳、三魏皆降。还镇淮阴，以朱序代守彭城。

十四年春正月，彭城妖贼刘黎僭称皇帝于皇丘，又妖贼司马徽聚党马头山作乱。龙骧将军刘牢之并讨平之。

安帝义熙二年二月，慕容超侵略徐、兖。三年，又寇徐州，至下邳。

[金]①

宣宗兴定二年十二月，红袄贼攻彭城之胡村寨，徐州兵讨破之。五年秋七月己亥，义勇军叛，据砀山县。庚子，诏增徐州清②口等处戍兵衣粮。

哀宗天兴元年六月丁巳，封仙据徐州，徒单益都走宿州，推张兴行省事。壬戌，国安用入徐州，杀张兴，推封仙为元帅，以主州事。天③兴三年，蒙古入徐州，金完颜用安自杀。

元

顺帝至正十二年，萧县李二，号芝麻李，烧香聚众，与其党赵均用、彭早住攻陷徐州，据之。右丞相脱脱自乞率师伐之，总制诸路军马。九月，至徐州，攻其西门。贼出战，以铁翎箭射马首。脱脱不为动，麾军奋击之，大破其众，入其外郛。明日，大兵四集，亟攻之。贼不能支持。城破，芝麻李遁去。获其黄伞、旗鼓，烧其积聚，追擒其伪千户数十人，遂屠城。事闻，遣中书平章政事普化等，即军中命脱脱为太师，依前右丞相，趣还朝。诏改徐州为武安州，而立碑以著其绩。

① 字据文例补。又，自南北朝以迄金初兵变，本志皆脱。详见嘉靖、万历《徐州志》。
② 原作“青”，据万历《徐州志》及《金史·宣宗纪下》改。
③ 原作“大”，据万历《徐州志》及《金史·哀宗纪下》改。

明

正德[①]五年辛未，流贼刘六等作乱，攻破城邑及山东［漕运］[②]。巡抚都御史张缙奏以宣府总兵白玉守徐州，诏从之。壬申正月甲子，贼党河南贼贾勉儿等三千人破砀山，丙寅，破萧，皆焚县治，杀人无算。二月癸卯，刘六等过吕梁，烧工部分司巡检司，房村驿民房、船舰，皆成煨烬，杀死税课局大使崔纶，余人不可胜纪。甲子，副总兵刘晖破贼于滕之吕孟社。贼败，奔徐州。晖等帅兵追袭，贼径趋邳。四月壬辰，都指挥杨鼎击贼于徐州之庄里集，斩首七人。

万历二十七年，浙江民赵古元欲谋作乱。至徐，煽惑愚民，诱淫王松女，许为皇后。一时宗奉者众，如王尚礼、马登儒、丰县王会衡、沛县孟化鲸等，结党歃血，推卜者唐云峰为军师，有道标、家丁。王世成与尚礼素嫌，首告兵备道副使郭光复，布兵捉捕礼[③]等系狱，立请漕抚军门李三才统兵按徐，同江北司道、各府理官会审，坐以妖言惑众，律拟斩。后获古元，并礼等解京弃市。

天启二年五月，山东妖贼沈智、徐鸿儒等破滕、峄、邹、郓四县。九月，至徐河北焚劫，城中戒严，人情汹汹。知州汪心渊获奸细戴友良等三人，斩之。越二日，贼众沿河向丰、沛去。署道宋统殷率兵追之，扑灭于境。

天启七年，徐东南张山，界在宿、邳，土寇李五、郑三峰等依山为险，大肆剽掠，官兵屡擒未获。至崇祯元年，总兵马炉[④]亲捣其巢，擒五等，同淮徐道徐标斩之，余党始散。

崇祯八年正月二十日，流寇入萧、砀境，郡邑警戒，参议徐标守徐，贼向南去。九年正月二十日，流寇攻萧，破之。十年八月十六日，流寇至房村及胡山等处，官兵、乡兵登胡山筑城（城至今在），列阵御之，自晨至夕而退。十七日，至城南之焦山等处，随引去。

崇祯十五年，土寇纷起，萧民程继孔等为一大股，啸聚锐山一带，远近连络数十里，盘踞四掠，总兵刘邦域挫之。又有张方造、王道善等，为数小股，啸聚河北，兵道何腾蛟平之。继孔将就何抚，何迁，未竟，国朝平之。

兵也者，圣人不得已而用之也。有防，则当无变，而变自古屡告焉，意其出天

① 原作“嘉靖”，误，据嘉靖《徐州志·兵变》改。
② 原阙，二字据嘉靖《徐州志》补。
③ 原作“李”，未知所指，案上文“与尚礼素嫌”及下文“并礼等解京弃市”，应系“礼”音讹，据改。
④ 案康熙《徐州志》卷十二《官司四》：马炉，崇祯七年由千户升徐州副总兵。与此说异。

行，不关防不防耶？虽然，《易》称“丈人”“长子”[①]，变而不失其常也。圣人消变于未萌，旨微哉！

赋役

先年，赋属田地，役［属］[②]户口。万历元年，知州刘顺之遵巡抚都御史王宗沐宪纪，行“一条鞭”法，除夏、秋并京库税为田地常赋，其余诸赋役皆合田地、户口为一，通融编征，或解京师，或给役使，仍五年一易焉。

明初，贡之目三：曰物料，曰野味，曰军器。

赋之目九：曰夏税，曰秋粮，曰丝绢，曰马草，曰盐钞，曰税课，曰场租，曰马匹，曰屯粮。

岁用之目八：曰庆贺，曰历日，曰乡饮，曰祭祀，曰科贡，曰供应，曰军需，曰存恤。

役之目六：曰河道，曰驿传，曰夫役，曰均徭，曰人匠，曰里乘。

以上各目因行“一条鞭”法，不过岁派银一十五万有零，取足于田地、人丁二项之内。万历四十三年，副使袁应泰彻底清查，通行改派，转申一部十院，刊有成规，减去不等，以人丁时有盈缩也。今人丁正当缩时，用一缓二之法，全徐戴之。

徐州地四万一千九百七十三顷一十九亩六分三厘（今除久不起科微山湖沉、河挑、堤占、义冢等地四千四百五十六顷五十二亩六分，实在田地三万七千五百一十六顷六十七亩三厘）。

萧县地二万二千一百四十二顷四亩四分二厘。

沛县地一万六千三百六十九顷九十七亩三分八厘。

砀山县地一万三千七百七顷五十三亩五分。

丰县地一万五千一百八十三顷九十七亩九厘。

徐州共征税粮条鞭银四万九百四十九两二钱一分八厘，内该除荒银六千八十一两五钱九厘，实征银三万四千八百六十七两七钱九厘。共征九厘地亩银五千九百二十七两六钱一分六[③]厘，内该除荒银八百八十两三钱三分，实征银五千四十七两二

---

①《易·师》：“贞，丈人，吉无咎。”朱熹曰：“丈人，长老之称，用师之道，利于得正，而任老成之人。”又“六五，长子帅师”，朱熹曰：“任将授师之道，当以长子帅师。”胡炳文曰：“长子，即《彖》所谓‘丈人’也，自众尊之，则曰‘丈人’；自君称之，则曰‘长子’，皆长老之称。”

② 字据万历《徐州志》补。

③“六”宜作“五”，似为直接进位所得。下亦间有同者，悉仍原文。

钱八分五厘。共征本色米二万六千一百七十七石四斗六升三合二勺，内该除荒粟米三千八百八十七石七斗五合二勺，实征粟米二万二千二百八十九石七斗五升七合九勺。

萧县共征税粮条鞭银二万三千五百四两一分六厘，内该除荒银一万一千五百三十五两六钱三分八厘，实征银一万一千九百六十八两三钱七分八厘。共征九厘地亩银四千八十两二钱八分，内该除荒银二千二两五钱七分八厘，实征银二千七十七两七钱二厘。共征本色米一万五千七百九十八石九斗一升八合四勺，内该除荒粟米七千七百五十四石一升九合三勺，实征粟米八千四十四石八斗九升九合［一勺］①。

肺县共征税粮条鞭银二万七百五十四两一钱六分一厘，内该除荒银五千六百三十一两六钱五分二②厘，实征银一万五千一百二十二两五钱九厘。共征九厘地亩银三千一十六两九钱五分八厘，内该除荒银八百一十八两六钱五分三厘，实征银二千一百九十八两三钱五厘。共征本色米九千二百八十六石六升六合四勺，内除荒粟米二千五百一十九石七斗八升二合二勺，实征粟米六千七百六十六石二斗八升四合二③勺。

砀山县共征税粮条鞭银一万四百二十六两五钱九分九厘，内该除荒银六百二十七两五钱三分四厘，实征银九千七百九十九两六分五厘。共征九厘地亩银二千五百一十两一钱四分一厘，内该除荒银一百五十一两七分五厘，实征银二千三百五十九两六分六厘。共征本色米七千三百九十五石二斗三升八合四勺，内该除荒粟米四百四十五石八升八合九勺，实征粟米六千九百五十石一斗四升九合五勺。

丰县共征税粮条鞭银一万二千一百一十四两七钱三分三厘，共征九厘地亩银二千七百九十六两九钱五分四厘，共征本色粟米四千三百六十九石九斗一升三合六勺。

徐州原额人丁七万三千九百六十一丁，内除优免人丁一千八百六丁，实存人丁七万二千一百五十五丁。原审丁银一万八千六百四十七两七钱二分，内除优免丁银六百四十九两四钱八分，实征丁银一万七千九百九十八两二钱四分（查此系万历年间旧额丁徭刊入赋役，嗣因荒旱兵寇交残，百姓逃亡殆尽，奉文清审户口，审出逃亡人丁四万五千七十二丁，止审存实在人丁二万八千八百八十九丁，实审丁则银五千六百六十两七钱二分，内除优免人丁二百九十五丁，免丁银一百七十三两八钱一分，实存见在当差人丁二万八千五百九十四丁，实征丁则银五千四百八十六两九钱

① 二字据检算实数补。
② 国图本字迹漫灭，东京本作“一”，然与总数未合，据检算实数改。
③ 原作“一”，据检算实数改。

一分。较比万历年间旧额实征丁银，共缺额丁银一万二千五百一十一两三钱三分，俟清审报补，以足原额）。

萧县原额人丁一万七千七百三丁，内除优免人丁七百丁，实在人丁一万七千三丁。原审丁则银二千五百三十六两八钱，内除优免丁银三百八十六两三钱，实征丁银二千一百五十两五钱（查此系万历年间旧额丁徭刊入赋役，嗣因荒旱兵寇交残，百姓逃亡殆尽，奉文清审户口，审出逃亡人丁一万三千一百七丁，止审实在人丁四千五百九十六丁，内除优免人丁二百五丁，止实审见在当差人丁四千三百九十一丁，审征丁则银五百九十七两五钱，免丁银四十两，实征丁则银五百五十七两五钱，较比万历年间旧额实征丁银，共缺额一千五百九十三两，俟清审报补，以足原额）。

沛县原额人丁三万五千四百六十一丁半，内除优免人丁六百一十五丁，实在人丁三万四千八百四十六丁半。原审丁则银四千五百七十两六钱五分，内除优免丁银二百九十八两，实征丁银四千二百七十二两六钱五分（查此系万历年间旧额丁徭刊入赋役，嗣因荒旱兵寇交残，百姓逃亡殆尽，奉文清审户口，审出逃亡人丁二万四千八百一十五丁半，止审存实在人丁一万六百四十六丁，内除优免人丁二百六十二丁，实在当差人丁一万三百八十四丁，实审[1]丁则银一千四百九十一两二钱，内除优免丁银一百七十四两七钱，实征丁银一千三百一十六两五钱，较比万历年间旧额实征丁银，共缺额二千九百五十六两一钱五分，俟清审补报，以足原额）。

砀山县原额人丁二万三千六百七十丁，审丁则银三千五百二十五两一钱，内除优免人丁四百六十八丁，免丁则银五十四两，实在当差人丁二万三千二百二丁，实征丁则银三千四百七十一两一钱（查此系万历年间旧额丁徭刊入赋役，嗣因荒［旱］[2]兵寇交残，百姓逃亡殆尽，奉文清审户口，审出逃亡人丁五千七百七十四丁，止审实见在人丁一万七千八百九十六丁，共征丁则银二千九百五十九两二钱，内除优免人丁二百一丁，共免丁则银一百三十一两七钱，实在当差人丁一万七千六百九十五丁，实征丁则银二千八百二十七两五钱，较比万历年间刊刻赋役实征丁银，共缺额六百四十三两六钱，俟清审报补，以足原额）。

丰县原额人丁二万八千七百丁，内除优免人丁九百六丁，实在人丁二万七千七百九十四丁。原审丁则银三千五百九十五两二钱，内除优免丁银三百六十四两四钱，实征丁则银三千二百三十两八钱（查此系万历年间旧额丁徭刊入赋役，嗣因兵寇交残，人民逃窜，奉文清审户口，审出逃亡人丁八千九百三十八丁，止审存见在

---

① 原作“征”，据文例改。

② 字据上下文例补。

人丁一万九千七百六十二丁，内除优免人丁二百一十五丁，实存见在当差人丁一万九千五百四十七丁，实征丁则银二千三百三十一两七钱，较比万历年间旧额实征丁银，共缺额八百九十九两一钱，但丰县田地尽皆成熟，非徐、沛、萧、砀荒逃可比，支解未可缺额，此项缺银数不多，应于田地内摊带，俟清审报补，以足原额）。

以上徐属实征田地、人丁二项共银一十五万六千三百四两八钱七分二厘。实征本色漕米六万三千二十七石六斗（内：额该九厘地亩银一万八千三百三十一两九钱五分二厘，除无主荒地银三千八百五十二两六钱三分七厘，实征银一万四千四百七十九两三钱一分五厘。丁田兼征税粮条鞭银一十三万七千九百七十二两九钱一分九厘，除无主荒地、逃亡人丁银四万一千五百八十两四钱一分三厘，实征银九万六千三百九十二两五钱六厘。内有奉旨不准除荒河夫工食，及奉文全征兵饷等项，徐、萧、沛三州县原额共银一万八千三百七十七两七钱一分，各缺额则例不等，共缺额银六千八百三十九两二钱六分九厘，除议将裁省，实征银一千一百四十［四］[①]两五钱一分八厘暂行抵解外，仍余缺额银五千六百九十四两七钱五分一厘，无术补苴，势不得不于熟田摊带，暂照三州县熟田五万五千一百四十七顷七十六亩八分三厘摊带科征，以足原额，统候部夺）。

牧马草场地

徐州场地二顷一十八亩。

萧县场地一顷七十九亩五分。

沛县场地一顷一十亩一分。

砀山县场地三顷六十八亩。

丰县场地一顷二十三亩。

徐州卫场地三十六顷三十六亩。

屯地

徐州卫屯地二千七百八十三顷三十八亩一分，坐落本州九里山并萧、砀、丰三县地方。

徐州左卫屯田一千三十三顷三十五亩，坐落与徐州卫同。

积谷军饷银六百六十两（内丰县银二百一十两，沛县银一百二十两，萧县银一百二十两，砀山县银二百一十两）。

牧马草厂租银五十八两八钱三分五厘，水脚银［三］[②]钱四分二厘（徐州派一十

① 字据检算实数补。

② 字据丰县分派明细补。

一两七钱五分，萧县派九两九钱七分五厘，沛县派一十三两八钱六分，砀山县派十七两一钱，丰县派六两一钱五分，水脚三钱四分二厘）。

以上共银七百一十九两一钱七分七厘（不在田地、人丁二项之内）。

谨按：赋、役之合久矣，岁征十有五万余金亦久矣，今起解、支销名目，虽少有异，然未有过求也，而民辄称困，何哉？十年以来，困于兵，困于水，困于荒，困于沟壑，困于转徙，其困未有苏也，闻赋役而神惊矣。幸有仁人君子，保而字之，生聚教训，俾《困》转而《豫》，转而《丰》，转而《同人》《大有》，不亦千古侈盛事哉！

河防

总河都御史一员（通辖七省，驻济宁。见《漕政》）

兵河道一员（驻徐州。见《秩官》）

工部分司一员（驻吕梁洪。见《秩官》）

淮安府同知一员（驻徐州。见《秩官》）

管上河州判一员（驻徐州。见《秩官》）

管下河州判一员（驻房村。见《秩官》）

正德四年，北决沛县飞云桥（先决曹县杨家口，奔流沛县。七年，都御史刘恺自魏家湾至双堌集，筑大堤八十余里。八年，都御史赵璜补筑三十余里）。嘉靖二年，复决沛县。五年，又决沛县，并决丰县。八年，又决（遂淤赤龙潭，都御史潘希曾浚之，又筑丰县长堤八十里）。十九年，决野鸡冈，由亳入涡河，二洪涸竭，漕舟胶阻（兵部侍郎王以旂，同河道、漕运都御史周金、郭持平塞之，浚李景口，由萧达小浮桥凡六百余里，于是涡河堙，而河之全力注于徐矣）。三十一年，决房村诸处（次年，河道都御史曾钧题画圻挑浚，钧管浚房村二十里）。三十七年秋，自新集至小浮桥二百余里，河皆淤平，直趋东北，出砀山之背，冲成大河，分七股：出大小溜沟、浊河、胭脂沟、飞云桥凡六股，俱由运河夺泗水至徐入洪；其一股由砀山坚城集，下迤而东折趋萧，又分五股，出龙沟、母河、凉楼沟、阳尸沟、胡淀沟，亦从小浮桥入洪。四十三年，上六股皆淤，而统会于秦沟。四十四年，泛滥异常，决新集，塞庞家屯，向东又出飞云桥，迤而南注，由秦沟直射茶城，经徐入淮。

隆庆四年八月，河决邳、睢。明年六月，复决徐之双沟黄钟集（河南道御史潘季驯率副使傅希挚、冯敏功等先后筑塞，自三山下，夹河筑堤，河乃复故）。

万历四十一年秋七月，河决祁家店堤，城南胥溺。四十三年，河决狼矢沟，工部郎中王命禹督塞之。

天启四[1]年六月初二日，河决奎山堤，夜半陷城，城内外死者不可胜纪。四年，上管河判官裁。

崇祯九年，河决长山，参议徐标并河防同知张俊英塞之。

先是，惧河之决会通运道，北筑太行堤（西起虞城界，东抵沛县），复筑缕堤，用护太行（西起虞城界，东抵张村站）。又上自茶城，下历三山，抵双沟，两岸长堤之上，每三里设铺一所（每铺设夫十名），外更设游夫巡逻，协力防守。房村设贮河料厂。

国朝复置上管河州判官。

黄河源出土番朵甘思西鄙，逾昆仑，抵积石，万里而入中国。又数千里，入河南，与沁、汴或分或合。明初，分为六道：出荥阳者，至寿入淮；出祥符者，至怀远入淮；出长垣者，至阳谷入漕；出归德者，至宿迁入漕；出仪封者，由新集、赵家圈，经萧北，至徐小浮桥入漕，此河流经徐之始也。自运道由东漕，漕务虽云疏废，而其实未尝一日不言治河。盖治河难，而治河于徐，尤难之难。夫星海发源如此其远也，汴、沁与泗流如此其广也，加以秋水时至，百川灌河，而欲以区区一带之渠容之，势已危矣；况淤沙渐隆，穷年筑堤，仅与河平，曾莫能与争也，当事者能不廑辛壬癸甲之忧哉？虽然，治河为国，以为民也。徐州七乡与在城编赋，久归河道；又桩草夫柳之派多寡，因时转移，难为定例，若经久不变，民无如矣。神禹疏瀹决排、盘庚迁都以避，自汉筑瓠子，开堤防之始，新莽时，言治河者三，犹有疏决遗意也，附录于左：

言治河（关并）

河决率常于平原、东郡左右，其地形下，而土疏恶。闻禹治河时，本空此地，以为水猥，盛则放溢，少稍自索，虽时易处，犹不能离此。上古难识，近察秦、汉以来，河决曹、卫之域，其南北不过百八十里者，可空此地，勿以为官亭民室而已。

又（张戎）

水性就下，行疾则自刮除成空而稍深。河水重浊，号为一石水而六斗泥。今西

① 原作“二”，据本志“城池”“灾祥”及《明史·河渠志》、康熙《徐州志》等改。

方诸郡，以至京师东行，民皆引河、渭山川水溉田，春夏干燥，少水时也，故使河流迟贮，淤而稍浅；雨多，水暴至，则溢决，而国家数堤塞之，稍益高于平地，犹筑垣而居水也。可各顺从其性，毋复灌溉，则百川流行，水道自利，无溢决之害矣。

又（王璜[①]）

河入勃海，勃海地高于韩牧所欲穿处。往者天常连雨，东北风，海水溢西南出，浸数百里，九河之地，已为海所渐矣。禹之行河水，本随西山下东北去。《周谱》云定王五年河徙，则今所行，非禹之所穿也。又秦攻魏，决河灌其都，决处遂大，不可复补。宜却徙完平处，更开空，使缘西山，足乘高地，而东北入海，乃无水灾。

国朝总都仍旧职，功巨则以尚书为之。元勋杨公，讳方兴，视河有年，玄圭将锡，如徐州护城一堤，不日成之，顿为永赖，其他讵可胜纪哉！

公署

徐州

州署，城北正中，即楚怀王及项羽故都。汉、唐置废不常。宋治在此，建有逍遥、秀楚、明善三堂（见《古迹》）。元移治城外东南（见《城池》）。明初，知州文景宗复修旧治。宣德十年知州杨秘[②]、天顺元年知州宋诚、成化元年知州王叙、九年知州陈廷琏，各有增修。嘉靖二年，知州张淮大拓之。中为正堂，左龙亭库，右吏目厅各四楹，东西列各房科凡十一（东：架阁库，承发司，吏、户、粮、礼房；西：勘合科，兵、刑、工房，马政科），前为箴石亭，亭前为仪门。仪门外左土地祠、申明亭（亭有三：一近祠，一在北关，一在南关。并废）、寅宾馆（隆庆六年，知州章世祯创建。万历元年，知州刘顺之增置），右图圄、总铺、永成库。前为大门，顺之以大门去仪门太远，且低昂失度，内移二丈许。左右为斜垣，前为门屏。东邻学宫（今学迁），建兴贤坊；西建图治坊（有记）。正堂后为穿堂，左右耳房。

---

① 《汉书·沟洫志》作“王横”，《汉书·儒林传》《水经注·河水》同作“王璜”。
② 原作“密”，据万历《徐州志》改。

后改左耳房为永成库。后为后堂，又后为知州宅，左前为同知宅，后为预备仓，又后为吏舍，后为判官宅、吏目宅、西吏舍。三十四年，知州夏崇谦重起仪门，并六房。天启四年城沉，尽没。崇祯二年，知州韩云复建，同知刘兆东于旧基建同知署。

永成库，洪武十五年，知州徐恒建。水没后，知州韩云建于大堂后右。崇祯十一年，知州朱统鏻将东库改建大堂后左。（旧有大使一人，久裁。攒典一人，有库书）

永福仓，旧在州左。洪武元年，知州文景宗建。隆庆三年，改为学。户部主事朱光宇、知州章世祯即旧学地建仓。水没。

预备仓，天顺七年知州王叙建，有廒五。水没。崇祯十年，知州李宗奇建于州大门内福神祠前。（有斗级，今并废）

兑军仓，旧在城北三里，滨河，宣德年建。万历三年，知州刘顺之移南关堤内。水没。顺治七年，兵备副使张兆罴、知州佟遵道于城东门内建今仓。

广运仓，城南二里许，东邻河干，即元武安州故址。永乐十三年，为漕运转输建。成化中，改令各军径兑直达，转输遂罢。正德前，中使司之。嘉靖初，裁中使，而部使督如故。中央有会计堂，有鱼池（有记）。没于水。顺治二年，郎中陈嘉胤创建南廒一座，并楼房、仓神祠、大门，周围危垣。

济留仓四：一在吕梁，一在境山，一在黄山村，一在赵团山。

鼓楼，州治前。洪武七年，知州高玉琳，指挥严渊、蔡祥，知事马良建。天顺元年，知州宋诚改建大楼。万历元年，知州刘顺之重修。城陷，淤高于门，今辟其上层为南北道云。

钟楼，城西南隅。高玉琳建。宣德七年，知州杨秘重修（有铭，今淤）。

阴阳学，州治前东。洪武三十一年建，典术一人司之。

医学，州治前东。洪武十七年建，典科一人司之。

圣谕亭，鼓楼前左。嘉靖二十二年，知州王重贤建。

漕运府署，总督漕运都御史并漕运总兵、参将督漕驻节处。先在百步洪，成化十八年，知州和鸾、指挥苏宽移建州城东、泗河东岸。久废。

淮徐兵备道署，城西南隅。正德六年建。隆庆四年，副使冯敏功增建。嘉靖十五年，副使宋圭堂西建射圃。二十五年，副使王梃拓修之，为观德亭，又于堂东建与同轩。三十七年，副使于德昌改大门为仪门，大门移进前丈余。万历末，改迁城东门内之大察院，避水患也（即今儒学地），城陷，俱没。崇祯元年，兵备布政唐焕复旧城，仍于原基建今署。七年，参议徐标于署内堂西建射圃，又为杏里社，北为凤仙筑，东南为含青馆（有记[①]）。

徐仓户部分司署，先在南门外，广运仓侧。永乐乙未年建。正德戊寅，圮于水。庚辰，主事李崧祥徙建城南门内，主事杨概、林璧、梅守德、尹梁、张国华继相修葺。城陷，主事张璇移居戏马台，修今署，缭以石垣。崇祯九年，郎中张湖创建箭楼。顺治［二］[②]年，郎中陈嘉胤修增雉堞。四年，郎中王维屏于楼门内左右增板屋，为城守站立处。

徐州洪工部分司署，河东岸，城东南二里许。本司公署有二：一在此洪，周一里余，正厅、穿堂，后为清风堂[③]，南为苏墨亭，又南为追胜亭，后改为萃墨亭（见《古迹》）。万历二年，主事张登云复于洪中建高亭，形方顶锐，名回澜亭，久淤没。一为河东公署，万历六年裁归吕梁分司，今俱废。

吕梁洪工部分司署，河东岸，西向。弘治十年，主事来天球建。嘉靖三十四年，主事王应时因旧增拓为城，左为观澜亭，南为养正书院，会墨亭，主事陈洪范建，北为社仓二区，主事郭持平建（久废），义塾，来天球重建。万历二年，主事黄猷吉重修本署，于城南门为万石仓、夫厂二区，砖厂、药局各一区（俱久废）。

夏镇工部分司署，沛县东北四十里。旧在沛县南沽头，成化乙[④]巳，主事陈宣建。嘉靖二十二年，主事侯宁筑建城垣。二十六年，主事徐惟贤建义仓、社学、药局（各有记）。隆庆三[⑤]年，主事陈楠创今署。

徐属河厅公署，即南公馆改建。万历二十二年，分淮安府同知专管徐属河务并催运。水没后，崇祯二年，同知吴嘉言即故址建今署。八年，同知张俊英重修。

总兵署，原即西察院改为参将府，水没后，崇祯二年，副总兵马孟骅仍旧基建今署。顺治二年，副总兵周维墉增修。

税课局，有二：一在城中正街，一在吕梁，俱洪武六年建。正德末，裁吕局归并州局。（今并裁）

僧正司，在开元寺，洪武十五年设。今重修。

旌善亭，州治前西。又有一，在南关厢。（久废）

养济院，原在旧学旁。成化九年，知州陈廷琏以逼近圣宫，改城西北隅。患水，隆庆三年，知州章世祯迁城东隅。万历三年，知州刘顺之重修。（久废）

---

① 记今不存。

② 底本漫灭，据康熙《徐州志》补。

③ 原作“亭”，讹从万历《徐州志》，据嘉靖《徐州志》及邹守益《萃墨亭记》改。

④ 原作“己”，讹从万历《徐州志》。按：成化无己巳，二十一年为乙巳。据嘉靖《徐州志》改。

⑤ 万历、康熙《徐州志》作“二”。

济众堂二：一在河东驿前，一在吕梁洪，以赈济饥民。安乐堂，城东南隅，以济远方贫病者。俱永乐十年建。（并久废）

都察院，城东隅。先为彭东书院，嘉靖二十六年[①]副使王梴建。三十一年，添设抚营，都御史王玑因拓改察院。三十二年裁，仍称都府。（久废）

东察院，城西南隅。洪武十一年建。成化九年，知州陈廷琏重修，今兵道署是。万历间，东察院在东门内，后改为中使都府，又改为兵道。水没后，修复旧城，仍建为察院。今改儒学，以旧学为察院。

西察院，城西北隅。景泰六年，知州宋诚建。后改为参将府，即今总兵署是。万历间，西察院在兵道署后，副使袁应泰从士论，迁儒学于左卫，即今旧学，将西察院易为左卫。

南察院，城西南隅。正德中为南公馆，监仓内臣居之。万历元年，知州刘顺之改为察院。二十二年，添设河防府，改为府署。

公馆四，二在旧东察院左，总一大门；二在旧东察院后，同街对列。（并久废）

刘家公馆，兵道后。万历初年设，水没。崇祯元年复建。

君子亭，城东南隅。万历十九年兵备陈文燧建，有堂室门垣。后为公馆。（淤没）

北关官厅，旧万会桥西，为榷船税所。（久[②]废）

河东官厅，旧万会桥东，为迎送官所。（久废）

皇华厅[③]，旧城东门外，河西岸，正德中圮。嘉靖间副使王梴重建，没于水。万历初，副使舒应龙、知州刘顺之移建河东子房山下。

房村公馆，嘉靖三十一年，总河都御史曾钧因治河创建。今为管堤判官公署。

桃山驿公馆、黄钟集公馆、利国监驿公馆、柳泉公馆（有记），俱万历间知州刘顺之建。

演武厅，河北九里山前。万历初，因水改城南凤凰山之阳。后又改城西郭家嘴。今仍复河北旧地。

小教场，城东南隅。万历间，积水成沼，改参将府东。（今废）

---

① 案王梴《彭东书院记》："肇工于乙巳之冬，迄丙午春二月落焉。"建彭东书院应在二十五年（丙午），此处讹从万历《徐州志》。

② 原作"人"，径改。

③ 嘉靖、万历《徐州志》作"亭"。

萧县

县署原在旧城。宋迁城东隅，嘉祐间知县梅（名逸）[①]，治东建清心亭。元末毁。明洪武初，主簿刘瑜建。正德七年，毁。十二年，知县王隆重建。万历五年，河水沉没，知县伍维翰迁今治。中为正堂，前为箴石亭，东西列各吏房科，亭之前为仪门，仪门外左预备仓，右囹圄。又左为土地祠、寅宾馆，又右为总铺。前为大门，大门前为屏壁，左申明亭，右旌善亭，正堂［后为］[②]后堂，又后为知县宅，左县丞宅，县丞宅南典史宅，典史宅南为东房科吏舍；右主簿宅，主簿宅南为西房科吏舍。

鼓楼，县治前。宣德五年，知县郝玘建。

钟楼，县西六十里曹马城中。（久废）

济留仓，县内。景泰元年，知县柳新建。

预备仓五：一在县治东，一在乐善乡，一在都仁乡，一在孝义乡，一在仁寿乡，并正统五年知县赵珣建。今悉废。

阴阳学、医学，俱县治西北。洪武十七年，知县宋予建。

税课局，县治西半里。洪武三年，主簿刘瑜建。久裁。

河泊所，县南十里。洪武十四年建。久裁。

圣谕亭、旌善亭，并县治前。

养济院，县西南隅；济众堂，县西北街；惠济堂，县东，并永乐十年建。久废。

察院，县东五步，久废。

公馆，县西北隅。

演武厅，城外西北隅。

沛县

县署，元以前在城西北隅。汉沛廷，即此。元季毁。明洪武二年，知县费[③]忠信徙城南隅。永乐十一年，知县李举贤重修今制。嘉靖间坏于水，知县李时修葺（有记）。中为正堂，左龙亭库，右典史厅，前为箴石亭，东西列各吏房科，西房科后为狱。箴石亭前为仪门。仪门外左福神祠，右预备仓，前为大门。正堂后为后堂，东为库楼，又为知县宅。左为县丞宅，宅南为管河主簿宅。右为主簿宅，宅南

---

① 原作正文“梅逸”，实梅姓而不知其名，今据嘉靖《徐州志》调入注文。

② 二字据文例补。

③ 原作“黄”，讹从万历《徐州志》，据嘉靖《徐州志》及沛县诸志改。

为典史宅。

鼓楼，县治南。景泰二年，知县古信建。

济留仓，县治仪门外，今废。　　水次仓，县治东一里，河南岸。

预备仓五：一在北门外，一在泗亭乡，一在汉台乡，一在千秋乡，一在广戚乡，并废。嘉靖间，知县王治建一仓于县治内，周泾建一仓于县治后。

阴阳学，南门内。洪武十七年建，训术司之。

医学，县治前。洪武十八年建，训科司之。

税课局，县治东北，久裁。　　申明亭、旌善亭，并县治前。

僧会司，在龙泉寺。　　道会司，在城隍庙。

养济院，旧在县治南。景泰三年，知县古信建。万历三十七年，知州[①]李汝让迁治北。久废。

广济堂，旧驿南；孚惠堂，泗河岸，并景泰三年建。（久废）

察院，县治东。永乐四年，知县常瓘建。万历间圮于水，知州李汝让改迁今地（有记）。

夏镇公馆，新河西岸，皇[②]华亭街北。旧为营田仓，今改公馆。

七山公馆，县西南三十里，亦改营田仓为之。

里仁集公馆，县东南三[③]十里；庙道口公馆，县北三十里；沙河公馆，县北五十里。并万历二十四年知县罗士学建。

刘家堤口公馆，县治南三十里，亦士学建。

皇华亭，河西岸，隆庆元年建。

君子堂，皇华亭后，工部主事王焕建。

洪济楼，河西岸。　　康阜楼，河东岸。

演武厅，县治北门外一里。嘉靖二十一年，知县王治自县南迁此。万历间，知县罗士学重建厅事。

砀山县

县署在市中，唐、宋前悉治此。金兴定间，迁之（见《城池》）。元复旧治，末年毁。明自洪武至正德、嘉靖，屡遭毁圮，迁至小神集。嘉靖四十四年，知县崔元吉复还旧治。隆庆六年，知县王廷卿修葺之。中为正堂，东西列各吏房科。前箴

① 按：李汝让以邳州知州衔留管沛县，故称“知州”。
② 原作“黄”，据康熙《徐州志》改。
③ 原作“二”，据万历《沛志》、康熙《徐州志》、乾隆《徐州府志》改。

石亭，亭前为仪门，仪门左土地祠，右囹圄，又前为大门。正堂后为后堂，左为库楼，又后为知县宅，右主簿宅，左典史宅。

圣谕亭，县治大门外。　　申明亭、旌善亭，并县治前。

阴阳学，县治大门左。　　医学，县治大门右。

谯楼，即燕喜台，今废。　　钟楼，与鼓楼并永乐三年知县郝玘建[①]。

预备仓四：一在崇教坊，一在大彭社，一在赵九社，一在浮沟社，并久废。

常平仓，知县朱之扬建。

义仓、社仓，并万历间知县陈秉良建。

养济院、惠济堂，并县治西；济众堂，县治东。（俱久废）

察院，县治南。隆庆间，知县熊应祥迁儒学东。

小公馆，西门内。　　演武厅，城外南隅。

丰县

县署，宋治平三年知县关景仁建[②]。有凫鹥亭（见《古迹》）。元末，毁于火。明初，知县傅时重建。嘉靖五年，没于水，知县高禄徙治华山。三十一年，知县徐蓂复旧治。万历二年，知县吴文光重修。中为正堂，左库，右典史厅，东西列各吏房科。前箴石亭，亭前为仪门，仪门外东土地祠、总铺，西小憩亭、囹圄，又前为大门。正堂后为穿堂，穿堂后为后堂。东北知县宅，西北典史宅。六房后为吏舍。

鼓楼、钟楼，县治前，并久废。

预备仓四，并久废。今重建一，在县治西北。

水次仓，沛县漕河岸，久废。

阴阳学，县治前；医学，县治东。并洪武二十八年知县马奉先建。并久废。

申明亭，县治西；旌善亭，县治东。并万历二年知县吴文光重建。

养济院，县治西北。嘉靖三十一年，知县徐蓂重建。

济众堂、惠济堂，并久废。

察院，县治西北。嘉靖三十一年，知县徐蓂改为儒学。三十九年，知县胡乂心迁儒学于县治东南，仍即其地复建察院。

公馆，县治前，久废。

---

① 案万历《徐州志》：“钟楼，与鼓楼并。永乐三年，知县郝玘建，在崇寿院旧址。弘治四年，县丞余溥徙今所。”参嘉靖《徐州志》原文，“与鼓楼并”即“所在与鼓楼同”。本志截取失当，遂成所建年代与鼓楼同，皆郝玘所建。后志同误。

② 此处讹自万历《徐州志》。按：宋治平间关景仁于此建凫鹥亭，并非建县治。

演武厅，城外东北。嘉靖四十年，知县胡乂心建。

又，华山昔为县治，前有圣谕亭，后有观风亭、宾阳亭、问月亭、瞻石斋，今因治还旧县，俱废。

凡名署者，似乎其传舍也。天地者，万物之逆旅，夫既舍之矣，何言传乎？且其敝者，未有不新之也。其新者，可以兴，可以观，当有以思乎其新，勉乎其新也。虽然，吾政恐其易敝也，有不敝者，则新者之力乎？抑勉其新者之力乎？

铺驿

徐州

总铺，州治大门内右。南：九里沟铺、陡沟铺、尔家庄铺、孤栗树铺、东珊铺、胡辛庄铺[1]，达宿州界。东南：三山铺、黎林铺、黄钟铺、却鲍铺、吕梁铺、房村铺、龙堂铺、双沟铺，达邳州界。东北：曹家庄铺、王堌朔铺、夏家庄铺、扢搭铺、单庄铺、高村铺、利国驿铺，达山东峄县界。北：马兰铺、垞城铺、清水沟铺、张村铺（即张村废站地）、沈家庄铺，达沛县界。西：刘家庄铺、鱼张铺、义安铺，达萧县界。

彭城驿，城外东关。旧在城南二里许，正德中圮于水。嘉靖二十二年，知州熊林徙今地。（设有州县站船一十七只，水夫一百七十名，上中铺陈各一十七副，什物同，俱编银见《赋役》。外，河南光、罗二县协济插站，共站船一只，水夫各五名，上铺陈一副，什物同）

房村驿，城东南五十里。（州县站船、水夫、铺陈、什物同。外，河南密县协济插站水夫十名，通许县五名，西平县二十名，共站船三只五分，上铺陈三副五分，什物数同）

夹沟驿，城北九十里。（州县站船一十五只，水夫一百五十名，上中铺陈各一十五副，什物同。外，山东胶州协济插站上马一匹，马夫一名，驴一头，驴夫一名；平度州中马一匹，马夫一名；即墨县中马一匹，马夫一名，上中铺陈四副，什物同）

① 按：东珊铺、胡辛（嘉靖《徐州志》作“新”）庄铺在萧县，弘治《重修徐州志》归属州辖，嘉靖《徐州志》改归萧县，万历《徐州志》复据弘治《重修徐州志》补回州铺，然于萧县铺舍两见，本志亦同。案以萧县诸志所载，此二铺不宜入州。

东岸驿，城外河东岸，成化十三年知州陈廷琏重修。（州县上马二十四匹，中马十九匹，下马十七匹，马夫六十名；骡六十六头，骡夫数同；什物一百二十六副。外，江浙二省协济粮佥上马［一］[①]十七匹，中马八匹，下马十匹，马夫三十五名，上中下铺陈三十五副，什物同）

桃山驿，城南五十里。（州县上马十二匹，中马七匹，［下马七匹］[②]，马夫二十六名；骡六十五头，骡夫数同；什物九十一副。外，江浙二省协济粮佥上马十五[③]匹，中马九匹，下马十一匹，马夫三十五名，上中下铺陈三十五副，什物同）

利国监驿，城北九十里。（州县上马一十一匹，中马七匹，下马五匹，马夫二十三名；骡五十二头，骡夫数同；什物七十五副。外，江浙二省协济粮佥上马二十一匹，中马六匹，下马八匹，马夫三十五名，上中下铺陈三十五副，什物同）

石山驿，城东北四十里，嘉靖四十二年兵备副使徐节请裁（马匹、铺陈、什物各分付别驲）。

以上诸驿俱永乐十三年设。东岸、桃山、利国三陆驿原有江、浙粮佥马解价来济，马有上中下之分，银有马价、铺陈之别，时久弊生，马虚银实，解价一至代养马者，夤缘为奸，极下马亦冒领上价，间以上下交征，凡告铺陈者，亦滥准给发，驿之所以日敝[④]也。万历元年，知州刘顺之议将三驿马匹验烙分别，照马给价，其扣减银贮库，以备驿使盛行，为赔差费。至铺陈价，查各驿果缺，方发置造，不允别项挪移支销。土民马亦准此，遂为定规。今经费减设，除兵部符节外，一切遣牌，禁革不行，驿得不扰。

萧县

总铺，县前；朱珊铺、曲里铺、杨铺司铺、东镇铺、赵家圈铺，以上达砀山界；烂石铺，达本州界；东珊铺、胡新庄铺，以上达宿州界（各铺司兵、铺兵，名数、编银见《赋役》。余县同）。

① 原空阙，字据万历《徐州志》补。
② 四字据文例补。
③ 原作“三”，字据万历《徐州志》改。
④ 原作“敞”，径改。

沛县

总铺，县前；夏镇铺、净明铺、聂庄铺、东仓铺，以上达山东滕县界；十字河铺、宣丘铺、倪陵铺，高坊铺，以上达丰县界；老鹳铺、杨家厂铺、界沟铺，以上达本州界。

泗亭驿，旧在县治东南，永乐十三年知县李举贤建。嘉靖四十五年，随新河改迁夏镇（四县站船一十五只，水夫一百五［十］[①]人，上中铺陈各一十五副，什物同。外，河南密县、鹿邑县协济插站，共站船一只九分，水夫密县十人，鹿邑县九人，上铺陈、什物各一副九分。又，山东胶州协济插站驴一头，驴夫一名；即墨县中马一匹，马夫一名，共中下铺陈二副，什物二副）。

砀山县

总铺，县前；七里铺、赵九铺、毛城铺、陈村铺、西镇铺，以上达萧县界；北十里铺、浊河铺、张清铺，以上达丰县界。

丰县

总铺，县前；留村铺、周村铺、新村铺，并达沛县界。

置邮传命，先圣王之所以定时日，以达远迩者也。《汉书》云："因骑置以闻。"师古曰："即今之驿马也。"驿置之设，盖自古为然，虽水陆互用，缓急异行，而稽程有律则一也。古简而清，今繁而扰，斯所由凋敝矣。然流星奔电，驿所得操也；司马门留三日，非驿所得操也。吾以为事机之迟速，又不在远而在近云。

① 字据文例补。

徐州志卷之三

儒学

郡人夏应凤、蒋之绂同修

故在城东南隅。元至正辛卯，毁于兵。洪武二年[1]，知州文景宗移东北隅（学士宋景濂为碑铭）。宣德间知州杨秘、景泰间知州宋诚相继增修。天顺六年，知州王叙拓大之。成化六年，知州陈廷琏续成，重建堂斋楼阁（眉山万安、淳安商辂并记）。正德壬申，督学御史黄如金、兵备副使柳尚义、知州张行甫、学正杨和增建斋宅。工未竣，寻并迁去。明年，学正胡崇易白于继任御史张璿、副使罗循申饬之，乃就绪（编修余姚孙清记）。嘉靖丁亥，副使赵春命知州郭天锡拓学前基，洎庙庑堂斋加饬。癸巳，副使何鳌命学正李宪属修。甲午，知州魏颂卒役（编修廖道南记）。乙未，知州陆时望建敬一箴亭。己亥[2]，清戎御史杨瞻建应璧楼。甲午，兵备副使宋圭改读书楼（以固安杨维杰、维聪从其父学正和读书于此，相继及第）。庚子，户部主事吴岳筑土建蹑云亭。壬寅，知州王重贤建启圣祠。丁未，副使王梃益修葺之。历廿稔，黄河频决，浸入城中，基洼成沼。隆庆三年，知州章世祯白于都御史总河翁大立，请以户部所辖永福仓址，相易改建。时惟草创，世祯解去。五年，知州刘顺之相继大作，兵备副使冯敏功协力助工，不逾年，既完且美。中为先师庙，东西两庑，前为戟门，戟门外为泮池，跨以石桥。桥旁为东西二门，东门旁为启圣祠，西门旁为名宦祠、乡贤祠、五贤祠、五公祠，又前为棂星门。棂星门左为学大门，由大门而仪门，旋西即庙后，又为东西二门，入中为明伦堂，东西为斋房，堂后为敬一箴亭，亭后为尊经阁。阁西为学正宅，阁东前后为训导宅。棂星门前为文明坊，坊前为石栏及屏墙，兴贤坊左，育才坊右，迤南旧有应璧楼，仍学宫之青龙云（冯敏功记）。历四十余年，渐就圮坏。副使袁应泰于万历丙辰移左卫旧址，庙堂并建，堂居右，稍后于庙，其后为尊经阁。堂前左右为斋房，又前为学仪门、大门，大门对向为屏墙（今之大察院其改为之者）。庙东为启圣祠，庙前左右

① 按：嘉靖《徐州志》“元年”，万历、康熙《徐州志》改作“二年”，并下文宋濂《徐州学记》亦同改，未知所据。今查各本《宋学士文集》皆未收此篇，稽考无据，暂从各书用字。

② 原作“乙亥”，据嘉靖、万历《徐州志》改。

为两庑，又前为戟门，戟门外为泮池，跨以石梁。池前为棂星门，至名宦、乡贤二祠，则戟门并列者，文明坊、棂星门之对向。学正署学内，训导二署学外。其址视旧学稍狭，故视前有未备者（编修张瑞图、修撰周延儒并记）。不十年，天启甲子，河决奎山，汹涌迅疾，夜半城破，惟此址为城之坨，又堂庙基高，未没。水怀不可入，俎豆屑越者久之。丙子，庙以火。崇祯癸未，兵宪何腾蛟移东大察院，为之庙矣、堂矣、门矣、池矣，余未及为也。

国朝癸巳，兵宪胡公廷佐饬知州余公志明、学正谭子学准、司训蔡子尚廉，改学之大门向东，收二水一山之秀（汴水、泗水、子房山），棂星门仍向南。胡公及各属皆捐俸金，公莅学劝工，一如冯公、刘公之规制。徐绅士感奋，亦有输云。（水部李本晟、比部蒋之绂并记）

宋景濂碑铭

洪武二年秋八月，孔子庙学成。凡历日一百二十，费功三千。徐为名镇，素多佳士，孝友如刘敬宣，忠义如赵立辈[①]，班班而是。《传》所谓“习俗好尚与邹鲁同”，盖不诬也。侯之兴学，将以前人望人。徐人士奉亲必孝，事君必忠，庶弗悖于侯之教。铭曰：

古之建学，释奠寓焉。神以牖民，必身为先。师废学微，专视庙报。祀事虽严，匪及乎教。徐为名区，学与庙俱。正之于古，亦曰庶几。皇明御天，海宇肃清。选贤出守，用宣邦经。时维文侯，来治兹土。不鄙其民，视如邹鲁。乃抚厥民，尔民固灵。弗莅于学，孰励其成？相惟故址，既陋且僻。卜迁南东，我龟孔食。乃协其程[②]，乃直以绳。乃经乃营，日夕靡宁。有殿言言，有堂矗矗。有庑轩轩，有门肃肃。视其斋庐，有师有儒。亦有生徒，执经而趋。学究六经，讲切六艺。夜以继日，莫之或替。人之所学，在孝与忠。忠孝一缺，昧其天衷。搜猎载籍，无征弗记。务贪得多，君子所刺。摛为篇章，葩藻是耽。斯谓偏徇，小人之甘。[必蹈大中，内外孚浃。蕴于身心，著于事业]。贤侯兴学，实阐化基。岂曰土木，为足荣思。[铭以著之，作者太史。用推本原，以告徐士][③]。

商辂记

圣朝崇儒右文，茂隆化理，学校之设，遍于天下。虽遐陬僻壤，弦诵不废，矧

① 原作“辇”，径改。
② 原作“成”，据正统《彭城志》改。
③ 以上八句据正统《彭城志》，嘉靖、万历、康熙《徐州志》补。

畿内之近，当南北孔道如徐者乎？州之学创自洪武初，迨今百年，风雨震凌[①]，浸以颓敝。虽屡经修葺，无改旧观。岁成化庚寅，长沙陈廷琏由进士擢守是州，锐然以巍焕为己任，以终前守王叙成始之功，既完且美。又以堂斋诸所隘陋弗称，及渐就圮者，咸欲撤而新之。日节浮费，募工[②]饬材，白之直指戴珊、熊绣，佥议惟允。卜日始事，辟旧广新，重建堂斋，堂后鼎建尊经阁。壮丽宏敞，度越前规。肇工甲午春三月，落成秋七月。是役也，守主之，僚属佐之，仕者、居者、羸于资者助相之，民无劳焉。辂惟列圣相承，治法尧禹，道尊孔孟，而于建学育材，尤惓惓焉。岂非学校兴则人材盛、风俗厚，治平之道，由此而措之乎？发策决科，其余事耳。徐诸士、来游诸士，其深惟诸有司作兴之力，以及圣明崇重之心，则几矣。

孙清记

徐州儒学，自洪武初卜于此，为迁宅。迁之时，草略而已。宣德辛亥，始拓地以广其狭，增舍以饬其遗，然亦为草略而已。天顺庚辰，州守王叙始严夫子之宫，为初治。成化己丑，陈廷琏又崇堂斥地，及诸井灶器具，为益治。弘治庚戌，刘宪易武官居为弟子斋舍，建尊经阁于讲堂后。凡至是，始去草略为大治。及正德壬申，已二十余年矣。殿庑垣墉，日蚀于风雨。督学莆田黄公如金见而忧之，曰："学已更百年而渐治，始去其草略者；今二十余年而渐不治，又将为草略者。吾忧其渐哉！"乃规设为倡，而谋诸兵使柳公尚义，亦捐公帑若干两，以命州守张行甫及学正杨和司其出纳，而别以指挥谭锦作率焉。凡易梁栋，筑垣墉，葺雨溜，作官舍于堂西，作斋舍于堂东。事渐有序，相继迁去。明年，蜀垫胡崇易来掌教事，深以工事未绪为惧，乃簿正缺官斋夫若干金，请于副使罗君循，而御史张君璿复以其事深加董励。于是，州守武雷及训导杨琳、徐俨、郭辉，及诸生之素饶者，相与捐廪输金，事以次治。无何，而户部主事王君遵，水部吴君哲、蒋君益，及徐文武荐绅耆宿，亦皆相与捐廪输金，事于是大治。凡为堂斋门库若干楹，而义路、礼门二区，又自圣像及诸贤彩绘彰施，庄严俨肃，盖至是又为大治云。於乎！事固有相趣而成者，其谓是耶？夫自其始迁，以至于大治，更历百年，易数人而后集。盖作者之难，其势然也。自其始敝，以及于再治，亦且更二十余年而后集，而又且更数人焉。述之者，其势亦难也。然亦有取于渐之义。夫及其渐而为之，而犹若是其难也；向使不及其渐，渐且敝矣，益敝则力益难，又将为草略之规而已矣。诸君子之用心，其固善治其渐哉！於乎！安得诸君子者，以渐之道治天下之敝哉！

① 原作"陵"，古同"凌"，今从嘉靖《徐州志》用字。
② 原作"功"，同"工"，今从万历《徐州志》用字。

廖道南记

嘉靖甲午，魏侯颂葺学既成，楚人廖道南应徐士之请，喟然叹曰：於乎！古帝王之治兹学，正也穆哉渊如也！矧徐为九州之一乎？粤自轩皇，分野星纪；昉[①]占帝尧，锡胙彭城。庸建虞庠夏校，风被阛闾；殷序姬雍，化扬弦诵。骏烈鸿休，弗可尚已。迨后则有若穆生、申公，传经执礼；盖豫、韦贤，授典陈诗。唐若姚崇、李愿，秉节敦教；韩愈、李鄘，敷猷赞谟。宋若富弼、王洙，隆儒宣泽；杨时、苏轼，诱士昭文。咸以永光皇烈，载扬帝休，亦既弘且远矣！我皇上统一舆图，丕振神教，首开礼乐二局于南畿，继颁经典六籍于北郡。维兹徐国，南北之冲，山祇毓灵，水若贡祉，星珠炳曜，月璧含祯。物采既章，人文载焕。百六十余年，士风趋正，民俗归淳，蔚蔚彬彬，克承古昔。予又闻焉：道犹水也，不浚其源，则圣人之精罔攸发；不达其委，则圣人之蕴罔攸传。《易》有之巽者，入也，入而后说，故受之以兑。兑者，说也，说而后散，故受之以涣。夫兑，泽也，德盛而泽深，泽深而化流，其圣人之蕴乎？夫涣，文也，诚精而文明，文明而化成，其圣人之精乎？我观诸徐，有足征焉者矣。浑河放于西域，则星海攸滐；泗源播乎东鲁，则圣涯浩渺；吕梁险于南壑，则睢、谷澎湃；汴[②]水汇于北潴，则洵、潮泱漭。故曰“逝者如斯夫”，其圣人之道之精蕴乎？夫精以蕴矣，兑以涣矣，学之弗巽，其何以入焉？《书》曰：“惟学巽志，务时敏。”《礼》曰：“不凌节而施之，谓孙。”其入道之门乎？继自今藏焉、修焉、息焉、游焉，巽而入焉，兑而说焉，涣而天下之文成焉，道不在兹乎？道不在兹乎？於乎！越若来守兹土，可以监矣。

冯敏功记

徐，故彭城郡，用武地也。汉晋而下，若韦孟、刘更生、龚胜、张昭、刘隗、孝绰、知几诸人，冥搜玄骋，翼道传经，劲气直节，扶纲植纪，后先相望焉。盖山川融会，风气攸钟，其代有杰人，亦地灵使然也。旧有学，在州治东南，其后洪水迤城，淤沙日垫，学宫居泽，若盘盂然。少司空余姚翁公行部至徐，病其卑隘弗称也。升高凝睇，四顾踟蹰，见西南诸山迤逦而来，跃为云龙，翔于凤凰，驰于戏马，蜿蜒入城，历州治而东，土脉隆起，东尽于城而逼于河滨。公曰：“是谓势来形止，山川之所界也，风气之所结也，是最吉。”乃仓储故地，遂谋于仓部大梁朱君，易而授宫焉。抚大中丞临川陈公、临海王公，河大中丞归安潘公、少司马南昌万公，按使者宁乡王公、汾州张公，协志崇教，饬工佐材；而州守章子世祯、刘

---

① 原作“助”，据嘉靖、万历《徐州志》改。
② 嘉靖、万历《徐州志》作“沛”，康熙《徐州志》、道光《铜山县志》作“汴”。

子顺之相继效劳，群工乃作。中为文庙，正[1]殿五楹，东西两庑各十二楹。庑之东北为神库，西北为神厨。前为戟门，门之左为启圣祠，右为五贤、名宦、乡贤三祠。又前为泮池，跨石梁。又前为棂星门，前为儒林街。街之南为文明坊，街之左为育才坊，街之右为兴贤坊。文明坊之前为莲池。文庙之北为明伦堂，东西为斋各十二楹。堂之北为敬一亭，又北为尊经阁。堂之右为学正廨一、训导廨一，堂之左为训导廨二，而学之门则直训廨而南，共适儒林街，缭以周垣，东西四十丈，南北三十六丈。地址之恢，黉宇之壮，视旧宫有侈焉。于是应璧耸左，郡谯埒右，云龙峙前，汴河绕后，而黄楼背护，俯雉昂霄，莲池清漪，袭芳铺丽，群山映翠，环水为清，诚形胜之要区而文明之奥宅也。是役也，经始于隆庆己巳冬，竣于万历癸酉春。功承乏徐臬，乐观厥成，诸士属之言。窃闻山处者，其人多劲直，其敝也峭急而少文；水处者，其人多文秀，其敝也浮靡而少实。徐山水甲天下，而直节文艺之士，犹有古先英哲之余风，固彬彬若是盛矣。然峭直浮靡，间有不免，则变化气质，以适于中和，是在诸士子学问之功耳。其尚懋修华实，用广思皇，追踪先哲，以无负诸公作兴之盛心，其于山川尚亦有光哉，其于斯役尚亦有光哉！

张瑞图记

徐州之学，盖三迁而始得吉卜云。当胜国时，在城东南。其迁而之东北也，自洪武二年始也。嘉、隆之际，黄河频决，延入城中，学宫以基洼成沼，乃更迁而北，盖以永福仓址为之，自隆庆三年始也。迩者河身益高，水亦不时决，决亦益壮，学宫洼仍故，每遇伏秋水涨，师儒辄惊沟壑。当事者顾瞻咨嗟，虑无不更新是图，而束于力诎，未遑也。会宪副袁公饬兵于徐，既视学，喟然叹曰："此大圣之所栖神而诸士之所游肄也，何沉淹至此耶？即使县官璧马罔效，畚锸未央，急则治标，吾诚不能以学与河争财，然终不可以俎豆之区、弦诵之业委之于壑！"适徐左卫倾圮，址颇高阜，形家佥谓其地利利文，于是谋之州守张正纲，于赎锾得若干，更悉心旁画，议改作。上之当道，报可。乃鸠工庀材，伐石陶甓，檄吏目烟可爱、里人经历吴登高、县丞孙鲲董其事，而学正周子宪时、训导周子之冕辈相与协赞之。首建文庙，次及两庑。又南为戟门，东为名宦祠，西为乡贤祠，前为泮池，又前为棂星门。池以东为启圣祠，西为敬一亭。殿之东为神厨库，殿之西为明伦堂，东西斋房相向。堂之北为尊经阁，阁之东为学官宅。周以缭垣，而总括之学门。经始于万历甲寅之秋，讫冬落成。高明爽垲，焕乎改观。从兹以往，可无虞水矣。既竣事，而学博四君寄状不佞山中，曰："敢徼惠于君之犹子，乞一言以诏徐之士

① 原作"止"，据万历《徐州志》改。

衿，而表袁公之伐。”盖州守正纲，予兄子也。谊不敢辞，乃拜手言曰：夫徐之学宫，何以再徙？非以违水患故耶？则请与诸士言水，以当三隅之反。水之为害，卑则承之，高则免矣。士之自立，亦犹是也。世俗移人，谁能不波？其始讹也，若有物挟之而来，滔荡漫瀚，使人褰裳濡足而就之，浸假而渐渍焉，汩没焉，使人灭足没跗，蹩躠跉踔而不能出。夫惟圣人之道，污而逾净，泥而不滓。自非圣人，入于滓而言蝉蜕者，谬也！夫子曰：“螭游乎浊而食乎清，鱼游乎浊而食乎浊。吾其为螭乎？”故惟圣人能具螭德耳，世之不为鱼者鲜矣。宋人有言：“贤人之道，必抗而自高。”① 向以为滞言，今以为至论。昔者，夫子不得中行而思狂狷。夫嘐嘐踽踽，圣人何取焉？取其进必为古人，退必不为今人，其自处之高，断不渐渍汩没于世俗也。圣人之所痛绝者，在于无非无刺之乡原。乡原之学问，不为不深，非渐渍汩没者可比。圣人恶其不自振拔，而欲以其同流合污者混于圣人，为与于渐渍汩没之甚者也。徐之为国，密迩邹鲁，自汉以来，名儒辈兴。焦赣、施雠之于《易》，通汉、庆普之于《礼》，千秋、周庆之于《春秋》，通经学者，代不乏人。第综其终始，章句训故，奉专门、不背师说而已；立身行己，旧史无称焉。其于圣人之学，将无得其皮而遗其骨耶？诸士懋哉！夫恶湿者无居下，无坏者贵有基，诸士于是役也，可以观，可以兴矣！

李本晟记

徐之有学，从始建而中拓，而屡迁，其间为先庚者，为后庚者，或始构而徐因，或一倡而众助，未有十年以来至于今惊波沛厉、攻劫斗暴、文教无所施其仁、鼛鼓弗克庸其力，若是辽阔者。岁癸巳，朝那胡公来抚是邦，首严陈祀，旋辟唯喏。大惧废毁灊啮，以坠教基，乃合州县从事儒官、绅衿衣布，羸财征工，儆功完旧而益新之。谬以予知形家言，告予曰：“彭城之山，自楚来者，云龙；自齐鲁来者，桓山、鸡鸣。汴、泗合流乎中，米廪宅之，诚沃区也。山至弗迎，河流弗绕，未合乎朝宗之道。今门而东之，子房为之征秀，黄河为之襟带，以开文士，厥祥何如？”晟曰：唯唯！晟，水官也，请言水事。昔禹叙水，冀、兖、青、徐为先，荆、豫、梁、雍为次，何哉？水始西北，或先东南者，禹顺五行以敷水土，彝伦攸叙，厥有旨焉。冀为帝都，既在所先，地居北方，五行为水。维水之生木，少阳居东，故次以兖、青、徐。徐，木也，而所向东，将以发炎为用，厥象文明。此泮宫之祥也，又不宁惟是？鲧以汩陈五行，故绩用弗就；禹以彝伦攸叙，而告锡玄圭。

---

① 句见《二程外书》卷三：“圣人之言，必降而自卑，不如此则人不亲；贤人之言，必引而自高，不如此则道不尊。”

今学，明伦地也，公又为之彝叙焉。凡公之来，孝弟毕登，嚚傲是黜，旌良表烈，以补史阙。马班十志，纲举目挈。且巽之道，君子驯德，积小高大，以致其极。今公之来，德惠敷施，期年政理，宿蠹藏奸，披露首服，垸卤垦凿，防堤筑复，杠梁以成，人不履苦，俾阳侯息腾，商羊罢舞。若此，皆以戎隙而为之，以申命用事者也。且和恒直方，廉毅信让，敦尚礼乐，损挹贵位，故士子日趋于仁，以厚其诚。每闻公言："士有弗率，与其戒而弗戢，孰若教而使之不暇？吾月一稽之，日一稽之，已悬副墨国门，洛诵之孙更师尊之。彼且治经呫牍之不暇，何暇于户外？此敦本之道也。"故其评骘，第拈王司寇之日新，天马抛栈，神鹰掣鞲，英雄轻故乡。故孙兴公亦言："今日之迹复陈。"[①] 其兴功济物，又如此其大也！而皆与地形宜，孰能以不扬？吾益愿公之生徒，勇善去饰，极乎儒业，远宗仲虺、微子之诰，而取则于子张、闵子之儒，以柔和其歌风、戏马之习，斯无负地灵与公志矣。若曰发祥甲乙，则又以人事君之大端哉！敢书之以劝。

蒋之绂记

州郡未有学。州郡立学，自设礼乐局时始也。三古勿论。汉代以来，高、惠、文、景，犹未建太学；宋历太祖、真宗，州郡学亦不立。洪武三年立郡县学，八年诏建社学，岂不以舍萌贤关，厥惟重且亟哉？乃朝廷能使人重学，不能使学之不圮、圮之必饬。建而圮，圮而饬，则系乎司牧仁人矣。徐自滨河立学，屡垫屡迁，臬厥载，使斯民荡析离居，乃弗克释菜奠用享，乃弗克用士观国于王，十年以来有忧焉。会牧伯余公至，届物坏有事时，启廉察胡公为之倡公拮据焉。廉察之隆崇斯役，水部叙之详矣。若公之勤事尚功，肆成人有德、小子有造，不可以不悉。阖郡绅士命绂述之。绂惟公既敏且硕，篮徐以来，案无留牍，类刘穆之；士民无冶游，类张乖崖；半日了公事，半日了湖事，类苏子瞻。其有鞭巯之众，过从兹土者，公能使其自骑自刍，自灶自甲，地方不与焉，且无尺繻问质库，无片札下亭长。讼则宁昼毋夜，宁缓毋急，听其自倦，倦则健徼爪牙、游宦颊舌权两轻，而事不得不简。故能一结其心于庠序，以肇造泮宫。墁塈毕兴，厢宇华煟，绨扆敞中，冶饰睟容，四科十子凛于侑坐。复阁崇闳，以柜经也；次库闲，以度器也；南其庙宫，东其门，所以招鸡鸣之秀；会荥阳、陪尾之液，汇而聚于城东，孕其灵也。厥惟渊哉！问工则不病民，问土木则不病工，恒出自郁林而焦饭自积。由是，学之陋阙弥文而就绪焉。自昔有功于徐者多矣，若何君公仁厚好进士、百里嵩行部霪甘雨、萧智亮起学馆论经，皆俎豆庚桑，彪炳史帙。则公之社稷岘山者，盖将垂之永永，岂

① 见东晋孙绰（字兴公）《三月三日兰亭诗序》。原文为："往复推移，新故相换，今日之迹，明复陈矣。"

以绂一言为重轻哉？夫古之赠礼，以轻先重。故郑商之犒，先乘韦。今由经师谭名学准、蔡名尚廉，幕佐程名士骐，来叙是功。则乘韦之序，得而先事，且凡使有功于师儒者，例应勒之金石，以光来世。

官：学正一人，训导三人（今裁其二）。

生员：廪膳三十人，增广三十人，附学无定额（吏一人。庙夫、门库，名数、编银见《赋役》）。

书：《五经大全》《四书大全》《五伦书》《资治通鉴》《文献通考》等书。（今残缺，未有补）

凡教事，学正掌之，训导佐之，州正提调其事，而总之于督学察院，并以卧碑[①]从事。三岁则大比于南闱，凡四岁应岁贡者三人，二者并称正途，各有题名匾额。

河清书院，在东门，从门之名也。隆庆三年，知州章世祯创建。万历二年，刘顺之增置寝室。（今废）

吕梁书院，在本洪，嘉靖癸巳[②]，主事郭持平建。

境山书院，隆庆四年，吕梁洪主事吴自新浚河于此，建之。（今废）

社学十余所，[在][③]城内外关厢。成化三年，提学御史陈选遵制命有司建立，各择教读一人主之。（今废）

萧县

故在旧城西北隅。宋绍圣间，县令孙文、邑人窦沔捐资徙今城[④]东南（晁端中记），后为水啮。元至元丁丑，县令耶律廷瑞重建（邑人傅汝砺记）。元末，毁于兵。洪武初，主簿刘瑜创建。二十九年，知县乔峻、县丞齐福东增修。永乐十六年，知县郝玘重修。正统十二年，知县柳新因民人朱刚掘地得钱十余万缗，重建大成殿、戟门。景泰元年教谕王隆、成化间知县马纶相继重修。正德间，巡按御史宁钦莅县，命撤华严寺、东岳观二所，移建其地，州判官董相、知县王隆董其成。嘉靖辛卯知县寻孔乐、壬辰知县朱同芳相继修葺。年久又圮，知县宋炜[⑤]、教谕姚应龙

① 原作“牌”，据嘉靖、万历《徐州志》改。

② 按：“癸巳”为“癸未”之讹，勘详嘉靖《徐州志》。

③ 字据万历《徐州志》补。按：“社学”一节，东京本脱页。

④ 此“今城”二字沿万历以前旧志原文。案本志及萧县诸志：万历五年县城没于水，新城改迁东南十里。据此，“今”当作“旧”。

⑤ 本志间作“宋伟”，字从万历《徐州志》；又作“宋炜”者，字从萧县志。

重整聿新。万历五年，黄流横决，城沉庙毁，知县伍维翰迁邑，创建庙学于县治之东。四十六年，知县萧学俨复迁于县治之西南（吉水邹元标记）。中为先师庙，东西二庑，前为庙门，门外东名宦、西乡贤二祠，前为泮池，跨以石桥，又前为棂星门，门前为屏墙。棂星门西为儒学大门，由大门直北，东向为仪门，庙后为明伦堂，堂东为崇德斋，西为广业斋，堂东北为启圣祠，西北为敬一箴亭。近三十年，风雨剥蚀，加以寇氛荐至，[泽宫]茂草，[榱桷崩摧][①]。顺治五年，知县祖永勋率属捐锾重修（详见邑志[②]）。

坊二：东曰“德配天地”，西曰“道冠古今”。

射圃亭。

记文（见邑志）。

官：教谕一人，训导一人。

书籍。

生员：廪膳二十人，增广二十人，附学无定额。间岁以一人应贡。

易安书院（郝玘建）　　东壁书院（祖永勋建）

学田（在旧城学基）　　共学台（邑人李绍芳建）

社学四（今南门内尚存其一）

沛县

旧在河东泗亭坊，宋靖康中，兵毁。金大定初，徙建河西清[③]化坊。十一年辛卯，知县刘勋新葺。元至正间重修，复毁。洪武三年，知县费忠信、训导华革重建。永乐间知县常瓘、李举贤，正统间知县王清、景泰间知县古信，相继修葺（漳浦陈亹记）。嘉靖八年，圮于水。十一年，知县王治用旧学庙及地，易泗水龙泉寺址改建，教官署仍在旧学。二十五年，知县周泾增置门庑祠宇，凿泮池，易民地拓大之，始备规制（主事徐惟贤记）。四十四年，洪水冲决，半就圮坏。万历二年，知州刘顺之捐俸鼎新先师庙，余皆知县倪民望重修。东西两庑，前为庙门，外为泮池，跨石桥，又前为棂星门。庙东为启圣祠，后为敬一箴亭。庙西为名宦祠、乡贤祠。棂星门东为学大门，由入为仪门，中为明伦堂，东西列两斋。大门外为兴贤、

① 六字据康熙《萧县志》卷五《建置·儒学》补。
② 邑志，指顺治七年《萧县志》十卷，知县祖永勋修，选贡许作楫、岁贡祖箕芳编纂，今存残本。
③ 原作“靖”，据嘉靖《徐州志》及沛县诸志改。

育才二坊。射圃在学西。（续修见邑志[①]）

［学官］[②]、教事、科贡，制与萧同。

泗滨书院，县治河东岸，即汉高书院故地。

镇山书院，镇山者，工部尚书朱衡别号。嘉靖乙丑，衡奉命创开新河，民戴，欲祠之，衡不许，乃以书院名。（礼部尚书董份记）

社学二：圣水社、天津社，俱嘉靖间知县杨政建。

徐惟贤记

嘉靖丁未夏五月，沛县新迁儒学未成。学谕朱氏以和，偕若训季氏珩，合学之士如干人，持状告余曰："学旧在邑治东北。正德间，为河决就圮。自是人文靡振，士论病焉。识者以城南泡河、龙泉之会，风气完朗，文明之宅也。令闻其议如诸上台，佥如议。遂表方正位，易民地如干丈以广之，创为先师庙。继撤旧材，为明伦堂，为博文、约礼二斋。工方经始，而王令治[③]迁去矣。甲辰，贵溪周君泾来代，相其未备，毅然欲终之。逾年，政孚民信，乃复上请，得廪余如干金，授成典史林大理，增置两庑。庑前戟门，旁庖库，前泮池，又前棂星门，门左蛟腾坊，右凤翥坊。学宫东为敬一亭、启圣祠，西为乡贤、名宦祠。周垣门括，备所未备，恢宏壮丽，仰瞻游息，靡不饬矣。"余考古论治，兴学为先。故《诗》颂鲁侯，《史》赞文翁，昌黎美郧侯之文，柳州著薛伯之绩，皆以归其功也。尔多师多士，固知若令之功矣，其亦知所自迪，以昭垂其功乎？夫建学者，有司之事；敷教者，师儒之责。学立教修，而名实不著，多士之耻也。胡文定教授苏湖，贤才辈出；范文正做秀才时，以天下为己任。彼二公者，迪其选矣。今沛去邹鲁不远，有先圣贤之遗风。今上复以敬一之学倡明于上，视昔苏湖辈，其机又易以兴也。苟能励胡、范之志，以追孔、孟之遗，振其敝陋而更新之，志学交凝，人文丕应，将必有道德文章卓然名世者，以鸣国家之盛，而绍邹鲁之休。其于兹学之役，宁不大有光哉！

董份记

初，河决沛县，间殚为河，河陆漕壅[④]。大司空朱镇山治渠通漕，徐沛底定。议

① 本志沛学沿革止于万历二年，则此"邑志"应为万历三十八年李汝让补修本《沛志》。又，与顺治《徐州志》同时，沛县知县郭维新亦曾重修，今佚。见乾隆《沛县志·凡例》："前令郭公讳维新，成稿未刊，多采摭载入，不忍没其苦心。"

② 原阙，二字参砀山、丰县文例补。

③ 原作"冶"，据州志县志《职官》《艺文》人名改。

④ 原作"雍"，古同"壅"。

者欲即其地祠公，公谢弗许。水部钱、季二君议曰：“民构祠而公弗许。今诸郡邑弟子员从公游者日益众，方无他庐，诸弟子野处露栖，非公厉学之意也。祠[①]表为书院，授诸弟子室，而公俨然临之，不亦可乎？”由是，民曰祠也，诸弟子曰书院也，公不能禁。二君千里征记。余以祠本祀功，公以明教，请得合功与教而并言之。盖公之治渠也，周爰咨诹，或言开新集，或言开庞家屯。斯二者，旧河也。公遣按视，新集亘二[②]百余里，费三百余万金，工三十余万人，作终岁可就。乃蹙然曰：“今县官方匮，费何出？且河非可以人力争也。诸故所徙道弃弗居，殚[③]三百万委巨壑，挽所弃而争之，即渠成河不来，奈何？来或决，奈何？是虚国之道也。聚三十万人终岁作，即有疫疠，或生他变，是社稷之忧也！”乃数橇[④]涉，亲行河，得故盛中丞所建未就之迹镌广之，加凿为新渠。新渠地高，导诸山之水，厮渊陂流不事河，漕可以济。任其所弃，弗与之争。任所弃则无靡财，弗与争则无决患。是役也，省二百余万金、二十余万人，作以数月速就。数百万粟灌输太仓，官无抵滞之虞，民无骚动之苦，国用不虚，社稷永赖，老臣忠于为谋如此。余览史册，上古无治河。至禹随山浚川，九河始著，开辟以来，圣人崛起非常之绩也。迨后或决或塞，无能用河。明兴，宋尚书[引][⑤]河为漕，而利其用；朱司空避河为渠，而杜其决。作用不同，其崛起非常之绩则一也。琴敝易弦，途穷改辙，时固有然，而势有必至也。夫随时以顺变者，性之原也；沿势以会通者，道之本也。昔孔子取水喻道，孟子言性比于治水，固以道有本而性有原也。因性以明道者，谓之善教；由性以悟道者，谓之善学。镇山继禹之迹，识其变通，此其学之所得深远矣。其所以教弟子者，当不外是。夫拘学守常经，不越诵习以裨[⑥]见闻者，其志敝也；俗师守常训，不离占毕以传口耳者，其知浅也。故闻道则笑，语性则惑，学之敝也极矣，君子之教穷矣。夏镇去邹鲁近，性命道德所自出之乡也。当其时，三千七十子之徒，孔子独称颜渊好学，而曾子卒得其传；以子贡之智辩，晚年始闻性道。岂教有所待，而学未易至耶？孟子言性论道，发孔子之教，尤大章明，而其受业者无传焉。岂学由心得，而非教之所能为耶？今诸弟子生近孔孟之居，以高才从司空之教而起，其间必有非常之士，越常经、超常训、绍明孔孟者，余从千里外拭目望之矣。

① 原作“词”，据万历《徐州志》改。
② 原作“三”，据万历《徐州志》、万历《沛志》改。
③ 原作“单”，径改。
④ 原作“毳”，通“橇”。
⑤ 底本漫灭，字据万历《徐州志》补。
⑥ 原作“俾”，据万历《徐州志》改。

砀山县

唐贞观，在城西北隅。宋元祐间，迁东北隅，邑人王惠捐资成之。[金][1]大定间，水浸，县令杜之美同进士邵师古新之。元元贞、大德、天历、至元间，[县][2]令蒋恕[3]、杨泰[4]、孟直、崔旭前后修建。明永乐、宣德、正统、[成化][5]间，知县郝玘、刘伯吉、杜钊、张梦辅相继增修（安成刘球、博野刘吉有记）。嘉靖五年，知县季木凿泮池，重修棂星门。二十一年，知县刘阳重建庙，洎门庑，益拓大之（安福王学益《记》）。四十一年，河决，城、学宫尽坏。隆庆元年，知县戴伟修葺。五年，知县王廷卿益大修葺，以青龙方偏隘，易民基二亩有奇，移建儒林门；又依城为卓笔台。中为先师庙，东西两庑，前为戟门、神堂、神库、牲房，并东西列。戟门前为泮桥，左前为启圣祠，后为名宦祠，右为乡贤祠。又前为棂星门，门东为学大门，即儒林门，入为仪门，旋西即庙后为明伦堂，东西二斋。堂后为振文堂，又后为敬一箴亭，亭后为射圃，西为教谕、训导宅二，附馔堂、学仓、号舍。万历二十六年[6]，知县熊应祥改迁新城，学宫悉依旧治。日久又圮，天启七年，知县李春鲸查本邑各项公田申详变值，未变者租税，旧教谕叶孝友置学田三顷，后谕孔时可、训贺日章亦因变值，共修新学一，依旧治。崇祯五年，知县姚来琯学前建笔架山，以接巽气；学后建三台山，以振乾脉。其未备者，东西两庑，名宦、乡贤两祠，并两斋房、环宫墙也。九年，知县宋坤悉补之。十一年，知县刘芳素谙地理，上任谒庙，辄命匠更泮池桥制，议修议迁，竟未果。

学官、教事、科贡，制与萧同。

龙峰书院，万历元年知县王廷卿创建，龙峰，其别号也，为诸士居业地，岁贡公田租三百石。中又建天语亭、瑞麦亭，一时盛事（沛令倪民望为颂）。

射圃亭，旧县儒学后，新城东关外。

社学，阔三丈，城隍庙前，小公馆后。

刘球记

皇上嗣天下之明年，选风纪之臣，分督郡邑学政。其陛辞也，首敕建葺庙学。四年，砀山县学孔子庙告成。其崇以寻计者四，广以丈计者六，邃以尺计者三十有

---

① 字据嘉靖《徐州志》补。
② 字据万历《徐州志》补。
③ 原作“愢”，据万历《徐州志》及砀山诸志改。
④ 原作“参”，讹从嘉靖《徐州志》，据正统《彭城志》、乾隆《砀山县志》改。
⑤ 字据万历《徐州志》补。按：下句有县令张梦辅，成化五年任。
⑥ 案乾隆《砀山县志》：万历二十七年己亥大水，城陷学圮，与此有异。

奇。斋堂门庑之展，庖廪之扩，莫不称之。其地夷，其材硕，其构坚，其绘藻，规制壮丽于初。官不伤费，民不知劳，何易臻此哉？砀令衡水杜钊课最当迁，以民乞留，增秩还官，来请予记。因问倡斯役者，则曰："初，督学御史庐陵彭侯勖命之迁，继督学御史庐陵孙侯鼎饬之完。"又问宰斯役者，则曰："前知县事刘伯吉实经始之。继而程工制用，以克有终者，钊也。"又问赞襄斯役者，则曰："前谕李孟玉、张观兴，今谕丘纯、训徐忞，以及丞刘全、典史周文中，预有力焉。"嗟夫！道在天地间，万世犹一日也。二帝三王之后，生一孔子，四教所以立，六经所以明，百王之法所以备，此其所以世为天下师也。皇上御极，即命郡邑隆其祀事。隆其祀，所以尊其道也。从事斯役者，克率厥职，岂非斯道之幸与？诸士诵其诗书，习其礼乐，敏而为达财①，粹而为成德。得志行所蕴，不得志仁其家、善其乡里之俗，安往而不得于道哉？其勒之石以志劝。

倪民望颂（有序）

圣天子新握乾符，敦礼耆硕，迎和劝耕。下诏正人心，儆官邪，皇极荡平。察人计吏，抡其尤异者，召见奖赉，风天下以教养实政。得人二十有五，砀山王令廷卿与焉，岂非希世之奇遘哉？令祗惧，矢报称，还省岁事。适二麦重颖，穑人告瑞，有一茎四穗至五穗者，三岐两岐无论焉，见者瞿然异之。夫砀滨黄河，频罹巨浸，胡为有是哉？良以为之上者协德宣和，潜消阴沴，故渔阳麦秀之歌，复见于芒砀旌异之后，讵非当宁宝贤育民之征应哉？昔成王厘成农官，来牟受明；吉人蔼蔼，茀禄永康，召公以为车马礼贤之致。我皇上冲龄践祚，志气清明，中外夹辅，俾尔弥性，庶几见之。今兹麦瑞，其至治开先者乎？尝考圣祖统天，麦瑞献于陕之宝鸡。今砀有宝鸡之瑞，而莫之献，固盛世臣子忧世之道宜尔也，独可无言以纪之欤？拜手稽首，僭效歌《豳》。颂曰：

於惟皇祖，肇兹丕基。来牟率育，瑞应宝鸡。受天之祐，太史摛词。绵绵丰芑，以燕以诒。迨我皇上，神圣冲资。勤民法祖，茂衍纯禧。礼耆旌卓，百工允厘。中外宁谧，品汇咸滋②。眷兹芒砀，大河之涯。洪流作沴，民用阻饥。帝命中丞，节镇抚绥。肃肃侍御，有美监司。循牧承宣，惠我烝黎。大和薰洽，绿遍新菑。芃芃者麦，载见多岐。黄云荏苒，翠浪纷披。三事成始，九谷其宜。丰年穰

① 嘉靖、万历《徐州志》作"才"，本志、康熙《徐州志》作"财"，乾隆《砀山县志》作"材"。案《孟子·尽心上》："君子之所以教者五：有如时雨化之者，有成德者，有达财者，有答问者，有私淑艾者。此五者，君子之所以教也。"孙奭《音义》云："财，一本作才。"朱熹《四书章句集注》："财，与材同。"其意皆通，各从原书用字。

② 原作"兹"，据万历《徐州志》改。

穰，帝力何知。足民裕国，永祚雍熙。明明天子，万寿无期！

丰县

旧在县治东。金末，毁于火。至元[①]间，县尹郭瑄重建，寻毁于兵。洪武六年，县令曾本创建。宣德间令阙膺、天顺间令张昇、成化间令邝颐、正德间令裴爵，相继建修。嘉靖五年，水没县治[②]，令高禄徙学于华山。二十一年，令李崇信创建（四明张邦奇记）。三十一年，令徐蕒复还旧县，创建于县治西北。三十九年，令胡乂心改迁县治东南，规模始宏阔焉。中先师庙，东西两庑。东庑北为神库，西庑北为神厨，前戟门，戟门外为泮桥。桥左名宦祠，右乡贤祠。又前为棂星门，门东为学大门，大门内文昌祠。入为仪门，入旋西，左右为义路、礼门二门，入即庙后，为明伦堂，左右两斋。堂东启圣祠，西敬一箴亭，亭南为宰牲所。堂后为教谕、训导宅二（乂心自记。续修见邑新志[③]）。

学官、教事、科贡，制与萧同。

华山书院，嘉靖丙午，知县叶烓以县治迁华山创建（副使王梃并［叶烓］[④]自记）。三十一年，知县徐蕒还旧县（寻废）。

社学（废）。

胡乂心记

丰邑之学既圮于水，又财力匮诎，缉不以时，士失隵所，学殖莫寄。岁己未冬，节判张邦治视篆，因诸生议，得请于督学使者及监司郡长，工未既。庚申春，乂心承乏是邑，始谒先师，见其遗址蓁芜而神灵莫妥也，谓是风教系焉，役其可逭耶？遂因成议，相地于县治之东，卜筑定基，鸠工饬材，自庙庑堂斋以暨储库坊廨，先后就绪。经营逾年，乂心因偕若师弟子而申其意曰：维尔邑，汉祖、酂侯之故乡也。史称汉帝不事诗书，又每以绛侯辈少文为恨，然行多暗合，言出独见，而安刘之业，伟然一时者不可诬。况我圣祖拯溺维新，暨今皇上寿考作人，仁渐义摩，礼乐四讫，吾不患诸士之无文也。惟致道之本，必有所在，姑以兹学之兴废况之。学之始建，有庙有堂，居业退息，观赜观德各有所。耳目之所闻见，动履之所率由，皆规矩准绳地也。诸士身与心安，所以精其业、进其德者，不大有赖于是

① 原作“正”，据万历《徐州志》改。
② 原作“没”，据万历《徐州志》改。
③ 邑新志：指顺治间阎昭修、张逢宸等纂《新修丰县志》十卷。
④ 二字据文例补。

乎？一为洪水所灾，播荡颠覆，妥圣灵而宅俊乂者湮析罔遗，尔诸士何赖？况人心［之］[1]洪水，滥觞于情欲，汩没于辞章，湍激溃决，不可复挽，格致诚正之安宅、修齐治平之正路，湮没芜蔓，恶可经时而不复也？诸士澄其源，塞其流，捍其冲，杜其渐，俾于是而奠厥居[2]，必如何致力而后可？夫事有殊而理则一者，君子可以类推。学宫为诸士游息地，而兴废之迹目击如此，因彼以识此，缘身以求心。学圮于水而复之者，有司事也；心及于溺而新之者，非有司事也。诸士盍于是而反思之也？子夏曰："百工居肆以成其事，君子学以致其道。"夫惟道之能致，而后为善学。否则，视昔之圮于水等耳。《诗》曰："其何能淑，载胥及溺。"诸士能不惕然于兹乎？[3]

王梃记

丰，故徐属邑。往岁以河决，徙治今华山。治当山之麓，并麓稍东为学宫，隘弗称。叶令炷至，以岁之乙巳，白之督学午山冯公洎予，复并麓稍东为华山书院，门堂号舍咸秩矣。堂之后，复并麓稍东为轩，境幽而奇。予行部偶寓，进诸生而讯之曰：令之为兹，其情深，其志戚矣。古之教者，时教必以正业，退息必有居学。故君子藏焉、修焉、游焉、息焉，是以安其学而亲其师，乐其友而信其道，虽离师辅而不反也。夫学宫者，时教正业之地也；书院者，其退息居学之所乎？并麓为轩，幽而奇者，其藏修游息之墟乎？诸生处焉有日矣，果能安其学而亲其师乎？果能乐其友而信其道乎？抑能离师辅而不反否也？夫动静不违而内外合一者，作圣之极功也；情以境迁而机由静悟者，为学之始事也。吾心之良，本自炯然，顾眩于纷华，昧于功利，日昏日瞀，卒无以自解。偶入静境，杂扰顿息，如蹈汤赴火之后，沃以清冷，其神跃然，心目俱爽矣。察此之谓察识，推此之谓扩充，知此之谓知及，得此之谓仁守，蕴此之谓天德，措此之谓王道。故亲师友而不倦，离师辅而不反也，是之谓古人之学。夫以古人之学望诸生，望之至者，故曰其情深。夫太上无境，其次境境，最下不离境。安土敦乎仁，何境之有？语有之，吾［入］[4]闻夫子之道而悦，出见纷华而悦，是谓境境。怒于室而作色于其父，何境之能离？夫无境者，吾不得而见之矣，必也其次乎？孟子三见齐王，而不言事；程子之教，每令学者先静坐，彼有取尔也。《易》之道，群阴尽《剥》而后《复》。今之学者，纷华功利之说日陈于前，隐学而疾师，苦其难而不知其益也久矣。夫藉境生心，而缘静

---

① 字据隆庆《丰县志》卷下《艺文》补。
② 原作"后"，据康熙《徐州志》改。
③ 本篇与顺治《丰县志》、康熙《徐州志》所录同文差异甚大，应为当时编纂者之节录兼改写。
④ 字据万历《徐州志》补。

兴悟，是之谓始学之道。呜呼！其不得已而思有恒之意乎？故曰其志戚。夫圣学无岐，而人心有觉也。天地之性，无所择而后生；豪杰之士，无所待而后兴。太行之东，大河之间，盖豪杰之陆而圣贤之薮也。尔诸生毋谓丰小，毋谓学问之难，庶几[①]于令无负哉！

叶烓[②]记

丰，褊邑也。邑之镇曰华山，崛起中野。山之阳有隙地，邻学宫，诸士子以号舍无址，欲为肄业之所。烓为请于督学冯公、兵宪王公，市之于民，复以废仓益之，创为书院。院背山麓，涤水湮芜，于是乎加疏瀹焉。中洞豁然而辟，洞前诸景可揽，命曰"会景"。后[③]架小桥，以达西洞，洞塞巨石，曳而虚之，曰"虚白"。前通鸟道，折出石坛下，危岩屏设，石离离林立，亭其中，曰"寄兴"。亭之西，石门半蚀，土中剜而深之，穹然一洞也，曰"碧寒"。洞旁小亭，曰"独对"。北沿仄径，南出断石之间，东至通幽洞，景绝而路穷矣。天劖一窍，旁通并麓[④]轩，石壁千仞，森削于前，左有洞曰"太玄"，右有池曰"太乙"。登观风亭，可以骋遐瞩而纳远景也。亭之后为高皇庙，前为瞻石斋，面斋多奇石，矗矗如画。石罅线通径路，东至宾阳亭，西至问月亭，奇踪殊状，错出深菁丛莽之间，宰物者亦容得终秘之哉？由是观之，美哉山之体，具于天也，人力若无预焉。然而浮壒[⑤]昏之，丛棘蔽之，沦落于荒僻之墟，不能不假手修平，宣灵发秘，所以致广大而极高明也。诸士子固将持志于有恒，养气于无馁，务使胸次廓清，事功俊伟，无以异于此山已乎？抑蠹于章句，俳于文辞，游泳于科目之中，茫无竖立，以异于此山已乎？是在诸士自择之。

上丁

启圣祠（嘉靖九年，令两京国子监并天下学校各建启圣公祠，公与东西配正献、两庑分所，其为专祠明矣。今祠多在文庙内，不得不先正庙而后祠也）

先师庙（嘉靖九年，厘定配、哲及从祀牌位）

至圣先师孔子（旧封大成至圣文宣王）

---

① 原作"凡"，据万历《徐州志》改。
② 原作"炷"，系"烓"形讹，据各志《职官表》改。
③ 嘉靖、万历《徐州志》作"复"。
④ 嘉靖、万历《徐州志》志及顺治《丰县志》作"寓乐"，康熙《徐州志》、光绪《丰县志》作"并麓"。
⑤ 原作"磕"，同"礚"，系"壒"字类化。参光绪《丰县志》"壗"改。

四配

复圣颜子（旧封兖国复圣公）
宗圣曾子（旧封郕国宗圣公）
述圣子思子（旧封沂国述圣公）
亚圣孟子（旧封邹国亚圣公）

十哲

先贤闵子（名损，旧封费公）
先贤冉子（名雍，旧封薛公）
先贤端木子（名赐，旧封黎公）
先贤仲子（名由，旧封卫公）
先贤卜子（名商，旧封魏公）
先贤冉子（名耕，旧封郓公）
先贤宰子（名予，旧封齐公）
先贤冉子（名求，旧封徐公）
先贤言子（名偃，旧封吴公）
先贤颛孙子（名师，旧封陈公）

东庑

先贤澹台灭明（旧封金乡侯）
先贤原宪（旧封任城侯）
先贤南宫适（旧封汝阳侯）
先贤商瞿（旧封须昌侯）
先贤漆雕开（旧封平舆侯）
先贤司马耕（旧封睢阳侯）
先贤有若（旧封平阴侯）
先贤巫马施（旧封东阿侯）
先贤颜辛（旧封阳谷侯）
先贤曹恤（旧封上蔡侯）
先贤公孙龙（旧封枝江侯）
先贤秦商（旧封冯翊侯）
先贤颜高（旧封雷泽侯）
先贤壤驷赤（旧封上邽侯）
先贤石作蜀（旧封成纪侯）
先贤公夏首（旧封钜平侯）
先贤后处（旧封胶东侯）
先贤奚容蒧（旧封济阳侯）
先贤颜祖（旧封富阳侯）
先贤句井彊（旧封滏阳侯）
先贤秦祖（旧封郪城侯）
先贤县成（旧封武城侯）
先贤公祖句兹（旧封即墨侯）
先贤燕伋（旧封汧源侯）
先贤乐欬（旧封建成侯）
先贤狄黑（旧封林虑侯）
先贤孔忠（旧封郓城侯）
先贤公西蒧（旧封徐城侯）
先贤颜之仆（旧封宛句侯）
先贤施之常（旧封临濮侯）
先贤秦非（旧封华亭侯）
先贤申枨（旧封文登侯）
先贤颜哙[①]（旧封济阴侯）
先儒穀梁赤（旧封睢阳侯）
先儒高堂生（旧封莱芜伯）
先儒毛苌（旧封乐寿伯）
先儒后苍

---

① 原作“浍”，据《史记·仲尼弟子列传》改。

先儒杜子春（旧封缑氏伯）
先儒韩愈（旧封昌黎伯）
先儒程颢（旧封豫国公）
先儒邵雍（旧封新安伯）
先儒司马光（旧封温国公）
先儒胡安国（旧封建宁伯）
先儒杨时（旧封将乐伯）
先儒张栻（旧封华阳伯）
先儒陆九渊
先儒许衡（旧封魏国公）

旧有堂邑侯颜何、兰陵伯荀况、彭城伯刘向、司空王肃、司徒杜预，今黜；中牟伯郑众、良乡伯卢植、荥阳伯服虔，今改祀于乡；莱芜侯曾点、泗水侯孔鲤，改入启圣祠从祀。

西庑

先贤宓不齐（旧封单父侯）
先贤公冶长（旧封高密侯）
先贤公皙哀（旧封北海侯）
先贤高柴（旧封共城侯）
先贤樊须（旧封益都侯）
先贤公西赤（旧封钜野侯）
先贤梁鳣（旧封千乘侯）
先贤冉孺（旧封临沂侯）
先贤伯虔（旧封沭阳侯）
先贤冉季（旧封诸城侯）
先贤漆雕徒父（旧封高宛侯）
先贤漆雕哆（旧封濮阳侯）
先贤商泽（旧封邹平侯）
先贤任不齐（旧封当阳侯）
先贤公良孺（旧封牟平侯）
先贤公肩定（旧封梁父侯）
先贤鄡单（旧封聊城侯）
先贤罕父黑（旧封祈乡侯）
先贤荣旂（旧封厌次侯）
先贤左人郢（旧封南华侯）
先贤郑国（旧封朐山侯）
先贤原亢（旧封乐平侯）
先贤廉洁（旧封胙城侯）
先贤叔仲会（旧封博平侯）
先贤公西舆如（旧封临朐侯）
先贤邽巽（旧封高唐侯）
先贤陈亢（旧封南顿侯）
先贤琴张（旧封阳平侯）
先贤步叔乘（旧封博昌侯）
先儒左丘明（旧封中都伯）
先儒公羊高（旧封临淄伯）
先儒伏胜（旧封乘氏伯）
先儒孔安国（旧封曲阜伯）
先儒董仲舒（旧封广川伯）
先儒王通
先儒周敦颐（旧封道国公）
先儒欧阳修
先儒张载（旧封郿伯）
先儒程颐（旧封洛国公）
先儒胡瑗
先儒朱熹（旧封徽国公）
先儒吕祖谦（旧封开封伯）
先儒蔡沈（旧封崇安伯）
先儒真德秀（旧封浦城伯）
先儒薛瑄

先儒王守仁　　　　　　　　先儒陈献章

先儒胡居仁

旧有寿张侯公伯寮、新息侯秦冉、考城伯戴圣、岐阳伯贾逵、扶风伯马融、任城伯何休、偃师伯王弼，今黜。内：黄侯蘧伯玉、长山侯林放、高密侯郑玄、新野伯范宁、临川郡公吴澄，今改祀于乡；曲阜侯颜无繇，改入启圣祠从祀；淄川侯申党，即申枨，今革，存枨。

凡祭，必大合乐，麾一，柷一，敔一，琴六，瑟二，钟十有六，磬如之，埙二，篪如之，箫四，凤箫如之，笙六，笛四，搏拊鼓二，应鼓一，乐生三十六人，工歌者六，又特旌二人统之。籥三十六，翟如之，舞生三十六人，亦二人统之。属邑祀日与仪并同。

祭器，五百八十七件：

锡香炉六个，锡花瓶三对，锡酒尊四个，锡盥盆三副，铜爵二十只，锡爵一百八只，锡簠、簋各一十六副，锡豆七十二副，锡登五副，锡酒杓三柄，锡铏[①]二十副，木牲匣五副，长木桌三十二张，小木香案四张，铁高烛台二对，小木烛台三十六对，牲匣桌二张，涤牲桶四个，宰牲木凳八条，竹篚箱九个，牲血盆八个，毛血盘十个，酒尊桌三张，铁锅五口，水桶五个。

乐器，二百二十七件：

麾幡一面，红漆竿一条，龙头钩一个；柷一座，敔一座；排箫二面，搏拊鼓二面，圆条二条；琴六张，弦枕全，红琴案六只；瑟二张，弦柱全，红瑟架二只；旌节二串，铜饰，红竿二条，龙头全；笙六攒，笛四管，箫四枝，埙二个，篪二枝，籥笛三十六枝，舞竿三十六条，雉尾全；应鼓一面，柱一座，十字螺虫全；龙头四个，龙杖四条，铜钩四个，五色流苏四串，并座；鼓槌二个，钟架一座，铜钟一十六个，妆画龙头二个，妆画飞凤五个，螺虫二个，座子二个，五色流苏二串，并盘；铜钩二个，铜槌二个，磬架一座，石磬一十六个，黄绵花条一十六条；铜钩二个，磬槌二个，妆画龙头二个，座子二个，妆画飞鸾五个，凫鹅二个，五色流苏二串。

祭文：维某年岁次□□□月□□朔□日，某官致祭于至圣先师孔子曰：惟师德配天地，道贯古今，删述六经，垂宪万世。谨以牲帛、醴齐、粢盛、庶品，祇奉旧章，式陈明荐。以复圣颜子、宗圣曾子、述圣子思子、亚圣孟子配。尚飨！

先师：帛一、羊一、豖一、爵三、登一、铏二、簠二、簋二、笾八、豆八。右

① 原作“钏”，据万历《徐州志》改。

除羊、豕、帛、爵，共二十三器，而器之所实未载焉。《会典图》天下郡邑所同，乃是二十四器，而各载所以实之者，但未别器之名耳。故旧志与图两存之。

四配：共羊一、豕一，各[①]帛一、爵三、登一、铏二、簠一、簋一、笾六、豆六。器共十九[②]，《图》为二十，两存之。

十哲：共用帛二、豕二，爵各一、铏一、簠一、簋一、笾四、豆四。器共十一，《图》数同，而豕首居其中。

两庑：每庑共帛一、豕一，每［四］[③]坛用爵四、簠一、簋一、笾四、豆四。器共十，《图》虽十三，而豕首、豕肉居其三，政合十矣，但八坛当八首也。

启圣祠

嘉靖九年，令两京国子监并天下学校各建启圣公祠。中祀叔梁纥，题称“启圣公孔氏之位”。以颜无繇、曾点、孔鲤、孟孙氏配，俱称“先贤某氏之位”。程珦、朱松、蔡元定从祀，俱称“先儒某氏之位”。

祭文：维□年□月□日，某官致祭于启圣公孔氏曰：惟公诞生至圣，为万世王者之师，功德显著。兹因仲春/秋，特用致祭，以先贤颜氏、曾氏、孔氏、孟孙氏配。尚享！

正位陈设（旧志云“祭品视十哲”，窃以一位视十位既不等，即并此地四配合之，亦五视十不等，特照《会典》改注于后）：羊一，豕一，帛一，爵三，簠、簋各二，铏二，笾、豆各四，篚一（十哲二豕，此易一羊，亦相准也）。

东西配陈设、东西从祀陈设（旧志皆未载，今照《会典》录于后）：豕一，爵三，帛一，篚一，每位簠、簋各一，笾、豆各四。

四所同。

名宦祠记

梅守德

徐在古，九州之一。尧封篯铿于此，为大彭氏国。自秦郡县理人，嗣世仍之，迄用不变。建置官守，则代有升降殊焉。时维建旆剖竹，布政宣风，其磨灭无述者勿论已，间若唐之姚崇、韩愈，宋之苏轼、杨时，或恤其灾患，或导以厚生，或敦典迪文，赞谟弼教，斯其绩用之最章章者，自馀所居民利、所去民思，率有可称。虽功自位殊，业缘时异，并以徽音流泽，芳润千祀。考诸先王之制，法施于民

① 原作“共”，据万历《徐州志》改。

② 案本志及旧志所载：除羊豕帛爵而外，器共十七，“十九”疑讹。

③ 字据万历《徐州志》补。

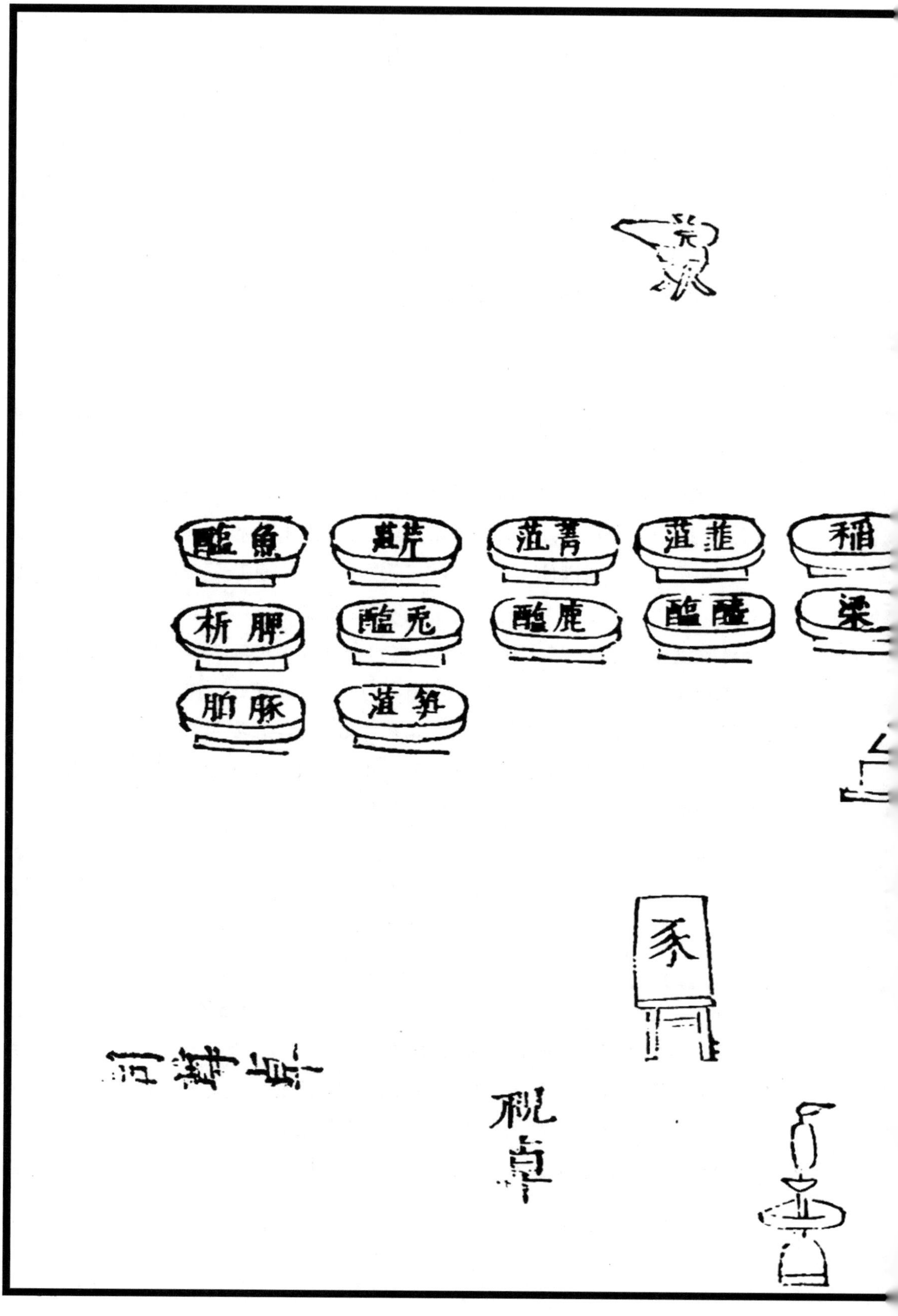
魚醢
芹菹
菁菹
韭菹
稻
脾析
兔醢
鹿醢
粱
豚胉
笋菹
豕
祝卓

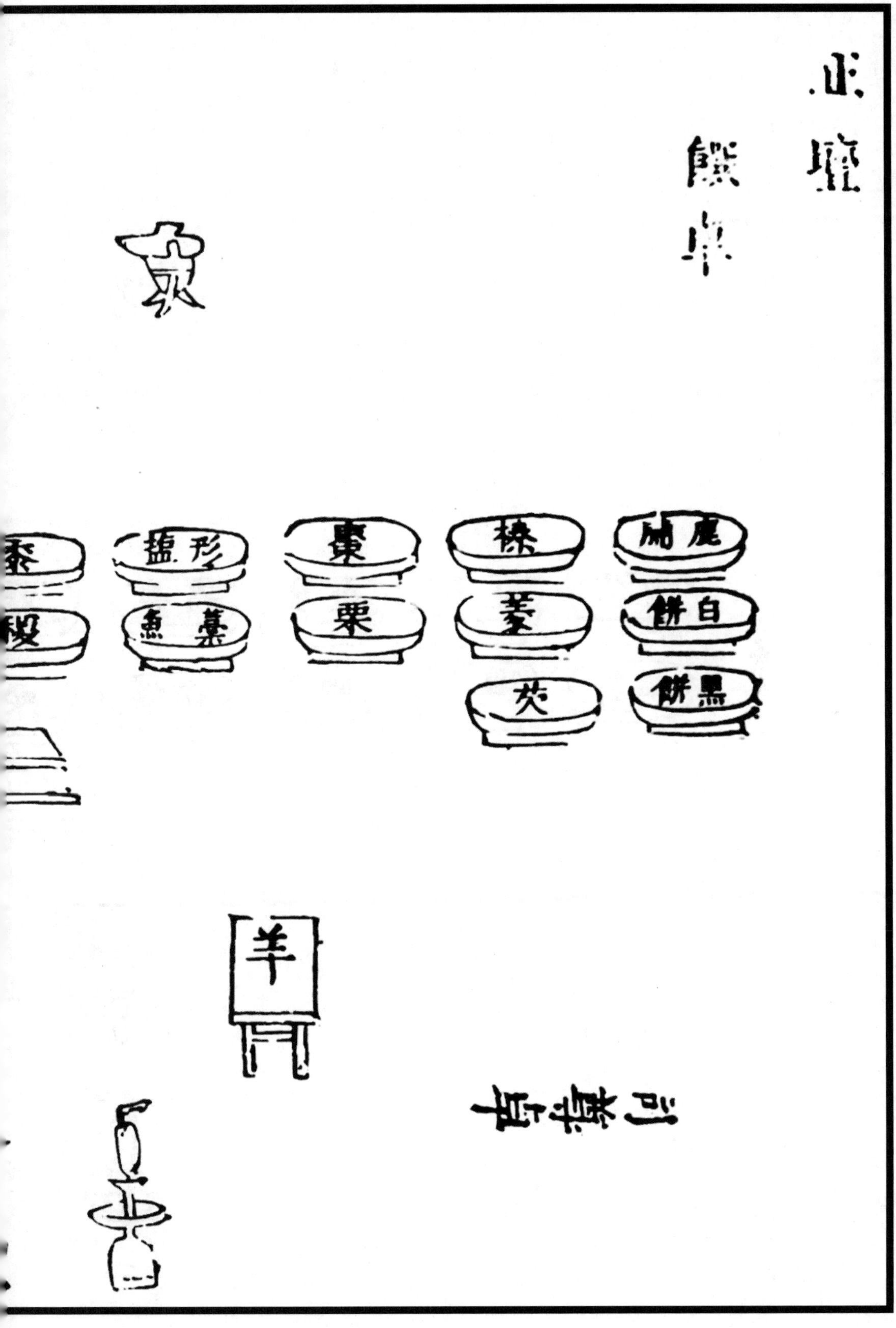
正位
饌桌
鹿脯
白餅
黑餅
榛
菱
芡
棗
栗
形鹽
槀魚
黍
稷
羊

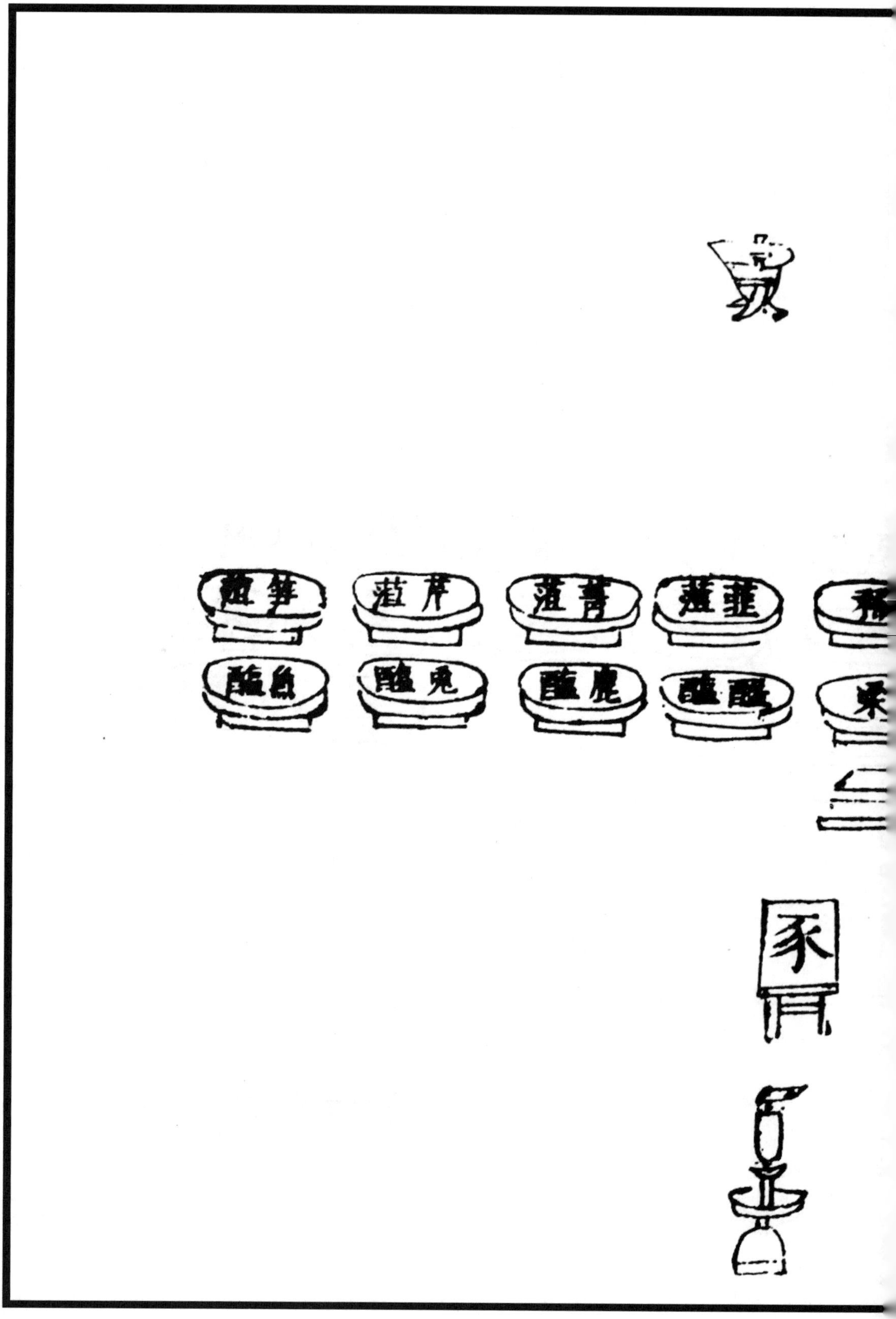
笋菹
芹菹
菁菹
韭菹
鱼醢
兔醢
鹿醢
醓醢
豕

四配

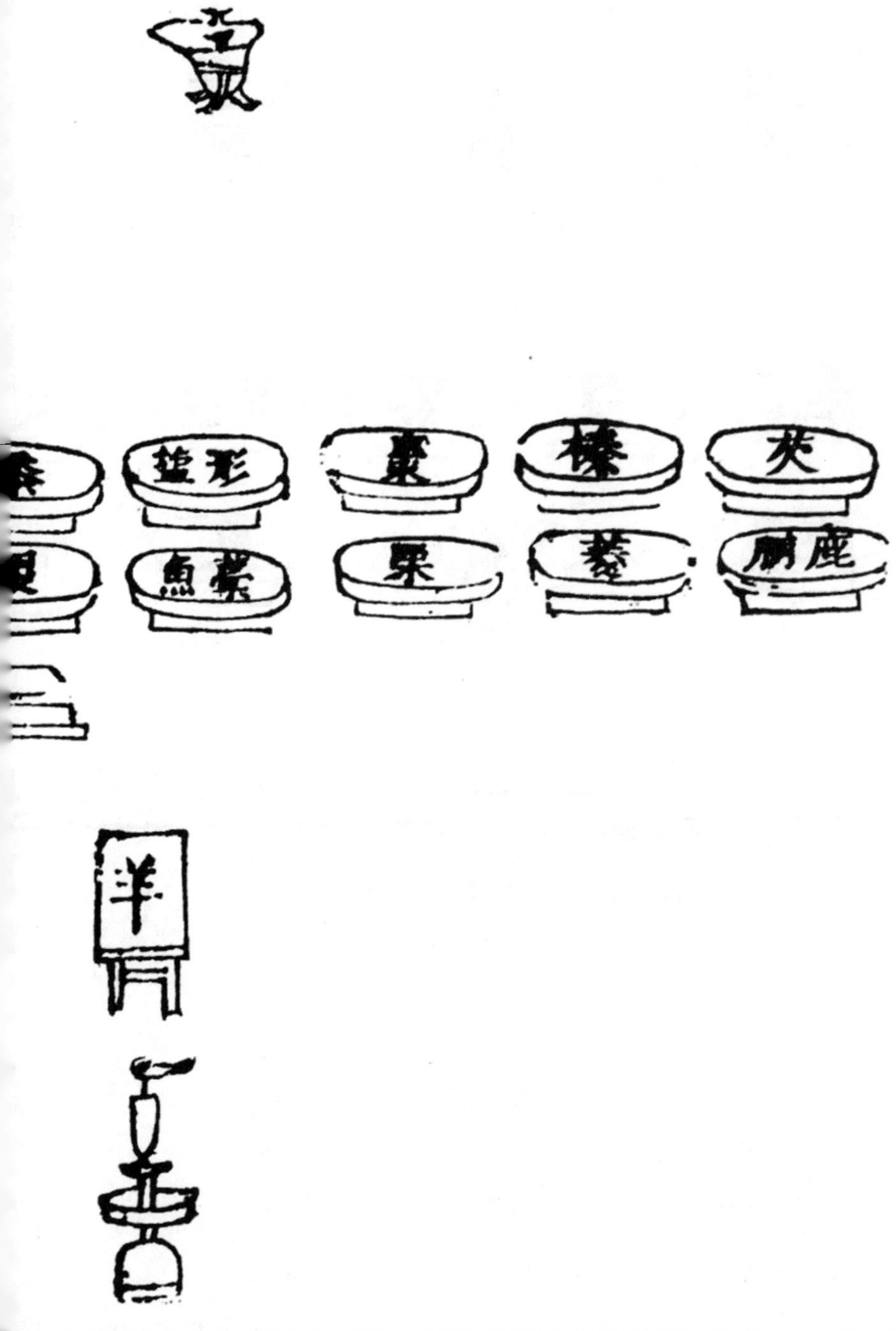

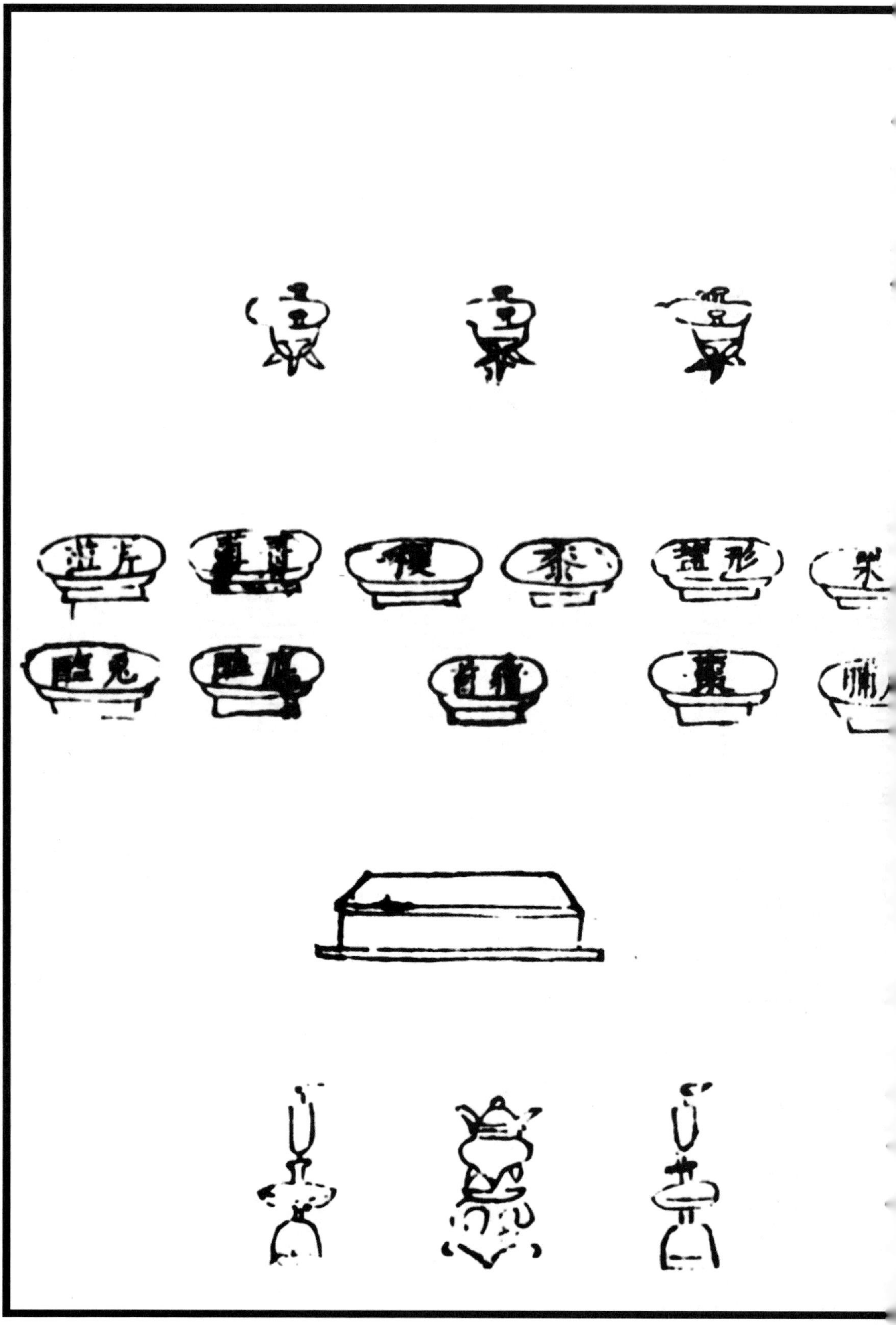

兩廡陳設

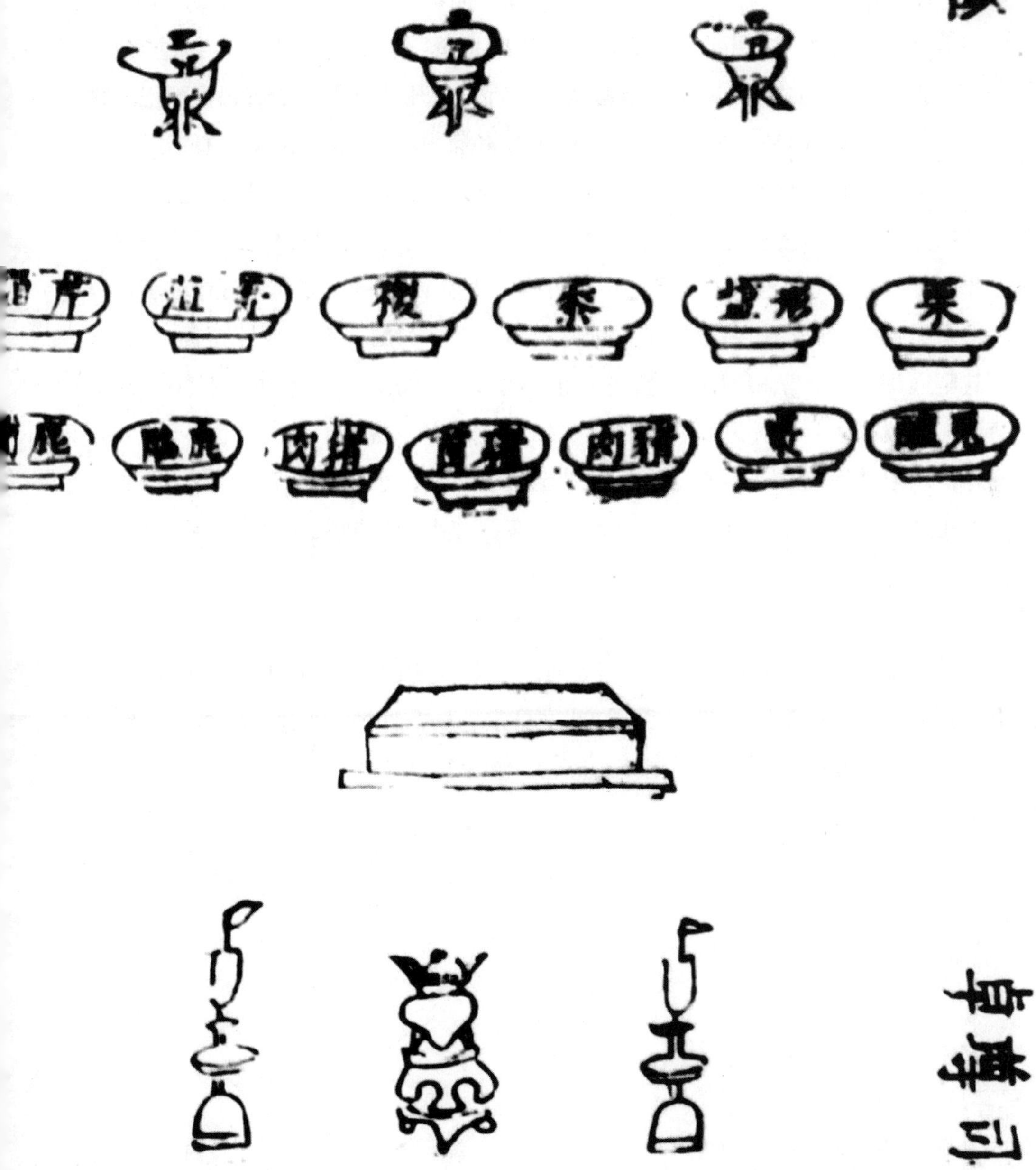

東廡同

者，以死勤事者，以劳定国者，能御大灾、捍大患者，咸在祀典。昔子产殁而舆人颂，文翁终而西蜀祠。甘棠，召伯所茇，南国爱之，至相戒勿剪伐焉。夫颂者，宣其感者也；祠者，表其思者也；爱者，永其报者也，皆人之情也。人情所在，圣王不能违焉。明兴且二百年，治化隆洽，礼文宣昭，怀柔百神，罔有恫怨。惟徐实在畿甸，邻壤鲁邹，士习章缝，亦既彬彬尔矣。顾兹礼之重且大者，辄废不讲，甚阙典也。象山同野王君梃，以山东按察司副使镇徐，倡道诱人，敕法贞度，问诸民所疾苦而辑和之。道久政成，民用晏堵，凡城郭、黉校、书院、津梁，次第修建，典章焕然。爰诹旧学正吕锐与其弟子辈，佥言是祠为弗可已。洎询州长老，亦如弟子言。遂下有司，度地鸠工，庀物兴役，以判官袁衮董之。不逾时而报落，堂宇轮奂，奕奕维新。乃复益诹群[①]言，稽摭故实，得宜祀者凡若干人，令有司列而祀之，凡皆祭法所当，协诸人情而协焉者也。夫理有旷世而相感，苟非其人，道不虚行。之数公者，生不同时，官不同职，产不同地，逮今无虑千百年，始得与俎豆于一堂之上，俨乎洋洋乎，昭云汉而亘今古。岂其精灵英爽，于今为烈？与云龙、汴泗相为不朽者，亦必有待而发与？夫名者，实所由章；劝来［者］[②]，未有不证诸往者也。证往以劝来，则感应速；循名以核实，则鉴戒昭。世降习窳，吏人或怀苟且，与世浮沉，甚则残氓以逞，隳败甘心。徐当南北孔道，赋役繁滋，又其鸷悍犷桀之俗，未尽消释，所赖以休养化导之者，诸执事责尔。继今吏于兹者，登斯堂也，无亦惕然而感思，以绍其绝响，不赧于古人。大则至含哺之嬉，小亦有息肩之惠。厥祠之建，民永赖之，其义不至深远哉？是年，会余有事兹土，乐觏厥成。《诗》曰：“高山仰止，景行行止。”德不佞，盖尝寤寐于斯云。

［祀］[③]唐推官韩愈，宋知州苏轼、傅尧俞、王洙、曾肇、杜纯、王复，司法[④]杨时，明都御史王竑，兵备副使汪舜民，知州文景宗、杨节仲[⑤]、杨秘、宋诚、王叙、和鸾、徐邻[⑥]，同知刘秩，国朝[⑦]副使袁应泰，参议徐标。

① 原作“郡”，据康熙《徐州志》卷三十三《艺文六》改。
② 字据嘉靖、万历《徐州志》补。
③ 字据文例补。
④ 原断为“司法”“杨时”二人，俱列“宋知州”条下，系误。
⑤ 原作“仲节”，据本志《职官表》及明州志改。
⑥ 原作“麟”，据本志《宦绩》及康熙《徐州志》改。
⑦ 按：袁应泰，明万历四十二年前后任；徐标，明崇祯六年任。此作“国朝”也，应系审校疏忽所致。

先贤祠记（久废）

郡守宋诚

贤才之生，岂偶然哉？盖必有以钟川岳之秀，关气运之盛，明良相逢，后先继起，故能建立丰功，谋谟王室，勋名炫耀于当时，声实仪范乎后学，虽千百岁之远，自有不可泯灭者。徐人若汉丞相萧文忠公何、曹懿公参、太傅王公陵、太尉周公勃、舞阳侯樊公哙、夏侯文公婴、御史大夫周公昌、丞相周公亚夫、光禄大夫龚公胜、谏议大夫龚公舍、卓行姜公肱、石渠博士施公雠，隋治书侍御史刘公子翊，唐绵州刺史刘公德威，宋太学博士陈公师道，元御史中丞曹文贞公伯启、徐州观察副使孔公午、翰林学士袁文靖公遵道、兵部尚书石忠毅公普，国朝右佥都御史黄公政、文华殿大学士权公谨，凡二十有一人，建祠于学宫，祀之有年矣。予谒庙顾瞻，祠宇倾侧，弗称景仰，乃鸠材庀工，撤而新之。经始于九月辛卯，十月癸酉始克完美。是冬十一月朔，率郡官僚师生奉安神位。俎豆之设，仪文之备，焕乎有章矣。夫贤才有益于天下国家，古今一致也。徐之先贤，或以相业著，或以战功显，或以文武节操称，皆足为后人所师。学校，育才之所，诸士子朝夕游焉。幸今遭际圣明，其于先贤勋绩行实，素所饫闻，宜必以是自期待，必欲措诸事功。庶几接武前修，与徐之山川增辉出色，亦不负圣朝养育之盛心矣。

乡贤祠记

郡人马津

乡贤祀于文庙之右，左以逊名宦也。宦之名者祀之，乡之贤者祀之，未名而贤者，将以思而劝也。古之乡先生，没则祀于社。惟其贤也，非贤何劝？自古圣神，以道经世。唐虞三代君臣，孔子贤之，传述其道，垂训万世，今六经所载是已。当时颜、闵诸子，以德、言、政、学，表见《鲁论》，皆其徒也，皆从夫子而有得焉者也，后世亦皆曰贤。吾徐，地邻阙里，流风遗泽，沾被无穷，是以诸贤承运而兴，德、言、政、学，往往名世，论而进之，以祀于夫子之宫，盖皆于道未有畔焉者也。如其畔，则麾之矣，孰能滥？凡我后生，生于斯，游于斯，能无高山景行思乎？思与之齐，由一乡以进于天下，不愧前人，思之功也。祠者，望也。若谓圣贤不可企及，居今之世，可以浮沉，则虽圣贤与居，亦末如之何矣！此非祠之意也。於戏！我明立国百八十年，文教周洽，二祠将遍宇内。徐在邦畿之内，前此未有，非阙典乎？嘉靖丁未，兵备宪使同野王公乃始创作，盖知鸢飞鱼跃之意，非徒为观美也。

[祀][1]汉光禄大夫龚胜，宋教授陈师道、山人张天骥、国子监说书颜太初，明工部尚书朱守仁、大学士权谨、汝宁教授马蕙、新乐[2]知县张端、孝子王豫、福建提学副使马津、江西道御史张鹤鸣、国朝[3]教授沙杰、佥事沙立。

萧县

名宦：汉县令费汎，隋刘高，宋张惇，元耶律廷瑞、马彻里、完哲笃，明知县郑恕、郝玘、闭[4]悌、王隆、孙重光，县丞齐福[东][5]，知县陈会江。

乡贤：汉父城侯朱浮、太尉刘矩[6]，刘宋建安县[侯]刘粹[7]、征光禄大夫刘镇之、武陵太守刘伯龙，[宋][8]主簿窦洒，元观察使孔午、监察御史傅汝砺，明太常少卿高巽志[9]、贵州左布政使孟骥、慈利知县刘俨、茌平教谕朱信、工部员外孙谌，知县蒋仕。

沛县

名宦：汉县令许慎、宋县令程珦、明知县颜瓌。

乡贤：商左相仲虺，汉丞相曹参、王陵、周亚夫，御史大夫周苛、周昌，博士施雠，大夫庆普，郎中蔡千秋，梁著作郎刘臧，明按察佥事蔡楫、赵清，兴化教谕卢雄，礼科给事张贞观。

---

① 字据文例补。

② 原作“安”，据明代徐州诸志改。案正统《彭城志》人物本传：“永乐元年，知州杨节仲荐，授真定府新乐县知县。”

③ 按：沙杰，正统九年甲子举人，官西安教授。其子沙立，弘治三年庚戌进士，历官广西按察佥事，俱明人。此处“国朝”，亦大不妥。

④ 原作“闵”，据嘉靖《徐州志》、康熙《萧县志》改。

⑤ 脱同万历《徐州志》，字据嘉靖《徐州志》、康熙《萧县志》补。

⑥ 原作“刘矩南”。按：“南”字当断下，即南朝刘宋建安县侯刘粹。

⑦ 原作“宋建安县刘粹征”。今从乾隆《徐州府志》改“刘宋”，以别南渡之赵宋。“建安县”后脱“侯”字，据嘉靖《徐州志》及《宋书》《南史》本传补。又，“刘粹征”名误，应为“刘粹”。案《宋书》《南史》，刘镇之“以左光禄大夫征，不就”，是“征”应断归下文。今统改。

⑧ 字据嘉靖《徐州志》补。按：窦洒，北宋绍圣五年（1098）捐资徙学，见晁端中《萧县移文宣王庙记》，非前数人之南朝刘宋也。

⑨ 原作“高选”，据康熙《徐州志》、康熙《萧县志》改。

砀山县

名宦：唐县令韦恒[①]，明知县郝玘、杜钊、张梦辅、田禋、胡希颜、李金，教谕叶楚华。

乡贤：汉丞相申屠嘉、将军丁宽、小黄令焦赣[②]，刘宋隐士刘纡，[元][③]御史中丞曹伯启、孝子韦信，明都御史黄正、知府张宏、佥事李稳，国朝[④]永平府通判邵宗玄。

丰县

名宦：汉县令牟融，宋县令关景仁、马建中、韩侯[⑤]，元县令郭瑄、刘士，明知县曾本、曹仲篪、阙膺、裴爵、高禄、陈善、张叔宣，教谕段徽、陈璜、陈让，训导孙应旂。

乡贤：汉酂侯萧何、汾阴侯周昌、绛侯周勃，宋少傅李若谷，明泸州知州王正、兵马指挥王献、葭州知州胡宁、泗水教谕蔡彧、归安县丞李琼、征士秦英、孝子孙荣。

祀典

徐州

社稷坛，当祭，设木主二，左州社之神，右州稷之神，俱南向，祭毕藏之。岁以春秋仲月上戊日致祭。凡祭，用羊二、豕二、帛二、爵三、登一、铏二、笾四、豆四、簠二、簋二，无乐。

里社，洪武八年定制，每里立社一，祀土、谷二神，里中耆老岁以春秋仲月，用羊、豕、酒、果祭。诸邑同。

风云雷雨山川坛，当祭，设木主三，中曰“风云雷雨之神”，左曰“徐州境内

---

① 原作“洹”，据乾隆《砀山县志》、《旧唐书·韦思谦传》改。

② 原作“焦贡”。按：“贡”同“赣”，据本志《人物传》、乾隆《砀山县志·祠祀》统作“赣”。

③ 字据乾隆《砀山县志·祠祀志》补。

④ 按：邵宗玄，亦明臣，入《明史稿·忠义传》。此言“国朝”，不妥。

⑤ 按：名佚。王文昌《重修汉庙后殿奉安列圣记》：“淄川韩侯，博雅好古。宣和辛丑，出宰丰邑。”此“侯”乃是对县令之尊称。

山川之神”，右曰“徐州城隍之神”，俱南向。岁以春秋仲月上丁第三日致祭。凡祭，用帛七，牲视社稷加其一，余并如之。诸邑同。

州厉坛，岁以清明、中元、十月朔致祭。先期，导迎城隍神位于坛，榜[①]合无祭祀鬼神而祭之。凡祭，用羊三、豕三、果四，羹饭、冥衣凡数百具。

乡厉坛，洪武八年定制，每里立坛一，里中耆老主之。用羊、豕、果、酒，如州期，祭本乡无祀鬼神。诸邑同。

田祖神庙，旧称“螟蝗”，或称“司稼”。祭日、祭品与坛同。

城隍神，春秋移位祭于坛，余听官民祈祷而祭。

徐州洪神庙，或称金龙四大王。（洪淤庙迁）

徐州洪关尉神庙（久废）

吕梁洪神庙　　吕梁洪关尉神庙

——以上四庙[②]并宣德七年登祀典，岁以春秋上丁三日致祭。凡祭，用羊一、豕一、帛一，余与诸坛同。

金龙庙三：一在城北门外，南岸面水，运艘初过及过尽致祭；一在河东岸；一在房村。

文昌祠二：一在南门外（久废）；一在戏马台，嘉靖二十六年建。

留侯庙二：一在留城；一在子房山，宣德初，平江伯陈瑄因旱祷雨有应，建祠祀焉。

恭襄侯祠，平江恭襄侯陈瑄有功漕运，[故祀之][③]。

费公祠，成化间，工部主事费瑄督理洪事，[有惠政，洪人立生祠祀之][④]。嘉靖丁未，都御史詹瀚、主事曹英重修，尚书费寀记（寀，瑄侄也）。

潘公祠，嘉靖间，工部侍郎总理河道潘，讳希曾，[民怀德政，立祠祀之][⑤]。

丁塘拔剑泉庙（见《古迹》）

昭灵神祠（徐州管洪主事司祭，久废）

——以上八祠庙先后续登祀典，祀日、品与上庙同。后昭灵、拔剑、费潘二祠祭废。以下祠庙不在祀典者附：

玉皇庙二，一在黄钟集，一近茶城。

东岳庙，在城西南隅，今移云龙山南麓。

---

① 原作“傍”，据万历《徐州志》改。

② 按：徐州洪关尉神庙，隆庆六年新建，继登祀典。统云“宣德七年”，误。

③ 三字据万历《徐州志》补。

④ 本志脱省过甚，以上十字据万历《徐州志》补。

⑤ 以上八字据万历《徐州志》补。

玄帝庙三：一在城北门阛，一在城外小河口，一在黄钟集河滨。

火神庙八：一在南门城阛，一在城北小河东岸，一在城西南隅，二在南关（一近山，一滨洪），一北关，一西关，一在夹河。

三官庙二：一在城北门阛，一在城南隅。

禹王庙，在吕梁上洪东岸。

关王庙六：一在城南门阛，一在双沟，一在城西门内，一在城南二里，一在城北二里，一在东门内。今不胜记。

五显庙，宣德末，左卫千户刘显创建。

显济大王庙，在泰山上。嘉靖末，里人义建。每岁三月十八日，各出祭赛，为胜会焉。

彭祖庙，在城东北隅。今徙北门城阛彭祖故井边。

汉高祖庙，城南五里，广运仓东。（三乡彭城废县亦有之）

黄石公庙，城东北二十里。《汉书》：圯上老人授张良《素书》，谓良曰："济北谷城山黄石即我也。"后十三年，良从高帝过谷城山下，果求得之。今祠移子房山。

三义庙，即台头寺址，在戏马台上。中为正庙，东为寿亭侯特庙，西为聚奎堂。今改户部官署。

旗纛庙，旧在徐州卫公署后。每秋霜降节，徐州卫、徐州左卫合祭。正德中为水圮，迄今无建焉。

忠烈庙，祀宋死节知州王复。

东坡祠，在城南台头山三义庙东南隅，万历三年知州刘顺之创建。

刘郡守顺之祠二：一在城正中（久废），一在台头山。

萧县

各坛，同州（祭同州）。

城隍庙（祭同州）。

大魁楼（祀魁星，祭期与文昌同）。

八蜡庙，在县东里许。

文昌祠，在华严寺东。

禹庙，在白茅山阴，岁时致祭。

关王庙二：一白茅山，一县南一里。

三贤堂，在白茅山阴，祀闵子、子张、唐封萧伯颜辛。

——以上祠、庙、堂俱［登］[①]祀典。不祀者并附：

东岳庙二：一在白茅山，一在县西南明山之阴。

① 字据上下文例补。

火神庙，在县治西。

大王庙，在县西北二里，冀门右。

留侯庙，在县西二十里。

司马神庙，在县治西。宣德间建，祀天驷房星神。（今废）

亚圣庙，孟子后名端者，寓此建。

闵子庙，在县南闵子村，祀孔门弟子闵子骞。（今废）

欧阳公祠，在桃山，公裔安训萧，后俊寓此建[①]。

唐公祠，隆庆三年，文华为萧令，迁德州守，萧人祀之。

岳武穆王庙。

张公生祠（在东门外。公名镜心，河南磁州人）

史公生祠（在东门内，祀兵部史公可法。崇祯十四年大饥，逃亡日甚，公为淮抚，以南粮拨补之）

沛县

各坛同。

城隍庙同。

文昌祠，在儒学东。

昭惠祠，旧为子胥庙。

洪济神祠，在夏镇。隆庆四年，总河都御史翁大立题请创建，夏镇主事春秋主其祭。

三河口龙神庙。

汉高原庙，在沛宫故地。汉孝惠五年，帝思高祖之悲乐沛，以沛宫为原庙。

汉高祖庙，在泗水亭中。

——以上祠庙俱登祀典。不祀者并附：

东岳庙　真武庙　玉皇庙　水母庙

三官庙　火神庙　三义庙　关王庙

司马神庙　昭惠灵显真君庙

忠孝祠，县治西南一里许，祀死节颜瓌父子。

吴公鹏祠（见《灾祥》）

---

① 案康熙《萧县志》卷六《祠典》“欧阳公祠”条注：“公裔欧阳安训萧寓此，建以祀文忠公者。嘉靖末年毁，欧阳俊、欧阳光重建，请设衣巾生员奉祀。”

砀山县

各坛同。　城隍庙同。

——以上登祀典。不祀者并附：

东岳庙　玄帝庙　岳神庙　三灵侯庙

火神庙　龙王庙　司马神庙　汉高祖庙

关壮穆侯庙　先农祠

见思祠，祀贤令季木、刘阳。

丰县

各坛同。　城隍庙同。

田祖神庙，在县西二十五里。　八蜡庙，在县治西北。

金龙庙，旧在县南门外，今复徙建于南门外堤上。

唐李文靖庙，在县西三十里。　汉高祖庙，旧在县城中阳坊。

——以上祠庙俱登祀典。不祀者并附：

三清庙，在城南门外。　玄帝庙，在县北门外，北堤里。

三皇庙，在县治西（今废）。　周太尉庙，在西门外，演武厅左。

关王庙，在县治东。　司马神庙，在中阳坊。

司马温公庙，在县西北三十里。（今废）

东汉光武庙，在县西北八里。今名东王庙。

东岳行祠，在县东门外。　吴邑令（文光）祠，在县治北门东。

祀，一也。坛社及庙，古之道也。祠也者，人之所思慕爱戴而为之者也。民情通于王制矣。《颂》曰："怀柔百神，及河乔岳。"天子之崇祀广矣，而庙之祀，则必重以王言；祠之祀，则不皆重以王言。抑有不在常典，时而特遣以祀之者，其要归于为民也。故曰："务民之义，敬鬼神而远之。"

徐州志卷之四上

宦绩

沛邑蔡日知、萧邑任国鑽同修

汉

穆生，以戊王不设醴去。

申公，谏戊王，不听，退居教授。

白生，念先王之德，独留。（俱详《封建》）

何武，字君公，蜀郫县人。宣帝时[①]，由京兆尹左迁楚内史。性仁厚，好进士，称奖人善。在楚善两龚，及为公卿，荐之朝廷。世以此多焉。

王尊，字子赣，涿郡高阳人。成帝时，以京兆尹为徐州刺史。历官令、守，洁己砥节，不避豪强，声称大著。

杨统，章帝建初中彭城令。岁大旱，统推阴阳消伏之，县界蒙泽。守宗湛命统为郡祈雨，雨即日大降。自是，朝廷灾异多访之。

苏章，字孺文，扶风平陵人。安帝时举贤良，对策高第。为议郎，数直陈得失。出为武原令。岁饥，开仓廪赈贷，活三千余户。

杨秉，字叔节，弘农华阴人，震中子。师父业，博通经传，隐居教授。年四十应辟，拜侍御史，出为徐州刺史，有能名。计日受俸，余禄不入私门。故吏赍钱百万，闭门不受。桓帝初，迁尚书，以廉洁受天子知遇。

栾巴，字叔元[②]，魏郡内黄人。安帝元年，以光禄大夫与杜乔等使循行州郡，观省风俗。巴按徐州，所察无冤滥。

魏朗，字少英，会稽上虞人。桓帝［时］[③]，再迁彭城令。时，中官子弟为相国，多行非法，朗与更相章奏。幸臣忿疾，欲中之。会九真[④]贼起，众荐朗为九真都尉去，获免。

百里嵩，刺史徐州。境内旱，行部所至，甘雨随霔。东海两县僻在山间，嵩不

① 案《汉书》本传，左迁楚内史，应在成帝绥和元年以前。

② 原作“原”，据《后汉书》本传改。

③ 字据万历《徐州志》补。

④ 原作“贞”，据《后汉书》本传改。下同。

到，无雨。父老请嵩入界，即雨。百姓立祠祀之。

赵昱，字元达，琅琊人。清己疾邪，潜志好学，生平不妄视听。献帝时，陶谦牧徐州，信用匪人，曹宏等谗慝，刑政失和，良善多被其害。昱为别驾从事，以忠直见疏，奏出为广陵太守。（徐州黄巾贼起，以谦为刺史，击破之。时四方隔绝，谦每遣使间行奉贡西京，诏迁徐州牧，封溧阳侯。徐方谷甚丰，流民多归之。后曹操击谦，破彭城、傅阳[①]，百姓流移依谦者皆灭之）

三国魏

吕虔，字子恪，任[②]城人。仕魏徐州刺史。檄王祥为别驾，民事一以委之。虔有佩刀，工者相之，以为三公之器。虔谓祥曰："苟非其人，刀或为害。卿有公辅之量，故以相与。"世多其任贤。

王祥，字休征，琅邪临沂人。性至孝。汉末遭乱，避地庐江，隐居三十余年，不应州郡之命。母终，居丧毁瘁，杖而后起。徐州刺史吕虔檄为别驾，委以州事。惟时寇盗充斥，祥率励兵士，频讨破之，州界以宁。时为之歌曰："海沂之康，实赖王祥。邦国不空，别驾之功。"以醇诚纯粹见重于时，位至太保。

晋

王浑，太原人。沉雅有器量。咸熙中，为越骑校尉。武帝加扬烈将军，迁徐州刺史。时岁饥，浑开仓大赈，百姓赖之。

胡威，字伯武。父质，仕魏，累迁征东将军，都督青徐诸军事，广农积谷，有兼年之储。父子以清慎著闻，武帝谓威曰："卿清孰与父？"威对曰："臣不如也。臣父清，恐人知；臣清，恐人不知。是臣不如者远也。"咸熙中，拜徐州刺史。勤于政事，风化大行，有殊绩焉。

蔡豹，陈留人。有气干。元帝［时］[③]，为振武将军、临淮太守。有治绩，迁徐州刺史。御将治民，甚得上下远近之心。

南北朝

刘义欣，宋宗室。元嘉中，镇彭城。宋遣将伐魏，到彦之弃军走彭城。时青兖大扰，将佐皆劝委镇还都。义欣不从。

王玄谟，太原祁人。仕宋，为徐州从事史。元嘉中，彭城太守义宾薨，谟

① 原作"傅扬"，据《三国志》《后汉书》陶谦本传改。

② 原作"伍"，讹从万历《徐州志》，据《三国志·魏书》本传改。

③ 字据万历《徐州志》补。

上言彭城水陆要害，请以皇子抚[①]临州政。从之。乃以武陵王、雍州刺史骏出镇彭城。

王懿，字仲德，太原祁人，以字行。沉审有智略。苻氏之败，时年十七，及兄睿同起义兵，与慕容垂战。被创，困卧林中，有童子馈食、白狼衔渡之异。宋武帝受命，累迁徐州刺史，加都督。凡三临徐州，威德宣著。

王弘，字休元，琅邪临沂人。少好学，以清悟知名。宋武帝召补镇军谘议参军、尚书仆射掌选，领彭城太守。其人为物望所宗，造次必存礼法。凡动止施为，及书翰仪体，后人依仿，谓为“王太保[②]家法”。虽历任藩府，而不营财利。既薨，家无余业。

王裕之，字弘敬，琅邪临沂人，以字行。少有清尚。宋武帝以为车骑从事中郎、徐州中从事史，累迁吏部尚书。每被召，即便祗奉，既到宜退，旋复解官，武帝嘉其志不苟违。

吉翰，字休文，冯翊池阳人。仕宋，为将佐十余年，清谨勤正，甚为武帝知赏。元嘉中，历位梁、南秦二州刺史，徙益州刺史，加都督，著绩最得方伯体，朝论称之。累迁徐州刺史，督徐兖二州、豫州梁郡诸军事。

张畅，字少微，吴人，累迁太子中庶子。孝武镇彭城，畅为安北长史、沛郡太守。元嘉二十七年，魏太武南征，江夏王义恭统军出镇彭城，欲弃彭城南归，议弥日不定。畅曰：“今城内乏食，民无固志，但以关扃严，欲去莫从耳。若先去以为民望，则各斉正命，欲至所在，何由可得？军食虽寡，朝夕犹未罄竭。岂可舍万安之谋，而就危亡之道？若此计不用，畅请以颈血污君马迹！”孝武闻畅议，谓义恭曰：“长史言不可易也！”义恭乃止，果获全。

张岱，字景山，吴郡人。元嘉末，为冠军咨议参军，领彭城太守，行府州国事。为政端平，待物以礼。历任以清直宽恕著名。

沈昙庆，吴兴武[③]康人。仕宋，位尚书左丞。大明元年为徐州刺史，谨实清正。常谓子弟曰：“吾处世无才能，图作大老子耳！”世以长者称之。

王谌，字仲和，东海郯人。宋大明中，辟为州迎主簿，又为州迎从事。贞正和谨，朝廷称为善人，多厚与之。少贫，常自纺绩，及通贵后，不以为讳。世称其达。

魏恭[④]子，仕宋，为彭城内史。廉恪修慎，在公忘私，安约守俭，久而弥固。

① 原作“俯”，据《南史》本传改。
② 原作“傅”，讹从万历《徐州志》，据《宋书》本传改。
③ 原作“永”，据《宋书》《南史》本传改。
④ 原作“公”，讹从万历《徐州志》，据《宋书·良吏传》改。

江革，字休映，济阳考城人。幼而聪敏，有才思。弱冠，举南徐州秀才。为镇北豫章王长史，被敕随镇。彭城失守，为魏人所执。称脚疾，不拜。将害之，见其辞色严正，更加敬重。乃令作丈八寺碑，并祭彭祖文。革辞以囚执既久，无复心思。将加棰扑，革厉色曰："江革年六十，不能杀身报主，今日得死为幸，誓不为人执笔！"魏人释之。后还朝，上大宴，举酒劝革曰："今日始见苏武之节！"

成景儁，范阳人。仕梁武帝，除北徐州刺史。侵魏，所向推其智勇，以比马仙琕。兼有政绩，北州吏人树碑纪德。卒，谥曰烈。

薛虎子，代人。仕魏，累迁开府、徐州刺史。兴置屯田，多惠政，兵民怀之。郡太守污黩者，举为所按。

元鉴，字绍达，后魏宗室。沉静少言，宽和好士。为齐州刺史，转徐州刺史。时徐、兖大水，百姓多饥，鉴表加赈恤，众赖以济。

叔孙建，代人。少以智勇著称。仕后魏，历官都督、前锋诸军事、徐州刺史。容貌清整，沉敏多谋。东西征伐，运筹帷幄，号令严明。又推尚人伦，礼贤爱士。魏初名将，鲜及之者。

元显和，少有节操，历司徒记室参军。司徒崔光每见之，曰："元参军风流清秀，容止闲雅，宰相之器。"除徐州安东府长史。刺史元法僧叛，显和与战，被擒。执手命与并坐。显和曰："显和与阿翁，同源别派，皆盘[①]石之宗。一朝以地外叛，若遇董狐，能无惭德?"遂不肯坐。法僧犹欲慰喻，显和曰："宁可死作恶鬼，不能生为叛臣！"及将杀，神色自若。

元云，后魏景穆子。献文时，拜都督中外诸军事。屡有讨叛功，除开府、徐州刺史。居官廉惠，深得徐方之心，百姓追念之。子澄，字道镜。父薨，居丧以孝闻。袭封，加大将军、梁州刺史。善怀附，西南款顺。加侍中，赐衣马，以旌其能。转开府、徐州刺史，大著声绩。

元延明，后魏宗室。迁侍中，兼尚书右仆射。及法僧反，诏为东道行台、徐州大都督，节度诸军事讨之。先是牧徐州，甚得人誉，抚怀旧土，远近归心。迁都督、徐州刺史。徐频经师旅，人物凋敝，延明招集新故，人悉安集。

元悦，魏宗室。为开府仪同三司，寻迁太保。出为徐州刺史，威惠并行，盗贼屏息。

王则，仕后魏，徐州刺史。梁命侍中羊侃与萧渊明堰泗水于寒山，灌彭城。堰成，则婴城固守。

元衎，字安乐，魏宗室。位梁州刺史，寻转徐州刺史。性清慎，居官不营产

① 按:《魏书》本传同作"盘",《北史》本传作"磐"。《徐州志》二字间用。

业。久历州牧，皆有声绩。

崔孝芬，字恭梓，挺之子。博学，有才识。任城王澄奏地制八条，芬所参定也。梁将成景儁逼彭城，魏以芬兼尚书右丞，为徐州行台。既至，景儁退走。

卢伯源，小字阳乌。敦尚学业。仕后魏，兼徐州长史，以诚信御物，甚得人和。南徐州刺史沈陵谋叛，伯源表闻，惟归罪陵，抚余党而赦之。

崔鉴，字神具，博陵安平人。有文学。仕后魏，自中书博士转侍郎，出为徐州刺史[①]。时欲安新附，人有年老者，表求假以守令，诏从之。又于州内冶[②]铜为农具，兵人获利。

刘渴侯，负性刚烈。太和中，为徐州后军。适寇至，竭力战，众寡不敌，遂被[③]获。瞋目大骂，不屈，为贼所杀。赠立忠将军、平州刺史、上庸侯，赐绢千匹、谷千斛。军校尉严季，亦同被执，不肯降。后逃还。除立节将军，赐爵五等男。

房谟，字敬放，洛阳人。少淳厚。正光[④]末，历官昌平、代郡太守，转徐州刺史。先是，州兵属僚佐驱使，饥寒病死无算。谟至，皆加检勒，不令烦扰。以休假、番代、洗沐，[督察主司，亲自检视][⑤]。又使佣赁，令作衣服，终岁还家，无不温饱。时梁、魏和好，使入其界者，咸称叹之。

卢昶，字叔达，小字师颜。学涉经史，早有时誉。为徐州刺史。宽和矜恕，善绥怀。戍兵疾，亲至检恤。或番兵年满不归，听充后役。人庶称便。

萧宝夤，字智亮。神龟[⑥]中为都督、徐州刺史、车骑大将军。立学馆郡东，朔望引见士姓子弟，与论经义。尤勤听理，吏人推戴焉。

高谅，字修贤。少好学，多闻强识。居丧以孝闻。正[⑦]光中，加骁骑将军，为徐州行台。属元法僧反，逼谅同之。不从，见害。谥曰忠侯。有造《世系表谱录》四十余卷，自五世以下，内外曲尽。览者服其博记。

陆通，字仲明，吴郡人。性柔谨。仕魏，以迎孝武功，封都昌县伯。寻进爵为公，徐州刺史。虽久处列侯，常清慎自守，所得禄赐悉与亲故共之，家无余资。建德元年，转大司马，薨。

孔休源，字庆绪，山阴人。州举秀才，太尉徐孝[⑧]嗣见其策，曰：“观此足称王佐之才！”历官晋安王府长史、南兰陵太守，别敕专行青徐州事。累佐名藩，皆擅

---

①《魏书》《北史》本传作“东徐州刺史”。北魏孝明帝孝昌元年（525）置东徐州，治下邳县。

② 原作“治”，据《魏书》《北史》本传改。

③ 原作“破”，据《魏书》《北史》本传改。

④ 原作“正平”，系北魏太武帝年号，非此梁、魏之时也，据《北史》本传改。

⑤ 八字据嘉靖、康熙《徐州志》补。

⑥ 原作“麢”，亦北魏太武帝年号，非在宝夤时。据《北史》本传改。

⑦ 原作“承”，据《北史》本传改。

⑧ 原作“考”，据《南史》本传改。

时誉。王深相倚任，常于中斋别施一榻，云：“此是孔长史坐。”人莫得与。其见敬如此。

李彦，字次仲。孝文初，举秀才，累拜河南尹，复敕行徐州事。寻迁平东将军、徐州刺史。延昌二[①]年夏，大霖雨，川渎皆溢。彦相水地形势，随便疏通，得免淹渍之害。朝廷嘉之，频诏劳勉。

慕容绍宗，字绍宗，晃第四子太原王恪之后也。容貌恢毅，沉潜寡言，有胆略，以军功进爵为公，累迁御史中尉。属梁人刘乌黑寇徐，授徐州刺史，执乌黑杀之。还，除尚书左仆射。后卒，三军将士莫不悲惋，朝廷嗟伤。赠太尉，谥曰景惠。

赵隐[②]，字彦深，南阳宛[③]人。北齐文宣[④]时，累转东南道行台尚书、徐州刺史。政尚恩信，吏人怀之。

张晏之，字熙德。从尔朱荣平元颢，赐爵武城子，累迁尚书二千石郎中。高岳征颍[⑤]川，复以为都督中兵参军兼记室。文士有武干，每参帷幄之谋，又尝以短兵相接，亲获首级，深为岳所叹赏。齐天保[⑥]初，侍宴文宣，作诗云：“天下有道，主明臣直。虽休勿休，永贻世则。”文宣笑曰：“得卿箴讽，深慰朕怀！”后行北徐州[⑦]事，寻即真，吏人甚爱之。御史崔子武督察州郡，至北徐，无所按劾，唯得百姓所制《清德颂》数篇，叹曰：“本求罪状，乃闻颂声！”迁兖州刺史，未拜，卒。赠齐州刺史、太常卿。

苏琼，字珍之，长乐武强人。父备，仕魏，至卫尉少卿。幼时随父在边。尝谒东荆州刺史曹芝，芝戏问曰：“卿欲官不？”对曰：“设官求人，非人求官。”芝异其对，署为府长流参军。除南清河太守。郡多盗，及琼至，盗辄屏息。北齐皇建中，赐爵安定县男[⑧]，徐州行台左丞，行徐州事。时城内五级寺忽被盗铜像一百躯，有司征检四邻及踪迹所疑，逮[⑨]系数十人，琼一时放遣。寺僧怨诉不为推鞫，琼曰：“但且还寺，得像自送尔！”后十日，抄贼姓名及赃处所，径[⑩]收掩，悉获实验。贼徒款引，道路叹服。

---

① 原作“三”，据《北史》本传改。
② 原作“深”，讹从嘉靖《徐州志》，据《北史》本传改。
③ 原作“宛”，讹从嘉靖《徐州志》，据《北史》本传改。
④ 原作“神武”。讹从嘉靖《徐州志》，据《北史》本传改。
⑤ 原作“颖”，据《北史》本传改。
⑥ 原作“宝”，据《北史》本传改。
⑦ 北齐北徐州治在即丘（今山东临沂东南），领泰山、琅琊二郡。非今徐州。
⑧ 原作“南”，讹从万历《徐州志》，据《北史》本传改。
⑨ 原作“连”，据《北史》本传改。
⑩ 原作“经”，讹从万历《徐州志》，据《北史》本传改。

杨素，字处道。少落魄不羁，人未之识。其从祖宽，特深异之。周大冢宰宇文护引为中外记室。转礼曹，加大都督。以平齐功，加上开府。从王轨破陈将吴明彻于吕梁。陈将樊毅筑城泗口，素击走之，夷其筑。宣帝即位，拜为大将军，迁徐州总管。

梁士彦，字相如，安定乌氏人。少任侠，好读兵书，颇涉经史。仕周，以平齐功封郕国公，位上柱国。宣帝即位，除徐州总管。与王轨擒陈将吴明彻、裴[①]忌于吕梁，略定淮南地。后除东南道行台、使持节、徐州总管、三十二[②]州诸军事、徐州刺史。

王轨，太原人。仕周，建德时，以破陈将吴明彻功，拜徐州总管。性严重，善谋，兼有吕梁之捷，陈人惮之。

隋

卢昌衡，字子均。沉静有才识。为徐州总管长史，绰有能名。吏部尚书苏威考之曰："德为世表，行为士则。"闻者以为确言。

唐

姚崇，字元之，陕州硖石人。少倜傥，尚气节。仕武后，以与诛二张功，封梁县侯，实封二百户。移徐州刺史，政条简肃，人为纪德于碑。

李光弼，营州柳城人。严毅沉果，有大略。肃宗时为都统，镇徐州。惟军旅事自决[③]，众务悉委判官张傪。傪吏事精敏，区处如流。由是军中肃然，区夏以宁。

张建封，字本立，南阳人。德宗贞元四年，为徐泗濠节度，镇徐州。政有纪纲，虽宽厚，不肯贷人以法。所辟僚佐，若韩愈、李藩、许孟容、李博、冯[④]宿，皆一时名士。在镇十年，一军大治。十三年入朝，帝不待旦，召见延英殿。上巳，赐宰臣宴于曲江亭，特令建封与宰臣同榻而坐，以示殊宠。及还镇，帝赋诗以送，更使左右以所持鞭赐之，曰："卿节谊岁寒弗渝，故用此为况。"子愔，授右［骁卫］[⑤]将军、徐州刺史，知留后[⑥]，寻为武宁节度使。元和初，以疾求代，召为工部尚书，［未］[⑦]逾境而卒。愔治徐七年，其政亦以善称。

① 原作"斐"，讹从万历《徐州志》，据《北史》本传改。
② 原作"二十三"，讹从万历《徐州志》，据《隋书》本传改。
③ 原作"觉"，据《资治通鉴·唐纪三十八》改。
④ 原作"马"，讹从万历《徐州志》，据《新唐书》本传改。
⑤ 二字据两《唐书》本传补。
⑥ 原作"守"，讹从万历《徐州志》，据两《唐书》本传改。
⑦ 字据两《唐书》本传补。

韩愈，字退之。张建封辟为推官。操行坚贞，鲠言无忌。

李藩，字叔翰。少沉静，有检局。建封辟为判官。建封卒，濠州刺史杜兼阴图代之，疾驱至府。藩泣谓曰："公今丧，君宜谨守土，何弃而来？不速去，当奏劾之！"兼错愕径归，诬奏藩撼其军，有非望。上大怒，密诏杜佑杀之。佑素重藩，出诏示之。藩神色不变。佑曰："慎无畏，吾已用百口保君矣！"帝复追藩入，望其状貌，曰："是岂作乱人耶？"释之，寻拜秘书郎。

许孟容，字公范，长安人。擢进士异等。又第明经，调校书郎。张建封辟掌书记。李纳以兵拒境，建封遣使谕[①]止，前后三往，皆不听。乃使孟容敷引逆顺，纳即悔谢罢兵。表为濠州刺史。德宗知其能，召拜礼部员外郎。为人方劲，有礼[②]学，每所折衷，咸得其正。乐提掖士类，清议尚之。

李鄘，字建侯。初，李怀光辟致幕府。光反河中，鄘与母、妻陷焉。光严兵召问之，鄘词气不挠，三军皆感动。光不杀，囚之。平，罢归洛。会徐州张建封卒，兵乱，囚监军，迫建封子愔主军务。帝以鄘刚果，拜宣慰使。持节直入其军，大集士卒，喻以祸福。出监军狱中，脱桎梏，使复位。众不敢动。后以太子少傅致仕，卒。

王绍，先名纯，自太原徙京兆之万年。少为颜真卿所器，字曰德素。德宗时，由员外郎判务，历官户部尚书。顺宗立，拜兵部尚书，出为东都留守。元和初，检校尚书右仆射，为武宁军节度使，复以濠、泗二州隶其军。自张愔后，兵骄难治，绍搜辑军政，推诚示人。裨将安进达、唐重靖谋乱，绍计取之，出家资赏士，军赖以安。复拜兵部尚书，判户部。卒，年七十二。

薛元赏，太和初，自司农少卿出为汉州刺史。会维州降，西川节度使李德裕受之，以闻。牛僧孺沮其议，执还之。元赏上书极言可因抚之，溃虏膺腹，不可失。不省。段文昌代德裕，状元赏治当最，迁累司农卿、京兆尹。出为武宁节度使，罢泗口猥税，人称便。

卢弘正，字子疆。累擢监察御史，拜工部侍郎。以户部领度支，出为武宁节度使。徐自王智兴后，吏卒骄恣，弘正戮其尤无状者。终弘正治，不敢哗。优诏褒劳。正羸病，乞身还东都，不许。寻徙宣武，卒于镇，赠尚书右仆射。

田牟，大中间，上以牟尝镇徐州，有能名，复诏为武宁军节度使，代康季荣。一方遂安。

崔彦曾，齐州人。咸通初，由太仆卿为徐州观察使。庞勋反，或劝彦曾奔兖

---

① 原作"论"，据《新唐书》本传改。

② 原作"理"，讹从嘉靖《徐州志》，据《新唐书》本传改。

州，彦曾曰："我，方帅也，奉命于此，唯有死尔！"斩议者一人号于众。俄而勋傅城，彦曾悉诛贼家属。勋超墉入，囚彦曾大彭馆，寻杀之。（先是，蛮寇五管陷交趾，诏节度使以八百人戍守桂林，三年一更。至期请代，彦曾乃徇亲吏尹戡、徐行俭之言，弗许，复留屯一年。于是戍者怒，杀都将，胁判官庞勋为将，合众千余，鼓噪而进。故论者谓彦曾虽死于义，要亦其自召云）

温廷皓，咸通中署崔彦曾幕府。庞勋反，刃胁廷皓，使为表求节度。廷皓绐曰："当为公信宿思之。"乃归，与妻子诀。明日，勋索表，倨答曰："我岂以笔砚事汝耶？速杀我！"勋熟视，笑曰："儒生有胆耶？吾动众百万，无一人草檄乎！"杀之。时，焦璐[1]、李棁、崔蕴、柳泰、卢崇[2]嗣、韦廷范，同为幕府官，并遇害。诏赠官有差，录其子。

时溥，初为感化［军］[3]牙将，迁留后，寻为节度使。有讨黄巢功。后朱全忠遣其子友裕攻之，战于石佛山前。溥败，阖门登燕子楼自焚死。

五代

剧可久，字尚贤，涿州范阳人。后唐同光初，赵凤荐于朝，补徐州司法。沉毅方正，明律令，以干职闻。召为大理评事，累迁大理卿。在廷尉四十年，用法平允，时称不冤。

侯益，汾州平遥人。天福四年，晋祖追念虎牢之功，迁武宁军节度、同平章事。［遣］[4]中侍谓益曰："朕思卿前年七月九日大立战功，故亦以此月此日徙卿镇彭门，领相印。"九月，徐州大火[5]，益出金、粟赈之。

宋

夏竦，字子乔，江州德安人。累官至宰相，寻改枢密使，出知河南府。赴本镇，未几，加兼侍郎。飨明堂，徙武宁军节度使。朝廷每有锡赉，与辅臣等。将相居外，遇大礼有赐，自竦始。

曹彬，为侍中、武宁军节度使，知徐州。性仁爱，有吏犯罪，既具案，逾年然后杖之。人问其故，彬曰："吾闻此人新娶妇，若杖之，彼舅姑必以妇为不利而恶之，朝夕笞骂，不能自存。吾故缓其事，而法亦不赦也。"

---

① 原作"路"，据《新唐书·崔彦曾传》改。
② 原作"宗"，据《新唐书·崔彦曾传》改。
③ 字参《新唐书》本传补。
④ 字据《宋史》本传补。
⑤ 原作"水"，据《宋史》本传改。又本志卷八《灾祥》亦载"后晋天福四年，徐州大火"。

傅尧俞，字钦之，郓州人。知徐州。前守侵用公使库[①]钱，尧俞代偿之。未完，罢去。后守移文迫偿，尧俞复剧力偿之。久之，钩考得实，尧俞竟不辩。司马光尝谓邵雍曰："清、直、勇之德，人所难兼，吾于钦之见焉！"雍曰："钦之清而不耀，直而不激，勇而能温，是为[②]难尔！"

孔道辅，字原[③]鲁。幼端重。举进士，历官知徐州。性鲠挺特达，弹劾无所避，风采肃然，权贵忌之。

孙沔，字元规，会稽人。知徐州。时京东多盗，沔明购赏[④]，严诛罚，盗为止息。

王洙，知徐州。时京东饥，朝廷议塞商胡，赋梃薪，输半而罢塞。洙命更其余为谷粟，诱愿输者以铺流民，因募其壮者为兵，得千余人，盗贼衰息。有司上其治，为京东第一。

曾肇，知徐州。仁厚谦和，[而执法颇严][⑤]，至于亲故犯法，未尝宽宥。公余，著书不辍。更十一州，多有善政。

苏轼，字子瞻，蜀眉山人。神宗时守徐。值河决曹村，泛梁山，溢于南清河，轼预使民治具为备。未几，水及城下。城将败，富民争出避。轼曰："富民出，众皆动摇，吾谁与守？吾在是，水决不能败城！"驱令复入。诣武卫营，呼卒长曰："河将害城，事急矣，虽禁军且为我尽力！"士卒亦咸感劝效命，持畚锸出，筑东南长堤，起戏马台，属城止。且大雨昼夜淋漓，城不浸者三版。轼庐[于][⑥]城上，与城存亡，令官吏分堵以守，城卒获全。方水之至，漂溺者蔽川而下，壮者攀陵丘、林木止栖。轼令舟载糗粮往救，活者无算。又请调来岁夫增筑故城，朝廷从之。水既去，乃造楼城上，垩用黄色，从水所不胜，以厌之。事闻，敕下奖谕。轼文章政事，为宋名臣。卒，谥文忠。在徐有《上皇帝书》。

徐起，举进士，累迁徐州转运使。募富室，得米十七万斛，赈饿殍。又移粟三百万，以赡河北、京[西][⑦]。

赵及，字希之。举进士，历官知徐州。和厚谦退，内行尤笃。所治有声，吏民爱之。

杜纯，字孝锡，濮州鄄城人。少有成人之操。元祐间知徐州，作明善堂，自为

① 原作"军"，据《明一统志》《南畿志》改。
② 原作"以"，据《宋史》本传改。
③ 原作"元"，据《宋史》本传改。
④ 原作"旷尝"，据《宋史》本传改。
⑤ 五字据康熙《徐州志》补。
⑥ 原阙，字据万历《徐州志》并参《宋史·苏轼传》补。
⑦ 字据《宋史》本传补。

记，讲明义理，以淑人心。

孙觉，字莘老，高邮人。登进士第，历知亳[1]、扬、徐州。徐多盗，捕得杀人者五，其一仅胜衣。疑而讯之，曰："我耕于野，与甲遇，强以梃与我。半夜挟我东，使候诸门。不知其他也。"问吏："法何如?"曰："死。"觉止诛其首而释之，后遂为例。

马默，成[2]武人。举进士，以宝文阁待制再知徐州。长于治民，治绩称最。

张亢，临濮人。少有奇节。举进士，历官徐州总管。好施轻财，人乐为用。驭军严明，所至有声，民图像祠之。

李昭玘，字成季，济南人。少与晁补之齐名，为苏轼所知。擢进士第，为徐州教授。太守孙觉深礼之，每从容讲学，及古人行己之要，相得欢甚。

王逵，字仲达，濮阳人。累官尚书兵部员外郎，知徐州事。时大饥，逵百方赈恤，多所全活。

王复，知徐州。金人围城，与子倚勠力战守。久之，外援不至，城陷。坚坐厅事，曰："死守者，我也！愿杀我而舍僚吏百姓。"金人欲降之。嫚骂求死，阖门百口皆被害。其帐下赵立已夺门出，又潜入求复尸，亲为掩之。事定，立奏为复立忠烈庙于楚州，谥壮节。时，教授郑褒、巡检[3]杨彭年，亦愤激骂，死之。

杨时，字中立，将乐人。熙宁间进士。调汀州司户参军，不赴，杜门绩学。久之，调徐州司法。历知浏[4]阳、余杭、萧山三县，皆有惠政。民思之不忘。

元

燕只吉台彻里，世祖时，为徐州达鲁花赤。崇尚经术，周知民情，锄强翼弱，吏民畏而爱之。

三宝住，登辛丑进士。性廉介，所至搏贪猾无所贷。以江浙行省郎［中］[5]为徐州兵马司指挥。

明

文景宗，合肥人。洪武初，自婺源州同知来知州事，廉介有守。时天下初定，疮痍未息，民多流离。宗招徕赈贷，劝督农桑，民始有生气，赖以安集。历任久，

---

① 原作"亮"，讹从万历《徐州志》，据《宋史》本传改。
② 原作"城"，据《宋史》本传改。
③ 原作"简"，据万历《徐州志》改。
④ 原作"刘"，系唐以前旧名，据《宋史》本传改。
⑤ 字据万历、康熙《徐州志》补。

创建州治、公署、坛墠、祠庙，兴举学校，民不劳而事集。迁济南知府去。

刘秩，字伯序[①]，丰城人。吴元年，由内翰典签检阅经史官，出为徐州同知。文章政事，皆见称当时。与知州文景宗协力修政。寻诏入议大礼，迁知崇明州。民为立生祠。有诗集行于世。

马良，昆山人。洪武初，以荐举授徐州卫知事。明习法令，纠绳军政，上下咸服。尝与指挥蔡祥协建卫治。后升德庆府同知。其孙纪，遂占籍于徐，子姓蕃衍，为徐右族，文献世著云。

杨节仲，湖广樊城人。洪武戊寅，以荐举授知徐州。守己爱民，奖进士类，其政一以厚风俗为务。会郡大疠，遣医四出疗治，其贫不能具药物者，则捐俸制剂给之。在任六年，政化大洽。秩满当迁，属邑各上疏乞留，弗得。升大理知府去。

赵彝，字秉衷，虹县人。其父兄皆以忠死。彝由永平卫指挥佥事，迁徐州卫指挥使，历升北平都司都指挥使。洪武末，以靖难功，进封荣禄大夫、柱国、忻城伯。永乐十三年镇徐，政令严明，居心平恕，官军咸畏爱之。

杨秘，山西辽州人。宣德己酉，知徐州。多惠政，大得民心。郡中公署、庙学，悉为增饬。秩满当代，属邑乞留，诏增秩，任如旧。先后凡十八年。虽不事炫耀，而阴惠洽人。徐民迄今颂之不衰。

宋骥，余姚人。宣德癸丑，为徐州学正。恩义兼尽，勤于教诲，一时士多成立。

王竑，字公度，湖广江夏人，陕西河州戎籍。以佥都御史巡抚地方，德威并行，一时污墨者望风解去。景泰癸酉，徐洎萧、沛诸邑大饥疫，民日就死亡流离。竑忧甚，亟令有司发粟赈贷，又令设粥食贫，制药饵疗病，全活数十余万人。又请颁诏遣祭境内群神，率属秉虔为坛祭告。灾疠浸消，民始苏息。行部至徐，赋《苦雨诗》二章，忧民之意，蔼然言外。寻进副都御史，罢去，民思之如慕父母。天顺中，复召起，巡抚故地。徐人闻其至，老弱扶携，迎候道路以数万计。争相拥舆入行台，以次进谒，逾三日未已。寻迁兵部尚书，乞病归。

宋诚，字彦实，湖广蕲州人。饶有才识。景泰中，由剑州知州改任。遭时饥疠，与巡抚王竑协心共济，多方赈救。往吏多怠玩废事，诚绳督弗少假借，政务修举，吏民畏服。凡署宇、祠庙、学校，百废俱兴。又以政暇，修纂郡志，文献赖之。迁叙州知府去。

张德瑄，福建侯官人。景泰中为州学正，守正不阿。或怀百金求为请托，辄麾去。多士敬服，有司重之。

---

① 原作“叙”，据嘉靖、万历《徐州志》，并参《江南通志》《江西通志》等改。

王叙，字大伦，临汾人。初仕兖州通判。天顺中，迁知徐州。廉洁自持，一介不妄［取］[①]。莅政严明，苟利于民者，毅然任之。笃意学校，废坠多所修举。迁镇[②]远知府去。

陈廷琏，字宗器，湖广攸县人。成化中，以进士知州事。才识通敏，为政敦劝风俗，弘奖士类。迁南京刑部员外郎去。

应广平，浙江黄岩人。成化中为州学正。端悫不苟，善立教规，临诸生无疾言傲色。以忧去，士追思之。

和鸾，字廷瑞，山西平定人。成化中，由举人知州事。性鲠介不阿，以廉慎俭约自持。遇事有定见，不为迁就。初以方执[③]迕监司。久之，转加敬信。卫伍事赴诉者，悉为听，皆获平反。武弁严惮之。在任八年，深得民心。迁襄阳守去。

沈仝和，字尚中，乌程[④]人。成化中同知州事，清介有守，临民不纵不苛。在任九年，迁州守去。

汪舜民，婺源人。弘治末[⑤]，以山东副使按徐。廉介刚正，门无私谒。临下以和，论法不稍假借，惠威并著，按属官吏无敢侵渔部下者。值岁饥，多方拯救，仍请抚院发粟为赈，全活万余人。

李珏，字廷重，开州人。正德末，任兵备副使。性平恕，御事敏决，案无稽牍。时山东逆贼王堂掠及丰沛境，珏调集骁勇拒之，旗帜以李兵为号。贼大败，遁去。山东、河南二省官兵剿捕者，率用李号。其威望如此。又整修学宫，士民怀之。

樊准，南昌人。正德中知州事。廉介强立，不畏权势，政务节省。先是，中贵督广运仓储，左右恣肆，莫敢谁何。准至，一以法绳之，无敢犯者。会进鲜中使横索，驿递供应不赀。准廉其所挟私物状，因裁抑之。寻被诬逮系，老幼号泣随送者几万人。抵京，事白，得调任。历官山东按察佥事。

张淮，字本豫，义勇前卫人。正德中知州事，守己爱民。时驾南幸，百姓惶惧，佥思窜匿。淮与判官董相慰安之，悉心经画，一切以身为任。虽供亿不赀，无秋毫扰下。民赖以安。

胡崇易，四川垫江人。正德中为州学正。动履端肃，率人必以矩矱，迄今传其遗风。

---

① 字据万历《徐州志》补。
② 原作“庆”，讹从万历《徐州志》，据嘉靖《徐州志》及《贵州通志》《镇远府志》等改。
③ 原作“执方”，据万历《徐州志》乙正。
④ 原作“城”，讹从万历《徐州志》，据嘉靖《徐州志》改。
⑤ 按：徐州兵备道设于正德六年，汪舜民以山东副使按徐应在此后。此言“弘治末”，误。

王重贤，交河人。性刚毅鲠介。初任为御史，以敢言落职。嘉靖中，再迁知州事。政崇简朴，与民休息。州故以里役司直，糜费不经，豪猾缘以掊克，大为民厉。贤至，议罢之，其所供应，取诸赎金，以亭老司之，民间秋毫不扰。时有僚佐黩滥，以结纳怙肆，当道莫能祛。贤因入觐，力白铨部罢之。徐民翕然感颂。迁东昌府同知，历官江西按察佥事，以疾免归。

何鳌，字子鱼，广东顺德人。嘉靖庚寅，任兵备副使。州故有驿馆夫役，最以厉民，鳌至，革去，岁省民财以万计。民怀其仁。

孙光，浙江萧山人。嘉靖中知州事。性谨厚仁慈，约己爱民，痛裁冗滥。里甲徭役，悉为更定，民获安息焉。

项情，江西德兴人。嘉靖中为州判官，洁己爱民，未尝苟取。时自秋徂冬不雨，民忧惶无计，情徒跣为民祈雪。正日卓午，方出武宁门，雪随大降盈尺。人咸以精诚所感，益颂德云。

周易，广东番禺人。嘉靖中，由举人为州学正，有志操，矩矱端严，亲贤嫉不肖，明辨至笃。教人行谊为先，讲论亹亹不懈。尝捐俸以济士之贫。

吴岳，山东汶上人。由进士，以户部主事司徐庾。饮冰餐蘖，视利若仇，毫不为所点染。与人不立町畦，人乐就之。尤加惠庠校，时进诸生谈道艺，意气蔼如也。又增筑土阜，建蹑云亭于学宫之北，以增玄武之胜。荐陟崇阶，仕终南［京］吏部尚书。清风古道，推当时第一。

杨宜，衡水人。由进士，嘉靖中以名御史督学南直。正身率物，风采凛然。所录士，多登上第。寻擢佥都御史，或议其骤，调徐道兵备副使。先是，徐有市民快手八百余人，实为冗役，下车甫三日，即裁革归农。诸不便于民者，皆芟夷之。时秋闱届期，集诸生于书院程文艺，聘名士为主盟，其供费皆自为设处。又并商税，修浮桥，辨疑狱，善政累累。居五月，迁河南参政去。仕终南京兵部侍郎。

何源，江西广昌人。由进士，以工部主事任吕梁洪分司。端凝介直，若挟冰霜。遇事剖析，捷于迎刃。御群下，未尝少假辞色。洪民有武断者，绳以法无贷，风猷凛然。

姚体信，浙江平湖人。嘉靖四十年，由进士任工部，督水徐州洪。不缮性，不猾欲，夷旷平易，与人不设机防。人有片善，辄敬爱之。相接诸执事，常屈己推诚。时谓其玄风高节，不愧古人。

朱衡，江西万安人。由进士任工部尚书。嘉靖四十四年，奉命勘处河务。会洪水肆毒，痛陈民间疾苦状，上览奏动容。时外帑告绌，出宫眷银若干，大溥赈恤，得徐人心。宏才经略，开凿新河，转输攸赖。徐人为建记事［碑］[①] 于东城之闉，以志不朽。

徐节，山西临汾人。由进士任兵备副使。倜傥有为，志节兼励。故事，驿马驴骡皆办自富室，分给各驿。守者既不经心刍牧，役使又复不均，有毙则责富室补偿之，厉民莫甚。节酌定上中下之直若干，听各驿自买，肥羸生死，与富室无涉。尤严应差之序，民大称便。其裁石山驿、开新河，皆节主其议也。

刘经纬，江西进贤人。举进士，隆庆二年任兵备副使。才识精敏，狷介绝俗，威惠并行。每莅学与诸士讲论，皆根极理要，徐人士佩服之。以艰去，行李萧然。属吏虑无以营葬事，核赎锾助之，固辞不受。

翁大立，余姚人。由进士，历任总理河道都御史。隆庆改元，徐大水，室庐禾黍荡焉无存，老羸为波臣所收者不可纪。大立悲悯之，仿郑侠绘图以进。时，穆宗有观灯、采珠之癖，谏官言及，多覆其宗。大立疏曰："愿陛下以观灯之心观臣之图，以采珠之心采臣之言！"疏入不报，中外为大立危。逾三日，有旨发粟大赈。其担当敢言如此。按徐，易仓建学，诸生祠之。

冯敏功，浙江平湖人。由进士，隆庆三年任兵备副使。心蕴中和，才猷练达。时洪水为灾，民多不相保，功力为请赈，许之。诸赋役不便于民者，一切停罢，与民休养。其督理河务，竭尽心力。撤驺从，忘寒暑，往来于洪波草野中，未尝惮劳。建学，捐俸资助。寻迁山东参政。士民不忍忘，既祠于学，又祠于南城楼之北右。今其地为卫所占。

朱光宇，河南祥符人。由进士任户部主事，分督徐仓。才识精明，仓胥隐弊，搜革殆尽。雅尚俭约，崇儒重道。先是，学圮于水，堪舆家尝以永福仓地为善，诸生因都御史翁莅学白之，光宇慨易为学。诸生建祠于学内，与翁大立、冯敏功、章世祯、刘顺之并祀，以隆其报。

林维杰，广东番禺人。以举人署教事。资性近道，动止合方。启迪不倦，凡以身教为先，或有馈遗，多却不受。甫三月，以忧去。诸生佩其教泽，垂涕送之。

王宗沐，临海人。由进士，万历初历任总漕都御史。性爽朗，学渊博，经济弘才。故事，漕舶以五月渡淮，渐次逾两洪，洪水泛滥，难于牵挽，往往沦没。沐特疏请以正月起运，期以春末过洪，入茶城安流，则转输无虞矣。又立条鞭法，因丁因地，输财雇役，贫富无不均之叹。甲戌岁，海啸河溢，全徐罹变。恳疏乞怜，愿留漕粮赈济。上特允之。复冒风雪，亲按抚循。撰祭文，凡有灾郡邑，于元旦告社

① 字据万历《徐州志》补。

稷，禳灾祈年。徐人戴德深重。

刘顺之，广西马平人。由举人，隆庆六年知徐州事。廉介端严，精明敏练，剖应烦剧如响。徐频年水，为筑张村站堤，塞房村决口，创周围护城堤。遍历郊野，问民疾苦状，请赈蠲恤。力行条鞭法，裁定赋役。学宫新迁，日为临视，以底于成。三义祠、皇华亭，皆其创也。癸酉春、秋旱，两祷辄应。明年，火延城楼，望拜即灭。居四年，百度俱饬。奖牍凡三十，荐牍凡十三。迁琼州府同知，百姓争赴乞留，不得，士祀于学，民祠于社。已而当路疏留，佐淮防河。徐人常往谒之，盖中心悦而诚服，没世不能忘也。

舒应龙，广西全州人。起家进士，年最少。万历元年，历礼、吏二部郎中，任徐州兵备副使。洁己爱人，作兴士类，奖进廉能。凡可励风俗、裨助元元，行之惟恐不逮。时黄河泛溢，州城数被患。与知州刘顺之度地量财，周城筑堤，计估五千两有奇。龙节缩得费三千两，时户部主事张敷潜佐以军便二千两，不赋不役，堤成而百姓安堵。复求名笔，纂修郡乘，务俾文献足征。升任去，士民为建祠武宁门内。后仕至南京兵部尚书。子弘志，进士及第。

郑继之，湖广襄阳人。由进士，万历初为徐户部主事。性至明敏，人不敢欺，事亦无留难。知人，善任使，关津商民颂之。其冰蘖之操，人方之吴介肃岳[①]。后为吏部尚书。

孙养魁，直隶容城人。嘉靖己酉举人，万历四年知徐州。性静定，不喜事，亦不惊事，为政以宽大得民心。在任凡十年而去，迄今士民传颂之不忘。子重捷，孙奇逢，俱举人。

陈玺，福建福清人。隆庆元年举人，万历六年[②]任学正。文行为人推服，上官敬而礼之。性严正，人不敢干以私。七年，河南聘乡试房校，所拔得人。当时推郡博之贤者，必曰陈先生。擢翰林院孔目，卒于官。

佘[③]毅中，铜陵世家也。年十七发解，逾二十成进士。万历四年，官吕梁洪主事，清肃为一时之望。兴利革弊，商民德之。性嗜学，锐然以文章为己任。每读书，彻夜不休，冬夜则令人以絮遍裹其身。竟以勤致疾，卒于官。副使莫与齐为祠凤冠山以祀焉。

王佩，浙江仁和人。举人。丰姿秀伟，豪宕不羁，高才邃学，有文名。丁丑入春闱，为本房徐元泰首录。因与主者相持，遂落第。万历九年授学正。立文会，鼓舞诸生，文风大振。惜以资迁去，仅得读中秘书而卒。

---

① 吴介肃岳，即前户部徐州分司主事吴岳，仕终南京吏部尚书，谥“介肃”。

② 本志卷四下《秩官表》作“五年任”。

③ 原作“余”，据《明清进士题名碑录》《江南通志》《铜陵县志》等改。

姜士昌，丹阳人。由进士，万历十年任徐州户部主事。时方弱冠，且世家子，而洞烛利弊，即老吏不及。恤军惠商，不听外讼。胥吏徒隶，畏若神明。一岁所有羡余万金，悉贮州帑公用，不入己橐。尤谦恭下士，加意学校。及瓜去，士民为树德政碑于云龙山之巅。后以陕西学宪建言谪官。卒，赠太常少卿。子志濂，举人。

唐民敏，广西全州人。由举人，万历十四年知徐州事。州钱粮频年为奸胥上下其手，以致甲乙不均。敏清审厘正，宿弊尽除，百姓大悦。以不阿上官，左迁去，迄今士民怀之。子体胤，选贡，壬子顺天中式。

陈文燧，江西临川人。嘉靖辛酉、壬戌，俱魁葩经。万历十七年，以御史出为徐州兵备副使。为政独崇大体，最重学校。月朔望，与诸生讲论，常至晷刻数移不休。色笑温文，如家人父子。岁庚寅、辛卯，郡大水，城市以舟。燧宵旦焦劳，图画靡宁。乃相地城南，创凿支河泄水，城保无虞，遂为永利。郡贡士宋坤为作《徐徐颂》。子朝璋，选贡。孙钟盛，进士。

袁尧臣，江阴人。万历七年顺天中式举人。十七年任州学正。性简夷，淡于荣利。博学能文，亦工翰墨。与诸生处五稔，未尝以疾言倨色相加。擢鲁山令，解组归。清风高节，立懦廉顽。修干长髯，望之若仙。

徐邻，浙江上虞人。万历壬午举人。壬辰上春官，中进士乙榜首，例得知州。二十年任。爱民如子，尊贤礼士如不及。性至勤，每戊夜即起视事，一郡翕然称治。迁保定府同知，举祀名宦。子宗孺、人龙，俱进士。

刘萃，河南洛阳人。由举人，万历二十一年知徐州事。操守最坚。后被白简，未行，有奸民盗府库者，潜置数百金于中堂案上，求脱重谴。萃出见之，大怒，随以金白两台，正其罪。其不以去位而变所守如此。嗣守曾士毅，四川巴县举人，其罪徽贾事亦类此。二贤先后继美。

夏崇谦，湖广京山人。由举人，万历三十三年知徐州事。平易近民，意致潇洒。判断如流，无所挠枉。政之所行，大得民心。尤注意学校，岂弟君子，民之父母也。在任四年，考最加秩。以病去，士民壶榼载道，攀送百里外。为棠风亭于云龙山，设石主祀之。

王命禹，浙江萧山人。由进士，万历三十九年任吕梁洪工部郎中。和厚严爽，蕴才渊博，御下肃而有体。最加意文学，立社课艺。四方之士闻风者，皆不惮跋涉向往之。时河决，有狼矢沟之役，露处河干，宵昼督理。自兴事以逮成功，未尝轻笞一人，其敏宽以成务如此。以忧去，士民怀之。

宋统殷，山东即墨人。由进士，万历四十四年任户部主事。性厚重明敏，为政务崇大体，商民怀惠。接士子以优礼。迁淮安知府。后擢山西巡抚都御史。

傅惟翼，四川富顺人。由举人，万历四十五年以下邳守迁徐州。为政简要，与民休息。凡可因者因之，其不可者，务与众酌而后去。任四载，征收钱粮，无丝忽撮勺之耗。城市乡村，鸡犬不惊。其当抵兑者，则从民便。时有“四野不识胥役，一州不知有官”之谣。盖催征拘摄，只刻木为吏故也。可谓古之循良矣！

赵谦，山西忻州人。由进士，天启三年任徐州兵备副使。丰标俊整，吐词多经。志击鹰鹯，不徇情面。奈秉直忤俗，仅再阅月，即挂冠往。其志竟未伸云。

郭长发，福建惠安人。由举人，天启二年任徐州户部主事。性仁厚，为政务崇宽大，惠商恤民，作兴士类。流风善政，犹有存者。

张璇，高邑人。由举人，天启四年任户部主事。才识明练，有担当，商贾士民多被其泽。时黄水暴涨，上下惊惧。璇于六月二日，促装移署戏马台之聚奎堂。是夜，河决城陷，典守无失。人皆服其先见。因创建围墙，增修楼宇，相沿为今之部署焉。凿义井，修放鹤亭。众为立碑建祠，有记。

张淳，湖广孝感人。天启三年，由举人署州学正。嗜学不倦，立教本诸躬行。一时诸士争自濯磨，彬彬质有其文。次年，聘蜀秋闱房试，所拔士，皆称不愧科名。居三载余，以艰去，士人怀之。后登进士第，由大行为给谏。文章经济，卓然名于世，宁独苏湖之后，不多得乎哉？四子：流谦，选贡；余庠生。

王登哲，柏乡人。天启三年任学训。性方正醇诚，有古风，教诸士以敦行为先。居官七载，悉却贫生之馈。直指荐之。以艰去，士人泣送。后起复得县令，莅任五月，即解绶归。

聂云翃，直隶曲周人。天启七年，由举人任吕梁洪工部郎中。植行挺然，不为俗靡，勤政有声，最得士民心。解组而归，舟次新安湖中，有群盗驾小船数十只欲向，左右皆惊惶。贼众曰：“尔无畏，我众来为百姓叩谢耳！”乃各叩首去。噫嘻，此足以观其概矣！

张正纲，福建晋江人。由举人，万历四十年知州事。沉静练达，不动声色，而事治民安。待士子隆重有礼，修城建学。今之士民犹腾于口碑焉。

吴嘉言，湖广汉阳人。由选贡，崇祯二年以绍兴府同知，迁淮安府同知，任徐州防河厅。性简政宽，视利若浼。自居本官，及署州事，秋毫无染。滨行，虽资斧不给。可仰也夫！

徐标，山东济宁人。天启乙丑进士。崇祯六年，任徐州兵备参政。性至孝，具文武才。莅任初，谓纲纪之司，振肃为先；风教之行，孝弟为本。敕行所属，务体朝廷设官至意，靖共厥职。每月朔望，率约长于乡约所，讲说圣谕，以化导民。每接见诸生，勉以植身伦常，闭户诵读，须以圣贤豪杰自期待。亹亹而语，宛若家人父子。立会衡文，风斤炉雪。河决常山数十里，胼手胝足。成功之日，不异兴事之始也。闯贼婴城，率文武士民昼夜城守，壁垒严整，威声震叠。贼不敢攻，西遁。

随遣将士追至马家林，俘馘而还。城保无虞，录功有差。有《劝民十歌》行于时。忠孝廉节，一书达于朝。吏畏士怀，民安兵戢。两郡棠荫，迄今犹新。以忧去，百姓焚香送百里外。后任保定兵部右侍郎，碎逆闯之牌而斩其使，以死继之。事功节义，真可与日星同其炳耀，河山同其悠久矣！顺治十一年，兵备佥事胡廷佐申请人名宦，以报忠魂而慰舆望，兼为之记。

雷永祚，潜山人。由举人，崇祯五年任徐州学正。性至孝，老吾老以及人之老，永祚有焉。植行方正，不阿于俗。教诸士，先德行而后文艺。立会命题，必求有关于风教，是最留心世道者。贫士之馈皆却之，犹时捐助焉。修理学宫、明伦堂，至为严整。盖崇大体，不计小费也。以忧去，多士怀之。后起复为高唐知州，解组归。

朱梦弼，浙江秀水人。由举人，崇祯十三年任州学正。博学，能翰墨。洁清自治，不染尘嚣。坐士子于春风，鼓劝培植。上台敬礼之，署徐属河厅事，未越月，即真。又署户部事，皆有清节惠政。

国朝

陈嘉胤，山东东平人。顺治二年，由举人任徐仓户部郎中。明敏挥霍，政行惇大。修葺衙宇，创建仓廒，招来商贾，抚绥军民，详裁额外之征十条。商民为建德政碑，以永其怀。后为衡州府知府，卒于官。

王维屏，字带汾，山右[①]人。顺治四年，由举人任徐仓户部郎中。端肃诚直，有孝行，不轻以色笑假人，深得御下之体。为政清简，商民不扰。后为湖广武昌府知府，迁顺天府通密道使，以忧去。

张云翼，河南洛阳人。起家进士，顺治九年任徐仓户部郎中。嗜文学，志开群蒙。公余，日以著述为事，有《蒙训讲意》及《文艺》等书行于世。惠商恤民，汰冗役，商民怀之。

补遗

郡人张胆

明兵部袁公祖，讳应泰，号位宇者，陕之凤翔人也。明神宗末祀，莅兹淮徐。公车甫下，谘询疮痍，民隐由己溺饥；肃清风纪，官箴昭人德政。书成赋役，公私戴画一之规；征去关廛，远迩多悦来之化。创黉宫而聿荣桃李[②]，乐育珪璋；修雉堞

---

① 原作“陕右”，误，据乾隆《徐州府志》改。案雍正《山西通志》卷七十《科目六》：王维屏，山西襄陵人，崇祯三年庚午举人，仕至通密兵备道。

② 原作“季”，径改。

而巩固金汤，壮观锁钥。建梁利济，恩波与水俱深；截竹轻刑，感德并天永久。方且蠲夫柳而归并于官，减抽扣而恤民于困。绘饥图而发仓廪，设粥厂以拯流离。裁驲递之冒滥，水陆之虚靡一清；严乡堡之约章，庚癸之追呼罔听。至于浚支河、诘官评、诛豪蠹、绝馈问、清案牍、革火耗、讲乡约、息词讼、释沉狱、捐赎锾、籴常平、备赈济、戢士卒、裁答应，种种善政，不一而足。诚吾民之二天，实衔恩于万姓者也。历考外宪，从无承温纶之慰者，而我公邀眷注一时。揆厥所由，皆公实政之所感也。无何，推我公蓟辽经略。剑赐尚方，功留阃外。辽变之际，公即挺身殉难，忠烈犹生。天不泯德，毓灵昌嗣。公之子讳楷者，举进士于廷，历官颍州观察使。淮徐绅衿四民，无不佩服公之德政。即牧夫竖子，以及寒檐穷谷，凡有血气者，莫不揄扬其美也。胆因数十年来，王事靡盬，宁处不遑。近以归养，罢钓憩里。取郡乘读之，而我公之流风善政，绝未载及。不觉潸然凭吊，为之补遗。但胆久娴军旅，未谙文墨。情意激切，谨撮数言，不计词之工拙也。

萧县

汉

费汎，吴兴人。以孝友闻。仕多善政，蝗不入境。

吴斌，为萧令。守法不假贷。司徒韩演为丹阳太守，法车征。过萧，斌内之狴犴，坚其镣挺，躬[①]将兵马，送之出境。从事汝南阎符迎之于杼秋，相得，令止传舍。解其桎梏，入与相见。演遇赦，未几，为沛相。斌去官。乃临中台，首传符焉。

隋

刘高，彭城人。为萧令，有惠政。大业之末，长吏多赃污，高清节逾励。风教大洽，狱无系囚，为吏民所称。

唐

宋思礼，字过庭。事继母徐氏至孝。补萧邑主簿。会大旱，井池涸。母羸疾，非泉水不适口。思礼忧惧且祷，忽有泉出于庭，味甘寒，日不乏汲。县尉柳晃刻石颂其事。

① 原作“弓”，据《风俗通义 · 穷通篇》改。

宋

张惇，绍圣三年为萧令。行峻言直，不畏强御。

梅君，嘉祐六年，以尚书虞部员外郎知萧事。作清心亭，曾南丰为记。

孙文，绍圣五年为萧令，政通人和。邑人窦沔欲迁学舍，请于文，文主成之。

元

耶律廷瑞，至元丁丑为萧尹。捐己资改建学宫，士风一振。

马彻里，西夏人。大德间为萧达鲁花赤。有果断才，能捍水患。

完哲笃，字仲玉。至正[①]间为达鲁花赤。政廉赋平，吏民怀戢。行部所至，一饭必酬其直。

明

齐福东，湖广石首人。洪武中为县丞。廉洁不苟，临事公平，吏民畏服之。以治最闻，迁知嘉定去。

郑恕，浙江仙居人。由训导迁知萧县。约己惠民，莅政不苟。靖难兵压境，抗节不屈，死之。

郝玘，山西吉州人。初由国子生仕为典史，以廉能著。迁邯郸令，调知砀山。所至政教修明，民怀其惠，邻邑皆慕之。以忧去。永乐初[②]服阕，谒选京师，萧父老陈情，乞为萧令，听之。治绩视砀益著。

闭悌，广西横[③]州人。起家进士，成化中左迁县丞。律己厚下，萧民宜之，奏请为令。寻升韶州府同知去。

俞谏，浙江桐庐人。嘉靖初，任巡抚副都御史。时山东盗起，敕剿平之。会驻兵于萧，贼至犯境，遽调兵策应。境宇宁戢，萧民感颂。

王隆，郓城人。嘉靖中，由举人知县事，政善民服。时山东群盗绎骚，摽掠郡县，人情汹惧。隆为营缉城守，保障严明，民嘉赖之。又改建文庙，作新人才，士风丕振。迁安庆府通判去，士民思之。

冯裕，临朐[④]人。正德三年，由进士为萧令。政敷子惠，守己端洁。邑饥，发仓廪以赈，仍日煮豆粥三百釜食之，民赖活者甚众。又抚流离，垦荒田，劝课农桑，补助不给，邑人依若慈母。而肇祀先贤，修葺黉宫，尤有功于名教焉。

---

① 原作“政”，据万历《徐州志》改。

② 案本志《职官》，永乐元年任砀令，十六年改萧。此言永乐初服阕任萧，误。

③ 原作“恒”，据万历《徐州志》改。

④ 原作“煦”，径改。

孙重光，海丰人。嘉靖中，由举人知县事。性廉介刚正，倜傥有为，兴学校，表贞烈，节冗费，善于其职。萧苦田赋不均，光履亩丈量，依地起税，境内翕然称平。

耿介，元城人。嘉靖三十七年，由岁贡为萧训导。性纯朴，淡泊自甘。饬躬范士，教以正心修身为先，而次文艺，端严中有春风和气。且尝捐俸以周士之贫者。萧民士请于督学，乞入名宦，批曰："盖棺从祀。"

萧蔚[①]，广西马平人。嘉靖四十一年，由举人掌萧教事[②]。慷慨有气节，诲诸士严而有恩。时西学圮，迁先师神位于旧东学宫，庶事莽略。蔚特捐常俸，倡大义，创建戟门。又作书舍数楹，为诸士藏修地，勤考课之。时咸钦其模范云。

补遗

郡人张胆

张镜心，磁州人。由进士，天启三年筮仕县令，严明恺悌，廉谨端方。省刑薄赋，化民移俗，远近咸有"乐只父母"之颂，"振振公子"之祝。未几，取谏垣，历任两广总制归锦。公之子讳溍者，由壬辰进士，秩列词林，果副舆情，又孰非公仁德之所招也?

沛县

汉

许慎，为沛长，有所著《说文解字》十四篇行于世。

宋

程珦，字伯温，二程夫子之父也。天圣中，补郊社斋郎，历官知徐州沛县事。会夏雨潦，平地流波，民大失秋。珦念曰："稻既不登，续食在菽。迟水退而后耔[③]之，不已失时乎?"募富民，捐菽数千石贷农，令布之水中。水未尽涸，而甲已露矣。是年遂不艰食。

金

王立，萧人，为沛令。廉节刚方，人心率服。

---

① 原作"尉"，据下文并万历《徐州志》改。
② 原作"専"，据万历《徐州志》改。
③ 原作"籽"，据嘉靖《徐州志》改。

刘勋，大定间为沛令，作新庙学宫。

元

刘伯颜，字伯敬，真定人。至元元年为沛尹，以德化民，不事刑扑。

马珪，字君璋，兖州人。至元中为沛尹，行政循良，颇有古风。

赵野，字子开，济南人。大德初为沛尹，劝农兴学，政平讼理。○沛人怀之，各为立碑。

王复，字克明，鄗人。至正初教谕。作新学校，振起士风。

李茂，字廷实，齐河人。初为濮州观城尉，迁沛尉。善于其职，民为立美政碑。

明

颜瓌（见《古迹》）。

常瓘，内乡人。由举人，永乐初知县事。平易近民，政务修举，远近悦服。迁知绛州。

古信，嘉鱼人。景泰初，由举人知县事。兴学校，勤于民事，百废俱举，有遗爱焉。

冯谦，字履吉，诸暨人。由举人知县事。平恕不苛，有利政及民。卒于官，民甚哀之。

马时中，太原人。成化中，由举人知县事。持平廉介，为政务[①]崇简易。以忤势，谪庆远卫经历。

姚祥，字应龙，归善人。弘治中，由进士知县事。自奉清约，爱民如子。会天旱，禾稼就槁。忧形于色，引咎责躬，虔祷郊外。越三日，大澍如注，乃复有秋，民欢呼颂曰："姚公赐也!"民有负官租数年者，禁比难完，与之期而遣归。民果至，无后期。常诣学，进诸生，课校德业。任甫八月，擢御史去。后父老为立惠政碑。

杨凤，府军前卫人。弘治中，由进士知县事。刚明果断，事无停滞。在任二年，以忧去。后擢御史。

胡守约，合州人。由举人知县事，性刚果，有干略。会中官史宣进贡经沛，陵轹官吏，横索无厌。守约乃挺身立辩，与宣讦奏，诬系狱。比鞫对，复持论侃侃，无屈挠，竟罢归。后复起用，官至湖广按察司佥事。

---

① 原作"务政"，据万历《徐州志》乙正。

麻芝，榆林卫人。由国子［生］[1]知县事。善骑射，性刚才敏，强御慑服，剪除宿寇，境内晏然。

操松，浮梁人。正德中，由举人为教谕。性谨厚，笃学好古，勤于立诲，以孝弟为先。诸生贫者，辄捐俸资之。沛人士称慕不衰。

张俊[2]，同安人。正德间，由岁贡授训导。持守清洁，诲人有方，不忝师儒之任。

李文宪，直隶人。嘉靖癸未，由国子生任县丞。明年三月二十八日夜，忽贼百余人，入城劫掠。宪率民兵拒敌。贼势炽，众曰："势急矣！盍谨避之?"宪毅然曰："吾为国家守民社，遇变而避，如吾民何?"乃奋独当先。夜三鼓，矢尽，遇害。百姓号泣，如丧考妣。

杨政，南昌人。嘉靖中，由国子生知县事。时田赋不均，议行丈量，加意综理，乃得核实均税，民颂之。

王治，永年[3]人。由国子生知县事，性刚敏。沛故无城，时北虏寇边，声言南掠，百姓骚然，治创筑之。又撤龙泉寺，徙建学宫，文风丕振，诸士感颂。

李祯，新昌人。由举人知沛事，才学兼优。沛田多芜，祯给牛开垦，尽成新畬。至发奸摘伏，有神明之誉。政暇，集诸士迪德论文，津津不倦。寻擢御史。

滕霁，建安人。由举人，先署沛庠教事，学博行优，士心钦服。寻迁沛令，益砥名节，膏泽弘流。善政善教，迄今相传云。

于乔，高唐人。嘉靖中，以岁贡任教谕。性刚方，不能容人之过。清节自持，却贫士馈，且捐俸助之。

张庆旸，泰顺人，以贡任训导，笃学能文，志操端洁。其师模之善，与乔先后见称。

砀山县

唐

韦恒[4]，开元初为令。政宽惠，民吏[5]爱之。

刘砀山（按《李太白集》有《秋夜与刘砀山泛宴喜亭池》诗曰："明宰试舟

① 字据万历《徐州志》补。
② 原作"悛"，讹从万历《徐州志》，据嘉靖《徐州志》及本志《职官表》改。
③ 原作"永平"，据嘉靖《沛县志》改。
④ 原作"韦恒嗣"。案《旧唐书·韦思谦传》，"嗣"字衍，今删。
⑤ 原作"知"，系"吏"音讹，据《旧唐书》本传改。

楫。”则刘必砀山宰也。旧志莫稽其名，今存之）。

元

杨泰，大德十一年为县尹。兴崇学校，劝课农桑，民怀其德。

明

郝玘（即萧令）。

邹旦，乐安人。正统间任砀令，重士爱民，声称藉甚。改宜兴令。

杜钊，衡水人，政善民安。秩满，民恳借留，增秩还任。

张梦辅，澄城[1]人。成化中，由举人知县事。刚果有为，百废具举。尤能弭盗，四境晏然。迁知颍州去。

胡希颜，乾州人。弘治中，由进士为砀令。政类前令，颇尚严明，风猷赫奕。擢御史。

叶楚华，松阳人。由举人，成化初任教谕。学问该博，有棫朴之化，诸士颂之。

田禋，祥符人。由进士为邑令。廉介不苟，政务息民，绰有治声。擢南道御史。

李金，丰城人。由进士，正德中知县事。性仁厚，律己廉洁。时盗贼猖獗，金悉心经略，率民筑重城捍卫。后洪水至，赖保障获免。迁兵部主事。

董槐，代州人。正德中，由举人任学谕。持身端谨，敷教严明。士有怀金干托者，麾斥之。人服其介。

季木，会稽人。嘉靖中，由举人为县尹。存心慈良，加意抚字。会岁饥，赈恤多方，全活甚众。又率众筑堤卫城，以免水患，百姓德之。

刘阳，江西安福人。由举人，嘉靖中知县事。临民岂弟，敦崇孝义。尤笃于理学。每公余，辄引士民训谕，如父师然。擢监察御史。

王绍元，江西金溪人。嘉靖中，由举人为令。政兼宽猛，门绝苞苴，疲民赖以息肩。清查隐田，设法简明，田赋一清。擢御史。

戴伟，山东郓城人。由举人知县事。厚自标植，笃诚勿欺，不曲法以长恶，不操切以厉民。临事迎刃而解。议新政七条，上之监司，报曰：“此法可永遵行之也！”命镌石于堂。

王廷卿，荆门人。由举人为令。岂弟精敏，多方抚字。尤垂情薄敛，招抚曲

① 原作“州”，据嘉靖《徐州志·宦迹传》及雍正《陕西通志·选举二》改。

至，鸿雁安集。建书院，课诸生，置义田为供，并资贫寒者。贤声流闻当路，奖文凡二十七至，荐牍七上。万历二年入觐，上简循良吏，得二十五人，廷卿与焉，隆以宴赐。及回邑，麦穗有四岐、五岐、六岐者，人以为善政之应。越明年，擢南京户部主事。

丰县

汉

牟融，永平间为令。视事三月，狱无滞讼，为诸郡最。

元

郭瑄，字廷玉。至正五年知丰事。沉静有为，凡建厅宇、兴学舍，不动声色而事集，百姓安之。

刘士，字尚志，保定人。至正十一年知丰事。廉慎称职，舆论攸归。

曹简，字士廉，沂州人。至元间为主簿，政清讼理。既去，吏民立碑颂之。

明

曾本，江西雩都人。洪武中为丰令。性廉洁，政尚宽平，吏民怀服。

曹仲篪，江西湖口人。清白自持，平恕临民，百姓归心。

阙膺，字允登，江西奉新人。为令明达谙练，政教兼举。公署、学校，焕然更新。九年，乞致政归①。

段徽，山西怀仁人。由举人任学谕。持身谨悫，造士多方。九年，致政去。

陈善，江西弋阳人。由进士知县事。刚明果断，洁己字民。仅半载，迁安吉州守去，民惜之。

高禄，山东博兴人。嘉靖初，由国子生为丰尹。会洪水陷城，民流离失所。禄率众徙于华山，斩茨即居，专务俭约节省，民赖以全。迁平阳判去，丰人永思之。

张叔宣，四川内江人。由举人为尹。持身贞白，临事警敏，民便之。擢松江判去。

李崇信，湖广潜江人。由举人为尹。时旧城溃没，民依华山以居。相度形便，经画城池。兴建庙学，及诸公署，处置得宜。民皆悦服。

---

① 阙膺致仕后定居丰县，事见卷八《侨寓》。案嘉靖《徐州志》作“九年，乞致仕，因遂家焉”，万历《徐州志》讹“遂”为“还”，曰“九年，乞致政，还家焉”，训以“复”义，其意尚同，本志失察，改“还”为“归”，于字形字义，皆相去益远。

任惟贤，湖广黄陂人。由举人知丰事。嗜学，明《易》《礼》二经，有大干略。筑新堤，崇节孝，抑奸贪，雪幽滞，缓征薄敛，与民休暇。后去，老幼攀辕号泣，相率镌碑，以志去思。

吴文光，江西高安人。由举人，万历元年知丰事。廉介端方，倜傥有为，裁冗役，修缕堤，开荒田。贫民有负赋者，请以其地变值，遂捐俸二[①]十金，易为学田。作新士类，修葺学宫。调桃源令。命甫下，以忧去，上下咸惜之。

宦而绩者，不胜纪也。然宦而绩者，志不在纪也。纪之者，志思亦志劝也。夫何劝？俾有庶几夙夜之思焉。至于谁嗣兴歌矣，其始也，丛怨丛谤，则何以言绩之始乎？缁衣矢好矣，其既也，交恶交质，则何以言绩之终乎？此绩者与纪绩者交相劝也。

历代秩官制

徐州

汉

楚国（元帝建昭二年，下制令曰：诸侯王相，位在太守下）

牧、将军、守（景帝更郡守为太守）、太守。

刺史、使、王、侯。

相、中大夫、太傅、郎中。

内史（掌太守之任。成帝绥和元年，省内史，以相治民，则相职为太守）。

彭城县（初属楚国，景帝时改属沛郡，武帝时属徐州楚国）

县令，千石，月俸八十斛。

县丞，四百石，月俸五十斛（或以本郡人为之）。

主簿（令长自调用）。

县尉，二百石，月俸三十斛。

---

① 万历《徐州志》作“三”。

徐州部刺史（武帝元封五年，复禹旧州号）

部刺史一人，秩六百石。成帝绥和元年，以刺史位下大夫，而临二千石，轻重不相准，乃更为州牧，秩真二千石。哀帝建平二年，复为刺史。元寿二年，复为牧。

彭城郡（宣帝时改）

太守一人，秩二千石（月俸百二十斛，亦曰“真二千石”）。

郡丞一人，秩六百石（月俸七十斛）。

郡尉一人，秩比二千石（月［俸］[①] 百斛）。

徐州（光武建武时，并郡国置）

刺史一人（灵帝中平五年，改刺史，唯置牧），六百石[②]。

别驾从事史一人，治中从事史一人，主簿一人，功曹书佐一人，部郡国从事一人，典郡书佐一人。又有簿[③]曹、兵曹等官，皆州自辟除，通为百石，或云秩六百石，或云四人百石。

唐（唐武德中，外官无禄。贞观二年制：有上考者乃给禄。其后遂定给俸禄之制，以民地租充之）

徐州（武德初，改郡置）

刺史一人，从三品，职田十顷，岁给俸三百三十石。

别驾一人，从四品，职田八顷，岁给俸二百四十石。

长史一人，从五品，职田七顷，岁给俸一百四十石。

司马一人，从五品，职田七顷，岁给俸一百四十石。

录事参军事一人，从七品，职田四顷，岁给俸六十五石。

录事二人，从九品。

司功参军事一人，司仓参军事一人，司户参军事二[④]人，司田参军事一人，司

---

① 字据文例补。

② 案《通典》卷三十二《职官十四 · 州郡上》，东汉刺史秩二千石。此云“六百石”者，不知所据。

③ 原作“部”，据《通典》《文献通考》等改。案《通典 · 职官 · 州郡上》：“簿曹从事史，主钱谷簿书。兵曹从事史，有军事则置之，以主兵马。”

④ 原作“一”，据弘治《重修徐州志》卷二《职官志》、《唐六典》卷三十《三府督护州县官吏》改。

兵参军事一人，[司法参军事二人][①]，司士参军事[②]一人，以上皆从七品，职田四顷，岁给俸六十五石。

参军事四人，从八品，岁给俸六十二石。

市令一人，丞一人，并从九品，岁给俸五十二石。

文学一人，[从八品]。[③]

医学博士一人，从九品，岁给俸五十二石。

武宁军（德宗贞元十六年置）

节度使一人。

副大使、知节度事、行军司马、副使、判官、支使、掌书记、推官、巡官、衙推各一人。

同节度副使十人。 馆驿巡官四人。

府院法直官、要籍、逐要亲事各二人。

随军四人。

徐州观察使（懿宗咸通十一年置）

观察使一人。

副使、支使、判官、掌书记、推官、巡官、衙推、随军、要籍、进奏官各一人。

宋

武宁军（太祖初，仍旧置）

节度使无定员，从二品。

徐州（仁宗时复置）

知军州事一员，从五品，职[④]田十顷，俸四十五千。

通判军州事一员。 添差通判军州事一员。

州学教授一员。 增差州学教授一员。

① 以上七字据弘治《重修徐州志》并参《唐六典》补。

② 原作“士”，据弘治《重修徐州志》并参《唐六典》改。

③ 据《新唐书·百官志四》补。

④ 原作“秩”，据《宋史·职官志十二》改。又《宋史》：“中、上刺史州二十顷，下州及军、监十五顷，边远小州、上县十顷。”此言“十顷”，应为彭城县令职田，非徐州知州。

录事参军一员，从八品，俸二十千。
司理参军一员，从八品，俸十二千。
司法参军一员，品俸同上。
司户参军一员，从八品，俸十千。
监粜纳仓一员（即唐司仓参军）。
利国监知监一员。

元

徐州（元初置，下）

达鲁花赤一员，从五品，职田六顷，月俸三十贯。
知州一员，从五品，职田、俸同上。
同知一员，正七品，职田四顷，月俸钞十八贯。
判官一员，正八品，职田三顷，月俸钞十三贯。
吏目一员，月俸钞四十贯。
儒学学正一员。

徐州路总管府（顺帝至正八年，升上）

达鲁花赤一员，正三品，职田十六顷，月俸八十贯。
总管兼管内劝农事一员，正三品，职田、俸同上。
同知一员，职田八顷，月俸钞四十贯。
治中一员，职田六顷，月俸钞三十贯。
判官一员，职田五顷，月俸钞二十贯。
推官二员，月俸钞一十九贯。 经历一员，月俸钞一十七贯。
知事一员，月俸钞一十二贯。 照磨兼承发架阁一员。
通事、译史各一人。 司狱司司狱一员，丞一员。
录事司达鲁花赤一员，正八品，职田三顷。
录事一员，品、田同上。 录判一员，典史一员。
儒学教授一员，正九品。学正一员，学录一员。
蒙古教授一员，正九品。
阴阳教授一员。 医学教授一员。
利国监都酒税务提领一员，大使、副使各一员。
利国监、留城、溜沟三巡检司巡检各一员。

吕梁驿丞一员。

徐州兵马司（至正十一年添设）

都指挥二[1]员，指挥二员，副指挥四员。

经历、知事、提控案牍各一员。译史二人，司吏十二人，奏差八人，贴书二十四人，司狱一员，狱丞一员。

武安州（至正十二年降路置）

设官与徐州同。

忠勤万户府（至正十五年十二月置于武安州）

达鲁花赤一员，万户一员，副万户一员。

经历、知事、提控案牍各一员。　　　镇抚司镇抚二员。

千户所达鲁花赤一员，千户一员，副千户一员，弹压二员，百户二员。

元制：诸路万户府以管军多寡分上、中、下，官品视上、中、下为差等。时忠勤万户府添置于武安州，但莫详其管军之多寡。

大明官制

直隶徐州

淮徐兵备道、承宣布政使司、按察分司（佥事至左布政皆任）一员，参政则从三品，初授亚中大夫，升授中大夫，加授[太][2]中大夫、资治少尹，月俸米三十一石（正德六年设，驻徐州）。

徐州仓户部分司主事一员，正六品，初授承直郎，升授承德郎，月俸米十石（永乐十三年设，专督粮储、税务，驻扎徐州）。

徐州洪工部分司主事一员，正六品，初、升授、月俸同上（万历六年裁，归并吕梁）。

吕梁洪工部分司主事一员，先是命官不一，永乐中任此者，或少卿，或廉使，或郎中，自后始以主事来任，秩与徐洪同（驻扎吕梁）。

---

① 原作“一”，据弘治《重修徐州志》改。案《元史·百官志八》：至正十年十月，中书省奏置大名、东平、济南、徐州等处兵马司，“每司置都指挥、指挥各二员”。本志误。

② 字据《七修类稿·国事类》补。明制文资四十六阶，十六阶太中大夫、资治少尹，从三品。

夏镇闸工部分司主事一员，秩与上同（成化二十一年设，提督闸务，驻扎夏镇[①]）。

淮徐总捕、淮安府同知一员，正五品，初授奉议大夫，升授奉政大夫、修正庶尹，月俸米一十六石（万历七年设，驻扎徐州，旋裁）。

徐属河务、淮安府同知一员，秩与上同（万历二十二年设，驻扎徐州）。

知州一员，从五品，初授奉训大夫，升授奉直大夫、协正庶尹，月俸米一十四石。

同知一员，从六品，初授承务郎，升授儒林郎，吏，宣德郎[②]，月俸米八石。

判官三员，从七品，初授从事郎，升授征事郎，月俸米七石。一管粮，厅在州治堂西，崇祯三年裁；一管上河，厅在新河口，崇祯十一年裁；一管下河，厅在双沟。

吏目一员，从九品，初授将仕佐郎，升授登仕佐郎，月俸米五石。

儒学学正一员，未入流，月俸廪米三石五斗。

训导三员，未入流，月俸廪米三石（崇祯三年裁一员）。

阴阳学典术一员。

医学典科一员。

僧正司僧正一员（以上无俸）。

税课局大使一员（三年裁）。

吕梁洪税课局大使一员（久裁）。

永成库大使一员（三年裁）。

永福仓大使、副使各一员。

递运所大使一员。

广运仓大使、副使各二员。

黄河东岸驿，驿丞一员。

石山驿，驿丞一员（久裁）。

利国监驿，驿丞一员。

桃山驿，驿丞一员。（以上四马驲[③]）

彭城驿，驿丞一员。

房村驿，驿丞一员。

夹沟驿，驿丞一员。（以上三水驲）

徐州、黄家、吕梁上下、沽头上中下七闸，闸官各一员。以上俱未入流，月俸三石。

吕梁巡检司巡检一员，从九品，初授将仕佐郎，升授登仕佐郎，月俸五石。

徐州卫（吴元年［设］[④]）

指挥使，正三品，初授昭勇将军，升授昭护将军，加授昭武将军、上轻车都尉，月俸米三十五石。

指挥同知，从三品，初授怀远将军，升授定远将军，加授安远将军、轻骑都

---

① 成化二十一年设沽头工部分司，嘉靖四十四年没于水，改迁夏村，更名夏镇工部分司。

② 明制：从六品初授承务郎，儒生出身者升授儒林郎，吏员出身者升授宣德郎。

③《尔雅·释言》："驲、遽，传也。"郭璞注："皆传车、驿马之名。"

④ 字据弘治《重修徐州志》补。

尉，月俸米三十一石。

指挥佥事，正四品，初授明威将军，升授宣威将军，加授广威将军、上骑都尉，月俸米二十四石。

卫镇抚，从五品，初授武略将军，升授武毅将军、飞骑尉，月俸米一十四石。

经历一员，从七品，初授从事郎，升授征事郎，月俸米七石。

知事一员，正八品，初授迪功郎，升授修职郎，月俸米六石六斗（久裁）。

左、右、[中][①]、前、后、中左、中右七千户所：

正千户，正五品，初授武德将军，升授武节将军、骁骑尉，月俸米一十六石。

副千户，从五品，初授武略将军，升授武毅将军、飞骑尉，月俸米一十四石。

百户，正六品，初授昭信校尉，升授承信校尉、云骑尉，月俸米十石。

所镇抚，从六品，月俸米八石。

徐州左卫（宣德五年增设）

指挥使、指挥同知、指挥佥事、卫镇抚，经历一员、知事一员（久裁），左、右、中、前、后五千户所正千户、副千户、百户、所镇抚，以上阶禄与徐州卫同。

淮徐参将（隆庆三年设），邹、滕妖变，改置总兵官（天启二年，议设大帅，以保江淮）。四年，改副总兵。

淮徐道中军守备砀营把总、乡勇营总练各一员。

总兵府中军将官（万历四年设）。

国朝

上河厅一员（顺治元年复置）。

儒学训导，旧二员。（顺治元年裁一员）。

左卫（顺治二年裁），归并徐州卫。

守备一员（顺治元年设），正四品，月俸银二两二钱九分。

经历一员（顺治九年设），从七品，月俸银二两一钱六分。

千总四员，正五品，月俸银一两五钱八分（九年设）。

两卫旧弁，选其中才能干辨者四人充千总职，董运事，余文武官俱仍旧。

① 原脱中所，字据弘治《重修徐州志》补。

萧县

汉（初属楚国，后属沛郡）

县令，千石，月俸八十斛。

县丞，四百石，月俸五十斛（或以本郡人为之）。

主簿（令长自调用）。

县尉，二百石，月俸三十斛。

唐（属徐州）

县令一员，从六品，职田五顷，岁给俸八十五石。

县丞一员，从八品，职田三顷，岁给俸六十四石五斗。

主簿一员，正九品，职田二顷五十亩，岁给俸四十九石五斗。

县尉，从九品，田、俸同上（唐制：六千户以上为上县，上县尉二人，中县、中下县、下县并一人。萧在唐县之等第，今莫考其详[①]，故未定尉之员）。

宋（属徐州）

知县一员（宋制：县令职田，万户以上六顷，五千户以上五顷，不满五千户并四顷。萧在宋户数多寡，今莫考其详，故未定职田之数）。

丞一员（初不置，后或置或罢）。

主簿一员。

尉一员，秩与主[②]簿同。

元（属徐州，下）

达鲁花赤一员，从七品，职田四顷，月俸钞十七贯。

县尹一员，从七品，职田、月俸同上。

主簿一员，职田二顷，月俸钞一十二贯。

尉一员，秩同簿。

典史二员，月俸钞三十五贯。

儒学教谕一员。

永固巡检司巡检一员。

明（隶徐州）

知县一员，正七品，初授承事郎，升授文林郎，月俸米七石五斗。

---

① 案《新唐书·地理志二》：徐州彭城郡之萧、丰、沛，宋州睢阳郡之砀山，俱上县。

② 原作“本”，据前后文例改。

丞一员，正八品，初授迪功郎，升授修职郎，月俸米六石六斗（旧增设管马一员。崇祯三年裁）。

主簿一员，正九品，初授将仕郎，升授登仕郎，月俸米五石五斗。

典史一员，未入流，月俸米三石。

儒学教谕一员，未入流，月俸廪米三石。

训导二员，未入流，俸同谕（崇祯三年裁一员）。

赵家圈巡检司巡检一员，从九品，初授将仕佐郎，升授登仕佐郎，月俸米五石。

阴阳学训术一员。　　医学训科一员（以上无俸）。

税课局大使一员，未入流，月俸三石（久裁）。

沛县

汉（属沛郡）

唐（属徐州）

宋（属徐州）

官制俱同萧志。

元（属济宁路，后属济州。下）

军民屯田使司，正三品（至正十五年十二月置）。

余制俱同萧志。

明（属徐州）

泗亭驿驿丞一员。　　递运所大使一员。

金沟口、新兴、胡陵城、谢沟四闸，闸官各一员。

余制并同萧志。

砀山县

汉（属梁国，东汉改砀山县）

唐（属宋州）

宋（属单州）

元（属东平府，后属济宁路）
官制并同萧志。

明（属徐州）
官制同萧志，无巡检、大使。

丰县

汉（属沛郡）

唐、宋（并属徐州）

元（属济宁路）

明（属徐州）
僧会司僧会一员。
以上历代官制，并同萧志。

按：唐虞官百，夏殷倍之，周官三百六十。世运愈开，人事愈繁，其不得省官，固也。况秦郡县后，而官尤纷侈乎？然后世或于制内并事而裁，于制外者，或因事而设，事竣而罢者，或不罢遂定为制者，皆与时宜之之义。任贤图治，果虚贵乎哉？

武途

武科，四邑所同；世职，徐州所独。按：州之旧有以科历仕者，有以职历仕者，今颇详州。而四属之科，各见邑乘。

武途出仕

明

苏　润，正[①]德丁卯，任中都副留守。

蒋　助，隆庆戊辰，任副将。

万鹿年，万历辛丑，任参将。

管大藩，万历甲辰，任副将。（以上由科）

金汝佐，万历辛丑由指挥历任四川副将。

王一麟，由指挥任浙江副将。

金　辂，佐之子，从父征黔、蜀有功，历任湖广参将。

国朝

张胆，由武举任明朝河南归德府城守副总兵，及国朝，任浙闽总督中军副总兵。寻，总督张［存仁］[②]以因地择人，一疏具题胆为分巡漳南道，部覆以武改文，未便中止。随升总督直隶、山东、河南等处部院中军副总兵、都督同知。两次会推大镇，一陪天津，一陪河南开归。遇覃恩晋秩骠骑将军，诰赠祖父、父，皆如其官，赠妻朱氏、封继妻孔氏俱[③]夫人，荫长子道祥，及次弟铎为官生。

韩尚亮，幼习武，初授把总，历守、都、游、参[④]至副总兵。国初，仍授原职，镇守江口。见任泉州副总兵。

恩遇

国朝

张道祥，恩生，以父胆副总兵遇覃恩晋秩骠骑将军，乃荫道祥为恩生入监。

---

① 原作“二”，据嘉靖、万历《徐州志》改。

② 底本谨阙。案《清史列传・贰臣传甲编》《清史稿》等书，应为张存仁，据补。

③ 按：“俱”字，东京本作“以”。

④ 守都游参：守备、都司、游击、参将，俱武职官名。

张铎，官生，以胞兄胆副总兵授骠骑将军二品秩，乃荫铎为官生入监。

武举

明

倪化鲸	文　炜	拾有功	万彭年
吴应武	张　垣	王之钺	李其素
单宪邦（登进士）	张　胆	陈希起（任千总）	
张复泰	吴光旗	吴应汉	

国朝

袁　彪（登进士）	丁尔琏	仇　锦
吴德琦	罗　忠	

乡饮

明

马　侨	吴孟兆	陆进阶	孙　桐
贾崇禄	沙国祯	王　聪	毕文美
夏　彩	杨枝秀	吴养孚	沙大有
黄　绣	周如松	曹□□[1]	

国朝

吴光[诩][2]	夏应凤	李　俊
陈[应阶][3]	胡世明	鹿养德

乡饮酒礼，古先圣王之所以宪老乞言、尊崇有德也。旧志缺不书，故万历以前无稽焉。今所载虽寥寥乎，其于尊德尚齿之义，亦思过半矣。

---

① 原墨丁，康熙《徐州志》同阙名。
② 底本漫漶，字据东京本补。
③ 底本漫漶，二字据东京本补。

保举

明

陈应阶，廪例入监，十二能文。性孝友，家产让诸弟。设帐授徒，从游者众，陕右进士袁楷，及门之最著者。后楷为河北道，应诏举阶，授主簿，未任，回籍。值土寇猖獗，城守著功，经略袁、洪，各出其幕内云。

杨妍，少年为诸生，慕范文正公之为人，先忧后乐之志，力行不少怠。甲申三月十九日，闯逆之变，扳龙髯而莫逮，遵父乡宾枝秀命，破家捐资，募兵江淮。阁部史特聘幕府监军，举授归德屯田推官。定鼎归来，隐居剑台之南，颜其亭曰“契吴”，盖乐道终身焉。

吴光谱，由庠生举授陈州知州。

吴应乾，由庠生举授夏邑知县，升授两淮运同。

吴之蕃，由庠生举授太康县知县，调商丘县知县。

吴汝玑，由庠生越抚举授知县（监纪军前）。

胡世明，由庠生举授归德军厅，未任。

杜先发，由庠生举授清河县教谕，摄理县篆。

杜养邃，由庠生举授海门县训导。

邓大成，由庠生举授□□□[①]训导。

袁国祥，由监生历仕顺天府经历，题授宛平知县。归养，复题屯田通判。

国朝

吴汝琜，由庠廪授宁波府通判。

滕起凤，由庠生保举授淮安府船政同知。

唐虞之世，辟门吁俊，偶指元凯，而他可知也。延揽人材，宁徒拘拘一格哉？近代科目而外，首先保举，其于无方之遗意，诚有足多者。《诗》云：“岂弟君子，遐不作人。”士盍亟爱其鼎仰副旁求幽人之怀欤？

① 原阙。

徐州志卷之四下

历代秩官题名

战国

黔　夫（齐威王时守徐州）

西汉

陈　婴（初属楚，后属汉，楚元王相）

穆　生（楚元王中大夫）　　申　公（鲁人，楚元王中大夫）

白　生（楚元王中大夫）　　枚　乘（楚元王郎中[①]）

张　尚（景帝时楚相）　　赵夷吾（景帝时楚太傅）

袁　盎（楚人，楚王礼相）　　何　武（蜀郡郫县人，宣帝时楚内史）

薛　惠（东海郯人，彭城相[②]）

王　尊（涿郡高阳人，成帝时徐州刺史）

东汉

刁子都（东海人，从光武，拜徐州牧）

盖　豫（建武时徐州刺史）　　陈　俊（南阳人，建武初以列侯镇徐）

王　景（光武建武时侍御史，建初七年徐州刺史）

杨　统（建初中彭城令）　　宗　湛（徐州太守）

苏　章（扶风平陵人，安帝时武原令）

栾　巴（魏郡内黄人，安帝［时］[③]循行徐州）

魏　朗（会稽上虞人，桓帝时再迁彭城令）

杨　秉（弘农华阴人，桓帝时徐州刺史）

孙　萌（东汉初彭城郡守）

① 案《汉书》本传“为吴王濞郎中”，时元王久逝，此说不知所据。

② 案《汉书·薛宣传》：宣子惠“始为彭城令”；且西汉无彭城国，不当有“彭城相”之称。

③ 字据文例补。

百里嵩（徐州刺史）　袁　贺（汝南人，彭城相）
史　弼（陈留考城人，光和中彭城相）
陶　谦（丹阳人，献帝时以安东将军为徐州牧）
王　朗（献帝时徐州治中[①]）　糜　竺（东海人，献帝时徐州别驾）
赵　昱（献帝时徐州别驾从事）　刘　备（汉宗室，献帝时领徐州牧）
孙　乾（北海人，献帝时徐州从事）
薛　礼（献帝时彭城相）　陈　登（献帝时徐州幕）
车　胄（献帝时徐州刺史）　汲　廉（献帝时彭城相）

三国

吴

丁　奉（庐江安丰人，永安三[②]年徐州牧）
冯　朝（五凤二年督徐州诸军事）
朱　桓（吴人，黄武初奋[③]武将军，彭城相）
贺　齐（会稽山阴人，安东将军，领徐州牧）
全　琮（钱唐人，黄龙初左护军，徐州牧）

魏

臧　霸（泰山华人，徐州刺史）
陈　矫（广陵东阳人，彭城太守）
糜　芳（东海朐人，竺之弟，彭城相[④]）
钟　毓（甘露二年，都督徐州诸军事）
郑　岐[⑤]（明帝时徐州刺史）
胡　质（寿春人，征东将军，督青徐军事）
吕　虔（任城人，徐州刺史）
王　祥（琅邪临沂人，虔檄为徐州别驾）

① 原作“平”，据《三国志·魏书》本传改。
② 原作“二”，据《三国志·吴书》本传改。
③ 原作“奮”，系“奮”形近所讹，据《三国志·吴书》本传改。
④ 案《三国志·蜀书·糜竺传》：“竺弟芳为彭城相，皆去官，随先主周旋。”事在汉末，不当附此。
⑤ 原作“邹岐”，据《三国志·魏书·曹爽传》裴松之注改。

晋（郡守皆加将军，无者为耻）

王　浑（太原人，加扬烈将军、徐州刺史）

司马伷（以征东大将军都督徐州诸军事[①]）

嵇　喜（太康三年徐州刺史）

胡　奋（安定临［泾］[②]人，武帝时徐州刺史）

王　修（惠帝永兴徐州长史）

东平王楙[③]（惠帝时平东将军、都督徐州诸军事）

东海王越（惠帝永兴领徐州都督）　王　隆（怀帝永嘉中徐州监军）

裴　盾（河东闻喜人，永嘉中徐州刺史）

嵇　绍（徐州刺史）　石　苞（渤海南皮人，徐州刺史）

羊　忱[④]（泰山南城人，徐州刺史）　羊　陶（南城人，祜从侄，徐州刺史）

石　崇（苞子，征虏将军、假节、徐州军［事］[⑤]）

高　诞（徐州刺史）　卫　瓘（河东[⑥]安邑人，都督徐州诸军事）

胡　威（质之子，刺史）　王　琛（愍帝建兴元年刺史）

向　韶（河内山阳人，彭城太守）　刘　柳（南阳人，左仆射出为刺史）

祖　逖（范阳遒人，元帝进为刺史）　琅邪王裒（建武元年都督青徐诸军）

刘　隗（徐州人，太[⑦]兴二年都督青徐等四州）

卞　敦（肃宗时刺史）　王　邃（永昌元年都督青徐诸军事）

蔡　豹（陈留人，元帝以为振武将军、刺史）

庾　亮（元帝时刺史[⑧]）　刘　遐（广平人，中郎将、刺史）

郗　鉴（咸和五年，车骑将军领刺史）

蔡　谟（陈留考城[⑨]人，刺史、都督诸军）

桓　温（建元初，都督青徐诸军、刺史）

褚　裒（永和初，都督徐兖、刺史[⑩]）

周　馥（汝南安城人，刺史）　庾　阐（吉阳县男，彭城内史）

---

① 案《晋书》本传："出为镇东大将军，假节、徐州诸军事，代卫瓘镇下邳。"
② 原阙，字据《晋书》本传补。
③ 原作"楙"，今从《晋书》本传用字。
④ 原作"耽"，据《宋书·羊欣传》改。
⑤ 字据《晋书》本传补。
⑥ 原作"南"，据《晋书》本传改。
⑦ 原作"中"，据《晋书》本传改。
⑧ 案《晋书》本传无载，未详所据。
⑨ 原作"成"，据《宋书》本传改。
⑩ 案《晋书》本传："兖州刺史，都督兖州、徐州之琅邪诸军事。"

荀　羡（穆宗时，迁建威将军、刺史）
郗　昙（北中郎将，都诸军、刺史）
范　汪（安北将军、都督徐兖诸军、刺史）
庾　希（隆和初，北中郎将、刺史）
朱　序（义阳人，崇安三年[①]镇守彭城）
谢　玄（安之侄，冠军将军、刺史）
郗　愔（太和初刺史）　　刘涓子（简文帝时内史）
徐　放（简文帝时别驾）　　丁　绍（谯国人，刺史）
何　谦（内史）　　刁　彝（宁康元年刺史）
王坦之（二年[②]都督徐、兖诸军事）　　刘牢之（徐州人。太元初领太守事）
会稽王道子（宗室。假节、徐州［刺］[③]史）
王　显（刺史）　　谢　琰（安之子，安帝时刺史）
刘怀慎（恭帝元熙初，前将军、刺史）

南北朝

宋

羊　规（泰山梁甫人，祭酒从事、大中正）
刘道怜（武帝中弟，左将军、刺史）　　刘义宾（宗室，封兴安侯，位刺史）
刘义季（武帝子，元嘉二十二年刺史）
江夏王义恭（武帝子，镇彭城）　　长沙王义欣（武帝子，镇彭城）
王　懿（太原祁人，三迁徐刺史）
王　弘（临沂人，尚书仆射、领彭城太守）
王裕之（临沂人，中从事史）　　吉　翰（冯翊人，刺史）
朱超石（沛人，武帝初主簿）　　垣护之（桓[④]道人，刺史）
王玄谟（太原祁人，后迁左卫将军、徐刺史）
武陵王骏[⑤]（宗室，用为刺史）　　颜师伯（主簿）

---

① 案《资治通鉴·晋纪二十九》：太元十二年春正月，以朱序为青兖二州刺史，代谢玄镇彭城，旋改镇淮阴。此所谓“崇安三年”，不知所自。序卒于太元十八年，前此有咸安，后此有隆安，皆无涉朱序镇彭城事，合此四字俱误。

② 二年为简文帝咸安二年。案《晋书·王湛传》：“授都督徐兖青三州诸军事、北中郎将、徐兖二州刺史，镇广陵。”是亦为侨置也。

③ 字据《晋书·简文帝三子》本传补。

④ 原作“坦”，据《宋书》《南史》本传改。

⑤ 即后之孝武帝。

张　畅（长史，佐守彭城）　王孝孙（参军）

曹欣之（新野人，刺史）　沈昙庆（武康人，大明初刺史）

王　谌（东海郯人。大明中，庆辟为主簿）

徐逵之（内史）　申　坦（魏郡魏人，孝建初刺史）

申令孙（坦之子，明帝时刺史）　魏恭子（内史）

梁

羊　侃（泰山人，大通三年刺史）　孔休源（山阴人，大通中行青徐州事）

豫章王缵[①]（梁帝子，镇彭城，摄徐州府事）

江　革（考城人，随帝子镇彭城）　成景儁（刺史）

张豹子（刺史）　丘　迟（吴兴人，从事）

后魏

刘　芳（文帝时散骑常侍、大中正）

刘　怿（芳子，徐别驾，转通直常侍、徐大中正）

刘　骘（芳孙，徐开府从事中郎。并本州人）

薛虎子（代人，刺史）　元　秉（宗室，宣武初刺史）[②]

元　鉴（宗室，刺史）　李元茂（位司徒，彭城镇将）

叔孙建（代人，楚兵将军、刺史）　刘　昶（宗室驸[③]马，太傅、刺史）

元　显（宗室，长史）　王　肃（长史）

元　云（景穆子，除开府、徐［州］[④]刺史）

元　澄（云长子，大将军、开府、刺史）

崔　挺[⑤]（博陵人，长史）

元延明（宗室，尚书右仆射、东道行台、徐州大都督、节度诸军事，都督、徐州刺史）

元　悦（宗室，太保、刺史）

尉　元（代人，镇南大将军、开府、刺史）

---

① 原作“缜”。案其封爵及履历，应为“缵”之讹。萧缵，一作“赞”，本名萧综，事见《梁书》卷五十五本传。

② 按：元秉，未详何人。考《魏书·世宗纪》：宣武帝正始三年，“以中山王英为征南将军、都督扬徐二道诸军事，指授边将”。疑“秉”为“英”之音讹。

③ 原作“附”，径改。

④ 字据《魏书》本传补。

⑤ 原作“崔挺之”。案《魏书·崔挺传》，“之”字衍，今删。

孔伯恭（郫人，散骑常侍、彭城镇将）
李　崇（顿丘人，徐州大都督、节度诸军事）
辛　徽（陇西人，刺史）
崔孝芬（挺之子，尚书右丞、徐州行台）
元　愉（宗室，封京兆王，刺史）
卢阳乌（长史）
崔　鉴（刺史）
祖　莹（范阳遒人，法曹行参军）
卢　渊（长史）[①]
王　则（刺史）[②]
元　衍（宗室，刺史）
元　郁（济阴王子，刺史）
沈保冲（吴兴武康人，冠军长史）[③]
元　孚（宗室，刺史）
高　乾（允之孙，刺史）
杜　德（刺史）
元　灏（宗室，北海王，刺史）
薛循义（汾阴人，墨曹将军）
李　䜣（范阳人，刺史）
刘渴侯（太和中，后军）
房　谟（雒阳人，宣武时刺史）
卢　昶（渊之弟，刺史）
萧宝夤（神龟中为都督、刺史）
高　谅（允之孙，徐行台）
韩　茂（安定人，刺史）
陆　通（吴郡人，都昌县伯，刺史）
郑　据（荥阳人，彭城太守）
郭　逸（太原晋阳人，刺史）
刁　雍（渤海饶安人，刺史）
李　彦（孝文初，举［秀才］[④]，寻迁徐刺史）
王可久（赵人，彭城太守）

东魏

慕容绍[⑤]宗（元象中刺史）
王　则（太原人，刺史）
崔　㥄（［清］[⑥]河东武城人，刺史）

隋

卢昌衡（总管长史）

---

① 卢渊，与上“卢阳乌”同为一人。按：卢渊，本名伯源，小名阳乌，见《北史·卢玄传》。
② 按：此“王则”与下“东魏王则”同为一人，考其履历在东魏武定间，此处不当先录。
③ 案《魏书》本传：“后为南徐州冠军长史。”
④ 二字据《北史》本传补。
⑤ 原作“超”，据《北齐书》本传改。
⑥ 字据《北齐书》本传补。按：东武城县，西汉始置，属冀州清河郡，因左冯翊有武城县，为避同名，故加“东”字以区别。

房　兆　　　　和　洪　　　　源　雄[①]

乞伏慧[②]（以上并总管）

董纯（留守）　　陈善藏（赞治）

唐

姚　崇（陕州硖石人，刺史）

李光弼（营州柳城人，为都统镇徐）　张　傪（判官）

李　洧（建中初徐海沂三州刺史、都团练观察使）

张建封（贞元四年徐泗濠节度使，镇徐）

张　愔（建封子，右［骁卫］将军、知留后[③]，寻为武宁节度使）

韩　愈（推官，昌黎人）　　　　李　藩（判官）

许孟容（京兆长安人，以进士异等、校书郎辟为徐镇府掌书记。〇李博、冯宿[④]，同镇府僚佐）

李　鄘（拜宣慰司，持节定徐州）

王　绍[⑤]（尚书右仆射，为武宁军节度使）

薛元赏（以司农卿、京兆尹为武宁节度）

卢弘正（以户部领度支节度武宁军）

田　牟（镇徐州，寻为武宁军节度使）

崔彦曾[⑥]（咸通初由太仆卿为观察使）

温廷皓（署幕府）

焦　璐[⑦]　　　　李　棁　　　　崔　蕴[⑧]

柳　泰　　　　卢宗嗣　　　　韦廷范（以上同为幕府僚官）

时　溥（迁留后，寻节度徐州）　　任　瓌[⑨]（大总管）

柳　雄（司户）

---

① 原断为"房兆和""洪源雄"二人，误。案《隋书》：房兆，代人；和洪，汝南人；源雄，西平乐都人，三人先后为徐州总管。

② 原作"伏乞慧"，据《隋书》本传改。

③ 原作"右将军，知留守"，据两《唐书》本传补改。

④ 原作"马宿"，讹从前"宦绩"。据《新唐书》本传改。

⑤ 原作"简较"。案《新唐书·王绍传》："元和初，检校尚书右仆射，为武宁军节度使，复以濠、泗二州隶其军。"本志"简较"二字，疑讹自此。今参康熙《徐州志》、乾隆《徐州府志》改回"王绍"。

⑥ 原作"崔晏會"，据两《唐书》本传改。

⑦ 原作"焦路"，据两《唐书·崔彦曾传》改。

⑧ 原作"焦蕴"，据两《唐书·崔彦曾传》改。

⑨ 原作"任壤"，据两《唐书》本传改。

霍王元轨[①]　高明应　卢齐贤[②]
苏　诜[③]　张廷范　论　瑀（以上并刺史）
崔玄［同］[④]（刑部侍郎出为刺史）　王　焘（司马）
柳子夏（长史）[⑤]
李　愿　李　愬　李　廓　崔　群
崔　珙[⑥]　康季荣　薛　能　温　璋[⑦]
王　式　支　详（并节度使）
王智兴（节度副使）　李商隐（掌书记）
李　达[⑧]　白季庚（并彭城令）

五代

后唐

剧可久（庄宗同光初司法。涿州范阳人）

后晋

侯　益（高祖天福四年节度武宁、同平章事，镇彭门，领相印[⑨]。汾州平遥人）

后汉

王　周（高祖入立，徙镇武宁军）　刘　赟（晋阳人，高祖犹子，节度使）
巩廷美（都押衙）　杨　温（教练使）

后周

王　晏（徐州滕县人）　吴　峦（并节度使）

① 原断为“霍王”“元轨”两人，误。按：霍王李元轨，贞观中出刺徐州，见《新唐书 · 高祖诸子传》。
② 原断为“高明”“应卢”“齐贤”三人，误。高明应见《新唐书 · 张建封传》；卢齐贤见《氏族大全》，《旧唐书 · 孙思邈传》作“卢齐卿”。据改。
③ 原作“苏洗”，据《新唐书 · 苏瓌传》改。
④ 原作“崔玄”，“同”字据韩愈《崔评事墓志铭》补。
⑤ 按：柳子夏，即柳宗元曾祖，见柳集《先侍御史府君神道碑》。
⑥ 原作“拱”，据《新唐书》本传改。
⑦ 原作“章”，据《旧唐书 · 温造传》改。
⑧ 原作“李达先”。案《新唐书 · 严绶传》，“先”字衍，今删。
⑨ 案《宋史》本传：天福四年，晋祖追念虎牢之功，迁武宁军节度、同平章事，遣中使谓曰：“朕思卿前年七月九日大立战功，故复以此月此日徙卿镇彭门，领相印。”按：“节度武宁”即“镇彭门”，“同平章事”即“领相印”，重意。

高　锡（掌书记）[1]

宋

夏　竦（以宰相改枢密使，徙武宁军节度使。江州德安人）

曹　彬（以侍中为节度使）　　傅尧俞（郓州人，知州）

孔道辅（以进士知州）　　孙　沔（知州。越州会稽人）

王　洙（知州）　　曾　肇（知州）

苏　轼（蜀眉山人，以学士出守）

徐　起（以进士迁转运使）　　赵　及（进士，知州）

杜　纯（知州，濮州鄄[2]城人）　　孙　觉（进士，知州）

马　默（成武人，进士，宝文阁待制，再知徐州）

张　亢（进士，总管。临濮人[3]）　　李昭玘（进士，教授）

王　逵（尚书兵部员外郎、知州。濮阳人）[4]

王　复（知州）

赵　立（观察使、涟[5]水军镇抚、知楚州）

郑　褒（教授）　　杨彭年（巡检）

杨时（进士，调司法。将乐人）

高继冲　　陈洪进　　王德用（并节度使）

王　明　　范　镛（并掌书记）

吕公绰　　梁　鼎　　刘奉世　　孔[6]宗翰

吕　溱　　任　颛　　李虚己　　吴元扆

徐处仁　　杨　绘（并知州）

李　溥（监利国监）　　赵　禹（推官）

李　迪　　傅　裼　　路　振[7]

王　逢　　施昌言[8]（并通判）

① 自嘉靖《徐州志》作“高锡，武宁军节度副使；吴峦，掌书记”，万历、顺治《徐州志》皆同误。案《宋史·高锡传》：“王晏镇徐州，辟掌书记。”《新五代史·吴峦传》：“晋高祖起太原……以为武宁军节度副使。”二人职务颠倒，今据正史订正。

② 原作“甄”，据《宋史》本传改。

③ 原作“县”。案《宋史》本传“家于临濮”，据文例改。

④ 事见曾巩《刑部郎中致仕王公墓志铭》：“知光州，逾月迁尚书兵部员外郎，知徐州。”

⑤ 原作“连”，据《宋名臣言行录》别集上卷十三改。

⑥ 原作“孙”，据《宋史·孔道辅传》改。

⑦ 原作“政”，据《宋史·文苑三》本传改。

⑧ 案《宋史·施昌言传》：“授将作监丞、通判滁州。”言通判徐州，误。

金

完颜仲德（合懒路人，泰和间以进士授同知归德府，同佥书枢密院事，行院徐州）

完颜赛不（历官至大间[①]山东西路兵马都总管、武宁军节度使，行尚书省事）

高　彪　　　　幹[②]勒合打（并武宁节度）

张　钺（学正）[③]

元

燕只吉台彻里（世祖［时］[④]达鲁花赤）

三宝住（进士，［以］江浙行省郎中［为徐州］兵马［司］[⑤]指挥）

孔　武[⑥]（观察副使）

侯康济　　　　耿廷端（并同知[⑦]）

陆　聚（以枢密同知为守将。至正二十六年丙午六月，见天命有归，遂以所部徐、宿二州附。洪武喜甚，加命江淮行省参政，仍守徐。三年，封聚河南侯，食禄九百石，赐铁券世袭）

淮徐兵备道

明

敕整饬淮徐等处兵备，督理海防、屯田、河道、漕运、盐法、粮饷、驿传，兼淮安等处水利，监淮北诸军事，综核山东沂、莒卫所军政，各省承宣布政使司，兼提刑按察司。原统扬州、淮安、徐州及凤阳之宿州、灵璧县，徐州卫、徐州左卫、邳州卫、宿州卫，及淮安、大河、高邮、仪真等卫与山东沂州卫，通州所、泰州所，盐城、兴化、海州、东海等所与山东莒州所。嘉靖末，倭夷犯扬，设扬州海防道，扬属州、县、卫、所归隶海防，余统如故。天启二年，山东妖变告急，设淮海道，驻扎淮安府，本道统辖如故。至州县考成，则海州、山阳等八州县属淮海焉。

---

① 五字杂入正文，今据文例改入夹注。

② 原作“幹”，据《金史》本传改。

③ 原作张越、高彪、斡勒合打，并节度使。考嘉靖、万历《徐州志》，张越应为“张钺”，徐州学正。据此改“越”为“钺”，并补“学正”二字。

④ 字据万历《徐州志》补。

⑤ 以上五字据万历《徐州志》补。

⑥ 孔武，即萧人物传之“孔午”，入祀萧乡贤祠。

⑦ 案嘉靖《徐州志》：侯康济，知州；耿廷端，同知。然未详其出处。万历《徐州志》于侯康济后脱“知州”二字，故本志以为二人“并同知”。考康熙《徐州志》、乾隆《徐州府志》所载，皆同嘉靖《徐州志》。

张　宪（山西蔚州人，己未进士[①]）

毛　科（浙江余姚人，戊戌[②]进士）

冯　显（北直安肃人，己未进士）

柳尚义（湖广[③]巴陵人，乙丑进士）

罗　循（江西吉水人，己未进士）

陈　和（福建龙岩人，己未进士）

余　祐[④]（江西鄱阳人，己未进士）

蔡　需（北直金吾卫官籍，乙丑进士）

李　珏（北直开州人，乙丑进士）

吴嘉[⑤]聪（山西[⑥]振武卫人，辛未[⑦]进士）

赵　春（四川巴县人，戊辰进士）

秦　钺[⑧]（浙慈溪人，甲戌进士）

吴　昂（浙海盐人，乙丑进士）

何　鳌（广东顺［德］[⑨]人，戊辰[⑩]进士）

何　鳌（浙山阴人，丁丑进士）

查应兆（长洲人，辛巳进士）

宋　圭[⑪]（直隶新城人，癸未进士）

张　臬（江西进贤人，丙戌进士）

屠大[⑫]山（浙鄞县人，癸未进士）

王　梃（浙象山人，壬辰进士）

杨　宜（北直衡水人，癸未[⑬]进士）

郭廷冕（山西文水人，乙丑进士）

王　畿（浙衢州人，壬辰进士）

---

① 二字据嘉靖、万历二州志补。案本志例，自此而下诸司，或以进士、或以举人来视事者，概止具干支，于体例为冗，于出身易淆，今悉据万历、康熙《徐州志》补足科第。以下各署分司亦同。

② 原作“壬戌”，据《绍兴府志》《皇明进士登科考》改。

③ “湖广”二字原墨丁，据嘉靖、万历、康熙《徐州志》补。

④ 原作“祐”，据《明武宗实录》、《明史》本传、康熙《鄱阳县志》等改。

⑤ 原作“加”，据万历、康熙《徐州志》改。

⑥ “山西”二字原墨丁，据文例补。

⑦ 原作“辛巳”。案《进士登科考》，吴嘉聪，正德六年辛未科三甲第二十四名。据改。

⑧ 原作“越”，据嘉靖、万历、康熙《徐州志》改。

⑨ 字据嘉靖、万历、康熙《徐州志》补。

⑩ 原作“癸未”，据万历《徐州志》改。按：何鳌，正德三年戊辰科三甲第七十八名。

⑪ 原作“珪”，据万历、康熙《徐州志》改。

⑫ 原作“天”，据嘉靖、万历、康熙《徐州志》改。

⑬ 原作“戊戌”，案万历《徐州志》、《皇明进士登科考》皆载嘉靖二年癸未进士，据改。

谭　棨（四川涪州人，戊戌进士）
李天宠（河南孟津人，戊戌进士）
刘天授（江西吉安[①]人，壬辰进士）
于德昌（四川右护卫人，辛丑进士）
翁时器（浙余姚人，丁未进士）
卢　镒[②]（陕西[③]咸宁人，庚戌进士）
钱　峄（浙鄞县人，甲辰进士）
余朝卿（江西南昌人，癸丑进士）
徐　节（山西临汾人，癸丑进士）
陈　奎（福建[④]怀安人，癸丑进士）
刘经纬（江西进贤人，壬戌进士）
冯敏功（浙平湖人，壬戌进士）
舒应龙（广西全州人，壬戌进士）
陈文焕（江西临川人，乙丑进士）
林　绍（福建漳浦人，乙丑进士，万历五年任）[⑤]
游季勋（江西丰城人，壬戌进士）
张　纯（福建漳浦人，乙丑进士）[⑥]
唐　炼（湖广常德人，壬戌进士）
陈　瑛（福[建]莆[⑦]田人，甲戌进士）
莫与齐（[广西][⑧]柳城人，辛未进士）
陈文燧（江西临川人，壬戌进士）
周梦阳（湖广南漳人，甲戌进士）

---

① 案《皇明进士登科考》："江西吉安府万安县人。"万历《徐州志》之"万安"，本志之"吉安"，皆无误。后志或隶府籍，或隶县籍，各仍原书用字。

② 原作"鑑"，据《陕西通志》《皇明进士登科考》等改。

③ "陕西"二字原墨丁，据万历、康熙《徐州志》补。

④ 原作"宣府"，据万历《徐州志》、乾隆《福建通志·人物一》改。

⑤ 案《明神宗实录》卷八十：万历六年十月丁酉，"先是，总河都御史潘季驯、漕运侍郎江一麟，交章论徐州道副使林绍治河无状。既而绍揭季驯谓遥堤不当筑、决河不当塞、天妃闸不当闭，而徐北雁门北阵一带浅阻可虞。其议相左，各相论列。部覆：绍应罢黜，季驯、一麟身膺重寄，不宜摇惑妄议，以替初心。上然之，着林绍冠带闲住。"

⑥ 案《明神宗实录》卷九十九：万历八年闰四月丁未，"改张纯为山东按察使，整饬徐州等处兵备。纯原为水利副使，以河工成，升二级，为按察使。其原管水利事务，并归徐州道。"万历十年五月，巡漕御史杨相劾张纯蔑弃漕务，降俸二级别用。

⑦ 原作"福蒲田人"，"建"字据文例补，"蒲"从今字改。按：陈瑛，万历十六年五月由广东按察使调任，二十二年复任。

⑧ "广西"二字原墨丁，据康熙《徐州志》补。

毕自严（山东淄川人，[壬辰][1]进士）
徐成位（湖广景陵人，戊辰进士）
郭光复（北直固安人，己丑进士）
曹时聘（真定获鹿人，辛未进士）
刘大文（山东博平人，丙戌进士）
卜汝良（浙归安人，癸未进士）
冯盛明（北直涿鹿卫人，己丑进士）
李文芳（四川绵州人，乙丑进士）
徐成位（再任）
袁应泰（陕西凤翔人，壬辰进士）
杨　洵（山东济宁人，壬戌进士）
高　捷（山东淄川人，辛丑进士）
岳骏声（浙嘉[2]兴人，庚戌进士）
施天德（江西新喻人，丁未进士）
赵　谦（山西忻州人，丁未进士）
杨廷槐（浙钱唐人，乙未进士）
王振祚（陕西华州人，丁未进士，天启六年[任][3]）
唐　焕（山东益都人，丙辰进士，七年七月任）
杨廷槐（再任）
刘　泓（浙海盐人，己未进士）
徐　标（山东济宁人，乙丑进士，崇祯六年任）
姜兆张（山东潍县人，十三年任）
张若獬（山东胶州人，甲戌进士，十四年任）
刘世俊（户部员外郎署）
何腾蛟（贵州籍山阴人，辛酉举人，十六年任）
范鸣珂（山西宣府卫人，贡士，十七年任）
郑之俊（河南归德人，贡士，十七年任）

国朝

敕江南按察司：兹命尔整饬淮徐兵备，驻扎徐州。察该管府、州、县、卫、

① 二字据康熙《徐州志》补。
② 原作“加”，据康熙《徐州志》改。
③ 字据康熙《徐州志》补。

所、营、伍，俱照旧例管辖；河道、驿传、漕粮事务应兼理者，照例兼理。当此整顿维新之日，首在约束衙门听事等官及吏胥各役，使之一遵法纪，无致作弊生事，扰害官民。监司本源既正，方可表率属员，用循职业。务须轻徭薄赋，简讼省刑，用以抚恤凋残，收拾人心，共图保障。仍宜操练兵壮，修浚城池，积聚粮饷，讥察奸宄。该道当南北要冲，萧、砀一带夙称盗薮。遇有寇贼生发，即监同将领，戮力剿除，务尽根株[①]。果有真心悔罪，弃戈归农，方准招抚。大兵往来，粮草舟车，皆当料理预备，毋致缺乏。仍诫有司不得借端科派，困苦民人。境内田土荒芜数多，须设法招徕，劝督垦种，疏通水利，商度经久，严禁滥征侵占，使黎民乐业，户口日增。凡系逃丁荒粮，责成州县清察实数，申报抚、按奏请定夺，不许将见在户丁摊派赔累。驿传夫马，次第修复，若假借冒滥，枉道折干，及官吏扣克钱粮，严行禁止，违者尽法究治。其关系河工钱粮、物料、夫役，必速催州县，先期征集，应时给用，不得缓忽，以误河防。所属文武官员有贪残不职、玩寇殃民，应审问者先行审问，应参奏者转报抚按参奏。尔仍听该管总督、巡抚节制，年终将行过事宜，开送巡抚，资部察考。尔受兹委任，当持廉秉公，殚力任劳，斯称厥职。如或贪黩成风，因循蒙蔽，贻误地方，责有所归，尔其慎之！故敕。

赵福星（辽东）　萧时彦（辽东）

张兆罴（陕西，贡）　刘明偀（山东，进士）

张　斌（辽东）

胡廷佐（陕西平凉籍，江西金溪人，选贡。见任）

户部分司

初专督广运粮储，一岁一代；后兼理广、永仓事，并管钞税，三年一代。又后，钞归吕梁工部，本司止监管税务。

熊　壮　郭　安（湖广襄城人，戊辰进士）

丘　逵　车　宁（福建闽县人）

蒋　敷（江宁人。并戊辰[②]进士）　孙　确

苗　灏（德州人，甲戌进士）　李淑玉（福建长乐人，乙丑进士）

贾　杰　夏　忠（德州卫人，甲戌进士）

解延年（山东栖霞人，壬戌进士）　王　珪（松江千户所人，甲戌进士）

① 原作“秼”，据康熙《续徐州志》圣旨同文改。

② 原作“甲辰”，嘉靖、万历、康熙《徐州志》皆作“戊辰”。案《皇明进士登科考》：蒋敷，正统十三年戊辰科三甲第二名；车宁，正统十三年戊辰科三甲第十一名。本志误，据改。

张　遂　　冯　灦

蒋云汉（四川巴县人，[丁丑][1]进士）

张　瓒（山西陵川[2]人，庚辰进士）

余　璞（四川富顺人，庚辰[3]进士）　　刘　璋（河南卫辉人，丙戌进士）

阎　恕（河南荥阳人）　　刘　澄（广东四会人。并甲辰进士）

柳　琰（仪真人，丙戌进士）　　冯　绩（山东昌邑人）[4]

刘　道（山西怀仁人）　　李　衍（武强人。[并]甲申[5]进士）

高　弼（山东武城人，丙戌进士）　　袁　江（河南祥符人，甲申进士）

冀　绮（宝应人，己丑进士）　　翟　通（河南仪封人，壬辰[6]进士）

毛　泰（南阳人，己丑进士）　　刘　忠（四[7]川南溪人，乙未进士）

郁　庠（景州人，己丑进士）　　李　云（宜兴人，乙未进士）

吴　裕（广东揭阳人，壬辰进士）　　童　兰（孟津人，乙未进士）

田　铎（山西阳城人）　　缪　昌（无锡人）

孙　识（山东商河人。并戊戌进士）　　康绍宗[8]（山东武定州人，辛丑进士）

丁　翊（广东海丰人）　　陈　昌（无锡人。并甲辰进士）

郭秉韶（广西桂阳人，辛丑进士）　　黎世容

余　征（莆田人，丁未进士）　　徐　逵（长沙人，庚戌进士）

徐文英（河南西平人，丁未进士）　　赵亮采（山东齐河人）

王　琰（孝感人。俱甲辰进士）　　胡　经（山东滨州人，丁未进士）

相　枢（山东博兴人，庚戌进士）　　赵　鹤（江都人，丙辰[9]进士）

陈　策（无锡人，癸丑进士）　　王　玹（山西阳城人，己未进士）

宋　毓（山东德州人）　　庄　襗（武进人。并丙辰进士）

侯启忠（四川长宁人，癸丑进士）　　鲍继文（山东曲阜人，己未进士）

毛思义（山东阳信人，壬戌进士）　　张　秀（福建瓯宁人，丙辰进士）

---

① 二字据嘉靖、康熙《徐州志》补。案《皇明进士登科考》：蒋云汉，天顺元年丁丑科二甲第六十九名。

② 原作“巴川”，据《皇明进士登科考》改。

③ 原作“甲辰”，据《皇明进士登科考》改。

④ 原作“冯绪，陕西昌邑人”，据《皇明进士登科考》改。

⑤ 原作“甲戌进士”。案《皇明进士登科考》，三人俱为天顺甲申进士，据改。并据文例补“并”字。

⑥ 原作“壬戌”，嘉靖、万历、康熙《徐州志》皆作“壬辰”。案《皇明进士登科考》：翟通，成化八年壬辰科二甲第八名，据改。

⑦ 原作“昌”，据嘉靖、万历、康熙《徐州志》改。

⑧ 原作“唐韶宗”，据康熙《徐州志》改。案《皇明进士登科考》：康绍宗，成化十七年辛丑科二甲第八十四名。

⑨ 原作“丙戌”，嘉靖、万历、康熙《徐州志》皆作“丙辰”。案《皇明进士登科考》：赵鹤，弘治九年丙辰科二甲第二十五名，据改。

杨　清（清河人，己未进士）
于　鏊（滁州卫人）
冯　驯（四川岳池人。并戊辰进士）
郑　琼（广东海阳人，己未进士）
张孟中[①]（福建闽县人，辛未进士）
高　瑁（睢宁人，戊辰进士）
王　遵（宣城人，辛未进士）
王进贤（河南邓州人，己未进士）
杨　易（福建建安人，戊辰进士）
康[②]浩（陕西武功人，辛未进士）
蒋　彬（广西全州人，甲戌进士）
张拱辰（广东顺德人，丁丑进士）
李崧[③]祥（贵池人，甲戌进士）
杨　概（山东德州人，丁丑进士）
孙　仪（山东平度州人，甲戌进士）
郑　建（祁门人，丁丑进士）
王　召（无锡人，癸未进士）
华　金（无锡人，辛巳进士）
江元辅（婺源人，丁丑进士）
许　继（福建闽县人，癸未进士）
韦尚贤（福建南安人，辛巳进士）
尹尚宾（湖广茶陵人，丙戌进士）
陈　玑（河南郾[④]城人，癸未进士）
郑　絅（莆田人，己丑进士）
王邦裕（山东堂[⑤]邑人，癸未进士）
伍　铠（晋江人，丙戌进士）
李开先（山东章丘人，己丑进士）
王维垣（武清人）
高　翀（湖广安陆人。并丙戌进士）
张　愚（天津人，壬辰进士）
张　伟（河间卫人，癸酉举人）
窦　润（滁州卫人，乙未进士）
王　问（无锡人，戊戌进士）
郭朝宾（汶上人，乙未进士）
吴　岳（汶上人，壬辰进士）
陈　捷（福建长乐人，己丑进士）
李　琇（含山人，己卯举人）
李继先（四川泸州人，戊戌进士）
林　璧（福建侯官人，己丑进士）
周　镐（河南汲县人）
梅守德（宣城人）
尹　梁（晋州人）
李　台（湖广公安人。辛丑进士）
方　瑜（歙县人）
李　燧（山东金乡人）
卢岐嶷（福建长泰人。并甲辰进士）
李　敬（陕西泾阳人，丁未进士）
杨胤贤（山东寿张人，辛丑进士）
郑　铭（福建闽县人，丁未进士）
岳东升（河南信阳卫人，甲午举人）
邓廷猷（湖广蒲圻人）
毛　木（任县人）
雷上儒（湖广嘉鱼人。并癸丑进士）
马云雷（山西祁县人，选贡）

① 原作“忠”，据嘉靖、万历《徐州志》改。案《皇明进士登科考》：张孟中，正德六年辛未科第二甲第三十名。
② 原作“唐”，据嘉靖、康熙《徐州志》改。案《皇明进士登科考》：康浩，正德六年辛未科三甲第二百二十七名。
③ 原作“松”，据《皇明进士登科考》、嘉靖、康熙《徐州志》改。
④ 原作“偃”，据《皇明进士登科考》卷十一改。
⑤ 原作“棠”，据《皇明进士登科考》卷十一改。

张文渊（四川西蜀人）
刘大遗（晋江人，己未进士）
蔡可教（成安人，己未进士）
任汝亮（山西猗[②]氏人，壬戌进士）
赵　讷（山西孝义人，己未进士）
薛　钥（山西代州人。并乙丑进士）
张国华（四川巫山人，己酉举人）
许大光（河南安阳人，乙丑进士）
杨以忠（武进人，万历甲戌进士）
杨佩训（晋江人，隆庆辛未进士）
周大谟（宝庆人，举人）
傅崇明（卫辉人，庚辰进士）
黄应聘（江津人，癸未进士）
周继京（晋江人，乙未进士）
鲁　点（南漳人，癸未进士）
胡廷宴（漳浦人，乙未进士）
裴文焕（临清人，甲辰进士）
李廷训（固原卫人，乙未进士）
张　晓（益都人，乙未进士）
刘弘宇（泰州人，癸丑进士）
郭长发（福建惠安人，举人）
刘继芳（泾阳人，官生）
林　钟（晋江人，举人）
许国士（祁州人，天启壬戌进士）
张一霁（河[①]南睢阳人。并丙辰进士）
毛自道（山东平原人，丙辰进士）
王缵宗（四川南充人，丙午举人）
顾应龙（无锡人，乙丑进士）
朱光宇（祥符人）
申嘉瑞（河南叶县人，丙午解元）
张敷潜（晋江人，壬子举人）
郑继之（湖广襄阳卫人，乙丑进士）
高　荐（益都人，隆庆辛未进士）
姜士昌（丹阳人，万历庚辰进士）
陈一简（繁昌人，癸未进士）
洪敷诰（临桂人，丙辰进士）
叶　炜（宣城人，丙戌进士）
袁　谏（西充人，乙未进士）
曹志遇（兴国人，戊戌进士）
阳思谦（新化人，乙未进士）
张守道（宣城人，甲辰进士）
卢瑛田（东莞人，庚戌进士）
宋统殷（即墨人，庚戌进士）
陈王道（东莞人，举人）
张　璇（高邑人，举人）
史启元（江都人，甲辰进士）
张道泽（山[③]西沁水人，官生）
张　湖（四川大邑人，举人）
韩昭宣（山西蒲州人，崇祯十一年任）
张永禧（南直宜兴人，官生）
刘世俊（蒲州人，甲戌进士，十五年任）
盛　黄（项[④]城人，甲子科［举人］[⑤]，十七年四月任）

① 原作“湖”，据万历《徐州志》、雍正《河南通志》等改。
② 原作“倚”，据康熙《徐州志》改。
③ 原作“江”，径改。
④ 原作“相”，据康熙《徐州志》改。
⑤ 二字据康熙《徐州志》补。

国朝

陈嘉胤（山东东平人，举人，二年任）

王维屏（山西人，举人）　边维隆（河南人，举人）

姚玄瑛（浙江杭州人，进士）

张云翼（河南洛阳人，进士，顺治九年任）

贾益谦（十年任）[①]

徐州洪工部分司

万历六年裁，归并吕梁。

杨　琏（定远人，卒于官，墓在骆驼山下）

孙　昇（山东济宁人）　史　历（溧水人）

王　豫（河南祥符人，景泰甲戌进士）

王　忠（浙江临海人）

蒋希性（浙江缙云人。并正统丙辰进士）

蒋　文（福建侯官人）　成　伟（兴化人）

李　蕃（云南河阳人，正统戊辰进士）

袁　润（江西丰城人，景泰［甲戌进士］[②]）

张　寰（江西新建人）　宋　德（山东嘉祥人，天顺丁丑进士）

谢　弁（浙江余姚人）　郭　昇（河南颍川卫人，天顺庚辰进士）

王　道（河南固始人，天顺丁丑进士）

方　彬（莆田人，成化壬辰进士）　尹　珍（大河卫人，乙未进士）

吴　超（福建漳浦人，戊戌进士）　饶　泗（江西进贤人，辛丑进士）

吴　瑞（昆山人，乙未进士）　谢　缉（江西乐安人，辛丑进士）

冯　夔（无锡人，弘治庚戌进士）　夏从寿（江阴人，癸丑进士）

董　恬（上海人，丙辰进士）　胡　昉（浙萧山人，癸丑进士）

朱　衮（浙上虞人，壬戌进士）　罗　循（江西吉水人，己未进士）

陆　鳌（吴江人，壬戌进士）　戴德孺[③]（浙临海人）

吴　哲（华亭人。并弘治乙丑进士）　陈　辅（仪真人，正德甲戌进士）

陆　金（吴江人，丁丑进士）　王时泰（浙余姚人，甲戌进士）

---

① 原阙，三字据康熙《徐州志》补。

② 四字据嘉靖、万历、康熙《徐州志》补。

③ 原作“儒”，据万历《徐州志》、乾隆《浙江通志·选举十五》改。

李　香（江西分宜人，辛巳[①]进士）　陈之良（湖广应山人，嘉靖癸未进士）
于思睿（山东青城人，丙戌进士）　刘　录（江西鄱阳人）
陈　明（山东历城人。并癸未进士）　胡　岳（江西鄱阳人，壬辰进士）
马从谦（溧阳人）　李载贽（湖广石首人）
戴　鰲[②]（浙鄞县人。并乙未进士）　陈　穆（浙鄞县人，戊戌进士）
王重光（山东新城人）　王　觉（无锡人。并辛丑进士）
冯有年（无锡人，甲辰进士）　彭登瀛（广西临桂人，丁未进士[③]）
陈元琰（福建怀安人，庚戌进士）　吴遵晦（浙钱唐人，癸丑进士）
张大猷（广东番禺人）　董　懋（四川泸州人）
姚体信（浙平湖人。并丙辰进士）　李　汶（任丘人，壬戌进士）
王　宜（晋江人，壬戌进士）　刘　泮（福建籍江都人，壬戌进士）
欧阳绍庆（江西泰和人，举人）　张登云（山东宁阳人，辛未进士）
万文卿（南昌人，甲戌进士。万历六年裁）

吕梁洪工部分司

先是命官不一。永乐中，少卿徐仪（江西南城人）、廉使荣华（顺天宛平人）、郎中王溥（平城人）。自后，始以主事来任。

萧　宏（宣城人）　张　荣（湖广人）
谢　逵（山东人）　丘　奎（山东人）
杜　谦（昌黎人）　虞　钟（浙开化人）
钟　宸（华亭人，天顺丁丑进士）　张　达（泰和[④]人，甲申进士）
过　璘（浙平湖人，成化丙戌进士）　谢　敬（山东德州人，天顺丁丑进士）
孙　佐（浙仁和人，庚辰进士）　李　瀛（顺天宛平人，成化壬辰进士）
王　俨（湖广华容人，成化［己丑］[⑤]进士）
费　瑄（江西铅山人，乙未进士）　李　侃（江西玉山人）
李　浩（山西曲沃人。俱甲辰进士）　李　泰（江西新城人，戊戌进士）
赵　璜（江西安福人）　来天球（浙萧山人。并弘治庚戌进士）

① 原作“辛丑”，据嘉靖、万历、康熙《徐州志》改。案《皇明进士登科考》：李香，正德十六年辛巳科二甲第七十八名。
② 原作“鳌”，据《皇明进士登科考》卷十一改。
③ 原作“并丁未进士”。然案前文，无与可并者，今据文例删“并”字。
④ 诸志俱作“直隶太和”，误。据《天顺八年甲申进士登科录》改。
⑤ 二字据嘉靖、万历、康熙《徐州志》补。案《皇明进士登科考》：王俨，成化五年己丑科三甲第六十七名。

皇甫录（长洲[①]人，丙辰进士）
张文锦（广宁人，乙未进士）
刘天麒（广西桂林人）
姜　荣（浙余姚人。并壬戌[②]进士）
伍　全（江西安福人，正德戊辰进士）
李　楫（四川成都人）
蒋　益（武进人）
陈　宪（江西余干人。并辛未进士）
郭持平（江西万安人，丁丑进士）
温　濡（山东招远人，甲戌进士）
冯世雍（湖广江夏人）
卢　绅（陕西咸宁人。并嘉靖癸未进士）
蒋应奎（山西行都司人，丙戌进士）
张　镗（浙余姚人，癸未进士）
公跻奎（山东蒙阴人，乙未进士）
张　珍（丹阳人，乙未进士）
徐有让（山东东平人，乙酉举人）
陈洪范（浙仁和人，辛丑进士）
曹　英（四川江津人，辛卯举人）
纪　璿（顺天蓟州人，丁未进士）
包应麟（浙临海人）
诸　暲[③]（浙余姚人，庚戌进士）
王应时（福建侯官人，庚戌进士）
卢加庆（祥符人，癸丑进士）
章汝槐（江西临川人，丙辰进士）
何　源（江西广昌人，己未进士）
吴善言（成安人）
唐　炼（湖广常德卫人。并壬戌进士）
吴自新（江宁人）
黄猷吉（临清籍浙江人。并戊辰进士）
陈邦彦（青阳人，甲戌进士）
公一扬（山东[蒙阴]人[④]，嘉靖己未进士）
沈　修（仁和人，万历庚辰进士）
萧　雍（宁国人，癸未进士）
李　瑞（河南林县人，举人）
佘毅中（铜陵人，甲戌进士）
陈　瑛（莆[⑤]田人，甲戌进士）
袁光宇（常熟人，丙戌进士）
黄承玄（秀水人，丙戌进士）
刘不息（祥符人，举人）
朱家法（上海人，壬辰进士）
袁应泰（陕西凤翔人，乙未进士）
赵应选（江西新昌人，壬辰进士）
傅淑训（湖广孝感人，甲辰进士）
王命禹（浙江萧山人，丁未进士）
吴大山（浙钱唐人，举人）
蒋　谨（江阴人，丁未进士）
金元嘉（吴江人，丁未进士）
晋承惠（山西洪洞人，举人）
赵　濂（陕西韩城人，举人）
聂云翃（曲周人，举人）
屠存仁（浙嘉兴人，进士）
胡　琏（云南籍江西余干人，崇祯戊辰进士）

① 原作“常州”，讹自嘉靖《徐州志》，据《千顷堂书目》《江南通志》等改。
② 原作“壬辰”，据康熙《徐州志》及《皇明进士登科考》改。
③ 原作“璋”，据《皇明进士登科考》卷十二改。
④ 案《蒙阴县志》：公一扬，号亦山，前吕梁洪工部分司主事公跻奎第三子。
⑤ 原作“蒲”，径改。

王赞资（浙会稽人，官生）　　余　宗（湖广襄阳人，举人）

国朝

谷明登（鹿邑人，举人）　　沈浣先（苏州人，甲子［举人］[①]）

郭　浩　　宁之凤（宁阳人，进士）

李本晟（蕲州人，进士）　　佟弘器（满洲人）

杨西狩（江西南昌人，壬辰进士）

夏镇工部分司

提督闸务。先是，复罢不常。弘治戊申罢，甲寅复之。正德丁卯罢，辛未复之。嘉靖癸未又罢，乙未又复之（黄河入漕，而诸闸利涉，故罢；黄河南徙，而诸闸泉微，故又复）。

陈　宣（浙永嘉人，成化辛丑进士）　　胡　倬（广西临[②]桂人，甲辰进士）

俞　稳（浙宁海人，弘治庚戌进士）　　江师古（湖广蒲圻人，癸丑进士）

蒙　惠（广西苍梧人，庚戌进士）　　高　贯（江阴人，己未进士）

章文韬（浙黄岩人，己未进士）　　章　拯（浙兰溪人，壬戌进士）

王孝忠（四川南充人，丙辰进士）　　王　銮（江西大庾人，正德戊辰进士）

李　瑜（浙缙云人，丁丑进士）　　乐　选（浙仁和人，辛未进士）

王　佩（文安人，壬辰进士）　　颜德伦（江西安福举人）

侯　宁（山东东平人，己丑进士）　　许　诗（河南灵宝人，乙酉举人）

徐惟贤（浙上虞人，甲辰进士）　　钦拱极（太仓人，庚戌进士）

曾　鉴（山东德州人，癸丑进士）　　陆梦韩（浙平湖人，丙辰进士）

施笃臣（青阳人，丙辰进士）　　宋预卿（四川富顺人，己未进士）[③]

陈　楠（浙奉化人，嘉靖壬戌进士）　　钱锡汝（吴县人，嘉靖乙丑进士）

季[④]　膺（华亭人，嘉靖乙丑[⑤]进士）　　高自新（获鹿人，隆庆戊辰进士）

陆　檄（长洲吴县人，万历甲戌进士）　　詹思谦（浙常山人，万历甲戌进士）

王　焕（湖广咸宁人，隆庆辛未进士）　　詹世用（江西弋阳人，隆庆戊辰进士）

---

① 二字据康熙《徐州志》补。

② 原作“林”，据嘉靖、万历《徐州志》改。

③ 按：自宋豫卿以上驻沽头，其名沽头工部分司。嘉靖四十四年河决署圮，迁入夏镇，改名夏镇工部分司。自陈楠以下皆驻夏镇。

④ 原作“李”，据万历《徐州志》及《嘉靖四十四年进士登科录》改。

⑤ 原作“丁丑”。按：嘉靖无丁丑。据万历《徐州志》及《进士登科录》改。

韩　杲（河南光山人，隆庆辛未进士）杨　信（陕咸宁人，万历癸未进士）
余[①]继善（河南固始人，万历庚辰进士）
钱养廉（浙仁和人，万历己丑进士）　尹从教（四川宜宾人，万历庚辰进士）
杨为栋（四川綦江人，万历己丑进士）梅守相（宣城人，万历己丑进士）
茅国缙（浙归安人，万历癸未进士。推补更替领敕行事自此始）
汤　沐（湖广[②]安陆人，万历壬辰进士）
刘一鹏（江西南昌人，万历壬午举人）钱时俊（常熟人，万历甲辰进士）
石　炬（湖广兴国州人，万历丁未进士）
黄元会（太仓人，万历癸丑进士）　张应完（浙鄞县人，万历丁酉举人）
章　谟（浙德清人，万历丁未进士）　陆化熙（常熟人，万历癸丑进士）
刘　泓（浙海盐人，万历己未进士）　朱瀛达（浙余姚人，万历癸丑进士）
丰　建（浙鄞县人，天启乙丑进士）　吴昌期（浙江籍吴江人，万历己酉举人）
赵士履（常熟人，官生）　于重庆（金坛人，崇祯辛未进士）
宫继兰（泰州籍静海人，崇祯丁丑[③]进士）

国朝

杨天祥　高鹏南
狄　敬（溧阳人，进士[④]）　常锡胤（河南鄢陵人。见任[⑤]）

徐属河务同知

专管徐、萧、沛、砀、丰河务，并灵璧县堤岸催运。

孙鸣教（湖广京山举人，万历廿二年任）
陈昌言（河南宜阳人，二十四年任）
樊玉衡（黄冈人，癸未进士，命不允而去[⑥]）

---

① 原作“徐”，据康熙《徐州志》及《万历八年进士题名碑》改。按：余继善，万历八年庚辰科三甲第一百九十五名。

② 原作“光”，据说康熙《徐州志》改。

③ 原作“未”。按：崇祯无丁未，据康熙《徐州志》改。

④ 字据康熙《徐州志》补。

⑤ 字参康熙《徐州志》补。

⑥ 原作“癸未命不允而去”，康熙《徐州志》曰：“七字未详何谓，或因进士资格，不使为也。”按：“癸未”者，樊玉衡万历十一年癸未科三甲第二百二十七名；“命不允而去”，案《明史》《湖北旧闻录》：万历二十六年四月，玉衡时知全椒，上疏立储，戚畹摘“不慈”“不智”二语为人臣讪上，论死，赖相国赵志皋救免，永戍雷阳，天启元年始遇赦归。推此，似曾有命，实未及莅即免去。

许一诚（蓟州人，举人，二十六年任）

张　执（陕西富平举人，三十一年任）

张凤翼（陕西长安人，举人，三十三年任）

崔维岳（大名举人，三十六年任）

吕　谔（山东莱阳人，举人，三十九年任）

郑　谦（黄冈举人，四十一年任）

萧大成（河南陕州人，举人，天启元年任）

司乃疆（内黄举人，三年任）

吴嘉言（湖广汉阳人，选贡，崇祯元年任）

孔从先（广东清远举人）

姚来琯（江西南城人，恩贡）

张俊英（衡水人，举人，九年任）

朱梦弼（浙嘉兴人，举人，十五年任）

朱以霈（山东鲁藩乐陵王府）

郑之俊（河南归德人，贡，十七年任）

国朝

朱家栋

杨作栋

叶腾凤（进士。见任）

史元选

韩竞秀（山东淄川人）

魏裔鲁（见任）

知州

凡朝贡、庆会，及诸公移并直达四邑之政，皆申白抚、按两院洎兵道监司，待报而后从事。岁以佐一人入庆万寿节。（丁未吴元年，命将傅友德守徐州。二月，与元将扩廓帖木儿战于吕梁）。

文景宗（合肥人，洪武元年任）

高玉琳（洪武七年任）

张　景（泗州人，生员，十年任）

徐　恒（十五年任）

田　渎（易州人，监生，二[①]十一年任）

---

① 原作“三”，据嘉靖、万历、康熙《徐州志》改。

杨节仲（湖广樊城人，三十一年任）
杨　秘（山西辽州人，宣德四年任）
汤惟坚（浙丽水人，监生，正统二年任）
章　赞（浙遂安人，监生，正统六年任）
苏　璟（祥符人，监生，十年任）
任　泰（陕咸宁监生，十三年任）
罗　正（江西丰城人，监生，景泰二年任）
宋　诚（湖广蕲州人，四年任）
王　叙（山西临汾人，天顺五年任）
陈廷琏（湖广攸县人，进士，成化六年任）
张　琳（河南上蔡人，十年任）
和　鸾（山西平定举人，十一年任）
朱　鼎（二十一年任）
何宗理（陕西平凉进士，弘治七年任）
王　寅（四川安居举人，十三年任）
上官崇（江西吉水进士，正德二年任）
栗　铭（潞州人，进士，五年任）
张行甫（大兴进士，七年任）
武　雷（山东馆陶人，举人，九年任）
樊　准（南昌人，十三年任）
张　淮（义勇前卫进士，十三[①]年任）
卢永[②]春（嘉靖元年任）
郭天锡（山东福山所举人，二年任）
李　邦（四川巴县举人，六年任）
孙　光（浙萧山人，举人，九年任）
魏　颂（湖广[③]蒲圻举人，十三年任）
陆时望（江西丰城人，举人，十四年任）
陈克昌（浙仁和进士，十九年任）
熊　林（广西［宣化］[④]人，举人，二十年任）

① 原作“一”，据嘉靖、万历《徐州志》改。
② 原作“水”，据万历、康熙《徐州志》改。
③ 原作“光”，据万历、康熙《徐州志》改。
④ 原墨丁。案雍正《广西通志》卷七十三《选举》：嘉靖元年壬午科乡试“熊林，宣化人，徐州知州。”据补。

王重贤（交河举人，廿二年任[①]）
陈淑美（陕西泾阳举人，二十三年任）
何　莘（广西桂林举人，廿六年任）
李　桐（吴桥人，举人，三十年任）
胡　麟（藁城进士，三十二年任）
王　霄（陕西秦州人，举人，三十五年任）
郑维邦（福建侯官举人，三十九年任）
邹　臣（河南安阳人，举人，四十三年任）
王　銧（山西灵丘举人，隆庆元年任）
章世祯（江西余干举人，三年任）
刘顺之（广西马平举人，隆庆六年任[②]）
孙养魁（容城举人，[万历][③]四年任）
刘贞宽（山西[安邑][④]举人，十三年任）
唐民敏（广西全州举人，十四年任）
张士美（陕西□□[⑤]举人，十七年任）
许知新（晋江举人，十八年任）
徐　邻（上虞举人，二十年任）
刘　萃（雒阳举人，二十二年任）
曾士毅（四川巴县举人，二十四年任）
张　执（陕西富平举人，二十七年任）
关　香（江西新建举人，三十三年任）
夏崇谦（湖广京山举人，三十三年任）
刘民爱（贵州[平坝卫][⑥]举人，三十七年任）
张崇烈（湖广[应城][⑦]举人，三十八年任）
张正纲（晋江举人，四十年任）

① 原作“交和”“廿三年”，据嘉靖、万历、康熙《徐州志》改。
② 原作“万历元年任”。案万历《徐州志·选举》作“隆庆五年任”，似误；本志作“万历元年”，益误。今考刘顺之任内实迹，据万历《徐州志·宦迹》、康熙《徐州志·官司二》改为“隆庆六年任”。
③ 字据万历、康熙《徐州志》补。
④ 原墨丁。案雍正《山西通志》卷六十九《科目五》隆庆元年丁卯科乡试：“刘贞宽，安邑人，徐州知州。”据补。
⑤ 原墨丁，籍贯无考。查康熙、雍正《陕西通志·选举》皆无此人。
⑥ 原墨丁，据乾隆《贵州通志》卷二十六《选举》补。按：刘民爱，贵州平坝卫人，万历二十五年丁酉举人。三十七年知徐州。同年十二月，徐州吴家庄盗劫杀如皋之任知县张藩，漕运总督李三才以知州刘民爱、指挥王正国等失事罪闻，落职。见《神宗实录》卷四百六十五。
⑦ 原墨丁，据雍正《湖广通志·选举》补。按：张崇烈，应城县人，万历十六年戊子举人。

程宇鹿（四川合州举人，四十三年任）

傅维翼（四川富顺举人，四十五年任）

汪心渊（江西弋阳人，四十七年任）

张国用（[贵州][①]定番举人，天启四年任）

辛联魁（江西[万载][②]举人，天启五年任）

霍震寓（北直清苑举人，七年任）

粆[③]良翰（陕西[高陵][④]举人，崇祯元年任）

韩　云（山西绛州举人，元年任）

孙振基（山东诸城举人，四年任）

杨锡璜（福建晋江人，己未进士，五年任）

杨思乾（江西临川举人，七年任。见传[⑤]）

李宗奇（江西临川举人，八年任）[⑥]

刘中衍（江西金溪举人，九年任。见传[⑦]）

冉孺能（河南中牟举人，十年任）[⑧]

朱统鑄（江西瑞昌王府，孝廉，十一年任。见传[⑨]）

纪天祐（江西籍举人）

瞿鸣岐（四川重庆垫江人，以淮安同知管州事）

何　复（山东平度州人，进士，十六年春任）

朱蕴鏉（湖广宗室，十七年三月任。至弘光元年三月解。有传[⑩]）

国朝

王自成（浙江人，顺治二年四月任）

---

① 原墨丁，据康熙《徐州志》补。案乾隆《贵州通志》卷二十六《人物·选举》：张国用，定番州人，万历三十七年己酉举人，官知州。

② 原墨丁，据康熙《徐州志》补。案康熙《江西通志》卷五十三："辛联魁，万载人，徐州知州。"万历三十一年癸卯举人。

③ 原作"米"，据《陕西通志》《西安府志》《高陵县志》等改。案光绪《高陵县续志》卷六《人物传下》："粆良翰，渭桥里人，万历三十四年丙午举人，任阳城教谕，历官至徐州知州。按：《阳城志》作'米良翰'"。今据陕志改回原字。

④ 原墨丁。据《陕西通志》《西安府志》《高陵县志》补。

⑤ 按：卷四上《宦绩》无杨思乾传。

⑥《明通鉴》卷八十四：崇祯八年二月，"时，罗田之贼复分陷徐州及虞城、商丘、汝宁、真阳、新蔡。徐州则知州陈桂栋，虞城则生员宋鼎延……皆死之。"该年似应有知州陈桂栋。

⑦ 同上，本志《宦绩》自张正纲以下知州，皆无传。

⑧ 底本先冉孺能（十年任），次刘中衍（九年），又次李宗奇（八年）。今据文例调整。

⑨ 本志无传，疑增刻时已删。

⑩ 本志无传，疑增刻时已删。

冯　睿（北直涿州举人，二年任）　佟遵道（满洲人）
赵文星（锦州人。佟前[①]）　余志明（辽东贡士。见任）

同知

刘　秩（江西丰城人，洪武元年任。见传）
萧云举（江西新城人，监生，永乐十年任）
喻则成（江西玉山人，进士，宣德八年任）
阎　本（直隶滦[②]州人，监生，正统八年任）
包用达（浙江桐庐人，监生，九年任）
程　综（福建福州人，十二年任）
王　政（浙江鄞县人，景泰四年任）
李　荣（直隶隆平人，七年任）
王　琦（天顺五年任）
沈仝和（浙江乌程人，成化十一年任。见传）
张师载（浙江海盐人，监生，弘治七年任）
孔　易（十八年任）　邵　立（正德五年任）
俞　绫（浙江新昌人，监生，八年任）
臧　鲁（嘉靖二年任）　王　芳（六年任）
赵　鸾（浙江余姚人，吏员，七年任）
姚一和（江西高安人，监生，十年任）
樊　艮（浙江缙云人，监生，十二年任）
赵　恒（直隶柏乡人，监生，十四年任）
李　杜（江西玉山人，监生，十六年任）
沈　美（浙江慈溪人，吏员，十九年任）
石　岗（广西平乐人，吏员，二十三年任）
刘天叙（福建莆[③]田人，吏员，二十八年任）
梁　仪（直隶无极人，三十一年任）
刘　宣（四川人，监生，三十五年任）

① 查康熙《徐州志》，先赵文星，后佟遵道，并阙年。则此“佟前”二字应为旁批，提示赵任职在佟之前。制版时二字误人志书正文。
② 原作“栾”，据嘉靖、万历、康熙《徐州志》改。
③ 原作“蒲”，径改。

王文华（山西人，吏员，三十六年任）
陈　鸣（浙江山阴人，监生，三十八年任）
王继志（广东琼山人，监生，四十一年任）
谢俊芳（湖广辰溪人，监生，四十三年任）
胡　轲（江西鄱阳人，隆庆元年任）
陈大章（浙江鄞县人，进士，二年谪任）
应世卿（浙江诸暨人，监生，二年任）
冯　镮（山西威远卫人，监生，四年任）
何　普（浙江龙游人，监生，六年任）
王　璞（河南淇县人，监生，万历二年任）[①]
马　图　　周治升　　魏守训　　卓　相
王　宇　　王子充　　丁　偕[②]　　姜继周
李敬可（广东人）　　宋一征（陕西安塞县人）
郭自震　　徐德言（北直隶龙门县人）
李学夔（江西南昌县人）
李联芳（陕西西安府同州朝邑县人，丁未进士）
许令典（浙江海盐县人，丁未进士）　　杨麟征（陕西延安府延安卫人）
王士吉（山东招远县人）　　王邦定（山西洪洞县人）
刘文炳（北直隶唐县人）　　刘梦弼（山西沁[③]州人）
汤大耆[④]（江西临川县人）　　刘兆东（北直隶东安县人）
杨启泰（湖广汉阳县人，选贡，[崇祯][⑤]十三年任）
朱以化（江西浮梁县人）

国朝

郑世位（徽州人，署事）　　杨炤普（河南安阳县人）
高　榜（北直河间府肃宁县人）　　徐光祖（见任）

① 按：万历五年后有同知张位，本南京国子监司业，当张居正父故之日，曾遗书劝其遵制丁忧；追简讨赵用贤以言事行也，位以诗送之。居正愤恨，降补徐州同知。十一年二月，以给事中冯景隆、御史孙维城荐，擢南京尚宝丞。见《明神宗实录》卷一三三、《明史》本传。
② 案《明神宗实录》卷二九四：万历二十四年二月甲子，优奖徐州等州同知等官丁偕等四十四员。
③ 原作“泌”，据康熙《徐州志》改。
④ 康熙《徐州志》改入判官，注曰：“汤大耆，江西临川人，监生。旧志误作同知，今照《抚州志》订正。”
⑤ 二字据康熙《徐州志》补。

管粮判官[①]

晏　璧（江西庐陵人，永乐二年任）
侯　铭（直隶完县人，八年任）
梁　逊（十三年任）
杨道亨（浙江严州人，宣德八年任）
唐　庆（八年任）
朱　泗（福建福安人，正统二年任）
程　式（河南祥符人，五年任）
彭　志（山东蓬莱人，监生，七年任）
周仕安（湖广崇阳人，监生，八年任）
黎用显（江西清江人，十一年任）
潘　东（福建侯官人，监生，景泰四年任）
韩　琪（天顺五年任）
吕　胜（直隶清苑人，成化六年任）
赵　颙（浙江兰溪人，六年任）
李文举（弘治七年任）
刘　珵（十八年任）
周　豫（十八年任）
陈　鉴（正德五年任）
赵宗良（九年任）
夏　暹（九年任）
董　相（十三年任）
潘九征（直隶蓟州人，监生，十六年任）
齐　凤（河南临漳人，监生，嘉靖二年任）
戴　魁（直隶大城[②]人，举人，三年任）
谢　元（三年任）
王　轼（五年任）
温文标（山西石州人，监生，七年任）
张　溥（山东平原人，监生，八年任）
项　情（江西德兴人，监生，八年任。见传）
郑清远（福建侯官人，吏员，十二年任）
崔　镇（直隶香河人，监生，十二年任）
王　梓（江西安义人，监生，十四年任）
滕　汉（湖广麻阳人，监生，十五年任）
程　鸣（江西上饶人，监生，十七年任）

① 以下所列，管粮、管河、管马皆有，综曰“管粮”，有失笼统。
② 原作“成”，据嘉靖、康熙《徐州志》改。

马　云（直隶兴州卫人，监生，十七年任）
吴　镛（福建长泰人，监生，十八年任）
李　睿（四川达州人，吏员，十九年任）
徐有恭（山东东平人，监生，二十年任）
陈　壮（浙江余姚人，知印，二十年任）
黄应期（江西南城人，监生，二十三年任）
欧世贤（广西苍梧人，监生，二十三年任）
袁　衮（云南楚雄卫举人，二十四年谪任）
白　雁（直隶兴济人，监生，二十六年任）
唐仕祐（湖广会同人，监生，二十九年任）
高　瀛（直隶成安人，监生，二十九年任）
王　沂（山东德州人，监生，三十一年任）
阎绍光（山东青州人，监生，三十三年任）
杜　巍（山东登州卫人，三十五年任）
路　塘（陕西靖虏人，监生，三十七年任）
张自义（河南永城人，监生，三十七年任）
张邦治（浙江崇德人，知印，三十八年任）
刘继厚（福建闽县人，吏员，三十九年任）
梁明经（直隶景州监生，四十年任）
黄　鳌（江西赣县人，四十二年任）
黄国勋（江西清江人，吏员，四十二年任）
章世祯（江西余干人，举人，四十四年谪任）
周　宸（湖广保康人，监生，四十四年任）
徐文训（浙江永康人，监生，四十五年任）
唐　俊（浙江兰溪官生，隆庆元年谪任）
邹　乔（福建建宁人，监生，二年任）
张志通（辽东广宁卫人，监生，三年任）
郑国贤（浙江兰溪监生，四年任）
李从龙（广东新会人，举人，五年谪任）
萧　梅（江西龙南人，监生，六年任）
白　经（直隶抚宁人，举人，六年谪任）
余国英（浙江西安人，万历元年任）
王　寀（直隶景州人，监生，元年任）

陈　宰（四川仁寿人，吏员，二年任）
卢　宁（湖广广济人，吏员，二年任）
陈　址（湖广施州卫人，监生，二年任）
顾应臣（浙江武义人，监生，三年任）
蒋自淑（广西全州人，吏员，三年任）
欧阳策（直隶武强人，监生，三年任）

江子洞	王国彦	倪有观
周仲士（进士）	郑尚辅	李春熙（进士）
陈京第	张弘善	洪元亨
潘景贤	邸居震	周贵阳
张时雨	方矩谟	朱一春
贾　诰	陈嘉范（崇祯三年裁）	

管上河厅

上官宝	任宗美	巫山泽	郑　简
程　潮	刘　垣	张文燿	程　潮[①]
王大化	李　榶	许凤来	梁　栋
刘凤德	焦应荐	全盛时	高士元
齐　莒	余正发	傅天宠	钟暨熺

徐　芬（晋江人，崇祯七年任）
赖存礼（福建人，九年任。十一年裁）

国朝（复置）

刘□□[②]	李衷实
原永昌	韩必升（见任）

管下河厅

李　成	朱南金	庞□□[③]	王达先

① 康熙《徐州志》按："重前。或再任，或两人，旧志并载，仍之。"
② 原墨丁，名佚。
③ 原墨丁，名佚。

宋一范　李维国　许汝美　蔡钟有
陈胤奇　裘兆锦　郭应响（河南济源人，贡生[①]）
杨于扆　赛延祺　许登俊
熊士骥（兴国人，监生）

国朝

冯　芝（直隶高邑人，恩贡，顺治初年任）[②]
谷元彦　喻振芳　王　炜（见任）

吏目

王　纪（浙江海盐人，监生，景泰三年任）
欧　铭（湖广长沙人，成化六年任）
赵　志（弘治十八年任）　李　新（正德八年任）
陆　广（直隶安州人，监生，嘉靖元年任）
阎　锦（山西宁乡人，监生，八年任）
吕　纯（十二年任）
康　淳（河南修武人，监生，十四年任）
范　经（浙江乌程人，监生，十五年任）
王　绾（山西怀仁人，监生，二十[③]年任）
张九官（山东长清人，监生，二十五年任）
王　钊（山东人，监生，二十八年任）
李　政（山东莱芜人，吏员，三十二年任）
翁　守（福建福清[④]人，承差，四十一年任）
李志勇（陕西[吴][⑤]堡人，监生，四十二年任）
曹　锡（直隶清苑人，四十五年任）
叶文溥（浙江庆元人，监生，隆庆二年任）
沈　汉（湖广邵阳人，监生，六年任）

---

① 七字据康熙《徐州志》补。
② 原墨丁，据康熙《徐州志》补。
③ 原作“十四”，讹从万历《徐州志》，据嘉靖、康熙《徐州志》改。
④ 原作“青”，据康熙《徐州志》改。
⑤ 字据康熙《徐州志》补。

张思齐（山东钜野人，监生，万历三年任）
金鸣远（江西丰城人，吏员，三年任）
郑文迪（福建福清[①]人，知印，五年任）

钟　藻	李□□[②]	薛景瑞	谢明教
阮　约	黄积珍	钱永焕	王有道
茹学文	林大节	烟可爱	李崇道
潘应嗣	邵以泽	钟　玉	高若奎
郭　冕	周允益	张　珍	吴凤起
金　珮	滕庆云		

周光先（庐陵监生，崇祯十二年任）

国朝

茅国纶	喻□□[③]	樊时茂
胡大宁	程士骐（见任）	

学正

陈　胤（山西陵川举人，洪武[三十二][④]年任）
俞盛世（浙江象山人，举人，永乐十二年任）
宋　骥（浙江余姚人，宣德八年任。见传）
刘　羽（江西吉水人，举人，正统四年任）
罗兼善（江西庐陵举人，十二年任）
崔　盛（江西清江人，举人，十四年任）
张德瑄（福建侯官人，景泰四年任。见传）
龚　汇（四川荣县人，天顺五年任）　聂　荣（江西清江人，成化三年任）
应广平（浙江黄岩人，举人，六年任。见传）
刘文宗（弘治十一年任）　林应甫（十四年任）
杨　和（直隶固安人，正德八年任）
胡崇易（四川垫江人，正德十三年任。见传）

---

① 原作“青”，径改。
② 原墨丁，名佚。
③ 原墨丁，康熙《徐州志》名阙。
④ 三字脱同万历《徐州志》，据嘉靖《徐州志》补。

黄　玉（云南人，十六年任）　　吴　湘（福建人，嘉靖七年任）
余　魁（江西人，九年任）　　李　宪（江西人，举人，十一年任）
周　易（广东番禺举人，十三年任。见传）
安　止（广西人，举人，十五年任）　　李　柗（广西人，举人，十九年任）
吕[①]锐（浙江永康人，举人，二十二年任）
吴时昭（福建怀安举人，二十六年任）
夏云鹏（浙江嘉兴人，三十一年任）　　袁文邀（福建龙溪举人，三十三年任）
林维杰（广东番禺人，举人，三[②]十九年任。见传）
林东阶（福建闽县举人，四十年任）　　耿　介（直隶元城人，四十三年任）
宁惟良（直隶祁州人，隆庆元年任）　　孔彦沂（山东曲阜人，三年任）
章　浚（江西新喻人，万历元年任）
陈　玺（福建福清人，举人，五年任[③]。见传）
王　佩（浙江仁和举人，九年任）
邓成藩　　袁尧臣（江阴举人，十七年任）
田　苗　　申　田（直隶灵寿进士，未任）
孙政敏（举人）　　计如愚
陈格言（举人）　　张　焕（东莞举人）
李承福（北直卢龙人，岁贡[④]）
陈愈嘉　　周宪时（苏州举人）
何懋基（常州举人）　　甘　霈（贵阳举人）
张　淳（湖广孝感举人，天启三年[任][⑤]）
王延庚（莱阳人）　　黄国骅
雷永祚（南直人）　　陈孟敬
倪自治（南直桐城人，[崇祯][⑥]十一年任）
朱梦弼（浙江嘉兴举人）　　张维光（辽东前屯人，十五年任）

① 原作“吴”，据万历、康熙《徐州志》改。
② 原作“二”，据万历、康熙《徐州志》改。
③ 本志卷四上《宦绩》作“六年任”。
④ 七字据康熙《徐州志》补。
⑤ 字据康熙《徐州志》补。
⑥ 二字据康熙《徐州志》补。

国朝

石曰祯[①]（北直贡士）　　谭学准（江南贡士）

张如骞（举人。见任）

训导

孔公礼（山东曲阜岁贡，正统七年任）

傅　霖[②]（江西永丰人，儒士，十一年任）

胡　顼（江西进贤儒士，十一年任）

赵　敏（四川永川人，举人，十二年任）

赵　观（[景泰][③]四年任）　　王　达（山西襄陵人，举人，七年任）

徐原怡（浙江临海人，天顺元年任）

宋时著（弘治十一年任）　　刘天锡（十三[④]年任）

徐　俨（正德十年任）　　郭　辉（十年任）

李　珍（江西浮梁人，十二年任）　　邓孔[⑤]清（江西进贤人，十二年任）

杨　琳（十二年任）　　于　松（嘉靖元年任）

方中孚（浙江乌程人，九年任）　　李　仁（江西浮梁人，十二年任）

丘以山（河南人，十三年任）　　王时正（湖广人，十三年任）

朗　楠（浙江人，十八年任）　　李敷阳（直隶真定人，十八年任）

卢　泰（湖广人，十九年任）　　解　初（顺天府人，二十年任）

刘仲璋（河南人，二十二年任）　　谢　京（浙江於潜人，二十四年任）

高　朗[⑥]（河南通许人，二十五年任）　　廖　辕（江西崇仁人，二十五年任）

张九旃（北直邢台人，二十九年任）　　郭本固（山东冠县人，三十一年任）

王可久（河南杞县人，三十二年任）　　崔进美（山西襄陵人，三[⑦]十五年任）

王　裳（北直栾城人，三十七年任）　　李一旸（湖广麻城人，三十八年任）

任　统（山西岳阳人，三十九年任）　　郑良贵（浙江常[⑧]山人，四十三年任）

杨秉忠（河南裕州人，四十三年任）

---

① 康熙《徐州志》、乾隆《徐州府志》作“桢”。
② 原作“林”，据嘉靖、万历、康熙《徐州志》改。
③ 二字据嘉靖、康熙《徐州志》补。
④ 原作“二”，据万历、康熙《徐州志》改。
⑤ 原作“化”，据嘉靖、万历、康熙《徐州志》改。
⑥ 原作“郎”，据嘉靖《徐州志》、康熙《徐州志》、乾隆《徐州府志》、乾隆《通许县志》改。
⑦ 原作“二”，据万历、康熙《徐州志》改。
⑧ 原作“尝”，据万历、康熙《徐州志》改。

蒲　祥（河南祥符人，四十四年任。见传[①]）

邬　麟（江西余干人，隆庆二年任）

钱　运（江西星子人，三年任）　胡士荣（山东章丘人，四年任）

刘朝阳（河南睢州人，六年任）　李重卿（江西兴国人，万历元年任）

鲁一贯（直隶当涂人，二年任）

陈邦奇　俞思静　罗胤贵

陈　奇　邓　铠

宋良用（云南蒙[自][②]人，十六年任）

魏应元　潘清光　张　侯

杨　升　李之德　刘安善

刘巨鳌　袁一理（六合县人，二十一年任）

张三才　顾凤仪　董　济　罗世春

李　薛　杨名世　牛光溥　李春时

周之冕（苏州府[人][③]）　葛弘道　杨植本

丁有望　杨茂才　尤　奇（淮安府人）

王可行　王嘉夔　陈廷彦　许云会

狄来臣（山东莱芜人）　王登哲（北直[人]）

张国正　王行谏　刘安民

王泽远（北直安平人）　聂克勤（北直赵州人）

吴家泰（北直枣强人）　王与莹（山东宁阳人）

范友欧（南直寿州人）

国朝

曹以迈（徽州府[人]）　朱梦龙（全椒人）

蔡尚廉（见任）

萧县

历代知县（见邑志）

① 本志《宦绩》无蒲祥传。

② 原阙，字据文例补。

③ 字据文例补。

国朝

李联芳　杨春和　陈超南
祖永勋　丁体仁（见任）

沛县

历代知县（见邑志）

国朝

徐可大（进士）　王克生（进士）
赵世祯　郭维新（见任）

砀山县

历代知县（见邑志）

国朝

刘养性　黄廷诤　赵启建
夏以牧（见任）

丰县

历代知县（见邑志）

国朝

李允祯[①]（举人）　阎　玿[②]（进士。见任）

四县佐贰（各见邑志）

① 原作“李永祯”，据顺治《丰县志》、乾隆《徐州府志》改。
② 原作“阎炤”，据顺治《丰县志》、康熙《徐州志》改。

萧县

历代谕训（见邑志）

国朝

陈弘泰　　李陶寰　　吴律身　　程孔思

沛县

历代谕训（见邑志）

国朝

朱一新　　韩□□　　侯靖宸

砀山县

历代谕训（见邑志）

国朝

黄中瑄　　苏　渊（举人。见任）

罗锡胤　　吴允宏[1]

丰县

历代谕训（见邑志）

国朝

杨　熼　　陈　彝（举人）

谢昌运　　江能容（见任）

① 案康熙《徐州志》，罗锡胤、吴允宏二人为训导。

杂职

黄河东岸驿丞：张隆铉　　彭城驿丞：赵植

利国监驿[①]丞：余光荣、顾国荣

房村驿丞：曹淮　　桃山驿丞：郑弼明

吕梁洪巡检司：史元勋、王臣

杨庄闸闸官：□[②]时　　夏镇闸［闸官］：侯凤鸣

梁境闸［闸官］[③]：刘应才

选举

徐州

进士

牛　吉（正统四年己未科，任佥事）

张　信（成化五年己丑科，任佥事）

孙　珩（十四年戊戌科，任参议。见传）

沙　立（弘治三年庚［戌］[④]科，任［佥］[⑤]事。见传）

马　津（正德十二[⑥]年丁丑科，任提学副使。见传）

舒　经（嘉靖二年癸未科）

朱乾亨（嘉靖二十年辛丑[⑦]科，任知府）

张鹤鸣（万历[⑧]庚辰科，任御史）

陈汝麟（万历癸未科，任佥事）

万崇德（万历甲辰科，任御史）

---

① 原作“驲”，同“驿”。
② 原阙，后志亦无补。
③ 以上并据文例补。
④ 字据万历《徐州志》补。
⑤ 字据万历《徐州志》补。
⑥ 原作“三”，据万历《徐州志》改。
⑦ 原作“未”，据万历《徐州志》改。
⑧ 原作“隆庆”，案隆庆无庚辰。庚辰为万历八年，据康熙《徐州志》改。

国朝

蒋之绂（顺治丙戌科，任刑部）

古取士多途，隋、唐以来举进士者，唐刘延祐、刘知几、刘商、王驾（并州）、刘轲[①]（沛），后唐刘涛，宋则[②]刘晟、刘讷、刘谭、晁迥、刘颜、刘庠、刘湜、寇国宝、颜太初、郑仅、李处全（并州）、葛晋卿（砀）、李若谷、李寿朋、姚孝锡（并丰），金刘贤佐，元王廓（并州）、张明、李亨（并萧）、吉僧、朱禬（并沛）、石普（砀），二十有八人附载焉。

举人

刘　泰（洪武二十九年丙子科，任员外郎）

任　肃（三十二年己卯科。见传）

邵　著

胡　秩（同己卯科）

蒋　焕（永乐三年乙酉科，任训导）

杨　守（任府同知）

戴　安（同乙酉科，任王府伴读）

薛　昶（九年辛卯科，任训导）

王　演（同辛卯科，任训导）

魏　瓒（十二年甲午科。见传）

权　伦（十五年丁酉科）

马　蕙（宣德七年壬子科。见传）

陈　赉[③]（十年乙卯科，任教谕）

牛　吉（正统三年戊午科，登进士）

傅　鸿（同戊午科，任教授）

董　云（六年辛酉科，任训导）

王　荣（同辛酉科，任长史）

沙　杰（九年甲子科。见传）

朱　玺（十二年丁卯科，任学正）

朱　瓒（景泰元年庚午科，任通判）

王　璟（同庚午科，任教谕）

张　伦（四年癸酉科，任王府纪善）

房　端（天顺三年己卯科，任教谕）

孙　珩（六年壬午科，登进士）

丘　岳（成化元年乙酉科）

张　佶（四年戊子科，登进士）

马　暾（七年辛卯科。见传）

马　湘（见传）

卞　祥

张　鼎（同辛卯科）

张　锐（十年甲午科，任知县）

朱　轩（同甲午科，任教谕）

孙元佐（十六年庚子科，任推官）

沙　立（同庚子科，登进士）

刘　珩（十九年癸卯科。见传）

周　云（同癸卯科，任知县）

刘　经（二十二年丙午科。见传）

① 原作“珂”，据万历《徐州志》改。
② “宋则”二字原入夹注，案前后文例，“则”字当省，今概入正文。
③ 原作“宾”，据嘉靖、万历、康熙《徐州志》改。

石　城（弘治二年己酉科）
白　辅（任知州）
王　度（同己酉科，任司务）
刘　贡（十一年戊午科）
舒　经（正德二年丁卯科，登进士）
马　津（十一[①]年丙子科，登进士）
刘　霁（同丙子科，任教授）
吴九华（十四年己卯科，任通判）
高　淳（嘉靖四年乙酉科，任通判）
朱乾亨（十六年丁酉科，登进士）
徐行道（三十一年壬子科）
张鹤鸣（隆庆庚午，登进士）
陆进阶（万历丙子科，任府判）
陈汝麟（万历壬午，登进士）
万崇德（万历庚子，登进士）
张其蕴（万历己[②]酉，高淳教谕）
李向阳（天启甲子，金山教授）
万寿祺（崇祯庚午）
蒋之绂（崇祯丙子，登进士）
萧光辰（崇祯己卯，任知县）

贡士

赵　麟（洪武十六年，任御史）
朱　芾（同本年。见传）
王　洪（十七年，任主事）
刘　增（同本年，任知府）
王　允（十九年，任主簿）
张　骥（二十年，任给事）
史　恒（二十五年，任御史）
黄　哲（二十七年，任府经历）
吴　讷（二十八年，任御史）
苏　迪（三十年，任主事）
陈　缙（三十二年，任县丞）
王　礼（永乐三年，任知县）
胡　安（五年，任吏目）
张　茂（同本年，任知县）
王　颐（七年，任主事）
潘　义（同本年，任知州）
王　弼（八年，任主事）
潘　励（九年，任推官）
王　芃（同本年，任兵马指挥）
潘　玙（十年，任县丞）
李良聪（十一年，任知县）
白　素（同本年，任少卿）
梁　惠（十二年，任知县）
孟　凯（十三[③]年，任兵马指挥）
张　勖（同本年，任主簿）
刘　庸（十四年）
吴　昶（十六年，任卫经历）
王　信（同本年，任太常奉祀）
孙　顺（十八年。见传）
孟　仝（同本年，任主簿）
刘　端（二十年，任王府典宝）
张　英（同本年）
钱　玉（二十一[④]年）
朱　敬（宣德三年，任县丞）

① 原作“六”，讹从万历《徐州志》，据嘉靖《徐州志》改。
② 原作“乙”，据康熙《徐州志》改。
③ 原作“十二”，据万历《徐州志》改。
④ 原作“二”，据嘉靖《徐州志》改。

金　蒿（七年。见传）
朱　善（八年。见传）
张　秉（九年）
沙　源（十年）
尹　冲（正统二年）
范　寅（四年。见传）
朱　环（六年，任知州）
朱　志（同本［年］[①]。见传）
王　泽（九年，任县丞）
杨　震（同本年，任卫经历）
居　安（十一年，任州判）
尹　莘（同本年，任卫经历）
曹　智（十二年，任县丞）
宋　盛（十三年）
李　恂（十四年）
曹　豪（景泰元年）
陈　孜（二年）
宋　鉴（三年）
李　惠（同本年）
李　恭（四年）
贺　达（五年）
滕　俊（同本年）
汪　润（六年，任教谕）
任　皓（同本年，任学正）
权　宗（天顺元年，任教谕）
任　伦（二年，任教谕）
鉴　昭（四年）
周　谅（五年）
申　英（七年，任典史）
魏　瑛（八年，任训导）
孔　宗（成化二年，任卫经历）
朱　莒（三年，任州判）
王　迪（五年）
路　聪（六年）
孙　绎（八年，任县丞）
孟　阳（九年，任县丞）
苏　良（十一年，任府经历）
牛　祯（同本年）
梅　玉（十二年，任训导）
孟希鲁（同本年，任训导）
马　暕（十四年，任长史）
吴　叙（十五年，任卫经历）
刘　正（十七年，任州判）
黄　仑（十八年，任训导）
周　会（二十年，任训导）
李　杰（二十一年）
张　拣（二十三年，任知县）
孔　雄（弘治元年，任训导）
任　侃（三年，任教谕）
孙　玘（四年，任训导）
居　辅（五年）
尹　瞻（六年，任知县）
束　琰（七年，任县丞）
沙　性（八年，任训导）
潘　杰（九年）
蒋　昇（十年，任学正）
张　佐（同本年，任教授）
朱　绶（十二年，任训导）
蒋　裕（十三年）
汪　凤（十六年）
丁　谦（十八年，任训导）
房　栋（同本年。见传）

① 字据文例补。

吴希哲（正德元年，任知县）
周　济（二年，任训导）
石　宁（四年，任教谕）
祖　章（五年，任训导）
金　鳌（七年）
朱廷耀（八年，任知县）
范廷章（十年）
任　悦（十一年，任训导）
潘　经（十二年，任训导）
李　瓒（十三年，任训导）
丘志广（十四年，任训导）
王逢吉（十五年）
马　江（十六年。见传）
权大经（同本年，任训导）
马　林（嘉靖元年，任主簿）
赵　环（同本年）
张　弓（二年，任学正）
胡伯启（四年）
徐　兰（五年）
周　恺（六年）
沙　玄（八年。见传）
董　恺（九年，任主簿）
沙孟升（十一年）
尹　玠（同本年，任王府审理）
周　铉（十二年，任主簿）
陈　锐（十三年）
王　珮（同本年）
崔　铠（十五年，任通判）
陈　言（十六年，任教谕）
徐　宪（十七年，任训导）
尹　埙（十八年，任训导）
周　镎（同本年，任训导）
吴　金（十九年，任训导）
黄　瀵[1]（二十年）
刘体义（二十一年）
马　伦（二十三年）
杨　年（二十四年，任训导）
周　贵（同本年，任吏目）
周　泾（二十六年，任主簿）
徐　翯（二十八年，任知县）
厉　仁（二十九年）
宋　琚（三十一[2]年）
周　冕（三十二年，任训导）
毕　集（三十三年）
朱　金（三十五年，任教谕）
周　椝（三十六年，任学正）
刘　岱（三十七年，任教谕）
权思期（三十九年）
居　易（四十年，任王府教授）
孙永祚（四十一年，任训导）
范常健（四十三年，任教授）
孙永明（四十四年，任教谕）
周　依（四十五年，任王府教授）
周中立（隆庆二年）
刘　宫（同本年，任主簿）
徐　夔（三年，任王府教授）
伊天民（四年）
吴　愚（六年，任训导）
庄　重（万历元年）

---

① 原作“导”，据本志《人物》本传及民国《铜山县志》勘误改。
② 原作“二”，据万历《徐州志》改。

杨思寿（同本年）
丘　岳（二年）
陶云鹗（四年）
马　荧（朔州学正）
夏景荣
杨希震（荥泽训导）
徐行儒（乐清训导）
张　本（任知县）
孙永朋
吴志良（沭阳训导）
马　焯（如皋训导）
周（阙名）
王　宝（苏州训导）
邓　川（金坛训导）
吴应期（万历二十年选贡，莱芜知县，升通判）
马如飞（合肥训导）
蒋　霑（余姚教谕）
张　梃（苏州训导）
赵鸣鹤（兴化训导）
范士彦（选贡，连州判官）
孙　桐（苏州训导）
马　炤
吴道昌
武金凤（太平教授）
王　聪（桐柏教谕）
沙国祯（兴化训导）
庄日新（安东训导）
王　宾（海门训导）
闵　渭（训导）
贾崇禄（溧水训导）
高　逵
王三槐（大[①]兴训导）
张四教（湖州训导）
宋　坤（琚之子）
李国彦（太平训导）
朱之藩（德安教授）
冯　桂
吴志高
毕文美（选贡，邯郸县丞）
冯志京（选贡，麻阳知县）
杜世则
鄷允兴（当涂训导）
马允化（[如][②]飞之子）
洪思谦
王　淳（乐陵教谕）
万寿祺（崇祯恩贡，崇德之子）
郭良栋
聂应登（庐江训导）
刘世用（江阴训导）
张建名（固城教谕）
刘芳誉（怀临训导）
萧光辰（盐城训[导]，己卯[举人][③]）
高攀鳌
曹志明（选贡）
魏志高（如皋学正）
吴汝琦（河南兵道）
王明德（太平教谕）
夏应凤（丹阳训导）

① 原作“太”，从康熙《徐州志》用“大”。查《大兴县志》《泰兴县志》训导，俱无此人。
② 字据康熙《徐州志》补。
③ 三字参康熙《徐州志》补。

吴之鲸　李荫阜
张世居　李　鉴（选贡。今逸）
马伯奇（选贡。今逸）

国朝

李荫远（池州训导）　李廷献（桃源[①]训导）
李思恭（昆山教谕[②]）　冯泰运（江都训导）
盛于斯（选贡，任通判）　张思齐（宜兴训导）
史廷辅（选贡，授知县）　陈心学
陈嘉猷　毕　翰　沙永誉（选贡）

萧县

进士

丁德量（洪武丁丑[③]科，任山西道监察御史）
曹士正（永乐四年丙戌科）
李性明（成化二十三年丁未科，任主事）

举人

丁德量（洪武丙子科）　曹士正（永乐三年乙酉科）
杜　礼（十八年庚子科，任训导）　王　邻（宣德十年乙卯科，任教授）
朱　信（同乙卯科。见传）　郑　诲（正统九年甲子科，任训导）
欧阳禄（景泰七年丙子科，任训导）
李性明（成化二十二年丙午[④]科）　朱　洪（弘治十一年戊午[⑤]科）
王　业（嘉靖十九年庚子，任御史）　李树琪（崇祯己卯科）

国朝

任国鑌（顺治八年辛卯科）

① 康熙《徐州志》作“霍丘”。
② 康熙《徐州志》作“教训”，乾隆《徐州府志》、铜山各县志改“训导”。
③ 原作“丙子”，据康熙《徐州志》、康熙《萧县志》改。
④ 原作“丙子”，据嘉靖、万历《徐州志》及康熙《萧县志》改。
⑤ 原作“十年戊子”，误，据嘉靖、万历《徐州志》及康熙《萧县志》改。

贡士

王　祉（洪武十六年，佥事）　武　赳（十七年，任知县）
钱守成（十八年）　孙　续（十九年，任御史）
丁德量（二十年，任御史）　蒋敬实（二十一年）
孙寿春（二十二年）　李廷佐（二十三年，任县丞）
彭季伸（二十四年）　张敬宾（二十五年，任州同知）
刘　俨（二十六年。见传）　张　斌（二十七年，任州同知）
张　珰（二十八年，任检校）　朱　黻（二十九年，任主事）
李友梅（三十年，任卫经历）　丁　显（三十二年）
夏仲宏（永乐三年）　李　旻（四年）
彭　闰（五年）　周性纯（六年，任通判）
朱季和（七年）　朱景安（八年）
张志信（九年，任知县）　朱彦辉[①]（十年，任经历）
马　扩（十一年，任吏目）　董　暹（十二年）
朱希文（十三年，任经历）
化从心（十四年，任检[②]校。《万姓》云："成化中贡士"）
秦　仪（十五年，任府知事）　杜　镛（十六年）
杜纪甫（十七年）　平　康（十九年，任州判）
曹　春（二十年，任教谕）　方仲矩（二十一年，任知县）
南　安（二十二年，任知事）　王　宾（宣德元年，任知县）
李　钺（三年。见传）　朱　彤[③]（四年，任郑府纪善）
王　辅（七年，任知县）　王　冕（八年，任县丞）
邵　南（九年，任知县）　丁达道（十年，任县丞）
郭　镛（正统二年，任县丞）　孙　谌（三年。见传）
田　福（四年，任州同知）　杜　蘼（五年，任宁府典仪）
蒋　善（六年，任州判）　纵　文（七年，任主簿）
曹　祯（九年，任教授）　张　皓（十一年，任县丞）
孟　环（十二年，任主簿）　梁　聪（十三年，任县丞）

① 原作"翚"，据正统《彭城志》、康熙《萧县志》改。
② 原作"佥"，据万历《徐州志》、康熙《萧县志》改。
③ 原作"彨"。案《正字通》："《商书》'肜日'之'肜'从月，读若'融'；丹部彤弓之'彤'从丹，读若'同'，与'彨'别。俗溷用，非。"盖以上三字古来惯混。今考嘉靖、万历《徐州志》，康熙、嘉庆《萧县志》皆作"朱彤"，而本志、康熙《徐州志》、乾隆《徐州府志》作"彨"字，其意无谓，概从旧志用"彤"。

贾　迪（景泰元年，任知县）
孙　纯（三年，任□□[①]）
杜　洪（五年，任工正）
郭　泰（七年，任县丞）
欧阳隆（四年，任教谕）
郝　淳（成化元年，任教授）
征　安（四年，任卫经历）
朱　轸（八年，任训导）
孙　立（十年，任教授）
胡　驯（十四年，任教谕）
陈　敏（十八年，任伴读）
李　时（二十一年，任经历）
朱　辙（弘治元年，任训导）
潘　玉（三年，任训导）
杨　�（五年，任教授）
曹凤岐（七年）
郝　槐（九年，任府经历）
王化任（十二年，任教谕）
赵梦熊（十五年）
孙　元（十七年，任卫经历）
郭　翀（十四年，任教谕）
朱　玳（嘉靖元年，任教授）
胡文泰（四年，任典宝）
郝　楫（六年）
朱　珊（十一年，任卫经历）
欧阳备（十五年，任教谕）
郭　桐（十八年，任训导）
郝　圻（二十年）
王　宪（二年，任奉祀）
李　贤（四年）
王　杰（六年）
赵　铭（天顺二年，任县丞）
郝　濂（六年，任教谕）
李　斌（二年，任主事）
朱　辐（六年，任按察司照磨）
秦　璥（九年，任训导）
郭　麟（十二年，任训导）
王克岐（十六年）
耿　举（二十年，任教授）
王　珍（二十二年）
冯　祯（二[②]年，任训导）
李　谦（四年）
陈思明（六年，任训导）
欧阳傭（八年）
王一鸣（十一年）
孙文翰（十三年，任训导）
贾　昉（十六年）
朱　铭（正德十[一][③]年，任知县）
张　翼（十六年，任县丞）
陈　谟（二年，任府照磨）
陈鸣鸾（五年，任主簿）
王亮采（九年，任学正）
任　逮（十四年，任县丞）
孙重光（十六年）
朱光裕（十九年）
欧阳俊（二十一年）

① 原缺。查各志，孙纯无任。又康熙《萧县志》、康熙《徐州志》作“孙纪”。
② 原作“三”，据嘉靖、万历《徐州志》及康熙《萧县志》改。
③ 字据嘉靖《徐州志》补。按：万历《徐州志》“十”下空缺，本志及康熙《萧县志》皆从作“十年”。

刘　性（二[①]十三年，任州判）
徐　金[②]（同本年）
杨　栋（二十五年）
朱　沆（二十七年，任教授）
徐　茂（二十九年，任知县）
王尚员（三十一年，任教谕）
刘　道（三十三年，任府照磨）
孟　禄（三十五年）
张廷桂（三十七年）
徐　景（三十九年，任县丞）
蒋　仕（四十一年，任知县）
孙文扬（四十三年）
杨惟高（四十五年，任州判）
张　涤（隆庆二年）
李　尧（三年）
张廷槐（四年，任训导）
张　洲（六年，任训导）
张鹏翰（万历元年）
纵　垠[③]（二年）
徐　澜（四年）
孙大信（六年，任教授）
朱自新（七年，任知县）
李　禹（九年，任教授）
寇文英（十一年，任训导）
杨守清（十三年，任教谕）
王国辅（十五年，任知县）
欧阳光（十七年，任训导）
杨元焞（二十年，选贡）
孔闻政（二十二年，任教谕）
徐腾鹗（二十四年）
纵慎蒙（二十六年，任教谕）
张元杰（二十八年，任教授）
李绍芳（三十年，任府通判）
章　缝（三十一年，任教授）
任之豪（三十二年，任训导）
欧阳岳（三十三年，任训导）
孙重盛（三十四年）
杜文教（三十六年）
贾复淳（三十八年，任知县）
穆　简（四十年）
孟养心（四十三年，任训导）
徐攀龙（四十四年）
郭君召（四十六年，任府判）
刘光旻（四十七年）
李廷谟（泰昌元年）
孙传声（天启元年，任教谕）
许　询（元年恩选）
徐腾鲲（四年）
任之彦（六年，训导）
许　玄（崇祯元年恩贡，询之子）
孙传要（二年，教谕）
王明谟（四年，任教谕）
孟知性（六年，漳[④]平教谕）
徐懋贞（七年，泗州训导）

① 原作“三”，据嘉靖、万历《徐州志》及康熙《萧县志》改。

② 嘉靖、万历《徐州志》作“徐经”，康熙《萧县志》作“徐金”。康熙《徐州志》按：“《栾城志》有训导徐经，萧县贡生。‘金’疑即‘经’字之误。”乾隆《徐州府志》同作“金”。嘉庆《萧县志》改回“徐经”。又案嘉庆《萧县志》：刘性，二十三年选贡；徐经，二十四年岁贡。

③ 原作“艮”，据万历《徐州志》、康熙《萧县志》改。

④ 底本漫漶，字据康熙《徐州志》、康熙《萧县志》补。案康熙《萧县志》：“任温州府训，转漳平教谕。”县志《人物》有传。

张应宗（八年，学正）
任亚龙（十年，六合训导）
杜思遴（十二年。见传）
朱儒秀（十四年）
孟贞淳（十六年）
葛松茂（十七年）
王作标（选贡。今逸）
许作楫（选贡。今逸）

国朝

任国鐄（二年恩贡，任训导）
孟养性（任望江县训导）
纵鹏翼（四年，亳州训导）
徐　霨（五年，恩贡，腾鲲之子）
郝　键（七年）

沛县

进士

张贞观（万历癸未科，仕至礼科都给事中[①]）
张　斗（万历丙戌科，任南京刑部主事）

举人

杜　旸（洪武三十二年己卯科，任鸣赞）
张　威（三十五年壬午[②]科）
李　巽（永乐三年乙酉科）
赵　斌（九年辛卯科，任府同知）
蒋　让（宣德十年乙卯科）
周　崧（景泰元年庚午科）
李　绅（成化二年丙戌科，任少卿）
刘　章（嘉靖元年壬午科）
周　乾（十六年丁酉科）
蔡　桂（三十七年戊午科）
马一化（嘉靖四十三年甲子科）
张贞观（万历元年癸酉科）
张　斗（万历四年丙子科[③]）
蔡日知（四十三年乙卯科）
阎尔梅（崇祯三年庚午科）

贡士

张　泰（洪武十七年）
张　本（十八年）
郭　冕（十九年）
谢　昇（二十年，任御史）
王　缵（二十一年，任郎中）
王　观（二十二年）

---

① 底本原无，据康熙《徐州志》补。下张斗亦同。
② 原作“子”。按：洪武三十五年，即建文四年壬午。据改。
③ 据康熙《徐州志》补。又，张斗原在马一化前，今据科次置此。

蒋　迪（二十四年，任知县）
王　钥（二十六年，任学正）
吕　宁（二十七年，任见传）
刘　昶（二十八年，任县丞）
李　勖[①]（二十九年，任通判）
王　睿（三十年）
吕　哲（永乐四年，任经历）
郭　本（五年，任推官）
刘　端（六年）
张　伦（七年）
张　昱（八年，任主簿）
梁　怡（九年，任知县）
魏　廷（十年，任经历）
申　明（十一年）
张　奂（十二[②]年）
孔　继（十三年）
班　肃（十四年[③]）
李　恪（十五年）
张　勉（十六年，任经历）
孟　式（十八年，任主事）
田　畯（十九年）
王　立（二十年）
王　恽（二十二年）
胥　敬（宣德元年，任署丞）
李　旻（三年）
李　复（五年）
朱　芾（六年，任府经历）
张　玹（八年）
邓　宁（十年）
张　铉（正统二年，任训导）
岳　崇（四年）
纵　昭（六年，任知县）
纪　信（九年）
赵　鉴（十一年，任推官）
李　郁（十三年）
张　显（景泰元年）
陈　伦（二年，任州判）
季　显（三年）
甄寿之（四年，任照磨）
刘　昌（五年，任府经历）
李　迪（六年）
石　泰（七年）
刘　仪（天顺二年）
周　铭（四年）
巩　敩（六年，任州判）
高　恺（成化元年，任知县）
张　俊（二年，任州判）
朱　璿（四年）
杨　辅（六年）
韩　昇（八年，任训导）
李　孜（十年[④]，任训导）
吴　玘（十二年，任县丞）
夏　昌（十四年）
袁　宪（十八年，任检校）
李　和（二十年）
彭　政（二十一年，任县丞）
杨　春（弘治二年，任县丞）
刘　福（四年）

---

① 原作“最”，据万历《徐州志》改。
② 原作“一”，据嘉靖、万历《徐州志》改。
③ 原阙。据嘉靖、万历《徐州志》补。
④ 原作“十二年”。案嘉靖、万历《徐州志》，“二”字衍，今删。

单　镛（六年，任训导）

蒋　雍（八年，任主簿）

贾　聚（十年，任县丞）

闵　祯（十二年）

蒋　洪（十三年，任县丞）

周良弼（十六年，任州判）

李　松（正德二年，任卫经历）

韩　禩（四年）

王　道（六年）

崔　恺（八年）

钟　昂（十年，任县丞）

李　璟（十二年，任卫经历）

周思明（十四年，任县丞）

赵　清（十六年。见传）

王守约（嘉靖三年，任主簿）

赵　汉（四年，任经历）

陆　本（六年，任知县[①]）

龚　贵（七年，任县丞）

梁　昇（九年，任府知事）

彭应选（十一年，任县丞）

崔　棠（十三年，任县丞）

唐　本（十五年，任教谕）

崔仕伸[②]（十七年）

田　润（十八年，任训导）

张　连（十九年）

梁　敦（二十年[③]）

周思忠（二十一年）

李士通（二十三年）

徐守润（二十五年）

赵时若（二十六年）

张　桂（二十九年）

吕文旌（三十一年）

杨　材（三十三年）

孙宗尧（三十五年）

卢　雄（三十七年，任教授）

贾　池（三十九年，任县丞）

田　泰（四十一年）

王守道（四十三年，任教谕）

辛　汉（四十五年，任训导）

曹世勋（隆庆二年，任教谕）

钟耀先（四年，任训导）

蔡　楠（六年）

踪　淳（万历元年）

刘可久（三年）

梁　鹗（四年）

马之驯（二十四年，选贡）

张　修（二十六年）

陈　栋（二十八年）

王大任（三十年）

刘永清（三十二年）

杨希震（三十四年）

孟羽世（三十六年）

王好义（三十八年）

张鲤化（四十年）

唐　诰（四十二年）

郭惟藩（四十四年）

孙名胤（四十六年）

马出汧（四十八年）

蒋赓明（天启元年）

李联芳（二年，选贡）

① 原作“主簿”，讹从万历《徐州志》。案嘉靖《沛县志》：陆本，直隶故城县知县。据嘉靖《徐州志》改。

② 原作“绅”，据嘉靖《徐州志》、嘉靖《沛县志》改。

③ 原作“二十二年”。案嘉靖、万历《徐州志》，“二”字衍，今删。

陈思谦（三年）
朱之裔（五年）
龚伯堂（七年）
彭贞学（崇祯元年）
张　扬（五年）
王应祯（七年）
郝继隆（八年，拔贡）
吴三省（九年）
蒋友闻（十一年）
——以后见邑志。

砀山县

进士

魏　益（洪武四年辛亥科，任县丞）
倪　鼎（永乐十六年戊戌科）
李　稳（正德三年戊辰科。见传）

举人

魏　益（洪武三年庚戌[①]科，登进士）
王　怿（二十[②]年丁卯科，任训导）
倪　鼎（永乐十二年甲午科，登进士）
李　稳（弘治十七年甲子[③]科，登进士）

贡士

卢　生（洪武十七年）
李　忠（十八年）
朱　安（十九年，任御史）
张友[④]恒（二十年）
朱　显（二十六年）
唐　凯（二十七年）
杜　庆（二十八年）
李　范（二十九年）
毛　诚（三十年，任府同知）
姜　熊（三十一年）
王　佐（三十二年）
范　庸（永乐三年）
李　昱（四年）
张　俊（五年）
刘　叙（六年，任通判）
谢　裴（七年）

① 原作“二年庚午”，误。据嘉靖、万历《徐州志》改。
② 原作“十二”，据万历《徐州志》乙正。
③ 原作“甲午”，据万历《徐州志》改。
④ 原作“支”，据嘉靖、万历《徐州志》及崇祯《砀山县志》改。

张　佑（八年）
刘　安（十年）
蒋　幹（十二年，任府经历）
程　宪（十四年）
褚　让（十六年）
李　恕（十八年，任监正）
张　显（二十年，任县丞）
董　彝（宣德元年，任县丞）
纪　绅（七年，任县丞）
刘　志（九年）
齐　志（正统三年）
许　昌（七年，任县丞）
姚　刚[②]（十一年，任卫经历）
刘　涌（景泰元年）
黄　中（三年，任县丞）
吴文彬（五年）
李　恂（七年，任州同知）
赵　铭（成化二年）
陈　善（四年，任主簿）
赵　英（六年）
张　豫（八年，任县丞）
季[③]春（十年，任州判）
纪　义（十四年。见传）
许　侃（十八年，任府经历）
刘　濬（二十二年，任县丞）
李　智（三年）
毛　麟（七年，任知县）
房　资（九年，任主簿[④]）
赵　珝（十一年，任县丞）

张　宏（九年。见传）
王　瑾（十一年，任县丞）
郭　惠（十三年）
赵　敏（十五年）
刘　瓒（十七年）
单　庆（十九年，任织染局副使）
楚　盛（二十一年，任典史[①]）
王　泽（四年）
胡　宁（八年，兵马指挥）
黄　远（十年）
武　韬（五年，任知县）
苗　本（九年）
朱　良（十三年）
郭居仁（二年）
李存仁（四年，任训导）
蒋德兴（六年）
王　缙（天顺三年）
刘　宗（三年，任检校）
许　中（五年）
段　珉（七年，任县丞）
朱　喆（九年，任府经历）
丁　鉴（十二年）
仇　琰（十六年，任府知事）
王　澄（二十年，任知县）
张　环（弘治元年，任县丞）
孟　昶（五年，任知县）
郭　逊（八年）
王　驸（十年）
武　禄（十二年）

① 原作“典中”，据嘉靖《徐州志》改。
② 嘉靖、万历、顺治《徐州志》同。崇祯《砀山县志》及康熙《徐州志》以后作“姚纲”。
③ 原作“李”，据嘉靖、万历《徐州志》及乾隆《砀山县志》改。
④ 嘉靖《徐州志》作“训导”，万历《徐州志》作“主簿”，崇祯《砀山县志》作“钱塘县丞”。

张　伦（十三年。见传）
季　旻（十七年）
黄　镐（三年）
胡　通（七年，任府经历）
李　兰（十一年，任训导）
白　忠（十五年，任训导）
孟　鬲（嘉靖元年）
崔　性（三年，任训导）
姚　典（七年，任训导）
李　芹（十一年，任县丞）
赵孟津（十四年）
刘　霆（十六年，任训导）
常世辅（十九年）
姚　寅（二十一年）
曹　溥（二十四年）
魏景芳（二十八年，任主簿）
常　策（三十二年，任县丞）
薛　锐（三十六年）
朱　旃（四十年，任教授）
陈大谟（四十四年）
赵道南（二年）
蒋世爵（五年）
杨　楠（二年）
许汝砺[2]（六年，任教授）
陈　柏（十年，任训导）
蒋承业（十四年，易州判官）
刘士嘉（十八年，戊寅迁学正）
王尔俞（二十二年，任训导）
许维聪（二十六年）
曹　鄘（十五年）
李　锡（正德元年，任知县）
王　惠（五年，任县丞）
范　让（九年）
李　林（十三年，任审理）
王　兰（十六年，任训导）
杨　经（二年，任知县）
张　泰（五年，任县丞）
赵　绅（九年。见传）
赵继时（十三年，任县丞）
李嘉言（十五年）
王　化（十八年）
李　佶[1]（二十年）
王　锐（二十二年，任教授）
纪孟儒（二十六年，任主簿）
胡守仁（三十年）
胡应登（三十四年）
王　赓（三十八年，任教谕）
李夏臣（四十二年，任教谕）
胡邦杰（隆庆元年）
赵继芳（三年）
纪　动（万历元年）
王自勉（四年）
汪　夏（七年，任教授）
段　书（十二年，教谕）
丁甲之（十六年，任训导）
蒋仪廷（二十年，任知县）
段象贤（二十四年选贡，任府经历）
房基成（二十八年）

① 原作“吉”，据嘉靖、万历《徐州志》及崇祯《砀山县志》改。
② 原作“励”，据康熙《徐州志》、乾隆《徐州府志》、崇祯《砀山县志》改。按：汝砺，康熙《徐州志》、各本《砀山县志》有传。

薛　玮（三十年，任大[1]兴训导）
陈继圣（三十一年癸卯恩贡）
王文焕（三十二年，太平教授）
王大相（三十四年，训导）
刘以梁（三十六年，训导）
陈三近（三十八年）
李师苏[2]（四十年壬子，任训导）
陈履端（四十二年）
陈贞诠（四十四年，让兄，旌行）
纪怀德（四十六年）
魏效明（辛酉任判官，泰昌元年[3]）
邵宗玄[4]（天启元年恩贡，任府通判）
王民皞（壬戌年）
汪用霖（甲子年，任教授）
王在新（崇祯元年选贡）
周之冕（崇祯元年岁贡）
汪万顷（三年岁贡）
刘廷谏（四年岁贡）
徐腾芳（六年岁贡）
刘如星（八年岁［贡］[5]）
王毓真（乙亥拔贡，授通判）
李元绪（戊寅）
——以后见邑志。

丰县

进士

李秉衷（成化二年［丙戌科，任员外郎］[6]）

举人

王　献（永乐三年。见传）
李秉衷（天顺三年己卯科，应天籍）[7]
裴　纪（［成化］[8]七年。见传）
秦　表（正德二年）
张孟学（同上）
史文烇（崇祯十二年，可传子）

贡士

傅　翼（洪武十二年，任知县）
王　润（十四年，任卫经历）

① 原作“太”，从乾隆《砀山县志》用“大”。查大兴、泰兴县训导，俱无此人。
② 康熙《徐州志》以下并同，乾隆《砀山县志》作“刘师苏”。
③ 按：依文例，应作“泰昌元年贡，辛酉任判官”，泰昌元年为1620年，次年即1621年辛酉。又下之“王民皞，壬戌年”“汪用霖，甲子年”，亦应为出贡之年。
④ 原作“邵玄宗”，即康熙《徐州志》、乾隆《徐州府志》、乾隆《砀山县志》避讳所改之“邵宗元”，今据汪琬《邵玄汭先生传》乙正。
⑤ 字据文义补。
⑥ 字据“举人”条下移置。
⑦ 原作“丙戌科，任员外郎”，据文例移“进士”下。“天顺己卯”者，据乾隆《江南通志》卷一二六《选举·举人二》补。
⑧ 字据文例补。

马　骥（十六年，任县丞）
高　举（十八年）
康　泰（二十年，任县丞）
丁　训[①]（二十一年，任县丞）
荆　贵（二十二年，任主簿）
王　度（二十三年。见传）
马　端（二十四年，任通事[②]舍人）
杨　清（二十五年，任府经历）
孙　颐（二十六年，任州判）
左　继（二十八年，任卫经历）
徐　浩（二十九年，任典簿[③]）
赵　恕（三十年，任御史）
牛凤元（三十一年，任检校）
马　建（三十二年，任主簿）
张　博（永乐三年，任照磨）
董　立（五年，任州同知）
王　山（七年，任伴读）
王　纲（九年，任知县）
韩　温（十一年，任知县）
马　驯（十四年，任都事）
秦　珪（十六年，任主簿）
胡宗泰（十七年，任中书舍人）
赵　麟（十九年，任推官）
周　冕（二十一年，任知县）
解以文（二十二年，任县丞）
司　义（宣德元年，任检校）
郑　斌（三年，任训导）
王　谦（四年，任训导）
白思恭（五年，任州判）
郑　弘（七年，任审理）
郝　敬（九年，任教谕）
胡　宁（正统二年，任知州）
王　洪（三年，任知县）
牛　增（四年，任知县）
朱　铭（五年，任县丞）
李　懋（六年，任知县）
张　常（七年，任吏目）
王　懋（九年，任知县）
李　俊（十一年。见传）
段　文（十二年，任吏目）
胡　钦（十三年，任引礼舍人）
陈[④]　逵（成化元年，任兵马指挥）
王　纶（三年，任州判）
杨　伦（五年，任府知事）
孙　清（九年，任主簿）
黄　谦（十二年，任州判）
黄　安（十六年，任县丞）
蔡　彧（二十一年，任教谕）
高　宣（弘治二年，任县丞）
胡　政（五年，任教谕）
裴　纶（七年，任教谕）
王大京（九年，任州判）
王　敩（十年，任卫经历）
冯[⑤]　敏（十一年，任提举）
史　全（十五年，任县丞）
田　源（十七年，任县丞）

---

① 嘉靖、万历《徐州志》，隆庆《丰县志》作“丁驯”，本志及顺治《丰县志》作“丁训”，后志皆同“训”。
② 原作“中事”，据嘉靖《徐州志》改。
③ 原作“主簿”，据嘉靖、万历、康熙《徐州志》补。
④ 原作“陆”，讹从万历《徐州志》，据嘉靖、康熙《徐州志》改。
⑤ 原作“马”，据万历《徐州志》改。

魏　璟（正德三[1]年，任主簿）

李　琼（九年，任县丞）

李天祐（十五年，任主簿）

李廷贤（嘉靖五年，任教谕）

魏　翰（十年，任学正）

崔辅政（十三年，任主簿）

刘鹤鸣（三十一年，任训导）

李　朴（三十七年，任训导）

王元贞（四十三年）

屈　伸（隆庆元年）

李　明（六年）

渠有源（二年）

——以后见邑志。

王希贤（六年，任通判）

孙　宸（十二年，任主簿）

董[2]玠（十六年，任兵马指挥）

宗　岱[3]（九年，任检校）

胡弘毅（十二年，任知县）

刘见龙（二十八年，任教谕）

仇孟辰（三十四年，任州同知）

刘　汀（四十一年，任知县）

李大[4]美（四十六年）

崔　动（三年）

董　冕（万历元年）

刘　演（四年）

① 原作“二”，据万历《徐州志》改。

② 原作“黄”，讹从万历《徐州志》，据嘉靖、康熙《徐州志》改。

③ 原作“代”，据万历《徐州志》改。

④ 原作“天”，据万历、康熙《徐州志》改。

徐州志卷之五

人物

郡训蔡尚廉、萧谕李陶寰同修

汉

季布，楚人也，任侠有名。楚人谚曰："得黄金百，不如得季布诺。"项籍使将兵，数窘汉王。籍灭，高祖购求布急。布匿濮阳周氏。周氏置布车中，之鲁朱家所卖之。朱家心知季布也，买置田舍。乃之雒阳，见滕公，说曰："季布何罪？各为其主用，职耳。今上以私怨求一人，何示不广也？以布之贤，汉求之急如此，此不北走胡、南走越耳！君何不从容为上言。"滕公侍，间言如朱家指。上乃赦布，召见，拜郎中。布弟心，气盖关中，遇人恭谨，任侠有布风。方数千里，士争为死。当时，季心以勇，布以诺，并闻关中。

陆贾，楚人也。以客从高祖定天下，有口辩。时中国初定，尉佗平南越，因王之。高祖使贾赐佗印，为南越王。贾至，佗初魋结箕倨见贾。贾因说谕之，佗乃大悦，谓贾曰："越中无足与语。至生来，日闻所不闻。"赐贾千金。贾卒拜为南越王，令称臣，奉汉约束。归报，高帝大悦，拜贾太中大夫。帝谓贾曰："试为我著秦所以失天下，吾所以得之者，及古成败之国。"贾凡著十二篇。每奏一篇，帝未尝不称善，称其书曰《新语》。后，吕太后欲王诸吕，畏大臣及有口者。贾往说陈平交欢太尉周勃。平用其计，乃与勃两人深相结，吕氏谋益坏。及诛吕，立孝文，贾颇有力。孝文即位，欲使人之南越。乃复以贾为太中大夫，往使尉佗，去黄屋称制，令比诸侯，皆如意指。竟以寿终。

朱建，楚人也。故尝为淮南王黥布相，有罪去。后复事布。布欲反时，问建，建谏止之。布不听，听梁父侯，遂反。高帝既诛布，闻建曾谏，赐号平原君，徙家长安。建为人有口辩，刻廉刚直，行不苟合，义不取容。辟阳侯得幸吕太后，欲知建，建不肯见。及建母死，贫未有以发丧。陆贾素与建善，乃见辟阳侯，令奉百金祱，列侯贵人以辟阳侯故，往赙凡五百金。久之，惠帝大怒辟阳侯，下吏，欲诛之。太后惭，不可言。建乃求见惠帝幸臣闳籍孺，说之言帝，果出辟阳侯。后诸吕诛，辟阳侯卒全者，皆陆生、平原君力也。孝文时，使吏捕建，欲治建。建遂自刭。文帝闻而惜之，召其子，拜中大夫。

伍被，楚人。或言其先伍子胥后也。被以材能称，为淮南中郎。是时，淮南王安好术学，折节下士，招致英俊以百数，被为冠首。久之，淮南王阴有邪谋，被数微谏。后王召被，欲与计事，呼之曰："将军上！"被曰："王安得亡国之言乎？昔子胥谏吴王不用，乃曰：'臣今见麋鹿游姑苏之台也！'今臣亦将见宫中生荆棘，露沾衣也！"王怒，系被父母，囚之三月，复召问。被不从，数危谏流涕。后事发觉，被诣吏自告，卒被诛。

韦孟，彭城人，为楚元王傅，傅子夷王及孙王戊。[戊][1]荒淫，不遵道，孟作诗风谏。后遂去位，徙家于邹，复作诗一章。自孟至贤五世，为邹鲁大儒。

前诗：肃肃我祖，国自豕韦。黼衣朱绂，四牡龙旗。彤弓斯征，抚宁遐荒。总齐群邦，以翼大商。迭彼大彭，勋绩惟光。至于有周，历世会同。王赧听谮，实绝我邦。我邦既绝，厥政斯逸。赏罚之行，非繇王室。庶尹群后，靡扶靡卫。五服崩离，宗周以坠[2]。我祖斯微，迁于彭城。在予小子，勤诶厥生。厄此嫚秦，耒耜以耕。悠悠嫚秦，上天不宁。乃眷南顾，授汉于京。於赫有汉，四方是征。靡适不怀，万国攸[3]平。乃命厥弟，建侯于楚。俾我小臣，惟傅是辅。兢兢元王，恭俭静一。惠此黎民，纳彼辅弼。飨国渐世，垂烈于后。乃及夷王，克奉厥绪。咨命不永，唯王统祀。左右陪臣，此惟皇士。如何我王，不思守保。不惟履冰，以继祖考。邦事是废，逸游是娱。犬马繇繇，是放是驱。务彼鸟兽，忽此稼苗。烝民以匮，我王以媮。所弘非德，所亲非俊。惟囿是恢，惟谀是信。睮睮谄夫，谔谔黄发。如何我王，曾不是察。既藐下臣，追欲从逸。嫚彼显祖，轻兹削黜。嗟嗟我王，汉之睦亲。曾不夙夜，以休令闻。穆穆天子，临尔下土。明明群司，执宪靡顾。正遐由近，殆其怙兹。嗟嗟我王，曷不此思。非思非鉴，嗣其罔则。弥弥其失，岌岌其国。致冰匪霜，致队靡嫚。瞻惟我王，昔靡不练。兴国救颠，孰违悔过。追思黄发，秦缪以霸。岁月其徂，年其逮耇。於昔君子，庶显于后。我王如何，曾不斯览。黄发不近，胡不时监！

后诗：微微小子，既耇且陋。岂不牵位，秽我王朝。王朝肃清，唯俊之庭。顾瞻余躬，惧秽此征。我之退征，请于天子。天子我恤，矜我发齿。赫赫天子，明哲且仁。县车之义，以洎小臣。嗟我小子，岂不怀土。庶我王寤，越迁于鲁。既去祢祖，惟怀惟顾。祁祁我徒，戴负盈路。爰戾于邹，剪茅作堂。我徒我环，筑室于墙。我既迁逝，心存我旧。梦我渎上，立于王朝。其梦如何？梦争王室。其争如何？梦我王弼。寤其外邦，叹其喟然。念我祖考，泣涕其涟。微微老夫，咨既迁

① 字据《汉书·韦贤传》补。
② 原作"队"，通"坠"。
③ 原作"直"，系"逌"形讹，据《汉书·韦贤传》改。

绝。洋洋仲尼，视我遗烈。济济邹鲁，礼义唯恭。诵习弦歌，于异他邦。我虽鄙耇，心其好而。我徒侃尔，乐亦在而。

刘向，字子政，本名更生，彭城人。校书天禄阁。上元之夕，一老人策青藜杖，扣阁而入，吹杖头火，与谭开辟前事。至曙而别，问其名，曰："太乙精也。闻卯金之子好学，故下观焉！"幼得淮南《枕中鸿宝［苑］[①]秘书》，献上，不验，系狱。成帝时，迁光禄大夫。会灾异数见，乃集《洪范五行传论》奏之。上心知向精忠，然取忌外戚王氏，终不能大用也。少子歆，亦以明经起家，官京兆尹。

两龚，皆楚人。胜字君宾，舍字君倩。二人相友，并著名节，故世谓之"楚两龚"。少皆好学明经。胜为郡吏，舍不仕。久之，楚王入朝，闻舍高名，聘舍为常侍，不得已随王。归国固辞，愿卒学，复至长安。而胜为郡吏，三举孝廉，以王国人不得宿卫，补吏，再为尉，一为丞。胜辄至官乃去。州举茂材，为重泉令，病去官。大司空何武、执金吾阎崇荐胜，征为谏大夫。引见。胜荐舍，有诏征。舍至，为谏大夫。胜居谏官，数上书求见，言百姓贫，盗贼多，吏不良，风俗薄，灾异数见，不可不忧；制度泰奢，刑罚泰深，赋敛泰重，宜以俭约先下。其言祖述王吉、贡禹之意。为大夫一岁余，迁丞相司直，徙光禄大夫，守右扶风。数月，上知胜非拨烦吏，乃复还胜光禄大夫、诸吏、给事中。胜言董贤乱制度，逆上指，贬秩一等。胜谢罪，乞骸骨。上乃复加赏赐，以子博为侍郎，出胜为渤海太守。胜谢病不之官，积六月，免归。上复征为光禄大夫。胜常称疾卧，数上书乞骸骨。会哀帝崩，王莽白太皇太后，遣赐如昭帝时涿郡韩福故事，遂归老于乡里。初，龚舍以胜荐，征为谏大夫，病免。复征为博士，又病去。顷之，哀帝遣使者即楚，拜舍为太山太守。舍家居武原，使者至，欲令舍至廷拜授印绶。舍曰："王者以天下为家，何必县官?"遂于家受诏，便道之官。既至数月，上书乞骸骨。上征舍，至京兆东湖界，固称病笃。天子使使者收印绶，拜舍为光禄大夫。数赐告[②]，舍终不肯起，乃遣归。年六十八，王莽居摄中卒。莽既篡国，明年，遣使者即拜胜为讲学祭酒，胜称疾不应。后二年，莽复遣使者奉玺书、太子师友祭酒印绶，安车驷马迎胜，即拜秩上卿，先赐六月禄，直以办装。使者与郡太守、县长吏、三老官属、行义诸生千人以上，入胜里致诏。胜称病笃，为床室中。使者入户，南面立，致诏付玺书。至以印绶就加胜身，胜辄推不受。使者五日一与太守俱问起居，为胜两子及门弟子高晖等言："朝廷虚心待君以茅土之封。虽疾病，宜动移至传舍，示有行意。必为子孙遗大业。"晖等白使者语。胜谓晖等："吾受汉家厚恩，亡以报。今年老矣，旦暮

① 字据《汉书》本传补。

② 原作"召"，据《汉书》本传改。汉律，官二千石者病满三月当免。"赐告"谓皇帝优赐其假，准带印绶僚属归家治病。

入地，谊岂以一身事二姓，下见故主哉?”因敕以棺敛丧事，吾冢[①]种柏，作祠堂。语毕，遂不复开口饮食。积十四日死，时年七十九[②]。胜居彭城廉里，后世刻石表其里门。

刘平，字公子，楚郡彭城人也。本名旷，显宗后改为平。王莽时，为郡吏，守菑丘长（菑丘县属彭城国），政教大行。其后，每属县有剧贼，辄令平守之，所至皆理，一郡称其能。更始时，天下乱，平弟仲为贼所杀。其后，贼复忽至，平扶母逃难。仲遗腹女始一岁，平抱仲女而弃其子，曰:“力不能两活，仲不可以绝类!”遂去不顾，与母俱匿野泽中。平朝出求食，逢饿贼，将烹。平叩头曰:“今旦为老母求菜，愿得先归，食母毕，还就死。”因涕泣。贼见其志诚，哀而遣之。建武初，庞萌反于彭城，攻败郡守孙萌。平时复为郡吏，冒白刃伏萌身上，被七创，困顿不知所为，号泣请曰:“愿以身代府君!”贼乃敛兵，指曰:“此义士也，勿杀!”遂解去。萌伤甚气绝，有顷苏，渴求饮，平倾其创血以饮之。后数日，萌竟死，平乃裹创扶送萌丧，至其本县。后举孝廉，拜济阴郡丞。太守刘育甚重之，任以郡职，上书荐平。会平遭父丧，去官。服阕，拜全椒长。政以恩惠，百姓怀感，或增资就赋，或减年从役。刺史、太守行部，狱无系囚，唯颁诏书而去。后以病免。显宗初，尚书仆射钟离意上书，荐旷执性恬淡，修身行义，应在朝次。书奏，诏征拜议郎，数引见。再迁侍中，数荐达名士。在位八年，以老病乞归。

刘般，字伯兴，宣帝玄孙也。世封于楚。及般父纡袭封，遭王莽篡位，废为庶人，因家于彭城。般数岁而孤，与母独居。莽败，天下乱，母闻更始即位，乃将般奔长安。会更始败，复与般转侧兵革中，西行上陇，流至武威。般虽少，而笃志修行，讲诵不怠。建武八年，般将家属东至洛阳，修经学。明年，光武下诏封般为菑丘侯，奉孝王祀，使就国。后以国属楚王，徙封杼秋侯。十九年，行幸沛，诏问郡中诸侯行能。太守荐般秉修至行，为诸侯师。帝闻而嘉之，乃赐绶，钱百万，缯二百匹。永平元年，以国属沛，徙封居巢侯。就国数年，扬州刺史观恂荐般在国口无择言，行无怨恶，宜蒙旌显。显宗嘉之，征般行执金吾事，从至南阳，还为朝侯。建初二年，迁宗正。般在位，数言政事，尤能收恤九族，时人称之。建初三年卒。长子恺，字伯豫。以爵让弟宪，遁去。章和中，有司奏请绝恺国，肃宗美其义，特优假之。永元十年，有司复奏之，侍中贾逵因上书曰:“孔子称:‘能以礼让为国，于从政乎何有?’窃见居巢侯刘般嗣子恺，素行孝友，谦逊洁清，让封弟宪，潜身远迹。有司不原乐善之心，而绳以循常之法，惧非长克让之风，成含弘之化。”和

① 原作“家”，据《汉书》本传改。案原传胜语:“勿随俗动吾冢，种柏，作祠堂。”本志节文率多不省之省。
② 原作“九十七”，据《汉书》本传乙正。

帝纳之，乃征恺，拜为郎，稍迁侍中。恺之入朝，在位者莫不仰其风行。永初元年，为太常。元初二年，为司徒。永宁元年，称病致仕，有诏优许，赐钱归养，河南尹岁致羊酒。时，安帝始亲政事，朝廷多称恺之德，帝乃遣问起居，厚加赏赐。尚书陈忠上疏，诏引恺，拜太尉。视事三年，以疾乞休，久乃许之。少子茂，字叔盛，亦好礼让。历位出纳，桓帝时为司空。会司隶校尉李膺等抵罪，而南阳太守成瑨[①]、太原太守刘瓆下狱当死，茂与太尉陈蕃、司徒刘矩共上书讼之，帝不悦。有司承旨劾蕃等，茂遂坐免。建宁中，复为太中大夫，卒于官。

三国

张昭，字子布，彭城人。少好学，博览群书。昭渡江，孙策以为长史，待以师友礼，文武事一以委之。策临殁，以弟权托昭。权为吴王，敬礼弥[②]重，拜辅吴将军，班亚三司。昭容貌矜严，有威风，自权以下皆惮之。卒，赠娄侯[③]，时年八十一，谥曰文。昭子承，以才学知名，能甄别人物。时有同郡蔡款，承以国士荐为卫尉。承卒，谥定侯。昭弟子奋，亦为将军，有战功。

严畯，字曼才，彭城人。少耽学，性尤纯直。避难江东，张昭荐之孙权，以为骑都尉。及鲁肃卒，权令代镇陆口，因辞："〔朴〕[④]素书生，不闲军事。"后为卫尉，使使蜀，蜀相诸葛亮善之。所著有《孝经传》《潮水论》。

晋

刘隗，字大连，彭城人，楚元王交之后也。少有文翰，起家秘书郎、彭城内史。避乱渡江，元帝以为从事中郎，迁丞相司直，委以刑宪。屡有劾奏，不畏强御。与尚书刁协，并为元帝所宠，万机秘密，皆预闻之。拜镇北将军，都督青、徐、幽、平四[⑤]州，假节，加散骑常侍，率万人镇泗口。及王敦作乱，隗与刁协入见，奏诛王氏，不从。有惧色，遂奔石勒，卒。隗子绥，举秀才，除驸[⑥]马都尉、奉朝请。绥子波，字道则，初仕石季龙。季龙死，遂归。穆帝以为襄城太守，累迁散骑常侍。督[⑦]淮北诸军、冀州刺史，未行，上疏而卒。波子淡，元熙初为庐江太守。

---

① 原作“晋”，据《后汉书》本传改。
② 原作“称”，据正统《彭城志》、乾隆《徐州府志》及《三国志》裴注“待遇尤重”等改。
③ 案《三国志》本传：张昭生前已封娄侯。此言“卒赠”，讹从嘉靖《徐州志》。
④ 字据《三国志·吴书》本传补。
⑤ 原作“泗”，据《晋书》本传改。
⑥ 原作“附”，据《晋书》本传改。
⑦ 原作“都”，据《晋书》本传改。

刘讷，字令言。有人伦识鉴。初入洛，见诸名士，叹曰："王夷甫，太鲜明；乐彦辅，我所敬；张茂先，我所不解；周弘武，巧于用短[①]；杜方叔，拙于用长。"讷后官至司隶校尉。讷子畴，字王乔。少有美誉，善谈名理。永嘉中，位至司徒左长史，为阎鼎所杀。司空蔡谟每叹曰："若使刘王乔南渡，司徒公之美选也！"王导拜司徒，叹曰："刘王乔若过江，我不独拜公也！"其为名流所推服如此。

刘敬宣，字万寿。八岁丧母，昼夜号泣。四月八日，见众人灌佛，乃下头上金镜，为母灌像，因悲泣不自胜。桓序叹息，谓牢之曰："卿此儿非唯为家之孝子，必为国之忠臣！"起家为王恭前军参军，改后军咨议参军。进平会稽，迁后军从事中郎。桓玄得志，敬宣晓天文，知必有兴复晋室者。寻梦丸土服之，既觉，喜曰："丸者，桓也。桓既吞矣，吾当复本土乎！"乃结青州大姓，谋灭慕容德。会宋武帝平[②]京口，手书召敬宣。至京师，以为辅国将军、晋陵太守，袭封武冈县男。累破诸贼，迁建威将军、江州刺史。安帝反正，表求解职，寻除宣城内史。义熙五年，宋武帝伐慕容超，除中军咨议参军。大破超军，进围广固，屡献规画。仍从南讨，为左卫将军。十一年，进号右将[③]军，寻被害。子光祖嗣。

南北朝

刘怀肃，彭城人，宋武帝从母兄也。家世贫窭，躬耕好学。初为宁朔府司马，征孙恩，屡有战功。为费令。闻武帝起义，弃县远奔。京邑平定，振武将军道规追桓玄，以怀肃为司马，连破城垒。桓振据荆州，怀肃自云杜兼程七日而至。振勒兵三万，旗帜蔽野，跃马横矛，躬自突阵。流矢伤怀肃额，众惧欲奔。怀肃瞋目奋戈，胆气益壮。于是士卒争先，临阵斩振首。江陵平，道规加怀肃督江夏九郡，镇夏口，以建义功封东兴县侯。义熙元年，除辅国将军，淮南、历阳二郡太守。卒，赐左将军。弟怀敬，武帝以其母乳保旧恩，累见宠授，至会稽太守，历尚书、金紫光禄大夫。怀敬子真道，仕宋，为钱唐令。元嘉十三年，东土饥荒，扬州从事沈演之表真道有美政。上嘉之，赐谷千斛，以为步兵校尉。十四年，出为梁、南[④]秦二州刺史。十八年，讨破杨难当。十九年，大致克捷，以真道为建威将军、雍州刺史。

刘怀慎，怀敬弟。少谨慎质直。从宋武帝征伐，位徐州刺史。为政严猛，境内震肃。以平广固及卢循功，封南城县男。武帝北征，以为中领军、征虏将军。名位

---

① 原作"拙"，据《晋书》本传、《世说新语·品藻》改。
② 原作"乎"，据嘉靖、万历《徐州志》改。
③ 原作"卫"，据《宋书》本传改。
④ 原作"国"，据《宋书》《南史》本传改。

转优，而恭恪愈至。永初元年，以佐命功进爵为侯，位五兵尚书，加散骑常侍、太中大夫。景平元年，迁护军将军。禄赐班于宗族，家无余财。卒，谥肃侯。子德愿嗣。初为游击将军，改秦郡太守，迁豫州刺史。庶长子荣祖，少好骑射，为宋武帝所知。及卢循攻逼京邑，时贼乘小舰入淮拔栅，武帝宣令三军不得辄射贼。荣祖不胜愤怒，冒禁射之，所中应弦而倒，帝益奇焉。以战功参太尉［军事］[①]。从讨司马休之，上乃解所著铠授之，荣祖陷阵，身被数创。及帝北伐，转镇西中兵参军，大破魏军于半城。帝大飨将士，谓荣祖曰："卿以寡克众，攻无坚城，虽古名将，何以过此！"永初中，为辅国将军，追论半城功，赐爵都乡侯。卒于官。

刘亮，怀慎从孙[②]。少工刀盾。仕宋，以军功封顺阳县侯，历梁、益二州刺史。在位廉俭，所得公禄悉以还官，明帝下诏褒美。卒，谥刚侯。

刘钟，字世之，彭城人也。少孤，有志［力］[③]，常慷慨于贫贱。宋武帝伐孙恩，钟摧坚陷阵，为郡主簿。后除南齐国内史、安丘县五等侯。从征广固，孟龙符阵陷，钟直入贼营，取其尸而反。卢循逼建邺，钟拒栅，身被重创，贼不得入。及循南走，与王仲德追之，又与刘藩追徐道覆[④]于始兴，斩之。后随朱龄石伐蜀，为前锋。以广固功，封永新县男。累迁右卫将军。

刘简之，彭城吕人也。有志干，为宋武帝所知。帝将谋兴复，收集才力之士，尝再造简之，会有客。简之悟意，谓弟虔之曰："刘下邳再来，必当有意。既不得语，汝可试往见之。"及虔之至，武帝已克京口，虔之即投义。简之闻之，杀耕牛，会众以赴之。位太尉咨议参军。弟谦之，好学，撰《晋纪》二十卷，位至广州刺史、太中大夫。虔之轻财好施，为江夏相，从宋武帝征司马休之，追赠梁、南秦二州刺史，封新康县男。

刘康祖，虔之子。便弓马，膂[⑤]力绝人。袭封，拜员外郎。宋孝武为豫州刺史，镇历阳，以康祖为征虏中兵参军。魏太武攻围汝南，文帝遣救援，康祖总统前驱，奋击破之，太武烧营退走。迁左军将军。卒，赠益州刺史，谥曰壮。

刘道产，简之子。仕宋，初为无锡令，袭爵晋安县五等侯。元嘉三年，累迁至梁、南秦二州刺史，加都督，在州有惠化。后为雍州刺史，领宁蛮校尉，加都督，襄阳太守。善于临职，在雍政绩尤著，蛮夷前后不受化者皆顺服。百姓乐业，由此有《襄阳乐歌》，自道产始也。卒于官，谥曰襄。及其丧还，诸蛮皆缞绖号哭，送

① 二字据《通志》《南史》本传补。
② 原作"子"，据《宋书》《南史》本传改。
③ 字据《宋书》本传补。
④ 原作"福"，据《宋书》《南史》本传改。
⑤ 原作"智"，据《宋书》《南史》本传改。

至沔口。道产子延孙，孝武初位侍中，封东昌县侯。累迁尚书右[①]仆射，除金紫光禄大夫。卒，奏谥忠穆，诏改为文穆。

刘遗民，彭城人。尝为柴桑令，遁迹庐山。时，陶渊明、周续之亦不应征命，谓之“浔阳三隐”。

刘勔，字伯猷，彭城安上里人也。少有志节，兼好文[②]义，家贫。仕宋，初为广州增城令，稍迁郁林太守。大明初，还都[③]，徐州刺史刘道隆请为宁朔司马。竟陵王诞据广陵为逆，勔随道隆受沈庆之节度。事平，封金城县五等爵侯。明帝即位，江州刺史晋安王子勋为逆，四方响应。勔以本官领建平王景素辅国司马，进据梁山。会豫州刺史殷琰反叛，召勔还都致讨。时琰婴城固守，自始春至于穷冬，勔内攻外御，战无不捷。善抚将帅，以宽厚为众所依。及琰请降，寿阳平，勔约令三军不得妄动，城内士庶感悦，为立碑纪德。还都，拜太子右卫率，封鄱阳县侯。迁右卫将军，行豫州刺史，加都督。后征拜散骑常侍、中领军。明帝临崩，顾命以勔为守尚书右仆射、中领军。废帝即位，加兵五百人。元徽初，桂阳王休范为乱，奄至建邺。勔战败，死之。事平，赠司空，谥曰昭。子悛，字士操。仕齐，初为领军将军、司州刺史。父勔于大航战死，悛时遇疾，扶伏路次，求勔尸。勔尸顶后伤缺，悛拔发补之。持丧墓侧，冬月不衣絮。后道从寿阳之司州刺史任，过勔碑下，再拜泣涕。以父死朱雀航，终身不由其路。明帝崩，东昏侯即位，改授散骑常侍，领[④]骁骑将军。卫送山陵，路经朱雀航，感恸，至曲阿而卒。

到彦之，字道豫，彭城武原人也。仕宋，以战功进爵为侯。佐守荆楚垂二十载，威信为士民所怀。后以制督诸军北伐无功，免官。寻复起为护军将军，复封爵邑，固辞。卒，谥曰忠。彦之［曾］[⑤]孙溉，字茂灌；洽，字茂沿，兄弟并以文才知名。溉仕[⑥]梁，累官至兵部尚书，最为武帝所亲爱；洽应召为太子舍人。时，任昉为御史丞，又有彭城刘孝绰、刘苞、刘孺，吴郡陆倕、张率，沛国刘显，及溉、洽，车轨所至，号曰“兰台聚”。有集二十卷。梁以溉、洽兄弟比之二陆，故元帝赠诗及之（诗：魏世重双丁，晋朝称二陆。何如今两到，复似凌霜竹）。帝尝幸华光殿，诏洽赋二十韵诗，以洽辞为工，赐绢二十匹。历迁御史中丞。溉从弟沆，五岁时即过目成诵。既长，勤学善属文，工篆隶。梁天监初，以高才硕学，待诏学士

① 原作“左”，据《宋书》《南史》本传改。
② 原作“交”，据《宋书》《南史》本传改。
③ 原作“迁都督”，据《宋书》《南史》本传改。
④ 原作“郎”，据《南齐书》《南史》本传改。
⑤ 字据《南史》《梁书》本传补，校勘详嘉靖《徐州志》。
⑥ 原作“任”，径改。

省。帝宴华光殿，命群臣赋诗，独诏沆为二百字，立刻便成[①]。沆于坐立奏，其文甚美。三年，以为殿中曹侍郎。溉子镜，五岁便口授为诗，婉有辞况。仕梁，位太子舍人。作《七悟》，文甚美。镜子荩，早聪慧，历尚书殿中郎。尝从梁武帝幸京口，令群臣赋北顾诗，荩受诏便就。上览以示溉曰："荩定是才子！"因赐绢二十匹，除丹阳尹［丞］[②]。帝尝谓任昉曰："诸到可谓才子！"昉对曰："臣窃以为，宋得其武，梁得［其］[③]文。"洽子仲举，字德言，志操耿特。陈文帝居乡里，尝过之。及嗣位，授侍中，参掌选事。天嘉元年，守都官尚书，封建昌县侯。天康元年，迁侍中、尚书仆射，寻加贞毅将军、金紫光禄大夫。

刘孝孙，彭城人。博学通敏，仕多不遂。尝叹曰："古人或开[④]一说而致卿相，立谈间而降白璧，书籍妄耳！"

刘孝绰，勔之孙。七岁能属文，舅王融称为神童。起家著作郎，尝侍梁武帝宴，作诗七首，帝篇篇叹赏，授秘书丞，谓周舍曰："第一官当知用第一人！"故以孝绰居此职。迁散骑常侍，坐免，复起为秘书监。弟潜，字孝仪。幼孤，兄弟相勖以学。梁天监五年，举秀才，累迁尚书左丞，兼御史中丞。在职多所弹纠，无或顾望。出为临海太守，励精绥抚，境内翕然。入迁都官尚书。太清元年，出为豫章内史[⑤]。为人宽厚，内行尤笃，奉寡嫂甚谨，家无巨细，必咨于嫂然后行。从弟孺，字孝稚。幼聪敏，能属文。年十四居丧，毁瘠骨立。叔父瑱尝置坐侧，谓宾客曰："此吾家明珠也。"仕梁，起家中军法曹行参军，迁太子中舍人。尝在御坐为《李赋》，受诏便成，文不加点，武帝甚叹赏之。后侍宴寿光殿，应诏赋诗，未及成，帝取孺手版题诗戏之，其见亲爱如此。迁中书郎、散骑常侍。大同五年，授吏部尚书。出为晋陵太守，在郡和理，为吏民所称。入为侍中，复为吏部尚书。母忧，以毁卒，谥曰孝。盖其群从子弟以文名者七十余人，而孝绰、孝仪、孝稚并有文集行于世。孺弟览，字孝智。十六通《老子》《易》，位中书郎。以所生母忧，庐于墓，常再期不尝盐[⑥]酪，食麦粥而已。隆冬止著单布衣，家人虑不胜丧，中夜窃置炭于床下，览因暖得寐，及觉知之，号恸呕血。梁武帝闻其至性，数使省视。服阕，除尚书左丞。览弟遵，字孝陵。少清雅，有学行。为晋安王纲宣惠[⑦]、云麾二府记室，甚见宾礼。王为皇太子，仍除中庶子。遵自随藩及在东宫，以旧恩偏蒙宠遇，时辈

① 按：《南史》本传作"三刻便成"，《梁书·文学传上》作"二刻使成"。以文义观之，"便"当为"使"形近之讹。

② 字据《南史·到溉传》补。

③ 字据《南史·到溉传》补。

④ 原作"闻"，据《南史》本传改。

⑤ 原作"豫州刺史"，据《梁书》《南史》本传改。

⑥ 原作"监"，据《梁书》《南史》本传改。

⑦ 原作"慰"，据《梁书》《南史》本传改。

莫及。卒于官，皇太子深痛惜之，形诸悼辞，曰："中庶奄至殒逝，痛可言乎？其孝友淳深，立身贞固，内含玉润，外表澜清，言行相符，终始如一。文史该富，琬琰为心；辞章博赡，玄黄成采。既以鸣谦表性，又以难进自居。吾昔在汉南，连翩[①]书记；及忝朱方，从容坐首。鹢舟乍动，朱鹭徐鸣，未尝一日而不追随，一时而不会遇。益者三友，彼实其人。及弘道下邑，未申善政，而能使人结去思，野多驯翟。此亦威凤一羽，足以验其五德。"

刘善明，彭城人[②]。[父怀民][③]，仕宋，为齐、北海二郡太守。元嘉末，青州饥，人相食。善明家有积粟，躬食饘粥，开仓以赈，多获全济，百姓呼其家田为"续命田"。废帝见杀，为高帝骠骑谘议、南东海太守、行南徐州事。沈攸之反，献计平之，高帝召还都，谓曰："卿策沈攸之，虽张良、陈平，适如此耳！"仍迁太尉右司马。齐台建，为右卫将军，辞疾不拜，召谓曰："淮南近畿，国之形胜，非亲贤不居，卿与我卧理之。"命为淮南、宣城二郡太守，遣使拜授，封新涂伯。善明至郡[④]，上表陈事凡十一条，上优诏答之。常自云："在家当孝，为吏当清，为子孙楷栻足矣。"所历官廉简不烦，俸禄散之亲友。建元二年卒，唯有书八千卷。高帝闻其清贫，赐其子涤葛塘屯谷五百斛，曰："葛屯亦吾之垣下，令后世知其见异。"从弟僧副，字士云，位前将军，封丰阳男，卒于巴西、梓潼二郡太守。上图功臣像，僧副与焉。

刘芳，字伯友[⑤]，彭城丛亭里人。魏[孝][⑥]文帝时，为中书侍郎，授太子经。才思深敏精博。初，王肃来奔，芳与辩论。肃曰："此非刘石经耶？"昔汉世造三字石经于太学，学者文字不正，多往质焉，芳音义明辩，疑者往询，故时人号为"石经"。出为刺史，朝廷吉凶大事皆就咨焉。齐将入寇徐州，疆场之人颇怀去就，帝忧之，以芳为散骑常侍、国子祭酒、徐州大中正，行徐州事。后兼侍中，迁中书令，出除青州刺史。还朝正朝仪，补太常卿，议郊祀礼，宣武从之。尝集《礼记义证》十卷。卒，赠镇东将军、徐州刺史，谥曰文贞。子怿，仕魏，历徐州别驾、兖州左军府长史、司空谘议参军。屡为行台出使，所历皆有贤称。转通直散骑常侍、徐州大中正，行郢州事。寻迁安南将军、大司农卿。卒，赠徐州刺史，谥曰简。孙

---

① 原作"翻"，据《梁书》《南史》本传改。
② 此善明非彭城人，勘详嘉靖《徐州志》。
③ 字据《南齐书》本传补。按：宋世为二郡太守者，其父怀民也，非为善明。
④ 原作"都"，据《南齐书》本传改。
⑤《魏书》作"伯文"，《北史》作"伯支"，郑樵《通志》作"伯友"。徐州诸志三说间采，如正统《彭城志》、康熙《徐州志》之"伯文"，嘉靖、万历、顺治三志之"伯友"，道光《铜山县志》作"伯支"，或其所据版本各有不同。
⑥ 字参《魏书》《北史》本传补。

逖，有文藻，仕北齐，官至仪同三司。鸷[①]，仕魏，位徐州开府从事中郎，转中书舍人。属梁通和，鸷前后受敕专对梁使一十六人，庶几不辱君命。仕至司徒左长史。卒，赠南青州刺史。弘，少好学，有行检，重节概。周武帝以为本郡太守。以功授仪同、永昌太守、齐州长[②]史。志在立功，不安佐职。隋高祖平[③]陈之役，表请从军，以功加上仪同，封濩泽县公，拜泉州刺史。会高智慧作乱，以兵攻州。弘城守百余日，救兵不至。前后出战，死亡太半。粮尽，无所食，与士卒数百人煮犀甲腰带，及剥树皮而食之，一无所离散。贼知其饥饿，欲降之，弘抗节弥厉。贼悉众来攻，城陷，为贼所害。上闻而嘉叹者久之，厚赉其家。子信，袭其官爵。芳从子懋，博综书史，善草隶书，识奇[④]字。魏宣武初入朝，位尚书外兵郎中。芳甚重之，凡所撰定朝廷轨仪，皆与参量。尚书博议，懋与殿中郎袁翻常为议主。达于从正，府中疑事，咸所访决。迁步兵校尉。孝明初，大军攻硖石[⑤]，懋为李平行台郎中。城拔，懋颇有功。迁太尉司马。卒，家徒四壁而已。赠持节、前将军，谥曰宣简。所制诗文，见称于时。又撰诸品物造作之始十五卷，名曰《物祖》。

孙道登，彭城吕县人。魏永安初，为梁将韦休等所获，胁使招降乡曲。道登乃厉声倡呼："贼无所能！"遂见屠戮。朝廷遣官吊祭，赐五等子爵。

郑抗，字子信，彭城人。有文学。北齐武平末，兼左右郎中，待诏文林馆。

刘苞，字孝尝，一字孟尝。三岁而孤，至六七岁，伯[叔][⑥]父悛、绘等并显贵，苞见之辄泣。其母谓其畏惮，怒之。苞曰："早孤，不识父，闻诸父多与父类，故心中悲耳！"因而歔欷，母亦悲恸。奉其母最孝，尝为扇席温枕。母及两兄相继亡，经营墓所，不资诸父。

孙棘，彭城人。宋大明五年，发三五丁，棘弟萨应充行，坐违期不至。棘诣郡辞列："棘为家[长][⑦]，令弟不行，罪应百死，乞以身代萨。"萨又辞列自引。太守张岱疑其不实，以棘、萨各置一处，报云听其相代。并色喜，甘心赴死。棘妻许又寄语属棘："君当门户，岂可委罪小郎？且大家临亡，以小郎属君，竟未妻娶，家道不立。君已有二儿，死复何恨！"岱依事表上，孝武诏特原罪。州加辟命，并赐帛二十匹。

① 原作"隙"，据《魏书》《北史》本传改，下同。
② 原作"刺"，据《隋书·诚节》本传改。
③ 原作"乎"，据嘉靖、万历《徐州志》改。
④ 原作"寄"，据《魏书》《北史》本传改。
⑤ 原作"陕右"，据《魏书》《北史》本传改。
⑥ 字据《梁书》《南史》本传补。
⑦ 字据《南史·孝义传上》补。

隋

刘子翊，彭城丛亭里人。性刚謇，有吏干。大业间，授侍书侍御史。尝从幸江都，因侍切谏，出为丹阳留守。寻遣上江督运，为贼吴棋子所虏。欲要以为主，不从。会炀帝被弑，群贼执子翊至临川城下，使以帝崩告城中。子翊反其言，于是见害。

刘瑴，字仲宝，彭城人。儒雅博洽，善辞翰。随湘东王在藩十余年，宠异甚深。当时文檄，皆其所为。位吏部尚书、国子祭酒。[①]

刘仕儁，彭城人。性至孝。丁母丧，绝而复苏，勺饮不入口者七日。庐于墓侧，负土成坟，列植松柏。虎狼驯扰，为之取食。隋文帝表其门。

唐

刘德威，彭城人。宽平友睦，有干略。隋大业末，从裴仁基[②]讨淮贼，手剑贼酋，传行在。后归李密。密降，俱入朝，授左武候[③]将军，封滕县公。诏将兵击刘武周。俄为武周所获，使率本部徇地浩州，得自拔归。尽上贼中虚实，高祖嘉纳。贞观初，历大理卿、绵州刺史，政号廉平，百姓立石颂德。寻检校益州大都督府长史，入为大理卿。太宗问曰："比刑网浸密，咎安在?"德威曰："在君不在臣。下之宽猛，视主之好恶。今坐入者无辜，坐出者有罪，所以吏务深文，为自营计。"帝然其言。后迁刑部尚书，检校雍州别驾。母丧，免。既除，为同州刺史。永徽三年卒，赠礼部尚书、幽州都督，谥曰襄，陪葬献陵。子二：审理、易从[④]。审理以孝义著闻。贞观中，历左骁卫郎将。仪凤初，吐蕃寇凉州，理战败见执。易从往省之。既至，而理卒。易从昼夜号哭不止，吐蕃哀其志，乃还其尸。徒跣万里，扶护以归，见者流涕。永昌中，封任城县男。为酷吏周兴诬构，坐死，天下冤之。从孙[⑤]延嗣，为润[⑥]州司马。徐敬业攻润州，嗣与刺史固守。俄而城陷，敬业邀以降，嗣曰："吾世蒙恩，今城不守，所负多矣，讵能苟生为宗族羞?"敬业怒，将斩之，其党魏思温救止，系江都狱。敬业败，录忠当叙，以裴炎近亲，裁迁梓州长史，转汾州刺史。

---

① 案《梁书》《南史》，刘瑴，沛国人，且仕在萧梁，"魏克江陵，入长安"。《万姓统谱》谓"彭城人"，未详所据。本志列入隋世，益误。

② 原作"棋"，据两《唐书》本传改。

③ 原作"侯"，据两《唐书》本传改。

④ 康熙《徐州志》按："旧志看史文不清，误以易从为审礼弟，乃于德威传末添赘曰'子二：审礼、易从'，反忘却延景，太粗矣！"查其讹始，本自嘉靖《徐州志》，万历、顺治《徐州志》皆失察。

⑤ 案两《唐书》本传，延嗣系德威从子，审理从弟。此处传主德威，当云"从子"。

⑥ 原作"闰"，据两《唐书》本传改。下同。

司马锽，徐州人[①]。天授初，左补阙薛谦光上疏论选举之弊。长安中，选台阁贤望分典大郡，得韦嗣立等十九人，锽与焉。申选到部，政绩可称[者][②]，独谦光与锽二人而已。

路审中，徐吏也。崔彦曾知其能，颇任之。嗣彦[曾][③]既遇害，审中赂守卒，敛藏其尸。张玄稔攻徐州，审中率死士应官军，开南白门人，因得破庞勋。后位岚州刺史。郑畋[④]谓中节贯神明，请擢为右羽林将军，诏可。

刘海宾，彭城人。以义侠闻。为泾原兵马将，与段秀实友善，累立战功，兼御史中丞。刘文喜据泾州叛，海宾与其子光国绐以奏请，及入对，言奸慝可诛状。既还，光[国][⑤]手斩文喜，献阙下。拜左骁卫大将军，封五原郡王；海宾，乐平郡王，赠太子太保，实封百户。

刘沔，字子汪，廷珍子。少孤，客振武节度使范希朝，署牙将。希[朝][⑥]奇之，召谓曰："后日必处吾坐。"希[朝]卒，入为神策将。迁大将军，擢泾原节度使，进检校尚书左仆射。累立战功，又进金紫光禄大夫，赐一子官。

石雄，徐州人。少为牙校，敢毅善战，气盖军中。会昌初，回鹘入寇，诏雄为天德防御副使，兼朔州[⑦]刺史，佐刘沔屯云州。雄临财廉，每朝廷赐与，辄置军门，自取一匹[缣][⑧]，余悉分士伍，由是众咸感奋。武宗喜曰："今将帅义而勇，罕雄比者！"就拜行营节度使。

刘延祐，彭城人。[伯父胤之][⑨]，少志学。武德中，杜淹荐为信都令，有惠政。永徽初，以著作郎、弘文馆学士，撰次国史并实录，以劳封阳城县男，终楚州刺史。延祐，擢进士，补渭南尉，有吏能，治第一。李勣戒之曰："子春秋少，而有美名，宜稍自抑，无为出人上。"延祐钦纳。后检校司宾少卿，封薛县男。从弟藏器，高宗[⑩]时为侍御史。卫尉卿尉迟宝琳胁人女为妾，藏器劾还之。宝琳私请帝止其还。藏器曰："法为天下权衡。陛下用舍由情，法何所施？"乃诏可。后出为宋州司马。子知几，通览群书，善文辞。举进士，累迁凤阁舍人、修国史。著《史通[⑪]》内外四十九篇，徐坚叹曰："为史氏者，宜置此座右也！"开元初，迁左散骑常侍。

---

① 案《旧唐书》《通鉴总类》，司马锽，河南洛州温人，曾任徐州刺史，勘详嘉靖《徐州志》。
② 字据嘉靖《徐州志》补。
③ 字据文例补。
④ 原作"略"，据万历《徐州志》改。
⑤ 字据文例补。
⑥ 字据文例补，下同。
⑦ 原作"方"，据《新唐书》本传改。
⑧ 字据《新唐书》本传补。
⑨ 四字据《新唐书·文艺上》本传补。
⑩ 原作"祖"，据两《唐书》本传改。
⑪ 原作"论"，据《新唐书》本传改。

刘商，字子夏，彭城人。第进士，历尚书虞部郎中，以病免。所著有《刘虞部集》十卷。

刘巨容，州人，为州大将。庞勋之反，自拔归，授埇桥镇遏使。浙西突阵将王郢反，攻明州，巨容以筒箭射郢死，拜明州刺史，徙楚州团练使。黄巢乱江淮，授蕲黄招讨副使，徙襄州行军司马、检校右散骑常侍。累立战功，迁检校礼部尚书。复授南面行营招讨使，累兼天下兵马先锋开道供军粮料使，检校司空，封彭城县侯。

王驾，字大用，彭城人，自号守素先生。大顺元年第进士。所著有《王驾集》一卷。

皇甫恒[①]、尹务荣，皆彭城人。咸数世同居，以孝弟名通朝廷，事亲、居丧著至行。天子各旌表其门。

甄君[②]，徐州人，明经教授，乡称善人。家贫，乞贷邑里，以葬其母，作室其傍，陈后山名曰“思亭”，因为之记。

五代

刘仁赡，字守惠，彭城人。仕南唐，以清［淮］[③]军节度使镇寿州。周师攻寿州，仁赡坚壁不下。子崇［谏］[④]幸其父病，谋与诸将出降，仁赡立命斩之。于是士卒皆感泣，愿以死守。病甚，其副使孙羽诈为仁赡书，以城降。世宗命舁仁赡至帐前，叹嗟久之，复使入城养疾。是日卒。五代全节之士三人：一王彦章，一裴约，一仁赡云。（南京十庙有刘忠肃王庙，即祀仁赡者）

刘涛，彭城人。后唐举进士，为左补阙，累官少詹事。宋太祖即位，素知涛履行，召至。以老疾求退，授秘书监致仕。初，清泰中，中书舍人卢导[⑤]受诏主文，将锁院，涛力荐薛居正，以为文章器业，必至台辅。导取之。后果为相，世称其知人。涛子顼[⑥]，仕宋，为监察御史。顼子晟，晟子讷、谭，并进士及第。

宋

郭廷谓，幼好学，工书，善骑射。性恭谨，事母以孝闻。宋初，知亳州。冯瓒

---

① 皇甫恒前原有“思义”二字。案《新唐书·孝友传》“鼓城彭思义、陈屺、田堤岳”三人，皆定州鼓城县人。嘉靖《徐州志》误读为彭城人，本志同讹，今删。

② 按：甄君，北宋人，见陈师道《思亭记》，置此系误。

③ 字据《新五代史》、陆游《南唐书》补。

④ 字据《新五代史》、陆游《南唐书》补。

⑤ 原作“道”，据《宋史》本传改。

⑥ 原作“项”，据《宋史》本传改。

知梓州，为仆夫所讼，召廷谓为静江军节度观察使留后以代之，悉除弊政。子延泽，博通典籍，累官国子博士。咸平中，以虞部员外郎致仕。

王汉忠，少豪宕，有膂力。太宗时，为殿前指挥使，累迁侍卫马军都指挥使。契丹掠中山，往御之，追杀甚众。而崇儒好文，轻财乐施，故名称甚茂。卒，赠太尉。

刘颜，彭城人。好古学，不专章句。举进士，知龙兴县，免官。家居，著书自适，学者常数十百人。所著有《儒术通要》《经济枢言》。石介见其书，叹曰："恨不在弟子之列！"子庠，八岁能诗，长淹通历代，蔡齐妻以子。第进士，迁太常博士。英宗时，以灾异求直言，庠上书论时事，除监察御史里行。后以枢密直学士知渭州，复知太原府。

陈师道，徐州人，字无己，号后山。国子博士、通判绛[1]州琪之子也。少苦心学问，诸经皆有训传，于《诗》《礼》尤邃。其为诗文，平淡雅奥，自成一家。元祐中，以侍从合荐，为本州教授，改颍州，再迁棣学。元符三年，除秘书省正字。郊祀为执事官，其内子闻郊坛高寒，非挟纩不可，借姨家赵挺之绵裘衣之。临行，问裘从来，内以实对，遂脱而掷之地。其夜寒甚得疾，明年卒。平日方正嫉恶，甘贫有守。居都下逾年，未尝一至贵人之门。章子厚欲一见，终不可得。傅钦之知其贫，怀金馈之，及睹其貌，听其论议，竟不敢以出口。所著有《后山集》二十卷行世。

刘淏，彭城人。举进士，历开封府推官，迁殿中侍御史。累迁龙图直学士、知庆州，改知密州。居官著能声。

寇国宝，州人。举进士，任吴县主簿。久从陈无己受学，文字实有渊源。其所题吴门寺壁一绝："黄叶西陂水漫流，籧篨风急滞扁舟。夕阳暝色来千里，人语鸡声共一丘。"人至今传之。

张天骥，号云龙山人，隐居不仕，与苏东坡、陈后山、参寥子游。尝作放鹤亭于云龙山之麓，东坡为作记。

时敦，宣和初为泽州倅。政事、词翰，为时推重。

李处全，徐州人。文章宏肆，诗体兼众长，字画遒丽。登第，由宗正寺簿迁太常丞。后迁居溧阳。

颜太初，彭城人，颜子四十七世孙。第进士，累官国子监说书。所著有《洙南子》《凫绎集》及《淳曜联英》。尤慷慨好义，诗多讥切时事。初，孔圣祐卒，罢袭封，太初作诗以讽在位，因以圣祐弟袭封文宣公云。

① 原作"隶"，据《后山集》卷十六《先君事状》改。

郑仅，彭城人。第进士，为大名府司户参军。有善政，盗贼相戒不入境。累官吏部侍郎、知徐州。迁至显谟阁直学士。卒，谥修敏。子望之，少有文名。靖康初，再使金营，累官户部侍郎，以徽猷阁直学士致仕。

赵立，徐州张益村人。政和中，补武卫军都虞候。建炎三年，金兵陷徐州，王复死之。立巷战夺门以出，为贼所得，夜杀守者入城，潜求复尸，恸哭掩藏。鼓率残兵邀击于外，断贼归路，尽焚营垒，夺舟船，扰击四出，军声复振。尽团乡民为兵，歃血申令，威震诸军。一鼓破贼遁去，乃抚循其民，召使复业。又奏置王复庙城中，遇出师，必率众泣祷。以复徐州功，诏授忠翊郎，就权州事。金人围楚州急，宣抚杜充命立往援。斩刈道路，行至淮阴遇贼，且行且战，遂抵城下。楚人被围久，闻立来，欢迎鼓舞。立时中箭，镞入舌下，坚不可取，命医以铁箝破齿骨钮去，移时乃出，流血盈襟，立色不变。贼益兵不已，立大破之。四年，以泗[①]州涟水军镇抚使兼知楚州。贼又并兵，列寨城下，相守百余日，忽飞炮碎其首，左右驰救之，犹曰："吾终不能与国灭贼矣！"言终而绝。事闻，特赠奉[②]国军节度使、开府仪同三司，立庙楚州，谥忠烈。

元

钱光弼，字仲明，彭城人。日诵千言。未壮，辟掾镇南王府。俄以云南行省荐，授将仕郎、同知晋宁州事。寻迁太常司直、治中，再迁汴梁路总管[③]兼府尹。在汴二年，省宪交荐，迁平江路总管，兼管［内］劝农事。薨于徐。赠兵部尚书、上轻车都尉，追封彭城［郡］[④]侯。有碑存。

明

张垣，由庠功贡，改中崇祯癸酉科武举。居乡谨厚。时崇祯十三年，饥荒，流离失所，不独徐人。垣心伤之，悉将储蓄赈救。老弱用是免沟壑者，难以数计。又置买义田十余顷，给本族孤苦者，咸获有室家之乐，俾吝啬自封者，闻风敦厚。继垣以举授河南归德府通判。其莅任也，清慎自持，克尽厥职。未几，国家改造，乃抗节致身。归德士民迄今颂之。

---

① 原作"楚"，据《宋史》本传改。
② 原作"秦"，据《宋史》本传改。
③ 原作"官"，据嘉靖、万历《徐州志》改。
④ 以上二处据嘉靖、万历《徐州志》补。

萧县

后汉

陈宣，字子兴。性刚猛，博学，明《鲁诗》。遭王莽篡位，隐处不仕。光武即位，征拜谏议大夫。建武十年，雒水出，造津城门。校尉奏欲塞之，宣曰："昔周公卜雒，以安宗庙，为万世基，水不当入城门。如为灾异，人主过不可辞，塞之无益。昔东郡金堤大决，水欲没郡，太守王尊忘①身敕吏民，伫立不动，水应时自消。尊，人臣，尚修正弭灾，岂况朝廷中兴圣主？水必不入！"言未绝，水去。上善其言。后乘舆出，宣列引在前，行迟，乘舆欲驱，钩宣御者坠车下。宣谏曰："王者承天统地，动有法度，车则鸣鸾，步则佩玉，动静应天。昔孝文时，有献千里马者，却而不受。陛下宜上稽唐虞，下以文帝为法。"上纳其言，遂徐行按辔。迁为河堤谒者，以病免，卒于家。

朱浮，字叔元。初从光武为大司马主簿，迁偏将军。从破邯郸，拜大将军、幽州牧，守蓟城，遂讨定北边。建武二年，封舞②阳侯，食三县。浮年少有才能，颇欲厉风迹，收士心。辟召州中名宿，以为从事，及故吏皆引置幕府。乃多发诸郡仓谷，廪赡其妻子。渔阳太守彭宠以为天下未定，不宜多置官属以损军实，不从其令。因以峻文诋之。宠亦狠强负功，嫌怨转积。浮密奏宠遣吏迎妻，不迎其母，又受货贿，杀害友人，多聚兵谷，意计难量。宠闻之，遂大怒，举兵攻浮。浮以书质责之，宠得书愈怒，攻浮转急。明年，涿郡太守张丰亦举兵反。时二郡畔戾，北州忧恐，浮怀惧，乃上疏请救。诏不从。浮城中粮尽，人相食，乃遁走，城降于宠。尚书令侯霸奏浮败乱幽州，构成宠罪，徒劳军师，不能死节，罪当伏诛。帝不忍，以浮代贾复为执金吾，徙封父城侯。后丰、宠并自败。帝以二千石长吏多不胜任，时有纤微之过，必见斥罢，交易纷扰，百姓不宁。六年，有日食之异，浮因上疏。帝下其议，群臣多同于浮。自是，牧守易代颇简。旧制，州牧奏二千石长吏不任位者，事皆先下三公。帝时用明察，不复委任三府，而权归刺举之吏，浮复上疏言之。七年，转太仆。又以国学既兴，上书言宜广博士之选，帝然之。二十年，代窦融为大司空。二十二年，坐卖弄国恩免。二十五年，徙封新息侯。帝以浮陵轹同列，每衔之，惜其功能，不忍加罪。永平中，有人单辞告浮事者，显宗大怒，赐浮死。长水校尉樊鯈③言于帝曰："浮事虽昭明，而未达人听，宜下廷尉，章著其事。"帝亦悔之。

① 原作"亡"，通"忘"。
② 原作"武"，据《后汉书》本传改。
③ 原作"儵"，据《后汉书·樊宏传》改。

刘矩，字叔方。少有高节。举孝廉，为雍丘令，以礼让化民。民有争讼，矩常提耳训告，讼者感之，辄各罢去。其有得路遗者，皆推寻其主。后，太尉胡广举矩贤良方正，四迁尚书令。性亮直，不能谐附贵势，以疾去官。起补从事中郎，复为尚书令，迁宗正、太常。延熹四年，代黄琼为太尉，琼复为司空。矩与琼及司徒种暠，同心辅政，号为贤相。寻以蛮夷叛，免。灵帝初，再为上公，所辟召皆名儒宿德。不与诸郡交通。顺辞默谏，多见省用。复以日食免，卒于家。（矩叔父光，仕为司徒；［父叔］①辽，以辟拜议郎）

南北朝

刘粹，字道冲，沛郡萧人。事宋武帝，克京城，参建武军事，以功封西安县五等侯，转中军②谘议参军。奉文帝镇京口，尽心于国，封滠［阳］③县男。后迁相国司马、左卫将军，改封建安县侯。文帝即位，领宁蛮校尉④，襄阳、新野二郡太守。在任简役爱民，罢诸沙门二千余人。补府史卒。族弟损，字子骞。宋元嘉中为吴郡太守。至阊门，便入泰伯庙。时庙室颓毁，垣墙不修，损怆然曰："清尘尚可仿佛，衡宇一何摧颓？"即令修葺。卒，赠太常。损叔父镇之，字仲德，卫将军毅之父也。宋时，以毅贵显，闲居京口，未尝应召。谓毅曰："汝必破我家！"毅甚畏惮之，每还京口，未尝敢以羽仪入镇之门。以左光禄大夫征，不就，卒。

刘伯龙，少贫薄。及长，历位尚书左丞、少府、武陵太守，贫窭⑤尤甚。尝在家慨然，召左右将营十一之方，忽见一鬼在傍抚掌大笑，伯龙叹曰："贫穷固有命，乃复为鬼所笑耶？"遂止。

宋

窦沔，萧人。喜儒学，有远识，能招贤以教子姓，四方贤士日游其门。仕为光泽簿。萧县学在旧城西北无人之境，众不乐居，沔白邑宰，出己资购邑东南明爽之地迁之。

元

傅汝砺，萧人。仕为陕西诸道行御史台监察御史，文章政事卓异，后迁朝列大

① 按：《后汉书》本传原作"叔父辽"，中华书局标点本《后汉书·循吏传》校勘记据钱大昕、李慈铭等说乙正为"父叔辽"。今从中华书局本，据文例增补"父叔"二字。
② 原作"书"，据《宋书》本传改。
③ 字据《宋书》本传补。
④ 原作"将军"，据《宋书》本传改。
⑤ 原作"屡"，据《南史·刘粹传》改。

夫、浙江廉访司佥事。

刘福，性至孝，父母存，能供甘旨。居丧，寝苫枕块饘粥，至终丧如一。

沛县

汉

曹参，沛人。秦时为狱掾豪吏。高祖为沛公，参以中涓从击胡陵、方与（音房豫），攻秦监军，大破之，取胡陵。汉王即皇帝位，以参为齐相国。六年，赐爵列侯，食邑平阳万六百三十户，世世勿绝。孝惠元年，更以参为齐丞相。参尽召长老诸先生，问所以安集百姓。言人人殊，未知所定。闻胶西有盖公，善治黄老言，使人厚币[①]请之。既见，盖公言治道贵清静，而民自定，推此类具言之。参于是避正堂，舍盖公焉。其要用黄老术，相齐九年，齐国安集，大称贤相。萧何薨，参入相。始参微时，与何善；及为宰相，有隙。至何且死，所推贤唯参。参代何为相，一遵何约束。择郡国吏讷于文辞、谨厚长者，即召除为丞相史。吏言文刻深者，辄斥去之。日夜饮酒，不事事。惠帝怪相国不治事，让之。参免冠谢曰："高皇帝与萧何定天下，法令既明具。陛下垂拱，参等守职，遵而勿失，不亦可乎?"帝曰："善!"参为相三年，薨，谥曰懿。百姓为歌之曰："萧何为法，较若画一。曹参代之，守而勿失。载其清静，民以宁一。"

王陵，沛人。始为县豪，高祖微时，兄事之。及高祖起沛，入咸阳，陵亦聚党数千人，居南阳。及汉王还击项籍，陵乃以兵属汉。项羽取陵母置军中，欲以招陵。陵使人诣母所，母曰："善事汉王，无以老妾故，持贰心!"遂对使者伏剑而死。陵卒从汉王定天下，封安国侯。陵少文任气，好直言。为右丞相二岁，惠帝崩。高后欲立诸吕为王，问陵。陵力争之，曰："高皇帝刑白马而盟曰：'非刘氏而王者，天下共击之!'今王吕氏，非约也!"太后不说。问左丞相陈平及绛侯周勃等，皆无不可。陵让平、勃曰："始与高帝喋血而盟，诸君不在耶? 纵欲阿意背约，何面目见高帝于地下乎!"吕后欲废陵，乃阳迁陵为帝太傅，实夺之相权。陵谢病免，杜门竟不朝请，十年而薨。

周緤，沛人。以舍人从高祖起沛，至霸上，西入蜀，还定三秦，赐食邑池阳。从东击项羽，战不利，终无离上心。上以緤为信武侯，食邑三千三百户。欲自击陈豨，緤泣止，上以为爱我，赐入殿不趋。后改封鄘城侯。孝文五年薨，谥曰贞。

樊哙，沛人也，以屠狗为事。与高祖俱隐。初从高祖起丰，高祖为沛公，以哙

① 原作"弊"，据《汉书》本传改。

为舍人。尝从攻胡陵、方与，击泗水，战却司马尼。及从击章邯军，从攻东郡守尉于成武，从击秦军出亳南，从攻长社，攻武关，咸破虏斩级。其攻阳城，击赵贲军，破杨熊于曲遇，攻宛陵，攻雍城，战襄国，破柏人，咸先登下敌。赐爵国大夫，历进舞阳侯，与诸侯剖符，世世勿绝。初，项羽在戏下，欲攻沛公。沛公因项伯谢羽鸿门。羽既飨军士，中酒，亚父谋欲杀沛公，令项庄拔剑舞坐中。哙居营外，闻事急，乃持铁盾直入，立帐下。项羽目问为谁，张良曰："沛公参乘樊哙。"羽曰："壮士！"赐之卮酒、彘肩。哙既饮酒，拔剑切肉，食尽之。羽曰："能复饮乎？"哙曰："臣死且不辞，岂特卮酒乎！且沛公先入定咸阳，暴师霸上，以待大王。大王今日至，听小人言，与沛公有隙，臣恐天下解心疑大王也！"羽默然。沛公如厕，既出，与樊哙等从间道归走霸上军。是日，微哙入营谯让项羽，沛公事几殆。汉王赐哙爵列侯，号临武侯。哙娶吕后女弟须为妇，生子伉，比诸将最亲。先黥布反，高祖尝病卧禁中，诏户者毋得入群臣。绛、灌等莫敢入。十余日，哙乃排闼直入，大臣随之。上独枕一宦者卧。哙等见上，流涕曰："始陛下与臣等起丰沛，定天下，何其壮也！今天下已定，又何惫也！且陛下病甚，大臣震恐，不见臣等计事，独与一宦者绝乎？且陛下不见赵高之事乎？"高帝笑而起。后卢绾反，高帝使哙击燕。时帝病甚，人有恶哙党于吕氏，即上一日宫车晏驾，则哙欲以其兵尽诛灭戚氏、赵王如意之属。帝闻之大怒，乃使陈平载绛侯代将，而即军中斩哙。陈平畏吕后，执哙诣长安。至则高帝已崩，吕后释哙，使复爵邑。孝惠六年薨，谥武。

周昌，苛从弟。秦时为泗水卒史。及高祖起沛，从沛公为职志，从入关破秦。沛公为汉王，以昌为中尉，寻拜御史大夫。从破项籍，封汾阴侯。昌强力，敢直言，自萧、曹等皆卑下之。高祖欲废太子，而立戚姬子如意，昌廷争之强。上问其说，昌为人吃，又盛怒，曰："臣口不能言，然臣期期知其不可奉诏！"后，上以留侯策止。昌争时，吕后听于东厢，见，跪谢之。如意为赵王，年十岁，高祖忧万岁后不全，用符玺御史赵尧言，徙昌为赵相，昌曰："臣初起从陛下，独奈何中道弃之于诸侯乎？"帝曰："吾极知其左迁。然吾私忧赵，念非公无可者。公强为我行！"高祖崩，太后鸩杀赵王。昌谢病不朝见，三岁薨，谥曰悼。

周苛，初从沛公，以为客。及为汉王，以苛为御史大夫。楚围荥阳急，汉王遁去，使苛守荥阳。楚破荥阳，苛嫚骂曰："若趣降汉！不然，为虏矣！"项羽怒，烹苛。后论功，封苛子为高阳侯。

周勃，以材官引强，攻胡陵，下方与。最[①]从高祖，战功居多，封列侯，食绛邑。为人木彊敦厚，不好文学。高帝以为可属大事，又尝语吕后曰："安刘氏者，

① 原作"最后"。案《史记》《汉书》本传，"后"字衍，今删。

必勃也！”惠帝六年，为太尉。高后崩，与丞相陈平等议，共诛诸吕，迎立代王，是为孝文帝。即位，以勃为右丞相，赐金五千斤，邑万户。或说勃威震天下，而受厚赏、处尊位以厌之，祸及身矣。勃惧，自危，乃谢归相印就国。其后有上书告勃欲反，下廷尉逮捕治之。薄太后以冒絮提帝曰：“绛侯绾皇帝玺，将兵于北军，不以此时反，今居一小县，顾欲反邪！”帝于是赦勃，复爵邑就国。十一年薨，谥曰武侯。次子亚夫，初仕为河内守，文帝复封为条侯。六年，匈奴大入边。以亚夫为将军，军细柳。帝自劳之。军士吏被甲，锐兵刃，彀弓弩持满。天子先驱至，不得入。军门都尉曰：“军中闻将军令，不闻天子诏。”有顷，上至，又不得入。上使使持节诏之，乃传言开壁门。壁门士请车骑曰：“将军约，军中不得驱驰。”天子乃按辔徐行。至中营，亚夫揖曰：“介胄之士不拜，请以军礼见。”天子为动，改容式车，敬劳将军，成礼而去。既出门，曰：“嗟乎，此真将军矣！”称善者久之。军罢，拜中尉。景帝时，吴、楚反。以亚夫为太尉，将兵击之，三月而吴、楚［破］[1]平。迁丞相。上废栗太子，亚夫固争之，不得。上由此疏之。窦太后欲封皇后兄王信为侯，亚夫曰：“高帝约‘非有功不得侯’。信无功，侯之，非约也！”上默然而沮。后匈奴臣五人降汉，上欲侯之。亚夫曰：“彼背其主降，陛下侯之，即何以责人臣不守节者乎？”上曰：“丞相议不可用！”乃悉封为侯。亚夫因谢病免相。顷有上变告其子，事连污亚夫。下吏，入廷尉，因不食而死。

鄂千秋，沛人。汉祖定功行封，千秋进曰：“萧何有万世之功，当第一。”上曰：“进贤受上赏，何功虽高，得鄂君乃益明矣！”封安平侯。

任敖，沛人。少为狱吏。高祖尝避吏，吏系吕后，遇之不谨。敖素善高祖，怒，击伤主吕后吏。及高祖初起，敖以客从为御史，守丰二岁。高祖为汉王，敖迁为上党守。陈豨反时，敖坚守，封为广阿侯。高后时，为御史大夫。孝文元年薨，谥懿。

施雠，字长卿，沛人也。沛与砀相近，雠为童子，从砀田王孙受《易》。后雠徙长陵，田王孙为博士，复从卒业，与孟喜、梁丘贺并为门人。贺为少府，荐雠“结发事师数十年，贺不能及”，诏拜雠为博士。甘露中，与五经诸儒杂论同异于石渠阁。雠授张禹，禹授淮阳彭宣，由是施家有张、彭之学。同郡戴宾，亦受《易》于雠。

高相，沛人。治《易》，其学亦亡章句，专说阴阳灾异。自言出于丁将军，传至相。相授子康，及兰陵毋将永。康以明《易》为郎，永至豫章都尉。由是《易》有高氏学。

① 原阙，字据《史记》《汉书》本传补。

闻人通汉，字子方。后仓说《礼》数万言，号曰《后氏曲台记》，东海人孟卿受之，以授通汉。通汉以太子舍人论石渠，至中山中尉。同郡庆普，字孝公，与戴德、戴圣亦同受《礼》于孟卿。由是《礼》有大戴、小戴、庆氏之学。普仕为东平太傅。

蔡千秋，字少君，沛人。尝受《穀梁春秋》于鲁荣广，又事王孙皓星公，为学最笃。宣帝时为郎，召见，与《公羊》家并说。上善《穀梁》说，擢千秋为谏大夫、给事中。后有过，左迁平陵令。复求能为《穀梁》者，莫及千秋。上愍其学且绝，乃以千秋为郎中户[①]将，选郎十人从受。汝南尹更始翁君本自事千秋，能说矣。[②]

姜肱，字伯淮，彭城广戚人也（今沛县地）。与二弟仲海、季江，俱以孝行著闻。其友爱天至，常共卧起。肱博通五经，兼明星纬，士之远来就学者三千余人。辟命皆不就。二弟名声相次，亦不应征聘。时人慕之。肱尝与季江谒郡，夜于道遇盗，欲杀之。肱兄弟更相争死，贼遂两释焉，但掠夺衣资而已。既至郡中，肱终不言。盗闻而感悔，后乃就精庐求见，皆叩头，还所略物。肱不受而遣之。后与徐穉等俱征，不至（延熹二年，尚书令陈蕃等上疏荐穉等曰："臣闻善人，天地之纪，政之所由也。《诗》云：'思皇多士，生此王国。'天挺俊乂，为陛下出，辅弼明时，左右大业者也。伏见处士豫章徐穉、彭城姜肱、汝南袁闳[③]、京兆韦著[④]、颍川李昙，[德][⑤]行纯备，著于民听[⑥]。若使擢登三事，协亮天工，必能翼宣盛美，增光日月。"桓帝乃以安车玄纁，备礼征之，并不至）。桓帝乃使画工图其形。肱伏卧于幽暗，以被韬面，工竟不得见之。中常侍曹节等专执朝[⑦]事，诛陈蕃、窦武，欲借宠贤德，以释众望，乃白征肱为太守。肱得诏，乃私告其友曰："吾以虚获实，遂藉声价。明明在上，犹当固其本志，况今政在阉竖，夫何为哉！"乃隐身遁命，远浮海滨。再以玄纁聘，诏书至门（灵帝诏曰：肱抗凌云之志，养浩然之气，以朕德薄，未肯降志。昔许由不屈，王道为化；夷齐不挠，周德不亏。州郡以礼优顺，勿失其意）。肱使家人对云："久病就医。"遂羸服间行，窜伏青州界中，卖卜给食，历年乃还。熹平二年，终于家。弟子陈留刘操追慕肱德，刊石颂之。

刘馥，[字][⑧]元颖。建安中为扬州刺史，恩化大行，百姓乐政，流民越江山而

① 原作"召"，据《汉书·儒林传》本传改。
② 原作"本自是能千秋说矣"，据《汉书·儒林传》改。
③ 原作"阉"，据《后汉书·徐穉传》改。
④ 原作"着"，同"著"，据《后汉书·徐穉传》改。
⑤ 字据《后汉书·徐穉传》补。
⑥ 原作"人景"，人系"民"避讳改，德系"景"之讹，并据《后汉书·徐穉传》改。
⑦ 原作"明"，据《后汉书》本传改。
⑧ 字据《三国志·魏书》本传补。

归者以万数。于是立学校，广［屯］[①]田，为战守备。及卒，士民思之。子靖，嗣迁庐江太守，诏曰："卿父昔为彼州，今卿复据此郡，可谓克［负］[②]荷者也。"后上疏陈儒训，略云："其经明行修者，则进之以崇德；荒教废业者，则退之以惩惰[③]。"后迁镇北将军，开拓[④]边守，屯据险害，边民利之。嘉平六年薨，谥曰景。

三国

楼玄，事吴王孙皓，从九卿侍卫[⑤]。正身率众，奉法而行，应对切直，数忤皓意。后人诬玄谤讪政事，命送广州。华覈言玄清忠奉公，冠冕当世，乞赦前愆，责其后效。皓疾玄声名，竟徙交趾杀之。

晋

刘毅，字希乐，彭城沛人也。少有大志，不修家人产业。仕为州从事，桓弘以为中兵参军。属桓玄篡位，毅与刘裕、何无忌等密谋讨玄。玄[⑥]逼帝及琅[⑦]邪王西上。毅追及玄，战于峥嵘州，乘风纵火，尽锐争先。玄众大溃，烧辎重夜走。及玄死，毅为桓振所败，坐免官，寻原之。何无忌与毅不平，毅唯自引咎，时论韪之。初，毅丁忧在家，及义旗初兴，遂墨绖从事。至是军役渐宁，上表乞还终丧，不许，诏以毅为都督豫州、扬州［之淮南］、历阳、庐江、安丰、［堂邑］[⑧]五郡诸军事，豫州刺史，持节，将军、常侍如故。以匡复功，封南平郡开国公，兼都督宣城军事，给鼓吹一部。俄进拜卫将军、开府仪同三司。及何无忌为卢循所败，贼军乘胜而进，朝廷震骇。毅具舟船讨之，将发而疾笃，内外失色。朝议欲奉乘舆北就中军刘裕，会毅疾瘳，将率军南征。裕与毅书，遣毅弟藩往止之。毅大怒，投书于地，遂以舟师二万发姑孰[⑨]，次于桑落洲，与贼战，败绩，辎重盈积皆弃走，刘裕深慰勉之。后进为都督荆、宁、秦、雍四州之河东、河南、广平，扬州之义成[⑩]四郡诸军事，卫将军、开府仪同三司、荆州刺史，持节如故。表请加督交、广二州。毅至江陵，乃辄取江州兵及豫州西府文武万余，留而不遣。又告疾困，请藩为副。

① 字据《三国志·魏书》本传补。
② 字据《三国志·魏书》本传补。
③ 原作"隋"，据《三国志·魏书》本传改。
④ 原作"招"，据《三国志·魏书》本传改。
⑤ 原作"御"，系"衛"形讹，据《三国志·吴书》本传改。
⑥ 字据《晋书》本传补。
⑦ 原作"狼"，据《晋书》本传改。
⑧ 以上字并据《晋书》本传补。
⑨ 原作"熟"，据《晋书》本传改。
⑩ 原作"城"，据《晋书》本传改。

刘裕以毅贰于己，乃奏之。安帝下诏，刘裕自率众讨毅，命王弘、王镇恶等率军攻之。毅众乃散。毅走，去江陵二十里而缢。经宿，居人以告，乃斩于市。尝云："恨不遇刘项，与之争中原。"又谓郗僧施曰："昔刘备之有孔明，犹鱼之有水，今吾与足下，虽才非古贤，而事同斯言。"众咸恶其陵傲不逊。及败于桑落，知物情去[①]，而弥复愤激。初，裕征卢循凯归，帝大宴于西池，有诏赋诗。毅诗云："六国多雄士，正始出风流。"自知武功不竞，故示文雅有余也。既出西藩，虽上流分陕，而顿失内权。又颇自嫌事计[②]，故欲擅威强，伺隙图裕，以至于败。兄迈，字伯群。少有才干，为殷仲堪中兵参军。桓玄之在江陵，甚豪横，士庶畏之，过于仲堪。玄曾于仲堪听事前戏马，以稍拟仲堪。迈时在坐，谓玄曰："马稍有余，精理不足。"玄自以才雄冠世，而心知外物不许之。仲堪为之失色。玄出，仲堪谓迈曰："卿乃狂人也！玄夜遣杀卿，我岂能相救！"迈以正辞折仲堪，而不以为悔。仲堪使迈下都以避之。玄果令追之，迈仅免祸。后玄得志，迈诣门称谒。玄谓迈曰："安知不死，而敢相见？"迈对曰："射钩、斩祛，与迈为三，故知不[③]死。"玄甚喜，以为刑狱参军，后为竟陵太守。及毅与裕等同谋起义，迈将应之，事泄，为玄所害。

刘弘，字和季。少游洛阳，与武帝同居永安里，又同年。累迁荆州都督，在州多善政。永兴二年，进车骑将军。及卒，父老追思，如《甘棠》之咏召伯焉。

南北朝

朱龄石，字伯儿，沛人，绰之子。世为将。龄石少好武事，宋武帝以为建武参军，转镇军参军，累功为建威将军、益州刺史。蜀平，封丰城侯，寻为相国右司马。弟超石，亦果锐，虽出身将家，兄弟并娴[④]尺牍，为徐州主簿。义熙十二年北伐[⑤]，超石前锋，[魏军][⑥]遂溃，大军进克蒲坂，以为河东太守。后除中书侍郎，封兴平县五等侯。

刘臧，沛人。性方正，笃志好学。居家以孝闻。仕梁，为著作郎。子璠，九岁而孤，居丧合礼。少好读书，善文笔。[年][⑦]十七，为上黄侯萧晔所器重。[晔][⑧]或辞色不平，璠曰："何王之门，不可曳长裾也？"遂拂衣去。晔谢之，乃止。母死，居丧毁瘠，感疾。服阕后一年，犹杖而后起。及晔终于毗陵，故吏多分散，璠

① 原作"云"，据《晋书》本传改。
② 原作"几"，据《晋书》本传改。
③ 原作"不知"，据《晋书》本传乙正。
④ 原作"阅"，《宋书》《南史》并作"闲"，通"娴"，据改。
⑤ 原作"北伐还"。案《南史》本传，"还"字衍，今删。
⑥ 二字据《南史》本传补。
⑦ 字据《北史》本传补。
⑧ 字据《周书》《北史》本传补。

独奉晔丧还都，坟成乃退。后随［宜］[①]丰侯萧修出为北徐州刺史，即请为轻车府主簿，兼记室参军。修为梁州，又补为中记室，补华[②]阳太守。属侯景渡江，梁室大乱，修以璠有才略，甚亲委之。时周文［帝］[③]以璠为中外府记室，迁黄门侍郎、仪同三司。周明帝初，授内史中大夫，掌纶诰，寻封平阳县子。在职清白简亮，不合于时，左迁同和郡守。莅职未期，生羌降附者五百余家。洮阳、洪和二郡羌，常越境诣璠讼理。后为陇右总管府司录，卒于官。著《梁典》三十卷，有集二十卷行于世。璠子祥，字休征。幼聪慧，以神童称。事嫡母以孝闻。十岁能属文，十二通五经。仕梁，为记室参军。江陵平，随例入关中。齐公宪召为记室，府中书记令掌之。平齐露布，即祥文也。累迁车骑大将军、仪同大将军，历长安、万年二县令，颇获时誉。卒于官。初，璠所撰《梁典》始就，未及刊定，临终，谓休征曰："能成我志，其在此书乎？"休征修定缮写，以竣乃事。璠兄瓌，仕梁，历职清显。瓌[④]子行本，起家梁武陵王国常侍。遇萧修以梁州北附，遂与叔父璠归周，寓居新丰。每以讽读为事，虽衣食乏绝，晏如也。周大冢宰宇文护引为中外府记室。武帝亲[⑤]总万机，累迁掌朝下大夫。及宣帝嗣位，多失德，行本切谏忤旨，出为河内太守。及尉迟迥[⑥]作乱，攻怀州，行本率吏人拒之。拜仪同，赐爵文安县子。隋文帝践祚，拜谏议大夫、检校中书侍郎。上尝怒一郎，于殿前笞之。行本进曰："此人素清，其过又小。"上不顾。行本正当上前曰："陛下不以臣不肖，令臣［在］[⑦]左右。臣言若是，陛下安得不听？臣言若非，当致之于理，安得轻臣而不顾？臣所言非私！"因置笏于地而退。上敛容谢之，遂原所笞者。雍州别驾元肇请于上，欲于法外罪一吏。行本驳之曰："律令之行，盖发明诏。今肇乃敢重其教命，轻忽宪章，亏法取威，非人臣之礼！"上嘉之，赐绢百匹，拜太子左庶子，领侍御史如故。皇太子虚襟敬惮。时唐令则为左庶子，太子每令以弦歌教内人。行本责之曰："庶子当匡太子以正道，何嬖昵房帷之间哉！"令则甚惭。时左卫率长史夏侯福为太子所昵，尝于阁内与太子戏，福大笑，声闻于外。行本时在阁下闻之，待其出，数之曰："汝何小人，敢为亵慢！"因付执法者推之。太子为请，乃释之。太子尝得马，令福乘而观之，太子甚悦，因欲令行本复乘。正色曰："至尊置臣于庶子位，欲辅导殿下以正道，非为殿下作弄臣。"太子惭而止。复以本官领大兴令。权贵惮其方正，无

① 字据《周书》《北史》本传补。
② 原作"曄"，据《北史》本传改。
③ 字据《北史》本传补。
④ 按：东京底本作"璠"，误；国图底本"瓌"，无误。
⑤ 原作"新"，据《北史》本传改。
⑥ 原作"回"，据《北史》本传改。
⑦ 字据《北史》本传补。

敢至其门者。由是请托路绝，吏人怀之。未几，卒于官，上甚伤惜焉。

［唐］[1]

刘轲，沛人。流离郴湘，至韶家焉。博学多识。游长安，为马植所奇。登第，历官至侍御史。所著有《春秋指要》《翼孟子》诸书数十卷。《摭言》称其文章与韩、柳齐名。

砀山县

汉

栾布，梁人也。彭越为家人时，尝与布游。穷困，卖佣于齐，为酒家保。数岁别去。布为人所略卖，为奴于燕。为其主报仇，燕将臧荼举以为都尉。及荼反，汉击燕，虏布。梁王彭越闻之，乃请赎布为梁大夫。使于齐，未反，汉召彭越，责以谋反，夷三族，枭首雒阳，下诏："有收视者捕之！"布从齐还，奏事彭越头下，祠而哭之。吏捕以闻。上召布，骂曰："若与彭越反耶[2]？吾禁人勿收，若独祠而哭之，与越反明矣！"趣烹之。布顾曰："愿一言而死。"上曰："何言?"布曰："方上之困彭城，败荥阳、成皋间，项王所以不能西，徒以彭王居梁地，与汉合从苦楚也。当是时，彭王一顾，与楚则汉破，与汉则楚破。且垓下之会，微彭王，项氏不亡。天下已定，彭王剖符受封，亦欲传之万世。今反形未见，以苛小案诛灭之，臣恐功臣人人自危也！彭王已死，臣生不如死，请就烹。"于是上释布，拜为都尉。孝文时，为燕相。吴、楚反，以军功封鄃侯。燕、齐之间皆为栾布立社，号曰"栾公社"。景帝中五年薨。

申屠嘉，梁人。以材官蹶张从高帝击项籍，迁为队率。从击黥布，为都尉。孝惠时，为淮阳守。孝文元年，举故吏士二千石从高皇帝者，悉以为关内侯食邑，而嘉食邑五百户。后以御史大夫，代张苍为丞相，因故邑封为故安侯。为人廉直，门不受私谒。是时，邓通以弄臣戏殿上。嘉召通诣丞相府，欲斩之。通顿首，首尽出血，不解。赦至乃免。为丞相五岁，孝文帝崩，孝景帝即位。二年，晁错为内史，贵幸用事，诸法令多所变更。嘉疾错，会错擅穿宗庙垣为门，奏请诛错。帝谓："错无罪。"罢朝，嘉谓长史曰："吾悔不先斩错，乃先请之，为错所卖！"至舍，因呕血而死。谥为节。

---

① 刘轲为唐人，字据文例补。
② 原作"即"，据《史记·栾布传》改。

丁宽，字子襄，梁人也。初，同郡项生从田何受《易》，宽为项生从者，读《易》精微，才过项生，遂事何。学成，谢宽。宽东归，何谓门人曰："《易》已东矣！"宽至雒阳，复从周王孙受古义，号《周氏传》。景帝时，宽为梁孝王将军，距吴、楚。作《易说》三万言，训诂举大谊而已，今《小章句》是也。宽授同郡田王孙，王孙授施雠、孟喜、梁丘贺。由是《易》有施、孟、梁丘之学。

焦赣，字延寿，梁人。尝从孟喜问《易》。会喜死，京房以为延寿《易》即孟氏学，从之，为京氏学。

桥仁，字季卿，梁人也。与同郡杨荣同从小戴，受《礼》学。仁仕为大鸿胪，荣仕为琅琊太守。由是小戴有桥、杨之学。

周庆，字幼君；丁姓，字子孙，皆梁人，从鲁荣广受《穀梁春秋》。宣帝时，选郎十人，从蔡千秋受《穀梁》学。会千秋病死，征江公孙为博士，刘向以故谏大夫[①]通达，待诏受《穀梁》，欲令助之。江博士复死，乃征庆、姓二人待诏保宫，使卒授十人。自是《穀梁》之学大盛。庆与姓皆为博士。

刘纡，梁人。与阮孝绪、刘歆为三隐[②]。尝卜筑钟山，有终焉之志。常着谷皮冠、披衲衣游山泽。风神颖俊，意气弥满，过者以为神人。

韩俞，字伯俞，砀人。事母至孝。一日，被笞，泣不已。母曰："常笞尔，尔甘受之。今泣不已，何也？""常笞痛，知母力强；今不痛，知母力衰，是以泣也。"

唐

朱全昱，砀人，五代梁太祖兄也。太祖将受禅，有司备礼前殿。全昱视之，顾太祖曰："朱三，尔作得否？"太祖燕居宫中，与诸王饮博。全昱酒酣，取骰子击盆而迸之，呼太祖曰："朱三！尔砀山一百姓，遭逢天子用汝，为四镇节度使，于汝何负？汝灭唐家三百年社稷，吾将见汝赤其族矣，安用博为！"太祖不悦，罢会。全昱亦不乐在京师，常居砀山故里。

友宁，累功赠开府仪同三司，追封安庄王；友伦，为检校司空，胶州刺史，追封［密］[③]王，皆梁太祖子。

元

曹伯启，字士开，砀山人。弱冠从东平李谦游，笃于问学。至元间，历仕为兰

---

① 原作"谏议大夫"。案《汉书·儒林传》，"议"字衍，今删。
② 按：刘纡与阮孝绪、刘歆为三隐说，讹自嘉靖《徐州志》。辨见康熙《徐州志》本传下。
③ 原墨丁，字据《新五代史·梁家人传》及嘉靖、万历《徐州志》补。

溪簿，以荐授西台御史，累迁集贤学士、御史台侍御史。至元三年，奉命同完颜纳丹纂集累朝格例，名曰《皇元通制》，颁行天下。又上言：“五刑者，刑异五等，今黥杖徒役于千里之外，百无一生还者，是一人身被五刑，非五刑各底于一人也。法当改。”丞相虽是之，而卒不果行。泰定初致仕。性庄肃，奉身清约。在中台，所奖借[①]名士甚多。所著有诗文十卷、《汉泉漫稿续集》三卷行世。六子十孙，皆显仕。

韦信，砀山人。性俭素，事二亲尽孝。每朝夕供膳，必俯伏四拜而后退。人问其故，答曰：“父母之恩，终身难报，跪拜何劳？”有司以闻，至元间被诏旌其门。

许义夫，砀山人。为夏邑县尹，每亲诣乡社，教民稼穑，见民勤者赏之，惰者罚之，境内丰足。后为封[②]丘尹，值群盗劫掠州县，义夫单骑出郊，力言封丘邑小，民已惊窜，幸无入吾境。民获免于难。

丰县

汉

丰公，姓刘氏，名清，汉高祖祖也。传三世，生太公，名端[③]，字执嘉，生四子：伯、仲、邦、交。《前汉书》曰：“《春秋》晋史蔡墨有言：‘陶唐氏既衰，其后有刘累，学扰龙，事孔甲。范氏，其后也。’而大夫范宣子亦曰：‘昔匄之祖，自虞以上为陶唐氏，在夏为御龙氏，在商为豕韦氏，在周为唐杜氏，晋主夏盟为范氏。’范氏为晋士师，鲁文公世[④]奔秦，复归于晋，其处晋者为刘氏。刘向云：战国时，刘氏自秦获于魏。秦灭魏，迁大梁，都于丰。故周市说雍齿曰：‘丰，故梁徙也。’是以颂高祖云：‘汉帝本系，出自唐帝。降及于周，在秦作刘。涉魏而东，遂为丰公。’及高祖即位，置祀官，则有秦、晋、梁、荆之巫。”丰属荆，故有南巫。《新唐书·宰相世系》云：刘氏出自帝尧。帝尧之孙，生而有文在手曰“刘”。其后有刘累，能扰龙，事夏为御龙氏，在商为豕韦氏，在周封为杜伯，其子曰温叔，奔晋，为士师。生师为王，王生成伯缺，缺生士会，适秦，归晋，有子留于秦，自为刘氏。生明，明生远，远生阳。阳十世孙复仕魏，为大夫。秦灭魏，徙梁，生清。清徙居沛之丰，生仁号，仁号生端，端生高帝。

萧何，丰人。为沛主吏掾。高祖为布衣时，数以吏事护高祖。高祖为亭长，常

---

① 原作“惜”，据《元史》本传改。
② 原作“丰”，据《续通志》《南畿志》等改，下同。
③ 案司马贞《史记索隐》引王符云：“太上皇名煓。”盖汉以火德，后人附会为名。“端”，古代女子用名，疑非。
④ 原作“鲁文公后世”。案《汉书》本纪，“后”字衍，今删。

佑之。高祖起为沛公，何为丞督事。沛公至咸阳，何独先入收秦图书藏之。沛公以是具知天下厄塞、户口多少强弱处。项羽立沛公为汉王，而三分关中地，王秦降将。汉王怒，欲谋攻羽。何谏之曰："夫能诎于一人之下，而信于万乘之上者，汤、武是也。臣愿大王王汉中，养其民，以致贤人，收用巴蜀，还定三秦，天下可图也！"汉王乃以何为丞相。何进韩信，汉王以为大将军，说汉王引兵东定三秦。何留收巴蜀，谕告使给军食。汉二年，汉王与诸侯击楚，何守关中，为令约束，立宗庙、社稷、宫室、县邑，计户转运给军。汉王常失军，何常兴关中卒，辄补缺。上以此专属任何关中事。五年，汉王即皇帝位，以何功最胜，先封为鄌侯。功臣皆言："何徒持文墨议论，不战，顾居臣等上，何也？"上曰："诸君知猎乎？夫猎，追杀兽者，狗也；发纵指示兽处者，人也。今诸君，功狗也；至如何，功人也！"群臣皆莫敢言。列侯毕已受封，奏位次，上心欲何第一，关内侯鄂千秋进曰："萧何万世功，当第一。"上乃令何第一，赐带剑履上殿，入朝不趋，悉封何父母兄弟十余人，皆食邑。高祖崩，事惠帝。何病，上亲自临视何疾，举曹参代。何买田宅，必居穷辟处，为家不治垣屋，曰："令后世贤，师吾俭；不贤，毋为势家所夺。"孝惠二年薨，谥曰文终侯。（《茂陵书》曰：萧何国在南阳，宜呼"赞"，令多呼"嵯"。"嵯"旧字作"鄌"，今皆作"酇"，所由乱也。〇按：沛县之酇，本音"醝"，王莽改曰"赞"；南阳之酇，本音"赞"，班固曰"与'何'同韵"，又读曰"醝"）

卢绾，丰人也，与高祖同里。绾亲与高祖太上皇相爱，高祖、绾同日生，里中持羊酒贺。及高祖、绾壮，学书文，又相爱。高祖为布衣时，有吏事避宅，绾[①]常随上下。及高祖初起沛，绾以客从。入汉，为将军，常侍中。从东击项籍，以太尉常从，出入卧内，衣被食饮赏赐，群臣莫敢望，虽萧、曹等，其亲幸莫及绾者。封为长安侯。绾与刘贾击临江王共尉，还，从击燕王臧荼，皆破平，乃立为燕王。诸侯得幸，莫如燕王者。绾立六年，以陈豨事见疑。上使樊哙击绾，绾悉将其宫人家属，骑数千，居长城下候伺，幸上病愈，自入谢。高祖崩，绾遂将其众亡入匈奴，匈奴以为东胡卢王。居岁余，死胡中。

隋

刘权，字世略，彭城丰人，轨之孙。少有侠气，后折节好学，动循法度。开皇中，以车骑将军领乡兵。后从晋王广平陈，进授开府仪同三司[②]。十二年，拜苏州刺

① 原作"绾宅"，据《汉书》本传乙正。颜师古注："避宅，谓不居其家，潜匿东西。"
② 原作"进授开府仪同三司、宋国公"。案《隋书》《北史》本传，"宋国公"三字当断下句为"宋国公贺若弼甚礼之"，非刘权受封。据删。

史，赐爵宋城县公。抚以恩信，甚得人和。炀帝嗣位，拜卫尉卿，进位银青光禄大夫。累加金紫光禄大夫，寻为南海太守。路逢盗起，权召募抚谕，群盗降附，帝闻而嘉之。及至南海，甚有异政。数岁，遇盗贼。群雄多愿推权为首，权竟固守以拒之。子世彻又密书诣权，称时方扰乱，讽令举兵。权召集僚佐，对斩其使，矢无异图，守之以死。卒于官。

[五代][①]

李筠[②]，丰县人。为周昭义军节度使。初，宋太祖即位，遣使加筠中书令。筠不受，即起兵以数帝罪。帝遣石守信大破之于潞州，筠赴火死。

朱珍，丰人。五代时，从梁太祖创立军制，选将练兵，甚有法度，尝败黄巢、破秦宗权，东并兖郓，勇出诸将先，累立战功，拜淄州刺史。

[宋][③]

李良弼，字梦得，光义子。举进士，游洛阳，友张华，为颜衎所知，署齐州防御巡管、宿州团练推官。居五年，调庐州录事。鞫[④]狂胡甲袄狱，止首恶，贷胁从，董宿逋万四千。张齐贤举材能，观察节度使，试廷尉评，累迁兼察御史。

李若谷，字子渊，徐州丰人。举进士，累官至参知政事，以太子少傅致仕。卒，年八十，谥康靖。性资端重，在政府论议，常近宽厚。治民多智虑，恺悌爱人，其去，每见思。子淑，字献臣。年十二，真宗幸亳，献文行在。真宗奇之，命赋诗，赐童子出身。试秘书省校书郎，寇准荐之，授校书郎、馆阁校勘。乾兴初，迁大理评事。修《真宗实录》，为检讨官。书成，改光禄寺丞、集贤校理，为国史院编修官。召试，赐进士及第，改秘书郎，进太常丞，历官翰林学士，中书舍人，端明、侍读二学士。卒，赠尚书右丞。淑警慧过人，博习诸书，详练朝廷典故，凡有沿革，帝多谘访。制作诰命，为时所称。其他文多裁取古语，务为奇险，时人不许也。

李寿朋，字延老。庆历初，试学士院，赐进士出身，判吏部南曹。使行诸陵，奏言："昭宪皇后诞育二圣，为国文[⑤]母，独以合葬安陵，不及时祭，请更其礼。"从之。迁群牧判官，历开封府推官、户部判官、知凤翔府。沧州地震，坏城郭舒

① 字据文例补。
② 案《宋史·周三臣传》："李筠，并州太原人。"此谓"丰县人"，未审所据。
③ 字据文例补。
④ 原作"鞫"，通"鞫"。
⑤ 原作"之"，据《宋史》本传改。

庾。朋以席为屋，督吏宋缮葺，未数月，复其旧。括芜田三万顷，纵民耕，择其壮者使习兵。河方北漏，随塞之。故道狭，度必东溃，谕居人徙避，后三县四镇果垫。司马光出使，荐其能，加直史馆，入直舍人院，同修起居注。进户部、盐铁副使。暴疾卒，诏中使抚其孥，赐白金三百。

李复圭，字审言，淑次子。庆历初，与兄寿朋同试学士院，赐进士出身，通判澶州。熙宁初，进直龙图阁，历湖北、两浙、淮南、河东、陕西、成都六路转运使。在西浙，民以给衙前役[①]，多破产，悉罢遣归农，招人承募，民便之。濒海人赖蛤，圭奏蠲其税。在泾州时，二税之入，为文奏免，民立生祠。在滑州时，司马光尝赋诗以饯之。邵尧夫称其临事敏决，有健吏才，颇为时所忌。在庆州时，为军变，谪广济军，寻谪保静军、光化[②]军。后以集贤殿修撰知荆南，卒。

宋汝为，字师禹，丰人。靖康元年，金人犯京师，阖门遇害，汝为思报之。建炎三年，金人再至。谒部使者陈边事，遣对行在。高宗嘉纳，特补修武郎、假武功大夫、开州刺史，奉国书副京东运判杜时亮使金。时，刘豫节制东平，丞相吕颐浩因致书豫。汝为行次寿春，遇完颜宗弼军，不克与时亮会，独驰入其壁，将上国书。宗弼盛怒，劫而缚之，欲加戮辱。汝为一无惧色，衔命惟请达书而就死。宗弼顾汝为不屈，遂解缚延之曰："此山东忠义士也！"听往见豫。汝为持颐浩书与之，开陈祸福，勉以忠义，使归朝廷。豫拘留，诱以官，固辞。绍兴十三年，亡归，作《恢复方略》献于朝。久之，桧将械送汝为于金人。汝为乃变姓名为赵复，徒步入蜀。杨企道为假僧舍居之。闻桧死，曰："除此巨蠹，中原恢复有日矣！"后竟终于蜀。

宋南强，字子居，汝为子。因父避桧入蜀，莫知所之，乃徙于绍兴。淳祐间，知沙县，治专德化，不事刑罚，勤农兴学，缮修桥梁。几一考，解职去，民为立甘棠路碑。后痛父死非命，终日泣涕，誓必复仇后已。隆兴二年，哀诉于朝。时参知政事虞允文、钱端礼以闻，高宗特荫其子。复官南强于雅州，其政迹尤著，有父风。[③]

姚孝锡，字仲纯，丰县人。政和四年登科，调代州兵曹。金兵入雁门，州将议以城降。官属畏怯，投死无所，孝锡投床大鼾，略不为意。大府就注五台簿，因家

① 原作"后"，据《宋史》本传改。

② 原作"化光"，据《宋史》本传乙正。

③ 案南宋年号，隆兴在前，淳祐在后，相去七十余年，未得先云"淳祐间知沙县"，继于隆兴二年哀诉于朝。考《宋史》汝为本传，隆兴二年诉于朝，"特官一子"者，应是南强；隆兴为孝宗年号，本传"高宗特荫其子，复官南强于雅州"之说，误。又考《万姓统谱》《八闽通志》，淳祐间知沙县者，字子居，山东人。与汝为子同名，实非一人。又，万历《四川总志》卷十六《名宦》："宋南强，丰县人。父汝为。桧死，南强哀诉于朝，遂官南强于雅州。"此说较为得实。

五台。善治生。州境岁饥，出家所藏粟万石赈，多所全活。自号醉轩，所著有《鸡肋集》。

［元］[①]

成野贤[②]，丰人，为金乡令。每政暇，匹马一仆，循行郊陌，劝课农桑，刑清事简，民安其业。去任，为之立碑。

袁遵道，字叔正，丰县人。至大间，以神童荐，气刚直，性颖悟。年十六，能诵五经。初为国学四门馆正字，升伴读，历任河间治中。及致仕，授翰林直学士、太中大夫。年七十四，终。子涣[③]，少游虞集之门，进士，累官国子监祭酒、吏部尚书、中书省参知政事，进光禄大夫、上柱国、太师、右丞相，赠鲁国公。当元至正末，尝自赞其像云："官高而不知其贵，道违而恒自退。不时乎时，而心乎忧世。虚灵众同，中正独异。惟孜孜于圣学，不知老之将至。隐华山之阳，号友山居士。"

徐州[④]

明

朱守仁，字存道。少有大志。初仕元，为枢密院同知。洪武初，改除中书断事，累迁工部尚书、北平行省参政。以馈饷不继，寻谪广西苍梧知县，旋复历官四川左布政使。廉洁见知，拜太仆卿。年七十乞归，赐白金、宝钞，仍官其子一人锦衣卫镇抚，世袭。既家居，每圣节必诣阙朝贺，特被优宠。永乐中，卒于京邸，诏乘传归葬。孙环，字璇王，由国子生授陕西靖宁州知州。有孝行，母殁庐墓，有司上闻，旌表其门。

任肃，字伯雝。领洪武己卯乡荐，初为工部主事，升刑部郎中，绰有能声。出为南昌守，多惠政。秩满上计，父老乞留，命增秩还任。寻升云南左参政致仕。

房栋，字子材。祖友信，洪武中以文学荐，授翰林检讨。栋博学明经，有文誉。由国子生，授知山西崞县。致仕，蓄古今书籍，闭户诵读，学益该博。惜其诗文佚散，不尽传。栋父端，于景泰丙子领乡荐。

① 字据文例补。

② 案《济宁州志》《金乡县志》："成野贤，晋台人。"晋台，未详所在。

③ 原作"焕"，据《南畿志》及袁遵道神道碑改。

④ 字据文例补。

刘恭，字政亨[①]，徐州人。少颖悟好学。领洪武丙子乡荐，授山西陵川训导，谪戍泗州。壬午，扈从渡淮，以功授百户。永乐初，改授建宁通判，升礼部员外郎，监修《[永][②]乐大典》。书成，赏赉有加。寻致仕归。

刘惟新，郡庠生，与刘恭同时，以楷书征修《大典》，授中书舍人，迁户部主事。

朱芾，字大芾，徐州人。洪武中，仕为户科给事中。升御史，性刚直，纠劾百僚，无所避忌。以言事忤旨，谪戍云南。行次九江而卒，归[葬][③]于徐。

权谨，字仲常。其父执中，自河间徙居于徐，遂为徐人。天性孝友，十岁遭父丧，即哀毁尽礼，不啻成人。母李氏，训之问学。谨刻厉成母志。兄度，初举贤良，授山西寿阳丞，坐事谪戍，谨罄资给其行。妹[④]早寡，谨抚其遗孤，俾成立。永乐丙戌，沛人主事吕宁荐为乐安令。廉明仁恕，为山东诸郡邑最。秩满，转光禄署丞。母病，躬汤药弗效，叩首吁天，求以身代。母愈，年九十终。比葬，躬负土封树。庐墓三年，孝感乌鸣、泉涌、兔驯之异。永乐二十二年，有司以闻，命驰驿赴阙。又命以事状朗诵大廷，示百僚。拜文华殿大学士，谨辞弗称，上曰："朕之除卿，嘉其孝，以风天下之为人子者，他非卿责也！"随侍皇太子监国留京，得辅导体。宣德元年，以疾乞归，进秩通政司右参议，赐白金、文绮，听致仕，仍敕礼官旌其门。正统中卒。其子伦，字民衷，领永乐丁酉乡荐，学行修明。养亲二十年。亲终，隐居教授，不仕。伦子名宇，亦笃孝道。伦年九十，病卧，宇侍汤药，寝不解带。既卒，负土种树，庐于墓侧，晨昏哀泣。母卒，殡亦如之。州守以闻，旌表其门。人以世德称权氏云。

魏簧，字学古。领永乐甲午乡荐，仕为陕西华州学正。性刚敏果断，施教有方，人士思之。

山云，青之子。青涉猎今古，沉毅有勇，初从太祖征伐，以功授燕山左护卫百户。永乐初，以靖难功，累官中军都督佥事。云袭授金吾左卫指挥使，寻升中军都督佥事。宣德初，以总兵挂征蛮将军印，出镇广西。时，溪峒瑶僮数为边患。云至，严号令，公赏罚，亲率将士讨平蛮寇韦朝列等，斩首万余级，降贼酋三百七十余人，获还被虏男女二千五百七十九人，筑九堡四城，威惠并行，夷酋慑服，居民安堵。累迁特进荣禄大夫、右都督，降敕奖励，赐金帛。正统初，以疾卒于镇。上

① 正统《彭城志》及嘉靖《徐州志·选举》作"刘泰，字致亨"，《明一统志》亦同。案《易·泰》："小往大来，吉，亨。"盖名"泰"字"致亨"，与《易》理合。本志讹名为"恭"，改字为"政亨"，后志遂因之，为讹益甚。

② 字据嘉靖、万历《徐州志》补。

③ 字据嘉靖、万历《徐州志》补。

④ 高穀《权学士墓表》作"姊"。

闻嗟悼，为辍朝一日，遣官祭葬，赠怀远伯，谥曰忠毅，官其子俊为指挥使。镇人怀其德，祠祀之。

孙顺，字以敬。性温厚谦谨。初由国子生为河南彰德同知，有惠政。迁贵州铜仁知府，莅政公平，夷民信服之。其孙珩，字邦玉。登成化戊戌进士，历官广东左参议。莅官行己，不忝世美。

范寅，字敬时。性至孝，居亲丧尽礼。比葬，庐墓封树者三年。由国子生授知山西石州，卓有政誉。升河间府同知。

朱善，字伯元。由国子生仕为浙江衢州府通判，鲠介不阿，懋著能声。二子：玺、瓒，并领乡荐。

朱志，字敏学，由国子生授刑部主事，转户部，守官清谨，迁南京户部员外致仕。志与善，皆以恂恂长者重于乡。

王豫，字德立。父弼，由国子生，历官良乡令、户部主事，皆有声。豫性孝善，医药施疗，恒逮贫者。初居父丧，哀毁骨立。母殁，如之。将举柩合葬父茔，道遇雷雨，豫号泣吁天，雨寻止。既葬，庐墓三年。孝感群鹊，驯集所种树木，依依不去。有司奏旌其门。

马蕙，字彦芳。其先苏之昆山人也。曾祖良，任徐州卫知事。父纪，始占籍于徐，为州人。蕙器宇端庄，邃于问学。领宣德壬子乡荐，历官曹县、上蔡学谕，汝宁教授。所至敦重行谊，教有成效。藩省屡聘典文，皆辞不赴，士林雅重之。以疾卒于汝。所著有《兰斋集》。子暾，字廷震。领成化辛卯乡荐，初仕为潞州守。潞有宗藩，暾至，处以诚敬平恕，久之信服，无挠法者。在郡多惠政，若均徭赋、兴学校，则其大端尔。以治最，迁南京户部员外郎。寻进郎中，卒于官。孙湘，字宗海；江，字宗岷，皆服儒笃学。湘举乡试，仕为庆阳通判，贤能著绩。江由贡，历仕光山学训、南阳教谕，兴礼劝俗，以古道教人。

马津，蕙后裔，字宗孔。举进士，筮仕余干。会宸濠弄兵，从王守仁戮力征讨，即宗致良知之学，豁然玄悟。濠既服诛，特拜御史。抗疏直言，风裁凝峻。寻迁大理寺丞。擢福建提学副使，端己帅物，秉经贞教，八闽士诚服焉。以疾乞归，日居崇德楼，究心圣学，不为外物所牵。如湛若水、邹守益、罗洪先、唐顺之辈过，每礼其庐而论学焉。所撰《克复》诸篇。

刘珩，字廷珮。领成化癸卯科乡荐。仕为成安令，推诚御物，孝友率人。尝岁旱为民祈雨辄应，时乃有秋，邑人歌之。任三年，乞侍养归。

刘经，字引之。领成化丙午乡荐。初为武义令，治最，迁济宁州守。时逆瑾擅权作威，遣人索金，不从，遂免官。后瑾败，或劝自白，竟安于恬退以自终。

张佶，字习之。成化[①]己丑，以进士为鄞令。性敏达过人，尤长政事，刚毅有执，视声势藐如。为治卓有风裁，善良赖之。迁南京刑部主事。时有疑狱久不决，佶至，立讯决之。其他多所平反，声闻益彰。迁浙江按察佥事，势豪闻者，为之愕然，至相戒勿犯。民有抑者，争赴诉之。寻为忌者所中，放归。

沙杰，字彦英。守贞履素。由举人任沂州学正。旌取至京，或讽以致赂当涂，可觊风宪。杰谢曰："当如义命何？"卒授西安教授。子立，登进士，历官广西按察佥事[②]。素刚介，尝自署云："公心一点神明鉴，私意纤毫天地诛。"迄用迕逆瑾中害，奄卒于家。从子玄，以贡授济阳训导，狷节不苟。初为诸生，尝却请托之金。其真清白相济，世守寒约者。

蒋轮，字梦载。世宗入绍大统，推恩外氏，以后考敩无嗣，命轮为其后，授锦衣卫指挥佥事。未几，封玉田伯。

周湘，字东之，州人。精于《易》学，达生委命，不希荣进，自号玩易子。后学多师之，至墙舍不能容。性至孝，悦亲极滋味。母亡，侍父寝食，十有一年不入私室。

张端，字端夫，永乐中以孝行荐，授真定尹。章文友，系徐州卫军；金鬲，字士昭，国子生；张暕，郡庠生；吴友直、路车，俱民，成化中并以孝行上闻，旌表其门。诸人皆亲丧庐墓，迹其所行，虽逾先王之典制，要亦观过而知仁矣！

徐韶，父贤，为齐河县尉。母董氏，以寿终。既葬，亲操畚锸[③]，负土为坟，庐守三年，哀毁骨立。其妹亦以节闻。有司两上其事，各给米粟，人称一门孝节云。

李恩，少厄孤贫，采薪给母。母年七十，患风痰垂死，恩无力延医，昕夕守泣，引刀割股，母赖以全。兵宪舒闻而嘉之，有大赉，并表其门。

舒经，字正夫。少嗜学不辍。正德癸酉，举于乡。嘉靖癸未，第于南宫。以疾，未及廷对，卒。经天性至孝，尤爱其弟，凡宾兴仪物，悉以奉父及弟，略不自私。及卒，举国惜之。

黄檠，字瑞禾。祖孙父子俱明经。父茂，明书法，随其祖仑赴试南都，时七岁，魏公闻其善书，令书"开国元勋"四大字，魏公大喜，赉予甚厚。檠邃学纯行，学者宗之。督学闻人诠首录其文，梓以传。能为古文词及五七言近体。尝揭于壁曰："十分贫也还栽竹，四壁萧然不卖琴。"亦足见其高雅之致。

吴希哲，字宗舜。以贡为宁化宰，多善政，文行素为乡人推服。正德辛未七月，畿内贼刘六、刘七等作乱。十一月过徐，由黄河东岸行。淮徐道副使毛科以乡

① 原作"弘治"，讹从嘉靖《徐州志》，据各志《选举》改。
② 原作"使"，据嘉靖、万历《徐州志》改。
③ 原作"牐"，径改。

兵逆之，不克，希哲有《出征歌》。

谭师伋，字景贤，世胄长子。喜文，为诸生，不仕。家蓄古书甚富，日与名贤赓和。有云“人皆陋敝庐，我独爱幽居。变态骇云雨，闲情欣鸟鱼。梁悬高士榻，门绝使臣车。为看青山好，溪桥策杖徐”之句。尤精《周易》与六壬、黄岐之术。

魏尚忠，少为诸生。已，袭指挥任，弃去。慕《玄居十志》之事，乃构草堂十楹，各有所主：一读书，一炼丹，一储酒，一储药，余储农圃花鸟诸物。客至，则与之共谈玄理，乐酒竟夕。自号竹篱居士。

陆进阶，字升甫，别号望龙。性至孝，家世寒素。制举义，靡昼夜。游学至南粤，师事同郡张鹤鸣，以《礼经》掇南榜。主试中允戴洵暗中摩索，赞其苦心。后授河间府别驾，督饷密云，廉介有守。致政闲居，奖励后学。而处之以恭，有德有造，庶几近之。

周中立，号近溪，廪于庠。少有节概。吕洪部郎雷姓者，谒圣庙失仪，立面斥之，寻遭中伤。隐居穷理，兼涉二氏家言。历二十余年，学院陈廉知，复贡，追给所历廪资，立毫不受。当道造庐者，处之淡如。自号三明居士。

沙杰及子立，既以科第世家，清正著称。立子孟升，岁荐未仕，修明祖父遗书，论列侃侃。升孙国祯，号克吾。少有异姿，一视数行。数奇，领岁荐，为兴化训，振文恤素。归里杜门，一时郡公有称太古人物者，有徒步至门乞为大宾者，书香未有艾焉。

张鹤鸣，别号孚宇。成丁丑进士，授浙江山阴令，故岩邑也。值江陵度田，而公意不欲，邑父兄三老竟有以苦浮税告者，公鳞[1]次履亩，清厘豁然。母黄太孺人欲归里门，妻子俱遣随侍，独居三载。寻擢西台巡关之役，复见北门锁钥及贵竹之命，不惮远险，密箐重岚，旆旌摇曳，劳氛交瘁，一病不起。各属侍箦，语不及私，其致身如此。

陈汝麟，字仁夫。万历癸未进士。筮仕长葛县令，锄强恤弱，卓有政声。历任虞衡，榷芜湖，清操羡额，治通惠河，著绩。后擢杭严兵宪，排抑中使，卒为所中。至今书香奕世云。

万崇德，号惺新。万历甲辰进士。筮仕临海令，政最，钦取台中。丰骨卓异，多所建明。朝廷倚任心膂，乃以终养疏请，情辞怆楚，许之。后起臬宪，未任，卒。子寿祺，庚午乡荐。沉酣典籍，能为诗与古文辞。喜隐逸，客吴客淮。有《隰西》及《南村》序记。

吴道昌，字龙河。自幼攻苦。父瑛，以大宾饮于乡。值其寝疾，昌卧侧尝药，

① 原作“麟”，径改。

衣不解带数月。又率其嫡稚养民，舞蹈其旁，用效斑衣。后屡应南闱不售，以万历辛丑岁荐。间为丹青，以自乐云。

宋坤，号简吾。明经，未仕。多所著述。晚年学《易》，淡泊适志。五行棋，其游艺之一端也。

曹志明，清修励苦，仅与恩选，未及壮仕，有为贫捧檄之念。庚辰夏，遇姚贼之变，正养病子房书室。贼见其衣屦，亦信其寒，乃以忿詈被杀。嗟乎，亦云命也！同郡武榜李其素，乡练著劳；丰庠孙枝芬，援弟破家。皆明知交，以次年遇害于丰。别见合传。[①]

高义程一顺，天性尚义。修庙建桥，济贫埋胔，德施多端。明崇祯十三、四年，国朝顺治四年，岁皆告饥，顺两捐资煮粥救济，讨示立厂城南门外，同妻孟氏亲视炊爨，所活万人。部道府州，咸旌其门。业经巡抚黄具题，奉旨旌扬。年六十五岁，以疾终，徐方四民哀悼不已。

高隐徐文魁，孝弟素娴，醇朴独善。恤族睦里，靡有不周。徐郡荒歉，捐资施粥、药、棉衣，活人以万计。掩骨施棺，不可胜纪。其修果于开元寺尤著。当道匾额，逊谢不遑，有清恐人知之意焉。巡抚黄廉知具题，奉旨旌其门。

萧县

高巽志，博学能文。元末，为郧山书院山长。洪武初，征修《元史》，为翰林编修。累迁侍讲学士、太常少卿。庚辰会试，典文抡才，鉴别精审，舆论推服之。

薛显，少通韬略，膂力绝人。元末大乱，显亦敛兵自卫。至洪武起兵，知天命有在，遂率所部诣泗州附顺。擢亲军都指挥，分镇江西。从征荆楚，迁右丞。还，与大将共北定齐鲁燕冀。论功，封永城侯，食禄二千五百石。洪武二十年，将兵屯塞上，以疾卒于军。追封永国公，谥桓襄，诏赐葬于钟山之阴。长子经，初授羽林左卫镇抚，累功升左军都督；次子缨，甘州中护卫指挥佥事。女一，为肃王妃。

孟骥，字尚德。洪武初，以荐授驿丞。历迁至贵州左布政使，有惠政，得夷民心。秩满乞留，诏增秩还任。后致仕归，卒。

欧阳股，洪武初，以怀材抱德荐，授户部主事；欧阳耳，以贤良方正荐，授贵池县丞。一时同有贤声。

郝镗，以怀材抱德，见用于洪武初。由伏羌县丞，历甘泉、井陉县令，仕

① 以上诸人合传，不详所指。

[终]兴[化][1]通判。所至种种，多德泽民，咸去思之。

刘俨，字若思。洪武中，由国子生为慈利县丞。廉节刚方，督储底绩。以荐诣阙，赐宴。仍迁知慈利，廉爱益著。寻以疾归。比还，囊箧萧然。俨好学，明经义。时县令郝玘为建易安书院，聚徒授讲，萧士宗之。

李钺，字廷器。正统中，仕为浙江温州同知。时部邑瑞安、罗洋诸所，海寇钞掠为患，钺往平之，冒矢石，触危险，获其渠魁置之法，余胁从者招抚复业，民赖安堵。以功增秩，历知开封、巩昌二郡。所在有惠政。致政，民尸祝焉。

朱信，少颖拔。甫弱冠，遂领宣德乙卯乡荐。初为浦江学训，继迁茌平教谕。朴素清介，常捐俸以济诸生之乏。都御史毕亨、京兆尹白良辅辈，皆出其门，蒙其恩泽。及信卒，越千里为文以吊之。

孙谯，成化中，由国子生仕为吏部司务，迁工部员外郎，所居称职。在官凡二十五年，致政还。家益不给，恒躬自驱驴负薪山泽间，恶衣粝食晏如也。士论推为古君子。

丁仁，字汝爱。由例贡，嘉靖二十年授山西隰州判官。时，云索三村人作乱，州牧委捕弗获。仁至，乃单骑往开谕之，众感服请命。仁率之往见州牧，牧为惊叹，抚按交章上其事。二十一年，钦升隆平知县。值边警，抚台以仁守紫荆关，大有奖赉。

王业，由举人，嘉靖癸丑授永清县令。政尚平恕，一介不苟。至于遏抑豪右，则绰有风裁。寻擢御史，权贵惮之。卒于官。

朱玳，由岁贡，初授莒州训导，迁赵州学正，历保宁府教授。纯朴无伪，清修苦节，淫声冶色绝不乱其视听。简默端凝，以长者称于乡。

南真，早孤，事母至孝。母卒，庐墓，泣奠三年。

彭讨儿，父疾亟，医疗弗效，夜焚香吁天，刲股烹进，父食愈。

唐鸾，天性笃孝。父母继卒，居丧如礼。及葬，结庐墓侧，负土成坟者三年。知县冯显上其事，弘治十五年受旌。嘉靖十一年，有司复表其门。

孙应奎，字天瑞，萧人。力农，事母屈氏甚孝。母病，思食甜瓜。时四月未实，应奎奔号四投，忽从野蔓获之。母食，病愈。时人以为孝感。

刘鏞，甫十岁即知子道。父载，有长者风，偶得疾，鏞对天泣祷，乡人异之。及长，母病，鏞夜燃[2]香烛，祈于北斗，愿以身代。会大风卒至，扬沙走石，烛终不灭，母亦寻愈。后由太学生，任徽府审理，导王以正，甚敬惮之。屡求终养，不

① 二字据嘉靖《徐州志》补。
② 原作“然”，通“燃”。

许，令旨表其第曰“孝行”。鐄竟不获归养，郁懎成疾，卒于官。

蒋仕，为庠生时，父故，哀毁极，负土成墓，结庐其侧。居家素贫，妻子饥寒不恤焉，三年足不履私室。母故，筑之庐之一如父丧时。服阕，亲友迎之归。偶庆云见于山隅，人共指为孝感。后膺贡，三任教职，清修愈励，每曰：“吾求无忝于所生！”

潘廷恩，幼失父，力耕养母，训二弟成人。母故，随柩结庐墓傍，哭奠垒土，啖蔬三年。乡人皆称孝友。

岳钟灵，性禀谦冲。父病，医祷备至，竟不禄。既葬，志欲庐墓，念母老，不敢远出，乃于堂外设主，昕夕哀奠。且廑定省于慈帏，三年间未尝一窥私室。乡人称其得事死事生之礼。

任逮，髫年即清修苦学，事亲以孝闻。父殁，哀痛逾礼。结庐于墓，日必致奠而泣，闻者伤之。毛御史复亲造其庐。服阕，以选贡授乐亭丞，迁蕲州经卫。忠勤廉干，为当路嘉重。

沛县

吕宁，字安仁。赋性刚直。洪武中，由国子生初仕为户部主事，迁员外郎。尝荐郡人权谨于朝，世多其善知人。

郭全，汉台里人。事母以孝闻。母殁，竭力营丧事，躬负土成坟，庐墓三年。

龚谦，千秋里人。贫而能孝。父先逝，事母曲尽子职。母卒，哀毁逾礼。结庐于墓，朝夕号泣。

赵安，泗亭［里］[1]人。母早逝，事父尽孝。父殁，踊恸几绝，三年墓居。

赵清，孜之子也。初，孜年十七，尝封股疗亲疾。孜死，其妻卓氏贞居垂四十年，教清业儒，应贡为国子生。清笃直刚方，事母纯孝。母殁，庐墓三年，形神俱敝。母墓濒河，会大水且至，清吁天曰：“墓陷，则清与俱没矣！”俄而水溢弗汩。庐旁有隙，清仓卒不暇塞，夜有鼠衔草塞之。槁瓜复荣秀。远近闻者，皆异其事。清卒，有司以乡贤[2]崇祀之。

杨冕，邑庠生。事母至孝。母殁，庐墓三年，哀痛弗辍。嘉靖中，有司奏闻，旌表，仍赐冠[3]带，复其家。

---

① 字据嘉靖《徐州志》补。

② 原作“贤乡”，据万历《徐州志》乙正。

③ 原作“官”，据万历《徐州志》改。

石璞，[广][1]戚里人。天性朴实，事亲孝。母殁，庐墓三年，衔哀茹血。服阕，亲友相率往迎之。归月余，病卒。

杨东莱，汉台里人，性至孝。年甫十四，母马氏疾笃，刲股调羹进，母食之愈。有司达于督学御史，令补邑庠生，月给米赡其母。东莱年二十二卒。

张奉，汉台里人。父与继母先后疾卒，既就殡，奉庐墓不归。县令闻之，给以布粟。未几，奉亦卒于墓所。按：三人笃孝秉礼，而天竟夺其年，人皆伤之。

李三阳，家贫力食。母唐氏卒，负土为坟，庐守三年。

梅映春，父信卒，丧葬一于礼，躬为封树，庐墓三年。及母卒，亦如之。

张楫，性醇笃，事母克孝。及母卒，居丧毁瘠。及葬，庐而居之，三年后返。

江汉，行惇伦秩。父婴寝疾，偶思鹿脯。汉力不能致，潜割左臂肉，脯而进之。

许九官，少孤，祖母杨育之。杨遘奇疾，危甚，医云："惟人肉可疗。"九官乃于后园引刀割股。啖之，疾果愈。

蔡桂，字子芳，别号春宇。由孝廉历仕户部云南司郎中，官多善政。及谢政归，与都谏诸人为文酒会，复游金陵、吴门、武林，观涛而返。构亭高村，徘徊花竹，流连鱼鸟，怡然自得。所著有《五宜亭诗草》行于世。

张贞观，字惟诚[2]，别号惺宇。礼科都给事中。以建储疏忤旨，家居多载，清白贻后。所著书有《掖垣谏草》《野心堂集》行世。

马出沂，字伯龙，举人马一化之子也。由贡任汤阴县教谕，及谢政归，一意著述，多怡情诗酒云。

侯颖，沛人。滕庠生，家戚城。白莲寇陷滕，其族人从逆，欲逼使附己。颖知势不得免，先促其妻女投缳，遂自杀。阖门俱死。

姜上桂，沛庠生。白莲寇陷夏镇，避乱村居，为其村氓所构。父子被执，骂不绝口，俱被杀。

张凤，世居夏村。膂力过人。流贼之乱，斩木为寨，护居民其内。而自持一梃与贼斗，击伤甚众。竭力无援，登楼少息，贼自后射杀之。

陈应诏，与其弟应祯，皆沛庠生。壬戌七月二十四日，白莲寇再犯夏镇。先经欢城，众皆窜避，独诏与祯率其族与斗。众寡不敌，皆被杀。

① 字据嘉靖《徐州志》补。
② 原作"成"，据《明史》本传及沛县诸志改。

砀山县

黄正，气质刚方。洪武中为邑吏，以直言征，奏对称旨。擢右佥都御史，卓有风裁，弹劾不避权势。后迕旨，黜为英山县吏。会金山寇叛，求能讨平之者。或以正子琰闻。征琰至，对曰："臣年幼才弱，不如臣父。"上遂遣人征正至，复以为右佥都御史。即日阙[①]辞渡江，募勇敢士，得十万余人，遂讨平之。升左佥都御史。未几，讨云南叛夷，亦降。还至普安，为贼创伤，卒。

陈敬，娴[②]韬略。永乐中以战功，官至中军都督佥事，出镇山海、永平。法令严明，军民怀服。

张宏，性孝友，勤于问学。永乐中，由国子生仕为开封府同知，迁户部郎中，律己廉洁。出知荆州府，政务既平，所守益励。门绝私谒，人每称之曰"闭户张"云。

李稔，字邦泰。由进士任仁和知县，锄强扶弱，吏畏民怀。迁御史，有风裁，弹劾不避。以触权贵落职归。嘉靖初，应诏起，迁浙江按察佥事。吏事精确，声望烨然。寻乞终养归。居乡恂恂，称长者。已而铨部以贤能疏用，竟不起，终于家。

张伦，性醇厚，与物无迕。事父母至孝。以岁贡任谷[③]潜训，迁项城谕，所至以道诲人。时，僚友有夫妇偕卒于任者，无子，遗二女，远弗克归。伦为治具营葬，复为二女捐俸资遣之。再迁陈州学正，不就，引去。

赵绅，居乡以孝弟称。家素贫，无一介苟取。由岁贡司训济源。在官常徒行，或一蹇驴从诸僚后，其颛朴如此。时，诏下河南祭济渎，慎选清白官主祀事，绅被首推。济人爱之，刻石以纪其事。

纪义，学博行醇，邃于《易》理。由岁贡任仁和县丞，守身廉洁，声绩茂著。会卒于官，上下皆痛惜之。后以名宦见称云。

段廷光，天性醇朴。由国子生任西安簿，介不苟取，奉公为民。遭母丧归，行李不给。邑人思之，为立祠祀。且汇诗文以颂之，名曰《思段谣》。

纪旻，邑庠生。仪度雍雅，器宇清睟。童子时，读书务力行。每念"身体发肤，受之父母"，置一青囊，出入恒佩之，每落爪发，必蓄囊中。比长[④]，动履率服先训。居母丧，结庐墓侧，日三负土加冢上。三年，积冢若丘陵然。昕夕有群雀集巢，依依驯狎，意气实相感焉。

---

① 原作"闃"，疑"阙"形讹，据乾隆《砀山县志》本传改。

② 原作"闲"，通"娴"。

③ "谷"疑"於"音讹。

④ 原作"常"，据嘉靖《徐州志》改。

赵光霁，性孝友，言动中法则，有古君子风。父卒于官，扶榇归葬。庐于墓侧，朝夕哭奠，负土封树。既终制，始归养其母。后母卒，复庐墓不归。

张拱辰，邑庠生。嘉靖辛亥，单县巨贼董大有，公行劫掠。拱辰父文渊，力卫乡曲。贼并众攻之，一时丧者五人。拱辰见父中创，因冒刃赴斗而死。

丰县

秦英，字子美。洪武间，知县曹仲篪荐贤良方正，累征不就。

陈明善，博览群书，端方正直。洪武间荐明经，累官济南知府。年九十三卒。

唐懋，通晓时务，练达政体。洪武间举人材，任太原府通判，升金华同知。

刘凤翔，洪武间荐授江西万安知县。

白金，洪武间荐授福建泉州府通判。

罗承祥，洪武间荐授光禄寺典簿。

李车，洪武间荐授如皋县丞。

李冠，荐授本县儒学训导。（以上由荐举）

王献，字廷可。永乐乙酉举人，任南京中城兵马指挥使。时，禁官盗劫戚里财物，命捕甚急。献缉获，法司欲有所原，抗章竟置于法。祀名宦。

裴纪，字克振，力村里人。成化[①]辛卯举人，任河南钧州同知。躬率孝弟，劝课农桑。凡有争讼，多方开导。历任六年，去后见思。

黄轨，万安里人。顺天举人，任昌平知县。

秦表，在城里人。正德丁卯举人，未仕。

张孟周，安靖里人。正德丁卯举人，未仕。

王贤举，字相国，山阴人。元太傅名椿长子。延祐进士，任济宁路总管。至正末，因红巾之乱，占籍于丰。子正，字惟中，隐居教授。洪武初，宋濂荐明经，任翰林孔目[②]。升四川泸州知州，调嘉定州，进升四品俸致仕。祀名宦。号秋林隐老。长子畴，字易之，举怀材抱德，任定兴县主簿。又子度，荐任刑部主事，改河间府通判。畴子山，岁贡，任秦府伴读。度子懋，字德盛，岁贡，任浏阳知县。奉诏分俸养亲。再任密云知县，食涿州俸致仕。号竹园散人。度曾孙炜，字汝器，岁贡，任扶沟县训导。屹有轨度，尤急寒素，士戴如家人父子。及请老归，余物产半，散之侄孙辈。其为长者如此。

① 原作“弘治”，据嘉靖《徐州志》改。
② 原作“日”，据嘉靖、万历《徐州志》改。

赵恕，字近仁，在城里人。洪武末岁贡，任都察院照磨，有风采。升山西道监察御史。

郝敬，字允恭。正统间岁贡，任江西新城训导、鄢城教谕。通五经，工诗，善写龙首。

胡宁，由岁贡任涪州知州。母卒，庐墓三年。复任葭州，劝农兴学，为一方贤牧。

李俊，由岁贡初知光化县，敦朴先民。后知静海，有一夙猾，每新官必远谒，以觇能否。俊廉知之，即以铁索系颈，及至县，谓父老曰："此尔邑巨蠹也，吾为尔除之！"寻杖毙。由是猾豪敛迹，相戒勿犯。时，邑人不知儒术，率以渔为业。俊多方引诱，给之朝夕，始有弦诵声。越三载，考课为诸邑最。母丧，讣[①]闻，即长往弗顾。吏人检其宅，止俸数斗。其清介若此。祀名宦。

蔡彧，由岁贡任开化训导、泗水教谕，捐俸修学。其子岳佐，明经，有文名，远近从游者众。夏邑彭氏，世科第，至今尸祝于家。

史全，字德备。弘治乙未岁贡，任浚县丞，专领马政。前事因循不及数，民困追补。公慨曰："民困，马何由息？"放归田里，尽力生业。期年，马乃大蕃。全孙芬，号困学。万历丁丑选贡，任寿州训导、沭阳教谕。正己率人，不尚虚文。士清修者却其常贽，空乏者贷之。启圣、文昌祠岁久颓敝，捐俸修葺。芬子可传，字宗哲。万历乙未选贡，任遂昌知县。清慎精勤，拮据案牍，条画便宜。三载考绩，以浮言去。修先茔，建家庙，课子弟。年既七十，与人尺蹏必楷，三爵益恭。论世者以为有万石君风云。

常杰，字汉卿。弘治间岁贡。丰姿秀丽，聪颖过人。刻苦读书，不愿仕，屡空晏如[②]。终身以诗酒自娱，有高士风。

李琼，字元贵。博古嗜学，聚徒讲授。由岁贡任归安县丞，有善政，民歌之曰："嘉靖承统第九年，归安有个李青天。"卒，祀名宦。

宗参，号果斋。由岁贡任万安县丞，有冰檗操。在万安，或馈生鹅者，家人误受之，公闻其声，乃大骇，命亟持去。垂橐而归，家徒壁立。

屈伸，号前溪。岁贡，任乐陵县丞，以博雅称。所著有《圣人同归于道论》。在乐陵，公余，讽诵不辍，堂官闻而笑之。其嗜学如此。

曹可教，号宇侗。岁贡，任巢县训导。为诸生时，屡举孝悌，风概整肃。塾校士被其教者，多则象之。善署书，得朱仲晦笔。

---

① 原作"计"，据嘉靖、万历《徐州志》改。

② 原作"宴于"，据康熙《徐州志》改。

杨名，字晦夫。万历壬辰选贡，任归德府通判，升年知[①]知州。质直，耻脂韦。佐郡，谢请托。署柘城、鹿邑，所在苦心任事，垦田积谷，兴学作人，力惩扞网[②]者。至今两河戴之，称循良云。

渠澄清，字允洁。万历间岁贡，任宣城训导、谷城教谕、归州学正。平生无疾言怒色，居乡居官，一以和易行之。然敦风节、富文藻，所至不肯汶汶。以故，在宣则有《祭义士吴仕期文》，署光化则有《祭乡先生李俊文》，在归州则有《吊屈原诗》。他如《易经问辨录》《三余漫草》，行于世者尤著云。

季春煦，号温甫。万历壬寅岁贡，任常州府训导、含山县教谕，卒于官。为人惇重，寡言笑。家蓄坟典，闻人有异书，必购之。所著有《丰邑古今考》。

程士选，字道际。好洁习静，早膺岁荐。安贫不愿仕，与物无忤。晚遭侄孙有逋负，粥产偿之无吝容。论者曰："不以鸡肋易鸿冥，前有常汉卿，后有道际。"

崔大伦，号五全，监生。有素风，好读书，博闻强记。凡阅子史，人必详其颠末，事必考其异同，称文学祭酒。

周潭，字德隐。少补邑庠诸生。性至孝。父丧，哀痛无已，庐墓三年。后居母丧，亦如之。

---

① 按："年知"二字疑误。案顺治《新修丰县志》作"视篆睢州""移滇之巨津州"。康熙《徐州志》径作"升知州"，似亦不明"年知"何解。

② 原作"罔"，径改。

徐州志卷之六上

文苑

砀谕苏渊、萧训程孔思同修

入关告谕

汉高帝

父老苦秦苛法久矣，诽谤者族，偶语者弃市。吾与诸侯约：先入关者，王之。吾当王关中，与父老约法三章耳：杀人者死，伤人及盗抵罪。余悉除去秦法。吏民皆安堵如故。凡吾所以来，为父兄除害，非有所侵暴，毋恐！且吾所以军霸上，待诸侯至而定要束耳。

封爵之誓

高帝

使黄河如带，泰山若厉，国以永存，爰及苗裔。

又

非刘氏不王，若有亡功非上所置而侯者，天下共诛之。

求贤诏

高帝

盖闻王者莫高于周文，伯者莫高于齐桓，皆待贤人而成名。今天下贤者智能，岂特古之人乎？患在人主不交故也，士奚由进？今吾以天之灵、贤士大夫，定有天下，以为一家，欲其长久，世世奉宗庙亡绝也。贤人已与我共平之矣，而不与吾共安利之，可乎？贤士大夫有肯从我游者，吾能尊显之。布告天下，使明知朕意。御史大夫昌下相国，相国酂侯下诸侯王，御史中执法下郡守：其有意称明德者，必身劝，为之驾，遣诣相国府，署行、义、年。有而弗言，觉，免。年老癃病，勿遣。

开籍田诏

文帝

夫农，天下之本也。其开籍田，朕亲率耕，以给宗庙粢盛。民谪作县官，及贷种食未入、入未备者，皆赦之。

不受献诏

文帝

鸾旗在前，属车在后，吉行日五十里，师行三十里。朕乘千里之马，独先安之？朕不受献也，其令四方毋求来献。

置三老孝弟力田常员诏

文帝

孝弟，天下之大顺也；力田，为生之本也；三老，众民之师也；廉吏，民之表也。朕甚嘉此二三大夫之行。今万家之县，云无应令，岂实人情？是吏举贤之道未备也。其遣谒者劳赐三老、孝者帛，人五匹；弟者、力田二匹；廉吏二百石以上率百石者三匹。及问民所不便安，而以户口率置三老、孝弟、力田常员，令各率其意以道民焉。

诏封萧何后

景帝

制诏御史：故相国萧何，高皇帝大功臣，所与为天下也。今其祀绝，朕甚怜之。其以武阳县户二千，封何孙嘉为列侯。

复高年子孙诏

武帝

古之立教，乡里以齿，朝廷以爵，扶世导民，莫善于德。然则于乡里，先耆艾，奉高年，古之道也。今天下孝子顺孙，愿自竭尽，以承其亲，外迫公事，内乏资财，是以孝心阙焉。朕甚哀之。民年九十以上，已有受鬻法，为复子若孙，令得身帅妻妾，遂其供养之事。

不禁酒食诏

宣帝

夫婚姻之礼，人伦之大者也；酒食之会，所以行礼乐也。今郡国二千石，或擅为苛禁，禁民嫁娶不得具酒食相贺召。由是废乡党之礼，令民亡所乐，非所以导民也。《诗》不云乎：“民之失德，干糇以愆。”勿行苛政。

文帝庙议

申屠嘉

陛下永思孝道，立[①]《昭德》之舞，以明孝文皇帝之盛德，皆臣嘉等愚所不及。臣谨议曰：功莫大于高皇帝，德莫盛于孝文皇帝。高皇帝庙宜为帝者太祖之庙，孝文皇帝庙宜为帝者太宗之庙。天子宜世世献祖宗之庙。郡国诸侯宜各为孝文皇帝立太宗之庙，诸侯王、列侯使者侍祠天子所献祖宗之庙。请宣布天下。

定礼乐疏

刘向

宜兴辟雍，设庠序，陈礼乐，隆雅颂之声，盛揖让之容，以风化天下。如此而不治者，未之有也。或曰：“不能具礼。”礼以养人为本，如有过差，是过而养人也。刑罚之过，或至死伤。今之刑，非皋陶之法也，而有司请定法，削则削，笔则笔，救时务也。至于礼乐，则曰不敢，是敢于杀人，不敢于养人也。为其俎豆、管弦之间小不备，因是绝而不为，是去小不备而就大不备。大不备，或莫甚焉[②]。夫教化之比于刑法，刑法轻，是舍所重而急所轻也。且教化，所恃以为治也；刑法，所以助治也。今废所恃，而独立其所助，非所以致太平也。自京师有悖逆不顺之子孙，至于陷大辟、受刑戮者不绝，由不习五常[③]之道也。夫承千岁之衰周，继[④]暴秦之余敝，民渐渍恶俗，贪饕险诐，不闲义理。不示以大化，而独驱以刑罚，终已不改。故曰：“导之以礼乐，而民和睦。”初，叔孙通将制定礼仪，见非于齐鲁之士，然卒为汉儒宗，业垂后嗣，斯成法也。

罢甘泉泰畤对

刘向

家人尚不欲绝种祠，况于国之神宝旧畤？且甘泉、汾阴及雍五畤始立，皆有神祇感应，然后营之，非苟而已也。武、宣之世，奉此三神，礼敬敕备，神光尤著。

① 原作“主”，据《汉书·景帝纪》改。
② 按：中华书局标点本《汉书·礼乐志》以“大不备”三字衍文。校勘记引王先谦说：“大不备”三字误衍。“或”，古“惑”字。《通鉴》不重三字，“或”作“惑”，是所见本不误。
③ 原作“帝”，据《汉书·礼乐志》改。
④ 原作“维”，据《汉书·礼乐志》改。

祖宗所立神祇旧位，诚未易动。及陈宝祠，自秦文公至今七百余岁矣。汉兴，世世常来，光色赤黄，长四五丈，直祠而息，音声砰隐，野鸡皆雊。每见，雍太祝祠以太牢，遣候者乘传驰诣行在所，以为福祥。高祖时五来，文帝二十六来，武帝七十五来，宣帝二十五来，初元元年以来亦二十来，此阳气旧祠也。及汉宗庙之礼，不得擅议，皆祖宗之君与贤臣所共定。古今异制，经无明文，至尊至重，难以疑说正也。前始纳贡禹之议，后人相因，多所动摇。《易大传》曰："诬神者殃及三世。"恐其咎不独止禹等。

寝园议

刘歆

礼，去事有杀。故《春秋外传》曰："日祭，月祀，时享，岁贡，终王。"祖祢则日祭，曾高则月祀，二祧则时享，坛墠则岁贡，大禘则终王。德盛而游广，亲亲之杀也；弥远则弥尊，故禘为重矣。孙居王父之处，正昭穆，则孙常与祖相代，此迁庙之杀也。圣人于其祖，出于情矣，礼无所不顺，故无毁庙。自贡禹建迭毁之议，惠、景及太上寝园废而为虚，失礼意矣。

《战国策》序

护左都水使者、光禄大夫臣向言：所校[①]中《战国策》书，中书余卷，错乱相揉莒；又有国别者八篇，少不足。臣向因国别者，略以时次之，分别不以序者以相补，除复重，得三十三篇。本字多误脱为半字，以"赵"为"肖"，以"齐"为"立"，如此字者多。中书本号，或曰《国策》，或曰《国事》，或曰《短长》，或曰《事语》，或曰《长书》，或曰《修书》。臣向以为：战国时游士辅所用之国，为之策谋，宜为《战国策》。其事继《春秋》以后，讫楚汉之起，二百四十五年间之事，皆定以杀青，书可缮写。叙曰：

周室自文、武始兴，崇道德，隆礼义，设辟雍、泮宫庠序之教，陈礼乐、弦歌移风之化，叙人伦，正夫妇，天下莫不晓然。论孝弟之义、惇笃之行，故仁义之道，满乎天下，卒致之刑错四十余年，远方慕义，莫不宾服，雅颂歌咏，以思其德。下及康、昭之后，虽有衰德，其纪纲尚明。及春秋时，已四五百载矣，然其余业遗烈，流而未灭。五霸之起，尊事周室。五霸之后，时君虽无德，人臣辅其君者，若郑之子产、晋之叔向、齐之晏婴，挟君辅政，以并立于中国，犹以义相支持，歌说以相感，聘觐以相交，期会以相一，盟誓以相救，天子之命犹有所行，会

① 原作"较"，用同"校"。明季避天启讳，清人偶仍其旧。今改回本字。

享之国犹有所耻，小国得有所依，百姓得有所息。故孔子曰：“能以礼让为国乎何有？”周之流化，岂不大哉？及春秋之后，众贤辅国者既没，而礼义衰矣。孔子虽论诗书、定礼乐，王道粲然分明，以匹夫无势，化之者七十二人而已，皆天下之俊也。时君莫尚之，是以王道遂用不兴。故曰：“非威不立，非势不行。”仲尼既没之后，田氏取齐，六卿分晋，道德大废，上下失序。至秦孝公，损[①]礼让而贵战争，弃仁义而用诈谲，苟以取强而已矣。夫篡盗之人列为侯王，诈谲之国兴立为强，是以转相仿效，后生师之，遂相吞灭，并大兼小，暴师经岁，流血满野，父子不相亲，兄弟不相安，夫妇离散，莫保其命，湣然道德绝矣。晚世益甚，万乘之国七，千乘之国五，敌侔争权，尽为战国，贪饕无耻，竞进无厌，国异政教，各自制断。上无天子，下无方伯，力功争强，胜者为右，兵革不休，诈伪并起。当此之时，虽有道德，不得施设。有谋之强，负阻而恃固，连与交质，重约结誓，以守其国。故孟子、孙卿儒术之士，弃捐于世；而游说权谋之徒，见贵于俗。是以苏秦、张仪、公孙衍、陈轸、代厉之属，生纵[②]横短长之说，左右倾侧。苏秦为纵，张仪为横，横则秦帝，纵则楚王，所在国重，所去国轻。然当此之时，秦国最雄，诸侯方弱。苏秦结之，合六国为一，以傧背秦。秦人恐惧，不敢窥兵于关中，天下不交兵者二十有九年。然秦国势便形利，权谋之士咸先驰之。苏秦初欲横，秦弗用，故东合纵；及苏秦死后，张仪连横，诸侯听之，西向事秦。是故始皇因四塞之国，据崤函之阻，跨陇蜀之饶，听众人之策，乘六世之烈，以蚕食六国，兼诸侯，并有天下。仗于诈谋之弊，终无信笃之诚，无道德之教、仁义之化以缀天下之心。任刑法以为治，信小术以为道，遂燔烧诗书，坑杀儒士，上小尧舜，下邈三王。二世愈甚，惠不下施，情不上达，君臣相疑，骨肉相疏，化道浅薄，纲纪坏败。民不见义而悬于不宁，抚天下十四岁，天下大溃，诈伪之弊也。其比王德，岂不远哉！孔子曰：“导之以政，齐之以刑，民免而无耻；导之以德，齐之以礼，有耻且格。”夫使天下有所耻，故化可致也；苟以诈伪，偷活取容，自上为之，何以率下？秦之败也，不亦宜乎！战国之时，君德浅薄，为之谋策者，不得不因势而为资，据时而为画。故其谋扶急持倾，为一切之权，虽不可以临教化，兵革救急之势也。皆高才秀士，度时君之所能行，出奇策异智，转危为安，易亡为存，亦可喜，皆可观。护左都水使者、光禄大夫臣向校《战国策》书录。

① 他本作“捐”。
② 原作“从”，通“纵”，下皆同。

策邓禹[1]

汉光武

制诏前将军邓禹，深执忠孝，与朕谋谟帷幄，决胜千里。孔子曰："自吾有回，门人日亲。"斩将破军，平定山西，功效尤著。百姓不亲，五品不训，汝作司徒，敬敷五教，五教在宽。今遣奉车都尉授印绶，封为酂侯，食邑万户。敬之哉！

与子陵书

光武

古大有为之君，必有不召之臣。朕何敢臣子陵哉！抚兹鸿业，若涉春冰；譬之疮痏，须杖而行。若绮里[2]不少高皇，奈何子陵少朕也？箕山颍水之风，非朕之所敢望。

秦火之后，文字再辟。则汉室，此道鼻祖也。伏生、毛苌，彬彬尚矣，不以驰骤风云，而矻矻穷经，何为也哉？天留此辈，以开文教。若亭长者，又庖牺之再世也！

文苑（山川）

桓山记

宋 苏轼

元丰二年正月己亥，春服既成，从二三子游于泗水之上。登桓山，入石室，使道士戴日祥鼓雷氏之琴，操《履霜》之遗音。曰："噫嘻悲夫，此宋司马桓魋之墓也！"或曰："鼓琴于墓，礼欤？"曰："礼也。季武子之丧，曾点倚其门而歌。仲尼，日月也，而魋以为可得而害也。且死为石椁，三年不成，古之愚人也。予将吊其藏，而其骨毛爪齿既已化为飞尘、荡为冷风矣，而况椁乎？况于从死之臣妾、饭含之贝玉乎？使魋而无知也，予虽鼓琴而歌，可也；使魋而有知也，闻予鼓而歌，知哀乐之不可常，物化之无日也，其愚岂不瘳乎？"二三子喟然而叹。乃歌曰："桓山之上，维石嵯峨兮。司马之恶，与石不磨兮。桓山之下，维水弥弥兮。司马之藏，与水皆逝兮！"歌阕而去。从游者八人：毕仲孙、舒焕、寇昌朝、王适、王遹、

---

① 按：光武、邓禹皆非徐人，制诏、受诏亦非徐地。志书收录此篇，尤无谓也。

② 原作"里绮"，据《古文小品咀华》改。按：汉初有隐士绮里季，为"商山四皓"之一，省称"绮里"。

王肄、轼之子迈、焕之子彦举。

附诗：舣舟桓山下，长啸理轻策。弹琴石室中，幽响清磔磔。吊彼泉下人，野火失枯腊。悟此人间世[①]，何者为真[②]宅。

又记

明 夏言

桓山石洞，方[③]直而深通，无谽谺穹窿之状，盖非天造。世传为宋桓魋所凿，明矣。故题曰“桓山石室”，曰“烟霞窟”。兵宪王君梃侍余游，顾谓曰：“兹名失实且溢美，公盍易之?”余曰：“魋，生也不能识孔子之圣，至欲杀之；而谋其死也，乃伐山为椁，治之三年不成。兹非愚乎? 苏文忠亦曰：‘魋，古之愚人。’名之曰‘愚穴’，何如?”君曰：“确哉斯名也，可以昭戒矣，请大书而识之！”

附梃诗曰：揽辔违城郭，停桡上水湄。登临喜新岁，谈笑总清时。孤屿看仍在，长河逝不疑。翻怜地下者，空作万年期。

汴水桥记

王梃

水之上流，去城东北二里，有万会桥，俗名大浮桥。元时垒石为之，圮于水。洪武十八年，比舟为桥。正统间，御史高峻、知州杨秘谋架木为梁，未几又坏，乃联舟贯以铁索。嘉靖二十六年，副使王梃议城东门外为泗水下流，徙桥于此，改名弘济，因自记曰：

徐，故天下舟车要会。自黄河决虞、砀而东，寖为巨川，偶挟风则波涛建瓴。行者至，轮蹄杂沓，辄望洋号召。得小舸，纷然竞登不复顾，多覆溺焉。余至而悯之。有建白者曰：“州城北有浮桥二：一跨汴，名云集，俗称小浮桥，今挟黄河甚湍急，不可徙；一跨泗，名万会，俗称大浮桥，泗水缓，徙东门便。”余是而下之有司。有司亦曰便，且议曰：“泗水隘，万会桥比舟十八，久且敝矣。东门河广，计得舟三十五，而费不赀。比年故事，舟之道宝应者，法附湖堤石。已而淮北洎淮西，率枉其途使附焉，民甚病。宜下令不至宝应者，稍为榷[④]法，计盈遂止。庶民不赋而舟人乐从，事易集也。”余又是而上之抚台、督河洎六察诸公，佥是之。遂

① 原作“世间”，据各本苏集改。乾隆《徐州府志》所讹皆同。
② 原作“贞”，据《东坡全集》卷十改。
③ 原作“房”，据嘉靖《徐州志》改。
④ 原作“榷”，据嘉靖《徐州志》改。

命之徒，因各置籍，命判官袁衮司人，同知石岗司出，知州陈叔美监焉。始于乙巳十月，至丙午二月竣事。居无何，万会之间有告溺者。余视之，又知徐之商旅尽集河北，桥不可已。乃令饬万会舟还旧所，别益东门舟。有司因计榷赢暨赎金，得如干，为舟三十五，每舟覆板、绋维咸备焉。不余月，桥成，榷皆止，而附石之法亦罢。由是河北、河东行者并称便。是举也，初谓河在二洪上游，势暴迅不可成，余冒众论为之。今且逾岁矣，虽不免少劳，而颠连者多恃桥无败也。夫自古无尽利之法，顾有益于民，虽十五犹为之，况其大者哉？桥名弘济，与万会、云集等。余为识其颠末，以告诸将来。

河复诗并序

苏轼

熙宁十年秋，河决澶渊，注钜野，入淮泗，自澶、魏以北皆绝流，而齐、楚大被其害。彭城门下水二丈八尺，七十余日不退，吏民疲于守御。十月十三，澶州大风终日，既止，而河流一支已复故道。闻之喜甚，庶几可塞乎？乃作《河复》诗，歌之道路，以致民愿而迎神休，盖守土者之志也。

君不见，西汉元光元封间，河决瓠子二十年。钜野东倾淮泗满，楚人恣食黄河鳣。万里沙回封禅罢，初遣越巫沉白马。河公未许人力穷，薪刍万计[①]随流下。吾君仁圣如帝尧，百神受职河神骄。帝遣风师下约束，北流夜起澶州桥。东风吹冻收微渌，神功不用淇园竹。楚人种麦满河淤，仰看浮槎栖古木。

百步洪诗并序

苏轼

王定国访余彭城，一日棹小舟，与颜长道携盼、英、卿三子游泗水，北上圣女山，南下百步洪，吹笛饮酒，乘月而归。余时以事不得往，夜着羽衣伫立黄楼上，相视而笑，以为李太白死，世间无此乐三百余年矣。定国既去逾月，复与参寥师放舟洪下，追怀曩游，已为陈迹，喟然而叹。故作二诗，一以遗参寥，一以寄定国，且示颜长道、舒尧文云。

其一

长洪斗落生跳波，轻舟南下如投梭。水师绝叫凫雁起，乱石一线争磋磨。有如兔走鹰隼落，骏马下注千丈坡。断弦离柱箭脱手，飞电过隙珠翻荷。四山眩转风掠

① 原作“點”，据《东坡诗集注》卷七改。

耳，但见流沫生千涡。险中得乐虽一快，何异水伯夸秋河。我生乘化日夜逝，坐觉一念逾新罗。纷纷争夺醉梦里，岂信荆棘埋铜驼。觉来俯仰失千劫[①]，回视此水殊委蛇。君看岸边苍石上，古来篙眼如蜂窠。但应此心无所住，造物虽驶如余何。回船上马各归去，多言哓哓师所呵。

其二

佳人未肯回秋波，幼[②]舆欲语防飞梭。轻舟弄水买一笑，醉中荡桨[③]肩相磨。不似长安闾里侠[④]，貂裘夜走胭脂坡。独将诗句拟鲍谢，涉江共采秋江荷。不知诗中道何语，但觉两颊生微涡。我时羽服黄楼上，坐见织女初斜河。归来笛声满山谷，明月正照金叵[⑤]罗。奈何舍我入尘土，扰扰毛群欺卧驼。不念空斋老病叟，退食谁与同委蛇。时来洪上看遗迹，忍见屐齿青苔窠[⑥]。诗成不觉双泪下，悲吟相对惟羊何[⑦]。欲遣佳人寄锦字，夜寒手冷无人呵。

明胡俨诗

船头鼓鸣春浪急，浪花飞洒春衫湿。放船侵晓渡长洪，森森乱石烟中立。

王英诗

遥看泗水来天际，流入长洪碧波起。惊奔倒泻乱石间，𢯱月摇光在波里。月光不随波浪沉，滉漾清辉照我心。虚明已觉万虑寂，怅望那知春夜深。

吕梁洪诗

苏轼

乱山合沓围[⑧]彭门，官居独在悬水村。居民萧条杂麋鹿，小市冷落无鸡豚。黄河西来初不觉，但讶清泗流奔浑。夜闻沙岸鸣瓮盎，晓看雪浪浮鹏鹍。吕梁自古喉吻地，万顷一抹何由吞。坐观入市卷[⑨]闾井，吏民走尽余王尊。计穷路断欲安适，

---

① 原作“仞”，据《东坡诗集注》卷六改。
② 原作“挽”，据《东坡诗集注》改。
③ 原作“浆”，据《东坡诗集注》改。
④ 原作“狭”，据《东坡诗集注》改。
⑤ 原作“叵”，据《东坡诗集注》改。
⑥ 原作“涡”，据《东坡诗集注》改。
⑦ 原作“平何”，据《东坡诗集注》改。案《东坡诗集注》程缜曰：“谢灵运与族弟惠连、何长瑜、荀雍、羊璿之以文章赏会，时人谓之‘四友’。灵运有《登临海峤》诗，其序云：与从弟惠连见，羊何共和之。”
⑧ 原作“闱”，据《东坡诗集注》卷十一改。
⑨ 原作“巷”，据《东坡诗集注》改。

吟诗破屋愁鸢蹲。岁寒霜重水归壑，但见屋瓦留沙痕。入城相对如梦寐，我亦仅免为鱼鼋。旋呼歌舞杂谈笑，不惜饮釂空瓶盆。念君官舍冰雪冷，新诗美酒聊相温。人生如寄何不乐，任使绛蜡烧黄昏。宣房未筑淮泗满，故道堙灭疮痍存。明年劳苦应更[①]甚，我当畚锸先黥髡。付君万指伐顽石，千锤雷动苍山根。高城如铁洪口快，谈笑却扫看崩奔。农夫掉臂免狼顾，秋谷布野如云屯。还须更置软脚酒[②]，为君击鼓行金樽。

明胡翰诗

河水趋山东，四旷无险塞。吕梁扼其冲，凛若万强敌。水势与石斗，终古怒未息。舟行龃[③]腭间，众挽不余力。进始逾跬步，退忽落千尺。好风东南来，送我天北阙。叱驭诚足钦，垂堂遽且恤。昔闻庄叟言，有山在离石。悬水三十仞，鱼鳖皆辟易。孰隳天地性，遂拯生民溺。鸿飞九州野，吾愿观禹迹。

曾棨诗

洪流昔怀襄，区域信茫昧。斯民靡宁居，婴此昏垫害。神哉夏先后，敷理乘四载。吕梁基其冲，滔天亦横溃。巨灵劈山骨，地轴为之碎。两岸束惊湍，咫尺一何隘。怒霆斗铿訇，飞瀑泻澎湃。沛然向东注，下与百川会。缅怀胼胝劳，遗迹远犹在。伟哉疏凿功，万世终永赖。

杨士奇诗

[吕梁洪，截流巉岩立巨石，森若虎豹蹲欹侧。洪波中射势怒激，鸣声喧豗万鼓击]。自昔疏凿出神力，侧身望之皆辟易，蜀江瞿塘险莫敌。[百丈牵船载牛轭，棹夫操篙捷贯的。君不见，北来南去皆安流，未若人心不可测][④]。

李东阳诗

吕梁天下奇，涛石动森磢。傞牙引微路，镗鞳堕深响。周回百里间，天地无寸壤。天开与鬼凿，兹事真惚恍[⑤]。江淮实襟带，幽蓟乃喉吭。冬干苦焦涸，夏潦愁泱漭。凭高瞥而下，跬步不得上。光阴在瞬息，性命寄篙桨。吾生好奇胜，寓目堪

---

① 原倒作“更应”，据各本苏集乙正。

② 原作“用”，据《东坡全集》《东坡诗集注》等改。

③ 原作“艰”，据胡翰《胡仲子集》卷十改。

④ 以上句自杨士奇《东里诗集》卷一补。

⑤ 原作“恍惚”，失韵，据《怀麓堂集》乙正。

一赏。心神昼轩豁，毛骨秋飒爽。平生忠信心，利涉随所往。高歌溯天风，壮志方慨慷。

廖[①]道南诗

君不见，吕梁悬水三十仞，龙门砥柱争雄长。天吴夜啸白浦前，海鹤高翔赤霄上。惊涛溅雪星月昏，浊浪乘风雷电奔。石华朱英天黟黯，长蝤巨蜃纷吐吞。初如昆阳袪虎象，金戈铁骑森相向。万马齐驱矢石交，六军共奋旌旗扬。淮水荡荡诧风鹤，草妖木怪咸惊愕。降兵十万伏晋庭，壮士三千捣秦郭。纵如秦皇采药赴东海，瑶蕤翠葆[②]生光彩。伏弩如林射老鲸，宛虹如带蟠修虺。汉王享祀下甘泉，月将云君五畤边。雷鼓喧阗振大地，凤韶渺缥落钧天。终如荆轲仗[③]剑辞易水，日暮萧萧朔风起。渐离击筑秋霜白，燕丹饮泣寒云紫。师[④]旷鸣弦古木秋，悲台哀壑阴岩幽。天神下格驾鸾鹤，水若仰听驱蛟虬。浩哉沨沨乎！吕梁之水真奇观，我欲赴之行路难。庄生秋水发天趣，尼父濠梁窥道澜。吁嗟乎，吕梁之水真奇观！

置虎头石潭中祈雨，作《起伏龙行》

苏轼

何年白竹千钧弩，射杀南山雪毛虎。至今颅骨带霜牙，尚作四海毛虫祖。东方久旱[⑤]千里赤，三月行人口生土。碧潭近在古城东，神物所蟠谁敢侮。上歆苍石拥岩窦，下应清河通水府。眼光作电走金蛇，鼻息为云擢烟缕。当年负图传帝命，左右羲轩诏神禹。尔来怀宝但贪眠，满腹雷霆喑不吐。赤龙白虎战明日，倒卷黄河作飞雨。嗟余岂乐斗两雄，有事径须烦一怒。

白土山石炭

苏轼

彭城旧[⑥]无石炭，元丰元年十二月，始遣人访获于州之西南白土[⑦]镇之北，以冶[⑧]铁犀利胜常云。

---

① 原作“寥”，据嘉靖、万历《徐州志》改。
② 原作“保”，据明嘉靖二十五年何城、李桂刻本廖道南《楚纪》卷五十六改。
③ 原作“伏”，据廖道南《楚纪》卷五十六改。
④ 原作“陟”，据廖道南《楚纪》卷五十六改。
⑤ 原作“十”，据《东坡诗集注》卷七改。
⑥ 原作“并”，据《东坡诗集注》卷三十改。
⑦ 原作“山皇”，讹自嘉靖《徐州志》始，据《东坡诗集注》改。
⑧ 原作“治”，据《东坡诗集注》改。

君不见，前年雨雪行人断，城中居民风裂骭。湿薪半束抱衾裯，日暮敲[①]门无处换。岂料山中有遗宝，磊落如䃜[②]万车炭。流膏迸髓无人知，阵阵腥风自吹散。根苗一发浩无际，万人鼓舞千人看。投泥泼水愈光明，烁[③]石流金见精悍。南山栗林安可樵，北山顽矿何劳锻。为君铸作百炼刀，要斩长鲸为万段。

雾猪泉祈雪（与舒[④]尧文）

苏轼

三年走吴越，踏遍千重山。朝随白云去，暮与栖鸦还。翩如得木狖，飞步谁能攀。一为符竹累，坐老敲榜间。此行亦何事，聊散腰脚顽。浩荡城西南，乱山如玦环。山下野人家，桑柘杂榛菅。岁晏风日暖，人牛相对闲。薄雪不盖土，麦苗稀可删。愿君发豪句，嘲[⑤]诙破天悭。

又次舒尧文韵

"前年太守"，盖谓傅钦之先尝祷雨云

长笑蛇医一寸腹，衔冰吐雹何时足。苍鹅无罪亦可怜，斩颈横盘不敢哭。岂知泉下有猪龙，卧枕雷车踏阴轴。前年太守为旱请，雨点随人如撒菽。太守归国龙归泉，至今人咏淇园绿。我今又复罹此旱，凛凛疲民在沟渎。却寻旧迹叩[⑥]神泉，坐客仍携王子渊。看草中和乐职[⑦]颂，新声妙语慰华颠。晓来泉上东风急，须上层冰老蛟泣。怪词欲逼龙飞起，险韵不量吾所及。行看积雪厚埋牛，谁与春工掀百蛰。此时还复借君诗，余力汰辀仍贯笠。挥毫落纸勿言疲，惊龙再起震失匙。

汳水新渠记

陈师道

汳句于萧，其阙如玦。《水经》谓[⑧]：河至荥阳，莨荡渠出焉。渠至阳武，其下为沙，蔡水是也。其出为阴沟，至浚仪，其下为涡，别为汳。汳至蒙，别为获，余波迤于淮阳，东历萧、彭城，入于泗。《注》谓鸿沟、官渡、甾获、丹浚，与渠一

---

① 原作"慕鼓"，据《东坡诗集注》改。
② 原作"壂"，系"䃜"形讹，参《东坡全集》"礜"字改。
③ 原作"砾"，据《东坡诗集注》改。
④ 原作"野"，据《东坡诗集注》卷九改。
⑤ 原作"朝"，据《东坡诗集注》改。
⑥ 原作"叨"，据《东坡诗集注》卷十一改。
⑦ 原作"知"，据《东坡诗集注》改。案《汉书·王褒传》：王褒，字子渊，尝作《中和》《乐职》等诗。颜师古注："中和者，言政治和平也。乐职者，言百官各得其职也。"
⑧ 原作"渭"，径改。

也。禹塞荥泽，而通渠于甫田，其后河绝，旃然入焉，即索水也。《汉书·地理[1]志》荥阳既有汴水，又有莨荡而受泲；蒙有获水，首受甾获，至彭城入泗。以余考之，《河渠书》曰：“自禹之后，荥阳引河为鸿沟，以通宋、郑、陈、蔡、曹、卫，与济、汝、淮、泗会于楚。”而《竹书纪年》“梁惠成王入河于甫田”，又引而东，明非禹之旧也。《书》云“济入于河，东出于陶丘北”者，入而复出也；“溢为荥”者，济之别也。荥波既潴，障而东之也。《周官》又谓“豫之川，荥、洛；幽、兖之川，河、泲”，则河南无济矣。其谓“莨荡受济”“禹塞荥泽而用河”者，皆失之。《汉志》莨荡无出，甾获无始，盖略之也。余谓与《经》合，而荥水诸书皆不载，又疑渠、汳为二，而荥有一焉。杜佑以《经》作于顺帝之后，诡诞无据；而《注》叙渠源，或河或泲，或河、泲合，其说不一。次其所引，《经》纷错悖戾，而《志》亦阔略，不具辨始末，盖皆不可考也。自汉末，河入于汳，灌注兖、豫。永平中，导汳自荥阳，别而东北，至千乘入于海，而河复。于是故渎在新渠之南，《注》所谓“绝河而受索”自此始。隋开皇中，因汉之旧，[导][2]河入汳。大业初，合河、索为通济渠，别而东南入于淮，而故道竭。今始东都，受退水为臭河，于畿为白沟，于宋为长沙，于单为石梁，于徐为汳，而入于南清。南清，故泗也。盖自王都而东，畿、宋、亳、宿、单、济之间，千里四来，而故道浅狭，春夏不胜舟，秋水大至，亦不能受也。萧，故附庸之国，城小不足居民，又列[3]肆于河外。每水至，南里之民皆徙避之，庐舍没焉。率数岁一逢，民以为病。绍圣三年，县令朝奉郎张惇，始自河西，因故作新支为大渠，合于东河，以导滞而援溺。于是富者出财，壮者出力，日劝旬劳，既月而成。邑人相与语曰：“渠议旧矣，更数令不决，而卒成于吾侯，孰有惠而不报者乎？”于是不谋而同，欲纪于石，以属余。余谓[张][4]侯，其居善守，行峻而言直，以成其名；其任善议，不畏不侮，以登于治。其可纪者多矣，而诸父兄独有见于此，何也？夫善为治[5]者，人知其善而已；至其所善，盖莫得言也。渠之兴作有迹，其效在今，此邑人之欲书也。遂为之书。

东华山碑记

侍郎 万恭

丰沛之间，平原千里，亡有峻坂崇冈。徐州诸阜之北，峙为华山，高三百尺有

① 原作“里”，径改。
② 字据《后山集》补。
③ 原作“别”，据《后山集》改。
④ 字据《后山集》补。
⑤ 原作“始”，据《后山集》改。

奇，曳尾联诸丰，骧首接诸徐，若黑子之着面。上产蒙山茶，下悬岩洞，为“归云”，为“偃月”，为“来薰”，实钟沛公。沛公都长安，为新丰，而以所生丰为旧丰；长安有华山，亦令丰有华山。盖以旧丰尊新丰，又以长安之华山尊汤沐邑之华山，重本始也。嘉靖间，河灌丰邑，治尽圮，则徙邑于华山，环而居数年。民乐故土，尽心思北归，复弃华山而邑诸故丰。隆庆六年，余以左司马治水徐、邳、丰、沛间，惧河北决坏饷道，为常山蛇堤，延袤二百余里，倚华山而缕旃。河亡横流，民鲜漂没。余乃循堤登华山之巅，以东望齐滕，南仰凤泗，西盼宋卫，北瞻岱宗。诸阜若揖者，若拱者，若顾者，若留者，沨沨乎有《大风》之思焉。壮哉山河犹故也，乃泗上亭长安在哉？威加海内归故乡者又安在哉？华山求复为汤沐邑巨镇，令父老［且］感、且爱、且恋、且重焉，不可复得矣。岂惟不［且］①感、且爱、且恋、且重之，即求不为民所烧石、伐岩、堙洞，摧其巅而戕其麓，亦不可复得矣，岂不悲哉！余特为封华山，令有司曰：“所有烧石、伐岩、堙洞，摧巅而戕麓者，罚无赦！”而华山始得保一朝之命。呜呼！山灵不失故吾，犹在昔能翼蔽沛公，贵与长安华山并；乃今仅仅为邑城不能保，又失之，贱与丘垤并。山灵其若之何？犹幸余以河患，倚山而缕之堤。耆老不爱山，而奈何不爱堤而自固乎？山灵有知，其尚自爱，拥堤以自卫而卫民，则父老爱之，当万倍于长安之拥虚名、徒为沛公之所尊者。

文苑（古迹）

彭城诗

韩愈

天下兵又动，太平竟何时。讦谟者谁子，无乃失所宜。前年关中旱，闾井多死饥。去岁东郡水，生民为流尸。上天不虚应，祸福各有随。我欲进短策，无由至彤墀。刳肝以为纸，沥血以为辞。上言陈尧舜，下言引龙夔。言词多感激，文字少葳蕤。一读已自怪，再寻良自疑。食芹虽云美，献御固已痴。缄封在骨髓，耿耿空自奇。昨者到京城，屡陪高车驰。周行多俊异，议论无瑕疵。见待颇异礼，未能去毛皮。到口不敢吐，徐徐俟其巇。归来戎马间，惊顾似羁雌。连日或不语，终朝见相欺。乘闲辄骑马，茫茫诣空陂。遇酒即酩酊，君知我为谁？

① 以上二处“且”字，据万历、顺治《徐州志》补。按：顺治《丰县志》作“感且爱、恋且重”。

又

苏轼

水绕彭祖楼，山围戏马台。古来豪杰地，千岁有余哀。隆准飞上天，重瞳亦成灰。白门下吕布，大星陨临淮。尚想刘德舆，置酒此徘徊。迩来苦寂寞，废圃多苍苔。河从百步响，山到九里回。山水自相激，夜声转风雷。荡荡清河壖，黄楼我所开。秋月堕城角，春风摇酒杯。迟君为坐客，新诗出琼瑰。楼成君已去，人事固多乖。他年君倦游，白首赋归来。登楼一长啸[①]，使君安在哉?

又

苏辙

西风吹暑天益高，明月耿耿分秋毫。彭城闭门青嶂合，坐听百步鸣飞涛。使君携客登燕子，月色著人如著水。筵前不设鼓与钟，处处笛声相应起。浮云卷尽流金丸，戏马台西山郁蟠。杯中渌[②]酒一时尽，衣上白露三更寒。扁舟明月浮古汴，回首逡巡陵谷变。河吞钜野入长淮，城没黄流只三版。明年筑城城似山，伐木为堤堤更坚。黄楼未成河已退，空有遗迹令人看。城头看水应更好，河流处处今生草。子孙免被鱼鳖食，歌舞聊宽使君老。南都从事老更贫，羞见青天月照人。飞鹤投笼不能出，曾是彭城坐中客。

又

文天祥

今朝正重九，行人意迟迟。回首戏马台，野花发葳蕤。草埋范增冢，云见樊哙旗。时节正如此，道路将何之。我爱陶渊明，甲子题新诗。白衣送酒来，把盏卧东篱。

又

文天祥

彭城古官道，日中十马驰。咫尺不见人，扑面黄尘飞。向来汉王缟素师，美人燕罢项羽啼。一时混战四十万，天昏地黑濉水湄。乃知大风扬沙失白昼，自是地利非天时。汉王仓皇问道西，一儿一女嘻其危。太公吕后去不归，俎上宁有生还时。未央称寿太上皇，巍然女娲帝中闱。终然富贵自有命，造物颠倒真小儿。

---

① 原作“笑”，讹从嘉靖《徐州志》，据《东坡全集》《东坡诗集注》等改。
② 原作“绿”，据苏辙《栾城集》卷八改。

又

陈孚

项王熊豹姿，气欲吞天下。大呼渡河来，山岳如崩瓦。当其火秦宫，血涌渭水赭。瞋[①]目叱诸侯，胆落毛发洒。谁知阴陵路，浩歌泪如泻。惟徐乃故都，昔此奠宗社。尚想巍台上，铁鞮拥万马。酒酣笳鼓鸣，旌旗蔽原野。及今亦何有，荒棘秋满把。皇天祚真主，神器不可假。岂有时雨师，刈人如土苴。天亡君勿悲，为君奠罍斝。

又

薛瑄

去年春正月，南泛彭城舟。今岁值秋暮，北上溯长流。踪迹信往复，景物惬观游。风寒堤柳落，波减岸石稠。白见高城堞，苍出远山丘。何处戏马台，仿佛燕子楼。化迁无停轨，事往不可求。陈迹竟泯泯，虚名但悠悠。览今亦怀昔，发声遂成讴。

又

苏祐

宝剑曾留地，乌骓不逝年。楚王元力屈，季札已心悬。古渡沉流水，高城倚断烟。有怀方伏枕，无寐欲鸣弦。

又

苏祐

城郭千年在，江山百战余。徐君无起日，彭国竟遗墟。鼓角催舟楫，风云护简书。经行有词赋，叹慨岂离居。

留城诗

刘长卿

访古此城下，子房安在哉？白云去不返，危堞空崔嵬。伊昔楚汉时，颇闻经济才。运筹风尘下，能使天地开。蔓草日已积，长松日已摧。功名满青史，祠庙唯蒿

---

① 原作“瞑”，据《陈刚中诗集》卷一改。

莱。百里暮程远，孤舟川上回。进帆东风便，转岸前山[1]来。楚水[2]澹相引，沙[3]鸥闲不猜。扣舷从此去，延伫仍徘徊。

又

金寔

博沙奋椎击，报仇心方殷。此地逢真主，谈笑展经纶。素心既已遂，富贵焉足云。自择三万户，宁如兹邑亲。酂侯功第一，系狱岂无因。韩彭要王封，终与菹醢邻。贤达贵知足，明哲思保身。行经古封邑，吊古怀其人。赤松不可招，千载谁同群。

燕子楼诗

关[4]盼盼

楼上残灯伴晓霜，独眠人起合欢床。相思一夜情多少，地角天涯不是长。

北邙松柏锁愁烟，燕子楼中思悄然。自埋剑履歌尘散，红袖香销一十年。

适看鸿雁岳阳回，又睹玄禽逼社来。瑶瑟笙箫无意绪，任从蛛网任从灰。（张建封姬有集三百首，此其从子仲素见白乐天述之者）

和韵

白居易

满帘风月满楼霜，被冷灯残拂卧床。燕子楼空霜月苦，秋宵只为一人长。

钿翠裙罗黯似烟，一回看着一潸然。自从不舞霓裳曲，叠在空箱得几年。

今春有客洛阳回，曾到尚书冢上来。见说白杨堪作柱，争教红粉不成灰。

绝诗

白居易

黄金不惜买蛾眉，拣得如花三两枝。歌舞教成心力尽，一朝身去不相随。（仲素觐从祖母，出乐天四诗转示盼盼）

---

① 原作“山前”，据《刘随州集》卷六乙正。
② 原作“山”，据《刘随州集》改。
③ 原作“涉”，据《刘随州集》改。
④ 原作“张”，据康熙《徐州志》、乾隆《徐州府志》改。

和韵

关[①]盼盼

自守空闺敛恨眉，形同春后牡丹枝。舍人不会人深意，讶道泉台不去随。（不食旬日而卒）

吊盼盼诗

文天祥

自别张公子，婵娟不下楼。遂令楼上燕，百岁称风流。我游彭城门，来吊楚王阙。问楼在何处，城东草[②]如雪。娥眉代不乏，埋没安足论。因何张家妾，名与山川存？自古皆有死，忠义长不没。但传美人心，不说美人色。

又

陈孚

长相思，久别离，东风不暖残燕支。乳鸦困，柔鸾悲。樱桃绚红腻，蘼芜凋绿滋。牙床琥珀枕，梦君君不知。

又

陈孚

长相思，久离别[③]，珠楼无人但有月。翠屏寒，银烛歇。芙渠为谁怜，丁香空自结。泪滴锦褕[④]前，十[⑤]年化为血。

又

胡俨

妙舞清[⑥]歌一夕休，繁华销尽彩云收。多情只有乌衣侣，终岁相看不下楼。

① 原作“张”，径改。
② 原作“莫”，据乌程许氏藏明刊本《文山先生全集》、四库本《文山集》改。
③ 原作“别离”，失韵，据《陈刚中诗集》卷一乙正。
④ 原作“榆”，据《陈刚中诗集》改。
⑤ 原作“千”，据《陈刚中诗集》改。
⑥ 原作“青”，据胡俨《颐庵文选》改。

黄楼赋

苏辙

熙宁十年七月乙丑，河决于澶渊，东流巨野，北溢于济，南溢于泗[①]。八月戊戌，水及彭城。余兄子瞻适为彭城守，水未至，使民具畚锸，畜土石，积刍茭，完窒隙穴，以为水备，故水至而民不恐。自戊戌至九月戊辰，水及城下者二[②]丈八尺，塞东西北门，水皆自城际山，雨昼夜不止。子瞻衣褏履屦，庐于城上，调急走、发禁卒以从事，令民无得窃出避水，以身率之，与城存亡，故水大至而民不溃。方水之淫也，汗[③]漫千余里，漂庐舍，败冢墓，老弱蔽川而下，壮者狂走，无所得食，槁死于丘陵林木之上。子瞻使习水者浮舟楫、载糗饵以济之，得脱者无数。水既涸消，朝廷方塞澶渊，未暇及徐。子瞻曰："澶渊诚塞，徐则无害。塞不塞，天也，不可使徐人重被其患。"乃请增筑徐城，相水之冲，以堤防之。水虽复至，不能以病徐也。故水既去而民益亲。于是即城之东门为大楼焉，垩以黄土，曰土能胜水。徐人相劝成之。辙方从事于宋，登黄楼，览观山川，吊水之遗迹，乃作黄楼之赋。其词曰：

子瞻与客游黄楼之上。客仰而望，俯而叹，曰："噫嘻殆哉！在汉元光，河决瓠子，腾蹙钜野，衍溢淮泗，梁楚受害二十余岁。下者为污泽，上者为沮洳。民为鱼鳖，郡县无所。天子封祀泰山，徜徉东方。哀民之无辜，流死不藏。使公卿负薪，以塞宣房。瓠子之歌，至今伤之。嗟维此邦，俯仰千载。河东倾而南泄，蹈汉世之遗害。包原[④]隰而为一，窥吾墉之摧败。吕梁龃龉，横绝乎其前；四山连属，合围乎其外。水回洑[⑤]而不进，环孤城而为海。舞鱼龙于隍壑，阅帆樯于睥睨。方飘风之迅发，震鞞鼓之惊骇。诚蚁穴之不救，分闾阎之横溃。幸冬日之既迫，水泉缩以自退。栖流枿于乔木，遗枯蚌于水裔。听澶渊之奏功，非天意吾谁赖？今我与公，冠冕裳衣，设几布筵，斗酒相属，饮酣乐作，开口而笑，夫岂偶然也哉？"子瞻曰："今夫安于乐者，不知乐之为乐也，必涉于害者，而后知之。吾尝与子凭兹楼而四顾，览天宇之弘大。缭青山以为城，引长河而为带。平皋衍其如席，桑麻蔚乎旆旆。画阡陌之纵横，分园庐之向背。放田渔于江浦，散牛羊于烟际。清风时起，微云霮䨴。山川开阖，苍莽千里。东望则连山参差，与水背驰。群石倾奔[⑥]，绝流而西。百步涌波，舟楫分披。鱼鳖颠沛，没人所嬉。声崩震雷，城堞为危。南

① 原作"洒"，据《栾城集》卷十七改。
② 原作"三"，据《栾城集》改。
③ 原作"汉"，据《栾城集》改。
④ 原作"源"，据《栾城集》改。
⑤ 原作"决"，据《栾城集》改。
⑥ 原作"莽"，据《栾城集》改。

望则戏马之台，巨佛之峰。岿乎特起，下窥城中。楼观翱翔[①]，巍峨相重。激水既平，渺莽浮空。骈洲接浦，下与淮通。西望则山断为玦，伤心极目。麦熟禾秀，离离满隰。飞鸿群往，白鸟孤没。横[②]烟澹澹，俯见落日。北望则泗水湠漫，古汴入焉。汇为涛渊，蛟龙所蟠。古木蔽空，乌鸟号呼。贾客连樯，联络城隅。送夕阳之西尽，导明月之东出。金钲涌于青嶂，阴氛为之辟易。窥人寰而直上，委余彩于沙碛。激飞楹而入户，使人体寒而战栗。息汹汹于群动，听川流之荡潏。可以起舞相命，欢饮千石。遗弃忧患，超然自得。且子独不见夫昔之居此者乎？前则项籍、刘备，后则光弼、建封。战马成群，猛士如林。擐臂长啸，风动云兴。朱阁青楼，舞女歌童。势穷力竭，化为虚空。山高水深，草生故墟。盖将问其遗老，既已灰灭而无余矣。故吾将与子吊古人之既逝，悯河决于畴昔，以变化之无在，付杯酒于终日。”于是众客释然而笑，颓然而醉，酒倾月坠，扶携而出。

又赋

秦观

太史苏公守彭城之明年，既治河决之变，民以更生，又因修缮其城，作黄楼于东门之上。以为水受制于土，而土之色黄，故取名焉。楼成，使其客高邮秦观赋之。其辞曰：

惟黄楼之瑰玮兮，冠雉堞之左方。挟光晷以横出兮，干云气而上征。既要眇以有度兮，又洞达而无旁。斥丹雘而不御兮，爰取法于中央。列千山而环峙兮，交二水而旁奔。冈陵奋其攫拿兮，溪谷效其吐吞。览形势之四塞兮，识诸雄之所存。意天作以遗公兮，慰平日之忧勤。繄大河之初决兮，狂流漫而稽天。御扶摇以东下兮，纷万马而争前。象罔出而侮人兮，蛸蜃过而垂涎。微精诚之所贯兮，几孤墉之不全。偷朝夕以昧远兮，固前识之所羞。虑异日之或然兮，复压之以兹楼。时不可以复得兮，姑从容而浮游。倘登临之信美兮，又何必乎故丘？觞酒醪以为寿兮，旅肴核以为仪。俨云霄以为侍兮，笑言乐而忘时。发哀弹与豪吹兮，飞鸟起而参差。怅所思之迟暮兮，缀明月而成词。噫变故之相诡兮，遒传马之更驰。昔何负而遑遽兮，今何暇而遨嬉？岂造物之莫诘兮，惟元元之自诒。将苦逸之有数兮，畴工拙之能为。韪哲人之知其故兮，蹈险夷而皆宜。视蛟蛇之过前兮，曾不介乎心思。正余冠[③]之崔嵬兮，服余佩之焜煌。从公于［斯］[④]楼兮，聊裴回以徜徉。

① 原作“翱”，据《栾城集》改。
② 原作“黄”，据《栾城集》改。
③ 原作“观”，据秦观《淮海集》卷一改。
④ 字据《淮海集》补。

黄楼铭

陈师道

熙宁十年，京东路安抚使臣某、转运使臣某、判官臣某稽首言：河决澶州，南倾淮泗，彭城当其冲。夹以连山，扼以吕梁，流泄[①]不时，盈溢千里，平地水深丈余。下顾城中，井出脉发，东薄两隅，西入通洫，南坏水垣，土恶[②]不支，百有余日而后已。守臣苏轼念惟流亡，为天子忧，夙夜不怠，以劳其人，兴发戍兵，固弊应卒。外为长楗[③]，乘高如虹，以杀其恶；内为大堤，附城如环，以持其溃。筑二坊于南门之外，以适南山，以安危疑。发仓庾，明劝禁，以惠困穷，以督盗贼。宣布恩泽，巡行内外。吏民向化，兴于事功。法施四邑，诚格百神，可谓有功矣。宜有褒嘉，以扬郡县。十月二日甲子奏京师。明年元丰正月甲子，制诰谕意。臣轼惟念：祇承谟训，人神力同，敢曰为功，以速大戾？而明扬褒大，无以报称，乃作黄楼于东门，具刻明诏，以承天休而明德意。使其客陈师道为之铭。臣师道伏惟：吕尚、南仲，内抚百姓，外平诸侯，《诗》美文武；尹甫、召虎，南伐淮夷，北伐狎狁，功歌宣王。君能使人以尽其才，臣能有功以报其上，古之义也。臣师道又惟：感而通之者，道也；行而化之者，德也；制法明教者，政也；治人成功者，事也。昔之诗人，歌其政事，则并其道德而传之。后王有作，可举而行。顾臣之愚，何与于此？诚乐其君臣之尽［道］[④]云。臣不佞，昧死上《黄楼铭》。其词曰：

皇治惟戒，修明法度，协和阴阳。十[⑤]有一年，天灾时行，河失其防。齐鲁梁楚，千里四达，溃乱散亡。皇仁隐忧，临遣信臣，以惠东方。羸老困[⑥]穷，安慰抚养，发散积仓。流人如归，居人忘危，完聚靡伤。天叙地平，明圣成能，人神效祥。灵平告成，百谷丰盈，万邦乐康。郡县祇畏，允迪圣谟，终事无荒。皇功不居，归休臣民，迩昭远扬。守臣拜手，夸大休嘉，使民不忘。改作黄楼，以临泗上，述修故常。庶民无佞，原始要终，铭之石章。以告成功，以扬德声，永永无疆！

黄楼观月诗

苏轼

中秋天气未应殊，不用红纱照坐隅。山下白云横匹素，水中明月卧浮图。未成

① 原作“渊”，据《后山集》卷十七改。
② 原作“恧”，据《后山集》改。
③ 原作“楗”，据《后山集》改。
④ 字据《后山集》补。
⑤ 原作“才”，据《后山集》改。
⑥ 原作“不”，据《后山集》改。

短棹还三峡，已约轻舟泛五湖。为问登临好风景，明年还忆使君无?

九日黄楼诗

苏轼

去年重阳不可说，南城夜半千沤发。水穿城下作雷鸣，泥满城头飞雨滑。黄花白酒无人问，日暮归来洗靴袜。岂知还复有今年，把盏对花容一呷。莫嫌酒薄红粉陋，终胜泥中千柄锸。黄楼新成壁未干，清[①]河已落霜初杀。朝来白露如细雨，南山不见千寻刹。楼前便作海茫茫，楼下空闻橹鸦轧。薄寒中人老可畏，热酒浇肠气先压。烟消日出见渔村，远水鳞鳞山齾齾。诗人猛士杂龙虎，楚舞吴歌乱鹅鸭。一杯相属君勿辞[②]，此境何殊泛清霅。

[谢秦太虚][③]寄黄楼赋诗

苏轼

我在黄楼上，欲作黄楼诗。忽得故人书，中有黄楼词。黄楼高十丈，下建五丈旗。楚山以为城，泗水以为池。我诗无杰句，万景骄莫随。夫子独何妙，雨雹散雷椎。雄词杂今古，中有屈宋姿。南山多磬石，清滑如流脂。朱蜡为摹刻，细妙分毫厘。佳处未易识，当有来者知。

黄楼诗

王祎

昔读黄楼赋，颇疑过铺张。今晨获登览，始觉词致长。缅怀澶渊决，彭城预为防。千年文章守，恩德遗此乡。只今河为患，居人极灾伤。谁为任民社，乃复循故常。山川如昔时，游子多慨慷。长风城上来，飞雨湿我裳。摩挲旧碑刻，欲去重徬徨。

又

胡俨

船头鼓鸣春浪急，浪花飞洒春衫[④]湿。放船侵晓度长洪，森森乱石烟中立。遥

① 原作“青”，据《东坡全集》《东坡诗集注》等改。

② 原作“词”，据《东坡诗集注》卷二十二改。

③ 案《东坡诗集注》卷十一题作“太虚以黄楼赋见寄作诗为谢”，万历《徐州志》作“又《谢秦太虚寄黄楼赋》诗”，本志裁取“寄黄楼赋诗”五字，署作者为“秦太虚”，误，据改。

④ 原作“山”，据嘉靖《徐州志》改。

望黄楼迹已非，却忆苏公初筑时。黎庶讴歌脱昏垫，座中宾客赋新诗。碧瓦雕甍映垂柳，凭栏把酒临风酾。醉骑黄鹤上碧落，东窥瀛海西[①]瑶池。只今雉堞排空起，亦有高楼临绿水。人家两岸傍河堤，黄鹂碧草春风里。九里山前花正开，看花回首重徘徊。慨公神游不复返，空见断碑生绿苔。

又

黄九皋

秋月风渐高，山晚天半赤。徐州五色土，泗滨多奇石。合汶下洪梁，孤城悬绝壁。淮卫通漕纲，职贡需民力。神河徙汴来，就泗当城北。四山若带围，合流如受敌。雉堞丽深渊，闾阎哀孔棘。眉山揆物理，土实胜水德。色取中央黄，奠楼立鳌极。人寿见几清，荣光休四塞。迩来阳侯怒，义沉澮台璧。激湍荡虚舟，瞑色惊迁客。谁能疏九河，为拯徐扬溺？瓠子歌宣房，烝民免艰食。凭栏见波涛，不觉长太息。

逍遥堂诗（并序）

苏辙

辙幼从子瞻兄读书，未尝一日相舍。既壮，将宦游四方，读韦苏州诗有云：“那知风雨夜，复此对床眠。”恻然感之，乃相约早退为闲居之乐。故子瞻始为凤翔幕官，留诗与辙曰：“夜雨何时听萧瑟。”其后子瞻通[②]守余杭，复移守胶西，而辙流滞于睢阳、济南，不见者七年。熙宁十年二月，始复会于澶、濮之间，相从彭城，留百余日。时宿于逍遥堂，追感前约，作小诗二。

其一

逍遥堂后千寻木，长送中宵风雨声。误喜对床寻旧约，不知飘泊在彭城。

其二

秋来东阁凉如水，客去山公醉似泥。困卧北窗呼不醒，风吹松竹雨凄凄。

---

① 原作“出”，据嘉靖、万历《徐州志》改。
② 原作“迁”，据《栾城集》《东坡全集》改。

和弟

苏轼[①]

子由赴南都，与余会宿于逍遥堂，作两绝句。读之，殆不可为怀，因和其诗以自解。余观子由，自少旷达，天资近道，又得至人养生长年之诀，而余亦窃闻其一二。以为今者宦游相别之日浅，而异时退休相从之日多，既以自解，且以慰子由。

其一

别期渐近不堪闻，风雨潇潇已断魂。犹胜相逢不相识，形容变尽语音存。

其二

但令朱雀长金花，此别还同一转车。五百年间谁复在，会看铜狄两咨嗟。

放鹤亭记

苏轼

熙宁十年秋，彭城大水。云龙山人张君之草堂，水及其半扉。明年春，水落，迁于故居之东，东山之麓。升高而望，得异境焉，作亭于其上。彭城之山，冈峦四合，隐然如大环，独缺其西十二，而山人之亭适当其缺。春夏之交，草木际天；秋冬雪月，千里一色。风雨晦明之间，俯仰百变。山人有二鹤，既驯而能飞，旦则望西山之缺而放焉，纵其所如，或立于陂田，或翔于云表，暮则傃东山而归，故名之曰放鹤亭。郡守苏轼，时从宾客僚吏往见山人，饮酒于斯亭而乐之，揖山人而告之曰："子知隐居之乐乎？虽南面之君[②]，未可与易也。《易》曰：'鸣鹤在阴，其子和之。'《诗》曰：'鹤鸣于九皋，声闻于天[③]。'盖其为物，清远闲放，超然于尘垢之外，故《易》、诗人以比贤人君子。隐德之士狎而玩之，宜若有益而无损者，然卫懿公好鹤则亡其国。周公作《酒诰》，卫武公作《抑戒》，以为荒惑败乱，无若酒者；而刘伶、阮籍之徒，以此全其真而名后世。嗟夫！南面之君，虽清远闲放如鹤者，犹不得好，好之则亡其国；而山林遁世之士，虽荒惑败乱如酒者，犹不能为害，而况于鹤乎？由此观之，其为乐未可同日而语也！"山人欣然而笑曰："有是哉！"乃作《放鹤》《招鹤》之歌曰：

鹤飞去兮，西山之缺。高翔而下览兮，择所适。翻然敛翼，婉将集兮。忽何所见，矫然而复击。独终日于涧谷之间兮，啄苍苔而履白石。

---

① 字据文例补。

② 原作"乐"，据《东坡全集》卷三十六改。

③ 原作"大"，据《东坡全集》改。

鹤归来兮，东山之阴。其下有人兮，黄冠草屦，葛衣而鼓琴。躬耕而食兮，其余以汝饱。归来兮，西山不可以久留。

诗

苏轼

云龙山下试春衣，放鹤亭前送夕晖。一色杏花红十里，状元归去马如飞。

又

王鏊

燕子楼前春草合，虎牢关外暮云生。不知白鹤归何日，辽海茫茫万里情。

又

王守仁

几度舟人指石冈，东西长是客途忙。百年风物初经眼，三月烟花正向阳。芒砀汉云春寂寞，黄楼楚调晚凄凉。惟余放鹤亭前草，还与游人藉醉觞。

又

费寀

［水］绕峦光寺枕冈，客来登眺野僧忙。百年碑碣苔封［石］，三月杯盘花向阳。天上黄河无昼夜，山头白日易［暄］[①]凉。百壶不尽烟云思，月色纷纷对举觞。

又

张衮

山形虎踞倚龙冈，本为寻僧费客忙。载酒何人是坡老，看花新兴入维扬。云盘石磴诸天[②]合，日落山风两鬓凉。昏黑不辞登绝顶，清歌款进早梅觞。

又

唐符

春罗初着登云龙，参差金碧擎芙蓉。俯仰天宇自今古，攀缘纡曲多蒙丛。驯鹤双飞羽仪白，野杏十里花萼红。摄衣相从兴未已，刚风吹袖摩长空。

① 底本漫漶，以上三字据嘉靖、万历《徐州志》补。
② 原作“人”，据嘉靖、万历《徐州志》改。

又

释慈恩

昆仑小股忽飞堕，鬼斧何年奇凿破。上瞰青空饕雨露，下压后土根深固。洒然坐我空明中，口诵太古开鸿蒙。披襟长啸落幽壑，三十六洞桃花红。

又

夏言

还乡值青春，南来已一月。维舟彭城下，兴为龙山发。登舆眺广野，远见青青麦。千树桃李花，芳草正未歇。初登戏马台，徐览大佛石。披榛历峻坂，蹑磴陟层壁。坐观江淮胜，未觉风烟隔。高情王宪使，潇洒今摩诘。开尊放鹤亭，笙歌促绮席。相邀五六子，翩翩华省客。芳辰合俦侣，兹游谅难得。贪赏竟忘归，攀欢意不极。酒阑一骋望，青山半衔日。晚下黄茅冈，怪石莽离立。徘徊四贤堂，摩挲古碑刻。风流想一时，俯仰慨今昔。衰迟愧野老，解政遂闲适。看山从此始，把笔纪行迹。明朝度大江，矫矣冥鸿翼。

又

夏言

昔人曾放鹤，此日更登亭。地主能投辖，山僧解乞铭。河山余王气，尊俎聚文星。直北仍回首，偏多关塞情。

又

梅守德

双飞白鹤倚云来，疑是山人放鹤回。石洞氤氲丹灶迥，松峰萧瑟夜猿哀。云连古堞依层嶂，日隐残虹锁暮台。何处买山堪避俗，草堂应傍翠微开。

思亭记

陈后山

甄，故徐富家。至甄君，始以明经教授，乡称善人。而家益贫，更数十岁不克葬。乞贷邑里，葬其父母昆弟凡几丧。邑人怜之，多助之者。既葬，益树以木，作室其傍，而问名于余。余以谓："目[①]之所视而思从之，视干戈则思斗，视刀锯则思惧，视庙社则思敬，视第家则思安。夫人存好恶喜惧之心，物至而思，固其理也。

① 原作"曰"，据《后山集》卷十二改。

今夫升高而望松楸，下丘垄而行墟墓之间，荆棘莽然，狐兔之迹交道，其有不思其亲者乎？请名之曰‘思亭’。亲者，人之所不忘也，而君子慎之。故为墓于郊而封沟之，为庙于家而尝禘之，为衰为忌而悲哀之，所以存其思也，其可忘乎？虽然，夫自亲而下，至于服尽，服尽则情尽，情尽则忘之矣。自吾之亲而至于忘之者，远故也。此亭之所以作也，凡君之子孙登斯亭者，其有忘乎？因其亲以广其思，其有不兴乎？”君曰：“博哉，子之言也！吾其庶乎？”曰：“未也！贤不肖异思后，岂不有望其木思以为材、视其榛棘思以为薪、登其丘墓思发其所藏者乎？”于是遽然流涕以泣，曰：“未也！”“吾为君记之，使君之子孙诵斯文者，视其美以为劝，视其恶以为戒，其可免乎？”君揽涕而谢，曰：“免矣！”遂为之记。

快哉亭诗

陈师道

城与清江曲，泉流乱石间。夕阳初隐地，暮霭已依山。度鸟欲何向，奔云亦自闲。登临兴不尽，稚子故须还。

萃墨亭记

邹守益

昔苏文忠公偕山人张天骥、诗僧道潜，乘月游百步洪，纪十六字于石。成化庚子，督洪主事尹君廷用获之水中，作亭于洪之洲以覆之，名曰“苏墨”，旁建清风堂、追胜亭。士君子各赋而记之。比年河决丰沛，徐多水患，亭悉圮。正德己卯，陆君德如葺之。比复圮[①]。嘉靖二年，李君汝兰辇石筑基，复作亭其上，置苏墨及诸碑刻赋咏，名之曰“萃墨”。予将之广德，汝兰以记请。呜呼！十六字之存毁，于东坡何加损？而诸君惓惓收拾，瞿然戚其沦没者，岂繄重其墨，将重其人也。文忠公天才骏逸而记问浩博，有傲睨一代、凌厉万类之气举，宠利窘困不足以缚之。故立朝守官，侃侃自立，而野叟缁流，江风山月，无往而非超然之境。世之爱仰之者，如朱鸟黄鹄，冥不可睹，虽其残翮零羽，犹将珍而藏之。彼冒利怙权以挤公者，不啻枭獍之声，闻而恶之矣。凡登斯亭、抚斯墨者，其惕然尚友于公，正直自持，勿随人俯仰，以日进于高明，庶后之爱仰之者，亦将复如公也。汝兰才充而年富，沛然有愿学之志，因贻此以勉之，并以谂后之督洪事及四方之来游者。

① 原作“记”，据嘉靖、万历《徐州志》改。

诗

程敏政

高秋水落百步洪，登亭一见苏长公。大书深刻十六字，横姿逸态生长风。黄楼东来水如注，野僧山人旧知遇。石濑溅溅月满天，仿佛当时旧游处。

又

李东阳

手披荒藓看古石，上有坡翁旧时刻。河冲水啮四百年，字画半灭风神全。冬曹尹君真好事，自扫巉岩凿苍翠。山灵助喜河伯愁，白日骊珠照平地。孤亭素壁高巃嵸，登堂见字如见翁。山人在前僧在后，尚忆扁舟游月中。

又

夏言

彭城城边秋系舸，黄河涨发波涛大。隔水遥看水部衙，有亭岌嶪山之左。我闻此亭新落成，筑台累石见高情。百年丽藻星辰聚，千秋遗墨烟云生。忆昔坡翁守兹土，月中之游谁与伍？张老还携铁笛歌，潜公自袒袈裟[①]舞。一时清兴真可怜，片石题名今宛然。那知埋没黄尘下，复得摩挲碧槛前。古人踪迹今不朽，文章照耀看身后。昭代诸公尽才彦，西涯东白俱山斗。登临啸咏古今同，人代推迁感慨中。悠悠白日浮云外，杳杳洪波砥柱东。亭中我是初来客，临风重洒淋漓墨。芒砀山前木叶飞，满天鸿雁悲秋色。吕梁白浪高崔嵬，盘涡转石鸣万雷。天关撼折地轴动，吁嗟气势何雄哉。北[②]风萧萧卷江水，落日吴帆下千里。夏子高歌为谁起，作亭主人豫章李。

过张天骥诗

苏轼

郊原雨初足，风日晴且好。病守亦欣然，肩舆白门道。荒田咽蛩蚓，村巷悬梨枣。下有幽人居，闭门空雀噪。西风高正厉，落叶纷可扫。孤僮卧斜日，病马放秋草。墟里通有无，垣墙任摧倒。君家本冠盖，丝竹闹邻保。脱身声利中，道德自濯澡。躬耕抱羸病，奉养百岁老。诗书膏吻颊，菽水媚翁媪。饥寒天随子，杞[③]菊自撷芼。慈孝董邵南，鸡狗相乳抱。吾生如寄耳，归计失不早。故山岂敢忘，但恐迫

---

① 原作“架梁”，据乾隆《徐州府志》改。
② 原作“此”，据嘉靖、万历《徐州志》改。
③ 原作“把”，据《东坡诗集注》改。

华皓。从君学种秫[①]，斗酒时[②]相劳。

又

壁间一轴烟萝子，盆里千枝锦被堆。惯与先生为酒伴，不嫌刺史亦颜开。纤纤入麦黄花乱，飒飒催诗白雨来。闻道君家有井水，归轩乞得满瓶回。

又[③]

提壶劝[④]酒意虽重，杜鹃催归声更速。酒阑人散却关门，寂历斜阳挂疏木。

又[⑤]

鱼龙随水落，猿鹤喜君还。旧隐丘墟外，新堂紫翠间。野麋驯杖屦，幽桂出榛菅。洒扫门前路，山公亦爱山。

万木锁云龙，天留与戴公。路迷山向背，人在瀼西东。荠麦余春雪，樱桃落晚风。入城都不记，归路醉眠中。

黄茅冈诗

苏轼

醉中走上黄茅冈，满冈乱石如群羊。冈头醉倒石作床，仰观白云天茫茫，歌声落谷秋风长。路人举首东南望，拍手大笑使君狂。

又

柳琰

黄茅冈负彭城郭，远引林峦散村落。登登石磴近人纡，漠漠岚光向日薄。背岩细草满平坡，出洞闲云度孤壑。烂然醉我东风前，摩挲石壁谁能镌。疏才自笑有狂兴，苦无佳句如坡仙。

---

① 原作“术”，据《东坡诗集注》改。

② 原作“诗”，据《东坡诗集注》改。

③ 字据文例补。案《东坡全集》卷九，篇名《携妓乐游张山人园》，前尚有“大杏金黄小麦熟，堕巢乳鹊拳新竹。故将俗物恼幽人，细马红妆满山谷”四句。

④ 原作“把”，据《东坡诗集注》卷十七改。

⑤ 案《东坡诗集注》卷九，题作“访张山人得山中字二首”。本志截其前一，归附“提壶劝酒意虽重”之后。今改回。

又

伍余福

何哉坡老酷好奇，乱茅不剪冈累累。挥毫石上破千古，山光树色蟠蛟螭。我今吊古问坡老，紫芝孰与黄茅好。霸图王业空战场，白鹤飞去乌骓[①]亡。惟有芙蓉[②]插霄汉，九里不断河流长。

戏马台诗

谢灵运

季秋边朔苦，旅雁违霜雪。凄凄阳卉腓，皎皎寒潭洁。良辰感圣心，云旗兴暮节。鸣葭戾朱宫，兰卮[③]献时哲。饯宴光有孚，和乐隆所缺。在宥天下理，吹万群方悦[④]。归客遂海隅，脱冠谢朝列。弭棹泊枉渚，指景待乐阕。河流有急澜，浮骖无缓辙。岂伊川途念[⑤]，夙心愧将别。彼美丘园道，喟焉伤薄劣。

又

储光羲

君不见，宋公仗钺诛燕后，英雄踊跃争趋走。小会衣冠吕梁壑，大征甲卒碻磝口。天开神武树元勋，九日茱萸享六军。泛泛楼船游极浦，摇摇歌吹动浮云。居人满目市朝变，伯业犹存齐楚甸。泗水南流桐柏川，沂山北走琅琊县。沧海沉沉晨雾开，彭城烈烈秋风来。少年自苦未得意，落日萧条登古台。

又

贺方回

当年节物此山川，倦客登临独惘然。戏马台荒年自久，射蛇公去事空传。黄华半老清霜后，白鸟孤飞落照前。不与兴亡城下水，稳浮渔艇入淮天。

戏马台步月

苏轼

风吹河汉扫微云，步屧中庭月趁人。浥浥炉香初泛夜，离离花影欲摇春。遥知

① 原作“锥”，据万历《徐州志》改。
② 原作“天容”，系“夫容”之讹，同“芙蓉”，径改。
③ 原作“芝”，参《文选》谢灵运诗改。
④ 原作“吹迈群芳悦”，据《文选》谢灵运诗改。
⑤ 原作“人”，据《文选》改。

金阙同清景，想见毡车碾暗尘。回首旧游真是梦，一簪华发岸[①]纶巾。

与舒教授、张山人、参寥师同游诗

苏轼

古寺长廊院院行，此轩偏慰旅人情。楚山西断如迎客，汴水南来故绕城。路失玉钩芳草合，林亡白鹤古泉清。淡游何以娱庠老，坐听郊原琢磬[②]声。

其二

竹杖芒鞋取次行，下临官道见人情。天寒菽粟犹栖亩，日暮牛羊自入城。沽酒独教陶令醉，题诗谁似皎公清。更寻陋巷颜夫子，乞取微言继[③]此声。

又

吴师道

重瞳按剑风云靡，万匹腾空烟雾起。凄凉垓下泣名骓，零落江边余数骑。寄奴千载心争雄，登高把酒临秋风。诈移晋鼎非男子，君看百战东城死。

又

曾棨

绕堤春树翠重重，项羽遗都有旧踪。城外高台空戏马，沛中佳气已成龙。英雄割据青山在，霸业销沉碧藓封。此日经过倍惆怅，乱鸦啼散晚烟浓。

又

马蕙

戏马有台临泗水，沐猴无面复江东。霸图已逐寒烟灭，故垒空留夕照红。

又

钱习礼

独携一樽酒，吊古登高台。昔人陈迹今寂寞，对酒欲饮仍停杯。忆昨重瞳起西楚，誓握乾符清国步。军门剑舞失真王，咸阳一炬成焦土。鸿沟何用东西盟，天令

① 原作“带”，据《东坡诗集注》卷八改。
② 原作“磨”，据《东坡诗集注》卷二十九改。
③ 原作“寄”，据各本苏集改。

失道趋阴陵。艾旗斩将竟何勇，爱姬恨血千年青。可怜[①]明月长如素，曾向[②]当时照歌舞。年年九月西风来，秋草黄花旧时路。汴泗交流去不回，台下行人频往来。登临不尽万古意，落日孤城闻笛哀。

范增墓诗

虞集

盗发亚父冢，宝剑实累之。冢[③]开宝气尽，狱吏书盗词。盗言惟见宝，宁知亚父谁。项王不相信，弟子遂舆尸。黄壤下深锢，千载复何为。大河在城东，落日在城西。过客知真城，踟蹰望安期。

又

朱本初

匣开[④]宝剑露蟠龙，金玉辉煌气交拥。贾胡致富须臾间，弃骨沟中宁愧恐。平原无色鼓角悲，山鬼夜号川泽涌。伤哉亚父天下奇，鸿门高会真危机。火龙[⑤]飞起实天意，拔剑起舞空尔为。风云变化失隆准，玉斗一碎山河非。

又

萨天锡

亚父冢前春草齐，楚王城上夕阳低。黄莺不解兴亡事，飞过海棠枝上啼。

又

刘玉

云龙山下路萦徊，亚父坟连戏马台。宝剑却随金碗出，定知曾教项庄来。

张子房墓诗

徐惟贤

群山回合闭英雄，披棘还来认旧踪。石径残云留短屐，墓门斜日到深松。运筹

① 原作“楼”，据嘉靖、万历《徐州志》改。
② 原作“何”，据嘉靖、万历《徐州志》改。
③ 原作“琢”，据虞集《道园学古录》卷一改。
④ 原作“中”。案朱思本（字本初）《贞一斋诗文稿》卷下《盗发亚父冢》，前有“冢中宝气腾光芒”，后有“宝剑未化横苍虬，金玉辉煌气交拥”，明姜南《风月堂杂识》改“宝剑未化横苍虬”为“匣开宝剑露盘龙”。本诗为节录，据姜本改。
⑤ 原作“大旗”，据《贞一斋诗文稿》改。

本为韩仇出，辟谷终辞汉爵封。千古九原如可作，高风邈邈定谁从。

又

尹梁

孤冢依山麓，何人识子房。乾坤仍日月，楚汉几星霜。蔓草迷幽径，空林挂夕阳。韩彭非若匹，回首俱亡羊。

王陵母墓

胡俨

匆匆窗下取吴钩，使者星驰不肯留。遂使鸿毛轻一死，却存马鬣重千秋。

刘向墓

胡俨

千年封事遗编在，三尺荒丘宿草摧。鸿宝浪传谁见得，藜灯一去不重来。

华陀墓

胡俨

徒把金针事老瞒，千年荒冢朔风寒。后来枉却陈琳[1]檄，到底西陵泪不干。

沛宫诗[2]

文天祥

秦世失其鹿，丰沛发龙颜。王侯与将相，丕出徐泗间。当时数公起，四海王气闲。至今尚想见，龙光照人寰。我来千载下，吊古泪如潸。白云落荒草，隐隐芒砀山。黄河天下雄，南去不复还。乃知盈虚故，天道如循环。卢王旧封地，今日设函关。

歌风台

文天祥

长陵有神气，万岁光如虹。有时风雪变，魂魄来沛宫。壮哉游子乡，一览万宇空。击筑戒复隍，帝业慎所终。重瞳爱梁父，此情岂不同。锦衣绚行昼，丈夫何浅

① 原作“淋”，据《颐庵文选》改。
②《文山集》诗题作“沛歌”。

中。缅怀首丘意，自足分雌雄。向昔霸心存，慷慨怀勇功。不见往年事，烹狗与藏弓。早知致两生，礼乐三代隆。匹夫事已往，安用责乃翁。我来汤沐邑，白杨吹悲风。永言三侯章，隐隐闻儿童。叶落皆归根，飘零独秋蓬[①]。登台共凄恻，日落南飞鸿。

又

陈旅

歌风台前野水长，王[②]媪卖酒茅屋凉。酒边父老说刘季，头戴竹冠归故乡。山河霸气已销歇，飒飒老柳吹斜阳。台前小儿竞击筑，筑声更似三侯章。

又

无名氏

两雄逐鹿操干戈，觊觎中原奈力何。汉祚有成[③]三尺剑，楚兵终[④]散一声歌。承颜竟筑新丰舍，归梦长游古沛河。芒砀山高青不了，五云犹绕赤龙窝。

又

白帝子死老妪哭，天下纷纷竞逐鹿。炎刘天子挥干戈，诛秦夷项何神速。功成治定回故乡，拥护马首皆侯王。槌牛酾酒宴邻里，酣歌击筑增慨慷。沛中父老留不住，赤龙又驾西方去。十二山河锁帝居，杳杳白云在何处。太行日落群峰青，黄河不尽古今情。魂魄想存汤沐邑，至今台上风云生。

又

杨祖恕

怒涛突千骑，上有峥嵘台。六合一望间，万里天风[⑤]来。畴昔龙虎气，芒砀深云堆。煌煌赤帜立，赫赫炎运开。皇灵固[⑥]有属，亚父徒惊唉。得志加海内，故乡重徘徊。寤寐猛士守，宿将胡嫌猜。矧兹霸心存，咄彼后乘骀。朗咏三侯章，击节嗟雄哉。

---

① 原作“风”，与前重韵，据各本《文山集》改。
② 原作“丘”，据正统《彭城志》、嘉靖《沛县志》改。
③ 原作“神”，据嘉靖《沛县志》改。
④ 原作“中”，据嘉靖《沛县志》改。
⑤ 原作“飞”，据嘉靖《沛县志》、《元音》改。
⑥ 原作“故”，据嘉靖《沛县志》、《元音》改。

又

吴师道

沛宫[①]置酒君王归，酒酣思深风云飞。儿童环台和击筑，父老满座同沾衣。一歌丰沛白日动，再歌楚淮长波涌。龙髯气拂半空寒，虎士心驰四方勇。河山萧瑟长陵荒，野中怒响[②]犹飞扬。高台未倾风未息，故乡之情那有极。

又

韩性[③]

武帐如星连巨鹿，重瞳谁敢相驰逐。刘郎深闭函谷关，坐听城南新鬼哭。赤鳞半月天无光，阴陵匹马虚彷徨。百二山河笑谈取，殿前上寿称明良。榆社归来故庐在，山川不改风光改。酒酣自作三侯章，儿童拍手声翻海。君不见，帐中悲歌愁美人，乐府千载传受新。英雄吐气天为窄，便肯变灭[④]随风尘。高台古碑字[⑤]盈尺，神呵鬼护蛟龙石。回头铜雀叹凄凉，坠瓦无声土花碧。远山横空暮烟起，行客徘徊殊不已。当年遗事尚可寻，断云飞度香城水。

又

练鲁

沛宫秋风起，游子伤所思。故人侍高宴，故乡亦在兹。酣歌自起舞，慷慨有余悲。秦鹿方掎角，英雄并驱驰。帝业亦有在，真气匹妇知。天下且归己，功臣胡自危。九江自取尔，会稽徒尔为。俯仰数行泣，何以安四陲。天地驱日月，出入六马驰。上瞻芒砀云，下顾泗水湄。荒台忽千载，烟芜夕霏霏。

又

明 罗坤泰

翠华遥指故乡来，隆准高歌亦壮哉。海内风云三尺剑，沛中烟雨数层台。斩蛇空洒秦灵泪，戏马长怜楚霸材。二十四陵俱寂寞，古碑犹自枕苍苔。

---

① 原作“公”，据嘉靖《沛县志》、吴师道《礼部集》改。

② 原作“向”，据嘉靖《沛县志》、吴师道《礼部集》改。

③ 二字据正统《彭城志》、嘉靖《沛县志》补。嘉靖、万历《徐州志》作“韩信”，误。

④ 原作“减”，据正统《彭城志》、嘉靖《沛县志》改。

⑤ 原作“自”，据正统《彭城志》、嘉靖《沛县志》改。

又

薛瑄

故城南畔泗河隈，汉祖歌风有旧台。乐饮一时酬父老，壮心千古忆雄才。新丰桑柘萧疏尽，芒砀云霞散漫开。一自鼎湖龙去后，英魂几复沛中来。

又

薛瑄

素灵夜哭秋郊月，汉祖吴钩三尺血。芒砀云气从飞龙，咸阳竹帛随烟灭。独绌群策驱群雄，汉中一旅红旗东。韩郎对语识成败，董公遮说开天衷。王者之师仁以武，诸侯效顺力如虎。关河百战芟群雄，垓下一歌散强楚。风尘荡涤天下清，万乘不忘布素情。黄屋归来见乡邑，宴饮父老如平生。酒酣拔剑高歌起，歌词激烈振天地。雄志［深］①知大业难②，霸心尚思猛士倚。群儿逐和③声悠扬，起舞四顾何慨慷。乐极哀来泪沾臆，魂魄千秋思故乡。遂令此邑为汤沐，独承天宠何优沃。四百休运同始终，三国遗民想兴复。至今有台泗水滨，雄豪一去余千春。坏埒层层积苍藓，平原漠漠生黄尘。我来正值清秋暮，桑柘萧萧叶飞雨。泗水南流芒砀高，伯业王风复何许。徘徊重是古帝郊，摩挲石刻心劳焦。俯仰秋天莽空阔，杳杳鸿鹄凌风高。

又

杨士奇

汉皇靖宇内，六合承统御。万乘还沛中，龙旗翼銮辂。酒酣歌大风，气势排云雾。往绩示殊伟，丕图怀永固。宽仁运乾刚，四百隆鸿祚。至今千载余，光华垂竹素。崇台面河曲，穹④碑倚烟树。我来属秋杪，维舟久瞻顾。矫首芒砀云，澹澹青空曙。

又

金寔

秦鹿走中原，高节竞驰骛。砀云从真龙，疾足无窘步。遮说一以陈，三军尽缟素。煌煌仁义师，赫赫启赤祚。威加四海日，从容念乡土。酒酣启悲歌，壮心迈

① 原阙，字据薛瑄《敬轩文集》卷三补。
② 原作“成”，据《敬轩文集》改。
③ 原作“我”，据《敬轩文集》改。
④ 原作“穷”，通“穹”。

千古。关洛久已墟，英雄藐何处。落日登荒台，西望咸阳树。大风从天来，徘徊不能去。

又

黎淳

万乘酣歌故里时，四方兵革尚奔驰。留侯仙[1]去韩彭死，猛士非伊更有谁？

又

程敏政

万乘还家日，威生泗水前。楚歌聊复尔，汉业已茫然。宿雨苔花乱，斜阳树影偏。一台惭戏马，相望亦千年。

又

李东阳

风急高城涌暮波，旧时台榭此山河。鹿当秦楚黄尘合，龙去芒砀紫气多。海内英雄休战伐，里中耆旧喜经过。功成[2]坐失萧墙计，遗[3]恨当年猛士歌。

又

王谦

浮云不改暮山色，往事空随逝水声。四海加威三尺剑，千秋遗恨一杯羹。

又

李时勉

君不见，歌风昔日有高台，古人不见今人哀。露砌荒凉余白石，断碑剥落生苍苔。忆昨歌风台下路，凤辇归时花满树。锦筵戏乐天上[4]来，娇娥舞袖云中度。威加海内未可论，何如归见旧山村。青云壮士古来有，白发遗民今少存。秋日经过望齐鲁，野草寒花是谁主。远色平分砀北云，寒声暝度丰西雨。好看汉祚从此启，铜雀姑苏空尔为。

---

① 原作“先”，据嘉靖、万历《徐州志》改。
② 原作“臣”，据《怀麓堂集》卷九十一改。
③ 原作“遣”，据《怀麓堂集》改。
④ 原作“下”，据嘉靖《沛县志》改。

又

夏言

白蛇断兮赤龙飞，布衣起家兮天子归，故乡草木兮生光辉。楚人鼞兮汉业长，四海为家兮号天王，岂无猛士兮怨销亡。手一剑兮驭英雄，礼缘治定兮乐宣功，不作大雅兮歌大风。

颜瓌墓祭文

彭勖

公名瓌，字伯玮，庐陵芗城人也。相传为唐鲁公之裔，素以学行称于州里。洪武末，由明经授知是邑，民悦其政。靖难兵压境，父子同日就死。邑人义之，遂敛葬焉。岁久冢平。正统初，监察御史彭勖巡教至邑，询于致仕户曹孟式，得其葬处，乃令有司起坟立祠，而祭之曰：人孰不死，公独死义。荒冢累累，我独公祭。勖非要誉于乡党，盖欲振纲常于百世。维灵爽之洋洋，永庙食于此地。

又诗

刘阳

春烟孤碣草茫茫，回首天南忆故乡。故山云木[①]屹苍苍，青螺之水遥天长。首阳风流夙未亡，蕨薇不食惟刚肠。叫阍取日欲回光，一时英辈先吾邦。天摧地折非佯狂，未存舌柔舌亦刚。回看衣带血成行，抉分孥戮奚悲伤。公扶鳌极奠天纲，孤城万死真能当。身随抔土盖冠裳，气为河岳壮封疆，二百年中不可忘。鞭骑龙豹遥相望。千章松柏余芬芳，梓楹桂宇群公堂，公兮归去俱徜徉。

宴喜台诗

李白

明宰试舟楫，张灯宴华池。文招梁苑客，歌动郢中儿。月色望不尽，天空交相宜。令人欲泛海，只待长风吹。

心远亭诗

虞集

作亭临河河水浑，草树绕屋啼鸟闻。梦回枕上彭城雨，目送檐间芒砀云。归来黄菊有佳色，坐老青山无垢氛。但愿尊中常得酒，曲阿莫问旧参军。

---

① 原作“水”，据嘉靖《徐州志》改。

厌气台铭

王禹偁

古之王者筑灵台，视云物，察气候之吉凶，知政教之善恶。苟理合天道，垂休降祯，则必日新其德以奉之；化失民心，为妖作沴，则必夕惕其躬以惧之。如是，则变祸福而反灾祥，不为难矣。乌有筑高台，厌王气，行巫觋之事，御天地之灾者乎？嬴政之有天下也，始以利嘴长距，鸡斗六国而擅场；复以钩爪锯牙，虎噬万方而择肉；终以多藏厚敛，蚕食兆民而富国。然后戍五岭，筑阿房。驱周孔之书，尽付回禄；惑神仙之术，但崇方士。收太半之赋，则黔首豆分；用参夷之刑，则赭衣栉比。鲸鲵国政，蝼蚁人命。原膏野血，风腥雨膻。六国嗷嗷，上诉求主。天将使民息肩于炎汉，故望气者云：东南有天子气。于是祖龙巡狩，筑台以厌之。殊不知，民厌秦也，诉之于天；天厌秦也，授之于汉。秦独厌天、厌民而自王乎？向使筑是台，告天引咎，迁善树德，封六国之嗣，复万民之业，薄赋敛，省徭役，销戈镕兵，勖稼穑，除高斯之暴政，修唐虞之坠典，下从人望，上答天意，则王气不厌而自销矣，刘项之族何由而兴哉？某游丰沛之间，睹台之旧址，思古览今，怅然有怀。洒翰濡毫，遂为铭曰：

台之筑兮，救秦之衰。救[①]之不得，为汉之基。气之厌兮，虑汉之昌。厌之不得，速秦之亡。秦之厌汉，其惟一身。汉之厌秦，乃有万民。高台巍峨，王气氤氲。秦政已矣，汉德惟新。泱泱前古，茫茫后尘。故国芜没，荒台草蓁。行人环竦，恻怆斯文。

凫鹥亭诗

令 关景仁

古有凫鹥诗，喜物游太平。今见凫鹥乐，为作凫鹥亭。夜安洲渚栖，昼无罗网惊。群嬉固俦匹，适意相飞鸣。春风藻荇稠，夜雨波澜清。特以王泽深，遂此微物生。飞甍枕秦台，缭绕寒芜城。俯目瞰清泚，日羡凫鹥情。自惟县令职[②]，朝夕亲编氓。土瘠民半馁，役频民少宁。嗟尔多蹙迫，岂与凫鹥并？我心徒尔嗟，奈何存典刑。尔劳悯以恕，尔重移之轻。庶几皆有乐，共戴君聪明。民安令亦暇，临流解尘缨。卒岁可归去，白发南山耕。

---

① 原作“厌”，据《明一统志》改。

② 原作“暇”，据正统《彭城志》、隆庆《丰县志》改。

又

令马建中

古丰千岁远，汉皇实此生。雉堞皆榛棘，故魏徙都城。县宇构台上，台基起秦嬴。四绕半农桑，前池澄流清。东偏特起亭，题曰凫鹥名。传是关令建，下瞰连高甍。亭兴二十载，继踵多贤英。开轩敞眺望，景趋江湖并。春夏芰荷茂，秋冬风月明。政暇来登赏，心虚厌簪缨。因观台立意，期于仁化行。博爱飞鸟游，庶几及群氓。将使为政者，视物推斯诚。暴虐将知禁，典刑当就轻。今我来承乏，治术择未精。境上皆陂泽，弥年水害惊。赋入复增重，务农难劝耕。积有弊源深，宣流孰为更？安得凫鹥乐，均尔黎庶情[①]。年丰衣食足，大雅歌太平。

落马碑

张安道

纵酒疏狂懒治生，中阳有土不归耕。偶因乱世成功业，更向翁前共仲争。

朱陈村诗

白居易

徐州古丰县，有村曰朱陈。去县百余里，桑麻青氛氲。梭杼声轧轧，牛驴走纷纷。女汲涧下水，男采山上薪。县远官事少，山深民俗淳。有财不行商，有丁不入军。家家守村业，头白不出门。生为陈村人，死为陈村尘。田中老与幼，相见何欣欣。一村惟两姓，世世为婚姻。亲属居有族，少长游有群。黄鸡与白酒，欢会不隔旬。生者不远别，嫁娶先近邻。死者不远葬，坟墓多绕村。既安生与死，不苦形与神。所以多寿考，往往见玄孙。我生礼义乡，少小孤且贫。徒学见是非，只自取辛勤。世法贵名教，士人重冠婚。以此自桎梏，信为大谬人。十岁解读书，十五能属文。二十举秀才，三十为谏臣。下有妻子累，上有君亲恩。承家与事国，望此不肖身。忆昨旧游初，迨[②]今十五春。孤舟三适楚，羸马四经秦。昼行有饥色，夜寝无安魂。东西不暂住，住往如浮云。离乱失故乡，骨肉多散分。江南与江北，各有平生亲。生者终日别，死者隔年闻。朝忧卧至暮，夕哭坐[③]达晨。悲火烧心曲，愁霜侵鬓根。一生苦如此，长羡陈村民。

① 原作“清”，与前重韵，据嘉靖《徐州志》改。
② 原作“追”，据《白氏长庆集》卷十改。
③ 原作“暮”，据《白氏长庆集》卷十改。

题陈季常所畜朱陈村嫁娶图

苏轼

何年顾陆丹青手，画作朱陈嫁娶图。闻道一村惟两姓，不将门户买崔卢。

又

苏轼

我是朱陈旧使君，劝农曾入杏花村。而今风物那堪画，县吏催钱夜打门。

权学士墓表

高穀[①]

按状：公讳谨，字仲常，其先河间人。八世祖讳邦彦，字朝美，宋大观中知冀州。扈驾南渡，位至参知政事。卒，谥质肃。公生五子，仲曰义，自河间徙东昌。至公之父执中，复徙于沂。洪武初，挈公自沂徙于彭城，遂家焉。公十岁，父卒，母李氏辛勤训诲，俾务于学。既长，益自刻厉读书，以真知实践为务，暇则精研于书数。郡守杨节仲延训子弟，一时名士交游者众。兄度，举贤良，授山西寿阳丞，谪戍辽左，遂罄资以给其行。姊适郡人张纯，早卒，公为值茔原以葬之，奉寡姊尽礼，抚孤甥如子。其孝友之笃，出于天性然也。永乐丙戌，户部主事吕宁以求贤荐，授知青之乐安县。其俗旧多盗发冢，既取所藏，暴露甚惨；与人微有隙，辄衔之，阳弗与较，暮夜则使人以锄铴铲其禾稼。民甚苦之，公皆严以禁绝。奸黠数辈恒持里中及有司短长，胁人以逞其私，公执渠魁一人置于法，余皆屏迹。不数月间，其廉明仁恕，为山东六郡邑令之首称。庚寅、甲午岁，太宗文皇帝亲征胡寇，公两给饷于沙漠，三督军于青社，其他效劳多类此。板舆迎母，远就禄养；葬兄旅榇，抚其妻子；绝食祷旱，霖雨沛作；盈城水咸，甘泉涌出，精诚格于穹[②]壤。迁光禄署丞，奉职惟谨。未几，以目疾归。后，母年九十令终，公哀毁几绝，葬祭一循《文公家礼》。倚庐墓次，负土成坟，种柏成林，朝夕哭奠，常如初丧。有乌鸣、犬来、泉涌、兔驯之异。元日黎明，祭于墓所，忽有相貌乘骑浮空而至，乡人皆以为孝感所致。郡守杨秘等交奏，仁宗昭皇帝命驰驿之京。及以事闻，上曰："高声再读与众官听！"盖以公之孝谕群臣也。特拜文华殿大学士，公辞曰："臣少孤失学，恐不能称其职。"上曰："止着东宫学尔孝，其余免尔。"制书判本曰："朕之除卿，嘉汝之孝，欲以风励天下之为人子者，他非汝责也。"恭祀文皇，以公为群臣

---

① 原作“瀔”，据《明史》本传改。

② 原作“穷”，同“穹”。

班[①]首，哭之哀。上嘉之，赐牛羊首、果饵、脯醢之类。随侍皇太子监国南京，得辅导体。宣宗皇帝继承大统，以老疾辞，遂进秩通政使司参议致仕，受白金、文绮、朱衣之赐，仍敕礼官旌其门曰“孝子权谨孝行之门”，永蠲其家徭。配刘氏，孝敬慈惠，寡于言笑，终身被服布素。夫德妇贤，闾里称之，后公五年卒。子男二：长曰伦，领丁酉乡荐，终养不仕；次曰儆。女曰淑安，适陆宾。孙男三人：宗，太学生；次宝，次宇。孙女三人，俱适士族。

马兰斋墓表

李秉

按状：先生讳蕙，字彦芳，别号兰斋。先世居东吴之玉峰，宋元间，代有闻人。高祖讳伯通。曾祖讳良，洪武初以才行荐，擢徐州卫知事，寻升广东德庆州同知。祖仲宁，考以伦，皆嘉遁不显。妣刘氏，元万户刘光远女。以伦随仕于徐，乐其土俗丰厚，遂占籍焉，故今为徐州人。生子三人：孟曰彦昭，仲曰彦杰，先生其季也。甫六岁而孤，赖母刘氏育之。先生聪敏过人，不与群儿伍。七岁入乡间学，授读《孝经》、小学，过目即成诵。年十三，遣入州庠，从司训祝先生学，授《四书》《诗经》，悉通大义。命题属文，援笔立就。时人咸以远大期。不数载，学业大进。虽专习于《诗》，而《易》《书》《礼》靡不淹通。宣德壬子，应天府乡试，果举高第。明年会试，登进士右榜。以母老，授山东曹县教谕。至曹未久，方议迎养，而母孺人竟[②]以疾终。先生痛伤风木，日夜悲号。服阕，调汝宁之上蔡。上蔡人才朴茂，科目乏人。先生严立教条，启迪不倦，士风为之丕变。相继登科第者，皆出人右。九载满，天官考最，进秩汝宁教授。其教法之严，始终不渝。诸生有善行者，礼遇之如宾客；少有过差，则正色临之，俟其悔悟。人多德之。丙子岁当大比，江西、山西荐为主司，皆曰“行止端庄，学问老成”。使方迭至，先生力辞以疾，俱不往。诸生法先生之学行，被先生之丽泽，登高科，显明于时者，视上蔡益多。秩将满，忽疾作，召诸子语之曰：“吾祖宗素有阴德，吾亦无失行。官止于斯，寿止于斯，命也！若辈尚当勉力进学，无忝尔所生，吾死亦无憾矣！”［言讫而终，得年五十有四］[③]。配王氏，讳淑真，世为顺德平乡之名族，监察御史王公矩之女也。生而聪慧，寡言笑，勤女工，夙闲姆训，为择良配，久未得。洪熙改元，御史公适按徐郡，见群弟子中，先生独有异质。扣其所得，爱而异之。察其未聘，遂妻之。孺人既归，事姑克尽孝道，能得其欢心。至于助祭祀、享宾客，必洁必丰。逾三十

① 原作“斑”，通“班”。
② 原作“见”，据万历《徐州志》改。
③ 原作“年半有余”，殊不可解。二句自万历《徐州志》补入。

年，使先生得以专力于学、尽心于职而无内顾之忧者，其内助之功居多也。既而先生卒于官，孺人挈诸孤扶榇[①]归葬，一循礼度。遣二子暕、暾，孙湘，补州庠生，戒之曰："汝父位不满德，赍志而殁。汝曹当勉强学问，以图远大，庶成汝父志。"成化辛卯科，子暾、孙湘皆中高第。孺人喜曰："吾异日可以见汝父于地下矣！"享年六十有八。子五：长曰曈，次曰暕，次曰暾，次曰暄，次曰皞。女三。孙男六：曰湘、曰沂、曰汝、曰江、曰汴、曰汶。於戏！先生，吾师也。谨按状次第其言，镌诸贞石。

张侍御传赞

陈应阶

侍御张公，讳鹤鸣，字汝诚，号孚宇，徐隆德里人也。自高、曾及父腾，世业儒，娶黄氏，性偕淳悫，生公而显。公少颖俊，然内含章美，不自矜露。就傅治《礼经》，即见"毋不敬"大意。庄严自肃，望而巍峨，莫不伟器称云。岁庚申，方志学，举茂才，督学周公孔教奇其文，拔之饩廪。抑然自下，沉思远识，高人数等矣。越十年庚午，举于乡。已而遭父忧，一恸欲绝。母病吁代，跽进汤药辄起，传为孝感不虚。逾壮，每念孀亲欲暮而鼎养未隆，益下帷奋励，独探《戴记》奥秘，与三五同志齑苦不辍。训二子养心、田端，步履无效轻薄子扬扬色态，语详歌训中，命名曰思谦，曰思俭。盖抑抑温恭，戋戋甘节，身教可思也。又十年庚辰，成进士，除山阴令。恸父禄养不逮，奉母往。无何思归，即遣王孺人及二子还侍，独居六年。邑故文献云蒸，时王公畿、张公元忭、陶公望龄，交负重名，诸讲学论文者，腹《春秋》而口月旦，服其心不易。公坦然遇之，非公不服。若游侠豪猾、窟穴作奸、刓法尝试，皆守正持平，褫之抑之，毋假易焉。及摄会稽并主童子试，竿牍盈匭，悉置外。走告神，誓曰："遴士至公，求才岂假？怜侧陋而失高明者，娇妒甚于入宫；访家声而遗迈迹者，鄙毒憯于窃位。有一于此，神其殛之！"即取匭畀烈以焚。放榜，冠两邑皆张姓：一编修之子汝懋，后成进士，为名御史；一嫠[②]妇之孤若昌，复彭姓，成进士，为宗伯郎。是于孤寒燠而于世光显也。知人能得，士皆服其明且公矣。暇进诸士，迪之曰："人含至性，无袭说以相高；圣有同心，无分歧以自荧。不言躬行孝弟而已矣，反身而诚忠恕而已矣。"闻者心醉，争自刮磨。于是龙溪让席、石匮韫珍，士论归而民心悦。以剔蠹疏利，裕如也。会江陵相主度田，令升租。公曰："毋寻商君开阡陌，与小民争此土也！"遍趾山原，履亩均

① 原作"衬"，径改。
② 原作"婺"，径改。

赋，地不辟而租以升，使民受一分之赐。公与江陵二子同榜，观政甚暱就公，公谨避之，其不阿权殃民类如此。考绩最，封如其官。已应钦诏，丁太孺人艰。服阕，庚寅擢江西道监察御史，奉命巡关，枕居庸，臂三韩，绵亘数千里，锁钥是依，夷虏互市，最为吃紧。顾边陬狭玩，虚籍冒饷，又加之侵牟，以工弥缝。有以金介胄馈者，公嫉却之，苞苴不入而借剑乃灵，开府拥重也。萧抚怙权彰贿，露章劾之不少徇。李宁远有大勋，耄矣无能为，亦疏罢。埋轮丰采，咸震仰之。使旋受命按黔，人有远心，公义不避。鬼国夜郎，山川溪岭，深林大箐，岚障毒氛，谁能近之？公独谓君门万里，赖此皇华，不敢殚行。周爰谘度，遂廉得总兵官朘削不法，状以闻。历平越候代，病革，犹以诸大事若播酋剿抚、黔蜀互异未条上为恨。酋发难，以二万金求赎，公方驳问，使得毕其议，处置得宜，当不贻患于二十年之后。公精诚早见，凛凛威棱，北及于燕辽，东南暨于会稽，西南至夷牂牁诸郡，岂非浩气塞两间者哉？生为贞正，没为明神，宜祀于乡、祀于平越，皆奉制可，世世享之。自庚子，著有《礼记通义》《敬业斋集》《童蒙诲》藏于家。

野史陈应阶赞曰：太史公意子房状貌，必魁梧奇伟。余成童，犹及于公一见之，端凝山立，矫如殿虎。又进诸童子，揖必折节，翩翩若仪凤之翔而下也。人才关乎国运，十年一庚，岂偶然哉？虽曰天数，实维秉心，其无竞欤？曾几何日，国无老成，余为之太息云。

徐州志卷之六下

文苑（城池）

徐州护城堤记

郡人 张鹤鸣

宋元祐间，黄水突至，城不浸者三版。适东坡守徐，多方防护，城赖以全。及水涸，仍构黄楼以厌之。复筑堤一道，由城之南门以达云龙山麓，用戒不虞。徐之城，在宋已危之矣。今之城即宋之城，而今之河则非宋之河也。昔出荥泽由寿州入淮，出祥符由怀远入淮，近以陵寝故塞。全河之水统由秦沟，直射城之东北，倾泻南下二洪。[泥沙][1]停壅，河身渐高，由外视城，形如仰釜。每夏秋之交，巨浸周遭，风鼓洪涛，势凭吞吐。浸灌既久，土脉皆润，地泉涌出，不雨而溢。于斯时也，孤城屹立，人人惟鱼鳖是惧。万历初载，中阳舒公总宪于徐，下车阅城，惊谓郡守达斋刘侯曰："徐为天下襟喉地，而洪水一至，被地浮天，所恃以全一郡之生灵者，以此城为之包罗也。今破碎单薄如此，万一决裂，祸延元元，不知谁执其咎？宜筑护堤，以捍其外。"侯应曰："顺之夙有是心矣，苦于无备。二年以来，所省不经之费储之官帑者二千五百金有奇，于用恐未充，奈之何？"公曰："篮事之后，当别为区画。不可以时绌而濡迟也。"惟时晋阳张公为计部使者，公语之曰："徐之城，军民错处也；堤之筑，军民举安也。请以军便二千金助。至于力役，民劳其七，军劳其三，则其事易集矣。"晋阳公曰："诺！"议既克合，公遂与侯登陟相度，务为一劳永逸之图。四周共二千六十四丈。自城东南转角楼以迄东门，自鄢家巷以迄四大王庙，堤以石甃者一百七十五丈。自小土山东麓以迄城东南之板桥，自黄茅冈绕西门，经洪福寺以迄鄢家巷，自四大王庙以至东门，堤以土筑者一千七百丈。其尺度之高下，基面之广狭，石者与土异，当水冲者与漫流处异，地势高者与卑下者异。若堤之近水者，多用汉人筑瓠子法，以竹笼贮石，盘护堤根，以防冲啮。又自城西北隅迤至东南，城下制濠，制水柜以泄城内之水。即东南转角楼之下，为减水闸一座，以时蓄泄。因户出夫，凡役夫以四千六百五十名计。夫役日

[1] 二字据万历《徐州志》补。

给之食，各艺给食而兼其直，加以竹木铁石，费五千两有奇金计。经始于万历二年季秋，告成于明年季春，间以冱寒休暇者凡一月而讫事也。方公与侯之肇斯举也，士民群然哗曰："洪水滔天，民不堪命。食无所需，居无所定。妄兴大役，卒劳百姓。"声闻之侯，侯复闻之公。公曰："人情难与虑始，此辈讵识大计？当弗为其摇也。"侯亦曰："人情有恩有怨。事失其当，则众怨之丛；苟得其当，久之则恩在而怨释矣。以民事而任民怨，顺之诚甘之！"遂毅行无沮。既而夫[①]役之直，日可食二人；各艺之直，日可食三人。兴造之中，阴寓救荒之策。民始欣欣焉，子来之恐后也，不日告成。逶迤衺亘云龙之麓，若白虎列序而蹲踞[②]也；汴泗洪流，若苍龙承隅而蚴蟉也。有基无坏，我墉言言。凡厥人士，瞻眺裴徊，属张子鹤鸣而记之如左。

萧县修城记

于范

是古萧子国也。春秋，宋封萧大心以为附庸，即其地。楚灭而县之，历秦、汉、晋、唐，废置不一，城仍故地，屡为水没，修圮相寻。迨赵宋为二城，南北相距，北则旧址也。绍圣五年，移儒学于此，是则可考焉。城濒汴渠，自汉元封间，河决瓠子，入汴渠，东会泗水，即今黄河是也。兹邑迩岁被冲激，是故难乎其城矣。民圜土垣以居，设栅为闬，聊谨晨昏而已。正德壬申，剧盗日寻奔流大河南北。萧当其冲，以无城故，并驰以入，毁官民居，劫财货，掠士女，莫敢谁何。甲戌秋，王侯宗治来宰斯邑。实维介哲，事语匪苟。见闾阎廨舍，燹迹荒凉，用是悼心，图谋经画。明年乙亥，乃属父老而谓曰："盗何若苦？"曰："无以卫也。""城何尔颓？"曰："岁相循也。""盍筑而高之？"曰："固所愿也，罔或倡也。"曰："吾，而父也；而，吾子也。将城诸，而从乎？"曰："从也。""将劳诸，而率乎？"曰："率也。""将敛诸，而赋乎？"曰："赋也。"乃度其基数百丈，虞其用以万计，计其资余万缗，量其期逾周岁。用是采薪于薮，伐石于山，陶砖于野，庀木于河，爇灰于窦。用舆于里，弗官势贷；劝施于氓，罔或多取。庶费具，庶工鸠，庶民和。乃舍于郊，相土奠址，平险塞缺，画式布令。乃用特举觞，酹曰："所有不尽于心，劳瘁是惮者；所有不公于法，苟且是恣者；所有不良于行，盗窃是图者，有如此酒！舆夫某，尔其效劳；匠人某，尔其输力；工师某，尔其董役；义民某，尔其劳来。其有不率于法、不协于众者，以惩！"众欢趋之，荷畚

① 原作"大"，径改。
② 原作"踆踞"，据万历《徐州志》改。

锸，负版杼，持筐筥，裹糇粮，以从事于役，罔昼夜息。既筑而高之，乃甃石于表。弘则下之，以翼坚也；锐则垒之，以成高也。灰之涂之，借属于石。惟多益善，罔或靳也。乃为四门，砌以坚石，包以铁鋃。周城为池，[深半][1]城，阔视深。其高则三丈，其厚则二丈，其周则五里有奇。居者以喜，行者改观，盖百年未易损也。丙子二月，实维经始；丁丑正月，则落成焉。官不知费，民罔告劳，士庶以欢，且曰："向以不城弗守，日虐于盗，病者未起，疮者靡愈，贫者不富。王侯城此，其纾予于难，生我于死乎？其仁弘矣，岂不贤于十万之众乎！侯其可伦乎？"越三年，侯之乡后进廪丘子过萧，乃惊其功。县博东越周子、徐子、周南毛子暨生徒问记于予。予曰："城以卫民，劳不害众，费不戕家，货不及私，王子有焉。不害为仁，不戕为忠，不私为义。仁以裕民，忠以体国，义以守官，人之本也，官之质也，士之行也，王子其有后乎？名于斯城，尤后朽焉！"是故记之。

沛县修城记

王梃

嘉靖岁丁未春三月，沛县城成。之役也，谋始于丙午某月，至是讫工，越如干时。厥直取诸官帑之羡金如干两。城延袤几五里，为堞千五百，为铺八，为水门一，为瓮城三，为敌台八，基广如干，崇如干。南、西、北三面浚湟视城，东临漕河。颜其门：东长春，南来薰，西永清，北拱辰，法象咸备。当其任，则周令泾暨分董相作如干人。既成，盖屹然泗水之右，可以为政矣。先是，前令王治者，鉴先年寇攘之变，自为土垣，作四门，式廓粗立。周令将因而完之，初闻于余，余是之；已而上之前抚台克斋王公、六[2]察节庵陈公，皆亟是之，遂城焉。今年以其成，上之抚台月梧喻公，公又亟贤而甄礼之。夏五月，余行县，登而纵观焉，因輾然曰："壮哉塞乎！此东南之枢也，可以为政矣。"沛虽小，介乎齐楚之间，由汉以来，率称多故。盖自复隍之后，上下千百年，莫或城之。乃至是始备，此何以焉？岂时尽诎而人尽逊耎哉？将事之成不成，有定数也。说者曰："《春秋》内城二十三，皆不时害义。于齐美邢，于晋美成周，虽时且义，亦书见劳民为重事也。城沛无当乎？"余曰："时有乘有不乘，义有因有不因。乘其所不乘者，其势倾；因其所不因者，其害成。此天地之常而几事之会也。沛为徐属邑，当江淮之上游，国家转漕东南，不导此不达。昔陆宣公论唐患，至急汴荥、缓幽燕，其说曰：'东寇则转

① 二字据万历《徐州志》补。
② 原作"大"，据嘉靖、万历《徐州志》改。

输将阻，北窥则都城或惊。’嗟乎！今之徐沛，固唐之汴茦也。矧其俗轻转徙而狎逋逃，其气崇任侠而略儒雅，其计贱本业而贵末作，而饥馑泛溢，抑岁有加焉。是故《易》称设险，《诗》美伊洫，《春秋》纪事，美恶同辞。兹役也，意其必乘而难因者乎？此固逸道使民之志也。”令为江西贵溪人，起家乡进士，其居官廉毅有识，余素贤之。因章之记，俾后有考焉。

文苑（祀典）

徐州三义庙记

冯敏功

徐为汉室始终之地。高帝起沛，为徐属邑，今有庙在徐东南隅。昭烈首事，即牧徐州，观其救陶谦、破袁术、袭车胄[①]、拒曹操，下救民命，上振皇纲，云长、翼德相与左右，匡襄以建大业。且其仗节归汉，伸威擒布，平生义勇之最著，皆在此地。今其英风义烈，照耀千古，虽遐方僻壤，犹思慕崇奉之不衰，矧此乃其精神心术之所聚，流风余泽犹有可想像其遗。向者无祠宇以栖神，甚非所以扬先烈而昭永思也。敏功奉命来备徐臬[②]，窃愿有举焉，属河务旁午，未遑也。会州守刘子顺之自四会来，有感于云长之梦，相与谋饬其祀，遂卜城南台头寺山之巅，建庙而祠之。中为正殿，表君臣也。左为特庙，昭灵异也。后为寝宫，示晏息也。右为招贤，崇教化也。前为门坊，肃瞻视也。旁为丛庐，司典守也。缭以周垣，卫严邃也。向于西南，指巴蜀也。前为戏马，时武事也。又前为云龙，郁佳气也。庶民子来，食旧德也。成不逾时，从民愿也。盖惟昭烈君臣功德之在人者，旷百世而未泯，故百世之下，人心一有感触，即奔走敬祀之恐后，有若或使之而不容已者。夫昭烈立业于艰难之际，拯民于水火之中。当其时，虽至于颠连濒死，而不忍弃民。其视民生之垫危，诚有不忍恝然不为之援者。当时兵燹之患，犹有及不及；今此徐民，固即昭烈之遗民，而洪水为灾，千里一壑，室荡沙埋，聊生无计，使昭烈君臣见之，不知又当何如？其为心也，则所以捍民灾、御民患，当有默佑于冥冥之中者，宜乎徐民之欲报功德于无忘也。凡我有官兹土者，其尚体神之心为心而布其德，谋除其灾患，为古先哲王爱养其遗民，则神必为之佐其行事而默相其成；如或贪纵怠荒，自底弗类，以伤先王之遗民，则神必将为我民而殛之矣。然则登斯庙也，瞻斯像也，

① 原作“胃”，据《三国志·魏书·武帝纪》改。
② 原作“杲”，据万历、康熙《徐州志》改。

其能无惕乎哉？斯固神阴骘下民之意，而亦徐民崇祀之心也。因书此，以告后之职兹土者。

四贤祠记[①]

东莞 王缜[②]

徐州城南三里许，有山曰黄茅冈，旧有三贤祠，祀韩文公、苏文忠公及陈公无己。后守土者迁于州学东畔，而易以三大士像，旧祠遂废。弘治甲子春二月，户部主事庄君诚之游于冈上，慨然以兴复为任。于是撤佛像，鸠群工，夷旧维新，庙貌斩斩。工告讫，复征余言识之。余谓：能言距杨、墨者，圣人之徒也。君能毁淫祠，崇先哲，固当大书特书，能于言乎靳邪？夫山必藉人而后显，而仁人之于山，亦情之所钟，自有不能已焉者也。昔欧阳子知滁州，游琅琊，作醉翁亭；朱紫阳知南康，游匡庐，辟白鹿洞，至今传诵不朽。黄茅冈，亦三贤游咏之所，修而复之，固其理哉。且韩文公在唐为推官，鲠直贞亮，其遗惠及人居多。苏公为徐州守，以身捍水，竭力赒穷，其功德之在徐，尤宪宪不衰。陈公虽乡贤，亦尝教授于徐，其节苦文藻，亦人人之所爱慕，徐人乌得而无情？此祠之所以修也，盖将使仕于斯者，仰三贤之高风，则思所以振德育民，靡不承式；生于斯者，念三贤之遗泽，则思所以磨淬奋迅，日进无疆；客而游于斯者，览风烟之苍莽，嗟去来之无常，而思三贤之所以岿然独存，又必有能择轻重取舍于其间也。呜呼！有其举之莫敢废也。后之守土者，尚慎旃哉！（后增杨龟山为四贤祠，又增刘子政为五贤祠。今废）

沛县三河口龙王庙记

李邦珍

河之难治，古之人累言之。谓顺流利导，行所无事，治之善者也。然由其地，行其性，则功易施。若夫奔涛怒湍，沙水俱下，我适有渠横亘以厄厥冲，而地不能徙，又欲资水之我利，避沙之我堙，于此治之，非出古人所难之外者乎？今之三河口，固其所也。滕之东境，层岭沓涧[③]，霖潦水溢，自连青山而发，是为沙河。薛之故墟有三涌泉，曰薛谷，曰三山，曰魏庄，会而西下，是为薛河。两河之间，有玉华泉，渊深滥溢，岁出不穷，是为赶牛沟。三河交汇处曰口，西趋昭阳湖，殆百里而遥，流长势缓，稍余清泚，由荆沟口入旧渠，以济转漕，亦永有利矣。乃嘉靖乙丑，河决于沛，旧渠堙没。上廑圣念，特命工部尚书兼都察院吉州朱公衡往治之。

---

① 案祠之沿革，及本篇凡五见之“三贤”，此篇应名《三贤祠记》。

② 原作“绩”，据嘉靖、万历《徐州志》，并参《明史》列传第八十九改。

③ 原作“澗”，据万历《徐州志》、万历《沛志》改。

公虚己咨询，议开新渠，自南阳经三河口，讫于留城，斥远冲啮，不与河争利。疏闻，制曰可。时大中丞吴兴潘公季驯实理河道，相与协心，讲求疏凿之故，而首以三河为计。盖洼之难于起，阜之难于深，皆可倍工取效；而三河之治之也，务利之归、害之去，势不可以兼善，难莫甚焉。时惟山东左参政荆南熊公桴，尝官吴中，修水利，缮海防，茂彰绩望，俾分理之。公得三河口至鲇鱼泉地凡十里，星驰野宿，率万众贾力向役，劝勤倡惰，惠不掩威，浚深凿坚，旋将竣事。顾三河不易为力，搜壑穷源，心思是竭，质成二老，务裨永图。上下其谋虑，经时弗决。忽一日，二老移檄同文，与公之情相吻合。遂去渠数里，筑长堤，遏沙河之冲；沿渠则断以高坝，相视上流，疏某口，某口泄其水于某湖，北合鲇鱼泉，以济新渠。盖逶迤其势，与趋昭阳、出荆沟者同意也。赶牛沟之口，则筑塞之，折其流，南会于薛河。薛河之口，则筑石坝稍昂之，使水溢出而泥滓不得俱下。凡水土木石之工，费以钜万，而始克报竣。值秋三雨，水三溢，水如所处，尽得厥利，而害卒以远。熊公不敢居其成，而颂美二老。朱[①]公曰："余岂贪天之功哉？或神之启予衷也！第山川奠灵，而辄有更置，盍祠之水口，以报飨之？"潘公闻[②]而趯然曰："异哉！余有先兆也。昨梦三神云：帝赐尔祉，当祠我于水西，固水口也！"熊公喜，以告其僚佥宪洛阳刘公贽。公曰："心之虚境，神之府也；身之虚境，天地之神所游也。吾有谋有猷，根之心之诚，则吾之神合天地之神，而所以成天下之务者，若或导之，是故思之。思之鬼神，通之人谋鬼谋，相参以成能，所谓吉事有像，有开必先是已！兹二老忠贞体国，忧勤至计，而熊公夙夜惕若，以求允济，则神之听之，发其明睿，出有嘉画，以毕此骏功。不有冥佑默相，而人力乃克臻此耶？"相与捐资建龙神之祠，为三河口之镇。时滕尹[③]吉安张君启元，以文学政事知名，于时克肩堤坝之筑，有劳于是役者，谓祠成当记之石，以表群公之德，昭神之贶，垂示百世，俾由渠而上下者，知所以治之之难。乃属余为辞。辞不获，辄叙次之，而系之言曰：

维河有神，禹则肇之。白马沉璧，灵庥乃滋。愍兹徐方，洪流斯震。民命胥沦，王会靡觐。帝命司空，水土是乘。勖哉祇事，副之中丞。翼翼司空，国之蓍蔡。桓桓中丞，桢干攸赖。戾止河滨，集议广思。参政乃来，协恭以维。相惟三河，新渠中贯。利则我济，淤亦我患。难之慎之，嘉画是资。久而通之，实神司之。乃堤乃坝，以宣以遏。疏筑互兴，水利用达。湜湜新渠，国之元脉。万方来廷，迈往靡忒。宣房徒侈，郑白匪俦。修缵禹功，千祀永休。功高不伐，归美于

① 原作"宋"，据万历《徐州志》、万历《沛志》改。
② 原作"开"，据万历《徐州志》、万历《沛志》改。
③ 原作"君"，据万历《沛志》卷十三《艺文》改。

神。有炳神烈，景贶聿臻。肃肃庙貌，维神于妥。肤功勿忘，念哉元佐。

汉高原庙

柳宗元

昔在帝尧，光有四海，元首万邦。时则舜、禹、稷、契，佐命垂统，股肱天下。圣德未衰而内禅，元臣继天而受命。四姓承休，迭有中邦。五神还运，炎德复起。周道削灭，秦德暴戾。皇天畴庸，审厥保承。乃命唐帝之后，振而兴[①]之；又俾元臣之后，翊而登之。所以绍复丕绩[②]，不坠厥祀。故曲逆起为策士，辅成帝图，吐谋洞灵，奋奇如神，舜之胄也。汝阴脱帝密网，摧虏暴气，扶乘天休，运行嘉谋，禹之苗也。酂[③]侯保绥三秦，控引汉中，宏器廓度，以大帝业，契之裔也。淮阴整齐天兵，导扬灵威，覆赵夷魏，拔齐殄楚；平阳破三秦，虏魏王；绛侯定楚地，固刘氏，皆稷之裔也。克复尧绪，昭哉甚明。天意若曰：建火[④]德者，必唐帝之胄，故汉氏兴焉；翼炎运者，必唐臣之孙，故群雄登焉。是以高帝诞膺圣祚，以垂德厚，探昊穹[⑤]之奥[⑥]旨，载幽明之休祐。杀白帝于大泽，以承其灵；建赤旗于沛邑，以昭其神。假手于嬴，以混诸侯；冯力于项，以离关东。奉缵尧之元命，而四代之后，咸献其用；德乘木之大统，而秦楚之盛，不保其位。既建皇极，设都咸阳，抚征[⑦]四方，训齐天下。乃乐沛宫，以追造邦之本；乃歌《大风》，以昭武成之德；乃奠旧都，以壮王业之基。生为汤沐之邑，没为思乐之地。且曰万岁之下，魂游于此。惟兹原庙，沛宫之旧也。祭蚩尤于是庭，而赤精降；导灵命于是邦，而群雄至。登布衣于万乘，而子孙得以缵其绪；化环堵为四海，而黎元得以安其业。基岱岳之高，源洪河之长，蓄灵拥休，此焉发迹。盖以道备于是，而后行之天下；制成于是，而后广之宇内。天下备其道，而神复乎本；宇内成其制，而心怀其旧。宜其正名以表功，用成其始，俾生灵尽其敬焉；陈本以宅神，用成其终，俾生灵尽其慕焉。故高帝定位，建兹閟宫；惠皇嗣服，爰立清庙。绵越千祀，至今血食，此所以成终而成始也。且夫以断蛇之威，安知不运其密，用佐岁功以流泽欤？以约法之仁，安知不流其神，眷相旧邦之遗黎欤？以绍唐之余庆，统天之遗烈，安知不奋其神化，大祐于下土欤？然则展敬乞灵，乌可已也。铭于旧邑，以迪天命。其辞曰：

① 原作“与”，据《柳河东集》卷二十改。
② 原作“续”，据《柳河东集》卷二十改。
③ 据本志卷五《人物》以“酂”字为正，“鄼”字为讹，今从之。
④ 原作“大”，据《柳河东集》改。
⑤ 原作“穷”，通“穹”。
⑥ 原作“粤”，据《柳河东集》改。
⑦ 原作“正”，据《柳河东集》改。

荡荡明德，时维放勋。登翼炎运，唐臣之孙。秦纲既离，鹿骇东夏。长蛇封豕，蹈跃中野。天复尧绪，钟祐于刘。赫矣汉祖，播兹皇猷。扬旗沛庭，约从诸侯。豪暴震叠，威声布流。总制虎臣，委成良畴。剿殄霸楚，遂荒神州。区宇怀濡，黔黎辑柔。表正万国，炎灵用休。定宅咸阳，以都上游。留观本邦，在镐如周。穆穆惠皇，宗禋克承。崇崇沛宫，清庙是凭。原念大业，肇经兹地。乃专元命，亦举严祀。建旗衅鼓，遂据天位。魂游故都，永介丕祚。焕列唐典，严恭罔坠。勒此休铭，以昭本始。

汉高祖庙

班固 铭

后汉光武建武二年，封盖[①]延安平侯，伐[②]刘永，遂定沛，修高祖庙，置啬夫、祝宰、乐人。注："沛县泗水亭中，即高祖为亭长之所。"《西征记》云："沛县西北有汉高祖庙，为亭长处。"《括地志》云："泗水亭，在沛县东一百步，有高祖庙。"前有碑，延熹十年立。高祖及十八侯，皆班固为铭。

《高祖铭》曰：皇皇圣汉，兆自沛丰。乾降著符，精感赤龙。承虬流裔，袭唐末风。寸木尺土，无俟斯亭。建号宣基，维以沛公。扬威斩蛇，金精摧伤。涉关陵郊，系获秦王。鸿门造势，斗璧纳忠。天期乘祚，受爵汉中。勒陈征东，剟擒三秦。灵威神佑，洪沟是乘。汉军改歌，楚众易心。诛项讨羽，诸夏以康。陈张画策，萧勃翼终。出爵褒贤，列土封功。炎火之德，弥光以明。源清流洁，本盛末荣。叙将十八，赞述股肱。休勋显祚，永永无疆。国家宁安，我君是升。根生叶茂，旧邑是仍。於皇旧亭，苗嗣是承。天之福祐，万年是兴。

《酂侯萧何铭》曰：耽耽相国，弘策不追。御国维纲，秉统枢机。文昌四友，汉有萧何。序功第一，受封于酂。

《舞阳侯樊哙铭》曰：歕歕将军，威盖不当。操盾千钧，拔主项堂[③]。兴汉[④]破楚，矫矫忠良。卒为丞相，帝室以康。

《绛侯周勃铭》曰：懿懿太尉[⑤]，惇厚朴诚。辅翼受命，应节御营。历位卿相，土[⑥]国兼并。见危致命，社稷以宁。

《平阳侯曹参铭》曰：蹇蹇相国，克忠克诚。临危处险，安而匡倾。兴代之际，

① 原作“益”，据《后汉书 · 盖延传》改。
② 原作“代”，据《后汉书 · 盖延传》改。
③ 原作“唐”，据《东汉文纪》卷十改。
④ 原作“汉兴”，据《东汉文纪》乙正。
⑤ 原作“大臣”，据《东汉文纪》改。
⑥ 原作“上”，据《东汉文纪》改。

济主立名。身履国土，秉御乾桢[1]。

《汝阴侯夏侯婴铭》曰：斌斌将军，鹰[2]武是扬。内康王室，外镇四方。诸夏乂[3]安，流及要荒。声驰海内，苗嗣纪功。

《安国侯王陵铭》曰：明明丞相，天赋庭直。刚德正行，不枉不曲。功业茂著，荣显食邑。距吕奉主，昭然不惑。

《汾阴侯周昌铭》曰：肃肃御史，以武以文。相赵距吕，志安君身。征诣[4]行在，如意不全。天秩邑土，勋乃永存。

《留侯张良铭》曰：赫赫将军，受兵黄石。规图胜负，不出帷幄。念虑俯仰，安全正朔。国师是封，光荣旧宅。（十人不列）

忠孝祠

倪民望

沛故有颜公祠，祀先令颜公瓌也。公令邑时，靖难兵进逼，殊死力守。援绝，属子有为归事大父，自赋诗题御史院壁曰："太守诸公鉴此情，只因国难未能平。丹心不改人臣节，青史谁书县令名。一木岂能支大厦，三军空拟作长城。吾徒虽死终无憾，愿采民风达圣明。"赋罢，衣冠南望拜，自经。有为亦自刎以从。及城降，邑簿若尉唐子清、黄谦皆不屈，死于难。天下闻而壮之。邑人思公，为建祠祀，合而四节，兼名"四贤祠"。从其著，又名"忠孝祠"云。祠岁久圮，邑学博邵君华翰，及迁去史君思贤，始欲捐俸易以新，筹于摄邑张丞，多方为料理，未克就。余承乏来兹土，相厥成而祀始称。既成，博士诸弟子请碑之。倪子曰：余至沛，盖游歌风之台，而览颜公肇祀之区云。尝思文皇帝欲用练子宁、黄子澄辈，而汉祖必杀丁公，俯仰今古，作而叹曰：嗟乎！此逆顺之感而厚薄之应也。夫士平居学古诵、法忠义，岂无慨然自许者？及当事局，情境变迁，难言矣！非利害之择战其中，而卒莫之胜乎？至有传舍视去旧，而比于周周蛩蛩之不如者，薄亦甚矣。有国者何利若人用之哉？乃练、黄烈矣！文皇帝盖曰："若在，则朕固当用之。"呜呼！帝德至矣，岂非以宁等之厚，欲以厚道风天下乎？若颜公者，以城守不守为存亡，而一死以见厥志，固亦练、黄之匹，伟然烈丈夫也，利害得入其中乎？当其时若在，将文皇所必用矣。且其子非有官守，僚若簿、尉非寄专城，意颜公之教之倡，与蹈死如

① 原作"祯"，据《东汉文纪》改。
② 原作"膺"，据《东汉文纪》改。
③ 原作"入"，据《东汉文纪》改。
④ 原作"诸"，据《东汉文纪》改。

归，要俱非利害所动者，不可谓非夫[①]也！而君臣、父子、朋友之彝，一举兼惇矣，皆厚之道也。今上即位，诏表忠义，首及靖难诸臣，举文皇思用[②]练、黄之语以劝，而诸臣有余耀焉。即如颜公数子之义，又非上所必予者乎？祠而祝之，独土人之思之？故遵明诏，崇厚道也。呜呼！此义行，怀二心为自薄者无所得矣。系之词曰：

於赫天兵，靡坚弗折。淮徐上游，矧谓援绝。守土裔谁，曰自鲁公。孤城抗志，凛凛遗风。为臣死忠，为子死孝。僚友之倡，家庭之教。献身成信，留壁赋诗。从容仿佛，有赞存衣。地纪天纲，赖以立国。猗[③]与汉乡，山川生色。圣神践祚，爰表忠贞。黄练同归，死有余荣。泮宫之南，河水弥弥。相厥崇基，堂户再启。有俨来临，有风凄其。愧彼二心，福我群黎。

丰县汉高祖庙记

嵇世臣

丰，高帝故乡也。旧城有双枣树，老干虬屈，不华不实，相传为帝儿时手植，丰人因庙祀其侧。比遭河患，城庙并坏。潜江李侯之莅丰也，漂决之后，百绪更始。乃从容经画，勤公恤私，改城高阜，民永其依。爰履视封内，历中阳、西泽之故墟，询事考古，作而叹曰："嗟乎！昔帝起布衣，举群策，诛秦蹙项，五载而成汉业，垂统四百余年。钟间异而开景昌，斯固其地也。庙祀不虔久矣，虽微故事，且将创之，矧有诸废而弗举，吾过也！"遂即小华山之颠，卜良程费，以属义民刘翥。翥复益以私藏，不日成之。巍然玄宫，濯濯翼翼，视昔殆有加焉。李侯以碑来请。夫礼，缘分而定者，经也；因地而思者，情也。帝王庙祀，国有典秩，而舜于历、禹于涂、汤于亳、文于岐，各有庙祀，岂不以本始之地，仰止尤切，俎豆致情，有弗可缺者欤？且帝既定四方，都关中，复置新城以悦太上皇帝。其过丰也，与诸父老子弟纵饮酣歌，且曰："游子悲故乡，吾万岁后，魂魄常思乐此。"慷慨泣数行下。又："丰，吾所生。"乃复丰比沛。帝于丰诚不薄。凡兹丰人，固皆昔父老子弟之裔也，宅井甸以闻风，即桑梓而吊古，能无往哲之思乎？礼因人情而为之，节文者也；以礼先民，政之良也。予每经沛上，登歌风台，徘徊四望，有余慕焉。今因李侯之请，而得附名丽牲之石，亦幸愿也。乃为辞三章，俾丰人歌以祀帝。辞曰：

骋望兮烟渚，光霭霭兮上下。忽沨沨兮若来，复惝恍[④]兮莫睹。乘黄幄兮御云，

① 原作"天"，据万历《徐州志》改。
② 原作"甲"，据万历《徐州志》、万历《沛志》改。
③ 原作"倚"，径改。
④ 原作"悦"，系"悦"形讹，据万历《徐州志》、隆庆《丰县志》改。

暖茀郁兮龙文。怅故墟兮渐[①]返，增繁思兮纷纷。（右迎神）

丰准兮虬髯，龙服旒冠。瞻容与兮瑶席，含笑欲言。乐康兮未极，忾若聆兮太息。太息兮云何？恋旧游兮情多。兰馨兮桂芳，纷雅奏兮浩倡[②]。灵连蜷[③]兮欲留，促颓景兮心伤。（右降神）

神驭兮上驰，驾火龙兮骖螭。随猛士兮并征，道前路兮赤旗。送君兮灵浦，盼不见兮心愁苦。愿垂贶兮明明，保我民兮终古。（右送神）

文苑（兵防）

与同轩赋

王梃

主人为轩，榜曰“与同”。客至而问焉，主人曰：“予取诸程子。”客讶曰：“吾观子半亩之宫耳，非有芝陈药房、回山转溪、奇卉异花、珍羽修仪之玩也，何四时佳[④]兴之云？吾观子晨而出睮睮焉，夕而入鳃鳃焉，首岑岑焉，足姗姗焉，稍却扫则断断[⑤]焉，谪且四面至矣，何与人同之云然？则子病也，非兴也；徇人也，非同人也！”主人霍然谢曰：“子教我矣！子教我矣！然有说焉：予闻之茅茨土阶，其朴不裁；拳石勺水，其致千里。茂叔之草，无靡曼之华；伯子之雏，非卓烁之毛。必如子言，虑非崇素黜雕之志矣。且交际逢迎，厥维九经；疾疢罪谪，庸是玉成。子遂谓我为徇人，而拂与同之情，恐非所以广人心、究平生也。”客亦悠然答曰：“子教我矣！子教我矣！”于是呼童命酌，长歌尽醉。主人隐几，客亦辞去。忽有道人及门，自称大观，谓主人曰：“夫泰否相倾，复姤相仍，四时无终，人我有尽。程子不察，谓我同人，岂知无终为主、有尽为客之义乎？子之辩则辩矣，而未大[⑥]也！”为顷，忽有冠无极之冠，曳元始之裳，黯然登堂，自称羲皇，呼大观而偈[⑦]曰：“嗟乎！天地之道，无坏无成，孰为相倾？无臭无声，孰为相仍？因因陈陈，孰我孰人？沕沕轧轧，孰主孰宾？境无内外，孰雕孰素？时无古今，孰同孰异？身病可瘳，心病难祛。廓然太虚，是名如如。”言讫不见，主人亦寤。出门追客，客

① 原作“慚”，据万历《徐州志》、隆庆《丰县志》改。
② 原作“昌”，据万历《徐州志》、隆庆《丰县志》改。
③ 原作“睠”，据万历《徐州志》、隆庆《丰县志》改。
④ 原作“嘉”，据嘉靖《徐州志》、王梃《徐徐集》卷二改。
⑤ 原作“断断”，据嘉靖《徐州志》、《徐徐集》改。
⑥ 原作“辩”，据嘉靖《徐州志》、《徐徐集》改。
⑦ 原作“喝”，据嘉靖《徐州志》、《徐徐集》改。

去弗顾。归而颓然，托笔斯赋。

武学记

廖道南

今上元祀，觐光扬烈，畅幽宣郁，表忠树节。于时巴川赵公体仁，擢居宪职，备兹徐土。徐土罹眚灾，邦乃大恐。赵公煦以惠和，威以震耀，民始有生气。明年，训以彝典，示以兵法，士始有固志。又明年，告以物宜，谕以侯度，职官始有法守，而无淫朋。乃毁淫庵，建为武举书院。书院成，史南告若曰：於乎!《易·象》有之："地中有水，师，先王以容民蓄众。"言伏险也。"泽上于地，萃，君子以除戎器，戒不虞。"言谨微也。古之神圣，知微所当防，故轩征涿鹿，尧战丹水，弗忘竞惕，知险不可恃。故《礼》敕九伐[①]，《诗》严三事，克致敬戒。周家承之，法制大备，中春振旅，中夏茇舍，中秋治兵，中冬大阅，而郊野相维，田赋相联，蒐狩[②]相继。闾旅鄙党，民皆知武；伍两师旅，士皆可举。亦既弘远尔矣!我国家法周治军，禁卫有骁勇，武学有俊乂，京辅有材官，要害有节制，边陲有经略，而于三岁文举之期，申之以武举，所以拔贤良、重韬略也。孔子郏谷之会，曰："有文事者，必有武备；有武备者，必有文事。"文武并用，长久之术。今之武举者，能知文事所当务者乎?天下无事，则文士揖逊而有余；天下有事，则武夫奔驰而不足。匪曰全才，曷克攸济?是故全才之为世用也，测日玦以知变，测月晕以知精，测星纬以知化，测云气以知卜，测风角以知占，其观于天道有如此者；趋平原以俟战，趋城郭以俟守，趋险阻以俟伏，趋康衢以俟正，趋间道以俟奇，其察于地理有如此者；设天衡以达阳，设地冲[③]以达阴，设奇耦以达方员，设主客以达内外，设坚瑕以达险易，其通于人事有如此者；象蛇鸟以效后先，象龙虎以效左右，象云雷以效震肃，象日星以效照临，象虹霓以效神化，其鉴于物理有如此者；制人而毋制于人，弥变而毋狃于变，相机而毋逆于机，运算而毋纷于算，仿古而毋泥于古，其符于世道有如此者。是故，符世道之谓信，鉴物理之谓智，通人事之谓敏，察地理之谓宜，观天道之谓神。神以审宜，宜以资敏，敏以用智，智以行信，有此五德，而武举之道备矣。粤稽诸古，徐居九州之一，上应奎、娄分野。《春秋》大书彭城，与郑之虎牢、秦之崤函、晋之壶关，其险一也。故其山峻以踞，水奔以驶，野旷以迴，士皆负气而好侠，轻生敢死而崇大义，用之可以理盘错而纾大难。

① 原作"礼敕九代"，据嘉靖、万历《徐州志》改。九伐：古代对九种罪恶的讨伐，见《周礼·夏官·大司马》。

② 原作"守"，据嘉靖、万历《徐州志》改。

③ 原作"衡"，据嘉靖《徐州志》改。

赵公早见而豫待，乃为辟邪崇正，树风章采，以拓厥基，以作厥士，以垂厥训，是有大造于徐人也已矣！刁斯举者，安知无全才出于其间尔乎？是故，望子房之故墟，必有魁梧奇伟、智越万夫者出；履淮阴之故垒，必有嗾暴匡仁、建盖世之勋、铭钟鼎而纪旂常者出；吊王陵之墟墓，必有守正不阿、无纵诡随、托孤寄命者出。上之为方叔，为召虎，为吕尚，庶无负于兹举也已。不然，王道废而霸诈兴，岂其光于彭城？敢庸书以告从事者。

文苑（漕政）

吕梁洪修筑堤坝记（成化八年①）

李东阳

徐州有二洪，一以州名，一以山名。山名者曰吕梁。吕梁之为洪有二，上下相距可七里。盖河之下流与济水会于徐，以达于淮。国家定都北方，东南漕运岁余万艘，使船来往无虚日，民船贾舶多不可籍数，率此焉道，此其喉襟最要地也。洪石犷恶廉利，虎踞剑攉，阳隘阴龃，中仅可下上。水势为所束不得肆，则激为飞流，怒为奔湍，哮吼喧哄，见者皆骇愕失度。巨缆弦引，进不得寸尺。乘流而放，瞥掠瞬迅，不复措手。其艰如此。铅②山费君仲玉，以工部主事督水利于徐，顾而叹曰："此可以人谋胜也！"乃循行洪北，见其支流水所泄处，旧阏以束藁。水至，则荡为浮梗以去。会州县所具藁，岁至二十五万，以钱输者加十有三，而恒病不足。则又叹曰："谋之不臧，劳无益也。"乃白诸部长及总漕都御史张公瓒、平江伯陈公锐，聚徒给廪，辇块石，埴壤土，叠为长堤百六十又五丈，广五丈，而崇不过五尺。水小则迫之归洪，河用不涸；大则纵之，使漫流其上。又于堤西筑坝三③十余丈，以杀湍悍，而堤得以不啮。又观于东堤丛石间，民困牵挽，足不能良步。乃畚瓦砾，实其洼隙，外以石甃之，为丈四百二十有奇。又东则甃为长衢，而行者亦因以为利。吕梁之险，历数千万年，而十去五六，君于是有奇绩焉。然问其役，则洪夫之余力；问其费所出，则岁课之赢财；问其食所由致，则剩载之余粟。而自以经画佐之，未尝责办于有司、劝假于漕士及往来之商民。而所奏减藁束岁十万，民钱

① 案嘉靖、万历《徐州志》："成化八年，主事张达修砌石堤。十六年，主事费瑄修筑堤坝，长沙李东阳记。"据此，则"八年"者非。又案正文"予友华容刘国纪……实知徐州"，刘宪，字国纪，成化二十二年始任；而"翰林修撰子充"，费宏，字子充，成化二十三年丁未进士，授翰林修撰。此文当作于弘治元年以后。

② 原作"沿"，据李东阳《怀麓堂集》卷三十三《重修吕梁洪记》改。

③ 嘉靖、万历《徐州志》及《怀麓堂集》作"二"。

至二[①]十余万。功倍而费益省，可为难矣！初，君自成化庚子，越三年而成西堤。任满当代，民交章借君，又三年而东堤成。君既报政，选员外郎。予友华容刘国纪，亦与君有宿昔，实知徐州，达观君所营作，叹其绩不可无述，请予记。予复闻于君从子、翰林修撰子充者为详。乃为说曰：天地之道，必赖于财成辅相，然后可以利乎民。故唐虞置虞官，益掌山泽，佐禹治水。《周礼》以中士为川师，掌川泽之名，辨其物与其利害。其为制不可详，然其职固在也。今漕河所经，各有分职，要害之地则委郎官以总之，利病兴革，惟其所任。然不过水道之疏塞，如所谓“沟逆地泐”“水[②]属不理孙”者，则浚涤之而已矣，修治之而已矣。若长虑倍力、去险为夷、因害以为利者，讵不甚难矣哉？天下事固有一劳而永逸者，故苟其利倍十于旧，则虽殚财力而不惜。今以利校之，殆不可訾矣。然则阅历代之险，而为永久不迁之利者，诚可为之难邪？夫功不必己出，惟其有益于民与世，继费君者尚缉而保之，则兹洪之益于国家愈大，而圣天子财成之治，不为小补矣！君名瑄，仲玉其字。其为放舟之厅、集夫之营、市易之场，皆洪事所赖。又值岁歉，以余粟千石赈州民、六百石给漕士，亦洪之余费。故附载之。

又记

李默

今神州雄奠燕蓟，衣冠玉帛，贡篚之珍，则壤之赋，四方辏进。其道徐而北者，舳舻相衔，至旁午也。矧徐、吕二洪，石棱棱弥亘河腹，森利错迕，以为舟厄。而吕梁延袤最广，盖天下称险焉。虽上承汶、泗泉湖委流，而实倚浊河、汴、沁汇为之助。当其淫潦暴涨，险不可睹，功在篙师；即有枯涸，舟辄胶滞。顷年，山东诸流颇疑涓细，黄河又复南徙，二洪愈益受病。至廑廷遣大僚行水，疏导节缩，殆无留智。水部主事东平徐君有让之治吕梁也，为嘉靖辛丑。遘逢事会，敝力以图，始于洪南置石闸，语在学士张公《记》中。已复筑堤上洪，障绝漫流，归之内洪。并掇水中悍石，甃为堤岸，东西遂成牵道，凡七百二十一丈有奇。当狭处，别作水门，水至此稍益深下。洪亦改凿。内洪障以木闸，并甃堤，悉如上洪之制，堤长减十之七。徐人称内、外洪，犹吴越称大、小港也。洪以东岸为内，水盛则内外皆舟，涸即专归内港。非此则水漫力微，石始重贻舟病。木闸水门皆随舟启闭，以木方石工，力减巨千，水门又殊省。凡如此者，相地宜与物力，以相屈也。诸役作于徐君莅事之明年，数月而毕。夫匠以名计，为千五百三十有六，并役诸在官

① 嘉靖、万历《徐州志》及《怀麓堂集》作“三”。
② 原作“之”，据《怀麓堂集》《皇明经世文编》改。

者，不以勤民糜帑藏。发谋秉虑，调度征停，惟徐君能；而画可赋功，奖成令绪，则节使少司空万安郭公持平力也。又明年癸卯仲春，予以赴阙出洪下，周览近迹，惊顾骇叹，以为少时游历所未有。方舟利涉，爰思作者之劳，而徐君适以记见属，又曷忍辞？呜呼！君子图事轨物，将以济时也。今天制水旱，地私川渎，运道阻艰，妨国大计。徐君乃能应时裁变，争尺寸之水于石罅间，利济万艘，卒以力胜，此其才智不已伟耶？汉唐漕东南之粟以饷关中，所经三门砥柱之险，不啻吕梁也。是时，管干诸臣疏凿排击，固已不遗余力。厥后，法日以弛，运益告艰，彼人家国亦视以为盛衰，吁可畏哉！继自今，有如甘露时降，川祇效灵，则洪流浩渺，舟楫自便，无所事智。即不然，徐君之法何可废也？舍是弗图，脱有缓急，非转般则海运耳，斯岂盛世所宜闻？然则后之君子，宁无感于予言，而重修徐君之旧者乎？徐君职竞维思，忧形于色，既以身为国役，而又以图其后人，其用志弘且远矣！

重修石堤记

万恭

黄河经流中国，故道大都三变焉。赵宋前，自龙门而下，会沁水，历大伾，或经大名、河间，或道修武，下卫河，皆东注于青州之海。此北道也，时则患在河北。赵宋都汴，遵卫河为玉河，恐黄河伤之，遂堤大樊，排沁入河。河势大炽，乃南决，穿宋、郑，或出颍、昌，或出寿春，会长淮而注于扬州之海。此南道也，时则患在河南。我朝饷道不藉之，而徒以汶、泗、沂河之水灌而输旃，故徐邳之间有青田浅、白浪浅，出清河，特航河而达淮扬。正统以后，条行河南，条析徐邳，而徐邳旧渠遂博，青田、白浪不虞浅阻，饷道大利，然河身故在河南也。嘉靖中，河南故道悉湮，而全河尽注徐邳。此东道也，时则患在徐邳。而吕梁夏秋黄水注荡，莫之谁何。梁王城南至下邳，庐殚为河，田殚成渊。治水使咸委之曰天灾流行，直束手避之耳。隆庆壬申，余以总河至，都水黄君猷吉以治吕梁。至秋，河水大灌吕梁城。黄君以居民避入山麓，已乃循山林而望之，则吕梁者，徐方之门户而下邳之头颅也。明年癸酉，白余以洪夫锢石为堤五百丈，而城以南至下邳百里悉为平陆，稼穑蔽野，岁以大稔。皆德黄君而多石堤之功。又明年甲戌，再白余以洪夫锢城北石堤三百七十丈，又北联梁王城石堤而楗诸凤冠山之麓七十丈，又锢城西旧堤三百丈，又议锢城南新堤三百八十丈。余以病返，初服舣金龙之祠，憩九宫之台，陟梁王之城，登凤冠之巅，以北望徐方，南睇下邳，则黄河若带，石堤若墉。薰风时来，麦秋大至，如茨者，如梁者，如栉者，如坻与京者，注[①]吕梁城而下长

① 万历《徐州志》作“柱”。

亩而登之。梁民曰："堵我洪涛，锡我年丰，谁之功?"邳民曰："蔽我头颅，成我稼穑，谁之力?"余为之拊膺高蹈，曰："固我上游，泽我下流，唯帝之休!"黄君曰："记诸。"余因忆西汉故事：有凿山空洞、引水灌田数万顷者，惧其久而湮也，则窍洞瘗钱百万缗。历数百祀，而洞湮、田无溉，乃修洞而得所瘗缗钱，用其半而洞成，溉田若故；而复瘗其半纳窍中，以待百世而下之修洞者。嗟，古惠人意深长乃尔哉！黄君为石堤，缭城十余里，役夫为工，凿石为材，烧石为粉，梁民不烦负荷，不费瓶粟，不惊鸡犬，而坐享千百世平成之利，波及下邳。而复纪诸贞珉，以永千百世平成之业，此古惠人窍洞瘗钱意也。呜呼！我吕梁父老子弟，其绎思之哉！

夏镇新河工成记

雷礼

嘉靖四十四年秋七月，黄河大水异常，淤塞庞家屯，从华山入飞云桥，分七股奔趋沽、沛，自谷亭至境山旧运河数百里，遍成巨浸，漕挽梗阻。仰廑世宗轸忧，知大司寇镇山朱公可任，特改大司空兼都御史，总理河漕。至则水势弥漫，无处著足。集河道抚按及司道等官，佥议上源既难分导，沽、沛一带又湮没不能施工，独南阳至留城在昭阳湖东，地势高，黄水之患可免。先年，上纳司寇胡端敏公建议，敕都御史盛公应期开凿，以异议中止，其遗迹人力可施。具疏，下工部，题准改凿接旧河。于时，不便己私者腾谤。仰荷圣明洞察，敕给谏何君起鸣相勘。何备奏旧河虽复，利去害存；新河工犹可加，害小利多。旨下九卿科道会议，佥同。公感激，殚心思不计昼夜，经画筑堤建闸，竟底绩，凡一百四十一里余。复修理留城至境山凡五十三里。又因薛、沙二水为患，各开支河以杀其势，筑大坝以障其流。凡所以为新河久远计者，纤悉备至。即今漕艘通行无滞，害去利集，人以是服公用意之远云。予告老南行，备阅河工。水部郎涂渊等，同兖州太守张君文渊，以予赞成于内，宜记其事。予闻善治水者莫如禹，禹疏九河，不过顺水之性而已。三代以降，惟汉贾让有云："不与水争咫尺之地。"宋欧阳修有云："河流已弃之故道难复。"盖诚通达事体者也。我国家治河，欲资其利通漕，非昔比；而河徙不常，自古为然，即如嘉靖以来，冲决凡八处矣。而纷纷持异议者，乃欲疏上源、复旧河，是贾让不与争者而欲争之、欧阳修称难复者而欲复之，宁无凿乎禹智耶?况沽、沛低下，黄水自西而东，越闸河，奔入昭阳湖，水去沙停，旋挑旋淤，则难与争利、复故道，较然可晰。而端敏公之初议，与公之成功，岂漫无远虑者哉！夫睹河者思禹绩，以乂安烝民，万世永赖也。公［奋］[①]贞亮，秉节自信，为国家建不朽远猷，遭逢世宗乾断于上，不惑浮议，使辅臣与予亦得以赞公于成，变鱼鳖之区为菽粟之场，万年漕饷亦永赖之。是皆公心禹之心，能置异议不阻，大禹神灵岂无默相于其间乎？《书》云："劝之以九歌，俾勿坏。"是宜纪功叙遗，后来者所以嗣守云。

夏镇分司题名记[②]

徐惟贤

粤稽水部之设，尚矣。自益掌泽，虞、周建川衡而下，代有建置，其沿革可考也。都水之名则昉[③]于汉，我朝因之，列于工部四司之一，其亦虞、周分掌之遗意与？肇自成祖定鼎燕云，罢海道之运，复会通之渠，岁漕东南诸粟以资国命，凡沿河要害必设都水一员以专督之。而我沽分司，则自宪庙用平江伯陈锐之策，特命陈宣来主其事，时成化乙巳也。嗣后，河道通塞靡常，兴革不一。始革于弘治戊申，而复于甲寅；继罢于正德丁卯，而复于辛未。至嘉靖癸未，亦尝停之，而乙未又复。列圣相承，随宜措置，凡以重国计而怀永图也。今所辖闸有八，介在齐、楚之间，袤延百数十里，势若建瓴，必仰汶、沂、济、泗诸水以资利涉，稍遇暵霖，即为壅激。且当夷夏朝贡，军民运输争先杂进之始，苟不得人以疏防而宣节之，则迤北诸闸亦当均受其害。此真南北之咽喉、入漕第一关也。胜国以前，本名"隘船"，盖即[④]其地以限节舟航，亦可以知其要且剧者久矣。嘉靖乙巳，余承乏兹任，大惧无以称明命，亟取前政而窃师之，茫无纪述，虽其人年姓亦莫可详。溯陈子乙巳，历余仅一甲子，而泯漫若是，将不久而益磨矣乎！并漕诸司咸有记石，而署独缺，岂皆时未及为，抑或有待而然欤？用是悉心征访，得于所见者二人，得于所闻者五人，得于所传闻者九人，率三年一更，总其数合余凡一十有七。因次其名氏，著其选里，用托诸石以传。且虚其左，俟来者登焉。庶几后之视今，今之视古，因名考绩，以昭永鉴，则我国漕其亦永赖也！

① 字据万历《徐州志》补。

② 案嘉靖《徐州志》：嘉靖二十四年徐惟贤莅任，分司时在沽头，名"沽头分司"。四十五年开新河后，始迁夏镇。此篇名"夏镇分司"，误。

③ 原作"仿"，通"昉"。

④ 原作"节"，据嘉靖、万历《徐州志》改。

文苑（风告）

陈烈妇彭氏（小引）

兵宪 胡［廷佐］①

彭氏，萧庠彭万程女也，许配征聘太学生陈应阶季子名子沅者。氏少孤，陈迎而育于室，及沅游泮，始偕妇道，贤而宜家，人无间言。为妇三岁，翁疾，沅亦病，氏奉汤药，周旋于事翁事夫之间，阅六载如一日，形容枯槁，可谓贤矣。甲午春，沅病笃，氏约与从，退而理妆，自着殓服，意必死也。及沅故，目不瞑，氏祝曰："君其须我乎?"目遂瞑。既殓，乃辞姑曰："媳不克终妇道，慎勿为念!"已而散其笥中，告伯嫂、诸姊以及婢仆，惟善事翁姑是嘱。乃与其胞兄诀曰："妹已身许陈矣，慎勿哀!"复语其夫之同交游曰："氏今从夫于地下，愿诸君勿忘陈氏之交!"越次夕，乘须臾间投缳。及救，已殁，颜如生，若有愉色然。四方观者，莫不流涕。嗟哉妇也，侍疾不辞劳，忘其劳矣；夫死不徒悲，过于悲矣；临死无遽容，志有在矣；既死有愉色，则其天性然矣。妇也若此，烈而进于贤矣，是真有关风化者，其可泯诸？百尔君子，其尚采诸歌谣而永言嗣之，以风天下后世。

崇祀徐少司马名宦碑

胡廷佐

官徐之明年，郡乘既成，学校②既修，宜祀卿士有益于民者于宫中，所以妥神栖、昭明质也。少司马济宁徐公，昔在淮徐，能御大灾，能捍大患，有功烈于民，克配祀典。州邑协同备筵列位，佐乃翱翔瞻依而思之曰：朝之设官，使司牧也，非长吏近民，而台宪则否。今之士人，祖州郡，称县邑，视藩臬以上则奉以为大宗师，主所居之地高，似亲民者少，是大不然。舜以五长税四国，今之节制也；周以十联率诸侯，今之廉察也。粤古廉察之官，以丰稔为上考，省刑为中考，办税为下考。呜呼，公真父母矣！公既以巍峨典郡国，故治国犹烹鲜然。积于内者，忠粹而笃诚；泽乎物者，纯懿而恺悌。大凡奇器，非盘错不见。公镇徐之载，魃收民，蜧收民，蛾收民，而公以艰难为己任，饥由己，溺由己，靖难由己。所恶寺人之令为瘨痡，乃使吏行冰上，御人保之，耗财息之，彼瘅我砭，怵怵如矣。然后庞茸之下，直道有立；犷悍之内，义威必行。闾巷设长孙之仓，覆狱多祥道之泣。条检驿

① 二字据文例补。

② 原作“较”，用同“校”。

骑，即百吏之出徭不及于数家；苏息疲劳，而三老之缆负不逾于境外。渠成龙骨，支祈之眼不开；陂筑钳卢，邵杜之歌不息。作士有田有塾，无蛙灶不黔之伦；取材如绚如云，有委宛悉空之叹。慭公知世，不犯孝子之乡；走戟挑刀，远去康成之里。乃无何而亲之讣音突至，栾棘内毁，缞麻外墨。送将离者，既涕泣不行；愿借寇者，复号呼不置。既乃历阶夹谷，藩翰中都，惟保障于江淮，见东南之有幸。后以王国多事，疆埸乏材，特典召为中丞。公悬像誓师，啖指鼓众，虽大事去矣，精忠凛然。焚繻尸贼，气必登于明堂；带剑挟弓，身长离于楚野。岩岩卓立，勃勃如生，无傅燮之悲伤，有周苛之慷慨。夫父之孝子，君之忠臣，潭根固也。忠孝廉节，四库成书，滋养深也。表于直指，收入中秘，其宠荣也。搴茭沉璧，其术神也。非体不立，非用不行，非正气不伸，非间气不植，洵可以奋百代、超千祀者矣。昔诸葛初亡，所在各求为立庙。今兖之人曰："公，吾鲁国之颜渊也！"祀诸乡。申之人亦曰："公，汝南之贾父也！"祀诸社稷。乃居徐七载，恩重爱深，彝典久稽，弗克用享，可听百姓巷祭、陌上野祀乎？遂相与拜手蹈舞檐庑之下，且垂颂声，刻在金石。

文苑（公署）

徐州牧箴

扬雄

海岱伊淮，东海是渚。徐州之土，邑于蕃宇。大野既潴，有羽有蒙。孤桐玭珠，泗沂攸同。实列蕃蔽，侯卫东方。民好农桑，大野以康。帝癸及辛，不祗不恪。沉湎于酒，而忘其东作。天命汤武，剿绝其绪祚。降周任姜，镇于琅琊。姜姓绝苗，田氏攸都。事由[①]细微，不虑不图。祸如丘山，本在萌芽。牧臣司徐，敢告仆夫。

莲花漏铭

苏轼

故龙图［阁］[②]直学士、礼部侍郎燕公肃，以创物之智闻于天下，作莲花漏，世服其精。凡公所临，必为之。今州郡往往而在，虽有巧者，莫敢损益。而徐州独用

① 原作"田"，据《扬子云集》卷六改。
② 字据《东坡全集》卷九十六补。

瞽人卫朴所造，废法而任意，有壶而无箭，自以无目而废天下之视，使守者伺其满，则决之而更注，人莫不笑之。国子博士傅君裼，公之外曾孙，得其法为详。其通守是邦也，实始改作，而请铭于轼。铭曰：

人之所信者，手足耳目也。目识多寡，手知重轻[①]。然人未有以手量而目计者，必付之于度量与权衡。岂不自信［而信］[②]物？盖以为无意无我，然后得万物之情[③]。故天地之寒暑，日月之晦明，昆仑旁薄于三十八万八千里之外，而不能逃于三尺之箭、五斗之瓶。虽疾雷霾风、雨雪昼晦，而迟速有度，不加亏赢[④]。使凡为吏者，如瓶之受水，不过其量；如水之浮箭，不失其平[⑤]；如箭之升降也，视时之上下，降不为辱，升不为荣，则民将靡然心服，而寄我以死生矣。

徐州谢上表

苏轼

臣轼言：分符高密，已窃名邦；改命东徐，复尘督府。荷蒙深厚，抚己兢惭。臣轼申谢。伏念臣奋身农亩，托迹书林。信道直前，曾无坎井之避；立朝寡助，谁为先后之容。向者屡献瞽言，仰尘圣鉴，岂有意于为异，盖笃信其所闻。顾惭迂阔之言，虽多而无益；惟有朴忠之素，既久而犹坚。远不忘君，未忍改其常度；言之无罪，实深恃于至仁。知臣者谓臣爱君，不知臣者谓臣多事。空怀[⑥]此意，谁复见明？伏惟皇帝陛下，日月照临，乾坤覆帱。察孤危之易毁，谅拙直之无他。安全陋躯，畀付善地。民淳讼简，殊无施设之方；食足身闲，仰愧生成之赐。顾力报之无所，怀孤忠而自怜。

徐州贺河平表

苏轼

臣轼言：窃闻黄河决口已遂闭塞者，圣谟独运，天眷莫违。庶邦子来，民罔告病；万杵雷动，役不逾时。遂消东北莫大之忧，然后麦禾可得而食。人无后患，喜若再生。臣轼申谢。伏以大河为灾，历世所病。禹治兖州之野，十有三载乃同；汉筑宣房[⑦]之宫，二十余年而定。未有收狂澜于既溃，复故道于将堙，俯仰而成，神

---

① 原作“轻重”，失韵，据《东坡全集》卷九十六改。

② 字据嘉靖《徐州志》、《东坡全集》卷九十六补。

③ 原作“精”，据《东坡全集》卷九十六改。

④ 原作“虚”，失韵，据《东坡全集》卷九十六改。

⑤ 原作“中”，失韵，据《东坡全集》卷九十六改。

⑥ 原作“阑”，据《东坡全集》卷六十七改。

⑦ 原作“防”，据《东坡全集》卷六十七改。

速若此。恭惟皇帝陛下，至仁博施，神智无方。达四聪以来众言，广大孝以安宗庙。水当润下，河不溢流。属岁久之无虞，故患生于所忽。方其决也，本吏失其防，而非天意；及其复也，盖天助有德，而非人功。振古所无[①]，溥[②]天同庆。维丰沛之大泽，实汴泗之所钟。伊昔横流，壈[③]孤城之若块；迨兹平定，蔚秋稼以如云。害既广则利多，忧独深而喜倍。虽官守有限，不获趋外庭以称觞；而民意所同，亦能抒下情而作颂。

徐州谢奖谕表

苏轼

臣轼言：伏奉今月四日敕，以臣去岁修城捍水，粗免疏虞，特赐奖谕者。奔走服勤，人臣之常事；褒称劳勉，学者之至荣。自惟何人，乃辱斯语？伏念臣学无师法，才与世疏。经术既已不深，吏事又其所短。累忝优寄，卒无异称。宽如定远之言，平平无取；拙比道州之政，下下宜然。乃者河决澶渊，毒流淮泗。百堵皆作，盖僚吏之劬劳；三板[④]不沉，本朝廷之威德。而臣下掠众美，上贪天功。独窃玺书之荣，以为私室之宝。此盖伏遇皇帝陛下，天覆四海，子养万民。哀无辜之遭罹，特遣使以存问。既蠲免其赋调，又饮食其饥寒。所以录臣之微劳，盖将责臣之来效。臣敢不躬亲畚筑，益修今岁之防；安集流亡，尽复平时之业。庶殚朽钝，少补丝毫。

移苏子瞻像于黄楼告文

任城 徐标

崇祯十年十一月初九日，淮徐观察使徐标谨以牲醴庶仪，祭告于宋兵、礼部尚书，翰林院侍读学士，前徐州守苏文忠公曰：於昭先生，文章北斗，节义千秋。古今之所共仰，合君子小人以率由。忆昔水天出守，五马方州。甘棠西楚，比屋吟讴。值澶渊河决，横溢淮陬。城不浸者三版，崇墉渺渺其一沤。蛇龙入户，士女啾啾。先生蒿目茹蘖，躬鸠露戍，防河如防虏，呕心血以绸缪。俄而屹然如砥，纶綍扬休。先生曰："未也，无远虑者有近忧。"按五行于震，鼎建黄楼。后土峨乎百雉，冯夷肃若以克柔。快睹百川顺轨，弘朝野之庥。维兹彭城数万户，孰匪先生之所留？嗣而沧桑变革，禾黍沉幽。芳踪杳矣，胜迹如丘。崇奉茫茫，其所构则后死

① 原作"无所"，据《东坡全集》卷六十七乙正。
② 原作"博"，据《东坡全集》卷六十七改。
③ 原作"亶"，讹。按：明本苏集作"凛"，清本作"壈"。兹从清本改。
④ 原作"坂"，据《东坡全集》卷六十七改。又，"板"同"版"，本志多用"三版"。

者之羞。予殷私淑，仰止前修。考文纠谬，厘正时筹。佥同声于三就，原簉迁先年之旧游。想先生凭栏遐瞩，千嶂云油。掀髯长啸，绮树烟浮。海岳恣其染翰，莺花畅厥吟眸。先生于是乎乐甚，仰瞻仙吏之风流。采萍于沼，酾酒于卣。影现霞裾之漂渺，恍左右先生之献酬。先生功德弗谖兮，尚蕲永晏乂于金瓯。但见缤纷童叟兮，群歌舞于青畴。

敷陈里甲条鞭审派疏

沛 张贞观

臣本庸谫，谬以职掌，实叨耳目之司，一切民隐吏蠹，例当与闻。倘有所知，何敢终默？谨以里甲当议处者，为皇上陈之：自民间苦里甲，而后有条鞭之法。是条鞭之行，所以苏里甲之困也。然里甲之累有一分未除，则便是条鞭之行有一分未尽。但据所知，则固有已征鞭银而复役里甲者，亦有限年头役、名色，依然照旧佥派、私贴无算者。业已征其银而复役其身，是民昔之所苦者一，而今之所苦者二也。且头役、私帮出自见年，偏累犹昔，何称鞭法？臣尝备员山东，见鞭法之行，较若画一，民间大称苏息，何江北辄不同也？臣谓较若画一，既已改行鞭法，即当悉去见年。其间有重差，如提锁甲首、走递马匹之类，私帮之数视正额固多，俱应明鞭，不应暗贴；俱应派之合境，不应帮之里甲。至于官府一应供应之数，宁从其优，无过于减。仍严为申禁，必不使里甲复至私用，庶里胥之科扰可杜，而灾地之累苦亦尚可少舒矣。若徒上沽节省之空名，下受贴敛之实衬，是掩耳盗铃者类也，臣未见其可矣！审派大约三年两次，原为全用里甲佥派，头役中有私贴数倍者，恐致偏累，故为是以均。今悉改行鞭法，惟征差银户，则虽悬苦乐，颇无大异。物力消长，岂遽至月异而岁不同也？臣尝为令，备知扰民之最大者，无过均丈与审鞭。均丈一次，其费可抵半岁之粮；审鞭一次，其费可抵半岁之差。盖假升合而肆索求，指报丁而恣渔猎，里书积态，万不能免故也。至于粮差之派，每岁一更，亦只以便里胥之影那及奸顽之飞诡，而赤历多不经磨勘、繇票多不遍给发，其多寡轻重，要惟随人上下其手，而小民殆不能知其数也。臣谓审派之期，俱应以五年为则。以此年而审，即以此年而派。阖县差徭若干、粮银若干、米若干、丁若干、则若干、地若干，每丁若则该银若干、每顷若亩该银米若干，务要总撒磨算不差。仍将原派之数揭示民间，便民通知。或呈府道查验，照此的数登入繇票，人给一张，以便照数算纳。即随年遇有蠲贷，惟于大数减除；或随年遇有改折，另于本历外暂派；至随年遇有买卖地土，暂于本名下代征，通行五年审派，方许过割。庶上省一分之扰，则下省一分之费。不惟可绝纷纷影那、飞诡之端，小民皆知徭粮之数，即有司亦得以自明，无复多派之苦矣。倘蒙皇上不以臣言为谬，下部议处施行，其于国计民生，未必无万一之补矣。

义烈祠祭文

知县 林汝翥

岁壬戌，余莅沛之三年也。五月十七，妖贼发难，郓、滕、邹、峄一时俱陷。越六日，余至自淮，始得大呼乡兵，冯河为阵，且战且守。其间密谋秘计，用谍用间，详在《纪略》中，不及悉。惟是半载之内，败衄者三，乃令忠义之士，魄封于黄尘，魂栖乎青草，余心实隐痛焉，则建祠之祀，勒绩之碑，是乌容或已哉！盖戚城之役，余与陈弁约会朱备三路并进，而陈狃于既胜，自率孤军夜趋取败，乡民从之往者阵没四十三人。不移时，而余兵与朱兵继进，乡民复竞出步骑为[①]助，矢石交发，声震天地，遂大歼之。贼自是退守巢穴，不敢西渡。若欢城之民，皆有勇知，方自难［发］[②]以来，杀贼无虑数百。贼恨之，期大举复仇。但地在河东，非鞭长所及。其民乞兵于焦弁，焦只以百兵赴之，遂为所误，战死六十余人，生员陈应诏、应祯与焉。报至，余即督兵赴援，而贼已奔归矣。续侦妖巢大疫，死者日以百计，余遂一意间谍，兼行招抚。妖党溃散者数万，归降者二万三千余。贼首度势不支，各为远遁。亡何而东兵至，滕窠空矣。最后，残贼取道徐、丰，图以入曹。徐之兵以万计，诸将环视，无有撄其锋者。不数日，复抵沛之西南。赵希邦等逆战，众寡不敌，复没五十九人。余躬督乡兵驰至，擒斩二十余众，仍追之于阳明，继尾之于欢口、常家口，斩获二百有奇。然而无当于吾民生死之数也。呜呼！戚城之败，以陈先锋之违余约；欢城之役，以焦游击之轻视敌；戚山之衄，以赵希邦之先余至。向使操以慎重，需以时暑，则若辈咸得睹荡平之境而躬饮至之休矣，何至殒命于行间耶？今境内幸有宁宇，若辈捐躯殉难，义矣烈矣！用是创祠以妥之，颜曰“义烈”，复置田廿亩，以供祭祀。躬率僚属，哭而奠焉，并录祭文于左：

呜呼！诵睢阳之烈者曰：“三日而救至，十日而贼亡。”千古憾之，千古奇之！乃吾沛慕义之民，自戚城以迄欢城、戚山诸役，毕力捐躯，咸不旋踵而救至，不旋踵而贼亡，则可奇可憾，又孰甚焉！抑尤奇睢阳之言曰：“死当为厉鬼以杀贼。”乃妖贼自戚城败衄之后，遁归滕窠，瘟[③]疫大作，死者日以百计，故余得用谍用间以空其党，未必非吾民忠愤之气所郁结而成也。然则有睢阳之遭而不必有其名，无睢阳之名而不必无其事，其吾民之谓乎？余又何能以无憾也。噫嘻！余能力抗孤城以保疆土而不能有吾民，尔能保尔之骨肉与尔之亲故而不能自有其躯命，则遭时之不

① 原作“马”，据乾隆《沛县志》卷九《艺文》改。
② 字据乾隆《沛县志》补。
③ 原作“温”，径改。

幸，抑有数存耶？徒令人增恻怛已。余用是旦夜拊心，无可抒哀，惟是建祠以栖尔神，立田以供尔祀。落成之日，取诸妖贼肝血，聊为尔奠。计尔之英魂不磨，侠骨犹香，当幽以壮干城于百代，明以永血食于千秋，庶几写余心之忡忡。呜呼，尚[飨][1]!

文苑（近汇）

乞养疏

万崇德

奏为惊闻母病，情急控天，恳乞圣慈推广孝思，容臣归养，以弘大化事。臣奉命督鹾河东，一年已满，业于去年三月报竣。云舍之思，时悬望眼；简书之畏，未敢告劳。愁苦之日，亲闱梦绕。定省虽尔热中，行止不得自专。日惟几幸，纶俞涣发，旦暮复命，以终所事。乃情势急迫，有不能一日留者，敢不为皇上控之？臣生来最苦，少而失怙，赖母鞠育，以有今日。母今七十三岁老矣。雁行寥落，既无兄弟之堪依；兰砌孤萎，只有稚儿之相傍。形影单只，情景悲楚。臣昔于舍，晨夕菽水供欢，犹破凄凉之色。自臣奉河东之命，尔时具疏，欲辞依养。厉色严谕，勉以大义。迨就道，姑媳茕茕，寒灯寂寞；七龄黄口，膝下咿喔。时即善饭无恙，亦且不免游子之悲矣。乃两年分别，音信杳然。忽今二月十六日，自京报筒中得一家书，内言臣母从七月伤寒一病，劳复损弱，行动必假人扶。臣惶惶无计，业具呈都察院马，求代题请告。至二十一日，复得一书，备道始病之时，几濒于危，瘥而复作，痿弱卧床。至今饮食日减，肢体日离，时而昏沉不省人事，时而叫号自悔，念臣望臣，奄奄微息。且书中隐显其词，尚多有未尽病状者。臣读未竟，五内摧裂，神魄震摇，痛心昏倒，死而复苏。嗟嗟人身，非出空桑，养子只需侍老。臣母老无人代养，母病无人调药，倘恋豸绣之荣，顿忘亲病之危，即一岁九迁，有腼面目，天亲不顾，禽兽奚异？况当圣孝迈古之时、海寓维则之日，而有不顾亲养、不急亲病之臣，无论自背王化，非盛世之所宜有。不能孝于亲，岂其能忠于君；不可以为子，又岂其可以为臣？端士尚羞与友，大孝如皇上，将焉用之？臣伏读功令：独子而无兄弟者归养。今臣独而无依，母病危甚，情急势迫，伏祈皇上推尊崇圣母之孝思，弘四海作则之大化，俯察下情，必知己病或假，而惟控亲之病不忍假；百念可制，而惟急亲之念不容制。其怜而容臣归养者，旷达之特恩，臣之所不敢必也。或

---

① 字据文义补。

以臣擅归，付之廷议者，纠参之纪法，臣之所不容逭也。臣归一面臣母，死亦无憾，其何有于一官哉？除先具堂呈求其代题外，归心如灼，度日如年，不得已将原领敕印差官缴上，仰候圣慈推恩施行，臣无任悚息屏营之至。为此，具本差官贺廷楹赍捧，谨具奏闻，计缴原领敕谕一道。万历四十四年二月某日具题。

彭城李节妇谭氏传

周仲士

余读《唐纪》，见贞观君臣议创业、守成孰难。而谓言难创，则创诚难矣；言难守，则守诚难矣。第创之难，人皆知之；而守之所以难，非实历其守者不能知也。因思臣道也、妻道也，皆地道也。故妇之从夫，有称死节难者，有称守节难者。死之难，人皆知之；至于守，亦非实历其守者不能知。余故重有感于李节妇之守，而特为之传云。节妇，谭其氏，徐州指挥使[①]谭师伋之女。幼许聘于本州李三省，以十五岁于归。贞淑婉嫕，兰秘渊映，《内则》不诵而娴诸女红，中馈、丝枲、织纴之事，幼自通晓。其孝养两尊人，备物尽志，甚得欢心。省故业儒，肄业虎闱，节妇实佐之。攻苦茹淡，手自拮据，穷昕夕不辍，曰："吾闻内无失政，庶令下帷者一意卒业，不致分精力耳！"时已举二子，长名崇本，次名崇香矣。无幸数奇，省抱火疾者一年。节妇忧心忡忡，恍焉若失，进匕[②]箸、药饵，不忍不见，而蓬头仳倠，愁眉啼妆，若与死为邻者，诚不敢以色见。已度省病日鍧，私泣曰："上有两尊，下有两息，均系所天。天乎亡矣，吾谁与归？"遂自裁，为姑觉而救之。省由病中闻泣声，隐隐徐苏，乃环抱节妇之首而大恸曰："而何自苦？而不忍于我，欲以死殉，独忍于我之奄奄堂上、呱呱膝下乎？能事能育，我瞑目可矣！"言讫而逝。节妇曰："夫不幸，妾不幸也！薤露之躯，何苦独留人世？所遗二孤，幸赖有两尊人在矣！"于是痛绝数番，勺水不入口者数日，要之同死乃已。众戚谕之不得，姑母谕之不得。舅姑谕之曰："吾二人耄矣，若风烛然，旦暮不能自必，又乌能必二子之保？二子长方彳而立，幼尚在襁褓中。而惟一死之为快，是并死若彳而立与襁褓者，而将何颜见而夫地下？孰若使吾两人者早死之为快！"且泣且诉，不觉以首击省棺者数数，以求速诀。而节妇乃稍稍回死心，进勺水。又久之，始一就食，然亦仅[③]余气息耳。时年仅二十有五。乃设誓保孤，鐍户垂幌，言不出阃以内，足不践门以外，即亲族亦罕识其面。躬釜锜之任，以治两尊人饔飧。其督臧获力穑以图共具者，倍于曩时。会强宗之黠亡赖者，利其他适以自润，每向

① 原作"挥"，径改。
② 原作"七"，据《闺媛典闺节部》列传十二改。
③ 原作"堇"，通"僅"。下同。

舅姑前怂恿再四。姑亦怜其苦节，以再适之意微讽之。节妇痛哭长息曰："女无二适，天之制也。况出自名阀、号为士人妻者，敢萌他志以堕家声乎?"于是以剪髡发刺面，血淋淋滴裳襟。姑不敢再言，而强宗且敛容退矣。三年后，舅亡，其事之如夫礼，起卧同姑处。时不继，则充之以洴澼绕[①]。再不继，则充之以愁机闷绣。又再不继，则饔饵时时寓质库矣。逾[②]年，姑病，节妇忧惶甚，不知所出。夜分，搏颡礼斗，祈以身代，而竟不得如所请。其亡也，事之如舅礼。姑临绝时，亦叩颡于床，乌乌云无以报，愿来世为妇妇，还朝脯耳。时二子渐成立，遣从塾师受经，每丙夜[③]篝灯荧然，机杼声与咿唔相应。间尝语两儿曰："以我初丧而父时，白发黄口，一身两肩，不啻引千钧于寸缕。家徒四壁立，且凌逼窘辱我者无隙时。吾惟忍且耐，惟俭且勤，冬龟其手，夏浆其背，而后襄两尊人大事，而后有今日。即老身少缓须[④]臾死期，翌日亢李氏宗者，惟是藐诸孤耳!"以故，二子受训不忍悖。长者充郡学弟子员，次亦毕业成均，皆圣善之训也。当崇香历监时，上疏略曰："臣母结褵臣父止十岁，而其称未亡人者五十余年，守节者有矣。蹈常而食腴，差可度日，未有排家难、出万死于一生，度岁荒、历三旬而九食，如臣母之苦者也!"其情词悽婉，大类君家令伯语。惟是乌乌哀鸣，荷蒙圣明怜察，已下有司核实，覆奏行旌有日矣。而二子向余长跽以请曰："虽有王章，必得郡大夫一言，然后王言为足征。"嗟嗟！即余言何能加诸王言哉？外史氏曰：按国制，谓苦节过中者难以为训，不得旌。夫为人妇，而足不践二庭，其道中矣。然已过三十者弗与旌，谓中年之稍易也；未及五十者不早旌，谓末路之难持也。节妇十五而归，二十五而寡，今历七十五年，则称寡者且五十年，况诸苦节美行，历历在人目，是可旌也。二子寝寝向用，年亦及五十矣。母也天只，无时释念，而要诸显扬，为孝之大。母以五十守，子以五十慕，彭城固多烈行哉！若节孝一门，李氏兼之矣。

张氏妹墓表

李向阳

女子至殉夫而事毕矣，生前之恭顺，死际之抗爽，所不必论也。闻之当道，上之朝廷，要一字以足千秋，不亦赘乎？曰死者之心，不可语于生者之情也。丈夫以身殉国，岂曰近名？而录忠者急传青史，正气即人情耳。是非不较，杀身岛中，五百徒尚至今在，况其他乎？太学张有容死，不必其命也，而妹氏殉之。时则老父奄

① 原作"洴𫄨洸"，参《庄子·逍遥游》改。
② 原作"谕"，径改。
③ 原作"辰"，参《闺媛典闺节部》列传十二改。
④ 原作"需"，径改。

奄，床笫耽耽，爱女一言置不顾也，何有于兄？吾尤为其母惜耳！妹氏母，母而庶也，生一妹当子。妹不死，终身不二，可相守也。为夫舍一生，而不为母缓一死，何欤？致母养如母，自应吾事，吾不谓吾妹畅然瞑也。曰爱母之心，不可语于殉夫之情也。以其事闻之者，吾也。帝既俞，属工缉绪者，吾也。死之日，殡之同棺者，吾也。葬之者，吾也。事既竣，为文表之者，吾也。吾妹即以闻之、表之为不可也，其亦以同棺、同穴为可乎？天启七年长至日立。

复李先生论名宦乡贤书

沙孟升

孟升顿首拜复尊师李老大人讲席：奉侍函丈，几阅岁时。自惟厕名诸生，专习举业，余非所敢预也。失请教诲，罪何可言？不意过蒙收录，时以所集敝州名宦、乡贤，命某去取，兼笔削大端。某何人斯，敢当斯任？闻命惊骇，不知所为。既而捧读再三，叙事简严，赞词高古，真作者之矩矱也！某虽欲赞一辞，其将能乎？伏而思之，此集遂成，必当布流遐迩。吾师惓惓下问，岂非欲尽善尽美、千金不易一字乎？盛心盛德，虚而不报，诚非事师无隐之义，而重得罪于门下也。谨布腹心：《名宦》中，王祥为三老、郑小同为五更。当时，髦受制于司马昭，每窃忿忿。是举也，藉祥盛德，激天下忠义之风，而阴折奸雄不臣之志，此其时矣。祥乃依而澳认，徒备礼数，主弑国亡，荣宠如故。则魏家所养之老何老？所乞之言何言？朱文公作《通鉴纲目》，特书曰“晋太保王祥卒”，正与贾充书法无异。大义亏损如此，区区小节，何足算乎？而况《海沂》之歌，未必非文士之腴词也。如以某晚生末学，未可轻訾前贤，丘文庄公固尝作论以发其隐矣，可取而视也。王公竑赈饥，迹甚奇伟，窃见叙事中颇欠发明，尚乞博访更定。公本御史中丞，巡抚江北地方，敝州不当专录；惟以赈饥一事，活徐民于垂死之际，故备载其事。其升兵部尚书以下，自公他事，尤不当系之徐也。援公之例，则陶公琰者，事体颇同，胡可不书？矧其清操雅德，徐人尊信最深乎？和公鸾、聂公荣既录，而王公叙、龚公汇亦当例录。其他诸公，则某生也晚，未之前闻，不敢从而妄议也。《乡贤》中，陆贾未可决其为敝州人；龚胜“薰膏”之讥，正班固不知道义之语，今可勿载。其他诸公，皆可收录无疑。然区区愚衷，尚有陈请：若大参任公之德政、佥宪张公之风裁、李公冕之隐逸词章、王孝子之真纯庄笃，岂可使之湮没无闻乎？若某先祖教授公者，学博而邃，行古而方，不暴声名，不贪权利。初教沂州，启其文献；继擢御史，悬沥上言；终教西安，壮年请老。及先人游宦四方，凡遇两地人士及尝宦于两地者之子孙，无不咨嗟浩叹。诵其诗文，迄今不行汇集。自先祖之治命而先人之孝思也，仅有先祖自集《乐闲诗》一卷，为先祖母之手录，即是而观先祖之行实，亦可见其一端也。万乞访之故老，评之士林，则先祖似亦有可录也。某本迂愚，不通时务，惟有读书一节，颇效农马之勤且久；至于献谄道谀，尤所不能。狂易妄陈，干冒罪戾。

云龙山诗

李文定，状头名春芳，过徐勒石上

归来正及杏花时，为访仙踪[①]去马迟。更上龙冈最高处，五云霏霭凤凰池。

放鹤亭前水泠泠，放鹤亭上云晶晶。千古水云常自在，红尘扰扰笑浮生。

李思诚，芳之孙也，以翰林步其祖韵

十年献赋负清时，归马春风敢恨迟。石壁苔封云不散，丝纶何以答龙池?

凭槛长啸出孤城，淮水奔流变徵声。极目蘼芜千嶂合，欲将机杼问苍生。

五言二首

钟惺

无山不见水，乐此亦宜哉。未及双帆过，先携一杖来。鹤终非近玩，人别有仙才。莫作辽东梦，千年尚欲回。

群情仍一寂，舟与水俱宁。两岸冬惟墅，千帆夜共星。钟声收广莫，人语警空冥。喜就龙山泊，重来放鹤亭。

五言二首

马之骏

地果如兹胜，山非易得名。烟中河渐小，天外岭难平。曲折才过寺，高深即俯城。鹤归今不返，林麓集鸦声。

尊罍宁漫出，泉石有前因。客至留今日，情深见古人。傍湖峰影入，匝野树烟春。指点多名迹，归舟意已醇。

五言排律

萧如薰（总戎）

突兀云龙寺，金容巨佛尊。河流一衣带，山势尽屏藩。云暗参差树，花明远近村。呗闻僧谶诵，钟动鸟飞骞。障翳微言在，迷开圣谛存。苏公诗纪胜，张骥鹤留轩。倾废诚难葺，崇新岂易言。明公分厚俸，爱客倒清樽。掩映亭台丽，丰茸涧壑

① 原作“琮”，据康熙《徐州志》改。

蕃。林深青窈窕，井浚碧潺湲。游目景殊绝，攀萝星可扪。升沉莫漫结，忧喜欲除烦。拟借兹山榻，有时好避喧。

云龙歌（为李[①]子考槃其下）

易水 胡彧

云龙山上石巉巉，云龙山下水湛湛。水有轮兮山有岚，美人结室南山南。花绽莺啼恣意酣，兴来摘句投花篮。二三老友气盍[②]簪，相将携手笑而谈。石为佛骨佛有龛，山以龙名龙跃潭。当年友鹤张子谙，鹤去鹤来日几参。苏子作亭亭自覃，亭前万象皆空函。木石结伴老松楠，忘机不知刺史憨。谁觅芳踪山之嵁，侑樽杂沓鶤与鷭。赋诗何必思再三，仪狄留惠至今甘。薄言旋归云作弇，杯盘狼藉问遗柑。月到上方柳影毵，客自绳床僧自庵。

子房山祠二首

刘荣嗣

落日荒城试问津，子房遗像俯河湑。赤松自遂烟霞侣，黄绮[③]翻为羽翼人。圯上有书全覆楚，沙中一击已无秦。痛来九世伤心事，莫共萧韩作汉臣。

参差古殿万山中，鸟道孤悬绛节通。一曲声歌空帐下，三千解甲尽江东。太康桃树知渔父，赤帝良弓付大风。赖有圯桥遗只履，翛然辟谷几人同。

又

霍维华

圯桥已授神仙诀，帷幄犹传社稷功。蹈海未甘鲁仲子，归湖岂似陶朱公。凫飞汉阙无人识，鹤举蓬莱有路通。用世情深仍玩世，盱衡今古许谁同。

春宫曲

万寿祺

宝堤香雨乱莺飞，花驻千门日影肥。数队内家捧辇过，君王新自远条归。

秋宫曲

建章碧树怨清秋，金粟风吹张碧油。十部龟兹都教散，内人绣幕按凉州。

---

① 康熙《徐州志》作“季”。

② 原作“合”，据康熙《徐州志》改。

③ 原作“骑”，据康熙《徐州志》改。按：黄绮，商山四皓中之夏黄公、绮里季的合称。

京口诗

桐花三月覆吾庐，樱笋年年短犊车。米氏研山收北固，萧家宾客起南徐。鸟啼芳树香轮远，人散春城碧草舒。隔得扬州烟雨外，画楼帘影夜何如。

清江浦

千里清淮一线通，浊河鼓浪未能清。诛求北地无商舶，疏凿南漕困水衡。数遣黄门劳白稰，谁能鸿雁问苍生。往来尽属悠悠者，牵缆长堤自在行。

夜渡吕梁将过迪堂呈李大

风霜[①]吹雁晚来过，水落蛟门初渡河。独夜榛苓南国远，隔年钟磬故山多。担簦有客随蓬藁，披户无人补薜萝。几度别君无那老，须眉如故奈愁何。

隰西草堂记

戊子仲冬，徙宅于浦西。西近洪泽，南曰徐湖，北则河、淮合流，东入于海，四区皆隰也。筑其原，为隰西草堂。载老幼，携瓶罍，鹿车一乘，往居之。春日下檐，秋瓜落圃，草堂中无事，负瓮而已。居士曰：吾尝南临石梁，北过流沙，东观于海，西登熊耳矣。当是时，中外晏然，人物广衍。曾几何时，休西溢以税驾，汲东皋之寒泉。山川如故，哀乐伤人，能不悲乎？悲则思，思则勤，夙兴夜寐，以毋忘吾劳苦。吾以告居草堂者。

南村记

余移居隰西之明年，始买圃于其阳，杂莳群药，筑馆引畦，以自勤苦。春秋佳日，深巷中辄闻犬鸣，则邻曲策［杖］[②]携酒过饮，饮辄醉也。因忆陶令有云："昔欲居南村，非为卜其宅。闻多素心人，乐与数晨夕。"名其圃曰"南村"。村之中，引泉入畦，结篱树蔬，地坦可锄，曰"平畴"。由畴北折入圃，有廊焉，列韵以步之，曰"韵步"。翼翼临于其上，高举翔视，若将远游者，馆也，曰"远游"。馆之[③]侧，夕阳多荫，草木蓊密，有榭焉，曰"春阴"。南北七武，东西十武，茅茨相望，薆然蔽亏，周规折矩，若不可已。嗟乎！天下之大，四海之广，其为地不知几万里也。弃不取，取数武之内，以一人之身徘徊其间，四时无不足，此奚为者耶？

---

① 民国八年罗振玉本《隰西草堂诗文集》作"霜风"。

② 原脱字，据《隰溪草堂集》卷六补。

③ 原作"其"，据《隰溪草堂集》改。

"敝庐何必广，取足蔽床席。邻曲时时来[①]，抗言谈在昔。"此亦陶令之言也。今昔之感，宁独《移居》而已乎？酒酣，乃为之歌曰：

皇天平分此南北兮，余独凛此中皋。日月澹其泬寥兮，水又重之以寒潦。岂申申而将旦兮，何众蔓靡散而不可蹈也？往既不可见兮，来者趑趄而烦劳也。惨郁陶而谁语兮，窃将适乎远郊。闻清尘于柴桑兮，承休风于啜糟。

陈佥宪墓表

朱国祚

天启辛酉夏，余赴召至彭城，有诸生三人造余而请，则惺源陈公子中涵、中蕴、中孚也，以公遗命，乞余表其墓。余与公乡会同年，公宰嘉禾，及兵备杭严，皆宦于浙。习知公行谊及政绩，莫如余者。余何敢辞？公讳汝麟，字仁夫，惺源其别号也。其先清江人，从高皇帝以开国功授徐州卫百户，世其职，因家焉。八传至永康，晋卫镇抚，赠昭信校尉。娶刘安人，生五丈夫子，公其季也。少而颖异，十七廪于学，壬午举于乡，癸未成进士。初为长葛令，既而调嘉兴。外艰服阕，补山东之清平。起[②]四载，转南京虞衡主事，榷芜湖税。内艰服阕，补北部，榷荆州税。寻转都水员外郎，晋郎中，出治通惠河。为郎署久之，乃擢浙江按察佥事，兵备杭严。公在长葛，其俗犷悍好讼，即长吏常为所持，公缚其豪置之法，境内肃然。以能治剧役嘉兴，治不扰而事集，去后恒见思。乃坐谤补清平。清平疲瘠，公涤其烦苛，宽其条教，民赖以安。属岁大祲，蝗起，中丞宋公欲以术禳之，方士所至纷扰，公叱去之，而课民捕瘗，虽灾不害。其在芜湖不半载，溢额六千金；再榷荆州，溢额至倍。司空荐其廉干，取所上条议颁行之，著为令。会营建两宫，公督率勤劳，蒙上尊之赐。其治通惠河，疏浚缮筑，以身先之，殚心悉力，费省而功倍。其兵备杭严，值中使刘成驿骚，欲榷茶笋青梅诸税，又与诸生为难，士民群哄，诉于公。公慷慨激烈，必绳以法，而中丞刘公欲调停之。公叹曰："身为法官，乃坐视中珰之横而不禁止乎？又奚用此豸冠为也！"遂奏记两台，径拂衣去。缙绅士民遮道留之，不可得。两台以病闻，予告归。居无何，以荐起补关西，而刘成忌公不释，竟以察典中公。公怡然不以为意，辟园构亭，莳花种竹，日觞咏其间，不问外户事。其论乡邦利害，如浚河、筑堤、补城、起梁，观察袁公所为德于徐者，其计画皆本自公。公性尤孝友，曾抚孤侄、葬仲兄。即同籍兄弟，如任宇黄兄、乐同鲁兄，客死于徐，公皆殡之。又尝赈饥民，捐粮煮粥，活流移数千人，此尤其盛德之

---

① 原作"求"，据《陶渊明集》卷二《移居二首》改。

② 乾隆《徐州府志》作"越"。此作"起复""起补"，亦通。

显著者。初，公举于乡，少保沈公梦四麟游于庭。比揭榜，而名麟者四，公其一人也，人以为瑞征。而卒不得大用，惜哉！公为令以循良著，榷两关所至溢额，治河以精敏称。及佥浙宪，以法不得伸而去。归而杜门扫轨，以诗书自娱。盖耿介为操，狷洁自好，其行谊政绩有足多者。余故表公之墓，以石镌于凤凰山之原。

赠王皜儒先生夫妇殉节序

张如骞

岁乙酉仲夏，姑孰有黄兵之变，屠戮人民，焚毁城舍。维时，义夫烈女表表自见者，不可胜述。而郡学博皜儒王先生，适丁其际。揆之越寇去反之义，先生固无责耳。乃先生才优望重，院藉监军，念先圣之灵，志殉城社。贼至，先生从容赴泮水而亡，其孺人温氏偕焉。余返里，闻其事，窃叹曰：“先生固义士，其妻亦烈妇也，但恨不克表章厥美，为千古史册之光。”及甲午，余谬司铎徐庠。至之日，即访先生后裔。其子有吉士、嘉士者，属余门下，因执弟子礼谒余，相与殷勤道故，盖不胜人琴之感云。会观察使胡公葵衷老师修葺徐志适成，王生以余向知先生最真，今日之遇又最奇，欲借一言，以志不朽。因不辞固陋，粗陈其梗概如此。至先生之生平行谊，耿耿不磨，自有史笔阐扬之，余又何赘焉？是为序。

陈烈妇挽辞

杨妍

陈家之妇彭家女，十九年前一身许。本是儒林通德门，言循典谟动规矩。年少谁能不冶游，玉鞭金弹出长楸。脱簪不听从郎去，却上关家燕子楼。谁知蛊色为人盗，烟婚雨嫁神仪秏。归来一疾无奈何，狸歌遂奏残形操。儿居屏内郎居外，恰似邢才不相会。禅悦之夫法喜妻，六年斋阁舒而娧。相敬如宾益爱卿，百年苦乐同枯荣。生时愿接比肩好，纵死犹闻黄鹄名。鸡骨支床事不谐，补天炼石无陵娲。织成宝饰鸳鸯带，便欲先驱狼与豺。诸姑伯姊勤娘止，未亡人候亡人死。少忍须臾胡不为，他年会有双梓里。呜呼殄瘁，夫竟云亡。儿其决矣，共归玄堂。朱里白外，笑言如常。死如割水，亦如吹光。头上金雀钗，是儿嫁时宝。分与夫家人，念夫旧时好。身上襜褕衣，是儿嫁时制。锡与夫家儿，感夫百年惠。要儿亲兄面致辞，此非驱儿之所为。夫亡妇毕亦恒理，此是天长地久期。暇豫雍容治命完，五丝璀瑮投香绖。在天愿作鸟翼比，在地愿为枝理连。末世纷纷何太杂，堪羡英雄出闺阁。多少分香卖履人，临终两眼何曾阖？

清顺治《徐州志》

江宁府为补刊名宦之惠绩，以成《通志》之大观事[1]。据上、江二县申称，据江宁府属绅衿方苞、王霖、蔡坣、程绍［伊］[2]、王粤、黄越、朱豫、叶冠、路克佳、朱大绶、张纯、汪琰、黄瑞、黄焕、何梦篆、史修龄等呈前事词称“切惟名宦为奕世之楷模，而志书乃千秋之衡鉴，其事于恒实而可稽，故其言亦信而有征也。如前督宪麻[3]，承天柱石，济世舟航。金吾伏簇双驺，彩笔入鳌头之禁；玉笋班先群彦，锦袍耀龙尾之阶。邀宠眷于一人，得节制夫二省。馈遗尽革，下吏绝奔竞之门；耗羡悉蠲，小民获耕桑之乐。改屯丁而归民赋，除三百年之倍征；还民产而建营房，救千万民之失业。饷严扣克，各营士饱马腾；兵禁下乡，遍地禾苗庭硕。惩假命之扰害，愚懦不敢轻生；宽海禁之诛求，贫难因而得食。以致祈求雨泽，动必格天；捐建黉宫，事多崇圣。故东游吴会，西达豫章，在在有更生之庆；上而官吏，下逮穷檐，人人有誉处之庥。似此深仁，有裨二省，载入《通志》，足耀千秋。为此合词呈请，伏乞赐文转详，得奉宪敕补刊，实为纪乘厚幸”等因到县。该摄上元县事、江防同知胡承铨，江宁县知县谭有年会看得“前督宪麻公，泽沛两江，勋垂奕祀。厘奸剔弊，四方敛豪恶之踪；弭盗安民，万户享清宁之福。军民戴若怙恃，文武奉为仪型。凡在昔之恩膏，皆有光于竹帛。今准前情，理合照转”等情到府。据此，该知[4]府看得：前督宪麻公，节钺两江，雨露久沾于士庶；抚绥兆姓，恩威并洽乎军民。建营房而栖军旅，闾阎幸恒产之还；改卫籍而乐输将，屯卒无佥丁之扰。所以历年虽久，求画像者，不减哭奠雷阳；遗泽难忘，过芳祠者，如同泪垂岘首。既舆情之共戴，宜《通志》之重刊。所当据县申详，伏冀宪裁，批示遵行。

江宁府为补刊《通志》以彰惠绩事。据上、江二县申称，据江宁府属绅衿方苞、王霖、蔡坣、程绍伊、王粤、黄越、朱豫、叶冠、路克佳、朱大绶、张纯、吴士仁、汪琰、黄瑞、黄焕、何梦篆、史修龄等呈前事词称“《通志》为征信之钜典，宦泽实垂世之鸿模，使有美而或遗，将何凭以不朽？恭惟前督宪阿讳席熙[5]者，忠以事君，忧勤靡间于夙夜；廉以律己，淡泊尽绝夫苞苴。由钱谷以及兵刑，方岳俱遵其介节；自激扬以至摘发，守令共凛其明威。课士无留良，尽英雄而入彀；养民

① 按：以下详文三则，国图本无，据东京本补。又案所详事为麻勒吉、阿席熙、傅腊塔三人。考上元县知县谭有年，任于康熙四十五年至四十九年间，方苞等请应在此间，则此增刊六版，亦在此时。然事无涉徐地，未审何人何故所补。

② 字据下文补。

③ 麻勒吉，字谦六，瓜尔佳氏，满洲正黄旗人。顺治九年举会试第一，为满族第一状元。康熙七年授江南江西总督，十二年夺官，改兵部督捕理事官。

④ 据后文及康熙补版《高淳县志》，俱应作“职”。

⑤ 阿席熙，瓜尔佳氏，满洲镶红旗人，清朝大臣，康熙十二年（1673），迁江南江西总督，康熙二十年（1681）罢任还京，寻卒。

有要术，安耕凿以无惊。至于捐建营房，勿虞露处；请宽逃令，不病株连。平米价以活穷黎，革科扰以惩奸蠹，赈粥行而哀鸿群集，营债禁而重利悉除，凡此种种之恩膏，实系元元之福曜。为此合词呈请，以求编入志书，伏乞父师转详各宪，俯允补刊”等情到县。该摄上元县事、江防同知胡承铨，江宁县知县谭有年会看得“前督宪阿，忠勤以莅政，淡泊以居心。爱士爱民，庠序兴而闾阎安堵；辑兵辑吏，营伍定而征敛均平。两省恃为金汤，万民安其覆载，所当不循舆论，上丐宪批。今据前情，理合照转”等到府。该职府看得：前督宪阿，世德传家，懋勋襄国。扬清激浊，既大法而小廉；度地建营，自兵安而民①悦。抗疏以宽逃律，网尽解夫池鱼；平价以抑米商，市不忧乎闭粜。取利特严违禁，子母②酌而有无自通；供亿悉出公捐，科派除而军民攸赖。凡此实心与实政，是以弥久而弥彰。所当据县申详，亟为转请，编入《通志》，昭示来兹者也。伏候宪台批示遵行。

江宁府为名宦之惠绩孔彰，郡志之采收未备，恳赐补刊以垂永久事。据上、江二县申称，据江宁府属绅衿方苞、王霖、蔡望、程绍伊、王粤、黄越、朱豫、叶冠、路克佳、朱大绶、张纯、汪琰、黄瑞、黄焕、何梦篆、史修龄等呈前事词称“名宦之祀，原以报丰功；而郡志之刊，亦以昭懿行。此虽一时之公论，而实百世之定衡也。兹有前督宪傅③，秀毓鼎钟，望隆嵩岳。早擅名于乌府，白简生辉；旋出使于河东，视鹾攸赖。特奉简命，节制两江。百僚凛冰雪之操，激扬有道；一柱朗神明之誉，摘发无遗。耗羡悉蠲，歌宁宇者遍于二省；萑苻尽戢，庆安枕者及于三江。禁革滥差，主伯相安于垄亩；剪除关蠹，商旅无阻于江津。午夜救焚，不辞单骑；深秋祷雨，致润随车。更以广励学宫，既崇儒而重道；宣讲上谕，能易俗以维风。疏百年壅塞之城河，大魁果出省会；垦④秦邮荒芜之弃土，有年屡见淮西。廊钞篷租，吁皇恩而赦免；茧丝束湿，察民隐而胥蠲。无如七载深仁，忽尔一朝仙逝。虽易名从祀，钜典俱已无亏；而大德令闻，郡志岂容有缺？为此合词呈请，伏乞转申各宪，俾得补刊，以光郡志。则赵清献之芳踪，并遗休于百世；海忠介之令范，同垂誉于千秋矣”等因到县。该摄上元县事、江防同知胡承铨，江宁县知县谭有年会看得“前督宪傅公，以圣天子之重臣，为亿万民之福曜。服官愈久愈清，七载有如一日；戴德无远无迩，两江咸托二天。不朽堪垂，生前无间于身后；应刊郡志，舆论允洽乎旨评。今准前情，理合照转”等情到府。该职府看得：前督宪傅

① 原作“兵”，径改。

② 子母：犹言本利。子，利息；母，本金。

③ 傅腊塔，满洲镶黄旗人，伊尔根觉罗氏，明珠甥。康熙二十七年（1688），官两江总督，三十三年（1694）卒于官。

④ 原作“恳”，径改。

公，鸿猷范世，骏德格天。自吴会以迄豫章，在在扬清激浊；由戢兵以及饬吏，事事剔弊厘奸。绩奠与京，恍三山之半落；恩何不竭，由二水之中分。国家隆带励之章，早已铭勋竹帛；士庶极尊崇之典，业经奉主宫墙。似此芳型，应入郡志。合循舆论，申请宪裁批示遵行。

徐州志卷之七

闺德

郡人夏应凤、吴汝琜 同修

南北朝

刘氏，彭城人，渤海封卓[①]妻。卓始醮，即赴官京国，寻坐事伏法。刘家居，忽梦卓死，号哭不止。经旬，问果至，遂恸而绝。著作郎高允作诗八首以哀之：

两仪正位，人伦肇甄。爰制夫妇，统业承先。虽曰异族，气犹自然。生则同室，终契黄泉。

封生令达，卓为时彦。内协黄中，外兼三变。谁能作配，克应其选。实有华宗，挺生淑媛。

京野势殊，山川乖互。乃奉王命，载驰在路。公务既弘，私义获著。因媒致币[②]，遘止一暮。

率我初冠，眷彼弱笄。形由礼比，情以趣谐。忻愿难常，影迹易乖。攸攸言迈，戚戚长怀。

时遇险迍，横罹尘网。伏锧就刑，身分土壤。千里虽遐，应如影响。良嫔洞感，发于梦想。

仰惟亲命，俯寻嘉好。谁谓会浅，义深情到。毕志守穷，誓不二醮。何以验之，殒身是效。

人之处世，孰不厚生。必存于义，所重则轻。结愤钟心，甘就幽冥。永捐堂宇，长辞母兄。

茫茫中野，翳翳孤丘。葛藟冥蒙，荆棘四周。理苟不昧，神必俱游。异哉贞妇，旷世靡俦。

唐

王孝女，字和子，州人。元和中，父、兄皆防秋屯泾州，吐蕃寇边，并战死。

① 原倒作“卓封”，据《魏书·列女传》《北史·列女传》乙正。
② 原作“弊”，据《魏书·列女传》《北史·列女传》改。

和子年十七，单身被发，徒跣缞裳抵泾屯。日丐贷，护二丧还葬于乡。植松柏，剪发坏容，庐墓所。节度使王智兴白状，诏旌其门。

萧县

王氏，庠生马世禄妻。世禄卒，王氏年二十二，扶柩奔葬，行泣失声。比葬，投圹身殉者再，诸娼强掖之归。卒雉经。乡人悲怜，争质棺以殓，即日启夫窆合焉。县令孙公为撰墓表，寻上闻，旌表其门曰“贞烈”。

马氏，赵之璧妻。璧疾，焚香请代。度璧濒危，遂先自经。璧竟不起，同日棺殓。宪臬谭公移文建坊，旌其贞烈。后奏闻褒嘉，邑人徐茂为撰墓表。

丁氏，彭好古妻。好古，邑庠生，以勤学婴疾。丁事之，至忘寝食。疾且革，丁泣曰：“子危矣，愿与子同归。且不忍见子之绝也！”先一日自经死。有司以闻，诏旌其门。户部主事杨公胤贤有《成仁堂记》。

宗氏，亓邦泮妻。夫妇恒爱且敬，不幸泮疾不起，宗从容殓之。殓毕大恸，顷即自经。

冯氏，葛为纷妻。缔婚未几，纷疾，冯为吁天祈祐。既而疾剧，冯治棺衾讫，慎且周，潜入卧内自经。纷亦寻卒，遂与之同殓焉。

王氏，李世甲妻。于归甫九月，世甲疾卒。王哭之呕血，闻者伤之。越二日，自经以殉。

萧氏，仁寿里张恕妻也。恕染疾日久，萧誓以死从。及恕故，萧遂自经，竟同棺葬。有司以其事闻，抚按贞烈表其门。①

沛县

元

王氏，刘门妇也。夫卒，誓不再适。天历二年，诏旌其门。故迹犹存北门外。

① 康熙《徐州志》按：“以上七人皆明初人。旧志属之元以前，误。”考以嘉靖、万历《徐州志》所列时代，确为明人。本志误。

砀山县

五代

石氏，梁贺王友雍之妃。李存勖入汴，闻妃色美，召之。妃嫚骂不从，见杀。

元

牛氏，段兴妻。年二十，兴殁。宗党欲夺其志。叱曰：“此心已定，敢有复言者，我当以颈血泼之！我死，则垂白姑舅、襁餔弱息，岂能自存？是祸我一家！”语毕，复大泣，众不敢言。牛躬勤织纫，以养二亲。及卒，葬祭成礼。具式谷其子。

丰县

莫[①]材兴女，名贞贤，年十八，夙有志操。值金末兵乱，群盗突入其家，贞贤知不免，即投身于井。其妹年十六，亦并命焉。有司叹异，厚葬之，仍奏其事，旌曰“双烈”。

薛氏，黄甲妻。甲从军死，氏年十九而贫。或劝之改醮，即厉色拒之。时，公姑俱八十余，乃绩纺以供朝夕。洎卒，复竭力为敛葬。葬毕，粗粝自甘，以完节终。有司上其事，诏旌表之。

戴氏，公孙去病妻，戴元世之女也。既嫁，久而无子。谓其夫曰：“妾不才，得奉巾栉，历年无嗣。礼有七出，愿受诀！”夫不听。进曰：“福莫大于昌后，祸莫大于绝嗣。君不[②]忍见遣，当更广室。”夫又不听。夫死，服除，父母欲嫁之，氏遂操刀割耳鼻，誓死守。执义以终身，郡表其里。

渤海刘平妻胡氏，秦台人[③]。至元庚午，平挈胡洎二子戍枣阳，宿沙河傍岸。夜半，有虎突来，啐平左臑，曳之而去。胡觉，起持虎足，顾呼车中儿取刀杀虎。径刺虎，肠出而死。呼夫犹生，曰：“可忍痛去。若他虎复来，奈之何？”遂委装车，扶伤挟幼，涉水而西。黎明，至季阳堡，诉于戍长赵侯，为药救之。军中聚观，咤其勇烈。信宿，平以伤死。赵上其事，得复役终身。赵子昂有《烈妇吟》美之。

---

①《南畿志》作“黄”。

② 原作“不不”，“不”字重出，删其一。

③ 案元王恽《秋涧集》卷四十九《烈妇胡氏传》：“刘平妻胡氏，滨州渤海县秦台乡田家子。”赵孟頫《烈妇行并序》、吴师道《礼部集》诸书并同。志书或以古丰县亦有秦台而附会也。

昔者英、皇泣而湘竹以斑，非以圣人，能无情也？节烈肇于此矣。三代既远，阻于见闻；秦汉以来，多故则多变，何书者竟篾如也？南北朝后，寥寥数人，此记者之疏与？抑古人不近名而然耶？

徐州

明

烈女烈妇（先女后妇。其未详年次者，旧志之略也）

丁女，父丁章，州民。受里人叶孟春聘。孟春病故，女即自缢死，年十有七。有司上其事，纶音树坊表门。

王女，父训导王三槐，生员陈汝凤男洪谟聘。谟以疾卒，女即日缢死，年十有六。有司上闻，纶音树坊旌表之。

殷女，生员殷柏女[①]，武举吴应运男汝璐聘。汝璐病死，女亲赴视殓。回家，是夜自缢。应运以鼓乐迎尸，与夫合棺葬。时观者甚众。户部主事韩昭宣表之（待旌）。

陈女，胡山民陈于殿女也，年十六。崇祯十年八月十六日，流寇至。迫女从己，女坚不从。旋以刃加其颈，女乃大骂，遂杀之。待旌。

宋氏，明经宋坤女，适萧邑文学纵尔翼。尔翼故，氏欲死殉，家人防之极力。越四日，乘间自经，时年二十。督学御史陈子贞奏其事，得旨，树坊旌其门。

霍氏，尹镐妻。年二十，镐卒，无嗣，霍遂自经偕死。正德六年，有司上其事，旌表之。

孟氏，居瀚妻。年二十余，瀚疾革，孟誓与偕逝。既殓毕，遂自经死。工部主事费瑄赋诗吊之。

李氏，刘孝妻，笄年归孝。孝遘弱疾，李侍汤药，衣不解带、目不交睫者三月许。及孝不禄，脱珥易棺，悲号达旦，五日不食，潜于柩侧自经。当道闻之，给棺椁粟帛而表其门。

单氏，陆鲸妻。年二十而鲸疾革，因誓与同死。既属纩，即自经，乃合殡焉。

陈氏，金樀妻。年十九，樀卒，遂雉经以殉，与樀同穴。

张氏，适州民蒋维贤。维贤病故，氏即夕自经死。有司上其事，纶音树坊表其门。

---

① 原作“父生员殷柏女”。据文义，“父”字衍，今删。

张氏，宿州人，适徐州生员陈王道。王道卒，氏即自经死。有司以事闻，诏旌其门。

王氏，王三槐长女，即烈女姊也。适萧邑生员岳梦熊。梦熊病卒，氏饮鸩自杀。有司以事闻，纶音树坊旌其门。

张氏，宿州张维乾女，即张烈妇之姑。适徐州生员武金玺。金玺故，氏遂自经死。纶音树坊表其门。

张氏，苏州训导张梃女，适魏嘉宾。嘉宾病卒，氏即自经以殉。有司上其事，纶音树坊表其门。

王氏，生员王自新女，适生员杜希甫男儒童元祯。元祯病故，氏哀号不已，自缢以殉。有司上其事，纶音树坊表其门。

曹氏，州民曹津女，适李榛男得一为妻。得一病故，氏于当夜缢死。蒙题建坊旌表。

杨氏，生员杨一化女，适生员刘文华男永源。当夫病故，哭不绝声。泪干，继以血。不食十有四日而死。巡按御史王九叙哀之，而特为题奏，诏表其门。

李氏，生员李崇本女，适监生张有容。历九载无嗣。天启四年十一月二十三日，容患秽疮死，氏方二十有五，当夜自缢，同棺收殓。事闻，知州张国用申详当道。次年，巡按刘大受汇题，给金建坊旌表。

石氏，张爵妻，训导天衢女。爵疾革，石乃与诀，先一日自经。当路闻之，各有奖恤。[①]

周氏，东阿教谕周椝女，适丰县通判孙玠男继忠。继忠早卒，氏遂自经死。知州孙养魁、学正王佩树坊表其门曰“乾坤正气”。上闻，候汇题。

陆氏，生员陆四教姊，适贡士吴汝琦男生员廷杰。善事舅姑。廷杰病故，氏哀号欲死，其母防之甚严。氏乃三日不食，给母回家，遂乘间自经，时年二十有一。知州朱统鑵诣灵拜挽盖棺，公举候题。

左氏，生员左逢源女。年十九，嫁韩永庆为妻。未及五稔，病故，氏泪继以血，自经而殉。士民公举候题。

李氏、王氏，二氏母女也。李嫁儒童王前士为妻，生女十五岁，于崇祯九年同夫携女避流贼之难，潜居刘村地方。不意本年八月二十九日，贼突至此村，焚掳一空。母女自度无逃，交口毒詈，贼痛打百余，骂不绝口，遂交立杀之。前士匿不知所往。夫生妻死，为烈奇矣！惜前士不久亦死，卒无人能表之者。

① 按：万历《徐州志》以张颐妻伊氏、张爵妻石氏二人事迹相类为合传，故云“各有奖恤”，此既析为二传，“各”字无谓也。

孟子曰“舍生而取义”者也，义之激劝人，大矣哉！死烈者，死义非死名也。岂徒不暇顾名，亦并非不忍于其夫也。如曰“不忍于其夫”，彼闺中女，何爱于其夫哉？子曰“杀身成仁”，子舆“取义”之说，盖本之公父文伯之母之谪文伯也，失其情矣。

明

节妇（旧志未详年月。据已旌、待旌，分先后焉）

谢氏，段二妻。年及笄归段。遭元末乱，舅、姑、夫俱死。谢年二十六，止一子甫六岁，又贫无倚，乃往依父家。守志不移，垂白如一日。年八十二卒。洪武中有司上其事，旌表之。

薛氏，王五妻。年十八夫卒，生子甫数月。誓不更适，躬纺绩，抚子成立。正统中有司以闻，旌表其门。

魏氏，李刚妻，学正賛女也。性刚介，幼勤女红。年二十夫亡，无子。誓不他适，昼夜缝纫辟纑，与夫灵相守。垂四十年卒。弘治中，有司上其事，旌表之。

马氏，石嵩妻，教授蕙女也。年二十九嵩卒，子城甫六岁。苦节抚城长，遣从兄暾教之。城领乡荐，寻亦夭[①]殁。马辟纑自给，杜门不出，虽懿亲亦罕见之。年六十五卒。有司奏旌其门。

甄氏，李华妻。年二十五，华卒，止一女甫弥岁，坚志无它。父怜其无嗣，欲夺之。甄以死誓，父乃已。守节五十余年，卒。弘治末，有司以闻，旌表其门。

伊氏，张颐妻。颐早世，无嗣，伊亲自殡葬，誓死守之。姑欲夺其志，遂自经于墓侧（节而兼烈）。

权氏，周杲妻，学士谨孙女也。性端介。年二十余，[杲][②]卒，子甫四岁，权哀毁几绝。尝自经，家人觉救，谕以抚孤大义。后贫苦益甚，所居不蔽风日，惟勤女红，以自给赡。寿八十一。诏旌其门。

徐氏，齐河县尉贤之女，适郡吏梁信。早寡无出，翁姑怜之，将有他议，徐矢心励节，意不能夺。葬翁养姑，乡评胥重。诏以孝闻，并得嘉旌。

邵氏，适郡民李玺。甫及二年，玺以疾卒，辄欲自经。其亲族劝之曰：“汝有遗腹，脱得一男，汝夫为不死矣！”乃稍稍强自饮食。及弥月，生子鲸，竭力抚育。

① 原作“妖”，径改。

② 字据万历《徐州志》补。

既成，生二孙在稚，鲸夫妇相继亡。三丧皆邵苦办。二孤成立。事闻，与旌。今庠生羽明，其后裔云。

谭氏，指挥谭师伋女。伋好学，不袭荫，而为诸生。女十五，适生员李三省，事舅姑克谨。生二子：崇本、崇香。省病故，氏年二十有五，痛绝数番，水浆不入数日。翁姑勉以孝亲立后大义，强就饮食。茹苦奉亲，卒襄大事。长子入泮。次子历监陈情，下其事于有司，核实奏闻，给金建坊旌表。卒，年九十有三。蜀进士周仲士为传。（长孙向阳，孝廉）

吴氏，处士吴希周女，适儒士王伟。伟病故，时氏年二十有五，育二子，方在襁褓。欲以身殉，氏母勉其所难。氏始勉为未亡人，坚志贞守，抚训二子成名。漕使者易应昌、台使者王安顺采风及焉，闻于天子，诏加棹楔旌其门。

高氏，百户王元妻。时倭夷讧东南，元督兵赴敌，陷阵死。氏茹荼守节，课子成名，以寿终。有司奏请，诏锡忠节坊表扬。

毕氏，生员毕煜女，适生员尹汤聘为妻。年甫十七，聘以哭母致疾卒。氏断水浆七日，转念翁瞽，挑绣代养。翁卒，不能成殓，氏解衣安厝。申详各院，纶音赐旌。

张氏，郡御史张鹤鸣女，适滕县举人黄昌年。年故，氏方二十有三，依母家居。遗孤家瑞，年始六龄。氏以慈母兼严父，朝夕训诫，登进士，历官开府。屡受封章，非曰旌之而已也。

薛氏，董霈妻。霈卒，笄年守志不移，以终其身。

张氏，年及笄，适指挥倪禄。禄以征倭功，升福建游击将军。未几，倭寇再炽，乃大呼陷阵，死之。张闻，欲自引诀，以倪氏无子，姑年八十无托，乃毁容矢节，事姑惟谨。当道匾其门，以示旌焉。

蔺氏，徐州卫百户吴春安妻。夫早亡，年二十一岁，遗一瞽儿，亦夭。姑黄氏年老，事养甚谨，三十余年不违左右。家贫食优，给勤女工。后年逾七旬，卒。

沈氏，州民徐邦泰妻。甫生子，而邦泰病故，氏欲自尽，亲劝抚孤。时遇凶荒，辛苦万状，辟纑度日，甚至日不举火。各院批给匾扬。

李氏，州监生李廷彦女，适儒士胡佩。佩早亡，李二十五岁，贞守事七旬之姑，以礼终葬。抚九月子世明，成名于庠。尝收养孤侄，让邻侵地，焚夫所遗债券，尤属异姿。寿八十一卒。有司上其事，抚院皆旌其门，行入宪纲候题。

赵氏，州民赵宇女。适州民王源，生子养心甫三月，源乃物故。时氏年十九，贞守柏节，茹苦食蓼，历五十载。中间教训养心游泮，无愧丸熊之志。以寿终。有司详申各台候题旌。

魏氏，百户魏一清女，适千户徐增基。自幼庄静，不苟言笑。年十九，夫即病故，茹贫苦节，历尽诸艰。遗孤甫三岁，抚训成立。冰蘖逾数十年如一日。临终之际，犹谆谆训子忠以报国，正以立身。胄壶所不多见者。各上台屡表之。

魏氏，徐州卫指挥魏廷璋女。年十八，适儒生易从义，甫七载而义疾殒。氏哀数日不食，因遗孤方二周，亲戚多方劝慰。氏抚孤，誓不二天，孀苦数十年。士民公举，州守朱统鏻详申各部院匾奖，汇题奉旌。（子中阳立，辟为掾吏）

王氏，桐柏教谕聪姊也。适国戚武金鲸，以夫官封孺人，复以子东藩官封太孺人。金鲸卒，氏勤俭教家，义方训子。东藩游徐学庠，后官山东理问，咸孺人之力也。纶命所称"名阀之彦，君子之逑，入无擿言，外无爽事。"及各台交以节贤匾额旌之。（应列"与旌"之数，录者误之）

司氏，生员舒怀吉妻。生子六月，怀吉物故。氏贫而守节，严而教子。子鹤龄，髫年为诸生，诸孙俱列黉序，皆从守节善教中而得者也。卒，年七十余。郡守唐公民敏嘉旌之，以为末俗劝。

伊氏，伊禄女。少丧母，叔父贡士天命养为己女，适百户王柱长男一正为妻。夫早卒，氏年二十有四。家贫，子女俱幼，氏苦志守节，坚贞不渝，子俱成立。卒，年七十五岁。

李氏，廪生宋增妻。增负异才早逝，氏年二十有二，遗子峒方五岁。家赤贫，氏茹苦守孤。孤年十六，将室，偶得危症死，氏哭儿亦死。永抱恨于玄台矣，哀哉!

王氏，王彬女，适生员张光范。[范][1]早卒，家贫甚，且成籍，内凌外变，害不可言。氏悲哀之余，以课儿为事，子际盛、际明，同时入泮。氏年六十有余而逝。

乔氏，生员孙廷选妻。廷选病故，氏方有身，冀生男以嗣夫后。果产男。其家贫甚，纺缉刺绣，以抚其子。常至日中不举火，处之晏如也。后子亦成立。年七十余而卒。

国朝

刘氏，系任山东滕县典史刘潭室女，适任河南归德府通判张垣。克尽妇道。后垣以节死，氏哀痛欲偕，因思教子成名，以光先业，乃守志义训，历有年岁。今以子胆授骠骑将军二品秩，诰封夫人，竟如节志。

夫言节，而孝并之，非以居常井臼之为孝也。妇幼失所天，其愿死均耳，而勉

① 字据东京本补。

为未亡人者，大半为宗祀计也。垂白在堂，以妇道兼子职，固矣！即无垂白乎，而一线之脉，非孤莫续，非孀莫保，则奈何民转而计出于守也。勉为其难，岂虚语哉！至于饥迫[①]切身，冬龟手，夏浆背，劬劳拮据，子渐有立，恸母而乞一字[②]之褒者，人之大情也，岂母志哉？而况乎其犹有待也。骨朽而名称，则已晚矣！

国朝（事以时著。人数尚少，且四属征皆未至。故特为一编，而虚其左）

烈妇

彭氏，萧庠彭万程女，结发于徐陈太学子茂才子沅。孝舅姑，和妯娌，人争贤之。沅病数载，药饵无懈。病笃，欲殉，众劝止。氏曰："我无子息，又有兄嫂为舅姑送终，我志决矣！"出一切簪珥散之。殓三日，家人皆随俗出途焚奠。氏留室守柩，遂自缢。时兵宪胡及郡公义而吊之，且集诗以俟汇题。

节妇

毕氏，恩选毕文美女，结缡于郡庠万恒德子天祺。业儒攻苦，不幸早逝。遗孤穆甫三龄，置不顾，而欲从地下。万侍御元配项，乃氏之伯父姑也，多方谕以抚孤。氏勉从，悲号愤郁。穆未冠，辄废蓼莪矣。勉学，成母志，蜚声黉庠。学按各上台奖嘉母子，以俟上闻。

孙氏，赠翁袁可大之妻，国祥之母也。祥生一岁，父辄故。孙茹荼自苦，以慈代严，抚孤由太学授光禄署丞，又晋顺天府经历，两奉封章。祥归终养。年七十三而终。

张氏，州庠生杨枝荣母也。父伯，生荣晚。荣六岁，母年二十二而伯逝，依兄枝秀。氏纺绩辛食，孤灯伴读，家余四壁，难状凄其。荣尽孝成立，蜚声黉序。母节操冰霜，历三十三年卒。士民钦推，当道交奖，兵宪胡旌表待题。

姜氏，乡耆姜舜女。年十六，适冯国祥为妻，恪共内职。垂十年，国祥早逝。水浆不入，期以同死。念遗孤茕茕，怙恃两失，乃从柏舟之义，自守课子。历四十余年，内外无间。各上台赐旌待题。

武氏，徐州卫中所舍余孟述尧妻。尧逝，氏年二十一，遗孤三岁，既无寸土，又乏一枝，公姑不能俯顾。纺绩糊镪，糟糠井臼。尚智成立，佣作赡母，勉襄妣祖大事。通庠奖举，兵宪胡特为表励。

---

① 原作"追"，径改。
② 原作"子"，径改。本志李向阳《张氏妹墓表》："闻之当道，上之朝廷，要一字以足千秋，不亦赘乎？"意于此同。

贤节张氏，省祭张光先之妻，庠生賁之母也。善事翁姑，尤善事继母。夫死，矢志共姜比贞。叔弟兆先幼，抚之以迄于成。赡寡婶彭氏，殡葬族祖母王氏。子既入庠，尚教不辍。各台奖礼，梓里著声。

萧县

烈妇

徐氏，张冲奎妻。幼娴闺训，孝事公姑。奎陡染疯症，喑不能言，氏焚香露祷。夫殁，自缢未遂。阅七日，水浆不入口，卒以饿死。各院旌表，奉旨建坊于赵家圈，曰“贞烈之门”。

王氏，张振鹭妻。夫病，汤药弗愈，氏割左股为汤以进。病益笃，亡之三日，即殉夫自缢。学院甘入题，奉旨给银建坊，免其丁差。

王氏，任士英聘也。室处时，闻英力学致疾几危，恻然谓其父母曰：“儿既为任家聘，当一往视之，不负姻盟。”父母怜而从之。得侍汤药者三月。士英卒，抚棺泣血，七日不食，自经死。知县宋以事上闻，以诏旌其庐，树碑葺墓。

马氏，王基弘妻，徐之侍御公[①]女孙。闺范素娴，通内则大义。崇祯九年，闯贼破萧，夫死。氏[②]被执，义不辱，遂死。文宗倪公疏上，钦赐旌坊。

项氏，任如龙妻。闯贼破城，夫从父遇害。氏被执，遂骂贼：“杀则杀耳，奈何从汝为！”遂被杀。学院倪上闻，蒙钦赐坊旌。

吴氏，纵鲲跃妻。二十二日城破，被刃寻苏。二十三日贼退，寻夫尸殓，自缢柩旁。学院倪上闻，下礼部钦赐坊旌。

李氏，郝惟肖继室也。娴妇道，乡里以孝闻，鞠养前子键，无异所生。佐夫庭训，得食饩学宫。夫病，躬侍汤药，数月不懈。痛夫卒，一哭气绝者再而三，卒得缢于柩旁。乡人悲之，举县申院道，各有旌嘉。

杜氏，寇自谦妻。谦与杜髫年结发，相爱如宾。缘无嗣，多蓄姬妾，杜爱之不妒，遐迩以贤闻。谦方病故，杜即誓以死从。阅六日，遂闭门自经。

唐氏，许嘉宿妾也，苏州人。十七纳之侧室，事嫡贺。生一子夭。后值宿病笃，怡然誓以死从，家人靡不窃笑之。及宿弥留之晨，气不绝如缕，唐怡然叩贺柩前，以带加颈，上系桌梁，跪而逝。宿亦寻卒。后视带去颈寸许，而唐掉臂游行，可谓视死如归者矣。闻之县尹郑公，旌曰“异烈”。

① 即马津。考本志卷一《陵墓》，县东绥舆里凤凰山阳有马御史墓，其墓既在萧县，女孙又嫁萧人，疑其裔自隆庆后已迁入萧。

② 原作“民”，据康熙《萧县志》改。

杜氏，何拱瑞妻。自于归后，夫得异症，数日即死。氏痛绝，自经殉之。

纵氏，寇公胤妻。归胤三载，胤忽病逝，氏即欲殉夫。翁姑慰之，谓能守子，节愈于烈。又一岁，子病忽殇。氏哀痛之，五内为摧。埋子后，自经于夫柩之侧。

翁氏，适陈时鸣，荆钗秩秩。值鸣病挛，侍汤药唯谨。及故，氏从容毕敛事，哭泣如常[①]，凄恻少减，翁姑亦不之间。三日晨，缢而从夫，泊如也。时年二十六。大尹郭奖之，申详各院，俱有旌额云。

许氏，何鸣汉妻。于归后，上自翁姑以下，井井业业。何病亡，不能速从地下，水浆不入口者三日。以防闲，妪婢熟睡，登夫棺而缢于其上，遂其初志，容颜不变。事闻上台，俱蒙旌奖。

郝氏，孟知性妻，名宦玘[②]曾女孙。食贫，能劳苦佐夫持家。生子镇、钥、鐈、锦，俱楚楚挟飞鸣势，诸子惮氏过于翁。城破，父子相失，独钥得从氏至南门隍。氏诫钥曰："妇人耳，一死谢责。儿铮铮丈夫子，亦堕城赍志乎？"语未卒，投池而死。钥挽不及，亦触桥颊石绝。得从祀乡贤。

纵氏，何湖妻。性勤淑，事公姑以孝闻。丙子，寇破城，氏携幼子逃贼，遇诸巷，索金钱。氏愤不前，遂触石壁，破额而死。邻妪悉其事。阅三年，次子何岱弱冠请缨，誓报母仇，从刘将军行，血战蒙城，死之。邑人士哀鸣当事旌其庐，详载《双烈传》中。

戴氏，任国鑌[③]妻。丙子寇来，氏扶姑北遁走凤山巅。被执不屈，杀之。血喷石上，经阴雨时，即有人影，数岁未灭。金石之性，生香不断，有如是夫！

二陈氏，陈于前女也。姊适黄廷谏，妹适刘希贤，二氏节义久娴。丙子贼破萧，姊因夫死，骂贼碎躯；妹不受污，投火焚死。称曰"双烈"，良不虚矣。

郝氏，陈开先妻，十七于归。性恬夷，纨缯之习，一归淡素。古所称"郝李良媛"，氏殆不愧宗风。事翁姑孝，相夫子于风檠雪案中，绰有古意。生一子，不育。丙子城破，死之。在烈火光焰中，现庄严相而去。

宋[④]氏，王鼎妻，崇祯十年九月，流寇过朱珊铺，鼎伤股，朱同儿妇欧阳氏被执不污，俱遭戮。婆媳碧血，恨萦衰草。

杨四姐，杨自秀女。年十五，从父避乱龙蟠山中。崇祯十年八月，寇至，欲污之。誓死不从。贼怒，碎分其尸于松楸之下。后有人月夜过之，青燐隐隐中，见一

① 原作"尝"，通"常"。

② 原作"圯"，知县郝玘之误，据嘉庆《萧县志》卷十四《列女》改。

③ 原作"宝"，据本志他卷用字并参嘉庆《萧县志》改。

④ 本志前云"宋氏，王鼎妻"，后云"朱同儿妇欧阳氏被执不污，俱遭戮"，必有一误。案康熙《萧县志》统改"朱氏"，康熙《徐州志》、嘉庆《萧县志》统改"宋氏"。难知孰是。

女子艳服，发覆额，曼声长叹，木石俱凛。

节妇

吴氏，何鉴妻。年二十一而鉴卒，止一子在襁褓。吴事舅姑孝谨，抚子成立。贞淑为乡里所称。

黄氏，穆三妻。归穆六月而夫卒。黄时年十八岁，有遗孕，生子端。黄竭力以养姑抚孤，孝致而兼义方。贞白之操，终身亡议。

鹿氏，王彬妻。年十七归彬。越五载彬卒，一子甫三岁。鹿守节刻厉，以训遗孤，有断机风，子果成学登第。年七十九卒。

徐氏，黄恩妻。年十七归恩，二十一无子而寡。舅姑屡将夺其志，不为屈，日躬纺绩以自赡。乡人至怜而周之。以寿终。

郝氏，生员卜同妻。年二十二[①]，生子周岁而夫亡。值姑孙氏老病，郝侍养，勤劳百状。病笃，至为尝粪。及姑卒，剧力以为敛。隆冬惟衣单自蔽，虽肤趾皴裂不恤。甘心贫苦，以身殉节，邑人仰之。

谭氏，郑槐妻。早寡，以遗腹不忍自决。及期，幸举一子，辟纑鞠育，备诸艰苦，而贞白之操，至死不变。

郝氏，李宗孔妻。年二十而孀居，柏舟之矢，可贯天日。每逢节序及宗孔忌辰，洒酒大恸，累日不食。事姑尤以孝闻。

孙氏，朱玻妻。年十九而玻卒，孙欲即引决。其舅氏觉而止之曰："吾与汝姑俱抱夙恙，危若朝露。汝夫不幸，天实丧予！有汝在，尚相依倚，以全残喘。今若此，将置吾二老于何地？"乃相向而哭。孙始忍死以终养，调药侍馔，益修妇职。舅姑殁，丧葬皆以礼。旌其门曰"节孝"。

陈氏，郝臣妻。年十七适臣。越三年臣故，陈哭之几绝。时遗孤方五月，而舅姑皆垂白，遂剪发自誓，孝事尊人，养生送死，曲尽妇道。育子一本，博学姱修，由母氏和熊之功。有司为旌其门。

赵氏，刘楚才妻。赵父文鉴，闽人也，为萧丞。见楚才少有[②]奇质，遂以女妻之。年二十四而楚才卒，欲以身殉，念姑老，且遗腹甫六月，不果。后举一子，赵亲操井臼，以养姑育子，慈孝兼至。寿七十九卒。

徐氏，刘子奇妻。子奇，庠之彦也。筮婚而疾笃，徐抆泪事之不懈。及卒，徐屡欲自经，姑泣慰之曰："而翁早世，吾所以不即死者，以汝夫在也。又不幸中道

① 原作"三十二"，讹从万历《徐州志》。今据嘉靖《徐州志》乙正为"二十三"。又，康熙《徐州志》臆改为"二十二"，以后乾隆《徐州府志》、嘉庆《萧县志》皆从其说。

② 原作"自"，据万历、康熙《徐州志》改。

弃捐，汝子尚在褓襁，汝死，吾与汝子何归？况汝父瞽且独，汝之一身，子道、妇道、母道备焉，汝何以死！”徐稍悟，黾勉事姑抚孤，人皆贤之。有司表之曰“双节之门”。

朱氏，孙雷妻。雷负异才而夭折，朱年仅二十，哀毁几不生，誓以死守。惟偕一老妪，擘麻躬织，冰霜同操。人以为乃祖乡进士信之遗训云。

武氏，岳梓妻，国戚武迪女也。夙娴母仪。梓逝，抚训二子钟灵、钟杰。既而钟杰早折，其妻刘氏亦誓矢奉姑。值姑病，割股以愈之。齿近八旬，高节俨然。抚按郡邑咸以“节孝渊源”表其第。

居氏，生而敏慧。年方笄，张滓聘为妇。滓父母年高，居事之益恭。逾三载，滓染病卒。居号哭仆地，死而复苏。以三岁幼子失育堪悲，遂坚志守节。居年六十七，计夫殁之时二十二也，四十余年冰霜怡然。

王氏，李大彰妻。大彰亡后，清窭益甚，手自纺绩，以永朝夕。抚幼子斡，训诲多方，博学洽闻，饩于泽宫。屈指苦节七十余年，桑梓景企，守令频颜其庐。斡子荷春，亦饩泽宫，丙子死难，祀乡贤。祖母王之贻谋远矣哉！

朱氏，任述妻。归述三年，生子涌。述以疾卒，朱氏吁天不生。以姑命，劬育幼孤。既而成立，旋夭。计今五十余载，齿八秩矣。里闬族党共哀叹之。

潘氏，郝贡妻。幼尊阃教，孝敬悉至。及贡卒，恐子爽失学，坚持霜操，遂教子成名，树帜文苑。潘年八秩。

杨氏，任汉妻。妇道克敦，佐汉采芹，为庠知名士。以勤学遘疾，疾革之际，杨哀泣不粒者数日。及遵姑命，抚育幼子士瞻成立，胶庠翘楚，亦大慰母心者。

刘氏，王忻妻。忻以武烈闻于当路，至擒渠魁，以靖郡邑，迄今颂之。若夫捐资建学，修祠赈匮，可谓矫矫。以疾卒。二子在褓襁，刘苦节抚训，皆入太学。今寿逾六旬余。

于氏，张廷桂妻。克尽孝敬，翊夫勤学，领岁荐。遘疾而卒，于以死从，复念其三子悉幼，遂闭门誓守。迄今七十岁，里闬咸推重之。

纵氏，戚性妻。自性故四十六年，抚孤持节如一日。其清苦，尤人所不堪者。今七十五龄。

刘氏，年十八适王文逵。逵疾笃，度不可生，刘泣下，遂自尽，念一子周[①]岁，坚志守节，育子明征成立。时刘孀居已五十余年，县令表之曰“贞节”。

杨氏，郝寿妻。寿既故，甘心清贫。四十余年，外户不逾，劬育三子悉成。今历年七旬，贤名远播。

---

① 原作“适”，系“週”形讹，径改。

丁氏，罗衣妻。衣故，事耄姑，育幼子，克尽其道。今四十年，三子皆成立。七十余龄。

吴氏，纵鲲妻。适鲲后，竭力持家。及鲲卒，吴年二十四，誓无他志，抚三孤，惟耕绩以供衣食。人皆以操节清白颂之。历年八十。

朱氏，纵三乐妻。乐亡时，朱年方十九岁，清介自甘，孀节攸励。四十余年，不敢少懈。

高氏，王文述妻。事舅姑以孝闻。生子方五月，述病故。高仰天泣血，数日不食。嫂强慰之，高凭棺哭曰："不遂与夫同日死，誓必从夫同日葬！"抱子守棺，矢无他志。子明谟，少承慈训，入泮，试辄冠军，及仕为太和谕，皆高贞节之泽也。

李氏，王尚员妻。归嫔于王，妇道克慎，助夫勤学成宦。及尚员故，李抚子甚美，苦心课训。未几游泮，驰声文苑。冰操四十余载。孙文明、文功，并入胶庠。

胡氏，王印妻，克修妇职。印故，胡即自缢，家人救之再三，慰以有子可守，胡心始转。久之，操益苦。

陈氏，张师果妻。事姑敬夫，克尽妇道。及师果卒，愿以身从。既遵姑命，抚子发祥，今已成立。年七旬。

孙氏，刘远妻。远病逝，时孙年二十，生子方三日，坚心誓守，以存宗祀。家道清贫，惟资纺缉活生，屡经邑大夫表扬颁粟。训子剿入泮。守五十余年，至七十一而卒。阖学怜其贫无葬，具为置棺，祔葬夫所。

李氏，刘学易妻。易故，李年几三十，抚育幼子，誓守不二。历四十余年，今逾七旬，子孙皆颖异不群。

李氏，程址妻。夙承阃训。于归程氏，值址多病，侍汤药者三年，无怠容。及址故，李誓以死守，年方二十二岁。今已七十矣。

张氏，刘进辅妻，孝姑敬夫，近远并闻。及进辅卒，恐子柏失业，苦节守育五十余年。

孙氏，丁世忠妻，克尽妇道。世忠卒，甘心清苦，抚孤立成。今历年七十九。

李氏，刘湘妻。事孀姑，以孝闻。及夫殁，坚心持守，外户不窥。历八十余年。

张氏，任滔妻。十六适滔，妇道咸宜。及滔疾折，氏仅廿三岁，一子方二周，两人垂白衰老于高堂，身兼子父之担，未能从夫九原。舅逝，哭泣进土封其墓。教子大受，蜚声艺苑。后姑王氏丧明，氏每晨起漱舌，以舔其目。未一年，目光复。县令郭及各上台俱有旌奖云。

郑氏，孙时耀妻。郑于归时，孙贫甚，相得甚欢。夫读，佐以纺缉，一室之内声相间。耀上策金门不售，以司马渴疾终。无儿，几以死殉。因弱女未字，守之风霜高洁十五年，涕泪多于草木。后女一年卒，伤哉！

陶氏，杨善妻。善疾故，时氏十八岁，儿遇春方一岁。守之四十九年，节操俨如一日。今其子遇春，雪鬓修修，近六十余，话及节母苦状，犹作儿啼。

王氏，李邦渊妻。渊早逝，氏矢志柏舟，抚孤笃长而教之，峥名黉饩，擅东南之美。氏历年八十四，平西侯黄公为碣以旌之。

蒋氏，葛养性妻。性故，唯一女，蒋誓赴泉台，孀嫂慰之女幼，未亡人何可死？因与孀王氏茹苦四十余年。王有二子，垂老病急，一子为县掾系狱，叔氏养正破产二百余金，救之出。寻流寇经方山，蒋被执，索金钱。绐之曰："吾夫墓侧埋养老资。"至墓所，骂贼曰："吾得死所矣！"贼刺死。后三年，袁寇大掠，蒋女适徐拱杓者，复为所迫，携其女坠楼死。乡人以为贻[1]教云。

葛氏，葛为绨之女，郝一麟之长男妇也。于归六载，夫故，遗子才四岁，氏以守自誓，茕茕无依。其母家迎而养之十余年。子名铎，娶孙氏，生男甫三周，铎竟夭。氏同男妇孙氏抚养弱孙，尝曰："吾两世孤孀，恃有此儿！"不幸孙将婚而复夭，氏日夜摽灼，泣尽而继以血，数月竟不起，卒，时七十有九岁。男妇孙氏年逾六十，至今尚守坟墓云。

程氏，孙重盛继娶也，荜窦之子。符内仪，事盛，艰苦备尝。有夙慧，从盛识字，一见不忘。盛每跨驴坟墓间，辄以自随，素谙节孝事。无子息。盛故，以一婢给薪水，数亩足衣食，闭户如处子，冰雪凛人。时摊经卷自熏，少识大义。今年六十岁余。

孙氏，朱明谏妻。谏早逝。未几，公姑俱殁。孙率幼孤，庐二亲墓，单衣麻襟，负土成坟，历凄风苦雨，三载方归。节孝恻恻，三十年不辍。

沛县

烈女

张女，汉台里人张浩女。年二十，里人蒋政聘之。未行，政卒。女闻之，恸哭几绝。欲往吊，父母不可。比出殡，欲往视葬之，又不可。女曰："若不吾从，有死而已！"父母弗听，往送政丧。比归，张已自经死。

石女，讳景儿，广戚里人石隆女。父早丧，独与母居。年十七，许配里人张旺儿。未娶，旺以疾卒。景闻之，哀痛不已，至夜乃自经死，与旺合葬。

陈女，讳季春，千秋里人陈宣女。性聪慧，尝读《孝经》《列女传》，通大义。

① 原作"胎"，径改。

里人甄时用聘之。年十六，未归，时用以疾终。春闻之，忧形于色，窃入寝室，手书时用及己姓名，置诸怀中，自经死。遂与时用合殡焉。

郭女，讳青儿，汉台里人郭端女。年十八，许配里人王成。一日，成与邻人竞计，欲自死。乃诣郭氏，求一相见，郭拒之。求至再三，终不与见。成归自经。郭闻之，痛咽不食，第为死计。母觉之，防范甚严，弗获。及成将就窆，欲往送丧，父母不许。乃给母求面羹。母入厨良久，遂自经死。时县令率僚属、师生往吊祭之，遂与成合殡。寻达于督学御史，立石表其墓。

袁女，汉台里人袁经女。性贞［静］[①]，年十七，未尝出门阈。正德辛未，流贼钞掠逮沛境，邑人皆弃家走避。经虑女为贼所掠，令男服杂众走。女出门里许，还顾父曰："我为女子，不能贞信自守，伪饰偷生，吾耻之！"俄而，贼追迫将及。适道傍有大坑堑，女遂给父前行，堕堑中死。

张女，泗亭民张文津女，聘儒童宋夺先为妻。年十四岁，尚未结缡，于万历四十六年九月二十日，夺先病故。女闻哀泣，欲奔丧，父母禁不可，遂自缢殉夫。数日就殓，颜色[②]若生。阖邑士民公举，按台史题奏，崇祯六年奉旨建坊旌门。

烈妇

姜氏，陈恕妻。恕患肿疾，姜日夕忧劳，尽脱簪珥，以佐医药费。逾年，恕竟不起。悲号五日，不进水浆。乃解恕平日所束带，自缢死。

胡氏，张化龙妻。归未几，而化龙遘疾卒。胡恸绝复苏，三日不食，欲自决。家人守之甚密。明日五鼓，守之稍倦，遂自经死。

张氏，张荷宠女，适广戚乡人王嘉任。嘉任年二十四，于万历十年二月二十七日病死。氏年二十二岁，哭声不绝，誓不复活。二十八日五鼓，以所束麻绳自缢于其夫尸傍死。

张氏，生员张修女，千秋乡人卓冠伦妻。冠伦素患瘰疬，氏躬侍汤药，愿以身代。无何，冠伦死。氏饮泣藏哀，佯为不死状。家人失防。氏于冠伦死之当夜，即自经死。

郑氏，生员吕登瀛妻。年十九，归登瀛。八年而登瀛病痦卒，氏即以死自誓。母秦氏防之严。迨三日夜，母倦睡熟，氏沐浴更衣，自缢于登瀛柩前死。

张氏，千秋乡四图民张光大女。幼适冯东鲁，久未生育，抱人女养之。万历丙申岁六月六日，东鲁病伤寒卒。氏于次日即以分箸宅地付其翁姑，又以所抱女付其

① 字据嘉靖、万历《徐州志》补。
② 原作"生"，据康熙《徐州志》卷二十六《列女》改。

本生父母，夜自缢于东［鲁］[1]柩前死。

新河役夫节妇，本妇不知何许人。夫本富家子，流落不偶，携妇就食四方。嘉靖初，盛中丞新河之役，夫在募中。会其夏大疫，夫死于疫，妇伏夫尸旁哭，三日不食死。督工官义而葬之。

周氏，儒生郝綦隆妻。夫故，自缢，家人觉救，得免。翁姑宽慰曰："与其殉夫而死，不如抚孤而生。"氏稍悟。无何而遗孤亡，复自缢。家人竟防之甚严。至夫葬期，是夜焚香酌茶夫柩前，终缢而死，从夫同归于窀。一时吊者莫不感而哀之。

缝人妻女，缝人不详何许人，业缝皮，居夏镇。万历甲午，岁大歉，缝人迫于饥，因谋鬻女于娼籍。成约矣，妻女知之，遂相拉赴池水溺死。女时年十四云。

节妇

白氏，李伯奴妻。父思明无子，以女赘伯奴。洪武乙丑，伯奴从征死于边，白年二十，惟一女甫周。誓不再适，孝事父母。殁，竭力营葬。乡人有欲娶之者，属其邻媪以言，白正色拒之。茹糗衣恶，织纺自给，守节四十余年卒。宣德中，有司上其事，旌表之。

贺氏，生员马继立妻。年十八，归继立，克尽妇道。继立早逝，无子而贫，亲族或劝之他适，贺坚却不从。孀居五十二年，贞白亡间。有司相继表其闾。

王氏，汉台里人王经女，适韩鼎。鼎年三十而病死，子寅方七岁，氏矢志抚孤，誓无异念。寅长而娶黄氏，未几，而寅亦死，遗孤二。黄上事寡姑，下抚二稚，备极艰苦。二孤卒底成立。王死于嘉靖末，黄死于万历中，年各七十余。

曹氏，孝子杨东莱妻也。东莱年二十二岁死，生子璩方数月，氏保抱成立。璩甫受室，生一女而璩卒。氏鞠育女孙，依伯氏东周夫妇食。女孙未及笄，又卒。会东周夫妇老且死，氏晚年衣食多不给，而竟无怨恚。年七十余卒。

砀山县

烈女烈妇

程女，程恩智女。在襁褓时，父许字里人王勒儿守仲。守仲病殇，女才十四龄，饮泪茹酸。父母吊守仲，愿随往，父母大恚不许，嘱其妹伴之。女绐妹外嬉，纵丱整裾，立缢于寝所。父母旋，见女面向守仲家，含笑犹生。事闻，赐金造坊

① 字据康熙《徐州志》补。

旌表。

张氏，刘卿妻。年十六归卿。正德壬申，流贼攻破砀城，杀人无数。贼驱诸妇女入其巢，如束鸡豚就埘圈也。张独不入，贼迫之，妇愤击贼面，骂不绝口。贼怒，举刀先截其掌，复刺二刀死，肆其尸于东门上。

武氏，马鼐妻。年三十一岁，为贼执。贼食之。武曰："我良家子，肯从尔贼？任死，但乞一快尔！"贼犹未怒。武乃掷食于地，愤骂激贼。贼大怒，杀之。

陈氏，赵铁[①]妻。居村落中。贼至举火，家人俱逃散。陈虑出门为贼辱，竟投烈火中死。

刘氏，儒童许璟妻，刘世隆女。淑静，寡言笑。年十八归璟。孝养舅姑，妯娌感化。璟质故弱，卧病阅年所，氏周旋汤药，星祈露祷。璟病易箦，家人彷徨号泣。氏即乘间投居后深潭以殉。弟善水，持长钩救出。恸哭不休，历三昼夜，气息奄奄。得间，旋缢死夫侧。奉旨赐"乾坤正气"坊于门。

程氏，乡民谢文焕妻。年十九，焕得疾暴死。氏触地裂颡，奋死殉夫，哭不能出声。母杨、祖姑刘，垂老无依，牵氏劝止，欲相倚待尽。迟两日夜，氏转气瞋目，谓母与祖姑曰："若如愿，半途殉夫，名节两乖，不如无死！"夜半，乘其困惫，缢死夫侧。申请，奉旨建坊旌表。

吴氏，乡民刘爆妻。爆佃芜成疾，抱卧经年，艰财，不能问医。氏日夜恸悲，辛勤汤水，吁天祈愈，绝无怨萌。爆疾笃死，氏号泣不休。待爆盖棺，遂缢死。申请，赐金建坊旌表。

李氏，刘崇基妻，社耆可久女。年十八适基，奉舅姑欢。家渐落，至不能举火。氏躬织纺，勤俭自励，每饮食，必先奉舅姑。病久，氏倾奁资药。及死，誓必死殉。舅姑固止。氏愤怒曰："刘氏姊能殉许璟，我何靦然？"乘防者少懈，缢殉。事闻，赐金建坊旌表。

四段氏：一为毛九韶妻，克舟女。年十六而归。韶卒，欲以死殉，家人防之严。启居食息，与一老妪俱。既以岁除归宁，或慰之曰："尔上下无倚，谁见尔名节？"氏怒辞。诣夫墓，大恸。中途解衣与老妪，曰："自是不复尔累矣！"归即称病，遣人报其母。父谓真病也，往问之。比至，氏已经矣。〇一为生员张拱辰妻，克谐女。年十九，值归宁，拱辰为盗所杀。得报，欲自尽，以孕故中止。居无何，产男，五日而夭，即为死计。姑与之同起居。妇曰："吾知死矣！"勺水不入口者七

① 按：嘉靖、万历、康熙《徐州志》作"鉄"，顺治《徐州志》、乾隆《徐州府志》作"鉄"，乾隆《砀山县志》、同治《徐州府志》作"鐵"。考《玉篇·金部》："鉄，古文鉄。"《集韵·质韵》："鉄，索也。或从金。"盖"鉄"读"鉄"，嘉靖、万历、康熙《徐州志》字异而音同。又考《正字通》："鉄，俗用为鐵字。"则二字久同，故乾隆《砀山县志》径改作"鐵"，然音意皆异。今本字无考，各从原稿用字。

日。姑哀其苦，曰："第从汝志。"即强起饮食，遍辞诸亲，自缢死。邑人哀之，为撰《双烈记》。〇一为太学生薛锐妻，邑主簿廷光女。时锐卒业南雍，疾革，段吁天封股和药。锐竟不起，段哭之哀甚，寻不禄。少司空马一龙闻而哀之，手作奠章，命同舍各致赙，匾其门曰"节义"。监司复以"贞节"表之。〇一为李崇谦妻，文瑞女。段为处子时，以孝闻。年二十三，崇谦卒，即自经以殉。家人救之苏。段不食者三日，自经者三举，家人防之益严。段故稍稍解颐，舅姑幸其悟也，防亦渐懈，即乘间雉经以死。（段氏四女，兄弟也，皆牛氏裔。舍生植节，固根天性，亦其遗泽未斩与？）

朱氏，尚[①]希尧妻。年十八，希尧遘疾将革，朱许以死殉。尧既殓，即从母家取色服。母觉其有死意，戒姑慎防之。朱水浆不入口者七日。姑力劝之食，乃勉为一啜粥，且绐从求益。姑入厨，朱遽引声长恸，以首一触柩而绝。姑惊出扶之，则颡裂，流血被面，不可为已。事闻，诏旌之。

汪氏，儒童张文炜妻。幼习《女诫》，知《孝经》大义。十七适文炜，事舅姑克尽妇道。姑李病疫，氏躬汤药。及死，脱簪珥办殓具。无何，文炜殁[②]，遗男甫八月，女两周。泣语小姑曰："孤非成人相，志决矣！"乘夜北望教授宅，遥叩致词曰："无以报吾父，有死耳！"改吉服，缢死。

焦氏，生员毛[③]国光妻，居尝以顺谨闻。年二十二，国光疾笃，家人不知其欲死也，方为国光属纩，焦氏已入室自缢矣。县上其事于当道，抚按督学诸台使各移文，表其居曰"贞节"。

张氏，监生汤执中妻。执中病床二载，氏勤侍汤药，无怠容。及病革，日夜不食，誓与同棺。氏母丁宁解劝。氏曰："吾志决矣，何不谅我之心也！"遂自缢。

郭氏，生员汪允复妻。复与天启七年赴试，受暑疾，回家病殒[④]书室。氏号泣愿与合殡，遂自经。县令以其事闻于院道，书"烈妇门"三字旌之，仍赐金恤其家。

王氏，邑庠生单士进妻。进夙婴疾病。氏年十六，侍汤药弥年不懈。嘉靖癸亥春，进死。氏拊心踊足，举身触棺，破面折鼻。家人竞持之，不得死。越宿，乘间复自缢死，时年二十岁。事闻，当道表扬交加，督学耿御史定向，令以公帑之金制丰碑，以识其墓。

---

① 原作"向"，据嘉靖《徐州志》、乾隆《砀山县志》改。

② 原作"殁死"，字意重，"死"字据康熙《徐州志》、乾隆《砀山县志》删。

③ 原作"王"，据万历《徐州志》及崇祯、乾隆三十二年《砀山县志》改。刘王瑷《砀山县志》按："《江南通志》并府州志俱作'毛'。郭志作'王'，误。"今考顺治、康熙《徐州志》，乾隆、同治《徐州府志》俱作"王国光"，故乾隆七年郭浩县志同误。刘王瑷《砀山县志》所谓"并府州志俱作'毛'"，亦误。

④ 原作"埙"，据康熙《徐州志》改。

汪氏，童生陈煌妻。煌病卒，氏即绝食，整容辞拜翁姑及合家亲眷，愿从夫逝。越三日，遂自尽。有司以其事闻于学台，给匾其门。

张氏，汪仪黄妻。年十九，仪黄患病卧床，勤侍汤药，昼夜匪懈。及卒，氏即隐缢，家人喊救。延至五日，自经以殉。有司以其事闻于抚按，奉旨赐金建坊旌表。

展氏，苑守政妻。政病，氏躬勤汤药。及故，氏抱棺痛哭，愿与合殡，遂自缢。越数日，神色不变。

陈氏，王旦起妻。旦起抱病，氏昼侍汤药，夜则焚香请代。卒，欲身殉。氏母劝解，矢志不移，辄自缢。

节妇

陈氏，童生朱魁妻。魁业儒，频危。氏年二十一岁，侍药百勤。卒，遗二男：长肇元，甫三岁；次起元，未周。氏置弗顾，欲与同归。姑时氏劝以抚孤，氏方转念，竭力奉亲，勤劳课子。起元入庠，肇［元］[①] 亦卓立。邑侯陈秉良以其事闻，院道给布米，奉旨赐金建坊旌表。

李氏，生员赵汝器妻。器卒，李欲以死殉。舅姑谓之曰："汝夫已矣，吾所望者，襁褓弱孙。今若此，如赵宗何？"妇默不应。舅姑申谕之，曰："杵[②] 臼慷慨以杀身，何如程婴不死以存孤？"妇悟，乃不死。二亲安其养，一子服其训，赵宗复振，李氏之力也。隆庆四年，邑令戴伟上其事，巡按御史王移文表其居曰"节孝"。

王氏，毛九式妻。年十九，式殁，自缢不得，抚棺恸哭，三日不食。婶母杨氏知氏有遗腹，劝之曰："汝当自爱，万一生男，是式不死也。"妇悟，始营葬事。后生子珠。伶仃孤苦，无以自存。宗党欲夺其志，氏厉声詈之，众莫敢犯，卒获完节。隆庆五年，邑令王廷卿列其状于当道，巡盐御史张匾其居曰"贞节"。

王氏，庠生李九思妻。夫病，氏斋沐祈天，不获。年十四，一子未春。氏辄欲自尽，不食者五日，亲属谕以："殉夫固汝之愿，存孤宁非汝夫之愿？"氏悟，啮指酾血自誓。坐卧一小楼，忽寐中闻喊者曰："楼倾矣！"惊寤。如是者三，乃携子出。楼果倾，瓦及足下。邑令刘阳异之，上其事，手书匾所居曰"柏舟贞韵"。

李氏，周谦亨之妻，周新德之母也。河南夏邑太学生李栋之女。亨幼业儒，妻挑灯。屡困不售，焦忧卧疴。氏年二十六，割股侍药，吁天愿代。及亨笃危，新德尚未周岁。氏决同归。幸母高氏劝以抚孤，开谕再三，氏方回悟。矢志冰霜，竭力

① 字据文例补。
② 原作"忤"，径改。

奉亲，而新德亦肄业待试。邑令宋坤为旌其门。

刘氏，邑庠孟三莱妻。莱故，冰霜励操，熊丸课儿，伯、仲蜚英武庠，季训文窗。尹宋坤旌以“贞节”。

尉氏，太学生单士英妻。英弱冠病逝，遗女在襁褓。氏时年二十，拊膺号泣，誓必死殉。舅姑哀劝，生母泣伴，顷刻不离。氏随指天泣盟曰：“舅姑、母氏不令即随夫地下者，怜此呱呱息耳。倘终不相夺，愿育女成立。”遂蓬首垢面，绩纫粝食，历五十年如一日。知县戴伟申请抚按，岁给米布优恤。寿终七十。

仝氏，乡民赵应登妻，生员仝道女。登病逝，氏年甫十七，遗男两月。氏日夜号呼，奄奄就毙。舅姑涕泣劝曰：“儿不幸死，遗孤万一成立，延赵氏一脉，两人赖尔矣！”氏即仰天泣盟，以事养抚育自许。舅姑相继殁，营葬成礼。会饥馑荐臻，辛苦倍常。贞节凛凛，八十九岁犹遗嘱其孤忍让守法。知县陈秉良录志[①]，以示激劝。

刘氏，儒童汪殷妻，医官芳绩女。十七归殷。生女两周，男仅朞，殷病笃，语氏曰：“吾自度不起，负生鞠厚恩，又遗此孤息，不至斩焉无后。孝事抚育，须尔自裁。”语未竟，殷死。氏号泣几绝，母李泣守，历两日夜始苏，啮指泣誓曰：“天乎！吾夫不获瞑目地下者，念兹舅姑与孤息耳。所不完节成夫托者，有如此指！”舅终，辛勤葬事。姑卧病三月，栉沐扶掖，毫无怠念。男婚女嫁，经营如礼。后家渐落，至不能谋朝夕，手刺女工，佐孙就傅。盖棺后，孙禹治补庠生，知县陈秉良采择入志。

王氏，生员杨烓妻，夏邑进士王云路之侄女也。烓卒，氏哭之甚，三日不食。姑袁氏苦劝，氏甫回念。侍姑终年，抚四孤成立。上嘉其贞节，给布米。

王氏，生员朱建则妻。自幼适朱，纺绩无斁。则偶病革，氏誓以死从，既而念存孤为重，百计抚儿，日夜丸训，求继夫志。其子仰晦克体母志，弱冠游庠。氏享年七十余。邑令以其事闻于诸台，各给米布，匾其居曰“茹蘗丸熊”。

李氏，邵重谦妻，靖海县丞李桂之女也。谦病革，氏二十余，誓以身殉。及诸嫂苦劝，乃抚育幼子。长宗黄，方四岁；次宗忍，甫周。值河水魃蝗，历尝艰苦，冰蘗益励。宗黄恪遵母训，采芹胶庠。长孙体中，复饩邑庠。邑侯咸为表扬，曰“贞心丸胆”，曰“松筠比节”，曰“操凛冰霜”，曰“桃宴贞班”。氏行年八十一岁终。

萧氏，戚仲行妻。十六而适戚，甫二十而行故。氏誓与同归，哀泣不粒者数

① 陈秉良，广东东莞人，万历二十五年丁酉举人，四十三年来知砀山，四十六年纂修县志，是为砀志之再修。书今不存。

日。时两子双生，俱在襁褓，姑嫂苦慰之，曰："汝能抚二子成人，不尤愈于死节乎？"氏方转念。屡值岁歉，不惮艰辛，供奉孀姑，训二子，廪有断机风。长敬事，次继亨，克承母志，皆采芹。享年六十五岁告终，邑侯宋坤为之表扬。

朱氏，李焕星妻。焕星二十岁病亡，氏年十九，矢志靡他。遗子之典方一周。及二十六岁亦病亡，妻陈氏二十四岁，生子抱金方三周，姑与同抚。邑侯姚来琯旌之曰"齐媚齐洁"。

于氏，周于德妻，生员于必明之女也。幼适周氏。翁瑶台客死，寄葬河干，姑亦继逝，德染病未旬而亡。时值水患，氏也茕茕，二男一女，呱呱啼饥。典裳鬻珥，负棺函埋。绝粮累朝，四命将殍，幸祖于龙来赡，始苏。更遇凶荒频仍，纺绩耕获。经二十载，婚嫁毕举，积劳累勋。年已六十，痛忆翁骸未归，凑六金，洒泪命子渡河求翁，扶榇[①]归茔。闾里之人无不叹服。邑侯张兆璋给匾旌其节孝。

刘氏，屈尚礼妻，廪生屈凤翔之母也。尚礼殒世，氏年十八，凤翔遗腹，阅月始生。氏苦守历五十余载，熊丸之诲，无忝三迁，育子成名，种种好义。邑令张旌其门曰"冰心杼训"。

蒋氏，生员汪秉钧妻。秉钧病逝，氏年二十一岁，誓与同归。姑嫜再三慰其抚孤，氏始心安。子大受甫六岁，家道清贫。氏历艰茹苦，柏舟之志，金石不移。训子勤学，列名黉序。邑侯为词以奖之。

申氏，蒋燧继妻。年十六嫔，生一子名履运。前室吴氏遗二子，长名履端，方七岁；次名辅圣，方五岁。履运未周，燧[②]病亡。时值岁祲，内外交窘，氏矢志坚贞，茹苦食贫，课经训艺。履端、辅圣以孝友著，履运亦采泮芹。有司以其事闻于道台，旌其门曰"贞节"。

贾氏，李同文妻。节寿贞慈，族党推重。历年七十九龄。课孙廷献成名，廪冠邑庠。

曹氏，童生段云龙妻。龙病故，氏年二十五岁。孝侍孀姑，抚养子女四人成立。苦心坚守，虽值贫寒，冰节凛然。今已六十矣。

薛氏，童生许琯妻。年二十六岁，琯卒。值岁频饥，典衣鬻产，以送公姑。日夜纺绩，教子勤学。杼忠克遵母训，列名胶庠。邑侯旌其居曰"节伟儒门"。

节侠

李氏，黄文华妻。华，都宪黄正之后裔也。流寇忽犯砀境，夫妇皆乡居，纠合

---

① 原作"衬"，据康熙《徐州志》改。
② 原作"遂"，据康熙《徐州志》改。

义士百余人，乘夜袭击贼营，贼大溃。不意次朝贼众云合，氏与文华复率人数十，转斗二十余里，力穷难支。贼曰："壮士速降！"黄曰："吾死不屈！"氏曰："吾死君归。"黄曰："死则俱死！"其子生员玉色，舆而葬焉。

节冤

张氏，邑庠生胡钦兹妻。钦兹以义侠死，一时士民咸痛之。氏拊膺号呼，志雪夫冤。篝灯教子，尝泣训曰："吾不即死者，缘汝父含冤，汝未成立耳。如不奋励，九原人宁瞑目乎?"值岁凶荒，纺绢延师，历艰茹苦，冰操凛然。其子惺心，虞庠；从心，饩砀庠。闾里佥云义节之报。巡按御史范旌其门曰"柏舟矢节"。

节仁

王氏，龚济妻，生员阚应臣外祖母也。事继姑单氏，供养惟谨。无子，生一女，适阚生之父伯玉。伯玉十三而孤，母王氏双瞽。值岁大饥，氏赙治父丧，供养生母，所谓"锡类之孝"，王氏有焉。邑侯张为之立传。

贤妇

赵氏，教授汪用霖妻，廪生汪允醇母也。二十嫔汪。甫数岁，姑朱氏早逝，与翁母李同寝食。时李七十有[①]七，氏奉养惟谨。供姑遗像，朝夕焚香瞻拜。叔弟行三、行四，幼未完娶，氏为之勤纺纫，毕婚事。岁值大饥，悉出妆奁，鬻以佐公用。厥后分产，以田宅美好者，劝夫让诸弟。及夫薄游虞庠，随任，佐以清廉。虞士为霖立石，氏内助之力居多。其育庶子也，卵翼抚恤，不啻所出。孝敬廉静，氏俱备焉。长孙公澍，廪冠邑庠，皆义训之功也。享年六十有九而终。

常氏，太学生汪之广妻，廪生汪止善之母也。负性温恭，存心慈惠。幼龄嫔汪，孝敬翁姑，即身染疾病，犹必勤侍。弟之海同妻不禄，遗子性善甫四岁，抚养成立，曲为毕婚。氏止生一子，劝夫多蓄，以广宗祀，妒忌不作，宛有樛木风。视妾所生之子与己同，真贤妇而兼慈母者也！

孟氏，太学生王炌妻。炌中道死，父架年逾八十，垂老无依，男七人未立。氏忍死衔恤，养舅抚孤。舅病卧，汤药不愈，氏刲股以进。病革，葬之成礼。严抚七孤成立。有嗣孙衷谦，补邑弟子员。

---

① 原墨丁，据文义补。

孝妇

段氏，乡民刘愚妻。愚父永康，八旬患病，渴思食肉。春荒家窘，又居村落中，肉难猝至。氏潜割股奉康，康病即愈。

丰县

烈女烈妇

齐女，文学齐来庭女，许聘文学卜自满子卜息。年十七，未字。万历乙巳河决，息偶溺于渡。女闻之，即涕泗不食。或有言客舟救以去者，乃稍自宽。越岁，知其乌有也，遂于息溺之日，命一婢尾之，潜置舄河干，径投而死。诘朝，浮水上，被服完好，面目如生。有司上其事，今建祠于邵庄镇。

李氏，周诗妻，邑文学李黄冈女。年十七，诗殁，饮泣不食者七日。手制素衣着之，长跪以辞舅姑洎父母，曰："儿不愿生矣！"侦左右稍间，即自经柩前，两目血泪，尚盈眶也。有司申请，树坊于门。

王氏，庠生孙修妻。性贞静，事修甚恭。修年少而遘危疾，王惶惶无计。及卒，王泣曰："子第往，我即见子于地下也！"泣罢，忽自经死。

戴氏，崔大节妻。年十八，大节卧病，拟不能起，戴即自誓不生。或劝之食，乃终不食。及大节死，戴亦同死。

王氏，儒士孙来谷妻。谷家富章逢，以笔研积劳成瘵而卒，氏即于是夜自经榻前。节经县州道院各给匾旌门，随奉旨赐金建坊。晋陵张玮有碑记。

李氏，儒生朱焜妻，彭城文学李绍第女也。十六龄归焜。焜素孱，至尪羸不起。氏不食七日，而以雉经死。炎月候敛久之，面如生。申请各台，候题待旌。

节妇

吴氏，刘志明妻。年十九，志明不禄，腹孕三月矣。弥月，生男名臣。矢志抚孤，拮据课之。比长，伯氏援例入监，归奉母不仕。氏亦力能持家，先业浸拓。命臣置义田，立义塾，以成故夫之志。隆庆丁卯岁卒。知县任申请，奉旨建石坊以旌之。

渠氏，文学李天瑞妻。瑞以攻苦，遘疾不起。氏年二十有六，子锜又茕茕在疚，誓死立孤。辛苦艰难，备尝之矣。无何，锜洎孙一鹏，俱为文学有声。至万历二十九年，寿九十二卒。直指高请旨表扬。至三十一年，锜卒，一鹏竭力建坊，棹[①]楔焕然。

常氏，文学裴补衮妻也。衮以应试南畿，殒于宝应。氏泣尽而血，死继之。公姑慰藉曰："如吾二人与儿国祚何?"氏乃以守为养，以养为抚，朝问寝，暮篝灯。后大事克襄，国祚亦有声庠序，遂奉纶音曰："一函剑题空寒，两世书香尚在。"合照例旌表"贞节常氏之门"。

史氏，儒士戴某妻，明经史芬女也。归戴二十年[②]而戴卒，二尊人亦相继即世。孱子弱息，母子三人形影相吊。氏洴澼絖[③]抚之。无何，弱息殁，孱子浸长。氏以四十九岁卒。其兄可传诔之曰："孀居二十六载，计年四十九。阅生前吐丈夫之气，身后成君子之洁。人称未亡，天付完节。惜乎戴之门祚衰薄，无有能表扬之者。"

周氏，李晟妻。甫笄年，适晟。未几，晟以疾殂。周即自经，家人觉之，不遂。寻投于河，家人拯之，又不遂。周知[家人范己者严，似不得死所，乃断发自誓，抚伯氏子为嗣。冰霜励节，终始不渝。

周氏，庠生渠鸾妻。年二十六而鸾故，遗子民赡甫三岁。其家甚贫，周朝夕织纺自给，教成其子。处霜茹冰，始终不变。乡人欲以贞洁举于官，竟力辞之。时尤服其高云

戴氏，崔大节妻。年十八，大节卧病，拟不能起，戴即自誓不生。或劝之食，乃终不食。及大节死，戴亦同死。

李氏，年十六，适童生周诗，未逾年而诗卒。李即绝粒，家人劝之不应，潜雉经于柩旁，因合殡焉]。[④]

补遗

吴氏，贡士吴道昌之女。幼适生员马炀，不料炀三十而亡。氏年二十有八，子中云在稚。氏扶丧号痛，数自投悬，阖家周防。矢天呕血，期以保孤。历三十余年，云子入庠孝事，合郡钦之。

张氏，教谕鸣鹤长女。年十七，归乡贡吴志高为妻。生子汝玑，童幼辄孤，氏绝复苏。搜其遗书，严为督课。当道咸旌表之。玑甫通籍，而氏以六十无疾长往，母遂子衔。

① 原作"卓"，同"棹"。

② 康熙《徐州志》作"归戴数年而寡"。案其兄史可传之诔："孀居二十六载，计年四十九。"合年二十三孀居，未审本传"二十年"何谓，疑"十"字误衍。

③ 原作"絣繲洸"，参《庄子·逍遥游》改。

④ 原书阙页，四条据万历《徐州志》补。

郑氏，故民沙怡妻。三十夫故，矢志抚孤，一生冰蘖。子大有成立，事母尽孝，制行信睦，敦善恤贫，屡饮于乡。孙永誉饩于庠。同族鑨妻黄氏，以二十一守节，抚子勋成立。一门清正古朴，乡评当道交重之。

王氏，王自重女，司务之裔也，适顾云程为妻。程故，氏甫二十，衰姑在堂，稚儿在抱，仰事俯育，一身两肩。历四十余年，孙公胄入泮，本州以其事上闻焉。

王氏，徐州卫指挥王汉女，指挥魏维翰之妻也。万历丙辰，翰以时疫故，氏年二十有八。上事翁姑，卒襄大事。守节四十余年，寿至七十二岁。上台屡旌之。

高氏，年十五适毕文萃，生子廷诰。萃不幸浊死，氏甫二十二岁，矢志靡他，事公姑以孝闻。诰入庠，又早卒。复教孙庾，饩于庠。

陈氏，生员陈大宾女，适儒童毕廷试。试病，氏年二十有四，知试不起，先夫服毒。其父无子，救之。泣告父曰："女殉夫，经也！不死，将改节乎？"卒死。

丰县马氏，单父文学马象乾女。机警，通文字，适邑文学刘澍。澍寻物故，遗孤名梓褓褓中，即课督之。迨稍长，就外傅，归必叩所读何书。壬午之变，有逼氏者，氏正襟毅然曰："宁见杀！"遂遇害。

赵氏，徐乡耆文登女。年十六，适乔尚义为妻。甫四年，义病，氏奉汤药惟勤。不幸七月而故，遗子方三月。骨肉凌逼，欲利其产。氏宁死无二，苦楚万状，赖姑周旋。后姑病，侍药三月，卒为力葬。遗子岳，十八入庠。

李氏，宪掾王学庸妻也。及笄适庸，孝敬两尽，持家和济以严。夫故，冰蘖自持，比于二姜。抚孤幹成立，先游武庠。课孙，弱龄知诗书，习勤[1]戒娱，人称歇母之遗。

苏氏，挥阃女，以及笄适挥佥王国柱为妻，孝敬两著，袭封恭人。不幸柱早逝，氏仰事俯育，一身并肩，抚子文炯、文煃、文炳，皆成立。苦节四十余年，年逾八旬尚健。每遇旌扬，则挥泪不欲受，其子不敢禀命，而强识之。按：王母以世胄而励柏贞，历年最久。长子袭荫，有战功；次子死于战，忠敢之气，皆节义之所作也；三子亦与战功，今得奉其色笑，欲施后世，又不敢径以达母，为心亦良苦矣。若王氏母子者，则各尽其为妇为子之道哉！

顾氏，王民俊妻。俊幼业儒未遂，为宪掾。氏佐持家，贤孝著闻。不幸俊故，遗子龙光、龙震、龙霁尚幼。氏守节抚孤，历三十余年。子成立，继父业。氏于崇祯壬午，屡蒙当道旌题表扬。

单氏，州儒士单允恭女，廪生单乾姑也。恭妻于氏，生氏五岁，恭故。于氏苦孀训女，及笄，适经历贺国辅。氏恪遵母训，善事继姑，以孝闻。辅亡，无子，氏

① 原作"勤"，径改。

矢志苦节，家业不坠。辅有幼弟二，女弟三，及辅妾女二，皆氏抚养，曲为婚嫁。事闻，上台旌其门，候题。

王氏，生员王舜女，幼适庠生杜养廉长子先华为妻。华少有才名，娶仅岁余而夭，氏亟欲殉，因有遗腹，姑苦劝慰之。后三月，生子名大受，氏柏舟自矢。子业儒未遂，赍志以殁。孙廷献，弱冠采芹，继父志焉。

段氏，生员段鹤年女，幼适杜先荣为妻。荣，养廉仲子也。生子大乘，甫二周，应南闱试，染病于途，遂不起。氏苦节教子，期以成立。后大乘游泮，母子相守五十三年。孙廷仪，十五岁采藻，习举子业，书香继世，食母之报云。

坤仪以正，侈于丈夫矣！遗之者闻而知之之晚也，幽芳虽著，岁月罔稽，未尝不抚卷而叹也。闻者如此，彼未闻者，不更深可惜哉！[①]

① 自王氏以下，国图本缺页，据东京藏本补入。

徐州志卷之八

会览

郡人蒋之绂、夏应凤同修

谱序

彭城张氏族谱引

刘明偀

老泉之自谱其族也，曰：“观吾之谱者，孝悌之心可以油然而生矣！”其作《谱亭记》也，曰：“匹夫而化乡人者，吾闻其语矣！”谱有引，亭有记，一则自劝其族人，一则援乡人以劝其族人，庶几一谱而具天下之观焉，不亦闳且远哉？杜少陵谱未有传，而审言居其前，牧之居其后，彬彬著作，脍炙人口者，是即杜氏之谱也。溯之汉廷三杰，照耀千古[①]，至今求其苗裔，渺不可得。呜呼！时为之耶？而子房则远矣，彼其圯上承履，不羞孺子，人且以为状貌若妇人，既其功成汉鼎，震世勋名，谁堪与匹？乃一朝逊[②]谢，别觅所为赤松者。呜呼！何处得神仙与之相终始耶？今骠骑将军伯量[③]，又俨然子房氏之再来矣。少读书，温恭朴厚，其老人之教乎？既其克咸厥功，亦创事也。节钺之寄，倚为长城，封留遗业，庶几见之。无何自赋归来[④]，适情游咏，五斗折腰之事又所厌闻。赤松子，赤松子将飞来而与之颉颃矣。其所为谱，一仿巨族名家，纲举而纪悉，炳炳麟麟，为足侈矣；乃以竟其尊人未竟之志，则更可服膺者。尊人由功举孝廉，筮仕中州别驾。时方孔亟，而惠爱特先，民用以辑。无何国难，竟以身殉，坦然语左右曰：“吾父以乡祭酒课士明伦，今不愧厥服，此其时矣。惟族谱辑未就，终当有继之者，吾于斯世何有哉！”伯量以戎马之暇，绍厥父志，于族为仁，于先为孝，于乡里为劝，三善备焉，其芝兰森

---

① 原作“右”，据《清毅先生谱稿》改。

② 原作“孙”，同“逊”。

③ 原作“亮”，据康熙《续徐州志》及《彭城张氏族谱》改。

④ 案《清毅先生谱稿》同文末署“顺治八年山左刘明偀题”，然考张胆履历，“自赋归来”在顺治十一年。存疑待考。

郁，振振无量。乃其元嗣，又以纂修举孝廉，例当入仕，而壮志徽猷，尤欲奋九万之翼，以大施于世，顾不伟欤？因序谱而略及之，用垂奕世。

吴氏家谱序

徐标

尝考古宗法最善，世家大姓必建祏[①]当门之家，以祀祖考，凡冠婚、丧祭、吉凶、出入，必以告。即有星居百里外者，当逆齍、省镬、沃盥、执烛，罔敢弗至。相会既频，禬恤自周，间有不孝、不友、不睦姻任恤者，举宗而告于祠，以议挞黩之罚，教亲教敬，安有不服教而多狱讼者哉？迨世季而宗法坏，每有不相识面之族人，名义僭乱，少长乖越，子侄误犯高曾之讳者有之，厥弟居厥兄之先者有之，甚而骨肉判离、支派差讹，冒远诬近、援疏混亲。若与若一体至亲也，以其衰薄，乃曰："服尽矣，非吾宗也！"若与若姓同宗异也，以其显贵，曰："高曾不远，吾宗衮也！"昭穆之紊若此，良可太息。先儒作家谱，起宗会，性理子史载之独详，有由然欤？余奉命观察徐淮，公暇，诸子衿恒[②]执业相印，获识吴氏诸髦俊，皆磊落英奇，心好之。会黄门敬舆弋年兄通八行，云徐有吴季子应乾，字临垣者，与世通家，谊甚笃。其人能矢口悉当世之务，措躬追古人之踪。尤敦保受，睦宗亲，所修家谱，起宗会，即方古性理诸书所载，不少逊。余因进季子，索谱览其胜，见其宗图区画，世系分明，凡五世谱，则子从祢、孙从祖，伦次章别，名义不僭，子姓犯先人之讳者，无虑矣；有鱼贯谱，弟后兄先，年甲森列，少长何自乖越，厥弟误居厥兄之先者，又可无虑矣；会规严切，读法以时，春秋祭酺，赒恤不匮，而婚丧不举者，可无[③]虑矣；州长纠恶，党正戒禁，而男女之阴讼及交仇不调者，可无虑矣。应乾曰："此非乾之能。吾兄应汉、应选，吾侄汝琦、汝球，其他缌麻同爨、百口共牢，不才虽不德，犹藉子姓之贤，以毋偾厥事，例应得书。"虽然，不有唱者，谁与为和？苟非子逴逴梗莽丘陇、残碑废碣，咨之黄耇老成，及乎东眷西眷宗图龛主，安能若是其善与？会谱成，而族之人争先而建世室，其斥宜筵，其羡宜灌，前荣门屏，五属待事，大阅弘阀，爰表济美，加以辉人炊母萧膋焫熟之所戾，幽阍吉祝沐芳泛洌之所附，莫不镂簝豚拍、琼觯琬液，载笑载欣，纷纷郁郁。凡子弟之傲而怃者，兄弟之阋于墙者，讼端之诋媒闺阁者，皆自此不克讼归，而各获其邑三百户焉。国之人拭目而观之，以为谱之惠如此其溥也。予因是羡焉，是可以传之他门，使有所矜式，且垂之后世，以为大宗小宗百世不迁、五世递迁者劝也。故书而

① 原作"柘"，据《氏族典卷·吴姓部·艺文》改。
② "衿"，原作"袷"，同"衿"，生员也。"恒"，原作"怕"，据《氏族典卷·吴姓部·艺文》改。
③ 原作"无可"，据《氏族典卷·吴姓部·艺文》乙正。

勒之于石。

杜氏祠谱序

徐标

尧舜之道，尽于孝弟。有子曰："孝弟也者，其为仁之本与?"《大学传》谓："君子不出家，而成教于国。"孟子曰："人人亲其亲，长其长，而天下平。"千古之王道民风，千古之人心人性也。人性皆善，能以仁礼存心，则为法天下，可传后世。圣贤几希之统，岂有异哉?《易》云："父父子子，兄兄弟弟，夫夫妇妇，而家道正，正家而天下定矣。"慨自人心不古，真性浇漓，机变相蒙，贪残相御，人与人相习，家与家相阅，恶睹孝友忠信、三代之遗轨哉！彭城郑集诸杜，孝弟世其家，如无怀氏之民，人皆仰之。瓜瓞绵绵，子孙派衍，异井迁乔，不无散逸，恐渐以成疏矣。养廉蕴璋、蕴玺辈，乃集族党，鸠材庀工，修奉先祠。岁时伏腊，烝尝虔祀，没存昭穆，秩秩有礼。老者幼者、贵者贱者、富者贫者、贤者愚者，燕好一堂，宛如张公艺同居九世。乃以编次家乘，讲明圣谕，劝善诫恶，砥砺规瑱，其君子则日进于礼让贤智之域，其小人亦不至有放辟邪侈之行。故子姓虽繁，出入以度，不闻有犯义犯刑、为宗族累者。则亲亲长长，敦所本也。眷兹芸芸者众，谁无祖先?谁无亲长?谁心谁性不可为尧舜?使天下人人，心诸杜之心，事诸杜之事，各祀其先，各亲其亲，各长其长，各存心养性，以求不愧于宗族，又何患天下之不平乎?吾深嘉尚之，额其门曰"孝友世家"，题其谱曰"三代遗风"，复弁数言于简首，愿诸杜守此勿替也。

表万母

李向阳

夫妇之于夫，子之于母，皆臣道也，而有异焉：妇德不出阃，柏舟之誓，止取明心，无蕲于人之传且颂也；子职显亲扬名，于父犹将显之，况母乎?故母有淑懿，不欲天下知之，为之子者必欲使天下知之也；不欲后世闻之，为之子者必欲使后世闻之也。嗟乎！无非无仪，女子正则。其可为知且传者，必不幸而遭其变者也。断脰决腹，一瞑不视，偕老之谊可以类见。为之子者，怆乎心伤，计不出于显扬不得也。万母，毕姓，吾友孝廉年少之嫂也。年少与厥兄履吉交，有声艺林，而伯也早逝，遗子遐客，彳亍弱龄，见者皆嗟异之，以为可振家裘。今且久羁胶庠，只尺豹变矣。嗟乎，为之母者，熊荻交瘁，不及见其子之成，顿尔随夫地下。夫随夫地下，以为若母之不幸哉?若母幸也！此身一日不亡，先君之思一日不遂，故人生有以早亡为幸者，嫠妇是也。其子则异是，居恒简点父书，厪思懋业，羹墙可见，剑佩不忘，盱衡而叹曰；“吾庶其有竖以报吾父，庶其有竖以报吾母乎?”且今之母，非复昔之母也。畴昔相鸣鸡、欢举案，今怅怅其何依乎？朝啜一粥，夜举一灯，与其子茕茕相对，机杼声与咿唔相应，掩泪而祝曰：“吾子庶有竖以报吾夫，吾庶见吾子之有竖以报吾夫乎?”嗟乎，此际生与死两难之矣！一日早亡以遂其殉夫之心，一日不亡以竟其成子之志。子成而后见背，庶彼苍鉴此幽人，悯其贞志，少俾其子得为展孝地乎？而天之爱其母也，以其侠烈；而天之爱其子也，以其艰辛。见背之年，固其未成之日耳。吾闻诸国制曰：“妇人守节，历年三十，乃得与旌。”此以旌其生也，亦以谨其后也。若未亡人骞然亡矣，岂得以历论乎？往为铎金山，有其孙为祖母乞旌者，亦历年少而辄从地下者也。其文已三下学宫矣。余断之曰：“妇人事夫，守与死，本同旌也。而守者论历年，政以其未死耳。既死，岂独死者烈于守哉？政此守者光于死矣，当以死论旌，不当以年论旌者也。”文上，辄报可。今于遐客再见之。遐客英少美才，其持身淑世，居然先正典刑。今年少又见背，遐客之艰于其母者，复艰于其婶矣；遐客之艰于其身者，复艰于其弟矣。悲哉！遐客之为过来人，固能力担以有成也。余友谊又忝茑萝，不能少匡末议，惟读书一道，与遐客、与其弟交商之。虽不以髦年舍我，而离索之感，益深鄙倍，其何有于若昆季哉？毕翼士者，遐客之恸渭阳者也，其姊之幽光得阐，其甥之明发愈深。其与年少及朽，平日志气见闻，濯磨淬励，命一言以慰遐客，使蓼莪之赋，嘉意迈征，其期其甥者不亦大哉？其光其姊者，不亦远哉？

胡母传赞

夏应凤

昔余与归德军厅胡君世明同门治业，游息之暇，君尝念兹在兹，不忘其母李氏贞节之苦，向同人道及，辄见涕下。爰是力策时敏，期底于成，俾母稍得亲见其一斑，以慰教育之志，蒿念盖孔笃也。乃既咏思乐，骥步甫骋，而其母已辞人间世矣。君痛悼殊深，恨无能报母于万一。闾党闻之者，罔弗钦其一门节孝焉。无何，士庶上其母之节于当道，佥飞白旌之，以事奏之天子，宪纲可考也。时，胡君以保举授前职，高尚弗就。郡守王公讳自成，详世明于凤郡制台赵公讳福星，辟赴。君前擢需皆以恙未就，其母节候请如初。余久佩慕之，因附纂修之役，敬为李列传于册而赞曰：余详览胡母李氏五十年贞操淑行，盖大有造于胡之家世也。方夫珮弃捐，戚族伶仃，呱呱藐孤，茕存一线，亦曰殆哉。母勉作未亡人，茹荼啮蘖，上事七旬之姑，以妇顺代子职，以母谊兼父道。子世明获从襁褓，成登缙籍，再传长孙儒统，食饩泽宫，行翔鸿翮，谓非母之保世滋大乎？匪贤妇中之烈丈夫，安有此也？称者谓不独松柏比贞，信矣！

杨母节孝传

石湖 姚佺

《华阳国志》所载士女贞烈，于一方人物反复丁宁，如恐有遗焉，洵哉古人乐道人善也！甲午，会廉察胡公来徐，敕郡国县道有好文学、敬长上、奇节笃行、出入不悖所闻者，辄以名闻。诸生胡儒统等得条上张节妇，为之传。公曰："是媪，吾所急也，与人琬琰。"节妇者，博士弟子杨枝荣母也，适文伯为继室。生荣六岁而伯逝，依兄秀枝。秀虽异胞，笃爱不殊所生，服食不偏治一朐脯，敦聘孝秀为子弟傒，双笔一砚，怡如也。后荣随母卜居南乡。当是时，群盗纵横，螟螣双虐，蓬翟荒凉，霜销风夺。有时朝食无藿，不能进一溢米，缫哔饥虚。或土障灯缸荧荧然，母治丝，督儿治经，经必数十过，暗诵通，丝亦百盆手。又或墙头之过造，清粥中数眉发历历也。崇祯十二年，母寿六秩之五[①]，又复卒焉。荣为孺子泣者，曰："我欲报者，岂在养耶？即母所望于我者，亦岂在报耶？在望见枝荣之能自就立耳！今虽欲取一第、为一官，使母及见，已弗若母之饮冰而食艾者也。即他日能自就立，为之旌闾表宅，为人子之所难为椎牛祭墓，既不如鸡豚逮存亲矣！三十年丁荼蓼之苦毒，万载抱风木之余哀，所不深墨者，岂人也哉？"乃竭资产，营含饮，说者比之赵隽之鬻子矣。挹娄兵下，搜牢打草谷。荣守庐，兄秀罄室南行。人曰："曷不以室中为葬具？"荣曰："未有谘命给事，勿能相供。"仅择大木为椁，曰："是先人手植也。"甲申初夏，葬母于城西南十里玉璧山之东麓，尺布斗粟，皆有籍记以归典者，识者又比之谢弘[②]微之事兄矣。丙戌，兄故，荣与阿戎妍、婠掉鞅文囿。辛卯，冠仄注，一黉作宪，莫不虚左席需之，推为祭酒矣。荣品才英上，耻论前人遗资，以力耕得食，稍稍列阡陌，腆用享，故人子啧啧称曰："是夫落落有风飙者也！"顺治庚子，诏求节孝，郡上其事，得大臣奖荐，敕建云坊，生辉遐迩，朝野知名悉赠以诗。嗟乎！全母子之嘉德，遂以动朝廷之听闻，且使一时之风人学士悲烟惨月，仰止靡穷，可不谓难与？吾读诗集，甚慨杨母之贤也，且叹杨母有子立身扬名，能传其母于不朽也。然无是母，又安能有是子乎？斯节斯孝，真足为史典光矣。杨之先，宋州虞城人也，自文伯为商于徐之赵镇，遂以客丁入徐州六乡籍焉。至荣相传绅衿继美者凡四世，子孙方永，并叙述。

---

① 案东京本、康熙《续徐州志》皆作"大衍之五"，即寿五十五。又案本志《阃德》"母年二十二而伯逝……历三十三年卒"，参以下文"三十年丁荼蓼之苦毒"句，则"六秩之五"应误。

② 原作"洪"，据《宋书 · 谢弘微传》改。

附：《杨母苦节传序》（石湖姚山翁）[1]

《华阳国志》所载士女贞烈，于一方人物反复丁宁，如恐有遗焉，洵哉古人乐道人善也！甲午，会廉察平凉胡公来徐，敕郡国县道有好文学、敬长上、奇节笃行、出入不悖所闻者，辄以名闻。王楫得条上张节妇，为之传。公曰："是媪，吾所急也，与入琬琰。"节妇者，博士弟子杨枝荣母也。父伯，生荣晚。逝，荣事兄枝秀如父。秀虽异胞，间亦不殊所生，服食不偏治一朐脯，敦聘孝秀为子弟侯，双笔一砚，怡如也。及秀再娶庶嫂，荣谋于人曰："以陈伯之贤，而妇讥糠粃；以刘沛[2]之迈，而客遭戛羹。陈伯非不友，刘伯非不慈，而亭长铄釜、陈平席门，何以故？以嫂故也。家庭之际，人情所难言！"乃请居易。当是时，群盗纵横，蜈魃双虐，谁锹一杯土覆杨氏墓头者？蓬翟荒凉，霜销风夺。有时朝食无藿，不能尽一溢米，缫哔饥虚。或土障灯缸荧荧然，母治丝，督儿治经，经必数十过，暗诵通，丝亦百盆手。又或墙头之过造，清粥中数眉发历历也。崇祯十二年，母寿大衍之五，又复卒焉。荣为孺子泣者，曰："我欲报者，岂在养耶？即母所望于我者，亦岂在报耶？在望见枝荣之自能就立耳！今虽欲取一第、为一官，使母及见，已弗若母之饮冰而食艾者也。即他日能自就立，母又安能知耶？矧枝荣寡昧，倘竟弗克就立，不克旌闾表宅，为人子之所当为椎牛祭墓，既不如鸡豚逮存亲矣，况并椎牛祭墓者之空言也！卅年丁荼蓼之苦毒，万载抱风树之余哀，所不深墨者，岂人也哉？"乃竭资产营含饮，说者比之赵隽之鬻子矣。挹娄兵下，搜牢打草谷。荣守庐，罄室南行。兄秀室毁矣，人曰："曷不以室中为葬具？"荣曰："未有谘命给事，乌能相供？"仅择大木为椁，曰："是先人手植也。"尺布斗粟，皆有籍记以归典者，识者又比之谢弘[3]微之事兄矣。丙戌，兄物故，荣与阿戎妍、婔掉鞅文囿。辛卯，冠仄注，一黉作宪，莫不虚左席需之，推为祭酒矣。以力耕得食，稍稍列阡陌，腆用享，故人子啧啧称曰："是夫落落有风飙者也！"然无是母，又安能有是子乎？夫迅寒急节，乃见松筠；危机迥构，方识贞孤。斯节斯孝，固可为史典光矣。杨之先，宋州之虞城人，自父客于徐州，遂入六乡六图民籍。至荣兄弟及侄妍、婔，子姿、姻，诸孙京、襄、雍、庭等，绅衿继美凡四世。馀并在归德商丘阏伯之台，子孙方永，并叙述。

① 此为日本国立公文书馆藏本原文，与国图本文字多异，附此对照参读。
② 参以下文"刘伯非不慈"，此"沛"字疑当作"伯"。
③ 原作"洪"，据《宋书·谢弘微传》改。

纪孝

吴光诩，州庠生，性笃孝友。事父道昌、母孙氏甚谨。每虑子孙散处，[久或]日疏，修睦族会，条约详悉。[及]年逾七旬，[每][1]训儿孙，必述先人言行。言已，流涕曰："自不见吾父母，已若干岁矣！"其久而不忘如此。乡人慕之，举为宾饮者五。

李三礼，七岁知孝。亲不豫，叩天累首[百余][2]，乞愈而止。及壮，援例授广东经历，坚不赴。亲勖去，谬以他故返。父病，汤药必躬，呼天求代。既不起，庐墓侧，泫泪渍土。从治命，祝子晃葬遗骸，忽抱墓死。兵宪胡公旌曰"终身慕亲"。

周正，家酷贫，目不知书，平皆辛力养亲。亲殁，卖身以葬。新安义商戴君召捐资赎之，正必竟役。寻卒，士民为之封墓立碑，勒其石曰："典身羞代赎，即世欲逃名。"

（缺页）

保举

陈应阶，由监生任主簿。

袁国祥，由监生任宛平县知县。

杨　妍，由庠生授归德推官。

吴光谱，由庠生授陈州知州。

吴应乾，由庠生授夏邑知县。

吴之蕃，由庠生授太康知县。

吴汝玑，由庠生授知县。

胡世明，由庠生授归德军厅。

杜先发，由庠生授清河教谕。

杜养邃，由庠生授海门训导。

邓大成，由庠生授训导。[3]

吴汝琜，由庠廪授宁波府通判。

滕起凤，由庠生保举授淮安府船政同知。

殉难

明

张垣，任河南归德府通判。时值鼎革，有归德之变，垣负义不挠，以身殉节。死之日，须眉犹生，正气凛然。

吴汝琦，归德监军兵备，与守道蔡凤同死归德之难。

① 四字据东京本补。
② 二字据东京本补。
③ 以上十一人据康熙《徐州志》补入。

滕九苌，嘉兴县贰尹。佐政有声，升顺天京卫经历。回籍乡居，遇闯逆拦城南，被执，詈骂，贼忿伤之。

王明德，太平府训。太平破，殒身泮池。妻温氏偕死之。

王养心，为诸生。母赵氏以节闻，心事之以孝闻。闯逆之变，耻食，自缢。阁部史闻其事，上之。

萧县

崇祯九年正月，流寇围萧，诸生与难者五十有一人。学院倪元珙上其事，准附飨学宫：

王基贞	王基弘	孙思谦	任如龙
李　燧	纵鲲跃	郝惟聪	黄廷谏
郑士彦	郑士俊	王所采	王所受
李荷春	刘梦鲤	穆遵衡	全我初
贾千春	孔贞元	吴洪谟	徐懋赏
仝勤王	纵四通	纵若启	纵履中
刘光肇	纵日昇	纵天德	戴奋翼
郝崇抱	郝昌龄	孟　钥	陈　丹
陈复新	王文功	任佑龙	郭复初
李　炜	徐时讷	章　捷	尚宗礼
朱道光	王永龄	任嘉猷	郭复性
谢承惠	王廷俊	徐道衡	徐士遴
徐士奇	陈忠亮	欧阳振文	

丰县

庚午冬破，杀伤亦众。其绅衿[①]之与难者，见邑志。

烈士王公传赞

胡世明

烈士王君养心者，少与余俱早孤，从塾师治业，每相对泣下。其行谊大概，尝

① 原作“矜”，径改。

心志焉。君性孝仁，事节母赵氏，晨昏色养唯谨。娶黄氏，贤克相之。迨长，游黉序，益厚重自持。慷慨乐善，诸如族人不能婚葬者，代为婚葬；见路道遗骸，急为掩覆之。每谈忠孝大节，毅然形于色。值甲申逆闯之变，拊心痛哭，仰天椎胸，绝粒不入口者七日，弗死，乃乘间阖扉，整冠自缢。死之日，一郡哄传为孤竹子复出也。阁部史公闻其事，上之。本朝督学陈公额其门曰“千古烈儒”，兵宪胡公闻而叹曰：“草莽孤忠，愤君难于一死；章缝大节，存正气于两间。洵士林之未易多见者！”於呼！忠臣出于孝子，信然！男高臣、孙振铎等，皆徐庠伟士，杜门好学，矜慎不苟，犹得其遗意焉。余心慕之，会郡乘载其事，乃为之赞曰：龙山之精，泗水之英。厥灵於赫，降于王公。古训是佩，黉序蜚声。孤而克孝，士乃矢贞。遭时不禄，大命以倾。绝粒弗殒，乃更投缳。丹心映日，浩气塞天。臣奏曰节，帝嘉曰然。勒名青史，可以起顽。

补遗

徐州孝子

王业大，嗜儒，性孝。崇祯十三年，岁饥，疠疫流行。母感时疫，大调药饵，目不交睫、衣不解带者匝月。随祷于天，割股食母。母食，即愈。州守以事闻上台，漕抚、督宪批云：“此时灾荒，方多忤逆，而有孝子出焉，真可风世！”复给花币，颜其闾曰“孝感格天”。按、学两宪批云：“孝心格天，真可风世！”更给“孝子儒士”候题，寻而改“玉乃寝我”。清十有四年，大母春秋已高，是正月病，药饵无效。大祝以身代，割股可以愈病，复又割股。今绅衿士民阖词闻于公，候详请题。

马孝子传

夏应凤

马羲，业儒。明末选贡马伯奇子也。生母郭氏，良栋郭贡士女，已逝。遇继母以孝闻。顺治十年秋，胶兵震徐[①]。羲随父自南乡入城，行未里所，寇忽至，掠所骑，叱送彼营。从者惶惧欲奔。寇怒，驱马至奇前，以刀连砍。已中一创，又将兵

① 顺治十年（1653）九月，胶州总兵海时行叛乱，为暴莱州、沂州间，直隶山东河南总督马光辉帅师讨之。时行走宿迁，师从之，复走永城。马光辉会漕运总督沈文奎帅师自灵璧向永城，战洪河集西，大破之，缚海时行以归。见《清史稿》列传十八。

之。会日将暮，从者皆无人色，各自逃散。羲睹危急，近身告寇："宁杀我，毋伤吾父！"声泪俱下。寇云："是汝父么?"羲曰："是也。"寇云："去！"且示趋避之方，遂释之。嗟乎！怖死，人情也。羲年甫十六，而能舍生救亲若此。避难见闻者，争道其详。郡士人咸嗟异之，以为有古孝子风。上其事于州，待申请题。奇早孤，事母刘氏。刘氏贤。奇家贫，色养。母病，祷神，祈减龄以延母年。事继祖母周氏。周氏老瞽，奇与妇郭氏定省惟谨，具膳涤溺，亦如刘氏之孝其姑也。羲性孝，固世德之不爽云。孝廉李子赞曰：羲以十六岁却贼全父，方之却虎者，不是过矣。又善事继母，不知其渊源出乃父也。父孝，畏人知。人之称其子者，又深用谢逊。呜呼，何可掩哉！

灾祥

徐州

春秋

襄公五年秋，大雩。先是，楚伐宋，取彭城；郑畔中国，附楚。襄与诸侯共围彭城，城郑虎牢以御楚，有亢阳动众之应。

汉

文帝元年四月，齐、楚地震。○五年十月，楚王都彭城大风从东南来，入市门，杀人。○后元七年九月，有星孛于西方。其本直尾、箕，末指虚、危，长丈余。刘向以为："尾，宋地，今楚彭城。"是时，景帝初即位，信用晁错，削诸侯王地。后三年，楚并七国反。

景帝三年十一月，楚国吕县有白颈乌与墨乌群斗，白颈不胜，堕泗水死者数千。

宣帝本始二年，荧惑守房之钩［钤］[①]。占曰："房为将相，心为子属。其地宋，今楚彭城。"十一月，楚王交薨[②]。○元康元年，凤凰下彭城。

成帝阳朔元年七月壬子，月犯心星。占曰："房、心为宋，今楚彭城。"

王莽天凤六年，青、徐民饥，多弃乡里流亡，老弱死道路。

① 字据《汉书·天文志》补。

② 按:《汉书·天文志》本始二年"荧惑守房之钩铃"及后数条，事应楚王刘延寿，非系元王刘交。勘见嘉靖《徐州志》。

后汉

光武中元元年，楚、沛多蝗。

明帝永平九年正月戊申，客星出牵牛，长八尺，历建星，至房南灭。牵牛主吴越，房、心为宋。后广陵王荆、楚王英谋逆事觉，皆自杀。广陵属吴；彭城，古宋地。

章帝初年，兖、豫、徐三州大旱。诏勿收田租、刍稿，其以见谷赈给贫民。○元和三年，白虎见彭城。

和帝永元十六年二月，诏兖、豫、徐、冀四州，比年雨多伤稼，禁沽酒。

安帝永初四年夏四月，司隶、豫、兖、徐、青、冀五州蝗。○七年九月，调零陵、桂阳、丹阳、豫章、会稽租米，赈给南阳、广陵、下邳、彭城、山阳、庐江、九江饥民。

桓帝永兴二年六月，彭城泗水增长逆流。

三国

魏明帝景初元年九月，冀、兖、徐、豫四州水灾。遣侍御史循行没溺死亡及失财产者，所在开仓赈救之。○二年九月，淫雨。冀、兖、徐、豫四州水出，溺杀人，漂失财产。

晋

武帝泰始四年九月，青、徐、兖、豫四州大水。○五年，青、徐、兖三州水。遣使赈恤之。○咸宁元年九月，徐州大水。○三年，兖、豫、徐、青等七州大水，伤秋稼。诏赈给之。○是年三月，星孛于胃。胃，徐州分。

惠帝永平五年，荆、扬、兖、豫、青、徐六州大水。遣御史巡行赈贷。○六年三月，彭城吕县有流血，东西百余步。○八年九月，荆、豫、扬、徐、冀五州大水。○永宁元年，自夏及秋，青、徐、幽、并四州旱。○太安元年秋七月，兖、豫、徐、冀四州大水。

元帝太兴元年七月，东海、彭城、下邳、临淮四郡蝗虫，害禾稼。○二年，徐、扬诸郡蝗。○四年十二月，月犯岁星，在房。占曰：“其国兵饥，人流亡。”

孝武帝太元[1]十年七月，彭城饥旱。先是，诸将略地，有事徐、豫等州。谢安又出镇广陵，使子琰进次彭城，频有军役。○十三年［闰正月］戊辰[2]，天狗东北

---

① 原作“宁康”，误自嘉靖《徐州志》。宁康止三年，饥旱在太元十年，据《晋书·孝武帝纪》改。

② 原作“太元十三年戊辰”，前已改补“太元”年号，此处径删。又“闰正月”三字，据《晋书·天文志下》补。

下，有声。占曰：“有大战，流血。”十四年正月，彭城妖贼刘黎称伪号于皇丘，刘牢之破灭之。〇又，彭城人刘象之家鸡有三足。〇十九年秋七月，荆、徐二州大水，伤秋稼，遣使赈恤之。〇二十年夏六月，荆、徐二州又大水。

穆帝升平元年十一月壬午，月掩岁星，在房。占曰：“人饥。”一曰：“豫州有灾。”〇二年闰三[①]月乙亥，月犯岁星，在房，占曰同上。[②]

安帝义熙二年十二月丁未，荧惑[③]、太白皆入羽林，又合于壁。三年正月，慕容超寇淮北、徐州，至下邳。〇三年二月癸亥，荧惑、镇星、太白、辰星聚于奎、娄，从镇星也，徐州分。是时，慕容超僭号。〇十一年七月癸亥，彗星出太微。占曰：“彗出太微，社稷亡。”〇十二年五月[④]，岁星留房、心之间，宋之分野。始封刘裕为宋公，后有天下。

恭帝元熙三年六月[⑤]，河决滑州，漂没公私庐舍。历澶、濮，至徐州，与清河合。浸城壁，不没者四版。

南朝宋

文帝元嘉十七年八月，徐、兖、青、冀四州大水。遣使赈恤。〇二十四年，徐、兖、青、冀四州大水。

北魏

宣武帝景明[⑥]元年，青、齐、徐、兖四州大饥，人死者万余口。〇永平四年二月，青、齐、徐、兖四州民饥甚。遣使赈恤。

南陈

宣帝太建十年二月癸亥，日上有背。占者曰：“其野失地，有叛兵。”甲子，吴明彻兵败于吕梁，将卒没于周，淮南至徐州地尽入于周。

唐

太宗贞观三年五月，徐州蝗。秋，徐州水。〇十九年二月，徐州言驺虞见。

① 原作“二”，据《晋书·天文志中》改。
② 穆帝在孝武帝前，此条应前置。
③ 原作“月岁”，据《晋书·天文志中》《宋书·天文志三》改。
④ 原作“元兴十二年五月”。案《宋书·天文志三》，“元兴”二字衍，今删。
⑤ 按：恭帝元熙只二年，无谓三年。此条与《宋史·五行志一》天禧三年六月河决之事相混，勘详嘉靖《徐州志》。
⑥ 原作“元”，据《魏书·世宗纪》改。又《世宗纪》载事在二年三月。

高宗咸亨二年八月，徐州山水，漂百余家。

武则天万岁通天元年八月，徐州大水，害稼。

玄宗开元二十八年，徐、泗二州无蚕，免今岁税赋。

德宗贞元十八年，徐州献嘉瓜、白兔。

宪宗元和元年夏，荆南及寿、幽、徐等州大水。○九年三月，镇星、太白合于奎。占曰："内兵，徐州之分。"

文宗太和二年九月，徐州李有华，实可食。○三年，宋、亳、徐[①]等州大水，害稼。○六年六月，徐州大雨，败坏民居九百余家。○开成二年六月，徐州火，延烧居民三百余家。

懿宗咸通四年七月，东都、许、汝、徐、泗等州大水，伤稼。○六年，徐州彭城民家鸡生角。○五年五月己亥，夜漏未尽一刻，有彗星出东北方，色黄白，长三尺。在娄，徐州分也。○九年正月，彗星出于娄、胃。十[一][②]月，庞勋陷徐州。甲辰，大雾昏塞，至于丙午。

五代

后晋天福四年，徐州大火。

宋

太祖建隆四[③]年九月，徐州水，损田。○乾德五年，五星聚奎，经星直鲁分，徐州，白羊之域。

太宗太平兴国五年五月，徐州白沟河溢入州城[④]，毁民舍。堤塘皆坏。○八年八月，徐州清河涨丈七尺，溢出。堤塞州三面门以御之。

真宗咸平二年九月壬寅，徐州言禾一茎五穗。○大中祥符二年，水发徐、兖。○天禧三年五月，徐州利国监大风，起西南，坏舍二百余区，压死十二人。六月，河决滑州，泛澶、濮、郓，至[⑤]徐境。

仁宗天圣初，徐州仍岁水灾。○嘉祐七年三月，徐州彭城县白鹤乡地生面。占曰："地生面，民将饥。"

神宗熙宁[⑥]四年，徐州麦一本百七十二穗。○十年秋七月，河决澶州曹村，东

① 原作"馀"，系"徐"形讹，径改。
② 字据《新唐书·五行志三》补。
③ 原作"元"，据《宋史·五行志一上》改。
④ 原作"域"，据《宋史·五行志一》改。
⑤ 原作"城"，参《宋史·五行志一》："六月，河决滑州，历澶州、濮、郓、济、单至徐州，与清河合"句改。
⑥ 案《宋史·五行志二》作"元丰"，《文献通考》卷二九九《物异考五》作"熙宁"。

汇于诸山，及徐州，城不浸者三版。方水之至，老弱凭城而避，壮者无所食，死于丘陵林木上。○又，徐州官舍生异草，经月不腐。○次年，旱。

徽宗政和四[①]年九月丙申，徐州彭城县柏开花。

金

世宗大定二十四年正月辛卯朔，徐州进芝十有八茎。

元

世祖至元元年，徐、宿、邳等州郡[②]蝗。二年，徐、宿、邳蝗，旱。○二十五年，徐、邳屯田雨雹，如鸡卵，害麦。

成宗大德元年，归德、徐州、邳州河水大溢。六月，蝗。○三年，归德、济宁、徐、濠旱，蝗。○五年，徐州、邳州雨五十日。○六年五月，归德、徐州、邳州水。

武宗至大二年七月，徐、邳饥。○四年，济宁、东平、归德、高唐、徐、邳诸州水。

明宗天历二年六月，徐、邳二州大水。

明

永乐十三年，饥。命进士梁洞赈恤。

景泰三年四月，水旱、疾疠[③]相仍，民大饥。都御史王［竑］[④]奉命赈恤。

成化元年，大饥。次年，复大疫。遣都御史吴琛、林聪赈恤。○十三年秋，徐州大水，伤稼，坏民居。遣郎中国泰赈恤。○十六年秋，大水。○甲辰[⑤]年，有孕妇胁下瘤生儿。

弘治元年，竹开花。

正德十四年，大水，坏官民舍，伤禾稼。

嘉靖二十五年八月二十五日子时，地震。越三日，复震。

嘉靖二十六年秋七月，大水，坏伤民舍、［禾］[⑥]稼。

嘉靖二十七年，大水。历至三十二年，益大水，历夏秋冬不消。兼之疫疠，道

① 原作“二”，据《宋史·五行志三》改。
② 原作“群”，径定。
③ 原作“厉”，据万历《徐州志》改。
④ 原阙，字据嘉靖、万历《徐州志》补。
⑤ 甲辰，即成化二十年（1484）。
⑥ 原阙，字据嘉靖、万历《徐州志》补。

馑相望，民食草叶、榆皮，不能自疗，甚至人相食者。钦命刑部侍郎吴鹏发赈。○四十四年，大水，淤塞漕河。民亦饥，治河工部尚书朱衡请发宫眷银大赈。○四十五年，大水，有赈。

隆庆二年八月十六日，大风雨，三昼夜不止，坏官署、民舍、禾稼。○三年，大水。总河都御史翁大立请赈。○四年，大水。五年九月初六日，大水冲决城西门，倾覆房屋，人溺死者无算。六年，大水。俱有赈。

万历元年，大水。○二年，大水，环城为海，四门俱蔽。时亦饥，巡抚都御史王宗沐请赈。○三年，水益大，为害愈甚。

万历六年秋夜，有星陨东乡，尾长丈余。牧人识其处，次日约众掘地三尺，得物如石，色青，长九寸，阔四寸，下锐上平。

万历九年，大水。岁饥，民食草子、树皮。

万历十年秋，有蝗，不为灾。

万历十一年，徐、宿大水，冲没宿州符离桥。

万历十六年春，大饥，人相食。夏，大疫，死者相望。

万历十七年夏，大旱。

万历十八年，徐城大水，官廨、民庐尽没水中。秋，复大雨如注，真武观井内泉涌如瀑。

万历十九年，城中积水为灾，副使陈文燧浚奎山支河以泄之。

万历二十一年，大饥，人相食。瘟疫盛行，死者充道。督抚请留南粮赈之。

万历二十五年正月十五日，夜雨木冰，鸟雀皆冻死。(《春秋》谓“木冰”,《汉书》谓“木介”，亦云“木稼”)

万历二十六年，有星陨于徐河东，光耀数亩，色如磁石。知州曾士毅贮于库。

万历二十七年，河决监城集，故道涸绝，举步可越。

万历三十一年，春夏淫雨，尽伤禾稼。秋冬大饥，人相食。是年夏，水决城东南堤之匀平桥。

万历三十四年十一月二十九日夜，南方有火光，长丈余，上锐中广，如烛光状。月余乃灭。

万历三十五年正月朔，河北豆市大火，延烧居民数百余家。十二月十八日，天鼓鸣。

万历三十九年，桃山岳武穆王祠竹开花。

万历四十一年秋七月，河决祁家店堤口，城南胥溺。

万历四十四年，地震自西北来，物皆移动，有声。

万历四十五年，大水。河决狼矢沟，淹东北各乡村。吕梁洪水干。

万历四十八年，东南巽地有白气冲天，达旦始没，月余乃散。又有黑气经天，自艮至坤，圆如斗，直如矢，竟夜始散。

天启元年六月十五日，大雨七昼夜，城内水深数尺，坏民房舍千余间。

天启二年三月初六日，夜地震。有声，自东南起，向西北去，如风水相薄、车马骤至。

天启四年六月初二日，奎山堤决。是夜，由东南水门陷城，顷刻丈余，官廨、民舍尽没漂，百姓溺死无数。六、七年，城中皆水。渐次沙淤，议复旧城。

崇祯元年夏，蝗，截麦穗满地。

崇祯二年，大雨，二麦尽淹。闰[①]四月，大水，决郭家嘴，灌石狗湖，平地深七尺，由下洪渐入黄河。

崇祯三年五月，雨雹，巨者如碗，伤禾稼，鸟兽死者无算。飓风拔树。城东积冰一堆，三日方销。

崇祯四年四月十二日，亚父冢、戏马台火，居民延烧数百余家。五月，大雨。复雨雹，大如鸡卵，屋瓦皆裂，鸟畜伤死甚众。六月，大雨，有蝗。八月，大雨，河溢。九月，有鸟群飞自西北来，状如鸠，色玄黄如鼠，趾不树栖，人谓之“反鸟”。

崇祯五年元日，雷。秋，蝗。六年、七年，蝗群飞，远望如山。初生行地者，越城渡河，禾稼[②]树木俱尽。入人室，嚼其衣物。

崇祯八年六、七月，大雨，有蝗。十二月，星陨，光如昼。

崇祯九年五月，有蝗。六月，河决长山堤口，参议徐标塞之。夏秋，西方半壁每夕红如血色。二岁同。

崇祯十年丁丑冬，文庙毁。东庑、库房、魁星楼相继毁。是年，蝗，饥，谷价腾踊。九月十三日夜，大风雨。百姓避流寇之乱者，男女冻死相枕藉。

崇祯十一年春，旱。夏，蝗飞蔽天，数日不绝。秋，旱，二麦难播。十二月十七日夜，地震自西北来。

崇祯十三年，饥甚，人相食，非聚数人持梃不敢行。

崇祯十五年，疫甚，士之死者多无棺。

① 原作“润”。案《中国史历日和中西历日对照表》，崇祯二年闰四月，据改。
② 原作“嫁”，径改。

萧县

唐

懿宗咸通七年，民家豕出圈舞。又，牡豕多将邻里群豕而行，复自相噬啮。

元

成宗大德六年五月，水。

明

永乐十三年，饥。进士梁洞奉命发粟赈之。

景泰三年，水旱、疫疠相仍，民大饥。都御史王竑奉命赈给。

弘治元年，仁寿乡麦一茎四穗二本，一茎三穗五本，一茎两穗六本。

正德十四年，大水。

嘉靖二年，大饥，人相食。十年，蝗。〇二十五年，孝义里民家室中忽有火光。俄而，牛产一犊，状特异，遍身皆鳞甲，红毛茸茸然。民骇，掊死之。时六月盛暑，阅数日，犹香气袭人。〇二十六年，大水坏伤民舍、禾稼。

嘉靖二十七年，大水。〇二十八年，大水围城，四门俱塞。历四年，俱大水，淤平黄河，民半饿死。钦命刑部侍郎吴鹏发赈。〇四十四年，大水，兼蝗、旱。治河工部尚书朱衡请发宫眷银大赈。〇四十五年，大水。有赈。

隆庆二、四、五年[①]，俱大水。

万历元年、二年，大水，决城南门为巨窟。时饥，巡抚都御史王宗沐请赈。三年，益大水。

万历五年八月三十日，彗星见于西南，光芒射东，其形如彗，至十二月初旬方散。是年，大水崩城。

万历十七年，春旱，夏蝗，霪雨六旬，秋复大水。

万历二十六年，大熟。

万历四十三年，大熟，山东饥民就食于萧者如水。次年，地震。

天启七年，麦秀双岐，竞亩如一，知县陈会江作《瑞麦记》。见《文苑》。

崇祯四年六月，迅雷、异飙、大雨暴至，演武厅吹去，不知所在。后邑人至山东界，见梁栋上有“萧县”字。

① 原作“隆庆二十四五年”。今按：隆庆只有六年，“十”字衍文，据万历《徐州志》“隆庆二年、四年、五年，俱大水”删。

崇祯七年，山鸣。八年，流贼至中都，震及陵寝。禁旅、边镇诸军，绎[1]络取道于萧。

崇祯九年正月初，北门城锁无故自开，守门报官，锁而复开者三，人骇异之。二十一日，流寇突来，万马围城。城坚守一日夜。贼从西北隅攻溃，杀死乡绅一十六人，诸生五十一人，乡民男妇以数万计。

崇祯十年，旱，蝗。八月初八日，流寇复大躏萧。

崇祯十一年，西山鸣者三，声隐隐如鼙鼓，又如虚瓮迎风，自子至辰。是年，寇复震境。

崇祯十二年，大旱，蝗。蓬蒿遍生，俗叹为“离乡草”。秋，菽登野者，异飙卷空中去，粒如雨洒。十月，盗起。

崇祯十三年，大旱，螽生。二月初四日，黑风东来，人莫能立。枪刀城树，往往多出火光。

崇祯十四年春，大饥，人相食，道绝行人。五月，大疫，一家死者十之八九。土贼张守业、张献策等起山西坡，程继孔等起夹山寨，横掠各方。八月二十八日，袁贼数万过萧，攻黄家口一带，村坞如洗，杀伤惨甚。诸生黄文谟、谢从政、刘日章死之。十月，黄河浅。时征粮告急，逃亡将半，淮抚史公可法不避专擅，以南粮拨补之，民赖存活。

崇祯十六年，蓁莽百里，人烟绝。程继孔据县杀人，萧自此始无民矣。十一月，督师马士英围夹山寨，擒之，囚解京师。十二月初六日，地震。

沛县

汉

成帝河平二年正月，沛郡铁官铸铁，铁不下，隆隆如雷声，又如鼓音。工十三人惊走。音止，还视地，地陷数尺。炉分为十，一炉中销铁散如流星，皆上去。

宋

徽宗建中靖国元年，禾合穗。

元

泰定元年六月，丰、沛大水。

---

① 原作“释”，径改。

顺帝至正九年五月，白茅河东注沛县，遂成巨浸。黄河入沛，始此。

明

宣德七年，蝗，巡抚侍郎曹洪奏蠲税粮。

正德二年，黄河徙入泡河，大水坏民禾稼、居舍。

嘉靖二年秋，河决，大水坏庐舍，民多流亡。〇四年，大蝗，无禾。〇八年，大水。舟行入市乡，邑民皆筏居。平地沙淤数尺余。〇二十一年夏，大雨五六日如注，昼夜不止。河溢，坏官署、民居、禾稼。

嘉靖三十一年、三十二年，大水。民饥，时未报灾。钦命刑部侍郎吴鹏赈徐，按其实，亦并赈。〇四十四年，黄水大发，淤塞漕河，冲塌城南门，淹伤人民无算。治河工部尚书朱衡请发宫眷银大赈。

万历二年夏，大雨雹，打伤禾稼。秋，大水。巡抚都御史王宗沐请赈。

——以后见邑志。

砀山县

晋

武帝咸宁二年冬十一月，白龙二见于梁国。

宋

孝宗淳熙元年七月，蝗。

元

泰定元年六月，水。

明

永乐十三年，饥。进士梁洞奉命发粟赈之。

成化二十年，饥。

正德九年，水。

嘉靖二年，旱并疫。〇十二年，蝗。〇二十六年，水。

嘉靖四十一年六月十六日夜，大水骤发，天雨倾盆，陷没城池，官署、民舍荡尽，人溺死不计其数。暂迁治小神集。〇四十四年，大水。治河工部尚书朱衡请发宫眷银大赈。

隆庆二年、四年，俱大水。有赈。

万历元年，大水。〇二年夏，兆火铺等处麦秀多岐，有一茎五穗者一本，一茎四穗者三本，一茎三穗者二十余本，一本一茎二穗者更多。秋，大水横发，城几冲决。时遂告荒，巡抚都御史王宗沐请赈。盖一岁灾祥并见焉。〇三年，益大水。

——以后见邑志。

丰县

汉

安帝延光三年，沛国言甘露降丰县。

元

泰定元年六月，丰、沛水。

明

正统五年，大饥。

成化二年，大饥。〇十三年八月，大水。

弘治十三年，大水。〇十五年十月，桃李有华。

正德六年秋九月，梨花开。〇九年秋，大水。〇十三年秋，大水。〇十四年，大饥。

正德七年，大风从西北起，庐舍、木石皆发，咫尺莫辨。〇是年，复大水。至十年，俱水。〇十三年，复大水。六月，二龙斗于泡河中。①

嘉靖二年，大水。〇三年、四年，大饥。〇五年，水陷城。〇二十五年九月，夜地震。〇三十二年，大饥。钦命侍郎吴鹏赈。〇四十四年，大水。工部尚书朱衡请宫眷银赈。

嘉靖五年丙戌夏六月二十七日，黄水陷城，迁县治于华山之阳。〇六年、七年、八年，俱大水。〇十一年，蝗。

嘉靖二十五年丙午夏六月，大雨雹。

万历四年丙子八月，河决太行堤数处，民多流移。

万历三十二年甲辰秋八月，河决朱旺口及太行堤口，宽三五里，荡漾三载，民

① 案顺治《丰县志》、康熙《徐州志》，"二龙斗于泡河"在十年六月。

舍漂没。河徙午[①]沟始定。

天启二年壬戌春二月初六日夜，地大震，有声，北至济，南至徐。后五月，白莲教徐鸿儒为戎首，陷邹、滕等县。十月初，由徐之沛之丰，有众数万，所在纵火杀人。日晡，至常家店集，距丰十二里，方蓐食，候夜阑[②]入。官兵追杀过半。余溃奔山东，尽歼焉。

——以后见邑志。

天地之征应曰灾祥，人世之修悖曰吉凶，无两也。《风》有流火，《雅》有桑柔，殆绘之焉。《春秋》灾必书，示谨。顾灾之必浮，于祥何哉？

从纪

吕梁悬水

《列子》《庄子》二书"孔子观于吕梁，悬水三十仞，流沫四十里"，故云。然或疑今吕梁洪之水无三十仞之高，流沫无四十里之远，欲拟悬水为冀州之吕梁。及考《书·禹贡》："治岐及梁。"注："梁山，即吕梁山也。"《尔雅》云："梁山，晋望。"即冀州吕梁也。吕不韦曰："龙门未辟，吕梁未凿，河出孟门之上。"郦道元谓："吕梁之石崇竦，河流激荡，震动天地。"盖指未辟、未凿之时而言，亦未见有"悬水"二字。又按《史记·世家》："孔子既不得用于卫[③]，将西见赵简子，至于河而返。"则冀州吕梁，又孔子之所未到。刘向校《列子书》云："多寓言，与庄周相类。"悬水之论，或寓言，又不敢必知其然也。

筑制

汉高祖过沛所击。《释名》曰："筑，似筝，细项。"按今制：身长四尺二寸，项长三寸，围四寸五分，头七寸五分，上阔七寸五分，下阔六寸五分。

竹皮冠

汉高祖为亭长时，乃以竹皮为冠，时时冠之。及贵，常冠，谓"刘氏冠"。

① 原作"于"，据顺治《新修丰县志》卷九《灾祥》改。
② 原作"拦"，通"阑"。阑入：擅自闯入。
③ 原作"魏"，讹自弘治《重修徐州志》，据《史记·孔子世家》改。

白虎樽

晋穆帝升平二年，彭城计佐虞兴发白虎樽。

曲赦彭城

晋安帝元兴元年，曲赦广陵、彭城大逆以下。

复彭城

南宋武帝永初元年八月戊辰，诏曰："彭城桑梓，报①本斯隆，宜同丰沛，各②复租布三十年。"

白狼童子像

南宋③王懿与兄睿同起义兵，与慕容垂战败。懿重创走，与家属相失。路经大泽，不能前，困惫卧林中。忽一小儿青衣，年可七八岁，骑牛。见懿，惊问曰："汉已食未?"懿言饥。小儿去，须臾复来，得饭与之。懿食毕欲行，会暴雨，江溢，莫知津径。遇有一白狼至前，仰天而号，号讫，衔懿衣，因渡水。懿随之，得济，与兄睿相及。后宋武帝受命，以懿为徐州刺史。懿于彭城立佛寺，作白狼、童子像于塔中，以存河北所遇也。

白玉戟

南宋孝武大明四年二月乙巳，徐州于汴④水得白玉戟以献。

扬徐人丁

南齐自永元以后，魏每来伐⑤，继以内［难］⑥，扬、徐二州人丁，三丁取两，以此为率。

①《南史》卷一《宋本纪上》作"敦"。
②《南史》原文"其沛郡、下邳各复租布三十年"。《宋书》"各"作"可"，亦指二郡而言。
③ 原作"宋南"，据嘉靖、万历《徐州志》乙正。
④ 原作"津"，据《宋书·符瑞志下》改。
⑤ 原作"代"，据《文献通考·户口考一》改。
⑥ 字据《文献通考·户口考一》补。

崔赡悲感

北齐太宁元年，卫尉少卿兼散骑常侍崔赡聘陈。过彭城，读道旁碑文，未毕而绝倒。从者遥见，以为中恶。此碑实赡父㥄[①]为徐州时所立，故痛殒焉。

古墓铭

高流之为徐州刺史时，河决，水冲破城，一古墓铭曰："死后三百年，背底生流泉。赖有高流之，迁吾上高原。"流之为造棺椁改葬焉。

菊坡丛谈

宋陈后山《寄曹州晁大夫》诗云："堕絮随风化作尘，黄楼桃李不成春。只今容有名驹子，困倚阑干一欠伸。"自注云："周昉画美人，有背立欠伸者，最为妍[②]绝，东坡所赋《丽人行》也。"晁大夫增饰披云，初欲压黄楼，而张、马二子，皆当年樽下世所谓英英、盼盼者。盼卒，英嫁，盼之子莹，颇有家风。而曹妓未有显者，黄楼不可胜也。作《南乡子》以歌之，曰："风絮落东邻，点缀繁枝旋化尘。关锁玉楼巢燕子，冥冥，桃李摧残不见春。流转到如今，翡翠生儿翠作衾。花样腰身官样立，婷婷，困倚阑干一欠伸。"盖前云"风絮"以属英，"尘化"以属盼，"名驹子"以属莹。[莹][③]之母，马氏也。（一见《诗林广记》）

参寥子访东坡

宋参寥子来徐州访东坡，东坡令妓求诗。诗曰："多谢樽前窈窕娘，好将魂梦恼襄王。禅心已作沾泥絮，不逐春风上下狂。"

天祥北行

宋文天祥以丁丑年十一月被执北行。戊寅年九月初九日至徐州，吊项羽故宫地，登黄楼台，读子由赋。十一日至沛县，作《歌风台》诗。

明善赈彭城

元元明善为翰林直学士，出赈山东、河南饥。时彭城、下邳诸州连数十驿，民

① 原作"俊"，据《北史》《北齐书》改。

② 原作"研"，据《诗林广记》卷六改。

③ 字据《菊坡丛话》《诗林广记》补。

饿马毙，官无文书赈贷。明善以钞万二千锭分给之，曰："擅命获罪，所不辞也！"后听之。

老媪读史

贾媪，节妇陆氏女，举人王邻女弟。颇解文事。夜读史，至舜诛四凶，心疑之，曰："何物四凶，乃敢尔耶？"忽窗外有四丑[①]物，各道姓名以应曰："某等在此！"启户视之，寂无所见。媪遂得怖疾而终，年八十余。

刘氏阴报

刘弘敬，字元溥，彭城人。有善相者告以夭年将尽。弘敬曰："寿夭，天也。尔其奈我何？"后为女买婢，有名兰孙者，察知其为名家女也，乃备装资，先其女嫁之。是夜，梦一人曰："我兰孙父，荷君嫁女，无以报。今告天，延君寿二十四年。"既而相者复至，曰："相君面，可延二纪。行何阴德致然？"弘敬曰："无他。不忍以贵为贱，嫁一婢耳！"果延二纪而终。

徐不鞭春

徐州城形如卧牛，且其河善放溢，昔人尝铸铁牛镇之。迎击土牛，则于城形及铁牛俱有妨，故俗传不鞭春。

萧不鸣钟

萧县相袭不撞钟，以为撞则水至。嘉靖间，县尹朱同芳弗听，水果大至，漂没田庐。同芳坚不听，水亦寻涸。及孙重光尹萧，父老恳请，重光遂止之，乃为文以祭钟曰："鼓焉以钟，昏晨之轨。民有讹言，金能利水。为民父母，从此而已。御患无德，随俗可耻。钟兮有灵，尚鉴乎此！"重光去，王荩臣继之，复令撞钟，其家病祸相沿，惧而复止。钟果能祸福人耶？多见其不知命也。

萧民义犬

元末时，萧县一男子樵于白茅山。时林木荟蔚，寂无人行，独一犬随之。樵者为虎所获，将噬之。犬鸣斗不已，力竭而死，虎亦遁去。樵者遂免。

---

① 原作"媿"，同"醜（丑）"。《篇海类编 · 人物类 · 女部》："媿，古文醜字。"

跕钟

萧元末时，平地内见有二巨钟纽。劚至数段，明日复如初；埋土中，明日复露。屡试皆然。忽一日，同跕行约十余里，鸣鼓如雷。走入黄河，喷水丈余。顺流而下徐州，张士诚守将祷留，弗获。适三女僧过而咒之，乃留其一，取碎，内获黄金四锭。其一流去，莫究所往。

致孝惠、鲁元于丰

汉王在彭城时，项羽大破汉军。汉王不利，驰去。见孝惠、鲁元，载之。汉王急，马罢，虏在后，常蹶两儿弃之。婴常收载行，面雍树驰。汉王怒，欲斩婴者十余。卒得脱，而致孝惠、鲁元于丰。后高祖崩，高后以此德婴，乃赐以县北第第一，曰"近我"，以宠异之。又以功益食兹氏[①]、汝阴、细阳，凡六千九百户。

漆叶青[②]黏散

汉华陀服食方：每漆叶屑一斗，率用青黏十四两，久服，去三虫，利五脏，轻体，使人头不白，最有功效。其漆叶处所[③]皆有，青黏生于丰、沛、彭城、朝歌间。青黏，一名地节，一名黄芝。陀尝入山遇仙。仙以授陀，陀以授弟子樊阿。人见阿年益高而精力益盛，怪问之，阿因醉乱语泄。人服之，多验。阿，彭城人。

自控妻驴

李若谷未第时，与韩亿为友，俱贫。同试京师，每出谒，更迭为仆。李先登第，授许州长社县簿。赴官，自控妻驴，韩为负箱。将至长社三十里，李谓韩曰："恐县吏来。"箱中只有钱六百，以其半遗韩。有一毡一席，亦割分之，相持大哭。后韩亦登第，皆至参知政事。

勤谨和缓

若谷曰："某自守官以来，常持四字[④]，曰：勤、谨、和、缓。"一后生应声曰："勤、谨、和，既闻命矣；缓之一字，某所未闻。"李正色曰："何尝教贤缓不及事来？且道世间甚事不因忙后错了？"

---

① 原作"民"，据《汉书》本传改。

② 原作"清"，据《三国志》《后汉书》本传改。

③ 原作"所处"，据《三国志》《后汉书》本传乙正。

④ 原作"守"，径改。

日挂百钱

若谷在长社时，日挂百钱于壁，用尽即止。

李氏先茔

李之先，隋兵部侍郎、贬韶州刺史雄之后。传五世，始居丰。葬其亲于丰之望云原，今西门外白衣庙后是也。有类撰碑云"六世孙李淑撰"，中间字画剥落，至末云："庆历五年正月甲子，五世孙、推诚保德功臣、特进太子少傅致仕、上柱国、中山郡开国公、食邑二千八百户、食实封四百户若谷立石。"据谱云："太傅而上葬徐，中书而下葬洛。"又云："葬亲于丰之望云原。"又云："在丰，宅离，东西岗。"盖西城外地形高阜，父老相传"望云"是矣，第碑淤无存。

老凤尚蹲

曾鲁公［公］[①]亮，自嘉祐秉政，至熙宁中，尚在政府。虽年齿甚高，而精力不衰，台谏无有非之者。惟复圭刺之以诗曰："老凤池边蹲不去，饥乌台上噤无声。"未几，公即退位。盖宋以丞相为老凤，翰林学士为大凤，紫薇舍人为小凤。

木像著灵

嘉靖五年，当城陷之日，公私庐舍冲漂殆尽。惟高皇与萧相国小木像，荡漾于洪涛巨浪之中，虽烈风暴雨，曾不飘散，于庙若相依倚。

高宗泥马

初，高宗为康王时，质于金。靖康之乱，得逸南奔。力疲，困于丰之崔府君庙中[②]。梦有人促之曰："起！起！追兵至矣，请乘马！"王惊寤，果有马在侧。驰之，日行七百余里。及渡淮，鞭之不动。下视，则泥马也，方知神助。由是得以延宋祚。

① 字据《山堂肆考》卷四十三补。

② 案《建炎杂记》《朱子语类》诸书，皆言事在磁州崔府君庙。明人谓府君名钰，字子玉，祁州鼓城县人，他书亦有作"邳州彭城县"者。殁后为神，灵响昭著，祠庙各地多有。丰县西北二十五里亦旧有崔府君庙，故附会其事。

城隍封侯

至正末[①]，丰洪水方割，群盗纵横，动以千数。时元政不纲，将出师，率与盗和。百姓锁城隍于烈日中，以望救。袁遵道之诗曰："盗积民财归帅府，官疑神罪锁城隍。"当时之时势，诚可呜咽。后神大显威灵，渠魁歼灭，遵道又有"锁项城隍阴破敌"之赞。由是，丰城隍得封灵应侯。

天津石鱼

丰天津桥，未审创自何代。桥有石栏，栏有石鱼，七上八下。自上数之，有八；自下数之，止见其七。谚有"七上八下"之谣，莫测其故。

泡河铜钟

弘治末，丰泡河中有二巨钟，浮河而下，水喷数尺，声音洪畅，可闻里许。乡人挽留之，其声愈畅，竟弗获。

西隅冰异

西隅池，即秦皇掘[②]坎以泄王气者，水深数丈，邑人恒操小舟以取鱼鲜。正德三年冬，严肃冰坚，有异物藏伏于中。每日出，腾身而起。起即冰裂，高数尺，声若迅雷，疾如奔马，自池至天津桥而止。月余，池冰始定，父老多及见之。

香堌石刻

香草堌，在丰泡河北岸，上有古碑刻云："东一箭，西一箭，生金犁，十八面。"中间剥落难识，末又有"九州十八变"字样，似为隐语。成、弘间，居民张氏掘地，尝获金耙齿，约重十两。金耙齿既有，则金犁似为不谬。下有古井，得古钱甚多，今淤。尝考许太尉庙碑，乃后汉许馘也。灵帝时，应劭尝为碑文，岁久字刓。唐开元中重立，刻八字于石阴云："谈马砺毕王田数七。"徐延休一见辄解之，曰："谈马即言午，砺毕必石碑，王田乃千里，数七是六一，盖谓'许碑重立'也。"使香堌石刻遇延休其人，则其义岂不可识耶？

① 原作"永"，据康熙《徐州志》改。
② 原作"握"，径改。

蛟行必变

嘉靖四十三年，丰黄河在县南邵家口有一物逆水而上，昂首数尺，约长六七十丈。面黑须白，额止一角，鼻嘴类牛而大。有时吐舌，舌纯红，长尺余。双目炯炯射人，身尾或隐或浮。舟皆避匿，两岸观者如堵。自华山至许家楼而没。或云："此蛟也，蛟行必变。"后数月，河果沙为平陆。

侨寓

晋

王睿，字元德。本太原人。与弟懿同起义兵，战慕容垂。于太元①末，徙居彭城。后以袭桓玄遇害。宋武帝追赠给事中、安复县侯。

唐

许铎，罢武城令，客于徐。庞勋反，胁以官，不从。崔彦曾官属被囚，铎潜馈资粮。及死，为收瘗，匿免其子弟。贼平，乃皆归其丧。诏拜石首令，赐银②绯。

宋

晁迥，字明远。本澶之清丰人。父佺③，始徙家彭门。幼从王禹偁，太平兴国五年进士。至道末，擢右正言、直史馆④、知制诰，入翰林为学士，加承旨，眷礼优厚。天禧⑤中，祈解近职，判西京留司御史台。居六年，请老，以太子少保致仕。终少傅，[年]⑥八十四，谥文元。子宗悫，知制诰，亦入翰林为学士，官至参知政事。⑦

范纯礼，仲淹子。历官右丞。崇宁中，启党禁，贬静⑧江军节度副使，徐州安置。

① 原作"原"，据《宋书·王懿传》改。
② 原作"金"，据《新唐书·崔融传》改。
③ 原作"俭"，据《文献通考·经籍考六一》《宋史》本传改。
④ 原作"官"，据《文献通考·经籍考》《宋史》本传改。
⑤ 原作"僖"，据《文献通考》改。
⑥ 字据《宋史》本传补。
⑦ 晁迥、晁宗悫二人，自康熙《徐州志》改入州籍。
⑧ 原作"靖"，据《宋史·范仲淹传》改。

明

文篪，其先本合肥人。父景宗，洪武初知徐州，因居焉。三十二年，知州杨节仲以篪廉能干济荐，授[①]荆州府潜江县知县。

董轰，字文雷。本浙江奉化人，以父知徐州，侨居于徐。轰性温雅，博通书史，词翰兼美，以徐州知州杨秘、大学士徐人权谨交荐，授官承天门待诏。子云，大名府学训导。

萧县

晋

孙惠，字德施。本吴国富阳人，父、祖并仕吴。惠口讷，好学，有才识。州辟不就，寓居萧、沛之间。

宋

孔恩，宣圣五十代孙。[因宋][②]南渡，徙居萧。四世孙午，当金末，聚众誓约，捍御一境。元初，授徐州观察副使。

沛县

汉

闵仲叔，本太原人，世称节士。虽周党之清，自谓弗及也。党尝见其含菽饮水，遗以生蒜，受而不食。建武中，应司徒侯霸之辟。既至，霸言不及政事，遂辞出，投劾而去。复以博士征，不至。客居安邑，老病家贫，不能得肉，日买猪肝一片，屠者或不肯与，安邑令因敕吏常给焉，仲叔怪而叹曰："闵仲叔岂以口腹累安邑耶?"遂去。客沛，以寿终。

明

甄实，字德辉，直隶庆云人。由举人，历官太仆少卿，湖广、四川布政使，宣著勤能。往来于[③]沛，爱其土俗，及致政，遂家焉。今其子[孙][④]世为沛人。

---

① 原作"授荐"，据嘉靖、万历《徐州志》乙正。
② 二字据正统《彭城志》卷八《人物》补。
③ 原作"如"，据嘉靖《徐州志》改。
④ 字据嘉靖《徐州志》补。

砀山县

汉

申屠蟠，外黄人。初，范滂等臧否人物，非讦朝政，自公卿以下，皆折节事之。太学士争慕其风，以为文学将兴，处士复用。蟠独叹曰："战国之世，处士横议，列国之君至为拥彗先驱，卒有坑焚之祸。今之谓矣！"乃绝迹于梁、砀之间，因树为屋，自同佣人，不罹党锢之祸。司马君实称其见机而作，与郭泰明哲保身，同一高致，凤翔千仞，不可及矣！

范丹[①]，外黄人。桓帝时为莱芜长，不到官。朝廷欲以为御史大夫，遂遁去。布衣草履，卖卜梁、砀间。家徒四壁，处之裕如。

丰县

汉

丁兰，河内野王人，流寓于丰。少丧父，十五岁丧母，乃刻木为母像事之，凡事必告。邻人张叔令妻假物，兰妻白像，像不悦，弗与。张突入，击像。兰知之，杀张叔。吏捕兰去，木像为之垂泪。郡县嘉其孝，奏免兰罪。宣帝特拜为中大夫。居县东十二里。

柳毅，中宗时下第，归至泾阳，见一妇人牧羊。曰："妾，洞庭君小女也，嫁泾川次子，今被毁黜，尺牍乞寄妾父。"毅投之水。后娶卢氏，美貌，曰："予即洞庭君女。泾上之辱，君能救之。兹奉闺房，永以为好。"后流寓于丰。

明

阙膺，江西奉新人。宣德中为丰尹。致仕，因家焉。

乾坤，一寓也，人焉往而不自得哉？记寓者，谓延陵以季子名，富春由子陵显也。人患不季子、子陵耳，何介介于延陵、富春哉？故陶潜赋曰："寓形宇[②]内复几时，何不委心任去留？"

---

① 案《后汉书·独行列传》作"范冉"。李贤注："冉，或作丹"。又《后汉书·爰延传》：桓帝时，外黄县令牛述好士知人，礼请范丹为功曹，应是一人。李注或本于此。

② 原作"寓"，据《陶渊明集》卷五《归去来兮辞》改。

方外

附寺观

晋

彭宗，彭城人。尝从师采药，忽堕深谷，蹈群蛇，曾无惧色。师乃授丹经、五千文。宗宝而修之，洞畅幽漠。能三昼夜为一息，或一年不动，人以为死，及起，颜色愈鲜。山中蛇虎见之潜伏。

南北朝

道生，彭城人。父为广戚令。道生为沙门法汰[①]弟子，幼而聪悟，年十五便能讲经。及长，有异解，立顿悟义。

宋

戴日祥，元丰初道士也。尝随苏轼游桓山，为鼓雷氏之琴。

明

恒斌，本京刹僧。宣德间，以荐住持徐州卧佛寺。五十余年，精守戒律，始终不渝。

萧县[②]

宋

曹国舅，绍圣四年，蝉蜕于玉虚观。[在][③]县东南五十里，今更名腾云寺。

元

徐神翁[④]，萧人，居陈疃村。通黄白之术，家日殷富，曾建愿穷堂、不富亭。后白日升举。今丹井遗址存焉。

---

① 原作“大”，据《高僧传》《法华传记》改。
② 以下四县名，俱据文例补。
③ 字据嘉靖、万历《徐州志》补。
④ 原在砀山元洞真子之后，今据属地及世代置此。

明

刘渊然，号体玄子，萧人。祖母谢梦紫衣道者入室而生。及长，遇异人，授以秘书，呼召风雷，劾治鬼物。高祖建西山道院居之。昭帝赐以御书，曰“长春真人”。宣德七年八月八日，属其徒曰：“气聚而生，气散而死，生死一理，吾将逝矣！”引手作一圈，曰“呵呵”，趺坐而化。

沛县

春秋

琴高，居香城泗水中。以善鼓琴，为康王舍人。行彭、涓之术，浮游砀间二百余年。后入砀中娶龙子，乘赤鲤出入。

晋

王玄甫，学道于赤城、霍山。服青精石饭，得吞日精丹景之法，内见五脏。穆帝永和元年正月望，白日升举，为中岳真人。

明

鹿风，幼习百家阴阳杂书，善祈祷。邑人旱暵必叩，雨如响应。

砀山县

元

洞真子，涿州人，姓丘。年壮学道。至元庚寅，北游京师，谒真人祁公，赐号宝岩大师。既退，东南游邹峄山，拜丹阳真人为师，道侣号为洞真子。乃西游砀山，遇智井赵志坚，创建琳宫。功成，达于集贤院，赐琳宫名“聚仙”，洞真子为真静大师，兼本宫提点。延祐乙卯，人见其西去，弟子志坚辟户视之，羽化矣。

丰县

春秋

赤须子，丰人。秦穆公时，主鱼吏也。数道丰界灾害水旱，十不失一。问所长，好食松实、天门冬、石脂，齿落更生，发堕再出。后去吴山下十余年，莫知所之。

汉

清平吉，沛之丰人，汉高祖卒也。至光武时，容貌益少。后尸解去。

周义山，字季道，丞相勃四世孙，流寓汝阴。父秘，陈留内[①]史。义山年十六，读书外，常以平旦日出时，东向嗽咽，服气百数。经年，父问之，对曰："义山中心好此日光长景之晖，是以服之。"有黄泰[②]者，元凤中寓陈留，着败衣，卖芒履。义山见之，曰："《仙经》云：仙人目方，面光。"密奇之，使人买芒履，常以金帛着物中，阴与之。泰后诣义山，延之静室。泰曰："我，中岳仙人苏子玄也。"义山再拜，膝行而进，请乞奇要。仙人遂授以长生之道。后义山为紫阳真人，白日升天。[③]

张道陵，字辅汉，丰人，子房八世孙。七岁即通《道德经》。章帝闻之，举贤良方正。三诏不起，志在修炼。久之，入蜀，得黄帝《九鼎太清丹经》。丹成，饵之，时年六十，容貌益少。又得秘书，通神变化，驱除妖鬼。既而与弟子赵昇、王长迁鹤鸣山中。感老君授以秘箓，桓帝永寿元年正月七日，并夫人雍氏飞升，时一百二十三岁。今之广信龙虎山，其后裔云。

张鲁，字公期，衡之子。初，道陵以诸品秘箓、斩邪二剑、玉册、玉印授子衡，衡授鲁。鲁得之，以符法治病，病立愈，世号嗣卿。后仕汉，为汉中太守。曹操将攻汉中，鲁以手板画地，即成巨河，怒涛汹涌，兵不能济。其将复统水兵至岸。鲁又以手板画其河中，辄出一峰，高千余丈，兵不能进。操遂入南郑，鲁乃奔入巴中。后刘璋失蜀，先主举兵向公期。公期脱化归真，隐形仙去。

方外之不传者多，即传，亦影响也。夫二氏者，其有也耶？尝耳未尝目也；其无也耶？其二教并儒传矣。传其教，何必无其人也？虽然，传二氏者，非二氏也，仍儒者之好奇而托焉者乎？西域、东瀛，亦可以想见矣。

徐州

卧佛寺	开化寺	兴化寺	台头寺
洪福寺	开元寺	兴隆寺	景福寺
屯头寺	五级寺	三洞山寺	清泉寺

① 原作"刺"。案陈留，郡名，不当有刺史，据《云岌七签》卷一六〇《紫阳真人周君内传》改。
② 原作"秦"，据《氏族典卷·周姓部》改，下不复注。
③ 本篇录自《氏族大全》，字句与他书多有出入。如《云岌七签》谓"字季通，汉丞相勃七世孙"等，缘所引书不同，今概从原文，仅据与《氏族大全》文义出入者酌改。

兴台寺 七佛寺 禅正寺 兴明寺
大云教寺 洞山寺 龙泉寺 英会寺
香亭院 弥陀院 洪福禅院 龙兴禅院
功德禅院 真武观

萧县

华严寺 天门寺 白云寺 开皇寺
寿圣寺 显庆寺 石佛寺 福寿寺
朝阳寺 新兴寺 龙泉禅寺 皇藏寺
龙驹嘴寺 成阳寺 尠沟寺 五眼泉寺
灵光寺 普照寺 腾云寺 白土寺
龙寿寺 九圣寺 积善寺 建凤法轮禅寺
孝义寺 龙泉寺 延寿寺 宝峰寺
凉楼[①]寺 瑞云寺 栖真观 乾明观
玉虚观 太虚观 大道玄元观

沛县

龙泉寺 兴国寺 杨名寺 贺堌寺
盘龙寺 祥国寺 龙冈寺 七山寺
汲冢寺 夏镇寺 高房寺 新兴寺
马村寺 卧佛寺 昭阳寺 上闸寺
石羊寺 栗子寺 大安寺 庙道口寺
蝗虫寺 欢城寺

砀山县

永庆寺 立头寺 大明寺 白塔寺
白云寺 定国寺 兴国寺 南大觉寺

① 案嘉靖、万历《徐州志》：萧县东北有凉楼沟，即旧歇凉楼，元有凉楼寺。康熙《萧县志》、康熙《徐州志》亦同，载明末毁于兵，顺治初知县祖永勋重建。则此处“楼”原作“棲”，应为形讹，据改。

寿圣寺	云台寺	观音寺	资圣寺
铜钟寺	吴庄寺	回罡寺	释迦院
崇寿院	大觉院	崇庆庵	聚仙宫
青华观	全真观		

丰县

永宁寺	登云寺	重福寺	华严寺
福胜寺	清凉寺	大圣寺	杨庄寺
许家寺	刘庄寺	春台寺	吕堌寺
贺堌寺	丁兰寺	马庄寺	观音寺
清堌寺	褚庄寺	洪方寺（即龙泉寺）	
明教寺	首[1]羡寺	胡庄寺	应封寺
苗城寺	韩村寺	铜钟寺	曲房寺
石瓮寺	郑家寺	卧佛寺	夹河滩寺
万陈寺	安国寺	圣泉庵	望彭庵
洞真观	南华观	长春观	和光观

寺观附方外者，方外之人营之，方外之人居之者也。然不敢以臆为创。敕而建之，乃有寺观称。其余则庵堂、丛林，种种不一称。今按称若彼，抑何敕者之过多欤？虽然，其久而废者亦不少也。废而仍其称，足矣。或且非方外者，代而营之，则未明于梁公之意也。

方技

汉

樊阿，彭城人。与广陵吴普学医于谯人华陀，善针术。凡医咸言背及胸脏之间不可妄针，针之，不过四分；而阿针［背］[2]入一二寸，巨阙、胸脏乃五六寸，而病者皆瘳。又尝从陀求服食方，陀授以漆叶青黏散：每漆叶屑一斗，率用青黏十四两，久服，去三虫，利五脏，轻体，使人头不白。阿从其言，［寿百余岁］[3]。（漆叶

① 原作“峀”，据隆庆《丰县志》改。
② 字据《后汉书 · 方术列传》补。
③ 四字据《后汉书 · 方术列传》补。

处所时有，青黏生于丰、沛、彭城及朝歌间）

魏

管辂，字公明。善仰视星辰，明天文、地理变化之数，徐州号为神童。杜工部《上韦相》诗云“聪明过管辂”，即此。

明

李冠，字公冕，徐州人。天性旷达，博学，能诗文，善隶书。任材使气，不拘小节。以儒医鸣于时。尝拟卢仝《七碗茶》为《七碗酒》及《木绵歌》。

裴仕杰，通儒书，习阴阳之术。永乐初，征天下儒硕纂修《古今大典》，阴阳家预焉，仕杰应召。

周昉，字彦华，徐州人。通天文阴阳之术。景泰元年，随征福建，占候有功，历进五官灵台郎。

萧县

[明][①]

王国辅，家黄山。山如翠屏，苍然有画意，辅遂精于画事。其画猫、兔尤妙，具数十种姿势，浮动楮墨间，栩栩欲下化工之笔。

沛县

明

孟思贤，沛人，字齐之，别号南溪，善山水、花卉、翎毛，更精于泥金人物。万历十三年，中使张洪捧进，特旨传宣文华殿召见，赐锦衣卫百户。命写容，大中圣意，钦赐宫花一枝，加升锦衣卫千户。

① 字据文例补。

丰县

[明]①

姜居安，丰人，常居沛之沙河镇，以医鸣时。有达官携家过沛，抵沙河，稚子病，问医，得居安。因告之曰："请毋惊，但得沙一斗，疾即愈。"官如其指，布沙舟中，令儿卧其上，久之，儿手足能动，不数时而疾良已。达官问其故，姜曰："小儿纯阳，当春月，而衣絮皆湖绵，过于热，故得凉气而解。"

李复，字明善，善阴阳、历数之学。

砀山县

旧志无稽。

徐州宗文魁，医外科，多奇效。喜施舍，于婚丧多所助。事母以孝。取与不苟，盖朴素人也。子孙世守善。

《简兮》诗人有美人之遐思，而公庭奏技，自嘲殊甚。固知士有隐于技者也。隐于技，则技不可得而见矣，而又或专艺自鸣其心，亦良苦哉！

补遗

郡人张胆

侨寓

山人罗霖，苏州人。善诗画，演禽星，兴豪爽饮。交游绅士大夫，居徐二十余年。国变，闭户不食，旬日而终。服其义而志之。②

风俗

子曰"君子之德风"，其自上倡之者也；孟子曰"伯夷、柳下之风"，其自身披之者也。通于上下，行乎远迩，而俗成矣。俗成，则以为执不可化之物，而不知其始油油焉，如轻风之宕于木末也，原自过而不留，兼亦杳无可状。因前人之论列而

① 字据文例补。
② 自"徐州宗文魁"以下，国图本阙。据东京本补。

定之，据乡曲之遗事而摭之，皆未可语于风俗者也。载旧论数条，令其可想。

徐州[①]

徐方，邹鲁旧国，汉兴犹有儒风。（杜氏《通典》）

民淳讼[②]简。（宋苏轼）

人颇鸷悍轻剽，其士子挟任节气，好尚宾游，盖楚风焉。（《隋书》）

萧

风俗浑厚，多智虑，务农生财。（宋晁端中）

沛

地邻邹鲁，务稼穑，尚礼义。（旧志）

自昔沛以勇宕为俗。（《李尉[③]美政记》）

砀山

砀邑之学，弦歌方盛。（元《大成殿记》）

丰

丰熟，可抵三州。

民事农桑，乐输赋役，而其俗亦淳。（旧志）

土产

谷类：稻、粱（萧县白米泉为最）。

果类：山楂、莲实、芡实、梨（萧）、天枣（萧）。

① 二字及下砀山、丰，俱依文例补。

② 原作“词”，据苏轼《徐州谢上表》改。

③ 原作“蔚”，据虞集《道园学古录》卷七改。

蔬类：芹（水、旱二种）、蘑菇、茼蒿。

花草类：野兰（萧）、紫草（砀山）。

竹木类：棠梨、梧桐、箬竹。

药味类：何首乌、柴胡、茵陈、泽兰、沙参。

禽羽类：鹤、鸥、鹭、凫、雉、鹳、鹰、雀、杜鹃、鸳鸯、布谷、桑扈。

兽类：鹿、獐、狼、狐、野豕。

水族：蚌、螺蛳、蚬。

花石、白土（徐、萧）。

以上州县同。

物产志异，其同者不必志也；志罕，其多者不必志也。天地以生养万物为官，而天不生、地不养，记何以称焉？以此见天地之大也。《禹贡》徐州惟土五色，岂独克俭云尔乎？

选举修学纂志、经管料理、才行素优生员

王凤皞	胡儒统	胡　浩	杨枝荣
张联璧	吴汝瓒	张际明	陈王前
毕　翰	陆四教	宋聚心	沙永誉
张五典	王　仲	李贵中	陈大元
吴之元	夏翼宸	王高臣	王吉士
吴廷燮	张履恭	吴之观	拾　泰
张　贲	杨成元	汪疏九	杨维新
张赓明	赵国彦	王　道	黄一甲
万　穆	张　京	杨于京	李　鉴
张　铸	刘　彝	徐　鹏	杨于襄
沙日清	王大礿	王振铎	
刘弘泽（能为地师）		薛维新	夏嗣禹
金世钦	单　乾	侯　封	陈洪宣
张　翘			

跋语

学者酌古以定模，准今以肆应，居恒与应制无两。家大人观察彭门，定以温清从事，每于呫哔之隙，见所属郡乘，未尝不驰情流览，而大人辄禁之，谓非帷中急务。谬出一臆，以与大人商，谓:“九州沿革，至于今日，英杰什起，事绩焜煌，则而象之，若彭门固比比也。官其地者，或以治渠著，或以完垣著，或以起敝维风著，读书一日见售，顿摹前辙。大人所属，无非裨益后进，嘉与指南，其何遗于定?”而大人亦用唯唯。仲夏，叩辞北上，谬为当事所收。比归，而刊定已成矣。披而读之，举曩之驰情流览者，在目在心，俨然大人之发予覆而晋之教也，敢不佩服焉? 自今以往，读书应世，益不敢作两观。而因感若地为进身之始，又敢忘彭门乎? 拜手阶除，附名兹乘，以需异日大人顾而笑之，敢以告徐之诸君子。

泾原后学胡大定宇泰甫谨识

清康熙《续徐州志》

刘元勋　臧兴祖　纂修

續修徐州志序

周禮所載職方氏辨其邦國財用之数要周知其利土方氏辨土宜土化之法而授任地訓方氏掌道四方之政事與傳道往古之事為王誦之以資王見聞益王聰明夫先王所以能致天下大順而釐齊庶彙以中國為一人者豈有他哉不過合天下之目以為明合天下之耳以為聰又合天下千古之視聽而為一已之視聽故能與天下同其好

导读

清康熙二十二年（1683）本《续徐州志》(简称“康熙续志”)，是当时淮徐观察使刘元勋奉朝廷“博采群志之檄”，同知州臧兴祖博稽广采，在顺治十一年本的基础上续编而成的。其目的是“以备献纳”，“庶几不负朝廷设官分职之意”，同时也是为正在纂修中的康熙《江南通志》提供基础材料。但因时间紧迫，兼之纂修人学非所长，该书无论是从内容的剪裁上，还是从形式的加工上，都显得非常粗糙，难以独立成帙。

一

清王朝定鼎中原后，为加强自身统治，了解掌握各地情况，政府对修志的重视更甚于前代。康熙年间，朝廷多次颁布修志诏令，如康熙四年（1665）下诏征集志书，以备纂修《明史》。康熙十一年（1672）七月，为纂修《大清一统志》，康熙帝应保和殿大学士周祚的呈请，诏“直省各督抚聘集夙儒名贤，接古续今，纂辑通志”以供采选，并以河南巡抚贾汉复顺治十八年（1661）主修的《河南通志》“颁诸天下以为式”。随即因三藩之乱的爆发，此事暂被搁置。直到“削平僭乱，海内乂安”，康熙二十二年四月，礼部奉旨再次檄催各省设局纂修通志，并限期三月完成。正如两江总督于成龙在《江南通志》序中所言：“合各郡志之繁杂，成于三月之定限。”可见日程之紧迫。接到部檄后，于成龙会同江苏巡抚余国柱、安徽巡抚徐国相等于江宁设江南通志馆，聘请名士主其事，同时下檄“征属府州县新旧各志及先儒先贤著述论建之有关地方、应备采拾者”以备纂修。《续徐州志》的编纂即发生在这一历史背景下。

与既往的修志组织工作一样，淮徐道、州县主官仍是志书编纂的主导力量，本邑居乡士绅负责实际工作。根据志书卷首《姓氏》显示，淮徐观察使刘元勋任鉴定，徐州知州臧兴祖任校阅，儒学学正周如濂、训导汪志楷协助参订，另有贡生吴之元、吕维阳，生员单乾、杨枝荣、李弇、陈洪宣、王大成、经乃济等人负责采访增修。

刘元勋，字介庵，陕西咸阳人，顺治十六年己亥科进士，康熙二十年任淮徐观察使。臧兴祖，字子翼，满洲正红旗人，监生，康熙二十一年任徐州知州。续修《徐州志》，刘元勋于组织事务过问较多，据其《续修徐州志序》云：“余分刺淮徐之三载，奉有博采群志之檄，于是披阅旧志，辑自甲午（顺治十一年），而后盖三十年于兹矣。其间荒迷缺略，殆难胜举，倘再因循，弥久愈湮。因而征聘名宿，同州牧臧兴祖博稽广采，续成是编，以备献纳。”刘元勋认为：修志的目的不是“炫耀人物之盛、土产之奇，以为淹博夸靡之观”，而是要“序其政事，溯其因革，传道古今兴替，而为圣天子一诵述之”，即寓郑侠绘流民图之意，如实反映徐州的困苦情况，以获取必要的政策垂恤，进而实现“逋赋获蠲，哀鸿获复，浊流障而水土平，生聚日繁”的治理效果。应当说，刘元勋的指导思想是正确的，且在志书中也有多处体现。如《漕政》一目按语：“徐虽无漕，而自徐以下之河借以接运，则治河即治漕也。或疑治河之难，因以病漕，思穷变通久之法，则又难于虑始。而治河治漕，舍挑浚筑塞外，实无别策，是以劳当事者之筹画也。”又如“逃亡人丁”条后按语：“后虽屡经编审，逃亡未除，徒存纸上之空名，究无交纳之实事。解悬苏困，不无望于仁人君子之抟挽也！”都是这一指导思想的具体体现。但因时间紧迫，志书并未很好地按照该意图进行编纂，如在取材的深度上，对当时的民生反应不够到位，对各项制度的因革缺少必要的交代；在取材的广度上，所记限于州境一地而不含四属县。前者体现了修志者的编纂功底薄弱，后者则说明了本次修志工作流于应付，未能做到善始善终。

根据礼部所发檄文“所在郡县，皆得献其所辑之志，以备搜讨”，结合徐属各县志书的发展渊源来看，当时萧、沛、丰、砀山四县都曾有续修。本来借助这次有利时机，如果组织得法，汇总一州四县的新增资料，在顺治《徐州志》的基础上，是完全可以续成一部新志的。但就最终结果而言，也许是无人打理，也许是纂修乏人，总之这次修志草草收尾。据现存续志的书名页题有“徐州续修新志草本”，是否是当时的稿本，已难考证，仅从所记内容来看，给人的直觉就是取材偏狭，仅限州境一地。

州属及四县志书的纂修截止时间，应当都是该年的七月上旬。如刘元勋卷首自序的落款时间为“康熙二十二年癸亥岁孟秋上浣之吉”，萧县知县阎允吉的落款时间是“时康熙二十二年岁次癸亥七月上浣之吉”，而康熙《续徐州志》的“秋七月丙子（初七）”也是志书记事的最晚时间下限（其余三县稿本无存，难知其详）。如果从四月间奉檄博采群志之日开始计起的话，实际用工只有两个多月，即分别草成献纳，且事后志稿的命运也各不相同。其中，萧县志有刻板存世，其余州县志均以抄本保存。丰、沛二县志稿几经辗转，内容大部分都融入后来的乾隆新志。徐州续志在保存过程中，可能略有散佚，时隔四十年后，姜焯编纂《徐州志》时，据称“今止存数叶”，貌似残缺严重，然而通过姜焯《徐州志》与康熙续志的内容比照，似乎绝大部分容都是姜焯所曾见到的，如康熙续志《赋役》记载徐州知州江雁卿详豁徐州版荒地“四千七百五十二顷”,《宦绩》记载为“四千七百二十五顷”，姜焯《徐州志》则改为“四千七百余顷”，显然已经注意到了其中的差异，在无所适从的情况下，只好采取折中之举。又如程敏政诗《彭城废县南谒汉高祖庙》，本在城北高皇村，康熙续志改易诗题中的“废县南”为“郡南”，意在城南试剑石所在之汉高祖庙，不仅与事实有违，亦与诗文“古原荒树倚村斜”所述不符。姜焯修志时，虽有嘉靖《徐州志》“彭城废县南”可供比照，但仍写为“彭城郡南”，显然是受康熙续志的影响。他如康熙续志首次收录的诗文，如董其昌《重修放鹤亭记》、贾壮《燕子楼赋》、戴圣聪《放鹤亭重修碑记》等篇，也被姜焯《徐州志》继续收录，中间的承袭关系还是比较明显的。若说两部志书中的差异，主要体现在《秩官》《选举》两目内，如人名用字之不符，任职时间之错乱，人员之缺略，推想原因，可能是康熙续志的该部分后来有所残缺。

或许是姜焯所见之本确有残缺，难以判定存毁比例；又或许是因足本体量较小，怀疑并非原貌，故云“止存数叶”，进而猜测“佥事刘元勋、知州臧兴祖奉文续修郡志，属草甫成，皆以迁去，未付剞劂，旋即散失”(姜焯《徐州志凡例》)。在这里，姜焯认为是人事上的调动，导致了修志工作草草收尾，其实证据并不充分。查后续所修志之《职官表》，刘元勋于二十三年离任，臧兴祖则于二十五年升任淮徐同知，主事官员并无突然调整，只能说，该书从一开始就没有准备刊印，仅仅是为献纳而仓促编就。如前介绍，于成龙“奉旨催檄《江南通志》，限三月成书”，所留给各州县的准备时间只能更短。康熙《江南通志》计六阅月而书成，不免后世“颇多缺略”(乾隆《江南通志》王之锜序)之憾，至于一两月内迫促就功而编成的各地新志，其质量更是可想而知。

翻阅康熙二十三年江南通志局刻本《江南通志》卷首《修志姓氏》，协理名单中有“分巡淮徐道按察使司副使刘元勋”，采辑名单中有“徐州知州臧兴祖”，当时各府州县都应当有新旧志书送局以供采辑。但是纵观《江南通志》七十六卷，对于徐州的记载比例偏小，材料征引也非仅限于顺治《徐州志》、康熙《续徐州志》，如户口、田赋等项，通志与州志的记载出入很大，可能是省城另有黄册。单就康熙续志而言，仅《宦绩》之江雁卿传、《人物》之李向阳传等几条被《江南通志》采用外，其他内容则绝少引用，特别是于《艺文》部分一无所取，这也是地区文化发展不均衡在志书编纂中的一处明显体现。

二

康熙二十二年本《续徐州志》的特点在于一个“续”字。志书的时间断限有两种：一是重修，每次重修都要从有文字记载的上古时期开始，直到截稿时间以前；另一种即是续修，即紧接上次修志的最后那年起，修到本次编修时间以前。康熙续志即是后者。

康熙续志原卷首志目如下：

卷一舆地：州县境城图（见前）、星野（见前）、疆域（见前）、沿革（见前）、沿革表（见前）、形胜（见前）、山川（见前）、里图（见前）、古迹（见前）、帝王（补续，后妃附）；卷二建置：封建（见前）、漕政（续）、兵防（续）、赋役（续，附盐政）、河防（续）、公署（见前）、铺驿（续）、关税、桥梁；卷三儒学：儒学（续）、上丁（见前）、陈设图（见前）、祀典（续）；卷四宦绩：宦绩（续）、秩官制（见前）、秩官题名（续）、选举科贡（续）、武科（续）、恩荫（续）；卷五人物：人物（续）、隐逸（续）；卷六文苑：诰谕（续）、誓（见前）、诏（见前）、疏（续）、议（续）、表（见前）、序（见前）、书（见前）、记（补续）、诗（补续）、赋（续）、铭（补续）；卷七闻德：闻德（续）；卷八会览：谱序（见前）、灾祥（续）、丛纪（见前）、侨寓（见前）、方外（见前）、方技（见前）、风俗（见前）、土产（见前）。

所谓“见前”，即指参见前志顺治十一年《徐州志》，续志正文无一字内容，这些篇目达半数之多。所谓“续”“续补”，主要补写顺治十一年至康熙二十二年这三十年间的史实，之前内容仍见旧志（《文苑》酌增若干清代以前部分诗文）。从中可见，康熙续志的卷数、篇目基本同于顺治《徐州志》，只是《舆地》卷下增置了“帝王（后妃附）”一目，《建置》卷下增置“关税”“桥梁”二目，这可能是受顺治《河南通志》体例的影响，也可能是志局所发条款中有着明确规定。

就编纂条件而言，康熙续志与万历《徐州志》有着许多相似之处，都是时隔三十年后重修，都有前志的现成资料作基础，实际增补的工作量都不是太大。然而姚应龙以三人之力，统筹一州四县史料，敢于打散嘉靖《徐州志》三纲十二目的既有结构，重新析为二十四目。尽管都是续修，但从志书的框架上来看，显然万历《徐州志》不能单纯以“续志”视之。而吴之元、吕维阳等集八人之力，过于遵循顺治《徐州志》的原有体例，仅仅作了一些相关补充，且对顺治旧志的讹误和缺失未有任何触及。可见，纂修动机不同、投入精力有异，必然导致所修志书的质量判若云泥。

如果刻意强调时间紧迫等客观因素，同样迫于应命的康熙《萧县志》，其成书效率及质量与康熙《续徐州志》也是不可同日而语的。实际上，《萧县志》的纂修工作起步较早，材料准备较为充分，早在康熙十二三年间，在知县陈膺、乔启祐的接续下，已经完成了对顺治《萧县志》的续修工作，并改原书十卷为十二卷，尚未刻版印刷。康熙二十二年，礼部檄下之日，知县阎允吉延揽名流，在此基础上“相与穷搜博采，较古证今，甫阅月而书就”（阎允吉序）。其中既有对新志的续订，也有对旧志的刊正。特别是在次年阎允吉离任后，邑人继续增补，最终让这部志书得以刊刻传世（今缺卷七、卷八）。反观康熙《续徐州志》的纂修，事前并无任何准备，领命后只能仓促拼辑，缴纳后即束之高阁，再也无人过问了。历来志书纂修，首在总编得人，正如阎允吉所云：“盖见闻不博，不可以言志，惧其隘也；性情不公，不可以言志，惧其褊也；文辞不洽，不可以言志，惧其陋也。”（阎允吉《萧县志序》）尽管朝廷的行政命令极大地推动了修志事业的不断发展，但因各地组织不力，主修乏人，其所修志书的质量也是参差不齐。这导致历代藏书爱好者对于方志一类“多簿书庋之，不一寓目”，究其原因，无非是“作者自轻，人固不得而重之也”（姜焯《重修徐州志序》）。

三

康熙续志为手抄本，观笔迹出自多人之手，水平亦参差不齐。全书共计111页，文字量很小，不足三万字，装订为一册，正文不分卷。《中国地方志总目提要》谓“始续于康熙十二年，成书于二十二年，约十五万字”，均误，似与康熙《萧县志》相混淆。

从成书技术上来看，康熙续志与顺治《徐州志》堪为“姐妹”本。首先，目录与正文间有误差。如目录赋役附“盐政”，正文附“丁口”“盐课”；目录作“铺驿”，正文作“驿传”；“恩荫”后另有“候补”“乡饮大宾”“纪孝”三目，为目录所无；“人物”本在“文苑”之前，正文却置于“文苑”之后。又，既名“续志”，仍有王缜《三贤祠记》、姚佺《杨母节孝传》两篇与顺治《徐州志》重出；既为州境内续志，则于萧县《雾潴泉》《天门寺》《五眼泉》等诗不当收入。另外，文字时有脱漏，页码次序亦有前后颠倒现象。可见志稿草草完结，并没有经过严密的审订程序。

康熙续志因体量偏小，在徐州方志史上几无存在感，除少数内容通过姜焯《徐州志》得以继续存留，绝大部分内容都不为后世所知。然而，也正是基于这个原因，康熙续志作为一时之志，有着其他志书所不可替代的文献价值。如久已裁撤的石山驿，在平定三藩之乱期间一度被恢复；又如谷应泰《文昌阁四贤祠记》、贾壮《修黄茅冈紫翠轩记》、丁浴初《望湖亭记》等文，对于我们了解云龙书院附属景观四贤祠、紫翠轩、望湖亭、白鹿洞等兴建渊源及早期存在状态，也都有着重要的参考价值。

同样还是因为康熙续志的体量偏小，故而志书中所体现的社会权力关系更为明显。从康熙《续徐州志》开始，彭城张胆家族正式走进志书记载。自明朝中后期以来，地方士绅阶层介入修志事务，掌握了志书编纂的优先权，志书不再是客观的官方典籍，逐渐成为地方士绅表达个人主张、谋求家族利益的对象和途径。顺治十一年（1654）李向阳主持纂修《徐州志》时，对于张胆家族一开始是没有任何提及的，仅在后来的递刻本中有所增补。三十年内，随着张胆家族的发展壮大，很多公益事务均有张氏族人的积极参与，其社会影响不容忽视，且康熙续志的主笔人之一吕维扬，又是张胆之弟张翃的至交，因此，体现在志书编纂之中，张氏族人的事迹所占比重开始陡然增多。如张胆迁建学宫、重修荆山桥、开仓放赈种种善行义举，分述有关篇章目之下，又于《人物》卷中一反“生不立传”的编修原则，补其宦后善迹长达六百余言。根据《人物》本传称其“功劳几遍天下，业详之旧乘中矣”一语推测，或许之前的顺治《徐州志》递增本即出自官方行为，至少是在得到官方默许前提下的家族行为。除张胆本人外，尚有其弟张铎、长子张道祥入“恩荫”，次子张道瑞入“武科”，弟张翃、诸侄张道汧、张道溥、张道弘、张道著等人入“候补”，侄女张文闲入“阃德”。尚有艺文多篇，如江宁巡抚马祜题为推广皇仁乐输赈济事之奏疏、淮徐道刘元勋《重修徐州文庙引》《骠骑将军张公兴复学宫序》、成克巩《赠骠骑将军张别驾墓志铭》等文，主题都与张氏家族有关。通过志书纂修现象的背后，透视纷繁复杂的社会关系，也为我们习以为常的历史又增加了一个可能的诠释维度。

续修徐州志序

《周礼》所载，职方氏辨其邦国财用之数要，周知其利；土方氏辨土宜土化之法，而授任地；训方氏掌道四方之政事，与传道往古之事，为王诵之，以资王见闻，益王聪明。夫先王所以能致天下大顺，而整齐庶汇，以中国为一人者，岂有他哉？不过合天下之目以为明，合天下之耳以为聪，又合天下千古之视听而为一己之视听，故能与天下同其好恶。其精神所注，实与天下相周流。由是而设官分职，匡翼劳来，而后一德同风，咸与维新也。今我皇上聪明仁智，圣文神武，未见之书必读，未闻之言必采，而犹惟日不足，乃命廷臣纂修会典，以成大一统志，仍广求天下郡县志书，昭明巨典。噫！是非所谓欲合天下千古之耳目为聪明者乎？猗欤盛哉！抑尝论之，风有崇替，则俗有醇庞。虽曰世运升沉，而风行草偃，实在上者有以使之也。夫徐属，古彭城也。杜氏《通典》谓：徐乃"邹鲁旧国，汉兴犹有儒风"。而《隋书》又云："人颇鸷悍轻剽，其士子挟任气节，好尚宾游，盖楚风焉。"夫均一徐也，以鲁而徐，徐固不难于易鲁；以徐而楚，楚又何难于易徐？知楚与鲁之不能常一，益知世道非可升沉论矣。虽然，犹有说焉。盖世有变迁，俗随因革，沧桑之感，又不能不动人以今古之思。考《禹贡》徐州之域，厥土赤埴坟，厥田惟上中，厥赋中中。夫田既为二等矣，而赋则又为五等者何？以生聚未繁，所少者惟人力耳。自是而后，四隩既宅，九州攸同。至元公画野经邦，民丰物阜，六府孔修，产与心恒，以暨春秋焉，则徐焉得不与邹鲁同风？迨后王政既息，霸业横行，区区青徐，又值五季抢攘之后，即欲不楚，不可得已。今日者，埴坟之土已为黄流所啮，高者沮洳，洼者巨浸。则今日之田，既非昔日之田；而今日之赋，犹得同于五等之赋哉？辨邦经国，不得不于职方氏是问。民既失业，播迁流离，田滓污莱，丰歉皆芜。土既不能以生物，人愈不能以安土，则土宜土化，又当于土方氏是问。古者，自王朝至于列国，莫不有史，故有内史、外史之名。自外史废，而郡邑各有志。则今日之为志，宁惟炫耀人物之盛、土产之奇，以为淹博夸靡之观？要当序其政事，溯其因革，传道古今兴替，而为圣天子一诵述之，又训方氏之职掌矣。萧何入关，先收图籍；文公历官闽浙，所至惟急修志。要皆禀《周官》之遗意，而先其职掌之大者耳。况当圣天子博采之下，而犹或编残简略，宁惟为有职者之羞，抑亦为有位者之忧。况是志之编，实寓郑图之绘。倘圣天子于万几之下，披检而翻阅焉，有不恻[①]然念、瞿然起、沛然涣汗其大号，而速降恩纶者乎？由是逋赋获蠲，哀鸿获复，浊流障而水土平，生聚日繁。吏兹土者，然后按旧籍而悉其兴除、酌其损益、稽其登耗而劳来之，别其醇庞而匡翼之，休休育育，说礼敦诗，何难复徐为鲁，而顾以今古自限也哉？余分刺淮徐之三载，奉有博采群志之檄，于是披阅旧志，辑[②]自甲午，而后盖三十年于兹矣。其间荒迷缺略，殆难胜举，倘再因循，弥久愈湮。因而征聘名宿，同州牧臧兴祖博稽广采，续成是编，以备献纳，总不离乎职土、训方氏之遗意者近是。后之继起其间者，循是意而补缀焉，庶几不负朝廷设官分职之意云。

康熙二十二年癸亥岁孟秋上浣之吉

淮徐观察使、前翰林院庶吉士、关中刘元勋题于鹤雪堂

① 原作“测”，径改。

② 原作“缉”，同“辑”，收集。

姓氏

淮徐观察使	刘元勋	鉴定
徐州知州	臧兴祖	校阅
儒学学正	周如濂	
训导	汪志楷	参订
贡士	吴之元	
	吕维扬	
生员	单　乾	
	杨枝荣	
	李　弇	
	陈洪宣	
	王大成	
	经乃济	增修

帝王

附后妃

汉高皇帝刘讳邦，字季，丰沛人也。详前志中庙：〇一祀城南二里。有试剑石，高三尺余，中裂为二，不断者寸许。〇一祀城西南二十里丁塘。有拔剑泉，为汉兵被渴祷天，插[1]剑，水随剑出。流五里许，洑地中。水清冽，味甘美，至今不涸。〇一祀利国监驿南十里，名高皇原庙，在土山上，内有二十四帝像。相传为埋剑履处。或曰泗上亭即其地。〇一祀州西百二十里华山顶。下有秦沟，为始皇凿帝脉处。旁有新丰市，为帝旧里云。

南北朝宋高祖武皇帝刘讳裕，字德舆[2]，彭城人。少勇健，有大志。历仕晋，为太尉，封宋王。受晋恭帝禅，在位三年。传六帝，历国六十年，都金陵。州城南七十里刘村，即其故里云。

南唐高祖徐讳知诰，徐州人。仕吴，为淮南节度行军副使。士民归心，国以富强。由齐王受吴禅，复姓李，更名昪[3]。传子璟[4]、孙煜，历国三十九年，都金陵。

吕后名雉，父吕公，善相，早识帝。帝避秦芒砀山，后望气，遂得帝所。相传华山顶有望云岭云。

戚姬，生州城西三十里，其地曰戚村，俗讹曰“齐”。西为姬村，皆因姬得名焉。

蒋太后，徐州人，明世宗肃皇帝母也，事兴献王于藩邸。及帝入承大统，受符，发安陆，后戒曰：“吾儿行荷重任，毋轻言！”帝呜咽曰：“谨受教！”即位，尊为兴国太后。弟伦，封伯。后家城东二乡里，祖茔小蛾嵋山下，形家望为太阴，月象，主大贵，后遂验。城西南隅至今传为蒋母街云。

漕政

徐州漕船正兑徐州、萧县、砀山县漕粮者，帮次在徐，由黄河东下，自皂河口入运河；分兑丰县、沛县漕粮者，帮次在夏镇，运河受米；徐、并两卫出运河南。徐州两帮漕船一百七十九只，于康熙十一年奉总漕部院帅[5]减存漕船五只，实在出

① 原作“卓”，系“臿”形讹，据顺治《徐州志》改。
② 原作“兴”，据《宋书》《南史》本纪改。
③ 原作“昇”，据《新五代史·南唐世家》改。
④ 原作“暻”，据新旧《五代史》本传改。
⑤ 帅颜保，赫舍里氏，满洲正黄旗人，康熙八年任漕运总督，二十年升去。

运漕船一百七十四只；又于康熙二十一年奉总漕部院邵[①]抽调徐州帮七只代运江南粮米，现存漕船一百六十七只。驾运河南帮漕米小滩受兑漕船一百零七只，千总领运，于本年蒙河南巡抚王[②]题为直陈采买漕米之弊等事，朝议裁去河南帮漕船一百零七只，仅存徐州帮漕船六十只，千总领运。其徐州、萧、沛、砀、丰四县漕粮内，有寿州帮分运四十只，亦在徐受兑。

徐州卫守备一员，管理徐、并两卫事务，佥定运官，拣选旗丁，征收屯粮、军需等项钱粮，兼查行粮、月粮、盐钞、修艌、抵兑、屯粮、抚军、恤屯，任綦重矣。国初，即以守备领运。后添设两帮千总，而守备专屯事焉。

徐、并二卫原额屯地三千八百八十五顷五亩一分：徐卫原额地二千八百五十一顷七十亩一分，并卫原额地一千三十三顷三十五亩。于顺治十四年，蒙部堂库奉旨踏勘，开除故绝抛荒地二千一百一十一顷四十八亩一分，内：徐卫地一千六百八十四顷四十七亩，并卫地四百二十七顷一亩。其后每年续行开垦，续入钱粮，册籍在卫。

旗丁于帮牌既下之日，徐州卫守备转行现运千总，拣选历练老成，于出运之先，始定本旗姓名。其额种屯田，徐、并两卫各伍原额地数多寡、肥瘠不等，有田十顷运一船者，亦有八顷运一船者，因其出运急，则用银迫，每下田一亩出租与人，得银六分，中田得银八分，上田得银一钱。春往秋还，起拨、转坝、入仓、回空，一船十数人撑驾，动则经年，所费不赀。若遇荒年，则田无人租而受累矣。

徐、并两卫各屯夏季应纳本色夏麦，除荒实征正麦六千九百五石四升零，共加耗麦二百七石一斗五升零。冬季应纳本色黑豆，除荒实征正豆三千七百六十五石三斗八升零，每石加耗三升，共加耗豆一百一十二石九斗六升零。今运船六十只，每船应领本折月粮九十六石零。其本色一半该麦豆四十八石零，内：小麦三十二石，黑豆十六石。共该小麦一千九百二十石零，黑豆九百六十石零，俱系各旗丁应纳屯粮麦豆数内抵兑。其余麦豆，俱应交纳进仓。

徐、并两卫带征军需苘麻正脚银，共征银六百五十两六钱五分八厘零。

徐州卫额设牧马草场地三十六顷三十六亩。于康熙十九年奉文清出地二[③]顷六十六亩，每亩科租银一分，共银二两六钱六分，征解江苏布政司充饷。又于康熙二十一年清出地二十六顷七十九亩五分，现在详报，尚未征租。

以上系徐、并两卫出纳钱粮之数目。

国朝裁杂差，屯田为赡运，恩至渥矣。但屯田有远在州县者人民稀疏之地，则

---

① 邵甘，正黄旗人，康熙二十年任漕运总督，二十三年罢去。

② 王日藻，江南华亭人，康熙二十一年任河南巡抚。

③ 原作“千”，据检算实数改。

有抛荒之苦；有滨于黄河者，则有迁徙坍塌泛溢之苦；若遇饥岁，则有轻典重贷输纳驾运之苦。徐州军民杂处，故轸军即所以抚民也。

前志纪漕河详矣。自徐运河改为东运河，此漕之地也；自支运、兑运改为长运，此漕之法也。国朝法因长运，地仍东河，则徐地无漕矣。徐虽无漕，而自徐以下之河借以接运，则治河即治漕也。或疑治河之难，因以病漕，思穷变通久之法，则又难于虑始。而治河治漕，舍挑浚筑塞外，实无别策，是以劳当事者之筹画也。

兵防

徐州为南北咽喉重地，西控梁宋，东联鲁滕，漕河之孔道。防河护漕，分镇郡邑，此设兵之所由来也。国朝自文武分任道、标，营兵于康熙二年全裁，徐之副镇改为狼山营江北左协，额设马步官兵一千五百名，中军都司一员，左军守备一员，右军守备一员，把总六员外，夏镇防漕官兵五百名，即以右军守备一员、把总二员统之。屡经抽汰，现存官兵合夏镇共计八百二十二名，千总二员，把总四员：防守沛县把总一员、防守丰县把总一员、防守睢宁县把总一员、防守北路千总一员、防守南路把总一员、萧县城守营守备一员、领饷护送千总一员。但汛广兵单，尚在题议。然自甲寅[①]以后，客兵络绎至徐间渡，前后十年。民虽艰于供应，上赖各大人纪律严明，又有道镇府州多方调和，是以出征、解马、驻防、凯旋，不下数十营，而军民安堵，郡邑之福也。前志纪历来之兵防、兵变详矣，兹甲午[②]以后三十年来，变无可记，士马欢腾，足征国家太平云。

兵防武职题名

副总兵

刘朝辅	周　贵	贺国贤
惠占春	杨三元	邓君弼（见任）

道标中军守备

员汝白	陈一夔（裁）

① 甲寅：康熙十三年（1674），是年“甲寅之变”，耿精忠在建宁起兵反清，康亲王杰书率军前往浙江围剿，途经徐州。

② 甲午：清顺治十一年（1654）。是年，淮徐兵备使胡廷佐主修《徐州志》。

徐营中军守备

张尽忠　　董次仲　　谢　臣

徐世华（裁）

左营守备

薛世卿　　尹　志　　李根极

傅希说（见任）

右营守备

白国栋　　高　展　　舒良幹

忻维世　　樊述英（见任）

萧营守备

贾　成　　潘玉龙　　刘玉珮

徐　城　　姚廷栋（见任）

徐州卫守备

黄可乐　　王　钦　　周在鱼

田　穗（见任）

徐州卫千总

祁　品　　于化蛟　　於天禄

马可骆　　邵兴邦　　罗弘儒

李守仁　　王养和　　李志夔

金龙翔　　丁锡福　　沈　杰（见任）

许云台（见任）　　马应宿（见任）　　何邵穆（见任）

历运候推千总

徐元勋　　陶　令

河营守备

唐建功　　王金锡（见任）

河营见任千总

王之珩　　何拱极　　华成名

河营见任把总

龚　见　　顾应奎　　顾应举

王　英　　孙咸启

赋役

附丁口、盐课

徐州原额田地内有版荒地为累，知州江公雁卿痛民疾苦，于康熙十年为版荒累民已极等事，详请漕抚帅具题，敕下总督麻[①]至徐履亩踏丈。十一年，题覆准除版荒地四千七百五十二顷[②]零十七亩八分，减额赋银五千七百八十二两一钱一分，免漕米三千二百六十五石有奇。实在成熟并开垦田地二万八千九百二十一顷三十三亩二分五厘，共征赋银三万五千三百八十七两六钱六分二厘零，共征本色起运漕米一万九千三十七石七斗五升三合六勺零，共征存留徐仓运军行月本色麦三千四百八十八石二斗八升九合零。

徐州实在当差人丁四万八千八百五十四丁，共征丁银一万二千三百三十五两七钱正。于康熙二十年编审，知州赵公维城逐里清查，除现在应差人丁外，共计各里逃亡人丁一万四千五百六十七丁，该丁银三千九百七十六两七钱，开载清册，详请题豁。蒙江抚余[③]具题下部，奉部查核在案。

逃亡人丁，缘明季天祸，徐方寇贼、灾疫并作，百姓死伤过半，人殁丁存，谓之“亡丁”。当事恐丁银失额，征比照旧，因之督催严而民适异国，包赔苦而潜迹邻封，水旱频而就食他方，人逃丁在，谓之“逃丁”。后虽屡经编审，逃亡未除，徒存纸上之空名，究无交纳之实事。解悬苏困，不无望于仁人君子之抟挽也！

徐州属户口历食山东芦盐，岁额盐引一万五千三百六十七引，系拨商按季赴领运卖，仍按季照数赴山东济南府盐法道衙门缴销，复领运卖。其课银俱在内商交纳，与外商无涉。

① 麻勒吉，瓜尔佳氏，满洲正黄旗人。康熙七年，授江南江西总督。

② 本志《宦绩》作“四千七百二十五顷”，康熙《江南通志》所载同《宦绩》，康熙《徐州志》折中为“四千七百余顷”。

③ 余国柱，湖北大冶人，顺治九年壬辰进士，康熙二十年任江宁巡抚。

河防

徐境旧有三险：依城曰郭家嘴，东南曰大坝，又东南曰小店。每岁于三险处，多设夫柳桩草，以备秋涨。外如吴家堂、花山等处，时决时塞。而徐城西北及萧、丰、砀沿河百余里，堤岸薄碎，每夏秋泛溢，则两岸湮民田无数，当事颇患之。康熙十七年，总河靳公[①]视事，思一反从前因仍诸政，连条敬陈经理八疏，皆奉俞旨。谓从前治河无武职，则无以统兵；从前佥夫每岁更替，则无以责成永久。于是添设守备一员、千总三员、把总五员，统战守兵丁共一千一百七十一名，分隶徐州上下河境内。其名战兵者粮较多，名守兵者粮差少。其汛地或有疏虞，依军法轻重处分事。徐境上下河几三百余里，南岸自虞城县界起，下至灵璧县界止，堤工共四万三千一百九十余丈；北岸自单县界起，下至睢宁县界止，堤工共二万三千一百余丈。其所设战守夫兵，不过一千一百七十一名，延袤遥远，不能密布，每遇塞决增筑，复借民夫助之，亦势之不得不然者。

徐境东南堤由徐至灵璧、睢宁界者，水伏其中，皂河运口不至浅淤；其西北堤由徐至虞城、单县界者，仍行增帮。康熙十七年正月内，题定大修河工，其徐属一切遥缕格堤，一并加帮。又查勘徐城卑洼，议于大孤山、苏家山两山之中，直通微山湖，建闸一座，遇黄水骤发，即便泄放，以卫城池。于康熙十八年五月初十日兴工建修，于本年十二月初八日竣工。

三险工至今亦微有不同者。大坝工较巨，自胜国以来，修筑多可凭藉；又新添遥、缕诸堤，绸缪有加，固无他虞焉。

小店为河南岸险要，故防护益密，长堤亘无隙罅。吕梁洪南北一带固安澜也，临流者能无古今顿殊之感乎？

郭家嘴在城西北，其于东运邈不相涉也，从来亦同称险者，为护城言耳。今既有杨公石堤，城恃以固；且急溜忽北徙，南岸民田已沙出。则岁额夫柳，不能无望于当事之恤政耳。

公署

（见前）

① 靳辅，辽阳州人，隶汉军镶黄旗，康熙十年授安徽巡抚（下文之“安抚靳”），十六年调任河道总督。

驿传

东岸驿

额设递马一百二十匹，夫八十三名，抄牌、传差、羽书、医兽、禁卒十二名。自滇粤之变，节省钱粮，安抚靳题为敬陈减差等事，裁马三十匹，羽书等项尽归马夫；裁抄牌、传差、羽书、医兽、禁卒十二名。于康熙二十年十二月二十日奉旨，驿站钱粮准复二分。因该驿设在极冲，增马三十五匹、夫三十五名。夫马虽增，而工料钱粮照裁，四之数止复一半。

利国驿

额设递马一百五匹五分，又调沛县马九匹，共马一百一十四匹五分，夫七十名，抄牌、传差、羽书、禁卒十名。亦因节省钱粮，安抚靳题为敬陈减差等事，裁马二十五匹五分，羽书等项尽归马夫，裁去抄牌等夫十名。于康熙二十年十二月二十日奉旨，驿站钱粮准复二分。因该驿设在极冲，增马三十匹、夫三十名。夫马虽增，而工料钱粮照裁，四之数止复一半。

桃山驿

额设递马七十四匹，马夫五十名，抄牌等役八名。康熙十三年，钦差舒、吴二大人调剂驿务，因该驿额马不敷供差，调丰、沛、萧、砀四县马三十六匹，共马一百一十匹，夫一百一十名。十五年，安抚靳节省钱粮，裁马三十匹，止留马八十匹。于康熙二十年十二月二十日奉旨，驿站钱粮准复二分。因该驿设在极冲，增马十五匹、夫十五名。夫马虽增，而工料钱粮照裁，四之数止复一半。于十五年归并房村驿兼摄。

彭城驿

额设水夫五十名，轿夫三十名，河下站驿夫十六名。奉安抚靳节省钱粮裁减，止留水夫三十名，支应廪粮银三百两。于康熙二十年十二月二十日奉旨准复二分。复设水夫十名，轿夫三十名。

房村驿

额设马船二十五只，水手五十名。于敬陈减差案内，裁去马船五只，止留马船二十只、水手四十名应差。

石山驿

嘉靖四十二年裁。国朝康熙十三年，因滇粤之变，差报紧急，驿传道并安站大人题复。康熙二十年，滇粤底定，兵部题请，奉旨复裁。

关税

税务钱粮，康熙七年三月间为请旨以裨国课事，奉旨归并徐州，州同接管征收，照旧设关徐州、夏镇二处。于康熙十一年四月间为部员离镇独远等事，将船税归并中河分司，在宿迁县设关征收。止有陆税一项，奉各部院题准，仍令州同征收，起解中河分司，汇解大部。又于康熙二十一年四月初六日为请旨事，将陆税统归淮徐道征收起解。其税务并船税，现今仍设关宿迁县征收。

桥梁

万会桥，州城东北。比舟三十余艘，贯以铁索，车马行其上。俗呼大浮桥。今废。

云集桥，州城北，濠接汴水。俗呼小浮桥。今废。

荆山大石桥，州城东北二十里，七省要津也，桥址绵亘五里。因山东七十二泉诸水发，皆由桥口达猫儿窝，以入运河。水势湍急，冰凌冲射。桥久废，水陆过者辄以为忧。或半月弗得渡，露宿霜栖，饥寒仆者甚多。因工费浩繁，数十余年弗能举。郡人张胆捐金倡建，遣干办部署，刻日鸠工。过者欢呼，额首称便。有碑纪详其事。

儒学

胜国隆庆三年，学建州治之东，在城东北隅。副使冯敏功为之记曰："徐城西南诸山，逶迤而来，跃为云龙，翔于凤凰，驰于戏马，蜿蜒入城。历州治而东，东环于城，而外逼于河，是谓势来形止，山川之所界，风气之所结也。"尔时，人文称极盛焉。嗣后地洼成沼。至万历丙辰，副使袁应泰迁左卫地。天启甲子，河决被水。崇祯丙子，复被回禄。癸未，兵宪何腾蛟移东察院为之。会当明季，因陋就简，说者谓法律之廨为礼乐之庭，非所以妥圣灵而陈俎豆也。阅三纪余，渐就颓圮。康熙二十二年癸亥春正月，学正周名如濂、司训汪名志楷进诸生谋之，佥议复建于古学旧基，因条上之，皆可其请。观察使刘名元勋捐俸先倡，协镇邓名君弼、防河乔名显志、郡守臧名兴祖暨四邑令，各率其属，以乐助其成。其荐绅之输金者，骠骑张名胆独毅然首任，用费不赀，鸠工庀材，悉出其所经营。越二月，观察使檄度旧址，计为地阔东西三百九十尺，亘南北八百尺。东及城，北及卫地，西距清军厅署，南尽永福仓界。其地卑洳，取土实之，逐成高坨。夏四月，乃卜维食。于是相宅达观，表方正位，以伦堂之北为启圣祠，为尊经阁，以文明坊之前为文昌楼。斋署、书院，胥度地焉。越五月甲寅，圣殿营堂。秋七月丙子，隆栋雕墙飞甍，轮奂改观。且人力和会，成于不日。在天之灵，抑地之灵欤！美哉！始基规模，盖弘远云。

建学督工姓氏

学　　正：周如濂

训　　导：汪志楷

乡　　官：张　胆

东岸驿丞：殷启元

生　　员：单　乾　拾　泰　陈洪宣　杨枝荣　王大成　经乃济　万　睿　王　辰　吴之恂　孙廷茂　陈　忠　李　芬　陈来采　夏　元　王凤翥　吴佳菥　王国珍　刘　芳　胡　宜　宋志祁　李芬兰　王　琰　汪　恒　钟　枢　侯御德

淮徐道刘元勋《重修徐州文庙引》

余尝论秦皇汉武，雄才大略，同好大喜功，亦同其穷兵黩武，劳民伤财，均足以失天下而有余。然一则亡鹿二世，一则卜年四百，何得失之径庭迥若此耶？说者谓始皇怙恶不悛；而武帝轮台一诏，可以悔过。说诚然而非也。余以为：始皇之祸，酿于焚书坑儒；而武帝之能仅免者，赖崇儒重道之力居多矣[①]。始皇既敢焚书坑儒矣，即日行仁政，犹不免于败，矧速之以暴戾也，不亡何待？而武帝之世，维海内虚耗，民不堪命矣，犹足以挽人心而不去，则教化之源、诗书之泽，所关不亦甚重哉！徐州，古都会。胜国时，人文之盛，甲于海内。本朝来，科目绝响，而其人又皆慓悍而好事，岂教化之源、诗书之泽未足广被与？抑无所观感，虽欲兴起，无由也。欧阳永叔曰："学校者，教化之本。"图治者可不加之意乎？徐之学，旧在州治之东。天启间，河决址湮，今竟沦为波臣矣。不得已徙于公廨，已非所以妥圣

① 原作"年"，径改。

灵。矧历年既久，复又鞠为茂草也。而官斯土者，率弁髦视之，是书虽未焚而置之，与焚等；儒未坑而轻之，与坑埒。较之武帝之崇儒重道，何古今人之不相及也！欲民之回心而向道，岂可得乎？余每然念之，而事盖有难焉者，不得不聚郡之士绅而谋之曰："官属之行台，既不可以侑俎豆，计莫若复故址。然一望汪洋，即一瓦一榱无有存者，时绌举赢，可奈何？若因陋就简，既不可以鼓士气，即非所以妥神灵，又何贵乎劳民伤财，以动此无益之土木乎？"言未毕，张伯量先生跃然起曰："事不图乎万全，而以畏难苟且之念乘之，每足以败乃公事！今欲鼓士气而妥神灵，诚如公言，莫若复故址。余不敏，愿以自任之！"遂先捐千金付广文，为同事倡。嗟乎！如先生者，可不谓贤豪间者与？夫史称范公之义田、二疏之散金，千古侈为美谈。以视先生，其轻重难易，更何如也？且今之雄于财者，持筹握算，钟鸣漏尽而不休，使拔一毛而利天下，不为也。先生乃慨然举其大者。但徐之士大夫知有教化之源，得被诗书之泽，他年风俗还醇，科第蝉联，其所造于桑梓，岂浅鲜哉！虽然，先生，大树将军也，尚崇儒重道如此。我辈读古人书，每见先圣于羹墙也，反甘同于焚坑之祸，而于鲁僖作泮之义，渺不动心焉，不但名教中无此人，即先生可以唾其面矣。愿吾辈共勉之！

骠骑将军张公兴复学宫序

骠骑将军张公胆者，国家开疆虎臣也。其功绩备于旂常，今不复载。宦成以后，归里门，如蠲赈、义塾诸善状，既著之纪录，播之表扬矣。迄今年登七十，尤有为贤豪间。所最难者，则迁复学宫一事，实足超轶今古，而非寻常好名者所能埒也。公子弟森立，轶于王谢，其已登仕版，大者方伯、郡守、郎署，次者金吾、令宰，及龙骧、虎贲，文武罔不备列。乃公曰："若辈为臣子者，当努力报效，洁己奉公而已。吾世受国恩，年已及耄，不择一千载不巧之事图之，将区资产为后人计温饱耶？吾所恧甚！况吾先世本食书泽，吾幼虽驰骋兜鍪，今老来魂梦依依数仞墙也！"会宪使刘公首倡义举，为比来科目晨星，思迁归旧学原址，冀复昔日甲第之盛。特财力弗充，方在逡巡，而公辄鼓舞自任，曰："天下有不可为之事乎？有志者事竟成耳！"立出千金，诹日择士，庀材鸠工。甫三月，而圣殿聿新，跂翼翚飞，极从前崇隆之观。次伦堂、奎楼，次两庑、门、池，次启圣、名宦、乡贤，凡祠署以渐告成。而公非曰佐之财而已，殚厥劳焉；又非徒殚厥劳而已，竭乃诚焉。早夜督视，凡一甍一榱，悉心为经理，匠役弗敢败与怠，故人竞奋而奏功速。昔陶大司马置战舰，其钉头木屑，悉中器用精密，殆有如是，乃益慨古今人何遽不相及也？世称老将，皆推赵之廉颇，乃跨马善饭，第示其勇犹可用；至文以经邦，不及相如。始抵牾，而后始协焉。则于文，固格格不入。即郭汾阳，称再造中业，迄底绩以后，侈富贵声色之娱，不复躬亲劬瘁，仅救免一夜郎，与[1]文士作缘，不则一绛、灌者流耳。今公由骠骑封奉政大夫，坐昼锦堂中，固已合文武为一人，乃不自满，假循循宫墙间，乐与游、夏为徒，以尽弟子之职。忘功而论德，复忘德而入道，其器量之相越，不大远哉！矧文宣庙貌遍天下，而徐居其一。徐，故宋地。昔文宣于负杖逍遥时，犹曰："吾，殷人也。"则微子肇封以来，已钟水精素王之瑞。今阅数千祀，以受奠两楹间，不犹然茫茫殷土欤？是知灵所式凭，徐为较多，且使云台、凌烟之俦，不亲虎符而执麟经，其教之累洽，为何如耶？抑人物之足重徐土者，今胜于昔，殆不止侈称萧、曹之长而已！

上丁

（见前）

陈设图

（见前）

祀典

王祥，字休征，琅琊人。为徐州别驾。孝冠今古，功存社稷，前《一统志》并徐州旧志俱在名宦祀典内。甲子，城为水陷，神主偶失，新志遂阙。今宜补入名祀典内，以志孝行之不可泯没云。

宦绩

胡公廷佐，陕西平凉人。由贡士任淮徐观察使。赋性温和，政号宽平。重修郡志，课士崇儒。郡人至今思之。

李公世洽，直[2]隶人。进士出身，任淮徐观察使。居官方正，苞苴不行。省徭减役，百姓称便焉。

---

① "郎与"二字原作"即兴"，殊不可解。案《新唐书 · 李白传》："璘败，当诛。初，白游并州，见郭子仪，奇之。子仪尝犯法，白为救免。至是，子仪请解官以赎，有诏长流夜郎。"又据本文前后句：廉颇一介武夫而已，郭子仪仅与一文士作缘，唯骠骑张公允文允武，如今又能迁建学宫，其器量远过廉、郭。通过几处与文士作缘之例对比，张胆"乐与游、夏为徒"，廉颇与蔺相如"始抵牾，而后始协焉"，则郭子仪之例必不当有过深之意，"即兴"恐系"夜郎"形近之讹。

② 原作"真"，径改。

魏公裔鲁，直隶柏乡人。由贡士任徐，属防河同知。治河有法，娴词赋，重修黄楼坡公遗迹，以斯文为己任。迁任后，捐资修奎楼，犹惓惓于徐士云。

王公所善，山西泽州人。由举人知州事。清正严明，卓有风裁。设立各[1]项条例，使奸猾敛迹，士民欣颂焉。

江公雁卿，江西人。由贡士知州事，一尘不染。为政务举大纲，详豁徐州版荒地四千七百二十五顷[2]，为民请命，忧心呕血。卒于任。民感其恩，请入名宦。

孙公枝蕃，陕西三原人。由乙未会副知州事，才堪理剧。军兴旁午，寸刍不扰民间。居官五载，两袖清风，升山东曹县分府。

赵公维城，顺天大兴人。由荫生知州事。英才卓荦，德性渊醇，礼士爱民，抚字心劳。解任时，父老请留弗获。河院靳荐之朝，留督河工。奉旨准原职补叙。

秩官制

（见前）

秩官题名（续）

淮徐道

李浴日	李世洽
项锡胤（康熙元年裁）	戴圣聪（康熙九年复）
吴　玮	司　琨

敕江南分巡淮徐道：兹命尔驻扎宿迁，管徐州全属，兼辖淮府暨宿迁、睢宁、桃源等处地方，徐州一卫所，经管钱谷各官，照旧统辖。首在约束衙门胥役，使之一遵法纪，无致作弊生事，扰害官民。监司本源既正，方可表率属员。轻徭薄赋，简讼省刑，抚恤凋残，收拾人心。修浚城池，稽查奸宄，捕缉盗贼，稽查逃人。该道当南北要冲[3]，萧、砀一带夙称盗薮。遇有盗贼生发，兼同将领，努力剿除，务尽根株。果有真心悔罪，弃戈归农，方准招抚。大兵往来，粮草舟车，料理预备。仍戒有司，不得借端科敛。所辖州县漕粮催征催兑，严禁加派，依限兑运。开行督催空重粮艘，查核驿递马匹，征收钞税，遵照则例，不得额外苛索，困苦商民。境内田土荒芜，设法招徕，劝督垦种，疏通水利，严禁滥征侵占，使黎民乐业，户口日

---

① 原作“过”，径改。

② 按：本志《赋役》作“四千七百五十二顷”，康熙《江南通志》所载同《赋役》，自康熙《徐州志》折中为“四千七百余顷”，《清一统志》、乾隆《江南通志》并同。

③ 原作“衢”，据顺治《徐州志》圣旨同句改。

增。逃丁荒粮，责成州县清察实数，申报督抚，奏请定夺，不许将现在户丁摊派赔累。官吏扣克钱粮，严行禁止，违者尽法究治。河工钱粮、物料、夫役，必速催州县，先期征集，应时给用。分汛邳州卫堤工，其原管黄河上自砀山县接河南虞城县清平口起，下至宿迁县古城界止；又运河自宿迁县骆马湖起，至邳州黄林庄止：沛县运河自滕县刘昌庄起，北至山东鱼台县王家口止；又桃源县河道上自古城起，下三岔清河县交界止，计辖九州县。所属官员有贪残不职，违[1]禁殃民，应审问者先行审问，应参奏者转报督抚参奏。仍听该管总督、巡抚节制，年终将行过事宜，造送巡抚，咨部考核。尔受兹委任，须持廉秉公，殚心竭力，使小民乐业，斯称厥职。如或贪黩乖张，因循怠忽，贻误地方，责有所归，尔其慎之！故敕。

刘元勋（见任）

徐仓户部分司

贾　壮　丁浴初　谷应泰　周起岐
吴愈圣　徐谓弟　陈凝祉　马翰如
钟　琇　孙象贤
王斗枢（裁。康熙四年八月二十三日奉旨）

夏镇工部分司（裁）

中河工部分司（裁。康熙十五年八月二十四日奉旨）

河防徐属厅同知

董　绪　陈大常　朱一范　纪　元
冯源济　祖文明　乔显忠（见任）

知州

潘天植　王所善　和　羹　张嗣贤
高鸿飞　陈钟斗　江雁卿　孙枝蕃
王　纪　赵维城　臧兴祖（见任）

① 原作“达”，径改。

同知

王大臣[①]　陈一新　司位勋
秦　善　徐　鸿　马云锦
汪起鲲　孔思孝（见任）

管上河厅

黄朝遇　袁　楫　骆祚久　陆腾凤
郭泰亨　周时泰　施克威（见任）

管下河厅

王赐鼎　鲁宗元　康文礼
郑维桢（见任）

吏目

李应运　伍承恩　沈文魁
张天祐　马　权　张期远（见任）

学正

蔡玉铉　李巽臣　吉天赉[②]
吴守仔　周如濂（见任）

训导

谷汝秀（裁）　汪光祥（复）
汪志楷（见任）

杂职

黄河东岸驿丞

戴汝瑛　殷起元（见任）

① 康熙《徐州志》作“王大成”。
② 康熙《徐州志》作“吉天籁”。

彭城驿丞

刘维藩　王　炳　王家治（见任）

利国监驿丞

周汝琨　张大任　沈　铨（见任）

房村驿丞

谈　兹　张　柱　崔云台（见任）

桃山驿丞

宋应显[①]　孙维新　孙元宗

吕梁洪巡检

马　章　赵耀祖　陈　瑞
朱之辅（见任）

选举科贡

举人

吴廷燮（康熙八年己酉科北监中式）

贡士

赵国彦　胡　浩　赵国铨
夏翼震　吴之元　赵　蘠
吕维扬　王允怀　刘宪臣
洪以信　李　莼　吴佳藩（乙卯科副榜准贡）
段奎璧　杨　策　李　僩

① 康熙《徐州志》作“宋应期”。

武科

进士

黄　宫	张道瑞	韩元朗
黄　吕	袁　彪	李廷翰

举人

黄　都	张壮猷	申　桢	黄　宫
张道瑞	韩元朗	袁　彪	黄　吕
李廷翰	李　镜	袁　彬	陈　钺
韩元昭	张之麟	李　臻	李君遇
衡化龙	袁　彨	袁　钤	耿廷昱
杨于衮	李廷秀	何　瀚	黄　实

武途出仕

仇肇猷，并卫旧弁。以运粮有功，授长淮卫都司，升授广西右江参将，奉裁。补授狼山中军营游击，升授湖广郧阳参将。

张道瑞，癸丑科武进士。选授御前侍卫，转授福山营游击。

喻三元，以战功历任永平卫都督同知。

汪　滔，以随征闽粤功升授福建福州府城守副将、中军游击。

颜　斌，以战功历升汉中府参将。

袁　彪，选湖广九溪卫守备。

刘允篯，以随征功升黄冈营督司。

杨国柱，现任亳州守备。

韩元朗，现任河南游击，管参将事。

李全信，以随征功升漳州府游击。

恩荫

张道祥，由官生考授内院中书科。钦点随征云南，有功，题补洱海道佥事，后裁。改补现任山西雁平道参议。

张　铎，由官监考授弘文院中书舍人，升云南临安府同知，随升澄江府知府，改补湖广汉阳府知府。

韩元昌，以父总兵韩尚亮功荫知县候选。

例授现任

吴永锡，康熙七年纳粟入监。于十六年考授州同，本年加纳府通判。又于十八年选山东青州府通判。

冯大奇，康熙二十年纳粟入监。又行加纳，咨送吏部考选河南获嘉县知县。

刘　永，随征闽广有功，军前考选有政事即补，授广东潮州府海阳县知县。

吴永申，由监生任浙江温州府平阳县知县。

候补

张　翃，候补兵马司指挥。

单廷绍，由监生考授州同。

鹿　嵋，由监生考授县丞。

张道源，候补主事。

鹿　嶟，入山东滕县学廪生，由监生考授州同。

张道汧，候补光禄寺典簿。

鹿鸣明，由贡监考授州同。

柳际昌，由贡监考授州同。

刘大元，由监生考授县丞。

张道溥，候补知县。

张道弘，候补上林苑监监正。

李国藩，由监生考授州同。

张道著，候补知县。

吴起绪，由贡监考授州同。

苏尔雯，由例监考授州同。

王永铨，由贡监考授知县。

丁如机，由俊秀捐纳，以知县录用。

毕锡履，由监生考授州判。

杨于雍，由贡监考授州同。

杨于襄，由贡监考授州同。

李　杰，由监生咨部候选。

吴士聪，由大同纳监，以知县录用。

袁　钜，由俊秀加纳，以知县录用。

吴　炅，由援纳岁贡，加纳知县，在籍候选。

侯自乐，由例监考授国子监典簿。

乡饮大宾

杨　妍，举宾饮者三。

柳国栋，举宾饮者二。

顾　谌。

纪孝

诸生杨枝荣，性至孝。冲龄失怙，即哀毁成礼。母张氏欲殉，泣涕谨护。家贫，无以自存，减衣食，遂温饱。母终，形毁骨立，典鬻以葬。克伸母节，奉旨建坊，致感冰花诸瑞，远近士大夫赠诗成帙。顺治十七年八月，按院马上其事，旌其门曰“孝行可嘉”。

诸生王风皞，事父以孝闻，事孀母温凊[①]必竭其诚，婚嫁诸弟妹凡七人，不惜资财，以娱亲心，真可谓深识孝弟之义者矣。施义冢，埋枯骨，放生渡蚁，必曰：“此吾父志也。”非更爱物以仁亲者哉？各宪旌其门。子辰，有才名。

张贲，庠生也。奉侍孀母，孝闻于乡。学行兼优，士民公举，于顺治十七年八月十八日，按院马题为阐扬节孝等事，奉旨旌其门曰“孝行可风”。

谷应麟，生三岁而生母颜氏卒，继母张氏抚之若己出。未几而麟妻亦殁，麟躬为执爨，涤中裙厕褕，上食母侧不倦。及殁而积金，具棺木而葬三亲，以补旧葬之所未及备。更为之筑冢如山，俨然如灵光岿然独存。此庶人之孝也，可谓送死足以当大事矣。乡人奏之州牧，以上之藩司，为之锡额以表其门，曰“彭门孝里”。戴观察赐以衣履，大为优崇，所以风一时之能孝于亲者。

孝行韩永荫，仁孝素著，友悌[②]可风。至于施义冢、瘞枯骨、修桥梁、施棺施药以济贫寒，种种善事，士民公举本州，申详各院司，详允旌表其门。

文苑

诰谕

康熙二十二年正月三十日，皇帝遣分巡淮徐等处地方、江南提刑按察使司佥事、加一级刘元勋，谕祭原任福建闽安总兵官韩尚亮之灵曰：鞠躬尽瘁，臣子之芳踪；恤死报勤，国家之盛典。尔韩尚亮，性行纯良，才能称职。方冀遐龄，忽焉长逝。朕用悼焉，特颁祭葬，以慰幽魂。呜呼！宠锡重垆[③]，庶享匪躬之报；名垂信史，聿昭不朽之荣。尔如有知，尚克歆享！

① 原作“清”，径改。
② 原作“于”，径改。
③ 原作“墟”，径改。

誓（见前）

诏（见前）

疏

江宁巡抚马祜题为推广皇仁、乐输赈济事。康熙十二年二月初九日，据布政司慕天颜详称：据徐州申称，本州原任云南洱海道裁缺、候补佥事张道祥呈前事呈称，淮扬地方灾伤，屡蒙皇恩轸恤，各部院多方劝赈，分设粥厂赈饥，道祥愿输小麦三千石，候取赈济，伏乞具文申报等情到州，理合具结详报，伏候批取赈济，仰候题请等因，开具印结到司。据此，该本司查得徐宦张道祥念邻郡灾伤，捐储济赈，似此贤绅，自应循例题叙，通详到臣。又准总漕臣帅颜保咨，徐宦张道祥输麦三千石，因淮地各厂告匮，随发山阳县粥厂麦一千五百石、清河县粥厂麦五百石，桃源县粥厂麦五百石，安东县粥厂麦五百石，各具收管接赈通报外，张道祥好义乐输，诚难泯没，相应咨会，查例题叙，转咨到臣。该臣看得徐宦张道祥输麦三千石，计时值价银一千二百两，漕臣帅颜保批发淮属各厂接赈饥民，张道祥所捐麦石，与例相符。臣谨会同督臣麻尔吉、漕臣帅颜保，合词具题，伏乞敕部查例议覆施行。奉旨：该部议奏吏部题为推[①]广皇仁、乐输赈济事，吏科抄出户部题前事，奉旨依议，钦此！该臣等议得：户部疏称原任云南洱海道、候补佥事张道祥捐小麦三千石，计时值价银一千二百两赈济饥民，请敕吏部照淮扬捐银例议叙等因前来。查赈济江南淮扬灾民，先经题明，照直隶、山东、河南恤灾事例，凡官员捐银一千两者，准加一级在案。今候补佥事张道祥赈济淮扬灾民，捐麦三千石，计值时价银一千两以上，应照例于补任内准加一级可也，奉旨依议。

刘向议

贾壮

汉自石渠临决后，经义大著，而儒者益宏肆于六艺。子政校书天禄，致太乙燃藜，其感召亦奇，后世文人每艳述以自诩。予读其条上灾异，极论王氏与讼甘、陈[②]功诸封事，皆忠悃正直，无纤毫回护。其匪躬殉国之诚，积诸梦寐，故能动天而格神[③]若此，非关文事也。苟以文故，匡衡解经与向埒，《太玄》较《说苑》尤精深，胡不致此哉？

---

① 原作“抚”，据前文改。
② 指甘延寿、陈汤。刘向讼甘、陈功，事见《汉书·陈汤传》。
③ 原作“申”，径改。

表（见前）

序（见前）

书（见前）

［记］①

三贤祠记②

王缜③

徐州城南三里许，有山曰黄茅冈，旧有三贤祠，祀韩文公、苏文忠公及陈公无己。后守土者迁于州学东畔，而易以三大士像，旧祠遂废。弘治甲子春二月，户部主事庄君诚之游于冈上，慨然以兴复为任。于是撤佛像，鸠群工，整旧维新，庙貌斩斩。工告讫，复征余言识之。余谓：能言距杨、墨者，圣人之徒也。君能毁淫祠，崇先哲，固当大书特书，能于言乎靳耶？夫山必藉人而后显，而仁人之于山，亦情之所钟，自有不能已焉者也。昔欧阳子知滁州，游琅琊，作醉翁亭；朱紫阳知南康，游匡庐，辟白鹿洞，至今传诵不朽。黄茅冈，亦三贤游咏之所，修而复之，固其理哉。且韩文公在唐为推官，鲠直贞亮，其遗惠及人居多。苏公为徐州守，以身捍水，竭力赒穷，其功德之在徐，尤宪宪不衰。陈公虽乡贤，亦尝教授于徐，其节苦文藻，亦人人之所爱慕，徐人乌得而无情？此祠之所以修也，盖将使仕于斯者，仰三贤之高风，则思所以振德育民，靡不承式；生于斯者，念三贤之遗泽，则思所以磨淬奋迅，日进无疆；客而游于斯者，览风烟之苍莽，嗟去来之无常，而思三贤之所以岿然独存，又必有能择轻重取舍于其间也。呜呼！有其举之莫敢废也。后之守土者，尚慎旃哉！

重修放鹤亭记

董其昌

按《史记》：秦始皇东游厌王气，汉祖心自疑，避匿④［山中］，吕后辄得之，

---

① 字据文例补。

② 顺治《徐州志》已具本篇，题为《四贤祠记》，此重出。

③ 原作“绩”，据《明史》列传第八十九改。

④ 原作“匪”，据董其昌《容台集》卷四改。

曰“季所居，有云成五彩”云。而赤帝［子斩］① 白帝子，盖龙德也。彭城之有云龙山，其得名当以此。山有放鹤亭，隐君子张天骥故居，苏子瞻所为作《记》者，虽至今不废，然荒圮久矣。高邑潜颖张大夫以分司仓庾至，数登其巅，吊古怀贤，将撤而新之。念徐方震邻，重以儆水，时诎举嬴，踌躇四顾。乃节缩奉入，度材采石，徒庸工作之。直取之宫中，公帑不烦，民大和会。于是飞甍画栋，延敞② 虚明，缭以垣墉，翼以厨匽，屹然壮观矣。落成之后，余以使事还朝，公就山堂而觞之曰：“吾闻传舍阅人，兹山于我何有哉？第登高能赋，大夫之事也；周爰咨询，使臣之职也；民之失德，干糇以愆，我有旨酒，嘉宾式燕，地主之礼也。堂成而三善具焉，非直寄情吏隐之间而已！”因授简属余记之。余惟子瞻引卫懿公事，谓国君之宠鹤，不若山人之放鹤得以自全者，此未为笃论也。使卫懿公有太王“乃积乃仓”之储，曾孙“如京如坻”之粟，以此众战，孰能胜之？而鹤之乘轩，庸何伤？彭城，用武之国也，项羽尝自王其地矣。羽起徒步，摧强秦，钜鹿之战，威略岂出淮阴下？而终以不振。盖高［祖］③ 有酂侯，能挽关中粟，以济军兴之乏，而羽为汉军绝饷道，是以败耳。今天子惩邹、滕之役，命征西大将军萧公提重兵镇彭城，而大夫精心计调兵食，一洗脂膏之陋，庶几士饱马腾，以伐萌于不战。是桓、文之烈也，卫懿云乎哉？山三面距水，弥漫无际，一似西湖之孤山。孤山，林君复放鹤处也。子瞻习于西湖者，乃苍莽悲壮之区，恍潋滟空蒙之致，而觌面若忘，不为拈出者，何耶？岂陵谷之变，昔与今殊？山川之灵，待时而显耶？黄鲁直以飞仙目子瞻，倘其化鹤复还，不独歌城郭之是而已。大夫以为何如？

子房山记

王思任④

乘传过彭城，州牧裁其縴力，舟胶焉，不得行。童仆恚甚，而予辄醉之酒，笑谓：“我子长也⑤，厄当在此！”明日，登子房山也。会同年汪廷尉至，共之。山祠子房，或曰子房曾隐此，不甚律然可以悉。彭城⑥，天下之中也。《禹［贡］》惟土五色，咸平赋之，其有中思乎？毋谓痴人心不［大］⑦ 也。廷尉曰：“汹汹而降者，悬

① 底本残损，以上四字据《容台集》补。

② 原作“敝”，据《容台集》改。

③ 字参康熙《徐州志》、乾隆《徐州府志》补。

④ 原脱姓名，据清吴秋士《天下名山记钞》卷四补。王思任（1575—1646），字季重，号遂东，晚号谑庵，浙江山阴人。另有《过徐州》诗一首详本卷中。

⑤《天下名山记钞》作“我子房也”。案《史记·太史公自序》：“厄困鄱、薛、彭城，过梁楚以归。”司马迁（字子长）尝困厄彭城。观文中“舟胶焉，不得行”，情同子长当日之厄，故作是云。《天下名山记钞》误。

⑥ 原作“彭彭”，据《天下名山记钞》改。

⑦ 以上二字底本漫漶，据《天下名山记钞》补。

水村也。被发丈夫与济俱入，与汩俱出，蹈有道乎？”曰：“道，无所不有也。天下之大，敢者必起于大不敢。披发丈夫，师陆终氏之子也。陆终氏之子，观井而覆之以轮，背[①]树而犹绳縶之也。子房之事，不成于仓海之沙中，而成于黄石之圯[②]下也。试徘徊四顾，桓山之愚也，泗水之诞也，戏马台之纵也，亚夫[③]之痴也，皆不善于敢者也；雍门之弹也，陵母之刭[④]也，迷刘村之走也，舞阳之排闼，而九里之歌也，皆善于不敢者也。”廷尉曰：“何知有敢不敢，得者为敢矣！”予舌挢而不能下。嗟呼！悲彭城，悲彭城，兴亡陈迹可以叹尽乎？有有心人焉。东望而得剑台，则心许在前者也；西望而得燕子楼，则心许在后者也。请共到黄楼，告之大苏，亦足以为彭城概矣！

文昌阁四贤祠记

谷应泰

彭城黄茅冈之有三贤祠，其来旧矣。后配以龟山先生，为四贤。祠之兴废移徙不一。余督庾来徐，停辔瓣香，即志仰止。栖神湫隘，媟渎甚焉。而登冈一望，草石蒙茸，谘厥祠址，几莫可考。按祀典：“有功德于民则祀之，能捍大患则祀之，师表人伦则祀之。”四贤之有造于徐，而庙貌不光，徐人之丑也；莅兹土而不先倡，以为民望，俾前哲无歆，尤士大夫之丑也。予惧焉，思谋更新之。方欲次第修举，则羲和飞驭，期满不吾俟矣。僚友贾止庵来代予，遂毅然集材鸠工，度日计廪，于张天骥旧庐处，树以巍阁，高三十尺。阁前拓以石台，累石为垣，回廊绕匝，丹楹鸟革，焕然绮丽。阁之下，塑[⑤]四先生像，皆古秀俨然，位以木主。其上专祀文昌帝君。生为硕彦，殁为明神，四贤与徐俱千古哉，予更深维焉！太史公《天官书》载：“斗魁戴匡[⑥]六星为文昌宫。”《孝经援神契》云：“乃文精之聚也。”其化身十七世为大夫，未尝虐民酷吏。正教谆复，咸依于忠孝友悌。以如是聪明正直之几筵，敢轻入其廊庑乎？如四贤者，无论文藻冠绝古今，昌黎之极谏骨鲠也，子瞻之恻怛忠爱也，龟山、后山之理学贞廉也，俱百代可师。今合文昌而祠之，以见必如是之人，而后可与帝君同祀；不如是之人，必不可与帝君同祀。嗣是，四贤之亭节高风益著，徐之人其尊礼四贤愈隆重矣。拜于祠下者，仰四贤之亭节高风，而益凛帝君之明训，感发于为善，思共登于贤圣之域，其尊礼帝君愈隆重矣。予固感止庵建祠

① 原作“皆”，据《天下名山记钞》改。
② 原作“屺”，径改。
③《天下名山记钞》同作“亚夫”。然以文义观之，疑为“亚父”之讹。
④ 原作“劲”，据《天下名山记钞》改。
⑤ 原作“望”，径改。
⑥ 原作“筐”，据《史记·天官书》改。

之心，即善与人同之心，可质诸帝君与四贤两无愧；徐之人其尊礼止庵，益宜隆重矣。一举而三善备，止庵与四先生千古哉！

修黄茅冈紫翠轩记

贾壮

予修黄茅冈，建文昌阁，已肖然其额矣。及进而北，子瞻石床在焉，诗句在焉，虬松蟠荫，怪石峭立，环观东壁唱者和者，宛一图书府也。因列轩三楹，南向，颜曰“紫翠轩”，即摘子瞻“新堂紫翠间”之句，因之以志弗忘尔。轩左山右湖，后开窗牖，与黄楼相映；前则为松，为柏，为杏，为榴，葱蒨苍霭，郁然深秀。当日子瞻与张天骥山人啸览寄傲，醉墨淋漓，乱石群羊之喻，吞云卧石之景，迄今六百余年，想而像之，在人心如一日也。后王阳明先生过徐，大书于石曰“黄茅冈”[①]，以冈之不朽，即不朽先生也。然阳明墨迹迄今又百余年，风雨剥蚀，苔藓漫灭，渐成石鼓[②]文矣。予即其碑而砌以砖石，以垂永久，宝王之字，亦即以爱苏之名也。寻石梯而上登绝巘，有古柏数株，中如砥者方寻丈。予因而构以亭，曰“啸云”。酣歌燕笑，呼吸真与天通矣。是役也，起于正月之廿四，而成于三月之初吉，未两月而落成之，山灵效我哉！求之于千百年之前，而若予待；求之于千百年之后，而若予符者，则紫翠轩之可存，亦即子瞻“紫翠间”之诗为常存也，予则何有？[③]

望湖亭记

丁浴初

按彭城之西南隅，有簸箕洼，洼久成湖，南山之水交注于此。涨则荡瀁弥漫，东及冈，西及苏堤，汪洋千顷波[④]；涸亦澄鲜一泓，未测其底，时人称为石狗湖。考俗传：石狗未置，守徐者多目病。明万历间，作二石狗镇之，由是得免[⑤]。岁久，石狗已沉，而湖光潋滟，景色侵眸，可再赓落霞孤骛、秋水长天之句。因思彭城乃苏文忠公旧守地，文忠雅癖湖山，守杭则游咏西湖之上，又取葑草积湖中作长堤，守

---

① 按：“黄茅冈”后原有“如一日也。后王阳明先生过徐，大书于石曰‘黄茅冈’”二十字，与前重出，今删。

② 原作“彭”，径改。

③ 今黄茅冈诗壁有贾壮《紫翠轩》诗：“新赏紫翠忆苏君，诗作轩颜字亦纹。坐向南湖西得月，枕从北牖欲收云。春花老树皆奇骨，山色河光俱异文。况有秋风落谷句，石床今古共氤氲。”

④ 按：波通“陂”，音“卑”，池塘。清胡鸣玉《订讹杂录》卷三：“《后汉 · 黄宪传》：‘叔度汪汪若千顷陂，澄之不清，淆之不浊。’俗用作‘千顷波’，误认为波澜。案《汉书》字例，‘陂’与‘波’通用。《后汉》亦然，故于《郭林宗传》作‘千顷波’，然绝非波澜之谓。”

⑤ 按：正统《彭城志》卷九《杂志》已有双石狗之说，附五代汉湘阴公刘赟事下，至明初“石犬皆存，然以年深，有缺者矣”。顺治《徐州志》谓万历间始作以镇湖水，疑后更置。

颍则疏渠引水为西湖。徐之黄茅一冈，已得文忠而显。遥望箕山之阴，湖与冈指顾相向，固天造地设，以待文忠。意当日醉吟石床，必且徜徉清泚，临流祓禊，一如兰亭。何郡乘不传，得毋属文之有阙失欤？余为之补其失，更石狗为西湖，且于冈头构小亭，额[①]曰“望湖”。夫望湖不自余始也，金陵之鸡笼[②]山有是亭，挹玄武之幽胜也；洞庭之缥缈峰有是亭，揽震泽之大观也；豫之钟陵有是岭，踞鄱阳之雄概也。吾以名吾亭，将无同？顾余非志亭也，志湖也；非徒志湖也，志文忠也。语曰：“有开必先，有绝斯续。”余不敢增文忠之未备，续其绝云尔。亭下有石隙，可穿为洞，凿之果成，名“白鹿”。以余乡有白鹿跑泉，而更慕朱陆鹅湖、鹿洞之事，恒以自名，即以名洞[③]。公余，或登冈峦，娱白云；不则褰裳湖次，逐烟波而友鱼鸟；不则憩白鹿洞口，招山僧共话。他年亦如贺知章请为道士还乡，诏赐鉴湖一曲，余将复来徐，取竹西江，创草堂，卜居西湖之滨。

放鹤亭重修碑记

戴圣聪

彭城之山，以云龙为望。云龙山之胜，放鹤亭为最。东坡先生所云“冈岭四合如环，独缺其西”者是也。亭何以名？张山人天骥放鹤于其上也。山人何以传？以坡公从之游也。山人躬耕以养亲，行洁而道高，有古贤人之风，公故折节其人而咏歌之，而又取其亭而记之，此山人所以传。亭历数百年至于今，虽极颓敝，而人不忍毁也。自余分宪此土，历今数载，流览山川，求古人而不可见，而仅见夫苏堤、黄茅冈、放鹤亭诸胜迹，亦皆颓欹[④]，不堪凭吊。维时，淮丞祖君［雅］有同［志］[⑤]，水土余暇，即与州牧孙君兴举废坠，而丞独于此亭为殷殷焉。亭既新，又殷殷请余记其事，其用意固深远矣。余维古人风教之微，莫不有所寄托。彭城以伯国之余习，矜势利，尚诈力，识者忧之，惧其［流失］[⑥]而莫之返也。惟山人以皎然不滓之意托之于鹤，坡公即以其意托之于山人，一时旌旄之大夫，蒹葭之伊人，高风亮节，遂踞彭门之胜。及其久而敝也，余犹得以其意托之于放鹤之亭，亦曰庶几风

① 原作“绿”，径改。

② 原作“龙”，从今名改。

③ 附丁浴初《白鹿洞新成》诗：“古帝肇九州，青徐载禹贡。环山与带河，天险壮铁瓮。陵谷几变迁，时数杳难控。鸿沟割楚汉，淮泗起斗哄。溺尸蔽睢流，喧声撼岳动。千载污血劳，荒寝没翁仲。茅属几姓士，氓隶谁家众。嗟古英雄辈，俯仰真堪痛。世事尽如斯，打破邯郸梦。莫伤空谷驹，漫羡朝阳凤。玄中三十六，颇有清虚送。南山乳滴仙，朱明万缘空。猗玕元公居，华阳闻人讽。我生白鹿泉，爰作白鹿洞。凿隙可通天，因山不须栋。青苔借为裀，白云权作幪。宫悬声瑟瑟，奇禽忽㚇㚇。村酒任意沽，素弦时一弄。”（见魏裔介辑并评《溯洄集》卷一，清康熙间刻本）

④ 原作“歌”，据康熙《徐州志》改。

⑤ 二字据康熙《徐州志》补。

⑥ 二字据康熙《徐州志》补。淮丞祖君，即徐属河务同知祖文明，正黄旗人，康熙十三年任。

流不坠，即山人与鹤，不必其或有或无也。然吾于此有慨焉者，考之史乘：苏公以宋熙宁之九年来守徐[①]，明年即有澶渊水决之患，泛泗而下，徐当其冲，公捍患御灾，三阅月而城存。是公以守而兼治河，犹恢恢其有余；余以监司而兼治河，乃惶惶其未足。公以贵近而出守，为百姓请命，事皆自达于天子；而余或不能受成于大府。公当蛟龙既逞，哀鸿初集，其为补救宜无暇晷矣，而犹得与后山、参寥之徒，肩舆于白门之道，税驾于山[②]人之庐；而余拮据使职，泥手涂足，未能告无过。历几岁时，而始得新此亭；亭新，而曾不得与贤士大夫一托足焉。甚矣，古今人之不相及也！吾不敢谓彭门之大，遂无山人；其人即令有之，吾亦安得与之徜徉林壑、偃仰黄茅耶？今幸二三君子敬其职，深其思，取昔贤寄托之地，向慕不衰，亟亟修葺，以佐余之所不逮。使其所遇如山人者，则又不知其何如也。然则表章者，良有司之责；而兴起者，果谁嗣也耶？吾愿登斯亭者，仰而眺，俯而思，处士高白鹤之节，宦游览丹凤之辉，余即不得朝夕与此亭，世固不乏贤人君子来游来歌也，是则余之志也。若夫目不及町畦之外，心不忘宠利之私，聚狎邪，恣盘餐，酕醄傲倪于其上，不几令山灵笑人哉！

重修黄石公阁记

刘元勋

彭城之北，有鸡鸣山焉，张良笛散楚兵处也。后人多其功，立祠祀之，因名其山曰“子房”云。祠后有阁，颓然圮矣，问祀其上者，黄石公也。夫能御大灾、捍大患者则祀之。公，谷城一片石耳。神仙虚无之说，圣人不道；即世传《三略》一书，亦兵家者流，何功于世？其祀也，不亦淫乎？呜呼！此求公于耳目之前也，乌足以知公？公虑之深，故谋之不得不周。尝相天下士而难［得］[③]其人；既得其人矣，而少年英锐之气又不可用。无以折之，不至一用焉而辄败不止，又安望其能成天下事也？故不惮委曲顿挫，使奴隶所不堪受者卒加之，以成其深谋远虑之器。究之功成而己不与，固民无得而称焉者也，岂区区在耳目之前哉？当秦之乱也，天下不可一日无君。崛起而膺天命者，独泗上亭长耳。然与之角者，又叱咤喑哑之夫。强弱之势，不逮远甚。使非有运筹帷幄之臣，隐忍而徐图之，尚未知鹿死谁手也。夫当年从龙之士，屠侩酒徒无论已，即曲逆诸人，有能出留侯右哉？但其气太锐，其才太露，观博浪一锥，仅以身免，以此任天下事，宁有济乎？此圯上老人所以虑之深、谋之不得不周也。故抑其气而深折之，俾鸿门之厄，高帝所不能忍者，良使

---

① 案王宗稷《东坡先生年谱》，应为熙宁十年四月至徐。

② 原作“幽”，据康熙《徐州志》改。

③ 字据文义补。

忍之；褒中之困，高帝所不能忍者，良使忍之；即淮阴假王之请，高帝所不能忍者，良又使忍之。卒之功成身退，虽孺子可教，何莫非堕履三进之力也？人谓汉高之功成于垓下，余谓即成于圯桥也，又何可与功在耳目者同日语乎？或曰："公之祀，宜矣。旁祀四皓，何也？"说者谓："四皓，公之友也。"余曰："非也。四皓，固安太子者也，子房实致之，非公之教不能。祀四皓，正所以祀公也。顾可听其颓而不治，匪但不可以妥公，更非所以妥子房也。"余偶拜其下，顾而伤之，徐之诸生因请余记，以新其阁。夫祭，先河后海，言有本也。徐人之请，可谓知本矣。余故嘉而记之，以劝世之乐输者。

诗

赐张建封节度

唐德宗

牧守重所寄，才贤生为时。宣风自淮甸，授钺膺藩维。入觐展遐恋，临轩慰来思。忠诚在方寸，感激陈情辞。报国尔所尚，恤人余是资。勿以千里遥，而云无已知。

赐张徐州谡

范彦龙

田家樵采去，薄暮方来归。还闻稚子说，有[客][1]款柴扉。傧从皆珠玳，裘马悉轻肥。轩盖照墟落，传瑞生光辉。疑是徐方牧，既是复疑非。思旧昔言有，此道今已微。物情弃疵贱，何独顾衡闱。恨不具鸡黍，得与故[人][2]挥。怀情徒草草，泪下空霏霏。寄书云间雁[3]，为我西北飞。

赐张建封节度

韩愈

汴泗交流郡城角，筑场千步平如削。短垣三面缭逶迤，击鼓腾腾树赤旗。新秋朝凉未[4]见日，早早结束来何为。[分][5]曹决胜约前定，百[6]马攒蹄近相映。球惊杖

① 字据《文选》卷二十六范彦龙诗补。
② 字据《文选》范彦龙诗补。
③ 原作"寫"，据《文选》范彦龙诗改。
④ 原作"汞"，据《昌黎先生集》卷三改。
⑤ 字据《昌黎先生集》补。
⑥ 原作"白"，据《昌黎先生集》改。

奋合且[1]离，红牛缨绂黄金羁。侧身转臂著马腹，霹雳应手神珠驰。迢遥散漫两闲暇，挥霍纷纭争变化。发难得巧意气粗，欢声四合壮士呼。此诚习战非为剧，岂若安坐行良图。当今忠臣不可得，公马莫走须杀贼。

留别李观、韩愈，因献张徐州诗

孟郊

富别愁在颜，贫别愁销骨。懒磨旧铜镜，畏见新白发。古树春无花，子规啼有血。离弦不堪[2]听，一听三四绝。世路非一险，俗虑有千结。有客步大方，驱车独迷辙。故人韩与李，逸翰双皎洁。哀我[3]摧折归，赠词纵横设。徐方国东枢，元戎天下杰。祢生投刺游，王粲吟诗谒。高情无遗照，朗抱开晓月。有抑不埋冤，有仇皆为雪。愿为直草木，永向君地列。愿为古琴瑟，永为君地发。欲识丈夫心，曾将宝镜说。

汴水泛舟

薛能

都人层立似山丘，坐啸将军拥棹游。绕[4]郭烟波浮泗水，满船丝竹载《凉州》。城中睹[5]望皆丹雘[6]，旗里惊飞尽白鸥。儒将不须夸郤縠，未闻诗句解风流。

台头寺（即戏马台）雨中送李邦直赴史馆兼寄孙巨源

苏轼[7]

霜林日夜西风急，老送君归百忧集。清歌窈眇入行云，云为不行天为泣。红叶黄花秋正乱，白鱼紫蟹君须忆。凭君说向髯将军，衰鬓相逢应不识。

徐州通判李陶子不善诗，忽咏落花。父惊问之，云王母宴有舞者，戴砑光帽，舞《山香》一曲，曲未终，花皆落去（东坡述寇元弼）

流水难穷目，斜阳易断肠。谁同砑光帽，一曲舞山香。

---

① 原作“具”，据《昌黎先生集》改。

② 原作“甚”，据《孟东野诗集》卷七改。

③ 原作“哉”，据《孟东野诗集》改。

④ 原作“遠”，系“遶”形讹，据四库本《唐百家诗选》卷十八改。

⑤ 原作“都”，据《唐百家诗选》卷十八改。

⑥ 原作“舟雘”，据《唐百家诗选》改。

⑦ 按：底本割截“孙巨源”三字为作者名。考《东坡全集》《东坡诗集注》等篇名“台头寺雨中送李邦直赴史馆分韵得忆字、人字兼寄孙巨源二首”，本篇为其一“忆”韵。据改，并补“苏轼”作者名。

放鹤亭送蜀人张师厚赴殿试

苏轼

忘归不觉鬓毛斑，好事乡人尚[①]往还。断岭不遮西望眼，送君直过楚王山。

携妓乐游张山人园

苏轼

大杏金黄小麦熟，堕巢乳鹊拳新竹。故将俗物恼幽人，细马红妆满山谷。提壶劝酒意虽重，杜鹃催归声更速。酒阑人散却关门，寂历斜阳挂疏木。

月夜与客饮酒杏花下

苏轼

仆在徐州，王子立、子敏皆馆于予。蜀人张师厚来过，二王方年少，吹洞箫，饮酒杏花下。

杏花飞帘散余春，明月入户寻幽人。褰衣步月踏花影，炯如流水涵青蘋。花间置酒清香发，争卷长条落香雪。山城薄酒不堪饮，劝君且吸杯中月。洞箫声断月明中，惟忧月落酒杯空。明朝卷地春风恶，但见绿叶栖残红。

与梁先、舒焕泛舟诗

苏轼

彭城古战国，孤客倦登临。汴泗交流处，清潭百丈[②]深。故人轻千里，足茧来相寻。何以娱佳客，潭水洗君心。

其二

老守厌簿书，先生罢函丈。风流魏晋间，谈笑羲皇上。河洪忽已过[③]，水色渌[④]可酿。君毋轻此乐，此乐清且放。

陪子瞻泛舟诗

苏辙

城东泗水平如席，城头远山涵落日。轻舟鸣橹自生风，渺渺江湖动颜色。中洲

---

① 原作“向”，据《东坡全集》《东坡诗集注》改。
② 原作“尺”，据《东坡全集》《东坡诗集注》改。
③ 原作“避”，据《东坡诗集注》卷三改。
④ 原作“涀”，据《东坡诗集注》改。

过尽石纵横，南去清波头尽白。岸边怪石[①]如牛马，衔尾舳舻谁敢下。没人出没须臾间，却立沙头手足干。客舟一叶久未上，吴牛回首良间关。风波荡潏未可触，归来百事常艰难。楼中吹角暮烟起，出城骑火催君还。

同子瞻泛汴泗得“渔[②]”“酒”

苏辙

江湖性终在，平地难久[③]居。绿水雨新涨，扁舟意自如。河身萦匹素，洪口转千车。愿言弃城市，长竿夜独渔。

彭城道中诗

曾巩

百步洪声潦退初，白沙新岸凑舟车。一时屠钓[④]英雄尽，千载河山战伐余。楚汉旧歌流俚[⑤]耳，韩彭遗迹冠丘墟。可怜马上纵横略，只在邳桥一卷书。

与彭城张仲谋分咏，余得戏马台即赋

贺方回

秦蛇已中断，刘项方龙战。叱咤沮风云，睢盱走霆电。鸿沟一画[⑥]天地开，楚王洗剑东归来。新都形胜控淮泗，笼山络谷营高台。重瞳登览何为者，不知招贤知戏马。上如激矢下投[⑦]丸，兰筋霜腕便回盘。半夜悲歌骓不逝，明日阴陵行路难。駃牝三千归汉苑，粟豆尤闻蠹县官。君[⑧]不见，华山之阳古坰牧，春风吹草年年绿。

燕子楼诗

陈荐

仆射新阡狐兔游，侍儿犹住[⑨]水边楼。风清玉簟慵欹[⑩]枕，月好珠帘懒上钩。残梦觉来沧海阔，新诗吟罢紫兰秋。乐天才思如春雨，断送[⑪]残花一夕休。

---

① 原作“状”，据《栾城集》卷七改。
② 原作“鱼”，据《栾城集》改。
③ 原作“人”，据《栾城集》改。
④ 原作“狗”，失对，据《元丰类稿》卷八改。
⑤ 原作“径”，据《元丰类稿》改。
⑥ 原作“昼”，据贺铸《庆湖遗老诗集》卷一改。
⑦ 原作“如”，据《庆湖遗老诗集》改。
⑧ 原作“官”，据《庆湖遗老诗集》改。
⑨ 原作“在”，据嘉靖《徐州志》、《苕溪渔隐丛话》改。
⑩ 原作“歌”，据嘉靖《徐州志》、《苕溪渔隐丛话》改。
⑪ 原作“送断”，《苕溪渔隐丛话》乙正。

徐州道中诗

文天祥

彭城古官道，日中十[①]马驰。咫尺不见人，扑面黄尘飞。向来汉王缟素师，美人燕罢项羽啼。一时混战四十万，天昏地黑濉水湄。乃知大风扬沙失[②]白昼，自是地利非天时。汉王苍皇问道西，一儿一女嘻其危。太公吕后去不归，俎上宁有生还时。未央称寿太上皇，巍然女娲帝中闱。终然富贵自有命，造物颠倒真小儿。

彭城行

文天祥

连山四围合，吕梁贯其中。河南大都会，故有项王宫。晋牧连扬豫，虎视北方雄。唐时燕子楼，风流张建封。西望睢阳城，下与汴水通。太平《黄楼赋》，尚能想遗风。尔来百[③]余年，正朔归江东。遗民死欲尽，萧然狐兔丛。我从南方来，停骖抚遗踪。故河蓄潢[④]污，荒城翳秋蓬。凄凉戏马台，憔悴巨佛峰。沧海变苍白，陵谷代不同。朝为朱门贵，暮作行旅穷。乘除信物理，感慨系所[⑤]逢。古来贤达人，一醉万虑空。如此独醒何，悲风逐征鸿。

九月九日游戏马台

文天祥

［九月初九日，客游戏马台］[⑥]。黄花弄朝露，古人化飞埃[⑦]。今人哀古人，后人复今哀。世事那可及，泪落茱萸杯。

百步洪

鲜于枢

［滟滪三蜀险，吕梁天下壮。我昔过彭门，舍舟步青嶂。酾酒神龙祠，凛乎不敢向。间关一叶下，号呼百人放。篙师稍失律，身入鱼肠葬。至今仆夫辈，言之气辄丧。危哉石梁洪，势与吕梁抗。］[⑧]一石截中流，两山束惊浪。雷霆怒轰訇，鱼龙

---

① 原作“千”据《文山集》卷十九改。
② 原作“矣”，据《文山集》改。
③ 原作“千”，据《文山集》改。
④ 原作“演”，据《文山集》改。
⑤ 原作“听”，据《文山集》改。
⑥ 据《文山集》卷十九补全。
⑦ 原作“尘”，失韵，据《文山集》改。
⑧ 据清康熙《御选元诗》卷十四补全。

气栗怆。我行有期程，稽留速官谤。惭愧双白鸥，飘然凌滉漾[①]。

夜过徐州诗

杨士奇

怒涛翻河乱石横，牵船上洪初月明。夜中不辨黄楼处，惟听层城钟鼓声。

吕梁洪诗

薛瑄

水村夜寥寥，秋月流空白。牵舟上吕梁，逆浪涌寒雪。愧彼役夫劳，当此滩水涩。忆我四方游，江湖饱涉越。祇诏复兹行，恩重知才劣。矢心复何如，长洪石如铁。

过徐州

王思任

釜底瞰徐州，高城拥大楼。黄河经夜宿，白日古原秋。子午针南北，江河奕项刘。咽喉今渐爽，睥睨不须忧。

徐州望子房山，山上有祠

程敏政

子房祠在望中岑，蔓草寒烟尚可寻。五世报韩终有恨，一时兴汉本无心。书传黄石知真赝，名配青山自古今。立马斜阳无限思，天教风壑助豪吟。

彭城郡南谒汉高祖庙[②]

程敏政

古原荒树倚村斜，高庙威灵亦可嗟。警跸千年余塑马，铙箫终夕望[③]神鸦。砀山落日消[④]云气，睢水寒风卷岸[⑤]沙。汉楚兴亡那复问，一龛[⑥]灯火属僧家。

---

① 原作“样”，据嘉靖、万历《徐州志》改。

② 按：程敏政《篁墩文集》、曹学佺编《石仓历代诗选》作“彭城废县南谒汉高祖庙”，嘉靖《徐州志》亦同。“彭城废县”，即旧三乡地，汉高祖庙在今柳泉镇高皇村。本志易题字“废县”为“郡”，改在城南有试剑石之高祖庙，实误。

③《石仓历代诗选》同作“望”，《篁墩文集》作“舞”。

④《石仓历代诗选》同作“消”，《篁墩文集》作“销”。

⑤ 原作“崖”，据《篁墩文集》《石仓历代诗选》等改。

⑥ 原拆为“合龙”二字，据《石仓历代诗选》改。

彭城诗

傅与砺

断山数里见浮屠，水树微茫映日疏。舟楫尽经危石过，人烟稍近白云居。朱陈县远思遗俗，楚汉台荒想故墟。万古风帆自来往，新诗吟罢独踌躕。

彭祖井

马蕙

古井城边不记年，名留彭祖世相传。玉绳汲虎人何在，金鼎蟠龙客已仙。甃石苔侵秋雨积，梧桐叶落晚风旋。谁能更把寒泉浚，一饮须教寿八千。

燕子楼

徐渭

牡丹春后惟枝在，燕子楼空苦恨生。昨泪几行因拥髻，当年一顾本倾城。分为翡翠笼俱老，讶道泉台伴不成。犹胜分香台上[①]妾，更无一个哭西陵。

燕子楼

曾棨

楼外双旌去未归，楼中寂寞减容辉。合欢枕冷愁长在，织锦机寒恨永[②]违。青镜自嗟鸾独舞，画梁无复燕双飞。只今艳骨成尘土，空有行人吊落晖。

过亚父冢

吴大山

义旗西向汉师还，戏马台空落日间。葬骨一丘犹有恨，岂宜重对子房山。

彭城姜使君[③]仲文邀登苏子瞻放鹤亭作

屠隆

彭城刺史龙为友，文章斫地劈天手。手提招摇弄北斗，大叫瀚溟万山吼。所至踪迹落人间，岳渎风雨辘辘随公走。鸿蒙元气日告罢，羲和六龙在公后。朅来高卧

① 原作“一”，据《徐文长文集》卷七改。

② 原作“亦”，据嘉靖、万历《徐州志》改。

③ 原作“江陵君”，据屠隆《白榆集》卷二改。案顺治《徐州志·宦绩》，姜使君仲文，即徐州户部分司主事姜士昌，字仲文，直隶丹阳人，万历十年任。屠隆另有七言诗《彭城歌送姜使君仲文》《北上彭城别姜仲文》等，俱见本集。

黄茅冈，赋诗载酒倾秋缸。彩毫十丈，五丁巨灵不敢扛。断冈裂石作亭子，劲风萧萧[①]开八窗。长河烟销落日紫，铁笛乍起鱼龙撞。呼来碧海月千顷，目送青天鹤一双。自公神游去冥极，云坛芝盖无消息。亭今兀兀吞寒烟，鹤亦茫茫堕[②]空碧。霜花不蚀苍崖碑，知是山灵护真迹。时移代谢浩劫灰，我与使君今复来。一日苏耽弃我去，千秋华表令人哀。有酒空浇亭下土[③]，春风又绿岩前苔。山崔嵬，水潆洄，吊古兴哀徒尔为。一曲斜阳送一杯，与君烂醉白云堆。

裴民部招饮云龙山

苏惟霖

依旧云龙乱石岐，风流彻骨念当时。差排野鹤催红粉，打叠清尊供赤髭。宝掌轮仙开阁笑，羽衣太守隔江窥。闲心片片空流水，狂客于今再举卮。

同张维城年丈登云龙山

陈汝麟

云龙山寺郁崔嵬，此日登龙亦畅哉。遍野来牟千顷浪，满天风雨一樽开。鹤飞亭古高踪渺，马去台荒霸业灰。多少废兴成往事，与君搔首几徘徊。

登放鹤亭

王九叙

相怜同调此登临，漫倚山头看夕曛。皇帝霸王灵未散，江淮河汉气平分。霜前问月寒三岛，龙背开尊傲五云。歌断渔樵天共远，井奎五夜聚星文。

徐州杂题

钱谦益

重瞳遗迹已冥冥，戏马台前鬼火青[④]。十丈黄楼临泗水，行人犹说霸王厅。

柳老花残木叶秋，西风斜日总牵愁。天涯大有多情客，不忍经过燕子楼。

① 原作“潇潇”，据《白榆集》卷二改。
② 原作“随”，据《白榆集》改。
③ 原作“有酒空教亭下吐”，据《白榆集》改。
④ 原作“清”，据《牧斋初学集》卷一改。

来鹤亭同诸子限韵

唐允甲

晴光澹荡出林峦，与客扶筇放眼看。白浪平铺樯鸟集，罡风吹落酒杯寒。残花野蕨围荒砦，破帽疲驴避长官。祠下徘徊双玉箸，伤心终始只存韩。

登云龙山椒

［万寿祺］①

放鹤亭西接大河，颓烟蔓草望中过。频年战斗逋逃尽，落日山川痛哭多。北枕荒城仍畜牧，东临野水见渔蓑。独闻新决澶渊道，回首风尘起碧波。

冬日晚登东山

万寿祺

木落东皋烟树齐，留侯台上望苏堤。十年豺虎人家少，几处牛羊村舍低。荒日尚悬寒郭外，群山不动大河西。浮云直下三千里，南斗平临在碧鸡。

送吕大还彭城，同檀玉铉、杜生之在内景堂赋

万寿祺

橡楠缘冬气，郁郁储群烟。远风振天羽，征雁皆南迁。一岸隔遥水，入路临溪田。朝发甘相城，夕驻清河湾。偃息秣良马，束书悬双鞍。爱此严霜辰，高帽发连卷。轮蹄动不息，佳兴引胜缘。绮思托幽素，怀彼《行路》篇。淮流日以远，黄河何溅溅。握手石梁侧，纵目当遐天。丈夫安可悲，敬业尚慎旃。子归拜床下，堂上方胜年。

邀施诚庵、吴日生两职方集云龙山

阎尔梅

群水群山护此山，断碑无数立中间。平田树紫春如绣，残雪峰青夕更斑。熊耳铭功悲事往，龙门遣妓想官闲。行来鹤室荒芜尽，应是当年放未还。

放鹤亭赠魏竟甫少府

顾大申

魏侯意气真飞扬，词赋磊落通明光，仲第黼黻日月傍。乌台凛冽摇清霜，侯独

---

① 原脱作者姓名，据《隰西草堂集》卷四补。

跃马徐之阳。著书河上世莫及，春昼花深白鹤集。仰天延颈河汉长，舞雪回风羽毛出。谁羡缑山王子乔，今来庭院翯飘飖，饮啄不用青童招。侯也对此待雏伏，百尺虬松倚高屋，鹤兮潇潇亭矗矗。我构鹤巢鹤不来，须臾遗我九皋清唳之仙胎。琅玕为树鸾为媒，巢为圆峤兮亭为琼台。

文昌阁夜雨

李宗皋[1]

夜雨满岩扉，陵谷响萧筱。雷奔风亦号，清梦忽山表。披衣肆极观，云岚涨林杪。疑是湖溢漭，川原殆淼淼。熹微旷野间，雨后月差皎。四麓寂无声，但听风泉扰。大壑静气来，阴森直至晓。

集黄茅冈放鹤亭次答项犀庵

钟琇

春引湖山梦，攀同坡老游。柳阴随毂密，岚气入杯浮。宿雨来觞雁，平田狎野鸥。蜿延层堞起，颂向使君投。

又

新霁莓苔净，尘心赖此停。高云垂树碧，浅草就阶青。醇喜饮先醉，泉从雨后听。花前共潦倒，莫令一人醒。

午日游云龙山和陆子启韵

刘元勋

云龙山上石崔嵬，四合芙蓉面面开。帝子龙随王气去，仙人鹤傍大风回。河来天上全昏垫（黄决徐口），地入中原半草莱（是夏人旱）。愁绪那堪逢节序，只怜华发暗相催。

其二

羡尔登临意不穷，元龙湖海气偏雄。君家原爱华亭鹤（山有放鹤亭），此日还歌泗上风（子启诗有“啸大风”之句）。汉水近侵芳草绿，楚山遥带野花红。谁知千古兴亡地，尽入诗人感慨中。

① 原脱姓名，据康熙《徐州志》补。

行河猫窝值中秋感赋

刘元勋

野色苍苍水一方，遥连桂魄倍荒凉。沉来璧马金龙吼，飞过蟾蜍玉兔忙。对影自怜吟月赋，登楼谁羡坐胡床。愿分一半秋光去，长挂彭城映北堂。

出都咏怀（辛酉）

刘元勋

蓟门门外早春寒，才到离亭酒兴阑。燕市十年空击筑，彭城此日漫弹冠。只闻瓠子蛟龙斗，那得黄楼燕雀安。去矣君恩何以报，小臣惟有寸心丹。

石杳顾余彭城即凄然有归志赋此却寄

刘元勋

几载离群叹滞淫，梅花千里赋招寻。乾坤落落他年泪，风雨依依此日心。何事剑投青玉案，翻怜书寄白头吟。多君肯入山阴座，兴比王猷较更深。

午日泛舟即席赠杨副戎

彭城环抱大河流，偶到天中共泛舟。两岸青山开翠障，一天红日照黄楼。铙歌只傍楼船发，楫客多从大树游。此日蒲觞人尽醉，扬舲都作太平讴。

雾潴泉

刘元勋

瑞云峰外瑞云横，雾潴泉边泉水清。岸竹丛中堪载酒，篱花石上可敲枰。日开宿雨青山面，风送长林好鸟声。最是老僧多病后，龙钟谁与话无生。

天门寺

天门环抱倚天开，天枣何年此地栽。古木层连果老洞，奇峰双列圣人台。山中白石堪为伴，世上红尘尽可哀。日暮同人催作赋，登高愧乏大夫才。

五眼泉

刘元勋

芒鞋偶踏白云寺，来访旋峰五眼泉。可怪烹茶同惠水，如何桑苎不曾传。

项犀庵招饮放鹤亭各赋

吴盛藻

大河秋泻白云高，携酒登山兴倍豪。天若为良朋爽霁，地宁因苏子风骚。亭空夜鹤来窥井，官静云龙不起涛。回首金陵烟景暮，怀人落木下林皋。

读书逍遥堂

王凤皞

官廉暮夜静，人远梦魂劳。坐久月堪厌，影孤灯懒挑。虫吟疑向泣，蝉咽警清操。借箸朝斯夕，论文负我曹。

子房山

毛端士

鸡鸣耸翠白云端，庙压黄河日气宽。托迹神仙全宰相，鼓歌散楚报亡韩。颓垣露碣垂杨尽，歧路穿田小麦干。叹息素书传世久，奇谋谁复策时安?

燕子楼

未即捐躯结百忧，歌尘久歇坐孤楼。从容欲讳尚书宠，薄幸宁烦白傅愁。触目黄河皆泪渍，多情燕子解风流。彭门自古英雄地，赢得红颜姓氏留。

黄茅冈

冈头风起上层霄，客到披襟暑气消。竹阁就云遮日脚，笠亭穿径出山腰。如羊乱石千头立，散马荒田四望遥。为爱风流遗句在，苍松百尺想清标。

子房山

汤诰

避仇曾隐乱峰端，庙祠如今道貌宽。相送入关能佐汉，独怜破楚未存韩。

黄楼

城上泥楼压水黄，凭栏一望断人肠。治河下策今时务，争地中原古战场。

挂剑台

汪志楷

缟纻名传识见奇，况君不忍负心期。别时目断腰中剑，返旆魂销冢上碑。然诺耻因生死异，交游道重古今垂。黄尘野戍孤城暮，凭吊荒台别有思。

范增冢

汪志楷

七十老人多奇计，毅然依项岂无谋。独尊义帝人归楚，欲杀沛公天与刘。成败千秋何足论，君臣一德本难求。指挥若信当年策，未必良平胜一筹。

王陵母墓

汪志楷

衮衮英雄争逐鹿，谁知巾帼识升沉。攀鳞附翼同三杰，志决身歼愧二心。碑断荒原情惨切，马嘶哀草气萧森。可怜太傅当年恨，血泪难消直至今。

戏马台

汪志楷

项王遗迹有高台，跃马如龙何壮哉。色变云旗千谷暗，声传鼍鼓万夫摧。名骓忽向江头尽，战骑犹从沛上来。故垒至今余夕照，消沉往事动悲哀。

徐州杂咏

周斯盛

一剑生平在，千秋缟纻深。耳馀原不数，管鲍亦何心。旷野风先冷，秋天日易阴。羁踪愁廓落，惆怅罢登临。

又

汉使归装日，楚人绝望时。智应同武负，烈亦比虞姬。骨化河边草，魂飘垓下旗。封侯殊细事，他日恨何其。

又

初日照空梁，春风燕子伤。钗寒金翡翠，歌咽绣鸳鸯。芳草新愁远，枯杨旧梦长。虞兮悲未歇，白傅漫沾裳。

又

卜筑成依隐，风骚得使君。亭空留鹤迹，石老化羊群。云气虚堂入，河声落日闻。隔山钟磬发，犹似楚王军。

石床

杨妍

大似北窗卧，羲皇时一吟。以我寻芝意，知君枕石心。遗身青屿外，幽梦碧萝深。寄傲悲终古，高怀对远岑。

坐放鹤亭

杨妍

策杖拨云坐，耳根静云响。声入万株松，孤僧作鹤想。

登黄茅冈即席纪欢

胡铨

七月既望冈上行，冈前落日稻花明。无多石壁休狼藉，亦有渔人隐姓名。树较当年青过岭，湖分几路白于耕。闲因事事皆堪纪，不独酣歌潦倒情。

彭祖楼

吕维扬

籛铿遗腹子，陆终第三儿。劫来调雉羹，献尧蓂阶墀。遂封于吾里，彭城肇于兹。优游崇简嘿，非以苦心思。托迹仕宦间，闭门培道基。有时窥井照，系腰于树枝。上覆盖以轮，犹恐一坠垂。兢兢凛冰渊，而未著言词。所以孔释辈，寿未及期颐。葆神守其素，展矣介遐眉。不似烧丹客，呼吸运坎离。唯此八百翁，堪为导引师。天根本黄帝，问道上具茨。况云妻子繁，房中术累累。剖竹分两男，山因名武夷[①]。吾乡多寿考，百岁未为奇。亦自有吕县，敢与此地匹。伟哉尼山老，著述尊宿耆。

咏吴别驾奕云母贞诗

吕维扬

吾徐有贤哲，冷然冰雪姿。粤稽古延陵，梅里旧芳枝。筮仕西华令，解组事耘耔。诸孙绕膝前，长有两男儿。其次曰景昭，香藻生内芝。有妇名家女，琴瑟与埙篪。仰事两舅姑，朝夕进粥糜。吾与西华交，静晤对尊彝。每饫盘中味，松饭烹露

---

① 原作“彝”，清人避胡虏夷狄讳改，今用本字。案雍正帝诏：“朕览本朝人刊写书籍，凡遇胡、虏、夷、狄等字，每作空白，又或改易形声，如以‘夷’为‘彝’、以‘虏’为‘卤’之类，殊不可解。揣其意，盖为本朝忌讳，避之以明其敬慎。不知此固背理犯义，不敬之甚者也。”（《雍正朝实录》卷一三〇）可知避字之风久盛，虽雍正亦觉甚无必要。

葵。询之侍立者，皆云妇手为。子方读父书，玄[1]宗任披靡。遽意天上诏，顿使中道亏。是时妇方少，更藉丰厚基。父兄娴女训，望母为伯夷。脱却嫁时装，皓素佩江蓠。激烈慰父意，俨然列须眉。挑灯课两子，秋威若严师。厥子慰母心，策名报萱慈。乌飞吾家履，佐藩近临淄。迎母宦之邸，斑衣映朝曦。天子平三衅，典乐任龙夔。制曰有子贤，皆遂乌鸟私。郡乘上女表，此足为母仪。二子为陈情，雪涕拜庭墀。帝曰女孤竹，堪令风俗移。褒书耀里门，赫奕著檐楣。过者为叹息，不数岘山碑。予方住山中，玉札索客诗。五月榴花艳，倚树读楚词。渫渫湘君泪，丛�叶上滋。但无中垒笔，藜火焕星娄。唯过西华叟，洗眼看恩貤。更遂雁宕游，苕霅问水嬉。

彭门赠杨藜村

孙枝蔚

百年何意守蓬蒿，万事无如学老饕。彭祖井边黄发在，子房山下布衣豪。看人浊似门前水，居己醇如瓮里醪。我亦磻溪垂钓者，饥来容易别同袍。

赋

燕子楼赋

贾壮

乙未之秋，九月既望，奉命燕都，司庾彭郡。仆夫告驾，博舆图而知山水之奇；驻节登台，采风物以志古今之迹。黄楼有赋，放鹤歌诗。赞项羽以传留侯，叙悬水而铭拔剑。黄茅冈吟苏子之诗，予曾记已；燕子楼贮建封之妓，独无赋耶？其词曰：

维武宁之节度兮，徐方是襄。选徒御以不惊兮，钲鼓其镗。高牙大纛兮，旂旐央央。虎骑千群兮，天驷为房。雪铠霜钩兮，星耀于铓。俨容奕奕兮，躬黼黻而熠耀乎珪璋。岸帻英英兮，气峥嵘[2]而响奏乎铿锵。缤纷兮嫔媵，嘹亮兮笙簧。轻裘兮缓带，潇洒兮激昂。夫既锁钥于彭城兮，控淮海之金汤。又安能忘情于闺闼兮，悠游晏燕以肆好于屟廊。顾贮婵娟兮必金屋，岂娥眉燕处兮，而今遽少夫兰房。于是垩艧兮楶桷，雕镂兮棂栅。高啄朱甍兮下甃文石，绣服被梁兮金缥广额。奇英异萼兮曲阑翠陌，敞榭幽亭兮香岩洁碛。燕子名楼兮，美人是宅。郑重彼姝兮，用是

① 原作“元”，避康熙讳改，今用本字。按：玄宗，即奥意。
② 原作“荣”，据康熙《徐州志》改。

辟易。尔乃暇卷珠帘兮，或共眺远山以披襟。闲敲玉唾兮，或同阅古史以明心。抱琵琶而击筑兮，弹筝瑟而鸣琴。煮清泉而赋诗兮，对好鸟而调音。抑恬步于石松之月兮，曾抒音于梧竹之陂。亦酣舞于氍毹之上兮，复携手于碧槛之西。盟千劫而相依兮，讵一朝之露沤[①]。感崦嵫之迫景兮，望北邙之青丘。悼仙人之化鹤兮，允共姜之誓舟。守十年之空帱兮，结万种之离忧。形憔悴其伤春兮，频见玄燕巢兹楼。心坚贞历岁寒兮，几听夜雨滴深秋。悲夫！垂柳绿烟兮，新蕉碧月。桃李成蹊兮，杜鹃啼血。繁霜坠木兮，枫丹于叶。鬌发侵窗兮，棂堆于雪。其时寂寂兮，于心冽冽。其情惨惨兮，于人恻恻。南山之石兮，关姬之节。泾水之清兮，关姬之德。呜呼！白学士之诗，何多情乎；关盼盼之殒，诚足悲耳。埋玉青山，衰草扈寒云以缥缈；沉珠沧海，层波翻夜月而凄凉。千古赋楼空，韵士潸然欲涕；于今怀燕子，诗人怵尔情伤。彼美云遥，追踪莫及；遗诗安在，按颂靡方。敬藉管生，式存燕子。谁其仰之，大河之阳。

铭

彭祖图铭（有序）

陈靖

淳化中，予将命之狄丘，道由彭门，有客得《彭祖观井图》以为贶。中有台榭、人物，山林森森然。盖状其佳象幽致，表绘事之工，予无［取］[②]，所慕者，唯彭氏面井而覆之以轮，背树而缆之以绳，凭杖敛躬，局蹐而迎视，兢然若将坠也。呜呼！古人临事而惧之有若是，检身远害之有若是，后之君子得无效欤！予实好古，历考其迹于传记，虽敻而难信，且夫子云“窃比于我老彭”，亦其验也。故作铭于座右，曰：

至哉古人，远害全身。战战兢兢，恒若履冰。朽索之驭，纳隍是虑。天子则之，鸿休永据。存而惧亡，系于苞桑。诸侯则之，其国必昌。若舟弗济，夕惕而厉。大夫则之，其家孔炽。直哉惟清，执虚如盈。士子则之，其道元亨。不争在丑，无愧屋漏。庶人则之，其食孔阜。吾省予行，吾慎予守。窃比老彭，式介眉寿。

① 原作“讵一旦之朝露”，失韵，据康熙《徐州志》改。

② 字据吕祖谦编《宋文鉴》卷七十三陈靖《彭祖观井图铭》补。

奎塔铭（并序）

谷应泰

奎山位徐下流，与骆驼山夹岸对峙，形胜隐然一锁钥也。明万历间，郡侍御万公讳崇德者，遂建浮图其上，累以七级，檐铃响霄汉，而文峰秀起，造于彭簧序更伟。岁久浸圮，余司庾之暇，登览感昔，铸顶周楯，屹然更新。落成，拜手敬用作铭辞曰：

嵯峨奎冈，在河之阳。四塞岧峣，二洪汤汤。爰建天柱，摩彼穹苍。北迎泗滨，东瞰吕梁。砥厥狂澜，以镇徐方。徐方之文，劳肆斋皇。徐方之士，蝉联冠裳。民物安阜，永靖怀襄。

赠骠骑将军张别驾墓志铭

成克巩

巩向为诸生时，闻彭城张别驾高风遗行，固心韪之。后数年，其冢嗣骠骑以武功底定浙闽，北镇天雄。又数年，其仲嗣、长孙俱以恩荫选授内翰，得与共事，称两世交。前后知公与刘夫人事甚详。然则公之声烈彪炳，世无有不知且信者，亦不待悉之于子若孙也。今骠骑以公藏记属余。夫孝子之情，哀而易殉；丈人之载，艳而可疑。骠骑与余，则岂为之哉？公讳垣，号曙三，彭城人。公父讳应科，以公冢嗣贵，赠骠骑将军。生公，有异征。公少补弟子员，慷慨有大志，以天下为己任，凡象纬、方舆、兵农之学，靡不研习。居恒常自叹曰："读书而无效于国家，无事也！"会流寇起大梁，所至倾陷，彭城两受围将下，公奋袂条策曰："无徐，则无江淮矣！"与备兵使徐协镇，日夕捍御，城赖以全。寇退，上其事于朝，授公职。公以尊人春秋高，力辞弗就。及公父捐馆，哀号孺慕，庐墓读《礼》，而誉闻益著。征檄日下，有司劝益切。公仰天复叹曰："天下事虽去，其亦尚可为乎？"即日应史公可法辟，道拜睢阳别驾。时，军兴孔亟，转运不绝，当事咸称公能。及贼以计绐，大师既溃，公励兵往援。或谓公职在督饷，可无与兵戎。公瞪目大叱曰[①]："彼张睢阳，岂异地事哉？"挺身竟殉于难。事闻，远近无不惋悼。至今溯遗烈者，犹咄咄三叹云。元配刘夫人，为郡[②]绅刘公潭女，夙娴家教。归公后，公少居□[③]夫人椎髻操作，蘋蘩敬事，不失堂上欢。公好侠[④]游，四方客常满座，馈遗必丰。诸如恤族、周亲、御下之节，率循仁惠。其著者，当公出守睢阳，夫人不为喜；及难

① 原作"回"，径改。
② 原作"群"，径改。
③ 底本残缺，付阙。
④ 原作"夹"，径改。

作，夫人不为惧，曰："为人臣者当如是，吾何惜一死殉地下？"时长嗣方成立，而仲、季[①]尚在襁褓也。夫人衔哀励节，诲子[②]育孙，垂一十年。子孙先后显荣，皆公之积施与夫人相成之也。呜呼盛哉！公生于万历癸巳七月二十六日，卒于乙酉正月十三日，得年五十有三，遇覃恩，赠秩如长嗣官。夫人生于万历癸巳正月二十八日，卒于顺治辛丑闰七月十二日，得年六十有九，封太夫人。丈夫子三：长胆，以武科起家，三摄兵权，两推大镇，晋阶骠骑将军，娶萧邑处士朱公星炳女；继娶孔氏，郡处士孔公璋女，刘夫人出。次铎，以恩荫考授内翰，娶沛邑文林郎蔡公见龙女，继娶沛庠蔡公文龙女；三翃，徐庠生，娶郡庠沙公日清女，侧室冯孺人出。女一，适郡孝子儒士总督三省标下游击王业大，刘夫人出。孙五：长道祥，任云南洱海佥宪，娶郡处士马公玉斗女；道瑞，康熙癸卯武闱中式，娶萧庠刘公一纯女，胆出。道著，幼，未聘，铎出。道弘，幼，未聘，翃出。孙女四：长适豫广文同郡吴公汝玑子庠生焞；次适徐州节镇周公贵子家栋；三幼，未受聘，皆胆出。其又幼，未受聘，铎出。公嗣胆等卜康熙三年二月初九日，扶太夫人柩与公合葬于太山之阳。巩叨旧史，有通家世谊，谨志其事，用勒于石。铭曰：维公之德，忠孝熙缉。皇天眷佑，保定尔室。既淑且康，载昌载炽。以启佑后人，福履攸奕。

苏姑墓记

臧兴祖

苏姑者，相传为文忠公苏学士之女也。然郡乘不载，或者以为未然；而余考诸往帙，断之坡词，则信以为必然也。何以言之？考《古女史》：文姬六岁而夜辨绝弦，甄后九龄而博通经籍。以文忠公闺秀，足多乃父之风，自非凡媛，可知尤当钟爱耳。坡词有云："我泪犹可拭，日远当日忘。母哭不可闻，敬与汝俱伤。"夫母爱其女，其情当更甚于爱子也。是以守徐时，有女卒于官署，不忍瘗于廓外，而乃厝于署傍，是即王衍之所谓贤者多情，延陵之所为对墓三号之意也。然世之马鬣牛眠、时代沧桑者不知凡几，而独此潜闼一扃[③]，尊灵永奠，年垂六百，代隔三朝，犹有娉婷之墓者，岂非以文忠之功在斯民，故贤裔不泯，犹桐乡之祀朱邑乎？稽公在神宗时守徐，值河决曹村，城不浸者三版，而乃竭力捍御，庐于城上，与城存亡，城卒赖以安。且令舟载糗粮，救活漂溺者无算。是今之孑遗，皆公之所留也，其有功于彭郡，当非浅鲜矣！顾以旧志不载，殊为缺典，讵非有位者之责乎？余以三韩谫劣，绾符彭郡，与公有异代同寅之雅。观黄楼之胜迹，读放鹤之遗文，不禁怀古

① 原作"李"，径改。
② 原作"予"，径改。
③ 原作"扁"，参曹植《武帝诔》改。

情殷，一往而深。爰纪其事，以续旧志所未备，使后之览古者，知偃王之旧国，犹有眉山之秀气云。

祭苏姑墓文

董宏

苏姑墓在州署内。相传为宋坡幼女，守徐时，卒于署，遂厝焉。迄今精灵不昧，历代郡守以岁时致祀。署州事董宏增修墓，建亭于其上，其祭文曰：山如眉秀，江以锦名。既挺文初，以钟一代之伟人兮；复禀天孙，而成间世之女贞。维我文忠公，由端明出守是邦。捍河字民，百度咸亨。而文章风流，尤若山水之高而且清。夫何署址留有小姑之墓兮，使历任者谒祀之必诚？岂贤哲之各有其类兮，余乃欷歔凭吊而不胜情。盖达人以四海为家兮，奚事归瘗于青城？抑犹桐乡之祀朱邑兮，聊假手于同气之娉婷？不则文忠廉能，为后起师，姑警以显奕之灵爽兮，如见墙而见羹。某砥自云间，摄篆于此，爰修故典，牲醴攸馨。有诚必格，仿佛来迎。果克以内则官箴兮，宁敢不奉幽如事明？当临风而三斝兮，俨君蒿之峥嵘。尚飨！

微山湖

王所善

淼漫湖光一望奢，怀中清屿似浮槎。云生隔岸千层白，日暮前滩万顷霞。片片渔帆归柳港，双双鸳影对菱花。山村仿佛桃源洞，试问秦人有几家？

歌风台步薛文清韵

王所善

岿然层级耸河隈，气罨彭城戏马台。宴乐犹深桑土计，慷慨独念鼓鼙才。汉家旆辇于今邈，泗上山川依旧开[①]。云色黯然风发发，歌声恍惚耳边来。

留别父老

王所善

三载缁尘黯鹤琴，职兼府县一身任。催科无术宁甘拙，鞠育何能剩有心。桥上危车真尾虎，山中戴笠好寻参。秋风匹马歌归去，可问青天可问衾。

① 原作“闻”，系“開”形讹，据韵部改。

人物

万寿祺，字若[①]，号年少，江西南昌人。先世以医，家彭城。父崇德，故明万历甲辰进士，官侍御。天启初，忤魏珰归里，杜门课子。寿祺少慧，善承父志。崇祯戊辰，以恩选入贡。庚午，中式杨廷枢榜。选有《闱墨年表》行世。五上公车不遇，弃制举业，携子睿寄迹江淮间。国初，提督吴屡辟不就。筑室袁公浦，易姓氏，或曰沙门慧寿，曰僧寿，曰寿道人，曰明志道人。纵情今古，明历法，通禅理。著书放言，吟咏无虚日。刻有《隰西》《内景》诸集。书法为近代第一。尤精行楷，兼工隶篆。以及山水人物，烟云万状，维赵松雪、董文敏莫能过也。至其高风豪[②]节，则有不可殚述云。

李向阳，字孝乾，号晴寰。天启甲子科举人。性纯孝，忘情仕宦。乙丑会试，却逆珰交，几罹祸不测。后渡江[③]，因旅食铎于金山。不数旬，长歌归来，益坚前志。常自吟云："漫把文章凌北海，欲将事业问东篱。"率子弁躬耕远野。余暇，手疏五经一过，及注《阴符》《老》《庄》《离骚》，批选八大家诸书，往复千卷。古文词、制义，各有藏集。诗媲元孟，书仿钟张。然其志不以文为也，但寓意焉。足迹不入都市，与孝廉万若朝夕唱和，为莫逆[④]交。国初，大中丞赵累疏荐用，弗就。观察使胡延修郡志，不获辞，成编。去金山三十余载，其遗教云间[⑤]，士犹啧啧称道不置。前都御史金光辰为撰墓志，其生平大节，颇详其内云。

骠骑将军张公讳胆，字伯量。本朝开国元勋，功劳几遍天下，业详之旧乘中矣。兹特述其宦后善迹于左：徐地寒瘠，素无盖藏，偶荒辄饥，逃亡者踵相接也。康熙九年至十九年，冬苦雪，春苦雨，夏旱秋潦，种种灾祲，或数岁一见，或一岁迭见。公愀然忧，辄复慨然任曰："吾昔壮时，尚佐圣天子拯斯民于水火之中；今老矣，顾坐听天行而不之恤耶？且议蠲议赈，当宁者侧席不遑，余焉得晏然？况与吾同处此土者，非吾父老，则吾子弟也。吾曩之勤稼穑而广积贮者，政为今日地耳！"爰命诸子减市籴平当价，施粥施纩。恐弗遍也，复大开仓廪，日给万人，人给一升，所发不下数十万石，全活者无算。以至淮凤诸属，闻风提携而就食者，道相望焉。公复不分遐迩，轸念邻灾，输粟及河，舟橹相接，转运数百余里。淮扬老

① 《清史稿·遗逸传》作"字介若"，孙运锦《明孝廉万先生传》作"一字若，或若若"，周亮公《书沙门慧寿印谱前》作"以一字字，字若"。

② 原作"亳"，为"豪"之俗字。

③ 原作"汗"，据康熙《江南通志》卷五十一徐州《人物》本传改。

④ 原作"送"，据康熙《江南通志》改。

⑤ 原作"问"。按：西晋陆云，字士龙，家住华亭，对客自称"云间陆士龙"。云间遂为华亭县、松江府之别称。南宋有《云间志》，明末清初有云间派，皆此地也。据改。

幼望帆樯而符哺，群欣欣色喜，且泣数行下也。是公之赈荒也，不啻起死人而肉白骨也，不啻向造物怀中取赤子而含哺之也。禹稷之己溺己饥，迫于勤劳在外之年；公之急溺急饥，切于功成归里之后。谁谓古今人不相及哉？乃民不苦饥矣，而公犹虑教之不可偏废，设义塾，厚馆饩，而远近于是乎知学。少长蒙业矣，而公犹虑老病之不容膜置也，开药局，施棺木，而存亡于是乎沾惠。其深仁厚泽，赫赫在人耳目。间者，大臣既上其事于朝，天子亦闻而嘉之。公宜于此时亦稍为休息，以遂其东山绿野之愿。孰知其泽愈长，其虑弥远，谓："此数者，不过为补救一时计耳。吾闻津梁之制，司空有掌；学校之设，宗伯有司。吾既老退居，不获左右王廷，亲睹同轨同文之盛，而坐视吾郡之故迹、旷典日以颓废，余惧滋甚！"于是重修荆山大石桥，创建学宫于城东北隅，身亲督视，刻日鸠工，相续告成，所费各以万计。通九省之要津，兴百年之大典，而公犹欿然若不足。则自兹以往，惠一方以及天下，惠天下以及后世者，其设施正未有艾也。鸣呼，此其所以为贤也欤！

隐逸

文名世，弃诸生，慕高蹈之风。入山，不知所终。

吴汝玑，字玉衡。以柴桑旧令而退隐田舍，瓦灯绳床，萧然自怡。无事不入城市。诸孙奉之以金，辄脱手与高衲冷人。闭户静坐，泌水乐饥，可谓矫矫出风尘之表者矣！

栩栩先生者，以刀耕自给。善篆、隶诸书，而笔之所至，判若鸿沟云。又善诗，刻画独出新裁，绝无凡响。性不喜近俗人，见之，必弃去。然萧然一室，图史罗列，未尝一至贵人之门。盖狷介而近于有道者耶？

闺德

张氏，年十六，适杨文伯为继室。荣生六岁，文伯逝。氏年二十二，抚孤而泣曰："吾非不欲殉，特汝未成立，无以慰先人志耳！"遂矢志冰霜，纺绩辛食。孤灯伴读，家余四壁，难状凄其。苦志三十三年卒。后枝荣名列黉序，节孝并著。按院马上其事，顺治十七年八月十八日题，三十日奉旨建坊旌表恩荣，特赐"遐迩生辉"。朝野知名之士悉赠诗以美之，刻有《孝思堂节孝诗纪》行于世。

刘氏，滕县尉潭室女，适河南归德通判张垣。克尽妇道，党族奉为姆仪。后垣值悍师倡逆，殉难，死于任所。氏矢靡他，以慈母代严训，光昭先业。以子胆诰封骠[1]骑将军二品秩，诰封太夫人，卒受孝节之报。

赵氏，年十六适乔尚义为妻。二十二岁夫故，遗子岳方三月，氏泣誓死殉。姑抱儿再四解慰，氏方意回。孝事孀姑，生养死葬，悉尽礼焉。岳稍长，既就馆师，氏仍课读。岳十八岁入泮，试优食饩。知州孙申文上台，奉旨建坊。

张氏，骠骑将军胆之女也，年十五适生员吴廷焞为妻。善事翁姑，以孝闻。至二十二岁，其夫病故，氏绝食哀号。举家防护，死志益坚。翁姑携两幼孤抚棺泣谕曰："死节固善，其如翁姑幼子何?"氏始遵训，仰事俯育，三十三年如一日。长子吴永申，现任青州府通判；次子永锡，现任浙江平阳县知县，俱有政声。叠受诰封，于康熙二十一年十二月奉旨建坊。

周氏，年十六适徐民丁廷槐为妻。至二十八岁，夫故，哀毁逾常，誓以死殉。内外姻戚劝以事姑抚孤为重，氏乃矢志冰霜。姑病，奉事汤药，衣不解带。及亡，衣衾之备，哭泣之哀，里邻感动。教训孤子，有画荻断机之遗。及子成立，引拜夫墓，哭祝，恸绝复苏。至于周恤夫姊，义还婢女，深避称颂，皆女德所难。知州孙请事闻，奉旨建坊。

王氏，年十七适州民赵汝伯为妻。二十九岁夫故，痛哭几绝。翁姑向氏曰："今不幸子亡，家贫岁祲，尔可改适。"氏曰："饿死事小，失节事大!"遂纺绩竟夜，以给翁姑幼子饘粥。遘翁姑多疾，医祷弗愈，祈以身代。亡后，殡殓尽礼。抚孤成立。今逾六旬，阖学、邻里公保，知州孙申详各上台入告，奉旨建坊。

朱氏，年十六适州民王梦凤为妻。二十九岁夫亡，是时子大成甫十三岁，已入州庠。氏恸抚之，泣告姑曰："儿虽幼，既列子衿，媳当以身殉夫也!"姑曰："子死，吾非不恸，恐恸极生疾，为汝及幼孙忧。况有稚子少女六人，赖汝教育，尔当勉为其难，勿云殉也!"及姑老病[2]，氏率子妇供奉汤药。姑逝，哭踊尽哀。命其子曰："祖母丧仪宜厚，不可重吾过，令汝父不安地下也!"篝灯纺绩，教子益严。大成潜心制艺，淹博典籍，诸[3]生、邻里公保节孝，本州申详各院候题。

张女，名文闲，归德府通判垣之孙女也。年十二岁，值父兵马司指挥张翃病，医药未愈。女入佛堂，潜割左股进汤，翃旋痊，人以为孝感云。孝行在女，古今所稀，若女童，更罕见也。其外叔祖徐庠沙永祺征诗成帙，以羡敬之。

苗氏，适儒童李硕[为]妻[4]，十八岁。善事翁姑，克执妇道。夫亡，以死自誓，粒米不咽。叔嫂舅姑多方慰劝，不能回其坚志。视夫殓毕，当夜投缳，从容就

---

① 原作"驿"，径改。
② 原作"教及姑老病"。据文义，"教"字衍，今删。
③ 原作"请"，径改。
④ 原作"通儒童李硕妻"，"通"为"适"之讹，径改；"为"字据前后文例补。

义。当时士民公举，道州各有匾奖，以旌其门。

叶氏，年十六适州民黄胤奎为妻。善事公姑，孝闻于乡。历八载而夫亡，乏嗣，仅生一女。氏号泣投缳，幸救复苏。时舅姑在堂，生而奉养，死而殡葬，既发肤之莫爱，复手口之卒瘏。抚女及笄，适配文学，罔悯身劳，善成夫志。年逾七旬，盖棺论定，士民上其事，观察胡公廷佐以“茹蘖冰操”旌其门。

海氏，州民海增显之女也，适徐卫人陈有量为妻。有量父故，年荒，携氏寻岳父增显至毗陵。闻增显随营远调，路费已尽，因附凤阳运艘北旋。旗丁林显瑞窥氏殊色，心怀不轨，乃付有量银两，往苏置买绳缆。氏觉，泣留其夫，有量误以为德，绝裾登舟。是夜，瑞果逼氏。氏早已密缝衣襦，怒詈啼号，瑞惧潜遁，全节。当夜缢死，瑞乃匿尸米中。月余事泄，起视如生。抚院奏闻，显瑞伏诛。奉旨建祠，毗陵吊挽之章云集于祠，有传行世。

谢氏，徐民谢惶然之女也。年十六适赵体义为妻，善事舅姑。五载而夫亡，氏方孕，愤恸莫顾，即泣血誓缢。父母家人以腹嗣存孤劝之，氏姑坚志守节。弥[①]月育男，不幸婴数日复亡，氏从此殉夫之志决矣。乃向姑曰：“翁夫二柩未葬，何以见亡夫于地下?”于是尽捐簪珥，礼葬翁夫。于三月十九日辰时殡葬，徒步山林，泪尽继血，当夜投缳。真可谓从容就义，节孝俱全者也。本州申详院道候题。

蒋门魏氏，居白门城之麓。事舅姑以孝闻。一夕姑病，请以身代。未愈，遂入厨下，断一指以为羹[②]进之，姑遂痊，血淋淋著地下不息。州牧江雁卿报之藩司，遂旌其庐曰“一指回天”。嗟乎！使身为男子，而移孝作忠，可进而与卫弘演之血溅梵天等矣。

姜氏者，侯仲之母也，世以画传家。夫早卒，氏有三子，茕茕在疚。家无斗储，氏遂涉墨丹青，画梵天诸像以自给。观察使戴公圣聪闻其事而嘉之，锡以“心枯腕灵”，自为书之，以励风俗。嗟嗟！若姜氏者，可谓以管城为长城之哭云。

双节吴氏，吴光谱仲女也，适生员王廷猷。猷病，服药不愈，氏割股以进，始愈。又病，氏又割股，竟卒。氏年十九，止生一女，方数月。氏悲号不已，数投缳，辄遇救，啼哭不食者逾七日，不死。母劝之曰：“尔女稚，舍汝难以自活。若抚女成人，亦可以报婿夫。”氏乃节哀强食，既而同女归母家，织纴为营。女长，归于庠廪生陈诚，苦守五十年。季女适儒童张贲。氏时归宁，寇至，杀贲。氏号泣奔赴，收尸营葬，几殆复苏。母迎氏及二甥女回家共处，氏曰：“无他志，惟愿姊之志为志，节俭自持。”及女长，适庠廪生吴佳蓰，病卒；次女受聘亦卒，孤苦自

① 原作“弭”，径改。
② 原作“羡”，径改。

持四十余年。於戏！节难矣，一门双节更难矣！

王氏，卫弁王昇玉女也。长适孙万钟，事继姑以孝闻，待夫弟遗妻如同胞云。弟万胜，氏抚之如子，教以大义，知忠孝。后殉节，广陵人皆悲之，皆以为王氏之教训也。有子皆负异才：一廷芳，游太学；一廷茂，寄泽宫。表表籛里，足为士林领袖云。

蒋氏，孔之裔妻也。夫亡，而子亦殇，欲死者数矣。以有祖母在堂，不敢决绝，以遗祖母忧，为之进食加衣，视夫在为有笃，苦节四十余年。呜呼！若此者，可为女中令伯矣。

高氏，睢宁庠生高文郁女也。年十六适徐州儒童冯康运。甫八月，康赴考淮阴，中途覆溺。氏闻讣[①]，号泣不食，捐躯自矢。父母慰之不应，公姑解之不应。日夜防之，氏未得间，延至七日，勉强进飧。先以计遣母兄，后以言慰姑舅。十五日夜半，乘婢睡熟，潜缢于床，时年十七也。节凌霜雪，操砥松筠，当事大人交章题奏。奉旨建坊房村驿，表曰“节孝之门”。

单氏，州民自省之女也。年十六适儒童王朋美为妻。甫四载，美以鱼盐入湖，为贼所害。氏哀号投水，救起复苏。上有翁姑，下有幼子，仰事抚育，克尽孝慈。今年过六旬，苦节终身。前蒙州牧孙旌奖其门，申宪候题。

李氏，系卫弁李明相之女。于十七岁适汪江为妻，甫三载，夫故。其姑金氏亦孀居，氏子汪度方在襁褓中，且家计艰难，躬操井臼以养姑，篝灯纺绩以育子。姑之季子滔，幼而倜傥，氏能体姑心，教授[②]尤切。今滔忠勇奏功，升福建福州府副将；子度亦肄儒业，颇有声称，悉氏赞姑教训之方也。现在申详候旌。

黄氏，为钟玉之妻。事舅姑以孝著，夫妇相敬如宾。及夫以病终，因防卫少疏，遂投缳以卒。不浃旬而从夫于泉壤，为地下之游，非禀天地之正气者，乌能视死如归若是耶？见今详候旌。

冯氏，年十九适姚一成。方六年，夫卒。遗子九明，甫五龄。室如悬磬，朝不遑夕，氏茹苦食蓼，以抚兹藐孤，历四十年如一日。少府纪元表其庐曰“节孝克敦”，可谓无忝厥称矣。

谢氏，谢国柱之女也。适冯大奇，以诸生援授河南获嘉县令。氏事姑以孝闻。姑罗氏抱病卧蓐，氏终夜尝药侍直，不愈，靡神不举，愿以身代。乃潜割其股，调羹以进，姑病遂可。里闬贤之，举之当道，咸锡额褒嘉焉。

沙氏，徐民龚志元之妻也。贞静天亶，孝敬性成。于归后，贤声无间。于康熙

① 原作“计”，径改。
② 原作“受”，径改。

十三年三月内，志元卧病，氏勤侍汤药。及志元病故，泣血悲号，勺水不入。逾日，即自经柩侧。邻佑乡保公举，验明详宪，悉有旌语。夫以寒门弱质，能从容就义，诚女中之表［表］[①]者。

张氏，徐庠张诚之姊，许字邳州卫儒童高华宗。华宗苦学，积疴沉笃，氏年甫十六，舅姑欲迎氏于归，非谓成礼，将以吉厌凶、从俗冲喜之论也。及迎氏过门一面，越三日，华宗病故。氏号泣擗踊，誓以死殉，勺浆不入。家人百端慰解，防护甚力。氏绐守者以不死，迨夫殓毕，诱守者出户，即投缳自经。邻佑人等公举邳州，具详各宪，悉锡旌匾。又蒙具题，奉旨建坊在邳。而从夫之义，必载《徐志》，庶不泯于本土云。

杨母节孝传[②]

石湖　姚佺

《华阳国志》所载士女贞烈，于一方人物反复丁宁，如恐有遗焉。洵哉古人乐道人善也！甲午，会廉察胡公来徐，敕郡国县道有好文学、敬长上、奇节笃行、出入不悖所闻者，辄以名闻。诸生胡儒统等得条上张节妇，为之传。公曰："是媪，吾所急也，与人琬琰。"节妇者，博士弟子杨枝荣母也，适文伯为继室。生荣六岁而伯逝，依兄枝秀。秀虽异胞，笃爱不殊所生，服食不偏治一朐脯，敦聘孝秀为子弟侯，双笔一砚，怡如也。后荣随母卜居南乡。当是时，群盗纵横，蝝螣双虐，蓬翟荒凉，霜销风夺。有时朝食无藿，不能进一溢米，缫哔饥虚。或土障灯缸荧荧然，母治丝，督儿治经，然志不移于时变者，教复不哀于困穷。又或墙头之过造，清粥中数眉发历历也。崇祯十二年，母寿大衍之五，又复卒焉。荣为孺子泣者，曰："我欲报者，岂在养耶？即母所望于我者，亦岂在报耶？在望见枝荣之能自就立耳！今虽欲取一第、为一官，使母及见，已弗若母之饮冰而食艾者也。即他日能自就立，为之旌闾表宅，为人子之所当为椎牛祭墓，既不如鸡豚逮存亲矣！三十年丁荼蓼之苦毒，万载抱风木之余哀，所不深墨者，岂人也哉？"乃竭资产，营含饮，说者比之赵隽之鬻子矣。挹娄兵下，搜牢打草谷。荣守庐，兄秀罄室南行。人曰："曷不以室中为葬具[③]？"荣曰："未有谘命，给事勿能相供。"仅择大木为椁，曰："是先人手植也。"甲申初夏，葬母城西南十里许玉璧山之东麓，尺布斗粟，皆有籍记以归典者，识者又比之谢弘[④]微之事兄矣。丙戌，兄故，荣与阿戎妍、婞掉鞅文

① 原阙，字据文义补。

② 按：顺治《徐州志》卷八《会览》亦载此文，文句稍异。

③ 原作"其"，据顺治《徐州志》卷八改。

④ 原作"洪"，据《宋书·谢弘微传》改。

圃。辛卯，冠仄注，一黉作宪，莫不虚左席需之，推为祭酒矣。荣品异常人，耻论前人遗资，以力耕得食，稍稍列阡陌，腆用享，故人子啧啧称曰："是夫落落有风飙者也！"顺治庚子，诏求节孝，郡上其事，得大臣奖荐，钦赐坊表。朝野知名之士，赠诗文而阐幽芳者，不下数万言。嗟乎！全母子之贞操，遂以动朝廷之听闻，且使一时之风人学士悲烟惨月，仰止靡穷，可不谓难与？吾读诗传，深慨杨母之贤也，且叹杨母有子立身扬名，能传其母于不朽也。然无是母，又安能有是子乎？夫迅寒击节，乃见松筠；迴迫危构，方识孤贞。斯节斯孝，真可为史典光矣！杨之先[①]，宋州虞城人，自伯商于徐之赵镇，遂隶徐州六乡籍焉。至荣兄弟子孙，绅衿继美者凡四世，并叙述。

灾祥

灾祥在天者，台郎主[②]之；在地者，职方主之；在物者，稗乘、野老皆主之。乃有物微而所关巨，则职方或取之野老，台郎或取之职方。敢曰一隅之近、一物之细而不志哉？

顺治十一年夏四月，大雨雹，无麦。

十六年夏五月，霪雨至八月，二麦登场皆腐，秋禾大伤，民饥。冬春，食树皮草子，林野皆白。道州纠募设厂施粥，全活者众。

康熙七年六月十七夜戌时，地大震。回复时，多自西北，如万毂声从东下，城堞台树倾圮过半，压死者远近不可数。民多露处席棚中，经月乃定。是年，复河溢，霪雨[③]、蝗蝻互相为灾。奉旨蠲额赋十之一。

十四年，大水。又河决城东南潘家堂，十五年三月内堵塞。十六年，又大水。又河决花山口，于十九年四月内堵塞。十七年，春霜，杀麦。夏，又大水。三年各有申报题请，每年各蠲赋十之三，而十七年复发帑赈济，全活者众。

十八年，旱，蝗。依前水灾例，蠲赋十之三。复特徐州增免一分，萧县增免二分。仍发帑赈济，益屡沐恩波矣。

癸亥[④]春，绿麦盈野。未几，阴霾累月，毒雾不开，麦未抽穗辄中干；或穗矣，如败灰漫其上，着衣辄染黄赭。穗因不长，俗名曰丹。后又降为黑者，麦始尽枯。丹、黑非一色，于义不属，乃呼为黑丹，仍俗也，以往纪从无名之者。是岁获麦，

① 原作"抑杨之先"。案顺治《徐州志》，"抑"字衍，今删。
② 原作"生"，径改。
③ 原作"而"，径改。
④ 癸亥：康熙二十二年（1683），即志成当年。

亩以升计。六月，民乏食。

昔荧惑守宋野，景公以一言退舍，灾异固系于修省也。徐，故宋地，今岂不侔于昔乎？乃民罔知预兆，但虑目前，曰旱涝，曰冲决，不必灾异而已苦之。故于楝子之不悬卜春饥，于芦叶之结为帆卜河决，艾卜疫，蓬卜流，野凫栖浮图卜大浸，其为类可胜道哉？而灾属补救，异属警惕，又各有其义云。

清康熙《徐州志》

（上）

姜焯　纂修

徐州志卷之一

圖攷

分土治民惟圖籍爲要領事之紛錯言不能盡則書於籍形之奇變籍不能狀則寫於圖圖視籍乃益彰明較著也周爲職方之圖有司險掌之秦藏於丞相府蕭何佐漢入關首先取之以故知天下形勢則圖之重由來久矣今郡邑志例皆有圖玆仍之又特加精核非以循故事而已政欲使展斯圖也則一境中山川之險易土田之肥磽戸口之盛衰物產之盈縮時往來於心目間焉

导读

康熙六十一年（1722）刻本《徐州志》（简称“姜州志”），由徐州知州姜焯独力纂成。该志是徐州升府前的最后一部州志，也是徐州旧州志中卷帙最多的志书。姜州志打破顺治十一年（1654）《徐州志》、康熙二十二年（1683）《续徐州志》的格局，博参明清两代各地志书，重新分类条目，经过反复校勘，谨慎考订，使入清以来徐州志书的质量有了明显提高。姜州志以其史料详尽、编排合理，被学术界推为清代徐州志书中的上乘之作。

一

姜焯（1659—1744），字曦陆，山东莱州昌邑人。廪贡出身，初任济南府陵县训导。康熙三十七年（1698）改任广东琼州府感恩县（今海南东方市）知县，居官清廉自持，劝农兴学，在任长达十三年，政绩卓著。康熙五十一年（1712）春，擢升徐州知州，而这一任也是长达十二年，直到雍正二年（1724）致仕还乡，这在徐州历史上也是极为罕见的。

对徐州人民而言，姜焯是一位励精图治的好官，和苏轼有着很多相似之处，一样达观知命，关注文教，造福于民，遗迹至今仍存。稍有不同的是：苏轼起于徐州，后来流放海南岛；而姜焯正好相反，先海南后徐州。据志书记载：姜焯下车伊始，首访利病，问民疾苦，“当兴者兴，当革者革，不竞不絿，布政优优”（潘尚智《重修徐州志序》）。面对水灾的侵害，姜焯组织人力挑挖长樊大坝引河，开牛市口涵洞，分浚龙塘闸、茶城十字河，筑张孤山湖口大坝，有效缓解了水患，保障了民众生命财产安全。政暇，“修废举坠，次第施行”（李蟠《郡侯姜公重修学宫碑记》），重修州衙官舍、苏姑墓、放鹤亭、望湖亭、四贤祠、沛县飞云桥，改建黄楼，重建秀楚堂，新建来鹤轩、大士岩禅院，疏浚利国驿珍珠泉（后被当地人命名“姜公泉”），编修《徐州志》，为徐州城南门题写“九州之一”（今存云龙山碑廊），另作有《改建徐州儒学棂星门记》《来鹤轩小记》《重修放鹤亭记》《云龙山新开大士岩碑记》多篇文章流传至今。在姜焯的精心治理下，徐州地方经济开始复苏，百姓生活得到很大改善，“家给户饶，孝弟力田之风，骎骎近古”（李蟠《书院义学记》）。江南提刑按察使司佥事潘尚智来徐巡视，曾感慨说：“入其野，野无旷土；履其城，城无圮毁；视其民，民无争竞。弦歌之声，洋洋盈耳，是皆姜君之兴行以

先、教事以劳之所致也。”（潘尚智《重修徐州志序》）

姜焯为政“教养兼施”，尤为重视文教，重修徐州学宫、捐俸创办义学，为读书人提供一个理想的学习环境；创建学院行署，免去了地方士子千里奔波淮安赴试之苦。其中，影响最大的还是创办徐州义学，“课文申送，必逐卷覆阅”（李蟠《书院义学记》），后来，这所义学发展成为淮徐地区的最高学府——云龙书院，对徐州地区文化教育、学术思想影响异常深远。今天，在徐州云龙书院二进门东侧立有姜焯全身铜像，以纪念这位知州的奠基开创之功。一所书院，一部州志，让姜焯这个名字永远被徐州人所牢记和敬仰。

二

清代开国后，徐州志书先后二修，即顺治十一年本及康熙二十二年续修本。总体来说，这两部志书缺陷较多，难以尽如人意，且之后沿久不修，卷宗散佚。姜焯早在莅任之初，即曾阅览前志，他认为“徐虽一郡，实关天下安危，其为志未可苟焉”（姜焯《重修徐州志序》）。而前志（顺治《徐州志》）则“迫促就功，不暇为网罗放失，辗转因仍，遂多讹阙，为大雅所难言，深可慨也”（姜焯《重修徐州志序》）。姜焯对前志深为不满，当时即欲进行更订，但因灾害频仍、政务繁忙，姑且搁置。直到十年后，政通民和，“境内圣庙贤祠、前哲遗迹，亦次第修举”（姜焯《重修徐州志序》），他才有时间和精力去谋划修志事宜，经详明各部院批示遵行，披阅经年，终获告成。

姜焯编修《徐州志》，既有其个人深厚的学问根基，也有他人难以比拟的便利条件。第一，姜焯博览群籍，留心各地志书，诸如参照陆陇其《灵寿县志》体例，将“八景”之类削而不载；又从河北《永平府志》，江西《赣州府志》《抚州志》等书中辑佚旧志失载的徐州人物；参照石佛寺碑文，订正旧志中存在的部分人名用字之误等等，都是明证。第二，早在康熙四十四年姜焯任感恩知县期间，即曾组织教谕李茂、典史刘俊邦等人续修《感恩县志》，并捐资刊刻；又受知府萧应植之邀，参与续纂《琼州府志》，为后来任徐纂修《徐州志》积累了一定的修志经验。第三，姜焯任徐州知州长达十二年，足迹遍及四属城乡各个角落，对境内的历史、地理、民情、风俗非常熟悉，特别是注重实地考察，这也是姜州志的显著特色之一。以上这些方面，都是姜焯较之以往主修人的独厚之处。此外，姜焯自发修志，且能自捐俸钱，征名儒耆宿，这一点更是值得推崇。

姜州志的编修，大概从姜焯上任时即开始准备，此后断断续续，始终没有正式开始。最初姜焯曾认为：“志徐非难，列史载此州事，比他郡为多，第荟萃之即已成书。”（姜焯《重修徐州志序》）但当动笔之时，却又苦于文献无征。姜焯的调查显示：“徐州志创辑不知何始。据前明人所称，则一修于弘治末（弘治七年刻本《重修徐州志》），一修于嘉靖中，一修于万历初。至天、崇时，皆残缺矣。”（《徐州志凡例》）此时，不仅明代志书荡然无存，甚至连历次编修情况都无法准确理清。而入清以来的两部志书，只有顺治《徐州志》尚存官衙，“既不完备，谬误又复不少”；康熙二十二年《续徐州志》因未曾刊印，“旋即散失，今止存数叶”。关于四县志书的保存情况，姜焯说：“四邑惟萧、丰有近时故志，采择差多，沛、砀皆久废不修。”（《徐州志凡例》）萧、丰两县的“近时故志”，即是顺治十三年刻本《重修丰县志》和康熙二十二年刻本《萧县志》，沛、砀山二县则因久废不修，所能依据者只有万历《沛志》和崇祯《砀山县志》。在这种情况下，“事虽为因，而用力实比于创”（《徐州志凡例》），即名为重修，实际难度不啻重新创修。所幸的是，后来姜焯通过多种渠道找回了一部明嘉靖《徐州志》和一部嘉靖末王应时重辑《吕梁志》，又从状元李蟠家中借来《廿一史》和《一统志》等书，加上州衙内藏书，计约百数十种，与前志反复校勘。此外，还曾发文要求四属县提供修志资料。结果，沛县方面反应较为积极，“据儒学师弟申送诸项，大纲粗具”（《徐州志凡例》），但《职官》《选举》等项，只记姓名而无行实可考；砀山县反应最为消极，虽屡经檄取，始终无人响应，最后只能“责成吏干，仅得官司、选贡姓名一册”（《徐州志凡例》），余皆无考。从这里我们也可以看出历次修志之难，纵然是由官方出面组织，仍受限于种种客观原因，无法获全必要的参考资料。

姜焯自序称：“偕一二同人商确重编。”在修志过程中，或曾找过一些助手，或是征求过一些文人学者的意见，但从整部志书风格统一来看，主持工作和主笔纂写，大部分还都是亲力亲为。如果说顺治《徐州志》的弊病在于人多手杂、仓卒掇拾、主修乏才这三点的话，那么姜州志正与之相反，避免了这些弊病，使之成为徐州志书中的善本。

姜州志较之顺治州志有明显提高的地方是：分类设目比较合理，类目之间的关系也比较清楚。例如，姜焯认为“郡邑志例有八景十景，悉属凑合”，“盖观山川者，当知其原委形势，沾沾于景，抑末矣，况又牵合乎？今亦削而不载”（《徐州志凡例》）。又如，旧志中对先贤先哲往往称“公”或“君”，或称字号，以示景仰，姜焯则指出“史之体……临文不讳”，因而姜州志中除“艺文”部分的一些称呼，如阎古古、万年少等，因相习已久而外，其余一概以名记之。其他诸如一山一水、一事一物等具体问题的辨证，也是下了一番功夫的。书成之后，“视旧本差少谬误，增益凡十五六”。姜焯欣慰之余，仍存些许遗憾：“遗闻轶事散纪于他书者，尚多未睹；虽尝闻见，而原本亡失，无以为质，终不敢阑入。又据仓促所采，事多于前，文减于旧，而拙于叙裁，未免《新唐书》之病，无能步《武功》《汾》《沔》后尘，与《吴越》诸书竞雄文字，是用为愧。”（姜焯《重修徐州志序》）诚然，“纂事如追亡搜匿，唯力不足；刊缪若理疾，恒病不得其情”（祝允明《正德兴宁县志序》），每一部志书或囿于见闻而有所缺遗，或因文献无征而难以定论，只能期待后贤之踵事增华，但是存亡续绝，责无旁贷。这些做法和态度，无论从哪方面来说都是可取的。姜焯在徐州守土十年，留下了不少故迹，从这些实证也可以看出，姜焯不仅是有作为的徐州地方官，而且也是很有才华的一位文人学者。

三

姜州志全书近50万字，共分36卷。卷首有五篇序文（除顺治志所载胡廷佐、余志明序外，尚有时任江南督学使者郑任钥序、江南提刑按察使司佥事潘尚智序和姜焯自序）、十则上级机构对修志报告的批文和一篇凡例。卷之一：图考（徐州郡邑总图、徐州图、徐州城池图、萧县图、沛县图、丰县图、砀山县图、云龙山图、子房山图、凤冠山图、楚王山图、皇藏峪图、歌风台图、朱陈村图、雁池图。图前有导言，总论其概。“舆图”均为邑监生严汝璘所绘）；建置（小序为建置沿革之考证论文，正文为徐州建置沿革表和萧、沛、丰、砀山四县沿革表）。卷之二：星野（附有“氐房心宋分之图”）；祥异（重大自然灾害和奇特自然现象）。卷之三：疆域；形胜，风俗附；城池，都鄙附（一州四县分而述之）。卷之四：山川，桥梁附。卷之五：河渠（有小序，分述黄河、漕河、汴河、徐州洪、吕梁洪、闸座浅铺等，另记有清以来治河之方针及措施）。卷之六：田赋，徐州卫附，仓务关税附，邮政附，物产。卷之七：兵防（有小序，正文仅述明洪武以来徐州地方驻军人员数量及编制情况）；兵变（按帝王年号编排，记118次发生在徐州地区的战事，有详有略）。卷之八：帝王，上尊号附，追尊附，后妃附（有小序，汉室刘氏家族多在其列）；封建（从篯铿受封大彭国起，记历代封徐之人）。卷九至卷十二为“官司”四卷，即各代州、县职官表。卷十三：官署，铺驿附（只记明朝驿道铺站情况，本朝已入“邮政”）；学校（州学、社学、义塾及河清、彭西、彭东、境山、吕梁、养正、川上等书院）。卷十四：祀典。卷十五：古迹，寺观附。卷十六、十七为“选举”两卷。卷十八、十九为“政绩”两卷（前有小序，正文记在徐职官政绩）。卷二十至二十五为“人物”六卷。卷二十六：列女。卷二十七：侨寓、方技、仙释。卷二十八至卷三十五为“艺文”八卷（分诗、文两大部分，再按时代先后编排）。卷三十六：杂纪（前有小序，正文为正史、野史、旧志、杂著、类书中有关徐州之事但论据尚不充分者，皆注明出处）。

四

姜州志载人记事，务实严谨。对于顺治州志中存在的种种错误不实之处，翻阅诸史，细加校勘。如：东晋南北朝时期的徐州刺史，很多都是异地侨置，并非都在今境，旧志“吴、齐、梁、陈及元魏未得彭城时，其以徐州、彭城名官者，往往混入，与此方无与；而于实受职兹土、明列诸史者，反多遗忘”(《徐州志凡例》)。对此，姜焯作了许多削补工作。又如：嘉靖州志以唐刘审礼之子刘易从为其弟，且篡改《新唐书》吐蕃“乃还父尸”为“乃还其尸”，万历、顺治二志皆仍其讹，姜焯感慨道：“旧志看史文不清，误以易从为审礼弟，乃于德威传末添赘曰‘子二：审礼、易从’，反忘却延景，太粗矣！”又如：自嘉靖志以来，俱以汉刘纡与刘歆、阮孝绪为“钟山三隐”。经姜焯考证：“刘纡”应为“刘讦”之讹，“刘歆”当作“刘歊”，俱为南朝萧梁时平原人，无关州境，本欲径削去，又恐见者反以为疑，乃为略辨数语缀后，这也是一种严谨负责任的修志态度。至于其他的史实订正尚有许多，大都缀以按语，仔细阅读，自不难察其订正之勤及用心之苦。

姜州志以其详尽，堪称徐州旧志的集大成者。但其自身也存在着一些不足。王峻纂修乾隆《徐州府志》时曾给出批评：“其中于山川、古迹诸类，记载纷纷而不知考古；赋役、兵制诸类，寥寥数语而不知纪今。”一言以蔽之，姜州志在材料的取舍上，存在着详古略今倾向。从实际情况来看，王峻所言不虚，姜焯自己也承认：收古唯恐不尽，凡“异于今制者，开列于前，以备稽考”(姜州志《凡例》)，而于现存制度，或许都是以为时人见惯的缘故，要么点到即止，或干脆不作任何赘录。从后人研究的角度来看，姜州志对于明代兵卫制度考证精详，其实都是抄自嘉靖《徐州志》；姜焯对徐州吕梁洪一带非常了解，保存当地掌故最多，实情是背后有一部王应时《吕梁志》为依据。然而于康熙中后期的田赋、水利、屯戍等相关制度更变，却在这部志书中少有体现。总之，过于泥古而不明古今变通，刻意忽略当下而不知主次，这些都无形中降低了整部志书应有的文史参考价值。

另外还有一点也颇受今人诟病，即姜焯自序所言：事增文省，“未免《新唐书》之病”。所谓“事增文省”，本是宋人的史学批评用语，认为《新唐书》较之《旧唐书》“其事则增于前，其文则省于旧”“《新唐书》之病，正坐此两语，前辈议之者多矣”。宋祁对此曾作解释：“夫为文纪事，主于辞达，繁简非所计也。”道理虽有，还要看具体操作方法。如姜州志中，于《列女》部分削去相关情节，只存其名，较之顺治州志更为枯燥乏味；于《政绩》《人物》部分，个别史料删减太过，导致文句衔接不顺，如非对照史书，难详其事；甚者单从字面解读并无大碍，一旦参看史书，就会发现张冠李戴，事件的主体并不是同一人。因此在阅读使用时，个别地方还须参照史料，慎加考订。

五

姜州志记事时间下限，截止于康熙六十一年孟冬十月，据此推算，刊刻成书的时间应稍晚一些。从现存刻本中存在的大量“贞”字讳阙，以及部分“胤”字改为“允”“印”等情况来看，最终刊成的时间应在雍正初年姜焯去职以前。

姜焯为人乐天知命，甘于淡泊，不求闻达于权贵，所编纂的志书，同样在默默无闻中长期留存。据李煦《虚白斋尺牍》、山东昌邑《姜氏族谱》等资料显示：姜焯伯父李士桢（本姓姜，入旗籍改姓李），是清初著名封疆大吏，历官广东巡抚，参与平定三藩，贡献卓著；李士桢长子李煦，即姜焯堂兄，官至户部侍郎兼苏州织造，李煦之妹为江宁织造曹寅之妻。从这层关系上看，从李煦《虚白斋尺牍》相关信札中看，姜焯的仕途升迁，自然少不了李煦的关照。因此当曹、李两家相继失势后，姜焯选择了致仕还乡，晚年以琴书为伴，在书斋中与诸弟白首嬉聚。82岁时，鉴于李煦被抄家的惨痛教训，作《群生自造化说》，他说：“愚年逾耄耋，稍历闻见，即目前亲睹报应之远在儿孙、近在身者，指不胜屈。因此参透‘自造化’三字精切，故特表为安荣宝丹，以遗子孙。”并书刻板，谨悬祠堂之侧，垂示子孙引以为戒。他生活简朴，饮食以蔬菜为主，并说“淡泊中极有深味”，故而能够享寿86岁。

基于姜焯与李家有着撇不清的关系，部分继任徐州者都对其人其事持刻意淡化态度。时隔十余年，姜焯所创建的州衙来鹤轩，被知府石杰改为“逍遥堂”；甚至素不相识的王峻，对其所修志书屡加讥诃，且在新编府志中对其政绩多有删改。因人事浮沉而对所修志书横加指责，这点对于姜焯，对于姜州志来说，都是很不公平的。在这种情况下，姜州志必然难以推广。另外从实用角度而言，升府之后的徐州，因辖域有所增加、制度有所更易，特别是乾隆《徐州府志》的修成，也使得姜州志的实用价值有所降低。古人云“塞翁失马，焉知非福”，姜州志的默默无闻，却得以在乾隆后期的文字审查中保全本貌流传下来，而乾隆《徐州府志》则被改版凿字以致面目全非。再从徐州志书的传承渊源上看，每当后世续修府县志时，都会提到姜州志，并将其作为重要参考依据。如同治《徐州府志》多处对姜州志的引用，民国《铜山县志·艺文考》记载“《徐州志》三十六卷，康熙六十一年知州姜焯修”，末后未缀以“亡”字，说明直到民国时期，姜州志全帙仍存，但目前尚无本地藏本被发现。

姜焯《徐州志》现存北大、上海、天津、吉大图书馆，全书以卷序页，每面十行，每行二十一字左右，字迹清晰，印刷加工等成书技术较为精审。北大图书馆和上海图书馆藏本较全，偶有倒页、脱页。天津图书馆藏本系任振采先生天春园藏本，中华人民共和国成立之初捐赠，分订十六册，合为上下两函，此本缺卷二十八和卷二十九“诗文”两卷。吉林大学藏本亦残。

修徐州志原叙

昔李卫公节度西川，作筹边楼，凡南入南诏，西至吐番，其山川城邑广狭险易，无不了然，如指诸掌。盖古来留心经济之杰，身履其地，必考其地之图籍，有以周知盈虚强弱之实，而后张弛修备，可以惟我设施而无敝。元魏崔浩当太武伐凉，廷臣阻议，以姑臧地皆枯石，水土乏绝，人马易困。浩独言："史称凉州之畜为天下饶。若无水草，畜何以蕃?"其后魏军入凉，浩言悉验。夫以沙漠幽辽之地，而物产水土，浩能引典剥证，一一不诬，可见有志经国者，方州之大，其风土物宜，远迩饶瘠，无不周览而毕知，所以耳目不穷于万里之外。况士君子出仕一方，分土而治，凡关梁险阻之所倚，河渎迁徙之所经，田赋增减、人物盛衰之所备，包并甚大，而图记册籍，蛛封螺裹，听其残缺沿误，使身历之地，山川、人物、兵戎、钱赋，条古案今，茫然莫忆，不几为当事之辱乎？余尝谓：直省郡邑之有志，犹朝廷之有史也。天子、宰相考书史之治乱得失，以行其四海之兴革；方伯、刺史核舆志之险易奢俭，以善其一方之因剔，则志之为功大矣。志之为功也大，则其为书也，不得不严而审。余分刺淮徐，翻阅州志，见其相沿已久，不无愆忘，逮今不修，更滋迷漏。因征聘名宿，分类撰辑，用昭文献。夫徐，捍接淮邳，边徼齐豫，道路要害，以时设备，则关梁四塞，得无有阙，而未载者是宜书；汴水东注，徐值其冲，流澌迁徙，夫柳日繁，则防筑变迁，得无有阙，而未载者是宜书；过淮以西，地羸人诎，兵燹数经，额赋失实，则履亩核饷，得无有阙，而未载者是宜书；徐在春秋为宋地，中原要区，河山所汇，人物杰出，照耀史乘，而代不乏材，后者莫彰，得无有阙，而未载者是宜书。至学校、城郭，以及风俗、土产，莫不纲举节分，捃摭罔漏。观太武姑臧之功，成于崔浩"凉州之畜为天下饶"之一语，则水土物产，经国大儒皆宜究心，况其巨焉者乎！然则修之，岂以备闻见哉？抚山川之形胜，则保障何以固；揽河流之冲啮，则堤筑何以久；考田赋之盈亏，何以上下俱不困；核人物之显晦，何以兴观俱有裨。是余州乘一书，即寓古人筹边绘图之深意。倘谓张华《博物》、董巴《舆服》，以之斗靡前哲也，则余岂敢？

时顺治甲午岁仲秋上浣之吉，淮徐备兵使、泾原胡廷佐题于含青馆

原叙

夫牧民贞宪，皆古方伯事也。周、召分陕而治，载在《诗》《书》，洛之诰，棠之诵，经营疆理，不遗余力。何宪非牧，何牧非宪？推之千八百国，可陈诗而知其风，按图而悉其概也。后世称道、称路，以至布、按，称为两司，似布司牧、按司宪，而实非分属也，皆古方伯也，郡邑承流宣化而已。昔酂侯入关，急收版籍，毋乃郡邑之纲领与？徐志垂七十余年未经修辑，而属邑顾先有从事者，是未提其纲也。观察胡公按徐，百废俱举，首葺圣宫，即垂情郡乘，集一郡四邑之彦而从事焉。乃笔削之权，游夏莫赞，众逡巡谢不敏，而公以余暇，一为点次，便觉日星加耀、山岳加崇、川谷加润而珠玑加烂也，猗与千百世之巨典矣！志承乏兹守，当事过而索乘，顾可以七十年前应故事耶？虽以半豹蠡窥，罔敢莫殚。今乐观厥成，而如椽之提挈，闳且远矣！抑又思之：《春秋》，夫子之刑书，所以志褒讥也。凡郡邑志有褒无讥，毋乃濡水不知畏，而不知春和[①]之长养，五日风，十日雨，万物兑焉，固无所谓霜雪也。四时至信，春和不可狃，万物以收藏为发育，其公不言之教与？

知徐州事渤海余志明耀乾甫撰

① 原作“秋”，据顺治《徐州志》改。

序

大彭氏肇建陶唐，《禹贡》九州之一，历数千年沿革，州仍以徐名，则山川、都邑、物产、民风，旧版可稽也，守是州者将不待更谋作志，而太守姜公曰："不然。徐于秦、汉、五代之际，用武之地也，称王僭霸，北界南疆，蕞尔国处中原要害，为逐鹿者所踣角。越唐与宋，割据分裂，中外所都，民无常主。明祖提尺剑，起临濠，徐始得与江北诸郡隶职方，以迄于今。且徐又水国也，南届大淮，汴西倾而泗东注，汹涌漫漶，朝宗同轨毕汇，环山横亘，沮决期会，则冯夷一怒，直驱蛇龙鱼鳖，与巨灵为敌。夫兵灾洊至，我民用荡析离居，百十载中，沧桑陵谷，尚不能测未然而符既往，况拘阂旧闻，沿讹考信，人则疑《春秋》国史之男子妇人，字则仍《尚书大传》之别[①]风淮雨，谓一郡之民物区壤，具备简编，可以逆数而上及古初，几千年了如指掌也，某私心何敢云然？故某守土于兹，多历年所矣，闲尝登大风亭，过绥舆里，问赤帝子斩妖何地，田舍翁之农具草履，野老罕有能道之者，兴亡盛衰之故，匪一姓矣。今天下一家，徐方晏然，平成底绩，水不为暴，区隅纪载，非好古者考鉴得失之林与？乃若捍灾御患，审时度势，布功德而录祀典者，有若汉何武、王尊，有若唐姚崇、韩愈，有若宋苏轼、杨时，官不一事，代不一人，丰碑植树，断简遗文，苟能征之，乌可以不详？嗟夫风景不殊，举目有河山之异者，惟民生不幸，水火干戈，胥戕胥虐，不能胥匡以生耳。若我朝定鼎而后，从欲以治，八十余年，德洋恩普，赪茎素毳之祥，忠孝节廉之彦，物产丰，民风渥矣。守是邦者，犹不克载笔编年，绘列图史，昭圣世文明雅化，比隆于肇封圭锡，任其简剥蟫食，缺略弗详也，其守实有阙！"余伟其言，因受其书而序之曰：昔左太冲构《三都赋》，藩溷皆置楮笔，经十稔而文成。公今官徐，十载有奇，州志始就，亦足见其心之勤且慎也。余不文，于皇甫士安顾？春官，史氏所掌，余职司也，方将登是书而上厥绩，可不序兹志乎？遂援笔而大书其首。

康熙六十有一年岁次壬寅季夏望前三日

江南督学使者、侯官郑任钥书

---

① 原作"列"，径改。案《文心雕龙·练字》："《尚书大传》有'别风淮雨'，《帝王世纪》云'列风淫雨'。'别''列'、'淮''淫'字似潜移。'淫''列'义当而不奇，'淮''别'理乖而新异。"后遂称书籍中因错别字而以讹传讹为"别风淮雨"。

重修徐州志序

徐州，古彭城地，南界大淮，左右清汴，表里京畿，捍接边境，城郭高峻。其俗贱商贾，务稼穑，尊儒慕学，有洙泗之遗风。盖由徐与兖地相接壤，渐摩乎圣人之化者既久，且宦斯土者，汉则牟融、胡威，唐则张建封，宋则苏轼、孙觉诸名贤，良法美政之有以启之也。然其民体干雄伟，胆力绝人，雄伟则悍，悍则难驯，非得恩威并用、以实心行实政者，不能化导其民。东莱姜君来守是州，下车之日，即问民疾苦，访利病，当兴者兴，当革者革，不竞不絿，布政优优，民于是喁喁向化，向之所为桀骜难驯者，一变而为揖让之民焉。予恭膺简命，分巡淮徐，每岁必采风斯土。入其野，野无旷土；履其城，城无圮毁；视其民，民无争竞。弦歌之声，洋洋盈耳，是皆姜君之兴行以先、教事以劳之所致也。予不觉喟然叹曰："是非龚黄之俦欤？彼徐民亦何幸而得此良牧欤？"徐旧有志，而志之失修者已七十余年之久，姜君乃厘正而裒益之，若田赋，若户口，若人物、政绩，无不一一为之详志焉。伏惟我皇上以天纵之圣，抚驭海宇六十余年，教养兼隆，湛恩汪濊，时雍郅治，固与唐虞比隆矣。徐与京畿密迩，溉泽尤深，其间田赋之日广，户口之日繁，人物之日盛，政绩之日懋，乃不胜指屈焉，曷可以不志？维予勤劳鞅掌，略无宁晷，不获与姜君共事考订。今志竣而请序于予，则是序之作，真有所不容辞矣！吾思斯志之成，传之数十年，更传之数百年，彼览斯志者，读其书而明其政，明其政而识其人，击节赞叹之下，有不与汉之牟融、胡威，唐之张建封，宋之苏轼、孙觉而并称欤？

分巡淮徐等处地方兼理河库印务、江南提刑按察使司佥事

加三级、纪录五次、乌程潘尚智序

重修徐州志序

郡邑志，往古无作者，盛于近代，盖一方之史也。初由在昔文人负恃宏博，无所于摅，托稗官以自见，比于《吴越春秋》《越绝书》《华阳志》，与《黄图》《杂记》之伦，发为文章，自寓适志而已。而宋、元间贤者踵之，义存征信，期于致用，稽典制，记风土，劝惩褒贬，隐寄其中，与国史相表里焉。于是，志之作为綦重，必通都大邑、盛衰关乎天下，诸所宜书，具存载纪，然后为之措笔，匪是则无以为也。厥后，轻材小生转相慕效，驯至荒陬僻壤，亦咸有之，然而工拙各殊，自《武功》《汭阳》《汾州》[①]而外，足厌人意者固无几。汲古之士多簿书庋之，不一寓目，何也？凡以其地无可称而凿空言之，与有可称而传之非真、语焉不详，作者自轻，人固不得而重之也。徐为名郡，自唐虞以前列于九州，地处中原，山河壮丽，形势便利，四方之所共指，豪杰之所必争，帝王公侯将相、奇材异能与鸿儒髦士产其间者，不可缕数。天下有事，徐必与焉。上下数千年中，攻守战斗、筹策经营，百变不同，具于史乘，皆班班可考。是则徐虽一郡，实关天下安危，其为志未可苟焉已矣。尝窃谓：志徐非难，列史载此州事，比他郡为多，第荟萃之即已成书，而独怪后先作者，率用案牍之余，迫促就功，不暇为网罗放失，辗转因仍，遂多讹阙，为大雅所难言，深可慨也。焯自壬辰春莅州，阅前志，意弗惬，辄思更订，以方急先务，姑置后图。今且逾十年矣，为斯土谋者，幸无大戾，境内圣庙贤祠、前哲遗迹，亦次第修举，爰偕一二同人商确重编，佥谓宋、元人为一志，必博采群书，始克就绪。乃就李修撰蟠家假二十一史、一统志，合衙斋所携卷籍百数十种，与前志反覆校勘，阅年而竣，视旧本差少谬误，增益凡十五六，觉面目改观，于此方为稍稍增色，或不致见者轩渠也。虽然，犹有憾：遗闻轶事散纪于他书者，尚多未睹；虽尝间见，而原本亡失，无以为质，终不敢阑入。又据仓卒所采，事多于前，文减于旧，而拙于叙裁，未免《新唐书》之病[②]，无能步《武功》《汾》《汭》后尘，与《吴越》诸书竞雄文字，是用为愧，不无望后贤之踵事增华耳。

时康熙六十一年岁次壬寅孟冬十月朔

知徐州事、都昌姜焯题于来鹤轩

① 康海《武功县志》、曾储《汭阳志》、孔天胤《汾州志》，时称海内名志。

② 宋赵与时《宾退录》云："《新唐书·进表》谓其事则增于前，其文则省于旧。夫为文纪事，主于辞达，繁简非所计也。《新唐书》之病，正坐此两语。前辈议之者多矣。"

重修徐州志详文

江南徐州知州姜焯为详明修志以备考核事，切照郡邑之有志，犹国之有史。徐志自顺治十一年修辑，至今垂七十年，其中人物杰出、循良叠兴、田地升除、户口增益，以及兵戎钱赋，无不更易，沿久不修，恐滋遗漏。今卑州自捐俸钱，征聘名儒耆宿，考实事迹，重为修辑，以备掌故，以俟考稽。相应详明宪台批示遵行等因，具详蒙：

总督江南江西等处地方军务、兼理粮饷操江、兵部右侍郎兼都察院右副都御史、加五级常（讳鼐，号□□[①]，满洲正白旗人）批："据详已悉。仰候各部院批示。缴[②]。"

总督淮扬、提督漕运等处地方海防军务、兼理粮饷、兵部右侍郎兼都察院右副都御史施（讳世纶，号浔江，福建晋江人）批："仰候各部院批示。缴。"

署理总督河道、提督军务印务陈（讳鹏年，号沧洲，湖广长沙人）批："志书掌故攸关，经久阙略，允藉修明，以资稽考。该牧捐俸重修，洵称盛举。仍候各部院批示。缴。"

总理粮储、提督军务、巡抚江宁等处地方、都察院右副都御史、加八级吴（讳存礼，号立庵，正黄旗人）批："志乘攸关风俗。该州捐俸修辑，具见留心掌故，殊属可嘉。仰布政司转饬速行，敦请夙学耆儒，加意搜罗，务使因革损益，参订明备，以至永久。慎勿借端派扰，致滋物议。仍俟工竣之日，装潢送阅。并候各部院批示。缴。"

提督江南通省等处地方学政、翰林院侍讲、加一级郑（讳任钥，号鱼门，福建侯官人）批："如详修辑。仍候各部院批示。缴。"

江南江宁苏松常镇淮扬七府徐州一州承宣布政使司布政使、加四级、纪录十二次李（讳世仁，号依斋，顺天籍奉天人）批："据详，捐修州志，具见留心地方。仰候各部院暨司道批示。缴。"

江南江宁苏松常镇淮扬徐等处提刑按察使司按察使、加三级葛（讳继孔，号庐宾，浙江山阴人）批："徐地山川萃秀，人物笃生。访旧事而慨雄风，台传戏马；抚金徽而怀古调，村记雍门。前志苟无修缵之功，后贤难免遗忘之恨。该州既有是

① 原阙。按：常鼐，一作"长鼐"，赫舍里氏，其字号未详，似无。

② 缴：交还。下行批文中，将已批复的下级来文副本发还原下级机关的用语。

心，正本司所乐观厥成者也。仍候各院暨司道批示。缴。”

江南布政使司、管理江安徽宁池太庐凤淮扬广和滁徐、兼巡池太地方督粮道、按察使司副使、加四级王（讳希舜，号梅侣，镶白旗人）批：“仰候各部院暨各司道批示。缴。”

整饬江南通省驿传盐法道、按察使司副使、加三级徐（讳克祺，号征庵，湖广汉阳人）批：“辑修志乘，乃良牧正事也。仰候刊成之日送阅。仍候各部院、各司道批示。缴。”

分巡淮徐等处地方、兼理河库印务、江南提刑按察使司佥事、加三级、纪录五次潘（讳尚智，号若愚，浙江乌程人）批：“徐志年久未续，本道正欲举行，该州先得我心。据详，捐俸修辑，足见留心政务，殊属可嘉。既据通详，仰候各宪暨司道批示。缴。”

徐州志凡例

一、徐州志创辑不知何始。据前明人所称，则一修于弘治末，一修于嘉靖中，一修于万历初。至天、崇时，皆残缺矣。国朝顺治十一年，兵备胡廷佐、知州余志明乃仓卒掇拾，仅以成书，颇不完备。故今更修，甚苦无依据。后得嘉靖志一本，为副使王梃辑；吕梁志一本，为主事王应时辑，多有可采。兹编仍旧闻者，半皆从之。闻明时有某主事辑《沽头志》，应更有异闻，惜未之见。又康熙二十二年，佥事刘元勋、知州臧兴祖奉文续修郡志，属草甫成，皆以迁去，未付剞劂，旋即散失，今止存数叶，亦一憾也。

二、修郡邑志，旧者仍之，新者增之，本易卒事。而徐旧志既不完备，谬误又复不少，大纲细目皆需重订。如田制赋税，多书未变条鞭以前；城池庙学，不详既经迁徙以后。赵宋事纪于六朝，丰城事窜入丰县。尤可怪者，《官司》《人物》中不知霍王、司法为官爵，而与元轨、杨时析为两人；房兆、和洪、源雄，三人也，而合为二；高明应、卢齐卿，二人也，而分为三；元显和删一字曰元显；李达、刘矩、刘粹各增一字，曰李达先、刘矩南、刘粹征。如此之类，甚不可解。其他错误，更难悉数。是编翻诸史，细加校勘，阅岁乃成。盖事虽为因，而用力实比于创也。其或尚有遗误，甚望后来者更为是正。

三、徐自赵宋以还，世罹河患，诸任事之臣，随时补救，心苦法良，皆有可书。今即其患少减，然安不忘危，亦后人所宜鉴观。故特详考源流，另创一则。

四、丁田赋役，皆有定额，然编丈升除，随时增减，多有不同。故于已往所载，必按异于今制者，开列于前，以备稽考，余不赘录。惟本年确数，及征收支解款项，必详书之，罔敢略焉。至屯卫田赋，皆在州境，并得附载。

五、旧人作郡邑志，帝王后妃以非国史不敢为纪。自重修《一统志》后，许其生育之乡详载入志。兹既遵之，又推其例，于凡尝居官建国于斯者，并附见焉。盖其初牧斯民，事功表著，义自不容没也。

六、刺史、内史之属，惟南北朝最易淆讹。旧志于吴、齐、梁、陈及元魏未得彭城时，其以徐州、彭城名官者，往往混入，与此方无与；而于实受职兹土、明列诸史者，反多遗忘。今按诸史，为删除增益，差幸无讹。恐览者别见，以为遗漏，故特言之，使留心稽古焉。

七、督抚重臣、藩臬尊职，郡邑例不僭载。若徐为监司驻节之地，保障屏藩，于是乎在。故自明以来，皆首列之。其诸民部、河臣，均系奉使，例得并书。

八、徐为东西南北之交，列营布校，屹然称重镇矣。详志武职，亦有备无患意也。其卫属、河营，同谱戎政，固当以类相从。

九、荐辟乃里选遗意，武科关鹰扬大典，旧志所载，殊多缺略，今尽收之，同列于选举中。至应例、武功，亦用人一途；貤封、荫袭，又报功之道，自当附入。惟吏仕卑者不书，则郡志之体也。

十、历朝牧守尹令，不置臧否，概得书名。惟有声绩著闻者，乃别立传，亦例然也。旧志所载太简略，今为增益过半，要皆从本传，非妄添设。有沛人为《州志略》，纪载甚详，分别帝王、封建、监司、行台、镇将、郡僚、国僚、县僚，为八卷，美恶皆备。志之考据亦确，与兹所载，十九相同，但用为郡志，差嫌于冗，当自为书独行。其人颇用苦心，而姓字不传，甚可惜也，为附见于此。

十一、官司人物，虽据列史补存过半，仍惧未备，尚望好古之士为更增益，使无一遗，则幸甚矣。至于前明，时代未远，而疏脱复不免。今特旁征他郡邑志，稍有增订。惜所见者少，亦不能不为后之君子望焉。

十二、纂辑诸项，间有未详所出，尚在疑似者，而旧志已载，恐别有本，亦不敢妄芟，仍注“旧志”字存之。初拟翻全史竟，更搜群书，以成全集，属梓人迫促，遽然付之，中有讹脱，恐复不免。又止分朝代，而岁月后先尚少伦次，此亦俟之后来者耳。

十三、徐、沛、砀士人颇慎许可，自诸节烈宜旌外，名宦、乡贤，不肯妄举，殊有前良遗意，兹故不敢以风闻无事实者浪费楮墨，畏资其揶揄也。萧、丰志宽于论人，所载颇繁，恐未尽当，各为酌采数人，用塞其意。

十四、四邑惟萧、丰有近时故志，采择差多，沛、砀皆久废不修。沛人较稍留意，据儒学师弟申送诸项，大纲粗具，至职官、选举，止记姓名，而不详其行实，毋亦多怪少可之意欤？而砀邑则屡檄取，卒无应者，最后责成吏干，仅得官司、选贡姓名一册，而尚不完备，复征之郡中老成及诸省志，乃足成之，余则都无考矣。操觚者既不悉知，无缘臆造，故不得已而阙焉。

十五、并世生存者，例不立传，谓必俟盖棺，论始定也。凡志皆然，兹不敢异。夫贤人君子，何地蔑有？立名果真，后当必传，正无需急为表暴，疑于不祥，此意更希明者鉴之。

十六、寺观仙释，旧志并详载，是帙仍之。但寺观附古迹后，仙释列人物后，盖微示闭拒之意云尔。

十七、郡邑志例有八景十景，悉属凑合，陆陇其《灵寿志》独删之，良是。盖观山川者，当知其原委形势，沾沾于景，抑末矣，况又牵合乎？今亦削而不载。

十八、古先贤哲，旧志称公称君，或称其字，以示景仰。兹用《一统志》例，皆改书名，固史之体当然，不但临文不讳也。惟具《艺文》中者，则仍其旧。

徐州志卷之一

图考

分土治民，惟图籍为要领。事之纷错，言不能尽，则书于籍；形之奇变，籍不能状，则写于图。图视籍，乃益彰明较著也。周为职方之图，有司险掌之。秦藏于丞相府，萧何佐汉入关，首先取之，以故知天下形势。则图之重，由来久矣。今郡邑志，例皆有图，兹仍之。又特加精核，非以循故事而已，政欲使展斯图也，则一境中山川之险易、土田之肥硗、户口之盛衰、物产之盈缩，时往来于心目间焉。

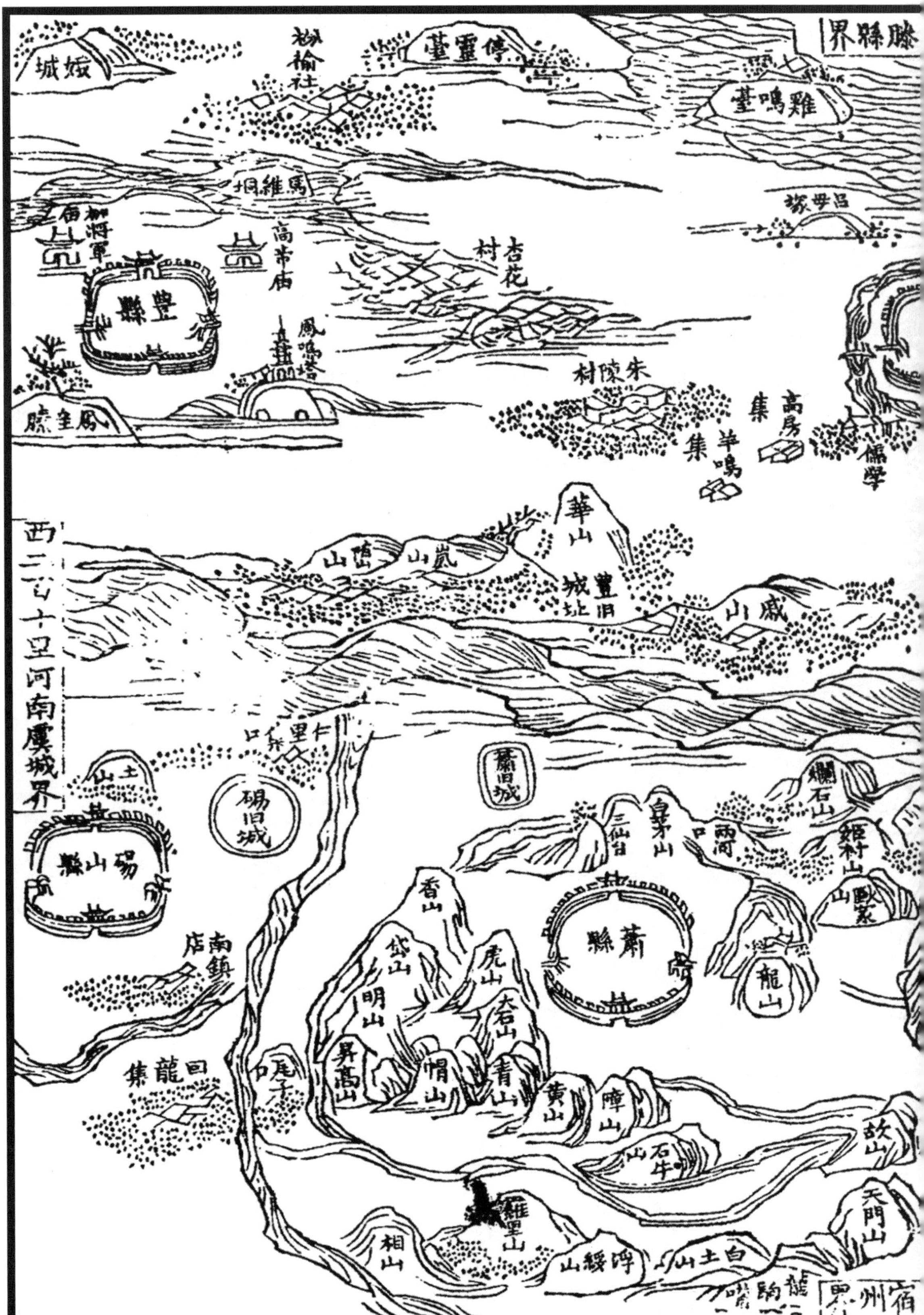
滕縣界
停靈臺
雞鳴臺
枌榆社
馬維祠
呂母冢
將軍廟
高帝廟
杏花村
豐縣
鳳鳴塔
鳳皇臺
朱陳村
高房集
華鳴集
儒學
華山
嵐山
豐舊城址
戚山
西三百十里河南虞城界
土山
碭山縣
碭舊城
蕭舊城
南鎮店
回龍集
三仙臺
白茅山
兩河口
爛石山
香山
虎山
明山
蕭縣
龍山
大石山
昇高山
帽山
青山
黃山
障山
石牛山
故山
天門山
相山
浮縵山
白土山
宿州界

徐州郡邑總圖
東八十五里淮安邳州界
北八十
運河
徐州

徐州圖
四鄉
九里山
韓家山
教場
石狗湖
大彭山
六鄉
焦山
飲馬池

徽山湖
銅山
彭城山
響山
尖山
孤山
雞鳴山
黄河
獅子山
廣運倉
鳳皇山
胡山

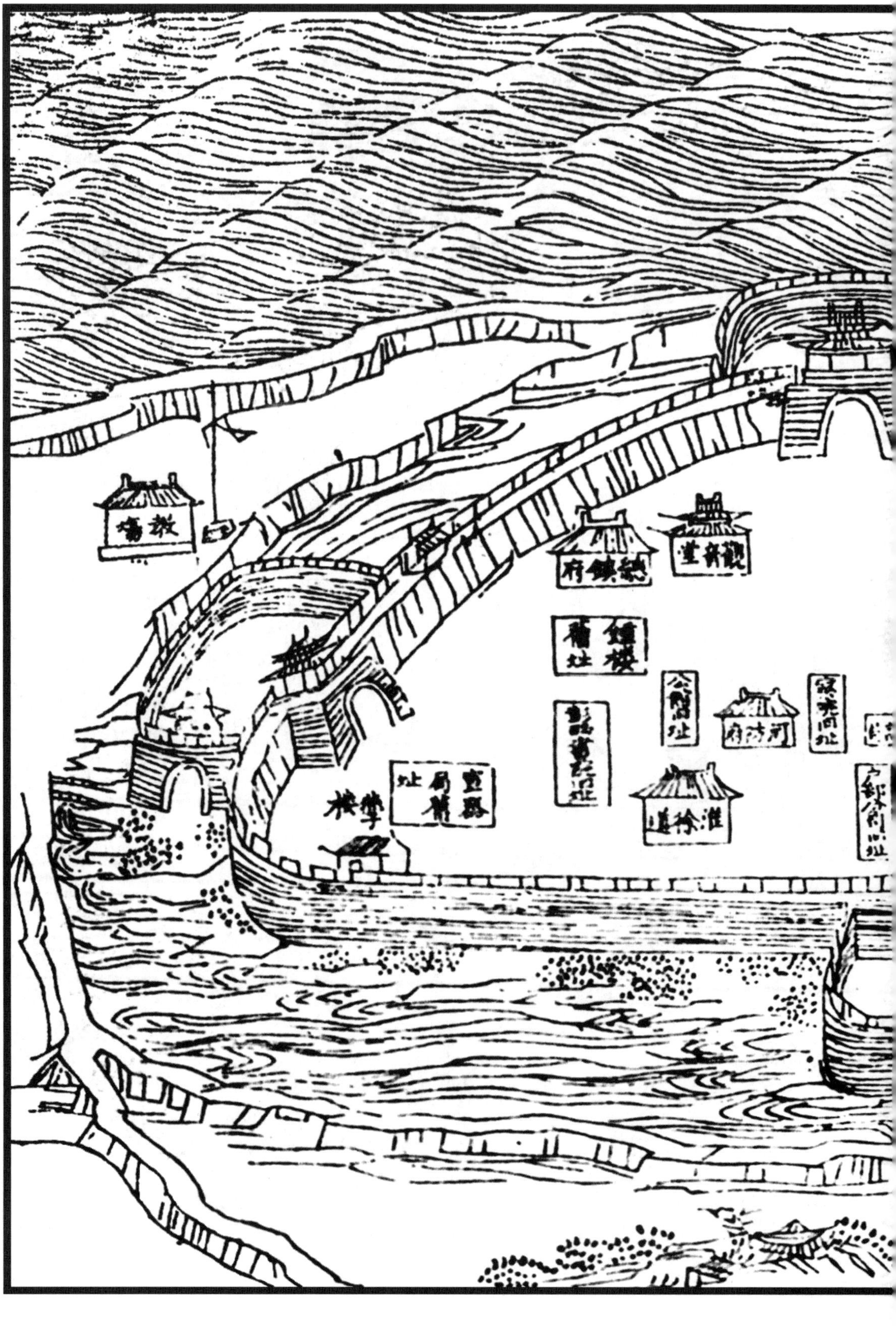
教場
總鎮府
觀音堂
鐘樓舊址
公館舊址
河防府
察院舊址
淮徐道

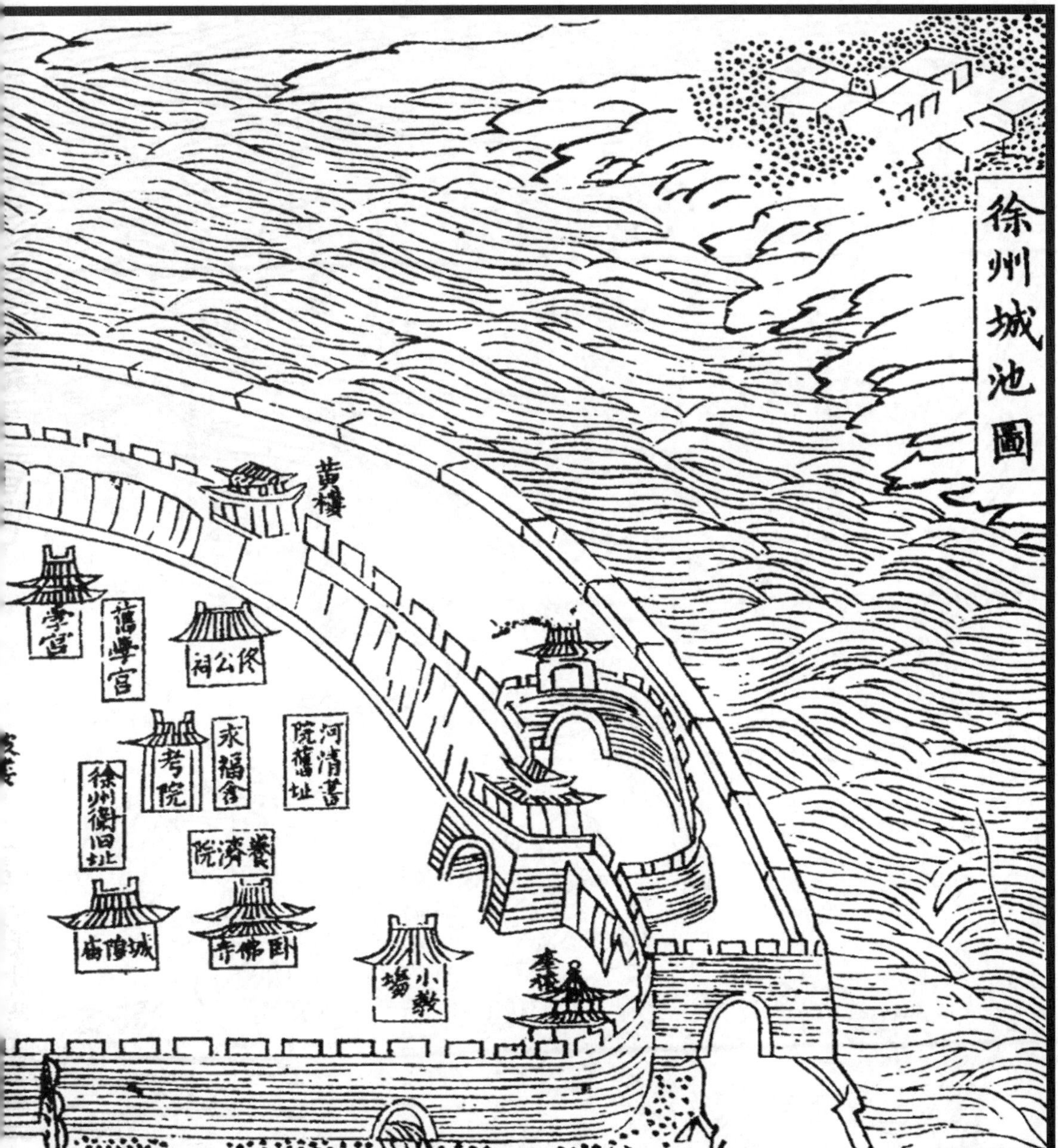
徐州城池圖
黄樓
學宫
舊學宫
考院
徐州衛旧址
養濟院
城隍廟
卧佛寺
小教場
奎樓
春秋閣

趙家圈
舊蕭縣
樊家井
香山
岱山
虎山
明山
火石山
帽山
青山
黄山
障山
昇萬山
相山

蕭縣圖
兩河口
白茅山
大門山
白土山

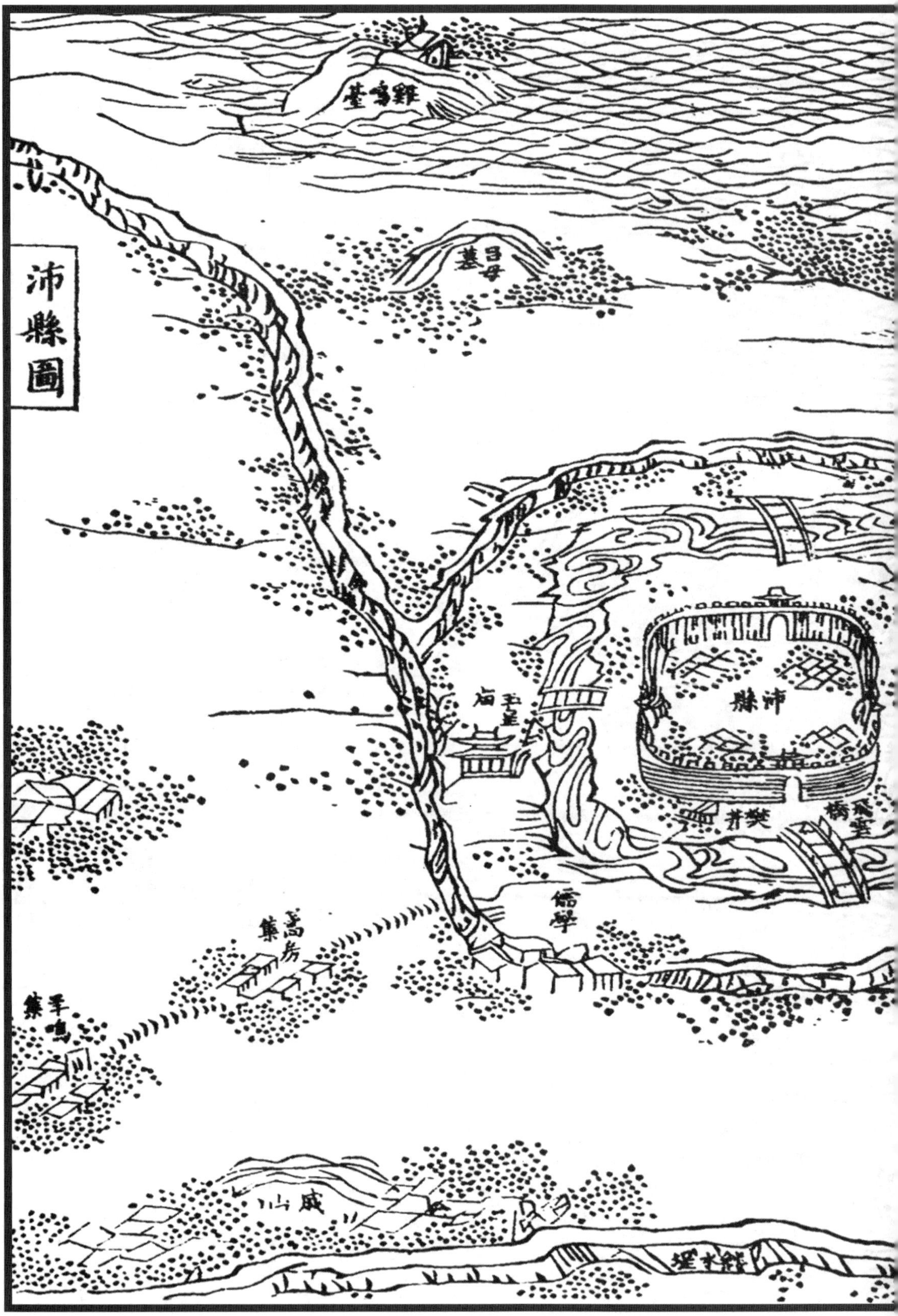
沛縣圖
雞鳴臺
呂母墓
沛縣
樊井
飛雲橋
儒學
高房集
威山

昭陽小湖
昭陽湖
昭陽大湖
十里鋪
二十里鋪

枌榆社
高祖廟
柳將軍廟
教場
豐縣
鳳皇臺
武台
文台
鳳鳴塔
古樓堤

豐縣圖
停霞臺
太行
杏花村
朱陳村
華山
舊縣址
嵐山

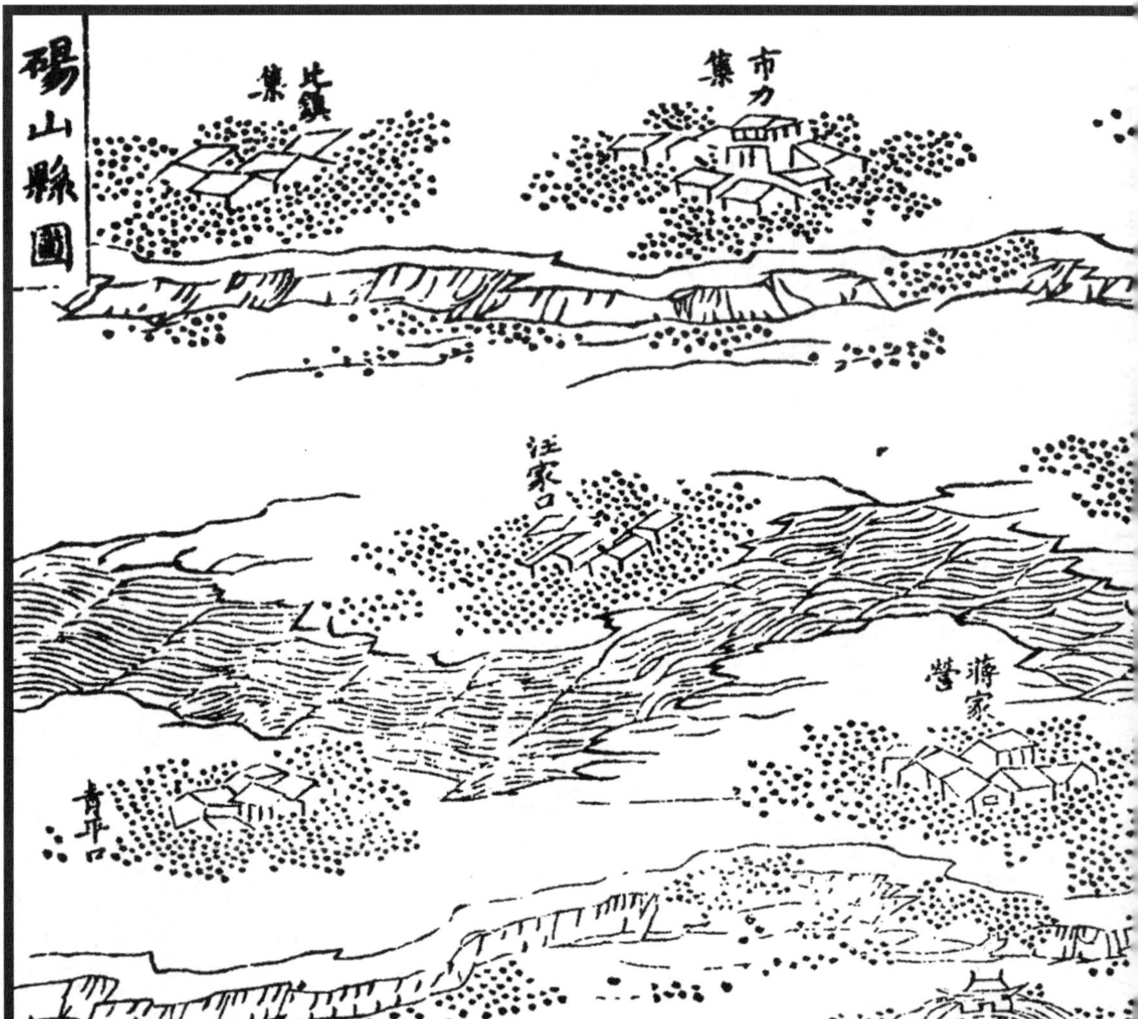
碭山縣圖
北鎮集
市力集
汪家口
蔣家營
青平口
山
吳家集
碭山縣
楊家庙
呂新集

福慶集
吴家庄
青華觀
魏家寨
大閘
小閘
仁里集
侯家口
舊城
小神河
回龍集

雲龍山圖

子房山圖

鳳冠山圖

楚王山圖

皇藏峪圖

清康熙《徐州志》

朱陳村圖

雁池圖

建置沿革

郡邑志乘，例先沿革，以建置之名定，而后官司、人物、风俗、土产及历代之治乱兴衰，始的然无所误也。徐志沿革为最难分析，良由名号屡易，割隶无常。古惟彭城为徐，四属邑皆为豫州。彭城所辖，又止留、吕、梧、武原在今州境内，其余则分隶他郡。至彭城为楚国，砀为梁国，沛为郡，又为国，其统县各且数十，史泛言楚、梁、沛，强半非今之境域。旧志粗举大纲，未及厘辨，故所载官司、人物诸条，颇多疏脱。今按诸史，细加考订，差较少讹。而所载诸条，亦因之有所增损，非好为别异也。

徐州

徐为九州之一，其建置在唐尧以前。及禹为司空，平水土作贡，始笔于《书》。舜有天下，分九州为十二，徐分如故。夏、殷复合为九，其名目不传。《周·职方》列九州之目，而无徐、梁，似已更置，然《诗》载宣王伐淮，徐号曰徐方，是徐之号仍未之除也。古先沿革，其不可详如是。今即其地论之，《禹贡》云："海、岱及淮惟徐州。"蔡沈注："徐州之域，东至海，南至淮，北至岱。岱之阳，济东为徐。"据此，则今州境不过古十一二，欲志其全，无庸也。州治，古彭城地，第专就彭城，志其沿革可耳。彭城，古为大彭氏国，时代荒远，前无所稽。其在周，属宋。春秋鲁成公十八年，楚与郑伐宋，取彭城，封鱼石。襄公元年，鲁与晋、卫围彭城，诛鱼石，归宋彭城。战国赧王二十九年，齐、楚、魏共攻宋，灭之，分其地，彭城入于楚。此彭城之见于传者，亦周之晚季耳，春秋以上，未有及焉。故今表沿革，自秦汉始。

秦始皇帝二十六年，分天下置三十六郡，统县、乡、邑，以彭城县属泗水郡。二世元年，楚地兵起，众共立楚怀王，自盱眙徙彭城。已，项羽灭秦，自立为西楚霸王，王梁、楚九郡，以彭城为都。汉高帝六年，以三十六县封弟交为楚王，居彭城，号楚国。景帝二年，削楚国地，惟统彭城、留、梧、傅阳、吕、武原、甾丘七县。武帝元封六[①]年，置十三州刺史统郡国，楚国隶徐州部。宣帝地节二年，楚王延寿有罪自杀，国除，改彭城郡。甘露三年，徙定陶王嚣于楚，复为楚国。新莽篡立，废楚国，易名利乐。光武建武初，置为楚郡。十五年，封子英为楚公，重建

① 顺治《徐州志》及前旧志作"五"。考《汉书·武帝纪》："初置刺史部十三州"，事在元封五年内，本志改作"六年"，不知所据。

楚国。十八年，复置十二州刺史，楚国仍隶徐州。三十年，以临淮之取虑、须昌[①]二县益楚国。明帝永平十三年，楚王英废，国除，男女为侯、主者，食邑如故。建初二年，封英子种为楚侯，复为国。章帝章和元年，种徙去，复为郡。二年，徙六安王恭为彭城王，改楚郡为彭城国，县七，如旧制，更以沛之广戚来属。献帝建安十八年，改十二州为九州，彭城国隶徐州部。季汉[②]魏黄初三年，徙封曹据为彭城王。景初二年，分沛国萧、相等十县为汝阴郡，以沛、杼秋、公丘、丰及彭城之广戚，并五县为沛国。晋武帝泰始元年，封司马权为彭城王，县七：彭城、留、广戚、傅阳、武原、吕、梧。太康元年，分天下为十九州，彭城国仍徐州部。惠帝永康元年，彭城王释嗣立，分鲁国之蕃、薛益其国。自权以下十王，皆未之国。元帝渡江后，彭、沛之地陷于赵、燕、秦诸伪国，时陷时复，皆仍故号。安帝义熙十二年，以徐州之彭城、沛等十郡，封刘裕为宋公，都彭城，号宋国。宋徐州彭城郡，领县五：彭城、吕、蕃、薛、留。元魏徐州彭城郡，领县六：彭城、吕、蕃、薛、龙城、睢陵。孝文太和十五年，以建昌郡之永兴来属；十八年，又以建昌之永福来属。孝静帝元象二年，以蕃郡并入彭城。武定五年，复置蕃郡，又以永兴、永福二[③]县还建昌。北齐于彭城置东南道行台。后周以沛及南高平二郡并入彭城，立徐州总管府。隋文帝初，彭城郡领县九：彭城、蕲、谷阳、承高、滕、兰陵、符离、丰、方与。开皇七年，废郡为州，以徐州统前九县，改承高曰龙城。十六年，增沛、留。十八年，改龙城曰临沛。炀帝大业初，改临沛为萧。三年，复改徐州为彭城郡。唐高祖武德初，改置徐州，领县六：彭城、滕、萧、丰、沛、符离。太宗贞观元年，分天下为十道，徐州隶河南道。十七年，以谷阳、蕲属徐州。高宗显庆元年，省谷阳入蕲。玄宗天宝元年，改徐州为彭城郡。肃宗乾元元年，复为徐州。宝应元年，以宿迁来属。宪宗元和四年，析符离、蕲置宿州，以下邳来属，于州置武宁军。懿宗咸通十一年，改置感化军。五代皆仍唐制，以武宁军统徐州。宋初，以徐州属京东路，领县五：彭城、沛、萧、丰、滕。神宗元丰元年，割属京东西路。金初，以徐州属山东西路。贞祐三年，改隶河南路，领县三：彭城、萧、丰。元初，徐州领彭城、萧、永固三县。世祖至元二年，以州县视民多少设官吏，徐州例降为属州，以三县并入，隶河南江北道归德府。十二年，以永固并入萧，复立县；彭城县并入州，惟领萧一县。顺帝至正八年，升徐州路，领滕、峄、邳、宿四州。十二年，降为武安州，领萧一县。十五年，置万户府，寻为张士诚所据。明洪武二年，仍为徐州，隶中立府。八年，改直隶州，统萧、沛、砀山、丰四县。国朝因

① 案《后汉书·楚王英传》李贤注："临淮无须昌，有昌阳县。盖误也。"
② 按：季汉，即蜀汉，以别于前汉、后汉。
③ 原作"三"，径改。

之，隶江南布政使司，寻分隶江苏布政使司，统县次为萧、沛、丰、砀山。

徐州建置沿革表

	统辖	郡国	县邑
秦 始皇帝二十六年		泗水郡	彭城
汉 高帝六年		楚国 统县三十六	彭城
景帝二年		楚国 统县七。下并同	彭城、留、梧、傅阳、吕、武原、甾丘
武帝元封六年	徐州部 统郡国五	楚国	同前
宣帝地节二年		彭城郡	同前
甘露三年		楚国	同前
东汉 光武建武初年		楚郡	同前
建武十五年		楚国	同前
建武三十年		楚国 统县九	彭城、留、梧、傅阳、吕、武原、甾丘、取虑、须昌
明帝永平十三年		楚郡	同前
建初二年		楚国	同前
章帝章和元年		楚郡	同前
章和二年		彭城国 统县八	彭城、留、梧、傅阳、吕、武原、甾丘、广戚
季汉 魏黄初三年		彭城国	同前
景初二年		彭城国 统县七	彭城、留、梧、傅阳、吕、武原、甾丘
晋 武帝泰始元年		彭城国 统县七	彭城、留、广戚、傅阳、武原、吕、梧
太康元年	徐州部 统郡国七	彭城国	同前
惠帝永康元年		彭城国 统县九	彭城、留、广戚、傅阳、武原、吕、梧、蕃、薛
刘宋	徐州部 统郡十二	彭城郡 统县五	彭城、吕、蕃、薛、留
元魏	徐州部 统郡七	彭城郡 统县六	彭城、吕、留、薛、龙城、睢陵
孝文帝太和十五年		彭城郡 统县七	同前 增永兴
太和十八年		彭城郡 统县八	同前 又增永福

续表

	统辖	郡国	县邑
孝静帝元象二年		彭城郡 蕃郡并入	同前
武定五年		彭城郡 统县六	彭城、吕、留、薛、龙城、睢陵
北齐	东南道行台	彭城郡 沛郡省入	
后周	徐州总管府	彭城郡 沛、南高平二郡①并入	
隋 文帝初年		彭城郡 统县九	彭城、蕲、谷阳、承高、滕、兰陵、符离、丰、方与
开皇七年		徐州 统县九	同前 承高改龙城
开皇十六年		徐州 统县十[一]②	同前 增沛、留
开皇十八年		徐州	同前 龙城改临沛
炀帝大业初年		徐州	同前 临沛改为萧
大业三年		彭城郡	同前
唐 高祖武德初年		徐州 统县六	彭城、滕、萧、丰、沛、符离
太宗贞观元年	河南道	徐州	同前
贞观十七年		徐州 统县八	同前 增谷阳、蕲
高宗显庆元年		徐州 统县七	同前 谷阳省入蕲
玄宗天宝元年		彭城郡	同前
肃宗乾元元年		徐州	同前
[代宗]③宝应元年		徐州 统县八	同前 增宿迁
宪宗元和四年	武宁军	徐州 统县七	彭城、萧、丰、沛、滕、宿迁、下邳
懿宗咸通十一年	感化军	徐州	同前
五代	武宁军	徐州	同前
宋 太祖建隆初年	京东路	武宁军、徐州 统县五	彭城、沛、萧、丰、滕
神宗元丰元年	京东西路	武宁军、徐州	同前
金	山东西路	徐州	同前

① 原作“邵”，据乾隆《铜山县志》改。
② 字据《隋书·地理志下》补。此处似以“沛留”为一县。
③ 二字据文例补。

续表

	统辖	郡国	县邑
宣宗贞祐三年	河南路	徐州 统县三	彭城、萧、丰
元	山东西路	徐州 [统县三[①]]	彭城、萧、永固
世祖至元二年	河南江北道	归德府	徐州 三县并入
至元十二年		徐州 彭城并入[②]	萧 永固并入
顺帝至正八年	徐州路 统滕、峄、邳、宿四州		
至正十二年		武安州 统县一	萧
明 太祖洪武二年	直隶	中立府	徐州
洪武八年		徐州 统县四	萧、沛、砀、丰
国朝 世祖顺治二年	江南布政司	徐州	同前
今上康熙二年	江苏布政司	徐州	萧、沛、丰、砀山

萧县

萧，《禹贡》徐州，《周·职方》青、兖之域。本古萧国。春秋为宋附庸，战国，宋为楚灭，楚后并于秦。

秦始皇帝二十六年，分宋、楚故地置砀郡，萧属于砀。汉高帝初，更泗川郡为沛郡，萧改属沛。武帝元封六年，置十三州刺史，萧随沛郡隶豫州部。新莽时，改沛郡曰吾符，萧隶如故。光武中兴，复沛郡。建武二十年，徙中山王辅于沛，沛为王国，萧俱隶之。季汉魏黄初二年，追封曹熊为萧公。太和三年，又追进为王，萧遂称国。其子炳嗣，六年殁，无子，国除[③]。景初二年，分沛国萧、相等十县为汝阴郡，寻废。晋武帝泰始元年，封顺王丙于沛，萧仍属沛国。太康元年，分十九州部，萧随沛隶豫州。怀帝永嘉五年，石勒陷沛，王滋败死，萧沦于伪赵。未几，晋又复之。是后，复数陷燕、秦，名皆无改。刘宋时，以沛郡治萧，隶徐州部。元魏因之。北齐改承高县，隶彭城郡。后周因之。隋文帝开皇六[④]年，改龙城县。十八

---

① 三字据乾隆《铜山县志》补。

② 原作“八”，径改。

③ 案《三国志·魏书》本传：“青龙二年，子哀王炳嗣，六年薨，无子，国除。”此六年非太和六年，青龙亦止五年，应为嗣位六年而殁，时为景初二年也。

④ 原作“七”，据《隋书·地理志》及前后州府志、康熙《萧县志》改。

年，又改临沛县。炀帝大业初，仍为萧县，隶彭城郡。唐、五代、宋、金并隶徐州。元至元二年，以民少，省入徐州。十二年并永固，复立萧县。顺帝至正八年，徐升为徐州路；十二年，徐降为武安州，萧并隶焉。明太祖洪武八年，改置徐州为直隶州，统县四，萧为首县。国朝仍之。

萧县建置沿革表

	统辖	郡国	县邑
秦 始皇二十六年		砀郡	萧
汉 高帝初年		沛郡 统县三十七	萧
武帝元封六年	豫州部 统郡国六	沛郡	萧
东汉 光武建武二十年		沛国 统县二十一	萧
季汉 魏黄初二年		萧国	
青龙二年		沛国	萧
景初二年		汝阴郡 统县十	萧
晋 武帝泰始元年		沛国 统县九	萧
太康元年	豫州部 统郡国十	沛国 后复为郡	萧
刘宋	徐州部 统郡十二	沛郡	萧
元魏		沛郡	萧
北齐		彭城郡	承高
后周		彭城郡	承高
隋 文帝开皇七年		徐州	龙城
开皇十八年		徐州	临沛
炀帝大业三年		彭城郡	萧
唐 太宗贞观元年	河南道	徐州	萧
五代		徐州	萧
宋	京东路 元丰初改京东西路	徐州	萧
金	山东西路 后改河南路	徐州	萧

续表

	统辖	郡国	县邑
元 世祖至元二年	河南江北道	归德府	徐州 萧并入
至元十二年		徐州	萧 永固并入
顺帝至正八年	徐州路		萧
至正十二年		武安州	萧
明 太祖洪武八年	直隶	徐州	萧
国朝 世祖顺治二年	江南布政司	徐州	萧
今上康熙二年	江苏布政司	徐州	萧

沛县

《禹贡》《周·职方》并同萧。春秋时，为偪阳国地。鲁襄公十年[①]，晋会诸侯灭偪阳，以予宋。战国赧王二十九年，楚灭宋，地入于楚。楚后入秦。

秦始皇帝二十六年，分宋、楚故地置泗川郡及沛县。汉高祖初，改泗川郡为沛郡，沛县号小沛，隶之。沛郡治相。武帝元封六年，分置州刺史部，沛郡、县隶于豫州。新莽改沛郡为吾符。光武复沛郡。建武二十年，沛为王国，小沛并隶之。中元二年，封沛王辅子宝为沛侯，国于小沛。自建武以后，沛皆称国。季汉魏黄初六年，封曹林为沛王。景初二年，分沛、杼秋等五县为沛王国。晋时，沛与萧、丰诸县同隶沛国。怀、愍时，沛复为郡。更石勒、慕容儁、苻坚，时陷时复，皆属沛郡无改。宋沛县属沛郡，隶于徐州。元魏仍之。北齐、周省入彭城。隋文帝开皇十六年复置沛、留，隶徐州。唐徐州于玄宗时改彭城郡，未几，复为州。复置武宁军、感化军，沛皆隶之。五代、宋仍唐旧。金初，改隶滕州。哀宗天兴元年，升为源州，县省。元太宗七年[②]，移滕州治沛。宪宗二年，州废，复为沛县。至元元年，省入丰县[③]。三年，复置。八年，隶济宁府。十三年，属济州。十五年，济为散州，沛仍隶之。明太祖初，沛为县，隶徐州。国朝因之。

---

① 原作“十六年”。案《春秋》“遂灭偪阳”事在襄公十年，“六”字衍，今删。

② 原作“元年”。按：太宗元年徐州尚属金国。据万历《沛志》卷一《邑纪》改。

③ 案《元史·地理志一》：“至元二年，以沛县并入丰县。三年，复立沛县。”诸本徐州志及丰、沛志并同，唯本志作元年省入丰县，不知何据。

沛县建置沿革表

	统辖	郡国	县邑
秦 始皇帝二十六年		泗川郡	沛
汉 高帝初年		沛郡 统县三十七	沛 号小沛
武帝元封六年	豫州部 统郡国六	沛郡	沛
东汉 光武建武二十年		沛国 统县二十一	沛
季汉 魏黄初六年		沛国	沛
景初二年		沛国 统县五	沛
晋 武帝泰始元年		沛国 统县九	沛
太康元年	豫州部 统郡国十	沛国 后复为郡	沛
刘宋	徐州部 统郡十二	沛郡	沛
元魏		沛郡	沛
隋 文帝开皇十六年		徐州	沛、留
唐 高祖武德初年		徐州	沛
玄宗天宝元年	河南道	彭城郡	沛
肃宗乾元元年		徐州	沛
五代	武宁军	徐州	沛
宋 太祖建隆初年	京东路 元丰初改京东西路	徐州	沛
金	山东西路	滕州 初为滕阳军	沛
哀宗天兴元年		源州	
元 太宗九年	济宁路	滕州 移治沛。宪宗二年，州废，复为县	沛
世祖至元元年			县省入丰
至元八年		济宁府	沛
至元十三年		济州	沛
明 太祖洪武八年	直隶	徐州 统县四	沛
国朝 世祖顺治二年	江南布政司	徐州	沛

续表

	统辖	郡国	县邑
今上康熙二年	江苏布政司	徐州	沛

丰县

丰，《禹贡》、《周·职方》、春秋、战国，并与萧同。

秦始皇帝初置郡县，丰为沛之聚邑，析置为县，与沛同隶泗川。汉改泗川为沛郡；武帝置刺史部，沛郡统于豫州，丰前后俱隶之。新莽时，改曰吾丰，仍隶沛。光武建武中，沛郡为封国，仍以为丰县隶之。季汉魏景初二年，沛王国建，丰仍隶沛国。嘉平六年，以曹琬袭丰王昂爵，后又累增邑，丰遂为王国。晋受禅，国除。武帝泰始元年，封司马丙为沛王，丰以县隶。终晋之世，为国为郡，皆属豫州。宋以丰县分北济阴郡，隶徐州。元魏仍之。北齐隶永昌郡。隋隶彭城郡。唐改郡为州，丰隶徐州。五代、宋、金因之，并统于武宁军。元初，隶济宁路济州。至元元年，以沛并入。三年，复置沛县。八年，直隶济宁路。明隶徐州，与萧、沛等。国朝仍如明制。

丰县建置沿革表

	统辖	郡国	县邑
秦 始皇帝二十六年		泗川郡	丰
汉 高帝初年		沛郡 统县三十七	丰
武帝元封六年	豫州部 统郡国六	沛郡	丰
东汉 光武建武二十年		沛国 统县二十一	丰
季汉 魏景初二年		沛国 统县五	丰
嘉平六年		丰国	
晋 武帝泰始元年		沛国 统县九	丰
太康元年	豫州部 统郡国十	沛国 后复为郡	丰
刘宋 孝武帝大明元年	徐州部 统郡十二	北济阴郡	丰

续表

	统辖	郡国	县邑
元魏	徐州部 统郡七	北济阴郡	丰
北齐		永昌郡	丰
隋 文帝初年		彭城郡	丰
唐 高祖武德初年		徐州	丰
太宗贞观元年	河南道	徐州	丰
五代	武宁军	徐州	丰
宋 太祖建隆初年	京东路 元丰初改京东西路	徐州	丰
金	山东西路 后改河南路	徐州	丰
元	济宁路	济州	丰
至元元年		济州	丰 沛县并入
至元八年	济宁路		丰
明 太祖洪武八年	直隶	徐州	丰
国朝 世祖顺治二年	江南布政司	徐州	丰
今上康熙二年	江苏布政司	徐州	丰

砀山县

砀于周世，未详所隶。《通考》云："秦砀郡，古豫州地。"史云以境有砀山，故云。

秦初，置砀郡及砀县。汉高帝五年，封彭越为梁王，砀郡遂为梁国，砀县属焉。十一年，越伏诛，乃以梁封子恢，都砀。后为吕后夺，封吕产，产寻亦伏诛。文帝二年，以封子揖。十二年薨，徙淮阳王继之，移都睢阳，砀在封内。景帝六年，武薨，以其子买嗣为梁王。武帝置刺史部，梁属豫州。新莽时，改梁国曰陈定，砀县曰节砀。光武初起兵，刘永据其地，称梁王，数年而灭。章帝建初四年，徙汝南王畅王梁，名砀县曰砀山县，仍以隶焉。晋亦隶豫州梁国。武帝泰始元年，封开平子肜为梁王，砀山省入夏邑，仍在梁封内。宋复立砀县，属梁郡，隶豫州刺史。孝武大明元年，改隶徐州。二年，复还豫州。魏置砀郡，以砀县属之，隶徐州部。隋复称砀山县，隶梁郡。唐隶宋州。昭宗光化二年，朱全忠表于县置辉州。三年，置崇德军，寻徙辉[①]州，砀山为属县。五代唐废辉州。宋太祖建隆元年，以单州统单父、砀山等四县。金初，砀山属单州。兴定元年，以限河不便，改隶归德府，后为水荡没，迁治鱼山，寻废。元宪宗七年，始复置县治，隶东平路。至元二年，以户口稀少，并入单父县。三年复置，属济州。八年，属济宁路。明太祖初，改隶徐州。国朝因之，次于丰县。

砀山县建置沿革表

	统辖	郡国	县邑
秦 始皇帝二十六年		砀郡	砀
汉 高帝五年		梁国	砀
高帝十一年		梁国 增县十一	砀
文帝十二年		梁国 统县四十余	砀
景帝六年		梁国 统县十三。建元五年，削县五	砀
武帝元封六年	豫州部 统郡国六	梁国	砀
东汉 章帝建初四年		梁国 统县十一	砀山
季汉 魏		梁国	砀山
晋 武帝泰始元年		梁国 统县十二	夏邑 砀山省入
太康元年	豫州部 统郡国十	梁国	同前
刘宋 孝武帝大明元年	徐州部	梁郡 统县二	砀
大明二年	豫州部	梁郡	砀
元魏	徐州部 统郡七	砀郡	砀
隋		梁郡	砀山
唐	河南道	宋州	砀山
昭宗光化二年		辉州	砀山
光化三年	崇德军	辉州	砀山
五代 唐			砀山

① 原作“单”，据《新唐书 · 地理志二》及徐州旧志、乾隆三十二年《砀山县志》改。

续表

	统辖	郡国	县邑
宋 太祖建隆元年		单州 统县四	砀山
金	河南路	单州	砀山
兴定元年		归德府	砀山
元 宪宗七年	东平路		砀山
世祖至元二年			单父 砀山并入
至元三年		济州	砀山
至元八年	济宁路		砀山
明 太祖洪武八年	直隶	徐州 统县四	砀山
国朝 世祖顺治二年	江南布政司	徐州	砀山
今上康熙二年	江苏布政司	徐州	砀山

徐州志卷之二

星野

天道幽渺，圣人罕言，盖敬慎之，非略弗道也。《书》纪虞帝“在璇玑、玉衡，以齐七政”，《周官》大司徒测土以正景，保章氏辨九州封域，观分星以察灾祥。则圣人敬天勤民之意，自有不容终祸焉者。春秋时，王国苌弘、郑裨灶、鲁梓慎、宋子韦、楚唐蔑、齐国甘德、魏石申夫，传习其业，指陈灾变，先事警告，多与时事有符。嗣是马、班、费、蔡，及董、刘诸儒，竞各著书，昌明厥旨要，亦十得六七已耳。至京房、管辂、郭璞之伦，用以占星决事，亦时时奇中，然而只成方伎。所分象纬，又彼此差池。其更相驳难，几为聚讼，而于圣人初意，则既远矣。近代惟明刘基氏《清类》一书，折衷诸家，而本一行两戒之说，占测以山河为限，而不主于州国；又本《宋志》以七宿之中，分四象中位，自上元之首，以度数纪之，而著其分野。皆据南北纪以分，其论至允。徐志据此，殆无以易。窃愿来者于天人相应之理，更致意焉。

《春秋元命苞》曰：“天氐流为徐州，五星主岁星。”《星经》曰：“岁星主泰山、徐州；镇星主嵩山①、豫州。”《史记·天官书》曰：“宋、郑之疆，候岁星，占房、心。”《汉书·地理志》曰：“豫州，宋地，房、心之分。”魏太史令陈卓曰：“自氐五度，至尾九度，为大火之次，于辰在卯，为宋分野，属豫州。”《晋·天文志》：“房星，宋，豫州。楚国，入房四度；梁国，入房五度；沛郡，入房四度。”《唐·天文志》曰：“氐、房、心，大火也。初，氐二度，余千四百一十九，秒五太。中，房二度。终，尾六度。自雍丘、襄邑、小黄而东，循济阴，界于齐、鲁，右泗水，达于吕梁，乃东南接太昊之墟，尽汉②济阴、山阳、楚国、丰、沛之地，古宋、曹、郕、滕、茅、郜、萧、葛、向城、偪阳、申父之国。商、亳负北河，阳气之所升也，为心分；丰、沛负南河，阳气之所布也，为房分。其下流与尾同占，西接陈、郑，为氐分。”《续汉志》：“《星经》曰：岁星主泰山，徐、青、兖。又：玉衡第一星，主徐州五郡，常以五子日候之，戊子为彭城；第七星，主豫州五郡，

① 原作“嵩高山”。案《宋史·天文志五》引《星经》曰：镇星“主嵩山、豫州，又主东井”。“高”字衍，今删。

② 原作“齐”，据《新唐书·天文志一》改。

常以五午日候之，壬午为梁国（今砀山县），戊午为沛国。”《明清类天文分野书》曰：“氐、房、心在卯，自氐二度，至尾二度，属宋分，徐州。今开封、陈留、封丘以东，及归德、亳分寿州之东界，与宿、徐、济、曹、单，皆宋分也。”徐州、萧县、沛县、砀山县、丰县，并氐、房、心，宋分野。顺治初，《州志》又析萧县为心分，沛、丰、砀山三县为房分。又《春秋元命苞》曰：“钩钤星，别为豫州。”地界西自华山，东至于淮，北自济，南至荆山。界在秦，为三川、河东、南阳、颍川、砀、泗水、薛七郡。

氐，四星，距西南星去极一百四度半，主宫室、妃嫔。度二十六度，外四尺为黄道。初，氐一度外。末，尾三度内。于辰为卯，于分为宋，于野为豫州。于六月在房、心之昏中，十二月为旦中，九月为太阳躔次。

房，四星，距南第二星去极一百一十四度半，主明堂，天子布政之宫也；又为天驷，主车驾。度五度六十分，中为黄道。于辰为卯，下同氐。九月为太阴躔次。

心，三星，一名大火，距西前星去极一百一十四度半，主明堂，为天王正位。度六度五十分，内二尺为黄道。于辰为卯，下同氐。

附参：

《周礼》注云：“奎、娄、胃，徐州。”《汉志》云：“徐州，鲁地，奎、娄、胃之分。”陈卓云：“自奎五度，至胃六度，降娄之次，于辰在戌。”《晋志》：“自奎五度，至胃六度，为降娄，鲁之分野，属徐州。”《唐志》云：“奎、娄，降娄也。初，奎二度，余千二百一十七，秒十七少。中，娄一度。终，胃三度。自蛇丘、肥城，南界钜野，东达梁父，循岱岳众山之阳，以负东海。又滨泗水，经方与、沛、留、彭城，东至吕梁，乃东南抵淮，并淮水而东，尽徐地”云云，此皆以奎、娄为徐州分，与《通志》《玉海》《山堂考索》正同。《清类》主房、心，独与之异，夫亦有所受，非臆说也。论既两歧，似难适主，然而诸家争执，止纸上兵耳。刘诚意精敏过人，其佐有明成大业，凡所占测，皆有征验。三百年来言象纬者，胥推服无异辞，固当从之。

国初，州志谓主奎、娄，以古徐之全境言；主房、心，以今徐之所统言。丰志又推其说，云徐之全境，南抵淮，北界兖，东至海，西邻虞、夏，此奎、娄、胃之分野。而西南入房、心三分，徐属州县适入房、心之地；而南北东为奎、娄、胃所分野，已改隶淮海、山东。则徐五州县，正是房、心之分。徐昔大而今小，故昔奎、娄，而今房、心耳，星岂有变更哉？二说可谓善于调停矣。然自虞喜岁差之说推之，则星之躔度亦有移易，不但古今疆域改隶无常也。诸家泥于成法，未知推此，故不如诚意援据大衍为特精确。

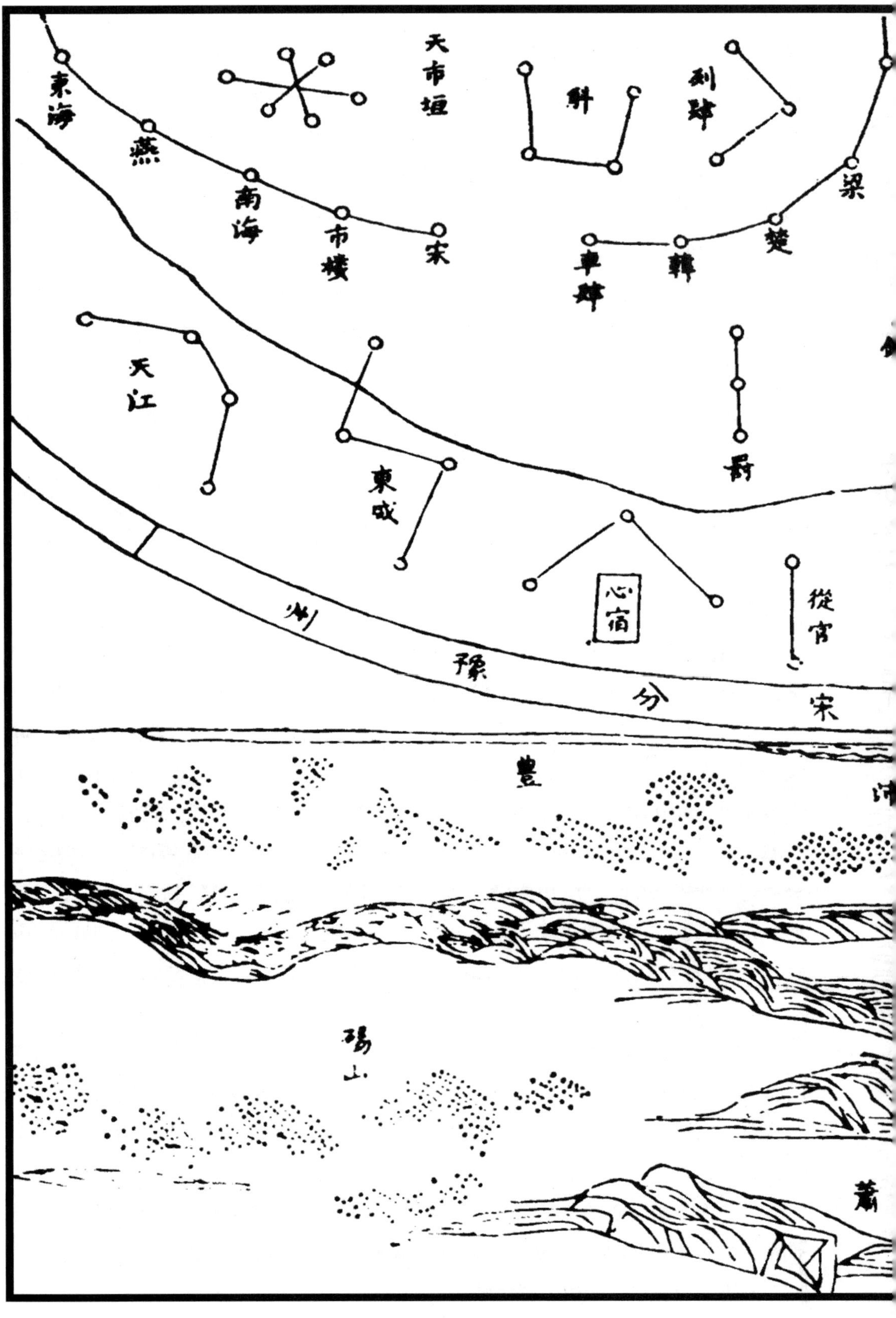
天市垣
東海
燕
南海
市樓
宋
斛
列肆
梁
楚
韓
車肆
天江
東咸
斛
心宿
從官
州
豫
分
宋
豐
陽山
蕭

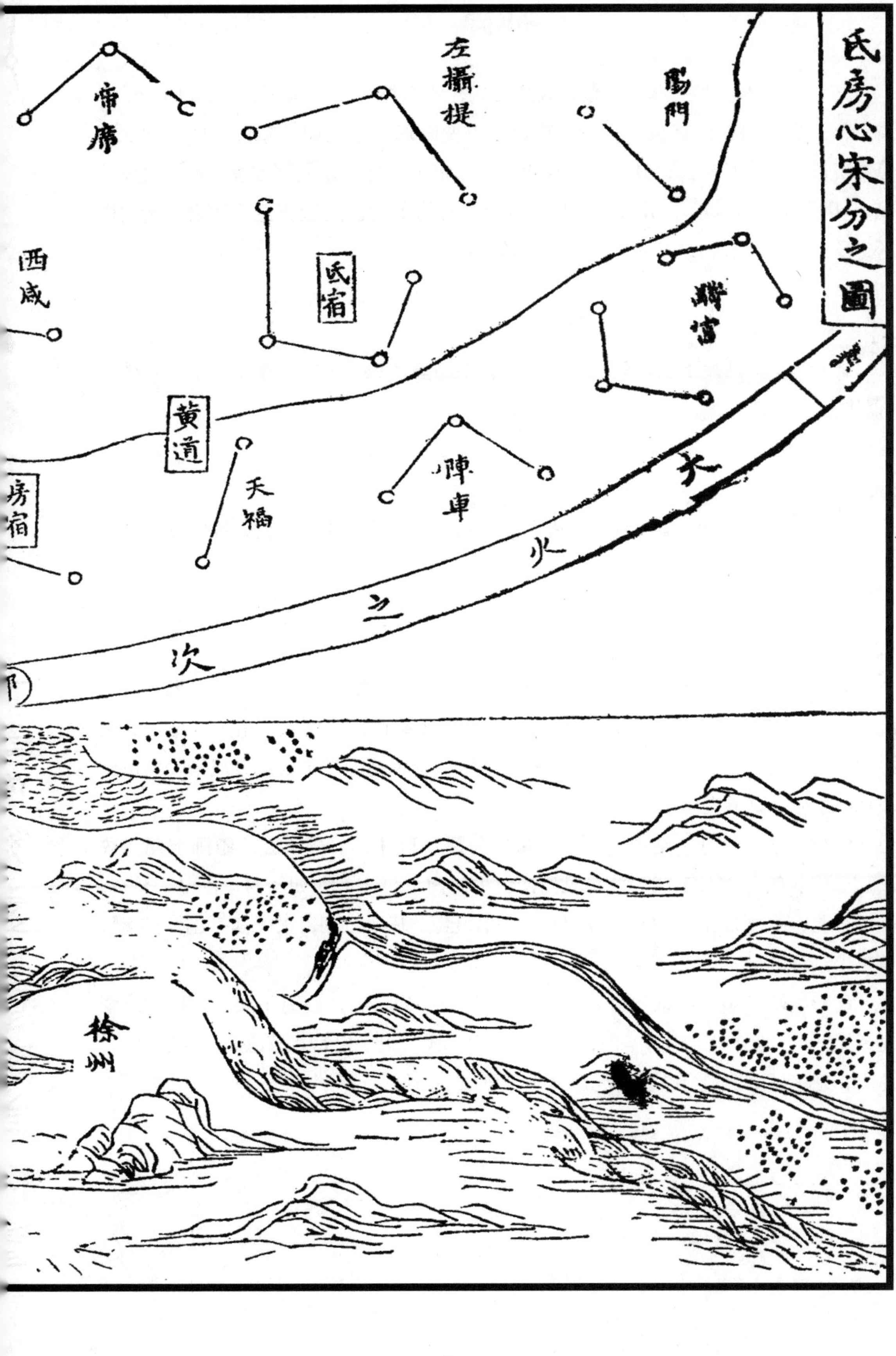

清康熙《徐州志》

祥异

史云："人与天地，参为三极，灾祥之兴，各以类至。"[①] 又云："无变而无不修省者，上也；因变而克自修省者，次之；灾变既形，修之而莫知所以修，省之而莫知所以省者，又次之；其下者，灾变并至，祸败随之，讫莫修省者，刑戮之民是已。"历代史官志星变、五行、灾异、灵验，意皆如此。近世郡邑乘仿之，殆非以矜奇炫博也欤？旧志颇多遗误，为更订增益存之。

周

显王时，九鼎没于泗，鼎气浮于水上。秦始皇使数千人没水求之，不获，谓之"鼎伏"。

秦

始皇帝二十八年，望气者云东南有天子气。遂东巡至丰，筑台，埋宝剑、丹砂于下，复于城四隅凿池深数丈，以厌之。

汉

文帝元年四月，齐、楚地震。○五年十月，楚王都彭城大风从东南来，入市门，杀人。○后元七年九月，有星孛于西方。其本直箕、尾，末指虚、危，长丈余。占者以为："尾，宋地，今楚彭城。"是时，景帝初即位，信用[②]晁错，削诸侯王地。三年，楚并七国反。

景帝三年十一月，楚国吕县有白颈乌与黑乌群斗，白颈不胜，堕泗水死者数千。○中元年[③]六月壬戌，蓬星见西南，去房南可二丈，大如斗器，色白。癸亥，在心东北，可长丈所。占曰："蓬星出，必有乱臣。房、心间，天子宫[④]也。"是时，梁王以杀汉臣得罪。

宣帝本始二年，荧惑守房之钩钤。占曰："房为将相，心为子属。其地宋，今楚彭城。"○地节元年正月辛酉，荧惑入氐中。氐，天子之宫，荧惑入之，有贼臣。是岁，楚王延寿谋逆自杀。○元康元年，凤凰下彭城。

---

① 句见《元史·五行志》序。
② 原作"周"，据《汉书·五行志下》改。
③ 案《汉书·天文志》，事在景帝中二年六月。《太平御览》《文献通考》等作"三年"。
④ 原作"官"，据《汉书·天文志》改。

成帝河平二年正月，沛郡铁官铸铁[①]，不下，隆隆如雷声，又如鼓音。工十三人惊走。音止，还视，地陷数尺。炉为十，一炉中销铁散若流星，皆上去（铁官在沛县）。○阳朔元年七月壬子，月犯心星。占曰："其国有忧，若有大丧。房、心为宋，今楚地。"十一月，楚王芳[②]薨。

哀帝建平四年，湖陆雨血。○伪新天凤六年，青、徐民饥，流亡，死道路者甚众。

东汉

光武中元元年，楚、沛多蝗。

明帝永平九年正月戊申，客星出牵牛，长八尺，历建星，至房南灭。占曰："客星舍房，左右群臣有吞药死者。"又占有夺地。牵牛主吴越，房、心为宋。后广陵王荆、楚王英谋逆事觉，皆自杀。广陵属吴；彭城，古宋地。

章帝建初二年，兖、豫、徐三州大旱。诏勿收田租、刍藁，其见谷赈给贫民。○元和二年，芝生沛。三年，白虎见彭城。

和帝永元十六年二月，诏兖、豫、徐、冀四州，比年雨多伤稼，禁沽酒。

安帝永初元年正月，月犯心后星。占曰："不利子。心，为宋。"五月，沛王牙薨。○四年夏四月，豫、徐等五州蝗。○七年，南阳、广陵、下邳、彭城、山阳、庐江、九江民饥。九月，调零陵、桂阳、丹阳、豫章、会稽租米赈给。○延光三年四月丙戌，沛国言甘露降丰县。

桓帝永兴二年六月，彭城泗水增长逆流。

灵帝中平五年，山阳、梁、沛、彭城、下邳、东海、琅邪七郡水大出。

季汉

魏明帝景初元年九月，冀、兖、徐、豫四州水灾。遣侍御史循行没溺死亡及失财产者，所在开仓赈救之。○二年九月，淫雨。冀、兖、徐、豫四州水出，溺杀人，漂失财产。

晋

武帝泰始四年九月，青、徐、兖、豫四州大水。○五年二月，青、徐、兖三州水。遣使赈恤之。○咸宁元年九月，徐州大水。○三年九月，兖、豫、青、徐等七

① 原作"钱"，据《汉书·五行志》改。

② 按：楚王芳，孝王嚣子，嗣一年薨，谥怀王，见《汉书·诸侯王表》。又《汉书·楚孝王嚣传》作怀王名"文"，与表有异。今本《汉书·天文志》载是年"楚王友薨"，误。

州大水，伤禾稼。诏赈给之。

惠帝元康二年八月，沛雨雹。〇永平五年，荆、扬、兖、豫、青、徐六州大水。遣御史巡行赈贷。〇六年三月，彭城吕县有流血，东西百余步。〇八[①]年九月，荆、扬、豫、徐、冀五州大水。〇永宁[②]元年，自夏及秋，青、徐、幽、并四州旱。〇太安[③]元年秋七月，兖、豫、徐、冀四州大水。〇永兴元年七月庚申，太白犯角、亢，经房、心。占曰："入房、心，有兵丧。"于是，徐、兖、豫为天下兵冲。

元帝太兴元年七月，东海、彭城、下邳、临淮四郡虫，害禾稼。〇八［月，冀］[④]、徐、青三州蝗。〇二年五月，徐、扬诸郡蝗。〇四年十二月，月犯岁星，在房。占曰："其国兵饥，人流亡。"

穆帝升[⑤]平元年十一月壬午，月掩岁星，在房。占曰："人饥。"又曰："豫州有灾。"〇二年闰三[⑥]月乙亥，月犯岁星，在房。占同前。是年，刺史谢奕卒。〇五年六月癸酉，月掩氐东北星。占曰："大将军当之。"八月，徐州刺史范汪废。

孝武帝太元十年[⑦]七月，彭城饥旱。先是，诸将略地，有事徐、豫间。谢安出镇，使子琰进次彭城，频有军役。〇十三年［闰正月］[⑧]戊辰，天狗东北下，有声。占曰："有大战，流血。"十四年正月，彭城妖贼刘黎称伪号于皇丘，刘牢之破灭之。〇彭城人刘象之家鸡有三足。〇十九[⑨]年秋七月，荆、徐二州大水，伤稼。遣使赈恤之。〇二十年六月，荆、徐二州又大水。

安帝义熙二年二月己丑，月犯心后星。占曰："豫州有灾。"五月，荧惑犯氐。六月，又犯房北第二星。是年，慕容超侵掠徐兖。〇三年二月癸亥，荧惑、镇[⑩]星、太白、辰星聚于奎、娄，从镇星也，徐州分。是时，慕容超僭号于齐，兵连徐兖，至于淮泗。〇十一年五月甲申，彗星二出天市，扫帝座，在房、心北。房、心，宋之分野。案占：得彗柄者兴，除旧布新，宋兴之象。〇十二年五月，岁星留房、心之间，宋之分野。始封刘裕为宋公，后有天下。

① 原作"七"，据《晋书·惠帝纪》改。
② 原作"安"，据《晋书》《宋书》《通志》等改。
③ 原作"永康"，据《晋书·惠帝纪》改。
④ 底本漫漶，二字据《晋书·元帝纪》补。
⑤ 原作"开"，据《晋书·天文志中》改。按：穆帝原在孝武帝后，据时代先后前置。
⑥ 原作"二"，据《晋书·天文志中》改。
⑦ 原作"宁康初年"，据《晋书·孝武帝纪》改。按：嘉靖、顺治《徐州志》作"宁康十年"。宁康仅三年，其说固误。本志改为"初年"，亦不为得。参以"先是"淝水战事在太元九年，宁康初年亦误。
⑧ 三字据《晋书·天文志下》补。
⑨ 原作"八"，据《晋书·孝武帝纪》改。
⑩ 原作"填"，通"镇"，今用本字。下同。

南朝宋

文帝元嘉十七年八月，徐、兖、青等州大水。遣使赈恤。〇二十一年四月，甘露降彭城绥舆里，徐州刺史臧质以闻。〇二十三年六月，白鹿见彭城县，征北将军衡阳王义季获以献。〇二十四年，徐、兖、青等州大水。〇三十年，青、徐州饥。遣运部赈恤。

孝武大明四年二月乙巳，徐州于汴水得白玉戟以献。

北魏

世祖神䴥三年［十］[①]二月丙戌，流星，首如瓮，长二十余丈，大如数十斛船，色正赤，光烛人面。自天船及河，抵奎大星，及于壁。占曰："天船以济兵革，奎为徐方，是为宋师之祥。"

高祖延[②]兴元年十二月，徐州竹邑戍士邢德于彭城南百余里得蓍草一株，四十九枝，下掘得龟，献之。诏曰："龟、蓍与经文相合，所谓灵物也。德可赐爵五等。"〇承明元年四月，徐大风，雹。〇太和二年四月，南豫、徐、兖州大霖雨。〇八月，徐、东徐、兖等七州大水。〇十一月，徐州献黑狐。〇三年十月，徐州献嘉瓠，一蒂两实。〇六年，徐州蝗，害［稼］[③]。〇八年六月，徐州献白兔，又献黑狐。〇十九年，徐州表言：丈八铜佛像汗流于地。〇二十三年四月，徐州自甲寅至己未，大风拔树。〇六月，徐、豫、兖等州大水。

世宗景明元年五月，徐州野虸害稼。〇七月，徐、兖、豫、东豫等州郡大水，平隰一丈五尺，民居全者十四五。是岁，徐、兖、青、齐四州大饥，人死者万余口。〇正始二年三月，青、徐州大霖雨。〇徐州蚕蛾吃人，尪残者一百一十余人，死者二十三人。〇永平四年二月，青、齐、徐、兖四州民饥甚。遣使赈恤。〇八月，月犯太白，在胃。胃为徐方，大战之象。是后，徐州刺史卢昶军败，沦覆十余万人。〇延昌四年七月，徐州上言：阳平戍猪生子，头面似人，顶有肉髻，体无毛。

肃宗熙平元年六月，徐州大水。〇二年三月，徐州献白獐。〇神龟元年，徐州献一角鹿。〇二年五月，徐州献［白］雀。〇六月，献白鹿。〇七月，献白獐。〇九月，献一［角兽。〇］正光元年正月，徐州献白兔。〇三年五月，徐［州献白兔］[④]二。〇六月庚辰，徐州地震。

---

① 字据《魏书·天象志一》补。
② 原作"廷"，径改。
③ 底本漫漶，字据《魏书·灵征志上》定。
④ 底本漫漶，以上八字据《魏书·灵征志下》补。

孝静元象元年五月，徐州获白兔。○兴和二年四月，徐州献白兔。

陈

宣帝太建十年二月癸亥，日上有背。占曰："其野失地，有叛兵。"甲子，吴明彻军败于吕梁，淮南至徐州地尽入于周。

齐

文宣天保元年十二月甲申，荧惑犯房北头第一星及钩钤。占曰："大臣有反者。"

后主天统四年七月，孛星见房、心，白如粉絮，大如斗，东行。○武平三[①]年八月，岁星、太白合于氐，宋之分野。占曰："其国内外有兵丧，改立侯王。"

周

武帝保定四年二[②]月甲午，荧惑犯心中星。三月，又犯。占曰："上将诛，车驰人走，天下兵起。"○建德元年九月己酉，月犯心中星，相去一寸。占曰："乱臣在旁，不出五年，下有亡国。"○二年六月丙辰，月犯心中后二星。占同上。又曰："不出三年。"

唐

太宗贞观三年五月，徐州蝗。○秋，徐州水。○十六年秋，徐、戴二州大水。○十八年秋，徐州大水。○十九年二月，徐州言驺虞见。○二十二年，徐州水。

高宗咸亨二年八月，徐州山水，漂百余家。

武后万岁通天元年八月，徐州大水，害稼。

玄宗开元二十八年，徐、泗二州无蚕，免今年税赋。

代宗大历八年四月癸丑，岁星掩房。占曰："将相忧。宋分也，为徐州地。"○九年九月甲子，荧惑入氐。宋分也，徐、豫州地。

德宗贞元八年秋，天下四十余州大水。徐州平地水深丈余，害稼，溺死人，漂没庐舍。○十八年，徐州献嘉瓜、白兔。

宪宗元和元年夏，寿、徐等州大水。○九年二月丁酉，月犯心中星。○三月，镇星、太白合于奎。占曰："内兵，徐州之分。"○七月，月掩心中星。占曰："其

---

① 原作"二"，据《隋书·天文志中》改。
② 原作"一"，据《隋书·天文志中》改。

宿地凶。心，豫州分，今徐州地。”

文宗太和二年九月，徐州李有华，实可食。〇三年，宋、亳、徐等州大水，害稼。〇六年六月，徐州大雨，败坏民居九百余家。〇开成二年六月，徐州火，延烧居民三百余家。

宣宗大中十二年八月，徐、泗等州水深五尺，漂没数万家。

懿宗咸通四年七月，许、汝、徐、泗等州大水，伤稼。〇六年，徐州彭城民家鸡生角。〇七年，徐州萧县民家豕出圈舞。又，牡豕多将邻里群豕而行，复自相噬啮。〇九年正月，彗星出于娄、胃。十一月，庞勋陷徐州。甲辰，大雾昏塞，至于丙午。

昭帝天祐六年[①]夏，徐州疫。

五代

后晋天福四年，徐州大火[②]。

宋

太祖建隆四[③]年九月，徐州水，损民田。〇乾德五年，五星聚奎，经星直鲁分，徐州，白羊[④]之域。〇开宝三年，徐水灾，害民田。

太宗太平兴国五年五月，徐州白沟河溢入州城，毁民舍。堤塘皆坏。〇八年八月，徐州清河涨丈七尺，溢出。堤塞州三面门以御之。〇淳化三年七月，彭城、淮阳[⑤]诸军州蝗蛾抱草自死。已，徐州大霖雨，秋稼多败。

真宗咸平二年九月壬寅，徐州言禾一茎五穗，彭城县民张福先田粟一茎分四穗。〇大中祥符二年，徐、济、青、淄大水。〇四年八月，徐州草场火。〇天禧元年九月，彭城砦风雹[⑥]，害民田。〇三年五月，徐州利国监大风，起西南，坏庐舍二百余区，压死十二人。〇六月，河决滑州，泛澶、濮、郓城，至徐州，与清河合，浸城壁，不没者四版。

仁宗天圣初，徐州仍岁水灾。〇嘉祐七年三月，徐州彭城县白鹤乡地生面。占

① 按：“昭帝”原作“昭宗”，据两《唐书》本纪改。又天祐四年唐亡，晋、岐、淮南等地犹称天祐年号。天祐六年，即后梁开平三年。

② 原作“水”，据嘉靖《徐州志》改。案《宋史·侯益传》：是年九月，徐州大火，益出金、粟赈之。旧志《宦迹传》有载，自本志以后皆削不复载。

③ 原作“二”，据《宋史·五行志一上》改。

④ 原作“洋”，据嘉靖《徐州志》改。

⑤ 原作“扬”，据《宋史·五行志一下》改。

⑥ 案《宋史·五行志一下》：“天禧元年九月，镇戎军彭城砦风雹，害民田八百余亩。”考镇戎军，宋至道三年置军，在今宁夏固原。姜焯因砦名“彭城”而误附于此，误。

曰："地生面，民将饥。"

神宗熙宁[1]四年，徐州麦一本百七十二穗。○十年秋七月，河决澶渊曹村，南溢于徐州，城不浸者三版。方水之至也，汗漫千余里，漂没庐舍，老弱蔽川而下，壮者无所食，多槁死丘陵林木间。○徐州官舍生异草，经月不腐[2]。○十一年，旱。

徽宗建中靖国元年，沛县禾合穗。○政和四年九月丙申，徐州彭城县柏开花。○六年，徐州木连理。

金

世宗大定二十四年正月辛卯朔，徐州进芝十有八茎。

卫绍王大安元年，徐、沛界黄河清五百余里，几二年。以其事诏中外。

元

世祖至元二年，徐、宿、邳等州旱，蝗。○十四年六月，济宁路雨，水平地丈余，损稼（砀、丰、沛俱属济宁路）。○十七年，济宁等路水。

成宗[3]元贞二年六月，沛县水。○大德元年三月，归德、徐、邳等州县河水大溢，漂没田庐。○六月，徐州、邳州蝗。○二年，济宁、东平等郡县水（砀、丰隶济宁路，沛隶济州）。○六年，归德、徐州、邳州、睢宁雨五十日。

武宗至大元年七月，济宁路雨，水平地丈余。○二年七月，徐州、邳州饥。

仁宗延祐元年三月，济宁路霜杀桑，无蚕。○六年，济宁等路大雨，水伤禾稼。六月，遣官阅视民乏食者赈之，仍禁酒（砀、丰、沛在辖内）。

英宗至治三年五月，砀山县霖雨，害稼。

泰定帝二年六月，砀、丰、沛等五县水。是年，徐、邳等州饥。○致和元年三月，河决砀山县。

明宗天历二年六月，徐、邳等州饥。

顺帝至正四年五月，大雨。黄河暴溢，决白茅堤，丰沛大水。○五年，徐州大饥，人相食。○九年五月，白茅河东注沛县，遂成巨浸。黄河入沛，始此。

明

太祖洪武初年，徐州献瑞麦。

成祖永乐十三年，徐州暨诸属县饥。命进士梁洞赈恤。

---

①《宋史·五行志二》作"元丰"，《文献通考·物异考五》作"熙宁"。

②《宋史·五行二上》作"元丰六年"，《文献通考·物异考五》作"熙宁六年"，皆在滕县官舍。

③ 原作"帝"，据嘉靖《徐州志》改。

宣宗宣德七年，沛大蝗。巡抚曹洪奏蠲租税。

景帝景泰三年，大饥疫。命都御史王竑赈恤。

宪宗成化元年，徐州及沛、丰大饥。遣都御史吴琛赈恤。〇二年，又大饥疫。命都御史林聪赈恤。〇三年，丰大水。〇七年，沛县水。诏免夏麦、税丝。〇十三年秋，徐州大水，伤稼，坏民居。遣郎中国泰赈恤。〇十六年秋，徐州大水。〇二十年，砀山饥。〇甲辰年[①]，徐州有孕妇胁下瘤生儿。

孝宗弘治元年，徐州竹开花。〇萧县仁寿乡麦一茎四穗二本，一茎三穗五本，一茎两穗六本。知县陆本正献瑞麦。〇十三年，丰县大水。〇十五年冬，丰县桃李华。

武宗正德二年，黄河徙入沛县泡河，漂民庐舍，损禾稼。〇七年五月，丰县大风自西北来，坏民庐舍，木石俱发，咫尺莫辨。秋，沛、丰大水。〇八年，沛、丰水。〇九年，沛、砀山、丰大水。〇十年六月，沛县水。丰县大水，有二龙斗于泡河。〇十四年，徐州大水，坏官民庐舍，伤禾稼。萧、沛亦大水。

世宗嘉靖二年，萧县饥。砀山县旱、疫。丰县大水。沛县秋河决，塞运道，坏民庐舍，平野中清碧接天，民多流亡。〇四年，沛县大蝗，无禾。丰县大饥。〇五年六月廿七日，黄水陷丰县城。〇六、七年，沛、丰俱大水。〇八年，沛大水，舟行入市，平地沙淤数尺。丰亦大水。〇十年，萧县蝗。〇十一年，丰县蝗。〇十二年，砀山县蝗。〇二十一年夏，沛县大霖雨。河溢，败民居、禾稼。〇二十三年，萧县地震，有声。〇二十五年四月，丰县雨雹。六月，萧县民室中忽有火光。须臾，牛生一犊，状特异，遍身皆鳞甲，红毛茸然。骇而杀之。阅数日，犹闻香气。八月二十五日，徐州地震。越三日，又震。九月，丰县地震，有声。〇二十六年七月，徐州、萧县大水，坏民舍、禾稼。砀山县亦水。〇二十七年，徐、萧大水。〇二十八年，徐大水。萧水围城，四门俱塞。〇二十九、三十年，徐、萧俱大水。〇三十一年春，沛县饥。秋，丰县地震。〇三十二年春，徐、萧、沛、丰俱大饥，人相食。命侍郎吴鹏赈恤。〇四十二年，砀山饥。〇四十四年，徐、萧、沛、丰大水，民饥。萧兼旱、蝗。沛更河决塞运，淹死民人无算。尚书朱衡请发宫眷银大赈。〇四十五年，又大水，有赈。砀山大雪，伤禾。

穆宗隆庆元年六月，萧县雨雹，大于鸡卵，堆成冈阜，三日后乃消。〇二年元日，沛、丰大风拔树。八月，大风雨三日夜，坏官民庐舍、禾稼。砀山县大水。〇三年秋，沛大水入市。徐、萧自三年至六年皆大水。五年九月六日，水决州城西门，倾人屋舍，溺死者甚多。〇四年，砀山大水。

---

① 甲辰，即成化二十年（1484）。

神宗万历元年，徐、萧、砀山大水。○二年夏，沛雨雹，伤稼。砀山麦秀有四、五岐者，其二、三岐者甚众。秋，复大水。是年，大水环州城，四门俱塞。决萧城南门内，成巨浸。徐、萧民饥，巡抚王宗沐并同沛、砀山请赈。○三年，徐、萧水益大。夏，萧麦秀多四岐、五岐。砀山亦大水。○四年八月，河决丰太行堤凡数处。冬，沛有鸷鸟攫取民男妇冠笄。○五年，大水，崩萧县城。○六年六月，丰县大风自西南来，扬沙拔木，掀田车于空中。秋，沛河溢，大水。夜有星陨州东乡，牧人识其处，掘之，得物如石，色青，长九寸，广四寸，下锐上平。十二月，沛、丰大雪二十余日。○七年，沛麦秀三岐，多至五岐。○九年，徐州大水。岁饥，民有食草子、树皮者。○十年秋，蝗，不为灾。○十一年，徐、萧大水。五月，沛大旱。○十六年春，徐、萧大饥，人相食。夏，大疫，死者相枕。○十七年，萧县春旱，夏蝗。已，霖雨六旬。秋复大水。○十八年五月，萧县麦秀多二、三岐者；秋，谷禾复一茎四穗、五穗。徐州城中大水，官廨民庐尽没。秋，复大雨，真武观井泉涌出如瀑。○二十一年，徐、萧大饥，人相食。疫复盛行，死者充道。督抚请留南粮赈之。沛、丰亦苦霖雨三月，人有食草木皮者。次年亦疫。○二十五年正月十五日，徐州夜雨木冰，鸟雀皆冻死。八月，沛县凡三、四地震。九月，复震。○二十六年，有星陨徐河东，光耀数亩，色如磁石，知州曾士毅藏于库。萧大熟。○二十七年，河决监城集，故道涸绝。沛有麦双岐。○三十一年，徐州春夏淫雨，伤稼。秋冬大饥，人相食。沛县夏秋大疫，病者十七八，死数千人。总河李化龙请留粮赈恤。○三十二年八月，河决朱旺口及太行堤，丰境悉成巨浸。是年，沛亦大水，陷城。○三十五年正月朔，徐州火，延居民数百余家。十二月，天鼓鸣。○三十九年，桃山岳王祠竹开花。○四十一年七月，河决徐州祁家店。○四十三年，萧大熟。○四十四年，徐、萧地震。○四十五年，河决徐狼矢沟，吕梁洪竭。

熹宗天启元年六月，大雨七日夜，州城内水深数尺，坏民屋千余间。○二年三月，徐属地震，有声如雷。○四年六月甲申，河夜决奎山堤，陷州城，官廨民庐尽没，人溺死者无算。○六年七月，丰县大霜，杀禾。○七年，萧县麦双岐，竟亩如一。丰县蝗。

怀宗崇祯元年夏，徐、萧、丰蝗，伤麦。沛闻天鼓鸣。○二年二月，丰地震。徐州大雨伤麦。萧县陨星，如狗首，着地尚热。[闰][1]四月，大水决郭家嘴，平地水深七尺。秋，沛霖雨，大水。○三年五月，徐雨雹，巨者如碗，伤禾，鸟兽死者无算。○四年四月，州城南火，居民延烧数百余家。五月，州境雨雹，大如鸡卵，

① 字据顺治《徐州志》补。

屋瓦皆裂，鸟兽死伤甚众。六月，萧县大雷雨，飙风卷演武厅梁栋落山东境上。八月，大雨，河溢。九月，有鸟群飞自西北来，状如鸠而兔趾，色玄黄，不树栖，夜飞向民家，举火照之辄堕，人谓之“反鸟”。萧、丰诸邑皆有之。是月，丰县河决西洋庙口及十七铺。〇五年正月，大雷雨。秋，有蝗。萧、丰诸邑大水，人饥。〇七年，萧县山鸣。蝗群飞，望如远山。行地者越城渡河，禾稼木叶俱尽。或入人室中，啮毁衣物。〇八年六、七月，大雨，有蝗。萧邑为甚。天狗星堕，光如灯烛，长空尽赤。〇九年正月，萧城北门锁无故自开者三。五月，有蝗。六月，河决长山堤。八月，萧、丰河溢，大水。是秋，每日向夕，西方殷红如血。〇十年，蝗，饥。九月十三日，夜，大风雨。民避寇境上者，男女冻死相枕藉。冬，文庙灾。〇十一年春，旱。夏，徐、沛、丰蝗飞蔽天，食禾苗至尽。十二月十七日夜，地震。是岁，萧西山鸣，声隐隐如鼙鼓者三。〇十二年，诸属邑大旱。蓬蒿遍生，人呼为“离乡草”。〇十三年，大旱。二月四日，萧、丰言异风自北来，兵刃草树皆出火光。夏秋，蝗蝻遍野，人争捕杀，积道旁成丘，臭秽闻数十里。民饥甚，斗米千钱，棉菜及诸草种亦斗数百。人相食，流亡载道，非多徒众持梃，不敢昼行。或以妇子易钱百文、米数升，即去不复顾。诸县皆然。〇十四年，又大旱，蝗。人相食，道无行人。夏，大疫，死无棺殓者不可数计。八月，黄河清。常有鼠数十为群，渡河而北。十一月，丰有雉栖于县治。〇十五年，疫甚。四月廿四日，天鼓鸣。有大星陨，其光亘天。〇十六年九月，地震。十二月，又震。诸县并同。

国朝

世祖顺治二年，萧县甘露降于树。〇三年，丰县旧决口北徙，午沟至徐一带，河流顿浅。〇四年秋，雨，大水。萧东南九湖始涸，生鱼肥美，甲于他产。〇五年秋，雨，徐、萧间民饥。倏，野菽五种杂阜草中，众刈食之，活数千、万人。八月，萧黄桑峪产灵芝三本，皆高五寸。九月，萧姬村山鸣。是年七月，地震。〇六年二月，萧东山虎北渡河去。九月，地震。〇七年正月，萧民家牛产双犊。〇十年九月，丰县牡丹秋华，艳丽如春。〇十一年，雨雹，伤麦。〇十四年秋，豆大稔。〇十五年五月，地震。九月，河水溢。冬月，无云而雷。〇十六年夏秋，淫雨三月余，麦烂，秋禾亦伤。冬春，民饥。〇十八年秋，蝗蝝灾。

今上康熙二年夏，麦大稔。〇三年冬，孛星见东南方。〇四年正月，萧西山鸣。〇六年秋，大水，萧西北长堤决。〇七年六月十七日，地震，城垣、官署、民庐倾覆过半，远近压死人不可数计。是年，河溢、霪雨、蝗蝻相继为灾。冬，沛大雪，深五六尺。〇九年秋，河溢。冬，大雪，属邑有井泉冻者。〇十年八月，萧地震。河再溢。〇十一年夏，萧地又震。八月，河决山西坡，萧、砀大水。〇十二年十月，丰桃、李再实，状如王瓜。〇十五年，大水。〇十六年，又大水。夏，沛大雨雹，有巨如升斗者。〇十七年春，霜杀麦。秋又大水。自是，徐、萧连三岁被水，皆有蠲赈。冬，沛饥。〇十八年，旱，蝗。依水灾例蠲赈。〇十九年五月，丰大风雨，坏城堞屋舍，平地成渠，民数千家露处堤上。十月，彗星见，月余乃没。〇二十一年夏，萧大有麦。〇二十二年春，霾雾伤麦，尽枯。夏，天鼓鸣。秋，沛大水。〇二十五年春，沛饥。〇二十七年秋，雨，无禾。〇二十八年，丰雨，伤稼。〇三十年秋，沛有虎。〇三十二年秋，沛大水。〇三十三年，徐州黄河溢花山口。〇三十四年四月三日，丰地震。是年，花山口河又溢。〇三十五年秋，大霪雨，花山河溢，石狗湖水涨，坏城东南居民庐舍。沛亦大水。〇三十七年，河决李家楼口。〇三十九年七月，丰大雨，伤禾稼。〇四十年夏，旱。秋，沛大水。自是，连三年皆被水。〇四十三年，沛大饥，人相食。已，大旱，疫。〇四十四年三月，大雪。六月，龙见沛东北郊，首尾毕露。〇四十五年夏秋，淫雨。〇四十七年，大稔。〇四十八年，淫雨凡五月，无麦，民饥。蠲赈。〇五十一年，沛大水。〇五十三年，徐州麦秀双岐，有四、五岐者。自是，连岁皆稔。〇五十四年秋，沛大水。〇五十五年秋，邻县蝗入州界，不食禾，皆抱草自死。蠲赈沛饥。〇五十六年，留漕粮赈沛。〇六十年三月，沛大寒，井冰结不可汲。

徐州志卷之三

疆域

自昔传尧、禹之世，命竖亥、大章，步自南极，至于北陲，自东极至于西陲，各计如千里步。说出诸子，疑于诞谩。以今考之，《尚书》纪虞帝巡狩，一岁之中，周于四岳，固躬历之，不但籍记而已。则其在要荒之境，必命官量度，抑可知也。准是而推，今之郡邑详志疆域界分，俾守令者得因地制宜，夫非行古之道乎？自汉、唐黄河入汴以来，徐暨四邑被水患，荡析离居，已云数矣，赖守土诸贤经营相度，或堤防以遏其流，或疏凿以分其势，卒完聚无恙。是亦知其平居，于疆域内高下、险夷、远迩之数，既熟悉之，始临事措注，咸得其宜。则今志境地，由某至某，计如千里步，其关于政治甚钜，非等贾竖之记水陆程也已。

徐州

徐州之域，西北去京师一千五百一十里，东南去省城七百四十里。东八十五里为林子头，接淮安府之邳州界；西二百一十里为兴山店，接河南归德府之虞城县界；南六十五里为闵子祠，接凤阳府之宿州界；北八十五里为利国驿，北接山东兖州府之滕县界；东南九十里为双沟，接凤阳府之灵璧县界；西南一百五十里为蔡家寺，接归德府之永城县界；东北一百里为汴塘集，接兖州府之峄县界；西北二百里为欢沟，接兖州府之金乡县界。东西广二百九十五里，南北袤一百五十里。城西五十里为萧县，一百八十里为砀山县，西北一百二十里为沛县，一百五十里为丰县。

萧县

萧在州城西五十里。东十八里为齐村，接本州界；西六十里为李家楼，接砀山县界；南四十里为高岳集，接宿州界；北三十里为北辰集，接本州界；东南九十里为张山，接灵璧县界；西南一百里为蔡家寺，接永城县界；东北二十里为兴隆集，接本州界；西北七十五里为李坐君家集，接砀山县界。东西广七十八里，南北袤七十里（萧之境，广狭相半，略如犀角形，自西北斜亘东南，其西南隅又稍出错永、宿境中。县治近北隅，逼邻州境。故上所纪，广袤仅数十里。若由相山至张山以北，东西相距甚远，此嘉靖旧志所以谓东西广百数十里，南北仅三之一也）。

沛县

沛在州城西北一百二十里。东三十里为关王庙，接滕县界；西四十五里为扬明集，接丰县界；南三十里为王家集，接本州界；北五十里为宋家闸，接兖州府之鱼台县界；东南三十里为张家集，接本州界；西南三十五里为葛家口，接本州界；东北四十里为夏镇，接滕县界；西北三十五里为牛头河，接鱼台县界。东西广七十五里，南北袤八十里。

丰县

丰在州城西北一百五十里。东十五里为丁兰集，接沛县界；西七十里为马良集，接兖州府之曹县界；南四十里为李盘龙集，接砀山县界；北三十里为鸾家集，接鱼台县界；东南三十里为旧李家口，接本州界；西南三十里为孙家集，接砀山县界；东北十五里为台上集，接沛县界；西北五十里为欢沟，接金乡县界。东西广八十五里，南北袤七十里。

砀山县

砀山在州城西一百八十里。东五十里为侯家口，接萧县界；西三十里为兴山店，接虞城县界；南十五里为乐家集，接归德府之夏邑、永城二县界；北四十里为马良集，接丰县与兖州府之单县界；东南四十五里为李坐君家集，接萧县界；西南四十里为鼎[1]新杨家集，接虞城县界；东北三十五里为李九家集，接丰县界；西北六十里为刘家口，接单县界。东西广八十里，南北袤五十五里。

——以上方维、地名、里数悉照现今各里地开载，与旧志略异。

形胜

《易》曰："王公设险，以守其国。"所以备寇盗与非常也。今之郡县，即古之

① 原作"顶"，据本志《都鄙附》及乾隆《砀山县志》改。

侯国、列辟，承王命守土，以为民捍灾御患，其山川形胜所在，一岁之中必再为巡省，为守令者亦何独不然？吴起对魏侯曰：“在德不在险。”此因事纳忠之意，实亦老生常谈，不足为恃陋者藉口也。旧志杂引古语，若无伦次，然一州之概已了然指掌，故稍为损益存之。

徐州

南宋[①]王玄谟云：“彭城南届大淮，左右清汴，表里京甸，捍接边境，城隍峻整，襟卫周固。又自淮以西，襄阳以东[②]，经涂三千，达于济岱。六州之人，三十[③]万户，常得全安，实由此镇。”后魏尉元云：“彭城，宋之要蕃，南师来侵，莫不因之以陵诸夏。”[《舆地记》云][④]：“郡城由来非攻所能拔。”旧志[⑤]云：“山自西南，连络东趋，以极于海；河自西北，萦洄南注，以达于淮。襟带江淮，上游雄视，枕联河洛，万壑为宗。”唐韩愈诗云：“汴泗交流郡城角。”宋苏轼诗云：“乱山合沓围彭门。”又云：“冈岭四合，隐然如大环”“楚山以为城，泗水以为池”。又云[⑥]：“吕梁龃龉，横绝乎其前；四山连属，合围乎其外。”《禹贡》注云：“沂泗诸水在其前，冀东与兖、豫之地，皆可接引在怀抱拱揖之内，亦东方一形胜也。”《广舆记》云：“东接齐鲁，北联赵魏，南通江淮，西控梁楚，中原要害之地。”又苏轼《上皇帝书》云：“彭城三面被山，独其西平川数百里，西走梁宋。其城三面阻水，楼堞[⑦]之下，以汴泗为池，独其南可通车马，而戏马台在焉。其高十仞，广袤百步，若用武之世，屯千人其上，聚檑木炮石凡战守之具，以与城相表里，而积三千粮于城中，虽用十万人，不易取也。其民皆长大，胆力绝人，雄桀之气，积以成俗。魏太武以三十万众攻彭城而不能下，岂非以其地形便利，人卒勇悍故耶？”

萧县

宋晁端中云：“萧之为邑，负山濒河，多古形胜。《传》称萧人拒楚，以蕞尔之萧，乃与楚抗，故其城垒高大，周袤数里，游其国者，想见昔人恃险深阻之迹。”

① 按：此“南宋”为南朝之刘宋，旧志惯用之语。
② 原作“北”，据《通典》《元和郡县志》等改。
③ 原作“千”，讹同嘉靖《徐州志》，据《通典》《元和郡县志》等改。
④ 四字据《通典》补。
⑤ 按：“旧志”指嘉靖《徐州志》，以下句引自嘉靖《徐州志》卷四《山川 · 序》。
⑥ 以下句实引自苏辙《黄楼赋》。
⑦ 原作“牒”，据《东坡全集》卷五十二改。

旧志云："带汴襟淇于西北，阻山控湖于东南。"又云："昔称雄陬，居两洪上游，九河下冲。齐鲁之南障，淮徐之西辅。"又云："群峰环抱，锦水带流。蟠蛇栖凤，左右互丽；踞虎眠牛，远近回映。"明吴节云："萧本古文献诗礼之国，与邹鲁同风，故境多诸贤遗迹。"新志云："萧多佳山水，往往珍木灵草产于其间。"又云："萧处众山之中，壤接宿、永，草树荒阔，易于伏莽，守土者宜未雨彻桑焉！"又旧志序云："自商、洛以东，兖、郓以南，平原大陆，旷衍千里，无高山陂泽之阻。至于徐、萧、丰、沛之间，则受南北之冲，扼江淮之会。外则大河奔注，波涛激射，亘古迄今，朝宗于海；内则崇山联绵，林谷亏蔽，田畴绣错，井邑星罗。故风土独异，而萧于众邑，复为最阻。"

沛县

旧志云："沛无高山大林之险巘。薛河来其左，泡泉出其西。泗水之流，自北而东。平原旷野，土地莽沃。"嘉靖郡志云："控接诸道源泉，洪流四合，纡回包络，天堑为固。"又云："郊垧旷衍，四望弥弥，颇称沃壤，足耕稼蚕桑。"明费宷云："高原巨陆，汇泗阻河。四方之贡赋，舟车达京师者，道沛无虚日。"王梃云："沛为徐属邑，当江淮之上游，国家转漕东南，不导此不达。"又诗云："雉影干云上，龙文抱水流。金汤一壮丽，齐楚定咽喉。"张贞观云："沛，蕞尔邑，实汉祖龙兴地，乃其脉络齐楚，襟带扬豫，固中原一大枢要。"

丰县

邑志云："重城环抱，沟池周匝，华山卓云而左拱，河流萦绕以西来。"明陈文燧云："华山拱其前，泡水环其后，旷野平原，寥邈无际，固胜地哉！赤帝子四百年王气，实发祥于此乎？"万恭云；"倚华山之麓，为长山蛇堤，延袤二百余里。循堤而升华山之巅，以东望齐、滕，南仰凤、泗，西盼宋、卫，北瞻岱宗。诸阜皆若揖若拱，若顾若留，沨沨乎有《大风》之思焉！"

砀山县

邑志《序》云："嬴氏裂天下为三十六郡，而砀居一；两汉大封懿亲，而梁为首。李唐则名藩之邑，赵宋则股肱之郡。"郡志云："砀无高山大林之险阻，东近齐鲁，西联郑魏，黄河经带于后。原隰膴膴，可用耕桑。"明邑人王生云："砀，弹丸邑，江淮控其左，梁魏联其右，齐鲁接其后。面山滨河，古今一要害区址也。”志又云：“南望芒砀而骇瞩以盱，北倚大河而沟堑以迴，天朝周画，险设重城。”

风俗附

徐州

《隋书·地理[①]志》云：“大抵徐、兖同俗，故其余诸郡，皆得齐鲁之所尚，莫不贱商贾，务稼穑，尊儒慕学，得洙泗之俗焉。”又云：“考其旧俗，人颇劲悍轻剽，其士子则挟任节气，好尚宾游，此盖楚之风焉。”唐杜佑《通典》云：“徐方，邹鲁旧国。汉兴，犹有儒风。”宋陈师道云：“霸者之习[②]，以武为俗。”苏轼云：“汉高祖、刘裕、朱全忠，皆在徐州数百里间。其人以此自负，雄杰之气，积以成俗。胆力绝人，小不适意，则有飞扬跋扈之心。”明廖道南云：“彭城山峻以踞，水奔以驶，士皆负气而好侠，轻生敢死而崇大义，用之可以理盘错而纾大难。”嘉靖志云：“承平日久，俗渐丕变，民知怵法畏吏，不闻骩治。”

按：上数条专论徐州，实已统四县而言。盖同处一方，气习相近，历数千年，亦无大改移也。旧志并诸县各疏其短，据彼时所见，或亦有然；以今视之，反觉不合，故削之，但存古语。然就其言味之，醇与疵固自两不掩焉。

萧县

宋晁端中云：“萧，风俗浑厚，多智虑，务农生财，饶于他邑。”明嘉靖志云：“萧阻山控湖，土沃利兴，山深俗朴，其人敦愿悫而勤本务，恂恂有往古之遗风焉。”又云：“其人习智虑，喜刚劲。”邑志云：“萧介徐宋邹鲁之交，人多刚劲，务稼穑，循礼义，而俗尚鬼，信巫觋，崇奉神祠。”

沛县

元虞集云：“自昔沛以勇宕为俗。”明嘉靖志云；“物阜民聚，用是崇礼知方，俗鲜告讦，虽古淳庞之遗，抑亦多赖之助。”又云：“其闾右有力，或激昂其岸，怙

---

① 原作“里”，径改。

②《后山集》卷十二《徐州学记》、《明一统志》卷十八《徐州》作“余”。

恃以自雄，亦勇宕之流风焉。”邑志云：“地邻邹鲁，人务稼穑，敦尚礼义，不乐斗讼。婚姻死丧，闾里相助。”又云：“婚不论财，人知教子，百年无告讦之风。”

丰县

《汉·地理[①]志》云：“俗多楚音，朴直舒徐。”《一统志》云：“地邻邹鲁，夙有儒风。然俗好刚劲，尚气节，轻剽急疾，虽庸下莫肯少俯。”州旧志云：“丰熟，可抵三州。民事农桑，乐输赋税，其俗亦淳。”邑志云：“敦行尚义，务本力穑，婚不论财，丧不从俭。”唐白居易《朱陈村诗》云：“徐州古丰县，有村曰朱陈。去县百余里，桑麻青氲氲。梭杼声轧轧，牛驴走纷纷。女汲涧下水，男采崖上薪。县远官事少，山深民俗淳。有财不行商，有丁不入军。家家守村业，头白不出门。”此足想见当年风俗。

砀山县

《图经》云：“风俗高迈，迥出等伦。”元人云：“砀邑之学，弦歌方盛。”明嘉靖志云：“砀山界乎萧、丰，盖兄弟之国也，风习所沿，不大相远。故其民躬稼食力，好勇而尚义[②]，木强而易使，庶几古椎朴之风焉。”邑志云：“士重廉耻，民尚礼义。”

城池

先王设城池以为民卫，而后宫府、庐舍、市廛次第以立，俾斯民无忧寇盗，而礼让之俗乃可以教而成也。顾其卜筑，必逐水草便利之地；通都大邑，辄濒河渎而居。缘是，而民厄于水者又时时有之。此非古人智不及谋，盖明以善后之方，俟将来也。徐境五城，皆临大河。前明之季，被灾尤甚。州城差完固，得未尽颓；而诸属邑则败坏沉溺，至于屡迁。苍赤荡析离居，良云惨矣！令当年初建，若董安于之筑晋阳，岂至此哉？今幸际成平之世，固天实祚之，必无是事也。然而未雨绸缪，则守土者因时议葺，其亦不可以已夫！

---

① 原作“里”，径改。

② 原作“力”，据嘉靖《徐州志》卷四《山川》改。

徐州

唐尧封大彭氏国，其城在大彭山下，距今城三十里。今城未知何时建。秦末，楚怀王心自盱眙徙都于此。历代相沿。刘宋王玄谟称为城隍峻整，元魏尉元亦称其险固。太武尝以三十万众攻之，不能克，引去。赵宋熙宁中大水，知州苏轼增筑各门子城。金完颜仲德同佥徐州，垒石为基，增城之半，复浚隍引水为固。元置武安州，移城于东南二里许，即今广运仓地。明洪武初，复旧城修筑，垒石甃甓，周九里有奇，高三丈三尺，趾广如之，颠仅三之一。三面阻水，即汴泗为池，独南可通车马，濠隍深广各二丈余。堞凡二千六百三十八，角楼三，铺五十一。为门四：东曰河清，西曰通汴，北曰武宁，南曰迎恩。嘉靖四十年，黄河涌西门，城几溃。万历二年，水益大涨，浸城过半者三月，副使舒应龙、知州刘顺之环城增护堤，又建闸泄堤内注潦于城南，城得不溃。十八年，城中又患积水，兵备陈文燧开支河[①]引泄，至今赖之。四十二年，参议袁应泰重修故城四门，各增箭楼，更门之名：东曰明德，南曰奎光，西曰威远，北曰拱极。天启四年六月甲申，河决奎山堤，夜半坏城，内外溺死人不可胜纪。兵备杨廷槐、署州事司乃疆请迁于南二十里铺，已兴役十余月，会给事陆文献疏《徐城六不宜迁》状，遂罢。崇祯元年，兵备唐焕修复旧城。七年，参议徐标补葺之，三面凿池，南北增敌台四。入本朝顺治十八年，兵备项锡胤修浚城垣六十四段、楼十二座，隍一千三百六十八丈。西门大楼、箭楼，旧废重新。阅三载，康熙元年始成。七年六月十七日，地大震，城坏。至今不时补葺，犹未复其初云。

萧县

古萧国城，在旧县治北半里。传其城周九里三十[②]步，门四，曰安仁、达义、冀门，一逸其名。春秋，宋封萧大心以为附庸，即其地。楚灭以为县。历秦、汉、晋、唐，废置不一。至赵宋时，河[③]决水没，乃筑南城，徙县治，北连旧城，岁久亦圮。明正德十一年，知县王隆即南城故址增筑土城，外甃以石，周四里许。城外浚濠，更为四门，曰木荣，曰金英，曰朝阳，曰拱极。嘉靖乙亥，知县孙重光为楼四门上，更旧名曰秦观，曰楚望，曰朝宗，曰拱辰。隆庆间，黄河水数溢浸，城几溃。万历二年，水又大涨，城外成巨浸，知县宋伟障御之，乃得不溃。五年夏，水

---

① 即今奎河。

② 原倒作“十三”，据嘉靖、万历《徐州志》及康熙《萧县志》乙正。

③ 原作“何”，径改。

溃城，官廨民舍俱沉，知县伍维翰乃请迁城于白茅山麓，皆拳石甃之，为四楼门，曰朝阳、望岁、向明、拱极。十八年，知县康炜复内积碎石护之。崇祯九年，流贼突至，攻城二昼夜，遂破入，杀民人万计。明年，贼再至，城又破。自是，垣墉尽颓坏为瓦砾场矣。至本朝顺治五年，知县祖永勋招徕安集，修城浚隍，易东门曰龙城，西曰杼秋，南曰永固，北曰三台。康熙四年，知县沈大观益大修治，城垣坚厚，楼堞聿新。经七年地震，屹然不败。五十年，知县徐大生以圣庙告成，从诸生请，于西南开小南门，名曰大成[①]门。至今萧有五门焉。

沛县

沛古城在微山下，汉时所筑，久废。元至正十七年，同佥孔士亨据其地，筑小土城，周二里有奇，后亦圮。明初无城，县治邻于泗水西浒。嘉靖二十二年，知县王治因县治创筑土城，周五里，高广各二丈，隍深广如之。为门四，曰永清、会源、恒休、拱极。二十五年，知县周泾因之，垒石甃甓，高广视旧稍增。改门之名：东曰长春，南曰来薰，西曰永清，北曰拱辰，增建雉堞台铺。四十四年，黄河泛溢，城为土没者五六尺，濠且淤为平陆。隆庆元年，知县李时开南门于城之东南隅。万历二年，知县倪民望重修，新北门楼。十年，知县周治升开便门于东北隅，泄城中积水。十六年，知县符玺浚广城濠。二十五年秋七月，知县罗士学增建东、西二角楼。三十一年秋，黄河复泛，城垣崩塌者，南门迤西三丈一尺，东门迤北三十一丈五尺。三十三年，知县李汝让命工整葺，修护城堤。旧本有堤，后渐卑薄，不足以障河水。至是修治，高厚视昔加倍，城郭赖之。以是，沛屡被水，独不议迁。

夏镇城，在县治东北四十里，新河西岸。万历十六年，工部主事杨信筑南、北、西三面；十七年，主事徐继善筑东一面，城始完。城门四，各有楼：东曰见岱，西曰瞻华，南曰延庆，北曰拱辰。东西临河，又多辟二门，曰弘济，曰小水门。后城渐圮。天启六年，郎中丰建欲尽易砖，以用不足，仅完三十丈而罢。城外旧有濠，崇祯间，工部分司朱瀛达为建二闸，以通于河。其西南护城堤，为万历中主事王焕所筑。

① 原作“城”，以文庙有大成殿视之，应误，据乾隆《徐州府志》、嘉庆《萧县志》改。

丰县

丰城之建，在秦以前。史称始皇筑厌气台于此，凿城内四隅，为大池四，各深数丈。延至北朝，赫连氏复蒸土筑之，最为坚厚，计周九里许。明正德十三年，知县裴爵以数罹水害，乃环城筑堤，以为捍御。嘉靖五年，河决城陷，知县高禄迁于华山之阳。九年，知县赵寿浚沟筑墉，环卫县治。二十一年，知县李崇信拓其址，筑土城，高可丈许，周六百一十二丈，为门四，各有楼，曰阜民、拱极、望鲁、通汴。三十一年，知县徐蓂从民议，复还旧地，筑土城居之，周一千九百八十四步，高二丈余。三十四年，知县戴辅始修四门楼橹，东曰启元，南曰大亨，西、北曰美利、肃贞。三十八年，知县胡乂心增筑护城堤若干丈。万历二年，知县吴文光重加补筑。十九年，知县费思箴始傅甓石，增楼橹、雉堞、铺舍，一改旧观。易门之名：东曰望华，南曰中阳，西曰障澜，北曰大泽。三十年，河决，知县戴一松益修筑护城堤，加旧高广。崇祯九年，流寇及徐沛，知县方遴偕于四门各创子城。至国朝顺治二年，署县事胡增光又于城角外创炮楼四。五年秋，有寇警，知县阎珝修缮，增女墙二尺，于外堤复筑土城数百丈，开浚隍池，架以木桥，重城环抱，巨堑汪洋，遂称险固。

砀山县

砀在秦汉间皆为郡，其城最久。至金兴定时，避水迁鱼山保安镇，今为永城县境。元时还旧治，即今县地，尚未建城。至明正德八年，知县李金始创筑土城，高九尺五寸，周百六十八丈，隍深一丈。为门五，外护以堤，周九里有奇。后以河患，稍圮。嘉靖中，副使王梃令重修，并植柳其上。嗣知县王绍元复请增筑，重植柳，以为障护。至岁壬戌[1]，河益泛溢，城没于水，仅存遗址。万历二十一年，又为水没，并遗址亦荡然尽矣。二十八年，知县熊应祥改迁旧治西里许，筑土城砖堞，高一丈五尺，基广三丈，周八百四十丈二尺。建门四，各有楼：东曰景云，西曰瑞洛，南曰永保，北曰企宁。门外各留马道三丈，内亦各留马道，南二丈，东、西、北各一丈五尺。隍深一丈，广五丈。永保门东、西皆有水门，泄城中积涝。砀自是始有规模。厥后，岁遭霪雨，堞城皆圮，知县朱之扬、陈秉良相继修筑。未几，又圮。四十八年，知县蔡一熊以官民废地申请变价，得十之一，改建砖城，修四门楼，更“揆云”诸名。崇祯十二年，知县刘芳复加修浚，城隍益高广。至本朝康熙

① 壬戌，即嘉靖四十一年（1562）。

三十七年，知县柴尔皓、乡官汪润又捐金修葺，屹然称岩邑焉。

都鄙附

徐州

街十四

威远街、河清街、太平街（南门外汉高皇庙前）、中正街（以上城东南隅）。

平治街、马市街（以上城西南隅）。

兴化[1]街、武宁街、务本街、敦教街、阜民街、崇礼街（以上城西北隅）。

会通街、广济街（以上北关厢）。

坊三十九

承流坊（州治东。明初建，嘉靖间废。万历元年，知州刘顺之重建，易名“兴贤”）

宣化坊（州治西。建废与承流坊同。顺之重建，易名“图治”。后并废）

桂芳坊（北关厢，为举人马蕙立）

奎英坊（东门外，为举人沙杰立）

步青云坊（州治前，为举人孙珩立）

登俊坊（西南隅，为举人王景立）

进士坊、绍芳坊（俱东门外，为进士沙立立）

世桂坊（西南隅，为举人王度立）

翮元坊（北关厢，为举人马瞰立）

翀霄坊、进士坊（俱东门外，为进士张佶立）

世科坊（北关厢，为举人马湘立）

鸣凤坊（州治前，为举人卞祥立）

飞腾坊（北关厢，为举人张鼎立）

冠英坊（东北隅，为举人刘经立）

进士坊（东北隅，为进士马津立）

柱史坊（为御史马津立）

廷尉坊（为大理寺丞马津立）

---

① 原作“兴武”，据徐州旧志改。

亚魁坊（州治前，为举人刘霁立）

鹗荐坊（南门内，为举人高淳立）

进士坊（州治前，为进士朱乾亨立）

义民坊（西北隅，为刘茂立）

进士坊（州治南，为进士陈汝麟立）

臬宪坊（为佥事陈汝麟立）

孝子坊（南关厢，为周正立）

贞节坊（在南关厢，为生员李纲妻魏氏立）

节孝坊（兵道东，为监生李三省妻谭氏立）

天朝元辅坊（北门内，为大学士权谨立。城没后，参议徐标复立）

孝子坊（在吕梁洪。明弘治壬戌，主事刘天麒为孝子杨荣、杨辅父子立）

烈节坊（在房村驿，为睢宁人冯康运妻高氏立）

节妇坊（北门外，康熙二十一年为乔尚义妻赵氏立）

霜节坊（州治西南，康熙三十七年为生员吴廷焞妻张氏立）

贞节坊（州治西南，康熙四十二年为生员吴相妻杨氏立）

节孝坊五（一顺治十八年为杨文伯继妻张氏立；一康熙四十五年为韩启铨妻苗氏立，并南门内。一康熙三十四年为钟玉妻黄氏立；一康熙三十五年为赵体义妻谢氏立，并下洪。一康熙三十六年为丁廷槐妻周氏立，在河北）

乡八

在城（俗称“在乡”①）

一乡（古名隆德乡，在东南境）

二乡（古名昌化乡，在东境）

三乡（古名福宁乡，在东北境）

四乡（古名延寿乡，在北境）

五乡（古名安乐乡，在西北境）

六乡（古名嘉祐乡，在西南境）

七乡（古名崇庆乡，在东南境）

——右，城乡编户一百三十里（据旧志，编户如此。以今校之，多不相合。盖从民便，随时增损，前此已然，不自近年始也。兹特存旧制备考。四县仿此）

村九十八

一乡十村（塔山、双井、白塔、坊亭、稍子、悬水、北集、顾贺、驼沟、赤兰）

① 案嘉靖《徐州志》：“在城隅四，在乡七乡。”顺治《徐州志》：“旧止分七乡，今合在城九里，为乡八。”乾隆《徐州府志》：“旧城地俗曰在坊乡，合在乡七乡为八乡。”俱系城内城外而言。此言在城俗称“在乡”，似误。

二乡六村（堌台、屯头、马头、新郭、安枝、下店）

三乡十七村（苏伯、辛马、王解、南蔡丘、张村、南冯[①]、冈头、枕沟、柳泉、侯村、单庄、北冯、夏朔、东高、吕村、西高、北蔡丘）

四乡十三村（南关庄、三梁、溜沟、南曲直、姬村、临秦、末直、清水沟、呼家、韩村、北曲直、马栏、浊河）

五乡二十三村（奉阳、金陵[②]、南邵团、北欧、杜村、城子、曹团、北邵团、安丘、孙村、浊沙、北林、双堌、南楼子、朱村、南欧、东曹、龙堂、新曹、北楼子、黄村、胡庄、西曹）

六乡十一村（龚成、义安、马场、大彭、董村、桃山、灌沟、林前、林后、阎村、塔山）

七乡十八村（三山、黄钟、义堂、南黄钟、梨林、胡山、贾城、张盆、西房、北黄钟、双沟、中房、南却鲍、北却鲍、东房、吴疃、龙堂、栲栳）

集五十三

一乡十一集（旧制杨家庄，后设来安、单家、吕梁、位家、侯家、冈上、滩头、土城、伊庄、悦来）

二乡七集（旧制汴塘、泉河、塔山，后设屯头、芦山、小店、南店）

三乡二集（旧制利国监，后设柳泉）

四乡七集（旧制丁家，后设复兴、太平、浊河、兴隆、郑家、唐家沟）

五乡十七集（旧制黄家、冯家、敬安、石城、楼子、管粥、黄村，后设新安、豆虎店、湾里、公平、葛家口、兴仁、胡李、徐家店、顺河、袁家）

六乡一集（后设桃山）

七乡八集（旧制双沟、房村、黄钟、胡山，后设双庙、王庄、张家、中立。○按旧志[③]：一乡有淡家、林子头；二乡有辛贾山、十里沟、堌台、马头、溜白沟、泉上、青山；三乡有境上、留城、夹沟、溜沟、谢沟、皮沟、南庄；五乡有新集、胡庄、城子院、杨村、金陵、火燎、雁麦、五沟；六乡有马栏、灌沟、安山、丁塘诸集。今并废）

① 原作“南堣”，其讹始自嘉靖《徐州志》，今据正统《彭城志》、弘治《重修徐州志》并参下文“北冯”改。
② 原作“阳”，据嘉靖《徐州志》、万历《徐州志》、乾隆《徐州府志》改。
③ 原作“制”，据四县文例改。

萧县

坊二十

迎恩坊、集贤坊（并在旧县治南）

易安坊（旧县西北，为知县刘俨立）

登云坊（旧治西北，为举人杜礼立）

及第坊（旧县西南，为举人王邻立）

进士坊（旧县东北，为曹士正立）

登科坊（旧县治南，为举人朱信立）

登瀛坊（旧县治南，为举人郑诲立）

恩荣坊（旧县北，为员外郎孙谦立）

豸史坊（为御史王业立）

一登坊（为员外郎李性明立，并在旧县东北）

兴贤坊（儒学前，知县康炜立）

忠祐坊（城隍庙前，知县康炜立）

孝子坊（东门外，为王可邻立）

贞烈坊（为儒士张[①]冲奎妻徐氏立）

烈妇坊三（一为生员马世禄妻王氏立，一为生员彭好古妻丁氏、一为赵之璧妻马氏立）

节妇坊二（并在东门内，一为邑民宫诏妻郝氏立，一为生员朱道光妻梁氏立）

乡八

在坊（旧城地，俗称在坊乡）

乐善乡（县北）

里仁乡（县南）

孝义乡（县西北）

红亭乡（县西南）

仁寿乡（县西南）

都仁乡（县东南）

仁智乡（县东南）

——右，坊、乡编户三十七里。

镇三

永堌镇（东南二十里）

永宁镇（西三十里）

安民镇（一名“东镇”，西四十里）

① 原作“赵”，据顺治《徐州志》卷一《里图》、卷七《阃德》，康熙《萧县志》卷五《建置》改。

店八

帽山店（西南十里）　　朱珊店（西二十里）
曲里店（西二十里）　　孟城店（南十五里）
刘家店（西六十里）　　梁郭店（西北十五里）
暑兰店（东南七十里）　　张山店（东南一百一十里）

集二十六

南三集（朔里店、丁里、永固）
北四集（芋曲、北辰、吕间、管粥）
西七集（韦家道口、杨家、吴家、西陈、红庙、棠林、锦川桥）
西南四集（瓦子口、留歇、青里、高岳）
东南二集（庙桥、桃山）
西北六集（申明亭、赵家圈、姬家庄、黄家口、郝家、雁门）

沛县

街十四

县前街、东门街、南门街、寺前街、北门街、小北门街、西门街（以上在城内）

南关街、新学街、颜公祠街（以上在南关）

东关街、穿心楼街、竹竿巷街（以上在东关）

河东街

坊四十

南畿第一坊（在县治前，知县李汝让建）
承流坊（治东）　　宣化[1]坊（治西）
泮宫坊（儒学前）　　作圣坊（儒学东）
成材坊（儒学西）　　澄清坊（察院前，今废）
歌风台坊（歌风台前，知县苏万民建）
泗亭坊　　有材坊　　崇教坊　　清化坊
登瀛坊　　中和坊　　达道坊　　迎恩坊

① 原作“北”，据万历《沛志》卷七《建置 · 坊表》改。

昭惠坊（旧子胥庙前）
樊井坊（知县罗士学立）
崇德报功坊（夏镇镇山书院前）
金声玉振坊（夏镇义学前）
枢密坊（[为]枢密院判蔡景丰立）
柱史坊（[为][1]监察御史蔡楫立）
登云坊（为举人杜旸立）
攀桂坊（为举人张威立）
步蟾坊（为举人李巽立）
桂林坊（为举人赵斌立）
折桂坊（为举人蒋让立）
进士坊（为进士李绅立）
鹗荐坊（为举人周崧立）
光启坊（为举人刘章立）
凤鸣坊（为举人周乾立）
鸿胪坊（为鸣赞唐弼立）
孝子坊（为孝子杨冕立）
养民坊（为义民周昉等立）

节妇坊三（一为元李伯奴妻白氏立，一为元刘宅妻王氏立，一为张化龙妻胡氏立）

烈女坊（为生员杜宗预女立）
烈节坊（为生员朱奕讱妻张氏立）
节孝坊（为陈仪妻孟氏立）

乡五

坊郭（俗称坊郭乡）
广戚乡（县东）
泗亭乡（县北）
千秋乡（县西）
汉台乡（县南）

——右，坊、乡编户三十里[2]。

村三[3]十九

广戚十六村（旧制鸿沟、丁马、丁村、泉水、塔墟、张家、杨庄、大刘、高村、房村，后设石羊、小刘、南庄、络房、纸房、白冢）

泗亭二村（旧制大社、科城）

千秋六村（旧制郚村、周田、小房、灌城、彭村、蔡家）

汉台十五村（旧制瓦子、临堤、高垞、鲁村、黄重、北秦、于家、秦村、栗子、犇口、黄家、欧家、房枝、杨家场、官庄。〇按：旧志广戚乡有三河口、泗亭乡有张家庄、千秋乡有十字河诸村，邑志皆不以村名）

---

① 以上二字据文例补。

② 顺治《徐州志》及明旧志作“三十八里”。万历《沛志》卷六《舆地·乡村》云：“邑旧为里三十有八。自嘉靖乙丑河变后，田庐荡析，人民流徙，版籍空存，而户口日趋凋落。万历九年，知县周治升牒诸当道报可，乃并为三十里。”

③ 原作“二”，据四乡总数改。

镇二

夏镇（在广戚乡，古名夏村）

沙河镇（在千秋乡）

店四

沽头闸店（广戚乡）

庙道口店（泗亭乡）

刘八店（千秋乡）

金沟［店］①（汉台乡）

集十四

广戚二集（旧制邵玉、三河口）

泗亭二集（旧制曲房、欢城）

千秋四集（旧制杨名、高房、张鲁，后设贺堌）

汉台六集（旧制马村、谢沟、戚山，后设张家、卓家、贺家口。〇按旧志：广戚乡有南庄、夏镇，千秋乡有中立、周田，汉台乡有秦村诸集。邑志：中立集废，余皆不以集名）

丰县

坊二十五

承流坊（县治东）

宣化坊（治西）

中阳坊（治东北）

仁风坊（治东南）

嘉庆坊（治东）

游艺坊（治西）

澄清坊（察院前）

大成坊（文庙前，即泮宫坊）

鱼龙变化坊（儒学前，明知县常思温立）

科第坊（儒学东）

翰林坊（为孔目王正立）

绣衣坊（为御史赵恕立）

专城坊（为知县王正立）

进士坊（为李秉忠立）

折桂坊（为举人王献立）

攀龙坊（为举人秦②表立）

附凤坊（为举人张孟周立）

步蟾坊（为举人裴纪立）

孝行坊（为生员周潭立）

贞寿坊（为梁佳芳妻韩氏立）

烈女坊（为生员齐来庭女立）

烈妇坊（为周诗妻李氏立）

---

① 底本漫漶，字据万历《沛志》、顺治《徐州志》补。

② 原作“袁”，讹同顺治《徐州志》，据嘉靖、万历《徐州志》及隆庆《丰县志》改。

贞节坊三（一为生员李天瑞妻渠氏立，一为生员裴衮妻常氏立，一为孙来谷妻王氏立）

保十九

在城

华山保、大乌保、留顺保、丁兰保、万安保、襄田保、七级保、艾村保（以上八保，县东南）

安靖保、苗城保、新赵保（以上三保，县西南）

司马保、田村保、食城保（以上三保，县西北）

忽城保、力村保、永安保、新村保（以上四保，县东北）

——右，城、保编户十九里。

庄九

杨庄（县西北）

刘庄（县西北）

马庄（县东南）

胡庄（县北）

枣庄（县南，今废）

陈庄（县东南，今淤）

赵、丁、褚三庄（并县西北，今皆成集。见后）

店二

黄家店（县北）

任家店[①]（县北，今废）

集三十二

南三集（旧制棠林，后设管勾、永庆）

北三集（旧制常［家］[②]店、大圣，后设顺合）

东一集（后设纚口）

西南三集（旧制苗城，后设许家、永宁）

东南八集（旧制艾村、华山、襄田，后设风化、安仁、新丰、谢家）

西北十集（旧制忽城、褚庄、赵庄、丁庄、洪光、司马、首美、便益、新安、刘家）

东北四集（旧制丁兰、停灵台、兴利、贺堌。〇按：旧志有午沟集，邑志有杏

① 原作“庄”，据隆庆《丰县志》、万历《徐州志》改。

② 字据隆庆《丰县志》、万历《徐州志》补。

花、文明二集。午沟久没于河，杏花即旧艾村集，文明集废）

砀山县

坊十四

崇教坊（在城） 庸信坊（在城）

居仁坊（在乡） 兴化坊（在乡）

进士坊二（一为倪鼎立，一为李稳立）

柱史坊（为御史朱安立） 登科坊（为举人王怿立）

鸿胪坊（为署丞刘濬[1]立） 彩凤坊（为御史李稳立）

锦衣坊（为锦衣卫百户武振立）。

贞烈坊二（一为谢文焕妻程氏立，一为刘崇基妻李氏立）

贞节坊（为儒士朱魁妻陈氏立）

社二十二

在　城	东张社	陈村社	渠城社
赵九社	原奉社	柳庄社	大彭社
青台社	浮沟社	子乾社	双沟社
段庄社	蒲芦社	使庄社	封池社
马昂社	忠义社	兴礼社	保安社
务本社	重安社		

——右，城、社编户二十五里。

店二

西镇店（城东） 王达店（城西）

集二十六

南一集（后设南镇）

北三集（旧制市力、羊耳，后设窦家）

东三集（旧制毛城、赵九，后设侯家）

西一集（旧制吕家）

① 原作“济”，据旧志改。案乾隆《砀山县志》：刘濬，叙之孙，成化间贡，官宜春县丞。

东南二集（旧制小神，后设盘龙）

西南三集（后设刘家、[戚][1]家、鼎新）

东北八集（旧制麻城、双沟、杨村、礼河，后设胡宋、里仁、福庆、顺应）

西北五集（旧制籛城，后设忠义、吴家、回堽、北镇）

① 原墨丁，字据乾隆《徐州府志》补。案府志：戚家集，在县西南十五里。

徐州志卷之四

山川

《禹贡》分九州，以山川为疆界。商、周封国，必表其地之名山作镇。《诗》云："锡之山川，土田附庸。"盖首纪之，非为其能兴云雨、润泽群生故耶？秦罢侯置守，分剖郡县，而封内山川，制诏中不一及之，遂至名号混淆，不复可稽，其违失古意多矣。郑渔仲云："州县之设，有时而更。山川之秀，千古不易。"则其神灵和气，钟毓英贤，为宇宙建不朽业，又宁可不推本其所由欤？彭城地围山带河，雄峙南北，为海内名区。封域中前人遗迹，难更仆数，皆列于山巅水涯，益不可以无纪。旧志作总序，联络山川，如画沙聚米，全徐胜概了然在目，不知何人笔，兹为补订存之。后仍如今志例，分列山川，各为标目，疏其距城里数，及序所未及载者，即用为注，便人检核焉。

徐州

城北五里曰九里山，东西连亘，凡九里。相传有穴，潜通琅琊、王屋，今不知处。其西一峰，形如伏象，俗称象山。又稍西为团山，稍东为宝峰山，西北为孤山、看花山，并与九里山相属。北十七里曰桓山，东临泗水，旧名圣女山。宋桓魋作石椁于此，今俗称洞山，有洞山寺。城东北三里曰彭城山，二十里曰关山、塔山，十里曰鸡鸣山，北五里为石山，有石山驿，今废。石山稍东[①]为檀山、凤凰山，山南有柳泉，流入辛贾山鹅儿湖。北七里为马山、二郎山。山北麓有泉二，曰拔剑，曰马泡，由运铁河达于泗。由凤凰山而北为青山。青山稍东为荆山，苏轼时，人言其下可沟畎积水，往相视，以山多乱石，不果。东四十里有汴塘湖，水南流入邳境沂河。由荆山东北[②]二十里曰铁山。又铜山，传古彭城废县在此。山南有运铁河。地中出泉五：曰奉圣，曰海眼，曰黑龙，曰野沟，曰刘家泉，并由运铁河达于泗。十里曰盘马山，山顶平数丈，无草木，土人谓汉高帝盘马于此。由盘马山而东

---

①"东"应作"西"。旧志皆误。

②"东北"应作"西北"，"二十里"亦误，实约六十里。

为爬头山，连徐、邳、滕、峄四境。由彭城山而北，十五里曰苑山，稍西北为蜈蚣山，十五里曰寨山，又羊山、张孤山、内花山、梁山、龟山，四面环绕，距寨山各一二里。龟山有石洞，俗称仙人洞，深晦莫测。又北十里为境山，西临泗水。由境山北二里为乌羊山，五里为焦山、绛山。山东地中有泉二：曰母猪，曰运端，并由地崩沟达于泗。又五里为弓弦山，二十里曰黄山。山东有湖曰黄山湖，水涨则与昭阳湖通，溢入运铁河。有泉曰饮马珠泉，传汉高帝饮马于此。与拔剑、奉圣诸泉，同由运铁河至新挑沟，达于泗。

城东四里曰定国山，燕慕容绍宗击梁，梁贞阳侯萧渊明营于此。东南二里为子房山，南为虾蟆山。东一里为响山，上多穴，每兴云雨，人呼其下辄响应。五里为圣水山、青顶山、光山，并相连峙。有石潭在其间，世传与泗水潜通，清浊增损时相应，或有鱼出焉。苏轼尝因旱，置虎头潭中祈雨。又十里为盘头山，二十里为马鞍山。东十余里为辛贾山，山下有鹅儿湖，潴水南流，至邳沂河达泗。稍南为孤山。北为圣龙山，有石孔二，如龙眼，久旱，泉出不枯，双井泉源出此。又东四十里为寺山，十里为塔山、茱萸山。由定国山而北二十里为双洞山，稍北为黄山、明山，有溜白沟、东沟、西沟、泉河，受东北诸山水，并入辛贾山鹅儿湖。由子房山南三里为骆驼山，东西横亘临泗水，若将奔饮者。稍南为土山。东南四十里为吕梁山，下临二洪，上有云梦、梁王二城，又有尉城。其境为雍门，战国雍门周居此。稍南为塔山，傍有凤凰山。稍东北为峰山。下旧有七十二泉，今悉湮。稍西北为午山、读书山。有泉二：曰双井，曰白塔，并由响水沟以达于泗。有湖三：曰青冢，曰成山，曰泥沟。青、成二湖相连四十余里，水泄于邳州沂河，惟泥沟湖水由双沟达于泗。

城南二里曰云龙山，山有云气，蜿蜒如龙。东岩有石刻大佛，故又称石佛山。宋山人张天骥放鹤亭在山上。其阴为黄茅冈，下有张山人园。山自宋苏轼后，为州名胜，来游题咏至多。山北距城里许为戏马台，高数十仞，广袤数百步，有事可用屯戍，与城相表里。传项羽因山筑台，观戏马，故名。魏太武南侵，攻彭城弗克，乃设毡帐台上，以望城中。台循磴而上，傍有石崖，杂勒古岁月名氏有文，皆隶书，笔法遒劲，并剥落不可读。宋公刘裕九日登台送孔靖[①]归乡，谢灵运从赋诗，盛传于世。其下为苏堤，苏轼因河决，筑以障城，今止存西南一带。由云龙山南三里许为太山，徐山之最大者。境有迷刘城，俗称刘城台，相传汉军败失高帝处。稍西为箕山，下为簸箕洼。箕山稍东为金磴山、红山，又东为马跑山。由太山南二十里为黄山，土人称南焦山，每岁此山之麦先黄。山南有饮马池，当驿道，行者多饮

① 原作“静”，据《宋书》本传改。

马于此。又南二十里为桃山，山阳有驿。桃山西南十余里为徐山，旧名武原。周穆王命楚伐徐，偃王败走其下，百姓随之万数。王死，即山凿室祠之，因名徐山。石室尚存。由云龙山东南二里为奎山，十余里为三山。又二十里为胡山。下有拔剑泉，世传汉高帝驻兵于此，拔剑劚泉饮汉兵。迄今不涸，流里许，即洑地中不见。又二十里为杨山，下有欧家泉，土人浚以溉田，东流至房村入泗。由云龙山西南二十里为卧牛山，五里为南洞山，又为庙山。南十里为女娥山。西十里为丁塘山，山之东有塘曰丁塘，山以此名。其下有拔剑泉，世传汉兵为楚所困，皆暍乏水，高祖拔剑劚地，泉为涌出。迄今旱不枯，雨亦不溢，土人称为龙湫。遇旱，祷雨辄应。

城西二十五里曰楚王山，山皆赭土。《禹贡》："厥贡惟土五色。"王莽使徐州贡五色土，盖出此。山下为楚元王墓。又五里为大彭山，古大彭氏封此，山左右今犹称大彭村。十里为陶山，有汉徐州牧陶谦墓。由西南迤北，有雁麦湖、张塘湖、马沟坡，接壤萧、砀。每冬春，则平原弥望；夏秋霖潦，乃汇为巨浸，由大彭沟、龙沟、五河、湖淀沟、杨尸沟分流，以达于汴。

汴河，由萧县至大彭集入州境，北受大彭沟、湖淀沟、杨尸沟、龙沟、五河诸水。至州城西九里，南受响水沟水。二里受旱陂沟水。自城西汇于东北，合泗水南下。其流增杀率靡有恒云。

泗河，由沛县至谢沟入州境。流十里至留城，东岸受小河水。二十里为皮沟，稍南受新沟水。十里为夹沟。五里受北溜沟水。三里受境山沟水，对岸受南溜沟水。五里受秦沟水。又五里受浊河水。以上西岸沟，并泄湖坡诸水西，水泛涨则满，平时恒涸。又十里为秦梁洪、末直渡，受乌嘴沟水。十七里有三里沟。三里至城东北，受汴水合流，韩愈诗"汴泗交流郡城角"，谓此。三里沟稍南分为新河，至城东南复合流，里许为百步洪，洪上有萃墨亭。南里许为新洪，有清水堰，陈吴明彻堰清水以灌州城，即此。又南九里受九里沟水，有寒山堰，梁萧渊明于此壅[①]泗水灌彭城。二十里东岸有狼豕沟。十里至黄钟集，有李家沟，辛贾山鹅儿湖水分流至此入。二十里为吕梁洪，孔子观吕梁悬水，陈经略淮北，大破齐师于吕梁，后周将王轨于吕梁破吴明彻军，并此。晋谢玄既破苻坚，率众次彭城，平兖州，用都督闻人奭谋，堰吕梁水以利漕运。唐尉迟恭尝疏凿以杀其势，有尉城遗址。有吕梁堰。有悬水村。五里为吕梁渡。又五里至房村集，有沟源出欧家泉，流至此入。三里受响水沟水。三十里至双沟，有泥沟湖水由此合，出州境。

① 原作"擁"，系"壅"形讹，径改。

城北

九里山（城北五里。一名九嶷山，山阴有孙氏墓碑，刻“九嶷山”字。西一峰名象山，下有曾参井，未详所由名。俗传韩信伏兵与楚战，即其地。山上有樊哙磨旗石）

团山（九里山西）　宝峰山（九里山东）

孤山（城西北十里，旁无峰峦）　看花山（城北十里，与九里山相属）

桓山（城东北十七里。桓魋石椁洞在此。伏滔云：“椁皆青石，隐起龟、龙、鳞、鱼之象。”今俗称洞山。宋苏轼，明虞谦、徐九皋、夏言、梅守德、王梃诗记，并见《艺文》）

彭城山（城东北三里）　关山（城东北二十五里）

塔山（城东北二十五里，俗称大山。其地名冈头，有磨剑石，近驿路傍）

鸡鸣山（去塔山十里）　石山（城东北四十里）

檀山（石山稍东）　凤凰山（石山稍东，有石刻二凤形）

马山（去石山七里）　二郎山（石山东北十里）

青山（凤凰山北）　荆山（城东北六十里[①]）

铁山（城东北八十里）　铜山（铁山西。俱与利国驿连境）

盘马山（城东北九十里。宋陈师道有诗咏汉祖盘马事，见《艺文》）

爬头山（城东北一百二十里）　苑山（城东北十八里）

蜈蚣山（苑山稍西北）　寨山（城东北三十余里）

羊山（寨山南一里）　张孤山（寨山西南二里）

内花山（寨山北二里）　梁山（内花山北二里）

龟山（寨山东一里。中有洞，深晦莫测，俗称仙人洞。以上五山俱城东北三十余里）

境山（城北四十里，相传徐封境界此。西临泗水，有镇，有闸，有寺。明吴溥有诗，见《艺文》[②]）

乌羊山、焦山、绛山（以上三山俱城北四十余里，在境山北数里）

弓弦山（城北五十里，有二石如弦）

黄山（城北七十里，半属沛境）

---

① 乾隆《徐州府志》作“二十里”。附注：“旧志在城东北六十里，非。今改正。”

② 按：吴溥诗《舟泊境山》，本志《艺文》卷未收。别见正统、嘉靖、万历三志。

城东

定国山（城东四里。梁贞阳侯萧渊明御燕慕容绍宗处，即此）

子房山（一名鸡鸣山，城东二里，世传张良隐此。一谓良为沛公厩将，作楚歌以散项羽兵处。明陈瑄作子房祠于上，见《祠典》。陈穆有诗，见《艺文》①）

虾蟆山（子房山南，即其余脉）　　响山（城东三里，虾蟆山东）

圣水山、青顶山、尖山（或作"光山"。以上三山俱城东八里，皆相连峙。苏轼尝于其间石潭祈雨，作《起［伏］②龙行》，见《艺文》）

盘头山（城东十八里）　　马鞍山（城东四十里）

辛贾山（城东十余里③。有辛、贾二姓）

孤山（辛贾山稍南）　　圣龙山（辛贾山之北，一名胜云山）

寺山（辛贾山东四十里）　　塔山（去寺山十里）

茱萸山（去寺山十里）　　双洞山（城东北二十五里）

黄山（双洞山稍北。大小有二：小黄山在东南，大黄山在西北）

明山（在黄山正北）　　骆驼山（城东南五里）

土山（骆驼山稍南。下有九女孤堆，相传为古冢）

吕梁山（城东南五十里。下［临］二洪，上［有］④云梦城、梁王城、尉城，雍门、悬水二村，分详《河渠》《古迹》《艺文》）

塔山（吕梁山稍南）

凤凰山（在塔山傍，山有两翼，故名。今名凤冠山。中有栖云洞，有书院，游览称胜）

峰山（城东南五十三里，凤冠山稍东北，传为子房厌气处。今山产翻白草，可入药）

午山（凤冠山稍西北。群峦环簇，一尖如刀圭，四面望之皆然）

读书山（凤冠山稍西北，不知何人读书处。旧载此地有岠山，上有元徐国公墓。今考：岠山在邳州境，乃其神道碑云在"徐邳岠山之阳"。岂岠山当元世，尚界两州间耶）

① 陈穆诗，本志《艺文》亦未收。诗见嘉靖、万历二志"山川"子房山诗注。

② 字据各本苏集补。

③ 按：顺治《徐州志》作"五十里"。此处皆袭旧志，似脱"五"字。案下"鹅儿湖"条亦云"十余里"，似又非疏脱。其后，诸志相仍此说。至道光间，邑人孙运锦始辨其误，谓在府治东北七十余里，荆山河所由分也。

④ 二字据乾隆《徐州府志》、道光《铜山县志》补。

城南

云龙山（城南二里许，一名石佛山。唐昭宗时，朱全忠遣子友裕败徐州节度使时溥军于石佛山前，即此。山颠张山人放鹤亭，稍下为黄茅冈，为一郡名胜。自宋苏轼作《放鹤亭记》《云龙山》《黄茅冈诗》后，来属和者甚众。旧有兴化寺。又有井，去地七百余尺，或云泉可愈疾，积久湮塞。成化间，太监高瑛浚之，泉出。后复湮。近知州姜焯于放鹤亭下，因山大石，辟除一境，为大士岩，就石琢大士化身，覆以殿宇，山为改观。淮徐同知孙国瑜复修黄茅冈，增置亭馆，与岩相映带，颇足游憩）

户部山（即项羽戏马台。明天启四年，河决，户部分司署移此，故名。上有台头寺，今改三义庙。历代题咏有谢灵运、储光羲、贺方回、苏轼、文天祥数十人，诗见《艺文》）

太山（奎山之西，龙山之东，视诸山特大。两峰峙立，中辟一径，为南北孔道）

簸箕山（城南[1]九里许。旧曰箕山，东西有二山，因形以名。下有簸箕洼，今成湖，南山之水尽注于此，颇为田害。或作二石狗镇之，无济。及奎河浚，民差赖之）

金磴山（即云龙山尾余气西峙者。迤望萧邑，诸峰相属不绝）

红山（与上数山接趾，其色稍红）　马跑山（太山迤东，平而圆小）

黄山（城南二十里，人称南焦山）　桃山（城南五十里。山阳有驿）

徐山（城南六十里。旧名武原山，徐偃王葬此）

奎山（城东南四里许。横枕河曲，与对岸骆驼山为徐门户。山脚小河，名奎河，明兵备陈文燧浚，泄郡城水，达于宿境。郡人万侍御崇德建塔山上）

三山（城东南十里余。山有三巅，东西绵亘，故名）

胡山（城南三十余里）　杨山（城南五十里）

卧牛山（云龙山西南二十里）　南洞山（去卧牛山五里。有洞幽邃）

庙山（去卧牛山五里）　女娥山（城南三十里）

丁塘山（城西南二十五里。有汉高祖庙，见《祀典》）

城西

楚王山（城西二十五里，出五色土，山因楚元王墓得名。又有古冢、古井各数十，谚谓“山前九十九口井，山后九十九口冢”。苏轼送客诗：“断岭不遮西望眼，

---

[1] 原作“东”，据旧志改。

送君直过楚王山。”）

大彭山（城西三十里）　　陶山（城西四十里，汉陶谦葬此）

城北

柳泉（城东北四十里，凤凰山南）　　拔剑泉（城东北五十里）

马泡泉（与拔剑泉同出二郎山北麓）　　汴塘湖（城东北百余里）

运铁河（城东［北］① 九十里。宋置利国监铁冶，开通舟楫，后淤。嘉靖间，运河涸，复浚，通新挑沟）

新挑沟（城东北八十里，通运铁河）

奉圣泉、海眼泉、黑龙泉、野沟泉（一名珍珠泉，久湮。康熙戊戌年，知州姜焯复浚，里人改号“姜公泉”，勒石志之）、刘家泉（以上五泉在城东北八十里，并出铜山）

母猪泉、运端泉（二泉在境山北，绛山东）

黄山湖（城北八十里，在黄山东。水涨则与昭阳湖通，溢入运铁河）

饮马珠泉（在黄山东）　　急五道沟（城北七十里。旧志失编）

城东

石潭（城东十里光山中）　　鹅儿湖（城东十余里辛贾山下）

圣龙山泉（去城十余里，辛贾山北。双井泉源出此）

溜白沟、东沟、西沟、泉河（并城东北二十五里）

双井泉、白塔泉（并出城东南读书山）　　响水沟（城东七十里。源出东南乡）

青冢湖、成山湖（与青冢湖相连）　　泥沟湖（并上两湖，俱距城七十里）

裕泉（源自吕梁山来，清冽而甘。正德甲戌，主事蒋益作亭，方豪铭，见《艺文》。旧志失编）

城南

簸箕洼（城南箕山下，俗名石狗湖）　　饮马池（城南三十里黄山南）

拔剑泉（城南三十余里胡山下）　　欧家泉（城南五十里杨山下）

丁塘（在城西南丁塘山东）　　拔剑泉（俗名龙湫，丁塘下）

饮鹤泉（放鹤亭左，今圮）　　流碧泉（云龙山西南麓，水极甘美）

---

① 讹从顺治《徐州志》，字据嘉靖《徐州志》补。

城西

雁麦湖、张塘湖

马沟陂（并上两湖，俱城西南四十里，接壤萧、砀）

入汴

大彭沟、湖淀沟、杨尸沟、龙沟、五河（俱城西北三十余里）

响水沟（城西九里）

旱陂沟（城西二里。水与响水沟并由南岸入汴）

入泗

谢沟（城北九十里。去沛邑上、下沽头渡十里）

留城小河（源出山东滕县黄沟、微[①]山诸泉，西流八十里，至留城镇北，东岸入泗。黄山、昭阳二湖水，时亦溢入）

皮沟（城北七十里）

新沟（东北乡拔剑、饮马诸泉，并由运铁河流至新挑沟，达于此，东岸入泗）

夹沟（城北六十里。旧有夹沟驿，有桥在西岸）

北溜沟（去夹沟五里。源出沛县泡河，分流至此，西岸入泗）

境山沟（即地崩沟。源出东北乡母猪、运端诸泉，南流三十里，至境山镇北，东岸入泗）

南溜沟（源与北溜沟同。分流至此，西岸入泗）

秦沟（城东北三十里。隆庆中成大河，今汴水由之）

浊河（城北二十里。旧止有小水入泗，后汴水皆由此出。隆庆中淤）

秦梁洪（城东北二十里。有末直渡，东北岸有桥）

乌嘴沟（源出城北十八里屯东冷泉，西流五里至此，东岸入泗）

三里沟（城北三里）

新河（三里沟稍南，分为新河）

百步洪（城东南，长百步许。洪中有洲方半亩，上有苹墨亭。西又一洲差小，名砥洪台，有洪洲寺，今湮。见《艺文》诗序）

新洪（去百步洪南里许）

清水堰（城东南里许。陈将吴明彻入吕梁，徐州总管梁士彦频战不利，退保州城。明彻遂堰清水以灌之，列战舰城下，以图进取。今湮）

---

① 原作“徽”，据《漕运通志》《清一统志》等改。

九里沟（城东［南］九里，泄东［乡］[①] 诸山水，由西岸入河。水口时通塞，有桥）

寒山堰（城东南十八里。梁萧渊明伐魏，尝于此壅[②] 泗水灌彭城）

狼豕沟（东乡诸山水流此沟入河。距城二十余里）

李家沟（城东南三十里黄钟集。鹅儿湖水分流至此入河）

吕梁洪（城东南五十里。上下二洪，长七里。古迹诗志见《艺文》）

吕梁堰（在吕梁洪上）

吕梁渡（去吕梁洪五里）

房村沟（源出欧家泉，流至此入河）

双沟（城东南九十里）

汴河（出河南荥阳县，东流至中牟县，入黄河。河合于汴，由西来徐境，势甚湍悍。迤州城之东北，与泗水合，故称“汴泗交流”。自嘉靖末，徙西北，出秦沟，流至州城东南而下，亦通塞靡恒云。详见《河渠》并《艺文》诗序）

泗河（出山东泗水县陪尾山。源有泉四，因以为名。由境山，历茶城，南流至州城东北，与汴水合。嘉靖间，汴水北徙，出秦沟。泗水至茶城，即与汴合。循城东南，以达于淮。秦始皇欲出周鼎，即此。见《艺文》历朝诗记）

萧县

萧境东西相距百数十里，南北仅三之一，虽居州西偏，而实绵亘于州之东南。其县旧治南二里，有山联峙，若抚几然。其右为香山，左为鹦哥山。左而差中者为白茅山，石壁峭立，前有平石如台，称为三仙台。万历初，迁县治于山南。以上三山并居治后，宛若列屏。三仙台南一里为泉水山，又南为丈山，稍西为帽山，南二十里为石牛山。由鹦哥山而东为簸箕山、萧关山、龟山。县东数里为栲栳山，东北为烂石山、小蒙山、大蒙山、里仁山，并相连属，与州楚王山相接。由香山而西为岱山，西南为明山。南十余里为升高山。升高山之东为丁公山，稍西为罗里山。

龟山稍东南为浮绥湖，迤南为永固湖，又南为梧桐湖，稍西为时村湖，又南而西为土形湖。其别汇于西南诸山之西者，为山西湖。汇于东北诸山之下者，为姬村湖。诸湖连络，而浮沃潆洄，颇称巨薮焉。

土形湖之西为鼋山，西南为相山，至宿州境。姬村湖之东南为凤凰山，浮绥湖之东南为浮绥山，永固湖之东南为永固山。由凤凰山而东为孤山，南为黄山，西南为绥舆山，东南为白土山、庙山、大方山、小方山。庙山东南为团头山，西南为紫

① 以上二字据嘉靖《徐州志》补。
② 原作“擁”，系“壅”形讹，径改。

草山、大观山、雾潴山。由浮绥山而东为焦子山，又东为天门山。由永固山而东为帻子山。帻子山之南为关山。凤凰山之南为龙冈山，东西延亘里许，蜿蜒如龙，其北有栲栳泉。龙冈之南为黄桑峪，又南为龙驹嘴峪，山谷邃奇，溪流清泚，林木亦深蔚，视他山迥异，至者称幽胜焉。龙驹峪西南为白米山。黄桑峪东为獐鹿山，又东迤南为双顶山、长岭山，又东北为大京山、拐棒山、马鞍山、石佛山，又北为小观山、桃山。又东南去县治八十里为椒山、骞山，又东南去县治一百二十里为暑兰山，又五里为龙泉山，十里为马磴山、章山，又二十里为子贡山。东南之境，群冈巄嵸，与州之南境诸山，实相联属，兹惟纪其大都云耳。至其培塿阜岀，连结蔓延，则有不可胜述者矣。

自黄山东发源而东注州境者，曰四庄泉。自雾潴山发源者，曰雾潴泉，由石沟而南，与沈家峪泉合。雾潴泉之南，由五石窦中出曰五眼泉。五眼泉之东南，出地中曰醴泉。自龙冈山而发曰龙潭，其水莹[①]澈，皎洁如月，故称曰“龙潭皎月”云。又有拔剑泉，源发秦王洞；石屋圣泉，源发獐鹿山。以上七泉，分流并趋，东至石佛山南而合，出御桥，由毛家沟，出桃山、小观山之后，稍迤而南，道港沟、钟瞪沟，去县治八十里以南，入于小河（宿州之境[②]）。县南五十里曰白米山泉，源泉涌沸，迂回下骛，过绥舆山之阳，委折而西，为白米堰。至双桥下，又折而北，迤东出卓家桥北，与圣境泉共入姬村湖，以达于州境。其旧城中孝感泉，唐主簿宋思礼为其母疾祷神，泉出，饮其母，疾愈，故称“孝感”，今湮。县西南曰淇河，自西而至。其东南若浮绥诸湖，由西流河出瓦子口，自东而至，并入山西湖，[注][③]旧治之南，汇于东北入汴。山西湖，今亦淤废。

汴河，自汉末河入于汴，故亦名黄河。由新挑沟入县境，历赵家圈渡、拖绳渡[④]、东镇渡、曲里渡、朱珊渡、朱珊二泊，遵护河堤，越冀门渡，径旧县治之北，至两河口，与山西湖之委流合而过凉楼沟，以达于州境。宋绍圣[⑤]中，县令张惇疏凿汳水新渠，以避水患，陈师[⑥]道为之记。元大德间，达鲁花赤马彻里备御水灾，开南伏道口、北铁窗孔，而城赖以全，有蒋伯昇记。西南六十里为渠沟，西北二十里为白沟，二十五里为黄柏沟，四十里为鸿沟。鸿沟之北为牧马泊。六十里为白羊沟，七十里为菱沟，并流入汴。盖汴合于河，奔涛汹注，支流溃决，四出邑境，厥

① 原作“茔”，径改。
② 以上四字原为正文，据嘉靖《徐州志》改入夹注。
③ 字据嘉靖《徐州志》补。
④ 原作“沟”，据万历《徐州志》、康熙《萧县志》改。案万历《徐州志》：拖绳渡，在县西五十里；康熙《萧县志》：县西北六十里。
⑤ 原作“兴”，据陈师道《汳水新渠记》改。
⑥ 原作“思”，径改。

为民孽，所由来渐矣。

香山（县西三里）　　鹦哥山（县北二里）

白茅山（鹦哥山西。土人因前有三仙台，称三仙台山，又称三台山。数峰如屏，甲于诸岭）

泉水山（县西北二里，一名圣泉山。山阴有书声洞，深丈余。传昔人夜过，闻洞中有讲诵声，晓视之，但有行坐人迹。又西有桃花洞，洞左右皆桃花）

丈山（县西南数里，一作嶂山）　　帽山（丈山稍西）

石牛山（县南二十里。山石巉岩，宛然如楼阁状。上有石牛，旧传尝入田食人禾黍）

簸箕山（在鹦哥山东，即箕谷山）　　萧关山（县东十里）

龟山（萧关山稍西南）　　栲栳山（县东五里）

烂石山（县东十里。其下为烂石泊，汴河旧迹）

小蒙山（在烂石山东五里）

大蒙山、里仁山（上三山相联。中有兴云洞）

岱山（香山西里许，一名太山）

明山（与岱山并，一名彩凤山。山半有穴，俗称“虚窟”，其深莫测。天将雨，则穴中吐气）

升高山（县西南二十里。山阴有黑洿，可三亩，水染人衣，辄成黑色）

丁公山（升高山东。丁公追高帝处）　　罗里山（县西南四十里）

鼋山（县西南三十里，一名元龟山。是境为红亭乡。《春秋》鲁昭公“蒐于红”，即其处）

相山（县南六十里，邻宿州境。下有相城，云是颛顼旧都）

凤凰山（姬村湖东南）　　浮绥山（县南三十里）

永固山（县东南四十里。下有泉，有桥，有镇，并名“永固”）

孤山（凤凰山东）　　黄山（凤凰山南）

绥舆山（县东三十里。下有绥舆里，南宋高祖，本其里人。东北有庙桥。桥北一里有天枣，春时吐花，结实如酸枣，可食。至四月七日皆熟，次日遂空）

白土山（县东南三十里。旧志载“在州”，盖此地宋为州境。下有桥，有镇，并以“白土”名。镇出石炭）

庙山（白土山东北。今名妙峤山）

大方山、小方山（并在庙山东，联州境）

团头山（庙山东五里）　　紫草山（庙山西南）

大观山（团头山西南。山有洞，洞中有桃，开花一如常桃，而罕见其实，俗称

为仙桃）

雾潴山（县东南五十里，下有泉）　焦子山（浮绥山东）

天门山（焦子山东。两山壁立如门，溪流清泚，林木深蔚，宛然仙境。上有天门寺、天台）

帻子山（永固山东）　关山（帻子山南，中有仙人洞）

龙冈山（天门山南二里。山有果老洞，深二丈许，向下莫测，世传果老尝寓此）

黄桑峪（龙冈山南二里。与龙驹嘴相联，东隔阎王鼻一径，崄巇异常。又名皇藏峪，俗传汉高帝尝藏于此。峪有洞，曰秦王洞，未详何谓）

龙驹嘴峪（在黄桑峪南。众山环绕，中辟一峪，度数岭方至。其处古树参天，岩谷奇邃，为东南胜地。有二泉，左甘右苦，冬夏不竭）

白米山（龙驹嘴南六里，下有泉）　獐鹿山（黄桑峪东）

双顶山、长岭山（并在獐鹿山东）

大京山、拐棒山、马鞍山、石佛山（并黄桑峪东北）

小观山（黄桑峪北）　桃山（县东南六十里。有驿，隶州）

椒山（县东南八十里）　骞山（县东南八十里。有闵子墓）

署兰山（县东南百二十里。出野兰）

龙泉山（去署兰山五里。山下有泉）　马蹬山（去署兰山十里）

章山（今作张山，去署兰［山］① 十五里）

子贡山（县东南一百五十里。上有子贡祠，传子贡曾游此）

龙山（县东二里。○以下诸山，旧志失编，所谓“培塿阜岊，不可胜述”者。今据邑志补遗）

凤山（县西二里）　蛇蟠山（龙山东北二里）

薛村山（薛永公故里。山有薛村洞，悬峭壁间，深如石舫。下有井泉孔，旁出不过一勺，汲之不竭。传为宋元人避兵处。或云黄白之士常匿其中）

水墨岩（石盆涧上。石成墨花如画，小树重山，孤村远景。惜石质粗燥，不似大理秀润耳）

方山（在罗里山南。有王小仙洞）　鹳山（县南七里）

炭山（白土山南二里。宋苏轼于此访获② 石炭，以冶铁犀利异常。有歌，见《艺文》。明兵备唐焕、国初知县祖永勋皆重开，以为民利）

① 字据顺治《徐州志》、乾隆《徐州府志》补。

② 原作“护”，据旧州志及萧县诸志改。

桅山（在炭山北）　船山（在桅山东五里）

白玉峰（县东南四十里）　陶墟山（白米山南）

凤凰山（县东［南］[①]七十里）　南对山（白茅山西）

浮绥湖（县南二十里，浮绥山东）　永固湖（浮绥湖南，永固山下）

梧桐湖（永固湖南）　时村湖（梧桐湖南）

土形[②]湖（时村湖南）　山西湖（县西十二里，今淤）

姬村湖（县东北十五里）　古岩泉（白茅山禹王祠下）

圣泉（在泉水山。水仅一勺，冬夏不枯，旱时祷之辄雨。一名菩萨泉）

簸箕泉[③]（簸箕山下）　烂石泊（烂石山下）

龙眼泉（在明山。山有二石窦出泉，名龙眼泉，天旱，取水祷雨辄应。今涸其一）。

黑洿（见升高山注）　永固泉（永固山下，俗曰海眼）

雾潴泉（雾潴山发源，渊汇数亩，东南流入桃山。苏轼有诗文，见《艺文》）

栲栳泉（龙冈山北）

双龙泉（出龙驹嘴。二泉，左甘右苦）

白米泉（白米山下。涌沸迂回，西北流二十里许，过庙桥，入双桥湖）

龙泉（在龙泉山）　四庄泉（出黄山。东流白土桥，至州）

石沟（雾潴山南）　沈家峪泉（在雾潴山南）

五眼泉（雾潴泉南）　醴泉（五眼泉东南出，其甘如醴）

龙潭（出龙冈山）　拔剑泉（出黄桑峪秦王洞）

石屋圣泉（出獐鹿山）　毛家沟（县东南五十里）

港沟（与毛家沟相并）　钟跶沟（港沟南）

白米堰（县东三十里。源出白米山，乡人引溉田，可十六顷，米白异常，故名。俗讹称白迷）

圣境泉（今名境泉，在白米堰北）　孝感泉（在旧城中，今湮）

淇河（县南五十里）　西流河（县南二十里）

汴河（见州志）　新挑沟（县北。上接永城及砀山界）

赵家圈渡（县西北七十里）　拖绳渡[④]（县西北六十里）

东镇渡（县西北五十里）　曲里渡（县西北三十里）

---

① 字据乾隆《徐州府志》补。

② 原作“行”，据旧州志及萧县诸志改。

③ 原作“山”，据旧州志及萧县诸志改。

④ 原作“沟”，据万历《徐州志》、康熙《萧县志》改。

朱珊渡（县西北二十五里）

朱珊泊（县西北十五里）

冀门渡（县西北十里。上诸渡皆淤，惟此渡仅存）

凉楼沟（县东北十五里，以凉楼寺名。上通两河口，下通姬村湖。水涸，仍为田）

汳水新渠（详陈师道《记》。见《艺文》）。

南伏道口、北铁窗孔（并详蒋伯昇《记》。见《艺文》）。

渠沟（县西南。经锦川桥东北流）

白沟（县西北二十五里）

黄柏沟（县西北四十里）

鸿沟（县西北五十里）

牧马泊（鸿沟北）

白羊沟（县西北七十里）

菱沟（县西北八十里）

获水（东径梁国杼秋县故城南，又东历鸿沟，北流注萧之南对山[①]，刘澄之所谓白渎水也。〇以下据邑志补遗）

青庄湖（罗里山东）

苏家湖（县东南八十里）

李庄湖（苏家湖西南）

双桥陂（浮绥湖北，姬村湖南）

郑陂（因魏沛郡太守郑浑名）

梧桐陂（《水经注》云：陂侧有梧桐山，陂水西南流径相城东，而南注于睢。盛则北流入于陂，陂溢则西北注于睢，出入回环，更相通注）

岱西堰（县西十里）

英州泊（西北六十里，一名雁门泊）

姬村泊（县东北十五里）

海家湾渡（县北三十里）

常家楼渡（县东北三十里）

筛珠泉（白茅山东）

凤眼泉（白茅山西，一名泌泉）

益泉（天门山）

喷玉泉（河泊所）

石交泉（凉楼寺南余家屯）

饮马池（池有二：一在县治南半里；一在旧城西北十里曹马城中，为曹操饮马处）

化龙潭（在鹳山下。邑人欧阳伦《记》云：昔有村民赘婿，浴于潭，竟化龙去。其妇每往哭，辄雨。厥后遇旱，乡人招妇往向潭刷箕，雨立至。萧人因建庙祀之，称“灵祐姐夫”云[②]）

附东西泄水河（东自本州天然闸流入，至土形河；西自砀毛城铺流入，至房家楼。并出宿州界）

---

① 按：“北流注萧之南对山”，杨守敬《水经注疏》谓为睢水，因形似讹为“获”字。勘详顺治《徐州志》。

② 欧阳伦《化龙潭庙碑记》见嘉庆《萧县志》卷十五《艺文一》。

沛县

沛县袤百十里。故志所称形胜："峄山控其左，华山揖其右，泗水流其北，芒砀亘其南。"以今考之，唯泗水径于城东，其他皆在疆域之外。境内之山维三：曰微山，曰戚山，曰青龙桂籍山。无层冈茂麓，以为岩阻，乃维控接诸道源泉，洪流四合，迂回包络，天堑为固。其东北有漷水，东有昭阳湖、薛水、鸿沟河，西南有泡水，西北有泥沟河，南有龙泉。其自北而东曰泗水，经山东鱼台县境，至沙河入县境，为沙河渡；二十里为胡陵城；二十里至庙道口；三十里至县城北，为北门渡；汇于城东，为东门渡；迄城南隅，受泡水为南门渡；十五里受金沟口水，为金沟口渡；五里为沽头，有上沽头渡、下沽头渡；十里至谢沟，以达于州境。

县东泗水之浒有泗水亭，即汉高祖为亭长处。亭北有歌风台，汉祖过沛，作《大风歌》曰："大风起兮云飞扬，威加海内兮归故乡，安得猛士兮守四方！"沛人欲显扬帝绩，为筑此。东南二里许有汉高祖书院。五里有射箭台。二十里为沛宫，汉祖过沛，宴故人父老于此。

微山（在县东南。《隋书·地理志》：沛有微山。山无石，窿窿若冈陵然。上有微子墓）

戚山（在县西南，圆耸前参，若为邑镇。居民利取其石。嘉靖间，知县周泾勒石禁之）

青龙桂籍山（县南稍西三十里。上有石，旧凿方池形，今存。世传为萧何饮马池。下有无儿寺，或云萧何为祈子建，今沙漫无迹矣。按：旧志有黄山，在县东南，今入州境）

漷水（今曰漷河。源出山东滕县，流入昭阳湖）

昭阳湖（湖亘四十里。山东滕、薛二县水咸汇于此，下与薛水合，至金沟口达泗。昭阳湖，《齐乘》云"山阳湖"，俗曰"刁阳"，在县东八里）

薛水（《齐乘》云即古漷水，今曰薛河。出滕、薛境，西流会昭阳湖水，至金[①]沟口达于泗。后开新河，筑石坝，横截其流，南注微山诸湖）

鸿沟河（源发滕县，流出薛河。其水泛涸有时，春夏可行舟）

泡水（亦曰泡河，即丰水，循泗亭驿前入于泗。正德初年，黄河泛溢，西南接泡水，出县南门外飞云桥，下流于泗，势甚汹涌。今淤）

泥沟河（水自鱼台县界至沛，入泡水达泗。沛志云"经沙河镇西南入漕"，谓入泡误。今淤）

---

① 原作"今"，据各本《徐州志》改。

龙泉（在县治前，旧没于泡。近河涸，泉水自下涌出不竭，东接泗水）

泗水（源见州“泗水”下。沛志云：由济宁至沛城东南，与泡水合，运道因之。嘉靖乙丑，河溢塞运，尚书朱衡开新河。自是，泗水亦随东矣）

沙河渡（源出滕县连青山，至沛会薛水，出金沟入泗。嘉靖时开新河，是河流沙梗漕，乃筑三坝，遏之注于湖。今淤）

北门渡（今淤）、东门渡（今淤）、南门渡

金沟口渡（鸿沟河、滆水、昭阳湖、薛水合流，并达于泗，在县西南十五里。今淤）

上沽头渡、下沽头渡（各有闸。今淤）

谢沟（去下沽头渡十里，去州境留城十里）

鸡鸣台小河（县东北五十里。源出滕县，至鸡鸣台东入漕河，今淤。〇以下补遗）

章公河（县东北三十五里。弘治乙丑，工部主事章拯所浚沙水河也）

新河（县东北四十里。明嘉靖三年河溢，运道塞。七年，都御史盛应期开新河，自南阳经三河口，抵留城百四十里，功垂成，被劾去。后河复溢，运道又塞，工部尚书朱衡因应期之旧而浚是河，乃名新河）

支河（朱衡以昭阳湖受黄河水、赶牛沟会鲇鱼泉水、南阳减水闸南出者，胥注于湖，溢则坏民田，乃自湖东南开此河，经回回墓，至留城入运）

金沟（县东五里，三河口水由此入运。河地多沙，其中隐隐若皆麸金然）

赶牛沟（发源滕县玉花泉，至沛与沙、薛二水合。明嘉靖乙丑开新河，遏之西下，合鲇鱼泉入运）

胭脂沟（县治东，土皆红色。今淤）

鲇鱼泉（县东北三十里，由新河北岸入漕）

琉璃井（县东一里许。深不可测，水泉甘冽。甃砖润滑光采，如琉璃。世传汉高祖凿）

新井（在文庙内，明知县古信凿）

清风烈女潭（在夏镇，皮工妻女沉水处）

附柤[①]水（《后汉·郡国志》：彭城偪阳有柤水。今不可考。沛志云：疑在邑东北境）。

附黄河（明嘉靖四十四年，黄河由萧县赵家圈泛溢沛境，平地沙高七尺。遂由丰华山，径沛戚山南二里，东南出秦沟入泗，河阔里许。万历五年，河南徙萧县、徐州境）

① 原作“相”，据《后汉书·郡国志》、嘉靖《徐州志》改。下同。

丰县

丰境广野平原，绵邈四际。迂其在瞩，乃唯县治之东，有山窿然，是曰东华，周亘十里许。多奇石，为紫苔色。矗屹而门，巘嵚而谷，森若部署。其洞有五：曰会景，曰虚白，曰碧寒[①]，曰太玄，曰太乙，殊各幽胜。盖百十里之所磅礴，此其作之伟观者也。东南十五里曰白驹山，视地形稍高阜，遂以山名，世称汉祖尝憩会于此。华山之北有秦沟，相传秦始皇因人言其山有天子气，故凿以斩其脉者。又传县城中有厌气台，亦始皇东游时筑，一名秦台，今湮。城北有伏道，汉祖微时，避秦厌气，潜由于此。俗云道中棘针皆顺生。距城北百步许有泡水，上流即丰水，自单县流至此，循沛县以入于泗，今久淤。县治东北十五里有枌榆社，即汉祖初起，祷以徇沛处。县东北五里有大泽，即汉祖母梦与神遇处。有中阳里，高祖故宅在焉。又，东北境有丰西泽，有亭，亦曰丰西亭，即汉祖为县送徒骊山，纵徒止饮所。城西三十里[②]有斩蛇泽，汉祖夜遇白蛇当道，斩之，即此。其西南二十里曰邀城，则汉祖六飞还丰，父老尝于此迎驾者。大要丰故帝乡，乃其山川之所得名，恒由汉迹，若明之濠泗焉尔。

东华山（今县治东南三十里。曰东华，以别于西也。山有五洞，皆湮。嘉靖丙午，知县叶炷建华山书院，劚土出之，后属复湮。山又有二峦，今人分名之曰岚山、驼山）

白驹山（唐有崔生隐此，自号白驹山人。明弘治间，山犹高三丈余。嘉靖末，河决始没）

秦沟（县东三十里，华山之北）

泡水（县北百步许。今淤，迹尚存）

大泽（县东北五里）

丰西泽（在县东北。中有亭）

斩蛇泽（县西三十里）

浊河（即县南白羊河。〇以下补遗）

白帝河（县北五里许。因汉祖斩白帝子，故名）

走马池、白马池（并西门外。今淤）

莲花池（东门外。今淤）

西隅池（即秦皇掘坎泄王气者）

仲井（在大泽南。汉祖兄刘仲所凿。遇旱，祷雨辄应）

仙井（相传元云真子房德稳所凿，其味胜于诸泉，在城东曲泉[③]宫侧。今废）

三娘井（在县南二十五里襄田集。井阔八尺，覆以巨石。旁四小井围之。有古碑题云“李三娘井”，未详何谓。明嘉靖中，河决淤没）

① 原作“寒碧”，据嘉靖《徐州志》、顺治《丰县志》乙正。

② 隆庆《丰县志》、万历《徐州志》作“二十里”，顺治《丰县志》作“三十里”。

③ 原作“全”，据万历《徐州志》及丰县博物馆存雍正五年石碑改。

圣井（在县治东南城下。相传其水能疗目疾，故名）

南门井（火星庙前，久眢。国初，榆园贼退，泉忽出，甘冽殊异，取以洗目澡身，可愈夙疾）

砀山县

砀山境内无山。其邑所名砀山，乃距邑治七十里，今在河南永城县之境。县西里许，有土窿然屹起，俗称靴尖阜，相传故将建邑于此而未成。其他原隰膴膴，皆可耕桑。顾地[①]濒于水，自前明正、嘉以来，久号水乡。考诸河故道，县东七里为盘坌河，东北二十里为礼河。西南五十里为夹河，由夏邑入县境，八十里至龙扒沟，入韩家道口，为新挑黄河。后由虞城入县境，达杼秋，南北迁徙，讫无常所。五十里由虞城入县境。又西二十里为陈霜口河。北三里为三里河，九里为九里沟。西北十五里为白川河，二十里为浊河，四十里为段庄河，又四十里为新岔河。东南三十里为龙扒沟。东北二十里为羊耳河。地势洼仰低下，屡经水患。入国朝，河工告成，水无泛溢，方成沃壤。前此诸河，已强半淤塞，然其名目流传既久，故仍当从旧志书之。

靴尖阜（传闻在城西里许。中高旁下，略如初月状。上有分水龙王庙，乃当时筑以障城者，今湮）

盘岔河[②]（县东七里，今淤）

礼河（县东北二十里。元季，韩林儿倡义，父老送至河阴，既别，半涉，林儿乃于河浒稽首，父老亦拜于舟中，故名）

夹河（县西南五十里，今淤）

新挑黄河（原由虞城入县境，经狐父，达杼秋。嘉靖间，乃由夏邑刘富营集入县境，达韩家道口，是为新挑黄河。万历乙巳，复南徙由故道。总河曹时聘借水济运，又复北徙达徐，筑堤一道，延袤二百余里。是后迁徙无常。今则由虞城入县境杨家楼北，至泄水河口，过丁家阁、定国寺、孙家楼东北，达萧县界）

陈霜口河（原由虞城县史家、皮家二口分为两河，由镇里堌二十里至县境西南合流，入陈霜口河。南行十里至汪家口，西向冲为缺口，水漫东流，复分为二，周旧县治，汗漫若湖。嘉靖二十六年，知县王绍元[③]于汪家口筑堤，又沿堤上至镇里堌，下至高良相口，为顺水堤五十里，防御水患）

① 原作“他”，径改。

② 按：前文总叙有“县东七里为盘坌河”，此作“盘岔”，当为同名异写。

③ 原作“先”，据万历、顺治《徐州志》及乾隆《砀山县志》改。

三里河（由虞城县镇里堌二十里至县境吕家集，北行二十里至三里河，下二十里至礼河，五里入桑叶河）

九里沟（旧县西九里，今淤）

白川河（由虞城县境入县回冈集，十五里至白川河，下二十里至蒋家营，五里入桑叶河）

浊河（县西北二十里）

段庄河（由虞城县境入县回冈集迤南。嘉靖二十四年沙淤，陂水漫流，至双沟集南一里成河，三十里至桑叶河，四十里入萧县境）

新岔河（由虞城县境北入监城集南，四十里至庞家屯，下二十里至羊耳河集，迤南十五里至羊村集，迤北一里至五河，三十里至萧县境）

龙扒沟（通汴。嘉靖二十六年沙淤二里，岔[①]开一派，向县旧城东南二十五里冲王龙口，由原奉社地四十里至西镇店，以达萧县胡店沟）

羊耳河（县东北二十余里）　　桑叶河（礼河北五里）

新汇泽（南郭外。河徙成泽，南北可二十里，东西四十余里，经冬不竭。隆庆二年，知县戴伟凿渠疏泄，寻湮。六年，知县王廷卿更开新渠，以苏昏垫。○以下补遗）

雁池（即李白秋夜与刘砀山泛舟燕喜亭池处。一名华池）。

沧浪井（县北一里沧浪庙内。天旱，取其水祷雨辄应）

环徐皆山，数应更仆。前志所载，特其大耳。其余培塿冈阜，旧无名号，土人姑妄名之，多不雅驯，且前后更易，迄无定称。要亦属诸山余脉，初无丘壑可观，虽略之可也。至于沟泉水道，通涸不常。自汴泗不交，黄流泛滥，旧所名者，强半亡其迹矣。第以前人详载，固有深意，不当芟之，使来者无所考也。而俚俗所借以通沟浍者，无关河道，自不须补入。

桥梁附

徐州

七星桥（在州治大门内。相传为项楚时建。迹久湮）

东门桥（在东门内。泄城中积水出东南隅水门，入支河）

云集桥（在北门外，跨汴水上。元时本为石桥，后圮。明初乃比舟为之，俗名

① 原作“坌”，系“岔”俗写，据万历《徐州志》改。

小浮桥。久废）

万会桥（在城东北，跨泗水上。元时垒石为之，圮于水。洪武十八年，比舟为桥，未几又坏。乃联舟以铁索贯之，俗称大浮桥。久废）

弘济桥（在东门外，明副使王梃造。初移万会桥舟于此，行者弗便，乃还万会舟，别造舟为此桥，计三十五舟，倍于万会，名“弘济”。亦久废）

荆山口石桥（城东北二十里。山前有河甚广，下多乱石。旧有桥跨其上，为南北通衢，后圮，涉者如畏途焉。郡绅张胆捐二万六千余金，垒石为长桥数里，人甚便之。大学士张玉书为之记，见《艺文》）

柳泉桥（在城东北凤凰山南）

汴塘桥（在汴塘湖）

利国监桥（在新挑沟，元时建）

马家桥

张庄桥（并在饮马珠泉）

普济桥

庙相桥（并在城东圣龙山）

马头桥（在寺山）

柳沟桥（定国山北）

新桥（吕梁洪旁，主事温濡建）

永济桥（吕梁下洪，民人居敬建）

黄家桥（吕梁上洪，郎中王溥建，后圮。主事张镗建石桥）

李家桥（吕梁洪旁）

袁家桥（在城南，去苏堤西南三里）

八里桥（金磴山南）

凤凰桥（奎山塔西）

楚沟桥（城南十五里）

苑家桥（城南二十五里）

麻沟桥（城南三十里）

通惠桥（城南六十里）

金家桥（城西九里，卫指挥金聚建）

太平桥（城西九里）

大安桥（城西二里，谭敬兄弟建）

八仙桥（元时建）

大通桥（并在城西。今并废）

七星桥（城北半里）

演武桥（城北二里）

通济桥（城北三里）

清源桥（城北三十里）

萧家桥（城北四十里）

夹沟桥（夹沟西岸，明驿丞王深建）

境山桥（境山沟东岸）

浊河桥（在浊河，元时建。久废）

广济桥（末直渡东北岸）

乌嘴沟桥（主事冯有年建）

三里沟桥（主事冯有年建）

新洪浅桥（在新洪）

狼豖沟桥（主事冯有年建）

九里沟桥（寒山堰上）

李家沟桥（主事冯有年建）

响水沟桥（石桥。久废）

义虎桥（补遗。详《杂纪》）

白捉桥（在利国驿。见碑纪）

萧县

丁公桥（丁公山下）
孟城桥（丁公山南）
永固桥（永固山下。一名董大桥）
鲁班桥（黄山西。久废）
庙桥（绥舆山东北）
白土桥（白土山下）
苌池桥（白土山西北。俗名响水桥）
陶墟桥（龙驹嘴峪南）
桃山桥（在桃山下）
青冢村桥（在骞山下）
暑兰桥（暑兰山下）
周疃桥（在龙泉山）
双桥（白米堰西）
卓家桥（白米堰东北）
瓦桥（瓦子集西）
吉安桥（赵家圈渡，金承[①]安五年建）
冀门桥（旧为浮桥，在冀门渡。久废）
锦川桥（在红亭乡）
惠民桥（西门外，知县梁枢建）
西岱桥（县西五里）
三元桥（东门外）
仙台桥（县北五里，三仙台下）
天门桥（在天门[②]寺）
齐村桥（通白渎沟，下接获水。今废）
果老桥（县东北禹家屯）
御桥（石佛山南。此有皇殿）
伯乐桥、房星桥（并在县南半里饮马池）
广济桥、东新桥（二桥并见《通志》）

沛县

飞云桥（县南门外。相传昔人为思汉祖歌《大风》建，历代修葺不废。近圮，知州姜焯重修）

济民桥（东门外）
北门桥（北门外，明知县符玺建）
小北门桥（北门外，明知县罗士学建）
丰成桥（西门外，知县符玺建）
沙河桥（在沙河渡）
清河桥（在东门渡，久废）
东堤桥（县东一里）
东岳庙桥（在县治东）
三官庙桥、关王庙桥、便民桥（并在县南护城堤外）

① 原作“永”，讹自嘉靖《徐州志》，据正统《彭城志》改。
② 原作“山”，据旧州志及萧县诸志改。

张公桥（县西南护城堤内。桥久废）

窑子头桥（县西南护城堤外）

三元桥（县西南三官庙前）

宣丘桥（县西南二十五里）

鸿沟桥（县东十里许）

聂庄铺桥（县东北十五里）

震远桥（三河口大王庙东北）

满家桥（县东四十里）

月河桥三（并在夏镇东岸）

嘉庆桥、清凉桥（二桥并见《通志》）

丰县

天津桥（在县北门内中阳坊。旧有古碑，字画剥落。今重建）

地津桥（县西门内仁风坊前）

人津桥（县南门内嘉庆坊前）

水津桥（县东门内游艺坊前。今淤）

太平桥（县东关圣庙前）

嘉庆桥（在东门外。今淤）

白洋桥（南门外一里许）

土桥（南门外三里许。今淤）

泡桥（县东七里）

泡河桥（北门外泡河上。久废）

龙雾桥（在大泽）

徐州志卷之五

河渠

有司牧之责者，为生民计，利害莫大于治水。自迁、固志《河渠》《沟洫》，列史因之，而郡邑志乘亦于此特加详焉。徐之为郡，地近中原，非甚污下，而西北诸水必径此而东，壅阏泛滥，遂同泽国。其水之最渊巨者，曰泗、曰汴、曰河。河固古今之所震惊骇愕，以为难与捍御者也，徐独当之。以故，境以内无水利，而常罹其害。昔之君子尝敝精疲形于斯，仅补救一时，卒不能以经久。则是河之悍暴与治者之勤劳，乌得不并书之？其详言明世，则以时代未远，遗迹犹存，长老皆能称道。古谚云："不习为吏，视已成事。"此讵不足为后事之师耶？

黄河

河源出吐蕃朵甘思，泉百余泓，淖弱不胜物。从高视之，灿若列星，曰星宿海，译言火敦脑儿海也。群流汇二巨泽，译言阿剌脑儿也。东行一日成川，名赤宾河。又行与亦里水合，又与忽兰[①]水、也[②]里术水合，始曰黄河，然水清。又一二日程，为九度河，水八九股，可度也。又四五日程，水始浑浊，土人抱革囊，或乘马过之，亦有象舟傅革以济。继是束以两山，广一二里，深叵测矣。又曰朵甘思东北鄙有大山，积雪不消，所谓昆仑也。自九度至昆仑，约计二十日程。河行昆仑南半日程。又四五日程，至阔即[③]及阔提，二地相属。又三日程，始至哈剌别里赤儿。昆仑之西，人迹简少，多处山南。又行五六日，合细黄河与乞儿马术[④]二水，转昆仑北二日程。少东又北流半月程，至贵德州。州隶河州，元所置吐蕃宣慰司也。又四五日程，始至《禹贡》所谓积石。又五日程，至河州安乡关。又一日程，至打罗坑。东北行一日，合洮河水。又一日至兰州，过北卜渡，至鸣沙[⑤]州。过应吉里州，

① 陶宗仪《南村辍耕录》卷二十二《黄河源》同作"忽兰"，《元史·地理志六·河源附录》作"忽阑"。
② 原作"乜"，据《南村辍耕录》《元史·地理志》改。又，《新元史》作"耶"。
③ 原作"郎"，据《南村辍耕录》《元史·地理志》改。
④《南村辍耕录》字同。《元史·地理志》作"乞儿马出"，《新元史》作"乞里马出"。
⑤ 原作"河"，据《南村辍耕录》《元史·地理志》改。《新元史》作"鸣沙河"。

正东行，至宁夏南。又东行，即东胜也。世言黄河九折，彼地有二折，盖乞儿马术及贵德州必赤里也。张骞曰："河有两源，一出于阗，一出葱岭。"唐薛元鼎使吐蕃，得河源于闷磨黎山。元太祖过九度，渡在昆仑西南。宪宗命弟旭烈征西域，拓地四万里，而河源在域内。至元庚辰，世祖命招讨使都实往通互市，自河州行五千里，抵河源还，图以闻，又使其弟阔阔出、阔阔回授学士潘昂霄撰述。（见《辍耕录》并《通雅》）

《禹贡》："道河积石，至于龙门，南至于底柱，又东至于孟津，东过洛汭，至于大伾，北过洚水，至于大陆，又北播为九河，同为逆河，入于海。"按：古黄河经行之地，皆在今北五省界中，与淮、泗绝远；后乃合流，则以下流九河入海之道湮，溃决南出耳。朱子云："禹治河至兖州，分为九道，以杀其势，其间相去二百余里，徒骇最北，鬲津最南。徒骇是河之本道，东出分为八支也。"郑玄云："齐桓公塞九河为一河。"盖九河自禹后，历年久远，支流渐绝，本流独行齐桓之世，适河行徒骇，因以八河之地拓为田壤，遂至下流迫隘，漫溢为患。至定王时，河遂南徙砱砾。汉世，渐决而南。元光中，河决瓠子，东南注钜野，通于淮泗。武帝自临塞之，筑宫其上，名曰宣房。太始初，河复决于馆陶。永光中，决于清河，分流入博州。后又决于平原，乃东入青、齐之境，遂由漯川与济并行入海。宋绍熙后，乃南连大野，并泗入淮，河全注于南矣。金初，又改由涡。元以后，复由泗入淮。河浊，淮、泗俱清，淮势大，可以吞伏，故下流无淤塞之虞。惟徐、豫之郊，盘屈平壤，溃决如故。（杂见诸书志）

黄河自宁夏流至延绥、山西两界之间，夹岸皆高山石麓，河流其中，无所冲决。及过潼关，入河南之境，两涯无山，地势平衍，土少沙多，无复拘制，使水纵其性。又各方小水皆趋于河，而河道渐广，势使然也。然其在洛阳、河内，地无高下之分，水无倾泻之势，河道虽大，冲决罕闻。一入开封，而合伊、洛、沁、卫诸水，以会于汴，或分或合，总成莫御。又接直隶、山东、江南之境，地势既为乘高泻下，而小水之入河者愈多，于是淤塞冲溃，注于徐地尤甚。唐、宋以前，难殚述矣。自前明言之，洪武之世，河尝决武原，径开封、项城，历颍、寿、灵璧，由五河口入淮。当是时，徐尚未病河也。正统以来，河势播迁，随其所向，皆殚为河。其支流大概有六：其一自汴梁东南，经陈留、通许、亳，至怀远县入淮；其一自汴梁城西南，经荥泽、中牟、尉氏、陈、颍，至寿州入淮；其一自汴梁东北，经兰阳、仪封、曹、郓，至阳谷县入漕；其一至曹州，由双河口分流，抵鱼台县境入漕；其一至归德府东南，经虹县、宿州、睢宁，抵宿迁县入漕；其一经归德府，由新集、赵家圈、萧县，至徐州入漕。正统十三年，黄河决荥阳，至阳谷县，坏运道，溃沙湾，以达于海。景泰四年，都御史徐有贞塞之，乃分流自兰阳东，至徐入漕，以杀其势。而河遂合漕，徐被其患，乃自兹始。正德二年，河东徙，入沛泡河，坏民居禾稼。四年，决曹县杨家口，奔流沛县，决飞云桥。都御史刘恺治之，自魏家湾至双堌集，筑大堤八十余里。八年，都御史赵璜又补筑三十余里。嘉靖二年，复决沛县。五年，决沛县，并决丰县。八年，又决，遂淤赤龙潭，都御史潘希曾浚之，又筑丰县长堤八十里。自是，河渐南徙。至十四年，由济至徐不可舟，都御史刘天和乃疏汴水，自朱仙镇至沛飞云桥，杀其下流。十九年，河决野鸡冈，由亳入涡河，二洪涸竭，漕舟胶沮，侍郎王以旂，都御史周金、郭持平塞之，浚李景口，由萧县达小浮桥凡六百余里，于是涡河湮，而河之全力注于徐矣。三十一年，河泛溢，堤无所防，水遂四溃，决房村口，则出鲤鱼山，抵邳州入淮；决谬家口、单家口、靳家口，则冲灵璧县，出小河口入淮；决双柳树，至杨家洼，则出苏家湖，由睢宁县入淮；决李家沟，则直奔东山磨脐沟，由沂河入淮。都御史曾钧与郎中彭澄、主事陈元琰、包应麟分工挑筑，河始复循故道。三十七年秋，自新集至小浮桥二百余里，河皆淤平，黄流直趋东北，出砀山之背，荡为大河，分六道：出大小溜沟、浊河、胭脂沟、飞云桥凡五道，俱由运河夺泗水，至徐入洪；其一由砀山坚城集，下郭贯楼，东折以趋萧县，复散为五，出龙沟、母河、凉楼沟、阳尸沟、湖淀沟，亦从小浮桥入洪。四十年，水大溢，州城几溃。四十三年，上六道皆淤，而统会于秦沟。四十四年，泛滥益甚，决新集，塞庞家屯，又东出飞云桥，迤而南注，由秦沟直射茶城，经徐入淮。隆庆四年八月，河决邳、睢。明年六月，复决徐之双沟、黄钟集，都御史潘季驯率副使傅希挚、冯敏功等先后筑塞，自三山夹河下建堤，河乃复故。万历二年，河复大涨，决萧城南门，浸州城过半者三月，副使舒应龙、知州刘顺之环城增置护堤，乃得不溃。四年，决丰之太行堤。三十一年，决沛之护堤，陷城，公私庐舍荡覆几尽，人畜漂没不可数记。三十二年，决丰之朱旺口及太行堤数处，丰境全为巨浸。历数载，迨河后徙午沟，始复平土。四十一年，决祁家店堤，州城南胥溺。四十三年，决狼豕沟，工部郎中王命禹督塞之。天启四年六月二日，决州城南奎山堤，夜半城陷，中外民人死者，不可胜纪。崇祯四年，决丰之新洋庙口及十七铺口。九年，决长山，参议徐标、河防同知张俊英共堤塞之。后八年而明亡，河之患殆与明相终始也。

考明季河防，专恐决会通运道，故北筑太行堤，西起虞城集，东抵沛县；复筑缕堤，起虞城，抵张村站。又上自茶城，下历三山，抵双沟，两岸长堤之上，每三里设铺一所，夫十名，外更有游夫巡逻，协力防守。房村设贮河料厂，以待不时之需。防御之密，无遗巧矣，犹复冲决时闻，濒河黎庶不能安堵，诸河臣疲于奔命，殆亦山崩川竭之征。天实为之，人固无如何耶！

漕河

徐旧漕河，即泗水也。前明漕运为会通河，自瓜、仪以达燕、冀，总曰漕河。其由徐境，则因泗水，而泗亦名为漕。计经流州界凡二百里有奇：自沙河至谢沟一百六里为沛县境，自谢沟至双沟一百二十五里为本州境。其他支流入漕，在沛境者三：曰泡河，曰薛河，曰鸡鸣台东小河；在州境者四：曰留城小河，曰境山沟，曰溜沟河，曰乌嘴沟。至州城北，则受汴水合流，历二洪，下接于淮。其后汴挟黄河之势，决啮堤岸，为漕之患。盖漕河之水，原无借于黄河，惟用洸、汶、沂、泗诸泉湖沟之水济之。正统时，黄河迁徙无常，泛溢四出，徐有贞乃分流使至徐入漕以杀之，黄河始合于漕。是时漕河道狭，水易充满；而黄流尚浅，无所冲决。至正德二年，黄河东徙，入沛泡河，盛行浸漫，诸闸既沉，湖防尽废。至于二洪而下，冲决日甚，涯岸宽广，一遇旱干，则汶、泗诸流涣散靡济，又必赖黄河之水以通漕运，然河因是益为运道病矣。嘉靖二年，黄河决沛堤，塞运。四年，都御史盛应期开新河于沛县东，未就而罢。八年，都御史潘希曾经理旧运，筑长堤，自沛西门至杨进口，高二丈，以护运道，河渐南徙。至十四年，漕河淤浅，都御史刘天和又复疏引黄流入泗。四十四年，黄水大发，决新集，淤塞庞家屯，东趋华山，出沛之飞云桥，分七支奔会于昭阳湖。于是沛之北水逆行，历胡陵，至谷亭四十里，南溢于徐，漫成巨浸。其中留城一带至沙河，漕渠湮塞，河臣朱衡乃请循盛应期旧迹，开沛东新河，东北自南阳，至留城，共一百四十一里，借汶、泗诸水，由留城出口，以会于旧漕，即中建留城、马家等七闸，又导诸泉河，开月河，疏支河，建减水闸、土坝、石堤，凡所以备新河者既至。复浚旧河，起留城，迄境山五十三里，新旧相接，漕运之道复通。自新河开后，频年积水，两涯之间，牵挽无路。万历初，主事余继善架木桥二十余里，暂得牵挽，人卒病之。二十年，都御史潘季驯乃舍朱衡之旧，而更开李家口河。是秋，都御史舒应龙又开塔山、戴村二支河以泄积水，运道始称便焉。二十九年，都御史刘东星浚韩庄河。三十二年，都御史李化龙浚泇河口，漕渐移而东北，以避黄河冲突。及三十八年，化龙开东运河告成，而徐之运道遂废矣。崇祯八年，东河水浅，运复由徐。参议徐标于徐洪上流创开月河，北与旧运河接，运得无滞。明年，漕运复由东河，徐运道又废。国朝运道仍用东河，徐旧漕日以淤浅。至康熙初年，闭镇口闸。自是，黄专合汴，而交流之所垫为平壤；泗自入会通河，不复达徐。

汴河

汴水，一名汳水。其源出，说者不一。或谓济自敖山北溢为荥潴而后泄，遂为汴水，是以济为汴之源也；或谓渭河入荥阳莨荡渠，出为阴沟，至浚仪，其下为涡，别为汳，又别为获，是以渭为汴之源也；或谓荥阳之西有广武二城，汴水自二城间小涧中东流而出，而不详其源；或又谓河、济合而为汴。要皆不可考。宋陈师道、明方以智辨之极详，然究莫能指其源所自出，使人可按而寻也。窃意汴出荥泽，地处洼下，为四方泉潦所归，溢而流出为河，是名汴耳。合河与济，自是其后来所受。按：汴在春秋时为邲，邲亦音汴；战国谓之鸿沟；《史记》谓之荥阳漕渠；《汉书》谓之狼汤渠；汉张尼修之，谓之济渠；王景治之，谓之浚仪渠；三国魏时谓之官渡；北魏郦道元谓之阴沟；隋大业中开浚通淮，谓之通济渠。随时地，分名目，总之止一汴也。自黄河南徙，合汴入淮，东南数千里遭其冲溃，言捍御者无虚日，咸共指为黄河，而不复知其为汴矣。

徐州洪

徐州洪，宋、元皆名“百步”。直州城东南二里许，巨石盘踞，巉崿龃龉。汴泗经流其上，冲激怒号，惊涛奔浪，迅疾而下。舟行艰险，少不戒，即破坏覆溺。害与洪水等，故名曰“洪”。其形象川字，有三道：中曰中洪，西曰外洪，东曰月河，人谓之里洪。相传唐尉迟恭经略徐州二洪，爇火石烂，从而凿之，遂成水道。宋元祐中，修月河石堤，置上下闸。明永乐中，平江伯陈瑄凿洪通漕，更于洪口置闸。正统七年，参将汤节于洪上流筑堰，逼水归月河；于南口设闸，壅积水势。成化中，主事郭昇[①]凿去洪中乱石，平治岸路。正德初，郎中胡澧[②]以城东北汴水横流冲突，运艘牵挽甚难，乃凿新河，自三里沟至洪上，复流入洪，始分杀水势，为漕便利。无何，土人规便，渐下石湮阻。参将万表悬购疏抉，仍移所司厉禁。嘉靖中，主事戴鳌因郭昇之旧，尽凿除洪石，增岸路、石坝，其险渐夷。继昇为主事者，又有尹珍、饶泗；继鳌者，又有陈穆、冯有年，皆踵事增修。学士商辂为郭昇《记》云：“百步洪势极险峻，外洪大石如兽蹲状，人呼为翻船石；里洪坝下数湾，曲如之玄字。每岁公私艘舶覆败不可胜计，舟人亦往往因而没溺。东西两岸，挽路低隘。稍遇水涨，辄弥漫无路可寻；水退则土去石出，巉岩磊砢，不可步履。官府

① 原作“昂”，据嘉靖、万历、顺治《徐州志》及本志《艺文五》商辂文改。案嘉靖《徐州志》：郭昇，字腾霄，河南颍川卫人，天顺四年庚辰进士。俞宪《皇明进士登科考》亦同。本志以后多误，下径改。

② 原作“杨礼”。据明朱国盛《南河志》卷二《年表》改，勘详嘉靖《徐州志》。

修治，铺草万束，辇土平盖，费财劳人，仅取便目前；已而水至，则前功尽隳，艰险如旧。自永乐通漕以来，所费不知其几，迄无经久之利。成化丁亥，昇来守洪，乃募工凿去外洪翻船诸石，铺平里洪坝下数湾，东西洪岸并牵路各用石版甃砌，扣以铁锭，灌以石灰，既坚且固。两岸各植柳浚井，以荫济行者。往来之人，靡不称快。”又徐存义为戴鰲《记》云：“岸东势最迅隘，然以近堤可索挽，故逆水之舟上焉；岸西势少宽衍，然以远石利橹，故顺水之舟下焉。其或泉涸河徙，水落石出，则舟由中石窦过，生死一丝。”合观两《记》，则当时洪之险恶与治之艰难，数百年后，犹令人心悸也。

吕梁洪

吕梁洪，在州城东南五十里，上下二洪，绵亘七里。洪中诸石森列如齿，水脉劲疾，遇险怒号，白浪腾沸，一瞬数里，为南北至险焉。唐、宋疏凿修治遗迹，并与徐洪同。明成化八年，主事张达修砌石堤，上洪长三十五丈，下洪长三十六丈。十六年，主事费瑄修筑堤坝，有长沙李东阳记。嘉靖二十一年，主事徐有让修砌石堤，有建安李默记。二十三年，主事陈洪范凿去乱石，有华亭徐阶记。万历元年，主事黄猷吉重建石堤一千三百丈，有都御史万恭记。李东阳《记》：“洪石犷恶廉利，虎踞剑擢，阳隘阴龃，中仅可上下。水势为所束不得肆，则激为飞流，怒为奔湍，哮吼喧哄，见者皆骇愕失度。巨缆弦引，进不得尺寸；乘流而放，瞥掠瞬迅，不复措手。其艰如此。费辇块石，填壤土，叠为长堤百六十又五丈，广五丈，而崇不过五尺。水小则迫之归洪，河用不涸；大则纵之，使漫流其上。又于堤西筑坝二十余丈，以杀湍悍，而堤得以不啮。又观于东堤丛石间，民困牵挽，足不能良步，乃畚瓦砾，实其洼隙，外以石甃之，为丈四百二十有奇。又东则甃为长衢，而行者亦因以为利。”李默《记》：“洪石棱棱，弥亘河腹，森列错迕，以为舟厄。徐始于洪南置石闸，已复筑堤上洪，障绝漫流，归之内洪，并掇水中悍石，甃为堤岸，东西遂成牵道，凡七百二十一丈有奇。当狭处，别作水门，水至此稍益深下。洪改作内洪，障以木闸，已并甃堤如上洪，堤长减十之七。洪以东岸为内，水盛则内外皆舟，涸即专归于内，非此则水漫力微，石始重为舟病。”徐《记》：“二洪之石，其犷且利，如剑戟之相向，虎豹象狮之相攫，犬牙交而蛇蚓蟠，舟不戒辄败。吏或议凿之，人曰：‘是鬼神之所护也！’则逡巡而不敢。”万《记》：“黄君治吕梁，至秋，河水灌城，以居民避入山麓已，循山而望，叹曰：‘吕梁，徐方之门户，而下邳之头颅也！’乃锢石为堤五百丈。明年，又锢城北石堤三百七十丈，而北联梁王城石堤，而楗诸凤冠山之麓七十丈，又锢城西旧堤三百丈。而北望徐州，南睇下邳，则黄河若带，石堤若墉，数百里中，悉为沃壤。”诸《记》形容二洪之险，可云曲尽。而当事诸臣因时修治，使千万年天险，以次削平，至今舟行若坦途然，其勤劳自应不朽矣。

按《吕梁志》，二洪中怪石嵯峨，皆有名目：其在上洪者，曰虾蟆石、门限石、石坝、夜叉石、打船石、等船石、垅子石，乱次森列；近北岸则曰邀纑石、饮牛石、磨盘石、暖泉石、毂轮石、螃蟹窝、滑皮石、红石头；其南为外洪口，上有飞檐石，下乱石多不可名。最险者曰青龙嘴，对岸为舀鱼石、牛角稍、黄石头，又为双帮石、切牙石、勒簟石、滑皮石。至下洪口，多乱石无名，中有石坝，南岸为勒纑石、大花顶石，北岸又有双帮石，稍远名侯家石，益险峻。诸石皆参差水际，舟触之，无不立碎。

闸座浅铺

徐州洪闸，在洪东月河南口。明正统中，参将汤节建议设。景泰中，水涨闸坏。嘉靖二十年复建。大使一人，吏一人。闸夫二十人，人岁纳苘麻七十五斤，生铁五斤。溜夫百三十五人，人岁办桩木六根，草千[①]斤，俱本州并四县编审。

境山镇闸，在境山。旧有积水闸，天顺四年判官潘东建，后废。嘉靖二十年，复设是闸。大使一人，吏一人，闸夫二十人，溜夫百三十人。本州、四县及江北诸府各州县派人应役，每名征工食银八两，桩草银一两八钱，解州发闸，雇役听用。其州县派人数，多寡不等。

高家滩木闸，委官一人、老人一人共司之。闸夫十人，本州编审，每名岁纳桩木六根，草六十束。

浅铺十五所：夹沟浅、白庙儿浅、许家浅、白洋圈上浅、下浅、梁山浅、垞城浅、秦梁洪浅、新洪浅、九里沟浅、狼豕沟浅、青田浅、干谷［堆］[②]浅、白羊浅、李家沟浅。

吕梁上、下闸，在洪南北，俱正统中汤节建，后废。嘉靖二十年议复。各大使一人、吏一人。上闸洪夫千五十人，本州编审，稍水百二十三人；下闸洪夫五百人，萧县编审，稍水九十人。稍水每名月支粮三斗，洪夫每名岁工食银十八两，办桩草三百五十斤。

浅铺七所：黄钟集浅、石桥浅、孟城湾浅、侯家石浅、房村浅、龙塘浅、双

① 原作“十”，据嘉靖《徐州志》卷七《漕政》改。
② 字据嘉靖《徐州志》补。

沟浅。

胡陵城闸，在沛县治北五十里。明宣德间建。大使一人，吏一人，下各闸同。闸夫三十人：沛县十五名，山东滕县十名，定陶县五名。溜夫百五十五人：沛县八十名，滕县三十三名，沂州二十六名，定陶县十六名。

庙道口闸，在沛县治北三十里。嘉靖中郎中涂楗议设。闸夫三十人，砀、丰、萧三县派。溜夫百四十人，亦三县派。

——以上二闸俱隶沛县。

沽头上闸，在沛县治南二十里。元延祐中建，明初改修。闸夫三十，溜夫百四十，俱砀山编。闸夫每名办本色苘麻七十斤，溜夫办本色桩木六根，草六十束。如折色，每名银四钱。浅湖厂夫，每名办纳桩草数同。

沽头中闸，在上闸南七里。成化间郎中顾余庆建议设。

沽头下闸，在中闸南八里，创建无考。三闸俱隶本州。中闸不设官，上闸官带管。二闸夫数，并同上闸，俱丰县编。

谢沟闸，在沛县治南四十里，隶沛县。宣德八年，主事侯晖建议设。闸夫三十，萧、丰、砀三县派。溜夫百四十，亦三县派。

新兴闸，在沛县治南五十八里，隶沛县，亦侯晖建。闸夫三十，溜夫百二十，俱萧县编。

黄家闸，在州治北六十里，隶本州。天顺三年，判官潘东建议设。闸、溜夫同上，俱萧县编。

浅铺三十四。本州十五：谢沟浅、小阎村浅、荣家浅、泉水小闸浅、留城上浅、中浅、下浅、贺家浅、皮沟上浅、中浅、下浅、李家浅、侯村上浅、下浅、黄家浅，各浅夫八名，本州编；沛县十九：胡陵城浅、鸡鸣台浅、庙道口浅、张家庄浅、泗亭浅、金沟口浅、金沟上浅、中浅、下浅、鲁村浅、上闸上浅、下浅、类家浅、马家浅、破闸浅、下闸上浅、下浅、梁村浅、阎村浅，各浅夫九名，本州编。每浅老人一名司之。外，协济金沟口捞浅夫百九十六人：萧、砀、丰三县编；王家浅六十八人，俱丰县编。

积水闸四：留城闸，属徐州，正统五年参将汤节建。金沟口闸，在沛县治南八里，薛河并昭阳湖水入漕之处，元大德十年建。永乐十四年，沛丞李钦改修。各老人一名，夫四名，本州编。昭阳湖闸，在沛县治东北，永乐八年建。鸡鸣台闸，在沛县治东北五十五里河北岸，正统十一年汤节建，嘉靖主事侯宁并加修。各闸夫十名，沛县编。

珠梅闸，在沛县治北四十一里，隶沛县。

杨庄闸，在沛县治东北四十三里，隶沛县。闸官一人，吏一人。

夏镇闸，在沛县治东北四十里，隶沛县。闸官一人，吏一人。

满家桥闸，在沛县治东四十里，隶沛县。闸官一人，吏一人。

留城闸，在沛县治南四十里，隶本州。闸官一人，吏一人。

——以上六[①]闸俱明嘉靖四十四年尚书朱衡议设。

梁境闸，在本州北四十里。　　内华闸，在本州北三十里。

古洪闸，在本州北二十五里。　　镇口闸，在本州北二十里。

东镇口闸，在本州北二里。

——以上五闸俱万历十年都御史凌云翼议设，隶本州[②]。

本朝河道

国朝定鼎，黄、淮各遵故道。复开清河，漕运避黄流数百里之险。治漕之善，超越前朝，而治黄未尝少懈，则专为生民田庐计也。八十年来，堤防浚凿，皆因地制宜。前代于徐境所制沟渠闸坝，尽已变更。黄流虽无一定，亦止于两岸长堤内南北移徙而已。按：今黄河自河南虞城入本州境，其南岸为砀之乔家集，稍北循旧堤下杨家楼，过县之北境，以东所经之地，以遥缕堤识之，为蒋家堤口、七里铺屯、朱家店闸、毛城铺石坝。坝口为泄水小河，河身北徙，去堤甚远，计石坝至河凡三十里。此下复沿岸筑缕堤，历丁家阁、大王庙，至定国寺境，冲流甚急，为埽工三百九丈，越堤一千九丈，挑水坝二，以阻抑之。乃自埽工屈曲而东，下孙家楼，入萧县界，至徐家庄，又为埽工百三十丈，越堤五百七十一丈，挑水坝一。又东南历顺河集，为埽工七十丈，越堤千四十丈。又东至田家楼，为埽工九十五丈，挑水坝二。皆因其冲突，逆遏之以顺其东行之势。此下抵郝家楼、北辰集，入本州之薛家湾。自定国寺至此，河行盘屈凡数十折矣。过此为胡家楼、天然闸、王家山减水闸、十八里屯，凡四五曲，抵郭家嘴，流极汹激，计险工九十四丈，矶嘴坝二，以当冲溜。河近徙十八里屯，上至韩家山，下郭家嘴，水势稍平。东历段家庄、奶奶庙，巡州治转而南，至奎山店，复折而东，逾三山头旧堤、杨家庄旧险工，至黄家庄，势险激，为埽工二百五丈，越堤四百六丈。又三折至杨家洼，水益迅，当冲为埽工二百七十丈，越堤三百五十六丈。再折至小店，冲突愈横，为工愈险，计三百

---

① 案本志所载，实数为五。考万历、顺治《徐州志》：朱衡所建闸凡七：留城闸、马家闸、西柳庄闸、满家闸、夏镇闸、杨庄闸、珠梅闸。其中，马家桥闸，在沛县治东南四十里，隶本州；西柳庄闸，在沛县治东四十里，隶滕县，统于徐沛新河，为夏镇分司所属。本志所云六者，疑脱马家桥闸，而西柳庄闸应未与也。

② 案《明神宗实录》卷一三五：万历十一年三月己亥，工部覆漕运尚书凌云翼题称："徐州戚家港溜急，运艘难行。议开新渠建闸，境山废闸曰梁境闸，新河中闸曰内华闸，新河口闸曰古洪闸。乞移咨吏部，于梁境闸专设闸官一员，内华、古洪二闸共设闸官一员，并铸给条记。"从之。

十丈，越堤七百五十五丈。稍东为刘家楼，与北岸吕梁相望。再折为房村北墨家庄，险工二百九十八丈，越堤八百八十丈，挑水坝二。更三曲，抵双沟，径射住山，东出州境。黄河屈曲如之玄字，自黄家庄以下，折愈多而促。按图视之，河形如蛇斗蚓蟠，两岸参互，如犬牙交错，洵奇观也。其北岸在州境为丰之马家集，与山东单县接壤。循旧堤岸识之，则东历吴家寨、范家楼、朱家店旧决口、吴家庄旧险工，堤下濒河为傅家楼，对南岸丁家阁。又循旧堤为盘龙集、刘家庄，抵李道华楼口。自此至苏家山九十里，地差高，无堤。由楼口经退河集，至石林口泄水河，东为娄子集、胡家口、李家庄、管粥集，过大谷山大小减水坝、苏家山、权家庄，对岸即郭家嘴。又东历九里山、陡山，为州城。河北过镇口旧闸，巡缕堤南转，为子房山、黄山、骆驼山、狮子山，对岸即奎山店。东折至狼矢沟，水势甚激，为埽工三百二十五丈，越堤八百丈。又逾土山、长山，北注大坝，流益迅，岸善崩，旧为埽工二百八十七丈，越堤四百九十丈，新复增筑埽堤各数十丈，得无冲决。其东北即出头山石闸，闸旧通房亭河。由大坝东经王家山、江山寺，至凤冠山吕梁镇，对岸即刘家楼。又东为茅家山，新筑子堤千八百丈，下即白家湾，湾东西相距才二里，流转向南至墨家庄，复折而北，计二十余里乃达。此湾旧为引河，道之使直，竟不为回，近始直下，抵双井，过董家山、陆家山，至庞家山，东南流出州境。

其南岸泄水河，三十里入毛城铺坝，南通小神湖，出宿州睢溪口天然闸，由王家山，经萧县东南，注土形湖，亦出宿睢溪口，总汇于杨端、孟山、灵芝等湖，皆康熙二十四年总河靳辅奏请开建，以泄黄河异涨者。其北岸泄水河，开五百四十五丈，乃入汪家洼、马沟陂，过玉皇庙，注于微山湖，计一百二里，亦总河靳浚。四十三年，毛城铺河淤浅重挑。四十六年，毛城铺河又与天然闸河并淤，萧连被水，总河尚书张鹏翮饬守令再行挑浚，河南岸萧、砀两境乃无水患。至五十三年，房亭河工竣，河北岸徐、沛之水患亦消。先是，徐郡病河，以州境郭家嘴、大坝、小店三处为最险，吴家堂、毛城铺、花山等处易于溃决。由砀、丰、萧达徐百余里，堤岸卑薄，河涨溢，辄淹没两岸民田。自康熙十七年总河靳辅建议筑遥堤、格堤、迎水坝，增石闸疏泄水，河南岸自河南虞城县界起，下至灵璧县界止，堤工计四万三千一百九十余丈；北岸自山东单县界起，下至睢宁县界止，堤工计二万三千一百余丈，两岸约五百六十余里，历数年工毕。又请设守备一员、千总三员、把总五员、战守兵千一百十一名，分隶徐上、下境，朝夕防护，不更多役民夫。法良意美，诚从前所未到。后，于、张诸大臣继任，益增所未备。按今河工现行则例，徐属厅营管辖河道工程，上自河南、山东交界起，下至邳、睢交界止，六汛。南岸砀山主簿把总汛地，自河南虞城交界起，至毛城铺止，堤工长一万五百六丈八尺；又自小石闸起，至萧县界止，工长三千八百五十六丈八尺，共兵一百六十三名。南岸萧县主簿把总汛地，自砀山交界起，至北城集三官庙止，工长一万一千四百八十九丈八尺，共兵一百三十三名。徐州南岸州同千总汛地，自三[1]官庙起，至王家山止，工长三千四百五十八丈；又自王家山起，至郭家嘴上坝头止，工长八百二十一丈；又自上坝头起，至清田三山头止，埽石工、土堤工共长三千二十九丈六尺，共兵一百三十八名。徐州南岸州判把总汛地，自三山头起，至灵璧交界止，堤工长八千八百六十丈九尺，共兵三百二十名。丰砀徐北岸主簿把总汛地，自山东单县交界起，至止水庵止，工长一万三千二百九十三丈二尺，共兵一百四十七名。徐州北岸州判千总汛地，自大谷山起，堤工长四百四十七丈五寸；又自陡山口起，至子房山止，堤工长一千三百一十五丈；又三岔河缕堤，长一千一百九十三丈；又邢家庄月堤，长八百丈；又华家楼堤工，长一千九百六十丈；又关王庙堤工，长五百九十五丈；又大坝险工，长四百三十五丈；又王家山堤工，长八百丈；又出头山堤工，长一千六百八十九丈。北岸千总又与吕梁巡司合汛，汛地自王家山起，至狄家山止，无堤工；迤下有新筑茅家山子堤，长一千八百余丈；又陆家山古堤工，长一百八十二丈，又庞家山起，至邳、睢交界止，堤工长一千四百八十二丈，二共兵二百八十二名。通计千总二员、把总四员、战兵一十九名、守兵一千六十九名、新兵一百八十二名，大浚船二十三只，船兵六十九名；大柳船七只，船兵八十四名。六十一年，署总河陈鹏年又曰：徐属砀山定国寺、萧胡家楼、本州长樊大坝三处，河身曲折，由对岸淤滩。奏请各挑引河，掣溜保工。定国寺委效力同知刘永錻、砀山县知县王晋，挑引河长九百一十五丈；胡家楼委徐河营守备朱锦、萧县知县吴大成，挑引河长七百丈；长樊大坝委徐属同知孙国瑜、徐州知州姜焯，挑引河长七百二十丈。又允淮徐佥事潘尚智请，开牛市口涵洞，知州姜焯督工成之，以除数十年来潴水积患。盖自是，河之南北永免昏垫矣。

荆山口河

河本山涧，无定名。在城北二十里，广数百丈，有长桥跨其上。桥下乱石纵横，颇极险恶，类人力穿凿，非天成者。旧志不详，莫知其创造所自。上流与冈头、末直、微山、大小昭阳诸湖相通，下合诸山溪并房亭河，流邳州境入漕，长约二百余里。自泗不通汴，黄独赴淮，徐西北山原泉潦及诸湖涨漫，咸汇于是。东流十余里至吴家窑，乃分二道：一由泉河、官庄、汴塘，入彭家河，出猫儿窝济运；一由辛贾山、房亭河、大墩、贺家口，亦归彭家河，出猫儿窝济运。康熙三十三、

① 原作“王”，径改。

四年，黄河决花山口，漫房亭河，大墩上下颇多淤塞，州东境常伤积水。后十余年，州西境李道华楼复决，荆山口以上河亦淤塞。每遇霖雨，群山诸湖水无所泄，徐沛之间屡以水灾告矣。四十六年，州人曹警旭叩阍请浚房亭河，以除水患。上命河臣张鹏翮治之。至五十三年，工竣。下流既通，而上流犹多塞滞。五十六年，沛民复吁州详请浚龙塘闸至荆山一带。五十八年，河防同知孙国瑜、知州姜焯分工挑浚。自是，徐沛之郊乃无积水。

房亭河

房亭河，在州东境，不知何时浚，盖用以宣泄河北诸山泉积潦者。分二支：一上通吴家窑、荆山口河；一由出头山石闸，历苏家楼、姥家庄、王家林、东西滩头，受茅家山、回山诸水，至三岔河，又受一手禅河水，过曹家庄、贺家口，至大墩入邳州境，归猫儿窝济漕。惟惧黄流决入，致淤塞河身，虽数挑浚，旋复沙浅。自康熙甲午，乡官张之麟捐资协州，筑花山子堤千八百丈，黄流不入。后经疏浚，乃得畅行，不复更苦淤塞。

昭阳湖

昭阳湖，在沛县东北，潆洄八十余里，介于滕、沛之间。明永乐初，乃于湖三面建闸，用以蓄水济运，号为“水柜”。遇漕渠浅涸，则放湖水入薛河，由金沟闸口以达于漕。湖受诸水不一，皆发源于山东滕县：一曰北沙河，出滕县北龙山，西南流经鱼台县境入湖；一曰辛庄桥河，出滕县西南五十里，南流十里入湖；一曰漷河，出滕县西南入湖；一曰荆沟泉，出滕县东北十五里，泉眼百余，水流迅急，西南流八十里至辛庄桥，漫流为泽。正统六年，参将汤节塞其两流故道，开渠十里，引以入湖。湖为众流归会，故常盈不竭，运河赖之。弘治十七年，主事高贯筑湖堤长二十里。嘉靖二十一年，侍郎王以旂又筑湖围堤，凡以避黄河决入，沙停淤塞也。自改东河，漕运不复由黄，此湖遂不与漕渠相通，仍流旧道，分而为二：一由徐北境至镇口闸入黄；一由茶城十字河出荆山口，合房亭河，至猫儿窝入漕。康熙初年，镇口闸闭，水道渐湮，荆山口河亦被黄流决入，停沙淤塞，湖水涨无所泄，自沛及徐数十里，往往受其漫溢，败伤禾稼，民甚病之。五十二年，知州姜焯至，众以为言，乃行相视，谋浚荆山口故道，辄以费多不果。至五十八年，始得请与河防同知孙国瑜分浚龙塘闸、茶城十字河诸处，使通流于荆山口，而湖之患乃已。

微山湖

微山湖处徐、滕之间，接联沛境，以中有微山，故名。东西广四十里，南北长八十里，为州北境众山泉水会归之薮。水大涨时，常怀襄数山，与沛之昭阳湖通为巨浸。自昭阳湖被黄流冲漫，停沙渐浅，潴水不多，甚赖微山湖水以助漕运。遇闸河浅涸，即放注韩庄西虎口坝，出以济之。旧时亦名水柜，其放水入漕处在本州境外，修闸筑堤，皆滕县司之。近年州境挑泄水河，复流注之，水常不竭。康熙五十八年，开旧河，导沛积潦入荆山口。或恐并泄微山湖水，无以济运。知州姜焯乃于张孤山当湖口处筑坝，旱干时可截断河流，使归于湖，以待运河之用。公私俱称便云。

黄河为中国患，自上古已然。以大禹之圣，平而治之，才数百年，而殷复被水，至于五迁。则汉唐而下，言治河者，苦无奇策，又何怪乎？至前明之世，资以漕运，更多牵制。当事诸臣疲极心力，费帑金以亿万计，仅得运艘无阻，而河之泛滥四出，坏城郭，荡田庐，漂溺人民者，时时见告。以今权其利害，固适相半耳。自变易后，漕艘由东运河，不藉黄水，故治河得一意防其冲溃，即有决溢，亦只浸漫田野，不至如前代之甚。然而求一劳永逸，犹曰未也。濒河郡邑竞拟治河之策，书于志乘，言人人殊。今采其近理者参而论之，略具于左：

州前志云："徐、沛而上，非泉湖之水不能通；徐、吕而下，非黄河之水不能济。当于汴河故道野鸡冈、孙继口诸处，各加浚治，使黄河正流，南趋凤阳，以入淮海；假其支流从汴入泗，达于二洪，以济运河。"此为徐、沛计，似亦善矣，而犹未达。黄自上流入淮，为祸较多也。淮水盛长之时，盱泗诸州县尝为泽国，而东注洪泽湖，又尝决周家闸、高家堰等处，湮没淮扬矣。若益以黄河之全流灌之，则冲溃两淮十数州县，不又数倍于徐沛乎？且溃决上下河堤，即漕运之道亦梗，治河者必又急为筑塞上流，而徐沛之受黄累，依然在也。

国初州志云："黄河发源既远，又合汴、沁、泗众流东注，加之秋水时至，百川灌河，而欲以区区一带之渠容之，势已危矣。况淤沙渐积，穷年筑堤，仅与河平，当事者自难免辛壬癸甲之忧。"乃录新莽时人言治河三则，一云："昔河之决，多在平原、东郡。禹治水时，常空其地。今河决曹、卫之域，其南北不过百八十里，可空此地，勿以为官亭民舍。"一云："水性就下，行疾自刮除成空。滨河诸郡，民皆引山川之水灌田，遂使河流迟贮淤浅。至雨多，水暴至，则溢而决。止堤塞之，犹筑垣而居水也。可各顺其性，毋复灌溉，则百川流行，无溢出之患矣。"一云："禹之行河水，本随西山下东北去。今河行之道，非禹所穿。又秦攻魏，决河灌其都，决处遂大，不可复补。宜却徙完平处，更开空，使缘西山，足乘高地，东北入海，乃无水灾。”按：三说各有所见。今洞庭、鄱阳为江广巨薮，潴众山暴至之水，俾徐从水口渐而放之，故平田得无骤没，空地之意盖如此。但地处中原百八十里之内，居人奚啻亿万，庐舍田园皆其世业，一旦使轻去其乡，将焉置之？禁民引水溉田，则河可常流，不至淤浅；水暴至，泄之较易。然恐众水合而泛滥，下流无直泻之处，是使民失灌田之利，而下流冲决，为害甚矣。惟开浚使东北入海，似可复禹故道，而久湮旧迹重修，为难若别辟新径，劳费过多，恐亦非旦夕可议。虽然，之三说者，疑若迂阔，远事情矣；而不违古法，欲为民永除昏垫，视苟且补苴、迄无一效者，不犹愈乎？

萧志云：“朱子谓禹之治水，只从低处下手，下面之水既杀，则上面之水自消。今河水入海口，七套参错，芦荻丛生。下流壅结，泥沙不行，则上流横溃四出矣。当事夙有浚海口之议，但一日中潮汐再至，施工甚难。宜度安东滨海之地，别穿一渠，分流入海，可以无滞。脱偶有滞，则用明都御史李如圭法，造上中下三等船，载大小扒锄，命守河吏督率人夫扒锄去之，泥沙必随流而下也。”又云：“当渡河之上游，治嵩、伊、洛三水，逼之使归原流；再治沁、卫二水，筑坝以逼向桑干。则众流不入河，其势自杀，得以安行，而不致冲决东南矣。”按：是二说可以兼用，但遏众流，必各得其汇归之所，其工程浩大，难便施行，又恐古今异宜，未必尽无冲溢。疏浚海口，别穿一渠，似不可少，又须用顺治中阁臣王永吉一疏“因兴化、盐城故海口浚通治淮，使黄水大时，淮自入海，不碍黄流；水平，河闭闸，仍用以刷黄”为更周密也。王疏载《一统志》。然专治徐境黄河，则筑堤为最要。其法莫详于《吕梁志》，今录于后。

附王应时《吕梁志·河防》备考

治河之制，有疏、有浚、有塞。酾河之流，因而导之，之谓疏；去河之淤，因而深之，之谓浚；抑河之暴，因而扼之，之谓塞。疏浚之别有四：曰生地，曰故道，曰河身，曰减水河。生地有直有纡，因直而凿之，使就故道。故道有高有卑，高者平之以趋卑，高卑相就，则高不壅，卑不潴，盖壅易溃而潴易湮也。河身者，水虽通行，身有广狭，狭难受水，水益悍，故狭者以计辟之；广难为岸，岸善崩，故广者以计御之。减水河者，水放旷则以制其狂，水冲突则以杀其怒。筑堤之制，有创筑无所因而创始，曰创；有修筑因其旧而增培之，曰修；有补筑因其坏而渐治之，曰补。有刺水堤，障之而不使妄流；有截河堤，截河漫流，使归河身；有护岸堤，因岸低薄，固筑之，使无善崩；有缕水堤，河直则水溃，故堤以缕之；有石船堤，决口已溃，不可复堤，乃联数舟，载以重石，使沉水以塞之。治埽之制，有岸埽，罗以土牛而筑以护岸者也；有水埽，截河之流，卷以草苇，随堤长短以塞冲溃者也；有龙尾埽，伐大树连稍系之堤旁，以破啮岸浪者也；有拦头埽，有马头埽，埽高出河丈余，稍顺水势，使触之他注者也。其为埽台推卷埋挂之法，有用土、用石、用草、用木、用筏、用絙之方。塞河之制，有缺口，流已成川也；有豁口，旧常为水所豁，水退则口下而堤，根固在也；有龙口，水之所会，自新河而入故道之滦[①]也。凡堤，必择坚实老土，毋用浮沙。取土必于数十步外，近则渐成沟洫，反致陷没矣。每筑，必用石夯密筑一遍，次用石杵、铁杵各筑一遍。堤根宜阔，堤顶宜狭，俾马可上下，谓之走马堤。护堤之制，则仿植柳六法：一曰卧柳，自堤根至顶，每一尺许，各横铺柳枝一层，土面止留二寸，不许稀疏；二曰低柳，凡新旧堤上下，纵横各一尺许，即栽一株，亦入土二小尺，土面亦留二寸；三曰编柳，凡河道紧要之处，不分新旧堤岸，俱用柳桩如鸡子大、长四尺者，用引橛至堤根，密栽一层，六寸许栽一株，入土以三尺为度；又将小柳卧栽一层，内外各留二尺许，俟小柳既成，将柳桩编高五寸，如编篱法，用土筑实平满；又退四五寸，再如前法编之，则一堤之上，皆为柳根编护矣。四曰深柳，凡近河及河势将冲之处，堤岸虽远，宜急栽深柳，将丈余铁裹引橛，自短而长，以次钉穴俾深，然后将劲直带稍柳枝栽入，用稀泥灌满，多栽则十数层，少则四五层，数年之后，根株固结，可障御冲啮矣。五曰漫柳，波水漫流，难以筑堤，惟沿河岸密栽小柽柳数十层，不畏淹没，水退则泥沙委积，随淤随长，数年之后可以成堤矣。六曰高柳，凡堤内外，用高大柳桩成行栽植，可以护提，而牵挽亦免酷暍之苦矣。工役之制，凡堤岸创筑者，每方广一丈，每日就近取土者高六寸，取土稍远者高五寸，最远者高四寸为一工。凡帮堤，则先计旧堤若干，今增高阔若干，亦以前法折算之。河道创开者，每方广一丈，每夫每日开深一尺者为一工；挑浚泥水相半者，减十之五；全系水中涝取者，减十之七八；取土登岸，就而筑堤者，亦以半折算焉。疏浚之制，铁龙爪、滚江龙之法，王安石之见泥矣，求其最善者，其惟方舟之制乎？按以方广，约以夫役，用平底方舟横插河中，系以桩柳，乃用长柄铁爬并力齐浚，每浚深广数尺，即移船少退。以次分段，则水溜而沙淤去矣。方舟之制，岂惟便宜，而夫役亦免入水，厥利溥矣。故附采之，以俟夫治水者择焉。

---

① 原作“深”，据《读史方舆纪要》、乾隆《江南通志》改。

徐州志卷之六

田赋

韩子称："君出令，臣行君之令而致之民，民出粟米麻丝，作器皿，通货财，以事其上。"此古今之通义，自有天地已然也。窃怪近代生齿无加于古，建官、徭役益减于古，三代取民以什一，由汉以来率二三十而一，何以古之民家给人足，而今则终岁勤动，无少积储，一遇水旱辄逋负逃亡也？毋乃小民之不尽力于南亩欤？抑亦教稼穑之无其方欤？《禹贡·徐州》："厥土赤埴坟，草木渐包。厥田惟上中，厥赋中中。"盖田为第二等，赋为第五等也。以今视之，地硗瘠，植菽麦，不宜粳稻，校岁入不及江淮远甚，何异于古所云？此其故可无原乎？志田赋已，盖不胜感慨系之。

徐州田数征额，元以上无考。

贡赋则汉平帝时，王莽使徐州牧岁贡五色土一斗。

唐徐州、彭城郡土贡双丝绫、绢、绵绸、布、刀错、紫石。又《文献通考》云：彭城郡贡绢二十匹。

宋徐州大都督、彭城郡、武宁军节度贡双丝绫、绸、绢。又《文献通考》云：徐州贡绸、绢。熙宁十年以前，徐州七务商税岁额五万贯以上，酒课岁额十万贯以上。

金武宁军贡双丝绫、绸、绢。

明初，田数征额据《诸司职掌》纪：本州地二万八千二百四十一顷五十四亩。亩凡七百二十步，俗谓之"大亩"。天顺、成化间，本州地一万五千二百二顷二十六亩零，计减国初万三千顷有奇，其故无考。至嘉靖间丈量定额，亩以二百四十步为制，俗谓之"小亩"。本州地于十四年丈量，为四万一千九百七十三顷一十九亩零；萧县地于十八年丈量，为二万二千一百四十二顷四亩零；沛县地于十一年丈量，为一万七千九百二十二顷二十一亩；丰县地于二十五年丈量，为一万五千二百六十一顷五十六亩零；砀山县地丈量未知何时，据邑志，崇祯间为一万三千八百六十二顷八十亩零。

牧马草场地，前无考。嘉靖间，本州场地二顷一十八亩，萧县场地一顷七十九亩五分，沛县场地一顷一十亩一分，砀山县场地三顷六十八亩，丰县场地一顷二十三亩。徐州卫草场地三十六顷三十六亩。

徐州卫屯地，前无考。嘉靖间，正卫屯地为二千五百八十五顷三十三亩七分，左卫屯地为一千一百六十九顷四十亩，并坐本州及萧、砀、丰境内。隆、万以后，数有升除，卒鲜定制，可以无纪。

其贡之目有三：曰物料，曰野味，曰军器。赋之目有九：曰夏税，曰秋粮，曰丝绢，曰马草，曰盐钞，曰税课，曰场租，曰马匹，曰屯粮。岁用之目有七：曰庆贺，曰历日，曰乡饮，曰祭祀，曰科贡，曰供应，曰存恤。役之目有七：曰河道，曰驿传，曰夫役，曰均徭，曰人匠，曰民兵，曰里甲。以上各目，自万历元年知州刘顺之行都御史王宗沐一条鞭法，岁派银一十五万有零，取足于田地、人丁二项之内。四十三年，副使袁应泰复清查改派，转申一部十院，刊有成规，后人咸称便焉。

附前各目名色

物料：为绿笋、蜡茶、茴香、牲口、稻皮、药味、军需、修理家火料、绫绸、麂皮、榆木、胖袄、二火黄铜、柁木、供应器皿、成造神器料、预备绢匹、木炭、鱼胶、金箔、急缺物料、松板、生绢、串五丝、皮张。

野味：为天鹅、鸧鶉、鹚鸪等物。

军器：见《兵防》。

夏税、秋粮、马草、盐钞：并分起运、存留。

丝绢：为税丝折绢、农桑折绢。

屯粮：为麦、为豆。

庆贺：为表笺、纸札、工食、盘缠。

祭祀：为春秋二丁祭祀、无祀鬼神三次祭祀。

科贡：为科举盘缠、岁贡盘缠。

供应：为供给上司、往来公使。

存恤：为衣、为薪。

河道：为洪夫、闸夫、溜夫、泉夫、浅夫、厂夫、坡夫、桩草、麻铁、砖灰。

驿传：为站船、红船、水夫、马驴、铺陈、草料、工食、馆驿夫。

夫役：为班夫、皂隶、军牢、吹手。

均徭：为各衙门快手、皂隶、门子、渡夫、库子、弓兵、防夫、禁子、铺兵、巡拦、庙夫、斗级、祗候、马夫、斋夫、膳夫、仓夫、墙夫、桥夫、灯夫、坟户、修舱。

人匠：分轮班、住坐。

里甲：为里长、甲首。

以上各目名色，并税课、场租、马匹、历日、乡饮、民兵，本州及四县二卫所征，有无多寡不等，约记备考。

国朝顺治初，徐州并四属县田地原额共一十万九千三百七十六顷七十二亩三厘零。嗣以河限湖滨，时有淤垫冲没，豁除升科，屡经增减。至今上康熙六十一年，计实在成熟地九万四千九百三十二顷一十七亩九分三厘五毫零，共征折色起存价值、岁夫、漕项、漕赠伍银一十一万九千二百二十五两二钱四分九厘六毫零，本色存留月粮麦七千九百六十二石六斗二升[①]六合一勺五抄零。三十五年后，改征折色银四千一百两七钱五分二厘四毫零，本色起运正、改兑正、耗漕米五万三千二百七石二斗四升九合三勺九抄零，本色补闰漕赠伍米二千六百六十石三斗六升二合四勺五抄零。

人丁原额共一十七万九千四百九十五丁半。自顺治初年以来，数经编审，开除增益及绅士优免，至今上康熙元年，实在人丁一十二万四千九百三十一丁。至二十年，历编审四，实在人丁一十四万二千九十三丁。至五十年，又历编审六，实在人丁一十二万三千四百六丁。五十五、六十年，两次编审，遵旨永不加赋。今康熙六十一年，实在当差人丁仍一十二万三千四百六丁，共征人丁起存诸项银二万四千六百一十二两八钱三分。

又地、丁二项外，有牧马草场地一十一顷八十五亩七分，场地租银并匠班、积谷军饷银共一千一百二十五两九钱七分七厘。

计正杂各项，共征银一十四万九千六十四两八钱九厘一毫零，米五万五千八百六十七石六斗一升一合八勺四抄零，此为本州并四属县田赋总数也。其各属分数与支解款项，详具于左：

徐州

国朝顺治初，田地原额四万一千九百七十三顷一十九亩六分三厘六毫零，除前明久不起科微山湖沉、河挑、堤［占］[②]、义冢等地四千四百五十六顷五十二亩六分，粮摊见田，实原额三万七千五百一十六顷六十七亩三厘六毫零。十年，以无主荒地五千五百七十一顷七十三亩拨入兴屯[③]。十二年至康熙六十一年，陆续开垦升科地共

① 原作“斗”，径改。

② 字据顺治《徐州志》补。

③ 按：清朝实行“撤卫并屯”，于顺治十年（1653）在泗县设凤庐淮徐兴屯道，下辖寿县的庐寿兴屯厅、灵璧的凤萧兴屯厅及海州的淮徐兴屯厅，是谓之“兴屯”。

二千七十三顷三十三亩三分六厘零，又清出隐匿升科地共一千六百四十九顷三十六亩五分九厘零，内于十一年、三十二年，除豁版荒地及废地共五千三百六十六顷六十一亩三厘零。康熙六十一年，实在成熟地三万三百一顷二亩九分八厘九毫零。本项内所征各款详后：

○征折色起存价值、岁夫等银三万七百三十七两八钱二分三厘四毫零，搭存留钱三百一十五万六千八百三十一文九分九厘零在内；

○征折色漕项银七千四百二十三两一分四厘二毫零；

○征折色漕赠伍银九百九十七两二钱九分七厘六毫零；

○征本色存留麦三千六百五十四石六斗九升九合一勺九抄零，改征折色银一千八百八十二两一钱七分八丝零；

○征本色起运正、改兑正、耗漕米一万九千九百四十五石九斗五升三合一勺六抄零；

○征本色漕赠伍米九百九十七石二斗九升七合六勺五抄零。

——以上共征银四万一千四十两三钱五厘四毫零，米二万九百四十三石二斗五升八勺一抄零。

人丁原额七万三千九百六十一丁。自顺治初至康熙四十五年，屡经编审，除逃亡、优免二万八千四百四十三丁，实在人丁四万八千八百五十四丁。五十年，审增十一丁，实在人丁四万八千八百六十五丁。五十五年、六十年，编审新增九十丁，遵恩诏永不加赋。康熙六十一年，实在当差人丁仍四万八千八百六十五丁，内分上上则九百四丁，上中则四百七十七丁，上下则六百四十丁，中上则三百五十三丁，中中则五百七十四丁，中下则二千二百二十丁，下上则四千八百三十丁，下中则一万一千二百四十四丁，下下则二万七千六百二十三丁。本项内所征各款详后：

○征起存等银九千八百六十七两九分三厘，搭存留钱一百五万四百四十八文二分四厘在内。

○征漕项银二千四百七十两三分七厘。

——以上共征银一万二千三百三十七两一钱三分。

地、丁二项外，所征杂办二款详后：

○牧马草场地二顷一十八亩，征场地租银一十一两七钱五分。

○匠班征银一百四十八两五分。

——以上共征银一百五十九两八钱。

通计地、丁、正、杂各项，共征银五万三千五百三十七两二钱三分五厘四毫零，米二万九百四十三石二斗五升八勺一抄零。

解司兵饷、仓、漕、河项，驿站、俸工、杂支各款详后：

○解司地丁起存银一万九千八百八十一两二钱三分九厘八丝零。内：额拨起解江安粮道漕项银二百八十五两三钱九分五厘七毫零，又拨补起解粮道本色麦荒缺银一百一十八两一钱二分三毫零，又拨补河道河工银七百三十二两六钱一分六厘三毫零，又动办本色颜料价垫、水脚等银八十七两五钱三厘三毫零，实该解司兵饷银一万八千六百五十七两六钱三厘二毫零。

○解司支给水脚银四两七钱八分二厘五毫零。

○随漕项下，共银一千三百九十四两五钱七分二厘一毫零。内：给军芦席银一百一十五两九分四毫零，又解江宁船政厅轻赍银二百八十二两一钱八分四厘五丝零，又漕赠伍银九百九十七两二钱九分七厘六毫零。

○各仓项下，米、麦、草折起解江安粮道银九千九十二两二钱六分五厘六毫零，又本色麦折解银一千八百八十二两一钱七分八丝零。

○河道项下，桥船岁修、草束、游夫、抽兵、砖灰、柳料、车盘、麦折等项，解河库银六千十三两一钱三分八厘四毫零，又岁夫银一千八十五两。

○驿站项下，东岸、利国、桃山、房村、彭城等驿夫、马工料等银，地丁项内一万一千七百八十九两六钱九分三厘四毫零，匠班、草场租一百五十九两八钱。

○各衙门官役俸工并存留支给之香烛、祭祀、廪膳、旗匾、孤贫、铺兵等项银二千二百三十四两五钱七分三厘九毫零。

萧县

国朝顺治初，田地原额二万二千一百四十二顷四亩四分二厘。十年，以无主荒地并有主无力开垦荒地，共一万六百二十三顷九亩三分四厘拨入兴屯。十一年至康熙六十一年，陆续开垦并清出隐匿升科地，共一万四百三十五顷六十亩三分九厘九毫零，内于三十二年豁免筑堤控场废地八十三顷五十六亩九毫。康熙六十一年，实在成熟地二万一千八百七十顷九十九亩四分七厘五丝。本项内所征各款详后：

○征折色起存、岁夫等银二万二千五百两五钱九分六毫零，搭存留钱五十二万七千六百一十八文四分八厘零在内。

○征折色漕项银五千五百六十七两四钱七分四厘七毫零。

○征折色漕赠伍银七百三十六两一钱九厘三毫零。

○征本色存留麦一千七百五十八石二斗一升三勺一抄零，改征折色银九百五两四钱七分八厘三毫零。

○征本色起运正、改兑正、耗漕米一万四千七百二十二石一斗八升六合四勺二抄零。

○征本色漕赠伍米七百三十六石一斗九合三勺二抄零。

——以上共征银二万九千七百九两六钱五分三厘三丝零，米一万五千四百五十八石二斗九升五合七勺四抄零。

人丁原额一万七千七百三丁。自顺治初至康熙二十年，历次编审，除逃亡、优免一万四千一百六十五丁，实在人丁九千九百五十六丁。是后，经编审六，至五十年，增至一万二百七丁。五十五、六十年，遵旨永无增除。康熙六十一年，实在当差人丁仍一万二百七丁，内分上上则九丁，上中则五十四丁，上下则六十九丁，中上则五十八丁，中中则一百四十丁，中下则二百一十八丁，下上则四百一十丁，下中则二千六十五丁，下下则七千一百八十四丁。本项内所征各款详后：

○征起存等银一千六百一两二钱九分六厘五毫零，搭存留钱三万八千五百八十一文四厘八毫零在内。

○征漕项银四百八两五钱三厘四毫零。

——以上共征银二千九两八钱。

地、丁二项外，所征杂办三款详后：

○牧马草场地一顷九十九亩五分，征场地租银九两九钱七分五厘。

○匠班征银六十七两五钱。

○积谷军饷征银一百二十两。

——以上共征银一百九十七两四钱七分五厘。

通计地、丁、正、杂各项，共征银三万一千九百一十六两九钱二分八厘三丝零，米一万五千四百五十八石二斗九升五合七勺四抄零。

解司兵饷、仓、漕、河项，驿站、俸工、杂支各款详后：

○解司地丁起存银一万八千七百四两五钱八分九厘二毫零。内：额拨起解江安粮道漕项银一百二两五分四厘六毫零，又拨补河道河工银一十七两八分五厘八毫零，又动办本色颜料价垫、水脚等银四十一两五钱一厘二毫零，实该解司地丁兵饷银一万八千五百四十三两九钱四分七厘三毫零；又，解司杂办银一百九十七两四钱七分五厘。

○解司支给水脚银八十六两四钱四分一厘八丝零。

○随漕项下，共银一千四十二两三钱五分四厘二毫零。内：给军芦席银八十八两七钱三分四厘七毫零，又解江宁船政厅轻赍银二百一十七两五钱一分一毫零，又漕赠伍银七百三十六两一钱九厘三毫零。

○各仓项下，米、麦、草折起解江安粮道，共银五千五百六十七两六钱七分八厘六毫零，又本色麦折银九百五两四钱七分八厘三毫零。

○河道项下，洪夫、草束、停役闸夫、派剩仓麦折、河工、轻赍等银二千八百一十四两三钱五分九厘六毫零，又岁夫改折银七百二十两。

○驿站项下，拨协桃山驿、东岸驿驿站夫、马等银五百七十三两七钱一分六厘二毫零。

○各衙门官役俸工并存留支给祭祀、孤贫、廪膳等银一千三百四两八钱三分五厘五毫零。

沛县

国朝顺治初，田地原额一万六千三百六十九顷九十七亩三分八厘二毫。十年，以无主荒地并有主无力开垦荒地，共五千五百二十四顷八十亩一分七厘拨入兴屯。十一年后，陆续开垦并清出隐匿升科地，共三千六百八十九顷七亩八分七厘七毫零。康熙六十一年，实在成熟地一万四千五百三十四顷二十五亩八厘九毫零。本项内所征各款详后：

○征折色起存、岁夫等银一万七千九百一十六两六钱三分五厘七毫零，搭存留钱二百六十九万四千二百四十六文七分九厘零在内。

○征折色漕项银三千五百九十九两八钱一分六厘五丝零。

○征折色漕赠伍银三百八十八两九钱二厘三毫零。

○征本色存留麦一千五百四十石四斗三升七合七勺四抄零，改征折色银七百九十三两三钱二分五厘四毫零。

○征本色起运正、改兑正、耗漕米七千七百七十八石四升七合四勺三抄零。

○征本色漕赠伍米三百八十八石九斗二合三勺七抄零。

——以上共征银二万二千六百九十八两六钱七分九厘六毫零，米八千一百六十六石九斗四升九合八勺六撮零。

人丁原额三万五千四百六十一丁半。顺治十年，审除逃亡二万二千八百六十一丁半，实在人丁一万二千六百丁。是后，屡经审增，至康熙五十年，除逃亡、优免一万三千六百二十三丁，实在人丁一万九千二百六十丁。五十五、六十年，遵旨永无增除。康熙六十一年，实在当差人丁仍一万九千二百六十丁，内分上上则二百三十八丁，上中则二百八十八丁，上下则三百七十二丁，中上则二百五十一丁，中中则三百七十丁，中下则四百五十五丁，下上则二千五百二十丁，下中则四千七百五十六丁，下下则一万一十丁。本项内所征各款详后：

○征起存等银三千二百五十五两九分九厘一丝零，搭存留钱五十万五千七百二十一文七分九厘零在内。

○征漕项银六百七十五两七钱九毫零。

——以上共征银三千九百三十两八钱。

地、丁二项外，所征杂办三款详后：

○牧马草场地二顷七十七亩二分，征场地租银一十三两八钱六分。

○匠班征银六十七两五钱。

○积谷军饷征银一百二十两。

——以上共征银二百一两三钱六分。

通计地、丁、正、杂各项，共征银二万六千八百三十两八钱三分九厘六毫零，米八千一百六十六石九斗四升九合八勺六撮零。

解司兵饷、仓、漕、河项，驿站、俸工、杂支各款详后：

○解司地丁起存银九千二百三十七两七钱四分一厘一毫零。内：额拨起解江安粮道漕项银二百一两三钱三分五厘七毫零，又拨补河工荒缺银六十三两二钱九厘九毫零，又额办颜料价垫、水脚等银四十三两一钱九分九厘九丝零，实该解司地丁兵饷银八千九百二十九两九钱九分六厘四毫零；又，解司杂办银二百一两三钱六分。

○解司支给水脚银五十七两四钱九分四厘九毫零。

○随漕项下，轻赍、芦席并漕赠等银五百五十二两四钱二分七厘六毫零。内：解江宁船政厅轻赍银一百一十六两一钱四分二丝零，又给军芦席银四十七两三钱八分五厘二毫零，又漕赠伍银三百八十八两九钱二厘三毫零。

○各仓项下，米、麦、草折等银三千九百一十两六钱五分五厘九毫零，又本色麦折银七百九十三两三钱二分五厘四毫零。

○河道项下，河工等项银八百三十六二钱七分三厘四丝零，又岁夫改折银五百七十五两。

○驿站项下，夫、马等银九千五百六十七两五钱二分二毫零。

○各衙门官役俸工并存留支给等银一千九十九两四分一厘一丝零。

丰县

国朝顺治初，田地原额一万五千二百六十一顷五十六亩七厘四毫零。除明季兼并诡隐及河道迁徙、堤城占据，缺额至五百余顷，实原额一万四千七百余顷。九年，各里自首出隐匿升科地四百四十余顷，连原额共一万五千一百八十三顷九十七亩九厘八毫。康熙三十二年，额内复除豁筑场废地二顷六十五亩二分五厘。康熙六十一年，实在成熟地一万五千一百八十一顷三十一亩八分四厘八毫。本项内所征各款详后：

○征折色起存、岁夫等银一万四千一百三十四两二钱二分七厘六毫零，搭存留钱六十六万五千九百三十七文八分七厘零在内。

〇征折色漕项银一千六百二十六两三钱九分七厘五毫零。

〇征折色漕赠伍银二百六两九分一厘八毫零。

〇征本色存留麦五百四石九斗一升一合七勺八抄零，改征折色银二百六十两二分九厘五毫零。

〇征本色起运正、改兑正、耗漕米四千一百二十一石八斗三升九合八勺二抄零。

〇征本色漕赠伍米二百六石九升一合九勺九抄零。

——以上共征银一万六千二百二十六两七钱四分六厘六毫零，米四千三百二十七石九斗三升一合八勺一抄零。

人丁原额二万八千七百丁。自顺治初至康熙五十年，屡经编审，除优免、逃亡一万七百七十六丁，实在人丁二万三千八百一十六丁。五十五年，审增一百二十六丁；六十年，审增一百二十八丁，遵恩诏永不加赋。康熙六十一年，实在当差人丁仍二万三千八百一十六丁，内分上上则八十三丁，上中则一十五丁，上下则三十二丁，中上则五十九丁，中中则七十九丁，中下则二百二十八丁，下上则四百六十丁，下中则一千四百一十二丁，下下则二万一千四百四十八丁。本项内所征各款详后：

〇征起存等银二千五百三十五两八钱二厘八毫，搭存留钱一十二万二千五百一十八文四分在内。

〇征漕项银三百四两五钱九分七厘二毫。

——以上共征银二千八百四十两四钱。

地、丁二项外，所征杂办三款详后：

〇牧马草场地一顷二十三亩，征场地租银六两一钱五分。

〇匠班征银六十一两六钱五分。

〇积谷军饷征银二百一十两。

——以上共征银二百七十七两八钱。

通计地、丁、正、杂各项，共征银一万九千三百四十四两九钱四分六厘六毫零，米四千三百二十七石九斗三升一合八勺一抄零。

解司兵饷、仓、漕、河项，驿站、俸工、杂支各款详后：

〇解司地丁起存银一万二千七百二十八两二钱二分七厘六毫零。内：起解江安粮道额拨漕项银一百五十三两二钱，又解粮道裁扣拨补徐州广运仓缺额银二百三十两，又本色颜料价垫、水脚等银二十两五钱八分三厘五毫零，又拨补河工荒缺银九分一厘一毫零，实该解司兵饷银一万二千六百二两二钱四分四厘三丝零；又，解司杂办银二百七十七两八钱。

○解司支给水脚银五十两七钱八分九厘一毫零。

○随漕项下，轻赍、芦席等银二百九十二两二钱三分九厘三毫零。内：解江宁船政厅轻赍银六十一两一钱九分九毫零，又给军芦席银二十四两九钱五分六厘三毫零，又漕赠伍银二百六两九分一厘九毫零。

○各仓项下，米、麦、草折起解江安粮道银一千四百六十一两六钱六分一厘二毫零，又本色麦折银二百六十两二分九厘五毫零。

○河道项下，派剩仓麦折等银一千五十一两一分二厘一毫零，又岁夫改折银五百九十五两。

○驿站项下，夫、马等银一千五百五两五钱七分八厘二毫零。

○各衙门官役俸工并存留支给等银一千一百二十二两六钱九厘三毫零。

砀山县

国朝顺治初，田地原额一万三千七百七顷五十三亩五分二毫零。十年，以无主荒地并有主无力开垦荒地一千四百七十八顷拨入兴屯。十一年至康熙十八年，陆续开垦并清出隐匿升科地共八百二十四顷五十八亩九分七厘二毫零。是后，额内复豁除废地九顷五十三亩九分四厘。康熙六十一年，实在成熟地一万三千四十四顷五十八亩五分三厘四毫零。本项内所征各款详后：

○征折色起存、岁夫等银一万一千三百两四钱四分一厘一毫零，搭存留钱三十七万三千六百二十八文三厘零在内。

○征折色漕项银一千七百五十八两四钱六分六厘六丝零。

○征折色漕赠伍银三百三十一两九钱六分一厘一毫零。

○征本色存留麦五百四石三斗六升七合一勺三抄零，改征折色银二百五十九两七钱四分九厘七丝零。

○征本色起运正、改兑正、耗漕米六千六百三十九石二斗二升二合五勺六抄零。

○征本色漕赠伍米三百三十一石九斗六升一合一勺二抄零。

——以上共征银一万三千六百五十两六钱一分七厘四毫零，米六千九百七十一石一斗八升三合六勺九抄零。

人丁原额二万三千六百七十丁。自顺治初至康熙十五年，屡经编审，除优免、逃亡六千八百四十丁，实在人丁二万一千二百三十九丁。是后，又历编审六，至五十年，增一十九丁，实在人丁二万一千二百五十八丁。五十五、六十年，遵旨永无增除。康熙六十一年，实在当差人丁仍二万一千二百五十八丁，内分上上则三百一丁，上中则六十五丁，上下则七十二丁，中上则一百九十三丁，中中则二百五十丁，中下则二百七十一丁，下上则一千三十六丁，下中则五千五百四十四丁，下下则一万三千五百二十六丁。本项内所征各款详后：

○征起存等银三千四两四钱五厘一毫，搭存留钱一十万四千一百七十四文四分在内。

○征漕项银四百九十两二钱九分四厘九毫。

——以上共征银三千四百九十四两七钱。

地、丁二项外，所征杂办三款详后：

○牧马草场地三顷六十八亩，征场地租银一十七两四钱四分二厘。

○匠班征银六十二两一钱。

○积谷军饷征银二百一十两。

——以上共征银二百八十九两五钱四分二厘。

通计地、丁、正、杂各项，共征银一万七千四百三十四两八钱五分九厘四毫零，米六千九百七十一石一斗八升三合六勺九抄零。

解司兵饷、仓、漕、河项，驿站、俸工、杂支各款详后：

○解司地丁起存银一万三百一十七两八分七厘四毫零。内：起解江安粮道额拨漕项银一百四十六两八钱四厘九毫零，又拨补徐州广运仓麦折荒缺银一十七两六钱四厘四毫零，又拨补河道荒缺银七十一两一钱五分七厘八毫零，又本色颜料价垫、水脚等银二十四两八钱九分六厘八毫零，实该解司地丁兵饷银一万五十六两九钱六分五厘四毫零。又，解司杂办银二百八十九两五钱四分二厘。

○解司支给水脚银五十六两四钱六分六厘一毫零。

○随漕项下，轻赍、漕赠等银四百七十二两六钱四分七厘四毫零。内：起解江宁船政厅轻赍银九十九两九钱一分一厘三丝零，又给军芦席银四十两七钱七分五厘二毫零，又漕赠伍银三百三十一两九钱六分一厘一毫零。

○各仓项下，米、麦、草折起解江安粮道银一千九百四十三两六钱六分二厘二毫零，又本色麦折银二百五十九两七钱四分九厘七丝零。

○河道项下，游夫、抽兵、桩草、派剩麦折等银一千九百八十两九钱二分六厘一毫零，又岁夫改折银五百二十五两。

○驿站项下，夫、马等银四百八十六两一钱三分七厘二毫零。

○各衙门官役俸工并存留支给等银一千一百三两六钱四分一厘五毫零。

徐州卫附

国朝顺治初，屯田地原额三千八百八十五顷五亩一分三厘，内：正卫地二千八百五十一顷七十亩一分三厘，并卫地一千三十三顷三十五亩。至康熙二十二年，除未经开垦无主荒地三百二十四顷八亩六分二厘，加清出草场地二顷六十六亩，连原额共屯田地三千五百六十三顷六十二亩五分一厘。是后，节经开垦，升科地八十一顷六十八亩八分九厘。康熙六十一年，实在成熟屯田地三千六百四十五顷三十一亩四分，内：正卫地二千六百九十七顷二十四亩七分七厘，并卫地九百四十八顷六亩六分三厘。本项内所征各款详后：

○征正卫折色军需银四百四十九两五钱八厘五毫零，并卫折色军需银二百一十六两三钱三分一厘二毫零，共征银六百六十五两八钱三分九厘八毫零。

○征正卫本色麦五千九百六十三石六斗六升四合八勺三抄零，并卫本色麦一千三百二十石五升八合六勺九抄零，改征折色共征银三千六百四十一两八钱六分一厘七毫零。

○征正卫本色豆三千二百四十三石一斗七升四合四勺一抄零，并卫本色豆七百二十八石六斗六升四合五勺零，改征折色共征银二千九百七十八两八钱七分九厘一毫零。

——以上共征银七千二百八十六两五钱八分八毫零。

屯丁原额三千八百四十九丁。顺治初至康熙二十一年，陆续审增二百六十六[①]丁，除故绝、逃亡二千二百三十丁，实在屯丁一千八百八十五丁，内：领运屯丁一千六百一十九丁，例不征赋；余屯丁二百六十六丁。康熙六十一年，实在输赋屯丁仍二百六十六丁，内分上则二十丁，中则一百二十八丁，下则一百一十八丁。本项内所征丁银开后：

○征正、并两卫三则丁银共七十二两。

地、丁二项外，所征杂办一款开后：

○正卫牧马草场地三十六顷三十六亩，征场地租银三十六两三钱六分。

——通计地、丁、正、杂各项，共征银七千三百九十四两九钱四分八毫零。

应解司道并抵给各款详后：

○应解藩司军需、人丁、马场租等银七百七十四两一钱九分九厘八毫零。

○应解江安粮道折征麦、豆等银四千九百四十两七钱四分九毫零。

---

① 原作“六十一”，据乾隆《徐州府志》改。案府志：“嗣于康熙二十一年编审，清出三则屯丁二百六十六丁。内：正卫上则十七丁，中则七十九丁，下则九十九丁；并卫上则三丁，中则四十九丁，下则一十九丁，共二百六十六丁，照额输赋。”据改。

○徐州帮出运船抵给银共一千六百八十两。

仓务关税附

徐州仓岁征，除永福仓应收宿、泗二州本色小麦及折色银两并江浙杭、嘉、湖、松四府属米折银两归并淮安关外，其广运仓原额岁征所属徐、萧、沛、砀、丰五州县，徐州一卫并凤属宿、泗二州，额征本色小麦、黑豆，仍存本仓收贮，以备支用。

徐州仓岁支，原给徐州、徐州左、寿州、邳州、宿州、凤阳、长淮、凤阳后、凤阳右、凤阳左、怀远十一卫运军行月粮银，俱在徐仓支领。康熙四年，将凤阳、邳州、宿州、长淮四卫运船行粮改归淮仓支领，其徐州卫、徐州左卫（今归并徐州卫）、寿州卫（今归并长淮卫）、凤阳右卫（全减）、凤阳后卫（今归并凤阳中卫）、怀远卫、凤阳左卫（今归并凤阳卫）本折粮银，仍系徐仓管理。

按：徐州仓自明永乐年间设，有广运、永福二仓，有部选仓大使二员管理，差户部分司兼督。国朝止设部差司官专管，不设大使。康熙四年，仓差分司裁，一半归并淮安仓管理，一半归并徐州知州管理。二十一年，以徐州分管仓务归淮徐道兼摄。二十三年，仍归徐州知州。三十三年，归并江安粮道。

中河分司岁额钞银七千六百两。顺治初，旧额五千八百五十两。康熙二十年，加增银一千七百五十两。

中河分司岁额石价银八百二十两。顺治初，旧额六百五十两。康熙二十年，加增银一百七十两。

按：中河分司自明季以来，在夏镇、徐州、吕梁、宿迁四处设关征收，差有部员管理。国朝因之。康熙五年，归并淮扬道管理。七年，归并徐属河务同知管理。八年，复归中河分司征收。十七年，归并淮徐道兼理。

徐仓分司岁额税课银四千六百八十两。顺治初，旧额三千六百两。康熙二十年，加增银一千八十两，

按：此项自明季以来，设关于夏镇、徐州二处征收，属徐仓分司监督。康熙五年，归并淮扬道。七年，归并徐州同知。十一年，将船税归并中河分司，裁去徐州等关，总在宿迁一处征收，止留陆税在徐州同知征收，仍解中河分司汇解。十七年，归并淮徐道管理。

邮政附

徐州夫厂

设轿杠夫九十名，工食银一千二百九十六两；水夫五十名，工食银七百二十两。岁支银共二千一十六两。

东岸驿

设马一百二十匹，草料银三千四百五十六两；马夫一百二十名，工食银一千七百二十八两；支应廪粮、马价、鞍辔等银二千五百一十六两。岁支银共七千七百两（本驿旧设马一百二十五匹，草料银三千六百两；马夫一百二十五名，工食银一千八百两；支应马价、鞍辔等银二千六百两，岁支银共八千两。后减为今数）。

按：本驿马价银一千八百两，从前每岁奏销册内全报倒补。康熙五十七年，奉部文十马三倒。嗣以江南地处洼下，倒四扣六，起解充饷。又，五十六年奉文赴张家口领商人王纲明、范毓宾马匹，其马价每匹留银三两，为赶马盘费及关税使用等项，以十二两解交藩库汇解户部。五十九年，经各省抚院题明，仍照旧就便买补，每匹以三两解交藩库汇解户部。利国、桃山二驿并同。

利国驿

设马一百二十匹，草料银三千四百五十六两；马夫一百二十名，工食银一千七百二十八两；支应廪粮、马价、鞍辔等银二千五百一十六两。岁支银共七千七百两。

桃山驿

设马九十五匹，草料银二千七百三十六两；马夫九十五名，工食银一千三百六十八两；支应廪粮、马价、鞍辔等银一千九百九十六两。岁支银共六千一百两。

彭城驿

设水夫三十名，工食银四百三十二两，支应廪粮银三百两，岁支银共七百三十二两（本驿旧设水夫四十名，工食银五百七十六两；轿夫三十名，工食银四百三十二两。支应银三百两。岁支银共一千三百八两。后减裁为今制）。

房村驿

设马船十只，水手二十名，岁支工食银一百四十四两（本驿旧设马船二十只，水手四十名，岁支工食银二百八十八两。后减为今数）。

沛县

设递马五匹，草料银一百四十四两；马夫四名，工食银四十三两二钱；路夫十名，工食银一百四十四两；马价、鞍辔等银五十七两五钱。岁支银共三百八十八两七钱（本县旧设马一十二匹，草料银三百四十五两六钱；马夫十名，工食银一百四十四两；杠夫二十名，工食银二百八十八两；马价、鞍辔等银一百四十一两六钱。岁支银共九百一十九两二钱。后减为今数）。

按：沛县系僻处，从前原定五马三倒，后奉文核减，与东、利、桃三驿十马倒四之令一例报销。

泗亭驿

设轿杠夫二十名，工食银二百八十八两；水夫八十名，工食银一千一百五十二两；支应廪粮银二百五十两。岁支银共一千六百九十两。

夏镇夫厂

设轿杠夫六十名，工食银八百六十四两；水夫一百五十名，工食银二千一百六十两。岁支银共三千二十四两。

按《一统志》载：萧、丰、砀三县旧各设马二匹，草料[①]银五十七两六钱；马夫一名，工食银一十两八钱；差夫五名，工食银七十二两；马价、鞍辔等银一十三两。岁支银共一百五十三两四钱。并久裁。

物产

先儒谓：“民之初生，莫克自奉自卫，必假于物以为用。”似天生之物，亦皆以为民也。然而非人之灵，区以别之，则是嚣然蕃然者，无以若其性，又适足为民害。故自《尔雅》以还，文人学士注释鸟兽虫鱼、金石草木，代有成书。郡邑志之《物产》，亦其一也。州旧志止于谷果之属，载数品赘于纸尾，太涉卤莽。今稍广之，略加注释，用著敬慎之意云。

① 原作“科”，径改。

谷属

黍（有粳黍、糯黍二种）、稷（北地呼为穄，最先熟，味香美）、麦（有大麦、小麦、荞麦三种）、菽（黄豆、赤豆、绿豆、黑豆、菀豆、青豆、黎豆、鸡风豆、豇豆十余种）、粱、秫、稻（旧不种此，近时间有种者，水、旱凡二种，惟萧县白米山泉所灌稻最佳）、脂麻（即胡麻。俗传胡麻夫妇同种即茂，古诗“胡麻好种无人种，正是归时又不归”谓此）、菜子。

蔬属

芥、芹（有水、旱二种。徐地多旱芹，或云即蒡苎）、韭、蒜（中土止有小蒜，至汉张骞自西域移种来，今俗名大蒜是也）、葱（冬葱，亦名太官葱。陆务观诗“芼羹僭[①]用太官葱”）、茄（《大业杂记》曰：炀帝改茄曰昆仑紫瓜）、芊（又名芜菁，汉诸葛亮行军所至令种焉，蜀人呼诸葛菜，徐地亦然）、荠（有大小数种。师旷云：岁欲甘，甘草先生，荠是也）、蕨、苋（有红、白、紫三种，又有灰苋、马齿苋二种）、芋（一名土芝，《史记》作蹲鸱。有水、旱二种，旱芋微辛，不若水芋甘。芋生应月数，每魁有十二子，遇闰则益一子。民间收储，可以代粮，凶岁尤宜多种。蝗所经，苗稼草木无遗，独不及芋，故知芋足御荒矣。每芋一亩，其入视杂粮加倍，近水者尤良）、菌（俗呼为莪子。又一种，冬月雪时生山中，名冻莪，甘滑不同常味，善藏之可至次年四五月，不多得也）、瓠（《本草》：瓠，正苦有毒，叶可为茹。《诗》曰：“幡幡瓠叶，采之亨之”）、莴苣、莙荙（南方谓之菾菜。“菾”音“甜”）、芫荽（一名胡荽，其种汉张骞自西域移至）、菠薐（本是颇棱国种，讹为波棱，复加草。俗又呼菠菜）、生菜、白菜、苦菜（俗名曲曲菜，又名苦荬菜。《诗》谓之荼，《邶风》“谁谓荼苦”指此）、蘑菇、葫芦（匏也，即瓠子之圆大者）、甘露、萝卜（有红、白二种，红者与白性殊。又有黄、赤二色。按《尔雅》，萝卜作“芦葩”，郭注谓“葩”宜为“菔”）、山药（古名薯蓣，唐代宗名预，避讳改曰薯药；宋英宗名署，又改为山药）、百合、蒲菜、茭菜、茼蒿（形气似蓬蒿，故名。或作“藤蒿”，误）、王瓜（《月令》：“夏四月，王瓜生。”一名土瓜）、冬瓜、菜瓜、金瓜、南瓜（种来自南粤，故名）、苦瓜、稍瓜、丝瓜、豆荚（有刀豆、眉豆、扁豆、羊角豆、罗裙带数种）、黄芽菜（与黄芽韭，并砀山产者佳）、天花菜、羊肚菜、金针菜。

---

① 原作“借”，据《剑南诗稿》卷十三改。

果属

桃（各属俱产，惟丰县桃，尤实大而味甘）、李、柰、杏（一种梅接者，名梅杏，味佳）、梨（萧县梨曰兔头燕顶者，甘脆尤异）、枣（萧县天门寺出天枣，形小，色红，味美）、梅、柿（一种盒柿，实扁，腰微陷，略如葫芦形）、栗、莲、藕、芡（一名鸡头）、菱（一名芰。《武陵记》以三角、四角者为芰，两角者为菱）、核桃（即胡桃）、葡萄（有紫、白二种。《汉书》作“蒲陶”）、樱桃（《说文》作“莺桃”，《月令》作“含桃”，谓莺所含食也）、银杏（一名白果）、羊枣、地枣、酸枣、石榴（有红、白二种。白者名玛瑙榴，又名水晶子，远胜红者，惜畏寒，不能久存）、花红、沙果、苹果（花红、沙果皆其类，特各以色味得名耳）、山楂、西瓜（有红、黄二种，徐地多产黄者，吕梁者尤胜）、甜瓜、香瓜、文观果、无花果。

药属

麻黄（《本草》云：出彭城者胜）、柴胡、桔梗、巴戟、苦参、沙参、紫参、丹参、泽兰（《本草》云：徐州泽兰，紫叶方茎）、知母、山楂、泽泻、远志、艾叶、苍术、红花、芫花、甘松、地黄、地榆、干葛、菖蒲、牵牛、茜草、薄荷、茵陈（陈藏器《本草注》：蒿类，经冬不死，因旧苗而生，故云因陈）、桃仁、杏仁、紫苏、苏子、瓜蒌（一名括蒌，又名果蠃。在木曰果，在地曰蠃，此物蔓生附木，故得兼名）、牛蒡（一名大力子）、地丁、瞿麦、苍耳、槐角、蒲黄、枸杞（枸、杞，二木名，此物棘如枸之刺[①]，茎如杞之条，故兼二名）、蒺藜、薏苡、半夏、附子、三棱、细辛、黄精、茴香（“茴”本作“蘹”，声相近讹。《群芳谱》云：“煮臭肉下少许，即不臭，故曰回香。”亦臆度之词）、侧柏、仙茅、牛膝、葶苈、漏芦、草乌、藿香、扁豆、夜干、蚕沙、蝉蜕、蜂房、全蝎、天南星、罂粟壳、桑寄生、桑白皮、青木香、延胡索、葳灵仙、何首乌（有赤、白二种，赤为雄，白为雌。出萧县山中）、益母草、翻白草（产吕梁山）、鬼箭草、天花粉、地骨皮、麦门冬（一名虋冬。“虋”音“门”）、蒲公英、金银花（花初开俱白，三二日则变黄，新旧相参，黄白相映，故名金银花）、桑螵蛸、白头翁、红娘子、天仙子、楮实子、莨菪子、香附子、蛇床子、菟丝子（一名女萝，又名金线藤）、蓖麻子、车前子（即《诗》中“芣苢”也）、王不留行。

木属

松、柏、梓、桑、桐、槐（子房山一槐，虽枯不朽，里人云唐时植也）、柘、

① 原作“棘”，据《本草纲目》卷三十六改。

檀、榆、椿（徐地极繁。春初，摘其芽可为菹，甚香美）、柳、杨（有青杨、白杨二种）、栎、楮（一名榖，陆玑《诗疏》云：幽州人谓之榖桑。或曰楮桑，皮可作纸）、楝、枳、棘、椒、樗、橡（即栩，一名芧，音“序”。其实皂，亦谓之橡斗，可染黑）、棠梨、白蜡、菩提、竹（附）。

花属

梅花、水仙（冬花，得水不枯，故名。凡花悉贵重台，唯水仙则贵单瓣）、瑞香（一名睡香，别名麝囊，香气能损群花，世谓为花贼）、玉兰（一名迎春花，以花早而名）、牡丹（世称花王，唐人谓之木芍药，以花似芍药而大，实木本。徐地近豫省，种类极繁，花时直无美不备，非他郡所及也）、芍药（亦称花相。昔人以扬州芍药为天下第一，近徐郡多植此，觉奇盛正不多让）、玫瑰（一名徘徊花，宋时宫院多采玫瑰结为香囊，芬郁不绝，故名。司空曙诗“暗妒翻阶药，遥连直署香”，殆纪实也）、罂粟（一名米囊，亦名丽春。栽法宜中秋日，令美妇人着艳色衣种之，明岁开花，大者如芍药，色倍鲜异）、蔷薇（其种不一，有黄、白、红、紫、粉诸色）、萱花（一名宜男，一名忘忧草）、荷花（《尔雅》云：“荷，芙渠。其茎茄，其叶蕸，其本蔤，其华菡萏，其实莲，其根藕，其中菂，菂中薏。”又《楚辞》：“集芙蓉以为裳。”芙蓉，芙渠别名也，非岸生之木芙蓉）、木槿（一名舜华）、宝相、木香、金钱（午开子落，一名子午花）、绣球（一名聚八仙花）、紫薇、龙爪、金盏、珍珠、玉簪、荼蘼（亦作酴醾）、海棠（有春海棠、秋海棠、铁脚海棠数种。铁脚海棠，结实如木瓜而小种，与他郡略异）、茨藨、凤仙（一名金凤。宋光宗李后小字凤儿，宫中呼为“好女儿花”）、鸡冠（种最繁，极矮者名波斯鸡冠，又名寿星鸡冠，或云即“玉树后庭花”，出苏子由诗注）、葵花（有蜀葵、向日葵、黄葵、锦葵数种。《群芳谱》谓锦葵即“视尔如荍”之“荍”，若《豳风》“烹葵”之“葵”自属菜类，然宋嘉祐《本草·菜部》有蜀葵，则蜀葵亦可为菜也）、石竹（一名石菊，一名洛阳花）、红花、山丹、棣棠、菊花（种最繁，近岁奇种幻出，有谱所未备者）、丁香、紫荆、夜合（其叶向暮即合，俗呼乌绒。崔豹作“青裳”，状其质也；嵇康作“合欢”、陈藏器作“合昏”，体其情也；孙思邈作“黄昏”、王璆作“夜合”，纪其候也）、蜡梅（徐有素心蜡梅，内外一色，香倍他种，名素心金莲）、碎剪罗（旧有二种：一名剪春罗，一名剪秋罗。近一种稍大，色尤艳，土人名为“剪夏纱”，更佳）、雁来红（一名老少年）、木芙蓉（一名拒霜。或云獭畏芙蓉，叶粘身即烂至骨，人多植之池畔，以御獭云）、满滴金、月月红。

草属

蒲、苇、荇（颜之推《家训》作“猪莼”，今农家取以粪田，亦以饲猪，状与莼同，故名）、蓼、蓝、萍、蒿、蓬、茅、野兰（萧县署兰山出）、苜蓿、马兰、游龙、紫草（砀山出）、绣带、青莎、薜萝、垂盆、牛舌、狼尾、吉祥、节节、星星。

羽属

鸡、鸭、鹅、鸽（俗呼鹁鸽，其品最多）、燕（有越燕、胡燕二种）、鹊（一名乾鹊[1]）、鸠、乌、雀、鹭、鹘、鹳、鹰（出萧县者良）、雕、鹞、雁、凫（俗呼野鸭，群飞蔽天，声如风雨）、鹤（宋张山人放鹤，事详《古迹》《艺文》）、鸥（轻漾如沤，故《庄子》亦以为沤鸟）、雉（唐推官韩愈有《雉带箭》诗，见《艺文》）、黄鸟、鸂鶒、鹌鹑、天鹅、鸳鸯、鹡鸰、倭鸾（一名角鸽，善鸣，能效百物声）、布谷（一名戴胜）、桑［扈］[2]（又名窃脂）、淘河、练雀、啄木（色有褐有斑，褐者雌，斑者雄）、蜡嘴、鸬鹚（黑色，能入水取鱼）、鷦鷯（俗呼黄头。取茅苇羽毳为巢，大于鸡卵，悬树枝上，系以麻发，至为精巧，人多笼畜以为珍玩）。

毛属

牛、马、骡（本作“鸁”，俗作“骡”）、驴（丰县产花驴特胜）、羊、豕（方言亦谓之猪）、犬（其种三：守犬、食犬、田犬）、狼、鹿、獐（似鹿而小，无角。又《说文》云：“麇，獐也。”一物二名。麇，《诗》又作“麕”）、麂（形小于獐）、兔、狐、獾、螭、猫（陆佃云：鼠害苗而猫捕之，故字从“苗”）、鼠、猬、野豕。

鳞属

鲤（黄河鲤，背厚味甘，不让江鲤）、鲫、鳊、鲚、鲇、鲦、鳝、鳗（俗名白鳝，以鳝为黄鳝）、鲟、鮰（俗名猪嘴角牙）、鲭、鳣（似鲭而小，长五、六寸，有须，黄河中生）、鳢（俗名乌鱼）、鲢、银鱼（出微山湖）、金鱼（种最多，人竞畜为珍玩）。

介属

龟、鳖、蟹、虾、蚌、蚬、螺蛳。

---

① 乾，一说通“干”。《诗·召南·鹊巢》“维鹊有巢”，马瑞辰《毛诗传笺通释》：“鹊性喜晴，故名乾鹊。”一说音“虔”。《易统卦》云：“鹊者，阳鸟，先物而动，先事而应。”今难详本意，暂从原字。

② 原阙，据乾隆《徐州府志》补。

虫属

蚕、蜂、蝶、萤、蝇、蛙、蚊、蝎、蛇、蝉、蝤、蚁、蝙蝠、螳螂、蜣螂、蜻蜓、蟋蟀（一名促织）、蚱蜢、蛐蜒、蜘蛛、蝼蝈（俗名土狗）、蝇虎、蝘蜓（能制蝎，俗谓之蝎虎；以善缘壁，又谓之壁虎。按《尔雅》："蝾螈，蜥蜴；蜥蜴，蝘蜓；蝘蜓，守宫。"四名转相解。《说文》云："在草曰蜥蜴，在壁曰蝘蜓。"东方朔云："非守宫，即蜥蜴。"大抵在草泽名蝾螈、蜥蜴，在壁名蝘蜓、守宫也）、尺蠖、蚯蚓、蛴螬、络纬（俗呼纺绩婆）、虾蟆、螟蛉、蜗牛、螽斯、土鳖（每生阴湿处，医者取以续骨）、芙蓉虫（似小蚌，而长粳稻子大，色殷红，浮游水上。州治厅事前，暴雨水潴乃生，涸复不见）。

货属

丝、棉、麻、苘（音"顷"，或作"蹟"，麻之别种，可为绳索）、绸（丝绸、绵绸二种。绵绸出丰县者尤佳）、绢、布（砀山者更胜）、铜（铜山出。今无）、铁（盘马、铁山皆出。今无）、靛、红花、木炭、石炭（萧县出者胜）、花石（出东山，五色文成竹木如绘，前人尝琢为用物。今不复出矣）、砚石（按《吕梁志》："明郎中张镗尝得石制砚，与端、歙埒，一时竞求之。"今不知其处）。

按：物产以五谷为主，五谷中又惟粳稻为最美，而收获复多，数倍他谷。但有水泉利便，即可种植，土无宜不宜也。汉陈登为徐典农校尉，巡视土田，尽凿灌之利，粳稻丰积。北魏薛虎子为刺史，亦言徐州清汴通流，足盈激灌，兴力公田，必当大获粟稻。是徐土在古昔尝种稻矣，不知何时遂废其方。今则不分高下，尽种黍稷，反谓土不宜稻，岂知农事者乎？明副使王梴有《劝农文移》，深悉此意，特录存之。

附明副使王梴《劝农文移》

为劝农事，照得农作乃生民衣食之源，耕种得宜，获利必大。窃见淮北军民之家，不分田地高下，一概尽种麦谷，一遇旱涝，即称淹没熯干。且农家自恃地土肥饶，全不苦于工力，浮华懒惰，袭以为风，不熟耕而就耩[①]，既布种而不锄，旱则不能灌救，涝则无以开泄，农业大废。较之水田一亩可抵旱田数亩，收稻一年可抵收麦数年，因无种稻之方，每失生民之乐。一遇无收，家家缺食，鬻子卖牛，能延几日？年复一年，愈趋愈下。况连岁饥荒，军民狼狈，强悍者啸聚为盗，而终陷刑戮；懦弱者流亡失所，而挂累粮差。本道目视其艰，深用为惧，虽屡经面谕各该军

① 原作"构"，径改。

卫有司设法劝导，恐各官略不留心，军民罔知省悟，拟合劝谕。为此，出给告示张挂，晓谕一应官舍军民人等知悉。趁今冬尽春和之时，各将田土高阜去处，照常耕种麦豆等禾；其有平下临河近泉处所，逐一度量地形水脉，询访江南秧田法则，觅倩惯能种稻农夫，随宜开浚沟渠，照田挑培塘埂，设法导引相近河泉周流环绕。及有等冷泉田地，下土尺余，即发水泽，比引河泉工力为易，可就掘塘池，积蓄水利，插种稻秧。旱则掣取浇灌，涝则开埂放泄。庶几旱涝有备，可期高下全收。再照牛畜犹宜爱惜，不得偶因目前济急，遂致损价变卖，来春耕种，工力难施。各该军民及逃亡复业人等，若肯一一体信，如法造作，则一年可获数年之租。储蓄既广，则衣食自丰；饱暖无忧，则盗贼自息。一劳永逸，为计深长。毋得懒惰，甘受饥寒。流亡刑宪，追悔何及！须至告示者。

徐州志卷之七

兵防

三代井田之制，寓兵于农。选士泽宫，必先以射。国有大征伐，则卿大夫统之，盖文武无分也。秦、汉而下，始岐而为二。顾当有变，复籍民为兵，刺史、牧、太守并加将军之号，郡国僚属皆躬列戎行，固有分之而难为分者。惟明代文武两途，始终无紊，而军事日以轻弛，比于弱宋，其制为不逮汉、唐矣。徐在汉、魏、六朝、唐、宋、金、元皆当兵冲，号称重镇。其置将设兵，因时增损，迄无一定，今于《官司》《兵变》中约略载之。[而其所][1]设置官军人数，与分守汛廪食事宜，不可得而详。又惟明代纪载独完，故志徐《兵防》，自明代始。

明太祖仿元万户之制，凡内郡大者及要害地置卫，小者置守御千户所。吴元年，设徐州卫：指挥使、指挥同知、佥事；幕：镇抚、经历、知事，后省知事；属：左、右、中、前、后五所；所：正千户、副千户、百户、镇抚。中左、中右二所：所正千户、副千户、百户、镇抚（二所为景泰五年于灵山、安东调设于徐）。使以下袭荫及诸军政，悉报上中军都督府，以达于兵部。惟京操，则辖于中都[2]留守司领班都指挥。岁以指挥一人入贺万寿圣节。每岁，抚、按洎兵备道（兵备道设于正统间）察其贤否，阅五载一考选而变易之，谓之“考选军政”。其掌印及训练、屯田、漕运、京操、管局、巡盐、巡捕、巡河，各一人掌领之，并以选任，皆谓之“见任管事”。不与此者，编诸行伍，谓之“带俸差操”。其镇抚掌卫之狱事，经历则流官铨授，得以文法吏事，纲纪卫政。后多不行，势使然也。千百户考选军政、管事管军，如指挥之制。百户不皆堪任，常以能者兼摄之。凡为所者七。旗军：初额凡七千八百四十人，其调补京匠者二百五十二人。嘉靖中，见存充伍者仅一千九百三人，余皆死亡逋绝。至其漕运、京操、局匠、巡河、巡盐、捕盗、屯种、城操及诸杂役，则悉索军舍余丁充补额数，给饷一如正军。尺籍空虚，几于无兵可交者矣（附注：漕运，浅船二百五十只，运军二千五百一十六人。京操，春班四百九十五人，秋班一千四百七十一人。局匠，原额一百八十人，嘉靖中止七十五人，岁

① 底本漫漶，三字据乾隆《徐州府志》卷七《兵制》补。
② 原作“中都督”。案嘉靖《徐州志》、乾隆《徐州府志》，“督”字衍，今删。

办[1]料银一百五十两八钱二分八厘，军器一百六十副，计六千四十件：盔一百六十顶，甲一百六十副，斩马刀四十把，腰刀一百六十把，弓一百六十张，弦三百二十条，箭四千八百枝，撒[2]袋一百六十副，长牌八十面。巡河五人，巡盐二十人，捕盗二十人，屯种四千五百一十人，城操七百二十六人。杂役：预备仓军斗五人，库子五人，淮安厂造船一十三人，守门四十八人）。

洪武六年，设吕梁巡检司，领弓兵四十名（今额定六名）。

惠宗建文三年，靖难兵至沛焚掠。九月，诏设军民指挥使于沛丰。知县颜瓌复集民壮五千，筑土堡以备御，寻调三千益官军。

宣宗宣德五年，调楚府护卫，设徐州左卫：指挥使、佥事；幕：镇抚、经历、知事；属：左、右、中、前、后五所；所：正千户、副千户、镇抚、百户。使以下世袭、考选，悉如徐州卫，惟京操省。旗军，初额五千六百四十四人，存留武昌护卫一千三十八人，调补武功右卫二百九十二人。嘉靖中，见存充伍者一千一百一十一人，余皆逃亡矣。其漕运、屯种、巡捕、巡盐、巡河、局匠、城操及诸杂役，悉以军舍余丁充补，给饷并与徐州卫同（附注：漕运浅船九十只，军一千五人。屯种三百七十六人，巡捕二十人，巡盐十人，巡河六人。局匠三十九人，岁办料银二百一十一两三钱八分，军器八十副，计三千二十件：盔八十顶，甲八十副，斩马刀二十把，腰刀八十把，长牌四十面，弓八十张，弦一百六十条，箭二千四百枝，撒袋八十副。城操二百三人。杂役：淮安厂造船三十四人，预备仓军斗五人，库子一人，看监一十二人，守门二十二人。〇凡水陆递送夫役，州与两卫相参应办，卫当其十之三。初，征役于军，法无画一。嘉靖丙午，副使王梴议令岁以正、七月军粮扣留公贮，左卫军少，官俸亦扣其半，遴官一人司其出，而稽之以籍，是为军便银）。

英宗正统间，以天下卫兵耗弱，令各州县籍民为兵，守御其土，皆以十年更编。本州民壮五百二十七人，萧二百二十九人，沛一百七十九人，砀山一百七十六人，丰九十三人（本州洎诸邑乃据初籍为定，子孙世役之，虽流亡不得去其籍，至为里甲累，民患苦之。嘉靖中，副使王梴议如他郡例编易之，仍著为后令）。

代宗景泰二年，徐州知州任泰详题设萧县赵家圈巡检司，领弓兵三十名（万历间，额定弓兵三十一名。崇祯末，流贼扰废）。

武宗正德六年，设兵备道驻徐州，统辖府州县卫所（今为淮徐道，详《官司》）。

① 原作“辨”，径改。下同。
② 原作“彻”，据嘉靖《徐州志》改。

世宗嘉靖中，副使王梃以州境内集镇乡村旧编团、保长，防御不测，至是更申饬之。又以萧、砀、丰三县军民错处多盗，创令编设。

穆宗隆庆三年，设徐州参将，提调徐州卫、左卫，泊宿州、归德、武平、睢阳、陈州、颍州、曹州等卫，滕县、濮州、颍上等所官兵民兵。总河部院翁大立请于所统地方分月驻扎：正月至四月莅徐，设中军官一员，统营兵八百，训练防运；五月至八月则移归德，九月至十二月则又移宿（万历二年，巡抚都御史王宗沐、巡按御史张更化题裁归德，以后提调广狭不等。天启二年，改为总府，以总兵官领其事。四年，改为副总兵。崇祯十四年，改徐漕总兵官。十六年，又易为副总兵）。

神宗万历三十五年，设淮徐兵备道中军守备，统兵五百名，后减至三百名（今废）。

熹宗天启二年，丰县知县宋士诚以东省徐鸿儒等为乱，派杆夫八百名，选集义勇马步兵壮六百名，操练防守。兵备道施天德亦以诸生李天元、孔贞宪等请，调发中军官费从德、王锡印，指挥苏万方，统标营官兵四百五十余名，驻丰防剿。时，欢口集与马家口相连，午沟、黄河一带旧无兵哨，复分兵扼之。

怀宗崇祯六年，漕抚部院杨某题于萧西赵家圈改为赵镇，设砀营把总，寻易守备，统中军掌号左哨、右哨兵五百名，战马二十匹。后加淮冏马二十五匹，自备马三十余匹。〇季年，西寇猖獗，砀山县知县宋坤、刘芳相继设备，鼓舞士类，团集乡兵，立五营，以绅士首领之：中营乡官贾懋赏，左营生员汪大受，右营乡官段长庚，前营生员戚敬止，后营生员贾以默。号为“长子营”，械器、兵需皆自置（邑志称：是时置交铳，颈长尺许，精光如银，朱漆柄二尺余，实铅子，远可及三四百步）。〇十七年，沛有名制将军莅县，嗣有乡练、总练、乡兵、马兵等名（寻尽革去）。

国朝世祖顺治二年，废徐州左卫及二卫指挥、同知、佥事、镇抚等官，惟留经历一员。又别设守备，统千总，管卫事。〇是年，又改徐州副总兵为总兵官。明年，仍改副总兵，统兵护漕。属：左、右、中营守备（右营分驻夏镇闸防漕）、千总、把总，马战兵一百九十六名，步战兵一百一十二名，守兵五百二十名，战马一百九十六匹，官自备马三十二匹。〇三年，改砀营为萧营，设守备，统中军千总、左右二部把总，兵五百名，战马三十匹，驻萧城，汛防萧县，别委把总分防砀山县。〇是年，复设萧县赵家圈巡检，额定弓兵十九名（康熙三十[1]年，巡检金正泰奉调迁张山店）。〇五年，东湖贼、西榆寇，不时入丰境剽掠，知县阎玿设乡练防

① 二字原墨丁，据乾隆《徐州府志》、嘉庆《萧县志》补。

御。〇十一年，《兵防志》[①]计现在民壮：本州四百八十一人，萧一百八十八人，沛一百四十三人，砀山一百四十人，丰一十九人（以上除编银解京故，实在止此。今查本州四县，又止实在五十名）。〇十七年，徐左营委百总将兵分防沛、丰。今上康熙二年，徐左、右二军改制，轮派把总汛防沛县、丰县。是后，或委千总，每岁更易；而州与萧、砀，仍因初制未改。数十年来，诸武臣皆恪共厥职，训练有方，文德武功，将永奠小民于磐石之安，而享盛世太平之福矣。

兵变

徐在殷、周之世，与荆、舒邻，并尝数被兵矣。秦以降，版图既扩，为南北要冲，遂成四战之国。每当易代，必首受兵，战争屠戮之惨，从未有幸而免者，载于列史，指不胜屈。以类编之，殊令人凛然思惧，而谋所以备御，不得不为未雨绸缪也。

周

穆王末年，徐子叛，自称偃王，淮北诸侯朝之者三十六国。穆王命楚讨之，偃王军败，走彭城武原山下死。

襄王二十二年秋，介人侵萧。(《春秋·鲁僖公三[②]十年》)

定王十年，楚子伐萧。宋华椒以蔡人救萧。萧人囚熊相宜僚及公子丙。王曰："勿杀，吾退。"萧人杀之。王怒，遂围萧。萧溃。(《左传·鲁宣公十二年》)

简王十三年[③]，楚与郑伐宋，取彭城，封鱼石。（鲁成公十八年）

十四年[④]，鲁与晋、卫围彭城，诛鱼石，归宋彭城。（鲁襄公元年）

灵王九年，夏五月，宋及诸侯灭偪阳，地归于宋（偪阳后为傅阳县，隶彭城）。秋七月，楚子囊、郑子耳侵鲁西鄙，还，围萧。八月丙寅，克之。（鲁襄公十年）

敬王二十一年春，宋公之弟辰及仲佗、石彄、公子地，自陈入于萧，以叛。（鲁定公十有一年）

赧王二十九年，齐、楚、魏攻宋，康王走死于温。三国分宋地，以彭城归楚。

① 按：此"兵防志"，应指顺治《徐州志》卷二《兵防》。

② 原作"二"，据《春秋》《左传》改。

③ 原作"简王三十三年"。案《史记·周本纪》，简王在位十四年，无谓三十三年。《左传》封鱼石，事在鲁成公十八年（前573），时为周简王十三年。"三十"之"三"字衍，今删。

④ 原作"三十四"年，讹同上。案鲁襄公元年（前572）亦为周简王十四年。"三十"之"三"字衍，今删。

秦

始皇帝二十三年，伐楚，虏其王，尽得楚地。

二世元年，陈胜等起蕲，至陈而王。诸郡县皆多杀长吏，以应陈涉。沛令欲以沛应涉，掾主吏萧何、曹参乃令樊哙召刘季。刘季之众已数十百人矣。沛令恐其有变，乃闭城城守，欲诛萧、曹。萧、曹逾城保刘季。乃书帛射城上，谓父老共诛令，择子弟立之，以应诸侯。父老乃率子弟共杀沛令，开城门迎刘季，立为沛公。于是萧、曹、樊哙等，皆为收沛子弟二三千人，攻胡陵、方与，还守丰。二年，秦泗川监平将兵围丰，二日，出与战，破之。命雍齿守丰，引兵之薛。泗川守壮败于薛，走至戚。沛公还军亢父，至方与。陈王使魏人周市略地。周市使人招雍齿，齿即反为魏守丰。沛公引兵攻丰，不能取，还沛。闻东阳宁君、秦嘉立景驹为假王，在留，乃往从之，欲请兵以攻丰。是时，秦别将司马尼将兵北定楚地，屠相，至砀。沛公引兵西，与战萧西，不利。还，收兵聚留。引兵攻砀，三日乃取砀。因收砀兵，得五六千人，攻下邑，拔之。还军丰，闻项梁在薛，往见之。益沛公卒五千人、五大夫将十人，还攻丰，拔之。雍齿奔魏。

秦嘉已立景驹为楚王，军彭城东，欲距项梁。项梁乃进兵击秦嘉。秦嘉军败走，追之至胡陵。嘉还战一日，嘉死。景驹走死梁地。项梁军胡陵，章邯军至栗，梁使别将朱鸡石、余樊君与战。余樊君死，朱鸡石军败，亡走胡陵。项梁乃引兵入薛，召诸将会薛计事。沛公亦起沛往焉，与范增议求楚怀王孙心，立以为楚怀王。

三年，秦将章邯击楚军，大破之定陶，项梁死。沛公、项羽相与谋，乃与吕臣军俱引而东。吕臣军彭城东，项羽军彭城西，沛公军砀。楚兵已破，怀王恐，徙盱台都彭城，并吕臣、项羽军自将之。以沛公为砀郡长，封为武安侯，将砀郡兵。及项羽救赵，沛公乃西略地入关。

汉

二年春，汉王部[①]五诸侯兵凡五十六万人，东伐楚。是时，项王方留击齐，未下，闻之，即令诸将击齐，而自以精兵三万人，南从鲁出胡陵。汉皆已入彭城，收其货宝美人，日置酒高会。项王乃西从萧，晨击汉军而东，至彭城，日中，大破汉军。汉军皆走，相随入谷泗水。杀汉卒十余万人。汉卒皆南走山，楚又追击，至灵壁东睢水上。汉军却，为楚所挤，多杀。汉卒十余万人皆入睢水，睢水为之不流。围汉王三匝，于是大风从西北而起，折木发屋，扬沙石，窈冥昼晦，逢迎楚军。楚军大乱，坏散，而汉王乃得与数十骑遁去。欲过沛，收家室而西，楚亦使人追之

① 按："部"，《史记集解》徐广曰：一作"劫"。《索隐》按：《汉书》见作"劫"字。

沛，取汉王家。家皆亡，不与汉王相见。是时，吕后兄周吕侯为汉将兵居下邑。汉王从之，稍收士卒，军砀。汉王乃西过梁地，至虞。

高祖十一年，淮南王英布反，渡淮击楚，败楚兵徐、僮间。元王奔薛。楚丞相冷耳坚守彭城，城赖以全。

景帝三年，楚王戊与吴、赵、胶西、济南、菑川、胶东七国反，发兵西向。天子为诛晁错，遣袁盎谕告，不止，遂西围梁。上乃遣大将军窦婴、太尉周亚夫将兵诛之。

伪新末，赤眉贼掠楚、沛。又青、徐大饥，民皆从附贼，樊崇寇乱。

更始二年，梁王刘永擅命睢阳，招诸豪杰沛人周建等，攻下济阴、沛、楚、山阳、淮阳、汝南，凡得二十八城，拜董宪、张步各为大将军，共连兵专据东方。更始败，永自称天子。

光武建武二年，遣盖延等伐刘永，围睢阳数月，拔之。永奔谯。延进攻，拔薛，斩其鲁郡太守，而彭城、扶阳、杼秋、萧皆降。又破永沛郡太守，斩之。永将苏茂、佼强、周建等三万余人救永。延与战于沛西，大破之。永军乱，遁没溺死者大半。永走湖陵，茂奔广乐。延遂定沛、楚、临淮。三年，睢阳复反城迎刘永，延复率诸将围之。永走，为其将所杀，永弟防举城降。苏茂、周建奔垂惠，共立永子纡为梁王。四年春，延攻茂、建于蕲，进与董宪战留下，皆破之。因率平狄[1]将军庞萌攻西防，拔之。复追败周建、苏茂于彭城。茂、建亡奔董宪。宪将贲休举兰陵城降。宪闻之，自郯围休。时延、萌在楚，往救之，不能克，乃往来要击宪别将于彭城、郯、邳之间，战或日数合，颇有克获。五年春，庞萌反，杀楚郡太守孙萌，引军袭败盖延。延走，北渡泗水，破舟楫，坏津梁，仅而得免。夏，帝自将征之，征延与吴汉、王常、王梁、马武、王霸等会任城，讨萌于桃乡，大破之。七月，幸沛，进幸湖陵。攻董宪，破之昌虑。留吴汉攻刘纡、董宪等。车驾转徇彭城、下邳。汉拔郯，获刘纡。十月，张步[2]斩苏茂以降。六年，吴汉又获董宪、庞萌，山东悉平。

顺帝末，扬、徐盗贼群起，磐牙连岁。中郎将滕抚、赵序共讨平之。

桓帝时，太山、琅邪贼东郭窦、公孙举等聚众三万人，破坏青、徐、兖三州郡县。遣兵讨之，连年不克。永寿二年，拜段颎为中郎将，击窦、举等，大破斩之，获首万余级，余党降散。

献帝初平二年，黄巾贼寇徐州。以陶谦为徐州刺史，击黄巾，大破走之，境内

① 原作“敌”，避“夷狄”讳改。今据《后汉书·盖延传》恢复本字。
② 原作“布”，据《后汉书·光武帝纪上》改。

以安。三[①]年，下邳人阙宣聚众数千人，自称天子，劫略郡县。谦为徐州牧，始与合从，后遂杀之而并其众。四年，曹操击谦，破彭城、傅阳。谦退保郯。操攻之，不能克，乃还。

兴平元年夏，操复征谦，拔五城，皆屠之。凡杀男女数十万人，鸡犬无余，泗水为之不流。自是，五县城保无复行迹。

建安元年，昭烈为徐州牧，袁术攻之。昭烈留张飞守下邳，引兵与袁术战于淮阴石亭，更有胜负。陶谦故将曹豹在下邳，使人招吕布。布取下邳，张飞败走。昭烈闻之，转军海西。杨奉、韩暹寇徐、扬间。邀击，尽斩之。已而军饥困，求和于布。布使还州，共势击术。术遣将纪灵攻小沛，昭烈求救于布，布率众驰往赴之。灵等闻，皆敛兵而止。布屯沛城外，招灵等与共飨饮。令军候植戟营门，布弯弓顾曰："诸君观布射戟小支，中者当解兵；不中，可留决斗。"一发中戟小支。灵等皆惊，遂各罢兵去。三年春，吕布复恶昭烈，自出攻沛。昭烈败走，归曹操。操益之兵，使东击布。布遣高顺攻之。操遣夏侯惇往，不能救，为顺所败。操乃自将击布。冬十月，屠彭城，获其相侯谐。遂进至下邳，擒布，斩之。

［四年夏］[②]，袁术欲经徐州，北就袁绍。曹操遣昭烈督朱灵、路招要击术。未至，术病死。昭烈据下邳，杀徐州刺史车胄，留关羽守下邳，而身还小沛。郡县多叛操为昭烈，众数万人。遣孙乾与袁绍连和。操遣刘岱、王忠击之，不克。五年，操自东征，昭烈败绩，走青州，归绍。

晋

惠帝太安[③]二年夏，义阳妖贼张昌反，其别将封云寇徐州。扬州刺史陈敏击之。云将张统斩云降，徐州平。

永兴二[④]年七月，东海王越严兵徐方，将西迎大驾，次于萧县。豫州刺史刘乔不受越命，遣子祐拒越于萧县之灵壁。越军败。

怀帝永嘉元年二月，东莱人王弥起兵反，寇青、徐二州。二年，弥寇青、徐、兖、豫四州。四年九月，徐州监军王隆自下邳弃军，奔于周馥。五年，贼王桑等陷徐州，刺史裴盾遇害。桑遂济淮，至于历阳。

元帝大兴元年十二月，彭城内史周抚杀沛国内史周默以反。周抚，沛人，一名

---

① 案《后汉书·献帝纪》《资治通鉴》作"四年六月"。

② 三字据《资治通鉴·汉纪五十五》、乾隆《徐州府志·大事记》补。

③ 原作"永康"，案《晋书·惠帝纪》：永康无二年夏。又《惠帝纪》及张昌、陈敏等传皆作"太安二年"，《资治通鉴·晋纪七》、乾隆《徐州府志·大事记》皆同。据改。

④ 原作"元年"，据《晋书·惠帝纪》改。

坚，初与同郡周默因天下乱，各为坞主，以寇抄为事，既而各受官。默降祖逖，抚怒，遂袭杀默，以彭城叛。诏刘遐领彭城内史，与刺史蔡豹、太山太守徐龛共讨之。战于寒山，抚败走。二年二月，徐龛斩周抚，传首京师。

明帝太宁元年三月，石勒攻陷下邳，寇彭城，徐州刺史卞敦退保盱眙[①]。二年正月，勒将石虎寇兖州，刺史刘遐自彭城退保泗口。三年，勒将石良寇兖州，尽陷司、兖之地。徐、豫滨淮诸郡县皆降之。

成帝咸和九年十二月，兰陵人朱纵斩石虎将郭祥，以彭城来降。石虎遣王朗将兵击之。纵奔淮南，彭城复为赵。

穆帝永和五年六[②]月，褚裒以石虎死，表请北伐，直指泗汭。先遣前锋督护王颐之径造彭城，示以威信，后遣督护麋嶷进军下邳，贼皆奔溃。于是，裒率众三万次于彭城。河朔士庶归降者日以千数，裒抚纳之，甚得其欢心。遣督护徐龛伐沛，获伪相支重，郡中二千人归顺。鲁郡山有五百余家亦建义请援，复遣龛领锐卒三千迎之。龛违裒节度，次代陂，军败死之。裒退屯广陵。七年八月，魏徐州刺史周成归顺，与兖、豫、荆、洛皆以城降。八年，慕容儁即僭位。宁朔将军荣胡以彭城、鲁郡叛降于儁。

升平二年，王师败绩于东郡，慕容恪入寇河南，汝、颍、谯、沛皆陷于燕。

哀帝兴宁二年，慕容暐遣将侵许昌。王师败绩于悬弧，陈郡太守朱辅退保彭城。

帝奕太和元年，燕陷兖州。四[③]年，桓温北伐，遣部将檀玄攻胡陆，执慕容忠。

孝武帝宁康二年八月，秦人寇彭城。太元四年，以沛郡太守戴逯将卒数千人戍彭城，秦将彭超率兵攻之[④]。谢玄率高衡、何谦之[⑤]统众数万，次于泗口。欲遣间使报逯，令知救至，其道无由。小将田泓请行。乃没水潜行，将趣城，为贼所获。贼厚赂泓，使云“南军已败”。伪许之。既而告城中曰：“大军垂至，我单行来报，为贼所得。勉之！”遂遇害。时，超置辎重于留城。玄乃扬声遣谦之等向留。超闻之，还保辎重。谦之驰进，解彭城围。逯遂率彭城之众奔于玄军。超留其治中徐褒守彭城，而复寇盱眙、淮阴，陷之。苻坚以毛当为徐州刺史，镇彭城；毛盛为兖州刺史，镇湖陆；王显为扬州刺史，镇下邳。

八年，谢玄破苻坚于淝水。九年，经略旧都，次于下邳。伪徐州刺史赵迁弃彭

① 案《晋书·卞敦传》：时徐州刺史镇泗口，及勒寇彭城，敦退保盱眙。
② 原作“二月”，据《晋书·穆帝纪》《资治通鉴》改。按：石虎死于是年四月，亦为“二月”讹字之一证。
③ 原作“二”，据《晋书·海西公纪》及《桓温传》改。
④ 案《资治通鉴·晋纪二十六》：彭超攻彭城，事在太元三年八月；谢玄往救，事在四年二月。
⑤ 案《晋书·谢玄传》《资治通鉴》作“何谦”，《苻坚载记》作“何谦之”。

城走还。玄前锋张愿追迁，及于砀山，转战而免。玄进据彭城，遣参军刘袭攻取兖州。既平，玄患水道险涩，粮运艰难，用督护闻人奭谋，堰吕梁水，树栅，立七埭为派，拥二岸之流，以利运漕，自此公私利便。进攻青、冀等州，皆降。还镇淮阴，以朱序代守彭城。

十二年，慕容垂寇河东，济北太守温详奔彭城。遣北府兵戍湖陆。

十四年，彭城妖贼刘黎僭称帝于皇丘，刘牢之讨平之。

安帝义熙元年，魏遣将索度真、斛斯兰寇徐州，围刺史羊穆之于彭城。穆之告急，刘道怜率众救之。军次陵栅，斩叛将孙全。进至彭城，真、兰退走。道怜率孟龙符、孔隆及穆之追蹑至光水沟，魏军杀伤溺死略尽。二年，慕容超侵掠徐、兖。三年三月，慕容超寇徐州。十二年，宋公刘裕北伐。九月，次于彭城。十三年正月，公以舟师进讨，留彭城公义隆镇彭城。军次留城[①]。

宋

武帝永初三年，魏人寇司、青。徐州刺史王仲德率军次湖陆以备之。

少帝景平元年，青州被攻日久，檀道济与仲德兼行赴之。敌闻之，弃去。仲德向尹卯，道济停军湖陆。仲德之出也，冠军将军申宣戍彭城。魏人陷高平诸县，宣惧敌至，移郭外居民并诸营署，悉入小城。

文帝元嘉七年，到彦之率大众入河北伐。长沙王义欣出镇彭城，为众军声援。彦之败退，魏叔孙建追竺灵秀于湖陆，破之，杀获五千余人。将佐劝义欣委镇还都，义欣坚志不动，境内以安。

二十七年，魏太武南侵，乘胜至邹山，遣树洛真、杜道隽进军清西，向萧城；步尼公进军清东，向留城。武陵王遣参军马文恭至萧城御之，江夏王义恭遣军主嵇玄[②]敬至留城，并为觇候。萧城敌偃旌旗，文恭斥候不明，卒与相遇，乃舍汴趋南山。东至山而敌围合，文恭战败，仅以身免。玄敬亦与敌留城军相值，幢主华钦继其后。敌望玄敬后有军，引去，趋苞桥，渡清河。沛县民烧苞桥，夜于林中击鼓。敌谓官军大至，争渡苞水，水深，溺死殆半。时，江夏王义恭总[③]统诸军，与武陵王同镇彭城。魏军既败马文恭，执队主蒯应，自萧东向彭城，去彭城十余里。义恭惧，欲弃城南归，长史张畅力陈不可，乃止。太武至，登城南亚父[④]冢，于戏马台

① 案《宋书·武帝纪中》："军次留城，经张良庙"，使傅亮为文致祭。此另为一事，志书语焉不详。乾隆《徐州府志》削去"军次留城"，良是。

② 原作"元"，避康熙讳改。今据《宋书》《魏书》等恢复本字。下皆同。

③ 原作"揔"，系"惚"形讹，据《宋书》《南史》本传改。

④ 原作"夫"，径改。

立毡屋，遣送蒯应至小市门致意，求甘蔗及酒。武陵送酒二器、甘蔗百挺，就求骆驼。明日，太武又自上戏马台，遣送骆驼、骡马及貂裘、杂饮食。既至南门，门先闭，请钥未出，张畅乃于城上与其尚书李孝伯语。孝伯言辞辩赡，亦北土之美，畅随宜应答，吐属如流，孝伯及左右人并相视叹息。魏军寻攻城南门，放火。畅躬自前，战却之。太武遂引兵去。及自瓜步北走，经彭城下，遣人语城内："食尽且去，须麦熟更来！"义恭惧，闭门不敢追。

孝武帝孝建元年，南郡王义宣反。兖州刺史徐遗宝戍湖陆，与相连结。遣长史刘雍之袭彭城，宁朔将军明胤击破之。更遣王玄楷[①]与雍之复逼彭城。时，徐州刺史萧思话未之镇。因诏安北司马夏侯祖权，率五百人驰往助胤。既至，击玄楷，斩之。雍之还湖陆。兖州刺史垣护之率步骑袭遗宝，破其别戍。未至湖陆六十里，遗宝焚城西走。

大明元年二月，遣薛安都领马军北讨，沈法系领水军向彭城，并受徐州刺史申坦节度。

明帝即位，进薛安都安北将军。安都不受命，举兵应晋安王子勋。长史兰陵俨密欲图之，见杀。安都密信报其从子索儿，自省逃出，携安都诸子及家累北奔。青州沈文秀、冀州崔道固皆反，应安都。文秀遣刘弥之等出下邳，道固遣子景征、傅灵越自太山道向彭城。弥之等至下邳，改计归顺，因进军攻安都同党裴祖隆，不克，见杀。明帝以申令孙为徐州，代安都。令孙进据淮阳，降于索儿。泰始二年，子勋平定，安都奉启书归款。帝遣张永、沈攸之以重军迎之。安都疑惧，乃遣信要引魏人。三年正月，魏遣尉迟苟人[②]、孔伯恭二万骑救之。永等米船在吕梁，遣军主王穆之上民口。魏军攻穆之，覆米船，又破运[③]车于武原。攸之等为魏所乘，复值大寒雪，士众堕指十二三，遂引退。安都开门降魏，魏即授安都徐州刺史，封河东公。自是，宋亡彭城，不能复取。

元魏

显宗皇兴元年正月，镇东将军孔伯恭大破宋军于吕梁东。九月，徐州群盗司马休符自称晋王，将军尉元讨平之。四年八月，群盗入彭城，杀镇将元解愁，长史勒兵诛之。

孝文帝太和四年，徐州民桓和等叛，屯于五固。尉元与镇将薛虎子讨平之。

宣武帝正始三年，梁遣将宋黑率众伐彭城，魏将奚康生击走之。梁复遣临川王

① 原作"模"，据《宋书·徐遗宝传》改。下同。

②《宋书·薛安都传》同作"尉迟苟人"，《魏书》《北史》等作"尉元，字苟仁"。

③ 原作"连"，据《宋书·沈攸之传》改。

宏、副将张惠绍，勒甲十万，规取徐州；又假宋黑徐州刺史，领众二万，水陆俱进，径围高冢戍。魏奚康生为别将，领羽林三千人，骑步甲士随便割配，与梁军遇，一战却之。

永平四年四月，梁将军张稷等侵朐山，魏遣徐州刺史卢昶率众赴之。十一月，朐城陷，昶大败而还。

孝明帝孝昌元年，徐州刺史元法僧杀行台高谅，反于彭城，自称天子，号年天启。安乐[1]王鉴讨之，法僧遂降于梁。梁遣元略诣彭城，接诱初附。略至，屯于河南，为安乐王鉴所败，惟数十骑入城。法僧复出，破鉴。鉴单马奔归。梁寻遣豫章王综镇徐州，征略与法僧同还，法僧乃拥掠城中士庶及文武而南。综镇彭城，与魏安丰王延明相持。已，以彭城降魏。长史江革、司马祖晅[2]、将士五千人，悉见擒虏[3]。

三年正月，徐州民任道棱聚众反，袭萧城，据之。州军讨之，遂平。二月，梁将军成景儁率众逼彭城，筑栅造堰，谋断泗水以灌城中。魏崔孝芬、李叔仁、柴集等赴战，景儁等力屈乃还。先是，梁遣其将军王辩[4]侵掠徐州，蕃郡人续灵珍拥众万人，攻逼蕃城。魏徐州刺史杨昱遣别将刘鹹击破之，临阵斩灵珍首。辩遂引退。

孝庄帝永安三年十月，徐州刺史尔朱仲远反，率众向京师。诏行台杨昱讨之。中郎将贾显智拥部下出清水东，招勒州民，与相攻击。

孝静帝武定二年二月，徐州人刘乌黑聚众反，行台慕容绍宗讨平之。五年九月，梁遣贞阳侯渊明帅众伐彭城，堰泗水于寒山，灌彭城，以应侯景。魏以慕容绍宗、高岳、潘相乐将军御之。十一月，破梁军，擒渊明及其二子、将帅二百余人，俘斩五万级，冻乏赴水死者不可胜数。

北齐

后主武平五年九月，陈遣都督吴明彻进攻彭城，军至吕梁。齐遣援兵前后至者数万，明彻悉大破之。后二年，明彻复北伐，进军吕梁，与齐人大战。明彻将萧摩诃率七骑先入，手夺齐军大旗，齐众大溃。是年，周灭齐，彭城降于周。

---

① 原作“乐安”，据《魏书·安乐王传》乙正。下同。
② 原作“晰”，据《魏书·元略传》改。
③ 原作“卤”，避“夷狄胡虏”讳改。今恢复本字。
④ 原作“彭城王辩”，据《魏书·杨昱传》改。按：萧梁彭城王为元景隆，不闻宗室有此爵者，是将军姓王名辩，非彭城王萧辩。又，《梁书》《资治通鉴》作“王弁”。

后周

武帝灭齐，为周建德六年，吴明彻尚军吕梁。周遣将宇文忻率众来争，战于龙晦。时忻有精兵数千，萧摩诃领十二骑，深入周军，纵横奋击，遂大败之。周徐州总管梁士彦率众出战，明彻频破之，因退兵城守，不敢复出。明彻乃迮清水以灌其城，环列舟舰于城下，攻之甚急。明年，为周宣政元年，诏以王轨为行军总管，率诸军赴救。轨轻行自清水入淮口，横流竖木，以铁索贯车轮，遏断船路。陈诸将闻之，甚惶恐，议欲破堰拔军，以舫载马。马主裴子烈谓不如前遣马出，会明彻苦背疾甚笃，从之。乃遣萧摩诃帅马军前还，明彻仍自决其堰，乘水势以退。及至清口，水势渐微，舟舰不得渡，众军皆溃。明彻及将士三万余人并辎重皆就俘获。

隋

炀帝大业十年，彭城贼帅张大彪、宗世模等众至数万，寇掠徐、兖。令留守董纯进讨，战于昌虑，大破之，斩首万余级。十一年，纯又讨彭城贼魏麒麟，与战，破之。

炀帝既亡，裴虔通为宇文化及守徐州。化及败，虔通归唐。王世充以兵攻徐州，取之，置行台以守。至唐武德四年，世充弟世辩复以徐州降。

唐

玄宗天宝末，安禄山反。命虢王巨为河南道节度使，屯彭城。巨以贼势炽，东走临淮。

肃宗至德二载[1]，河南贼益猖獗，灵昌太守许叔冀奔于彭城。

代宗大历九年，徐州兵变，逐其刺史梁乘。

德宗建中二年，淄青李纳叛。其先署徐州刺史李洧，以城归国。纳怒洧背己，攻徐州甚急。命宣武节度刘洽击退之。

贞元十六年，节度使张建封卒。判官郑通诚权知留后，惧军士谋乱，因浙西戍兵过徐，谋引以为援。举军皆怒，斫库取兵械，环府大噪，杀通诚并杨德宗、大将段伯熊、吉遂、曲澄、张秀等。表于朝，请愔为留后。不许，诏杜佑讨徐乱。佑遣泗州刺史张伾攻埇桥，大败而还。朝廷无以制，乃授愔徐州刺史，充团练使，俄进武宁军节度使。其后七年，愔以疾求代，召为兵部尚书，以王绍代其任。徐人喜，遂不敢乱。

① 唐玄宗天宝三年，改“年”为“载”。肃宗至德间仍之，乾元元年复改为“年”。

宪宗元和九年[①]，命诸节度讨吴元济。李师道谋挠王师，数侵徐救蔡。节度使李愿遣将王智兴，率步骑拒贼。贼将王朝晏方攻沛，智兴逆击，败之，朝晏脱身走保沂州。智兴进破姚海兵于丰北，获美女三人，智兴曰："军中有女子，安得不败?"即斩以徇。朝晏自沂以轻兵袭沛，与夜战狄丘，复破之。十三年，伐师道。智兴以步骑八千次于湖陆，与忠武军会。遂拔金乡、鱼台，俘斩万计。

穆宗长庆初，河朔用兵，王智兴充武宁军副使，帅兵三千渡河。属朝廷用崔群为武宁军节度使，群畏智兴难制，密请追还京师，未报。会赦王庭凑，诸节度班师。智兴还，群遣僚属迎之，令士委甲而入。智兴心不悦，因勒兵斩关入，杀异己者十余辈，然后谒群，谢曰："此军情也！"群乃治装去。智兴以兵卫送还朝，至埇桥，掠盐铁院及贡物，劫商旅，逐濠州刺史。朝廷甫罢兵，竟不能讨。

宣宗大中三年五月，武宁军乱，逐其节度使李廓。

懿宗咸通三年七[②]月，武宁军乱，逐其节度使温璋。

九年，武宁兵戍桂州，六年不得代，列校许佶、赵可立因杀都将，推粮料判官庞勋为长，勒众北还。诏徐州观察使崔彦曾慰安之。勋于路益裒兵，招亡命，收银刀亡卒。至徐城，斩牙健赵武等，送首彦曾。彦曾不能诘。勋怨都押衙尹戡、教练使杜璋、兵马使徐行俭不遣代戍，又使白彦曾，请为二屯，且退戡等。彦曾与府属温廷皓谋，选兵三千，授都虞候元密屯任山，须勋至，劫取之。勋知其谋，即诡路袭据宿州，自称留后，趋泗州。密觉，追之，遇伏兵败。勋船千艘，与骑夹岸，噪而至徐。彦曾料丁男乘城，悉诛贼家属。城中大雾，贼四面超墉入，囚彦曾及官属，杀尹戡等。徇十余县，皆下。遣伪将屯柳子及丰、滕、沛、萧，露章求节度使。帝遣中人康道隐诣徐宣慰。勋郊迎，旗铠矛戟亘三十里，使骑鸣鼙角，声动山谷。置酒球场，引道隐观其众。道隐还，固求节度，不许。即残砀山、单父十余县，斩官吏，出金帛募兵，游民皆从之。诏大将康承训、王晏权、戴可师率魏博诸道及沙陀等兵二十万讨之。贼与官军更有胜负。可师败死，帝更以曹翔为北面招讨使，屯滕、沛，魏博将薛尤屯萧、丰，承训屯柳子右，夹汴筑垒，用沙陀骑屡破之，杀伤万计。勋惧，乃害彦曾等，谓其下曰："上不许我节度，与诸君真反矣！"大索兵，得三万，称天册将军。以其父举直为大司马，守徐州，自引兵救丰。魏博军溃，勋乘胜攻承训。时承训方攻临涣，乃追还兵仗以待。勋军皆市人，未阵即奔，相蹈藉，死者四万。勋释甲，服垢襦脱，收夷痍士三千以归。黔中观察使秦匡、南面招讨使马士举徇淮、泗，尽碎其营。帝恨魏博军不胜，以宋威为西北面招

① 案两《唐书》及《资治通鉴》、韩愈《平淮西碑》：九年六月，彰义节度使吴少阳薨，子元济自领军务。十年正月己亥，制削元济官爵，命宣武等十六道进军讨之。

② 原作"三"，据两《唐书·懿宗纪》《资治通鉴·唐纪六十六》改。

讨使，率兵三万屯萧、丰。曹翔下滕、丰、下邳，贼将朱玫以蕲、沛降，李直奔入徐州。贼益蹙，引而西，承训与十遇，皆胜之。因谕降贼重将张玄[①]稔，斩其党刘景、张儒，诈为溃军劫符离，得兵万人，北攻徐州。贼不敢出。彦曾故吏路审中，启白门内玄稔。许佶等启北门走，玄稔追之，贼大崩，皆赴水死。斩举直、许佶、李直等，收叛卒亲族，悉夷之。勋闻，率众二万自石山[②]焚掠而西。承训与沙陀将朱邪赤心[③]击之于蕲、涣间，斩首万级，勋及余贼皆溺死。勋始得徐州，资储荡然，乃四出剽取，男子十五以上皆执兵。舒锄钩为兵，号"霍锥"。破十余州，凡二岁灭。

僖宗中和元年，黄巢乱京师。感化军节度使支详遣牙将时溥、陈璠率兵五千西讨。次河阴，军乱，剽居人。溥招戢其众，引还，屯境上，疑不敢归。详以牛[④]酒犒士，约悉贯其罪。军入，乃共推溥为留后，逐详客馆。溥厚具资装，遣璠护还京师。夜驻七里亭，璠杀详，屠其家。溥怒，署璠宿州刺史，俄杀之。别遣将引锐兵三千入关。

光启初，朱全忠使司马郭言等东出兵，遗溥书假道。溥辞不可，间其惰，以兵袭之。言战甚力，解而还。全忠怨溥，自是连岁侵略徐、泗，师不弛甲。文德元年，梁朱珍及溥战于吴康，大败之，取其丰、萧二县。珍屯萧县，别遣庞师古攻徐州，败溥于吕梁。

昭宗大顺元年，全忠自将及徐郊，不得志，引去。溥乞师于李克用，克用为攻砀山，朱友裕救之，各亡其大将。

［景福］二年[⑤]，友裕率军攻徐州，溥婴城不出。溥将徐汶出降。溥求救于朱瑾。全忠自以兵屯曹，将去，留精兵数千，授霍存曰："事急，可倍道趋之。"瑾兵二万，与溥合攻友裕。存引兵疾战，瑾、溥还壁。明日复战，存败死。进逼友裕，友裕坚营不出。瑾食尽，还兖州。全忠使庞师古代友裕，溥分兵固保石佛山，师古攻拔之。自是，完垒不战。王重师、牛存节等梯其堞以入。溥徙金玉，与妻子登燕子楼自焚死。全忠遂有其地。

---

① 原作"元"，避康熙讳改。今据《新唐书·康承训传》恢复本字。下皆同。

② 按：顾祖禹谓"石山"为"砀山"之讹。《读史方舆纪要》云："唐咸通中，官军讨叛卒庞勋于徐州，勋穷蹙，自砀山西出，袭宋州，不能陷而还。或作'石山'，误也。"

③ 原作"衷"，据《新唐书·沙陀传》改。按：朱邪赤心，赐姓李，名国昌，李克用之父。

④ 原作"午"，据《新唐书·时溥传》改。

⑤ 原作"三年"。按：昭宗大顺只二年，次年改元"景福"。时溥败死于景福二年四月，非大顺三年。据两《唐书》帝纪、本传及《资治通鉴》增改。

五代汉

刘赟自徐州入为汉嗣，留将巩庭美、杨温守徐州。二人闻周代汉，奉赟妃董氏拒周。周使王彦超率兵克徐州，二人死之。

宋

高宗建炎三年，金粘没喝[①]围徐州。知州王复固守，率军民力战。外援不至，城陷，死之。先是，宋所运江淮金币皆在徐州府库。金尽得之，分给诸军。

金

宣宗兴定二年十二月，红袄贼攻彭城之胡村寨。徐州兵讨破之。

五年秋七月，义勇军叛，据砀山县，袭永城。副总领高琬败之，命蒙古纲并力捕讨。诏增徐州、清口等处戍兵衣粮。

元光元年，红袄贼袭徐州十八里砦。

哀宗天兴元年正月，徐州行省庆山奴引兵入援徐邳。义胜军总领侯进、杜政、张兴率所部北降于元。元兵至徐之张盆渡。时，行省徒单益都到官才三日，惧兵少不能守，令移剌长寿率甲士千人迎战。元兵掩之，一军皆覆。益都籍州人及运粮埽兵，得万人守御。元兵傅城，烧南关而去。侯进复请千人来袭。二月庚申，元兵坎南门而上，守者皆散走。益都不及甲，率州署夜直兵三百，由黄楼而南，力战却之。由是夺张盆渡，取萧县，破白塔，战于土山，救被俘老幼五千还徐。侯进、张兴、杜政穷窘自归。六月，青州人王祐为埽兵总领，将兵千七百人，与都统封仙等夜烧草场作乱。益都挈妻子缒城出走。张兴杀祐，因大掠城中。元将国用安率兵至徐，执兴与其党十余人，斩之。遂以封仙为元帅，主徐州。元阿术鲁[②]遣张进帅兵入徐，图用安。用安杀之，还邳州。七月，用安降金，封兖王，赐姓完颜。十二月，率兵至徐，元帅王德全闭城不纳，系封仙于狱，杀之。用安攻徐，久不能下，退保涟水。

二年正月，以完颜仲德行省事于徐州。沛县卓翼、孙壁冲初投国用安，用安封翼东平郡王，壁冲博平公，升沛县为源州。至是，翼、壁冲归金，仲德令统河北诸砦，行源州帅府事。

二月丙子朔，鱼山总领张瓛作乱，杀元帅完颜忽土降元，以兵变胁保安镇从宜严禄。禄在砀山数年，久得士心，阴召诸义军赴保安诛瓛。徐州去保安百里，行省

① 原作“渴”，据《金史·宗翰传》改。
② 原作“阿木鲁”，据《金史·国用安传》及《元史》本传改。下同。

闻之来讨[1]，会禄已反正，乃以便宜授禄元帅左都监，就佩忽土虎符。未几，元将阿术鲁兵至保安，禄夜遁。

三月，阿术鲁攻萧县，游骑至徐。徐帅遣张元哥、苗秀昌率骑八百往救萧。未及交战，元哥退走，元兵掩之，皆为所擒杀，萧县遂破。

七月，以完颜赛不行尚书省于徐州。既至，以州乏粮，遣郎中王万庆会徐、宿、灵璧兵取源州，令元帅郭恩统之。九月，恩至源州城下，败绩而还，乃召河北叛将郭野驴等入城作乱。凡防城与守门者，皆河北义军。赛不先病重，为贼党所制，不得已，授野驴节度使以羁縻之。野驴复约源州叛将麻琮袭破徐州。赛不自杀，麻琮遂遣人以州降元。

三年，金亡。是年，国用安降为宋将。元围源州，用安往救之，败走徐州。元移兵攻徐，用安投水死。

元

太宗初年，徐州守将张名以城降宋，导宋兵攻邳州。元将匡才击走之，复取徐州。

世祖中统三年四月，宋华路分、汤太尉攻徐、邳二州。元分张柔军千人还戍。五月，宋人攻邳州，元徐州总管李杲哥降于宋。未几，元严忠嗣从按脱复徐州，杲哥遇害。

顺帝至正七年二月，河南、山东盗蔓延徐州、济宁、滕、邳等处。十二月，分拨达达军与扬州旧军于水陆关隘戍守，东至徐邳，北至夹马营，遇贼掩捕。

十年，徐州立兵马指挥使，捕上马贼。

十一年八月丙戌，萧县人李二及老彭、赵均用攻陷徐州。李二，号芝麻李，与其党亦以烧香聚众而反。十二年正月，命元帅迟鲁曾统领两淮所募盐丁五千，及指挥使宝童统领右都卫军，从枢密月阔察儿讨之。七月，又命通政答儿麻失里与枢密副使秃坚不花讨徐州贼，既又命少监斡罗进讨。太师脱脱请亲出师，诏从之，令中书省、枢密院、御史台分官属从行。九月辛卯，脱脱攻破徐州，屠其城。芝麻李等遁走。十三年四月，降徐州为武安州，徙城南数里。

十五年二月己未，刘福[2]通等自砀山夹河迎韩林儿，立为帝，建都亳州。诏立忠勤万户府于武安州。自是，濠、徐间州县多陷于贼。

十七年五月，平章政事亦老温帖木儿复武安州等三十余城。

① 原作“村”，据《金史·哀宗纪下》、乾隆《徐州府志》改。
② 原作“复”，据《明史·韩林儿传》、乾隆《徐州府志》改。

二十三年，朝廷征粮于张士诚，不与。是后，徐、宿、泗、濠诸郡皆陷于士诚。徐州守将陆聚降，为士诚城守。

二十六年三月，明师攻徐州，士诚将陆聚及李荣等出降。

明

建文帝三年六月，靖难将李远南掠至沛，焚饷舟万艘。

四年正月，靖难兵驻沙河，进攻沛，指挥王显迎降。遂徇徐、宿等州县，皆下之。

成祖永乐初，徐州贼张晋祥倡乱，巡按御史丁璿擒斩之。

武宗正德五年，流贼刘六等作乱，攻破城邑。诏以宣府总兵官白玉守徐州。

六年正月甲子，河南贼贾勉儿等三千人破砀山，丙寅，破萧，皆焚掠杀人无算。二月癸卯，刘六等犯吕梁及房村驿，焚官署、民居并船舰，皆成煨烬，军民杀伤者不可胜记。三月甲子，副总兵刘晖败贼于滕之吕孟社。贼走徐州，晖[①]等又追袭破之，贼遂遁去。四月壬辰，都指挥杨鼎击贼于徐州之庄里集，败走之。

神宗万历二十七年，浙江民赵古元至徐谋作乱，徐州及丰、沛人多有从者。未及发，兵备郭光复捕获，诛之。

熹宗天启二年，山东妖贼徐鸿儒等以白莲教倡乱，攻破郓、邹、滕、峄诸县，拥众数万南下。六月十日，陷夏镇。九月二十四日，由荆山口至徐，营子房山下，焚掠居民。知州汪心渊获为贼耳目者三人，斩之，尽撤黄河舟楫。贼知有备，引去，向丰县。十月朔，屯华山下。知县宋士中、军官王锡印等率官兵及义勇军壮迎贼，三战皆胜之，斩获颇众。贼引而北，止常家店，去丰未半舍。会游击焦统淮、狼兵五千至，遂与东省四将合击，大破之。乘胜追杀，无一返者。

四年九月，贼拥众攻沛县。沛人御之，城不能陷，遂掠南关而去。

七年，徐东南张山界于邳、宿，土贼李五、郑三峰等依山为险，四出剽掠，官兵屡讨未平，三州之人甚苦之。

怀宗崇祯元年，总兵官马炉[②]率兵攻李五等，亲捣其巢，擒斩之，余党遂散。

八年，流寇入萧、砀境，郡邑戒严。参议徐标守徐，贼不敢犯，遂引而南。

九年正月二十日，流寇攻萧县，破之，焚掠几尽，诸生死贼者甚众。

十年，流寇又破萧城。八月十六日，流寇至房村及胡山等处。官军与乡兵于胡山筑城，列阵御之。自晨至夕，贼不得间，乃退。十七日，至城南焦山等处，随

---

① 原作“曜”，据《明武宗实录》《明史纪事本末》改。

② 本志卷十二《官司四》作副总兵，崇祯七年由千户任。

引去。

十三年，盗焚掠沛县南关。

十五年，土寇纷起。张方造、王道善等为数股啸聚河北，掠丰、沛；萧民程继孔等为一大股，盘踞铙山一带，连络数十里，四出焚劫。官军不能制。副使何腾蛟率兵平河北数股，乃招抚继孔。继孔欲出就抚，旋以腾蛟迁去而止。

是年八月[①]，大清游骑至沛，沛人避匿，遂围城七日。已恤其残敝，乃许之犒师而去。

十七年，李自成兵陷沛，其党武愫为防御使。既而大清定徐，有称制将军者，执愫以去，是年为本朝世祖顺治二年。定徐之后，明季余寇若萧程继孔、湖陆王敏、刘三奇等，并山东榆园诸盗，先后为沛、丰各邑患者，皆以次诛之，徐境晏然。

① 乾隆《沛县志》载："冬十二月丁卯，大兵来破夏镇。丙子，攻县城，七日解去。"参以《清史稿·阿巴泰传》：崇德七年"十月，授奉命大将军伐明，自黄崖口入边，败明将白腾蛟等于蓟州，破河间、景州。趋兖州，擒斩明鲁王以派等，分徇莱州、登州、青州、莒州、沂州，南至海州。"清军游骑至沛即在此时，本志"八月"误。

徐州志卷之八

帝王

帝王奋兴，事存国史，无籍于郡邑志之，顾当其遵晦之初，居乡莅官与食封是土，诸所托迹，必多瑰伟奇特，流传后世，为人人所艳称。则书于志乘，与史相参，良亦其乡邑之光也。

汉

太祖高皇帝，姓刘氏，讳邦，字季，沛丰邑中阳里人。隆准而龙颜，美须髯，左股有七十二黑子。仁而爱人，喜施，意豁如也。壮，试为吏，为泗水亭长。常从王媪、武负贳酒，醉卧，武负、王媪见其上常有龙，怪之。岁竟，此两家常折券弃责。尝游咸阳[①]，纵观，观秦皇帝，喟然曰："大丈夫当如是矣！"以亭长为县送徒骊山，到丰西泽中，止饮，乃纵所送徒。曰："吾亦从此逝矣！"徒中壮士愿从者十余人。季被酒，夜径泽中，令一人行前。还报曰："有大蛇当径。"季乃前，拔剑击斩蛇。后人来至蛇所，有一老妪夜哭，曰："吾子，白帝子，化为蛇，当道，今为赤帝子斩之。"妪因忽不见。后人告季，诸从者日益畏之。秦皇帝尝曰"东南有天子气"，因东游以厌之。季即自疑，亡匿，隐芒砀山泽岩石之间。吕后与人俱求，常得之。怪问之，曰："季所居，上常有云气。故往从，常得季。"陈胜起蕲，至陈而王。诸郡县多杀其长吏应涉。沛人亦杀其令，立刘季为沛公。已，往见项梁，立楚怀王。怀王徙都彭城，以沛公为砀郡长，封武安侯，遣西伐秦，入咸阳，秦子婴出降。项羽立沛公为汉王，都南郑。又四年，灭西楚，遂有天下，定都关中。后征淮南，过沛，留，置酒沛宫，召故人父老子弟纵酒，发沛中儿得百二十人，教之歌。酒酣，帝击筑，自为歌诗，令儿皆习和之。帝乃起舞，慷慨伤怀，泣数行下，曰："游子悲故乡。吾虽都关中，万岁后魂魄犹乐思沛。其以沛为朕汤沐邑，复其民，世世无有所与。"沛父兄诸母故人日乐饮极欢，道旧故为笑乐。十余日，乃去。沛人空县，皆之邑西献。帝复留止，张饮三日。沛父兄皆顿首曰："沛幸得复，丰未复，唯陛下哀怜之。"帝曰："丰，吾所生长，极不忘尔，特为其以雍齿故反我为

---

① 原作"长安"，据《史记》《汉书》本纪改。

魏。”沛父兄固请，乃并复丰，比沛。

孝惠皇帝，讳盈，高祖之子，母吕后，生帝于中阳里。帝有姊，即鲁元公主也。吕后与两子居田中耨，有老父过，相吕后曰：“夫人，天下贵人。”令相两子，见孝惠，曰：“夫人所以贵者，乃此男也。”老父已去，高祖适从旁舍来，吕后具言。高祖追及，问之。老父曰：“向者夫人、婴儿皆以君贵，君相贵不可言。”高祖之败于彭城也，欲过沛，收室家而西，家人皆逃。道逢孝惠、鲁元，载之以行。楚骑追之急，高祖推二子堕车下，滕公下车收之。汉五年，立为皇太子。十二年，高祖崩，即皇帝位。

孺子婴，广戚侯显之子。平帝崩，王莽居摄，征宣帝诸玄孙，选为皇太子，号曰“孺子”。立三年，莽废为安定公，居安定。莽败，更始起，婴在长安，平陵人方望知更始必败，共起兵将婴至临泾，立为天子，更始遣兵击杀之。

世祖光武皇帝，讳秀，字文叔，高祖九世孙。更始二年，遣使封为萧王。帝方经略河北，不之国。明年，遂即皇帝位。

昭烈皇帝，讳备，字玄德，中山靖王之后。初平中，依公孙瓒，以为平原相。兴平元年，曹操攻陶谦于徐州，昭烈从青州刺史田楷援之，遂归谦。谦死，遂代谦为徐州牧。在徐、沛事，详《兵变》中。后奔冀州，岁余，又奔荆州，依刘表。建安十四年，领荆州牧。十九年，取益州，领益州牧。二十四年，自称汉中王。明年，献帝废，乃即皇帝位。

宋

高祖武皇帝，姓刘氏，讳裕，字德舆，彭城绥舆里人。汉楚元王之后，生丹徒之京口里。及长，风骨特奇。仕晋，讨桓玄有大功，历官中外。义熙十二年，领征西将军伐秦，次于彭城，加领徐州刺史。十月，军至洛阳，修晋五陵。天子诏进为相国，封十郡，为宋公，位在诸侯王上。乞伏炽磐遣使至彭城，请讨姚泓。十三年正月，公以舟师进讨。三月，大军入河，破魏军于河津。八月，克长安，擒姚泓，谒高帝陵，送姚泓斩建康市。天子诏进宋公爵为王。十四年，公至彭城，固辞进爵，受相国、九锡、宋公之命。恭帝元年正月，又申前命，以徐州之东海、北谯等十郡益宋国。七月，乃受命。赦国内五岁刑已下，迁都寿阳，以尚书刘怀慎为北徐州刺史，镇彭城。二年，宋王入建康，晋帝禅位，宋王立为皇帝。

太祖文皇帝，讳义隆，武帝第三子。晋义熙十一年，封北彭城县公。武帝伐秦，至彭城，留帝居守。晋帝加授使持节，监徐、兖、青、冀四州诸军事，徐州刺史。宋受禅，进封宜都王。景平二年，即皇帝位。

世祖孝武皇帝，讳骏，字休龙，文帝第三子，封武陵王。元嘉二十五年，自雍州刺史迁使持节，都督南兖、徐、兖、青、冀、幽六州，豫州之梁郡诸军事，徐州刺史。镇彭城凡三年，转南兖州。三十年，入讨元凶，即皇帝位。

太宗明皇帝，讳彧，字休炳，文帝第十一子，封淮阳王，改封湘东。大明八年，出为使持节，都督徐、兖二州，豫州之梁郡诸军事，镇北将军、徐州刺史，镇彭城。废帝遇杀，王即尊位。

梁

太祖，姓朱氏，砀山午沟里人。唐僖宗乾符四年，黄巢起曹、濮，温亡入贼中。巢陷京师，以温为行营先锋使。攻陷同州，以为同州防御使。是时，天子在蜀，诸镇会兵[①]讨贼，温数为河中王重荣所败。中和二年八月，温乃因王重荣以降，诏拜右金吾[②]大将军、河中行营招讨副使，赐名全忠。光启元年，封沛郡侯。二年，进爵沛王，改封吴兴郡王。天顺元年，王攻徐州。二年四月，克徐州，时溥自杀。三年，宦者刘季述作乱，天子幽于东宫。天复元年正月，季述伏诛，天子复位，封王为梁王。二年，王兵犯凤翔。三年，天子出幸梁军。王素服待罪，天子命赦之。从入京师，杀中官七百余人。天祐元年，王如河中，遣牙将入京师，请迁都洛阳。天子行至陕州，王朝于行在，先如东都。四月，昭宗崩，哀宗即位，王朝于京师。天祐二年，制授梁王为相国，总百揆，进封魏王，兼备九锡。王怒，不受。天子以王为天下兵马元帅，王益怒。四年四月，王更名晃，自立为皇帝，废唐帝为济阴王。

南唐

烈祖李昪[③]，字正伦，徐州人。以唐光启四年生于彭城，六岁而孤。遇乱，伯父球携之濠州，托迹于濠之开元寺。乾宁二年，杨行密攻濠州，得之，奇其貌，养以为子。而杨氏诸子不齿为兄弟，行密乃以与大将徐温，遂冒徐氏，名知诰。温尝梦水中黄龙十数，已获一龙而寤，翼日得知诰，甚喜。及壮，身长七尺，方颡隆准，修上短下，声语如钟，每缓步而从者疾行莫能及，相者云：“此龙行虎步也！”唐天祐六年，知诰自元从指挥使，迁升州防遏使。九年，以功迁升州刺史。时州县吏务赋敛为战守，知诰独褒廉能，课农桑，求遗书，招宾客，倾身下之。十四年，迁检校太保、润州团练使。十五年，朱瑾杀知训于广陵，知诰入定其乱，遂代知训为淮南节度副使，尽反知训之政。吴武义元年，拜左仆射、参知政事。于府署内立延

---

① 原作“具”，据《新五代史·梁本纪》改。

② 新旧《五代史》本纪作“左金吾卫”。

③ 原作“昇”，据《新五代史·南唐世家》改。下同。

宾亭，退休之暇，与士子宴饮，咨访缺失，问民疾苦，夜央而罢。是时，中原多故，名贤耆旧皆拔身南来，知诰豫使人于淮上资以厚币，既至，縻以爵禄，闻风而至者无虚日。顺义元年，领奉化节度使。徐温死，加知诰都督中外诸军事，封豫章公。太和三年，领镇海宁国节度使，出镇金陵。未几，进封齐王。[天祚][①]二年，闽、吴越诸国遣使劝进。王改名诰，自立为皇帝，国号齐，改吴天祚三年为升平元年，尊吴主为让皇帝。三年，改国号曰唐，复姓李氏，更名昪。立宗庙，以唐高祖、太宗及义祖为不祧之主。七年，殂。传子璟、孙煜，凡三世，有国三十九年而亡于宋。

楚义帝名心，故楚怀王孙。秦末，项梁起兵，立楚后，乃求得心于民间，立以为楚怀王，都盱眙。秦破楚军，项梁死，怀王惧，从盱眙之彭城。元年十月，沛公入咸阳，秦王子婴降。项羽亦西入关，屠咸阳，杀降王子婴，使人还报怀王，尊怀王为义帝。四月，项羽出关，使人徙义帝之长沙郴县，乃阴令吴芮、共敖，弑义帝于江中。

西楚霸王项籍，字羽，下相人，梁兄子也。从梁起兵于吴，战功居多。及梁死，怀王徙都彭城，封羽为鲁公。怀王二年，羽破秦章邯，入咸阳，杀秦子婴，尊怀王为义帝，分天下，立诸将为侯、王，自立为西楚霸王，都彭城。已，田荣自王齐，彭越反梁地，汉王还定三秦。羽东征齐，灭荣，汉遂伐楚，入彭城。羽还，大破汉军，追至荥阳。自是，日与汉相攻击，身数十战，三年卒灭于汉。汉以鲁公礼葬之。

晋中宗元皇帝，讳睿，字景文，袭封琅邪王。永兴二年，东海王[②]越收兵下邳，假王辅国将军，加平东将军，监徐州诸军事。永嘉初，镇建业。建武元年，即晋王位。太兴元年，即皇帝位。

上尊号附

汉

太上皇刘煓[③]，名见皇甫谧《传》，高帝之父也。高帝为沛公，尊为太公；帝即位六年，尊为太上皇，事详《史记》《汉书》，此不载。

---

① 二字据《十国春秋·南唐一·烈祖本纪》补。

② 原作“至”，据《晋书·元帝纪》改。

③ 案皇甫谧《帝王世纪》：“太上皇名执嘉”，无“煓”字。又，司马贞《史记索隐》引王符云：“太上皇名煓。”盖汉以火德，后人附会为名。“煓”字疑非。

追尊附

宋

追尊孝穆皇帝刘翘，武帝之父，彭城绥舆里人，仕郡功曹。

齐

追尊宣皇帝萧承之，字嗣伯，南兰陵人，高帝之父。宋元嘉中，仕徐州，为辅国府中兵参军，又为镇北府中兵参军。

北魏

追尊文穆皇帝元勰，字彦和，魏献文第六子。太和二十年，封彭城王。孝庄即位，追尊为帝。

追尊孝宣皇帝元劭，字子讷，武宣王嫡子，袭父爵为彭城王。孝庄即位，尊为无上王，为尔朱荣害于河阴。孝庄入洛，追谥孝宣皇帝。

追尊文景皇帝元愉，字宣德，魏孝文第四子。太和二十一年，封京兆王，除都督、徐州刺史，西魏文皇帝追尊帝号。

朱梁

追尊宣元皇帝朱黯，砀山人，梁太祖之高祖父。

追尊光献皇帝朱茂林，黯之子，梁太祖之曾祖父。

追尊昭武皇帝朱信，茂林子，梁太祖之祖父。

追尊文穆皇帝朱诚，信子，梁太祖之父，以五经教授乡里，里人号之曰“朱五经”。

南唐

追尊孝安皇帝李志，唐宗室子，南唐烈祖之祖父，唐时仕徐州判官。

追尊孝德皇帝李荣，志之子，烈祖之父，性谨厚，喜从浮屠游，多晦迹精舍，时号“李道者”，遭乱不知所终。

后妃附

汉

高帝后吕氏，父吕公，单父人，善沛令，避仇从之客，因家沛焉。沛中豪杰吏闻令有重客，皆往贺。萧何为主吏，主进，令诸大夫曰：“进不满千钱，坐之堂下。”高祖为亭长，素易诸吏，乃绐为谒曰：“贺万钱！”实不持一钱。谒入，吕公大惊，起，迎之门。吕公好相人，见高祖状貌，因重敬之，引入坐。萧何曰：“刘季固多大言，少成事。”高祖因狎侮诸客，遂[①]坐上坐，无所诎。酒阑，吕公因目固留高祖竟酒。后，吕公曰：“臣少好相人，相人多矣，无如季相，愿季自爱。臣有息女，愿为季箕帚妾。”酒罢，吕媪怒吕公曰：“公始尝欲奇此女与贵人，沛令善公，求之不与，何故妄许与刘季？”吕公曰：“此非儿女子所知也！”卒以吕后与高祖，生孝惠、鲁元公主。高祖为亭长时，吕后尝与两子居田中耨，有一老父过，请饮，吕后因餔之。老父相吕后曰：“夫人，天下贵人也！”及高祖即皇帝位，立为后。吕后为人刚毅，佐高祖定天下，所诛大臣，多吕后力。孝惠为太子，高帝尝欲废之，吕后用留侯策，令太子卑辞安车以迎四皓，高祖异之，乃得无废。吕后兄二人，皆为将：长兄周吕侯死事，封其子台为郦侯，产为交侯；次兄释之为建成侯。高帝崩，惠帝即位，尊为太后。多行诛戮，大臣惮之。后，惠帝崩，太后称制八年。后以女主，制政不出房户，天下晏然，刑罚罕用，罪人是希，民务稼穑，衣食滋殖，亦千古巾帼之豪杰也。

季汉

昭烈帝后甘氏，沛人。先主临豫州，住小沛，纳以为妾。先主数丧嫡室，常摄内事。随先主于荆州，产后主。值曹公军至，追及[②]先主于当阳长坂，于时困逼，弃后及后主，赖赵云保护，得免于难。后卒，葬于南郡。章武二年，追谥皇思夫人，迁葬于蜀。未至，而先主殂陨。丞相亮上言：“皇思夫人履行修仁，淑慎其身。大行皇帝昔在上将，嫔配作合，载育圣躬，大命不融。大行皇帝存时，笃义垂恩，念皇思夫人神柩，在远飘飖，特遣使者奉迎。会大行皇帝崩，今皇思夫人神柩以到，又梓宫在道，园陵将成，安厝有期。臣辄与太常臣赖恭等议：昔高皇帝追尊太上昭灵夫人为昭灵皇后，今皇思夫人宜有尊号。案谥法，宜曰‘昭烈皇后’，与大行皇帝合葬。”制曰：“可。”

后梁

文惠后王氏，砀山人，少寡，携子佣食刘崇家。太祖镇宣武，置酒为寿，启曰：“有子为节度使，无忝先人也。”后曰：“汝可谓英特，然行义未必如先人！”后追尊文惠太后。

---

① 原作“逐”，据《史记》《汉书》本纪改。
② 原作“至”，据《三国志 · 蜀书 · 二主妃子传》改。

太祖后张氏，砀山人，生末帝。后贤明精悍，太祖刚暴，亦畏之。唐封魏国夫人，后追谥皇后。

明

章圣慈仁皇太后蒋氏，徐州东乡人。初为兴献王妃，生世宗肃皇帝。武宗无嗣，群臣迎世宗入承大统，帝辞后，呜咽涕泗，后曰：“吾儿此行，荷负重任，毋轻言。”帝拜受教。既即位，遣司礼官迎圣母至京。诏诸臣议礼，久之乃定，追尊父为兴献皇帝，上后尊号曰“章圣仁慈皇太后”。徐旧有养马、贡绿笋之令，最为民累，后为言，悉命除之。

封建

柳氏论《封建》，溯生民之初，类聚群分，各成君长，其势固然，而以为非圣人意。私其卫于己，不如郡县之公，则未知先王因势利导，为更处置得宜耳。汉魏以还，或树置亲藩，分土过多，终成祸乱；或授国而禁制之，若拘絷然；或不遣之国，仅使食邑户如干；或虚予以名，而实无寸土。皆私心作用，于先王之制何有也？顾其受封者，亦官司之伦。人之贤否，行之得失，于其所在，胥有所见，固不可以无纪焉。

上古

大彭氏，国土即今彭城。莫知所由始，亦未详其姓字。或曰陆终氏第三子篯铿，始封于彭，善养生术，年八百余不衰；又谓即孔子所谓“老彭”者，要皆无可据。自唐虞，历夏商，世与豕韦为诸侯伯，亦即于商代国亡。

夏

萧孟亏，伯益六世孙。能率伯益之道，以驯鸟兽封于萧。夏后氏衰，孟亏去之，而凤凰随焉。

商

薛仲虺，姓任氏，夏车正奚仲之后。成汤代夏，封虺于薛，入为左相。或曰孟子所称“莱朱”，即仲虺也。薛故城，即上邳城，在沛县境内。

周

萧叔大心，宋公族。初为萧邑大夫。宋有南宫万之乱，叔人讨贼，立桓公。桓公封之于萧，以为附庸。后有萧同叔。定王之世，楚灭萧。建国凡八十六年。

彭城君，姓名佚。楚宣王封之于彭城，为小侯。事略见《战国策》。

汉

楚元王刘交，字游，高祖之弟。好书，多材艺。少时尝与鲁穆生、白生、申公受《诗》于浮丘伯。高祖既为沛公，从高祖见项梁，共立楚怀王。西攻南阳，入武关，与秦战于蓝田。至霸上，封交为文信侯。从入汉中，还定三秦，诛项籍。即帝位，交常侍上，出入卧内，传言语诸内事隐谋。汉六年，立交为楚王，王薛郡、东海、彭城三十六县。既至楚，以穆生、白生、申公为中大夫。高后时，浮丘伯在长安，元王遣子郢客与申公俱卒业。高后二年，以郢客为宗正，封上邳侯。元王立二十三年薨，文帝以上邳侯郢客嗣，是为夷王。立四年薨，子戊嗣。景帝即位，封元王子五人皆为侯。王戊稍淫暴。二十年，削东海、薛郡，乃与吴通谋，起兵会吴西攻梁。与汉将周亚夫战，败，戊自杀。景帝立元王子平陆侯礼为楚王，是为文王。四年薨。子安王道嗣，二十二年薨。子襄王注嗣，十四年薨。子节王纯嗣，十六年薨。子延寿嗣。宣帝即位，延寿有罪自杀，国除。

留侯张良，字子房，韩人也。秦灭韩，良悉以家财求刺客，为韩报仇。得力士，为铁锥狙击秦皇帝，误中副车。乃更姓名，亡匿下邳，受《太公兵法》于圯上老人。后十年，陈涉等起。良亦聚少年百余人，欲往从景驹于留。行道遇沛公，遂属焉。拜良为厩将，数以兵法说沛公，沛公喜，常用其策，遂从不去。沛公见项梁，共立楚怀王。良乃说梁立韩成为韩王，良为韩司徒，与韩王将兵数千人，西略韩地。已，良从沛公入关。项羽立沛公为汉王，良送汉王至褒中，乃还归韩。闻项羽以良从汉王，故不遣韩王之国，与俱东至彭城，杀之。乃间行归汉。汉王以良为成信侯，卒佐汉灭楚，定天下。汉六年，大封功臣。良曰："始臣起下邳，与上会留，此天以臣授陛下。用臣计，幸而时中。臣愿封留足矣。"乃封良为留侯。以高后二年薨，子不疑嗣。孝文五年，坐与门大夫杀故楚内史，赎城旦，国除。

武原靖侯卫胠，故梁王彭越将。汉七年，从上击韩信、陈豨，有功。明年，封武原侯，食二千八百户。孝惠三年薨。子寄，立三十七年，以孝景二年薨。子不害，立十三年，以孝景后二年坐葬过律免，国除。

沛侯刘濞，高祖兄仲之子。以十二年二月封于沛。七月，淮南王英布反，高祖自将讨之，濞以骑将从，破布军。明年，高祖还至沛，立濞为吴王。后四十二年，以反伏诛。

梁王刘恢，高帝子。十一年，梁王彭越诛，乃立恢为梁王，都砀。立十六年，吕后徙恢王赵，以吕产女为王后。王有爱姬，王后鸩杀之。王悲思自杀。

梧侯阳城[①]延，河南人。高祖入关，延以匠从。汉元年，擢为少府。及徙都关中，作长乐、未央宫，筑长安城。高后元年，追论其功，封于梧，食五百户。六年薨。子去病[②]嗣，三十四年薨。子偃嗣，十五年薨。子戎奴嗣，增户至三千三百。立十四年，坐法弃市，国除，时元狩五年也。阳城氏家于梧，延玄孙之子注，为梧公士。元康四年，诏复其家。

沛侯吕种，高后兄释之子。高后元年，封于沛，奉吕宣王寝园。

胡陵侯吕禄，种弟，与种同年封于胡陆。

梁王吕产，泽次子。高后七年，自吕徙梁。产不之国，留为相国。明年，高后崩，吕氏谋为乱，无少长皆诛。

梁怀王刘揖，文帝少子。文帝二年封于梁。好诗书，帝爱之，异于他子。五年一朝，凡再朝。因堕马死，无后，国除。（梁王武子买，孙襄，皆都睢阳。故不收入）

广戚侯刘将，鲁恭王子。元朔元年封于广戚。薨，子始嗣。元鼎五年，坐酎金免。

扶阳侯韦贤，字长孺。其先韦孟，自彭城徙邹，至贤五世矣。贤尝授昭帝《诗》。宣帝本始三年为丞相，封扶阳侯，食邑七百户。地节三年，以老病乞归。丞相致仕，自贤始。年八十二[③]薨。子四：方山、弘、舜、玄[④]成。嗣侯玄成，贤少子。贤长子方山，早死。次弘，当为嗣。贤病笃，弘坐事系狱，宗家问贤当为后者，贤恚恨不肯言。贤薨，门下生与宗家令家丞上书，言玄成当为后。玄成知非贤雅意，即伪为病狂，卧便利，妄笑语昏乱。征至长安，既葬，当袭爵，以病狂不应。玄成素有名声，士大夫多疑其避爵让兄。丞相、御史以玄成实不病，劾奏之。诏勿劾，引拜。玄成乃不得已受爵。宣帝高其节，再迁至太常。坐事免官。又为有司劾奏，削爵为关内侯。自伤贬黜父爵，作诗以自责。久之，起为淮阳中尉，三迁至御史大夫。元帝永光二年，进仕丞相，复封扶阳侯。建昭三年薨。子宽、孙育、曾孙湛相继袭侯。王莽败，国绝。（扶阳在今萧县境）

楚孝王刘嚣，宣帝子。初封定陶王，后徙楚。成帝河平中入朝。时被疾，天子悯之，诏称："王素行孝顺慈仁。之国以来，二十余年，纤芥之过未尝闻。今乃遭

---

①《史记》作"成"，《汉书》同作"城"。
②《史记》《汉书》作"去疾"。
③ 原作"三"，据《汉书·韦贤传》改。
④ 原作"元"，避康熙讳改。今恢复本字。下皆同。

命，罹于恶疾，朕甚悯焉。以广戚县户四千三百，封其子勋为侯。”明年，王薨。子文嗣，一年薨。无子，绝。阳朔二年，成帝复立文弟衎，是为思王。立二十一年薨。子纡嗣，立十年，王莽篡帝位，贬为楚公。明年，降为庶人，因家于彭城。○王纡，思王子。楚自孝王及纡，积累仁义，世有名节。而纡尤慈笃。早失母，太夫人同产弟平尚幼。纡亲自鞠养，常与共卧起饮食。及成人，未尝离左右。后平病卒，纡哭泣呕血，数月亦殁。

广戚侯刘勋，孝王子，以河平三年封。薨，谥炀侯。子显嗣。显子婴，[平帝崩，王莽立为孺子。莽篡位，废为安定公。莽败，死][①]。

甾丘侯刘般，故楚王纡子。光武建武九年，封之甾丘，奉孝王祀。十五年，又徙封杼秋。（甾丘在州境，杼秋在萧县）

扶阳侯韩歆，字翁君，南阳人。从光武征伐，以功封扶阳侯。后以好直言见杀。

楚厉侯刘英，光武帝子。建武十五年封楚公，十七年进爵为楚王，二十八年就国。三十年，以临淮之取虑、昌阳[②]二县益楚国。英少好游侠，交通宾客。晚节更喜黄老，学为浮屠斋戒祭祀。后遂大交通方士，作金龟玉鹤，刻文字以为符瑞。显宗永平十三年，人告英与渔阳王平、颜忠等造作图书，有逆谋。事下案验，有司奏英大逆不道，请诛之。帝不忍，乃废英，徙泾县，赐汤沐邑五百户。男女为侯、主者，食邑如故。楚太后勿上玺绶，留楚宫。明年，英至徙所，自杀。[立][③]三十三年，国除。英子种，嗣为楚侯。十五年，帝幸彭城，见许太后及英妻子于内殿，悲泣，感动左右。建初二年，封英子五人皆为列侯，并不得置相臣吏人。肃宗章和二年，种徙封于陆。

沛侯刘宝，沛献王子。世祖中元二年封。时沛王都相，沛县为侯国。

湖陆侯刘某，东平宪王子。孝明永平二年，始以胡陵益东平国。孝章更名湖陆，封宪王子。

彭城靖王刘恭，孝明帝子。初赐号灵寿王，既而封钜鹿王。肃宗时，徙封江陵，又徙封六安。后遗诏徙封彭城，食楚郡，其年就国。王敦厚威重，举动有节度，吏民敬爱之。下邳王衍病荒忽，而太子有罪废，诸姬争欲立子为嗣，连上书相告言。和帝怜之，诏彭城王至下邳，正其嫡庶，立成为太子而还。王在位四十六年，以元初四年薨。子道嗣，以冲帝永嘉元年薨。子定嗣，在位四年，以桓帝建和

① 据乾隆《徐州府志》并参《后汉书·光武帝纪》李贤注补。

② 案《后汉书·楚王英传》本作“须昌”。李贤注曰：“临淮无须昌，有昌阳县。盖误也。”本志从李贤注改。考《汉书·地理志》：临淮郡有昌阳侯国，应即此地。

③ 字据《后汉书》本传补。

三年薨。子和嗣。○嗣孝王和，顷王定子。王性至孝，太夫人薨，行丧陵次，毁胔过礼。傅相以闻，桓帝诏使奉牛酒迎王还宫。王敬贤乐施，国中爱之。献帝初平中，天下大乱。王为贼所攻，避奔东阿，后得还国。在位六十四年，以建安十八年薨。孙[①]祇嗣，在位七年，魏篡汉，降为崇德侯，国除。

武原侯徐璜，下邳良成人。桓帝初，为中常侍，以收梁冀功封侯，食邑万五千户。（宦者封侯，世道之变。附志于后，使人知汉之将亡，乱政亟行也）

季汉（魏）

萧哀王曹炳，文帝同母弟熊之子。熊早死，黄初二年追封，谥曰萧怀公。太和三年，又追进为王。青龙三年，以其子炳袭萧王爵，食邑二千五百户。六年薨，无子，国除。

丰恭王曹琬，樊安公均子。文帝兄[②]昂死，无子。黄初二年追封，谥曰丰悼公。五年，加号悼王。太和三年，改曰愍王。嘉平六年，乃以均子琬袭昂爵，为丰王。累增邑二千[③]七百户。薨，子廉嗣。晋代魏，国除。

彭城王曹据，文帝庶弟。黄初三年，据自义阳王徙封彭城。后又徙济阴、定陶。太和六年，复封彭城。

沛王曹林，文帝庶弟。太和六年，林自鄄城县王改封沛国。景初二年，以沛、杼秋、公丘、丰及彭城之广戚，并五县为沛王国。林薨，子纬嗣。晋初，与彭城国俱除。

晋

彭城王司马权，字子舆，东武城侯馗之子。武帝受禅，大封同姓，以权为彭城王，食邑二千九百户。王不之国，以北中郎将镇邺。咸宁元年薨，子植立。永康元年，以都督代淮南王允镇寿春。未发，被谗，以忧薨，赠车骑将军，增封万五千户。子释立，分鲁国蕃、薛二县，以益其国，凡二万三千户。永嘉三年薨。子雄立，坐奔苏峻，伏诛。更以释子纮[④]嗣。是时，彭城已陷石勒，于江南侨立南彭城郡县，为王食邑。故国已失，故纮后传五世，皆不具载。

① 原作“子”，据《后汉书·孝明八王列传》改。
② 原作“弟”，径改。
③ 原作“十”，径改。
④ 原作“纭”，据《晋书》本传改。下同。

伪赵

彭城王石堪，勒之族人。成帝咸和五年，勒僭号天王，封堪为彭城王。勒死，石虎谋篡位，堪起兵讨之。兵败，为虎所杀。

彭城王石遵，虎之庶子。初，石弘封遵齐王。虎篡位。三年，降遵彭城郡公，后复进彭城郡王。虎死，遵废其主而自立，凡一百八十三日，为石鉴所弑。（二石皆盗贼，无足志。但以其暴虐，强王斯土。志之，以伤晋室之衰也）

宋

彭城王刘义康，宋武帝第四子。永初元年受封，食邑三千户。文帝即位，增邑二千户。自元嘉六年，历官中外。至二十二年，以罪废为庶人。

北魏

彭城王李嶷，魏文成皇后昆弟，封彭城王①。子平，太和中袭父爵。至十六年，例降为公。永平元年，讨京兆王愉有功，而为王显、高肇所谮，除名。延昌初，诏复官爵。孝明即位，徙封武邑，卒。长子奖，袭武邑公；次子谐，袭父先爵，降号为彭城侯，官至大司农，文辨为时所称。

彭城侯张宗之，河南巩人，宦者也。自巩县侯进爵彭城。大和中，例降为侯，后［兄子］②袭嗣其爵。

沛郡侯托跋祯，魏宗室，延兴初赐爵。（时沛郡治萧）

宋王刘昶，字休道，宋文帝第九子。在宋，封义阳王。废帝即位，出为都督、徐州刺史。及江夏王诛废帝，疑昶有异志，遂率众北讨。昶亦聚众起兵，统内诸郡并不受命。昶乃夜开门奔魏，弃母、妻，唯携妾一人，作丈夫服，骑马自随。是岁，魏献文新立，冯太后临朝。昶至，令尚武邑公主，封丹阳王。明年，武邑公主薨，更尚建兴长公主。皇兴中，又薨，更尚平阳长公主。太和三年，齐代宋。孝文伐之，诏昶以本将军与诸将同行。路经徐州，哭拜其母旧堂，哀感从者。乃遍循故居，处处陨涕。及至军所，四面拜诸将士，自陈国家灭亡，蒙朝廷慈覆。辞理切至，声气激扬，涕泗横流，三军咸为感叹。后昶恐雨水方降，表请还师。从之。引见于宣文堂。昶启孝文，求处边戍，招集遗人，以雪私耻。后，孝文以昶为中书监，开建五等，封齐郡，开［府，复］③加宋王之号。十七年，孝文临经武殿，大议南伐，语及刘、萧篡夺之事，昶每悲泣不已，顿首拜谢。帝亦为之流涕。十八年，

---

① 原作“三”，径改。

② 底本缺损，二字据《魏书·阉官传》补。

③ 原阙，二字据乾隆《铜山县志》补。

除使持节，都督吴、越、楚、彭城诸军事，大将军、开府，镇徐州。昶背彭城，至是已久，其昔斋宇山池，并尚存立，昶更修缮，还处其中。不能绥边怀物，抚接义故。前民旧吏，莫不慨叹焉。孝文南伐，昶候驾于行宫，帝遣侍中迎劳之。昶攻义阳不克，乃班师。帝在彭城，昶入见，自谢。帝曰："朕亦无克而还，岂但卿也!"二十一年，薨于彭城。

彭城王元勰、子元劭，已见《追尊》。劭子韶，字世胄。自劭遇害，隐于民家。久之，孝庄访而获焉，袭封彭城王。齐代魏，降为彭城县公。天保十年，幽死。

丰县侯夏侯道迁，谯国人。少臣于齐，为太守。已归魏，戍合肥，又弃戍南归。会梁代齐，复降于魏。宣武以为豫州刺史，封丰县开国侯，食邑一千户。时正始元年闰十二月也。未几，改封。

沛郡王元欣，字庆乐，节闵帝庶兄。建义元年，封沛郡王。普泰元年，改封淮阳。太昌元年，复封沛郡。未几，还封广陵。后从孝武入关。

龙城侯高道穆，名恭之，以字行，辽东人。为孝庄侍中。建义元年，赐爵龙城侯。后为尔朱世隆所害。（龙城在萧县境）

彭城王尔朱仲远，北秀容人。永安末，除徐州刺史，兼三徐州大行台，寻进督三徐州诸军事。仲远求权立中正，在军定第，斟酌授官。从之。于是随情补授，肆意聚敛。尔朱荣死，仲远勒众向京师。庄帝诏诸将讨之，皆败。尔朱兆弑帝，立元晔，除仲远都督三徐二兖诸军事，封彭城王。性贪残，人比之豺狼。后为高欢所破，奔梁，死于江南。

沛郡王元子恕，节闵帝子。太昌元年，由渤海王改封沛郡。

北齐

彭城王高湝，字子深，齐神武第五子。天保元年，封彭城王，后为盗所害。子宝德嗣，立十三年，齐亡。

周

沛国公郑译，字正义，开封人。以邪佞事周宣帝。大象元年，封沛国公，食邑五千户。后降隋，至开皇十一年卒。

隋

安阳县男辛公义，狄[①]道人，魏徐州刺史徽孙。开皇元年赐爵，食邑二百户。

---

① 原作"翟"，避"夷狄"讳改。今据《隋书》《北史》恢复本字。

大业中卒。子融嗣。

彭城郡公虞庆则，灵武人。开皇元年，自沁源县公进封彭城郡公。五年，又进爵鲁国公，以彭城公爵授第二子义。十七年，庆则见杀，义坐除名。

唐

彭城郡王李士衎，高祖从子，武德初封。

萧国公张平高，绥州人。武德初封。贞观初，坐事免。

徐王李元嘉，高祖子。武德四年四月，封宋王。十二月，徙封徐，为徐王。

彭城县公刘德威，武德中，自滕县公改封彭城县公。永徽三年卒。子审理嗣。仪凤三年，没于吐蕃。子佺寿嗣。

彭城县公令狐德棻，华源人。武德中，以修《周史》功，封彭城县男。又以修《新礼》功，进爵为子。永徽四年，进爵为公。

彭城公韦澄，字清仁。封年失考。卒，子庆嗣袭爵。

徐王李元礼，高祖子。性恭畏，善骑射。武德四年，封郑王。贞观十年，徙封徐，迁徐州都督。镇徐八年，转绛[①]州刺史。薨，子茂嗣封爵，以罪流死。神龙初，以茂子璀嗣。开元中薨。子延年嗣，为李林甫劾，贬郡别驾，国除。后延年婿赵国珍言诸朝，诏以其子讽嗣王。

沛王李贤，字明允，高宗子。龙朔元年九月，自潞徙封沛，为沛王。后追谥章怀太子。

彭城郡王李[②]隆业，睿宗子。垂拱三年，封赵王，俄降中山郡王。长寿二年，徙封彭城，为彭城王。后追谥惠宣太子。

彭城公李行淹，纪王慎之孙，神龙初封。

徐国公刘幽求，武强人。景云初，以与诛韦后功，自中山县男进封，食邑五百户。

彭城县侯刘知柔，开元中封。

彭城郡公韦凑，字彦宗，京兆万年人。开元中封。卒，子见素袭。

徐国公萧嵩，南梁明帝之后。开元中，以宰相封徐国公。卒，子华袭。卒，子恒嗣。卒，子俛袭。

彭城郡王李倬，延王玢之子。

徐国公李俗，盛宣王琦之子。

---

① 原作“绎”，据两《唐书·高祖诸子传》改。

② 原作“字”，径改。

沛国公李佴，济王环之子。

萧国公李俸，佴之弟。（以上四人皆天宝中封）

萧国公论惟贞，名瑀，以字行，吐蕃人。为李光弼将，守徐州。广德元年，以斩贼将谢钦让功，封萧国公，实封百户。

徐国公王驾鹤，永泰元年封。

彭城郡公戴休晏，夏州人，咸宁郡王休颜之弟，以军功封。

彭城郡公刘怦，昌平人。贞元元年，拜卢龙节度使，封彭城郡公。子澭，为秦州刺史，亦以功封彭城郡公。

萧国公班宏，卫州汲人，贞元初封。

彭城县男刘赞，贞元初封。

彭城郡王李察，宪宗子，贞元二十一年封。

萧县伯武元衡，字伯苍，文水人。元和初，以宰相封。

彭城郡公刘昌裔，字光复，阳曲人。元和中，以陈许节度封。

彭城郡公刘悟，平卢节度正臣之孙。元和中，封彭城郡公，实封五百户。子从谏，袭节度使。太和初，封沛国公。

彭城县侯刘巨容，广明元年封。

五代

萧国公范质，字文素，大名宗城人。周恭帝立，以顾命大臣封。

宋

彭城郡公刘铱，故南汉主。开宝四年，国亡，入宋，封恩赦侯。八年，进封彭城郡公。

彭城侯钱弘仪，吴越文穆王第十一子，太平兴国元年封。

彭城郡公刘继元，故北汉主。太平兴国四年，国亡，入宋，封彭城郡公。

徐王赵元偓，字希道，太宗子。端拱元年，封徐国公。真宗即位，进封彭城郡王。天禧元年，又封徐王。

徐国公赵承简，魏悼王孙，真宗时封。

徐国公张耆，开封人，初名旻。天禧中，拜武宁军节度使、同平章事。仁宗朝，更名耆。明道二年，封徐国公。

徐王赵僩，神宗子。早夭。

徐王赵颢，英宗子。历封郡公、郡王。元祐初，封徐王。

徐王赵棣，徽宗子。初封徐国公，进封郡王，复进徐王。从北狩，没于金。

金

徐王裴满达，女直人。初封徐国公。天德元年，进封徐王。

萧王完颜秉德，金之内族。海陵即位，封萧王。

萧王耶律怀义，契丹人，天德中封。

徐王完颜允升，世宗子，大定十一年封。

萧国公完颜襄，大定二十三年，以执政封。

萧国公完颜璐，世宗孙，越王永功子，明昌元年封。

萧国公唐括贡，女直人，明昌中封。

萧国公完颜守贞，明昌四年封。

萧国公侯挚，字辛卿，东阿人。天兴元年，以平章政事封。

徐州志卷之九

官司一

古称“烈士殉名”。羊祜登岘山，惧万世下，无知我者，至悲伤陨涕。曩哲之望于名传，良甚殷也。徐，自古为名都。英贤豪俊，官斯土者，指难胜屈。其幸而书于史册，十才一二而已；至散官下吏，尤为百不得一。旧志于中尚多所刊削，示有别裁，而不念逝者有知，其抱恨将无涯矣。今搜括诸史，兼收并采，凡奉一职、行一事，有关于徐地，罔不存其梗概，似亦足上慰前良也。其他昏乱奸回，不惜遗臭，并附见焉，以为斯人鉴戒。抑又与诸史之旨，或不甚相悖欤！〇志官司，先具各代官制，亦例然也。但所载不备，犹足滋疑。今不惮烦，据诸史详而录之。

周春秋战国时

周官制不传。《周礼》所载，多与《左》《国》不合。朱子谓是周公草稿，尚未及行者。故不具。

高　哀（萧封人）　　还无社（萧大夫）

华　豹（宋公族，元公时为吕封人）

薛　登（故薛公子，仕楚，为沛公，在顷襄王时）

秦楚之际

秦官制无全书。汉世所定，多因秦旧。

泗川守壮（姓佚，秦郡守）

泗川监平（姓佚，秦监郡，治胡陵。汉祖初起兵，室家在丰，平将兵围之。沛公出战。平败走，还胡陵，以城降）

刘　讳[1]（初称沛公，既为楚砀郡长）

萧　何（沛县丞）　　雍　齿（为沛公守丰）

任　敖（继雍齿守丰）　　宋　义（楚上将军，号曰卿子冠军）

项　羽（楚上将军）　　范　增（楚末将）

---

① 按：此为汉高祖刘邦。为帝王讳，不书其名。

吕　青（楚令尹）　　吕　臣（青子，楚司徒）
项　它（西楚砀郡长）　　项　缠（字伯，羽季父，为西楚左尹）
龙　且（西楚裨将）　　曹　咎（西楚大司马）
钟离眜（伊庐人，为西楚将军）　　韩　信（淮阴人，初为西楚郎中）
陈　平（初为西楚都尉）　　许　倩（西楚将）
丁　固（薛人，为西楚将，人称丁公）
郑　君（初仕西楚）　　薛　公（楚令尹，名佚）
萧公角（姓佚，仕西楚，称为萧公）

汉

汉制，诸侯王掌治其国，有太傅辅王，内史治国民，中尉掌武职，丞相统众官，群卿大夫都官如汉朝。景帝中五年，令诸侯王不得复治国，天子为置吏，改丞相曰相，省御史大夫、廷尉、少府、宗正、博士官，其大夫、谒者诸官长丞，皆损其员。成帝绥和元年，省内史，更令相治民，如郡太守，中尉如郡都尉。○武帝元封五年，初置部刺史，掌奉诏条察州，秩六百石。成帝绥和元年，更名牧，秩二千石。哀帝建平二年，复为刺史。元寿二年，复为牧。是后或称牧，或称刺史，皆内亲民事，外领兵马。前汉徐州刺史领东海、琅邪、临淮、楚、泗水、广陵，郡国六。周行郡国，未有所治。后汉徐州部省泗水国，增领下邳国，刺史治郯。昭烈时，治下邳。其官属有别驾从事、治中从事、兵曹从事、部郡国从事，是为从事史；有主簿、门亭长、功曹书佐、书经师、月令师、律令师、簿曹书佐、典郡国书佐，是为假佐。○郡守掌治其郡，秩二千石。有丞；边郡又有长史，掌兵马，秩皆六百石。景帝中二年，更名太守。其佐史有功曹史、五官掾、部县督邮、门亭长、主记室史、阁下及诸曹，各有书佐干。○郡尉掌佐守，典武职甲卒，秩比二千石。有丞，秩皆六百石。景帝中二年，更名都尉。○县令长掌治其县，万户以上为令，秩千石至六百石；减万户为长，秩五百石至三百石。皆有丞、尉，秩四百石至二百石，是为长吏；百石以下有斗食、佐史之属，是为少吏。十里一亭，亭有长；十亭一乡，乡有三老，有秩、啬夫、游徼。三老掌教化，啬夫职听讼、收赋税，游徼循禁贼盗。其尝为侯国者，改县令为相，别置家丞、门大夫、庶子。沛与彭城，各有铁官令、丞。○汉初，以彭城为楚国。后改彭城郡，又复为楚国。后汉初，为楚郡，省都尉；后乃为彭城国。前汉楚国所领彭城、留、吕、梧、武原、甾丘六县，皆在今州境；惟傅阳，在今沛、峄二县之间。后汉彭城国增领广戚县，在今沛县境。留、梧、傅阳、武原、广戚，皆尝为侯国。萧、丰、沛属沛郡，砀属梁国，皆豫州部。沛亦尝为侯国。

冷　耳（沛人，楚丞相，事元王交）　陈　婴（楚元王丞相）
吕更始（高后族子，为楚元王丞相）　申　公（楚中大夫）
白　生（楚中大夫）　穆　生（楚中大夫）
韦　孟（楚太傅）　王恬启（梁丞相，事梁王恢）
贾　谊（梁太傅）　苏　意（为楚王戊丞相）
张　尚（楚丞相）　赵夷吾（楚太傅）
爰　盎（字丝，楚人，为楚王礼丞相）
冯　唐（安陵人，景帝时为楚相）　唐长宾（东平人，楚太傅）
铎　椒[①]（楚太傅）　宋　登（齐人，为楚孝王相）
马　宫（东海戚人[②]，为楚长史。〇以上西汉王国官属）
王　尊（徐州刺史）
太守遗（姓佚。景帝初改彭城郡，遗为太守[③]）
陈　咸（相人，成帝时为楚内史）
何　武（楚内史）　薛　惠（彭城令）
刘　良（光武叔父，平帝时为萧令。〇西汉刺史、守、令，传者绝少。故以时代序于王国僚属之后）
附田况（新莽青、徐二州牧）　附刘旷（新莽时留丘长）
附刁子都（更始时徐州牧）　附庞萌（光武初为平狄将军。后叛）
百里嵩（徐州刺史）
王　景（字仲通，琅邪人，章帝时徐州刺史）
刘　福（安帝时徐州刺史，以贪秽诛。见杨伦传）
杨　秉（顺帝时徐州刺史）　应　志（南顿人，顺帝时徐州刺史）
臧　旻（徐州从事）　盖　豫（徐州刺史。见其弟子周防传）
巴　祇（灵帝时徐州刺史）　陶　谦（徐州牧）
陈　登（谦典农校尉）　赵　昱（徐州别驾）
王　朗（徐州治中）　陈　群（豫州从事，随昭烈屯小沛）
刘　琰（昭烈从事）　陈　到（昭烈从事）
孙　乾（徐州从事）　吕　布（献帝时称徐州牧）
陈　宫（徐州从事）　高　顺（徐州督将）

① 案《史记·十二诸侯年表》序："铎椒为楚威王傅，为王不能尽观《春秋》，采取成败，卒四十章，为《铎氏微》。"盖铎椒为战国时楚傅，志书误收。

② 原作"又"，径改。

③ 案《汉书·百官公卿表》，宣帝元康元年有"守京兆尹彭城太守遗"，本条"景帝"应为宣帝。

车　胄（代吕布为徐州刺史）　关　羽（行徐州事）
董　昭（建安中徐州牧）　浩　周（建安时徐州刺史）
臧　霸（徐州刺史。〇以上刺史官属）　伏　隆（光武初持节使青徐二州）
滕　抚（顺帝时督扬徐二州事）　牵　招（建安末督青徐州郡诸军事）
栾　巴（巡行徐州。〇以上奉使）　孙　萌（光武初楚郡太守）
袁　安（楚郡太守）　宗[1]湛（建初中楚郡太守）
文　穆（灵帝时以中郎将守彭城。〇以上太守）
牟　融（丰令）　杨　统（彭城令）
驷　贤（安帝时萧令。坐贪秽诛）　张　叠（安帝时湖陆令。坐贪秽诛）
苏　章（武原令）　费　汎（萧令）
朱　穆（字公叔，顺帝时为丰令）
周　永（桓帝时沛令）　魏　朗（彭城令）
刘　亹（延熹末为丰令）　应　劭（萧令）
王　朗（灵帝时甾丘长，后为徐州治中）
陈　群（建安中萧令）　浩　周（萧令。后为徐州刺史）
吴　斌（萧令。〇旧志载此，未详何本[2]。〇以上令长）
令狐子伯（太原人，建武中楚王英相）
江　革（楚太仆）　赵　牧（元初中彭城靖王相）
张　皓（字叔明，留侯六世孙，为彭城孝王相）
袁　贺（彭城王相）　史　弼（考城人，光和中彭城孝王相）
薛　礼（中平时，彭城孝王相）　縻　芳（建安初孝王相）
温　恢（孝王相。〇以上王国官属）　侯　谐（彭城相）
陈　矫（彭城相。〇以上乃县令改为相者。〇东汉后，刺史、守、令名传者，视西汉为多。故王国官属，仍当序于其后）

季汉（魏）

《魏书》无《百官志》，大略多遵汉制。

吕　虔（徐州刺史）　王　祥（别驾）
郑[3]岐（明帝时徐州刺史）　王　昶（正始中徐州刺史）
石　苞（嘉平中徐州刺史）　胡　质（徐州刺史）

---

① 原作“宋”，据《后汉书·杨厚传》改。
② 按：吴斌事见应劭《风俗通义·穷通篇》，旧志所据，即此。
③ 原作“邹”，据《三国志·魏书·曹爽传》裴松之注引《魏略》改。

胡　威（徐州刺史）　　向　韶（山阳人，彭城太守）
徐　庶（彭城相）
桓　范（明帝时，使持节、都督青徐诸军事）
钟　毓（正元中，都督徐州诸军事。〇晋史作“甘露四年”）
卫　瓘（咸熙中，都督徐州诸军事）　胡　遵（征东将军、督青徐诸军）

晋

晋徐州刺史初治下邳，领下邳、彭城、琅邪、东海、东莞、广陵、临淮，郡国七。南渡以后，淮北沦没，侨立徐州于京口。永和八年，复下邳旧治。已复移山阳、广陵、京口。义熙七年，恢复中原，置北徐州于彭城，南北有两。刺史官属如汉制，别有录事、记室、武猛从事、淮海从事。若刺史加使持节、都督军事，则设长史、司马、从事中郎、主簿、记室督、西东阁[①]祭酒、西东曹掾、户仓贼曹令史属、兵铠士曹参军。〇初仍魏制，以刺史治民，别设都督治军，位刺史上。南渡以后，并都督于刺史，复汉牧之旧。永昌元年，兖州刺史寄治彭城，太宁二年南迁。石赵、苻秦徐州刺史皆治彭城，秦兖州刺史皆治湖陆。湖陆故城，在今徐州境内。〇彭城国内史领彭城、留、梧、傅阳、吕、武原、广戚七县，其佐史有主簿、主记室、门下贼曹、议生、门下史、记室史、录事史、书佐、循行干小史、五官掾、功曹史、功曹书佐。〇晋彭城王不之国，佐史随王所在。彭城但设内史，以代太守。〇县置令、主簿、录事史、主记室史、门下书佐干、游徼、议生、循行功曹史、小史、廷掾、功曹史、小史书佐干、户曹掾史干、法曹门干、金仓贼曹掾史、兵曹史、吏曹史、狱小史、狱门亭长、都亭长、贼捕掾、方略吏等员。乡置啬夫、治书史佐、乡正、里吏。

王　浑（徐州刺史）　　胡　奋（徐州刺史）
嵇　喜（谯人，太康时徐州刺史）　　嵇　绍（徐州刺史）
高　诞（圉城人，徐州刺史）　　周　馥（惠帝时徐州刺史）
裴　盾（永嘉中徐州刺史）　　司马奥（长史）
祖　逖（徐州刺史）　　蔡　豹（徐州刺史）
卞　敦（元帝末徐州刺史）　　王　邃（代卞敦为刺史）
刘　遐（徐州刺史）　　褚　裒（徐州刺史）
荀　羡（徐州刺史）　　郗　昙（徐兖二州刺史）
范　汪（徐兖二州刺史）　　庾　希（徐兖二州刺史）

① 原作“曹”，据《晋书·职官志》改。

郗　愔（徐兖二州刺史）　　　　　　桓　温（代郗愔为徐、兖刺史）

谢　玄（徐州刺史）　　　　　　　　谢　琰（徐兖刺史）

刘道怜（徐州刺史）　　　　　　　　刘怀慎（徐兖刺史）

羊陶、羊炜[1]、羊忱、刘咸（四人皆徐州刺史，未详何年在任）

王　华（州主簿，转治中）　　　　　江秉之（州主簿）

刘道会（州主簿）　　　　　　　　　丘渊之（武帝时州主簿）

王昙首（冠军长史）　　　　　　　　朱　纵（郭祥从事，杀祥归顺）

附眭迈（伪赵徐州刺史）　　　　　　附郭祥（伪赵徐州刺史）

附周成（伪魏徐州刺史）　　　　　　附毛当（伪秦徐州刺史）

附毛盛（伪秦兖州刺史）　　　　　　附宋恭（伪燕徐州刺史）

附段弘（伪燕徐州刺史。〇以上俱徐州刺史官属）

徐州刺史，汉、晋时皆不治彭城，彭城特其属郡耳。然去治所甚近，只百余里间，刺史多有事于此，故旧志载之。惟是永嘉乱后，南北分裂，徐州与彭城侨立江南，已分为二，又数移其治所。至诸僭伪，虽无徐地，而建其名。后，元魏又剖为三。以故，此数百年间，名号混淆，其为刺史、太守、内史者，多不可胜言。今细加考核，惟的是彭城官司，始著之；他皆汰去。其有实受官彭城而未之任者，亦不复存。

司马伷（琅邪王，泰始中都督徐州诸军事）

司马晃（下邳王，代伷都督青徐二州诸军事）

司马肜（梁王，代晃监青徐二州军事）

阮　垣（代肜监青徐二州军事）

石　崇（苞子，元康中监徐州诸军事）

司马楙[2]（东平王，永宁初都督徐州军事）

王　修（长史）

司马越（东海王，惠帝时徐州都督）　王　隆（徐州监军）

顾　荣（东海王军谘祭酒）　　　　　薛　兼（越参军）

刘　隗（太兴中青徐幽平四州都督）

司马裒（琅邪王，建武初青徐兖三州都督。〇以上都督俱治下邳）

郝　嘏（元帝遣为行台，催摄令诸将进讨徐龛）

戴　遂（太元初沛郡太守，戍彭城）

① 原作“纬”，据《晋书·羊鉴传》改。

② 原作“懋”，今从《晋书》本传用字。

朱　序（太元中以青兖二州刺史戍彭城）
刘牢之（以龙骧将军戍彭城）
向钦之、竺朗之（二人俱牢之参军）　羊穆之（义熙初以宁朔将军戍彭城）
附胡荣（永和中戍彭城。降燕。〇以上镇将）
刘　隗（惠帝时彭城内史）　孙　惠（彭城内史）
周　抚（元帝时为彭城内史）　刘　续（太宁初彭城内史）
何　谦（彭城内史）　王　弘（彭城太守）
郭　卿（太康中为沛令。见《凤阳志》）
刘　混（宋武帝曾祖父，为武原令）
袁　瓌（阳夏人，永嘉中为吕令）　袁　猷（瓌弟，代瓌为吕令）
张道欣（宋建国时为彭城令。〇以上守令）
傅　亮（宋国中书令。〇以下诸人虽宋臣，然此时尚同奉天子之命，故系于晋）
王　惠（宋郎中令）　王镇之（宋祠部尚书）
谢　晦（宋侍中）　谢　瞻（宋中书、黄门侍郎）
谢灵运（宋世子左卫率）　檀道济（宋中领军）
蔡　廓（宋御史中丞）　郑鲜之（宋奉常）
颜延之（宋世子舍人）　裴松之（宋世子洗马）
荀伯子（宋尚书左丞）　江　夷（宋五兵尚书）
孔琳之（宋侍中）　段　宏（宋黄门郎，故燕徐州刺史）
殷景仁（宋秘书郎）　殷　穆（相国左长史）
毛修之（相国右司马）　褚叔度（相国右司马）
孔季恭（相国军谘祭酒）　薛　谨（相国记室参军）
胡　藩（相国参军）　范　晔（相国掾）
刘　湛（相国参军）　王　康（相国行参军）
毛德祖（宋世子中兵参军。〇以上俱王国官属）

按《晋书》：刁彝、王坦之、桓冲、王蕴、桓玄、刘柳等，俱领徐州刺史。荀晞、赵王伦、阮垣、会稽世子元显、殷浩、谢安等，俱都督徐、兖诸州。刘涓子、庾阐、刘季武、徐逵之等，俱彭城内史。而于彭城，皆无事迹。姑附存于此。

刘宋

宋徐州刺史领彭城、下邳、沛、兰陵、东海、东莞、东安、琅邪、淮阳、阳平、济阴、北济阴十二郡，治彭城。官属有别驾从事史、治中从事史、主簿、西曹书佐、祭酒从事史、议曹从事史、部郡从事史、月令从事史，军府官属略如晋制。〇彭城内史领彭城、吕、蕃、薛、留。元嘉二十二年，国废为郡，更设太守，官属略如汉制。沛郡治萧，领萧、相、沛三县。〇县置一令一尉，诸曹掾史如晋制，乡亭吏如汉制。萧为沛郡，沛县属焉；丰属北济阴郡，皆隶徐州部。砀属梁郡，为豫州部，孝武大明元年改属徐州部，后仍还豫州。

王仲德（徐州刺史，加都督）　吉　翰（徐州刺史、假节、监军事）
赵伯符（元嘉中徐兖二州刺史）　臧　质（元嘉中都督，徐兖二州刺史）
刘　该（青徐二州刺史）
刘义季（衡阳王，元嘉中徐州刺史，加都督）
沈叔仁（征北府长史，行参军）　刘义宾（兴安侯，元嘉末徐州刺史）
崔道固（武陵王从事史）　毕众敬（武陵王从事史）
刘延孙（武陵王府别驾）　刘泰之（武陵参军）
臧肇之（田曹行参军）　尹　定（集曹行参军）
杜幼文（武陵国左常侍）　马文恭（武陵参军）
颜[师][1]伯（临沂人，为徐州主簿）　颜　竣（安北主簿）
张　畅（安北府长史）　王　彧（安北谘议参军）
王孝孙（安北录事参军）　垣谦之（安北骑兵行参军）
袁愍孙（安北行参军）　萧思话（代武陵王为刺史）
夏侯祖权（安北府司马）　王玄谟（徐州刺史）
庞秀之（孝建初，代王玄谟为刺史）　垣护之（孝建时，代庞秀之为刺史）
申　坦（孝建时，代垣护之为刺史）　沈昙庆（大明初徐州刺史）
王　谌（昙庆主簿，后为徐州从事）　刘道隆（大明时徐州刺史）
王元曾（别驾）　刘　瓛（祭酒）
垣崇[2]祖（主簿。〇以上三人皆道隆所辟）
刘休若（巴陵王，大明中徐州刺史）
张　岱（冠军谘议参军）　韦道福（镇北录事参军）
王文和（征北主簿）　张　浩（谘议参军）
申　宣（景平初以冠军将军戍彭城）　郑顺之（景平初以兖州刺史戍湖陆）
刘义欣（长沙王，元嘉初镇彭城）　刘义恭（江夏王，元嘉末镇彭城）
羊　希（义恭主簿）　沈庆之（义恭府中兵参军）

---

① 字据《宋书》本传补。
② 原作“荣”，据《南齐书》本传改。又垣荣祖者，崇祖从父兄也，宋孝建中，州辟主簿，为后军参军。为道隆所辟者，实崇祖也。

嵇玄敬（江夏王参军）　　华　钦（江夏幢主）
虞法生[①]（征北府典签）　　程天祚（殿中将军，元嘉末戍彭城）
裴景仁（殿中将军，大明末戍彭城）　　王道隆（太宗镇彭城，补典签内监）
王歆之（元嘉初以常侍巡行徐州）　　魏恭子（彭城内史）
兰陵俨（平北长史）　　崔文仲（主簿）
苏　侃（掌书记）　　王裕之（中从事史）
附薛安都（徐州刺史，加都督。以彭城降魏）
附毕众爱（安都长史）

元魏

徐州置刺史三人：宗室一人，异姓二人，领彭城、南阳平、蕃、沛、兰陵、北济阴、砀七郡，官属略如宋制，刺史治彭城。○刺史上，又设行台以节度之，或并节度二兖，与晋宋都督、刺史无异，其后或以刺史兼之。又设镇都大将，统兵备御与刺史同，城隍、仓库则镇将主之，位在刺史下，而听命于行台都督。○彭城内史领彭城、吕、龙城、蕃、留、睢陵六县。孝昌元年，设武原郡太守，领武原等三县，别隶东徐州。○县置三令，属官佐史未详。萧、沛属沛郡，丰属北济阴郡，砀属砀郡，皆隶徐州部。

尉　元（徐州刺史，加都督）　　元　云（任城王，徐州刺史，加都督）
李　䜣（承明初徐州刺史）　　托跋嘉（代任城王为刺史）
薛虎子（徐州刺史）　　托跋郁（济阴王，徐州刺史）
元　澄（任城王，为徐州刺史）　　鹿　生（长史，带彭城镇将）
元　衍（广陵侯，代任城王为刺史）
邓宗庆（太和中徐州刺史）　　元　愉（京兆王，徐州刺史）
卢　渊（长史）　　元　昞（代京兆王为刺史）
薛修义（长史）　　元　鉴（武昌王，代元昞为刺史）
王可久（长史，带彭城太守）　　李长寿（司马）
元　嵩（高平侯，代武昌王为刺史）　　郑　籍（平东[②]府长史）
李　志（平东司马）　　李　象（功曹参军）
卢　昶（徐州刺史）　　李　彦（延昌初徐州刺史）
封　回（延昌中，由长史行徐州事）

---

①《宋书·晋熙王昶传》作“蘧法生”，《魏书·刘昶传》作“虞法生”。
② 原作“东平”，据《魏书·郑道昭传》乙正。

杨　钧（华阴人，徐州刺史）　萧宝夤（徐州刺史）
姜　俭（田曹[①]参军）　元显和（安东长史）
崔　秉（安东府录事参军）　元延明（安丰王，徐州刺史，加都督）
郑伯猷（行台郎中）　李　广（长流参军）
刘文颢（骑兵参军）　薛豹子[②]（正光前徐州刺史）
杨　昱（孝昌季徐州刺史）　羊　敦（昱府长史）
元　孚（永安初徐州刺史）　严思达（永安中徐州刺史）
斛斯椿（永安时徐州刺史）　杜　德（节闵时徐州刺史，后加都督）
元　祐（孝武时徐州刺史）　崔慈懋（徐州征东府长史）
贾显度（孝武初徐州刺史、东南大行台）
任延敬（天平初徐州刺史）　元　轨（天平中徐州刺史）
崔　悛（天平末徐州刺史）　陆子彰（兴和初徐州刺史）
房　谟（兴和中徐州刺史）　王　春（徐州刺史）
慕容绍宗（武定时徐州刺史）　王　则（徐州刺史）
高乾邕（徐州刺史）　高归彦（武定时徐州刺史）
刘士荣（归彦长史）　裴夷吾（归彦参军）
辛　徽（徐州刺史）　附元　颢（北海王，徐州刺史。叛逆）
附李季安（颢长史）　附元法僧（正光中徐州刺史。叛逆）
附李叔向（法僧参军）　附毕祖彦（监军）
附元　鉴（安乐王，正光中徐州刺史，后叛。〇以上刺史官属）
张文伯（正光末奉使徐州）　王　嶷（同李䜣时，巡察徐、兖等州）
高　谅（正光中徐州行台）　鹿　悆[③]（孝昌时临淮王监军）
常　景（孝昌时徐州刺史兼行台）
崔孝芬（孝昌末徐州行台）　羊　深（孝昌末徐州行台）
李希宗（永熙中东南行台右丞，讨贼于彭、沛）
辛子馥（天平中徐州开府长史）
辛　术（武定时为行台，御梁师于彭城。〇以上奉使）
孔伯恭（天安时彭城镇将，加都督）　元解愁（彭城镇将）
元　拔（乐平王，太和中彭城镇将）　长孙浑（太和中彭城镇将）

① 原作“常”，据《魏书·韦阆传》改。
② 按：“薛豹子”与前“薛虎子”同为一人。《北齐书·薛琡传》：“父彪子，魏徐州刺史。”即薛虎子也。盖因唐人避李虎讳，故《北史》本纪作“豹”，列传作“彪”。志书失察，遂别为二人。
③ 原作“愈”，据《魏书》《北史》本传改。

刘渴侯（太和中后军将军）　严　季（后军校尉）
王　肃（太和中宋王刘昶长史）　阳　固（宋王法曹参军）
申景义（宋国侍郎）　袁　济（宋王谘议参军）
高　祐（宋王傅）　沈保冲（宋王外兵参军）
李元茂（太和季彭城镇副将）　李　宪（徐州都督）
薛昙尚（熙平时，除徐州谷阳戍主，行南阳平郡事。○时南阳平郡寄治徐州）
贾　智（孝庄时镇彭城）　邸　珍（永熙中徐州都督）
高　岳（徐州都督）　附萧综（梁豫章王，镇彭城。叛降魏）
附成景儁（梁将，镇彭城）
附胡龙牙（梁将，镇彭城。○是时彭城为梁据，已又属魏）
附尔朱仲远（徐州都督。以彭城叛。○以上镇将）
郑　演（皇兴初彭城太守）　李长仁（延兴中沛、彭城二郡太守）
阴周达（长仁司马）　韦欣宗（孝文初彭城太守[①]）
邵　安（沛郡太守，以罪赐死。○时沛郡治萧县）
陆　延（以王府司马，带彭城内史）　程公义（以王府长史带沛郡太守）
毕闻慰（东平府长史，带彭城内史）　董　征（熙平初沛郡太守）
刘世明（彭城内史）　封　述（武定中彭城太守）
封子施（武定末沛郡太守）　刘思祖（梁、沛二郡太守）
刘僧利（徐州别驾、沛郡太守）　辛绍先（皇兴中除下邳太守，屯吕梁）
朱　就（孝文时沛令。○以上守令）

后齐

后齐置刺史、别驾、治中、州都、光迎主簿、主簿、西曹书佐、市令及史、祭酒从事、部郡从事、皂服从事、典签及史、门下督、省事、都录事及史、箱录事及史、朝直、刺奸、记室掾，户、田、金、租、兵、左、士七曹掾史。军府则有长史、司马、参军事、行参军等员。○其行台多带刺史，刺史、行台仍合为一。○彭城郡太守、丞、中正、光迎功曹、光迎主簿、功曹主簿、五官、省事、录事及西、户、金、租、兵、集六曹掾佐，太学博士、助教、市长、仓督等员。○县置令、丞、中正、光迎功曹、光迎主簿、功曹主簿、录事及西、户、金、租、兵五曹掾，市长等员。

赵彦深（天保中徐州刺史）　阳　斐（天保末徐州刺史）

---

① 案《魏书·韦阆传》，应为彭城内史。

苏　琼（皇建中行台左丞、行徐州事）

高景安[①]（天统初徐州刺史）　元　豫（徐州刺史）

卢士彻（徐州别驾）　唐伯华（徐州长史）

高　构（司马）　刘　遍（徐州司马）

段　深（武平末徐州刺史）　高思宗（徐州刺史）

高孝珩（广宁王，武平初徐州行台）　卢士熙（彭城太守）

后周

置总管、刺史，加使持节、都督军事，其官属有长史、司马、司录、呼药、别驾、治中、列曹参军。〇沛及南高平二郡省入彭城。

梁士彦（徐州刺史，加总管）　乌丸轨（徐州总管）

韦孝宽（大象初代乌丸轨为徐州总管）

源　雄（徐州总管）　刘仁恩（徐州刺史）

刘　弘（彭城太守）　杨　素（静帝初徐州总管）

隋

隋置总管[②]、刺史、长史、司马，录事、功曹、户曹、兵曹四参军事，法曹、士曹二行参军，行参军、典签、州都、光初主簿、郡正、主簿、西曹书佐、祭酒从事、部郡从事、仓督，市令、丞等员。大业四年，废总管。〇开皇七年，罢彭城郡，以徐州领彭城、沛、留、丰、萧等十县。大业三年，罢州置郡，设太守、赞务、东西曹掾、主簿，司功、司仓、司户、司兵、司法、司士六曹书佐、行书佐。别置都尉、副都尉领兵，与郡不相知。其后加置通守一人，位次太守。又改赞务曰丞，在通守下。〇县置令、丞、尉、正、光初功曹、光初主簿、功曹主簿，西、金、户、兵、法、士六曹佐及市令等员。大业中，以县尉为县正，寻改正为户曹、法曹，分司以承[③]郡之六司。砀山属梁郡，设官与诸县同。

尔朱敞（开皇初徐州总管）　卢昌衡（敞府长史）

吐万绪（开皇初代尔朱敞为徐州总管）

乞伏慧（开皇中徐州总管）　和　洪[④]（开皇中徐州总管）

---

① 案《北史》《北齐书·元景安传》，本姓元，赐姓高氏，受封历阳郡王，故《陈书·周炅传》作“历阳王高景安”。

② 原作“管总”，据《隋书·百官志下》乙正。

③ 原作“丞”，古同“承”。据《隋书·百官志下》改。

④ 原作“弘”，据前志及《隋书》《北史》改。

房　兆（徐州总管）
董　纯（大业初彭城留守）
孙万安（文帝时徐州刺史）
梁　洋（开皇中徐州刺史）
陈善藏（大业初彭城赞务[①]）
刘务本（留县长）
刘　高（大业时萧令）
附王世辩（伪郑尚书令、徐州行台）

唐

武德初置总管，七年改曰都督。都督兼刺史，而不检校州事，以长史领之。其官属：长史、司马各一人，录事、功曹、仓曹、户曹、田曹、兵曹、法曹、士曹参军事各一人，录士二人，参军事五人，市令、文学、医学博士各一人。贞观中罢。乾元二年，置河南节度使于徐州，领徐、泗、海、亳、颍五州。未几，罢领亳、颍。上元元年，罢领海州。二年，废节度。建中三年，置徐海密沂都团练观察使。兴元元年废。贞元四年，置徐泗濠节度使。十六年废，割泗、濠隶淮南，而徐领本州留后。元和二年，置武宁军节度使，领徐、泗、濠三州。四年，增领宿州。长庆元年，割宿州隶淮南。太和元年，复来属。咸通三年，罢节度，置团练防御使，隶兖海。明年罢。五年，置徐泗团练观察处置使。九年废。十年，复置团练防御使，领徐、泗、濠、宿四州。十一年，置徐泗观察使，寻赐号感化军节度。乾符二年，罢领泗州。光化元年，复号武宁军。未几，复名感化。天复二年罢。节度府节度使、行军司马、副使、判官、支使、掌书记、推官、巡官、衙推各一人，同节度副使十人，馆驿巡官四人，府院法直官、要籍、逐要、亲事各一人，随军四人。节度使亦曰副大使，或曰知节度事。若封郡王，则有奏记一人，兼观察使。又有判官、支使、推官、巡官、衙推各一人。观察府观察使、副使、判官、支使、掌书记、推官、巡官、衙推、随军、要籍、进奏官各一人。团练府团练使、副使、判官、推官、巡官、衙推各一人。节度、观察、团练皆兼刺史，其军校则有都押衙、都虞候、教练使、兵马使。〇武德初年，改彭城郡为徐州，太守为刺史，官属有别驾、长史、司马、录事参军事，录事二人，司功、司仓、司田、司兵、司士参军事各一人，司户、司法参军事各二人，参军事四人，市令、丞，文学、医学博士。天宝初改郡太守，乾元初复以为州刺史，领彭城、沛、萧、丰等七县。砀山属单州。〇县置令、丞、主簿、尉，有录事、司户、司法、司功佐、司仓佐、司户佐、司兵佐、司法佐、司士佐、典狱、问士、义仓督、经学博士、助教等员。

裴虔通（唐初徐州总管）
任　瓌（武德中徐州总管）
李　贞（汉王，贞观中为徐州都督）

① 原作“治”，唐人避高宗李治讳改。

李光弼（以都统镇徐州）　张　偧（判官）
李　洧（建中初署徐州刺史）　张建封（以节度镇徐州）
韩　愈（武宁推官）　许孟容（从事）
李　藩（巡官）　于良史
温　造（参谋）
冯　宿（掌书记。○六人并在建封幕府）
张　愔（嗣建封为武宁军节度使）　郑通诚（判官）
王　绍（元和初武宁军节度使）　李　愿（元和中武宁军节度使）
李　愬（元和末武宁军节度使）　董重质（愬将）
郑　注（巡官）　王守澄（愬监军）
崔　群（长庆初武宁军节度使）　王智兴（长庆初武宁军节度使）
高　瑀（太和中武宁军节度使）　崔　珙（太和末武宁军节度使）
薛元赏（开成中武宁军节度使）　郭　铨（武宁军节度使）
李　廓（大中初武宁军节度使）　卢弘止（大中时武宁军节度使）
李商隐（掌书记）　康季荣（大中末武宁军节度使）
田　牟（会昌中武宁军节度使）　温　璋（咸通中武宁军节度使）
王　式（咸通中武宁军节度使）　崔彦曾（咸通中徐州观察使）
张道瑾（监军）　温庭皓（观察判官）
焦　璐[①]　李　棁
崔　蕴　柳　泰
卢崇[②]嗣　韦廷范　田厚简（牙将）
尹　戡（都押衙）　杜　璋（教练使）
徐行俭（兵马使。○以上诸人并彦曾僚官，皆同死难，故尽录之）
支　详（僖宗时感化军节度使）　李凝吉[③]（支详参军）
时　溥（代支详为节度使）　庞师古（景福初为徐州留后）
杨师厚（天祐初武宁军节度使）　王敬荛（天祐时武宁军节度使）
张慎思（唐季权武宁军节度使。○以上节度）
李　鄘（贞元中徐州宣慰使。○奉使一人）
李元轨（霍王，贞观中为徐州刺史）
李元晓（密王，代霍王为刺史）　严　延（长史）

① 原作“路”，据两《唐书·崔彦曾传》改。
② 原作“宗”，据《新唐书·崔彦曾传》改。
③《新唐书·萧瑀传》作“凝古”，《旧唐书·萧遘传》《资治通鉴》作“凝古”。

李元庆（道王，高宗时为刺史） 李　璩（刺史）
王　莹（武后时刺史） 王　焘（司马）
崔敏悫（刺史） 卢齐卿（刺史）
薛　瑜（刺史） 姚元之[1]（景云中刺史）
张九皋（开元中刺史） 苏　诜（刺史）
韦　铦（别驾） 柳子夏（长史）
李　椳[2]（司马） 李　昂（司户参军）
陆　易（徐州刺史） 崔　晊（司马）
李　憕（彭城郡太守） 曹　昇（徐州刺史，永泰中任）
梁　乘（大历中刺史） 路齐晖（刺史）
高承宗（兴元初刺史） 独孤华（代高承宗为刺史）
高明应（代独孤华为刺史） 卢士玫（刺史）
徐　瑾（司法参军） 李　朗（录事参军）
附刘如伶（逆贼史朝义署为刺史。〇以上刺史）
张保皋、郑年（并太和中武宁军小将）
丁从实（咸通时徐州偏将）
张雄、冯弘铎（并武宁军偏将。〇以上镇将官属）
徐　唐（英公族祖，为沛令） 陆余庆（武后时萧县丞）
孙　溥（思邈孙，为萧县丞）
韦　恒（逍遥公嗣立子，开元初砀山令）
刘　令（名佚，天宝间为砀山令。李白集有《秋夜与刘砀山泛宴喜亭池》诗）
于默成（志宁孙，沛令） 白季庚（居易父，建中初彭城令）[3]
薛　陟（收玄孙，彭城令） 李　达（贞元中彭城令）
韩宗古（萧令） 郑　憬（沛令）
李守素（德宗时丰令） 卢　澄（卢氏人，丰令）
卢河童（卢氏人，丰令） 李　曾（彭城丞）
司马丞（名佚，沛丞。方干有《送沛县司马丞》诗）
宋思礼（萧主簿） 柳　晃（萧尉）
郑立言（勉之孙，萧主簿。以上县僚）

① 即姚崇，字元之。
② 原作“椳”，据《新唐书·宗室世系表上》改。
③ 案白居易《故巩县令白府君事状》：府君公讳锽，有子五人，次讳季般，徐州沛县令。白季般，为居易叔父，曾为沛县令。旧志失载，附录于此。

按：旧志有节度使简较、薛能，刺史张廷范、论瑀、崔玄［同］[1]，司户柳雄，凡六人，皆未详何本，附志俟考。

五代

官制无考。

朱梁

蒋　殷（武宁节度）

朱友璋（梁主第三子，贞明初武宁节度）

后唐

李绍真（同光时武宁节度）

淳于晏（绍真从事）

剧可久（司法参军）

李绍荣（代绍真为武宁节度）

房知温（天成时武宁节度）

李　周（长兴中武宁节度）

李从温（清泰中武宁节度）

石晋

吴　峦（天福初武宁节度副使）

苌从简（天福中武宁节度）

侯　益（代苌从简为武宁节度）

赵在礼（天福末武宁节度）

符彦卿（开运中武宁节度）

后汉

王　周（汉初武宁节度）

刘　赟（汉主从子，为武宁节度）

巩庭美（赟都押衙）

杨　温（赟教练使）

董　裔（判官）

郭忠恕（推官）

后周

王彦超（广顺初权武宁节度）

王　晏（显德初武宁节度）

高　锡（掌书记）

向　训（代彦超为武宁节度）

滕中正（掌书记）

① 旧志脱字，据韩愈《崔评事墓志铭》补。

宋

宋初于徐州置武宁军节度使，大都督府，长史官属略如唐制。后多遥领，亦不常置。○徐州领彭城、沛、丰、滕、萧五县，设知军州事、通判军州事、录事参军、司理参军、司法参军、司户参军，又有儒学教授、监籴纳仓、知利国监等员。砀山县属单州。○县设知县、丞、主簿、尉，有吏、户、礼、兵、刑、工六曹史。

郭从义（宋初武宁节度）　窦　偁（掌书记）
高继冲（乾德初武宁节度）　王全斌（开宝末武宁节度）
陈洪进（太平兴国中武宁节度）　刘昌言（节度推官）
杨　蟫（太平兴国中徐州观察推官）　曹　彬（雍熙中武宁节度）
刘　炤（温叟子，雍熙中徐州观察推官）
王德用（徐州大都督府长史）　王　明（掌书记）
范　镛（掌书记）　查　道（休宁人，端拱初节度从事）
夏　竦（皇祐初武宁节度）

按：真宗时石保吉、张旻、赵元杰、曹灿、曹利用，仁宗时李昭亮、夏守恩、盛度、赵允弼，神宗时富弼、赵宗立，徽宗时蔡王似、吴居厚，高宗时韩世忠，共十四人，皆领武宁军节度使。系遥领节，未驻彭城，故不与前例序。

侯　赟（开宝中知徐州）　马元方（至道初知徐州）
梁　鼎（至道初知徐州）　路　振（淳化中通判）
赵德彝（咸平中徐州刺史）　陈文颢（洪进子，徐州刺史）
陈　兴（景德初知徐州）　王　臻（景德中通判）
吴元扆（大中祥符初知徐州）　阎日新（大中祥符间知徐州）
戚　纶（大中祥符间知徐州）　薛　颜（天禧中知徐州）
张宗诲（仁宗时知徐州）　徐　起（仁宗时知徐州）
孔道辅（景祐初知徐州）　李　迪（宝元中知徐州）
赵庶明（新建人，任徐州推官）　赵　及（庆历中知徐州）
王　逢（通判徐州）　陈希亮（庆历中推官）
王　洙（皇祐初知徐州）　孙　沔（代王洙知徐州）
吴　瓘（永新人，皇祐间进士，任徐州判官）
吕公绰（皇祐中知徐州）　吕　溱（后公绰知徐州）
任　颛（嘉祐初知徐州）　孙祖德（嘉祐中知徐州）
赵　概（熙宁初知徐州）　韩　贽（熙宁中知徐州）
傅尧俞（熙宁中知徐州）　苏　轼（熙宁末知徐州）
孙　觉（元丰中知徐州）　李昭玘（元丰中徐州教授）

马　默（元丰末知徐州）

杨　时（熙宁间进士，元丰末任徐州司法参军）

彭汝砺（元祐中知徐州）　　杜　纯（元祐中知徐州）

孔宗翰（道辅子，知徐州）　　杨　汲（元祐中知徐州）

曾　肇（元祐中知徐州）　　贾　易（绍圣中知徐州）

朱　绂（乐平人，元符进士，为徐州判官）

杜　常（徽宗初知徐州）　　刘奉世（建中靖国间知徐州）

徐处仁（重和初知徐州）　　王　复（建炎初知徐州）

王　逵（知徐州）　　李虚己（知徐州）

杨　绘（知徐州）　　赵　立（权知州事）

赵　禹[①]（徐州推官）　　傅　禓（通判徐州）

施昌言（通判徐州[②]）　　李　溥（监利国监）

郑　褒（教授）　　杨彭年（巡检）

王　沿（真宗时知彭城县）　　程　珦（庆历初知沛县）

梅　君（名佚，嘉祐中知萧县。见曾巩《清心亭记》）

关景仁（治平初知丰县）　　刘　亢（枣强人，熙宁中为彭城主簿）

马建中（元祐初知丰县）　　孙　文（绍圣初知萧县）

张　惇（绍圣中知萧县[③]）　　韩　侯（名佚，宣和中知丰县）

王之才（宣和中丰县主簿）　　王存立（砀山县尉）

按：狄棐父尝官徐州，名佚，以未详其何官，故不载。又，旧志有总管张亢，查宋官制无总管[④]，亦不载。

金

金于徐州置武宁军节度使、同知、副使、判官、观察判官，又有录事、录判、知法、司狱、教授等员。节度下典兵者，又有兵马司都指挥使、副都指挥使、指挥使、军使等员。〇宣宗时，置行枢密院。哀宗时，更设行尚书省，特遣大臣出镇，非常置也。〇徐州领彭城、萧、丰三县。〇彭城县置令、丞、主簿、尉；萧、丰但

① 与前“赵庶明”同为一人。《渑水燕谈录》卷一“赵禹庶明”者，名禹，字庶明，蔡州人。《明一统志》作“新建人”。本志或以石介《寄赵庶明推官》诗而误作两人。

② 案《宋史·施昌言传》：“授将作监丞、通判滁州。”言通判徐州，误。

③ 旧志引古碑刻：张惇，绍圣三年任，开汳水新渠；孙文，绍圣五年任，迁建儒学。据此，则张应为“绍圣初”，孙为“绍圣中”。

④ 案《宋史·职官志七》：“总管、钤辖司，掌总治军旅屯戍、营防守御之政令。凡将兵隶属官训练、教阅、赏罚之事，皆掌之。”又案《张亢传》：“复客省使、眉州防御使、徐州总管，卒。”姜焯失察，遂云“宋官制无总管”。

有令、主簿。元光二年增置永固县，设官同萧、丰。沛属滕州，砀山属单州。

完颜海里（海陵时武宁节度）　　高召和失[①]（海陵时武宁节度）

萧仲宣（贞元中武宁节度）

乌延蒲离黑（正隆中武宁节度。〇按：正隆四年奉圣院碑有“骠骑上将军、武宁军节度使乌”，名佚，当即乌延蒲离[②]黑）

完颜（名佚，武宁军节度副使、权州）

李（名佚，武宁军节度判官）

夏侯（名佚，徐州观察判官。〇以上三人，并见利国监奉圣院正隆四年碑）

大邦基（海陵时武宁节度）　　大　磐（大定时武宁节度）

石抹仲温（大定中节度同知）　　移剌益（徐州录事参军）

斡纳忠[③]（承[④]安初以武宁节度致仕）

王　扩（承安中徐州观察判官）　　乌古论礼（泰和中武宁节度）

张　瑴（泰和中节度副使）　　兀颜讹出虎（贞祐初武宁节度）

纥石烈鹤寿（贞祐初节度副使）　　移剌挞不也（武宁节度）

高　彪[⑤]（武宁节度）　　斡勒合打（贞祐中武宁节度）

纥石烈志[宁][⑥]（兴定初兼武宁节度）

雷　渊（兴定中徐州观察判官）

仆散安贞（贞祐中徐州行枢密副使）　　完颜定奴（兴定初徐州行枢密院兼节度）

石盏女鲁欢（代定奴签行院事）　　纥石烈桓端（贞祐时充徐州界都提控）

粘割晖[⑦]（徐州行枢密院参议官）　　完颜仲德（正大间行省事于徐州）

徒单兀典（权徐州行省、参知政事）　　完颜承立[⑧]（正大时行尚书省于徐州）

徒单益都（天兴初行尚书省于徐州）　　移剌粘古（天兴初奉使徐州）

抹撚兀典（行尚书省于徐州）　　完颜赛不（行尚书省于徐州）

张　钺（徐州学正。旧志作“张越，武宁节度”，误）

商　瑀（元帅）

纥石烈善住（元帅左都监。〇上二人同死于贼）

李居仁（元帅右都监）　　常　忠（员外郎）

---

① 与下“武宁节度高彪”同为一人，《金史·海陵纪》又作“高召和式”。
② 原作“录”，据《金史》本传、《金方镇年表》改。
③ 案《金史》列传第三十五作“斡勒忠”。
④ 原作“永”，据《金史》本传改。
⑤ 与前“高召和失”同为一人。
⑥ 字据《宋史》《金史》补。
⑦《金史》列传四十九作“粘葛仝周”。又曰：“仝周名晖，字子阳，策论进士。”
⑧ 完颜承立，一名“庆山奴”，金室内族。

完颜兀论（天兴初为徐州元帅）
匡　才（天兴中为徐邳兵马都巡使）
移剌长寿（天兴初为徐州元帅）
卓　彝（源州元帅）
孙璧冲（源州元帅）
附郭恩（天兴初徐州总管。寻叛）
附郭野驴（徐州节度副使。寻叛）
附王德全（徐州总帅。尝助郭仲安为乱）
余师旦（熙宗时丰令）
赤盏霞老（大定中沛令）
丁　昭（沛主簿兼知县尉）
蒲察木鲁虎（大定中沛令）
刘　勛（大定中沛令）
杜之美（大定中砀山令）
王　立（沛令）
纳　懒（沛主簿）
孙　思（沛令）
辛　仪（沛主簿）
李世弼（贞祐初彭城主簿）
张邦宪（永固令。避兵徐州）
李　果（沛尉）
刘　琥（沛尉）
侯　清（沛尉）
王　昭（沛尉）[1]
吴灿周（沛典史）

元

元初置节度使，略如金制。中统时置总管，寻废。至正八年，复置徐州路总管府达鲁花赤、总管、同知、判官各一人，推官二人，经历、知事、照磨、通事、译史、司狱、狱丞各一人，录事司达鲁花赤、录事、录判、典史各一人，儒学教授、学正、学录、蒙古教授各一人，阴阳学、医学教授各一人。○徐州设达鲁花赤、尹、同知、判官、吏目、学正，利国监都酒税务提领大使、副使，利国监巡检、留城巡检、溜沟巡检、吕梁驿丞。州省附郭县，州尹亲民事，与县令同。领萧一县。○萧县置达鲁花赤、尹、主簿、尉各一人。沛属济州，砀山、丰属济宁路，设官同。○至正十一年，设徐州兵马司指挥使，下有经历、知事等员。十五年，又置忠勤万户达鲁花赤、正副万户、经历、知事、镇抚，千户所达鲁花赤、正副千户、弹压、百户。

石　荣（徐州节度使）
孔　午（徐州观察副使）
李杲哥（世祖时徐州总管）
陆　聚（以同知枢密守徐州）
张　名（徐州守将）
秃　鲁（徐州兵马司指挥）
邸　宗（曲阳人，由武科总七路兵镇徐州）
三宝住（徐州兵马司指挥）
燕只吉台彻里（徐州达鲁花赤）

① 案光绪《沛县志》卷十二《选举表》:“李果，骁骑尉；刘琥，飞骑尉；侯清，飞骑尉；王昭，云骑尉。以上四人俱见金大定石刻，乃邑人之有勋绩者，非县尉也。”

侯康济（徐州尹）

董汝砺（灵寿人，大德时徐州同知）

伯岳解（丰达鲁花赤）

马　珪（至元中沛县尹）

蒋　崧（元贞中砀山县尹）

梁天祺（沛主簿）

马彻里（大德中萧县达鲁花赤）

曹　简（大德中丰县主簿）

李　茂（沛尉）

百家奴（延祐时沛县达鲁花赤）

脱不干（沛主簿）

伯颜普化（沛县达鲁花赤）

孟　直（天历中砀山县尹）

宝　童（后至元中沛县达鲁花赤）

完者不花（沛县达鲁花赤）

韩仁义（沛簿）

赵希哲（沛主簿）

赵　侃（沛尉）

众家奴（至正间沛县达鲁花赤）

郭　瑄（至正中丰县尹）

庆　寿（丰县达鲁花赤）

马公谅（丰尉）

也速答儿（丰县达鲁花赤）

德　懋（丰尉）

完哲笃（至正中萧县达鲁花赤）

孙文顺（至正中沛县尹）

刘　铎（沛县尹）

李　伟（沛主簿）

王　良（砀山主簿）

王　俨（沛尉）

耿廷端（徐州同知）

董　恩（下邳人，皇庆初吕梁驿丞）

张　荣（至元中丰县尹）

耶律廷瑞[①]（至元中萧县尹）

赵　野（大德初沛县尹）

扎忽解（大德中沛县达鲁花赤）

杨　泰[②]（大德中砀山县尹）

丁　用（大德中沛县尹）

王荣祖（至大时丰主簿）

袁　说（延祐中沛县尹）

李　英（沛尉）

曹　谦（泰定初丰县教谕）

崔　旭（后至元中砀山县尹）

扎忽儿歹（沛县达鲁花赤）

张造道（沛主簿）

任　焕（后至元中沛县尹）

蒋希祖（沛尉）

刘伯颜（沛县尹）

颜　毅（至正初丰县尹）

刘　士（至正时丰县尹）

黄　彬（丰主簿）

王　辅（丰典史）

谢永锡（丰主簿）

郭荣祖（丰典史）

赵国纲（至正中萧县尹）

王居礼（沛县尹）

李　旺（沛县尹）

赵伯颜（沛主簿）

韩　让（砀山主簿）

蒋景山（沛尉）

---

① 原作“端”，据本志卷十三《学校》、卷十四《祀典》、卷十九《政绩二》、卷三十一《艺文四》傅汝砺《萧县儒学记》改。

② 原作“参”，据正统《彭城志》、乾隆《砀山县志》及本志《政绩传》改。

王　郁（沛尉）
刘　熙（沛典史）
陈　义（沛典史）
元永固（沛典史）
王宗举（丰尉）
阮志学（至正间沛县教谕）
孔希冕（沛县教谕）
李维贤（沛县教谕）
王　复（沛县教谕）
房居安（沛县教谕）
张　肃（沛县教谕）
余　升（沛县教谕）
郑　用（沛县教谕）
王天泽（砀山县教谕）
杨　嘉（丰县教谕）

按：陆陇其《灵寿县志》云："元世祖以蒙古人充各路达鲁花赤，汉人充总管，回回充同知，永为定制。"又按《扶沟县志》云："元称达鲁花赤，犹言荷包上压口襟子，亦总辖之义。"附记备考。

补编

汉

枚　乘（楚元王郎中）
陈　俊（南阳人，建武初以列侯镇徐）
糜　竺（东海人，献帝时徐州别驾）
刘　讳[①]（献帝时尝领徐州牧）
汲　廉（献帝时彭城相）

晋

王　琛（愍帝建兴元年徐州刺史）

刘宋

阎　汪（薛安都参军）
薛贞度（安都长史）

元魏

郑　浑（沛郡太守）

后周

李　崇（徐州总管）

① 按：此处为蜀汉昭烈帝刘备。

唐

刘易从（李元晓长史）

宋

刘　湜（知徐州）

郑　仪（知徐州）

王承衎（监徐州军）

晁　迥（监徐州税）

许　戡（政和间知砀山县）

金

斡转留奴、尼厖古桓端、蒲察世谋（并徐州元帅都尉）

李明[①]德、封仙、张璃、张友、卓翼、康琮、杜政、吴歪头、王德全、刘安国（以上十郡王，时奉使往来徐境）

元

刘　渊（至元时为徐邳屯田总管）

郭　侃（中统二年为徐邳二州总管）

赵克明（徐州尹）

① 原作“时”，据《金史·国用安传》改。

徐州志卷之十

官司二

明

明南直隶设巡抚、总漕、总河诸部院，巡方、督学、清戎诸御史，布政、按察、漕储、驿传诸司道，皆统辖徐州，但系遥制，而不驻扎于徐，故其官属题名具详《通志》，兹不得如前行台、节度例载之。○正德六年，徐州设淮徐兵备道一人，以布政司参政、参议，按察司副使、佥事任，从三品至正五品。○永乐初，设徐州仓户部分司一人，徐州洪、吕梁洪工部分司各一人。成化二十一年，设沽头工部分司一人。初时命官不一，后皆以主事任，并正六品。○万历七年，以淮安府同知一人任淮徐总捕，治徐州，正五品，寻裁。二十二年，复置徐属河务官一人，仍以淮安府同知来任。○徐州知州一人，从五品，领萧、沛、砀山、丰四县；同知一人，从六品；管粮判官、管马判官、管河判官各一人，并从七品。万历间，管马亦改任河务，分上、下河厅，上河厅驻新河口，下河厅驻双沟。吏目一人，从九品；儒学学正一人，训导三人。税课局大使，吕梁洪税课局大使，永成库大使，永福仓大使、副使，递运所大使各一人；广运仓大使、副使各二人，后各省一人。黄河东岸驿、石山驿、利国监驿、桃山驿、彭城驿、房村驿、夹沟驿，诸驿驿丞各一人。徐州洪闸、境山镇闸、吕梁洪上下闸、沽头上下闸、留城闸、马家桥闸、黄家闸、梁境闸，诸闸闸官各一人，并未入流。吕梁洪巡检一人，从九品。○四县知县各一人，正七品；县丞各一人，正八品；主簿各一人，正九品，沛县增管河主簿一人；典史各一人，儒学教谕各一人，训导各二人，并未入流。萧县赵家圈巡检一人，沛县泗亭驿驿丞一人，递运所大使一人，胡陵城闸、庙道口闸、新兴闸、谢沟闸、杨庄闸、夏镇闸、西柳庄闸，诸闸闸官各一人，并与州巡检大使、闸官同。（武官制载文职题名后）

淮徐兵备道

旧志：原统扬州、淮安、徐州及凤阳之宿州、灵璧县，与徐州、徐州左、邳州、宿州、淮安、大河、高邮、仪真、山东之沂州等卫，通州、泰州、盐城、兴化、海州、东海、山东之莒州等所。嘉靖末，设扬州海防道，扬属州县卫所归隶海防，余统如故。天启二年，设淮海道，驻淮安府，本道统辖如故。至州县考成，则海州、山阳等八州县属淮海焉。

汪舜民（婺源人，成化戊戌进士。旧志遗）

张　宪（山西蔚州人，弘治己未进士）

毛　科（浙江余姚人，戊戌[①]进士）

冯　显（北直安肃人，己未进士）

柳尚义（湖广巴陵人，乙丑进士）

罗　循（江西吉水人）

陈　和（福建龙岩人）

余　祐（江西鄱阳人。并己未进士）

蔡　需（北直金吾卫籍宝坻人）

李　珏（北直开州人。并乙丑进士，正德间任）

吴嘉聪（振武卫人，正德辛未[②]进士）

赵　春（四川巴县人，戊辰进士）

秦　钺（浙江慈溪人，甲戌进士）

吴　昂（浙江海盐人，弘治乙丑进士）

何　鳌（广东顺德人，正德戊辰进士，嘉靖九年任）

何　鳌（浙江山阴人，丁丑进士）

查应兆（长洲人，辛巳进士）

宋　圭（北直新城人，嘉靖癸未进士）

张　臬（江西进贤人，丙戌进士）

屠大山（浙江鄞县人，癸未进士）

王　梃（浙江象山人，壬辰进士）

杨　宜（北直衡水人，癸未[③]进士）

郭廷冕（山西文水人，弘治乙丑进士）

王　畿（浙江衢州人，嘉靖壬辰进士）

谭　棨（四川涪州人）

李天宠（河南孟津人。并戊戌进士）

① 原作“壬戌”，据《绍兴府志》《皇明进士登科考》改。

② 原作“辛巳”，误自顺治《徐州志》，据嘉靖、万历《徐州志》改。案《皇明进士登科考》：吴嘉聪，正德六年辛未科三甲第二十四名。

③ 原作“戊戌”，讹同顺治《徐州志》。案万历《徐州志》《皇明进士登科考》皆为嘉靖二年癸未进士，据改。

刘天授（江西吉安人，壬辰进士）
于德昌（四川右护卫人，辛丑进士）
翁时器（浙江余姚人，丁未进士）
卢　镒[①]（陕西咸宁人，庚戌进士）
钱　峄（浙江鄞县人，甲辰进士）
余朝卿（江西南昌人）
徐　节（山西临汾人）
陈　奎（福建[②]怀安人。并癸丑[③]进士）
刘经纬（江西进贤人，隆庆二年任）
冯敏功（浙江平湖人，三年任）
舒应龙（广西全州人。并壬戌进士）
陈文焕（江西临川人）
林　绍（福建漳浦人，万历五年任。并乙丑进士）
游季勋（江西丰城人，壬戌进士）
张　纯（福建漳浦人，乙丑进士）
唐　炼（湖广常德人，壬戌进士）
陈　瑛（福建莆田人，万历甲戌进士）
莫与齐（广西柳城人，隆庆辛未进士）
陈文燧（江西临川人，嘉靖壬戌进士）
周梦阳（湖广南漳人，万历甲戌进士）
毕自严（山东淄川人，壬辰进士）
徐成位（湖广景陵人，隆庆戊辰进士）
郭光复（北直固安人，万历己丑进士）
曹时聘（北直获鹿人，隆庆辛未进士）
刘大文（山东博平人，万历丙戌进士）
卜汝良（浙江归安人，癸未进士）
冯盛明（北直涿鹿卫人，己丑进士）
李文芳（四川绵州人，嘉靖乙丑进士）
徐成位（再任）
袁应泰（陕西凤翔人，万历壬辰进士）

① 原作“鑑”，讹同顺治《徐州志》。据《陕西通志》《皇明进士登科考》等改。
② 原作“宣府”，讹同顺治《徐州志》。据万历《徐州志》、乾隆《福建通志 · 人物一》改。
③ 原作“癸未”，据万历、顺治《徐州志》并参余朝卿、徐节、陈奎三人登科年份改。

杨　洵（山东济宁人，嘉靖壬戌进士）

高　捷（山东淄川人，万历辛丑进士）

岳骏声（浙江嘉兴人，庚戌进士）

施天德（江西新喻人）

赵　谦（山西忻州人。并丁未进士）

杨廷槐（浙江钱塘人，乙未进士）

王振祚（陕西华州人，丁未进士，天启六年任）

唐　焕（山东益都人，丙辰进士，七年任）

杨廷槐（再任）

刘　泓（浙江海盐人，己未进士）

徐　标（山东济宁人，天启乙丑进士，崇祯六年任）

姜兆张（山东潍县人，十三年任）

张若獬（山东胶州人，崇祯甲戌进士，十四年任。〇旧志：若獬后有刘世俊，户部员外郎，系署官，不应例载）

何腾蛟（贵州籍浙江山阴人，天启辛酉举人，十六年任）

范鸣珂（山西宣府卫人，贡士，十七年任）

郑之俊（河南归德人，贡士，十七年任）

徐州仓户部分司

初专督广运粮储，一岁一代。后兼理广、永仓事，并管钞税，三年一代。又后钞归吕梁工部，本司止监管税务。

熊　壮

郭　安（湖广襄城人，正统戊辰进士）

丘　逵　　　　车　宁（福建闽县人）

蒋　敷（江宁人。并戊辰进士）　　　　孙　确

苗　灏（山东德州人，景泰甲戌进士。并景泰中任）

李淑玉（福建长乐人，正统乙丑进士）

贾　杰

夏　忠（山东德州卫人，景泰甲戌进士）

解延年（山东栖霞人，正统壬戌进士）

王　珪（松江千户所人，景泰甲戌进士）

张　遂　　　　冯　灏

蒋云汉（四川巴县人，天顺丁丑进士。并天顺中任）

张　瓒（山西陵川[①]人，庚辰进士）
余　璞（四川富顺人，天顺庚辰[②]进士）
刘　璋（河南卫辉人，丙戌进士）　阎　恕（河南荥阳人）
刘　澄（广东四会人。并甲辰进士）　柳　琰（仪真人，丙戌进士）
冯　绩（山东昌邑人）[③]　刘　道（山西怀仁人）
李　衍（北直武强人。并天顺甲申[④]进士）
高　弼（山东武城人，成化丙戌进士）
袁　江（河南祥符人，天顺甲申进士）
冀　绮（宝应人，成化己丑进士）　翟　通（河南仪封人，壬辰进士）
毛　泰（河南南阳人，己丑进士）　刘　忠（四川南溪人，乙未进士）
郁　庠（北直景州人，己丑进士）　李　云（宜兴人，乙未进士）
吴　裕（广东揭阳人，壬辰进士）　童　兰（河南孟津人，乙未进士）
田[⑤]铎（山西阳城人）　缪　昌（无锡人）
孙　识（山东商河人。并戊戌进士）
康绍宗（山东武定州人，辛丑进士。并成化中任。〇旧志作“唐韶宗”，今照石佛寺碑为订正）
丁　翊（广东海丰人）　陈　昌（无锡人。并甲辰进士）
郭秉韶（广西桂阳人，辛丑[⑥]进士）
黎世容　余　征（福建莆田人，丁未进士）
徐　逵（湖广长沙人，弘治庚戌进士）
徐文英（河南西平人，成化丁未进士）
赵亮采（山东齐河人）　王　琰（湖广孝感人。并甲辰进士）
胡　经（山东滨州人，丁未进士）　相　枢（山东博兴人，弘治庚戌进士）
赵　鹤（江都人，丙辰进士）　陈　策（无锡人，癸丑进士）
王　玹（山西阳城人，己未进士）　宋　毓（山东德州人）
庄　襗（武进人。并丙辰进士）　侯启忠（四川长宁人，癸丑进士）
鲍继文（山东曲阜人，己未进士。并弘治中任）
毛思义（山东阳信人，壬戌进士）　张　秀（福建瓯宁人，丙辰进士）

---

① 原作“巴川”，据《皇明进士登科考》改。
② 原作“成化甲戌”，据《皇明进士登科考》改。前志作“成化甲辰”，亦误。
③ 原作“冯绪，陕西昌邑人”，据《皇明进士登科考》改。
④ 原作“景泰甲戌”，据《皇明进士登科考》改。
⑤ 原作“曰”，据《皇明进士登科考》改。
⑥ 原作“辛巳”，据嘉靖、万历、顺治《徐州志》及《皇明进士登科考》改。

杨　清（清河人，己未进士）　于　鏊（滁州卫人）
冯　驯（四川岳池人。并正德戊辰进士）
郑　琼（广东海阳人，弘治己未进士）
张孟中[1]（福建闽县人，正德辛未进士）
高　瑁（睢宁人，戊辰进士）　王　遵（宣城人，辛未进士）
王进贤（河南邓州人，弘治己未进士）
杨　易（福建建安人，正德戊辰进士）
康　浩（陕西武功人，辛未进士）　蒋　彬（广西全州人，甲戌进士）
张拱辰（广东顺德人，丁丑进士）　李崧祥（贵池人，甲戌进士）
杨　概（山东德州人，丁丑进士，正德中任）
孙　仪（山东平度州人，甲戌进士）　郑　建（祁门人，丁丑进士）
王　召（无锡人，嘉靖癸未进士）　华　金（无锡人，正德辛巳进士）
江元辅（婺源人，丁丑进士）　许　继（福建闽县人，嘉靖癸未进士）
韦尚贤（福建南安人，正德辛巳进士）　尹尚宾（湖广茶陵人，嘉靖丙戌进士）
陈　巩（河南郾[2]城人，癸未进士）　郑　絅（福建莆田人，己丑进士）
王邦裕（山东堂[3]邑人，癸未进士）　伍　铠（福建晋江人，丙戌进士）
李开先（山东章丘人，己丑进士）　王维垣（北直武清人）
高　翀（湖广安陆人。并丙戌进士）　张　愚（北直天津人，壬辰进士）
张　伟（北直河间卫人，正德癸酉举人）
窦　润（滁州卫人，嘉靖乙未进士）　王　问（无锡人，戊戌进士）
郭朝宾（山东汶上人，乙未进士）　吴　岳（山东汶上人，壬辰进士）
陈　捷（福建长乐人，己丑进士）　李　琇（含山人，正德己卯举人）
李继先（四川泸州人，嘉靖戊戌进士）林　壁（福建侯官人，己丑进士）
周　镐（河南汲县人）　梅守德（宣城人）
尹　梁（北直晋州人）　李　台（湖广公安人。并辛丑进士）
方　瑜（歙县人）　李　燧（山东金乡人）
卢岐嶷（福建长泰人。并甲辰进士）　李　敬（陕西泾阳人，丁未进士）
杨胤贤（山东寿张人，辛丑进士）　郑　铭（福建闽县人，丁未进士）
岳东升（河南信阳卫人，甲午举人）　邓廷猷（湖广蒲圻人）
毛　木（北直任县人）　雷上儒（湖广嘉鱼人。并癸丑进士）

① 原作“忠”，据嘉靖、万历《徐州志》及《皇明进士登科考》改。
② 原作“偃”，据《皇明进士登科考》卷十一改。
③ 原作“棠”，据《皇明进士登科考》卷十一改。

马云雷（山西祁[1]县人，选贡）　张文渊（四川西蜀人）
张一霁（河南[2]睢阳人。并丙辰进士）
刘大遗（福建晋江人，己未进士）　毛自道（山东平原人，丙辰进士）
蔡可教（北直成安人，己未进士）　王缵宗（四川南充人，丙午举人）
任汝亮[3]（山西猗氏人，壬戌进士）　顾应龙（无锡人，乙丑进士）
赵　讷（山西孝义人，己未进士）　朱光宇（河南祥符人）
薛　钥（山西代州人。并乙丑[4]进士）
申嘉瑞（河南叶县人，丙午解元）　张国华（四川巫山人，己酉举人）
张敷潜（福建晋江人，壬子举人）　许大光（河南安阳人）
郑继之（湖广襄阳人，万历初任。并乙丑进士）
杨以忠（武进人，万历甲戌进士）　高　荐（山东益都人）
杨佩训（福建晋江人。并隆庆辛未进士）
姜士昌（丹阳人，万历庚辰进士，十年任）
周大谟（湖广宝庆人，举人）　陈一简（繁昌人，癸未进士）
傅崇明（河南卫辉人，庚辰进士）　洪敷诰（广西临桂人，嘉靖丙辰进士）
黄应聘（四川江津人，万历癸未进士）叶　炜（宣城人，丙戌进士）
周继京（福建晋江人）　袁　谏（四川西充人。并乙未进士）
鲁　点（湖广南漳人，癸未进士）　曹志遇（江西兴国人，戊戌进士）
胡廷宴（福建漳浦人）　阳思谦（湖广新化人。并乙未进士）
裴文焕（山东临清人）　张守道（宣城人。并甲辰进士）
李廷训（陕西固原卫人，乙未进士）
卢瑛田（广东东莞人，庚戌进士）　张　晓（山东益都人，乙未进士）
宋统殷（山东即墨人，庚戌进士，四十四年任）
刘弘宇（泰州人，癸丑进士）　陈王道（广东东莞人，举人）
郭长发（福建惠安人，举人，天启二年任）
张　璇（北直高邑人，举人，四年任）
刘继芳（陕西泾阳人，官生）　史启元（江都人，甲辰进士）
林　钟（福建晋江人，举人）　张道泽（山[5]西沁水人，官生）

① 原作“祈”，据万历、顺治《徐州志》改。
② 顺治《徐州志》误作“湖南”，本志因作“湖广”。今据万历《徐州志》、雍正《河南通志》改。
③ 原作“赵讷”，与下重出，系刻板之误。今据万历、顺治《徐州志》改。
④ 原作“乙未”，据万历、顺治《徐州志》改。
⑤ 原作“江”，径改。

许国士（北直祁州人，天启壬戌进士）
张　湖（四川大邑人，举人）
韩昭宣（山西蒲州人，崇祯十一年任）
张永禧（宜兴人，官生）
刘世俊（山西蒲州人，崇祯甲戌进士，十五年任）
盛　黄（河南项城人，天启甲子举人，十七年任）

徐州洪工部分司

本司之设，初以侯伯分理，继差御史、郎中等员专任之。正统以后，则定选工部都水司主事，凡三年一代。嘉靖二十年，兼理徐州、境山二闸。万历六年裁，归并吕梁洪工部分司。

王　矩（御史）
杨　琏（定远人，户部郎中）
孙　昇（山东济宁人，工部郎中）
史　历（溧水人，工部郎中）
姜（名佚，山东益都人，工部都水司主事。〇以主事任自此始）
王　豫（河南祥符人，景泰甲戌进士）
王　忠（浙江临海人）
蒋希性（浙江缙云人。并正统丙辰进士）
蒋　文（福建侯官人）
成　伟（兴化人）
李　蕃（云南河阳人，戊辰进士）
袁　润（江西丰城人，景泰甲戌进士）
张　寰（江西新建人）
宋　德（山东嘉祥人，天顺丁丑进士）
谢　弁（浙江余姚人）
郭　昇（颍州人，庚辰进士）
王　道（河南固始人，丁丑进士）
方　彬（福建莆田人，成化壬辰进士）
尹　珍（大河卫人，乙未进士）
吴　超（福建漳浦人，戊戌进士）
饶　泗（江西进贤人，辛丑进士）
吴　瑞（昆山人，乙未进士）
谢　缉（江西乐安人，辛丑进士）
冯　夔（无锡人，弘治庚戌进士）
夏从寿（江阴人，癸丑进士）
董　恬（上海人，丙辰进士）
胡　昉（浙江萧山人，癸丑进士）
朱　衮（浙江上虞人，壬戌进士）
罗　循（江西吉水人，己未进士。后升山东按察副使，备兵徐州）
陆　鳌（吴江人，壬戌进士）
戴德孺[①]（浙江临海人）
吴　哲（华亭人。并乙丑进士）
陈　辅（仪真人，正德甲戌进士）
陆　金（吴江人，丁丑进士）
王时泰（浙江余姚人，甲戌进士）
李　香（江西分宜人，辛巳进士）
陈之良（湖广应山人，嘉靖癸未进士）

① 原作“儒”，据万历《徐州志》、乾隆《浙江通志·选举十五》改。

于思睿（山东青城人，丙戌进士）　刘　录[1]（江西鄱阳人）
陈　明（山东历城人。并癸未进士）　胡　岳（江西鄱阳人，壬辰进士）
马从谦（溧阳人）　李载贽（湖广石首人）
戴　鳌（浙江鄞县人。并乙未进士）　陈　穆（浙江鄞县人，戊戌进士）
王重光（山东新城人）　王　觉（无锡人。并辛丑进士）
冯有年（无锡人，甲辰进士）　彭登瀛（广西临桂人，丁未进士）
陈元琰（福建怀安人，庚戌进士）　吴遵晦（浙江钱塘人，癸丑进士）
张大猷（广东番禺人）　董　懋（四川泸州人）
姚体信（浙江平湖人，嘉靖四十年任。并丙辰[2]进士）
李　汶（北直[3]任丘人）　王　宜（福建晋江人）
刘　泮（福建籍江都人。并壬戌进士）
欧阳绍庆（江西泰和人，举人）　张登云（山东宁阳人，隆庆辛未进士）
万文卿（江西南昌人，万历甲戌进士。是后裁缺）

吕梁洪工部分司

本司铨选、更代事宜，与徐洪同。其历任秩官姓名，初时无考，可考者自宣德间始。

徐　仪（江西南城人，大理寺左丞，宣德间任）

王　溥（浙江新昌人，刑部郎中，与徐同任）

荣　华（顺天宛平人，以河南按察副使代王任。〇按嘉靖志谓：永乐中，少卿徐仪、廉使荣华、郎中王溥任洪事。而主事王应时志吕梁，以宋骥《青山龙神祠碑》及喻[4]则成《井亭记》辨其讹。旧志仍沿嘉靖志之误，今照《吕梁志》正之）

萧　宏（宣州人，主事。旧志作“宣城人”）

张　荣（湖广人。以后皆主事）　谢　逵[5]（海州人。旧志作“山东人”）
丘　奎（山东人）　杜　谦（北直昌黎人，景泰甲戌进士）
虞　钟（浙江开化人）　钟　宸（华亭人。并天顺丁丑进士）
张　达（江西泰和[6]人，甲申进士，成化三年任）
过　璘（浙江平湖人，成化丙戌进士）

---

① 原作“禄”，万历、顺治《徐州志》及《皇明进士登科考》作“录”，据改。
② 原作“丙戌”，据万历、顺治《徐州志》改。
③ 原作“山东”，据万历《徐州志》改。
④ 原作“俞”，据旧志《职官表》改。
⑤ 原作“达”，据顺治《徐州志》、乾隆《徐州府志》改。
⑥ 诸志俱作“直隶太和”，据《天顺八年甲申进士登科录》改。

谢　敬（山东德州卫人，天顺丁丑进士）

孙　佐（浙江仁和人，庚辰进士）　李　瀛（顺天宛平人，成化壬辰进士）

王　俨（湖广华容人，己丑进士）　费　瑄（江西铅[1]山人，乙未进士）

李　侃（江西玉山人）　李　浩（山西曲沃人。并甲辰进士）

李　泰（江西新城人，戊戌进士）　赵　璜（江西安福人）

来天球（浙江萧山人。并弘治庚戌进士）

皇甫录（长洲人，丙辰进士）　张文锦（辽东广宁卫人，己未进士）

刘天麒（广西桂林卫人）　姜　荣（浙江余姚人。并壬戌进士）

伍　全（江西安福人，正德戊辰进士）

李　楫（四川成都卫人）　蒋　益（武进人）

陈　宪（江西余干人。并辛未进士）　郭持平（江西万安人，丁丑进士）

温　濡（山东招远人，甲戌进士，嘉靖二年任）

冯世雍（湖广江夏人，五年任）

卢　绅（陕西咸宁人。并嘉靖癸未进士）

蒋应奎（山西马邑所籍江都人，丙戌进士）

张　镗（浙江余姚人，癸未进士）　公跻奎（山东蒙阴人）

张　珍（丹阳人，十六年任。并乙未进士）

徐有让（山东东平州人，乙酉举人，二十年任）

陈洪范（浙江仁和人，辛丑进士，二十二年任）

曹　英（四川江津人，辛卯举人，二十五年任）

莫　瓒（北直蓟州人，丁未进士。旧志作“纪瓒”[2]）

包应麟（浙江临海人，二十九年任）　诸　暲[3]（浙江余姚人，三十二年任）

王应时（福建侯官人。并庚戌进士）

卢嘉庆（河南祥符人，癸丑进士，三十七年任）

章汝槐（江西临川人，丙辰进士，三十九年任）

何　源（江西广昌人，己未进士）　吴善言（北直成安人）

唐　炼（湖广人，后升徐州兵备。并壬戌进士）

吴自新（江宁人，隆庆戊辰进士）

黄猷吉（山东临清籍浙江山阴人，戊辰进士）

---

① 原作“沿”，据嘉靖、万历、顺治《徐州志》改。

② 案《皇明进士登科考》，嘉靖二十六年丁未科有纪瓒，殿试二甲第八十七名。《万姓统谱》：“纪瓒，字天仪，蓟州人，嘉靖丁未进士，历郎中。”至康熙《蓟州志》等皆作“莫瓒”。或系改姓或恢复本姓，详情无考。

③ 原作“璋”，据《皇明进士登科考》卷十二改。

陈邦彦（青阳人，万历甲戌进士）　公一扬（山东人，嘉靖己未进士）
沈　修（浙江仁和人，万历庚辰进士）
萧　雍（宁国人，癸未进士）　李　瑞（河南林县人，举人）
佘毅中（铜陵人，万历四年任）　陈　瑛（福建莆田人。并甲戌进士）
袁光宇（常熟人）　黄承玄（浙江秀水人。并丙戌进士）
刘不息（河南祥符人，举人）　朱家法（上海人，壬辰进士）
袁应泰（陕西凤翔人，乙未进士）　赵应选（江西新昌人，壬辰进士）
傅淑训（湖广孝感人，甲辰进士）
王命禹（浙江萧山人，丁未进士，三十九年任）
吴大山（浙江钱塘人，举人）　蒋　谨（江阴人）
金元嘉（吴江人。并丁未进士）
晋承惠（山西洪洞人）　赵　濂（陕西韩城人）
聂云翃（北直曲周人，天启七年任。并举人）
屠存仁（浙江嘉兴人，进士[①]）
胡　琏（云南籍江西余干人，崇祯戊辰进士）
王赞资（浙江会稽人，官生）　余　宗（湖广襄阳人，举人）

夏镇工部分司

初为沽头工部分司，铨选、更代事宜，与徐、吕二洪同。设官后罢复不一：弘治元年罢，七年复之；正德元年再罢，六年复之；嘉靖二年又罢，十四年又复之。至四十四年河决，沽头署圮于水，则迁夏镇，改名夏镇工部分司。

陈　宣（浙江永嘉人，成化辛丑进士）　胡　倬（广西临[②]桂人，甲辰进士）
俞　稳（浙江宁海人，弘治庚戌进士）　江师古（湖广蒲圻人，癸丑进士）
蒙　惠（广西苍梧人，庚戌进士）　高　贯（江阴人，己未进士）
章文韬（浙江黄岩人，己未进士）　章　拯（浙江兰溪人，壬戌进士）
王孝忠（四川南充人，丙辰进士）　王　銮（江西大庾人，正德戊辰进士）
李　瑜（浙江缙云人，丁丑进士）　乐　选（浙江仁和人，辛未进士）
王　佩（北直文安人，嘉靖壬辰进士）　颜德伦（江西安福人，正德己卯举人）
侯　宁（山东东平人，己丑进士）　许　诗（河南灵宝人，乙酉举人）
徐惟贤（浙江上虞人，嘉靖甲辰进士）　吴　衍（江西南城人，丁未进士）

---

① 原作“进士一”。“一”字衍，今删。
② 原作“林”，据嘉靖《徐州志》、乾隆《徐州府志》改。

钦拱极（太仓人，庚戌进士）　曾　鉴（山东德州人，癸丑进士）

陆梦韩（浙江平湖人）　施笃臣（青阳人。并丙辰进士）

宋豫卿（四川富顺人，己未进士。〇以上驻沽头）

陈　楠（浙江奉化人，壬戌进士。〇以下迁夏镇）

钱锡汝（吴江人）　季[1]膺（华亭人。并乙丑进士）

高自新（北直获鹿人，隆庆戊辰进士）

钱锡汝（万历元年再任）　陆　檄（长洲人）

詹思谦（浙江常山人。并万历甲戌进士）

王　焕（湖广咸宁人，隆庆辛未进士）

詹世用（江西弋阳人，戊辰进士）　韩　杲（河南光山人，辛未进士）

杨　信（陕西咸宁人，万历癸未进士）　余继善（河南固始人，庚辰进士）

钱养廉（浙江仁和人，己丑进士）　尹从教（四川宜宾人，庚辰进士）

杨为栋（四川綦江人）　梅守相（宣城人。并己丑进士）

茅国缙（浙江归安人，癸未进士。〇推补更替领敕行事，自此始）

汤　沐（湖广安陆人，壬辰进士）　刘一鹏（江西南昌人，壬午举人）

钱时俊（常熟人，甲辰进士）　石　炬（湖广兴国州人，丁未进士）

黄元会（太仓人，癸丑进士）　张应完（浙江鄞县人，丁酉举人）

章　谟（浙江德清人，丁未进士）　陆化熙（常熟人，癸丑进士）

刘　泓（浙江海盐人，己未进士）　朱瀛达（浙江余姚人，癸丑进士）

丰　建（浙江鄞县人，天启乙丑进士）

吴昌期（浙江籍吴江人，万历己酉举人）

赵士履（常熟人，官生）　于重庆（金坛人，崇祯辛未进士）

宫继兰（泰州籍北直静海人，丁丑进士）

徐属河务淮安府同知

专管徐、萧、沛、砀、丰河务，并灵璧县堤岸催运。

孙鸣教（湖广京山人，举人，万历二十二年任）

陈昌言（河南宜阳人，二十四年任）

樊玉衡（湖广黄冈人。〇旧志注："癸未命不允而去。"七字未详何谓。或因进士资格，不使为也）

许一诚（北直蓟州人，举人，二十六年任）

① 原作"李"，讹同顺治《徐州志》，据万历《徐州志》、《嘉靖四十四年进士登科录》改。

张　执（陕西富平人，举人，三十一年任）
张凤翼（陕西长安人，举人，三十三年任）
崔维岳（北直大名人，举人，三十六年任）
吕　谔（山东莱阳人，举人，三十九年任）
郑　谦（湖广黄冈人，举人，四十一年任）
萧大成（河南陕州人，举人，天启元年任）
司乃疆（北直内黄人，举人，三年任）
吴嘉言（湖广汉阳人，选贡，崇祯元年任）
孔从先（广东清远人，举人）
姚来琯（江西南城人，恩贡）
张俊英（北直衡水人，举人，九年任）
朱梦弼（浙江嘉兴人，举人，十五年任）
朱以霦（山东鲁藩宗室）
郑之俊（河南归德人，贡士，十七年任）

徐州知州

文景宗（合肥人，洪武元年任）
高玉琳（七年任）
张　景（泗州人，生员，十年任）
徐　恒（十五年任）
田　渎（易州人，监生，二十一年任）
杨节仲（湖广樊城人，三十一年任）
杨　秘（山西辽州人，宣德四年任）
汤惟坚（浙江丽水人，监生，正统二年任）
章　赞（浙江遂安人，监生，六年任）
知　贤（八年在任。见开元寺碑。旧志遗）
苏　璟（河南祥符人，监生，十年任）
任　泰（陕西咸宁人，监生，十三年任）
罗　正（江西丰城人，举人[1]，景泰二年任）
宋　诚（湖广蕲州人，四年任）
王　叙（山西临汾人，天顺五年任）

① 旧志作“监生”。

陈廷琏（湖广攸县人，进士，成化六年任）
张　琳（河南上蔡人，十年任）
和　鸾（山西平定人，举人，十一年任）
朱　鼎（二十①年任）
刘　宪（湖广华容人，二十二年任。旧志遗）
何宗理（陕西平凉人，进士，弘治七年任）
王　寅（四川安居人，举人，十三年任）
上官崇（江西吉水人，进士，正德二年任）
栗　铭（山西潞州人，进士，五年任）
张行甫（北直大兴人，进士，七年任）
武　雷（山东馆陶人，举人，九年任）
樊　淮（江西南昌人，十三年任）
张　淮（义勇前卫人，进士，十三②年任）
卢永春（嘉靖元年任）
郭天锡（山东福山所人，举人，二年任）
李　邦（四川巴县人，举人，六年任）
孙　光（浙江萧山人，举人，九年任）
魏　颂（湖广蒲圻人，举人，十三年任）
陆时望（江西丰城人，举人，十四年任）
陈克昌（浙江仁和人，进士，十九年任）
熊　林（广西人，举人，二十年任）
王重贤（北直交河人，举人，二十二年任）
陈淑美（陕西泾阳人，举人，二十三年任）
何　莘（广西桂林人，举人，二十六年任）
李　桐（北直吴桥人，举人，三十年任）
胡　麟（北直藁城人，进士，三十二年任）
王　霄（陕西秦州人，举人，三十五年任）
郑维邦（福建侯官人，举人，三十九年任）
邹　臣（河南安阳人，举人，四十三年任）
王　銧（山西灵丘人，举人，隆庆元年任）

① 旧志作“二十一年任”。
② 原作“一”，据嘉靖、万历《徐州志》改。

章世祯（江西[余][1]干人，举人，三年任）
刘顺之（广西马平人，举人，六年任）
孙养魁（北直容城人，举人，万历四年任）
刘贞宽（山西人，举人，十三年任）
唐民敏（广西全州人，举人，十四年任）
张士美（陕西人，举人，十七年任）
许知新（福建晋江人，举人，十八年任）
徐　邻（浙江上虞人，举人，二十年任）
刘　萃（河南雒阳人，举人，二十二年任）
曾士毅（四川巴县人，举人，二十四年任）
张　执（陕西富平人，举人，二十七年任）
关　香（江西新建人，举人，三十三年任）
夏崇谦（湖广京山人，举人，三十三年任）
刘民爱（贵州人，举人，三十七年任）
张崇烈（湖广人，举人，三十八年任）
张正纲（福建晋江人，举人，四十年任）
程宇鹿（四川合州人，举人，四十三年任）
傅维翼（四川富顺人，举人，四十五年任）
汪心渊（江西弋[2]阳人，四十七年任）
张国用（贵州定番人，举人，天启四年任）
辛联魁（江西万载人，举人，五年任）
霍震寓（北直清苑[3]人，举人，七年任）
粆[4]良翰（陕西人，举人，崇祯元年任）
韩　云（山西绛州人，举人，元年任）
孙振基（山东诸城人，举人，四年任）
杨锡璜（福建晋江人，进士，五年任）
杨思乾（江西临川人，举人，七年任）
李宗奇（江西临川人，举人，八年任）
刘中衍（江西金溪人，举人，九年任）

① 原阙，据万历、顺治《徐州志》及乾隆《徐州府志》补。
② 原作“代”，据顺治《徐州志》、乾隆《徐州府志》改。
③ 原作“范”，据顺治《徐州志》、乾隆《徐州府志》改。
④ 原作“米”，据《陕西通志》《西安府志》《高陵县志》等改。

冉孺能（河南中牟人，举人，十年任）
朱统鐣（江西瑞昌王府宗室，十一年任）
纪天祐（江西人，举人）
瞿鸣岐（四川垫江人，以淮安府同知管州事）
何　复（山东平度州人，进士，十六年任）
朱蕴鏉（湖广宗室，十七年任）
徐可举（江西乐平人，荐辟，明初任。见《饶州志》）
赵　玠（北直无极人，岁贡，明时任。见《无极县志》。〇以上二名，旧志失载。以阙年，附志于此）

同知

刘　秩（江西丰城人，吴元年任）
萧云举（江西新城人，监生，永乐十年任）
喻则成（江西玉山人，进士，宣德八年谪任）
阎　本（北直滦州人，监生，正统八年任）
包用达（浙江桐庐人，监生，九年任）
程　综（福建福州人，十二年任）
王　政（浙江鄞县人，景泰四年任。〇旧志：政后有李荣，七年任。考明代文成侯庙、挂剑台诸碑，荣实为州判官，自不应列同知内）
王　琦（天顺五年任）
沈仝和（浙江乌程人，成化十一年任）
张师载（浙江海盐人，监生，弘治七年任）
孔　易（十八年任）　邵　立（正德五年任）
俞　绫（浙江新昌人，监生，八年任）
臧　鲁（嘉靖二年任）　王　芳（六年任）
赵　鸾（浙江余姚人，吏员，七年任）
姚一和（江西高安人，监生，十年任）
樊　艮（浙江缙云人，监生，十二年任）
赵　恒（北直柏乡人，监生，十四年任）
李　杜（江西玉山人，监生，十六年任）
沈　美（浙江慈溪人，吏员，十九年任）
石　岗（广西平乐人，吏员，二十三年任）
刘天叙（福建莆田人，吏员，二十八年任）

梁　仪（北直无极人，三十一年任）
刘　宣（四川人，监生，三十五年任）
王文华（山西人，吏员，三十六年任）
陈　鸣（浙江山阴人，监生，三十八年任）
王继志（广东琼山人，监生，四十一年任）
谢俊芳（湖广辰溪人，监生，四十三年任）
胡　轲（江西鄱阳人，隆庆元年任）
陈大章（浙江鄞县人，进士，二年谪任）
应世卿（浙江诸暨人，监生，二年任）
冯　镮（山西威远卫人，监生，四年任）
何　普（浙江龙游人，监生，六年任）
王　璞（河南淇县人，监生，万历二年任）
马　图　　周治升　　魏守训
卓　相　　王　宇　　王子充
丁　偕　　姜继周
李敬可（广东人）　　宋一征（陕西安塞人）
郭自震　　徐德言（北直龙门人）
李学夔（江西南昌人）
李联芳（陕西朝邑人，万历丁未进士）
许令典（浙江海盐人，丁未进士）
杨麟征（陕西延安卫人）　　王士吉（山东招远人）
王邦定（山西洪洞人）　　刘文炳（北直唐县人）
刘梦弼（山西沁州人。〇旧志：梦弼后有汤大耆，江西临川人。考《抚州志》：大耆，显祖次子，监生，任南直隶徐州判官。不应列同知内）
刘兆东（北直东安人。以上阙年）
杨启泰（湖广汉阳人，选贡，崇祯十三年任）
朱以化（江西浮梁人。阙年）

判官

旧制一人，后增设二人。崇祯三年管粮厅裁，十一年上河厅裁。〇按：明徐州判官，万历前有管粮、管马、管河，凡三人。年远代更，无从分辨。旧志自晏壁后、陈嘉范前，皆以为管粮判官，后始分上、下河厅。岂先管河、马者无一存乎？今不敢谓然，故总括之曰判官。

晏　璧（江西庐陵人，永乐二年任）
侯　铭（直隶完县人，八年任）　　梁　逊（十三年任）
杨道亨（浙江严州人，宣德八年任）　唐　庆（八年任）
朱　泗（福建福安人，正统二年任）　程　式（河南祥符人，五年任）
彭　志（山东蓬莱人，监生，七年任）
周仕安（湖广崇阳人，监生，八年任）
黎用显（江西清江人，十一年任）
潘　东（福建侯官人，监生，景泰四年任）
宇文泰（乡贯阙，与潘东、李荣同时任。见挂剑台、文成侯庙诸碑。旧志遗）
李　荣（北直隆平人，岁贡，七年任。旧志误作同知，今照诸碑文改订）
韩　琪（天顺五年任）　　吕　胜（北直清苑人，成化六年任）
赵　颙（浙江兰溪人，六年任）　　李文举（弘治七年任）
刘　珵（十八年任）　　周　豫（十八年任）
陈　鉴（正德五年任）　　赵宗良（九年任）
夏　暹（九年任）　　董　相（十三年任）
潘九征（北直蓟州人，监生，十六年任）
齐　凤（河南临漳人，监生，嘉靖二年任）
戴　魁（北直大城人，举人，三年任）
谢　元（三年任）　　王　轼（五年任）
温文标（山西石州人，监生，七年任）
张　溥（山东平原人，监生，八年任）
项　情（江西德兴人，监生，八年任）
郑清远（福建侯官人，吏员，十二年任）
崔　镆（北直香河人，监生，十二年任）
王　梓（江西安义人，监生，十四年任）
滕　汉（湖广麻阳人，监生，十五年任）
程　鸣（江西上饶人，监生，十七年任）
马　云（北直兴州卫人，监生，十七年任）
吴　镛（福建长泰人，监生，十八年任）
李　睿（四川达州人，吏员，十九年任）
徐有恭（山东东平人，监生，二十年任）
陈　壮（浙江余姚人，知印，二十年任）
黄应期（江西南城人，监生，二十三年任）

欧世贤（广西苍梧人，监生，二十三年任）
袁　衮（云南楚雄卫人，举人，二十四年谪任）
白　雁（北直兴济人，监生，二十六年任）
任　槐（乡贯阙，与知州何莘[①]同时任。见高帝庙碑。旧志遗）
唐仕祐（湖广会同人，监生，二十九年任）
高　瀛（北直成安人，监生，二十九年任）
王　沂（山东德州人，监生，三十一年任）
阎绍光（山东青州人，监生，三十三年任）
杜　巍（山东登州卫人，三十五年任）
路　塘（陕西靖虏人，监生，三十七年任）
张自义（河南永城人，监生，三十七年任）
张邦治（浙江崇德人，知印，三十八年任）
刘继厚（福建闽县人，吏员，三十九年任）
梁明经（北直景州人，监生，四十年任）
黄　鳌（江西赣县人，岁贡，四十二年任）
黄国勋（江西清江人，吏员，四十二年任）
章世祯（江西余干人，举人，四十四年谪任）
周　宸（湖广保康人，监生，四十四年任）
徐文训（浙江永康人，监生，四十五年任）
唐　俊（浙江兰溪人，官生，隆庆元年谪任）
邹　乔（福建建宁人，监生，二年任）
张志通（辽东广宁卫人，监生，三年任）
郑国贤（浙江兰溪人，监生，四年任）
李从龙（广东新会人，举人，五年谪任）
萧　梅（江西龙南人，岁贡[②]，六年任）
白　经（北直抚宁人，举人，六年谪任）
余国英（浙江西安人，万历元年任）
王　宷（北直景州人，监生，元年任）
陈　宰（四川仁寿人，吏员，二年任）
卢　宁（湖广广济人，吏员，二年任）

---

① 原作“萃”，据本志前“徐州知州”改。
② 万历、顺治《徐州志》作“监生”。

陈　址（湖广施州卫人，监生，二年任）

顾应臣（浙江武义人，监生，三年任）

蒋自淑（广西全州人，吏员，三年任）

欧阳策（北直武强人，监生，三年任）

林大原（福建福清人，吏员，□[①]年任）

汤大耆（江西临川人，监生。旧志误作同知，今照《抚州志》订正。〇以上原统计管粮、河、马未分。旧志俱作管粮，误）

江子洞（以下旧志与上、下河厅一例无注，疑此是管粮厅）

王国彦	倪有观	周仲士（进士）
郑尚辅	李春熙（进士）	
陈京第	张弘善	洪元亨
潘景贤	邸居震	周贵阳
张时雨	方矩谟	朱一春
贾　诰	陈嘉范（崇祯三年裁）	

上官宝（以下旧志分上河厅）

任宗美	巫山泽	郑　简
程　潮	刘　坦	张文燿

程　潮（重前。或再任，或两人，旧志并载。仍之）

王大化	李　榶	许凤来
梁　栋	刘凤德	焦应荐
全盛时	高士元	齐　莒
余正发	傅天宠	钟暨熺

徐　芬（福建晋江人，崇祯七年任）

赖存礼（福建人，九年任。十一年裁）

李　成（以下旧志分下河厅）

朱南金	庞（名佚）	王达先
宋一范	李维国	许汝美
蔡钟有	陈胤奇	裘兆锦

郭应响（河南济源人，贡生）

杨于宬	赛延祺	许登俊

熊士骥（江西兴国人，监生）

---

① 原阙，道光《铜山县志》作“四年任”。

高（名佚，万历间任。见房村永惠仓碑）

吴　焮（江西崇仁人，人才，明时任。见《抚州志》）

冯世宁（北直抚宁人，贡生，明时任。见《永平志》）

黄　顺（江西雩都人，岁贡，明时任。见《赣州志》）

王之葵（北直抚宁人，贡生，明时任。见《永平志》。〇以上五名，旧志遗。内惟高系下河厅，余未详何职，并附志于此）

吏目

韩遇春（乡贯阙）

郑　端（乡贯阙。并正统间任。〇见兴化、开元诸寺碑。旧志遗）

王　纪（浙江海盐人，监生，景泰三年任）

欧　铭（湖广长沙人，成化六年任）

张　松（北直曲阳人，贡生，弘治间任。见《曲阳县志》。旧志遗）

赵　志（十八年任）　　李　新（正德八年任）

焦　澄（九年任。见嘉靖志。旧志遗）

陆　广（北直安州人，监生，嘉靖元年任）

阎　锦（山西宁乡[1]人，监生，八年任）

吕　纯（十二年任）

康　淳（河南修武人，监生，十四年任）

范　经（浙江乌程人，监生，十五年任）

王　绾（山西怀仁人，监生，二十年任）

张九官（山东长清人，监生，二十五年任）

王　钊（山东人，监生，二十八年任）

李　政（山东莱芜人，吏员，三十二年任）

翁　守（福建福清人，承差，四十年任[2]）

李志勇（陕西吴堡人，监生，四十二年任）

曹　锡（北直清苑人，四十五年任）

叶文溥（浙江庆元人，监生，隆庆二年任）

沈　汉（湖广邵阳人，监生，六年任）

张思齐（山东钜野人，监生，万历三年任）

① 原作“都”，据嘉靖、万历、顺治《徐州志》改。

② 万历、顺治《徐州志》作“四十一年任”。

金鸣远（江西丰城人，吏员，三年任）
郑文迪（福建福清人，知印，五年任）

钟　藻	李（名佚）	薛景瑞
谢明教	阮　约	黄积珍
钱永焕	王有道	茹学文
林大节	烟可爱	李崇道
潘应嗣	邵以泽	钟　玉
高若奎	郭　冕	周允［益］①
张　珍	吴凤［起］②	金　珮

滕庆云（以上阙年）
周光先（江西庐陵人，监生，崇祯十二年任）

学正

陈　胤（山西陵川人，举人，洪武间任）
俞盛世（浙江象山人，举人，永乐十二年任）
宋　骥（浙江余姚人，宣德八年任）
刘　羽（江西吉水人，举人，正统四年任）
罗兼善（江西庐③陵人，举人，十二年任）
崔　盛（江西清江人，举人，十四年任）
张德瑄（福建侯官人，景泰四年任）　龚　汇（四川荣县人，天顺五年任）
聂　荣（江西清江人，成化三年任）　应广平（浙江黄岩人，举人，六年任）
刘文宗（弘治十一年任）　林应甫（十四年任）
杨　和（北直固安人，正德八年任）　胡崇易（四川垫江人，正德十三年任）
黄　玉（云南人，十六年任）　吴　湘（福建人，嘉靖七年任）
余　魁（江西人，九年任）　李　宪（江西人，举人，十一年任）
周　易（广东番禺人，举人，十三年任）
安　止（广西人，举人，十五年任）　李　柼（广西人，举人，十九年任）
吕　锐（浙江永康人，举人，二十二年任）
吴时昭（福建怀安人，举人，二十六年任）
夏云鹏（浙江嘉兴人，三十一年任）

① 底本漫漶，字据顺治《徐州志》补。
② 底本漫漶，字据顺治《徐州志》补。
③ 原作“广”，据嘉靖、万历、顺治《徐州志》及雍正《江西通志·选举四》等改。

袁文遴（福建龙溪人，举人，三十三年任）
林维杰（广东番禺人，举人，三十九年任）
林东阶（福建闽县人，举人，四十年任）
耿　介（北直元城[①]人，四十三年任）
宁维良（北直祁州人，隆庆元年任）
孔彦忻（山东曲阜人，三年任）　　章　浚（江西新喻人，万历元年任）
陈　玺（福建福清人，举人，五年任[②]）
王　佩（浙江仁和人，举人，九年任）
邓成藩（阙年）　　袁尧臣（江阴人，举人，十七年任）
田　苗（旧志苗后有申田，北直灵寿进士，未之任，不载）
孙政敏（举人）　　计如愚
陈格言（举人）　　张　焕（广东东莞人，举人）
李承福（北直卢龙人，岁贡）　　陈愈嘉
周宪时（苏州人，举人）　　何懋基（武进人，举人）
甘　霈（贵州贵阳人，举人。以上阙年）
张　淳（湖广孝感人，举人，天启三年任）
王延庚（山东莱阳人）　　黄国骅
雷永祚（南直人，举人）　　陈孟敬（以上阙年）
倪自治（桐城人，崇祯十一年任）
朱梦弼（浙江嘉兴人，举人，十[三][③]年任）
张维光（辽东前屯人，十五年任）

训导（凡三人，隆庆二年裁一）
孔公礼（山东曲阜人，岁贡，正统七年任）
魏　忠（乡贯阙，正统八年在任。见开元寺碑。旧志遗）
傅　霖（江西永丰人，儒士，十一年任）
胡　顼（江西进贤人，儒士，十一年任）
赵　敏（四川永川人，举人，十二年任）
赵　观（景泰四年任）
王　达（山西襄陵人，举人，七年任）

---

① 原作“成”，据乾隆《徐州府志》改。
② 本志卷十九《政绩二》作“六年任”。
③ 原阙，字据本志卷十九《政绩二》补。

魏　资（北直柏乡人，岁贡，景泰间任。见《柏乡县志》。旧志遗）

徐原怡（浙江临海人，天顺元年任）

宋时著（弘治十一年任）

刘天锡（十三年任）

徐　俨（正德十年任）

郭　辉（十年任）

李　珍（江西浮梁人，十二年任）

邓孔清（江西进贤人，十二年任）

杨　琳（十二年任）

于　松（嘉靖元年任）

方中孚（浙江乌程人，九年任）

李　仁（江西浮梁人，十二年任）

丘以山（河南人，十三年任）

王时正（湖广人，十三年任）

朗　楠（浙江人，十八年任）

李敷阳（北直真定人，十八年任）

卢　泰（湖广人，十九年任）

解　初（北直顺天人，二十年任）

刘仲璋（河南人，二十二年任）

谢　京（浙江於潜人，二十四年任）

高　朗（河南通许人，二十五年任）

廖　辕（江西崇仁人，二十五年任）

张九旃（北直邢台人，二十九年任）

郭本固（山东冠县人，三十一年任）

王可久（河南杞县人，三十二年任）

崔进美（山西襄陵人，三十五年任）

王　裳（北直栾城人，三十七年任）

李一旸（湖广麻城人，三十八年任）

任　统（山西岳阳人，三十九年任）

郑良贵（浙江常山人，四十三年任）

杨秉忠（河南裕州人，四十三年任）

蒲　祥（河南祥符人，四十四年任）

邬　麟（江西余干人，隆庆二年任）

钱　运（江西星子人，三年任）

胡士荣（山东章丘人，四年任）

刘朝阳（河南睢州人，六年任）

李重卿（江西兴国人，万历元年任）

鲁一贯（当涂人，二年任）

陈邦奇　俞思静　罗胤贵

陈　奇　邓　铠（以上阙年）

宋良用（云南蒙[自][1]人，十六年任）

魏应元　　潘清光　　张　侯

杨　升　　李之德　　刘安善

刘巨鳌（以上阙年）

袁一理（六合人，二十一年任）

张三才　　顾凤仪　　董　济

罗世春　　李　薛　　杨名世

牛光溥　　李春时

周之冕（苏州人）

葛弘道　　杨植本　　丁有望

杨茂才　　尤　奇（淮安人）

王可行　　王嘉夔　　陈廷彦

许云会　　狄来臣（山东莱芜人）

王登哲（北直人）

张国正　　王行谏　　刘安民

王泽远（北直安平人）　　聂克勤（北直赵州人）

吴家泰（北直枣强人）　　王与莹（山东宁阳人）

范友欧（寿州人。以上阙年）

吕重卿（江西兴国人，岁贡，明时任。见《赣州志》）

朱　馨（江西抚州人，贡生，明时任。见《抚州志》。○以上二名，旧志遗。以阙年，附志于此）

吕梁洪巡检

杂职中，吕梁税课局大使、石山驿驿丞久裁；州税课局大使、永成库吏使，崇祯三年裁。余虽未裁，名多不传。今就见于诸碑记者，聊为存之。

杨　劝（北直保定人。见《吕梁志·孝子杨荣传》）

桃山驿驿丞

孙熙安（浙江人）

朱　良（云南人。并成化间任。见三义祠碑）

张希皋（正德间任。见东岳庙碑）

---

① 原阙，字据文例补。

张邦用（山东人，嘉靖间任。见三义祠碑）

郑镇、关褒（并万历初任。见关帝庙碑）

王试行（辽东人，崇祯间任，加团练守备衔。见驿旁戴恩碑）

房村驿驿丞

李　恕（山东曹州人，弘治末任。见《吕梁志》）

林大经（万历间任。见永惠仓碑）

利国驿驿丞

李　郁（正德初任。见《修白捉桥碑》）

程廷珮（福建人，嘉靖四十二年任。见去思碑）

韩可贤（天启初任。见高皇庙碑）

吕梁洪闸闸官

蔡信育

刘　达（并正德十二年在任。见方豪《裕泉铭》）

张　儒（嘉靖间任。见方万有《石堤记》）

沽头闸闸官

高　昇（嘉靖二十二年任。见《沽头城记》）

留城闸闸官

留城、马家桥二闸隶本州，其闸官生名旧载沛邑志内，今改附州。

李宗道（直隶保定人）

边大伦（山东长清人）

丘国用（福建上杭人）

王　贡（山东济阳人）

高尚策（山东利津人。并吏员）

马家桥闸闸官

叶　臻（丹徒人）

周　官（山东恩县人）

王　臣（山东武城人）

刘一凤（苏州人）

程师尹（山东馆陶人）

路　韶（山东堂邑人）

秦尚仓（山西夏县人）

区　英（广东南海人）

周　凤（广西临桂人）　　　　　　　　杨宗颜（河南胙[1]城人。并吏员）

按：前明官制，本州有阴阳学典术、医学典科、僧正司僧正，四县中亦有训术、训科、僧会等员，其姓名间有传者，第皆土人为之，郡志例不载入。

补编

王　深（夹沟驿驿丞）

① 原作“肥”，据万历《沛志》、乾隆《沛县志》改。

徐州志卷之十一

官司三

明诸县官属姓名，较金、元以前差详，应照各郡志例，分编于后（诸邑志间有遗漏，今亦为采葺他志及诸处碑文，稍增补之）。

萧县

知县

汪致道（黟县人，洪武元年任）

宋　予（十七年任）

乔　俊（二十九年任）

郑　恕（浙江仙居人[1]，三十五年任）

郝　玘（山西吉州人，监生，永乐十六年任）

张　肃（正统初年在任。见兴化寺碑。邑志遗）

赵　珣（五年任）

柳　新（十二年任）

闭　悌（广西横州人，进士，成化十年任）

马　纶（四川内江人，进士，十三年任）

陆本正（辽东人，举人，十七年任）

冯　显（河南荥泽人，举人，弘治十六年任）

周　檠（北直通州人，进士）

仇　惠（北直新安人，进士）

周　湘（浙江人，举人）

石邦柱（广西苍梧人，进士。以上阙年）

冯　裕（山东临朐人，进士，正德三年任）

① 原作“福建仙游人”，据嘉靖、万历《徐州志》，嘉庆《萧县志》及《明史》《浙江通志》等改。

孟　琏[1]（山东济宁人，监生，六年任）
王　隆（山东郓城人，举人，九年任）
郭　濂（浙江余姚人，举人，嘉靖二年任）
苏子受（广东海阳人，举人，四年任）
寻孔乐（山西阳曲人，举人，八年任）
朱同芳（浙江余姚人，举人，十一年任）
孙重光（山东海丰人，举人，十六年任）
王荩臣（广西桂林卫人，举人，二十二年任）
周景会（浙江山阴人，举人，二十六年任）
何稽贤（福建汀州人，选贡，二十八年任）
李文蔚（云南石屏人，举人，三十年任）
张启晨（湖广江夏人，举人，三十二年任）
张季良（云南[2]赵州人，举人，三十七年任）
成尧卿（山东齐东人，选贡，四十二年任）
胡　润（北直密云卫人，监生，四十三年任）
陈择善（江西德化人，选贡，隆庆二年任）
唐文华（河南怀庆人，举人，三年任）
宋　炜（江西丰城人，举人，万历二年任）
伍维翰（贵州人，举人，四年任）
梁　枢（江西宜春人，举人，九年任）
王　衮（山东阳谷人，举人，十一年任）
高进孝（河南获嘉人，进士，十四年任）
康　炜（锦衣卫籍山东武定州人，十六年任）
台存道（山东诸城人，举人，二十年任）
俞承宗（浙江钱塘人，贡士，二十四年任）
魏　研（陕西石泉人，贡士，二十八年任）
刘梦熊（山西沁州人，举人，三十五年任）
李维极（湖广京山人，举人，三十七年任）
李梦祥（福建将乐人，贡士，三十九年任）
管为国（浙江黄岩人，举人，四十一年任）

① 嘉靖、万历《徐州志》作“琎”。
② 原作“北直”，据嘉靖、万历《徐州志》改。案乾隆《大理府志》卷十四《选举》、卷十九《乡贤》：张季良，嘉靖三十一年壬子举人，以龙阳教谕迁萧县令。本志及嘉庆《萧县志》并误。

吴之英（浙江海盐人，举人，四十四举年任）

萧学俨（江西庐陵人，举人，四十六年任）

高金矢（浙江临安人，举人，天启二年任）

张镜心（河南磁州人，进士，四年任）

陈会江（福建莆田人，举人，五年任）

郑继侨（江西九江人，举人，崇祯元年任）

周　渐（湖广道州人，举人，三年任）

郭应璧（辽东人，贡士，五年任）

祝嵩龄（浙江山阴人，举人，七年任）

张维新（湖广零陵人，举人，八年任）

何天华（广东番禺人，举人，九年任）

曾魁应（江西临川人，举人，十年任）

郑　僖（四川剑州人，贡士，十二年任）

吉人杰（四川内江人，举人，十四年任）

茹鸣盛（辽东人，举人，十六年任）

范昌世（吴县人，乡荐，明时任。见《一统志》）

王　纲（北直抚宁人，贡士，明时任。见《永平府志》。〇以上二名，邑志遗。以阙年，附志于此）

县丞（崇祯三年裁）

齐福东（湖广石首人，洪武二十九年任）

杨　泰（永乐十六年任）

王　澄（北直柏乡人，岁贡，宣德间任。见《柏乡县志》。邑志遗）

郭　祯（正统元年任）

蔡道恭（正统三年在任。见石佛寺碑。邑志遗）

邓　鼐（景泰元年任）

段　忠（北直香河人，成化元年任）

董　贤

张　镛（并弘治初任。见邑志《瑞麦亭记》。《秩官表》遗）

杨　辉（北直柏乡人，岁贡，弘治间任。见《柏乡县志》。邑志遗）

高　文（山西石州人，吏员，正德七年任）

孙　昇（北直任丘人，吏员，十二年任）

陈　昂（湖广江夏人，监生，嘉靖元年任）

方　相（湖广巴陵人，吏员，三年任）
刘廷玺（湖广桂阳人，监生，五年任）
熊　肇（江西丰城人，吏员，七年任）
石廷玺（贵州平都人，监生，十一年任）
于　漯（陕西吴堡人，监生，十六年任）
苏大纪（北直邢台人，监生，二十年任）
刘世泰（江西南城人，监生，二十三年任）
陈思议（山东灵山卫人，监生，二十六年任）
袁　宝（山东博兴人，监生，二十八年任）
朱[①]环（河南永城人，选贡，三十年任）
徐恒爱（浙江余姚人，吏员，三十一年任）
朱　钦（浙江仁和人，吏员，三十四年任）
陆　遂（广东南海人，吏员，三十七年任）
胡　贡（山东历城人，都吏，四十年任）
冯邦本（湖广上津人，选贡，四十四年任）
马如龙（北直开州人，岁贡，隆庆二年任）
赵景昌（北直蓟州人，吏员，五年任）
罗廷祯（江西奉新人，监生，万历二年任）
郑　聘（江西德安人，选贡，五年任）
张汝容（江西安福人，吏员，十年任）
庄尧相（福建同安人，吏员，十二年任）
陆光宙（广东南海人，吏员，十八年任）
林　成（江西九江人，吏员，二十三年任）
徐尧仁[②]（云南昆明人，贡生，二十七年任）
萧三汲（山西曲沃人，选贡，三十四年任）
贺　祥（福建人，吏员，三十八年任）
许自新（福建漳州人，吏员，四十年任）
徐汝腾（河南罗山人，贡士，四十二年任）
李　培（广东钦州人，选贡，四十六年任）
崔德立（湖广襄阳人，岁贡，泰昌元年任）

---

① 万历《徐州志》作“李”。
② 嘉庆《萧县志》、同治《徐州府志》作“徐尧佐”。今云南府昆明县明代岁贡皆无考，难详本字，各从原稿用字。

李国钦（浙江会稽人，吏员，天启三年任）
高日熢（浙江会稽人，吏员，六年任）
朱景色（浙江人，吏员，崇祯元年任。三年缺裁）
马　宁（北直武邑人，贡生，明时任。见《冀州志》。旧志遗，附志于此）

主簿

刘　瑜（洪武元年任）
崔　岩（永乐十六年任）
吕　祥（弘治初年任。见邑志《瑞麦亭记》。《秩官表》遗）
靳永庆（山东蒲台人，监生，正德八年任）
黄　继（福建同安人，吏员，十五年任）
任　怀（河南涉县人，监生，嘉靖四年任）
楚　富（河南荥阳人，监生，八年任）
王宗儒（北直大城人，监生，十四年任）
李继勋（北直宣府前卫人，监生，十四年任）
臧希古（山东莱阳人，监生，十九年任）
张　澜（山东长清人，监生，二十三年任）
张继芳（北直南皮人，监生，二十六年任）
周朝宾（山西和顺人，选贡，二十九年任）
许思恭（山东莱芜人，选贡，三十一年任）
李存智（山东莱芜人，选贡，三十五年任）
张　堦（浙江余姚人，承差，四十年任）
王从儒（河南阳武人，监生，四十四年任）
周天济（锦衣卫人，监生，四十五年任）
王维藩（山东平原人，监生，隆庆四年任）
王一夔（北直乐亭人，监生，万历二年任）
赵永福（河南洛阳人，吏员，五年任）
杜本濂（浙江临安人，吏员，九年任）
郭国藩（河南宁陵人，监生，十二年任）
王进官（山西沁水人，监生，十五年任）
盛世同（福建福宁人，选贡，十七年任）
杨时茂（江西浮梁人，知印，十八年任）
杨廷钦（河南商丘人，监生，二十三年任）

刘　温（浙江平阳人，监生，二十五年任）
冷际元（北直辽阳人，监生，二十六年任）
罗廷钦（江西南昌人，监生，三[①]十二年任）
王伯金（浙江山阴人，监生，三十七年任）
张明道（浙江山阴人，吏员，四十一年任）
赵全璧（浙江缙云人，监生，四十五年任）
郑应五（福建晋江人，监生，四十七年任）
邵　杰（浙江宁波人，监生，泰昌元年任）
罗文运（江西庐陵人，监生，天启三年任）
林本京（福建人，吏员，六年任）
徐时龙（浙江兰溪人，吏员，崇祯二年任）
殷之盘（湖广施州卫人，贡士，三年任）
伍　锳（江西南昌人，监生，七年任）
童志宇（浙江慈溪人，吏员，十年任）
黄金纶（浙江平湖人，监生，十二年任）
高应魁（浙江山阴人，监生，十四年任[②]）
马　珍（北直武邑人，贡生，明时任。见《武邑县志》。旧志遗，附志于此）

典史

李　凯（弘治初任。见邑志《瑞麦亭记》。《表》遗）
吴道中（山西马邑人，吏员，嘉靖八年任）
刘巨元（山东登州人，吏员，十六年任）
刘　铉（山东平原人，吏员，二十二年任）
程　伦（浙江钱塘人，吏员，二十七年任）
莫　麟（浙江仁和人，知印，三十年任）
孟朝纪（山东青城人，吏员，三十二年任）
王克俭（河南胙城人，吏员，三十七年任）
杨　辉[③]（江西丰城人，吏员，四十二年任）
萧大成（湖广襄阳人，吏员，隆庆二年任）
朱　诏（浙江山阴人，吏员，四年任）

① 原作“二”，据康熙《萧县志》、乾隆《徐州府志》改。
② 本志及康熙《萧县志》表作“十四年任”，传皆作“十五年任”。
③ 万历《徐州志》、康熙《萧县志》作“杨耀”。

费邦骥（浙江武康人，吏员，六年任）
张文林（浙江慈溪人，吏员，万历二年任）
张　翼（山东滨州人，吏员，八年任）
徐之绎（浙江上虞人，吏员，十年任）
王　阶（福建将乐人，吏员，十六年任）
何希贞（江西南昌人，吏员，十八年任）
谢子立（江西人，吏员，二十三年任）
金廷槐（浙江义乌人，吏员，二十七年任）
秦自麟（广东龙门人，吏员，三十二年任）
蒋一经（江西南昌人，吏员，三十六年任）
叶逢春（江西九江人，吏员，三十九年任）
曹汝结（河南永城[人，进][①]士，四十一年谪任）
周德顺（浙江秀水人，吏员，四十二年任）
李廷举（湖广荆州人，吏员，四十五年任）
陈云台（福建莆田人，吏员，天启元年任）
王九佑（浙江金华人，吏员，四年任）
胡源兴（福建福州人，吏员，七年任）
史凤翔（浙江山阴人，吏员，崇祯二年任）
楼应登（浙江诸暨人，吏员，五年任）
赵永富（北直武清人，吏员，八年任）
蔡兴祖（浙江会稽人，吏员，十年任）
沈应斗（浙江建德人，吏员，十一年任）
余国显（浙江山阴人，吏员，十二年任）
藺振缨（陕西人，十四年任）

教谕

谢　祐（洪武[②]十年任）
李应吉（浙江余姚人，举人，宣德元年任）
王　隆（江西人，岁贡，景泰元年任）
任守中（四川人，举人，成化四年任）

---

① 底本漫漶，二字据康熙《萧县志》、乾隆《徐州府志》补。
② 嘉靖、万历《徐州志》，康熙《萧县志》作“永乐十年壬辰”。

常　俊（河南人，岁贡，八年任）
晏文茂（四川泸州人，举人，十九年任）
余　宾（江西人，岁贡，正德三年任）
沈　珪（浙江德清人，举人，六年任）
姜　芳（浙江兰溪人，举人，七年任）
徐　瓒（浙江松阳人，岁贡，八年任）
陈　璸（福建漳浦人，岁贡，十年任）
周　良（浙江德清人，岁贡，十五年任）
马　玉（山西朔州人，岁贡，嘉靖元年任）
马　德（山东沂州人，岁贡，八年任）
周　蕙（广西平乐人，岁贡，十一年任）
胥　纯（山东阳谷人，岁贡，二十年任）
王纳议（广西融县人，举人，二十六年任）
袁　旻（浙江嵊县人，岁贡，三[1]十五年任）
沈　种（云南赵州人，选贡，三十八年任）
萧　蔚（广西马平人，举人，四十一年任）
刘凤翔（河南汲县人，岁贡，四十四年任）
陈大璘（福建莆田人，举人，隆庆二年任）
王锡卿（山东掖县人，岁贡，四年任）
姚应龙（浙江慈溪人，举人，万历二年任）
聂大伦（福建邵武人，岁贡，五年任）
喻思敬（江西上高人，选贡，九年任）
邹　仕（河南汝宁人，选贡，十一年任）
王　匏（北直长垣人，岁贡，十六年任）
杨邦泰（广西郁林人，选贡，十八年任）
蒋　钊（江西铅山人，岁贡，二十二年任）
朱应隆（江西南昌人，举人，二十四年任）
孟思经（山东兖州人，岁贡，二十七年任）
蔡绍襄（华亭人，举人，二十八年任）
秦志孝（滁州人，岁贡，三十二年任）
薛志学（常熟人，岁贡，三十七年任）

① 原作“二”，据万历《徐州志》、康熙《萧县志》改。

须用明（武进人，岁贡，三十九年任）
张一翰（山西翼城人，举人，四十年任）
徐遵养（沭阳人，岁贡，四十三年任）
姜周望（山东钜野人，岁贡，四十六年任）
黄自立（太湖人，岁贡，天启二年任）
郭履中（五河人，岁贡，四年任）
陈大道（贵州人，岁贡，五年任）
吴　晓（通州人，岁贡，崇祯二年任）
彭承莀（江都人，举人，四年任）
鲁汝亨[①]（江西南城人，举人，七年任）
张邦和（辽东广宁人，贡士，十一年任）
朱国璘（凤阳人，贡士，十四年任）

训导（凡二人，隆庆二年裁一）
欧阳安（江西庐陵人，荐举，宣德五年任）
何　檟（景泰元年任）
董　衡（浙江永嘉人，岁贡，成化四年任）
崔　信（山东人，岁贡，八年任）
苏文渊（十三年任）
孙绳宗（山东掖县人，岁贡，二十一年［任］[②]）
孙　服（弘治初任。见邑志《瑞麦亭记》。《表》遗）
林　忠（福建建宁人，岁贡，三年任）
袁　缙（陕西泾阳人，岁贡，五年任[③]）
赵　聪（四川人，岁贡，十六年任）
董　琼（浙江乌程人，岁贡）
施　金[④]（浙江严州人，岁贡。并正德初年任）
毛　祐（河南洛阳人，岁贡，十六年任）
卢　珽（河南上蔡人，岁贡，嘉靖二年任）

---

① 原作“亭”，据康熙、嘉庆《萧县志》及同治《徐州府志》改。案雍正《江西通志·选举七》：鲁汝亨，新城人，天启七年丁卯举人。
② 字据文例补。
③ 嘉靖、万历《徐州志》作“三年任”。
④ 嘉靖、万历《徐州志》作“淦”。

毛　美（浙江人，岁贡，五年任）
李天民（河南洛阳人，岁贡，六年任）
周仲鹏（湖广［湘］[①] 潭人，岁贡，八年任）
沈腾芳（湖广浏阳人，岁贡，十三年任）
李济川（河南临漳人，岁贡，十六年任）
刘　恺（北直衡水人，岁贡，二十二年任）
安中夏（河南仪封人，岁贡，二十三年任）
彭士龙（广东南海人，岁贡，二十四年任）
楼　祁（浙江萧山人，岁贡，二十六年任）
叶　赉（江西德兴人，选贡，二十八年任）
陈　谟（湖广邵阳人，岁贡，三十年任）
马　祯（湖广巴陵人，岁贡，三十五年任）
耿　介（北直元城人，岁贡，三十七年任）
刘　寅（河南郾城人，岁贡，四十一年任）
张时旦（河南鄢陵人，岁贡，四十三年任）
史　策（河南开封人，岁贡，隆庆二年任）
张　勛（北直赵州人，岁贡，五年任）
冯循理（北直临城人，岁贡，万历四年任）
葛士麟（上海人，选贡，五年任）
章　乔（绩溪人，选贡，七年任）
宋大儒（山东滨州人，岁贡，十年任）
胡廷用（湖广蕲州人，选贡，十五年任）
宋道光（山阳人，岁贡，二十一年任）
刘应选（山东德平人，岁贡，二十七年任）
徐志京（山东东平人，岁贡，三十一年任）
岳继夏（山东曲阜人，岁贡，三十七年任）
江　鲤（河南汝宁人，岁贡，四十一年任）
何光扬（怀远人，岁贡，天启元年任）
张凤翔（贵州平越人，岁贡，四年任）
蒋克显（贵州普安州人，岁贡，崇祯二年任）
刘士奇（华亭人，岁贡，六年任）

① 原阙，据嘉靖、万历《徐州志》，乾隆《徐州府志》、萧县诸志补。

冯世熙（山西黎城人，岁贡，八年任）

周文昌（辽东右屯卫人，十二年任）

赵家圈巡检

崇祯末年废。〇杂职中，税课局大使久裁，惟巡检存，今可考者一人。

欧　吉（山东临清人，景泰二年任。赵家圈巡检始此）

沛县

知县

费忠信（洪武二年任）

颜　瓖（江西庐陵人，荐举，建文元年任）

王　敏（北直永年人，永乐二年任）

常　瓘（河南内乡人，举人，四年任）

王　征（山西大同人，十七年任）

李举贤（北直容城人，十九年任）

杜　钊（北直衡水人，宣德元年任）

陈原宗（湖广衡阳人，六年任）

王　清（四川新都人，正统元年任）

余　升（八年任）

王　刚（河南鄢陵人，十一年任）

古　信（湖广嘉鱼人，举人，景泰元年任）

雷应春（四川[①]人。阙年）

王　韶（山西泽州人，成化元年任）

孙　泰（阙年）

孙　镗（十年任）

马时中（山西太原人，举人，十一年任）

冯　谦（浙江诸暨人，举人。阙年）

吴　钊（北直顺天人，举人，十一年任[②]）

王　琛（湖广松滋人，举人，弘治元年任）

---

① 原作“州”，据嘉靖、乾隆《沛县志》改。

② 万历《沛志》、乾隆《徐州府志》作“二十一年任”。

姚　祥（广东归善人，进士，六年任）

袁　纪（山西潞州人，监生，七年任）

张　珩（北直大名人，举人）

徐　彬（浙江余姚人，举人。并阙年）

马伯骐（北直新乐人，岁贡，十二年任。○邑志作“伯琦，举人”，今照《新乐县志》订正）

栗　钲（山西潞州人，举人，十□年任）

杨　凤（府军前卫人，进士，十七年任）

孙宗尧（北直河间人，举人，正德元年任）

王　瓒（陕西华阴人，举人）

胡守约（四川合州人，举人）

麻　芝（陕西榆林人，监生。以上阙年）

周万金（北直内黄人，举人，嘉靖元年任）

孔　时（陕西长安人，举人，二年任）

郑公奇（福建莆田人，进士，六年任）

向必成（湖广黄梅人，监生，七年任）

平世祥（山东日照人，监生。阙年[①]）

杨　政（江西南昌人，监生，九年任）

孙　灿（山东朝城人，监生，十六年任）

王　治（北直永年[②]人，监生，十九年任）

周　泾（江西贵溪人，举人，二十三年任）

李　祯（江西新昌人，举人，二十七年任）

郭进贤（湖广麻城人，监生[③]，三十一年任）

叶恒嵩（浙江太平人，举人，三十二年任）

张性深（北直邯郸人，举人，三十三年任）

罗见麟（广东番禺人，举人，三十六年任）

滕　霁（沈阳卫籍福建建安人，举人，三十八年任）

宋聚奎（山西闻喜人，监生，三十九年任）

李　时（四川奉节人，举人，四十一年任）

① 嘉靖、万历《徐州志》作“嘉靖七年任”。

② 原作“永平”，据嘉靖《沛县志》改。

③ 嘉靖、万历《徐州志》作“举人”，案雍正《湖广通志》卷三十五《选举》：郭进贤，黄州人，嘉靖十九年庚子举人。本志所作“监生”，疑不确。

白　经（北[1]京卫籍举人，隆庆三年任）

徐　辂（浙江海宁人，举人，五年任）

倪民望（湖广黄梅人，举人，万历元年任）

祝希哲（江西德兴人，举人，三年任）

马　昺[2]（四川南部人，举人，四年任）

周治升（四川新津人，恩贡，六年任）

杨　盐（山东即墨人，举人，十一年任）

符　玺（湖广龙阳人，举人，十［四］[3]年任）

苏万民（山西隰州人，选贡，十八年任）

罗士学（四川彭山人，选贡，二十二年任）

张文炳（山东掖县人，举人，二十九年任）

李汝让（北直永宁人，选贡，三十二年任。〇按：三十三年有王秉恩来代汝让，未任事，以汝让仍留，寻改选去，故不例序）

李懋顺（北直滑县人，举人，三十八年任）

刘希彦（湖广华容人，举人，四十三年任）

练国事（河南永城人，进士，四十五年任）

林汝翥（福建福清人，举人，四十七年任）

刘庆长（北直开州人，举人，天启［三］[4]年任）

张　信（云南鹤庆人，举人，七年任）

秦聘璁（广西马平人，举人，崇祯［三］[5]年任）

毕靖之（山东文登人，选贡，四年任）

李显魁（广西苍梧人，举人，七年任）

张象贤（云南腾越人，举人，九年任）

何日澜（广东番禺人，举人，十三年任）

李正茂（山西洪洞人，举人，十四年任）

---

① 原作“兆”，径改。

② 案雍正《四川通志》卷三十六《选举》：万历四年以前，有举人冯昺，南部县人。道光二十九年《南部县志》卷十五《选举》：冯昺，嘉靖十六年丁酉举人，后中进士。徐州志、沛志皆作“马昺”，疑讹；同治《徐州府志·宦绩》拆作“马日丙”，更误。

③ 原阙，字据万历《沛志》补。

④ 原阙，字据乾隆《徐州府志》、乾隆《沛县志》补。

⑤ 原阙，字据乾隆《徐州府志》、乾隆《沛县志》补。

县丞

旧制一人，后增设一人：一管农，一管马。成化二十年后，始并农、马为一。崇祯初，亦裁。

胡　光（一作“先”，建［文］[1]元年任）

夏天祥（永乐间任）　陶　骥（山东滋阳人，二十年任）

吴自然（湖广桂阳人，洪熙元年任）　何　通（陕西华阴人，宣德元年任）

张　祥（北直栾城人，二年任）　李希贤（河南祥符人，四年任）

黄以容（浙江平阳人，五年任）　罗　敬（湖广衡山人。阙年）

雷　志[2]（湖广桂阳人，正统元年任）

罗　瓒（河南固始人。阙年）　沈　富（浙江仁和人，七年任）

王　制（北直完县人，八年任）　杨　春（四川温江人，十一年任）

李　暹（北直遵化人，十二年任）　韦　聪（北直河间人，景泰元年任）

朱　宁（浙江金华人，四年任）

张羽中　卢　成　王　锡　刘　瑾

陶　纪（江西湖口人。以上并成化间任）

陶　鉴（弘治初年任）　李　理（十二年任）

陈　杰

刘　能（山东诸城人，监生。并阙年）

孟文楫[3]（山西文水人，监生，正德元年任）

谢洪仁（四川人）　方　廉（山东泗水人。并阙年）

陶　恕（北直山海卫人，监生，嘉靖元年任）

李文宪（北直人，监生，二年任）

张　轨（贵州普安州人，监生，三年任）

寇宗仁（河南祥符人，监生，八年任）

周　坚（湖广竹山人，监生，十一年任）

孟　绅（山东济宁人，吏员，十六年任）

王　统（江西大庾人，监生，二十年任）

吴元祥（湖广汉阳人，监生，二十三年任）

方绍仁（湖广黄冈人，吏员，二十六年任）

沈汝立（浙江归安人，监生，三十一年任）

---

① 原阙，字据乾隆《徐州府志》。

② 明州志、县志作“雷忠”，自本志以后皆作“雷志”。

③ 嘉靖、万历《徐州志》作“孟楫”，万历《沛志》作“孟之楫”。

吴　杞（浙江孝丰人，监生，三十三年任）

曹　岳（浙江嘉兴人，监生，三十六年任）

徐一举（湖广醴陵人，监生，三十九年任）

王　评（山东黄县人，监生，四十一年任）

孙公惠（福建罗源人，吏员，四十［二］[1]年任）

左　极（江西星子人，监生，隆庆元年任）

孟绪恩（陕西岐山人，监生，三年任）

张友方（浙江磐石卫人，监生。阙年）

邓　海（江西新建人，吏员，万历二年任）

吕学中（湖广零陵人，恩贡，四年任）

钱士彰（浙江山阴人，岁贡，九年任）

王国宾（河南唐县人，恩贡，十一年任）

戴经筵（浙江昌化人，岁贡）

袁一辅（江西宜春人，吏员。并阙年）

贡守愚（北直灵寿人，吏员，十八年任）

王光宝（浙江永嘉人，选贡。阙年）

汤应龙（浙江永康人，吏员，二十二年任）

邓一中（江西南丰人，选贡，二十五年任）

衷崇源（江西进贤人，吏员，二十九年任）

程师明（湖广江夏人，岁贡，三十四年任）

高日昇（浙江山阴人，吏员，三十八年任）

尹知卓（湖广蕲水人，监生，四十一年任）

徐师文（浙江人，岁贡，四十三年任）

张承嗣（北直怀来卫人，岁贡，四十六年任）

张述颜（山东乐安人，序班，天启三年外任）

江绍授（江西广信人，岁贡。阙年）

蒋逢吉（浙江缙云人，岁贡，崇祯二年任）

王大来（浙江嘉兴人，岁贡，三年任。四年缺裁）

卢　胜（北直滦州人，贡士，明时任。见《永平志》）

刘　�（江西赣县人，岁贡，明时任。见《赣州志》。○以上二名，旧志遗。以阙年，附志于此）

① 原墨丁，字据万历《徐州志》补。

主簿（凡二人，隆庆二年裁一）

唐子清（建文元年任）

何　润（湖广华容人，岁贡，永乐十七年任）

沈宗原（浙江武康人，监生，二十年任）

李　经（山西垣曲人，宣德六年任）　王　勖（山东莱阳人，正统元年任）

侯　智（河南河阴人，八年任）　卢　蓁（北直安肃人，九年任）

潘　安　齐　富

黑　伦　宋　道（以上[①]四人并成化间任）

吴　本（山西蒲州人，弘治元年任）　裴克让（元年任）

高　珽（十二年任）　吴　举（北直成安人，十二年任）

曹　鼎（陕西耀州人，正德元年任）

郭　增　易　纮（湖广人。并阙年）

宁时智[②]（北直永年人，监生，嘉靖四年任）

李　琦（河南颍川人，监生，八年任）

徐　杰（浙江嘉兴人，吏员，十一年任）

王廷相（山东掖县人，监生，十二年任）

董应期（山东东平州人，监生，十四年任）

何光明（湖广兴山人，监生，十四年任）

潘　泽（北直涿鹿卫人，监生，十六年任）

李　约（北直献县人，监生，十六年任）

刘　钲（山东莱州人，监生，十九年任）

王　璿（陕西神木人，监生，二十年任）

齐邦用（河南邓州人，吏员，二十年任）

蒋廷瓒（湖广东安人，监生，二十二年任）

孙汝霖（山东招远人，监生，二十六年任）

宁守宽（山东章丘人，二十七年任）

李意光（北直庆都人，监生，二十七年任）

茂有绩（山东益都人，岁贡，三十二年任）

都永靖（山西林川人，监生，三十六年任）

闻思贤（浙江鄞县人，吏员，三十六年任）

---

① 原作“山”，径改。

② 原作“习”，据嘉靖、万历各本州县志改。

郑　实（北直涿州人，监生，三十八年任）

马　珩（山东郓城人，监生，三十九年任）

李志道（浙江嘉兴人，监生，三十九年任）

李存忠（福建漳浦人，承差，四十一年任）

娄　聪（浙江会稽人，吏员，四十一年任）

谢　鸾（福建龙溪人，吏员，四十二年任）

傅　儒（浙江会稽人，吏员，四十五年任）

孔承学（山东曲阜人，监生，四十五年任。隆庆二年裁）

高　述（山东掖县人，监生，隆庆元年任）

熊孔廉（广西临桂人，吏员，五年任）

李惟高（四川松潘卫人，选贡，万历二年任）

陈存之（江西人，监生，五年任）

俞有家（浙江鄞县人，监生，九年任）

石　坚（北直获鹿人，监生，十［一］[①] 年任）

涂　勋（江西丰城人，吏员，十八年任）

段养安（北直蠡县人，监生，二十一年任）

强性宽（河南阌[②] 乡人，吏员，二十二年任）

赵日荣（福建晋江人，选贡，二十五年任）

梁崇朴（山东濮州人，承差，二十九年任）

李华春（浙江长兴人，监生，三十四年任）

于应钦（浙江人，三十八年任）　应思忠（浙江人，四十一年任）

骆允升（浙江人，四十二年任）　董士龙（山西人，四十六年任）

罗乘鹏（浙江人，崇祯元年任）　徐勋铭（山东渤海人，三年任）

胡来臣（浙江人，五年任）　赵国栋（浙江湖州人，八年任）

李自广（江西人，十二年任）　邓　乔（陕西人，十四年任）

典史

黄　谦（武进人，儒士，建文元年任）

任　敏（山西洪洞人，永乐四年任）

熊　信（四川泸州人，十七年任）

---

① 原阙，据乾隆《徐州府志》补。

② 原作“阆”，据万历《沛志》、乾隆《徐州府志》改。

唐　彦（山东高唐州人，正统七年任）

刘　真（北直东安人，八年任）　　胡　顺（山东济宁人，九年任）

邓　林（景泰初年任。见邑志《庙学记》。《表》遗）

宋　敏　　路　瑾（并成化间任）

黄　琳（弘治元年任）　　黄廷进（十二年任）

李　豫（河南遂平人，十七年任）

邢　恕（河南阳武人，正德元年任）

韩良辅（北直迁安人，吏员，嘉靖二年任）

马　昂（北直河间人，吏员，八年任）

戴　仁（浙江鄞县人，吏员，十一年任）

李仕佩（福建莆田人，吏员，十七年任）

林大理（福建莆田人，吏员，二十年任）

沈　祚（浙江慈溪人，吏员，二十七年任）

陈　思[①]（江西德化人，吏员，三十六年任）

刘　靖[②]（福建邵武人，吏员，三十八年任）

王尧辅（山东濮州人，吏员，四十一年任）

孙　翔（山东沂州人，吏员，四十三年任）

胡朝器（浙江东阳人，吏员，四十五年任）

周敏政（浙江鄞县人，吏员，隆庆四年任）

赵万亮（江西南昌人，吏员，万历二年任）

陈天爵（六年任）

黄河清（江西临川人，吏员，十年任）

齐良懋（浙江山阴人，吏员，十［四］[③]年任）

朱大积（浙江会稽人，吏员，十［四］[④]年任）

李　琚（山东金乡人，吏员，十八年任）

何应泰（浙江於潜人，吏员，二十一年任）

陈　纶（浙江归安人，吏员，二十二年任）

刘一纲（广东高要人，吏员，二十五年任）

何功显（福建福州人，吏员，二十八年任）

---

① 万历《徐州志》、万历《沛志》作“陈恩”。

② 万历《徐州志》作“刘永清”，万历《沛志》作“刘清”。

③ 原阙，据万历《沛志》、乾隆《徐州府志》补。

④ 原阙，据万历《沛志》、乾隆《沛县志》补。

徐鸣阳（浙江临海人，吏员，三十一年任）
蔡执礼（福建莆田人，吏员，三十四年任）
区文从（广东人，三十八年任）
杨继立（广东人，四十三年任）
潘宗庆（浙江人）
沈君思（浙江人）
李存性（浙江人。并阙年）
章文远（江西人，天启三年任）
朱一鸣（浙江人，七年任）
方应时（浙江人，崇祯三年任）
俞守素（浙江人，五年任）
吴希元（浙江义乌人，九年任）
叶应槚（浙江人，十二年任）

教谕

刘以祖（长洲人，荐举，洪武初任）
潘　灿（正统元年任）
徐　经（山西广信人，七年任）
何　肃（九年任）
张　晔（山东临清人，景泰元年任）
尤　聪（成化初年任）
卢　荣（浙江天台人，岁贡，二十一年任）
李道弘（江西丰城人，举人，弘治四年任）
虞　铋（浙江金华人，岁贡，□年任）
易　宽（北直良乡人，举人，七年任）
蒋　弼（浙江青田人，岁贡，十七年任）
杨　仲（浙江汤溪人，岁贡，正德初年任）
操　松（江西浮梁人，举人，十五年任）
周　麒（浙江处州人，岁贡，嘉靖元年任）
李　洪（广西全州人，举人，□年任）
于　乔（山东高唐州人，岁贡，八年任）
蔡玉实（湖广华容人，岁贡，十五年任）
马　伟（北直广平人，岁贡，二十一年任）
唐伯杰（广西灵川人，举人，二十三年任）
朱以和（江西高安人，岁贡，二十五年任）
滕　霁（福建建安人，举人，二十九年任）
李乘鲸（陕西南郑人，岁贡，三十□年任）
孙惟慎（江西泰和人，岁贡，四十年任）

饶　熠[1]（江西德化人，岁贡，隆庆二年任）
高维崧（江西庐陵人，举人，五年任）
邵华翰（贵州普安州人，岁贡，六年任）
成　咏（兴化人，岁贡，万历四年任）
吴世辉（浙江嵊县人，岁贡，八年任）
谭尚忠（湖广茶陵人，岁贡）
方　佐（宁国人，岁贡）
李文善（合肥人，岁贡）
陈大复（湖广江陵人，举人。并阙年）
倪　鲁（大河卫籍常熟人，举人，二十一年任）
宋　约（颍上人，岁贡，二十六年任）
王希贵[2]（泾县人，岁贡，二十九年任）
赵国相（山西万全[3]右卫人，岁贡，三十三年任）
张　箴（山东阳信人，岁贡，三十四年任）
卢汝霑（宣城人，岁贡，三十五年任）
高汝毅（江宁人，岁贡，三十八年任）
杨世贤（凤阳人，岁贡，四十一年任）
敖希彦（江西清江人，举人，四十三年任）
陶继宗（潜山人，岁贡，四十七年任）
周济生（山东金乡人，岁贡，天启元年任）
叶万全（华亭人，岁贡，四年任）
徐可弼（东流人，岁贡，七年任）
魏知微（陕西人，岁贡，崇祯四年任）
张化枢（云南永昌人，举人，七年任）
吴启泰（山东峄县人，岁贡，十二年任）
成王佐（浙江人，岁贡，十四年任）

训导（凡二人，隆庆二年裁一）

华　革（洪武二年任）
弘　昭（正统元年任）

---

① 万历《徐州志》作“燿”。
② 原作“上希首”，据乾隆《徐州府志》、乾隆《沛县志》改。
③ 原作“金”，据乾隆《徐州府志》、乾隆《沛县志》改。

陈　谟（浙江绍兴人，岁贡，七年任）
周　缉（江西吉水人，岁贡，七年任）
周载[1]苾（景泰元年任）
方　璠（元年任）
林　贵（浙江鄞县人，岁贡，成化二十一年任）
王　辅（浙江安吉州人，岁贡，二十□年任）
聂　让（湖广云梦人，岁贡，弘治四年任）
李　兰（福建南安人，岁贡，十七年任）
林　蕃（广西藤[2]县人，举人，十七年任）
周　鹏（北直丰润人，岁贡，正德初年任）
张　俊（福建同安人，岁贡，五年任）
安　信（湖广沣州人，岁贡，十五年任）
李　镕（湖广嘉鱼人，岁贡，嘉靖元年任）
胡　福（江西南丰人，岁贡，三年任）
陆　渊（广东高要人，岁贡，八年任）
刘学夔（湖广兴国州人，岁贡，十年任）
苏　锳（湖广荆州人，岁贡，十五年任）
黄　昶（河南确山人，岁贡，十八年任）
张庆旸（浙江泰顺人，选贡，二十年任）
季　珩（福建浦城人，岁贡，二十三年任）
钟大器（广东曲江人，岁贡，二十九年任）
董　勋（河南怀庆人，岁贡）
郑　原（浙江宣平人，岁贡）
杨　爵（江西贵溪人，岁贡）
周可久（四川泸州人，岁贡）
宋时奎（北直新河人，岁贡）
李　嵩（广东高要人，岁贡。以上阙年）
曾继[3]爵（江西上犹人，岁贡，四十年任）
冯中州（北直景州人，岁贡，四十四年任）

① 原作“在”，据嘉靖、万历《徐州志》及陈亹《沛县儒学记》改。
② 原作“滕”，据嘉靖、万历《徐州志》改。
③ 原作“维”，据万历《南安府志》、康熙《上犹县志》改。按：曾继爵，字良盛。沛县训导，升临安县教谕，又升荆州府教授。本志及乾隆、同治《徐州府志》皆误。

窦　岭（山东诸城人，岁贡，隆庆元年任。二年裁）
史思贤（山东宁阳人，岁贡，四年任）
寇立纪（湖广应城人，岁贡，万历四年任）
唐印正（邳州人，岁贡，九年任）
丁一杰（河南许州人，岁贡）
鲁思问（和州人，岁贡。并阙年）
李　宣（北直赞皇人，岁贡，二十六年任）
程三德（婺源人，岁贡，三十二年任）
蒋体仁（虹县人，岁贡，三十七年任）
王　璇（山东聊城人，岁贡，四十二年任）
何羹弼（丹徒人，岁贡，四十六年任）
张汝蕴（陕西泾阳人，岁贡，天启元年任）
张登瀛（山东济宁人，岁贡，六年任）
柴邦震（山西绛州人，岁贡，崇祯三年任）
张弘纲（山阳人，岁贡，六年任）
孙联芳（浙江仁和人，岁贡，十年任）
季连芳（北直大城人，岁贡，十二年任）
朱一新（安东人，岁贡，十六年任）

泗亭驿驿丞

震　倘[1]（浙江山阴人，吏员）
秦绍宾（广西临桂人，吏员）
黄云鹏（浙江余姚人，吏员）
王大岳（湖广襄阳人，承差）
刘自新（北直大城人，吏员）
朱天宠（太仓人，承差）
萧廷辅（浙江仁和人，吏员）
周　炳（浙江上虞人，吏员）
张　绀（浙江黄岩人，吏员）
张四维（山东馆陶人，吏员）
沈　纪（临淮人，承差）
张孚先（北直大名人，承差）
叶　棠（歙县人，承差）
丁尚涣（浙江仁和人，承差）

西柳庄闸闸官

隶滕县，在沛县境内。〇按明时隶沛县各闸，胡陵城、庙道口、谢沟诸处久废；其存者，闸官姓名多不传，今只就邑志所载记之。〇邑志旧载留城、马家桥二

① 万历《沛志》、乾隆《沛县志》作“周倘”。

闸官姓名，隶本州，改入州杂职后。

邬　灌（江西丰城人，吏员）

王廷儒（山西襄垣人，吏员）

谢永贞（山东博平人，吏员）

常三省（山东馆陶人，吏员）

饶永宣（江西新建人，吏员）

李　蕚（山东滨州人，吏员）

杨　津（山西太原人，吏员）

砀山县

知县

邵俊杰（洪武三年任）

张　清（十五年任）

冯　钦（二十四年任）

郝　玘（山西吉州人，监生，永乐元年任）

周宗昕（十三年任）

刘伯吉（宣德八年任）

邹　旦（江西乐安人，正统元年任）

杜　钊（北直衡水人，岁贡，五年任）

刘　宧（成化二年任）

张梦辅（陕西澄城人，举人，五年任）

包　鼐（浙江人，进士，十年任）

叶　林（北直人，监生）

田　禋（河南祥符人，进士。并阙年）

胡希颜（陕西乾州人，进士，弘治四年任）

杜　臻（山西人，举人）

周　逊（江西人，举人）

阎　济（山西人，举人）

孙　昊（河南人，监生。以上阙年）

李　金（江西丰城人，进士，正德四年任）

杨　誉（福建莆田人，进士，七年任）

刘守恒（湖广宁乡[1]人，举人，八年任）

① 原作“都”，讹始嘉靖《徐州志》。案雍正《湖广通志》卷三十五《选举》：刘守恒，宁乡人，弘治二年己酉举人。乾隆《砀山县志》作“宁都州”，亦误。

霍　凤（北直青县人，监生，十年任）
季　木（浙江会稽人，举人，十五年任）
吴大用（浙江仁和人，举人，嘉靖六年任）
彭以诚（山西曲阳人，举人，八年任）
陶师文（浙江会稽人，举人，十一年任）
陆　登（浙江鄞县人，监生，十三年任）
张　忠（北直南皮人，监生，十四年任）
高　珊（广西[①]宜山人，监生，十九年任）
刘　阳（江西安福人，举人，二十年任）
鲍继昌（山东曲阜人，监生，二十四年任）
王绍元（江西金溪人，举人，二十六年任）
李　坦（北直武强人，贡生）
孔维经（河南人，监生）
方叔猷（福建人，举人）
甘懋德（江西奉新人，举人。以上阙年）
崔元吉（北直开州人，举人，四十三年任）
戴　伟（山东郓城人，举人。阙年）
王廷卿（湖广荆门人，举人，隆庆四年任）
吴尚诚（福建连江人，举人，万历初年任[②]）
刘守谦[③]（湖广龙阳人，举人）
廖　澜（江西人，举人）
赵应元（浙江秀水人，岁贡）
陈　熙（四川雅州人，岁贡）
陈继志（浙江上虞人，举人。以上阙年）
熊应祥（江西金溪人，举人，二十六年在任）
高　瀚（山东胶州人，选贡，三十年在任）
朱之扬（北直大名人，举人，三十□年任）
张汝霖（江西清江人，举人，三十八年任）
陈秉良（广东东莞人，举人，四十三年在任）

① 原作“湖广”，误，据嘉靖、万历《徐州志》改。
② 万历《徐州志》作“万历四年任”。
③ 案《明神宗实录》卷一三二：万历十一年正月辛未，“浚韩家口引渠出徐州，以河防报竣，升砀山知县刘守谦俸一级”。

蔡一熊（福建惠安人，进士，四十八年在任）
张兆璋（福建惠安人，举人，天启初年任）
李春鲸（北直开州人，举人，七年在任）
姚来琯（江西南城人，恩贡，崇祯四年任）
宋　坤（辽东沈阳人，选贡，□年任）
刘　芳（云南石屏籍北直清苑人，举人，十二年在任）
易世璧（江西雩都人，选贡，季年任。见《雩都志》）

县丞（嘉靖初年裁）

齐思鲁（洪武十五年任）
傅彦臻（北直卢龙人，永乐十四年任）
刘　全（北直晋州人，岁贡，宣德八年任）
王一贯[①]（十年任）
姜　钺（山东昌邑人，岁贡，景泰三年任。见《昌邑县志》。邑志遗）
缪　贯（成化四年任）　陈　纪（八年任）
郑　彝　苏　茂（并阙年）
于　溥（弘治四年任）
张思温　周　宝（并阙年）
熊　才（正德初年任）　林　稳（七年任）
傅　英（山东临淄人，监生，九年任）
陶　恕（山海卫人，监生，十四年任）
李　淡（江西南丰人，监生，十六年任）
王守道（河南临漳人，监生，嘉靖五年任。是后缺裁）

主簿

张文宪（永乐七年任）
王　吉（北直元氏人，贡生，天顺间任。见《元氏志》。邑志遗）
陈　隆（成化四年任）　赵　濬（八年任）
赵　庆（弘治四年任）
刘　汉（陕西洵县人，监生，正德八年任）
韩　福（北直曲周人，监生，十年任）

① 嘉靖、万历《徐州志》作“王贯”。

王　琦（山西太原人，监生，十五年任）

万　魁（大宁都司茂山卫人，监生，嘉靖七年任）

蒋　仪（贵州铜仁人，监生，十三年任）

邬　源（浙江黄岩人，吏员，十四年任）

邓　颐（江西弋阳人，监生，二十年任）

马　桂

刘拱极（北直任县人）

苏天章

李光奎（山东滨州人）

李镇南（浙江临海人，吏员）

丰　丛（北直滑县人，监生）

吴　履（浙江山阴人，吏员）

杨　桅（山东莘县人，监生）

李文林（山西曲沃人，监生）

黄可征（湖广罗田人，监生。以上阙年[①]）

郝致敬（北直平山人，贡生，万历二年任。〇《平山志》作砀山丞，未知孰是）

陈危言（五年任）

胡应宿（八年任）

陈应诏（十年任）

李有敬（十二年任）

章士英（浙江会稽人，吏员）

赵有家（山东寿光人，儒士。并阙年）

崔　衮（十七年任）

刘　培（十九年任）

俞　应（二十年任）

程　潮（江西彭泽人，吏员，后升徐州判官）

孙思敬（山东莘县人，监生。并阙年。〇邑志思敬下注“管河衔裁减”五字。据此，则明时砀山主簿似亦二人，至此乃裁其一也。然无明文可考）

马崇信（二十七年任）

潘向阳（河南真阳人，儒士。阙年）

欧阳墀（福建人，三十一年任）

余焕文（福建侯官人，监生。阙年）

潘可则（浙江缙云人，吏员，三十九年在任）

张敬元（北直深州人，吏员，四十二年任）

刘元征（山东掖县人，监生）

史绍芳（江西万年人，吏员）

顾起翔（浙江嘉善人，吏员。并阙年）

陈光柱（崇祯十二年在任）

典史

刘　运（洪武三年任）

周文中（宣德间任）

---

① 自吴履以下至黄可征，任年见万历《徐州志》。

余　盛（正德七年任）　　王　聪（八年任）
王　完（十五年任）
李　锐（北直蓟州人，吏员，十六年任）
杨　淮（北直通州人，吏员，嘉靖五年任）
王　容（北直唐山人，吏员，十年任）
李世材（福建侯官人，吏员，十五年任）
赖　栋（江西丰城人，吏员，十七年任）
郑　桂（浙江会稽人，吏员，二十年任）
贾文英（北直迁安人，吏员，二十五年任）
章士英（万历间任。升本县主簿）　　金　尧（三十九年在任）
陈应奇（崇祯间任）　　姚文芳（十二年在任）

教谕

李孟玉　　张观［兴］[①]
丘　纯（并宣德间任。见孔子庙碑）
叶楚华（浙江松阳人，举人，成化二年任）
郑　吉（八年任）　　习　镛（弘治四年任）
周　太（七年任）
张来仪（北直霸州人，正德元年任）
吴可贞（广西临桂人，举人，七年任）
董　槐（山西代州人，举人，十一年任）
袁　钏（湖广麻城人[②]，岁贡十五年任）
吴　俊（福建建安人，岁贡，嘉靖九年任）
黄　溥（广西藤[③]县人，举人，十一年任）
王一贯（江西泰和人，举人，十七年任）
杨振纪（辽东前卫人，岁贡，二十二年任）
黄　俭（湖广城步人，岁贡，二十六年任）

① 上二人，原作“李梦玉、张观”。据刘球《砀山儒学记》“前谕李孟玉、张观兴，今谕丘纯”句改，文见本志卷三十二《艺文五》。
② 按：袁钏入《黄冈县志·选举》，历代《麻城县志》皆无载。
③ 原作“滕”，径改。

李应扬（福建侯官人，岁贡[①]）　　贾　崧（浙江金华人，岁贡）
徐天麟（湖广龙阳人，岁贡）　　陈九畴（浙江海盐人，岁贡）
刘朝孚（广东顺德人，举人）　　丘　崧（河南陕州人，岁贡）
严　淮（云南太和人，举人）　　陈　琯（福建宁德人，岁贡）[②]
张　炳（沭阳人，岁贡）　　胡一化（凤阳人，选贡）
王　珠（颍州人，选贡）　　黄思齐（宜兴人，选贡）
崔应科（虹县人，选贡）　　缪时雨（云南霑益州人，选贡）
章　春（绩溪人，选贡）　　叶孝友（婺源人，岁贡）
刘元龙（广西全州人，举人）
蒋鉴偃（广西全州人，举人。以上阙年）
谢廷谏（亳州人，恩贡，万历三十八年在任）
余朝卿（黟县人，岁贡）　　陈嘉谟（湖广城步人，岁贡）
刘敏德（沭阳人，岁贡）　　田既庭（霍丘人，岁贡）
孔时可（合肥人，岁贡）　　李时昇（巢县人，岁贡）
江期昌（海州人，岁贡）　　庄起敬（丹阳人，岁贡。以上阙年）
陈于朝（贵州安南籍和州人，岁贡，崇祯十二年在任）

训导（凡二人，隆庆二年裁一）

徐　忞[③]（宣德十年任）　　陈　翔（成化八年任）
秦　徽（北直新乐人，举人，八年任）
任　道（弘治五年任）　　廖　轲（六年任）
尹　鸿（七年任）　　季　春（八年任）
刘　佑（河南人，正德元年任）
孙　辅（北直高阳人，岁贡，六年任）
陈　仁（广东万州人，岁贡，七年任）
陆　铠（山东登州卫人，监生，十四年任）
李文伟（河南荥泽人，岁贡，十四年任）
宋景春（北直平谷人，岁贡，嘉靖元年任）

---

① 万历《徐州志》作“举人”。案万历《福州府志·人文志五·清操》：“李应扬，字希旦，闽县人。嘉靖壬子乡荐，授砀山谕，寻转曲阳令。”据此，万历《徐州志》应是。自本志改作“岁贡”，徐州两府志、乾隆《砀山县志》并同，皆误。

② 按：自徐天麟至陈琯，任年见万历《徐州志》。

③ 原作“徐文心”，据《浙江通志》《衢州府志》《常山县志》等改。

严廷修（江西瑞金人，岁贡，四年任）
张　桂（浙江余杭人，岁贡，七年任）
范希清（江西弋阳人，岁贡，九年任）
周　赞（浙江奉化人，岁贡，十八年任）
李　曾（湖广郧阳人，岁贡，十八年任）
吴　奇（浙江丽水人，岁贡，二十三年任）
沈　璇（湖广汉阳人，岁贡，二十五年任）
王子朴（山东黄县人）
范　济
赵　镃
林彦嘉（福建安溪人）
张时穆（北直祁州人）
卫　锐（浙江仁和人）
杨　佐（山西闻喜人）
贾梦鲤（山东峄县人）
徐　镗（山东登州人）
朱维翰（合肥人）
唐应时（沭阳人，岁贡）
王光辉（河南唐县人）
马应选（山东临邑人）
伍养默（山东兖州人）
张四维（来安人，岁贡）
鲁　兰（含山人）
王之相（山东蒙阴人。以上阙年）
余朝卿（万历三十八年在任。升本学教谕）
刘　楷（宿迁人，岁贡）
周之桢（泗州[①]人，岁贡。并阙年）
王　冲（陕西白水人，岁贡，天启七年在任）
贺日章（丹阳人，岁贡，崇祯四年在任）
董胤昌（北直滦县人，岁贡，［八］[②]年任）
陆养正（五河人，岁贡，十二年在任）

丰县

知县

傅　时（洪武三年任）
曾　本（江西雩都人，五年任）
杨　扐（八年任）
曹仲篪（江西湖口人，三十年任）

① 原作“川”，据乾隆《徐州府志》、乾隆《砀山县志》改。
② 原墨丁，字据乾隆《砀山县志》补。

方　琛（浙江乌程人，永乐十年任）
郝　晔（十六年任）
阙　膺（江西奉新人，宣德元年任）
孙　安（江西浮梁人，贡士，景泰元年任）
邝　颐（广东南海人，进士，成化十九年任）
于　让（北直滑县人，弘治十年任）
王　纪（河南济源人，十一年任）
陈　善（江西弋阳人，进士，正德三年任）
张　泮（浙江鄞县人，举人，九年任）
裴　爵（山西泽州人，举人，十一年任）
王廷直（北直博野人，举人，嘉靖三年任）
高　禄（山东博兴人，监生，四年任）
赵　寿（陕西沔县人，监生，十年任）
张叔宣（四川内江人，举人，十四年任）
张　萃（北直元城人，监生，十九年任）
李崇信（湖广潜江人，举人，二十年任）
叶　烓（浙江丽水人，监生，二十四年任）
祝　文（江西宁州人，举人，二十八年任）
徐　蓂（浙江长山人，举人，二十九年任）
戴　辅（广西灌阳人，举人，三十一年任）
胡乂心（浙江仁和人，举人，三十［九］[①] 年任）
丘　铉（山东德州人，监生，四十三年任）
任惟贤（湖广黄陂人，举人，四十五年任）
尹　梓（北直南宫人，举人，隆庆二年任）
吴文光（江西高安人，举人，万历元年任）
欧阳宇（江西庐陵人，监生，四年任）
何仕廷（贵州铜仁人，贡士，七年任）
庄　诚（四川成都人，举人，八年任）
范　围（湖广随州人，选贡，十三年任）
费思箴（湖广荆门州人，举人，十五年任）
邓全谦（广西全州人，举人，二十年任）

① 原墨丁，字据万历《徐州志》补。

孙　延（山东掖县人，举人，二十二年任）

钟世章（江西会昌人，选贡，二十五年任）

李先春（北直延庆州人，选贡，二十八年任）

戴一松（河南仪封人，举人，三十二年任）

杨鸿翔（福建侯官人，贡士，三十五年任）

熊应祥（四川内江人，举人，三十六年任）

孔道源（浙江钱塘人，选贡，三十八年任）

常思温（河南灵宝人，举人，四十一年任）

王三益（河南永城人，举人，四十六年任）

宋士中（江西奉新人，举人，四十八年任）

刘调羹（河南禹州人，进士，天启三年任）

王体蒙（河南虞城人，举人，崇祯二年任）

陈鸣喻（福建晋江人，举人，六年任）

方遴偕（浙江慈溪人，举人，八年任）

米良昆（湖广蒲圻人，举人，十二年任）

唐元皞（广西人，举人，十三年任）

刘　光（贵州人，举人，十四年任）

谯拱极（四川人，举人，十七年任）

县丞（弘治后裁）

周公谨（浙江东阳人，宣德四年任）

宋　溥（弘治间任。见邑志《汉高帝庙记》。《秩官表》遗）

主簿（嘉靖十五年裁，万历四年复设）

李克文（浙江余姚人，吏员，嘉靖九年任）

夏　时（陕西城固人，吏员，十年任）

王宗儒（北直大城人，监生，十二年任）

王　椿（河南颍川卫人，监生，十四年任。明年缺裁）

彭　凤（江西人，监生，万历四年复设任）

王　曦（山东齐东人，监生，□年任）

林大原（福建福清人，吏员，七年任。后升徐州判官）

吴　木（浙江余姚人，吏员，八年任）

喻元庆（江西南昌人，监生，十三年任）

林时藩（福建莆田人，吏员，十□年任）
吴一龙（江西高安人，吏员，二十年任）
宋启明（山东泗水人，监生，二十二年任）
石　沂（湖广黄梅人，监生，二十□年任）
游应秋（福建瓯宁人，监生，二十五年任）
冯思敬（北直束鹿人，吏员，二十八年任）
窦生耀（北直大名人，监生，三十二年任）
胡效义（湖广罗田[①]人，监生，三十五年任）
黄幼仪（福建莆田人，监生，三十六年任）
潘　玮（北直南皮人，监生，三十八年任）
王与诰（福建将乐人，吏员，天启三年任）
林瑞春（浙江山阴人，吏员，□年任）
石　锦（福建莆田人，吏员，崇祯二年任）
王施仁（河南武安人，吏员，□年任）
王明顺（浙江永嘉人，吏员，六年任）
罗尚志（江西泰和人，吏员，八年任）
王联奇（山东寿光人，恩贡，十二年任）
刘继远（江西南昌人，十七年任）

典史

王　庸（北直晋县人，吏员，宣德四年任）
刘　勉（正统间任。见邑志《汉高帝庙记》。《表》遗）
刘　昂（景泰元年任）
查　俊（弘治间任。见邑志《汉高帝庙记》。《表》遗）
刘　瑀（山东蓬莱人，吏员，嘉靖六年任）
金良章（浙江乐清人，吏员，十一年任）
周景福（福建上杭人，吏员，十四年任）
单　仁（山东滕县人，吏员，十七年任）
井廷玉（陕西华阴人，吏员，二十一年任）
林孔泰（福建莆[②]田人，二十九年任）

---

① 顺治《丰县志》同作“罗田”。乾隆、同治《徐州府志》及乾隆、光绪《丰县志》作“罗州”。
② 原作“青”，据万历《徐州志》改。

韩　耀（江西临川人，三十年任）
谭邦直（北直满城人，三十［六］① 年任）
黄　宋（江西丰城人，三十九② 年任）
吴大年（福建莆田人，四十［二］③ 年任）
萧　操（江西庐陵人，隆庆元年任）
潘元谅（广东南海人，三年任）
戴廷玭（浙江太平人，万历元年任）
李尚志（河南信阳州人，七年任）
罗朝钦（湖广湘阴人，十三年任）
赵　坦（浙江山阴人，十［五］④ 年任）
宋　升（浙江绍兴人，二十年任）
魏九叙（江西南昌人，监生，二十二年任）
王大绶（浙江山阴人，二十五年任）
叶　祺（浙江山阴人，二十八年任）
王行静（浙江山阴人，三十二年任）
邬成化（湖广郴州人，三十五年任）
朱家弼（江西丰城人，三十六年任）
程希恩（北直内丘人，三十八年任）
詹云吉（天启三年任）
朱　科（崇祯八年任）
戴天宣（浙江人，吏员，十四年任）

教谕

孔克伸（山东曲阜人，洪武七年任）
刘　昂（江西庐陵人，举人，正统三年任⑤）
段　徽（山西怀仁人，举人，天顺元年任）
段　恕（北直武强人，贡生，□年任。见《武强志》。邑志遗）
陈　璜（福建福清人，举人，成化十一年任）

---

① 原阙，字据万历《徐州志》补。
② 原作“三十三”，据万历《徐州志》改。
③ 原墨丁，字据万历《徐州志》补。
④ 原阙，字据隆庆《丰县志》补。
⑤ 原作“永乐二年任”，据嘉靖、万历《徐州志》改。按：景泰中重修丰县汉高祖庙，教谕刘昂为记，明非永乐时人也。

陈　让（福建长乐人，举人，弘治十二年任）
唐　俊（湖广零陵人，举人，正德五年任）
林　拱（福建平海卫人，贡生，七年任）
吴景寅（湖广通城人，举人，十一年任）
胡文举（福建闽县人，举人，嘉靖五年任）
孙　桓（山东蒲台人，贡生，十五年任）
许天祐（福建闽县人，贡生，十一年任）
王鹏举（浙江桐庐人，贡生，二十一年任）
杨　灿（广西桂林中卫人，举人，二十三年任）
刘汝贤（河南祥符人，贡生，二十八年任）
经彦宣（广西全州人，举人，二十九年任）
孙世宁（北直沙河人，贡生，三十五年任）
王　献（浙江乐清人，贡生，三十九年任）
余廷桂（湖广黄冈人，贡生，四十年任）
李　珂（山西洪洞人，贡生，四十四年任）
李　星（浙江海盐人，举人，隆庆二年任）
何　恩（浙江於潜人，岁贡，四年任）
白　笺（河南长葛人，岁贡，万历元年任）
马廷仪（湖广邵阳人，岁贡，四年任）
吴　臣（寿州人，岁贡，六年任）
潘　例（广德州人，岁贡，九年任）
蓝继芬（广东琼州人，岁贡，十□年任）
王大栋（浙江嵊县人，举人，十三年任）
毛志尹（江西南昌人，举人，十六年任）
范景曾（山东昌邑人，岁贡，二十年任）
袁九皋（湖广辰州人，岁贡，二十一年任）
李　洛（高淳人，岁贡，二十□年任）
任□[①]化（山东临邑人，岁贡，□十□年任）
陈　昇（宿迁人，岁贡，□十□年任）
王大舜（浙江永嘉人，岁贡，□十□年任）
萧丰桐（河南上蔡人，岁贡，□十□年任）

① 原墨丁，案顺治《新修丰县志》作“徐子化”，乾隆《徐州府志》作“徐化”。

武志仁（河南武安人，岁贡，□十□年任）
[陈][1]五章
庞　濬（丹阳人，岁贡，□十□年任）
张以诚（青浦人，举人，四十二年任）
宋德隆（阙年）
金　鱼（盱眙人，岁贡，四十六年任）
刘惟中（山东海丰人，天启二年任）
蒋天祐（太仓人，三年任）
张凤翎（淮安人，五年任）
龚　奭（湖广景陵人，举人，七年任）
邓士奇（广西人，解元，崇祯四年任）
吴恭安（歙县人，举人，七年任）
高孝志（江都人，举人，九年任）

训导（凡二人，隆庆二年裁一）
吴　昂（北直固安人，举人，成化七年任）
吴　辙（福建漳浦人，贡生，弘治十一年任）
郑　发（福建龙溪人，举人，十二年任）
王　鸾（湖广黄陂人，贡生，正德七年任）
杜　良（浙江人，贡生，十一年任）
郭　伟（广西苍梧人，监生，嘉靖二年任）
闻　翰（浙江余姚人，岁贡，七年任）
连大猷（福建惠安人，监生，十年任）
孟景旸（北直无极人，岁贡，十六年任）
孟　钥（广西平乐人，贡士，十八年任）
周　辙（河南中牟人，贡士，二十二年任）
危　春（江西彭泽人，岁贡，二十二年任）
杨汝舟（山东平度州人，贡士，二十三年任）
郑　敬（浙江缙云人，贡士，二十八年任）
王　和（浙江定海人，贡士，二十九年任）
元东光（北直大名人，贡生，三十五年任）

---

① 原墨丁，字据顺治《新修丰县志》补。案顺治县志：陈五章，山东曹县人，岁贡，三十七年任。

章天伦（四川成都人，监生，三十五年任）
王承乾（北直顺天人，贡生，三十七年任）
巩　固（北直深州人，贡生，三十九年任）
杨　泾（北直涿州人，贡生，四十三年任）
谌　达（江西高安人，贡士，四十五年任。隆庆二年裁）
夏　时（浙江德清人，贡士，隆庆二年任）
曹　贡（山东新泰人，贡士，五年任）
俞　堪（含山人，岁贡，万历四年任）
陈　锐（山东滕县人，岁贡，九年任）
罗胤[①]武（宿迁人，岁贡，十□年任）
尹尚志（虹县人，岁贡，十四年任）
刘继芬（河南封丘人，岁贡，二十二年任）
张拱端（宿州人，岁贡，[二]十[七][②]年任）
王冲鹤（河南杞县人，岁贡，□十□年任）
刘文晔（山东邹平人，岁贡，□十□年任）
袁时荐（河南[睢]州人，岁贡，[三]十[九][③]年任）
商可化（四十二年任）
缪应登（滁州人，岁贡，四十六年任）
张汝蕴（六合人，天启三年任）
孙应旂（宣城人，贡士，七年任）
汤梦祯（宝应人，贡士，崇祯四年任）
赵于朝（云南罗平人，贡士，七年任）
孙　瓒（陕西秦州人，贡士，十二年任）
马如融（安庆人，贡士，十七年任）

《日知录》引《盂县志》云："高皇帝定天下，诏府、卫、州、县各立学，置师一人，或二人。英宗以后，始著为令：府五人、州四人、县三人，例录天下岁贡之士为之，间有由举人、进士除授者。"按：此考核最确，但未言何年裁训导一人。州旧志云"崇祯三年裁"，沛志云"隆庆二年裁"，丰志于嘉靖四十五年谌达下注"后裁，改某处"。诸志惟沛邑差为详慎，且成于万历三十七年，去隆庆未久，又与丰邑志合，当以沛志为允。

① 原作"允"，避雍正讳改。今据顺治《重修丰县志》恢复本字。
② 原阙，二字据顺治《丰县志》补。
③ 原阙，三字据顺治《丰县志》补。

补编

李　钦（沛县丞）

赵承鼎（崇祯末任砀山县）

徐州志卷之十二

官司四

明初起，命将守徐无定制，已乃设徐州卫指挥使、同知、佥事，正三品至正四品；镇抚、经历、知事，从五、从七及正八品。左、右、中、前、后、中左、中右七所，所正、副千户，分正、从五品；百户、镇抚，分正、从六品。宣德五年，增徐州左卫，官制与徐州卫同，少中左、中右二所。○隆庆三年，设淮徐参将一人，正二品；中军守备一人，正四品。天启中，以总兵易参将，寻又改副总兵，是后常相参用。○万历初，增淮徐兵备道中军守备一人，正四品。○沛县于建文三年设军民指挥使，汛防沛、丰。○崇祯六年，设砀营［把总］[①] 于萧县之赵镇，寻易砀营守备，统中军掌号左哨、右哨各一人。以上并详见《兵防》。

徐州守将

傅友德（吴元年守徐州，与元将扩廓帖木儿战于吕梁）

徐　达（尝暂守将）

李　荣（沛人，从徐达守徐，赐爵百户）

徐州卫指挥使

两卫官属甚多，又时有增损，而无一定。其历任姓名多不传，今据各志及诸碑文名存者志之。

司　敬　　苏　宽　　赵　俊

赵　檀　　郭军儿　　郭　鸿（并见嘉靖志）

赵　浦　　丁　山（并见旧志）

朱　荣　　宋　玉（并见兴化寺碑）

孙　经　　张　岱（并见高帝庙碑）

王文炯（为砀营守备）

徐广如（为砀营守备）

① 底本漫漶，二字据本志卷七《兵防》补。

何孙义　阿都赤（并见《萧县志》）
李继春（见《济南府志》）

同知

王　春　王　成　王元伯　徐　兴
徐　汉　王恭敬　苏　得　苏　磬
王三儿　王　鉴（并见嘉靖志）
王　全　马尖头（并见旧志）
徐　亨（见兴化寺碑。〇碑又有徐姓一人，阙名）

佥事

尹　全　尹　悌　王　才　王　继
金　旺　金　印　魏　仁　魏尚忠
许　文　许邦义　张　捌　张　岱
费　先　费　濂　王　印　孙阿都赤
孙　经　杨　濂（并见嘉靖志）
谭巨渊　许　秀　倪兴旺　杨　智
武仕杰　滕皮儿　孙　德　王　立
李仕能　王　聚
张定安　魏　化（并见旧志）
王　雄　费　安　尹　端
魏　荣　许　荣　谭　秉
温　恭（并见兴化寺碑。〇碑又有名戡、名鉴者，二人皆阙其姓）
金　辂（见《萧县志》。为砀营守备）

镇抚

王　智　喻　清　喻　津（并见嘉靖志）
薛三保　陈永康（并见旧志）
张　惠　喻　春（并见兴化寺碑）

经历（经、知皆文职，系卫属，今各以类从）

张　谨　张　龄　马　越
袁文林（山西阳和卫人，监生）

康　爵（江西鄱阳人，吏员）　韩　相（山东安丘人，监生）
董天赋（湖广浏阳人，监生。并见嘉靖志）
朱　森（见兴化寺碑）
张　贞（北直河间人，岁贡。见《河间府志》）
李文秀（北直行唐人）
王　荐（北直真定人。并见《真定府志》）

知事（嘉靖后裁）

马　良（昆山人）
谭大经　陈　本
乔　玺　李　绍（山东德州人，吏员）
王　云（河南项城人，吏员）　邹　相（湖广长沙人，监生）
胡仲哲（湖广蕲水人，吏员）　王承宗（山东临邑人，吏员）
赵　环（山东昌邑人，吏员。并见嘉靖志）

千户

尚都先　卫　永（俱左所）
许　智　许　谦　刘　恭
刘　忠（俱右所）
刘　行　刘　宪　任六儿
任　夔　郁忽剌歹　郁　洪
谭　谨（并见嘉靖志）
任　宽（见旧志。俱中所）
曹　荣　曹舜臣（并见嘉靖志）
赵　宣（见《信丰县志》。俱前所）
陶　勇　陶　輗（俱后所）
滕　霄　高得亮　高　举（俱中左所）
尹　忠　尹　经（俱中右所。并见嘉靖志。以上正千户）
文寿孙　文　玉　陈　兴　陈　良
倪关住　倪　经（并见嘉靖志）
蒋　成（见旧志。俱左所）
张　兴　张　缙　邵文明
邵　臣（俱右所）

徐　旺　　　　徐　相　　　　孟　成
孟　充（并见嘉靖志）
徐　通（见旧志。俱中所）
滕　胜　　　　滕　奇　　　　李　成
李　隆　　　　邹　远　　　　邹　堂
董移住　　　　董　爵
戴　兴　　　　戴（阙名[1]。并见嘉靖志）
董　奉（见旧志。俱前所）
王　原　　　　王　田　　　　蔡　闰
蔡　用　　　　李七儿　　　　李　明
谭　贵　　　　谭　燧（并见嘉靖志）
李　浩（见旧志。俱后所）
刘　唐　　　　刘　恺　　　　杨　景
杨　津（并见嘉靖志）
徐象牙（见旧志。俱中左所）
王　崐　　　　颜　祥　　　　颜　梅　　　　张　兴
张　诚（并见嘉靖志。俱中右所）
余凤孙（见《饶州府志》，未详何所。以上副千户）
张　山（见《萧县志》）
刘　钊　　　　陶　渊　　　　许　刚
杨　斌　　　　姚　政　　　　尹　敬（并见兴化寺碑）

李　楫（见高帝庙碑。以上正、副并何所俱未详。〇旧志此下尚录百户、镇抚姓名。考嘉靖志云“百户不皆堪任，常以能者兼摄之”，则其不足为志乘光，虽削之可矣。镇抚亦然）

徐州左卫指挥使

时　宝　　　　时　广　　　　时　序　　　　李　斌
李得阳　　　　金　勇　　　　金　銮　　　　向　礼
向　文　　　　陈　文　　　　陈一清（并见嘉靖志）
金　汉　　　　时从义　　　　陈友僧
贾　禄　　　　　　　　　　　向那海（并见旧志）

① 按：嘉靖《徐州志》“戴伦祖戴兴任”。其字为“伦”，今版无阙。疑当日所见版本漫漶难读，遂付阙如。

蔺　义（见《萧县志》）

同知

华　礼（见旧志）

金志皋（见《萧县志》。为砀营守备）

佥事

范　诚　　孙　忠　　孙世勋　　刘　琮

刘　勋　　陈　杰　　陈　铸　　张　麒

张仲畜　　仇　谅　　仇　遂　　陈　宁

陈　祥　　夏　宏　　夏　书　　韩　玉

韩　仪　　钟　馨　　钟　琦　　蔺　琥

蔺　资（并见嘉靖志）

仇　彪　　陈鹤松　　陈子名　　蔺　富

孙　长　　刘鉴通　　刘　保

张　宝（并见旧志）　　孙　英（见兴化寺碑）

镇抚

蒋　俊　　蒋　弼（并见嘉靖志）

蒋　实（见旧志）

经历

马　准（陕西泾阳人，吏员）　　周　循　　刘　兰

蓝　贯（江西进贤人，吏员）　　张　辂

辛　登（河南襄城人，吏员。并见嘉靖志）

杨良辉（见兴化寺碑）　　王　章（见沛邑志）

知事（嘉靖后裁）

张　釜（河南渑池人，吏员）　　何　袭（浙江慈溪人，吏员）

吕　厚

邵　德（浙江定海人，吏员。并见嘉靖志）

千户

林　英　　　　林　勇（并见嘉靖志）

林　茂（见旧志。俱左所）

徐　文　　　　徐尚儒（并见嘉靖志）

徐　庸（见旧志。俱右所）

裴　镇　　　　裴　俊（并见嘉靖志）

裴　忠（见旧志。俱中所）

郎　玉　　　　郎　悌（并见嘉靖志）

王　兴　　　　郎　荣（并见旧志。俱前所）

刘　兴　　　　刘　勇　　　　管彦良

管　政（并见嘉靖志。俱后所。以上正千户）

邹　理　　　　邹　玉　　　　陈　瑄

陈尚仁（并见嘉靖志）

邹　聚　　　　陈二郎（并见旧志。俱左所）

张　胜　　　　张　京　　　　苑显忠

苑　荣（并见嘉靖志）

张　省　　　　苑得成（并见旧志。俱右所）

徐　旺　　　　徐　文（并见嘉靖志）

刘　兴　　　　杜　雄（并见旧志。俱中所）

赵　斌　　　　赵　允　　　　吴　宽

吴孟嗣（并见嘉靖志）

吴　福（见旧志。俱前所）

王　弘　　　　王自清　　　　邢　秀

邢　清　　　　姚　瑄　　　　姚　相（并见嘉靖志）

王世臣　　　　邢　聚

姚　显（并见旧志。俱后所。以上副千户）

淮徐参将

王　柱　　　　尹　凤　　　　韩　荣　　　　黄孝感

解　元　　　　陈［嘉勋］[1]　　　　卢继忠　　　　王时伟

---

① 原作“名阙”，据《明神宗实录》卷二百八补。案《实录》：万历十七年二月，陈嘉勋改四川叙泸参将，解元继任。二十一年正月，解元调守山西，卢继忠继任。

韦国祯　金一清　田有成　孙继祖
王良相[①]　姜济美　公光国　王　鼎
刘文炳
龚（名阙。以上并参将。天启二[②]年改参将衙门为总兵府，参将省）

镇守徐州营总兵官（后副总兵、总兵互改用）

萧如薰（总兵，陕西延安人，天启三年以左都督任）

曹鸣雷（副总兵，北直顺天人，武进士，四年任）

仇时明（副总兵，山西曲沃人，五年由镇抚任）

陈九德（副总兵，广东东安人，崇祯元年由指挥任）

周洪印（副总兵，浙江山阴人，武进士，二年任）

马孟骅（副总兵，山后怀远人[③]，四年由指挥同知任）

孙嗣徽（副总兵，山东滨州人，武举，五年任）

马　炌（副总兵，陕西灵州人，七年由千户任）[④]

刘良佐（副总兵，山西大同卫人，十二年由千户任。十四年升徐漕总兵，仍任）

刘邦域（总兵，颍州卫人，武进士，十五年以前府右都督任）

刘世昌（副总兵，辽东前屯卫人，十七年由指挥任）

徐州营中军

郭之枢（北直高邑人，明时任。见《高邑县志》）

兵备道中军

冯（名阙）　金汝佐　王国柱　王一麟
杨晋玄　唐光裕　王三才　骆循理
董大寿　卓　圣
费从德　王锡印（二人见丰邑志《壬戌纪事》。旧志遗）

---

①《明神宗实录》作“王廷相”，万历三十四年十一月自真定游击升任。

② 原作“三”。案本志卷七《兵防》：“天启二年，改为总府。”查《熹宗实录》：二年九月，升福建副总兵张嘉策为徐州总兵官。此处“三年”应误，据改。

③ 案光绪《镇海县志》：招宝山有“日月光先到，江山势尽来”十字碑，无年月，下署“武原马孟骅立”。“山后”或即“山后卫所”，地处燕山之后（以北）的开平、大宁等卫所之总称，自永乐内迁之后，有名无实。“山后怀远”，或即“山后榆林卫怀远堡”，以其地古为五原郡，故自称五原人。

④ 本志卷七《兵变》有崇祯元年总兵官马炌攻剿邳宿土贼事，此云七年副总兵，与前互异。

沛丰军民指挥使

王　显（建文时任。见沛邑志）

砀营守备

金志皋（崇祯六年以徐州左卫指挥同知任）

谢天颜（九年由徐州左卫镇抚任）

金　辂（十年以徐州卫指挥佥事任）　王文炯（十一年以徐州卫指挥任）

贾之猭（山西平阳人，十五年任）　郭君瑞（十六年以镇标都司任）

王明汉（十六年由徐州卫百户任）　刘一鹏（十六年任）

徐广如（十七年以徐州卫指挥任）　杨　成（十七年以抚标游击任）

砀营中军

何应科（崇祯六年任）　杨从泰（九年以徐州卫千户任）

徐应蛟（十一年由徐州左卫百户任）

杨方晞（十七年任）　胡登高（十七年任）

国朝

顺治初年，淮徐兵备道，户、工二部分司，皆仍明制。至康熙初，先后裁省。寻复设淮徐巡道。○徐属河务同知、徐州官属并仍明制，惟州判复设上河厅一人，训导省一人，各大使、闸官及夹沟驿丞，次第皆废。康熙十六年，桃山驿归并房村驿，驿丞亦裁。○四县官属如明旧，惟各裁训导一人。萧县复设赵家圈巡检。沛县泗亭驿丞，旧废。康熙二年复诸闸，止杨庄、夏镇二闸官存，余皆废。

淮徐道

淮徐道衙门于康熙二年裁，归并淮海道。九年，复设。十五年，兼辖夏镇工部分司。十六年，并管中河分司钞税、河工，移驻宿迁。三十九年，管理河库，移驻清江浦。

赵福星（辽东人，顺治二年任）

萧时彦（辽东人）　张兆罴（陕西人，贡士）

刘明偀（山东人，进士）　张　斌（辽东人。以上阙年）

胡廷佐（陕西平凉人，选贡，十一年在任）

李浴日　李世洽（并阙年）

项锡胤（辽东全州卫人，贡生，十七年任。康熙二年裁）

戴圣聪（辽东盖州卫人，贡生，康熙九年复设任。十六年，移驻宿迁）
吴　炜（直隶大兴人，举人，十七年任）
司　琨（直隶内黄人，荫生，十九年任）
刘元勋（陕西咸阳人，进士，二十年任）
常君恩（浙江宁波人，二十二年任）　刘　暟（直隶顺天人，三十一年任）
苏昌臣（直隶人，三十四年任）　徐　丽（奉天人，三十五年任）
郎文煜[1]（奉天人，三十六年任）
施世纶（福建晋江人，荫生，三十八年任。三十九年，移驻清江浦）
张　弼（山西人，四十一年任）　李　梅（奉天人，四十四年任）
蒋陈锡（常熟人，进士，四十四年任）
刘廷机（奉天人，四十五年任）
潘尚智（浙江乌程人，监生，五十五年任。见任）

徐州仓户部分司

康熙四年裁，仓务分归淮安仓及徐州管理，税务归并淮扬道兼理，详见第六卷。

陈嘉胤（山东东平人，举人，顺治二年任）
王维屏（山西人，举人）　边维隆（河南人，举人）
姚玄瑛（浙江杭州人，进士。并阙年）
张云翼（河南洛阳人，进士，九年任）
贾益谦（十年任）　谷应泰（直隶丰润人，十一年任）
马翰如（陕西陇州人，举人，十二年任）
贾　壮（河南人，十三年任）
丁浴初（十四年任）　吴愈圣（十五年任）
徐谓第（十六年任）　钟　琇（康熙二年任）
孙象贤（山西人，三年任）　王斗枢（四年任。是年缺裁）

吕梁洪工部分司

旧称中河分司。康熙五年，钞务归并淮扬道兼理。七年，归徐属河务同知管理。八年，复归本司。十七年，归并淮徐道，本司缺裁。

谷明登（河南鹿邑人，举人，顺治初年任）

---

① 乾隆《徐州府志》作“郭文煜”，乾隆、道光《铜山县志》作“郎文煌”。

沈浣先（苏州人，举人）　　郭　浩

宁之凤（山东宁阳人，进士。并阙年）

李本晟（湖广蕲州人，进士，十一年在任）

佟弘器（奉天人）　　杨西狩（江西南昌人，进士。并阙年）

包元臣（康熙二年任）　　金达喇汉（满洲人，三年任）

夏镇工部分司（康熙十六年裁）

杨天祥（顺治初年任）　　高鹏南

狄　敬（溧阳人，进士。并阙年）

常锡胤（河南鄢陵人，十一年在任）

顾大申（华亭人，进士，十四年在任）

弱　汉（满洲人）

戴锡纶（并康熙初年任。〇按：我朝户、工二部分司，自顺治十一年后，姓名皆不传。今据《一统志》及放鹤亭、黄茅冈、修城诸碑记，补载数人；又考他省郡邑志，得一二人。所遗尚多，遍询州人，竟无知者，可太息也）

徐属河务淮安府同知

朱家栋（顺治初年任）

史元选　　杨作栋

韩竞秀（山东淄川人）　　叶腾凤（以上阙年）

魏裔鲁（直隶柏乡人，副贡，十一年任）

董　绪（山西泽州人，进士，十七年任）

陈大常（四川峨嵋人，康熙元年任）

朱一范（浙江义乌人，三年任）

纪　元（直隶人，七年任）

冯源济（直隶涿州人，进士，十一年任）

祖文明（正黄旗人，十三年任）

乔显忠（陕西榆林卫人，十八年任）

臧兴祖（正红旗人，荫生，二十四年任）

王隆熙（山东齐河人，二十六年任）

李　梅（奉天人，三十七年任）

张士绅（镶白旗人，四十二年任）

王友德（镶红旗人，五十二年任）

孙国瑜（奉天镶蓝旗人，监生，五十八年任。见任）

徐州知州

王自成（浙江人，顺治二年任）

冯　睿（直隶涿州人，举人，二年任）

赵文星（奉天锦州人）

佟遵道（奉天人。并阙年）

余志明（奉天人，贡士，十一年在任）

潘天植（正蓝旗人，十三年任）

王所善（山西阳城人，举人，十五年任）

和　羹（直隶内丘人，副贡，康熙元年任）

张嗣贤（镶黄旗人，教习，三年任）

高鸿飞（河南人，五年任）

陈钟斗（福建古田人，副贡，七年任）

江雁卿（江西新城人，贡士，八年任）

孙枝蕃（陕西三原[①]人，会副，十二年任）

王　纪（浙江人，荫生，十七年任）

赵维城（直隶顺天人，荫生，十九年任）

臧兴祖（正红旗人，二十二年任。升淮徐同知）

迟　熇（正白旗人，二十五年任）

王永清（湖广黄陂人，进士，二十七年任）

李经邦（奉天人，荫生，二十九年任）

孔毓珣（山东曲阜人，至圣裔，三十二年任）

佟国弼（奉天人，荫生，三十九年任）

卞之钧（奉天人，监生，四十七年任）

姜　焯（山东昌邑人，廪贡，五十一年任。见任）

同知

杨照普（河南安阳人，顺治初年任。〇旧志照普前有郑世位，徽州人，系署事）

高　榜（直隶肃宁人。阙年）　　徐光祖（十一年在任）

① 原作“元”，据乾隆《徐州府志》改。

王大成（由监纪道谪任）　陈一新
郭云行（直隶高邑人，恩贡）　司位勋（以上阙年）
徐　鸿（福建人，康熙初年任）　秦　善
马云锦　汪起鲲　柳毓茂（以上阙年）
郑维桢（浙江山阴人，监生，二十四年任）
史国琏（正白旗人，荫生，二十九年任）
欧阳肇奎（江西南昌人，贡监，三十六年任）
苏　履（正红旗人，监生，三十七年任）
张　镐（正红旗人，监生，四十七年任）
李时泰（正红旗人，荫生，由刑部员外郎谪任）
陈思友（直隶宛平人，监生，六十年任。见任）

南岸州判（即下河厅。康熙二十五年，总河靳辅改为黄河南岸州判）
冯　芝（直隶高邑人，恩贡，顺治初年任）
谷元彦　喻振芳（并阙年）
王　炜（十一年在任）
刘启鸣　黄朝玉　郭泰亨
周世泰　康文礼（以上阙年）
陈云鸾（山东掖县人，监生，康熙二十九年任）
王　治（浙江会稽人，监生，四十年任）
钱士镛（浙江建德人，监生，五十四年任）
张懋行（四川遂宁人，廪生，五十七年任）
黄德吉（山东昌邑人，贡生，六十年任。见任）

北岸州判（即上河厅。康熙二十五年，改为黄河北岸州判）
刘（名阙，顺治初年任）
李衷实　原永昌（并阙年）
韩必升（十一年在任）
王　念　袁　楫
柳毓茂（后任本州同知）
郑维桢（后任本州同知。并阙年）
王　炳（直隶宛平人，康熙二十五年任）
王　鉴（浙江山阴人，三十一年任）

赵绍箕（直隶大兴人，三十六年任）
纳勒海（镶黄旗人，笔帖式，四十八年任）
刘世恩（正黄旗人，监生，五十六年任。见任）

吏目

茅国纶（顺治初年任）　喻（名阙）
樊时茂　胡大宁（并阙年）
程士骐（十一年在任）
伍承恩　李应运　倪起芝
沈文魁　张天祐　马　权
张期远（以上阙年）
鲍瑞光（山东长山人，吏员，康熙二十八年任）
曾　诣（直隶滦州人，吏员，四十七年任）
茅藩京（浙江山阴人，监生，五十年任）
赵　坤（浙江山阴人，监生，五十三年任）
张　奎（陕西扶风人，吏员，五十九年任。见任）

学正

石曰桢（直隶冀州人，贡士，顺治初年任）
谭学准（贡士。阙年）　张如骞（举人，十一年在任）
蔡玉铉　谷如秀
李巽臣（金坛人，举人。并阙年）
吉天籁（太湖人，举人，康熙十三年任）
吴守仔（武进人，拔贡，十四年任）
周如濂（丹徒人，举人，十八年任）
莫春芳（华亭人，举人，二十七年任）
吴　兰（歙县人，举人，三十年任）
崔　扬（海门人，举人，四十一年任）
霍云集（芜湖人，举人，四十九年任）
刘植敬（昆山人，举人，五十七年任。见任）

训导（康熙三年裁，十六年复设）

曹以迈（徽州人，顺治初年任）　朱梦龙（全椒人。阙年）

蔡尚廉（宿州人，十一年在任）　　乔三变（康熙三年在任。缺裁）

汪光祥（歙县人，岁贡，十六年复设任）

汪志楷（武进人，岁贡，十九年任）

汪志蓁（太仓人，岁贡，二十六年任）

王三楫（吴县人，岁贡，四十四年任）

汪庆升（嘉定人，岁贡，四十五年任）

沙汉鳌（如皋人，岁贡，五十六年任。见任）

吕梁洪巡检

史元勋（吏员，顺治元年任）　　王　臣（吏员，十一年在任）

蒋之绂（吏员）　　马　章（吏员）

赵耀祖（吏员）　　陈　瑞（吏员）

朱之辅（吏员）　　刘　銮（吏员。以上阙年）

徐光大（浙江慈溪人，监生，康熙三十二年任）

赵世荣（浙江钱塘人，吏员，四十六年任）

关道煌（湖广广济人，吏员，四十七年任）

任世显（湖广黄陂人，监生，五十五年任。见任）

东岸驿驿丞

张隆铉（顺治间任）

殷起元（直隶宛平人，吏员，康熙十六年任）

胡仕超（直隶宛平人，吏员，二十四年任）

高宗岱（山西平顺人，吏员，三十九年任）

蔡炘宸（直隶大兴人，供事，五十三年任。见任）

彭城驿驿丞

赵　植（顺治间任）

张复祺（山东汶上人，吏员，康熙二十八年任）

任　铨（直隶宛平人，吏员，四十二年任）

李　廓（山西汾阳人，吏员，五十五年任）

金　简（直隶宛平人，吏员，五十八年任。见任）

桃山驿驿丞

郑弼明（顺治初年任）

宋应期（直隶人，吏员，十七年任）

孙维新（湖广孝感人，吏员，康熙十一年任）

孙元宗（直隶人，吏员，十五年任。明年缺裁）

房村驿驿丞

曹　淮（顺治间任）

张　柱（陕西华州人，吏员，康熙八年任。十六年，兼管桃山驿事）

崔云台（直隶肃宁人，吏员，二十一年任）

黄明训（陕西富平人，吏员，三十二年任）

陆颖昌（浙江钱塘人，吏员，三十七年任）

尚积勋（陕西宝鸡人，吏员，五十一年任）

商运茂（直隶宝坻人，吏员，六十年任。见任）

利国驿驿丞

余光荣、顾国荣（并顺治间任）

周汝琨（山西太原人，吏员，康熙元年任）

张大任（直隶保定人，吏员，六年任）

沈　铨（浙江会稽人，吏员，十七年任）

张　德（河南柘城人，吏员，二十六年任）

董芳声（山东蓬莱人，吏员，三十二年任）

沈弘志（直隶宛平人，吏员，四十三年任）

李有德（直隶宛平人，吏员，五十三年任。见任）

梁境闸闸官（康熙六年裁）

刘应才（顺治间任）

萧县知县

李联芳（山东武定人，生员，顺治二年任）

杨春和（直隶兴济人，贡士，三年任）

陈启南（湖广襄阳人，贡士，四年任）

祖永勋（辽东人，贡士，五年任）

丁体仁（山东泰安州人，贡士，十一年任）
宁　坪（直隶大兴人，教习，十三年任）
蔡胤隆（浙江秀水人，副贡，十六年任）
赵忠仔（浙江东阳人，贡士，十七年任）
沈大观（浙江海宁人，举人，康熙元年任）
梁邦英（山西襄陵人，拔贡，六年任）
陈　膺（福建莆田人，举人，十年任）
乔启祐（河南孟津人，进士，十三年任）
邵　瑷（直隶大兴人，监生，十八年任）
阎允吉（直隶卢龙人，举人，二十年任）
王锡命（陕西郃[1]阳人，进士，二十［五］[2]年任）
张　勉（直隶南和人，举人，二十七年任）
徐京玮（江西安义人，监生，三十一年任）
喻天祥（正蓝旗人，荫生，三十四年任）
纪遴宜（直隶文安人，进士，三十八年任）
徐大生（河南武陟人，举人，四十四年任）
罗　濬（广东大埔人，进士，五十六年任）
吴大成（浙江石门人，监生，六十年任。见任）

主簿

朱名世（辽东人，贡士，顺治三年任）
王之栋（浙江仁和人，吏员，十一年任）
俞应贵（直隶大兴籍浙江人，监生，十八年任）
傅元星（直隶庆都人，岁贡，康熙十二年任）
田起珣（陕西富平人，十四年任）
沈　益（浙江会稽人，二十二年任）
赵之豸（正白旗人，监生，三十二年任）
康弘勋（陕西泾阳人，监生，四十四年任）
赵秉礼（山东寿张人，监生，五十九年任。见任）

---

① 原作“邵”，据乾隆《徐州府志》改。
② 原墨丁，据乾隆《徐州府志》补。

典史

诸允宁（浙江余姚人，吏员，顺治三年任）

薛　栋（福建人，吏员[①]，四年任）

马光祖（浙江绍兴人，吏员，八年任）

胡大奇（直隶大兴人，吏员，十二年任）

谢　荣（福建人，吏员，十五年任）

唐朝虞（四川人，吏员，康熙四年任）

陈大化（浙江人，吏员，六年任）

韩贵成（直隶蓟州人，吏员，十年任）

魏锡蕃（浙江山阴人，十三年任）

魏锡蕃（浙江余姚人，十八年任。〇与前名同，乡贯又异，是一是二未详）

吴继登（浙江钱塘人，二十年任）

徐凤翮（直隶保定左卫人，吏员，二十□年任）

杨国梁（奉天承德人，吏员，二十七年任[②]）

朱式曾（直隶大兴人，吏员，四十七年任）

徐起华（直隶通州人，吏员，五十一年任）

密廷策（浙江海宁人，吏员，五十九年任。见任）

教谕（康熙三年裁，十六年复设）

陈弘泰（山东青城人，岁贡，顺治四年任）

李陶寰（亳州人，岁贡，九年任）

吴　岳（吴江人，会副，十三年任。历九载缺裁）

孙灏如（昆山人，副贡，康熙十六年复设任）

王道弘（歙县人，岁贡，二十五年任）

方正琯（桐城人，岁贡，四十四年任）

毛傅箴（吴县人，岁贡，四十六年任。见任）

训导

吴律身（太和人，恩贡，顺治四年任）

程孔思（霍山人，岁贡，八年任）

---

① 原作“刺史”，据乾隆《徐州府志》改。

② 乾隆《徐州府志》、嘉庆《萧县志》作“三十九年任”。

岑兆旂（建平人，岁贡，十六年任）
李调鼎（泗州人，岁贡，康熙四年任）
夏衡阳（建平人，岁贡，十年任）
俞名言（繁昌人，岁贡，十九年任[①]）
王承时（建平人，岁贡，二十二年任）
薛　龙（上海人，岁贡）
丁肇麟（宿州人，岁贡）
徐　基（嘉定人，岁贡。以上阙年）
杨斐菉（山阳人，岁贡，四十九年任）
宋朝训（婺源人，岁贡，五十四年任）
梁柱相（宝应人，岁贡，五十七年任。见任）

张山店巡检（即赵家圈巡检。康熙二十几年移驻张山店，故易今名）
裘宗仁（浙江山阴人，顺治三年复设任）
高　朗（山西临汾人，吏员。阙年）
金正泰（浙江会稽人，吏员，康熙十四年任[②]）
薛　远（浙江山阴人，吏员，四十七年任）
潘士成（直隶文安人，吏员，五十四年任。见任）

沛县知县
徐可大（陕西镇夷[③]所人，选贡，顺治二年任）
王克生（山西阳城人，进士，三年任）
赵世祯（奉天开原人，贡士，七年任）
郭维新（十一年任）
李芝凤（奉天人，康熙四年任）
徐懋昭（浙江鄞县人，进士，十二年任）
程万圻（直隶保定人，监生，二十年任）
梁文炳（正白旗人，监生，二十二年任）

---

① 按：康熙《萧县志》训导迄于俞名言、王承时。据此，二人于二十二年前似已任。乾隆《徐州府志》、嘉庆《萧县志》载：王承时，二十三年任；俞名言，三十四年任。未知是否再任。
② 乾隆《徐州府志》、嘉庆《萧县志》作“三十二年任”。嘉庆《萧县志》按：“旧志云十四年任，此据府志。未详孰是。”
③ 原作“彝”，清人避夷狄讳改。今用本字。

方曰琏（福建建安人，进士，二十九年任）
邓宏芳（四川眉[①]州人，举人，三十一年任）
佟　锟（奉天人，三十四年任）
叶光龙（广东东莞人，举人，三十七年任）
杨弘绩（正黄旗人，岁贡，三十九年任）
蔡　瑚（正白旗人，监生，四十七年任）
黄　甲（广东海阳人，岁贡，五十一年任）
沈瑞鹤（河南叶县人，进士，五十三年任）
佟世集（镶黄旗人，监生，五十五年任）
梁甲第（山西平遥人，拔贡，六十年任）
朱　纮（云南新兴人，举人，六十一年任。见任）

主簿

洪永禄（湖广黄冈人，监生，顺治二年任）
李占春（陕西巩州人，九年任）
黄志顺（直隶大兴人，十三年任）
王吉晖（浙江人，康熙二年任）
魏运泰（直隶人，八年任）
支可培（十四年任）
王　炳（直隶人，二十二年任。升本州判官）
朱之辅（直隶涿州人，二十九年任）
戴文诩（山东济宁人，四十一年任）
于　伟（正白旗人，五十四年任。见任）

典史

吴孟熙（浙江人，顺治二年任）
俞［应］[②]垣（浙江人，七年任）
高思明（直隶大兴人，十一年任）
任守典（直隶大兴人，康熙元年任）
秦光焕（陕西人，三年任）

① 原作“郿”，径改。案康熙《眉州属志》卷二《科第》：邓宏芳，眉州人，康熙八年己酉举人。
② 底本漫漶，字据乾隆《徐州府志》、乾隆《沛县志》补。

梅　滃（陕西富平人，十二年任）
高名显（山东聊城人，二十年任）
张　祥（陕西咸宁人，二十九年任）
谢伟略（浙江上虞人，三十二年任）
胡启祥（直隶大兴人，三十三年任）
曹　弘（直隶茂山卫人，四十一年任[①]）
傅国祥（直隶大兴人，四十八年任）
王廷辅（直隶宛平人，六十一年任。见任）

教谕（裁复与萧县同）

朱一新（安东人，顺治二年由本学训导升任）
侯靖宸（山东钜野人，五年任）
萧松龄（靖江人，举人，□年任）
杨廷蕴（武进人，举人，十二年任。康熙三年裁）
叶　炳（江宁人，举人，康熙十六年复设任）
汪士裕（江都人，举人，二十四年任）
胡　湛（宣城人，三十三年任）
阮　赞（宣城人，三十五年任）
张宗鉴（丹徒人，岁贡，四十五年任）
刘　炽（虹县人，拔贡，五十二年任）
缪近三（如皋人，岁贡，五十九年任）
蔡书升（吴县人，岁贡，六十年任。见任）

训导

韩元珍（山东人，岁贡，顺治三年任）
包邦甲（宣城人，岁贡，八年任）
陈天策（宜兴人，岁贡，十二年任）
宋懋功（泰州人，岁贡，十八年任）
王方来（金坛人，岁贡，康熙三年任）
马光前（祁门人，岁贡，七年任）
刘维祯（南陵人，岁贡，十九年任）

① 乾隆《徐州府志》作“三十九年任”。

李　先（上元人，岁贡，二十二年任）

沈瞻祖（华亭人，岁贡，二十七年任）

邵允彝（全椒人，岁贡，三十七年任）

孙　珍（盐城人，岁贡，四十四年任。〇续邑志珍前有濮琬，四十三年选，未之任）

吴　嵩（桐城人，岁贡，五十九年任）

程士琳（镇江人，岁贡，六十年任。见任）

泗亭驿驿丞

孟尚德（浙江归安人，康熙二年复设任）

李逢春（十九年任）

江天祚（二十五年任）

杨　琳（浙江人，二十八年任）

程　琠（河南安阳人，吏员，四十四年任）

许九仪（浙江建德人，吏员，五十年任）

陶　滨（直隶宛平人，吏员，五十七年任。见任）

杨庄闸闸官

[沈][1]时（顺治间任）

董耀先（山西临汾人，监生，康熙三十六年任）

张志鼎（陕西富平人，监生，五十一年任。见任）

夏镇闸闸官

侯凤鸣（顺治间任）

陈宗器（直隶河间人，吏员，康熙二十六年任）

李暨侯（陕西渭南人，吏员，四十四年任）

李　静（直隶安肃人，吏员，五十三年任）

魏湘年（江西建昌人，监生，五十五年任。见任）

丰县知县

李允祯（山东德州人，举人，顺治二年任）

---

① 原墨丁，字据乾隆《沛县志》补。

阎　玿（山西太原人，进士，三年任）
胡应淳（浙江临安人，贡生，十四年任）
陈祖焕（浙江处州人，贡生，十六年任）
严登庸（福建闽县人，举人，十八年任）
何　广（山东汶上人，进士，康熙六年任）
王之俊（直隶河间人，举人，十年任）
段文彩（陕西人，进士，十三年任）
佟吉年（正黄旗人，举人，十五年任）
孙毓璘（[奉天][1]襄平人，十七年任）
符　冏（山西翼城人，贡士，二十一年任）
李　振（山东临邑人，生员，二十四年任）
刘珙征[2]（江西清江人，进士，三十八年任）
卢世德（正黄旗人，三十九年任）
王初集（河南光州人，举人，四十三年任）
朱龙御（云南安州籍楚雄人，举人，五十一年任。见任）

主簿

张明德（直隶延庆人，贡士，顺治二年任）
柴云缙（浙江绍兴人，监生，三年任）
杜华然（陕西华阴人，十一年任）
徐太福（浙江人，吏员，十七年任）
余昌宗（四川成[3]都人，举人，康熙十二年任）
王希圣（直隶人，吏员，十四年任）
郑维桢（浙江人，十五年任。升本州判官、同知）
余　骧（浙江人，十八年任）
骆隆友（浙江人，二十四年任）
常继茂（山东沂州人，二十六年任）
何中觐（浙江人，二十八年任）
刘文均（江西人，三十六年任）
王　镇（浙江人，四十年任）

① 原墨丁，字据乾隆《徐州府志》补。
② 乾隆《徐州府志》作“刘洪征”。
③ 原作“城”，径改。

王家騋（浙江仁和人，监生，五十九年任。见任）

典史

韩昌藩（浙江绍兴人，吏员，顺治三年任）
邹宗文（浙江山阴人，十年任）
李　敬（十四年任）
陆天祐（浙江山阴人，十七年任）
徐弘毅（陕西乾州人，吏员，康熙二年任）
杨学镇（直隶人，六年任）
傅志桓（陕西人，十四年任）
刘　麟（陕西西安人，十八年任）
王　璘（浙江山阴人，二十三年任）
田曰璿（陕西富平人，二十六年任）
王　遵（陕西人，三十七年任）
冯至化（浙江慈溪人，吏员，四十七年任。见任）

教谕（裁复与萧县同）

杨　璟（四川巴县人，举人，顺治初年任）
陈　彝（江宁人，举人，十一年在任）
顾　言（丹徒人，贡士，十□年任）
陈新芝（常熟人，贡士，十八年任。康熙三年裁）
嵇宗禹（安东人，贡生，康熙十六年复设任）
江学佐（歙县人，二十四年任）
王凤来（庐州人，三十一年任）
黄师晟（六安州人，三十六年任）
孙　超（六合人，四十三年任）
吴　昉（桐城人，副贡，四十六年任）
郑华礼（江宁人，岁贡，五十八年任。见任）

训导

谢昌运（顺治初年任）
江能容（海州人，贡士，十一年在任）
江南皋（阙年）

杨祚昌（十八年任）
殷之尹（安庆人，岁贡，康熙四年任）
王嘉亨（潜山人，岁贡，六年任）
孙曰绳（宣城人，贡士，十年任）
施　燮（长洲人，贡士，十四年任）
周　宸（苏州人，二十三年任）
顾宾玉（嘉定人，岁贡，三十二年任）
乔守愿（宝应人，贡士，三十九年任）
孙王锡（松江人，岁贡，四十七年任）
朱元梦（泰州人，岁贡，四十八年任）
沈长泽（吴县人，岁贡，五十二年任）
吴　淑（宁国人，岁贡，五十七年任。见任）

砀山县知县

刘养性（顺治初年任）
黄廷诤、赵启建（并阙年）
夏以牧（十一年在任）
曾为履（十四年在任）
邝奕垣（广东人，进士，康熙初年在任）
柴国宾（山东人。阙年）
梁心恒（山东嘉祥人，进士，十七年任）
修朝彬（山东莱阳人，岁贡，二十三年任）
沈永裕（浙江德清人，进士，二十六年任）
郭威鉴（镶白旗人，监生，二十九年任）
查嗣钦（浙江海宁人，恩贡，三十年任）
柴尔皓（直隶高阳人，进士，三十二年任）
马羲浩（贵州定番人，举人[1]，三十七年任）
黄华衮（福建邵武人，举人，四十年任）
杨维庚（山东宁海人，岁贡，四十九年任）
黄大均（贵州贵筑人，举人，五十六年任）
王　晋（直隶大兴人，岁贡，五十七年任。见任）

① 原作“大”，径改。

主簿

李育之（直隶新城人，岁贡，顺治元年任）

冯　锐（山东乐安人，监生，九年任）

潘　玉（浙江浦江人，岁贡，十六年任）

陈正宗（浙江山阴人，监生，康熙八年任）

钱　钥（直隶霸州人，岁贡，十四年任）

叶长春（浙江余姚人，监生，二十三年任）

梁应元（直隶真定人，监生，三十一年任）

陈　懔（河南通许人，岁贡，三十三年任）

王廷翰（直隶通州人，监生，四十一年任）

彭其佺（正蓝旗人，监生，四十八年任）

杨　相（正红旗人，监生，五十五年任。见任）

典史

袁士龙（陕西保安人，吏员，康熙八年任）

贾养中（直隶浚县人，吏员，十一年任）

宋　兴（山东昌邑人，吏员，十七年任）

杨起元（浙江会稽人，吏员，二十七年任）

陈　璜（浙江山阴人，吏员，二十九年任）

罗经选（陕西富平人，吏员，三十一年任）

孙弘化（浙江山阴人，吏员，三十五年任）

畅振宗（山西大宁人，吏员，四十四年任）

林　洪（直隶宛平人，吏员，五十年任。见任）

教谕（裁复与萧县同）

黄中瑄（顺治初年任）

苏　渊（嘉定人，举人，九年任）

金逢瑞（常熟人，岁贡，十二年任。康熙三年裁）

叶　晟（休宁人，副贡，康熙十六年复设任）

姚士塾（桐城人，岁贡，二十二年任）

鲍　衡（吴县人，岁贡，二十九年任）

朱慧晓（泰兴人，岁贡，三十八年任）

吴鼎位（嘉定人，岁贡，三十九年任）

翟思瀷（泾县人，岁贡，六十一年任。见任）

训导

罗锡胤（顺治初年任）

吴允宏（江都人，岁贡，九年任）

王弘业（繁昌人，岁贡，十一年任）

张闇然（亳州人，岁贡，康熙八年任）

毕天台（歙县人，岁贡，十四年任）

范尚治（桃源人，岁贡，二十五年任）

苏开先（凤阳人，岁贡，三十一年任）

顾　英（太仓人，岁贡，三十二年任）

田数可（桃源人，岁贡，三十四年任）

王　章（娄县人，岁贡，三十六年任）

陆宗灏（华亭人，岁贡，三十九年任）

周玉觚（丹阳人，岁贡，五十一年任）

柏舜年（赣榆人，岁贡，五十四年任）

孔衍祺（丹徒人，岁贡，五十八年任。见任）

武职

顺治二年，设总兵镇徐州。三年，改副总兵，统中、左、右军守备、千总、把总，领兵护漕。〇裁徐州、徐州左二卫指挥等官，留经历，别设守备一人、千总四人管卫事。康熙初，经历复省。〇康熙十七年，设河营守备一人、千总二人、把总四人，治理河务。〇县属武职，沛县军民指挥前已裁，丰、沛委徐营千总、把总分汛防守。砀营守备改为萧营守备，防萧；仍委把总防砀山县。以上并详见《兵防》《河渠》。

镇守徐州营总兵官（寻改协镇副总兵）

王之纲（总兵，直隶顺天人，顺治二年由锦衣卫指挥任）

周维墉（副总兵，江宁镇南卫人，武举，三年任。是后皆副总兵）

陈一贯（正蓝旗人，九年任）

刘朝辅（正红旗人，十三年任）

周　贵（正黄旗人，十八年任）

贺国贤（山西石楼人，行伍，康熙十年任）
惠占春（直隶永平人，十二年任）
杨三元（陕西宜川[①]人，十八年任）
邓君弼（陕西榆林卫人，将材，二十一年任）
任世禄（河南杞县人，将材，二十四年任）
侯　奇（山东济宁人，将材，二十六年任）
许　青（福建晋江人，三十年任）
王子明（直隶人，行伍，三十六年任）
刘体义（陕西宁夏左卫人，将材，三十七年任）
郑　章（直隶人，将材，三十八年任）
陈天培（湖广武昌左卫人，四十六年任）
王政行（福建侯官人，行伍，五十年任）
韩挺标（浙江余姚人，行伍，五十七年任。见任）

徐州营中军守备（康熙初年裁）

柳吉润（山西人）
董次仲（并顺治间任）
张进忠
徐世华（康熙初年任。寻裁）

徐州营左军守备

王　恂（顺治间任）
薛世卿（康熙初年任）
尹　志（直隶南宫人，武进士，十二年任）
臧国佐（直隶清苑人，三十九年任）
刘文元（辽东抚顺人，四十七年任）
谢　珏（直隶大兴人，五十二年任）
杜　凯（湖广人，五十七年任）
成元震（山西文水人，武举，六十一年任。见任）

左军千总

方　斌（本州人，康熙五十年任）

① 原作“州”，径改。案民国《宜川县志》卷二十二《氏族志》：杨三元，承祖子，承荫一等阿达哈哈番，任江南徐州副将。

黄　飞（浙江人，五十八年任）

徐州营右军守备（康熙十□年移驻夏镇）

张弼明、白国栋、高霑（并顺治间任）

舒良幹（宁国人，武进士，康熙元年任）

忻维世（山西宣府人，武进士，十年任）

樊述英（陕西榆林人，武进士，二十年任）

林之本（直隶燕山卫人，武进士，二十八年任）

姚钦明（陕西三原人，武举，三十六年任）

郭光烈（江西南昌人，功加，三十六年任）

阎滨威（陕西榆林人，行伍，四十四年任）

刘维翰（直隶顺天人，武进士，五十二年任）

朱世杰（陕西宁夏人，行伍，五十八年任）

徐文芳（广东番禺人，行伍，五十九年任。见任）

右军千总

方伯敬（本州人，康熙五十八年任）

兵备道中军守备（康熙四年裁）

谢灿、刘汉杰（并顺治初年任）

冯士显（十一年在任）　　员汝白（十一年任）

徐州卫守备

于　蛟（顺治初年任）　　王永禄（十一年在任）

罗弘儒（阙年）　　黄可乐（康熙元年在任）

王　钦（陕西渭南人，武举，元年任）

周在鱼（浙江鄞县人，武进士，十二年任）

田　穗（河南商丘人，武进士，二十二年任）

王　绪（直隶宝坻人，武进士，二十六年任）

李　琛（山西曲沃人，武进士，四十三年任）

朱应高（湖广蕲水人，武进士，四十七年任）

孙国宾（江西庐陵[1]人，五十年任）
王之佐（直隶大兴人，官生，五十三年任。见任）

卫经历（康熙初年裁）

杨用陛、金鸿图（并顺治间任）

卫千总

王一谦、孙翊、曹应宿、萧晖、刘弘基（并顺治间任）
马映宿（河南西华人，康熙二十二年任）
何绍穆（福建福清人，武举，二十二年任）
李承澣（直隶大兴人，武举，二十九年任）
杨　弘（萧县人，武举，三十六年任）
余　龙（浙江永嘉人，行伍，三十八年任）
韩弘毅（直隶大兴人，三十九年任）
李　采（河南鹿邑人，武举，四十二年任）
萧　渭（直隶宛平人，武举，四十四年任）
孙　獬（直隶万全人，武举，四十五年任）
李维伦（直隶通州人，四十六年任）
纪　寅（浙江乌程人，武举，四十七年任）
于元泰（直隶宝坻人，武举，四十七年任）
姚锡年（山东钜野人，武举，五十三年任）
高其傢（镶白旗人，监生，五十三年任）

徐州河营守备

唐建功（山东济宁人，将材，康熙十七年任）
王金锡（湖广荆州人，武举，十九年任）
华成名（宿州人，将材，二十五年任）
陈友谦（镶蓝旗人，三十八年任）
刘汶远（山东汶上人，将材，四十七年任）
朱　锦（宝应人，将材，五十五年任。见任）

① 原作“林”，据乾隆《徐州府志》改。

河营千总

华成名（宿州人，升本营守备）

朱　锦（宝应人，升本营守备）

张隆麟（本州人）

安自亮（福建人）

吴　寿（直隶大兴人）

张继圣（本州人）

赵应鸾（本州人）

萧营守备

罗景芳（镶红旗人，顺治三年任）

郭大乾（京卫人，十年任）

贾　成（本州人，将材，十三年任）

潘起龙（湖广江陵人，将材，康熙五年任）

刘玉珮（京卫人，武举，十一年任）

徐　城（京卫人，武进士，二十年任）

姚廷栋（京卫人，武进士，二十二年任）

赵兴隆（陕西靖远卫人，武举，二十三年任）

王遵典（河南淇县人，武举，二十五年任）

唐时模（湖广武昌人，武进士，三十年任）

季登第[1]（武进人，三十九年任）

傅　训（浙江余姚人，行伍，四十五年任）

寇明臣（山西大同人，行伍，五十二年任）

田喜金（陕西固原人，行伍，五十七年任。见任）

按：陆陇其《灵寿志》于诸官司有声绩、父老能称道者则录之，其他碌碌无所表见，概刊削焉。用法谨严，使人知警惧，得史氏体，良可师也。第自时贤论之，微嫌其刻。方孝孺有言："古人之论厚，今人之论薄，则从古人；古人之论薄，今人之论厚，则从今人。"兹志官司，乃兼收并载，细大不遗，盖亦从今之意云耳。虽然，后故有《政绩志》在，臧否哲愚，依然可判，又自如司马氏《谏院题名记》所云云，与陆意异辙同归矣。

① 乾隆《徐州府志》作"李登第"。

徐州志卷之十三

官署

彭城自项楚设都，汉魏皆因为藩国，第宅宫庭，崇宏都丽，称胜一时。隋唐后，更为总管、节度，建牙开府，其壮丽抑可想见。惜更兵燹，后无传耳。旧志所载，仅朱明遗址，其为诸使臣听政、燕居，各有处所，使院、宾馆且十数区，布列境中，煌煌乎亦都邑伟观也。易代来，渐已废圮。守土者自葺其居，旧制不暇以复。顾不可不录之，俟来者有所考焉。

[徐州][1]

州治在城北正中。相传即项楚故宫，唐刺史皆居此，惟正厅人不敢处，云是项羽旧殿，至崔敏悫始启居之。宋时尚存，苏轼乃撤为黄楼厌水。元置武安州，移治城东南，即今广运仓地。明初，知州文景宗复还故址，创建今治。宣德十年知州杨秘、天顺元年知州宋诚、成化元年知州王叙、九年知州陈廷琏，相继增修。嘉靖二年，知州张淮拓大之。中为正堂，[左]龙亭库，右吏目厅，凡各四楹，东西列吏房科十一（东：架阁库，承发司，吏、户、粮、礼房；西：勘合科，兵、刑、工房，马政科）。前为箴石亭，亭前为仪门。门外左土神祠、申明亭，右狱、总铺、永成库，前为大门。正堂后为川堂，川堂左右为耳房，后为后堂，又后为知州宅，宅左前为同知宅，后为预备仓，又后为东吏舍，右为判官宅、吏目宅、西吏舍。大门外东西旧有承流、宣化二坊，嘉靖中废。隆庆六年，知州章世祯于仪门外创寅宾馆。万历元年，知州刘顺之以大门去仪门远，低昂失度，内移二丈许，左右为斜垣，前为门屏。东邻学舍，建兴贤坊；西建图治坊。三十四年，知州夏崇谦重修仪门并六房科。天启四年，城沉，尽没于水。崇祯二年，知州韩云复建州治，同知刘兆东亦于旧基建同知署，后又废。国朝知州事者，皆仍韩旧，稍事修葺。治内宋时有逍遥堂，苏轼与弟辙尝止宿赋诗于此。有秀楚[2]堂，为知州孙觉建；又有明善堂，

① 原缺题，据文例补。

② 原作“楚秀”，据弘治、万历《徐州志》乙正。下同。

为知州杜纯建，皆自为记，岁久迹湮。知州孙枝蕃依约明善故址，建楼其上。嗣知州孔毓珣重建古逍遥堂。嗣知州姜焯亦重建秀楚堂于其后，又以余力倡率吏人，增修门堂、诸吏舍、甬道，改造后堂。于署内筑轩，曰“来鹤”，修撰李蟠为之记。

徐州同知署（驻州城内）。　　徐州南岸州判署（驻房村）。

徐州北岸州判署（驻州城内）。　　徐州吏目署（驻州城内）。

永成库，明洪武十五年，知州徐恒建。水没后，知州韩云建于大堂后右。崇祯十一年，知州朱统鐐[①]改建大堂后左。旧有大使一人，久裁。攒典一人，有库书。

兑军仓，在东门内。顺治七年，副使张兆熊[②]、知州佟遵道建。旧仓在城北近河，后迁南关，又没于水。

广运仓，距城南二里许，东邻河干，即元武安州故址。明永乐十三年，为漕运转输建。宣德五年，增创仓廒凡一百座。成化中，罢转输，令卫军径诣仓兑。正德前，中使司之。嘉靖初，罢中使，惟部使督之如故。仓廒倾圮，仅存四座，主事梅守德、尹梁修复六座。中旧有会计堂，梅又建驻笏亭，凿池潴水于厅事后。后没于水。入本朝，郎中陈嘉胤建廒座、楼房、仓神祠、大门、垣墙。

萧县水次仓，在广运仓东。

阴阳学，州治前东。明洪武三十一年建，典术一人司之。

医学，州治前东。明洪武十七年建，典科一人司之。

圣谕亭，鼓楼前左。明嘉靖二十二年，知州王重贤建。

皇华厅，旧在东门外，河西岸。正德中圮。嘉靖间副使王梃[③]重建，没于水。万历初，副使舒应龙、知州刘顺之移建河东子房山下。

彭城驿丞署，在城外黄河南岸。

东岸驿丞署，在黄河东岸。

房村驿丞兼管桃山驿署，在城南五十里桃山。

利国驿丞署，在城北九十里利国监。

房村公馆，明嘉靖三十一年，都御史曾钧因治河创建。鼎革后，为管堤判官公署。今废。

吕梁巡检司署，在吕梁镇。

演武厅，旧在河北九里山前。万历初，因水改城南凤凰山南。后又改城西郭家嘴。

---

① 原作“朱纯鐐”，据顺治《徐州志》及本志卷十《官司二》改。

② 即《官司表》之“张兆罴”。顺治《徐州志》作“兆罴”，后志间作“兆熊”者，据民国《铜山县志》按“道署题名作兆熊”。今各从原文。

③ 原作“梴”，据旧志改。下同，不赘注。

僧正司，在开元寺，明洪武十五年设。

行署

学院行署，在城东门内。知州卞之钧、姜焯相继创建，为督学试士之所。往，徐士俱赴淮安与试，往返几千里，又苦黄河之险。至是，始试本境，胥称便焉。

淮徐道行署，在城西南隅，即东察院。正德六年，改建道署。隆庆四年，副使冯敏功增建。嘉靖十五年，副使宋圭于堂西建射圃。二十五年，副使王梴拓修之，为观德亭，又于堂东建与同轩。三十七年，副使于德昌改作仪门。万历末，避水患，迁东门内大察院。城陷，俱没。崇祯元年，兵备唐焕仍于原基建今署。七年，参议徐标建射圃，又为杏里社，北为凤仙筑，东南为含青馆。

淮徐同知署，即南公馆改建。明万历间，分淮安府同知专管徐属河务，并催运驻此。天启间，没于水。崇祯二年，同知吴嘉言即故址建今署。八年，同知张俊英重修。

副总兵署，原即西察院，改为参将署，又改为总兵府。水没后，崇祯二年副总兵马孟骅仍旧基建今署，顺治二年副总兵周维墉增修。

徐营左军守备署，在西门内。

徐营右军守备署，在北门内。后移驻夏镇。

徐州卫守备署，在城东南隅。旧为兵备中军废署。康熙十一年，守备王钦以卫署久废，详请驻此。

防河守备署，系康熙十七年设。初驻戏马台户部旧署，二十五年迁东门外黄河南岸。

附废署

漕运府，先在百步洪，为总督漕运都御史、总兵、参将巡历驻节之所。成化十八年，因水泛修筑不常，知州和鸾、指挥苏宽等移建城东门外，泗河东岸。久废。

户部分司署，明永乐时建，为监督粮储主事莅政之所。先在南门外，广运仓侧。正德间，圮于水。庚辰，主事李崧祥徙南门内。中为正厅，左为绿竹轩，右为书吏房，后为川堂、后堂，又后为宅。堂左右各翼以厢，厅前甬路，左右各为胥舍。前为大门、二门，外为州卫官祗候之所。街东西列慎储、平政二坊。主事杨概、林璧、梅守德、尹梁、张国华相继成之。城陷，没于水，主事张璇移居戏马台修署，缭以石垣。崇祯九年，郎中张湖建箭楼。至本朝顺治二年，郎中陈嘉胤修增雉堞。四年，郎中王维屏于楼门内增左右板屋，为可城守。康熙初缺裁，署废。

都察院，城东隅。先为彭东书院，嘉靖二十六年副使王梴建。三十一年，添设抚营，都御史王玑因拓改察院。三十二年裁，仍称都府。万历间，兵道迁此。后水没，道署还建旧地，此仍建为察院。后改儒学，乃以旧学为察院。

东察院，洪武十一年建，为巡按御史莅事之所。成化九年，知州陈廷琏重修，前左立风纪坊，外南北列激浊、扬清二坊。正德时，改为淮徐兵备道署。

西察院，在城西北隅。景泰六年，知州宋诚建。后改为参将府，又为总兵府。即今副总公署。

南察院，正德中为南公馆，监仓内臣居之。万历元年，知州刘顺之改为察院。二十二年，改为河防同知公署。

万历间有西察院，在兵道署后，不知何时建。副使袁应泰迁学于左卫，以西察院易为左卫。今废。

徐州卫旧署，在城东南隅。明初，指挥司敬创建。正统以后，指挥王春、苏宽相继修葺。天启甲子河决，圮于水。是后，官此者率僦民居视事。

公馆四：二在旧东察院左，二在旧东察院后。并久废。

刘家公馆，在兵道后。万历初设，水没复建。今亦废。

君子亭，城东南隅。万历十九年兵备陈文燧建，有堂室门垣。后为公馆，淤废。

北关官厅，旧万会桥西，为榷船税所。久废。

河东官厅，旧万会桥东，为迎送上官所。久废。

永福仓，旧在州左。明初，知州文景宗建。隆庆中改为学，户部主事朱光宇、知州章世祯即旧学地建仓。水没。

预备仓，明天顺七年知州王叙建，有廒五。水没。崇祯十年，知州李宗奇复建于州大门内福神祠前。今废。

济留仓四：一在吕梁，一在境山，一在黄山村，一在赵团山，俱废。

鼓楼，在州治前。洪武七年，知州高玉琳，指挥严渊、蔡祥，知事马良建。天顺元年，知州宋诚改建大楼。万历元年，知州刘顺之重修。城陷，淤高于门，辟其上层为南北道。

钟楼，城西南隅，高玉琳建，宣德中知州杨秘重修。今淤。

徐州洪工部分司署，在洪东岸，面西，本洪主事莅政之所。中为正厅，左为洗心轩，后为宅，最后为眺远楼，主事戴德孺建。厅前甬路，左右为吏胥舍，前二门、大门。外[为]①坊一，主事吴哲建。北为官厅。又北为义仓，主事李香建。南为含晖楼，主事于思睿即旧鼓楼址重建。又南为井亭，亦于建；主事陈之良又建社

① 字据嘉靖《徐州志》补。

学、药局、草厂各一区[①]。初，本司公署有二：一为洪上公署，乃莅政之所。即今萃墨亭，其遗址也。基周一里许，大门内为厅事、穿堂，后为清风堂，南为苏墨亭，又南为追胜亭。主事蒋文、郭昇、尹珍、夏从寿相继创造，各有碑记。一为洪东公署，乃燕居之所。正德丁丑，洪上公署圮于水，主事董恬即洪东公署，更易民地，拓基重建居之。后主事陈辅、陈明、陈穆继修。万历二年，主事张登云复于洪中建高亭，形方顶锐，名回澜亭。万历六年，裁归吕梁分司。今俱废。

吕梁洪工部分司署，在洪东岸，向西，明弘治十年主事来天球建，为本洪主事莅政之所。外为前门，左右为钟、鼓楼，中有坊曰“漕河通济”。又进为仪门，为正厅。厅左为仪仗库，右为小轩，后为穿堂、后堂。由厅迤北为大观堂，主事曹英建。后为状元亭，志“费宏读书处”。亭后为望云楼，主事伍全建。大观堂西为宅。正德中，主事陈宪于公署四周为石垣，计六里。中为石门，左右通衢为二门，各有楼。又后立三门，以便出入。岁久圮坏。嘉靖三十四[②]年，主事王应时因旧增拓为城，高二丈五尺，基广八尺，延袤五百余丈。按方隅为门，东曰迎和，西曰广济，南曰通裕，北曰澄清。又于署西催运厅前，因高为楼，匾曰“吕梁洪”，其门曰正洪门，具见所为《吕梁志》中。署左为观澜亭，右为养正书院，主事陈洪范建；北为社仓二区，主事郭持平建。又有义塾，为旧来天球建。万历二年，主事黄猷吉重修本署，于城南为万石仓，夫厂二区，砖厂、药局各一区，俱久废。今缺亦裁。

税课局二：一在城中正街，一在吕梁，俱洪武六年建。正德末，裁吕局，归并州局。今并裁。

旌善亭二：一州治前，一南关厢。俱久废。

养济院，原在旧学旁。成化九年，知州陈廷琏以逼近圣宫，改城西北隅。隆庆三年，知州章世祯患水，迁城东隅。万历二[③]年，知州刘顺之重修。久废。

济众堂二：一在河东驿前，一在吕梁洪，以赈济饥民，永乐十年建。久废。

安乐堂，在城东南隅，以济远方贫病军民，永乐十年建。久废。

小教场，在城东南隅。万历间，积水成沼，改参将府东。今废。

① 案嘉靖《徐州志》“又南为井亭（亦于建）、社学、药局（俱主事陈之良建）、草厂各一区”。本志改注文入于正文，意颇紊乱。

② 原作“四十三”，据万历、顺治《徐州志》乙正。

③ 万历、顺治《徐州志》作“三”。

萧县

县署，历朝皆在古萧国城。宋没于水，随城迁旧治南里许。由元季至明嘉、隆，凡三建而皆毁。万历五年，知县伍维翰迁城于白茅山麓，营署其中，颇称宏整。按旧志，正堂、吏舍、箴石亭、仪门、土地祠、寅宾馆、仓、狱、总铺、大门、屏壁、后堂、知县宅，丞、簿、史宅，申明、旌善亭，内外井然备具。崇祯末，数遭兵燹，略无存矣。本朝顺治三年，知县杨春和到官，即察院为县治，稍葺各吏房科。嗣知县祖承勋又葺后堂三楹、书库房各二间、茅屋十间，相沿至今，咸以为安。而兴建旧署，尚须之后来焉。

主簿署

典史署

萧营守备署，在城内魁楼西街。康熙十六年，守备刘守珮买民宅创置。嗣守备徐城、赵兴隆、王遵典相继增建成之。

巡检司署，旧在赵家圈。康熙二十□[①]年，巡检金正泰迁县东南张山店。

阴阳学，在县治后。

医学，在县治西。

东察院，在东门内，即今县治。

西察院，在西门内。

养济院，在西门外。

预备仓，在县治仪门东，兵燹废。康熙二十年，知县阎允吉造屋五间，为积贮所。

营田仓五：一在乐善乡，一在都仁乡，一在孝义乡，一在仁寿乡，一在旧县治东，并正统五年知县赵珣初创。万历庚辰，知县伍[②]维翰重修。后并废。

谯楼，在县治前。知县伍维翰建，康炜重修。今废。

钟楼，在县城西六十里曹马城中。今废。

演武厅，在县西门外。

旧城建置，皆废为墟，其名目宜纪者，为阴阳学、医学，洪武十七年知县宋予建；税课局，洪武三年主簿刘瑜建；河泊所，洪武十四年建；养济院、济众堂、惠济堂，并永乐十年建。

砀营守备署，在赵家圈，明崇祯六年建。今废。

赵家圈巡检署，在赵家圈，明景泰二年设。今废。

水次仓，旧设州城南马市街。天启癸亥，水没，仅存废址。顺治十四年，知县宁坪买民宅一区，为秋粮仓，在州广运仓东。

---

① 原阙，卷七《兵防》墨丁阙年。按：乾隆《徐州府志》、嘉庆《萧县志》作“三十年”。

② 原作“武”，据顺治《徐州志》、康熙《萧县志》、乾隆《徐州府志》改。

沛县

沛县古署，元以前在城西北隅。《汉书》：“高帝初为沛公，祠黄帝、蚩尤于沛廷。”注谓“沛县之廷”，即此。元季兵毁。明洪武初，知县费忠信徙城南隅，寻坏。永乐元年，县丞胡光重建，甚简陋。十一年，知县李举贤改建，制颇弘大。后知县杨政、孙灿、王治、周泾相继增修。嘉靖末，圮于水。隆庆元年，知县李时乃大修之。万历间，知县祝希哲、符玺皆有兴作。至三十一年，河决城坏，衙署胥沉。三十三年，知州[1]李汝让改迁，去旧治二射许，为今县治。中为正堂，左龙亭库，右赞政厅，前戒石亭，东西六房吏舍。亭前为仪门，又前为大门，门外屏墙。正堂后为中堂，东为库楼，西为书房。又后为知县宅。左县丞宅，今废。右典史宅、六房，后左右吏厅。制亦周密，至今尚仍其故。

申明亭，在县治左。　旌善亭，在县治右。

阴阳学，在县治南。明洪武十七年设，训术一人司之。今废。

医学，在县治南。明洪武十八年设，训科一人司之。今废。

僧会司，在龙泉寺，僧会一人司之。

道会司，在城隍庙，道会一人司之。

鼓楼，县治南。景泰二年，知县古信建。

税课局，县治东北。久裁。

递运所，河东岸。永乐四年建，嘉靖中重修。大使一人司之。久废。

察院，旧县治东。永乐四年，知县常瓘建，前有澄清坊。后改义学。

济留仓，旧县治仪门外西南。永乐四年建，久废。

水次仓，县治东一里，河南岸。久废。

预备仓五所：一在汉台乡，一在千秋乡，一在广戚乡，一在泗亭乡，一在北门外，并久废。嘉靖间，知县王治建一仓于县治内，周泾建一仓于县治后，亦皆废。万历间，知州李汝让即治西北旧义仓地，复建一仓，仍名“预备”。

养济院，在旧县治南。景泰三年，知县古信建。万历间，知州李汝让迁县治北。后废。

广济堂，在旧驿南。景泰中水灾，流亡丐食者众，巡抚王竑令有司煮粥济之，凡活一十六万余人，故以名堂。孚惠堂，在泗水浒，亦竑令设，以济贫病者，凡活六七百人。后并废。

沽头工部分司公署，在沛县治南二十里泗河东岸，为提督胡陵城诸闸座主事莅

---

[1] 按：李汝让以邳州知州衔留管沛县，故称“知州”。

事之所。厅堂门宅，规制如徐、吕二洪分司。明成化乙巳，主事陈宣创建。嗣主事王佩、颜德伦继修。嘉靖间，主事侯宁筑城卫之，徐惟贤更建义仓、社学、药局。四十四年，圮于水，移治夏镇。

夏镇

夏镇公馆，今为河防行署，在新河西岸、皇华亭街北，即明初营田仓旧址。有大堂、穿堂、后堂、寝室，厢庖具备。

沛管河主簿署，在洪济街北。

夏镇闸官署，在见泰楼南，东临闸口。

皇华亭，在会景门北，为往来使客驻节之所。有大学士徐阶《新河记》，周天球书碑。

泗亭驿丞署，与本驿夫厂旧在县治东南，永乐间建。嘉靖末圮于水，乃迁夏镇。后又废，丞权受事于城北崇胜寺，间有僦民居者。

沛县仓，在小水门内。

丰县仓，在小水门内、河防行署之东。

分司公署，隆庆二年主事陈楠建。中大堂五楹，后穿堂三楹，中堂五楹。大堂东为宾馆，西为书房，前仪门、大门。外二坊：西曰“北饷通津”，东曰“南漕巨镇”。坊外官厅三楹。后为宅，有寝，有楼，有厢、厨、书房。主事石炬又建宾馆大门之外，计占地一十八亩。嗣石后者，又创堡楼三楹，西北与东南隅各堞楼一。明季兵乱，渐圮。顺治［八年，主事狄敬建安夏楼］于后圃[①]。丁酉，工部郎中顾大申稍葺之。康熙初，缺裁，后无修者。今为徐标右营守备行署。

君子堂，在皇华亭后、分司外宾馆也，主事王焕建。今废。

洪济楼，在新河西岸。今废。　　庆阜楼，在新河东岸。今废。

演武场，有厅三楹，在北门外[②]。

四境公馆

七山公馆，西南三十里。旧营田仓改，年月无考。久废。

里仁集公馆，县东南三十里，万历间知县罗士学建。今废。

庙道口公馆，县北三十里，罗士学建。今废。

---

① 按：“于后圃”三字原在“堞楼一”之后、“明季兵乱”之前。案乾隆《沛县志》：“顺治八年，主事狄敬建安夏楼于后圃。”乾隆《徐州府志》亦同。今据府志调整并增补“八年，主事狄敬建安夏楼”十字。

② 案顺治《徐州志》、乾隆《徐州府志》，此演武场当在县北门外。夏镇教场，在旧工部分司废址，乾隆四年，因夏镇守备操演无所，知府石杰详允改建。

刘家堤公馆，县南三十里，罗士学建。今废。

沙河公馆，县北五十里，罗士学建。今废。

丰县

县治居城中央，创立最久。宋知县关景仁增修，治后建凫鹭亭。元末，毁于兵。明洪武初，知县傅时即旧址重建。嘉靖五年，河决城陷，知县高禄徙治华山之阳。三十一年，知县徐蓂复还旧治，重营建焉。四十一年，知县胡乂心增葺。万历二年，知县吴文光重修。中为正堂，左为库，又左为龙亭库，东西列各吏房科。前箴石亭，又前仪门。外左土地祠，右延宾馆。东为铺，西为狱，前为大门。主簿宅在仪门内迤东，典史宅在正堂之西。堂后内省堂、后乐堂、嚣嚣亭。堂楼左右厢，东小书房，后楼，又后大书房[①]。凿池环之，杂植花竹，颇称幽胜。

旌善亭，县治左，久废。知县阎玿重修。

申明亭，县治右，久废。知县阎玿重修。

阴阳学，县治东。　　医学，县治西。

鼓楼，县治东，久废。　　钟楼，县治西，久废。

县治前左右二坊：东曰承流，西曰宣化，明万历八年知县庄诚建。四十年，知县孔道源重修，易其额：东曰平政，西曰亲民。

大观楼，县治后北城上。下为堂，又下为门，知县费思箴建。后圮，知县阎玿重建。

察院，县治西北。明嘉靖三十一年，知县徐蓂改建儒学。三十九年，知县胡乂心又迁儒学于县治东南，复即其地改造察院。

预备仓，在察院东，今废。（旧有四所：一在华山保，一在七级保，一在苗城保，一在司马保，并久废）

常平三仓，在县治后。明万历二十三年，知县孙延建。至四十年，仅存其一，知县孔道源修复二仓。近俱废。

兑运水次仓，在沛县夏镇。明万历八年，知县庄诚建。至顺治十年，知县阎玿重修。

义仓，中阳门内。康熙十八年，知县孙毓璘建。

演武厅，城东门外。知县王三益改建西门外，有厅三楹，旁翼两祠，祀平阳侯

① 案顺治《丰县志》："堂后内省堂、后乐堂、嚣嚣亭。堂楼五楹，左右厢房。堂东小书房三楹、楼三楹。又后大书房三楹。"此说较为明了。本志节文过甚。

曹参、绛侯周勃。今废。

养济院，在旧县治东北，知县李崇信建。

县治昔迁华山，前有圣谕亭，后山有观风亭、宾阳亭、问月亭、瞻①石斋，因治还旧县，俱废。

砀山县

县治旧居市中。宋以前，悉治此。金兴定②间水没，迁虞山③南保安镇。元至正中，还治旧地④，末年兵毁。明洪武三年，知县邢俊杰即旧地创建。二十五年，火。永乐三年，知县郝玘重建。成化五年，知县张梦辅改修。正德七年，又兵毁。十年，知县刘守恒复建。嘉靖中，圮于河，迁小神集。四十四年，知县崔元吉仍还旧治。隆庆六年，知县王廷卿增修。万历二十六年，又圮于河，知县熊应祥改迁今治。中正堂，东西吏舍。前戒石亭、仪门。门外东土地祠，前为大门。门内东为宾馆，西为钟楼⑤。正堂西有幕厅。堂后为知县宅。宅前有清白堂，一名"思补"，左右有厢各三楹。其东为库楼。主簿宅在知县宅东，典史宅在知县宅西。

圣谕亭，县治大门外，面西。

申明亭，县治大门外，向西。　旌善亭，县治大门外，向东。

阴阳学，县治大门左。　医学，县治大门右。

谯楼，即燕喜台。元延祐三年，知县杜郁因台址为楼。泰定四年，知县孟直复修。后废。

钟楼，与鼓楼并⑥明永乐三年知县郝玘建。

预备仓四：一在崇教坊，一在大彭社，一在赵九社，一在浮沟社，并久废。万历中，知县熊应祥复建于治内主簿宅前。

常平仓，知县朱之扬建。

义仓、社仓，并万历间知县陈秉良建。

养济院、惠济堂，并县治西；济众堂，县治东，俱久废。知县熊应祥复建养济

---

① 原作"赡"，据嘉靖《徐州志》改。

② 原作"定兴"，考金宣宗年号，径改。

③ 虞山，即旧志之鱼山。本志及后志率多二名并用。《清一统志》载：虞山，在砀山县东南五十里，一名鱼山，接河南归德府永城县界。类此实同而名异者，各从原文。

④ 案嘉靖《徐州志》："至元还旧治。"本为概言。万历《徐州志》、顾氏《方舆纪要》误读"至元"为年号，改为"元至元间，复还旧治"，已误。本志复讹为"元至正中"，误甚。辨详万历《徐州志》注。

⑤ 按：此钟楼为万历四十五年陈秉良新建，非下郝玘所建。参见崇祯《砀山县志》前卷《公署》、本志卷十五《古迹》砀山县"楼阁"。

⑥"并"字勘详万历、顺治《徐州志》。

院，在县治西。

察院，旧在县治南。隆庆间，知县熊应祥迁儒学东。

小公馆，西门内。

演武厅，城外南隅。熊应祥改建西郊外，占[①]地计二十亩。

毛城铺公馆，知县朱之扬建。今废。

西镇店公馆，知县朱之扬建。今废。

铺驿附

徐州

总铺，州治大门内右。

南路：十里铺、二铺、三铺、四铺、桃山铺、胡辛铺，达宿州界。

东南路：下洪铺、二铺、黄钟铺、却鲍铺、吕梁铺、房村铺、龙堂铺、双沟铺，达邳州界。

东北路：头铺、荆山口铺、夏所铺、石山铺、柳泉铺、高皇铺、利国铺，达山东峄县界。

北路：平山口铺、唐家沟铺、郑家集铺、湾里集铺、王家集铺，达沛县界。

西路：九里沟铺、马家林铺、义安铺，达萧县界。

旧志：南路有九里沟铺、陡沟铺、尔家庄铺、孤栗树铺、东珊铺。东南有三山铺、黎林铺。东北有曹家庄铺、王堌朔铺、夏家庄铺、扢搭铺、单庄铺、高村铺。北路有马兰铺、垞城铺、清水沟铺、张村铺、沈家庄铺。西路有刘家庄铺、鱼张铺。今并废。

彭城驿，附郭（明初，在城南二里许。嘉靖二十二年，始迁今地。○以下诸驿，俱永乐十三年设）。

旧志注：设有州县站船一十七只，水夫一百七十名，上中铺陈各一十七副，什物同。外，河南光、罗二县协济插站，共站船一只，水夫各五名，上铺陈一副，什物同。今惟额设水夫三十名，余俱废。

房村驿，州东南七十里。

旧志注：州县站船、水夫、铺陈，同彭城驿。外，河南密县协济插站水夫十

① 原作“古”，径改。

名，通许县五名，西[①]平县二十名，共站船三[②]只五分，上铺陈三副五分，什物数同。今惟额设马船十只，水手二十名，余俱废。〇按：旧志彭、房二水驿外，又有夹沟水驿，在城北九十里。注：州县站船一十五只，水夫一百五十名，上中铺陈各一十五副，什物同。外，山东胶州协济插站上马一匹，马夫一名，驴一头，驴夫一名；平度州中马一匹，马夫一名；即墨县中马一匹，马夫一名，上中铺陈四副，什物同。此驿久废。

东岸驿，附郭。

旧志注：州县上马二十四匹，中马十九匹，下马十七匹，马夫六十名；骡六十六头，骡夫数同；什物一百二十六副。外，江浙二省协济粮佥上马十七匹，中马八匹，下马十匹，马夫三十五名，上中下铺陈三十五副，什物同。今惟额设马一百二十匹，马夫一百二十名。余俱废。

桃山驿，州南五十里。

旧志注：州县上马十二匹，中马七匹，下马［七］[③]匹，马夫二十六名；骡六十五头，骡夫数同；什物九十一副。外，江浙二省协济粮佥上马十五[④]匹，中马九匹，下马十一匹，马夫三十五名，上中下铺陈三十五副，什物同。今惟额设马九十五匹，马夫九十五名。余俱废。

利国驿，州北八十里。

旧志注：州县上马一十一匹，中马七匹，下马五匹，马夫二十三名；骡五十二头，骡夫数同；什物七十五副。外，江浙二省协济粮佥上马二十一匹，中马六匹，下马八匹，马夫三十五名，上中下铺陈三十五副，什物同。今惟额设马一百二十匹，马夫一百二十名。余俱废。〇按：旧志东、桃、利三陆驿外，又有石山陆驿，在州东北四十里，嘉靖四十二年已裁，今为东、利二驿腰站，二驿各拨马三十匹应递。

萧县

总铺，县治前。

东路：烂石铺，达本州界。

① 原作“四”，据万历、顺治《徐州志》改。

② 原作“五”，据万历、顺治《徐州志》改。

③ 原阙。万历、顺治《徐州志》俱脱下马匹数。今以马夫二十六名定其马数，减除上、中马，应余下马七匹，据补。

④ 原作“三”，字据万历《徐州志》改。

西路：朱珊铺、曲里铺、杨铺、东镇铺、赵家圈铺，达砀山界。

南路：东珊铺、胡新庄铺，达宿州界。

旧志序赵家圈铺于西路，而邑志改为南路，误。

沛县

总铺，县治大门外左。

南路：十里铺、草庙铺、斗虎店铺，达本州界。

东路：净明铺、聂庄铺、东仓铺，达山东滕县界。

西路：十字河铺、高房铺、扬明铺，达丰县界。

旧志有夏镇铺，今止接投粮船公文，不随路。又有宣丘铺、倪陵铺、老鹳铺、杨家厂铺、界沟铺，今并废。

泗亭驿，县东北夏镇（明初，在县治东南。嘉靖四十五年，始随新河改迁）。

旧志注：四县站船一十五只，水夫一百五［十］① 名，上中铺陈各一十五副，什物同。外，河南密县、鹿邑县协济插站，共站船一只九分，水夫密县十名，鹿邑县九名，上铺陈、什物各一副九分。又，山东胶州协济插站驴一头，驴夫一名；即墨县中马一匹，马夫一名，共中下铺陈二副，什物二副。今惟额设水夫八十名，轿杠夫二十名，余俱废。

丰县

总铺，县治大门内。

东路：留村铺、周村铺，达沛县界。

南路：新村铺，达沛县界。

西南路：棠村铺，达砀山县界。

旧志阙棠村铺，照邑志补。

砀山县

总铺，县治大门内西。

东路：高家井铺、朱家店铺、毛城铺、陈村铺、西镇店铺，达萧县界。

① 字据文例补。

旧志有七里铺、赵九铺、北十里铺、浊河铺、张清铺，今并废。〇按：砀邑铺止设达萧县一路，其北路丰县、西路河南永城县，虽系接壤，实无额设铺兵传递公文。凡有公移，皆由萧县入本州总铺，一分沛县，达丰县；一分宿州入河南省，达永城县。

学校

徐近邻邹鲁，在汉时，儒风特胜，韦孟、田千秋、庆普、鲁赐之伦，湛深经术，蔚为人宗；刘向父子，用发于文辞，尔雅而深厚。逮至宋、元，士习科举，其遗风余韵犹有存者。是以前代名流奉职斯土，勤勤焉崇饰黉宫，烝进髦士，未尝敢轻心易之。近时横经之子不减于昔，而以科名显者则寥寥焉，说者谓地气潜移，殊未然也。以观其间二三豪杰之士，振藻摛华，为当时弁冕，故非别有承传也。此知振兴之责，固自在人，其不可以弃亵安矣。因志《学校》，遂牵连书之。

徐州

州儒学，旧在城东南隅。元至正时，毁于兵。明洪武二年，知州文景宗移城东北。宣德间知州杨秘、景泰间知州宋诚，相继增修。天顺六年，知州王叙拓大之。垂成，满去。成化六年，知州陈廷琏续成，又增建堂斋楼阁。正德壬申，督学御史黄如金、兵备副使柳尚义、知州张行甫、学正杨和增建斋宅。工未竣，并迁去。明年，学正胡崇易白继任御史张璿、副使罗循申饬之，乃就绪。嘉靖丁亥，副使赵春命知州郭天锡拓学前基，洎庙庑堂斋，并加饰。癸巳，副使何鳌命学正李宪督修。甲午，知州魏颂卒役，更增葺之。乙未，知州陆时望建敬一箴亭。己[1]亥，清戎御史杨瞻建应璧楼。甲午，兵备副使宋圭以固安杨维杰、维聪从父学正和读书于此，相继登第，改为读书楼。庚子，户部主事吴岳筑土建蹑云亭。壬寅，知州王重贤建启圣祠。丁未，副使王梃益修葺之。历廿稔，黄河频决，浸入城中，学基洼成沼。隆庆三年，知州章世祯白都御史翁大立，请以户部所辖永福仓址相易改建。方草创，世祯解去。五年，知州刘顺之继之，兵备副使冯敏功协助，不逾年成，百制俱备，时称完美。历四十余年，渐就圮坏。副使袁应泰于万历丙辰移左卫旧址，庙堂、祠阁、门庑，略如前制。天启甲子，河决城破，惟堂庙基高，未没。水环外，不可入，俎豆屑越者久之。崇祯丙子，庙灾。癸未，兵道何腾蛟移东大察

---

① 原作“乙”，据嘉靖、万历《徐州志》改。

院，建庙堂门池，余未及为，旋遭国变。自明初至此，凡四迁，其兴作各有记，具载《艺文》。本朝顺治十年，兵道胡廷佐饬知州余志明、学正谭学准、训导蔡尚廉修葺，改大门东向。康熙二十一年，州绅士病其湫隘，规制未全，且渐就圮，谋迁于州治之东，白知州臧兴祖。呈请淮徐道刘元勋，报可，先捐五百金为倡。于是河南道祖文明、徐属同知乔显忠、副将邓君弼、知州并四属县令、州学正、训导，各捐俸有差。乡官张胆，子道祥、道瑞，及吴汝琜、杨妍、鹿嶟、冯大奇，诸生经乃济、拾泰、单乾、王辰等，共醵金成之。明年，张胆偕学正周如濂、训导汪志楷，及拾泰、单乾、王辰，身自督工，阅岁而告成。中为大成殿，东西列两庑，前为戟门，又前为棂星门。当门为屏殿，后为明伦堂，堂后为启圣祠，左右为名宦、乡贤二祠，宫墙除道，并皆坚整。是役也，通计费如干金，张氏当十四五，且董其成，州人称之，具见经乃济记中。四十一年，知州佟国弼重葺，有学正崔扬记。五十六年，知州姜焯增修，改建棂星门，易木以石，门内凿泮池，跨三石梁，悉石栏绕之。池东北建更衣厅三楹，西向；西北建省牲所三楹，东向。改建戟门，益三楹为五。移名宦祠，建门左；乡贤祠，建门右。修圣殿，拓殿前台，高广加旧，护以石栏，益两庑各为七楹。殿后尊经阁，即启圣祠基改建，移祠于阁东，增敬一亭于阁西。庙学规制，于是为备详，修撰李蟠记。屏壁外旧有池，为外泮，坏于污潦，河防同知孙国瑜重饬之，术者谓亦于形胜有裨云。

河清书院，在城东门，明隆庆三年知州章世祯建。万历二年，刘顺之增置寝室。今废。

彭西书院，城西南隅。旧称武学，明嘉靖六年副使赵春建，为武举弟子居业之所，有廖道南记。二十五年，副使王梴益拓大之，改曰彭西书院。今废。

彭东书院，城东北隅。明嘉靖二［十五］[①]年副使王梴建，为诸生讲读之所，规制详梴自记。今废。

境山书院，明隆庆四年，吕梁洪主事吴自新浚河于境山建。今废。

吕梁书院，在本洪。明嘉靖癸巳[②]，主事郭持平建，进贤舒芬记。今废。

养正书院，吕梁分司之南。明嘉靖丙辰，主事王应时因旧社仓拓之为书院，堂曰育德，左右翼各书屋十间，堂后为居学轩。徐邳及洪上庠士，咸肄业于此。今废。

川上书院，塔山之巅，明嘉靖十四年主事张镗建。中有石刻先圣像，又名观道亭，镗自记。今废。

---

① 字据嘉靖《徐州志》、乾隆《徐州府志》补。

② 按：嘉靖癸巳，即嘉靖十二年。考郭持平任职时间为正德末（冯世雍《吕梁洪志·官师》），又舒芬《吕梁书院记》载该文作成时间“相语于洪上，则嘉靖癸未闰月癸丑”，时为嘉靖二年癸未闰四月。以此推之，“癸巳”应为“癸未”之讹。

社学，明时城内外有十余所。成化三年，提学御史陈选遵制，命有司建立，各择教读一人主之，以教民间子弟。后尽废。

义塾，在吕梁上洪黄家桥北。明弘治己未，主事来天球建。嘉靖癸未，主事郭持平更饬之，后圮于水。壬辰，主事蒋应奎重建。教读四人，训洪之童蒙者。后废。

云龙山书院，在本山大士岩右。康熙五十九年，州县众绅士同建，修撰李蟠记。知州姜焯立义学其中，延师教各庠生暨诸俊秀。壁间有向苏堂石刻。

醴泉山书院，在吕梁北，康熙五十八年州绅士同建。

萧县

萧学，昔在旧北城西北隅。宋绍圣间，县令孙文、邑人窦沔捐资徙今旧南城东南，有晁端中记，后为湖水冲啮。元至正丁丑，县令耶律廷瑞重建于河西，萧人傅汝砺记。元末，毁于兵。明洪武初，主簿刘瑜创建。二十九年，知县乔峻、县丞齐福东增修。永乐间知县郝玘、正统间知县柳新、景泰间教谕王隆、成化间知县马纶，相继重修。正德间，巡按御史宁钦莅县，命撤华严寺、东岳观二所，移建其地，州判官董相、知县王隆董其成。嘉靖辛卯[①]知县寻孔乐、壬辰知县朱同芳，及后知县宋炜、教谕姚应龙，皆相继修葺。万历五年，黄河决，城沉庙圮，知县伍维翰迁城，建庙学县治之东。十六年，邑人纵堪捐金，造泮池桥槛。四十六年，知县萧学俨复迁于县治西南，吉水邹元标为记。中先师庙，东西两庑，前为庙门。门外东名宦祠，西乡贤祠，前泮池、石桥，又前棂星门，门前屏墙。庙后明伦堂，东崇德斋，西广业斋，堂东北启圣祠，西北敬一箴亭。儒学在庙西，大门由棂星门外入。崇祯之季，罹寇氛，渐就倾毁。国朝顺治五年，知县祖永勋修而新之，教谕陈弘泰为之记。康熙四十九年，知县徐大生重修，创建奎楼，复从诸生请，于城西南开小南门，即用为圣宫前大成门。

射圃亭，在城隍庙西，明嘉靖间知县朱同芳建。

易安书院，明永乐间知县郝玘建。

东壁书院，顺治初知县祖永勋建。

社学四，明时建。顺治间，南门内尚存其一；其在县西北司马神祠后，为明督学陈选饬建者，久废。其二无考。

---

① 原作“辛丑”，据嘉靖、万历、顺治《徐州志》改。考《官司表》：嘉靖十年辛卯，寻孔乐在任。此云二十年辛丑，误。

沛县

沛学，旧在河东泗亭坊。宋靖康中，兵毁。金大定初，徙建河西清[①]化坊。十一年，县令刘勋葺治。元至正间重修，寻复毁。明洪武三年，知县费忠信、训导华革等重建。永乐四年知县常瓘、十八年知县李举贤、正统七年知县王清、景泰二年知县古信，并有修建。信凿井学中，味极甘美，见漳浦陈亹记。嘉靖八年，圮于水。十一年，知县王治用旧学庙地，易泡河南龙泉寺址改建，教官署仍在旧学。二十五年，知县周泾增门庑祠宇，凿泮池，易民地拓大之，始备规制，主事徐惟贤记。后知县李祯迁启圣、名宦、乡贤三祠，作南畿首学坊。四十四年，复圮于水。隆庆三年，知县白经改建明伦堂、两庑，徙启圣祠于庙东。万历二年，知州刘顺之修圣庙，知县倪民望修各祠宇，立兴贤、育才二坊。九年，知县周治升修两庑，建棂星门，创尊经阁，徙启圣、名宦、乡贤三祠于明伦堂后，祠斋、号房、库庖，焕然一新，主事詹世用记。二十三年，知县罗士学修明伦堂、棂星门。二十四年，设外屏，立作圣、成材二坊，规制始大备。射圃在儒学内西偏，旧有观德亭，久废。学内有敬一箴亭，嘉靖中建，亦废。是后废修失考。康熙八年，启圣祠废，神主祀尊经阁，至二十九年，始重建于东偏。名宦、乡贤二祠，今更易庙前东西庑南号房。

教官宅，在县治东。前大门，中仪门、溯泗堂，堂后为教谕宅，堂西为训导宅。

泗滨书院，在河东岸，邻旧递运所，即汉高帝书院故址。

建中书院，在县治南。

仰圣书院，在上沽头，明嘉靖二十九年主事吴衍建，有汪宗元记。久废。

镇山书院，在夏镇。沛人为明尚书朱衡建，有董份、钱锡汝二记。

沽头精舍，明嘉靖三十九年主事施笃臣建，久废。

圣水社学，县南一里许，明嘉靖十年杨政建，后废为民居。万历二十四年，知县罗士学重建。

天津社学，泗河东岸，明嘉靖十一年知县杨政建，久废。

高房社学，县治西二十五里高房集，万历二十四年知县罗士学建。

明嘉靖三十年，知县李祯设社学十八区，以教民间子弟，曲江钟大器记。并废，无考。

义学三所：一本分司税钞二关公署，明崇祯七年设，至康熙十年废，今改为义

① 原作“靖”，据正统《彭城志》、嘉靖《徐州志》等改。

学；一为旧察院改，今废为銮驾库；一在夏镇见岱门内，中立宣圣神位，明隆庆二年主事钱锡汝建，分司朔望胥就义学谒先圣，后乃易曰先师庙，立金声玉振坊，行二丁祭礼。康熙三十一年，知县方曰琏仍修为义学，延塾师教镇人子弟。

丰县

学旧在县治东，金末毁于火。元至正间，县尹郭瑄重建，寻毁于兵。明洪武六年，知县曾本创建。宣德间知县阙膺、天顺间知县张昇、成化间知县邝颐，相继建修。嘉靖五年，城水没，县治徙华山，学废。至二十一年，知县李崇信创建于迁治之东，四明张邦奇为记。三十一年，知县徐蓂复还旧县，创建于县治西北。三十九年，知县胡乂心改迁县治东南，规模始宏敞焉。岁久浸坏，知县孔道源、杨鸿翱先后修葺。至明末，益大坏。国朝顺治二年，教谕陈彝及训导江能容协谋重修，知县阎珆出俸钱佐之，计修棂星门、戟门、东西庑、启圣祠、敬一亭、泮池、文曲沟、大成坊、儒学门、魁星楼，及斋库庖湢之属，众废具兴，丰人戴之。是后相沿，虽小有修治，都无足纪。至康熙三十五年，知县李振、教谕黄师晟更捐募，大为整饬，修正殿、两庑，名宦、乡贤二祠，创建奎楼，焕然一新。嗣知县王初集又修棂星、戟门、泮池、文渠、外屏，崇垣墉，拓东西基各数武，而规模弘丽矣。今纪其制：中文庙，东西两庑，前戟门。门外泮池，桥跨其上，文曲沟水绕之。桥左名宦祠，右乡贤祠。又前棂星门，当门为大成坊。东并门为儒学，由学大门入，为宰牲门、魁星楼、启圣公祠。祠前西转，入礼门，即庙。后为明伦堂，后问奇堂，又后尊经阁。堂东西为修德、明道二斋，西南为义路，与礼门正对。又西转为敬一亭，亭后为宅。亭前为书院，三楹；为李公祠，知县宋士中建，三楹；为聚奎堂，知县王三益、乡官黄槐同建。东南有门，通棂星门，内又有文明楼，在敬一亭西。

魁楼，在儒学前南城上。知县常思温建，寻废。吏部龚奭重修。

义学，在儒学右。顺治初知县阎珆改建，置田［七］① 十五亩，赡养生徒②。

乐育馆，在县治西。康熙四十四年知县王初集建，置田五十亩，资来学者。

华山书院，在华山东。明嘉靖丙午知县叶烇创建。今废。

中阳书院，万历末知县宋士中建，张榜有序。今废。

① 字据顺治《丰县志》、乾隆《徐州府志》补。
② 原作“徒”，径改。

砀山县

砀学，昔在旧城西北隅，唐贞观四年建。宋元祐间，邑人王惠捐资迁东北隅汉高皇庙右。金大定间圮，县令杜之美同进士邵师古新之。元元贞间，县尹蒋恕[①]重葺。大德十一年尹杨泰[②]移高皇庙故址。天历、至元间尹孟直、崔旭前后增修，夏丘张忠为孟直记。明永乐、正统、成化间，知县郝玘、刘伯吉、杜钊、张梦辅，主簿张文宪，相继修建，安成刘球、博野刘吉各有记。嘉靖五年，知县季木重修。二十一年，知县刘阳重建庙，益拓大之，安福王学益记。四十一年，河决，城、学宫尽坏。隆庆元年，知县戴伟修葺。五年，知县王廷卿益大修葺。[万历][③]戊戌，城陷，知县熊应祥改迁新城，依旧制创建庙学。中文庙，东西两庑，前戟门，左名宦祠，右乡贤祠，前泮池，前棂星门。启圣祠在文庙左，更衣亭在戟门左。庙后为明伦堂，堂东为魁星楼，堂后为教官宅。草创之初，制虽粗具，终为湫隘，未甚久而圮。天启七年，知县李春鲸洎教谕叶孝友、孔时可，训导贺日章，共新旧制。崇祯五年，知县姚来琯益加修建。其未及为者，惟祠斋庑墙。九年，知县宋坤悉补成之。十一年，知县刘芳更泮池桥制。已，又议迁，未果。国朝顺治十四年，知县曾为履、教谕苏渊、训导金逢瑞、乡官冯知己等捐修庙学，增重檐、瀹泮水，门楹堂宇，焕然聿新，提学佥事张能鳞为记。康熙二十一年，岁贡生陈鼎新重修两庑，增广名宦、乡贤二祠，棂星门易以石门。祠、正殿次第修葺。五十八年，训导孔毓祺设两庑木主。六十一年，知县王晋复捐修戟门、东舍，砀学盖自是称完固矣。

龙峰书院，万历元年知县王廷卿创建，为诸生居业地。龙峰，其别号也。中又建天语亭、瑞麦亭，沛令倪民望为颂表之。

射圃亭，旧县儒学后，新城东关外。

社学，城隍庙前、小公馆后。旧有二所：一县治东南，一县治西，久废。嘉靖中，知县王绍元重建，又废。

---

① 原作“毖”，据万历《徐州志》、乾隆《砀山县志》改。

② 原作“参”，据正统《彭城志》、乾隆《徐州府志》、乾隆《砀山县志》改。

③ 二字据顺治《徐州志》补。案戊戌，即顺治《徐州志》之“万历二十六年”，乾隆《砀山县志》作“万历二十七年己亥大水，城陷学圮”，与此有异。

徐州志卷之十四

祀典

礼隆秩祀，凡以天地百神、古先明圣，民所凭依，用是为祈报也。今天下郡邑通得祀者，载于《会典》，诚无以易；其为名宦、乡贤，各异其人，皆所谓“法施于民、以死勤事、以劳定国则祀之”者，并列于常制，而野人戴德，庙祀于乡，亦听之。外是，谣俗承讹，渎非族以为神，社稷而俎豆之，考礼之士正不能无区别焉。旧志具列古贤君臣名人祠庙，其他概从刊落，良有见哉。今志仍之。

秩祀

文庙

祀先师孔子，东西列四配，次十哲，两庑列七十二子，次春秋以来诸儒，岁以春秋仲月上丁日致祭（康熙四十六年、六十年，并改秋祭于下丁日。明年，仍祭上丁日）。

四配

复圣颜子　　宗圣曾子

述圣子思子　　亚圣孟子

十哲

先贤闵子损　　先贤冉子耕

先贤冉子雍　　先贤宰子予

先贤端木子赐　　先贤冉子求

先贤仲子由　　先贤言子偃

先贤卜子商　　先贤颛孙子师

先儒朱子熹（原列西庑，康熙五十四年升配）

两庑

先贤澹台灭明　　先贤原宪

先贤南宫适　　先贤商瞿

先贤漆雕开　　先贤司马耕

先贤有若
先贤颜辛
先贤公孙龙
先贤颜高
先贤石作蜀
先贤后处[①]
先贤颜祖
先贤秦商
先贤县成
先贤颜之仆
先贤狄黑
先贤公西蒧
先贤秦非
先贤颜哙
先贤公治长
先贤高柴
先贤公西赤
先贤冉孺
先贤冉季
先贤漆雕徒父
先贤任不齐
先贤公肩定
先贤罕父黑
先贤左人郢
先贤原亢
先贤叔仲会
先贤公西舆如
先贤琴张
先儒左丘明
先儒穀梁赤
先贤巫马施
先贤曹恤
先贤秦祖
先贤穰驷赤
先贤公夏首
先贤奚容蒧
先贤句井彊
先贤公孙句兹
先贤燕伋
先贤乐欬
先贤孔忠
先贤施之常
先贤申枨
先贤宓不齐
先贤公皙哀
先贤樊须
先贤梁鳣
先贤伯虔
先贤漆雕哆
先贤商泽
先贤公良孺
先贤鄡单
先贤荣旂[②]
先贤郑国
先贤廉洁[③]
先贤邦巽
先贤陈亢
先贤步叔乘
先儒公羊高
先儒高堂生

① 原作“虔”，据《史记 · 仲尼弟子列传》《孔子家语 · 七十二弟子解》改。
② 原作“旅”，据《史记 · 仲尼弟子列传》改。
③ 原作“噄”，据《史记 · 仲尼弟子列传》改。

先儒毛苌 先儒伏胜
先儒孔安国 先儒董仲舒
先儒后苍 先儒王通
先儒杜子春 先儒韩愈
先儒胡瑗 先儒周敦颐
先儒程颢 先儒程颐
先儒邵雍 先儒张载
先儒范仲淹（康熙五十五年增祀）
先儒司马光 先儒欧阳修
先儒杨时 先儒罗从彦
先儒李侗 先儒吕祖谦
先儒陆九渊 先儒胡安国
先儒张栻 先儒蔡沈
先儒真德秀 先儒许衡
先儒薛瑄 先儒胡居仁
先儒陈献章 先儒王守仁

庙制见《学校》，祭仪、器、文一遵《会典》，本州与属邑并同。

启圣祠

祀启圣孔公叔梁纥，以先贤四氏配，东西从祀先儒四人。

四配

先贤颜无繇 先贤曾点
先贤孔鲤 先贤孟孙

从祀

先儒周辅成 先儒程珦
先儒朱松 先儒蔡元定

祠制见《学校》。祭仪、器、文一遵《会典》。本州与属邑并同。

名宦祠

本州（祀凡三十四人）

唐

推官韩愈

宋

知州傅尧俞　知州王洙　知州曾肇
知州苏轼　知州杜纯　知州王复
司法杨时

明

巡抚王竑　副使汪舜民　副使袁应泰
参议徐标　知州文景宗　州同刘秩
知州杨节仲[①]　知州杨秘　知州宋诚
知州王叙　知州和鸾　知州徐邻

国朝

总督马鸣佩　总督于成龙　总督傅腊塔
总督范承勋　巡抚宋荦　督学许汝霖
督学邵嗣尧　督学张榕端　督学张泰交
督学张元臣　督学余正健　知州江雁卿
知州孙枝蕃　知州佟国弼

萧县（祀二十六人）

汉

县令费汎

隋

县令刘高

宋

县令张惇

元

达鲁花赤耶律廷瑞　达鲁花赤马彻里　达鲁花赤完哲笃

明

知县郑恕　县丞齐福东　知县郝玘
知县闭悌　知县冯裕　知县王隆
知县陈会江　训导欧阳　训导耿介

国朝

督、抚、学十一人，同州。

① 原作“杨仲节”，据旧州志乙正。后皆同。

沛县（祀十三人）

宋

县令程珣

明

知县颜瓌

国朝

督、抚、学十一人，同州。

按：旧志尚有汉县令许慎。查邑志不载，祠亦无其主[①]。

丰县（祀二十九人）

汉

县令牟融

唐

县令李守素

宋

县令关景仁　　县令马建中　　县令韩侯[②]

元

县尹刘士

明

知县曾本　　知县曹仲篪　　知县阙膺

知县陈善　　知县裴爵　　知县高禄

知县张叔宣[③]　　教谕段徽　　教谕陈璜

教谕陈让　　训导孙应旂

国朝

督、抚、学十一人，同州。

知县李允祯[④]

① 嘉靖《徐州志》载“许慎，为沛县长”。案《后汉书·儒林》本传，实为“洨长”，万历《沛志》已正其谬。

② 按：名佚。正统《彭城志》卷十五王文昌《重修汉庙后殿奉安列圣记》：“淄川韩侯，博雅好古。宣和辛丑，出宰丰邑。”此“侯”乃对县令之尊称。

③ 原作“宜”，据万历、嘉靖、顺治《徐州志》改。

④ 原作“桢”，今从顺治《丰县志》、乾隆《徐州府志》统作“祯”。他若乾隆《丰县志》之框缺“李允□”，乾隆《砀山县志》之“李允正”，皆系讳改。

砀山县（祀二十二人）

唐

县令韦恒[①]

明

知县郝玘	知县杜钊	知县张梦辅
知县田禋	知县胡希颜	知县李金
知县刘阳	知县王绍元	教谕叶楚华

国朝

督、抚、学十一人，同州。

知县李允祯[②]

——以上各名宦祠制，并见《学校》。

乡贤祠

本州（祀凡十五人）

汉

光禄大夫龚胜

宋

秘书省正字陈师道	山人张天骥
国子监说书颜太初	

明

工部尚书朱守仁	文华殿大学士权谨
新乐[③]知县张端	孝子王豫
汝宁教授马蕙	西安教授沙杰
广西佥事沙立	福建提学马津
江西道御史张鹤［鸣］[④]	

---

① 原作“洹”，据乾隆《砀山县志》、《旧唐书 · 韦思谦传》改。

② 案乾隆《砀山县志 · 名宦传》，李允祯以丰县令摄砀事，故得两县崇祀。

③ 原作“新安”，据明代徐州诸志改。按正统《彭城志》人物本传：“永乐元年，知州杨节仲荐，授真定府新乐县知县。”

④ 字据万历、顺治《徐州志》补。

国朝

骠骑将军张胆　　贵州总兵张之麟

按：本州乡贤祠，明嘉靖初犹未设。二十六年，副使王梃以先贤祠废，乃从时制，创建于旧学，祀宋陈师道、张天骥、颜太初，明朱守仁、权谨、张端、王豫、马蕙八人。〇旧学宫有先贤祠，正统元年监察御史彭勖建，祀汉丞相萧何、曹参，太傅王陵、太尉周勃、舞阳侯樊哙、汝阴侯夏侯婴、御史大夫周昌、丞相周亚夫、光禄大夫龚胜、谏议大夫龚舍、卓行姜肱、石渠博士施雠，隋治书侍御史刘子翊，唐绵州刺史刘德威，宋太学博士陈师道，元御史中丞曹伯启、徐州观察副使孔午、翰林学士袁遵道、兵部尚书石普，明右佥都御史黄政、文华殿大学士权谨，凡二十一人。天顺间，学士龚汇以韩愈、苏轼仕徐，皆有遗惠，刻像置诸贤前祀之。成化七年，知州陈廷琏徙建黄茅冈，增先贤陈师道为三贤祠，而先贤祠废。十八年，知州和鸾复徙三贤祠于学宫东隙地，有司岁以春秋上丁日致祭。弘治十七年，户部主事庄禪复改建黄茅冈。

萧县（祀六十六人）

汉

新息侯朱浮　　太尉上公刘矩

刘宋

征士刘镇之　　建安县侯刘粹[①]

武陵太守刘伯龙

宋

光泽主簿窦沔

元

徐州观察孔午　　监察御史傅汝砺

明

太常少卿高巽志　　贵州布政孟骥

慈利知县刘俨　　茌平教谕朱信

工部员外孙谌　　南和知县蒋仕

明末死难列名乡贤、生员五十一人：王基贞、王基弘、孙思谦、任如龙、李燧、纵鲲跃、郝惟聪、黄廷谏、郑士彦、郑士俊、王所采、王所受、李荷春、刘梦鲤、穆遵衡、仝我初、贾千春、孔贞元、吴洪谟、徐懋赏、仝勤王、纵四通、纵若

① 原作“梓”，据嘉靖、顺治《徐州志》及《宋书》《南史》本传改。

启、纵履中、刘光肇、纵日昇、纵天德、戴奋翼、郝崇抱、郝昌龄、孟钥、陈丹、陈复新、王文功、任佑龙、郭复初、李炜、徐时讷、章捷、尚宗礼、朱道光、王永龄、任嘉猷、郭复性、谢承惠、王廷俊、徐道衡、徐士遴、徐士奇、陈忠亮、欧阳振文。

国朝

湖广副总张大谟

沛县（祀十七人）

商

左相仲虺

汉

平阳侯曹参

安国侯王陵

绛侯周勃

舞阳侯樊哙

条侯周亚夫

御史大夫周苛

汾阴侯周昌

博士施雠

东平太傅庆普

郎中蔡千秋

处士姜肱

梁

著作郎刘臧

明

浙江按察蔡楫

孝子监生赵清

兴化教授卢雄

礼科给事张贞观

丰县（祀十七人）

汉

酂侯萧何

绛侯周勃

汾阴侯周昌

条侯周亚夫

宋

少傅李若谷

元

学士袁遵道

丞相袁涣

明

泸州知州王正

兵马指挥王献

葭州知州胡宁

滑县知县李实

义民孙荣

归安县丞李琼

靖[1]海知县李俊

孝子周潭

泗水教谕蔡彧

征士秦英[2]

砀山县（祀九人）

汉

丞相申屠嘉

小黄令焦赣

将军丁宽

元

御史中丞曹伯启

明

佥都御史黄正

浙江佥事李稳

户部郎中张宏

永平通判邵宗玄[3]

国朝

太学典簿汪润

按：旧志尚有刘宋隐士刘纡[4]、元孝子韦信，查今祠无其主。

——以上各乡贤祠制，并见《学校》。

社稷坛

本州建于河北西阁外。岁以春秋仲月上戊日致祭，祭用木主，礼仪皆遵《会典》。属：萧县，坛在县西门外；沛县，坛在县西门外迤北；丰县，坛在县西半里许；砀山县，坛在县北门外迤西。制并同。

风云雷雨山川坛

本州建于南门外。岁以春秋仲月上丁第三日致祭，坛制一如社稷坛，礼仪皆遵《会典》。属：萧县，坛在县南门外；沛县，坛在县南一里；丰县，坛在县东南一里许；砀山县，坛在县南门外。制并同。

---

① 本志《人物传》作“静海”。考靖海县，北宋大观二年设，明洪武初，改“靖”为“静”，即今天津静海区。

② 原作“李英”，据隆庆《丰县志》、乾隆《徐州府志》及本志《人物传》改。

③ 按：顺治《徐州志》作“邵宗玄”，康熙以后避讳改为“邵宗元”。今恢复本字。

④ 案《梁书》，“纡”为“讦”之讹，旧志误。本志《人物传》已正其讹。

厉坛

本州有二：一建于河北观音堂前，一建于北门外迤西。祭无专所，岁以清明日、七月望、十月朔三次致祭，坛制皆遵《会典》。属：萧县，坛在县北门外；沛县，坛在县北门外迤东；丰县，坛在县北堤内；砀山县，坛在县北门外东北。制并同。

群祀

城隍庙，在城东南隅。春秋合祀于南坛，余听官民致祭。又，利国驿城隍庙，传为古彭城县庙，县废移此，其移建之年无考。

八蜡庙，在城南云龙山下，所祀：一先啬，二司啬，三农，四邮表畷，五猫虎，六坊，七水庸，八昆虫。

徐州洪神庙，旧在百步洪上，或称金龙四大王庙。洪淤庙迁。

徐州洪关尉神庙，久废。

吕梁洪神庙二：一在上洪，旧称河平王庙，明永乐初建；一在下洪，旧称龙神庙，元皇庆间建。

吕梁洪关尉神庙。

——以上四庙，并明宣德七年登祀典[①]，岁以春秋上丁三日致祭，祭器与诸坛同。

金龙庙三：一在城北门外南岸，一在河东岸，一在房村。

文昌祠二：一在南门外迤西，久废；一在戏马台，嘉靖二十六年工部主事冯有年建。

留侯庙二：一在留城，圮于水；一在子房山阳，宣德初，平江伯陈瑄因旱祷雨有应建。

恭襄侯祠，在黄河东，祀平江恭襄侯陈瑄。以侯有功漕运，故祀之。

费公祠，在吕梁下洪。成化间，主事费瑄有惠政。后登祀典，祭日、祭品与关尉诸祠庙同。

潘公祠，在城北四十里境山镇。嘉靖间，工部侍郎潘希曾总理河道，民怀其德政，立祠祀之。

丁塘拔剑泉庙，在丁塘山东，祀汉高帝。

昭灵神祠，徐州管洪主事司祭，久废。

① 按：徐州洪关尉神庙，隆庆六年新建，继登祀典。统云“宣德七年”，误。

——以上八祠，先后登祀典，与上庙同。后昭灵、拔剑、潘费二祠祭废。

玉皇庙三：一近夹河，一近茶城，一在黄钟集。

东岳庙，旧在城西南隅，今移云龙山南麓。又，桃山驿东岳庙，明初建。

玄帝庙三：一在城北门阛，一在城外小河口，一在黄钟集河滨。

火神庙八：一在南门城阛，一在城北小河东岸，一在城西南隅，二在南关，一北关，一西关，一在夹河。

三官庙二：一在城北门阛，一在城南隅。

禹王庙，在吕梁上洪东岸。

关圣庙八：一在城东门内，一在城西门内，一在城南门阛，一在城南二里，一在城南五十里桃山，一在双沟，一在城北二里，一在城北四十里境山。他不胜纪。

五显庙，宣德末，左卫千户刘显创建。

显济大王庙，在泰山巅。嘉靖末建，岁三月十八日里人祀之。

田祖庙，在城西北五里，久废。

华祖庙，在南门外一里许。

彭祖庙，在北门城阛彭祖故井边。

黄楼，在北门城巅。

魁星楼，在南门城巅。

汉高帝庙，在城南下洪广运仓东。又，城北七十里彭城废县地汉高帝庙，相传庙基为汉西灵王母墓。

黄石公庙，在城东北二十里。今祠移子房山。

三义庙，即台头寺址，在戏马台上。天启初，改为户部分司署。康熙十七年，复改为徐属河营署。后河营署迁，地仍为庙。又，桃山驿三义庙，元至正间建。

旗纛庙，旧在徐州卫公署后，久为水圮。

忠烈庙，祀宋死节知州王复。久废，不知其处。

四贤祠，在黄茅冈。弘治十七年，主事庄襗由学宫徙建于此。旧名三贤祠。正德三年，主事张孟中增祀先贤杨时，定今名。后嘉靖四十年，有司又增入刘向，改名五贤祠，旋废。祠久失修，栋宇倾圮。康熙庚子，知州姜焯重新之。

东坡祠，在城南戏马台三义庙东南隅。万历三年，知州刘顺之创建。

刘郡守祠二：一在城中，久废；一在戏马台。祀知州刘顺之。

佟公祠，在城东北隅[①]，学宫之左。徐士民以前知州佟国弼多惠政，故建祠以祀。（以上徐州）

① 原作“偶”，径改。

萧县

城隍庙，在县东南隅。祭同州。

土地祠三：一在县仪门内，一在东察院仪门外，一在城隍庙内。

八蜡庙，在县东一里许。今毁，岁时设主祀之。

文昌祠，在龙山椒。移祀于大魁楼。

大魁楼，在县治东南。

禹王庙，在白茅山阴。

关圣庙三：一在白茅山，一在东门内，一在两河口北。

三贤堂，祀闵子、颛孙子及唐封萧伯颜辛三贤，在白茅山阴。

大王庙，在旧县东三里。

旗纛神，祀于演武厅。

马神庙，祀天驷房星之神。旧在县治后，今移建东门外。

三皇庙，在南门外。

华祖庙，南门外。

玉皇庙，在白茅山椒。

龙王庙，在化龙潭上。

岳武穆王庙，旧在黄柏口。后迁县东南桃山，设田三顷供祭，奉祀生员四名。

亚圣祠，旧在县西南三十里孟镇寺，设衣巾生员奉祀。后水没，重建于县之东隅，设祭田十二亩，春秋奉祀。

子张祠二：一在县南三十里堀[①]坊村墓前；一在县西门外，奉祀生员四名。

闵子祠，在县东南闵子村。《一统志》云：萧东南八十里有闵子村、骞山，山南有祠，有浣絮[②]沟，有地名摸[③]儿寒，有晒书台，有赡墓地三百亩在祠前。

欧阳文忠公祠，在县东南五十里桃山。

东岳庙二：一在白茅山，一在县西南明山之阴。

火神庙，在县西。

留侯庙，县西。

勒恩祠，在县东门外，龙山之麓。祀都御史张缙、王诰、王宗沐，兵备副使何鳌、徐节、于德昌，知州刘顺之、唐民敏，共八人。

郑公祠，去圣泉山一里许，祀死难知县郑恕。

唐公祠，在旧城西。隆庆间，知县唐文华治萧有惠政，迁德州去，萧人祠而祀之。

张公祠，在县东门外。张名镜心，天启四年为萧县，厘剔弊奸。一载，调繁定远。邑人为建生祠。

史公祠，在县东门内，祀阁部史可法。崇祯十四年，岁大饥，民疲征输，逃亡

---

① 原作“倔”，他处间有作“崛”者，从今名改“堀”。

② 原作“絮”，据康熙《萧县志》、乾隆《徐州府志》改。

③ 原作“莫”，据康熙《萧县志》、乾隆《徐州府志》改。

日甚。史为淮抚，以南粮拨补。民赖以活，故为建祠祀之。

朱公祠，在西岱山，祀乡贤汉新息侯朱浮、明茌平谕朱信，春秋二祭。旧设赞礼二人。

祖公祠，在县东门外。顺治五年，萧令祖永勋招集流亡，辟荒土，兴学校，修治城池，转兴屯同知去。民思之，为建祠立碑。（以上萧县）

沛县

城隍庙，在县西。祀同州。

文昌祠，在北坛。今仅荒址。

福神祠，在县仪门外之东。

大德祠，祀吏部尚书吴鹏。明嘉靖某年[①]，淮徐饥，沛缺令，未以灾报，吴矫诏发仓赈之，民赖以活者甚众，故建祠祀之。祠旧在河东岸，今栋宇无存，祀于荒址。

洪济庙，在夏镇。

三河口大王庙，在县治东北。

朱公祠，祀明工部尚书朱衡，在夏镇。

昭惠祠，在河东岸，祀春秋时伍员。后圮于水，复建于小北门外平成集南。

忠孝祠，在县西南一里许。祀靖难时死节知县颜瓌父子，及其簿唐子清、尉黄谦。

汉高原庙，在沛宫故地。

汉高祖庙，旧在泗水亭中，久废。后复建于歌风台东南。

东岳庙六：一在县东半里，一在县东三里，一在县南五里，一在县西北孟村，一在县东北夏镇，一在县西北沙河集。

火神庙三：一在盐店口街之东，一在县南门内，一在夏镇南门内。

玄帝庙七：一在县北门子城内；一在县北庙道口；一在县南溯河南岸，久废；一在县治河东半里；一在县西高房集；一在县西北徐家集；一在县东北欢城集。

三义庙，在县治南门内之西，旧射戟台。

关圣庙十：一在县南关护城堤内，一在县南梁山桥，一在县北张家庄，一在县

---

① 案万历《徐州志》卷四《祀典》原作："嘉靖二十二年，鹏奉特命赈徐，时沛饥未报，鹏亦并赈。"又卷六《灾祥》："三十二年，大水。民饥，时未报灾。钦命刑部侍郎吴鹏赈徐，时按其实，亦并赈。"继考《沛志》教谕滕霁传："岁饥，沛适缺令，未以灾报。霁为请上官，发仓赈之，全活无算。"据滕霁任年，应以三十二年为是。

北庙道口，一在县东李家口，一在县东南泗河南岸，一在县东南八里，一在县东北邵玉集，一在县东北夏镇，一在县东北络房村。

水母庙，在县治南，西临泡水。

三官庙五：一在县北鸡鸣台，一在县东关油坊口，一在县东射箭台，一在县西南古城址，一在夏镇。

玉皇庙四：一在县西门外，一在县东二十五里，一在县东北曲房集，一在夏镇。

灵显真君庙，在县东北泗亭乡。

二郎庙，在县西三十里。

大王庙四：一在县南泗河北岸；一在县南下沽头；一在县东南上沽头，久废；一在县西南小盘龙集。

伏羲庙二：一在县南二十五里，一在夏镇城南门内。

天妃行宫十：一在县东关护城堤内，一在县东射箭台，一在县东三十里，一在县北吕母冢，一在县北庙道口，一在县西刘八店，一在夏镇西岸，一在县西南七山，一在县东南十五里，一在县东南里仁集。

七圣祠三：一在县东北安家口，一在县西门护城堤外，一在县西北五里小虫坡。

黄家庙，在县南十里。

五岳庙，在县南高坨村。

圣德庙，在县北庙道口集。

樊将军祠，在县南胡庄。

节妇祠，在县东关猪市街南，祀节妇陈恕妻姜氏、张化龙妻胡氏。久废。

清风烈女祠，在夏镇西岸。明主事杨为栋以皮工女沉水死，建祠以祀。

弜戴二公祠，在夏镇洪济门内。康熙初年，郎中弜汉、戴锡纶莅任，有惠政。既去，沛民思之，为建祠合祀焉。（以上沛县）

丰县

城隍庙，在县治西。嘉靖间，还旧治时建。祀同州。

文昌祠，旧在学后。徙县南台上。

丰公祠，在龙雾桥侧。汉延熹十年，邑令刘亹立感应碑。今淤。

汉高祖庙，在县北门外迤东。

河伯祠，在泡河北岸。

田祖庙，在县西二十五里。

八蜡庙，在县治西北，今废。

刘都督庙，在县西北。

李文靖庙，在县西三十里。

崔府君庙，在县西北二十五里堤北，今淤。

柳公祠，在县西北堤上。

李公祠，在学宫乡贤祠西偏，祀明知县李崇信。

三清庙，在县南门外。

玉皇庙二：一在县东门外，一在赵庄集北迤东。

玄帝庙，在县北门外。

王母庙，县西门外。

碧霞庙五：一在县南门堤外，一在县北门泡河北岸，一在赵庄集北，一在欢口集，一在城东南隅。

三皇庙，在县治西，久废。

华祖庙二：一在县南门外迤西，一在城西南十二里。

周太尉庙，在县西门外。

关圣庙三：一在县治东儒学西，一在县西门外半里许，一在东堤北。

三官庙六：一在县西南隅，一在察院西，一在西门外迤北，一在北门外迤东，一在赵庄集北，一在司马集北。

司马神庙，在县中阳坊。

司马庙，在县西北三十里，即今司马集汉浮阳侯司马耀庙。

司马温公庙，在县西北三十里，久废。

汉光武庙，在县西北八里，又名东皇庙。

东岳庙二：一在县东北隅，一在娥墓堌。

吴公祠，在县北门东。万历初建，祀丰令吴文光。（以上丰县）

砀山县

城隍庙，在县治西北。祀同州。

关圣庙，在城隍庙东。

玄帝庙，在县北门外。

玉皇庙，在玄帝庙后。

火神庙，在县南门外。

三官庙

东岳庙

岳神庙

三灵侯庙

龙王庙

马神庙

汉高祖庙

先农庙

见思祠，祀贤令季木、刘阳。（以上砀山）

徐州志卷之十五

古迹

今人好称往古，如出性天。一不知其于四德中，当属何等。尝为推之，良由昔之人行谊卓卓，足触其心理之同，故相为感发耳。然是者，正不独于其丰功伟烈之赫然也，即其身居处之乡、丘坟之地，与一时嬉游，偶至困厄相遭，一名一物之所留遗，恒令人俯仰低徊，爱慕而不能已。审然，则今之郡邑乘不遗古迹，于兴顽起懦，亦有助哉！或谓仁圣贤人，其余韵固足风矣，而奸谗悖戾之踪，宜尽削之。此又不然。彼其人其事，为众所唾斥已久，一旦凭其迹如见其人，则惩创之心，当必有勃然生者。《春秋》书善恶不嫌同辞，亦此物此志也。

徐州

故城十五

彭城（本古大彭氏所封，相传谓城在大彭山下，距今城西三十里）

垞城（城北三十里，面临泗水。兖州人谓实中城曰“垞”。《舆地志》以为古崇国，不知何考）

迷刘城（城南五里许太山下，俗称“刘城台”。相传谓汉军败于楚，不知高帝所在处）

灰城（城西北一百里。世传汉高帝所筑）

食城（城西北一百二十里。世传汉高帝尝[①]犒师于此，故名）

舞阳城（城西北五十里。汉封功臣樊哙为舞阳侯，城于此）

留城（汉初为县。高帝封功臣，使张良自择三万户。良曰：“始臣起下邳，与上会于留，此天以臣授陛下也。愿封留足矣。”遂封留侯。今城没于水。《通志》云：在沛东南二十里。盖在徐、沛之间，今入郡）

云梦城（韩信筑）

梁王城（彭越筑。二城并在吕梁洪，相传韩信、彭越会于此，各筑城驻节焉）

---

① 原作“常”，通“尝”。

武原城（在武原山下。东汉置武原县于此）

吕布城（城东南八十里。布与曹操相持，筑城于此。一名“战台”，堑垒犹存）

尉城（在吕梁山，唐尉迟恭筑）

武安州城（城南二里许，广运仓地）

吕梁城（明嘉靖末建，康熙初年废）

胡山城（崇祯间筑，以御流寇。今废）

废署三

大彭馆（在州城内。唐庞勋之乱，贼众囚观察使崔彦曾于馆中，即此）

利国监（城北九十里。汉置铁官凡四十郡，彭城已有铁官。宋兴，差铁四，徐之利国，其一也。元丰初，苏轼上书亦曰：“利国监自古为铁官，商贾所聚。”旧志云“监，苏轼置”，误）

宝丰监（元丰六年置，铸铜钱，在州治。今废）

宫殿一

西楚故宫（在今州治内。宋时犹存，称曰“霸王殿”。后废。详见《官署》）

楼阁七

彭祖楼（城东北隅，有石刻“彭祖楼”三字，久毁。《方舆胜览》云：“汴、泗二水经彭城彭祖楼侧。”）

燕子楼（在唐节度使张建封旧第中。建封有妓妾名盼盼，建封卒，盼盼誓不他适，独处楼上十余年而卒。俗传即城西角楼，非是）

黄楼（宋熙宁十年八月，苏轼为守，河决，汇于城下，城不浸者三版。轼庐城上，使吏分堵，城卒全。朝廷下诏奖谕，轼即城之东门为大楼，垩以黄土，曰土能胜水，具刻明诏于上。后无考。国朝顺治己亥，防河魏裔鲁修。康熙壬寅，知州姜焯改建）

应璧楼（在旧学宫内。嘉靖己亥，清戎御史杨瞻建）

眺远楼（徐州洪分司署后，明工部主事戴德孺建）

含晖楼（徐州洪义仓南，明工部主事于思睿建）

望云楼（在吕梁洪分司署内，状元亭北，明主事伍全建。为屋三层，缭以周垣，巍峨巩固，有捍御之助焉）

亭台十七

阳春亭（城东南隅，唐薛能建。久废）

思亭（宋人甄氏筑于先陇）

快哉亭（宋熙宁末，李邦直持宪节于徐，即阳春亭故址构建此亭，郡守苏轼名。今亦废）

放鹤亭（宋山人张天骥筑，见苏轼《记》中。岁久，亭圮。明嘉靖壬辰，都御史戴时宗即其址创构复之。是后，副使王梴等相继葺治。康熙戊戌，知州姜焯重修。亭前后又增置亭廊，为游息地，皆有记）

来鹤亭（在子房山，明霍维华建）

萃墨亭（在百步洪上，初名“苏墨”。苏轼与山人张天骥、僧道潜月中游，轼书题石刻。明成化间，主事尹珍得之东崖石中，因建亭，陷置壁间。正德末，亭坏，主事李香筑台重建，更今名，自为记。今亭废，有记与诗）

追胜亭（苏墨亭旁，主事尹珍建）

蹑云亭（在旧学宫内，主事吴岳建）

观道亭（在塔山巅，有石刻孔子像）

观澜亭（在洪之东浒）

状元亭（在大观堂北，主事来天球为鹅湖费宏建也。宏初从伯父瑄读书于此，后以状元作相，故名。嘉靖丙午，主事曹英重修）

聚益亭（在大观堂东。〇以上四亭并在吕梁洪）

观德亭（明嘉靖十五年，副使宋圭于厅事西建射圃。二十五年，副使王梴益拓修之，为是亭，较射其中）

皆见亭（副使王梴建于厅事东）

驻笏亭（在广运仓，嘉靖中主事梅守德建）

挂剑台（城南里许，季札挂剑处。后人高其谊，筑台表之，址尚存。知州宋诚刻文其上）

戏马台（见《山川》）

附含青馆（参议徐标建于厅事东南）

堂轩十一

逍遥堂（在州治后。苏轼守徐时，与弟辙尝会宿其中。久废。康熙丁丑，知州孔毓珣重建）

秀楚堂（宋元祐中知州孙觉建，自为记云：“广陋适均，侈俭合度，燕申起居，既便且安。”在州治内，岁久圮废。康熙辛丑，知州姜焯重建置）

明善堂（元祐中知州杜纯建。堂在州后圃，亦废。康熙甲寅，知州孙枝蕃改建楼于其址）

楚山堂（城北万会桥之涯，元总管钱光弼建）

清风堂（在百步洪上，苏墨亭旁。明成化庚子，主事尹珍建）

大观堂（在吕梁分司公署迤北。初名退省轩，弘治丁巳，主事来天球建。嘉靖丙午，主事曹英拓而新之，都御史赵大佑易是名）

自公堂（吕梁分司厅事后，嘉靖间主事公跻奎建）

会墨堂（吕梁下洪。嘉靖癸卯，主事陈洪范建，有赵孟𫖯碑及诸刻）

与同轩（兵备副使王梃既为观德亭于厅事西，又于东为轩，榜曰“与同”）

洗心轩（徐州洪分司厅事左，主事戴德孺建）

养素轩（嘉靖十七年，吕梁洪分司张珍因自公堂而增修之，铅山费寀为记）

里居七

彭祖宅（城西北隅有[1]彭祖旧宅，宅有井，唐皇甫冉诗“旧井莓苔近寝堂”是已）

安上里（左将军刘怀肃故居）

从亭里（豫州刺史刘怀武故居）

孟徙里（一名“渎上”，汉韦孟故居）

张山人园（黄茅冈下，宋张天骥隐居）

恭安斋庐（元郡人彭克温筑，临川吴澄为记）

河南侯宅（侯谓陆聚，明洪武初守徐，十年罢归。徐州左卫地，即其故址）

村乡四

悬水村（在吕梁洪东南，《庄》《列》谓“孔子观于吕梁，悬水三十仞，流沫四十里”者，即其地也）

雍门村（战国时，雍门周善弹琴，能使孟尝君悲。吕梁洪北即古雍门，故以名村）

双井村（亦在洪之东南。泉源出胜云山，东西二井相向。井有鲋，旱浚之则雨）

白鹤村（在今五乡地。宋嘉祐七年，其地生面）

① 原作“背”，据嘉靖《徐州志》改。

沟洫三

寒山堰（城东南十八里）　　清水堰（城东南）

百步洪（城东南。并详《山川》）

池井七

彭祖井（北门子城中）　　曾参井（象山下）

楚王井（楚［王］山南，楚元王时凿）

饮马珠泉（汉高祖饮马于此，见《山川》）

拔剑泉（有二，并见《山川》）

兴化寺井（石佛山前。泉可愈疾，今堙）

古道二

白门道（唐张玄稔攻徐州，徐吏路审中率死士应官军，开白门入，乃得破庞勋。宋苏轼《过张天骥》诗"肩舆白门道"，相传即今南门路也）

苏堤（苏轼守徐，河决，汇城下，筑东南长堤障之，首起戏马台，尾属于城。天启甲子，河决城溃，堤存一线）

遗物十一

试剑石（汉高祖庙有石，高三尺余，中裂如破竹，不尽者寸，传谓帝之试剑石。苏辙作铭）

磨旗石（九里山巅。世传樊哙磨旗石上，其迹尚存）

关侯竹石刻（在铁佛寺）

吴道子观音石刻[①]（在黄茅冈）

八棱碑（唐高瑀为节度使李愿立）

四面碑（黄楼稍东，苏辙赋，轼书）

苏轼字石刻（在铁佛寺。宣德四年，僧广善与关羽竹并因修寺得之）

黄茅冈碑（苏轼石刻，久湮。淮徐同知孙国瑜重摹勒石）

石床（苏轼《黄茅冈》诗"冈头醉倒石作床"，即此）

双石人（苏轼寄辙诗"道边双石人，几见太守发"，指此）

赵孟頫碑（在吕梁下洪会墨堂）

---

① 二字杂入注文，今据文例改入正文。

陵墓二十一

彭祖墓（按《一统志》："彭祖封彭城，卒葬焉。"今不知处）

楚元王墓（楚王山下。又有古冢数十处，皆甃以巨石，相传为其子孙墓）

范增墓（在城南里许。增，项羽谋臣。羽以陈平反间，疑增。增请骸骨归，未至彭城，疽发背死。元季，有贾胡盗发其冢，得宝剑去。嘉靖中，户部主事岳东升表其墓）

张良墓（在留城南。《史记》：留侯死，并葬黄石冢，每伏腊上冢并祭）

王陵母墓（城西南二里。有明御史朱裳[①]碑，后为居人侵毁。康熙己亥，淮徐同知孙国瑜按旧址，障以石垣，建坊墓门）

刘向墓（城西北二里。墓侧旧有祠）

龚胜墓（城东南三里）

刘公子平墓（城西北九十里）

楚王英墓（按《通志略》："英，光武子，封楚王，以事徙丹阳，自杀。诏遣光禄大夫吊祀，以诸侯礼葬于泾。元和三年，复遣谒者备王官属迎英丧，改葬彭城。"今不知处）

陶谦墓（城西四十里陶山。献帝时，谦以安东将军为徐州牧，兴平元年病死，葬此）

华陀墓（城南山川坛侧。陀，沛国谯人，游学于徐，善医，忤曹操见杀。永乐初，知州杨节仲修坛，劚地得髑髅甚巨，疑为陀首，加土瘗之，题其碣。万历初，刘顺之立祠墓前）

刘昶墓（昶以大将军开府徐州，豫营墓于彭城西南，与三公主同茔而异穴。发石，坟崩，压杀人众。复改茔，后薨葬焉。今失其处）

苏姑墓（州治内东偏。苏轼守徐时，葬其幼女于此。康熙十七年，松江府水利通判董宏署州事，作亭覆之，题曰"眉山掌珠墓门"，复勒石碣。五十八年，知州姜焯重修）

钱光弼墓（元时总管，墓在九里山之阴，孛术鲁翀[②]为神道碑）

山云墓（在留城。云为明都督，出镇广西，卒于镇。正统四年谕葬于此，钱习礼撰神道碑）

权谨墓（城北团山之阳。以孝行征为学士，淮南高穀撰表）

杨琏墓（在骆驼山下。明户部郎中杨琏卒于官，葬此）

---

① 原作"衣"，据《漕运通志》卷三《尚书、都御史、主事表》改。案嘉靖、万历、顺治《徐州志》原作"衮"，皆误。自本志改"衣"，后志亦同误。

② 原作"种"，据《新元史》列传一百八本传改。

马蕙墓（城北九里山下，李秉撰表）

张鹤鸣墓（子房山下）

万崇德墓（太山之东，奎山之西）

陈汝麟墓（奎山之南）

九女孤堆（土山下。地中有九女孤堆，相传为冢）

义冢三（一城南二里，一城西南半里，一城西北四里。旧志十余所，皆水没不存）

萧县

故城十

古萧国城（在旧县治北半里，城临古汴。《经》云："汳句于萧，其阙如玦"[①]，即此）

古北城（今城北二十里，周围九里，相传萧子避暑处）

杼秋城（在县西北七十余里。光武封刘般为杼秋侯。郦道元曰："获水东径梁国杼秋县，王莽之予秋也。"[②] 汉明帝以杼秋县属沛国）

扶阳城（汉丞相韦贤封国于此，子玄成代父为丞相，后坐不敬，失列侯，得食其故国邑，封扶阳之千八百户。在旧城西南六十里）

曹马城（旧城西北七十里，相传汉曹操尝歇马于此。内有废塔，洪武七年，河南侯佃人董顺毁之，内见石碣云"逢顺而倒"，顺寻以事籍没）

郭城（方二千三百步，相传周太祖郭威所筑。在旧城西南二十五里）

蒋蔡城（旧城西南三十里）

龙城（县东二十里，即龙城县城）

英州城（建置莫详。元初，城址尚存，围九里余，城中水可舟。至正甲申，河决，淤为平陆。今俗呼"雁门泊"，在旧城西北五十里）

旧城（在今县城西北八里白茅山阴，旧志所谓"南城"，即此）

① "汳句于萧，其阙如玦"八字出自陈师道《汳水新渠记》，此处云《经》，疑误指《水经注》。

② 原作"秋，王莽子也"，讹同顺治《徐州志》，意王莽有子曰"秋"。案《汉书・地理志下》，王莽尝改"杼秋"为"予秋"。《水经・获水》"东迳梁国杼秋县故城南"，郦注："王莽之予秋也。"明朱谋㙔《水经注笺》讹"予"为"子"，曰"王莽之子秋也"，州志据作"秋，王莽子也"，误，今以郦注原文改回。

废署二

黑沙县（相传为英州之附[1]郭县，旧城西北五十里）

永固县（永固山下。元至大间，割［厥］[2]固镇立为永固县，寻废为巡检司。洪武初因之，十三年又废为镇）

宫殿一

皇殿（在石佛山南御桥）

楼阁二

歇凉楼（在凉楼沟，元有凉楼寺）

大魁楼（县治东南）

亭台九

清心亭（宋嘉祐六年县尹梅建，曾巩为记。梅，轶其名）

不富亭（县东南七十里陈疃村，元徐神翁建）

瑞麦亭（有二，并在旧县治）

憩𠷇亭（在旧县东郊，隆庆[3]三年建）

三仙台（三仙姓名，不留人间，每敲棋台上，人有见之者，计其人则三也。在县西北二里）

拜将台（旧城南六十里）　　天台（在天门山）

吉星台（在龙山前，原名“罗星”，万历癸丑，知县管为国建。顺治己丑，知县祖永勋易今名）

堂轩六

拱翠堂（圣泉山中。邑人窦敦礼建，以延四方贤士。晁补之为记，陈师道赋诗）

愿穷堂（陈疃村，元徐神翁建）　　止堂（在白茅山）

三贤堂（白茅山三仙台上）　　虚谷堂（圣泉山中。嘉靖时建，今废）

成仁堂（明户部主事杨胤贤为彭好古妻烈妇丁氏题）

---

① 原作“负”，据《读史方舆纪要》、乾隆《徐州府志》、康熙《萧县志》等改。

② 字据《金史·地理志中》及嘉靖《徐州志》补。又案《金史》：永固置县在金元光二年。本志卷九《官司一》亦载：“元光二年增置永固县，设官同萧、丰。”此处因袭旧志，误。勘详嘉靖《徐州志》。

③ 原作“度”，径改。

里居三

绥舆里（南宋高祖故居）

薛村山（薛永公故里）

岱山（平河侯故里在其西麓）

村乡三

闵子村（在县南）

陈疃村（有徐神翁丹井遗址）

红亭乡（县西南。《左传》昭公“大蒐于红”，即其地）

沟洫三

汴河渡[1]（旧城东。相传汉末，每当晨露晞，有人呼渡，一老叟即棹船渡之，登岸回视，茫然不见，因呼为“仙人渡”）

获水（见《山川》）

钟跫沟（县东南八十里。相传元末有二巨钟纽突出土上，或怪而劚之数段，寻复自完；瘗之土中，明日复露。忽闻鸣声如雷，钟竟出，跫然行十余里，过即成沟。直入黄河，激水高丈余。顺流至州，张士诚守将祷留，弗获。适三女僧过，乃取其一。碎之，载满数舟而去，内得黄金四锭。其一流去，不知所往）

池井七

饮马池（有二。见《山川》）

黑洿（渍水染衣成黑色。见《山川》）

龙潭（中秋夜，潭乃有月。见《山川》）

化龙潭（详《山川》）

眢井（旧城厉坛东百余步，俗呼八角琉璃井。楚子伐萧，目于眢井而拯之，即此。按：眢井，即在古萧国城中。旧志《古迹》于萧子国古城后又有眢井城，非是）

孝感泉（唐主簿宋思礼以母疾，祷之出泉。见《山川》）

古道二

车牛坂（俗传闵子御寒覆车处，县西南二十里）

果老桥（在县东北禹家屯山中，一石横卧，上有驴蹄痕）

① 原作“波”，径改。

遗物二

古塔（在曹马城）

文璧塔（龙山绝巘，明知县康炜立）

陵墓十八

闵子墓（县东南八十里，元置赡坟地租，为儒学公用。碑阴有地界，县尹赵国纲置学宫）

子张墓（县南三十里，有司并以春秋致祭）

申详墓（在堀坊村）

宋玉墓（玉为楚大夫，葬此）

展雄墓（县西南六十里）

丁公墓（县南十里）

吕蒙墓（县西南六十里）

蒋横公墓（县南三十五里）

谢祐墓（白茅山阳。祐为教谕，葬此）

白侍郎墓（县西南七十里）

孟虪墓（县西北七十里）

康仁冢（旧城西北隅）

郑知县墓（白茅山南，知县王衮树碑）

方塘处士墓（县东五里，处士名刘鉴）

马御史墓（县东绥舆里，凤凰山阳）

傅汝砺墓（旧城南二里许）

薛夫人墓（在栲栳山下）

丁烈妇墓（葬时有数鹤绕墓者）

古冢（凡六十余所，旧城西北三十里建凤法轮禅院之前，相传为萧子世墓。其内三冢，高五丈余。宋元间，人有假器用者，祷之辄应，后有损其器者，遂不可复得）

义冢（凡四：一旧县西一里，一旧县南二里，一旧县北半里，一旧县西十里）

沛县

故城十四

仲虺城（在县南四十里，半属州境。按《玉海》引《国史·地理志》云：沛县有仲虺城）

偪阳国城（按《春秋·鲁襄公十年》：晋会诸侯于柤[①]，伐偪阳，遂灭偪阳，予宋公。注曰：国在今沛县。《一统志》云：城在山东峄县西南五十里。盖沛、峄，偪阳国地，城在二邑境）

许城（《后汉书·郡国志》注引《地道记》云：沛有许城。《左传·定公六年》“郑灭许”，即此。今未详）

---

① 原作“祖”，据《左传·襄公十年》改。

泗水郡城（在县治东。秦置泗水郡，筑城于此）

合乡城（即汉、晋合乡县城。旧志云：即古互乡。非是）

广戚城（戚夫人之外家。汉置县，名广戚，唐时省入沛，即今广戚乡）

胡陵城（在县北五十里，秦县。汉曹参以中涓、樊哙以舍人，从沛公击胡陵，即此）

灌城（在县北二十余里。有灌城村，旧志为灌婴故宅。婴非沛人，其说误）

千秋城（在县北六十里，即今千秋乡。未详建置[①]）

欢城（邑志云：在县东北四十里。未详建置）

香城（去歌风台二十里。《一统志》云：楚人琴高居香城泗水中）

古城（在微山下。汉时筑，久废。元至正间，孔士亨尝据基地，筑土城，亦废）

旧城（在河东岸，元末张士诚所筑，久废）

沽头城（在县治东南二十里，泗河东岸。明嘉靖二十二年，工部主事侯宁建。四十四年，圮于水）

宫殿二

沛廷（《汉书》：高帝立为沛公，祠黄帝、蚩尤于沛廷）

沛宫（《玉海》引《括地志》云：在县东南二十里，即高帝宴父老处。周庾信作《置酒沛宫赞》）

楼阁三

宋氏楼（明武宗皇帝南狩，过沛庙道口，宴此楼）

洪济楼（在新河西岸）　　康阜楼（新河东岸）

亭台八

泗水亭（县东一里，汉祖为亭长处。亭有高祖碑，班固为文）

静安亭（歌风台西，明符世荣建）

观德亭（在学宫内西偏射圃，今废）

歌风台（在县东南数十武，有二碑，刻高帝所作《大风歌》。旧在泗水西岸，岁久倾圮，间于民居。成化间，徙置河东琉璃井之次，御史陈嘉谟更修拓之。是后继修者，嘉靖间有知县杨政、周泾，万历间有知县倪民望、苏万民、罗士学等，并

①《魏书·地形志》高平县有千秋城，即此。

详见邑志）

晒书台（在县东五里金沟，旧传高帝闻陆贾陈《新语》，乃建此台）

鸡鸣台（在沙河东。旧传汉筑城于沙河南，羽筑城于沙河北，汉昼筑，羽夜筑，其杵迹皆向上，欺汉以为鬼神之助。汉知之，作台于侧，令人登其上为鸡鸣，羽筑者信以为天向晓，恐汉见之，遂散去。城由此不成，为汉所败）

射戟台（在南门内之西。后汉袁术攻刘备于沛，吕布救之，曰："我射戟中小支，当各罢去。"一发果中，遂退师。台存，三结义庙在其上）

射箭台（歌风台东南五里，明成祖南狩时筑，上有三官庙）

堂轩四

君子堂（夏镇分司宾馆内，明工部主事王焕建）

广济堂（旧驿南）　　争惠堂（泗水浒）

劲节轩（监察御史蔡楫建轩，解缙为之记）

里居一

樊巷（歌风台北，即樊哙所居，古碑断裂，犹存）

附高祖书院（歌风台东南三里许）

村乡三

周田村（周勃田旧在此，故名）　　蔡家村（村昔为蔡千秋田）

广戚乡（姜肱乃其乡人）

沟洫二

沛泽（许由尝隐于此）　　胭脂沟（在县治东，土皆红色）

池井四

饮马池（在青龙桂籍山上，有石凿方池形，世传为萧何饮马处）

琉璃井（泗水北岸，俗传汉高帝所凿，泉味甘冽，下广上狭，投以瓦石，砰然有声。所甃之砖，润滑光彩，若琉璃也。嘉靖末圮于水，万历间始浚出）

樊井（相传县南门外井，为汉樊哙屠狗处。万历［二］[①] 十四年，知县罗士学立坊表之）

① 字据万历《沛志》卷十一《古迹》补。按：罗士学，万历二十二年始任沛县知县，志书脱字。

龙泉（在县治前，水自下涌出不竭，详《山川》）

古道一

卧龙冈（在县东一里，高帝微时，尝卧其上。今为沙没）

遗物三

歌风碑（碑刻汉高皇帝《大风歌》，字悉篆文，长竟尺，阔八寸。相传蔡邕书，无所考。碑有二：一竖于东，不计年代；西则元大德间摹刻者。今旧碑中断，锢以铁）

古鼎（万历二十六年秋，邑北朱氏斫地得鼎一，中注五铢钱甚多，因舁置学宫）

苏轼竹石刻（小石二方，刻竹二枝，今嵌儒学大门，列东西壁上。旧有跋）

陵墓十六

防陵（在县东北三里吕母冢傍，相传汉筑以防母冢者）

献王陵（王名辅，封于沛。汉章帝章和元年幸沛，尝祠献王陵，载旧志。嘉靖志云："后汉沛郡治相，非今沛县，宜削不书。"按，相即今虹邑。考《凤志》，虹无此陵。应照邑志补入）

仲虺墓（在县南四十里虺城内）

微子墓（《一统志》云：墓在沛微山下）

吕母冢（县北三里，隆然大丘，汉吕后母卒葬此）

邵世矩墓（在县东十里沽头上闸。世矩，废齐人，廷试第一，官至中靖大夫。嘉靖中，主事许诗因筑城，得其门人訾栋所撰故志，刻而立之）

颜瓌墓（城南二里许。靖难时，瓌父子死节，邑人葬此。永丰彭勖记）

蔡楫墓（县西十五里蔡家村）

卢教授墓（在县城郭外元帝庙二里）

郭烈女墓（县北门外。汉台乡郭瑞女）

贺节妇墓（县北门外。生员马继妻）

清风烈女墓（在夏镇运河北岸。烈女母子沉水后，居人收其尸，藁葬丛冢间。工部主事杨为栋闻而悯之，市棺改葬，未暇择地，仍故处云）

黄丘（县东北四十里戚城北。高八尺，方广数亩，丘四围属滕，丘独隶沛）

龙化堌（县东三十七里，双丘对峙）

双冢（县东北三河口）

白冢（县东北去戚城六里。以上四丘俱在邑东偏，皆古人冢墓）

义冢（一泗河东岸；一县东三里，久废；一县南护城堤外；一县西一里；一夏镇新河东岸；一康阜楼东南；一高村东南。凡七所）

丰县

故城四

偃王城（县北五十里。战国时宋王偃所筑，中多古钱、古镜之属。每遇雾天，城垣台榭森然毕具，雾收即止。父老多有见之者）

邀城（县西南二十里。相传汉高帝还乡，父老邀帝于此，故名）

司马城（县西北三十五里。汉浮阳侯司马耀所封邑，有铁碑记司马勋绩。今为司马集）

旧城（在县东南华山之阳。明嘉靖五年夏，河决，尝迁治于此筑城。后还，城遂圮）

附凤凰膝（县城旧周围九里许，四角高三丈余，西南独四丈余，相传为凤凰膝。垂左翼于东南，右翼于西北，各长数百丈。今两翼淤，惟膝高丈余）

楼阁二

大观楼（县治后，明知县费思箴建）

三元阁（明知县宋士中建于学宫）

亭台十一

丰西亭（在丰西泽中。高祖为亭长时，送徒骊山，尝止此亭饮）

枌榆亭（《后汉书·郡国志》云：丰有枌榆亭。汉高祖斩白蛇厌众，息于此亭）

凫鹥亭（在县治内东北池上。原名“四望”，宋治平间县令关景仁重修。元末，毁于兵）

观风亭（嘉靖间知县李崇信建）

宾阳亭（嘉靖间知县叶炷建）

问月亭（知县叶炷建。〇以上三亭，并在旧城县治后）

寄兴亭、独对亭（并华山书院，知县叶炷建）

厌气台（始皇东游所筑，埋宝剑、丹砂于下，以厌天子气者。在城中县治前。嘉靖五年淤）

文台（在城堤外东南隅。万历九年，知县庄诚采形家言，以城外巽地缺口，风

脉未完，乃筑此台，高耸突兀，与西南隅凤凰膝相拱照焉）

罗星台（在文台东，亦知县庄诚筑）

堂轩二

问奇堂（在学宫内，明鸿胪寺少卿邑人董令矩建）

寓乐轩（在华山书院，知县叶烓建）

附瞻石斋（在旧城县治后，亦叶烓建）

里居四

高祖故宅（《汉旧仪》云：高皇帝家在丰中阳里，及为天子，祠丰故宅）

萧何宅（在县治东门北城下。何云："令后世贤，师吾俭；不贤，勿为势家所夺。"即此）

卢绾宅（县治西北隅。绾与高祖同里、同学，封燕王。宋建炎间，改其地为永宁寺）

午沟里（在县南五十里，即午沟集。胡致堂《大事记》曰："朱温生于午沟集。"盖温虽砀人，而午沟里实其始生之地。传朱五经尝设教于此。今集没于河）

附马公书院（伏道之右，相传高祖与卢绾从马惟先生读书处。今废）

附枌榆社（《史记正义》以为"高祖里社"，《汉书》颜师古注曰："以此树为社神，因名。"高祖初起，祷丰枌榆社。后四年，天下悉定，诏令丰治枌榆社，以时祀之。社在城东北十五里）

村乡二

朱陈村（在县治东南百里许。一村惟朱、陈两姓，世结为婚姻，人多寿考）

杏花村（按《古今诗话》："徐州古丰县有杏花村。"苏轼诗云："劝农曾入杏花村。"）

沟洫四

秦沟（在华山之北。相传秦始皇因人言其山有天子气，故凿以斩其脉者）

大泽（即汉祖母梦与神遇处）

丰西泽（县东北三十里。有丰西亭）

斩蛇泽（县东北五十里[①]。汉祖夜遇白蛇当道，斩之，即其处）

① 案本志卷四《山川》："城西三十里有斩蛇泽"，此复从嘉靖《徐州志》旧文"东北五十里"，误。

池井五

西隅池（即秦皇掘坎以泄王气者。正德三年冬，严肃[①]冰坚，有异物藏伏于中。每日出，方腾身而起。起即冰裂，高数丈，声若迅雷，疾如奔马。月余始定。父老多及见之）

圣井（县治东南城下）　仲井（大泽南）

仙井（城东曲泉[②]宫侧）　三娘井（县南二十五里。并见《山川》）

古道三

伏道（在东城脚下流水处。昔始皇厌气，大索城中。时，高祖即自疑畏，夜间潜由此道遁芒砀山。荆棘皆顺生，至今不易）

大圣集（县北四十里。碑云“昔晋时有圣人游此，一方被其化”，故名）

柳毅坡（在县西门外。今柳公井尚存，乡人尝立庙于此。有古碑）

遗物六

斩蛇剑（昔太上皇佩刀三尺，上有铭，字难识，相传商高宗伐鬼方物也。一日，游丰沛山林穷谷中。有人冶铸，曰：“为天子铸剑，得公佩刀杂而冶之，即成神器，可定天下。”上皇解匕首投炉中，焰腾，天日为暗。剑成，授上皇，以赐高祖，斩白蛇剑是也。及定天下，藏于宝库，守者见白气如虹，或若龙蛇。晋太康中，武库火，剑飞天去）

落马碑（在中阳里。俗传汉祖幼时，暗指始皇落马，即其地。后人立碑，今剥落不可识）

双枣树（在县东北丰公祠下。老干虬屈，不华不实，大类孔庙桧柏，相传汉祖儿时手植者。其树坚劲，斧斤不能入。嘉靖丙戌始淤）

香堌碑（香草堌有古碑刻云：“东一箭，西一箭，生金犁，十八面。”中间剥落难识。末又有“九州十八变”字样，未详何义。相传成、弘间，民张氏掘地，尝获金耙齿，时号“金耙齿张家”。据此，则金犁似为不谬矣。碑下复有古井，内古钱甚多。今淤）

三绝碑（即元翰林学士袁遵道阡碑。姚燧撰文，赵孟頫书丹，郭贯篆额，时称“三绝”。万历间，知县常思温尝舁碑出土，字画如新。其拓本，海内争宝焉）

天津桥栏（邑天津桥，未审创自何代。桥栏石鱼，自上数之有八，自下数之，

---

① 原作“萧”，据顺治《徐州志》改。

② 原作“全”，据万历《徐州志》、乾隆《徐州府志》及丰县博物馆存雍正五年石碑改。

止见其七，谚故有“七上八下”之谣云）

陵墓二十七

彝王陵（县东南三十里，东华山中。相传春秋时葬）

齐王陵（县东北二十五里。王名肥，高帝子，封于齐，卒葬于此）

秦王墓（县西五里许。相传有茔地四十亩）

楚王墓[1]（有停[2]灵台，在县西北。此墓本嘉靖旧志）

越王墓（明万历时，华山东麓因大雷雨，忽崩裂，露古墓，有碣云“越王之墓”。人就视，见一人卧石棺中，衣冠如生，顷即为灰土。香炉、供具皆陶器）

庄伯墓（县西二里许。今淤）

马惟堌（县东北二里许。事见前）

绛侯墓（即太尉周勃，在城东北十二里。明初，汉碑犹存。至今子孙世业八十余亩）

亚夫墓（勃次子，墓在绛侯左二里）

雍齿墓（城北九里许）

娥墓（县西北六十里。故志未详姓氏，盖古烈女之墓云）

孙光溥墓（宋将也，墓在西门外，相传有茔地四十亩）

李若谷墓（宋参知政事，谥康靖）

李淑墓（若谷子，官学士。并在县北）

袁遵道墓（元翰林学士，墓在华山西北，有三绝碑。见前）

袁涣墓（遵道子，官参知政事，进右丞相，赠鲁国公。墓与遵道近）

白侍郎墓（县西三十五里，名未详）

曹中墓（元侍郎，墓在城西百步）

丁宰相墓（万安保人，子孙至今以时祭扫，在灰城界。嘉靖间，墓碑犹存。隆庆初，沙淤）

秦英墓（城东南三里许。当元末明初，兵戈扰攘，而征士读书自若。卒葬于此）

王正墓（县西三十里，明泸州牧）　赵恕墓（县东南二里，明监察御史）

胡宁墓（县北四十里，官涪陵守）　杨名墓（城东北里许，归德府倅）

史可传墓（县东北六里，官遂昌令）　史文烇墓（在可传墓侧，即其子孝廉）

---

① 万历《徐州志》、隆庆《丰县志》作“秦王墓”。

② 原作“亭”，据万历《徐州志》改。

崔连云墓（城西北三里，明末诸生）　清风堌（县南三里许。〇以下附入）
吕堌（县西二里许）　香草堌（县北二里许。有碑、井，见前）
青堌（县北三十里）　宝堌（县东九里许）
贺堌（县东北四十里）　牛角堌（县北三十五里，娥墓之东）
隐灵堌（在县东北二十里许，傍有停灵台）
遁家堌（县南三十里，棠林集南）　石马堌（县东南二十五里，食城左）
杨陶堌（县西二十里，相传为杨、陶二丞相墓）
牛王堌（县东北三十里）　桑家堌（县东北十八里月堤内）
訾村堌（县西三十里）　支家堌（县南五十里）
杨大堌（在县西北二十里，上有杨堌寺碑）
义冢（有三：二在泡河北、官路西，一在城东南里许）

砀山县

故城五

狐父城（县南三十里。《史记》：曹参击秦将司马尼，取狐父，即此）

梁城（汉梁怀王都。即秦砀郡废城，梁孝王增筑之，遗址犹存。今县治居其东北隅）

麻城（县北三十五里，东汉盖延屯兵处。后魏孝昌二年，置安阳县，治麻城，即此）

鲁城（未详所在。后魏时，以砀县治鲁城。〇按：《魏书·地形志》载砀郡领县二：一安阳，一砀县。不云安阳即砀县也。旧志注“麻城”云：“后魏改砀山为安阳。”殊误）

旧城（在今县城东里许。正德八年创筑，万历二十一年圮于水）

废署二

安阳县（在麻城，元魏时设。旧志谓“以保安山得名”，盖在保安山之阳也[1]。后省入砀县）

辉州（唐昭宗光化二年，于县置辉州，寻徙辉州治单父，至五代时废）

---

① 按：古砀在安山之阳，北魏既于鲁城恢复砀县，又于麻乡置新县，仍因旧名曰“安阳”，非必谓麻乡城在安山之阳也。勘详顺治《徐州志》。

楼阁二

钟楼（在县治大门内西偏。万历丁巳，知县陈秉良建。上悬小钟，晨夕钟鸣，声彻四野）

千佛阁（明永乐七年，僧海辩建万佛琉璃塔于永庆寺。嘉靖十一年，僧真圆创千佛阁于后，高与塔齐。俗称“杰阁铃音”，即此）

亭台五

渠亭（在县南，为朱梁文惠太后毓秀之地）

心远亭（在城东一里许。元邑人成简卿所筑，集贤学士虞集于此赋诗）

射圃亭（东关外三官庙迤东，天启初知县张兆璋建）

梁王台（在县境。元学士曹伯启有《陪诸公杖履登梁王台诗》）

燕喜台（旧城治东。原有燕喜台，洎亭、池。亭废，台、池尚存。按：宋政和三年，真州知府李釜为书“宴嬉”字，授知县许戡刻石于台，遂讹台名为“宴嬉”。俗传李白遗笔，误）

附菟园（邑志云：即梁园。李白诗作“梁苑”。枚乘赋《菟园》、刘宋谢惠连赋《雪》、唐高适《别韦参军诗》，俱作“菟园”。又云：惠连曾赋《雪》于此。否，不必深辨）

堂轩三

振文堂（在旧学宫，后金明昌六年建。今废）

在新堂（县正厅，明知县熊应祥建）

思补堂（县厅事后，明知县刘芳立）

里居三

沛王里（旧志云：“在县境。”盖丰、砀接壤，汉高帝丰人，而砀有沛王里[1]，亦犹梁太祖砀人，而丰有午沟集也）

小明王宅（在礼河北，韩林儿宅也）

傅颖公宅（在旧城儒学西北。嘉靖中，遗址犹存）

① 按：砀山县有沛王里，以朱全忠尝受唐封为沛郡王，是以乡名衣锦，里曰沛王，实无关沛县汉高祖，姜焯此言盖臆度耳。

村乡二

衣锦乡（在县境，五代梁族在此）

市力寨集（即古市力寨，安阳县境）

沟洫一

礼河（见《山川》）

池井三

雁池（旧治东，一名“华池”。详《山川》）

沧浪井（见《山川》）

福井（十二处，并在城中，明崇祯间知县刘芳凿）

古道二

断蛇岸（在县境，明邑人刘景星有《过断蛇岸诗》）

黄河故道（在城南数十里。由虞城入境，经狐父，达杍秋九十余里，即元贾鲁所开）

遗物二

古塔（旧县治西，今城之东。创建不知何始，棱层高数仞）

缩石碑（在旧城厉坛侧，相传为傅颍公墓碑。弘治中，土淤强半，知县胡希颜命百余人起之，不克，俗以为“缩石碑”）

陵墓十二

肃祖陵（梁太祖朱温追尊高祖黯为肃祖）

敬祖陵（追尊曾祖茂琳为敬祖）

宪祖陵（追尊祖信为宪祖）

烈祖陵（追尊父诚为烈祖。〇以上四陵，俱在县北午沟里，接丰县界）

广王陵（在城北一里许。广王，梁太祖兄全昱）

安庄王墓（广王墓侧，梁太祖犹子友宁也。有碑铭，土淤其半）

党太尉墓（宋太祖名将党进墓，在县南三十里。有碑记）

曹郡公墓（在城北三里。元御史中丞曹甫，赠行省左丞、鲁郡公）

曹文贞公墓（在城北三里许。元集贤院学士曹伯启，谥文贞）

成郡公墓（在城东二里许。元列大夫成克敬，赠上谷郡伯）

剑甲墓（在城南三里许。明都察院佥都御史黄正，死普安州，子孙葬其制敕及所遗剑甲于此。子龙虎卫镇抚琰，与父同死国事。昆季并葬其兜鍪、弧矢于剑甲墓侧）

李佥事墓（在南郊外。明嘉靖时浙江按察司佥事、前巡按山西监察御史李稳也）

按：旧志有隐王陈胜墓。胜葬凤阳府宿州丘疃山西麓。又按：邑志有汉梁怀王、孝王、恭王、平王、贞王、敬王、彝王、荒王、僖王，东汉节王、共王、怀王、彝王、崇礼侯等墓，皆在芒砀山；刘平章墓，在保安山，并河南归德府永城县境。故削不书。

义冢（有三：一城北厉坛南，一城东官道南，一城西社稷坛南）

寺观附

徐州

卧佛寺（城东南隅，中有卧佛像，故名。本古刹，明洪武二十七年重建）

开元寺（城南里许，中有铁佛像。本古刹，明洪武三十年重建，俗名铁佛寺）

兴化寺（城南二里云龙山阳，明洪武三十五年建。寺以古有石琢佛像，俗呼石佛寺）

台头寺（戏马台上。建于宋，久废）

洪福寺（城北，久废。明正统时修建）

开元寺（一乡境，金大定间建）

兴隆寺（一乡境，明天顺元年建）

景福寺（吕梁洪，元大定三年建）

屯头寺（二乡境，金大定三年建）

五级寺（州城东，北齐时建）

显庆寺（城东寺山，久废）

三洞山寺（六乡境，元至正六年建）

清泉寺（四乡境，元至正三年建）

兴台寺（五乡境，唐开元时建）

七佛寺（五乡金陵集，元至正初建）

禅正寺（五乡境，金大定四年建）

兴明寺（七乡境，宋元祐元年建）

大云教寺（城北，旧废。明洪武间重建）

洞山寺（桓山，明天顺、成化间建修）

龙泉寺（三乡境，金大定三年建）

英会寺（留城境，金大定三年建）

开化寺（北门外，原名兴化寺。康熙十四年，副总［兵］[①]惠占春重建，改名）

神仙寺　兴佛寺　寿圣寺（并州治东）

青龙寺（州治西）

龙兴教寺　华严寺（并州治北）

土山寺　宝光寺（并州治东南）

兴国寺　福应寺（并州治西北。以上十寺废）

香亭院（城东。创于元，宣德间重建）

弥陀院（城东南。创于元，宣德中修）

洪福禅院（去城北一百十五里，宋崇宁初建，金大定初重修）

龙兴禅院（宝峰山后，金大定间建）

功德禅院（留城西北，元中统初建）

福胜院（州治东）　天圣院（州治南）

崇兴院　宝峰院　妙觉院（并州治北）

奉圣禅院（州治东北）

西观音堂院（城西北，明洪武中建）

一手禅院（城东南）

大士岩院（城南云龙山之阴。康熙五十七年，知州姜焯创建）

真武观（城东南隅，明永乐初建）　白云观（州治东）

白鹤观　三清观（并州治南）

庆真观（州治东南）　八仙观（州治西南）

瑞云观（州治西北。以上六观废）

萧县

白云寺（孝义乡，明洪武元年建）

开皇寺（孝义乡，金大定四年建）

华严寺（县东门外。在古城厉坛东，明宣德初徙旧县，万历初水没城迁，复

① 字据乾隆《徐州府志》补。

建此）

寿圣寺（旧县南，金大定间建）

显庆寺（里仁乡，宋咸平元年建）

石佛寺（乐善乡，宋开宝①八年建）

福寿寺（乐善乡，金大定七年建）

朝阳寺（乐善乡，元至正间建②）

新兴寺（乐善乡，金大定四年建）

天门寺（县东南四十里山谷中，元至元间建，明宣德四年知州杨秘重建，更名禅院）

龙泉禅寺（县东南五十余里）

皇③藏寺（都仁乡，一呼"黄桑"，元时建）

龙驹嘴寺（都仁乡，明正德元年建）

成阳寺（都仁乡，元至元间建）

尠沟寺（都仁乡，金贞④祐元年建）

五眼泉寺（都仁乡，元至正四年建）

灵光寺（都仁乡，金大定四年建）

普照寺（都仁乡，金大定四年建）

腾云寺（都仁乡，唐太和元年建）

白土寺（都仁乡，金大定元年建）

龙寿寺（都仁乡，金皇统元年建）

九圣寺（红亭乡，晋⑤大安间建）

积善寺（红亭乡，宋景祐三年建）

隆兴寺（姬村山阴，明崇祯时建）

孝义寺（县北三十余里）

龙泉寺（圣泉山阴，金明昌二年建）

延寿寺（县西南三十里）

宝峰寺（旧县治东）

凉楼寺（城东北，知县祖永勋重建）

嶂山寺（嶂山麓，创建未详⑥）

藏马寺（丁公山，俗传汉高藏马处）

瑞云寺

永堌寺（以上二寺载旧志，今废⑦）

建凤法轮禅院（县西北三十里）

栖真观（旧县西七十里）

乾明观（县西南五十里）

玉虚观（县南五十里）

太虚观（县南五十里）

大道玄元观（县东南五十里）

真武观（三仙台南，明万历七年建）

① 原作"开皇"，讹从嘉靖《徐州志》，据乾隆《徐州府志》改。

② 嘉靖《徐州志》作"洪武四年建"。

③ 原作"黄"，据嘉靖、万历、顺治《徐州志》及康熙《萧县志》、乾隆《徐州府志》改。

④ 原作"真"，讹从嘉靖《徐州志》，据金宣宗年号改。

⑤ 疑"晋"为"金"音讹。

⑥ 乾隆《徐州府志》谓"明成化间重修"。

⑦ 瑞云寺，即皇（黄）藏寺。详上。

沛县

龙泉寺（运河东岸。旧在南门外，明嘉靖间迁于旧学地，万历间始复迁于旧子胥庙地）

兴国寺（元至正元年建）

杨名寺（县西二十里）

贺堌寺

盘龙寺（县西南二十里）

祥国寺（县东二十里，明成化时建）

龙冈寺（县西北二十里）

戚山寺（县西南三十八里）

汲冢寺（县西二十五里）

夏村寺（县东四十里）

高房寺（县西三十五里）

新兴寺（县东三十里）

马村寺

卧佛寺（县西三十里）

昭阳寺（县东北二十里）

上闸寺（县东十五里）

石羊寺

栗子寺（县西南二十里）

大安寺（县西三十五里）

庙道口寺（县北三十里）

蝗虫寺（县西南十五里）

灌城寺（县西四十里）

隆兴寺（县北二十里）

白水寺（县东北二十里，久废）

丁村寺（县东二十里）

昭庆寺（县东北三十五里高村）

草堂寺（县东三十里）

崇庆寺（县东北四十里夏镇）

陶阳寺（县东北二十五里）

临堤寺（县南八里）

永宁寺（县东北三十五里欢城集）

青墩寺（县南二十五里）

龙兴寺（县西四十里大盘龙集）

秦村寺（县南二十里）

无儿寺（县西南三十里）

黄龙寺（县南十里）

石楼寺（县东北十二里）

兴隆寺（县北四十里）

晓明寺（县西十里）

白云寺（县西二十里）

释迦寺（县西南三十里戚山）

永寺（县西北四十里）

广度寺（夏镇，明万历间建）

观音寺（有二：一县东二十里，一县东南十五里上沽头）

大觉寺（有二：一县西三十里桑子村，一县东北二十五里丁村）

弥陀寺（有二：一县西二十里高房集，一县东北五十五里）

华严寺（有二：一县东南八里，一县东北三十里西小房）

清凉院（县南关）

福胜院（县西北四十里灌城村）[1]

---

① 案嘉靖《沛县志》：“在县治西二十里许，有城名灌城。有土丘，相传为灌婴宅。今城没于洪水，独宅基存，建福胜院于上。”据此，院与村同在一处。明州志皆载“县西北二十余里”。沛县志载村在西北二十里，院在西北四十里，两说互异。康熙《徐州志》改从沛志。然验以实际道里，应以“二十里”为是。

广福禅院（县东北十五里高村，久废，有金大定五年碑）

真元观、长春观、玉虚观（以上三观并元至正元年建，久废）

丰县

兴教寺（在县东北隅。本古刹，莫知其始①。明洪武间重建）。

永宁寺（旧在县治东北二百五十步。北齐天保二年，改白塔寺。隋开皇十三年，改道成寺。唐上元二年，改重光寺。[宋]②大中祥符初，复改永宁寺。建炎③间，迁置汉卢绾故宅）

登云寺（县东南华山上，建立无考）

重福寺（田村保，金大定元年建）

华严寺（司马保，元至正元年建）

福胜寺（苗成保，元至正元年建）

清凉寺（县东南十里）

大圣寺（县北四十里，唐贞元间建）

杨庄寺（县西北二十里）

许家寺（县南二十里）

刘庄寺（县西北三十里）

春台寺（县东南三十里）

吕堌寺（县西三里）

贺堌寺（县东北四十里）

丁兰寺（县东北十二里）

马庄寺（县东南九里）

观音寺（县西四十里）

清堌寺（县北三十五里）

褚庄寺（县西北二十里）

洪方寺（即龙泉寺，县西北五十里）

明教寺（县北五十里）

首羡寺（县西北四十里）

胡庄寺（县西北三十五里）

应封寺（县西四十里）

苗城寺（城西南十五里）

韩村寺（县北十五里）

铜钟寺（城西南二十里钓台村）

曲房寺（城南五十里）

石瓮寺（县西南二十五里）

郑家寺（县南五里）

卧佛寺（城西北十里）

光庆寺（即夹河滩寺，城西十里）

万陈寺（城南三十里）

安国寺（县西北四十里）

鲭鲏寺（县西北三十里）

羊苗寺（县西北二十二里）

土桥寺（县南三里）

太平寺（古刹，金季废）

洞真观（城东北隅。元至正六年④建，二十五年改为曲泉宫，有碑记）

---

① 乾隆《徐州府志》谓即永宁寺迁建。

② 字据乾隆《徐州府志》补。

③ 原作“英”，据本志《古迹》“卢绾宅”改。

④ 嘉靖、万历《徐州志》之《玄释》作“至元三年”，《寺观》作“至元六年”；顺治《丰县志·玄释》作“至元三年”，《寺观》作“至正六年”。诸书所载互异如此。

龙翔观（县东北隅，明正统间重建）　天和观（今淤）
长春观（县南七里）　南华观（县南四十里）
和光观（县西北四十里）　栖云观（县北五十里）

砀山县

永庆寺（旧县治西，创始不知何代。明永乐七年，建万佛琉璃塔于寺前，传塔下志石有开皇年号。宣德十年，重建。嘉靖十一年，创千佛阁于后，高与塔齐）
立头寺（保安社）　大明寺（陈村社，金大定二年建）
白塔寺（马昂社）　白云寺（赵九社）
定国寺（马昂社）　兴国寺（渠城社，元至元间建）
南大觉寺（渠城社，元至正元年建）　寿圣寺（崇教坊，金大定四年建）
云台寺（使庄社，元至正二年建）　观音寺（县南门外）
资圣寺（赵九社，明景泰七年建）　铜钟寺（段庄社，元至元二年建）
吴庄寺（柳庄社）　回罡寺（浮沟社）
奉伯寺　永安寺（载旧志，久废）
释迦院（县东五十里，建于宋）　崇寿院（县东，金大定间建）
大觉院（县北四十五里）　聚仙宫（市力寨，元延祐元年建）
青华观（使庄社）　全真观（县北一里）

徐州志卷之十六

选举一

自先王取士之法废，而或以荐辟，或以门第，皆不胜其弊。及隋、唐乃变，而科目到今仍之，大抵立法之初，亦拔十得五，未全失也。相沿既久，径窦从生，于是分裂方隅，自相标榜，以梯媒取之，易于拾芥。科名虽盛，而实德则既病矣。朱子云："科举之学，坏人心术。"其斯之谓欤？徐郡人士颇无是习，以故获隽者不多，要是风气未漓，不足以为憾也。但除却利禄向上，更有事在厚积，流光应自有时，此愿都人士共勉之耳！

历代荐辟

三代以后，取士之制，惟汉为近古。其大概有三：贤良方正、孝廉，举以任用；博士弟子，入补国学，与今科目、岁贡之意，亦略相似。至晋魏九品法，斯滥矣。隋设进士科。唐因之，而其取士乃有八十余科。宝应二年，敕州县每岁察举孝廉。贞元四年，制在外诸道及京官，每年一度举荐。宋设进士诸科外，有博学宏词、八行、童子、学官、舍选、书算等科，举荐遗逸，特其一耳。明洪武六年，诏罢科举，令有司专用辟荐。其目有经明行修，有怀才抱德，有贤良方正，有人材，有孝廉。至十七年止，仍行科举法。永乐、宣德、正统、天顺、成化、弘治、嘉靖、隆庆中，间一行之。

汉

申章昌（楚人，以荐为博士）

施　雠（沛人，以梁丘贺荐为博士）

蔡千秋（沛人，宣帝召见，擢谏大夫、给事中）

陈　宣（萧人，光武初征为谏议大夫）

刘　辽[1]（萧人，征聘，拜议郎）

刘　矩（萧人，辽之侄，举贤良方正）

晋

刘　毅（沛人，孝武时辟，封南平郡公）

刘　粹（萧人，恭帝时辟，从事）

刘宋

刘简之（吕人，官参军）

刘延孙（彭城人，位侍中）

唐

刘胤之（彭城人，武德中以杜淹荐为信都令）

宋

陈师道（彭城人，元祐中以侍从合荐为本州教授）

元

钱光弼（徐州人，初辟王府掾，仕至总管）

党弘济（砀山人，进之裔，由荐举授永城县尹）

刘文质（砀山人，由荐举授河南教授）

袁遵道（丰县人，正大间以神童荐）

明

房友信（徐州人，洪武初以文学荐授检讨）

刘　祥（徐州人，洪武初由人材任利津训导）

高巽志（萧县人，洪武初征修《元史》）

孟　骥（萧县人，洪武初以荐举人材）

常脱因台（砀山人，洪武初由明经授霸州同知）

段　温（砀山人，洪武初举贤良方正）

---

① 按:《后汉书 · 刘矩传》原作“叔父辽，以辟拜议郎”。故姜焯改作“刘辽”，而注刘矩曰“辽之侄”。中华书局标点本据钱大昕、李慈铭等说乙正为“父叔辽”，是名“刘叔辽”，矩之父也。今碍于文例，不便径改，暂仍其旧。下之“刘矩”亦同。

陈修质（砀山人，洪武初由明经授葭州知州）
魏志道（砀山人，洪武初由明经授怀庆同知）
高　敏（砀山人，洪武初由明经仕至扬州府）
魏宗周（砀山人，洪武初由明经仕至泉州府）
曹　昶（砀山人，洪武初由人材授兵马司）
王　正（丰县人，洪武初以宋濂荐，官知府）
蔡　楫（沛县人，洪武十五年以孝廉荐）
黄　正（砀山人，洪武中征擢右佥都御史）
秦　英（丰县人，洪武中以贤良方正荐）
陈明善（丰县人，洪武中以明经荐，官至知府）
唐　懋（丰县人，洪武中举人材，任太原通判）
刘凤翔（丰县人，洪武中以荐授万安知县）
白　金（丰县人，洪武中以荐授泉州府通判）
罗承祥（丰县人，洪武中以荐授光禄寺典簿）
李　车（丰县人，洪武中以荐授如皋县丞）
李　冠（丰县人，洪武中以荐授本县训导）
吴希文（沛县人，以贤良方正举授献县知县）
权　度（徐州人，以贤良举授寿阳丞）
权　谨（徐州人，度之弟，永乐四年以吕宁荐，授乐安令）
欧阳股（萧县人，永乐初荐怀才抱德授主事）
欧阳耳（萧县人，以贤良方正荐授贵池县丞）
刘惟新（徐州人，永乐中以楷书征修《大典》）
张　端（徐州人，永乐中以孝行荐授真定尹）
郝　镗（萧县人，以怀才抱德荐，任兴化府判）
甄　瑛（沛县人，以儒士明经荐，未仕）
宗德林（丰县人，永乐时荐授宝泉库大使）
王　畴（丰县人，正之子，举怀才抱德）
王　度（丰县人，正次子，荐任刑部主事）

历代进士

隋炀帝置进士科，唐设三科十九目，有进士，分甲乙，百举一二。德宗限进士，不过二十人；武宗定举格，数减于旧。五代仍唐制。宋设诸科，以进士为首。

开宝六年，得进士二十六人，遂为制。金进士科目，兼采唐、宋之法而增损之，其及第出身，视前代特重。元仁宗定例，行乡、会、御试。明洪武三年，诏行省三年一开试，中式者咨中书省判送礼部会试，取举人一百名。十七年，令中式举人会试，官为应付廪给、脚力，例限辰、戌、丑、未年，取额不拘名数。洪熙元年，奏准卷分南北，临期请旨，然亦不过百人。是后，数无一定。殿试以三月初一日后定，十五日试，后三日传胪放榜。

唐

刘延祐（彭城人，高宗时登第，仕至安南都护[①]）

刘知几（彭城人，武后时登第，官崇文馆学士）

刘　商（彭城人，历尚书虞部郎中）

王　驾（彭城人，大顺元年登第）

刘　轲（沛县人，元和末登第，仕至侍御史）

五代

刘　涛（彭城人，后唐天成中登第，为左补阙，累官少詹事）

李光义（丰县人）

李良弼（丰县人，光义子，仕[②]至监察御史）

宋

牛　冕（彭城人，太平兴国三年登第）

刘　晟（彭城人，涛之孙）

刘　讷（彭城人，晟之子）

刘　谭（彭城人，晟次子）

晁　迥（彭城人，仕至翰林学士）

刘　颜（彭城人，知龙兴县）

刘　庠（彭城人，颜之子，官太常博士）

刘　湜（彭城人，仕至龙图阁直学士）

寇国宝[③]（彭城人，任吴县主簿）

颜太初（彭城人，官国子监说书）

---

① 原作“尉”，据两《唐书》本传改。

② 原作“任”，据文例改。

③ 原作“賔”，讹自嘉靖《徐州志·选举表》，据范成大《吴郡志》及嘉靖《徐州志》、本志《人物传》改。

郑　仅（彭城人，仕至显谟阁直学士）
李处全（彭城人，由宗正寺簿迁太常丞）
晁宗悫（彭城人，迥之子，仕至参知政事）
颜　复（彭城人，太初子，仕至国子监祭酒）
邵　化（沛县人，仕至通奉大夫）
邵　奎（沛县人，化之子，仕至金紫大夫）
邵敏能（沛县人，化之孙，仕至朝请大夫）
葛进卿（砀山人）
李若谷（丰县人，良弼子，官参知政事）
李　淑（丰县人，若谷子，乾兴初赐第，官学士）
李寿朋（丰县人，淑之子，仕至户部盐铁副使）
李复圭（丰县人，淑次子，仕至集贤殿修撰）
宋　章[①]（丰县人）
姚孝锡（丰县人，政和四年登第，调代州兵曹）

金

刘贤佐（彭城人）
邵世矩（沛县人，化之曾孙，状元，仕至府推）
高　焕（沛县人）
兀底辖长寿奴（沛县人，章宗大安时登第）
邵师古（砀山人）

元

王　廓（徐州人）
石　普（徐州人，至正初登第，官国史院编修）[②]
张　明（萧县人，天历四年登第[③]，官参知政事）
李　亨（萧县人，至正十一年登第，官知州）
吉　僧（沛县人）　　朱　禬（沛县人）
韩　准（沛县人，仕至资政大夫）　　常　能（丰县人）

① 案顺治《新修丰县志》："宋章，元丰八年登进士第。"旧志失载。
② 案正统《彭城志》及乾隆刘王瑗《砀山县志》：石普，砀山人。嘉靖《徐州志·选举表》入砀，《人物传》入州；本志俱改入州。
③ 康熙《萧县志》所载亦同。按：天历只有三年，存疑待考。

袁　涣（丰县人，遵道子，仕至右丞相）

王贤举（丰县人，官济宁路总管）

郑　鼎（丰县人）　　　　曹　中（丰县人，官侍郎）

按：徐属进士，金、元以上，颇不乏人。旧志止总叙数名，附近代后，颇非体。故更为考核增订，序编于前。

明

洪武

辛亥科吴伯宗榜（四年）[①]

魏　益（砀山人，任知县）

丁丑科韩克忠榜（三十年）

丁德量（萧县人，仕至山西道监察御史）

永乐

丙戌科林环榜（四年）

曹士正（萧县人）

乙未科陈循榜（十三年）

许　彬（丰县人，仕至礼部侍郎兼翰林学士）

戊戌科李骐[②]榜（十六年）

倪　鼎（砀山人）

正统

己未科施槃榜（四年）

牛　吉（徐州人，仕至佥事）

---

① 年份系整理时所加，下皆同。

② 原作“麟”，据《永乐十六年进士题名碑》改。

景泰

□□科□□榜[1]

李　实（丰县人，任滑县知县）

成化

丙戌科罗伦榜（二年）

李　绅（沛县人，官光禄寺少卿）

李秉衷[2]（丰县人，官员外郎）

许　进（丰县人，河南灵宝籍，仕至礼部尚书）

己丑科张昇榜（五年）

张　佶（徐州人，仕至浙江按察司佥事）

戊戌科曾彦榜[3]（十四年）

孙　珩（徐州人，顺之孙，仕至广东左参议）

丁未科费宏榜（二十三年）

李性明（萧县人，斌之子，任工部都水司主事）

弘治

庚戌科钱福榜（三年）

沙　立（徐州人，杰之子，仕至广西按察司佥事）

正德

戊辰科吕柟榜（三年）

李　玑（萧县人，应天骧武卫籍，仕至御史）

李　稳（砀山人，仕至浙江按察司佥事）

丁丑科舒芬榜（十二年）

马　津（徐州人，蕙之裔，仕至福建提学副使）

---

① 原墨丁。案康熙二十五年《滑县志》卷六《官师志》:“李实，直隶丰县人，进士，景泰三年任，资性鲠介，不私不谄，为人所赞。”推其履历，未必景泰间进士。查《皇明进士登科考》，景泰二年、五年俱无此人。乾隆《丰县志》、同治《徐州府志》人物传作“正统间”。《皇明进士登科考》正统七年有进士李实，四川合州人，亦与此不符。未审《滑县志》所据，存疑待考。

② 案《皇明进士登科考》: 李秉衷，成化五年己丑科张昇榜二甲第五名。《南畿志》作二年丙戌科罗伦榜，本志同误。又据乾隆《江南通志》，李秉衷登天顺三年己卯科应天举人。本志“举人”条下失载，暂为附录于此。

③ 原作“稿”，据文例改。

嘉靖

癸未科姚涞榜（二年）

舒　经（徐州人，未仕）

丁未科李春芳榜[①]

朱乾亨（徐州人，仕至知府）

万历

庚辰科张懋修榜（八年）

张鹤鸣（徐州人，仕至御史）

癸未科朱国祚榜（十一年）

陈汝麟（徐州人，仕至浙江按察司佥事）

李生芳（沛县人，仕至南京工部营缮司主事）

张贞观（沛县人，仕至礼科都给事中）

丙戌科唐文献榜（十四年）

张　斗（沛县人，任南京刑部主事）

甲辰科杨守勤榜（三十二年）

万崇德（徐州人，仕至御史）

国朝进士

会试制仍明旧，惟顺治丁亥、己亥二年，各增会试一科。康熙五十二年癸巳八月，增万寿会试一科，仍定每十年增设一科，永著为例。

顺治

丙戌科傅以渐榜（三年）

蒋之绂（徐州人）

宋　杞（丰县人，顺天籍，仕至翰林院编修）

今上康熙

己未科归允肃榜（十八年）

任观瀛（萧县人，国鑜子，仕至布政司参议）

---

① 旧志作“嘉靖二十年辛丑科”。此处应作“辛丑科沈坤榜”。案《皇明进士登科考》：朱乾亨，嘉靖二十年辛丑科二甲第七十八名。

丁丑科汪士鋐[①] **榜**（三十六年）

李　蟠（徐州人，弇之子，状元，官翰林院修撰）

己丑科卜俊民[②] **榜**（四十八年）

阎　圻（沛县人，尔梅孙，官翰林院编修）

癸巳科孙见龙[③] **榜**（五十二年）

徐　鼎（徐州人，见任礼部祠祭司员外郎）

前明举人

乡举在宋为漕试，谓之发解，第阶之解送南宫会试耳。试弗第者，须再试。间有不须再试而送南宫者，谓之免解进士，未阶以入仕也。及累举弗第，然后有推恩焉，谓之特奏名，不复系诸乡举矣。金、元亦然。至有明，乃定为入仕之途，则一代之新制也。故诸郡邑志于历代乡举皆不载，而于明则载之。兹从诸郡邑例，志乡举亦始于明（沛邑旧志载乡贡进士，金有邵世矩、鹿楫、高焕、王良佐、訾廷杰、信民立、邵南、胡兼善，元有张谦、丁尚文、郝世隆、石确、徐廷端、冯讷、张复，此皆解送南宫者，不应入举人例）。明洪武三年设科取士条格，行省三年一开试，第一场：四书疑问、本经义、四书义各一道；第二场：礼乐论一道，诏诰表笺内科一道；第三场，经史时务策一道。中式后，复试骑、射、书、算、律五事。四年，诏各行省连试三年。六年罢科举，令有司察举贤良。至十七年复初制，不拘额数，从实充贡，第一场试四书义三道、本经义四道，未能者许各减一道；第二场试论一道、判语五条；三场试经史[④]时务策五道，未能者许减二道。后人遵之，亦无减者。其额数，视初制渐增有差（附"四书疑"注：元制有四书疑、本经疑。洪武三年开科，以《大学》"古之欲明明德于天下者"二节、《孟子》"道在迩而求诸远"一节，合为一题，问二书所言平天下大指同异，此即宋时之法。〇参《赣州志》并《日知录》）。

洪武

庚戌科（三年）

魏　益（砀山人，成进士）

---

① 汪士鋐，康熙三十六年会元，殿试二甲第一名。

② 案《进士题名录》：卜俊民，康熙五十一年壬辰科会元，殿试二甲第一名。本志置入己丑科，误，应为"己丑科赵熊诏榜"。

③ 孙见龙，五十二年癸巳恩科会元，殿试二甲第三名。

④ 原作"文"，据《明会典》卷七十七《科举通例》改。

丁卯科（二十年）

王　怿（砀山人）

丙子科（二十九年）

刘　泰（徐州人，仕至员外郎）　丁德量（萧县人，成进士）

己卯科（建文元年）

任　肃（徐州人，仕至云南左参政）　邵　著（徐州人）

胡　秩（徐州人）　杜　旸（沛县人，任鸿胪寺鸣赞）

壬午科（建文四年）

张　威（沛县人）

永乐

乙酉科（三年）

蒋　焕（徐州人，任训导）　杨　守（徐州人，任府同知）

戴　安（徐州人，任王府伴读）　曹士正（萧县人，成进士）

李　巽（沛县人）　王　献（丰县人，任南京中城兵马指挥使）

辛卯科（九年）

薛　昶（徐州人，任训导）　王　演（徐州人，任训导）

赵　斌（沛县人，任登州府同知）　许　彬（丰县人，山东中式，成进士）

甲午科（十二年）

魏　冀（徐州人，任华州学正）　倪　鼎（砀山人，成进士）

丁酉科（十五年）

权　伦（徐州人，谨之子）

庚子科（十八年）

杜　礼（萧县人，任训导）

癸卯科（二十一年）

孙　续（萧县人，官陕西道监察御史）

宣德

壬子科（七年）

马　蕙（徐州人，官汝宁教授）

乙卯科（十年）

陈　赍（徐州人，任教谕）　王　邻（萧县人，任教授）

朱　信（萧县人，任茌平教谕）　蒋　让（沛县人，任邓州判官）

正统

戊午科（三年）

牛　吉（徐州人，成进士）　　傅　鸿（徐州人，任教授）

辛酉科（六年）

董　云（徐州人，任训导）　　王　荣（徐州人，任长史）

甲子科（九年）

沙　杰（徐州人，任西安教授）　　郑　诲（萧县人，任长安教谕）

丁卯科（十二年）

朱　玺（徐州人，任学正）

景泰

庚午科（元年）

朱　瓒（徐州人，玺之弟，任通判）

王　璟（徐州人，任教谕）　　周　崧（沛县人）

癸酉科（四年）

张　伦（徐州人，任王府纪善）

丙子科（七年）

欧阳禄（萧县人，任南阳府训导）

天顺

己卯科（三年）

房　端（徐州人，友信子，任教谕）

壬午科（六年）

孙　珩（徐州人，成进士）

成化

乙酉科（元年）

丘　岳（徐州人）

李　绅（沛县人，锦衣卫籍，顺天中式，成进士）

戊子科（四年）

张　佶（徐州人，成进士）

辛卯科（七年）

马　暾（徐州人，蕙之子，仕至户部郎中）

马　湘（徐州人，蕙之孙，仕至庆阳通判）
卞　祥（徐州人）
张　鼎（徐州人，任青城县知县）
裴　纪（丰县人，任河南均州同知）
甲午科（十年）
张　锐（徐州人，任知县）　　朱　轩（徐州人，任知县[1]）
庚子科（十六年）
孙元佐（徐州人，任推官）　　沙　立（徐州人，成进士）
癸卯科（十九年）
刘　珩（徐州人，任成安知县）　　周　云（徐州人，任知县）
丙午科（二十二年）
刘　经（徐州人，任济宁知州）　　李性明（萧县人，成进士）

弘治

己酉科（二年）
石　城（徐州人）　　白　辅（徐州人，任磁州知州）
王　度（徐州人，任司务）
戊午科（十一年）
刘　贡（徐州人）　　朱　洪（萧县人）
甲子科（十七年）
李　稳（砀山人，成进士）

正德

丁卯科（二年）
舒　经（徐州人，成进士）
秦　表（丰县人）　　张孟学（丰县人）
黄　轨（丰县人，顺天中式，任昌平知县）
丙子科（十一年）
刘　霁（徐州人，任教授）　　马　津（徐州人，成进士）
己卯科（十四年）
吴九华（徐州人，任通判）

① 嘉靖、万历、顺治《徐州志》作“教谕”。

嘉靖

壬午科（元年）

刘　章（沛县人）

乙酉科（四年）

高　淳（徐州人，任通判）

丁酉科（十六年）

朱乾亨（徐州人，成进士）　周　乾（沛县人）

庚子科（十九年）

王　业（萧县人，仕至广东道监察御史）

壬子科（三十一年）

徐行道（徐州人）

戊午科（三十七年）

蔡　桂（沛县人，仕至户部郎中）

甲子科（四十三年）

马一化（沛县人）

隆庆

庚午科（四年）

张鹤鸣（徐州人，成进士）

李生芳（沛县人，河南中式，成进士）

万历

癸酉科（元年）

张贞观（沛县人，成进士）

丙子科（四年）

陆进阶（徐州人，任府判）　张　斗（沛县人，成进士）

壬午科（十年）

陈汝麟（徐州人，成进士）

庚子科（二十八年）

万崇德（徐州人，成进士）

己酉科（三十七年）

张其蕴（徐州人，任高淳教谕）

乙卯科（四十三年）

蔡日知（沛县人）

天启

甲子科（四年）

李向阳（徐州人）

崇祯

庚午科（三年）

万寿祺（徐州人，崇德子）　　阎尔梅（沛县人）

丙子科（九年）

蒋之绂（徐州人，成进士）

己卯科（十二年）

萧光辰（徐州人，任义乌县知县）　　李树琪（萧县人，贵州中式）

史文煃（丰县人，可传子，顺天中式）

国朝举人

乡举亦仍前明制，三年一试。惟顺治乙酉、丙戌，连试二科；康熙丁巳，专试贡监一科；五十二年癸巳二月，特开万寿科，定十年一举，永著为例。其三场制义，康熙甲辰、丙午、丁未乡会试，尝改八股文为论，寻复旧制。

顺治

辛卯科（八年）

任国鑌（萧县人，仕至翰林院待诏）

庚子科（十七年）

郝　铉（沛县人）

今上康熙

己酉科（八年）

吴廷燮（徐州人，顺天中式）

戊午科（十七年）

任观瀛（萧县人，成进士）　　经天衮（徐州人，乃济子）

丁卯科（二十六年）

沈圣愿（沛县人，见任长山县知县）

庚午科（二十九年）

李　蟠（徐州人，成进士）

戊子科（四十七年）

吴弘增（徐州人）　　阎　圻（沛县人，河南中式，成进士）

癸巳科（五十二年）

徐　鼎[①]（徐州人，河南中式，成进士）

王　纲（沛县人）

甲午科（五十三年）

任懋华（萧县人，观瀛次子）　　郝　彬（萧县人）

方文炳（丰县人，解元）

前明贡生

洪武十六年，令天下府州县学自明年为始，岁贡生员各一人。二十一年，令府学一年、州学二年、县学三年各贡一人。二十五年，令府学一年贡二人、州学二年贡三人、县学一年贡一人。三十一年至永乐二年，未贡。三年，令岁贡照洪武二十五年例。十七年至十九年与宣德初年，皆略有更易，寻皆令复洪武二十五年例。正统六年改制，府学一年一人、州学三年二人、县学二年一人。十一年，令廪膳生员四十五岁以上者例入监。十三年，令天下贡楷书生员。天顺二年，令廪增生员四十五岁以上者俱入贡。是时，各学入贡多至数人，或十数人。弘治九年，奏准是年起，十三年止，每年府学贡二人、县学贡一人。嘉靖八年，令天下岁贡五名内考选一名。九年，令天下岁贡通学考选一名，自是年始，至十五年止。十一年，令天下府州县学各开贡二年，仍考选。十五年，令天下岁贡复旧例。隆庆元年，诏选贡府学二人、州县学一人。万历元年，诏选贡如隆庆元年例。四年，令天下岁贡六名内考选一名。是后，至泰昌、天启、崇祯，恩选如旧。崇祯八年，因太学空虚，命贡天下士以实之，期以七月初九、十二，以提学官为总裁，推、知为房考，糊名易书，与秋场同，定其名曰“超贡”。廷试之日，上亲临文华殿，召阁臣命题，谕以矢恭矢慎，此特典也。（参赣州、高邮、元氏、沛县诸志）

① 乾隆《徐州府志》、乾隆《铜山县志》作五十年辛卯科。

徐州学

赵　麟（任御史）
朱　芾（任户科给事中，升御史）
王　洪（任主事）
刘　增（任知府）
王　允（任主簿）
张　骥（任给事）
史　恒（任御史）
黄　哲（任府经历）
吴　讷（任御史）
苏　迪（任主事）
陈　缙（任县丞。以上洪武年贡）
王　礼（任知县）
胡　安（任吏目）
张　茂（任知县）
王　颐（任主事）
潘　义（任知州）
王　豨[1]（任主事）
潘　励（任推官）
王　芃（任兵马司副指挥）
潘　玙（任县丞）
李良聪（任知县）
白　素（任少卿）
梁　惠（任知县）
孟　凯（任兵马指挥）
张　勖（任主簿）
刘　庸
吴　昶（任卫经历）
王　信（任太常奉祀）
孙　顺（仕至铜仁府知府）
孟　仝（任主簿）
刘　端（任王府典宝）
张　英
钱　玉（以上永乐年贡）
朱　敬（任县丞）
金　翯
朱　善（仕至衢州府知府）
张　秉
沙　源（以上宣德年贡）
尹　冲
范　寅（仕至河间府同知）
朱　环（任知州）
朱　志（仕至户部员外郎）
王　泽（任县丞）
杨　震（任卫经历）
居　安（任州判）
尹　莘（任卫经历）
曹　智（任县丞）
宋　盛
李　恂（以上正统年贡）
曹　豪
陈　孜
宋　鉴
李　惠
李　恭
贺　达
滕　俊
汪　润（任教谕）
任　皓（任学正。以上景泰年贡）
权　宗（任教谕）
任　伦（任无极县训导，升教谕）
鉴　昭

① 原作“鼎”，据前志及本志卷二十一《人物二》“王豫”条改。

周　谅	申　英（任典史）
魏　瑛（任训导。以上天顺年贡）	孔　宗（任卫经历）
朱　莒（任州判）	王　迪
路　聪	孙　绎（任县丞）
孟　阳（任县丞）	苏　艮（任府经历）
牛　祯	梅　玉（任训导）
孟希鲁（任训导）	马　暕（任长史）
吴　叙（任卫经历）	刘　正（任州判）
黄　仑（任训导）	周　会（任训导）
李　杰	张　拣（任知县。以上成化年贡）
孔　雄（任训导）	任　侃（任柏乡训导，升教谕）
孙　玘（任训导）	居　辅
尹　瞻（任知县）	束　琰（任县丞）
沙　性（任训导）	潘　杰
蒋　昇（任学正）	张　佐（任教谕）
朱　绶（任训导）	蒋　裕（任广平训导）
汪　凤	丁　谦（任训导）
房　栋（端之子，任崞县知县。以上弘治年贡）	
吴希哲（任知县）	周　济（任训导）
石　宁（任教谕）	祖　章（任训导）
金　鳌	朱廷耀（任知县）
范廷璋（任武定州训导）	任　悦（任训导）
潘　经（任训导）	李　瓒（任新城训导）
丘志广	王逢吉
马　江（蕙之孙，任南阳教谕）	权大经（任训导。以上正德年贡）
马　林（任主簿）	赵　环
张　弓（任学正）	胡伯启
徐　兰（任德州训导）	周　恺
沙　玄（杰从子，任济阳训导）	董　恺（任主簿）
沙孟升（立之子）	尹　玠（任献县丞，王府审理）
周　铉（任商河主簿）	陈　锐
王　珮	崔　铠（任通判）
陈　言（任教谕）	徐　宪（任训导）

尹　埙（任训导）
周　镎（任训导）
吴　金（任训[导][1]）
黄　槀[2]
刘礼义[3]
马　伦
杨　年（任藁城训导）
周　贵（任吏目）
周　泾（任主簿）
徐　鬲（任知县）
厉　仁
宋　琚
周　冕（任训导）
毕　集
朱　金（任教谕）
周　渠（任德州学正）
刘　岱（任教谕）
权思期
居　易（任王府教授）
孙永祚（任训导）
范常健（任教授）
孙永明（任教谕）
周　依（任王府教授。以上嘉靖年贡）
周中立
刘　宫（任主簿）
徐　夔（任王府教授）
伊天民
吴　愚（任训导。以上隆庆年贡）
庄　重（任灵璧教谕）
杨思寿
丘　岳
陶云鹗
马　荧（任朔州学正）
夏景荣
杨希震（任荥泽训导）
徐行儒（任乐清训导）
张　本（任知县）
孙永朋
吴志良（任沭阳训导）
马　焯（任如皋训导）
周（阙名）
王　宝（任苏州训导）
邓　川（任金坛训导）
吴应期（选贡，任莱芜知县，升通判）
马如飞（任合肥训导）
蒋　霔（任余姚教谕）
张　梃（任苏州训导）
赵鸣鹤（任兴化训导）
范士彦（选贡，任连州判官）
孙　桐（任苏州训导）
马　照
吴道昌
武金凤（任太平教授）
王　聪（任桐柏教谕）
沙国祯（任兴化训导）
庄日新（任安东训导）
王　宾（任海门训导）
闵　渭（任训导）

① 底本漫漶，字据文例补。
② 原作“导”，据民国《铜山县志》勘误改。
③ 旧州志作“刘體义”，自本志以后作“刘禮义”。

贾崇禄（任溧水训导）　　高　逵
王三槐（任大兴训导）　　张四教（任湖州训导）
宋　坤（琚之子）　　李国彦（任太平训导）
朱之藩（任德安教授）　　冯　桂
吴志高（以上万历年贡）　　毕文美（选贡，任邯郸知县[1]）
冯志京（选贡，任麻阳知县）　　杜世则
酆允兴（任当涂训导）　　马允化（如飞子）
洪思谦
王　淳（任乐陵教谕。以上天启年贡）
万寿祺（恩贡，庚午中式）　　郭良栋
聂应登（任庐江训导）　　刘世用（任江阴训导）
张建名（任固城教谕）　　刘芳誉（任怀临训导）
萧光辰（任盐城训导，己卯中式）
高攀鳌　　曹志明（选贡）
魏志高（任如皋教谕）　　吴汝琦（任河南兵备道）
王明德（任太平教谕）　　夏应凤（任丹阳训导）
吴之鲸　　李荫阜
张世居　　李　鉴（选贡）
马伯奇（选贡。以上崇祯年贡）　　李　茂（永乐十一年任济源训导）
刘　韶（嘉靖十二年任济源训导。并见《济源县志》）
张　谌（宣德中任冀州训导，见《冀州志》）
易应时（嘉靖间任宿州训导）　　马　荣（万历九年任蒙城训导）
李思恭（崇祯末任灵璧教谕。并见《凤阳府志》）
房厚康（隆庆元年任东昌训导，见《东昌府志》）
倪　渤（万历二十年任新乐训导，升郏县教谕，见《新乐县志》）
徐名扬（崇祯元年任饶州通判，见《饶州府志》）
傅　鹏（任历城教谕）　　李　辅（任长清训导）
钱　穗（任长清训导）
李云桐（任乐陵教谕。并见《济南府志》）
王　荣（任故城教谕）
张其名（任故城教谕。并见《河间府志》）

① 顺治《徐州志》作“县丞”。

刘　信（任平山训导，见《平山县志》。以上十六名杂见诸志，皆徐州贡生，旧志失载。其出贡年分未详，附志于后。属县仿此）

萧县学

王祉泰（任广东按察司佥事）

武　赳（任内黄知县）　钱守成

孙　续（永乐癸卯中式）　丁德量（丙子中式）

蒋敬实　孙寿春

李廷佐（任嵊县知县）　彭季伸

张敬宾（任泸州同知）　刘　俨（任慈利县知县）

张　斌（任邠州同知）　张　珰（任梧州府检校）

朱　瀫（任户部主事）　李友梅（任镇番[①]经历）

丁　显（以上洪武年贡）　夏仲宏

李　旻　彭　闰

周性纯（任赣州府判）　朱季和

朱景安　张志信（任鲁山县知县）

朱彦辉（任荆州卫经历）　冯　扩（任南京中城吏目）

董　暹　朱希文（任南京留守卫经历）

化从心（任广信府检校）　秦　仪（任岳州府知事）

高　镛[②]（任南京刑部主事）　杜纪甫（任琼州府知府）

平　康（任岢岚州判官）　曹　春（任长宁教谕）

方仲矩（任静县[③]知县）

南　安（任黄州府知事。以上永乐年贡）

王　宾（任柏乡县知县）　李　钺（任巩昌府知府）

朱　彤（任郑府纪善）　王　辅（任唐县知县）

王　冕（任南安县丞）　邵　南（任吉安府知事）

丁达道（任阳武县丞。以上宣德年贡）

郭　镛（任榆次县知县）　孙　谌（任南京工部员外）

田　福（任忻州同知）　杜　藁（任宁府典仪）

① 原作“藩”，据正统《彭城志》改。

② 嘉靖、万历《徐州志》作“杜镛”。

③ 案雍正《河南通志》卷三十三《职官四》：方仲矩，江南萧县人，永乐年任新郑知县。静县不知所在，疑“新郑县”之音讹，待考。

蒋　善（任冀州判官）　　纵　文（任济阳主簿）
曹　祯（任宣府教授）　　张　皓（任元氏县知县）
孟　环（任唐县主簿）
梁　聪（任遵化县丞。以上正统年贡）
贾　迪（任东光县知县）　　王　宪（任王府奉祀）
孙　纪[①]　　李　贤
杜　洪（任王府工正）　　王　杰
郭　泰（任黄陂县丞。以上景德年贡）
赵　铭（任钱塘县丞）　　欧阳隆（任新河教谕）
郝　濂（任怀柔教谕。以上天顺年贡）
郝　淳（任秦府教授）　　李　斌（任高阳县知县）
征　安（任南京虎贲卫经历）　　朱　辐（任浙江按察司照磨）
朱　轸（任阳信训导）　　秦　瓛（任广县训导）
孙　立（任秦府教授）　　郭　麟（任渭源训导）
胡　驯（任武强教谕）　　王克岐
陈　敏（任齐东训导，徽府伴读）　　耿　举（任崇府教授）
李　时（任莱州府经历）　　王　珍
纵　諴（任蕲州吏目。以上成化年贡）
朱　辙（任景州训导）　　冯　祯（任汲县训导）
潘　玉（任昌黎训导）　　李　谦
杨　鼒（任大嵩卫教授）　　陈思明（任湖州府训导）
曹凤岐　　欧阳俌
郝　槐（任柳州府经历）　　王一鸣
王化任（任教谕）　　孙文翰（任训导）
赵梦熊　　贾　昉
孙　元（任卫经历。以上弘治年贡）
朱　铭（任知县）　　郭　翀（任教谕）
张　翼（任县丞。以上正德年贡）　　朱　玳（任赵州学正，升教授）
陈　谟（任府照磨）　　胡文泰（任典宝）
陈鸣鸾　　郝　楫
王亮采（任学正）　　朱　珊（任卫经历）

① 嘉靖、万历、顺治《徐州志》作“孙纯”。

任　逮（任乐亭县丞）　　欧阳备（任教谕）
孙重光　　郭　桐（任训导）
朱光裕　　郝　圻（任黄县知县）
欧阳俊　　刘　性（任州判）
徐　金（《栾城志》有训导徐经，萧县贡生。“金”疑即“经”字之误[①]）
杨　栋　　朱　沆（任教授）
徐　茂（任知县）　　王尚员（任教谕）
刘　道（任府照磨）　　孟　禄
张庭桂　　徐　景（任临邑县丞）
蒋　仕（任南和县知县）　　孙文扬
杨惟高（任景州判官，升襄阳护卫经历。以上嘉靖年贡）
张　涤　　李　尧（任定远教谕，升阜平县知县）
张廷槐（任禹州学正）
张　洲（任常州府训导。以上隆庆年贡）
张鹏翰（任鲁山主簿）　　纵　垠（任栖霞县知县）
徐　澜（任上饶县丞）　　孙大信（任杭州府教授）
朱自新（任象山县知县）　　李　禹（任广宁教授）
寇文英（任祥符训导）　　杨守清（任寿州训导，升蒙城教授）
王国辅（任鄢陵县知县）　　欧阳光（任江阴训导）
杨元焞（选贡）　　孔闻政（任高邮训导，升济阳教谕）
徐腾鹗　　纵慎蒙（任汧阳[②]教谕）
张元杰（任南康府教授）　　李绍芳（任永昌府通判）
章　缝（任平原教谕，升吉安教授）
任之豪（任苏州府训导）　　欧阳岳（任芜湖训导）
孙重盛　　杜文教
贾复淳（任通城县知县）　　穆　简
孟养心（任池州府训导）　　徐攀龙
郭君召　　刘光旻（以上万历年贡）
李廷谟（泰昌年贡）　　孙传声（任太平教谕）

① 嘉靖、万历《徐州志》作“徐经”，顺治《徐州志》、康熙《萧县志》作“徐金”。本志疑而未确，乾隆《徐州府志》亦作“金”，嘉庆《萧县志》改回“徐经”。

② 原作“祁阳”。案乾隆辛卯重修《萧县纵氏（东莞堂）族谱》载“陕西陇州祁阳县教谕”，嘉庆《萧县志》之《选举》、《人物·宦绩》本传作“汧阳县教谕”。今考：祁阳在湖南，汧阳属陕西陇州，当以“汧阳教谕”为是。据改。

许　询（恩贡）
徐腾鲲
任之彦（任应天府训导。以上天启年贡）
许　玄（恩选，询之子）
孙传要（任上杭教谕）
王明谟（任太和教谕）
孟知性（任漳平教谕）
徐懋贞（拔贡，任泗州训导）
张应宗（任亳州学正）
任亚龙（任六合训导）
杜思遴
朱儒秀（任六合训导）
孟贞淳（任高淳训导）
葛松茂
王作标（选贡）
许作楫（选贡。以上崇祯年贡）

沛县学

张　泰
张　本
郭　冕
谢　昇（任监察御史）
王　缵（任监察御史，迁吏部郎中）
王　观
蒋　迪（任浏[1]阳县知县）
王　钥（任莒州学正）
吕　宁（任户部员外）
刘　昶（任进贤县丞）
李　勖[2]（任南阳府通判）
王　睿（以上洪武年贡）
吕　哲（任广东按察司经历）
郭　本（任赣州府推官）
刘　端
张　伦
张　昱（任陕西主簿）
梁　怡（任蒲城县知县）
魏　廷（任河南布政司经历）
申　明
张　奂
孔继宗
班　肃
李　恪
张　勉（任湖广按察司经历）
孟　式（任户部主事）
田　畯
王　立
王　恽（以上永乐年贡）
胥　敬（任光禄寺署丞）
李　旻
李　复
朱　芾（任兖州府经历）
张　玹
邓　宁（以上宣德年贡）
张　铉（任武强训导）
岳　崇
踪　昭（任宁远知县）
纪　信（任山西潞府引礼）

① 原作“刘”，径改。
② 原作“最”，据嘉靖、万历《徐州志》及沛县诸志改。

赵　鉴（任成都府推官）　李　郁（以上正统年贡）
张　显（任富阳县知县）　陈　伦（任磁州判官）
李　显[1]　甄寿之（任岳州府照磨）
刘　昌（任九江府经历）　李　迪
石　泰（以上景泰年贡）
刘　仪　周　铭（任南京留守卫经历）
巩　敩（任曹州判官。以上天顺年贡）
高　恺（任保定县知县）　张　俊（任登州府判官）
朱　璿　杨　辅
韩　昇（任登州府训导）　李　孜（任玉田训导）
吴　玘（希文子，任洛阳县丞）　夏　昌
田　玘　袁　宪（任广东按察司检校）
李　和
彭　政（任醴陵县丞。以上成化年贡）
杨　春（任麟游县丞）　刘　福
单　镛（任昌黎训导）　蒋　雍（任寿光主簿）
贾　聚（任平原县丞）　闵　祯
蒋　洪（任浚县丞）
周良弼（任胶州判官。以上弘治年贡）
李　松（任开平卫经历）　韩　禊
王　道　崔　恺
钟　昂（任宛平县丞）　李　璟（任广南卫经历）
周思明（任固始县丞）　赵　清（以上正德年贡）
王守约（任滋阳主簿）　赵　汉（任四川按察司经历）
陆　本（任故城县知县）　龚　贵（任桐庐县丞）
梁　昇（任饶州府知事）　彭应选（选贡，任福清县丞）
周　乾（选贡）　崔　棠（选贡，任禹城县丞）
唐　本（选贡，任利津教谕）　崔仕伸
田　润（任荥泽训导）　张　连
梁　敦（任安丘主簿）　周思忠（思明从弟，任栖霞主簿）
李士通　徐守润（任宁阳县丞）

① 嘉靖、万历《徐州志》，嘉靖《沛县志》作“季显”。

赵时若（清之子） 张　桂
吕文旌 杨　材
王文馆
卢　雄（任兴化府教授。〇旧志雄前孙宗尧，未廷试）
贾　池（任新乡县丞） 田　泰（任晋州学正）
王守道（任常德府教授）
曹世勋（任安庆府教授。以上嘉靖年贡）
辛　汉（任均州学正）
王嘉宾（守［道］[①]子，任宁津县知县）
钟耀先（任武陟训导）
蔡　楠（任绛州同知。以上隆庆年贡）
踪　淳（恩贡，任辰州府经历）
刘可久（任新泰训导，升凤阳府教授）
梁　鹗（任新城教谕） 刘　藻（章之子，任霍丘训导）
那　武（任乐安教谕） 封汝才（任六合教谕）
尹乐舜（任潮州府教授） 张汝贤（任临江府同知）
吴邦周（任泰安学正） 郝维精（任霍山教谕）
张凤翼（选贡，任镇安县知县） 周　行（思[②]忠子）
马之驯（选贡） 张　修（任颍上训导）
陈　栋 王大任（任海门训导）
刘永清（恩贡，藻之子，任青浦训导）
杨希震（材之子，任泰兴训导） 孟羽世
王好义 张鲤化
唐　诰 郭维藩（任高淳教谕）
孙名胤（任长宁县知县）
马出汧（任高邮训导。以上万历年贡）
蒋赓明[③] 李联芳（选贡）
陈思谦（任应天训导，升凤阳府教授）
朱之裔 龚伯堂（以上天启年贡）
张　振 彭贞学（任扬州府教授）

① 字据万历《沛志》补。
② 原作“恩”，据前周思忠、周思明等改。
③ 天启间任邳州训导，见康熙《邳州志》。

邵仲雍　张　扬
王应祯（任高邮训导）　郝继隆（拔贡）
吴三省　蒋友闻
尹尔弘　孟士醒
王国祚（以上崇祯年贡）
李乔年（嘉靖间任枣强训导，见《真定府志》。旧志遗）

砀山县学

卢　生　李　忠
朱　安（任监察御史）　张友恒
朱　显　唐　凯
杜　庆　李　范
毛　诚（任浙江按察司佥事）　姜　熊
王　佐（以上洪武年贡）
范　庸　李　旻
张　俊　刘　叙（任嘉兴府通判）
谢　裴（任署丞）　张　佑
张　宏（任荆州府知府）　刘　安
王　瑾（任任县县丞）　蒋　幹（任府经历）
郭　惠　程　宪
赵　敏　褚　让
刘　瓒　李　恕（任监正）
单　庆（任织染局副使）　张　显（任县丞）
楚　盛（任典史[①]。以上永乐年贡）
董　彝（任县丞）　王　泽
纪　绅（任县丞）　胡　宁（任兵马指挥）
刘　志　黄　远（以上宣德年贡）
齐　志　武　韬（任知县）
许　昌（任县丞）　苗　本
姚　纲[②]（任卫经历）　朱　良（以上正统年贡）
刘　涌　郭居仁

① 原作“典中”，据嘉靖《徐州志》改。
② 旧州志作“姚刚”，自本志以后作“姚纲”。

黄　中（任县丞[①]）
李存仁（任广平府训导）
吴文彬
蒋德兴
李　恂（任沧州同知。以上景泰年贡）
王　缙（天顺年贡）
赵　铭
刘　宗（任检校）
陈　善（任西安主簿）
许　中
赵　英
段　珉（任高苑县丞）
张　豫（任县丞）
朱　喆（任府经历）
季　春（任州判）
丁　鉴
纪　义（任仁和县丞）
仇　琰（任府知事）
许　侃（任府经历）
王　澄（任彭泽县知县）
刘　濬（叙之孙，任宜春县丞。以上成化年贡）
张　环（任元城县丞）
李　智
孟　昶（任衡水县知县）
毛　麒（任保定县知县）
郭　逊
房　资（任钱塘县丞）
王　骈
赵　翊（任乐清县丞）
武　禄
张　伦（任项城教谕）
曹　鄘
季　旻（以上弘治年贡）
李　锡（任翁源县知县）
黄　镐
王　惠（任元城县丞）
胡　通（任袁州府经历）
范　让
李　兰（任益都训导）
李　林（任王府审理）
白　忠（任临清训导）
王　兰（任东平训导。以上正德年贡）
孟　鬲
杨　经（任溆浦县知县）
崔　性（任滑县训导）
张　泰（任费县丞）
姚　典（任静海训导）
赵　绅（任济源训导）
李　芹（任新喻县丞）
赵继时（任县丞）
赵孟津
李嘉言（任胶州同知）
刘　霆（任滋阳训导）
王　化
常世辅
李　佶
姚　寅
王　锐（任益州卫教授）

① 原作“任”，据嘉靖、万历《徐州志》及乾隆《砀山县志》改。

曹　溥
魏景芳（任宁津主簿）
常　策（任曹县丞）
薛　锐
朱　旃（任周府教授）
陈大谟（以上嘉靖年贡）
赵道南（任富阳县丞）
蒋世爵（以上隆庆年贡）
杨　楠
许汝砺（任金山卫教授）
陈　柏（任新郑训导）
蒋承业（任易州判官）
刘士嘉（任学正）
王尔俞（任虹县训导）
许维聪
薛　玮（任大[1]兴训导）
王文焕（任太平府教授）
刘以梁（任训导）
李师苏[3]（任训导）
陈贞证[4]
魏效明（任判官。泰昌年贡）
王民皞
王在新（选贡）
汪万顷
徐腾芳
王毓真（拔贡，授通判）
纪孟儒（任监利主簿）
胡守仁
胡应登
王　赓（任新城教谕）
李夏臣（任淮安训导）
胡邦杰
赵继芳（任武定训导）
纪　动（恩贡，任泾阳县丞）
王自勉（任瑞安府教授）
汪　夏（任绍兴府教授）
段　书（任黄陂教授）
丁甲之（任训导）
蒋仪廷（任知县）
段象贤（选贡，任府经历）
房基成
陈继圣（恩贡）
王大相（任训导[2]）
陈三近
陈履端
纪怀德（以上万历年贡）
邵宗玄（恩贡，任保定府同知）
汪用霖（任教授。以上天启年贡）
周之冕
刘廷谏
刘如星（任五河训导）
李元绪
庞宗理（恩贡，任信阳州。以上崇祯年贡）
王日新（崇祯间任溧阳训导，见《江宁府志》）
柏长春（选贡，任禹城县知县，见《济南府志》。以上二名，旧志遗）

① 原作“太”，从乾隆《砀山县志》用“大”。查大兴、泰兴县训导，俱无此人。
② 万历三十年任宿迁县训导，见乾隆《徐州府志》卷十二《职官四》。
③ 乾隆《砀山县志》作“刘师苏”。
④ 乾隆《徐州府志》注：“旧县志作‘陈真诠’”。乾隆《砀山县志》作“陈贞铨”，注曰“府志误”。

丰县学

傅　翼（任临海县知县）　王　润（任桂林卫经历）
马　骥（任泾阳县丞）　高　举（任北平府经历）
康　泰（任汉川县丞）　丁　训（任柳城县丞）
荆　贵（任户部主事）　王　度（任刑部主事）
马　端（任中书）　杨　清（任太原府经历）
孙　颐（任嵩明州判官）　左　继（任卫经历）
徐　浩（任上林苑典簿）　赵　恕（任监察御史）
牛凤元（任延安府检校）
马　建（任湖口主簿。以上洪武年贡）
张　博（任都察院照磨，升知县）　董　立（任陇州同知）
王　山（任秦府伴读）　王　纲（任乐安县知县）
尹　祯　韩　温（任岚县知县）
秦　珪（任夏邑主簿）　马　絅[①]（任中府都事）
胡宗泰（任中书）　赵　麟（任惠州府推官）
周　冕（任侯官县知县）　解以文（任榆次县丞）
骆　善（以上永乐年贡）　司　义（任广西布政司检校）
李　荣　郑　斌（任汲县训导）
王　谦（任范县训导）　白思恭（任平度州判官）
郑　弘（任周府审理）　李　郁
刘　灏　李　进
郝　敬（任鄢城教谕。以上宣德年贡）
胡　宁（任葭州知州）　王　洪（任新安县知县）
牛　增（任临川县知县）　高　翔
朱　铭（任福安县丞）　李　懋（任南安知县）
张　常（任冀州吏目）　魏　智（以上正统年贡）
王　懋（任浏阳县知县）　李　俊（任静海县知县）
许　昌　段　文（任吏目）
胡　钦（任引礼。以上景泰年贡）
尹　俊　李　敏
刘　谦　张　寿（以上天顺年贡）
张　镛　陈　逵（任兵马司副指挥）

① 嘉靖、万历《徐州志》作“马駉”。

邵　凤	郭　进
丁　铭	王　纶（任冀州判官）
杨　伦（任思明府知事）	孙　清（任龙泉县主簿）
黄　谦（任济宁州判官）	黄　安（任县丞）
蔡　彧（任泗水教谕。以上成化年贡）	
刘　鼐（灏之子）	阙　镛
高　宣（任黔阳县丞）	胡　政（任善化教谕）
裴　纶（纪之弟，任夏邑教谕）	王大京（任州判）
王　敩（任金乡卫经历）	冯　敏（任四川盐课副提举）
史　全（任浚县丞）	刘日章（灏之孙）
常　杰	田　源（任庆都县丞。以上弘治年贡）
陈　瓒	杨廷章
魏　璟（任辉县主簿）	杨　霈（伦之子）
田　志	刘　华
王希贤（任济南府通判）	李　琼（任归安县丞）
孙　宸（清之子，任德清主簿）	
蔡岳佐（彧之子）	李天祐（任主簿）
董　珍（任兵马司副指挥。以上正德年贡）	
马希周	李廷贤（任曹县教谕）
宗　岱（任登州府检校）	王　翰
渠民瞻	魏　翰（璟之子，任宁州学正）
崔辅政（任辉县丞）	仇孟时（任安福县丞）
魏　璠（任泰和主簿）	胡弘毅（任定远县知县）
裴陈猷（任海盐主簿）	季　珍（任乐清主簿）
宗　参（任万安县丞）	阙聿修（任滨州同知）
郭　暹（任济阳县丞）	秦志高（任齐河教谕）
王子成	黄　冕
［王］① 炜（任扶沟训导）	刘见龙（任大名府训导）
刘鹤鸣（任峡江训导）	仇孟宸（时之弟，任胶州同知）
李　朴（任睢州训导）	刘　汀（任冠县知县）
王元贞	李大美（任峄县丞。以上嘉靖年贡）

① 原墨丁，字据隆庆《丰县志》补。

屈　伸（选贡，任乐陵县丞）　　崔　动（辅政次子，任襄阳府典宝）
李　明（任泰安州学正。以上隆庆年贡）
董　冕（恩贡，任江浦教谕）　　渠有源（民瞻子）
刘　演（任文登县丞）　　史　芬（全之子，任沭阳教谕）
曹可教（任巢县训导）　　史阙疑（任武昌府教授）
孙继志（任褒城教谕）　　苏　莪（任后府教授）
赵　科（任崇仁县丞）　　刘　崇（任后府教授）
杨　名（选贡，任归德府通判）　　渠澄清（任永宁卫教授）
史可传（选贡，芬之子，任遂昌县知县）
孙祚远（任平乡训导）　　高　第（任顺庆府教授）
季春煦（珍之孙，任含山教谕）　　张盛治（恩贡，任太平府教授）
孙祉远（祚远弟，任庆元训导）　　程士选
杨茂春（任常州训导）　　王尚志（任凤阳府教授）
李春光（任安东卫教授）　　王洪业（任宿州训导）
王廷献（任丽江府通判）　　张云翥
黄　珠（任缙云县丞。以上万历年贡）
董三近（任景州判官）　　马遴伯（任怀宁训导。并泰昌年贡）
史垂宪（选贡）　　杨时进（任象山主簿）
董汉儒（选贡）　　王　珍
孙尚讱（任丹阳训导。以上天启年贡）
徐鸣化　　刘云衢（任高邑教谕）
程　燿　　史文煃（己卯中式）
卜　尹　　史还厚（阙疑子）
史滋振（阙疑孙）　　张逢宸（盛治子。以上崇祯年贡）

旧志贡生多遗漏，于各生下注出贡之年，又皆不确。兹合参诸志，稍订其讹脱存之，而年分概削不载。

徐州志卷之十七

选举二

国朝贡生

国初定鼎，徐州暨四县恩岁贡，春秋各一。是后俱仍明制，岁贡州学三年二人，县学二年一人。康熙三年至八年未贡，九年复初制。间举恩、拔，制无一定。

徐州学

李　弅（向阳子，乙酉恩贡①）
李荫远（任池州训导）
李廷献（任霍丘训导）
李思恭（任昆山教谕②）
冯泰运（任江都训导）
盛于斯（选贡，任通判）
张思齐（任宜兴训导）
史廷辅（选贡，授知县）
陈心学
陈嘉猷
毕　翰（任丹徒县训导）
沙永誉（选贡。以上阙年）
吴之元（十三年贡，任合肥训导）
吕维扬（十五年贡，任太和训导）
赵　藹（十六年贡）
洪以信（十八年贡）
赵国铨（康熙元年恩贡）
赵国彦（元年贡）
胡　浩（三年贡）
吴佳藩（十四年副贡）
王允怀（十五年贡）
刘　泽（十六年贡）
李　萼（十八年贡）
段奎璧（十九年贡）
杨　策（二十一年贡）
李　僩（二十二年贡）
邓翊汉（二十四年贡）
解应选（二十五年贡）
苗大生（二十七年贡）
朱国栋（二十八年贡）
单　乾（三十年贡）
李　炜（三十一年，教谕）
吴佳藻（三十一年贡）
范宗文（三十三年贡）
经乃济（三十四年贡）
陈淑仁（三十六年恩贡）

---

①《徐州诗征》卷一谓“明选贡”。

② 原作“训”，据乾隆《苏州府志》卷三十五《职官四》改。案《苏州府志》：“李思恭，沛县人，岁贡，顺治十七年七月任。十三年闰五月，升扬州府教授。”

陈大亨（三十七年贡）
陈国桢（诚之子，三十七年拔贡）
杨于襄（三十八年副贡，顺天榜）
张希恩（三十九年贡）
王　庚（四十年贡）
宋志祁（四十二年贡）
王心中（四十三年贡）
拾　璜（四十五年贡）
蒋　清（四十六年贡）
万　睿（寿祺子，四十八年贡）
单泽溥（乾之子，四十九年贡）
张　鉴（五十一年贡）
陈国贤（诚之子，五十二年恩贡）
陈　诚（五十二年贡）
李　鹏（五十四年贡）
陈颖龙（五十五年贡）
周曰庠（五十七年贡）
李芳兰（五十八年贡）
吴士骧（六十年贡）
吴士翃（六十一年贡）

萧县学

任国鑽（顺治二年恩贡，任训导。辛卯中式）
孟养性（二年贡，任望江训导）
纵鹏翼（四年贡，任亳州训导）
徐　霭（腾鲲子，五年恩贡，任浮梁知县）
郝　键（七年贡，任武进教谕）
颛孙佐圣（九年恩贡，仕至和曲州知州）
吴存恕（九年贡，任兴平县丞）
章　宪（十一年贡，任赣榆训导）
任国铸（十一年拔贡）
李　笃（十三年贡）
谢从宽（十五年贡）
蒋永祺（十七年贡，任繁昌训导）
孙士琦（康熙元年贡）
冯昌期（元年贡）
朱祚远（元年恩贡）
刘以洋（元年贡）
祖箕芳（九年贡）
陈　是（十一年贡）
王如春（十三年贡）
纵闳中（十五年恩贡，任仪真教谕）
朱　轮（十五年贡）
朱　钦（十七年贡）
郝　灏（十九年贡）
梁廷幹（二十一年贡，任颍上训导）
宋继震（二十三年贡）
周相成（二十五年贡）
许乘长（二十七年贡）
郝　浣（二十九年贡）
陈同人（三十一年贡）
吴　诜（三十二年贡）
曾　裔（三十四年贡）
王奋翩（三十七年拔贡）
任　蔼（四十年贡）
章华国（四十二年贡）
朱儒晟（四十四年贡）
陈次人（四十六年恩贡）
徐周臣（四十八年贡）
曾启睿（四十九年贡）
纵良嗣（五十年贡）
徐　玑（五十二年贡）

朱之新（五十四年贡）　　任　谌（五十六年贡）

葛　琯（五十八年贡）　　赵　玮（六十年贡）

沛县学

张凤至（顺治二年恩贡，任沅陵县知县）

张　豸（二年恩贡，授通判）　　王化行（二年贡）

辛　焻（二年贡，任凤阳府教授）　　阎　机（四年贡，任饶平县知县）

王者都（五年拔贡，任泉州府知府）　　韩胤[①]昌（六年贡）

封　珂（八年恩贡，任上杭县知县）　　赵衍祚（八年贡）

朱敏治（十年贡，任山阳训导）　　张居易（十一年拔贡）

张学正（十二年贡）　　吴生鹏（十三年贡，任建平训导）

封　瑸（十五年贡，任盱眙训导）　　张之典（十六年贡，任东流训导）

张家騄（十八年恩贡）　　韩　健（康熙二年贡）

蒋之仪（九年贡）　　吴生鹗（十年贡）

王　祜（十一年拔贡）　　王宪烈（十二年贡）

王化熙（十四年恩贡）　　徐养冲（十五年贡）

封开奕（十六年贡）　　孟谱伟（十八年贡）

张　纯（二十年贡）　　冯心正（二十二年贡）

邹　晃（二十四年贡）　　朱廷策（二十五年拔贡，见任江浦教谕）

王道纯（二[②]十六年贡）　　周炳斗（二十八年贡）

王廷钦（三十年贡）　　朱　瑢（三十二年贡）

阎　桧（三十四年恩贡）　　曹　镳（三十六年贡）

封禹岐[③]（三十七年选贡）　　贾文汉（四十年贡）

金文泽（四十二年贡）　　张开禧（四十四年贡）

蔡芳誉（四十六年恩贡）　　朱　恂（四十七年贡）

张　玉（五十年贡）　　沈　晋（五十四年贡）

马梦弼（五十五年贡）　　封开维（五十六年贡）

封禹青（五十八年贡）　　曹宜祥（六十年贡）

---

① 原作“印”，据乾隆《徐州府志》、乾隆《沛县志》恢复本字。

② 原作“三”，据乾隆《徐州府志》改。

③ 原作“岐”，据乾隆《徐州府志》、乾隆《沛县志》改。

丰县学

苏向蕡（莪之子，顺治二年恩贡）

刘名桂（二年恩贡，任徽州州判）

孙日昂（二年贡，任太平教谕）

刘鸿逵（二年贡，任怀远训导）

王　星（二年贡，任静海县知县）

程　坤（耀之子，九年恩贡）

董尚升（九年贡，授全椒训导）

刘生龙（十一年贡）

崔曰衡（十一年选贡）

刘　湘（生龙子，十三年贡，任太仓学正）

张　型（十五年贡，任巢县训导）

张　基（型之弟，十七年贡）

齐国琳（康熙元年恩贡）

张芳时（盛治孙，元年贡，任黟县训导）

史应祯（九年贡）

孙　辉（尚切孙，十一年贡）

孙学洙（十一年选贡，任睢宁教谕）

黄伯行（十三年贡）

王　梅（星之子，十五年恩贡，任潜山训导）

丁鹏鸣（十五年贡）

张　宪（十七年贡）

黄　彩（十九年贡）

刘源厚（二十一年贡）

史应振（垂宪子，二十三年贡）

梁逢吉（二十五年选贡，见任怀远教谕）

李华玉（二十五年贡）

陈　瑜（二十七年贡）

刘名楠（名桂弟，二十九年贡）

赵　贞（三十一年贡）

丁鹤鸣（鹏鸣兄，三十三年贡）

张　翅（芳时子，三十五年贡）

王恺心（三十七年贡）

顾惟楫（三十七年选贡）

史垂诫（垂宪弟，三十九年贡）

渠　镎（有源玄孙，四十一年贡）

渠　钧[①]（有源玄孙，四十三年贡）

李长振（四十五年贡）

程　鑛（四十七年贡）

顾惟舟（四十八年贡）

邵　振（五十年贡）

刘金镇（五十二年贡）

高　恭（五十四年贡）

黄元振（五十六年贡）

金廷翼（五十八年贡）

李　樟（六十年贡）

砀山县学

阚应臣（顺治二年恩贡，任婺源教谕）

冯知己（五年拔贡，任饶州府通判）

刘如垣（五年贡，任青阳训导）

曹廷翼（七年贡，任安东训导）

汪公澍（九年贡，任怀远训导）

邵体中（十一年拔贡）

① 原作“钓”，据乾隆《徐州府志》、乾隆《丰县志》改。

李调鼎（十一年贡）
张元升（十三年贡）
汪廷对（康熙九年贡[①]）
邵得中（十一年贡）
张元黄（十三年恩贡）
阚钦臣（十三年贡）
邵　蕖（十五年贡）
戚世泰（十七年贡）
汪廷谟（十九年贡）
王韬略（二十一年贡）
汪公洵（二十三年贡）
邵　佐（二十五年拔贡）
陈鼎新（二十五年贡）
李调璠（二十七年贡）
冯　晋（二十九年贡）
李　濬（三十一年贡）
吕　瑚（三十三年贡）
曹　忠（三十五年贡）
王　锴（三十七年贡）
邵　馨（三十九年贡）
汪　鉷（四十一年贡）
赵　楷（四十三年贡）
汪缵烈（四十五年贡）
范文简（四十七年恩贡）
汪　沂（四十七年贡）
窦丕基（四十九年贡）
赵中遴（五十一年贡）
高梦雷（五十三年贡）
王大隆（五十五年贡）
黄　彦（五十七年贡）
刘一柱（五十九年贡）
陈尔耆（六十一年贡）

武科

武举之试，始于唐武后，后遂相沿为制。及宋而益盛，熙宁时乃特建武学。明洪武二十年，礼部请如宋故事，明祖不从。天顺八年，初试取武举。成化中，内官因请武举设科乡、会、殿试，如进士例，不果行。其时，每举止数名，不多录也。正德十四年，乃定武举条格。嘉靖元年，复命梓武举录，与文试同。由是有乡、会科武举、武进士三年一举之制。国朝因之。康熙五十二年癸巳，设万寿科乡、会试，并与文同。明年甲午，许文武互试，仍命是后千总得与会试、行伍得与乡试，盖特典也。自唐宋以来，徐郡武举，名皆不传。而旧志于明，乃始有纪，兹仍其旧而续次之。（参《日知录》《汇编》并诸志）

① 乾隆《徐州府志》作“元年贡”。

前明武进士

嘉靖

癸未科（二年）

朱　彩（萧县人，任凤阳留守，转温台参将）

隆庆

戊辰科（二年）

蒋　助（徐州人，任副将）

万历

辛丑科（二十九年）

万鹿年（徐州人，任参将）

甲辰科（三十二年）

管大辂（徐州人，任副将）

崇祯

癸未科（十六年）

单宪邦（徐州人）

国朝武进士

顺治

乙未科（十二年）

袁　彪（徐州人，任山陕督标都司）

尉　平（砀山人）

戊戌科（十五年）

渠　壹（丰县人，任大同助马路守备）

辛丑科（十八年）

王之吕（沛县人）

今上康熙

丁未科（六年）

黄　宫（徐州人，任潼关守备）

庚戌科（九年）

韩元朗（徐州人，仕至金华副总兵）

癸丑科（十二年）

张道瑞（徐州人，侍卫，任福山营游击）

孙师武（丰县人，仕至肃州镇游击）

丙辰科（十五年）

黄　吕（徐州人，任九溪卫守备）

己未科（十八年）

李廷翰（徐州人）

乙丑科（二十四年）

朱士训（萧县人，任贵州守备）

吴　烈（沛县人，任赣州卫守备）

辛未科（三十年）

袁　钤（徐州人，榜眼，仕至凉州挂印总兵官，都督同知）

甲戌科（三十三年）

陈季琬（徐州人，任兴武卫守备）

丙戌科（四十五年）

孙　帏（丰县人，任文英营守备）

己丑科（四十八年）

袁　泌（徐州人，侍卫，授通议大夫）

孙　吴（丰县人）

壬辰科（五十一年）

耿　亮（徐州人）

癸巳科（五十二年）

张　淳（沛县人）

辛丑科（六十年）

陈　韬（徐州人）

前明武举

嘉靖

壬午科（元年）

朱　彩（萧县人，成进士）

隆庆

丁卯科（元年）

苏　润[①]（徐州人，任中都副留守）

万历

丙子科（四年）

欧阳辉（萧县人）

己酉科（三十七年）

程可斌（沛县人，原籍婺源）

崇祯

癸酉科（六年）

张　垣（徐州人，任归德府通判）

张　胆（徐州人，垣之子，仕至督标中军副将）

李天奇（丰县人）

己卯科（十二年）

王道允（丰县人）

胡钦中（丰县人）

□□[②]科

蒋　助（徐州人，成进士）

万鹿年（徐州人，成进士）

管大辂（徐州人，成进士）

倪化鲸（徐州人）

文　炜（徐州人）

拾有功（徐州人）

万彭年（徐州人）

吴应武（徐州人）

① 按：嘉靖《徐州志》谓苏润为正德十二年丁丑科武举，万历《徐州志》作“十四年丁卯科”。今考丁丑非乡试之年，嘉靖志误；丁卯为正德二年，非十四年，皆无会试，万历志亦误。顺治《徐州志》刻本作“二德丁卯”，为“正德丁卯”之讹。姜焯未解，遂后推六十年，定为“隆庆元年丁卯”，益误。今参诸志及《苏宽墓志铭》，苏润应为正德二年丁卯科武举。

② 原墨丁，阙年无考者汇此。

王之钺（徐州人）
李其素（徐州人）
单应邦（徐州人，成进士）
陈希起（徐州人，任千总）
张复泰（徐州人）
吴光旗（徐州人）
吴应汉（徐州人。以上十五人，旧志未注科分）

国朝武举

顺治

乙酉科（二年）

黄　都（徐州人）

辛卯科（八年）

魏续征（丰县人）

□□科

袁　彪（徐州人，成进士）
丁尔琏（徐州人）
仇　锦（徐州人）
吴德琦（徐州人。以上四人，旧志未注科分）
尉　平（砀山人，成进士。邑志未注科分）

甲午科（十一年）

渠　壹（丰县人，成进士）
巩时茂（丰县人，山东中式）
罗　忠（砀山人。旧志作徐州人）

丁酉科（十四年）

张壮猷（徐州人）
王之吕（沛县人，成进士）
孙　超（丰县人）

今上康熙

癸卯科（二年）

申　桢（徐州人）
李廷翰（徐州人，成进士）
张道瑞（徐州人，胆次子，成进士）
邵　铎（沛县人，任太仓卫千总）
王　玫（沛县人，顺天中式）
皇甫世长（丰县人，任兴武卫千总）
董　寅（砀山人，原籍丰县）
刘自新（砀山人）

丙午科（五年）

黄　宫（徐州人，成进士）
袁　彪（徐州人）
杨　弘（萧县人，任徐州卫千总）
孟宗圣（萧县人）

李　玿（萧县人）
朱士俊（沛县人，任长淮卫千总）
董起龙（沛县人）
裴应麟（丰县人）
张应诏（丰县人）

己酉科（八年）

韩元朗（徐州人，成进士）
朱抡升（萧县人）
王廷璜（沛县人）

壬子科（十一年）

黄　吕（徐州人，成进士）
陈　越（徐州人）
李君遇（徐州人）
张之麟（徐州人，仕至威宁镇总兵）
孙师武（丰县人，成进士）
彭凤翔（丰县人）
马　越（丰县人）

乙卯科（十四年）

李　涤（徐州人）
朱士训（萧县人，成进士）
吴　愲（萧县人）
刘元恺（沛县人）
司　越（丰县人）
刘　韬（丰县人）
梁丽瞻（丰县人）
魏　祚（丰县人）
于履谦（砀山人）

戊午科（十七年）

马　起（丰县人，越之弟）

辛酉科（二十年）

杨于衮（徐州人）
黄　实（徐州人）
袁　钤（徐州人，彪之子，成进士）
耿廷昱（徐州人）
袁　锦（徐州人）
李廷秀（徐州人）
刘　壍（丰县人）
史以枢（丰县人）
梁　铨（丰县人）
萧　悟（丰县人）
魏国柱（丰县人）
陆　韬（丰县人）

甲子科（二十三年）

吴　烈（沛县人，成进士）
周　纶（丰县人）
庞宗泰（砀山人）

丁卯科（二十六年）

甄　祓（沛县人）
周　埴（沛县人）

癸酉科（三十二年）

胡　宣（徐州人）
陈季琬（徐州人，成进士）

程大受（徐州人）　杨于衮（徐州人）
吴　熹（沛县人）　渠　箓（丰县人）
丙子科（三十五年）
张大士（徐州人）　宁宗汾（丰县人）
己卯科（三十八年）
吴肇泰（萧县人）　魏国相（丰县人）
丁廷翰（砀山人）
壬午科（四十一年）
袁　泌（徐州人，铃之侄，成进士）
乙酉科（四十四年）
耿　光（徐州人）　孙　帏（丰县人，成进士）
渠　镃（丰县人）
戊子科（四十七年）
孙　吴（丰县人，成进士）
辛卯科（五十年）
耿　亮（徐州人，廷昱子，成进士）
张　淳（沛县人，成进士）　董　璐（丰县人）
杨作伦（丰县人）　魏国杞（丰县人）
癸巳科（五十二年）
段如璋（徐州人）　马依伦（沛县人）
孙　炳（丰县人）
甲午科（五十三年）
袁　淳（徐州人，铃之子）　耿　偲（徐州人）
李昇龙（徐州人）　朱垂夔（沛县人）
许廷琪（砀山人）
丁酉科（五十六年）
黄朝桢（徐州人）　袁　铸（徐州人，彬之子）
耿　健（徐州人）　韩　岱（徐州人）
徐　照（徐州人）　徐　奇（徐州人）
马秉珮（沛县人）　金　铭（沛县人）
孙　英（丰县人）　程干城（丰县人）
赵　恭（丰县人）

庚子科（五十九年）

袁　楚（徐州人，淳之子）

陈象临（徐州人）

韩毓棕（徐州人）

韩　岳（徐州人）

陈　韬（徐州人，成进士）

吴芳茂（沛县人）

应例附

明

王之纪（徐州人，监生，任信丰主簿。见《赣州志》）

沈昌龄（徐州人，监生，任蒲台县丞。见《济南志》）

陈应阶（徐州人，监生，任主簿）

袁国祥（徐州人，监生，任宛平县知县。以上二名，旧志载“保举”内）

按：旧志“保举”又有杨妍，授归德推官；吴光谱，授陈州知州；吴应乾，授夏邑知县；吴之蕃，授太康知县；吴汝玑，授知县；胡世明，授归德军厅；杜先发，授清河教谕；杜养邃，授海门训导；邓大成，授训导；吴汝琜，授宁波通判；滕起凤，授淮安同知，俱系庠生，与应例殊，当别载。

朱　濬（萧县人，监生，任天津卫经历）

孟　佐（萧县人，监生，任汝州吏目）

寇　鸾（萧县人，监生，任江津县丞）

王　纪（萧县人，监生，任陕西按察司检校）

王　绅（萧县人，监生，任德清县丞）

丁　仁（萧县人，监生，任隆平知县）

刘　鑛（萧县人，监生，任徽府审理）

郑　绎（萧县人，监生，任崇府奉祀）

彭　琚（萧县人，监生，任纳溪主簿）

刘　鉴（萧县人，监生，任太原卫经历）

陈　稳（萧县人，监生，任吉安府经历）

陈以道（萧县人，监生，任宁都主簿）

陈　韬（萧县人，监生，任鸿胪寺[①]序班）

唐　梓（萧县人，监生，任襄府审理）

孙　恪（萧县人，监生，任吉安府照磨）

---

① 原作“司”，据乾隆《徐州府志》改。

张　潮（萧县人，监生，任桐庐主簿）
邵自明（萧县人，监生，任保德州吏目）
王文运（萧县人，监生，任布政司经历）
王　乐（萧县人，监生，任鸿胪寺序班）
王与立（萧县人，监生，任钦州吏目）
全大器（萧县人，监生，任王府照磨）
陈其学（萧县人，监生，任沂州吏目）
徐　梧（萧县人，监生，任行唐主簿）
刘　琏（萧县人，监生，任鸿胪寺序班）
郭守身（萧县人，监生，任金吾前卫经历）
王明诏（萧县人，监生，任赣州府经历）
王明伦（萧县人，监生，任抚州府照磨）
张　浙（萧县人，监生，任永康主簿）
纵　伏（萧县人，监生，任仁和主簿）
张元明（萧县人，监生，任鲁府理问）
朱光辰（萧县人，监生，任河南府照磨）
张　渭（萧县人，监生，任黄梅主簿）
王文通[①]（萧县人，监生，任鸿胪寺序班）
纵慎言（萧县人，监生，任浙江盐运司经历）
朱贤宰（萧县人，监生，授镇江府训导）
孙思忠（萧县人，监生，任忻州判官）
王文臣（萧县人，监生，授夏邑训导）
张元椐（萧县人，监生，授北京兵马司指挥）
陈忠益（萧县人，监生，任太原府训导）
徐懋资（萧县人，监生，任安吉州同知）
王文建（萧县人，监生，任福州知事）
辛　礼（沛县人，贡生，任湖广桃源主簿）
马思仁（沛县人，贡生，任通山县知县）
朱　颐（沛县人，贡生，任新城主簿）
唐　弼（沛县人，贡生，任陵县知县）
王　环（沛县人，贡生，任眉州判官）

① 原作“运”，据康熙《萧县志》、乾隆《徐州府志》改。

王　宪（沛县人，贡生，任泗水县丞）
蔡　俸（沛县人，贡生，任乐清县丞）
吕　景（沛县人，贡生，任南宁府知事）
杨东鲁（沛县人，贡生，任兖州府经历）
马允让（沛县人，贡生，任宁海主簿）
崔　岱（沛县人，贡生，任荥河主簿）
孟　瀛（沛县人，贡生，任富阳主簿）
马允敬（沛县人，贡生，允让弟，任封丘主簿）
韦　纪（沛县人，贡生，任汝州判官）
陆　东（沛县人，贡生，任掖县丞）
吕　祉（沛县人，贡生，任忻州同知）
龚　恕（沛县人，贡生，任长葛主簿）
宁　谦（沛县人，贡生，任南康府照磨）
赵维藩（沛县人，贡生，任庆都县丞）
卓　禄（沛县人，贡生，任馆陶主簿）
王　楫（沛县人，贡生，任潞府奉祀）
唐九成（沛县人，贡生，弼之子，任会稽县丞）
唐九官（沛县人，贡生，弼三子，任沅江府经历）
彭时熙（沛县人，贡生，任广西按察司经历）
朱孔昭（沛县人，贡生，任鸿胪寺序班）
周　稳（沛县人，贡生，任鲁山主簿）
朱　选（沛县人，贡生，任上饶主簿）
李东周（沛县人，贡生，任湖口主簿）
吕时熙（沛县人，贡生，任郑州吏目）
赵民服（沛县人，贡生，任常德府照磨）
朱孔阳（沛县人，贡生，孔昭弟，任抚州府照磨）
蔡日强（沛县人，贡生，桂次子，任京卫经历）
朱　芥（沛县人，贡生，任鸿胪寺序班）
马启元（沛县人，贡生，任京卫经历）
朱一麟（沛县人，贡生，任中书舍人）
张应星（沛县人，贡生，任兴化府检校）
窦惟易（砀山人，监生，任齐东县丞。见《济南志》）
魏　极（砀山人，监生，任饶阳主簿。见《饶阳志》。○按砀邑志有“援例奉祀”名目载：孟景清，任平凉府；张仲臣，任汝宁府；张舜卿，任开封府；陈某[①]任怀庆府。又有“援例遥授训导”名目载：王梦说，授扬州府训导；杨维政，授淮安府训导；张敏政，授凤阳府训导。其履历皆未详，故不正载）

宁　宝（丰县人，贡生，任鹤庆府检校）

宁　仑（丰县人，贡生，任胶州吏目）

李天佑（丰县人，贡生，任东明主簿）

宁　璪（丰县人，贡生，任济源主簿）

苏　伟（丰县人，贡生，任景州吏目）

孙　玠（丰县人，贡生，任琼州府通判）

李　枢（丰县人，贡生，任易州判官）

陈大经（丰县人，贡生，任杭州府经历）

孙　珪（丰县人，贡生，任湘阳[②]主簿）

宋景阳（丰县人，贡生，任蓟州卫经历）

王　诰（丰县人，贡生，任尉氏县丞）

黄廷秀（丰县人，贡生，任栖霞主簿）

卜文豪（丰县人，贡生，任平遥主簿）

王继善（丰县人，贡生，任吏目）

安民业（丰县人，贡生，任兵马吏目）

杨希睿（丰县人，贡生，任安仁主簿）

史　松（丰县人，贡生，任廉州府照磨）

朱明经（丰县人，贡生，任霸州吏目）

崔大鹍（丰县人，贡生，任宛平县丞）

李嘉祯（丰县人，贡生，任安东卫经历）

董　林（丰县人，贡生，任东阿县丞）

董令矩（丰县人，贡生，任鸿胪寺少卿）

杨　璇（丰县人，贡生，任沧州吏目）

按：各志序应例诸生，或概曰贡，或概曰监，是不一律，今无从考订，故悉仍之。其未出仕者，例不载。

① 乾隆《徐州府志》作“陈子仕”，乾隆《砀山县志》作“陈于仕”。

② 按：“湘阳”似为“湘阴”之别名。考乾隆《湘阴县志》卷十七《令佐》，明代主簿有孙圭，北徐州人，万历年间任（二十年罗铎前任），应即此人。

国朝

张拱极（徐州人，贡生，仕至莒州知州）

吴永锡（徐州人，监生，仕至平度州知州）

吴永申（徐州人，监生，仕至保安州知州）

冯大奇（徐州人，监生，仕至茂州知州）

鹿　嵋（徐州人，监生，任兰溪县丞）

丁如玑（徐州人，贡生，任安阳县知县）

张道源（徐州人，贡生，仕至江西驿盐道）

徐益哲（徐州人，监生，仕至温州府同知）

潘云程（徐州人，监生，见任大冶县丞）

张道弘（徐州人，监生，任江西按察司知事）

张道沛（徐州人，监生，见任延平府知府）

张道溥（徐州人，贡生，任堂邑县知县）

张彦璘（徐州人，监生，仕至平凉府同知）

张广彬（徐州人，贡生，任曹县丞）

柳本申（徐州人，监生，见任沧州判官）

胡　宜（徐州人，贡生，见任蓬莱县丞）

张正光（徐州人，监生，见任峄县丞）

李　卫（徐州人，监生，见任户部广西司郎中）

张彦琮（徐州人，监生，见任元城县丞）

颛孙好贤（萧县人，监生，仕至大名府通判）

陈　超（萧县人，监生，任永清县知县）

朱儒经（萧县人，贡生，任上元训导）

王源德（萧县人，贡生，任芜湖训导[①]）

王　楷（萧县人，贡生，见任祁门训导）

马　龙（沛县人，贡生，仕至黄平州知州）

王可继（沛县人，监生，任霸州判官）

郭　祯[②]（沛县人，贡生，任河东转运使司兼理盐法道事）

魏天质（沛县人，贡生，任翰林院典簿）

郭振仪（沛县人，贡生，见任巩昌府知府）

---

① 原作“教谕”，据乾隆《徐州府志》改。又吴涛《芜湖司训王公传》记其履历甚详，见乾隆《徐州府志》、嘉庆《萧县志》艺文卷。

② 乾隆《徐州府志》作“郭裕”。

王　祇（沛县人，监生，任大定州吏目）
汪　润（砀山人，贡生，任国子监典簿）
汪止善（砀山人，贡生，任四会县知县）
陈奕晖（砀山人，贡生，任刑部郎中，升荆南道）
汪德修（砀山人，贡生，见任酆都县知县）
张　球（徐州人，岁贡生，任上蔡县知县）

杂见诸志未详履历者并附

明

卢　辰（徐州人，任枣强县知县）
王宗绩（徐州人，任枣强县知县。并见《真定志》）
谢　贵（徐州人，任浮梁县丞）
张　爵（徐州人，任德兴县知县。并见《饶州志》）
陆　昶（徐州人，任平山县知县。见《平山志》）
吴　英（徐州人，任齐河县知县。见《济南志》）
徐　绣（徐州人，任会昌主簿。见《赣州志》）
赵　书（徐州人，任临川主簿。见《抚州志》）
支　斌（徐州人，任范县知县。见《东昌志》）
滕九苌（徐州人，任顺天京卫经历。见旧志）
刘　询（徐州人，任鸿胪寺序班。见兴化寺碑）
段友德（萧县人，任崇仁县知县）
陈　渠（萧县人，任金溪县知县。并见《抚州志》）
刘　斌（萧县人，任邯郸主簿。见《广平志》）
曹　礼（沛县人，任枣强县知县。见《枣强志》）
王　逊（沛县人，任宁都县丞。见《赣州志》）
张　宠（砀山人，任荆州府知府。见《湖广通志》）
黄　纲（丰县人，任乐安县知县。见《抚州志》）

国朝

王际隆（砀山人，任五河县训导。见《凤阳志》）
纪甲第（砀山人，任溧水训导。见《江宁志》）

武功附

明

山　青（徐州人，由百户累功升都督佥事）

山　云（徐州人，青之子，由世袭累功升总兵官，挂将军印，特进右都督）

金汝佐（徐州人，由指挥历任四川副将）

金　辂（徐州人，汝佐子，累功仕至湖广参将）

王一麟（徐州人，由指挥任浙江副将）

许鸣鹤（徐州人，由行伍任同安营游击）

安如山（徐州人，由世职任江西都指挥使。见《江西通志》）

周　印（徐州人，任湖北都指挥使。见《湖广通志》）

郭秉中（徐州人，任永平府守备）

林　岐（徐州人，任山海关参将。并见《永平志》）

薛　显（萧县人，任都指挥使，累功封永城侯）

薛　经（萧县人，显之子，由镇抚累功升都督）

吴　玉（萧县人，任副将，世袭指挥佥事）

杨　锐（萧县人，由世职累功升漕运总兵官，挂漕运印镇守淮安）

李　义（沛县人，由千户累功仕至四川都司）

陈　敬（砀山人，任都督佥事，镇山海、永平）

于　聪（丰县人，由千户累功特授武略将军）

邓　旻（丰县人，由指挥累功升都指挥使，守备郴桂）

国朝

韩尚亮（徐州人，由布衣仕至闽安镇总兵官）

贾明学（徐州人，由世职任泰州营守备）

颜　斌（徐州人，由世职仕至汉中镇参将）

苏世臣（徐州人，任九江卫守备）

许士高（徐州人，由行伍任延安营游击）

丁　炽（徐州人，由武生任济宁右营守备）

喻三元（徐州人，由武生仕至协镇山永副将）

刘　永（徐州人，由行伍累功授守备，请改文职，任海阳县知县）

王之纲（徐州人，由行伍仕至汀州府总兵官）

李全信（徐州人，由行伍仕至沅江府副将）

张　彪（徐州人，由行伍仕至台湾北路参将）

杨朝柱（徐州人，由武生任略阳营游击）

刘允籛（徐州人，由将材任黄冈镇都司佥书）

潘云汉（徐州人，任苇荡营守备）

厉士选（徐州人，由行伍任广信营守备）

李加明（徐州人，由行伍任竹溪营守备）

袁　汉（徐州人，由待卫见任江西抚标游击）

袁　溱（徐州人，由武生袭拖沙喇哈番）

陈又新（萧县人，由将材任汀浦镇标游击）

张大谟（萧县人，由将材仕至宝庆营副将）

张　湘（萧县人，由武生任杭州水师营千总）

张　浩（萧县人，由监生随征，任亳州营千总）

鲍士锦（沛县人，见任安东卫守备）

仇肇猷（丰县人，由世职仕至竹山营游击）

封荫附

明

蒋明善（徐州人，以兴献后赠玉田伯、荣禄大夫、柱国、太子太保）

蒋　敩（徐州人，以兴献后赠玉田伯、荣禄大夫、柱国、太子太保。○按：旧志蒋轮传，上至曾祖明善，皆赠如爵，而不载其祖名，故阙。又按：明徐州出仕多显秩，而旧志封荫阙载，今无从追补）

王　缙（萧县人，以子业赠文林郎、顺天府永清县知县）

郭　麈（萧县人，以子守身封征仕郎、北京金吾前卫经历司经历）

贾　赞（萧县人，以子复淳赠文林郎、湖广武昌府通城县知县）

李　斌（萧县人，以子性明封承德郎、工部都水清吏司主事）

刘　崇[①]（沛县人，以鲁王妃封东城兵马副指挥）

李道明（沛县人，以子绅封户部员外郎）

张　辅（沛县人，以子贞观赠文林郎、山东青州府益都县知县）

张　密（沛县人，以子斗赠承德郎、[刑][②]部河南清吏司主事）

---

① 原作“宗”，据嘉靖《沛县志》、乾隆《徐州府志》改。

② 原阙，据乾隆《徐州府志》补。

蔡　俸（沛县人，以子桂赠承德郎、户部河南清吏司主事）

朱　臣（沛县人，以子芥赠登仕郎、鸿胪寺序班）

朱　苓（沛县人，以子一麟赠文林郎、大理寺右评事）

张才卿（砀山人，以子宏赠奉政大夫、户部广东清吏司郎中）

国朝

张应科（徐州人，以孙胆赠骠骑将军，以曾孙道祥赠光禄大夫、道瑞赠荣禄大夫）

张　垣（徐州人，以子胆赠骠骑将军、铎赠中宪大夫，以孙道祥赠光禄大夫、道瑞赠荣禄大夫）

张　胆（徐州人，以子道祥封光禄大夫、道瑞封荣禄大夫）

袁可大（徐州人，以曾孙钤赠荣禄大夫、陕西凉州挂印总兵官、都督同知）

袁国祥（徐州人，以孙钤赠荣禄大夫、陕西凉州挂印总兵官、都督同知）

袁　彪（徐州人，以子钤赠荣禄大夫、陕西凉州挂印总兵官、都督同知）

张凤鸣（徐州人，以曾孙之麟赠荣禄大夫、山东临清营副将）

张联星（徐州人，以孙之麟赠荣禄大夫、山东临清营副将）

张　灿（徐州人，以子之麟赠荣禄大夫、山东临清营副将）

王　贤（徐州人，以曾孙之纲赠骠骑将军、福建汀州府总兵官）

王待玉（徐州人，以孙之纲赠骠骑将军、福建汀州府总兵官）

王　明（徐州人，以子之纲赠骠骑将军、福建汀州府总兵官）

刘全信（徐州人，以孙允錢赠怀远将军、广东黄冈营中军都司佥书）

刘鸣凤（徐州人，以子允錢赠怀远将军、广东黄冈营中军都司佥书）

徐国珍（徐州人，以子益哲封文林郎、山东济南府肥城县知县）

冯　彪（徐州人，以子大奇封文林郎、河南卫辉府获嘉县知县）

丁士富[①]（徐州人，以子如巩封文林郎、河南彰德府安阳县知县）

李应田（徐州人，以子加明封宣武将军、湖广竹溪营守备）

傅世泰（徐州人，以子璿封修职郎、浙江衢州府经历司经历）

胡虞印（徐州人，以子宜封文林郎、江西南康府都昌县县丞）

颛孙承惠（萧县人，以子佐圣赠文林郎、江西临江府峡江县知县）

王应隆（沛县人，以子者都赠中宪大夫、福建泉州府知府）

郭登魁（沛县人，以子祯赠中宪大夫、河东转运使司兼管盐法道事）

① 乾隆《铜山县志》同。乾隆《徐州府志》作“丁自富”。

吴道臻（沛县人，以子烈赠明威将军、江西赣州卫掌印守备）

陈　倬（砀山人，以子奕晖封中宪大夫、刑部广东清吏司郎中。以上封）

张　铎（徐州人，以兄胆荫入监读书，仕至湖广汉阳府知府）

张道祥（徐州人，以父胆荫入监读书，仕至湖北按察使司）

王应宣（徐州人，以父之纲荫入监读书，仕至广西南宁府知府）

韩　琮（徐州人，以祖尚亮荫入监读书）

袁　渼（徐州人，以父钤荫入监读书）

张宽培（徐州人，以父之麟荫入监读书。以上荫）

徐州志卷之十八

政绩一

官司有志，凡受事于兹土，皆具列之。然止纪姓字而已，其贤不肖，无以分也。夫贤者在职，公尔忘私，经营况瘁，或至以身殉斯，宜其民颂之，历百世而弗忘。非稽其行实，特表著焉，其胡以为劝惩？第古来兹土，名人甚众，载于列史，文字实繁，志乘中难于备录。姑从旧例，各隐括数言，以存其概。汲古之士，自应尝一脔以窥寻全鼎也。

周

高哀，宋人。仕萧，为封人，宋昭公用以为卿。是时，昭公失道，哀知其将乱，不受禄，去而之鲁。《春秋》书之曰："宋子哀来奔。"贵其能见几而作也。

还无社，萧大夫。善于楚大夫申叔展。楚庄王围萧，无社与司马卯言，号申叔展。叔展曰："有麦麹乎？"曰："无。""有山鞠穷乎？"曰："无。""河鱼腹疾奈何？"曰："目于眢井而拯之。""若为茅绖，哭井则已。"[1] 明日，萧溃，申叔视其井，则茅绖存焉，号而出之。

楚

范增，居巢人。年七十，好奇计。项梁入薛，召诸将计事。增往说梁曰："陈胜败固当。夫秦灭六国，楚最无罪。自怀王入秦不反，楚人怜之至今。陈胜首事，不立楚后，其势不长。今君起江东，楚蜂起之将，皆争附君者，以君世世楚将，为能复立楚之后也。"于是梁乃求楚怀王孙心，立以为楚怀王。梁死，怀王徙彭城，遣宋义救赵，增为末将。项羽杀宋义，破秦军，与诸侯西入关。闻沛公欲王关中，大怒。增说羽急攻之。沛公见羽鸿门，羽意解，增曰："吾属今为沛公虏矣！"羽王彭城，尊增曰"亚父"，封历阳侯。后楚围汉王于荥阳甚急，陈平谓汉王捐数万金，行反间，疑楚君臣。汉王从之。项王果疑增。增大怒，曰："天下事大定矣，君王

① 案《左传》杜预注："麦麹、鞠穷，所以御湿。欲使无社逃泥水中，无社不解，故曰无。军中不敢正言，故谬语。"

自为之！愿乞骸骨归。”归，未至彭城，疽发[①]背而死。

陈平，阳武户牖乡人。初事魏王咎，避谗归项羽，从入关灭秦，赐卿爵。项羽王彭城。汉王定三秦而东，殷王反楚。项王以平为信武君[②]，将魏王客在楚者往击之，殷降而还。项王乃拜平为都尉，赐金二十镒。无何，汉攻下殷。项王怒，将诛定殷者。平惧，乃封其金与印，使使归项王，而身间行仗剑亡。至修武，降汉。

郑君，名佚。陈人，仕于西楚。楚亡，归汉。高祖令诸故项籍臣名籍，郑君独不奉诏。诏尽拜名籍者为大夫，而逐郑君。郑君死，子当时仕汉，至大司农。

汉

申公，鲁人。少与楚元王同受《诗》浮丘伯。元王既王楚，以申公与白生、穆生为中大夫。吕后时，浮丘伯在长安，元王遣子郢客与申公俱卒业。文帝闻申公为《诗》最精，以为博士。元王薨，申公随郢客归楚。郢客立，是为夷王。复以申公为中大夫，傅太子戊。戊不好学，病申公。及戊即位，与吴通谋。申公、白生谏，不听，胥靡之，衣之赭衣，使杵臼碓舂[③]于市。申公耻之，退居教授，终身不出。

穆生，鲁人，楚中大夫。为元王所敬礼。穆生不嗜酒，元王每置酒，常为设醴。及王戊即位，亦常设，后忘设焉。穆生退曰：“醴酒不设，王之意怠。不去，楚人将钳我于市。”称疾卧。申公、白生强起之。穆生曰：“《易》称：‘知几其神乎！君子见几而作，不俟终日。’且先王所以礼吾三人者，为道之存故也。今而忽之，是忘道也。忘道之人，胡可与久处？岂为区区之礼哉！”遂谢病去。

贾谊，雒阳人，梁太傅。文帝少子揖封于梁，是为怀王。好诗书。帝爱之异于他子，故令谊傅之。谊数上疏陈政事，多所匡拂，帝每纳其言。怀王坠马死，谊自伤为傅无状，常哭泣，岁余亦死。

张尚，楚王戊丞相。戊欲应吴王举兵反，尚切言其不可，戊不听而杀之。景帝录其子当居为山阳侯。○赵夷吾，为戊太傅，亦以谏戊见杀。景帝录其子周为商陵侯。

唐长宾，东平人，王式弟子。初为博士，后论石渠，至楚太傅。《鲁诗》有唐氏学。○铎椒[④]，为楚太傅，著《春秋微》三篇。

何武，字君公，蜀郡郫县人。宣帝时[⑤]，由京兆尹左迁楚内史，自楚转沛郡太

① 原作“废”，据《史记·陈丞相世家》改。

② 原倒作“武信”，据《史记》《汉书》本传乙正。

③ 原作“春”，据《汉书·楚元王传》改。

④ 案《史记·十二诸侯年表》序：“铎椒为楚威王傅，为王不能尽观《春秋》，采取成败，卒四十章，为《铎氏微》。”盖铎椒为战国时楚傅，非西汉楚国傅。

⑤ 案《汉书》本传，左迁楚内史在成帝时。

守。武为人仁厚，好进士，奖称人之善。在楚厚两龚，在沛厚两唐，及为公卿，荐之朝廷，遂显于世。世以此多焉。然疾朋党，问文吏必于儒者，问儒者必于文吏，以相参检。欲除吏，先为科例，以防请托。其所居亦无赫赫名，去后常见思。

王尊，字子贡，涿郡高阳人。成帝时为京兆尹，坐事免。湖三老公乘兴[①]等上书讼之，天子复以尊为徐州刺史。在徐政绩不传，史称其“砥节首公，刺讥诛恶，不避豪强，声称大著”。

薛惠，东海郯人。丞相宣子。成帝时为彭城令。宣从临淮迁陈留，过其县，桥梁、邮亭不修。宣心知惠不能，留彭城数日，案行舍中，处置什器，观视园菜，终不问惠吏事。惠自知治县不称宣意，遣门下掾送宣至陈留。令掾进见，自从其所问宣不教戒惠吏职意。宣笑曰：“吏道以法令为师，可问而知。及能与不能，自有资材，何可学也?”众人传称，以宣言为然。惠后至二千石。（按：惠资材虽近无能，却煞是畏慎，殊胜彼悻悻自用者。故附录之）

百里嵩，字景仁，封丘人。为徐州刺史。值大旱，嵩循行部内，所至辄雨。唯琅邪海西县[②]未到，无雨。父老请入界，雨随至，人号曰“御史雨”。及卒，百姓立祠祀之。

袁安，字邵公，汝南汝阳人。永平中，楚王英谋为逆，事下郡覆考。明年，三府举安能理剧，拜楚郡太守。是时，英辞所连及系者数千人，显宗怒甚，吏案之急，迫痛自诬，死者甚众。安到郡，不入府，先往案狱，理其无明验者，条上出之。府丞掾史叩头固争，以为阿附反虏，法与同罪，不可。安曰：“如有不合，太守自当坐之，不以相及也。”遂分别具奏。帝感悟，即报许。得出者四百余家。

江革，字次翁，齐国临淄人。乡里称之曰“江巨孝”。永平初，补楚太仆。月余，自劾去。楚王英驰遣官属追之，遂不肯还。复使中傅赠送，辞不受。

牟融，字子优，北海安丘人。以司徒茂才为丰令。视事三年，县无狱讼，为州郡最。司徒范迁荐融“忠正公方，经行纯备，宜在本朝”，并上其理状。永平中，入为司隶校尉。

杨统，字仲通，广汉新都人。善图谶学及天文推步之术。建初中，为彭城令。岁大旱，统推阴阳消息，县界蒙泽。太守宗湛使统为郡求雨，亦即降澍。自是，朝廷灾异多以访之。统在县，休征时序，风雨得节，嘉禾生于寺舍，人庶称神。

苏章，字孺文，扶风平陵人。安帝时为议郎，数陈得失，其言甚直。出为武原令。时岁饥，辄开仓廪赈济，活三千余户。后迁冀州刺史。

---

①《汉书·王尊传》颜师古注：“湖，县名也。”属京兆。公乘，以爵为姓。

② 按：海西县隶东海郡，非在琅邪。其所据嘉靖《徐州志》原文“东海西县”，改“东”为“琅邪”，亦不为得。考谢承《后汉书》“东海祝其、合乡二县”，则“西”应为“两”形讹。

费汎，字仲虑，吴郡乌程人。举孝廉，除郎中、屯骑司马。迁萧令，视民如子，先教后罚。在任九年，风化大行，奸慝不作。时沛有蝗，独不入境，以此显名。朝廷嘉之，迁梁相。

张晧，字叔明，犍为武阳人，留侯良六世孙。代赵牧为彭城相，继事考王，荐隐士闾丘邈等。永宁初，征拜廷尉。

杨秉，字叔节，弘农华阴人，震中子。少传父业，博通书传，隐居教授。年四十乃应辟，拜侍御史。顺帝时，出为徐州刺史。计日受俸，余禄不入私门。故吏赍钱百万遗之，闭门不受。尝曰："我有三不惑：酒、色、财也。"后亦至太尉。

栾巴，字叔元，魏郡内黄人。汉安初，以光禄大夫与杜乔等八使循行州郡，观省风俗。巴使徐州，所按察无冤滥，世传其为神仙。

臧旻，广陵射阳人。桓帝时，为徐州从事。达于从政，为汉良吏。尝上书讼第五种冤，时论韪之。

魏朗，字少英，会稽上虞人，名士八俊之一也。桓帝时为彭城令。时，中官子弟为国相，多行不法，朗与更相章奏。幸臣忿嫉，欲中之。会九真贼起，众共荐朗为九真都尉去，乃免。

袁贺，字元服，汝南汝阳人，前太守安曾孙。相彭城孝王。子闳来省谒，变名姓，徒行无侣。既至府门数日，吏不为通。会阿母出，见闳，惊，入白夫人，乃密呼见。既而辞去，贺遣车送之，闳称眩疾，不肯乘。反，郡界无知者。贺卒于官，闳兄弟迎丧，不受赙赗。缞绖扶柩，形容枯槁，见者莫不伤之。

应劭，字仲远，汝南南顿人。中平中为萧令，著《风俗通义》行于世。迁泰山太守。

陶谦，字恭祖，丹阳人。中平中为徐州刺史，破黄巾贼，境内晏然。董卓之乱，天子都长安，四方断绝，谦遣使间行致贡献，诏迁徐州牧。时，徐方百姓殷盛，谷食甚丰，流民多归之，而谦信任非所，刑政不理，由斯渐乱，世以是少之。（按：谦牧徐，旧志尝列之《名宦》。嘉靖志以其治行不足称，削之，极有见。然其初有破贼之功，又能间使奉贡西京，亦瑕瑜不相掩也。故仍录之）

赵昱，字元达，琅邪人。初为莒长。时黄巾作乱陆、梁五郡，郡县发兵讨之，昱为先办。刺史巴祇表功第一，当受迁赏，昱深以为耻，委官还家。陶谦辟为别驾，辞疾逊遁。谦重令人宣旨，昱守意不移。欲威以刑，然后起。谦不能用，奏昱茂才，迁广陵太守，实疏之也。人称昱清己疾恶，潜志好学，为人耳不邪听，目不妄视。

陈群，字长文，颍川许昌人。建安中为萧令。昭烈屯小沛，辟为从事史。时陶谦死，徐州迎昭烈。昭烈欲往，群止之曰："袁术尚强，今东，必与之争。吕布若袭将军之后，将军虽得徐州，事必无成。”昭烈不听。后果如群所料。昭烈恨不用群言也。

陈登，字元龙。为徐州典农校尉。是时，岁荒民饥，登乃巡土田之宜，尽凿溉之利，粳稻丰积，遂成沃土。后，曹操以登为广陵太守。

季汉（魏）

吕虔，字子恪，任城人。魏黄初元年为徐州刺史。请王祥为别驾，民事一以委之。世多其能任贤。

王祥，字休征，琅邪临沂人。汉末遭乱，与弟览奉母避地庐江，隐居三十余年，不应州郡之命。吕虔檄为别驾，委以州事。于时寇盗充斥，祥率厉兵士，频讨破之。州[1]界清静，教化大行。时人歌之曰：“海沂之康，实赖王祥。邦国不空，别驾之功。”虔有佩刀，工相之，以为必登三公可服此刀。虔谓祥曰：“苟非其人，刀或为害。卿有公辅之量，故以相与。”强之，乃受。祥后果为太保。

胡质，字文德，寿春人。正始中都督青徐诸军事，甘露中为徐州刺史，以清慎著称。广农积谷，徐有兼年之储。

胡威，字伯虎，质之子也。咸熙中为徐州刺史。勤于政术，风化大行。晋代魏，威入朝，武帝问曰：“卿孰与父清？”对曰：“臣父清，恐人知；臣清，恐人不知。是臣不及远也。”帝以威言直而婉，谦而顺。

徐庶，字元直，颍川人。魏时为彭城相，有德政碑。

晋

王浑，字玄冲，太原人。沉雅有气量。泰始初，由越骑校尉迁徐州刺史。时岁饥，浑开仓赈赡，百姓赖之。

胡奋，字玄威，安定临泾人。泰始中，为徐州刺史。奋家世将门，晚乃好学，有刀笔之用，所在有声绩。

嵇绍，字延祖，谯国铚人。元康中，拜徐州刺史。时，石崇为都督，性虽骄暴，而绍将之以道，崇甚亲敬之。后以长子丧去职。永安时，以侍中死荡阴之难。

蔡豹，字士宣，陈留圉[2]城人。有气干。元帝时，为临淮太守。在郡有治绩，迁徐州刺史。豹在徐土，内抚将士，外怀诸众，甚得远近情。后讨徐龛，以畏懦诛。人闻其死，多悼惜之。

---

① 原作“川”，据《晋书》本传改。
② 原作“围”，据《晋书》本传改。

褚裒，字季野，河南阳翟人。穆帝初，授都督诸军事，徐兖二州刺史。遣将伐沛，获伪相支重，郡中二千余人归降。石虎死，裒上表请伐之，率众三万，进次彭城。河朔士庶归降者日众，裒抚纳之，甚得其欢心。后诸将败绩，退还。裒以远图未就，忧慨发病而卒。

荀羡，字令则，颍川临颍人。永和中，除徐州刺史，假节，监徐兖二州、扬州之晋陵诸军事。羡将经略中原，自京口移镇淮阴，屯田于东阳之石鳖。寻加监青州诸军，又领兖州刺史，镇下邳。自太宁至此三十年，乃还徐州旧治。

谢玄，字幼度，陈郡阳夏人。太元初，授兖州刺史，监江北诸军事。三年，救戴逯于彭城，事见《兵变》。以败秦师功，封东兴县侯，加领徐州刺史。八年，授都督徐、兖、青诸州军事，败苻坚于淝水。九年，诏玄经略旧都。率大军驻彭城，堰吕梁水以利漕运，公私利便。

王弘，字休元，琅邪临沂人。少好学，以清悟知名。宋公召补镇军谘议参军、尚书仆射掌选，领彭城太守。弘人望所宗，造次必存礼法。凡动止施为，及书翰仪体，后人依放，谓为“王太保[①]家法”。虽历藩府，而不营财利。既薨，家无遗业。

王华，字子陵，琅邪临沂人。宋武帝领徐州，辟为州主簿，转镇西主簿、从事史，历职著称。

江秉之，字玄叔，济阳考城人。代王华为州主簿，以善政闻。

王镇之，字伯重。先为宋公相国府谘议参军，领录事。善于吏职，严而不残。迁祠部尚书。

谢瞻，字宣远，为相国从事中郎。弟晦，时为侍中，权遇已重。还都迎家，宾客辐辏，门巷填咽。瞻尚在都，见之惊骇，谓晦曰：“吾家素以退为业，不愿干预时事。而汝遂势倾朝野，此岂门户之福耶？”及至彭城，言于宋公曰：“臣本素士，父祖位不过二千石。弟年始三十，志用凡近，荣冠台府，福过灾生，其应无远。特乞降黜，以保衰门。”前后屡陈，宋公以瞻为豫章太守。

蔡廓，字子度，济阳考城人。以方鲠闲素为宋公所知，版相国府从事中郎，领记室。宋台建，为侍中。多所纠弹，百僚震肃。廓奉兄轨如父，家事小大，皆谘而后行。公禄赏赐，一皆入轨。有所资须，悉就典者请焉。廓在彭城，妻郗氏遗书求夏服。廓答书曰：“知须夏服，计给事自应相供，无容别寄。”时，轨为给事中也。

江夷，字茂远，济阳考城人。美风仪，善举止。为宋国五兵尚书，在任以和简见称。

殷穆，为宋国左长史，以和谨致称。

① 原作“三太傅”，据《宋书》《南史》本传改。

孔季恭，名靖，以字行，会稽山阴人。宋公伐秦，以季恭为军谘祭酒。公还彭城，天子命为相国，季恭又随府迁。宋台初建，命书以为尚书令。让不受，乃拜侍中。辞事东归，公饯之戏马台，百僚咸赋诗以述其美。及宋代晋，加季恭官，辞让累年，终以不受。

谢灵运，前都督玄孙，袭封康乐县公。自少好学，博览群书，文章之美，江左莫逮。义熙末，以黄门侍郎奉使慰劳刘裕于彭城，乃除宋国黄门侍郎，迁相国从事中郎、世子左卫率。〇颜延之，字延年，琅邪临沂人。工于文辞，与谢灵运齐名江左，称“颜谢”焉。郑鲜之举为博士，迁宋世子舍人。〇裴松之，字世期，河东闻喜人。宋公始建国，以为世子洗马。后注陈寿《三国志》。〇范晔，字蔚宗，顺阳人，为宋相国掾。后著《后汉书》。〇荀伯子，颍川临颍人，前刺史羡孙。博学能文，性通率，好为杂戏。为宋尚书左丞。自彭城出为会稽内史。有文集行世。〇孔琳之，字彦琳，会稽山阴人。好文义，解音律，能弹棋，妙善草[①]隶。为宋侍中。自彭城出为吴兴太守（数人皆江左名流。宋国初建，骈集彭城，诚一时之盛也。故悉录之。〇按：曹、马皆为汉贼，其翊戴之人，诚然党恶。若宋祖以刘氏支裔，身经百战，取天下于群盗。虽受禅之迹，亦效操、懿，而准之天道，宜若不同科焉。此又愚不深议诸人意也）。

刘宋

王仲德，名懿，以字行，太原祁人。沉审有意量，通阴阳，解声律。苻氏之败，懿年十七，与兄睿同起义，讨慕容垂，战败。懿被重创走，困卧林中，有童子馈食、白狼衔衣之异。晋太元末，徙居彭城。后从宋武帝逐卢循，功冠诸将。后从平长安，为太尉谘议参军，使卫送姚泓，先还彭城。永初末，迁徐州刺史，加都督。武帝崩，率军次湖陆，以备魏。元嘉初，进号安北将军。七年，与到彦之北伐，大破魏军。已，以无功免官。九年，又为镇北将军、徐州刺史。仲德三临徐州，威德著于彭城。立佛寺，作白狼、童子像于塔中，以在河北所遇也。

吉翰，字休文，冯翊池阳人。元嘉八年为徐州刺史、假节、监诸军事。在任著美绩，甚得方伯之体，论者称之。有死罪囚，典签意欲活之。因翰入关斋，呈其事。翰省讫，语：“今且去，明可便呈。”明旦，典签不敢复入。呼之乃来。取昨所呈事视讫，谓之曰：“卿意当欲宥此囚死命。昨于斋坐见其事，亦有心活之。但此囚罪重，不可全贷。既欲加恩，卿便当代任其罪。”因命左右收典签，付狱杀之，原此囚生命。其刑政如此。吏民畏服，莫敢犯禁。

---

① 原作“篆”，据《宋书》《南史》本传改。

魏恭子，元嘉初为彭城内史，廉恪修慎，在公忘私，安约守俭，久而弥固。巡行使者王歆[①]之还，言之文帝，请加褒赉。帝从之，赐恭子绢五十匹、谷五百斛。

刘义欣，封长沙王。元嘉初，为南兖州刺史。七年，到彦之率大众伐魏。义欣进次彭城，为众军声援。彦之败退，青齐骚扰，将佐虑寇大至，劝义[②]欣委镇还都。义欣坚志不动。迁豫州刺史。

张畅，字少微，吴郡吴人。武陵临徐州，以畅为安北府长史，领沛郡太守。元嘉二十七年，解沛郡。魏太武率大军南侵，江夏王义恭欲弃彭城还京师，计议弥日不定。畅曰："今城内乏食，百姓咸有走情，但以关扃严固，欲去莫从耳。若一旦动脚，则各自散走。欲至所在，何由可得？今军食虽寡，朝夕犹未窘罄。岂有舍万安之术，而就危亡之道？若此计必用，下官[③]请以颈血污君马迹！"孝武闻畅议，谓义恭曰："长史言不可异也！"义恭乃止。余见《兵变》《杂记》。

颜竣，字士逊，琅邪临沂人，延之之子。受知于武陵王，为安北镇军府主簿。尽心补益，在府有称。魏太武还自瓜步，过彭城，复求互市。竣议以为不可。武陵从之。

王孝孙，为武陵王录事参军。元嘉二十八年，魏太武过彭城，遣人语城内："须麦熟更来！"江夏王虑敌复至，议芟剪麦苗，移民堡聚。孝孙曰："敌不能复来，既自可保；如其果至，此议亦不可立。百姓闭在内城，饥馑日久，方春之月，野采自资，一入堡聚，饿死立至。民知必死，何可制耶？敌若必来，芟麦无晚。"四坐默然，莫之敢对。长史张畅曰："孝孙之议，实有可寻。"典签董元嗣进曰："王录事议不可夺！"别驾王子夏因曰："此论诚然！"畅敛板白武陵王曰："下官欲命孝孙弹子夏。芟麦移民，可谓大议，一方安危，事系于此。子夏亲为州端，曾无同异，及闻元嗣之言，则欢笑酬答。阿意左右，何以事君？"子夏与元嗣皆惭。议遂寝。

袁愍孙，陈郡阳夏人。为安北行参军。清整有风操，自号妙德先生。后更名粲，字景倩，官至中书监，为宋室忠臣。

萧思话，南兰陵人。元嘉二十七年，文帝将大举伐魏，朝士佥同，莫或异议。思话时为护军将军，固谏不从。乃领精甲三千，助武陵王守彭城。明年，遂代王为刺史，加使持节，监徐兖青冀四州、豫州之梁郡诸军事。后北伐无功，又为江夏王所奏，免官。元凶弑立，以为徐兖二州刺史，持节、监军如故。思话即率部曲还彭城，起义以应孝武。遣将军申坦、梁坦领精甲五千，水陆齐下，进克京口。上即

---

① 原作"欣"，据《宋书·良吏》本传改。

② 原作"季"，据《宋书·宗室》本传改。

③ 原作"马"，据《宋书》本传改。

位，征为丹阳尹，以王玄谟代为徐州刺史。孝建元年，复除思话为安北将军、徐州刺史。未行，而南郡王义宣反，署徐遗宝为徐州刺史，袭彭城。思话遣将破之。思话历十二州，所至爱才好士，人多归之。

王玄谟，字彦德，太原人，寓居下邳。武帝临徐州，辟为从事史。后为刘义宾司马，带彭城太守。又事武陵王，为安北府司马。又为宁朔将军。北伐无功，还屯历城。会元凶弑立，孝武入讨，玄谟遣垣护之将兵赴义。事平，除徐州刺史，加都督。孝建初，拜豫州刺史，南讨义宣，以功封曲江侯。大明五年，由起部尚书出为平北将军、徐州刺史，加都督。时徐方饥馑，乃散私谷十万斛、牛千头以赈之。

沈庆之，字弘先，吴兴武康人。元嘉末，文帝将命王玄谟伐魏。庆之时为步兵校尉，谏上不听，命副玄谟进兵。及玄谟等败退，庆之驰归上驿。诏止之，使还救玄谟。会魏师已至彭城，不得向北，江夏王义恭留为其府中兵参军。二[①]十八年，上使庆之自彭城徙流民于瓜步。庆之不知书，而为时名将，以军功累封始兴县公，官至侍中、太尉。

张岱，字景山，吴郡吴人。巴陵王镇徐州，以岱为冠军谘议参军。王年十三，未亲政事。岱以谘议领彭城太守，行府、州、国事。后历临海、豫章、晋安三王军府，皆代行事，每能辑和公私。或谓岱云："何致此?"岱曰："古人言：一心可以事百君。我为政端平，待物以礼，悔吝之事，无由而及。明暗短长，更是才用之多少耳!"泰始初，除徐州刺史，未之官。

沈昙庆，吴兴武康人。大明元年为徐州刺史，加都督诸军事。明年，彭城民高暗等谋反，讨而诛之。昙庆谨实清正，颇有称绩。○裴景仁，河东人。以殿中员外将军助戍彭城。景仁本北人，多悉关中事，昙庆使撰《秦记》十卷，述苻氏僭伪本末。其书传于世。○昙庆所辟迎主簿王谌，字仲和，东海郯人。自迎主簿转迎从事，后又为湘东王镇北府行参军、义阳王昶征北行参军。谌贞正和谨，朝廷称为善人。少贫，常自纺织，及通贵后，每为人说之。世称其达。

兰陵俨，为平北长史。薛安都初据彭城以叛，俨密欲图之，事泄遇害。泰始二年，赠光禄勋。○俨同时，平北主簿崔文仲、掌书记苏侃及垣荣祖，皆自拔南归。

元魏

尉元，字苟仁，代人。天安初，薛安都以徐州内附，请援。献文以元为都督诸军事，与孔伯恭赴之。元入彭城，以张永仍据险要，乃命安都等固守，身率精锐，

① 原作"三"，案元嘉无三十八年。《宋书》本传作"二十七年，使庆之自彭城徙流民数千家于瓜步"，时魏太武南侵未返，难有迁民之举。《资治通鉴·宋纪八》以事在二十八年十二月，据改。

分击吕梁，大破之。遣使谕东徐州、兖州，相与归命。元表曰：“彭城仓廪虚罄，人有饥色。求运冀、相、济、兖四州粟，取张永所弃船九百艘，沿清运致，可以济救斯民。”诏从之。又表分兵置戍[①]，进定青、冀。诏亦报可。拜元使持节、都督、开府、徐州刺史。皇兴二年，讨徐州妖贼司马休符，斩之。太和十六年，表请以彭城番军，换取南豫州徙民之兵，转戍彭城，又以中州鲜卑增实兵数。是年致仕。

孔伯恭，魏郡邺人。天安元年，以镇东将军副尉元救彭城。皇兴元年，大破宋军于吕梁东。二年，以伯恭为彭城镇将，都督徐、南兖州诸军事。

李长仁，字景安，勃海蓚人。延兴中，除平南将军、沛郡太守，仍为彭城太守。凡在二郡，吏民安之。

元云，太武孙，封任城王。延兴四年，为征东大将军、开府、徐州刺史。云善抚绥，得徐方之心。太妃盖氏薨，表求解任，献文不许。云悲号动疾，乃许之。百姓送遗钱货，一无所受。献文嘉之，赐帛千匹、羊千口。

托跋嘉，太武孙。代任城王为徐州刺史，假梁郡公，甚有威惠。

薛虎子，代人。河东公野猪之子。姿貌壮伟，明断，有父风。太和二年袭爵。四年，徐州民桓和等叛，诏虎子为副都将，与尉元讨平之，就除彭城镇将。在镇雅得民和，除开府、徐州刺史。时州镇戍兵，资绢自随，不入公库，任其私用，常苦饥寒。虎子上言：“徐州左右，水陆沃壤，清汴通流，足盈激灌，其中良田十余万顷。若以兵绢市牛，分减戍卒，计其牛数，足得万头。兴力公田，必当大获粟稻。一岁之中，且给官食。半兵耘植，余兵尚众。且耕且守，不妨捍边。一年之取，过于十倍之绢；暂时之耕，足充数年之食。五稔之后，谷帛俱溢。”孝文纳之。在州戍兵，每岁交代，虎子必亲自劳送。丧者给其敛帛。州内遭水，二麦不收，上表请贷民粟。民有车牛者，求诣东兖给之。并如所奏，民得安堵。在州十一载，卒。

元澄，字道镇，任城王云子。袭父爵，代济阴王为徐州刺史，甚有声绩。

刘渴侯，太和中，为徐州后军。伐齐之役，渴侯力战，众寡不敌，遂被擒。瞋目大骂，终不降屈而死。赠立忠将军。校尉严季，与渴侯同殿，势穷被执，亦不肯降。后得逃还，除立节将军。

李元茂，赵郡人。袭父璨始丰侯爵。太和十八年，除镇威将军、彭城镇副将，吏民安之。赏帛百匹、谷百斛。

元衍，字安乐，阳平王新成之子，封广陵侯。太和中，代任城王为徐州刺史。至州，病重，孝文敕内侍长徐謇乘传疗疾。既瘥[②]，謇还，帝曰：“卿定名医！”赏绢

① 原作“成”，据《魏书》本传改。
② 原作“差”，通“瘥”。

三千匹。蹇辞，请受一千。帝曰：“《诗》云：‘人之云亡，邦国殄瘁。’以是而言，岂惟三千匹乎？”其为上所重如此。衍性清慎，居官廉洁，历牧四州，皆有称绩。亡日，无敛尸具。

卢渊，字伯源，小名阳乌，范阳涿人。太和二十一年，除京兆王愉[1]府兼长史。渊以诚信御物，甚得东南民和。南徐州刺史沈陵密谋外叛，渊知之，潜敕诸戍，微为之备。陵杀将佐，勒宿豫之众逃叛，淮滨诸戍由备得全。陵之余党颇见执送，渊皆抚而赦之，众心乃安。

薛修义，字公让，河东汾阴人。为徐州中兵参军。豪侠好义，有急难相奔投者，多能容匿之。元昞有罪，以麦舟载之至河东，匿于家。遇赦，昞乃出。北海王颢镇徐州，又引修义为墨曹参军。

元鉴，字绍达，袭父爵为武昌王。景明元年，代元昞为徐州刺史。属徐、兖大水，民多饥馑，鉴表加赈恤，民赖以济。先是，京兆王愉为徐州，王既年少，长史卢渊宽以御下，郡县多不奉法。鉴奏免梁郡太守程灵虬，征还京师。于是徐境肃然。

卢昶，字叔达，前长史渊之弟。宣武时，为徐州刺史。昶宽和矜恕，善于抚绥。其在徐州，戍兵疾，亲自检恤。至番兵年满不归，容充后役，终昶一任，然后始还。人庶称之。

李彦，字次仲，敦煌人。宣武时，为徐州刺史。延昌二年夏，大霖雨，川渎皆溢。彦相水陆形势，随便疏通，得无淹渍之害。朝廷嘉之，频诏劳勉。○封回，渤海蓨人。延昌中，由太尉长史行徐州事。回立朝以正直见惮，牧州郡政绩尤著。○杨钧，恒农华阴人。由司徒左长史出为徐州刺史，以强济称。

董征，字文发，顿丘人。好古学，尚雅素，精练六经大义，讲授生徒。京兆、清河、广平、汝南四王，皆从受经。熙平初，由太尉参军出为沛郡太守，累官至光禄大夫。尝谓子弟曰：“此之富贵，匪自天降，乃勤学所致耳！”

萧宝夤，字智亮，齐明帝子。国亡，奔魏。神龟中，由殿中尚书出为都督、徐州刺史。起学馆于清东，朔望引见土姓子弟，接以恩颜，与论经义。勤于政治，吏民爱之。○姜俭，字文简。少有干用，勤济过人。宝夤辟为田曹参军。俭自谓遭逢知己，竭其忠诚，卒以死酬之。

张文伯，正光末，领中书兼舍人，奉使徐州。刺史元法僧谓曰：“我欲与卿去危就安，能从我否？”文伯曰：“安能弃忠义而从叛逆也！”法僧将杀之，文伯骂曰：“仆宁死见文陵松柏，不能生作背国之人！”遂遇害。

---

① 原作“瑜”，据《魏书》本传改。下皆同。

高谅，字修贤，渤海人。少好学，多识强记。正光中，除徐州行台，加骁骑将军。元法僧反，逼谅同之。谅不从，为法僧所害。朝廷痛惜之，下[①]诏褒赠。

元显和，前刺史济阴王郁从子。少有气节，风流清秀，容止闲雅。为徐州安东府长史。元法僧叛，显和与战，被擒。法僧执手命与连坐，显和曰："显和与阿翁，同源别派，皆是磐石之宗。一朝以地外叛，若遇董狐，能无惭德?"遂不肯坐。法僧犹欲慰谕，显和曰："乃可死作恶鬼，不能生为叛臣！"及将杀之，神色自若。

元延明，袭父猛爵为安丰王。孝昌元年，元法僧反，梁遣豫章王萧综入守彭城。诏以延明为东道行台。延明先牧徐方，甚得民誉，至是屯军于萧，招怀旧土，远近归之。与萧综相持数月，而彭城不下。朝廷遣太常少卿元晦、尚书郎辛雄，持节乘驿催军，勒令并进。会萧综密送款，夜开北门，涉汴河，诣萧城降。城中既失王所在，众军乃退，不得还者甚众，获长史江革、司马祖暅。延明追击梁军，复东南之境，至宿豫而还。即授徐州刺史，加都督。徐州频经师旅，人物凋敝，延明招携新故，人悉安业，百姓咸附。延明博极群书，兼有文藻，与临淮王彧并以才学令望，有名于世。

鹿悆[②]，字永吉，济阴乘氏人。前长史、带彭城镇将生之子。孝昌初，以侍御史监临淮王军。梁萧综密信通临淮王，云欲归款。彧募人入报，验其虚实。悆请行，曰："若综有诚心，与之盟誓；如其诈也，岂惜一人命耶?"时，徐州始陷，综部将成景隽、胡龙牙并总强兵，内外严固。悆单骑间出，径趣彭城，与梁话誓盟。未旬，而综果降。悆后为东南道三徐行台。

梁江革，字休映，济阳考城人。幼而聪敏，有才思。弱冠，举南徐州秀才。为梁镇北豫章王长史，被敕随镇彭城。城既失守，为魏人所执。革称脚疾，不拜。将害之，见革辞色严正，更加敬重，乃令革作丈八寺碑，并祭彭祖文。革辞以囚执既久，无复心思。将加棰扑，革厉色曰："江革年六十，不能杀身报主，今日得死为幸，誓不为人执笔！"后革还梁，武帝大宴，举酒劝革曰："今日始见苏武之节！"〇成景隽，范阳人。仕梁，为北徐州刺史。侵魏，所向必推其智勇，时以比马仙琕。兼有政绩，见怀北州。镇彭城数月，遂南还。（彭城入梁数月，复为魏。故旧志载此两人，今从之）

常景，字永昌，河内温人。雅好文章，才思过人。安丰王征彭城，降萧综，遣景驰与行台、都督观机部分。还朝，授景徐州刺史。景清俭自守，澹于荣利，自号朝隐大夫。会杜洛周反于上谷，仍以景为北道行台讨之。

---

① 原作"不"，据《魏书》本传改。

② 原作"愈"，据《魏书》《北史》本传改。下同。

崔孝芬，字恭梓，博陵安平人。孝昌末，梁将成景儁[1]侵徐州，除孝芬宁朔将军，为徐州行台。景儁谋断泗水，以灌彭城。孝芬率李叔仁迎战，景儁退走。除孝芬安南将军兼尚书，为徐、兖二州行台。

羊深，字文渊，泰山钜平人。孝昌末，为二徐行台，处分军国，损益随机，亦有时誉。弟侃，据泰山降梁。深在彭城，忽得侃书，招与同逆。深慨然流涕，斩侃使，并书上闻。优诏嘉之。

杨昱，字元晷，恒农华阴人。孝昌末，为徐州刺史，寻加都督。羊侃叛，侃兄深为徐州行台。府州咸欲禁深，昱曰："昔叔向不以鲋也见废，《春秋》贵之。奈何以侃罪深也?"不许群议。

房谟，字敬放，洛阳人。兴和中，代陆子彰为徐州刺史。选用廉吏，广布恩信。僚属守令，有犯必知，虽号细密，百姓安之。先是，当州兵皆寮佐驱使，饥寒死病，动至千数。谟至，皆加检勒，不令烦扰。以休假、番代、洗沐，督察主司，亲自检视。又使佣赁，令作衣服，终岁还家，无不温饱。时梁、魏和好，使人入其界者，咸称叹焉。

慕容绍宗，代人。武定二年，以中尉讨刘乌黑，破之，因除徐州刺史。五年，破梁将萧渊明于寒山，诏节度三徐二兖诸军事。绍宗容貌恢毅，少言深沉，有胆略。以军功进爵为公。后战没于颍川。

高齐

赵彦深，名隐，以字行，平原人。天保中，为东南道行台、徐州刺史。政尚恩信，为吏民所怀。多所降下，所营军处，士庶追思，号"赵行台顿"。文宣玺书慰劳。

苏琼，字珍之，长乐武强人。皇建中，为徐州行台左丞，行徐州事。城中五级寺忽被盗铜像一百躯，有司征检四邻、防宿及踪迹所疑，逮系数十人，琼一时放遣。寺僧怨诉不为推贼，琼遣谢僧曰："但且还寺，得像自送尔。"后十日，抄贼姓名及赃处所，径收掩，悉获实验。贼徒款引，道俗叹服。旧制，以淮禁[2]，不听商贩辄度。淮南岁俭，启听淮北取籴。后淮北人饥，复请通籴淮南。遂得商估往还，彼此兼济，水陆之利，通于河北。

高孝珩，文襄第二子，封广宁王。学涉经史，好缀文，有伎艺。武平元年，出为徐州刺史。

---

① 按：与上之"成景雋"同字异写，盖因正史用字有异。如前文本传采自《南史·孝义传》用"雋"，本段采自《北史·崔孝芬传》用"儁"，难作统一，概从原文用字。

② 原作"以淮北禁"。案《北齐书》《北史》，"北"字衍，今删。

宇文周

乌丸轨，本姓王氏，太原祁人也。武帝即位，轨以功臣子，处腹心之任。为行营总管，破陈军，擒吴明彻，代梁士彦为徐州总管。轨性严重，多谋略，兼有吕梁之捷，威震敌境，陈人甚惮之。初，轨数言太子失德，帝深然之，而不能用。及太子嗣位，是为宣帝。轨自知祸及，谓所亲曰："此州控带淮南，欲为身计，易同反掌；但忠义之节，不可亏违。吾止于此待死，义不为他计。冀千载之后，知我此心！"大象元年，宣帝令内史杜庆信[①]就徐州杀轨。轨立朝忠恕，兼有大功，忽以无罪被戮，州人伤之。

源雄，字世略，西平乐都人。武帝时，检校徐州总管。静帝初，相州尉迟迥起兵。雄家累在相州，迥潜以书动之，雄卒不顾。迥遣将据兰陵，陷昌虑、下邑，雄遣徐州刺史刘仁恩、仪同刘弘分击平之。又定东潼州之乱，进位上大将军，拜徐州总管。〇刘仁恩，为人倜傥，有文武干用。后仕隋，为毛州刺史，政绩号天下第一。

隋

尔朱敞，字乾罗，秀容人，魏彭城王仲远兄子。开皇二年，由金州总管转徐州总管。在职数年，号为明肃，吏民畏之。以年老乞骸骨，归于河内。

卢昌衡，字子均，魏长史渊孙。沉靖有才识。由尚书祠部郎，出为尔朱敞府长史，甚有能名。吏部尚书苏威考之曰："德为人表，行为士则。"闻者以为确论。

刘高，彭城人。大业时为萧令。时长吏多赃污，高清节愈励。风教大洽，狱无系囚，为吏民所称。

唐

李元轨，高祖子，封霍王。贞观十七年，为徐州刺史。闭阁读书，以吏事委长史、司马。谦慎，未尝与物忤。数引见处士刘玄平，为布衣交。或问王所长于玄平，答曰："无长。"问者不解，玄平曰："人有短，所以见长。若王无所不备，吾[何][②]以称之?"

严延，同州朝邑人，为徐州长史。晓天文、图谶、历数、卜相之术。

王焘，永宁公珪之孙，为徐州司马。性至孝。因母疾，尽力医学，穷其术艺。作《外台秘要》，讨绎精明，世人宝焉。后守郿郡，治闻于时。

---

① 案《周书》《北史》作"杜虔信"，《资治通鉴》作"杜庆信"。

② 底本漫漶，字据两《唐书》本传补。

陆余庆，苏州人。武后时，举制策甲科。补萧县尉，有清誉。迁阳城令。

姚元之，陕州硖石人。少倜傥，尚气节。景云中，为徐州刺史。政尚简易，人为纪德于碑。后更名崇，为宰相。

韦恒，郑州阳武人，逍遥公嗣立之子。开元初为砀山令，政宽惠，吏民爱之。天子东巡，州县供张，皆鞭扑趣办，恒不立威而事给。中丞宇文融荐恒有经济才，让以其位，擢殿中侍御史。

苏诜，字廷吉，雍州武功人，宰相瓌子。自给事中出为徐州刺史，治有声迹。

李光弼，营州柳城人。严毅沉果，有大略。上元二年，拜太尉，兼侍中、河南副元帅。史朝义寇申[①]、光等州，光弼舆疾就道，驱入徐州，使田神功击贼将李岑于宋州，走之。初，神功平刘展，逗遛淮南；尚衡、殷仲卿相攻于兖、郓；来瑱擅襄阳。及光弼至徐州，朝义走，神功还河南，瑱、衡、仲卿入朝。其为诸将惮服如此。光弼在镇，惟军旅事自决，众务悉委判官张傪。傪吏事精敏，区处如流，人皆畏服。

张建封，字本立，邓州南阳人。贞元四年，为徐泗濠节度兼度支、营田观察等使，镇徐州。建封创置军伍，每事躬亲。性宽厚，善容人过，至健黠亦未尝曲法假之。其言忠义感激，故下皆畏悦。由是徐复为雄镇。十三年，入朝，礼遇加等。将还镇，帝赋诗饯送，又使左右以所持鞭赐之，曰："卿节义岁寒弗渝，故用此为况。"建封又赋诗以自警励。镇徐十一年，号称大治。建封礼贤下士，无贤不肖，皆优遇之。韩愈、许孟容、李藩，其表著者。于良史出入幕府，每自吟曰："出身三十年，白发衣犹碧。日暮倚朱门，从未[②]污袍赤。"建封闻之，为奏请章服。十六年，卒于官。子愔，嗣为节度，治徐七年，其政亦以善称。

许孟容，字公范，长安人。为建封从事。李纳以兵拒境，建封遣使谕止，前后三辈行，皆不听。孟容单车诣纳，敷引逆顺，纳即悔谢，为罢兵修好。事闻，征孟容为礼部员外郎。

温造，字简舆，并州祁人。客游下邳，张建封妻以兄女。李希烈反，德宗以范阳刘济方输忠款，未能尽达朝廷倚赖之意，密诏建封选纵横士往谕之。建封署造节度参谋，奉使幽州，传达上诏。济感泣，愿效死节。造还，建封以闻，诏造驰驿入朝，以宠异之。

韩愈，字退之，邓州南阳人。为张建封推官。性真率，发言无所畏避。操行坚正，拙于时务，而为有唐一代文苑之宗，学者仰之如泰山北斗云。

---

① 原作"甲"，据两《唐书》本传改。

② 原作"朱"，据《唐诗纪事》卷四十三改。

李藩，字叔翰，赵州人。为节度巡官。建封卒，濠州刺史杜兼疾驱而来，阴怀觊望。藩泣谓曰："丧乱之秋，公宜谨防遏，何弃而来？须疾归，不尔，以法劾公！"兼怍愕而去，因怨藩，诬奏藩摇动三军。德宗怒，密诏淮南杜佑杀之。佑素重藩，得诏，十日不发。召见藩，与论释氏因果报应。藩曰："人生在世，祸福皆已前定，不宜过为恐惧。"佑因出诏示之。藩色不变，曰："信乎，杜兼之报也！"佑乃令慎言，"吾已持百口保君矣！"帝未之信，亟追藩人见，望其状貌，曰："此岂作乱人耶！"立命释之，除秘书郎。杜兼，初亦建封幕官。

冯宿，字拱之，婺州东阳人。建封表掌书记。建封卒，子愔为军中胁主留事，李师古将乘丧复故地，王武俊拥兵观衅。宿以书说之曰："张公与公为兄弟，欲共力驱两河归天子，天下莫不知。今张公不幸，幼儿为乱兵所胁，内则诚款隔绝，外则强寇侵逼，公安得坐视哉？诚能奏天子不忘旧勋，赦愔罪，使束身自归，则公有靖乱之功、继绝之德矣！"武俊悦，即以表闻，授愔留后。宿不乐佐愔，更从浙东贾全观察府。愔憾其去，奏贬泉州司户参军。

李鄘，字建侯。张建封卒，兵乱，囚监军，迫建封子愔主军务。德宗以鄘刚果，拜宣慰使。持节直入徐州，大会士众，喻以祸福。出监军狱中，脱桎梏，使复位。众不敢动。愔即上表谢罪，称"兵马留后"。鄘曰："非诏命，安得辄称之？"削去乃受。既还，称旨，迁吏部郎中。

白季庚，下邽人。建中初为彭城令，说刺史李洧归朝，授朝散大夫、徐州别驾，兼徐泗观察判官。

李守素，字[①]太朴。德宗时[②]为丰令，后在台有声。

宋思礼，字过庭。事继母徐氏以孝闻。补萧县主簿。会大旱，井池涸。母羸疾，非泉水不适口，思礼忧惧且祷。忽有泉出诸庭，味甘寒，汲之不尽。县人异之，尉柳晃为刻石纪其事。

王绍，京兆万年人。元和初，自东都留守拜武宁军节度使。自张愔后，兵骄难制，绍搜辑军政，推诚示人。裨将安进达、唐重靖谋乱，绍以计取之，出家资赏士，举军安赖。

李愿，洮州临潭人，西平王晟之子。元和中，除武宁军节度使。李师道反，愿移师伐之，数有功。后以疾去。

李愬，以元和十三年代兄愿为节度。在徐，理兵有方。有董重质者，得罪被

---

① 原作"守"，径改。

② 案《南畿志》《丰县志》作"贞观初知丰"，与虞世南同时，后迁弘文馆学士。其籍贯赵州，未详"太朴"之字。考《旧唐书》列传第八十二，德宗时有李元素，字大朴，"后在台有声"应在此人。姜焯混二人事迹为一，误。

斥，愬请赐军中自效。许之。至乃署为牙将，与贼战于金乡，凡十一遇，擒贼队将五十，俘馘万计。淄、青平，进同中书门下平章事。

高瑀，冀州蓚人。沉邃方雅，喜言兵。太和六年，除李听为武宁军节度使。有故奴为徐将，不喜听来，乃先杀亲吏之使徐者，以沮听。听果惧，以疾解，乃以瑀代听。瑀至徐而人心宁谧。征拜太子少傅。

崔珙，博陵人。太和中，帝思王智兴后，徐州军骄，号称难制，欲得材望威烈者，检革其弊。见珙意气慷慨，先尝为泗州刺史，得士心，乃以充武宁军节度使。居二岁，徐人戢畏。开成初，迁去。

薛元赏，开成中，自京兆尹出为武宁节度使。罢泗口猥税，人以为便。后徙镇邠宁。

卢弘止，字子强[①]，蒲州人。大中三年，自义成节度使移镇武宁。承王智兴骄慢后，诛锄[②]首恶，抚循其余，一境获安。在徐四年，军旅无哗。○李商隐，为武宁军掌书记。自称玉溪子，有《樊南甲乙集》传于世。

田牟，平州人，忠愍公弘正子也。为人宽厚，明吏治。会昌中，节度武宁军，有能名。康季荣被逐，朝廷复以牟代之。前后三为武宁，威望甚著。

王式，太原人。朝廷以彭门频年逐帅，知式有文武才，乃自河阳移式镇武宁。领河阳全军赴任，驻军境外而缓进。徐州将士自王智兴后，骄横难制。其银刀都，父子相承，每日三百人守卫，皆露刃坐于两廊夹幕下，稍不如意，相顾笑议。于饮食间，一夫号呼，众卒相和。节使多怯懦，闻乱则后门逃去。如是且久。闻式至境，先遣牙队三百人远接。式衩衣坐胡床受参，乃问其逐帅之罪，命尽斩于帐前。后来者莫知前者已死，又斩之。数日，银刀都数千人殆尽。徐州将士平居自恃吞噬，及式衣袄子半臂曳屐危坐，拱手栗缩就死，无一人敢拒者。余党并配远郡，州中少安。会诏降武宁为团练，罢归。

崔彦曾，齐州全节人。咸通五年，由太仆卿为徐州观察使。晓习律令，长于抚民。庞勋反，或劝彦曾奔兖州，彦曾曰："我，方帅也，奉命于此，惟有死尔！"斩议者一人号于众。俄而勋傅城，彦曾悉诛贼家属。勋超墉入，囚彦曾大彭馆，寻遇害。

温廷皓，并州祁人，方山尉廷筠弟也。庞勋反，以刃胁廷皓，使为表求节度

---

① 按：《旧唐书》卢弘正，字子强，《新唐书》卢弘止，字子疆，勘详嘉靖《徐州志》，整理本难作统一。又，嘉靖、万历《徐州志》既从《旧唐书》作"弘正"，而其字又作"子疆"（顺治《徐州志》作"彊"）；康熙《徐州志》、乾隆《徐州府志》从《新唐书》作"弘止"，其字从《旧唐书》作"子强"，皆未知采择标准。"强""彊""疆"三字互通，整理本各仍原字。

② 原作"助"，径改。

使。廷皓绐曰：“表闻天子，当为公信宿思之。”乃归，与妻子诀。明日，勋索表，倨答曰：“我岂以笔砚事汝耶？其速杀我！”勋熟视，笑曰：“儒生有胆耶？吾勒众百万，无一人草檄乎！”囚之，更使周重草表。及彦曾遇害，廷皓亦死。诏赠兵部郎中。时，焦璐[①]、李棁、崔蕴、柳泰、卢宗嗣、韦廷范，同为幕府寮官，并遇害，诏赠官有差。

支详，僖宗时，拜感化军节度使，有惠政。为时溥军所逐。溥党陈璠于路杀详，屠其家。州人莫不陨涕。

时溥，初为感化牙将，因兵变推为留后，僖宗使代支详为节度使，有讨黄巢功。后，朱全忠遣其子友裕攻之。溥败，阖门登燕子楼自焚死。

后唐

淳于晏，登州人。少举明经及第，遭世乱，依霍彦威。自彦威为偏裨时，已从之。彦威尝战败，脱身走，麾下兵无从者，独晏徒步以一剑从之榛棘间，以免。彦威高其义。同光时，彦威为武宁军节度使，辟为从事。家事大小，皆决于晏，彦威以故得少过失。当时，诸镇辟召寮属，皆以晏为法。〇剧可久，字尚贤，范阳人。为徐州司法参军，用法平允。

李绍荣，幽州人。本姓名元行钦，庄宗赐今姓名。同光时，为武宁军节度使。庄宗宴群臣于内殿，酒酣乐作，是时绍荣入朝，庄宗怪其不在宴，顾问左右，奏曰：“绍荣散官，不得与也。”庄宗罢宴不乐。明日，即拜同中书门下平章事。及明宗兵变，绍荣劝庄宗杀从璟。后被执，明宗谓曰：“吾儿何负于尔？”答曰：“先皇帝何负于尔！”遂见杀。

李周，字通理，邢州内丘人。身长七尺，方颐隆准，眉目疏彻，以勇闻于时。长兴中，自静难节度使徙镇武宁，所至多善政。

后汉

董裔，为武宁节度使刘赟判官。汉臣迎刘赟于徐州，指挥使张令超率步兵为赟宿卫。行至宋州，而郭崇威以骑兵至。裔说赟曰：“观崇威视瞻举措，必有异谋。道路皆言郭威已为天子，而陛下深入不止，祸其至哉！请急召令超，谕以祸福，使夜以兵劫崇威士卒。明日掠睢阳金帛，募士卒，北走太原。彼新定京邑，未暇追我也。”赟不能用。是夕，崇威密令诱令超归郭氏，尽夺赟部下兵，而裔遇害。

郭忠恕，字恕先，洛阳人。为武宁节度推官。富有文学，工篆籀，善画。从刘

① 原作“路”，据两《唐书》崔彦曾传改。

赟至宋州，知事有变，正色责冯道曰："令公累朝大臣，诚信著于天下，四方谈士无贤不肖皆谓之长者。今一旦反作脱空汉，前功尽弃，令公之心安乎?"道无以对。忠恕因劝赟杀道，以奔河东。赟犹豫不决，遂及祸。忠恕自窜于山野。其后浮沉周、宋，佯狂侮世。卒，乃尸解而去。

巩庭美、杨温，二人皆使相刘赟亲吏。庭美为都押衙，温为教练使。赟将入为汉嗣，留二人守徐州。二人闻周代汉，赟降为湘阴公，乃奉赟妃董氏，闭城拒命。周下诏谕庭美、温，许以刺史，复遗书湘阴公令达意。庭美、温不从。明年，周师克徐州，庭美、温皆死之。

后周

王晏，徐州滕县人。显德初，为武宁军节度使。境内清肃，徐人奏请为立碑，许之。

徐州志卷之十九

政绩二

宋

高继冲，字成和，故荆南节度使、南平王。乾德元年，授武宁军节度。镇彭门几十年，委政寮佐，部内亦治。

侯赟，太原人。开宝六年，以右武卫将军知徐州，有善政。在徐三年，移知福州。

杨蟫，故吴越著作佐郎，国除，入宋。太平兴国八年，举进士登第，授徐州观察推官。勤于吏事，以干济称。后以迁去。

曹彬，字国华，真定灵寿人。雍熙四年，为武宁军节度使。彬仁爱多恕。有吏罪犯，既具案，逾年然后杖之。人问其故，彬曰："吾闻此人新娶妇，若杖之，彼舅姑必以妇为不利而恶之，朝夕笞骂，使不能自存。吾故缓其事，而法亦不赦也。"淳化五年，移镇去。

梁鼎，字凝正，华阳人。伟姿貌，磊落尚气，有介节。太平兴国八年，进士甲科。至道中，代马元方知徐州事。居官峻厉，名称甚茂。

路振，字子发，祁阳人。淳化中，进士甲科，以大理评事通判徐州。召还，直史馆，复遣之任。振为人醇厚，而文辞典丽，有集二十卷。后至知制诰。

陈兴，澶州卫南人。起行伍。景德三年，以本州团练使知徐州，颇著声绩。

王臻，字及之，汝阴人。举进士中第。景德中，以大理评事通判徐州。性刚严，善决事，颇有风迹。后至右谏议大夫。

吴元扆，字君华，太原人，尚太宗女蔡国公主。大中祥符元年，以检校太傅、武胜军节度使知徐州。元扆性谨让，在藩镇有忧民心，待宾佐以礼。喜读《春秋左氏传》。真宗于帝婿中，独称其贤。

孔道辅，字原鲁，宣圣四十五代孙。景祐初，由右谏议大夫出知徐州，以刚直闻于时。

程珦，字伯温，河南人，二程夫子父也。庆历初，知沛县事。会久雨，平地出水，谷既不登，晚种不入，民无卒岁具。珦谓："俟可种而耕，则时已过矣！"募富民，捐菽数千石以贷农，使布之水中。水未尽涸，而甲已露矣。是年遂不艰食。有丐于市者，自称僧伽之弟，愚民争遗金钱，珣杖而出之境。

赵及，字希之，偃师人。登进士第。庆历中，以侍御史知徐州，还为三司户部判官。后又以右谏议大夫知徐州。及和厚谦退，所治有声，吏民爱之。

王逄，字会之，当涂人。博学能文。晚始登第，以太常博士通判徐州。逄与胡瑗友善，喜著书，有名于时。

陈希亮，字公弼，洛阳人。庆历中，自开封司录擢徐州推官[①]。居官清劲，不以色假人。后为京东转运使。徐守苛暴，以细过籍民产，诬小盗抵死。希亮劾废之，徐人大悦。

王洙，虞城人。皇祐初知徐州。时京东饥，值赋薪楗，塞商胡河，输半已足。命更其余为谷粟，以餔流民，因募壮健为兵，得千余人，盗贼衰息。部使上最第一。

孙沔，字元规，会稽人。以枢密直学士，代王洙知徐州。时京东多盗，沔明购赏，严诛罚，盗遂止。

吕公绰，字仲祐，寿州人，宰相夷简之子。皇祐中，以龙图阁学士知徐州。公绰通敏有才，守徐多惠政。

吕溱，字济叔，扬州人。进士第一。历官翰林学士，疏论宰相陈执中奸邪。执中去，溱亦以侍读学士知徐州。性开敏，善折狱。后徙知成德军。

梅君，名佚。嘉祐中知萧县。建清心亭，南丰曾巩为之记。

关景仁，字彦长，钱塘人。登进士第，治平二年知丰县事。政尚清简，与民休息。尝改作凫鹥亭，赋诗记之。仁爱之意，蔼然见于辞焉。

韩贽，字献臣，齐州长山人。登进士第，熙宁中以龙图阁直学士知徐州。自奉至约，政简而治。以吏部侍郎致仕。

傅尧俞，字钦之，济源人。未冠及第，熙宁中知徐州。前守侵用公［钱］[②]，尧俞为偿之，未足而去。后守移文尧俞使偿。久之，考实非尧俞所用，卒不辩。其容物如此。后至中书侍郎。

苏轼，字子瞻，眉山人。熙宁末知徐州。时河决曹村，泛于梁山泺，溢于南清河。徐城南众山环绕，吕梁、百步扼之，汇于城下，涨不时泄。城将败，富民争出避水。轼曰："富民若出，众皆动摇，吾谁与守？吾在是，水决不能败城！"驱使复入。诣武卫营，呼卒长曰："河将害城，事急矣，虽禁军且为我尽力！"士卒咸感

① 案苏轼《陈公弼传》及《宋史》本传：陈希亮为开封府司录时，青州民赵禹上书言元昊必反，宰相以禹为狂言，徙建州，而元昊果反，希亮言禹可赏，不可罪，乃以禹为徐州推官。希亮将擢御史，会因事坐废。是赵禹为徐州推官，非陈希亮。本志误。

② 底本漫漶，字据《宋史》本传补。

劝，短衣徒跣，持畚锸以出，筑东南长堤，首起戏马台，尾属于城。堤成，民心乃安。雨复昼夜不止，河势益暴。轼庐于城上，使官吏分堵以守，卒全其城。明年，复增筑故城，为木岸，以虞水之再至。事闻，朝廷下诏褒之。

孙觉，字莘[①]老，高邮人，胡瑗弟子。元丰中知徐州，有善政。尝捕盗，得杀人者五，其一人仅胜衣。疑而讯之，曰："我耕于野，与甲遇，强以梃与我。半夜挟我东，使候诸门。不知其他。"觉问吏："法何如?"曰："死。"觉止诛其首而释之，后遂为例。

李昭玘，字成季，济南人。登进士第，调徐州教授。守孙觉深礼之，常与讲学，论古人持己处世之要，相得欢甚。荐入为正字，仕至太常少卿。

马默，字处厚，单州成[②]武人，石介弟子。登进士第。元丰末知徐州，元祐中再任，政绩称最。

杨时，字中立，将乐人。登熙宁进士。元丰末，为徐州司法参军。学者宗之，称曰龟山先生。

彭汝砺，字器资，鄱阳人。进士第一。元祐四年，自中书舍人左迁知徐州。以蔡确故遭贬，人益贤之。

马建中，单父人。元祐初知丰县，民安其政。有《和凫鹭亭诗》传于时。

杜纯，字孝[③]锡，鄄城人。以荫入仕。元祐中，以右司郎中知徐州。作明善堂，自为记，讲明义理，以淑人心。迁陕西转运使。

曾肇，字子开，南丰人，中书舍人巩弟。元祐七年，自吏部侍郎出知徐州。肇仁厚谦和，而执法颇严，虽亲故有犯，未尝宽纵。在州多善政。公余，仍著书不辍。

张惇，以绍圣三年，代孙文知萧[④]县。行峻言直，不畏强御。凿泒水新渠，使民免于水患。

韩侯，名佚，淄川人。宣和中知丰县。《志》称其"博雅好古，士民钦之"。

王之才，主丰县簿，与韩侯同时。居官廉洁，民称为"王清水"。

王复，以龙图阁待制知徐州。建炎三年，金人自袭庆引兵围徐。复与男倚婴城固守，率军民力战。外援不至，城陷。复坐厅事，语粘罕曰："死守者，我也，他皆无预。愿杀我而舍僚吏百姓。"粘罕欲降之。复嫚骂求死，阖门百口皆被杀，独一子佾先去。事闻，赠资政殿学士，官其家五人。〇复致命时，帐下赵立已夺门

① 原作"萃"，据《宋史》本传改。
② 原作"城"，据《宋史》本传改。
③ 原作"圣"，据《宋史》本传改。
④ 原作"丰"，据陈师道《泒水新渠记》改。

出，又潜入求复尸，亲为掩之。事定，赵立奏为复立忠烈庙于楚州，谥壮节。时，教授郑褒、巡检杨彭年，亦愤激骂敌死之。

金

萧仲宣，本名野里补，辽人。贞元中，拜武宁节度使。为政平易，小吏不敢为奸，贿赂禁绝。正隆二年，卒。

王扩，字充之，中山永平人。承安中，自怀安令迁徐州观察判官。博学多才，以鲠直为时所忌，故仕宦不达。

仆散安贞，本名阿海。贞祐三年，为徐州行枢密院副使。四年，讨泗水贼郝定，平之。安贞在州数年，民赖以安。

纥石烈桓端，西南路忽论宋割猛安人。贞祐四年，为邳州刺史，充徐州界都提控。破红袄贼，行院仆散安贞奏功，言："桓端天资忠实，深有计画，晓习军事。"进武宁军节度同知。兴定二年，代石盏女鲁欢，权佥徐州行枢密院事，颇有声绩。

完颜仲德，本名忽斜虎，合[①]懒路人。正大初，同佥徐州行枢密院事。徐城东、西、北三面临河，南独平陆。仲德垒石为基，增城之半，复浚隍引水为固，民赖以安。天兴二年，复自尚书右丞，行省事于徐州，事具《兵变》。已，奉诏赴行在，议迁蔡。国亡，赴汝水死。史称南渡以后，将相文武，忠亮始终无瑕，仲德一人而已。

徒单益都，以天兴元年[②]正月，行尚书省于徐州，有保城功，见《兵变》。六月，徐州兵乱，益都挈妻子奔宿州。会宿人杀其节度，请益都主帅府事。益都不从，曰："吾，国家旧人，为将帅亦久。今大事去，方逃罪不暇，岂复可夺人城池，以降外方乎？"即日率官吏行。至谷孰东，遇蒙古兵，不屈而死。

完颜赛不，天兴二年七月，行尚书省于徐州。未几，元帅郭恩召叛将郭野驴、麻琮袭破徐州。赛不恐被执，投河求死，流三十步[③]不没，军士援出之。复自缢于州第。○完颜兀论、移剌长寿，相继来为徐州元帅。天兴元年，先后与蒙古战死。

余师旦，字从周，滕阳人。熙宗时为丰令，有惠政，邑人称之。

王立，萧人。为沛县令，居任廉节刚方。详具《萧志》。

李世弼，永平须城人。从外家受孙明复《春秋》，得其宗旨。贞祐初，以三赴廷试不第，推恩授彭城县主簿。意不乐，求复试，竟以《春秋》中第。

① 原作"谷"，据《金史》本传改。

②《金史》本传、乾隆《徐州府志》作"正大九年"，皆同一年。案《金史·哀宗纪上》"天兴元年"注："是年本正大九年，正月改元开兴，四月又改元天兴。"

③ 原作"里"，据《金史》本传改。

张邦宪，字政叔，秦州人。正大中进士，授永固令。天兴二年，避兵徐州，会源州帅卓翼率兵至城，邦宪被执，将驱之北。邦宪骂曰："我进士也！蒙朝廷用为邑长，可从汝曹反耶?"遂遇害。

元

燕只吉台彻里，世祖时，为徐州达鲁花赤。崇尚经术，周知民情，锄强扶弱，吏民畏而爱之。(《志略》[1]云:《元史·彻里传》燕只吉台氏食邑于徐，盖又自监本州耳)

三宝住，至正辛丑进士。性廉介，所至搏贪猾无所贷。以江浙行省郎中，为徐州兵马司指挥。

伯岳解，蒙古人，家于郓。至元中，为丰县达鲁花赤。刚正严明，忠诚廉干，门无私谒，吏绝侵渔。

张荣，至元中为丰县尹。兴学劝农，为诸邑最。

马珪，字君章，兖州人。至元中尹沛县。为政循良，颇有古风，民思之不忘，为立去思碑。

耶律廷瑞，至元中为萧县尹。改建学宫，士风一振。

赵野，字子开，济南人。大德初为沛县尹。劝农兴学，政平讼理，人多称之，有去思碑。

扎忽解，大德中监沛县，有惠爱。后仕至参知政事。

马彻里，西夏人。大德中监萧县，有捍水患功。

曹简，字士廉，沂州人。大德[2]中主丰县簿，有德政碑。

杨泰，大德十一年为砀山县尹。振兴学校，劝课农桑，政教兼举。民怀其德。

李茂，字庭实，德州齐河人。初为濮州观城尉，徙沛尉。有美政，邑人颂之，父老为立碑，临川虞集为记。

曹谦，泰定初教谕丰县。为士子讲经，不避寒暑。

刘伯颜，字伯敬，真定人。至元元年为沛县尹。以德化为治，不事刑扑，沛人怀之。

曹简[3]，字士廉，沂州人。至元间为丰县主簿，有善政。既去，吏民立碑美之。

① 按:《志略》即沛人所撰《州志略》，今佚。康熙《徐州志·凡例》云:"有沛人为《州志略》，纪载甚详，分别帝王、封建、监司、行台、镇将、郡僚、国僚、县僚，为八卷，美恶皆备。"

② 前志皆作"至元"，此作"大德"，未知所从来。

③ 按：曹简已详上，此又重出。其所别者，时代而已，当有一误。

颜毅，棠[①]邑人。至正初为丰县尹，洁己爱民，始终无倦。秩满，遂家于丰。

王复，字克明，鄗人。至正初为沛县学教谕。兴立学校，振起士风。

郭瑄，字廷玉。至正五年为丰县尹，沉毅有为。凡有大兴作，皆不动声色，人争趋之。

刘士，字尚志，保定人。至正十年[②]为丰县尹。廉慎称职，为舆论所归。

完哲笃，字仲玉。至正中监萧县。政简赋平，吏畏民怀。行部所至，一饭必酬其直。

王宗举，元末为丰县尉。时方兵乱，宗举守御甚有方略，城赖以全。

杨嘉，为丰县学教谕，士子服其清介。

明

文景宗，合肥人。洪武初，自婺源州同知来知州事，廉介有守。时天下初定，疮痍未息，民多流离。宗招徕赈贷，劝督农桑，民以安集。历任久，创建州治、公署、坛埠、祠庙，兴举学校，民不劳而事集。迁济南知府去。

刘秩，字伯序[③]，丰城人。吴元年，由内翰典签检阅经史官，出为徐州同知。文章政事，皆见称当时。与知州文景宗协力修政。寻诏入议大礼，迁知崇明州。民为立生祠。有诗集行于世。

马良，昆山人。洪武初，以荐举授徐州卫知事。明习法令，纠绳军政，上下咸服。尝与指挥蔡祥协建卫治。后升德庆府同知。其孙纪，遂占籍于徐，子姓蕃衍，为徐右族云。

杨节仲，湖广樊城人。洪武戊寅，以荐举授知徐州。守己爱民，奖进士类，其政一以厚风俗为务。会郡大疠，遣医四出疗治，其贫不能具药物者，则捐俸制剂给之。在任六年，政化大洽。秩满当迁，属邑各上疏乞留，弗得。升大理知府去。

赵彝，字秉衷，虹县人。其父兄皆以忠死。彝由永平卫指挥佥事，迁徐州卫指挥使，历升北平都司都指挥使。建文末，以靖难功进封荣禄大夫、柱国、忻城伯。永乐十三年镇徐，政令严明，居心平恕，官军咸畏爱之。

丁镃，字永时，南陵人。永乐中，以书法征入国子监。除户部主事，出使徐州，仿汲黯事，便宜发仓赈饥，全活万计。仕至刑部左侍郎。（见《一统志》。而州旧志“徐仓分司”中不载其名，似以他事使徐者。但此时徐仓自有主事，镃以他使矫发仓粟，势岂能行？此又似出使即分司徐仓矣。附记政绩，俟再参考）

① 案隆庆《丰县志》“东昌路棠邑人”，以时之建制，“棠”应作“堂”。

② 前志皆作“十一年”。

③ 原作“叙”，意同，据嘉靖《徐州志》并参《江南通志》《江西通志》等改。

杨秘，山西辽州人。宣德己酉知徐州，多惠政，大得民心。郡中公署、庙学，悉为增饬。秩满当代，属邑乞留，诏增秩，任如旧。先后凡十八年。虽不事炫耀，而阴惠洽人。徐民迄今颂之不衰。

宋骥，余姚人。宣德癸丑，为徐州学正。恩义兼尽，勤于教诲，一时士多成就。

张达，字时达，泰和人。正统末登第，授工部主事，出漕运吕梁[①]。适岁饥，徐淮民相食，达遽发仓赈之，然后以闻，活民甚众。（见《江西通志》）

王竑，字公度，湖广江夏人，陕西河州戎籍。以佥都御史巡抚地方，德威并行，一时污墨者望风解去。景泰癸酉，徐洎萧、沛诸邑大饥疫，民日就死亡流离。竑忧甚，亟令有司发粟赈贷，又令设粥食贫，制药饵疗病，全活数十余万人。又请颁诏遣祭境内群神，率属秉虔为坛祭告。灾疠浸消，民始苏息。行部至徐，赋《苦雨诗》二章，忧民之意，蔼然言外。寻进副都御史，罢去。民思之，如慕父母。天顺中复召起，巡抚故地。徐人闻其至，老弱扶携，迎候道路，以数万计，争相拥舆入行台，以次进谒，逾三日未已。寻迁兵部尚书，乞病归。

宋诚，字彦实，湖广蕲州人。饶有才识。景泰中，由剑州知州改任。遭时饥疠，与巡抚王竑协心共济，多方赈救。往吏多怠玩废事，诚绳督弗少假借，政务修举，吏民畏服。凡署宇、祠庙、学校，百废俱兴。又以政暇，修纂郡志，文献赖之。迁叙州知府去。

张德瑄，福建侯官人。景泰中为州学正，守正不阿。或怀百金，求为请托，辄麾去。多士敬服，有司重之。

王叙，字大伦，临汾人。初仕兖州通判。天顺中，迁知徐州。廉洁自持，一介不妄取予。莅政严明，苟利于民者，毅然任之。笃意学校，诸废坠多所修举。迁镇[②]远知府去。

郭昇，字腾霄，颍州人。天顺间，以工部主事视徐州洪。洪旧与吕梁同称天险，怪石多横截中流。舟行其间，少不戒即败覆，岁以破舟告者常百数。昇相要害，募人尽凿去其石，水势遂平，为功甚巨。擢郎中，仍莅洪事。民于洪上立郭公祠，春秋祀之。（见《一统志》）

陈廷琏，字宗器，湖广攸县人。成化中，以进士知州事。才识通敏，为政敦劝

---

① 按：张达，天顺八年甲申科进士三甲第一名。徐州旧志载，成化八年，管河主事张达修筑吕梁洪石堤。然考万历《泰和志》卷六《人物表》：张达，景泰七年举人，天顺八年进士；卷十《人物传》则云正统末登第，或系概言。《江西通志》亦表、传年代两违。姜焯据《通志》增此五字，而不察本志《官司二》已载之“甲申进士”，遂致互异如此。

② 原作“庆”，讹从顺治《徐州志》，据嘉靖《徐州志》及《贵州通志》《镇远府志》等改。

风俗，弘奖士类。迁南京刑部员外郎去。

应广平，浙江黄岩人。成化中为州学正。端悫不苟，善立教规。临诸生，无疾言傲色。以忧去，士追思之。

和鸾，字廷瑞，山西平定人。成化中，由举人知州事。性鲠介不阿，以廉慎俭约自持，遇事有定见，不为迁就。初以方执[①]迕监司，久之，转加敬信。卫伍事赴诉者，悉为听，皆获平反。武弁严惮之。在任八年，深得民心。迁襄阳守去。

沈仝和，字尚中，乌程[②]人。成化中同知州事，清介有守，临民不纵不苛。在任九年，迁州守去。

汪舜民，婺源人。正德初，以臬副备兵徐州。廉介刚正，门无私谒。临下以和，论法不稍假借，惠威并著，按属官吏无敢侵渔部下者。值岁饥，多方拯救，仍请抚院发粟为赈，全活万余人。（旧志微误，照《一统志》订正[③]）

余祐[④]，字子积，江西鄱阳人。成化己未进士。由主事历官臬副，备兵徐州。诘进鲜中贵私货被诬，逮廷杖，下诏狱。狱中著《性书》三卷。谪南宁同知。卒为理学名儒。（见《江西通志》）

庄襗，字诚之。弘治丙辰进士。少贫，好学，以文知名。既第，令宝坻。擢户部主事，出督徐仓。会岁祲，襗发仓以赈。监司难之，襗曰："即有罪，当坐襗！"后报可。以忤刘瑾罢归。（见《一统志》）

李珏，字廷重，开州人。正德末，任兵备副使。性平恕，御事敏决，案无稽牍。时山东逆贼王堂掠及丰沛境，珏调集骁勇拒之，旗帜以李兵为号。贼大败，遁去。山东、河南二省官兵剿捕者，率用李号。其威望如此。又整修学宫，士民怀之。

李香，字汝兰，分宜人。正德辛未进士。初授工部主事，抽分徐州。值岁荒，捐俸赈穷瘗死，徐人德之。转刑部，至四川巡抚致仕。（见《江西通志》）

樊准，南昌人。正德中知州事。廉介强立，不畏权势，政务节省。先是，中贵督广运仓储，左右恣肆，莫敢谁何。准至，一以法绳之，无敢犯者。会进鲜中使横索，驿递供应不赀。准廉其所挟私物状，因裁抑之。寻被诬逮系，老幼号泣随送者几万人。抵京，事白，得调任。历官山东按察佥事。

张淮，字本豫，义勇前卫人。正德中知州事，守己爱民。时驾南幸，百姓惶

① 原作"执方"，据嘉靖《徐州志》乙正。

② 原作"城"，讹从万历、顺治《徐州志》，据嘉靖《徐州志》改。

③ 前志皆作弘治末以臬副备兵徐州。按：徐州兵备道设于正德六年，本志为是。

④ 原作"祐"，据《明史》本传、康熙《鄱阳县志》、本志卷十《官司二》等改。康熙《江西通志》卷三十一《人物》作"余祐"，系形近所讹。

惧，佥思窜匿。淮与判官董相慰安之，悉心经画，一切以身为任。虽供亿不赀，无秋毫扰下。民赖以安。

胡[①]崇易，四川垫江人。正德中为州学正，动履端肃，率人必以矩矱。迄今传其遗风。

王重贤，交河人。性刚毅鲠介。初任为御史，以敢言落职。嘉靖中，再迁知州事。政崇简朴，与民休息。州故以里役司直，糜费不经，豪猾缘以掊克，大为民厉。贤至，议罢之。其所供应，取诸赎金，以亭老司之，民间秋毫不扰。时有僚佐黩滥，以结纳怙肆，当道莫能袪。贤因入觐，力白铨部罢之。徐民翕然感颂。迁东昌府同知，历官江西按察佥事，以疾免归。

何鳌，字子鱼，广东顺德人。嘉靖庚寅，任兵备副使。州故有驿馆夫役，最以厉民。鳌至，革去，岁省民财以万计。民怀其仁。

孙光，浙江萧山人。嘉靖中知州事。性谨厚仁慈，约己爱民，痛裁冗滥。里甲徭役，悉为更定，民获安息焉。

项情，江西德兴人。嘉靖中为州判官，洁己爱民，未尝苟取。时，自秋徂冬不雨，民忧惶无计，情徒跣为民祈雪。正日卓午，方出武宁门，雪随大降盈尺。人咸以为精诚所感，益颂德云。

王以旂，字士招，江宁人。正德辛未进士。授上高令，历官至兵部右侍郎。徐、吕洪竭，漕舟滞不行，遣以旂督治。至则先求故道，视泉脉，循经流，各为疏治。自徐洪南抵沽头，增置闸。又相地形，引水堑，筑土坝，河流时汇，漕舸皆如期达京师。沿槽渠水柜，多为势豪侵没，任怨力请复之，至今赖焉。事竣，加俸一级，擢掌南台。（见《一统志》）

周易，广东番禺人。嘉靖中，由举人为州学正。有志操，矩矱端严，亲贤嫉不肖，明辨至笃。教人行谊为先，讲论亹亹不懈。常捐俸以济士之贫乏。

吴岳，山东汶上人。由进士，以户部主事司徐庾。饮冰餐蘖，视利若仇，毫不为所点染。与人不立町畦，人乐就之。尤加惠庠校，时进诸生谈道艺，意气蔼如也。又增筑土阜，建蹑云亭于学宫之北，以增玄武之胜。仕终南［京］吏部尚书。清风古道，推当时第一。

刘天和，字养和，麻城人。正德戊辰进士。嘉靖间，漕河淤塞，奉命来视河道。躬负畚锸，疏汴河，自朱仙镇至沛县飞云桥，杀其下流；又疏泰山七十二泉，自凫[②]、尼诸山达南旺湖，浚其上流，运道乃通。进兵部尚书。（见《湖广通志》）

---

① 原作“明”，据嘉靖、万历、顺治《徐州志》改。
② 原作“岛”，据《明史》本传改。

章世祯，字克昌，余干人。嘉靖举人。初任武陵，以卓异擢知德州。未几，移判徐州。寻为六合令，治行第一，复知徐州。以治河奏功，晋秩致仕。（见《余干志》）

杨宜，衡水人。由进士，嘉靖中以名御史督学南直。正身率物，风采凛然。所录士，多登上第。寻擢佥都御史，或议其骤，调徐道兵备副使。先是，徐有市民快手八百余人，实为冗役。下车甫三日，即裁革归农。诸不便于民者，皆除之。时秋闱届期，集诸生于书院程文艺，聘名士为主盟，其供费皆自为办之。又并商税，修浮桥，辨疑狱，善政累累。居五月，迁河南参政去。仕终南京兵部侍郎。

何源，江西广昌人。由进士，以工部主事任吕梁洪分司。端凝介直，若挟冰霜。遇事剖析，捷于迎刃。御群下，未尝少假辞色。洪民有武断者，绳以法无贷。风裁凛然。

潘季驯，字印川，乌程人。嘉靖乙丑，出为总河。时，黄河决沛之飞云桥，谷城、沙河、留城、境山一带，河渠尽塞，漕舟阻不可行。季驯谓："河性喜故，决而冲者，过颡在山之水，非其性也。"力请复故道，浚复留城以下六十里，运道以通，而徐境亦无泛滥。至隆庆、万历间，河复屡决，季驯又三出为总河，皆以复故道为主，而告成功。官工部尚书。所著书曰《河防一览》，言治河方略极精密，至今人犹采用之。（见浙志）

姚体信，浙江平湖人。嘉靖四十年，由进士任工部，督徐州洪事。夷旷平易，与人不设机防。人有片善，辄敬爱之。相接诸执事，常屈己推诚。时谓其玄风高节，不愧古人。

朱衡，字士南，江西万安人。由进士任工部尚书。嘉靖四十四年，奉命勘诸处河务。会洪水肆毒，痛陈民间疾苦状，上览奏动容。时外帑告绌，出宫眷银若干，大行赈恤，得徐人心。开凿新河，转输便利。徐人为建碑记事于东城之阛，以志不朽，今夏镇祠尚存。《江西通志》云：衡视河道，见徐、沛之间淤为平陆，奏于河之东开新渠，报可。自始事迄成功，仅二年。所作新渠，起南阳至留城一百四十二里；疏旧渠，起留城至境[①]山五十三里。建闸三十余座，为月河于闸之旁者六，为坝十有二，为堤以里计者四十，运道大通。上御制《志嘉诗》四章，赐诏褒美之。

徐节，山西临汾人。由进士任兵备副使。倜傥有为，志节兼励。故事，驿马驴骡皆办自富室，分给各驿。守者既不经心刍牧，役使又复不均，有毙则责富室补偿之，厉民莫甚。节酌定上中下之直若干，听各驿自买，肥羸生死，与富室无涉。尤严应差之序，民大称便。裁石山驿、开新河，皆节主其议。

① 原作"岘"，据万历《徐州志》及徐阶《漕运新渠记》、雷礼《夏镇新河工成记》等改。

唐炼，字纯之。由进士知县，擢工部主事，管吕梁洪。预筑鲤鱼山缺口，省帑金万余，徐境得无冲溃。以才能改御史。万历间，复备兵徐州，亦有惠政。（见《湖广通志》）

刘经纬，江西进贤人。举进士，隆庆二年任兵备副使。才识精敏，狷介绝俗，威惠并行。每莅学与诸士讲论，皆根极理要，徐人士佩服之。以艰去，行李萧然。属吏虑无以营葬事，核赎锾助之，固辞不受。

翁大立，余姚人。由进士，历任总理河道都御史。隆庆改元，徐大水，室庐禾黍荡焉无存，老羸死于水者不可数纪。大立悲悯之，仿郑侠绘图以进。时，穆宗有观灯、采珠之好，谏官言及，多覆其宗。大立疏曰："愿陛下以观灯之心观臣之图，以采珠之心采臣之言！"疏入不报，中外为大立危。逾三日，有旨发粟大赈。其担当敢言如此。按徐，易仓建学，尤有惠泽，诸生祠祀之。

冯敏功，浙江平湖人。由进士，隆庆三年任兵备副使。时洪水为灾，民多不相保，功力请赈之。诸赋役不便于民者，一切停罢，与民休养。其督理河务，竭尽心力。撤驺从，忘寒暑，往来于洪波草野中，未尝惮劳。建学，捐俸资助。寻迁山东参政。士民不忍忘，既祠于学，又祠于南城楼之北右。今其地为卫所占。

王之葵，抚宁人。由明经任徐州判。智明胆决，不肯阿徇。当流寇之乱，州牧自焚，葵亦坚求自尽，士民力救得免。以徐水陆要冲，宪司勉以代篆。视事三载，抚恤疮痍，安辑流离，民得复业，一时赖之。（见《永平府志》。按：州志明时无州牧自焚事，不知此何本。存考[①]）

朱光宇，河南祥符人。由进士任户部主事，分督徐仓。才识精明，仓胥隐弊，搜革殆尽。雅尚俭约，崇儒重道。先是，学圮于水，堪舆家尝以永福仓地为善，诸生因都御史翁莅学，白之。光宇慨然即易为学。诸生建祠于学内，与翁大立、冯敏功、章世祯、刘顺之并祀，以隆其报。

林维杰，广东番禺人。以举人署教事。天资近道，动止合方。启迪不倦，凡以身教为先，或有馈遗，多却不受。甫三月，以忧去。诸生佩其教泽，垂涕送之。

王宗沐，浙江临海人。由进士，万历初历任总漕都御史。性爽朗，学渊博，经济弘才。故事，漕舶以五月渡淮，渐次逾两洪，洪水泛滥，难于牵挽，往往沦没。沐特疏请以正月起运，期以春末过洪，入茶城安流，则转输无虞矣。又立条鞭法，因丁因地，输财雇役，贫富无不均之叹。甲戌岁，海啸河溢，全徐罹变。疏请留漕粮赈济，上特允之。复冒风雪，亲按抚循。凡有灾郡邑，于元旦撰祭文，告社稷，

---

①《明通鉴》卷八十四：崇祯八年二月，时罗田之贼复分陷徐州及虞城、商丘、汝宁、真阳、新蔡。徐州则知州陈桂栋，虞城则生员宋鼎延等，皆死之。疑即此事。

禳灾祈年。徐人戴德至为深重。

刘顺之，广西马平人。由举人，隆庆六年知徐州事。廉介精明，善剖烦剧。徐频年被水，为筑张村站堤，塞房村决口，创周围护城堤。遍历郊野，问民疾苦，请赈蠲恤之。力行条鞭法，裁定赋役。学宫新迁，日为临视，以底于成。三义祠、皇华亭，皆所创也。州尝春、秋两旱，祷雨辄应。火延烧城楼，望拜即灭。人咸以为诚感。居四年，百度具饬。上官嘉之，奖牍凡三十，荐牍凡十有三。迁琼州府同知，百姓争赴上乞留，不得。而士祀于学，民祠于社，以为报焉。已而当路疏留，佐淮府防河。徐人常往谒之，盖心悦诚服，没世不能忘也。

舒应龙，广西全州人。起家进士，年最少。万历元年，历礼、吏二部郎中，任徐州兵备副使。洁己爱人，作兴士类。凡可以励风俗、裨助元元者，行之惟恐不逮。时黄河溢，州城数被浸灌。与知州刘顺之度地量财，周城筑护堤，计五千两有奇。节缩诸费，得三千两，又谋之户部主事张敷潜，佐以军便银二千。不赋不役而堤成，百姓安堵。复求名人，纂修郡乘，务俾文献足征。升任去，士民为建祠武宁门内。后仕至南京兵部尚书。

郑继之，湖广襄阳人。由进士，万历初为徐户部主事。性至明敏，人不敢欺，事亦无留难，关津商民交口颂之。其廉介之操，纤尘不污，人方之吴介肃岳[①]。后仕至吏部尚书。

孙养魁，直隶容城人。嘉靖己酉举人，万历四年知徐州。性静定，不喜事，亦不惊事，为政以宽大得民心。在任凡十年而去，士民久传颂之不忘。

陈玺，福建福清人。隆庆元年举人，万历六年[②]任学正。文行为人推服，上官皆敬而礼之。性严正，人不敢干以私。七年，河南聘乡试分校，所拔得人。当时推郡博之贤者，必曰陈先生。擢翰林孔目，卒于官。

佘[③]毅中，铜陵人。年十七发解，逾二十成进士。万历四年，官吕梁洪主事，清肃为一时之望。兴利革弊，商民德之。性嗜学，锐然以文章为己任。每读书，彻夜不休，冬夜则令人以絮遍裹其身，竟以勤致疾，卒于官。副使莫与齐为祠凤冠山以祀焉。

王佩，浙江仁和举人。丰姿秀伟，豪宕不羁，高才邃学，有文名。丁丑入春闱，为本房徐元泰首荐，因与主者相持，遂落第。万历九年授徐学正。立文会，鼓舞诸生，文风大振。惜以资迁去，仅得读中秘书而卒。

姜士昌，丹阳人。由进士，万历十年任徐州户部主事。时方弱冠，且世家子，

---

① 吴介肃岳，即前户部徐州分司主事吴岳，仕终南京吏部尚书，谥“介肃”。

② 本志卷十《官司二》作“五年任”。

③ 原作“余”，据《明清进士题名碑录》《江南通志》《铜陵县志》等改。

而洞烛利弊，即老吏不及。恤军惠商，不听外讼，胥吏徒隶畏若神明。一岁所有羡余万金，悉贮州帑公用，不入己橐。尤谦恭下士，加意学校。及瓜期去，士民为树德政碑于云龙山之巅。后以陕西学宪建言谪官。卒，赠太常少卿。

唐民敏，广西全州人。由举人，万历十四年知徐州事。州钱粮频年为奸胥上下其手，以致甲乙不均。敏清审厘正，宿弊尽除，百姓大悦。以不阿上官，左迁去，士民怀之。

陈文燧，江西临川人。嘉靖辛酉、壬戌，俱魁葩经。万历十七年，以御史出为徐州兵备副使。为政独崇大体，最重学校。月朔望，与诸生讲论，常至晷刻数移不休。色笑温然，如家人父子。岁庚寅、辛卯，郡大水，城市以舟。燧宵旦焦劳图画，乃相地城南，凿支河泄水，城以无虞，遂为永利。郡贡士宋坤为作《徐徐颂》。

袁尧臣，江阴人。万历七年顺天举人，十七年任州学正。性简夷，淡于荣利，博学能文，亦工翰墨。与诸生处五稔，未尝以疾言倨色相加。擢鲁山令，解组归。清风高节，立懦廉顽，修干长髯，望之若仙。

徐邻，浙江上虞人。万历壬午举人。壬辰上春官，中进士乙榜首，例得知州，二十年任。爱民如子，尊贤礼士如不及。性至勤，每戊夜即起视事，一郡翕然称治。迁保定府同知。崇祀名宦。

刘萃，河南洛阳人。由举人，万历二十一年知徐州事，操守最坚。后被白简，未行，有奸民盗府库者，潜置数百金于中堂案上，求脱重谴。萃出见之，大怒，随以金白两台，正其罪。其不以去位而变所守如此。嗣守曾士毅，四川巴县举人，其罪徽贾事亦类此。二贤先后继美。

夏崇谦，湖广京山人。由举人，万历三十三年知徐州事。平易近民，而甚明敏，判断如流，无所挠枉。政之所行，大得民心，有岂弟君子之颂。注意学校，尤多所培植。在任四年，考最加秩。以病去，士民壶榼载道，攀送百里外，为棠风亭于云龙山，设石主祀之。

陆檄，字羽行，长洲人。万历甲戌进士，授工部主事，分署夏镇。以堤束水，以水涤沙，疏浚启闭，皆亲自经画，功迹甚伟。进秩郎中。（见《一统志》）

梅守相，字台甫，宣城人。万历己丑进士，授工部主事，榷夏镇。陈泇河利运状，迁郎中，董其役。众议纷挠，相身历涂潦，冒艰险，阅九载绩成。以二百六十里之泇河，避黄河险三百三十里，舟行者甚便之。仕至按察使。（见《一统志》）

王命禹，浙江萧山人。由进士，万历三十九年任吕梁洪工部郎中。外严内宽，蕴才渊博，御下肃而有体。最加意文学，立社课艺，足为法程，四方之士闻风者，皆不惮跋涉向往。时河决，有狼矢沟之役，露处河干，宵昼督理。自兴事以逮成功，未尝轻笞一人，其敏宽以成务如此。以忧去，士民怀之。

宋统殷，山东即墨人。由进士，万历四十四年任户部主事。性厚重明敏，为政务崇大体，商民怀惠。接士子以优礼，多为振兴。迁淮安知府去，后擢山西巡抚都御史。

袁应泰，字位宇，陕之凤翔人。万历末，为淮徐兵备。廉介而有为，创建学宫，增修城堞、桥梁，浚支河，泄积水。察夫柳驿递为吏民累，裁其冗滥。岁饥，发仓设粥以赈，全活颇众。复捐赎锾籴粟，以足常平，徐民德之。后以蓟辽经略殉难死。（郡人张胆补遗）

傅惟翼，四川富顺人。由举人，万历四十五年以下邳守迁徐州。为政简要，与民休息。凡可因者因之，其不可者，务与众酌而后去。任四载，征收丁粮，无丝忽撮勺之耗，城市乡村，鸡犬不惊。其当抵兑者，则从民便。时有“四野不识胥役，一州不知有官”之谣，盖催征拘摄，只刻木为吏故也。可谓古之循良矣！

赵世相，临城县举人。知濮州，升平阳同知。比行，适沛县建满家闸，工难就。督河尚书知其才，特疏留之。设法调度，五月告竣。邦人竖碑颂之。（此非徐官，以其有功兹土，故亦载之）

史启元，字莀卿，江都人，进士。督徐州仓务，以廉干称。善书，得晋人遗法，州境碑版，多其手迹。（见诸庙碑）

何懋基，字仲修，武进人，性孝友。举万历丙午乡试，选徐州学正。俗好竞，懋基谕以礼义廉耻，人多化之。未几，以忧去。（见《一统志》）

赵谦，山西忻州人。由进士，天启三年任徐州兵备副使。丰标俊整，志击强豪，不少避。以直忤俗，仅再阅月即挂冠往，其志竟未伸云。

郭长发，福建惠安人。由举人，天启二年任徐州户部主事。性仁厚，为政务崇宽大，惠商恤民，作兴士类，人多[1]诵之。其流风善政，历数十年，犹有存者。

张璇，高邑人。由举人，天启四年任户部主事。才识明练，有担荷，商贾士民多被其泽。时黄水暴涨，上下惊惧。璇于六月二日，促装移署戏马台之聚奎堂。是夜，河决城陷，典守无失。人皆服其先见。因创建围墙，增修楼宇，相沿为后之户部署焉。凿义井，修放鹤亭，众为立碑建祠记之。

张淳，湖广孝感人。天启三年，由举人署州学正。嗜学不倦，立教本诸躬行。一时诸士争自濯磨，彬彬然质有其文。聘蜀秋闱分试，所拔士皆不愧科名。居三载余，以艰去，士人怀之。后登进士第，由大行为给谏。文章经济，卓然名世。

王登哲，柏乡人。天启三年任学训。性方正醇诚，有古人风，教诸士以敦行为先。居官七载，悉却贫生之馈。直指荐之。以艰去，士人泣送。后起复为县令，莅

① 原作“作”，据乾隆《铜山县志》改。

任五月，即解绶归。

聂云翃，直隶曲周人。天启七年，由举人任吕梁洪工部郎中。植行挺然，不为俗靡，勤于治政，得士民心。解组归，舟次新安湖中，有群盗驾小船数十向之，左右皆惊惶。贼众曰："尔无畏，我众来为百姓叩谢使君耳！"乃各叩首以去。

张正纲，福建晋江人。由举人，万历四十年知州事。沉静练达，不动声色，而事治民安。待士子隆重有礼，修城建学，不惮劳费。今之士民犹腾于口碑焉。

吴嘉言，湖广汉阳人。由选贡，崇祯二年以绍兴府同知，迁淮安府同知，任徐州防河厅。性简政宽，视利若浼。自居本官，及署州事，秋毫无染。滨行，至资斧不给，人愈叹服。

徐标，山东济宁人。天启乙丑进士，崇祯六年任徐州兵备参政。性至孝，具文武才。莅任初，谓纲纪之司，振肃为先；风教之行，孝弟为本。敕行所属，务体朝廷设官至意，靖共厥职。每月朔望，率约长于乡约所，讲说圣谕，以化导民。每接见诸生，勉以植身伦常，闭户诵读，须以圣贤豪杰自期待。亹亹而语，宛若家人父子。立会衡文，风斤炉雪，多有裁成。河决常山数十里，胼手胝足，成功之日，不异兴事之始也。闯贼婴城，率文武士民昼夜城守，壁垒严整，威声震叠。贼不敢攻，西遁。随遣将士追至马家林，俘馘而还。城保无虞。有《劝民十歌》行于时。忠孝廉节，一书达于朝，吏畏士怀，民安兵戢。两郡棠荫，历久犹新。以忧去，百姓皆焚香送百里外。后任保定兵部右侍郎，碎逆闯之牌而斩其使，以死继之。事功节义，真可与日星同其炳耀，河山同其悠久矣！顺治十一年，兵备佥事胡廷佐申请入名宦，以报忠魂而慰舆望，兼为之记。

雷永祚，潜山人。由举人，崇祯五年任徐州学正。性至孝，能推以及人，使各知自尽。植行方正，不阿于俗。教诸士，先德行而后文艺。立会命题，必求有关于风教，是最留心世道者。贫士之馈皆却之，犹时捐助焉。修学宫、明伦堂，至为严整，不计小费，其崇大体如此。以忧去，多士怀之。后起复为高唐知州，解组归。

朱梦弼，浙江秀水人。由举人，崇祯十三年任州学正。博学，工翰墨，洁清自治，不染尘嚣。坐士子于春风，鼓劝培植。上官敬礼之，使署徐属河防事，未越月即治。既又署户部事，皆有清节惠政。

何腾蛟，山阴人，中天启辛酉乡试，于崇祯壬午备兵淮徐。时徐境荐饥，寇贼蜂起。河北则张方造、王道善分掠沛丰；河南则程继孔盘踞萧之铙山，四出为焚劫。腾蛟至，即率兵北渡河攻剿，以次皆平。师还，次萧，谓继孔本萧民，与他盗异，可招降之。军吏请以众从，腾蛟曰："无庸！"领数骑，竟抵其巢。继孔大惊，仓皇出伏道左。腾蛟责以大义，复好言谕之。继孔感激谢罪，愿归约其党出降，遂遣去。会腾蛟被朝命，趣装赴楚，继孔乃观望不至。腾蛟在徐，颇多异绩。尝有民讼其子为狼噬者，檄萧令往捕，令辞谢。腾蛟曰："可向土神索之。"令祷于祠。数日，果见一狼垂头曳尾而来，若待罪然者，因缚送军营杀之。

汪致道，字成德，徽州黟县人。洪武初知萧县。兵燹之余，人民离散。致道下车，尽心招怀，咸襁负归耕。兴起衰废，厥功甚伟。治遂为诸县最。（以下萧县）

齐福东，湖广石首人。洪武中为县丞。廉洁不苟，临事平公，吏民畏服之。以治最闻，迁知嘉定去。

郑恕，浙江仙居人。由训导迁知萧县。约己惠民，莅事不苟。靖难兵压境，抗节不屈，死之。

郝玘，山西吉州人。初由国子生仕为典史，以廉能著。迁邯郸令，调知砀山。所至政教修明，民怀其惠，邻邑皆慕之。以忧去。永乐初[①]服阕，谒选京师，萧父老陈情，乞为萧令，听之。治绩视砀益著。子孙因占籍于萧。

欧阳安，庐陵人。年二十，于洪武中举经明行修，授商水教谕，屡典文衡。永乐初，征修《大典》，备顾问。上章忤旨，谪萧县训导。时，萧人文未著，安慨然以兴起为任，日进诸生，论文讲道，究竟本源。由是多士向方，翕然丕变。宣德丙午，卒于官，年九十六。诸生追思倡明文学之功，请祀名宦。子孙遂家于萧。

闭悌，广西横[②]州人。起家进士，成化中左迁县丞。律己厚下，萧民宜之，奏请为令。寻升韶州府同知去。

俞谏，浙江桐庐人。嘉靖初，任巡抚副都御史。时山东盗起，敕剿平之。会驻兵于萧，贼至犯境，遽调兵策应。境宇宁戢，萧民感颂。

王隆，郓城人。嘉靖中，由举人知县事，政善民服。时山东群盗绎骚，摽掠郡县，人情汹惧。隆为营缉城守，民赖以安。又改建文庙，作新人才，士风丕振。迁安庆府通判去，士民思之。

冯裕，临朐人。正德三年，由进士为萧令。敷政子惠，守己端洁。邑饥，发仓廪以赈，仍日煮豆粥三百釜食之，民赖以活者甚众。又抚流离，垦荒田，劝课农桑，补助不给，邑人依若慈母。而肇祀先贤，修葺黉宫，尤有功于名教焉。

孙重光，海丰人。嘉靖中，由举人知县事。性廉介刚正，倜傥有为，兴学校，表贞烈，节冗费，善于其职。萧苦田赋不均，光履亩丈量，依地起税，境内翕然称平。

刘梦熊，山西沁州人。由举人，以万历三十五年知萧县事。其年大水，筑两河口堤。又大开常家楼黄河，动七省夫役，分工数十里。一月报竣，民不疲劳。

---

① 案卷十一《官司三》：永乐元年郝玘任砀令，十六年改萧。此言"永乐初服阕任"，误。

② 原作"恒"，讹从顺治《徐州志》，据万历《徐州志》改。

耿介，元城人。嘉靖三十七年，由岁贡为萧训导。性纯朴，淡泊自甘。饬躬范士，以正心修身为先，而次文艺，端严中光霁可掬。常捐俸以周士之贫者，萧人称之。

沈种，云南赵州选贡。居家以孝闻。嘉靖三十八年，自枣阳训迁萧教谕。课士以诚，每与言事亲敬长之道。遇人之孝友者，即深礼之。历三载，升教授去。

萧蔚，广西马平人。嘉靖四十一年，由举人掌萧教事。慷慨有气节，诲诸士严而有恩。时西学圮，迁于旧东学宫，庶事莽略。蔚捐俸倡建戟门，又作书舍，为诸士藏修地，勤考课之。一时咸钦为模范云。

唐文华，河南怀庆卫人。由举人，于隆庆三年为萧令。廉清有惠政，而持法颇严，奸宄屏迹。迁知德州去，萧人怀之，为植碑立祠焉。（州旧志自隆庆以下，诸县政绩皆不载。今据邑志稍为裁节补之）

宋伟，江西丰城人。由举人，于万历二年知萧县事。以廉介著闻，勤民爱士，皆有足纪。任二载，以外艰去。归装萧然，观者莫不叹息。

梁枢，江西宜春人。由举人，于万历九年知萧县。有文学，勤于化民。革库贮、徭夫、代补洪闸等役银六千余两，皆前人之所不肯议除者，尤为萧人所感。

姚应龙，浙江慈溪人。万历三年，以举人为萧教谕。和平开霁，课诸生，雅有章程。文章才望，卓冠畿省，四方以求文至者无虚日。北都聘典文衡。修州志，多出所撰。声名藉甚。擢旌德令去。

喻思静，江西上高选贡。万历九年，以州训导迁萧教谕。心性凝静，教规整严。视邑篆，纤尘不滓。居二载，卒于官。

王衮，山东阳谷人。由举人，以万历十一年知县事。公清果断，有神明之誉。数年，强豪屏迹，百废皆兴。先后膺上官保荐者七，奖异者二十有二。既以忧去，萧人感其德，勒安民碑三仙台侧。

高进孝，河南获嘉人。由进士，以万历十四年除萧令。事亲至孝。凡有所施行，皆兢兢自持，惟恐一不当，遗堂上忧。其赈恤饥人，厥功尤大。上官以其才，调繁上海。甫三月，以艰去。道经萧，倾邑士民泣送于境。

胡廷用，湖广蕲州人。由选贡，以万历十五年为萧训导。沉静端凝，志意远大。与诸生言，辄以圣贤勖之。一时人士敬爱，咸以为寒毡中从未之见云。

康炜，山东武定州人。万历十六年，以举人为萧令。息讼省刑，四民安堵。修学建署，葺城垣，纂修邑乘[1]，采办寿工花石，具有功绩。先后为上官舒应龙、李天麟、曾省吾、潘季驯诸人奖藉奏闻，数蒙钦赏，当时荣之。

---

① 指万历《萧县志》，知县康炜修，彭缙、任亚龙等纂，为萧县志之初修，今佚。

台存道，山东诸城县人。万历二十年，以岁贡令萧。精明仁恕，有古良吏风。值岁大饥，请给民耕牛、籽种，截留漕米二千余石以赈，赖全活者万余。又尽除里甲应官浮费，立亭老办事，里长止催鞭粮而已，邑人称便。

王伯金，山阴人。万历三十七年，由吏员主萧簿。有智量，能任事。萧以河工柳草之役，重为民困。金殚力区画，事办而民不知役。以资转卫经历去。

管为国，浙江黄岩人。万历四十一年，以举人为萧令。行鞭粮易知单，民甚便焉。乐为讲课文艺，四门设社学，教邑中子弟，各给官湖地二顷，俾充修脯。病卒，无子，萧人士为私祠祀之。

萧学俨，字耐士，江西庐陵人，用广西兴安籍中式。万历戊午谒选，得萧县令。政尚明察，胥吏不敢欺。改迁儒学及察院，计费七千金有奇，皆设法募捐，不烦闾闬。刊《四礼简仪》。政教兼举，为诸邑最。以左迁去，人以为憾云。

张镜心，字湛虚，磁州人。由进士，天启四年任。严毅洁清，鞫事必尽其情，不为呴噢小惠，而亦自不深刻。里长每苦丁粮杂项繁费过多，廉知其故，乃自为解兑[①]，不以累之。又革除行户供应，俾咸安业。山以西有故河久湮，疏通之，得田千顷，尽以予民。调繁去，萧民为立生祠，以铭其德。

郑继侨，江西九江举人。崇祯元年任，以廉洁著称，而不畏上官威福，尤有风力。

何天华，字克函，番禺举人。崇祯九年任。博学洽闻，工诗古文辞。以谴罢，而非其罪，百姓哀之。

吴晓，南直通州岁贡。崇祯二年，以庐州训迁萧教谕。真淳简直，质有其文。诸生有过，必集公堂戒之。其或有冤，抑必为白令，事不直不肯休。间出橐以资寒士。葺文庙，与祭祀必敬必诚，不为文具，真无忝厥职者。升延平府教授去。

彭承芑，字五臣，江都人。以固始训，中河南庚午乡试，既而谕萧。翛然自远，课士在常格之外。时访诸生别业，撤舆盖，徒步，一如素士。捐俸修青云坊。入广西，分校乡试，所得皆伟人，士论推之。升浙东太平令去。

高应魁，山阴监生。崇祯十五年[②]授萧簿，伉爽多智略。时土寇蜂起，辄芟人麦禾为粮。魁随宜捍之，竟不敢犯，民赖以活。会国变，日夜流涕，弃官东下。后寄邑人以诗，悲酸痛楚，读者莫不陨涕。

袁国祥，州监生。崇祯十七年，以屯田通判视萧县事。邑频为贼破，四境为墟。祥招集残黎，移私家粟，以赡贫乏。萧人称是寒谷中一线阳春也。

---

① 原作“兖”，据乾隆《徐州府志》、康熙《萧县志》改。

② 卷十一《官司三》作“十四年任”。

范昌世，字仁溥，吴县人。膺乡荐。为萧令，有治声。同乡徐某戍南方，道经萧，昌世怜其非辜，令佯逸，潜匿署中，使训蒙。后更为娶妻，生三子，皆成进士。（见《一统志》。乃郡邑志皆无其名，想遗之耳。今附存于后）

贾之彔，山西平阳府人。崇祯十五年，为砀营守备，镇萧之赵家圈。时河南北盗贼充斥，之彔年少，善骑射，英气逼人。每出剿，临阵先登，目无坚敌。群盗咸畏避之。从刘将军破贼砀山，战最力，录功第一。萧人爱之，以为有古名将风焉。及征萧东南山贼，以山径盘屈，失道，后军不能从。猝与贼遇，遂单骑突入其阵，贼众披靡。所乘马忽蹶，之彔复下步战，尚手刃数人。贼围益众，遂力竭死于夹山寨上。事闻，诏赠奋勇将军。

颜瓌，字伯玮，以字行，江西庐陵人。聪明介直，能文辞。洪武己卯，以贤良荐知沛县事，抚民有善政。未几，南北构兵。师驻德州，淮北郡邑并输军饷。瓌善筹画，民不告劳。岁辛巳六月，北兵直捣济宁，临沛境，民多窜匿。兵退，瓌招徕复业如故。九月，有旨设沛丰军民指挥使司。瓌集民壮五千，筑土堡以备御。寻调三千益官军，所存二千皆疲弱。四年正月，北兵驻沙河，进攻沛。瓌遣县丞胡先[1]、百夫长邵彦庄，诣指挥都督袁守告急。未至，而攻益急。瓌呼弟珏，暨次子有为，曰："兵势盛，孤城无援，势不可支。尔还家白大人：瓌既为人臣，子职弗克尽矣！又名为士，临难岂容免乎？"取笔赋诗一章，题察院壁。是夜二鼓，北兵入东门，指挥王显迎降。瓌具衣冠南向拜，自经死。子有为亦自刎以从。（以下沛县）

胡先，沛县丞。颜瓌及子有为死难，先潜入，与邑人敛瓌、有为尸殡之。后又为营葬于沛。沛人亦义之。（见《吉安府志》）

唐子清，沛主簿也，不知何许人。在沛有善政，民爱之。颜瓌守沛，专调兵食，一切逻察事宜，皆付子清。靖难师入，执子清。军将令勿遽杀，欲谕降之。子清终不屈，死。

黄谦，字损之，武进人。以儒生为沛县典史，果敢善战，复能戢下。靖难兵至沛，谦与颜伯玮、唐子清集民兵五千，预筑堡备御。靖难兵不克，去。谦寻统死士，往东昌援铁铉。既而沛失守，伯玮、子清俱死。成祖即位，执谦至，亦不屈，死。（见《一统志》。较邑志稍详）

常瓘，内乡人。由举人，永乐初知沛县事。平易近民，政务修举，远近悦服。迁知绛州。

古信，嘉鱼人。景泰初，由举人知沛县事。兴学校，勤于民事，百废俱举，有遗爱焉。

① 本志《官司三》作"胡光"，注：一作胡先。

冯谦，字履吉，诸暨人。由举人知沛县事。平恕不苛，有利政及民。卒于官，民甚哀之。

马时中，太原人。成化中，由举人知沛县事。持平廉介，为政务崇简易。以忤势，谪庆远卫经历。

姚祥，字应龙，归善人。弘治中，由进士知沛县事。自奉清约，爱民如子。会天旱，禾稼就槁，忧形于色，引咎责躬，虔祷郊外。越[①]三日，大澍如注，乃复有秋，民欢呼颂曰："姚公赐也！"民有负官租数年者，禁比难完，与之期而遣归。民果至，无后期。常诣学，进诸生，课校德业。任甫八月，擢御史去。后父老为立惠政碑。

杨凤，府军前卫人。弘治中，由进士知沛县事，刚明果断，事无停滞。在任二年，以忧去。后擢御史。

胡守约，字希曾，合州人。由举人知沛县事，性刚果，有干略。会中官史宣进贡经沛，陵轹官吏，横索无厌。守约乃挺身立辨，与宣讦奏，诬系狱。比鞫对，复持论侃侃，无屈挠，竟罢归。后复起用，官至湖广按察司佥事。

麻芝，字德秀，榆林卫人。由国子生知沛县事。善骑射，性刚才敏，强御慑服。剪除宿寇，境内晏然。

操松，字廷节，浮梁人。正德中，由举人为沛教谕。性谨厚，笃学好古，勤于立诲，以孝弟为先。诸生贫者，辄捐俸资之。沛人士称慕不衰。

张俊[②]，同安人。正德间，由岁贡授沛训导。持守清洁，诲人有方，不忝师儒之任。

李文宪，字从周，直隶人。嘉靖癸未，由国子生任沛县丞。明年三月二十八日夜，忽贼百余人，入城劫掠。宪率民兵拒敌。贼势炽，众曰："势急矣！盍避之？"宪毅然曰："吾为国家守民社，遇变而避，如吾民何？"乃奋独当先。夜三鼓，矢尽，遇害。百姓号泣，如丧考妣。

杨政，字用仁，南昌人，嘉靖中，由国子生知沛县事。时田赋不均，议行丈量，加意综理，乃得核实均税，沛民颂之。

王治，字纯甫，永年[③]人。由国子生知县事，性刚敏。沛故无城，时北边告警，声言且南掠，百姓骚然。治为筑城，使可守御。又撤龙泉寺，徙建学宫，诸士讲习有所，尤感颂焉。

周泾，字澄之，贵溪举人。知沛县，强毅有为。修学甓城，建义仓，筑河堤，

① 原作"赴"，据嘉靖、万历、顺治《徐州志》志改。
② 原作"悛"，讹从顺治《徐州志》，据嘉靖《徐州志》及本志卷十一《官司三》改。
③ 原作"永平"，据嘉靖《沛县志》改。

新歌风台，百废俱兴。

李祯，新昌人。由举人知沛事，才学兼优。沛田多芜，祯给牛开垦，尽成新畲。至发奸摘伏，有神明之誉。政暇，集诸士迪德论文，津津不倦。寻擢御史。

滕霁，字子开，建安人。由举人，先署沛庠教事，学博行优，士心钦服。岁饥，沛适缺令，未以灾报。霁为请当事，得便宜发仓赈之，全活无算。任满，升嘉善令。沛民争诸铨部，遂为沛令。在任锄强抑暴，礼士爱民。以不善事上官，投劾去。归闽，日坐一小楼，诵读如诸生时。卒之日，贫不能敛云。

于乔，高唐人。嘉靖中，以岁贡任沛教谕。性刚方，不能容人之过。清节自持，却贫士馈，且捐俸助之。

张庆旸，泰顺人。以贡任沛训导，笃学能文，志操端洁。其师模之善，与乔先后见称。（隆庆以后，郡邑志皆缺载）

鲁思问，字汝祥，和州人。为沛县训导。初，家居教授弟子，所得束脩，分给从子及甥，不名一钱。为学官，敦名行，崇教条，恤孤寒，育才俊，计口食俸，贫逾于诸生时。沛张给事贞观以谏国本里居，敬事之。危坐抗论，不少引屈，曰："吾师儒道如是也！"七载，升仪真教谕。迁鲁府教授，遂致仕。（见钱宗伯谦益文集）

李汝让，字逊庵，直隶永宁人。万历中，由选贡为虹县令，以廉能著声。岁癸卯，沛大水，公私庐舍，荡覆几尽。或议迁城于戚。两台乃选能部中，调汝让知沛，以安集之。汝让至，居城堙视事，招徕抚恤，晨夕弗遑。穷黎恃之，诸废圮亦渐修举。未几，以秩满迁知鄜州。当去，邑人不能舍，遍赴诉上官乞留。总河都御史曹时聘为特疏陈请，诏改授邳州知州，仍留管县事。汝让初下车，即补筑旧护城堤，重修学宫，定迁县治。至是，益专力营治，乃次第告成。又三年，而太皇溃堤与缕水堤缺数百处，悉补完之。尝续刻沛志，纂辑精当，最为时所称论者。谓其干济之才，一皆出于学也。（见沛人张贞观《修儒学记》）

郝玘，初为典史，迁邯郸令。永乐元年调砀山，劝课农桑，振兴学校，清慎廉敏，政教兼行。秩满，士民乞留，还任。寻以忧去。服阕，谒选京师，萧人请为令，政绩复著。（以下砀山县）

邹旦，乐安人。正统间任砀令，重士爱民，声称藉甚。改宜兴令。

杜钊，衡水人。为砀山令，政善民安。秩满，民恳借留，增秩还任。

张梦辅，澄城[①]人。成化中，由举人知砀山县事。刚果有为，百废具举。尤能弭盗，四境晏然。迁知颍州去。

---

① 原作"澄州"，据本志《官司三》、乾隆《徐州府志·名宦下》、各本《陕西通志·选举》改。

胡希颜，乾州人。弘治中，由进士为砀令。政类前令，颇尚严明，风猷赫奕。擢御史。

叶楚华，松阳人。由举人，成化初任砀山教谕。学问该博，有棫朴之化，诸士颂之。

田禋，祥符人。由进士为砀邑令。廉介不苟，政务息民，绰有治声。擢御史。

李金，字宣之，丰城人。由进士，正德中知砀山县事。性仁厚，律己廉洁。时盗贼猖獗，金悉心经略，率民筑重城捍卫。后洪水至，赖保障获免。迁兵部郎中，仕至台州知府。

董槐，代州人。正德中，由举人任砀学谕。持身端谨，敷教严明。士有怀金干托者，麾斥之。人服其介。

季木，会稽人。嘉靖中，由举人为县尹，存心慈良，加意抚字。会岁饥，赈恤多方，全活甚众。又率众筑堤卫城，以免水患，百姓德之。

刘阳，江西安福人。由举人，嘉靖中知砀山县事。卓有介操，临民以岂弟。尤笃于理学。每公余，辄引士民训谕之，随贤愚皆获其益。恒敦重孝义，雅致敬礼，以为俗劝。凡公署、庙学，率多修坠。迁监察御史。《吉安府志》云："阳，字一舒，又号三五。王守仁抚虔，阳慕其人，往受学焉。嘉靖四年，举乡试，任砀山县。砀多盗，阳捕其魁杰格杀之，奸民相顾詟慑，不敢动。表孝子闾，祭节妇墓。以邑苦河患，乃斋沐七日，率父老子弟雪涕请祷，愿以身代为瘗。河遂自疏者二十七里。待僚佐如昆弟，褆身如寒士。时入觐，裹俸金以行，不烦民一楮。居砀山四年，九被荐剡，擢福建道御史。既召去，士民遮道哭别，为创仁政祠、去思碑。"较州旧志颇详，故载之。

王绍元，江西金溪人。嘉靖中，由举人为砀令。政兼宽猛，门绝苞苴，疲民赖以息肩。河决，筑堤三十里捍之。招逋民，给种复业。又立均地三限等法，清查隐田，设法简明，田赋一清。擢御史。《江西通志》云："绍元为令时，飞蝗蔽日。祷于天，大雨如注，蝗尽死。砀人祠祀之。"

戴伟，山东郓城人。由举人知砀山县事。厚自标植，笃诚勿欺，不曲法以长恶，不操切以厉民，临事迎刃而解。议新政七条，上之监司，报曰："此法可永遵行之也！"命镌石于堂。

王廷卿，荆门人。由举人为砀令。岂弟精敏，多方抚字。尤垂情薄敛，招抚曲至，鸿雁安集。建书院，课诸生，置义田为供，并以资贫寒者。贤声流闻当路，奖牍凡二十七至，荐牍七上。万历二年入觐，上简循良吏，得二十五人，廷卿与焉，隆以宴赐。及回邑，麦穗有四岐、五岐、六岐者，人以为善政之应。越明年，擢南京户部主事。

熊应祥，金溪人。由举人为砀山令，政尚和缓。而于邑中多所创兴，城堞、公署、祠宇，皆为一新。

张汝霖，江西清江人。由举人为砀山令。政平民和，不任刑罚。于学宫尤多修建。

陈秉良，东莞人。由乙榜为砀山令。心存仁恕，政尚简要，有慈父之称。岁饥，煮粥赈济，活万余人。迁去，砀人怀之。

刘芳，直隶清苑人。中云南乡试，知砀山县事。恺悌清勤，甚有声绩。尝捐私财练义勇，为砀邑保障。

易世璧，字昆良，雩都人。崇祯改元恩贡，由溧[①]阳丞升砀山知县，有惠政。时，徐、豫数千里到处兵荒，寇盗充斥。朝廷严敕重臣督催飞挽。入秋，淮洪杳然，御史吴邦臣以误漕驰奏。上怒，遣锦衣逮送西曹，罪将不测。漕抚史可法随疏申救，世璧狱中上疏自明，科臣亦疏其守御惟勤，劝输如额。乃昭雪复职。寻丁内艰归。（见《雩都志》）

曾本，江西雩都人。洪武五年为丰令。性廉洁，政尚宽平，吏民怀服。祀名宦。（以下丰县）

曹仲篪，江西湖口人。洪武三十年令丰。清白自持，平恕临民，百姓归心。祀名宦。

阙膺，字允登，江西奉新人。宣德元年知丰县。明达谙练，政教兼举。公署、学校，悉加缮葺。九年，乞致政，遂家于丰。

邝颐，字惟贞，广东南海人。由进士，成化十九年任丰令，廉洁仁慈。升南宁同知。既去，而民思之。

段徽[②]，山西怀仁人。由举人任丰学谕。持身谨悫，造士多方。九年，致政去。

陈善，江西弋阳人。由进士知丰县事。刚明果断，洁己字民。仅半载，迁安吉州守去。民惜之，祀名宦。

裴爵，山西泽州人。由举人，正德十四年令丰。廉公勤慎，辟荒土，惠行旅，筑堤以捍河，皆有劳绩。而持法平恕，敷政以宽，士庶称之。祀名宦。

高禄，山东博兴人。嘉靖初，由国子生为丰令。会黄水陷城，民流离失所。禄率众徙于华山，斩茨即居，专务俭约，民赖以全。迁平阳判去，丰人历久思之。

张叔宣，四川内江人。由举人为令。持身贞白，临事警敏，民便之。擢松江判去。

---

① 原作“漂”，据嘉庆《溧阳县志》卷九《职官志》改。
② 原作“微”，据《山西通志》、隆庆《丰县志》等改。

李崇信，湖广潜江人。由举人为丰令。时旧城溃没，民依华山以居。相度形便，经画城池。兴建庙学，及诸公署，处置得宜。民皆悦服。

徐蒖[①]，长山人。由举人，嘉靖二十九年任丰。复还旧县，凡城池、庙学、官署、仓狱，皆所创建。民忻然趋事，有子来之风。

胡乂心，仁和人。由举人，嘉靖三十九年任丰。迁建儒学，增筑城堤，修祠庙之载祀典者，皆允协舆情。升河间通判去。

任惟贤，湖广黄陂人。由举人知丰事。嗜学，明《易》《礼》二经，有大干略。筑新堤，崇节孝，抑奸贪，雪幽滞，缓征薄敛，与民休暇。后去，老幼攀辕号泣，相率镌碑，以志去思。

尹梓，直隶南宫人。由举人，隆庆二年任丰县。增筑城池，创修《丰志》，有足称者。

吴文光，江西高安人。由举人，万历元年知丰事。廉介端方，倜傥有为，裁冗役，修缕堤，开荒田。贫民有负赋者，请以其地变值，遂捐俸若干金，易为学田。作新士类，修葺学宫，声绩甚著。当调烦，以忧去。

费思箴，荆门州人。以举人为丰令。修城垣，易土以砖，其费计亩薄输。不足，市官田若干亩佐之。阅六月告成，而民不扰。丰人称其有体度，临大事能整以暇。

孙延，掖县人。为丰令，悃愊无华，而务实政。秋粮旧有常例，羡余悉裁不取。县治后建常平三仓，贮谷豆五百石备赈。及内升刑部，闻丰被灾，仍移文散济。系心民瘼，虽既去而弗忘也。

李先春，延庆州人。由岁贡知丰县事。有干局，不畏强御。时榷法行，珰陈某踞徐州横甚，左右因缘为奸，州属内恣其鱼肉。闻先春强项，乃不敢犯。丰独晏然。

熊应祥，内江人。为丰令，诚心爱民。邑旱干，祷雨辄应。政清刑简，民为立去思碑。

孔道源，钱塘人。为丰县，淳朴廉介，人不敢干以私。邑中庙学、城堞、公署、祠宇，皆因时增新，而略不烦民。重修邑志，考订颇密。有去思碑。

常思温，灵宝人。为丰令，明敏果断，人不能欺。邑午沟水贼为害，思温募壮士往，尽歼之，一境贴然。修学宫，创建尊经阁。宫前故有积水，夙称外泮，乃规为月形，环抱学宫。建奎楼南城上，于水中筑土径，属于城。形家谓于邑甚有裨云。

王三益，永城人。知丰县，为政识大体，与民休息。日进诸生为讲学，不屑屑

① 原作“萱”，据各本《丰县志》、乾隆《徐州府志》改。

于簿书，而县事自理。丰人称尝著《谈书》，多昔人所未发云。

宋士中，字然石，奉新人。知丰县事，崇尚德化，不为苛急，而应变销萌，迅若发机。天启壬戌，邹、滕间妖人煽乱，一夕破四名城。寻陷夏镇，邻邑震恐。士中督乡勇登陴守御，凡数阅月，邑用无虞。其浚城下隍池，令垛夫计泛地所直挑浚。夜则刁斗守望，昼则鼛鼓兴作，不他役而事集，人叹其有经济才焉。增修学宫，创书院，月课诸士，尤大有功。

王体蒙，字如如，虞城人。由举人为丰令。尝有寇入境，体蒙密选士，偃旗卧鼓，诱其至，出击之。遂遁去，不敢复近。

刘光，字剑池，贵州人。由举人令丰，精敏勤干。时土寇犹未尽平，间出为民害。光督乡勇，雕剿殆尽。壬午之变，大兵攻丰，誓众城守，遂死之。有恤赠。

国朝

陈嘉胤，山东东平人。顺治二年，由举人任徐仓户部郎中。明敏挥霍，政行惇大。修葺衙宇，创建仓廒，招来商贾，抚绥军民，详裁额外之征十条。商民为建德政碑，以永其怀。后为衡州府知府，卒于官。

王维屏，字带汾，山右[①]人。顺治四年，由举人任徐仓户部郎中。端肃诚直，有孝行，不轻以色笑假人，深得御下之体。为政清简，商民不扰。后为湖广武昌府知府，迁顺天府通密道使，以忧去。

张云翼，河南洛阳人。起家进士，顺治九年任徐仓户部郎中。嗜文学，志开群蒙。公余，日以著述为事，有《蒙训讲意》及《文艺》等书行于世。惠商恤民，汰冗役，商民怀之。

顾大申[②]，字见山，华亭人，有隽才。登进士，授工部主事，分司夏镇河道。以居民繁而城坏不可守，遂检料旷工，公费重修治之，人服其廉干。立书院，以教学子。又以吏人素强悍，治尚严峻。奸人惧，赴京罗告[③]。遣刑曹会总河讯问，皆虚，告者伏罪。升郎中。（见《一统志》）

江雁卿，江西新城人。由贡士，康熙八年知州事。约己率民，不事刑扑。州旧有版荒地四千七百余顷，丁粮未除，久为民困，为力请上官具奏免之。卒于官，囊无一钱，州人为具棺殓。家人至次日即不能举火。其子归，无以自存，复还，寄食

---

① 原作“陕右”，讹从顺治《徐州志》，据乾隆《徐州府志》改。案雍正《山西通志》卷七十《科目六》：王维屏，山西襄陵人，崇祯三年庚午举人。

② 原作“中”，据乾隆《徐州府志》、乾隆《江南通志》改。

③ 案乾隆《徐州府志》卷六《书院》：顺治十六年，顾大申创办两河书院，“明年，镇民涂弘德诬讼起大狱，大申解任，学遂罢”。应即此事。

徐土。州人至今思之，崇祀名宦。

孙枝蕃，陕西三原①人。会试副榜，康熙十二年到官。时黄河泛溢，居人恟惧。乃出私财，募人夫，取石筑堤，护城亘数里，城赖以全。徐民夙苦协济夫役，一征发辄数百千人，常不堪命。蕃力请上官，至再三，乃得除之。逆藩之变，官军奉调，发往征者，多道于徐。蕃竭力营供亿，公帑不足，继以私财，又继以假贷，卒不一扰民间。遂坐逋负，忧劳以死。今崇祀名宦。

佟国弼，奉天人。以荫授徐州知州。之官后，徐数被灾，请蠲请赈，疲于营救，迄不言瘁，而恒以为忧。尝发常平仓麦二千余石，假贷饥民。明年又饥，民不能尽偿，弼皆代补完之。黄河北，自李道华口至苏家山，旧无堤，田常病水。弼出私财，为筑子堰数十里，民甚赖之。徐俗，贫人生子多不举。弼捐资立育婴堂，募乳母代哺，全活颇众。身死之日，贫无以殓，一时人皆为痛哭。今崇祀名宦。

祖永勋，字元若，辽东宁远人。戊子贡生，顺治五年为萧令。县当寇乱之余，杀伤离散，数十里内，几无人烟。永勋至，巡视城野，招集流亡，斩荆除棘。于是来归日众，村落中始闻有鸡犬声。既数年，兴学校，定赋役，考山川图籍，修辑邑乘，百务具举。萧人戴如父母，去数十年，犹念之弗忘云。（以下萧县）

赵忠仔，字示卿，浙之东阳人。顺治十七年，以拔贡选知萧县。莅事严明，人不敢欺。凡丁粮蠹蚀诸弊端，厘剔至尽。又善折狱，摘伏如神。公余，即引见诸生，衡文讲艺。机务旁午，不废吟咏，而事亦集，有古文吏之风。未几，以罣误去，萧人恨焉。

邵瑗，字南玉。以大兴籍入太学，康熙十八年为萧县令。萧连岁皆饥，频请蠲赈，全活甚众。军兴，供亿之需，悉出私橐，绝不以累里下，士民戴之。庚申春，邑西鄙盗发，瑗闻，辄率众往捕其魁，余党遂遁。萧人谓：是时稍事姑息，即滋蔓流毒，有不可收拾者。又称其行政清廉，慈惠能两兼之。辛酉，以内艰解任，咸以为未竟厥施云。

徐基，字中有，嘉定人。萧学训导。和缓有德度，教诸生分斋课艺，不拘故常。间以微言启发，令闻者神会。诸生爱之，去后有余思焉，尝拟之明欧阳安、耿介、姚应龙，以为学博士之尤可称者。

赵世祯，字兴公，辽东人，为沛令。沛无志，失载。《丰志》云：世祯以顺治壬辰，兼摄丰事，政尚简易，邑境以安。丰旧例有收粮大户，每一佥报，辄数十家绎骚不宁，岁以为常。世祯悉裁之，民皆称庆。时地亩失额，差赋淆乱。世祯决意清丈，端绪甫引，寻以替去，邑人深惋惜焉。（以下沛县）

① 原作“元”，据《江南通志》《陕西通志》改。

郭维新，号磨庵，宛平人，为沛令。邑无志，其绩不传。《丰志》云：维新以沛令署丰，性聪敏，长于吏治。发奸摘伏，朗如鉴照。视两县，恢恢有余。未几，升去。

李允祯，字贞甫，德州人。由乙榜知丰县。沉练有识，临事不苟。于时草昧初开，经制未定，一切赋役，征求孔亟。允祯应以暇豫而有条理，民以不扰。摄砀山事，尤为其士民感戴。后内升部属，遇有官徐方，必过为说丰邑利病，属其兴除。丰民历久思之，不能忘云。（以下丰县）

阎玿，字昆浦。以进士为丰令。慈祥乐易，咨诹邑中利病，必急为兴除之。其禁革兑粮解头、收粮大户，于民尤便。时，山东逋寇犹间入侵掠。玿增修土城，严饬守御，皆自捐资，不以扰民。寇缘是，亦不复至丰。民德之，为建生祠，且输祀田若干亩。玿固却之，因用为义学，以其田赡养生徒。后诸县奉檄撤毁生祠，而丰为义学独存。人至是益服其识焉。

王之俊，字秀甫，北直肃宁人。由乙榜令丰。沉默恬淡，喜怒不形，刑清政简，民以乂安。公事之余，时与诸生杯酒论文，辄洒然自乐。后为人中伤，罢官，徐曰："我有是乎？"坦然解印绶去。丰人惜之。

孙毓璘，字文伯，襄平人。为丰县令。严肃寡言笑，弭盗除奸，人皆畏之。而抚士爱民，实多惠政。立义馆，清赋法，筑缕堤，设义冢，皆其大者。去后，士民为建祠立碑焉。

卢世德，字绍先，辽东人。康熙三十九年为丰县令。先是，夏镇闸夫属丰县编者，皆镇人代役，要索无厌，民甚苦之。世德为计工予直，请著为令，代役自是乃不敢求多。又先有令匿灾[①]，称丰地如鳌背，雨止水流，从不受灾。嗣是，丰以水告，上官多不听，而饥民坐视常平仓粟拨济他县，忿怨至深。世德为申明之。遇水灾，捐资施粥，不俟符下，辄开仓平粜，复请拨他县仓以助，全活者三万余人，民甚德之。既以忧去，邑人追送境上，至拥马不得行。

李允祯，丰县令。顺治二年冬十一月，砀山官缺，城中有逆民煽众作乱，越二日就擒，士女惊惶，纷然逃匿。上官檄允祯兼摄砀事，疾驱到官。闻镇将欲大发兵，穷治寇党。允祯知倡乱者已授首，余皆无辜，一夕作十数详，为砀民陈请，愿以身家保之，语至痛切。复亲诣上官，涕泣申言。上官为感动，事遂得寝。因抚绥招徕，诸逃亡者悉还故土。明年五月，得替去。百姓攀辕号泣，声闻数十里。去后，邑人思之，历数十年如一日焉。

按：《砀志》自明季至今不修，板朽坏过半。独刻此一条续于后，余皆不之及。故为稍裁节存之，为砀令政绩。

① 案乾隆《徐州府志》："前官李振匿灾，称丰地如鳌背，水不能为患。"

徐州志卷之二十

人物一

楚、梁、丰、沛之间，自汉祖开基，群材乘运，初以武功，继以经学，如风起云兴，烂然简策矣。沿及魏、晋、六朝，此方之人犹复昂首骈肩，竞勋庸于南北，亦云盛哉。宋、元而后，如稍间歇，然以经术、气节声闻四方者，故时时有之，则山川灵淑之所摅发，尚未有终穷也。振衰兴废□□□□□□□□[①]是所望于来者。

徐州

汉

季布，楚人也，任侠有名。项籍使将兵，数窘汉王。籍灭，高祖购求布急。布匿濮阳周氏。周氏置布车中，之鲁朱家所卖之。朱家心知季布也，买置田舍。乃之雒阳，见滕公，说曰："季布何罪？各为其主用，职耳。今上以私怨求一人，何示不广也？以布之贤，汉求之急如此，此不北走胡、南走越耳！君何不从容为上言。"滕公侍，间言如朱家指。上乃赦布，召见，拜郎中。布弟心，气盖关中，遇人恭谨，任侠有布风。方数千里，士争为死。当时，季心以勇，布以诺，并闻关中。孝文时，季布为河东守。人有言其贤者，孝文召，欲以为御史大夫。复有言其勇，使酒难近。至，留邸一月，见罢。季布因进曰："臣无功窃宠，待罪河东。陛下无故召臣，此人必有以臣欺陛下者。今臣至，无所受事，罢去，此人必有以毁臣者。夫陛下以一人之誉而召臣，一人之毁而去臣，恐天下有识闻之，有以窥陛下也！"上默然良久，曰："河东，吾股肱郡，故特召君耳。"布辞之官。

曹丘生，楚人，有口辩。游诸公贵人间，与窦长君善。季布闻之，寄书谏窦长君曰："吾闻曹丘生非长者，勿与通。"及曹丘生归，欲得书请[②]季布。窦长君曰："季将军不悦足下，足下无往！"固请书，遂行。使人先发书，季布果大怒，待曹丘。曹丘至，即揖季布曰："楚人谚曰：'得黄金百斤，不如得季布一诺。'足下何

① 底本残损，八字付阙。

②《册府元龟》作"诣"，注曰："欲得窦长君书与布，为己绍介也。"

以得此声于梁、楚间哉？且仆楚人，足下亦楚人也，仆游扬足下之名于天下，顾不重耶？何足下距仆之深也！”季布乃大悦，引入，留数月，为上客，厚送之。季布名所以益闻者，曹丘扬之也。

陆贾，楚人也。以客从高祖定天下，有口辩。时中国初定，尉佗平南越，因王之。高祖使贾赐佗印，为南越王。贾至，佗初魋结箕倨见贾。贾因说谕之，佗乃大悦，谓贾曰：“越中无足与语。至生来，日闻所不闻。”赐贾千金。贾卒拜佗为南越王，令称臣，奉汉约束。归报，高帝大悦，拜贾太中大夫。贾时时说称诗书。高祖骂之曰：“乃公居马上得之，安事诗书！”贾曰：“居马上得之，宁可以马上治之乎？”帝谓贾曰：“试为我著秦所以失天下，吾所以得之者，及古成败之国。”贾凡著十二篇。每奏一篇，帝未尝不称善，称其书曰《新语》。后，吕太后欲王诸吕，畏大臣及有口者。贾往说陈平交欢太尉周勃。平用其计，乃与勃两人深相结，吕氏谋益坏。及诛诸吕，立孝文，贾颇有力。孝文即位，欲使人之南越。乃复以贾为太中大夫，往使尉佗，去黄屋称制，令比诸侯，皆如意指。贾归，竟以寿终。

朱建，楚人也。故尝为淮南王黥布相，有罪去。后复事布。布欲反时，问建，建谏止之。布不听，听梁父侯，遂反。高帝既诛布，闻建曾谏，赐号平原君，徙家长安。建为人有口辩，刻廉刚直，行不苟合，义不取容。辟阳侯得幸吕太后，欲知建，建不肯见。及建母死，贫未有以发丧。陆贾素与建善，乃见辟阳侯，令奉百金祱，列侯贵人以辟阳侯故，往赙凡五百金。久之，惠帝大怒辟阳侯，下吏，欲诛之。太后惭，不可言。建乃求见惠幸臣闳籍孺，说之言帝，果出辟阳侯。后诸吕诛，辟阳侯卒全者，皆陆生、平原君力也。孝文时，使吏捕建，欲治建。建遂自刭。文帝闻而惜之。

田仲，楚人也，以侠闻。父事朱家，自以为行弗及也。仲死后，有剧孟。

袁盎，楚人也，字丝。孝文时，为郎中。绛侯为丞相，朝罢趋出，意甚得，上礼之甚恭。盎进曰：“绛侯所谓功臣，非社稷臣。今如有骄主色，陛下谦让，臣主失礼。”后朝，上益庄，丞相益畏。已而绛侯望袁盎，盎遂不谢。及绛侯免相之国，国人上书告以为反，征系请室，宗室诸公莫敢为言，惟袁盎明绛侯无罪。绛侯得释，乃大与盎结交。淮南王朝，杀辟阳侯，骄甚。盎谏曰：“诸侯骄必生患，可适削地。”上弗用，淮南王益横。及棘蒲侯柴武等谋反觉，治连淮南王，迁蜀，轞车传送。盎谏曰：“陛下素骄淮南王，今又暴摧折之，王为人刚，如有遇雾露行道死，陛下竟有杀弟之名，奈何？”上弗听。淮南王至雍病死闻，上辍食，哭甚哀，谓盎曰：“以不用公言至此！”盎曰：“上自宽，此往事，岂可悔哉？淮南王有三子，唯在陛下耳。”于是文帝立其三子皆为王。盎由此名重朝廷。盎常引大体慷慨。宦者赵谈以数幸，常害盎。文帝出，谈参乘，盎伏车前曰：“臣闻天子所与共六尺舆者，皆天下豪英。今汉虽乏人，陛下独奈何与刀锯余人载?”于是上笑，下谈，谈泣下车。上幸上林，皇后、慎夫人从。其在禁中，常同席坐。及坐，郎署布席，盎引却慎夫人坐。慎夫人怒，不肯坐。上亦怒，起入禁中。盎因前曰:“臣闻尊卑有序，则上下和。今陛下既已立后，慎夫人乃妾，妾岂可与同坐哉！且陛下幸之，即厚赐之，独不见人彘乎?”于是上乃悦，召语慎夫人。慎夫人赐盎金五十斤。然袁盎亦以数直谏，不得久居中，调为陇西都尉，仁爱士卒，士卒争为死。迁为吴相，用兄子种之计，吴王厚遇盎。盎告归，丞相申屠嘉引入与坐，为上客。盎素不好晁错。孝景即位，错为御史大夫，使吏案盎受吴王财物，抵罪，诏赦为庶人。吴、楚反，盎因窦婴入见上，具言吴所以反状，以错故，斩错。盎使吴，吴王使将，不肯，欲杀之，逃归。吴、楚已破，使盎为楚相。

伍被，楚人。或言其先伍子胥后也。被以材能称，为淮南中郎。是时，淮南王安好术学，折节下士，招致英俊以百数，被为冠首。久之，淮南王阴有邪谋，被数微谏。后王召被，欲与计事，呼之曰:“将军上！”被曰:“王安得亡国之言乎? 昔子胥谏吴王不用，乃曰:‘臣今见麋鹿游姑苏之台也！’今臣亦将见宫中生荆棘，露沾衣也！”王怒，系被父母，囚之三月，复召问。被不从，数危谏流涕。后事发觉，被诣吏自告，卒被诛。

丁义，以卒从起留，以骑将入汉。定三秦，破籍军荥阳，为郎[骑][1]将。破钟离昧，封宣曲侯。(留城，地在今州境内，其人物例当附载。按《史》《汉·功臣表》:此五侯者，第曰“从起留”，未实注为留人。然以沛人例之，其表曰“从起沛”者，其传皆曰“沛人”。则断以为留人，或亦非甚诬耳)

华毋害，以越将从起留，入汉。定三秦，击臧荼，封终陵侯。从攻马邑，及击黥布。

爰类，以慎将从起留，入汉。以都尉守广武，封厌次侯。

吕臣，以舍人从起留，以郎入汉。破曹咎成皋，为都尉。击陈豨，封宁陵侯。

齐受，以卒从起留，以家车入汉。以骁骑都尉击项羽，得楼烦将。用齐丞相，封平定侯。(按:此五人起徒步，取封侯，定皆豪俊，非碌碌者。惜古人慎重文字，不尽为立传耳。或疑其中非尽留产，然而起事此地，亦为侨寓。即与土著并载，讵同攀附? 竟一切遗之，不反成憾事乎? 后载沛、丰、砀、胡陵诸人，意亦如此)

韦孟，彭城人。为楚元王傅，傅子夷王及孙王戊。[戊][2]荒淫，不遵道，孟作诗风谏。后遂去位，徙家于邹，复作诗一章。自孟至贤五世，为邹鲁大儒。

① 字据《汉书·高惠高后文功臣表》补。
② 字据《汉书·韦贤传》补。

申章昌，字曼君，楚人。梁丁姓弟子。传《穀梁春秋》，为博士，至长沙太傅，徒众尤盛。由是《穀梁春秋》有申章氏学。

刘向，字子政，本名更生，彭城人。年十二，以父德任为辇郎。既冠，以行修饬，擢谏大夫。时，朝廷招选名儒俊材置左右。更生以通达能文辞，预进对，献赋颂凡数十篇[①]。更生幼得淮南《枕中鸿宝［苑］[②]秘书》及邹衍重道延命方，读诵之，以为奇书。时上复兴神仙方术事，更生献之，不验。乃下吏系狱，当死。逾冬，得减死论。征更生受《穀梁春秋》，讲论五经于石渠。复拜郎中、给事黄门，迁谏大夫、给事中。元帝初即位，萧望之、周堪荐更生明经有行，擢为宗正、给事中。寻为外戚许、史及宦官恭、显所谮诉，凡再系狱。既为庶人，乃上封事，推《春秋》灾异，以救今事。请放远佞邪之党，坏败险诐之聚，杜闭群枉之门，广开众正之路。恭、显见之，愈与许、史比而怨更生。谪废十余年。成帝即位，更生乃复进用，更名向。拜中郎，数奏封[③]事，迁光禄大夫。时，数有灾异，向以为外戚贵盛，王氏用事之咎，乃集《洪范五行传论》奏之。天子心知向精忠，然终不能夺王氏权。向又上疏谏营昌陵，制度泰奢，致民怨气[④]，感动阴阳，宜从公卿大臣议，以息众庶。又睹俗弥奢淫，而赵、卫之属起微贱，逾礼制，故采取《诗》《书》所载贤妃贞妇及孽嬖乱亡者，序次为《列女传》凡八篇，以戒天子。及采传记行事，著《新序》《说苑》凡五十篇奏之。数上疏言得失，陈法戒。书数十上，以助观览，补遗缺。上虽不能尽用，然内嘉其言，常嗟叹之。时上无继嗣，政由王氏出，灾异变甚。复上封事极谏。天子召见向，叹息悲伤其意，谓曰："君且休矣，吾将思之！"向为人简易，无威仪，廉靖乐道，不交接世俗。专积思于经术，昼诵书传，夜观星宿，或不寐达旦。向自见得信于上，故常显讼宗室，讥刺王氏及在位大臣，其言多痛切，发于至诚。上数欲用向为九卿，辄为王氏居位者及丞相、御史所持，故终不迁。居列大夫官，前后三十余年。年七十二卒。卒后十三岁，而王氏代汉。向三子，皆好学，少子歆最知名。向死后，歆复领五经，卒父前业。歆治《左氏春秋》，欲与《毛诗》《逸礼》《古文尚书》皆列于学官。哀帝令歆与五经博士讲论其义。诸博士或不肯置对，歆因移书太常博士责让之，言甚切。诸儒皆怨恨。歆由是忤执政大臣，出补吏。王莽持政，白太后，留歆为右曹大夫。迁京兆尹，使治明堂辟雍，封红休侯。典儒林史卜之官，考定律历，著《三统历谱》。初，歆以建平元年改名秀，字颖叔。王莽篡位，歆为国师。

① 原作"箱"，据《汉书》本传改。
② 字据《汉书》本传补。
③ 原作"对"，据《汉书》本传改。
④ 原作"其"，据《汉书》本传改。

两龚，皆楚人。胜字君宾，舍字君倩。二人相友，并著名节，故世谓之“楚两龚”。少皆好学明经。胜为郡吏，舍不仕。久之，楚王入朝，闻舍高名，聘舍为常侍，不得已随王。归国固辞，愿卒学，复至长安。而胜为郡吏，三举孝廉。以王国人不得宿卫，补吏，再为尉，一为丞。胜辄至官乃去。州举茂材，为重泉令，病去官。大司空何武、执金吾阎崇荐胜，征为谏大夫。引见。胜荐舍，有诏征。舍至，为谏大夫。胜居谏官，数上书求见，言百姓贫，盗贼多，吏不良，风俗薄，灾异数见，不可不忧；制度泰奢，刑罚泰深，赋敛泰重，宜以俭约先下。其言祖述王吉、贡禹之意。为大夫一岁余，迁丞相司直，徙光禄大夫，守右扶风。数月，上知胜非拨烦吏，乃复还胜光禄大夫、诸吏、给事中。胜言董贤乱制度，逆上指，贬秩一等。胜谢罪，乞骸骨。上乃复加赏赐，以子博为侍郎，出胜为渤海太守。胜谢病不任之官，积六月，免归。上复征为光禄大夫。胜常称疾卧，数使子上书乞骸骨。会哀帝崩，王莽白太皇太后，使谒者仆射策诏之，如韩福故事，遂归老于乡里。初，龚舍以胜荐，征为谏大夫，病免。复征为博士，又病去。顷之，哀帝遣使者即楚，拜舍为太山太守。舍家居在武原，使者至县请舍，欲令至廷拜授印绶。舍曰：“王者以天下为家，何必县官？”遂于家受诏，便道之官。既至数月，上书乞骸骨。上征舍，至京兆东湖界，固称病笃。天子使使者收印绶，拜舍为光禄大夫。数赐告，舍终不肯起，乃遣归。舍亦通五经，以《鲁诗》教授。年六十八，王莽居摄中卒。莽既篡国，明年，遣使者即拜胜为讲学祭酒，胜称疾不应。后二年，莽复遣使者奉玺书、太子师友祭酒印绶，安车驷马迎胜，即拜秩上卿，先赐六月禄，直以办装。使者与郡太守、县长吏、三老官属、行义诸生千人以上，入胜里致诏。胜称病笃，为床室中。使者入户，南面立，致诏付玺书，迁延再拜奉印绶，内安车驷马。胜曰：“素愚，加以年老被病，命在朝夕，随使君上道，必死道路，无益万分。”使者要说，至以印绶就加胜身，胜辄推不受。使者即上言：“方盛夏，胜病笃，须秋凉乃发。”有诏许。使者五日一与太守俱问起居，为胜两子及门人高晖等言：“朝廷虚心待君以茅土之封。虽疾病，宜动移至传舍，示有行意。必为子孙遗大业。”晖等白使者语。胜谓晖等：“吾受汉家厚恩，亡以报。今年老矣，旦暮入地，谊岂以一身事二姓，下见故主哉？”因敕以棺敛丧事，吾冢①种柏，作祠堂。语毕，遂不复开口饮食。积十四日死，时年七十九②。胜居彭城廉里，后世刻石表其里门。

刁韪，字子荣，彭城人。以侍御史迁尚书，在朝有鲠直节。出为鲁、东海二郡相，性抗厉，有明略，所在称神。以法度自整，家人莫见惰容。

---

① 原作“家”，据《汉书》本传改。案本传：“衣周于身，棺周于衣，勿随俗动吾冢，种柏，作祠堂。”节文多不省之省。

② 原作“九十七”，据《汉书》本传改。

刘平，字公子，楚郡彭城人也。本名旷，显宗后改为平。王莽时，为郡吏，守菑丘长（菑丘县属彭城国），政教大行。其后每属县有剧贼，辄令平守之，所至皆理，一郡称其能。更始时，天下乱，平弟仲为贼所杀。其后，贼复忽至，平扶母逃难。仲遗腹女始一岁，平抱仲女而弃其子，曰：“力不能两活，仲不可以绝类！”遂去不顾，与母俱匿野泽中。平朝出求食，逢饿贼，将烹，平叩头曰：“今旦为老母求菜，愿得先归，食母毕，还就死。”因涕泣。贼见其志诚，哀而遣之。建武初，庞萌反于彭城，攻败郡守孙萌。平时复为郡吏，冒白刃伏萌身上，被七创，困顿不知所为，号泣请曰：“愿以身代府君！”贼乃敛兵，指曰：“此义士也，勿杀！”遂解去。萌伤甚气绝，有顷苏，渴求饮，平倾其创血以饮之。后数日，萌竟死，平乃裹创扶送萌丧，至其本县。后举孝廉，拜济阴郡丞。太守刘育甚重之，任以郡职，上书荐平。会平遭父丧，去官。服阕，拜全椒长。政以恩惠，百姓怀感，或增资就赋，或减年从役。刺史、太守行部，狱无系囚，唯颁诏书而去。后以病免。显宗初，尚书仆射钟离意上书，荐旷执性恬淡，修身行义，应在朝次。书奏，诏征拜议郎，数引见。再迁侍中，数荐达名士。在位八年，以老病乞归。

刘般，字伯兴，宣帝玄孙也。世封于楚。及般父纡袭封，遭王莽篡位，废为庶人，因家于彭城。般数岁而孤，与母独居。莽败，天下乱，母闻更始即位，乃将般奔长安。会更始败，复与般转侧兵革中，西行上陇，流至武威。般虽少，而笃志修行，讲诵不怠。建武八年，般将家属东至洛阳，修经学。明年，光武下诏，封般为菑丘侯，奉孝王祀，使就国。后以国属楚王，徙封杼秋侯。十九年，行幸沛，诏问郡中诸侯行能。太守荐般秉修至行，为诸侯师。帝闻而嘉之，乃赐绶，钱百万，缯二百匹。永平元年，以国属沛，徙封居巢侯。就国数年，扬州刺史观恂荐般在国口无择言，行无怨恶，宜蒙旌显。显宗嘉之，征般行执金吾事，从至南阳，还为朝侯。建初二年，迁宗正。般在位，数言政事，尤能收恤九族，时人称之。建初三年卒。长子恺，字伯豫。以爵让弟宪，遁去。章和中，有司奏请绝恺国，肃宗美其义，特优假之。永元十年，有司复奏之，侍中贾逵因上书曰：“孔子称：‘能以礼让为国，于从政乎何有？’窃见居巢侯刘般嗣子恺，素行孝友，谦逊洁清，让封弟宪，潜身远迹。有司不原乐善之心，而绳以循常之法，惧非长克让之风，成含弘之化。”和帝纳之，乃征恺，拜为郎，稍迁侍中。恺之入朝，在位者莫不仰其风行。永初元年，为太常。元初二年，为司徒。永宁元年，称病致仕，有诏优许，赐钱归养，河南尹岁致羊酒。时安帝始亲政事，朝廷多称恺之德，帝乃遣问起居，厚加赏赐。尚书陈忠上疏，诏引恺，拜太尉。视事三年，以疾乞休，久乃许之。少子茂，字叔盛，亦好礼让。历位出纳，桓帝时为司空。会司隶校尉李膺等抵罪，而南阳太守成晋[①]、太原太守刘瓆，下狱当死。茂与太尉陈蕃、司徒刘矩共上书讼之，帝不悦。有司承旨劾蕃等，茂遂坐免。建宁中，复为太中大夫，卒于官。

刘授[②]，字孟春，武原人。延光元年，以宗正为司空。

季汉（吴）

张昭，字子布，彭城人。少好学，博览群书，与琅邪赵昱、东海王朗友善。刺史陶谦举茂才，不应。谦怒，拘执之。昱倾身营救，乃免。昭渡江，孙策以为长史，待以师友礼，文武事一以委之。策临殁，以弟权托昭。权为吴王，敬礼弥[③]重，拜辅吴将军，班亚三司。昭容貌矜严，有威风，自权以下皆惮之。卒，赠娄侯[④]，时年八十一，谥曰文。昭子承，以才学知名，能甄别人物。时有同郡蔡款，承以国士荐为卫尉。承卒，谥定侯。昭弟子奋，亦为将军，有战功。

蔡款，字文德，历位内外，以清真显于当世。以卫尉领中书令，封留侯。二子：条、机。条，孙皓时仕至中书令、太子少傅。

严畯，字曼才，彭城人。少耽学，性尤纯直。避难江东，张昭荐之孙权，以为骑都尉。及鲁肃卒，权令代镇陆口，因辞："[朴][⑤]素书生，不闲军事。"后为卫尉，使使蜀，丞相诸葛亮善之。所著有《孝经传》《潮水论》。二子：凯、爽。凯官至升平少府。

谢慈，字孝宗，彭城人。撰《丧服图》及《变除》行世。为孙奋傅相，以直谏见杀。奋坐废王爵为庶人。

晋

刘隗，字大连，彭城人，汉楚元王交之后也。父砥，为东光令。隗少有文翰，起家秘书郎、彭城内史。避乱渡江，元帝以为从事中郎，迁丞相司直，委以刑宪。屡有劾奏，不畏强御。与尚书刁协，并为元帝所宠，万机秘密，皆预闻之。拜镇北将军，都督青、徐、幽、平四[⑥]州，假节，加散骑常侍，率万人镇泗口。及王敦作乱，隗与刁协入见，奏诛王氏，不从。有惧色，遂奔石勒，卒。隗子绥，举秀才，除驸[⑦]马都尉、奉朝请。绥子波，字道则，初仕石季龙。季龙死，遂归。穆帝以为

---

①《后汉书》作"瑨"。
② 原作"受"，据《后汉书·安帝纪》注、《杨震传》等改。
③ 原作"称"，据正统《彭城志》、乾隆《徐州府志》等改。
④ 案《三国志》本传：张昭生前已封娄侯，此言"卒赠"，讹从嘉靖《徐州志》。
⑤ 字据《三国志·吴书》本传补。
⑥ 原作"泗"，据《晋书》本传改。
⑦ 原作"附"，据《晋书》本传改。

襄城太守，累迁散骑常侍。都淮北诸军、冀州刺史，未行，上疏而卒。波子淡，元熙初为庐江太守。

刘讷，字令言。有人伦识鉴。初入洛，见诸名士，叹曰："王夷甫，太鲜明；乐彦辅，我所敬；张茂先，我所不解；周弘武，巧于用短[①]；杜方叔，拙于用长。"讷后官至司隶校尉。讷子畴，字王乔。少有美誉，善谈名理。永嘉中，位至司徒左长史，为阎鼎所杀。司空蔡谟每叹曰："若使刘王乔南渡，司徒公之美选也！"王导拜司徒，叹曰："刘王乔若过江，我不独拜公也！"其为名流所推服如此。畴兄子劭，有才干。咸康世，历御史中丞、侍中、尚书、豫章太守。劭族子黄老，太元中为尚书郎，有义学。注《慎子》《老子》行于世。

刘牢之，字道坚，彭城人也。曾祖羲，以善射事武帝，历北地、雁门太守。父建，有武干，为征虏[②]将军，世以壮勇称。牢之面赤紫色，须目惊人，而沉毅多计画。太元初，谢玄北镇广陵。时苻坚方盛，玄[③]多募劲勇，牢之以骁猛应选。玄以牢之为参军，领精锐为前锋，百战百胜，号为"北府兵"，敌人畏之。坚将句难南侵，牢之破难辎重于盱眙，获其运船，迁鹰扬将军、广陵相。淮淝之役，苻坚将梁成以二万人屯洛涧，玄遣牢之以精卒五千距之。去贼十里，成[④]阻涧列阵，牢之直进渡水，临阵斩成，又分兵断其归津。贼步骑崩溃，争赴淮水，杀获万余人，尽收其器械。坚寻亦大败，归长安。余党所在屯结，牢之进平谯城，使人戍之。迁龙骧将军、彭城内史，赐爵武冈县男。牢之进屯鄄城，讨诛未服，河南城堡承风归顺者甚众。后为慕容垂所败，征还。守淮阴，复进戍彭城，领太守。灭妖贼刘黎，擒苻坚将张遇，平彭城妖贼司马徽于马头山。及王恭将讨王国宝，引牢之为司马，已又拜牢之为兄，精兵利器悉以配之，使为前锋。行至竹里，牢之背恭归朝廷。恭既死，遂代恭为都督兖、青、冀、幽、并、徐、扬州晋陵军事。桓玄将兵逼京师，上表理王恭，求诛牢之。牢之率北府之众驰赴京师，次于新亭。玄等受诏退兵，牢之还镇京口。及孙恩陷会稽，牢之遣将率师救三吴，子敬宣为后继。比至曲阿，吴郡内史已弃郡走，牢之乃率众东讨，与卫将军谢琰击贼屡胜，杀伤甚众，径临浙江，进拜前将军、都督吴郡诸军事。牢之率众军济浙江[⑤]，恩惧，逃于海。牢之还镇，恩复入会稽，害谢琰。牢之率众东征，屯上虞，分军戍诸县。恩复攻破吴国，牢之使参军刘裕击之，恩复入海。顷之，恩浮海奄至京口，战士十万，楼船千余。牢之在

① 原作"拙"，据《晋书》本传、《世说新语·品藻》改。
② 原作"卤"，避胡虏讳改。今据《晋书》本传恢复本字。后同。
③ 原作"大"，据《晋书》本传改。
④ 原作"咸"，据《晋书》本传改。
⑤ 原作"江浙"，据《晋书》本传乙正。

山阴，使刘裕自海盐赴难，牢之率大众而还。裕兵不满千人，与贼战，破之。恩闻牢之已还京口，乃走郁州，又为敬宣、刘裕所败。及恩死，牢之威名转振。元兴初，朝廷将讨桓玄，以牢之为前锋都督、征西将军，领江州事。牢之虑平玄之后，必不为元显所容，深怀疑贰。桓玄遣何穆说牢之，遂遣使与玄通。其甥何无忌与刘裕固谏之，并不从。已，桓玄欲图牢之，时屯相府，敬宣劝牢之袭玄，犹豫不决。移屯班渎，将北奔广陵，欲据江北以距玄，集众大议。参军刘袭不欲其反桓玄，吏多散走，而敬宣先还京口拔[①]其家，失期不到。牢之谓其为刘袭所杀，乃自缢而死。俄而敬宣至，不遑哭，奔于广陵。将吏共殡殓之，丧归丹徒。

刘敬宣，字万寿，牢之长子也。八岁丧母，昼夜号泣。四月八日，见众人灌佛，乃下头上金镜，为母灌像，因悲泣不自胜。桓序叹息，谓牢之曰："卿此儿非唯为家之孝子，必为国之忠臣！"及长，智略不及父，而技艺过之。孙恩之乱，随父征讨，所向有功。为王恭前军参军，改后军谘议参军。进平会稽，迁后军从事中郎。牢之败，与广陵相高雅之俱奔慕容超。桓玄得志，敬宣晓天文，知必有兴复晋室者。寻梦丸土服之，既觉，喜曰："丸者，桓也。桓既吞矣，吾当复本土乎！"乃结青州大姓，谋灭慕容德。会宋武帝平京口，手书召敬宣。至京师，以为辅国将军、晋陵太守，袭封武冈县男。累破诸贼，迁建威将军、江州刺史，镇寻阳。击桓亮、苻宏于湘中，所在有功。安帝反正，表求解职，寻除宣城内史，领襄城太守。义熙五年，宋武帝伐慕容超，除中军谘议参军。大破超军，进围广固，屡献规画。仍从南讨，为左卫将军。十一年，进号右将[②]军，寻被害。子光祖嗣。

刘道怜，彭城绥舆里人，宋武帝之弟也。幼为国子学生。谢琰为徐州，命为从事史。武陵王遵承制，除员外散骑侍郎，寻迁建威将军、南彭城内史。时，北青州刺史刘该反，引魏军为援，清河、阳平二郡太守孙全聚众应之。义熙元年，魏遣将寇徐州，围羊穆之，道怜救之，大败魏军，事见《兵变》。进号龙骧将军，又领堂邑太守，戍石头，以义勋封新兴县五等侯。四年，迁并州刺史、义昌太守，犹戍石头。时慕容超频入寇，自彭城以南，民皆保聚，山阳、淮阴诸戍并不复立，道怜请据彭城，以渐修创。朝议以彭城悬远，使镇山阳，进号征虏将军，督淮北军事，北东海太守。以前援彭城功，封新渝县男，食邑五百户。从兄裕征广固，常为军锋。及城陷，所部获慕容超。加使持节，进号左将军。七年，加北徐州刺史，移镇彭城。八年，裕伐刘毅，征为都督兖、青二州，晋陵、京口、淮南诸军事，兖、青二州刺史，还镇京口。九年，以广固功改封竟陵县公，食邑千户。减先封户邑之

① 原作"援"，据《晋书》本传改。
② 原作"卫"，据《宋书》本传改。

半，以赐次子义宗。十年[①]，进号中军将军，加散骑常侍，给鼓吹一部。明年，出为都督荆、湘、益、秦、宁、梁、雍七州诸军事，骠骑将军、开府仪同三司，领护蛮校尉、荆州刺史，持节、常侍如故，北府文武悉以配之。十四年，还为侍中，都督徐、兖、青三州，扬州之晋陵诸军事，守尚书令，徐、兖二州刺史，持节、将军如故。元熙[②]元年，解尚书令，进位司空，出镇京口。武帝代晋，进位太尉，封长沙王，食邑五千户，持节、侍中、都督、刺史如故。永初三年六月薨，年五十五，赠太傅，谥曰景王。

南北朝

刘怀肃，彭城人，宋武帝从母兄也。家世贫窭，躬耕好学。初为宁朔府司马，征孙恩，屡有战功。为费令。闻武帝起义，弃县远奔。京邑平定，振武将军道规追桓玄，以怀肃为司马，连破城垒。桓振据荆州，怀肃自云杜兼程七日而至。振勒兵三万，旗帜蔽野，跃马横矛，躬自突阵。流矢伤怀肃额，众惧欲奔。怀肃瞋目奋戈，胆气益壮。于是士卒争先，临阵斩振首。江陵平，道规加怀肃督江夏九郡，镇夏口，以建义功封东兴县侯。义熙元年，除辅国将军，淮南、历阳二郡太守。卒，赐左将军。弟怀敬，武帝以其母乳保旧恩，累见宠授，至会稽太守，历尚书、金紫光禄大夫。怀敬子真道，仕宋，为钱唐令。元嘉十三年，东土饥荒，扬州从事沈演之表真道有美政。上嘉之，赐谷千斛，以为步兵校尉。十四年，出为梁、南秦二州刺史。十八年，讨破杨难当。十九年，大致克捷，以真道为建威将军、雍州刺史。

刘怀慎，怀敬弟。少谨慎质直。从宋武帝征伐，位徐州刺史。为政严猛，境内震肃。以平广固及卢循功，封南城县男。武帝北征，以为中领军、征虏将军。名位转优，而恭恪愈至。永初元年，以佐命功进爵为侯，位五兵尚书，加散骑常侍、光禄[③]大夫。景平元年，迁护军将军。禄赐班于宗族，家无余财。卒，谥肃侯。子德愿嗣。初为游击将军，改秦郡太守，迁豫州刺史。庶长子荣祖，少好骑射，为宋武帝所知。及卢循攻逼京邑，时贼乘小舰入淮拔栅，武帝宣令三军不得辄射贼。荣祖不胜愤怒，冒禁射之，所中应弦而倒，帝益奇焉。以战功参太尉［军事］[④]。从讨司马休之，上乃解所著铠授之，荣祖陷阵，身被数创。及帝北伐[⑤]，转镇西中兵参军，大破魏军于半城。帝大飨将士，谓荣祖曰："卿以寡克众，攻无坚城，虽古名将，

① 原作"十一年"。案《宋书》本传，"一"字衍，今删。
② 原作"永兴"，据《宋书》本传改。
③ 原作"大中"，据《宋书》《南史》本传改。
④ 二字据《南史》本传补。
⑤ 原作"代"，据《宋书》《南史》本传改。

何以过此！”永初中，为辅国将军，追论半城功，赐爵都乡侯。卒于官。

刘亮，怀慎从孙[①]。少工刀盾。仕宋，以军功封顺阳县侯，历梁、益二州刺史。在位廉俭，所得公禄悉以还官，明帝下诏褒美。卒，谥刚侯。

刘钟，字世之，彭城人也。少孤，有志［力］[②]，常慷慨于贫贱。宋武帝伐孙恩，钟摧坚陷阵，为郡主簿。后除南齐国内史、安丘县五等侯。从征广固，孟龙符阵陷，钟直入贼营，取其尸而反。卢循逼建邺，钟拒栅，身被重创，贼不得入。及循南走，与王仲德追之，又与刘藩追徐道覆[③]于始兴，斩之。后随朱龄石伐蜀，为前锋。以广固功，封永新县男。累迁右卫将军。

刘回，彭城人，为中山太守。钟少孤，以同乡依回共居。

刘谧、刘怀玉，皆彭城人，与钟、叔璠[④]同时为将。

邵领宗，彭城人。竟陵王诞叛据广陵，领宗在城内阴结死士，欲袭诞。事泄，为诞所害。

刘简之，彭城吕人也。有志干，为宋武帝所知。帝将谋兴复，收集才力之士，尝再造简之，会有客。简之悟意，谓弟虔之曰："刘下邳再来，必当有意。既不得语，汝可试往见之。"及虔之至，武帝已克京口，虔之即投义。简之闻之，杀耕牛，会众以赴之。位太尉谘议参军。弟谦之，好学，撰《晋纪》二十卷，位至广州刺史、太中大夫。虔之轻财好施，为江夏相，从宋武帝征司马休之，追赠梁、南秦二州刺史，封新康县男。

刘康祖，虔之子。便弓马，膂[⑤]力绝人。袭封，拜员外郎。宋孝武为豫州刺史，镇历阳，以康祖为征虏中兵参军。魏太武攻围汝南，文帝遣救援，康祖总统前驱，奋击破之，太武烧营退走。迁左军将军。卒，赠益州刺史，谥曰壮。

刘道产，简之子。仕宋，初为无锡令，袭爵晋安县五等侯。元嘉三年，累迁至梁、南秦二州刺史，加都督，在州有惠化。后为雍州刺史，领宁蛮校尉，加都督，襄阳太守。善于临职，在雍政绩尤著，蛮夷前后不受化者皆顺服。百姓乐业，由此有《襄阳乐歌》，自道产始也。卒于官，谥曰襄。及其丧还，诸蛮皆缞绖号哭，送至沔口。道产子延孙，孝武初位侍中，封东昌县侯。累迁尚书右[⑥]仆射，除金紫光禄大夫。卒，奏谥忠穆，诏改为文穆。延孙弟延熙，为义兴太守。

杜幼文，彭城人。仕世祖时为将，晋陵破贼，在军统攻道，南伐浓湖，封邵阳

---

① 原作“子”，据《宋书》《南史》本传改。

② 字据《宋书》本传补。

③ 原作“福”，据《宋书》《南史》本传改。

④ 案《宋书》《魏书》，叔璠复姓司马，晋安平献王孚之后也。铜山县志误读为“刘璠，钟之叔”。

⑤ 原作“智”，据《宋书》《南史》本传改。

⑥ 原作“左”，据《宋书》《南史》本传改。

县开国男，食邑三百户。

刘程之，字仲思，宋高祖称之曰“遗民”[①]，彭城丛亭里人也。少孤，事母以孝闻。体貌冲远，虚心方外，周览百氏，得《老》《庄》要旨。迈往自负，不靡于俗，虽羸瘠在躬，锧斧当前，意湛如也。尝为柴桑令，已乃弃之，入匡山，依释慧远，居西林北涧上，与雷次宗辈同修西方。辞荐辟，专心禅思，安贫守素，研极幽渺。尝于定中见佛光焕映天地，如黄金色。（见《九江府志》）

阳瓒，彭城人。宋永初三年，为东郡司马。魏主焘亲督兵攻滑台，城东北崩，太守王景度出奔，瓒独坚守不动。魏人欲胁降之，不从，遂被杀。朝廷闻而伤之，诏赠给事中，为恤其家，颜延之为之诔。（见《东平府志》）

刘勔，字伯猷，彭城安上里人也。祖怀义，始兴太守。父颖之，汝南、新蔡二郡太守。勔少有志节，兼好文[②]义，家贫。仕宋，初为广州增城令，稍迁郁林太守。大明初，还都[③]，徐州刺史刘道隆请为宁朔司马。竟陵王诞据广陵为逆，勔随道隆受沈庆之节度。事平，封金城县五等爵侯。明帝即位，江州刺史晋安王子勋为逆，四方响应。勔以本官领建平王景素辅国司马，进据梁山。会豫州刺史殷琰反叛，召勔还都致讨。时琰婴城固守，自始春至于穷冬，勔内攻外御，战无不捷。善抚将帅，以宽厚为众所依。及琰请降，寿阳平，勔约令三军不得妄动，城内士庶感悦，为立碑纪德。还都，拜太子右卫率，封鄱阳县侯。迁右卫将军，行豫州刺史，加都督。后征拜散骑常侍、中领军。明帝临崩，顾命以勔为守尚书右仆射、中领军。废帝即位，加兵五百人。元徽初，桂阳王休范为乱，奄至建邺。勔战败，死之。事平，赠司空，谥曰昭。子悛，字士操。仕齐，初为领军将军，司州刺史。父勔于大航战死，悛时遇疾，扶伏路次，求勔尸。勔尸顶后伤缺，悛拔发补之。持丧墓侧，冬月不衣絮。后道从寿阳之司州刺史任，过勔碑下，再拜泣涕。以父死朱雀航，终身不由其路。明帝崩，东昏侯即位，改授散骑常侍，领[④]骁骑将军。卫送山陵，路经朱雀航，感恸，至曲阿而卒。

到彦之，字道豫，彭城武原人也。初以布衣追桓玄[⑤]于峥嵘洲，力战有功，进爵为侯。佐守荆楚垂二十载，威信为士民所怀。后以制督诸军北伐无功，免官。寻复起为护军将军，复封爵邑，固辞。卒，谥曰忠。

到溉，字茂灌，彦之曾孙。祖仲度，江夏王从事中郎。父坦，齐中书郎。溉少

① 案《东林十八高贤传》云：“刘裕以其不屈，乃旌其号曰‘遗民’。”
② 原作“交”，据《宋书》《南史》本传改。
③ 原作“迁都督”，据《宋书》《南史》本传改。
④ 原作“郎”，据《南齐书》《南史》本传改。
⑤ 原作“元”，避康熙讳改。今据《宋书》《南史》恢复本字。

孤贫，与弟洽俱聪敏，有才学，早为任昉所知。仕梁，起家王国左常侍，历官至太子中庶子。湘东王为会稽太守，以溉为轻车长史，行府郡事。高祖敕王曰：“到溉非直为汝行事，足为汝师，间有进止，每须询访。”遭母忧，居丧尽礼，朝廷嘉之。服阕，犹蔬食布衣者累载。除通直散骑常侍，为江夏太守，入为左民尚书。溉身长八尺，美风仪，善容止，所莅以清白自修。性又率俭，不好声色，虚室单床，傍无姬侍。自外车服，不事鲜华。冠履十年一易，朝服或至穿补。传呼清路，示有朝章而已。溉素谨厚，特被高祖赏接，每与对棋，从夕达旦。后因疾失明，诏以金紫光禄大夫就第养疾。溉家门雍睦，兄弟特相友爱。与弟洽常共居一斋，洽卒后，便舍为寺，因断腥膻，终身蔬食。性不好交游，惟与朱异、刘之遴、张绾同志友密。及卧疾家园，门可罗雀，三君每岁时常鸣驺枉道，以相存问，置酒叙生平，极欢而去。临终，属张、刘勒子孙以薄葬之礼。卒，时年七十二，诏赠本官。有集二十卷行于世。时以溉、洽兄弟比之二陆，故世祖赠诗曰：“魏世重双丁，晋朝称二陆。何如今两到，复似凌寒竹。”子镜，字圆照，湘东王法曹行参军，太子舍人，早卒。镜子荩，早聪慧，起家著作佐郎，历官至尚书殿中郎。尝从高祖幸京口，登北顾楼赋诗，受诏便就。上览以示溉曰：“荩定是才子！翻恐卿从来文章，假手于荩。”因赐溉《连珠》曰：“研磨墨以腾文，笔飞毫以书信。如飞蛾之赴火，岂焚身之可吝。必耄年其已及，可假之以少荩。”其见知赏如此。除丹阳尹丞。太清乱，赴江陵，卒。

到洽，字茂沿，溉弟也。年十八，为南徐州迎西曹行事。洽少知名，清警，有才学士行。谢朓文章盛于一时，见洽，深相赏好，曰：“君非直名人，乃亦兼资文武。”朓后为吏部，洽去职，朓欲荐之，洽睹世方乱，深相拒绝。除晋安王国左常侍，不就。遂筑室岩阿，幽居者积岁。任昉与洽兄沼、溉并善，尝访洽于田舍，见之，叹曰：“此子日下无双！”遂申拜亲之礼。天监初，沼、溉俱蒙擢用，洽尤见知赏，从弟沆亦相与齐名。高祖问待诏丘迟曰：“到洽何如沆、溉？”迟对曰：“正清过于沆，文章不减溉，加以清言，殆将难及。”诏为太子舍人。御华光殿，诏洽及沆、萧琛、任昉侍宴，赋二十韵诗，以洽辞为工，赐绢二十匹。高祖谓昉曰：“诸到可谓才子！”昉对曰：“臣常窃议，宋得其武，梁得其文。”二年，迁司徒主簿，直待诏省，敕使抄甲部书，迁尚书殿中郎。七年，迁太子中舍人，掌东宫管记。侍读省置学士二人，洽复充其选，迁国子博士，奉敕撰《太学碑》。十二年，出为临川内史，在郡称职。普通元年，为尚书吏部郎，请托一无所行。复为博士，以母忧去职。五年，迁给事黄门侍郎，领尚书左丞，准绳不避贵戚，贿赂莫敢通。时銮舆欲亲戎，军国容礼，多自洽出。六年，迁御史中丞，弹纠无所顾望，号为劲直，当时肃清。七年，出为寻阳太守。大通元年，卒于郡，赠侍中，谥曰理子。有文集行于世。子伯淮、仲举。

到沆，字茂瀣，彦之曾孙。父㧑，齐五兵尚书。沆幼聪敏，五岁时，㧑于屏风抄古诗，沆请教读，一遍便能诵讽，无所遗失。既长，勤学，善属文，工篆隶。美风神，容止可悦。齐建武中，起家后军法曹参军。梁天监初，高祖初临天下，收拔贤俊，甚爱其才。东宫建，以为太子洗马。时文德殿置学士省，召高才硕学者待诏其中，使校定坟史，诏沆通籍焉。高祖宴华光[①]殿，命群臣赋诗，独诏沆为二百字，二刻使成。沆于坐立奏，其文甚美。三年，诏尚书郎在职清能，或人才高妙者为侍郎，以沆为殿中曹郎。沆从父兄溉、洽，并有才名，时皆相代为殿中，当世荣之。四年，迁太子中舍人。沆为人不自伐，不论人长短。与任昉、范云友善。其年，迁丹阳尹丞，以疾不能处职事，迁北中郎谘议参军。五年，卒官，高祖甚伤惜焉。所著诗赋百余篇。

到仲举，字德言，洽次子。立身耿正，释褐著作佐郎、太子舍人，出为长城令，政号廉平。陈文帝居乡里，尝诣仲举，时天阴雨，仲举独坐斋内，闻城外有箫鼓之声，俄而文帝至，仲举异之，乃深自结托。文帝又尝因饮，夜宿仲举帐中，忽有神光五采，照于室内，由是祇承益笃。侯景之乱，仲举依文帝。及景平，文帝为吴兴太守，以仲举为郡丞。文帝为宣毅将军，以仲举为长史，带山阴令。文帝嗣位，授侍中，参掌选事。天嘉元年，守都官尚书，封宝安县侯。三年，迁尚书右仆射、丹阳尹，参掌并如故，寻改封建昌县侯。高宗立，以仲举为贞毅将军、金紫光禄大夫。仲举子郁，尚文帝妹信义长公主，官至中书侍郎，出为宣城太守。是年，迁为南康内史，以国哀未之任。高宗以韩子高事，收仲举及郁，付廷尉，赐死于狱。郁诸男女，以帝甥获免。

刘孝孙，彭城人。博学通敏，仕多不遂。尝叹曰："古人或开[②]一说而致卿相，立谈间而降白璧，书籍妄耳！"

刘孝绰，勔之孙。七岁能属文，舅王融称为神童。起家著作［佐］[③]郎，尝侍梁武帝宴，作诗七首，帝篇篇叹赏，授秘书丞，谓周舍曰："第一官当知用第一人。"故以孝绰居此职。迁散骑常侍，坐免。复起为秘书监。

刘潜，字孝仪，孝绰之弟。幼孤，与兄弟相励勤学，并工属文。孝绰尝曰"三笔六诗"，"三"即孝仪，"六"孝威也。天监五年，举秀才，起家始兴王法曹行参军。王为中抚军，转主簿，迁尚书殿中郎。敕令制雍州平等［寺］[④]金像碑，文甚

① 原作"元"，据《南齐书》《南史》本传改。
② 原作"闻"，据《南史》本传改。
③ 字据《梁书》《南史》本传补。
④ 字据《南史》本传补。

宏丽。晋安王出镇襄阳，引为安北功曹史，以母忧去职。王立为皇太子，孝仪服阕，仍补洗马，迁中舍人。出为阳羡令，甚有称绩。大同三年，以中书郎权兼司徒右长史，又兼宁远长史，行彭城、琅琊二郡事。累迁尚书左丞，兼御史中丞，在职弹纠，无所顾望，当时称之。十年，出为伏波将军、临海太守。是时，政网疏阔，百姓多不遵禁。孝仪下车，宣示条制，励精绥抚，境内翕然，风俗大革。太清元年，为豫章内史。二年，侯景寇京邑，孝仪遣子励帅郡兵二千，随韦粲入援。三年，宫城不守，孝仪亦失郡。大宝元年，病卒。孝仪为人宽厚，内行尤笃。第二兄孝能早卒，孝仪事寡嫂甚谨，家内巨细，必先谘决。与妻子朝夕供事，未尝失礼，世以此称之。有文集二十卷行于世。第五弟孝胜，历官邵陵王法曹、湘东王安西主簿、记室、尚书左丞，后为右丞，兼散骑常侍。聘魏还，为安西武陵王长史、蜀郡太守。太清中，侯景陷京师，武陵王僭号于蜀，以孝胜为尚书仆射。随武陵[王][1]出峡口，兵败，被执下狱。世祖寻宥之，起为司徒右长史。第六弟孝威，初为安北晋安王法曹，转主簿，以母忧去职。服阕，除太子洗马，累迁中舍人、庶子、率更令，并掌管记。大同九年，白雀集东宫，孝威上颂，其辞甚美。太清中，兼通事舍人。及侯景寇乱，孝威于围城得出，西上至安陆，遇疾卒。第七弟孝先，武陵王法曹、主簿。王迁益州，随府转安西记室。承圣中，与兄孝胜俱随武陵王军出峡口。兵败，至江陵，世祖以为黄门侍郎。兄弟并善五言诗，见重于世。

刘孺，字孝稚，孝绰从弟。幼聪敏，能属文。年十四，居丧，毁瘠骨立。叔父瑱尝置坐侧，谓宾客曰："此吾家明珠也。"仕梁，起家中军法曹行参军，迁太子中舍人。尝在御坐为《李赋》，受诏便成，文不加点，武帝甚叹赏之。后侍宴寿光殿，应诏赋诗，未及成，帝取孺手版，题诗戏之曰："张率东南美，刘孺洛阳才。揽笔便应就，何事久迟回？"其见亲爱如此。迁中书郎、散骑常侍。大同五年，授吏部尚书。出为晋陵太守，在郡和理，为吏民所称。入为侍中，复为吏部尚书。母忧，以毁卒，谥曰孝。盖其群从子弟以文名者七十余人，而孝绰、孝仪、孝稚，并有文集行于世。孺弟览，字孝智。十六通《老子》《易》，位中书郎。以所生母忧，庐于墓，常再期不尝盐酪，食麦粥而已。隆冬止著单布衣，家人虑不胜丧，中夜窃置炭于床下，览因暖得寐，及觉知之，号恸呕血。梁武帝闻其至性，数使省视。服阕，除尚书左丞。览弟遵，字孝陵。少清雅，有学行。为晋安王纲宣惠[2]、云麾二府记室，甚见宾礼。王为皇太子，仍除中庶子。遵自随藩及在东宫，以旧恩偏蒙宠遇，时辈莫及。卒于官，皇太子深痛惜之，形诸悼辞曰：中庶奄至殒逝，痛可言乎？其

① 字据《梁书》本传补。
② 原作"慰"，据《梁书》《南史》本传改。

孝友淳深，立身贞固。内含玉润，外表澜清。言行相符，终始如一。文史该富，琬琰为心；辞章博赡，玄黄成采。既以鸣谦表性，又以难进自居。吾昔在汉南，连翻书记；及忝朱方，从容坐首。鷁舟乍动，朱鹭徐鸣，未尝一日而不追随，一时而不会遇。益者三友，彼实其人。及弘道下邑，未申善政，而能使人结去思，野多驯翟。此亦威凤一羽，足以验其五德。

刘善明，彭城人[①]。[父怀民][②]，仕宋，为齐、北海二郡太守。元嘉末，青州饥，人相食。善明家有积粟，躬食饘粥，开仓以赈，多获全济，百姓呼其家田为“续命田”。废帝见杀，为高帝骠骑谘议、南东海太守、行南徐州事。沈攸之反，献计平之，高帝召还都，谓曰：“卿策沈攸之，虽张良、陈平，适如此耳！”仍迁太尉右司马。齐台建，为右卫将军，辞疾不拜。召谓曰：“淮南近畿，国之形胜，非亲贤不居，卿与我卧理之。”命为淮南、宣城二郡太守，遣使拜授，封新淦伯。善明至郡[③]，上表陈事凡十一条，上优诏答之。常自云：“在家当孝，为吏当清，为子孙楷栻足矣。”所历官廉简不烦，俸禄散之亲友。建元二年卒，唯有书八千卷。高帝闻其清贫，赐其子涤葛塘屯谷五百斛，曰：“葛屯亦吾之垣下，令后世知其见异。”从弟僧副，字士云，位前将军，封丰阳男，卒于巴西、梓潼二郡太守。上图功臣像，僧副与焉。

刘绘，字士章，彭城人。仕齐，为著作郎。历洗马、南康相。郡事之暇，专意讲说。上左右闻之，征还，为安陆王护军参军。

刘逊之，宋东平太守。无子，以弟邕子芳为后。

刘邕，宋兖州长史。同义宣之事，死于彭城。芳本生父也。

刘芳，字伯文，彭城丛亭里人。魏[孝][④]文帝时，为中书侍郎，授太子经。才思深敏精博。初，王肃来奔，芳与辩论。肃曰：“此非刘石经耶？”昔汉世造三字石经于太学，学者文字不正，多往质焉，芳音义明辩，疑者往询，故时人号为“石经”。出为刺史，朝廷吉凶大事皆就咨焉。齐将入寇徐州，疆埸之人颇怀去就，帝忧之，以芳为散骑常侍、国子祭酒、徐州大中正，行徐州事。后兼侍中，迁中书令，出除青州刺史。还朝正朝仪，补太常卿，议郊祀礼，宣武从之。尝集《礼记义证》十卷。卒，赠镇东将军、徐州刺史，谥曰文贞。子怿，字祖欣。仕魏，历徐州别驾、兖州左军府长史、司空谘议参军。屡为行台出使，所历皆有贤称。转通直散骑常侍、徐州大中正，行郢州事。寻迁安南将军、大司农卿。卒，赠徐州刺史，谥

① 此刘善明非彭城人，勘详嘉靖《徐州志》。乾隆《徐州府志》已削去，乾隆、道光《铜山县志》复录此人。
② 字据《南齐书》本传补。按：宋世为二郡太守者，其父怀民也，非善明。
③ 原作“都”，据《南齐书》本传改。
④ 字参《魏书》《北史》本传补。

曰简。以弟子琝为后。琝，赐爵临颍县子。

刘廞，字景兴，芳次子。好学强立，与灵太后兄弟往还相好，太后令廞以诗赋授弟元吉。历尚书郎、太尉属、中书侍郎、冠军将军、行南青州事。孝庄初，除国子祭酒，以本官行徐州事。出帝初，复领国子祭酒。帝于显阳殿讲《孝经》，廞为执经，风采音制①，足有可观。寻迁殿中尚书。后为齐献武王所害。子鸷。

刘粹，芳第五子，徐州别驾、朱衣直阁。粹少尚气侠，兄廞死，粹招合部曲，就兖州刺史樊子鹄，谋应关西，不克而死。

刘思祖，芳叔抚之子。思祖勇健，有将略。魏高祖末入朝，历羽林监，梁、沛二郡太守，屡为统军南征，累著功捷。后奔梁，为北徐州刺史。

刘泰之，彭城人，与子承伯俱仕宋，并有名位。孙懋，仕魏。

刘筝，字士文，懋次子，少而聪慧。年十二，诣尚书王衍。衍与语，大奇之，遂与太傅李延实、秘书李凯上疏荐之，拜秘书郎。筝亦善士。兴和元年卒，无子，兄子矩继。

刘元孙，懋从叔，养志丘园，不求闻达。魏高祖至彭城，起家拜兰陵太守，治以清静为名，卒官。

刘长文，元孙子。魏高祖擢为南兖州长史，带谯郡太守。被围粮竭，固节全城，以功赐下邑子，迁鲁郡太守，高祖为太子恂纳其女为孺子。卒，子敬先袭爵。

刘徽，长文次子，奉朝请、徐州治中。

刘永，字履南，元孙次子，颇有将略，累著征战之勤。神龟中，为大鸿胪卿，持策拜高丽王安。还，除范阳太守。

刘僧利，芳族兄。轻财通侠，甚得乡情。高祖幸徐州，引见，善之，拜徐州别驾，迁沛郡太守。后遂从容乡里，不乐台官。积十余年，朝议虑其有二志，征拜轻车将军、羽林监，卒官。长子世雄，仕太山太守。

刘世明，字伯楚，僧利次子，颇涉书传。自奉朝请，稍迁兰陵太守、彭城内史。属刺史元法僧以城外叛，遂送于梁。梁欲加封爵，固辞不受。频请乞还，听之。肃宗时，征为谏议大夫。孝庄末，除南兖州刺史。时尔朱氏乱政，城民王乞得逼劫世明，据州归梁。封开国县侯，食邑千户，[征西]②大将军、郢州刺史。复辞不受，固请北归。既还，奉送所持节，身归乡里。自是不复入朝，常以射猎为适。兴和三年卒，赠徐州刺史。子祎，字彦英，武定末冠军将军、中散大夫。

刘逖，字子长。祖芳。父鹹，金紫光禄大夫。逖少而聪敏，郡州辟功曹、主

① 原作“旨”，据《北史 · 刘芳传》改。
② 二字据《魏书 · 刘懋传》补。

簿。魏末，征为永安公府参军。逖远离乡家，倦于羁旅，发愤自励，专精读书，游宴之中，卷不释手。值有文籍所未见者，辄终日讽诵，或通夜不归。其好学如此。亦留心文藻，颇工诗咏。仕齐，至给事黄门侍郎，聘周使副。二国始通，礼仪未定，逖与周朝议论，往复斟酌古今，事多合礼，兼文辞可观，甚得名誉。使还，拜仪同三司。逖尝修国史，生平所制诗赋及杂文文笔三十卷。子逸民，开府行参军。

刘晉，逖之弟也。少聪明，好文学。武平间，历殿中侍御史、散骑侍郎。迎劳陈使，转尚书仪曹郎。周大象末，卒于黎州治中。子玄道，有人品识用，定州骑兵参军。

刘顗，字君卿。祖廞，仕魏。父济及叔埈，初奔江南，后皆北还。顗好文学，工草书，风仪甚美。历瀛州外兵参军、司空功曹，待诏文林馆，除大理司直。隋开皇中卒。

白皂生，彭城人。起义于豫州，杀魏刺史司马悦，以城归梁，梁遣将齐荀仁等四将以佐之。后，皂生与魏将邢峦战于悬弧，败死。（皂生归梁，为近于正，故不可与逆乱同例）

刘鸷，廞之子也。仕魏，位徐州开府从事中郎，转中书舍人。属梁通和，鸷前后受敕专对梁使一十六人，庶几不辱君命。仕至司徒左长史。卒，赠南青州刺史。

刘懋，字仲华，芳从子也。博综书史，善草隶书，识奇字。魏宣武初入朝，位尚书外兵郎中。芳甚重之，凡所撰定朝廷轨仪，皆与参量。尚书博议，懋与殿中郎袁翻常为议主。达于从正，府中疑事，咸所访决。迁步兵校尉。孝明初，大军攻硖石[①]，懋为李平行台郎中。城拔，懋颇有功，迁太尉司马。卒，家徒[②]四壁而已。赠持节、前将军，谥曰宣简。所制诗文，见称于时。又撰诸品物造作之始一十五卷，名曰《物祖》。子筠，字士贞，为徐州大中正。

郑长猷，彭城人，前太守演之子也。初为东平太守，转沛郡，入为主客郎中，袭父封云阳伯。孝文南伐，既克宛城，拜长猷南阳太守。乘舆将返，诏长猷曰："昔曹公克荆州，留满宠于后。朕今委卿此郡，兼统戎马，非直绥初附，以捍城相托。"特赐缣二百匹。孝文崩于南阳，敛于其郡。寻征为护军长史。景明初，寿春归款，兼给事黄门侍郎，持节宣慰。及任城王为扬州刺史，诏长猷为谘议参军，转徐州武昌王长史，带彭城内史。征拜谏议大夫，迁通直散骑常侍。永平末卒，谥曰贞伯[③]。子廓袭爵。

孙道登，彭城吕县人。魏永安初，为梁将韦休等所获，胁使招降乡曲。道登乃

① 原作"陕右"，据《魏书》《北史》本传改。

② 原作"徙"，径改。

③《魏书》本传作"侯"。

厉声倡呼："贼无所能！"遂见屠戮。朝廷遣官吊祭，赐五等子爵。

徐文盛，字道茂，彭城人也。世仕魏为将。父庆之，天监初率千余人自北归梁，未至，道卒。文盛仍统其众，稍立功绩，高祖甚优宠之。大同末，以为持节，督宁州刺史。先是，州在僻远，所管群蛮，不识教义，贪欲财贿，劫篡相寻，前后刺史莫能制。文盛推心抚慰，示以威德，夷獠感之，风俗遂改。

郑抗，字子信，彭城人。有文学。北齐武平末，兼左右郎中，待诏文林馆。

刘苞，字孝尝，勔之孙也。父愃，齐太子中庶子。苞四岁而孤，至六七岁，世叔父悛、绘等并显贵，苞见之辄泣。其母谓其畏惮，怒之。苞曰："早孤，不识父，闻诸父多与父类，故心中悲耳。"因而歔欷，母亦悲恸。奉其母最孝，尝为扇席温枕。母及两兄相继亡，经营墓所，不资诸父。仕至太子洗马，侍讲寿光殿，以文藻见知，多预宴坐。居官有能名。性和而直，与人交，情无所隐。天监十年卒，时年三十。

孙棘，彭城人。宋大明五年，发三五丁，棘弟萨应充行，坐违期不至。棘诣郡辞列："棘为家［长］[①]，令弟不行，罪应百死，乞以身代萨。"萨又辞列自引。太守张岱疑其不实，以棘、萨各置一处，报云听其相代。并色喜，甘心赴死。棘妻许又寄语属棘："君当门户，岂可委罪小郎？且大家临亡，以小郎属君，竟未妻娶，家道不立。君已有二儿，死复何恨！"岱依事表上，孝武诏特原罪。州加辟命，并赐帛二十匹。

刘昙净，字元光，彭城吕人也。祖元真[②]，淮南太守，居郡得罪。父慧镜，历诣朝士乞哀，恳恻甚至，遂以孝闻。昙净笃行有父风，解褐安成王国左常侍。父卒于官，昙净奔丧，不食饮者累日，绝而又苏，每哭辄呕血。服阕，因毁瘠成疾。会有诏士姓各举四科，昙净叔父慧斐举以应孝行，梁高祖用为海宁令。昙净以兄未为县，因以让兄，乃除安西行参军。父亡后，事母尤淳至，身营飨粥，不以委人。母疾，衣不解带。及母亡，水浆不入口者殆一旬。母丧，权瘗药王寺。时天寒，昙净身衣单布，庐于瘗所，昼夜哭泣不绝声，哀感行路。未及期而卒。

刘慧斐，字文宣[③]，彭城人也。少博学，能属文，起家安成王法曹行参军。尝还都，途经寻阳，游于匡山，过处士张孝秀，相得甚欢，遂有终焉之志。因不仕，居于东林寺。又于山北构园一所，号曰离垢园，时人乃谓为离垢先生。慧斐尤明释典，工篆隶。在山，手写佛经二千余卷。太宗临江州，遗以几杖。论者云：自远法师殁后将二百年，始有张、刘之盛。世祖及武陵王等书问不绝。大同二年，卒。

---

① 字据《南史》本传补。

②《梁书 · 孝行传》作"元真"，《南史 · 隐逸传下》作"元直"。

③《梁书 · 处士传》作"文宣"，《南史 · 隐逸传下》作"宣文"。

刘季连，字惠续，彭城人也。父思考，以宋高祖族弟显于宋，位至金紫光禄大夫。季连有名誉，早历清官。齐高帝受禅，悉诛宋室近属，将及季连，太宰褚渊素善之，固请，乃免。后仕至益州刺史。季连父，宋世为益州，无政绩，州人犹以义故，善待季连。季连下车，存问故老，抚纳新旧，见父时故吏，皆对之流涕。辟遂宁人龚惬为府主簿。惬，龚颖之孙，累世有学行。以是，人益称焉。

成景儁，彭城人[①]。为梁将，甚有威略，与马仙琕并称。

刘曼，彭城人。在梁时有盛名，与任昉、伏暅俱称善言玄理。〇刘缵，彭城人，仕梁。子晰，并有名于时。〇刘敬徽，彭城人，为徐州长史。见《崔亮传》。

刘泰珉[②]，彭城人。与范阳卢昌衡、顿丘李若、河南陆彦师、陇西辛德源、太原王修，并为后进风流之士。

隋

刘子翊，彭城丛亭里人，遍之子也。少好学，颇解属文。性刚蹇，有吏干。大业间，授侍书侍御史。尝从幸江都，因侍切谏，出为丹阳留守。寻遣上江督运，为贼吴棋子所虏。欲要以为主，不从。会炀帝被弑，群贼执子翊至临川城下，使以帝崩告城中。子翊反其言，于是见害。

刘高，彭城人，仕为萧令，见《政绩传》。

刘弘，字仲远，彭城丛亭里人，魏太常卿芳之孙也。少好学，有行检，重节概。仕齐行台郎中，襄城、沛郡、谷阳三郡太守，西楚州刺史。及齐亡，周武帝以为本郡太守。尉迥之乱也，遣其将席毗掠徐、兖，弘勒兵拒之，以功授仪同、永昌太守、齐州长史。志在立功，不安佐职。平陈之役，表请从军，以行军长史从总管吐万绪渡江，以功加上仪同，封濩泽县公，拜泉州刺史。会高智慧作乱，以兵攻州。弘城守百余日，救兵不至。前后出战，死亡太半。粮尽，无所食，与士卒数百人煮犀甲腰带，及剥树皮而食之，一无离叛。贼知其饥饿，欲降之，弘抗节弥厉。贼悉众来攻，城陷，为贼所害。上闻而嘉叹者久之，赐物三[③]千段。子长信，袭其官爵。

刘士儁，彭城人。性至孝。丁母丧，绝而复苏，勺饮不入口者七日。庐于墓侧，负土成坟，列植松柏。虎狼驯扰，为之取食。隋文帝表其门。（旧志载刘毅于

① 案《南史·孝义传下》：成景隽，范阳人，为北魏镇东参军，梁天监七年十月杀宿豫戍主严仲贤，以城附梁。本志卷十八《政绩》亦同。此作“徐州人”，或因《魏书·杨椿传》“永平初，徐州城人成景儁以宿预叛”所误，然景儁虽从镇东将军驻彭城，实非徐人，据此列籍徐州，误。

② 案《北史·卢昌衡传》，应为刘珉，“泰”字衍文。

③《隋书》本传及嘉靖《徐州志》作“二”。

士隽前，不知毂为沛国人，又在萧梁时。颇属风马，故削之[①]）

刘世彻，彭城人[②]。隋末，徐圆朗据兖州，或说圆朗曰："彭城有刘世彻，才略不常，有异相，士大夫许其必王。将军欲自[③]用，恐败，不如迎世彻立之，功无不济。"圆朗谓然，乃迎之。时，唐盛彦师陷圆朗军中，惧世彻若联叛，祸且不解，即谬说曰："闻公迎刘世彻，信乎？公亡无日矣，独不见翟让用李密乎？"圆朗信之。世彻至，夺其兵，以为司马，遣[④]徇地，所至皆下。忌而杀之。

① 案《南史·刘瓛传》：瓛，沛国相人。其族子曰显，未必亦相人。毂为显从弟，《万姓统谱》谓彭城人，或别有据。

② 案《隋书》《北史》：其父刘权，彭城丰人，则世彻亦为丰人。《新唐书·徐圆朗传》"彭城有刘世彻"者，就彭城郡而言也，非必彭城县。志书据此收入州人物，误。

③ 原作"目"，据《新唐书·徐圆朗传》改。

④ 原作"遗"，据《新唐书·徐圆朗传》改。

徐州志卷之二十一

人物二

唐

刘文静，字肇仁。系出彭城，徙居武功。祖懿用[①]，石州刺史。父韶，仕隋，战死，赠上仪同三司。文静袭父职，为人伟姿仪，有器干，倜傥多权略。大业末，为晋阳令，尝夜登城，见逻堞传烽，叹曰："乱离如此，吾将安舍?"时唐公方镇太原，察其大志，深自结托。又见世民非常态，有类汉高，私与裴寂言，遂就世民谋起义，部署宾客。恐唐公不从，因事说之，计乃决。开大将军府，拜文静为司马，一时旌旗号令，皆所区画。就令使突厥，说其出兵相助。文静以战功，转大丞相[府][②]司马，封鲁国公。唐公践祚，擢居纳言，命与通识之士刊定《隋开皇律令》，更损益之，以为通法。后为秦王府长史，授民部尚书，领陕东道行台左仆射。武德二年，以与裴寂有隙，多怨望，又为召巫禳怪，帝疑而杀之。贞观三年，太宗乃追复官爵，以子树义袭封，尚主。

刘德威，彭城人。有干略。隋大业末，从裴仁基[③]讨淮贼，手剑贼酋[④]，传行在。后归李密。密降，俱入朝，授左武候将军，封滕县公。诏将兵击刘武周。俄为武周所获，使率本部徇地浩州，得自拔归。尽上贼中虚实，高祖嘉纳，封彭城县公。从平洛阳，有功，为刑部侍郎[⑤]，妻以平寿县主。贞观初，历大理卿、绵州刺史，政号廉平，百姓立石颂德。寻检校益州大都督府长史，入为大理卿。太宗问曰："比刑网寖密，咎安在?"德威曰："在君不在臣。下之宽猛，视主之好恶。今坐入者无辜，坐出者有罪，所以吏务深文，为自营计。"帝然其言。后迁刑部尚书，检校雍州别驾。母丧，免。既除，为同州刺史。永徽三年卒，赠礼部尚书、幽州都督，谥曰襄，陪葬献陵。德威于闺门友睦，为人宽平，生平所得俸禄，以分宗亲，无留藏。

① 原作"周"，据《旧唐书》本传改。
② 字据两《唐书》本传补。
③ 原作"棋"，据两《唐书》本传改。
④ 原作"首"，据两《唐书》本传改。
⑤ 原作"尚书"，据两《唐书》本传改。

刘审礼，德威子。少丧母，为祖母元所养。隋末大乱，道不通，审礼自乡里负祖母渡江，转侧避地。及天下平，西人长安。元每疾病，必亲煮药，尝而进。元曰："儿孝通幽显，吾一顾念，疾辄间。"贞观中，历左骁卫郎将。父丧，免。比葬，徒跣血流，行路咨叹。服除，当袭爵，让其弟，不听。见父执，必感泗滂沱。事继母尤谨。与弟延景为闻友，得禄多资之，而妻子执寒苦，晏如也。再从皆同居，合二百口，内外无间言。迁工部尚书，检校左卫大将军。仪凤三年，吐蕃寇凉州，副中书令李敬玄[①]讨之，与战青海上，败，为虏执。其子尚乘直长殆庶，及延景诣阙待罪，请入贼以赎。有诏审礼徇忠以没，非有罪，宜各还职。特诏殆庶弟易从省之。既至，而审礼卒。易从昼夜哭不止，吐蕃哀之，乃还其父尸。徒跣万里，扶护以归，见者流涕。审礼赠工部尚书，谥曰僖。

刘易从，审礼子。仕至彭州[②]长史、任城县男。永昌中，为酷吏周兴诬构，坐死。将刑，百姓奔走，争解衣投地，曰："为长史祈福！"有司平直，乃十余万。当时号"孝义刘家"，及易从以非祸死，天下冤之。（按：旧志看史文不清，误以易从为审礼弟，乃于德威传末添赘曰"子二：审礼、易从"，反忘却延景，太粗矣）

刘昇，易从子。年十余岁，遭祸流岭表。六道使诛流人，昇以信爱，为首领所庇免。后易姓温，北归洛。景云中，特授右武卫骑曹参军。开元中，累迁中书舍人、太子右庶子。昇能文，善草隶。

刘延景，字冬日，德威次子，仕陕州刺史。睿宗初，以后父追赠尚书右仆射，陪葬乾陵。

刘延嗣，德威从子，为润州司马。徐敬业攻润州，延嗣与刺史固守。俄而城陷，敬业欲降之。延嗣曰："吾世蒙国恩。今城不守，所负多矣。讵能苟生为宗族羞?"敬业怒，将斩之，其党魏思温救止，系江都狱。敬业败，录忠当叙，以裴炎近亲，裁迁梓州长史，转汾州刺史。宗族至刺史者二十余人。（旧志又误以为德威从孙）

员半千，字荣期。其先本彭城刘氏。十世祖凝之，事宋起部郎。及齐受禅，奔元魏。以忠烈自比伍员，因自姓员。终镇西将军、平凉郡公。半千始名余庆，师事王义方。义方常曰："五百岁一贤者生，子宜当之！"因改今名。凡举八科，皆中。历仕至濠、蕲二州刺史，不颛任吏，以文雅粉泽，所至礼化大行。睿宗初，召为太子右谕德。累封平原郡公。半千事五君，有清白节。年九十四卒。（按：半千先

① 原作"元"，据两《唐书》本传改，下同，不复出注。

② 按:《新唐书》原作"彭城"，吴缜《纠谬》谓本传与《世表》互异，未知孰是。中华书局标点本据《资治通鉴》卷二百四"彭州"、《新唐书 · 地理志 · 剑南道 · 彭州》"武后时长史刘易从"等改"彭州"，其说应是，今从之。

世已久去彭城，不应仍收之《人物》，特以凝之为刘宋遗忠，前史失载，因并半千录之）

司马锽，徐州人[①]。天授初，左补阙薛谦光上疏论选举之弊。长安中，选台阁贤望，分典大郡，得韦嗣立等十九人，锽与焉。申选到部，政绩可称，独谦光与锽二人而已。（旧志）

路审中，徐吏也。崔彦曾知其能，颇任之。嗣彦［曾］[②]既遇害，审中赂守卒，敛藏其尸。张玄稔攻徐州，审中率死士应官军，开南白门入，因得破庞勋。后位岚州刺史。郑畋谓审中节贯神明，请擢为右羽林将军。

刘海宾，彭城人。以义侠闻。为泾原兵马将，与段秀实友善，累立战功，兼御史中丞。刘文喜据泾州叛，海宾与其子光国绐以奏请，及入对，言奸慝可诛状。既还，光［国］[③]手斩文喜，献阙下。拜左骁卫大将军、五原郡王；海宾，乐平郡王，赠太子太保，实封百户。（旧志）

刘廷珍，徐州彭城人，以羽林军扈德宗幸奉天，累立战功，官左骁卫大将军，封东阳郡王。

刘沔，字子汪，廷珍子。少孤，客振武节度使范希朝，署牙将。军中大会，沔捉刀立堂下，希朝奇之，召谓曰："后日必处吾坐。"希朝卒，入为神策将。迁大将军，擢泾原节度使，徙振武。开成三年，突厥劫营田，沔发吐浑、契苾、沙陀部万人击之，贼无一返者，悉颁所获马羊于战卒。武宗立，迁检校尚书左仆射。会昌二年，回鹘掠太原、振武，天子以李拭荐，拜沔河东节度，兼招抚回鹘［使］[④]，进屯雁门关。虏寇云州，沔击之，斩七裨将，败其众。以还太和公主功，加检校司空。虏残众走，诏沔追北，仍录李靖平颉利事赐之。军还，次代州，归义军降虏二千，使隶食诸道，不受诏，据滹沱河叛，沔悉擒诛之。刘稹阻命，诏沔南讨，屯榆社。会王宰逗留，宰相李德裕表沔镇河阳，以滑兵二千壁万善，居宰肘腋下，激之使出军。稹平，进检校司徒，徙忠武节度使。以病，授太子太傅致仕。卒，年六十五。

石雄，徐州人。少为牙校，敢毅善战，气盖军中。王智兴讨李同捷，收棣州，使雄先驱渡河，鼓行无前。徐军恶智兴苛酷，谋逐之而立雄。智兴惧，表雄为壁州刺史，杀雄素所善百余人，诬雄煽乱。文宗素知雄，不杀，流白州，徙为陈州长史。党项扰河西，诏雄隶振武刘沔军，破羌有功。会昌初，回鹘入寇，诏雄为天德防御副使，佐刘沔屯云州。沔召雄，谋曰："虏离散，当扫除久矣。国家以公主故，

① 案《旧唐书》《通鉴总类》，司马锽，河南洛州温人，曾任徐州刺史，注详嘉靖《徐州志》。
② 字据文例补。
③ 字据文例补。
④ 字据《新唐书》本传补。

不欲亟攻。我若径趋其牙，彼不及备，必弃公主走，我当迎主归。有如不捷，吾则死之。”雄曰：“诺。”即选沙陀李国昌及契苾、拓拔杂虏三千骑，夜发马邑，旦[①]登振武城望之，见罽车十余乘，从者朱碧衣，谍者曰：“公主帐也。”雄潜使喻之曰：“天子取公主，兵合，第无动。”雄穴城夜出，纵牛马鼓噪，直捣乌介帐。可汗大骇，单骑走。追杀斩首万级，获马牛羊无算，迎公主还，进丰州防御使。武宁李彦佐讨刘稹逗留，以雄为晋绛行营诸军副使助之。时，王宰屯万善，刘沔屯石会关，顾望莫先进。雄受命，即勒兵越乌岭，破贼五壁，斩获千计。雄临财廉，每朝廷赐与，辄置军门，自取一匹缣，余悉分士伍，由是众感发，无不奋。武宗喜曰：“今将帅义而勇，罕雄比者！”就拜行营节度使，代彦佐，徙河中。稹危蹙，其大将郭谊密献款，请斩稹首自归。众疑其诈，雄以七千[②]人径薄潞，受谊降。进检校兵部尚书，徙河阳。后拜神武统军，卒。

刘瞻，字几之，其先彭城人，后徙桂阳。举进士、博学宏词，皆中。徐商辟署盐铁府，累迁至中书舍人，进承旨，出为河东节度使。咸通十一年，以中书侍郎，同中书门下平章事。同昌公主薨，懿宗捕太医等送诏狱，逮系宗族数百人。瞻上疏固争，帝大怒，赐罢。寻贬斥万里外，左右欲遂杀之。天下谓瞻鲠正，特为谗挤，咸以为冤。幽州节度使张公素上疏申解，乃得无害。僖宗立，召复位，三月卒。瞻为人廉约，所得俸，以余济亲旧窭困，家不留储。无第舍，四方献馈不及门，行己终始完洁。弟助，字元德，性仁孝，与诸兄游，至食饮取最下者。及长，能文辞，喜黄老言。年二十卒。

刘胤之，徐州彭城人。少志学，与孙万寿、李百药相友善。武德中，杜淹荐为信都令，有惠政。永徽初，以著作郎、弘文馆学士，与令狐德棻、阳仁卿等撰次国史并实录，以劳封阳城县男，终楚州刺史。（旧志误认胤之事皆为延祐事）

刘延祐，胤之从子。擢进士，补渭南尉，有吏能，治第一。李绩戒之曰：“子春秋少，而有美名，宜稍自抑，无为出人上。”延祐敬纳之。后检校司宾少卿，封薛县男。徐敬业败，诏延祐持节到军。时，吏议敬业所署五品官殊死，六品流。延祐谓诬胁可察以情，乃论授五品官当流，六品以下除名，全宥甚众。拜箕州刺史，转安南都护。安南人丁建等叛，合众围城。以兵少援不至，遇害。

刘藏器，延祐从弟。高宗时为侍御史，卫尉卿尉迟宝琳胁人为妾，藏器劾还之。宝琳私请帝止其还。凡再劾再止，藏器曰：“法[③]为天下悬衡，万民所共。陛下用舍由情，法何所施？今宝琳私请，陛下从之；臣公劾，陛下亦从之。今日从，明

① 原作“且”，据《新唐书》本传改。
② 原作“十”，据《新唐书》本传改。
③ 原作“汝”，据《新唐书》本传改。

日改，下何所遵?”帝乃诏可。稍迁比部员外郎，魏元忠称其贤，帝欲擢任为吏部侍郎，魏玄同沮之。出为宋州司马，卒。子知柔、知几，最著名。

刘知柔，性俭静，美风仪。居亲丧，庐居墓侧，诏筑阙表之。历国子司业，累迁工部尚书。开元六年，河南大水，诏知柔驰驿察民疾苦及吏善恶。所表陈州刺史韦嗣立、汝州刺史崔日用、兖州刺史韦元珪、符离令綦毋顼等，止二十七人有治状。久之，迁太子宾客，封彭城县侯。致仕，给全禄终身。卒，赠太子少保，谥曰文。

刘知几，字子玄。年十二，父藏器为授《古文尚书》，业不进。父怒，楚督之。及闻为诸兄讲《春秋左氏》，冒往听，退辄辨析疑，叹曰:“书如是，儿何怠!”父奇之。逾年，遂通览群史，与兄知柔俱以善文词知名。擢进士第，调获嘉主簿。武后时，上书言事，后嘉其直，累迁凤阁舍人、兼修国史。中宗时，修《武后实录》，有所改正，而武三思等不听，乃著《史通》内外四十九篇，讥评今古。徐坚叹曰:“为史氏者，宜置此座右也!”别撰《刘氏家史》及《谱考》，上推汉为陆终苗裔，非尧后；彭城丛亭里诸刘，出楚孝王嚣曾孙居巢侯般，不承元王。按据明审，议者高其博。尝曰:“吾若得封，必以居巢绍司徒旧邑。”后果封居巢县子。乡人以其兄弟六人俱有名，号其乡曰高阳，里曰居巢。累迁太子左庶子，兼崇文馆学士。尝为郑惟忠言:“史有三长：才、学、识。世罕兼之，故史才少。夫有学无才，犹愚贾操金，不能殖货；有才无学，犹巧匠无楩楠斧斤，弗能成室[①]。善恶必书，使骄君贼臣知惧，此为无可加者。”时以为笃论。卒，赠工部尚书，谥曰文。六子：贶、餗、汇、秩、迅、迥。

刘贶，字惠卿。好学，多所通解。知几卒，诏访其后，擢起居郎，历右拾遗、内供奉。献《续说苑》十篇，以广汉刘向所遗，而刊落怪妄。贶尝以《竹书纪年》序诸侯列会皆举谥，后人追修，非当时正史，如“齐人歼于遂”“郑弃其师”，皆孔子新意；《师春》一篇录卜筮事，与《左氏》合，知按《春秋》经传而为也，因著《外传》云。子滋、浃。

刘滋，字公茂。通经术，喜持论。以荫历涟水令。杨绾荐材堪谏官，累授左补阙。久之，以司勋员外郎判南曹，勤职奉法，进至给事中。兴元初，以吏部侍郎知南选。时大盗后，旱蝗相仍，吏不能诣京师，命滋至洪州调补，以振职闻。贞[②]元二年，擢左散骑常侍，同中书门下平章事。明年，罢。又明年，复为吏部侍郎，迁尚书，寻夺阶。卒，赠陕州大都督，谥曰贞。弟浃，亦有学称。

① 原作“书”，据《新唐书》本传改。
② 原作“开”，据《新唐书》本传改。

刘悚，字鼎卿。天宝初，历集贤院学士，兼知史官，终右补阙。父子三人，更莅史官。著《史例》，颇有法。○汇，左散骑常侍，终荆南节度使。子赞，以荫仕至宣州都团练观察使。卒，赠吏部尚书。

刘迥，以刚直称。第进［士］[①]，历殿中侍御史，佐江淮转运使。时新更安史乱，迥馈运财赋，力于职。大历初，为吉州刺史，治行尤异。累迁给事中。

刘秩，字祚卿。开元末，历左[②]监门卫录事参军，稍迁宪部员外郎，下除陇西司马。安禄山反，哥舒翰守潼关，杨国忠欲夺其兵。秩上言："翰兵，天下成败所系，不可忽！"房琯见其书，以比刘更生。至德初，迁给事中。久之，出为阆州刺史，贬抚州长史，卒。所著《政典》《止戈记》《至德新议》等，凡数十篇。

刘迅，字捷卿，历京兆功曹参军事。尝寝疾，房琯闻，忧不寐，曰："捷卿有不讳，天理欺矣！"陈郡殷寅名知人，见迅，叹曰："今黄叔度也！"刘晏每闻其论，曰："皇王之道尽矣！"上元中，避地安康，卒。迅续《诗》《书》《春秋》《礼》《乐》五说。书成，语人曰："天下滔滔，知我者希！"终不以示人云。

刘敦儒，浃之子也。家东都。母病狂易，非笞掠人不能安，左右皆亡去。敦儒日侍疾，体常流血，母乃能下食。敦儒怡然不为痛隐。留守韦夏卿表其行，诏标阙于闾。元和中，权德舆复荐之，乃授左龙武军兵曹参军，分司东都。在母丧，毁瘠几死，时谓刘孝子。后为起居郎，达礼好古，有祖风云。

刘长卿，字文房，彭城人。宝应间，为淮西鄂岳转运判官。鄂岳观察使吴仲儒恶之，奏长卿违制，谪余干。居二年，与姜濬、裴式微游玩山水，赋诗自适。改播州南巴尉，陈异为释其事，除睦州司马，后至随州刺史。其诗为世所重，有集传于后。（见《江西通志》并《余干县志》）

刘禹锡，字梦得，彭城人。自称中山王胜之后，世以儒学称。祖云，父溆，仕历州县令佐。禹锡登贞元进士、宏辞二科，精于古文，多才丽，名重一时。辟淮南杜佑掌书记，从入朝，为监察御史。以附丽叔文、执谊辈，为众所忌，贬朗州司马。郎僻西南夷[③]，地接夜郎，风俗殊陋，举目无可与语，惟以文章吟咏，陶冶情性。蛮俗好巫，每淫祠，鼓唱徘徊，其声伧儜。乃效屈原《九歌》，作《竹枝词》十余篇，以教巫祝。至今武陵溪洞间悉歌其辞。禹锡落魄沅湘，郁悒不自聊，其吐辞多讽托幽远，作《问大钧》《谪九年》等赋。久之，召还。欲任南省[④]郎，以作《玄都观》诗，语涉讥忿，当路不喜，复出为播州刺史。裴度言禹锡有母年八十

---

① 字据《新唐书》本传补。
② 原作"右"，据《新唐书》本传改。
③ 原作"彝"，避夷狄讳改。今用本字。
④ 原作"都"，据两《唐书》本传改。

余，请稍内迁，乃易连州，又徙夔州。久之，由和州刺史入为主客郎中，复作《游玄都观》诗，序言："始谪十年，还京，道士植桃甚盛，烁如红霞。又十四年过之，无复一存，惟兔葵、燕麦动摇春风耳。"其言诋切，权近闻者益薄其行，令分司东都。雅为裴度所知，荐授礼部郎、集贤院直学士。度罢，复刺苏州。以政最，赐金紫，徙汝、同二州，再迁宾客分司。终以恃才褊心，不能久处朝列。年益晏，偃蹇寡合，但以文章自适。素善诗，晚节尤精，其锋森然，少敢当，推为"诗豪"。会昌时，加检校礼部尚书。卒，年七十二。子承雍，亦登进士，有才藻。

刘商，字子夏，彭城人。第进士，历尚书虞部郎中，以病免。所著有《刘虞部集》十卷。（旧志）

刘仁师，字行舆，德威五世孙，商犹子也。长庆三年，为高陵令。抑豪猾，雪冤枉，筑新堰，通水渠。百姓长享其利，名其渠曰"刘公渠"，堰曰"彭城堰"，生子皆以刘名。寻转昭应令，迁检校屯田郎中，兼侍御史。去，邑人为立遗[①]爱碑。（见丰志）

刘巨容，徐州人，为州大将。庞勋之反，自拔归，授埇桥镇遏使。浙西突阵将王郢反，攻明州，巨容以筒箭射郢死，拜明州刺史，徙楚州团练使。黄巢乱江淮，授蕲黄招讨副使，徙襄州行军司马、检校右散骑常侍。巢据荆南，俄迁山南东道节度使以捍巢，屯团林。江西招讨使曹全晸与巨容守荆门关，与贼战，巨容伪北，巢追之，伏起林樾间，贼大败，执贼将十三人，转斗一舍，虏获不可胜计。巢浮江东奔，巨容追之，十俘其八[②]，以功迁检校礼部尚书。后巢复炽，陷两京，巨容合诸道兵讨之，授南面行营招讨使，累兼天下兵马先锋开道供军粮料使，检校司空，封彭城县侯。巨容明吏治。时僖宗在蜀，公卿多因巨容护赴行在。后为田令孜所害。

王驾，字大用，彭城人，自号守素先生。大顺元年第进士。所著有《王驾集》一卷。（旧志）

皇甫恒、尹务荣，皆彭城人。咸数世同居，以孝弟名通朝廷，事亲、居丧著至行。天子各旌表其门。

刘瑑，彭城人，有文名，会昌时为宰相。

时溥，彭城人。僖宗时，为徐州节度使。黄巢败，东走，围陈州，营溵水。秦宗权方据淮西，相联结。溥地介于贼，乃悉师讨之，军锋甚盛，连战辄克，授东面兵马都统。遂合许、兖、郓兵，逐尚让于太康，斩首数万级。让以所部万人降。溥遣将李师悦等，追尾巢至莱芜，大破之。巢至狼虎谷，计无复之，使林言斩其首以

① 原作"遣"，据顺治、乾隆《丰县志》改。
② 原作"大"，据《新唐书》本传改。

献。而太原博野军杀言，与巢首俱上溥，以献于行在。故破贼溥功第一，加检校司徒，同中书门下平章事，进检校太尉，兼中书令，封钜鹿郡王。宗权阻兵，又拜蔡州行营兵马都统。贼平，与朱全忠争功，嫌惎日构。既而全忠为淮南节度使，溥自以先起，功名显朝廷，位都统，顾不得而全忠得之，颇怅恨。自是兵连祸结，遂至于亡。事具《兵变》。

五代

刘金，彭城人。事杨行密，为濠、滁二州刺史，以骁勇知名。子仁赡。

刘仁赡，字守惠。事南唐，为将。轻财重士，法令严肃，少略通兵书。历仕左监门卫将军，黄、袁二州刺史，所至称治。唐主璟[①]使掌亲军，以为武昌军节度使。周师攻寿春，唐遣刘彦贞拒之，以仁赡为清淮军节度使，镇寿州。周将退守正阳浮桥，彦贞意其怯，急追之。仁赡沮之，不听，乃独按兵城守，彦贞果败。世宗围寿州数重，以方舟载炮，自淝河中流击其城。又束巨竹数十万竿，上施版屋，号为"竹龙"，载甲士以攻之。又决其水砦，入于淝河。攻之百端，自正月至于四月，不能下。而岁大暑，霖雨弥旬，周兵营寨水深数尺。淮、淝暴涨，炮舟、竹龙[②]皆飘南岸，为唐兵所焚，周兵多死。世宗东趋濠梁，以李重进为庐、寿州都招讨使。唐亦遣元帅齐王景达，列砦紫金山下，为夹道，以属城中。而重进与张永德两军相疑不协，仁赡屡请出战，景达不许，由是愤惋成疾。明年正月，世宗复至淮上，尽破紫金山砦，坏其夹道。唐兵大败，诸城守将或走或降，皆不能守。唐君臣震慑，奉表称臣，愿割地输贡，而仁赡独坚守，不可下。世宗使唐所遣使至城下示之。仁赡子崇谏幸其父病，谋与诸将出降，仁赡立命斩之。监军使哭于中门，救之不得。于是士卒皆感泣，愿以死守。三月，仁赡病甚，已不知人，其副使孙羽诈为仁赡书，以城降。世宗命舁仁赡至帐前，叹嗟久之，赐以玉带、御马，复使入城养疾。是日卒。世宗遣使吊祭，丧事官给，追封彭城郡王，以其子崇讚为怀州刺史。（欧阳氏《五代史》传死节三人，曰王彦章、裴约、刘仁赡。故明于江宁鸡鸣山建功臣十庙，有刘忠肃王，即仁赡也）

刘涛，彭城人。后唐举进士，为左补阙。周广顺中，再知贡举，累官右詹事。涛性刚毅不挠，与宰相不协，遂退居洛阳，杜门以书史自娱。宋太祖即位，素知涛履行，召至。以老疾求退，授秘书监致仕。初，清泰中，中书舍人卢导受诏主文，

---

① 原作"景"。案《旧五代史·僭伪列传一》："景，本名璟，及将臣于周，以犯庙讳，故改之。"考《旧五代史·周太祖纪一》：后周太祖郭威，其高祖讳璟，追尊为睿和皇帝，庙号信祖。故宋史臣讳"璟"字改，《新五代史》亦从之。今改还本字。

② 原作"笼"，据《新五代史》本传改。

将锁院，涛力荐薛居正，以为文章器业，必至台辅。导取之。后果为相，世称其知人。涛子顼，仕宋，为监察御史。顼子晟，晟子讷、谭，并进士及第。

冯谧，本名延鲁，字叔文。其先彭城人，唐末南渡，家于新安。谧与兄延巳，俱仕南唐，以文学得幸。谧累迁中书舍人、工部侍郎。江南以扬州为东都，命谧副留守。周世宗下扬州，谧髡发为僧，匿于佛寺，为官军所获。世宗释之，授太常卿，赐与甚厚。数年，拜刑部侍郎。放还，为户部尚书。建隆三年，唐遣来贡，因表求舒州田宅，诏赐之。后改常州观察使而卒。子伉，归中朝，与兄仪、价，并登进士第。伉文辞清丽，尝著《平晋颂》，时人称之。累迁殿中侍御史，历典藩郡，皆有治迹。咸平三年，知福州卒，特赐钱十万，录其子玄[①]应，同学究出身。

宋

郭廷谓，字信臣，彭城人。父全义，仕南唐，为亳州观察使。幼好学，工书，善骑射。性恭谨，事母以孝闻。宋初，知亳州。冯瓒知梓州，为仆夫所讼，召廷谓为静江军节度观察使留后以代之，悉除弊政。从子延泽。

郭延泽，徐州人，博古好学，累官国子博士。咸平中，以虞部员外郎致仕。居濠城，为小园以自娱，咏牡丹诗千余首，传写书籍至万卷，号为“书藏”。景德中，遣使诣其家取三馆所缺书，乃进呈三千卷。（见《凤阳志》）

牛冕，字君仪，徐州彭城人。太平兴国三年进士，解褐将作监丞，累迁太常丞、知滁州，以勤政闻。召归，转监察御史。端拱元年，召试文章，迁左正言、直史馆，出知润州。迁福建转运使，建议废邵武军归化金坑，土人便之。至道初，召人，进秩兵部员外郎，寻改工部郎中，命为仪仗使。咸平元年，选知益州，仍拜右谏议大夫。以戍卒乱，委城奔，流儋州。遇赦，移钦、英二州，淮南节度副使。大中祥符初，真宗语宰相曰：“冕素纯善，黜弃久矣，量宜甄叙。”即起知涟水军。俄复为祠部员外郎，卒。子昭俭[②]，至殿中丞。

王汉忠，字希杰，徐州彭城人。少豪荡，有膂力，形质魁岸，善骑射。因殴杀里中少年，亡。已，经宿复苏，其父遣人追及于萧县，汉忠不肯还，西至京师。太宗在藩邸，召见，奇其材力，置左右。即位，补殿前指挥使，累迁内殿直都知。从征太原，先登，流矢中眸，战益急。上壮之，迁东西班指挥使。累迁宾州团练使，历冀、贝二州部署，徙天雄军。后领洮州观察使、高阳关副都部署。契丹南侵，汉忠合诸军击败之，斩馘甚众。真宗即位，自中山召归。屡转镇、定、高阳关都部

① 原作“元”，避康熙讳改。今据《宋史·南唐世家》恢复本字。

② 原作“谏”，据《宋史·牛冕传》改。

署，三路都排阵使。契丹掠中山，汉［忠］[①]率诸将阵于野，契丹遁，追斩甚众，获其贵将。加殿前副都指挥使，改领保静军节度。五年，为邠宁、环庆两路都部署。召还，出知襄州。未上道，暴得疾卒。赠太尉，以其长子从吉为阁门祇候，次子从政、从益为左右侍禁。汉忠有识略，军政甚肃，每行师，诘旦必行香祝曰："愿军民无犯吾令，违者一毫不贷。"故所部无盗。性刚果，不务小节，轻财乐施。好读书，颇能诗。喜儒士，待宾佐有礼，名称甚茂。

刘颜，彭城人。好古学，不专章句。举进士，知龙兴县，免官。家居，著书自适，学者常数十百人。后以荐，除任城主簿。岁饥，发大姓所积粟，活数千人。所著有《儒术通要》《经济枢言》。石介见其书，叹曰："恨不在弟子之列！"

刘庠，字希道。八岁能诗，蔡齐妻以子。用齐遗奏，补将作监主簿。复中进士第，为高密广平院教授。英宗求直言，庠上书论时事，除监察御史里行。日食甫数日，苑中张具待幸，庠言非所以祗天戒，诏罢之。会圣宫修仁宗神御殿，甚宏丽，庠言："天子之孝，在继先志，隆大业，不在宗庙之靡。宜损其制，以昭先帝俭德。"仁宗外家李珣犯销金法，庠奏言："法行当自贵近始。"帝储嗣未定，庠拜疏谓："太子，天下本。颍王长且贤，宜亟立，使日侍禁中，阅四方章奏。"帝皆行之。神宗立，迁殿中侍御史，为右司谏。奉使契丹。故事，两国忌日不相避。契丹张宴白沟，日当英宗祥祭，庠丐免，契丹义而听之。为河东转运使，庠计一路之产，铁利为饶，请复旧冶鼓铸，通隰州盐矾，博易以济用。进天章阁待制、河北都转运使。契丹侵霸州土场，或言河北不可不备，庠上五策，料其必不动，已而果然。大河[②]东流，议者欲徙而北，庠请徐观其势而顺导之，朝廷是其议。又为河东都转运使，召知开封府。庠不肯屈事王安石。安石亟欲见之，或劝庠往，庠谓："见之，何所言？自彼执政，未尝一事合人情。脱问青苗、免役，将何辞以对？"竟不往。奏论新法，神宗谕令与大臣协心济治。庠曰："臣子于君父，各伸其志，臣不敢附安石！"会与蔡确争礼，出知太原府。请复宪州募民子弟剽锐工技击者，籍为勇敢，仿汉谪戍法，贳流以下罪徙实河外。后历知成都、秦、虢、江宁、滁诸府州，徙永兴军。时西征无功，关内骚动。庠过关，力言虚内事外，恐摇根本，帝感纳其忠。元祐初，加枢密学士、知渭州，卒。庠有吏能，淹通历代史，王安石称其博。后苏颂论庠建储之功，诏褒录其子。

陈师道，徐州人，字无己，号后山。国子博士、通判绛[③]州琪之子也。少苦心学问，诸经皆有训传，于《诗》《礼》尤邃。其为诗文，平淡雅奥，自成一家。元

① 字据《宋史》本传补。

② 原作"东"，据《宋史》本传改。

③ 原作"隶"，据《后山集》卷十六《先君事状》改。

祐中，以侍从合荐，为本州教授，改颍州，再迁棣学。以苏辙荐，授太学博士。绍圣初，坐党禁，谪彭泽令。元符三年，除秘书省正字。郊祀为执事官，其内子闻郊坛高寒，非挟纩不可，借姨家赵挺之绵裘衣之。临行，问裘从来，内以实对，遂脱而掷之地。其夜寒甚，得疾，明年卒。平日方正嫉恶，甘贫有守。居都下逾年，未尝一至贵人之门。章子厚欲一见，终不可得。傅钦之知其贫，怀金馈之，及睹其貌，听其论议，竟不敢以出口。所著有《后山集》二十卷行世。师道年十六时，以文谒曾巩，巩深器之。元祐初，苏轼荐其文行，教授颍州。时苏轼知颍，意欲参诸门弟子列，师道赋诗云："向来一瓣香，敬为曾南丰。"轼弥爱之。生平苦吟，每枕上觅句不得，则不起，或至累日。

刘湜，字子正，徐州彭城人。举进士，为澶州观察推官，改著作佐郎、知益都县，再迁太常博士、通判剑州。审阆州狱，活死囚七人。王尧臣安抚陕西，荐之，擢知耀州。富平有盗掠人子女者，既就擒，阳死，伺间逸去。捕得，复阳死，湜趣焚其尸。拜监察御史。王德用自随州诏还，近臣言其有反相，湜保右之。历官盐铁副使，兼领河渠事。汴水绝，凿河阴新渠，通漕运如故。会江南饥，擢天章阁待制、知江宁府，奏运苏州米五十万斛，以贷饥民。除户部郎中、知广州。依智高初平，湜练土兵，葺械器，作铁锁断江路。有盗据山，敕贷罪招之，不肯降。湜知并山民资之食，即徙民绝饷。盗困蹙乞降，民安之。居二年，母老，求内徙，遂徙徐州。湜喜曰："昔布衣随计，今以侍从官三品，复典乡郡，过始望矣！"后迁龙图阁直学士、知庆州。湜少贱，母更嫁营卒。既登第，具袍笏，趋卒舍迎母，里人观叹。改知密州，卒。

彭程，徐州人，四世同居。淳化初，赐诏旌表门闾。

寇国宝，徐州人。举进士，任吴县主簿。久从陈无己受学，文字实有渊源。其所题吴门寺壁一绝："黄叶西陂水漫流，籧篨风急滞扁舟。夕阳暝色来千里，人语鸡声共一丘。"人至今传之。（旧志）

张天骥，号云龙山人。隐居不仕，与苏东坡、陈后山、参寥子游。尝作放鹤亭于云龙山之麓，东坡为作记。

甄君，名佚，徐州人。故徐富家。至甄君，始以明经教授，乡称善人。而家益贫，更数十年，不克葬其父母兄弟。邑人怜之，多助之者。既葬，作室墓旁，陈师道名之曰"思亭"，而为之记。

时敦，徐州人。宣和初，为泽州倅。政事、词翰，皆为时推重。（旧志）

李处全，徐州人[①]。文章宏肆，诗体兼众长，字画遒丽。登第，由宗正寺簿，迁太常丞。后迁居溧阳。（旧志）

颜太初，字醇之，彭城人，颜子四十七世孙。少博学，有隽才，第进士，累官国子监说书，所著有《洙南子》《凫绎集》及《淳曜联英》。尤慷慨好义，诗多讥切时事。天圣中，亳州卫真令黎德润为吏诬构，死狱中，太初以诗发其冤，览者壮之。孔圣祐卒，罢袭封，太初作诗以讽在位，因以圣祐弟袭封文宣公。改临晋主簿。时有同州通判宋武，与守争事，恚死。守憾之，捃构其子以罪，发狂亦死。父子寓骨僧舍，时守方贵显，无敢为直冤。太初因事至同州，葬武父子，苏舜钦表其事于墓左。

颜复，字长道，太初子。嘉祐中，诏郡国敦访遗逸，京东以复言。凡试于中书者二十有二人，考官欧阳修奏复第一。赐进士，为校书郎、知永宁军。熙宁中，为国子直讲。元祐初，为太常博士。建言士民礼制不立，下无矜式，请令礼官荟萃古今典范，为五礼书。又请考正祀典，凡曲学、道流、术家之法，一切芟去。俾大小群祀，尽合圣人之经，为后世法。迁礼部员外郎，屡转中书舍人，兼国子监祭酒。言太学诸生有诱进之法，独教官未尝旌别，似非严师劝士之道。未逾年，以疾卒。王岩叟等言复学行超特，宜加优赙。诏赐钱五十万。子岐，建炎中为门下侍郎。

晁迥，字明远。世为澶州人。父佺，始徙彭城。迥举进士，为大理评事，历将作丞，监徐、婺二州税，迁太常丞。真宗即位，擢右正言、直史馆，献《咸平新书》五十篇，又献《礼枢[②]》一篇。召试，除右司谏、知制诰，进翰林学士。未几，知审官院、园陵礼仪使、同修国史。知大中祥符元年贡举。使契丹还，奏《北庭记》，加史馆修撰、知通进银台司。献《玉清昭应宫颂》，其子宗操继上《景灵宫庆成歌》，帝嘉美之。史成，擢刑部侍郎。时，朝廷方修礼文之事，诏令多出迥手。尝夜召对，帝令内侍持烛送归院。方盛暑，为蠲宿直，令三五日一至院。迥辞以非故事，乃听俟秋还直。特拜工部尚书、集贤院学士，判西京留司御史台，赐一子官河南，以就养。仁宗即位，迁礼部尚书。居台六年，累章请老，以少保致仕。天圣中，召宴太清楼，免舞蹈。子宗悫，为知制诰，侍从同预宴。迥坐御史中丞之南，与宰相同赐御飞白大字。既罢，宠赉甚厚，进太子少傅。后复召对延和殿，访《洪范》雨旸之应，献《斧扆》《慎刑箴》。及感疾，绝人事，屏医药，具冠冕而卒，年八十四。赠太子太保，谥文元。迥性乐易宽闲，服道履正，虽贵势无所屈。历官临事，未尝挟情害物，真宗数称其好学长者。杨亿尝谓迥所作书命，无过褒，得代言

① 《佩文斋书画谱》卷三十五引符衍《溧阳志》："李处全，字粹伯，徐州丰县人。"元张铉《至大金陵新志》卷十三下之上亦谓："徐州丰县人，邯郸公淑之曾孙。"他书间作徐人者，取其概也。

② 原作"书"，据《宋史》本传改。

之体。喜质正经史疑义，所著《翰林集》三十卷，《道院集》十五卷，《法藏碎金录》十卷，《耆智余书》《随因纪述》《昭德新编》各三卷。

晁宗悫，字世良。以父荫为校书郎，屡献歌颂。召试，赐进士及第。又除馆阁校勘，三迁大理寺丞、集贤校理，兼注释御集检阅官。父迥领西台，宗悫求便养，通判许州。仁宗即位，迁殿中丞，同修起居注。天圣中，百官转对，宗悫请减上供、垦闲田、择狱官，令监司举县令。累迁祠部员外郎、知制诰。后入翰林，为学士。又兼龙图阁直学士，权发遣开封府事，辨雪疑狱，有能名。元昊反，关中久宿师，以宗悫安抚陕西。还，拜右谏议大夫、参知政事。从帝郊祠感疾，求罢，除资政殿学[士][1]、给事中。卒，赠工部尚书，谥文庄。宗悫性敦厚，事父母孝，笃于故旧，凡任子恩，皆先其族人。在翰林，一夕草将相五制，褒扬训戒，人得所宜。尝密诏访边策，陈七事，颇施用之。

郑仅，字彦能，徐州彭城人。第进士，为大名府司户参军。留守文彦博以为材，奏改司法，迁冠氏令。时河朔饥，盗起，独冠氏无之，且不入境。他邑获盗，诘治之，盗因言郑冠氏仁，故相戒不犯尔。知福昌县，复值岁饥，悉意振贷，民不流亡。累转陕西都转运使，论馈饷河湟功，进显谟阁待制，改知庆[2]州。诸军多杀老弱，持首要赏。仅下令：非强壮而能生致者，赏半之。有内附羌追寇，得老人，不忍杀，擒之，乃其父也，相持泣，一军感动。时诸路争进讨奏捷，仅独保境不生事，寇亦不犯。徙秦州，复为都转运使，召拜户部侍郎。寻改吏部，知徐州。以显谟阁直学士卒，赠光禄大夫。子望之，字顾[3]道，少有文名。靖康初，再使金营，累官吏部侍郎。尝论王云之冤，帝为感动，复云原[4]官，与七子恩泽。绍兴二年，以徽猷阁待制致仕。七年，召赴行在，以衰老辞。帝谓大臣曰："望之，朕故人也！"于是以直学士复致仕。三十一年卒，年八十四，赠中大夫。（按《江西通志》：望之有弟资之，字深道，亦仕至吏部侍郎，与望[5]之晚并侨寓上饶）

赵立，徐州张益村人。政和中，补武卫军都虞候。建炎三年，金兵陷徐州，王复死之。立巷战夺门以出，为贼所得，夜杀守者入城，潜求复尸，恸哭掩藏。鼓率残兵邀击于外，断贼归路，尽焚营垒，夺舟船，扰击四出，军声复振。尽团乡民为兵，歃血申令，威震诸军。一鼓破贼遁去，乃抚循其民，召使复业。又奏置王复庙城中，遇出师，必率众泣祷。以复徐州功，诏授忠翊郎，就权州事。建炎四年，为

① 字据《宋史》本传补。
② 原作“宁”，据《宋史》本传改。
③ 原作“显”，据《宋史》本传改。
④ 原作“元”，本也，同“原”，今从乾隆《徐州府志》用字。
⑤ 原作“资”，据道光《铜山县志》改。

泗州水军镇抚使。刘豫遣葛进赍书诱立，立怒斩之。又遣刘偲持榜召立，立令将出就戮。偲大呼曰："公非吾故人乎?"立曰："吾知忠义为国，岂问故人?"卒斩于市，送伪榜于朝。由是，忠义之声著闻天下。金人围楚州急，宣抚杜充命立往援。斩刘道路，行至淮阴遇贼，且行且战，遂抵城下。楚人被围久，闻立来，欢迎鼓舞。立时中箭，镞入舌下，坚不可取。命医以铁箝破齿骨钮去，移时乃出，流血盈襟，立色不变。贼益兵不已，立大破之。四年，以立为徐州观察使、泗州涟水军镇抚使兼知楚州。贼又并兵列寨城下，相守百余日，忽飞炮碎其首，左右驰救之，犹曰："吾终不能与国灭贼矣!"言终而绝。事闻，特赠奉[①]国军节度使、开府仪同三司，立庙楚州，谥忠烈。

金

曹珪，徐州人。大定中，州人江志[②]作乱，珪子弼在贼[③]中。珪谋诛志，并弼杀之。金主云："赤心为国，大义灭亲，特进三官，于正班用之。"

刘全，彭城人。天兴间，率乡邻数百避兵沫沟，推为砦主。北兵至徐，尽俘其老幼，全父亦在其中。北兵质之以招全，全缚其人送徐州，因窃其父以归。徐帅益都嘉其忠，承制以为昭信校尉，遥领彭城县尉。后遇国用安，以其不附己，见杀。

元

彻里，燕只吉台氏。曾祖太赤，为马步军都元帅，从太祖定中原，以功封徐、邳二州，因家于徐。彻里幼孤，母蒲察氏教以读书。至元十八年，世祖召见，应对详雅，悦之，俾常侍左右，民间事时有所咨访。从征东北边，还，因言大军所过，民不胜烦扰，寒饿且死，宜加赈给。帝乃赐边民谷帛牛马有差，赖以存活者众。二十三年，奉使江南，省风俗，访遗逸。时行省［理财］[④]方急，卖所在学田，以价输官，彻里遽止之，帝闻嘉焉。桑哥为相，用其党钩考天下钱粮负逋，主无所偿，则责及亲戚，或逮系邻党，械禁榜掠。民不胜其苦，自裁及死狱者以百数。廷臣莫敢言。彻里乃具陈桑哥误国害民状，辞语激烈。帝怒，谓其毁诋大臣，命左右批其颊。彻里辩愈力。帝乃悟，命往籍其家，得珍宝如内藏之半。桑哥既诛，诸枉系者始得释。复命往江南，籍桑哥姻党，皆弃市，天下快之。彻里往来凡四道徐，皆过门不入。升福建行省平章政事。汀、漳剧盗欧狗，久不能平。遂引兵征之，号令严

① 原作"秦"，据《宋史》本传改。
② 原作"忠"，据《金史·忠义传》改，下同。
③ 原作"城"，据《金史·忠义传》改。
④ 二字据《元史》本传补。

肃，所过秋毫无犯。降者劳以酒食，慰而遣之。他栅闻，悉款附。欧狗遂为人缚致，枭首以徇，胁从者不戮一人。帝崩，与诸大臣共定策，迎立成宗。拜江南诸道行台御史大夫，改江浙行省平章政事。江浙税粮甲天下，平江、嘉兴、湖州三郡当江浙什六七，而其地极下，水钟为震泽，震泽由吴松江入海。岁久，江淤塞，豪民利之，封土为田，水无所泄，由是浸淫泛溢，败诸郡禾稼。命行省疏导之，发卒数万人，彻里董其役，凡四阅月毕工。召入为中书平章事，寻以疾薨，年四十七。薨之日，家资不满二百［缗］①，人服其廉。赠太傅，追封徐国公，谥忠肃。至治二年，加赠太师，追封武宁王，谥正宪。子朵儿只，江浙行省左丞。

钱光弼，字仲明，彭城人。日诵千言。未壮，辟掾镇南王府。俄以云南行省荐，授将仕郎、同知晋宁州事。寻迁太常司直、治中，再迁汴梁路总管兼府尹。在汴未二年，省宪交荐，迁平江路总管，兼管内劝农事。薨，赠兵部尚书、上轻车都尉，追封彭城郡侯。有神道碑存。

石普，字元周，徐州人。登进士，授国史院编修。从丞相脱脱平徐，升枢密院都事，从守淮安。时，张士诚据高邮。诣丞相，面陈破贼策，且曰："高邮负重湖之险，地皆沮洳，［骑］②兵莫能前。若与普步兵三万，保为取之。高邮既平，则濠、泗易破。普请先驱，为天下忠义倡。"丞相壮之，命权山东义兵万户府事，募万人以行。时，汝中柏③用事，阴沮之，减其军半。普行次范④水砦，日未夕，令军中具食。夜漏三刻，下令衔枚趋宝应，营中更鼓如平时。抵县，即登城树帜，贼惊溃。因抚安其民，乘胜拔十余砦。将抵高邮，分兵三队，自将攻北门。遇贼与战，贼不能当，遁入城。普先士卒蹑之，纵火烧关门。贼惧，谋弃城走。而援军忌普成功，按壁不进。主者遣蒙古千骑，突出普军前，欲夺先入功。贼殊死战，蒙古不能当，即驰回。普止之不可，为贼蹂践。军乱，贼乘之。普勒兵血战，仗剑大呼曰："丈夫当为国死，有不进者斩！"直入贼阵奋击，从者仅三十人。日西援绝，被创堕马，复步战数合。贼益至攒刺，普与从者皆死之。

李汉杰，彭城人。世将家，以门荫入官。后至元四年，知新喻州，廉敏有才干。以尝修州学，为士林所称。（见《新喻县志》）

胡居仁、张允中，俱徐州人。《元史·孝友传》称其事亲笃孝，居丧庐墓。天子皆尝表其门闾，诏复其家。

---

① 字据《元史》本传补。
② 字据《元史》本传补。
③ 原作"柏汝中"，据《元史》本传改。
④ 原作"氾"，据《元史》本传改。

明

朱守仁，字存道。初仕元，为枢密院同知。洪武初，为中书断事，累迁工部尚书、北平行省参政。以馈饷不继，谪广西苍梧知县。旋复历官四川左布政使，以廉洁见知，拜太仆卿。年七十乞归，赐白金、宝钞，官子一人锦衣卫镇抚，世袭。既家居，每圣节必诣阙朝贺，特被优宠。永乐中，卒于京邸，诏乘传归葬。孙环，字璇玉，由国子生授陕西靖宁州知州。有孝行，母殁庐墓，有司上闻，旌表其门。其居官亦著能声云。

王僧儿，母病，医祷弗效。僧儿沐浴叩天，剖腹取肝，入糜食母，母病寻愈。洪武壬午[①]，乡老以闻，旌表其门。（嘉靖王志）

阎马儿，洪武壬午，以匠执役京师。父家居病笃，马儿闻之，忧甚，弗得归省，剖腹取肝，焚香吁天，祈父病瘳。事闻，复役，仍旌其门。（嘉靖王志。按王梃云："爱亲捐躯，过中为孝，若不可以训者。然皆市廛细氓，素阙稽古，因心笃孝，亦足表振颓风，要未可律以先王中道矣。"[②]）

孙狗皮，洪武中，以功为北平都司都指挥。故志称其："忠义著闻。永乐初，改授浙江某卫所千户。"（王志因故志不详其事，意其为靖难时抗节不屈）

任肃，字伯雝。领洪武己卯乡荐，初为工部主事，升刑部郎中，绰有能声。出为南昌守，多惠政。秩满上计，父老乞留，命增秩还任。寻升云南左参政致仕。

房栋，字子材。祖友信，洪武中以文学荐，授翰林检讨。栋博学明经，有文誉。由国子生，授知山西崞县。致仕，蓄古今书籍，闭户诵读，学益该博。惜其诗文佚散，不尽传。栋父端，于景泰丙子领乡荐。

刘恭，字政亨[③]，徐州人。少颖悟好学。领洪武丙子乡荐，授山西陵川[④]训导，谪戍泗州。壬午，扈从渡淮，以功授百户。永乐初，改授建宁通判，升礼部员外郎，监修《永乐大典》。书成，赏赉有加。寻致仕归。

刘惟新，郡庠生，与刘恭同时。以楷书征修《大典》，授中书舍人，迁户部主事。

朱芾，字大芾，徐州人。洪武中为户科给事中，转御史。性刚直，纠劾百僚，无所避忌。以言事忤旨，谪戍云南。行次九江而卒，归葬于徐。

权谨，字仲常。父执中，自河间徙居于徐，遂为徐人。天性孝友，十岁遭父

---

① 洪武壬午，即建文四年，以明成祖去其年号，亦作洪武三十五年。阎马儿事亦同。正统《彭城志》云二人事在"洪武二十五年"，难详孰是。

② 案此虽嘉靖《徐州志》传赞，然未必王梃所撰。

③ 正统《彭城志》、嘉靖《徐州志》及《明一统志》作"刘泰，字致亨"，自顺治《徐州志》讹"泰"为"恭"，讹"致"为"政"，后志遂因之。

④ 原作"州"，据嘉靖、万历、顺治《徐州志》改。

丧，即哀毁尽礼，不啻成人。母李氏，训之问学。谨刻厉成母志。兄度，初举贤良，授山西寿阳丞，坐事谪戍，谨罄资给其行。妹[1]早寡，谨抚其遗孤，俾成立。永乐丙戌，沛人主事吕宁荐，为乐安令。廉明仁恕，为山东诸郡邑最。秩满，转光禄署丞。母病，躬汤药弗效，叩首吁天，求以身代。母愈，年九十终。比葬，躬负土封树。庐墓三年，孝感乌鸣、泉涌、兔驯之异。永乐二十二年，有司以闻，命驰驿赴阙。又命以事状朗诵大廷，示百僚。拜文华殿大学士，谨辞弗称，上曰："朕之除卿，以风天下之为人子者，他非卿责也！"随侍皇太子监国留京，得辅导体。宣德元年，以疾乞归，进秩通政司右参议，赐白金、文绮，听致仕，仍敕礼官旌其门。正统中卒。子伦，字民衷，领永乐丁酉乡荐，学行修明。养亲二十年。亲终，隐居教授，不仕。伦子名宇，亦笃孝道。伦年九十，病卧，宇侍汤药，寝不解带。既卒，负土种树，庐于墓侧，晨昏哀泣。母卒，殡亦如之。州守以闻，旌表其门。人以世德称权氏云。

魏黉，字学古。领永乐甲午乡荐，仕为陕西华州学正。性刚敏果断，施教有方，人士思之。

山云，青之子。青涉猎今古，沉毅有勇，初从太祖征伐，以功授燕山左护卫百户。永乐初，以靖难功，累官中军都督佥事。云袭授金吾左卫指挥使，寻升中军都督佥事。宣德初，以总兵挂征蛮将军印，出镇广西。时，溪峒瑶僮数为边患。云至，严号令，公赏罚，亲率将士讨蛮寇韦朝列等，斩首万余级，降贼酋三百七十余人，获还被虏男女二千五百七十九人，筑九堡四城，威惠并行，夷酋慑服，居民安堵。累迁特进荣禄大夫、右都督，降敕奖励，赐金帛。正统初，以疾卒于镇。上闻嗟悼，为辍朝一日，遣官祭葬，赠怀远伯，谥曰忠毅，官其子俊为指挥使。镇人怀其德，祠祀之。

孙顺，字以敬。性温厚谦谨。初由国子生为河南彰德同知，有惠政。迁贵州铜仁知府，莅政公平，夷民信服。孙珩，字邦玉。登成化戊戌进士，历官广东左参议。莅官行己，不忝世美。

范寅，字敬时。性至孝，居亲丧尽礼。比葬，庐墓三年。由国子生授知山西石州，卓有政誉。升河间府同知。

朱善，字伯元。由国子生仕浙江衢州府通判，鲠介不阿，懋著能声。二子：玺、瓒，并领乡荐。

朱志，字敏学。由国子生授刑部主事，转户部，守官清谨。迁南京户部员外致仕。志与善，皆以长者重于乡。

---

① 高穀《权学士墓表》作"姊"。

王豫，字德立。父弼，由国子生历官良乡令、户部主事，皆有声。豫性孝。初居父丧，哀毁骨立。母殁，如之。将举柩合葬父茔，道遇雷雨，豫号泣吁天，雨寻止。既葬，庐墓三年。有群鹊驯集墓树，依依不去。有司奏旌其门。

马蕙，字彦芳。其先苏之昆山人。曾祖良，任徐州卫知事。父纪，始占籍于徐，为州人。蕙邃于问学，领宣德壬子乡荐，历官曹县、上蔡学谕，汝宁教授。所至敦重行谊，教有成效。藩省屡聘典文，皆辞不赴，士林雅重之。以疾卒于汝。所著有《兰斋集》。子暾，字廷震。领成化辛卯乡荐，初仕为潞州守。潞有宗藩，暾至，处以诚敬平恕，久之信服，无挠法者。在郡多惠政，若均徭赋、兴学校，则其大也。以治最，迁南京户部员外郎。寻进郎中，卒于官。孙湘，字宗海；江，字宗岷，皆服儒笃学。湘举乡试，仕为庆阳通判，贤能著绩。江由贡，历仕光山学训、南阳教谕，兴礼劝俗，以古道教人。

马津，蕙之后，字宗孔。举进士，筮仕余干。会宸濠弄兵，从王守仁征讨，即宗致良知之学。宸濠伏诛，拜御史。抗疏直言，风裁凝峻。迁大理寺丞。擢福建提学副使，端己帅物，秉经贞教，八[①]闽士诚服焉。以疾乞归，日居崇德楼，究心圣学，不为外物所牵。同时湛若水、邹守益、罗洪先、唐顺之过徐，每礼其庐而论学焉。所撰有《克复》诸篇。

刘珩，字廷珮。领成化癸卯乡荐。为成安令，推诚御物。尝岁旱为民祈雨辄应，邑人歌之。任三年，乞侍养归。

刘经，字引之。领成化丙午乡荐。初为武义令，治最，迁济宁州守。时逆瑾擅权作威，遣人索金，不从，遂免官。后瑾败，或劝自白，竟安于恬退以自终。

张佶，字习之。成化[②]己丑，以进士为鄞令。性敏达，长于政事，刚毅有执，视声势藐如，为治卓有风裁。迁南京刑部主事。时有疑狱久不决，佶至，立讯决之。其他多所平反，声闻益彰。迁浙江按察佥事，势豪闻之愕然，相戒勿犯。寻为忌者所中。

沙杰，字彦英。由举人任沂州学正。旌取至京，或讽以致赂当涂，可觊风宪。杰谢曰："当如义命何?"卒授西安教授。子立，登进士，历官广西按察佥事[③]。素刚介，尝自署云："公心一点神明鉴，私意纤毫天地诛。"迄用迕逆瑾中害，卒于家。从子玄，以贡授济阳训导，亦有狷节。其真清白相济，世守寒约者。

蒋轮，字孟载。世宗入绍大统，推恩外氏，以后考敩无嗣，命轮为其后，授锦衣卫指挥佥事。未几，封玉田伯，加号推诚宣忠翊运武臣，特进荣禄大夫、柱国、

① 原作"入"，据万历、顺治《徐州志》改。
② 原作"弘治"，自嘉靖《徐州志》以来皆误，据各志《选举》改。
③ 原作"使"，讹同顺治《徐州志》，据嘉靖、万历《徐州志》改。

太子太保，禄千石。由敦而上，至曾祖明善，皆赠如爵。又畀之诰券，世袭。比卒，上闻，悼念不已，为辍视朝一日，命礼官谕祭者九，赙以布粟若干，赠太保，谥曰荣僖。大学士费宏为撰墓志铭，称其天性孝友，寡言笑，重然诺。初在藩邸，以谨厚见称于帝。扈上北入时，先朝权幸求庇者，路馈千金为寿，咸峻却之。尝往迎圣母，又大婚礼成，往告显陵，所过，人不知扰。尝诫其子荣、华，暨群从辈曰："吾等藉世德，乃能至此，可不思养之以福耶?"故其家以循礼闻于戚畹。荣袭伯爵；华，显陵奉祀，授都督职衔。诏永蠲原籍户役。

陈玺、孙成、西宁，俱徐州人。玺先世任府军前卫正千户，至玺，复以劳绩升本卫指挥佥事。博洽练达，荐升锦衣卫指挥使。成，少骁勇，官至浙江都司都指挥使。持守廉介，人莫敢干以私。宁，任金山卫指挥使，明韬略，廉勤有为。荐升署都指挥佥事，守备汀、漳等处。三人皆将材，勋卫中之可称者。（嘉靖王氏志）

周湘，字东之，徐州人。精于《易》学，达生委命，不希荣进，自号玩易子。后学多师之，至墙舍不能容。性至孝，悦亲极滋味。母亡，侍父寝食，十有一年不入私室。

张端，字端夫，永乐中以孝行荐，授真定尹。章文友，徐州卫军；金鬲，字士昭，国子生；张暕，郡庠生；吴友直、路车，俱民，成化中并以孝行上闻，旌表其门[①]。

马尚用，辛贾山村人。幼孤，奉母至孝。比殁，合葬父冢，遂庐［墓］[②]所，负土种树，朝夕泣奠，虽雨雪不少懈。正德中，流贼掠州境，尚用守墓不去，乡邻患其罹害，强之乃归。山麓有冢巍然，望见之，即指曰马孝子家墓云。

徐韶，父贤，为齐河县尉。母董氏，以寿终。既葬，亲操畚插[③]，负土为坟，庐守三年，哀毁骨立。其妹亦以节闻。有司两上其事，各给米粟，称一门孝节云。

李恩，少厄孤贫，采薪给母。母年七十，患风瘓垂死，恩无力延医，昕夕守泣，引刀割股，母赖以全。兵宪舒闻而嘉之，有大赉，并表其门。

舒经，字正夫。少嗜学。正德癸酉，举于乡。嘉靖癸未，第于南宫。以疾，未及廷对，卒。经性孝友，凡宾兴仪物，悉以奉父及弟，略不自私。及卒，举国惜之。

黄墺，字瑞禾。祖孙父子俱明经。父茂，明书法，随其祖赴试南都，时七岁，魏公闻其善书，令书"开国元勋"四大字，魏公大喜，赉予甚厚。墺邃学纯行，学者宗之。督学闻人诠首录其文，梓以传。能为古文词及五七言近体。尝揭于壁曰：

① 原作"闻"，据嘉靖、万历、顺治《徐州志》改。
② 字据嘉靖、万历《徐州志》补。
③ 原作"牐"，径改。

“十分贫也还栽竹，四壁萧然不卖琴。”亦足见其高致。

吴希哲，字宗舜。以贡为宁化宰，多善政。文行素为乡人推服。

谭师伋，字景贤，世胄长子。为诸生，不仕。家蓄古书甚富，日与名贤赓和。尝有诗云：“人皆陋敝庐，我独爱幽居。变态骇云雨，闲情欣鸟鱼。梁悬高士榻，门绝使臣车。为看青山好，溪桥策杖徐。”尤精《周易》与黄岐之术。

魏尚忠，少为诸生。已，袭指挥任，弃去。慕《玄居十志》之事，乃构草堂十楹，各有所主：一读书，一炼丹，一储酒，一储药，余储花鸟诸玩美物。客至，则与共谈玄理，乐酒竟夕。自号竹篱居士。

陆进阶，字升甫，别号望龙。性至孝，家世寒素。师事同郡张鹤鸣，以《礼经》掇南榜。后授河间府别驾，督饷密云，廉介有守。致政闲居，奖励后学，乡闾称之。

周中立，号近溪，廪于庠。少有节概。吕洪部郎雷姓者，谒宣圣庙失仪，中立面斥之，寻遭中伤。隐居穷理，历二十余年。学院陈廉知，复贡，追给所历廪资，立终不受。自号三明居士。

沙杰及子立，世以清正著称。立子盂升，岁荐未仕，修明祖父遗书。升孙国祯，号克吾，少有异姿，一视数行俱下。领岁荐，为兴化训。归里杜门，有称之为太古人物者。郡守尝徒步至门，请为大宾。

张鹤鸣，别号孚宇。成庚辰[1]进士，授浙江山阴令。值江陵度田，父老有以苦浮税告者，乃亲履亩，为之清厘，邑人德之。母黄太孺人归里，妻子俱遣随侍，独居三载。寻擢西台。巡关之役，复见北门锁钥。及贵竹之命，不惮远险，劳氛交瘁，遂卒。易箦时，语不及私。

陈汝麟，字仁夫。万历癸未进士。筮仕长葛县令，卓有政声。历任虞衡，榷芜湖关税，以清操著用。治通惠河，擢杭严兵备。排抑中使，卒为所中，识者惜之。

万崇德，号惺新。万历甲辰进士。筮仕临海令，政最，钦取为御史，多所建明。既以终养归。后起服为某省臬司，未之任，卒。子寿祺，领庚午乡荐。能为诗古文辞，有《隰西》及《南村》序记。

吴道昌，字龙河。父瑛寝疾，昌卧侧尝药，衣不解带数月，闾党咸称其孝。以万历辛丑岁荐。

宋坤，号简吾。明经，未仕，多所著述。晚年学《易》，颇为时人所推。

曹志明，清修自励。与恩选，未及壮仕。庚辰夏，遇姚贼之变，养病子房山书室。贼入，以忿詈被杀。同郡武举李其素，乡练著劳；丰庠孙枝芬，援弟破家，皆

① 原作“丁丑”，据顺治《徐州志》、乾隆《徐州府志》及本志《选举》改。

志明知交，以次年遇害于丰。别见合传。（以上俱从顺治中胡氏志）

聂应登，徐州贡生。先后仕盱眙、庐江，皆为训导。属明末变乱，遂告归。年八十，尚读书不倦。尝手纂《六经绘图》藏于家。今椟贮尊经阁上。

张垣，崇祯癸酉科武举。居乡谨厚。属徐年饥，四境人流离失所，垣心悯之，悉出家储粟赈救，存或甚众。又尝置义田十余顷，以给本族孤穷。后以保举，授河南归德府通判，清慎自持，以称职闻。未几，明亡，遂抗节致身，归德士民至今怀之。子胆，后官至副总兵。

杨荣，字子华。其先为保定人。父劝，任吕梁巡检，卒于官。荣墓居三年，冢石累累，皆其手就。先其母朱氏而卒。

杨辅，荣之子。荣卒，墓居三年。祖母朱氏之卒也，亦墓居三年。先后凡墓居六载，泣血荒墟，旦夕粥饮，虽齑盐不入口。主事刘天麒闻于朝，乃旌表之，立孝子绰楔于门焉。

王贯，吕梁人。母卒，亦墓居三年。（以上三人见《吕梁志》）

周正，家酷贫，目不知书，以力养亲。亲殁，卖身以葬。新安义商戴某捐资赎之，而正必竞役焉，其不欲负人又如此。万历癸丑年卒，郡守张植碑其墓。

吴汝琦，徐州人。明季备兵归德，为监军，与守道蔡凤同死归德之难。

滕[①]九苌，徐州人。以顺天京卫经历回籍乡居。崇祯间，流寇扰徐城南，被执，詈骂。贼忿怒杀之。

王明德，字皜儒。明南渡时，为太平府学训导。属有黄兵之变，入城焚杀，明德乃从容偕其妻赴泮水死之。详张如骞序[②]。

王养心，徐诸生。少孤，事母尽孝。甲申之变，养心闻怀宗凶问，痛哭。绝粒七日犹不死，乃阖户整冠自缢。史阁部可法闻而旌之。

国朝

万寿祺，字年少，徐州人。由选贡中乡试，五上公车不第，遂弃制举业，博极群书。大臣屡荐辟，不就。筑室袁公浦，自号曰“沙门慧寿”，或曰“寿道人”。高风亮节，世共钦之。为学深明历法，旁通禅理，而吟咏无虚日，刻《隰西》《内景》诸集。书法为当代所推，工隶篆，尤精行楷。至绘山水人物，烟云万状，虽赵、董两文敏，莫能过也。

李向阳，字孝乾。天启甲子举人。性纯孝，笃于事亲，忘情仕宦。乙丑会试，

① 原作“胜”，据顺治《徐州志》、道光《铜山县志》改。

② 序见顺治《徐州志》卷六张如骞《赠王皜儒先生夫妇殉节序》。

却逆珰交，几罹祸，意坦如也。后渡江，旅食于金山。归而自咏云："漫把文章凌北海，欲将事业问东篱。"率子弁躬耕自给，足不及市廛。与万寿祺朝夕倡和，为莫逆交。当路累荐不就。尝手疏《五经》《离骚》，注《阴符》《道德》《南华》，并撰录唐宋八家文盈千卷。自为古文辞、制义，各有藏集。论者又谓其诗媲王、孟，书仿钟、张云。孙蟠，丁丑殿试第一，官修撰。

张联璧，字又白，徐诸生。以孝特闻。幼攻苦读书，不徒侈记诵，务躬行之。尝曰："人生大节，止孝弟两端。此间有亏，即他善举无足道。"父殁，哀毁骨立。服阕，为博士弟子，重违母侧，即不赴乡举。伯兄尝遭诬被逮，虑为母忧，辄破产援之以归。弟早死，子幼无依，知母怜之，召同居，抚恤倍至。长分田给之，与诸儿等。有姊孀居而贫，并孤甥迎养于家，俾晨夕侍母。其善承亲意，类如此。他如折券归田、散金救贫，亦多可纪，并详大学士李光地所为传。

张胆，徐州武举人。历官至直隶、山东、河南部院中军副将，加都督同知。会推总兵，遂谢归家食。课耕植，务居积，以资鸣于时。郡邑有大故及拯灾恤患，人以告，靡不应给。州旧学圮，众谋迁建，辄捐千五百金为倡，遂董其成。荆山口为南北孔道，桥坏，不可行，人常病涉，乃出数万金，采石鸠工，成长桥数里，行旅便之。此其功之最巨者。晚岁举乡饮大宾，诸子皆列显仕。卒，祀乡贤。

韩尚亮，字继川，徐州人。少有勇力，善骑射。明末盗起，尝纠义勇六十人，破贼五百余人，保全乡里。顺治二年，以布衣投总兵官马得功，委为军锋，从下江南。又从平越、闽，皆有战功，委为副将。烧敌桃花岭，阵袭将军寨，擒其王，功为尤伟，事详家传。九年，海寇郑成功围漳州，得功遣尚亮率三千人突围入守。外援阻不得前，城内绝粮，食皮纸都尽，争啖死人。凡九月，援兵至，围始解。以坚守功，署漳镇总兵。十一年，移镇泉州。康熙元年，乃授福建水师左路总兵。二年，卒于官。箧无余金，几不能殓。（钦赐祭葬：鞠躬尽瘁[①]，臣子之芳踪；恤死报勤，国家之盛典。嗟尔福建闽安镇总兵韩尚亮，性行纯良，才能称职。方冀遐龄，忽焉长逝。朕用悼焉，特颁祭葬，以慰幽魂。尔如有知，尚克歆飨）

吴汝琜，字来伯，徐州人。弱冠为诸生。值流寇侵掠，练民兵，保护乡里。尝以计擒伪官。顺治初，从大军定淮安，授庙湾同知，有招降功。寻改通判宁波，监造战舰，平大岚诸山寇。未几，遂移疾归，不复仕进。居乡余三十年，凡郡中有徭役兴建及旱潦灾祲，当事与议助议捐，辄首出金钱为倡，众乃踊跃从之。乡邦中推其好义。年九十卒。子廷燮，己酉中顺天乡试。曾孙弘增，戊子中江南乡试。

赵国铨，字衡士，本姓崔。幼好读书，不轻言笑。为诸生，有声庠序。既以贡

① 原作"粹"，据康熙《续徐州志》改。

当受官，不乐仕进，屡被檄征选，以老疾辞。里人尝举充乡饮，亦坚谢之。居吕梁四十年，不入城市，授徒自食，有余资辄以周急。学子数十人，皆先教以行谊。或不率教，招而峻责之，寻亦改悔。老益喜宋儒书，署其壁曰：“读书须在切实处做工夫，不可向吟咏中寻名誉。”与游者以为其言不妄。年九十七而卒。广东佥事丁易素重之，于其殁为之立传。

喻三元，字魁一，徐州人。初从征闽，以功授游击，镇北楼隘口。其地邻五台，夙为盗薮。三元防御有方，恩威并用，于是萑苻敛迹，山野肃清。加都督同知，升协镇山永副总兵。持己洁廉，治行果决。练兵卒，法令严明。念刍饷为三军命脉，严杜克扣，以此人思自奋。间有警，辄单骑叱驭驰之，鼠辈闻风消弭，境赖以宁。（见《永平府志》）

张之麟，字仁趾，徐州人。康熙壬子科武举，以守备效力河工，署苇荡营游击。寻载后车，特授京营游击。转参将，迁临清副将，除贵州威宁镇总兵。忽疾作，遂不之官，乞骸骨归。之麟历官中外，俱有声绩。而于乡闾，殊多惠泽。徐东乡数罹河患，田湮没，人多流亡。之麟出麦数千石，募浚沟渠泄水，人还就工，全活颇众。已复佐乡人陈请疏房亭河，倡筑花山口黄河子堤，不惜劳费，旧积水之田尽成沃壤。徐、邳间人感之，共植碑以铭其德。卒，崇祀乡贤。编修徐用锡为之立传。

吴光诩，州庠生。事父母至孝。年逾七旬，训子孙必述先人言行。言已，辄流涕曰：“自不见吾父母，已若干岁矣！”其久而不忘如此。乡人重之，举为宾饮者五。（旧志）

李三礼，州人。七岁知孝。亲不豫，叩天稽首，至愈乃止。长以例授广东经历，不赴。亲强之行，谬以他故返。父病，呼天求代。既不起，庐墓侧，泪渍土皆湿。竟死于墓所。（旧志）

王业大，徐州人。明季岁饥，母感时疫，卧逾一月。业大危惧，祷于天，割股食母，病顿愈，里人以为孝感。至顺治十四年，母已老，病作，药饵弗效，业大复割其股以进。人益难之。（旧志）

马羲，州选贡马伯奇子也。母早逝，事继母以孝闻。顺治十年秋，胶兵震徐。羲随父自南乡入城，遇寇，掠父所乘马，使送其营。从者惶惧欲奔。寇怒，手刃其父，中创未殊，将遂杀之。从者皆逃散。羲［睹］[1]危急，竟前大呼：“宁杀我，毋伤吾父！”涕泪交横。寇叹息其孝，释之，指趋避之方而去。羲时年甫十六。其父伯奇早孤，家贫，事母暨继祖母，曲尽其养。人佥谓羲孝，乃奇之报云。（旧志）

---

① 字据顺治《徐州志》补。

郭如，徐州人。生于明崇祯时。年八岁，遭流寇乱，父母死于兵，不得其骸所在。如依姻戚以长，每思父母，辄悲号不已。既有家室，刻木主为父母，朝夕奉事，一如生时。阅三载，具棺殓主以葬，复庐其所三年。如读书能文，以亲不存，遂终不应试。每遇岁时，流涕终日，至今年九十余犹然。徐诸生称其为人方正廉退，能敦古处，殆非虚誉，故特为破例书之。

谷应麟，徐州人。幼丧母，父更娶继室。未几，父殁，应麟时年十一，事后母，无间所生。已，学剃发得归养，极贫家甘旨。长而娶妇，率与事姑。历四十余年，未尝少懈。妇死，母年八十，仍躬为执爨。母寻殁，贫无以殓，遂鬻身邻家，治具与父、生母合葬。邻家感叹，折券与归。因庐于墓侧，日培土三肩，虽甚雨雪不辍。数年，坟高大，岿然若丘陵焉。有司上其事，获与旌典。后应麟卒，郡人吕维扬为之记，植碑其墓。后又有李本延者，乡居能孝。父母殁，亦庐墓三年。今其人尚在，附记之，以俟后来别为传焉。

程一顺，徐州人，性喜施予。当明崇祯之季，建桥埋胔，赈给饥贫，为乡人爱重。至顺治四年，岁饥，复捐资为煮［粥］[①]救济，与其妻孟氏至厂亲视炊爨，所活近万人。有司嘉其好义，为请题旌表。后以疾终，被其惠者咸为出涕。（旧志）

徐文魁，州人，以任恤著称。值郡人饥疫，捐资施粥、药、棉衣，存活万计。其死亡者，施棺埋骨尤多。巡抚嘉之，为题请旌门。

韩永荫，徐州人。性仁孝，笃于为善。乙卯、丙辰间，按察使金镇令郡邑各举善人。徐诸生共推永荫，疏其善行十余事上之，如：永荫见暑兰山村人失学，自立义塾，延师教之；岁于冬春之交，煮粥济饥人三月；制棺贮古庙中，听丧者自取；割负郭田十五亩，施为义冢；筑城西南路，于洼下潴水处建桥其上，人行便之，呼曰“韩桥”。皆其大者。按察以下咸题额旌之。

郡庠生丁瑄，性孝友，倜傥有古风。继绝恤孤，人服其义。姻族里闬，恒仰其赡。济贫者急贷，从无吝拒，而不责券。丁丑、壬寅，岁大歉，民饥亡散，瑄每鬻产赈之，获全者甚众。故瑄自乏，处之晏如也。郡称谊行可砺风俗焉。

崔咏，号肄三，徐郡庠生。乐志诗书，清白传家。事亲纯孝，待弟友恭。分产以赡族人，轻财以助乡党。他若设立义渡，修造桥梁，代纳庙地钱粮，施送穷人衣棺，隐德难以备载。姑录其梗概，以示不朽云。

韩元朗，字熙子。庚戌武进士。康熙十四年，王师[②]征逆藩耿精忠，靖海寇刘国轩。知元朗才勇，聘为军锋。克复处州、江山诸邑，逼仙霞关，夜袭之，降其

① 字据顺治《徐州志》补。

② 原作“帅”，据道光《铜山县志》改。

将。浦城、建阳、延平皆克。遂平福州，署游击衔。守泉州被围，衣甲不解者数月，卒保其城。署大小营参将，逼贼。贼饥，战不利，俱降。因迁河北镇中军，晋得胜路参将，升浙江金华副将。既至任，曰："吾权发从戎，身经百战，今边隅晏安，无事干戈，可以休矣！"遂辞归。军民留之不得，建祠[1]祀焉。

刘一鹍，字翼云，庠生。母李氏早亡。事继母王氏，晨昏罔间。郡侯和公奖以"纯孝维风"。教场北田园十亩，施作义冢；夹河因路狭曲折，毁房宅愿为孔道。一方居民感德，勒石为记。自二十入学，八十告致，生平藏修，从无片纸。现任州尊姜公旌表"德寿励世"。他如扶衰济贫、持斋好生，善行多端，笔难悉载。且年逾八旬，面如童颜，将来寿享百龄，可为预卜。

袁钤，字孝辰。康熙辛未武科榜眼。以侍卫从伐噶尔丹，立功，世袭托沙喇哈番。授延安参将，历迁凉州总兵、都督同知，诰授荣禄大夫。三经召见，御书"萱庭昼暖"四字赐其母董氏，又赐字书、袍铠、鞍马、器械。四十八年，徐属歉，赈粮千余石，全活甚众。岱山西地洼，苦水，捐修长桥数里，乃不病涉。以母丧归里，施济无倦，乡人德之。卒，崇祀乡贤。

① 原作"伺"，径改。

徐州市史志办公室　江苏师范大学汉文化研究院　整理

徐州古方志丛书

·点校本·

赵明奇　主编

第五册

清康熙《徐州志》（下）

清乾隆《徐州府志》（上）

文化藝術出版社
Culture and Art Publishing House

清康熙《徐州志》

（下）

姜焯　纂修

徐州志卷之二十二

人物三

萧县

汉

陈宣，字子兴。性刚猛，博学，明《鲁诗》。遭王莽篡位，隐处不仕。光武即位，征拜谏议大夫。建武十年，雒水出，造津城门。校尉奏欲塞之，宣曰："昔周公卜雒，以安宗庙，为万世基，水不当入城门。如为灾异，人主过不可辞，塞之无益。昔东郡金堤大决，水欲没郡，太守王尊忘[①]身救吏民，伫立不动，水应时自消。尊，人臣，尚修正弭灾，岂况朝廷中兴圣主？水必不入！"言未绝，水去。上善其言。后乘舆出，宣列引在前，行迟，乘舆欲驱，钩宣御者堕车下。宣谏曰："王者承天统地，动有法度，车则鸣鸾，步则佩玉，动静应天。昔孝文时，有献千里马者，却而不受。陛下宜上稽唐虞，下以文帝为法。"上纳其言，遂徐行按辔。迁为河堤谒者，以病免，卒于家。

朱浮，字叔元，萧人。初从光武为大司马主簿，迁偏将军。从破邯郸，拜大将军、幽州牧，守蓟城，遂讨定北边。建武二年，封舞[②]阳侯，食三县。浮年少有才能，颇欲厉风迹，收士心。辟召州中名宿，以为从事，及故吏皆引置幕府。乃多发诸郡仓谷，廪赡其妻子。渔阳太守彭宠以为天下未定，不宜多置官属以损军实，不从其令。因以峻文诋之。宠亦狠强负功，嫌怨转积。浮密奏宠遣吏迎妻，不迎其母，又受货贿，杀害友人，多聚兵谷，意计难量。宠闻之，遂大怒，举兵攻浮。浮以书质责之，宠得书愈怒，攻浮转急。明年，涿郡太守张丰亦举兵反。时二郡畔戾，北州忧恐，浮怀惧，乃上疏请救。诏不从。浮城中粮尽，人相食，乃遁走，城降于宠。尚书令侯霸奏浮败乱幽州，构成宠罪，徒劳军师，不能死节，罪当伏诛。帝不忍，以浮代贾复为执金吾，徙封父城侯。后丰、宠并自败。帝以二千石长吏[③]

① 原作"亡"，通"忘"。
② 原作"武"，据《后汉书》本传改。
③ 原作"史"，通"吏"，今从《后汉书》本传用字。

多不胜任，时有纤微之过，必见斥罢，交易纷扰，百姓不宁。六年，有日食之异，浮因上疏。帝下其议，群臣多同于浮。自是，牧守易代颇简。旧制，州牧奏二千石长吏不任位者，事皆先下三公。帝时用明察，不复委任三府，而权归刺举之吏，浮复上疏言之。七年，转太仆。又以国学既兴，上书言宜广博士之选，帝然之。二十年，代窦融为大司空。二十二年，坐卖弄国恩免。二十五年，徙封新息侯。帝以浮陵轹同列，每衔之，惜其功能，不忍加罪。永平中，有人单辞告浮事者，显宗大怒，赐浮死。长水校尉樊鯈①言于帝曰："浮事虽昭明，而未达人听，宜下廷尉，章著其事。"帝亦悔之。

刘矩，字叔方，萧人。少有高节。举孝廉，为雍丘令，以礼让化民。民有争讼，矩引之前，谕之曰："忿恚可忍，县官不可见。"令归寻思。讼者感之，辄各罢去。其有得路遗者，皆推寻其主。后，太尉胡广举矩贤良方正，四迁尚书令。性亮直，不能谐附贵势，以疾去官。起补从事中郎，复为尚书令，迁宗正、太常。延熹四年，代黄琼为太尉，琼复为司空。矩与琼及司徒种暠，同心辅政，号为贤相。寻以蛮夷叛，免。灵帝初，再为上公，所辟召皆名儒宿德。不与诸郡交通。顺辞默谏，多见省用。复以日食免，卒于家。

刘光，矩叔父。与矩同时，仕为司徒。

刘辽，亦矩叔父②，以辟拜议郎。

刘定兴，沛国萧人，熹平时义士③门生。（见《水经注》）

晋

刘恢，萧人。仕晋，至使持节、监河中军事。孙粹，仕宋。

南北朝

刘粹，字道冲，沛郡萧人。事宋武帝，克京城，参建武军事，以功封西安县五等侯，转中军④谘议参军。奉文帝镇京口，尽心于国，封滠［阳］⑤县男。后迁相国

---

① 原作"儵"，据中华书局标点本《后汉书·朱浮传》勘改。

② 按："刘辽，亦矩叔父"，讹自《后汉书·刘矩传》"叔父辽"。中华书局标点本据钱大昕、李慈铭等说乙正为"父叔辽"。勘详本志卷十六《历代荐辟》。

③ 原作"北"。案《水经注》卷二十三："城东南有一碑，碑文悉破无验，惟碑背故吏姓名尚存：熹平元年义士门生沛国萧刘定兴立。"杨守敬《水经注疏》谓：明朱谋㙔《水经注笺》讹为"士"为"北"，据《隶释》引文改。又，清翟灏《通俗编·释道》："汉《曹全碑》阴'义士某千、义士某五百'。义士，盖但出财之人。"

④ 原作"书"，据《宋书》本传改。

⑤ 字据《宋书》本传补。

司马、左卫将军，改封建安县侯[①]。文帝即位，领宁蛮校尉[②]，襄阳、新野二郡太守。在任，简役爱[③]民，罢诸沙门二千余人，补府史卒。子旷之，晋熙太守。粹族弟损，字子骞。宋元嘉中为吴郡太守。至阊门，便入泰伯庙。时庙室颓毁，垣墙不修，损怆然曰："清尘尚可仿佛，衡宇一何摧颓?"即令修葺。卒，赠太常。

刘道济，粹之弟也。为益州刺史。初，晋末有司马飞龙者，自称晋宗室，走仇池。元嘉九年，遂自仇池入绵竹为乱。道济遣军讨，斩之。先是，道济以五城人帛氐奴、梁显为参军督护，费谦固不与。远方商人至者，谦又抑之。商旅呼嗟，百姓咸欲为乱。氐奴等因聚党为盗，及赵广等诈言司马殿下犹在阳泉山中。蜀土侨旧翕然并反，奉道人程道养，言是飞龙。道养，枹罕人也。赵广改名为龙兴，号为蜀王、车骑大将军、益梁二州牧，建号泰始元年，备置百官。以道养弟道助为骠骑将军、长沙王，镇涪城。广自号镇军将军，帛氐奴为征虏[④]将军，梁显为镇北将军，奉道养围成都。道济遣中兵参军裴方明频破之。十年，贼复大至，攻逼成都。道济卒，方明等共埋尸于后斋，使书与道济相似者，为教答签疏，不异常日，虽母、妻，不知也。二月，道养升坛郊天，方就柴燎，方明击，大败之。会临川王义庆使巴东太守周籍之帅众援成都。广等屯据广汉，分守郫川。籍之与方明攻郫，克之。方明擒伪司马龙伸，斩之。龙伸，道助也。涪、蜀皆平。

刘镇之，字仲德，卫将军毅之父，粹族叔父也。宋时，以毅贵显，闲居京口，未尝应召。谓毅曰："汝必破我家!"毅甚畏惮之，每还京口，未尝敢以羽仪入镇之门。以左光禄大夫征，不就，卒。（按：毅本传为沛人，而萧志则载其父入萧《人物》。盖此方刘氏，皆出楚元王后，本是一族，随其身之所在，即云某地人耳）

刘伯龙，少贫薄。及长，历位尚书左丞、少府、武陵太守，贫窭[⑤]尤甚。尝在家慨然，召左右将营十一之方，忽见一鬼在傍抚掌大笑，伯龙叹曰："贫穷固有命，乃复为鬼所笑耶?"遂止。

宋

窦沔，萧人。喜儒学，有远识，能招贤以教子姓，四方贤士日游其门。仕为光泽簿。萧县学在旧城西北无人之境，众不乐居，沔白邑宰，出己资购邑东南明爽之

① 原作"候"，据《宋书》本传改。
② 原作"将军"，据《宋书》本传改。
③ 原作"受"，据《宋书》本传改。
④ 原作"卤"，避夷狄胡虏讳改。今用本字。
⑤ 原作"屡"，据《南史·刘粹传》改。

地迁之。尝于圣泉上建拱翠堂[①]，延四方名人。晁补之为作记。卒，祀乡贤。

金

王立，萧人。仕为沛令，称刚方廉节。见《政绩》。

武之才，萧县人。仕至朝散大夫、德州防御使、车骑都尉[②]、太原县开国男，食邑三百户，赐紫金鱼绯。（见萧志）

杨惟良，萧县人。仕至中奉大夫、甘肃行省参政，封弘农郡侯。（见萧志。○纪金、元间事，自是明初人笔。其人事佚，故但志其官阶，而不更妄附一语，于此见风气犹古）

王居仁，萧人。仕至中奉大夫、平江路昆山州知州。（见萧志）

元

傅汝砺，萧人。仕为陕西诸道行御史台监察御史，文章政事卓异。后迁朝列大夫、浙江廉访司佥事。（旧志）

王贵，萧人。仕为永固县尹，多治绩。赠奉议大夫、汴梁路总管府治中、骁骑校尉，追封萧县子。（见萧志）

刘福，性至孝。父母存，能供甘旨。居丧，寝苫枕块饘粥，至终丧如一。（旧志）

明

高巽志，字士敏，萧人。元末，侨寓嘉兴。好问学，尝侍父游吴中，受业宣城贡师泰、鄱阳周伯琦、遂昌郑元祐。为文深纯典雅，成一家言。年二十五，以荐起为郧山书院山长。洪武二年，征修《元史》，入翰林，为编修。累迁侍讲学士。建文时，迁太常寺少卿，兼翰林院学士。己卯，为南畿大主考，同侍讲、副主考方孝孺得刘政卷，喜曰："此群鸟中孤凤也，当虚左处之！"遂置第一。庚辰会试，与董伦为考试官，所举进士胡靖、吴溥、杨子荣、杨溥、胡濙辈，靖难后皆为名臣。其典文抡士，鉴别清审，舆论推服之。卒，谥文忠。弟正志，字士表，濮州同知，以清慎见称。（按：钱宗伯谦益序《高氏家传》云，成祖入靖内难，或云巽志遁去，

---

① 案晁补之《拱翠堂记》："窦君师道，尝为一尉，即拂衣去，隐居泉山，殁后十年，其子明远始筑拱翠堂。"陈师道《拱翠堂诗》自注："萧邑富人窦敦礼即泉山作此堂。"又案晁端中《萧县儒学碑记》："光泽簿窦君沔，遣侄敦礼求记于予。"据此，则窦敦礼为窦沔之侄。前所云窦明远、窦敦礼者，或一人，或两人，皆子侄辈。此云堂为窦沔所建，应误。

② 按："车骑都尉"，康熙《萧县志》同。正统《彭城志》作"骑都尉"。考勋官制，无车骑都尉，有骑都尉，视从五品，与朝散大夫同阶。"车"字疑衍。

不知所终。或云盛庸兵败，巽志自缢死，以衣冠归葬嘉兴。“文忠”之谥，载在《嘉兴府志》，或云建文时特谥，或云景泰时礼部胡濙请之。《实录》无征，野史错迕，莫可考据。其以不屈节而死，与诸忠臣接踵争烈，则无异辞也）

薛显，萧县人。少通韬略，膂力绝人。元末大乱，显敛兵自卫乡里。已，闻明祖起濠泗间，遂率所部诣泗州附顺。擢亲军都指挥，分镇江西。御陈友谅有功，升江西行省参政。从征淮东，又从常将军遇春转战清德，伪吴五太子及其将朱暹、吕珍以旧馆降。五太子者，张士诚养子，短小精悍，平地跃起高丈余，又善没水，劫营沉船；暹、珍皆骁勇能战。士诚失此三人，遂大窘。显缚珍徇湖州，守将李伯昇降。升右丞[①]行省。大将军徐达北征，上曰：“薛显勇冠三军，足当一面。”使以偏师征山东及河南北，皆有功，俘获最众。复由山西进取陕西，败王保保。保保与张良臣为声援，数出挠明师。显驻灵州，遏保保，遂破庆阳，攻良臣，斩之。又追破贺宗哲于六盘山。洪武三年，封永城侯[②]，食禄千五百石。以显性刚，尝妄杀马军及千户吴富，谪居海南，分其禄为三[③]：一以赡吴富之家，一以赡马军之后，一以养其老母妻子。复谆切戒之。四年，召还。二十年，将兵屯塞上，征降纳哈出[④]，还次山海关，以疾薨。赠永国公，谥桓襄，赐葬钟山之阴。长子经，初授羽林左卫镇抚，累功升左军都督。次子缨，甘州中护卫指挥佥事。女一，为肃王妃。以追论胡[⑤]党，国除。

孟骥，字尚德。洪武初，以荐授驿丞。历迁至贵州左布政使，有惠政，得夷民心。秩满乞留，成祖诏增秩还任。后致仕归，卒。（骥，洪武中为汉阳推官，有忠直廉干之才，见《湖广通志》）

欧阳股，洪武初，以怀材抱德荐，授户部主事；欧阳耳，以贤良方正荐，授贵池县丞，一时同有贤声。

郝镗，以怀材抱德，见用于洪武初。由伏羌县丞，历甘泉、井陉县令，迁嘉兴通判[⑥]。所至多有惠泽。既去，民咸思之。

刘俨，字若思。洪武中，由国子生为慈利县丞。廉节刚方，督储底绩。以荐诣

① 原作“左丞”，据《明史》本传改。
② 原作“候”，径改。
③ 原作“三百”，据《明史》本传改。
④ 原作“三十年，征降纳哈出。”案《明史》本传：“二十年冬，召还，次山海卫，卒。”又，征降纳哈出在二十年；追坐胡惟庸党，以死不问，爵除，事在二十三年。此言“三十年”，误，三字删。
⑤ 原作“蓝”，据《明史》本传改。
⑥ 按：嘉靖《徐州志》作“终兴化通判”，万历《徐州志》脱字为“仕终兴通判”，顺治《徐州志》复脱为“仕兴通判”。查康熙《萧县志》“升兴化府通判”，其说为是。本志卷十六《历代荐辟》亦作“兴化通判”，此处则臆补为“嘉兴”，误。乾隆《徐州府志》、嘉庆《萧县志》皆从其说，遂由“兴化通判”讹为“嘉兴通判”。

阙，赐宴。迁知慈利，廉爱益著。寻以疾归，囊箧萧然。俨好学，明经义。时令郝玘为建易安书院，聚徒授讲，萧士宗之。

王真，徐州萧县人。元季入山东籍，为淮安军将。闻明祖兴，从冯指挥渡江归附，遣取邓克明山寨，攻赣州，除凤翔卫百户。吴元年，从克平江，升和阳卫正千户。从征中原，下益都、济南诸路。洪武元年，大军平河南、山、陕，真从，皆有战功。三年，以取沔州功，升衡州卫指挥佥事。十年，调常德卫。十四年，征散毛等洞及云南诸府。十五年，调金齿。十九年，征大小平伐等蛮，调五开卫。至二十九年，升五开卫，世袭指挥同知。三十三年，调秦州卫[①]。真少壮从戎，南北征讨，历官数十年，迄无过愆，盖能以功名终者。（见邑志[②]）

杨锐，字进之。其先徐之萧县人。曾祖某，正统间以功授南京羽林指挥，父瓒，嗣其官。锐少机警，有谋略。弘治庚申，代父官羽林，总神机营。正德元年，掌龙江右卫事，督造漕艎，总江西卫所储运。久之，进署都督佥事，备九江、安庆诸郡。十四年，宸濠叛。锐不俟诏命，遽引军严斥候，设钩距于江路。宸濠船数千艘奄至，阻不得前。锐乘间出奇兵邀之，多所杀伤，军声震数里。宸濠大惧，仓皇而返。武宗闻，下玺书褒之，实授前职。宸濠既平，论功进左军都督佥事，荫子评为羽林千户。嘉靖改元，三关弗靖，移守保定诸郡，授骠骑将军。五年，以母老乞归养，改南京右军都督。八年，授总兵官，镇辽东。寻调督漕运，兼镇淮安等处。明年，罢归南京，以疾卒。锐居官，清正自持，不依权势。身殁，囊无一钱，诸子鬻衣为葬，时论称之。（见邑志）

李钺，字廷器。正统中，仕为浙江温州同知。时部邑瑞安、罗洋诸所，海寇钞掠为患，钺往平之，冒矢石，触危险，获其渠魁置之法，余胁从者招抚复业，民赖安堵。以功增秩，历知开封、巩昌二郡，所在有惠政。致政，民尸祝焉。

张皓，为元氏令。有才干，抑强扶弱，邑人称之，有“春云冬日”之颂。

朱信，少颖拔。甫弱冠，遂领宣德乙卯乡荐。初为浦江学训，继迁茌平教谕。朴素清介，常捐俸以济诸生之乏。都御史毕亨、京兆尹白良辅辈，皆出其门，蒙其惠泽。及信卒，越千里为文以吊之。

孙谌，成化中，由国子生仕为吏部司务，迁工部员外郎，所居称职。在官凡二十五年，致政还家。恒躬自驱驴负薪山泽间，恶衣粝食晏如也。士论推之。

丁仁，字汝爱。嘉靖二十年，由例贡授山西隰州判官。时，云索三村人作乱，屡捕弗获。仁至，乃单骑往谕之，众感服请命。抚按上其事，升隆平知县。值边

① 康熙《萧县志》同。乾隆《徐州府志》、嘉庆《萧县志》作“泰州卫”。

② 按：“邑志”即康熙二十二年本《萧县志》。王真、杨锐二人见其卷三《武勋列传》。

警，抚军以仁守紫荆关，大有奖赉。

王业，由举人，嘉靖癸丑授永清[1]县令。遏抑豪右，绰有风裁。擢御史，权贵惮之。卒于官。

朱玳，由岁贡授莒州训导，迁赵州学正，历保宁府教授。清修苦节，淫声冶色绝不乱其视听。简默端凝，以长者称于乡。

南真，早孤，事母至孝。母卒，庐墓三年。

彭讨儿，父疾亟，医疗弗效，夜焚香吁天，刲股烹进，父食之愈。

唐鸾，天性笃孝。父母相继卒，居丧如礼。及葬，结庐墓侧三年。知县冯显上其事，弘治十五年受旌。嘉靖十一年，有司复表其门。

孙应奎，字天瑞，萧人。力农，事母甚孝。母病，思食甜瓜。时四月未实，应奎奔号，忽从野蔓获之。母食，病愈。时人以为孝感。

徐茂，字本深。以岁荐仕齐东令，一年即致政归，邑人高之。

刘鑛，甫十岁，父有疾，对天泣祷，乡人异之。及长，母病，鑛夜祈北斗，愿以身代。大风卒至，扬沙走石，烛终不灭，母亦寻愈。后由太学生，任徽府审理，导王以正，甚敬惮之。屡求终养，不许，令旨表其第曰“孝行”。鑛竟不获归养，郁懎成疾，卒于官。

蒋仕，为庠生时，父母殁，皆哀毁，庐墓三年不归，虽妻子饥寒弗恤。有庆云见于山隅，人共指为孝感。后膺贡，三任教职，清修愈励，每曰“吾求无忝于所生也”。卒，祀乡贤。

潘廷恩，幼失父，力耕养母，训二弟，皆成立。母殁，结庐墓傍，啖蔬三年。乡人称其孝友。

岳钟灵，父病，医祷备至。既殁，念母老，不敢庐墓，乃于堂外设主，昕夕哀奠，三年未尝一窥私室。乡人称其得事死事生之礼。

任逮，髫年即清修苦学，事亲以孝闻。父殁，哀痛逾礼。结庐于墓，日必致奠而泣，闻者伤之。毛御史复亲造其庐慰劳之。服阕，以选贡授乐亭丞，迁蕲州经卫。忠勤廉干，为当路嘉重。

王国辅，字封麓，家丁公里。世清贫，读书自守。状貌英伟，少尝拟驸马之选，未果。书学赵孟頫，工诗能画，尤善猫兔。仕为鄢陵令，有风裁，不附时贵。尝有司李欲得其公署一床，国辅正词拒之，曰：“此公家物，非有司所能私予！”卒不听。寻罢归。人服其刚正。（以下悉采邑志）

张浙，萧孝义里人。以例贡授永康簿。居家孝友，莅官以恤民为务，有“玉映

[1] 原作“永平”，据万历、顺治《徐州志》，康熙《萧县志》改。

冰壶”之称。永康人以祀名宦。

李绍芳，字芝亭。发愤读书，庐父母墓六年，寝食典籍。判滇之永昌，署保山县印。一判一牒，悉出手裁，有刻本行世。晚好书如初服，筑共学台于东山，昕夕往还，跨一疲马，童子负笈从之。手持一卷，即于马上披阅，率以为常。所著有《心学水鉴》《续高士传》数种。

贾复淳，字允升。家贫，每负笈游学于梁、砀间。所为举子业，醇正高华。以贡试铨部第一，授湖广通城令。通为岩邑，夙称难治。以严明行之，一时诵为神君。所著有《政书》。神宗朝，蒙玺书褒美。

朱自新，号仰泉。任象山令，德威兼用，政化大行。抚按尝特荐循良第一，受诰命。惜宦不显达。

许询，字问刍。气体端凝，诗书外无他嗜好，醇然儒者，诸公大人俱大器之。天启初，选贡入京，为马世奇、吴桢诸名流赏识。业葩经，尤精《周易》《尚书》。每御皋比，为弟子说经，语出如注疏，外人竞相传写。丙子，罹寇难。门人哭而私谥之，曰“文端先生”。

许玄，字子又。好奇自负，擅声文场。尝之京师[①]，与四方名流张溥、蒋鸣玉、杨廷枢诸人相结，咸称其天才独绝。卒不遇而死。诗格遒上，作字亦奇矫，古文词及小札俱气体高妙。有《赤石居藏稿》存于家。

孙传要，字肩一。文字有准绳。有邑令少尝诵其试牍，下车即询之，见犹困诸生中，深为惋惜，命二子执贽事之。后以贡谕上杭，适寇围城，传要亲登陴为防御，甚有方略，城赖以安。上杭士人著之《戴恩集》中。以温州府教授终。

任亚龙，字霖埏。以岁贡廷试，辄上疏请迁萧城。下部议行，会以时绌而止。为六合训，课士有法程，以称职闻。萧罹流寇之乱，所杀戮以万数。亚龙检其无主者，聚而掩之，无虑千人。诏旌其闾曰“仁心义举”。尝纂《萧近志》一帙。

许作楫，字二济。好读《左氏春秋》《庄子》《离骚》，善属文，萧志多出其手。所著有《春问亭集》《易草》《四书解》《毛诗正韵》《说文堂字说》。居嶂山芙蓉湖上，萧然高寄，人称为“画岩先生”。

任巡，萧之勇士。嘉靖中，倭寇淮阳，诏招四方谙武略者讨平之。巡首应选，与徐卫孙镇抚俱至庙湾，上下凡数战，皆胜，寇悉殄灭。乃单骑还，遇别寇突至，巡更还战。自日中至下舂，无一援者，矢尽马伤，遂遇害。督师赵文华以其事闻，荷赉典焉。

王基贞，字亨甫。精骑射，尤善火攻之法。丙子春，贼薄城。同兄弟分守南

---

① 原作“长安”，盖从文学典故之辞，据乾隆《徐州府志》、嘉庆《萧县志》改。

隅，贼逾城上，辄手刃之。次日风霾作，城溃西北，贼入城，犹率众巷战。众寡不敌，遂遇害。

任如龙，字霖苍。刚介自守。邑有公事，指陈利害，必侃侃焉，众咸畏其严正。丙子，寇入萧，执其父母，将加刃，龙奋身捍卫。贼怒，欲杀之。龙呼曰："贼宁杀我，无害我八旬父母！"贼竟害龙，舍其父母。督学倪以其事闻，特赐坊旌表，并祀乡贤。（时，诸生与难者五十一人，附飨学宫，姓名已列祀典，兹不尽载）

郝惟聪，字翼明。流寇破萧城，负母匿于学东庑。贼搜获之，乞以身代母，贼怜其孝，舍之去。遇他贼，又被执，挟至清水河，度不能脱，投水死焉。

欧阳复，萧人。袭武功右卫指挥使。官京师久，疏乞回籍。崇祯十年，流寇躏徐。参议徐标举复，领乡营当一面。八月，与贼战，被执不屈，死之。标吊以诗，有"白刃断喉难断义，黄沙埋骨不埋名"之句。里人至今传其烈焉。

陈我谋，萧人。幼习兵法。天启三年，黔酋安邦彦叛。督师王三善帅师入剿，闻我谋名，征以从征。累立奇功，授电光营参将。后战于大方，主帅陷重围，我谋麾骑驰援，遂与俱没。贵抚梁炳以其事闻，熹宗命庙祀黔土。

祖崇熹，力田自给。崇祯末，负薪楚王山，遇贼昼掠，执熹，使解南村牛。熹曰："牛主识之，将以我为盗，不可！"贼怒，熹曰："宁死不肯污家声也！"贼遂杀之。

吴洪谟，萧庠生。流寇围城，谟戎服佩剑，日夜登陴。及城溃，率子之凤归护老父，父子咸及于难。

朱贤政，幼读书，兼好骑射。崇祯癸未，应阁部将材选，授守备，领后劲营，分防徐邳河口。甲申，移驻虞城。遣入关，有安抚两河各寨功，分防泗盱游击。军政严明，为一方保障。乙酉夏四月，殉难。泗盱之民到今称之。

梁弘道，字廓如，萧庠生。崇祯十五年，袁寇围城，佐县令守北门。城破，犹手杀贼。后贼来益众，遂见害。

戴奋翼，字云程，萧诸生也。寇入城，执戈御敌，力穷被执。贼异其貌，欲降之。不屈，奋詈。贼怒，乱刃其首。骂声不绝而死。

纵四通，字开之。子日升，字天际。父子俱有干济才，为萧庠生。丙子之变，贼临城下，父子奋臂登陴。城破，俱不屈死。御史上其事，令从祀乡贤。

郭复性，字继善。丙子之变，首率众守城，被流矢不退。城陷，以骂贼死。后蒙旌表。

郭复初，字见心。读书兼学骑射。丙子之变，手射杀数贼，力战阵亡。亦蒙旌表。

朱道光，字可大。生而颖异，读书目数行俱下。弱冠入学，绰有文名。丙子，流寇围萧，奋身守陴，日夜不少懈。城陷，被害。督学倪以“忠烈殉城”题旌，从祀乡贤。（萧志死于贼者尚多。今以此诸人守城搏贼，与卫父母而死，较又有关系，故略为修饰书之）

李荷春，幼孤，勤学，师事张榜，有文名。寇至，与县令议城守，跨马巡城堞呼号，日夜不休。城破，投濠中死。以一指浮水上，家人得收葬之。

彭缙，字北田，萧庠生。工文词，萧令康炜修邑志，皆其手订。所著有《忠孝经解》《姓氏源流》等部。又精医术，著《药性书》，学者称之曰北田先生。

任汶，字近鲁。通经史，好为古文词。萧自迁城来，学宫草创，不厌众观，白于当事改建之。彭缙修邑志，亦与参订。晚谢诸生业，优游泉石，寿九十四终。

朱自华，字东明。好读书，兼精医术。授太医院判，逾年归里。施药济众，三举乡饮大宾。年七十九卒。所著有《击壤集》二卷、《樵父吟》一卷、《医书简要》四卷传于世。

孙重盛，字绍中。至性过人。葬亲后，傍墓侧，结庐数椽，朝夕哭奠三年。有司旌表其庐曰“孝子之门”。

赵森，邑民也。不识诗书，天性至孝。家贫，贸易养二亲，供甘脆，朝夕不匮。即衣冠之人，或不能及。知县唐文华题“诚心事亲”，制匾旌之。

王可邻，萧人。父寝疾，率妇蒋氏躬侍汤药。父殁，庐墓，朝夕哭，遘疾垂死。蒋随姑往视，知夫无生理，遂先自缢。可邻随气绝，家人以其夫妇同棺葬焉。事闻，敕有司官旌表建坊。

纵慎术，萧诸生。父母殁，庐墓逾三年，师友谕之，始归。

王堆，家石水牛山北，为阴阳选择家。父病，思肉食，堆刲股羹之，父病愈。一年而亡。庐父墓侧三年，不辍哀泣。及归，不忍食盐荤，终其身。

梁世彦，为吏谨悫。继母病危，医药不愈，有道士过其门，遗药一丸，曰：“此神效，但须人肉作引。汝有孝心，割股可也。”彦如其言，母病果痊。邻里异之，举于县，给匾旌焉。

张成、周福、何成、谢玉，皆萧民。正统五年，四人各出小麦千一百石输官，以赈贫乏。奉诏旌为义民。〇成化中，山东盗起，萧人惊避之州境。有朱锐者，载麦八百斛往，悉分以济贫乏，邑人义之。正德中，萧饥，多逋赋。邑人纵敩出千金，以代其不能偿者。上官咸旌其好义。

李逯、许嘉宾、徐良才、马思恭、孙桐、李养气、张泮、刘绪、冯应科，皆萧隆、万间人，各尝出谷麦三千斛以赈贫乏，奉旨赐冠带荣之。

吴惟弘，字任宇，萧县人。伟干修髯，丰仪特盛。袭北羽林指挥官，历事神、光、熹、怀四朝，凡三十余年，以端敏见称。晚告归家居，睦族亲邻，乐于施予，孜孜无倦。尝助役作长、缕二堤，为乡闾保障，通邑赖之。三举乡饮，人以为称。卒，年九十。子存忠嗣。

吴存忠，字敬生。袭父羽林卫指挥官。沉毅善断，每当次事，言人人殊，徐以片语折衷，众志胥惬。崇祯末，土寇起萧，以东南诸山为穴。凤抚朱大典患之，属存忠招抚。时贼张甚，人多，惧不肯从。存忠乃单骑入其垒，开示祸福，降数千人。明亡，遂隐不仕。轻财好施，笃于故旧。亲疏被周恤者，多不可数纪。郡邑屡举乡饮，皆坚谢不赴。年七十三卒。

国朝

徐霭，字云蒸。由拔贡历仕浮梁令。修学宫，平蜈蚣山寇，为邑人歌颂。未久，即致仕归，逍遥林泉。著有《鹳山集》。

颛孙佐圣，字悦孔。以恩贡考选推官，改授知县。初治峡江，再治泰和，迁和曲州，皆有政声。上官拟不次擢之，乃乞终养归，邑人益高其义。

郝键，号枢庵。博学嗜古。由岁荐任云间训导。修学宫，浚玉带河，督学屡嘉其绩。七载，转武进县教谕，士服其教。历八年，年七十，致仕归里。两举乡饮大宾。晚年与人言，忠孝廉节外无溢语，朴茂有古人风度。

章得简，字简臣。早失恃，事继母以孝闻。慷慨好施，遇族党不能婚嫁殡葬，咸资助之。岁荒，里中赖周济者甚众。应试都门，遇人资斧告匮，即解橐以赠。寓寺有僧，母没入官，出重锾赎之。僧乃设生位礼拜，以志不忘。以岁贡任宿迁教谕，修学创署，数百金悉出己囊。又蠲资设粥赈饥，躬往监视。莅任五载，勤于课士，讲学无虚日。遂卒于官。诸弟子皆白衣冠，送哭于河浒。今崇祀名宦。

陈开先，字青门。以文学贡入太学。为人坦易，乐济人之厄。河北有别墅田数千亩，明季寇乱，邑人士避地多依之。四方客龙城者，率下榻其家。谒选都门，归未及里，终河北别墅。一时士林悼之，诔歌成帙。

王基宁，字一甫。多才辨，风力过人。父殁庐墓，以孝闻。丙子，寇破萧，公率兄弟巷战，拥母出重围。后举孝廉。萧当草昧之初，甚苦征徭。为力陈当道，减租之半，人怀其惠。年七十三，以疾卒。

朱镶，萧诸生。家贫，博学，事父母纯孝。明末遭寇乱，冒死救亲，避难彭城。夜读书，昼樵汲，以供薪水。父母病，专治医，遂精其道。每煎药，必亲尝，焚香露祷，求以身代，亲疾遂愈。顺治十五年，邑人士公举孝行，奉旨旌闾。

王钦典，字公从。性孝友。父基宁病笃，典尝药祷天，请以身代。昼夜侍侧，衣带不解者月余。及父故，卧苫枕块，泣血几绝。因病卧两月，遂殒。

杨妍，少年为诸生，慕范文正公之为人，先忧后乐之志，力行不少怠。甲申三月十九日，闯逆之变，扳龙髯而莫逮，遵父乡宾枝秀命，破家捐资，募兵江淮。阁部史特聘幕府监军，举授归德屯田推官。定鼎归来，隐居剑台之南，颜其亭曰“契吴”，盖乐道终身焉。

徐州志卷之二十三

人物四

沛县

汉

曹参，沛人。秦时为狱掾豪吏。高祖为沛公，参以中涓从击胡陵、方与（音房豫），攻秦监公军，大破之。取胡陵，徙守方与。方与反为魏，击之。丰反为魏，攻之。击秦司马尼军砀东，取砀狐父、祁善置。又攻下邑以西，至虞，击章邯车骑。攻爰戚及亢父，先登。击章邯军，陷陈，追至濮阳。攻定陶，取临济。南救雍［丘］①，击破李由，杀之。沛公为砀郡长，号参曰建成君，迁为戚公。从攻东郡尉军，破之成武南。复攻之杠里，大破之。追北，西至开封，围赵贲。西击秦将杨熊于曲遇，破之。从攻阳武，下轘辕、缑氏，还破赵贲军尸北。从南攻犨，与南阳守齮战阳城郭东，虏之，尽定南阳郡。从西攻武关、峣关，取之。前攻秦军蓝田南，又夜击其北，秦军大破。遂至咸阳，灭秦。项羽至，以沛公为汉王。参从至汉中。还定三秦，初攻下辩、故道、雍、斄②。击章平军于好畤南，破之，围好畤，取壤乡。击三秦军壤东及高栎，破之。章平出好畤走。因击破赵贲、内史保军，东取咸阳。参将兵守景陵二十日，三秦使章平等攻参，参出击，大破之。引兵围章邯于废丘。从汉王出临晋关。至河内，下修武，渡围津，东击龙且、项他于定陶，破之。东取砀、萧、彭城。及汉军败走，参围取雍丘。王武反于黄，程处反于燕，往击，尽破之。柱天侯反于衍氏，又进破，取衍氏。击羽婴于昆阳，追至叶。还攻武强，因至荥阳。拜为假左丞相，入屯兵关中。魏王豹反，与韩信东攻魏孙遬军东张，大破之。因攻安邑，击魏王于曲阳。追至武垣，生得魏王豹。取平阳，尽定魏地，赐食邑平阳。因从韩信击赵军于邬东，大破之。韩信与张耳引兵下井陉，击成安君，而令参还围赵戚将军邬城中。出走，追斩之。乃引兵诣敖仓汉王之所。韩信

---

① 字据《史记·曹相国世家》补。

② 原作“漦”，据《史记·曹相国世家》改。

已破赵，东击齐。参从信攻破齐历下军，遂取临菑。定济北郡，攻著、漯阴、平原、鬲、卢。已从击龙且军于上假密，大破之，斩龙且，定齐。韩信为齐王，引兵诣陈，与汉王共破项羽，而参留平齐未服者。项籍已死，天下定，汉王为皇帝，韩信徙为楚王，齐为郡。参归汉相印。高帝以长子肥为齐王，而以参为齐相国。以高祖六年赐爵列侯，剖符，世世勿绝，食邑平阳万六百三十户。孝惠元年，更以参为齐丞相。参尽召长老诸先生，问所以安集百姓。言人人殊，未知所定。闻胶西有盖公，善治黄老言，使人厚币请之。既见，盖公言治道贵清静，而民自定，推此类具言之。参于是避正堂，舍盖公焉。其要用黄老术，相齐九年，齐国安集，大称贤相。萧何薨，参入相。始参微时，与何善；及为宰相，有隙。至何且死，所推贤唯参。参代何为相，一遵何约束。择郡国吏讷于文辞、谨厚长者，即召除为丞相史。吏言文刻深者，辄斥去之。日夜饮酒，不事事。惠帝怪相国不治事，让之。参免冠谢曰："高皇帝与萧何定天下，法令既明具。陛下垂拱，参等守职，遵而勿失，不亦可乎？"帝曰："善！"参为相三年，薨，谥曰懿。百姓为歌之曰："萧何为法，较若画一。曹参代之，守而勿失。载其清静，民以宁一。"

王陵，沛人。始为县豪，高祖微时，兄事之。及高祖起沛，入咸阳，陵亦聚党数千人，居南阳。及汉王还击项籍，陵乃以兵属汉。项羽取陵母置军中，欲以招陵。陵使人诣母所，母曰："善事汉王，无以老妾故持贰心！"遂对使者伏剑而死。陵卒从汉王定天下，封安国侯。陵少文任气，好直言。为右丞相二岁，惠帝崩。高后欲立诸吕为王，问陵。陵力争之，曰："高皇帝刑白马而盟曰：'非刘氏而王者，天下共击之！'今王吕氏，非约也！"太后不说。问左丞相陈平及绛侯周勃等，皆无不可。陵让平、勃曰："始与高帝喋血而盟，诸君不在耶？纵欲阿意背约，何面目见高帝于地下乎！"吕后欲废陵，乃阳迁陵为帝太傅，实夺之相权。陵谢病免，杜门竟不朝请，十年而薨。

周緤，沛人。以舍人从高祖起沛，至霸上，西入蜀，还定三秦，赐食邑池阳。从东击项羽，战不利，终无离上心。上以緤为信武侯，食邑三千三百户。欲自击陈豨，緤泣止，上以为爱我，赐入殿不趋。后改封鄘城侯。孝文五年薨，谥曰贞。

樊哙，沛人也，以屠狗为事。与高祖俱隐。初从高祖起丰，高祖为沛公，以哙为舍人。尝从攻胡陵、方与，击泗水，战却司马尼。及从击章邯军，从攻东郡守尉于成武，从击秦军出亳南，从攻长社，攻武关，咸破虏斩级。其攻阳城，击赵贲军，破杨熊于曲遇，攻宛陵，攻雍城，战襄国，破柏人，咸先登却敌。赐爵国大夫，历进舞阳侯，与诸侯剖符，世世勿绝。初，项羽在戏下，欲攻沛公。沛公因项伯谢羽鸿门。羽既飨军士，中酒，亚父谋欲杀沛公，令项庄拔剑舞坐中。哙居营外，闻事急，乃持铁盾直入，立帐下。项羽目问为谁，张良曰："沛公参乘樊哙。"

羽曰："壮士！"赐之卮酒、彘肩。哙既饮酒，拔剑切肉，食尽之。羽曰："能复饮乎？"哙曰："臣死且不辞，岂特卮酒乎！且沛公先入定咸阳，暴师霸上，以待大王。大王今日至，听小人言，与沛公有隙，臣恐天下解心，疑大王也！"羽默然。沛公如厕，既出，与樊哙等从间道归走霸上军。是日，微哙入营谯让项羽，沛公事几殆。明日，项羽入屠咸阳，立沛公为汉王。汉王赐哙爵列侯，号临武侯，从入汉中。还定三秦，别击西丞白水北，雍轻车骑雍南，破之。从攻雍、斄城。击章平军好畤，秦军骑壤东，皆先登陷阵，却敌。攻赵贲，下郿、槐里、柳中、咸阳。灌废丘，最。至栎阳，从屠煮枣，击破王武、程处军于外黄。攻邹、鲁、瑕丘、薛。项羽败汉王于彭城，尽复取鲁、梁地。哙还至荥阳，以将军守广武一岁。项羽引而东，从汉王击项羽，下阳夏，虏楚周将军。围羽于陈，大破之，屠胡陵。项籍既死，汉王为帝，以哙坚守战有功。从攻臧荼，定燕地，赐爵列侯。以将军从高祖攻反韩王信。击陈豨，定代。又以相国击破卢绾，定燕。哙娶吕后女弟须为妇，故其比诸将最亲。先黥布反，高祖尝病卧禁中，诏户者毋得入群臣。绛、灌等莫敢入。十余日，哙乃排闼直入，大臣随之。上独枕一宦者卧。哙等见上，流涕曰："始陛下与臣等起丰沛，定天下，何其壮也！今天下已定，又何惫也！且陛下病甚，大臣震恐，不见臣等计事，独与一宦者绝乎？且陛下不见赵高之事乎？"高帝笑而起。后卢绾反，高帝使哙击燕。时帝病甚，人有恶哙党于吕氏，即上一日宫车晏驾，则哙欲以其兵尽诛灭戚氏、赵王如意之属。帝闻之大怒，乃使陈平载绛侯代将，而即军中斩哙。陈平畏吕后，执哙诣长安。至则高帝已崩，吕后释哙，使复爵邑。孝惠六年薨，谥武。

夏侯婴，沛人也。为沛厩司御。每送客，还过沛泗上亭，与高祖语，未尝不移日也。婴已而试补县吏，与高祖相爱。高祖戏而伤婴，人有告高祖。高祖时为亭长，重坐伤人，告故不伤婴，婴证之。后狱复，婴坐高祖系岁余，掠笞数百，终以是脱高祖。高祖之初欲攻沛也，婴时以县令史，为高祖使。降沛，高祖为沛公，以婴为太仆。从攻胡陵，婴与萧何降泗水监平。又从击秦军砀东，攻济阳，下户牖，破李由军雍丘下。从击章邯军东阿、濮阳下，以兵车趣攻战疾，破之。击赵贲军开封、杨熊军曲遇。婴从，捕降甚众。复从击秦军雒阳东，以兵车趣攻战疾，赐爵为滕公。从攻南阳，战于蓝田、芷阳，至霸上。项羽灭秦，立沛公为汉王。汉王赐婴昭平侯，复为太仆，从入蜀汉。还定三秦，从击项籍。至彭城，项羽大破汉军。汉王败，驰去，见孝惠、鲁元，载之。汉王急，马罢，常蹶两儿欲弃之，婴收竟载之徐行，面雍树乃驰。汉王怒，行欲斩婴者十余，卒得脱，而致两儿于丰。汉王既至荥阳，收散兵，复振。婴复从击项籍，追至陈，卒定楚。至鲁，汉王立为帝。燕王臧荼反，婴从击荼。明年，从至陈，取楚王信。更食汝阴，剖符，世世勿绝。从击代，至武泉、云中。因从击韩信军胡骑晋阳旁，大破之。追北至平城，为匈奴所围，七日不得通。高帝使厚遗阏氏，冒顿开围一角。高帝出欲驰，婴固徐行，弩皆持满外向，卒得脱。复从击胡骑句注北，大破之。又击之平城南，三陷阵，功为多。击陈豨、黥布，陷陈却敌，定食汝阴六千九百户，除前所食。婴自上初起沛，常为太仆。竟高祖崩，以太仆事孝惠。孝惠及高后德婴脱孝惠、鲁元于下邑，乃赐婴县北第第一，曰“近我”，以尊异之。孝惠崩，以太仆事高后。高后崩，代王之来，婴以太仆与东牟侯入清宫，废少帝，以天子法驾迎代王代邸，与大臣共主为孝文皇帝，复为太仆。八岁卒，谥文侯。

周昌，苛从弟。秦时为泗水卒史。及高祖起沛，从沛公为职志，从入关破秦。沛公为汉王，以昌为中尉，寻拜御史大夫。从破项籍，封汾阴侯。昌强力，敢直言，自萧、曹等皆卑下之。高祖欲废太子而立戚姬子如意，昌廷争之强。上问其说。昌为人吃，又盛怒，曰：“臣口不能言，然臣期期知其不可奉诏！”后上以留侯策止。昌争时，吕后听于东厢，见，跪谢之。如意为赵王，年十岁，高祖忧万岁后不全，用符玺御史赵尧言，徙昌为赵相。昌曰：“臣初起从陛下，独奈何中道弃之于诸侯乎？”帝曰：“吾极知其左迁。然吾私忧赵，念非公无可者。公强为我行！”高祖崩，太后鸩杀赵王。昌谢病不朝见，三岁薨，谥曰悼。

周苛，初从沛公，以为客。及为汉王，以苛为御史大夫。楚围荥阳急，汉王遁去，使苛守荥阳。楚破荥阳，苛嫚骂曰：“若趣降汉！不然，为虏[①]矣！”项羽怒，烹苛。后论功，封苛子为高阳侯。

周勃，以材官引强，攻胡陵，下方与，最[②]从高祖，战功居多，封列侯，食绛邑。为人木强敦厚，不好文学。高帝以为可属大事，又尝语吕后曰：“安刘氏者，必勃也！”惠帝六年，为太尉。高后崩，与丞相陈平等议，共诛诸吕，迎立代王，是为孝文帝。即位，以勃为右丞相，赐金五千斤，邑万户。或说勃：“威震天下，而受厚赏、处尊位以厌之，祸及身矣！”勃惧，自危，乃谢归相印就国。其后有上书告勃欲反，下廷尉逮捕治之。薄太后以冒絮提帝曰：“绛侯绾皇帝玺，将兵于北军，不以此时反，今居一小县，顾欲反邪！”帝于是赦勃，复爵邑就国。十一年薨，谥曰武侯。次子亚夫，初仕为河内守，文帝复封为条侯。六年，匈奴大入边。以亚夫为将军，军细柳。帝自劳之。军士吏被甲，锐兵刃，彀弓弩持满。天子先驱至，不得入。军门都尉曰：“军中闻将军令，不闻天子诏。”有顷，上至，又不得入。上使使持节诏之，乃传言开壁门。壁门士请车骑曰：“将军约，军中不得驱驰。”天子

① 原作“鲁”，据《史记》本传改。
② 原作“最后”。案《史记》《汉书》本传，“后”字衍，今删。

乃按辔徐行。至中营，亚夫揖曰："介胄之士不拜，请以军礼见。"天子为动，改容式车，敬劳将军，成礼而去。既出门，曰："嗟乎，此真将军矣！"称善者久之。军罢，拜中尉。景帝时，吴、楚反。以亚夫为太尉，将兵击之，三月而吴、楚尽平。迁丞相。上废栗太子，亚夫固争之，不得。上由此疏之。窦太后欲封皇后兄王信为侯，亚夫曰："高帝约'非有功不得侯'。信无功，侯之，非约也。"上默然而沮。后匈奴臣五人降汉，上欲侯之。亚夫曰："彼背其主降，陛下侯之，即何以责人臣不守节者乎？"上曰："丞相议不可用！"乃悉封为侯。亚夫因谢病免相。顷有上变告其子，事连污亚夫。下吏，入廷尉，因不食而死。

鄂千秋，沛人。汉祖定功行封，千秋进曰："萧何有万世之功，当第一。"上曰："进贤受上赏，何功虽高，得鄂君乃益明矣！"封安平侯。

任敖，沛人。少为狱吏。高祖尝避吏，吏系吕后，遇之不谨。敖素善高祖，怒，击伤主吕后吏。及高祖初起，敖以客从为御史，守丰二岁。高祖为汉王，敖迁为上党守。陈豨反时，敖坚守，封为广阿侯。高后时，为御史大夫。孝文元年薨，谥懿。

吕欧[①]，以中涓从起沛。至霸上，为连敖，入汉。以骑将定燕、赵，得燕将军，封广侯。

朱轸，以舍人从起沛。以队帅先降翟王，虏章邯，封都昌侯。

严不职，以舍人从起沛。至霸上，以骑将入汉。还击项羽，用将军击黥布，封武强侯。

奚涓，以舍人从起沛。至咸阳，为郎，入汉。以将军定诸侯，功比舞阳侯。死军事，封鲁侯。

周止，以舍人从起沛，以郎中入汉。还定三秦，以骑将破项羽东城，封魏其侯。

孙赤，以中涓从起沛，以郎入汉。以将军击项羽，为惠侯。后为上党守，击陈豨，封堂阳侯。

雍齿，故沛豪，有力。与高祖有隙，故晚从。后封什邡侯。

冷耳，以客从起沛，入汉。击破齐军。黥布反，以楚丞相坚守彭城，封下相侯。

秘彭祖，以卒从起沛。以卒开沛城门，为太公仆。以中厩令击陈豨，封戴侯。

单父圣，以卒从沛，入汉。以郎击黥布，封中牟侯。始高帝微时，有急，给高

① 按：《史记·高祖功臣侯者年表》作"吕欧"，《汉书·高惠高后文功臣表》作"召欧"。又，《史记》《汉书》作"广严侯"。司马贞《史记索隐》："《晋书》《地道记》，广县在东莞。'严'，谥也，下又云'壮'。班、马二史并误也。"

祖马，故封。(《索隐》作“单父左车”)

卫毋择，以队卒从起沛。以郎击陈余，用卫尉，封乐平侯。

徐厉，以舍人从起沛，入汉。还，得雍王邯家属。用常山丞相，封祝兹侯。

丁礼，以中涓从起沛，为骑将入汉。定三秦，为正奉侯。以都尉属灌婴，杀龙且，更为乐成侯。(按：《史记·功臣表》凡曰“从起沛”者，传皆称沛人。以上十三人皆无传，想亦沛中子弟也。故引曹、樊、王、周之例载之)

杜得臣，以卒从起胡陵。以郎将迎左丞相军击项羽，封棘阳侯。

施雠，字长卿，沛人也。沛与砀相近，雠为童子，从砀田王孙受《易》。后雠徙长陵，田王孙为博士，复从卒业，与孟喜、梁丘贺并为门人。贺为少府，荐雠“结发事师数十年，贺不能及”，诏拜雠为博士。甘露中，与五经诸儒杂论同异于石渠阁。雠授张禹，禹授淮阳彭宣，由是施家有张、彭之学。同郡戴宾，亦受《易》于雠。

高相，沛人。治《易》，其学亦亡章句，专说阴阳灾异。自言出于丁将军，传至相。相授子康，及兰陵毋将永。康以明《易》为郎，永至豫章都尉。由是《易》有高氏学。

闻人通汉，字子方。后苍说《礼》数万言，号曰《后氏曲台记》，东海人孟卿受之，以授通汉。通汉以太子舍人论石渠，至中山中尉。同郡庆普，字孝公，与戴德、戴圣亦同受《礼》于孟卿。由是《礼》有大戴、小戴、庆氏之学。普仕为东平太傅。

蔡千秋，字少君，沛人。尝受《穀梁春秋》于鲁荣广，又事王孙皓星公，为学最笃。宣帝时为郎，召见，与《公羊》家并说。上善《穀梁》说，擢千秋为谏大夫、给事中。后有过，左迁平陵令。复求能为《穀梁》者，莫及千秋。上愍其学且绝，乃以千秋为郎中，召将选郎十人从受。汝南尹更始翁君本自事千秋，能说矣[①]。

邓彭祖，字子夏，沛人。五鹿充宗弟子，为真定太傅。同学于充宗者，平陵士孙张仲方、齐衡咸长宾，皆至显仕。由是有士孙、邓、衡之学。

翟牧，字子兄，沛人。兰陵孟喜弟子，为博士，与同学白光齐名。由是有翟、孟、白之学。梁焦延寿，尝从孟喜学《易》。会喜死，京房以为延寿《易》即孟氏学。翟牧、白生不肯，皆曰非也。其笃信师说如是。

戴崇，字子平，沛人。丞相张禹弟子，传施氏之学，官至九卿，有名于时。

唐林，字子高，沛人。师事长安许商长伯。商以四科号其门人，而以林为德

① 原作“本自是能千秋说矣”，据《汉书·儒林传》改。

行。王莽时，林为九卿，自表上师冢[①]。大夫、博士、郎吏为许氏学者，各从门人，会车数百辆[②]。儒者荣之。

褚少孙，字佚，沛人。与东平唐长宾同事王式，问经数篇，式谢曰："闻之于师具是矣，自润色之。"不肯复授。少孙与长宾应博士选，诣博士，抠衣登堂，颂礼甚严，试诵说，有法，疑者丘盖不言。诸博士惊问何师，对曰："事王式。"于是共荐式为博士。

唐尊，沛人。山阳张无故弟子。无故传小夏侯建学，转授尊。尊仕为王莽太傅。

爰礼，沛人。孝平时，征礼等百余人，令说文字未央廷中，以礼为小学元士、黄门侍郎[③]。

戴宾，沛人。陈留刘昆，尝从宾受施氏《易》。

姜肱，字伯淮，彭城广戚人也（今沛县地）。与二弟仲海、季江，俱以孝行著闻。其友爱天至，常共卧起。肱博通五经，兼明星纬，士之远来就学者三千余人。辟命皆不就。二弟名声相次，亦不应征聘。时人慕之。肱尝与季江谒郡，夜于道遇盗，欲杀之。肱兄弟更相争死，贼遂两释焉，但掠夺衣资而已。既至郡中，肱终不言。盗闻而感悔，后乃就精庐求见，皆叩头，还所略物。肱不受而遣之。后与徐穉等俱征，不至。桓帝乃使画工图其形。肱伏卧于幽暗，以被韬面，工竟不得见之。中常侍曹节等专执朝[④]事，诛陈蕃、窦武，欲借宠贤德，以释众望，乃白征肱为太守。肱得诏，乃私告其友曰："吾以虚获实，遂藉声价。明明在上，犹当固其本志，况今政在阉竖，夫何为哉！"乃隐身遁命，远浮海滨。再以玄纁聘，诏书至门（灵帝诏曰：肱抗凌云之志，养浩然之气，以朕德薄，未肯降志。昔许由不屈，王道为化；夷齐不挠，周德不亏。州郡以礼优顺，勿失其意）。肱使家人对云："久病就医。"遂羸服间行，窜伏青州界中，卖卜给食，历年乃还。熹平二年，终于家。弟子陈留刘操追慕肱德，刊石颂之。

度尚，字博平，湖陆人。困穷，为侯览视田，得为郡上计吏，拜郎中，除上虞长。为政严峻，发摘奸非，人谓之神明。迁文安令，遇时疾疫，人饥，开仓廪赈给，营救疾者。刺史朱穆行部见，甚奇之。长沙、零陵贼入桂阳、苍梧、南海、交阯，刺史、太守多望风奔逃。遣师屡讨之，不克。尚书朱穆举尚为荆州刺史。尚躬

---

① 原作"家"，据《汉书·儒林传》改。

② 原作"两"，通"辆"。

③ 按："黄门侍郎"四字衍。考《说文解字·叙》《魏书·江式传》："孝平时，征礼等百余人说文字于未央宫中，以礼为小学元士。黄门侍郎扬雄采以作《训纂篇》。"又《汉书·扬雄传》："除为郎，给事黄门，与王莽、刘歆并。"合是志书读史粗忽，遂以"小学元士、黄门侍郎"并读，误。

④ 原作"明"，据《后汉书》本传改。

率部曲，与同劳逸，广募杂种诸蛮，明设购赏。进击，大破之，降数万人。桂阳宿贼畏尚，徙入山谷。尚穷追数百里，遂入南海，破其三屯。贼党犹盛，又以计焚将士营中珍积，慰劳之，使乘锐进攻，遂大破平之。封右乡侯，迁桂阳太守。明年，征还京师。会荆州兵作乱，与桂阳贼合，转攻郡县，复以尚为荆州刺史。已，以罪免。后为辽东太守，破鲜卑，戎狄惮服。延熹九年，卒于官。（湖陆故城，在沛县境内）

单飏，字武宣，湖陆人。以孤特清苦自立，善明天官、算术。举孝廉，稍迁太史令、侍中。出为汉中太守，公事免。后拜尚书，卒于官。初，熹平末，黄龙见谯。光禄大夫桥玄[①]问飏。曰："其国当有王者兴。不及五十年，龙当复见，此其应也。"殷登密记之。至建安二十五年，黄龙复见谯。其冬，魏受禅。（按：旧志载三国人楼玄。不知玄为沛国蕲人，非沛县人，故削之）

魏讽，字子京，沛人。有才名，倾动邺都。钟繇辟之，以为西曹掾。曹操征汉中未反，讽潜结众，又与长乐卫尉陈祎谋袭邺。未及期，祎惧，以告操子丕。讽见杀，坐死者数十人。繇亦坐免。（按：讽为人，他无所考，据《世语》云"有才，倾动钟繇"，殆亦非碌碌者。其谋袭邺，自是为汉讨贼，不幸未就而死，固可矜也。史以为谋反伏诛，党于曹氏之辞，岂为定论？）

季汉（魏）

张茂，字彦林，沛人。仕魏，为太子舍人。尝上书谏明帝[②]诏诸士女嫁非士者，一切录[③]夺，以配战士。书具《三国志》裴松之注。（旧志载刘馥及其子靖。按《三国志·魏·列传》，馥为沛国相人，非沛产也，今削去）

晋

刘毅，字希乐，彭城沛人也。少有大志，不修家人产业。仕为州从事，桓弘以为中兵参军。属桓玄篡位，毅与刘裕、何无忌等密谋，讨玄及其将，战于江乘、罗落桥、覆舟山，皆大破之。玄军奔散，乃逼帝及琅邪王西上。毅追及玄，战于峥嵘州，乘风纵火，尽锐争先。玄众大溃，烧辎重夜走。及玄死，毅为桓振所败，坐免官，寻原之。何无忌与毅不平，毅唯自引咎，时论韪之。毅复与诸将发寻阳，讨桓振。时振党冯该戍大岸，孟山图据鲁城，桓山客守偃月垒，众合万人，连舰二岸，

① 原作"元"，避康熙讳改。今恢复本字。
② 原作"文帝"，据《三国志·魏书·明帝纪》裴松之注引《魏略》改。
③ 原作"禄"，据《三国志·魏书·明帝纪》裴松之注改。

水陆相援。毅督众军进讨，与刘怀肃等攻鲁城，刘道规攻偃月垒，何无忌等列舰[①]于中流，以防越逸。毅躬贯甲胄，陵城半日而二垒俱溃，生擒山客，而冯该遁走。毅进平巴陵，号令严整，所经墟邑，百姓安悦。遂率诸军次江陵之马头。振拥乘舆出营江津，毅因率无忌、道规等，破冯该于豫章口，推锋而进，遂入江陵。振闻城陷，北走。乘舆反正，毅执玄党尽杀之。已，复击斩桓振。其余拥众假号以十数，皆讨平之。二州既平，以毅为抚军将军。初，毅丁忧在家，及义旗初兴，遂墨绖从事。至是军役渐宁，上表乞还终丧，不许。诏以毅为都督豫州，扬州［之淮南］、历阳、庐江、安丰、［堂邑］[②]五郡诸军事，豫州刺史，持节、将军、常侍如故。以匡复功，封南平郡开国公，兼都督宣城军事，给鼓吹一部。俄进拜卫将军、开府仪同三司。及何无忌为卢循所败，贼军乘胜而进，朝廷震骇。毅具舟船讨之，将发而疾笃，内外失色。朝议欲奉乘舆北就中军刘裕。会毅疾瘳，将率军南征。裕与毅书，遣毅弟藩往止之。毅大怒，投书于地，遂以舟师二万发姑熟，次于桑落洲，与贼战，败绩，辎重盈积皆弃走。刘裕深慰勉之。后进为都督荆、宁、秦、雍四州之河东、河南、广平，扬州之义成[③]四郡诸军事，卫将军、开府仪同三司、荆州刺史，持节、公如故。表请加督交、广二州。毅至江陵，乃辄取江州兵及豫州西府文武万余，留而不遣。又告疾困，请藩为副。刘裕以毅贰于己，乃奏之。安帝下诏，数毅罪，诛藩。刘裕自率众讨毅，命王弘、王镇恶等率军攻之。毅众乃散。毅走，去江陵二十里而缢。毅尝云："恨不遇刘项，与之争中原。"又谓郗僧施曰："昔刘备之有孔明，犹鱼之有水，今吾与足下，虽才非古贤，而事同斯[④]言。"众咸恶其陵傲不逊。及败于桑落，知物情去，而弥复愤激。初，裕征卢循凯归，帝大宴于西池，有诏赋诗。毅诗云："六国多雄士，正始出风流。"自知武功不竞，故示文雅有余也。既出西藩，虽上流分陕，而顿失内权。又颇自嫌事计[⑤]，故欲擅威强，伺隙图裕，以至于败。兄迈，字伯群。少有才干，为殷仲堪中兵参军。桓玄之在江陵，甚豪横，士庶畏之，过于仲堪。玄曾于仲堪听事前戏马，以稍拟仲堪。迈时在坐，谓玄曰："马稍有余，精理不足。"玄自以才雄冠世，而心知外物不许之。仲堪为之失色。玄出，仲堪谓迈曰："卿乃狂人也！玄夜遣杀卿，我岂能相救！"迈以正辞折仲堪，而不以为悔。仲堪使迈下都以避之。玄果令追之，迈仅免祸。后玄得志，迈诣门称谒。玄谓迈曰："安知不死，而敢相见？"迈对曰："射钩、斩袪，与迈为三，故知

---

① 原作"槛"，据《晋书》本传改。
② 以上五字据《晋书》本传补。
③ 原作"城"，据《晋书》本传改。
④ 原作"期"，据《晋书》本传改。
⑤ 原作"几"，据《晋书》本传改。

不[①]死。"玄甚喜，以为刑狱参军，后为竟陵太守。及毅与裕等同谋起义，迈将应之，事泄，为玄所害。（旧志此下载刘弘。按：弘为刘馥之孙，沛国相人，非沛县产，故削之）

南北朝

朱绰，沛人也。世为将。兄宪及斌，并为西中郎袁真将佐。桓温伐真于寿阳，真以宪兄弟潜通温，并杀之。绰逃归温，每战常居先，不避矢石。寿阳平，真已死，绰辄发棺戮尸。温怒，将斩之，温弟冲苦请得免。绰受冲更生恩，事冲如父。参冲车骑军事，西阳、广平太守。及冲薨，绰呕血死。

朱龄石，字伯儿，沛人，绰子也。少好武事，不治崖检。武帝克京城，以为建武参军。从至江乘，将战，龄石言："世受桓氏恩，不容以兵刃相向，乞在军后。"帝义而许之，以为镇军参军，迁武康令。县人姚系祖专为劫盗，郡县畏不能讨。龄石至县，伪为与亲厚，召为参军。系祖恃其强盛，乃出应召。龄石斩之，率吏人至其家，悉杀其兄弟徒党，由是一郡[②]得清。后为徐州主簿，复为高祖参军。龄石有武干，又练吏职，帝甚亲委之。平卢循有功，为西阳太守。义熙九年，徙益州刺史，为元帅伐蜀。初，帝与龄石密谋进取，曰："刘敬宣往年出黄虎[③]，无功。贼谓今应从外水往，而料我当出其不意，犹从内水来也，必重兵守涪城，以备内道。若向黄虎，正堕其计。今以大众自外水取成都，疑兵出内水，此制[④]敌之奇也。"而虑此声先驰，贼审虚实，别有函封付龄石，署曰："至白帝乃开。"诸军虽发，未知处分所由。至白帝发书，曰："众军悉从外水取成都，臧熹、朱林于中水取广汉，使羸弱乘高舰十余，由内水向黄虎。"谯纵果备内水，使其大将谯道福以重兵戍涪城，遣其前将军侯辉、蜀郡太守谯诜等，率众万余屯彭模，夹水为城。龄石至彭模，诸将以贼水北城险阻众多，咸欲先攻其南城。龄石曰："不然。虽寇在北，今屠南城，不足以破北；若尽锐以攻北垒，南城不麾而自散也。"率刘钟、蒯恩等攻城，四面并登，斩侯辉、谯诜，仍回军以麾，南城即时散溃。诸营守以次土崩。谯纵奔于涪城，巴西人王志斩送纵守将，封府库以待王师。纵及道福乃逃于獠中，巴西民杜瑶缚送之，斩于军门[⑤]。以平蜀功，封龄石丰城县侯。武帝还彭城，以为相国右司马。

---

① 原作"不知"，据《晋书》本传乙正。

② 原作"部"，据《宋书》本传改。

③ 原作"黄武"。盖其地本名"黄虎"，唐人避太祖李虎讳，《晋书·刘敬宣传》作"黄兽"，《南史·朱龄石传》作"黄武"。今恢复本字。下同。

④ 原作"致"，据《宋书》本传改。

⑤ 案《宋书》《资治通鉴》："伪尚书令马耽封府库以待王师""纵自缢死，巴西人王志斩其首以送龄石""道福逃于獠中，巴民杜瑾执送之，斩于军门"诸条，谯纵先死涪城，王志斩送其首；不当复与谯道福逃于獠中，合本志读史有误。

后从桂阳公镇关中，还，遇敌被执，死于长安。子景符嗣。卒，子祖宣嗣，以罪夺爵，更以祖宣弟隆绍封。齐受禅，国除。

朱超石，龄石弟也。亦果锐，善骑乘。虽出自将家，兄弟并娴[①]尺牍。初为桓谦参军，又参何无忌辅国右军［军］[②]事。徐道覆破无忌，得超石，以为参军。至石头，超石说同舟人乘单舸走归高祖。高祖甚喜之，以为徐州主簿。超石迎桓谦身首，躬营殡葬。屡迁宁朔将军、沛郡太守。义熙十二年北伐，超石前锋入河。魏遣十万骑屯河北，常有数千骑，缘河随大军进止。时军人缘河南岸牵百丈[③]，河流迅急，有漂渡北岸者，辄为敌所杀略。遣军裁过岸，便退走；军还，即复东来。高祖遣队主率七百人及车百乘，于河北岸上，去水百余步，为却月阵，两头抱河，车置七仗士。事毕，使竖一白毦。敌见数百人步牵车上，不解其意，未动。遣超石驰往赴之，并赍大弩百张，一车益二十人，设彭排于辕上。敌见营阵既立，乃进围营。超石先以软弓小箭射之。敌以众少兵弱，四面俱至，嗣又遣三万骑内薄攻营。于是百弩俱发，又选善射者，丛箭射之。敌众多，不能制。超石初行，别赍大锤并千余张稍，乃断稍长三四尺，以锤锤之，一稍辄洞贯三四人。敌众不能当，一时奔溃。超石追之，复为敌所围，奋击尽日，杀敌兵千计，敌乃退走。大军进克蒲坂，以超石为河东太守，寻还。高祖自长安东归，超石常令人水道至彭城。除中书侍郎，封兴平县五等侯。关中扰乱，高祖遣超石慰劳河洛。始至蒲坂，值龄石自长安东走至曹公垒。超石济河就之，与龄石俱没，为佛佛所杀，时年三十七。

刘臧，沛人。性方正，笃志好学。居家以孝闻。仕梁，为著作郎。子璠，九岁而孤，居丧合礼。少好读书，善文笔。十七，为上黄侯萧晔所器重。［晔］[④]或辞色不平，璠[⑤]曰："何王之门，不可曳长裾也？"遂拂衣去。晔谢之，乃止。母死，居丧毁瘠，感疾。服阕后一年，犹杖而后起。及晔终于毗陵，故吏多分散，璠独奉晔丧还都，坟成乃退。后随［宜］[⑥]丰侯萧修出为北徐州刺史，即请为轻车府主簿，兼记室参军。修为梁州，又补为中记室，补华[⑦]阳太守。属侯景渡江，梁室大乱，修以璠有才略，甚亲委之。时周文［帝］[⑧]以璠为中外府记室，迁黄门侍郎、仪同三司。周明帝初，授内史中大夫，掌纶诰，寻封平阳县子。在职清白简亮，不合于

① 原作"闲"，通"娴"。
② 字据《宋书》本传补。
③ 百丈：拉船的篾缆。宋程大昌《演繁露》云："杜诗多用'百丈'。问之蜀人，云：'水峻，岸石又多廉棱，若用索牵，遇石辄断。故劈竹为大辫，用麻绳连贯以为牵具，是名百丈。'"
④ 字据《周书》《北史》本传补。
⑤ 原作"番"，据《北史》本传改。
⑥ 字据《周书》《北史》本传补。
⑦ 原作"曄"，据《北史》本传改。
⑧ 字据《北史》本传补。

时，左迁同和郡守。莅职未期，生羌降附者五百余家。洮阳、洪和二郡羌，常越境诣璠讼理。后为陇右总管府司录，卒于官。著《梁典》三十卷，有集二十卷行于世。璠子祥，字休征。幼聪慧，以神童称。事嫡母以孝闻。十岁能属文，十二通五经。仕梁，为记室参军。江陵平，随例入关中。齐公宪召为记室，府中书记令掌之。平齐露布，即祥文也。累迁车骑大将军、仪同大将军，历长安、万年二县令，颇获时誉。卒于官。初，璠所撰《梁典》始就，未及刊定，临终，谓休征曰："能成我志，其在此书乎?"休征修定缮写，以竣乃事。璠兄瓌，仕梁，历职清显。瓌[①]子行本，起家梁武陵王国常侍。遇萧修以梁州北附，遂与叔父璠归周，寓居新丰。每以讽读为事，虽衣食乏绝，晏如也。周大冢宰宇文护引为中外府记室。武帝亲[②]总万机，累迁掌朝下大夫。及宣帝嗣位，多失德，行本切谏忤旨，出为河内太守。及尉迟迥[③]作乱，攻怀州，行本率吏人拒之。拜仪同，赐爵文安县子。隋文帝践祚，拜谏议大夫、检校中书侍郎。上尝怒一郎，于殿前笞之。行本进曰："此人素清，其过又小。"上不顾。行本正当上前曰："陛下不以臣不肖，令臣[在][④]左右。臣言若是，陛下安得不听?臣言若非，当致之于理，安得轻臣而不顾?臣所言非私!"因置笏于地而退。上敛容谢之，遂原所笞者。雍州别驾元肇请于上，欲于法外罪一吏。行本驳之曰："律令之行，盖发明诏。今肇乃敢重其教命，轻忽宪章，亏法取威，非人臣之礼!"上嘉之，赐绢百匹，拜太子左庶子，领侍御史如故。皇太子虚襟敬惮。时唐令则为左庶子，太子每令以弦歌教内人。行本责之曰："庶子当匡太子以正道，何嬖昵房帷之间哉!"令则甚惭。时左卫率长史夏侯福为太子所昵，尝于阁内与太子戏，福大笑，声闻于外。行本时在阁下闻之，待其出，数之曰："汝何小人，敢为亵慢!"因付执法者推之。太子为请，乃释之。太子尝得马，令福乘而观之，太子甚悦，因欲令行本复乘。正色曰："至尊置臣于庶子位，欲辅导殿下以正道，非为殿下作弄臣。"太子惭而止。复以本官领大兴令。权贵惮其方正，无敢至其门者。由是请托路绝，吏人怀之。未几，卒于官，上甚伤惜焉。

唐

刘轲，徐州沛县人。天宝之乱，自淮入湖湘，至韶州为僧，师事月华寺僧惠朗，即大小朗也。后居罗浮，读黄老书，从寿春杨生授《春秋》。元和初，逾岭隐居庐山，建草堂于凌霄峰下，与隐士茅君游。元和末，游长安，为马植所奇，遂登

① 原作"璠"，据《北史》《隋书》本传改。
② 原作"新"，据《北史》本传改。
③ 原作"迴"，系"迥"形讹，据《北史》本传改。
④ 字据《北史》本传补。

进士。官监察御史、殿中侍御史、秘书丞、史馆修撰，终洺州刺史。所著有《春秋指要》《翼孟子》《豢龙子》诸书数十卷。《摭言》称其文章与韩、柳齐名云。

五代

刘知俊，字希贤，徐州沛人也。少事时溥，已而降梁，梁主以为左开道指挥使。知俊姿貌雄杰，能披甲上马，轮剑入彀，勇出众将。历海、怀、郑三州刺史，从破青州，以功表匡国军节度使。邠州杨崇本攻雍州，梁主方与诸将攻沧州，未下。知俊不俟命，击败崇本，斩馘二万，获马三千匹，执其偏裨百人。梁主拜知俊行营招讨使，败邠、岐兵于幕谷。复遣攻下丹、延、鄜、坊四州，加检校太尉，兼侍中，封大彭郡王。知俊功益高，梁主性多猜忌，屡杀诸将，知俊惧不自安。遣复攻邠州，以军食不给未行。梁主至河中，使人召知俊。其弟知浣为亲军指挥使，遣人告知俊不宜来。知俊遂叛，臣于李茂贞。梁主使人谓知俊曰："朕待卿至矣，何相负耶？"知俊报曰："臣非背德，但畏死尔！"遂以兵断潼关。梁主遣刘鄩、牛存节攻知俊，遂奔于茂贞。茂贞地狭，无以处之，使之西攻灵武。韩逊告急，梁主遣康怀英等攻邠以牵之。知俊大败怀英于升平。茂贞大喜，以知俊为泾州节度使，使攻兴元，取四县。已而茂贞左右忌知俊功，以事间之，茂贞夺其军。知俊乃奔于蜀。王建以为武信军节度使，使反攻茂贞，取其四州。建虽待知俊甚厚，然亦阴忌其才，尝谓左右曰："吾且死，知俊非尔辈所能制，不如早图之！"而蜀人亦共嫉之，以知俊色黑，而其生岁在丑，构为"黑牛出圈"之谣。建益恶之，遂见杀。

金

邵世矩，字彦礼，沛人。父敏德，仕宋，为开州司户。靖康末，兵革扰乱，世矩孤处乡中，食贫诵读。家无文籍，惟存《戴①礼》一帙，遂治之而精。废齐阜昌时，以廷试第一人，授承②事郎、单州佥事。历仕金，至河中府推官、中靖大夫，遂致仕归。世矩［性］③资端悫，居官廉直，以俭约自节，所在皆有治绩。不阿事上官，虽在常调，亦不苟进。守道恬淡，有古君子之遗［风］④。

元

韩准，字公衡，沛人。少沉重好学。年二十，登进士第。授承事郎，同知孟州

---

① 原作"裁"，据本志卷三十一《艺文》载訾栋《中靖大夫邵公墓志铭》改。
② 原作"丞"，据訾栋《中靖大夫邵公墓志铭》改。
③ 字据訾栋《中靖大夫邵公墓志铭》补。
④ 字据乾隆《沛县志》卷六《人物》补。

事，擢河南儒学副提学，屡转至江西湖南道佥事、南康路总管，进本道廉访使，江西行省参知政事、江浙行省左丞，改福建廉访使，复为侍御史。准方为别驾时，州大饥疫，出入赈救。所乘马至不忍食豆粟，人谓感准化。冬时，蝇集州署，准令民广藏冰。明年大热，病者赖服冰以愈。在河南，有陂田若干顷为水所泛，准行部至，敕有司率民障堤，岁收粟数千斛。蕲黄寇围江西，平章以下皆出避，独准留慰抚居民，相持五十四日，城赖以全。南康累经兵火，城内荒芜，准舟居以治，招民复业，乃葺草屋为署。野豕残民禾，吁于神，豕遂去不为害。陈友谅攻破隆兴城，来见准。准疾，面壁卧不起。友谅曰："吾向为县小吏，已闻公名。"准不答。既去，使人致糗，亦拒不受。后脱身入闽，朝廷嘉之，授江西行省参政，扶疾以往。是冬，城陷，准藉稿堂下，以丧礼自处。吏来追准宣敕，准卧不应。厉刃向之。曰："此吾所受于君者，必欲取之，并取吾首去！"吏不敢迫。追新制，变冠服，乃著帽终日而已。及病甚，遂不服药以卒，藁葬福州。

明

吕宁，字安仁。赋性刚直。洪武中，由国子生仕为户部主事，迁员外郎。尝荐郡人权谨于朝，世多其善知人。

郭全，汉台里人。事母以孝闻。母殁，竭力营丧事。躬负土成坟，庐墓三年。

龚谦，千秋里人。贫而能孝。父先逝，事母曲尽子职。母卒，哀毁逾礼。结庐于墓，朝夕号泣。

赵安，泗亭里人。母早逝，事父尽孝。父殁，踊恸几绝，三年墓居。

赵清，孜之子也。初，孜年十七，尝刲股疗亲疾。孜死，其妻卓氏贞居垂四十年，教清业儒，应贡为国子生。清笃直刚方，事母纯孝。母殁，庐墓三年，形神俱敝。母墓濒河，会大水且至，清吁天曰："墓陷，则清与俱没矣！"俄而水竟弗溢。庐旁有隙，清仓卒不暇塞，夜有鼠衔草塞之。槁瓜复荣秀。远近闻者皆异其事。清卒，有司以乡贤崇祀之。

杨冕，邑庠生。事母至孝。母殁，庐墓三年，哀痛弗辍。嘉靖中，有司奏闻，旌表，仍赐冠带，复其家。

石璞，广戚里人。天性朴实，事亲孝。母殁，庐墓三年，衔哀茹血。服阕，亲友相率往迎之。归月余，病卒。

杨东莱，汉台里人，性至孝。年甫十四，母马氏疾笃，刲股调羹进，母食之愈。有司达于督学御史，令补邑庠生，月给米赡其母。东莱年二十二卒。

张奉，汉台里人。父与继母先后卒，庐墓不归。县令闻之，给以布粟。未几，奉亦卒于墓所。石璞、杨东莱及奉三人，笃孝秉礼，而天竟夺其年，人皆伤之。

李三阳，年十三，家贫力食。母唐氏卒，负土为坟，庐守三年。有司上其事，当道下令旌之。为人谨愿，晚年数举乡饮，人以为不愧云。

陈永，沛人。嘉靖末，奉母避水他邑。母病危，永告天曰："永，羁旅人也。母万一不讳，棺敛且无资，愿减算以延母年。"母竟不死。未几，归沛，母乃以天年终。永朝夕负土成坟。终丧，遂定居墓傍，日惟一饭，历三十年无改。

张楫，性醇笃，事母克孝。及母卒，居丧毁瘠。及葬，庐而居之，三年后返。（沛志以其后为僧，恶而削之，良是。乃其初则孝子也，亦不可没。今仍存之）

江汉，句容人，为小贾于沛。父婴疾，偶思鹿脯。汉力不能致，潜割左臂肉，脯而进之。

徐实，沛人。有胆略。嘉靖中，倭寇海上。朝议调山东及徐邳之众征之，实兄弟三人皆在选中。从大军驻苏州，出与倭战。师溃，实兄弟角立不退，殊死战，多所杀伤。迄以无援，陷阵死。建安滕霁伤之，为作《哀征夫吟》云。

蔡桂，字子芳，别号春宇。由孝廉历仕户部云南司郎中，官多善政。及谢政归，与都谏[①]诸人为文酒会，构亭高村，徘徊花竹，流连鱼鸟，怡然自得。所著有《五宜亭诗草》行于世。

张贞观，字惟诚[②]，别号惺宇。礼科都给事中。以建储疏忤旨，家居，清白贻后。所著书有《掖垣谏草》《野心堂集》行世。

马出汧，字伯龙，举人马一化之子也。由贡任汤阴县教谕，谢事归，怡情诗酒，颇有著述。

侯颖，沛人。滕庠生，家戚城。白莲寇陷滕，其族人从逆，欲逼使附己。颖知不得免，先促其妻女投繯，遂自杀。阖门俱死。

姜上桂，沛庠生。白莲寇陷夏镇，避乱村居。父子被执，骂不绝口，俱被杀。

张凤，世居夏村。膂力过人。流贼之乱，斩木为寨，护居民其内，而自持梃与贼斗，击伤甚众。以无援退，登楼少息，贼自后射杀之。

陈应诏，与其弟应祯，皆沛庠生。壬戌七月二十四日，白莲寇再犯夏镇。先经欢城，众皆窜避，独诏与祯率其族与斗。众寡不敌，皆被杀。（旧志止此）

谢昇，字仲刚，沛人。洪武中贡生。建文初，任湖广道监察御史。壬午，靖难师南下。昇练兵给饷，夙夜勤劳。城陷，不屈死。父旺，年七十四；子咬儿，年十余岁，俱发金齿卫编伍。（见《吾学编》《遗忠录》）

蔡楫，字汝济，沛人。洪武十五年，以孝廉举，拜福建道监察御史。竭忠守

---

① 都谏：指张贞观，曾任礼科都给事中，故以称之。

② 原作"成"，据《明史》本传及沛县诸志改。

法，举贤荐能，平理冤狱，声绩甚著。二十六年，以言事谪戍甘州，寻授浙江嘉兴知县。县多无赖子，楫于县厅事置善、恶二牌，民有善，志之；有过恶弗率教令，亦志之。由是邑民感愧，皆趋善而去恶。尤勤抚字，崇重学校。永乐初，以廷臣荐，复任湖广道监察御史，巡按江西、交阯，俱有声称。后擢浙江按察司佥事。其去也，人多思之。详宣宗《五伦书》及《嘉兴府志》。解缙尝为作《劲节轩记》。（见《沛县志》）

李荣，沛县人。元末，海内大乱，荣为元将守徐。明祖初起，以彭城归附。从丞相徐达，为徐州镇将，赐爵百户。进征中原，克沂州、济东，复从下河南，所向有功，进爵千户。（按：明初起，元守徐州将为陆聚，降张士诚，后乃归明。荣盖为其部将耳）

李义，荣子也。勇略过人。荣既老，诏以义嗣千户。累官仪真卫指挥佥事。永乐中，升都指挥佥事，守真州。旋以本官为四川都司，从黔国公征安南。至生厥江大安梅口，与贼大战，力竭而死。子敬，嗣其官，迁重庆卫同知。（见《扬州府志》）

甄鉴、周防[①]、李卓、王原、蒋荣、张麟、马士云、黄成、龚成、黄智、卓旺、周成，俱沛人。正统五年，各出麦千石余，赈济饥民。奉敕立坊，旌异其家。

王克明，沛人。景泰六年，任湖广某县巡检[②]。时，秦襄毅公纮以御史降沅陵丞。适同候上官，秦意颇不怿，克明劝曰："公但当始终一节，处顺以待，无以官职为意。"秦闻而重之。克明寻卒于任，会秦丧偶，感克明规教之益，聘其女为继室，为护丧归沛，待女服终迎娶。后生子。弘治元年，秦任漕运巡抚。五年，升南京户部尚书。每过沛，必亲祭克明之墓。（以下悉见沛志）

单镛，字时鸣。幼随父宦湖湘，有县令爱之，要与其子同学。一日，令宴客，失一银杯，家众意疑镛，辄谢归。后数年，令子过沛，急谓镛曰："曩失杯未半载，有持以来偿责者，验之，实我家物。盖彼时坐客窃而转入债家也。君一不自白，真是长者！"镛以岁贡任昌黎训导，归而辟柏庵书院，以著述为事，积数十卷。所存有《柏庵杂咏》《记善录》。

周思明，字惟远。幼为诸生，持守方洁，动必以礼。宾筵有歌妓，必斥去之而后御。以岁贡任河南固始县丞，有夜馈以金者，辄谢绝之。致仕家居，言绳动矩。数举充乡饮宾。少尝师事单镛。镛殁，每遇岁时，必躬拜其主，存问其子姓。至年八十余犹然，时人义之。

---

① 嘉靖《沛县志》、万历《徐州志》作"昉"。
② 乾隆《徐州府志》作"湖广沅陵巡检"。

卢雄，字文表。初为沛学生。兵备宋圭闻其名，延署中课子，甚见优礼。有人犯重罪，以百金馈雄，求为一言，雄峻辞却之。以贡为崇仁、上饶教官，胥以躬行厉士。士感其化，咸争自琢磨。升兴化府教授，复有声誉。岁余告归。后殁，里人思之，从祀乡贤。

王守道，字子行。性廉介，不苟取与。由贡生任禹城训导，以身体力行为教。门下士执贽仪进，必力却之。即一帕一扇，弗轻受也。时蠲月俸，以周贫生，历四年如一日。及谕庐江犹然。升教授，遂告归。闭门扫轨，县大夫罕识其面。禹城、庐江皆树去思碑，而禹城载之《名宦》。

马一化，字元升。生而颖异，十岁能属文。嘉靖甲子，中应天乡试。隆庆初，御史王友贤尝荐其行于朝，谓可备六馆之选。居母丧，一禀古礼。卜筑东郊，课农教子，经岁不一履城市。所著有《知非集》《闻见录》藏于家。

周冕，沛人。正德[1]间，由孝廉仕至布政司参政。洁己爱民，不阿权贵。著有《政体备要》一集行世。

邵奇，千秋里人。正德中，尝为邑学生。膂力过人，善饭。岁饥，里中无赖子畏奇，不敢为窃，则相聚劫奇同为之。奇曰："我读书，颇知礼法，不能戢汝乱，又何能从汝乱耶?"无赖辈以所剽米肉，暮夜来馈。奇弃之野，遂饿而死。

赵时若，字子雍，清子，乡贡生。性醇厚，喜怒不形。家故畜一驴，闻邻人生子，语其妻曰："某年三十，始有此儿。脱驴鸣惊之，是吾过也。"遂卖之。他行事多类此。所著有《警心录》若干卷，藏友人家。

周育德，字心安，参政冕四世孙。以贡授户部员外，不乐之官，雅好施与。明季庚辰，岁大祲，育德出己粟数千石，全活者无算。寻遇东山寇难，不屈而死，里人哀之。

张思敬，广戚乡人。事孀母，备极孝养。母殁，庐墓三年。友爱诸兄，推食让产，怡怡如也。又尝施义冢，修月河桥，凶年掩尸、捐槥，皆不惮劳费为之。邑志与梁柱、刘思明及庠生李春并编目曰"尚义"，皆未详其何时人。

国朝

阎尔梅，字用卿，别号古古，沛县人。明崇祯庚午，中南畿乡试。工诗，善饮酒。酒后为诗，悲歌慷慨，有古豪士之风。少交江左名流，为诗文友，誉满一时。数北游，与龚宗伯鼎孳交最深，多倡和之作，为人传诵。晚年遍历吴、蜀边塞山水，述作益富，有《白耷山人集》若干卷。归里，病卒。孙圻，康熙己丑进士，官

① 乾隆《沛县志》作"正统"。案嘉靖《徐州志》之《选举表》，周冕为永乐二十一年贡。则"正统"应是。

编修。

周士珠，字味元，育德四子，沛诸生也。性高洁，足不履市井，只字不入公门。遇乡子弟，必极恭谨，与言，皆孝弟忠信之事，他无所及。邻里雀鼠，尝造庐求平，士珠为之劝释，使归无讼。婚丧不能举者，破囊周恤，虽质典亦不悭吝。邑人称乡祭酒。晚年寄情诗词，自遂其志，著有《南村漫咏》一卷。子铎，迁彭城，世守书香。曾孙毓昆、毓仑，皆游徐庠。

王者都，字敬止。顺治戊子拔贡，任西宁卫通判。招番中马，计茶榷税，罔不得当。巡方御史首荐之，迁肇庆府同知，寻内移大名。至庚戌岁，升泉州知府。泉越在海滨，为八闽要地。时台湾、厦门寇氛寖炽，水陆皆屯戍重兵，与民杂处。守令调剂失宜，辄以滋事。都和辑之，遂相安无扰。其措正供，筹军饷，整饬御防，尤为上下悦服。稍闲，即率士民垦辟荒芜，兴立学校。制府疏荐，将大用之，会以病卒，人甚惜焉。所著有《澹松集》《山水音》《昆仑诗草》行于世。

张之典，字元式，沛人。少孤，事母至孝。长为诸生，以能文称。邑人慕之，或延致其家授徒。才数日，意忽忽如有失，终夕[①]不成寐。明日即辞归，依依母侧，不复再至。督学采舆论，拟以孝行举之。之典闻，往固辞。督学益重之，乃止。有邑令素爱之典，将脱邑某徭役，示意令求之典一言。某承旨，怀金为寿。之典为言，得释矣。携酒诣之典谢，与饮尽欢。挈杯归，则原金在焉，某大惊感叹。晚为东流训导，以礼让为先，诸生化之。告归，年八十三卒。

徐登龙，性纯孝。幼年父丧，哀毁尽礼。事寡母，晨昏无间。及长，乐施予，济贫乏。城西有河横流，断其往来，捐资修桥，为至今利。他如助丧助婚，成人伦孝，掩骨放生，善难悉载。郡侯江公表其门曰“善人”，署道宪分府冯公额其庐曰“树德务滋”。卒，年八十有三，无恙寿终。

王嘉重，沛监生。兄嘉训与弟嘉猷，皆居夏镇。家不甚富，而力行任恤，乡人称之。今壬寅春，山东饥人流寄境内，并土著贫民凡数百家，无以自存。嘉重悯之，出粟数百石，日计口赈之。未几，粟尽，来者益众，至万余人。乃鬻其田宅，买粟以给，计日费四百余金。未几，金又尽，而流者尚不能归，其弟复倾家继之。比饥人既去，兄弟遂大窘乏，乃相对怡然，略无怨悔。嘉重子诸生玉衡，亦能善承亲志。乡人叹嘉，固请入志。遂为破例书之。

① 原作“多”，径改。

徐州志卷之二十四

人物五

丰县

汉

丰公，姓刘氏，名清，汉高祖祖也。传三世，生太公，名端[①]，字执嘉，生四子：伯、仲、邦、交。《前汉书》曰：“《春秋》晋史蔡墨有言：‘陶唐氏既衰，其后有刘累，学扰龙，事孔甲。范氏，其后也。’而大夫范宣子亦曰：‘昔匄之祖，自虞以上为陶唐氏，在夏为御龙氏，在商为豕韦氏，在周为唐杜氏，晋主夏盟为范氏。’范氏为晋士师，鲁文公世[②]奔秦，复归于晋，其处晋者为刘氏。刘向云：战国时，刘氏自秦获于魏。秦灭魏，迁大梁，都于丰。故周市说雍齿曰：‘丰，故梁徙也。’是以颂高祖云：‘汉帝本系，出自唐帝。降及于周，在秦作刘。涉魏而东，遂为丰公。’及高祖即位，置祀官，则有秦、晋、梁、荆之巫。”丰属荆，故有南巫。《新[③]唐书·宰相世系》云：刘氏出自帝尧。帝尧之孙，生而有文在手曰“刘”。其后有刘累，能扰龙，事夏为御龙氏，在商为豕韦氏，在周封为杜伯，其子曰温叔，奔晋，为士师。生师为王，王生成伯缺，缺生士会，适秦，归晋，有子留于秦，自为刘氏。生明，明生远，远生阳。阳十世孙复仕魏，为大夫。秦灭魏，徙梁，生清。清徙居沛之丰，生仁号，仁号生端，端生高帝。

刘仲，名喜，高祖次兄也。初，高祖起兵，仲侍太公守丰，封为宜信侯。至七年，封为代王，御边不能守，废为郃阳侯。淮南王英布反，仲子濞以骑将破布军于蕲西，会荆王贾为布所杀，无后，乃立濞为吴王，王故荆地。

刘交，字游，高祖同母少弟，见《藩封》。

刘信，高祖兄伯之子也。初，高祖微时，常避事，时时与客过丘嫂食。嫂厌

① 案司马贞《史记索隐》引王符云：“太上皇名煓。”盖汉以火德，后人附会为名。“端”，古代女子用名，疑非。

② 原作“鲁文公后世”。案《汉书》本纪，“后”字衍，今删。

③ 原作“亲”，径改。

之，佯为羹尽，轹釜有声，客以故去。已而视釜尚有羹，高祖由是怒其嫂。及为帝，昆弟皆封，伯子独不封。上皇屡以为言，高祖曰：“非忘之也，为其母不长者耳！”至七年，乃封其子信为羹颉侯。

刘贾，高帝从父兄也。汉王元年，还定三秦，刘贾为将军，定塞地，即东击项籍。汉四年，汉王败于成皋，北渡河，得张耳、韩信军，军修武，深沟高垒，使刘贾将二万人，骑数百，渡白马津入楚地，烧其积聚，以破其业，无以给项王军食。已而楚兵击刘贾，贾辄壁不肯与战，而与彭越相保。汉五年，汉王追项籍至固陵，使刘贾南渡淮围寿春。还至，使人间招楚大司马周殷。周殷反楚，佐刘贾举九江，迎武王黥布兵，皆会垓下，共击项籍。汉王因使刘贾将九江兵，与太尉卢绾西南击临江王共尉。共尉已死，以临江为南郡。汉六年春，会诸侯于陈，废楚王信，囚之，分其地为二国，立刘贾为荆王，王淮东五十二城。高祖十一年秋，淮南王黥布反，东击荆。荆王贾与战，不胜，走富陵，为布军所杀。

刘泽，高祖从祖昆弟也。高祖三年，泽为郎中。十一年，泽以将军击陈豨，得王黄，为营陵侯。高后时，齐人田生游乏资，[以画干营陵侯泽，][①] 泽大说之，用金二百斤为田生寿。田生归二年，如长安，不见泽，而令其子求事吕后所幸大谒者张子卿，因说张卿曰：“太后春秋高，诸吕弱，太后欲立吕产为王，又重发之，恐大臣不听。卿何不风大臣以闻太后？”张卿大然之，乃风大臣语太后，请立吕产为吕王。太后赐张卿千斤金，卿以半予田生。田生弗受，因说之曰：“吕产王，诸大臣未大服。今营陵侯泽，诸刘[长][②]，为大将军，独此尚觖望。今卿言太后，列十余县王之，彼得王喜去，诸吕王益固矣。”张卿入言太后，乃以泽为琅琊王。泽乃与田生之国。及高后崩，琅琊王曰：“帝少，诸吕用事，刘氏孤弱。”乃引兵与齐王合谋西，欲诛诸吕。至梁，闻汉遣灌将军屯荥阳，泽还兵备西界，遂跳驱至长安，代王亦从代至。诸将相与琅琊王共立代王为天子，乃徙泽为燕王。泽王燕二年薨，谥为敬王。传子嘉，为康王。至孙定国，有罪自杀，国除。

刘肥，高祖长庶男，其母外妇也，曰曹氏。高祖六年，立肥为齐王，食七十城。诸民能齐言者，皆予齐王。齐王，孝惠帝兄也。孝惠帝二年，齐王入朝。惠帝与齐王燕饮，亢礼如家人。吕太后怒，且诛齐王。齐王惧不得脱，乃用其内史勋计，献城阳郡以为鲁元公主汤沐邑。吕太后喜，乃得辞就国。在位十三年，以惠帝六年卒，谥曰悼惠。子襄立，是为哀王。襄弟为朱虚侯章。

萧何，丰人。为沛主吏掾。高祖为布衣时，数以吏事护高祖。高祖为亭长，常

---

① 七字据《史记·荆燕世家》补。

② 字据《汉书》本传补。

左右之。高祖起为沛公，何为丞督事。沛公至咸阳，何独先入收秦图书藏之。沛公以是具知天下阸塞、户口多少强弱处。项羽立沛公为汉王，而三分关中地，王秦降将。汉王怒，欲谋攻羽。何谏之曰："夫能诎于一人之下，而信于万乘之上者，汤、武是也。臣愿大王王汉中，养其民，以致贤人，收用巴蜀，还定三秦，天下可图也。"汉王乃以何为丞相。何进韩信，汉王以为大将军，说汉王引兵东定三秦。何留收巴蜀，填抚谕告，使给军食。汉二年，汉王与诸侯击楚，何守关中，为法令约束，立宗庙、社稷、宫室、县邑，计户转运给军。汉王常失军，何常兴关中卒，辄补缺。上以此专属任何关中事。五年，汉王即皇帝位，以何功最胜，先封为酂侯。功臣皆言："何徒持文墨议论，不战，顾居臣等上，何也?"上曰："诸君知猎乎? 夫猎，追杀兽者，狗也；发纵指示兽处者，人也。今诸君，功狗也；至如何，功人也。"群臣皆莫敢言。列侯毕已受封，及奏位次，皆曰："曹参功最多，宜第一。"上心欲何第一，关内侯鄂千秋进曰："参战功，特一时之事。陛下数亡山东，何常全关中以待陛下，此万世功，当第一。"上乃令何第一，赐带剑履上殿，入朝不趋，悉封何父子兄弟十余人，皆食邑。高祖崩，事惠帝。何素不与曹参相能。及何病，上亲自临视何疾，因问："君百岁后，谁可代者?"对曰："知臣莫如主。"上曰："曹参何如?"何顿首曰："帝得之矣，臣死不恨矣!"何买田宅，必居穷辟处，为家不治垣屋，曰："令后世贤，师吾俭；不贤，毋为势家所夺。"孝惠二年薨，谥曰文终侯。

卢绾，丰人也，与高祖同里。绾亲与高祖太上皇相爱，高祖、绾同日生，里中持羊酒贺。及高祖、绾壮，学书文，又相爱。高祖为布衣时，有吏事避宅，绾[①]常随上下。及高祖初起沛，绾以客从。入汉，为将军，常侍中。从东击项籍，以太尉常从，出入卧内，衣被食饮赏赐，群臣莫敢望，虽萧、曹等，其亲幸莫及绾者。封为长安侯。绾与刘贾击临江王共尉，还，从击燕王臧荼，皆破平，乃立为燕王。诸侯得幸，莫如燕王者。绾立六年，以陈豨事见疑。上使樊哙击绾，绾悉将其宫人家属，骑数千，居长城下候伺，幸上病愈，自入谢。高祖崩，绾遂将其众亡入匈奴，匈奴以为东胡卢王。居岁余，死胡中。

王吸，以中涓从高祖起丰。至霸上，为骑郎将，入汉。以将军击项羽功，封清阳侯。(《索隐》曰：《楚汉春秋》作"清阳侯王隆")

薛欧，以舍人从高祖起丰。至霸上，为郎中，入汉。以将军击项羽、钟离眛功，封广平侯。

唐厉，以舍人从高祖起丰，为左司马，入汉。以亚将攻籍，克敌，为东郡都

① 原作"绾宅"，据《汉书》本传乙正。颜师古注："避宅，谓不居其家，潜匿东西。"

尉。击破籍成武，为汉中尉。击黥布，封斥丘侯。

陈遬，以舍人从高祖起丰，入汉。以都尉击项羽有功，封猗氏侯。

陈仓，以中涓从高祖起丰，为骑将，入汉。以将军击项籍、后攻卢绾有功，封纪信侯。

朱濞，以卒从高祖起丰，入汉。以都尉击项羽，及击破臧荼有功，封鄢陵侯。

毛释之，以中涓从高祖起丰，为骑将入汉。还，定击诸侯有功，封张侯。（《史记·表》作“毛择”）

冯无择，以吕悼武王郎中，从高祖起丰。攻雍丘，击项羽，力战。奉悼武王出荥阳，有功，封博成侯。

周聚，以队卒从高祖起丰。击项羽成皋有功，为将军。黥布反，定吴郡，封博阳侯。

南北朝

刘轨，丰人。仕齐，为罗州刺史，有名于时。

隋

刘权，字世略，彭城丰人，轨之孙。少有侠气，后折节好学，动循法度。开皇中，以车骑将军领乡兵。后从晋王广平陈，进授开府仪同三司[①]。十二年，拜苏州刺史，赐爵宋城县公。抚以恩信，甚得人和。炀帝嗣位，拜卫尉卿，进位银青光禄大夫。累加金紫光禄大夫，寻为南海太守。路逢盗起，权召募抚谕，群盗降附，帝闻而嘉之。及至南海，甚有异政。数岁，遇盗贼。群雄多愿推权为首，权竟固守以拒之。子世彻又密书诣权，称时方扰乱，讽令举兵。权召集僚佐，对斩其使，矢无异图，守之以死。卒于官。

五代

李光义，字匡政。早从博士受经，隶四门。乾化间，明经及第，调陕及扶沟二县主簿，补冤句令，历颍上令、兖州录事、太子右赞善。汉初，进朝请大夫。子良弼，孙若谷，皆仕宋。（从《丰县志》）

朱珍，徐州丰人也。少从梁主为盗，善治军选士。梁主初镇宣武，珍为创立军制，选将练兵甚有法。梁主得诸将所募兵及他降兵，皆以属珍。选将五十余人，皆

---

① 原作“进授开府仪同三司、宋国公”。案《隋书》《北史》本传，“宋国公”三字当断入下句，为“宋国公贺若弼甚礼之”，非刘权受封。据删。

可用。梁败黄巢，破秦宗权，东并兖、郓，珍常勇出诸将。义成军乱，逐安师儒，师儒奔梁。梁主遣珍以兵趋滑州，道遇大雪，珍趣兵疾驰，一夕至城下，义成军以为方雪，不为备，遂下之。秦宗权遣卢瑭、张晊等攻梁。梁兵少，数为宗权所困。乃拜珍淄州刺史，募兵于淄、青，得万余人以归。梁主大喜曰："贼方息兵养勇，度吾兵少，而未知珍来，宜出其不意击之！"乃出兵击败晊等。宗权由此败亡，而梁军威大振。珍从梁主攻朱宣，取曹州，又取濮州。魏博军乱，囚乐彦贞。梁主遣珍救魏。珍破黎阳、临河、李固，分遣将略澶州，杀魏豹子军二千于临黄。珍威振河朔。梁攻徐州，珍先下丰县，又败时溥于吴康，与李唐宾等屯萧县。珍与唐宾不协，杀之。梁主怒，如珍军，命武士执之，珍遂缢死。（旧志朱珍前载李筠，云是丰人。然《宋史·筠传》谓是并州太原人，不可牵附）

宋

李良弼，字梦得，光义子。举进士，游洛阳，友张华，为颜衍所知，署齐州防御巡管、宿州团练推官。居五年，调庐州录事。鞫狂胡甲袄狱，止首恶，贷胁从，董宿逋万四千。张齐贤举材能，观察节度使，试廷尉评，累迁监察御史。（旧志）

李若谷，字子渊，徐州丰人。举进士，补长社县尉。州葺兵营，课民输木，檄尉受之。而吏以不中程，多退斥，欲苛苦输者，因以取赇。若谷度材，别其长短大小为程，置庭中，使民自输。改大理寺丞、知宜兴县。官市湖洑茶，岁约户税为多少，率取足贫下，若谷始置籍备勾检。茶恶者旧没官，若谷使归之民，许转贸以偿其数。累迁为京东转运使。会河决白马，调取刍楗，同列刻扰州县，而若谷宽之。同列不悦，构于朝，徙知陕州。盗聚青灰山，久不散，遣牙吏持榜招谕之，盗杀其党与自归。天圣初，判三司户部勾院，罢知荆南。士族元甲恃荫屡犯法，若谷杖之，曰："吾代若父兄训之尔！"王蒙正为驻泊都监，挟太后姻横肆，若谷绳以法。监司右蒙正，奏徙若谷潭州。洞庭贼数邀商人船，杀人辄投尸水中。尝捕获，以尸无验，每贷死，隶他州。既而逃归，复攻劫。若谷擒致之，磔于市。自是，寇稍息。迁集贤殿修撰、知滑州，寻知延州。州有东、西两城夹河，秋夏水溢，岸辄圮，役费不可胜纪。若谷乃制石版为岸，押以巨木，后虽暴水，不复坏。以给事中知寿州。豪右多分占芍陂，陂皆美田，夏雨溢，坏田，辄盗决。若谷摘冒占田者逐之，每决，辄调濒陂诸豪使塞堤，盗决乃止。加集贤院学士、知江宁府。卒挽舟过境，寒瘠甚者，留养视之，须春温遣去。民丐于道者，以分隶诸僧寺，助给春爨。还，勾当三班院，以直学士知河南府。止营葬贵人，敕使烦扰，改知并州。民贫失婚姻者，出私钱助其嫁娶。赘婿委妻去，为期不还，许更嫁。并多降人，喜盗窃。籍累犯者，以三人为保，有犯并坐之，悛者削去籍名。进尚书工部侍郎、龙图阁直学士、知开封府，拜参知政事。以耳疾，辞位致仕，卒。若谷在政府论议，常近宽厚。治民多智虑，恺悌爱人，其去，多见思云。

李淑，字献臣，若谷之子。年十二，真宗幸亳，献文行在。真宗奇之，命赋诗，赐童子出身。试秘书省校书郎，寇准荐之，授校书郎、馆阁校勘。乾兴初，迁大理评事。修《真宗实录》，为检讨官。书成，改光禄寺丞、集贤校理，为国史院编修官。召试，赐进士及第，改秘书郎，进太常丞。累迁礼部员外郎，上时政十议。改知制诰，历官翰林学士，中书舍人，端明、侍读二学士，出知河中府。卒，赠尚书右丞。淑警慧过人，博习诸书，详练朝廷典故。凡有沿革，帝多谘访。制作诰命，为时所称。其知许州时，岁饥，取民所食五种上之，帝恻然为蠲其赋，则其泽民之惠也。

李寿朋，字延老，淑长子。庆历初，试学士院，赐进士出身，判吏部南曹。使行诸陵，奏言："昭宪皇后诞育二圣，为国文[①]母，独以合葬安陵，不及时祭，请更其礼。"从之。迁群牧判官，历开封府推官、户部判官、知凤翔府。沧州地震，坏城郭帑庾。朋以席为屋，督吏寀缮葺，未数月，复其旧。括芜田三万顷，纵民耕，择其壮者使习兵。河方北漏，随塞之。故道狭，度必东溃，谕居人徙避，后三县四镇果垫。司马光出使，荐其能，加直史馆，入直舍人院，同修起居注。进户部、盐铁副使。暴疾卒，诏中使抚其孥，赐白金三百两。

李复圭，字审言，淑次子。庆历初，与兄寿朋同试学士院，赐进士出身，通判澶州。熙宁初，进直龙图阁，历湖北、两浙、淮南、河东、陕西、成都六路转运使。在西浙，民以给衙前役[②]，多破产，悉罢遣归农，招人承募，民便之。濒海人赖蛤沙地以生，豪家占之，量输税于官。复圭奏蠲其税，分以予民。在泾州时，二税之入，为文奏免，民立生祠。在滑州时，司马光尝赋诗以饯之，邵尧夫称其临事敏决，有健吏才，颇为时所忌。在庆州时，为军变，谪广济军，寻谪保静军、光化[③]军。后以集贤殿修撰知荆南，卒。

李德刍，淑第三子，以荫入官。元丰中，为光禄署丞，练习故事，人以为无愧其家门云。○李处迈，淑之孙也。靖康中，以直秘阁知相州，有惠政。（二人并见丰志。《宋史》若谷及淑传皆不载，他处亦更无考证。然丰志所载，如李筠太原人，而牵为丰人；杨师厚，颍州斤沟人，而误为丰午沟里人。纰缪显然，故从刊落。若此云是若谷孙子，似非无稽，因并与若谷祖父悉录之，以俟考焉）

宋汝为，字师禹，丰人。靖康元年，金人犯京师，阖门遇害，汝为思报之。建

① 原作"之"，据《宋史》本传改。
② 原作"后"，据《宋史》本传改。
③ 原作"化光"，据《宋史》本传乙正。

炎三年，金人再至。谒部使者陈边事，遣对行在。高宗嘉纳，特补修武郎、假武功大夫、开州刺史，奉国书副京东运判杜时亮使金。时，刘豫节制东平，丞相吕颐浩因致书豫。汝为行次寿春，遇完颜宗弼军，不克与时亮会，独驰入其壁，将上国书。宗弼盛怒，劫而缚之，欲加戮辱。汝为一无惧色，衔命惟请达书而就死。宗弼顾汝为不屈，遂解缚延之曰："此山东忠义士也！"听往见豫。汝为持颐浩书与之，开陈祸福，勉以忠义，使归朝廷。豫拘留，诱以官，固辞。绍兴十三年，亡归，作《恢复方略》献于朝。久之，桧将械送汝为于金人。汝为乃变姓名为赵复，徒步入蜀。杨企道为假僧舍居之。闻桧死，曰："除此巨蠹，中原恢复有日矣！"后竟终于蜀。

宋南强，字子居，汝为子。因父避桧入蜀，莫知所之，乃徙于绍兴。淳祐间，知沙县，治专德化，不事刑罚，勤农兴学，缮修桥梁。几一考，解职去，民为立甘棠路碑。后痛父死非命，终日泣涕，誓必复仇后已。隆兴二年，哀诉于朝。时参知政事虞允文、钱端礼以闻，高宗特荫其子。复官南强于雅州，其政迹尤著，有父风。[①]

王文昌，宣和中为屯田郎中，贬温州司户。复起为郎，迁浙东节度副使。（见《丰县志》）

姚孝锡，字仲纯，丰县人。政和四年登科，调代州兵曹。金兵入雁门，州将议以城降。官属畏怯，投死无所，孝锡投床大鼾，略不为意。大府就注五台簿，因家五台。善治生。州境岁饥，出家所藏粟万石赈，多所全活。自号醉轩，所著有《鸡肋集》。

元

成野贤，丰人，为金乡令。每政暇，匹马一仆，循行郊陌，劝课农桑，刑清事简，民安其业。去任，为之立碑。

袁遵道，字叔正，丰县人。至大间，以神童荐，气刚直，性颖悟。年十六，能诵五经。初为国学四门馆正字，升伴读，历任河间治中。及致仕，授翰林直学士、太中大夫。年七十四，终。子涣[②]，少游虞集之门，进士，累官国子监祭酒、吏部尚书、中书省参知政事，进光禄大夫、上柱国、太师、右丞相，赠鲁国公。当元至正末，尝自赞其像云："官高而不知其贵，道违而恒自退。不时乎时，而心乎忧世。虚灵众同，中正独异。惟孜孜于圣学，不知老之将至。隐华山之阳，号友山居士。"（《一统志》云：遵道于成宗时，追封汝阳郡公。丰志云：遵道居官行事，毅然不惑，而勇于有为，每有异迹）

① 按：宋南强本传袭顺治《徐州志》原文，杂糅各说，事多紊乱，辨见顺治《徐州志》本传后。
② 原作"焕"，据《南畿志》及袁遵道神道碑改。

谢睦欢，丰县人。以资雄乡曲间。元兵南下，转客兀剌城。元太祖攻西夏，过其城，睦欢与其帅迎降。从攻西京，睦欢力战先登，连中三矢，仆城下。太宗见而怜之，命军校拔其矢，缚牛，刳其肠，裸而纳诸牛腹中，良久乃苏。誓以死报，每遇敌，必身先之。官至太原路金银铁冶达鲁花赤。子仲温。

谢仲温，字君玉。丰颐广颡，声音洪亮，略涉书史。壬子岁，见世祖于野狐岭，命备宿卫，凡所行幸，必在左右。丙辰，城上都，仲温为工部提领，董其役。帝曰："汝但执梃，虽百千人，宁不惧汝耶！"己未，大军围鄂，令督诸将。时守江军士乏食，仲温教之罾鱼以充其食。帝喜，谓侍臣曰："朕思不及此。饮以驼乳，他日不忘汝也。"一夕，帝闻敌军欢噪，命警备。仲温奉绳床，帝凭其肩以行，至旦不能寐。中统元年，擢平阳、太原两路宣抚使。至元九年，迁顺德路总管。时方用兵江淮，有寡妇鬻子以偿转输之直，仲温出俸金赎还之。二十二年，为淮东宣慰使。岁旱，仲温导白水塘溉民田，公私赖焉。三十年春，入见。帝曰："汝非谢仲温乎？朕谓汝死矣！"从容语及攻鄂时事。帝喜甚，谕曰："汝将复官乎？朕当为卿择之。"对曰："臣老矣，无能为也。一子早亡，惟有孙孛完，幸陛下怜之。"即日命备宿卫。大德六年卒，年八十。子兰，江州达鲁花赤。孙孛完，承事郎、冀宁等路管民提举司达鲁花赤。

郭福著，至正间仕嘉祥县尹，绰有声誉。（以下皆见邑志）

李珪，至正间任平江路治中。子思孝，仕徽州路推官。

靳良弼，字梦臣。至元中为宁阳主簿，首谒文庙，遂慨然曰："天下之治，皆本夫子。本之弗敦，欲其枝茂，能乎？"乃捐俸重修殿庑，焕然一新。宁阳人称颂之。

徐克昌，以掾史授城武尹。持己廉正，政尚体要，考课为诸郡最。后任济州守，累迁太常寺礼仪院判。今褚庄泰山神祠有克昌碑记，文亦斐然。

许彬，字养浩。其先世居南徐。有许仙者，徙丰，生信。信生成。成生仲德，即彬父也。元季兵乱，彬方八岁，随仲德走河南。播迁五六载，乃占籍于兖之宁阳，为诸生[1]。久之，至永乐辛卯，始膺乡荐。乙未，登进士第。仕至礼部侍郎。卒，年七十六。太常刘翊为之铭，其略曰："许出南徐，再迁于丰。前作后绍，庆源斯弘。元季兵兴，聿离桑梓。避乱徙兖，定居于此。"（丰志传彬颇多谬误，今据刘太常铭辞为稍订存之。至其为《许进传》亦云：进自元末，随父避乱之灵宝，登成化丙戌进士，仕至礼部尚书。按：明兴至成化丙戌，正百年。进登第时盖百有余

① 案刘翊所撰墓志铭，元季兵乱，播迁五六载，占籍兖之宁阳者，其父仲德也。又，许彬"年二十领永乐辛卯乡荐"，则当生于洪武二十五年。考《明宪宗实录》，成化三年卒，"年七十六"，亦与墓志铭合。本志与顺治《丰县志》所传，谬误颇多。

岁，太不近理。不能为之辞矣，故汰去）

明

秦英，字子美。洪武间，知县曹仲篪荐贤良方正，累征不就。

陈明善，博览群书，端方正直。洪武间荐明经，累官济南知府。年九十三卒。

唐懋，通晓时务，练达政体。洪武间举人材，任太原府通判，升金华同知。

刘凤翔，洪武间荐授江西万安知县。

白金，洪武间荐授福建泉州府通判。

罗承祥，洪武间荐授光禄寺典簿。

李车，洪武间荐授如皋县丞。

李冠，荐授本县儒学训导。（以上由荐举）

荆贵，好学刻苦，寒暑无间。洪武中，由太学生任光禄寺丞，升户部主事。

王献，字廷可。永乐乙酉举人，任南京中城兵马指挥使。时，禁官盗劫戚里财物，命捕甚急。献缉获，法司欲有所原。抗章论之，竟置于法。祀名宦。

裴纪，字克振，力村里人。成化[1]辛卯举人，任河南钧州同知。躬率孝弟，劝课农桑。凡有争讼，多方开导。历任六年，去后见思。

黄轨，万安里人。顺天举人，任昌平知县。

秦表，在城里人。正德丁卯举人，未仕。

张孟周，安靖里人。正德丁卯举人，未仕。

王贤举，字相国，山阴人，元太傅椿长子。延祐进士，任济宁路总管。至正末，因红巾之乱，占籍于丰。子正，字惟中，隐居教授。洪武初，宋濂荐明经，任翰林孔目。升四川泸州知州，调嘉定州，进升四品俸致仕。祀名宦。号秋林隐老。长子畴，字易之，举怀材抱德，任定兴县主簿。又子度，荐任刑部主事，改河间府通判。畴子山，岁贡，任秦府伴读。度子懋，字德盛，岁贡。任浏阳知县，奉诏分俸养亲。再任密云知县，食涿州俸致仕，号竹园散人。度曾孙炜，字汝器，岁贡，任扶沟县训导。屹有轨度，尤急寒素，待士如家人父子。及请老归，物产半散之侄孙辈，其为长者如此。

赵恕，字近仁，在城里人。洪武末岁贡，任都察院照磨，有风采。升山西道监察御史。

郝敬，字允恭。正统间岁贡，任江西新城训导、郾城教谕。通五经，工诗，善写龙首。

---

① 原作“弘治”，讹自顺治《徐州志》，据嘉靖、万历《徐州志》及本志《选举》改。

胡宁，由岁贡任涪州知州。母卒，庐墓三年。复任葭州，劝农兴学，为一方贤牧。从祀乡贤。

李俊，由岁贡知光化县，敦朴先民。后知静海，有夙猾远谒俊，以觇能否。俊廉知之，即以铁索系颈，逮至县，谓父老曰："此尔邑巨蠹也，吾为尔除之！"寻杖毙。由是猾豪敛迹。时，邑人不知儒术，率以渔为业。俊多方引诱，给之朝夕，始有弦诵声。越三载，考课为诸邑最。母丧，讣闻，即长往弗顾。吏人检其宅，止俸米数斗。其清介若此。祀名宦。

李实，正统中进士[①]。任滑县知县，祀名宦。（见《滑县志》）

蔡彧，由岁贡任开化训导、泗水教谕，捐俸修学。其子岳佐，明经，有文名，远近从游者众。夏邑彭氏，世科第，至今尸祝于家。

史全，字德备。弘治乙未岁贡，任浚县丞，专领马政。前事因循不及数，民困追补。公慨曰："民困，马何由息？"放归田里，尽力生业。期年，马乃大蕃。全孙芬，号困学。万历丁丑选贡，任寿州训导、沭阳教谕。正己率人，不尚虚文。士清修者却其常贽，空乏者贷之。芬子可传，字宗哲。万历乙未选贡，任遂昌知县。清慎精勤，以浮言罢归。修先茔，建家庙，课子弟。年既七十，与人尺蹏必楷，三爵益恭。论者以为有万石君风云。

常杰，字汉卿。弘治间岁贡。丰姿秀丽，聪颖过人。刻苦读书，不愿仕，屡空晏如。终身以诗酒自娱，有古高士风焉。

李琼，字元贵。博古嗜学，聚徒讲授。由岁贡任归安县丞，有善政，民呼曰"李青天"。卒，祀名宦。

宗参，号果斋。由岁贡任万安县丞，有冰檗操。在万安时，或馈生鹅，家人误受之，公闻大骇，命亟持去。官罢，垂橐而归，家徒壁立。

崔辅政，字柳亭。笃学行，由选贡任辉县丞，廉介有才干。

屈伸，号前溪。岁贡，任乐陵县丞，以博雅称。所著有《圣人同归于道论》。在乐陵，公余，讽诵不辍，堂官闻而笑之，终不为改。其嗜学如此。

曹可教，号宇侗。岁贡，任巢县训导。为诸生时，屡举孝悌，风概整肃，塾校士被其教者，多则象之。善署书，得朱仲晦笔。

杨名，字晦夫。万历壬辰选贡，任归德府通判，升知州，署柘城、鹿邑。所在垦田积谷，兴学作人，力惩扞网[②]者。至今两河戴之。

渠澄清，字允洁。万历间岁贡，任宣城训导、谷城教谕、归州学正。平生无疾

---

① 案康熙《滑县志》，李实，进士，景泰三年任县令，然未及科分、籍贯。考《皇明进士登科考》有正统七年进士李实，四川合州人，非徐人。本志《选举》列为"景泰进士"，亦无考。

② 原作"罔"，径改。

言怒色，居乡居官，一以和易行之。然敦风节、富文藻，所至不肯汶汶。在宣有《祭义士吴仕期文》，署光化有《祭乡先生李俊文》，在归州有《吊屈原诗》，皆传于时。又有《易经问辨录》《三余漫草》行世。

季春煦，号温甫。万历壬寅岁贡，任常州府训导、含山县教谕，卒于官。为人惇重，寡言笑。家蓄坟典，闻人有异书，必购之。所著有《丰邑古今考》。

程士选，字道际。好洁习静，早膺岁荐。安贫不愿仕，与物无忤。晚遭侄孙有逋负，粥产偿之无吝容。论者曰："不以鸡肋易鸿冥，前有常汉卿，后有程道际。"

崔大伦，号五全，监生。好读书，博闻强记。凡阅子史，人必详其颠末，事必考其异同，称文学祭酒。

周潭，字德隐。少补邑庠诸生。性至孝。父丧，哀痛无已，庐墓三年。后居母丧，亦如之。（旧志止此）

张盛治，字德甫。由贡生选应天学训，历虢、姑熟，凡三任教职，皆有名称。屡摄邑令篆，益多惠政。摄溧水时，有恩荫击杀从兄，盛治执之。暮夜馈金，怒叱去。及就讯，竿牍盈尺，悉付水火，卒置之于法。生平磊落，有大节，见义必为，汲引寒士如饥渴。晚见明季百度具废，常感愤，欲大建树，而久困寒毡，赍志以殁，君子悲之。盛治耽学，老而弥笃，五经、子史、类林、稗官，皆有编纂。所著有《枌榆正续集》行于世。（以下皆见邑志）

李春光，字明麓。以明经四任学官，温厚方洁，多士佩德。年八十四，凡七与宾筵，乡闾称其长者。

朱明经，字泗源。由太学仕至［霸州幕，持己廉静，清白无忝。霸素多盗，自经赞政，萑苻屏迹。其他惠政甚多，有朱邑桐乡之风。任甫半载，以微疴乞休，霸士大夫王遴辈为文以赠其行。子家卿、家栋，邑庠生。

王廷献，号襄明。由贡生任湖广蕲州同知，有政声。升］云南丽江通判[①]，历署安宁州、景东府事。蛮地多用肉刑，廷献[②]至，悉除之，并裁革行户供应。士民感德，为建生祠。

崔大鹍，字南溟。恢廓，好施予。里人蔡某病殁京师，为具棺殓，资送还乡，仍代偿负债二百金，时人义之。任宛平县丞，绰有声誉，为一时循吏。

李嘉祯，字福我，俊六世孙。由太学任广东兴宁县簿，以廉节自持。会使朝觐，有巨姓陷疑狱，堂官刘忠烈公熙祚欲得祯一言释其人，令以千金为赠。祯峻辞之，刘愈爱重。升安东卫经历，遂引疾归。

---

① 原作"由太学仕至云南丽江通判"。按：姜志读顺治《新修丰县志》脱页，误混朱明经、王廷献为一传，今据顺治《新修丰县志》，并参乾隆《丰县志》分别补足。
② 原作"明经"，顺治《新修丰县志》作"公"，今径改其名。

董汉儒，字策三。拔贡生，任济宁学训。性刚直，不畏强御。常所与游，多海内名人。著《去蓖草制艺》，杨维斗、陈百史皆为之序。

董冕，字伯池。由岁贡任河南涉县训导，为时所称。李御史栋巡方至徐，特枉谒之，题句赠云："五载恩濡群彦，一钱耻受贫生。"见者以为确论。

孙荣，字世华。性孝友，家人化之，同爨者五世。成化五年大饥，与邑人李桢各出粟千五十石以赈，赖全活者甚众。诏旌为义民。李东阳、程敏政俱有诗文赠之。

李铸、张祥、胡祥、孔仪、翟成、王舜举、李保、周兴甫、侯宗禄[①]、秦仪，俱丰人。正统五年，各输小麦千五十石赈饥。诏旌为义民，仍命有司表其门曰"尚义"。

陈邦瑞，丰人。尝置义田三百亩，赡给宗族，田差赋皆自办，不假宗人手，立法亦善。迄今子孙尚缵承其志云。

王道充，丰庠生。壬午兵变，邑令以其胶庠老宿，委守东门。城陷，遂同子宾死之。

皇甫世明，字恒照。貌修伟，博通经史。壬午之变，从知县刘光守御南门。城破，乃同死焉。

张弓，字觊侯，丰学生。父殁庐墓，时方变乱，居民多闻风惊遁，弓坚守不去，掬土加坟。有司旌之。州牧和表其墓，称弓行事甚悉。弓所著诗文二卷，其子孙尚世传之。

张逢宸，字观生，盛治次子。幼治举子业，能为古文，尤工书法。性旷达，不理家人生业，游戏笔墨，恬然自适。晚以明经为庐江训。闻变乱，遽引疾归。纂修邑乘，多出其手。子起宗，亦有文誉。为童子时，母病，徒步祷于泰山，往返千余里，时人称其至孝。明季，岁荒赋烦，民多逃匿。起宗为族人逋赋，吏责代偿，至困辱已极，而无怨言。壬午之变，城陷，以不屈死。

孙操，字雅持，丰庠生。父灿，当岁饥，家有麦三百石，商持重直请粜，不可。尽散之，以给宗族贫乏。操慷慨好施，有父风。明季，四境多盗，戮力守陴，竟以身殉。名载与难帙中，昆山徐相国为志其墓。子学海，以好学闻。

张剑，字又华，丰学生。体貌魁梧，博学有胆略。壬午殉城，名列与难帙中。子应诏，以孝称，后中武科乡试。

刘应元，丰人。食力，无外慕。负郭有隙地，种柿树千章，筑土室以居。县令召之，不出。（以下三人，并见《一统志·隐逸传》）

刘勋，隐居城东，邑令造请不就，人称为东田先生。

① 原作"录"，据隆庆《丰县志》、万历《徐州志》、乾隆《徐州府志》改。

徐明，足不履城市。逍遥闲远，屡空晏如。寿一百七岁。

国朝

孙日昂，顺治二年贡生。初授盐城训导，升太平谕。甫数月，即自免还家。姱修自好，兢兢尺度，乡里称其长者。

刘湘，字子琴。由贡生司训霍丘，迁丹阳谕，升太仓学正。正己率物，克称厥职。告归时，绅士歌诗送之，有《铎娄德音赠行编》以志去思。所著有《观海楼集》《看花集》《苍桧馆诗》，俱授之梓。

刘鸿逵，字翼九。为人端方，尚气节，不轻然诺。学有渊源，善汲引后进。以明经铎怀远，有贤声。迁安东谕，又迁华亭谕，皆课士有方。后以老归，卒于家。

王星，字应垣。体貌修伟，而慈祥乐易，不为严厉。由岁贡任靖海、垣曲两县令，吏民咸怀其德。次子梅，预恩荐，司训潜山。束修之礼，无所责备。潜士至今犹思慕之。

孙枝芮，字季长，事母孝。当壬午城陷，枝芮四兄皆遇害，守母不去。及被缚，大呼曰："杀我，谁与养吾母也?"手刃者怜而释之。既得脱，抚诸兄遗孤，续其无嗣者。迄今子姓繁庶，皆枝芮留之也。

渠家圻，字世交，孝友醇厚。父老病，晨昏谨视汤药。遗矢衣被间，必躬自浣濯，数年无倦色。与兄弟友爱甚笃，财物无所私。遇谈人过失者，即闭口不轻语。子镩，领岁荐；钜，食饩。兄弟子亦多贤，为丰庠翘楚。

董其正，字子正，邑诸生。九龄失怙，与后母相依。家贫窭，舌耕供养，肉帛罔缺。或远馆不能晨昏至，朔望虽风雨必归省。待异母弟，友爱笃至。课子孙严，有过辄盛怒加棰楚，然一遇母至，即改颜承顺。母年九十有六，及卧病，躬侍汤药，衣不解带者三月，至积劳成疾。母殁既葬，庐于墓侧，负土成坟。通邑称其孝焉。子俶、份、伊，皆食饩；价，为儒医。

史应甲，邑庠生，字［贞］[①]明。乐善好施，每具药饵、棺木、粥糜、衣被以济贫穷无告者，终身弗倦。有姊适沛邑人，生二子一女而寡，贫不能自给，应甲迎养于家，子女皆为婚配，终姊天年。有从兄弟分产未均，应甲出庄地助而和之。其北邻门前有地，属史氏，愿以厚资倍亩相易，应甲不取值，但如其亩数易之。其厚于亲邻，类如此。

阎朴，性俭素，甘淡泊。好读书，日坐卧小园中。虽家无儋石，而心有余闲。寿一百二岁。

---

① 原阙，据乾隆《丰县志》卷九《人物上》补。

徐州志卷之二十五

人物六

砀山县

汉

栾布，梁人也。彭越为家人时，尝与布游。穷困，卖佣于齐，为酒家保。数岁别去。布为人所略卖，为奴于燕。为其主报仇，燕将臧荼举以为都尉。及荼反，汉击燕，虏布。梁王彭越闻之，乃请赎布为梁大夫。使于齐，未反，汉召彭越，责以谋反，夷三族，枭首雒阳，下诏："有收视者捕之！"布从齐还，奏事彭越头下，祠而哭之。吏捕以闻。上召布，骂曰："若与彭越反耶？吾禁人勿收，若独祠而哭之，与越反明矣！"趣烹之。布顾曰："愿一言而死。"上曰："何言？"布曰："方上之困彭城，败荥阳、成皋间，项王所以不能西，徒以彭王居梁地，与汉合从苦楚也。当是时，彭王一顾，与楚则汉破，与汉则楚破。且垓下之会，微彭王，项氏不亡。天下已定，彭王剖符受封，亦欲传之万世。今反形未见，以苛小案诛灭之，臣恐功臣人人自危也！彭王已死，臣生不如死，请就烹。"于是上释布，拜为都尉。孝文时，为燕相。吴、楚反，以军功封鄃侯。燕、齐之间皆为栾布立社，号曰"栾公社"。景帝中五年薨。

申屠嘉，梁人。以材官蹶张从高帝击项籍，迁为队率。从击黥布，为都尉。孝惠时，为淮阳守。孝文元年，举故吏士二千石从高皇帝者，悉以为关内侯食邑，而嘉食邑五百户。后以御史大夫，代张苍为丞相，因故邑封为故安侯。为人廉直，门不受私谒。是时，邓通以弄臣戏殿上。嘉召通诣丞相府，欲斩之。通顿首，首尽出血，不解。赦至乃免。为丞相五岁，孝文帝崩，孝景帝即位。二年，晁错为内史，贵幸用事，诸法令多所变更。嘉疾错，会错擅穿宗庙垣为门，奏请诛错。帝谓："错无罪。"罢朝，嘉谓长史曰："吾悔不先斩错，乃先请之，为错所卖！"至舍，因呕血而死。谥为节。

陈濞，以舍人从起砀，以刺客将入汉。以都尉击项羽荥阳，绝甬道，杀追士卒，封博阳侯。

孔蘩，以执盾从起砀，以左司马入汉，为将军。以都尉击项羽，属韩信，封蓼侯。

陈涓，以卒从起砀，以二队将入汉。击项羽，得梁郎将处。以丞相定齐，封河阳侯。

棘丘侯襄，以执盾队史从起砀，破秦，以治粟内史入汉。以上郡守击定西魏地，封侯。

魏选，以舍人从起砀，入汉。以都尉击臧荼，封宁侯。（一作魏遬）

陈贺，以舍人从起砀，以左司马入汉。以都尉属韩信，击项羽，为将军。定会稽、浙江、湖陵，封费侯。

周灶，以卒从起砀，以连敖入汉。以长鈹都尉击项羽，封隆侯。

彨跖，以门尉初起砀。至霸上，为武定君，入汉。还定三秦，为都尉，击项羽，封芒侯。

刘钊，以舍人从起砀。至霸上，以二队入汉。定三秦，以都尉击项羽。破臧荼，封东茅侯。捕韩王信，为将军。

戴野，以舍人从起砀，用队率入汉。以都尉击项羽。羽死，击临江，属将军贾，封台侯。以将军击燕、代。

丁礼，以中涓骑从起砀，为骑将入汉。定三秦，为正奉侯。以都尉击项羽，属灌婴。杀龙且，更为乐成侯。

韩毋辟，梁人，以侠见闻。见《剧孟传》。

丁宽，字子襄，梁人也。初，同郡项生从田何受《易》，宽为项生从者，读《易》精微，才过项生，遂事何。学成，谢宽。宽东归，何谓门人曰："《易》已东矣！"宽至雒阳，复从周王孙受古义，号《周氏传》。景帝时，宽为梁孝王将军，距吴、楚。作《易说》三万言，训诂举大谊而已，今《小章句》是也。宽授同郡田王孙，王孙授施雠、孟喜、梁丘贺。由是《易》有施、孟、梁丘之学。

田王孙，字佚，梁郡砀人。从同郡丁宽受田何《易》，为博士。后以其业授沛施雠、兰陵孟喜、琅邪梁丘贺，皆以名家。王孙殁，孟喜好自称誉，得《易》家候阴阳灾变书，诈言师田生且死时，枕喜膝，独传喜。诸儒以此耀之。同门梁丘贺疏通证明之，曰："田生绝于施雠手中，时喜归东海，安得此事？"其为诸儒所重如此。贺始为淄川杨何弟子，后更事王孙。

鲁赐，梁郡砀人。鲁申公弟子，传其业。为东海太守，治官民，有廉节称。

焦赣，字延寿，梁人。尝从孟喜问《易》。会喜死，京房以为延寿《易》即孟氏学，从之，为京氏学。

桥仁，字季卿，梁人也。与同郡杨荣同从小戴受《礼》学。仁仕为大鸿胪，荣仕为琅琊太守。由是小戴有桥、杨之学。

陈翁生，字佚，梁人。与平陵平当同为济南林尊弟子。尊师事欧阳高，传其学，以授二人。翁生为信都太傅，家世传业。由是欧阳《尚书》有平、陈之学。翁生授琅邪殷崇、楚国龚胜。

周庆，字幼君；丁姓，字子孙，皆梁人，从鲁荣广受《穀梁春秋》。宣帝时，选郎十人，从蔡千秋受《穀梁》学。会千秋病死，征江公孙为博士，刘向以故谏大夫[①]通达，待诏受《穀梁》，欲令助之。江博士复死，乃征庆、姓二人待诏保宫，使卒授十人。自是《穀梁》之学大盛。庆与姓皆为博士。

萧秉，字君房，梁人。从清河胡常受江博士《穀梁春秋》。新莽时，为讲学大夫。（旧志不载，乃于周、丁传后载刘纡，云："刘纡，梁人。与阮孝绪、刘歆为三隐。卜筑钟山，有终焉之志。"而《一统志》因之。按：纡为汉故楚王，新莽篡立，废，处彭城，不闻有徙砀与隐钟山事。虽与刘歆同时，歆仕莽，终身未尝与纡偕隐。至阮孝绪，则为萧梁武帝时人，与纡、歆隔数百年矣。《梁书》：阮孝绪同时有刘讦，平原人，共从兄刘歊隐于钟山。旧志所载，当是此人，而讹"讦"为"纡"，讹"歊"为"歆"，遂并移孝绪作汉人耳。其误志平原为砀山，亦失考。今既削去，恐见者反以为疑，故略辨之）

韩俞，字伯俞，砀人。事母至孝。一日被笞，泣不已。母曰："常笞尔，尔甘受之。今泣不已，何也？"对曰："常笞痛，知母力强；今不痛，知母力衰，是以泣也。"

唐

朱全昱，砀人，五代梁太祖兄也。太祖将受禅，有司备礼前殿。全昱视之，顾太祖曰："朱三！尔作得否？"太祖燕居宫中，与诸王饮博。全昱酒酣，取骰子击盆而迸之，呼太祖曰："朱三！尔砀山一百姓，遭逢天子用汝，为四镇节度使，于汝何负？汝灭唐家三百年社稷，吾将见汝赤其族矣，安用博为！"太祖不悦，罢会。全昱亦不乐在京师，常居砀山故里。（旧志以全昱系于唐，嘉其志也。今仍之）

朱友宁，字安仁，梁主次兄存子也。存初从黄巢攻广州，战死，后追封朗王。友宁幼聪敏，喜愠不形于色。梁主以为军校，善用弓剑，迁衙内制胜都指挥使、龚州刺史。王师范袭梁，围齐州，友宁引兵击之，夺马千匹，斩首数千级。昭宗还京师，拜友宁建武军节度使，赐号"迎銮毅勇[②]功臣"。复遣攻师范，围博昌，屠之。

① 原作"谏议大夫"。案《汉书·儒林传》，"议"字衍，今删。
② 原作"武"，据《新五代史·梁家人传》改。

战于石楼，兵败，友宁坠马见杀。

朱友伦，存次子。幼亦明敏，通《论语》、小学，晓音律。梁主以友伦为元从马军指挥使，表右威武将军。燕人攻魏内黄，友伦以前锋夜渡河，夺马千匹。李罕之以潞州降梁，晋人攻潞，友伦以兵入潞州，取罕之以归。累迁检校司空，领滕州刺史。晋人袭梁，友伦以兵三万至矾山，晋人乃却。昭宗还长安，拜友伦宁远军节度使，留宿卫，击鞠坠马死。梁主即位，追封友宁为安王，友伦为密王。（按：朱存二子及友裕，虽梁家人，然皆受唐官爵，其死又皆在唐世，故仍系于唐，不遽与其为梁也）

朱友裕，字端夫，梁主温长子。幼善骑射，从父征伐，能以宽厚得士卒心。梁与晋围黄邺于西华，邺卒荷䂍登城骂敌，晋王使沙陀骑连射不能中。梁主顾友裕，一发中之，军中皆大欢呼。晋王喜，遗友裕良弓百矢。景福元年冬，友裕取濮州，遂围时溥于徐州。朱瑾以兵二万救溥，友裕败瑾于石佛山。瑾走，有谗其不追者，梁主怒，夺其兵。寻使权知许州。许州近蔡，苦于大寇，居民残破。友裕招抚流散，增户三万余。迁诸军都指挥使，与平兖、郓，还领许州。崔洪奔淮南，友裕引兵定蔡州，市不易肆。迁忠武军节度使。梁主攻凤翔，未下，去，攻邠州。友裕破灵台、良原，下陇州，杨崇本以邠州降。后崇本复叛，梁主遣友裕攻之，屯于永寿。以疾卒①。梁主即位，追封郴王。〇梁主温八子：长友裕；次庶人友珪，乃与逆旅妇人野合而生者，封郢王；友璋，封福王；友贞，封均王，后讨友珪弑逆，即位，是为末帝；友雍，封贺王；友徽，封建王；友孜，末帝时封康王；其一养子友文，封博王。

张慎思，砀山人。唐季，权武宁军节度使。

五代梁

朱友文，字德明，本姓名康勤。幼美风姿，好学，善谈论，颇能为诗。梁主②养以为子。后以为度支盐铁制置使。梁主③用兵四方，友文征赋聚敛，以供军费。梁主即位，以故所领宣武、宣义、天④平、护国四镇征赋，置建昌宫总之，以友文为使，封博王，留守东京。友文多材艺，梁主爱之，而年又长，梁主嫡嗣未立，心尝属友文。及病久，谓友文妻王氏归东都召友文，欲以后事属之。庶人友珪因作乱，弑其君，并杀友文。〇全昱三子，在梁世皆封王：长友谅，衡王，为宣武军节

① 原作“卒疾”，据《新五代史·梁家人传》乙正。
② 原作“王”，参《新五代史·梁家人传》改。
③ 原作“至”，参《新五代史·梁家人传》改。
④ 原作“太”，据《新五代史·梁家人传》改。

度使；次友能，惠王，为宋、滑二州留后；次友诲，邵王，为陕州节度使。末帝时，皆被幽囚。后唐庄宗入汴，皆见杀。

金

邵邦哲，砀山人。金时为扶沟县主簿，有政绩。《扶沟志》称其扬善化民，列于《循吏》。

邵师古，砀山人，大定中进士。尝修先师庙，有碑记。

元

曹甫，砀山人。博学能文，而敦朴务实。累官陕西诸道行台御史中丞。

曹伯启，字士开，砀山人。弱冠从东平李谦游，笃于问学。至元间，历仕为兰溪簿，以荐授西台御史，累迁刑部侍郎。丞相铁木迭儿专政，一日，召刑曹官属问曰："西僧讼某之罪，何为久弗治?"众莫敢对。伯启从容言曰："犯在赦前。"丞相虽甚怒，莫之夺也。宛平尹盗官钱，铁木迭儿欲并诛守者，伯启执不可，杖遣之。大同宣慰使法忽鲁丁扑，运岭北粮，岁数万石，肆为欺罔，累赃巨万。朝廷遣使督征，前后受赂，皆反为之游言。最后伯启往，其人已死，喻其子弟曰："负官钱，虽死必征。与其纳赂于人，曷若偿之于官？第条汝父所赂之数，官为征之。"诸受赂者皆惧，而潜归赂于其子，为钞五百万缗。民之逋负而无可理者，即列上与免之。延祐五年，迁司农丞，奉旨至江浙议盐法，罢检校官，置六仓于浙东、西，设运盐官，输运有期，出纳有次，船户、仓吏盗卖漏失者有罚。归报，著为令。英宗立，拜集贤学士、御史台侍御史。有诏同刊定《大元通制》。伯启言："五刑者，刑异五等。今黥杖徒役于千里之外，百无一生还者，是一人身备五刑，非五刑各底[①]于人也。法当改易。"丞相是之。会伯启迁浙西廉访使，不果行。泰定初致仕，优游乡社，砀人贤之，表所居为曹公里。伯启性庄肃，奉身清约。在中台，所奖借名士尤多。真州知州吕世英以刚直获罪，伯启白其枉，进擢风宪。其好彰善，类如此。天历中，屡召不起，天下之士高之。所著有诗文十卷、《汉泉漫稿续集》三卷行世。六子十孙，皆显仕。

刘文质，由荐举为河南教授。尝建义塾，曹伯启以诗赠之，见《汉泉漫稿》。

韦信，砀山人。性俭素，事二亲尽孝。每朝夕供膳，必俯伏四拜而后退。人问其故，答曰："父母之恩，终身难报，跪拜何劳?"有司以闻，至元间被诏旌其门。

许义夫，砀山人。为夏邑县尹，每亲诣乡社，教民稼穑，见民勤者赏之，惰者

① 原作"抵"，据《元史》本传改。

罚之，境内丰足。后为封[1]丘尹。值年饥，群盗劫掠州县。义夫闻贼至近境，乃单骑出郊外，力言封丘邑小民贫，皆已惊窜，幸无入吾境。言辞愿款，贼遂他往，民获免于难。

党弘济，宋太尉进之后。由荐举授永城县尹，迁穰县尹，兼管诸军奥鲁劝农事。

成克敬，字简卿[2]。以学行闻于时，与虞集、赵孟頫为友。仕至朝列大夫，追封上谷郡伯、翰林学士。张起岩为撰墓碑。（砀志板久坏，字漫漶不可识。今就其差明白者，稍订存之）。

韩林儿，父山童，乘元季之乱，聚众将发，被执。林儿奉母杨氏亡之武安，寻还砀山起兵。刘福通自夹河迎之，立以为小明王。国号宋，建元龙凤。据数十郡，立十二年而亡。（按：砀志列林儿《人物》中，与《元史》不合。《元史》云：山童，栾城人，谪徙永平。而言福通迎林儿于砀山，则同。或林儿乃生长于砀者，今邑中尚传其故宅遗址，亦一证也）

明

黄正，气质刚方。洪武中为邑吏，以直言征，奏对称旨。擢右佥都御史，卓有风裁，弹劾不避权势。后迕旨，黜为英山县吏。会金山寇叛，求能讨平之者。或以正子琰闻。征琰至，对曰："臣年幼才弱，不如臣父。"上遂遣人征正至，复以为右佥都御史。即日阙辞渡江，募勇敢士，得十万余人，遂讨平之。升左佥都御史。未几，讨云南叛夷，亦降。还至普安，为贼创伤，卒。

陈敬，娴[3]韬略。永乐中以战功，官至中军都督佥事，出镇山海、永平。法令严明，军民怀服。

张宏，性孝友，勤于问学。永乐中，由国子生仕为开封府同知，迁户部郎中，律己廉洁。出知荆州府，政务既平，所守益励。门绝私谒，人每称之曰"闭户张"云。

李稳，字邦泰。由进士任仁和知县，锄强扶弱，吏畏民怀。迁御史，有风裁，弹劾不避，以触权贵落职归。嘉靖初，应诏起，为浙江按察佥事。吏事精确，声望屹然。寻乞终养归。居乡恂恂，称长者。已而铨部以贤能疏用，竟不起，终于家。

张伦，性醇厚，与物无迕。事父母至孝。以岁贡任谷潜[4]训，迁项城谕，所至

① 原作"丰"，据《续通志》《南畿志》等改，下同。

② 原作"乡"，据嘉靖、万历《徐州志》及乾隆《砀山县志》改。

③ 原作"闲"，通"娴"。

④ "谷潜"疑"於潜"音讹。

以道诲人。时，僚友有夫妇偕卒于任者，无子，遗二女，远弗克归。伦为治具营葬，复为二女捐俸资遣之。再迁陈州学正，不就，引去。

赵绅，居乡以孝弟称。家素贫，无一介苟取。由岁贡司训济源。在官常徒行，或一蹇驴从诸僚后，其颛朴如此。时，有诏下河南祭济渎，慎选清白官主祀事，绅被首推。济人爱之，刻石以纪其事。

纪义，学博行醇，邃于《易》理。由岁贡任仁和县丞，守身廉洁，声绩茂著。卒于官，上下皆痛惜之。后以名宦见称云。

段廷光，天性醇朴。由国子生任西安簿，介不苟取，奉公为民。遭母丧归，行李不给。邑人思之，为立祠祀。且汇诗文以颂之，名曰《思段谣》。

纪旻，邑庠生。童子时，读书务力行。每念“身体发肤，受之父母”，置一青囊，出入恒佩之，每落爪发，必蓄囊中。居母丧，结庐墓侧，日三负土加冢上。三年，积冢若丘陵然。昕夕有群雀集巢，依依驯狎，人以为孝感云。

赵光霁，性孝友，言动中法则，有古君子风。父卒于官，扶榇归葬。庐于墓侧，朝夕哭奠，负土封树，终制始还。后母卒，复庐墓不归。

张拱辰，邑庠生。嘉靖辛亥，单县巨贼董大有，公行劫掠。拱辰父文渊，力卫乡曲。贼并众攻之，一时丧者五人。拱辰见父中创，因冒刃赴斗而死。（旧志止此）

朱安，洪武丙寅贡生。以风裁峻整，任监察御史。〇洪武中，又有卢生者，以贡士言事忤旨，谪充营州中屯卫军，亦一奇士。（见《砀山县志》）

刘益，砀山人。元末，为辽阳行省平章。洪武初，以辽阳数郡地图并籍军马、粮赋归附，授同知指挥事，仍守故地。元将马彦翚等叛，袭刺杀益。上闻，震悼久之，遣都指挥马云谕祭，仍令有司护其丧归砀以葬。详《开国功臣录》。

张宠，砀山人。宣德初，知荆州府事。持己廉慎，造就誉髦，敦礼耆旧，政通民和，流风尚美。（见《湖广通志》。考《砀志·人物》中无张宠名，岂其偶遗之耶？抑即张宏，而楚人讹“宏”为“宠”，因两存之耶？乃楚志各为立传，又明是两人。未敢臆决，姑并录以俟再考）①

李恂，景泰时贡生。任沧州判官。任满，吏民乞留，迁同知，复任九年。（以下悉见邑志）

李嘉言，嘉靖中贡生。能为诗、古文。任胶州同知，左迁按察司经历，皆称刚直，不避权势。人惜位不称其才云。

---

① 按：与上“张宏”应为一人。万历六年《湖广通志》卷六十七《宦迹十二》，先有张宏，“徐州碭川（系“砀山”形讹）人，宣德五年以户部郎中知荆州府”；后有张宠，“砀山人，宣德初知荆州府事”。历考徐州旧志，当为“张宏”之讹。他如《荆州府志·职官》之“山阳张宏”，《名宦》之“砀山张宠”，用字多讹，籍贯互异，皆不得偏信。

王自勉，万历丙子贡生。历滕县、宁海、瑞安府三任教官，皆以称职闻。学博才赡，娴于古文。隆庆中，尝纂修邑志。

许汝砺，万历戊寅贡生。历沭阳、灵璧、高唐州、金山卫四任教官。经学明彻，为诸方学子所伏。

汪夏，万历己卯贡生。历虞城、西华县、亳州、绍兴府四任教官。人称其渊诣姱节，器宇粹然。绍兴祀于名宦。

蒋承业，万历丙戌贡生，任易州判官。清廉恺悌，惠泽及民，有古廉吏之风。

赵翊，弘治戊午贡生，任乐清县丞。甫逾年，声华籍甚。巡按御史袁宗儒荐之，有"官职虽微，廉能甚著，政务具举，豪黠潜踪"等语。将不次擢之，适以病卒，上下咸痛惜焉。

邵良卿，砀山庠生。痛父早殁，事母甚谨。母病，尝粪以验剧差。及卒，庐墓三年。次当贡，遂谢归不试。有《养拙漫稿》藏于家。

李报桃，砀庠生。事父母以孝闻。每值暑月，执扇侍父，至夜分始退。祖母老而瞽，父萼、母王氏事之，食必亲调。桃辄与俱侍左右，趋诺必敬。乡人尝两举其孝行。

王治邦，砀山民壮。骁勇，善骑射，为邑令出探贼。至夏邑界，贼大至，围之。爱其壮，诱之使降。治邦大骂，奋起搏击。贼共攒刺之。至死，骂不绝口。贼怒，磔其尸。又有吏杜继宗，善用长戟，尝独驱流寇数百人，奋斗，贼皆辟易。

邵宗玄[①]，字玄讷，徐州砀山贡生。崇祯末，为保定府同知，署府印。时流贼破居庸关，将犯京师。宗玄闻之，与总监方正化、故光禄少卿张罗彦，纠乡兵，得二千人城守。贼陷京师，遣其党趋保定，射书城上约降。时，李建泰以阁部督师败走，求寄城中，阴与贼通。得书召众，议欲得宗玄印，署文籍以降。宗玄涕泣被面，大呼建泰，数其受国恩，为将相，丧心降贼。建泰愧无以对。其麾下大哗，欲加害。宗玄拔佩刀自刭，众争抱持，张光禄乃引之以出。是夜，建泰潜约贼。明日，城陷，宗玄挈印投身城下。贼执之，见其印欲夺。宗玄固不与，遂见杀，死犹手持印不解。贼断两指，乃取以去。详长洲汪琬史传。

国朝

庞宗理，徐之砀山人。年二十五，以拔贡生考授知州。乡居奉亲，不急于仕进。顺治二年，奉部檄谒选，知信阳州事。州近鸡龙诸山，为寇盗薮泽，每出掠，

---

① 原作"元"。下皆同。按：邵宗玄，字玄讷。本志避康熙讳，其"玄"俱改"元"。今从顺治《徐州志》恢复本字，不复逐一出勘。

辄直抵城下。宗理率众昼夜守陴，区画防御方略。贼不敢逼，境以无虞。四年，署汝南道印。真阳县有豪数人，聚党徒侵暴乡间，为一方巨患。宗理亲临按捕之，立置于法。真阳人咸欢呼称快，立石志其功德。历数十年，犹称颂不衰焉。

汪廷对，字迪宸，砀山学岁贡生。聪敏，善读书，有御侮才。砀邑初遭寇乱，制府命廷对领乡营，防御无懈，邑以安堵。有狂徒应贼，据邑以叛。时议待大兵至，协力剪除。廷对曰："大兵至，则玉石俱焚矣。请为邑人先扑灭之！"遂率乡勇进讨，躬冒矢石，歼其渠魁。余胁从者，悉释不戮。事既平，而后大兵乃至。制府嘉其能，欲荐而官之，廷对以养亲辞，坚不就。廷对又尝修圣庙及城角楼、敌台，皆有功于乡。其子七人，后皆显贵。

陈鼎新，字子叙，砀山学岁贡生。父嘉猷，儒者，有豪侠名。鼎新嗣之，益好问学，增修其德。由明经当得官，乃甘家食，不汲汲于仕进。尝捐金倡修庙学。值岁凶，出储粟若干，减直粜之，以惠洽其乡邻，邑人颂焉。子倬，复能缵承先业，为时所推。人佥谓陈氏有世德云。孙奕晖，今官荆南观察。

王子美，砀山人。初业儒，略涉经史。事母甚孝，人咸以孝子称之。尝有盗夜入其家，子美已潜匿，俄闻击破母寝门，遂挺身出，语盗曰："吾家与汝有仇，请即杀我，无伤我母；若贪我财物，柜匣具在是！"群盗皆环视之。中一人曰："彼素有孝名，今见果然。劫之不祥。"轰然散去。其孝足感盗贼如此。

乡饮

明

马　侨	吴孟兆	陆进阶	孙　桐
贾崇禄	沙国祯	王　聪	毕文美
夏　彩	杨枝秀	吴养孚	沙大有
黄　绣	周如松	曹□□[①]	杜自代

国朝

吴光诩	夏应凤	李　俊	陈应阶
胡世明	鹿养德	杨　妍	

乡饮酒礼，古先圣王之所以宪老乞言、尊崇有德也。旧志缺不书，故万历以前无稽焉。今所载虽寥寥乎，其于尊德尚齿之义，亦思过半矣。

---

① 阙名。

徐州志卷之二十六

列女

撑扶宇宙，非妇人事也。乃周、孔大圣序列风诗，辄先宫壶；而纪其化行，多于田间儿女子征之。说者曰："王道行，至女子化，即无弗化者矣。"是以群史于列女，皆为立传，而郡邑乘因之。第昔人纪载，不过数人，近时乃倍于男子，何其多也？岂光岳气分，而巾帼之伦偏能完节与？抑亦先师序风诗意也。旧志已纪，今不可芟，稍裁其语之冗鄙存之。至于增续，则遵《一统志》例，尽录诸殉死者，余量存其一二。

徐州①

南北朝（元魏）

刘氏，彭城人，渤海封卓妻。卓始醮，即赴官京国，寻坐事伏法。刘家居，忽梦卓死，号哭不止。经旬，问果至，遂恸而绝。著作郎高允作诗八章哀之。

唐

王孝女，徐州人，字和子。元和中，父、兄皆防秋屯泾州，吐蕃寇边，并战死。和子年十七，单身被发，徒跣抵泾屯。日丐贷，护二丧还，葬于乡。植松柏，剪发坏容，庐墓所。节度使王智兴白状，诏旌其门。

盼盼，姓关氏，张建封妾也。能诗，为建封爱重。建封薨，盼盼感恩誓守，独居一楼，名燕子，十年无贰志，家人咸敬礼之。作诗三百余章，皆以写其哀慕。建封从子仲素，于汉上见白香山居易，为口述之。居易咨叹，和其诗三章，复寄一绝微讽焉。仲素归觐从祖母，出白诗转示盼盼。读之，悲泣曰："妾所以不死者，恐为公累故耳！白公教我，敢不从命？"复和一绝，不食旬日而死。所居燕子楼，遗址至今尚存。（旧志录其诗，作张盼盼，误）

① 二字据文例补。

宋

刘氏，淄州人，宋壮节公王复继室，章献明肃皇后之侄。复守徐州，城陷死之，刘不食三日而卒。赠咸平郡夫人。（此非徐产，其死节在徐，故当书之）

明

丁女，父丁章，州民。受里人叶孟春聘。孟春病故，女闻，即自缢死，年十有七。有司上其事，树坊表门。（烈女）

王女，父训导王三槐。受同里陈洪谟聘。洪谟以疾夭，女即日自缢死，年十有六。有司上闻，树坊旌表之。（以下皆烈女。先女后妇，从旧志）

殷女，生员殷柏女也。受同里人吴汝璐聘。汝璐病死，女亲赴视殓。回，自缢死。吴氏迎尸，与夫合棺葬焉。

陈女，胡山民陈于殿女也。崇祯十年，流寇至，欲逼之去。女坚不从，以刃加其颈，益大骂。贼遂杀之。时年十六。

宋氏，明经宋坤女，适萧文学纵尔翼。尔翼故，宋欲死殉，家人防之极力。越四日，乘间自经死，时年二十。督学御史陈子贞奏其事，树坊旌门。（以下烈妇）

霍氏，尹镐妻。年二十镐卒，无嗣，霍遂自经偕死。正德六年，有司上其事，旌表之。

孟氏，居瀚妻。年二十余，瀚疾革，孟誓与偕逝。既殓毕，遂自经死。工部主事费瑄赋诗吊之。

李氏，刘孝妻。笄年归孝。孝遘弱疾，李侍汤药，衣不解带者三月。孝殁，悲号达旦，五日不食，于柩侧自经死。当道闻之，给棺椁粟帛而表其门。

单氏，陆鲸妾。年二十而鲸疾革，因誓与同死。既属纩，即自经殉之。

陈氏，金樆妻。年十九樆死，遂雉经以殉。

张氏，适州民蒋维贤。维贤病故，张即夕自经死。有司上其事，诏树坊表门。

张氏，宿州人，适徐州生员陈王道。夫殁，自经死。有司以闻，诏旌其门。

王氏，王三槐长女，即烈女姊也。适萧生员岳梦熊。夫殁，饮鸩自杀。有司以事闻，诏树坊旌其门。

张氏，宿州张维乾女，适徐州生员武金玺。金玺故，遂自经死。敕树坊表之。

张氏，苏州训导张梃女，适魏嘉宾。嘉宾病殁，即自经以殉。有司上其事，诏树坊表门。

王氏，生员王自新女，适杜元祯。元祯病故，哀号不已，自缢以殉。有司上其事，诏树坊表其门。

曹氏，州民曹津女，适李得一。得一病故，即自缢死。诏建坊旌表。

杨氏，生员杨一化女，适刘永源。夫病殁，不食十四日而死。巡按御史王九叙哀之，题奏，诏表其门。

李氏，生员李崇本女，适监生张有容。历九载，无子。天启四年，容患秽疮死，李年二十有五，夜自缢，同棺收殓。事闻，给金建坊旌表。

石氏，张爵妻，训导天衢女。爵疾革，石乃与诀，先一日自经。当路闻之，各有奖恤[①]。（以下未旌）

周氏，东阿教谕周椝女，适丰县孙继忠。继忠殁，周自经死。知州孙养魁、学正王佩旌表其门。

陆氏，生员吴廷杰妻。廷杰病殁，陆哀号欲死，其母防之甚严。乃三日不食，乘间自经。时年二十有一。

左氏，生员左逢源女。年十九，嫁韩永庆。夫殁，自经以殉。

李氏，王前士妻。生一女，年十五。携之避流贼，潜居刘村。贼突至焚掠，李与女自度不免，遂交口骂贼，被杀。崇祯九年事。

陈氏，生员陈大宾女，适毕廷试。廷试病，陈知其不起，乃先自服毒。其父救之。泣曰："女殉夫，经也。不死，将改节乎？"卒先死之。时年二十四。

谢氏，段二妻。年及笄归段。遭元末乱，舅、姑、夫俱死。谢年二十六，止一子甫六岁，又贫无倚，乃往依父家，守志不移。年八十二卒。洪武中，诏旌表之。（以下节妇）

薛氏，王五妻。年十八夫亡，生子甫数月。誓不更适，躬纺绩，抚子成立。正统中，旌表其门。

魏氏，李刚妻，学正冀女也。性刚介，幼勤女红。年二十夫亡，无子。誓不他适，昼夜缝纫辟纑，与夫灵相守。环堵萧然，茕茕孤处，惟取薪水，为一启扉。庭内皆榛莽芜没。闻者咸怜苦之，魏自处晏如也。垂四十年卒。弘治中，有司上其事，旌表之。

马氏，石嵩妻，教授蕙女也。年二十九嵩殁，子城甫六岁。苦节抚城长，遣从兄暾教之。城领乡荐，寻亦夭殁。马辟纑自给，杜门不出，虽懿亲亦罕见之。年六十五卒。有司奏旌其门。

甄氏，李华妻。年二十五，华死，止一女甫弥岁，坚志无它。父怜其无嗣，欲夺之。甄以死誓，父乃已。守节五十余年，卒。弘治末，旌表其门。

伊氏，张颐妻。颐早世，无嗣，伊亲自殡葬，以死守之。姑欲夺其志，遂自经

① 按：万历《徐州志》以张颐妻伊氏、张爵妻石氏二人事迹相类为合传，故云"各有奖恤"，顺治《徐州志》既析为二传，仍云"各"字，本志亦沿旧文。

于墓侧。

权氏，周杲妻，学士谨孙女也。性端介。年二十余，杲殁，子甫四岁，权哀毁几绝。尝自经，家人觉救，谕以抚孤大义，乃止。后贫苦益甚，所居不蔽风日，惟勤女红，以自给赡。逾五十余年，冰操如一日。寿八十一终。诏旌其门。

徐氏，齐河县尉贤之女，适郡吏梁信。早寡，无子。翁姑怜之，将使改适，徐矢心励节，养姑以终。乡评重之，以节孝蒙旌。

邵氏，适郡人李玺。甫及二年，玺以疾卒。邵守遗腹子鲸，抚之成立，生二孙。鲸夫妇复亡，邵又抚其孤有成。事闻，与旌。

谭氏，指挥谭师伋女。年十五，适生员李三省，生二子：崇本、崇香。三省病殁，谭年二十有五，痛哭欲绝。翁姑知其将死殉也，勉以大义，乃强就饮食。茹苦奉亲，卒襄大事。教二子，皆成名。有司以闻，奉旨给金建坊。卒，年九十有三。蜀进士周仲士为传。（长孙向阳，孝廉）

吴氏，吴希周女，适王伟。伟病故，时吴年二十五，二子方在襁褓。坚志贞守，抚训成名。有司以事上闻，诏棹楔旌其门。

高氏，百户王元妻。时倭夷讧东南，元督兵赴敌，陷阵死。氏茹荼守节，课子成名。有司奏闻，诏锡忠节坊，以表扬之。

毕氏，生员毕煜女，适生员尹汤聘。年甫十七，汤聘以哭母致疾卒。毕念翁老而瞽，挑绣为养。翁卒，不能成殓，至解衣安厝。卒以节终。后荷纶音赐旌。

张氏，郡御史张鹤鸣女，适滕县举人黄昌年。昌年殁，张年二十三，依母家居。遗孤家瑞，始六龄，朝夕训诫。后登进士，历官开府。

薛氏，董霈妻。霈卒，笄年守志不移，以终其身。

张氏，年及笄，适指挥倪禄。禄以征倭功，升福建游击。未几，倭寇再炽，禄与战，死之。张以倪氏无子，姑年八十无所托，乃毁容矢节事姑。当道匾其门，以示旌焉。

蔺氏，徐州卫百户吴春安妻。夫早亡，年二十一，遗一瞽儿，亦夭。姑黄氏年老，事养甚谨，三十余年不违左右。家贫，女工自给。后，年逾七旬卒。

沈氏，州民徐邦泰妻。甫生子，而邦泰病故。时遇凶荒，沈守志，艰辛万状，辟纑自给，至日不举火，绝无怨悔。各院给匾旌之。

李氏，州人李廷彦女。适胡佩，早亡。李年二十五，事七旬之姑，以礼终葬。抚稚子世明，成名于庠。尝收养孤侄，让邻侵地，焚夫所遗债券，尤多隐德。寿八十一卒。有司旌表其门。

赵氏，州人王源妻。生子养心甫三月，源物故。时赵年十九，贞守历五十年，训养心游泮。以寿终。

魏氏，百户魏一清女，适千户徐增基。自幼庄静，不苟言笑。年十九，夫即物故。遗孤甫三岁，抚训成立。守贞逾数十年而终。

魏氏，徐州卫指挥魏廷璋女。年十八，适儒生易从义。甫七载而义疾殒，遗孤方二周。魏抚孤，誓不二天。孀苦数十年，迄无尤怨。

司氏，生员舒怀吉妻。生子六月，怀吉物故。司贫而守节，教子鹤龄，髫年为诸生，诸孙俱列黉序。卒年七十余。

伊氏，少丧母，叔父贡士天命养为己女，适王一正。夫早亡，伊年二十四，家贫，子女俱幼。苦志守节，坚贞不渝。子俱成立。卒年七十五岁。

李氏，廪生宋增妻。增早逝，李年二十二，子方五岁。家赤贫，茹苦守贞。孤年十六，将授室而夭，李哭之恸，遂死。里人哀之。

王氏，州人。适生员张光范，早卒。家贫甚，又以戍籍累内外侵凌。悲哀之余，即课子。子际盛、际明，同时入泮。王年六十余卒。

乔氏，生员孙廷选妻。廷选殁，乔方有身，后产男。家贫甚，纺缉刺绣，以抚其子，常至日中不举火，处之晏如也。后子亦成立。年七十余而卒。

吴氏，贡士吴道昌之女，适生员马炀。炀三十而亡，吴年二十八，子中云尚幼，抚之成立，历三十余年。合郡钦之。（以下系旧志补遗）

张氏，教谕鸣鹤长女。年十七，归乡贡吴志高。生子汝巩，方童幼而孤。张抚之，严为督课。当道咸旌表之。巩甫通籍，而张年六十，以无疾终。

郑氏，沙怡妻。三十夫故，矢志抚孤。后子大有成立，事母尽孝。孙永誉，饩于庠。其族人鑨妻黄氏，以二十一守节，抚子勋成立。一门清节，乡评重之。

王氏，王自重女，适顾云程。王年甫二十，云程病殁。衰姑在堂，稚儿在抱，仰事俯育，历四十余年。孙公胄，入州学。

王氏，徐州卫指挥王汉女，指挥魏维翰之妻也。万历丙辰，翰以时疫故，王年二十有八。上事翁姑，卒襄大事。守节四十余年。年七十二卒。

高氏，年十五适毕文萃。生子廷诰，而文萃死。高年二十二，矢志靡他，事公姑以孝闻。廷诰入庠，早卒。复教孙庾，饩于庠。

李氏，王学庸妻也。夫故，守志，抚孤幹成立，入庠。

王氏，生员王舜女，适杜先华。岁余，而先华殁。王有遗腹，生子大受，抚之至长，为授室。生孙，大受复殁。仍教孙廷献，遂以弱冠采芹。

段氏，生员段鹤年女，适杜先荣。生子大乘，甫二周。荣应南闱试，染病于途，遂不起。段苦节教子成立。后大乘游泮。母子相守五十三年。

顾氏，王民俊妻。夫故，遗三子皆幼。顾抚之，历三十余年。子成立，继父业。于崇祯壬午旌题。

单氏，父允恭早逝，时方五岁，母于氏孀居抚之。及笄，适经历贺国辅。国辅亡，无子，单矢志守贞，家业不坠。国辅有幼弟二、女弟三，及两庶女，皆抚养，各为婚嫁。有司尝旌其门。

国朝

彭氏，萧庠生彭万程女，适徐人陈子沅。沅病数载，彭侍药饵无懈。及沅殁，出簪珥尽散之。殓三日，家人随俗出途焚奠，氏留室守柩，遂自缢死。（以下节[①]妇）

毕氏，万天祺妻。天祺早逝，遗孤穆甫三龄，毕抚之至于成立。穆为诸生，屡以母节闻学按求旌，时论称之。

孙氏，袁国祥之母也。祥生一岁而孤，孙茹荼抚之，教育有方。国祥由太学授光禄署丞，又晋顺天府经历，后归终养。孙年七十三卒。

张氏，郡人杨文伯妻。年二十二而伯逝，子枝荣，方六岁，依兄枝秀。张纺绩课读，家余四壁，处之晏然。枝荣既长，有声黉序。张守贞凡三十三年乃卒。后题旌建坊。

姜氏，年十六适冯国祥，恪共内职。国祥早逝，守义课子，俟其成立，历四十余年。

武氏，徐州卫孟述尧妻。述尧早逝，武时年二十一，遗孤三岁，无寸土一枝。公姑皆老，武纺绩糊纸镪，以供朝夕。子尚智成立，佣作赡母，勉襄妣祖大事。通庠推举，兵宪胡特为表励。

赵氏，年十六适乔尚义。甫四年而尚义病殁，遗子岳方三月。或凌逼之，欲利其产。赵誓死无二，赖姑周旋以免。后姑病，躬侍药三月。卒，为竭力营葬。子岳，年十八入庠。

海氏，徐州人，适同里陈容。家贫，值岁歉，而容庸懦不能治生。闻海有兄子为松江军弁，夫妇偕往依之，不遇，还寓常州。有市侩窥海有姿貌，因伪与容交欢。数诣海室，辄拒不纳，甚惭恨。遇凤阳卫巨猾，知其淫凶，乃为言海美，嗾令自图。猾喜，使其党故与容争，窘辱之，已后至，出钱为解。容不悟其谋，反感焉。居数日，猾欲挈容夫妇，附其粮艘还徐。海深以为疑。容怒，强之登舟。时天甚寒，海敝衣无絮，猾馈食，阴遗衣，皆谢不受。寻令容市纑于苏。海阻容，不听，乃储薪水糇粮，闭舱以待容还。猾夜至舱外，为醉乱语。海初如不闻，继怒责之。忽一夜，猾乘酒破舱门人，海大呼“杀人”，众皆惊起。乃潜逸去。海自分不

---

① 原作“烈”，径改。

可以生，引针密缝衣裾裙履，都为一片。次夜，猾果复入，以杂器逆击之伤而走。海号泣至夜半，遂自经死。猾惧，埋尸粮中，拟出境即沉之江。又遣人往杀容。其人弗忍，乃与俱诉官，立捕猾置于法。常人钦其贞烈，共立庙河干祀之，题曰“香闺铁汉”。康熙六年奉旨建坊旌表。

周氏，徐州人，丁廷槐妻，游击周怀女也。夫亡，守节奉姑。抚孤子炽成立，为河标中军守备。于康熙十年奉旨旌表，至三十六年建坊。见《一统志》。

王氏，赵汝伯妻。夫亡，孝养翁姑，抚孤成立。于十年奉旨旌表，贫未建坊。见《一统志》。

黄氏，钟玉妻。夫亡，自缢以殉。于三十四年奉旨建坊旌表。见《一统志》。

谢氏，赵体义妻。夫亡，誓以死殉，家人以遗腹劝止。后孤复夭，谢尽捐簪珥，礼葬翁、夫二柩。事毕，投缳死。于三十五年奉旨旌表建坊。见《一统志》。

陶氏，居佳熙妻，生员陶明昆女也。夫病狂易，发辄弄刀石伤人，陶谨护持，历十年不怠。既死，翁姑穷老，值岁凶，陶日出掇取水草、蒿苗，杂屑树皮以供，见者多为之陨涕。教三子甚严，稍长，即能自食其力。娶冢妇，未几而夭，遗一孙方数月，陶自养之。乳忽复出，哺孙，遂得长成。里人咸异其事。于三十五年奉旨旌表。以贫，未建坊。

张氏，生员吴廷焞妻。夫亡守节，于康熙二十一年奉旨旌表，至三十七年建坊。见《一统志》。

高氏，睢宁人，冯康运妻，居徐州境内。夫赴试，溺死于河。高闻讣，即自经死。奉旨表曰“节孝之门”。见《一统志》。

张氏，徐州人，许字高华宗。年甫十六，舅姑以华宗病，迎归。华宗病死，张自经以殉。奉旨旌表。见《一统志》。

张女，名秀，徐州人。父全功。自其幼时，许字胡氏子钦。至年二十一，钦家期以秋娶，及夏而钦殁。女闻之，不食二日，遂自缢死。胡氏乃求致其丧，与钦同穴葬焉。康熙三十二年事。

殷女，名二立，父起蛟，徐农人也。女天然有德度，精于女红。年及笄，受州民程国玺聘。无何，国玺以疾亡。讣闻，女即自经，家人救之。乃绝粒二日，服毒以死。三十五年事。

潘氏，徐人，潘云汉女也。许字张氏子廷柏。将及笄而母殁，依于祖母。叔父某佐浚邑，迎祖母之官，女从焉。癸未秋，廷柏病殇。问至浚，祖母知女性烈，匿不以言。逾年，一老婢误泄之。女悲恸不食七日以死，时年十七。父哀其志，为致丧合葬廷柏之墓。

杨氏，徐诸生杨建中女。生而颖慧。五六岁时，授以《孝经》，辄解其义。父尝见花间蝶，因出句使对，曰：“花间双蝶舞。”女应声曰：“天上一鸾飞。”父闻之，愀然弗悦。已许字沙氏子上兰，阅十年，而上兰竟以夭折。讣至，女知之，不敢泣也，托疾而卧，勺水不入口。父母婉转谕至泣下，乃强起，阳如平常。家人因不疑，遂夜整衣履，自经死。父母痛之，犹妄冀其复苏也，至三日始殓。时方盛夏，颜色不败。女时年十八。

杨氏，生员吴相妻。夫亡守节，教子士鹏成立，为徐学生员。于四十三年奉旨建坊旌表。

苗氏，韩启铨妻，夫亡守节。于四十五年奉旨建坊旌表。

苗氏，徐州人，李硕妻。夫亡，以死自誓，殓毕即缢死。州守、巡道咸旌奖之。见《一统志》。

梁氏，黄村人，邓炎妻。性静正，能修妇职。未数年而夫殁，哭不甚恸，从容治殓具，若为他人经理然。家人窃怪之，乃不之防。殓讫，遂自缢死，时年二十三。二十七年事。

江氏，徐州人，生员时昭妻。昭以疾殒，江殓夫毕，即夜半自缢以殉。诸生哀之，共醵钱植碑，以著其烈。三十七年事。

薛氏，李子千妻。年二十归于子千。甫三月而夫殒，悲不自胜，乃投缳毕命。里人异之，谓其家祖姑沙氏、姑王氏，皆以青年矢节，见称于时；至于薛，复以死殉，为尤烈焉。四十三年事。

朱氏，徐生员朱绅女也。年二十一，适里人李助。甫八月，助以病暴死。自伤早寡，后将有夺其志者。敛竟，即扃户缢于棺侧。五十九年事。

杜氏，徐贡生杜大逢女也，适同里丁銧。二年而銧亡，杜生子方弥月，誓死守之。至四岁，子复夭，乃请舅姑更立从子以为夫后。成礼毕，乃仰药而死。六十年事。

高氏，王进礼妻。年二十三，进礼物故，昼夜哀号，誓以死从。邻里怜之，勉为进食。卒服毒死。邻人为敛资葬焉。

高氏，周维藩妻。夫亡，不食三日，夜半自经。时，藩父母梦其夫妇痛哭拜，惊起呼妇，已气绝柩旁矣。

李氏，州民李枚女，受同里王延龄聘。未嫁，延龄殒。父母闻之，戒家人勿言。后七日，亲戚来唁，女始知，悲痛欲绝。母严防之。因好言绐母，防少懈，遂自经死。时年二十一。

王氏，李鹤年妻，故宦王家璋女。夫早逝，欲殉，亲族力劝，乃誓守。时翁姑已殁，氏营葬尽礼。又以勤苦治家，得臻素封。教子子千、子榦，积学为世重。子千旋殒，妇以死从。皆氏贞节所感。宇宙完人，足风一时，更范千古云。

胡女，州卫人，受陈肇祥聘。祥殇，女往吊，欲死殉。翁姑以肇祥弟子为其后，命守。抚子十龄，复夭，女遂绝粒死。

杨氏，徐州人，适同里严登魁。登魁以待补守备征土寇，死事。时，杨年二十七，翁姑衰老，子三人，皆稚孩。养生送死，教育诸孤俱有成。劳年八十九，以无疾终，守节六十二年。子鼎妇张氏，鼐妇毕氏，先后数年皆寡。张子二人，毕子一人，依于姑同抚之，仰事俯育，艰苦倍尝，人称“一门三节妇”云。鼎子汝璘，国学生，工书绘，有名郡邑。

李氏，徐州人，张兆熊妻。明崇祯九年，流寇掠徐，兆熊出探寇，遇于长山，被杀。明日贼退，李同家人往寻，得尸山下。将舁归，而胎伤产子，因名之曰“长山”，以志无忘。自是矢志守贞，恪事舅姑，抚孤儿成立。苦节五十年而卒。子长山，长名联璧[①]。

李氏，徐卫人，汪江妻。以二十二岁夫亡守节，抚孤成立，至年九十二终。制府以下，皆题额旌之。

周氏，徐州人，张占鳌妻。年二十四夫亡，守孤。族人利其资产，谋夺其志，数摇撼，加以横逆。周不得已，稍分田宅予之。意终未满，将肆毒于其孤。周惧，迁居避之，多方潜匿，孤乃获全。苦节三十七年以终。孙恺，为州庠生。

沙氏，生员李乘龙妻。乘龙殁，沙年二十五，孝养翁姑，教诸孤成立。子鹤年妇王氏，亦以早孀守志。孙子千妇［薛］[②]氏，更以自缢殉夫。三世贞烈，其事可悯，其人皆可传也。

张氏，申崇熙妻。年二十九夫亡，剪发誓守，养舅姑，育孤子，皆有可纪。历四十余年而终。幼子国本，为州庠生。

赵氏，徐州人。年十七，为李养廉妻。至二十三而夫亡，躬勤织纺，以教子成。人称其数十年声不外扬，履不逾阈，为能尽孀居之礼。今年八十有五，于例当书。

周氏，赵大爵妻。年二十一夫亡，子方三岁，剪发自誓。虽频迫饥寒，其操愈坚。婚丧诸费，半出其针凿营办。今年近七旬，复与孀媳王氏，共教育诸孙。徐诸生怜之，请书其苦节。

刘氏，周文魁妻。魁早逝，氏欲经殉，戚族敦劝之，遂矢志抚孤，备尝诸艰。教子赞化，善属文，工书画，称郡庠名士。孙鹏图、鳌图、麟图，曾孙肇岐，相继入泮，为书香望族。

① 案李光地《孝行张又白传》，联璧父曰凤鸣，又云“年十七，父卒”，与此不合，当为二人。

② 底本漫漶，据乾隆《徐州府志》卷二十二《列女上》补。

郭氏，徐诸生吴仪妻。仪早卒，无子。郭年二十有二，誓奉孀姑。姑以天年终。立夫从子，主其后。今阅三十余年。

吴氏，曹榛妻，吴国珍女也。年二十一，夫病，割股啖之，不瘳。欲殉未遂，抚七月孤濂，教以成立。阖郡称贤。

薛氏，生员张汝麟妻，前舍人薛国翰之女。夫亡，二孤在襁褓中。氏苦志坚守，四十年如一日，教子廷枢、廷梅，倜傥有声。徐人士咸称道之。

李氏，监生张大智妻。夫病，至为刲股。夫殁，遗孤名惠，氏教育成立。衣不纨绮，食不甘旨。历今三十余年。

徐氏，州人刘景高妻。姑疾笃，祷神，刲股作羹以进。姑食之，病良已。徐亦若有神相，绝无痛苦。上官制匾旌之。

陈氏，州人刘景越妻。善事舅姑。姑卧病，陈侍汤药，数月弗怠。姑疾革，陈皇遽祝天，割股以啖。姑病遂愈。

吴氏，徐庠张钰妻。事姑至孝。钰应试赴淮，姑病剧，吴割股作羹，杂鸡臛以进，姑疾顿愈。州侯孔毓珣称美之。

萧县

明

王氏，邑庠马世禄妻。年二十二夫殁，恸几绝。比葬，欲殉者再，诸媪强掖归。卒经死。乡人悲之，争贸棺以殓，启夫窆合殡焉。县令孙重光为撰墓表，寻上闻，旌其门。（以下烈妇）

马氏，赵之璧妻。璧疾，焚香请代。度璧濒危，遂先自经。璧竟不起，同日棺殓。臬司谭移文建坊，旌其贞烈。后奏闻褒嘉，邑人徐茂为撰墓表。

丁氏，庠生彭好古妻。古勤学婴疾，丁事之，至忘寝食。疾革，丁泣曰：“子危矣，愿同归。且不忍见子之绝也！”先一日经死。上闻，诏旌其门。户部主事杨胤贤有《成仁堂记》。

宗氏，亓邦泮妻。泮疾殁，宗从容殓毕，即自经死。

冯氏，葛为绤妻。缔婚未几，绤疾，冯为吁天祈祐。既而疾剧，冯治棺衾讫，潜入卧内自经。绤亦寻卒。

萧氏，仁寿里张恕妻也。恕染疾日久，萧誓以死从。及恕故，萧遂自经，竟同棺葬焉。有司以事闻，巡按旌表其门。

王氏，李世甲妻。于归甫九月，世甲疾夭。王哭之呕血，闻者伤之。越二日，自经以殉。（以上七人皆明初人。旧志属之元以前，误）

徐氏，张冲奎妻。孝事公姑。奎染疯症，喑不能言，氏焚香露祷。夫殁，自缢未遂。阅七日，水浆不入口，卒以饿死。诏建坊于赵家圈，曰“贞烈之门”。

王氏，张振鹭妻。夫病，医药弗效，割左股肉为汤疗之。竟不起。亡之三日，即殉夫自缢。诏给银建坊，免其丁差。

王氏，受同邑任士英聘。闻士英力学致疾几危，恻然谓其父母曰：“儿既受任家聘，当一往视之。”父母怜而从之。得侍汤药者三月。士英卒，七日不食，自经死。县令以事上闻，诏旌其庐，树碑于墓。

马氏，王基弘妻，徐马侍御女孙。素娴内则。崇祯九年，闯贼陷萧，夫死。马被执，义不辱，遂死。钦赐旌坊。

项氏，任如龙妻。闯贼陷破，夫从父遇害。项被执，以骂贼见杀。钦赐坊旌。

吴氏，纵鲲跃妻。城破被刃，寻苏。明日贼退，寻夫尸收殓，自缢柩旁。事闻，钦赐坊旌。

李氏，郝惟肖继室也。为妇以孝闻，鞠养前妻子，无异所生。夫病，躬侍汤药，数月不懈。比死，乃缢于柩旁。乡人悲之。诸当事各有旌嘉。

杜氏，寇自谦妻。夫妇相敬如宾。寇以无嗣，多蓄妾，杜爱之不妒。自谦方病，即誓以死从。亡之六日，遂闭门自经。

唐氏，许嘉宿妾也，苏州人。年十七，为侧室，事嫡贺甚恭。生一子夭。后宿病笃，誓以死从，家人窃笑之。及宿弥留，气不绝如缕，唐怡然跪宿柩前，以带加颈，系桌梁而死。宿亦寻殁。县尹闻之，旌曰“异烈”。

杜氏，何拱瑞妻。自于归后，夫得异症，数日即死。杜痛绝，自经殉之。

纵氏，寇公胤妻。归寇三载，生一子。公胤病逝，哭之尽哀。又一岁，子忽病殇，益哀痛，自经于夫柩之侧。

翁氏，邑人，适陈时鸣。值其病剧，侍汤药唯谨。及殁，翁从容毕敛事，哭泣如常，而凄恻少减。翁姑不之疑。阅三日，乃自缢而死，时年二十六。大尹郭及各院俱有旌额云。

许氏，何鸣汉妻。何病亡，水浆不入口者三日，遂登夫棺，缢于其上。事闻，上官俱予旌奖。

郝氏，孟知性妻，名宦玘[①]曾女孙。食贫，能劳苦佐夫。生子镇、钥、鐍、锦，俱教以义。诸子惮之，过于严父。城破，知性父子各相失，独钥得从郝至南门隍。氏诫钥曰：“我妇人耳，一死谢责。儿铮铮丈夫子，亦堕城赍志乎？”语未卒，投池而死。钥挽不及，亦触桥颒石绝。得从祀乡贤。

---

① 原作“圮”，知县郝玘之误，据本志卷二十二《人物》刘俨本传、嘉庆《萧县志》卷十四《列女》改。

纵氏，何湖妻。事公姑以孝闻。丙子，流寇破城，携幼子出逃。遇贼索金钱，遂触石壁，破额而死。阅三年，次子何岱誓报母仇，从刘将军行讨贼，血战于蒙城，死之。邑人士哀鸣当事旌其庐，详载《双烈传》。

戴氏，任国鑌[1]妻。丙子寇来，扶姑走凤山巅。贼执之，不屈，被杀。血喷石上，经阴雨即有人影，数岁未灭。

二陈氏，陈于前女也。姊适黄廷谏，妹适刘希贤。丙子贼破萧，姊因夫死，骂贼碎躯；妹不受污，投火焚死。邑人称曰“双烈”。

郝氏，陈开先妻。年十七于归，事翁姑以孝闻。丙子城破，自焚死。

宋氏，王鼎妻。流寇过朱珊铺，鼎伤股，宋同子妇欧阳氏被执不污，俱死之。

杨四姐，年十五，从父自秀避乱龙蟠山中。寇至，欲辱之，誓死不从。贼怒，碎其尸松楸之下。后有人月夜过之，青磷隐隐中，见一女子艳服，发覆额，曼声长叹，木石俱为凛然。

朱氏，贡生郝崇抱妻也。丙子，寇入萧，执朱氏。骂不绝口。贼怒，断其指。骂益厉，复截其舌以死。

吴氏，何鉴妻。年二十一而鉴卒，止一子在襁褓。吴事舅姑孝谨，抚子成立。贞淑为乡里所称。（以下节妇）

黄氏，穆三妻。归穆六月而夫卒，黄时年十八，有遗孕，生子端。黄竭力以养姑育子，贞白之操，终身亡议。

鹿氏，王彬妻。年十七归彬。越五载彬卒，一子甫三岁。鹿守节刻厉，以训遗孤，子果成学登第。年七十九卒。

徐氏，黄恩妻。年十七归恩，二十一无子而寡。舅姑屡将夺其志，不为屈。躬纺绩以自赡，乡人怜而周之。以寿终。

郝氏，生员卜同妻。年二十二[2]，生子周岁而夫亡。值姑孙氏老病，郝侍养，勤劳百状。病笃，至为尝粪。及姑卒，剧力以为敛。隆冬惟衣单自蔽，虽肤趾皴裂不恤。甘[3]心贫苦，以身殉节，邑人仰之。

谭氏，郑槐妻。早寡，以遗腹不忍自决。及期，举一子。辟纑鞠育，备诸艰苦，而贞白之操，至死不变。

郝氏，李宗孔妻。年二十而孀居，柏舟之矢，可贯天日。每逢节序及宗孔忌辰，洒酒大痛，累日不食。事姑，尤以孝闻。

① 原作“宝”，据本志他卷用字并参嘉庆《萧县志》改。

② 嘉靖《徐州志》作“二十三”，万历《徐州志》倒作“三十二”，顺治《徐州志》、康熙《萧县志》同万历《徐州志》。本志以旧例“已过三十者弗与旌”，改“二十二”，然未详错谬之由。

③ 原作“其”，据万历、顺治《徐州志》改。

孙氏，朱玻妻。年十九而玻卒，孙欲即引决，其舅氏觉而止之曰：“汝夫不幸，天实丧予！有汝在，尚相依倚。今若此，将置吾二老于何地?”乃相向而哭。孙始忍死以终养，调药侍饘，益修妇职。舅姑殁，丧葬皆以礼。诏旌其门曰“节孝”。

陈氏，郝臣妻。年十七适臣，越三年臣故，陈哭之几绝。时遗孤方五月，而舅姑皆垂白，遂剪发自誓，孝事尊人，养生送死，曲尽妇道。子一本，博学姱修，皆由母氏之教。有司为旌其门。

赵氏，刘楚才妻。父文鉴，闽人也，为萧丞。见楚才少有奇质，以女妻之。赵年二十四而楚才卒，欲以身殉，念姑老，且有遗腹，不果。后举一子，赵亲操井臼，以养姑育子，慈孝兼至。寿七十九卒。

徐氏，庠生刘子奇妻。甫生子而子奇病，医药弗效，徐扪泪事之不懈。及卒，欲自经。姑泣慰之曰：“而翁早世，吾所以不即死者，以汝夫在也。又不幸中道弃捐，汝子尚在襁褓。汝死，吾与汝子何归?况汝父瞽［且］①独，恃汝一人，汝何以死!”徐乃黾勉事姑育子，以慈孝称。有司表之曰“双节之门”。

朱氏，乡进士信之女孙，适同里孙雷。雷负异才而夭折，朱年仅二十，誓以死守。偕一老妪擘麻躬织，冰霜自凛。人以为不愧其祖云。

武氏，岳梓妻，国戚武迪女也。梓早逝，训二子钟灵、钟杰，皆成立。既而钟杰夭折，其妻刘氏亦矢志奉姑。尝侍姑病，割股以愈之。郡邑咸以“节孝渊源”表其第云。

居氏，张滓妻。嫁三载而夫殁。居时年二十二，子方三岁，遂坚志守节。历四十余年，冰霜凛然。

王氏，李大彰妻。大彰早亡，家贫甚。王手自纺绩，以供朝夕。抚幼子幹成立，饩于泽宫。计苦节凡七十余年，守令频旌表之。幹子荷春，亦饩泽宫。丙子死难，从祀乡贤。人以为王氏之贻谋云。

朱氏，任述妻。归述三年，生子涌。述以疾死。朱育幼孤成立，旋夭。守节五十余载。族党共哀叹之。

潘氏，郝贡妻。贡亡，潘教子，有名文苑。年八十余终。

杨氏，庠生任汉妻。汉以勤学遘疾卒，杨侍老亲，育幼子士瞻成立入庠。以寿终。

刘氏，王忻妻。忻以武烈闻，尝助官擒盗魁，靖乡邑。病殁，二子在襁褓，刘苦节抚训，皆入太学。

于氏，张廷桂妻。夫亡，于抚三幼子，闭门誓守。历数十年，里闬重之。

① 字据万历、顺治《徐州志》改。

纵氏，戚性妻。自性故四十六年，抚孤持节如一日。其清苦有人所不堪者，邑人称之。

刘氏，年十八适王文逵。早殁，一子方周岁。刘坚志守节，教之成立。孀居五十余年。

杨氏，郝寿妻。寿既故，甘心清贫，四十三年外户不逾。教三子，悉有成。

丁氏，罗衣妻。衣故，事耄姑，育幼子，历四十年。三子皆成立。

吴氏，纵鲲妻。鲲殁，吴年二十四，誓无他志。抚三孤，耕绩以供衣食，人皆颂之。历年八十。

朱氏，纵三乐妻。三乐亡时，朱年方十九，清介自甘，历四十余年。

高氏，王文述妻。生子方五月，述病故。抱子守棺，矢无他志。子明谟，既长，入泮，后仕为太和谕。

李氏，王尚员妻。夫殁，抚子甚美，入泮有声，历四十余载。孙文明、文功，并入胶庠。

胡氏，王印妻。夫亡，以苦节称于乡人。

陈氏，张师果妻。师果死，抚子发祥成立。历数十年，以寿终。

孙氏，刘远妻。远逝，时孙年二十，生子方三日，坚心誓守。家贫，资纺缉以活。屡经表扬颁粟。训子剿入泮。守五十余年卒。

李氏，刘学易妻。夫故，李年未三十，抚育幼子，誓守不二，历四十余年。

李氏，程址妻。归程氏，值址多病，侍汤药者三年，无怠容。及址故，李誓以死守，年方二十二岁，历五十余年。

张氏，刘进辅妻。夫亡苦节，守子柏五十余年。

孙氏，丁世忠妻。世忠卒，甘心清苦，抚孤立成。以寿终。

李氏，刘湘妻。事孀姑以孝闻。及夫殁，坚心持守，外户不窥，历八十余年。

张氏，任滔妻。夫亡，年二十三，一子二岁，抚之使学有成。后姑王氏丧明，每晨起漱舌舐其目。未一年，复明如故。郡县并监司俱有旌焉。

郑氏，孙时耀妻。夫死，无子，欲以死殉，因弱女未字，守之逾十五年卒。

陶氏，杨善妻。善疾故，时陶年十八，子遇春方一岁。守之四十九年，节操俨如一日。

王氏，李邦渊妻。渊早逝，王抚孤子教之，食饩于庠。年八十四卒，平西侯黄公为碣以旌之。

蒋氏，葛养性妻。夫亡，唯一女，蒋誓守之，与孀姆王氏茹苦四十余年。流寇经方山，蒋被执，索金钱。绐之曰："吾夫墓侧埋养老资。"至墓所，骂贼曰："吾得死所矣！"贼刺之死。后三年，袁寇入萧境大掠。蒋女适徐拱枃，复为所迫，携其女坠楼死。

葛氏，葛为绨女，为郝氏妇。夫死，遗子方四岁，葛以守自誓。茕茕无依，其母家迎而养之十余年。子名铎，娶孙氏，生男甫三周，铎复死。葛同妇孙氏抚孤孙，将婚而又夭。葛以哭泣病，数月卒。时七十有九岁。妇孙氏年逾六十，尚守坟墓云。

程氏，孙重盛继娶也。性慧敏，从重盛识字，一见不忘。重盛死，无子。程以一婢给薪水，闭户如处子。冰雪凛人，阅数十年，守志如初。

孙氏，朱明谏妻。谏早逝，未几，公姑俱殁。孙率幼孤，庐二亲墓，单衣麻襟，负土成坟，历凄风苦雨不辍，三载方归。节孝著闻，历数十年以终。

郝氏，邑民宫诏妻也。十七岁适诏。越十年，诏死，子毓麟甫十龄。郝坚志抚孤，栖母家，蓬头垢面，纺绩教子。姑何氏年七旬，氏亲操井臼，力奉甘旨。既而遭寇乱，北渡河，身泊异乡，备尝艰苦。终能教子成名，列黉序。姑卒，葬之尽孝，以裙包土筑墓。里人闻之，有感且泣者。七十一岁卒。蒙题旌建坊。

梁氏，与难生员朱道光妻也。适道光，时年十七。越三载，流寇陷萧，光殉难。梁年二十，子允宪甫一月。遂断发矢志，依伯姆栖彭城，纺纴为生。近十载，复还家，筑庐垦荒，拮据如男子。姆氏病殁，厚葬之如姑。子成立，列诸生。历四十余年。奉诏建坊。

许氏，生员杜蒲芳妻。夫逝月余，即卜葬先茔侧，朝夕拜泣，三年无间。抔土筑坟，岿然如阜，高二丈余。人望之，俨一庐墓孝子也。年八十余，犹哀慕弗忘云。

许氏，生员徐尧臣妻，生员许从谟之女也。尧臣病卒，许悲号，誓以身殉。三日殓讫，成服，从容缢死棺左。遗子琰尚，才六月，后成立入庠。

国朝

陈氏，萧县人，永清令陈超女也。幼许字同邑朱山。既长，及笄，山请待入学而娶。至女年二十二，始入学。娶有日矣，而山倏以病殒。女闻，悲复不食，数引刀缳自杀，家人救之。说万端，意不可回。后其母泣言愿与同死，始心惧，稍进食焉。自是截发毁容，闭深室不复见人。阅八载，卒以悲伤而死。先是，父尝欲其归朱，立嗣以守。女甚喜。未几，父卒，乃不果行，益哀恸成疾，遂不起。家人归其棺于朱氏，畀同山葬焉。

朱氏，萧人朱士肇女，许配徐李昌龙。未嫁而昌龙夭，女闻之恸哭，自经以死。父母哀其志，归其柩，葬于李氏。

徐氏，萧监生张濂妻也。濂病故，徐年二十一，遗腹生子，誓心抚之，俾承宗祀。子汝枢既长，能自立，每谓之曰："汝可以继父，吾当不负初志矣！"众闻之，未知何旨。偶因微疾，遂却药，绝粒数日而卒。

沛县

汉

王陵母，姓佚。陵以兵从高祖，项羽取陵母置军中。陵使至，则东向坐陵母，欲以招陵。陵母既私送使者，泣曰："愿为老妾语陵，善事汉王。汉王长者，毋以老妾故，持二心。妾以死送使者。"遂伏剑死。

季汉

桓嫠，沛人刘长卿妻，同郡桓鸾之女。生一男五岁，而长卿卒。桓防远嫌疑，不肯归宁。儿年十五，又夭殁。桓虑不免，乃豫刑其耳以自誓。宗妇相与愍之，共谓曰："若家殊无他意，何贵义轻身之甚哉？"曰："昔我先君五更[①]，学为儒宗，历代不替。男以忠孝显，女以贞顺称。是以豫自刑剪，以明我情！"沛相王吉上奏，显其门闾，号曰"行义桓嫠"。县邑有祀必膰焉。（沛县与沛国，最难分别。兹以其传止称县邑，定长卿为沛县人，似差可据）

元

王氏，刘宅妻。夫亡，誓不他适。天历二年旌表。有石坊在北门外，今故迹犹存。

明

张女，汉台里人张浩女。年二十，里人蒋政聘之。未行，政卒。女闻之，恸哭几绝。欲往吊，父母不可。比出殡，欲往视葬之，又不可。女曰："若不吾从，有死而已！"父母弗听，往送政丧。比归，张已自经死。（以下烈女）

石女，名景儿，广戚里人石隆女。父早丧，独与母居。年十七，许配里人张旺儿。未娶，旺以疾卒。景闻之，哀痛不已，至夜乃自经死，与旺合葬。

陈女，名季春，千秋里人陈宣女。性聪慧，尝读《孝经》《列女传》，通大义。里人甄时用聘之。年十六，未归，时用以疾终。春闻之，忧形于色，窃入寝室，手书时用及己姓名，置诸怀中，自经死。遂与时用合殡焉。

---

① 先君五更：指东汉名儒桓荣，明帝拜为五更，为桓鸾祖父，即长卿妻之曾祖。

郭女，名青儿，汉台里人郭端女。年十八，许配里人王成。一日，成与邻人竞计，欲自死。乃诣郭氏，求一相见。郭拒之。求至再三，终不与见。成归自经。郭闻之，痛咽不食，第为死计。母觉之，防范甚严，弗获。及成将就窆，欲往送丧，父母不许。乃给母求面羹。母入厨良久，遂自经死。时县令率僚属、师生往吊祭之，遂与成合殡。寻达于督学御史，立石表其墓。

袁女，汉台里人袁经女。性贞［静］[①]，年十七，未尝出门阈。正德辛未，流贼钞掠及沛境，邑人皆弃家走避。经虑女为贼所掠，令男服杂众走。女出门里许，还顾父曰："我为女子，不能贞信自守，伪饰偷生，吾耻之！"俄而，贼追将及。适道傍有大坑堑，女遂给父前行，堕堑中死。

张女，泗亭民张文津女，受儒童宋夺先聘。年十四岁，尚未结缡，于万历四十六年九月二十日，夺先病故。女闻哀泣，欲奔丧，父母禁不可，遂自缢死。阅数日就殓，颜色若生。崇祯六年，奉旨建坊旌门。

姜氏，陈恕妻。恕患肿疾，姜日夕忧劳，尽脱簪珥，以佐医药费。逾年，恕竟不起。悲号五日，不进水浆。乃解恕平日所束带，自缢死。（以下烈妇）

胡氏，张化龙妻。归未几，而化龙遘疾殁。胡恸绝复苏，三日不食，欲自决，家人守之甚密。明日五鼓，守之稍倦，遂自经死。

张氏，张荷宠女，适广戚乡人王嘉任。嘉任年二十四病死，张年二十二岁，哭之痛，誓不复生。明日，以所束麻绳自缢于夫傍死。

张氏，生员张修女，千秋乡人卓冠伦妻。冠伦素患瘰疬，张躬侍汤药，愿以身代。无何，冠伦死，张饮泣藏哀[②]，佯为不死状。家人失防，于冠伦死之夜，即自经死。

郑氏，生员吕登瀛妻。年十九，归登瀛。八年而登瀛病痞卒。以死自誓，母秦氏防之严。迨三日，母倦睡，氏沐浴更衣，自缢于登瀛柩前死。

张氏，千秋乡民张光大女。幼适冯东鲁。久无子，乞他人女养之。万历丙申岁，东鲁病殁。张于次日以分箸宅地付其翁姑，又以所养女付其本生父母，夜自缢死于东鲁柩前。

新河役夫妇，本妇不知何许人。夫本富家子，流落不偶，携妇就食四方。嘉靖初，盛中丞新河之役，夫在募中。会其夏大疫，夫死。妇伏夫尸旁哭，三日不食死。督工官义而葬之。

周氏，郝綦隆妻。夫故，自缢，家人觉之，救免。翁姑慰曰："与其殉夫而死，

① 字据嘉靖《徐州志》、嘉靖《沛县志》补。
② 原作"衣"，据顺治《徐州志》改。

不如抚孤而生也。”无何而遗孤亡。至夫葬期，夜焚香酌茶夫柩前，终缢而死，从夫同归于窀。一时吊者莫不感而哀之。

缝人妻女，缝人不详何许人，业缝皮，居夏镇。万历甲午，岁大歉，缝人迫于饥，因谋鬻女于娼籍。成约矣，妻女知之，遂相拉赴池水溺死。女时年十四云。

白氏，李伯奴妻。父思明无子，以女赘伯奴。洪武乙丑，伯奴从征死于边，白年二十，惟一女甫周。誓不再适，孝事父母。殁，竭力营葬。乡人有欲娶之者，属其邻媪以言，白正色拒之。茹糗衣恶，织纺自给，守节四十余年卒。宣德中，有司上其事，旌表之。（以下节妇）

贺氏，生员马继立妻。年十八，归继立，克尽妇道。继立早逝，无子而贫，亲族或劝之他适，贺坚不从。孀居五十二年，贞白亡间。有司相继表其闾。

王氏，汉台里人王经女，适韩鼎。鼎年三十而病死。子寅，方七岁，王矢志抚孤，誓无异念。寅长而娶黄氏，未几，而寅亦死，遗孤二。黄上事寡姑，下抚二稚，备极艰苦。二孤卒底成立。王死于嘉靖末，黄死于万历中，年各七十余。

曹氏，孝子杨东莱妻也。东莱年二十二岁死，生子璩方数月，曹保抱成立。璩甫受室，生一女而璩卒。曹鞠育女孙，依伯氏东周夫妇。女孙未及笄，又卒。会东周夫妇老且死，氏晚年衣食多不给，而竟无怨恚。年七十余卒。

国朝

徐氏，沛人冯家爵妻，诸生徐昺女也。爵贫，不能具六礼，赘于翁家。未三月，遽以疾殁。徐哭极哀。已，抆泪整容，遥望夫家拜曰：“吾为冯氏妇，未获一事舅姑，死有余憾矣！”竟自经于夫侧。

孙氏，沛人沈弘智妻。年二十四，夫死无子，止一女三岁。自度年尚少，人不能听其守也，阖户自缢。舅觉而救之，既苏，开释百端，终无一言。明日，复缢于灵次以死。时康熙四十九年。

张氏，沛人蔡芳隷妻，监生张于垣女也。嫁甫八月，夫遂撄疾，躬侍汤药，至三年未愈，而姑与叔皆病，复兼视之。寻姑、叔又皆死，尽出簪珥之属，营办其丧，略无悔恨。比夫亡，敛毕，遂盥栉易衣，缢于棺侧。时戊戌正月。

王氏，沛县人王鈖妻。鈖业儒，夙多病，氏亲侍药饵，八年不懈。岁已亥，鈖病稍愈，应试于徐，以积劳复发，遂不起。氏焚香祈天，愿以身代。历三旬而夫殁，即自经殉之。氏时年三十，无子，邑人以为尤可悲也。

丰县

金元

莫材兴女，名贞贤，年十八，夙有志操。值金末兵乱，群盗突入其家，贞贤知不免，即投身于井。其妹年十六，亦并命焉。有司叹异，厚葬之，仍奏其事，旌曰“双烈”。

薛氏，黄甲妻。甲从军死，氏年十九而贫。或劝之改醮，即厉色拒之。时公姑俱八十余，乃绩纺以供朝夕。洎卒，复竭力为敛葬。粗粝自甘，以完节终。有司上其事，诏旌表之。

戴氏，公孙去病妻，戴元世之女也。既嫁，久而无子。谓其夫曰：“妾不才，得奉巾栉，历年无嗣。礼有七出，愿受诀。”夫不听。进曰：“福莫大于昌后，祸莫大于绝嗣。君不忍见遣，当更广室。”夫又不听。夫死，服除，父母欲嫁之，氏遂操刀割耳鼻，誓死守。执义以终，郡表其里。

渤海刘平妻胡氏，秦台人。至元庚午，平挈胡洎二子戍枣阳，宿沙河傍岸。夜半，有虎突来，啐平左臑，曳之而去。胡觉，起持虎足，顾呼车中儿取刀杀虎。径刺虎，肠出而死。呼夫犹生，曰：“可忍痛去。若他虎复来，奈何?”遂委装车，扶伤挟幼，涉水而西。黎明，至季阳堡，诉于戍长赵侯，为药救之。军中聚观，咤其勇烈。信宿，平以伤死。赵上其事，得复役终身。赵子昂有《烈妇吟》美之。

明

齐女，文学齐来庭女，许聘卜息。年十七，未嫁。万历乙巳河决，息偶溺于渡。女闻之，即涕泗不食。或有言客舟救以去者，乃稍自宽。越岁，知其果死也，遂于息溺之日，潜置舄河干，径投水死。诘朝，浮水上，被服完好，面目如生。有司上其事，今建祠于邵庄镇。（烈女）

李氏，周诗妻，邑文学李黄冈女。年十七，诗殁。不食者七日，长跪辞舅姑父母，曰：“儿不愿生矣！”即自经柩前。有司申请，树坊于门。（以下烈妇）

王氏，庠生孙修妻。性贞静，事修甚恭。修年少而遘危疾，王皇皇无计。及卒，王泣曰：“子第往，我即相见于地下也！”遂自经死。

戴氏，崔大节妻。年十八，大节卧病不能起。戴自誓以死殉之，遂不食。及大节死，戴亦同死。

王氏，孙来谷妻。谷以笔研积劳成瘵而亡，王即于是夜自经榻前。奉旨赐金建坊，晋陵张玮有碑记。

李氏，朱焜妻，彭城文学李绍第女也。十六龄归焜。焜素孱病，至尪羸不起。

李不食七日，而以雉经死。

马氏，单父文学马象乾女。机警，通文字。适丰邑文学刘澍。澍寻物故，遗孤梓襁褓中，即课督之。迨稍长，就外傅，归必所叩读何书。壬午之变，有逼之从者，马毅然祈死，遂遇害。同时有生员孙恕妻魏氏，亦以被掳不屈见杀。

韩氏，孙绍远妻。年二十三岁，夫故，哭泣不食。至三日夜，解孝绖自缢柩左而亡。

李氏，王善守妻。年十九岁，夫故，即以死自矢。悲泣六日，粒米不入口。俯伏柩前，跪缢而亡。

李氏，张日华妻也，金乡文学李廷光之女。日华病死，李矢以身殉。父兄劝谕之。曰："儿有死耳，何多言为?"竟夜焚香柩前，从容自缢。

刘氏，巩汤臣妻。汤臣病故，刘年十九，号泣不已。三日，拜辞舅姑诸姒，自缢柩侧。

赵氏，李祯阳妻也。祯阳年十九病故，赵即日自经死。

赵氏，庠生赵志浩女也。及笄，适沛邑朱炳。炳病，赵躬侍汤药，积久不懈。炳故，赵绝粒不食，拜辞舅姑及父母，告以炳无嗣，请从炳死。舅姑父母皆泣涕劝止，终不可夺。是夜，自经死炳柩侧，时年十八。两邑人士竞为诗歌以吊之。

韩氏，其夫李化龙，农夫也。父病逝，自鬻殡葬，留其余以养祖，以孝见称。后化龙病笃，韩许以死殉。将绝，谓化龙曰："妾当先死，令君一见。"遂阖户自经死。化龙首肯叹息，推己棺予之。越一日，化龙始殁。

周氏，武学生孙继忠妻。继忠故，时年二十七，子六岁。周誓死同穴。至葬，令人宽其穴，众觉，严备之，因力劝抚孤。未几，孤亦病亡。遂自缢死。

师氏，马文章妻。文章殁，师以其子女予族人，自缢于文章棺侧。（以上九人从邑志补遗。未详年月，姑乱次之）

吴氏，刘志明妻。年十九，志明不禄，腹孕三月矣。已生男名臣，矢志抚孤。比长，为援例入监。名臣奉母不仕。吴力能持家，先业浸拓。命名臣置义田，立义塾，以成故夫之志。隆庆丁卯岁卒。奉旨建石坊旌之。（以下节妇）

渠氏，文学李天瑞妻。瑞以攻苦，遘疾不起。渠年二十六，子锜，方孩稚。誓死抚之，备尝艰苦。锜洎孙一鹏，俱为文学有声。至万历二十九年，寿九十二卒。直指为请旨建坊。

常氏，文学裴补衮妻也。衮以应试南畿，殒于宝应。常抚孤国祚，奉事舅姑，以养以教，久而无替，闾里称之。后国祚有声庠序，诏旌其门。

史氏，戴某妻，明经史芬女也。归戴数年而寡，以苦节见称。年四十九卒。其兄可传诔之曰："孀居二十六载，计年四十九。阅生前吐丈夫之气，身后成君子之洁。人称未亡，天付完节。惜乎戴之门祚衰薄，无有能表扬之者。”

周氏，李晟妻。甫笄年，适晟。未几，晟以疾殁。周即自经，家人觉之，不遂。寻投于河，家人拯之，又不遂。周乃断发自誓，抚伯氏子为嗣，以节终。

张氏，洪笏妻。食贫孀居七十余载，齿堕再生，寿百有四岁。氏居西郭，每仕客过，皆请瞻礼，有所赠遗云。

国朝

鹿氏，武庠尹襄妻。性素严止。榆园贼掠华山，破襄村落。鹿语襄曰：“家破身危，宁死不辱！”移时，贼入逼鹿。延颈就刃，骂贼而死。（邑志载诸节烈，于前明交际时，不详年月，不分朝代，笼统书之。今据其序述中略可考者，意为区别，表必悉合。然史家固有一人而两朝并载者，要亦无伤也）

王氏，史一起妻，故廪生王德明女也。夫亡，氏守一女，适孙壮猷。方归宁，值榆园寇夜陷城，王偕女避乱，与贼遇于河边，母子俱投水死之。

齐氏，张修德妻。夫死，止遗二女。齐年二十八，哀毁特甚。公姑知其欲死也，解之曰：“二女在，若弗恤乎？”氏曰：“女非男比，他日不能终吾事，何隐忍苟活为？”月余，防稍疏，自经于棺侧。

李氏，生员仇世芳妻，庠生李铨女也。世芳病故，李年二十二，止一女。夫殓毕，遂登楼自经以殉。

刘氏，幼许字季媪子之梅。年既及笄，之梅避乱于外，久不归，亦无音耗。季媪因寄语刘女，令他适。女不从，坚志以待。既数年不来，女遂往归季媪，撤环钿，去妆饰，操作纺绩，以奉其姑，意犹冀夫之来也。逾十余年，人传其夫已死。寻季媪亦亡，刘号泣曰：“可矣！”即于卧间结带而死。

萧氏，党鸣玺妻。鸣玺病故，氏告公姑曰：“吾幼而无子，理宜死。但公姑年老，又无伯叔，将何所倚？吾姑不死，以养公姑，可乎？”其公姑佯许之，而心不愿也，私谋于其父母，为之择配。事既谐，氏闻之，声色不动，只自浣其衣被。邻里弗喻其意，以为将待嫁也，共窃笑之。迨嫁期至，前一夕投缳死。

孟氏，袁恒妻。恒流寓沛之戚山，毕姻二年而病殁。先是，恒兄亡。至是，恒又亡。其父以俗忌，不令入先人之兆，欲葬之义地。氏争之不得，哀痛不食，求死者屡矣。以防护之周，未获死所。舅姑忧之。忽一日，和颜以告曰：“吾所以欲死者，为无子也。得一侄为后，可以终事舅姑矣！”许之。自是不复哭，若真不欲死者。防稍疏，入室自经死，葬于戚山之麓。而恒亦得改葬，如氏初志焉。

丰志《补遗》内，有烈女自缢殉节者一人：贡生顾惟楫次女；侧室自缢殉节者一人：生员蒋宾王妾邵氏；烈妇自缢殉节者九人：生员张逢时妻李氏、孙汝翼妻张氏、卜丕勋妻孔氏、渠洙妻李氏、刘振镕妻侯氏、文学袁钰妻孙氏、王莘妻谢氏、刘桂妻王氏、金荷生妻程氏。其义烈大概相同，故直书之，不必更为详注。（以上皆从邑志）

赵氏，丰县人董椿妻，鱼台学贡生赵擢女也。夫殁，誓以死殉，亲党苦劝沮之，弗听。严为之防。至半月，偶得间，遂自经死。

薛氏，丰庠生刘在谋妻。本儒家女，能以礼义自娴。在谋病殁，即投缳死之。丰人重其烈，因遍告当事，为请旌表。

砀山县

五代

石氏，梁贺王友雍之妃。后唐庄宗入汴，闻妃色美，召之。妃嫚骂不从，见杀。

元

牛氏，段兴妻。年二十，兴殁。宗党欲夺其志。叱曰：“此心已定，敢有复言者，我当以颈血泼之！我死，则垂白姑舅、襁哺弱息，岂能自存？是祸我一家！”语毕，复大泣，众不敢言。牛躬勤织纫，以养二亲。及卒，葬祭成礼。具式谷其子。

明

程女，程[①]恩智女。在襁褓时，父许字里人王勒儿守仲。守仲病殇，女才十四龄，饮泪茹酸。父母吊守仲，愿随往。父母大恚，不许，嘱其妹伴之。给妹暂出外，乃立缢于寝所。父母旋，见女面向守仲家，含笑如生。事闻，诏赐金造坊旌表。（烈女）

张氏，刘卿妻，年十六归卿。正德壬申，流贼攻破砀城，杀人无数。贼驱诸妇女入其巢，如束鸡豚就埘圈也。张独不入，贼迫之。妇愤击贼面，骂不绝口。贼怒，举刀先截其掌，复刺二刀，肆其尸于东门上。（以下烈妇）

武氏，马肃妻。年三十一岁，为贼执。贼食之，武曰：“我良家子，肯从尔贼？任死，但乞一快尔！”贼犹未怒。武乃掷食于地，愤骂激贼。贼大怒，杀之。

陈氏，赵铁妻，居村落中。贼至举火，家人俱逃散。陈虑出门为贼辱，竟投烈

① 原作“名”，欠通，据顺治《徐州志》改。

火中死。

刘氏，许璟妻。年十八，归璟。璟故弱，卧病经年，刘侍汤药，祈祷不懈。璟病易箦，家人彷徨号泣。刘即乘间投深潭中，家人救出之。痛哭三昼夜，卒自缢死。诏赐“乾坤正气”坊于门。

程氏，乡民谢文焕妻。年十九，焕得疾暴死。程触地裂颡，誓以死殉。母与太姑苦劝止。迟两日，卒缢死夫侧。奉旨建坊旌表。

吴氏，乡民刘爆妻。爆疾卧经年，不能问医，吴日夜痛悲吁天。及爆疾笃死，号泣不休。待已盖棺，遂自缢殉之。申请，获建坊旌表。

李氏，刘崇基妻。年十八，适崇基。其家渐落，至不能举火。李躬织纺自给，得饮食，必先奉舅姑。崇基病，倾奁资药。及死，誓必死殉。舅姑固止，李曰：“刘氏姊能殉许璟，我何可靦然以生?”遂自缢死。事闻，赐金建坊旌之。

四段氏：一为毛九韶妻。年十六而归九韶。九韶殁，欲以死殉，家人防之严。起居食息，与一老妪俱。既以岁除归宁，或慰之曰：“尔上下无倚，谁见尔名节?”氏怒辞。诣夫墓，大痛。中途解衣与老妪，曰：“自是不复尔累矣!”归即称病，遣人报其母。父谓真病也，往问之。比至，已经死矣。○一为生员张拱辰妻。年十九，值归宁，拱辰为盗所杀。得报，欲自尽。以孕故，中止。居无何，产男，五日而夭，即为死计。姑与之同起居。妇曰：“吾知死矣!”勺水不入口者七日。姑哀其苦，曰：“第从汝志。”即强起饮食，遍辞诸亲，自缢死。邑人哀之，为撰《双烈记》。○一为太学生薛锐妻。时锐卒业南雍，疾革，段吁天刲股和药。锐竟不起，段哭之哀甚，寻亦死。少司空马一龙闻而哀之，手作奠章，命同舍各致赙，匾其门曰“节义”。监司复以“贞节”表之。○一为李崇谦妻。为处子时，以孝闻。年二十三，崇谦卒，即自经，家人救之苏。段不食者三日，家人防之益严。段故稍稍解颐，舅姑幸其悟也，防亦渐懈，即乘间雉经以死。（四段氏女，兄弟也）

朱氏，尚[①]希尧妻。年十八，希尧遘疾将革，朱许以死殉。夫殁既殓，即从母家取色服。母觉其有从死意，戒姑慎防之。朱水浆不入口者七日，姑力劝之食，乃勉为一啜粥，且绐从求益。姑入厨，朱遽引声长痛，以首触柩而绝。事闻，赐诏旌之。

汪氏，张文炜妻。十七适文炜，事舅姑克尽妇道。姑李病疫，汪躬汤药。及死，脱簪珥办殓具。无何，文炜殁，遗男甫八月，女两周。泣语小姑曰：“孤非成人相，志决矣!”乘夜北望教授宅，遥叩首致词曰：“无以报吾父，有死耳!”改吉服，缢死。

① 原作“向”，据嘉靖《徐州志》、乾隆《砀山县志》改。

焦氏，生员毛[1]国光妻。居常以顺谨闻。年二十二，国光疾笃，家人不知其欲死也，方为国光属纩，焦氏已入室自缢矣。

张氏，监生汤执中妻。执中病二载，张侍汤药无怠容。及病革，日夜不食，誓与同棺。母丁宁解劝，张曰："吾志决矣，何不谅我之心也！"遂自缢。

郭氏，生员汪允复妻。允复以天启七年赴试受疾，回殒于书室。号泣愿与合殡，遂自经。事闻，院道旌之，仍赐金恤其家。

王氏，邑庠生单士进妻。士进夙婴疾病，侍汤药弥年不懈。嘉靖癸亥春，士进死，王触棺，破面折鼻。家人竞持之，不得死。越宿，乘间复自缢死，时年二十。督学耿御史定向，令以公帑之金制丰碑，以识其墓。

汪氏，陈煌妻。煌病殁，汪即绝食，辞拜翁姑，愿从夫逝。越三日，遂自尽。有司给匾其门。

张氏，汪仪黄妻。年十九，仪黄病卧，侍汤药昼夜匪懈。及殁，自经以殉。有司以闻，赐金建坊旌之。

展氏，苑守政妻。守政病，躬勤汤药。及故，抱棺痛哭，遂自缢。越数日，神色不变。

陈氏，王旦起妻。旦起抱病，陈昼侍汤药，夜则焚香请代。比其殁，即自缢以殉。

陈氏，朱魁妻。魁早逝，遗二男：长肇元，甫三岁；次起元，未周。陈年二十一，矢志守贞，勤劳课子。后起元入庠，肇[元][2]亦能自立。诏赐金建坊旌表。（以下节妇）

李氏，生员赵汝器妻。汝器卒，李欲以死殉，舅姑大义谕之，乃不死。其后二亲安养，子服其训，亦成立，赵宗复振。隆庆四年，巡按御史表其居曰"节孝"。

王氏，毛九式妻。年十九，式殁。王有遗腹，生子珠，伶仃孤苦，无以自存。宗党欲夺其志，氏厉声斥之，卒获完节。隆庆五年，巡盐御史张匾其居曰"贞节"。

王氏，庠生李九思妻。夫病，斋沐祈天，不获。九思死，遗一子未期。王守志啮指自誓，日抱稚子，坐卧一小楼，不见一人。忽寐中闻人呼曰："楼倾矣！"惊寤，携子出。楼果倾，瓦及于足下。邑令刘阳手书匾，表其所居。

李氏，周谦亨之妻。谦亨卧病，李年二十六，割股和药，吁天愿代。及谦亨死，子新德尚未周岁。李矢志冰霜，竭力奉亲，而新德亦长，肄业有成。

刘氏，邑庠生孟三莱妻。三莱故，刘守贞课子，后皆入学。里人称之。

① 原作"王"，据万历《徐州志》及崇祯、乾隆《砀山县志》改。
② 字据文例补。

尉氏，太学生单士英妻。英弱冠病逝，遗一女在襁褓。尉时年二十，守志育女。蓬首垢面，绩纫自食，历五十年。知县戴伟申请，岁给米布优恤。

仝氏，乡民赵应登妻。登病逝，仝年甫十七，生男两月。乃誓天守贞，以仰事俯育自许。后舅姑继殁，营葬成礼。子亦成立。年八十九岁，犹不忘训其子孙。知县陈秉良录志，以示激劝。

刘氏，汪殷妻。年十七归殷，生男仅周岁，殷病笃，语氏曰："吾自度不起，孝事抚育，须尔自裁。"语未竟，殷死。氏号泣几绝，因啮指誓曰："所不完节成夫托者，有如此指！"舅终，辛勤葬事。姑卧病三月，扶掖无怠。男婚女嫁，皆经营如礼。后家渐落，至不能谋朝夕。手刺女工，佐孙就傅。盖棺后，孙禹治补庠生。知县陈秉良采择入志。

王氏，生员杨烓妻。烓死，王侍姑终老，抚四子皆成立。以贞节蒙给布米。

王氏，生员朱建则妻。夫亡，誓守节存孤。后，其子仰晦乃以弱冠游庠。王享年七十余。官给米布优之。

李氏，邵重谦妻。谦病殁，李年二十余，子宗黄方四岁，宗忍甫周。数值河溢旱蝗，历尝艰苦，冰蘖益励。宗黄为庠生，长孙体中复食饩于邑。当事屡旌其节。至年八十一终。

萧氏，戚仲行妻。甫二十而夫故，时两子双生，俱在襁褓，矢志抚之。屡值岁歉，不惮艰苦，训二子敬事、继亨，稍长皆为庠生。年六十五岁终。

朱氏，李焕星妻。年十九而夫殁，矢志抚周岁子之典。及长，为娶妇陈氏。之典至二十六岁复死，陈氏年二十四，生子抱金方三周，与姑同守抚之。邑令姚来琯为旌其门。

于氏，周于德妻。幼适周氏。翁客死，寄葬河干，姑亦继逝，于德染病复亡。时值水患，于携持二男一女，呱呱啼饥。典裳鬻珥，负棺函埋。尝绝粮累朝，赖祖于龙来赡之，始获存活。躬纺缉耕获，经二十载，婚嫁乃毕。至年六十，痛翁骸未归，洒泪命子渡河求翁榇归葬，里人叹服。令张兆璋给匾旌其节孝。

刘氏，屈尚礼妻。尚礼殒世，刘年十八，遗腹生子凤翔。苦守历五十余载。凤翔饩于庠，颇有名称。邑令张为旌其门。

蒋氏，生员汪秉钧妻。秉钧病逝，蒋年二十一岁，子大受甫六岁。家贫，守志金石不移。训子勤学，列名黉序。邑令尝为文奖之。

申氏，蒋燧继妻。生一子名履运，燧前妻遗二子：履端、辅圣，皆数岁。燧病殁，申并抚之。时值岁祲，内外交窘，乃茹苦食贫，课经训艺。于是履端、辅圣以孝友著，履运亦采泮芹。有司为旌其门。

曹氏，段云龙妻。年二十五而夫殒，孝侍孀姑，抚养子女四人皆成立。苦心坚守，人称其冰节凛然。

薛氏，许琯妻。年二十六琯殁。值岁饥，纺缉自给。教子杼忠，列名胶庠。邑令为旌其居。

李氏，黄文华妻。流寇犯砀境，李夫妇皆乡居，纠义勇百余人，乘夜袭击贼营，大败之。明日，贼复至。李与文华率数十人，转斗二十余里，力竭而援不至。贼欲降之，不屈，遂夫妇俱死。其子生员玉色，舆而葬焉。（此妇当为义烈）

张氏，邑庠生胡钦兹妻。钦兹以义侠死，张志雪其冤，尝泣训子曰："吾不即死，缘汝父含[①]冤，汝未成立耳。若不奋励，九原人宁瞑目乎？"值岁凶，纺缉自赡，仍延师课子。其子悜心，入虞庠；从心，饩砀庠。闾里佥云义节之报。

孟氏，太学生王炌妻。炌中道死，父年逾八十，子七人，皆未成立。孟以一身，仰事俯育。舅病卧，汤药不愈，刲股以进。比亡，葬之成礼。抚七孤，各使有成。孙衷谦，补邑弟子员。

段氏，乡民刘愚妻。愚父八旬患病，渴思食肉。春荒家窘，又居村落中，肉难猝至。段潜割股奉之，病即愈。

国朝

冯氏，砀山人。父冯知已倅饶州时，许字某氏子。及笄，某忽病殁。讣闻，冯女感恸，闭户自经死。（见《饶州府志》）

徐氏，砀山生员徐禹治女也。九岁时，父许字魏氏子典。至年十七，将议嫁而典亡。女闻之不食，投缳自缢。家人救免，因严为之防。后数日得间，夜自经死。有司给匾旌之，士林为诗以吊者甚众。

胡氏，徐卫人赵汝翰妻，生员胡淇女也。年十七于归，克娴妇道。阅四载而夫亡，自度年少，人将不听其守。夫敛讫，即自缢殉之。时家砀山县境，砀诸生咸哀之，为遍请旌于当事焉。

臧氏，砀山监生庞犹龙妻；郝氏，犹龙妾也。明末寇乱，犹龙以纠义勇御贼被害。其父仓皇出奔，二氏不及从，携孤儿潜匿。未几，闻翁殁于丰，二氏方染疫未痊，遽起赴之。宗人以道梗劝阻，不听，遂行。晚憩荒寺前假寐，忽闻人呼之曰："起，起，贼至矣！"惊觉，疾行甫一里许，而贼众已啸聚于寺，火光烛天矣。比至丰，人问其来自砀也，咸为吐舌。居无何，有逃奴尽窃其箱箧以去。二氏大窘，仅余二簪，易棉纺绩自活。每一抚棺，呕血满地，闻者无不伤之。乱定，扶榇还乡。

① 原作"舍"，据顺治《徐州志》改。

田产已为人占据，讼于官，乃追还之。其人因阴为仇害，二氏常置孤［楼上］[1]，夜卧数移其处，数年乃定。后其孤瑄能读书，为诸生。孙、曾孙十余人皆成名。二氏守节五十余年，年各八十三岁以终。

时氏，砀山人邵�妻。年十九夫亡，遗腹生男，誓死守之。男宸相稍长，教督甚严，年二十余入学，人咸归功其母。时守节迨今，三十九载有如一日。平生孝慈，亦多可录云。

张氏，单县人张景星女。年十七，适砀山陈美，能修妇职。姑尝撄痼疾，医云不治。张忧之，祷于神，夜梦神语曰："汝姑当死，惟汝能救之！"寤即割股肉，调羹食姑。三日遂豁然而起。有司匾旌其门。

窦氏，砀山县诸生徐珍妻也。父窦勋华，亦砀诸生。窦氏有妇德，自少及老，其孝思俭勤，人多称之。至康熙六十年，年百有四岁，尚耳目聪明，手足便利，健饭，能纺绩。砀绅士佥以为人瑞云。

王氏，州副贡吴佳藩妻。夫故，抚二子，教之成名，敏为廪膳，讷为庠生。四十余年，饮冰茹蘖，俨如一日。

曹氏，处士孙枝美妻。年二十八岁，夫病故。哀恸几绝，立心誓守。于是日勤纺织，上事公姑，下教诸子，皆得成立。不惟公姑赖以善终，即在家父母，又无子嗣，亦得生养死葬，竭尽女心。节孝如是，一郡咸知。

王氏，民孙世瓒妻。年二十六岁夫故，意欲偕逝，奈公姑年迈，于是竭力侍奉，抚孤成立。苦守孀节，芳名四布，一郡咸知。

孙氏，本州儒童张炽妻。年二十七岁夫故，视堂上翁姑白头，瞻膝下弱孤无依，而氏剪发营膳，裹土筑坟，养生丧死无缺；勤苦纺绩，画荻丸熊，课耕课读倍至。心坚境苦，守节食贫，都人士咸乐道之。

吴氏，徐庠生蒋惟清妻。夫早逝，氏方廿七，遗子三人，长六岁，余皆襁褓。氏恸几绝，转计公姑年迈，弱息无依，遂矢志柏舟，养老送终，克代子职。教子成名，能兼师道。三子士芳，弱冠游泮，旋即食饩。学宪谢额旌"冰操筠节"。

张氏，邳庠张金声女。年十八，适徐州王永嗣。一载夫亡，氏投缳以殉，亲族舅姑劝解。即冰霜自矢，克尽孝道，历三十七年。弟永岳，始生一子过继，未几，永岳亦亡。遂禀明州主，与弟妇崔氏共抚一孤，俟子所生，承继两房。学宪旌曰"贞节可风"。

张氏，徐州贡生张炯女，砀邑贡生汪在泗妻。夫故时，子作楫零丁孤苦，立业维艰。氏躬执纺绩，衣不纨罗，以勤俭而为守成。画荻丸熊，教子成均，以母道而

① 底本漫漶，二字据乾隆《徐州府志》、乾隆《砀山县志》补。

兼父道。迄今六十余岁，矢志维谨，守礼不衰。都人士咸方之为陶母云。

赵氏，本州张茂荣妻。夫故，时年二十六岁。守志五十年，誓死矢节，不减共姜之义；织纺教子，无殊孟母之贤。及衰姑病卧，氏持箸左右侍养，数年不懈；迨遗孤夭殇，氏严课冲孙怀瑾，获入胶庠。

蒋氏，儒童崔澍妻。澍幼孤，赖母杨氏抚而守之。娶氏未及二载而澍亡，氏泣曰："吾非不能殉吾夫于地下也。但堂上孀姑，谁为奉养?"于是织纺自给，晨昏定省，事姑三十余年，始终如一。病则亲尝汤药，殁则殡葬成礼，乡党咸称为孝妇。郡侯佟公旌之曰"巾帼完人"。

张氏，徐州人，国学张兆麒姊也。年十九，适萧长世为妻。夫亡，遗子三岁，氏矢志守贞。未几，公姑继殁，备历艰苦，葬亲抚孤，冰霜愈励。教子崇瑄成名，长孙允谦弱冠游泮。

张氏者，张国瑞次女也。性贤淑，有德操。适本郡杜先畴，未几夫亡，时年二十七岁。抚妾子如己出，苦志勤俭。事翁姑以孝，殡之以礼。诸孙成立，家道益丰。闾里咸推其节孝云。

戚价，砀郡庠生，援例贡监庠生拱辰子也。价性纯孝，慷慨仗义。年二十丧母，居丧泣血三年，哀毁骨立。服阕，寝食依父膝下，定省刻无少间。其妻黄氏，相夫子，事衰舅，饮食必亲尝，四十年如一日。父卒，闭户守柩，孺慕终身。迄今过其里者，咸称为孝子庐云。[①]

李氏，曹文明妻。文明早逝，氏欲殉。绝粒不入口者七日，竟不死。亲族勉以孝亲抚孤大义，因强起。事衰姑，养生送死如礼。教诸子成立。长嗣德兰，名噪郊黉。呜呼，岂不伟哉!

滕氏，庠生陈琮妻。琮事亲以孝，性尤嗜学。琮卒，氏年二十有二。上事舅姑，下抚遗腹子象复，力学成立。氏坚贞自矢五十余年。前督学张公懋斋曾旌奖云。

贺氏，本州儒童张文吁妻。夫故，氏年二十四，遗子三岁。氏苦守冰节三十余年，奉事公姑，久而弥笃。迨公姑偕逝，氏独为殡葬，备尽孝道。教子嘉俊，获入成均。

崔氏，本州文庠张文藻妻。夫故，时年二十七岁，遗子尚在襁抱。赖氏守贞抚孤，备尝艰苦。操织纺以养公姑，妇道而兼子道；亲丸熊以教弱息，慈母无殊严君。及姑俱逝，更无可倚，氏冰操愈凛，母训益勤。教子嘉直、嘉楚，皆获弱冠游泮。

① 按：戚价应入《人物》孝义传。

郭氏，赵应麟妻，庠生郭宏姑母。应麟故，氏年二十有七，家贫，事舅姑极孝，抚幼孤成立。苦节六十年，无病而卒。

汪氏，砀山庠生黄瑞璋妻。璋生八月，父母俱亡，养于伯父，遂承继焉。氏年十九适瑞璋。八年，生二子天植、天锡。璋以疾卒，氏柏舟自誓，苦节四十余载。命二子曰："汝父出继，而本生父母未有他子。其以天植为嗣父后，天锡为本生父后，庶汝父、祖泉壤得安矣!"其节义，邑人士咸称道焉。

丁氏，郡处士丁如兰女，适庠生申永禩。数载夫故，家徒四壁，上有衰姑，遗孤嘉栋，方在襁褓中。氏惟以针指度日，事姑以孝闻。其抚孤也，严以成慈，朝夕训励，弱冠入泮。节亦苦矣哉!

张氏，牛国楚妻。国楚早逝，氏年二十六，以死自誓。家贫，无以为养。氏纺织以供甘旨，亲教二子汝亮、文荦，俱成名。氏年七十六，无疾而终。

刘氏，故处士王相辰妻；李氏，其侧室也。刘适相辰，年二十一，李年及笄。越三年，各举一子，长腾鹏，次腾霄。又二年，相辰卒。刘以死自誓，而李亦之死靡他。其后刘先亡，亡时年五十余。凡殡姑教子，刘所未完者，而李成之。李年七十而终。学使旌其门曰"一门双节"。其二子悉成立，而诸孙璿、璚、瑞、璋，俱名重上庠。人咸以为苦节之报云。

齐氏，姚名辅妻。生一子名士毅，甫六岁，氏年二十五岁，名辅长殁。氏矢志柏舟，抚孤有道，委蛇迁徙，艰辛万状。教子成名，著绩河干，历仕兖豫，绰有政声。氏年六十三岁而卒。郡守为之旌表其门曰"婺宿增辉"。

丁氏，王宗印妻。适宗印未二年，宗印经商于外死焉。舅姑欲夺其志，氏念夫死无子，家且贫，舅姑无依，誓不再适，纺织以养舅姑。手皴肤裂，百苦备尝，闾里为之感泣。氏年八十，非有事，比邻罕睹其面。其律身之严如此。

王氏，庠生张翘妻，善人张国顺之妇，国学生张蕴铣母。年十七归翘，生铣四岁，而翘以笃学成疾。氏衣不解带，侍汤药者年余。疾笃，截指煎药以进。翘卒，氏上事公姑，下教弱子，苦节劲操，久而弥笃。郡守孔公旌表。

陶氏，韩永荫妻。永荫性好施济，每赞成之。尤善事舅姑。年二十七，永荫卒，自誓死殉，家人辄救免。念子幼，以教育为己任，遂得成名。氏年六十七，无疾而终。

靖氏，年十七适陈应彪。五年，应彪卒，励志冰霜。伯姆文氏生遗腹子，七月亦卒，靖抚育之，及其诸女，咸次第婚嫁。家因贫，以俭约自处，积纫线资，为舅姑并应彪弟兄营葬事。子韬，成进士。人咸谓苦节之报云。

汪氏，砀邑李存政妻，太学生李楫母。归李，年二十而寡。氏痛不欲生，以姑老子幼，誓志黄鹄。奉亲教子，有声胶序。茹苦难辛，终身布素。松柏之操，上比陶孟焉。

梁氏，故处士张志宇妻。二十夫故，遗子月余，剪发自誓，节比冰柏。抚孤允躬、强立成人，苦守五十年而终。郡人咸称焉。

李氏，本州儒士吴朝幹妻。朝幹早逝，氏方廿一岁，沥血矢志，抚幼孤光祖仅岁余。迄今四十年，俨如一日。其后氏染疾，医药无效，子妇马氏，割股调汤以进，病遂愈。邑尊匾旌曰“孝行可嘉”。人咸以为李氏贞节所感云。

徐州志卷之二十七

侨寓

侨寓有书，为其贤也。人情莫不重去其乡，而恝然为羁旅，非欲归不得，即穷于无归，复何足道？而贤者顾有异焉。所止之邦，群相爱慕，若志其困顿而争有之以为快，既去犹追思之，或竟挽留焉，因以大其世。非其行实至高、有以孚于人，人乌能若是？观于此，不益教人知所自立矣乎？

徐州

汉

崔琰，字季珪，东武城人。从郑玄受学[1]。黄巾乱，道路不通，于是周旋青、徐、兖、豫之郊，久不得归。数州之人皆怜爱之。

按：旧志以李燮、郑玄、陈群尝客于徐，载之《侨寓》。而嘉靖王志谓东汉以还，徐治在郯城，非今彭城，削之良是。至若崔琰，则寓徐、豫数州间，不专在郯矣。又沛、丰、砀俱属豫州，正在今徐州境内，故当载之。又按：孔融因北海乱，乃徙徐州，依陶谦。是时徐治下邳，融未必便寓彭城。今亦不载。

晋

王睿，字元德。本太原人，与弟懿同起义兵，与慕容垂战败，南奔。太元末，徙居彭城。后以袭桓玄遇害。宋武帝追赠给事中、安复县侯。

元魏

郑演，荥阳人。皇兴初，以功除冠军将军、彭城太守，赐爵洛阳侯。后拜太中大夫，降为云阳伯，遂家于彭城。子长猷，复为彭城内史，见《人物》。

① 原作“从郑二文学”，据《三国志》本传改。

唐

许铎，罢武城令，客于徐。庞勋反，胁以官，不从。崔彦曾官属被囚，铎潜馈资粮。及死，为收瘗，匿免其子弟。贼平，乃皆归其丧。诏拜石首令，赐银[①]绯。

宋

晁佺[②]，本澶之清丰人。宋初，徙家彭门。子迥，太平兴国进士，官至太子少保，终少[③]傅。孙宗悫，进士及第，官至参政。

范纯礼，仲淹子。历官右丞。崇宁中，启党禁，贬静[④]江军节度副使，徐州安置。

元

太赤，燕只吉台氏，为马步军都元帅，从太祖定中原，以功封徐、邳二州，因家于徐。曾孙彻里，仕至中书平章事，见《人物》。

明

文篪，其先合肥人。父景宗，洪武初知徐州，因家焉。三十二年，知州杨节仲以篪廉能干济荐，授荆州府潜江知县。

董轰，字文雷。本浙江奉化人，以父知徐州，侨居于徐。轰性温雅，博通书史，词翰兼美，以知州杨秘、大学士徐人权谨交荐，授官承天门待诏。

霍惟华，字钟西，河间东光人。万历癸丑进士，仕至兵部尚书。以阻两公之封，忤魏忠贤，被斥。崇祯间，流寓徐州。尝登子房山，修留侯遗庙。又作亭于山之北麓，名曰“来鹤”，常游憩其中，杨维垣为之记。

罗霖，苏州人。工绘事，能诗。与徐士大夫游，侨居二十余年。闻国变，闭户不食旬日死。

萧县

晋

孙惠，字德施。本吴之富阳人，父、祖并仕吴。惠口讷，好学，有才识。晋武

---

① 原作“金”，据《新唐书·崔融传》改。
② 原作“俭”，据《宋史》本传、《文献通考·经籍考六十一》改。
③ 原作“太”，据《宋史·晁迥传》改。
④ 原作“靖”，据《宋史·范仲淹传》改。

帝时，州辟不就，寓居萧、沛之间。

宋

孔恩，宣圣五十代孙。南渡时，徙居于萧。恩四世孙午，当金之末，聚众誓约，捍御一方。元初，授徐州观察副使。

明

欧阳安，成祖朝为翰林院庶吉士，数典文衡。与修《永乐大典》，上尝嘉之。既以言事忤旨，谪萧县训导，遂家于萧。

沛县

汉

吕公，单父人，汉高后父也。善沛令，避仇从之客，因家于沛。沛中豪杰吏闻为令重客，皆往贺，与之游。吕公善相人，语具《吕后传》中。

闵仲叔，本太原人，世称节士。虽周党之清，自谓弗及也。党尝见其含菽饮水，遗以生蒜。受而不食。建武中，应司徒侯霸之辟。既至，霸言不及政事，遂辞出，投劾而去。复以博士征，不至。客居安邑，老病家贫，不能得肉，日买猪肝一片，屠者或不肯与。安邑令因敕吏常给焉。仲叔叹曰："闵仲叔岂以口腹累安邑耶?"遂去。客沛，以寿终。

元

陈绎曾，字伯敷，归安人，登进士第。为人口吃而精敏殊常，诸经注疏皆能记诵，文词汪洋灏博，其气郁然。官至国子博士，常往来兖、扬、徐、冀间，知名士多出其门。晚侨家于沛。沛及邹、峄诸邑金石遗文，今尚有存者，多绎曾手笔云。（按《元史》：绎曾为丽水人。沛志据其自署，则定为归安人。又据其作某书院碑记云"郝君如沛，命绎曾为文"，定其家沛）

明

甄实，字德辉，直隶庆云人。由举人，历官太仆少卿，湖广、四川布政使，宣著勤能。往来过沛，爱其土俗，及致政，遂家焉。其子孙世为沛人。

叶庭秀，濮州人。少游沛，读书汲冢寺。登崇祯进士，以论事削籍，复寓沛土。榆园寇至，劫之去。不从，遂遇害。

丰县

汉

丁兰，河内野王人，流寓于丰。少丧父，十五岁丧母。乃刻木为母像事之，凡事必告。邻人张叔令妻假物，兰妻白像，像不悦，弗与。张突入，击像。兰知之，杀张叔。吏捕兰去，木像为之垂泪。郡县嘉其孝，奏免兰罪。宣帝特拜为中大夫。居县东十二里，后人即其所居之地，名之曰丁兰镇。镇旧有孝子祠，祀兰，今废。

唐

柳毅，中宗时下第，归至泾阳，见一妇人牧羊。曰："妾，洞庭君小女也，嫁泾川君次子。今被毁黜，有尺牍，乞寄妾父。"毅为致书。洞庭君取女回，欲即以妻毅，毅坚拒之，曰："岂有为女子寄书，而因以为婚者乎?"宁死不从，遂辞去。后娶妻卢氏，貌甚美，相得。一夕，卢就浴，毅睹之，宛若龙女。叩之，卢泣下，曰："妾即洞庭君女。泾上之辱，君能救之。兹奉闺房，永以为好耳!"后居于丰。迄今井、宅尚可考云。

明

阙膺，江西奉新人。宣德中为丰县令。致仕，因家焉。

洪淙，新安人。为商于丰，病痿痺不能起。一羽客过，授以五色药，服之竟愈。一夕，有仙降于乩曰："我，张老仙也。曩授药愈子者，我也。当于某月日具酒食享我。"书讫遂去。后淙游黄山，见深谷有石扉忽开，因入。又有一门，惧不敢进，遽出。回视则峭壁参天，万峰回合，不复有石扉矣。淙出时，见庭草甚奇，拔一株持归。既而遇疾疫流行，取草煮食之，举家竟赖以免。（见邑志。以其事怪异存之）

砀山县

汉

灌婴，睢阳贩缯者。从高祖起兵于砀，为中涓。后封列侯。

申屠蟠，外黄人。初，范滂等臧否人物，非讦朝政，自公卿以下，皆折节事之。太学生争慕其风，以为文学将兴，处士复用。蟠独叹曰："战国之世，处士横议，列国之君至为拥篲先驱，卒有坑焚之祸。今之谓矣!"乃绝迹于梁、砀之间，因树为屋，自同佣人，不罹党锢之祸。

范丹[①]，外黄人。桓帝时为莱芜长，不到官。朝廷欲以为御史大夫，遂遁去。布衣草履，卖卜梁、砀间。家徒四壁，处之裕如。

唐

李白，字太白，陇西人。尝客游砀山，与邑令刘某泛舟华池，饮酒赋诗，盘桓弥月而去。杜甫赠白诗云“亦有梁宋游”，当即此时。

高适，字达夫，沧州人。盛唐时，以诗名家。尝客游梁、砀，耕钓其间。有诗，见《艺文》[②]。

王刺史，太原祁人，名佚。昭宗时，为辉州刺史，遭世乱，因留家砀山。六世孙尧臣，仕宋。（见《欧阳文忠集》）

元

虞集，字伯生，临川人，集贤馆学士。与邑人成简卿交善，尝主其家，为赋《心远亭》诗。砀及邻邑，多有集著作。

邑志载：宋时陈刚、王仲、吴子亮三人，同客游芒砀山中，赋诗吊古。按：芒、砀二山不在今县境，故削不载。

方技

方技小道，非异端也。医药济夭死，祝史祀鬼神，蓍龟、星历示人趋避，皆民用所需，苟精其艺，要不为无劳于世。至书绘之事，微近雕虫，然其工者定多高致，俯睨流俗，抑清浊殊矣。徐郡在昔为英贤薮泽，精专艺术，必且多人，惜流传者少。旧志采近代几人，用足成传，今仍之。

徐州

汉

樊阿，彭城人。与广陵吴普学医于谯人华陀，善针术。凡医咸言背及胸脏之间不可妄针，针之，不过四分；而阿针［背］[③]入一二寸，巨阙、胸脏乃五六寸，而病者皆瘳。又尝从陀求服食方，陀授以漆叶青黏散：每漆叶屑一斗，率青黏十四两，

① 案《后汉书·独行列传》，作“范冉”。李贤注：“冉，或作丹。”

② 按：本志《艺文》凡八卷，无高适诗。

③ 字据《后汉书·方术列传》补。

久服，去三虫，利五脏，轻体，使人头不白。阿从其言，[寿百余岁][①]。（漆叶处所时有，青黏生于丰、沛、彭城及朝歌间）

管辂，字公明。善仰视星辰，明天文、地理变化之数，徐州号为神童。

明

李冠，字公冕，徐州人。天性旷达，博学，能诗文，善隶书。任才使气，不拘小节。晚以医鸣于时。

裴仕杰，通儒书，习阴阳之术。永乐初，征天下儒硕纂修《大典》，仕杰应诏，预修阴阳家言。

周昉，字彦华，徐州人。通天文阴阳之术。景泰元年，随征福建，以占候有功，授钦天监。官至五官灵台郎，升监副，卒。昉子佐，历官至光禄寺少卿；儒，历官至应天府丞。佐子瀹，钦天监冬官正。皆世其业。

宗文魁，为瘍医，多奇效。而性好施予，得钱辄以助人婚丧危难。其家居事母，尤以孝闻。

袁贯，号受[澜][②]。初为儒者，既而隐于医，遂精其业。尤善针术，治疾数多奇效，乡人称之，咸以为有起死之能焉。（徐人称贯云：有老狐貌为人，诣贯治疾。贯诊之，识其为兽。狐惊，以实告。与药愈之。狐复来谢，遂谕令去。徐有贫家妇，以难产死，舁棺往瘗，血出于隙。贯见之，以为血鲜未死，启而治之，复苏。乡人至今津津道之。其为当时名医，亦可征矣，故录之）

萧县

明

王国辅，精于绘事，甚有时名。其戏为猫兔尤妙，具数十种姿势，浮动楮墨间，栩栩欲活。萧人宝之，以为化工之笔。

路可泰，萧人。五岁即习术数，为人推星度，多奇中。长而益精。为《易》占尤殊异，凡预指福祸禨祥，应皆如响。萧人称其为高杰占变兵渡河而决徐州无患，为史可法占娄入斗、牛而决扬州被残，于天下大故能前知而预定之，类皆如此。

---

① 四字据《后汉书·方术列传》补。
② 底本漫灭，字据民国《铜山县志》补。

沛县

季汉

朱建平，沛人，善相术。

明

蔡炯，字文荣，佥事楫季子也。以医鸣于洪熙、宣德间。缙绅士大夫多与之游，赠言集成卷轴，为世所传云。

陈表，邑学生。善书，兼善画梅。同时有王选者，善画竹，得夏太常笔意。其后，太学生赵汉画翎毛最善。时人为之语曰："陈表梅花王选竹，赵汉翎毛天下无。"汉尝为蜀中经历，华阳郡王慕其名，时新涂垩壁，迎使画之。汉被酒大醉，尽泼墨壁上，淋漓至地，王大恚恨。汉醒，旋为点染，顷刻画成，而神彩轩腾，飞走万状。王不觉骇服。嘉靖中，有邹大韶，以善画葡萄著名。

鹿凤，幼习百家阴阳杂书，尤善法术。尝寓凤阳，岁旱，郡守延之，祷于坛，果得大雨，由是知名。后沛邑每遇旱，众即延凤，祷之辄应。

周溥，沛人也。习医，为人疗疾，多一服而愈。尝以初冬贡药材至京，适院官内人暴疾，医人数十辈不得病状。命溥诊之，曰："伤暑。"院官怪而讯其内人，曰："昨骤寒，因启箧取七日所暴棉衣著之，随病。"因使进药，一剂而愈。盖暴衣时，乘热入箧，其熏蒸之气犹蕴于衣耳，时以为神。（按：此事亦有以称他医者，未知谁属。然沛志相沿既久，或实有据，故仍而载之）

孟思贤，字齐之，沛人。工绘事，尤精泥金人物。万历间，中使张洪尝以进呈，召见文华殿，赐锦衣卫百户。命写御容，赐宫花一枝，进锦衣千户。

丰县

明

姜居安，丰人。居沛之沙河镇，以医鸣。尝有达官过沛，抵沙河，而稚儿病，迎居安疗之。居安令取沙一斗布舟中，卧儿沙上，久之，儿手足渐动，不数时而疾良已。达官甚德之，因叩其故。曰："小儿纯阳，当春月，衣皆湖绵，过热，故得凉气而解耳。"

李复，字明善，丰县人。通阴阳历数之学，任南京钦天监副。弟登，字从善，任钦天监夏官正，后迁监副。

砀山县

汉

焦赣[①]，字延寿。贫贱好学，得幸于梁王。王供其资用，令极其学。既成，为郡吏察举，补小黄令。以精占卜，奸盗不得发。爱养吏民，化行县中。举最当迁，黄之三老官属上书愿留，有诏许增秩。卒于小黄。尝曰："得我道以亡身者，京生也。"其说长于灾变，分[②]六十卦更互直日用事，以风雨寒温为候，各有占验。（赣列《儒林》，不可以方技目也。乃其学长于占验，固方技之所自出，故再见于此）。

补编

国朝

崔岳，字维宗。业儒不售，托迹岐黄。尤精幼科，临症如鉴，用药如向，然不以药为利。性好佳山水，每以未遍九州为憾。尝游京师，器重于名公巨卿，未几，即辞去。其淡于名利如此，盖亦隐君子之流亚欤？所著有《痘疹详辨》行世，识者比之《青囊》七叶云。（其为人孝友姻睦，乐善好施。丙申，痘疹盛行，与友人韩启钜公设同惠堂，以济婴赤，徐郡赖以存活者不可胜数。虽游览山水，到处以痌瘝为念，可谓仁术济世者矣。然严正不阿，贫贱者有求辄应，富豪不能利诱势屈，天性然也）

仙释

仙释之说，甚深微妙，儒者所弗道，谓于世无裨也。顾其人行事，多怪伟奇特，为侪俗艳慕。而词章之士，好奇爱博，恒称引之。缘是，诸史、志乘必别为立传。夫天地之大，何所不有？正不得疑其人、其事尽属无稽也。

徐州

商

彭祖，名篯铿，大彭氏后。仕商，为大夫。得养生术，年八百余岁。后乃

---

① 原作"贡"，据《汉书·儒林传》《文献通考·经籍考二》改。
② 原作"合"，据《文献通考·经籍考》改。又，自"其说长于灾变"以下为京房事，不当附于焦赣下。

仙去。

晋

彭宗，彭城人。年二十，即栖真味道，精贯人神。尝从师采药，忽堕深谷，蹈群蛇，曾无惧色。师乃授丹经、五千文。宗宝而修之，洞畅幽漠。能三昼夜为一息，或一年不动，人以为死，及起，颜色愈鲜。山中蛇虎见之，皆潜伏。

南北朝

道生，彭城人。父为广戚令。道生为沙门法汰[①]弟子，幼而聪悟，年十五便能讲[②]经。及长，有异解，立顿悟义，多为前人未发。

唐

刘混成，彭城人，字元和，居江西南康府白鹤山。久之，留其弟子何玉守舍，自入五老峰石室，种木瓜为食。炼丹成，年八十六，别其弟子而逝。举棺将葬，空无人矣。所居有丹井、药臼存焉。

宋

戴日祥，元丰初为道士。尝随苏轼游桓山，为鼓雷氏之琴。时，僧参寥子亦从轼来徐。

明

恒斌，本京刹僧。宣德间，以荐住持徐州卧佛寺。五十余年，精守戒律，始终不渝。李时勉尝赠以序，略云："恬静寡欲，进修精勤。言不妄发，事不苟为，人不泛交。"当时谓为确论。

萧县

唐

张果，六合园叟。尝居萧东南山洞。山名龙驹嘴峪，峰岩峭立。洞处岩半腰，如脐然，攀萝乃得上下。中大如房，水凝壁间，有光。东陬深下，以大石投之，刻

① 原作"大"，据《高僧传》《法华传记》改。
② 原作"诵"，据《宋书》《南史》本传改。

余乃闻有声。传张在洞时，掘地得物如羊，烹食之，乃飞去。北冈石上，有驴蹄痕数十，亦云是张遗迹。

宋

曹国舅，绍圣四年，蝉蜕于玉虚观。观在萧县东南五十里，今更名腾云寺。

元

徐神翁，字守信，扬之泰州人，居萧县陈疃村。通黄白之术，家日殷富，曾建愿穷堂、不富亭。后白日升举。今丹井遗址尚存坞间。

明

刘渊然，号体玄子，萧人。祖母谢梦紫衣道者入室而生。长遇异人，授以秘书，呼召风雷，劾治鬼物。太祖建西山道院居之。昭帝赐以御书，号曰“长春真人”。宣德七年八月八日，属其徒曰：“气聚而生，气散而死，生死一理，吾将逝矣！”趺坐而化。朝廷遣官致祭。翰林胡俨为作传，其赞曰：“羽衣协梦，灵岳储精。至人授受，金书玉经。掌握风雷，行通神明。褒封宠锡，终始恩荣。飘然乘化，逍遥太清。”

黄甲，萧人。居岱山西，力农。性端严，言动不苟。万历三十年，泛舟石头庄，遭暴风，舟覆溺死，遂为神，数有灵异。三十八年，漕抚李三才置主河神座中，呼为将军。以屡护漕有默佑功，封平河伯，沿河列祠祀之。其家人亦于河泊所立庙，邑人有急，祷之辄应。

沛县

周

琴高，居香城泗水中。以善鼓琴，为康王舍人。行彭、涓之术，浮游梁、砀间二百余年。后入砀水娶龙子，乘赤鲤出入。

晋

王玄甫，学道于赤城、霍山。服青精石饭，得吞日精丹景之法，内见五脏。穆帝永和元年正月望日，白日升举，为中岳真人。

明

李旺，沛人。少不羁，日与群小博。间过邑城隍庙，见衲子坐神像下。旺悯之，遗以饼饵，时以为常。衲与旺语合，遂得异术。寻鬻所居室，得钱若干缗，日游行市肆中，委钱于地，诸丐者洎小儿竞拾取之，罄其钱而后去。尝游金陵，过逆旅求宿，主人不纳，因指门外地曰："此可宿也。"旺即趺坐其地，无难色。会夜大雪，主人以为不耐寒死矣，早启门视之，旺所卧处，三尺内无片雪，始异而留之。旺亦唯唯，谢之去。后旺死于家，已棺敛矣，翌日人有自丰来者，云见旺于丰某地。众开棺视之，只存草履二，共以为尸解云。

丰县

周

赤须子，丰人。秦穆公时，为主鱼吏。好食松实、天门冬、赤石脂，齿落更生，发堕再出。后遂去吴山下，莫知所之。汉刘向尝为之赞云："赤须去丰，爰憩吴山。三药并御，朽颜再丹。"

汉

清平吉，丰人，汉高祖卒也。至光武时，年二百余岁，容貌益少。后尸解去。

周义山，字季道，丞相勃裔孙。年十六，时常以平旦日出，东向嗽咽，服气百数。岁饥，尽出家财济人。元凤中，有黄泰者，著败衣，卖芒履于陈留，目方，面有光。义山奇之，使人买其履，阴以金著物中与之。泰后诣义山，曰："我，中岳仙人苏子玄也。闻君好道，是以相诣。"遂授以长生之术。后义山白日升举，号为紫阳真人。

张陵，字辅汉，丰人也。七岁通《道德经》。天文地理，皆窥其奥。举贤良方正，不就。入蜀，得《九鼎丹经》。成丹，饵之，年六十，容貌益少。又得秘书，通变化驱除之术。既而与弟子赵升、王长迁鹤鸣山中。上真授以秘录，遂以桓帝永寿元年正月七日，同其妻雍氏白日升举，时年一百二十三岁云。（胡氏志又载陵孙鲁云："陵以诸品秘箓、斩邪二剑、玉册、玉印授子衡，衡复授鲁，为汉中太守。曹操攻之，鲁以手板画地，即成巨河，怒涛汹涌，兵不能济。其将复统水军至。鲁又以手板画河中，辄出一峰，高千余丈，兵不能进。"又云："蜀先主攻鲁，鲁脱化归真，隐形仙去。"语多不经。前嘉靖王氏志则谓："鲁祖、父客蜀，已非丰产。而其左道惑众，名'五斗米贼'，尤为妖诞。削去不书。"按：王议甚正，今无以易。但陵犹无大过，而实丰产，故不苦为班索存之）

明

房德稳，号云真子。早慕玄风，师事长春真人，攻苦食淡二十余年。尝居丰，三年不出。后即曲豆胜境构洞真观修炼，相传为丹成仙去云。（按：德稳师长春真人，当是明人。旧志系于元，恐误[①]）

砀山县

周

琴高，楚人。详见沛。

元

洞真子，涿州人，姓丘。壮年学道。至元庚寅，游京师，谒真人祁公，赐号宝岩大师。既南游邹峄山，拜丹阳真人为师，道侣号之曰洞真子。乃西游砀山，遇智井人赵志坚，创建琳宫。功成，达于集贤院，并掌教大师，赐宫名“聚仙”，洞真子为真静大师，兼本宫提点。延祐乙卯，邀里中故旧言别。明旦，人见其西去，弟子志坚辟户视之，羽化矣。

① 案嘉靖《徐州志》：房德稳师事“莱州长春真人”，即元初丘处机是也，非为明萧人刘渊然（亦号长春真人，详前）。且房氏构建曲泉宫，在元初至元间，旧志系于元代，无误。本志因疑而改，自误。

徐州志卷之二十八

艺文一

人与天地万物，相参成世。时移事异，必藉文字以留之。不然，则造化乘除、品汇代谢，与夫圣贤豪杰之所缔造，只如荣华飘风、好音过耳，岂不深可悲乎？是故志乘之末，复足以艺文。凡以志征于史，史举大纲，其中条分目析，胥于文人学士因事撰述，乃得尽其详焉。徐旧志寥寥数篇，裁割鲜当，且前后混淆，都无伦次。今更搜辑增补，各以诗文时代分之，差似有纪。第苦官舍客游，无多书籍，仅就目所及见，付之胥抄，挂漏之讥恐仍复不免也。○艺文期于事实有征，乃为可传。故兹所采，记、序、传、志为多。其他风云月露，只绘靡漫，草木虫鱼，徒穿细碎，纵极工丽，要无取焉。○古以无韵为笔，有韵为文。诗，固文之精者，其决择亦不可以不精。倡情冶思，自当摈斥；即为人心、风俗发为咏歌，而非真正作者，词不雅驯，意复肤浅，持以赠人，徒资弹射。故置不录，亦为贤者掩覆之一端也。

汉诗

大风歌

高帝

大风起兮云飞扬，威加海内兮归故乡，安得猛士兮守四方！

风谏诗

韦孟

肃肃我祖，国自豕韦。黼衣朱绂，四牡龙旂。彤弓斯征，抚宁遐荒。总齐群邦，以翼大商。迭彼大彭，勋绩惟光。至于有周，历世会同。王赧听谮，实绝我邦。我邦既绝，厥政斯逸。赏罚之行，非繇王室。庶尹群后，靡扶靡卫。五服崩离，宗周以队。我祖斯微，迁于彭城。在予小子，勤诶厥生。厄此嫚秦，耒耜以耕。悠悠嫚秦，上天不宁。乃眷南顾，授汉于京。於赫有汉，四方是征。靡适不怀，万国攸[①]平。乃命厥弟，建侯于楚。俾我小臣，惟傅是辅。兢兢元王，恭俭静一。惠此黎民，纳彼辅弼。飨国渐世，垂烈于后。乃及夷王，克奉厥绪。咨命不永，唯王统祀。左右陪臣，此惟皇士。如何我王，不思守保。不惟履冰，以继祖考。邦事是废，逸游是娱。犬马繇繇，是放是驱。务彼鸟兽，忽此稼苗。烝民以匮，我王以媮。所弘非德，所亲非俊。唯囿是恢，唯谀是信。睮睮[②]谄夫，咢咢黄发。如何我王，曾不是察。既藐下臣，追欲从逸。嫚彼显祖，轻兹削黜。嗟嗟我王，汉之睦亲。曾不夙夜，以休令闻。穆穆天子，临尔下土。明明群司，执宪靡顾。正遐由近，殆其怙兹。嗟嗟我王，曷不此思。非思非鉴，嗣其罔则。弥弥其失，岌岌其国。致冰匪霜，致队靡嫚。瞻惟我王，昔靡不练。兴国救颠，孰违悔过。追思黄发，秦缪以霸。岁月其徂，年其逮耇。於昔君子，庶显于后。我王如何，曾不斯览。黄发不近，胡不时监！

后诗

微微小子，既耇且陋。岂不牵位，秽我王朝。王朝肃清，唯俊之庭。顾瞻余躬，惧秽此征。我之退征，请于天子。天子我恤，矜我发齿。赫赫天子，明哲且仁。县车之义，以洎小臣。嗟我小子，岂不怀土。庶我王寤，越迁于鲁。既去祢祖，惟怀惟顾。祁祁我徒，戴负盈路。爰戾于邹，剪茅作堂。我徒我环，筑室于墙。我既迁逝，心存我旧。梦我渎上，立于王朝。其梦如何？梦争王室。其争如何？梦我王弼。寤其外邦，叹其喟然。念我祖考，泣涕其涟。微微老夫，咨既迁绝。洋洋仲尼，视我遗烈。济济邹鲁，礼义唯恭。诵习弦歌，于异他邦。我虽鄙耇，心其好而。我徒侃尔，乐亦在而。

马上诗（时东巡徐州）

魏主丕

观兵临江水，水流何汤汤。戈矛成山林，玄甲耀日光。猛将怀暴怒，胆气正纵横。谁云江水广，一苇可以航。不战屈敌虏[③]，戢兵称贤良。古公宅岐邑，实始翦殷商。孟献营虎牢，郑人惧稽颡。充国务耕植，先零自破亡。兴农淮泗间，筑室都徐方。量宜运权略，六军咸悦康。岂如《东山》诗，悠悠多忧伤。

---

① 原作“直”，系“逌”形讹，据《汉书·韦贤传》改。

② 原作“踰踰”，据《汉书·韦贤传》改。

③ 原作“卤”，据《三国志·魏志·文帝纪》裴注引《魏书》诗改。

刘宋诗

戏马台诗

（宋公刘裕九日登台送孔靖[①]归乡，灵运从赋）

谢灵运

季秋边朔苦，旅雁违霜雪。凄凄阳卉腓，皎皎寒潭洁。良辰感圣心，云旗兴暮节。鸣葭戾朱宫，兰卮[②]献时哲。饯宴光有孚，和乐信所缺。在宥天下理，吹万群方[③]悦。归客遂海隅，脱冠谢朝列。弭棹泊枉渚，指景待乐阕。河流有急澜，浮骖无缓辙。岂伊川途念，夙心愧将别。彼美丘园道，喟焉伤薄劣。

张子房

谢瞻

王风哀以思，周道荡无章。卜洛易隆替，兴乱罔不亡。力政吞九鼎，苛慝暴三殇。息肩缠民思，灵鉴集朱光。伊人感代工，聿来扶兴王。婉婉幕中画，辉辉天业昌。鸿门销薄蚀，垓[④]下陨欃枪。爵仇建萧宰，定都护储皇。肇允契幽叟，翻飞指帝乡。惠心奋千祀，清埃播无疆。神武睦三正，裁成被八荒。明两烛河阴，庆霄薄汾阳。銮旍历颓寝，饰像荐嘉尝。圣心岂徒[⑤]甄，惟德在无忘。逝者如可作，揆子[⑥]慕周行。济济属车士，粲粲翰墨场。瞽夫违盛观，竦踊企一方。四达[⑦]虽平直，蹇步愧无良。餐和忘微远，延首咏太康。

元魏诗

哀封卓妻诗八章

高允[⑧]

两仪正位，人伦肇甄。爰制夫妇，统业承先。虽曰异族，气犹自然。生则同室，终契黄泉。

封生令达，卓为时彦。内协黄中，外兼三变。谁能作配，克应其选。实有华

① 原作“孔静晖”。按：“静”字讹从嘉靖《徐州志》，今据《宋书》本传改。“晖”字衍，今删。
② 原作“芝”，据《文选》谢灵运诗改。
③ 原作“芳”，据《文选》谢灵运诗改。
④ 原作“堦”，据《文选》谢瞻诗改。
⑤ 原作“从”，据《文选》谢瞻诗改。
⑥ 原作“予”，据《文选》谢瞻诗改。
⑦ 原作“远”，据《文选》谢瞻诗改。李善注引《礼记》曰：“周道四达。”
⑧ 原作“元”，据《魏书》《北史·列女传》改。

宗，挺生淑媛。

京野势殊，山川乖互。乃奉王命，载驰在路。公务既弘，私义获著。因媒致币[①]，遘止一暮。

率我初冠，眷彼弱笄。形由礼比，情以趣谐。忻愿难常，影迹易乖。攸攸言迈，戚戚长怀。

时遇险迍，横罹尘网。伏锧就刑，身分土壤。千里虽遐，应如影响。良嫔洞感，发于梦想。

仰惟亲命，俯寻嘉好。谁谓会浅，义深情到。毕志守穷，誓不二醮。何以验之，殒身是效。

人之处世，孰不厚生。必存于义，所重则轻。结愤钟心，甘就幽冥。永捐堂宇，长辞母兄。

茫茫中野，翳翳孤丘。葛藟冥蒙，荆棘四周。理苟不昧，神必俱游。异哉贞妇，旷世靡俦。

悲彭城

祖莹

悲彭城，楚歌四面起。尸积石梁亭，血流濉水里。

北周诗

入彭城馆

庾信[②]

襄君前建国，项氏昔棱威。鸱飞伤楚战，鸡鸣悲汉围。年代殊氓俗，风云更盛衰。水流浮磬动，山喧双翟飞。夏余花欲尽，秋近燕将稀。槐庭垂绿穗，莲浦落红衣。徒知日云暮，不见舞雩归。

---

① 原作“弊”，据《魏书》《北史·列女传》改。

② 原脱名，据《庾子山集》补。

唐诗

赐张建封节度

德宗

牧守重所寄，才贤生为时。宣风自淮甸，授钺膺藩维。入觐展遐恋，临轩慰来思。忠诚在方寸，感激陈情辞。报国尔所尚，恤人余是资。勿以千里遥，而云无己知。

宴喜台诗

李白

明宰试舟楫，张灯宴华池。文招梁苑客，歌动郢中儿。月色望不尽，天空交相宜。令人欲泛海，只待长风吹。

戏马台

储光羲

君不见，宋公仗钺诛燕后，英雄踊跃争趋走。小会衣冠吕梁壑，大征甲卒碻磝口。天开神武树元勋，九日茱萸享六军。泛泛楼船游极浦，摇摇歌吹动浮云。居人满目市朝变，伯业犹存齐楚甸。泗水南流桐柏川，沂山北走琅琊县。沧海沉沉晨雾开，彭城烈烈秋风来。少年自苦未得意，落日萧条登古台。

归沛县道中晚泊留侯城

刘长卿

访古此城下，子房安在哉？白云去不返，危堞空崔嵬。伊昔楚汉时，颇闻经济才。运筹风尘下，能使天地开。蔓草日已积，长松日已摧。功名满青史，祠庙唯蒿莱。百里暮程远，孤舟川上回。进帆东风便，转岸前山[①]来。楚水[②]澹相引，沙鸥闲不猜。扣舷从此去，延伫仍徘徊。

归彭城诗

韩愈

天下兵又动，太平竟何时。讦谟者谁子，无乃失所宜。前年关中旱，闾井多死

---

① 原作“山前”，据《刘随州集》卷六乙正。

② 原作“山”，据《刘随州集》改。

饥。去岁东郡水，生民为流尸。上天不虚应，祸福各有随。我欲进短策，无由至彤墀。刳肝以为纸，沥血以为辞。上言陈尧舜，下言引龙夔。言词多感激，文字少葳蕤。一读已自怪，再寻良自疑。食芹虽云美，献御固已痴。缄封在骨髓，耿耿空自奇。昨者到京城，屡陪高车驰。周行多俊异，议论无瑕疵。见待颇异礼，未能去毛皮。到口不敢吐，徐徐俟其巇。归来戎马间，惊顾似羁雌。连日或不语，终朝见相欺。乘闲辄骑马，茫茫诣空陂。遇酒即酩酊，君知我为谁？

雉带箭（徐州作）

韩愈

原头火烧静兀兀，野雉畏鹰出复没。将军欲以巧伏①人，盘马弯弓惜不发。地形渐窄观者多，雉惊弓满劲箭加。冲人决起百余尺，红翎白镞相倾斜。将军仰笑军吏贺，五色离披马前堕。

莫辞酒（徐州作）

韩愈

莫辞酒，此会固难同。请看女工机上帛，半作军人旗上红。

莫辞酒，谁为君王之爪牙。春雷三月不作响，战士岂得来还家？

赠张建封节度

韩愈

汴泗交流郡城角，筑场千步平如削。短垣三面缭逶迤，击鼓腾腾树赤旗。新秋朝凉未见日，早早结束来何为。分曹决胜约前定，百马攒蹄近相映。毬惊杖奋合且离，红牛缨绂黄金羁。侧身转臂著马腹，霹雳应手神珠驰。迢遥散漫两闲暇，挥霍纷纭争变化。发难得巧意气粗，欢声四合壮士呼。此诚习战非为剧，岂若安坐行良图。当今忠臣不可得，公马莫走须杀贼。

留别李观、韩愈，因献张徐州诗

孟郊

富别愁在颜，贫别愁销骨。懒磨旧铜镜，畏见新白发。古树春无花，子规啼有血。离弦不堪②听，一听三四绝。世路非一险，俗虑有千结。有客步大方，驱车独

① 据旁批，一本作“服”。按：“伏”通“服”，意同。昌黎集亦作“伏”。

② 原作“甚”，据《孟东野诗集》卷七改。

迷辙。故人韩与李，逸翰双皎洁。哀我[1]摧折归，赠词纵横设。徐方国东枢，元戎天下杰。祢生投刺游，王粲吟诗谒。高情无遗照，朗抱开晓月。有抑不埋冤，有仇皆为雪。愿为直草木，永向君地列。愿为古琴瑟，永为君地发。欲识丈夫心，曾将宝镜说。

朱陈村诗

白居易

徐州古丰县，有村曰朱陈。去县百余里，桑麻青氛氲。梭杼声轧轧，牛驴走纷纷。女汲涧下水，男采山上薪。县远官事少，山深民俗淳。有财不行商，有丁不入军。家家守村业，头白不出门。生为陈村人，死为陈村尘。田中老与幼，相见何欣欣。一村惟两姓，世世为婚姻。亲属居有族，少长游有群。黄鸡与白酒，欢会不隔旬。生者不远别，嫁娶先近邻。死者不远葬，坟墓多绕村。既安生与死，不苦形与神。所以多寿考，往往见玄孙。我生礼义乡，少小孤且贫。徒学见是非，只自取辛勤。世法贵名教，士人重冠婚。以此自桎梏，信为大谬人。十岁解读书，十五能属文。二十举秀才，三十为谏臣。下有妻子累，上有君亲恩。承家与事国，望此不肖身。忆昨旧游初，迨[2]今十五春。孤舟三适楚，羸马四经秦。昼行有饥色，夜寝无安魂。东西不暂住，往往如浮云。离乱失故乡，骨肉多散分。江南与江北，各有平生亲。生者终日别，死者隔年闻。朝忧卧至暮，夕哭坐[3]达晨。悲火烧心曲，愁霜侵鬓根。一生苦如此，长羡陈村民。

燕子楼诗

关盼盼

楼上残灯伴晓霜，独眠人起合欢床。相思一夜情多少，地角天涯不[4]是长。

北邙松柏锁愁烟，燕子楼中思悄然。自埋剑履歌尘散[5]，红袖香销一十[6]年。

适看鸿雁岳阳回，又睹玄禽逼社来。瑶瑟笙[7]箫无意绪，任从蛛网任从灰。（张建封姬有集三百首，此其从子仲素见白乐天述之者）

---

① 原作“哉”，据《孟东野诗集》改。

② 原作“追”，据《白氏长庆集》卷十改。

③ 原作“暮”，据《白氏长庆集》改。

④ 据底本旁批，“不”应作“未”。然本志字从嘉靖《徐州志》，其意无违。且旁批者不知何人，所据亦不知何本。暂仍原稿，附存旁批。下九条皆同此例。

⑤ 旁批作“绝”。

⑥ 批者乙正为“十一”。

⑦ 旁批作“玉”。

和韵

白居易

满帘风月满楼霜，被冷灯残拂卧床。燕子楼空[①]霜月苦，秋宵[②]只为一人长。钿翠裙罗黯似[③]烟，一回看着一潸然[④]。自从不舞霓裳曲，叠在空箱得几[⑤]年。今春有客洛阳回，曾到尚书冢[⑥]上来。见说白杨堪作柱，争教红粉不成灰。

示盼盼

白居易

黄金不惜买蛾眉，拣得如花三两枝。歌舞教成心力尽，一朝身去不相随。（仲素觐从祖母，出乐天四诗转示盼盼）

和韵

关盼盼

自守空闺敛恨眉，形同春后牡丹枝。舍人不会人深意，讶道泉台不去随。（不食旬日而卒）

登彭城

皇甫冉

落日凭危堞，春风似故乡。川流通楚塞，山色绕[⑦]徐方。壁垒依寒草，旌旗动夕阳。无戎资上策，南亩起耕桑。

汉祖庙

皇甫冉

古庙风烟积，春城车骑过。方修汉祖祀，更使沛童歌。寝帐巢禽出，香烟水雾和。神心降福处，应在故乡多。

① 旁批作“中”。
② 旁批作“来”。
③ 旁批作“彩色”。
④ 二“一”字旁批作“几”，“看”字旁批作“欲”。
⑤ 旁批作“十一”。
⑥ 旁批作“墓”。
⑦ 原作“有”，据四库本《二皇甫集》卷三改。

泗水泛舟

薛能

都人层立似山丘，坐啸将军拥棹游。绕[①]郭烟波浮泗水，满船丝竹载凉州。城中睹望皆丹艧，旗里惊飞尽白鸥。儒将不须夸郤縠，未闻诗句解风流。

送李侍御赴徐州行营

韩翃

少年兼柱史，东至旧徐州。远属平津阁，前驱博望侯[②]。向营淮水满，吹角楚天秋。客梦依依处，寒山对白楼。

观徐州李司空猎

张祜[③]

晓出郡城东，分围浅草中。红旗开向日，白马骤迎风。背手抽金镞，翻身控角弓。万人齐指处，一雁落寒空。

送李给事归徐州觐省

孙逖

列位登青琐，还乡服彩衣。共言晨省日，便是昼游归。春水经梁宋，晴山入海沂。莫愁东路远，四牡正骓骓。

斩蛇泽

胡曾

白蛇初断路人通，汉祖龙泉血刃红。不是咸阳将瓦解，素娥那泣月明中。

歌风台

胡曾

汉高辛苦事干戈，帝业兴隆俊杰多。犹恨四方无壮士，还乡悲唱大风歌。

① 原作“遠”，系“遶”形讹，据四库本《唐百家诗选》卷十八改。
② 原作“侯”，据《全唐诗》卷二四四改。
③ 原作“祐”，据《全唐诗》卷五一〇改。

泗上逢韩司徒归北

周贺

多病十年无旧识，沧州乱后又逢君。已知罢秩辞泷水，相视移家住岳云。泗上旅帆侵叠浪，雪中归路踏荒坟。更为此别愁应老，书札何由到北军。

送沛县司马丞

方干

举酒一相劝，逢春聊尽欢。羁游故交少，远别后期难。路上野花发，雨中青草寒。悠悠两乡梦，小沛与长安。

泗上冯使君南楼作

祖咏

井邑连淮泗，南楼向晚过。望滩沙鹭起，寻岸浴童歌。近海云偏出，兼秋雨更多。明晨拟回棹，乡思恨风波。

泗上早发

许棠

独起无人见，长河夜泛时。平芜疑自动，落月便相随。楚外离空早，关西去已迟。渔歌闻不绝，却轸洞庭思。

宋诗

厌气台

梁灏

天生王气何能厌，嬴氏空劳筑此台。今日我来台上看，残春寂寞野花开。

子房诗

邵雍

灭项兴刘如覆手，绝秦昌汉若更棋。卷舒天下坐筹日，锻炼心源辟谷时。黄石公传皆是用，赤松子伴更何为。如君才业求其似，今古相望不记谁。

过泗水

苏舜钦

五年六经此，仰首叹劳生。山是往时色[①]，人皆今日情。机[②]心去国少，尘眼向淮明。物理吾俱晓，漂流安足惊。

彭城道中

曾巩

百步洪声潦退初，白沙新岸凑舟车。一时屠钓[③]英雄尽，千载河山战伐余。楚汉旧歌流俚耳，韩彭遗迹冠丘墟。可怜马上纵横略，只在邳桥一卷书。

凫[④]鹥亭诗

关景仁

古有凫鹥诗，喜物游太平。今见凫鹥乐，为作凫鹥亭。夜安洲渚栖，昼无罗网惊。群嬉固俦匹，适意相飞鸣。春风藻荇稠，夜雨波澜清。特以王泽深，遂此微物生。飞甍枕秦台，缭绕寒芜城。俯目瞰清沘，日羡凫鹥情。自惟县令职[⑤]，朝夕亲编氓。土瘠民半馁，役频民少宁。嗟尔多蹙迫，岂与凫鹥并？我心徒尔嗟，奈何存典刑。尔劳悯以恕，尔重移之轻。庶几皆有乐，共戴君聪明。民安令亦暇，临流解尘缨。卒岁可归去，白发南山耕。

凫鹥亭

马建中

古丰千岁远，汉皇实此生。雉堞皆榛棘，故魏徙都城。县宇构台上，台基起秦嬴。四绕半农桑，前池澄流清。东偏特起亭，题曰凫鹥名。传是关令建，下瞰连高甍。亭兴二十载，继踵多贤英。开轩敞眺望，景趋江湖并。春夏芰荷茂，秋冬风月明。政暇来登赏，心虚厌簪缨。因观台立意，期于仁化行。博爱飞鸟游，庶几及群氓。将使为政者，视物推斯诚。暴虐[⑥]将知禁，典刑当就轻。今我来承乏，治术择未精。境土[⑦]皆陂泽，弥年水害惊。赋入复增重，务农难劝耕。积有弊源深，宣流

清康熙《徐州志》

① 原作“路”，据苏舜钦《苏学士集》卷七改。
② 原作“几”，通“机”，据《苏学士集》用今字。
③ 原作“狗”，失对，据曾巩《元丰类稿》卷八改。
④ 原作“鸟”，据正统《彭城志》、隆庆《丰县志》改。
⑤ 原作“暇”，据正统《彭城志》、隆庆《丰县志》改。
⑥ 原作“雪”，系“虐”形讹，据徐州旧志及丰县诸志改。
⑦ 原作“上”，据徐州旧志及丰县诸志改。

孰为更？安得凫鹥乐，均尔黎庶情[①]。年丰衣食足，大雅歌太平。

又

胡宗愈

君[②]为凫鹥亭，更作凫鹥诗。凫鹥为鸟虽甚微，君心仁爱乃在兹。不忍壮者弋其母、儿童捕其儿，凫鹥母子何嬉嬉。城头草静云烟迷，城下水暖菰蒲低。凫鹥朝傍云烟飞，倦来暮入菰蒲栖。寄巢生子冬复夏，巢稳子大无人知。我思入境观君为，坐见三异于今时。知君官久行亦归，亭上引满伤别离。岂惟丰人惜君去，虽我亦为凫鹥悲。

送赵希之之官徐州

梅圣俞

鹿车几两马几匹，轸建朱幡骑彀弓。雨过短亭云[③]断续，莺啼高柳路西东。吕梁水注千寻险，大泽龙归万古空。莫问前朝张仆射，毬场细草绿蒙蒙。

河复诗并序

苏轼

熙宁十年秋，河决澶渊，注钜野，入淮泗，自澶、魏以北皆绝流，而齐、楚大被其害。彭城门下水二丈八尺，七十余日不退，吏民疲于守御。十月十三，澶州大风终日，既止，而河流一支已复故道。闻之喜甚，庶几可塞乎？乃作《河复》诗，歌之道路，以致民愿而迎神休，盖守土者之志也。

君不见，西汉元光元封间，河决瓠子二十年。钜野东倾淮泗满，楚人恣食黄河鳣。万里沙回封禅罢，初遣越巫沉白马。河公未许人力穷，薪刍万点[④]随流下。吾君仁圣如帝尧，百神受职河神骄。帝遣风师下约束，北流夜起澶州桥。东风吹冻收微渌，神功不用淇园竹。楚人种麦满河淤，仰看浮槎栖古木。

百步洪诗并序

苏轼

王定国访余彭城，一日棹小舟，与颜长道携盼、英、卿三子游泗水，北上圣女

---

① 原作“清”，据徐州旧志及丰县诸志改。

② 原作“群”，据正统《彭城志》、隆庆《丰县志》改。

③ 原作“雪”，与诗文所述时令不符，据梅尧臣《宛陵集》卷十五改。

④《东坡全集》《东坡诗集注》皆作“计”。

山，南下百步洪，吹笛饮酒，乘月而归。余时以事不得往，夜着羽衣伫立黄楼上，相视而笑，以为李太白死，世间无此乐三百余年矣。定国既去逾月，复与参寥师放舟洪下，追怀曩游，已为陈迹，喟然而叹。故作二诗，一以遗参寥，一以寄定国，且示颜长道、舒尧文云。

其一

长洪斗落生跳波，轻舟南下如投梭。水师绝叫凫雁起，乱石一线争磋磨。有如兔走鹰隼落，骏马下[①]注千丈坡。断弦离柱箭脱手，飞电过隙珠翻荷。四山眩转风掠耳，但见流沫生千涡。险中得乐虽一快，何异水伯夸秋河。我生乘化日夜逝，坐觉一念逾新罗。纷纷争夺醉梦里，岂信荆棘埋铜驼。觉来俯仰失千劫[②]，回视此水殊委蛇。君看岸边苍石上，古来篙眼如蜂窠。但应此心无所住，造物虽驶如余何。回船上马各归去，多言哓哓师所呵。

其二

佳人未肯回秋波，幼[③]舆欲语防飞梭。轻舟弄水买一笑，醉中荡桨肩相磨。不似长安闾里侠[④]，貂裘夜走胭脂坡。独将诗句拟鲍谢，涉江共采秋江荷。不知诗中道何语，但觉两颊生微涡。我时羽服黄楼上，坐见织女初斜河。归来笛声满山谷，明月正照金叵罗。奈何舍我入尘土，扰扰毛群欺卧驼。不念空斋老病叟，退食谁与同委蛇。时来洪上看遗迹，忍见屐齿青苔窠。诗成不觉双泪下，悲吟相对惟羊[⑤]何。欲遣佳人寄锦字，夜寒手冷无人呵。

吕梁洪诗

苏轼

乱山合沓围[⑥]彭门，官居独在悬水村。居民萧条杂麇鹿，小市冷落无鸡豚。黄河西来初不觉，但讶清泗流奔［浑］[⑦]。夜闻沙岸鸣瓮盎，晓看雪浪浮鹏鹍。吕梁自古喉吻地，万顷一抹何由吞。坐观入市卷[⑧]闾井，吏民走尽余王尊。计穷路断欲安适，吟诗破屋愁鸢蹲。岁寒霜重水归壑，但见屋瓦留沙痕。入城相对如梦寐，我亦

---

① 原作“上”，据各本苏集改。
② 原作“仞”，据各本苏集改。
③ 原作“挽”，据《东坡诗集注》卷六改。
④ 原作“狭”，据各本苏集改。
⑤ 原作“平”，据各本苏集改。
⑥ 原作“闱”，据各本苏集改。
⑦ 底本漫漶，字据《东坡诗集注》卷十一补。
⑧ 原作“巷”，据各本苏集改。

仅免为鱼鼋。旋呼歌舞杂谈笑，不惜饮釂空瓶盆。念君官舍冰雪冷，新诗美酒聊相温。人生如寄何不乐，任使绛蜡烧黄昏。宣房未筑淮泗满，故道堙灭疮痍存。明年劳苦应更[①]甚，我当畚锸先黥髡。付君万指伐顽石，千锤雷动苍山根。高城如铁洪口塞，谈笑却扫看崩奔。农夫掉臂免狼顾，秋谷布野如云屯。还须更置软脚酒[②]，为君击鼓行金樽。

置虎头石潭中祈雨，作《起伏龙行》

苏轼

何年白竹千钧弩，射杀南山雪毛虎。至今颅骨带霜牙，尚作四海毛虫祖。东方久旱千里赤，三月行人口生土。碧潭近在古城东，神物所蟠谁敢侮。上歆苍石拥岩窦，下应清河通水府。眼光作电走金蛇，鼻息为云擢烟缕。当年负图传帝命，左右羲轩诏神禹。尔来怀宝但贪眠，满腹雷霆喑不吐。赤龙白虎战明日，倒卷黄河作飞雨。嗟余岂乐斗两雄，有事径须烦一怒。

白土山石炭

苏轼

彭城旧[③]无石炭，元丰元年十二月，始遣人访获于州之西南白土镇[④]之北，以冶铁犀利胜常云。

君不见，前年雨雪行人断，城中居民风裂骭。湿薪半束抱衾裯，日暮敲[⑤]门无处换。岂料山中有遗宝，磊落如磬[⑥]万车炭。流膏迸髓无人知，阵阵腥风自吹散。根苗一发浩无际，万人鼓舞千人看。投泥泼水愈光明，烁石流金见精悍。南山栗林安可樵，北山顽矿何劳锻。为君铸作百炼刀，要斩长鲸为万段。

雾猪泉祈雪（与舒尧文）

苏轼

三年走吴越，踏遍千重山。朝随白云去，暮与栖鸦还。翩如得木[⑦]狖，飞步谁能攀。一为符竹累，坐老敲榜间。此行亦何事，聊散腰脚顽。浩荡城西南，乱山如

---

① 原倒作“更应”，据各本苏集乙正。
② 原作“用”，据各本苏集改。
③ 原作“并”，据各本苏集改。
④ 原作“山皇镇”，讹自嘉靖《徐州志》，据各本苏集改。
⑤ 原作“鼓”，据《东坡诗集注》卷三十改。
⑥ 原作“磬”，系“毉”形讹，参《东坡全集》“磬”字改。
⑦ 原作“水”，据《东坡全集》卷十改。

玦环。山下野人家，桑柘杂榛菅。岁晏风日暖，人牛相对闲。薄雪不盖土，麦苗稀可删。愿君发豪句，嘲①诙破天悭。

又次舒尧文韵（“前年太守”，盖谓傅钦之先尝祷雨云）

苏轼

长笑蛇医一寸腹，衔冰吐雹何时足。苍鹅无罪亦可怜，斩颈横盘不敢哭。岂知泉下有猪龙，卧枕雷车踏阴轴。前年太守为旱请，雨点随人如撒菽。太守归国龙归泉，至今人咏淇园绿。我今又复罹此旱，凛凛疲民在沟渎。却寻旧迹叩②神泉，坐客仍携王子渊。看草中和乐职③颂，新声妙语慰华颠。晓来泉上东风急，须上层冰老蛟泣。怪词欲逼龙飞起，险韵不量吾所及。行看积雪厚埋牛，谁与春工掀百蛰。此时还复借君诗，余力汰辀仍贯笠。挥毫落纸勿言疲，惊龙再起震失匙。

送郑户曹

苏轼

水绕彭祖楼，山围戏马台。古来豪杰地，千岁有余哀。隆准飞上天，重瞳亦成灰。白门下吕布，大星陨临淮。尚想刘德舆，置酒此徘徊。迩来苦寂寞，废圃多苍苔。河从百步响，山到九里回。山水自相激，夜声转风雷。荡荡清河壖，黄楼我所开。秋月堕城角，春风摇酒杯。迟君为坐客，新诗出琼瑰。楼成君已去，人事固多乖。他年君倦游，白首赋归来。登楼一长啸④，使君安在哉?

黄楼观月

苏轼

中秋天气未应殊，不用红纱照坐隅。山下白云横匹素，水中明月卧浮图。未成短棹还三峡，已约轻舟泛五湖。为问登临好风景，明年还忆使君无?

九日黄楼

苏轼

去年重阳不可说，南城夜半千沤发。水穿城下作雷鸣，泥满城头飞雨滑。黄花

① 原作“朝”，据《东坡全集》改。《东坡诗集注》“嘲诙”作“嘲笑”。
② 原作“叨”，据《东坡诗集注》卷十一改。
③ 原作“知”，据《东坡诗集注》改。案《汉书·王褒传》：王褒，字子渊，尝作《中和》《乐职》等诗。颜师古注：“中和者，言政治和平也。乐职者，言百官各得其职也。”
④ 原作“笑”，据《东坡全集》《东坡诗集注》等改。

白酒无人问，日暮归来洗靴袜。岂知还复有今年，把盏对花容一呷。莫嫌酒薄红粉陋，终胜泥中千柄锸。黄楼新成壁未干，清[1]河已落霜初杀。朝来白露如细雨，南山不见千寻刹。楼前便作海茫茫，楼下空闻橹鸦轧。薄寒中人老可畏，热酒浇肠气先压。烟消日出见渔村，远水鳞鳞山齾齾。诗人猛士杂龙虎，楚舞吴歌乱鹅鸭。一杯相属君勿辞，此境何殊泛清霅。

谢秦太虚寄《黄楼赋》

苏轼

我在黄楼上，欲作黄楼诗。忽得故人书，中有黄楼词。黄楼高十丈，下建五丈旗。楚山以为城，泗水以为池。我诗无杰句，万景骄莫随。夫子独何妙，雨雹散雷椎。雄词杂今古，中有屈宋姿。南山多磬石，清滑如流脂。朱蜡为摹刻，细妙分毫厘。佳处未易识，当有来者知。

题陈季常所畜《朱陈村嫁娶图》

苏轼

何年顾陆丹青手，画作朱陈嫁娶图。闻道一村惟两姓，不将门户买崔卢。

又

苏轼

我是朱陈旧使君，劝农曾入杏花村。而今风物那堪画，县吏催钱夜打门。

过张天骥诗

苏轼

郊原雨初足，风日晴且好。病守亦欣然，肩舆白门道。荒田咽蛩蚓，村巷悬梨枣。下有幽人居，闭门空雀噪。西风高正厉，落叶纷可扫。孤僮卧斜日，病马放秋草。墟里通有无，垣墙任摧倒。君家本冠盖，丝竹闹邻保。脱身声利中，道德自濯澡。躬耕抱羸病，奉养百岁老。诗书膏吻颊，菽水媚翁媪。饥寒天随子，杞[2]菊自撷芼。慈孝董邵南，鸡狗相乳抱。吾生如寄耳，归计失不早。故山岂敢忘，但恐迫华皓。从君学种秫，斗酒时[3]相劳。

---

① 原作“青”，据《东坡全集》《东坡诗集注》等改。
② 原作“把”，据《东坡全集》改。
③ 原作“诗”，据《东坡全集》改。

又

壁间一轴烟萝子，盆里千枝锦被堆。惯与先生为酒伴，不嫌刺史亦颜开。纤纤入麦黄花乱，飒飒催诗白雨来。闻道君家有井水，归轩乞得满瓶回。

又[①]

提壶劝[②]酒意虽重，杜鹃催归声更速。酒阑人散却关门，寂历斜阳挂疏木。

又[③]

鱼龙随水落，猿鹤喜君还。旧隐丘墟外，新堂紫翠间。野麋驯杖屦，幽桂出榛菅。洒扫门前路，山公亦爱山。

万木锁云龙，天留与戴公。路迷山向背，人在瀼西东。荠麦余春雪，樱桃落晚风。入城都不记，归路醉眠中。

黄茅冈诗

苏轼

醉中走上黄茅冈，满冈乱石如群羊。冈头醉倒石作床，仰观白云天茫茫，歌声落谷秋风长。路人举首东南望，拍手大笑使君狂。

放鹤亭

苏轼

云龙山下试春衣，放鹤亭前送夕晖。一色杏花红十里，状元归去马如飞。

戏马台步月

苏轼

风吹河汉扫微云，步屧中庭月趁人。浥浥炉香初泛夜，离离花影欲摇春。遥知金阙同清景，想见毡车碾暗尘。回首旧游真是梦，一簪华发岸纶巾。

---

① 字据文例补。案《东坡全集》，篇名《携妓乐游张山人园》，与前诗非同篇。

② 原作“把”，据《东坡诗集注》卷十七改。

③ 案《东坡诗集注》卷九，题作“访张山人得山中字二首”。本志截前一归附“提壶劝酒意虽重”之后，今改回。

与舒教授、张山人、参寥师同游诗

苏轼

古寺长廊院院行，此轩偏慰旅人情。楚山西断如迎客，汴水南来故绕城。路失玉钩芳草合，林亡白鹤古泉清。淡游何以娱庠老，坐听郊原琢磬[①]声。

其二

竹杖芒鞋取次行，下临官道见人情。天寒菽粟犹栖亩，日暮牛羊自入城。沽酒独教陶令醉，题诗谁似皎公清。更寻陋巷颜夫子，乞取微言继[②]此声。

游桓山

苏轼

舣舟桓山下，长啸理轻策。弹琴石室中，幽响清磔磔。吊彼泉下人，野火失枯腊。悟此人间世，何者为真宅。

桓山

苏轼

茫茫清泗绕孤岑，归路相将得暂临。试著芒鞋穿荦确，更燃松炬照幽深。纵令司马能镵石，奈有中郎解摸金。强写苍崖留岁月，他年谁识此时心。

答范祖禹

苏轼

吾州下邑生刘季，谁数区区张与李。重瞳遗迹已尘埃，惟有黄楼临泗水。而今太守老且寒，侠气不洗儒生酸。犹胜白门穷吕布，欲将鞍马事曹瞒。

与梁先、舒焕泛舟诗

苏轼

彭城古战国，孤客倦登临。汴泗交流处，清潭百丈[③]深。故人轻千里，足跰来相寻。何以娱佳客，潭水洗君心。

---

① 原作“磨”，据《东坡诗集注》卷二十九改。赵次公曰：“泗滨多磬石，故云琢磬声。”
② 原作“寄”，据各本苏集改。
③ 原作“尺”，据《东坡全集》《东坡诗集注》等改。

其二

苏轼

老守厌簿书，先生罢函丈。风流魏晋间，谈笑羲皇上。河洪忽已过[①]，水色滉[②]可酿。君毋轻此乐，此乐清且放。

台头寺雨中送李邦直赴史馆兼寄孙巨源

苏轼

霜林日夜西风急，老送君归百忧集。清歌窈眇入行云，云为不行天为泣。红叶黄花秋正乱，白鱼紫蟹君须忆。凭君说向髯将军，衰鬓相逢应不识。

月夜与客饮酒杏花下

苏轼

仆在徐州，王子立、子敏皆馆于予。蜀人张师厚来过，二王方年少，吹洞箫，饮酒杏花下。

杏花飞帘散余春，明月入户寻幽人。褰衣步月踏花影，炯如流水涵青蘋。花间置酒清香发，争卷长条落香雪。山城薄酒不堪饮，劝君且吸杯中月。洞箫声断月明中，惟忧月落酒杯空。明朝卷地春风恶，但见绿叶栖残红。

放鹤亭送蜀人张师厚赴殿试

苏轼

忘归不觉鬓毛斑，好事乡人尚[③]往还。断岭不遮西望眼，送君直过楚王山。

送张山人（天骥）归彭城

苏轼

羡君飘荡一虚舟，来作钱塘十日游。水洗禅心都眼净，山供诗草总眉愁。雪中乘兴真聊尔，春尽思归却罢休。何日五湖从范蠡，种鱼万尾橘千头。

尝夜登燕子楼梦盼盼，因作小词

苏轼

天涯倦客，山中归路，望断故园心眼。燕子楼空，佳人何在，空锁楼中燕。古

① 原作“避”，据《东坡全集》《东坡诗集注》改。
② 今本苏集作“绿”。
③ 原作“向”，据《东坡全集》《东坡诗集注》改。

今如梦，何曾梦觉，但有旧愁新怨。异时对黄楼夜景，为余[1]浩叹。

和弟

苏轼

子由赴南都，与余会宿于逍遥堂，作两绝句。读之，殆不可为怀，因和其诗以自解。余观子由，自少旷达，天资近道，又得至人养生长年之诀，而余亦窃闻其一二。以为今者宦游相别之日浅，而异时退休相从之日多，既以自解，且以慰子由。

其一

别期渐近不堪闻，风雨潇潇已断魂。犹胜相逢不相识，形容变尽语音存。

其二

但令朱雀长金花，此别还同一转车。五百年间谁复在，会看铜狄两咨嗟。

逍遥堂诗并序

苏辙

辙幼从子瞻兄读书，未尝一日相舍。既壮，将宦游四方，读韦苏州诗有云："那知风雨夜，复此对床眠。"恻然感之，乃相约早退为闲居之乐。故子瞻始为凤翔幕官，留诗与辙曰："夜雨何时听萧瑟。"其后子瞻通[2]守余杭，复移守胶西，而辙流滞于睢阳、济南，不见者七年。熙宁十年二月，始复会于澶、濮之间，相从彭城，留百余日。时宿于逍遥堂，追感前约，作小诗二首。

其一

逍遥堂后千寻木，长送中宵风雨声。误喜对床寻旧约，不知漂泊在彭城。

其二

秋来东阁凉如水，客去山公醉似泥。困卧北窗呼不醒，风吹松竹雨凄凄。

① 原作"徐"，据《栾城集》改。
② 原作"迁"，据《栾城集》《东坡全集》改。

中秋见月寄子瞻兄

苏辙

西风吹暑天益高，明月耿耿分秋毫。彭城闭门青嶂合，坐听百步鸣飞涛。使君携客登燕子，月色著人如著水。筵前不设鼓与钟，处处笛声相应起。浮云卷尽流金丸，戏马台西山郁蟠。杯中绿酒一时尽，衣上白露三更寒。扁舟明月浮古汴，回首逡巡陵谷变。河吞钜野 [走] [1] 长淮，城没黄河只三版。明年筑城城似山，伐木为堤堤更坚。黄楼未成河已退，空有遗迹令人看。城头看水应更好，河流处处今生草。子孙免被鱼鳖食，歌舞聊宽使君老。南都从事老更贫，羞见青天月照人。飞鹤投笼不能出，曾是彭城坐中客。

送梁交之徐州

苏辙

湖水清且深，新荷半犹卷。未见红妆窈窕娘，先排翠羽参差扇。水面风生人未知，欹倾俯仰长相见 [2]。岸上游人暮不归，清香入袖凉吹面。投壶击鞠绿杨阴，共尽清樽餐白饭。坐中飞将忽先起，轻衫出试彭城远。百步洪西白浪翻，戏马台南云岫满。江山雄丽信宜人，风流孰似梁王苑?

陪子瞻泛舟诗

苏辙

城东泗水平如席，城头远山涵落日。轻舟鸣橹自生风，渺渺江湖动颜色。中洲过尽石纵横，南去清波头尽白。岸边怪状 [3] 如牛马，衔尾舳舻谁敢下。没人出没须臾间，却立沙头手足干。客舟一叶久未上，吴牛回首良间关。风波荡潏未可触，归来百事常艰难。楼中吹角暮烟起，出城骑火催君还。

同子瞻泛汴泗得“渔 [4]”“酒”

苏辙

江湖性终在，平地难久居。绿水雨新涨，扁舟意自如。河身萦匹素，洪口转千车。愿言弃城市，长竿夜独渔。

---

① 原阙，据乾隆《徐州府志》、乾隆《铜山县志》补。按：苏辙《栾城集》卷八作“入”。

② 今本《栾城集》作“长先见”。

③ 今本《栾城集》作“怪石”。

④ 原作“鱼”，字通。今从《栾城集》卷七用字。下之“长竿夜独渔”，亦同。

徐州通判李陶子不善诗，忽咏落花。父惊问[①]之，云王母宴有舞者，戴砑光帽，舞《山香》一曲，曲未终，花皆落去（东坡述寇元弼）

李某

流水难穷目，斜阳易断肠。谁同砑光帽，一曲舞山香。

戏马台

贺方回

当年节物此山川，倦客登临独惘然。戏马台荒年自久，射蛇公去事空传。黄华半老清霜后，白鸟孤飞落照前。不与兴亡城下水，稳浮渔艇入淮天。

与彭城张仲谋分咏，余得戏马台即赋

贺方回

秦蛇已中断，刘项方龙战。叱咤汨风云，睢盱走霆电。鸿沟［一］[②]画天地开，楚王洗剑东归来。新都形胜控淮泗，笼山络谷营高台。重瞳登览何为者，不知招贤知戏马。上如激矢下投丸，兰筋霜腕便回盘。半夜悲歌骓不逝，明日阴陵行路难。騋牝三千归汉苑，粟豆尤闻蠹县官。君不见，华山之阳古垌牧，春风吹草年年绿。

燕子楼诗

陈荐

仆射新阡狐兔游，侍儿犹住水边楼。风清玉簟慵欹[③]枕，月好珠帘懒上钩。残梦觉来沧海阔，新诗吟罢紫兰秋。乐天才思如春雨，送断残花一夕休。

落马碑

张安道

纵酒疏狂懒治生，中阳有土不归耕。偶因乱世成功业，更向翁前共仲争。

歌风台

张安道

落魄刘郎作帝归，尊前感慨大风诗。淮阴反接英彭族，更欲多求猛士为？

---

① 原作“闻”，据《东坡题跋》卷二十二《记谢中舍诗》改。
② 底本漫漶，据贺铸《庆湖遗老诗集》卷一补。
③ 原作“歌”，据嘉靖《徐州志》及《苕溪渔隐丛话》改。

陪赵大夫游桓山

陈师道

后水喧江落晕黄，晓云障日作微凉。笙歌声里旌旗动，罗绮丛中笑语香。劝相秋郊开稔熟，摩挲苔壁吊荒亡。风流一代今山简，有底樽前著葛强。

游显庆寺

陈师道

晴山堪著眼，别意不胜秋。小作三年别，聊为五斗谋。要须乘下泽，不待到壶头。预恐登临处，长思马少游。

盘马山

陈师道

耕桑战伐饱曾经，庙毁村荒不乞灵。尚有君王盘马迹，至今草木不能青。

和寇十一晚登白门

陈师道

重门杰观屹相望，表里山河自一方。小市张灯归意动，轻衫当户晚风长。孤臣白首逢新政，游子青春见故乡。富贵本非吾辈事，江湖安得便相忘。

快哉亭

陈师道

城与清江曲，泉流乱石间。夕阳初隐地，暮霭已依山。度鸟欲何向，奔云亦自闲。登临兴不尽，稚子故须还。

燕子楼

陈师道

绿暗连村柳，红明委地霞[①]。画梁初著燕，废沼已鸣蛙。鸥没轻春水，舟横著浅沙。相逢千岁语[②]，犹说后庭花。

① 原作“花”，与末句重韵，参《宋元诗会》、乾隆《徐州府志》改。
② 原作“话”，据陈师道《后山集》卷四改。

吊马盼盼因作《南乡子》以歌之

陈师道

风絮落东邻，点缀繁枝旋化尘。关锁玉楼巢燕子，冥冥，桃李摧残不见春。流转到如今，翡翠生儿翠作衾。花样腰身官样立，婷婷，困倚栏干一欠伸。（见后《杂志》）

彭城行

文天祥

连山四围合，吕梁贯其中。河南大都会，故有项王宫。晋牧连扬豫，虎视北方雄。唐时燕子楼，风流张建封。西望睢阳城，下与汴水通。太平黄楼赋，尚能想遗风。尔来百[①]余年，正朔归江东。遗民死欲尽，萧然狐兔丛。我从南方来，停驂抚遗踪。故河蓄潢污，荒城翳秋蓬。凄凉戏马台，憔悴巨佛峰。沧海变苍白，陵谷代不同。朝为朱门贵，暮作行旅穷。乘除信物理，感慨系所[②]逢。古来贤达人，一醉万虑空。如此独醒何，北风逐征鸿。

九月九日游戏马台

文天祥

[九月初九日，客游戏马台。][③]黄花弄朝露，古人化飞埃。今人哀古人，后人复今哀。世事那可及，泪落茱萸杯。

吊盼盼

文天祥

自别张公子，婵娟不下楼。遂令楼上燕，百岁称风流。我游彭城门，来吊楚王阙。问楼在何处，城东草[④]如雪。娥眉代不乏，埋没安足论。因何张家妾，名与山川存？自古皆有死，忠义长不没。但传美人心，不说美人色。

发彭城

文天祥

今朝正重九，行人意迟迟。回首戏马台，野花发葳蕤。草埋范增冢，云见樊哙

① 原作“千”，据乌程许氏藏明刊本《文山先生全集》、四库本《文山集》改。
② 原作“听”，据各本《文山集》改。
③ 二句据各本《文山集》补。
④ 原作“莫”，据各本《文山集》改。

旗。时节正如此，道路将何之。我爱陶渊明，甲子题新诗。白衣送酒来，把盏卧东篱。

徐州道中

文天祥

彭城古官道，日中十马驰。咫尺不见人，扑面黄尘飞。向来汉王缟素师，美人燕罢项羽啼。一时混战四十万，天昏地黑濉水湄。乃知大风扬沙失白昼，自是地利非天时。汉王仓皇问道西，一儿一女嘻其危。太公吕后去不归，俎上宁有生还时。未央称寿太上皇，巍然女娲帝中闱。终然富贵自有命，造物颠倒真小儿。

沛宫诗

文天祥

秦世失其鹿，丰沛发龙颜。王侯与将相，不出徐泗间。当时数公起，四海王气闲。至今尚想见，龙光照人寰。我来千载下，吊古泪如潸。白云落荒草，隐隐芒砀山。黄河天下雄，南去不复还。乃知盈虚故，天道如循环。卢王旧封地，今日设函关。

歌风台

文天祥

长陵有神气，万岁光如虹。有时风云变，魂魄来沛宫。壮哉游子乡，一览万宇空。击筑戒复隍，帝业慎所终。缅怀首丘意，自足分雌雄。向昔霸心存，慷慨怀勇功。不见往年事，烹狗与藏弓。早知致两生，礼乐三代隆。匹夫事已往，安用责乃翁。我来汤沐邑，白杨吹悲风。永言三侯章，隐隐闻儿童。叶落皆归根，飘零独秋蓬[①]。登台共凄恻，日落南飞鸿。

元诗

徐州春暮

胡士则

三秦已属真龙子，万古空余戏马台。燕子经年江上别，桃花一夜雨中开。鼋鼍

① 原作“风”，与前重韵，据各本《文山集》改。

汹涌清流合，塔庙参差碧嶂回。日暮黄楼登览[①]遍，苏仙不见使人哀。

徐州怀古

吴澄[②]

籍也楚世将，江东八千兵。伧侬饱肌骨，上国足横行。乘愤西入秦，昼锦归彭城。喑呜千人废，诸侯莫敢争。竟坐勇力亡，汉以宽仁兴。

其二

斯文六经后，百世一昌黎。饥寒三十年，一朝从陇西。生死终不召，感恩报己知。徐牧亦何人，燕楼贮歌姬。翩翩伤弓鸟，谁暇择木栖。丈夫出处难，泪洒符离堆。

歌风台

吴澄

黄屋巍巍万乘尊，千秋游子故乡魂。韩彭自取夷[③]三族，平勃犹堪托后昆。湛露只今王迹熄，大风终古霸心存。当时尽自[④]规模远，愿起河汾与细论。

歌风台

揭傒斯

万乘东归火德开，汉皇曾此宴高台。沛中父老讴歌入，海内英雄倒载回。汤沐空余清泗在，风云犹似翠华来。穹碑立断苍苔上，静阅人间几劫灰。

范增墓

虞集

盗发亚父冢，宝剑实累之。冢[⑤]开宝气尽，狱吏书盗词。盗言惟见宝，宁知亚父谁。项王不相信，弟子遂舆尸。黄壤下深锢，千载复何为。大河在城东，落日在城西。过客知真城，踟蹰望安期。

---

① 原作“楼”，据嘉靖、万历《徐州志》改。
② 原脱名，据《元音》、嘉靖《徐州志》补。
③ 原作“彝”，避夷狄胡虏讳改。今用本字。
④ 原作“是”，据吴澄《吴文正集》卷九十四改。
⑤ 原作“琢”，系“塚”形讹，据虞集《道园学古录》卷一改。

心远亭

虞集

作亭临河河水浑，草树绕屋啼鸟闻。梦回枕上彭城雨，目送檐间芒砀云。归来黄菊有佳色，坐老青山无垢氛。但愿尊中常得酒，曲阿莫问旧参军。

徐州志卷之二十九

艺文二

明诗

黄楼

王祎

昔读黄楼赋，颇疑过铺张。今晨获登览，始觉词致长。缅怀澶渊决，彭城预为防。千年文章守，恩德遗此乡。只今河为患，居人极灾伤。谁为任民社，乃复循故常。山川如昔时，游子多慨慷。长风城上来，飞雨湿我裳。摩挲旧碑刻，欲去重彷徨。

戏马台

方孝孺[①]

盖世英雄酒一杯，悲歌只使后人哀。平生废尽屠龙技，今日空留戏马台。

入徐州

薛瑄

去年春正月，南泛彭城舟。今岁值秋暮，北上溯长流。踪迹信往复，景物惬观游。风寒堤柳落，波减岸石稠。白见高城堞，苍出远山丘。何处戏马台，仿佛燕子楼。化迁无停轨，事往不可求。陈迹竟泯泯，虚名但悠悠。览今亦怀昔，发声遂成讴。

彭城怀古

薛瑄[②]

戏马台边雉堞高，参差楼阁入烟霄。运河控引淮黄近，驿路通连海岱遥。天府

① 诗见胡俨《颐庵文选》卷下《徐州十二咏》，曹学佺《石仓历代诗选》卷三四九亦署胡俨诗。王锡爵《增定国朝馆课经世宏辞》卷十三署“方孝孺”。本志从王说，后志同误。

② 原脱名，据薛瑄《敬轩文集》卷十补。

岂知成伯主，彭城空复驻英豪。大风折木飞沙日，想见天心翊汉朝。

当年禹迹旧分州，走马南来遂此游。地势萦回环翠岭，关城峭拔枕黄流。烧余豪杰千年冢，春老佳人百尺楼。周览未能穷往事，官河又放下洪舟。

戏马台

薛瑄

八千兵渡大江来，戏马高台亦壮哉。何事乌江骓不逝，高台翻使后人哀。

燕子楼

薛瑄

孀妾当时一女流，犹知守节度春秋。往来忘义忘仁客，莫上彭城燕子楼。

王陵母墓

薛瑄

鹿走中原海起尘，独从草昧识真人。纷纭等是人间死[1]，母死高名万古新。

吕梁洪

薛瑄

水村夜寥寥，秋月流空白。牵舟上吕梁，逆浪涌寒雪。愧彼役夫劳，当此滩水涩。忆我四方游，江湖饱涉越。祇诏复兹行，恩重知才劣。矢心复何如，长洪石如铁。

歌风台

薛瑄

故城南畔泗河限，汉祖歌风有旧台。乐饮一时酬父老，壮心千古忆雄才。新丰桑柘萧疏尽，芒砀云霞散漫开。一自鼎湖龙去后，英魂几复沛中来。

又

薛瑄

素灵夜哭秋郊月，汉祖吴钩三尺血。芒砀云气从飞龙，咸阳竹帛随烟灭。独绌群策驱群雄，汉中一旅红旗东。韩郎对语识成败，董公遮说开天衷。王者之师仁以

① 原作“母”，据《敬轩文集》卷五改。

武，诸侯效顺力如虎。关河百战芟群雄，垓下一歌散强楚。风尘荡涤天下清，万乘不忘布素情。黄屋归来见乡邑，宴饮父老如平生。酒酣拔剑高歌起，歌词激烈振天地。雄志深知大业难[①]，霸心尚思猛士倚。群儿逐和[②]声悠扬，起舞四顾何慨慷。乐极哀来泪沾臆，魂魄千秋思故乡。遂令此邑为汤沐，独承天宠何优沃。四百休运同始终，三国遗民想兴复。至今有台泗水滨，雄豪一去余千春。坏埒层层积苍藓，平原漠漠生黄尘。我来正值清秋暮，桑柘萧萧叶飞雨。泗水南流芒砀高，伯业王风复何许。徘徊重是古帝郊，摩挲石刻心劳焦。俯仰秋天莽空阔，杳杳鸿鹄凌风高。

吕梁洪

李时勉

岸欹欲合连津石，水激遥翻到海波。淳朴独怜民俗在，凿疏漫说禹功多。

歌风台

李时勉

君不见，歌风昔日有高台，古人不见今人哀。露砌荒凉余白石，断碑剥落生苍苔。忆昨歌风台下路，凤辇归时花满树。锦筵戏乐天上来，娇娥舞袖云中度。威加海内未可论，何如归见旧山村。青云壮士古来有，白发遗民今少存。秋日经过望齐鲁，野草寒花是谁主。远色平分砀北云，寒声暝度丰西雨。层台叠[③]榭势转奇，世人相逢那得知。好看汉祚从此启，铜雀姑苏空尔为。

歌风台

罗坤泰

翠华遥指故乡来，隆准高歌亦壮哉。海内风云三尺剑，沛中烟雨数层台。斩蛇空洒秦灵泪，戏马长怜楚霸材。二十四陵俱寂寞，古碑犹自枕苍苔。

歌风台

杨溥

被酒径泽隆准公，巨蛇溅血污剑锋。鬼媪啾啾夜啼哭，红旗昼满山之东。入关坚守牧羝约，亲与降王除面缚。以宽易暴法三章，告谕秦民皆喜跃。董公遮道天遣

① 原作“成”，据《敬轩文集》卷三改。

② 原作“我”，据《敬轩文集》改。

③ 原作“垒”，据嘉靖《沛县志》、同治《徐州府志》改。

来，发丧义帝[①]师衔哀。尝闻伯者假仁义，汉伯一着先胚胎。范增趣舞谋自拙，玉斗何辜碎如雪。伤残所过无一言，惟对君王数持玦。一仁一暴胜负分，况有豪杰纷如云。义旗东向无不捷，蹙项直至乌江渍。归来丰沛乘黄屋，醉后高歌仍击筑。千秋游子思故乡，特令此邑为汤沐。我来访台正落晖，两碑对立高墙围。台边古井不可问，千年事往人民非。炎汉开基未为窄，泗上荒台仅寻尺。兴亡百战无代无，登高一啸秋空碧。

吕梁洪[②]

杨士奇

[吕梁洪，截流巉岩立巨石，森若虎豹蹲欹侧。洪波中射势怒激，鸣声喧豗万鼓击。] 自昔疏凿出神力，侧身望之皆辟易，蜀江瞿塘险莫敌。[百丈牵船载牛轭，棹夫操篙捷贯的。君不见，北来南去皆安流，未若人心不可测。][③]

夜过徐州

杨士奇

怒涛翻河乱石横，牵船上洪初月明。夜中不辨黄楼处，惟听层城钟鼓声。

范增墓

杨士奇

千年宝剑无光气，衰草寒烟野水邻。同是遗骸葬徐土，当时陵母识天人。

颜公祠

杨士奇

平生金石见临危，就义从容子亦随。百里山河遗县在，一门忠孝史官知。故乡住近文丞相，先德传从鲁太师。欲吊丘坟何处是，离离芳草泪空垂。

歌风台

杨士奇

汉皇靖宇内，六合承统御。万乘还沛中，龙旗翼銮辂。酒酣歌大风，气势排云雾。往绩示殊伟，丕图怀永固。宽仁运乾刚，四百隆鸿祚。至今千载余，光华垂

---

① 原作“高”，据《石仓历代诗选》卷四三四《明诗次集》改。

② 原作“百步洪”，据杨士奇《东里诗集》卷一改。

③ 以上句自《东里诗集》补。

竹素。崇台面河曲，穹碑倚烟树。我来属秋杪，维舟久瞻顾。矫首芒砀云，澹澹青空曙。

彭城有怀

储巏

清夜棹歌发，高秋客思生。绵绵乡国梦，历历水云程。老树危蟠石，冲波怒啮城。白门楼上月，偏傍海东明[1]。

宿吕梁洪有感

储巏

赤日夤缘宿吕梁，黄茅转盼失前冈。百年身世如秦赘，一发功名愧楚狂。投老计应吾土好，怀人情与暮云长。梦回多少关心处，清镜朝来有鬓霜。

沛县舟中寄刘徐州

刘大夏

十年南北苦相思，才得逢君又别离。回首彭城应咫尺，潇潇风雨对床时。

过彭城

陈汝言

画角吹残晓月明，官船挝鼓发彭城。山峰北去青如染，河水东来势若倾。两岸菰蒲天共远，几家村落屋初成。长歌激烈空怀古，亚父坟头草又生。

歌风台

沈明臣

君王昼游日，壮士俱锦衣。犹怜沛父老，争睹汉旌旗。汤沐开新邑，风云慑旧威。只应千岁后，魂绕故乡飞。

又

沈明臣

汉帝初年四海回，大风歌激楚声哀。彭城王气千年足，芒砀寒云万里开。父老只知亭长去，山河都属沛公来。故乡欢饮无多日，泗水依然绕旧台。

① 原作“晴”，据何乔远《皇明文征》、钱谦益《列朝诗集》等改。

百步洪望黄楼故址歌

胡俨

船头鼓鸣春浪急，浪花飞洒春衫湿。放船侵晓度长洪，森森乱石烟中立。遥望黄楼迹已非，却忆苏公初筑时。黎庶讴歌脱昏垫，座中宾客赋新诗。碧瓦雕甍映垂柳，凭栏把酒临风酾。醉骑黄鹤上碧落，东窥瀛海西瑶池。只今雉堞排空起，亦有高楼临绿水。人家两岸傍河堤，黄鹂碧草春风里。九里山前花正开，看花回首重徘徊。慨公神游不复返，空见断碑生绿苔。

彭祖楼

胡俨

锡封曾奠大彭墟，千古传来事不虚。明月满楼尘影息，仙人曾驾五云车。

徐州洪

胡俨

九里山前百步洪，河流如箭石当空。黄头伐鼓穿洪去，宿雨初收日影红。[①]

吊盼盼

胡俨

妙舞清歌一夕休，繁华销尽彩云收。多情只有乌衣侣，终岁相看不下楼。

王陵母墓

胡俨

匆匆窗下取吴钩，使者星驰不肯留。遂使鸿毛轻一死，却存马鬣重千秋。

刘向墓

胡俨

千年封事遗编在，三尺荒丘宿草摧。鸿宝浪传谁见得，藜灯一去不重来。

① 原作："船头鼓鸣春浪急，浪花飞洒春衫湿。放船侵晓度长洪，森森乱石烟中立。"四句与前《百步洪望黄楼故址歌》重出，今替以胡俨《徐州十二咏》之《徐州洪》诗。

华陀墓

胡俨

徒把金针事老瞒，千年荒冢朔风寒。后来枉却陈琳檄，到底西陵泪不干。

张良墓

胡俨

辟谷何劳禄万钟，功成志就却辞封。分明古墓埋青草，始信空言托赤松。

歌风台

胡俨

玺绶归秦土，英雄泣楚垓。金汤千里固，社稷万年开。故老樽前舞，朔风天际来。高歌激云汉，终古见层台。

吕梁洪[①]

胡翰

河水趋山东，四旷无险塞。吕梁扼其冲，凛若万强敌。水势与石斗，终古怒未息。舟行龃龉间，众挽不余力。进始逾跬步，退忽落千尺。好风东南来，送我天北阙。叱驭诚足钦，垂堂遽且恤。昔闻庄叟言，有山在离石。悬水三十仞，鱼鳖皆辟易。孰隳天地性，遂拯生民溺。鸿飞九州野，吾愿观禹迹。

吕梁洪[②]

曾棨

洪流昔怀襄，区域信茫昧。斯民靡宁居，婴此昏垫害。神哉夏先后，敷理乘四载。吕梁基其冲，滔天亦横溃。巨灵劈山骨，地轴为之碎。两岸束惊湍，咫尺一何隘。怒霆斗铿訇，飞瀑泻澎湃。沛然向东注，下与百川会。缅怀胼胝劳，遗迹远犹在。伟哉疏凿功，万世终永赖。

戏马台

曾棨

绕堤春树翠重重，项羽遗都有旧踪。城外高台空戏马，沛中佳气已成龙。英雄

① 原作“百步洪”，据胡翰《胡仲子集》卷十改。
② 原作“百步洪”，据曾棨《西墅集》卷六改。

割据[①]青山在，霸业销沉碧藓封。此日经过倍惆怅，乱鸦啼散晚烟浓。

燕子楼

曾棨

楼外双旌去未归，楼中寂寞减容辉。合欢枕冷愁长在，织锦机寒恨永违。青镜自嗟鸾独舞，画梁无复燕双飞。只今艳骨成尘土，空有行人吊落晖。

歌风台

曾棨

秦皇失其鹿，咸阳为飞灰。沐猴万人敌，叱咤生风雷。堂堂隆准翁，伏剑起蒿莱。天威动四海，顾指群雄摧。垂衣坐关中，黄屋高崔嵬。一朝念乡土，万乘忽归来。酒酣发浩歌，意气何壮哉。大风撼枌榆，白日照尊罍[②]。焉知天运移，炎祚忽已颓。凄凉千载后，秋草翳荒台。流景能几时，昆明起尘埃。飘飘芒砀云，飞散不复回。至今中阳里，凄怆令人哀。

百步洪

程敏政

高秋水落百步洪，登亭一见苏长公。大书深刻十六字，横姿逸态生长风。黄楼东来水如注，野僧山人旧知遇。石濑溅溅月满天，仿佛当时旧游处。

徐州望子房山，山上有祠

程敏政

子房祠在望中岑，蔓草寒烟尚可寻。五世报韩终有恨，一时兴汉本无心。书传黄石知真赝，名配青山自古今。立马斜阳无限思，天教风壑助豪吟。

彭城郡南谒汉高祖庙[③]

程敏政

古原荒树倚村斜，高祖威灵亦可嗟。警跸千年余塑马，铙箫终夕望[④]神鸦。砀

① 原作“剧”，据嘉靖、万历、顺治《徐州志》改。
② 原作“垒”，据嘉靖、万历《徐州志》，乾隆《徐州府志》改。
③ 程敏政《篁墩文集》作“彭城废县南谒汉高祖庙”。康熙《续徐州志》易诗题“废县南”为“郡南”，已与诗文“古原荒树倚村斜”所言不符。本志同误。勘详康熙《续徐州志》。
④《石仓历代诗选》作“望”，《篁墩文集》作“舞”。

山落日消[1]云气，睢水寒风卷岸沙。汉楚兴亡那复问，一龛灯火属僧家。

歌风台

程敏政

万乘还家日，威生泗水前。楚歌聊复尔，汉业已茫然。宿雨苔花乱，斜阳树影偏。一台惭戏马，相望亦千年。

云龙山

王鏊

燕子楼前春草合，虎牢关外暮云生。不知白鹤归何日，辽海茫茫万里情。

放鹤亭次王济之韵

赵鹤

鹤去亭空江月冷，台灰树远暮烟生。眼前多少兴亡事，回首乡关倍感情。

放鹤亭

乔宇

鹫峰千仞俯崇冈，暂谢长途半日忙。海内帆樯通汴泗，江南形势控淮扬。川原雨过烟花绕，殿阁风回竹树凉。笑指云龙山下路，放歌无惜醉华觞。

徐州洪苏墨亭书坡老石刻

李东阳

我昔彭城初泊舟，岸行百步观洪流。手披荒藓看古石，上有坡翁旧时刻。沙冲水啮四百年，字画半灭风神全。我行见此三叹息，此物乃在风尘间。冬曹尹君真好事，自扫巉岩凿[2]苍翠。山灵助喜河伯愁，白日骊珠照平地。孤亭素壁高巃嵸，登堂见字如见翁。山人在前僧在后，尚忆扁舟游月中。崖端刻颂唐宗业，水底沉碑杜预功。直将谈笑为故事，似与百战争豪雄。高才直节古今少，片石价比千金同。由来一代不几见，况我异世怀高踪。凭君一拓[3]数千本，遍使四海扬清风。

①《石仓历代诗选》作“消”,《篁墩文集》作“销”。

② 原作“作”，据李东阳《怀麓堂集》卷九十三改。

③ 原作“榻”，通“搨”，即“拓”。

吕梁洪

李东阳

吕梁天下奇，涛石动森磢。傞牙引微路，镗鞳堕深响。周回百里间，大地无寸壤。天开与鬼凿，兹事真惚恍。江淮实襟带，幽蓟乃喉吭。冬干苦焦涸，夏潦愁泱漭。凭高瞥而下，跬步不得上。光阴在瞬息，性命寄篙桨。吾生好奇胜，寓目堪一赏。心神昼轩豁，毛骨秋飒爽。平生忠信心，利涉随所往。高歌溯天风，壮志方慨慷。

过沛怀古

李东阳

小县萧条野水滨，旧时遗迹尚风尘。山中白帝先降汉，天下黔黎正苦秦。五载衣冠朝北面，三章号令忆西巡。南畿亦是今丰沛，莫作凄凉吊古人。

歌风台

李东阳

风急高城涌暮波，旧时台榭此山河。鹿当秦楚黄尘合，龙去芒砀紫气多。海内英雄休战伐，里中耆旧喜经过。功成坐失萧墙计，遗[①]恨当年猛士歌。

歌风台

王谦

浮云不改暮山色，往事空随逝水声。四海加威三尺剑，千秋遗恨一杯羹。

子房山

费宷

经行沧海逢黄石，鹿走秦家楚失骓。名重此山应自笑，一编书胜百斤锥。

云龙山次乔宇韵

费宷

水绕峦光寺枕冈，客来登眺野僧忙。百年碑碣苔封石，三月杯盘花向阳。天上黄河无昼夜，山头白日易暄凉。百壶不尽烟云思，月色纷纷对举觞。

① 原作“遣”，据《怀麓堂集》卷九十一改。

歌风台

费寀

临渚问高台，幽花台下开。雨荒前代迹，风起后人哀。故里有私泽，谋臣空异材。彭城城下水，此日共悠哉。

云龙山次乔宇韵

王守仁

几度舟人指石冈，东西长是客途忙。百年风物初经眼，三月烟花正向阳。芒砀汉云春寂寞，黄楼楚调晚凄凉。惟余放鹤亭前草，还与游人藉醉觞。

彭祖井

马蕙

古井城边不记年，名留彭祖世相传。玉绳汲虎人何在，金鼎蟠龙客已仙。甃石苔侵秋雨积，梧桐叶落晚风旋。谁能更把寒泉浚，一饮须教寿八千。

戏马台

马蕙

戏马有台临泗水，沐猴无面复江东。霸图已逐寒烟灭，故垒空留夕照红。

九里山

马蕙

天空野烧连垓下，落日苍烟接沛中。惟有磨旗踪迹异，年年长见白云封。

黄楼

吴宽

楼中不见羽衣人，黄垩依然四面新。坐使河流循故道，俯临山石倚长津。名邦信美皆吾土，胜日登高与众宾。从此再传苏子事，只须题壁扫清尘。

登黄楼作

胡谧

山接青齐[①]横翠黛，水兼汴泗入洪流。西风落日凭栏处，廊庙江湖总系愁[②]。

留城

金寔

博沙奋椎击，报仇心方殷。此地逢真主，谈笑展经纶。素心既已遂，富贵焉足云。自择三万户，宁如兹邑亲。鄼侯功第一，系狱岂无因。韩彭要王封，终与菹醢邻。贤达贵知足，明哲思保身。行经古封邑，吊古怀其人。赤松不可招，千载谁同群。

彭城怀古

金寔

英雄一去霸图空，人指荒台是故宫。几度春风芳草绿，千年恨血土花红。好谋初易从遮说，自用终难恃战功。沛邑亦无原庙在，惟余河水尚流东。

歌风台

金寔

秦鹿走中原，高节竞驰骛。砀云从真龙，疾足无窘步。遮说一以陈，三军尽缟素。煌煌仁义师，赫赫启赤祚。威加四海日，从容念乡土。酒酣启悲歌，壮心迈千古。关洛久已墟，英雄藐何处。落日登荒台，西望咸阳树。大风从天来，徘徊不能去。

过彭城

夏寅

刘项兵销霸气平，书生千古独含情。营中亚父绌汉策，垓下美人啼楚声。落日砀山云已散，大风滩水浪还鸣。梨花一斗彭城酒，长醉拍舷歌月明。

---

① 嘉靖、万历《徐州志》作“青徐”。

② 嘉靖、万历《徐州志》作“忧”。案范仲淹《岳阳楼记》“居庙堂之高则忧其民，处江湖之远则忧其君”句，诗文当以“忧”字更确。

范增墓

夏寅

谁阻归骸骨，无[1]心竟道亡。青山埋未稳，一剑又遗殃。望气知天子，荥阳苦力争。平生好奇计，本是学纵横。

桓山

虞谦[2]

宿土消含饭，飘飘散精灵。日中狐兔走，夜半鸱鸮鸣。君看孔林树，千古犹青青。

张良墓

徐惟贤

群山回合闭英雄，披棘还来认旧踪。石径残云留短屐，墓门斜日到深松。运筹本为韩仇出，辟谷终辞汉爵封。千古九原如可作，高风邈邈定谁从。

张子房墓

尹梁

孤冢依山麓，何人识子房。乾坤仍日月，楚汉几星霜。蔓草迷幽径，空林挂夕阳。韩彭非若匹，回首俱亡羊。

吊颜瓌[3]诗

刘阳

春烟孤碣草茫茫，回首天南忆故乡。故山云木[4]屹苍苍，青螺之水遥天长。首阳风流夙未亡，蕨薇不食惟刚肠。叫阍取日欲回光，一时英辈先吾邦。天摧地折非佯狂，未存舌柔舌亦刚。回看衣带血成行，抉分孥戮奚悲伤。公扶鳌极奠天纲，孤城万死真能当。身随抔土盖冠裳，气为河岳壮封疆，二百年中不可忘。鞭骑龙豹遥相望，千章松柏余芬芳，梓楹桂宇群公堂，公兮归去俱徜徉。

① 嘉靖《徐州志》作“焦”。
②《明诗综》载为明人周忱《徐州过桓山宋司马桓魋之墓》，字句略有出入。
③ 原作“环”，据州旧志及沛县诸志改。
④ 原作“水”，据嘉靖、万历《徐州志》改。

子房山

刘恺

辞却高皇访赤松，留侯圭冕亦虚封。携壶别欲游三岛，辟谷何消受万钟。公子志酬身未老，仙人侣在兴还浓。神机讵许萧曹识，挥手云霞路几重。

徐州霸王庙

张以宁

长洪声动楚山虚，太息彭城霸国余。父老更堪秦暴虐，英雄空为汉驱除。苔[①]移玉帐蛛丝暗，柳绕黄楼雁影疏。独有春风虞氏草，魂归为汝一沾裾。

黄楼

黄九皋

秋月风渐高，山晚天半赤。徐州五色土，泗滨多奇石。合汶下洪梁，孤城悬绝壁。淮卫通漕纲，职贡需民力。神河徙汴来，就泗当城北。四山若带围，合流如受敌。雉堞丽深渊，闾阎哀孔棘。眉山揆物理，土实胜水德。色取中央黄，奠楼立鳌极。人寿见几清，荣光休四塞。迩来阳侯怒，义沉澹台璧。激湍荡虚舟，暝色惊迁客。谁能疏九河，为拯徐扬溺？瓠子歌宣房，烝民[②]免艰食。凭栏见波涛，不觉长太息。

黄茅冈

伍余福

何哉坡老酷好奇，乱茅不剪冈累累。挥毫石上破千古，山光树色蟠蛟螭。我今吊古问坡老，紫芝孰与黄茅好。霸图王业空战场，白鹤飞去乌骓[③]亡。惟有芙蓉[④]插霄汉，九里不断河流长。

黄茅冈

柳琰

黄茅冈负彭城郭，远引林峦散村落。登登石磴近人纡，漠漠岚光向日薄。背岩细草满平坡，出洞闲云度孤壑。烂然醉我东风前，摩挲石壁谁能镌。疏才自笑有狂

① 原作“国”，据张以宁《翠屏集》卷二改。
② 原作“氏”，据嘉靖、万历《徐州志》改。
③ 原作“锥”，据嘉靖、万历《徐州志》改。
④ 原作“天容”，嘉靖、万历《徐州志》原作“夫容”，同“芙蓉”。

兴，苦无佳句如坡仙。

再泊徐州

杨珍

风烟漠漠路漫漫，迢递偏嗟作客难。茂苑音书千里隔，彭城月色两宵看。星涵河影垂平野，水触洪声泻急滩。更倚五云瞻北斗，清辉玉宇不胜寒。

吕梁洪

黎淳

天地设险阻，石林森剑锋。越昔匪凭神禹智，谁其修治令疏通。胼胝手足谅有据，玉石简牒谁能穷。圣泽咸言万世赖，乃今无庙酬勋庸。我生千载下，慨古伤前功。载观齐楚伯，一扩云梦胸。清风偃波引双棹，长天杳渺飞晴鸿。

歌风台

黎淳

万乘酣歌故里时，四方兵革尚奔驰。留侯仙去韩彭死，猛士非伊更有谁?

喜见沛邑城

刘栋

三十年前无此城，后三十年城草青。当初畚筑民力苦，今日乐业民安生。古人作事重谋始，不在欢虞轻改徙。若得城坚如苞桑，疆隅永赖功难纪。甘棠推广召伯心，皙门皤睅[1]形讴吟。无言设教妙神化，请看万卉含恩深。

歌风台

朱彦昌

黄屋东归自北州，飞龙犹认旧灵湫。并驱先获秦亡鹿，百战终擒楚沐猴。德政杂兼王霸道，宽仁贻厥子孙谋。至今落日[2]荒台土，犹有精灵在上头。

① 皙门，见《左传·襄公十七年》“泽门之皙，实兴我役”；“皤睅”见《左传·宣公二年》“睅其目，皤其腹”，皆为修理城墙之典故。

② 嘉靖、万历《徐州志》，嘉靖《沛县志》作“日落”。

歌风台

胡直

[汉祖当年倒载回，金舆玉辇故乡来。] 千年汤沐犹存邑，万古歌风尚有台。碧树离离晴色远，青山澹澹月华开。[穹碑读罢询遗俗，昭代于今富俊才。] [①]

放鹤亭

涂楗

放鹤亭仍在，山人去不回。春风吹野水，夜月照孤台。鱼鸟自飞跃，帆樯倏往来。登临重怀古，万壑共兴哀。

吕梁次苏祐韵

涂楗

停传瞻宗岱，扁舟下吕梁。烟花暗征路，风雨趁归航。触石鱼争上，盘涡鹭独翔。济川空有志，俯仰愧虞唐。

彭城怀古

涂楗

楚汉千年梦，乾坤一叶舟。江山犹旧识，旌旆几经游。恋阙常瞻日，怀乡独倚楼。莺花正撩乱，清赏未应休。

题吕梁砚

湛若水

张君[②]惠我浆水砚，烟水微茫云一片。又如月色照梅梢，夜[③]色光芒月不见。一干两干干青天，挛[④]拳根着万千年。学文须学石间秀，美在其[⑤]中人得传。

---

① 以上四句据嘉靖《沛县志》卷十《艺文志》补。

② 张君，即嘉靖十二年吕梁洪工部主事张镗。乾隆《徐州府志》卷五《物产》："按《吕梁志》，明郎中张镗尝得石制砚，与端、歙埒，一时竞求之。今不知其处。"

③ 原作"但"，湛若水《泉翁大全文集》同，然意费解，今从道光《铜山县志》改"夜"字。

④ 原作"栾"，意同，今从《泉翁大全文集》用字。

⑤ 原作"奎"，据《泉翁大全文集》卷四十九改。

彭城怀古

张衮

霄汉持龙节，江湖带鹤舟。宁亲纾[①]远望，览古属兹游。山缺藏孤驿，云开见戍楼。霸王曾跃马，春草唤人愁。

垓下楚歌日，砀山云起年。赤精方祚汉，大度即称贤。彭国名空在，雄图散若烟。客怀吟往事，愁绝不成篇。

天地干戈暮，江村禾黍余。泗流沉宝鼎，王业已蓁墟。酷暴嬴秦事，凄凉黄石书。悠悠代兴废，天意竟何居。

云龙山次乔韵

张衮

山形虎踞倚龙冈，本为寻僧费客忙。载酒何人是坡老，看花新兴入维扬。云盘石磴诸天[②]合，日落山风两鬓凉。昏黑不辞登绝顶，清歌款进早梅觞。

题吕梁砚次韵

张衮

何人名此玉湖砚，吕梁之石琼瑶片。风吹山雾碧氤氲，堕落龙池时隐见。地藏星移光射天，此物新夸嘉靖年。风流水部兴不浅，直与芝房宝鼎传。

云龙山

唐符

春罗初着登云龙，参差金碧擎芙蓉。俯仰天宇自今古，攀缘纡曲多蒙丛。驯鹤双飞羽仪白，野杏十里花萼红。摄衣相从兴未已，刚风吹袖摩长空。

云龙山

释慈恩

昆仑小股忽飞堕，鬼斧何年奇凿破。上瞰青空饕雨露，下压后土根深固。洒然坐我空明中，口诵太古开鸿蒙。披襟长啸落幽壑，三十六洞桃花红。

---

① 原作“纡”，据嘉靖、万历《徐州志》改。

② 原作“人”，据嘉靖《徐州志》改。

徐州即事

刘秩

宦游经楚泽，旅寓寄徐方。地势三边险，河流九曲黄。貉皮缝野服，葛黍纳官粮。何事淹微禄，频年客异乡。

山川环胜地，戈甲集边城。沟记扬尸处，台存戏马名。猎尘终日起，烽火彻宵明。拟撰河清颂，何由罢战征。

彭城杂吟

苏祐

宝剑曾留地，乌骓不逝年。楚王元力屈，季札已心悬。古渡沉流水，高城倚断烟。有怀方伏枕，无寐欲鸣弦。

又

苏祐

城郭千年在，江山百战余。徐君无起日，彭国竟遗墟。鼓角催舟楫，风云护简书。经行有词赋，叹慨岂离居。

吕梁洪

苏祐

九曲通星宿，双洪跨石梁。悬流喷日月，竞渡戒舟航。常拟蛟龙斗，空怜燕雀翔。无须经滟滪，亦足畏瞿唐。

旧城（丰县）

马卿

立马荒台俯旧丰，断堤颓堞汉时功。沙痕漫漫人烟少，林霭苍苍王气空。胜地经营重作邑，残民悬伫一观风。最怜高庙俱芜没，会见崇城厝閟宫。

华山新城

马卿

突兀孤峰峻，苍茫四野平。人烟聊避水，风气亦堪城。

戏马台

钱习礼

独携一樽酒，吊古登高台。昔人陈迹今寂寞，对酒欲饮仍停杯。忆昨重瞳起西楚，誓握乾符清国步。军门剑舞失真王，咸阳一炬成焦土。鸿沟何[①]用东西盟，天令失道趋阴陵。艾旗斩将竟何勇，爱姬恨血千年青。可怜[②]明月长如素，曾向当时照歌舞。年年九月西风来，秋草黄花旧时路。汴泗交流去不回，台下行人频往来。登临不尽万古意，落日孤城闻笛哀。

歌风台

钱习礼

汉兵南行疾风雨，楚人魂断乌江水。赤龙王气满咸阳，云罕金根归故里。当时御宇意气多，酒酣抚剑成高歌。霸心激烈思壮士，目中虎视秦山河。肯信椒房弄神器，白日深宫哭人彘。若教右袒向军门，谁辨安刘有奇计。断碑剥落高台倾，过客犹传前日名。五陵松柏共萧瑟，泗水东流还旧声。

歌风台

张瀫

酒罢酣歌意若何，炎风吹散楚云过。乡关回首英雄少，父老当筵感慨多。一代已非前制度，万年犹是此山河。断蛇剑气消应尽，谁把辛勤为洗磨？

歌风台

童轩

乌骓已逝走狗烹，威加海内来故乡。台前父老奉觞寿，酒酣激烈歌声长。高皇龙去台还朽，猛士何人四方守。落日悲风动地来，萧萧但见台前柳。岂不闻，姑苏草长游麋鹿，铜雀年深野猴哭[③]。唯有陶唐三尺阶，千载人思太平福。

百步洪

王英

遥看泗水来天际，流入长洪碧波起。惊奔倒泻乱石间，孤月摇光在波里。月光不随波浪沉，滉漾清辉照我心。虚明已觉万虑寂，怅望那知春夜深。

---

① 原作“向”，据嘉靖、万历、顺治《徐州志》改。

② 原作“楼”，据嘉靖、万历《徐州志》改。

③ 嘉靖《沛县志》、万历《沛志》及童轩《清风亭稿》作“铜爵年深野狐哭”。

戏马台

王英

萧萧归马旌旗尽，寂寂空台草树荒。堪叹英雄还有恨，暗呜不似楚歌长。

戏马台

胡俨[①]

拔山力尽楚声哀，戏马千年尚有台。若使后人伤往[②]事，何能更醉菊花杯。

戏马台

刘玉

马上功成伯仲间，拔山力尽此台闲[③]。令人苦恨阴陵道，不见当时一骑还。

亚父冢

刘玉

云龙山下路萦徊，亚父坟连戏马台。宝剑却随金碗出，定知曾教项庄来。

彭城被水泊舟子房山

刘玉

河水东来溢吕梁，彭门无地系舟航。城根涛浪翻秋雨，渡口津涯混夕阳。禾黍已空犹赋敛，茅茨何在半流亡。观风无策苏民困，坐对青山忆子房。

颜公祠

刘玉

大厦原非一木支，纲常轻重此心知。未驱玄[④]武门前骑，已拔丹阳镇上旗。千古伯夷真义士，九原卞壶有佳儿。荒坟洒尽行人泪，泗水南流无尽时。

---

① 原作“叶铭臻”，讹自嘉靖《徐州志》，今据胡俨《颐庵文选》卷下改。又，叶铭臻《戏马台》见正统《彭城志》艺文卷，诗曰：“项羽城南百尺台，乌骓驰骋信雄哉。八千子弟云从合，百万精兵席卷开。秦鹿共逐锋正锐，楚歌齐唱志方灰。乌江渡口寒烟起，独立西风更可哀。”

② 原作“住”，据《颐庵文选》改。

③ 两句末字原作“閒”，前一同“间”，后一即“闲”，参嘉靖《徐州志》改。

④ 原作“元”，避康熙讳改。今恢复本字。

吕梁洪

廖道南

君不见，吕梁悬水三十仞，龙门砥柱争雄长。天吴夜啸白浦前，海鹤高翔赤霄上。惊涛溅雪星月昏，浊浪乘风雷电奔。石华珠英天黪黯，长鳍巨蜃纷吐吞。初如昆阳祛虎象，金戈铁骑森相向。万马齐驱矢石交，六军共奋旌旗扬。淮水汤汤诧风鹤，草妖木怪咸惊愕。降兵十万伏晋庭，壮士三千捣秦郭。纵如秦皇采药赴东海，瑶蕤翠葆生光彩。伏弩如林射老鲸，宛虹如带蟠修虺。汉王享祀下甘泉，月将云君五畤边。雷鼓喧阗振大地，凤韶缈缥落钧天。终如荆轲伏剑辞易水，日暮萧萧朔风起。渐离击筑秋霜白，燕丹饮泣寒云紫。师旷鸣弦古木秋，悲台哀壑阴岩幽。天神下格降[①]鸾鹤，水若仰听驱蛟虬。浩哉沨沨乎！吕梁之水真奇观，我欲赴之行路难。庄生秋水发天趣，尼父濠梁窥道澜。吁嗟乎，吕梁之水真奇观！

子房山

李祯

信族豨夷越醢躬，太平无复用英雄。高皇却堕先生计，世上何曾有赤松。

子房祠

冯世雍

青峦截列彭城东，山腰高构幽人宫。赤松黄石谩尘土，云裳月殿空玲珑。桃花片片野桥雨，杨柳依依山寺风。汉业楚雄今在不，一杯醽醁吊遗踪。

云龙山次唐符韵

冯世雍

山云夭矫如游龙，蜿蜒幻出青芙蓉。天风吹衣蹑危磴，白日对酒披芳丛。黄茅冈上野烟合，戏马台边春烧红。我来题诗纪行色，一曲洞箫吹碧空。

吕梁洪

冯世雍

昔闻吕梁水，今登吕梁山。山危如虎穴，水险如龙渊。舟舸迅来往，狂涛凌山头。许许篙师力，冥冥神助流。余日坐河上，股栗不能言。舌不为之缩，足不为之旋。因叹游泳徒，身存神则亡。只见风涛恶，不见刀锯藏。步兵悲穷途，昌黎哭

① 廖道南《楚纪》及嘉靖、万历、顺治《徐州志》作“驾”。自本志以迄民国《铜山县志》作“降”。

峰侧。山险古所忧，水险安可食？尝闻昆仑山，河源天地中。灵根托鸿昊，清泉渺终穷。我欲往从之，除地开玄庭。谢兹悬仞险，向彼浴日明。道里虽孔迩，违隔始遥长。

大洪行

袁衷

君不见，石龙嵚崎蹙海鲸，伏甲尽是苍山精。帝遣石龙镇东海，势拔十洲倾五城。又不见，河伯狂奔自西极，独挽黄流向东射。两雄相遇未肯降，谁哉凿断石龙脊。龙门碻磝秋水高，千载犹闻石怒号。峡声如雷日酣战，陡[①]落千尺飞鸣涛。银河倒青天，并作三洪水。滟滪瞿塘不足方，挽舟咫尺论千里。尔来云帆接帝州，上洪下洪俱稳流。儋耳明珠贡万斛，江东玉粒为宽愁。君不见，应图真宰持天纪，石龙低首黄龙徙。

至徐州

周用

远戍收宵柝，高风动雪车。三年同旅雁，一饭厌河鱼。赤叶寒林晓，黄茅野市虚。因思溪水上，在昔卧深庐。

登云龙山

李流芳

兹山表徐方，经过屡登眺。偶然寻旧游，策蹇偕所好。荒亭何萧瑟，落日春风峭。河山挟霸气，四顾雄怀抱。嗟此古战场，岂容隐者傲。缅思放鹤人，无乃非高蹈。不见山下湖，清如眉眼照。河势欲吞山，湖能益其貌。此中岂有意，河怒湖则笑。

云龙山

夏言

还乡值青春，南来已一月。维舟彭城下，兴为龙山发。登舆眺广野，远见青青麦。千树桃李花，芳草正未歇。初登戏马台，徐览大佛石。披榛历峻坂，蹑磴陟层壁。坐观江淮胜，未觉风烟隔。高情王宪使，潇洒今摩诘。开尊放鹤亭，笙歌促绮席。相邀五六子，翩翩华省客。芳辰合俦侣，兹游谅难得。贪赏竟忘归，攀欢意不

① 原作“峋”，据道光《铜山县志》改。

极。酒阑一骋望，青山半衔日。晚下黄茅冈，怪石莽离立。徘徊四贤堂，摩挲古碑刻。风流想一时，俯仰慨今昔。衰迟愧野老，解政遂闲适。看山从此始，把笔纪行迹。明朝度大江，矫矣冥鸿翼。

又

夏言

昔人曾放鹤，此日更登亭。地主能投辖，山僧解乞铭。河山余王气，尊俎聚文星。直北仍回首，偏多关塞情。

百步洪萃墨亭

夏言

彭城城边秋系舸，黄河涨发波涛大。隔水遥看水部衙，有亭岌嶪山之左。我闻此亭新落成，筑台累石见高情。百年丽藻星辰聚，千秋遗墨烟云生。忆昔坡翁守兹土，月中之游谁与伍？张老还携铁笛歌，潜公自袒袈裟[①]舞。一时清兴真可怜，片石题名今宛然。那知埋没黄尘下，复得摩挲碧槛前。古人踪迹今不朽，文章照耀看身后。昭代诸公尽才彦，西涯东白俱山斗。登临啸咏古今同，人代推迁感慨中。悠悠白日浮云外，杳杳洪波砥柱东。亭中我是初来客，临风重洒淋漓墨。芒砀山前木叶飞，满天鸿雁悲秋色。吕梁白浪高崔嵬，盘涡转石鸣万雷。天关撼折地轴动，吁嗟气势[②]何雄哉。北[③]风萧萧卷江水，落日吴帆下千里。夏子高歌为谁起，作亭主人豫章李。

歌风台

夏言

白蛇断兮赤龙飞，布衣起家兮天子归，故乡草木兮生光辉。楚人蹙兮汉业长，四海为家兮号天王，岂无猛士兮怨销亡。手一剑兮驭英雄，礼缘治定兮乐宣功，不作大雅兮歌大风。

彭城

严嵩

十月彭城水，临观势渺漫。客帆牵树杪，日夕畏风湍。汴泗流争长，鱼龙卧未

---

① 原作“架桨”，据乾隆《徐州府志》改。

② 原作“执”，据嘉靖、万历、顺治《徐州志》及乾隆《徐州府志》改。

③ 原作“此”，据嘉靖、万历《徐州志》及乾隆《徐州府志》改。

安。无人守茅屋，寂寞傍江干。

萃墨亭

严嵩

高浪轩中沸，层楼画里开。浦云千嶂合，漕粟万艘来。墨萃刊亭石，风歌上沛台。树连平野尽，江逐古营回。砀泽烟霞改，桓山松柏哀。莫倚登楼赋，还资理国才。

云龙山二绝句

李春芳

归来正及李[1]花时，为访仙踪去马迟。更上龙冈最高处，五云霏霭凤凰池。

放鹤亭前水泠泠，放鹤亭上云晶晶。千古水云常自在，红尘扰扰笑浮生。

歌风台

唐顺之

我来拟上歌风台，岂意台空只平地。琉璃古井亦崩塌，断碑无字苔藓翳。当年此地说豪华，富贵归乡多意气。枌榆社里列黄麾，泗水亭前张赤帜。里中父老竞来窥，昔日刘郎今作帝。共谈畴昔帝一噱，季固大言少成事。椎牛张宴里闬空，进钱今日几万计。坐中只戴竹皮冠，众里长呼武负字。酒酣击节帝起舞，乐极歌残更流涕。游子谁不悲故乡，万岁吾魂犹乐沛。赐名此朕汤沐邑，世世田畴免租税。风起云飞又一时，往事萧条复谁记。樵人不识斩蛇薮，行客还归贳酒市。台下黄河尽日流，瞬息人间几兴废。

歌风台

邵宝

欲上高楼水漫波，向来遗恨付长河。雄图自谓千年少，猛士犹嫌一语多。白日无端江草合，赤龙何在野云过。登临更作他年约，却向中流听棹歌。

① 顺治《徐州志》、道光《铜山县志》作“杏”。

夏村寒夜

周天球

荒原[1]无树着秋声，平楚西风夜自鸣。千里空悬明月梦，八行难致故山情。悲哉萧飒江南赋，咄尔浮沉世上名。回首吾庐高枕在，薄游焉敢负平生。

徐州同朱进士登子房山

归有光

入舟忽不乐，呼侣登崇丘。子房信高士，祠处亦清幽。俯视徐州城，黄河映带流。青山如环抱，一发悬孤州。河流日侵啮，淼淼洞庭秋。乌犬争死人，冈陇多髑髅。使者沉白马，守臣记黄楼。叹我亦何为，空尔生百忧。生民随大运，孰能知其由。睹此名邦旧，怀古思悠悠。壹自徐偃王，独有青山留。刘项亦何在，子房空运筹。但从赤松子，不用待封侯。

自徐州至吕梁述水势大略

归有光

黄河漫徐方，原野层波生。万人化为鱼，凛然余孤城。仅见沮洳间，檐楹半颓倾。日月照蛟室，风波栖蜑氓。侵薄连群山，浩荡烟霞明。山回时复圆，盂盎涵光晶。忽然睹开豁，天末翠黛横。此来顿觉异，日在江湖行。吕梁遂安流，泯泯无水声。狼牙没深沉，一夜走长鲸。三洪坐失险，蛟龙不能争。乃知房村间，尚未得泻倾。如人有疾病，腹坚中膨脝。空役数万人，绩用何年成？

鲤鱼山

归有光

鲤鱼山头日，日落山紫赤。遥见两君子，登岸问苦疾。此地饶粟麦，乃以水荡潏。水留久不去，三年已不食。今年虽下种，湿土干芽茁。因指柳树间，此是吾家室。前月水漫时，群贼肆狂獝。少弟独骑危，射死五六贼。长兄善长枪，力战幸得释。因示刀箭痕，十指尚凝血。问之此何由，多是屯军卒。居民亦何敢，为此强驱率。始者军掠民，以后军民一。民聚军势孤，民复还劫卒。鲤鱼山前后，遂为贼巢窟。徐沂两兵司，近日穷剿灭。军贼选骁健，叱呼随主帅。民贼就擒捕，时或有奔逸。其中稍黠者，通贿乃交密。以此一月间，颇亦见宁谧。二人既别去，予用深叹息。披发一童子，其言亦能悉。民贼犹可矜，本为饥荒迫。军贼受犒赏，乃以贼杀

---

① 原作“凉”，据万历《沛志》改。

贼。吾行淮徐间，每闻邳州卒。荆楚多剽轻，养乱非弘策。

沛县

归有光

泗水抱城闉[1]，东去日瀰瀰。丰沛至今存，汉事已千春。嗟我亦何为，独叹往来频。封侯不可期，白日坐沉沦。每见沛父老，旅行泗水滨。鸡犬如昨日，此亦非昔民。空传泗水亭，井邑疑未真。城外绿杨柳，高帘悬风尘。犹有卖酒家，王媪几世亲。高庙神灵在，英雄却笑人。

燕子楼

徐渭

牡丹春后惟枝在，燕子楼空苦恨生。昨泪几行因拥髻，当年一顾本倾城。分为翡翠笼俱老，讶道泉台伴不成。犹胜分香台上妾，更无一个哭西陵。

亚父墓

徐渭

王者从来云不死，共疑隆准与重瞳。已占龙气成天子，却幸鸿门败乃公。一牧乳羊遮墓白，几株寒枣覆碑红。怜渠疽发不欲活，岂为人间少邓通？

歌风台

徐渭

醉媪酒，卧媪垆，武家垆畔鼾呼呼。丰沛中，群酒徒，噱季鼻大糟所都，谁唤隆准而公乎？十二年，左纛还，著红衫，应午炎。七尺所临万马环，诸王列侯敢不虔。猎徒酒伴隘巷看，独召故老金爵干。惜青春，赭朱颜，乃思猛士得将安，归问野鸡还我韩。

英彭不雌，季心所猜。今布越耳，终当为豨。终当为豨，不如我先之。旧所得猛士，十当一无遗。十既一无遗，安得不歌以思？

沛邑道中

郭天锡

万顷桑田水横流，轻帆短棹陆行舟。田家尽作渔家计，铁石惊鱼密网收。

---

① 原作“堙”，据乾隆《徐州府志》改。

沽头

张璧

摇落霜仍重，苍茫月正圆。篷窗临水坐，时见打鱼船。

清沙邻石峭，红树讶霜寒。卖谷人争市，收鹾客上滩。

湖陵城

丘云霄

落霞照湖湖水红，垂杨不动天无风。扁舟高挂半帆月，卧听湖陵五夜钟。

过新河

李攀龙

河堤使者大司空，兼领中丞节制同。转饷千年军国壮，朝宗万里帝图雄。春流无恙桃花水，秋色依然瓠子宫。太史但裁《沟洫志》，丈人何减汉臣风。

中秋夕沛河泛舟

王世［贞］[①]

玉镜中天挂，金波大地流。河明千树色，秋满万家楼。迥夺鱼龙卧，平添乌鹊愁。故园卢女瑟，应复问刀头。

题赠栖云洞羽士（洞在凤冠山）

宗臣

明月峰头弄紫霞，相逢今日问丹砂。赠君一丈金光草，愁杀春风万树花。

碧草青萝古洞遥，吕梁疑是赤城标。知君咫尺蓬莱路，夜夜秋风弄玉箫。

观道亭（亭在凤冠山）

王应时

幽居剩有江村兴，况复同登最上亭。悬水远分秦晋域，危峦近摘胃娄星。清樽潦倒云山暮，白日风尘岩岫冥。最喜石天谈道者，不嫌促膝话黄庭。

---

① 字据万历《沛志》卷十三《艺文上》补。按：本志于“贞”字或省笔，或谨阙，凡所缺字径参各本改，不复一一出注。

黄楼

梅守德

高城楼阁出层霄，柳色烟光望欲饶。远岫逶迤云日乱，平芜弥漫海天遥。残碑古堞功仍在，霸业雄图事已消。自古此中戎马地，只今谁是霍嫖姚?

同王梃、冯有年游桓山二首

梅守德

高台引凤笙，欢洽野人情。云气流山酌，旌旗拥客行。远峰和夕淡，好鸟傍春鸣。胜游陪妙躅，一啸海天清。

献岁聊乘暇，移舟向曲湄。赏心逢胜地，高会复良时。石椁谋何拙，山云意不疑。春来兴未已，登览更多期。

云龙山三首

梅守德

石磴行行一径盘，梵钟声里夕阳残。云流香阁衣裳湿，龙起珠林杖锡寒。静虑凭教千劫遣，好怀赢得几回宽。野情剩有烟霞癖，暂拟东林一榻安。

翠微深处独徘徊，城郭山河四望开。水接江淮通贡篚，地连沧海即蓬莱。高云黄叶吟边兴，落日丹霞客里杯。更上峰头寻旧迹，满山巉石乱莓苔。

双飞白鹤倚云来，疑是山人放鹤回。石洞氤氲丹灶迥，松风萧瑟夜猿哀。云连古堞依层巘，日隐残虹锁暮台。何处买山堪避俗，草堂应傍翠微开。

四贤祠

梅守德

水郭[1]凭危岫，香云护古祠。松杉巢野鹤，蘋藻荐清卮。事业千年在，文章百代师。因悲刘项迹，台上草离离。

九里山

王梃

楚汉闻多故，江淮昔上游。只今形胜地，都入帝王州。北郡饶颇牧，东原仗鲁邹。无劳对华发，中夜拂吴钩。

① 原作“部”，据嘉靖《徐州志》改。

同冯有年、梅守德登桓山

王梃

王子善吹笙，梅君无世情。况逢少陵客，聊作洞山行。班坐云俱住，听歌鸟自鸣。谁言剡溪上，千载有余清。

揽辔违城郭，停桡上水湄。登临喜新岁，谈笑总清时。孤屿看仍在，长河逝不疑。翻怜地下者，空作万年期。

放鹤亭

王梃

野兴在高冈，凌虚见草堂。云深龙气重，风远鹤声长。客至多春服，僧来半夕阳。不须谈往事，歌罢转微茫。

戏马台

王梃

戏马今安在，嵬然此独存。停鞭坐芳草，酾酒望高原。危堞楼台近，连敖鸟雀喧。将军不好武，兹意竟难言。

行砀山

王梃

平陆水沄沄，苍茫势不分。鱼龙树杪见，鸡犬壑中闻。野渡多秋色，孤舟半夕曛。风波漫[①]浏栗，昏垫正如焚。

砀山城

王梃

城外波如沸，城中灶已沉。还将细柳意，聊弭大堤心。此日金为障，他年翠作阴。狂澜何所极，延伫一长吟。

岚山

王梃

小沛连丰道，悠然见此山。僧行青嶂外，官坐翠微间。近石烟云狎，依林鸟雀闲。古人云吏隐，兹地偶跻攀。

① 原作“谩”，通“漫”，从同治《徐州府志》用字。

驼山

王梃

谁斫山为窟，委蛇望转赊。出花逢客麈，人坞见官衙。石尽疑无径，溪回似有槎。坐令尘鞅息，翻忆召陵瓜。

同江司徒小酌云龙山

潘季驯

握手论交今白头，天涯相对一樽留。帘前秀结千峰色，槛底声喧万里流。世事误人称老马，机心终自愧闲鸥。知君亦有烟霞癖，还许相从范蠡舟。

再登云龙山

潘季驯

龙山再上思依然，千里河流自蜿蜒。几向蒿莱寻水脉，翻从沧海见桑田。负薪十载歌方就，投杼当年事可怜。为谢含沙沙且尽，归与吾已欲逃禅。

步先文定公韵[①]

李思诚

十年献赋负清时，归马春风敢恨迟。石壁苔封云不散，丝纶何以答龙池？

凭槛长啸出孤城，淮水奔流变徵声。极目蘼芜千嶂合，欲将机杼问苍生。

彭城渡黄河

屠隆

彭城临广岸，俯仰霸图空。白日照残雪，黄河多烈风。所嗟人向北，不似水流东。回首沧溟曲，山山云雾中。

彭城姜使君仲文[②]邀登苏子瞻放鹤亭作

屠隆

彭城刺史龙为友，文章斫地劈天手。手提招摇弄北斗，大叫瀚溟万山吼。所至踪迹落人间，岳渎风雨辘辘随公走。鸿蒙元气日告罢，羲和六龙在公后。朅来高卧黄茅冈，赋诗载酒倾秋缸。彩毫十丈，五丁巨灵不敢扛。断冈裂石作亭子，劲风萧

① 案顺治《徐州志》，李思诚，李文定公春芳之孙，故曰“步先”。李春芳诗详前。

② 原作“江陵君仲父”。按：“江陵君”讹自康熙二十二年《续徐州志》，“仲父”自误，今据屠隆《白榆集》卷二改。姜使君仲文，即徐州户部分司主事姜士昌，字仲文，直隶丹阳人。

萧[①]开八窗。长河烟销落日紫，铁笛乍起鱼龙撞。呼来碧海月千顷，目送青天鹤一双。自公神游去冥极，云坛芝盖无消息。亭今兀兀吞寒烟，鹤亦茫茫堕[②]空碧。霜花不蚀苍崖碑，知是山灵护真迹。时移代谢浩劫灰，我与使君今复来。一日苏耽弃我去，千秋华表令人哀。有酒空浇亭下土[③]，春风又绿岩前苔。山崔嵬，水潆洄，吊古兴哀徒尔为。一曲斜阳送一杯，与君烂醉白云堆。

过徐州

王思任

釜底瞰徐州，高城拥大楼。黄河经夜宿，白日古原秋。子午针南北，江山奕项刘。咽喉今渐爽，睥睨不须忧。

云龙山二首

钟惺[④]

无山不见水，乐此亦宜哉。未及双帆过，先携一杖来。鹤终非近玩，人别有仙才。莫作辽东梦，千年尚欲回。

群情仍一寂，舟与水俱宁。两岸冬惟墅，千帆夜共星。钟声收广莫，人语警空冥。喜就龙山泊，重来放鹤亭。

云龙山二律

马之骏

地果如兹胜，山非易得名。烟中河渐小，天外岭难平。曲折才过寺，高深即俯城。鹤归今不返，林麓集鸦声。

尊罍宁漫出，泉石有前因。客至留今日，情深见古人。傍湖峰影入，匝野树烟春。指点多名迹，归舟意已醇。

歌风台

叶向高

汉帝歌风去不回，空山落日照高台。一从芒砀无云气，几见昆明有劫灰。原庙草荒清跸路，断碑苔掩浊河隈。长余魂魄千年在，惆怅枌榆事可哀。

---

① 原作“潇潇”，据《白榆集》卷二改。
② 原作“随”，据《白榆集》改。
③ 原作“有酒空教亭下吐”，据《白榆集》改。
④ 原作“惶”，据顺治《徐州志》改。

泗水亭边御辇过，只今犹说汉山河。风云自护兴王地，父老争传击筑歌。酒散夕阳宫树冷，台临春岸野花多。最怜楚舞情愁绝，遗恨千秋尚不磨。

留连十日气如虹，醉舞酣歌乐未穷。帝业已从孤剑起，雄心不向酒杯空。一时鸡犬依丰社，万岁欢娱忆沛宫。此日伤心来此地，菰蒲极望莽秋风。

云龙山

萧如薰[①]

突兀云龙寺，金容巨佛尊。河流一衣带，山势尽屏藩。云暗参差树，花明远近村。呗闻僧谶诵，钟动鸟飞骞。障翳微言在，迷开圣谛存。苏公诗纪胜，张骥鹤留轩。倾废诚难葺，崇新岂易言。明公分厚俸，爱客倒清樽。掩映亭台丽，丰茸涧壑蕃。林深青窈窕，井浚碧潺湲。游目景殊绝，攀萝星可扪。升沉莫漫结，忧喜欲除烦。拟借兹山榻，有时好避喧。

云龙歌（为季[②]子考槃其下）

胡彧

云龙山上石巉巉，云龙山下水湛湛。水有轮兮山有岚，美人结室南山南。花绽莺啼恣意酣，兴来摘句投花篮。二三老友气盍簪，相将携手笑而谈。石为佛骨佛有龛，山以龙名龙跃潭。当年友鹤张子谙，鹤去鹤来日几参。苏子作亭亭自覃，亭前万象皆空函。木石结伴老松楠，忘机不知刺史憨。谁觅芳踪山之嵁，侑尊杂沓鶗与鹌。赋诗何必思再三，仪狄留惠至今甘。薄言旋归云作龛，杯盘狼藉问遗柑。月到上方柳影毵，客自绳床僧自庵。

子房山祠二首

刘荣嗣

落日荒城试问津，子房遗像俯河湄。赤松自遂烟霞侣，黄绮翻为羽翼人。圯上有书全覆楚，沙中一击已无秦。痛来九世伤心事，莫共萧韩作汉臣。

参差古殿万山中，鸟道孤悬绛节通。一曲声歌空帐下，三千解甲尽江东。太康桃树知渔父，赤帝良弓付大风。赖有圯桥遗只履，翛然辟谷几人同。

---

① 原作“董”，据顺治《徐州志》改。按：萧如薰，明天启二年任徐州总兵。

② 顺治《徐州志》作“李”。

子房祠

霍维华

圯桥已授神仙诀，帷幄犹传社稷功。蹈海未甘鲁仲子，归湖岂似陶朱公。凫飞汉阙无人识，鹤举蓬莱有路通。用世情深仍玩世，盱衡今古许谁同。

微山湖泛舟

徐标

幔卷晴岚面面风，小桥水石响疏桐。岸容萧飒空明外，山影依微渺霭中。千古今宵谁是主，百年几醉已成翁。清秋兀[①]对欢良晤，情语留连思不穷。

又

福薄偏饶一字清，友朋古意淡相成。旋沽野酿当风吸，试网河鱼带月烹。景幻笑他人去去，情真喜我趣生生。烟花象外霜天阔，鸥可寻盟石可兄。

国朝诗

燕子楼

钱谦益

柳老花残木叶秋，西风斜日总牵愁。天涯大有多情客，不忍经[②]过燕子楼。

戏马台

钱谦益

重瞳遗迹已冥冥，戏马台前鬼火青。十丈黄楼临泗水，行人犹说霸王厅。

戏马台怀古

吴伟业

戏马台前拜鲁公，兴王何必定关中。故人子弟多豪杰，不及封侯吕马童。

---

① 原作“元”，据道光《铜山县志》改。

② 原作“轻”，据钱谦益《牧斋初学集》卷一改。

项王庙

吴伟业

救赵非无策，坑秦亦有名。情深在鲁沛，气盛失韩彭。垓下骓难逝，江东剑不成。凄凉思昼锦，遗恨在彭城。

拔剑泉诗

贾壮

几欲乘骢去，山灵不厌予。宜开松径入，应筑草堂居。满壑泉无恙，新亭兴有余。白云宁异汉，舒卷自如如。

己亥春日，同州牧王公游奉圣寺，观殿前白果树，兼携比丘泛舟湖上，登眺铜山，偶尔唱和，遂成一时盛事

魏裔鲁

古寺传何代，荒村不记年。铜涯浮水面，银杏插门前。苍干飞朝雨，寒花散暮烟。登临携惠远，共上钓鱼船。

祇园有宝树，春色上莓苔。百尺侵萝径，十围历劫灰。铜山云外峙，龟岭镜中开。停棹依沙岸，湖光伫酒杯。

春日同游奉圣寺敬步元韵

王所善

从游入古寺，曾记正隆年。僧话春风里，诗成宝树前。似虬兼似盖，宜雨亦宜烟。湖畔山光好，荒村问渡船。

古木山门下，扶疏映碧苔。学禅心欲醉，用世志将灰。铁壁孤峰立，烟波四面开。同来登彼岸，泛影落霞杯。

邀施诚庵凤仪、吴日生易[①]两职方集云龙山

阎尔梅

漫向山庐起卧龙，山庐深锁翠岚重。方闻义士争超距，其奈王师戏举烽。纡道往寻前代迹，移樽直上最高峰。黄茅冈下苔纹古，处处坡仙怪石供。

① 按：吴易，字日生，号惕斋，又号惕庵，吴江人。《明史》列传第一百六十五、道光《铜山县志》同作“吴易”，乾隆《吴江吴氏族谱》、民国《铜山县志》作“吴昜”。

又

群水群山护此山，断碑无数立中间。平田树紫春如绣，残雪峰青夕更斑。熊耳铭功悲事往，龙门遣妓想官闲。行来鹤室荒芜尽，应是当年放未还。

晚登东山

万寿祺

木落东皋烟树齐，留侯台上望苏堤。十年虎豹人家少，几处牛羊村舍低。荒日尚悬寒郭外，群山不动大河西。浮云直下三千里，南斗平临在碧鸡。

登云龙山椒

万寿祺

放鹤亭西接大河，颓烟蔓草望中过。频年战斗逋逃尽，落日山川痛哭多。北枕荒城仍畜牧，东临野水见渔蓑。独闻新决澶渊道，回首风尘起碧波。

夏日崔泉田庄

万寿祺

始忧郭门遥，今在穷巷好。墟里昔崩落，我来乃诛草。门前流水阴，屋后高木杪。旧谷亦已稀，新麦乘候早。日侧山影黄，有酒共倾倒。登床读我书，凉风入怀抱。墙头海榴花，风中红袅袅。

夜渡吕梁将过迪堂呈李大

万寿祺

风霜吹雁晚来过，水落蛟门初渡河。独夜榛苓南国远，隔年钟磬故山多。担簦有客随蓬藁，披户无人［补］[①] 薜萝。几度别君无那老，须眉如故奈愁何。

春宫曲

万寿祺

宝堤香雨乱莺飞，花驻千门日影肥。数队内家随辇过，君王新自远条归。

---

① 原阙，字据《隰西草堂集》卷四补。

秋宫曲

万寿祺

建章碧树怨清秋，金粟风吹张碧油。十部龟兹都教散，内人绣幕按凉州。

京口诗

万寿祺

桐花三月覆吾庐，樱笋年年短犊车。米氏研山收北固，萧家宾客起南徐。鸟啼芳树香轮远，人散春城碧草舒。隔得扬州烟雨外，画楼帘影夜何如。

清江浦

万寿祺

千里清淮一线潆，浊河鼓浪未能清。诛求北地无商舶，疏凿南漕困水衡。数遣黄门劳白糈，谁能鸿雁问苍生。往来尽属悠悠者，牵缆长堤自在行。

以上四诗皆载旧志，与本郡无涉，例当删去，第以其为郡人诗，复甚佳，故为破例存之。

饮黄茅冈次答王韦庵年门兄之二

钟琇

大环西缺隐如门，最爱临溪柳一村。冈以东南支水势，石惟巀嶭长云根。久知皂帽琴樽俗，独让青山姓字尊。幸有秋风旧梦在，薜萝春草正堪扪。

文昌阁夜雨

李宗皋

夜雨满岩扉，陵谷响萧篠。雷奔风亦号，清梦忽山表。披衣肆极观，云岚涨林杪。疑是湖泱漭，川原殆淴淼。熹微旷野间，雨后月差皎。四麓寂无声，但听风泉扰。大壑静气来，阴森直至晓。

张良

熊赐履

报韩幸已终，事汉非其志。三寸舌将敝，万户侯如寄。既听淮阴诛，又伤萧相瘁。三杰渐摧残，孺子能无悸？辟谷卒难成，人间恶可弃。托言赤松游，咄哉子房智。

项王

屈大均

不忍杀沛公，使之得天下。英雄有至情，难忘妾与马。亡我实由天，知命乃无假。慷慨泣数行，实为红颜者。王霸如浮云，功名羞苟且。仓皇垓下歌，直可继骚雅。斯是国殇篇，三军和者寡。悲风起帐中，杀气横原野。河汉惨无光，痛饮过三斝。自刎报父兄，江东泪同洒。善败能从容，功亦有区夏。

汉帝

屈大均

汉帝亦多情，酒酣思猛士。悽悲大风歌，歌与招魂似。韩彭皆已亡，慷慨不可止。泣下为淮阴，非是悲游子。刻薄钟室诛，终古帝王耻。忍以英雄人，以与儿女子。

陵母

屈大均

陵母何慷慨，一死如田光。激子成功名，始终事汉王。丈夫有侯嬴，妇人有陵母。烈烈汉功臣，乃在[1]一箕帚。教子以忠［贞］[2]，令名在人口。天下既定时，陵封宜勿受。请以母为侯，汤沐及诸舅。伏剑墓门前，黄泉期速朽。

季布

屈大均

季布多战功，数能窘汉王。摧刚以为柔，得脱因濮阳。朱家不相负，名声闻四方。滕公非任侠，为汉求忠良。从容为上言，私怨以之忘。廷叱樊将军，十万詈横行。辞气何刚直，殿上皆惊惶。天下虑摇动，生民尚痍创。嫚书禽兽言，安足争短长。孝惠至高后，兵革久不兴。实以季布力，海内得宁康。

季心

屈大均

季心为任侠，气盖关中儿。弟畜灌将军，兄事惟袁丝。杀人乃恭谨，赴义如渴饥。壮士争为死，肝胆诚吾师。十载持大黄，乃为豺虎欺。智勇不足恃，遑遑将何

① 原作“作”，据屈大均《翁山诗外 · 五言古二》改。
② 原空阙，字据屈大均《翁山诗外 · 五言古二》补。

之。龙蛇日起陆，天方发杀机。闭门造奇器，阴阳相推移。北斗有天枢，握之谁能知。

过徐州

屈大均

百战悲丰沛，群雄问草莱。斩蛇留大泽，戏马失高台。山向彭城出，云从泗水来。萧条王气尽，父老有余哀。

姜肱

吴嘉纪

入门人情喜，室中新嫁娘，床上合欢被。姜生娶妇夜烧烛，夜来只同二弟宿。被阔温有余，宵长睡不足。征车何为来，惊骇中林鸦。容颜懒使皇帝貌，夙昔羞令阉竖夸。起偕阿弟，避地海之涯。树有枝兮枝有花。与君共根本，君胡恋弟，不顾室家？连枝芨骫老天涯。

挂剑台

宋实颖

千载良朋去，悲凉古碣留。徐吴两地隔，生死一心酬。宝剑思公子，荒丘揖故侯。只今交道薄，缟带已难投。

宿奉圣寺

解元

招提闻夕磬，宿鸟复惊飞。古木深萝径，寒云暗竹扉。空山诸品静，明月一僧归。禅榻醒尘梦，徒惭未拂衣。

观奉圣寺银杏树又感赋之

解元

谁识祇园树，风霜饱岁华。凌云苍干直，散地绿荫赊。浓叶能藏鸟，寒枝不作花。古来抱梁栋，多少老烟霞。

陆贾

崔华

陆贾善藏身，英雄有道术。客从高祖游，辩士聊托迹。功臣食报终，贾乃肆微力。说粤来远人，《新语》开文墨。女主既临朝，诸吕势倾侧。度不可口争，病免就家食。斥卖橐中装，分金买田宅。深心出妙用，交欢起平勃。功成身不有，机智人莫测。名之曰辩士，无乃非其质。嗟[①]哉子房俦，千载谁能识。

子房山和汪梅嶙韵

吴兰

子房祠宇半蒿莱，怀古登临秋色来。不为老人曾进履，如何戏马剩空台。白衣早送篱边酒，青树低笼石上苔。相对欢然成胜事，兴亡莫问且衔杯。

亚父墓

汪光祥

玉斗复何惜，君王好自为。重瞳不可辅，奇计又安施。孤愤忘躯命，忠魂俨在兹。千秋瞻古墓，涕洒范公碑。

留侯城

周在都

忆昔张子房，功成当受封。善辞三万户，封留意无穷。壮哉博浪椎，一击真英雄。十日索不得，天地何所容。报仇心愈切，直与鬼神通。进履寻赤松，慎始全其终。岂待飞鸟尽，不及藏良弓。我来留城下，留城嗟已空。萋萋埋荒草，飒飒悲秋风。城基拥四围，隐隐如丘垅。吁嗟韩彭辈，芳名谁与同。

题万年少隰西草堂

顾梦游

山色过淮少，渔风出浦多。中林偕白板，高岸隐黄河。抱膝思当世，闻歌唤奈何。斋心真佛子，只此未消磨。

戊申六月十七夜纪异

李奔

六月十七夜，厚载失其宁。岂惟变陵谷，苍生乃极刑。不须加斧锧，排压悉台亭。台亭人自结，惨毒还相丁。有巢首发难，大壮几千龄。谁非庆安堵，若辈独飘零。万事皆往复，资生祸所经。衣食能杀人，何止怨飞瓴。断绝须臾间，难夸万物灵。猝来不启事，遍满挟雷霆。百万为糜烂，长平犹星星。嗟哉罹劫者，无妄同碑

① 原作“蹉”，据道光《铜山县志》改。

铭。圹圹室相似，上下一翻萍。都用王衍法，乾坤直腐腥。我居荒山麓，偶幸存门扃。起视戚里场，百家无完庭。折股及碎首，雨面小娉婷。作活瓦砾内，釜烟愁不青。更待风雨罢，废井泣秋萤。疮痍成世运，真宰空冥冥。吊问岂今日，追呼方未停。人生知如此，羡彼翩然翎。

纪泰山所见长者

李弇

岳名有或同，徐山亦云泰。居然众峰杰，仰止此其最。山南住老人，九十未狼狈。前朝博士业，多年成解蜕。乱后井络虚，茅茨久已汰。犹寻所旧居，寄迹白云外。冬春负岩曦，秋夏延群霭。棘栻密为墙，杂树叶肺肺。土楼倾东楹，风雨半间赖。类鸟破巢栖，数枝挂青盖。今秋扫墓归，下驴得一会。耳聋隔众器，步健童无奈。遍问同时人，谢尽发深慨。答音每难入，横膝勤手绘。无何日影黄，告别牵缕襘。殷勤送我行，西园摘果蒂。相视宛婴初，唾咳悉天籁。作伪本衣冠，养生贵粗粝。木石可坚身，毁凿由于兑。客去掩蓬门，嗒焉坐长桧。

题双庆图贺彭城张仁趾重九举二子

赵熊诏

将军好武有奇功，射得双雕恰两雄。应是国香同日梦，偏教花萼并枝红。弟昆早叶重阳节，震坎何劳再索宫。图入丹青争艳羡，可堪夸示女元戎。

又

秦道然

高会龙山正佩萸，门前双戟对悬弧。邓家未有交柯桂，曹氏还输并辔驹。九日蓝田生合璧，三秋明月孕联珠。今朝妙手摹英物，他日凌烟上画图。

又

查慎行

复临恰是重阳卦，不比徐卿二子歌。菡萏秋房原并蒂，珊瑚越网又交柯。明知照乘光相敌，试问连城价孰多。博得双鬟开口笑，一持侯印一提戈。

户部山探梅

李蟠

空山无伴已多年，独有寒梅傍我妍。疏影偏宜闲散地，幽芬不到艳阳天。含苞带雨来相问，露蕊临风倍可怜。纸帐夜深还入梦，罗浮只在一灯前。

丁塘道中

吴蔼

廿里丁塘路，崎岖试一行。疏林空叶落，虚谷剩虫鸣。寺古僧栖冷，风来水作声。临流聊枕石，闲看野云平。

舟过吕梁

尤璋

舟人指点尉迟城，城下河流万古声。西望直疑天下际，东归长浴日初生。摇风橹急鸣鹅鹳，搏石涛惊乱鼓钲。蚁度蜗沿争尺寸，艰于骑马剑门行。

房村驿壁见女郎赠兰州太守诗，因次其韵

尤璋

循墙觅咏旅灯昏，纤手留题露粉痕。桑柘有原惊列马，苧萝何处欲寻村。夕阳古寺挥鞭路，霜月寒鸡逆旅门。多少感情无遣放，那堪锦字更销魂。

云龙山怀古

盛德巍

凭高遥睇虑无营，伫立悠然见古情。莺哢雨余春树绿，鹭翻波细晚湖明。亭吟放鹤谁宾主，冈赋黄茅孰弟兄。九里子房山下路，只今樵唱野烟平。

放鹤亭送陈铨部文安还商丘

盛德巍

连宵风雨黯山头，放眼初晴翠欲流。梅发七盘无上岭，人归百尺最高楼。悬知下榻期无定，空使回肠日几周。独坐虚亭频怅望，红云深处想夷犹。

亚父冢

杨策

佐项亡嬴计亦工，莫将成败论英雄。鸿门肯便歼隆准，薄海应须变楚风。竟使

萧曹鸣得意，反教平勃笑无功。墓前芳草侵眸绿，遗恨千年尚不穷。

歌风台怀古

经乃济

荒台非复汉山河，风动疑闻击筑歌。留跸自忘天子贵，旋乡重见故人多。枌榆旧社洵堪恋，鸡犬新丰尚喜过。长守四方家海内，重瞳夜锦视如何？

徐州志卷之三十

艺文三

两汉文

入关告谕

高帝

父老苦秦苛法久矣，诽谤者族，偶语者弃市。吾与诸侯约：先入关者王之。吾当王关中，与父老约法三章耳：杀人者死，伤人及盗抵罪。余悉除去秦法。吏民皆安堵如故。凡吾所以来，为父兄除害，非有所侵暴，毋恐！且吾所以军霸上，待诸侯至而定要束耳。

尊太上皇诏

高帝

人之至亲，莫亲于父子。故父有天下，传归于子；子有天下，尊归于父。此人道之极也。前日天下大乱，兵革并起，万民苦殃。朕亲被坚执锐，自帅士卒，犯危难，平暴乱，立诸侯，偃兵息民，天下大安。此皆太公之教训也。诸王、通侯、将军、群卿大夫已尊朕为皇帝，而太公未有号。今上尊太公曰太上皇。

赐太子敕一

高帝

尧舜不以天下与子而与他人，此非为不惜天下，但子不中立耳。人有好牛马尚惜，况天下耶？吾以尔是元子，早有立意。群臣咸称汝友四皓，吾所不能致，而为汝来，为可任大事也。今定汝为嗣。

赐太子敕二

吾遭乱世，当秦禁学，自喜谓读书无益。洎践祚［以］[1]来，时方省书，乃使人

---

① 字据明梅鼎祚编《西汉文纪》卷一补。

知作者之意。追思昔所行，多不是。

赐太子敕三

吾生不学书，但读书问字而遂知耳。以此故，不大工，然亦足自辞解。今视汝书，犹不如吾。汝可勤学习，每上疏，宜自书，勿使人也。汝遇萧、曹、张、陈诸公侯、吾同时人倍年于汝者，皆拜。并语于诸弟。

高帝本纪赞

司马迁

夏之政忠。忠之敝，小人以野，故殷人承之以敬。敬之敝，小人以鬼，故周人承之以文。文之敝，小人以僿，故救僿莫若以忠。三王之道若循环，终而复始。周秦之间，可谓文敝矣，秦政不改，反酷刑法，岂不缪乎？故汉兴，承敝易变，使人不倦，得天统矣。

萧相国世家赞

司马迁

萧相国何，于秦时为刀笔吏，碌碌未有奇节。及汉兴，依日月之末光，何谨守管钥，因民之疾，奉[①]法顺流，与之更始。淮阴、黥布等皆以诛灭，而何之勋烂焉，位冠群臣，声施后世，与闳夭、散宜生等［争］[②]烈矣。

周勃世家赞

司马迁

绛侯周勃，始为布衣时，鄙朴人也，才能不过凡庸。及从高祖定天下，在将相位。诸吕欲作乱，勃匡国家，复之乎正。虽伊尹、周公，何以加哉！亚夫之用兵，持威重，执坚刃，穰苴曷有加焉！足己而不学，守节不逊，终以穷困，悲夫！

① 按：清查慎行以“奉”为俗本讹字，勘正为“秦”，曰“因民之疾秦法，顺流与之更始”，今本《史记》从之。然考“奉法顺流”之句，数见于古籍文论，其说亦有自。陈侃理《“奉法”与“秦法”：〈史记〉一处校勘的政治文化解读》(《北大史学》第25辑）辨之甚详。今从原稿用字。

② 字据《史记·萧相国世家》补。

《战国策》序

刘向

护左都水使者、光禄大夫臣向言：所校[1]中《战国策》书，中书余卷，错乱相糅莒；又有国别者八篇，少不足。臣向因国别者，略以时次之，分别不以序者以相补，除复重，得三十三篇。本字多误脱为半字，以“赵”为“肖”，以“齐”为“立”，如此字者多。中书本号，或曰《国策》，或曰《国事》，或曰《短长》，或曰《事语》，或曰《长书》，或曰《修书》。臣向以为：战国时游士辅所用之国，为之策谋，宜为《战国策》。其事继《春秋》以后，讫楚汉之起，二百四十五年间之事，皆定以杀青，书可缮写。叙曰：

周室自文、武始兴，崇道德，隆礼义，设辟雍、泮宫庠序之教，陈礼乐、弦歌移风之化，叙人伦，正夫妇，天下莫不晓然。论孝弟之义、惇笃之行，故仁义之道，满乎天下，卒致之刑错四十余年，远方慕义，莫不宾服，雅颂歌咏，以思其德。下及康、昭之后，虽有衰德，其纪纲尚明。及春秋时，已四五百载矣，然其余业遗烈，流而未灭。五霸之起，尊事周室。五霸之后，时君虽无德，人臣辅其君者，若郑之子产、晋之叔向、齐之晏婴，挟君辅政，以并立于中国，犹以义相支持，歌说以相感，聘覲以相交，期会以相一，盟誓以相救，天子之命犹有所行，会享之国犹有所耻，小国得有所依，百姓得有所息。故孔子曰：“能以礼让为国乎何有？”周之流化，岂不大哉？及春秋之后，众贤辅国者既没，而礼义衰矣。孔子虽论诗书、定礼乐，王道粲然分明，以匹夫无势，化之者七十二人而已，皆天下之俊也。时君莫尚之，是以王道遂用不兴。故曰：“非威不立，非势不行。”仲尼既没之后，田氏取齐，六卿分晋，道德大废，上下失序。至秦孝公，损礼让而贵战争，弃仁义而用诈谲，苟以取强而已矣。夫篡盗之人列为侯王，诈谲之国兴立为强，是以转相仿效，后生师之，遂相吞灭，并大兼小，暴师经岁，流血满野，父子不相亲，兄弟不相安，夫妇离散，莫保其命，湣然道德绝矣。晚世益甚，万乘之国七，千乘之国五，敌侔争权，尽为战国，贪饕无耻，竞进无厌，国异政教，各自制断。上无天子，下无方伯，力功争强，胜者为右，兵革不休，诈伪并起。当此之时，虽有道德，不得施设。有谋之强，负阻而恃固，连与交质，重约结誓，以守其国。故孟子、孙卿儒术之士，弃捐于世；而游说权谋之徒，见贵于俗。是以苏秦、张仪、公孙衍、陈轸、代厉之属，生纵横短长之说，左右倾侧。苏秦为纵，张仪为横，横则秦帝，纵则楚王，所在国重，所去国轻。然当此之时，秦国最雄，诸侯方弱。苏秦结之，合六国为一，以傧背秦。秦人恐惧，不敢窥兵于关中，天下不交兵者二十有

① 原作“较”，用同“校”。下同。

九年。然秦国势便形利，权谋之士咸先驰之。苏秦初欲横秦，秦弗用，故东合纵；及苏秦死后，张仪连横，诸侯听之，西向事秦。是故始皇因四塞之国，据崤函之阻，跨陇蜀之饶，听众人之策，乘六世之烈，以蚕食六国，兼诸侯，并有天下。仗于诈谋之弊，终无信笃之诚，无道德之教、仁义之化以缀天下之心。任刑法以为治，信小术以为道，遂燔烧诗书，坑杀儒士，上小尧舜，下邈三王。二世愈甚，惠不下施，情不上达，君臣相疑，骨肉相疏，化道浅薄，纲纪坏败。民不见义而悬于不宁，抚天下十四岁，天下大溃，诈伪之弊也。其比王德，岂不远哉！孔子曰："导之以政，齐之以刑，民免而无耻；导之以德，齐之以礼，有耻且格。"夫使天下有所耻，故化可致也；苟以诈伪，偷活取容，自上为之，何以率下？秦之败也，不亦宜乎！战国之时，君德浅薄，为之谋策者，不得不因势而为资，据时而为画。故其谋扶急持倾，为一切之权，虽不可以临教化，兵革救急之势也。皆高才秀士，度时君之所能行，出奇策异智，转危为安，易亡为存，亦可喜，皆可观。护左都水使者、光禄大夫臣向校《战国策》书录。

徐州牧箴

扬雄

海岱伊淮，东海是渚。徐州之土，邑于蕃宇。大野既潴，有羽有蒙。孤桐蠙珠，泗沂攸同。实列蕃蔽，侯卫东方。民好农桑，大野以康。帝癸及辛，不祗不恪。沉湎于酒，而忘其东作。天命汤武，剿绝其绪祚。降周任姜，镇于琅琊。姜姓绝苗，田氏攸都。事由[①]细微，不虑不图。祸如丘山，本在萌芽。牧臣司徐，敢告仆夫。

汉高祖庙铭

班固

后汉光武建武二年，封盖延安平侯，伐[②]刘永，遂定沛，修高祖庙，置啬夫、祝宰、乐人。注："沛县泗水亭中，即高祖为亭长之所。"《西征记》云："沛县西北有汉高祖庙，为亭长处。"《括地志》云："泗水亭，在沛县东一百步，有高祖庙。"前有碑，延熹十年立。高祖及十八侯，皆班固为铭。

《高祖铭》曰：皇皇圣汉，兆自沛丰。乾降著符，精感赤龙。承魋流裔，袭唐末风。寸[③]木尺土，无俟斯亭。建号宣基，维以沛公。扬威斩蛇，金精摧伤。涉关

① 原作"田"，据《扬子云集》卷六改。
② 原作"代"，据《后汉书·盖延传》改。
③ 原作"才"，据《东汉文纪》卷十改。

陵郊，系获秦王。鸿门造势，斗璧纳忠。天期乘祚，受爵汉中。勒陈征东，剟擒三秦。灵威神佑，洪沟是乘。汉军改歌，楚众易心。诛项讨羽，诸夏以康。陈张画策，萧勃翼终。出爵褒贤，列土封功。炎火之德，弥光以明。源清流洁，本盛末荣。叙将十八，赞述股肱。休勋显祚，永永无疆。国家宁安，我君是升。根生叶茂，旧邑是仍。於皇旧亭，苗嗣是承。天之福祐，万年是兴。

《酂侯萧何铭》曰：耽耽相国，弘策不追。御国维纲，秉统枢机。文昌四友，汉有萧何。序功第一，受封于酂。

《舞阳侯樊哙铭》曰：戭戭将军，威盖不当。操盾千钧，拔主项堂[①]。兴汉[②]破楚，矫矫忠良。卒为丞相，帝室以康。

《绛侯周勃铭》曰：懿懿太尉[③]，惇厚朴诚。辅翼受命，应节御营。历位卿相，土[④]国兼并。见危致命，社稷以宁。

《平阳侯曹参铭》曰：蹇蹇相国，克忠克诚。临危处险，安而匡倾。兴代之际，济主立名。身履国土，秉御乾桢[⑤]。

《汝阴侯夏侯婴铭》曰：斌斌将军，鹰[⑥]武是扬。内康王室，外镇四方。诸夏乂安，流及要荒。声驰海内，苗嗣纪功。

《安国侯王陵铭》曰：明明丞相，天赋庭直。刚德正行，不枉不曲。功业茂著，荣显食邑。距吕奉主，昭然不惑。

《汾阴侯周昌铭》曰：肃肃御史，以武以文。相赵距吕，志安君身。征诣[⑦]行在，如意不全。天秩邑土，勋乃永存。

《留侯张良铭》曰：赫赫将军，受兵黄石。规图胜负，不出帷幄。念虑俯仰，安全正朔。国师是封，光荣旧宅。（余十人不产沛、丰，其铭不录）

广选博士疏

朱浮

浮时转太仆，以国学既兴，宜广博士之选，乃上疏。帝然之。

夫太学者，礼义之宫，教化所由兴也。陛下尊敬先圣，垂意古典，宫室未饰，干戈未休，而先建太学，造立黉舍，比日车驾亲临观飨，将以弘时雍之化，显勉进

① 原作“唐”，据《东汉文纪》改。
② 原作“汉兴”，据《东汉文纪》乙正。
③ 原作“大臣”，据《东汉文纪》改。
④ 原作“上”，据《东汉文纪》改。
⑤ 原作“祯”字缺笔，据《东汉文纪》改。
⑥ 原作“膺”，据《东汉文纪》改。
⑦ 原作“诸”，据《东汉文纪》改。

之功也。寻博士之官，为天下宗师，使孔圣之言传而不绝。旧事，策试博士，必广求详选，爰自畿夏，延及四方。是以博举明经，唯贤是登，学者精励，远近同慕。伏闻诏书更试五人，唯取见在洛阳城者。臣恐自今以往，将有所失。求之密迩，容或未尽，而四方之学，无所劝乐。凡策试之本，贵得其真，非有期会，不及远方也。又诸所征试，皆私自发遣，非有伤费烦扰于事也。语曰："中国失礼，求之于野。"臣浮幸得与讲图谶[①]，故敢越职。

与彭宠书

朱浮

浮为幽州牧，辟召州士，引置幕府，多发仓谷赡其妻子。渔阳太守彭宠不从其令。浮密奏宠，帝征之。宠妻劝无应征，又与所亲信计议，吏皆怨。浮劝宠止，不应，遂举兵攻浮。浮以书质责宠，宠得书愈怒，攻浮转急。浮粮尽遁走，城降于宠。尚书令侯霸奏浮当诛。帝不忍，以为执金吾。后宠为其苍头所杀。

盖闻智者顺时而谋，愚者逆理而动。常窃悲京城太叔以不知足而无贤辅，卒自弃于郑也。伯通以名守典郡，有佐命之功，临民亲职，爱惜仓库；而浮秉征伐之任，欲权时救急，二者皆为国耳。即疑浮相谮，何不诣阙自陈，而为族灭之计乎？朝廷之于伯通，恩亦厚矣，委以大郡，任以威武，事有柱石之寄，情同子孙之亲。匹夫媵母尚能致命一餐，岂有身带三绶、职典大郡而不顾恩义、生心外叛者乎！伯通与吏人语，何以为颜？行步拜起，何以为容？坐卧念之，何以为心？引镜窥影，何以施眉目？举指建功，何以为人？惜乎弃休令之嘉名，造枭鸱之逆谋，捐传世之庆祚，招破败之重灾，高论尧舜之道，不忍桀纣之性，生为世笑，死为愚鬼，不亦哀乎！伯通与耿侠游俱起佐命，同被国恩。侠游谦让，屡有降挹之言；而伯通自伐，以为功高天下。往时辽东有豕，生子白头，异而献之，行至河东，见群豕皆白，怀惭而还。若以子之功论于朝廷，则为辽东豕也。今乃愚妄，自比六国。六国之时，其势各盛，廓土数千里，胜兵将百万，故能据国相持，多历年世。今天下几里，列郡几城，奈何以区区渔阳而结怨天子？此犹河滨之人捧土以塞孟津，多见其不知量也。方今天下适定，海内愿安，士无贤不肖，皆乐立名于世。而伯通独中风狂走，自捐[②]盛时，内听娇妇之失计，外信谗邪之谀言，长为群后恶法，永为功臣鉴戒，岂不误哉！定海内者无私仇，勿以前事自误，愿留意顾老母少弟。凡举事，无为亲厚者所痛，而为见仇者所快，则厚幸矣！

① 原作"忏"，据《后汉书》本传改。
② 原作"损"，据《后汉书》本传改。

晋文

盛德颂（有序）

陆云

余行经泗水，高帝昔为亭长于此。瞻望山川，意有慨然，遂奏章以通情焉，并为之颂云尔。晋太子舍人粪土臣云稽首再拜，上书皇帝陛下：臣云顿首死罪，伏惟陛下绍轩辕之睿哲，越三代之高踪，膺有圣之玄[①]景，蕴生民之上略。秦政肆虐，渐衅生民。在昔上帝，乃眷多方。肃雍宝命，鉴民顾天。思文睿圣，以宅神器。六合炎驾，八荒星错。企皇居于阿房，犄逸鹿于九野。谋猷回遹[②]，天人匪祚。乃薾斯国，授汉于西京。是以克绍五纬，章太素。神母哀号，底命丹野。九垓辟授命之符，钧天清建皇之鉴。陛下螭蟠泗水，龙跃下亭。庆云徘徊，紫尘熠烁。皇威肇于断蛇，神武基于丰沛。掩四缑以盖天，廓玄谟以辟宇。华宫山藏，玉堂海绸；云盖景阴，金门林蔚。拔足崇长揖之宾，吐飧纳献规之客。玄猷上通，德辉下济。仰翰云禽，俯跃鱼鲂。是以四海之内，莫不企景岳以接群，望广川而鳞集。乘山涉水，视险若夷[③]。奔波阙廷，思效死节。乃鸣鸾在衡，奔骥服辂。良、平凤栖，信、布虎据。豪雄凌暴于外，奇谟补阙乎内。威谋兼陈，智勇毕效。乃凌河海，河海无梁；乃仆高山，岳华不重。三秦席卷，项籍灰分；逋虏[④]雾散，遗寇云彻。泛时雨以清天，洒狂尘以肃地。驰广辔于舟舆，竦峻盖于苍昊。功济宇宙，德被群生。天人允嘉，民神协爱。历数在身，有命将集。而陛下犹复允执高让，成功靡有。普天归德，群后固请。然后谒天皇于圆丘，迎万乘于帝室。率土离暴秦之乱，臣妾蒙有道之惠。日照月临之墟，雕趾卉服之国[⑤]，莫非帝臣。巍巍荡荡，盖天临地。自启辟以来，有皇之美，未有若圣功之著盛者也！臣云顿首顿首，死罪死罪。臣以鄙倍，文武无施，忝宠本朝，承乏下位。而臣遘愍，自西徂东，行迈攸止，路经泗水。伏见史臣班固撰录圣功，窃承陛下扶桑始照、天晖未融之日，尝临御此川。于是即命舟人，弭楫水沚。瞻仰山川，旧物不替。永惟圣辉，罔识所凭。远眺迩念，感物兴哀。终怀靡及，拊心遐慕。臣命违千载之运，身生四百之外。恨不得役力圣明之鉴，寓目风尘之会。挥戈前队，待罪下军。抽锋咸阳之关，提钺项籍之领。痛心自悼，不知所裁。行役之臣，牵制朝宪。虽怀彷徨，王事靡盬，肃将言迈，实衔罔

① 原作“元”，避康熙讳改。今据《陆士龙集》卷六用本字。下皆同。

② 原作“送”，据《陆士龙集》改。

③ 原作“视俭若彝”。“俭”系形讹，“彝”系讳改。今据《陆士龙集》改。

④ 原作“臣”。避夷狄胡虏讳，改“虏”为“臣”，一作“卤”。今用本字。

⑤ 二句《陆士龙集》作“戎羌蛮夷之墟，雕趾肃慎之国”。

极。臣闻游魂变化，神道无方。虽圣灵登遐，降陟在天，连光五精，流辉太一。或冀神舆降观，薄狩五服，时迈玉辂，言巡兹邑。是以下臣仰瞻紫宫，俯息恍惚，愚情振荡，靡审所如。不胜延颈紫微，结心阊阖之情。谨住水滨，拜章陈愚。臣云诚惶诚恐，顿首顿首，死罪死罪，稽首以闻。臣云言：臣闻歌咏所以宣成功之烈，诗颂所以美盛德之容。是以闻其声，则重华之道弥新；存其操，则文王之容可睹。永惟陛下圣德丰化，比隆前代；元勋茂功，超踪在昔。故诗歌之所依咏，金石之所揄扬者也。臣谨上《盛德颂》一篇，虽不足以仰度天高，伏测地厚，贵献狂夫区区之情，臣云云云。晋太子舍人臣陆云上。

於皇汉祖，纂胄有唐。平章在昔，文思百王。丹辉栖列，火精幽光。爰①兹圣绪，颓维弛②纲。灵曜熠烁，跻景扶桑。则天未坠，重规旻苍。其规伊何，横乾作峻。厥德不回，矩地能顺。凭河拓景，襄岳殷韵。龙章炯伟，虎质硕变。有秦不竞，罔极黔首。震惊予师，思虔神主。上帝曰咨，天鉴③有赫。乃眷伊汉，此惟予宅。穆穆圣皇，既受帝祉。云腾下邑，风骇泗水。仰镜天文，五纬同晷。俯察云符，神母爰止。思文圣主，克广克遐。威凌群桀，德润诸华。爰祀天人，天人攸嘉。爰辑烝徒，[烝徒既和]④。既和既顺，乃矢德音。丰沛之旅，其会如林。朱旗虹超，彤旆电寻。推师萧曹，抚剑高吟。元戎薄伐，时罔不龛。凌波川溃，肆野陆沉。咸阳克殄，既系秦后。峨峨阿房，乃清帝宇。穆穆圣皇，天保攸定。有项畔援，不式王命。王命既愆，黜我西土。於铄王师，遵时匪怒。爰赫乘衅，席卷三夏。啴啴戎轩，矫矫乘马。燮伐强楚，至于垓下。天诛薄曜，暴籍授首。区夏既混，宇宙蒙乂。肃肃帝居，巍巍神器。有皇于登，是临天位。绣文于裳，组华于黻。穆穆天子，有瑟其容。朱干锵锵，相维辟公。宣声路寝，发号紫宫。颁⑤此恺悌，以畜万邦。思乐皇庆，协于时雍。琴瑟在御，大予舞功。越裳委贽，肃慎来王。穆穆圣皇，开国乘制。分圭祚劳，河山命誓。礼律克彰，典文垂艺。有汉恢恢，疏罔不替。圣功克明，九方孔安。良宰内干，武臣外闲。渐泽冀域，沾被戎蛮⑥。连光太素，万⑦载不刊。

① 原作“爱”，据《陆士龙集》改。
② 原作“地”，据《陆士龙集》改。
③ 原作“监”，古同“鉴”，镜。
④ 四字据《陆士龙集》补。
⑤ 原作“须”，据《陆士龙集》改。
⑥ 原作“雍方”，失韵，据《陆士龙集》改。
⑦ 原作“家”，据《陆士龙集》改。

刘宋文

经张良庙令（时军次留城）

武帝

夫盛德不泯，义在祀典。微管之叹，抚事弥深。张子房道亚黄中，照临殆庶。风云言感，蔚为帝师。大拯横流，夷项定汉。固以参轨伊望，冠德如仁。若乃神交圯上，道契商洛。显晦之间，窈然难究。源流渊浩，莫测其端矣。途次旧沛，伫驾留城。灵庙荒残，遗像陈昧。抚迹怀人，慨然永叹。过大梁者，或伫想于夷门；游九原者，亦流连于随会。可改构榱桷，修饰丹青。蘋蘩行潦，以时致荐。以抒怀古之情，用存不刊之烈。

受宋公九锡令（以彭城为国都）

武帝

孤以寡薄，负荷殊重。守位奉藩，危溢是惧。朝恩隆泰，委美推功。遂方轨齐晋，拟议国典。虽亮诚守分，十稔于今；而成命弗回，百辟胥暨。内外庶僚，敦勉周至。藉运来之功，参休明之迹。乘菲薄之资，同盛德之事。寤寐永言，未知攸托。隆祚之始，恩覃斯庆。其赦国内殊死以下，今月二十三日昧爽以前，悉皆原宥。[鳏][1]寡孤独不能自存者，人赐粟五斛。府州刑罪，亦同荡然。其余详依旧准。

司徒刘穆之碑铭

傅亮

公讳穆之，字道和，彭城人也。公膺陶钧之秀范，该生民之上操。三[2]变肇于弱容，九德充于初迪。文明在中，柔顺畅于事业；敬以直内，义让洽于州党。时元凶窜遁，拥据荆沔；乘舆播幸，越蹈九江。公率先群后，电发川湄。奖怀本之众，励思奋[3]之士。桓谦籍累[4]叶之资，徐覆忸骤胜之锋，习乱之徒，若猬毛而起。内怀根本之虞，外通首尾之势。公灵武独运，奇谋内湛。鞠旅陈众，视险若夷[5]。飞云西溯，则水截鲸鲵；乘辕东指，则陆殪长蛇。回累棋之危，成维山之固。丰功茂勋，大造于王室；淳风懿化，永结于荆南。铭曰：二仪发挥，川岳协灵。外恢温雅，内

① 底本漫漶，字据《宋书·武帝纪中》补。
② 原作“二”，据《艺文类聚》卷四十七改。
③ 原作“旧”，据《艺文类聚》改。
④ 原作“屡”，据《艺文类聚》改。
⑤ 原作“彝”，据《艺文类聚》改。

镜文明。怀仁履顺，蕴义居［贞］[①]。煌煌衮衣，礼亦隆只。翼翼素心，克终如始。夷[②]情升降，一色愠喜。训俭于物，复礼克己。

按：《宋书》《南史》并以穆之为东莞莒人，故前卷《人物志》不载。此文见《一统志》中。亮生刘宋时，其称穆之为彭城人，或非无据，特录存之。

元魏文

徐州上皇帝表

尉元

臣受命出疆，载离寒暑，进无邓艾一举之功，退无羊祜保境之略，虽淮岱获振，而民情未安。臣以愚昧，属当偏任，苟事宜宣彻，敢不以闻。臣前表以下邳水陆所䘳，先规殄灭，遣兵屡讨，犹未克定。然彭城、下邳，信命未断，而此城之人，元居贼界，心尚恋土。辄相诳惑，希幸非望。南来息耗，壅塞不达，虽至穷迫，仍不肯降。彭城民任玄朗从淮南到镇，称宋将任农夫、陈显达领兵三千，来循宿豫。臣即以其日密遣觇使，验其虚实，如玄朗所言。臣欲自出击之，以运粮未接，又恐新民生变，遣子都将于沓千、刘龙驹等步骑五千，将往赴击。但征人淹久，逃亡者多，迭相扇动，莫有固志，器仗败毁，无一可用。臣闻伐国事重，古人所难，功虽可立，必须经略而举。若贼向彭城，必由清泗过宿豫，历下邳；趋青州，路亦由下邳入沂水，经东安，即为贼用师之要。今若先定下邳，平宿豫，镇淮阳[③]，戍东安，则青、冀诸镇可不攻而克。若四处不服，青冀虽拔，百姓狼顾，犹怀侥幸之心。臣愚以为，宜释青冀之师，先定东南之地，断宋人北顾之意，绝愚民南望之心。夏水虽盛，无津途可因；冬路虽通，无高城可固。如此则淮北自举，暂劳永逸。今虽向热，犹可行师。兵尚神速，久则生变。若大[④]雨既降，或因水通，运粮益众，规为进取。恐近淮民庶，翻然改图，青冀二州，卒未可拔。臣辄与僚佐共议，咸以为然。若隐而不陈，惧有损败之责；陈而无验，恐成诬罔之罪。惟天鉴悬量，照臣愚款。

① 原阙，据《艺文类聚》补。
② 原作“平”，据《艺文类聚》改。
③ 原作“扬”，据《魏书》本传改。
④《魏书》本传作“天”。

徐州陈政事表

薛虎子

臣闻金汤之固，非粟不守；韩白之勇，非粮不战。故自用兵以来，莫不先积聚，然后图兼并者也。今江左未宾，鲸鲵待戮，自非委粟彭城，以强丰沛，将何以拓定江关，扫一衡霍？窃惟在镇之兵，不减数万，资粮之绢，人十二匹，即自随身，用度无准，未及代下，不免饥寒。论之于公，无毫厘之润；语其私利，则横费不足。非所谓纳民轨度，公私相益也。徐州左右，水陆壤沃，清汴通流，足盈激灌，其中良田十万余顷。若以兵绢市牛，分减戍卒，计其牛数，足得万头。兴力公田，必当大获粟稻。一岁之中，且给官食，半兵耘植，余兵尚众，且耕且守，不妨捍边。一年之收，过于十倍之绢；暂时之耕，足充数载之食。于后兵资，惟须内库，五稔之后，谷帛俱溢。匪直戍士有丰饱之资，于国有吞敌之势。昔杜预田宛叶以平吴，充国耕西零以强汉。臣虽识谢古人，任当边守，庶竭尘露，有增山海。

再陈政事疏

薛虎子

臣闻先王建不易之轨，万代承之；圣主垂不刊之制，千载共仰。伏惟陛下道洽群生，恩齐造化，仁德所覃，迹超前哲。远崇古典，留意治方，革前王之弊法，申当今之宜用。定贡赋之轻重，均品秩之厚薄，庶令百辟足以代耕，编户享其余畜。巍乎焕焉，不可量也。臣窃寻居边之民，蒙化日浅；戎马之所，资计素微。小户者一丁而已，计其征调之费，终岁乃有七缣。去年征责不备，或有货易田宅，质妻卖子，呻吟道路，不可忍闻。今淮南之人，思慕圣化，延颈企足，十室而九。恐闻赋重，更怀进退。非惟损皇风之盛，虑伤慕义之心。且臣所居，与南连接，民情去就，实所谙知。特宜宽省，以招未至。其小郡太守，数户而已。一请止六尺绢，岁不满匹。既委边捍，取其必死，邀之士重，何吝君轻？今班制已行，布之天下，不宜忤冒，以乱朝章。但猥藉恩私，备位藩岳，忧责之地，敢不尽言。

唐文

灵泉颂（原名孝感泉）

骆宾王

按《新唐书》：宋思礼事继母徐，以孝闻。补萧县主簿，会大旱，井池涸。母羸疾，非泉水不适口。思礼忧惧且祷，忽有泉水出诸庭，味甘寒，日不乏汲。县人异之。尉柳晃为刻石，颂其孝感。

闻夫玄[①]功幽赞，灵心以有德是亲；至道冥符，笃行以通仁为本。若乃天经地义，色养叶于因心；夏清冬温，爱敬弘于锡类。下逮六幽之奥，上洞三光之精。不有至诚，孰云斯感？有广平宋思礼，字过庭，皇朝永州刺史昉之适孙，户部员外顺之长子。幼丁偏罚，早丧慈亲。永怀鞠养之恩，长增思慕之痛。弱不好弄，长而能贤。趋庭闻诗礼之风，亢宗勖曾闵之行。事后母徐，以至孝闻。北面兴悲，泣高堂而咎己；东游下位，欢微禄以逮亲。调露二年，来佐百里。俯就微班之列，将申返哺之情。敬立身其若斯，于从政乎何有？时岁亢旱，金石行销，远近川原，殆将堙绝。浚井皆为汤谷，通波尽化污池。太夫人在迟暮之年，有温劳之疾。非滥浆不可以适口，非源泉不可［以］[②]蠲疴。色养既亏，忧惶靡诉。俄而厅阶之下，忽清泉而自生。因疏导其源，遂流注不竭。味甘若醴，气冷如冰。此邑城近骞山，地连禹穴。基址多石，岗埠无津。爰自兴建以来，久微穿汲之利。非精诚贯于有道，纯志浃于无私，孰能[③]洽冥贶以通幽，导灵泉而致养者也？昔汉臣忠烈，穷井飞于一言；姜妇孝思，潜波移于七里。静惟陈迹，彼亦何人？萧县尉柳晃，耿介之士也。道合则金兰若胶漆，情异则轩冕犹埃尘。片善可嘉，朝闻甘于夕死；一诺犹重，黄金贱于白圭。以为执友素交，岂轻肥利禄之谓也；赏音达礼，非钟鼓玉帛之云乎？所耻者，没而无称；所贵者，存乎不朽。徒怀美志，未遇良材。某出赞荒隅，途经胜壤。三秋客恨，长怀宋玉之悲；一面交欢，暂雪桓谭之涕。睹斯水之清泚，感若人之精诚。见贤思齐，仰圭璋而有地；挥毫兴颂，镂琬琰以无惭。乃作颂曰：

粤若稽古，厥初生民。其谁不孝，独我难伦。义不悖道，仁不遗亲。爱敬尽力，孝弟通神。顾我罔极，因心感至。冥契动天，甘泉涌地。泠泠无竭，烝烝不匮。曾是我私，永锡尔类。爰有劳[④]人，景行芳尘。事谐则感，道洽斯亲。孝为礼主，名为实宾。倘斯文之不坠，知盛德之有邻。

使院新修石幢记

高瑀

元和十二年九月十二日，徐之从事立石纪氏于府庭之南端。初，元戎岐公辛卯岁自夏台帅奉诏朝于京师。天子当扆，对百辟卿士，登公于明庭，曰："自理朔陲，边风变和，毡裘垂臂，敛衽从教。予嘉于衷，文武佥同。今之徐方，控临东极，淮海闽越，千里遥赖。地产坚金，俗风用刚。河山郁盘，我武宜扬。故有鈇钺、印绶

① 原作"元"，避康熙讳改，今据上海涵芬楼藏明刊本《骆宾王文集》恢复本字。

② 字据明刊本《骆宾王文集》卷一补。

③ 原作"孰能无"。案《骆宾王文集》，"无"字衍，今删。

④ 原作"芳"，据《全唐文》改。

之赐，予之戎柄，期于光大。郡邑之长，司我风教。蒸人寿夭，系厥二吏。故别以符印，备以僚属，予之耳目，期于观听[①]。大野东原，既潴且平，纤缟草木，咸在征赋，故当命使，期于营度。城一十六，户一十万，兵六十旅，矛铤戈戟，戎车铁马，洎翔潜动植，宜咸领焉！”公拜稽首，致诚泪血，俯仰交感，左右动色。让德不获，改辕而东。红旌大旆，都人纵观，光腾九衢。以功绍复，再统幢节，近古无俦。是岁十一月四日，至于理所。从一日至于百千日，无一息无一顷暂忘向之帝命。旧府无积，衣食旷乏，则军声武备，其可知矣。遂假财于邻，从俭于身，戎装貔集，将卒骁敢，野夫行谣，四郡咸康。故以战则克，以祀则福，境有飞运，水无惊波，有征之师，以徐为则。上多乃茂绩，俾位冠于群帅，故有左揆之拜，时无等焉。皇乎哉！岐公之德，宜在鼎彝矣。噫！连帅大府，今天下三十有九。皆显才闻人，为佐为宾。诚明中和，从事之道也；离明诚中和，非从事之道也。扶善与能，鬼神潜光。谁或绐幽暗，而谓神无知？故予之同府，常恐惧乎不至，戒慎乎不闻。用明诚怡神，离明诚愧神。将此道也，奉我公，省厥躬，期此布名氏之不朽，则可转之石，焉足道哉！（岐公谓李愿也）

周苛碑记

李观

昔天丧水德，未有受命者，而刘项之战方苦，残毒轧于生民。御史大夫周苛，世籍于沛，始汉祖起而随焉。时汉以新阨睢水之围，遽保荥阳，楚人四面攻之，内无完备，忧难持久。用将军纪信计而汉祖免，用周苛守后事，以御外敌。敌知其危，并力荡摇。哀哀遗军，创痛如积。虽授之以利兵，束之以坚甲，而莫能起。非爱死也，力不堪也，故城覆于项氏。项氏毅然鹰瞬，爨大鼎于宇下，谓苛曰：“请封三万户为上将军。军之政，自不谷而下及卒乘，皆听其所为。不从则烹，决无疑焉！”公怒甚色作，视羽而咳之曰：“吾闻不善者善人之资。今天将锡汉，是用汝资之。不即倒戈请命，汝死无日矣！且秦政反道，歼灭六国，天人合怒，噍类不留。今汝之业不足侔秦，而罪侈于秦，曾不知天以阴骘兴丧与夺，而犹与汉争锋。且若战数胜，攻数克[②]，非君能也。天厚其恶，恶厚将崩，何得长哉！”项氏恚公之不屈，而耻其诡己，声如乳虎，指左右捽公于沸鼎。公奋身不顾，蹈鼎而卒。呜呼！糜躯冀于不朽，不朽在乎立节，立节在乎显主。主显[③]节立，独苛有之，与夫由余受戈、弘演内肝殊也。初，苛杀魏豹，可谓无人薄我；及拒项氏，岂非临难不苟免耶？观

① 原作“德”，据《全唐文》卷七一六改。
② 原作“功数冠”，据上海涵芬楼藏明嘉靖本《唐文粹》卷五十三改。
③ 原作“显主”，据《唐文粹》乙正。

感公之雄果，而史无传记，敢镂幽石，以承阙文。其辞曰：龙战未分，崩雷泄云。雷奔[①]云泄，其下流血。荥阳攻急，介士涕泣。赤帝徘徊，惟公在哉。秉心慷慨，处死不改。沉沉积冤，千古奚言。纪公光烈，系史之阙。

送刘太冲序

颜真卿

太冲，彭城之华望也。自开府垂明于宋室，泽州考绩于国朝，道素相承，世传儒雅，尚矣。其果行修洁，斯文彪蔚，鄂不[②]照乎移华，龙骥骧乎云路。则公山、正礼策高足于前，冲与太真嗣家声于后，有日矣。昔予作郡平原，拒铁锜[③]，而请与从事。掌[④]铨吏部，第甲乙[⑤]，而超升等第[⑥]。尔来蹉跎，犹屑卑位，虽才不偶命，而德其无邻。故冲之西游，斯有望矣。江月弦魄，秦淮顶潮[⑦]，君行句溪，正及春水。勖哉之子，道在何居？鲁郡颜真卿序。

徐州上张仆射书

韩愈

九月一日愈再拜：受牒之明日，在使院中，有小吏持院中故事节目十余事来示愈。其中不可者，有自九月至明年二月之终，皆晨入夜归，非有疾病事故辄不许出。当时以初受命，不敢言。古人有言曰：人各有能，有不能。若此者，非愈之所能也。抑而行之，必发狂疾。上无以承事于公，忘其将所以报者；下无以自立，丧失其所以为心。夫如是，则安得而不言？凡执事之择于愈者，非为其能晨入夜归也，必将有以取之。苟有以取之，虽不晨入而夜归，其所取者犹在也。下之事上，不一其事；上之使下，不一其事。量力而任之，度才而处之，其所不能，不强使为。是故，为下者不获罪于上，为上者不得怨于下矣。孟子有云："今之诸侯无大相过者，以其皆好臣其所教，而不好臣其所受教。"今之时与孟子之时又加远矣，皆好其闻命而奔走者，不好其直己而行道者。闻命而奔走者，好利者也；直己而行道者，好义者也。未有好利而爱其君者，未有好义而忘其君者。今之王公大人，惟执事可以闻此言，惟愈于执事也可以此言进。愈蒙幸于执事，其所从旧矣。若宽假

---

① 按："奔"，《唐文粹》同，《全唐文》作"崩"。
② 鄂不：花萼和花托。鄂，通"萼"；不，同"柎"。《诗·小雅·常棣》："常棣之华，鄂不韡韡。"郑玄笺："承华者曰鄂。不，当作柎。柎，鄂足也。"
③ 颜真卿《送刘太冲序》行书法帖作"拒胡羯"，此处应系谐音讳改。
④ 原作"长"，据颜真卿法帖改。
⑤ 原作"戌"，据颜真卿法帖改。
⑥ 原作"伦"，据颜真卿法帖改。
⑦ 原作"朝"，据颜真卿法帖改。

之，使不失其性；加待之，使足以为名。寅而入，尽辰而退；申而入，终酉而退。率以为常，亦不废事。天下之人闻执事之于愈如是也，必皆曰：“执事之好士也如此，执事之待士以礼如此，执事之使人不枉其性而能有容如此，执事之欲成人之名如此，执事之厚于故旧如此。”又将曰：“韩愈之识其所依归也如此，韩愈之不谄屈于富贵之人如此，韩愈之贤能使其主待之以礼如此。”则死于执事之门，无悔也。若使随行而入，逐队而趋，言不敢尽其诚，道有所屈于己，天下之人闻执事之于愈如此，皆曰：“执事之用韩愈，哀其穷，收之而已耳；韩愈之事执事，不以道，利之而已耳。”苟如是，虽日受千金之赐，一岁九迁其官，感恩则有之矣；将以称于天下曰知己知己，则未也。伏惟哀其所不足，矜其愚，不录其罪，察其辞而垂仁采纳焉。

徐州上张仆射第二书

韩愈

愈再拜：以击毬事谏执事者多矣。谏者不休，执事不止，此非为其乐不可舍、其谏不足听故哉？谏不足听者，辞不足感心也；乐不可舍者，患不能切身也。今之言毬之害者，必曰：“有危堕之忧，有激射之虞，小者伤面目，大者残形躯。”执事闻之若不闻者，其意必曰：“进若习熟，则无危堕之忧；避能便捷，则免激射之虞。小何伤于面目，大何累于形躯者哉？”愈今所言，皆不在此。其指要非以他事外物牵引相比也，特以击毬之间之事明之耳。马之与人，情性殊异。至于筋骸之相束，血气之相持，安佚[①]则适，劳顿则疲者，同也。乘之有道，步骤折中，少必无疾，老必后衰。及以之驰毬于场，荡摇其心腑，振挠其骨筋，气不及出入，走不及回旋，远者三四年，近者一二年，无全马矣。然则毬之害于人也，决矣。凡五脏之系络甚微，坐立必悬垂于胸臆之间，而以之颠顿驰骋，呜呼，其危哉！《春秋传》曰：“夫[②]有尤物，足以移人，苟非德义，则必有祸。”虽岂弟君子，神明所扶持，然广虑之，深思之，亦养寿命之一端也。

徐泗濠三州节度掌书记厅石记

韩愈

书记之任，亦难矣！元戎整齐三军之士[③]，统理所部之甿，以镇守邦国，赞天子施教化，而又外与宾客四邻交。其朝觐、聘问、慰荐、祭祀、祈祝之文，与所部之

① 原作“佚”，据《五百家注昌黎文集》卷十七改。
② 原作“天”，据《左传·昭公二十八年》改。
③ 原作“事”，据正统《彭城志》卷十五、《五百家注昌黎文集》卷十三改。

政、三军之号令升黜，凡文辞之事，皆出书记。非闳辨通敏兼人之才，莫宜居之。然皆元戎自辟，然后命于天子。苟其帅之不文，则其所辟或不当，亦其理宜也。南阳公自御史大夫、濠寿庐三州观察使，授节移镇徐州，历十一年，而掌书记者三人：其一人曰高阳许孟容，入［仕］①于王朝，今为尚书礼部郎中；其一人曰京兆杜兼，今为尚书礼部员外［郎］②、观察判官；其一人陇西李博，自前乡贡进士授秘书省校书郎，方为之。南阳公文章称天下，其所辟，实所谓闳辨通敏兼人之才者也。后之人苟未知南阳公之文章，吾请观于三君子；苟未知三君子之文章，吾请观于南阳公可知矣。蔚乎其相彰，炳乎其相辉，志同而气合，鱼川泳而鸟云飞也。愈③乐是宾主之相得也，故请刻石以记之，而陷置于壁间，俾来者得以观览焉。

汉高原庙

柳宗元

昔在帝尧，光有四海，元首万邦。时则舜、禹、稷、契，佐命垂统，股肱天下。圣德未衰而内禅，元臣继天而受命。四姓承休，迭有中邦。五神还运，炎德复起。周道削灭，秦德暴戾。皇天畴庸，审厥保承。乃命唐帝之后，振而兴④之；又俾元臣之后，翊而登之。所以绍复丕绩⑤，不坠厥祀。故曲逆起为策士，辅成帝图，吐谋洞灵，奋奇如神，舜之胄也。汝阴脱帝密网，摧虏暴气，扶乘天休，运行嘉谋，禹之苗也。 侯保绥三秦，控引汉中，宏器廓度，以大帝业，契之裔也。淮阴整齐天兵，导扬灵威，覆赵夷魏，拔齐殄楚；平阳破三秦，虏魏王；绛侯定楚地，固刘氏，皆稷之裔也。克复尧绪，昭哉甚明。天意若曰：建火⑥德者，必唐帝之胄，故汉氏兴焉；翼炎运者，必唐臣之孙，故群雄登焉。是以高帝诞膺圣祚，以垂德厚，探昊穹⑦之奥旨，载幽明之休祐。杀白帝于大泽，以承其灵；建赤旂于沛邑，以昭其神。假手于嬴，以混诸侯；冯力于项，以离关东。奉缵尧之元命，而四代之后，咸献其用；德乘木之大统，而秦楚之盛，不保其位。既建皇极，设都咸阳，抚征⑧四方，训齐天下。乃乐沛宫，以追造邦之本；乃歌《大风》，以昭武成之德；乃奠旧都，以壮王业之基。生为汤沐之邑，没为思乐之地。且曰万岁之下，魂游于此。惟兹原庙，沛宫之旧也。祭蚩尤于是庭，而赤精降；导灵命于是邦，而群

① 字据《五百家注昌黎文集》补。
② 字据《五百家注昌黎文集》补。
③ 原作“会”，据《五百家注昌黎文集》改。
④ 原作“与”，据《柳河东集》卷二十改。
⑤ 原作“续”，据《柳河东集》改。
⑥ 原作“大”，据《柳河东集》改。
⑦ 原作“穷”，通“穹”。
⑧ 原作“正”，据《柳河东集》改。

雄至。登布衣于万乘，而子孙得以缵其绪；化环堵为四海，而黎元得以安其业。基岱岳之高，源洪河之长，蓄灵拥休，此焉发迹。盖以道备于是，而后行之天下；制成于是，而后广之宇内。天下备其道，而神复乎本；宇内成其制，而心怀其旧。宜其正名以表功，用成其始，俾生灵尽其敬焉；陈本以宅神，用成其终，俾生灵尽其慕焉。故高帝定位，建兹閟宫；惠皇嗣服，爰立清庙。绵越千祀，至今血食，此所以成终而成始也。且夫以断蛇之威，安知不运其密，用佐岁功以流泽欤？以约法之仁，安知不流其神，眷相旧邦之遗黎欤？以绍唐之余庆，统天之遗烈，安知不奋其神化，大祐于下土欤？然则展敬乞灵，乌可已也。铭于旧邑，以迪天命。其辞曰：

荡荡明德，时维放勋。登翼炎运，唐臣之孙。秦纲既离，鹿骇东夏。长蛇封豕，蹈跃中野。天复尧绪，钟祐于刘。赫矣汉祖，播兹皇猷。扬旍沛庭，约从诸侯。豪暴震叠，威声布流。总制虎臣，委成良畴。剿殄霸楚，遂荒神州。区宇怀濡，黔黎辑柔。表正万国，炎灵用休。定宅咸阳，以都上游。留观本邦，在镐如周。穆穆惠皇，宗禋克承。崇崇沛宫，清庙是凭。原念大业，肇经兹地。乃专元命，亦举严祀。建旍衅鼓，遂据天位。魂游故都，永介丕祚。焕列唐典，严恭罔坠。勒此休铭，以昭本始。

荐刘轲书

白居易

庐山自陶、谢洎十八贤已还，儒风绵绵，相续不绝。[贞][①]元初，有符载、杨衡辈隐焉，亦出为文人。今读书属文、结草庐于岩谷间者一二十人，其秀出者有彭城刘轲。开卷慕孟轲为人，秉笔慕扬雄、司马迁为文。著《翼孟》三卷、《豢龙子》十卷、杂文百余篇。圣人之旨，作者之风，虽未臻极，往往而得。予佐浔阳三年，轲每著文，辄来示予。予知轲志不息，异日必能跨符、杨，攀陶、谢。轲一旦尽赍[②]所著书及所为文，访予告行[③]，欲举进士。予方沦落江海，不足发轲事业。又羸病无心力，不能遍[④]致书于台省故人。因援纸引笔，写胸中事，授轲曰：持此为予谒某某。彼七八君子，以予愚直，常信其言。苟于今不我欺，则子之道庶几光明矣！

① 原空阙，字据《白氏长庆集》卷四十三补。
② 原作“齐”，据《白氏长庆集》改。
③ 原作“言”，据《白氏长庆集》改。
④ 原作“偏”，系“徧”之讹，据《白氏长庆集》改。

上崔相公书

刘轲

当今帝尧在上，夔龙为相，犬戎新逐。三晋四战之地，无枭雏狼子，是宜徼福者争[①]归贺于相国。某独不敢以是心同众人之唯唯，思有以一跪吐而未果者，诚以相门尊高，非布衣可以私谒。其或关衡石轻重，非先书道诚素则无以为也。然而潜是心不为身有所祈，输诚于相公，得不以常常之心怜其持意耶？陆生有言曰："天下安，注意相。"今属凶孽新夷，泰阶初平。天下之悬悬其心，复魏、房、姚、宋致太宗、玄宗故事，若啼婴儿待哺，塞是望者独相公。是以闻相公以是为心，即房、宋不死，二宗之道尽得施于上矣。语不云乎："虽有镃基，不如乘时。"自用武以来，至于今日，不谓无时。得其时而不乘之以[贞]观、开元治平之势，则势之过，如发矢耳，此所以为相公惜是时之难再也。且天下欲上如二宗，待相公而肖之耳。今相公岂不待天下之士，而坐为房、宋者也？又非有其时无其人。人与时偕有矣，岂可厚诬多士，谓无一可与言房、宋故事者耶？昔宓不齐邑不方百里，师五老而友二十八人；齐桓公为诸侯盟主，有坐友三人、谏臣五人、举过者三十人；周公相成王，躬吐握之劳，所执贽于穷闾隘巷者七十人。彼一圣二贤，挈下戴上，非独责成其心，而天下之人故至于今称[为][②]圣贤。况当相公首筑太平之基，焉知夫有心者不磨勇养气，待相公呼而出之耶？今云云论者，见犬戎退边不数十里，便谓边无可虞，虏无能为；见赵、魏之地死一帅，易一将，便谓天下无事，庙堂可以高枕。此岂知[③]相公第欲因前之无事，不欲为巍巍荡荡之绩乎？抑某[④]闻宰相之事，必以天下为言。以衡石言之，岂不资天下[锱铢轻重为平准者耶？以鼎实言之，岂不资天下][⑤]水陆飞走为滋味者耶？若轲者，虽有生之微，岂不资衡鼎之一物乎？伏念自知书来，耻不为章句小说桎梏声病之学，敢希趾遐踪，切慕左丘明、扬子云、[司马子长、][⑥]班孟坚之为书，故北居庐山，亦尝有述作。幸当相公调元厚生之次，不使一物不遂其性，一夫不获其心，是宜天下褐衣之徒孤立艺[⑦]进之秋也。谨献所尝著《隋监》一卷、《右[⑧]史》十卷，伏希枢务之暇，赐一览读。恩幸恩甚，轲恐惧再拜。

① 原作"省事"，据《唐文粹》卷七十八、万历《沛志》卷十三《艺文上》改。
② 字据《唐文粹》、万历《沛志》补。
③ 原作"如"，据《唐文粹》、万历《沛志》改。
④ 万历《沛志》、《全唐文》同作"某"，《唐文粹》作"其"。
⑤ 十九字据《唐文粹》、万历《沛志》补。
⑥ 四字据《唐文粹》、万历《沛志》补。
⑦ 原作"蒸"，据《唐文粹》、《全唐文》、万历《沛志》改。
⑧ 原作"石"，据《唐文粹》、万历《沛志》改。右史，即《汉书右史》，已佚。《全唐文》作"左史"，误。

上座主书

刘轲

轲今月十日祗奉榜限，纳杂文一卷。又闻每岁举人，或得以书导志。轲性颛鲁，狃隶山野，未熟去就，悚惶惕息。伏惟宽明，少冥心察纳。轲伏见今之举士，竞取誉雌黄之口，而知必也定轻重于持衡之手。虽家至户到，曾不足裨铢两。苟自低昂，已定乎徇已者之论，是私己于有司，非公有司于己也。轲也愚，敢不以是规？轲本沛上耕人，代业儒，为农人家。天宝末，流离于边，徙贯南鄙[①]。边[②]之人嗜习玩味异于沛，然亦未尝辍耕舍学，与边俗齿。且曰："言忠信，行必果[③]，虽蛮貊行矣。"故处边如沛焉。[贞]元中，轲仅能执经从师。元和初，方结庐于庐山之阳，日有芟夷畚筑之役，虽震风凌雨，亦不废力耕耨。或农圃余隙，积书窗下，日与古人磨砻前心。岁月悠久，寖成书癖，故有《三传指要》十五卷、《十三代名臣[④]议》十卷、《翼孟子》三卷。虽不能传于时，其于两曜无私之烛，不为堕弃矣。流光自急，孤然一生。一日，从友生计，裹足而西。京邑之大，居无环堵；百官之盛，亲无瓜葛[⑤]矣。夫何能发声光于幽陋？虽不欲雌黄者之所轻重，岂不欲持衡者之所斤铢耶？此轲所以中夜愤激，愿从寒士齿庶。或搴芳人幽，不以孤秀不撷；拣金于沙，不以泥土不取。阁下自谓此心，宜如何答也？尝读史，感和璞之事，必献不至三，刖[⑥]不至再；必献不至再，殆几乎无刖矣。伏荷阁下以清明重德，镇定群虑，衡镜在手，蚩妍轻重之分，咸希一定，俾退者无屈辞，进者无幸言。夫如是，非独斯士辈之望而已矣，亦宜实公器而荷百禄，岂只区区世人而已哉！轲也生甚微末，甚乎鱼鸟。鱼鸟微物，犹能依茂林清泉以厚其生，则体乾刚坤顺之气，不能发迹于大贤人君子之门乎！轲再拜。

---

① 原作"从贾商鄙"，据《唐诗纪事》、《唐文粹》、万历《沛志》改。
② 原作"远"，据《唐诗纪事》、《唐文粹》、万历《沛志》改。
③《唐诗纪事》、万历《沛志》同作"行必果"。《唐文粹》据《论语·卫灵公》改"行笃敬"。
④ 原作"世"，据《唐文粹》、万历《沛志》改。
⑤ 原作"葛瓜"，据《唐文粹》、万历《沛志》乙正。
⑥ 原作"则"，据《唐文粹》、万历《沛志》改。

徐州志卷之三十一

艺文四

宋文

厌气台铭

王禹偁

古之王者筑灵台，视云物，察气候之吉凶，知政教之善恶。苟理合天道，垂休降祯[①]，则必日新其德以奉之；化失民心，为妖作沴，则必夕惕其躬以惧之。如是，则变祸福而反灾祥，不为难矣。乌有筑高台，厌王气，行巫觋之事，御天地之灾者乎？嬴政之有天下也，始以利嘴长距，鸡斗六国而擅场；复以钩爪锯牙，虎噬万方而择肉；终以多藏厚敛，蚕食兆民而富国。然后戍五岭，筑阿房。驱周孔之书，尽付回禄；惑神仙之术，但崇方士。收大半之赋，则黔首豆分；用参夷之刑，则赭衣栉比。鲸鲵国政，蝼蚁人命。原膏野血，风腥雨膻。六国嗷嗷，上诉求主。天将使民息肩于炎汉，故望气者云：东南有天子气。于是祖龙巡狩，筑台以厌之。殊不知，民厌秦也，诉之于天；天厌秦也，授之于汉。秦独厌天、厌民而自王乎？向使筑是台，告天引咎，迁善树德，封六国之嗣，复万民之业，薄赋敛，省徭役，销戈镕兵，勖稼穑，除高斯之暴政，修唐虞之坠典，下从人望，上答天意，则王气不厌而自销矣，刘项之族何由而兴哉？某游丰沛之间，睹台之旧址，思古览今，怅然有怀。洒翰濡毫，遂为铭曰：

台之筑兮，救秦之衰。救[②]之不得，为汉之基。气之厌兮，虑汉之昌。厌之不得，速秦之亡。秦之厌汉，其惟一身。汉之厌秦，乃有万民。高台巍峨，王气氤氲。秦政已矣，汉德惟新。泱泱前古，茫茫后尘。故国芜没，荒台草蓁。行人环竦，恻怆斯文。

---

① 原缺笔省“贞”，据旧志补足。又，乾隆《徐州府志》改为“福”字。

② 原作“厌”，据《明一统志》改。

凫鹥亭诗序

姚云

丰县公宇之背，子城之东隅，有亭其上，曰“四望”，旧矣。治平三年，钱塘关公彦长以进士来宰是邑。视事之暇，而登览焉，病其榱栋栏楯之朽败，不足以蔽风雨而延宾客也，于是易新今名而完壮之。又作诗其上，以赋其事。丰人嘉诵而喜传者，方领曳裾之外，闾门稚子、林野匹夫同之。於乎，何其声誉之琅琅也！粤二[①]十余祀，单父马公以世胄之贤，为令是县。爱其陂池游衍，鱼鸟出没有江湖之态，芰荷菱芡有清适之境，佳木秀竹有山林之气，又嘉公能写咏其事而传遗后人也，于是迭出新意，以赓和之。言约而义丰，辞匀而意远，不戾于古，不愧于今，信乎与作者同风也。丰人安公之政而嘉公之咏，乐与二公之诗俱传不朽，故特镌于石，以久岁月，而且属云序之。于是遂书云。

清心亭记

曾巩

嘉祐六年，尚书虞部员外郎梅君为徐之萧县，改作其治所之东亭，以为燕息之所，而名之曰清心亭。是岁秋，来请记于京师。属余有亡妹、伤女之悲，不果为。明年春，又来请。属余有悼亡之忧，又不果为。而其请犹不止。至冬，乃为之记曰：夫人之所以神明其德，与天地同其变化者，夫岂远哉？生于心而已矣。若夫极天下之知，以穷天下之理，与夫性之在我者能尽之，命之在彼者能安之，则万物自外至者，安能累我哉？此君子之所以虚其心也。万物不能累我矣，而应乎万物，与民同其吉凶者，亦未尝废也。于是有法诫之设、邪僻之防，此君子之所以斋[②]其心也。虚其心者，极乎精微，所以入神也；斋其心者，由乎中庸，所以致用也。然则君子之欲修其身、治其国家天下者，可知矣。今梅君之为[③]是亭，曰不敢以为游观之美，盖所以推本为治之意，而且将清心于此。其所存者，亦可谓能知其要矣！乃为之记，而道余之所闻者焉。十一月五日，南丰曾巩记。

徐州谢上表

苏轼

臣轼言：分符高密，已窃名邦；改命东徐，复尘督府。荷蒙深厚，抚己兢惭。伏念臣奋身农亩，托迹书林。信道直前，曾无坎井之避；立朝寡助，谁为先后之

① 原作“三”，据嘉靖《徐州志》、隆庆《丰县志》改。
② 原作“齐”，据曾巩《元丰类稿》卷十八改。下同。
③ 原作“有”，据《元丰类稿》改。

容。屡献瞽言，仰尘圣鉴，岂有意于为异，盖笃信其所闻。顾惭迂阔之言，虽多无益；惟有朴忠之素，既久犹坚。远不忘君，未忍改其常度；言之无罪，实有恃于至仁。知臣者谓臣爱君，不知臣者谓臣多事。空怀此意，谁复见明？伏惟皇帝陛下，日月照临，乾坤覆帱。察孤危之易毁，谅拙直之无他。安全陋躯，畀付善地。民淳讼简，殊无施设之方；食足身闲，仰愧生成之赐。顾力报之无所，怀孤忠而自怜。

徐州贺河平表

苏轼

臣轼言：窃闻黄河决口已遂闭塞者，圣谟独运，天眷莫违。庶邦子来，民罔告病；万杵雷动，役不逾时。遂消东北莫大之忧，然后麦［禾］①可得而食。人无后患，喜若再生。臣轼伏以大河为灾，历世所病。禹治兖州之野，十有三载乃同；汉筑宣房之宫，二十余年而定。未有收狂澜于既溃，复古道于将湮，俯仰而成，神速若此。恭惟皇帝陛下，至仁溥施，神智无方。达四聪以来众言，广大孝以安宗庙。水当润下，河不溢流。属岁久之无虞，故患生于所忽。方其决也，本吏失其防，而非天意；及其复也，盖天助有德，而非人功。振古所无，溥天同庆。维丰沛之大泽，实汴泗之所钟。伊昔横流，壈②孤城之若块；迨兹平定，蔚秋稼以如云。害既广则利多，忧独深而喜倍。虽官守有限，不获趋外庭以称觞；而民意所同，亦能抒下情而作颂。

徐州谢奖谕表

苏轼

臣轼言：伏奉今月四日敕，以臣去岁修城捍水，粗免疏虞，特赐奖谕者。奔走服勤，人臣之常事；褒称劳勉，学者之至荣。自惟何人，乃辱斯语？伏念臣学无师法，才与世疏。经术既已不深，吏事又其所短。累忝优寄，卒无异称。宽如定远之言，平平无取；拙比道州之政，下下宜然。乃者河决澶渊，毒流淮泗。百堵皆作，盖僚吏之劬劳；三版不沉，本朝廷之威德。而臣下掠众美，上贪天功。独窃玺书之荣，以为私室之宝。此盖伏遇皇帝陛下，天覆四海，子养万民。哀无辜之遭罹，特遣使以存问。既蠲免其赋调，又饮食其饥寒。所以录臣之微劳，盖将责臣之来效。臣敢不躬亲畚筑，益修今岁之防；安集流亡，尽复平时之业。庶殚朽钝，少补丝毫。

---

① 字据《东坡全集》卷六十七补。

② 嘉靖、万历《徐州志》作“壈”，本志、乾隆《徐州府志》及乾隆、道光《铜山县志》作“壈”。

祈雨青词

苏轼

河失故道，遗患及于东方；徐居下流，受害甲于他郡。田庐漂荡，父子流离。饥寒顿仆于沟坑，盗贼充盈于犴狱。人穷计迫，理极词危。望二麦之一登，救饥民于垂死。而天未悔祸，岁仍大荒。水未落而旱已成，冬无雪而春不雨。烟尘蓬勃，草木焦然。今者麦已过期，获不偿种；禾未入土，忧及明年。臣等恭循旧章，并走群望。意水旱之有数，非鬼神之得专。是用稽首告哀，吁天请命。若其赋政多辟，以谪见于阴阳；事神不恭，以获戾于上下。臣实有罪，罚其敢辞？小民无知，大命近止。愿下雷霆之诏，分敕山川之神。朝阶寸云，暮洽千里。使岁得中熟，则民犹小康。

徐州上神宗皇帝书

苏轼

臣以庸材，备员册[①]府，出守两郡，皆东方要地。私窃以为守法令，治文书，赴期会，不足以报塞万一。辄伏思念东方之要务，陛下之所宜知者，得其一二，章具以闻，而陛下择焉。臣前任密州，所建言自古河北与中原离合，常系社稷存亡，而京东之地所以灌输河北，瓶竭则罍耻，唇亡则齿寒，而其民喜为盗贼，为害最甚，因为陛下画所以待盗贼之策。及移守徐州，观览山川之形势，察其风俗之所移，而考之于载籍，然后又知徐州为南北之襟要，而京东诸郡安危所寄也。昔项羽入关，既烧咸阳而东归，则都彭城。夫以羽之雄略，舍咸阳而取彭城，则彭城之险固形便[②]，足以得志于诸侯者可知矣。臣观其地，三面被山，独其西平川数百里，西走梁宋。使楚人开关而延敌，材官驺发，突骑云从，真若屋上建瓴水也。地宜菽麦，一熟而饱数岁。其城三面阻水，楼堞之下，以汴泗为池。独其南可通车马，而戏马台在焉。其高十仞，广袤百步。若用武之世，屯千人其上，聚檑木炮石凡战守之具，以与城相表里，而积三千粮于城中，虽用十万人，不易取也。其民皆长大，胆力绝人，喜为剽掠，小不适意，则有飞扬跋扈之心，非止为暴而已。汉高祖，沛人也；项羽，宿迁人也；刘裕，彭城人也；朱全忠，砀山人也，皆在今徐州数百里间耳。其人以此自负，雄桀之气，积以成俗。魏太武以三十万众攻彭城不能下，而王智兴以卒伍庸材，恣睢于徐，朝廷亦不能讨，岂非以其地形便利、人卒勇悍故耶？州之东北方六十里即利国监，自古为铁冶，商贾所聚。其民富乐，凡三十

① 原作“州”，据《东坡全集》改。按：嘉靖、万历、康熙《徐州志》，乾隆、同治《徐州府志》及乾隆、道光《铜山县志》皆作“州”；正统《彭城志》、民国《铜山县志》作“册”。

② 原作“彭城之险固形胜便”。案《东坡全集》卷五十二，“胜”字衍，今删。

六冶。冶户皆大家，藏镪巨万，常为盗贼所窥，而兵卫寡弱，有同儿戏。臣中夜以思，即为寒心。使剧贼致死者十余人，白昼入市，则守者皆弃而走耳。地既产精铁，而民皆善锻，散冶户之财，以啸召无赖，则乌合之众、数千人之仗，可以一夕具也。顺流南下，辰发巳至，而徐有不守之忧矣。使不幸而贼有过人之材，如吕布、刘备之徒，得徐而逞其志，则京东之安危，未可知也。近者，河北转运司奏乞禁止利国监铁，不许入河北，朝廷从之。昔楚人亡弓，不能忘楚，孔子犹小之，况天下一家，东北二冶皆为国兴利，而夺彼以与此，不亦隘乎？自铁不北行，冶户皆有失业之忧，诣臣而诉者数矣。臣欲因此以征冶户，为利国监之翰屏。今三十六冶，冶各百余人，采矿伐炭，多饥寒亡命、强力鸷忍之民也。臣欲使冶户每冶各择有材守而忠谨者，保任十人，籍其名于官，授以剑刃刀槊，教之击刺。每月两班，集于知监之廷而阅试之。藏其刃于官，以待大盗，不得役使，犯者以违制论。冶户为盗所拟久矣，民皆知之。使冶出十人以自卫，民所乐也。而官又为除近日之禁，使铁得北行，则冶户皆悦而听命，奸猾破胆而不敢谋矣。徐城虽险固，而楼橹敝恶，又城大而兵少，缓急不可守。今战兵千人耳，臣欲乞移南京新招骑射两指挥于徐。此故徐人也，尝屯于徐，营垒材石既具矣，而迁于南京。异时转运使分东西路，畏馈饷之劳而移之西耳。今两路为一，其去来无所损益，而足以为徐之重。城下数里，颇产精石无穷，而奉化厢军见阙数百人。臣愿募石工以足之，听不差出[①]，使此数百人者，常采石以甃城。数年之后，举为金汤之固。要使利国监不可窥，则徐无事；徐无事，则京东无虞矣。沂州山谷重阻，为逋逃渊薮，盗贼每入徐州界中。陛下若采臣言，不以臣为不肖，愿复三年守徐，且得兼领沂州兵甲巡检公事，必有以自效。京东恶盗，多出逃军。逃军为盗，民则望风畏之，何也？技精而法重也。技精则难敌，法重则致死，其势然也。自陛下置将官，修军政，士皆精锐，而不免于逃者，臣常考其所由。盖自近岁以来，部送罪人配军者，皆不使役人，而皆使禁军。军士当部送者，受牒即行，往反常不下十日，道路之费，非取息钱不能办。百姓畏法不敢贷，贷亦不可复得；惟所部将校，乃敢出息钱与之，归而刻其粮赐。以故上下相持，军政不修，博弈[②]饮酒，无所不至，穷苦无聊，则逃去为盗。臣自至徐，即取不系省钱百余千别储之。当部送者，量远近裁取，以三月刻纳，不取其息。将吏有敢贷息钱者，痛以法治之。然后严军政，禁酒博。比期年，士卒皆饱暖，练熟技艺，等第为诸郡之冠。陛下遣敕使按阅，所具见也。臣愿下其法诸郡，推此行之，则军政修而逃者衰，亦去盗之一端也。臣闻之汉相王嘉曰："孝文

① 原作"听不差不出"。案《东坡全集》，"不"字衍，今删。
② 原作"奕"，通"弈"。

帝时，二千石长吏安官乐职，上下相望，莫有苟且之意。其后稍稍变易，公卿以下转相促急，司隶、部刺史发扬阴私，吏或居官数月而退。二千石益轻贱，吏民慢易之，知其易危，小失意则有离畔之心。前山阳亡徒苏令[①]纵横，吏士临难，莫肯有伏节死义者，以守相威权素夺故也。国家有急，取办于二千石。二千石尊重难危，乃能使下。”以王嘉之言而考之于今，郡守之威权可谓素夺矣。上有监司伺其过失，下有吏民持其长短，未及按问，而差替之命已下矣。欲督捕盗贼，法外求一钱以使人，且不可得。盗贼凶人，情重而法轻者，守臣辄配流之，则使所在法司复按其状，劾以失入。惴惴如此，何以得吏士死力而破奸人之党乎？由此观之，盗贼所以滋炽者，以陛下守臣权太轻故也。臣愿陛下稍重其权，责以大纲，略其小过。凡京东多盗之郡，自青、郓以及徐、沂、齐、曹之类，皆慎择守臣，听法外处置强盗。颇赐缗钱，使得以布设耳目，蓄养爪牙。然缗钱多则难常，少又不足于用。臣以为，每郡可岁别给一二百千，使以酿酒。凡使缉捕盗贼，得以酒予之；敢以为他用者，坐赃论。赏格之外，岁得酒数百斛，亦足以使人矣。此又治盗之一［术也］[②]。然此皆其小者，其大者非臣之所当言。欲默而不发，则又私自念：遭值陛下英圣特达如此，若有所不尽，非忠臣之义。故昧死复言之。昔者以诗赋取士，今陛下以经术用人，名虽不同，然皆以文词进耳。考其所得，多吴、楚、闽、蜀之人。至于京东西、河北、河东、陕西五路，盖自古豪杰之场，其人沉鸷勇悍，可任以事。然欲治声律，读经义，以与吴、楚、闽、蜀之士争得失于毫厘之间，则彼有不仕而已，故其得人常少。夫惟忠孝礼义之士，虽不得志，而不失为君子。若德不足而才有余者，困于无门，则无所不至矣。故臣愿陛下特为五路之士，别开仕进之门。汉法：郡县秀民，推择为吏，考行察廉，以次迁补，或至二千石，入为公卿。古者不专以文词取人，故得士为盛。黄霸起于卒史[③]，薛宣奋于书佐，朱邑选于啬夫，丙吉出于狱吏，其余名臣循吏由此而进者，不可胜数。唐自中叶以后，方镇皆选列校以长牙兵。是时，四方豪杰不能以科举自达者，皆争为之，往往积功以取旌钺。虽老奸巨盗或出其中，而名卿贤将[④]如高仙芝、封常清、李光弼、来瑱、李抱玉、段秀实之流，所得亦已多矣。王者之用人如江河，江河所趋，百川赴焉，蛟龙生之。及其去而之他，则鱼鳖无所还其体，而鲵鳅为之制。今世胥吏、牙校，皆奴仆庸人者，无他，以陛下不用也。今欲用胥吏、牙校，而胥吏行文书，治刑狱钱谷，其势不可废鞭挞。鞭挞一行，则豪杰不出于其间。故凡士之刑者不可用，而用者不可刑。故臣

① 原作“合”，据《东坡全集》《汉书·王嘉传》改。
② 二字据《东坡全集》补。
③ 原作“黄霸起于吏卒史”。案《东坡全集》，“吏”字衍，今删。
④ 原作“判”，据《东坡全集》改。

愿陛下采唐之旧，使五路监司郡守共选士人，以补其牙职。皆取材力有足过人而不能从事于科举者，禄之以今之庸钱，而课之镇税场务、督捕盗贼之类，自公罪杖以下听赎。依将校法，使长吏得荐其才者，第其功阀[①]，书其岁月，使得出仕比任子，而不以流外限其所至。朝廷察其尤异者，擢用数人。则豪杰英伟之士渐出于此途，而奸猾之党可得而笼取也。其条目委曲，臣未敢尽言，惟陛下留神省察。昔晋武平吴之后，诏天下罢军役，州郡悉去武备，惟山涛论其不可。帝见之，曰："天下名言也！"而不能用。及永宁之后，盗贼蜂起，郡国皆以无备不能制，其言乃验。今臣于无事之时，屡以盗贼为言，其私忧过计，亦已甚矣。陛下纵能容之，必为议者所笑。使天下无事而臣获笑，可也。不然，事至而图之，亦晚矣！

莲花漏铭

苏轼

故龙图[阁][②]直学士、礼部侍郎燕公肃，以创物之智闻于天下，作莲花漏，世服其精。凡公所临，必为之。今州郡往往而在，虽有巧者，莫敢损益。而徐州独用瞽人卫朴所造，废法而任意，有壶而无箭，自以无目而废天下之视，使守者伺其满，则决之而更注，人莫不笑之。国子博士傅君裼，公之外曾孙，得其法为详。其通守是邦也，实始改作，而请铭于轼。铭曰：

人之所信者，手足耳目也。目识多寡，手知重轻。然人未有以手量而目计者，必付之于度量与权衡。岂不自信[而信][③]物？盖以为无意无我，然后得万物之情[④]。故天地之寒暑，日月之晦明，昆仑旁薄于三十八万八千里之外，而不能逃于三尺之箭、五斗之瓶。虽疾雷霾风、雨雪昼晦，而迟速有度，不加亏赢[⑤]。使凡为吏者，如瓶之受水，不过其量；如水之浮箭，不失其平[⑥]；如箭之升降也，视时之上下，降不为辱，升不为荣，则民将靡然心服，而寄我以死生矣。

桓山记

苏轼

元丰二年正月己亥，春服既成，从二三子游于泗水之上。登桓山，入石室，使道士戴日祥鼓雷氏之琴，操《履霜》之遗音。曰："噫嘻悲夫，此宋司马桓魋之墓

① 原作"阅"，据《东坡全集》改。
② 字据《苏轼集》卷九十六补。
③ 字据嘉靖《徐州志》、《东坡全集》卷九十六补。
④ 原作"精"，据《东坡全集》改。
⑤ 原作"虚"，失韵，据《东坡全集》改。
⑥ 原作"中"，失韵，据《东坡全集》改。

也！”或曰：“鼓琴于墓，礼欤？”曰：“礼也。季武子之丧，曾点倚其门而歌。仲尼，日月也，而魋以为可得而害也。且死为石椁，三年不成，古之愚人也。予将吊其藏，而其骨毛爪齿既已化为飞尘、荡为冷风矣，而况椁乎？况于从死之臣妾、饭含之贝玉乎？使魋而无知也，予虽鼓琴而歌，可也；使魋而有知也，闻予鼓而歌，知哀乐之不可常，物化之无日也，其愚岂不瘳乎？”二三子喟然而叹。乃歌曰：“桓山之上，维石嵯峨兮。司马之恶，与石不磨兮。桓山之下，维水弥弥兮。司马之藏，与水皆逝兮！”歌阕而去。从游者八人：毕仲孙、舒焕、寇昌朝、王适、王遹、王肆、轼之子迈、焕之子彦举。

附诗：舣舟桓山下，长啸理轻策。弹琴石室中，幽响清礫礫。吊彼泉下人，野火失枯腊。悟此人间世[①]，何者为真[②]宅。

放鹤亭记

苏轼

熙宁十年秋，彭城大水。云龙山人张君之草堂，水及其半扉。明年春，水落，迁于故居之东，东山之麓。升高而望，得异境焉，作亭于其上。彭城之山，冈峦四合，隐然如大环，独缺其西十二，而山人之亭适当其缺。春夏之交，草木际天；秋冬雪月，千里一色。风雨晦明之间，俯仰百变。山人有二鹤，既驯而能飞，旦则望西山之缺而放焉，纵其所如，或立于陂田，或翔于云表，暮则傃东山而归，故名之曰放鹤亭。郡守苏轼，时从宾客僚吏往见山人，饮酒于斯亭而乐之，揖山人而告之曰：“子知隐居之乐乎？虽南面之君[③]，未可与易也。《易》曰：‘鸣鹤在阴，其子和之。’《诗》曰：‘鹤鸣于九皋，声闻于天。’盖其为物，清远闲放，超然于尘垢之外，故《易》、诗人以比贤人君子。隐德之士狎而玩之，宜若有益而无损者，然卫懿公好鹤则亡其国。周公作《酒诰》，卫武公作《抑戒》，以为荒惑败乱，无若酒者；而刘伶、阮籍之徒，以此全其真而名后世。嗟夫！南面之君，虽清远闲放如鹤者，犹不得好，好之则亡其国；而山林遁世之士，虽荒惑败乱如酒者，犹不能为害，而况于鹤乎？由此观之，其为乐未可同日而语也。”山人欣然而笑曰：“有是哉！”乃作《放鹤》《招鹤》之歌曰：

鹤飞去兮，西山之缺。高翔而下览兮，择所适。翻然敛翼，婉将集兮。忽何所见，矫然而复击。独终日于涧谷之间兮，啄苍苔而履白石。

① 原作“世间”，据各本苏集改。

② 原作“贞”，据《东坡诗集注》卷三改。程缜注引《汉书·杨王孙传》曰：“支体束络，口含玉石，欲化不得，郁为枯腊，千载之后，乃得归土，就其真宅。”

③ 原作“乐”，据《东坡全集》卷三十六改。

鹤归来兮，东山之阴。其下有人兮，黄冠草屦，葛衣而鼓琴。躬耕而食兮，其余以汝饱。归来兮，西山不可以久留。

黄楼赋

苏辙

熙宁十年七月乙丑，河决于澶渊，东流钜野，北溢于济，南溢于泗。八月戊戌，水及彭城。余兄子瞻适为彭城守，水未至，使民具畚锸，畜土石，积刍茭，完窒[①]隙穴，以为水备，故水至而民不恐。自戊戌至九月戊辰，水及城下者二[②]丈八尺，塞东西北门，水皆自城际山[③]，雨昼夜不止。子瞻衣亵履屦，庐于城上，调急走、发禁卒以从事，令民无得窃出避水，以身率之，与城存亡，故水大至而民不溃。方水之淫也，汗漫千余里，漂庐舍，败冢墓，老弱蔽川而下，壮者狂走，无所得食，槁死于丘陵林木之上。子瞻使习水者浮舟楫、载糗饵以济之，得脱者无数。水既涸消，朝廷方塞澶渊，未暇及徐。子瞻曰："澶渊诚塞，徐则无害。塞不塞，天也，不可使徐人重被其患。"乃请增筑徐城，相水之冲，以堤防之。水虽复至，不能以病徐也。故水既去而民益亲。于是即城之东门为大楼焉，垩以黄土，曰土能胜水。徐人相劝成之。辙方从事于宋，登黄楼，览观山川，吊水之遗迹，乃作黄楼之赋。其词曰：

子瞻与客游于黄楼之上。客仰而望，俯而叹，曰："噫嘻殆哉！在汉元光，河决瓠子，腾蹙钜野，衍溢淮泗，梁楚受害二十余岁。下者为污泽，上者为沮洳。民为鱼鳖，郡县无所。天子封祀泰山，徜徉东方。哀民之无辜，流死不藏。使公卿负薪，以塞宣房。瓠子之歌，至今伤之。嗟维此邦，俯仰千载。河东倾而南泄，蹈汉世之遗害。包原隰而为一，窥吾墉[④]之摧败。吕梁龃龉，横绝乎其前；四山连属，合围乎其外。水回洑而不进，环孤城而为海。舞鱼龙于隍壑，阅帆樯于睥睨。方飘风之迅发，震鞞鼓之惊骇。诚蚁穴之不救，分闾阎之横溃。幸冬日之既迫，水泉缩以自退。栖流枿于乔木[⑤]，遗枯蚌于水裔。听澶渊之奏功，非天意吾谁赖？今我与公，冠冕裳衣，设几布筵，斗酒相属，饮酣乐作，开口而笑，夫岂偶然也哉？"子瞻曰："今夫安于乐者，不知乐之为乐也，必涉于害者，而后知之。吾尝与子凭兹楼而四顾，览天宇之弘大。缭青山以为城，引长河而为带。平皋衍其如席，桑麻蔚

① 原作"室"，据苏辙《栾城集》卷十七改。
② 原作"三"，据《栾城集》改。
③ 原作"出"，据《栾城集》改。案《苏轼集》卷三十七《奖谕敕记》："至九月二十一日，凡二丈八尺九寸，东西北触山而上，皆清水，无复浊流。"与辙赋意同。
④ 原作"牖"，据《栾城集》改。
⑤ 原作"本"，据《栾城集》改。

乎旆旆。画阡陌之纵横，分园庐之向背。放田渔于江浦，散牛羊于烟际。清风时起，微云霮雺。山川开阖，苍莽千里。东望则连山参差，与水皆驰。群石倾奔，绝流而西。百步涌波，舟楫分披。鱼鳖颠沛，没人所嬉。声崩震雷，城堞为危。南望则戏马之台，巨佛之峰。岿乎特起，下窥城中。楼观翱翔，巍峨相重。激水既平，渺莽浮空。骈洲接浦，下与淮通。西望则山断为玦，伤心极目。麦熟禾秀，离离满隰。飞鸿群往，白鸟孤没。横烟澹澹，俯见落日。北望则泗水湠漫，古汴人焉。汇为涛渊，蛟龙所蟠。古木蔽空，乌鸟号呼。贾客连樯，联络城隅。送夕阳之西尽，导明月之东出。金钲涌于青嶂，阴氛为之辟易。窥人寰而直上，委余彩于沙碛。激飞楹而入户，使人体寒而战栗。息汹汹于群动，听川流之荡潏。可以起舞相命，欢饮千石。遗弃忧患，超然自得。且子独不见夫昔之居此者乎？前则项籍、刘备，后则光弼、建封。战马成群，猛士如林。擐臂长啸，风动云兴。朱阁青楼，舞女歌童。势穷力竭，化为虚空。山高水深，草生故墟。盖将问其遗老，既已灰灭而无余矣。故吾将与子吊古人之既逝，悯河决于畴昔，以变化之无在，付杯酒于终日。”于是众客释然而笑，颓然而醉，酒倾月坠，扶携而出。

黄楼赋

秦观

太史苏公守彭城之明年，既治河决之变，民以更生，又因修缮其城，作黄楼于东门之上。以为水受制于土，而土之色黄，故取名焉。楼成，使其客高邮秦观赋之。其辞曰：

惟黄楼之瑰玮兮，冠雉堞之左方。挟光晷以横出兮，干云气而上征。既要眇以有度兮，又洞达而无旁。斥丹雘而不御兮，爰取法于中央。列千山而环峙兮，交二水而旁奔。冈陵奋其攫拿兮，溪谷效其吐吞。览形势之四塞兮，识诸雄之所存。意天作以遗公兮，慰平日之忧勤。繄大河之初决兮，狂流漫而稽天。御扶摇以东下兮，纷万马而争前。象罔出而侮人兮，螭蜃过而垂涎。微精诚之所贯兮，几孤墉之不全。偷朝夕以昧远兮，固前识之所差。虑异日之或然兮，复压之以兹楼。时不可以复得兮，姑从容而浮游。倘登临之信美兮，又何必乎故丘？觞酒醪以为寿兮，旅肴核以为仪。俨云霄以为侍兮，笑言乐而忘时。发哀弹与豪吹兮，飞鸟起而参差。怅所思之迟暮兮，缀明月而成词。噫变故之相诡兮，遒传马之更驰。昔何负而遑遽兮，今何暇而遨嬉？岂造物之莫诘兮，惟元元之自诒。将苦逸之有数兮，畴工拙之能为。韪哲人之知其故兮，蹈险夷而皆宜。视蛟蛇之过前兮，曾不介乎心思。正余冠[①]之崔嵬兮，服余佩之焜煌。从公于［斯］[②]楼兮，聊裴回以徜徉。

彭城县令石记

陈师道

庆历初，西边弛兵，益修政事。谓吏之近民莫如令，始出王官行县事，以休其民。盖自选人三考，用举者为令；令三考，用举者为京官；京官满三岁，为朝官。盖士之选者，以选士治剧县若相宜，然而犹有不合者，岂法使然哉？徐为州部五县，而四用选[③]令，以为难治，而彭城其尤也。昔汉宣帝责成郡国守相，班班声绩可纪。今选士为令，于古为加详，而吏治不尽如古，其故何耶？盖汉承秦弊，纲目疏阔，吏自为治，故易为功，而非王制。今法令备具，上下维持，中才可以守，而智者常患其不尽用，故其治难，无赫赫之功。虽然，善其身，明其视听，使民有所恃而不冤，亦可谓良有司矣。司马迁、班固传《循吏》，不刊县令，岂非令非王官，不登简策而不书耶？令皆天子命吏，可不自勉，使史氏[④]有述焉！令[⑤]厅故无[⑥]记，承议郎梁君始追纪其名氏刊于石，凡[⑦]十九人。记［与］[⑧]不记，不足为吏能否，而梁君力能及之，为有余也。

黄楼铭

陈师道

熙宁十年，京东路安抚使臣某、转运使臣某、判官臣某稽首言：河决澶州，南倾淮泗，彭城当其冲。夹以连山，扼以吕梁，流泄[⑨]不时，盈溢千里，平地水深丈余。下顾城中，井出脉发，东薄两隅，西入通洫，南坏水垣，土恶[⑩]不支，百有余日而后已。守臣苏轼念惟流亡，为天子忧，夙夜不怠，以劳其人，兴发戍兵，固弊应卒。外为长楗[⑪]，乘高如虹，以杀其恶；内为大堤，附城如环，以持其溃。筑二坊于南门之外，以适南山，以安危疑。发仓庾，明劝禁，以惠困穷，以督盗贼。宣布恩泽，巡行内外。吏民向化，兴于事功。法施四邑，诚格百神，可谓有功矣。宜

① 原作“观”，据秦观《淮海集》卷一改。
② 字据《淮海集》补。
③ 原作“县”，案下“选士为令”者云，当为“选”字，据《后山集》改。
④ 原作“吏民”，据《后山集》改。
⑤ 原作“今”，据《后山集》改。
⑥ 原作“年”，据《后山集》改。
⑦ 原作“九”，据《后山集》改。
⑧ 字据《后山集》补。
⑨ 原作“渊”，据《后山集》卷十七改。
⑩ 原作“恧”，据《后山集》改。
⑪ 原作“楗”，据《后山集》改。

有褒嘉，以扬郡县。十月二日甲子奏京师。明年元丰正月甲子，制诰谕意。臣轼惟念：祇承谟训，人神力同，敢曰为功，以速大戾？而明扬褒大，无以报称，乃作黄楼于东门，具刻明诏，以承天休而明德意。使其客陈师道为之铭。臣师道伏惟：吕尚、南仲，内抚百姓，外平诸侯，《诗》美文武；尹甫、召虎，南伐淮夷，北伐玁狁，功歌宣王。君能使人以尽其才，臣能有功以报其上，古之义也。臣师道又惟：感而通之者，道也；行而化之者，德也；制法明教者，政也；治人成功者，事也。昔之诗人，歌其政事，则并其道德而传之。后王有作，可举而行。顾臣之愚，何与于此？诚乐其君臣之尽［道］[①]云。臣不佞，昧死上《黄楼铭》。其词曰：

皇治惟戒，修明法度，协和阴阳。十[②]有一年，天灾时行，河失其防。齐鲁梁楚，千里四达，溃乱散亡。皇仁隐忧，临遣信臣，以惠东方。羸老困[③]穷，安慰抚养，发散积仓。流人如归，居人忘危，完聚靡伤。天叙地平，明圣成能，人神效祥。灵平告成，百谷丰盈，万邦乐康。郡县祇畏，允迪圣谟，终事无荒。皇功不居，归休臣民，迩昭远扬。守臣拜手，夸大休嘉，使民不忘。改作黄楼，以临泗上，述修故常。庶民无佞，原始要终，铭之石章。以告成功，以扬德声，永永无疆！

汳水新渠记

陈师道

汳句于萧，其阙如玦。《水经》谓[④]：河至荥阳，蒗荡渠出焉。渠至阳武，其下为沙，蔡水是也。其出为阴沟，至浚仪，其下为涡，别为汳。汳至蒙，别为获，余波迤于淮阳，东历萧、彭城，入于泗。《注》谓鸿沟、官渡、甾获、丹浚，与渠一也。禹塞荥泽，而通渠于甫田，其后河绝，旃然入焉，即索水也。《汉书·地理[⑤]志》荥阳既有汴水，又有蒗荡而受泲；蒙有获水，首受甾获，至彭城入泗。以余考之，《河渠书》曰："自禹之后，荥阳引河为鸿沟，以通宋、郑、陈、蔡、曹、卫，与济、汝、淮、泗会于楚。"而《竹书纪年》"梁惠成王入河于甫田"，又引而东，明非禹之旧也。《书》云"济入于河，东出于陶丘北"者，入而复出也；"溢为荥"者，济之别也。荥波既潴，障而东之也。《周官》又谓"豫之川，荥、洛；幽、兖之川，河、泲"，则河南无济矣。其谓"蒗荡受济""禹塞荥泽而用河"者，皆失

① 字据《后山集》补。
② 原作"才"，据《后山集》改。
③ 原作"不"，据《后山集》改。
④ 原作"渭"，据《后山集》卷十二改。下同。
⑤ 原作"里"，据《后山集》改。

之。《汉志》莨荡无出，甾获无始，盖略之也。余谓与《经》合，而荥水诸书皆不载，又疑渠、汳为二，而荥有一焉。杜佑以《经》作于顺帝之后，诡诞无据；而《注》叙渠源，或河或沛，或河、沛合，其说不一。次其所引，《经》纷错悖戾，而《志》亦阔略，不具辨始末，盖皆不可考也。自汉末，河入于汳，灌注兖、豫。永平中，导汳自荥阳，别而东北，至千乘入于海，而河复。于是故渎在新渠之南，《注》所谓“绝河而受索”自此始。隋开皇中，因汉之旧，[导][1]河入汳。大业初，合河、索为通济渠，别而东南入于淮，而故道竭。今始东都，受退水为臭河，于畿为白沟，于宋为长沙，于单为石梁，于徐为汳，而入于南清。南清，故泗也。盖自王都而东，畿、宋、亳、宿、单、济之间，千里四来，而故道浅狭，春夏不胜舟，秋水大至，亦不能受也。萧，故附庸之国，城小不足居民，又列[2]肆于河外。每水至，南里之民皆徙避之，庐舍没焉。率数岁一逢，民以为病。绍圣三年，县令朝奉郎张惇，始自河西，因故作新支为大渠，合于东河，以导滞而援溺。于是富者出财，壮者出力，日劝旬劳，既月而成。邑人相与语曰：“渠议旧矣，更数令不决，而卒成于吾侯，孰有惠而不报者乎?”于是不谋而同，欲纪于石，以属余。余谓[张][3]侯，其居善守，行峻而言直，以成其名；其任善议，不畏不侮，以登于治。其可纪者多矣，而诸父兄独有见于此，何也？夫善为治[4]者，人知其善而已；至其所善，盖莫得言也。渠之兴作有迹，其效在今，此邑人之欲书也。遂为之书。

思亭记

陈师道

甄，故徐富家。至甄君，始以明经教授，乡称善人。而家益贫，更数十岁不克葬。乞贷邑里，葬其父母昆弟凡几丧。邑人怜之，多助之者。既葬，益树以木，作室其傍，而问名于余。余以谓：“目之所视，而思从之。视干戈则思斗，视刀锯则思惧，视庙社则思敬，视第家则思安。夫人存好恶喜惧之心，物至而思，固其理也。今夫升高而望松楸，下丘垄而行墟墓之间，荆棘莽然，狐兔之迹交道，其有不思其亲者乎？请名之曰‘思亭’。亲者，人之所不忘也，而君子慎之。故为墓于郊而封沟之，为庙于家而尝禘之，为衰为忌而悲哀之，所以存其思也，其可忘乎？虽然，夫自亲而下，至于服尽，服尽则情尽，情尽则忘之矣。自吾之亲而至于忘之者，远故也。此亭之所以作也，凡君之子孙登斯亭者，其有忘乎？因其亲以广其

① 字据《后山集》补。
② 原作“别”，据《后山集》改。
③ 字据《后山集》补。
④ 原作“始”，据《后山集》改。

思，其有不兴乎?”君曰:“博哉，子之言也！吾其庶乎?”曰:“未也！贤不肖异思后，岂不有望其木思以为材、视其榛棘思以为薪、登其丘墓思发其所藏者乎?”于是遽然流涕以泣，曰:“未也!”“吾为君记之，使君之子孙诵斯文者，视其美以为劝，视其恶以为戒，其可免乎?”君揽涕而谢，曰:“免矣!”遂为之记。

拱翠堂记

晁补之

萧之南稍东五里，曰泉山。泉山之势，南峙而北屏。左则如涛如云，如虎如蛇，腾涌挐蹙，杂袭而相羊；右则如车如盖，如人如芝，逶[①]迤雍容，离立而孤骧；中则平原绿野，桑柘禾黍，井[②]闾沟洫，什伍而纵横。泉出于山，夏冽而甘，冬木落[③]山瘦，泉渟而不冰。泉旁土腴润，宜五谷百果，众物皆夥。其南逾百里至于汴，舳舻万艘，以输赋于京师，以下入于江、淮、浙、荆、湖、闽、广；其北不五十里至于泗，商贾游士之载者，自大野以东，西通于齐、鲁、赵、魏之衢，以下达于淮入海。而泉山介其间，其境胜而土乐，又甚易至也。然往来者旁午，而莫之闻。虽余少长数舍间，亦莫之闻也。岂人［皆］[④]不知山水登临之可乐而争驱之?惟其憧憧而过者，皆有求于汴泗，而无求于泉山，故泉山虽近，而莫之闻。尚有美于此者，或去城郭益远，居人胜士足迹之所不至，而田夫野老常居之。林以为樵苏，为逋亡聚；而泉以为沤，以饮牛马。千百岁而无有过焉者也。且物固无情于所遭，而遗天地之美为可惜。又东北俗椎鲁，虽信美或不知择而居。居之或不爱，爱而不以语人，语人而不能夸以大之，故皆不显。盖如峄山、灵岩，或有名秦[⑤]已来，或名天下四绝处。与齐境诸泉，皆清泠鸣射，如线如珠，仰出奇异。以皆在东北下国僻处，故闻者往往不道，道之亦未必信，况未有名于昔者?则虽近而莫之闻，亦无足怪也。而窦君师道，世居于萧，恬淡［寡］[⑥]嗜好。尝为一尉，即拂衣去。读书赋诗，不以取名，而以自娱，故能独得泉山而居之。居之而爱，然不以语人，不夸以大之，曰:“此乐神所秘，吾非不能与人同之，从我者寡也!”然士之慕君者，时往焉，故泉山因以知名。而师道殁十年，其子明远始益筑圃疏沼，为亭为庵，而面势作堂，临泉之上，尽山之胜。以其四达而望皆山也，则以“拱翠”名之，曰:“虽然，不能尽也!”顷，余固以闻师道于徐之君子。后谪佐宋都，始识明远于国子生

① 原作“迤”，据《济北晁先生鸡肋集》卷三十改。
② 原作“其三”，据《济北晁先生鸡肋集》改。
③ 原作“不”，据《济北晁先生鸡肋集》改。
④ 字据《济北晁先生鸡肋集》补。
⑤ 原作“奏”，据《济北晁先生鸡肋集》改。
⑥ 字据《济北晁先生鸡肋集》补。

中。出师道诗，读而爱之。而明远因道拱翠胜绝，且图其圃，以来求文为记。而余未至泉山也，然少游吴，爱富春四合皆山，民居蚁附山上，而中大溪蜿蜒贯之。尝言："仕宦幸至守令，当求富春。"然吏居不可久也，又竟不得。况田亩耕稼、终身优游之乐哉。又尝闻胶西牢山有老人，七八辈不出山，食其山中药，皆百余岁，耳聪目明。意甚慕之，而念不可以远坟墓，欲筑室故缗城东以老。而缗去山远，相其原阜，见似山者而喜，则[①]泉山之往来余怀可知矣。而明远方年少气锐，日夕治其业，为扬名显亲事。则虽其居之胜，草木日茂，池[②]槛日修，而有时去之，得不为猿鹤林涧之辱且拒哉？昔汉隐者王儒仲与令狐子伯交，后子伯为楚相，而其子为郡功曹。子伯因遣子奉书儒仲，车服甚宠，而儒仲子方耕，见客不能仰视，儒仲愧焉。其妻曰："始君志何如？今子伯之贵，孰与君高？而惭儿女子乎！"儒仲屈起而笑曰："有是哉！"遂共终身隐遁。余以为师道潜德，不愧儒仲，而明远温恭慕义，非儒仲子比。且功名可求也，其成有命，则明远固不得以彼而易此也！

萧县儒学碑记

晁端中

萧之为邑，负山濒河，多古形胜。萧人拒楚，匿胥井而出之。故其城垒高大，周袤数里。游其国者，想见昔人恃险深阻之迹。今其风俗浑厚，多智虑，务农生财，独饶于他邑。然官民居庐皆聚于故垒之南，而其北独佛宇神祠、乔木数处而已。宣圣庙犹在西北无人之地，众不乐居，虽存犹废也。自皇祐逮今，登进士第才数人。故萧之士鲜知学校群居之乐，而邑之耆年长者，常以是为不足。前光泽簿窦君沔，喜儒学，有远识。其诸子侄在童龀时，已能招致四方贤士，日游其门，使夫耳目所接，皆文字笔墨间，不溺于他好。以身独当家之众务，故家益富，号为中州巨室。然子弟皆纯素如寒士。长子盥，数预州荐。其族人多有以儒业成名者。又常训曰："凡以儒自名，而恃家之多财，最士之可耻者！"由是远近服君为有道。一日，白于邑宰孙公曰："郡邑之学，多居文明之方，盖以利学者进取，向于高显之义。今愿于邑东择爽垲之地以徙学，可乎？"遂白于州守，许为之。乃绘图以进。其规有堂有檐，有东西序，斋房、庖厨亦各有次。像先圣、七十二子，其列有楚。笾豆簠簋、罍洗爵斝，荐献之器，其藏有次。由[③]是，邑人争愿出力，以佐其役，而令皆助之。肇始于绍圣五年三月壬子，落成于七月丁未。乃遣侄敦礼求记于余，曰："君尝寓学于此，知萧之子弟多秀颖可教，当为之记。"因复曰："窦君以富饶

---

① 原作"居闻"，据《济北晁先生鸡肋集》改。

② 原作"治"，据《济北晁先生鸡肋集》改。

③ 原作"山"，据正统《彭城志》、嘉靖《徐州志》改。

之资，能兴儒学，使为父兄者知以礼义教子弟、以学古入官者可尚也。邑人既乐公迁学之美，则君富而好礼，绝人远甚矣。其功及人者，其报当在子孙。则公之后，必有登显仕者矣！”时绍圣五年八月庚寅立石。

高皇庙记

王文昌

汉高皇帝以布衣提三尺剑，以有天下；世祖光武出应图谶，起南阳之师，遂复帝业。皆拨乱之主也，用能开基西京，延祚四百年。二十有四君，推本而言，皆丰人也。丰有五代所建汉庙，殿分前后，规模精完[①]。邑人因之，以至于今。后殿神位，赵隐、鲁元之类，且犹立像；而帝自孝惠以降，讫于东汉，一无所见。虽当时设意鄙近，亦丰人之阙典也。丰人奉汉祠甚严，每以注意，久之未决。淄川韩侯，博雅好古。宣和辛丑，出宰丰邑。祗谒汉庙，睹后殿摧坏，慨然悯之。视事未几，有“重修殿宇，尊奉神像”之言，与邑人之意合焉。众闻而谋曰：“昔太上皇在关中，常以丰为念；高帝万岁后，魂魄犹思沛。其后圣子神孙，相继而立，安知不归附其先于是祠哉！宁恝然不为崇奉之计，成夙昔之志，以享神之福耶？”于是，将仕郎王之才筮日鸠工，鼎新革故，土木增丽，而殿亦告成。以九月三日奉安神坐，则迁旧像五位于前殿，而加彩绘焉。后殿则以太上皇、昭灵夫人居中，而列圣环置于四傍。有以武功创业者，有以文德守成者，衣冠严整，穆穆雍雍，使人望之肃然矣。神之联位也，二十四君如处乎一堂；人之瞻仰也，四百余年如睹乎一日。岁时赛祷，则休祥嘉瑞将骈集响应，以福我丰人矣。镂石而揭之，用以告后人。

李氏世德铭

李淑

高丘播灵，我宗显承。冠冕北州，才华代兴。相惟丰方，桥梓所凭。二京迭贯，骏禄是膺。爰初三叶，含章匪晔。盘桓不辰，训子光业[②]。太傅颀颀，儒贤吏师。中书博闻，宾荣士仪。命有屯亨，道无磷缁。庆丛善贻，裕我身支。累朝禭饰，衮黼艳奕。衍封脂田，贲宠泉穸。子孙绳绳，望慕怵惕。勒铭表阡，世德无斁。

① 正统《彭城志》作“规模粗完”，以文义观之，正统《彭城志》似是。
② 按：“光业”二字，顺治《新修丰县志》同，乾隆、光绪《丰县志》作“七叶”。

金文

中靖大夫郘公墓志铭

訾栋

先生讳世矩，字彦礼。其先幽州人，至石晋之乱，遂之于沛，因家焉。曾祖通奉，讳化；伯祖金紫，讳奎；伯父朝请，讳敏能，皆进士登第，俱累典大郡。父儒林，讳敏德，仕开州司户。宋末，兵革扰乱，家事索然，宗族解散。先生孤处乡中，多难剧贫，而无他念，惟务读诵，朝夕不辍。夜乏膏油，县君时与。燃薪继晷，精勤不知寒暑。初则治《诗》，后无文籍，惟存《戴经》全帙，遂改治焉。曾不数载，以至精通。迨废齐阜昌六年，开辟应试，作兖州解元，省试第二人，廷试第一甲第一人登第，时年三十有六。敕授承事郎、单州佥判。次任皇统三年授禄州防判，次任冠氏县令，次任京兆府推，次任朝城县令，末任河中府推官，逾岁而致仕，官至中靖大夫。先生性资端悫，居官廉直，秋毫无犯。自俭约为节，所在屡有治绩。虽州牧侯伯亦不阿事，常不以进为念，所乐者诗书而已。故在常调，亦不苟进。年才六十有三，遽然告致而归。守道恬淡，真古君子所为。年六十有七，时丁亥岁八月三日，因病而逝。有男六人，长曰敦仁，与佑、僎、侯、佐、传，女四人，孙二十一人。曾祖通奉，暨父儒林，皆先葬夏村西北狼石沟东岸。缘旧茔濒河，水涨侵近，大定二十八年岁次戊申二月六日，别葬先生于泗河之湾。始娶邓氏，病卒；再娶许氏，后娶王氏，皆封博陵县君，因祔葬焉。学生訾栋，幼蒙教养，稔闻先生行状。诸子昆仲令栋作志，辞不获已，姑述大概，以应其命。为之铭曰：

甘棠余庆，世生直臣。我公彬彬，博物洽闻。卓冠豪俊，内蕴经纶。进不屈志，退能保身。完名高节，耀乎缙绅。

元文

龙神庙记

卢挚

河之水，驶于陕而东，为砥柱之险；支于徐而东，则为吕梁之险。曩承乏为河南陕城，洛属也，鞅掌于征科供亿之繁，砥柱之险竟不遑一观。由至元戊寅，迄今二十有八年，舟于吕梁者三，乘递而过者一。日将旨祝厘，寿齐海岳。峻使事北棹，弭节传置，彷徉登望。林墟杳霭，井里连延，苍山洪川，郁纡蜿蟺，石壁峭矗，嵌岩巃嵸，茧湍荡潏，迅流盘涡。凭崖俯壑，则虽贲获之勇，莫不悸栗局蹐，震骇心目。是固宜大抵幽灵之所奠宅，或浮游于巇，或陆离于逵。帆樯往来，车骑杂遝，贾客商妇，廛民市唱，调笑歌舞，舟人渔子，欸乃相答。予亦悠然有怀，怡然有得，乐然忘其行役之为劳也。先是，传置之长董恩，贰张旺、李全，伻以路和兴者，自吕梁而南走广陵八百余里，见予舟次，道恩洎其里之祠官葛泉、泉从子光显之意，有请于予曰："仆，吕梁之馆人也。长，恩也，以祗役是土二十余年。自川浊淮江，以及闽广大府，辇琛璧，航食货，与计偕京师者，靡不由此，而未尝有覆溺靡败之患。非有神焉斡维于𥨊沦冥漠之中，何以致然？斡维𥨊沦冥漠之中，以平水石之梗，舍长介虫而灵水府者，谁与得之？是邦稗官丛说，具言金源氏与故宋分帝南北，当是时，吕梁距宋圉才数百里而近，是水尤为边郡要津，遂爵神以王，锡佩金虎符，而有护国金龙之称。后人因之。是虽出于腐士俚叟之传闻称诵，不敢执为故常；其发于土人事神之诚，尸祝无懈，肸蠁有临者，其来已久。此龙祠之作，恩与馆人、祠官所以揭虔报本，图惟奉承国家编秩群望之意，盖有不容已者。愿先生有述以宠贲之，岂唯欣幸？恩辈刻示水滨，亦惟人神胥悦。"予方萧然养疴未平，而和兴复自广陵从予荡桨溯淮，以极悃款。既还吕梁，则恩、光显诸人之请益坚，不得以病为解。夫究心殚力廛乃事，以无瘝厥职，斯亦庶几其可推而弗居。救灾捍患，复归美于阴相之功，栋宇黍稷，以妥云从渊跃之灵，非若谄祭淫鬼，澳涊觊幸，以干利欲之私者，是固不可不有纪也。恩，下邳人；旺、和兴，宿州人；全，睢州［人］①；光显，楚之宝应人，主是祠者三世矣。大德九年仓龙乙巳九月既望，涿郡卢挚记。

重修沛县庙学记

孔希冕

沛之有庙学，其来尚矣。以岁月有变迁，物理有隆替，敻出俯临，傍风上雨，加以邑经兵火之余，缺于修理，故摧②残破折，日就倾圮。而学校之设，殆名存而实废。观者莫不悯惜，痛吾道之阨塞也。至正乙未夏四月，承务郎、济宁路总管府判官伯公寿之儹运军储，驻车兹邑。瞻礼庙貌，慨然兴念曰："政有似缓而实急，学校是也。盖学校者，风化之本，出治之源。学校而兴，长幼尊卑皆闻孝弟忠信廉耻之言，皆习孝弟忠信廉耻之行。礼让既行，风俗自厚，政清民化，止盗息奸，不为小补。近年以来，风俗浇漓，民不古。若奸伪日滋，盗贼窃发，虽气运之适然，抑亦教化不明之故。欲正本而清源，舍学校则何为？某荷国恩荣，苟可以化民

① 字据文例补。
② 原作"推"，据正统《彭城志》、万历《沛志》改。

成俗，有裨政治，力所能为，敢不勉乎！”于是首捐己俸，以为之倡。既而官守贤良、士夫耆德，以至府史胥徒志于善者，莫不欢欣踊跃，各出己资，鸠工市材，咸为之助。乃命路吏李郁专董其事。始工于是岁仲夏戊戌，告成于七月壬辰。凡倾者起之，欹者正之，缺者补之，旧者新之。正殿廊庑，讲堂斋舍，应门四楹，角门三座，金铺玉缀，雕闱缘牖，丹漆图象，莫不灿然改观。愚尝论之：夫人生而有身，业而为士，戴天履地，秉彝好德，而灵于万物，不至于斫丧磨灭、摈弃凋落，皆学校教养之力。苟悖天理而弃所学，去人伦而失信义，将何以立于两间？此孟子所谓：“饱食暖衣，逸居而无教，则近于禽兽，圣人有忧之。”盖谓此也。自夫世运艰虞，饥寒流落，由忠君而孝父、舍生而取义者观之，则教化有补于世，岂浅浅哉！彼或以仁义为迂阔，教化为不急，区区法制禁令之末，屑屑簿书期会之密，以促办催科为贤，钩深摘隐为能，护稂莠而害嘉禾，拨本根而扶枝叶，欲事简而愈烦，求政治而益乱，将使斯民捐仁义以徇利诱，遗君父而灭纲常，亦独何心！今伯公寿之，当兵战警急之秋，身劳供给之际，以庙学为首善之地，不整严无以起人之敬，不尊重无以导人之善，在公勤恤，见义勇为。故不言而人信，不赏而人劝，工不告劳而事底于成，使风俗薄而复淳，吾道塞而复通。《诗》曰：“讦谟定命，远犹辰告。敬慎威仪，维民之则。”此之谓也。扩而充之，则他日格君心，泽民物，措斯世泰和之域，事不难矣。此众所有望于公，公素所蕴藉者也。公名伯颜察儿，寿之其字也，家世阀阅。始由邳州睢宁县主簿，以清真公恪，选充太常礼仪院太祝，复以贤良廉干升今任。所在莅政之际，虽文移星火，事务丛棘，而简善惩恶，兴学劝农，弘毅正直，出乎天怀[①]。故民怀德畏威，令出惟行，事多类此。沛县达鲁花赤众家奴暨完者不花、县尹王居礼暨刘铎[②]、主簿张造道暨韩仁义、典史刘熙等，协心信美，务兹善政，勇于有为，实赞成之。希冕忝谕斯邑，职守文学，适完盛事，诚为美矣！敢不敬承邑贤士大夫请，以纪公乐善化民之实，刻诸坚珉，为将来莅政者劝。

① 按：正统《彭城志》、万历《沛志》作“性”。

② 原作“泽”，据正统《彭城志》、本志卷九《官司一》改。按：刘铎之名出自孔希冕《重修沛县庙学记》。嘉靖《沛县志》、万历《沛志》、康熙《徐州志》、乾隆《徐州府志》、同治《徐州府志》之《职官》作“铎”，万历《沛志》、康熙《徐州志》之《艺文》作“泽”，自乾隆《沛县志·秩官》改作“刘泽”，光绪、民国《沛县志》皆同。又，民国《沛县志·秩官表》注：“府志作刘铎，误。”今庙碑无存，难详孰是，然正统《彭城志》成书最早，似当以“铎”字为正，“泽”字恐讹。

昭惠灵显真君庙记

陈绎曾

沛东北五十里，乡曰泗亭，里[①]曰欢城，前挹薛河，后带漷水。新庙翼然，出榆枌荫蔚间，曰昭惠灵显真君祠，里人杜珍实作之。经始于延祐元年之春，落成于延祐七年之冬。复殿重栾，两楹五楸，金碧丹彩，扈扈[②]煌煌。像设端丽，有赫有严，以为乡人水旱疾疠之所依。凡施以钱计者二千五百余缗，自基及像，皆独力创为之。乡人醵钱以助，不可。于是聚而谋曰："杜公之所以福于我者备矣，其何以报？"乃介乡先生傅君国祥，征记于予，将刻石以著不朽。予闻祭法："能御大灾、捍大患则祀之。"昭惠灵显真君者何？灌口神也。灌口者何？蜀彭门山阙也。蜀神而祀于中国者何？宋取蜀，故蜀王孟昶之妾私祀王之像于宋宫中。太祖至而问焉，诡以灌口神对。帝悦，因敕建祠于汴都。御灾捍患之功，于是著于中国，而祀之者几遍天下。此沛人所以并缘而得祠也。蜀神之灵，果能惠于沛之人乎？昔蜀太守李冰，秦人也，而惠于蜀；今昭惠灵显真君，蜀神也，而惠于沛。秦之人可以惠蜀，则蜀之神恶得不能以惠沛哉？况鬼神之道，不疾而速，不行而至，感之则应，又有妙于人者乎？是［故］[③]一勾龙而社天下，一周弃而稷天下，圣人不以为过。则沛之人禬禳灾患于蜀之神，可也。杜翁不以神惠自私，而求福其乡人，亦可也。国祥与予交厚，求记，故不辞云。

静安亭记

陈绎曾

沛符世荣，居泡、泗之间。东与歌风古台相值仅二百许步，西临阛阓三亩之宫，前为方亭，右倚堂之西墉，左即东壁；背连北墉，界于宇，其间故不壁而周密。或因楹间而设筵几，其中畅躯揖逊周旋、尊俎献酬，绰如也。又倚南墉为小台，寓土而莳花卉焉，春桃、夏萱、秋菊时荣。宾于斯以觞以咏，子于斯以琴以书。家政之暇，翛然独坐，神阔而体舒。征名于予，名曰"静安"。《易》不云乎哉："吉凶悔吝，生乎动者也。"心之静者其神闲，身之静者其体逸。家静而齐，国静而治，天下静而平。大哉静乎！天以是而万物清，地以是而万古宁，况于人乎哉？《传》曰："静而后能安。"圣人以是尽心焉。静耶安耶，其人道之枢耶？世荣之子士元从予游，有恒心者也。世荣安土乐业，无慕乎其外以从事乎？恒产能充，静安之道，何所不至？

---

① 原作"望"，据正统《彭城志》、嘉靖《沛县志》改。下同。

② 原作"邕邕"，据正统《彭城志》改。

③ 字据正统《彭城志》补。

沛县尉李君美政记

虞集

沛有尉，善其职，父老爱之，愿刻姓名于石，以示远久[①]。国子生张复，邑人也，疏其邑人之颂云："舟车冲冲，出我沛邦。我任我载，唯尉之从，力用不穷。岁饥有盗，尉制之有道。田则有蝗，尉除之有方。泗黄水患，防堤善圮。尉将役人，如视妻子。民有无告，尉缮其屋。有系在狱，尉哺有粟[②]。顾瞻学宫，乃牖乃墉。释其弓刀[③]，揖逊有容。"复之言曰：尉尝学于济南李昌［道］[④]先生，故知爱人之说。其父奉使平阳，罹地震之祸，尉以恩得官，故能感奋自树立也。嗟夫！尉于县政，无所敢自遂也，而及乎民者如此。自昔沛以勇宕为俗，今父老独不忘于一尉之善者又如此。且世之豪民猾吏，以动摇劫持为能，视一职满尉何有此？乃以终[⑤]爱闻，不亦善夫！使尉益自励而不至倦，虽古循吏，何以过之？有司用材者，能无考于斯乎？尉姓李，名茂，字廷实，德州齐河人，初为濮州观城尉，迁沛尉。父老曰张仲昂。

《汉泉漫稿》序

虞集

集早岁游京师，得见朝廷文学之士，大抵皆东鲁大儒君子也。气象舒徐而严雅，文章丰博而蔓衍。从而咏之，不足以知其深厚；极其所至，不足以究其津涯。此岂非龟、蒙、徂徕之间，元气之充硕，以发挥一代斯文之盛者乎？老而退伏于山林，想见其丰采，听其謦咳，漠然其不得者久矣。曹君复亨，以其先中丞文贞公诗文刻本，所谓《汉泉漫稿》并《续稿》见示。鲁无君子，斯焉取斯？集能无百世之感乎？近者，又使其客危观以书相示，曰："是稿也，御史府请诸朝廷，而刻诸学宫者也，民间未易多得。请约其篇目，小为字，而刻诸家塾，以遗子孙，而传诸同志。"嗟夫！为人子弟，拳拳先世之书，自非知为孝之道者不能也。前集之序有之，公之平生诗文，当不止此，门生故吏尚博采而附益之，盖名言也。且夫千江之波[⑥]，其水同源也；千枝之[⑦]秀，其木同本也。即一波一叶，可以求水木之本源。凡水凡叶，衍沃敷腴者，皆此源此本之所发挥不可选[⑧]也，岂得有所去取于其间哉？是以

① 原作"大"，据虞集《道园学古录》卷七改。
② 原作"尉哺之有粟"。案《道园学古录》及嘉靖、万历《徐州志》，"之"字衍，今删。
③ 原作"力"，据《道园学古录》改。
④ 字据《道园学古录》补。
⑤ 原作"忠"，据《道园学古录》改。
⑥ 原作"且大江之波"，据《道园学古录》卷三十三改补。
⑦ 原作"一"，据《道园学古录》改。
⑧ 原作"遏"，据《道园学古录》改。

有书以来，旬月悚惶而不能报。然而初得《漫稿》《续稿》时，有从游临川李本宁者，借读而三叹焉，以为三百篇中，夫子独取“秉彝好德”之章，以为知道。盖非学问，则不足以得其性情之正，未可以言诗也。其次则如唐杜子美之诗，或谓之诗史者，盖可以观时政而论治道也，流连光景云乎哉？于是辑其学问之所陈，政事之所系，别录之，盖得百数十篇，取而观之，非无意于斯文者。辄录其说，以见后学景慕之深云。

昭惠灵显真人祠记

曹元用

昭惠灵显真人，秦蜀郡守李冰次子也。冰仕秦孝文王时，凿山穿江以行舟，且广溉稻田，作石犀、石人以厌水怪，蜀人德之，历代庙祀不绝。宋政和三年，改封英惠王，而以其子从祀，谓之郎君神，后封昭惠灵显真人。按：《宋会要》所载者如此，而《搜神记》谓真人姓赵讳昱，隋炀帝起为嘉州守，率甲士操舟楫，夹江鼓噪，从七人入水斩蛟，故蜀人庙祀灌江口，谓之灌口二郎。宋初，追尊为清源妙道真君。窃详此二说，当以《宋会要》为正，第不知祠于吕梁之东者自何时始。其祠岁久，摧剥垂尽。居民陈以德谘[①]诸驿长董恩，于皇庆壬子之秋，重构正堂四楹，像设真人，而以七人从入水[②]者侍。精严俊丽，见者为之竦动。居民愈加敬惮而礼事之，水旱疠疫必祷。众欣然以谓报效应影响捷，于是状其事，介王监察御史仁[③]甫，属余为文以纪之。《祭法》曰：“能御大灾则祀之，能捍大患则祀之。”斯真人之谓也，其祀之灌江宜矣。然又能于千载而下，血食四方，远益不懈，非有所得乎民者能然哉？夫民至愚，而神天下之至不可化者也，而于真人严惮恪奉，凛乎如在。输诚信，向耆艾，不谋而同。凡有所苦必祷焉，而后心宁志惬。甚者如以德辈，倾所积以妥灵揭虔，了无靳色，夫岂偶［然］[④]而已耶？故为书其颠末，而系以词曰：

河［之］[⑤]水兮汤汤，神之灵兮洋洋。俨千古[⑥]兮如在，克昭答兮民望。赳螟兮蛟虬，怒激水兮覆舟。愿夫君兮除民忧，俾浩波兮宁流。疠疫兮间作，民札瘥兮委沟壑。愿夫君兮驱祟沴，使闾阎兮清漠。水暵兮相仍，民冻馁兮交并。愿夫君兮默

---

① 原作“谈”，据正统《彭城志》改。

② 原作“兵”，据正统《彭城志》、民国《铜山县志》改。

③ 原作“祀”，据正统《彭城志》改。案虞集《德符堂记》：“高唐王公仁甫……持节江南，副司臬事。”疑即此人。

④ 字据正统《彭城志》补。

⑤ 字据正统《彭城志》补。

⑥ 原作“乎右”，据正统《彭城志》改。

佑，雨旸若兮丰登。[丰登兮][1]民乐，怀灵贶兮孔博。羞谷实兮图报，修祀事兮噩噩。吹箫兮伐[2]鼓，安歌兮缓舞。荐肥[3]腯兮奠芳馨，灵冉冉兮来下。来下兮从容，恍惚兮若逢。丕欣欢兮来享，祉斯民兮无穷。（此记与吴善《玄武殿记》并赵孟頫书石，为世所重）

庆真观玄武殿记

吴善

钦惟我世祖皇帝，嗣大历服，建昭应宫，祠玄武神于京师之和义门外，以龟蛇尝见其地，统元君极，殆有征也。成宗逊续，以“元圣仁威”登崇神号。太子文学元公作《杭州玄武殿碑》，悉著其事。又道书相传，其神三月三日降均之武当山，今太子万寿节以其日同，故岁遣祠官致祭。皇庆二年应诏行者，诚明中正玄静法师唐公洞云也。公毕事归，属予文，刻石其山，昭我国家旷代之典。予尝考于奉常禋秩，其神又曰黑天帝，得并祀南郊，位北，故水之神曰玄武。水生于一，故为道者宗之。宜夫道家者流崇敬勿替，而神宫殆遍乎天下也。彭城吕梁有庆真观者，道士贾君师弟子所自建也。殚囊之余，资羡于众，成于至大三年。外崇都门，中屹正殿，旁作云堂庖湢之屋。殿内象以玄武之神，鼓钟铿轰，晨夕诵祝，以延洪我国家无疆之休。贾君之志，可谓勤矣！予官游京师几十五年，彭城为水陆必遵之道。省初涉时，犹见其水湍激奔突，龃龉石间。顺流支楫，闪目失利；溯洄拽载，窘趾罔捷。故持篙挽牵，非其土人则不良于涉。后二年过之，奔流黄浊，泛滥迷岸。询其居人，曰：“此黄河支流也。”昔汉元光间，瓠子塞而梁楚之地复宁；宋熙宁时，檀渊决而徐人重被其患。今河复经于济，涉于泗，泄于淮，而徐人不见昔者之苦，岂非捍防疏遏，有神者行乎其间哉？然则贾君建立之功，其所以利赖徐人者不小矣。君由里人董君秀实佐吏中书，著其事，介玄静公来求予记，且乞铭。贾君名德真，世为彭城人。延祐四年，授命于峄山白云宫远尘通妙纯德真人，知庆真观事。其师曰金道明，寿七十有九，于扬州仙去。贾君至扬，收其冠剑，归藏彭城。铭曰：

屹屹彭城，维古徐方。濔彼流水，河流汤汤。有截有铎[4]，环其崇冈。中奠神寓，师筮其良。载翼之庑，载俊之堂。来室来处，奕奕簪裳。击鼓撞钟，吟咏洞章。天子穆穆，万寿无疆。师道恬澹，徐人乐康。师德渊淑，徐人曷忘？碑石我诗，地久天长！

---

① 三字据正统《彭城志》补。

② 原作“代”，据民国《铜山县志》改。

③ 原作“安”，据正统《彭城志》改。

④ 按：“铎”，同治《徐州府志》、民国《铜山县志》作“绎”。

吕梁洪关尉庙碑记

赵孟頫

神有所依凭则灵。载于有国之典，人得通祀者，惟山川之神与古圣贤之祠。山川则能藏天地之精气，古圣贤则有功德于民。有以圣贤而兼主山川之祠，则向往加多，享祀亦加数焉。徐州之水，合于吕梁，而入于淮，近世乃兼受河之下流。徐州之山，自西南来，乱流而东，复起为冈峦，累累然相系不绝。水中横石数百步，其纵十倍，其上下如纵得十之二三，高出于水上者，龃龃然象人齿牙。水势小杀，则悍[①]急尤甚。舟行至此，百篙枝柱，负缆之夫，流汗至地，进以尺寸计，其难也乃几于登天。舟中之人，常号呼假助于神明。有元混一天下，凡东南贡赋之输，皆引道自此，故舟至益多，日百千万艘。有庙在洪之西堧，所祀二神：一为汉寿亭侯关公，公事汉昭烈，尝为徐州牧；一为唐鄂国公尉迟恭。相传二公治水吕梁，徐州盖有二公之遗迹。二公生为大将，殁而为神，其急人之患难，夫岂愆于素志也哉？先王制礼，能御大灾、捍大患则祀之。如二公者，盖庶几其人焉。二公所治，乃扼乎天地之巨险，在人所尤急难之地。始作庙者董恩。庙成，奉牲[②]酒者争门而入，拜于轩陛之间者，至不能容。人之精神萃聚于此，又挟山川之气以自壮，故祷焉辄应。每事必祝，其灵赫然。享祀之至，愈久而愈盛。于此见忠义之士，虽［历］[③]千载，遗烈犹不泯也，岂不伟哉！恩，下邳人，尝为驿官，性敦朴，笃于事神。予往年被召，数往来洪上。恩砻巨石为碑，征余为文。余至京师，文成，书以遗之，皇庆二年十月十七日也。铭曰：

於赫二神，奋发雄武。际会风云，服事英主。维时英主，遇会无间。左顾右盼，力剪祸乱。生为大将，死为明神。能介景福，以祐下民。徐合众流，浩浩南注。石扼中路，增悍兴怒。舟人至此，罔不震惧。日进万艘，谒庙致祭。刲羊割豕，罗拜轩陛。神所主治，多部将吏。号呼乞灵，缓急如意。拔人于险，振人于扼。水循故道，湍驰崩迫。鼋鼍蛟龙，各守其宅。神依于人，英威凛然。千载不泯，祷祀益虔。作庙距涯，允壮且丽。碑铭我词，以告来世。

开南伏道口、北铁窗孔记

蒋伯昇

今萧治，即古萧国也。面山带河，当水冲，每被患，因增筑南城而居之。至元癸酉，河南徙，民复奠居古城，即县治故处也。大德戊戌六月初，大雨，河决蒲

① 原作“捍”，通“悍”，今从正统《彭城志》及嘉靖、万历《徐州志》用字。下同。
② 原作“性”，据正统《彭城志》、嘉靖《徐州志》等改。
③ 字据正统《彭城志》卷十四补。

口，奔流而东。水至城下，横溢无涯。城不及者三版，民恐。达鲁花赤马侯亲率僚吏为谢，聚土积石，凡可以为水备者，无不克尽乃心。昼则躬操畚锸于风雨中，同心御备。夜宿城头，严更守戍以防。阅三月，水始涸，民乃安止。侯奔亲丧去。城既久为水围浸淫，与地泉接，平地深数尺，庐舍漂没，非舟楫不能往来。长幼惶惶，栖于城陴，朝夕有黎阳之危，民复大恐。先是，为水备者，南则有伏道口，北则有铁窗孔，无水则实以土，遇水涨则开以泄之。于是，民相与请于县辟是穴。而主者方谋诸人民，欲徙县治于永堌。黎庶惊惶，奔走无所赴诉。侯还自亲丧，不见妻子，趋往二穴，将泄之。复有人以言[①]沮之者。侯乃正色曰："顷刻民尽溺矣，[岂][②]坐视其毙而不之救耶？以我一身贷千百家命，尚何恤耶！"挥众决导[③]，去水如注，若沃焦釜，泄尾闾。未终日，闾舍皆在陆地。水息之明年，侯适终更。耆宿杨春等语予曰："吾民感侯恩，无以报。子当为文，以垂永久。石已具，子毋辞。"乃摭其实而叙之，庶俾世之人知侯有功于民者深，而民亦知侯之深，又以是为邑后来者劝。侯姓马氏，名彻里，西夏国人，读书好礼。祖、父皆列仕[④]云。

元故资政大夫江南诸道行御史台侍御史韩文公权厝志

吴海

岁辛亥三月二十四日，行台侍御史韩公卒于福州光泽里寓舍。五月甲午，其子儒奉公柩，藁葬于城东之凤丘。送者若干人，皆涕泣相吊。行道观者莫不咨嗟，以为难得。既卒事，乃众相与谋曰："呜呼！惟公宿德重望，嘉政休烈，有不待言而彰、纪而垂者，惟是假厝于兹，不可以弗识也！"则又众应曰："诺！"于是，公之门人新安郑桓述公行实，以来告郡人吴海，请书其墓石。按：公讳准，字公衡。先世居滕，金源时迁曲防，迨今八世为沛人。公生六岁始能言，七岁能行，沉重好学。年二十，登进士第。授承事郎、同知孟州事，擢河南儒学副提学，调儒林郎、德安府推官，选太常博士，拜监察御史，转奉训大夫、佥河南北道廉访司事，改奉直大夫、江西湖南道佥事，加中奉大夫、南康路总管，进中宪大夫、本道廉访副使，升正使，授中奉大夫、江西行省参知政事，徙行台治书侍御史，进资善大夫、江浙行省左丞，又改福建廉访使、资政大夫，后为侍御史。公方为别驾时，州大饥疫。公出入赈救，所乘马至不忍食豆粟，或杂草以饲之，则并草不食，人谓感

① 原作"后有人一言"，"后"字于时殊违，"一"为"以"音讹，今参正统《彭城志》所收之《萧县官民防遏水患记》改。
② 字据正统《彭城志》及嘉靖、万历《徐州志》补。
③ 原作"道"，通"导"。
④ 原作"烈士"，据正统《彭城志》改。

公化。冬时，蝇集州署，公令民广藏冰。明年大热，病者赖服冰以愈。在河南，有陂田若干顷为水所泛，守令因循不治。公行部至，敕有司率民障堤，岁收粟数千斛。壬辰春，蕲黄寇围江西，平章、道同出避，宪臣从之。独公与右丞万伯颜谋，遣郎中伯颜不花出战，而公慰抚居民，民大感励。相持五十四日，城赖以全。南康累经兵火，城内荒茀，公舟居以治，招民复业。归者既众，遂葺草屋为署。野豕残民禾，公吁于神，豕遂去，不为害。戊戌岁四月，陈友谅攻破隆兴城，来见公。公疾，面壁卧不起。友谅曰："吾向为县小吏，已闻公名。"公不答。既去，使人致糗，公拒不受，然竟不敢加害。壬寅春，脱身入闽，朝廷嘉公，授江西省参政。江西无治所，寓顺昌。公志在收复，扶疾以往。追复为侍御史，以告老章上。而是冬城陷，公藉稿堂下，以丧礼自处。吏来追公宣敕，公取枕以卧，厉刃向之，曰："此吾所受于君者，必欲取之，并取吾首去！"吏不敢迫。追新制，变冠服，由是着帽终日，未尝去首。园瓜有苦者，辄取尝之。及病甚，遂不服药以终，年七十有三。配李氏，继丁氏，累赠南阳郡夫人。三子：洛安、燕安俱早卒；为后者，儒也。公考讳彧，累赠中奉大夫、河南北等处行中书省参知政事、护军、南阳郡公。祖讳润，累赠嘉议大夫、佥书江浙等处、行枢密院事、上轻车都尉、南阳郡侯。妣王氏，祖妣朱氏，皆累赠南阳郡夫人，以公显。公性俭素，平居泊如，常端坐，寡言笑。然对宾客、朋友谈论，亹亹不倦。尝读小学书，至老莱子诈跌仆地，曰："设有所损，岂不反贻忧乎？"其端如此。为文章简古，不事华藻，有《小学书阙疑》《水利通编》藏于家。呜呼！士之处平世，贤不肖不能大相异，顾君子若不足，小人反若有余。及遇变故，然君子之所守，凝然不挠；而小人颠倒反易，凡平日所以夸众眩世者，悉丧弃而不存矣。福城之陷，能蹈死守节者不三四人，其叛恩取宠者比比然。是若公，可谓纯臣矣。铭曰：

行务实，不几以文昌。政为循，不几以名扬。气直以刚，文静有常。遭运之倾，其节益彰。右史有作，考予铭章。

游虎丘寺诗序

高巽志

虎丘距[①]吴城数里，有林壑泉石之胜，浮图氏之宫在焉。故其侈丽瑰玮，足自托于永久，而登临览观者，可以朝往而暮归。予至吴五年，未尝即其麓。岁之四月，始与河东王士能、蓟丘李叔成、京口张德机游所谓小吴轩。石级萦纡而上，峭壁千仞，俯视剑池，飘飘然凌云御风，而忘其崄焉。因相与言曰："今吾四人者，

① 原作"踞"，径改。

汩没埃壒中，其忧愤之郁积，非临高眺远，岂能无滞于怀耶？”山之僧遂饮以酒，清吟啸歌，劝醉交错，莫不肆然而喜，旷然而乐，悠然若有得者。兹游之胜，可不纪乎？乃以“游虎丘寺”为韵，以齿叙而赋之，得古诗四首，复留名而去。至正庚子河南萧县高巽志序。

城隍庙记

袁涣[①]

至正十年冬，山东道佥肃政廉访司事林公奉议按临到县。会洪水方割，杀越人于货者，萃乎渊薮。无辜吁天，不堪荼毒。公乃拊心轸念，日昃不遑，虽欲盛陈兵威，以战取胜，奈生民何？本县城隍，素以威灵著。至大年间，簿尉王荣祖亦尝祷焉，应如影响。公知之，遂偕济宁路同知总管府事宝公朝列，亲诣祠下，祝史陈词，至于再三。遂树榜立期，初以逆顺之理谕焉，更以带牛佩犊之义谕焉。未浃旬，悔返自新、投兵首伏者几四十名，而渠魁歼焉。余皆钦依元降诏，招诱徭寇，一体免放原业，听为良民。县尹刘士、主簿黄彬及诸寮宷敛衽而言曰：“今郡寇虽附，意犹怏怏，万一反覆，计将安出？大人德尊望重，人心惬服，倘以借恂见许，斯民幸也！”公曰：“前所按临，郡惟恐少留。汝能如是，亦吾所愿也。”遂止。阅月，屡出温言，抚慰不已，寇始安。乃进县尹及寮宷喻之曰：“此方被害已数年矣。朝廷廑其忧，生民罹其害。操弧擐甲者，动有千数；执馘献俘者，曾无一二。今不动声色而敛手来归，是皆神明威灵之力，将何以报德耶？方欲广其基址，壮其庙貌，耸其观瞻，为恶者知所寒心，倥偬间虑不暇及。有公钱十缗，以助其费。惟汝贤尚承我志，克遂厥功，不亦可乎？”佥曰：“诺！”县尹辄与达鲁花赤庆寿、主簿黄彬、县尉马公谅、典史王辅及耆年士夫谋曰：“神明之灵不可诬，宪司之言不可缓也。时方春，可课其章程，肇其张本。旧址垫隘，其将不久。莫若东徙，越二十步，形势渐高，宜可为神明舍。”众是其言。募众佣工，犹初创，建正殿四楹，神门三楹。阶隅廉直，檐阿翚飞，望之翼然。越一寒暑而功毕。达鲁花赤也速答儿、主簿谢永锡，及县尉德懋、典史郭荣祖寻皆到任。县尹又谋曰：“功既毕矣，苟不述其始末，勒之坚珉，后日孰知神明有灵、宪司有感耶？”征文于予。予窃谓城隍之名，虽不经见，然少有功于民者尚犹祀之，况城隍所以保卫良善、防禁奸愚耶？为是举者，不惟有以见神明之有灵，尤有以见圣朝铨衡有法、风宪得人也。义不容辞，秉笔以记。

---

① 原作“焕”。案袁遵道神道碑，遵道五子：涣、渐、渊、泽、浚，名皆从水。嘉靖、万历《徐州志》讹为“深”，顺治、康熙《徐州志》及乾隆《徐州府志》改作“焕”，今据正统《彭城志》、嘉靖《南畿志》及神道碑改。

徐州洪神庙碑记

傅汝砺

中原河山形胜，彭城为最。河源出昆仑，万里西来，宣房水之灵府，神明实主之。吞泾纳渭，历砥柱而东，狂澜冲突，缠纬畿甸，变迁无定。由汴渠故道，掠彭门而与泗、汶通，其势弥盛。郡城东南，双洪对峙，奔流砰湃，汇为涛渊。国朝收复残宋，车书混一。无［远］① 不服，重译入贡。舆琛辇赀，必由彭城。使者旁午，殆② 无虚日。连樯巨舶，络绎不绝。百步洪东岸，旧有祠宇。下瞰洪涛，高崖峭壁，无云而雷，鼋鼍出没，人所惊嘻。横波之石，廉利侔剑戟。凡至洪下者，必舣舟弭楫，股栗［心悸］③，睥睨不敢发。莫不割牲酾酒，恭谒庙貌，睢盱侦伺，以听神命。吉凶逆从，昭答如响。少有凭忽，舟上下失势，沦溺者往往有之。曩岁江淮未附，邳徐之境，家犀户鹤，民不聊生。庙亦草创，岁久摧圮。郡侯赵克明与其寮属，慎乃庶绩，整其隘陋，倡率资助，醵钱为五百万缗，创建殿廊，焕然一新。夫天一生水，善利万物，民所以取财用也。《礼》云："三王之祭川，皆先河而后海，曰源也，委也，此之谓务本。"后汉元光间，河决瓠子，白马沉璧，历代所宗。与夫泯竭其力，以奉无名之水土者，可同语哉？侯请予为文纪之。比者宦游南国，亦尝祷于祠下，目击其状。故泚笔以纪其实。夫《易·需卦》："需者，待也。"为险在前，须有所待也，可不慎欤？乃系之以辞曰：

纳纳提封，徐当其中。奎娄之方，白羊之宫。河山襟带，惟徐最雄。河源西来，常骛于东。郡城之角，泗汶潜通。乱石横波，对峙双洪。奔流澎湃，汇为涛渊。驿船市舶，往来憧憧。殊方辐辏，津梁要冲。涛头出没，鼋鼍喁喁。惟天设险，鬼凿神工。少有凭忽，沦溺是从。灵源弘济，历代所宗。孰其尸之，护国金龙。再新祠宇，龟石穹窿。恭奠侦伺，是效是崇。蘋蘩之荐，可羞王公。神其默相，报汝亦丰。惟至德溥，远迩攸同。屏卫王室，万世无穷。

萧县儒学记

傅汝砺

萧邑介大河之间，黄流漫漶，自古为害。南北两城，居民不能奠厥攸居。往者，庙学置于北城西墉之上。宋绍圣五年，因遭洪水，移于南城。继以狂澜四围，屡有废弛。至元丙子，一新于北城。岁久，悉皆芜没于苍烟灌莽之中。至元丁丑，县尹耶律廷瑞慨然兴复，遂于南城之东，买隙地二十亩有奇，积土聚财有所待。适

① 字据正统《彭城志》卷十四补。

② 原作"适"，系"迨"形讹，径改。

③ 二字据正统《彭城志》补。

廉访分司完颜公至，合其议，复指示地西偏面阳爽垲之墟，创建殿庑、堂斋、棂星门。翚跂翼齐，焕然一新，为多方之冠。萧县复立六十载，未闻有道义功烈显于时者，亦无一宾兴于场者，是岂其才之不足哉？抑为政者未有以兴起之也。今庙貌完，学校兴，有司、宪司交相勉励，不亦幸哉！诸生孜孜读书，以孝悌忠信正其心，以礼义廉耻修其身，则名声将有不可掩者，岂独乡闾之光，抑亦不负圣朝之意。斯役兴功于戊寅春正月，收功于冬十月。落成之日，士庶咸请立石，以传不朽。予目击其美，故乐为之书。

徐州志卷之三十二

艺文五

明文一

祭吕梁青山龙神文

孝宗

维弘治七年，岁次甲寅，十二月丙戌朔，越二十六日辛亥，皇帝谨遣内官监太监李兴、太子太保平江伯陈锐、都御史刘大夏，以香币牲醴，祭告于吕梁青山龙神曰：比者黄河不循故道，决于张秋，东注于海。既坏民田，又妨运道。特遣内外文武大臣，循行溃决之处，督工修筑。神其默相，用成厥功，使农不失业，国计不亏，不胜惓惓顾望之至。谨告。

圣庙碑铭

宋濂

洪武二年秋八月，孔子庙学成。凡历日一百二十，费功三千。徐为名镇，素多佳士，孝友如刘敬宣，忠义如赵立者，班班而是。《传》所谓“习俗好尚与邹鲁同”，盖不诬也。侯之兴学，将以前人望人。徐人士奉亲必孝，事君必忠，庶弗悖于侯之教。铭曰：

古之建学，释奠寓焉。神以牖民，必身为先。师废学微，专视庙报。祀事虽严，匪及乎教。徐为名区，学与庙俱。正之于古，亦曰庶几。皇明御天，海宇肃清。选贤出守，用宣邦经。时维文侯，来治兹土。不鄙其民，视如邹鲁。乃抚厥民，尔民固灵。弗莅于学，孰励其成？相惟故址，既陋且僻。卜迁南东，我龟孔食。乃协其程[1]，乃直以绳。乃经乃营，日夕靡宁。有殿言言，有堂矗矗。有庑轩轩，有门肃肃。视其斋庐，有师有儒。亦有生徒，执经而趋。学究六经，讲切六艺。夜以继日，莫之或替。人之所学，在孝与忠。忠孝一缺，昧其天衷。搜猎载籍，无征弗记。务贪得多，君子所刺。摛为篇章，葩藻是耽。斯谓偏徇，小人之

① 原作“成”，据正统《彭城志》改。

甘。必蹈大中，内外孚浃。蕴于身心，著于事业。贤侯兴学，实阐化基。岂曰土木，崇其巍巍。铭以著之，作者太史。用推本原，以告徐士。

砀山儒学记（正统）

刘球

皇上嗣天下之明年，选风纪之臣，分督郡邑学政。其陛辞也，首敕建葺庙学。四年，砀山县学孔子庙告成。其崇以寻计者四，广以丈计者六，邃以尺计者三十有奇。斋堂门庑之展，庖廪之扩，莫不称之。其地夷，其材硕，其构[①]坚，其绘藻，规制壮丽于初。官不伤费，民不知劳，何易臻此哉？砀令衡水杜钊课最当迁，以民乞留，增秩还官，来请予记。因问倡斯役者，则曰："初督学御史庐陵彭侯勖命之迁，继督学御史庐陵孙侯鼎饬之完。"又问宰斯役者，则曰："前知县事刘伯吉实经始之。继而程工制用，以克有终者，钊也。"又问赞襄斯役者，则曰："前谕李孟玉、张观兴，今谕丘纯、训徐忞，以及丞刘全、典史周文中，预有力焉。"嗟夫！道在天地间，万世犹一日也。二帝三王之后，生一孔子，四教所以立，六经所以明，百王之法所以备，此其所以世为天下师也。皇上御极，即命郡邑隆其祀事。隆其祀，所以尊其道也。从事斯役者，克率厥职，岂非斯道之幸与？诸士诵其诗书，习其礼乐，敏而为达财，粹而为成德。得志行所蕴，不得志仁其家、善其乡里之俗，安往而不得于道哉？其勒之石以志劝。

重建开元寺记（正统八年）

喻则成

徐州开元寺，去城一里许。释氏相传：唐玄宗开元二十八年，帝命胜光法师讲内典于延庆殿，其说称旨，帝遂命天下郡县咸建佛寺一所，仍各赐以"开元"额。是寺以"开元"名，盖亦是时所建者也。自唐至宋，兴废莫考。元时重建。至元末，毁于兵，惟铁佛像及数石幢得不坏。洪武间，僧正胜吉建一殿，以覆其像。寺左右前后，草莽弥望，略无居人。及升平既久，民居渐密，寺之地多为士庶所侵，其存者数亩而已。永乐十三年，今僧正广善师承檄来主是寺，乃顾瞻咨嗟，而言曰："我佛祖以甚深妙法，来自西土，化被中国。所在巨刹奥宇、穹宫广殿，不可胜数，盖非徒以是夸耀人耳目，实所以表众生皈依心也。虽我佛之道固不假是为增损，而学佛弟子舍是则无所用力，以坚其报佛祖之思。今寺隘陋若是，顾何以起崇敬之心哉？"于是谋高广之。遂罄其衣钵，赎故侵地，南北以丈计者凡百，东西视

① 原作"耩"，据嘉靖、万历、顺治《徐州志》及乾隆《徐州府志》改。

南北不及三之一焉。财用不足，则告诸有力者，远近以金帛施者相继，得具凡木石瓦类。召匠庀工，先于宣德五年建正殿五间，甃石以崇其址。殿高六丈有奇，中塑释迦、弥陀、药师三佛像。居其中者，即铁佛也。傍塑罗汉及诸天，像设庄严，世所希有。次建外门三间，中塑金刚像。二殿后建方丈五间，前建僧寮，左右为屋凡十有四间。殿之前左曰观音殿，右曰大藏殿，殿之正前曰天王殿，在门内之东者曰伽蓝殿。他若钟楼及库廪庖湢，凡空门所应有者，莫不完整。初创殿时，于旧僧房入地数尺得石刻一，上铸苏文忠公与法明师手帖凡三首，字画遒婉可爱。后志云："元丰八年六月望，住徐州开元寺东院传教、赐紫沙门法明题。"人始知是寺旧名"开元"，而今称"铁佛寺"者，从俗便也。苏公帖有云："开元大殿，非吾师学行神人响应，安能成？"后题云"开元寺东院"。则是寺在宋时，固一巨刹也。今广善师斥地建寺，而适得是帖，旧观既复，旧额复新，则是寺建而废，废而复建，似有冥契者，固非偶然也。师以建立不易，愿为文以刻诸石，庶后人知其难而不隳其成也。余闻三佛既灭度，凡求佛者，类以庄严为佛事，然不能无成坏，而成则为住，坏则为空。夫谓成为住，谓坏为空，此世间相也。而其相无常，既成而坏，既坏而成，则亦存乎其人。广善师为人甘澹泊，耐辛苦，凡有所获，不以厚诸己，而其愿力坚忍，不以久而怠，故其成此寺，视至难如至易，视至巨如至细也。昔扬州浮屠慧礼建十方讲院，而荆国王文公称其行洁材敏，故能有所成也。嗟乎！方外之士苟非行洁材敏，欲有所为，安能有所成耶？此余所以深有羡于广善师也。而其文不以求诸若王文公者，乃以属诸芜陋，何耶？虽然，师之请不可以弗遂也，因笔以记之。

先贤祠记（景泰）

宋诚

贤才之生，岂偶然哉？盖必有以钟川岳之秀，关气运之盛，明良相逢，后先继起，故能建立丰功，谋谟王室，勋名炫耀于当时，声实仪范乎后学，虽千百岁之远，自有不可泯灭者。徐人若汉丞相萧文忠公何、曹懿公参、太傅王公陵、太尉周公勃、舞阳侯樊公哙、夏侯文公婴、御史大夫周公昌、丞相周公亚夫、光禄大夫龚公胜、谏议大夫龚公舍、卓行姜公肱、石渠博士施公雠，隋治书侍御史刘公子翊，唐绵州刺史刘公德威，宋太学博士陈公师道，元御史中丞曹文贞公伯启、徐州观察副使孔公午、翰林学士袁文靖公遵道、兵部尚书石忠毅公普，国朝右佥都御史黄公政、文华殿大学士权公谨，凡二十有一人，建祠于学宫，祀之有年矣。予谒庙顾瞻，祠宇倾侧，弗称景仰，乃鸠材庀工，撤而新之。经始于九月辛卯，十月癸酉始克完美。是冬十一月朔，率郡官僚师生奉安神位。俎豆之设，仪文之备，焕乎有章矣。夫贤才有益于天下国家，古今一致也。徐之先贤，或以相业著，或以战功显，或以文武节操称，皆足为后人所师。学校，育才之所，诸士子朝夕游焉。幸今遭际圣明，其于先贤勋绩行实，素所饫闻，宜必以是自期待，必欲措诸事功。庶几接武前修，与徐之山川增辉出色，亦不负圣朝养育之盛心矣。

沛县儒学记

陈亹

沛之有学，学之有庙，盖自前代始。岁久倾侧，有司不加省者，十数年于此矣。景泰纪元初，知县武昌古信、教谕清源张晔，适相继视事，乃相谓兴复葺理，不可缓者。即鸠工度材，作明伦堂，修大成殿，宏敞[①]清肃，秩然改观。既又立棂星门，创建经阁、射圃，与夫庖厨库庾，皆无不备。沛人以役不伤农，费不及官，皆愿有述，以著厥绪。予惟建国君民，教学为先，帝王之兴，率由斯道。秦人焚书坑儒，叛乱四起。高祖起沛中，成大业，虽当时诗书礼文之事，有所未遑，然大纲克正，子孙继承，而经术名节之是尚，卒延国脉于四百年之久者，岂真以马上致哉？亦以斯道为之根柢耳。国家定制，以学校责守令贤否，视学校兴废为殿最。是宜薄海内外，士劝伦叙，风俗丕变，弦歌之声相接也。沛庙学遭时复兴，顾皆贤令长与掌教者之经营摹画，然潜孚默运，抑何莫而非本于上之鸢飞鱼跃之化哉？学于兹者，沐朝廷化育之恩，睹学校兴复之盛，惕然以立身行道、忠君显亲自励，将不愧为沛中人矣。是役也，经始于景泰二年辛未之春，落成于景泰三年壬申之夏。其时，若县丞韦聪、朱宁，主簿卢蓁，典史邓林，训导周载苾，皆重是举，能与古、张二公同心相协，以毕其功，是咸可书云。

汉高祖庙碑记（景泰三年）

刘昂

史称汉高皇帝，沛之丰邑中阳里人也，生而神异。夫神人之生，异于常人，理固然也。当秦并六国，虐海宇，始皇尽弃先王之法，自以为子孙万世之规。帝奋起布衣，提三尺剑，纵徒断蛇，英雄陈力，席卷三秦，驱除僭乱，困楚灭羽，不五载而莅中国，抚四夷，革命创制，肇大业四百二十余年。凡称治三代之下者，必曰汉。噫！帝之功德，加于当时，垂于后世，何其盛哉！考诸《礼经》"有功德于民则祀之"，此丰邑所以有庙，我朝所以命有司岁时祀享焉。庙基，帝产之处也。岁久，几经兴废。今县幕刘君，计诸同寅，询于父老，抡材训工，逾月而成。对越之

① 原作"厂"，用同"敞"。

顷，庶足以展诚敬，达灵贶也。或谓帝尊为天子，富有四海，居九重，兹庙似不足以格神。殊不知帝生于兹，长于兹，饮食嗜好、游观娱乐皆兹土之所资，且尝曰："吾万岁后，魂魄犹思沛。"今帝陟方虽久，其神宁不奠于兹乎？谨为诗，俾丰人歌之，以享帝云。

徐州学记

万安

圣人之生，岂偶然哉？盖天必任之，以助其不及。若羲、农、黄[①]帝、尧、舜、禹、汤、文、武，任之以行夫道；孔子，任之以明夫道。行夫道者，当世被其泽；明夫道者，万世仰其功。故自汉、唐、宋而元，咸知尊用其教，厚礼庙祀，以报其功于无穷。我朝君师海宇，内而京师，外而府州县，皆于学建庙，崇祀孔子，封爵加号，悉如曩代之制。报功之意，不已盛哉！徐之有学，数百年中历兵革，屡毁屡复。洪武元年，知州文景宗创建庙学，岁久而敝。宣德辛亥，知州杨秘撤而新之。既三十年，为天顺辛巳，庙复敝。临汾王侯叙来知州事，首谒先师，顾瞻礼殿，卑隘弗称，及省乐器之多残缺，遽欲更新葺补之，度时有未能。乃于政治暇，辄蓄其材，取砺与锻。越四年为甲申，将有事兴作，适有诏罢天下工役，不果。又五[②]年为成化己丑，岁丰民和，王侯悉发所储蓄，鸠工兴作之。首建大成殿，两庑次之。以旧大成殿为戟门，易棂星门以石柱，修饬乐器、祭器。功未集，王侯以秩满去。明年，知州陈廷琏以进士来知州事。初谒庙庭，视前功未毕，即恻然咨嗟曰："廷琏受命而来，职务孰有重于此乎？"遂图就之。于是饰圣贤像绘，殿庑、戟门及神厨、神库，咸以次完具。又远取土石，用填殿后水沼，围百五十丈，深三丈许。学之风气至是始有所萃，而庙之制度宏敞壮丽，益加于旧，上足以妥宣圣之灵明，下足以耸人士之瞻敬矣。呜呼！世之有司，率多孳孳以案牍几会为劳，以趋走迎饯为先，其能祗奉朝廷报功礼意，而知教化本原为重者几人哉？若二侯者，可谓世之良有司欤？学正应广平以二侯之功不可泯，乃具状征记，垂于永久。特为纪其始末云。

文成侯庙记（天顺元年）

高毅

嬴秦失驭，四海鼎沸，赤子无依，群雄角起，其不纲也甚矣。天厌丑德，欲亟

① 原作"皇"，径改。

② 原作"三"，系"五"形讹，据实数改。

拯溺，以安元元。乃有真人，乘时启运，出于丰沛。其才德虽足以应天而顺人，时有若佐命之臣以辅翼之，谋度之，兴王业，致成功，不五载助成汉室者，得不谓之豪杰乎?《史记》：侯讳良，字子房。其先韩人，家世相韩。秦灭韩，虽欲为之报仇，志不克就。乃仗策从沛公，以《黄石兵法》致帷幄而决胜，运谋设计，殆若神算。观其陷秦将，破楚兵，遏郦生之议以定封，遂韩信之请以破惑。与夫烧栈道，示[①]天下无还心，以固羽意；用四皓，使汉高无异议，以安储位。及其功成名遂，爰托赤松之游，以全身远害，非明哲者能之乎？却万户之侯，以封留为足而不屑就者，非有儒者气象能然乎？是以当时得与萧何、韩信同称“三杰”，宜矣！徐州有山曰子房山，州治东一里许旧有子房庙，历代崇祀不辍。徐去下邳不远，相传以为沛公得良为厩将，作楚歌以散楚兵八千者，即其处，理或然也。国朝宣德间，督漕运事平江陈公尝因旱祷于此山，获时雨之降，河流盈溢，舟楫遂通。后有祷而胥应，岂非侯之神之所致欤？旧庙庳隘僻陋，且岁月弥久，风雨倾圮，若不足以称神所栖者。知州事宋公诚来守是邦，政通人和，百废具举。视篆之暇，乃就神庙而瞻拜，睹其仪像，大不为乐。因徙其址于左而一新之，将以昭神之功烈于不朽，且以致祈报之意。走书币征言为记。尝读《礼记[②]》有曰：“以劳定国则祀之，能御大灾、捍大患则祀之。”侯生当亡秦之初，以豪杰之才，际风云之会，佐沛公以取天下，经营画策而砥平四方，开汉家四百年之祀。当时虽有萧、曹、陈、韩，为股肱，为爪牙，其丰功盛烈，实无以出侯右者。千数百载之下，明明国典，尚祀侯以昭明贶，人得而尊仰之。况侯之浪迹下邳[③]，立功兹始，得不庙食于无穷乎?

权学士墓表

高穀

按状：公讳谨，字仲常，其先河间人。八世祖讳邦彦，字朝美，宋大观中知冀州。扈驾南渡，位至参知政事。卒，谥质肃。公生五子，仲曰义，自河间徙东昌。至公之父执中，复徙于沂。洪武初，挈公自沂徙于彭城，遂家焉。公十岁，父卒，母李氏辛勤训诲，俾务于学。既长，益自刻厉读书，以真知实践为务，暇则精研于书数。郡守杨节仲延训子弟，一时名士交游者众。兄度，举贤良，授山西寿阳丞，谪戍辽左，遂罄资以给其行。姊适郡人张纯，早卒，公为值茔原以葬之，奉寡姊尽礼，抚孤甥如子。其孝友之笃，出于天性然也。永乐丙戌，户部主事吕宁以求贤荐，授知青之乐安县。其俗旧多盗发冢，既取所藏，暴露甚惨；与人微有隙，辄

① 原作“使”，径改。
② 原作“记礼”，据文义乙正。
③ 原作“沛”，据道光《铜山县志》改。

衔之，阳弗与较，暮夜则使人以锄镭铲其禾稼。民甚苦之，公皆严以禁绝。奸黠数辈恒持里中及有司短长，胁人以逞其私，公执渠魁一人置于法，余皆屏迹。不数月间，其廉明仁恕，为山东六郡邑令之首称。庚寅、甲午岁，太宗文皇帝亲征北寇，公两给饷于沙漠，三督军于青社，其他效劳多类此。板舆迎母，远就禄养；葬兄旅榇，抚其妻子；绝食祷旱，霖雨沛作；盈城水咸，甘泉涌出，精诚格于穹[①]壤。迁光禄署丞，奉职惟谨。未几，以目疾归。后，母年九十令终，公哀毁几绝，葬祭一循《文公家礼》。倚庐墓次，负土成坟，种柏成林，朝夕哭奠，常如初丧。有乌鸣、犬来、泉涌、兔驯之异。元日黎明，祭于墓所，忽有相貌乘骑浮空而至，乡人皆以为孝感所致。郡守杨秘等交奏，仁宗昭皇帝命驰驿之京。及以事闻，上曰："高声再读与众官听！"盖以公之孝谕群臣也。特拜文华殿大学士，公辞曰："臣少孤失学，恐不能称其职。"上曰："止着东宫学尔孝，其余免尔。"制书判本曰："朕之除卿，嘉汝之孝，欲以风励天下之为人子者，他非汝责也。"恭祀文皇，以公为群臣班首，哭之哀。上嘉之，赐牛羊首、果饵、脯醢之类。随侍皇太子监国南京，得辅导[②]体。宣宗皇帝继承大统，以老疾辞，遂进秩通政使司参议致仕，受白金、文绮、朱衣之赐，仍敕礼官旌其门曰"孝子权谨孝行之门"，永蠲其家徭。配刘氏，孝敬慈惠，寡于言笑，终身被服布素。夫德妇贤，闾里称之，后公五年卒。子男二：长曰伦，领丁酉乡荐，终养不仕；次曰傚。女曰淑安，适陆宾。孙男三人：宗，太学生；次宝，次宇。孙女三人，俱适士族。

儒学科第题名记

吴节

萧故学官，在听治之东。宋初，移萧子北城内。元迁今地。洪武初，乃大新之。选授学官三员，择民间俊秀为之徒，蠲征役，丰廪饩，设科贡以升之。作兴之任，一付之守令焉。逮列圣继统，于学校之政益加增重，谓南北二畿，实王化之首，遂精选宪臣，专行提督。此即唐虞敷教之余，而加之以振德之意也。乃者成化初元，天台陈选以监察御史，恭承上命，来督诸学。下车之初，即进诸生，励以圣贤之道，莫不唯唯。及退，稽萧乘，人文岑寂，慨然兴感，于是有立石题名之命下邑。邑丞香河段忠，谋于学谕任守中，竞传盛事，搜求历科，得进士四人，乡举七人，疏其名而列之，将刻厥石，以书来征记。予闻而喜曰："大哉观感之道乎！夫人之寓于目者，必有以感于心。凡所以兴起之者，无所不在。"谨按萧故牒，本古

① 原作"穷"，同"穹"。
② 原作"道"，通"导"，今从嘉靖、万历《徐州志》用字。

文献之国，风与邹鲁同。境内有闵子、子张子二墓田在焉，二贤盖德行、文学之宗也。汉晋以来，人始相尚以武，然香山、永堌，光气不歇，昔之大贤，朱浮以州牧而进司空，刘矩以孝廉而迁尚书，杨惟良以大夫而封郡侯，国朝高巽志以编修而升学士，孟骥以春官属而超拜方伯，皆文儒之效也。岂昔有其人，今乏其才耶？诸士子生于其地，当争自濯磨，文露武露，各尽其才，麟麟炳炳，卓绝一时，照耀千秋，不于先贤达称若后劲哉？夫科目者，升士之阶也，虽与贡额并行，然贡额有限，而科目无穷，不次之用。国家抡才良殷，有志于功业者，斯途为最宜。侍御、贰尹诸君子，切切焉表扬之恐后。予亦托是以阶进取者，喜闻吾道之兴，故特濡毫以为多士诵，是亦相勉之一道也。即书以弁题名首。

徐州学记

商辂

皇朝崇儒右文，茂隆化理，学校之设，遍于天下。虽遐陬僻壤，弦诵不废，矧畿内之近，当南北孔道如徐者乎？州之学创自洪武初，迨今百年，风雨震凌[1]，寝以颓敝。虽屡经葺治，无改旧观。岁成化庚寅，长沙陈廷琏由进士擢守是州，锐然以巍焕为己任，以终前守王叙成始之功，既完且美。又以堂斋诸所，隘陋弗称，及渐就圮者，咸欲撤而新之。日节浮费，募工饬材，白之直指戴珊、熊绣，佥议惟允。卜日始事，辟旧广新，重建堂斋，堂后鼎建尊经阁。壮丽宏敞，度越前规。肇工甲午春三月，落成秋七月。是役也，守土之僚，属佐之仕者、居者、赢于资者助相之，民无劳焉。辂惟列圣相承，治法尧禹，道尊孔孟，而于建学育材，尤惓惓焉。岂非学校兴则人材盛、风俗厚，治平之道，由此而措之乎？发策决科，其余事耳。徐诸士、来游诸士，其深惟诸有司作兴之力，以及圣明崇重之心则几矣！

修徐州洪记

商辂

徐州城东南百步洪，势极险峻，舟行难于上下。外洪大石如兽蹲状，人呼为翻船石。里洪坝下数湾，曲如之玄字。每岁民公私艘舶暨转输货，覆败不可胜计。甚者，舟人亦往往因而没溺。东西两岸，挽路低隘。稍遇水涨，遂至弥漫，无路可寻；水退则土去石出，巉岩磊砢，实艰步履。官府督工修治，铺草万束，辇土平盖，费财劳人，仅取便目前。已而水至，则前功尽隳，艰险如旧。自永乐通漕以来，所费不知其几，迄无经久之利。成化丁亥，冬官主事郭昇奉命守洪，至即相其

① 原作“陵”，古同“凌”，今从嘉靖《徐州志》用字。

形势，度时量力，锐意修治。博访土人，广采舆论，遂具疏请于朝，及移文部堂并总漕都宪。于是募工凿去外洪翻船诸石，铺平里洪坝下数湾。东西洪岸并牵路，各用石版甃砌，扣以铁锭，灌以石灰，既坚且固。两岸各植柳浚井，以荫济行者。凡有关于洪道，有益于漕运，如金龙等神祠、公厅、闸厅、鼓楼，及军夫所居房屋共二百余间，重修增建，皆焕然一新。工匠用价，雇倩夫役，日给以食，所费钱谷以万计，悉设法劝率，所在军民，一毫无取，是以人不知劳而功易就。谋始于成化戊子春正月，落成于明年冬十月。舟行至此，如乘安流。东西牵挽，咸履坦途。往来之人，靡不称快。郭君利济之功，岂小补哉？是可嘉已！君世家苏之昆山，隶籍颍川，由进士拜冬官，廉勤干济，将来名位未量。其助材修洪，多往来公使、达官贵人及富商义旅，用列名碑阴，庶来者知所劝云。

砀山县儒学碑记

刘吉

砀山地僻而民豪，往因水旱荐臻，俗益贫甚，民失其所者半。天顺壬午，张侯梦辅来尹兹土，奋力振作，急于民事，岁事向丰。至有凶强不律者，设法锄之。由是民无顾虑，而安堵复故焉。一日，诣学谒庙，视其庙宇倾欹，且规制隘陋，因遂谋之僚贰暨诸直教事者，各捐俸资，鸠工抡材，诹日兴事。而侯躬莅教护属功，课其章程。邑之富人、义士观感者，悉力以助。经始于丁亥秋八月一日，落成于戊子冬十月九日。其址延袤，视旧加三之一。凡庙寝、堂斋、庖舍、泡湢，俱彤碧相辉，黝垩交映。至于庙器、礼物，靡不补葺维新。而又建阁尊经，伟乎改观矣。既毕工，乃遣人走京师，以记为请。窃惟圣朝有天下百余年，列圣相承，聿图至治。其所立纲陈纪，为生民经久之计者，大要不外乎农桑、学校而已。夫农桑为衣食之本，学校为礼义之先，二者一有缺焉，虽欲言治，皆苟焉尔。今之守令不辨所重轻，率以奔走承顺为能事，催科速成为善政，至学校之倾颓、风俗之薄恶，则恝然莫之为介，良可慨也！其知所先务而能果于兴事，不负朝廷委任之意者几人哉？予于张侯，不能无取也。徐为中国衣冠之域，南畿首善之地，泮宫一新，秀民杰士殆将幡然自新，后先相望。人将指而颂之曰："此张侯作兴之效也！"其功用岂小补哉？用志于石，以俟采于观风者。

歌风台记

周泾

沛在汉为帝乡，多高帝遗迹，岁久皆湮，惟歌风碑亭尚存。成化二十年，侍御陈公［嘉］[①]谟自淮之西移建于此。泾承乏于沛，旧宇已隳矣。今年春，城沛工竣，以其遗材创之，前为坊门，中为亭榭，缭以环堵。游适之所，颇改观矣。乃读歌风之碑而叹曰：猗［与］[②]休哉，一天下者之言也！反而绎之，然后得其意乎？首以风起云扬，喻一时豪杰，若韩、彭、豨、布之徒，后先景从，吞燕齐，并赵魏，以殪骨鲠之强羽，裂地千里，大启王封，诚一时际会之盛也。及天下既定，列国分据要冲，王畿孤立于上，不得已，诛伐加焉。今幸收其故封，以垂一统之业，威加海内之云，抑亦以自庆乎？昔之豪杰由是凋谢无几矣，复求勇猛如彼、可[③]为社稷之镇者，犹未得夫人也，又以守国之虑终焉。此高帝建国之宏谟，临机制局，发于壮心劲气之时，不测如鬼神，有赫如雷电，驾驭英雄之术也。至于春秋已迈，穷情尽变，反之以自讼焉。故肆其事而无所隐，播于咏歌，与故乡耆老唱和于樽俎之间。遗音在沛，传之天下，天下之人共仰之，与帝之神明相为下上，沛亦因之显融于天下，夫岂偶然之故哉？

重修石佛寺记

吴瑞

去徐城南二里而近，有山曰云龙山，寺曰兴化寺。山南有石，好事者刻为巨佛首，故山又名为石佛山，寺亦名曰石佛寺。“石佛”之称，近于事实，故其名独行于世，而“云龙”“兴化”遂泯然。其两名皆莫究其所由始，名之沿革亦莫知其昉于何时。按欧阳公《五代史》，当唐昭宗景福二年，朱全忠遣其子友裕攻节度使时溥于徐，败溥军于石佛山前；苏子由《黄楼赋》有曰“巨佛之峰”。是知石佛山在唐、宋已著其名矣。我皇明洪武戊寅，有僧胜吉建大殿，为石佛之覆。宣德癸丑，殿毁于火，而石佛岿然独存。至正统丙辰，嗣僧文安复鼎新之，益以法堂、三门、方丈、两庑，具载同知喻则成记。距今五十余年，久而梁栋檐楹剥落，堂庑门槛又皆残缺不完，无以为僧众皈依。成化丁未春，诸君子修禊事于兹山中。贵则有太监高公瑛、左监丞马公敬、右监丞韦公通、工部郎中曹公以贞，户部主事孙公以蓄、康公孝隆[④]，暨予七人。览其倾圮，为之怆然。诸君子合辞于高公曰：“是为法筵之地，岁久狼［藉］[⑤]，不葺之功，将转而为葵麦之墟矣。矧予辈各以王事，分理兹

① 字据文例补。

② 字据文义补。

③ 字据嘉靖《徐州志》补。

④ 工部郎中曹公以贞：曹元，字以贞。户部主事孙公以蓄、康公孝隆：徐州仓户部主事孙识、康绍宗。作者吴瑞，时任徐州洪工部主事。

⑤ 字据乾隆《徐州府志》补。

土，咸欲来游观，以发舒其郁滞。今日起废之寄[①]，非公曷宜？”高公曰：“诺！”遂命徐州左卫镇抚杨颙董其事。而远近大家闻风而来，施财相役，雾滃云集。于是鸠工兴作。缔构之精，庄严之丽，日光霞彩，顿还旧观。有井在山顶，弃而不食者累年。公又发其瓦砾，泉甘如初，僧人免远汲之艰。始事于丁未五月，工讫，遂属笔于予。惟先王之创栋宇也，室以居生，窆以送死，坚而为城郭垣墙，高而为楼观台榭，凡以为民也。彼佛氏，以清净寂灭为教，其说有不严而威，不疾而速之妙。故凡名山长谷、穹楼广殿，以崇其居，妥其象，弘其化基。其来也远，莫可得而致诘矣。然是山为一州之镇，诸君子又皆莅兹地，乘暇而来，登高眺远，于以舒其志之滞，以宣其气之郁，则气清而志达，事理而政成矣。昔人谓游观之道有裨于化理，不其然乎？是则公今日修葺之勤，又为吾徐人无穷之利如此，乌可以不书？遂书之为记。

颜瓌墓祭文

彭勖

公名瓌，字伯玮，庐陵芗城人也。相传为唐鲁公之裔，素以学行称于州里。洪武末，由明经授知是邑，民悦其政。靖难兵压境，父子同日就死。邑人义之，遂敛葬焉。岁久冢平。正统初，监察御史彭勖巡教至邑，询于致仕户曹孟式，得其葬处，乃令有司起坟立祠，而祭之曰：人孰不死，公独死义。荒冢累累，我独公祭。勖非要誉于乡党，盖欲振纲常于百世。维灵爽之洋洋，永庙食于此地。

马兰斋墓表

李秉

按状：先生讳蕙，字彦芳，别号兰斋。先世居东吴之玉峰，宋、元间代有闻人。高祖讳伯通。曾祖讳良，洪武初以才行荐，擢徐州卫知事，寻升广东德庆州同知。祖仲宁，考以伦，皆嘉遁不显。妣刘氏，元万户刘光远女。以伦随仕于徐，乐其土俗丰厚，遂占籍焉，故今为徐州人。生子三人：孟曰彦昭，仲曰彦杰，先生其季也。甫六岁而孤，赖母刘氏育之。先生聪敏过人，不与群儿伍。七岁入乡间学，授读《孝经》、小学，过目即成诵。年十三，遣入州庠，从司训祝先生学，授《四书》《诗经》，悉通大义。命题属文，援笔立就。时人咸以远大期。不数载，学业大进。虽专习于《诗》，而《易》《书》《礼》靡不淹通。宣德壬子，应天府乡试，果举高第。明年会试，登进士右榜。以母老，授山东曹县教谕。至曹未久，方议迎

① 原作“奇”，据乾隆《徐州府志》改。

养，而母孺人竟以疾终。先生痛伤风木，日夜悲号。服阕，调汝宁之上蔡。上蔡人才朴茂，科目乏人。先生严立教条，启迪不倦，士风为之丕变。相继登科第者，皆出人右。九载满，天官考最，进秩汝宁教授。其教法之严，始终不渝。诸生有善行者，礼遇之如宾客；少有过差，则正色临之，俟其悔悟。人多德之。丙子岁当大比，江西、山西荐为主司，皆曰行止端庄，学问老成。使方迭至，先生力辞以疾，俱不往。诸生法先生之学行，被先生之丽泽，登高科，显明于时者，视上蔡益多。秩将满，忽疾作，召诸子语之曰："吾祖宗素有阴德，吾亦无失行。官止于斯，寿止于斯，命也！若辈尚当勉力进学，无忝尔所生，吾死亦无恨矣！"配王氏，讳淑真，世为顺德平乡之名族，监察御史王公矩之女也。生而聪慧，寡言笑，勤女工，夙闲姆训，为择良配，久未得。洪熙改元，御史公适按徐郡，见郡弟子中，先生独有异质。扣其所得，爱而异之。察其未聘，遂妻之。孺人既归，事姑克尽孝道，能得其欢心。至于助祭祀、享宾客，必洁必丰。逾三十年，使先生得以专力于学、尽心于职而无内顾之忧者，其内助之功居多也。既而先生卒于官，孺人挈诸孤扶榇[①]归葬，一循礼度。遣二子暕、暾，孙湘，补州庠生，戒之曰："汝父位不满德，赍志而殁。汝曹当勉强学问，以图远大，庶成汝父志。"成化辛卯科，子暾、孙湘皆中高第。孺人喜曰："吾异日可以见汝父于地下矣！"享年六十有八。子五：长曰曈，次曰暕，次曰暾，次曰暄，次曰暭。女三。孙男六：曰湘、曰沂、曰汝、曰江、曰汴、曰汶。於戏！先生，吾师也。谨按状次第其言，镌诸贞石。

吕梁洪修筑堤坝记

李东阳

徐州有二洪，一以州名，一以山名。山名者曰吕梁。吕梁之为洪有二，上下相距可七里。盖河之下流与济水会于徐，以达于淮。国家定都北方，东南漕运岁余万艘，使船来往无虚日，民船贾舶多不可籍数，率此焉道，此其喉襟最要地也。洪石犷恶廉利，虎踞剑擢，阳隘阴龃，中仅可下上。水势为所束不得肆，则激为飞流，怒为奔湍，哮吼喧哄，见者皆骇愕失度。巨缆弦引，进不得寸尺。乘流而放，瞥掠瞬迅，不复措手。其艰如此。铅[②]山费君仲玉，以工部主事督水利于徐，顾而叹曰："此可以人谋胜也！"乃循行洪北，见其支流水所泄处，旧阏以束藁。水至，则荡为浮梗以去。会州县所具藁，岁至二十五万，以钱输者加十有三，而恒病不足。则又叹曰："谋之不臧，劳无益也。"乃白诸部长及总漕都御史张公瓒、平江伯陈公

① 原作"衬"，径改。
② 原作"沿"，据李东阳《怀麓堂集》卷三十三《重修吕梁洪记》改。

锐，聚徒给廪，辇块石，填壤土，叠为长堤百六十又五丈，广五丈，而崇不过五尺。水小则迫之归洪，河用不涸；大则纵之，使漫流其上。又于堤西筑坝三[①]十余丈，以杀湍悍，而堤得以不啮。又观于东堤丛石间，民困牵挽，足不能良步。乃畚瓦砾，实其洼隙，外以石甃之，为丈四百二十有奇。又东则甃为长衢，而行者亦因以为利。吕梁之险，历数千万年，而十去五六，君于是有奇绩焉。然问其役，则洪夫之余力；问其费所出，则岁课之赢财；问其食所由致，则剩载之余粟。而自以经画佐之，未尝责办于有司、劝假于漕士及往来之商民。而所奏減藁束岁十万，民钱至二[②]十余万。功倍而费益省，可为难矣！初，君自成化庚子，越三年而成西堤。任满当代，民交章借君，又三年而东堤成。君既报政，选员外郎。予友华容刘国纪，亦与君有宿昔，实知徐州，达观君所营作，叹其绩不可无述，请予记。予复闻于君从子、翰林修撰子充者为详。乃为说曰：天地之道，必赖于财成辅相，然后可以利乎民。故唐虞置虞官，益掌山泽，佐禹治水。《周礼》以中士为川师，掌川泽之名，辨其物与其利害。其为制不可详，然其职固在也。今漕河所经，各有分职，要害之地则委郎官以总之，利病兴革，惟其所任。然不过水道之疏塞，如所谓“沟逆地泐”“水[③]属不理孙”者，则浚涤之而已矣，修治之而已矣。若长虑倍力、去险为夷、因害以为利者，讵不甚难矣哉？天下事固有一劳而永逸者，故苟其利倍十于旧，则虽殚财力而不惜。今以利校之，殆不可訾矣。然则阅历代之险，而为永久不迁之利者，诚可为之难邪？夫功不必己出，惟其有益于民与世，继费君者尚缉而保之，则兹洪之益于国家愈大，而圣天子财成之治，不为小补矣！君名瑄，仲玉其字。其为放舟之厅、集夫之营、市易之场，皆洪事所赖。又值岁歉，以余粟千石赈州民、六百石给漕士，亦洪之余费。故附载之。

汉刘子政先生墓表

湛若水

惟兹汉中垒校尉、追封彭城伯刘子政向之墓，侍御马子宗孔请表之。甘泉子曰：久矣，吾之不托于言也。虽然，以子学圣人之道，兹以风于乡之人，吾恶得而勿表诸？昔者孔门之教，同于求仁，而七十子之徒各成诸质。是故一贯之学，离而四科，四科分而圣人之道熄。故德行之流，为道德，为节介，为悻直；言语之流，为游说，为纵横，为词章；政事之流，为刑名，为功利；文学之流，为训诂，为记诵。是故后世之学，成于所长而蔽于所偏矣。予读刘子政传，疵其为伪黄金

① 嘉靖、万历《徐州志》及《怀麓堂集》作“二”。
② 嘉靖、万历《徐州志》及《怀麓堂集》作“三”。
③ 原作“之”，据《怀麓堂集》《皇明经世文编》改。

以迎主[①]好，溺于休咎，诡谋上变，踣而几进，为德行之疚，颇异焉。然而究极六艺，洞窥阴阳、星历之纪，其博洽有如此者，岂所谓文学之流与?《新序》《说苑》《洪范五行》，封事数十，触物连类，沛若悬河，其文词有如此者，岂所谓言语之流与？元帝之初，自以末属，力排许、史、恭、显之奸，屡折而不悔，与望之、堪、敞同心辅政，别邪正忠谗之分，明用舍治乱之原；成帝之际，危言祸福，历陈法戒，斥王氏威福之盛，图宗国社稷之安，其济[②]屯倾否之志，殆亦庶乎其可与从政事矣。惟兹三者，是亦不足表之以为劝乎？盖子政裔出于楚元王交，元王之学出于浮丘伯，浮丘伯出于荀卿，荀卿出于孔氏门人馯臂子弓，其源流之分，可知也已。孔子称："臧武仲之知，公绰之不欲，卞庄子之勇，冉求之艺，文之以礼乐，亦可以为成人。"后之君子，有子政之长而去其蔽，以变化于大道，如百川[③]支流之会同于海，渊渊其渊矣。吾是故表之，以诏乎后世。

汉高祖庙记

秦纮

世传汉高祖丰生沛长，按《本纪[④]》亦云高帝起于沛丰，则世传未为无据也。丰县旧有原庙，《志》云创自五代。正统八年，典史刘勉重修。自是而后，日就颓敝。弘治十一年，于侯来尹县。视篆越三日，遍谒神庙。至此恻然，乃谓僚属曰："《礼》：'有功德于民者祀之。'汉高帝生于是邦，提三尺剑，诛无道秦，拯生民于水火，开四百余年王业，泽被当时，功垂后世。是以我朝于京都建历代帝王庙，岁时祭享，高帝与焉，盖取其功德之在民也。丰县有庙，乃重其所自生之地。今庙貌如斯，固不足以揭虔妥灵，亦岂体承圣朝崇重古先哲王之盛意乎?"慨然兴修为已任。县丞宋溥，典史查俊，教谕陈让，训导吴辙、郑发，暨诸耆民，亦皆乐从。乃选委官陈达、寿官李祯[⑤]督工修建。于侯心恐烦民，力役借于农闲，财用出自区画。经始于弘治己未四月，落成于弘治庚申三月。民不告劳，事得就绪。正殿三间，中像龙颜隆准，望之俨然。两庑六间，前辟大门三间，[外][⑥]缭高垣百堵，轮奂完美，规模改观。其基堂在城内东北隅，延袤共七百步有奇。既讫事，凡百供祀器用，无一不备。所乏者花罍耳，求之惟艰。翌日，治庙傍隙地，于内掘获白磁二罍，制度奇古，非近代物也。人皆以为神昭灵贶，是固不偶然矣。于侯乃求予为记。予惟

① 原作"王"，据《湛甘泉先生文集》卷三十一改。
② 原作"泲"，据《湛甘泉先生文集》改。
③ 原作"州"，据《湛甘泉先生文集》改。
④ 原作"记"，通"纪"。
⑤ 原缺笔省"贞"，字据隆庆、顺治《丰县志》补。
⑥ 字据隆庆《丰县志》补。

高帝功德，具载汉史，固不容喙。但以史称高帝不好儒术，高帝尝自谓“安事诗书”，此则不可不辨。夫非高帝不事诗书也。秦法：“偶语诗书者弃市。”是以当世之人劫于威虐，以诗书为刀砧，滔滔者皆是也。高帝既为秦之民，焉能抗秦法乎？其后暴秦虽灭，高帝已锢于积习矣。不事诗书，无怪其然也。亦非不好儒也。世无真儒，若郦生者，当时一庸流耳，冒饰[①]儒冠，掉三寸舌以干诸侯，其视席珍待聘者有间矣，恶在其为儒也？高帝果不好儒耶？何为过鲁以太牢祀孔子乎？是礼，前此未有。帝无因袭，而首为是举。可见高帝非真不好儒，所不好者，郦生伪儒耳！世人不谅其心，遂以不好儒短之。噫！高帝之受诬多矣，其亦不幸也哉！予因侯之请，既述建庙岁月，而复言此，以为高帝辨。于侯名让，滑县人，守己爱民，循良吏也。其他善政，不暇悉书云。

移建吕梁洪关尉庙记

刘宪

中原河山，惟吕梁为至险。山自青、兖而来，巉岩剑戟，横亘河中，廉利不可当；水自河、济发源，吞汴纳泗，曲折入洪，喧豗迅急，莫之能御。盖乱石截中流，两岸束惊浪，势极崄恶，实上流第一关也。故凡舟行至此，莫不心骇目眩，相与祷神戒力，而后敢过。一或怠焉则将怒，厥载漂溺，而性命且寄篙桨矣。昔人有言曰“吕梁扼天地之巨险”，信哉！洪旧有庙，祀汉关云长、唐尉迟敬德。相传二公尝治水于此，后之人赖之，因立庙于河之西，岁时展祀。人往来祠下者，望其像而致奠焉。噫！二公生为大将，捍大患于一方；死为神明，阐遗烈于千载。固不待庙祀而后显矣。然祷焉必应，人之心岂能忘哉？在胜国时，赵松雪盖尝记之石。我国家定都朔方，凡东南漕运、贡物之转输，朝臣、藩省、觐使之往返，皆引道自此。故舟至益多，日百千万艘相望。假助于神力者，云集祠下。惜乎庙宇神像，岁久多颓；且水循河东，去庙尚远，谒祷举祀者，皆称弗便。宪视篆之三年，民事颇叙，顾瞻神祀，是吾守土之责也，而可缓乎？时方欲市地图新，移置河东，适居民董霖者，愿献隙地一区。宪遂白于管洪主事李公，相与谋度，取给修河之费，易甓市材，肇工于弘治戊申冬月，越明年正月告成。为正殿五间，前门三间，缭以周垣，夹以两庑，中塑二公之像。凡神厨、湢浴、供祀之具，视旧有加。仍编置守庙者一人，岁以为常。呜呼！国家祀典，非有功德于民、能御大灾患者弗与焉。若二公之勋业在当时，精英在宇宙，忠义之系人心在天下，天下后世之人固皆知而祀之。而况吕梁扼乎天地之巨险，二公治水赫有成迹，百世是赖。徐人庙而祀之，抑

① 原作“饬”，古同“饰”。

天理民彝之不能泯灭如此。人之精神聚萃于斯，焄蒿凄怆，如或见之；风涛颠沛，若有遇焉。是宜神之灵异，愈久愈显，以享我国家祀典于无穷也。庙成，宪猥以一郡之长，佥谓宜有言。遂忘其固陋，识其岁月。且系之以词。（词缺）

徐州洪工部分司题名记

谢缉

徐洪旧名百步，元时已为要冲。国朝徙都冀方，视昔尤不侔，而官之分莅于此者无定员。至正统初，始以主事专其任焉。弘治改元之明年，余来视洪事。求前人之已行者，岂直不得其一二，并与其名氏而亡之矣，斯阙典也。乃广询博访，仅得二十人，命刻石于公署，而记之曰：圣朝奄有万邦，德教诞敷九夷八蛮。前世所不能臣服者，今皆重译而来，稽首奉贡于阙廷下，况中国乎？其东南则云、贵、川、广、江、湘、闽、浙，诸道所贡[1]物产，官民舟楫，舳舻相接，悉由兹抵北。而洪之石巉岩峭厉，星列棋布，水势所束，激为飞流，怒为奔湍，澜涛砰湃，万虎斗而百雷轰，见之骇愕失措，舟往往因是覆溺者甚众，真天险也！且以粮储言，岁漕四百余万石，运船动以万艘，一有不虞，则漕运之数亏，而军国之需阙矣，责任不其大矣乎？且天下事以难处之，则敬心生，动罔不济；以易处之，则怠心生，而克有成者鲜矣。历考前人因时以就功，利泽及人者至于今，是赖后之君子克艰厥事，以正大存心，以清白持家，于以昭盛德而垂休光，使前者辉，后者映，国家将于是有赖焉！顾余何人，滥竽于兹，自知庸劣无似，然亦常恐沦胥于怠忽，以重君子之讥。乃摭此书之，因以自警。

陆侯瑞麦亭碑记

晏本茂

弘治戊申，适今上登极之岁。夏五月，萧邑麦穗多岐。贤士大夫暨里社耆老，靡不争颂陆侯德政感召，乃形渔阳之歌曰："方今圣主和德于上，百姓和合于下。故心和气和，形和声和，召于山川。则地之和，应田畴之瑞见，如公孙弘所云。麦之呈瑞，职斯故耳。致之不易，敢密惜下里，壅于上闻耶？"乃包匦而具贡于朝，偕同寅二尹董公贤、张公镛、判簿吕公祥、莲幕李公凯、学训孙公服，奏乐送使者于郭北，拜稽首，疾驱上奏，遂荷上赏。恐世远言湮，后人莫知其端，佥命工镌石于县之仪门东，将以垂示永久。洪武初，宝鸡县献瑞麦，弘文馆学士刘诚意为颂，载之史矣。迄今百庚，萧邑复献瑞麦。他日粉署摛文，兰台珥笔，必志必记，庶见

① 原作"责"，据嘉靖《徐州志》改。

国家和气致祥之晟，蒸于赤县绿畴，发为灵禾，岂细故哉？于此益感侯下通民惠，上格天心，协于物类，其一征也。因援笔而为之记。侯名本正，字仲端，令萧九载，天顺壬午领山东贤书。家浙之仁和，籍辽之广宁云。

三贤祠记

王缜[①]

徐州城南三里许，有山曰黄茅冈，旧有三贤祠，祀韩文公、苏文忠公及陈公无己。后守土者迁于州学东畔，而易以三大士像，旧祠遂废。弘治甲子春二月，户部主事庄君诚之游于冈上，慨然以兴复为任。于是撤佛像，鸠群工，夷旧维新，庙貌斩斩。工告讫，复征余言识之。余谓：能言距杨、墨者，圣人之徒也。君能毁淫祠，崇先哲，固当大书特书，能于言乎靳邪？夫山必藉人而后显，而仁人之于山，亦情之所钟，自有不能已焉者也。昔欧阳子知滁州，游琅琊，作醉翁亭；朱紫阳知南康，游匡庐，辟白鹿洞，至今传诵不朽。黄茅冈，亦三贤游咏之所，修而复之，固其理哉。且韩文公在唐为推官，鲠直贞亮，其遗惠及人居多。苏公为徐州守，以身捍水，竭力赒穷，其功德之在徐，尤宪宪不衰。陈公虽乡贤，亦尝教授于徐，其节苦文藻，亦人人之所爱慕，徐人乌得而无情？此祠之所以修也，盖将使仕于斯者，仰三贤之高风，则思所以振德育民，靡不承式；生于斯者，念三贤之遗泽，则思所以磨淬奋迅，日进无疆；客而游于斯者，览风烟之苍莽，嗟去来之无常，而思三贤之所以岿然独存，又必有能择轻重取舍于其间也。呜呼！有其举之莫敢废也。后之守土者，尚慎旃哉！

户部分司公署记

刘栋

运漕，重事也；郎署，尊官也；徐州，古建封之域也。以郎署来古封域地，赞理储蓄之政，必廉干之才、果毅之力，足以制豪猾，抗权势，会计有无而赢缩之，然后始克胜任耳。我朝自燕漠建都，运漕始定规制。京、通二仓，内薄畿辅，固为直达之所，然仰给多，而分理之职亦众。如临、德、徐、淮四仓，各沿水次，以便转般。每仓必岁简户曹一员掌之，即其所居，名曰分司，示听政也。徐州分司，旧附广运仓之侧，比水飘没，不堪宁居。正德戊寅，重为水困。己卯，势益滥漫。由是荡无底止，来者虽不便僦居，未有能力而新之者。岁庚辰，贵池李君时望来莅兹土，喟然叹曰："天下事果如此难哉？工必居肆，商必趋市，况官府无听政之所

① 原作"绩"，讹从顺治《徐州志》，据明代诸志并参《明史》列传第八十九改。

而僦居苟安，岂便事邪?”于是申请大司徒，颁鸠工聚财之资，得若干，择地而拓之，择日而落成之。又惧来者之不知其故也，因予过彭城，语予故而欲予记述之。於乎！天下事如李君，吾未见其为难也，但人弗为耳。然狃于因循，而特立奋兴者寡，此天下事所以靡然从风，如影响之无定迹。然有识者固如是乎？昔单襄公以道茀不治，卜陈兴废；诸葛武侯治蜀，公廨舍宇，靡不修整。若二公，曷尝溺于因循之陋哉！矧徐之形胜，冈岭回合，双洪联贯于中，俯瞰长淮，宛然襟带之势。昔人图立霸功，未必不依恃乎此。又考之前代，敖仓、洛口，每因险设屯，以备不虞。今徐亦南北险阨也，据此以图进取，浮汴入洛，西至于渭，历龙门底柱，直驱关中而四达无碍者，亦由此。然则经国者岂不知所留意于斯？不然，凡会计出纳之数，一委吏足矣，又何假郎署尊官哉？夫假尊官以殿之，此分司之所必由建也。君名崧祥，池之世家人也，习《毛诗》，登甲戌进士，为人爽达，其莅政仁爱严明，初见似落落，久则可亲爱。其伯兄曰嘉祥，亦起家进士，为南户曹郎。君之综理，殆不隤家声，而才力又非狃于寻常者比，他日践台位，列鼎食，享功名于无穷，势有所必至者，抑岂诬之哉！分司距州南门百步许，地势高亢，不狭隘。有厅有堂，有燕居休息之所。前障重门，旁翼两庑。尊自宾客，下逮胞翟百执事之役，皆馆谷有所。外缭垣墙，阶级崇峻。一时聿新耳目之观。州人欣然走告，曰：“可以观政矣！”问其厥兆，则定墨献卜；问其方位，则面离向明；问谁落成，则都水陆君德如及守土张君本豫，相与赞襄之；问其力役，则经始于营室方中之时，而告讫于农祥晨正之后。州人复语曰：“不烦官府，不妨民务，可以永听政矣，复何疑焉！”李君曰：“既可以观政，始知天下事真无难者！”乃刻诸石，俾后之来者勿坠吾志。

徐州户部分司题名记

李崧祥

我国家定都燕京，而财赋取足漕运，故有京、通仓以为直达之所，有徐、淮、临、德沿水次仓以便转输。仓各有部署，以监临之，岁一易其人。盖国计之重且大焉者，而所在综理，亦必分任其所有事也。徐州仓监督，自永乐十三年来，无虑百二十余人。长沙徐君逵旧于碑阴刻其名氏，始于景泰纪元，仅得四十有四人，就泯者皆漫无可考焉。弘治甲子，武进庄君禩适题乏，再续之。迨正德戊寅，河决澶渊，徐大水，己卯益甚，分司尽被冲溃，前碑亦为之覆溺矣。庚辰秋，崧祥至，僦馆民舍，公事甚弗便也。乃具议上于大司徒杨公，得费以公帑，民免告劳。遂檄州卜地，度诸城内东南隅而鼎新之。工既就，方图起前碑而植之，补其诸君之阙题者。窃观夫狭隘分析，题可不数人而又乏，顾僭为他日沦没之虑，而续之以终二君之志。于是命工斫碑，视旧侈大其规。其凡仿编年为之，递书名姓，分系官第，表趾于下。通前可考者，合镵一石，以视后观者便焉。嗟乎！世远人亡，而其名犹深刻于其间赖有存者，谓非石有以为之不可也。石泐刻没，而后之人至不可踪迹追寻者，岂石所能与哉？要之，存乎其人耳。夫题名有碑，将以求其实、考其人也，其贤与否，人可得指其所行之实而议之矣。凡我诸君子，讵可不思所以自励者乎？能自励而勖之，俾他日勋名事业，掀揭天地，轰震雷霆，昭诸史册，则兹石亦因之以有光，虽永垂不朽可也。如其不然，因非愚之所敢望也。石成，当志其岁月，顾不揣芜陋，僭书此以记之。

萧县修城记

于范

是古萧子国也。春秋，宋封萧大心以为附庸，即其地。楚灭而县之，历秦、汉、晋、唐，废置不一，城仍故地，屡为水没，修圮相寻。迨赵宋为二城，南北相距，北则旧址也。绍圣五年，移儒学于此，是则可考焉。城濒汴渠，自汉元封间，河决瓠子，入汴渠，东会泗水，即今黄河是也。兹邑迩岁被冲激，是故难乎其城矣。民圜土垣以居，设栅为闬，聊谨晨昏而已。正德壬申，剧盗日寻奔流大河南北。萧当其冲，以无城故，并驰以入，毁官民居，劫财货，掠士女，莫敢谁何。甲戌秋，王侯宗治来宰斯邑。实维介哲，事语匪荀。见闾阎廨舍，燹迹荒凉，用是悼心，图谋经画。明年乙亥，乃属父老而谓曰："盗何若苦？"曰："无以卫也。""城何尔颓？"曰："岁相循也。""盍筑而高之？"曰："固所愿也，罔或倡也。"曰："吾，而父也；而，吾子也。将城诸，而从乎？"曰："从也。""将劳诸，而率乎？"曰："率也。""将敛诸，而赋乎？"曰："赋也。"乃度其基数百丈，虞其用以万计，计其资余万缗，量其期逾周岁。用是采薪于薮，伐石于山，陶砖于野，庀木于河，爇灰于窭。用舆于里，弗官势贷；劝施于氓，罔或多取。庶费具，庶工鸠，庶民和。乃舍于郊，相土奠址，平险塞缺，画式布令。乃用特举觞，酹曰："所有不尽于心，劳瘁是惮者；所有不公于法，苟且是恣者；所有不良于行，盗窃是图者，有如此酒！舆夫某，尔其效劳；匠人某，尔其输力；工师某，尔其董役；义民某，尔其劳来。其有不率于法、不协于众者，以惩！"众欢趋之，荷畚锸，负版杼，持筐筥，裹糇粮，以从事于役，罔昼夜息。既筑而高之，乃甃石于表。弘则下之，以翼坚也；锐则垒之，以成高也。灰之涂之，借属于石。惟多益善，罔或靳也。乃为四门，砌以坚石，包以铁鋃。周城为池，[深半][①]城，阔视深。其高则三丈，其厚则二丈，其周则五里有奇。居者以喜，行者改观，盖百年未易损也。丙子二月，实维

① 二字据万历《徐州志》补。

经始；丁丑正月，则落成焉。官不知费，民罔告劳，士庶以欢，且曰："向以不城弗守，日虐于盗，病者未起，疮者靡愈，贫者不富。王侯城此，其纡予于难，生我于死乎？其仁弘矣，岂不贤于十万之众乎！侯其可伦乎？"越三年，侯之乡后进廪丘子过萧，乃惊其功。县博东越周子、徐子、周南毛子暨生徒问记于予。予曰："城以卫民，劳不害众，费不戕家，货不及私，王子有焉。不害为仁，不戕为忠，不私为义。仁以裕民，忠以体国，义以守官，人之本也，官之质也，士之行也，王子其有后乎？名于斯城，尤后朽焉！"是故记之。

登仕郎马文重墓志铭

王守仁

沛汉台里有马[①]翁者，长身而多智。涉书史，少喜谈兵，交四方之贤，指画山川道里，弛张阖辟，自谓功业可掉臂取。尝登芒砀山，左右眺望，嘻吁慷慨，时人莫测也。中年从县司辟为掾，已得选，忽不惬，复遂弃去，授登仕郎归。与家人力耕，致饶富，辄以散其族党乡邻。葬死恤孤，赈水旱，修桥梁，惟恐有间。既老，乃益循饬。邑人望而尊之，以为大宾焉。年八十六，正德丙子四月三日，无疾而卒。长子思仁，时为鸿胪司仪署丞，勤而有礼，予既素爱之。至是，闻父丧，恸毁几绝。以状来请予铭，又哀而力，遂不能辞。按状：翁名珍，字文重。父某、祖某、曾祖某，皆有隐德。子男若干人，女若干人。以某年月日，葬祖茔之侧。为之铭曰：

丰沛之间，自昔多魁异材力。若汉之萧曹，使不遇高祖，乘风云之会，固将终老其身于刀笔之间。世之怀奇不偶，无以自见于时，名湮没而不著者，何可胜数？若翁者，亦其人非耶？然考其为迹，亦异矣。呜呼！千里之足，困于伏枥。连城之珍，或混瓦砾。不琢其章，于璧何伤？不驾以骧，奚损于良？呜呼马翁，兹焉允臧！

徐州儒学记

孙清

徐州儒学，自洪武初卜于此，为迁宅。迁之时，草略而已。宣德辛亥，始拓地以广其狭，增舍以饬其遗，然亦为草略而已。天顺庚辰，州守王叙始严夫子之宫，为初治。成化己丑，陈廷琏又崇堂斥地，及诸井灶器具，为益治。弘治庚戌，刘宪易武官居为弟子斋舍，建尊经阁于讲堂后。凡至是，始去草略为大治。及正德

① 原作"高"，据《王阳明集》卷二十五《外集七》改。

壬申，已二十余年矣。殿庑垣墉，日蚀于风雨。督学莆田黄公如金见而忧之，曰："学已更百年而渐治，始去其草略者；今二十余年而渐不治，又将为草略者。吾忧其渐哉！"乃规设为倡，而谋诸兵使柳公尚义，亦捐公帑若干两，以命州守张行甫及学正杨和司其出纳，而别以指挥谭锦作率焉。凡易梁栋，筑垣墉，葺雨溜，作官舍于堂西，作斋舍于堂东。事渐有序，相继迁去。明年，蜀垫胡崇易来掌教事，深以工事未绪为惧，乃簿正缺官斋夫若干金，请于副使罗君循，而督学张君璿复以其事深加董励。于是，州守武雷及训导杨琳、徐俨、郭辉，及诸生之素饶者，相与捐廪输金，事以次治。无何，而户部主事王君遵，水部吴君哲、蒋君益，及徐文武荐绅耆宿，亦皆相与捐廪输金，事于是大治。凡为堂斋门库若干楹，而义路、礼门二区，又自圣像及诸贤彩绘彰施，庄严俨肃，盖至是又为大治云。於乎！事固有相趣而成者，其谓是耶？夫自其始迁，以至于大治，更历百年，易数人而后集。盖作者之难，其势然也。自其始敝，以及于再治，亦且更二十余年而后集，而又且更数人焉。述之者，其势亦难也。然亦有取于《渐》之义。夫及其渐而为之，而犹若是其难也；向使不及其渐，渐且敝矣，益敝则力益难，又将为草略之规而已矣。诸君子之用心，其固善治其渐哉！於乎！安得诸君子者，以渐之道治天下之敝哉！

砀山县学科第题名记

刘健

有所重于前，然后可激于其后。盖前者，后之表也。砀山，古郡邑，秦汉以来，奇伟之士生其间者，后先相望。我国家定都金陵，尤近在畿内，贤俊之士宜彬彬乎盛也，而自设科以来，仅一二见焉。此固士习之不振，亦所以感发激励之未尽其道耳。澄城张君梦辅来知县事，适监察御史临海陈公选奉命提督南畿学校，且以科目之盛衰，系有司之良否。张君于是笃意学校，悉用其极，乃砻石于学，题砀山之士凡发身科第者姓名及历官大略于其上。以余辱相善也，令其佐缪君贯书来请记。余闻伊川先生之言曰："名者，可以励中人。君子所存，非所汲汲。"盖以名而望之，疑若非忠厚之道矣。然君子之持己也常严，其与人也常切。持己严，故非圣人之道，不敢轻以自恕；与人切，故多方开导，惟恐其不入于善。是则诱人以名而望其进，乃君子所以为忠厚之至也。古之人自省台而下，至郡邑治署，皆有题以重前修而励后人，不但学校也，可少乎哉？然名者，实之华。诵其诗，读其书，心古人之心，行古人之行，使毫发无所愧，此名之实也。学者于此致力焉，则虽无意于名，而名自随之矣。张君，盖名实相符之士也，其必能以余言率砀之士矣！

裕泉铭

方豪

北河多浑，人乐井饮，不得井则饮于河，弗乐之也。吕梁洪故有井，井之泉自吕梁山来，清洁有味，洪人饮而乐之。然洪涨则淆，井或没焉，饮者病云。正德甲戌，吴人蒋守谦来主洪事。病洪之涨，弗翅[①]病井，且废挽路、坏民居。乃以洪卒余力，负石为长堤，以外洪而内井焉。然堤高而井卑，病沙尘易以入，犹未免于淆也，则甃之使高，与堤埒焉。夫既内之以绝洪矣，又深之以远尘，洪之人、人之于洪者皆井井焉，而亡有病之者矣。丁丑春十有七日，棠陵方豪过洪，蒋子与之乘月步堤上而观焉。蒋子请名，因名之曰“裕泉”。蒋子曰：“益也[②]尝号裕如矣。”豪曰：“宜哉！”蒋子曰：“子其铭之。”豪观蒋子筑长堤、作分司、练民兵，皆出于职事之外，弗费弗扰，处之裕如，而皆可以裕诸后。它日推之，绰绰乎有余裕矣，可以实其号。可以名兹泉之裕，特其一耳。豪何爱于铭？铭曰：吕山之髓，徐方之醴。尘不可污，洪不可 。可挹其余，曷窥其底？惠及万夫，功垂千纪。

吕梁洪作垣记

方豪

予公干江南，及吕梁洪阻风。工部陈君伯度拿舟冒风波溯洪，直诣予舟，延至观物亭，礼意周至。临行，以垣记为请。予乃与之周观焉。其垣高一丈有余，下广五尺，上四尺，长五百余丈。自行部以南六十余丈，以洪为险，则稍杀其高。前立南北二门、后立三门以出入，濒河留挽路于垣之外，俨然一城郭也。予乃仰而叹曰：“呜呼，壮哉垣乎！使十年前有此，吕梁之民安有屠燹之惨乎？”问其创造年月，则曰：“始于丁丑冬十一月，讫于戊寅夏四月。”予又仰而叹曰：“呜呼，神矣哉！夫以五百余丈之工，非有公帑专役，乃成于半岁间。虽古之灵台，亦庶几矣！君果何以致是邪？”君曰：“宪也何能？不过乘其害而以利导之耳。”问其导之之方，则曰：“吕梁皆[③]平地，前阻于洪，贼捣其后，则赴水死耳。故昔年刘六之变，最为荼毒。近者盗聚双井，居民甚恐。宪乃属其老少而诘之曰：‘尔辈能舍此以去乎？’曰：‘不能。’[‘尔辈能保昔年之变不再见、双井之祸不尔及乎？’曰：‘不能。’][④]‘然则何以为之备？’曰：‘非不欲备之，而无策也。’‘则吾将作垣，以为尔备，尔能从之乎？’曰：‘备我，利我也，利我子孙也，敢不共命！’于是相地之高

① 弗翅：不翅。翅，通“啻”，不仅，不止。
② 蒋益，字守谦，号裕如，南直武进人。
③ 原作“背”，据嘉靖、万历《徐州志》改。
④ 二句据嘉靖、万历《徐州志》补。

下，而与众规画之。择其有识者数人，以洪夫分属之，而责其成。又择洪夫之能者为筑工，而稍劳之。于是居民各相谓曰：‘彼夫与工，非土著也而乃尔，吾何以可后？’其趋之犹夫与工也。垣外之民各相谓曰：‘彼垣即我垣也，急则入焉，安可独劳垣内之民？’趋之犹垣内之民也。”予又仰而叹曰：“呜呼！远哉，陈君之为吕梁民计也！勇哉，吕梁之民之能趋令也！夫若是，则兹垣也何可以弗记哉！”诸君岁前当作。别且月余，未举笔。兹道经溧水，实君旧茇之地，见其庶务斩斩，皆君遗规。感此忆彼，知君为理之一也。石臼湖［舟］① 中草草记之，以践岁前之约。因忆吕梁鼓楼，亦毁于燹。君至，即剔夫弊，追价市材，造钟、鼓楼各一于行部左右。命人司之，以知晨昏、严启闭。事系于垣，亦附见云。

萃墨亭记

邹守益

昔苏文忠公偕山人张天骥、诗僧道潜，乘月游百步洪，纪十六字于石。成化庚子，督洪主事尹君廷用获之水中，作亭于洪之洲以覆之，名曰“苏墨”，旁建清风堂、追胜亭。士君子各赋而记之。比年河决丰沛，徐多水患，亭悉圮。正德己卯，陆君德如葺之。比复圮②。嘉靖二年，李君汝兰犖石筑基，复作亭其上，置苏墨及诸碑刻赋咏，名之曰“萃墨”。予将之广德，汝兰以记请。呜呼！十六字之存毁，于东坡何加损？而诸君惓惓收拾，瞿然戚其沦没者，岂繄重其墨，将重其人也。文忠公天才骏逸而记问浩博，有傲睨一代、凌厉万类之气举，宠利窘困不足以缚之。故立朝守官，侃侃自立，而野叟缁流，江风山月，无往而非超然之境。世之爱仰之者，如朱鸟黄鹄，冥不可睹，虽其残翮零羽，犹将珍而藏之。彼冒利怙权以挤公者，不啻枭獍之声，闻而恶之矣。凡登斯亭、抚斯墨者，其惕然尚友于公，正直自持，勿随人俯仰，以日进于高明，庶后之爱仰之者，亦将复如公也。汝兰才充而年富，沛然有愿学之志，因贻此以勉之，并以谂后之督洪事及四方之来游者。

徐州学记

廖道南

嘉靖甲午，魏侯颂葺学既成，楚人廖道南应徐士之请，喟然叹曰：於乎！古帝王之治兹学，正也穆哉渊如也！矧徐为九州之一乎？粤自轩皇，分野星纪；昉③ 占帝尧，锡胙彭城。庸建虞庠夏校，风被阛阓；殷序姬雍，化扬弦诵。骏烈鸿休，弗

① 字据嘉靖、万历《徐州志》补。
② 原作“记”，据嘉靖、万历《徐州志》改。
③ 原作“助”，据嘉靖、万历《徐州志》改。

可尚已。迨后则有若穆生、申公，传经执礼；盖豫、韦贤，授典陈诗。唐若姚崇、李愿，秉节敦教；韩愈、李鄘，敷猷赞谟。宋若富弼、王洙，隆儒宣泽；杨时、苏轼，诱士昭文。咸以永光皇烈，载扬帝休，亦既弘且远矣！我皇上统一舆图，丕振神教，首开礼乐二局于南畿，继颁经典六籍于北郡。维兹徐国，南北之冲，山祇毓灵，水若贡祉，星珠炳曜，月璧含祯[①]。物采既章，人文载焕。百六十余年，士风趋正，民俗归淳，蔚蔚彬彬，克承古昔。予又闻焉：道犹水也，不浚其源，则圣人之精罔攸发；不达其委，则圣人之蕴罔攸传。《易》有之巽者，入也，入而后说，故受之以兑。兑者，说也，说而后散，故受之以涣。夫兑，泽也，德盛而泽深，泽深而化流，其圣人之蕴乎？夫涣，文也，诚精而文明，文明而化成，其圣人之精乎？我观诸徐，有足征焉者矣。浑河放于西域，则星海攸渎；泗源播乎东鲁，则圣涯浩渺；吕梁险于南壑，则濉、谷澎湃；汴水汇于北潴，则泡、滆泱漭。故曰“逝者如斯夫”，其圣人之道之精蕴乎？夫精以蕴矣，兑以涣矣，学之弗巽，其何以入焉？《书》曰：“惟学巽志，务时敏。”《礼》曰：“不凌节而施之，谓孙。”其入道之门乎？继自今藏焉、修焉、息焉、游焉，巽而入焉，兑而说焉，涣而天下之文成焉，道不在兹乎？道不在兹乎？於乎！越若来守兹土，可以监矣！

武学记

廖道南

维今上皇帝元祀，觐光扬烈，畅幽宣郁，表忠树节，罔有弗钦。于时巴川赵公体仁，为先朝御史，屡扼权奸，家食者屡矣。乃用荐起，起守建昌。未几，擢居宪职，备兹徐土。徐土罹于眚灾，邦乃大恐。赵公煦以惠和，威以震耀，民始有生气。明年，训以彝典，示以兵法，士始有固志。又明年，告以物宜，谕以侯度，职官始有法守，而无淫朋。乃毁淫庵，建为武举书院。书院成，史南告若曰：於乎！《易·象》有之：“地中有水，师，先王以容民蓄众。”言伏险也。“泽上于地，萃，君子以除戎器，戒不虞。”言谨微也。古之神圣，知微所当防，故轩征涿鹿，尧战丹水，弗忘竞惕，知险不可恃。故《礼》敕九伐，《诗》严三事，克致敬戒。周家承之，法制大备，中春振旅，中夏茇舍，中秋治兵，中冬大阅，而郊野相维，田赋相联，蒐狩相继。闾旅鄙党，民皆知武；伍两师旅，士皆可举。亦既弘远尔矣！我国家法周治军，禁卫有骁勇，武学有俊乂，京辅有材官，要害有节制，边陲有经略，而于三岁文举之期，申之以武举，所以拔贤良、重韬略也。孔子郏谷之会，曰：“有文事者，必有武备；有武备者，必有文事。”文武并用，长久之术。今之武

① 原缺笔省“贞”，据嘉靖、万历《徐州志》补。

举者，能知文事所当务者乎？天下无事，则文士揖逊而有余；天下有事，则武夫奔驰而不足。匪曰全才，曷克攸济？是故全才之为世用也，测日玦以知变，测月晕以知精，测星纬以知化，测云气以知卜，测风角以知占，其观于天道有如此者；趋平原以俟战，趋城郭以俟守，趋险阻以俟伏，趋康衢以俟正，趋间道以俟奇，其察于地理有如此者；设天衡以达阳，设地冲[①]以达阴，设奇耦以达方员，设主客以达内外，设坚瑕以达险易，其通于人事有如此者；象蛇鸟以效后先，象龙虎以效左右，象云雷以效震肃，象日星以效照临，象虹霓以效神化，其鉴于物理有如此者；制人而毋制于人，弥变而毋狃于变，相机而毋逆于机，运算而毋纷于算，仿古而毋泥于古，其符于世道有如此者。是故，符世道之谓信，鉴物理之谓智，通人事之谓敏，察地理之谓宜，观天道之谓神。神以审宜，宜以资敏，敏以用智，智以行信，有此五德，而武举之道备矣。粤稽诸古，徐居九州之一，上应奎、娄分野。《春秋》大书彭城，与郑之虎牢、秦之崤函、晋之壶关，其险一也。故其山峻以踞，水奔以驶，野旷以迥，士皆负气而好侠，轻生敢死而崇大义，用之可以理盘错而纾大难。赵公早见而豫待，乃为辟邪崇正，树风章采，以拓厥基，以作厥士，以垂厥训，是有大造于徐人也已矣！习斯举者，安知无全才出于其间尔乎？是故，望子房之故墟，必有魁梧奇伟、智越万夫者出；履淮阴之故垒，必有嗛暴匡仁、建盖世之勋、铭钟鼎而纪旂常者出；吊王陵之墟墓，必有守正不阿、无纵诡随、托孤寄命者出。上之为方叔，为召虎，为吕尚，庶无负于兹举也已。不然，王道废而霸诈兴，岂其光于彭城？敢庸书以告从事者。嘉靖六年记。

治河疏

李如圭

窃惟黄河发源，具载史传，今不敢烦渎[②]，姑自宁夏为始言之：自宁夏流至延绥、山西两界之间，两岸皆高山石麓，黄河流于其中，并无冲决之患。及过潼关，一入河南之境，两岸无山，地势平衍，土少沙多，无所拘制。而水纵其性，兼之各处小水皆趋于河，而河道渐广矣。方其在于洛阳、河内之境，必东之势未尝拂逆，且地无高下之分，水无倾泻之势，河道虽大，冲决罕闻。及至入开封地界，而必东之势少折向南，其性已拂逆之矣。况又接南北直隶、山东地方，地势既[③]有高下之殊，而小水之入于河者愈多，淤塞冲决之患自此始矣。此黄河之大概也。今之论黄河者，惟言其弥漫之势，又以其迁徙不常而谓之神水，遂以为不可治。殊不知黄河

① 原作“衡”，据嘉靖《徐州志》改。
② 原作“渎”，据朱国盛《南河志》卷三李如圭《浚河道疏》改。
③ 原作“虽”，据嘉靖《徐州志》、《南河志》改。

入潼关迤东之水，泥沙相半。流之急则泥沙并行，流之缓则泥沙停积，而停积则淤之渐矣。淤之既久，则河高而不能容水，水性就下，必于其地势之下者而趋焉。趋之既久，则岸面虽若坚固，水行地下，岸之根基已浸灌疏散而不可支矣。及遇大雨时至，连旬不晴，河水泛涨，弥漫浩荡，以不可支之岸基而遇此莫能御之水势，顷刻奔溃，一泻千里，遂成河道，无足怪也。合无听臣督同河南、山东并南北直隶管河副使张纶等，备查所管黄河州县河道地里[①]远近，动支河道银两，打造上中下三等船只，置造大小铁扒、铁锄，分发各该管河官收领。遇有淤塞，即便督率人夫，撑驾船只，用心扒浚，坚硬去处则用铁锄，俾泥沙随水而去，河道为之通流，则倾泻之患将渐弭矣。再照黄河先年由河南兰阳县赵皮寨地方，流经考城、东明、长垣、曹、萧等县以入徐州；近年自赵皮寨南徙，由兰阳、仪封、归德、宁陵、睢州、夏邑、永城等州县，流经凤阳地方入淮。其归德、兰阳等州县，即今水患颇大，亦听臣督行各该管河官员，调用人夫，修筑堤岸，并扒浚河道。务使防护完固，可免淹没之虞。其旧黄河，即今尚有微水流至徐州、吕梁，亦合时加扒浚，使不致断流，接济运道，且分杀黄河水势。则河患可息，而运道亦有益矣。

治河疏

于湛

据河南管河副使张纶呈勘，议得黄河为患，频年兴作，北冲则害及运道，南决则近于王陵，虽修浚之功累加，而迁徙之性无常。自挑河通流，地势渐下，全河之水俱由此河，致将北行。旧黄河梁靖口淤塞，屡浚屡淤，功用不成。今年天雨连绵，比于往年尤甚，河水泛涨，冲决数多。新口一开，旧河随塞，百方莫救，众力徒施。致将饮马池以下一百八十里淤垫甫平，其新冲决口亦有随冲随塞者。见今仪封地方三家庄、于庄决口一处，归德州地方北岸郑家口决口一处，皆广深不可堵塞。一则由考城县以趋归德州城下，一则径趋归德州，二水俱径曹村口，入北黄河。接济二洪，惟赖此水。又睢州地方南岸地丘店、界碑口二处，宁陵县地方杨驿铺一处，共三决口，俱南入亳州涡河，势尤阔大，且经寿春王陵，大端南岸地下，今已成河。诚恐水性趋下，南决日久，众水皆归。且居郑家口上流，则郑家口不敢保其不淤，淤则趋二洪者少矣。漕运所关，诚不可以不虑也。为今之计，饮马池以下所淤一百八十里，开之则劳费甚多，然不过经符离桥、通宿迁往来商贾而已，于二洪无益也。若于地丘店、野鸡冈等口上流开凿一河，省工四十余里，通桃源集旧河故道，东北由丁家道口入旧黄河，则趋涡河之水，可截以入北河，接济两洪，其

① 原作“理”，据《南河志》改。

于寿春王陵水势可减，漕运无虞矣。合候呈允通调人夫来春正月初旬兴工挑浚等因，具呈到臣。臣会同巡抚河南右副都御史易瓒、巡按河南监察御史王镐，议得漕河沛县迤北，虽防黄河冲决，徐、吕二洪实赖黄河灌注。自赵皮寨[①]支河开挑之后，黄河大势尽徙而南，一股自亳州涡河入淮，一股自宿州符离桥至小河口入运，鱼台、沛县决口相继不筑自塞，山东济宁迤南，人得安土耕种。河南归、睢一带岁苦淹没，梁靖口旧河灌注二洪之水亦掣而南，随挑随塞，迄无成功。远近方以二洪乏水为忧，幸而皇天降鉴，河神效灵，符离桥支河淤塞中高，漫流北溢，从夏邑县山西坡，仍入小浮桥，灌注二洪。以此，连年运道得以不阻。今山西坡水道亦复淤垫中高，以民事言之，淹没处所，秋禾虽废，夏麦倍收，以得偿失，害少利多，犹为可缓。但河南地势，北高南下，今大势既已南徙，支河又多淤塞，若不导引分杀，听其乘势奔崩，则寿春王陵与州县城郭，俱有可虑。若小浮桥断流，则徐、吕二洪全靠闸河之水，更遇旱年，泉流微细，何以接济？兴言及此，实可寒心。今副使张纶议呈前来，要行开挑地丘店至丁家道口新河四十余里，通连旧河，以免二洪浅涸之患，以杀归、宁淹没之害，以防寿春王陵冲决之虞，且用见在人夫物料，别无加派，事颇省便。臣等采访人言，参酌事理，委应准从。

修徐州洪记

徐存义

今徐州，即古徐州分野。夹河起石，中余断山，黄河之水至，则苦束缚砥触，奔腾澎湃，故曰洪。洪者，洪水也。岸东势最迅隘，然以近堤可索挽，故逆水之舟上焉；岸西势少宽衍，然以远石利橹，故顺水之舟下焉。其或泉涸河徙，水落石出，则舟由中石窦过，舟之生死一丝。此洪之大较也。然横东岸下，卧石齿齿，起槓舟，时时杀人，无论货。成化间，郭君昇始垒石叠堤，挽易为力。历今五十余年，怒水复挑抉石而塌之，前患复兴矣。石江李子修坠举废，请诸总理院素斋于翁，然工未施而以艰去矣。嗣以中山公子协谋。未几，少山戴君至，慨然欲完前绪。人皆曰："筑堤须桩秸。"戴君曰："旧石险矣。"戴君凿洪之石，甃洪之堤，事甚省也，且绝巨患。人曰："须假醋煅火。"戴君曰："天下之石同，奚凿他石弗尔？"直[②]命工缒之，斩然而起，旁又得土中古废闸石数千片，有余石矣。人曰："洪夫之力单。"戴君曰："益之以萧、沛之浅夫。又不足，益之以往来之舟夫。吾为彼兴利，彼无趋乎？"有余力矣。人曰："凿石惧泄水潆回之道。"戴君曰："洪上

---

① 原作"塞"，据嘉靖《徐州志》改。

② 原作"值"，据嘉靖《徐州志》改。

之三洲，截坝束水之门自旧也，吾断其下乱流中之啮人者耳。”于是选官任能，筮日兴工，众咸跃赴。胶秫锢灰，联以铁锭。始于丁酉之冬十二月，毕于戊戌之春三月。略仍旧址而延袤二里，高广倍数丈，巍然石城汤池矣。帑铁百物，始虑不足，后更余半，以戴君之躬核无奸也。余出守叙郡，五月过之，见堤亘若城壁，河洪无石，惊曰：“是何神也?”土人道其故。于是徐子喟然叹曰：“余昔日读书至《禹贡》，知天下之事难惟治水。故执之无体，斧之无形，人侮其涓涓，彼方恃其滔滔[①]也。斯亦其刚易折、其柔难制之理也。治水之难又惟洪，以水中多石也。天下之若柔而刚、似显而隐者，又难制也。戴君奋独见之智，捐众盅之议，集不费之力，率简易之政，除百年之寇，创万世之功，可谓益国利漕，善纂禹业者也!”余试问人以禹，曰：“古之神圣人也。”问戴子，则曰：“今之能吏耳。”嗟乎！前后一揆，重信汗简而忽观览，是未达易地之旨者也。假令禹生今日，阻挠群议，掣[②]肘财力，或未能凿龙门，导碛石，越大伾[③]，疏九河，允底地平天成之迹也。《传》曰：“睹河洛而思禹功。”余亦曰：“睹洪者，思戴君功。”戴君名鰲，字时化，四明人，乙未进士云。

① 原作“滔滔天”，案嘉靖《徐州志》原作“滔天”，然以前句“涓涓”言，“滔滔”义恰。今删“天”字。
② 原作“制”，据嘉靖《徐州志》改。
③ 原作“火坯”，据《尚书·禹贡》改。案《禹贡》“东过洛汭，至于大伾”，孔颖达疏：“郑玄云：大岯在修武、武德之界。张揖云：成皋县山也。”

徐州志卷之三十三

艺文六

明文二

汉高祖庙记

嵇世臣

丰，高帝故乡也。旧城有双枣，老干虬屈，不华不实，相传为帝儿时手植者，丰人因庙祀其侧。比遭河患，城庙并坏。潜江李侯之莅丰也，值漂决之后，凋落荒敝，百绪更始。乃从容经画，勤公恤私，改城高阜，民永有依矣。爰履视封内，历中阳、西泽之故墟，询事考古，作而叹曰："嗟乎！昔帝起布衣，举群策，诛秦蹙项，五载而成帝业，垂统四百余年。钟间异而开景昌，斯固其地也。庙祀不虔久矣，虽微故事，且将创之，矧有诸废而弗举，吾过也！"遂即小华山之颠，卜良程费，以属义民刘翥。翥复益以私藏，不日成之。巍然玄宫，濯濯翼翼，视昔殆有加焉。李侯以碑来请。夫礼，缘分而定者，经也；因地而思者，情也。帝王庙祀，国有典秩，而舜于历、禹于涂、汤于亳、文于岐，各有庙祀，岂不以本始之地，仰止尤切，俎豆致情，有弗可缺者欤！且帝既定四方，都关中，复置新丰以悦太上皇帝。其过丰也，与诸父老子弟纵饮酣歌，且曰："游子悲故乡，吾万岁后，魂魄常思乐此。"慷慨泣数行下。又："丰，吾所生。"乃复丰比沛。是帝于丰诚不薄矣，英爽如在，宁无恋恋在此乎？今兹丰人，固皆昔之父老子弟之裔也，宅井甸以闻风，即桑梓而吊古，能无往哲之思乎？此固丰人之情也。礼因人情而为之，节文者也；以礼先民，政之良也。予每经沛上，登歌风之台，徘徊四望，有余慕焉。今因李侯之请，而得附名丽牲之石，亦素愿也。乃为辞三章，俾丰人歌以祀帝。辞曰：

骋望兮烟渚，光霭霭兮上下。忽飒飒兮若来，复惝恍兮莫睹。乘黄幄兮御云，暖茀郁兮龙文。怅故墟兮渐返，增繁思兮纷纷。（以上迎神）

丰准兮虬髯，灿龙服兮旒冠。瞻容与兮瑶席，色含笑兮欲言。乐康兮未极，忾若聆兮太息。太息兮奈何，恋旧游兮情多。兰馨兮桂芳，纷雅奏兮浩倡。灵连蜷兮欲留，促颓景兮心伤。（以上降神）

神驭兮上驰，驾火龙兮骖螭。随猛士兮遄征，道前路兮赤旗。送君兮灵浦，盼

不见兮心愁苦。愿神陟兮明明，保我民兮终古。（以上送神）

吕梁洪修复堤岸记（嘉靖）

李默

今神州雄奠燕蓟，衣冠玉帛，贡篚之珍，则壤之赋，四方辏进。其道徐而北者，舳舻相衔，至旁午也。矧徐、吕二洪，石棱棱弥亘河腹，森列错迕，以为舟厄。而吕梁延袤最广，盖天下称险焉。虽上承汶、泗泉湖委流，而实倚浊河、汴、沁汇为之助。当其淫潦暴涨，险不可睹，功在篙师；即有枯涸，舟辄胶滞。顷年，山东诸流颇疑涓细，黄河又复南徙，二洪愈益受病。至廑朝廷遣大僚行水，疏导节缩，殆无留智。水部主事东平徐君有让之治吕梁也，为嘉靖辛丑。遘逢事会，敝力以图，始于洪南置石闸，语在学士张公《记》中。已复筑堤上洪，障绝漫流，归之内洪。并掇水中悍石，甃为堤岸，东西遂成牵道，凡七百二十一丈有奇。当狭处，别作水门，水至此稍益深下。洪亦改凿。内洪障以木闸，并甃堤，悉如上洪之制，堤长减十之七。徐人称内、外洪，犹吴越称大、小港也。洪以东岸为内，水盛则内外皆舟，涸即专归内港。非此则水漫力微，石始重贻舟病。木闸水门皆随舟启闭，以木方石工，力减巨千，水门又殊省。凡如此者，相地宜与物力，以相屈也。诸役作于徐君莅事之明年，数月而毕。夫匠以名计，为千五百三十有六，并役诸在官者，不以勤民糜帑藏。发谋秉虑，调度征停，惟徐君能；而画可赋功，奖成令绪，则节使少司空万安郭公持平力也。又明年癸卯仲春，予以赴阙出洪下，周览近迹，惊顾骇叹，以为少时游历所未有。方舟利涉，爰思作者之劳，而徐君适以记见属，又曷忍辞？呜呼！君子图事轨物，将以济时也。今天制水旱，地私川渎，运道阻艰，妨国大计。徐君乃能应时裁变，争尺寸之水于石罅间，利济万艘，卒以力胜，此其才智不已伟耶？汉唐漕东南之粟以饷关中，所经三门砥柱之险，不啻吕梁也。是时，管干诸臣疏凿排击，固已不遗余力。厥后，法日以弛，运益告艰，彼人家国亦视以为盛衰，吁可畏哉！继自今，有如甘露时降，川祇效灵，则洪流浩渺，舟楫自便，无所事智。即不然，徐君之法何可废也？舍是弗图，脱有缓急，非转般则海运耳，斯岂盛世所宜闻？然则后之君子，宁无感于予言，而重修徐君之旧者乎？徐君职竞维思，忧形于色，既以身为国役，而又以图其后人，其用志弘且远矣！

吕梁书院记

舒芬

郭子分部吕梁，得治洪济漕也，教事不与。民所鄙野，蒙不击，厥有自已？郭子患之。聚比公之童子十余，教之孝弟敬让，教之习礼，教之歌诗。读小学书，以及于经，以收放心，以养忠德。逾时，得三十人。逾年，来学者百有三十人。郭子为社学四，建教读，颁教令，月朔必会于公，振德之。闻之《周官·族师》："月吉，则属民而读邦法，书其孝弟睦姻有学者。"郭子之道，不其然与？又明年，将代。民患之，卜比公之地，得几步为书院，有寝，有堂，有门，门隘无塾，曰"四社"。月吉，其必会于是，以无忘郭公之心，观我髦士。《书》曰："惟皇上帝，降衷于下民，若有恒性，克绥厥猷惟后。"吕梁之民，不其然与？书院成，或曰："有非事者，将病郭子。"民曰："是吾私！"或曰："否。郭子得治洪济漕也，教事不与。"既而太史东郭、宗伯凤山播以诗，人则和之，教读杨生、王生、陈生、董生集而刻之。舒子闻之，曰："《大雅》言：'人之秉彝，好是懿德。'不其然与？"郭子名持平，家万安；舒子名芬，进贤人。相语于洪上，则嘉靖癸未闰月癸丑。

吕梁工部分司题名记

李廷相

吕梁洪工部分司，故有题名记。岁久石泐，字画漫缺不可读，江夏冯君子和慨焉。乃莅事之明年，爰伐乐石，规恢旧制，表采诸执事姓名宦履，且虚左方以俟。乃使南都，征记重刻之由。走读漆园书，至孔子观于[1]吕［梁］[2]，悬水三十仞，流沫四十里，未尝不壮其言，而思往一游焉。及典试佐铨，往来于南，始获观所谓吕梁者，缅舟下上，飞流惊沫，势若轰雷迅霆，即弗戒，容有他虞。又未尝不窃叹，以为伏至险于至夷，寓至艰于至易，天下之水，盖乃有若兹者乎？我国家初罢海运，即命文武大僚专理漕河。凡东南数百万石之粟，率由吕梁，以达京师；而使帆贾舶日夕道兹者，前后相属，蝉联蚁进，篙师之声弗绝。匪有专职，以掌启闭之政，势殆不可哉！乃著令特设主事一员，竟九年或六年一更，后定为三年。任久而职专，公私便焉。粤自永乐迄今，凡若干人。要其宦业人人殊，匪有所总萃，奚以训位昭休，信今而传后也哉？是故创制存乎事，举事存乎人，观人存乎迹，考迹存乎言。冯君之于兹役也，盖亦可谓兼得已乎？於乎！是可以观其政矣。后之君子，观斯石也，则必思其人；思其人，则必刑其政。庶不负朝廷建官之意，而于冯君斯举，亦式克有光。廷不佞，敢僭缀厥辞，庸识诸首。

① 原作"孔于观子"，据嘉靖、万历《徐州志》改。
② 字据嘉靖、万历《徐州志》补。

游天门寺记（嘉靖）

孙重光

寺距邑东南六十里许山谷中，昔徐守杨君劝农于是。予思追往政，窃愧未能。岁庚子仲春八日，率寮属修祀事于颛孙氏之墟。事既，憩湖滨，四顾山光，流苍入座。其东南数峰，突兀如画，耸碧于层巘之间。维时，有朱生琥者告曰："斯即所谓天门寺也。寺有天枣，语者似涉荒诞，请往稽之。"乃相与陟重冈，涉溪流而东。入谷口，两山对立，若重城复道，势入空冥。路由其中，岚光暝色，倏忽幻化，不可为象。沿溪而前，复里许，石益瘦，气益肃。又前，有石为梁，跨于修涧。度梁为寺门，仅一楹。入门引睇，松梧蓊翳之中，禅宫在焉。北倚三峰，峰雄峙若泼天之云，下临碧殿。衣冠就列，履舄交集，香雾烛霞，冲蒙于庭牖，顿觉神清气定，万虑皆空，恍疑身出尘界，不识所谓兜率宝坊，复何似也？乃命仆夫汲山泉，烹岩茗，采园葵，荐湖粳。食已，徐步阶除。时山空夜静，籁息湍鸣，月魄当空，松阴布地。因与二三子阐幽明，道古今，追随赓歌，望谷而止。归而假寐云堂，漏下已二十刻矣。厥明命驾，有僧进曰："寺有二泉，甘苦异味，无名称，请赐品题。"佥往观焉。循寺之东数步许，灌莽之下，有涌泉仰出石窦。窦类盆盎，探之，深丈余，水色绀碧，西流穿乱石间，淙淙有声，若鸣琴瑟，又若佩玉珊珊焉，至梁而止。其一苦者，已湮废其途[①]，泉随溢出。予掬而饮之，叹曰："水弗苦，以甘泉而苦。人之为善未至者，亦若是尔。吾侪因泉闻道，请名以益，可乎?"众皆唯唯。泉之东复亩余，山势回合，藏无往径。石壁嵲嵲如削，上多新篁古柏，意唯猿猱可度尔。山之北为仙人洞，在半壁悬崖间，去地约六仞，卉木纷披，烟云霭霏，可望而不可攀。有刘生道者，奋衣而升，至断崖，力尽而返。寺南天枣树数枝，虬干龙枝，千百年物也。根盘大石，莫窥其痕，洵异观哉！又西为飞升石，石势崿岈拟青莲，隐约随岚涌出，虽守寺僧亦未能至也。石西为薜萝岩，岩尽奇石，以草得名，更多修藤古柏。禅室僧房，环其左右，相与席地其下，命酒赋诗而归。斯会也，邑博士三人，诸生六人，皆有事于墓祀者，并志之。

游桓山记（嘉靖庚戌[②]）

方瑜

桓山在泗水之上，余至徐之明年秋八月四日，始得游焉。山之椒有佛宫，宫之后则石洞，盖宋司马桓魋之墓，所为石椁，三年而不成者是也。跨洞之上，有亭翼

① 原作"塗"，同"途"。
② 原作"戎"，径改。

然，曰“生德”。由亭以陟其巅，有屋一区，以祀先师孔子，不知繄谁所立。其意虽善，而其事涉于争，圣人之意，恐不如是也。魋欲害孔子，当是时，非有势利之加，要亦不过争名而已。至其经营石椁，无亦为千万年不朽之计。顾乃遂非长傲，自罹于凶暴之归，使兹荒丘残陇，遂为后人慨叹指斥之地。苏子以为愚人，而或者因之，又目以为“愚穴”。不韪之名，历千万年而不可易。使其迁善改过，以孔子为依归，则虽有棺无椁如颜氏者，亦将与孔林、邹峄分秀竞美，瞻望肃拜之不暇矣，宁有訾议者耶？噫！魋则已矣，后之人善不能迁、过不能改，怙势嗜利而卒不免于罪戾者，皆此类也。其为愚，孰甚焉？于此而不知戒，是谓使后人而复哀后人也。历览之余，寄兹一慨，返而识之舟中。

按察分司题名记

张星

我圣祖以神武圣文，定华夷而致太平，列圣相承，安不忘危。凡喉襟要地，必诘兵以备之，示重也。徐当《禹贡》九州之一，古称雄镇。盖自洪武乙卯，改隶京师，承平滋久，武卫寖弛，疆埸[①]靡宁。正德辛未，廷议增设兵备宪臣一员，往弹压之，至是而其职专，其地愈重矣。嘉靖甲午，姑苏查公以山东按察司副使，奉玺书饬兵于兹。至未逾年，威惠滂洽，封境晏然。政暇，阅故牍，历考前政氏名，自张公宪而下，得十六人。惧久而日湮，谋立石堂序，书而刻之。仍虚下方，以俟来者。予时改服北上，道出彭城。公谒，谓曰：“子，史氏也，盍为我记之？”惟官署有碑，旧矣。在昔唐元和间，吏兹土者，若高瑀之纪使院石幢、韩愈之纪书记厅石，去之千载，今即其人而论之，所谓节度宾佐，其贤与否，历历犹前日事。然则名之有题，匪直载氏名、纪岁月，资一时之谈玩，抑以表前哲、耸后观，而劝惩翼厉之道，于是乎在。古之君子，于一登临游燕，犹举其名而书之，矧其所莅有重且专焉者，而可忽也哉？且徐在今日，据汴泗之交，当南北两畿之冲，而连络齐鲁赵魏、江淮梁楚之境，转输漕运，朝觐献纳，戎[②]工商贾，胥此焉道。其地之险固，人之鸷悍，尤有足虞者，厥地为甚重。宪臣以纲纪之司，祗承上命，建牙驻节，作镇于兹。诸隶郡邑，在数百里内者，咸属控制，凡兵马城池、盗贼刑狱、屯田水利诸政务，罔不当问，厥职为甚专。莅兹任者，是固不容以散地常秩视之矣。然则兹石之题，后之君子循名考实，前观后监，指其人，论其世，思其专且重也，于以靖一方而副九重之托者，将于是焉赖。兹举恶可少哉？是不可以无记也。公名应兆，

① 原作“场”，据嘉靖、万历《徐州志》改。
② 原作“戍”，据嘉靖、万历《徐州志》改。

字瑞征，别号穹窿山人。起家辛巳进士，历驾部郎中，出参东藩，寻擢今秩。所在茂著成绩，法宜备书，且以征于他日。

玉湖砚石记

姚涞

余尝观吕梁之野，郁纡偃伛，皆丛[1]石也。国家漕渠所经，设水部郎一人，督疏泄平治之役。怪石纵横，随波隐见，其尤巨而犷，曰天井，曰马头，曰夜叉，奔湍崩溜，舟师过之，辄失其常度。玉湖张君莅其地，命砺斧运椎，凿之弗辍，而水道之梗，渐底于夷。君既举其职，时肃容濡毫，以赓唱为适。行署之北山，韫美石焉，君取视之，喜曰："此砚质也，奚必远求端、歙乎？"其润沃如，其贞栗如，制砚数枚，受墨甚宜。以遗诸过客，客亦竞索焉，持为奇玩。明山姚子道吕梁，君出二砚示之，玩赏不能去手。姚子叹曰：物之有精粗，气也；显晦，数也；取舍，人也。顾兹顽厉之族，不适于用，精英攸聚，与类绝殊，非气之灵乎？沙沉草翳，奚啻千祀，一旦出之，以资翰墨，非数之神乎？虽与世无求，而常聚于所好，不有所遭，则无以发其精神，非人之贤乎？成必以气，出必以数，遇必以人，推之诸物，何莫不然？此予之所深感也。夫以徐土风气沉雄，士多豪侠，今观兹石之出，则其发山川之秀，启文章之祥，谓不兆于此哉？玉湖君之所取意，毋乃在是？抑砚未有定名，以色拟者曰"浆水"，以地称者曰"吕梁"，石则佳矣，而名未称。予辄易其名曰"玉湖"。砚得玉湖而名，始彰兹名也，非砚之所乐受乎？客或赞之曰："非玉湖不能识此，非明[2]山不能名此。砚之名于此，定矣！"遂书以为记。

沽头城垣记

侯宁

沽头闸城告竣，或诣于予，曰："子职水务，而谋及守土，无乃出位之思耶？"予惟我明抚运百余年来，承平相沿。岁嘉靖辛丑，边报孔炽，中外戒严，而内寇负险，亦且为乱。议者固谓患在腹心，而未然之防，宜豫为之图也。于时，郡县咸奉部檄，以新保障，且刻期课成。沽头地介两省，民多四游，又孤危而难守者。故夫域民卫众，有主者之责也；而漕河积贮，用戒不虞，亦吾司水者之责也。而此版筑之役，可终已哉？遂以其议，质之总河郭君子衡，亦以为可也。而百凡经制，次第举焉。镇之后为东北面，平芜疏旷，盗每乘间，乃竖之墙，以固藩篱。前面襟河，

---

① 原作"业"，径改。
② 原作"名"，据道光《铜山县志》改。按：姚涞，号明山，著有《明山集》。

则补隙斩岸，有城之险而人不可攀矣。滨河两傍，各建大门，前四门规制视此为狭，且便出入防守焉。合用夫匠计二千有奇，取诸闸浅之闲旷者，而参之以民力。其他陶梓金石之费，各随宜处办，工不告匮。要之，丝毫不染于公帑者也。董役，沛县主簿王璿、沽头闸闸官高昇，分管则乡耆张仲良等，咸与斯役。众以为义举也，各矢心竞劝，乐赞厥成。经始于壬寅之春，落成于是年之冬。工制，城门阔一丈，高一丈二尺。城基广三丈二尺，高一丈六尺。后面池凿，深一丈八尺，阔三丈二尺；前深九尺，阔二丈二尺，延袤广四里。而隍亦称是。且迁萧、丰、砀三厂于内，而守者称便，不但专为安民计地。方其始也，或以劳役非常，难不可就，其厉我也。迨其成也，数月以来，不闻盗惊，咸私相告曰："吾今而后，乃得安枕矣！卒然有变，与之守亦可也。"吾固不敢遽谓一劳永逸，而此民志戢定，又深幸漕储之为有赖耳。嗣是莅兹土者，其念创始为难，而少加之意，庶几与斯地、斯民共守于永久，而是举不为徒矣。予惧其远而或堙也，复属望于后之君子焉。

沽头义仓记

詹瀚

嘉靖丙午夏六月，余奉圣天子命，总河于济，凡执事于河者，例得关白。以故，诸水部兴革利病，咸与有闻焉。是月也，董沽头闸徐主事惟贤持牒告余曰："官司之设，以为漕也。漕以人为本，人以食为天。食之不给，而欲得人以集漕事也，难矣！我国家奠鼎燕京，浚会通之渠，以岁漕东南粟。而沽头八闸，实始入境，使不得人以疏导宣节之，则迤北诸闸均将告病。故成化乙巳，用陈平江锐之策，遣都水司主事一员董其事，盖重之也。然地当齐、楚之交，山泽深阻；丰、砀之间，古称豪杰盘据。今皇化沾濡，壬奸革面，而逋逃啸聚，时或未免，是故设险宜预，兵[①]食宜充。前侯[②]主事宁尝筑土城一区，以奠民居。惟是储积未备，间遇水旱凶札之灾，则嗷嗷待哺，民鲜克自保，况望其相与为守，以竭力事漕也哉？贤承乏兹任，深用为惧，思欲建立一仓，以为储蓄计。先此，尝以其议上之苑洛韩公、素斋于公，虽佥蒙许可，第事难虑始，尚未克举也。今幸明公莅止，敢敬申前议，以共厥命。"余闻而是之，曰："此固《周礼》遗人所掌之政，而后世平籴常平之法因之。迨乎朱子立社仓之法于建之崇安，而四方传以为式。御变恤灾之政，宜莫有先于此者。吾子以是为请，其知本矣！亟往成之，余将考焉。"徐子退，而适承部檄，调摄清源砖厂，行更中止。迄今年正月旋任，值妖贼窃发曹、单间，与沽

① 原作"丘"，据嘉靖《徐州志》改。
② 原作"后"，据嘉靖《徐州志》改。

接壤。余方虑为漕梗，札令守练。部札复有清源之调，众皆汹汹荷担立，乡之耆老百余诣余庭泣诉，愿留之。余为咨部，始得不往，民赖以安。徐子乃得毕力于义仓之图。经始于孟夏，而落成于仲秋。复以其成来上曰："曩仗钧裁，底定群寇。防变之民，咸乐趋事，是役幸已就绪。计今所建，则堂之为间者三，厫之为间者左右各五。前为二门，又前为大门。缭以周垣，纵得如干丈，横三之二。而盖藏已有其地，谨捐俸余，籴粟如干石贮之，以为敛散本。散以春冬，敛以秋夏。岁大熟，令民每石出息三分，中熟舍一，大歉尽蠲其息，惟加耗五升。掌之耆老而藉之官司，权舆于此，俾后继者有所增益，则虽或灾变，沾民可以无饥矣。又惧民之无教而习于鄙野，无医而不免于夭札也，复于仓门之东为社学三间，以训蒙士；西为药局三间，以便疗治。盖因其余构，而图其兼济也。总计之，则役民之暇，为工者凡如干；取境之薪，陶埴瓦甓者凡如干；以薪之余，易财市值[①]者凡如干。费虽奢而财不出于官，工虽繁而力不征于私，事虽集于一时，而利图垂于百世。兹固我公主宰之力、诸徭事趋役之劳也，于贤小子何有焉？敢不稽首，以拜厥赐！"余又闻而嘉之，曰："择可而劳，义也；惠而不费，仁也；役不逾时，信也。行一物而三善备，可以观政本矣。君子曰：'一命之士，苟存心于爱物，于人必有所济。'徐子近之。虽然，余惧其成之甚速而易坏，储之尚寡而难周，委任匪人，钩检靡密，而行之不能无弊也。复为益其价值如干，以固厫座；粟本如干，以广储蓄。"徐子喜曰："贤不敏，赖明公之赐，幸成兹役。敢仰丐一言为记，以垂永永。"予乃次第其语以遗之。徐子，越之上虞人，为予年家子，登嘉靖甲辰进士。

桓山记（嘉靖）

夏言

桓山石洞，方[②]直而深通，无谽谺穹窿之状，盖非天造。世传为宋桓魋所凿，明矣。故题曰"桓山石室"，曰"烟霞窟"。兵宪王君梃侍余游，顾谓曰："兹名失实且溢美，公盍易之？"余曰："魋，生也不能识孔子之圣，至欲杀之；而谋其死也，乃伐山为椁，治之三年不成。兹非愚乎？苏文忠亦曰：'魋，古之愚人。'名之曰'愚穴'，何如？"君曰："确哉斯名也！可以昭戒矣，请大书而识之。"

附梃诗曰：揽辔违城郭，停桡上水湄。登临喜新岁，谈笑总清时。孤屿看仍在，长河逝不疑。翻怜地下者，空作万年期。

---

① 原作"植"，径改。下"复为益其价值如干"亦同。
② 原作"房"，据嘉靖《徐州志》改。

重建砀山县儒学记

王学益

惟明有国，自国都至郡邑学，莫不立庙祀孔子，所以勖诸人士甚至。夫尧舜诸圣人，在上者也；孔子，在下者也。祀尧舜，则圣为君也有不可及之疑；祀孔子，则圣学人可为矣。故曰所以勖诸人士者甚至。夫孔子之学，心学也。子曰："吾道一以贯之。"盖言心也。舜授禹曰："人心惟危，道心惟微，惟精惟一，允执厥中。"心学之源也，一即中也。《诗》曰："上天之载，无声无臭。"又曰："不识不知，顺帝之则。"微也，惟微惟一。是故有感而通也，为恻隐，为羞恶，为辞让，为是非，为父子之亲，为君臣之义，为夫妇之别，为长幼之序，为朋友之信，为千变万化，时出无穷，措之宜也。其敷之言也，为《易》，为《书》，为《诗》，为《春秋》，为《礼》，为《乐》；其敷之政也，为皇，为帝，为王，所谓一以贯之也。世儒不察，析心与理为二，而外求知识以相附益，故圣人一贯之学遂荒，而其甚则举业记诵功利尔矣。夫今举业取士，即古之敷奏以言也。使果学以尽心，则前言往行，皆识以蓄德也；敷经衍义，修辞立其诚也，岂必有司之所弃乎？夫五伯之功利，孔门五尺童子所不道也。今之功利，所以崇欲而长恶也，又况五伯之罪人乎？余尝叹孔子之在当时，无有上人为之督劝，然奋于布衣，与其徒汲汲讲明斯道，以折众淆，至于发愤忘食。今幸际熙明，建学立师，以孔子之道相勖，顾背而驰，岂不可愧也乎？余友三峰刘君，盖学孔氏之道而有得者。其治砀也，日以孔子之道启诸人士。而周览学宫，见孔子之庙圮且隘，遂请于抚按、督学，皆曰可。乃更新之，为高三十六尺，广七十九尺，深四十七尺。又以地多水患，崇其址，加五尺有奇。又葺其两庑、戟门与庙称，又改建启圣祠，又增置乡贤、名宦祠，以附于庙，惟讲习之堂仍其旧。盖制焕然，以备邑之人士拜瞻其下，改视易听。于是相与树文石，请记于余。庸敬述我国家建学立庙，以勖诸人士之意，而发孔子之道与俗学之弊，以为诸人士告。诸人士闻余之言，必有沛然者矣。

丰县儒学记

张邦奇

丰县有学在故城。嘉靖丙戌，河决城坏，学亦沦没，县令高禄携士民往迁境内之华山。巡抚都御史乐清高公临视，叹曰："丰人得此山依焉，诚福地也，可遂为县治。"乃奏请命下，计日起工。公迁工部尚书以去，事遂寝。已而黄河南徙，逋携来归，狃旧怀土，欲修复故城，更县令四三，莫敢定计。嘉靖辛丑冬，潜江李崇信来令于丰，乃属其士民相土于故城三日，又往从治河都御史浅斋郭公，观河于分流之源，上下五百里，归而三复告谕，丰人感悟，咸以华山永无河患为便。遂定议，白当道诸公，事行。而提学御史裁庵杨君按徐，复允诸生之请，令建学校。李令乃卜地于县治之东六十步，北负山麓，南临水浒，东连远岫，西带长河，爰即其中营文庙。左右庑各八楹，前为戟门，门东西为神库、神厨，前两隅为名宦、乡贤祠，又前为棂星门。庙东为启圣祠，祠前二十余步为敬一亭，亭东隅为宰牲所。庙西为明伦堂，仁义、道德二斋，前为道义之门，又前为儒学门。明伦堂西，为教官宅舍三区。又于城中官地及市民地，治诸生书舍若干区。盖数十年露享野祭之陋、草榻旅食之艰，至是始焕然新矣。而李令图虑之远、裁决之果、矢吁之诚、经画之敏，上下翕然誉之。以嘉靖癸卯冬十二月起工，明年甲辰夏五月落成。费出于官帑之羡，力借于公役之余，事集而民弗知云。夫唐虞之时，稷降播种，契敷五教，而其后皆有天下，延祚甚远，天之报稷、契之功者为尤盛也。然则天下事孰大于教？司教若授教者，尚亦深思而永励焉哉！矧兹丰邑多故，学宫肇新，答河岳之灵，副良有司之望，亦在诸自新厥德而已。李令，楚产，予门下士，而能振兴治教若此。虽予未及之丰，如闻弦诵声也，莞尔而为之记。

复徐州洪闸记

张邦奇

国家肇辟寰宇，薄海内外，咸入朝贡。成祖文皇帝定鼎幽燕，大浚元会通河，漕东南之粟，岁数百万石入于京师。百五十年，罔或梗滞。顾南自江淮，北至海口，二千余里，其间山东诸泉、汶泗诸流，恒不足以济，率赖黄河入之，然后水势充盈，漕舟利焉。乃者河自赵皮寨南趋亳、泗，而不复经徐。徐州小浮桥断流，而徐、吕二洪随亦告竭。咽喉既梗，当宁轸忧。于是兵部侍郎石冈王公，特承简命，辍枢务以往。既至，会同总督漕运都御史约庵周公、总理河道副都御史浅斋郭公，暨巡按直隶监察御史杨君勉学，巡河御史焦君琏、胡君植，相度咨谋，以河势湍悍，未易挽回，而浚泉导流之余，蓄防宜密。乃于境山镇、翠柳亭、吕梁洪迤南，置石闸各一；又于高家滩诸处置坝者三，为品字；置顺水坝者二，板闸者一，以节水势。而所谓翠柳亭者，南于徐州洪数里，下流之冲，尤宜潴遏。然河深且广，施功加难，则择才鸠工，务底坚致。盖于闸左右为石墩，高各二仞有半，广厚倍之。墩左右为雁翅，长各六仞有半，灰石灌而累之。而又贯以铁锭，联以铁锁，闸底布衬以石，石下承以木板，板下施以龙骨。又其下立桩木，深入泥中，九万三千有奇。闸附东岸，西流月河横以土坝，长为丈五十有六，广为丈三，高半之。经始于辛丑八月二十五日，迄工于十一月二十日，凡用夫一千名有奇，银五千二百两有奇，率取诸河道备用之资，不丝粟于民云。董役者，徐州同知沈美、萧县知县孙重光，而兵备宪副屠君大山、工部都水郎中郭君应奎、主事陈君穆，则协赞谋议，稽督工程，以相成兹绩。既乃相与谋曰：“惟兹漕河通北，国家之命脉关焉。其徐洪一闸，厥功最巨，若无纪载，曷以示远?”乃使来请。予雅知诸公，诺焉而系之诗曰：

皇明御宇都幽燕，遥控僋崖罗蜀滇。诸夷海外星宿联，梯航玉帛纷云烟。京师供应攒猬然，岁漕加前赢亿千。黄河效顺既有年，驲驼[①]之功遂弃捐。吕梁之流十仞悬，倏忽干枯如石田。巨缆千艘胶不前，石冈司马胜仔肩。公口有泽腹有泉，地轨天冲归节宣。闸座龙蟠壮且坚，急湍收拾无遗涓。江淮直北通长川，舟航如羽来翩翩。刻诗穹碑翠柳堧，石不磷兮公德绵。

修境山闸记

丁汝夔

山东宪司饶君思聪，以境山石闸成，遣使诣余，属为记。盖我国家赋取东南，转漕飞挽[②]，自临济下及徐、吕二洪，河浅漕滞，远迩骇愕，上廑宸虑，博采远献。工部给事中庐江林公廷坐，疏请才望大臣往董其事。于时，廷僚佥以兵部右侍郎石冈王公，智迈等伦，才周经济，协谋上请。天子简命，宠以玺书，重以事权，内辟自抚台而下，外署自藩臬而下，咸奉督行。公于仲夏，冒暑星驰，遍询悉察，见国初漕规宏远，闸坝咸备，黄河罔赖。自弘治己酉，河始溃决。正德己巳，由沛入运，二洪遂失险矣。故闸坝就废，舟楫慢行，泉利渐湮，湖防不守，时惟洪涛巨波是虞。尔者，河日南徙，聊资诸泉复细微不续，加以时旱，益见干涸。况二洪轩轾，水蓄随泄，则今日漕流，又非黄河可恃矣。乃议曰：“闸坝弗设，诸派曷汇？且水势避急，须自下流除额闸仍旧。而徐州北境山镇尤为要害，宜建石闸一座，积水行舟，庶免淤浅。”闸之西聿修月河，用泄暴流，诚非众见所及。寻偕左都御史前督漕约庵周公金、今蒲湾王公杲、副都御史浅斋郭公持平、巡按御史菊坞杨公勉学、视河御史象罔胡公植，条列上闻。纶音褒奖，有经久良图之谕，不亦休乎？遂移檄诸司，饶与工部主事岷山侯君宁，实司督责；往来催理，则郎中郭君应奎也。工始于辛丑八月之望，迄于十月之晦。

名宦碑记

郭应奎

惟魏侯守徐州，首稽名宦。载在郡志，自汉以下凡若干人，乃简厥表著，得百

---

① 原作“日它”，俱系省写，径改。
② 原作“锐”，据道光《铜山县志》改。

几十有几人。喟然叹曰："厥昔莅兹土，曷尝乏人？若监、牧、守、宰、参、佐，大小不同，惟其职；若道德、政事、文学，才行不同，惟其贤；若上下数千百载，陵谷变迁，惟公论在人，未泯于闻。政莫大于取善，取善莫大于能自得师。惟予不敏，尚幸有稽于前人。"又曰："惟兹百几十有几人，宜碑于庭。俾自今伊后，庶永有观，亦永其有训。"乃咨厥僚樊君、项君、郑君、崔君，佥曰俞。乃相率请予记。予曰：噫嘻！世恒谓古今人不同，逮我则罔敢知。惟天降于人惟一，惟人好德攸同，惟德业懋不懋在厥志。今侯新守是邦，汲汲焉惟古名宦是考，其志可知也已。且勒诸石，以勖同列，以诏将来，侯之意远矣哉。夫以立身者尚其德，以临民者尚其政，以经世者尚其文，是故于诸名宦，可以得师矣。以不朽者存乎善，以兴善者存乎感，以昭感者存乎耳目，是故碑以观焉，可以寓训矣。吾闻侯昔典郡邑，行能茂著，数膺荐举。今兹甫半岁，省役夫不啻万余，民力大纾。且河清麦瑞，蝗不为灾，天休用昭，颂声流播。侯之为名宦也，岂待他日而后论定哉？侯名颂，字美之，湖广蒲圻人。樊君名艮，字仲山，浙江缙云人。项君名情，字子和，江西德兴人。郑君名清远，字毅甫，福建侯官人。崔君名錤，字时用，直隶香河人。诸君寅恭左右，咸有政誉，予并记之，以俟续名宦者录焉。

彭东书院记

王梴

象山王梴以圣天子命来镇徐，暇日尝进诸生，稍稍论问学，即诸生亦烝烝起，遂为作书院群焉。书院在彭城东门，因名而记之。且先之曰：君子之学，以成身也。天地万物，本吾一体。故天地位，万物育，然后一体尽而君子之身成，身成然后为君子之学。喜怒哀乐，人人所同，约言之曰：好恶，言其已发谓之情，言其未发谓之性，言其从出谓之命，言其灵觉谓之心，言其趋向谓之志，其实一尔。好以天下，天下安其好；恶以天下，天下安其恶。位育在兹乎？是故，志定然后知谨独，知谨独然后心不分，心不分则性合并，性合并则情节宣。故中和至则性命宅矣，敬义立则物我忘矣，是曰合内外。故弥存弥应，体即用矣；弥应弥定，用即体矣，是曰一动静。故旅进旅退，其道不匮；时止时行，其道光明，是曰通昼夜。夫好恶者，天地万物之管也；辨志者，天地万物之机也；吾身者，天地万物之会也。智愚之性同而不同者，习察之辨也，匪二性也；圣贤之学同而不同者，生熟之分也，匪二学也。箕子所称"无党无偏，会其有极"，孔子所称"克己复礼，天下归仁"，曾子所称"物格而天下平"，孟子所称"集义而塞乎天地之间"者，意在兹乎？舍性命而言学，故学日[1]支；舍好恶而言性，故性日离；舍一体而言位育，故位育大难而本绪日非。顾哓哓然置喙于异端，而自忘其处，此何取焉？今夫负金以行乞，挟隋珠而鱼目之求，人皆知笑之；而学不悟，何明于人而自暗也？或曰：尧舜病诸，孔孟不偶[2]，位育安在哉？曰：否，非然也。臧获厮养，可谓至微，内能其亲，外能其党，则物我相安而日用皆顺；达官大人，喜怒一差，则晦明易位而上下解体。何则？其性一也。尧舜不以弗济忘其病，孔孟不以不偶忘辙环之心。百钧、乌获，各毕吾力而已。今以尧舜孔孟之所难必，而并弃吾力之所可为，不以云迂，则以云谬，是何异骇甫田而焚耒耜哉？圣天子方以人文化成天下，敬一有箴，四箴有训，盖拳拳焉。而徐州接壤鲁邹，流风遗俗，当有存者尔。乡先生问庵马氏，尝游阳明先生之门，与海内学者发明往绪，余至而扬搉焉。尔诸生业已烝烝起矣。先儒有云："学莫先于立志。"又云："有天德，便可语王道，其要只在谨独。"呜呼！其无负圣天子之化、鲁邹之遗，与尔乡先生之素乎？兹役也，地取诸废址，材取诸故廨，庸直取诸束矢暨钧金。前为门二，中为堂五间，后为阁视堂。堂阁之左右翼屋皆两楹，东西号舍皆若干间，号北皆有会讲堂三间。肇工于乙巳之冬，迄丙午春二月落焉。且命判官黄应期理闲田若干顷，籍岁入为饩供之具。维时，若同志同事先后观厥成者，则水部冯子有年、陈子洪范、曹子英、徐子惟贤，地官周子镐、梅子守德。若与有劳者，则知州陈叔美，同知石冈，判官袁衮、欧世贤，暨学正吕锐，训导谢京、廖镶、高朗，又皆乐育而相观者，得备书云。是为记。

汴水桥记

王梴

水之上流，去城东北二里，有万会桥，俗名大浮桥。元时垒石为之，圮于水。洪武十八年，比舟为桥。正统间，御史高峻、知州杨秘谋架木为梁，未几又坏，乃联舟贯以铁索。嘉靖二十六年，副使王梴议城东门外为泗水下流，徙桥于此，改名弘济，因自记曰：

徐，故天下舟车要会。自黄河决虞、砀而东，寖为巨川，偶挟风则波涛建瓴。行者至，轮蹄杂沓，辄望洋号召。得小舸，纷然竞登不复顾，多覆溺焉。余至而悯之。有建白者曰："州城北有浮桥二：一跨汴，名云集，俗称小浮桥，今挟黄河甚湍急，不可徙；一跨泗，名万会，俗称大浮桥，泗水缓，徙东门便。"余是而下之有司。有司亦曰便，且议曰："泗水隘，万会桥比舟十八，久且敝矣。东门河广，

① 原作"月"，据嘉靖《徐州志》、王梴《徐徐集》卷二改。

② 原作"俚"，据《徐徐集》卷二改。下同。

计得舟三十五，而费不赀。比年故事，舟之道宝应者，法附湖堤石。已而淮北洎淮西，率枉其途使附焉，民甚病。宜下令不至宝应者，稍为榷法，计盈遂止。庶民不赋而舟人乐从，事易集也。”余又是而上之抚台、督河洎六察诸公，佥是之。遂命之徙，因各置籍，命判官袁衮司入，同知石冈司出，知州陈叔美监焉。始于乙巳十月，至丙午二月竣事。居无何，万会之间有告溺者。余视之，又知徐之商旅尽集河北，桥不可已。乃令饬万会舟还旧所，别益东门舟。有司因计榷赢暨赎金，得如干，为舟三十五，每舟覆板、绋维咸备焉。不余月，桥成，榷皆止，而附石之法亦罢。由是河北、河东行者并称便。是举也，初谓河在二洪上游，势暴迅不可成，余冒众论为之。今且逾岁矣，虽不免少劳，而颠连者多恃桥无败焉。夫自古无尽利之法，顾有益于民，虽十五犹为之，况其大者哉？桥名弘济，与万会、云集等。余为识其颠末，以告诸将来。

与同轩赋

王梴

主人为轩，榜曰“与同”。客至而问焉，主人曰：“予取诸程子。”客讶曰：“吾观子半亩之宫耳，非有芝陈药房、回山转溪、奇卉异花、珍羽修仪之玩也，何四时佳[①]兴之云？吾观子晨而出睮睮焉，夕而入鳃鳃焉，首岑岑焉，足姗姗焉，稍却扫则断断[②]焉，谪且四面至矣，何与人同之云然？则子病也，非兴也；徇人也，非同人也！”主人霍然谢曰：“子教我矣！子教我矣！然有说焉：予闻之茅茨土阶，其朴不裁；拳石勺水，其致千里。茂叔之草，无靡曼之华；伯子之雏，非卓烁之毛。必如子言，虑非崇素黜雕之志矣。且交际逢迎，厥维九经；疾疢罪谪，庸是玉成。子遂谓我为徇人，而拂与同之情，恐非所以广人心、究平生也。”客亦悠然答曰：“子教我矣！子教我矣！”于是呼童命酌，长歌尽醉。主人隐几，客亦辞去。忽有道人及门，自称大观，谓主人曰：“夫泰否相倾，复姤相仍，四时无终，人我有尽。程子不察，谓我同人，岂知无终为主、有尽为客之义乎？子之辩则辩矣，而未大[③]也！”为顷，忽有冠无极之冠，曳元始之裳，黯然登堂，自称羲皇，呼大观而偈[④]曰：“嗟乎！天地之道，无坏无成，孰为相倾？无臭无声，孰为相仍？因因陈陈，孰我孰人？沕沕轧轧，孰主孰宾？境无内外，孰雕孰素？时无古今，孰同孰异？身病可瘳，心病难祛。廓然太虚，是名如如。”言讫不见，主人亦寤。出门追客，客

① 原作“嘉”，今从嘉靖《徐州志》、《徐徐集》用字。
② 原作“断断”，据嘉靖《徐州志》、《徐徐集》改。
③ 原作“辩”，据嘉靖《徐州志》、《徐徐集》改。
④ 原作“喝”，据嘉靖《徐州志》、《徐徐集》改。

去弗顾。归而颓然，托笔斯赋。

沛县修城记

王梃

嘉靖岁丁未春三月，沛县城成。之役也，谋始于丙午某月，至是讫工，越如干时。厥直取诸官帑之羡金如干两。城延袤几五里，为堞千五百，为铺八，为水门一，为瓮城三，为敌台八，基广如干，崇如干。南、西、北三面浚隍视城，东临漕河。颜其门：东长春，南来薰，西永清，北拱辰，法象咸备。当其任，则周令泾暨分董相作如干人。既成，盖屹然泗水之右，可以为政矣。先是，前令王治者，鉴先年寇攘之变，自为土垣，作四门，式廓粗立。周令将因而完之，初闻于余，余是之；已而上之前抚台克斋王公、六[①]察节庵陈公，皆亟是之，遂城焉。今年以其成，上之抚台月梧喻公，公又亟贤而甄礼之。夏五月，余行县，登而纵观焉，因輾然曰："壮哉塞乎！此东南之枢也，可以为政矣。"沛虽小，介乎齐楚之间，由汉以来，率称多故。盖自复隍之后，上下千百年，莫或城之。乃至是始备，此何以焉？岂时尽诎而人尽逊耎哉？将事之成不成，有定数也。说者曰："《春秋》内城二十三，皆不时害义。于齐美邢，于晋美成周，虽时且义，亦书见劳民为重事也。城沛无当乎？"余曰："时有乘有不乘，义有因有不因。乘其所不乘者，其势倾；因其所不因者，其害成。此天地之常而几事之会也。沛为徐属邑，当江淮之上游，国家转漕东南，不导此不达。昔陆宣公论唐患，至急汴荥、缓幽燕，其说曰：'东寇则转输将阻，北窥则都城或惊。'嗟乎！今之徐沛，固唐之汴荥也。矧其俗轻转徙而狎逋逃，其气崇任侠而略儒雅，其计贱本业而贵末作，而饥馑泛溢，抑岁有加焉。是故《易》称设险，《诗》美伊洫，《春秋》纪事，美恶同辞。兹役也，意其必乘而难因者乎？此固逸道使民之志也。"令为江西贵溪人，起家乡进士，其居官廉毅有识，余素贤之。因章之记，俾后有考焉。

重修丰县庙学记[②]

王梃

丰，故徐属邑。往岁以河决，徙治今[③]华山。治当山之麓，并麓稍东为学宫，

① 原作"大"，据嘉靖《徐州志》、《徐徐集》改。

② 案正文，题应为《华山书院记》。考嘉靖《徐州志》，丰县自徙治华山之阳，嘉靖二十一年知县李崇信创建庙学，四明张邦奇为记，见前篇。后三岁，叶烓为令，未闻有重修事。本志以"重修丰县庙学"为题，误。

③ 原作"金"，据嘉靖《徐州志》、《徐徐集》改。

隘弗称。叶令炷至，以岁之乙巳，白之督学午山冯公洎予，复并麓稍东为华山书院，门堂号舍咸秩矣。堂之后，复并麓稍东为轩，境幽而奇。予行部偶寓，进诸生而讯之曰：令之为兹，其情深，其志戚矣。古之教者，时教必以正业，退息必有居学。故君子藏焉、修焉、游焉、息焉，是以安其学而亲其师，乐其友[①]而信其道，虽离师辅而不反也。夫学宫者，时教正业之地也；书院者，其退息居学之所乎？并麓为轩，幽而奇者，其藏修游息之墟乎？诸生处焉有日矣，果能安其学而亲其师乎？果能乐其友而信其道乎？抑能离师辅而不反否也？夫动静不违而内外合一者，作圣之极功也；情以境迁而机由静悟者，为学之始事也。吾心之良，本自炯然，顾眩于纷华，昧于功利，日昏日瞀，卒无以自解。偶入静境，杂扰顿息，如蹈汤赴火之后，沃以清冷，其神跃然，心目俱爽矣。察此之谓察识，推此之谓扩充，知此之谓知及，得此之谓仁守，蕴此之谓天德，措此之谓王道。故亲师友而不倦，离师辅而不反也，是之谓古人之学。夫以古人之学望诸生，望之至者，故曰其情深。夫太上无境，其次境境，最下不离境。安土敦乎仁，何境之有？语有之："吾闻夫子之道而悦，出见纷华而悦。"是谓境境。怒于室而作色于其父，何境之能离？夫无境者，吾不得而见之矣，必也其次乎？孟子三见齐王而不言事，程子之教每令学者先静坐，彼有取尔也。《易》之道，群阴尽《剥》而后《复》。今之学者，纷华功利之说日陈于前，隐学而疾师，苦其难而不知其益也久矣。夫藉境生心，而缘静兴悟，是之谓始学之道。呜呼！其不得已而思有恒之意乎？故曰其志戚。夫圣学无歧，而人心有觉也。天地之性，无所择而后生；豪杰之士，无所待而后兴。太行之东，大河之间，盖豪杰之陆而圣贤之薮也。尔诸生毋谓丰小，毋谓学问之难，庶几于令无负哉！

华山书院记

叶炷

丰，褊邑也。邑之镇曰华山，崛起中野。山之阳有隙地，邻学宫，诸士子以号舍无址，欲为肄业之所。炷为请于督学冯公、兵宪王公，市之于民，复以废仓益之，创为书院。院背山麓，洚水湮芜，于是乎加疏瀹焉。中洞豁然而辟，洞前诸景可揽，命曰"会景"。后[②]架小桥，以达西洞，洞塞巨石，曳而虚之，曰"虚白"。前通鸟道，折出石坛下，危岩屏设，石离离林立，亭其中，曰"寄兴"。亭之西，石门半蚀，土中剜而深之，穹然一洞也，曰"碧寒"。洞旁小亭，曰"独对"。北沿

① 原作"文"，据嘉靖《徐州志》、《徐徐集》改。
② 嘉靖、万历《徐州志》作"复"，顺治《徐州志》同作"后"。

仄径，南出断石之间，东至通幽洞，景绝而路穷矣。天劖一窍，旁通并麓[①]轩，石壁千仞，森削于前，左有洞曰“太玄”，右有池曰“太乙”。登观风亭，可以骋遐瞩而纳远景也。亭之后为高皇庙，前为瞻石斋，面斋多奇石，矗矗如画。石罅线通径路，东至宾阳亭，西至问月亭，奇踪殊状，错出深菁丛莽之间，宰物者亦容得终秘之哉？由是观之，美哉山之体，具于天也，人力若无预焉。然而浮墕[②]昏之，丛棘蔽之，沦落于荒僻之墟，不能不假手修平，宣灵发秘，所以致广大而极高明也。诸士子固将持志于有恒，养气于无馁，务使胸次廓清，事功俊伟，无以异于此山已乎？抑蠹于章句，俳于文辞，游泳于科目之中，茫无竖立，以异于此山已乎？是在诸士自择之。

名宦祠记

梅守德

徐在古，九州之一。尧封篯铿于此，为大彭氏国。自秦郡县理人，嗣世仍之，迄用不变。建置官守，则代有升降殊焉。时维建旂剖竹，布政宣风，其磨灭无述者勿论已，间若唐之姚崇、韩愈，宋之苏轼、杨时，或恤其灾患，或导以厚生，或敦典迪文，赞谟弼教，斯其绩用之最章章者，自馀所居民利、所去民思，率有可称。虽功自位殊，业缘时异，并以徽音流泽，芳润千祀。考诸先王之制，法施于民者，以死勤事者，以劳定国者，能御大灾、捍大患者，咸在祀典。昔子产殁而舆人颂，文翁终而西蜀祠。甘棠，召伯所茇，南国爱之，至相戒勿剪伐焉。夫颂者，宣其感者也；祠者，表其思者也；爱者，永其报者也，皆人之情也。人情所在，圣王不能违焉。明兴且二百年，治化隆洽，礼文宣昭，怀柔百神，罔有恫怨。惟徐实在畿甸，邻壤鲁邹，士习章缝，亦既彬彬尔矣。顾兹礼之重且大者，辄废不讲，甚阙典也。象山同野王君梃，以山东按察司副使镇徐，倡道诱人，敕法贞度，问诸民所疾苦而辑和之。道久政成，民用晏堵，凡城郭、黉校、书院、津梁，次第修建，典章焕然。爰诹旧学正吕锐与其弟子辈，佥言是祠为弗可已。洎询州长老，亦如弟子言。遂下有司，度地鸠工，庀物兴役，以判官袁衮董之。不逾时而报落，堂宇轮奂，奕奕维新。乃复益诹群言，稽摭故实，得宜祀者凡若干人，令有司列而祀之，凡皆祭法所当，协诸人情而协焉者也。夫理有旷世而相感，苟非其人，道不虚行。之数公者，生不同时，官不同职，产不同地，逮今无虑千百年，始得与俎豆于一堂之上，俨乎洋洋乎，昭云汉而亘今古。岂其精灵英爽，于今为烈？与云龙、汴泗相

① 嘉靖、万历《徐州志》及顺治《新修丰县志》作“寓乐”，顺治《徐州志》、光绪《丰县志》作“并麓”。
② 原作“磕”，同“礚”，系“墕”字类化。参光绪《丰县志》“墕”改。

为不朽者，亦必有待而发与？夫名者，实所由章；劝来［者］[①]，未有不证诸往者也。证往以劝来，则感应速；循名以核实，则鉴戒昭。世降习窳，吏人或怀苟且，与世浮沉，甚则残甿以逞，隳败甘心。徐当南北孔道，赋役繁滋，又其鸷悍犷桀之俗，未尽消释，所赖以休养化导之者，诸执事责尔。继今吏于兹者，登斯堂也，无亦惕然而感思，以绍其绝响，不赧于古人。大则至含哺之嬉，小亦有息肩之惠。厥祠之建，民永赖之，其义不至深远哉？是年，会余有事兹土，乐觏厥成。《诗》曰："高山仰止，景行行止。"德不佞，盖尝寤寐于斯云。

戏马台文昌祠

冯有年

徐州当齐楚之交，古称勇敢，代多武弁。入国朝来，实为南甸之北门，首沐菁莪之化，文事始彬彬矣。自设科以来，科必得人，罔一二间。迨嘉靖乙酉后，盖寥寥无闻焉。岁乙巳，四明同野王君来按察，重以是虑。既饬黉宇，以育群材，又建彭东书院，以育其尤者。阅一岁为丙午，佥谓是科也得人其盛，延伫望捷。久之，未有与者。是年冬，同知石子冈实摄篆事，乃谓僚友曰："科贡至是，惟吾有司者之愆，其忍忽诸？"遂谋于州之缙绅大夫士，下逮堪舆家之说，咸谓前无文笔，坐是不昌。惟戏马台屹然城之丙位，又当学宫之阳，宜于兹更崇之。考诸志，上故有台头寺，意亦是故。今圮矣，曷不于此而祠以文昌乎？遂白于同野，可之。先是，僧惠礼者将梵宇于斯，闻是举也，力请任，遍募以助费。时户部主事宛溪梅君与余倡之，自州而两卫，而大夫士，迨比闾之好事知义者，咸以文事故，皆乐于助。以故不烦公帑，阅几月而告成。台中为圆亭，其址窿然，其脊崒然，象文笔也。亭北为堂四楹，中祠文昌木主，北向，面学宫也，缭以周垣而门焉。予惟士之致身，固不屑屑于科目，而今世之行义达道者，匪是则为异途。有司之作人，苟可以旁罗豫养者，虽小道亦不废也，凡以得人耳矣。今徐之多士，不有才美如兹台之秀者乎？不有功积如兹台之厚者乎？又不有成章如兹台之焕发者乎？乃阅八试而罔一中式者，伊谁之咎？观昔人地灵人杰之句，要不可尽诿之人力也。矧是举也，费不烦于公帑，而事实切于兴贤。虽无庸，其将已乎？且一改观之间，而多士咸知自奋，行将起夫高明洞达之见，而益励其九仞一篑之功。虽天子之廷，其升有阶，其进有渐，其于乡举之细故乎何有？盖天下之事，曷易曷难？存乎人之为之耳。是役也，督工者为前指挥金鼐、耆民沙序等云。

① 字据嘉靖、万历《徐州志》补。

乡贤祠记（嘉靖）

马津

乡贤祀于文庙之右，左［以］[1]逊名宦也。宦之名者祀之，乡之贤者祀之，未名而贤者，将以思而劝也。古之乡先生，没则祀于社。惟其贤也，非贤何劝？自古圣神，以道经世。唐虞三代君臣，孔子贤之，传述其道，垂训万世，今六经所载是已。当时颜、闵诸子，以德、言、政、学，表见《鲁论》，皆其徒也，皆从夫子而有得焉者也，后世亦皆曰贤。吾徐，地邻阙里，流风遗泽，沾被无穷。是以诸贤承运而兴，德、言、政、学，往往名世。论而进之，以祀于夫子之宫，盖皆于道未有畔焉者也。如其畔，则麾之矣，孰能滥？凡我后生，生于斯，游于斯，能无高山景行思乎？思与之齐，由一乡以进于天下，不愧前人，思之功也。祠者，望也。若谓圣贤不可企及，居今之世，可以浮沉，则虽圣贤与居，亦末如之何矣！此非祠之意也。於戏！我明立国百八十年，文教周洽，二祠将遍宇内。徐在邦畿之内，前此未有，非阙典乎？嘉靖丁未，兵备宪使同野王公乃始创作，盖知鸢飞鱼跃之意，非徒为观美也。

重修庙学记

胡乂心

丰邑之学既圮于水，顷缘财力匮诎，缉不以时，士失顯所，学殖莫寄。岁己未冬，节判张君邦治来署丰篆，因诸生议，得请于督学使者及监司郡长，工未既。庚申春，乂心承乏是邑，始谒先师，见其遗址蓁芜而神灵莫妥也，谓是风教首善地，役其可追耶？遂因前议，相地于县治之东，卜筑定基，鸠工饬材，修治整饬，自庙庑堂斋以暨储库。讫事，乂心因偕若师弟子以申其意曰：维尔邑，实汉祖、酂侯之故乡也。史称高帝不事诗书，又每以绛侯辈少文为恨，然行多暗合，意出独见，而安刘之业，伟然一时者不可诬。宜尔士之生其地者，朴茂有余，而诗书艺文之事已蕴其中矣。吾不患诸士之无文也。且我圣祖拯溺维新之后，暨今皇上寿考作人，仁渐义摩，礼乐四讫，薄海要荒，罔不娴学，况丰为古帝王名世之乡，又在中原文献之域者乎？吾诚不患诸士之无文也。惟致道之本，必有所在，姑以兹学废兴之迹言之。且学之始建，先师有庙，明伦有堂，居业退息，观赜观德，亦各有所。耳目之所闻见，动履之所率由，皆规矩准绳地也。诸士身与心安，所以精其业、进其德者，不大有赖于是乎？乃者一为洪水所灾，即荡薄颠覆，妥圣灵而宅俊乂者湮析罔遗，载阅数时，始获更新。尔诸士将居斯游斯，弦且诵于斯，独不知人心之洪水，

① 原阙，字据嘉靖、万历、顺治《徐州志》补。

易流易溺，滥觞于情欲之窦，而汩没于辞章之波，甚则湍激溃决，不可复挽。而为圣贤之灵台，为天君之丹府，为人伦五官之营络，为格致诚正之安宅，为修齐治平之正路，亦有湮没芜蔓之几尽，荡为茅塞之区，若是乎可经时而不复也。其孜孜从事，所以遏其源，塞其流，为堤为防，以捍其冲，亟反既放而杜渐将来，俾于是而奠厥居者，又必何如以致其力而后可也？夫事有殊而理则一者，君子可以类推。矧学宫为诸士日游息地，而废兴之迹又若所目击者，因彼以识此，缘身以求心。则学圮于奔放之水而复之者，有司之责；学荒于流溺之弊而新之者，伊谁之责欤？诸士盍于是而反思之也？子夏曰："百工居肆以成其事，君子学以致其道。"而后为善学。夫惟道之既致，而后学为不虚。否则，且百工之不若，回视昔之受圮于水等耳。《诗》曰："其何能淑，载胥及溺。"子诸士能不惕然于兹乎？夫观废兴之迹，以为身心助，反之致道之本，而复以沦胥为惧。愚日以磨濯励精为诸士勖，而移风易俗之会，不有望于一新之后乎？其诸庙屋次第，具列碑阴。

筑护城堤记

胡乂心

丰县地故平衍，水接上游。先是，洪水为灾，溃[①]自西北曹、单之冲，漫决入城，民尽鱼鳖，邑里变迁。岁壬子，始循故道，县复旧治。然泛溢不时，民心惶惶，佥曰："堤防捍御，贵在事先。"时邑令戴君辅，以乡民王佺等词陈，便宜得请于监司、郡守，度地筑基，集人具版。未几，君擢守巨津。乂心实代之，用稽成度，条督就绪。经始于嘉靖己未秋八月，至庚申夏四月竣事，中间以冻辍工者凡三月。工计二百日，役及二千人。堤本厚十步，上以渐敛约四步，高及一寻。环视之形视城，延袤之步视城稍广。周植杨柳，为株计二万有奇。顾夫则均于地间，土即堑于堤畔。土起成隍，亦停贮杀奔之一助也。至岁壬戌秋，水大发，较徂岁有加。次年春，复有乡民刘昆等，议于堤颠增筑二尺许。夫减昔之半，得五十日而成。工始大备，民用无恐。窃惟若防止水，先正明言，而失时不修，明条有禁，有守土之寄而以民事为急者，谅不泄泄于此矣。乃若即旧图新，因时通变，为丰万世永赖计，当出于增卑培薄之外者，日有望[②]于将来云。

① 原作"渍"，据隆庆《丰县志》、顺治《新修丰县志》改。
② 原作"日有有望"，顺治《新修丰县志》亦同。参隆庆《丰县志》"日有望"、光绪《丰县志》"则有望"，则本志及顺治《丰县志》"有"字重出，今删。

吕梁洪城垣记

马一龙

吕梁王君增筑城垣，见孟河[①]马子，曰："吕梁洪旧无垣，刘贼起山东，被害。前都水始作是垣，其后圮废。莫君双坡采石欲修复，寻改任去。倭夷窃发海岛，屠掠江淮间，民将弃所居逋逃。应时谕居民，率洪夫，更番助役[②]，取莫公石，并捐俸益所需成之。视旧垣高广皆倍，拒[③]流枕冲，砥防水决啮。周为五门：其一正洪，就分司浮挽之便；四通于外，启闭有常。洪民可无恐，而国家漕运庶几恒赖矣。是役也，上总理大夫不闻，下有司小民无所扰。邀名、敛怨之事，二者幸免。当幸得书于太史氏否？"孟河子曰："是可记也。垣仍旧址，作者谁先，前记书之。吕洪水势悬沫[④]，为天下险，观水者自古有名言。今受大河并淮泗涌泄，险又可知。天下贡赋舟船，衔尾千万里，程日转输，为国家津要，吾皆可以无论者。而作是垣也，独谓诸君有造之功，且慨世道日愈变，吾士人不皆如君等尽心力干蛊天下事，岂可付之无可奈何而已哉？夫古今建立事功者，莫如为民物造命。君相以下，不系事功大小，凡所无因而造始者，皆命自我出。吕梁开辟以来无垣，而今有垣矣，基命在我。是即操造物之权，以为一物之命耳。岂不可与天地造化万物、君相造就万民，类推而例观乎？况垣能安集其民，据以御强暴，得免流离死亡，而浮挽之力岁常充余，则洪民与漕运命脉，亦胥此有造。故事功虽小，而所关系甚重大者也！但追思大道为公之世，不事藩篱；利欲驱民争斗，始有设险为城郭者。昔惟邦国，今则十室之邑有之，可见利欲益炽，起而相角者众。不然，非肤挫锋镝，则膏烈灰烬矣。君子随时因革，有不得已者。推是以例其余也，如徐州仓场，委顿道傍；远如大同边卫，声援不建，更无以借寇兵、资盗粮为虑者。京师不筑四辅之城，屯积兵食，以备夹击；边圉不修，辄仅之废烽火守望，以为策应。移君谋洪之垣谋之，固不必请内帑，张皇动众，天下时势不难图耳！王若必有志焉。行进长司空，朝夕国是，展布其大者，视斯垣如何？往见华峰秦宫[⑤]谕、奎山方司直，称君为八闽有道之士，以麟经魁天下。在吕梁，建书院，正民德；修石堤，厚民生；纂洪志，奠民依。执

---

① 原作"益河"，据马一龙《玉华子游艺集》卷十八改。按：《玉华子游艺集》，一名《马孟河先生游艺集》；其所撰《农说》序，自称"孟河子"，卷首题曰"溧阳孟河马一龙辑"。复考明张弘道《明三元考》、清倪涛《六艺之一录》等，马一龙，应天府溧阳人，字负图，号孟河，嘉靖丁未进士。本志作"益河"为误，据改。下"益河子曰"同改。

② 原作"更翻照后"，据《玉华子游艺集》卷十八改。

③ 原作"拍"，据《玉华子游艺集》改。

④ 原作"滤"，据《玉华子游艺集》改。

⑤ 原作"公"，据《玉华子游艺集》改。按：华峰秦宫谕，即左春坊（别称"宫谕"）秦鸣雷，字子豫，号华峰，浙江临海人，嘉靖二十三年状元。曾为王应时作《养正书院记》，见万历《徐州志》。奎山方司直，即工科给事中方万有，字如初，号奎山，莆田城关人，嘉靖三十二年进士，旋因忤严嵩，贬休宁县丞。

此以往，赞吾君相，殆将有以造天下之命。”王君再拜，请书其言于石。

重建吕梁社仓记

顾霑

吕梁之区，延漫皆石山。其中有土，则尽晶沙磊碛，禾稻不生。乃其民河上聚居之众顾数千百人，依山为聚落者复离离见也。吕梁居大碛野，唯治河洪，民皆以洪故云。昔有社仓贮粟，建于河上，今岁久渐废。民众粟少，盖土砾而民众，其食易缺。按吕梁民岁时食用，悉转粟于徐邳之间，然北距徐州、南抵下邳各百余里，沙莽弥望，四无市郭也。粟非乘舟挽车莫能至，其取诸本土者绝罕少，故建仓比郡邑处尤切要。盖其为仓，即非郡邑比。其始由官洪者为义所建，故云义仓。掌无额吏，亦鲜出粟，故其弊易至于废而匮粟。旧建河上，地远，辄遇流贼起，民仓卒携粟置分署中。岁时盗亡，亦多有也。嘉靖戊戌，碧山张子来至。遂览于吕梁之原，见其环河之土，皆沙碛相杂也；河上之民聚凡数千百人，又多聚落民也；其吕梁负粟者，又率非徐邳莫能至也。乃慨然太息，谓若吕梁地，其可不亟贮也。遂仿社仓故事，籍粟至四千。然又散民间，室渐废，复在河上也。按仓历上下数百年，时久则废。久不变，能不竟废也？乃改建于嘉靖之庚子。仓至官洪者相振以来，不知其几建。今又建于张子，兴裕其方永矣。籍粟四千，粟不多，于是为广贮粟。仓旧卑矮，不可多贮，于是为增置。其仓在河上，旧患贼盗，署四周皆建垣城，于是为迁置垣城。亦以荒碛之区，故经画尤至。张子曰：“贮粟之道，不广不裕，不固不久也。吕梁地，又易匮而废也。噫！斯备之矣。”仓粟比旧贮，今积为六千余石。洪无入粟，加张子俭笃，又须二年耳。然张子即召归，居洪无日，而止于六千，可恨也！仓横亘前后凡五丈，长凡三十三丈五尺，视河上倍之矣。四面缭以垣墙，前开大门，又次一门，门凡二座。中构一堂，堂之东西建房各五，森然缘堂而比栉者，所谓仓房也。其中台榭亭池，桥路细折，皆备具。砌造多采吕梁山石。度洪暇时役事，洪夫足供使，故不役吕梁民。其余材植之费，则张子出己资为之，故能底于讫成。以洪无官钱云，其事尤可记。张子名珍，润丹阳人，与予同乙未榜进士。

沽头分司题名记

徐惟贤

粤稽水部之设，尚矣。自益掌泽，虞、周建川衡而下，代有建置，其沿革可考也。都水之名则昉[1]于汉，我朝因之，列于工部四司之一，其亦虞、周分掌之遗意

① 原作“仿”，古亦作“方”，通“昉”。

与？肇自成祖定鼎燕云，罢海道之运，复会通之渠，岁漕东南诸粟以资国命，凡沿河要害必设都水一员以专督之。而我沽分司，则自宪庙用平江伯陈锐之策，特命陈宣来主其事，时成化乙巳也。嗣后，河道通塞靡常，兴革不一。始革于弘治戊申，而复于甲寅。继罢于正德丁卯，而复于辛未。至嘉靖癸未，亦尝停之，而乙未又复。列圣相承，随宜措置，凡以重国计而怀永图也。今所辖闸有八，介在齐、楚之间，袤延百数十里，势若建瓴，必仰汶、沂、济、泗诸水以资利涉，稍遇暵霖，即为壅激。且当夷夏朝贡，军民运输争先杂进之始，苟不得人以疏防而宣节之，则迤北诸闸亦当均受其害。此真南北之咽喉、入漕第一关也。胜国以前，本名“隘船”，盖即[①]其地以限节舟航，亦可以知其要且剧者久矣。嘉靖乙巳，余承乏兹任，大惧无以称［奉］[②]明命，亟取前政而窃师之，茫无纪述，虽其人年姓亦莫可[③]详。溯陈子乙巳，历余仅一甲子，而泯漫若是，将不久而益磨矣乎！并漕诸司咸有记石，而［余］[④]署独缺，岂皆时未及为，抑或有待而然欤？用是悉心征访，得于所见者二人，得于所闻者五人，得于所传闻者九人，率三年一更，总其数合余凡一十有七。因次其名氏，著其选里，用托诸石以传。且虚其左，俟来者登焉。庶几后之视今，今之视古，因名考绩，以昭永鉴，则我国漕其亦永赖也！

沛县新迁儒学记

徐惟贤

嘉靖丁未夏五月，沛县新迁儒学未成。学谕朱氏以和，偕若训季氏珩，合学之士如干人，持状告余曰：“学旧在邑治东北。正德间，为河决就圮。自是人文靡振，士论病焉。识者以城南泡河、龙泉之会，风气完朗，文明之宅也。令闻其议于诸上台，佥如议。遂表方正位，易民地如干丈以广之，创为先师庙。继撤旧材，为明伦堂，为博文、约礼二斋。工方经始，而王令治迁去矣。甲辰，贵溪周君泾来代，相其未备，毅然欲终之。逾年，政孚民信，乃复上请，得廪余如干金，授成典史林大理，增置两庑。庑前戟门，旁庖库，前泮池，又前棂星门，门左蛟腾坊，右凤翥坊。学宫东为敬一亭、启圣祠，西为乡贤、名宦祠。周垣门括，备所未备，恢宏壮丽，仰瞻游息，靡不饬矣。”余考古论治，兴学为先。故《诗》颂鲁侯，《史》赞文翁，昌黎美郧侯之文，柳州著薛伯之绩，皆以归其功也。尔多师多士，固知若

① 原作“节”，据嘉靖、万历《徐州志》改。
② 字据嘉靖、万历《徐州志》补。
③ 原作“莫可可”，“可”字重出，据嘉靖、万历、顺治《徐州志》改。
④ 字据嘉靖、万历《徐州志》补。

令[①]之功矣，其亦知所自迪，以昭垂其功乎？夫建学者，有司之事；敷教者，师儒之责。学立教修，而名实不著，多士之耻也。胡文定教授苏湖，贤才辈出；范文正做秀才时，以天下为己任。彼二公者，迪其选矣。今沛去邹鲁不远，有先圣贤之遗风。今上复以敬一之学倡明于上，视昔苏湖辈，其机又易以兴也。苟能励胡、范之志，以追孔、孟之遗，振其敝陋而更新之，志学交凝，人文丕应，将必有道德文章卓然名世者，以鸣国家之盛，而绍邹鲁之休。其于兹学之役，宁不大有光哉！

朱公书院记

董份

初，河决沛县，闾殚为河，河陆漕壅[②]。大司空朱镇山治渠通漕，徐沛底定。议者欲即其地祠公，公谢弗许。水部钱、季二君议曰："民构祠而公弗许。今诸郡邑弟子员从公游者日益众，方无他庐，诸弟子野处露栖，非公厉学之意也。祠表为书院，授诸弟子室，而公俨然临之，不亦可乎？"由是，民曰祠也，诸弟子曰书院也，公不能禁。二君千里征记。余以祠本祀功，公以明教，请得合功与教而并言之。盖公之治渠也，周爰咨诹，或言开新集，或言开庞家屯。斯二者，旧河也。公遣按视，新集亘二[③]百余里，费三百余万金，工三十余万人，作终岁可就。乃蹙然曰："今县官方匮，费何出？且河非可以人力争也，诸故所徙道弃弗居，殚[④]三百万委巨壑，挽所弃而争之，即渠成河不来，奈何？来或决，奈何？是虚国之道也。聚三十万人终岁作，即有疫疠，或生他变，是社稷之忧也！"乃数橇涉，亲行河，得故盛中丞所建未就之迹镌广之，加凿为新渠。新渠地高，导诸山之水厮渊陂流，不事河，漕可以济，任其所弃，弗与之争。任所弃则无靡财，弗与争则无决患。是役也，省二百余万金、二十余万人，作以数月速就。数百万粟灌输太仓，官无抵瀯之虞，民无骚动之苦，国用不虚，社稷永赖，老臣忠于为谋如此。余览史册，上古无治河。至禹，随山浚川，九河始著。开辟以来，圣人崛起非常之绩也。迨后或决或塞，无能用河。明兴，宋尚书因河为漕，而利其用；朱司空避河为渠，而杜其决。作用不同，其崛起非常之绩则一也。琴敝易弦，途穷改辙，时固有然，而势有必至也。夫随时以顺变者，性之原也；沿势以会通者，道之本也。昔孔子取水喻道，孟子言性比于治水，固以道有本而性有原也。因性以明道者，谓之善教；由性以悟道者，谓之善学。镇山继禹之迹，识其变通，此其学之所得深远矣。其所以教弟子

① 原作"今"，据嘉靖、万历、顺治《徐州志》改。
② 原作"雍"，古同"壅"。
③ 原作"三"，据万历《徐州志》、万历《沛志》改。
④ 原作"单"，径改。

者，当不外是。夫拘学守常经，不越诵习以裨[①]见闻者，其志敝也；俗师守常训，不离占毕以传口耳者，其知浅也。故闻道则笑，语性则惑，学之敝也极矣，君子之教穷[②]矣。夏镇去邹鲁近，性命道德所自出之乡也。当其时，三千七十子之徒，孔子独称颜渊好学，而曾子卒得其传；以子贡之智辩[③]，晚年始闻性道。岂教有所待，而学未易至耶？孟子言性论道，发孔子之教，尤大章明，而其受业者无传焉。岂学由心得，而非教之所能为耶？今诸弟子生近孔孟之居，以高才从司空之教而起，其间必有非常之士，越常经、超常训、绍明孔孟者，余从千里外拭目望之矣。

吕梁洪碑记（文征明书）

徐阶

君子之为政也，其必本诸万物一体之学乎？万物生而同出于天，其始也，本一体也。惟夫自为之私胜，而又不知学以求之，于是其情日疏，其势日隔，忧喜好恶，漠乎不相关，而善政始日以废。盖昔颜子问仁，孔子告之克己复礼；及问为邦，孔子告之以四代之礼乐。说者曰：“克己复礼，学也；四代之礼乐，政也。”呜呼！政与学析而为二，则亦不知君子之所以为政者乎？今夫语治，至于虞夏商周；语人，至于舜禹汤武，其亦无以加矣。然而孔子冒非圣之嫌，弃反古之惑，举其所谓礼乐者去取之，而不顾里巷之浮言。其在士大夫之身，曾不足为损益；而世之君子，恒至于畏且忌，而遂罢其所当为。何孔子之勇，而世之君子其怯甚也？孔子之学，以万物为一体[④]。视天下之政，有一不宜于民，不啻疾痛之在己[⑤]，惕然惟去之之为快。故虽前圣之制作，不得而徇。世之君子，莫不有自为之私焉。故虽里巷之浮言，惟恐其足以为吾累，而不肯以易天下之安。夫其自为之私，是则所谓己也。己克而礼复，则能以万物为一体，而行四代之礼乐。四代之礼乐行，则化理洽，而天下归其仁。是则孔子所以告颜子之旨，而政与学未尝二者也。呜呼！斯义晦，而天下无善政矣。我国家漕东南之粟，贮之京庾，为石至四百万。其道涉江乱淮，溯二洪而北，又沿卫以入白，然后达于京师，为里三千[⑥]而遥，而莫险于二洪。二洪之石，其狞且利，如剑戟之相向，而虎豹象狮之相攫，犬牙交而蛇蚓蟠，舟不戒辄败，而莫甚于吕梁。吏或议凿之，其旁之人曰：“是鬼神之所护也！”则逡巡而不敢。嘉靖甲辰，都水主事陈君往莅洪事，恻然言曰：“古之君子，苟利于民，则捐

① 原作“俾”，据万历《徐州志》改。
② 原作“躬”，系“窮”之讹，据万历、顺治《徐州志》改。
③ 原作“辨”，径改。
④ 原作“以为万物一体”，据现存残碑及嘉靖《徐州志》、乾隆《徐州府志》改。
⑤ 原作“也”，据嘉靖、万历《徐州志》及碑刻改。
⑥ 原作“数百”。现存碑刻剥落，据文义，当以嘉靖、万历《徐州志》“三千”为是，据改。

其身为之，矧里巷之浮言，其不足听。盖审而以罢吾所当为，是厚自为，而为民薄也！”遂以二月二十六日，率其徒凿焉。众亦闻君言，以为仁也，咸忭以奋。阅三日，怪石尽去，舟之行者如出坦途。于是洪之士民来请余记。始君为诸生，余幸识之，常与言万物一体之学，君欣然受焉，不意其果能行之也。今天下之政，不宜于民者多矣。然而论者知求之政，而不知求之学，往往以自为之私为之，故其说愈长而善政卒不可见。其甚也，谓学不可以施诸政，而学校之设，六经之教，亦且为具文。夫孰有知孔、颜之受授者乎？余故因君，推本而记之石。君名洪范，字锡卿，辛丑进士，浙之仁和人。

漕运新渠记

徐阶

先皇帝之四十四年秋七月，河决而东注，自华山出飞云桥，截沛以入昭阳湖。于是沛之北，水逆行，历湖陵、孟阳，至谷亭四十里。其南溢于徐，渺然成巨浸，运道阻焉。事闻，诏吏部举大臣之有才识者督河道。都御史，直隶、河南、山东之抚臣，洪闸之司属，暨诸藩臬有司治之，得今万安朱公衡。爰自南京刑部尚书，改工部尚书，兼都察院右副都御史，奉玺书总理其事。公至，驾轻舠，凌①风雨，周视河流，规复沛渠之旧。而时潴者为泽，淤者为沮洳，疏与塞俱不得施。公喟然叹曰：“夫水之性下，而兹地下甚②，不独今不可治也，即能治之，他岁河水至，且复沦没，若运事何？”召诸吏士及父老而问计。或曰：“道南阳折而东，南至于夏村，又东南至于留城，其地高，河水不能及。昔中丞盛公应期尝议凿渠于此，而不果就。其迹尚存，可续也。”公率僚属视之，果然。驰疏以请，先皇帝从之。工既举，而民之规利与士大夫之泥于故常者，争以为复旧渠便。先皇帝若曰：“兹国之大事，谋之不可不审也！”敕工科右给事中何君起鸣勘议焉。何君具言旧渠之难复者五，急宜治新渠而增其所未备，以济漕运。诏工部集廷臣议，佥又以为然。诏报可。公乃庐于夏村，昼夜督诸属，程役以工，授匠以式，测水之平，铲高而实下，导鲇鱼诸泉、薛沙诸河，会于中坝三河口，以杜浮沙之壅；堤马家桥，遏河之出飞云者尽入于秦沟，涤泥沙，使不得积。凡凿新渠，起南阳迄留城百四十一里有奇；疏旧渠，起留城迄今境山五十三里。建闸［九，减水闸］③十有六，为月河于闸之旁者六，为坝十有三，石坝一。堤于渠之两涯，以丈计者四万一千六百有奇，以里计者五十三。为石堤三十里，疏支河九十六里，堤六千三百四十六丈。而运道复通，由

① 原作“没”，据万历《徐州志》、万历《沛志》及夏镇现存碑刻改。

② 原作“其”，据万历《徐州志》、万历《沛志》及夏镇现存碑刻改。

③ 字据万历《徐州志》、万历《沛志》补。按：夏镇现存碑刻作“减水闸二十”。

徐达于济，舟行坦然，视旧加捷。阶惟国家建都燕蓟，百官六军之食，咸仰给于东南。漕运者，盖国之大计也。自海运罢，而舟之转漕，独兹一线之渠。其通与塞，又国之所谓大利大害也。河势悍而流浊，塞之则复决，浚之则辄淤。事在往代及先朝者姑弗论，即嘉靖间，疏筑之役屡矣，而卒未有数岁之宁。则今徙渠而避焉，诚计之所必出也。然当议之初上也，或以为方命，或以为厉民，哗之以众口，挠之以贵势，诬之以重谤，胁之以危言。于其时，公之身且不能自保，况敢冀渠之成哉？赖先皇帝明圣，不怒不疑，徐以公论付之谏臣，择两端之中，而因得夫远猷[①]之所在。由是，公始得竭智毕力，以竟其初志，而质其谋之非迂。然则兹渠之成，固公之功，实先皇帝成之也。昔禹受治水之命于尧，尽舍其前人湮塞之图，而创为疏导之说。彼其骤闻焉者，岂无或骇且谤乎？惟尧信之深、任之笃，至八年而不二，禹是以得建万世永赖之绩，奉玄圭以告厥成。则洪水底平，虽谓尧之功，可也。而虞夏之史臣与后世之文人学士咸知称禹，而莫知颂尧。呜呼！此尧之德所以为无能名也欤？洪惟先皇帝力持国是，以就兹渠，功德之隆，较之帝尧，可谓协矣。阶曩岁备员内阁，尝屡奉治河之谕。迩谢政南归，复得亲至新渠，睹其水工[②]而考论其事之始末，追感往昔，不知涕泗之交颐也。遂因公请，僭为之记，且以告夫修实录者。役始于四十四年十一月二十四日，成于次年九月初九日。用夫[③]九万一千有奇，银四十万。赞其议者，河道都御史孙公慎、潘公季驯；经理于其间者，工部郎中程道东、游季勋、沈子木、朱应时、涂渊，主事陈楠、李汶、吴善言、李承绪、王宜、唐炼、张纯，参政熊桴，副使梁梦龙、徐节、胡涌、张任、陈奎、李幼滋，佥事董文寀、黎德充、郭天禄、刘贽[④]，并列名左方。

① 原作“犹”，通“猷”，今从夏镇现存碑刻作“猷”。
② 万历《沛志》、本志、乾隆《徐州府志》作“工”，夏镇现存碑刻作“土”。
③ 原作“人”，据万历《徐州志》、万历《沛志》、夏镇现存碑刻改。
④ 原作“贤”，据万历《徐州志》、万历《沛志》、夏镇现存碑刻改。

徐州志卷之三十四

艺文七

明文三

沛县三河口龙王庙记

李邦珍

河之难治，古之人累言之。谓顺流利导，行所无事，治之善者也。然由其地，行其性，则功易施。若夫奔涛怒湍，沙水俱下，我适有渠横亘以阨厥冲，而地不能徙，又欲资水之我利，避沙之我堙，于此治之，非出古人所难之外者乎？今之三河口，固其所也。滕之东境，层岭沓涧[①]，霖潦水溢，自连青山而发，是为沙河。薛之故墟有三涌泉，曰薛谷，曰三山，曰魏庄，会而西下，是为薛河。两河之间，有玉华泉，渊深滥溢，岁出不穷，是为赶牛沟。三河交汇处曰口，西趋昭阳湖，殆百里而遥，流长势缓，稍余清泚，由荆沟口入旧渠，以济转漕，亦永有利矣。乃嘉靖乙丑，河决于沛，旧渠堙没。上廑圣念，特命工部尚书兼都察院吉州朱公衡往治之。公虚己咨询，议开新渠，自南阳经三河口，讫于留城，斥远冲啮，不与河争利。疏闻，制曰可。时大中丞吴兴潘公季驯实理河道，相与协心，讲求疏凿之故，而首以三河为计。盖洼之难于起，阜之难于深，皆可倍工取效；而三河之治之也，务利之归、害之去，势不可以兼善，难莫甚焉。时为山东左参政荆南熊公桴，尝官吴中，修水利，缮海防，茂彰绩望，俾分理之。公得三河口至鲇鱼泉地凡十里，星驰野宿，率万众贾力向役，劝勤倡惰，惠不掩威，浚深凿坚，旋将竣事。顾三河不易为力，搜壑穷源，心思是竭，质成二老，务裨永图。上下其谋虑，经时弗决。忽一日，二老移檄同文，与公之情相吻合。遂去渠数里，筑长堤，遏沙河之冲；沿渠则断以高坝，相视上流，疏某口，某口泄其水于某湖，北合鲇鱼泉，以济新渠。盖逶迤其势，与趋昭阳、出荆沟者同意也。赶牛沟之口则筑塞之，折其流南会于薛河。薛河之口则筑石坝稍昂之，使水溢出而泥滓不得俱下。凡水土木石之工，费以巨万，而始克报竣。值秋三雨，水三溢，水如所处，尽得厥利，而害卒以远。熊公不

① 原作“阔”，据万历《徐州志》、万历《沛志》改。

敢居其成，而颂美二老。朱公曰："余岂贪天之功哉？或神之启予衷也！第山川奠灵而辄有更置，盍祠之水口，以报飨之？"潘公闻[1]而趯然曰："异哉！余有先兆也。昨梦三神云：帝赐尔祉，当祠我于水西，固水口也！"熊公喜，以告其僚佥宪洛阳刘公贽。公曰："心之虚境，神之府也；身之虚境，天地之神所游也。吾有谋有猷，根之心之诚，则吾之神合天地之神，而所以成天下之务者，若或导之，是故思之。思之鬼神，通之人谋鬼谋，相参以成能，所谓吉事有像，有开必先是已。兹二老忠贞体国，忧勤至计，而熊公夙夜惕若，以求允济，则神之听之，发其明睿，出有嘉画，以毕此骏功。不有冥佑默相，而人力乃克臻此耶？"相与捐资建龙神之祠，为三河口之镇。时滕尹[2]吉安张君启元，以文学政事知名，于时克肩堤坝之筑，有劳于是役者，谓祠成当记之石，以表群公之德，昭神之贶，垂示百世，俾由渠而上下者，知所以治之之难。乃属余为辞。辞不获，辄叙次之，而系之言曰：

维河有神，禹则肇之。白马沉璧，灵庥乃滋。愍兹徐方，洪流斯震。民命胥沦，王会靡觐。帝命司空，水土是乘。勖哉祗事，副之中丞。翼翼司空，国之蓍蔡。桓桓中丞，桢干攸赖。戾止河滨，集议广思。参政乃来，协恭以维。相惟三河，新渠中贯。利则我济，淤亦我患。难之慎之，嘉画是资。久而通之，实神司之。乃堤乃坝，以宣以遏。疏筑互兴，水利用达。湜湜新渠，国之元脉。万方来廷，迈往靡忒。宣房徒侈，郑白匪俦。修缵禹功，千祀永休。功高不伐，归美于神。有炳神烈，景贶聿臻。肃肃庙貌，维神于妥。朕功勿忘，念哉元佐。

重修徐州五贤祠记

姜士昌

表章往哲，羽仪来者，乃典司风教第一事。然非名贤君子，廉顽激懦，身诚有之，则兹义之寥绝久矣，谁复咏高山仰止者？徐州旧有三贤祠，自正统元年创建，祀韩昌黎、苏文忠、陈后山三公。正德三年，增入杨龟山公，为四贤祠。嘉靖四十年，增入刘子政公，为五贤词。初，予三十年前以民部郎分司兹地，时过而祗谒焉。顾祠宇圮陋甚，重修而属予记者，淮徐观察使位宇袁君也。自君来徐方，使使问予山中。予报书曰："顷淮以北士民道经吾吴，述君治淮徐之政，盖前无往辙，后无来轸，右文贞教，更数数致意焉。犹忆徐方有韩昌黎诸公祠，今不审何若？又忆苏长公与杨元素书曰：'城北有刘子政墓，昔欲为起一祠堂，以水大不果。公若有余力成之，亦佳。'今不审能并表章否也？"君书来云："韩昌黎公祠，今偕刘子

① 原作"开"，据万历《徐州志》、万历《沛志》改。
② 原作"君"，据万历《沛志》卷十三《艺文》改。

政公而五，已改葺而更新矣。愿记五贤姓名镌之石，以示方来向往者。”夫徐方，居黄河汴泗间，历二千余年，为绾毂重地。无论前此豪华富贵，消沉于烟云陵谷无一存；即从来循吏功德于是邦，与乡之贤哲标表其乡人者何限，乃若日月在天、江河行地，为循吏名流冠冕者，仅仅此五贤也？缅惟开云驯鳄之诚、浮海投荒之节、却裘寒死之操、渊源伊洛之学、宗臣为国惓惓不忘之忠义，流风余韵，奋乎千百世之上者，岂寻常吏道、士行可仿佛其万一哉！袁君莅徐方，所为措注，与五贤不必尽同也。其丹忠素节，贞于金石而凛于雪霜者，则千载若符契也。今天下民日贫、赋日益，独淮徐百万姓沾从来未有之仁，岁减额征钱粮至六万三千七百有奇；垫高徐城暨街衢，令徐民频年苦水者永无为鱼之叹；造浮桥黄河之涘，俾流沫之险悉奠于安澜，行旅居民褰裳而渡者永无虑沉溺；赈饥青徐流亡转徙之众，发肤不惜，而以矫诏去不辞，起白骨而肉之至数百万，则尤公政之大者。数百年后，并五贤而六，亦可也！抑予考史传，楚两龚并彭城人，龚胜抗节尤奇，其精忠不减刘子政。将来倘以胜并子政俎豆，亦表俗维风之大者，不识君以为然否？因并识于此，以谂徐方士民焉！

双沟关王庙碑记

冯敏功

隆庆庚午秋八月，河决于睢宁，行田庐间，故道淤，转漕路绝。次年，大中丞潘公督诸司道治之，塞诸决口，浚故道，夹河而堤之，殚悉区画，河乃复故，转漕复通。当是时，河患在邳、睢，故所治独详于邳、睢。睢以上，在徐、灵境者犹仍故事，州邑缮御。公将议并筑之，未遑也。秋七月望，伏秋水大至，决双沟。其下连九岭诸山河，幸无他徙，而民病昏垫，禾豆漂溺。公自下流棹小舟，躬亲经度。水急，不可溯，进尺却寻。日夕，风雨至，舟掣入口，猛迅奔射，舟人不知所为，左右皆号泣，舟子亦泣。公正色止之曰：“舟覆，我且先溺，若何泣为？”是时，风雨益狂，两涯候公者股栗徬徨，不复知公所也。顷之，舟若浅胶，众始稍稍定，急呼他舟至，秉炬视之，则一树倒浸水中，两枝负舟其上，风雨亦随息。公乃得渡。小憩间，忽梦有擐金甲、赤颜而长髯者，若指示公出险状。觉而语人，侦之，果不得树。公曰：“脱我于鱼腹者，必关王也！”即以所渡决口深广，计调工科。翌日大集，役乃作。甫旬而决塞，民得平土而居。因即其地建祠而祀之，识不忘也。余惟天地间，亘千古而不磨、旷世而相感者，惟正气也。王在汉以忠义著称，而其不泯之精英，历朝犹以庇民，代致褒异。徐邳间乃其驻守之地，其精灵英爽，必有钟聚于此者。公之竭劳尽瘁，济国拯民，皆非常之业，故阴脱公于难，亦以非常示之。不然，水中之树，往往败舟，何乃以济公哉？河复成于公，而翊公以成河者，神实成之；昏垫之民复生于公，而翊公以再生此民者，神实生之。正气相感，千载如见。双沟之祀王也，与俎豆潘公何异哉？潘公名季驯，浙之乌程人。神祠凡五楹，前门三楹，后寝五楹，周缭以垣，凡三十[①]丈。经始于三月十三日，落成于九月望日。因并记之。

新迁庙学记

冯敏功

徐，故彭城郡，用武地也。汉晋而下，若韦孟、刘更生、龚胜、张昭、刘隗、孝绰、知几诸人，冥搜玄骋，翼道传经，劲气直节，扶纲植纪，后先相望焉。盖山川融会，风气攸钟，其代有杰人，亦地灵使然也。旧有学，在州治东南，其后洪水乖城，淤沙日垫，学宫居泽，若盘盂然。少司空余姚翁公行部至徐，病其卑隘弗称也。升高凝睇，四顾踟蹰，见西南诸山迤逦而来，跃为云龙，翔于凤皇，驰于戏马，蜿蜒入城，历州治而东，土脉隆起，东尽于城而逼于河滨。公曰："是谓势来形止，山川之所界也，风气之所结也，是最吉。"乃仓储故地，遂谋于仓部大梁朱君，易而授宫焉。抚大中丞临川陈公、临海王公，河大中丞归安潘公、少司马南昌万公，按使者宁乡王公、汾州张公，协志崇教，饬工佐材；而州守章子世祯、刘子顺之相继效劳，群工乃作。中为文庙，正殿五楹，东西两庑各十二楹。庑之东北为神库，西北为神厨。前为戟门，门之左为启圣祠，右为五贤、名宦、乡贤三祠。又前为泮池，跨石梁。又前为棂星门，前为儒林街。街之南为文明坊，街之左为育才坊，街之右为兴贤坊。文明坊之前为莲池。文庙之北为明伦堂，东西为斋各十二楹。堂之北为敬一亭，又北为尊经阁。堂之右为学正廨一、训导廨一，堂之左为训导廨二。而学之门，则直训廨而南，共适儒林街。缭以周垣，东西四十丈，南北三十六丈。地址之恢，黉宇之壮，视旧宫有侈焉。于是应壁耸左，郡谯埒右，云龙峙前，汴河绕后，而黄楼背护，俯雉昂霄，莲池清漪，袭芳铺丽，群山映翠，环水为清，诚形胜之要区而文明之奥宅也。是役也，经始于隆庆己巳冬，竣于万历癸酉春。功承乏徐臬，乐观厥成，诸士属之言。窃闻山处者，其人多劲直，其敝也峭急而少文；水处者，其人多文秀，其敝也浮靡而少实。徐山水甲天下，而直节文艺之士，犹有古先英哲之余风，固彬彬若是盛矣。然峭直浮靡，间有不免，则变化气质，以适于中和，是在诸士子学问之功耳。其尚懋修华实，用广思皇，追踪先哲，以无负诸公作兴之盛心，其于山川尚亦有光哉，其于斯役尚亦有光哉！

---

① 原作“千”，据万历《徐州志》改。

徐州三义庙记（隆庆）

冯敏功

徐为汉室始终之地。高帝起沛，为徐属邑，今有庙在徐东南隅。昭烈首事，即牧徐州，观其救陶谦、破袁术、袭车胄、拒曹操，下救民命，上振皇纲，云长、翼德相与左右，匡襄以建大业。且其仗节归汉，伸威擒布，平生义勇之最著，皆在此地。今其英风义烈，照耀千古，虽遐方僻壤，犹思慕崇奉之不衰，矧此乃其精神心术之所聚，流风余泽犹有可想像其遗。向者无祠宇以栖神，甚非所以扬先烈而昭永思也。敏功奉命来备徐臬，窃愿有举焉，属河务旁午，未遑也。会州守刘子顺之自四会来，有感于云长之梦，相与谋饬其祀，遂卜城南台头寺山之巅，建庙而祠之。中为正殿，表君臣也。左为特庙，昭灵异也。后为寝宫，示晏息也。右为招贤，崇教化也。前为门坊，肃瞻视也。旁为丛庐，司典守也。缭以周垣，卫严邃也。向于西南，指巴蜀也。前为戏马，时武事也。又前为云龙，郁佳气也。庶民子来，食旧德也。成不逾时，从民愿也。盖惟昭烈君臣功德之在人者，旷百世而未泯，故百世之下，人心一有感触，即奔走敬祀之恐后，有若或使之而不容已者。夫昭烈立业于艰难之际，拯民于水火之中。当其时，虽至于颠连濒死，而不忍弃民。其视民生之垫危，诚有不忍恝然不为之援者。当时兵燹之患，犹有及不及；今此徐民，固即昭烈之遗民，而洪水为灾，千里一壑，室荡沙埋，聊生无计，使昭烈君臣见之，不知又当何如？其为心也，则所以捍民灾、御民患，当有默佑于冥冥之中者，宜乎徐民之欲报功德于无忘也。凡我有官兹土者，其尚体神之心为心而布其德，谋除其灾患，为古先哲王爱养其遗民，则神必为之佐其行事而默相其成；如或贪纵怠荒，自底弗类，以伤先王之遗民，则神必将为我民而殛之矣。然则登斯庙也，瞻斯像也，其能无惕乎哉？斯固神阴骘下民之意，而亦徐民崇祀之心也。因书此，以告后之职兹土者。

忠孝祠记

倪民望

沛故有颜公祠，祀先令颜公瓌也。公令邑时，靖难兵进逼，殊死力守。援绝，属子有为归事大父，自赋诗题御史院壁曰：“太守诸公鉴此情，只因国难未能平。丹心不改人臣节，青史谁书县令名。一木岂能支大厦，三军空拟作长城。吾徒虽死终无憾，愿采民风达圣明。”赋罢，衣冠南望拜，自经。有为亦自刎以从。及城降，邑簿若尉唐子清、黄谦皆不屈，死于难。天下闻而壮之。邑人思公，为建祠祀，合而四节，兼名“四贤祠”。从其著，又名“忠孝祠”云。祠岁久圮，邑学博邵君华翰，及迁去史君思贤，始欲捐俸易以新，筹于摄邑张丞，多方为料理，未克就。余承乏来兹土，相厥成而祀始称。既成，博士诸弟子请碑之。倪子曰：余至沛，盖游歌风之台，而览颜公肇祀之区云。尝思文皇帝欲用练子宁、黄子澄辈，而汉祖必杀丁公，俯仰今古，作而叹曰：嗟乎！此逆顺之感而厚薄之应也。夫士平居学古诵、法忠义，岂无慨然自许者？及当事局，情境变迁，难言矣！非利害之择战其中，而卒莫之胜乎？至有传舍视去旧，而比于周周蛩蛩之不如者，薄亦甚矣。有国者何利若人用之哉？乃练、黄烈矣！文皇帝盖曰："若在，则朕固当用之。"呜呼！帝德至矣，岂非以宁等之厚，欲以厚道风天下乎？若颜公者，以城守不守为存亡，而一死以见厥志，固亦练、黄之匹，伟然烈丈夫也，利害得入其中乎？当其时若在，将文皇所必用矣。且其子非有官守，僚若簿、尉非寄专城，意颜公之教之倡，与蹈死如归，要俱非利害所动者，不可谓非夫[1]也！而君臣、父子、朋友之彝，一举兼惇矣，皆厚之道也。今上即位，诏表忠义，首及靖难诸臣，举文皇思用[2]练、黄之语以劝，而诸臣有余耀焉。即如颜公数子之义，又非上所必予者乎？祠而祝之，独土人之思之？故遵明诏，崇厚道也。呜呼！此义行，怀二心为自薄者无所得矣。系之词曰：

於赫天兵，靡坚弗折。淮徐上游，矧谓援绝。守土裔谁，曰自鲁公。孤城抗志，凛凛遗风。为臣死忠，为子死孝。僚友之倡，家庭之教。献身成信，留壁赋诗。从容仿佛，有赞存衣。地纪天纲，赖以立国。猗[3]与汉乡，山川生色。圣神践祚，爰表忠贞。黄练同归，死有余荣。泮宫之南，河水弥弥。相厥崇基，堂户再启。有俨来临，有风凄其。愧彼二心，福我群黎。

砀山瑞麦颂（有序）

倪民望

圣天子新握乾符，敦礼耆硕，迎和劝耕。下诏正人心，儆官邪，皇极荡平。察人计吏，抡其尤异者，召见奖赉，风天下以教养实政。得人二十有五，砀山王令廷卿与焉，岂非希世之奇遘哉？令祇惧，矢报称，还省岁事。适二麦重颖，穑人告瑞，有一茎四穗至五穗者，三岐两岐无论焉，见者瞿然异之。夫砀滨黄河，频罹巨浸，胡为有是哉？良以为之上者协德宣和，潜消阴沴，故渔阳麦秀之歌，复见于芒砀旌异之后，讵非当宁宝贤育民之征应哉？昔成王厘成农官，来牟受明；吉人蔼蔼，茀禄永康，召公以为车马礼贤之致。我皇上冲龄践祚，志气清明，中外夹辅，俾尔弥性，庶几见之。今兹麦瑞，其至治开先者乎？尝考圣祖统天，麦瑞献于陕之宝鸡。今砀有宝鸡之瑞而莫之献，固盛世臣子忧世之道宜尔也，独可无言以纪之

---

① 原作"天"，据万历《徐州志》改。

② 原作"甲"，据万历《徐州志》、万历《沛志》改。

③ 原作"倚"，径改。

欤？拜手稽首，僭效歌《豳》。颂曰：

於惟皇祖，肇兹丕基。来牟率育，瑞应宝鸡。受天之祐，太史摛词。绵绵丰芑，以燕以诒。迨我皇上，神圣冲资。勤民法祖，茂衍纯禧。礼耆旌卓，百工允厘。中外宁谧，品汇咸滋[①]。眷兹芒砀，大河之涯。洪流作沴，民用阻饥。帝命中丞，节镇抚绥。肃肃侍御，有美监司。循牧承宣，惠我烝黎。大和薰洽，绿遍新菑。芃芃者麦，载见多岐。黄云荏苒，翠浪纷披。三事成始，九谷其宜。丰年穰穰，帝力何知。足民裕国，永祚雍熙。明明天子，万寿无期！

清风烈女潭碑

杨为栋

烈女，窭人子也，不详何许人。年将笄，随父母侨寓夏镇之城南。窭人故匮于资斧，业攻皮自给。女、妻佣针工佐之，无谠言。居亡何，会甲午岁大祲，里闬饥死者，道殣相望，殍以泽量。窭人度不能俱存，谋鬻女，弗售，以鬻于娼。母知，告女，女拊膺大痛，赴潭水殁，母从之。於戏痛哉！是女也，义不受辱，视死如归。慷慨激烈之气，憯天地而泣鬼神；纯白晶莹之标，凛霜日而映冰玉，何其烈哉！夫捐生就义，惟俶傥奇杰者称焉；而矜名褆节，或可望于学问义理之儒。彼流离寡昧之处女，殆非其质矣。乃能果于自裁，非夫皭然之性出于天，卓然之识敻乎群者，曷克臻此？顾其遇之不辰，则有可悼恫焉者！以彼其行，即古淑女，奚以尚焉？籍令有君子者逑之，固当以贤媛名云，胡笄而未字，可为悼恫者此也！不然，即鬻于娼，闾右素封之家能怜而赎之，以俪厥良，庶此女身命俱全，何解骖之义、嫁孤之仁，竟无行古道焉者？可为悼恫者此也！虽然，美人尘土，何代无之？与草木同尽，亦复何限？独此女不蔑身，不隳名，盖天以大节付之，乌问乎遇之幸不幸哉？是故等一死耳，苟得当焉，即泰山埒重。此女一死，重泰山已！惜当时采风者不及其姓氏，遂湮灭无传，良令志士感怆。予行水兹土，耳其事于乡荐绅父老，恻恻叹息者久之，曰："有是哉，女之烈也，可以风矣！朝廷首重风教，岁遣部使者搜奥渫[②]瑰行，核实以闻。而此女之烈，章章如是，盍纪诸石，以需巨典？"于是勒石潭水之干，名其潭曰"清风"，而吊之以辞。辞曰：

彼美者姝称婵媛，精姿郁郁双南锟。生也不辰托蓬门，笄而未字迍尘樊。一朝大祲毒郊原，嗷嗷骨肉难俱存。隋珠轻掷空含冤，携持母氏啼声喧。吁嗟一片荆山璠，宁同瓦砾淆清浑。褰裳一跃沉深源，愁云霮䨴天日昏。气作洪涛水为喷，坚操

① 原作"兹"，据万历《徐州志》改。
② 原作"深"，据万历《沛志》卷十三《艺文》改。

壁立支昆仑。水滨岁岁长青蘩，想应清淑蟠灵根。溜澌日夜鸣潺湲，若为[①]泉壤声鸣吞。道傍芳骨累新墦，杜宇年来啼血痕。可怜新鬼哭荒村，时序何人荐赤蘡。我来行水驻辎軿，闻之酸鼻吊丘园。采芼[②]斠水奠香魂，汨罗湛露首阳荪。魂兮仿佛聆我言，古今死者难俱论。繄惟贞烈可永存，为勒贞珉志勿谖。

东华山碑记

万恭

丰沛之间，平原千里，亡有峻坂崇冈。徐州诸阜之北，峙为华山，高三百尺有奇，曳尾联诸丰，骧首接诸徐，若黑子之着面。上产蒙山茶，下悬岩洞，为归云，为偃月，为来薰，实钟沛公。沛公都长安，为新丰，而以所生丰为旧丰；长安有华山，亦令丰有华山。盖以旧丰尊新丰，又以长安之华山尊汤沐邑之华山，重本始也。嘉靖间，河灌丰邑，治尽圮，则徙邑于华山，环而居数年。民乐故土，尽心思北归，复弃华山而邑诸故丰。隆庆六年，余以左司马治水徐、邳、丰、沛间，惧河北决坏饷道，为常山蛇堤，延袤二百余里，倚华山而缕旃。河亡横流，民鲜漂没。余乃循堤登华山之巅，以东望齐滕，南仰凤泗，西盼宋卫，北瞻岱宗。诸阜若揖者，若拱者，若顾者，若留者，沨沨乎有《大风》之思焉。壮哉山河犹故也，乃泗上亭长安在哉？威加海内归故乡者又安在哉？华山求复为汤沐邑巨镇，令父老［且］感、且爱、且恋、且重焉，不可复得矣。岂惟不［且］[③]感、且爱、且恋、且重之，即求不为民所烧石、伐岩、堙洞，摧其巅而戕其麓，亦不可复得矣，岂不悲哉！余特为封华山，令有司曰："所有烧石、伐岩、堙洞，摧巅而戕麓者，罚无赦！"而华山始得保一朝之命。鸣呼！山灵不失故吾，犹在昔能翼蔽沛公，贵与长安华山并；乃今仅仅为邑城不能保，又失之，贱与丘垤并。山灵其若之何？犹幸余以河患，倚山而缕之堤。耆老不爱山，而奈何不爱堤而自固乎？山灵有知，其尚自爱，拥堤以自卫而卫民，则父老爱之，当万倍于长安之拥虚名、徒为沛公之所尊者。

重修石堤记（隆庆）

万恭

黄河经流中国，故道大都三变焉。赵宋前，自龙门而下，会沁水，历大伾，或经大名、河间，或道修武，下卫河，皆东注于青州之海。此北道也，时则患在河

① 底本漫漶，据万历《沛志》补。

② 原作"毛"，径改。

③ 以上二处"且"字，据万历《徐州志》补。按：顺治《丰县志》作"感且爱、恋且重"，复删一"且"字。

北。赵宋都汴，遵卫河为玉河，恐黄河伤之，遂堤大樊，排沁入河。河势大炽，乃南决，穿宋、郑，或出颍、昌，或出寿春，会长淮而注于扬州之海。此南道也，时则患在河南。我朝饷道不藉之，而徒以汶、泗、沂河之水灌而输旃，故徐邳之间有青田浅、白浪浅，出清河，特航河而达淮扬。正统以后，条行河南，条析徐邳，而徐邳旧渠遂博，青田、白浪不虞浅阻，饷道大利，然河身故在河南也。嘉靖中，河南故道悉湮，而全河尽注徐邳。此东道也，时则患在徐邳。而吕梁夏秋黄水注荡，莫之谁何。梁王城南至下邳，庐殚为河，田殚成渊。治水使咸委之曰天灾流行，直束手避之耳。隆庆壬申，余以总河至，都水黄君猷吉以治吕梁。至秋，河水大灌吕梁城。黄君以居民避入山麓，已乃循山林而望之，则吕梁者，徐方之门户而下邳之头颅也。明年癸酉，白余以洪夫锢石为堤五百丈，而城以南至下邳百里悉为平陆，稼穑蔽野，岁以大稔。皆德黄君而多石堤之功。又明年甲戌，再白余以洪夫锢城北石堤三百七十丈，又北联梁王城石堤而楗诸风冠山之麓七十丈，又锢城西旧堤三百丈，又议锢城南新堤三百八十丈。余以病返，初服舣金龙之祠，憩九宫之台，陟梁王之城，登风冠之巅，以北望徐方，南睇下邳，则黄河若带，石堤若墉。薰风时来，麦秋大至，如茨者、如梁者、如栉者、如坻与京者，注吕梁城而下长亩而登之。梁民曰："堵我洪涛，锡我年丰，谁之功?"邳民曰："蔽我头颅，成我稼穑，谁之力?"余为之拊膺高蹈，曰："固我上游，泽我下流，唯帝之休！"黄君曰："记诸。"余因忆西汉故事：有凿山空洞、引水灌田数万顷者，惧其久而湮也，则窍洞瘗钱百万缗。历数百祀，而洞湮、田无溉，乃修洞而得所瘗缗钱，用其半而洞成，溉田若故；而复瘗其半纳窍中，以待百世而下之修洞者。嗟，古惠人意深长乃尔哉！黄君为石堤，缭城十余里，役夫为工，凿石为材，烧石为粉，梁民不烦负荷，不费瓶粟，不惊鸡犬，而坐享千百世平成之利，波及下邳。而复纪诸贞珉，以永千百世平成之业，此古惠人窍洞瘗钱意也。呜呼！我吕梁父老子弟，其绎思之哉！

夏镇新河工成记

雷礼

嘉靖四十四年秋七月，黄河大水异常，淤塞庞家屯，从华山入飞云桥，分七股奔趋沽、沛，自谷亭至境山旧运河数百里，遍成巨浸，漕挽梗阻。仰廑世宗轸忧，知大司寇镇山朱公可任，特改大司空兼都御史，总理河漕。至则水势弥漫，无处著足。集河道抚按及司道等官，佥议上源既难分导，沽、沛一带又湮没不能施工，独南阳至留城在昭阳湖东，地势高，黄水之患可免。先年，上纳司寇胡端敏公建议，敕都御史盛公应期开凿，以异议中止，其遗迹人力可施。具疏，下工部，题准改凿接旧河。于时，不便己私者腾谤。仰荷圣明洞察，敕给谏何君起鸣相勘。何备奏旧河虽复，利去害存；新河工犹可加，害小利多。旨下九卿科道会议，佥同。公感激，殚心思不计昼夜，经画筑堤建闸，竟底绩，凡一百四十一里余。复修理留城至境山凡五十三里。又因薛、沙二水为患，各开支河以杀其势，筑大坝以障其流。凡所以为新河久远计者，纤悉备至。即今漕艘通行无滞，害去利集，人以是服公用意之远云。予告老南行，备阅河工。水部郎涂渊等，同兖州太守张君文渊，以予赞成于内，宜记其事。予闻善治水者莫如禹，禹疏九河，不过顺水之性而已。三代以降，惟汉贾让有云："不与水争咫尺之地。"宋欧阳修有云："河流已弃之故道难复。"盖诚通达事体者也。我国家治河，欲资其利通漕，非昔比；而河徙不常，自古为然，即如嘉靖以来，冲决凡八处矣。而纷纷持异议者，乃欲疏上源、复旧河，是贾让不与争者而欲争之、欧阳修称难复者而欲复之，宁无凿乎禹智耶？况沽、沛低下，黄水自西而东，越闸河，奔入昭阳湖，水去沙停，旋挑旋淤，则难与争利、复故道，较然可晰。而端敏公之初议，与公之成功，岂漫无远虑者哉！夫睹河者思禹绩，以乂安烝民，万世永赖也。公［奋］[①]贞亮，秉节自信，为国家建不朽远猷，遭逢世宗乾断于上，不惑浮议，使辅臣与予亦得以赞公于成，变鱼鳖之区为菽粟之场，万年漕饷亦永赖之。是皆公心禹之心，能置异议不阻，大禹神灵岂无默相于其间乎？《书》云："劝之以九歌，俾勿坏。"是宜纪功叙遗，后来者所以嗣守云。

徐州护城堤记

张鹤鸣

宋元祐间，黄水突至，城不浸者三版。适东坡守徐，多方防护，城赖以全。及水涸，乃构黄楼以厌之。复筑堤，由城南门以达云龙山麓，用戒不虞。徐之城在宋已危矣，而今之河益非宋之河也。昔出荥泽由寿州入淮，出祥符由怀远入淮，近以陵寝故塞。全河之水统由秦沟，直射城之东北，倾泻南下二洪。［泥沙］[②]停壅，河身渐高，由外视城，形如仰釜。每夏秋之交，巨浸周遭，风鼓洪涛，势凭吞吐。浸灌既久，土脉皆润，地泉涌出，不雨而溢。于斯时也，孤城屹立，人人惟鱼鳖是惧。万历初载，中阳舒公总宪于徐，下车阅城，惊谓郡守刘侯曰："徐为天下襟喉，而洪水一至，被地浮天，所恃以全，惟此城也。今破碎如此，万一决裂，祸延元元，不知谁执其咎？宜筑护堤，以捍其外。"侯应曰："顺之夙有是心矣，苦于无备。二年以来，所省不经之费储之官帑者二千五百金有奇，于用恐未充，奈之何？"

---

① 字据万历《徐州志》补。
② 二字据万历《徐州志》补。

公曰："篮事之后，当别为区画。不可以时绌而濡迟也。"惟时晋阳张公为计部使者，公语之曰："徐之城，军民错处也；堤之筑，军民举安也。请以军便二千金助。至于力役，民劳其七，军劳其三，则其事易集矣。"晋阳公曰："诺！"议既克合，公遂与侯登陟相度，务为一劳永逸之图。四周共二千六十四丈。自城东南转角楼以迄东门，自鄢家巷以迄四大王庙，堤以石甃者一百七十五丈。自小土山东麓以迄城东南之板桥，自黄茅冈绕西门，经洪福寺以迄鄢家巷，自四大王庙以至东门，堤以土筑者一千七百丈。其尺度之高下，基面之广狭，石者与土异，当水冲者与漫流处异，地势高者与卑下者异。若堤之近水者，多用汉人筑瓠子法，以竹笼贮石，盘护堤根，以防冲啮。又自城西北隅迤至东南，城下制濠，制水柜以泄城内之水。即东南转角楼之下，为减水闸一座，以时蓄泄。因户出夫，凡役夫以四千六百五十名计。夫役日给之食，各艺给食而兼其直，加以竹木铁石，费五千两有奇金计。经始于万历二年季秋，告成于明年季春，间以沍寒休暇者凡一月而讫事也。方公与侯之肇斯举也，士民群然哗曰："洪水滔天，民不堪命。食无所需，居无所定。妄兴大役，卒劳百姓。"公曰："人情难与虑始，当勿为摇也。"侯曰："以民事而任怨，顺之诚甘之！"遂毅行无沮。既而夫[①]役之直，日可食二人；各艺之直，日可食三人。兴造之中，阴寓救荒之策。民始欣欣焉，子来之恐后也，不日告成。逶迤亥亘云龙之麓，若白虎列序而蹲踞[②]也；汴泗洪流，若苍龙承隅而蚴蟉[③]也。有基无坏，我墉言言。凡厥人士，瞻眺裴徊。属张子鹤鸣而记之如左。

徐州迁儒学记

张瑞图

徐州之学，盖三迁而始得吉卜云。当胜国时，在城东南。其迁而之东北也，自洪武二年始也。嘉、隆之际，黄河频决，延入城中，学宫以基洼成沼，乃更迁而北，盖以永福仓址为之，自隆庆三年始也。迩者河身益高，水亦不时决，决亦益壮，学宫洼仍故，每遇伏秋水涨，师儒辄惊沟壑。当事者顾瞻咨嗟，虑无不更新是图，而束于力诎，未遑也。会宪副袁公饬兵于徐，既视学，喟然叹曰："此大圣之所栖神而诸士之所游肄也，何沉淹至此耶？即使县官璧马罔效，畚锸未央，急则治标，吾诚不能以学与河争财，然终不可以俎豆之区、弦诵之业委之于壑！"适徐左卫倾圮，址颇高阜，形家佥谓其地利利文，于是谋之州守张正纲，于赎锾得若干，更悉心旁画，议改作。上之当道，报可。乃鸠工庀材，伐石陶甓，檄吏目烟可爱、

① 原作"大"，径改。
② 原作"跧踞"，参万历《徐州志》改。
③ 原作"蟉"，据万历、顺治《徐州志》改。

里人经历吴登高、县丞孙鲲董其事，而学正周子宪时、训导周子之冕辈相与协赞之。首建文庙，次及两庑。又南为戟门，东为名宦祠，西为乡贤祠，前为泮池，又前为棂星门。池以东为启圣祠，西为敬一亭。殿之东为神厨库，殿之西为明伦堂，东西斋房相向。堂之北为尊经阁，阁之东为学官宅。周以缭垣，而总括之学门。经始于万历甲寅之秋，迄冬落成。高明爽垲，焕乎改观。从兹以往，可无虞水矣。既竣事，而学博四君寄状不佞山中，曰："敢徼惠于君之犹子，乞一言以诏徐之士衿，而表袁公之伐。"盖州守正纲，予兄子也。谊不敢辞，乃拜手言曰：夫徐之学宫，何以再徙？非以违水患故耶？则请与诸士言水，以当三隅之反。水之为害，卑则承之，高则免矣。士之自立，亦犹是也。世俗移人，谁能不波？其始讹也，若有物挟之而来，滔荡漫瀚，使人褰裳濡足而就之，浸假而渐渍焉，汩没焉，使人灭足没踋，蹩躠跉踔而不能出。夫惟圣人之道，污而逾净，泥而不滓。自非圣人，入于淖而言蝉蜕者，谬也！夫子曰："螭游乎浊而食乎清，鱼游乎浊而食乎浊。吾其为螭乎？"故惟圣人能具螭德耳，世之不为鱼者鲜矣。宋人有言："贤人之道，必抗而自高。"向以为滞言，今以为至论。昔者，夫子不得中行而思狂狷。夫嘐嘐踽踽，圣人何取焉？取其进必为古人，退必不为今人，其自处之高，断不渐渍汩没于世俗也。圣人之所痛绝者，在于无非无刺之乡原。乡原之学问，不为不深，非渐渍汩没者可比。圣人恶其不自振拔，而欲以其同流合污者混于圣人，为与于渐渍汩没之甚者也。徐之为国，密迩邹鲁，自汉以来，名儒辈兴。焦赣、施雠之于《易》，通汉、庆普之于《礼》，千秋、周庆之于《春秋》，通经学者，代不乏人。第综其终始，章句训故，奉专门、不背师说而已；立身行己，旧史无称焉。其于圣人之学，将无得其皮而遗其骨耶？诸士懋哉！夫恶湿者无居下，无坏者贵有基，诸士于是役也，可以观，可以兴矣！

奎山塔碑记

张瑞图

夫徐，陪京一大都会也。曩不佞计偕北上，观冈岭之四合，溯汴泗之交流，郁郁苍苍，浩浩弥弥。因访吕梁，挹黄楼，按刘项战争故处，为低徊者久之。而州治之东南，一塔硉矶，亘地凌空，盖迩年所肇创者，余心异以为壮观，而征夫尘鞅，犹未遑询其始末也。嗣不佞滥竽中秘，假沐抵里门，而余侄正纲来守是邦，不佞亦驱车还朝。道出彭城，余侄迎车入署邸，作家人礼。因抵掌道及谣俗与夫山川形胜，乃知所为塔者在奎山，为州中里人御史万公捐数万缗而倡，邦之人共成之者也。余讯之曰："浮图本于释氏，按贝叶经，以为人身七宝之喻。而其藏舍利之说，则昉于孙仲谋。而其后阿育遍役沙界，造浮图八万四千，分播众刹，以奠震旦，而禅林绀宇，塔建滋多于是矣。万公毋乃为州人广福利，而为祝厘之举与?”曰：“唯唯，否否。万公之为意，渊矣！徐地故尚气节，《志》称‘霸者余习’，而喑哑叱咤之俗犹有存者，乃人文独寥寥也。堪舆之说，虽儒家不道，盖尝考流泉之观、阴阳之相、维龟之卜，建邦置学，往往重之。则神道设教，古圣人且不废茀。兹塔建于奎山。奎，文星也，于地东南。东，震方也；南，离方也。云蒸雷奋，炎精景耀，与奎宿会。远而眺之，若浮鳌，若飞鹫，若彩笔干霄、兀柱擎天之象。地形、人文参以相得，慈恩、雁塔流艳至今，是何多让焉?万公盖为启文明、兴材士，而借塔以为之符耳。且州治龙脉从坤，九嶷为主，石佛宾之，翼以盘马[1]、荆山、鸡鸣、圣女，逦递而止于吕梁山。虽众巘竞秀，而脉以河断，若缺从龙之水。泗水流从齐鲁，汴水流从汴洛，至州城而合汇，以入于淮。二洪值之，涛涌澎湖，流沫千里，若奔若驰，襟带之势固绌焉。自塔建，而缺者以补，流者以挽，麓环川抱，浮青伞碧，气象万千，风气完固，而徐之山川城廓焕然改观，而人文于兹益启矣！万公之为州人计，至深且远，而奚啻如释氏广福布利之说也?昔苏文忠公守徐州，适河水浩决，民几为鱼。苏公躬督长堤，增城橹，以捍水患，其功抵今赖之。黄楼岿然，世世勿坏也。苏公之堤以御民灾，万公之塔以开人文，堤于东北，塔于东南，宦绩乡誉，两峙交映。万公之名，当与文忠公之声而俱无尽。叔父为文章墨守，可无一言以纪盛事?”不佞敬诺，而马首仓皇，未能也。抵都再阅月，百酬稍闲，乃获授简焉。张子曰：纪传所称补天奠极之说，虽惝恍不可稽，然圣贤之裁成辅相，其举念与天地通，则理之可必者也。且夫豨韦而降，谁能不波?滔滔者天下皆是也。余登云龙，望奎山之塔，摩苍碍日，屹然有砥柱末流之思焉。他日徐之人文勃兴，推原所自，将称之曰“万御史之塔”，乃不佞又因是塔而知万公之所以为御史矣。塔工始于万历壬寅年八月初十日，竣于丙午年十月十五日，五载而始告成。为级者七，为尺者百，为费计二千两有奇。万公题之曰“挺峰回秀”。万公名崇德，监察御史，州中人。余侄名正纲，晋江人。

创修砖城记

陈文燧

按丰，故宋地，去彭城西北[百][2]五十里。华山控其前，泡水环其后，鱼台、单父相参错，旷野平原，寥邈无际，固胜地哉！而赤帝子四百年王气，实发祥于兹也。予自万历丁亥奉玺书备淮徐兵，以省方入其境，顾瞻芒砀、东华，巉岩崒嵂，

① 原作“马盘”，据文义乙正。
② 字据顺治《丰县志》卷十《艺文》补。

沨沨乎有大风之思焉。方其起丰沛，入函关，定三秦，鞭笞天下，讵不称雄杰？乃归休汤沐，声歌慷慨，又思得猛士守四方，讵不谓虎豹在山，即令藜藿不采乎？然不知守以士，士以猛，猛有时屈，力有时穷，拔山盖世亦垓下虏[①]耳！然则重门击柝，设险守国，奈之何其可废也？县城自炎汉而后，以迄我明，屡迫河患。嘉靖初，崎岖东徙。已复故处，重堤外维，昏垫渐远，而日就倾圮，终非长策。予揖长令费君，语之曰："邑无坚城，脱岁恶不入，刁斗一惊，其将谓何？"费君曰："公不忘我丰屏翰，敢不征缮以听事期！"乃率其丞史度高广，而差其徒佣财糗，谋于耆父老。耆父老欣然，愿计亩输砖，讫工而止。费君曰："吾不忍独烦民也。邑中旧有官田若干亩，若等共市之，用辑群材而饩佣作。"上下佥同。乃奏记总制与台察，俱如议。费君身先率作，计日课工。四境之埴，肩负辇载者，踵相错于城下。首东、南，次西、北，[四面][②]分番甃垒。各耆长竞督徒佣，晨夜展力。其楼橹，亦撤旧为新。凡六越月而告竣。辛卯，再行部，登城眺望，飞甍列雉，固若金汤。私念长民者，将社稷是藩，患弗为耳。以今观之，百堵坚峙，绸缪嶙峋，即前日之壤壁涂陵而风雨所圮者也；千雉森罗，密匝缭绕，即前日颓垣疏堑而蓁棘所蒙者也；中实外峭，险足凭而势不可仰，即前日烟雾晦冥之候鼪狸所上下而攀狎者也。今而后，邸署之错列，贡赋之蓄储，烝黎之托处，四方之走集，千万祀奠于斯，捍卫之益，其有涯哉？夫功成保障，足称不朽，而令方恐疲其民，民且恐劳其令，上下交相得，以树无前。不费公帑，不夺农时，寓内勤事之吏，指不多屈矣！予方捐币镪，犒事事者，环城数千人，拥遏不肯去。余曰："岂善后未备乎？"诸父老子弟曰："公自丁亥按兹，条革冗费几三千金。且进吾民，诏之勤俭宽忍，为生聚计长。公如约彀字，越三年，丰幸稔且穰，野无吠惊，吾侪愿见颜色。而又甃砌城郭，奠安百世。计十年前，城将圮，卜诸神。神示曰：'为长计，须用费。成城工，必徐公。'今公果成城，而费长君实主其事，岂天生二公为吾侪，而神预知也？吾侪不能为报，愿稽首以谢！"予谓："神说荒唐，不可究诘。信若曹所言，即丰所以城也，惟费君永肩初志，以抚若曹。若曹无弁髦予言，长养其子孙，丰且无城而险，士且不猛而守矣。矧崇墉仡仡，为旷古所未见之绪哉！"父老子弟稽首觞余，余为之觞费君。书门额，因纪颠末如此云。城广一千九百八十四步，高二十尺。门四：东曰望华，西曰障澜，南曰中阳，北曰大泽。角楼四，垛一千五百六十。是役也，灰木取诸宅亩之值者，费金一千四百六十九两有奇，砖以万计者六百五十有四，夫工以千计者六。自辛卯春三月始事，至秋八月报竣。邑簿林时藩、邑尉赵坦，督

① 原作"卤"，避夷狄胡虏讳改。今从顺治《丰县志》用本字。
② 二字据顺治《丰县志》补。

工官魏惟臣、高筹等，并有劳者，亦如例书之。费君名思箴，起家乡进士，楚荆门人。

新迁沛县治落成序

卢汝霑

今上三十六年，永宁李公以州刺史治沛之四载，新迁县治成。诸弟子美其事，以属霑俾效一言。辱在宇下，获与周旋，习知曩时水患，有感于公之成此匪易也。当洪水溃堤时，城内水深几一丈，居民咸出徙避之，室庐未尽圮者若晨星，然一顾阒无人焉。公方承命由虹尹调至，无县治可居。有进说于公者曰："迁夏镇便。"又或曰："迁南关便。"公皆谢之，曰："一时之垫溺可危也，后日之散亡尤可虑也。若迁夏镇，则举汉以来数千年之旧址委之草莽矣；迁南关，亦举城以南数千家之土著委之草莽矣。矧两地之民幸获安堵，一迁则诸所建置势将夺民地、坏民舍，是滋扰也，安可辄轻议徙？今惟是吊疾苦、赈流离，徐计所以兴复之耳！"于是昼则居城闉视事。几案之外，仅余跬步，吏胥立檐下待[1]命。每风雨至，无可避御，几案皆湿，而衣裾亦淋漓焉。日晏而退，住一孤馆，苍头执爨者立水中，终夜不敢息灯烛。时闻墙屋倾颓之声，二三童子相持而泣，公不以为苦。居二年所[2]，而水渐退，乃议兴作。以旧治逼城下，于法弗善。闻有吉壤，背负城而面开豁，在沮洳中，实五尺许方及平地，又三尺许方可成基，计广约数亩，计工约一年，计费约数千缗，为力甚艰。公毅然曰："不一劳者不永逸。业已新之，而不为百全计，可乎？"操一舟，挟堪舆往相度之。见者咸缩颈，莫敢一语，公屹不为阻。且以旧治朽蠹，俱无可用，凡陶瓦庀材，蠲俸不足，多方措置以佐之。不费公帑，不烦民间，而厘然具备。其鸠工集事也，躬自程督，露处于工作间，历严寒酷暑，目见畚锸之务，耳闻于喁之声，则欣然色喜，不以劳勚为辞。嗟嗟！世之以循良著称者不乏，然未有诚心质行、才谞挥霍如公者也。即今所迁形胜之美，规模之壮，结构之精，辉映一时，垂休百世，公之功不其伟欤！自公之始议兴作也，民亦归复故业，饶有力者葺治庐舍，而贫者亦于茅索绹完其盖藏。迨县治既成，而闾阎亦鳞次栉比，复还沛邑之旧矣。人知公新县治之功为大，而不知深思远虑、全民居之功为尤大也。去岁春，不佞初至，正直公经始之会，窃为公虑。今年夏，甫逾一期，工既竣事，颂落成矣，又深为公庆也。故不敢以不文辞，勉徇诸弟子之请而叙之。万历三十六年岁次戊申夏四月朔日，直隶徐州沛县儒学教谕卢汝霑谨撰。

---

① 原作"特"，径改。

② 所：大约。于数量词之后，表示约数。

沛县新迁县治记

张贞观

沛当黄河下流，冲蚀激射，夷陵断岭，沙漫土淤，率以为常。旧治面临泡水，乃父老相传去旧治西南一射许，今三官庙址为古城头。则泡水贯沛城，其来久矣。嘉靖壬寅，永年王公治始筑新城，南阻泡而东临泗，县治随逼近南子城。时以筑城、迁学二役一时并举，卒未议迁，意有待也。嗣丙午，贵溪周公泾始包城以砖，县治尚仍其旧。甲子，黄河北泛，冲泡湮泗，运且徙而东。今皇帝丁丑，河复泛，城几不保，赖南部马公鶡力捍获免。癸卯秋，黄河挟淫潦，卷地北趋，溃堤灌城，官舍民居胥沦于水。议者遂欲迁邑于戚，以避其锋。士民皇惑，莫知所定。会总河大中丞长垣李公行河过沛，登陴望曰："民即陷溺，城固屹然，关厢闾井，依然无恙。乘毁废，迁县治，就中以实之，在得人耳，何事迁戚?"顷，诸当道以沛频遭荡析，兴废起坠，非绵弱所克肩，爰简所部诸僚，得今邳郡守永宁李公，旋以虹尹迁知沛事。公至，则寄家民舍，寄身残[①]垣毁陴间，日图所以修护堤、新县治者。邑缙绅父老咸以为迁县便，不佞亦僭陈五利之说效之公。公是群议，遍牒诸当道，诸当道咸报可。徐太学生高君彭寿者，素擅堪舆家言，公延而礼之，得盛地于城之坎隅。其地水深且数尺，众病其功之莫施也。公毅然曰："天下容有难竟之功哉?顾任之何如耳!"爰诹日动众，畚土于城垣之外沉之水者。再逾岁，而基始就。地盖逾三十亩，称巨矣。念分治非人，无以征功稽效也。选邑民干济者十余曹，谓之曰："惟兹大役，岂一手足、一耳目之能办哉?尚其襄余不逮，而终底于成!"诸役奉命惟谨，鸠工集徒，晓夜趋事，即祁寒暑雨靡间。公亦谢众务，不时诣工所简视之。一砖瓦，一榱[②]桷，罔不凝精注念。诸匠之勤惰工拙，心谙目计，又无不人人效力、人人咋舌者。史称陶士行之治荆襄，诸葛武侯之理蜀，竹头木屑罔或弃，而贤愚佥忘其身者，公近之矣。是役也，经始于乙巳之夏，落成于戊申之春，时阅三岁。乃辇土垫基，居三之二；营堂宇、树垣墉，则甫满一期云。费出当道所捐助者十之五，出公所自刓划者亦十之五。不借财于帑藏，不殚力于闾阎，则公所为蒿目焦心者多矣。当公莅任时，首询不佞以兴革之要。不佞申臆曰："非常之事，恒待非常之人。当可为地，值得为之时，而不思为地方建不朽之业者，非夫也。"意不无厚望于公。公兹且有味余言，而力图不朽矣。亦知公所以图是之难乎?疮痍甫脱，众议沸腾，为高因卑，骇人视听，则持议难；库无朽贯，庾鲜陈积，民靡盖藏，时诎举盈，则筹费难；安陋就简，今古类然，力拂众心，独行己意，则任事

① 原作"茂"，据万历《沛志》改。
② 原作"榷"，径改。

难。公顾不难人之难，而独易己之易，则公之大过人也。公惟有过人之识，故群议不能挠；惟有过人之智，故繁费不能窘；惟有过人之才，故庶事不能困。树不拔之业而垂永世之名，厥有由矣。曩永年、贵溪两公，以筑城、迁学著，今公又以迁县显。沛人士所宜世世崇之畏垒者，将微三公，其谁与归？邑缙绅父老以公是举，实百年旷典，不可无纪以示后，爰授[1]简不佞，俾文而镵之石。

敷陈里甲条鞭审派疏

张贞观

臣本庸谫，谬以职掌，实叨耳目之司，一切民隐吏蠹，例当与闻。倘有所知，何敢终默？谨以里甲当议处者，为皇上陈之：自民间苦里甲，而后有条鞭之法。是条鞭之行，所以苏里甲之困也。然里甲之累有一分未除，则便是条鞭之行有一分未尽。但据所知，则固有已征鞭银而复役里甲者，亦有限年头役、名色，依然照旧佥派、私贴无算者。业已征其银而复役其身，是民昔之所苦者一，而今之所苦者二也。且头役、私帮出自见年，偏累犹昔，何称鞭法？臣尝备员山东，见鞭法之行，较若画一，民间大称苏息，何江北辄不同也？臣谓较若画一，既已改行鞭法，即当悉去见年。其间有重差，如提锁甲首、走递马匹之类，私帮之数视正额固多，俱应明鞭，不应暗贴；俱应派之合境，不应帮之里甲。至于官府一应供应之数，宁从其优，无过于减。仍严为申禁，必不使里甲复至私用，庶里胥之科扰可杜，而灾地之累苦亦尚可少舒矣。若徒上沽节省之空名，下受贴敛之实衬，是掩耳盗铃者类也，臣未见其可矣！审派大约三年两次，原为全用里甲佥派，头役中有私贴数倍者，恐致偏累，故为是以均。今悉改行鞭法，惟征差银户，则虽悬苦乐，颇无大异。物力消长，岂遽至月异而岁不同也？臣尝为令，备知扰民之最大者，无过均丈与审鞭。均丈一次，其费可抵半岁之粮；审鞭一次，其费可抵半岁之差。盖假升合而肆索求，指报丁而恣渔猎，里书积态，万不能免故也。至于粮差之派，每岁一更，亦只以便里胥之影那及奸顽之飞诡，而赤历多不经磨勘、繇票多不遍给发，其多寡轻重，要惟随人上下其手，而小民殆不能知其数也。臣谓审派之期，俱应以五年为则。以此年而审，即以此年而派。阖县差徭若干、粮银若干、米若干、丁若干、则若干、地若干，每丁若则该银若干、每顷若亩该银米若干，务要总撒磨算不差。仍将原派之数揭示民间，便民通知。或呈府道查验，照此的数登人繇票，人给一张，以便照数算纳。即随年遇有蠲贷，惟于大数减除；或随年遇有改折，另于本历外暂派；至随年遇有买卖地土，暂于本名下代征，通行五年审派，方许过割。庶上省一

[1] 原作“受”，通“授”。

分之扰，则下省一分之费。不惟可绝纷纷影那、飞诡之端，小民皆知徭粮之数，即有司亦得以自明，无复多派之苦矣。倘蒙皇上不以臣言为谬，下部议处施行，其于国计民生，未必无万一之补矣。

新建中阳书院序

张榜

予尝以民生于三，义炳天壤而兼备于良守令之一身。谓其拊之咻之，民胥以生也；谓其诲之迪之，娴于文学，泽于道义，天实有民，俾师保之也；谓其诲之成而荷[①]天之衢，身得显焉，志得行焉，大君之薪櫎而身之爵禄，于此乎始基也。三道备，良牧其选矣。而吾以为，训迪士类之尤亟也。即如唐虞命官，其受天之报者三焉：禹平水土，王于其身，传祀四百；契为司徒，十有四世，汤克成之，传祀六百；稷教播种，用集于武，卜世七百。以祚修短，偿兴王之先后，厥维均哉！然契之后王，贤圣六七；比封于宋，中叶几伯；迄正考父，三命益恭；至吾夫子，而千万亿年之文教宗焉。作人之报之远也，则惟作人之功之宏以深也。夫宋，固契之裔，而开吾夫子之先者也；而丰邑，犹故宋之分土也。异哉！宋侯莅宋之故墟，缵契之遗教，以恢吾夫子之绪也。侯治丰，吏乃肃，民乃乂，乃进多士，是诲是厉，是程是肄。犹念工有肆也，教有地也，择吉土而构之书院，命之曰“中阳”。余是以卜丰士之日以昌，而勋业之日以赫也。夫丰，厚也，大也；中阳者，日中也。《易》之《丰》曰：“丰，亨，宜日中。”其《象》曰：“宜日中，宜照天下也。”照天下，其文明之光乎？日中，必启于日之升。越明年为甲子，甲，日之始也；越三年为丁，又越三年为午，皆日中象也。以是肇基，天告厥祥矣。故曰丰士日以昌，而勋业日以赫也。丰士懋勉哉，以无忝侯之式谷也！

壬戌纪事

宋士中

天启二年壬戌夏五月，督学毛临试淮阴，余有送考之役。事竣登舟，闻东省戎首徐鸿儒等以白莲教倡乱，从者数万，于四月二十八日据梁家楼，攻破郓城、邹、滕、峄。继之拥众数万，随在放火，劫财杀人。余倍道趋县，即严查县内奸党，逐去王中显，扑杀马洪胤等数人，派杆夫八百名，选集义勇马兵步壮六百名，操练防守。会生员李天元、孔贞宪等虑贼氛甚恶，亟议请兵，崔连云、戎祥二生遂以身往。徐淮道施随调发中军官费从德、王锡印，指挥苏万方，统领标营官兵四百五十

① 原作“何”，古同“荷”。

余名，驻丰防剿。余多方劝谕乡民渠机等各捐输，军需不乏。至六月初十日，滕贼出戕沛之夏镇，丰县戒严。余亲简乡兵，历赵庄等处，擒获奸细正法。又欢口集与马家口相连，午沟、黄河一带旧无兵哨，余请苏指挥分兵以扼之。又县城原无海濠，戎马易骋，余督河官周遭挑浚，深广各数丈，四门设浮桥，立重门。盖百里之地，自内达外，屹然四维矣。至九月二十四日，贼由荆山口入徐，扎营子房山，下瞰城内。知州汪先期尽撤黄河舟楫，贼不得飞渡，遂沿河而上，径之丰。十月初一日，扎营华山，烽火相望，居民皇惧。余一面会同学师刘惟中、张汝蕴，主簿方廷科，典史雷世任，乡官杨名、史可传、马遴伯等商榷兵事；一面会同军官王锡印等，率领官兵及义勇马步兵壮王立道、王汝经，把总于若汉、费九成等迎剿。各将兵奋勇杀贼。初一日，于若汉等生擒贼首晁魁五父子、阎国泰等三十人，斩首三十颗。初二日，王汝经等生擒贼首郝才等二十人，斩首十颗。初三[①]日，于若汉生擒贼郭会等二十人，斩首七颗。贼锋屡挫，遂辟易而北。初四日，至常家店，去丰未半舍，会游击焦奉院道督统淮兵、狼兵五千，东省四将亦以时至。贼方会食，各将兵合击之，贼大溃。乘胜追杀，疆尸数里。盖乡兵挫锋之后，遂成官兵破竹之势如此。迨收兵薄城丽谯，漏下矣，干楯森森[②]列，与城头旗帜相掩映。余传谕居民，各备壶餐。不移时，得胡饼数万、鲁酒数十罂，一时军士宿饱，勇气百倍。初五日，乡官杨名等复出牛酒犒师，余亦称觞各将，更相慰劳。而余党窜伏村落，陆续擒获，无孑遗焉。是役也，虽天厌妖氛，皇灵有赫，然数万之寇蜂屯蚁聚，忽焉剪灭，亦惟是上下士民较若一体，呼吸应而臂指使，乃克有济耳。倘总事权者吝委任、娴韬钤者吝筹略、都丰厚者吝糗粮、称腾骧者吝敌忾，亦安能荡寇而成功也哉！

陈佥宪墓表

朱国祚

天启辛酉夏，余赴召至彭城，有诸生三人造余而请，则惺源陈公子中涵、中蕴、中孚也，以公遗命，乞余表其墓。余与公乡会同年，公宰嘉禾，及兵备杭严，皆宦于浙。习知公行谊及政绩，莫如余者。余何敢辞？公讳汝麟，字仁夫，惺源其别号也。其先清江人，从高皇帝以开国功授徐州卫百户，世其职，因家焉。八传至永康，晋卫镇抚，赠昭信校尉。娶刘安人，生五丈夫子，公其季也。少而颖异，十七廪于学，壬午举于乡，癸未成进士。初为长葛令，既而调嘉兴。外艰服阕，补

① 原作“二”，据顺治《丰县志》卷十《艺文》改。
② 原作“森桑”，顺治《丰县志》同。按：“桑”疑“森”形讹，参唐权德舆诗“森森列干戚”改。

山东之清平。起四载，转南京虞衡主事，榷芜湖税。内艰服阕，补北部，榷荆州税。寻转都水员外郎，晋郎中，出治通惠河。为郎署久之，乃擢浙江按察佥事，兵备杭严。公在长葛，其俗犷悍好讼，即长吏常为所持，公缚其豪置之法，境内肃然。以能治剧役嘉兴，治不扰而事集，去后恒见思。乃坐谤补清平。清平疲瘠，公涤其烦苛，宽其条教，民赖以安。属岁大祲，蝗起，中丞宋公欲以术禳之，方士所至纷扰，公叱去之，而课民捕瘗，虽灾不害。其在芜湖不半载，溢额六千金；再榷荆州，溢额至倍。司空荐其廉干，取所上条议颁行之，著为令。会营建两宫，公督率勤劳，蒙上尊之赐。其治通惠河，疏浚缮筑，以身先之，殚心悉力，费省而功倍。其兵备杭严，值中使刘成驿骚，欲榷茶笋青梅诸税，又与诸生为难，士民群哄诉于公。公慷慨激烈，必绳以法，而中丞刘公欲调停之。公叹曰："身为法官，乃坐视中珰之横而不禁止乎？又奚用此豸冠为也！"遂奏记两台，径拂衣去。缙绅士民遮道留之，不可得。两台以病闻，予告归。居无何，以荐起补关西，而刘成忌公不释，竟以察典中公。公怡然不以为意，辟园构亭，莳花种竹，日觞咏其间，不问外户事。其论乡邦利害，如浚河、筑堤、增城、起梁，观察袁公所为德于徐者，其计画皆本自公。公性尤孝友，曾抚孤侄、葬仲兄。即同籍兄弟，如任宇黄兄、乐同鲁兄，客死于徐，公皆殡之。又尝赈饥民，捐粮煮粥，活流移数千人，此尤其盛德之显著者。初，公举于乡，少保沈公梦四麟游于庭。比揭榜，而名麟者四，公其一人也，人以为瑞征。而卒不得大用，惜哉！公为令以循良著，榷两关所至溢额，治河以精敏称。及佥浙宪，以法不得伸而去。归而杜门扫轨，以诗书自娱。盖耿介为操，狷洁自好，其行谊政绩有足多者。余故表公之墓，以石镌于凤凰山之原。

重修云龙山放鹤亭记

董其昌

按《史记》：秦始皇东游厌王气，汉祖心自疑，避匿山中，吕后辄得之，曰"季所居，有云成五采"云。而赤帝子斩白帝子，盖龙德也。彭城之有云龙山，其得名当以此。山有放鹤亭，隐君子张天骥故居，苏子瞻所为作《记》者，虽至今不废，然荒圮久矣。高邑潜颖张大夫以分司仓庾至，数登其巅，吊古怀贤，将撤而新之。念徐方震邻，重以儆水，时诎举赢，踌躅四顾。节缩奉入，度材采石，徒庸工作之。直取之宫中，公帑不烦，民大和会。于是飞甍画栋，延敞虚明，缭以垣墉，翼以厨湢[1]，屹然壮观矣。落成之后，余适以使事还朝，大夫就山堂而觞之曰："吾闻传舍何常，忽则易人，兹山于我何有哉？第登高能赋，大夫之事也；周爰咨询，

① 原作"畗"，据董其昌《容台文集》改。

使臣之职也；民之失德，干餱以愆，我有旨酒，嘉宾式燕，[地][1]主之礼也。堂成而三善举焉，非直寄情吏隐之间而已。不可以无记。”余惟子瞻引卫懿公事，谓国君之宠鹤，不若山人之放鹤得自全其高者，此未为笃论也。使卫公有公刘“乃积乃仓”之粮，曾孙“如京如坻”之粟，以此进战，孰能胜之？而鹤之乘轩，庸何伤？彭城，用武之国也，项羽尝[2]自王其地矣。羽起徒步，摧强秦，钜鹿之战，威名岂出淮阴下？而终以不振。盖高祖有酂侯，能挽关中粟，以济军兴之乏，而羽为汉军绝饷道，故其强易弱耳。今天子惩邹、滕之役，命征西大将军萧公提重兵镇彭城，而大夫精心计[3]调兵食，一洗脂膏之陋，庶几士饱马腾，以伐萌于不战。是桓、文之烈也，卫懿云乎哉？山三面距水，弥漫无际，一似西湖之孤山。孤山，林君复放鹤处也。子瞻习于西湖者，乃莽苍悲壮之区，恍然潋滟空蒙之致，而觌面若忘，不为拈出，何耶？岂陵谷之变，昔与今殊？将山川之灵，待时而显耶？黄鲁直以飞仙目子瞻，倘其化鹤复还，不但歌城郭之是而已。大夫以为何如？大夫名璇，高邑人。

鼎建子张子祠碑记

黄运泰

邑侯湛虚张公来令萧，利兴蠹剔，期月化行。而重道崇文，尤百逾恒格。贲饰[4]宫墙，杰架奎榭，先贤子张子祠一时并新。粤稽先贤，陈人也，往来邹鲁间，依于尼父。因相萧子国，家焉。卒葬于邑南堀坊村，距邑一舍，并其子申详墓具在。历炎汉、唐、宋，祠宇松楸，天壤共敝田一丘，具烝尝，代有崇祀。逮金人煽乱，所在奔突，世无显达，而祀几馁。即邑令君如冯、如孙、如吴、如萧数公者，几欲式灵其钟鼓，使不夷诸草莽，乃堀坊荡于冯夷，徙祠仅一再举，卒归废搁。恍无言中，豫悬此盛举，以俟后之负大力者。张侯至，访子张祠墓，属躬祀焉。会河伯澎湃，竟不可往。因稽此汪洋千顷，总民间沃壤，匪蛟龙窟宅也，爰相原巘随浚，使水由地中。亡何，牛马不辨者竟桑麻匝地。倾圮之祠宇，沦没之丘垄，兀然若京，因获申[5]骏奔云。犹惧处非其据，且一不可再，愀然谋封其垒而徙其祠，曰：“先贤裔岂阒无人共襄厥事？”其六十三传孙文学承惠，夙怀水木之忱，以其附邑廛数楹请建先祠。白之侯，侯曰：“善！”因出帑俸二十金锾、粟二十斛，倡

① 字据《容台文集》卷四补。
② 原作“当”，据《容台文集》改。
③ 原作“既”，据《容台文集》改。
④ 原作“饬”，同“饰”。
⑤ 原作“中”，据嘉庆《萧县志》卷十六《艺文二》改。

首鸠工，俾文学得卒业焉。不数月，殿寝垣墉[①]焕然另辟，因颜其楣曰“高明体圣先师之庙”。事竣，文学请余纪其巅[②]末。余与侯切桑梓谊，即鞅掌储饷，未获目盛举，文学口其事甚悉。因惟郡邑守令，传舍郡邑，其于境中修废付罔闻知，孰则脱囊白为毖庀者？侯不其然。又惟人世所捐资倒箧，土木金碧，以穷壮丽观，不过其威棱震慑，显司祸福者也。至先师先贤，谁复羹墙其生气？禾黍直禾黍耳。侯又不其然。侯崇祀先贤，力不遗余，曰：“余备员兹邑，自分可终谢匮乏愆。倘不条画经久，俾有故事可循，唯余之辜，其仍吐予也已！”力请之当道，为设奉祀弟子员凡四，岁额簿正资费六两有奇。夫祠创翚飞，墓新马鬣，而奉祀有人，不虞以草野辱明禋矣；粢牺有共，不虞以疏简致恫怨矣。则宁惟是，侯莅萧而先贤无馁祀哉！侯家世儒书，科名竞起。其言坛行表，一忠信笃敬家法也；入官优仕，一尊美屏恶芳猷也。洵惟先贤之赐，而庙祀孔明，兴嗣相赓，以不泯其宗祊而常灵其精气，则先贤实永永食侯之报也。侯之力，大矣哉！颛孙文学欲纪其事，寿诸石，更请以侯生主配。余曰：“邑人士业祠侯，以旌去思。乌借是区区为？”文学曰：“我侯德惠沦洽，九里沃润，棠阴有祠，邑人士觉报之公。我侯崇祀先贤，千秋血食，尸祝有配，幺麽子觉报之私也！”余曰：“子是之举，虽私亦公。是不妨以并举。”侯讳镜心，号湛虚，河南磁州人，壬戌进士。乐捐邻址，宽八尺，长七十步，以扩湫隘之规者，太学生王明让。先贤裔孙生员承惠、子佐圣，奉祀生员依圣、羽圣、成性、仰圣，例得并记。时天启七年丁卯岁也。

重修高皇庙记（天启三年）

黄和

徐州北旧有高皇庙，距城七十里，当驿道之冲，雄据山岗，林木深秀，历冬夏苍翠，蔚然一巨镇也。创建莫考自何代[③]。壬戌冬，重建鼎新。方告竣，适余如京师报命，经过而瞻礼焉。庠生尤二耀、杨君秀祈予为之记。余维庙者，藐也，象神尊严而修禋祀，神明实式灵之，岳渎宫观所由建也。高皇，汉先帝，胡为而亦庙也？想高皇以布衣起丰沛，芟荡群雄而成帝业。所居之处，常有云气为龙，成五彩。徐尝以名其山矣。今没虽千年，而其神在天，未尝磨灭。徐人士感其灵异而建庙以祀之，意在于斯乎？岁久倾颓，郡大夫汪公捐俸修之。闻公临徐，矢对神明，不以幽显易操。其行政，尚齿育贤，尊崇节义，清赋税，减刑狱，为士民瞻依。而大功尤

① 原作“个”，据嘉庆《萧县志》改。
② 原作“颠”，同“巅”。
③ 原作“伐”，据高皇庙现存碑刻改。

在挞红巾[①]，保全城郭，活生灵亿万。闻之妖寇南来，望见庙庭，辄恐怖屏息而过，于上下民居秋毫莫敢犯。兹非公之精诚感动，山灵震耀，曷能尔[②]耶？是以民心悦服，衔恩孔渥[③]，因修高皇庙一事，载笔于石，欲垂永久。如持衡者效迁异等，拔置大僚，可跷足而待也，奚止一牧州郡已哉！公讳心渊，字秉卿，江右弋阳人，前天官少宰闲斋曾孙，以乡进士初任徐州郡守者也。（碑为主事史启元书，土人重之，至今尚存）

义烈祠祭文

林汝翥

岁壬戌，余莅沛之三年也。五月十七，妖贼发难，郓、滕、邹、峄一时俱陷。越六日，余至自淮，始得大呼乡兵，冯河为阵，且战且守。其间密谋秘计，用谍用间，详在《纪略》中，不及悉。惟是半载之内，败衄者三，乃令忠义之士，魄封于黄尘，魂栖乎青草，余心实隐痛焉，则建祠之祀，勒绩之碑，是乌容或已哉！盖戚城之役，余与陈弁约会朱备三路并进，而陈狃于既胜，自率孤军夜趋取败，乡民从之往者阵没四十三人。不移时，而余兵与朱兵继进，乡民复竞出步骑为[④]助，矢石交发，声震天地，遂大歼之。贼自是退守巢穴，不敢西渡。若欢城之民，皆有勇知，方自难［发］[⑤]以来，杀贼无虑数百。贼恨之，期大举复仇。但地在河东，非鞭长所及。其民乞兵于焦弁，焦只以百兵赴之，遂为所误，战死六十余人，生员陈应诏、应祯与焉。报至，余即督兵赴援，而贼已奔归矣。续侦妖巢大疫，死者日以百计，余遂一意间谍，兼行招抚。妖党溃散者数万，归降者二万三千余。贼首度势不支，各为远遁。亡何而东兵至，滕窠空矣。最后，残贼取道徐、丰，图以入曹。徐之兵以万计，诸将环视，无有撄其锋者。不数日，复抵沛之西南。赵希邦等逆战，众寡不敌，复没五十九人。余躬督乡兵驰至，擒斩二十余众，仍追之于阳明，继尾之于欢口、常家口，斩获二百有奇。然而无当于吾民生死之数也。呜呼！戚城之败，以陈先锋之违余约；欢城之役，以焦游击之轻视敌；戚山之衄，以赵希邦之先余至。向使操以慎重，需以时晷，则若辈咸得睹荡平之境而躬饮至之休矣，何至殒命于行间耶？今境内幸有宁宇，若辈捐躯殉难，义矣烈矣！用是创祠以妥之，颜曰“义烈”，复置田廿亩，以供祭祀。躬率僚属，哭而奠焉，并录祭文于左：

① 指徐鸿儒，见前宋士中《壬戌纪事》。

② 原作“迩”，据高皇庙现存碑刻改。

③ 原作“握”，据高皇庙现存碑刻改。

④ 原作“马”，据乾隆《沛县志》卷九《艺文》改。

⑤ 字据乾隆《沛县志》补。

呜呼！诵睢阳之烈者曰："三日而救至，十日而贼亡。"千古憾之，千古奇之！乃吾沛慕义之民，自戚城以迄欢城、戚山诸役，毕力捐躯，咸不旋踵而救至，不旋踵而贼亡，则可奇可憾，又孰甚焉！抑尤奇睢阳之言曰："死当为厉鬼以杀贼。"乃妖贼自戚城败衄之后，遁归滕窠，瘟疫大作，死者日以百计，故余得用谍用间以空其党，未必非吾民忠愤之气所郁结而成也。然则有睢阳之遭而不必有其名，无睢阳之名而不必无其事，其吾民之谓乎？余又何能以无憾也。噫嘻！余能力抗孤城以保疆土，而不能有吾民；尔能保尔之骨肉与尔之亲故，而不能自有其躯命。则遭时之不幸，抑有数存耶？徒令人增恻怛已。余用是旦夜拊心，无可抒哀，惟是建祠以栖尔神，立田以供尔祀。落成之日，取诸妖贼肝血，聊为尔奠。计尔之英魂不磨，侠[①]骨犹香，当幽以壮干城于百代，明以永血食于千秋，庶几写余心之忡忡！

移苏子瞻像于黄楼告文

徐标

於昭先生，文章北斗，节义千秋。古今之所共仰，合君子小人以率由。忆昔水[②]天出守，五马方州。甘棠西楚，比屋吟讴。值澶渊河决，横溢淮陬。城不浸者三版，祟墉渺渺其一沤。蛇龙入户，士女啾啾。先生蒿目茹蘖，躬鸠露戍，防河如防虏[③]，呕心血以绸缪。俄而屹然如砥，纶綍扬休。先生曰："未也，无远虑者有近忧。"按五行于震，鼎建黄楼。后土峨乎百雉，冯夷肃若以克柔。快睹百川顺轨，弘朝野之庥。维兹彭城数万户，孰匪先生之所留？嗣而沧桑变革，禾黍沉幽。芳踪杳矣，胜迹如丘。祟奉茫茫，其所构则后死者之羞。予殷私淑，仰止前修。考文纠谬，厘正时筹。佥同声于三就，原筮迁先年之旧游。想先生凭栏遐瞩，千嶂云油。掀髯长啸，绮树烟浮。海岳恣其染翰，莺花畅厥吟眸。先生于是乎乐甚，仰止仙吏之风流。采萍于沼，酾酒于卣。影现霞裾之缥缈，恍左右先生之献酬。先生功德弗谖兮，尚蕲永晏乂于金瓯。但见缤纷童叟兮，群歌舞于青畴。

徐州桃山驿戴恩碑记（崇祯九年）

袁楷

凡人当窘急危迫之时，为之上者肯恻然顾念，思或纾之，虽在险不辞，以迄苏息，则讴吟怀慕之私，何能谖也？桃山驿戴鹤洲徐公恩，于此为至矣！徐冲子午，轮蹄无虚，驿又南去一舍，土旷民贫，多盗寡措，为亭长者，不亦难乎？春正，流

① 原作"狭"，据顺治《徐州志》、乾隆《沛县志》改。

② 原作"木"，据顺治《徐州志》改。

③ 原作"卤"，避夷狄胡虏讳改。今用本字。

寇震邻，居人逃窜，伏莽窃发，篝火时虞，固圉思人南藩焉。赖亭长辽人王试行，魁貌伟材，长八尺，能马上落雕。公力请诸台，以团练守备予之，黄盖俨然，馆垣生色。贡旅驿骚，誓以身捍。迨寇突萧陷，徐宿道壅，无何寇去，宾至如决，萧固顾役所从出也。公多方厝置，给之不给，约丞且自计，而徐为之偿焉。当是时，北则利国，南而夹沟，驿递中绝，行李邈供。丞乃卑身丐贷，罄力支酬，一切斯养圉牧、馆垣储偫之费，捉露剜医，鞭挞陵轹，性命莫必而犹甘心不去，与楬舆骏骨勉从纲纪。惟公黄盖以荣之，仁言以煦之，推赤以委之，体其私而尽其才，以恩结之者素也。今乃悉索萧徭为券，一塞逋请，自丞以下，舆马候人，皆如贫儿暴富，偿负而羡生矣。流离颠踣之余，窘乏困迫之后，苏如重起。哀鸣嗷嗷，谁不颂公，思永公不磨也哉！故乞余言，勒诸不朽。以见上不忘下，危可使安；下不忘上，安愈思危。上下同心，虽险难益彰著耳！况公摄颍而荡凤寇，居徐而却砀氛，塞瓠子而宣房歌，平洪水而玄圭锡，以奠陵漕，以固金汤，大江以北，无不斗南仰而长城赖也！戴公恩，何言桃乎？公讳标，同天启乙丑榜，济宁人。

徐州志卷之三十五

艺文八

国朝文

修龙山落成碑记

国朝　王永吉

司农丁公督庾之明年，超轶著声，阜政具举。乃以务暇，从事于南山、黄茅诸迹，构亭岿然。复为阁以礼大士，公自为文以纪矣。是年秋，复大稔，人歌京坻[①]。萃缙绅髦士于山亭而觞之曰："兹非苏端明旧游耶？人之服职，如觞中主客，各有攸司。主主任，客主让，逾者有愆。苏子守是土，为主；而余之督庾也，为客。凡此山堂落成，以今日之客，承昔日之主也，徐人得无诧其多事？"一时坐者曰："不然。夫所称善于其职者，谓用其不足乎？抑用其有余乎？使以斤斤奉职为无忝，则昔之守土，当惟钱谷讼狱是务，不应及佳山水。乃苏子始创此迹，人不之诧，且相与佩德不忘，谓苏子用其有余，如觞中有贤主人，不独循乎礼仪之中，而能娴乎礼仪之外也。诚知苏子为贤主，其为苏子之嘉客，政不易。今夫由阼阶，升广墠，揖让拜跪，惟恐失坠，而饮不三合，逡巡辞避，是得为嘉客乎？将必威仪钟鼓之后，更解衣盘礴，自一斗及一石，能倾四座之欢，而后为嘉客也。昔苏子既不以拘牵为主，今公亦不以逊避为客，所谓各用其有余，不相逾而适相得。大夫何多谢焉？"公曰："若是，果足以续昔日之盛耶？"坐者曰："昔不足以尽苏子，今又何足以尽公？从来达人命世，率有所寄焉耳。博墅绿野，传以人，不传以地。即苏子一身所至，为杭，为颍，为黄，为惠，凡嘉山水，皆所留连。而一经缔造，旋则忘之，何尝矜为异事？亦不闻当时有为异事以谀之者。此其所以为苏子，为张天骥，为颜复、王巩诸人也。"公曰："善！"遂罢觞。其后瓜期至，公归京师，有传在徐之事者。余谓其主客之谓有可采，遂取南山石一以记之。

① 原作"祇"，据《诗·小雅·甫田》"曾孙之庾，如坻如京"改。

徐州学记

李本晟

徐之有学，从始建而中拓，而屡迁，其间为先庚者，为后庚者，或始构而徐因，或一倡而众助，未有十年以来至于今惊波沛历、攻劫斗暴、文教无所施其仁、鼛鼓弗克庸其力，若是辽阔者。岁癸巳，朝那胡公来抚是邦，首严陈祀，旋辟唯喏。大惧废毁灊啮，以坠教基，乃合州县从事儒官、绅衿衣布，赢财征工，僦功完旧而益新之。谬以予知形家言，告予曰："彭城之山，自楚来者，云龙；自齐鲁来者，桓山、鸡鸣。汴、泗合流乎中，米廪宅之，诚沃区也。山至弗迎，河流弗绕，未合乎朝宗之道。今门而东之，子房为之征秀，黄河为之襟带，以开文士，厥祥何如？"晟曰：唯唯！晟，水官也，请言水事。昔禹叙水，冀、兖、青、徐为先，荆、豫、梁、雍为次，何哉？水始西北，或先东南者，禹顺五行以敷水土，彝伦攸叙，厥有旨焉。冀为帝都，既在所先，地居北方，五行为水。维水之生木，少阳居东，故次以兖、青、徐。徐，木也，而所向东，将以发炎为用，厥象文明。此泮宫之祥也，又不宁惟是？鲧以汩陈五行，故绩用弗就；禹以彝伦攸叙，而告锡玄圭。今学，明伦地也，公又为之彝叙焉。凡公之意，孝弟毕登，嚚傲是黜，旌良表烈，以补史阙。马班十志，纲举目挈。且巽之道，君子驯德，积小高大，以致其极。今公之来，德惠敷施，期年政理，宿蠹藏奸，披露首服，墝卤垦菑，防堤筑复，杠梁以成，人不履苦，俾阳侯息腾，商羊罢舞。若此，皆以戎隙而为之，以申命用事者也。且和恒直方，廉毅信让，敦尚礼乐，损挹贵位，故士子日趋于仁，以厚其诚。每闻公言："士有弗率，与其戒而弗戢，孰若教而使之不暇？吾月一稽之，日一稽之，且悬副墨国门，洛诵之孙更师尊之。彼且治经呫牍之不暇，何暇于户外？此敦本之道也。"故其评骘，第拈王司寇之日新，天马抛栈，神鹰掣鞲，英雄轻故乡。故孙兴公亦言："今日之迹复陈。"其兴功济物，又如此其大也！而皆与地形宜，孰能以不扬？吾益愿公之生徒，勇善去饰，极乎儒业，远宗仲虺、微子之诰，而取则于子张、闵子之儒，以柔和其歌风、戏马之习，斯无负地灵与公志矣。若曰发祥甲乙，则又以人事君之大端哉！敢书之以劝。

重修学记

蒋之绂

州郡未有学。州郡立学，自设礼乐局时始也。三古勿论。汉代以来，高、惠、文、景，犹未建太学；宋历太祖、真宗，州郡学亦不立。洪武三年立郡县学，八年诏建社学，岂不以舍萌贤关，厥惟重且亟哉？乃朝廷能使人重学，不能使学之不圮、圮之必饬。建而圮，圮而饬，则系乎司牧仁人矣。徐自滨河立学，屡垫屡迁，臬厥载，使斯民荡析离居，乃弗克释菜奠用享，乃弗克用士观国于王，十年以来有忧焉。会牧伯余公至，届物坏有事时，启廉察胡公为之倡公拮据焉。廉察之隆崇斯役，水部叙之详矣。若公之勤事尚功，肆成人有德、小子有造，不可以不悉。阖郡绅士命绂述之。绂惟公既敏且硕，筮徐以来，案无留牍，类刘穆之；士民无冶游，类张乖崖；半日了公事，半日了湖事，类苏子瞻。其有鞭箛之众，过从兹土者，公能使其自骑自刍，自灶自甲，地方不与焉，且无尺繻问质库，无片札下亭长。讼则宁昼毋夜，宁缓毋急，听其自倦，倦则健徼爪牙、游宦颊舌权两轻，而事不得不简。故能一结其心于庠序，以肇造泮宫。墁墍毕兴，厢宇华焴，绨扆敞中，冶饰晬容，四科十子凛于侑坐。复阁崇闳，以柜[①]经也；次库闲，以度器也；南其庙宫，东其门，所以招鸡鸣之秀；会荥阳、陪尾之液，汇而聚于城东，孕其灵也。厥惟渊哉！问工则不病民，问土木则不病工，恒出自郁林而焦饭自积。由是，学之陋阙弥文而就绪焉。自昔有功于徐者多矣，若何君公仁厚好进士、百里嵩行部霆甘雨、萧智亮起学馆论经，皆俎豆庚桑，彪炳史帙。则公之社稷岘山者，盖将垂之永永，岂以绂一言为重轻哉？夫古之赠礼，以轻先重。故郑商之犒，先乘韦。今由经师谭名学准、蔡名尚廉，幕佐程名士骐，来叙是功。则乘韦之序，得而先事，且凡使有功于师儒者，例应勒之金石，以光来世。

燕子楼赋

贾壮

乙未之秋，九月既望，奉命燕都，司庾彭郡。仆夫告驾，博舆图而知山水之奇；驻节登台，采风物以志古今之迹。黄楼有赋，放鹤歌诗。赞项羽以传留侯，叙悬水而铭拔剑。黄茅冈吟苏子之诗，予曾记已；燕子楼贮建封之妓，独无赋耶？其词曰：维武宁之节度兮，徐方是襄。选徒御以不惊兮，钲鼓其镗。高牙大纛兮，旃旐央央。虎骑千群兮，天驷为房。雪铠霜钩兮，星耀于鋛。俨容奕奕兮，躬黼黻而熠燿乎珪璋。岸帻英英兮，气峥嵘而响奏乎铿锵。缤纷兮嫔媵，嘹亮兮笙簧。轻裘兮缓带，潇洒兮激昂。夫既锁钥于彭城兮，控淮海之金汤。又安能忘情于闺闼兮，悠游晏燕以肆好于屧廊。顾贮婵娟兮必金屋，岂娥眉燕处兮，而今遽少夫兰房。于是垩艧兮棨楠，雕镂兮棂栅。高啄朱甍兮下甃文石，绣服被梁兮金缥广额。奇英异萼兮曲阑翠陌，敞榭幽亭兮香岩洁碛。燕子名楼兮，美人是宅。郑重彼姝兮，用是辟易。尔乃暇卷珠帘兮，或共眺远山以披襟。闲敲玉唾兮，或同阅古史以明心。抱琵琶而击筑兮，弹筝瑟而鸣琴。煮清泉而赋诗兮，对好鸟而调音。抑恬步于石松之

① 原作“匮”，同“柜”，据顺治《徐州志》、道光《铜山县志》改。

月兮，曾抒啸于梧竹之陂。亦酣舞于氍毹之上兮，复携手于碧槛之西。盟千劫而相依兮，讵一朝之露沤。感崦嵫之迫景兮，望北邙之青丘。悼仙人之化鹤兮，允共姜之誓舟。守十年之空帱兮，结万种之离忧。形憔悴其伤春兮，频见玄[1]燕巢兹楼。心坚贞历岁寒兮，几听夜雨滴深秋。悲夫！垂柳绿烟兮，新蕉碧月。桃李成蹊兮，杜鹃啼血。繁霜坠木兮，枫丹于叶。霜发侵窗兮，棂堆于雪。其时寂寂兮，于心冽冽。其情惨惨兮，于人恻恻。南山之石兮，关姬之节。泾水之清兮，关姬之德。呜呼！白学士之诗，何多情乎；关盼盼之殒，诚足悲耳。埋玉青山，衰草扈寒云以缥缈；沉珠沧海，层波翻夜月而凄凉。千古赋楼空，韵士潸然欲涕；于今怀燕子，诗人怵尔情伤。彼美云遥，追踪莫及；遗诗安在，案颂靡方。敬藉管生，式存燕子。谁其仰之，大河之阳。

萧县寇五传

陈名夏

予往来徐沛间，则知萧县有寇生某云。苏州沈山人孟，有口辩，善摹画人笑语，如古优孟，数为予言寇生之奇。及予愿交寇生，而已不幸罹祸以死，悲夫！寇生行第五，伯兄尊生，有声江淮间，嘉定娄子柔有诗称焉。家故饶，能致客。尊生既死，无子，家人产皆归寇生。生则益大喜任侠，振人急，出于天性。又能读书，读已，击剑自豪。又喜饮，饮辄醉。醉已，逢所不足，辄诮让；若素所庄敬，则父事兄事。抑抑能自下，多不可及者。春夏，生率闭户不出。架上藏书数千卷，标识成诵。二麦登，岁得千金。秋冬之交，生辄出游。遇人穷乏，辄出橐金与之。尝鲜衣行市中，见故人无衣，辄解衣，或至裸体。生又好喜吟诗，喜书。诗成，觅侧理投赠。游倦，必至垂橐丐贷，然后归里门。江浙老儒走[2]糊口于齐鲁之乡，皆馆于生家，或至数岁不厌。生尝一应童子试，州守大奇其文，将置第一。生即索原卷曰："予于制义无不能，此以文自娱耳。局趣效辕下驹，无以为也。且与人争名，非所好愿！"袖而出。州守大笑，如其言。生尝偕诸宾客驰马芒砀山中，奴子挟箙，被短衣，执壶榼以从。生箕踞呼啸，仰视浮云，不可一世。樵者见之，辟易而去。生又好击刺，或多集无赖少年博塞为娱。性素刚，不能受人色，小不如意，辄思报之。舍旁富儿辱其客，诬以胠箧。客诉，生大怒，乃令诸从者火其居。富人诉诸道府，遂案责客。生又匿客，令不对簿。有司怒生所为武断匿客，无三尺法，遂并治之，逮系州狱。其后多言生有义气者，令责保状，归其家。会李贼破归、亳诸郡，

① 原作"元"，避康熙讳改。今用本字。

② 乾隆《徐州府志》同作"走"，嘉庆《萧县志》作"交"。

掠徐方，闻生名，令卒缚而生致之，将以为前锋。生大恚，曰："吾家世文学，恨不得当以报国家，乃反为贼用耶?"行山径，酒灌诸贼，皆刃之。乃逃而归，诣州守，请复入狱。然州守不能知生义，听之。且有文致其罪者，久不脱，而生病瘐死矣。悲夫！生就治之日，诸客请百其身以赎。及死，则又皆流涕不能止。生既死，而徐沛之间亦无有能养客者。陈子曰：予不识生何状，然闻之沈山人云，岂非古之义士哉？方其驰马芒砀，宾从如云，挥金纵酒，意气自得，何其壮也！而卒以喜侠扞网，不获蒙宥。至其脱贼之胁从而俯身就法，可谓志操孑然矣。当世有气力者，不引之以为友，而反挤之至死。虽有文采，不克表见，予未尝不为生涕泗也。生既死矣，山人言生，如见其人，生又幸得一山人也。生养客，其传以客，有以夫！寇五，名自伸。

陈烈妇彭氏小引

胡廷佐

彭氏，萧庠彭万程女也，许配征聘太学生陈应阶季子名子沅者。氏少孤，陈迎而育于室，及沅游泮，始偕妇道，贤而宜家，人无间言。为妇三岁，翁疾，沅亦病，氏奉汤药，周旋于事翁事夫之间，阅六载如一日，形容枯槁，可谓贤矣。甲午春，沅病笃，氏约与从，退而理妆，自着殓服，意必死也。及沅故，目不瞑，氏祝曰："君其须我乎?"目遂瞑。既殓，乃辞姑曰："媳不克终妇道，慎勿为念!"已而散其笥中，告伯嫂、诸姊以及婢仆，惟善事翁姑是嘱。乃与其兄诀曰："妹已身许陈矣，慎勿哀!"复语其夫之同交游曰："氏今从夫于地下，愿诸君勿忘陈氏之交!"越次夕，乘须臾间投缳。及救，已殁，颜如生，若有愉色然。四方观者，莫不流涕。嗟哉妇也，侍疾不辞劳，忘其劳矣；夫死不徒悲，过于悲矣；临死无遽容，志有在矣；既死有愉色，则其天性然矣。妇也若此，烈而进于贤矣，是真有关风化者，其可泯诸？百尔君子，其尚采诸歌谣而永言嗣之，以风天下后世。

隰西草堂记

万寿祺

戊子仲冬，徙宅于浦西。西近洪泽，南曰徐湖，北则河、淮合流，东入于海，四区皆隰也。筑其原，为隰西草堂。载老幼，携瓶罍，鹿车一乘，往居之。春日下檐，秋瓜落圃，草堂中无事，负瓮而已。居士曰：吾尝南临石梁，北过流沙，东观于海，西登熊耳矣。当是时，中外晏然，人物广衍。曾几何时，休西滏以税驾，汲东皋之寒泉。山［川如故，哀乐伤人，能不悲乎？悲则思，思则勤，夙兴夜寐，以毋忘吾劳苦。吾以告居草堂者。

南村记

万寿祺

余移居隰西之明年，始买圃于其阳，杂莳群药，筑馆引畦，以自勤苦。春秋佳日，深巷中辄闻犬鸣，则邻曲策杖携酒过饮，饮辄醉也。因忆陶令有云：“昔欲居南村，非为卜其宅。闻多素心人，乐与数晨夕。”名其圃曰“南村”。村之中，引泉入畦，结篱树蔬，地坦可锄，曰“平畴”。由畴北折入圃，有廊焉，列韵以步之，曰“韵步”。翼翼临于其上，高举翔视，若将远游者，馆也，曰“远游”。馆之侧，夕阳多荫，草木蓊密，有榭焉，曰“春阴”。南北七武，东西十武，茅茨相望，蔓然蔽亏，周规折矩，若不可已。嗟乎！天下之大，四海之广，其为地不知几万里也。弃不取，取数武之内，以一人之身徘徊其间，四时无不足，此奚为者耶？“敝庐何必广，取足蔽床席。邻曲时时来，抗言谈在昔。”此亦陶令之言也。今昔之感，宁独《移居》而已乎？酒酣，乃为之歌曰：

皇天平分此南北兮，余独凛此中皋。日月澹其泬寥兮，水又重之以寒潦。岂申申而］[①]将旦兮，何众蔓靡散而不可蹈也？往既不可见兮，来者趦趄而烦劳也。惨郁陶而谁语兮，窃将适乎远郊。闻清尘于柴桑兮，承休风于啜糟。

袁处士墓碑

万寿祺

处士讳存让，字谦冲，后更名胤，丰县人。曾祖讳樱，业儒，起家为邑庠生。再传至临川公，讳学儒，以硕德举乡饮宾。处士，其少子也。先明神庙年间，海内平成日久，吏治宽舒，无徭役追呼、兵戎寇盗之警。又，丰为河北沃野，临川公勤苦稼穑，慎蓄泄，岁入颇饶。处士承藉丰腆，得以恣所交游。方儿时，出就外塾，遇同学贫乏者，馆谷笔楮，靡弗周恤，识者已知其令器矣。稍长，益自挥脱，广施予。朋友姻戚吉凶宾嘉之费，往往赖以成立者，更仆未易数也。昔齐国人待晏子举火，马文渊散货殖以赡六亲，皆善用其有余，以推恩于不报。处士能之，谁谓当今之世遂无古人耶？处士有兄三人：伯无子，耽林居，不与人事，处士顺适其意，所以事之者甚谨；仲以邑庠援例游南雍，旅食常不足，处士时时助之；季谒选京师，处士倾囊资给，未尝分彼此、计酬直。夫陆机爱弟、韩康育甥，当时以为懿行。方之处士，彼岂得专美乎？处士生于万历某年月日，卒于天启某年月日，以某年月日葬于城西赵庄之原，寿三十八岁。人疑天之报施善人颇不永。然余尝考袁氏之族，莫盛于东汉，世世三公，为汉名臣。及原其发祥，则邵公理楚狱一事，实阴植之。

①《隰西草堂记》《南村记》本志混为一篇，今据顺治《徐州志》、《隰西草堂集》补阙。

今处士急病让夷，无愧家修。天之报施之者，安知非留不尽之福泽，徐及子孙，与东汉袁氏共其休宠也？顾早暮不同耳，难为计效目前者道也。处士原配高氏，继娶赵氏，生二子二女。处士既殁，氏孀居十六年，延名师训诸孤。次子本厚，补邑庠弟子员，绩学励行，为时望所归，氏之力也，然益见处士之刑于矣。氏以万历某年月日生，以崇祯某年月日卒。以某年月日，二子奉其柩与处士公合葬。本厚念其先处士之贤若此，而阐幽无文，虽美弗彰，特乞言树石，以表其墓。呜呼，此真孝子所有事者哉！故审所述，以勒之碑焉。铭曰：

奕奕岳灵，河济之交。枌榆披秀，隆阜尧尧。烟草光泽，缀厥星辰。是纷是翕，产兹硕人。系传名阀，躬韬隐德。春英秋实，告成稼穑。惠于朋友，富而不私。鹡鸰在原，曾莫忍遗。鸡鸣昧旦，绿窗静琴。蓝田植玉，凤鸾怀音。云中翠芝，未霜先折。楚老悲临，薰膏欲绝。我闻令则，睠彼一丘。考实发潜，掞藻阐幽。雉兔既驯，松楸斯拱。花阴邙陂，珠埋剑陇。煌煌片碣[①]，金碧追琢。质文初宣，苔荆未剥。丹篆菁华，寒陵风雨。伏腊躃躃，曾孙维主。树为枥社，陵成谷神。客玉匠文，千载聿新。

张氏妹墓表

李向阳

女子至殉夫而事毕矣，生前之恭顺，死际之抗爽，所不必论也。闻之当道，上之朝廷，要一字以足千秋，不亦赘乎？曰死者之心，不可语于生者之情也。丈夫以身殉国，岂曰近名？而录忠者急传青史，正气即人情耳。是非不较，杀身岛中，五百徒尚至今在，况其他乎？太学张有容死，不必其命也，而妹氏殉之。时则老父奄奄，床笫耽耽，爱女一言置不顾也，何有于兄？吾尤为其母惜耳！妹氏母，母而庶也，生一妹当子。妹不死，终身不二，可相守也。为夫舍一生，而不为母缓一死，何欤？致母养如母，自应吾事，吾不谓吾妹畅然瞑也。曰爱母之心，不可语于殉夫之情也。以其事闻之者，吾也。帝既俞，属工缉绪者，吾也。死之日，殡之同棺者，吾也。葬之者，吾也。事既竣，为文表之者，吾也。吾妹即以闻之、表之为不可也，其亦以同棺、同穴为可乎？天启七年长至日立。（作者著述颇富，惜未见其全集，于旧志中录此一首，用存其概）

① 原作“禍”，径改。

重建荆山口石桥碑记

张玉书

徐固水国也，为南北孔道。东渡河二十余里，有荆山口，地庳下，汇蓄东北诸山水，通微山、昭阳等湖，巨浸弥漫。向有石桥横亘水面，轮蹄络绎，赖以获济，行者称便。自浊流涨溢，霪潦惊涛日争啮为患，桥遂倾荡无迹。凡邮传行旅往来，率望洋以叹。篙师操一叶舟，踞为利薮，鸡鸣问津，日晡不得毕渡，中流横索钱。衣袽不戒，覆溺时告。其上下濒水居民田，亦坐是淹没。吾族叔彭城伯量公悯然殷怀，首志修复，走白诸当事，请以家财重建。其子若楚臬、游戎、虞部诸昆季，亦能善承父志。遂大出橐中金，召徒役，具器用，伐石舆土，囊糗船粟，视其力资给之。畚锸云集，历久告竣。长虹亘空，川原底定。出其上者，若径坦途、砥周道，莫不啧啧称叹。往余奉命巡视河道，经其地，下车周览，喟然曰："伟哉是工也!"《传》曰："司空以时平易道路。"《周礼》曰："司险知川泽之阻，而达其道路。"则雨毕治道，水涸成梁，固皆有司事也。舆梁徒杠，王制具在，然尚脱�不给，病涉时闻。而公以里闬荐绅出，而情殷桑梓，嘉惠远人，不待劝施而乐善好义，为居者行者无疆之利，其功岂浅鲜哉？石桥长计三百六十二丈五尺，高若干，顶宽一丈九尺，桥孔大小四十余洞。始工于康熙壬戌，迄工于康熙辛未，共费银二万六千八百有奇。外建茶房一所，阁一座，为行旅风雨庇息之地。桥规制宏远，石甃坚固，为费不赀。公姓张氏，讳胆，字伯量，彭城人，历官骠骑将军，以子贵，诰封光禄大夫，余族叔也。平生慷慨乐义，他如迁学、赈荒，善难枚举，皆公力任首倡。而此之巨工永济，尤余所目击而乐道之者，因记以镌诸石，俾志不朽。

邵玄汭先生传

汪琬

邵宗玄，字玄汭，徐州人。明崇祯末，为保定府同知，署府印。十七年春，流贼李自成破居庸关，将寇京师，保定人震恐。宗玄与总监方公正化、故光禄少卿张公罗彦，纠乡兵二千人登陴。无何，督师阁部李建泰退兵抵保定，谋入城，守城者不纳。建泰不得已，遣监军御史金公毓峒与城上人盟，始得率其麾下士百余人，入居公廨。先是，建泰尝遇贼，阴有异志矣，而宗玄等皆不之知也。已，自成陷京师，遣贼将刘方亮趋保定。方亮射书城上诱降，具言京师覆没、保定孤城无援状。建泰得之，匿其书，促召众议事廨中。众稍集，建泰从容曰："诸君亦闻京师之变乎？"众曰："窃闻之，而未审也。"建泰乃出贼所射书以示众。众方传观其书，宗玄后至，见之，勃然曰："吾辈受国家厚恩，宜以死报，安能腼颜向狗豕求活耶？"当是时，知府何公复者甫之任，未暇受府印也，印犹在宗玄所。建泰遂曰："吾欲得君印，印文书为保定数万户请命。不则，必被屠杀，奈何?”宗玄涕泣被面，不言久之，已乃大呼曰：“曩知府来，不受印，宗玄所以不固让者，以守城之议倡自宗玄故也。此时即知府争印亦不与，况阁部将劫取之以授贼乎?”因目建泰数之曰：“宗玄，一江北老贡生耳，位不过郡丞，碌碌无足比数，然犹不忍背主苟活。阁部固名甲科，受任将相，纵不自爱惜，独不记出师时，皇帝亲祖正阳门，以武侯、晋公相期待耶?顾丧心若此!”建泰瞠目无以对，而其麾下士大哗，欲兵宗玄。宗玄急掷印建泰前，曰：“任若所为!”因拔佩刀将自刎。众咸抱持之。宗玄哭，众亦哭。最后，张光禄、金御史至，复取印授宗玄，相率引出。建泰独居廨中，仰天叹曰：“我为保定士民计耳。此一举，无噍类矣!”独夜缒其私人出，阴与贼约降。越明日，城陷。宗玄乃挈印自投城下，为众贼所执。贼搜得其印，欲夺之。宗玄大骂，固不与。遂为贼所杀，犹手持印不解。贼断两指，取以去。正化与何知府皆死，张光禄兄弟、妇女二十余人亦皆死，而建泰竟率其麾下降于贼矣。建泰既降，又遣使者持一矢招金御史。御史且走且手折其矢，厉声诃责使者。有绿衣贼尾御史入三皇庙，御史出不意，奋拳迎殴，贼仆之。遂抱监军印，急趋庙前古井中亦死。越数年，保定人立祠祀诸死事者，宗玄与焉，血食至今。汪琬曰：甲申之变，保定据孤城，后京师五日而陷，其以死殉者甚众。诸生陈僖有《上谷纪事》，述之详矣。予独慕宗玄骂李阁部语侃侃壮伟，故略序其始末如此。

重修徐州城垣碑记

项锡胤

徐州地连鲁豫，控山带河，古战争之国也。其储偫[①]修筑，固吾圉以备不虞者，莫城垣为首务。余以顺治十七年庚子岁十月，来秉宪是邦。始至，周行阅视，城隍未完，雉堞倾圮，楼橹敝坏，慨然叹曰：“是足以捍御耶?”问诸吏，前此者亦屡议修筑矣，奉行之不力，故随作而坏也。夫作而随坏，不如毋作。于是集州卫文武合议，檄详制府，集事鸠工，董程勤惰，无间寒暑，历三年而告竣，盖康熙元年七月也。凡修城垣六十四段，城隍一千三百六十八丈，城楼十二座。而西门之大楼、箭楼，旧已尽废，则鼎建维新焉。于是向之卑者崇之，薄者厚之，剥落者补筑之，倾圮败坏者重立而修葺之。四城丽谯既焕然改观，即先古相传如奎楼、黄楼、彭祖、燕子楼诸胜，咸饬之还其旧观。是役也，为工凡数万，费白金六千三百有奇。制府捐倡，余出橐金千二百，实始经画。前后资助，期于底绩，赖州卫文武、缙绅、子衿共襄厥成，而州之民未尝费一钱焉。夫卫民以图其安，先事而豫防之，此为民上

① 原作“峙”，径改。

者之职也，奚足记？抑语有之：“前事不忘，后事之师也。”令来者有所鉴视，知兴作之不易而鸠材之维艰，其亦相与塞瑕补阙，以共图于永久乎？今而后，土实石坚，克壮其墉，无事则共保其成，有事则足以防危而备患，徐之人实永赖之。是为记。

孝行张又白传

李光地

先生张姓，联璧名，字又白，终于诸生而笃于孝行者也。父凤鸣，让产诸弟，挺身起素封，乐善好施，豪举闻海内。今以曾孙之麟贵，赠荣禄大夫。先生生有异姿，好读书，不避寒燠。每于溽暑中，衣冠坐深室，手披简编，汗流至浃背。冬则积絮筐筥，贮足其内，穷日夜吟哦不绝口。诵习无旁杂义，卓然以前修自期。尤于敦伦立本处，以身心体认。尝读书至孝弟章，掩卷叹曰：“人生大节，只此两端。此间有亏，其他俱无足道！”闻者咸高其论。年十七，父卒，哀毁柴立，忧形眉睫者三年。服阕应试，属郡博士弟子。人劝先生应乡举，辞不赴，曰：“掇科名为仕进地耳。吾父背母寡，正虑子职有缺，无以娱萱亲，尚何荣名之足云！”以故，先生事母，不第谨定省之仪，尤凡事必承意旨，终身不渝。兄联斗，家督也，无故中含沙，几陷于法，母虑之，先生破己产奋力拔归。弟联星，幼力学不禄，遗一孤曰灿，甫周龄，七岁又失恃，茕茕孑立，母虑之，先生置膝下，抚育倍至。既长，割之田，视己儿无异同。姊早孀，甥少，窭贫不能自存，母虑之，先生迎养于家。母心大慰，先生事母之心亦大慰。寻母卒，恸绝数四，浃旬不咽溢米，号泣饮水而已。哀慕之诚，三年犹泣。出告反面，事死不废，而处己应物，犹若有母临之者。岁凶，穿窬盗粟就擒，先生恻然曰：“若为饥寒所驱，故至此，大可矜！”释之，遗以麦，引理法喻之，窃者泣拜，人比之王彦方。其他折券、归田、散金、救贫、恤埋葬、活桑梓，不可枚举。要皆念母之遗命，扩母之善量，不以生死二者也。提学诸君子闻之，旌以额。绣衣秦使奇其行，特疏上荐，以作忠为先生期。甫奏，先生卒，年六十九岁。都人士哀之，莫不酸鼻。生子五：长拱极，以明经出佐粤藩，迁莒守，所至多异政；次壮猷，孝廉；次炯，恩贡士；次拱辰，次向极，皆诸生。公侄灿，太学生，生子之麟，壬子举于乡，历简黔西总戎。之麟，字仁趾，余门人也。参南营时，比余衙舍，言先生事最悉。丁酉五月，余奉命还朝，舟次台庄闸，仁趾携其从弟正光来谒。叩之，正光，炯子，先生孙也，时佐峄邑，有清声，余雅爱之。坐顷，出先生行状，丐余立传。余因闻于仁趾者稔，爰走笔为之。赞曰：

先生之事亲也，生而爱，死而哀，久而思，可谓孝矣。然其友于兄弟，德施乡闾，寝食诗书，升闻朝野，殆所谓立身行道，扬名后世，以显父母者乎？至其簪缨代起，搢笏盈庭，又知天之报施非浅鲜矣！余论次其事，心向往之矣。

重修放鹤亭碑记

戴圣聪

彭城之山，以云龙为望，而张山人作放鹤亭踞之。东坡先生所云“冈峦四合如环，独缺其西”者，盖专言亭之胜也。山人躬耕养亲，行洁而道高，有古贤人之风，公故折节其人，既咏歌之，又取其亭记之，此山人所以传。亭历数百年至于今，虽极颓敝，而人不忍毁也。自余分宪此土，今数载矣，流览山川，求古人而不可见，而仅见夫苏堤、黄茅冈、放鹤亭诸胜迹，亦皆颓欹，不堪凭吊。维时，淮丞祖君雅有同志，水土余暇，即与州牧孙君兴举废坠，而丞独于此亭为殷殷焉。亭既新，请余记其事，其用意固深远矣。余维古人风教之微，莫不有所寄托。彭城以霸国之余习，矜势利，尚诈力，识者忧之，惧其流失而莫之返也。惟山人以皎然不滓之意托之于鹤，坡公即以其意托之于山人，一时旌旄之大夫，蒹葭之伊人，高风亮节，遂踞彭门之胜。及其久而敝也，余犹得以其意托之于放鹤之亭，亦曰庶几风流不坠，即山人与鹤，不必其或有或无也。然吾于此有慨焉者，苏公以宋熙宁之九年来徐[①]，明年即有澶渊水决之患，泛泗而下，徐当其冲，公捍患御灾，三阅月而城存。是公以守而兼治河，犹恢恢其有余；余以监司而兼治河，乃惶惶其未足。公以贵近出守，为百姓请命，事皆自达于天子；而余或不能受成于大府。公当蛟龙既逞，哀鸿初集，其为补救宜无暇晷矣，而犹得与后山、参寥之徒，肩舆于白门之道，税驾于山人之庐；而余拮据使职，泥手涂足，未能告无过。历几岁时，而始得新此亭；亭新，而曾不得与贤士大夫一托足焉。甚矣，古今人之不相及也！吾不敢谓彭门之大，遂无山人；其人即令有之，吾亦安得与之徜徉林壑、偃仰黄茅耶？今幸二三君子敬其职，深其思，取昔贤寄托之地，向慕不衰，亟修葺以佐余之所不逮。使其所遇如山人者，则又不知其何如也。然则表章者，良有司之责；而兴起者，果谁嗣也耶？吾愿登斯亭者，仰而眺，俯而思，处士高白鹤之节，宦游览丹凤之辉，余即不得朝夕于此亭，世固不乏贤人君子来游来歌也，是则余之志也。若夫目不及町畦之外，心不忘宠利之私，聚狎邪，恣盘飧，酕醄傲于其上，不几令山灵笑人哉！

① 案王宗稷《东坡先生年谱》，应为熙宁十年四月至徐。

汉高帝歌风台碑记

汪懋麟

沛在秦汉间，俨然一大邑，故史称汉高帝曰“沛丰邑中阳里人”。高帝既得天下，过沛，以为汤沐邑，复其民。沛父兄皆顿首曰：“沛幸得复，丰未复，惟陛下哀怜之！”高帝曰：“丰，吾所生长，极不忘耳！”乃并复丰。高帝微时，又常隐砀山，皆近沛境。今沛所治最小，近漕，苦河患，城郭田庐每为水所坏。凡昔所传沛宫、高帝故宅、吕冢、樊巷，罕有识焉，惟歌风台巍然独存。台之筑，不知所从始。相传有蔡邕所书《大风歌》碑，岁久，漶漫不可读。元大德间，摹刻于石台。旧在治以西，为泗水所蚀，乃徙而东南。明成化间，御史陈嘉谟拓其地。嘉靖十四年，邑令杨政作亭覆其碑。邑令周泾再葺之，别为台于东偏，覆圆亭其上。再坏于水。万历二年，邑令倪民望再复之。邑令苏万民立坊其下。重作亭以覆大德之摹石者，则邑令罗士学也。迄于今，亭已圮，碑石在泥沙中。沛益荒瘠，河患日肆，来领兹邑者，公私补救之不给。今梁侯为治之明年，政简而时暇，民日以休，土日以辟，河水亦渐疏不为害，乃以其余力筑台而宫之。邑旧有高帝庙，今无矣。侯奉主于其中，买田若干亩，令黄冠守之。宫前广以厅事，来游者得观览焉。噫嘻！从来兴废之迹，亦何尝哉？得其人，则废以修、坠以举；否则，有相视芜没耳。乌睹所谓兴王之遗迹、歌咏之雄风，览于古而慨于今者乎？昔高帝召故人父老子弟纵饮极欢于此也，发沛中儿得百二十人，教之歌，酒酣击筑，自为歌诗，令儿皆和习之。乃起舞，慷慨伤怀，至于泣下，谓沛父兄曰：“万岁后，吾魂犹乐思沛！”然则高帝之灵爽，虽异世实式凭之，生为英主，没为明神。况其汤沐恩泽故地，雨旸凶丰、灾眚疾疫，沛之民噢咻而呼吸之，若子孙之于高曾耳，有不阴相而默应者乎？则梁侯是举也，凡以为沛之父兄子弟谋也，游观云尔哉？工既讫，请余为之记，并系以歌。歌曰：

砀泽莽莽兮云苍苍，泗水浑浑兮河无梁。赤帝一奋兮恢天纲，提三尺兮定八荒。猛士何在兮韩彭，奈何兔死兮狗烹。惟德可守兮威何常，拔山之力如毫芒。吁嗟游子悲故乡，昔无宫兮今堂房。桑枣翳翳沃以光，纷青红兮秋以黄。帝来归兮神洋洋，风偃息兮云不扬。我黍我稷登穰穰，沛父老兮歌乐康。

送兄左严之任沛县序

汪懋麟

兄昔领太湖学也，余适在京师，未及以言为送。归来作一言以寄，距今九年矣。兄以服满，再领沛县。余在田间，将别，诚不能已于言也。按教授之设，唐府郡置经学士各一人，掌以五经教授。开元二十六年，敕州县每乡各置一学，仍择师资，令其教授。至于宋，立学遍州郡，置教授，以三年为一任，以经术行义训导诸生，掌其课试，而纠正不如规者。然其为官，则委运司及长史于幕职州县官内荐，或本处举人举有德艺者以充。又或用兼官，或举士人，委于漕司而未隶于朝廷也。熙宁六年，诏诸路学官并委中书、门下选差。至是，教授始命于朝。元丰七年，立法试学官，上等为博士，下等为正录，愿教授者听。中丞胡宗愈言："学者初登科，遂颛师席，非是。"诏内外学官经任，年至三十，方得在选。诚重之矣。今选法仍本于朝廷，独试法虽行而无所择。又军兴广例，多少年喜进之士，而老成经术之儒仅遇之。则领斯职者，不重难其人哉？吾兄以名孝廉为当代贤士大夫所推，自通籍以来，又将十年。其在太湖也，出其文章，本以诚信，率厉诸生，使躬问学、蹈绳矩，出入先圣之门，罔有或悖。又领新庙学，守其图书、服器，春秋典祀，悉中规矩。又能和其邑令，致虚己以政事资讲论，兴除其利不利者。及以忧归，士民遮送泣下。则斯一官，不足以尽吾兄之才，可概见矣。而吾兄固甘为之尽，不苟以从事如此。使天下郡县得人尽如此，则庠序之兴，不将有望哉？沛邑为古彭城刘项战争之地，曹参、王陵、周昌、樊哙、周勃、夏侯婴之徒，皆生长其间。霸王之余，以武为俗，似难文化。然土厚而风朴，士人好宾游、任气节，视东南以词貌为贤者，转移为甚易。吾兄施以太湖之余，当必有闻风兴起者。他日最闻于朝，征入国子，教胄兴贤，将四门六馆之士，皆抱经以从，进讲殿廷，倡明师说。吾兄之才，庶有以尽之欤！

赵衡士先生传

丁易

先生名国铨，字衡士。本姓崔，先世山左之濮人。高祖海，仕直隶大城县知县。曾祖赞，诸生，迁徐。祖梦熊，赘于赵，因以为氏。先生幼端凝，不苟言笑。好读书，质钝，日仅诵数十言，然一有所得，辄终身不忘。年二十六，补博士弟子员，初试高等，食饩。壬寅岁，以恩贡与试，授州司马。回籍，旋居艰，哀毁柴立，泣血三年，口不言外事。服阕，征就职，屡敦不起。曰："仕进非吾愿。何必学陶栗里，见督邮时始赋归来耶？"结庐吕梁洪西，树以松，手堆奇石数种，号曰"松石居"。肥壤让诸昆弟，留斥卤少许，供饘粥而已。置僻室，闭关危坐，取周、程、张、朱各遗书及百家古文集，穷日夜殚心一力，究极奥蕴，体诸身心。常书座右曰："读书须在切实上做工夫，不可在吟咏间讨名誉。"以故，先生独不以诗赋见长。四十年不入城市。门外谒者非其人，拒而不会；向学者，倒屣迎之。虽三尺童子，必遇以礼。当路不投半刺。雅与都水李缙明善，相见谈道义，间为山水游，未尝一语干与政事。李公深器重之，称为赵夫子。授生徒，先德行，次文艺。一从游，终身诫之不渝。有二生既出其门，一渔市利，一好争。先生闻，置酒招之，正颜色谓曰："士不入市。湫嚣之地，岂宜投足？孳孳为利，盗跖之徒。若宁不知人之处世，以忍为大？君子待人，用三个自反。若当取存心仁礼章，仔细体认！"二生大惭而退，痛自责悔。先生近百岁，不带镜，不扶杖，诵读不绝口。居家一本小学，子孙无佻达习，臧获不加诟谇，门庭肃如也。康熙丙寅，举上元乡饮酒礼，都人士言于有司，推先生为大宾，先生谦退不居。即有以诗文寿者，亦固辞不受。生平不近名，类如此。子诗，托志泉石，吟弄风月，工于诗，尤善青乌；季子元、孙立政入成均，仍不释简编，人谓箕裘不坠云。赞曰：

昔吾夫子观道处曰吕梁，固名山佳水区也，往往有隐君子者托足其间。余曩过其地，闻父老多称衡士赵先生。及获从嗣君游，造其庐，松石依然，典型犹在。先生之风，真山高而水长矣！

松塔寺记（康熙甲戌）

刘暄

宇宙之大，植物非一，要于寻常耳目间，得瑰异奇特之观，则人竞称而传之。余于癸酉嘉平封篆后，偕郡佐、州牧、守戎诸君校猎于徐治城南二十里，少憩所谓王家堂者。中庭一松挺然，散柯布叶，层层盘郁，形宛似塔。辄抚玩不能去，顾谓诸君曰："松，植物之最贵者也，凌霜雪而不凋，抱坚贞而不屈。或蔽高冈，或参云汉，是以有偃盖之名，有虬龙之目，亦见古人之拟似工而契赏至也。余爱兹松于寻常耳目间，具瑰异奇特之观，以塔名松，以松塔名寺，其可乎？"诸君皆曰然。余曰："松又灵异物也，玄奘摩其项而枝皆西向，丁固梦生腹而位致三公。余与同人适遇兹松，其各以高洁之操、层累之业矢之于心，其庶几乎？"诸君皆首肯，请余为序。又思昔元规[①]称和峤森森如千丈松，虽磥砢多节，有栋梁之用。窃尝以此意自期，今并以此意期诸君子，则《松塔寺记》之作，亦不徒然也。因笔之以正诸君子。

重修汉高帝庙记

王初集

汉高帝去今已二千余载，而其庙独存于丰邑，岂非以丰为其故土乎哉？夫人情莫不喜新，而独至乡井闾巷，又念旧不忍忘。故庄舄之作越吟，张翰之因秋风起思莼鲈，古今人情大抵皆同也。说者谓帝王奋兴，以六合为家，宜少异焉。粤稽

① 元规为庾亮之字。案《世说新语》，应为庾敳，字子嵩。此处云"元规"，系作者误记。

当年，高帝崛起丰沛，诛无道秦，削平海内，其声灵之四讫，可不谓盛焉！及大业已定，过丰邑，置酒宴诸父老，曰："游子悲故乡。"又曰："吾万岁后，魂魄常思乐此。"因慷慨泣数行下。彼其志，岂尝须臾忘丰邑哉？闻明嘉靖五年，河决邑改，公私庐舍漂没殆尽，惟高帝与萧相国小木像，荡漾于洪波巨涛中，依恋庙左右不去。然后知沧桑递变、陵谷屡迁，而帝之灵爽尚流连于故乡也。庙旧在郊外，因河患迁徙不一。康熙十九年，县令孙毓璘迁庙于城东北隅。岁月既久，风雨飘摇。迨今戊子春，余躬行祭祀，见栋折榱崩，而帝像且将压焉。爰捐俸鸠工，剔其梁栋之朽蠹，易以良材；去其墙壁之颓败，易以砖石。幽者高爽之，疏漶者严密之。葺旧于将坠，更新以图成。而居中帝像，饰以黄金；旁列四辅十八侯，妆绘如故。复缭以周垣，以为屏蔽。经始于四十七年太簇月之望日，落成于姑洗月之望九日。黝垩丹漆，焕然可观。虽规模制度不敢方原庙万一，亦聊以志帝灵之不忍轻去其乡云尔。

张广文传

阎圻

张广文，讳之典，字元式，别号肃斋。先世自元时居沛。邑称旧族，必曰晓明寺张氏云。广文天性真挚，少孤，事母以孝闻。年十九，补邑弟子，试辄高等。家故饶，不假教授为生。或重其文行，强延之。居才数日，如违定省数年者，意忽忽如有失。中夜起行，彷徨不寐。明旦即辞去，依依膝下，终不肯复至塾中。主人不能强，而广文之孝益有声。会督学使者试淮徐，佥议以孝行举。议既上，广文闻之，则惶恐谢不敢当。当事者益重之，然重违其意，不果题。初，邑中每岁签[①]里长任事者，辄至破家。邑某例不应役，邑大夫将脱之，顾尝重广文，欲得广文一言乃免。某承旨怀金为寿，广文为言，得释矣。越日，携酒诣谢，广文与饮尽欢。某挈榼归，则原金在焉。某惊且感，为传颂于邑中，而广文则自讳曰"无之"。年逾七旬，训导东流，教士以礼让为先。诸生化之，无争讦者。在任三年，以老告归。举乡饮大宾。卒年八十三。子其猷，孙仟，皆名诸生。

汉安国侯右丞相太傅王陵母墓碑

孙国瑜

王陵，故沛人，与高祖为布衣昆弟，交意不相下。高祖起兵入关，陵弗肯从，自聚卒数千人于南阳。久之，始以兵属汉。是时，楚势方张，项王气盖世，乃东向

① 原作"佥"，同"签"。

坐陵母，欲招陵。其为羽所尊重若此，陵固一时人望之所属也。昔淮阴侯归楚则楚胜，归汉则汉胜，两无所归则楚汉争胜。谁谓士之去就，不有关于楚汉兴亡之故哉？使母当时稍依违迁就于其间，陵归楚，则徐庶不得为完臣；陵不归楚，则赵苞不得为孝子矣。不宁惟是，陵素戆直任气，母惟一死以绝其望，使知汉王长者，勿持二心。陵始恸母仇项，终事高祖定天下，为社稷臣。吕后朝，陵守正不阿，罢相归，不朝请者七年。既卒，乃得王诸吕，审食其始居中用事矣。吕氏之惮陵，不隐然一敌国也哉？凡此者，皆母“勿二心”之一言教之也。迄今将二千载，微独重瞳久化青燐，即高皇原庙亦鞠为茂草矣，而陵母青冢岿然独存。贤母之懿德烈行，自足以传万世。而余复树以华表，建以丰碑，周以围墙，使后之过其傍者，皆有所观感而兴起焉，聊以为世道人心之一助云尔。

郡侯姜公重修学宫碑记

李蟠

公莅徐五载，教养兼施，修废举坠，次第施行。一日，进多士于学宫而诏之曰：“胶庠之地，论道亲师，兴贤育秀，广教化，美风俗，以上佐盛世右文之治，胥于是乎在。乃观瞻未壮，茂草兴嗟，则司土者责也！”于是捐俸重修，缺者补之，敝者葺之，未有者增置之，未合于制度者变易而更张之。乃首新大成殿，安圣灵也，轮焉奂焉，绀碧耀日矣。次及戟门、棂星门，清神道也，巍焉焕焉，嵯峨干霄矣。未已也，《诗》不云乎：“思乐泮水。”而泮池［尚］[①]未备，非制也。乃浚土为池，醴泉涌焉。架石为梁者三，梁各三空，周围石栏雕镂，备极工巧。澄潭映月，朗石冰壶，真巨观也！复改建正殿月台，增以石栏并石级，皆雕龙彩凤，镂刻备至者亦同前。复增正殿腰墙，辟门者二，两庑亦皆新。复念名宦、乡贤二祠，湫隘不敝风雨，非所以崇先贤、厉后进也。加增旧制者数倍，周以为围墙，颜其门。复建更衣、省牲二厅，非徒饰观，以昭诚[②]敬焉。夫如是，以可谓备美而无憾矣。犹欲创建尊经阁于伦堂后，正庀[③]材鸠工，经营筹画，落成亦在指顾间。嗟乎！吾见世之守土者矣，朔望之辰，入庙成礼而去，奉行故事而已；其他浮屠古制，画栋雕楹，动费［巨万］[④]，将以祈福泽、恣游览也。求如公之立政务本者，谁欤？矧自今学校日兴，人材倍出，以科第寥落之乡，忽化为冠裳辐辏之地，其大有造于徐人者，岂浅鲜哉！故为之记。

---

① 原阙，字据乾隆《铜山县志》补。
② 原作“成”，据乾隆《徐州府志》改。
③ 原作“庇”，据乾隆《徐州府志》、道光《铜山县志》改。
④ 二字据乾隆《徐州府志》补。

创建尊经阁记

李蟠

六经皆圣人手定之书也，萃尧、舜、禹、汤、文、武之道于简编之中，以垂教万世。万世之人，无不尊而奉之，如日月之经天、江河之亘地也。是以历代学宫，必建尊经阁于其中[①]。徐之学宫凡数迁，历数百年，而兹阁缺焉未讲也。岁丁酉，郡侯姜公重新圣殿，两庑增置月台，凿泮池，改建棂星门，易木以石，名宦、乡贤祠皆扩其旧制，复建更衣厅、省牲所。崇巘巍焕，甲于江北。工甫竣，复进徐人士而诏之曰："经学之不明于世也久矣！士不通经，不适于用，昔人盖尝言之。将欲阐明圣学，昭示来兹，俾皆顾名思义，不至于蔑古而荒经，则斯阁不可以不建。"于是辟地筑基，克日落成。长六十一尺五寸，宽二十九尺，高四十一尺五寸，翚飞鸟革，照耀寰区。登斯阁也，山河在抱，烟火万家，羽籥弦诵之声，达于远近。富而后教，徐之士风蒸蒸日上，公之湛深经术而政教兼得也，亦具见于此矣。

书院义学记

李蟠

郡侯姜公治徐九年，教养兼施，家给户饶[②]，孝弟力田之风，骎骎近古。群谋于云龙山麓，辟土建堂数间，为饮射读书之地。岁时月吉，烝髦士而训之，陈《诗》说《礼》，翕然丕变。公曰："富而后教，守土者之责也，然不可无专师以董之。三代闾有塾，党有庠，州有序，俾其里之年劭德硕者为之师。后世乡学之设，制虽不同，而法实相因。今学博姑苏刘君，文章道德之士也，为子弟谋良师，何他求焉？"复捐俸建斋堂数处，具脩铺，设皋比，晨夕鼓箧，匡坐谈经。负笈从游者日以众，弦诵之声，闻于远迩。课文申送，必逐卷覆阅，精鉴悉同，士心愈奋。复为置义田数顷，传之永久。鹿洞、鹅湖，不得擅美于前。学校兴而风俗日上，大有裨于盛世作人之化，岂徒一郡向风、人才蔚起而已哉？

张总戎传

徐用锡

张公讳之麟，字仁趾，号厚庵。先世山左人，明初徙居彭城。曾祖凤鸣，素封好施，有隐德；祖联星，力学早世；父灿，太学生，崇义轻财，豪侠闻远近。今以公贵，赠皆荣禄大夫。公生而颖慧，善记诵。初操觚，新奇之论，时出意外，人

① 文庙出土碑刻作"其后"。

② 原作"绕"，据道光《铜山县志》卷二十《艺文》改。

称异焉。戊申，应童子试，文战失利，改武，列博士弟子员。壬子，登贤书。会试见黜者再。壬申，效[①]力枢曹。旋居艰，哀毁骨立。除服考满，授守备。己卯，效用河上。辛巳，张大司马视河，委摄苇荡营游击。兴闭举弹，悉谘于公。公论人言事，无相参错，深信任之。盐枭孔文泰横踞海滏，官兵莫谁何。公单舸入其巢，招之降。淮扬监司闻而嫉之，篡其功不遂，加以毒害，欲置之死。癸未春，翠华南巡阅河，公挺身起为向导官，屡顾问奏，皆称旨。载归至都，特授北营游击，许其时入见且启事，盖以锁钥之重任公。公颖于是脱，乃举京营积弊，力为扫除。捐俸置戎器，奏请饷米领通州者改京仓。捕盗救燎，纯用机术操纵；摘猾伏奸，勋贵皆不能夺。人以为难。时上官有鸱张者，颇用贿，公与争角，几至决裂。既而啖以甘言，欲诱致公。人或劝公阿顺，公曰："是大负圣明也，是尽弃生平也，断不可有！"午夜遗金者，正色却之。公之秉正守礼，屹然中砥，处污秽而不蒙其滋垢，虽与日月争光可也。九重闻之，益重且爱。銮辂出，即令扈从，赐厩马、冠服、羞味，皇子赠诗额。宠遇之隆，震动畿辅。是时公跻显庸，监司方陷于法，身既殒，坐及其子，公致书当道，解脱其罪。即向之乘危下石者，仍与款接，其宽厚如此。乙酉，车驾巡江浙，公为前驱。丙戌，升南营参将。戊子，迁山东临清营副将。至则靖萑苻、修操场、练士卒，壁垒为之改观。己丑岁祲，敦请赈济，全活者不可胜算。壬辰，报最。甲午，有威宁总兵之命。公疏请陛辞，中途袭风寒，疾作，乞骸骨归。结庐先人首丘，榜"清白"二字于门端，足迹不入城，干谒者摈而不见。所萦念者，朝廷之恩未报，桑梓之利未溥。盖公以忠君爱民为汲汲，其天性然也。先是，徐邳间有清水河曰房亭，淤垫不宣泄，害州县十数，公目击心恻者久。家食时，尝自出粟开沟渠。嗣于风云际会之初，恳切陈言，邀恩疏导。而归里后，犹修浚阔充，为万世计深远，屡吁州守筑堤其南，黄水不能北下，民困大苏。复倡设书院于醴泉山，聚闾里俊乂者，延师教之。安溪李夫子赠之联曰："束发驱驰，不忍营家羞壮士；抽簪卧隐，常因化里作劳人。"公生平清正廉洁，功在朝野，具见于斯矣。无何，西戎告警，远勤王师。忠愤羞涩，积忧成疾。自知不起，口授遗疏，沐浴，正衣冠而逝，时庚子孟夏朔日也。疏上，优旨下，逮期年从祀乡贤。子五：廷柏，幼觞，其妇贞殉；士魁，荫监，早世；宽培，补荫；嗣魁、致和，皆州同。余与公交最深，又为姻娅，知其事悉矣。厥子复以状求传，因援笔为之。赞曰：

当公之初膺主知也，天威不违咫尺，抵掌而谈，累累不穷，人或曰："此雒阳季子之流乎？"迨观其立勋名、禁苞苴、绝芥蒂、审进退、拯乡邦，方之范文正公，何多让焉！贪廉懦立，吾望天下后世之闻其风者矣！

① 原作"致"，据乾隆《徐州府志》改。

丁烈妇杜少君传

王景铬

尝读烈女记序碑铭，未尝不废书三叹也，曰：“嗟乎！闺门中有此异人，而几为学士荐绅所不逮！”然其事亦间世一有。至于从容以赴义、委曲以成仁，而为史书所未备者，今独于杜少君遇之。杜少君者，岁进士奇遇公之女，而庠生震九丁君之媳也。方其少时，以纯谨闻，且娴礼法、达大节。长而适于丁子鋐，事舅姑以孝，妯娌间相亲睦，接下待人，皆有法度。相夫承家，齐眉偕老，其素志也。夫何数奇不偶，历二周而生子，未阅月而丧夫，抢地呼天，哀号欲绝者屡矣。方是时也，举家惶惑，不知所为。已而事舅姑益谨，抚其儿倍至。然哀容惨淡，有不知涕之何从。何图子生四龄，竟以病夭。既夺其夫，旋夺其子，摧残兰蕙，乃至此极。少君之沉痛迫中肠，其不少异于丧夫时也，固宜。未数日，请于舅姑曰：“夫不可以无嗣，愿假犹子以承先。”舅姑许之。成礼毕，察其意度，无异平常。方是时也，举家又窃以共慰。而私自伏毒，以殒厥命，乃即在礼成之夕。夫其决计以从夫、子于地下，而为人所不及防，至于如此。人以为定志于四年前，非也。且安知其子之必死也？至谓伯叔子不同已子，此又与流俗之见何异！夫人生大节，有随时以自尽，且并行而不悖者。始欲以己之身报夫，而顾怜其子；继欲以子之养报夫，而迫欲其成。至于子死，而其望绝矣。存嗣续以慰高堂，同室穴以完夫妇，此则少君之志也。已而，要其从容以赴之，委曲以成之。可以生，而生而不以为幸存；可以死，而死而不以为轻殉。酌乎宜而归于正，其存其殁，无不可快然无憾者，不亦卓然千古也哉？此今上六十年正月四日事也。时余寓彭城，因得述其大略，愿世之观民风者得以采焉。

向苏堂帖跋

张元贞

集字昉于唐人，《圣教序》《夫子庙》《摄山寺》诸碑，其最著者。后世古迹既远，力难多致，不见斯格久矣。徐州太守姜公，以康济弘才，耽风雅韵事，数年创建，既各纪之以文，而郡人李翰撰复为采摘古人法帖，集而传之。公因勒置义学，为后生翰墨津梁，盛心也！夫书虽艺事，贵知古人正法眼藏，即如平原之划沙印泥、襄阳之怒猊抉石、眉山因欹偃而得夷犹、吴兴任纵横而成茂密、文待诏自立一家、董宗伯变通众法，虽结体万殊，而会精则一。大抵无往不收、如斜反正者，非仅仅虚拳直腕、指齐掌空之说也。得鱼忘筌，是在解人妙会，而太守、翰撰之嘉惠于后来者远矣！

游云龙山记

张元贞

徐境多山，惟云龙最著，著于东坡先生之守徐也。儿时读《放鹤亭记》，即思引胜侣，饱饫彭城诸名胜。纵楚汉邈矣，若张长史、李孝伯之风流，为亚父冢、戏马台增色处，犹可凭而吊。乃扬、徐相距止数百里，求一放眼不得，固知山川、朋友，会合良难。今年秋，喜吾友盛子岸高为游徐之约。既至，过三山头，盛子扬鞭西指曰："是非张山人旧隐地乎？"方日向夕，望塔背烟鬟，仅辨山椒屋宇而已。明日，道白门，取仄径，蹈蹲狮骇兽，直穿云龙右胁，同鼓勇踞鹤亭之巅。望大河滚滚东下，群峰层抱而独敞其西，笑谓盛子："知巨灵有意供客，特辟此山一门户乎？"时木叶就脱，俯村墟暧暧，野人妇子喜恬，皆乐业景色。而北面高城压河，郁勃万象，则城中烟火也。后一亭曰"异境"，四顾空明，千螺翠滴，或晴帆数点，参差出没于烟霭间。少北，登长廊，下视堂三楹，一日四时，俯仰景光无定象，正与送晖亭对。惊问盛子，皆太守姜公因坡仙作也。太守膺民社，寄何闲情怀古之深？盖徐昔荐饥，公惫心力，日抚绥不暇。九载以来，年谷登，生养遂，学校兴。自星门以至堂殿，次第功成；而经阁、泮池，且创从前未有。其敭历余闲，乃一复山川之旧如此。余因叹天下事，不患无千万人，常患无一人。彼退畏鲜功，或张施失序，不终蹉跌不止；而此一人业得之，虽千百年之废坠，不难力振于一旦也。既遍览题额，觉儿时寻摘于张山人《记》中者，更历历遇之。噫，观止矣！盛子曰："是足尽此山之奇乎？山灵奇异，更在大士一岩。姜公既重葺鹤亭，因辟地构守僧兰若，而下岩横亘一石，莫穷其底止。畚锸动而斤削，开天然一普陀，妙相异哉！"余急引盛子瞻礼。忽有声自东北来，悠然可听，隐隐与岩中经梵应和，则向苏堂中雒诵声，义学也。已而游黄茅冈，谒四贤祠毕，复登望湖亭、可廊。遥瞩一亭孤峙半山中，若不屑与众伍，亦太守位置。卒往就徘徊肆眺焉。余窥太守之意，因创互见，大抵朴而坚，整而暇，无侈前人，无废后观，期于一劳垂久，不略掩云龙真面目而止，然非一朝夕所致矣。或但以大士感召为太守异，不知九载贤劳，早可作慈航普渡观耳。即如坡仙守徐时，设置河防不理，听黄楼莫奠，而沾沾赞罗汉、记大悲，孰与送晖、放鹤之句与此山并传千古哉？后之视今，亦犹今之视昔。余既遂登临素愿，而又服太守能默契前贤也，于是乎记。

改建徐州儒学棂星门记

姜焯

朝庙之外户曰棂星，遍阅四方，木石各异。徐州古无考，今庙则从屡迁之余，草草建造，门久用木。壬辰夏，予莅兹土。谒先师，入门，见其木质败残，颓然将速坏，思易之。顾周视黉宫，颇有急于是者。饥馑之后，士困民贫，而予又力薄，难谋工作。比年来，小民安宅，四野丰稔，才兴为倡之。而工作奋兴，初扩月台，继葺祠亭，已而凿泮壁，规模渐改。予乃曰："今可为棂星门计矣！"爰鸠集石工，采石伐木，冀垂永久。工不数月，早报竣。先是，里人某建坊，需石梁七尺，求两月，弗遇。是役也，往辄得之，材皆盈丈余，如有神助。司训沙君请予记之。予惟汉何武为刺史，簿书暇，必视学、训诸生，多所创建，予愧非其伦；又陈公襄知常州，以郡学狭隘廓之，气象遂冠诸郡，予相违不可以道里计。辞弗应。既念自谋新是门以来，踌躇顾虑如此久，有倡必应如此易，成功不日如此速，得心应手如此神；嗣是创建尊经阁，又将落成。他时若两庑，若戟门，或可因是歆动，徐人士次第以为也。乃诺沙君请，而为之记。

来鹤轩小记

姜焯

予初至徐，官舍半圮，堂寝之外，别无以游息。思稍增益之，属饥俭之余，殚力安集，不暇以为。今年秋，麦菽皆稔，民无菜色。乃蓄俸钱，募人斫茅市木，舁山废石，为屋数楹、山数拳、沼数笏，植竹木数本。价廉工省，颇自喜也。工始兴时，有野鹤自空中来，驯绕阶除，依予不去，因怜而豢之。屋成，用以名轩。客指为嘉祯，赋诗来贺。予固不谓尔也。昔徐有张山人好鹤，苏子谓惟隐逸为宜；然赵清献携鹤之官，声绩弥茂。兹物何与于出处乎？予之取义，聊志其偶然焉耳。既谢客，遂为之记。

重修放鹤亭记

姜焯

放鹤亭，徐之胜境也。自宋迄今，屡圮屡修矣。岁丁酉，淮徐司马王公曾募同人来修斯亭，甫成僧舍二，即以丁内艰止。夫修废举坠，守土者事也。予目击荒圮，谊安能辞？筹踏营度，乃于今年夏，鸠工庀材，亲临亭上，缺者补，隘者宽，败者更，攲者正，而飞檐广厦、瓦缝钉头，完固如新。竣工日，予登亭四望，悠然其有会焉。昔苏文忠作《放鹤亭记》曰"升高而望，得异境"，又曰"晦明风雨之间，俯仰百变"，其作诗曰"放鹤亭前送夕晖"。七百年来，谁识此景？即学士闻人，往来者不少，然亦知而不言；彼愚夫俗子，其孰从而闻之？爰于亭之东及南北，开轩作亭，即摘诗、记中句颜之。且扩围墙数十步，俾从前障碍，一变空明。庶后之登斯亭者，无雅俗皆见龙山真面目，而乐文忠之乐也。考碑记：顺治十二年，亭有楼，有厨库，有饭僧田二顷五十亩，坐邓庄。后皆为不肖僧变毁。今悉按记复田，又度地西岩下，构兰若数椽，命僧居之食之，以守此亭。此皆非予所敢创也，特取文忠意而显著之，犹是用因焉耳。是为记。

云龙山新开大士岩碑记

姜焯

维予自壬辰春来牧是邦，鞅掌劳瘁，逾八稔矣。幸明神默相，时和年丰，井闾乐业，一似恤予之拙且劳也，嬉然相与安焉。既用自喜，乃以暇崇饰学宫，增益往制。工甫竣，属河防贰尹王公欲重葺宋张山人放鹤亭。未几，遽以忧去，群情怅悒，予遂为嗣究厥功。既而相度亭踞云龙之椒，临眺四极，是云佳胜；有议构室其上，募僧居守，顾于亭有所障，非前良初旨。视亭下岩，怪石离立，坡陀负土，可夷之屋，以居僧众。议是之。爰鸠工平治，不数锸而土尽，实一巨石，当山肩项，广约十寻，莫穷其深厚，隐伏土中，其上离立，则峰棱外出者耳。惊且爱焉，惧无以显石之奇。念是岩稍下为黄茅冈，有唐吴道子观音大士像，碑渐剥蚀。授意工人，相石之势，开雕肤理，为大士化身。留其外，即以为龛。石理致栗，斤削所施，易于竹木。无几时，遂已告成。面手冠衣，各肖其色。中白纹一桁，横亘腰围，天然若带，观者益以为神。已，土人有病疾患苦者，来祷辄应。州人士请崇宏其宇。于是增工扩地，为正殿三楹，前为韦驮殿，左右为寮舍、亭台、阁道，名之曰“大士岩”。其形势峥嵘，屹然与放鹤、黄茅相峙，而非复前此之蹭蹬蹉跎矣。客或谓曰：“兹石自清宁既判，已蕴是山。经数千万年，虽遇好奇如韩、苏诸公，尚莫之出。至今日得子，乃大显于人，此其遭可贺也！”余谓于昔贤无能为役，特其遗踪所在，稍事修治，守土之职然也，不自意得遇兹石之奇。崇祀大士，又只以其名号灵异，足兴人于善。顺俗而教，亦有补于政治。岂能如柳州、次山诸公，为山水搜罗放失乎哉？客是予言，乃更相与修黄茅冈四贤祠宇，次及可廊，对冈建半山亭，相为映带。已，复为收归故守亭僧田，合今所增，计四百三十亩，付主僧世世守之。庶使兹岩与亭、与冈相为终古可也。

陈氏宗祠记

李彬 撰

世称邹鲁多秉礼之士，窃不谓然。即如吾徐《志》称“风俗慓悍”，而吾徐之称风俗慓悍者，咸云郡东为最。以今观之，其诬实甚！盖郡东秉礼之士，与邹鲁未之殊也。郡东七十里有伊庄陈子者，名于陛，字谏侯，伟干弘度，荦荦不群。方贫困时，其兄庠生名于侁者，笃学士也，勖之力学。陈子慨然曰：“家徒壁立，安事诗书为！”去而务耕植。不数十年，遂累千金，以资入太学。虽登仕籍，然足迹未尝近城郭。延师教子，督奴农桑之外，不以屑于虑也。岁时伏腊，烹羔煮酒，亲宾盈座，人情物理之外，不以挂于口也。训诸子，以忠厚勤俭为先。以故，长公汝言字子文、次公谦吉字六皆，相继入胶庠，咸称彬彬雅士。恤人之急，周人之困，惟日不足。党闾中有呼癸庚者，靡不应。平[①]居每恨牲醴之不能逮亲存也，刻木主而事之，朝夕唯恪。检《家礼》立庙承祀之制，欣然曰："实获我心！"欲鸠工庀材，选地以营焉，会得疾，疾且数年。诸子遍请医者，终弗瘳[②]，然资力亦因是稍减矣。陈子床第呻吟之余，未尝不以祠堂为念。长公、次公竞破产以成陈子之志。庚寅岁杪落成，合族中三代神主祔享于其中，凡庙中昭穆序次，咸秩然有法，可著为式。又恐后之子孙久而怠弃也，嘱余作文以记之。余窃见时俗之波靡也，苟资力有余，即争豪侈于宫室、舆马、服饰之观；不然，即凭藉余财，以邀宠禄。求其竭力典祀、破产而不惜者，盖亦罕矣。而陈子独以农桑经史是务、名礼祀典是急。其族人无论农贾，咸循循雅余，绰有士度。彼所称邹鲁宿儒者，何多让焉？余愧不能文，谊不容辞，谨述陈子黾勉遗谋之勤，并及[③]……

① 原作"乎"，径改。
② 原作"廖"，径改。
③ 下阙。

徐州志卷之三十六

杂纪

杂纪者何？拾一方之遗闻细事，随笔籍记，不复伦次之谓也。而其中约有数类：一则稗官丛谈，相沿既久，词章之学且资以为用，弃置弗录，反为有遗；一则其事与人具列书史，而于名宦、乡贤、政绩俱无所处，势又不得不并存之，以备考稽；一则事实有关，本足类附，而编纂之下，偶焉遗忘，于后补存，义自难已。要皆志之绪余，无苟然者。至于俚俗之谈、为大雅所羞言者，一概汰之。此稍与旧志殊耳。

昔人传彭铿观井，覆以车轮，背树而缆之以绳，凭杖敛躬，局蹐而迎视之，盖寓言也。宋时，有绘以为图者，陈靖为之铭云："淳化中，予将命之狄丘，道由彭门，有客得《彭祖观井图》以为贶。中有台榭、人物，山林森森然。盖状其佳象幽致，表绘事之工，予无取。所慕者，惟彭氏面井而覆之以轮，背树而缆之以绳，凭杖敛躬，局蹐而迎视，兢然若将坠也。呜呼！古人临事而惧之有若是，检身远害之有若是，后之君子得无效欤？予实好古，历考其迹于传记，虽敻而难信，且夫子云'窃比于我老彭'，亦其验也。故作铭于座右曰：至哉古人，远害全身。战战兢兢，恒若履冰。朽索之驭，纳隍是虑。天子则之，鸿休永据。存而惧亡[①]，系于苞桑。诸侯则之，其国必昌。若舟弗济，夕惕而厉。大夫则之，其家孔炽。直哉惟清，执虚如盈。士子则之，其道元亨。不争在丑，无愧屋漏。庶人则之，其食孔阜。吾省予行，吾慎予守。窃比老彭，式介眉寿。"○按：彭祖，向来说者不一。一云商贤大夫，至周文王时，为柱下史，宣圣所谓"老彭"，即其人也。一云彭祖得仙道，娶四十九妻，生五十四子，年八百余岁，乃羽化去。一云陆终氏娶鬼方氏女，曰嬇，孕三年，生子六人，曰樊、曰惠连、曰篯、曰求言、曰晏安、曰季连。篯封于彭，是为大彭之祖。历唐、虞及夏，别封其孙元哲于韦，是为豕韦。今州境有大彭山，城中有楼、宅与井。后说近是。（杂见古传记）

《沛志·邑纪》于唐尧时，书"许由隐于沛泽"。注云："《吕氏春秋》：尧朝许由于沛泽，请属天下。而诸书谓由隐沛泽之黄城。峄志记由事，亦援沛作证。"今

① 原作"有而不亡"，据《古今事文类聚》卷三十改。

不敢信为必然，而亦不可不留，以资爱博者之称引耳。

周穆王时，徐夷僭号，乃率九夷以伐宗周，西至河上。穆王畏其方炽，乃分东方诸侯，命徐偃王主之。偃王处潢池东，地方五百里，行仁义，陆地而朝者三十有六国。穆王后得骥騄之乘，乃使造父御以告楚，令伐徐，一旦而至。于是，楚大举兵而灭之。偃王仁而无权，不忍斗其人，故致于败。乃北走彭城武原东山下，百姓随之者以万数，因名其山为徐山。《博物志》云：徐君宫人娠而生卵，以为不祥，弃于水滨。孤独[①]母有犬名鹄仓，持所弃卵，衔以归母。母覆暖之，遂成小儿。生而偃，故以为名。宫人闻之，乃更取录。长，袭为徐君。(《后汉书》并注)

潢池水与泡水合，由沛入泗，去彭城百数十里。偃王国，方五百里。其败，又云“北走武原”。似彭城当时正在徐国封内，后乃入于宋耳。不然，武原非其所属，偃王率数万民处此山下，他国亦岂能容之？以是而推，吴季子札挂剑台在今州城南，亦非甚诞。

鲁襄公十年，晋荀偃、士匄伐偪阳，而封宋向戌[②]焉。丙寅，围之。弗克。孟氏之臣秦堇父，辇重如役。偪阳人启门，诸侯之士门焉。悬门发，郰人纥抉之，以出门者。秦堇父如役，主人悬布，堇父登之，及堞而绝之。坠则又悬之，苏而复上者三。主人辞焉。乃退，带其断以徇于军三日。师归，孟献子以秦堇父为右。生秦丕兹，事仲尼。(按：偪阳，后改傅阳，在今沛县境内。郰人，即郰邑大夫。纥，即宣圣父也)

吴季札使于诸国，北过徐君。徐君好季札剑，口弗敢言。季札心知之，为使上国，未献。还至徐，徐君已死，于是乃解其宝剑，系之徐君冢树而去。从者曰：“徐君已死，尚谁予乎？”季子曰：“不然。始吾心已许之，岂以死倍吾心哉？”(按《括地[志]》云：徐君庙，在泗州徐城县西南一里，即延陵季子挂剑之徐君也。据此，则庙在徐城县耳，未必冢在其地。彭城乃其封内，死后葬彭城，理容有之。后人因《括地志》，亦复于徐城建挂剑台)

《列子》云：孔子观于吕梁，悬水三十仞，流沫四十里，鼋鼍鱼鳖之所不能游也。见一丈夫游之，以为有苦而欲死者也，使弟子并流而拯之。数百步而出，被发行歌，而游于棠行。孔子从而问之，曰：“吕梁悬水三十仞，流沫四十里，鼋鼍鱼鳖所不能游也。吾见子道之，以为有苦而欲死者，使弟子并流将拯子。子出而被发行歌，吾以为鬼也；察子，则人也。请问蹈水有道乎？”曰：“亡。吾无道。吾始乎故、长乎性、成乎命，与济俱入，与汩偕出，从水之道而不为私焉。此吾所以蹈

①《后汉书·东夷传》注引《博物志》作“孤独”，今本《博物志》作“独孤”。
② 原作“戍”。按：“戍”“戌”二字形近多讹，其本字本意无考，今从杨伯峻编注《春秋左传注》作“戌”。

之也。”孔子曰：“何谓始乎故、长乎性、成乎命也？”曰：“吾生于陵而安于陵，故也；长于水而安于水，性也；不知吾所以然而然，命也。”（按：《庄子》亦载此篇。《庄》《列》书多寓言，宣父见丈夫事，有无不可知，然吕梁奇险为从古所共称，无疑也。又按：明王应时《吕梁志》云：“吕梁之水，今无此势。或疑为石州之吕梁。”考《禹贡》“治岐及梁”，《尔雅》“梁山，晋望”，吕不韦谓“龙门未辟，吕梁未凿”，郦道元谓“吕梁崇竦，河流荡激”，虽指石州之吕梁，而俱未有“悬水”字。今独此洪有悬水村，谓非宣父观澜之地乎？《史记》：“孔子将西见赵简子，至河而返。”则石州吕梁，孔子亦未及问津。《庄子》所称，信是此地）

《列子》又云：孔子自卫反鲁，息驾乎河梁而观焉，顾悬水三十仞，圜流九十里，鱼鳖不能游，鼋鼍弗能居也，意者难可以济乎？丈夫不以错意，遂渡而出。孔子问之曰：“巧乎？有道术乎？所以能入而出者，何也？”丈夫对曰：“始吾之入也，先以忠信；及吾之出也，又从以忠信。忠信错吾躯于波流，而吾不敢用私。所以能入而复出者，以此也！”孔子谓弟子曰：“二三子识之：水犹且可以忠信诚身亲之，而况人乎？”（与刘向《说苑》同，与前篇小异）

鲁哀公十四年，孔子夜梦三槐之间、丰沛之邦有赤烟气起，乃呼颜渊、子夏往视之。驱车到楚西北范氏街，见刍儿摘麟，伤其左前足，薪而覆之。孔子曰：“儿来！汝岂有所见邪？”儿曰：“见一禽，巨如羔羊，头上有角，其末有肉。”发薪下麟示孔子。孔子趋而往，麟蒙其耳，吐三卷图，广三寸，长八寸，每卷二十四字。其言赤刘当起，曰：“周亡，赤气起，大耀兴，玄丘制命，帝卯金。”（出《宋书·符瑞志》。颇近荒诞，疑汉谶纬中语。流传既久，人多有言之者。故删其语之尤怪妄者存之）

顾炎武《日知录》云：《史记·齐太公世家》：田常执简公于徐州。《田敬仲完世家》：宣王九年，与魏襄王会徐州，诸侯相王也。十年，楚围我徐州。《魏世家》：襄王元年，与诸侯会徐州。《楚世家》：威王七年，齐孟尝君父田婴欺楚，楚伐齐，败之于徐州。《越世家》：勾践已平吴，乃以兵北渡淮，与[①]齐、晋诸侯会于徐州。《鲁世家》：顷公十九年，楚伐我，取徐州。（《索隐》曰：徐，音“舒”。徐州，齐邑，薛县是也，非九州之徐）

又云：按《后汉书·志》：薛本国，六国时曰徐州，在今滕县之南。薛河北有大城，田文所筑也。此与楚、魏二国为境，而威王曰：“吾吏有黔夫者，使守徐州，则燕人祭北门，赵人祭西门，徙而从者七千余家。”盖与梁惠王言，不欲斥魏，更以燕、赵夸之耳。（按：旧志载黔夫为徐州秩官，存此条以足证其讹）

① 原作“以”，据《日知录》卷三十一改。

又云:《索隐》曰:“《说文》:郐,邾之下邑,在鲁东。”又《竹书纪年》云:“梁惠成王三十一年,邳迁于薛,改名曰徐州。”则徐与郐,并音“舒”也。今读为《禹贡》徐州之“徐”者,误。《齐世家》“田常执简公于徐州”,《春秋》正作“舒”。

汉高帝父曰刘执嘉。执嘉之母梦赤鸟若龙,戏己,而生执嘉。是为太上皇。高帝母名含始,是为昭灵后。昭灵后游于洛池,有玉鸡衔赤珠,刻曰:“玉英,吞此者王。”后取而吞之。又有大泽蛟龙之异,遂生高帝。(出《宋书·符瑞志》)

皇甫谧曰:媪,盖姓王氏。《陈留风俗传》云:沛公起兵野战,丧皇妣于黄乡。天下平定,使使者以梓宫招幽魂于是。丹蛇在水,自洗濯,入梓宫,其沐处有遗发。谥曰昭灵夫人。(丰志)

汉高祖为亭长时,乃以竹皮为冠,时时冠之。及贵,常冠,谓“刘氏冠”。(出《汉书》及《玉海》)

[筑,][①] 汉高祖过沛所击。《释名》曰:“筑,似筝,细项。”按今制:身长四尺二寸,项长三寸,围四寸五分,头七寸五分,上阔七寸五分,下阔六寸五分。(见《通志》)

《手板经》六卷,汉丰人萧何著。魏司空陈群见此书,叹服,以示许士宗、韦仲将、管辂。郭景纯以夜兼昼,方得其妙理。(丰志)

审食其,沛人。汉王败彭城,项羽取太上皇、吕后,置军中为质,食其以舍人侍吕后。其后从破项羽,封辟阳侯。惠帝之世,幸于吕后,位左丞相,为诸臣所恶。吕后既崩,文帝立,淮南王杀之。(旧志《人物》中削去食其,沛志列之《佞幸传》中,两志皆是。今附存此)

司马迁年二十而南游江、淮,上会稽,探禹穴,窥九疑,浮沅、湘;北涉汶、泗,讲业齐、鲁之都,观夫子遗风,乡射邹、峄;厄困蕃、薛、彭城,过梁、楚以归。(《前汉书》)

弘恭,沛人也。少坐法腐刑,为中黄门。以选为中尚书。宣帝时任中书官。恭明习法令故事,善为请奏,能称其职,为令数年。元帝即位,恭死,石显始代为中书令。(沛志入《佞幸传》)

沛县有富家翁,资三千余万。小妇子年才数岁,顷失其母。父无亲近,其女不贤。翁疾困思念,恐争其财,儿必不全。因呼族人为遗书,令悉以财属女,但遗一剑,云:“儿年十五,以还付之。”其后果不肯与,儿诣郡,自言求剑。时,太守何

---

① 案《通典》《玉海》原文:“筑,不知谁所造也。史籍唯云高渐离善击筑,汉高祖过沛所击。”盖前有主语“筑”字,是“所”字所承也。本志割截突兀,据文义补。

武得其条辞，因录女及婿，省其手书，顾谓掾史曰："女性强梁，婿复贪鄙，畏残害其儿，又计小儿得此财不能护，故且与女，实寄之耳，不当以剑与之。夫剑者，所以决断。年十五者，智力足以自居。度其女、婿必不复还其剑，当闻[①]县官。县官或能证察，得见申展。此凡庸何能思虑弘远如是哉!"悉取财以与子，曰："敝女恶婿，温饱十岁，亦以幸矣!"论者乃大服武。(《通考》)

陶谦镇徐州时，曹操父嵩避难琅邪。谦别将守阴平，士卒利嵩财货，遂袭杀之。以故，操击谦，破彭城，屠戮至惨，并三辅人避李傕乱[②]、流移依谦者皆歼。(《三国志》)

谦同郡人笮融，聚众数百往依于谦。谦以为下邳相，使督广陵、下邳、彭城粮运。融遂断以自入，大起浮屠祠，课人诵佛经，招至旁郡好佛者，至五千余户。每浴佛，设食布席数十里，费以巨亿计。及曹操击破陶谦，融乃将男女万口走入广陵。(《三国志》)

汉兴平元年九月，桑再椹。时昭烈军于沛，年荒谷贵，士众皆饥，仰以为粮。(《异苑》)

汉华陀服食方：每漆叶屑一斗，率用青[③]黏十四两，久服，去三虫，利五藏，轻体，使人头不白，最有功效。其漆叶所产，处[所][④]皆有。青黏生于丰、沛、彭城、朝歌间。青黏，一名地节，一名黄芝。陀尝入山遇仙，仙以授陀，陀以授弟子樊阿。人见阿年益高而精力益盛，怪问之，阿因醉乱语泄。人服之，多验。阿，彭城人。(旧志)

魏文帝黄初六年，帝自谯循涡入淮，从陆道幸徐。(《通志》)

晋穆帝升平二年，彭城计佐虞兴发白虎樽。(旧志)

晋安帝元兴元年，曲赦广陵、彭城大逆以下。(旧志)

安帝义熙五年，彭城刘澄常见鬼。及为左卫司马，与将军巢营廨宇相接。澄夜相就坐语，见一小儿赭衣，手执赤帜，团团似芙蓉花。数日，巢大遭火。(《异苑》)

刘王乔，名畴，彭城人。避乱坞壁，贾胡百数欲害之。畴无惧色，援笳而吹之，为《出塞》《入塞》之声，动其游客之思。于是群贾皆垂泣而去之。(《晋书》)

宋武帝永初元年八月，诏曰："彭城桑梓，报本斯隆，宜同丰沛，各[⑤]复租布三

① 原作"关"，《文献通考》同。今从《风俗通义》《太平御览》及嘉靖《徐州志》用"闻"。
② 原作"辭"，系"亂"形讹，据《后汉书·陶谦传》改。
③ 原作"清"，据《三国志》《后汉书》本传改。下同。
④ 字据《三国志》《后汉书》本传补。
⑤《南史》原文"其沛郡、下邳各复租布三十年"。《宋书》"各"作"可"，亦非指彭城一郡。

十年。”(《宋书》[①])

朱龄石少好武事，颇轻佻。舅淮南蒋氏，人才猝劣。龄石使舅卧于听事一头，剪纸方一寸，着舅枕，自以刀子悬掷之，相去八九尺，百掷百中。舅虽危惧战栗，为畏龄石，终不敢动。舅头有大瘤，龄石伺舅睡，密往割之，遂至于死。(龄石，沛人)

宋王仲德为徐州刺史时，于佛寺作白狼、童子像，建塔祀之。初，仲德与慕容垂战败，被重创走，与兄睿相失。路经大泽，不能前，困卧林中。忽有青衣童儿骑牛行，见仲德，问曰："食未?"仲德告饥。儿去，顷之复来，携食与之。仲德食毕欲行，会水潦暴至，莫知津径。有一白狼至前，仰天而号，号讫，衔仲德衣，因渡水。仲德随之，获济，遂与兄相及。(《南史》)

魏太武南侵，至萧城，败宋将马文恭，获队主蒯应。遂傅彭城，驻戏马台。使人送蒯应还，至小市门，曰："魏皇帝致意镇军：远来疲乏，若有甘蔗及酒，可见分。"防城队主梁法念答曰："当为启闻。"应乃自陈萧城之败。法念问："魏主自来否?"曰："来。"问："今何在?"应举手指西南。又问："士马多少?"云："四十余万。"法念以白武陵王。王遣人答曰："知行路多乏，今付酒二器，甘蔗百挺。彼有骆驼，可遣送。"明日，魏主遣使送骆驼，并致杂物，愿与镇军相见。王使张畅答曰："致意魏主：知欲相见，常愿面接。但受命本朝，过蒙藩任，人臣无境外之交，恨不暂悉。太尉以北土寒乡，皮绔[②]褶脱是所须，今致魏主。螺杯、杂粽，南土所珍，镇军今以相致。"魏主又遣使送毡及九种盐并胡豉，曰："凡此诸盐，各有所宜。白盐是主上所食；黑盐治腹胀气满，刮取六铢，以酒服之；胡盐治目痛；戎盐治诸疮；柔盐治马脊创；赤盐、驳盐、臭盐、马齿盐四种，并非食盐。胡豉亦中啖。"江夏王义恭报以巨烛十挺，武陵王致锦一匹。魏主寻又遣使借箜篌、琵琶、筝、笛等器及棋子。义恭答曰："受任戎行，不赍乐具。在此燕会，政使镇府命妓，有弦百余条，是江南之美，今以相致。"武陵王曰："任居方岳，初不此经虑。且乐人常器，又观前来诸王赠别，有此琵琶，今以相与。棋子亦付。"明日，魏军攻城，二王固守。太武遂南趋瓜步。(兵争之间，各示整暇，犹有春秋时人遗意。宜南北史皆备载之，以为美谈也)

《张畅传》云：太武遣尚书李孝伯饷二王貂裘、骆驼、骡马等物，畅于城上与孝伯语。孝伯问："君何姓?"答云："姓张。"孝伯曰："张长史耶?"畅曰："君何得见识?"孝伯曰："君声名远闻，足使我知。"畅曰："君复何姓？居何官也?"孝

---

① 按：嘉靖《徐州志》作"汉书"固误，本志改作"宋书"，亦不为得。本条实出《南史》，与《宋书》文句差异较大。

② 原作"夸"，据《宋书·张畅传》改。

伯曰："我戎行一夫，何足致问！然足与君相敌。"孝伯复问："何为匆匆杜门绝桥？"畅曰："二王以魏主营垒未立，将士疲劳。此精甲十万，人思致命，恐轻相凌践，故且闭城耳。待彼休息士马，然后共治战场，克日交战。"孝伯曰："令行禁止，主将常事，宜当以法裁物。何用废[①]桥杜门，穷城之中，复何以十万夸大？我亦有良马百万，复可以此相矜。"畅曰："王侯设险，何但法令而已也？我若夸君，当言百万。所以言十万者，正是二王左右素所畜养者耳。此城内有数州士庶，工徒营伍，犹所未论。我本斗智，不斗马足。且冀之北土，马之所生，君复何以逸足见夸也？"孝伯曰："王侯设险，诚如来言。开闭有常，何为杜塞？绝桥之意，义何在也？此城守，君之所习；野战，我之所长。我之恃马，犹君之恃城耳！"城内有具思者，尝在魏，识是孝伯，前问曰："李尚书行途有劳！"孝伯曰："感君至意！"既开门，畅屏人却仗，出受饷物。孝伯曰："貂裘与太尉，骆驼、骡马与镇军。蒲萄酒杂饮，叔侄共尝。"孝伯既去，复来曰："主上有诏，语太尉、镇军：近以骑至，车辆在后，今端坐无为，有博具可见借。"畅曰："博具当为申启。但有诏之言，只可施于彼国，何得称之于此？"孝伯曰："诏之与语，朕之与我，并有何异？"畅曰："若辞以通，可如来谈。既言有所施，则贵贱有等。向所称诏，非所敢闻。"孝伯曰："卿[②]家太尉、镇军，是人臣否？"畅曰："是也。"孝伯曰："邻国之君，何为不称诏于邻国之臣？"畅曰："君之此称，尚不可闻于中华，况在诸王之贵，而犹曰邻国之君耶！"孝伯曰："向借博具，何为不出？"畅曰："二王贵远，启闻为难。"孝伯曰："周公握发吐铺，二王何独贵远？"畅曰："吐铺握发，不为邻国之人也。"孝伯曰："本邦尚尔，邻国弥应尽恭。且宾至有礼，主人宜以礼接。"畅曰："昨见众宾至门，未为有礼。"孝伯曰："非是宾至无礼，直是主人匆匆，无待宾调度耳。"俄顷，送博具出，因以与之。孝伯又曰："主上致意镇军：程天祚一介常人，诚知非江南之选。近于汝阳，身被九创，落在溵水，我使牵而出之。凡人骨肉分张，并思集聚。闻其弟在此，如何不遣暂出？寻自令反，岂复苟留一人？"畅曰："知欲程天祚兄弟集聚，已勒遣之。但其固辞不往。"孝伯曰："岂有子弟闻其父兄而反不肯相见？此便禽兽之不若。贵土风俗，何至如此？"程天福出谓孝伯曰："兄受命汝阳，不能死节。各在一国，何烦相见？"孝伯又云："主上致意太尉、镇军：何不遣人来至我间？彼此之情，虽不可尽，要须观我仪貌，察我为人。若诸佐不可遣，亦可使僮干来。"畅宣旨答曰："魏主形状才力，久为来往所见。李尚书亲自衔命，不患彼此不尽。故不复遣使信。"孝伯谓畅曰："君南土膏粱，何为

① 原作"发"，据《魏书》《北史·李孝伯传》改。
② 原作"乡"，据《魏书》《北史·李孝伯传》改。

著屌？君而著此，使将士云何？”畅曰：“膏粱之言，诚为多愧。但以不武，受命统军，戎阵之间，不容缓服。”孝伯曰：“永昌王自顷恒镇长安，今领精骑八万，直造淮南，寿春亦闭门自固，不敢相御。向送刘康祖首，彼之所见。王玄谟甚是所悉，亦常才耳。何意作如此任使，以致奔败？自入境七百余里，主人竟不能一相抗拒。邹山之险，彼之所凭，前锋始得接手[①]，崔邪利便尔入穴，将士倒曳出之。主上丐其生命，今从在此。复何以轻脱遣马文恭至萧县，使望风退挠也？彼之人民，甚相忿怨，言清平之时，赋我租帛；至有急难，不能相拯。”畅曰：“知永昌已过淮南，康祖为其所破，比有信使，无此消息。王玄谟南土偏将，不谓为才，但以其北人，故为前驱引导耳。大军未至，而河冰向合，玄谟量宜反旆，未为失算，但因夜回归，致戎马惊乱耳。我家悬瓠[②]斗城，陈宪小将，魏主倾国攻围，累旬不克。胡盛之偏裨小帅，众无三旅，始济翮水，魏国君臣奔散，仅得免脱。滑台之师，无所多愧。邹山小戍，虽有微险，河畔之民，多是新附，始慕政化，奸盗未息，示使崔邪利抚之而已。今虽陷没，何损于国？魏主自以十万之师，而制一崔邪利，乃复足言也？近闻萧县百姓并依山险，遣马文恭以十队迎之耳。文恭前以三队出，还走。彼大营嵇玄敬以百骑至留城，魏军奔败。轻敌至此，亦非所恤。王境人民，列居河畔，二国交兵，当互加抚养。而魏师入境，肆行残虐，事生意外，由彼无道。官不负民，民亦何怨？知入境七百里，无相捍拒，此自上由太尉神算，次在镇军圣略。军国之要，虽不预闻，然用兵有机，则亦不容相语。”孝伯曰：“君藉此虚谈，支离相对，可谓遁辞知其所穷。且主上当不围此城，自率众军直造瓜步。南事若办，城故不待攻围；南行不捷，彭城亦非所须也。我今当南，饮马江湖耳！”畅曰：“去留之事，自适彼怀。若魏主遂得饮马长江，便为无复天道。”孝伯曰：“自北而南，实惟人化。饮马长江，岂独天道？”畅将还城，孝伯谓曰：“长史深自爱敬，相去步武，恨不执手！”畅因复谓曰：“善将爱，冀荡定有期，相见无远。君若得还宋朝，今为相识之始。”孝伯曰：“今当先至建业，以待君耳。恐尔日，君与二王面缚请罪，不暇为容。”孝伯言辞辩赡，亦北土之美也。畅随宜应答，吐属如流，音韵详雅，风仪华润。孝伯并左右人并相视叹息。（此与前段是一事。传又抽出，详之耳。其事首尾见《兵变》）

太武还自瓜步，过彭城，复求互市。安北主簿颜竣议曰：“愚以为，与魏和亲无益，已然之明效。何以见其然？魏人之欲侵暴，正苦力之不足耳。未尝拘制信义，用辍其谋。昔年江上之役，乃是和亲之所招。历稔交聘，遂求国婚，朝廷羁縻

---

① 原作“于”，据《宋书》《魏书》改。

② 原作“弧”，据《魏书·李孝伯传》改。又，《宋书·张畅传》作“玄谟斗城”。

之义，依违不绝。既积岁月，渐不可诬，兽心无厌，重以忿怒，故至于深入。幸今因兵交之后，华戎隔判。若言互市，则复开曩敝之萌。议者不过言互市之利在得马，今弃此所重，得彼下驷。千匹以上，尚不足言，况所得少裁数十、多不过百耶？一相交关，卒难闭绝。寇负力玩胜，骄黠已甚，虽云互市，实觇国情。多赡其求，则桀慠罔已；通而为节，则必生边虞。不如塞其端渐，杜其觖望，内修德化，外经边事，保境以观其衅，于事为长。"(《宋书》)

武陵王遣参军刘泰之袭魏军于汝阳。时程天祚助戍彭城，因使督战。败绩，魏人生擒天祚。天祚妙善针术，魏主爱之，或与共舆，常不离于侧，封为南安公。魏主自瓜步北还，天祚因其沉醉，伪若受使督切后军者，所至轻罚。天祚为魏主所爱，群下并畏之，莫敢问。因得逃归。(《宋书》)

元魏皇兴三年，尉元镇彭城，表言："臣于彭城遣将，以八月至睢口，邀贼将陈显达。有战士于营外五里刍牧，见一白头翁，乘白马，将军呼之，语称：'至十八日辰，必来到此。语汝将军，领众从东北临入，我当驱贼令走。申时，贼必大破。宿豫、淮阳，皆克无疑。我当与汝国家淮畔为断。下邳城，我当驱出，不劳兵力。'后十日，此人复于彭城南戏马台东二里，见白头翁，亦乘白马，从东北来，呼此人谓曰：'我与东海、四渎、太山、北岳神共行淮北，助汝二将荡除已定。汝上下喜不？'因忽然不见。"诏元于老人前后见所，为坛表记之。(《魏书》)

元魏尧暄使徐州，见州城楼观，嫌其华盛，乃令往往毁撤。由是，后更损落。及高祖幸彭城，闻之，曰："暄犹可追斩！"(《魏书》)

元魏王肃曾于省中咏《悲平城》诗。彭城王勰甚嗟其美，欲使肃更咏，乃失语云："王公吟咏性情，声律殊佳。可更[①]为诵《悲彭城》诗。"肃因戏勰云："何意《悲平城》为《悲彭城》也？"勰有惭色。祖莹在座，即云："所有《悲彭城》，王公自未见耳。"肃云："可为诵之。"莹应声云："悲彭城，楚歌四面起。尸积石梁亭，血流睢水里。"肃甚嗟赏之。勰亦大悦，退谓莹曰："卿定是神口。今日若不得卿，几为吴子所屈！"(《魏书》)

陈敬文，彭城人，与辛穆友善。敬文弟敬武，少为沙门，从师远学，经久不返。敬文临卒，以杂绫二十匹，托穆与敬武。穆久访不得。经二十余年，始于洛阳见敬武，以物还之。封题如故。(《魏书》)

元魏文帝南行，崔休从驾。及还，幸彭城，泛舟泗水，休在侍筵，观者荣之。(《北史》)

① 原作"便"，据《魏书·祖莹传》改。

太和[1]十九年，孝文帝幸小沛，使以太牢祭汉高祖庙。(《通志》)

扫静、徐义恭，并彭城旧营人。扫静事世宗，典栉梳，义恭善执衣服，并以巧便，旦夕居中，爱幸相侔，官叙不异。扫静妻，义恭姊也，情相遗薄，室家不谐。义恭恒忿恨之，亲经世宗，诉其欺侮。世宗以其左右，两护之。二人皆承奉茹皓，亦并加接眷。而扫静偏为亲密，与皓常在左右，略不归休。皓败，扫静亦死于家。义恭小心谨慎，谦退少语，皓等死后，弥见幸信，常侍左右，典掌秘密。世宗不豫，义恭昼夜扶侍，崩于怀中。灵太后临政，义恭谄附元叉。叉[2]有淫宴，多在其宅。为尝药次御，出为东秦州刺史。建义后，历内外显职。武定初，卒于骠骑大将军、左光禄大夫。(《魏书·佞幸传》)

元魏时有沈嵩者，武康人，聪敏，有文笔。宗人保冲为刘昶参军，嵩往依之。昶遇之无礼，遂忧愧死于徐州。按：此亦徐之流寓。文人无命，良可哀也！(《北史》)

魏鹿悆为临淮王入彭城，验梁萧综归款虚实。未至，为综军主程兵润所执。问其来状，悆曰："兵交使在，自昔通言。我为临淮王所使，须有交易！"兵润遣人白胡龙牙、成景儁。综闻之，谬语景儁等曰："我每疑元略规欲叛[3]城，将验其虚实。且遣左右为元略使，入魏军中，唤彼一人。其使果至。可令人诈作略身，在一深室，诡为患状，呼使户外，令人传语。"时，略方被梁武追还。综又遣腹心梁话迎悆，密语意状，令善酬答。引悆诣龙牙所。时日已暮，龙牙列仗举火，谓悆曰："元中山甚欲相见，故令唤卿。"又曰："安丰、临淮，将少卒弱，规复此城，容可得乎?"悆曰："彭城，魏之东鄙，势在必争。可否在天，非人所测[4]。"龙牙曰："当如卿言！"复诣景儁所。停悆在外门，久而未入。时夜已深，星月甚明。有军主姜桃来与悆言，曰："元法僧，魏之微子，拔城归梁，主上待物有道。"乃举手上指曰："今岁星在斗。斗，吴之分野，君何不归梁？我令君富贵。"悆曰："法僧，莒仆之流，而梁纳之，无乃有愧于季孙也？今月建鹑首，斗、牛受破。岁星，木也，逆而克之，吴国败丧不久。且衣锦夜游，有识不许。"言未及尽，引入，见景儁。景儁曰："元中山虽云相唤，不惧而来，何也?"曰："昔楚伐吴，吴遣蹶由劳师。今者此行，略同于彼。"景儁引与同坐，为设饭食杂果，谓曰："卿不为刺客也?"曰："今日为使，欲反命本朝。相刺之事，更卜后图。"悆强饮多食，向敌数人，微自矜夸。诸人相谓曰："壮士哉！"乃引向元略所。一人引入户内，指床令

① 原作"元"，据《魏书·高祖纪下》改。
② 原作"又"，据《北史·恩幸传》改。
③ 原作"判"，据《魏书》《北史》本传改。
④ 原作"恻"，据《魏书》《北史》本传改。

坐。一人别在室中，出谓悆曰："中山王有教：我昔有以向南，且遣相唤，欲问卿事[①]。晚来患动，不获相见。"悆曰："且奉音旨，冒险抵赴，不得瞻见，内怀反侧。"遂辞而退。须臾天晓，综军主范勖、景儁司马杨瞟等，竞问北朝士马多少。悆陈士马之盛，梁人以为华辞。日晏令还，景儁送悆上戏马台，北望城垒，曰："何此城之固，良非彼军士所能图拟。卿可语二王，回师改计。"悆曰："金墉汤池，冲甲弥巧，贵守以人，何论险害?"还军，于路与梁话誓盟。契约既固，未旬综果降。（彭城归［梁］[②]仅数月复失，可纪者止此事。志悆太略，兹为补存）

魏京兆王愉在徐州，纳妾李氏。夜闻其歌声，悦之，遂被宠嬖。罢州还都，欲进贵之，托右中郎将李恃显为之养父，就之礼逆，产子宝月。宣武为愉纳妃于氏，顺皇后妹也，不见礼答。顺皇后召李入宫，毁击之，强令为尼于内。岁余，乃归之，旧爱更甚。永平初，愉反，称帝，立李氏为皇后。未几，愉败。后，南阳王宝炬立于关中，是为西魏文帝，追尊愉为帝，李氏为文景皇后。（按：李本杨姓，东平人。其至徐与改姓之故皆无考，要为徐之侨寓耳。以微贱获称尊号，其遭遇亦奇，故附载之）

崔㥄预高欢义旗，封武城县公。天平末，除徐州刺史。㥄素与魏收不协。兴和元年，收聘梁，过徐。㥄备刺史卤簿送之，使人语收曰："勿怪仪多，稽古之力也。"收报曰："白崔徐州，建义之勋，何稽古之有?"㥄自以门阀素高，特不平此言。收乘宿憾，故以挫之。（《北史》）

章武人颜恶头，妙于《易》筮，言无不中。尝自言厄在彭城。后游东郡，逢尔朱仲远将御高欢，召恶头使筮之。恶头野生，不知避忌，高声言："大恶!"仲远怒其阻众，斩之。仲远为彭城王，人乃知其言不谓彭城之地，谓彭城王也。（《魏书》）

陈吴明彻进攻徐州，与周将梁士彦战于彭城。萧摩诃临阵堕马，都督周罗睺进救之，于重围之内，勇冠三军。明彻后败，独罗睺全军而归。（《兵变》中止记摩诃善战，而遗却罗睺，此为补存）

北齐太宁元年，卫尉少卿兼散骑常侍崔瞻[③]聘陈。过彭城，读道旁碑文，未毕而绝倒。从者遥见，以为中恶。盖碑实瞻父㥄[④]为徐州时所立，故痛殒焉。

刘轲为僧时，尝葬遗骸。其夜，梦书生来谢，与之三鸡卵。轲嚼一而吞二。后遂精儒业，与吴武陵并以文名。（沛志）

唐时，徐州刺史治皆不敢居正厅，相传为项王故殿。崔敏壳为刺史，到州即

---

①《魏书》本传作"欲闻乡事"，《北史》本传作"欲问卿事"。

② 原阙，字据文义补。

③《北史·崔逞传》作"赡"，《北齐书·崔㥄传》作"瞻"。

④ 原作"俊"，据《北史》《北齐书》改。

敕洒扫。视事数日，空中忽闻大叫曰："我西楚霸王也！崔敏悫何人，敢夺吾所居！"敏悫徐云："鄙哉项羽！生不能与汉高祖西向争天下，死乃与崔敏悫争一败屋乎？且王死乌江，头行万里，纵有余灵，何足畏也！"乃帖然无声，其厅遂安。（《志略》）

唐张建封节制武宁，门下客皆词人名士。至于歌舞姝，必求知书者。盼盼乃徐府奇色也。初纳之燕子楼，三日乐不辍。时白乐天使经徐，访公，饮酣[①]，出盼盼佐酒。乐天赠诗云："醉娇无气力，风袅牡丹枝。"张后别构新楼贮宠之。公薨，盼盼感恩，誓不他适。或有问答，皆以诗。有《燕子楼》三百首。（嘉靖志云盼盼姓张氏，不知何本）

张建封自徐州入觐，为《朝天行》，末句云："赖有双旌在手中，镆铘昨夜新磨了。"德宗不悦。（唐陈京《葆化录》）

徐州张尚书妓女多涉猎，人有借其书者，往往粉指痕并印于青编。（《妆楼记》）

唐涿州卢齐卿方幼时，华原孙思邈见之，曰："后五十年位方伯，吾孙为属吏，愿自爱！"时，思邈之孙溥尚未生。及溥为萧丞，而齐卿适领徐州刺史。（《新唐书》）

张保皋、郑年，两人者，新罗国人也，皆善战，工用枪。年复能没海，行五十里不噎，角其勇健，保皋不及也。年以兄呼保皋。保皋以齿，年以艺，常不相下。太和中，皆自其国来，为武宁军小将。后保皋归新罗，谒其王曰："遍中国以新罗人为奴婢。愿得镇清海，使贼不得掠人西去。"清海者，海路之要也。王与保皋万人守之。自太和后，海上无鬻新罗人者。保皋既贵于其国。年饥寒，客涟水。一日，谓戍主冯元规曰："我欲东归，乞食于张保皋。"元规曰："奈何取死其手？"年曰："饥寒死，不如兵死快，况死故乡耶！"年遂去。谒保皋，保皋饮之酒，极欢。饮未卒，闻大臣杀其王，国乱。保皋分兵五千人与年，泣曰："非子不能平祸难。"年至其国，诛反者，立王以报。王遂召保皋为相，以年代守清海。○丁从实，当咸通时，为徐州偏将，从庞勋为乱。勋死，归顺，仍为本州将。光启二年，渡江据常州。○张雄、冯弘铎，皆涟水人，来为武宁军偏将，而皆为时溥所忌。二人惧祸，合兵三百，壁白下，取苏州据之，有战舰千余，兵五万，乃自号天成军。而以上元为西州，治台城为府，旌旗车服，僭拟王者。大顺元年，朝廷以上元为昇州，命雄为刺史。景福初卒，弘铎代之。天复初，杨行密表授武宁军节度使。后留为淮南节度副使。（五人皆偏裨小将，于徐无关重轻。而《志略》[②]详著之，殆别有意。盖徐

① 原作"边"，据白居易序改。

② 即沛人所撰《州志略》，今佚。

为用武之国，一当时变，不但本土豪民思欲自见，即四方雄杰，亦咸冀于此建功。则徐方之系于天下，其轻重从可想已。因附存之）

徐州节度巡官郑注，绛州翼城人，始以方技游江湖间。李愬镇襄阳，病痿，注为煮黄金饵之，有验，渐见亲遇。从镇徐州，军政可否，悉与参决。素性诡谲阴狡，亿探人廋[①]隐，以是筹画辄中。监军王守澄患其挟邪市权，擅作威福，欲白去之。愬以为奇士可惜，令谒监军，苟试语不中，去未为晚。守澄始拒不纳，及延坐与语，机辩横生，钩得其意，大惊异之。又神其技术，引入内室，话语终夕，恨相见之晚。即署巡官。后入总枢密，引与俱还。文宗之世，注为凤翔节度使，与李训谋诛宦官，卒致甘露之变。(《新唐书》)

庞勋之乱，诸妄人煽乱者甚众。宿鄙人刘洪，聚党剽掠，被黄袍，乘白马，封檄叩观察府曰："我当王徐。"崔彦曾斩之。遗党匿山谷，欲附勋，招讨使康承训喻之，乃降。有周重者，隐濠泗间，号有谋，勋迎为上客，问策所出，因教勋赦囚徒，据扬州，北收兖郓，西举汴宋，东掠青齐，拓境大河，据食敖仓，可以持久。勋无远略，不纳。有孟敬文，为勋贼首，欲绝勋自立，阴刻鉴为文曰"天口云云，锡尔将军"，夜瘗之野，耕者得之以献。勋知其谋，袭杀之。有曹君长说勋曰："贵者不并处。今朝廷未以留后命公者，盖观察使存尔！"时崔彦曾尚在大彭馆，勋乃杀之于寝。先是，徐有子亭，下潴水为沱，彦曾导清河灌之，镌石龙首，注溜蔽以屋。徐人谓屋覆龙，于文为"庞"；清河，崔望也，为吞噬之兆云。勋素好鬼道，巫言汉高祖庙夜阅兵，人马汗流。勋日往请命。又言毬场有隐龙，得之可战胜，勋大役徒凿地，不能得。(《新唐书》)

五代梁祖初起，每令左右持大赤旗，缓急之际，用以挥军。祖自目为火龙标。(《清异录》)

蒋殷为梁武宁军节度使，末帝诛友珪，命友璋代殷，殷不受代。八月二十日夜，月明如昼，居人咸闻通衢队伍之声。自门隙觇之，则皆青衣兵士，而无甲胄。初谓州兵潜以捕盗耳，俄闻清啸相呼，或歌或叹，刀盾矛槊，填塞闾巷，怪状奇形，甚可畏惧，乃知非人也。比自府廨，出于州南东门，扃键无阻，人咸异之。殷以州降于淮南。明年，梁师攻陷彭城，殷举族自燔死，州人亦多被残杀。(《五代史》)

苌从简，陈州屠羊者也，以勇力显于后唐之世。晋天福二年，为武宁军节度使。好食人肉，多潜捕民间小儿食之。(《十国春秋》)

江南烈祖素俭，寝殿烛不用脂蜡，灌以乌柏子油，但呼"乌舅"。案上捧烛人

---

① 原作"庾"，据《新唐书》本传改。

高尺五[1]，云是杨氏时马厩中物。一日黄昏时，急须烛，唤小黄门："掇过我金奴来！"左右窃相谓曰："乌舅、金奴，正好作对。"(《清异录》)

宋陈洪进，太平兴国三年除武宁军节度使，不之镇，留京师奉朝请，使寮佐为政焉。(按：宋遥领节度者，多不与州政事。此却是遥理其政，与后来不同)

观察推官刘炤，洛阳人，御史中丞温叟子也。雍熙初，授徐州观察推官。任满待选，太宗召问宰相："当得何官？"答言："当免选。"帝曰："其父有清操，录子登朝，庶足示劝。"擢右赞善大夫。(《宋史》)

晁文元公迥在翰林，以文章德行为真宗所优异。帝以君子长者称之。天禧初，因草诏得对，命坐，赐茶。既退，已昏夕。真宗顾左右："取烛与学士！"中使就御前取烛，执以前导之，出内门，传付从史。后曲宴宜春殿，出牡丹百余盘，千叶者才十余朵，所赐止亲王、宰臣。真宗顾文元及钱文禧，各赐一朵。又尝侍宴，赐禁中名花。故事，惟亲王、宰臣即中使为插花，余皆自戴。上忽顾公，令内侍为戴花。观者荣之。(宋人《盛事美谈》)

王德用，字元辅，赵州人。景祐中，知枢密院事。状貌雄毅，面黑，颈以下白晳，人咸异之。宝元末，言者谓德用貌类艺祖，中丞孔道辅又继言之，罢为武宁军节度使、徐州大都督府长史。尝买商人马，言者诬其市于府州，降右千牛卫上将军、知随州。(《宋史》)

李若谷未第时，与韩亿为友，俱贫。同试京师，每出谒，更迭为仆。李先登第，授许州长社县簿。赴官，自控妻驴，韩为负箱。将至长社三十里，李谓韩曰："恐县吏来。"箱中有钱六百，以其半遗韩。有一毡一席，亦割分之，相持大哭。后韩亦登第，皆至参知政事。

若谷曰："某自守官以来，常持四字[2]，曰：勤、谨、和、缓。"一后生应声曰："勤、谨、和，既闻命矣；缓之一字，某所未闻。"李正色曰："何尝教贤缓不及事来？且道世间，甚事不因忙后错了？"(旧志)

若谷在长社时，日挂百钱于壁，用尽即止。(旧志)

《邯郸图书志》十卷，李淑著。《图书》者，载其家所藏图书五十七类，经史子集通计一千八百三十六部，二万三千一百八十六卷。皇祐乙丑自作序，以示子孙寿朋、复[3]圭、德刍也。(丰志)

宋皇祐四年，范文正公薨于徐州。公讳仲淹，字希文。其年请知颍州，肩舆至徐，遂不起。时年六十四。(见本集)

---

① 原作"五尺"，据《清异录·器具门》乙正。

② 原作"守"，据《宋名臣言行录后集》卷十二改。

③ 原作"服"，据《宋史》本传改。

曾鲁公［公］[1]亮，自嘉祐秉政，至熙宁中，尚在政府。虽年齿甚高，而精力不衰，台谏无有非之者。惟复圭刺之以诗曰："老凤池边蹲不去，饥乌台上噤无声。"未几，公即退位。盖宋以丞相为老凤，翰林学士为大凤，紫薇舍人为小凤。（旧志）

参寥子，即妙总大师昙潜，俗姓王氏，杭州钱塘县人。为比丘，受具戒，于内外典无所不窥。能文章，尤喜为诗。秦少游与之交契，尝在临平道中作诗，东坡为写而刻诸石。东坡守彭城，参寥尝往见之。在坡座赋诗，援笔立成，一坐嗟服。坡遣官奴马盼盼索诗，参寥笑作绝句云："多谢樽前窈窕娘，好将魂梦恼襄王。禅心已作沾泥絮，不逐春风上下狂。"坡曰："予尝见柳絮落泥中，私谓可以入诗，偶未曾收拾，乃为此老所先，可惜也！"（《说郛》）

黄河随时涨落，人举物候为水势之名：自立春之后，东风解冻，河边人候水，初至凡一寸，则夏秋当至一尺，谓之"信水"。二三月，桃花始开，冰[2]泮雨积，川流猥集，波澜盛长，谓之"桃华水"。春末，芜菁花开，谓之"菜花水"。四月末，垄麦结秀，擢芒变色，谓之"麦黄水"。五月，瓜实延蔓，谓之"瓜蔓水"。朔野之地，深山穷谷，固阴冱寒，冰坚晚泮。逮乎盛夏，消释方尽，而沃荡山石，水带矾腥，并流于河。故六月中旬后，谓之"矾山水"。七月，菽豆方秀，谓之"豆花水"。八月，菼薍花，谓之"荻苗水"。九月以重阳纪节，谓之"登高水"。十月，水落安流，复其故道，谓之"复槽水"。十一二月，断冰杂流，乘寒复结，谓之"蹙凌水"。水信有常，率以为准。非时暴涨，谓之"客水"。（《宋史》）

旧制，岁虞河决，常以孟秋预调塞治之物，梢芟、薪［柴］[3]、楗橛、竹石、茭索、竹索凡若干万，谓之"春料"。凡伐芦荻谓之"芟"，伐山木榆柳枝叶谓之"梢"，辫竹纠芟为索。以竹为巨索，长十尺至百尺，有数等。埽之制，密布芟索，铺梢，梢芟相重，压之以土，杂以碎石，以巨竹索横贯其中，谓之"心索"。卷而束之，复以大芟索系其两端，别以竹索自内旁出，其高至数丈，其长倍之。用丁夫千百人，杂唱齐挽，积置卑薄之处，谓之"埽岸"。既下，以橛臬阂之，复以长木贯之。其竹索皆埋巨木于岸以维之，遇河之横决，则复增之，以补其缺。凡埽下非积数叠，亦不能遏其迅湍。又有马头、锯牙、木岸者，以蹙水势护堤焉。（《宋史》。自宋熙宁后，河始大为徐病，故载此二则）

宋陈后山《寄曹州晁大夫》诗云："堕絮随风化作尘，黄楼桃李不成春。只今容有名驹子，困倚阑干一欠伸。"自注云："周昉画美人，有背立欠伸者，最为妍[4]

---

① 字据《山堂肆考》卷四十三补。

② 原作"水"，据《宋史·河渠志一》改。

③ 字据《宋史·河渠志一》补。

④ 原作"研"，据《诗林广记》卷四改。

绝，东坡所赋《丽人行》也。”晁大夫增饰披云，初欲压黄楼，而张、马二子，皆当年樽下世所谓英英、盼盼者。盼卒，英嫁，盼之子莹，颇有家风。而曹妓未有显者，黄楼不可胜也。作《南乡子》以歌之，曰：“风絮落东邻，点缀繁枝旋化尘。关锁玉楼巢燕子，冥冥，桃李摧残不见春。流转到如今，翡翠生儿翠作衾。花样腰身官样立，婷婷，困倚阑干一欠伸。”盖前云“风絮”以属英，“尘化”以属盼，“名驹子”以属莹。[莹][1]之母，马氏也。（《诗林广记》）

陈无已、赵挺之、邢和叔，皆郭大夫婿。陈在馆职，当侍祠郊丘，非重裘不能御寒气。无已止有其一，其内子为于挺之家假以衣之。无已诘所从来，内以实告。无已曰：“汝岂不知我不着渠家衣耶！”却之。既而遂以冻病而死。谢克家作其文集序，中有云：“箧无副裘。”又云：“此[2]岂易衣食者？”盖指此事（《朱子语类》。〇《语类》又云：后山推尊苏黄，不服王氏，故与和叔不合。南郊行礼，其妻于邢家借得一裘以衣，后山不肯服。或曰：非从邢借，乃从赵借也）。

徐州人窦公迈，靖康中买一妾，滑人也。未几，虏犯河北，妾父母隔绝不相闻。忧思之至，殆废寝食。忽僵仆于地，若为物所凭附，乃言曰：“吾，女之父也。遭兵乱，举家戕于贼。旅魂无依，欲就女丐食，而神不容入窦氏之门岁余矣。土地见怜，今始得入。”窦曰：“汝不幸死，夫复何言！吾令汝女作佛事，且具食祭汝，汝急去！”许诺，妾即苏。窦如所言，阴与之戒内外，勿语妾知之。又再岁，其父乃自乡里来。初未尝死也，盖鬼窃食云尔。（侯君素《旌异记》[3]）

初，高宗为康王时，质于金。靖康之乱，得逸南奔。力疲，困于丰之崔府君庙中。梦有人促之曰：“起！起！追兵至矣，请乘马！”王惊寤[4]，果有马在侧。驰之，日行七百余里。及渡淮，鞭之不动。下视，则泥马也，方知神助。由是得以延宋祚。

端平甲午七月八日，我师克复彭城，麾下洪福得亡金人手抄诗。余于其中得一二篇，乃知河朔幽燕浑厚之气，至此散矣。因录于后。李国栋夏卿《感怀》云：“东金西木两睽违，由此生男不足依。但愿相忘不相顾，莫言谁是复谁非。几家能用三牲养，千古空传五彩衣。一把残骸着无处，不归沟壑欲谁归。”自注云：“《珞琭子》曰：‘东金西木，定生五逆之男。’仆命庚寅日甲申时，政为此尔。”梁仲经《哀辽东》一首云：“守臣肉食头如雪，夜半群[胡][5]登雉堞。十万人家靡孑遗，马

---

① 字据《菊坡丛话》《诗林广记》补。

② 原作“比”，据《朱子类语》卷一三〇《本朝四》改。

③ 按：出处以南宋洪迈《夷坚志》乙志卷十四为先，明陶宗仪《说郛》载此，托名“侯君素《旌异记》”。君素隋人，不知靖康事，《旌异记》亦无此节，是《说郛》自误于前，本志因讹于后。

④ 原作“悟”，通“寤”。

⑤ 原墨丁，字据《藏一话腴·甲集卷下》补。

蹄殷染衣冠血。珠玉盈车宫殿焚，娟娟少女嫔羶荤。路逢人语辛酸事，骨痛心摧不忍闻。我今来作辽阳客，入境临风吊冤魄。辽水无声辽地空，萧萧暮雨天垂泣。青绫惯睡直承明，偏褧缦胡不称情。见说豺狼当路立，自怜乌雀绕枝惊。安边计策无何有，忧国形骸太瘦生。何日凯还思旧职，不才犹可荐咸英。”史舜元《哀王旦》一首云：“八月风高边马壮，胡[①]儿弯弓向南望。铁门不守犯孤城，失我堂堂仁勇将。将军之起本儒臣，纬武经文才过人。墨磨盾笔扫千字，箭[②]射戟牙惊六军。忆昔同时初上疏，明日东华听宣谕。我从金毂东巡逻，公总干戈练征戍。三月和兵好始修，胡兵一夜袭通州。练衣出郊虽频战，毡帐沿河未肯休。将军尽出兵如水，烧敌之车破敌垒。倒戈弃甲十万人，乱辙靡旗三百里。金甲煌煌金印光，诏书命我守昆阳。虽知人有百夫勇，可奈仓无一日粮。叛臣暗作开门策，一虎翻为群犬获。胸中气愤爆雷声，颔下须[③]张猬毛磔。将军虽死尚如生，万里遥传忠义名。昔闻陕右段忠烈，今见常山颜杲卿。栋朽榱[④]崩人短气，平生况切同年义。试歌慷慨一篇词，定洒英雄千古泪。”王旦者，昆阳守王子明也。余于《感怀》篇，著其无父子之道，亡国之本也。于《哀辽东》《王旦》篇，著其败亡之迹，以见天道之好还也。（陈郁《话腴》）

宋文天祥以丁丑年十一月被执北行。戊寅年九月初九日至徐州，吊项羽故宫地，登黄楼台，读子由赋。十一日至沛县，作《歌风台》诗。（旧志）

李世弼，为彭城县主簿，意抑郁不乐，求复试。一夕，梦在李彦榜下。阅计偕士，无其人。子昶，时年十六，已能文，更其名曰彦。父子同赴试，果以《春秋》中第二甲第二人，世弼第三甲第三人。父子褒贬各异，时人以比向、歆。世弼遂不复仕。彦后仕元，复名昶，为理学名儒。（《弘简录》）

金牙吾塔，为武宁节度，性刚悍，喜战斗，频败宋师，威震淮泗。好用鼓椎击人，故呼曰“卢鼓椎”。其名可以怖儿啼。为人殊狠戾，好结小人，不听朝廷节制。尤不喜文士，僚属有长裾者，以刀截去其余。每朝使至，辄加凌侮。徐人深患苦之。○即纥石烈志。（《金史》）

金庆山奴，行尚书省于徐州。天兴元年，自徐引兵援行在。行次杨驿店，遇蒙古，徐兵遂溃。庆山奴马蹶被擒，拥迫行，使招降京城。不从。左右怒其偃蹇不屈，以刀斫折其足。亦不降，乃杀之。徐人谓其前贪恋军职，屡败不解，而能以死报国，亦足以赎前愆云。○即完颜承立。（《金史》）

① 原作“边”，据《藏一话腴》改。下文“胡兵”同。
② 原作“前”，据《藏一话腴》改。
③ 原作“欲”，据《藏一话腴》改。
④ 原作“樌”，据《藏一话腴》改。

金末，历城张荣从元阿术鲁为先锋攻沛。沛拒守稍严，其将唆蛾夜来捣营。荣觉之，唆蛾返走。荣率壮士追杀之，乘胜急攻，城破，就攻徐州。守将国用安引兵突出，荣迎击之，亦破其城。用安赴水死。（《元史》）

元阿术鲁师次徐州，阻河，不得济。宝坻人杨杰只哥在军中，探知有敌兵操舟楫伏草泽中，率劲卒数人，凭河击之，悉夺舟楫。众遂得渡，获河南诸郡降人三万余户。进攻徐州，守将国用安拒战。杰只哥率百余骑突入阵中，迎击于后，大败之，擒一将而还。皇太弟国王驻兵河上，见之，赐名拔都，授金符，命总管新附军民。太宗特赐杰只哥种田民户租赋。（《元史》）

邸琮，保定行唐人。从元师灭金于蔡，有功，赐金符，授管军总押，管领七路兵马，镇徐州。宋兵入境，琮战却之。（《元史》）

刘渊，东平齐河人。至元十一年，佩金符，授进义副尉，为徐邳屯田总管下丁庄千户。领兵巡逻，遇宋军，战胜，夺其船三十余艘。十二年，与宋安抚朱焕战于清河，败之，擒十四人，夺其辎重。（《元史》）

郭侃，字仲和，华州郑县人。中统三年，为徐邳二州总管。先是，徐州总管李杲哥与益都李璮俱反，附于宋。宋将夏贵因乘间复夺诸州。史天泽荐侃，召入见。元主问计所出，曰："群盗窃发，犹柙中虎，内无资粮，外无救援。筑城环之，坐待其困，计日可擒也。"元主然之，赐尚衣弓矢。驰至徐，斩杲哥。夏贵焚庐舍，徙军民南去。侃追贵，过宿迁，夺军民万余人而还。赐金符，为徐邳二州总管。侃行军有纪律，野爨露宿，虽风雨不入民舍。所至兴学课农，吏民畏服。（《元史》）

元宪宗中统三年，李璮反，求救于宋将夏贵。贵自蕲乘虚北夺亳、徐、滕、宿、邳、沧、滨七州，新蔡、符离、蕲、利津四县，杀元守将。元张弘略率战舰，遏之于涡口。贵退保蕲，弘略发亳军攻之，水陆并进。宋兵素惮亳军，焚城宵遁。弘略追败之，尽复所失地。（《元史》）

至正十二年[1]，河南贼芝麻李据徐州。蒙古人也速，从太师脱脱南征。徐州城坚，不可猝拔。脱脱用也速计，以巨石为炮，昼夜攻之不息。贼困，莫能支。也速又攻破南关外城，贼遂遁走。（《元史》）

元元明善，为翰林直学士，出赈山东、河南饥。时彭城、下邳诸州连数十驿，民饿马毙，官无文书赈贷。明善以钞万二千锭分给之，曰："擅命获罪，所不辞也！"后听之。（旧志）

至正末，丰洪水方割，群盗纵横，动以千数。时元政不纲，将出师，率与盗

① 原作"十四年"，案脱脱平芝麻李在至元十二年，《元史·也速传》作"十四年"，误。据乾隆《徐州府志·大事记》、同治《徐州府志·宦绩传》改。

和。百姓锁城隍于烈日中，以望救。袁遵道之诗曰："盗积民财归帅府，官疑神罪锁城隍。"当时之时势，诚可呜咽。后神果示灵异，渠魁歼灭，遵道又有"锁项城隍阴破敌"之句。由是，丰城隍得封灵应侯。（旧志）

丰邑城隍庙正殿右银杏一本[①]，经雷火劈裂，焦枯憔悴，已历岁月。一日，一羽客来庙中，顾谓庙中道士曰："吾当为汝医此树。"索酒向树噀之。已而枝叶萌生，结实累累，树身削立其上，横斜虬曲，亦异观也。（丰志）

赵孟頫《兰亭十三跋》，皆至大三年秋冬作。其五、六二段，盖书于徐、沛间。第五跋云："昔人得古刻数行，专心而学之，便可名世。况《兰亭》是右军得意书，学之不已，何患不过人耶？顷闻吴中北禅主僧，名正吾，号东屏，有《定武兰亭》，是其师晦岩照法师所藏。从其借观，不可。一旦得此，喜不自胜。独孤之与东屏，贤不肖何如也！廿三日将过吕梁，泊舟题。"第六跋云："学书在玩味古人法帖。悉知其用笔之意，乃为有益。右军书《兰亭》，是已退笔，因其势而用之，无不如志，兹其所以神也。昨晚宿沛县，廿六日早饭罢题。"

元末时，萧县一男子樵于白茅山。时林木荟蔚，寂无人行，独一犬随之。樵者为虎所获，犬鸣斗不已，力竭而死，虎亦遁去。樵者遂免。（旧志）

沛贺姓者，忘其名，汉台里人。生而伟躯硕干，仪观动人。洪武中，以公事偕三人诣留都陛见。上壮其人，欲官之。归旅舍，辄以刀自断一指。翌日，三人赴阙辞上。上问曰："昨颀而长者安在？"三人不敢隐，以实对。上懊惜久之，竟亦弗之罪也。（沛志）

景泰四年四月，诏各布政司及直隶府州县学生员，能出米八百石于临清、东昌、徐州三处赈济，愿入监读书者听。五月，令生员纳米入监者，比前例减三百石。八月，礼部奏："迩因济宁、徐州饥，权宜拯济，令生员输米入监。虽云权宜，实坏士习。请弛其令，庶生徒以学行相励。"从之。（《日知录》）

《河防一览》云：黄河故道自虞城以下，萧县以上，夏邑以北，砀山以南，由新集历丁家道口、马牧集、韩家道口、司家道口、牛黄堌、赵家圈至萧县蓟门，出小浮桥，此贾鲁所开故道，诚永赖之业也。后因河南水患颇急，另开一道，出小河口，意欲分杀水势，而不知河不两行。本河渐涩。至嘉靖三十七年，河遂北徙，忽东忽西，靡有定向。行水之处，即系民间住址，陆地水不能刷，冲不成漕，虽一望茫然，而深不及丈。梁楼沟、北陈等处，不及二尺。今大势尽趋浊河，小浮桥不过十之一二矣。夫黄河并合万余里间，千溪万派之水，湍湃悍激，势若奔马。陡然遇浅，形如槛限，其性必怒。奔溃决裂之祸，恐不在徐邳，而在山东、河南耳。水从

① 原作"木"，据顺治《丰县志》卷十《丛纪》改。

上源决出，则运道必坏。嘉靖二十年间，河决亳州，而二洪干涸，往事固可鉴耳。且浊河漫溢，陂水皆由地面。徐州以下之渠，不能著底冲刷，以致河水易盈，堤防甚为艰苦。驯于万历六年，具疏请复故道，而河南、山东当事之臣颇畏劳费，会疏请止。夫欲复此河，非百万金不可委，非细故然。与其葺篱于亡羊之后，似不若彻土于未雨之前也。（按：此议不行，后果如所虑。及新河成，运不由黄，则此议又真可无庸矣。今录之，以备嘉靖时河迁本末）

又云：砀山旧缕堤，原因傍堤取土，以致堤根成河。每上流刘霄等口漫溢，直灌堤河，壅激冲撞，缕堤坐此不支。今弃此堤，而另帮近年所筑月堤，又虑缕堤决则月堤亦危。砀居丰沛上游，砀堤乃丰沛外户，外户失守，则堂奥随之。故复仿顺水坝之意，于单、砀接界处，筑斜长大坝一道，长千余丈，使上流漫溢之水，循坝径归大河，不得迫缕堤以危月堤。此保全砀、丰、沛一带堤防关键也。

又云：防御之法，格堤甚妙。格，即横也。万一横流决缕堤入，遇格而止，可免泛滥。水退，本格之水仍复归漕。今于南岸房村、双沟等七处各筑格堤，共七道，庶永无分流夺河之患。（按：此工至今赖之，故不可以无纪）

明王应时作《吕梁志》，载漕运一则云：洪武初年，四方贡赋漕于江左。三十年，始开海运，以供辽东军饷。及永乐初年，定鼎燕京，漕引江南之粟，一由江入海，出直沽口、白河，运至通州；一由江渡淮，入黄河至阳武县，陆运至卫辉府，由卫河运至通州。九年，浚元会通河，以达漕舟于京、通。十三年，乃罢海运，悉从内河。一浚真、楚诸湖，引江舟入淮；再浚徐、吕二洪，引淮舟入济；最后疏汶河，达清、卫、漳、御，而济舟乃长抵直沽。（《吕梁志》）

明时，天下粮船由徐、吕二洪而上者，每岁计一万二千一百四十三只。分为十总：南京二总，共三十二卫；中都留守总，十二卫；浙江总，十三卫，嘉靖末分浙东、西为二总；江北直隶二总，共十八卫；江南直隶总，十一卫；江西总，十二卫；湖广总，十二卫；遮洋总，十三卫。是皆分司拨夫牵挽过洪，以供军储者。此时，徐方最为冲剧。（《吕梁志》）

进贡船每岁过徐、吕二洪者，其一则司礼监，曰神帛、笔料；其二则守备尚膳监，曰鲜梅、枇杷、杨梅、鲜笋、鲥鱼；其三则守备不用冰者，曰橄榄、鲜茶、木樨、柿、橘；其四则尚膳监不用冰者，曰天鹅、腌菜、笋、蜜、樱、苏糕、鹚鸪；其五则司苑局，曰荸荠、芋、姜、藕、果；其六则内府供用库，曰香稻、苗姜；其七则御马监，曰苜蓿。后加龙衣、板方等船，例[①]外者复多，舟艘至以千计。洪夫牵挽并两河夫役递送，殆不胜其困矣。（《吕梁志》）

① 原作“倒”，据道光《铜山县志》改。

州城形如卧牛，昔人以河善泛溢，又铸铁牛镇之。故徐人不敢于立春日迎击土牛，相传为“徐不鞭春”。（旧志）

昔有人北试，道经彭城，过乡落间，见一义虎桥，询诸父老，曰：昔有商于齐鲁之墟者，夜归，迷失故道，误堕虎穴，自分必死。虎熟视，不加噬。昼则出取物食之，夜归，若为之护者。月余，其人稍谙虎性，乃嘱之曰：“吾因失道至此，幸君惠我，不及于难。吾有父母妻子，久客于外，思欲一见。仗君力，能置我于大道中，幸甚！”虎作许诺状，伏地摇尾招之。商喻其意，上虎背，跃而出，置诸道旁，顾而悲跳分去。后历数载，商偶经此地，见诸猎缚一生虎归，将献之官。熟视，乃前虎也。虎见之，回睨。其人感泣，遂与众具道所以，亟出重资赎之。众亦义其所为，相与释缚，纵深山之曲。后人于其地为桥表焉。

萧县相袭不撞钟，以为撞则水至。嘉靖间，县尹朱同芳弗听，水果大至。同芳坚不听，水亦寻涸。及孙重光尹萧，父老恳请，重光遂止之，乃为文以祭钟曰：“鼓焉以钟，昏晨之轨。民有讹言，金能利水。为民父母，从此而已。御患无德，随俗可耻。钟兮有灵，尚鉴乎此！”重光去，王荩臣继之，复令撞钟。其家病祸相沿，惧而复止。

明武宗南狩，御舟泊河下，偶失一随驾猴，上命中使踪迹之。猴方在河岸刘崇家，踞屋脊坐。会其家生一女，中使以闻，上喜曰：“是女异日当使缔姻王家。”及笄，鲁府阳信王观燃纳为妃。崇得封东城兵马副指挥。（沛志）

汤歌儿，沛人，善歌。时彭城管善善击鞠，胥得幸于武宗。尝赐以负郭田若干顷，寻没入官。（沛志入《佞幸传》。又云：按《太和正音谱》，元时有汤执中者，沛县人，亦善歌）

琉璃井，在泗河北岸，相传为汉高祖所凿。成化末，侍御陈嘉谟以歌风台旧地圮于水，迁《大风歌》二碑，就井地创亭，树碑其中。嘉靖间，日本国使臣题诗壁上，曰：“玉虎风轻转辘轳，汉家汤沐旧规模。不知一勺寒泉水，洗得君王杂霸无。”（沛志）

香草墹，在丰泡河北岸，上有古碑刻云：“东一箭，西一箭，生金犁，十八面。”中间剥落难识，末有“九州十八变”字样，似为隐语。成、弘间，居民张氏掘地，尝获金耙齿，约重十两。下有古井，得古钱甚多，今淤。（旧志）

丰西隅池，即秦皇掘坎以泄王气者，水深数丈，邑人恒操小舟以取鱼鲜。正德三年冬，严肃冰坚，有异物藏伏于中。每日出，腾身而起。起即冰裂，高数尺，声若迅雷，疾如奔马，自池至天津桥而止。月余，池冰始定，父老多及见之。（旧志）

嘉靖五年，丰城陷水，公私庐舍冲漂殆尽。惟高皇与萧相国小木像，荡漾于洪涛巨浪中，虽烈风暴雨，曾不飘散，于庙若相依倚。（旧志）

嘉靖四十三年，丰黄河在县南邵家口，有一物逆水而上，昂首数尺，约长六七十丈。面黑须白，额止一角，鼻嘴类牛而大。有时吐舌，舌纯红，长尺余。双目炯炯射人，身尾或隐或浮。舟皆避匿，两岸观者如堵。自华山至许家楼而没。或云："此蛟也，蛟行必变。"后数月，河果沙为平陆。(旧志)

方以智《荥汴考》：豫州之川荥、雒，荥阳荥泽是也。荥泽与济隧合河之济，即阴沟之上原也。康成曰："今为平地，荥阳民犹谓其地为荥泽。"《郑州图经》："敖山在县北，荥阳在县北四里。"郦道元曰："济水于此又兼邲。《春秋·宣十三年》：晋、楚战于邲，即是水也。"戴侗曰："邲音卞。"则即汴水矣。又作"汳"。京相璠曰："济自敖山北溢为荥，潴而后泄，遂为汴水。"即《禹贡》道济所谓"东出于陶丘北"，而《汉书·地理志》注所谓"狼汤渠首受泲，东南至陈入颍，过郡四，行七百八十里"者是也。后世，荥既不潴。又，汴在战国谓之鸿沟；马迁《史记》谓之荥阳漕渠；《汉书》谓之狼汤渠；汉建武中，张泥修之，谓之济渠；永平中，王昊治之，谓之浚仪渠；郦道元谓之阴沟。故名实遂难晓耳。南丰曾氏曰："昔禹于荥泽下分大河，为阴沟，出之淮泗。至浚仪西北，复分二渠。其后或曰鸿沟，始皇疏之，以灌魏郡者是也；或曰浪宕渠，自荥阳五池口，注鸿沟者是也；或曰浚仪渠，汉明帝时，循河流故渎作渠，渠成，注浚仪者是也；或曰石门渠，灵帝时，于敖城西北累石为门，以遏渠口者是也。石门渠东合济水，与河渠东注，至敖山之北而兼汴水，又东至荥阳之北，而旃然之水东流入汴。荥阳之西有广武二城，汴水自二城间小涧中东流而出，济水至此乃绝。桓温将通之而不果者，晋太和之中也。刘裕浚之，始有湍流奔注，而岸善隤塞，裕更疏凿以漕运，义熙之间也。皇甫谊发河南丁夫百万开之，起荥泽入淮，千有余里，更名曰通济渠者，隋大业之初也。裴耀卿言：江南租船，自淮西北，溯鸿沟，转相输纳于河阴、含嘉、太仓等仓，凡三年运米七百万石者，唐开元之际也，后世因其利焉。太宗尝命张洎[①]论著其兴凿漕[②]运之本末如此，宋至道之间也。"苏氏曰："自淮泗入河，必道于汴。世谓隋炀帝始通汴入泗，禹时无此水道，以疑《禹贡》之言，此特人不考耳。《禹贡》九州皆记入河水道，而淮、泗独不能入河，帝都所在，理不应尔，意其必开此道以通之。晋王濬伐[③]吴，杜预与之书曰：'自江入淮，逾于泗汴，溯河而上，振旅还都。'以濬舟师，可知汴水大小，非隋炀开创也。"陈后山曰："汉末，河［入］[④]汳，

① 原作"伯"，据方以智《通雅》卷十五、曾巩《元丰类稿》卷四十九改。
② 原作"遭"，据《通雅》《元丰类稿》改。
③ 原作"代"，径改。
④ 字据《通雅》、陈师道《汳水新渠记》补。

永平导[①]至千乘入海，而河之故渎在新渠之南，《水经注》所谓‘绝河而受索’自此始。隋因汉旧，大业合河、索为［通］[②]济渠入淮，而故道竭。今[③]于畿为白沟，于宋为沙，于单为石梁，于徐为汴，而入于南清。南清，故泗也。”（《通雅》）

① 原作“道”，通“导”。
② 字据《通雅》、陈师道《汳水新渠记》补。
③ 原作“令”，据《通雅》、陈师道《汳水新渠记》改。

清乾隆《徐州府志》

（上）

石杰　监修
王峻　纂修

徐州府志卷首

圖

周官大司徒職方氏所掌漢初蕭何入秦所收地
圖之重古今所同近世郡縣志卷首莫不有圖然
其所爲率皆疎舛不按犬牙之地形但就尺幅之
方紙語形勢則不似考道里則不符使知者不信
信者多誤不獨舊志爲然也今詳察地勢先定廣
輪之形乃列山川城郭之位雖未必盡肖而可以
得其大概舊志州縣圖外分繪雲龍山以下諸境
今酌存其有名者增入黃河圖數幅使觀者瞭如

导读

乾隆七年（1742）刻本《徐州府志》（简称“乾隆府志”），徐州知府石杰监修，前翰林院编修王峻主纂，是目前世存较多的一种徐州志书，也是徐州升府以后的第一部府志，系统记录了徐州府及所辖铜山、萧、砀山、丰、沛、邳州、宿迁、睢宁一州七县的政情地情。在此以前的所有志书均为“州志”，只反映了州邑及丰、沛、萧、砀山四县情况。

一

明洪武八年（1375），徐州直隶京师，统萧、沛、砀山、丰四县。清顺治二年（1645），徐州入清，仍沿明制为直隶州，初隶江南布政使司，寻分隶江苏布政使司。此间志书凡三修（顺治志、康熙续志、姜州志），均以“徐州志”为名。随着徐州政治、经济地位的不断提高，雍正十一年（1733）三月十二日，经吏部议覆：江苏直隶徐州改为徐州府，附郭增置铜山县，原直隶邳州为属州，并所领之睢宁、宿迁二县归徐州府辖（《雍正实录》卷一二九）。此时的徐州“疆境既增，官制亦异”，兼受乾隆《江南通志》纂修告竣的影响，地方首官对辖地的修志工作高度重视，于是纂修《徐州府志》开始提上了议事日程。

乾隆府志监修人石杰，字裕昆，号虹邨，浙江桐乡人，康熙五十四年（1715）乙未科进士，雍正九年（1731）任徐州知州，他也是徐州历史上的最后一任知州。雍正十一年徐州升府后，回家丁忧守制。十三年复出，任邳州知州（此时邳州已隶徐州府辖），乾隆二年回任徐州知府。石杰为政宽厚，颇有声名。乾隆七年升四川建昌道，卒官四川按察使，有《虹邨诗钞》五卷（光绪《桐乡县志》）。石杰在徐任职时间较长，熟悉地方政治、经济、风土人情等情况，对徐州深有感情，还把自己的一个女儿嫁给了徐州人张朝锦（张彦琮之子，民国书法大家张伯英先祖）。石杰深知志书纂修的必要性，他认为这也是守土者不可推卸的责任，但主笔一时间尚未得人。此时，徐州云龙书院正在初创阶段，经石杰的多方努力，先后从江南地区聘请陈祖范、王峻出任云龙书院山长，开创了徐州文教事业又一新局面，并由王峻主笔，于乾隆五年（1740）纂成徐州升府以后的首部《徐州府志》，同时也带动了徐州史志事业的新一轮编纂热潮。

王峻（1694—1751），字次山，号艮斋，虞山（今江苏常熟）人，雍正二年进士，官授翰林院编修，充《一统志》纂修官。乾隆二年，改任监察御史，“拜命三日，即抗章劾台长官素行不叶人望”，直声震都下，寻以母忧回家守制（见钱大昕《江西道监察御史王先生墓志铭》）。据王峻《新修徐州府志序》称：“嘉禾石公再守徐之四年……以余读《礼》家居，不远千里，请任是事（指纂修府志），兼主云龙书院。余方逊谢不敏，而书币在门，又念曩者承乏《一统志》馆十有四年，尝独肩八省暨诸边外，今公属以一郡志，必坚却之，非情也。”又据石杰《自序》云：“于是延虞山侍御王公主其事，相与考古证今，削疑存信。”似乎契机就这样简单。然而一则两人此前无任何交集，二则王峻自视甚高，以其编修《一统志》之尊前来俯就地方府志编写，恐怕也不是石杰能够请得动的。中间另有他人引荐，这人就是王峻的老师陈祖范。

陈祖范，江苏常熟人，幼从家学，学问通达，号称“海内经师”“一代通儒”。曾主修雍正九年《昭文县志》，参修乾隆《江南通志》，于志书编纂颇有独到见解，撰有《志馆私议》《史述》等多篇专述，提出“志之体要有三：曰地、曰政、曰人”，而于人之论定又有三难：“一曰识不足，二曰时不接，三曰势不可。”（见陈祖范《司业文集》）多受时人信服。乾隆四年，陈祖范受石杰之聘，来徐掌教云龙书院。其间，石杰应当对陈祖范谈及过纂修府志之事：“徐志又势难再缓。倘膜置而不加纂辑，文献无征，信从奚自？则余罪滋甚。”（石杰《徐州府志》序）陈祖范则担心自己年迈体衰，无法胜任，经慎重考虑，决定把这次机会连同云龙书院掌教之席，一并让给了他的学生王峻。此前王峻曾在《大清一统志》馆供职十四年，分担八省及边外等地志稿编写工作，由他来书院讲学并主持修志，乃名至实归的不二人选。接下来，石杰具书厚币千里延聘，王峻碍于“非情”无法坚拒，此事就这样一拍而合了。且王峻有诗《见复师（陈祖范号见复）去冬自云龙书院归，荐峻代往，兼修郡志，辞不获已，将行，安徽抚军亦敦请先生主皖城书院，因用去春送行韵话别》一题，诗云“未别云龙早荐名”（见《王艮斋诗集》卷九），亦可见陈祖范在离徐之前，早已向石杰推荐过王峻了。

乾隆五年春，王峻应邀抵达徐州，入住云龙书院，一边兼做讲学，一边加紧展开《徐州府志》的纂修工作。王峻在书院生员丁泗吉、汪廷璠、韩树猷、申泽泓、杨浩等人的协助下，“汇诸旧志，斟酌损益，昼夜排纂，凡五阅月而稿成”（王峻《新修徐州府志序》）。从通览旧志，到创制体例，再到编纂新志，总计用时仅五个月，所修志书全然无“迫促就功”之感，既体现了王峻于地方志编修确实是轻车熟路，也证明了陈祖范的慧眼识人，同时还给了今人一个启示：编纂一部地方志书，首先要谙熟前人著述，阅读重要史料，深入方能浅出，然后关注到每一个重要的问题，恰如其分地进行述评，在此基础上若能有所创见，则可称之为上乘之作。

二

王峻长期供职国史馆，精通史例，尤精地理之学，“谈九州山川形势曲折向背，虽足迹所未到，咸了如指掌。尝谓《水经》正文与注混淆，欲一一厘正之；而唐以后水道之变迁、地名之同异，郦《注》所未及者，则摭正史及传记、小说、近代志乘以补之，名曰《水经广注》。手自属稿，未暇成也”（钱大昕《王先生墓志铭》）。王峻的方志纂修观点，在他的《新修徐州府志序》中有着明确体现。虽因其为人清高耿直，说话不免过于尖刻，然而逆耳之言常能发人警醒。在这篇序文中，王峻毫不隐瞒地指出：“有明至今，凡天下府州县莫不有志。余在馆中所见各处府志，不下数百本，然而无一可观者，其故在于无笔、无书、无识。”直言各地志书的编纂者整体素质不高。所谓“三无”，既没有文采，也没有章法，更没有见识，都是以“村学究腐烂时文之手”（王峻序），仅凭少量的官方档案反复叙说，后志因袭前志，沿讹袭谬而不自知，不具备问题意识，不能见人所未见、言人所未言，甚至颇多附会，凭空捏造，添油加醋，误导读者。王峻对此很是痛心疾首：“如盲人之索途，如寐者之呓语，其于古今地理人事疵病，尚胜言哉！”接下来，他又说：“余幸得十余年厕身馆局，稍窥见前人之卓识苦心，今于是书建置、山川、古迹诸类，亦仿其意以为之。”（王峻序）大意是说：我在《一统志》馆任职十几年，多少也积累了一些心得体会，如今正好应用于《徐州府志》的纂修，比如建置、古迹等类目的编写，我会严格遵照《一统志》体例，务求其真，具载始末，一洗向来旧志“三无”之陋，这也正是我答应石知府前来掌教云龙书院，并主笔《徐州府志》的初心。最后他说道：“所虑讨论无人、书籍无多，向所云三者，或自蹈之而不知也。”（王峻序）所谓“讨论无人、书籍无多”，多少也是实情。“自蹈之而不知”，刚才还以“三无”讥诃前人，恐怕将来也会有人用此来嘲笑自己。自谦的同时，流露更多的还是王峻对史学素养的高度自信。

王峻在徐停留时间较短，仅半年有余，因修志兼多病，早生归意。同年中秋节后，眼见《徐州府志》纂修告成，写完以上自序，乘暇登览黄楼、亚父冢、放鹤亭，即打点行囊，返回故里。临行前作有《留题黄茅冈兼别书院中诸子》二首，诗中有依依不舍之情，更多的还是对徐州学子的殷殷期望，诗文今刻于云龙书院诗廊内。王峻返回常熟后，“杜门养疴十余年”（钱大昕《王先生墓志铭》），再未出仕，后来先后主讲扬州安定书院、苏州紫阳书院，以古学提倡后进，先于其师陈祖范两年去世。

根据王峻的序言，《徐州府志》成于乾隆五年秋八月，“凡五阅月而稿成”。但在石杰自序中却说：“始于庚申之仲春，讫于辛酉（六年）之季冬，阅两岁乃告成。”其实两种说法并不矛盾，王峻完成的只是初稿，在他走后，石杰继续组织人员进行校正、增补，直到乾隆七年二月，石杰即将升任四川建昌道，始付刻印。检索全书，大部分记事时间下限都是止于乾隆五年，而徐州卫“实在成熟田地”的汇总时间，沛、丰、砀山三县典史何文升、商汝霖、蒋国瑚及宿迁县教谕汪葵的任职时间都是乾隆六年，该年又有获旌节妇二人、请旌节烈妇二十四人，这些都是后期增补。即使在乾隆六年“辛酉之季冬”石杰认为已经定稿后，仍有后续增补，如白洋河千总彭承龙于乾隆七年任，萧县任国镠侧室陈氏于乾隆七年旌表。但这些增补极为零散，主要集中在赋役、职官、列女等部分，可见后期并没有对原稿作太大的调整。可以说，乾隆府志基本上成于王峻一人之手，石杰主要从事组织领导工作，在王峻离徐后，又继续组织了后期的增补修订，因而得以与王峻并列为纂修人。又据卷首职员名单显示，徐州府学教授田实发、铜山县学训导杨墀都曾参加校正工作，应当也是王峻离开以后的事了。从总体上来看，乾隆《徐州府志》因有知府石杰的高度重视，有王峻的亲力亲为，还有田实发、杨墀担任校正，许之发负责绘图，其余参订、分校、缮写，经管志局事务，都有专人负责，应当说是历次修志中组织得比较好的一次了。

在乾隆《徐州府志》编纂的同时，徐属铜山、沛、砀山三县也先后开展了县志纂修工作。其中，《沛县志》动议最早，乾隆二年知县李棠即请示知府石杰议修，并聘府学教授田实发任主笔，后因种种原因，一度中止。乾隆五年王峻纂修府志期间，李棠曾专程前往拜访，必然于县志编修有所交流探讨。巧合的是，乾隆《徐州府志》和乾隆《沛县志》都告成于同年秋八月，很难说王峻没有对《沛县志》的编修作出过任何指导。乾隆《砀山县志》动议于乾隆三年，知县郭浩请修，府学教授田实发纂辑，刊成于乾隆七年知县邬承显任内（现日本静嘉堂文库有存）。后来邬承显改任邳州，又主持纂修了乾隆十五年本《邳州志》。乾隆《铜山县志》，作为铜山建县后的第一部县志，动议于乾隆五年知县王琮任内，尚未开始实施，王琮即离任而去，直到乾隆十年，完成于知县张弘运任内，之前曾经协助王峻纂修《徐州府志》并任分校工作的生员杨浩、申泽泓继续担任了《铜山县志》的分校工作。以上几部志书的编纂体例、指导思想，或多或少都受到过乾隆《徐州府志》的影响。

三

乾隆《徐州府志》定为20类，共分30卷，约43万字（《中国地方志总目提要》谓“约五十七万字”，误）。开篇有王峻序、石杰序共二则。卷首：图序、八属县总图、铜山县图、萧县图、砀山县图、丰县图、沛县图、邳州图、宿迁县图、睢宁县图、徐州府城图、徐州府署图、徐州府学图、云龙书院图、河图（苏州府长洲县监生许之发绘图）。卷一：分野；疆域；建置沿革，附表；形势；风俗；城池。卷二：山川。卷三、卷四：河防。卷五：赋役，人丁、屯田、仓务、杂税附；物产。卷六：公署；学校，书院、义学附。卷七：兵制；乡镇；驿递；关梁。卷八：坛庙，寺观附；古迹；陵墓。卷九至卷十三为职官。卷十四、卷十五：选举，世职、应例、武功、封荫附。卷十六：封建；名宦上。卷十七：名宦下。卷十八至卷二十一为人物，流寓、方技、仙释附。卷二十二、卷二十三为列女。卷二十四至卷二十八为艺文（诗词赋文）。卷二十九：大事记。卷三十：祥异；杂纪。

乾隆府志较之姜焯《徐州志》，明显的区别之处即是内容有所增加：从区域方面来说，添置了邳州、睢宁、宿迁，另立了铜山县；从时代方面来说，接续了康熙《徐州志》以后的情况。从取材上看，乾隆府志有两点值得肯定：其一是王峻认为帝王后妃于史书记载详细，不至湮没，若以“生长之乡不便不纪”，应该只记故墟旧迹，不应作人物单立一类；其二是编纂者认为“名宦、人物、列女诸类，其弊尤在于徇情与存私”，凡有“相识请属”者“一概谢绝”（《徐州府志凡例》）。关于这两点，前者是合情合理的；后者由于王峻名高格凛，为人傲气自负，相信也是完全能够做到的。

再从体例上来看，乾隆府志很突出的一点就是将“兵变”更名为“大事记”。但是这个“大事记”，与我们今天的概念是不一样的。孔安国《尚书大传》曰：“大事，戎事也。”《孙子·始计篇》亦云：“兵者，国之大事。”篇名“大事记”，盖本于此，故只载军事，而经济、政治、文化、自然变故及其对人类的影响，并不在收存之列。这一点，虽较康熙《徐州志》有所革新，但从记叙范围来看，实在不如沛县志之《邑纪》较为完善。

乾隆府志的纂修，“凡五阅月而稿成”，一方面得益于王峻的自身功底过硬，另一方面也能够看出，在史料辨证方面，乾隆府志并没有花多大功夫。虽然原辖区域内的旧志仅嘉靖、顺治和康熙三部州志，而康熙《徐州志》纂修时间最近，资料较为赡详，只需在此基础上稍作调整即可；至于新辖区邳州、宿迁县、睢宁县之内容，向来被《淮安府志》所收录。但自雍正二年邳州改直隶州后，本州未修专志，又在雍正八年卷宗皆被大水漂没，当时所能依据的只有康熙二十四年本《淮安府志》、康熙二十二年增补本《宿迁县志》、康熙三十二年本《邳州志》和康熙五十七年本《睢宁县志》，其他旧有志书则因条件所限，未能参考。如邳州卫官制，在嘉靖《重修邳州志》卷二《兵戎》中有着较详细的记载，王峻则云“此卫官制，旧志既不得见，今俱无可考”，即是明例。此外，能够为编纂提供参考的其他资料也不是太多，“正史外，有《水经注》《元和志》《寰宇记》《明一统志》《方舆纪要》《禹贡锥指》《行水金鉴》等书，凡十余种”(《徐州府志凡例》)。

此外，王峻过于拘泥国家《一统志》的程式，也是导致乾隆府志没有显著特色的重要原因之一。王峻不知地方志书记一方之事，而一方之事有一方之特色，编排体例岂能统而一律？至于其他观点，如“街坊随时更易，里巷俗名，民间自建，有何足纪”“今仿《一统志》《通志》之例，城池内不载街坊”(《徐州府志凡例》)，显然也是教条、武断的表现。

四

王峻自命于修志是个“通人”，其在乾隆府志自序中直言不讳地说道：“余在馆中所见各处府志，不下数百本，然而无一可观者”，盖因各地志书多出于“村学究腐烂时文之手”，“开卷令人憎厌”。特别是在《徐州府志凡例》及正文每一类目的短序中，时不时地总要对姜焯进行一番讥讽，诸如“徐州姜志，更易旧志辄沾沾自诩”“其僭妄无识，乃三尺童子所知”等语，其实大可不必。志为史体，千秋所在，后人自有评说，在这一点上王峻未免失之狂妄。

如果仅仅是修志观点上的争鸣，用一句“文人相轻”倒也能够理解，然而不知是否还有其他原因，乾隆府志对姜焯其人其事，始终持刻意淡化的态度。姜焯任徐十余年，善政多端，口碑至今仍在，仅凭其独力纂修《徐州志》一事，名标《名宦传》是当之无愧的。然而乾隆府志《名宦传》有姜焯的继任孙诏，在任不满两年，仅以修城墙一事入传；而在任十余年，大小政绩十余项的姜焯却无缘列名。其他各卷也是如此，除编修《徐州志》一事无法回避之外，其他各款如“珍珠泉”条下删“里人改号姜公泉”等字；“放鹤亭”“大士岩院”条下仅注修置年岁，不详姜焯之名；凡与他人共同完成的政绩如学院行署等，概载他人之名，独阙姜焯；甚者移姜焯之功为他人之功，如徐州义学即是。据康熙《徐州志》记载，“淮徐同知孙国瑜复修黄茅冈，增置亭馆”，姜焯于大士岩右创书院，“立义学其中，延师教各庠生暨诸俊秀”，当事人如状元李蟠为作《书院义学记》，亦云：“郡侯姜公治徐九年，教养兼施……群谋于云龙山麓，辟土建堂数间，为饮射读书之地。”成书稍晚一些的乾隆十年《铜山县志》亦载姜焯“于云龙山创立义学，捐俸延师，所成就甚众，徐人士至今追思不置云”。然而这些在乾隆府志中，则被记为“康熙六十年，徐属同知孙国瑜始置义学”，《艺文》卷中亦削去了李蟠《义学记》。后志相承，直到《清一统志》、同治《徐州府志》皆以为孙国瑜首创义学，这也给今天的云龙书院发展史考证造成过一定干扰。究其因，王峻与姜焯平生素未谋面，亦无私怨，之所以如此刻意淡化，或许与原苏州织造李煦家族的败落有些关系。

五

乾隆府志刻印于乾隆七年，由府经历武承运督刊，版藏于府学。在此后相当长一段时间内被广泛传播。如现存的乾隆三十二年《砀山县志》、嘉庆二十年《萧县志》、道光十年《铜山县志》，都对乾隆府志的内容多有引用。府志在流传过程中，版本迭有增刻，如《艺文五》卷末续刻之文四篇：佚名《萧县闵子祠预作记》、萧县王源德《劝立身制行文》、吴涛《芜湖司训王公传》（即王源德传）、邵大业《重修苏堤碑记》。据其内容及样式，分别为两次增补。又考邵大业之文作于乾隆二十八年，则最后一次增补的时间应在乾隆二十八年以后。

乾隆府志在广泛流传的同时，难免也要遭受一些破坏：首先，受文化政策影响，特别是朝廷对避讳字的管控加强，原版凿字改字较多。文字避讳现象在古代长期存在，在徐州旧州志中也各有不同的表现，但进入乾隆朝以后，管控最严，限制极多，所须避字的数量也远超从前。但在乾隆初期，似乎执行的并不是太严格，因此在刊刻乾隆府志时，除了避圣人讳改“丘”为“邱”，避雍正讳改“胤”为“允”“印”外，他如“禛”“弘”“历”等字或省笔或不避。乾隆中后期，随着管控的逐步升级，凡书中有关庙讳御名之处，概将犯讳字凿去。从今天所存的版本情况来看，除极少一部分用字因审查疏忽得以侥幸保存外，大部分“弘”和“曆”字都被剜去后重新补以活字“宏”和“歷”，甚至有改“庆历”为“庆元”、改“许玄”为“许宏”的混乱现象，也有一部分被凿去后直接空缺。到了今天，我们已无须再去恪守避讳这种陋习了，因此在整理时，广参康熙以前旧志，凡有确实根据的，概予以恢复原字；未有确实依据或是难以确定是否避讳之处，则遵照原稿不改。

其次，受文字狱的影响，一些在当时存有争议的人物，一些所谓文义“违碍鄙俚”的诗文，亦从志书中整行凿去。如卷二十一之清朝沛县《人物传》第一人，原版有九行字被剜去，对照康熙《徐州志》，似应为阎尔梅传。卷二十五

《艺文》之明诗部分，合计有四处共七十二行字被剜去，原版是何内容暂无从考证。以上都属于文字狱对版本的破坏。

再次，木版因多次印刷导致变形而墨团严重，以及书籍在保存过程中人为破坏而产生的残损，都较为严重，使得存世版质量较差。在整理过程中，通过查阅各地不同藏本，对照前后州府及所属各州县志的相关记载，补足了一部分，尚有少部分无从据补者，每字以一“□”代替。

乾隆《徐州府志》馆藏机构多达五十余家，底本均存在不同程度的缺损、糊字现象，册数多寡不等，有合订为八册，有合订为十二册。徐州市图书馆、徐州市博物馆亦有收藏，徐州地方文史研究者多以此志及后来诸志作为重要参考资料。

新修徐州府志序

嘉禾石公再守徐之四年，人和政洽，百废具修。喟然曰：“予前之治徐州也，今之治徐府也，疆境既增，官制亦异，乌可以无志?”以余读《礼》家居，不远千里，请任是事，兼主云龙书院。余方逊谢不敏，而书币在门。又念曩者承乏《一统志》馆十有四年，尝独肩八省暨诸边外，今公属以一郡志，必坚却之，非情也。遂于暮春抵徐，汇诸旧志，斟酌损益，昼夜排纂，凡五阅月而稿成。撮其大旨以序之，曰：州郡之有志也，自宋范致能《吴郡志》而后，骎骎渐盛。有明至今，凡天下府州县莫不有志，余在馆中所见各处府志，不下数百本，然而无一可观者，其故在于无笔、无书、无识。以村学究腐烂时文之手，使之操纪述之事，支离拙俗，开卷令人憎厌，是谓无笔；目不睹唐、宋以前诸家地志，沿讹袭谬，称引不出传闻，事迹类多傅会，是谓无书；间有手笔稍可，而平昔不明地理体裁，终苦鲜当，宜详反略，当轻反重，是谓无识。以此三无而修志，如盲人之索途，如寐者之呓语，其于古今地理人事疵病，尚胜言哉！昔昆山徐司寇奉诏修《一统志》，备四库藏书，广征海内博学洽闻之士，而无锡顾景范、常熟黄子鸿、太原阎百诗、德清胡朏明四先生者，尤精于地志、山经、水注之书，为司寇所尊信，故其书博大精确，一洗向来诸志之陋。近虽重修，无能出其范围。余幸得十余年厕身馆局，稍窥见前人之卓识苦心，今于是书建置、山川、古迹诸类，亦仿其意以为之。所虑讨论无人、书籍无多，向所云三者，或自蹈之而不知也。若夫兹郡之山河形势、古来控守之大要，与我国家太平一统、升州为府之善制，公之序与志中已详，余不复赘。

乾隆五年岁次庚申八月既望

江西道监察御史、虞山王峻序

序

昔冉子之言志曰："求也为之，比及三年，可使足民。如［其］[①]礼乐，以俟君子。"夫冉子为圣门高弟，岂诚礼乐有所未娴哉？良以政有后先，务有缓急，礼义生于富足，而文物盛于康阜。先其所急以立其基，而其所后者可徐起而日有功，治道固宜然也。郡国有志，亦记载之常，不足以云礼乐。然而察星野、别山川、崇典礼、列官师、稽赋则、辨物产，凡政治之得失、人才之盛衰、风俗之美恶，与夫轶事旧闻、雄辞骏采，莫不厘然毕具，俾后之人知所遵循而生其感发，是亦礼乐之遗意焉耳。余守徐五年于兹矣，无年不水，无岁不灾，荷蒙皇上轸恤民艰，不惜帑金廪粟，蠲租给赈之令，殆无虚日，所费几及百万，民之赖以存活者不可胜计。余率属经理，奔走泥涂，日无宁晷。目击夫闾阎之一无盖藏，而哀哀鸿雁，增悲中野，方恧然以未能足民为愧，奚暇及志哉！然而徐志之不可缓，较甚于他郡者，其故有三：徐之为直隶州也，自胜国时已然辖萧、沛、丰、砀。雍正十一年升州为府，附郭设铜山县，东割邳、睢、宿三州县附益之，而徐州一卫亦隶于府。疆圉既广，官制顿增，昔之牧［令五］[②]，今之牧令八；昔之司马一、别驾二，今之［司马三、别驾三］[③]，下至学博、丞、簿、巡驿首领等官，昔之数二十有六，今之数五十有四，棋布星罗，上下联络，职掌攸关，不加登别，是备官而未之闻也。淮北州县，向鲜文吏，又离省远，簿书期会，救过不遑，一切笔墨之役，置之度外。间有修葺，亦多断续。考其年代，州志修于康熙六十一年为最近，睢志修于五十七[④]年，丰志修于四十七年，邳志修于三十二年，宿志、萧志修于二十二年；而沛、砀则本朝未之举行，前明遗版，字迹漶漫，几不可识。且邳、宿、睢向列淮志中，自雍正二年改邳为直隶，辖宿、睢，既为淮志所不收，而邳又无专志，一切文卷，委之波臣，询以近年牧令，并不能举其姓氏爵里，更数十年后，不且荡然一无所存乎？徐之境，南北三百里，东西五百里，黄河贯其中，铜、萧、砀、睢介河之南，丰、沛、邳、宿介河之北，而运河又介邳、宿之间，更有昭阳、微山、骆马诸湖环列左右，所关国计民生，甚巨且重。是以险工林立，丞倅佐杂，半皆河员，自春徂秋，修防不

① 底本残损，字据《论语·先进》补。

② 底本残损，二字据时官数补。按：旧徐州知州及萧县、砀山县、丰县、沛县知县，凡五员。

③ 底本残损，六字据时官数补。按：司马即同知别名，时有铜沛河务同知、邳睢灵璧河务同知、宿虹河务同知，凡三员；别驾为通判别名，时有丰萧砀河务通判、粮盐捕通判、宿迁运河通判，亦三员。

④ 原作"二"，据《凡例》"睢宁志修于康熙五十七年"及康熙《睢宁县志》序改。

辍。河性变迁不常，数年之内，形势顿殊，有昔平而今险者，有昔急而今缓者，苟非条分而缕析之，后之治河者将何所考焉？夫当此灾祲频仍之后，竭蹶不遑，而徐志又势难再缓。倘膜置而不加纂辑，文献无征，信从奚自？则余罪滋甚。于是延虞山侍御王公主其事，相与考古证今，削疑存信，宁严毋滥，宁朴毋华，而于《河防》一篇，三致意焉。始于庚申之仲春，讫于辛酉之季冬，阅两岁乃告成。成之日，适余奉命量移蜀中，将与徐之诸父老别，乃喟然叹曰：徐，古用武之国也，兵革战斗，史不绝书。今天下治安已久，文教聿兴，而山川险固，形势具在。铜为陆冲，宿为水冲，六省咽喉，两江锁钥，讵非屹然重镇欤！且其俗好勇尚气，秀杰者多倜傥非常之士，而黠骜者亦慓悍而难驯，非礼陶而乐淑之，其何以进于道？幸俗敦俭朴，不事华靡，时和谷登，不过三四年，元气可复，而余三余九之风，不难再觏。然后教以廉让，泽以诗书，发其秀杰而化其慓悍难驯之气，施礼乐于足民之后，是所望于后之守兹土者。

乾隆七年仲春下浣，赐进士出身、中宪大夫、知徐州府事
今升四川按察使司副使分巡建昌道、桐川石杰序

徐州府志凡例

一、志书必先定其班部，要在约而不漏，该而不杂。是编参酌旧志，定为三十类，其与旧志不同之故，分见于各类前小序中。

二、他志多因，兹志独出于创。东分淮安之一州二县，合两郡旧志参考，有倍难于昔者。徐州旧志凡三本：一为明嘉靖中副使王梴修，一为顺治中兵备胡廷佐修，一为康熙六十一年知州姜焯修。或详或略，互有不合。然相去未远，犹有据依。独新属之一州二县，淮安、宿迁府县旧志修于康熙二十年间，书既草率，时代又远；邳州志修于康熙三十年迁治时，缺略更甚，又因雍正八年水患，旧案漂失，多无可考；睢宁志修于康熙五十七年，稍有可征，又失之简陋。故志中缺略处时有，不能臆度也。

三、志书不外乎考古、纪今二者。考古务求其真，凡建置、山川、古迹，非博考史传，证以《水经注》《元和志》《寰宇记》诸书，则源委不悉而是非不明也。纪今贵识其要，凡田赋、河渠、水利、关隘、屯戍，皆当今之要务，非条分缕析，具载始末，则阅者不明而后来无征也。如徐州姜志，更易旧志辄沾沾自诩。然观其中于山川、古迹诸类，记载纷纷而不知［考古；赋役、兵］[1]制诸类，寥寥数语而不知纪今。其余冗杂，更仆难数，略举一二端，以明今者舍旧更新之故，非好为讥诃前人也。

四、旧志城池类内详列街坊、外附都鄙一类，盖仍各县志之体，不知街坊随时更易，里巷俗名，民间自建，有何足纪？都鄙则乡村镇集，人烟凑聚，或文武官弁分驻之所，其重次于城池，乃略其事而为附焉，是不知轻重也。今仿《一统志》《通志》之例，城池内不载街坊，而改都鄙为乡镇，与驿递关梁联类并列。

五、今志分三十类，与姜志名目或异，而大段则同。惟姜志内有帝王、后妃一类，今全删去。以一郡之志乘，必欲援帝后以为人物，其僭妄无识，乃三尺童子所知。若谓生长之乡，不便不纪，则丰沛故墟与当年经历旧迹，已散见各类中，何虑湮没不彰？至于朱梁篡夺，事同莽、操，载之简编，更不可训。

六、职官、选举二类，旧志所有，今仍其体，益以后来。其中又附诸类，大小毕载，未免太繁。然是书所重，不系乎此，识者当自知之。

七、名宦、人物，宋、元以前皆以正史为主，此外亦必实有可据者。自明以

---

① 底本残损，五字据文义补。

来，登正史者寥寥无几，旧志所载，大半空文，若复依样葫芦，徒为浪费笔墨，不得不就其低昂，略为去取。至于近来增入，上据印册采访，月旦固未暇也。

八、列女，旧志所载本朝节烈诸人，已多于前代。近复时颁旌典，人数又倍于昔。善善欲长幽光，固不可没；而表彰有待成例，亦所当遵。今于旧志已载者，详略或异，姓氏仍存。至增入之人，惟载已经奉旌、有案可稽者，其余概俟将来。实至名彰，无患泯没也。

九、近世志书，瑕疵既不胜言，而名宦、人物、列女诸类，其弊尤在于徇情与存私。不肖者固不足道，但因相识请属，勉为纪载，问心遂无愧耶？今一概谢绝。至于前志已收、州县所送，或有未可尽信者，此非操笔者所能料矣。

十、凡修志，必博考群书，方少舛误。箧中所携，正史外有《水经注》《元和志》《寰宇记》《明一统志》《方舆纪要》《禹贡锥指》《行水金鉴》等书，凡十余种。此间又假得温公《通鉴》，与正史内所未带者及杂书数帙而已。其中一二僻事，尚有未经考索。此外或有缺遗，[仍][1]未可知，要其大体差云已备。

① 底本残损，字据文义补。

新修徐州府志姓氏

纂修：

江西道监察御史	王　峻
徐州府知府，今升四川建昌道	石　杰

校正：

府学教授	田实发
铜山县学训导	杨　墀

参订：

嘉兴府学生员	张　翼
杭州府仁和县学生员	陈会英

分校：

举人	丁泗吉
生员	汪廷璠
生员	韩树猷
候选州同知	申泽泓
生员	杨　浩

缮写：

生员	徐　渊　宁文煌　李通济 李朝培　张　晋

绘图：

苏州府长洲县监生	许之发

督刊：

本府经历	武承运

经管志局：

典吏	刘廷士
书办	陈启新

徐州府志卷首

图

《周官·大司徒》职方氏所掌，汉初萧何入秦所收。地图之重，古今所同。近世郡县志，卷首莫不有图。然其所为，率皆疏舛，不按犬牙之地形，但就尺幅之方纸，语形势则不似，考道里则不符，使知者不信，信者多误，不独旧志为然也。今详察地势，先定广轮之形，乃列山川、城郭之位，虽未必尽肖，而可以得其大概。旧志州县图外，分绘云龙山以下诸境，今酌存其有名者。增入黄河图数幅，使观者了如指掌，不更有益欤?

北至山東兖州府魚台縣界

沛縣界

銅山縣圖
沛縣界
運河

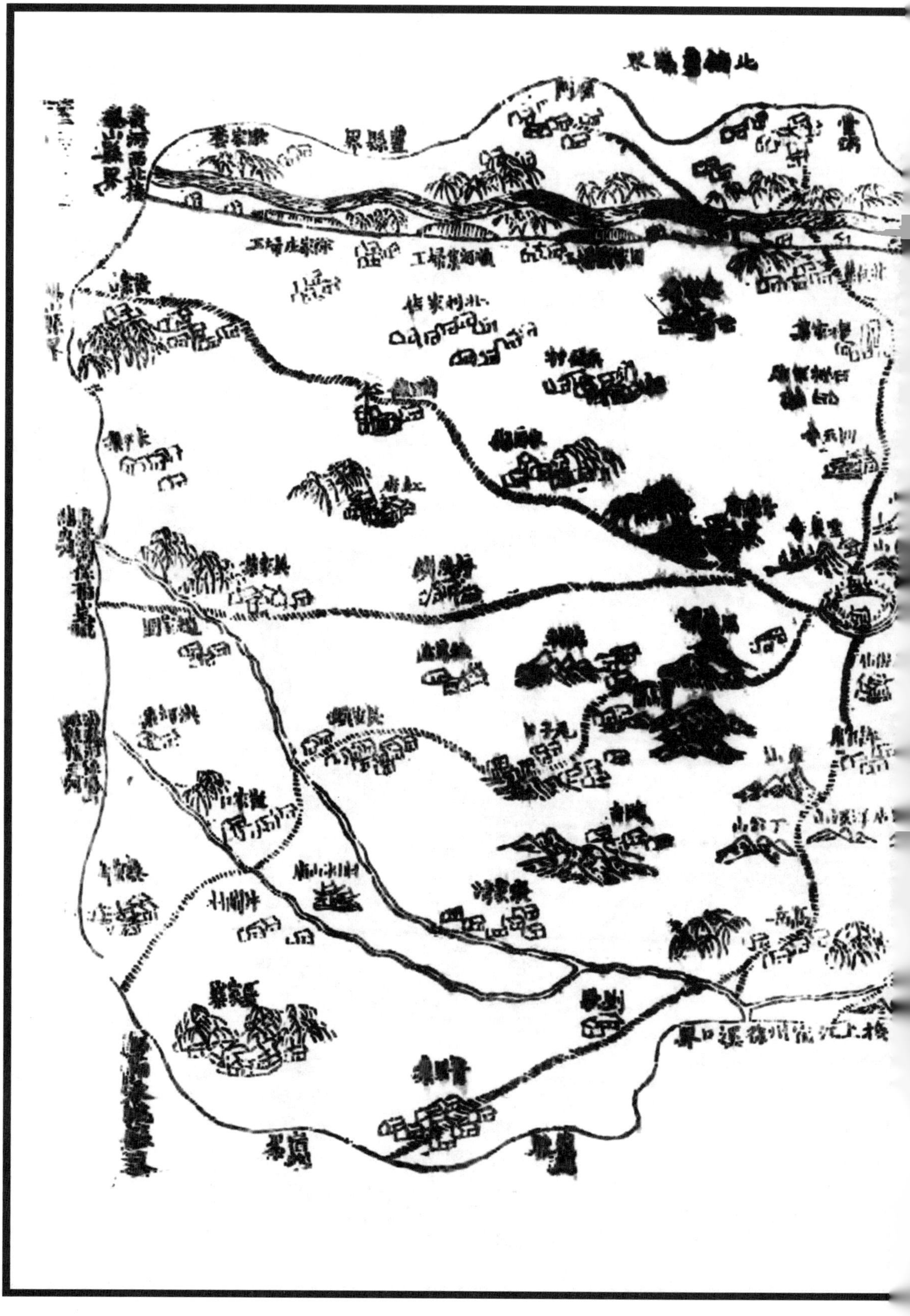

蕭縣圖

碭山縣圖

豐縣圖

東北接沛縣界

（原稿残缺）

沛縣圖

山東嶧縣界
睢寧縣界

邳州圖

宿遷縣圖

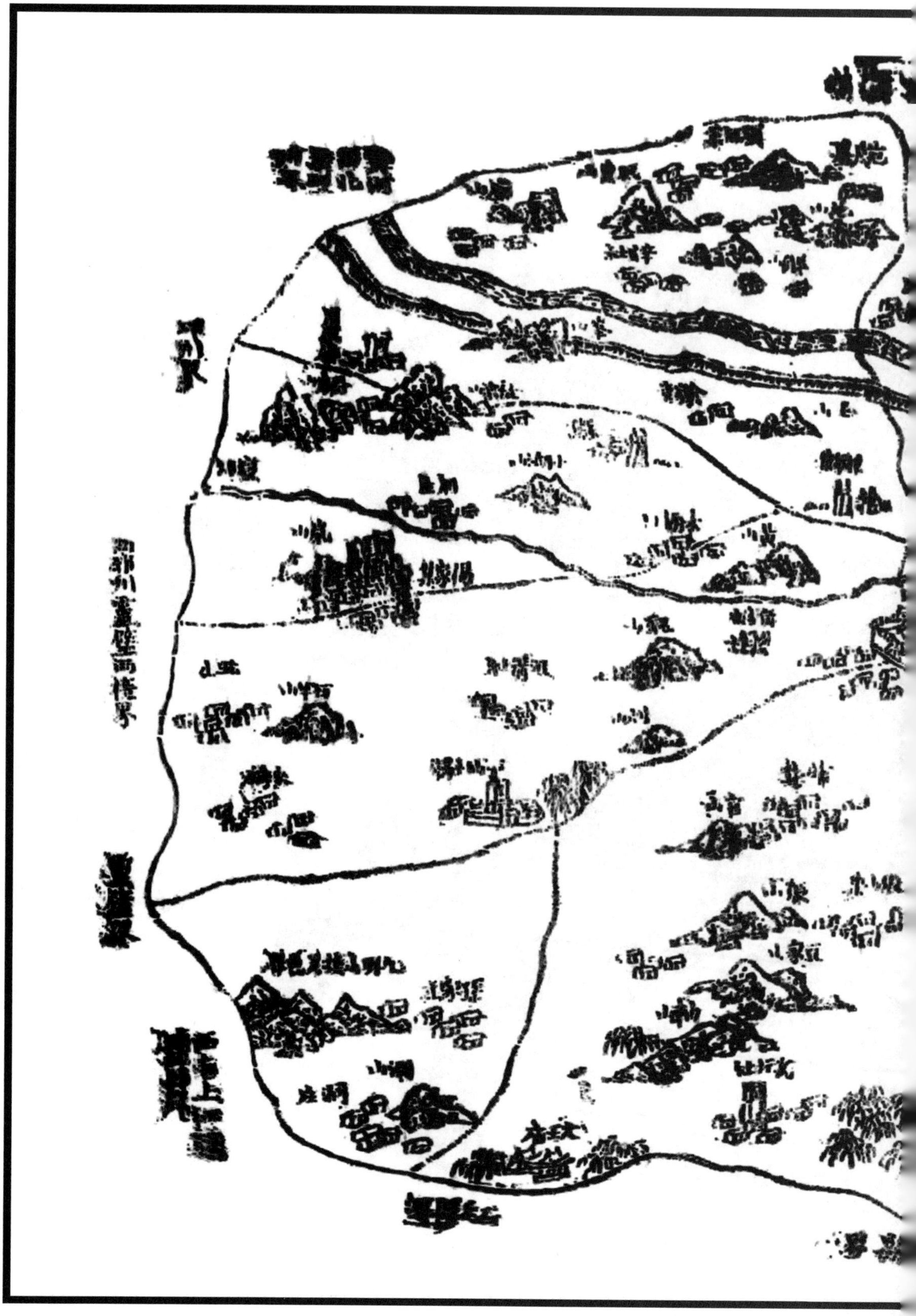

睢寧縣圖

北門
西門
協鎮府
銅山縣

黄河
東門
徐州衛
城隍廟

徐州府署圖

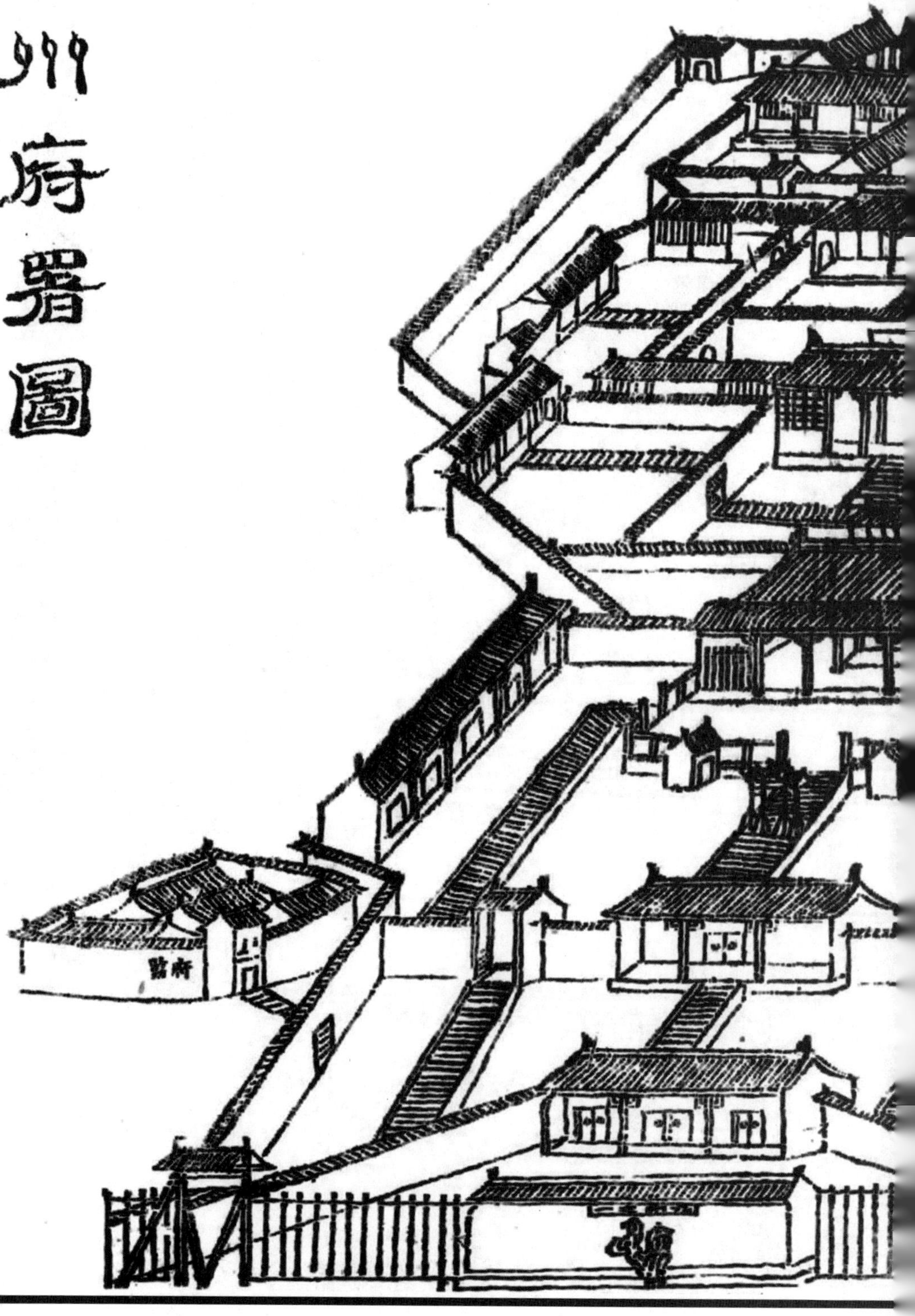

徐州府學圖

雲龍書院圖

放鹤亭

河圖

黃運二河經行
徐境隄防蓄洩
所關鉅矣用載
全圖以供州覽

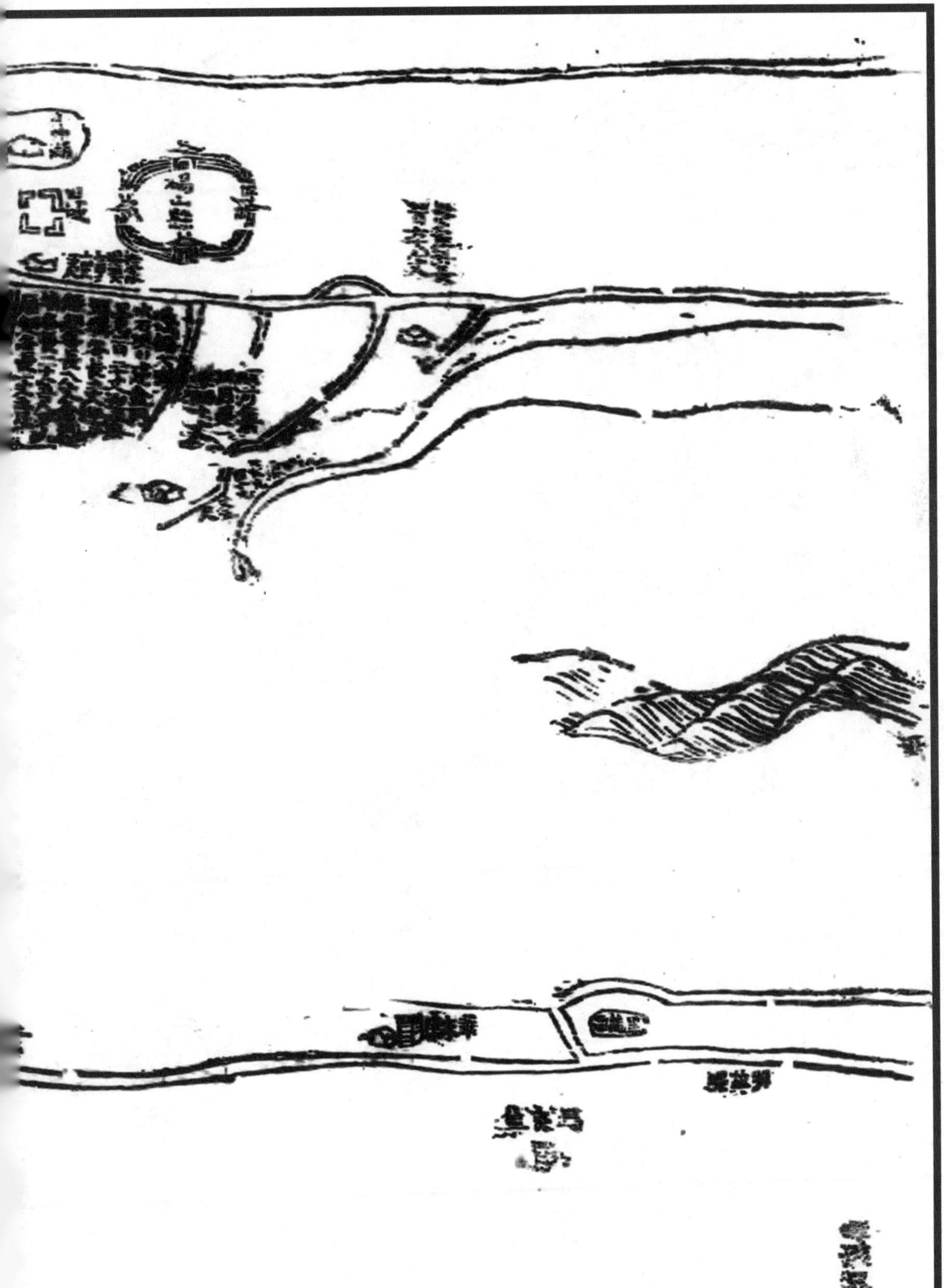

徐州府

毛家山
神王山

運河

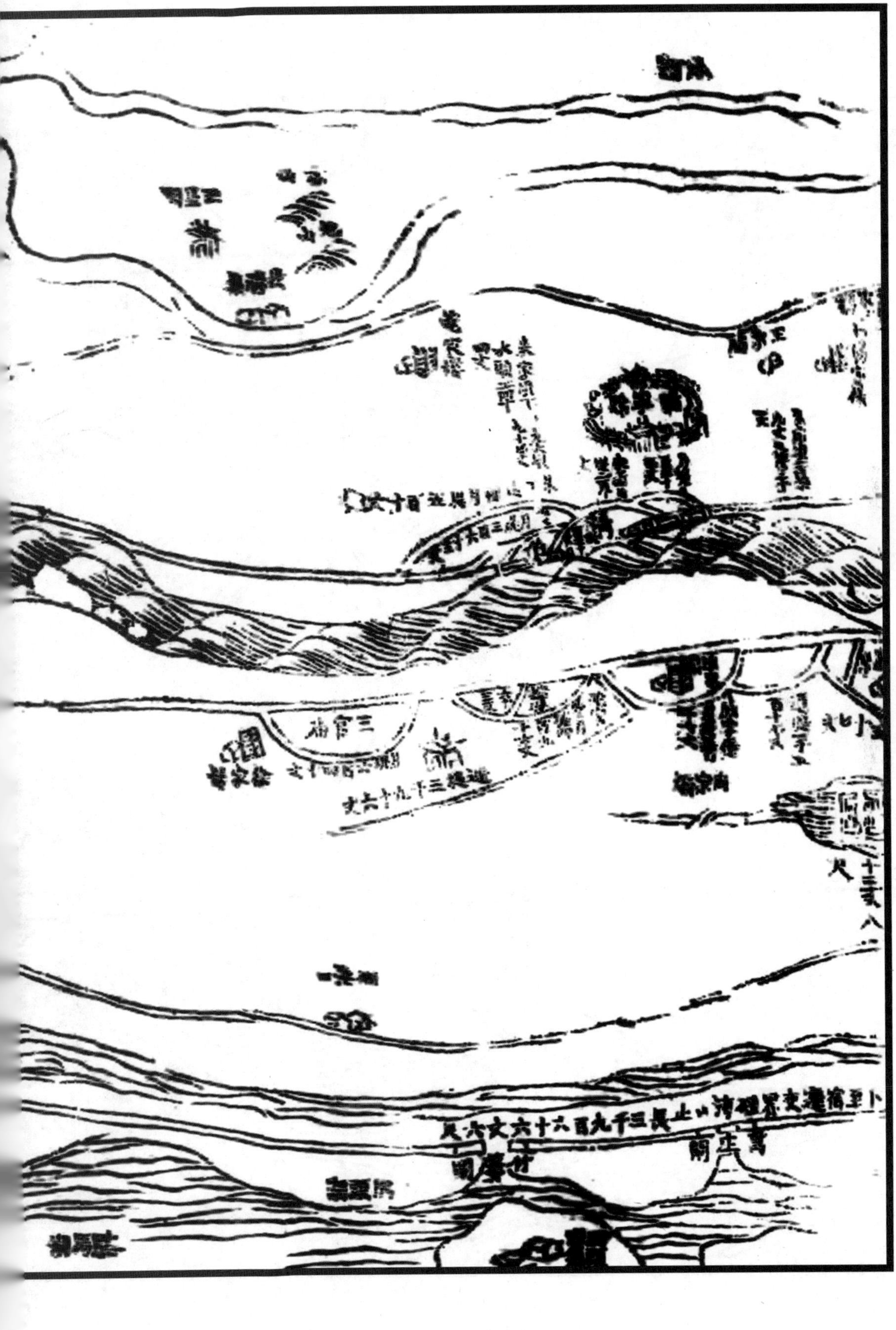

小月堤五百丈
蔺家坝

宿遷縣
馬陵山
七孔橋

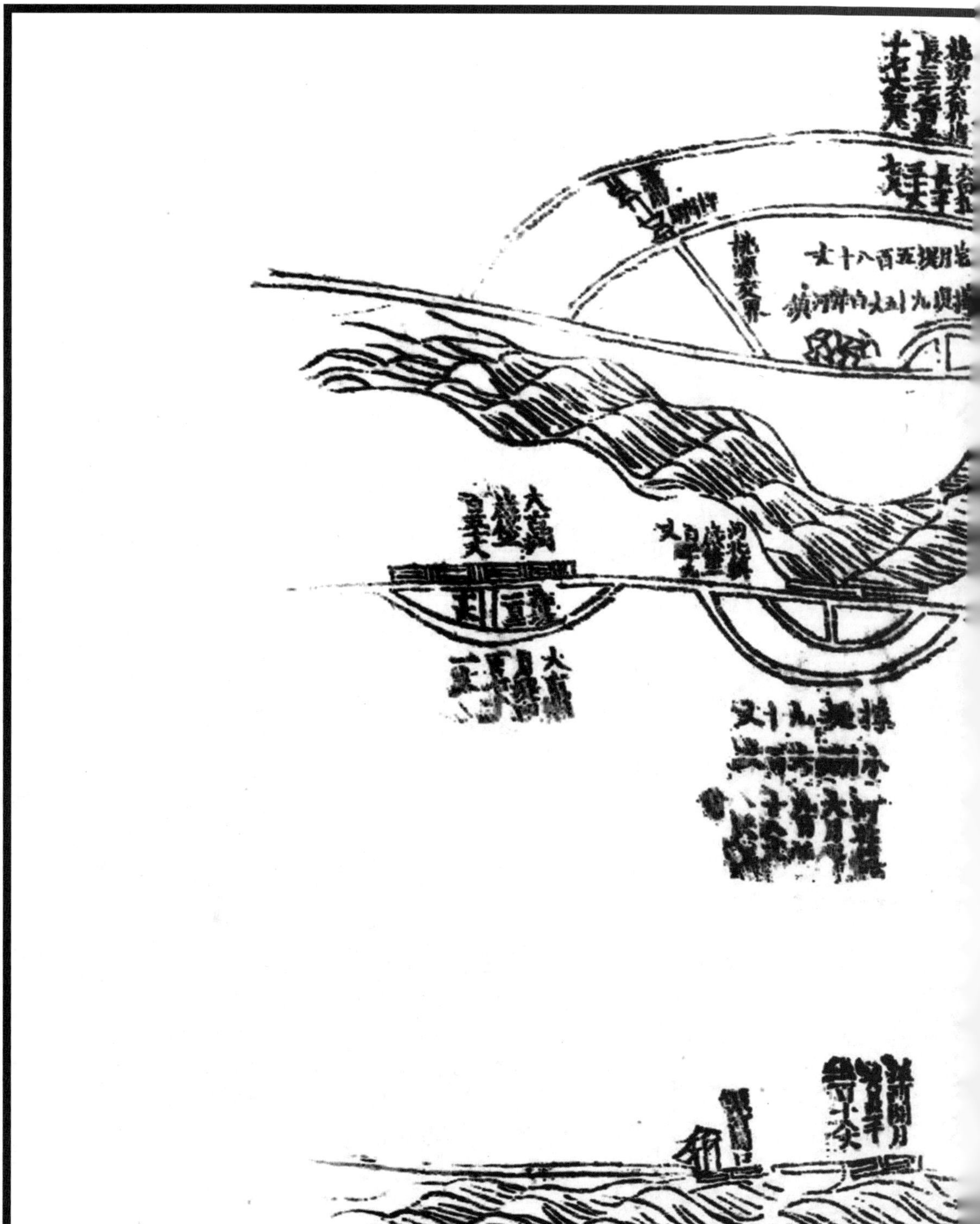
桃源交界

徐州府志卷之一

分野

分野之说，始于《周礼·保章氏》及春秋梓慎、裨灶之徒，其来久矣。然天道幽渺，古今疆索不同；前后诸家，其说亦多互异。罗列繁文，徒眩耳目。今采择数条，大书提要于前，附注于下，览者亦可以得其大概矣。

铜山、萧、砀、丰、沛五县，天文在房、心分野，大火之次。（《帝王世纪》："自氐五度，至尾九度，曰大火之次。于辰在卯，斗建在戌。今宋分野。"《汉书·地理志》："宋地，房、心之分野也。今之沛、梁、楚、山阳、济阴、东平及东郡之须昌、寿张，皆宋分也。"《晋书·天文志》："房、心，宋，豫州。楚国入房四度，梁国入房五度，沛郡入房四度。"《唐书·天文志》："初，氐二度。中，房二度。终，尾六度。自雍丘、襄邑、小黄而东，循济阴，界于齐、鲁，右泗水，达于吕梁，乃东南接太昊之墟，尽汉济阴、山阳、楚国、丰、沛之地。丰、沛负南河，阳气之所布也，为房分。其下流与尾同占。"）

邳州、宿迁、睢宁，天文在奎、娄分野，降娄之次。（《帝王世纪》："自奎五度，至胃六度，曰降娄之次。于辰在戌，斗建在卯。今鲁分野。"《汉书·地理志》："鲁地，奎、娄之分野也。东至东海，南有泗水，至淮，得临淮之下相、睢陵、僮、取虑，皆鲁分也。"《晋书·天文志》："奎、娄、胃，鲁，徐州。东海入奎一度。"《唐书·天文志》："初，奎二度。中，娄一度。终，胃三度。自蛇丘、肥城，南界钜野，东达梁父，循岱岳众山之阳，以负东海。又滨泗水，经方与、沛、留、彭城，东至于吕梁，乃东南抵淮，并淮水而东，尽徐夷之地。"按：《史》《汉》俱以房、心为豫州，奎、娄为徐州。《清类天文分野书》则以房、心为徐州，奎、娄为兖州。今考：宋地实兼徐、豫，鲁地亦兼徐、兖。就府境言，砀山为徐、豫之界；自此而东，逾邳、宿，尽桃源、清河，皆古徐州域也）

（○附五星、北斗占法：《史记·天官书》："宋、郑之疆，候在岁星。"《星经》："岁星主徐州，镇星主豫州。"又云："玉衡第一星主徐州，以五子日候之，戊子为彭城，庚子为下邳；第七星主豫州，以五午日候之，壬午为梁国，戊午为沛国。"按：五星、北斗外，诸史尚有诸星杂占。以非地志所当缕述，故不录）

疆域

徐之疆域，东西长，南北狭。今益以邳、宿、睢三州县，则东西益长，犬牙相错。准望道里，每易参差。旧志前后不符，详略异致。今审定方隅，酌从其是，庶几寡失焉。

徐州府，在江南省城西北七百四十里，江苏布政使司西北一千一百七十里，东西广五百三十五里，南北袤一百八十五里。东至海州沭阳县界三百五十五里，西至河南归德府夏邑县界一百八十里，南至凤阳府宿州界六十五里，北至山东兖州府滕县界一百二十里，东南至凤阳府虹县界二百十里，西南至归德府永城县界一百五十里，东北至山东沂州郯城县界二百十五里，西北至山东兖州府金乡县界二百里。自府治至京师一千五百一十里。

铜山县，府治，东西广一百二十里，南北袤一百三十里。东至顺河集邳州界九十里，西至齐村萧县界三十里，南至闵子祠凤阳府宿州界六十五里，北至利国驿山东兖州府峄县界八十里（又东北至县治六十里），东南至双沟凤阳府灵璧县界九十里，西南至桃山萧县界五十里（又西南至宿州治一百五里），东北至汴塘集峄县界一百里，西北至李家口丰县界一百二十里。

萧县，在府西少南五十里，东西广七十八里，南北袤七十里。东至齐村铜山县界十八里，西至李家楼砀山县界六十里，南至高岳集凤阳府宿州界四十里，北至北辰集铜山县界三十里，东南至张山凤阳府灵璧县界九十里（又东南至县治九十里），西南至蔡家寺河南归德府永城县界一百里（又西至县治五十里），东北至兴隆集铜山县界二十里，西北至李坐君家集砀山县界七十五里（旧州志云：萧之境，广狭相半，略如犀角形，自西北斜亘东南。其西南隅又稍错出永城、宿州境。县治近北隅，逼邻州境，故所纪广袤，仅数十里。若由相山至张山以北，东西相距甚远，故嘉靖旧志谓东西广百数十里，南北仅三之一也）。

砀山县，在府西少北一百八十里，东西广八十里，南北袤六十里。东至侯家口萧县界五十里，西至兴山店河南归德府虞城县界三十里（又西稍北至县治六十里），南至南镇集归德府夏邑、永城二县界二十里（又南稍西至永城县治七十里），北至马良集丰县及山东曹州府单县界四十里，东南至李坐君家集萧县界四十五里，西南至杨家集夏邑县界四十里（又西至县治五十里），东北至李九家集丰县界三十五里，西北至刘家口单县界六十里。

丰县，在府西北一百五十里，东西广五十五里，南北袤八十里。东至丁兰寺沛县界十五里，西至刘家集山东曹州府单县界四十里（又西至县治五十里），南至李盘龙集砀山县界四十里，北至王家海集山东兖州府鱼台县界四十里（又北至县治十五里），东南至李家口铜山县界三十里，西南至孙家集砀山县界三十里，东北至台上集沛县界十五里，西北至欢沟兖州府金乡县界五十里（又北至县治四十里）。

沛县，在府北少西一百二十里，东西广八十里，南北袤八十里。东至落房村山东兖州府滕县界四十里，西至扬明集丰县界四十里，南至王家集铜山县界三十里，北至宋家闸兖州府鱼台县界五十里，东南至张家集铜山县界三十里，西南至葛家口铜山县界三十五里，东北至夏镇滕县界四十里（又北至滕县治五十里），西北至牛头河鱼台县界三十五里。

邳州，在府东少北二百里（去旧治东北九十里，旧治在府东一百四十里），东西广一百二十里，南北袤一百四十里。东至石桥宿迁县界五十里，西至汴塘铜山县界七十里，南至木社睢宁县界九十里（渡黄河又南至县治四十五里），北至重防山东沂州界五十里（又北至州治一百二十里），东南至堰头镇宿迁县界七十里（又南至县治九十里），西南至旧余沟凤阳府灵璧县界一百七十里（又西南至县治八十里），东北至齐村沂州郯城县界三十五里（又东北至县治三十五里），西北至陶沟山东兖州府峄县界四十二里（又西北至县治七十里）。

宿迁县，在府东少南二百三十五里，东西广一百九十里，南北袤一百七十里。东至高沙社海州沭阳县界一百二十里，西至周家庄睢宁县界七十里，南至草堰社泗州界五十里（又南至州治一百九十里），北至红花埠山东沂州郯城县界一百二十里（又北至县治四十里），东南至淮安府桃源县治一百二十里，西南至凤阳府虹县治二百四十里，东北至海州治三百里，西北至邳州旧治一百二十里。

睢宁县，在府东南一百八十里，东西广一百三十里，南北袤八十里。东至梅村桥宿迁县界四十里，西至保林凤阳府灵璧县界九十里，南至吴美家墩凤阳府虹县界三十里（又西南至县治六十里），北至黄河南岸邳州界五十里，东南至泗州治二百里，西南至灵璧县治一百二十里，东北至宿迁县治七十里，西北至铜山县治一百八十里。

建置沿革

郡邑建置，历代不同，撰志者在乎考订的确，得其标准。旧志有考，有表，大率罗列繁文，而于本郡沿革，难免混淆。今仿《一统志》例，考则专详沿革，表则兼明迁徙，节去繁冗，归于简要。其余考据亦分纪《古迹》焉。

徐州府

《禹贡》徐州之域。古大彭氏国。春秋、战国初属宋（按《史记·韩世家》：文侯二年“伐宋，到彭城，执宋君”，则战国初尚为宋地也），后属楚，亦谓之西楚（孟康曰：“旧名江陵为南楚，吴为东楚，彭城为西楚”）。秦属泗水郡。项羽自立为西楚霸王，都此。汉属楚国。宣帝地节二年，改为彭城郡。黄龙元年，复为楚国，属徐州部（徐州地，东境为临淮、东海二郡地，北境为沛郡地，西境为梁国地）。后汉章和初，改彭城国（东境分置下邳国）。三国属魏，晋亦曰彭城国（领县七，东境为下邳国及临淮郡地，西北境同前），为徐州治（按：徐州部，前汉时刺史无定治，后汉时州治东海郯县。沈约《志》云：“魏、晋治彭城。”今考史传，魏、晋初刺史皆治下邳。《石季龙载记》：“徐州从事朱纵杀刺史郭祥，以彭城归顺。”其治彭城，应在南渡后。然《宋志》必有所参考，仍之）。东晋初，徐州陷没，元帝侨置徐州于淮南，又置南徐州于江南。太元九年，复置徐州于此。义熙九年，又改为北徐州。南北朝宋，亦为徐州及彭城、沛等郡（东境为下邳、淮阳二郡，西境为梁郡及北济阴郡地）。泰始三年，入于后魏，亦置徐州及彭城、沛等郡（东境为下邳、宿豫二郡，西境为砀郡地）。北齐置东南道行台，后周置总管府。隋开皇初，废郡存州。七年，废行台。大业初，府废，复改州为彭城郡（领县十，东境为下邳郡，西境为梁郡地）。唐初，复曰徐州。天宝元年，复曰彭城郡。乾元元年，复曰徐州，属河南道（领县七，西境为宋州地）。贞元四年，置徐泗濠三州节度使，治徐州。十六年，废为观察使。元和二年，复置武宁军节度。咸通十一年，改感化军（《唐书·方镇表》：咸通二年，罢节度，置徐州团练防御使，隶兖海。四年，罢防御使。五年，置徐泗观察使。十年，置徐泗节度使。是年，复置都团练防御使。十一年，复置观察使，寻赐号感化军节度使。光化元年，复曰武宁。未几，复为感化，天复二年罢）。五代复曰武宁军。宋仍为徐州，亦曰彭城郡、武宁军节度，属京东西路。金因之，属山东西路（领县三，东境分置邳州）。元亦曰徐州。至元二年，以州治彭城县省入。八年，属归德府（领县一，东境为邳州，西北境属济宁路）。至正八年，升徐州路。十二年，改曰武安州。明初，复曰徐州，属凤阳府，寻直隶南京（领县四）。本朝初因之，隶江南布政使司。康熙六年，属江苏布政使司。雍正十一年，升为徐州府（治铜山县），以邳州及宿迁、睢宁二县来属，共领州一县七。

铜山县（府治）

古大彭氏国。春秋时，为宋彭城邑。秦置彭城县，属泗水郡。汉为楚国治，后汉为彭城国治。晋为徐州及彭城国治。刘宋因之，泰始中入于后魏。魏亦为徐州彭城郡治。北齐、后周因之。隋为彭城郡治，唐为徐州治。五代、宋、金皆因之。元始省县入州。明因之。本朝雍正十一年，复设铜山县（取县境铜山为名），为徐州府治。

萧县

古萧国。春秋时宋邑（《汉书·地理志》：萧县，故萧叔国，宋别附庸也）。秦置萧县，汉属沛郡。更始初，封光武为萧王，即此。后还属沛国。三国属魏（景初中，尝分属汝阴郡。郡寻废）。晋因之。南北朝宋为沛郡治，后魏因之。北齐改承高县，属彭城郡。隋初，属徐州。开皇六年，改曰龙城县。十八年，又改临沛县。大业初，复为萧县，属彭城郡。唐仍属徐州。五代、宋、金因之。元至元二年，并入徐州。十二年复置，属徐州。明不改（自元以前，皆旧治萧城。万历五年避河患，始迁今治）。本朝因之。

砀山县

秦置砀郡及砀县。汉高帝五年，改为梁国（属豫州），仍治砀县。后汉为砀县（时梁国移治下邑。按《后汉·郡国志》“砀”下云“山出文石”，与《前汉志》同，乃司马彪本注也。后人误以“山”字连上“砀”字读，遂谓后汉改为砀山县。自《明一统志》始。《元和志》《寰宇记》并无此说也）。三国魏因之。晋省入下邑县。后魏复置砀县，属砀郡（按《魏书·地形志》：砀郡治下邑城。所领砀县，治鲁城，云：“晋罢，后复。”自是后魏复置。《宋书·州郡志》梁郡领砀县，非实地也），兼置安阳县属焉（《地形志》：县治麻城）。北齐废砀郡及砀县，以安阳县属彭城郡（见《寰宇记》）。隋开皇十八年，改安阳曰砀山。大业二年，改属梁郡。唐属宋州。光化二年，朱全忠于县置辉州。三年，置崇德军。寻徙州治单父，以县属焉。五代唐属单州。宋因之。金兴定元年，以限河不便，改属归德府，寻为水荡没。元宪宗七年复置，属东平路。至元二年，并入单父县。三年复置，属济宁路。明初，改属徐州。本朝因之。

丰县

秦沛县之丰邑（《史记》：高祖“沛丰邑中阳里人”）。汉初，置丰县，属沛郡。后汉属沛国。魏、晋因之。南北朝宋改属北济阴郡（《宋书·州郡志》：大明元年复立），后魏因之。北齐属永昌郡。隋改属彭城郡。唐属徐州。五代、宋、金因之。元初，属济州。至元八年，直隶济宁路。明仍属徐州。本朝因之。

沛县

古偪阳国地。秦置沛县，为泗水郡治。汉初，改泗水郡为沛郡。后郡移治相县，以沛县属焉，时谓之小沛。后魏因之。隋属彭城郡。唐属徐州，五代至宋因之。金改属滕州。元太宗七年，移滕州来治。宪宗二年，州废。至元二年，省入丰县。三年，复置沛县。八年，隶济宁路。十三年，属济州。明属徐州。本朝因之。

邳州

《禹贡》徐州之域。夏为邳国。春秋时为薛国地，战国属齐。秦置下邳县（薛瓒曰：有上邳，故曰下），属郯郡。汉属东海郡。后汉永平十五年，改临淮郡为下邳国，治下邳县。魏、晋因之。南北朝宋、齐俱为下邳郡。后魏因之。孝昌初，置东徐州。梁中大通五年得之，改下邳县曰归政，置武州。太清二年，又入于东魏，复改州曰东徐，县曰下邳（下邳郡名，梁、魏皆不改）。后周改州曰邳州。隋开皇初，郡废。大业初，州废，复为下邳郡，以下邳县属焉（时郡治宿豫县）。唐初，仍于下邳县置邳州。贞观初，州废，改属泗州。元和四年，又改属徐州。五代因之。宋太平兴国七年，置淮阳军，属京东路。金复曰邳州，属山东西路（贞祐三年改属河南路）。元初，省下邳县入州。至元八年，以州属归德府，后复置下邳县，为州治。明初，省县入州，改属淮安府（州领县二）。本朝初因之。康熙七年河决，城陷。二十九年，迁今治（南去旧州九十里，在艾山南）。雍正二年，升为直隶州，领宿迁、睢宁二县。十一年，改属徐州府。

宿迁县

春秋时，钟吾子国（《左传·昭公二十七年》“吴公子烛庸奔钟吾”，又《三十年》“吴执钟吾子”，即此。《元和志》谓“宋人迁宿”之地）。秦为下相县地，汉置厹（与“仇”同）犹县，属临淮郡（见《元和志》）。后汉县省。晋义熙中，始置宿豫郡（见《魏书·地形志》）及宿豫县（《宋·州郡志》。新旧《唐志》作“预”[①]，魏、隋《志》作“豫”）。刘宋郡废，县属临淮郡。泰始中，入于魏。魏仍置宿豫郡，并置南徐州治焉。梁天监中得之，增置朝阳、临沭二郡。普通中，又入魏，废为宿豫镇。后又入梁。东魏武定七年，复取其地，置东楚州及宿豫郡、宿豫县。北齐改置晋宁郡，复曰南徐州。陈太建五年克之，改置北徐州，寻又改安州。后周改曰泗州，仍置宿豫郡。隋初，郡废。大业初，改泗州为下邳郡，治宿豫县。唐初，为泗州治。开元二十三年，州徙临淮。宝应元年，避代宗讳，更名宿迁，改属徐州。五代因之。宋属淮阳军。金属邳州。元光二年，废。元复置，属邳州。明时，与州俱属淮安府。本朝因之。雍正二年，属邳州。十一年，改属徐州府。

睢宁县

汉置睢陵县，属临淮郡。后汉属下邳国。晋因之，后废。唐为宿迁县地。金兴定二年，始以宿迁县之古城置睢宁县，属泗州。元改属邳州。明时，与州俱属淮安府。本朝初因之。雍正二年，属邳州。十一年，改属徐州府。

徐州府古今沿革表

凡古州郡县，专录在本境者，以今为主。古今治同者，上下相承接；不同及已废者，分远近差次之。

徐州府　雍正十一年升州为府，领州一县七				
秦汉	徐州部		楚国	秦泗水郡地。汉初置楚国。地节元年改彭城郡，寻复故。后汉改曰彭城国
三国魏		州治下邳	彭城国	
晋	徐州	治彭城。东晋时陷没，历为石赵、苻秦地。太元九年收复，义熙九年曰北徐州	彭城国	州治
南北朝	徐州	宋仍曰徐州。泰始三年入于后魏。北齐置东南道行台。后周置总管府	彭城郡	州治

① 按：唐人避代宗李豫讳，改“豫”为“预”。

续表

徐州府　雍正十一年升州为府，领州一县七				
隋			彭城郡	开皇初废郡存州，大业初改州为郡
唐		贞元四年置徐泗濠三州节度使，治徐州。元和二年号武宁军，咸通十一年改感化军	徐州	武德初复为州，属河南道
五代			徐州武宁军	复故军名
宋金			徐州	亦曰彭城郡、武宁军节度，属京东西路。金属山东西路
元			徐州	至元八年属归德府，至正十二年改武安州
明			徐州	复故名，领四县，直隶南京

铜山县　府治。雍正十一年设县								
秦汉	彭城县	秦置，属泗水郡。前汉为楚国治，后汉为彭城国治	吕县	汉置，属楚国，后汉属彭城国	留县	秦置，前汉属楚国，后汉属彭城国		
三国魏	彭城县	彭城国治	吕县	属彭城国	留县	属彭城国		
晋	彭城县	徐州及彭城国治	吕县	属彭城国	留县	属彭城国		
南北朝	彭城县	州郡治	吕县	属彭城郡	留县	属彭城郡，北齐废	南阳平侨郡	宋侨置阳平郡于沛郡南界，领馆陶、阳平、濮阳三县。后魏为南阳平郡，后又徙郡寄治彭城界，后周废
隋	彭城县	郡治		废入彭城县	留县	开皇十六年复置，属彭城郡		
唐	彭城县	州治				废入沛县		
五代	彭城县	州治						
宋金	彭城县	州治						
元		至元二年省县入州						
明								

萧县						
秦汉	萧县	秦置。前汉属沛郡，后汉属沛国	杼秋县	汉置，属梁国，后汉改属沛国	扶阳县	汉置，属沛国，后汉省入萧县
三国魏	萧县	属沛国	杼秋县	属沛国		
晋	萧县	属沛国	杼秋县	属沛国，后废		
南北朝	萧县	宋移沛郡来治，魏因之。北齐改曰承高，属彭城郡	龙城县	后汉置[①]，属彭城郡，寻废		
隋	萧县	开皇初改承高曰龙城，十八年又改临沛，大业初复故名，属彭城郡				
唐	萧县	属徐州				
五代	萧县	属徐州				
宋金	萧县	属徐州	永固县	金元光二年置，属徐州		
元	萧县	至元二年省，十二年复置，属徐州		至元二年并入萧县		
明	萧县	属徐州。万历五年，避河患移治				

砀山县						
秦汉	梁国	秦置砀郡，汉初改	砀县	秦置，为郡治。后汉为梁国属县		
三国魏			砀县	属梁国		
晋				省入下邑县		
南北朝			砀县	后魏复置，属砀郡，北齐废	安阳县	后魏孝昌二年置，属砀郡，北齐改属彭城郡

① 案《隋书·地理志》，龙城县，隋开皇六年改承高县为龙城县，十八年又改临沛县。炀帝大业初改回萧县。此处云“后汉置”，误。置入南北朝，亦误。

续表

砀山县						
隋			砀山县	开皇十八年，移安阳县来治，改名，属梁郡		
唐			砀山县	属宋州。光化二年，朱全忠置辉州。三年置崇德军。寻徙州治单父，以县属焉		
五代			砀山县	后唐属单州		
宋金			砀山县	属单州。金兴定元[1]年改属归德府，寻没于水		
元			砀山县	宪宗二年复置，属东平路。至元二年省，三年复置，属济宁路		
明			砀山县	改属徐州。万历二十六年稍移而西		

丰县		
秦汉	丰县	秦沛县之丰邑。汉置县，属沛郡。后汉属沛国
三国魏	丰县	属沛国
晋	丰县	属沛国，后废
南北朝	丰县	宋孝武大明元年复置，改属北济阴郡。后魏因之。北齐改属永昌郡
隋	丰县	改属彭城郡
唐	丰县	属徐州
五代	丰县	属徐州
宋金	丰县	属徐州
元	丰县	初属济州，至元八年直隶济宁路
明	丰县	仍属徐州

① 原作“二”，据《金史·地理志中》及前《建置沿革》改。

沛县						
秦汉	沛县	秦置，兼置泗水郡。汉初，改泗水郡为沛郡。后郡移治相县，以县属焉。后汉属沛国	广戚县	汉置，属沛郡，后汉改属彭城国	湖陵县	秦置。汉属山阳郡，后汉章帝改曰湖陆
三国魏	沛县	属沛国	广戚县	属彭城国	湖陆县	
晋	沛县	属沛国	广戚县	属彭城国，后废	湖陆县	属高平国，苻坚置，兖州
南北朝	沛县	属沛郡				后魏省
隋	沛县	属彭城郡				
唐	沛县	属徐州				
五代	沛县	属徐州				
宋金	沛县	宋属徐州，金改属滕州				
元	沛县	太宗七年，移滕州来治。宪宗二年，州废。至元二年省入丰县。八年复置[①]，属济宁路。十三年，属济州				
明	沛县	属徐州				

邳州　康熙七年，旧治没于河，二十九年迁今治。雍正二年升为直隶州，领宿迁、睢宁二县。十一年改属徐州府						
秦汉					下邳国	后汉永平十五年置
三国魏					下邳国	
晋					下邳国	
南北朝	艾山县	东魏武定八年置，属武原郡，北齐废	东徐州	后魏孝昌初置，梁大通五年得之，改置武州。太清二年又入东魏。后周改邳州	下邳郡	宋改郡，齐及后魏因之
隋						徙治

① 案《元史 · 地理志一》："至元二年，省入丰县。三年复置。八年，隶济宁府。"旧志及本志前《建置沿革》皆同，唯表作"八年复置"，误。

续表

邳州　康熙七年，旧治没于河，二十九年迁今治。雍正二年升为直隶州，领宿迁、睢宁二县。十一年改属徐州府						
唐						唐初置邳州，贞观初废
五代						
宋金					淮阳军	宋太平兴国七年置军，属京东路。金改邳州，属山东西路
元					邳州	属归德府
明					邳州	改属淮安府
秦汉	下邳县	秦置，属薛[①]郡。汉属东海郡，后汉为下邳国治	良成县	汉置，属东海郡，后汉改属下邳国	武原县	汉置，属楚国，后汉属彭城国
三国魏	下邳县	国治	良成县	属下邳国	武原县	属彭城国
晋	下邳县	国治	良城县	属下邳国	武原县	属彭城国
南北朝	下邳县	郡治。魏孝昌后兼为州治	良城县	宋、魏属下邳郡，梁于县置武安郡，北齐、后周因之	武原县	宋初废，魏仍置，属下邳郡。东魏武定八年，于县置武原郡。后周郡、县俱废
隋	下邳县	属下邳郡	良城县	废武安[②]郡，县仍属下邳郡		
唐	下邳县	贞观初属泗州。元和四年改属徐州		贞观初省入下邳		
五代	下邳县	属徐州				
宋金	下邳县	宋为军治，金为州治				
元	下邳县	初省，后复置，为州治				
明		省入州				

宿迁县　明属淮安府，雍正二年属邳州，十一年属徐州府						
秦汉					厹犹县	汉置，属临淮郡，后汉省
三国魏						

① 原作“邳”，据《读史方舆纪要》卷二十三改。
② 原作“武原”，据《隋书·地理志中》改。

续表

宿迁县　明属淮安府，雍正二年属邳州，十一年属徐州府						
晋			宿豫郡	义熙中置	宿豫县	义熙中置，为郡治
南北朝	东楚州	后魏置南徐州，后尝入梁。东魏武定七年改置东楚州，北齐复曰南徐。陈太建中取之，改置北徐州，寻改安州。后周改泗州	宿豫郡	宋废郡，后魏仍置，北齐改置晋宁郡，后周仍曰宿豫郡	宿豫县	宋属临淮郡，魏为南徐、东楚州及宿豫郡治，北齐为晋宁郡治，后周为泗州治
隋			下邳郡	初废宿豫郡，大业初改置	宿豫县	下邳郡治
唐				初置泗州。开元二十三年[1]，州徙临淮	宿迁县	初为泗州治。宝应元年避讳更名，改属徐州
五代					宿迁县	属徐州
宋 金					宿迁县	宋属淮阳军。金属邳州，元光二年废
元					宿迁县	仍置，属邳州
明					宿迁县	属淮安府邳州

宿迁县　（续一）						
秦汉	下相县	秦置。汉属临淮郡，后汉属下邳国	司吾县	汉置，属东海郡，后汉属下邳国	泗水国	元鼎二年置，后汉初省
三国魏	下相县		司吾县			
晋	下相县	属临淮郡	司吾县	属临淮郡		
南北朝	下相县	后魏孝昌三年属盱眙郡，东魏武定八年置临清郡，寻废	司吾县	宋为临淮郡治，元徽五年改峒峿，昇明初复故，萧齐因之，寻没于魏		
隋						

① 原作“二十二年”，据《新唐书·地理志二》改。

续表

宿迁县 （续一）						
唐						
五代						
宋金						
元						
明						

宿迁县 （续二）						
秦汉	淩县	汉置，为泗水国治，后汉属广陵郡	泗阳县	汉置，属泗水国，后汉省		
三国魏	淩县					
晋	淩县	属下邳国	角城县	义熙中土断，立淮阳郡，又置角城县为治	济岷郡	东晋时以蜀西、济北流人置，寻废
南北朝		宋省，齐复置，后废	角城县	《宋志》作“甬城”，淮阳郡治。梁改临清、天水、浮阳三县。东魏武定七年，复并三县置角城县。北齐改文城，后周又改临清	栅渊县	东魏武定八年分宿豫县置，寻废
隋			开皇三年省入淮阳县			
唐						
五代						
宋金						
元						
明						

睢宁县 初属淮安府，雍正二年属邳州，十一年属徐州府				
秦汉	睢陵县	汉置，属临淮郡，后汉属下邳国	取虑县	汉置，属临淮郡，后汉属下邳国
三国魏	睢陵县	属下邳国	取虑县	属下邳国
晋	睢陵县	属下邳国，后废	取虑县	属下邳国

续表

睢宁县　初属淮安府，雍正二年属邳州，十一年属徐州府				
南北朝			取虑县	宋大明初徙废。后魏复置，兼置临潼郡。梁大通初，又置潼州，寻入东魏。武定六年，改置睢州。北齐废州改郡，曰潼郡
隋				开皇初，郡、县俱省
唐		宿迁县地		
五代				
宋金	睢宁县	金兴定二年分宿迁县置，属泗州		
元	睢宁县	改属邳州		
明	睢宁县	属淮安府邳州		

形势

彭城形势，昔人称述备矣。近志以旧志杂引古语，苦无伦次，联缀为一，不知言既杂引，不可强合。今录其大者，稍补其说，总为一篇。余州县则节采其辞，仍分著焉。

徐州府

府境冈峦环合（宋苏轼《放鹤亭记》曰："彭城之山，冈峦四合，隐然如大环，独缺其西十二。"又诗曰："楚山以为城，泗水以为池"），汴泗交流（唐韩愈诗："汴泗交流郡城角"），南通江淮，北走齐鲁燕赵，西接梁宋，自昔要害之地也。自晋代置徐州为重镇，及南渡后，彭城之得失，辄关南北之盛衰。宋元嘉中，王玄谟上表曰："彭城南届大淮，左右清汴，表里京甸，捍接边境，城隍峻整，襟卫周固。又自淮以西，襄阳以北，经涂三千，达于济岱。六州之人，三十万户，常得安全，实由此镇。"后魏尉元表曰："彭城，宋之要蕃，南师来侵，莫不因之以陵诸夏。"顾野王《舆地志》曰："郡城险固，由来非攻所能拔。"唐《十道志》曰："自南北朝彭城为要害之地，隋凿御河以来，南控埇桥，以扼梁泗，历古名镇，莫重于斯。"宋苏轼《上神宗皇帝书》曰："徐州为南北襟要，京东诸郡安危所寄也。其地三面被山，独其西平川数百里，西走梁宋。地宜菽麦，一熟而饱数岁。其城三面阻水，楼堞之下，以汴泗为池，独其南可通车马，而戏马台在焉。其高十仞，广袤百步，若用武之世，屯千人其上，聚檑木炮石凡战守之具，以与城相表里，而积三千粮于城中，虽用十万人，不易取也。”陈师道曰：“彭城之地，南守则略河南、山东，北守则瞰淮泗，故于兵家为攻守要地。”以上皆彭城形势之大略也。自明来，洪流冲突，胜概渐非昔比。今则堤岸高若建瓴，城郭卑如釜底。承平日久，控守之道，固当未雨绸缪，而切近之患，又可忽视乎哉？

萧县

负山濒河。（宋晁端中《萧县学记》）

带汴襟淇于西北，阻山控湖于东南。（嘉靖州志）

群峰环抱，锦水带流。蟠蛇栖凤，左右互丽；踞虎眠牛，远近回映。（县旧志）

处众山之中，壤接宿永，草树荒阔，易于伏莽。（新志）

砀山县

境内无山，南北阻河，原隰膴膴，可用耕桑。（嘉靖州志）

东近齐鲁，西联郑魏，芒砀雄峙于前，黄河襟带于后。（县志）

丰县

华山控其前，泡水环其后，鱼台、单父相参错，旷野平原，寥邈无际。（明陈文燧《修城记》）

其地濒河，明时冲决填淤，形势日高，东华才一培塿，泡水仅存涸沟。（县志）

沛县

无高山大林之险巇。薛河来其左，泡泉出其右，泗水之流，自北而东，平原旷野，土地莽沃。（县旧志）

控接诸道源泉，洪流四合，纡回萯络，天堑为固。（嘉靖州志）

高原巨陆，汇泗阻河，四方之贡赋，舟车达京师者，道沛无虚日。（明费寀《沛城记》）

邳州

北控齐鲁，南蔽江淮，水陆交通，实为冲要。(《方舆纪要》)

东联淮海，西接彭城，南临黄河，北枕琅邪，葛峄耸于前，艾山障于后，运河环带，沂武汇流，诚南北之襟喉，江淮之保障。(州志)

宿迁县

据马陵之阳。黄河绕其前，湖水环其左。(明邵元哲《迁县记》)

北带漕渠，西襟黄水，东邻榆沭，南引清口，淮海上游，水陆冲要。(旧志酌改)

睢宁县

东瞻古宿，北望下邳，西接灵璧，南连虹邑。(明沈一贯《修城记》)

西北多山，东南沃衍，睢水淤没，黄河日高。(县志)

风俗

民间习尚，时有转移，惟风气则古今不改，必欲随时区别，又恐未必合于后也。旧州志但存古语，良是。今采诸说，仍分著之。

徐州府

沛楚之失，急疾颛己，地薄民贫。(《汉书·地理志》)

徐州旧俗，人颇劲悍轻剽，其士子则挟任节气，好尚宾游，此盖楚之风焉。大抵徐、兖同俗，故其余诸郡，皆得齐鲁之所尚，莫不贱商贾，务稼穑，尊儒慕学，得洙泗之俗焉。(《隋书·地理志》)

无林泽之饶。俗广义爱亲，趋礼乐，好敦[①]行。(《寰宇记》)

其民皆长大，胆力绝人，喜为剽掠，小不适意，则有飞扬跋扈之心，非止为暴而已。汉高祖、项羽、刘裕、朱全忠，皆在徐州数百里间。其人以此自负，雄杰之

① 原作“执”，据《太平寰宇记》卷十五改。

气，积以成俗。（宋苏轼《上神宗皇帝书》）

霸者之余，以武为俗。（陈师道《学记》）

彭城山峻以踞，水奔以驶，野旷以迴。士皆负气而好侠，轻生敢死而崇大义，用之可以理盘错而纾大难。（明廖道南《武学记》）

承平日久，俗渐丕变，民知怵法，不闻骫治。（嘉靖州志）

萧县

风俗浑厚，多智虑，务农生财，饶于他邑。（宋晁端中《萧县学记》）

土沃利兴，山深俗朴，人敦愿悫，勤本务，恂恂有古遗风。（嘉靖州志）

萧介齐宋邹鲁之交，人多刚劲，务稼穑，循礼义，而俗尚鬼，信巫觋，崇奉神祠。

砀山县

风俗高迈，迥出等伦。（《图经》）

民躬稼食力，好勇而尚义，木强而易使。然地僻民豪，嚣讼之习独出他邑上，至其稽古礼文之事，多所疏阙。（嘉靖州志）

士重廉耻，民尚礼义。（县志）

丰县

地邻邹鲁，夙有儒风，然好刚尚气，轻剽急切，多悻悻自负，不相为下。（嘉靖州志）

丰熟，可抵三州。民事农桑，乐输赋税，其俗亦淳。（旧《通志》）

沛县

沛以勇宕为俗。（元虞集《李尉[①]美政记》）

地邻邹鲁，人务稼穑，敦尚礼义，不乐健讼。婚姻死丧，闾里相助。（县旧志）

俗渐奢侈，尚势相高，独婚不论财，人知教子。（县志）

---

① 原作“蔚”，据前志《艺文》改。

邳州

风气劲悍，自昔多英烈剽勇之人。（旧志）

俗尚忠厚，贵谷帛，贱珍奇，寡词讼，淡交游。市肆驿递之民不古，而乡村里落犹有先代遗风。（《淮安府志》）

宿迁县

当南北之冲，民疲役重。（《南徐州记》）

下相古邑，邹鲁遗风，刚质忠淳，侠烈劲悍，兵勇犹多。（《淮安府志》）

士好学崇礼，土腴农怠，百工不勤。

睢宁县

俗有四美：士不逐末，女不出游，丧不作乐，婚不论财。而民愚悍，乐争斗，妇女轻生，更健讼。（县志）

城池

徐州襟山带水，为南北重镇。雍正十一年升府，附郭铜山县[①]及新属之一州二县，皆临大河。前明之季，被灾尤剧。历考二百年间，溃坏时闻，县邑则至数迁，人民昏垫，荡析离居，亦云惨矣。今幸际承平之世，思患预防，守土者之责也。故详述前后更改修葺之由，以备观省。

徐州府

徐州古有四城：一曰外城，相传即古大彭国；内有金城；又东北有小城；其西又有一城。刘宋初，皆尝更筑。王玄谟称为“城隍峻整”，魏尉元亦称其“险固”。唐贞观五年重筑。宋熙宁中，郡守苏轼增筑各门子城。金完颜仲德复于南面增筑浚隍。元改置武安州于东南二里许（即今广运仓地）。明洪武初，复治旧城，垒石甃甓，周九里有奇，高三丈三尺，址广如之，颠仅三之一。三面阻水，即汴泗为池，

① 底本漫灭处，参道光《铜山县志》补足。

独南可通车马，濠深广各二丈许。堞凡二千六百三十八，角楼三，铺五十一。门四：东曰河清，西曰通汴（又名小市门，即宋元嘉末魏主焘南侵，遣李孝伯与张畅应对处也），南曰迎恩（又名白门。宋苏轼诗“肩舆白门道”，即城之南门也），北曰武宁。万历二年，水大涨，浸城过半者三月，副使舒应龙、知州刘顺之环城增护堤，又建闸泄潦于城南，城得不溃。十八年，副使陈文燧开支河以泄城中积水。四十二年，参议袁应泰重修四门，各增箭楼，更门之名：东曰明德，南曰奎光，西曰威远，北曰拱极。天启四年六月甲申，河决奎山堤，夜半由东南坏城，百姓溺死无数。兵备杨廷槐、署州事司乃疆请迁于南二十里铺，已兴役十余月，会给事中陆文献上《徐州不宜迁六议》，遂罢。崇祯元年，兵备唐焕修复旧城。七年，参议徐标补葺之，三面凿池，南北增敌台四。本朝顺治十八年，兵备项锡胤[①]重缮城垣六十四处、楼十二，浚隍一千三百六十八丈，修西门大楼、箭楼，三载始竣。康熙七年六月甲申，地震，城又圮。至雍正二年，知州孙诏始修葺完固。

铜山县

附郭。

萧县

县旧城在今治西北十里。其北半里即古萧国城，周九里有奇，唐以前皆为县治。宋时河决，乃筑南城，徙县治，北连旧城。岁久渐圮。明正德十一年，知县王隆即南城故址增筑甃石，周四里许，城外浚濠，更为四门：曰木荣，曰金英，曰朝阳，曰拱极。嘉靖乙亥，知县孙重光建楼门上，更旧名曰秦观，曰楚望，曰朝宗，曰拱辰。隆庆间，黄河数溢，浸城几溃。万历五年夏，大水溃城，官廨民舍俱沉，知县伍维翰请迁城于三台山麓，仅甃拳石，为四门：曰朝阳、望岁、向明、拱极。崇祯九年，为流贼所破。明年，贼再至，城遂毁。本朝顺治五年，知县祖永勋始补筑，改东门曰龙城，西曰杼秋，南曰永固，北曰三台。康熙四年，知县沈大观益大修治，城始坚厚。五十年，知县徐大生又于西南开小南门，名曰大成门。

---

① 原作“引”，据顺治、康熙《徐州志》改。

砀山县

县城古无遗址。金兴定间，避水患，迁鱼山保安镇（今在河南永城县境）。元时迁旧治，尚无城。明正德八年，知县李金始筑土城，周百六十八丈，高九尺五寸，隍深一丈。为门五，外护以堤，周九里有奇。嘉靖四十一年，河溢，城没于水。万历二十八年，知县熊应祥于旧治西里许筑土城砖堞，周八百四十丈二尺，高一丈五尺，广三丈。门四，各有楼：东曰景云，西曰瑞洛，南曰永保，北曰企宁。隍深一丈，广五丈①。永保门东、西皆有水门，泄城中积涝。后霪雨城圮，知县朱［之］②扬、陈秉良相继修筑，寻又圮。四十八年，知县蔡一熊改建砖城，修四门楼。崇祯十二年，知县刘芳复加修浚。本朝康熙三十七年，知县柴尔皓、乡官汪润捐金修葺，屹然巩固。

丰县

县旧有土城，周九里许。明正德十三年，知县裴爵环城筑堤，以防水患。嘉靖五年，河决城陷，知县高禄迁于华山之阳。九年，知县赵寿浚沟筑墉，环卫县治。二十一年，知县李崇信筑土城，高可丈许，周六百一十二丈，为门四，各有楼，曰阜民、拱极、望鲁、通汴。三十一年，知县徐蓂从民便，复还旧治，筑土城，周一千九百八十四步，高二丈余。三十四年，知县戴辅建四门，东曰启元，南曰大亨，西、北曰美利、肃贞。三十八年，知县胡乂心增筑护城堤。万历二年，知县吴文光补筑。十九年，知县费思箴始甃甓石，增楼橹、雉堞、铺舍，易门之名：东曰望华，南曰中阳，西曰障澜，北曰大泽。三十年，河决，知县戴一松加筑护城堤。崇祯九年，知县方遴偕于四门各建子城。本朝顺治二年，署县事胡增光于城角外创炮楼。四、五年秋，有寇警，知县阎珝增筑女墙二尺，城外堤上复筑土城数百丈，开浚隍池，架以木桥，重城巨堑，遂称险固。（正北城上有大观楼，明知县费思箴建，上为楼，下为堂，又下为门，可以俯瞰一邑。后圮，知县阎珝又建）

沛县

县古城久湮。明初无城，县治泗水西浒。嘉靖二十二年，知县王治创筑土城，周五里，高广各二丈，隍深广如之。为门四，曰永清、会源、恒休、拱极。二十五

① 原作“尺”，据康熙《徐州志》、乾隆《砀山县志》改。
② 字据康熙《徐州志》、乾隆《砀山县志》补。

年，知县周泾垒石甃甓，高广视旧稍增，改门名：东曰长春，南曰来薰，西曰永清，北曰拱辰，增建雉堞台铺。四十四年，黄河泛溢，城濠淤为平陆。隆庆元年，知县李时开南门于东南隅。万历二年，知县倪民望重修。五年，知县马禹筑护城堤，周十里。十年，知县周治升开便门于东北隅，泄城中积水。十六年，知县符玺浚复城濠。二十五年，知县罗士学增建东、西二角楼。三十一年秋，又圮于水。三十三年，知县李汝让重修，增筑护城堤，高厚倍昔。本朝康熙七年，地震，城圮。雍正五年，水决护城堤，城益圮。十年，知县施霈重筑护城堤。乾隆二年，知县李棠力请修城，始复旧观。

邳州

州旧城在今城南九十里，即古下邳县也。明洪武十三年，指挥王恒因金、元旧址甃筑，周五里三十步，高二丈九尺。门三：北曰镇北，西曰通沂，南曰望淮。西、南二面阻沂、泗。正德七年，知州周尚化增筑西北、东南二隅。嘉靖十五年，知州陈柏重修。本朝康熙七年六月，地震，河水泛滥，全城尽沦于水。二十九年，诏发帑金四万三千两改筑新城，知州孙居湜、扬州同知马骧董其役，于艾山南建城，周五里十三步，高二丈八尺，下广七丈，上广一丈八尺，外甃以砖。门四：东曰先春，南曰来薰，西曰迎爽，北曰拱极，各有楼。雉堞一千五百一十有一，铺三十。其北枕山，东、西、南三面因深为池，护以重堤。

宿迁县

县旧无城。明正德初，流贼起，知县邓时中创筑土城，南自新沟，北自马陵，门四：南曰临淮，北曰通泰，东曰镇海，西曰会洛。万历四年，与河岸俱圮。知县喻文伟迁县治马陵山，改筑土城，去旧治北二里。周四里，高一丈五尺。门四：东曰迎熙，西曰拱秀，东南曰登云，西南曰望淮。后多损坏，知县赵敬宾、孙湛、莫应奎、聂宏相继修葺。二十二年，知县何东凤易以瓴甓，更门名：东曰阳春，西曰镇黄，东南曰迎薰，西南曰河清，东北有水门。本朝康熙七年，地震城圮，今仅存二城楼及旧堞三十余垛。

睢宁县

县旧有土城，周四里，高仅丈余。明正德中，知县王苍建东、南、北三门。嘉靖中，知县陈嘉略甃以石。隆庆三年，圮于水。万历十三年，知县申其学重筑，周五百七十六丈五尺，高一丈八尺，广二丈四尺，外甃砖石。门四：东曰崇文，南曰朝阳，西曰耀武，北曰拱辰，各有楼。崇祯二年秋，大水，城尽圮。十一年，知县高其凤重加修筑。本朝康熙三十九年，河决倾圮。五十六年，知县刘如晏改筑西北石城六段，重新四门楼，增高隍岸，始复旧制。

徐州府志卷之一全

徐州府志卷之二

山川

纪山川者，在乎考古证今，使闻之者了然于今昔异同，郦元[①]《水经注》、乐史《寰宇记》可法也。郡县诸志，递相沿袭，不知借镜古书，遂至疑信难明，是非莫辨。今网罗旧闻，参稽近事，有讹谬则加辨正。又旧志《山川》有总叙，有分列，叠床重屋，亦无取焉。

铜山县

九里山，在城北五里，一名九嶷山。《魏书·地形志》：彭城县有九里山。《寰宇记》《玄[②]中记》云：彭城北有九里山。有穴，潜通琅邪，又通王屋，俗呼为黄池穴。《明一统志》：山阴有孙氏墓碑，上刻“九嶷山”。嘉靖州志：山东西连亘，凡九里。其西一峰，形如伏象，俗称象山。又稍西为团山，稍东为宝峰山，西北为孤山、看花山，并与九里山相属。（按：九里之名，见于《魏·地形志》《寰宇记》，其来甚古；九嶷之名，始自《明一统志》。或谓本名九嶷，俗名九里，非也）

境山，在城北四十里，相传徐之封境界于此。西临泗水。其北二里为乌羊山，又五里为焦山、绛山，山东有二泉。又五里为弓弦山，有二石直如弦，故名。

黄山，在城北七十里，半属沛县。《隋书·地理志》沛县有黄山，即此。山东有黄山湖。有饮马珠泉，世传汉高祖饮马于此。

楚王山，在城西二十五里。本名赭土山。《寰宇记》：赭土山，在彭城县北三十五里。《尚书·禹贡·徐州》：“厥贡惟土五色。”《汉书·郊祀志》曰：“王莽使徐州岁贡五色土。”即此山也。旧志：今名楚王山，山下有楚元王墓。又有古冢、古井各数十，今里谚犹谓“山前九十九口井，山后九十九口冢”云。

大彭山，在城西三十里。旧志：古大彭氏封此，山左右今犹称大彭村。又西十

---

① 按：郦元，即郦道元。骈文、诗文刻意节缩音节，工于对仗，如刘知几《史通·书志》“《地理》为书，陆澄集而难尽；《水经》加注，郦元编而不穷”，张大受《呈竹垞先生四十韵》“注地郦元似，论诗萧统同”。本志以“郦元”对“乐史”，外如“马迁”“方朔”之省，亦皆类此。

② 原作“元”，避康熙讳改。今恢复本字。

里为陶山，有汉徐州牧陶谦墓。

丁塘山，在城西南二十五里。其东有丁塘，故名。下有拔剑泉。

云龙山，在城南二里，亦名石佛山。唐景福二年，朱全忠遣子友裕击时溥于徐州，兖帅朱瑾赴救，友裕败之于石佛山下。《寰宇记》"石佛井，在彭城县南四里石佛山顶"是也。旧志云：山有云气，蜿蜒如龙，故名。东岩有大石佛，故又名石佛山。宋山人张天骥放鹤亭在山上。其阴为黄茅冈，下有张山人园。自宋苏轼后，为一州名胜，题咏甚多。旧有亭馆，颇供游憩，今改建云龙书院，为生徒肄业之所。迤西相连者曰金磴山，云龙之尾也。又西曰簸箕山，东西二山以形似名。下为簸箕洼，即石狗湖也。

户部山，在城南里许，云龙山北，即项羽戏马台。明天启四年河决，户部分司署移此，故名。详见《古迹》。

太山，在城南云龙山东，视诸山特大。两峰峙立，中辟一径，为南北孔道。迤东有马跑山，其东南有红山。由太山南二十里为黄山，俗名南焦山。山南有饮马池，当驿道，行者多饮马于此。

胡山，在城南三十余里，下有拔剑泉。又二十里为杨山，下有欧家泉。

桃山，在城南五十里，山阳有驿。

徐山，在城南六十里，旧名武原山。《明一统志》：周时，徐偃王作乱，穆王命楚伐之。偃王战败，北走彭城武原山下，百姓随之者以万数。偃王死，民因凿山为龛祀之，故名。（按《后汉书》注云：武原故城在下邳县北，徐山在其东。据此，则古徐山当在今邳州界，不在此也）

奎山，在城东南四里许。横枕河曲，与对岸骆驼山为徐门户。山麓有水名奎河，明兵备陈文燧以泄郡城之水，达于宿境。郡人御史万崇德建浮图山上。

骆驼山，在城东南四里。东西横亘临河，状如橐驼奔饮。稍南有土山。（按《方舆纪要》：州北有橐驼岘，梁萧渊明攻彭城，军于寒山。东魏将慕容绍宗驰救至橐驼岘，遂进至城下，大败渊明之师是也。旧志俱不载，疑即今骆驼山也[①]）

三山，在城东南十五里，上有三峰，其下为三山堤。又卧牛山，在城南二十余里。又五里为南洞山、庙山。又南十里为女娥山。

吕梁山，在城东南五十里，下临二洪，洪上有云梦、梁王二城。《明一统志》云：土人谓云梦即韩信，梁王即彭越也。稍南为塔山。傍有凤凰山，亦名"凤冠"，双峰如凤翅相连。中有栖云洞，称幽胜。其东北为峰山，旧有七十二泉，相传子房

① 民国《铜山县志》引邑人孙运锦《徐故》，谓东魏橐驼岘为今之琵琶山，在九里山之东。孙曰："寒山堰在城东南十八里，其地与今之骆驼山相连。东魏北来驰救，不应既南至今之骆驼山与梁军压垒，复北进城下，始与梁军战也。旧府志因山名偶合，遂以属今之骆驼山，似误。"

厌气处。稍西北为午山，群峦中一峰如圭。相连者曰读书山。

子房山，在城东二里。旧志：一名鸡鸣山，世传张良计散楚兵处。其南为虾蟆山。东一里为响山，上多穴，每兴云雨，人呼其下辄应。

定国山，在城东四里。梁太清元年，遣贞阳侯萧渊明伐东魏，进攻彭城，营于此。其北二十里有双洞山，稍北为大小二黄山、明山。

圣水山，在城东八里。相近有青顶山、尖山，并相连属。其间有石潭，世传潜通泗水，宋苏轼尝祷雨于此，作《起伏龙行》。又东十里有盘头山，又二十里有马鞍山。

辛贾山，在城东十余里[①]，下有鹅儿湖。稍南为孤山。北为圣龙山，亦名胜云山。有石孔二，如龙眼，久旱泉流不涸。又东四十里为寺山，又十里为塔山、茱萸山。

彭城山，在城东北三里。《寰宇记》云：上有黄石公庙。其北十五里有苑山，稍西北为蜈蚣山。

桓山，在城东北十七里（旧志作“二十七里”）。《水经注》：泗水南径宋大夫桓魋冢西，山抗泗水，上面尽石，凿而为冢，谓之石椁者也。《明一统志》云：桓山，亦名魋山，下有桓魋墓，故名。苏轼游桓山，有记。旧志：山东临泗水，旧名圣女山，今俗称洞山。有洞山寺。

塔山，在城东北二十五里，俗称大山。相近有关山。又北十里为鸡鸣山。

寨山，在城东北三十余里，有羊山、张孤山、内花山、梁山、龟山，四面环之，相距各一二里。龟山有石洞，深晦莫测，俗称仙人洞。又城东北四十里有石山，旧有驿，今废。稍东为擅山、凤凰山。又北七里为马山，又北为二郎山。由凤凰山而北为青山。

荆山，在城东北二十里。宋苏轼时，人言其下可沟畎积水，往相视，以山多乱石，不果。（旧志在城东北六十里，非。今改正）

铜山，在城东北八十里。相传其地有彭城废县。旧尝产铜，今县以此名。其东有铁山，俱与利国驿连境。

盘马山，在城东北九十里。山顶平数丈，无草木，相传汉高帝尝盘马于此。山产铁，汉铁官、唐铁冶、宋利国监俱置于此。其阳有运铁河。又爬头山，在城东北百二十里，连徐、邳、滕、峄之境。

黄河，在城东北。自河南虞城县流入郡界，经砀山、萧县，入铜山县界，又东

① 案康熙《徐州志》，城东四十里之马鞍山“东十余里为辛贾山”。此处解读有误，乾隆、道光《铜山县志》同其讹，同治《徐州府志》尝引《徐故》正其讹。

入睢宁县、邳州界。详见《河防》。（按：明嘉靖旧志有汴河，无黄河。云："汴河，一名沁河，一名小黄河。"又云："按《漕河志》：河居中，汴居南，沁居北。河南徙则与汴合，北徙则与沁合，故此河之名有三。今沁水久不达，唯河合于汴尔。"盖其时河初合汴，故人犹呼汴河。今人但知有黄河，不复知汴矣）

汴河故道，在城北。《水经》：获水出汳水于梁郡蒙县北，又东过萧县南，又东至彭城县东北，入于泗。郦注云：获水自萧县，历龙城，又东径同孝山北。又东，净沟水注之。东径阿育王寺北，与安陂水合。又东径弥黎城北。获水于彭城西南回而北，又东转，径城北而东注泗水。嘉靖旧志：汴河由萧县至大彭集入州境，受大彭、湖淀、杨尸、龙沟、五河诸沟水（并由北岸入），至州城西九里受响水沟水，二里受旱陂沟水（并由南岸入），自城西汇于东北，合泗水南下，其流增杀率靡有恒云。《方舆纪要》：汴水旧自河南永城县入州界，经砀山、萧县，至州城东北入泗。自唐宋以来，汴渠多自夏邑、永城达宿州境，又东南至泗水达淮，而入泗之流甚少。其后大河决啮，遂夺汴渠故道为经流矣。

泗水故道，在城东北。自沛县流入境，至城东合汴水，又东南入邳州界。《水经注》：泗水自广戚县故城南，又径留县而南，径垞[1]城东（即今茶城也），又南径桓魋冢西，又南过彭城县东北，又南径县东。周显王四十二年，九鼎沦没泗渊。秦始皇时，鼎见于斯水，始皇使数千人没水求之，不得，所谓"鼎伏"也。又径龚胜墓南，又径亚父冢东。又东南过吕县南，泗水之上有石梁，故曰"吕梁"也。又东南流，丁溪水注之。又东南过下邳县西。《元和志》：泗水，在彭城县东，去县十步。嘉靖旧志：泗水由沛县至谢沟入州境，流十里至留城，东岸受小河水。二十里为皮沟，稍南受新沟水（东岸入）。十里为夹沟，五里受北溜沟水（西岸入），三里受境山沟水（东岸入，有闸），对岸受南溜沟水。五里受秦沟水，又五里受浊河水（以上西岸沟，并泄湖陂诸水。西水泛涨则满，余时恒涸）。又十里为秦梁洪、末直渡，受乌嘴沟水（东岸入）。十七里有三里沟。三里至城东北，受汴水合流，韩愈诗"汴泗交流郡城角"，谓此。三里沟稍南，分为新河，至城东南复合流，里许为百步洪。南里许为新洪，有清水堰，陈将吴明彻堰清水以灌彭城，即此。又南九里受九里沟水（西岸入），有寒山堰，即梁萧渊明堰泗水处。二十里东岸有狼豕沟。十里至黄钟集，有李家沟。三十里为吕梁洪，五里为吕梁渡。又五里至房村集，有沟。三里受响水沟水。三十里至双沟，出州境。（按：今黄河自城东南以下，皆泗水故道；自城东北经垞城、留城至沛县东者，即明嘉靖时未开新河以前之运道。今

① 原作"坨"，据《水经注》及旧州志改。

故渠尚存，中多淤涸。泗水自兖州府以下皆归运道，不入黄河矣）[①]

百步洪，在城东南二里。旧志：一名徐州洪，泗水所经也。水中巨石，巉岩龃龉，惊涛奔浪，迅疾而下，凡数里始静。舟行过此，少不戒，即破坏覆溺。洪形象“川”字，有三道：中曰中洪，西曰外洪，东曰里洪，亦曰月河。相传唐尉迟敬德所凿。宋元祐中，修月河石堤，上下置闸。明永乐中，平江伯陈瑄凿洪通漕，更于洪口置闸。成化中，管河主事郭昇[②]凿去洪中乱石，平治岸路。嘉靖中，主事戴鰲、陈穆等相继凿之，其险尽平。

吕梁洪，在城东南五十里。《水经注》：泗水之上，有石梁焉，故曰吕梁。悬涛漰湃，实为泗险。孔子所谓“鱼鳖不能游”，又云“悬水三十仞，流沫九十里”，今则不能也。晋太元中，谢玄既破苻坚，率众至彭城，平兖州，患水道险涩，粮运艰难，用督护闻人奭谋，堰吕梁水以利漕运。陈太建七年，吴明彻攻彭城，大破齐军于吕梁。九年，诏明彻北伐，军至吕梁。周徐州总管梁士彦拒战，为明彻所败。进围彭城，堰泗水以灌城。周遣王轨救之，生擒明彻。《元和志》：吕梁，在彭城县东南五十七里。旧志：有上下二洪，相距凡七里。水中巨石齿列，波涛汹涌，号为至险。唐、宋疏凿修治遗迹，并与徐洪同。明宣德初，以漕舟艰阻，陈瑄议于旧河凿渠深二丈、阔五丈以行舟。七年，复凿渠令深，并置石闸。既而湍险如故。成化中，管河主事张达、费瑄修筑堤坝。嘉靖二十三年，主事陈洪范凿石平之。自是，舟行益便。

荆山口河，在城北二十里。旧州志云：广数百丈，有长桥跨其上。桥下乱石纵横，颇险恶，类人力穿凿者，非天成。莫知其创造所自（按：明万历中泇河开后，总河曹时聘画善后事宜六，浚猫儿窝等处之浅。则此渠之凿，当始于是时也）。上流与冈头、末直、微山、大小昭阳诸湖相通，下合诸山溪并房亭河，流邳州境入漕，长二百余里。自泗不通黄，州西北山原泉潦及诸湖涨漫，咸汇于是。东流十余里，至吴家窑分二道：一由泉河、官庄、汴塘入彭家河，出猫儿窝济运；一由辛贾山、房亭河、大墩、贺家口，亦归彭家河，出猫儿窝济运。康熙三十三、四年，黄河决花山口，漫房亭河，大墩上下多淤塞，州东常患积水。后州西李道华楼复决，荆山口以上亦淤塞，每遇霖雨，群山诸湖水无所泄，徐沛之间屡以水灾告。四十六年，州人曹警旭叩阍请浚房亭河，以除水患。上命河臣张鹏翮治之。至五十三年，工竣。下流既通，上流犹多塞滞。五十六年，沛民复请浚龙塘闸至荆山一带。五十八年，河防同知孙国瑜、知州姜焯分浚龙塘[③]闸、茶城、十字河诸处，使通流于荆

① 本条字多残损，据道光《铜山县志》卷二《山川》注引府志原文补全。
② 原作“昂”，据嘉靖《徐州志》及《皇明进士登科考》改。
③ 原作“城”，据康熙《徐州志》改。

山口，铜沛乃无积水。[①]

房亭河，在府东境。旧州志云：不知何时浚，盖用以宣泄河北诸山泉积涝者。分二支：一上通吴家窑、荆山口河；一由出头山石闸，历苏家楼、姥家庄、王家林、东西滩头，受茅家山、回山诸水，至二岔河，又受［一］[②]手禅河水，过曹家庄、贺家口，至大墩入，邳州境，归猫儿窝济漕。惟惧黄流决入致淤塞，虽数挑浚，旋复沙浅。康熙甲午，乡官张之麟捐资助筑花山子堤千八百丈，黄流不入。后经疏浚，乃得畅行。

运铁河，在城东［北］[③]九十里。宋置利国监铁冶，开此以通舟楫，后淤。明嘉靖二十年，因运河涸，复浚通新挑沟，西南合境山沟。其新挑沟，在城东北八十里。

微山湖，在城北，与山东滕县及沛县接境。中有微山，故名。东西四十里，南北八十里，与沛县昭阳湖通，为府北境巨浸。旧州志云：自昭阳被黄流冲漫，停沙渐浅，赖微山湖水以助漕运。遇闸河浅涸，即放注韩庄西虎口坝，出以济之。旧亦名水柜，其放水入漕处在本州境外，修闸筑堤皆滕县司之。近年，州境挑泄水河，复流注之，水常不竭。康熙五十八年，开旧河，导沛积潦入荆山口。恐并泄微山湖水，无以济运，知州姜焯于张孤山湖口筑坝，旱干时可截流，使水归于湖，以待运河之用。

石狗湖，在云龙山西南簸箕山下，地卑下，岁旱可成田，雨潦则南山之水尽汇于此，积久不退，昔人尝作石狗镇之，故名。亦名簸箕洼。（按：苏轼《答王定民》诗云"笔踪好在留台寺，旗队遥知到石沟"，谓定民从台头寺游览到石沟也。疑宋时其地本名"石沟"，后人讹为"石狗"耳。又轼《罢徐州寄子由》诗云："卜田在何许，石佛山南路。下有尔家川，千畦种粳稌。"所谓"尔家川"，亦即今石狗湖。其时，此地西滨古汴，可以蓄泄种粳稻，故东坡欲于此卜田。今则阻于大河，一遇大水，遂成巨浸。或谓王十朋注："石佛山，在眉州眉山县南。"昔人从无称此地为尔家川者。曰：此王注误也，眉山县实无石佛山。此诗前数章，皆言徐之吏民扳援不忍别，故下文继以"故山岂不怀，废宅生蒿橹。便恐桐乡人，长祠仲卿墓"。盖因徐民爱公，即欲退居于此，诗意如此明矣，岂可泥上章"归耕"二字，遂谓欲卜田眉山？他日为灵璧作《张氏园记》曰："余为彭城二年，乐其土风，将去不忍，而彭城之父老，亦莫余厌，将买田于泗水之上而老焉。"此非又一明证乎？数百年来无人考及，故特表而出之）

① 本条残损处，据道光《铜山县志》卷二《山川》补全。
② 底本脱字，据康熙《徐州志》、同治《徐州府志》补。
③ 底本脱字，据嘉靖《徐州志》、道光《铜山县志》补。

雁麦湖，在城西南四十里。相连者曰张塘湖、马沟陂，接萧、砀境。每冬春则平原弥望，夏秋霖潦，汇为巨浸。旧由大彭沟、龙沟、五河、湖淀、杨尸沟分流入汴。

黄山湖，在城北八十里黄山东。水涨则与沛县之昭阳湖通，溢入运铁河。

汴塘湖，在城东北百余里。南流入邳州境，汇于武河。

鹅儿湖，在城东十余里[①]辛贾山下。有凤凰山所出之柳泉流入焉。

成山湖，在城东南七十余里。相连者为青冢湖，凡四十余里，下流入沂河。相近有泥沟湖，下流合双沟。

天然闸渠，在城西三十里王家山下。因山为闸，靳文襄留泄黄水处。下通萧县姬村，出徐溪口。按《方舆纪要》云："州西九里有九里沟，南通萧县之姬村湖。迤南出双桥，入永固湖及土形湖，循宿州西境徐溪口，历符离桥，及灵璧县之孟山、睢宁县之高作社，直至宿迁县小河口，约五百余里，向通舟楫。万历中，议疏此以宽水患，不果。"据此，则城西九里沟通流甚远，非小水也。乃新旧诸志，州西九里有响水沟，而无九里之名。今以水道考之，即今之王家山天然闸渠。但查里数，去府城三十里，并非九里。或云：当时去城九里即有沟，下通天然闸，因黄河久趣南岸，致沟道没河。其说颇是。详见《河防》。

境山沟，在城东北二十里，源出城东北五十里之马跑泉，西南至境山镇入泗。境山之北又有地浜沟，南流至城东北三十里。明嘉靖四十四年，黄河决溢于此，后淤。（按州志谓："境山即地浜，源出东北乡母猪、运端诸泉，南流三十里，至境山镇入泗。"此即明嘉靖旧志之文也。合两水为一水，语不分晓，今从《方舆纪要》正之。州志续修于康熙末年，距明嘉靖，年代久远，水道变迁，在徐为最。不独汴泗全非旧迹，其余小水亦多不同。乃修志者，但袭旧文，不略考正，又何取乎续修耶）

北溜沟，在城北六十里，其南十里为南溜沟。又有谢沟、皮沟、新沟、夹沟、秦沟、乌嘴沟、三［里］[②]沟，并在城东北境，旧皆流入泗水。又城西北三十余里有大彭、湖淀、杨尸、龙沟、五河等沟，西九里有响水沟，二里有旱陂沟，旧皆入汴，今多淤。

七里沟，在城东七里。水涨则泄城东诸山水，由此入河。水口时通塞。

狼矢沟，在城东二十里。又东十五里有磨脐沟。《方舆纪要》云：旧时黄水暴涨，从此溢入。通邳州西北境之赤龙潭，及蝘、蛤诸湖，至宿迁北境骆马湖，出

① 按："十余里"讹从上之"辛贾山"条，详前勘注。
② 字据康熙《徐州志》、同治《徐州府志》补。

董、陈二沟，复合于大河。明嘉靖中，大河自狼矢沟东之赤栏村、樊家店，溢入磨脐沟，出沂河口，而徐邳正河断流。万历十七年，于沟口筑堤防护。又沟地视河口卑数丈，其东有塔山，西有长山，乃建滚水石坝于中间，以蓄泄之。自是，冲决之患少杀。

李家沟，在城东南三十里。《方舆纪要》云：州东北二十里，有东、西沟及溜白等沟，俱泄东北诸山水，经辛贾山入鹅儿湖，复分流出李家沟，合于大河。

响水沟，在城东南七十里。旧志：源出双井、白塔二泉，入于泗水。

柳泉，在城东北四十里，凤凰山南。

马跑泉，在城东北五十里。相近有拔剑泉，俱出二郎山麓，流入运铁河。

奉圣泉，在城东北八十里。相近有海眼、黑龙、野沟（一名珍珠泉，久堙。康熙间知州姜焯复浚）、刘家，共五泉，俱出铜山下，流入运铁河。

母猪泉、运端泉，二泉俱在城北境山北、绛山东，流入地浜沟。

东冷泉，在城北八十里[①]。南流经城东北二十里之秦梁洪，又西流三四里，为乌嘴沟，入泗水。今淤。

拔剑泉，在城西南二十五里丁塘山下。旧志：世传汉兵为楚所困，皆暍，乏水，高祖拔剑劚地，泉为涌出。今土人称龙湫，遇旱，祷雨辄应。又有拔剑泉，在城南胡山下，相传亦汉祖驻兵处。

流碧泉，在城南云龙山西南麓，水极甘美。

欧家泉，在城南五十里杨家山下，土人浚以溉田。南流五里为房村沟，入河。

双井泉、白塔泉，二泉俱出城东南读书山，流入响水沟。

裕泉，在城东南吕梁山，清冽而甘。明正德中，主事蒋益建亭其上。

寒山堰，在城东南。晋大兴二年，彭城内史周抚叛降石勒，下邳内史刘遐讨之，破斩之于寒山。梁中大同二年，命萧渊明于寒山筑堰，引泗水以灌彭城。渊明军寒山，距彭城十八里，使长史羊侃断流立堰，再旬而成。侃劝渊明乘水势攻城，不听，寻败。《魏书·地形志》：彭城县有寒山。《寰宇记》：在县东南十八里。

安王陂，在城东。《方舆纪要》云：宋元嘉二十八年，魏主焘南侵，北还，驱南口万余，夜宿安王陂，去城数十里，江夏王义恭不敢击，即此。

牛角湾，在城北茶城下。明万历初，运河经此。既而运道由茶城东南十里镇口闸合黄河，旧河遂淤。议者以其地平旷，河易泛溢，因筑坝以防之，谓之旧河坝。今运道竟由黄河，镇口闸亦废。自茶城至镇口闸，俱为平陆。

---

① 按：嘉靖、康熙《徐州志》作“十八里”。又，二志“源出城北十八里屯东冷泉”者，似当为冷泉源自十八里屯之东，而非其名曰“东冷泉”。

彭祖井，在城西北隅彭祖宅。（详见《古迹》）

曾参井，《寰宇记》：在九里山。旧志：井在象山下。

石佛井，在城南云龙山上。《寰宇记》：井在石佛山顶，方一丈二尺，深三里，自然液水，虽雨旱无增减。或云饮之愈疾。时有云气出其中，去地七百余尺。州志：井在放鹤亭左，亦名饮鹤泉，今眢。（按：此井见《寰宇记》，其来甚古，后人因近放鹤亭，遂易名为饮鹤泉，陋矣）

萧县

三台山，在城北半里，数峰如屏，县治在山麓。其东有龙蟠山，西有虎踞山。

三仙台山，在县北，旧县治南二里。石壁峭立，前有平石如台，上镌“三仙台”三字。相连者为白茅山，其东鹦哥山，西为香山。鹦哥之东为簸箕山，下有簸箕泉。香山之西为岱山，亦曰太山。相并者为明山，亦名彩凤山。山半有穴，俗称“虚窟”，其深莫测。有泉出石窦，名龙眼泉。以上诸山，势相连属，并在今县西北，旧县之南。按《水经注》云：萧县南对山，世谓之萧城南山；戴延之谓之同孝山，云取汉阳城侯刘德所居里名目山也；刘澄之云县南有冒山，未详孰是。山有箕谷，谷水北流注获，盖即今三仙台诸山。今簸箕山，疑即箕谷也。

泉水山，在县城西北二里，一名圣泉山。上有泉，仅一勺而不枯，亦名菩萨泉。山阴有书声洞，相传昔有人过此闻书声，故名。又西有桃花洞。

冒山，在县西南十里，翘峙众峰中。山麓有石嵌空，玲珑如太湖石。《水经注》云：萧县南有冒山，即此。其东有丈山。

鼋山，在县西南十八里，一名元龟山。县志：是境为红亭乡。《左传·鲁昭公八年》“大蒐于红”，即此地也。

丁公山，在县南十五里。《寰宇记》：在县东南三十里。楚汉相攻，高祖败，薛人丁固追之，即此也。县志云：今山下有丁公村。相连者为石水牛山。其西有升高山。山阴有黑洿，可三亩余，其水染人衣辄成黑色。

浮绥山，在县南三十里。其东有焦子山。又罗里山，在县南五十里。相山，在县南六十里，接宿州界。

永固山，在县东南四十里。有泉，俗称海眼。下有永固镇、永固湖。其东有帻子山。又南为关山，有仙人洞。

白土山，在县东南五十里。下有镇，有桥，并以“白土”名。南二里有炭山，宋苏轼于此访获石炭，作《石炭诗》。明兵备唐焕、国初知县祖永勋皆重开，以为民利。

雾猪山，在县东五十里。下有雾猪泉。

天门山，在县东南焦子山东。两山壁立如门，溪流清泚，林木深蔚。

龙冈山，在县东南天门寺南二里，绵亘里许，蜿蜒如龙。中有果老洞。又南二里曰黄桑峪，石径崄巇，亦名皇藏峪，相传汉高帝尝藏此。有秦王洞。相连者曰龙驹嘴峪，众山环绕，中辟一峪，古树参天，岩谷奇邃，为县胜境。有二泉，仅隔片石，左甘右苦，名曰双龙。去龙驹嘴六里有白米山。又有獐鹿、双顶、长岭、大京、拐棒、马鞍、石佛、小观诸山，并在黄桑峪东北。

椒山，在县东南八十里。相近有骞山。又暑兰山，在县东南一百二十里，地产野兰。其南五里为龙泉山，下有泉。又马蹬山，去暑兰山十里。章山，去暑兰山十五里。

子贡山，在县东南一百五十里。上有子贡祠，相传子贡曾游此。

凤凰山有二：一在县东三十里，其东为孤山，南为黄山；一在县东南七十里。

庙山，在县东三十里。稍西南有紫草山。其东五里有团头山。团头山西南有大观山。

栲栳山，在县东北，旧县东五里。有栲栳泉。又东五里有烂石山。旧志：下有烂石泊，即汴水旧迹。又萧关山，在旧县东稍南十里。稍西南有龟山。

大蒙山，在县东北，旧县东二十里。相近有小蒙山、里仁山，三山相联（有洞曰兴云）[①]，与铜山县楚王山接。又大方山，在旧县东南二十里。其相连者有小方山，亦与铜山接界。

绥舆山，在县东北[②]二十里。《元和志》：在县东三十五里。宋高祖，绥舆里人，盖因里以名山也。

水墨岩，在县石盆湖上。石皆墨花如画，颇似大理石，惟质粗耳。

黄河，在县北。旧志以为即汴河故道也。自砀山、永城境流经县西六十五里之新挑沟，又东五里为赵家圈，又东十里至拖绳桥，又东十里至东镇渡，又东二十里至曲里渡，又东五里至朱珊渡，又东十二里至旧县北三里之冀门渡，又东五里至两河口，与山西湖之委流合，以达郡境。宋绍圣中，汴水冲决，县令张淳凿汴水新渠，以避水患。元大德间，达鲁花赤马彻里复开南伏道口、北铁窗孔，以泄涨水。其后大河挟汴而东，县境遂为大河经流。明嘉靖三十七年，河决秦沟，自新挑沟至朱珊渡俱淤，惟冀门渡以东尚存旧流，其后溃决不时。万历三十四年，河归故道。自是，去县十五里。（详见《河防》）

---

① 以上五字，底本杂入正文，今据嘉靖、康熙《徐州志》调整为注文。

② 按："东北"应作"东南"。《元和郡县志》及徐州旧志云"在县东三十五里"者，实为东偏南。府志以明末县城既南迁十余里，遂改"东"为"东北"，其实仍在东南。

古汴水，在县北，旧县城南。《水经注》：获水自砀县又东，径杼秋县故城南。又东，洪沟东注之。又东过萧县南，有箕谷水北流注之。又东历龙城，至同孝山北。《寰宇记》：古汴河，在县南十步。

睢水，在县南五十里。自河南永城县流入境，又东入宿州界。

淇河，在县西五十里。东北流经杨家集，又经旧县西南而东北，会于两河口。

西流河，在县南二十里。县南浮绥诸湖之水由此出瓦子口，西流注山西湖，又北经旧县治南，汇于东北三里之两河口，入大河。旧志云：山西湖，在县西十二里。今淤。

浮绥湖，在县南二十里，浮绥山东。其南为永固湖，又南为梧桐湖，稍西南为时村湖，又南为土形湖，联络潆洄，皆南合于睢水。

姬村湖，在县东十五里。又东五里曰姬村泊。明万历中，议引运艘自灵璧、双沟，历永固、姬村诸湖，至徐州九里沟，出小浮桥是也。又有青庄湖，在县南四十里。苏家湖，在县东南八十里。稍西南又有李家庄湖。

英州泊，在县西北六十里。其地旧有英州城，故名。今俗呼雁门泊。又牧马泊，在县西北七十里。朱珊泊，在县西北十五里，其地有朱珊渡。

白沟，在县西北二十里。又县西北四十里有黄柏沟，西北五十里有鸿沟，西北七十里有白羊沟，西北八十里有菱沟，西南六十里有渠沟（水经锦川桥北流），东南五十里有毛家沟、港沟，与永城、砀山接界者曰新挑沟，皆水患时导流分泄处也。

凉楼沟，在县东北十五里。其地有凉楼寺，故名。上接两河口，下通姬村湖，东北近黄河。每水涨为湖，水涸为田。

钟磴沟，在县东南八十里。南流，由小河入宿州界。（旧志云：相传元末平地内见二巨钟纽，斸至数段，寻复如初，瘗之复露。忽一日，鸣声如雷，二钟同行十余里，跃入黄河。顺流至徐州，张士诚守将欲取，弗获。适三女尼过，咒之，留其一，碎之，得黄金四锭。其一不知所往。其说不经，姑载于此）

郑陂，在县西。魏黄初中，郑浑为沛郡太守。郡界下湿，患水涝，百姓饥乏。浑于萧、相二县界兴陂堨[①]，开稻田，郡人皆以为不便。浑曰："地势洿下，宜灌溉，终有鱼稻经久之利，此丰民之本也！"陂成，民赖其利，号曰郑陂。今堙。

梧桐陂，在县西。《水经注》：睢水左合白渎水。水上承梧桐陂，陂侧有梧桐山。陂水西南流，径相城东，而南注于睢。睢盛则北流于陂，陂溢则西北注于睢，出入回环，更相通注。

① 原作"遏"，据《晋书·食货志》改。

凤眼泉，在县北三台山西，一名泌泉。又有筛泉，在山东石穴中，涌出如珠。

古岩[1]泉，在县北三仙台下。明嘉靖间，知县朱同芳建亭覆之。

四庄泉，源出县东黄山，东流，入铜山县界。

雾猪泉，在县东雾猪山下，渊汇数亩，人不敢测。由石沟而南，与沈家峪泉合。宋苏轼有《祈雪[2]雾猪泉》诗，即此。旧志云：雾猪泉之南，由五石窦中出者曰五眼泉。五眼泉之东南，出地中者曰醴泉，其甘如醴。自县东南龙冈山发者曰龙潭，其水莹澈，皎洁如月，故称“龙潭皎月”。又有拔剑泉，发源黄桑峪之秦王洞。石屋圣泉，发源獐鹿山。以上七泉，分流并趋，至石佛山南而合，出御桥，由毛家沟出桃山、小观山之后，迤南由港沟、钟蹬沟，南入宿州小河。

白米山泉，在县南五十里白米山下，泉源涌沸。北流经绥舆山阳，折而西为白米堰（在县东三十里。土人堰以溉田，可十六顷。其米洁白，故名），至双桥又折北迤东，出卓家桥北，与圣境泉合，入姬村湖，达铜山县境。

孝感泉，在县旧城中。旧志云：唐主簿宋思礼为其母疾，祷之泉出，母饮而愈，故名。今堙。

饮马池有二：一在县治南半里；一在旧城西北十里曹马城中，相传曹操饮马处。

化龙潭，在县南七里鹳山下。俗传昔有人浴于此，化龙去，其妻至潭傍哭之辄雨。后遇旱祷雨有应，因建庙祀之。

眢井，《寰宇记》：在萧县北二百步，古萧城内。《左传》云：楚庄王伐萧，萧溃。还无社与司马卯言，隐于眢井中，即此。嘉靖旧志云：在城内厉坛东百步许，俗呼八角琉璃井。

砀山县

砀山，在县东南，河南永城县界。《史记》：高祖隐于芒砀山泽岩石之间，吕后与人俱求，常得之。高祖怪问之，吕后曰：“季所居，上常有云气。故从往，常得季。”《汉书·地理志》：砀，山出文石。《寰宇记》：砀山，在永城县北五十里，北去芒山八里。《通志》：在砀县东南七十里，与永城县接界。山有紫气岩，即汉高避处。其东有戏山，西有狼牙山，又南为保安山，西为平顶山，皆芒砀之支也。（按州志：砀山今在永城县境。县界无山，唯城西里许，旧有土窿然屹起，俗称靴尖

① 原作“严”，据康熙《徐州志》、康熙《萧县志》改。
② 原作“雨”，据本志卷二十四《艺文一》所收苏轼《祈雪雾猪泉马上作赠舒尧文》诗改。

阜，今亦堙。考《寰宇记》，砀山载入永城县下，盖自宋初已然。然县以山名，不可不存其梗概也）

虞山，《方舆纪要》云：在县东南五十里，南去砀山十余里。金时，尝迁县治于山之南麓。（此山今亦在永城县界）

初月阜，在县西里许。中高四下，形如初月，俗名靴尖阜，乃当时筑以捍城者。

黄河，在县西北五十里、东北二十里。自河南虞城县流入，又东入萧县界。《方舆纪要》云：黄河旧在县南三十里，即元贾鲁所开，由虞城县入境，经县南狐父聚，达杼秋城，凡九十余里。又东出徐州小浮桥，入泗。明嘉靖二十八年，河由县北二十里戎家口，出徐州茶城，入漕。万历初，又自县西陈孟口分流，绕县之护城堤，达毛城铺、周家口、龙沟一带，出小浮桥。今陈孟口渐淤，每岁夏秋有泛溢之虞。（按：砀山地势洼下，自明以来，屡有水患。故河渠之名，变迁不常。本朝河功底定，水无泛溢。前此诸河，大半淤塞，然其名号流传已久，故仍录以备考。余详见《河防》）

夹河，在县西南五十里，大河支分处也，或曰即大河之别名。元末，刘福通自砀山夹河迎韩林儿为帝，即此。州志又有礼河，在县东北二十里，云韩林儿与父老别于此，稽首为礼，故名。

陈霜口河，在县西二十里。旧自虞城县史家、皮家二口分为两河，由镇里堌二十里至县境西南合流，入陈霜口河。又南流十里至汪家口，大河尝决于此。又东复分为二：一冲县之小南门，一北流绕县北门，昔尝为患。明嘉靖二十四年，知县王绍元于汪家口筑堤七十四丈有奇，其西为月堤，属于高原。又沿堤上至镇里堌，下至高良相口，为顺水堤五十里，以御水患。

新岔[1]河，在县西北四十里。旧自[2]虞城县流经县境监城集，又南四十里至庞家屯，又二十里至羊耳河集，迤南十五里至羊村集，折北至五河，三十里入萧县界。

段庄河，在县西北四十里。旧由虞城县流入，经县西回冈集。明嘉靖二十四年沙淤，水漫流至双沟集南一里，汇流成河。又东三十里合桑叶河（在县东二十五里。州志：在礼河北五里），流四十里，入萧县界。又县西北十五里有白川河，由虞城流入，经回冈集，又十五里为白川河，又二十里经蒋家营，五里入桑叶河。又县西九里有九里沟。县西三里有三里河，由镇里堌二十里至县境吕家集，折北行二

① 原作“盆”，据嘉靖、康熙《徐州志》及乾隆《砀山县志》改。
② 原作“至”，参嘉靖、康熙《徐州志》等改。

十里，至县西三里，又二十里合礼河。又县东六里有盘岔河[①]，东北二十里有羊耳河，今皆淤。

龙扒沟，在县东南三十里，旧通汴水。明嘉靖二十六年沙淤，别决流至县东南二十五里，冲黄龙口，又二十里至西镇店，由萧县境入湖淀沟，与大彭等沟为州西北之五河，俱大河冲溢处也。

睢水，在县南五十里。县东南有徐溪口，睢水由永城县流经此，又东南入萧县界。明嘉靖中，自徐溪至永城，俱成平陆。

小神湖，在县东南二十里。地洼下，诸水汇聚成湖。康熙十七年，河臣靳辅于毛城铺建减水闸坝，减黄河涨水入此湖，下达睢河及萧县永固、姬村等湖，至宿迁归仁堤，入洪泽湖。详见《河防》。

新汇泽，在县南郭外。以河徙成泽，南北二十里，东西四十里，经冬不竭，占良田无算。明隆庆中，知县王廷卿开新渠十余里以疏泄之。今淤。

沧浪井，在县北一里沧浪庙内。旧志云：天旱，取其水祷雨辄应。

丰县

东华山，在县东南三十里，亦曰华山，亦曰小华山。旧州志：山周亘十里许，多奇石，矗屹崎嵚，森若部署。有五洞，曰：会景、虚白、碧寒[②]、太玄、太乙，殊各幽胜。又有二峰相连：一曰岚山，一曰堕山。县志云：三峰耸秀，山巅石皆方平，稍西削壁千仞，又西为华阳洞，深杳莫测。其北中峰突起，有自然石级可登。

白驹山，在县东南十五里，地形高阜，相传汉高祖尝与乡人会此。明嘉靖后，屡经河决，其迹已平。

黄河，在县南五十里，自砀山县流入境。明嘉靖四十四年，黄河决溢，其北股经华山南而东，流入沛县界。西南有秦沟，在河北岸，于是导河入沟济运。万历六年，筑邵家坝以绝秦沟旧路，又议于华山斜筑大坝，东至楼子集，断遏秦沟、浊河二口。今黄河去县益远，水患久息。

浊河，在县南五里，一名白羊河。明隆庆初，黄河自秦沟决而南，遂为浊河。其后，河复旧流，浊河亦塞。又有白帝河，在县北五里，因汉高祖斩白帝子而名。

泡水，在县北。《水经注》：泡水上承淮[③]水于下邑县界。东北流，合瓠卢沟水，

① 按：嘉靖、万历《徐州志》作“盘坌”，康熙《徐州志·山川》总叙作“坌”，分叙作“岔”。本志削总叙，从分叙名作“盘岔”。其后，乾隆《砀山县志》所载与本志相同。

② 原作“寒碧”，讹从康熙《徐州志》，据嘉靖《徐州志》、顺治《丰县志》乙正。

③ 原作“滩”，据《水经注》卷二十五改。

又径丰西泽，谓之丰水，即汉高祖斩蛇处也（别见下）。又东径大堰，水分为二，又东径丰县故城南，水侧城北东北流，右合支水，水上承丰西大堰，派流东北，径丰城北，东注丰水。丰水又东合黄水，又东径沛县故城南。旧志：泡水在县城北百步许，自单县流至此，东入沛县界。明嘉靖中，为河流荡决。今久淤，故迹尚存。

丰西泽，在县西。《史记》：高祖以亭长为县送徒郦山，徒多道亡。自度比至皆亡之，到丰西泽中，止饮，夜乃解纵所送徒，徒中壮士愿从者十余人。高祖被酒，夜经泽中，令一人行前。行前者还报曰："前有大蛇当径，愿还。"高祖醉，曰："壮士行，何畏！"乃前拔剑，击斩蛇。蛇分为两，径开。《元和志》：丰西泽，在县西十五里。旧志谓"泽在今县东北三十里，有亭，亦曰丰西"，非是。又有斩蛇泽，在县西三十里，即高祖斩蛇处。

大泽，在县北。《史记》：高祖母刘媪尝息大泽之陂，梦与神遇。是时雷电晦冥，太公往视，则见蛟龙于其上。已而有身，遂产高祖。《寰宇记》：大泽在县北六里。旧州志：县东北五里。

秦沟，在县东三十里，华山北。旧志云：相传秦始皇时，人言其山有天子气，因凿此沟以断其脉。明嘉靖间，大河尝决于此，今淤。

仲井，在县北大泽南，相传汉祖兄仲所凿。又有圣井，在县东南城下，相传其水能疗目疾。

沛县

微山，在县东南。《隋书·地理志》：沛县有微山。《元和志》：上有微子冢，去县二十五里。旧志：山无石，巃嵸若冈陵然。其下有微山湖。新县志：今属山东滕县。

七山，在县西南三十里，亦作戚山。县志云：圆耸前参，若为邑镇。居民利取其石，明嘉靖间，知县周泾勒石禁之。又有青龙桂籍山，在县南稍西三十里，上有石池，相传萧何饮马处。

葛墟岭，在县东南九十里。《方舆纪要》引旧志云：岭傍南北通衢，南去徐州洪九十里。万历中，议开泇河，自县之东南四十里马家桥，开微山、赤山、吕孟诸湖，起至葛墟岭下，凡三十里，为始功处。（旧州志不载此岭）

黄河，在县南。自丰县流入县界，又东南接萧县境，而入徐州界。明正德以后，河由山东曹、单二县境冲决而东，县被灾最甚。嘉靖四十四年，河决萧县西赵家圈，东北流，平地河高七尺，由七山南二里，东南入秦沟，入泗河。万历五年以后，渐复故道，去县五十余里。今南徙益远，不经县境矣。

运河，在县东北四十里，西北接山东鱼台县界，东接山东滕县界。自夏镇以北，即明嘉靖中所开新河；自夏镇以南，即万历中所开迦河也。今为漕渠。（详见《河防》）

泗河，旧在县城东，自山东鱼台县流经县北，又自城东南流入徐州境。《水经注》：泗水过方与县东，又屈东南，过湖陆县南，左会南梁水。又南，漷水注之。又南径薛之上邳城西，又南过沛县东，黄水注之。又南径小沛县东，又东南径广戚县故城东，又径留县而南，径垞城东。《元和志·沛县》：泗水自西北流入，东去县五十步。旧志：泗水自鱼台县流至沙河入县境，二十里为胡陵城，二十里至庙道口，三十里至县城北，为北门渡；汇于城东，为东门渡；至城南隅受泡水，为南门渡（有飞云桥）。十五里受金沟口水，为金沟渡（鸿沟河、漷水、昭阳湖、薛水合流，并达于此）。五里为沽头，有上沽头渡、下沽头渡。十里至谢沟，以达于州境。明时，漕运由徐州入泗，北抵会通，故亦名漕河，自湖陵至留城皆置闸，以资蓄泄。嘉靖六年河溢，运道塞。都御史盛应期于昭阳湖东创开新河，以避河患，未成而罢。四十四年，河决飞云桥，运道大阻。工部尚书朱衡乃循应期旧迹，开新河，北自鱼台之南阳闸，经夏镇，抵留城，长百四十里，西去旧河四十里。自是，泗水亦随而东。其后迦河开，而徐、沛旧河皆废矣。

泡河，在县城西，亦名丰水，又名黄水。自丰县流入境，又东南入泗水。《水经注》：泡水自丰县，又东合黄水。水上旧有梁，谓之泡桥。王智深《宋史》云：宋太尉刘义恭于彭城遣军主嵇玄敬北至留城，觇候魏军。魏军于清西望见玄敬士众，魏南康侯杜道儁引趣泡桥。沛县民逆烧泡桥，又于林中打鼓，谓宋军大至。争渡泡水，水深酷寒，冻溺死者殆半。清水，即泗水之别名也。泡水又东径沛县故城南，于城南东注泗水。《地理志》曰“泡水自平乐县东北至沛入泗”者也。《元和志》：泡水即丰水也，西去沛县百五十步。旧志：泡水旧循泗亭驿前入于泗。明正德四年，黄河泛溢，西南接泡水，由飞云桥。嘉靖四十四年，河淤。隆庆六年，于泡、泗交会处浚新渠十里，接鸿沟河，东北入支河，由留城入运。万历四年，筑护城堤，截泡河旧道。由是泡水徙堤外，仍东会泗河。今淤。

薛河，在县东南十里，《齐乘》谓即古漷水。源出滕县境，西流合昭阳湖，由金沟口合于泗河。明嘉靖四十四年开新河渠，石堤横截其流，南注微山、吕孟诸湖。

漷河，在县东北，一名南沙河。源出滕县莲青山，流入昭阳湖，又西南合于薛水。又有北沙河，出山东邹县峄山，至县东北五十里之三河口，合薛水，经鸿沟入泗河。自开新河后，筑三坝遏之，西注引满二湖。今淤。

鸿沟河，在县东十五里。旧自滕县界引昭阳湖入薛水，后废。明嘉靖末，河臣朱衡开新河。隆庆二年，衡复以昭阳湖受黄河之水，而赶牛沟复会鲇鱼泉，及南阳减水闸南出诸水，胥注于湖。湖溢，则坏民田。乃自湖东南开县东二十里回回墓支河，上通昭阳湖、湖陵城河口。既而河臣翁大立奏开鸿沟废渠，自昭阳湖达鸿沟，自鸿沟达李家口，自李家口达回回墓，东出留城，开河六十余里，引水济运，并溉民田，滕、沛间利之。

昭阳湖，在县东北八里。《齐乘》谓之山阳湖，俗名刁阳湖。有大小二湖：大湖长十八里，小湖长十三里，二湖相连，周八十余里。北属滕，南属沛。诸山之水俱汇于此，下流与薛水合，自金沟达泗。明永乐中，于湖口建石闸；东西二湖口建板闸，成化中俱易石闸，弘治中重修。以时蓄泄，为漕渠之利。嘉靖四十四年，大河决入运河，漫入昭阳湖，因改凿新渠，出湖之东。隆庆六年，又于其南筑土堤二百五十余丈，又筑东西决口二堤，以防河患。自是河益南徙，不复趋湖。东岸阻以漕堤，其南仍由旧道分为二：一由徐北境，至镇口闸入黄；一由茶城十字河出荆山口，合房亭河，至猫儿窝入漕。康熙初，镇口闸闭，今惟荆山口通流（荆山口河，详见铜山）。《河防志》云：湖内淤填日积，居民树艺承粮，谓之淤地。然西境邻邑诸山泊水自高趋下，每遇淫霖，汇为巨浸，下流阻塞，淹没为灾。堤防宣泄之方，所宜讲求者也。

吕孟湖，在县东南四十里漕河。考县境有赤山、微山、吕孟、张庄诸湖，与昭阳湖并为潴①水济漕之处。

泥沟，在县西北五十里，自鱼台县流入，经沙河镇西南入漕河，亦曰泥沟河，今淤。又辛庄河，在县东北，出滕县西南五十里，南流十里入昭阳湖。又章公河，在县东北三十五里，明弘治间主事章拯所浚泄水河也。

赶牛沟，在县东北，源出滕县玉②花泉，至县界三河口，与沙、薛二河合。明嘉靖末，开新河遏之，西合鲇鱼泉，注于新河。

鲇鱼泉，在县东北三十里，由新河北岸入漕。

荆沟泉，在县东北，出滕县东北五十五里，泉眼百余，水流迅急，西南流八十里至辛庄桥，漫流为泽。明正统六年，参将汤节开渠十里，引入昭阳湖。

龙泉，在县治前，旧没于泡。后河涸，泉水自地涌出不竭。

琉璃井，在县东南泗水北岸，俗传汉高帝所凿，味甘冽。

① 原作“猪”，径改。
② 原作“五”，据《行水金鉴》《山东通志》等改。

邳州

洪福山，在今州治后，即艾山前之小山。以旧有洪福寺，更名。

艾山，在州北五里，山多产艾，故名。《后魏·地形志》：武原郡有艾山县，即置于此。今为新治主山。或以为即沂水所出之艾山，误。其前一里有马家山，上有凤凰台，其左有龟山，去州三里；右有苍山，去州二里。

连防山，在州西北十里，有石防，与艾山相接，故名。

倚宿山，在州西北十二里，世传韩信经此，倚山而宿，故名。又云台山，在州西北十五里。

显阳山，在州西北十八里，其山高耸朝阳，故名。又登高山、桥头山，俱在州西北二十里。

黄石山，在州西北二十二里，上有黄石公庙。

胜阳山，在州西北二十五里，其山高耸秀丽，胜于显阳，故名。又王家山，亦在州西北二十五里。

谷城山，在州西北三十里，山前有谷城，故名。又有神王山、火石埠山，俱在州西北三十五里。王母山，在州西北四十里。车埠山、熊耳山，俱在州西北四十五里。

茸山，在州西四十五里，上有唐时藏梅寺遗址。

忧路山，在州东北五十里。旧志云：峰峦险峻，行者崎岖，故名。近志改为呦鹿山。

庙防山，在州东五十五里。

宿羊山，在州西南四十五里。又大町山，在州西南五十八里。过满山，在州西南七十里。

唐宋山，在州南六十五里，昔有唐、宋二姓居此。上有泉，味清洌。又虎丘山，亦在州南六十五里。土山，在州南七十里。

大黄山，在州南七十五里。其北有小黄山，势相连。东北有朱山，亦大黄之支也。

葛峄山，在今州南八十里，旧州西北六里。《禹贡》："峄阳孤桐。"《汉书·地理志》下邳县："葛峄山在西，古文以为'峄阳'。"《后汉书·郡国志》："葛峄山，本峄阳山。"刘昭注曰："山出名桐。伏滔《北征记》曰：'今槃根往往而存。'"《隋志》谓之"峄山"。《元和志》《寰宇记》谓之"峄阳山"。《明一统志》云：俗名距山，以其与沂水相距也。州志云：山之东南有小山，即旧城所倚。山阴又有小山，俗名十步山。（自汉以来，皆以葛峄为下邳主山。今新城去旧治绝远，山川之方位

远近，不得不舍旧从新。惟近旧州者，仍存旧志道里以备考）

半戈山，在州南九十里，旧州西三里，回绕旧治，形如半戈。（按：此山即睢宁之绊河山，南至睢宁五十七里，与下“羊山”互见《睢宁县志》。今据州志移入）

羊山，在州南九十里，旧州西南六里，即睢宁之阳山也。昔在黄河南岸，后河徙山南，遂为州境。上有宗善寺，为游观之胜。（州志：旧州西南有茅墩、青羊、庞家、涧头、白山、东黄、西黄、凤凰、交龙、甘家、李牛、陡背凡十余山，旧在州界，今皆割属睢宁）

磬石山，在旧州西南凤阳府灵璧县界。《隋书·地理志》：下邳县有磬石山。《寰宇记》：“在县西南八十里。”《禹贡》：“泗滨浮磬。”孔安国注云：“水中见石，可以为磬。”按：泗水中无此石。其山在泗水之南四十里，今取磬石上供乐府。其山出石，大小击之，其音清亮，与孔说不同，恐禹治水之时，水至此山也。（此山今在灵璧县北七十里，即产灵璧石者。州志谓割属睢宁，今实属灵璧。因本古下邳之山，附载于此）

黄河，在旧州城南。自彭城历吕梁，由睢宁界至五工头迤东入州境，流四十里入宿迁县界。详见《河防》。

清水河，州志：即旧黄河，南岸属睢宁，北岸属邳。自顺治初塘池坝塞，始由今河，而清水河犹存其迹，在旧城护城堤南、董家堂北是也。

泗河故道，在旧州南二里。自彭城、吕梁流入县境，又东入宿迁县界，即今黄河所经也。《水经注》：泗水过吕县南，又东南径葛峄山东，又东南径下邳县故城西，东南流，沂水流注焉。又有武原水注之。又有桐水，出西北东海容丘县，东南至下邳入泗。泗水东南至下相县。《寰宇记》：泗水西从彭城县界正东，流至县城西南。州志：泗河在峄山左，去新治八十里，今淤没。

运河，在州西二十里。自山东峄县黄林庄入州境，南流历泇口镇，经徐塘、猫儿窝、马庄集、万家庄、窑湾口，凡百二十里，入宿迁县，即明万历中所开泇河也。详见《河防》。

沂河，在今州东。州志云：自山东沂州南流入境，至州东受贤乡分为二，一出卢口，西流二里许，复分二派：一经城南会武河，流二十五里入运河；一经官湖，出徐塘口入运河，今本州漕船由此入运。其正流南至赵家庄，亦分为二：一经炮车社，绕庙防山归骆马湖；一经龙池、隅头集归骆马湖。二派旧由臧家口入运，今于水口筑堤，俱归湖入运。（《水经注》：沂水自郯城县，又南过下邳县，于县北西流，分为二水：一水于城北西南入泗；一水径城东，屈从县南亦注泗，谓之小沂水。水上有桥，昔张子房遇黄石公处也。《寰宇记》引《郡国志》云：沂水，今号为长利池。旧邳州志云：沂水，在城西一里，今改归运河，下流俱堙矣）

泇河，在州北。《齐乘》云：东泇河出沂州西北之其山，南流至汴庄站，东分一支，入芙蓉湖；西泇河出峄州东北抱犊山，东南流至三合村，与东泇河合，又有鱼沟水，亦合于此[1]，故名三合。南贯四湖，又南合武河入泗，谓之泇口，淮泗舟楫通焉。旧志：泇河二源，一出费县南山谷中，循沂州西南流；一出峄县君山，东南与费泇河合，谓之东、西二泇河。南会彭水，入邳州境，合蛤、蝘、连汪诸湖，东会沂水，从周柳诸湖，接州东直河，东南达宿迁之黄墩湖，从董、陈二沟入黄河。明万历中开泇河，以此水名。今泇河下流俱归运河，上流亦非旧迹。以舆图考之，今武河即东泇，引河即西泇，因旧志未明，仍旧分列候考。

武河，在今州城南，源自山东马旺山许家泉，南流入境，由米汤湖会沂水，转西经艾山，绕城南，又西入运河。（《水经注》云：武原水出武原县西北，会注陂南，径其城西，又南合武水，谓之泇水。南径刚亭城，又南至下邳入泗，谓之武原水口。泇河出沂州西北之其山，南流至汴庄。旧志云：武河，在旧州西北五十里，自峄县流经州西北二十五里，汇为蛤湖；州西北二十里又有蝘湖，亦武水所注也。引流五十里，由干沟口注于泗河。今自新城引流归运，旧城西北之蛤、蝘湖，皆堙没无迹矣）

引河，在州西二十里，亦名营河，源自峄县抱犊山，南流入境，旧合武河，今西南经黄石山、泇口，合考究泉入运河。又有城子河，在州西北，自沂州卢塘湖流入运河。

直河，在州南百十里，旧州城东五里。旧州志：蒙、沂诸山之水汇为沭缨湖，又分派而南，至州东南六十里为直河口，入泗河。明万历十五年，浊流倒灌，河口遂塞，诸山水俱由骆马湖，经董家、陈家二沟出大河。议者谓：筑直河东岸，近北阎家集口，遏诸山水，不使东入骆马湖，直河口可不淤也。二十九年，分黄开泇之议定，运艘皆由直河而达泇河。今堙。（《禹贡锥指》曰：《水经注》沭水南径厚丘县，分为二渎，一南径建陵县故城东，至下邳入泗。今邳州东直河，即古沭水也）

淇河，在旧城东南三十里。又有曲吕河，在城东二十里，自坝头入洪河，会直河入泗，今俱堙。

荆山口河，在州西南，亦名黄墩河。源自昭阳诸湖，由府北荆山口，至泉河、汴塘，入州境，合彭家河，注沙沟湖，至猫儿窝入运河。又有房亭河，亦自府东境流来，合于荆山河口。详见铜山县。

官湖，在州东八里。

① 原作“北”，径改。

宿迁县

马陵山，在县旧治北二里，高十五丈，周回二里，陵阜如马，自山东迤逦而来，为邑之镇。其冈脉曰灵杰山，前阻运河。

釜山，在县北三里，以形似名。

三台山，在县北二十里，三峰如连珠。又张山，在县北三十二里，下有张山店。

司吾山，在县北七十里，以汉司吾县得名。今作“峒峿”，或讹作“峒峿”。《明一统志》云：上有石洞，镌七真像，洞口凿石为螭，水自螭口喷出，四时不涸。宋绍兴末，首领张荣屯此山以拒金人。县志：山高百丈许，周十五里，其南为五华峰，又南为斗山，又南为峰山，峰峦崒嵂，石磴巉岩，上有泰山行祠。

塔山，在县东北九十里，接沭阳县界，高数丈，周十数里，上有土城，相传为五代郭彦威屯兵处。

黄河，自县西五十里直河入境。经皂河、磨儿庄、骆马湖过县西，又东南流，经小河口、白洋河，至凌县故城，入桃源县界。详见《河防》。

运河，在县北。明天启中，自邳州直河东马颊口开新河，至县西陈沟口入黄河。国初，因其故道。至康熙二十六年，别开新河，自骆马湖口上接旧渠，又东并黄河北岸，经桃源、清河二县，出仲家庄口，谓之中河。详见《河防》。

泗水故道，在县南，即今黄河所流之道也。《水经注》：泗水自下邳东南至下相故城东，又东南得睢水口，又径宿豫城西，又径其城南，又东径陵栅南，又东南径淮阳城北，又东南径魏阳城北。

睢水，在县南十里，俗名小河。自睢宁县流入境，至此合于黄河，谓之小河口。《水经注》：睢水出陈留县西蒗荡渠，其下流径取虑县故城北，又东径睢陵县故城北，又东南流，径下相县故城南，又东南流入泗，谓之睢口是也。明万历初，河臣潘季驯于县南筑归仁堤，以束睢水。湖水并由小河口入黄河，以护高堰。县志：其水易浅狭，故名小河。昔为商贾往来之所，顺治十五年黄决沙淤，遂为平陆。余详见《河防》。

白洋河，在县东南四十里，即小河之下流，东出者上流。自徐溪口合萧县永固、姬村诸湖水，由宿州之符离沟，经邳之睢河，又合埠子、白鹿等湖为白洋河，从东西两沟入黄河，巨津弥漫，望之如洋，故名。顺治间，黄河决入小河，白洋河口皆淤，今下流别开引河。详见《河防》。

沭河，在县北。《水经注》：沭水故渎自下堰，东南径司吾城，又东南历柤口城中，东南至朐县入游注海也。县志：沭河自郯城红花埠东入县境，过刘马庄、唐店、邵店、口头诸集，至新安集，入沭阳县界。

皂河，在县西北四十里，源出港头社，南流入河，以土色黑，故名。康熙十九年，骆马湖淤，尝开此以通漕。

连支河，在县北六里。康熙中，总河靳辅既开中河，又于河之两岸别开六塘，以泄黄河、骆马湖之涨水，建桥其上，以利行人，总名连支河。冬春则涸。

茅家河，在县东南五十里，为夏秋雨水会归处。上接西宁桥，下径仰化集、桃源、清河、安东诸县，分二支：一支自安东入潮河达海，一支自安东入海州达板铺大伊山入海。

骆马湖，在县西北十里，运河北岸，旧作"落马"，受蒙、沂诸山之水，汇为巨浸，周百五十余里。县西二里有陈沟口，又西二十里有董沟口，即湖水南通大河之口也。明天启中，由湖口至邳州直河东岸马颊口，浚渠五十七里，上接泇河，以避王家集、磨儿庄七十里之险。自是，粮运皆由陈口达泇。康熙七年董口淤，运艘尝取道于湖。后中河开，惟资湖水以济运。

侍丘湖，在县东十里。旧志：周三十余里，由草狼沟入河，多产鱼虾，为淮北最。一名东湖。草狼沟，在旧治南三里。又上泊水湖，在县东三十里，由武家沟入河。又茅滋湖，在县东南二十里，受侍丘湖水，由响水沟入河。康熙初皆淤。

仓基湖，在县东南三十里。旧志：周四十五里，相传石崇建仓之所。有闸，曰石崇闸。其水导流为崇河，入桃源县界。

祠堂湖，在白洋河西南，去县五十里。

管坊湖，在县北四十里。旧志：周三十里。岁旱即通车马，为青齐要路；伏秋之间，泥淖难行。明万历间，知县何东凤修路建桥其上。又滹沱湖，在县北二里，马陵山西。

诸葛湖，在县西北八十里。又县西北五十里有丁家湖，六十里有雷家湖，七十里有张皮湖，八十里有巴头湖，九十里有白湖，一百里有潼沟湖。县西三十里有莲子湖，四十里有朱衣湖，五十里有黄龙湖。

刘老涧，在县东南四十里，泄中河水，下至仰化集，与茅家河水合。详见《河防》。

龙泉沟，在县北司吾山下。有二派，东入沭水，西入骆马湖。

孙溪渚，在县东。齐建元三年，魏人围角城，不克而退。齐将李安民追之，败魏兵于孙溪渚。胡三省曰："在淮阳之北，清水之滨。"

东港头陂，在县西北四十里；又西港头陂，在县西北三十里。二陂皆积雨所蓄。

戴家陂，在旧治东四十步，中有洲，虽水涨不没。

项羽井，《寰宇》引《北征记》云：在下相城。

真源井，在县北釜山下。

睢宁县

象山，在县北四十五里，三面据河，旋绕如带。

青羊山，在县北七十里。

刘胡山，在县北七十二里，山周数里，相传昔有刘胡将军屯此，故名。

丁字山，在县西北四十里，形如丁字。其东二里有岚山，又东北五里有小黄山。

涧头山，在县西北六十里，山下有大涧，平冈有泉，味甚甘，冬夏不涸。

白山，在县西北六十里，北临大湖，今河淤。

龙虎山，在县西北六十五里，二山相属。康熙二十四年，河臣靳辅于此凿为石闸，名曰“天然”。

张龙山，在县西北七十里。上有张龙神庙，下有塘，深二丈余，三面障以石，复盖以石，或曰龙潭也。

石屋山，在县西北七十里，山东有洞，洞外有石屋寺。其东有交龙山。交龙之东有双古墩，夹涧水对峙，俗传为石崇、范丹墓。

凤凰山，在县西北七十里，山形似凤。

大黄山，在县西北七十里。县志云：绵亘高耸，为河北诸山之宗。其南二里有鲤鱼山，状似鲤鱼，枕于河上，与南岸峰山对峙，河流其间。

龙泉山，在县西北八十里，绵亘如环，外高中凹，上有龙泉寺。山阳有上、中、下三泉，冬夏不涸，林泉幽胜。

黄山，在县西北八十里。山腰有黄华洞，可容数十人，因地近圯桥，相传黄石公曾隐于此，又名黄石洞。

花山，在县西八十里，山东北麓产花石，色赤，嵌空玲珑。又英公山，亦在县西北八十里。其东北三里有寿鹿山，东南临湖。

九顶山，在县西五十里，九峰相连，其形环抱如城。内平敞，四围古涧陡峻，怪石嵯峨。又白路山，亦在县西五十里，俗传昔有仙女修道于此。自麓至巅有路，石白如玉。又大小花山、马山，俱在县西五十里。

仙掌山，在县西六十里。《明一统志》：石上有掌迹，隐见不常，世传仙迹云。

官山，在县西南二十里，土人多采石于此。其东有大湖、小湖二山。南十里有赵耳山、荆山、宋家山、轴山。

孟山，在县西南六十里孟山湖中，与灵璧县接界，睢水由此入境。

池山，在县东南四十里，以四面临河如池而名。其南入虹县界，别名赤山。

黄河，在县西北七十里。自铜山县流入，北岸与邳州接界，又东入宿迁县界。详见《河防》。

睢水，亦名小河。旧在县北，自宿州、灵璧东流，由孟山湖入境，经潼郡、子仙、堌头诸集，过庙湾，绕县治后，又东经高作、耿车，引芹沟湖水入宿迁县界，至小河口入黄河。明天启二年及崇祯二年，黄河决溢，淤为平陆，故道遂堙。今小河自孟山东南流经县南界，由找沟出祠堂湖口入洪泽湖。

白山湖，在县西北七十里，三面皆山，众水汇聚成湖。康熙十四年，河决花山坝，湖淤大半。又有白马庄湖、黄山湖，俱在县西北八十里，为诸山水所聚，自河溢后，皆半淤为田。

峰山湖，在县东北四十里，周十二里。明万历中，河臣潘季驯筑双沟遥堤，恐河涨直至峰山湖分流旁决，因筑羊山横堤以备之。又合湖，在县西北七十里，一名葛湖，流合沂水，南入大河。又芹沟湖，在县东十五里，周八里，流入淮河，今皆堙。

孟山湖，在县西南六十里，地洼下，众流所聚。县志云：睢水自灵璧县由此湖入睢宁界，今湖属灵璧。

潼河湖，在县东南四十里，由找沟入小河。其找沟，亦在县东南四十里。又有泥沟，在县西三十里，流入小河。县志云：按旧志，大河以南有九湖十二沟，今多堙没。

徐州府志卷之二全

徐州府志卷之三

河防上

徐本汴泗合流之地。宋时黄河尝南决，合泗入淮，寻复归北。自金、元来，河始夺汴泗合淮。有明以漕运咽喉，故障之，使全出于徐。受害滋深，终无善策。昭代圣明相继，方略周详，治黄改运，制度之善，超越前朝。今就郡界黄、运两河所经，详述古今变迁之由，并记河防事宜，以资考阅。旧志或远引河源，上稽《禹贡》，而于本境挂一漏万，未为当也。今志黄河自宋始，运河自明始。

黄河一

宋太平兴国八年五月，河大决滑州韩村，泛澶、濮、曹、济诸州，东南流至彭城界，入于淮。咸平三年五月，河决郓州，浮钜野，入淮泗，命使率诸州丁男二万塞之。天禧三年六月，河决滑州，历澶、濮、曹、郓，注梁山泊，又合清水、古汴渠东入于淮，州邑罹患者三十二，遣使赋诸州薪石、楗［橛］[①]、芟竹之数千六百万，发兵夫九万人治之（时王贻永知徐州[②]，作堤城南以御之）。熙宁十年七月，河大决于澶州，北流断绝，河道南徙，东汇于梁山泺，分二派：一合南清河入淮，一合北清河入海（时苏轼知徐州，河水溢南清河，汇于城下，城将败，轼筑城东南长堤，首起戏马台，尾属于城，城赖以全）。元丰元年，决口塞。

金大定二十七年，令沿河州县，徐州彭城、萧、丰，滕州沛[③]等州长贰官皆提举河防事，县令皆管勾河防事（《禹贡锥指》曰：彭城、萧、丰、沛，皆为沿河之地。则当时河流所经，大略可睹也）。明昌五年八月，河决阳武，灌封丘堤而东，诏同知都转运使高旭、武卫军副都指挥使女奚列奕同往规指。（《禹贡锥指》金吉甫云："河至绍熙甲寅，南连大野，并行泗水入淮，于是有南、北清河之分。"按：宋光宗绍熙五年甲寅，即金章宗明昌五年。是岁河徙，自阳武而东，历延津、封丘、

① 字据《宋史·河渠志》补。
② 案《宋史·外戚传》本传："拜洺州团练使，徙徐州。"应为"徐州团练使"，非知州。
③ 案《金史·地理志中》：大定二十二年（1182）置滕阳州（次年改滕州），领滕、沛、邹三县。时沛县已隶滕州。

长垣、兰阳、东明、曹州、濮州、郓城、范县诸州县界中，至寿张，注梁山泺，分为二派：北派由北清河入海，今大清河是也；南派由南清河入淮，即泗水故道也。河汇梁山泺，分二派，入南、北清河，自宋熙宁十年始，寻经塞治。至是，复行其道，而汲、胙之流遂绝）

元大德元年三月，徐州、邳州、宿迁、睢宁河水大溢，漂没田庐。泰定元年，河行汴渠，至徐州城东北合泗入淮（按：《元·河渠志》此年无改流事。《禹贡锥指》谓：元初，黄河由涡入淮，至是年决汴入清河）。致和元年，河决砀山、虞城二县。至正四年五月，河决白茅堤。六月，又北决金堤，砀山、丰、沛皆罹水患。九年五月，白茅河东注，沛县遂成巨浸。十一年四月，命贾鲁以工部尚书为总治河防使治河，自黄陵冈南达白茅，放于黄固、哈只等口，又自黄陵西至杨青村合于故道，凡二百八十里。（《元史·河渠志》：先是，鲁为都水使者，诣河相视，验状为图，以二策进献：一议修筑北堤，以制横溃；一议疏塞并举，挽河使东行，以复故道。丞相脱脱韪其后策，荐于帝，称旨。十一年四月，命鲁为总治河防使，便宜兴缮。是月鸠工，十一月水土工毕，诸埽诸堤成，河复故道。《河防一览》云：黄河故道自虞城以下，萧县以上，夏邑以北，砀山以南，由新集历丁家道口、马牧集、韩家道口、司家道口、牛黄堌、赵家圈，至萧县蓟门[1]，出小浮桥，此贾鲁所复故道。江南新《通志》云：按贾鲁河道，自徐州府北门外小浮桥以上，至河南考城县西之白茅河。当时施功在江南之地者什五六。第今河道久堙，故《河防记》所载地名，多不可晓耳。自贾鲁复河故道，至明嘉靖三十六年北徙，中间二百余岁，虽漫溢靡常，未尝迁改也）

明洪武二十四年，河决原武黑阳山，东经开封，又东南由陈州、项城、太和、颍州、颍上，东至寿州正阳镇，全入于淮，贾鲁河故道遂淤。永乐九年，浚复故道，自封丘金龙口，下鱼台塌场，合会通河，经徐、吕二洪，南入于淮。正统三年，河决邳州。十三年，河决荥阳，抵沙湾，坏运道，东入海。徐、吕二洪浅涩（景泰二年，河南巡抚王暹言：洪武二十四年改流，从汴梁北由凤阳入淮者为大黄河，其支出徐州以南者为小黄河，以通漕。自正统十三年以来，河复从黑洋山后，径趋沙湾入海，但存小黄河从徐州出，岸高水低，随浚随塞。以是，徐州之南不得饱水也）。景泰六年，沙湾决口始塞，河复南流入淮。弘治二年五月，河决金龙等口，入张秋运河；又决埽头五所入沁。命户部侍郎白昂治之。昂筑阳武长堤以防张秋，引中牟决河出荥泽阳桥以达淮，浚宿州古汴河以入泗。又浚睢河自归德饮马

① 蓟门，即徐州旧志、萧县诸志之“冀门”。《明史·河渠志》《读史方舆纪要》《两河清汇》《河防一览》等同作“蓟门”。

池，径符离桥，至宿迁，以会漕河。又疏月河十余以泄水，塞决口三十六（吴宽撰《白公传》云：筑萧县徐集等口，以杀汴徐之势），使河流入汴，汴入睢，睢入泗，[泗][1]入淮，以达海，水患稍宁。十二月，总漕张玮言："徐州小黄河旧在城西北。宋熙宁间，守臣苏轼堤以巨石，镇以黄楼，故水不为患。近黄河复决，改流城北，其势汹涌，坏两岸军民居舍及城郭，俱可忧。臣方议疏浚，但上流接沁水，属河南。请敕河南巡抚协力。"从之。六年，命副都御史刘大夏治张秋决河。先是，河决张秋东堤，夺汶而北，河流湍悍，决口阔九十余丈。大夏曰："是下流未可治，当先导上流。"于是浚贾鲁旧河四十余里，由曹出徐，以杀水势。又浚孙家渡口，别凿河七十余里，导使南行，由中牟、颍州东入淮。又浚祥符四府营淤河，由陈留至归德分为二：一由宿迁小河口，一由亳涡河，俱会于淮。然后筑塞张秋决口。八年，又筑塞黄陵冈，导河上流，专下徐淮（《禹贡锥指》：自筑断黄陵冈，而北流于是永绝）。正德四年，黄河北徙，直趋丰沛。初，黄河自原武、荥阳分而为三：一自亳州、凤阳，至清河口通淮；一自归德州，过丁家道口，抵徐州小浮桥；一自洼泥河，过黄陵冈，亦抵徐州小浮桥，即贾鲁河也。弘治中，河决黄陵冈，北流夺漕，刘大夏塞之，仍出清河口。十八年，河忽北徙三百里，至宿迁小河口；正德三年，又北徙三百里，至徐州小浮桥；是年六月，又北徙一百二十里，至沛县飞云桥，俱入漕河。时南河故道淤塞，水趋丰、单之间，至围丰县城郭，两岸阔百余里。五年九月，河复冲黄陵冈，入贾鲁河，泛溢横流，直抵丰沛，被害日甚。

嘉靖五年六月，徐、沛河水溢，陷丰县城。六年六月，河决徐州及曹、单、城武，杨家、梁靖二口，吴士举庄，冲入鸡鸣台，夺运河。沛地淤填七八里，粮艘阻不进（时左都御史胡世宁疏言："河流分则势小，合则势大；河身宽则势缓，狭则势急。治河者顺其性则易，逆其性则难，故曰不与水争利，此其大法也。河自汴以来，南分二道：一出汴城西荥泽，经中牟、陈、颍，至寿州入淮；一出汴城东祥符，经陈留、亳州，至怀远入淮。其东南一道，自归德、宿州，经虹县、睢宁，至宿迁出其东，分五道：一自长垣、曹、郓，至阳谷出；一自曹州双河口，至鱼台塌场口出；一自仪封、归德，至徐州小浮桥出；一自沛县南飞云桥出；一自徐、沛之中境山、北溜沟出。六道皆入漕河，而皆南会于淮。今诸道皆塞，惟沛县一道仅存。所谓合则势大，而河身且狭，不能容纳，故溢出丰、沛、徐为患。近又漫入昭阳，以致流缓河壅，运道遂塞。今宜因故道而分其势，汴泗则浚孙家渡抵寿州，以杀上流；汴东南出怀远、宿迁，及正东小浮桥、溜沟诸道，各宜择其利便者，开浚一道，以泄下流；或修城武南废堤抵单，接沛北庙道口，以防北流，此皆治河急务

---

① 字据《明史·河渠志一》补。

也。至为运道计，挑淤则沙土不坚，筑堤昭阳湖则沙碛复壅，不若于湖之东岸滕、沛、鱼台、邹县间独山、新安社地，别凿一渠，南接留城，北接沙河，不过百余里，厚[①]筑西岸，以为湖之东堤，令水不得漫，而以一湖为河流散漫之区，乃上策也。”于是总河盛应期用世宁策，于湖东别开新河，未成而罢。详见《运河》)。七年，从总河潘希曾请，疏黄河上流，修筑济、沛间东西长堤（希曾疏言：漕渠庙道口以下忽淤数十里者，由决河西来，横冲口上，并掣闸河之水东入昭阳湖，致闸水不南，而飞云桥之水时复北漫故也。今宜于济、沛间加筑东堤，以遏入湖之路；更筑西堤，以防黄河之冲，则水不散缓，而庙道口可永无淤塞之虞）。八年六月，单、丰、沛三县长堤成，凡一百四十余里。是岁，飞云桥之水北徙鱼台谷亭。九年六月，河决曹县胡村寺，冲开一道，广三里，东南至贾家坝入古黄河，由丁家道口至小浮桥入运河。胡村寺东北冲开一道，广一里有奇，又分二支：一东南经虞城至砀山，合古黄河出徐州；一东北经单县长堤抵鱼台，漫为坡水，傍谷亭入运河。自是，丰、沛渐无患，而鱼台数溢。十三年，河忽自夏邑大丘、回村等冲数口，转向东北，流经萧县，下小浮桥。十九年，河决睢州野鸡冈，由涡河入淮。其由丁家[②]道口、虞城入徐、吕者仅十之二。兵部侍郎王以旂开李景高口支河，引水由萧、砀入徐济运。寻复淤，河益南徙。三十一年九月，河决徐州房村集，至邳州新安，运道淤阻五十里。总河曾钧上治河方略，乃浚房村至双沟、曲头，筑徐州高庙至邳州沂河。三十七年，河北徙，自归德、新集淤而为陆二百五十余里，河分为十一(《河渠考》：新集地接梁靖口，历夏邑、丁家口、马牧集、韩家道口、司家道口、牛黄堌、赵家圈，至萧县蓟门，出小浮桥，此贾鲁河故道也。自河患急，别开支河，出小河以杀水势，而本河渐涩，至是遂决。趋东北段家口，析为六支，曰：大溜沟、小溜沟、秦沟、浊沟、胭脂沟、飞云桥，俱由运河至徐洪。又分一支，由砀山坚城集，下郭贯楼，又析五小支，曰：龙沟、母河、梁楼沟、杨氏沟、胡店沟，亦由小浮桥会徐洪。而新集至小浮桥故道二百五十余里，遂淤不可复。自后，河忽东忽西，靡有定向。水得分泻者，数年不致壅溃。然分多势弱，浅者仅二尺，识者知其必淤）。四十四年七月，河决沛县，上下二百余里运道俱淤。全河逆流，自沙河至徐州，河俱入北支，至曹县棠林集以下，向北分二支：南一支绕沛县戚山、杨家集，入秦沟至徐；北一支绕丰县华山东北，由三教堂出飞云桥，又分十三支，或横绝，或逆流，入漕河。至湖陵城，散漫湖陂，达于徐州，浩渺无际，而河变极矣。乃命工部尚书朱衡兼理河漕。衡开新河百四十余里（详见《运河》)，浚旧河自

① 原作“原”，字据《明世宗实录》《行水金鉴》改。
② 原作“堂”，参前文用字并据《明史·河渠志一》改。

留城至境山、茶城，又筑马家桥堤，遏河之出飞云桥者，使尽趋秦沟以入洪。于是黄水不复东侵，而南北诸支河悉并流矣。然河势益大涨，至隆庆三年七月，河决沛县，自考城、虞城、曹、单、丰、沛抵徐州，俱受其害。茶城淤塞，漕船阻邳州不能进。河水横溢沛地，秦沟、浊河口沙淤。四年九月，复决邳州，自睢宁白浪浅至宿迁小河口，淤百八十里。时茶城至吕梁，黄水为两崖所束，不能下，又不得决。至五年四月，乃自灵璧双沟而下，北决三口，南决八口，支流散溢，大势下睢宁，出小河，而匙头湾八十里正河悉淤。总河潘季驯役丁夫五万，尽塞十一口，浚匙头湾，筑缕堤三万余丈，故道以复。六年春，从尚书朱衡请，修筑徐邳南北长堤，北堤自徐州磨脐口至邳州直河，南堤自徐州东南黎林铺至宿迁小河口，各长三百七十里，并缮丰沛太黄堤，正河安流，运道大通。（衡上言："徐邳为粮运正道，既多方以筑之，宜多方以守之。请用夫每里十人以防，三里一铺，四铺一老人巡视。伏秋水发时，五月十五日上堤，九月十五日下堤。愿携家居住者听。"诏如其议）

万历元年，河决房村。筑沛县洼子头、秦沟口堤七十里，接古北堤、徐邳新堤，外别筑遥堤。三年八月，河决砀山及邵家口、曹家庄、韩登家口。总河傅希挚改筑砀山月堤，暂留三口为泄水之路。未几，并塞之。时，河又决崔镇而北，淮亦决高堰而东，徐邳、淮南北漂没千里。四年八月，河决沛县缕水堤及丰县长堤，丰、沛、徐州、睢宁漂溺无算，宿迁城被啮，迁县治数百步。五年八月，河复决崔镇，宿、沛、清、桃两岸多决，黄河日淤。六年，河臣潘季驯塞崔镇等决口，筑归仁集堤四十余里，徐、睢、邳、宿、桃、清两岸遥堤五万六千余丈，砀、丰大坝各一道，徐、沛、丰、砀缕堤百四十余里，复邳州直河、宿迁小河，以疏积水。至七年十月，工成。十七年六月，黄水暴涨，冲入夏镇内河，坏田庐，没人民无算。十月，决口塞。十八年，河大溢，徐州水积城中者逾年，众议迁城改河，潘季驯浚奎山支河以通之。二十一年五月，大雨，河决单县黄堌口，一由徐州出小浮桥，一由旧河达镇口闸，邳城陷水中。时，淮水泛溢，浸及泗陵，诸臣专议分黄导淮。至二十四年，漕臣褚铁请塞黄堌口，河臣杨一魁以为不必塞，请浚小浮桥、沂河口、小河口，以济徐邳运道，以泄砀萧漫流，培归仁堤以护陵寝，部覆从之。是时，徐邳复见清泗，运道不利。二十五年四月，河复大决黄堌口，由宿州符离桥，出宿迁新河口入大河，其半由徐州入旧河，上源水枯，二洪告涸。杨一魁议挑黄堌口迤上埽湾、淤嘴二处，且大挑其下李吉口，北下浊河，救小浮桥上流数十里之涸，部覆报可。二十七年，总河刘东星浚复黄河故道，自萧县赵家圈至两河口。二十九年，单县蒙墙等口决，河势尽趋东南，与淮会。三十年，河决单县苏家庄，入沛县四铺口太行堤，灌昭阳湖，入夏镇，横冲运道。三十二年，总河李化龙言："河自归德而下，合运入海，其路有三：由兰阳、考城至李吉口，过坚城集，入六座楼，出茶城，向徐邳，名浊河，为中路；由曹、单、丰、沛出飞云桥，泛昭阳湖，入龙塘，出秦沟，向徐邳，名银河，为北路；由潘家口过司家道口，至何家堤，经符离，道睢宁、宿迁，出小河口，名符离河，为南路。南路近陵，北路近运，惟中路既远于陵，且济于运。前河臣兴役未竣，今自坚城以至镇口，河形尚在，宜仍旧开浚。”从之。是秋，河决丰县，由昭阳湖穿李家港口，出镇口，上灌南阳。三十三年，总河曹时聘大挑朱旺口，至明年四月工成，自砀山朱旺，达小浮桥，延袤百七十里，渠广堤厚，河归故道。六月，河决萧县郭暖楼人字口，北支至茶城、镇口。三十九年六月，决徐州狼矢沟。四十年九月，决徐州三山，冲缕堤二百八十丈，遥堤百七十余丈，黎林铺以下二十里正河悉为平陆，邳、睢河水耗竭。四十四年五月，复决狼矢沟，由蛤、鳗、周柳诸湖入洳河，出直口，复与黄会。既而复故。

天启元年，河决灵璧双沟、黄铺，由永姬湖出白洋小河口，仍与黄会，故道湮涸。总河陈道亨役夫筑塞。三年，决徐州青田大龙口，徐、邳、灵、睢河并淤。吕梁城南隅陷，沙高平地丈许。双沟决口亦满，上下百五十里尽成平陆。四年六月，决徐州奎山堤，一向东北倒灌州城，淹人民、房屋甚众，城内水深一丈三尺；一自南门至云龙山西北大安桥，入石狗湖；一由旧支河南流，至邓二庄，历租沟东南，以达小河，出白洋，仍与黄会。徐民苦淹溺，议集资迁城，给事中陆文献上《徐城不可迁六议》。而势不得已，遂迁州治于云龙山东。六年七月，河决淮安，逆入骆马湖，灌邳、宿。崇祯二年四月，决睢宁，至七月中，城尽圮。总河李若星迁城避之，开邳州坝泄水入故道，塞曹家口、匙头湾，逼水北注，以减睢宁之患。四年，从御史吴振缨请修睢宁上下西北旧堤，以捍归仁。七年六月，河决沛县之满坝及陈岸水口。九年六月，河决长山堤口，参议徐标率河防同知张俊英塞之。

本朝徐州黄河，承明季溃坏之后，初亦时有决溢。顺治三年，考城刘通决口，水北徙，自午沟至徐州河涸。四年，决口塞，复通流。九年，河决邳州、睢宁，三日水退。十六年，河决归仁堤。康熙七年六月，河决邳州，城郭庐舍尽陷于水。十一年，河溢萧县，又决邳州。十四年，河决徐州潘家堂、宿迁蔡家楼，睢宁花山坝口、辛安、黄山、白山、刘家庄、董家庄、青羊、木社等处。十五年，河决宿迁白洋河及于家冈。是年，黄流倒灌洪泽湖，决高堰，淮扬大困。十六年，总河靳辅受事，陈《经理河工事宜》八疏，于是疏浚筑塞，次第修举。是年秋，河决宿迁杨家庄。十七年冬，靳辅请于黄河上流徐州及萧、砀、宿迁等县各建减水石坝，以泄黄河涨水，奉旨允行（详见后）。二十一年六月，河决宿迁萧家渡。是年，大修两河各堤工告竣。二十二年，塞萧家渡决口。二十四年，诏从靳辅请，于砀山、徐州、睢宁等处加建减水闸坝，以资宣泄（详见后），而徐境始无虞矣。自后中河开，而运不藉黄，河益顺轨。

圣祖仁皇帝廑念河防，自甲子以迄丁亥，六次亲历河干，指授方略，如逢湾取直之谕，神谟独断，垂法万世。世宗宪皇帝善继善述，防浚机宜，斟酌尽善。数十年来，徐境上下，黄流虽无一定，总不出两岸长堤之内。今依张鹏翮《河防志》例，按地分程，并历年各工事宜，详注于下，以便考镜云。

徐州府黄河，南[1]岸上自河南虞城县界起，下至灵璧县界止，共二百六十里。北岸上自山东单县界起，下至邳州界止，共二百七十一里。旧设徐属河务同知管理修防，其汛六：南岸曰砀山汛、萧县汛、徐州郭工汛、徐州小店汛（凡旧曰“徐州”者，自改府后，皆属附郭铜山县），北岸曰丰砀汛、徐州大坝汛。乾隆二年，自铜山王家山以上增设通判，分管丰、萧、砀三县河务，而徐属同知止管铜、沛河务。

砀山县汛，自虞城县界起，至萧县界止，共八十里。缕堤长一万四千四百十七丈。

自虞城县界起，至毛城铺止，旧有缕堤长一万五百六十丈八尺。内近毛城铺石闸一段，长一千五百四十丈，康熙二十三年修。

自毛城铺石闸起，至萧县界止，缕堤长三千八百五十六丈，康熙二十三年修筑。内陈家洼起，至萧县界三千五十七丈，堤工卑薄，雍正元年加帮。

毛城铺大石坝一座，康熙十九年建；小石闸一座，二十四年建。伏秋黄涨，由此出小神湖，入睢河，历灵芝、孟山诸湖，归洪泽湖。康熙四十年后，河渐北徙，水不过闸（《河防志》云：惟四十一年异涨之水入闸），今去黄河三十里。毛城铺地势洼下，每遇黄河泛涨，下流淤塞，积水无归，为民田害。乾隆二年，河臣高斌请疏通以消积患，时淮、扬两郡之人，异议纷纷。四年，皇上特命大学士伯鄂尔泰相视，酌开引河，复旧坝，现在兴工。（康熙十七年，河臣靳辅大修河道，兼治上流，请于砀山县南岸建坝一座，以泄豫东二省骤来之水。二十四年，辅又请于毛城铺等处添建闸坝。皆奉俞旨允行。其疏略曰：徐州以上，直至河南荥泽县之西，河道俱宽数百丈。若遇伏秋异涨，漫滩而上，直抵两岸堤工，其宽不下数十里。迨至徐州，北系山嘴，南岸系州城，中央河道，仅宽六十丈，将千支万派、浩浩无涯之水紧紧束住，不能畅流，既艰于下达，自难免上壅。是以明朝二百余年间，徐城屡屡溃冲，而徐州迤上南岸之漫溢，迄今岁岁见告也。臣先于大修案内，将黄河南岸砀山县毛城铺创建减水石坝一座，又于黄河北岸徐州大谷山创建减水石坝一座，盖拟分泄徐城迤上之异涨也。乃今年河流异涨，两坝不足宣泄，复于李道华楼、十八里屯等高阜无堤之处漫滩而行，且将砀山北岸王家堂堤工漫缺三十余丈，此徐城以上

① 原作“两”，径改。

之情形也。今臣细酌善后之计，在黄河南岸，必须于毛城铺减水坝之上，再建减水深底石闸一座，不独分泄异涨，而石闸之水先至坝后，可免建瓴伤坝之虞；又于徐州王家山、十八里屯二处，就山根开凿减水深底石闸三座；更于徐州北岸大谷山等处，添凿减水深底石闸二座。统计徐城以上共添减水石闸六座，平常则闭闸束流，异涨则启闸分泄。每闸一座，约可杀大河水势一尺，统计六闸可杀水势六尺，则徐城自免溃冲，而徐城以上各堤俱可保固矣。又，河流自徐城下行一百余里，至睢宁县鲤鱼山地方，北岸系鲤鱼山，南岸一带为峰山、龙虎山。两山相峙，夹黄河于中央，河面仅宽百丈。而河乃系山脚，冲刷不深，河流到此，又为一束，以致今年有来字堡之漫缺也。臣拟于南岸峰山、龙虎山之旁，开凿天然减水深底石闸四座，以为随机分泄之计。又，南岸各闸坝减水之下，必由归仁堤经过，目今止有五堡减坝一座，并便民闸一座，不足分泄。应于五堡附近添建深底石闸一座、减水大石闸一座，并将便民闸再行改深五六尺，以资分泄，庶可无虞。又，拦马河先后共建减水坝六座，必须再添建深底石闸一座，使河流由闸先进积水，以养坝尾，俾免伤坝之虞。又，南岸各闸坝既建之后，不特可以杀黄河怒涨之势，而淮流微弱之时，又可藉以分黄河之水，由归仁堤下注洪泽湖，使助淮流。然洪泽湖周围数百余里，所引上流分黄之水，一时不能灌满，仍难免黄水倒灌运河之患。今必须再于清河县西建双金门大石闸一座，并于闸下挑引河万余丈，如遇河十分异涨，则启此闸，由引河分泄归海，则黄淮会合之处，又可减黄水一二尺，有裨运道，最为吃紧。至于清河县运口添建石闸一座，更属保运济漕至要之工，亦应于运口闸之上，乘时速建者也。〇乾隆四年五月，大学士伯鄂尔泰详勘毛城铺一带泄黄引河出水坝口，疏略曰：黄河浑涨，每患其多；湖水清流，每患其少。乘其盛满之时，导以归宿之地，俾泄浑涨之有余，以济清流之不足，此实酌盈剂虚，补偏救弊，权有用于无用，化无用为有用之良法。前河臣靳辅审量地势，知河溜南趋，漫水为患，见砀山之毛城铺去黄河不远，因石砌裹头大坝，口门宽一百二十丈，会漫滩之水顺流而下，经灰谷堆，过五湖，周遭数百里，澄清而入洪泽，以助清刷黄。又于萧县之王家山开天然闸一座，口门宽三丈二尺，分减徐州以上黄涨之水。又于睢宁之峰山，依山凿石，开闸四座，口门共宽十二丈八尺零，专减邳州旧城以上黄涨之水。其所以导入洪湖，用以助清刷黄者，意与毛城铺略同。然峰山、王家山地势本高，毛城铺地势洼下，年深日久，黄河冲刷漫口，支河太多，而下游河道淤塞，水无去路，以致南北遥堤三十里皆成巨浸，民鲜粒食，而邻近郡邑亦因以被患。是以河臣高斌将官庄、杨家楼、褚家马路等处迎溜逼堤之各支河，尽行堵塞，仅留旁流之郭家口河一道、倒勾水之定国寺一道，同入毛城铺。于毛城铺旧坝口门内，另作草坝，口门宽三十六丈，堆填乱石二尺许，稍作关拦。其下游旧淤之河道，如洪沟、徐溪口、燕子口、谢家沟各处，俱行挑浚，以防阻滞。又筑三岔河坝，使各趋洪沟，而毛城等处不忧漫溢。此皆因时就事，不得不变通之道也。今臣周详相度，复加参酌：现在河身北徙，去毛城铺不下三十里，较前形势，又有不同。若只有引河二道，用减黄涨，恐南注之水过少，助清之力益微。且或值盛涨，无地为容，转成散漫，则一隅垫溺之害，窃恐复见，又不得不预筹。随与河臣熟商，除已经堵塞之官庄等引河，俱系迎溜逼堤，久将为患，不宜复开外，拟于郭家口之西，增挑引河一道，长二千八十三丈，河头北接黄河滩岸，南穿子堰江尾，仍会入郭家口河。再于郭家口之东，增挑引河一道，长七百六十丈，河头起清水套内，河尾亦会入郭家口河，就子堰作坝门，每岁麦收后，即便开放。至黄河之水既已出槽，惟宜导之速往。坝口三十六丈，似觉太窄；乱石填二尺许，终不如无。应将草坝乱石悉行平撤，仍复靳辅旧规。其王家山之天然闸，减水无多，引河一道，现在深通。峰山四闸，地身甚高，非异涨不能减，且由引河下六十里，即入孟山湖，路近易淤，得失相半。此二处闸只可备用，应照常料理。惟毛城铺迤下之引河，汇流五湖，始达洪泽，周折纡缓，最易停沙。燕子口、谢家沟虽已疏浚，安流近湖，尤关切要，似应挑浚深通，以资灌注）

毛城铺子堰，北自大堤起，南至三岔河坝尾止，长一千九百九十九丈，乾隆二年筑，以御黄涨。

定国寺险工，康熙五十六年建埽台二百九十四丈。六十一年，于对岸开引河九百七丈五尺，险工淤闭。

定国寺月堤一千九十丈，康熙三十八年创筑。五十二年，又建挑水坝以卫田庐。

——以上砀山县汛，有主簿、把总分防，共兵一百六十三名，堡夫八十名，堡房四十座。

萧县汛，自砀山县界起，至铜山县界止，共六十五里。缕堤长一万一千六百八十九丈，康熙二十三年修筑。内有卑薄，三十八年加帮。

东镇口格堤八百六十四丈，康熙十九年创筑，以束毛城铺减坝之水，并上流各处行潦，由小神湖入睢河。格堤北有大横堤，格堤南有小横堤，皆旧废堤。

徐家庄月堤五百七十一丈，康熙四十七年创筑，四十九年建挑水坝，雍正九年建埽工一百九十八丈。

顺河集月堤一千四十丈。内五百九十三丈六寸四分，康熙四十四年接筑。旧埽工七十丈，埽台四百六十一丈。乾隆□[1]年于对岸开引河四百余丈，近岸河即淤闭。

① 原墨丁。下文“乾隆□年”同。

田家楼月堤五百三十八丈，康熙五[1]十年创筑，五十一年建挑水坝。

——以上萧县汛，有主簿、把总分防，共兵一百三十三名，堡夫六十四名，堡房三十二座。

徐州郭工汛，自萧县界三官庙起，至三山头止，共六十六里。

自三官庙起，至王家山止，缕堤长三千四百五十八丈，康熙二十三年修筑。内有卑薄，三十八年加帮。

胡家楼对岸引河，长七百丈，康熙六十一年开，以保胡家楼险工。

王家山天然石闸一座，康熙二十三年建，以泄黄涨水，由王家山经萧县东南，注土形湖，出宿州睢溪口，汇于杨端、孟山、灵芝等湖。《河防志》云：自三十九年河底渐深，水不过闸。今仍通流。

十八里屯东、西两头，天然石闸各一座，康熙二十三年建。（以上三闸，俱详见前毛城铺闸坝下）

自苗家山起，至冰雹山止，缕堤长一千五十丈，康熙三十八年创筑。

自韩家山起，至段家庄西头止，旧有民修堤四百九十三丈，康熙三十八年加帮。

韩家山南山沟中，旧有民筑土堰长七十三丈，康熙三十八年加帮，雍正五年又于洼处创筑接堤四十五丈。[2]

自杨家楼起，至段家庄止，月堤四百五丈，康熙三十九年创筑。《河防志》云：韩家山堤工，因黄河上湾溜水南射，逼近堤根，内邻石狗湖，地势卑下，最为要害，故筑此以为重门之障。

韩家山迎水、领水坝二座，共长七十丈，康熙六十年建。

段家庄挑水坝，康熙五十二年建。（《河防志》：段家庄旧险工，康熙三十九年于对岸沙嘴挑引河，大溜下徙，盖自后复为险工也）

郭家嘴险工，《河防志》云：黄水自西南直射北岸苏家山，触激山麓，折奔南岸郭家嘴、奶奶庙一带，正当大溜顶冲。历年来，大溜或由奶奶庙之上，或由庙之下，忽东忽西，迁徙无常，且逼近徐城，最为要害。康熙三十九年，建石岸五百三十九丈三尺。四十年，置铁犀一于堤上以镇水。五十六年，建迎水、领水坝二座，又建挑水坝。

苏堤，自云龙山黄茅冈起，至县西关街栅栏门止，长六百三十八丈，康熙三十八年修筑，乾隆□年加筑。[癸未，知府邵大业加筑，增长七百九十二丈，尾属月

① 原作“六”，据嘉庆《萧县志》改。
② 本条残缺处，据乾隆《铜山县志》卷一《河防》补全。

堤。][1]（《苏轼传》："轼筑东南长堤，首起戏马台，尾属于城。"明嘉靖旧志载苏堤于戏马台下，云当时尚存。近志云："明天启甲子，河决城溃，堤仅存一线。"然今土人所称苏堤，又在城西南，自黄茅冈属城西关，与志不同。盖当时黄河夺泗，水自城东北泄于东南，故筑堤以捍之。明天启间，河决堤坏，今旧迹已湮。此堤在城西南，自是后人所为以捍黄河者，托名东坡耳）

徐州旧有护城石堤长五百十五丈，康熙三十六年加高三尺六寸，又于挡军墙南渡口增筑石岸十二丈九尺。四十九年，修洪福寺石堤六十六丈。雍正五年，修北门外胡家巷口一百四十八丈，东门外小关口十四丈。（《河防杂说》云：徐州州城以上，砀、[丰、][2]萧、徐四州县黄河南北两岸，虽经新筑缕堤，然自河底垫高以来，州城卑如釜底，而人烟凑集，紧贴河边。河身宽不过六七十丈，束水至急，若不于上流稍留宣泄之地，则一逢异涨，势必灌淹州城。今于砀山县南岸毛城铺建三十丈宽减水石坝一座，又于徐州北岸大谷山建三十丈宽减水石坝一座，使上流虽遇十分异涨，而先于南岸毛城铺减去半分，再于北岸大谷山减去半分，方可少杀其势，而徐城可保无虞矣。其所减之水，先贮砀山县南岸之小神湖内，逐渐流入睢河，由归仁堤减水坝，归入洪泽湖，此系逐渐宣泄之水，与漫决奔腾之势不同，不足为高堰各工之患也。若欲尽善，又须于萧县黄河南岸，北自旧缕堤起，南至东镇口止，筑格堤一道，长八百六十余丈，所以束毛城铺减下之水，并上流各处汇归雨水，亦使暂贮小神湖内。小神湖乃系堤里洼地，雨水则积水成湖，亢旱则干涸成地。今贮减下之水，分流南泄，既杀其奔腾之势，亦无害于小神湖，自可永无冲决之虞矣。○按：此与康熙二十四年总河靳奏大意略同，而此更为详悉，故并录于此）

下洪奎山店堤一百二十七丈，旧系民修。其戗堤，康熙三十七年帮筑。此堤外临黄河，内傍支河，最为险要。三十八年，改挑支河二百丈，以保堤工。雍正五年，修砌下洪石矶嘴，长十丈。

自七里沟接奎山店堤起，至三山头止，遥堤长一千四百九十丈。内接奎山店堤二十九丈，康熙三十八年筑，并加帮卑薄处。五十五年，于河岸建挑水坝。

——以上徐州郭工汛，有县丞、千总分防，共兵一百三十八名，堡夫六十名，堡房三十座。

徐州小店汛，自三山头起，至灵璧县界止，共四十九里，缕堤长八千八百六十丈，康熙二十三年修筑。

潘家马路岁修险工六十四丈，雍正五年建埽工二百丈，又创筑月堤三百十丈。

① 按：此句国图本无，据哈佛大学汉和图书馆藏本补。
② 字据《行水金鉴》卷五十八补。

《河防志》云：康熙四十年，对岸新生鸡心滩，大溜埽湾涯岸坍塌，遂成险工。

杨横庄岁修险工四百三十五丈，埽台长四百十四丈，康熙三十七年加帮。四十一年，于对岸开引河一千八十八丈。雍正四年，又建埽工三百六丈。

杨横庄挑水坝西雁翅岁修险工，长四十二丈。

杨横庄月堤，长三千四百三十六丈，康熙三十一年修筑。雍正四年，又筑月堤二道，共二百九十九丈。

曹家庄抢修险工八十六丈，雍正六年建埽工一百十丈。

曹家庄月堤四百六丈，康熙三十八年创筑。《河防志》云：潘家马路、杨横庄、曹家庄三险工相连，北岸沙嘴逼溜顶冲，康熙四十年开引河一千八十丈，引水东下，以杀其势。

黄家庄埽工二百五丈，月堤长四百六丈，康熙五十七年建挑水坝。

杨家洼岁修险工三百二十三丈，埽台三百五丈，康熙三十六年加帮。

杨家洼月堤七百二十丈，康熙三十八年创筑。雍正九年，又筑月堤三百丈。

韩坝旧险工月堤三百五十六丈，康熙三十八年修筑。

小店岁修险工三百一十丈。（《河防杂说》云：小店受顶冲大溜，盖其水受长樊大坝折而南来者也，下埽修防，历年已久，幸河势不变，故得无恙）

小店月堤二道，一长三百九十丈，康熙三十六年修筑；一长三百六十丈，是年因河势下徙创筑。自小店迤东起，至灵璧县界止，有民筑临河子堤四千五十三丈。

牛市口，在房村西北，内有月堤，外有子堰，中间约长二十里，宽五六里，雨潦无从宣泄，地淹民困。雍正十一年，知州石杰议请于月堤设立涵洞，每年九月开放，以便栽麦；二月堵闭，以防异涨。总河嵇曾筠批允，令南岸主簿专司启闭。数年以来，始无水患。

——以上徐州小店汛，有南岸主簿、把总分防，共兵三百二十名，堡夫四十八名，堡房二十四座。

丰砀汛，自单县界起，至铜山县李道［华］[①]家楼止，共七十三里，缕堤长一万三千一百九十三丈二尺。

自单县界起，至吴家寨止，旧有民修缕堤长一千丈，康熙三十八年加帮。

自吴家寨起至，李道华家楼止，缕堤长一万二千一百九十三丈，康熙二十三年修筑，卑薄处三十八年加帮。

吴家庄抢修险工一百二十五丈五尺。《河防志》云：旧本岁修。康熙三十九年，

① 字据康熙《徐州志》、同治《徐州府志》及本志前后文补。

于上坝头筑迎水坝一座，迎挑水势，使大溜向南，又于对岸挖去滩嘴，以顺其流，险遂平，四十年改为抢修。又谷家庄岁修险工一百八十五丈，其地即在吴家庄下。康熙三十九年九月，全黄直射此工，堤岸坍塌一百七十余丈，危险异常，改为岁修。二险工相连，是年加帮埽台二百四十八丈，又筑月堤九百四十三丈。四十六年八月，黄水涨，决开堤岸一百三十丈，寻补筑新堤四百三十丈。明年，于吴家庄对岸丁家阁开引河一千三百五十三丈，险工淤闭。

——以上丰砀汛，有主簿、把总分防，共兵一百四十七名，堡夫七十八名，堡房三十九座。

徐州大坝汛，自李道华家楼起，至邳州界止，共一百九十八里。（《河防志》云：自李道华家楼至苏家山，无堤之处凡九十里。盖因黄河上流宽阔，而徐城以下窄狭，一遇大涨，即难容受，故从来不议筑堤，使漫溢之水从冈头湖、荆山口辗转入于运河也）

自大谷山起，至苏家山止，堤长四百四十七丈，康熙三十八年修筑。内有大谷山减水石坝一座、苏家山减水石闸一座，俱康熙二十三年建，以泄黄河异涨，由荆山口出彭家河口入运河。

自陡山起，至子房山止，缕堤长一千三百十五丈，康熙三十八年修筑。（其间有镇口闸，即明时旧运河口，今淤）

黄山口民修小堰九十丈，康熙三十八年加帮。自华家楼起，至长山头止，民修堤长一千九百六十丈，康熙三十八年加帮。

狼矢沟岁修险工二百五丈（州志云：埽工二[①]百二十五丈），康熙五十九年建迎水坝。又月堤长八百丈，康熙二十五年修筑。

自关王庙起，至大坝上坝头止，民修堤长五百九十五丈。

长樊大坝岁修险工三百二十丈，康熙五十八年建挑水坝。六十一年，于对岸开引河七百二十丈。

长樊大坝月堤四百七十一丈，雍正元年创筑。《河防志》云：大坝旧有月堤长四百九十丈。又自大坝尾起，至王家山止，有民修堤九百八十丈。自王家山起，至出头山止，有天生土坝九十六丈。自九山起，至出头山止，遥堤长一千六百八十九丈，为大坝险工重门之障，康熙三十八年修筑。（《河防杂说》云：黄河过徐州二十里折而北，遂成长樊大坝险工四百五十五丈，内系洼区，大溜顶冲，最为险急，设有疏失，则滕、峄、邳、宿运河俱成平陆矣。虽岁岁下埽，未尝少弛，然非久远之计，须于九山、出头山之中，创筑遥堤一道，以为重门之障，不可不加意也）

① 康熙《徐州志》作“三”。

自董家山起，至卢家山止，遥堤一百八十二丈，康熙十九年创筑。

自卢家山起，至邳州界止，遥堤一千四百八十二丈，康熙十九年创筑。

——以上徐州大坝汛，有北岸主簿、吕梁巡检、把总分防，共兵二百八十二名，堡夫五十二名，堡房二十六座。

徐州府志卷之三全

徐州府志卷之四

河防下

黄河二

邳、睢、灵三州县黄河，南岸上自铜山县界起，下至睢宁县界卫工头止，共二十二里有奇，属凤阳府灵璧县境；又自灵璧县卫工头起，下至宿迁县界古堤头止，共一百里，属睢宁境。北岸上自铜山县界起，下至宿迁县界直河口止，共八十二里有奇，属邳州境。设邳睢灵璧河务同知一员管理修防，其汛三：南岸曰灵璧县汛、睢宁县汛，北岸曰邳州汛。

灵璧县汛（河去县百二十里，县隶凤阳，而河道属本府同知管理，故并志之），自铜山县界起，至睢宁县界卫工头止，缕堤长三千九百四十八丈，康熙二十三年修筑。六十年加帮张、寒二堡，谢家潭处缕堤一千二百三十丈。

自铜山县界撑堤起，至龙虎山止，临河子堤长二千六百八十四丈。内接铜山子堤七百七十四丈，乃民筑；其一千九百十丈，康熙二十四年修筑。（铜山、灵璧交界处缕堤与子堤不同，缕堤在谢家楼之西，子堤在墨家口之西。《治河书》[1]云：自徐州界房村起，至睢宁县贯家湾止，三十里地势甚卑，而张、寒二堡尤洼下，形兜湾，筑堤辄圮，风涛难御。因于濒河高处筑子堤一道，直接峰山，以暂挡漫溢；于子堤之内、大堤之外开小河一道，于清凉寺建涵洞数联，以引黄计，十年之后，洼地皆可淤高，此后堤工既易筑，亦易保矣。然涵洞虽建，必须兵夫常守，修其圮坏，通其壅积，以放黄入淤，否则洞亦空建。《河防志》云：康熙三十年墨家口旧堤塌断，复筑小堰，犹恐卑薄，不足以资御捍。口西有民筑撑堤一道，长一百六十丈，康熙四十年令河兵加帮，以防墨家口出水，不致倒灌张、寒二堡）

墨家庄里堤，长二千一百十八丈，雍正五年创筑。张家瓦房坝台并搂崖埽工，长一百五十丈，雍正九年，因徐州境内茅家山二十里长河大溜直射南岸，以致新生

① 原作“宏治河书”，疑误读为“弘治《河书》”而讳改。案《行水金鉴》卷五十九，应为“靳文襄公《治河书》”，无关忌讳。“宏”字误衍，今删。

险工，筑此以资捍御。乾隆□年，于对岸开引河一百七十丈，旧河二十余里淤为平滩，省最险埽工三百余丈。

——以上灵璧县汛，有主簿、把总分防，共兵三百五十一名，堡夫二十二名，堡房十一座。

睢宁县汛，自卫工头起，至峰山四闸止，缕堤长一千三百四十五丈，康熙十七年创筑。内自龙虎山至峰山，天然闸共四座，康熙二十四年建，以泄异涨之水，由马浅湖流入孟山等湖。（《河防杂说》云：睢宁县黄河南岸旧遥堤卑矮，而清水口一带，内系洼区，外有积水，如黄河风浪搏击，最为危险，岁修之费不赀。康熙十八年，于峰山、龙虎山上下创筑缕堤数千丈，包清水口积水于堤内，然后开旧遥堤，去积水，变成膏田数百顷，睢民赖之。今则全河归故，新筑缕堤尚卑，亦当按水迹加高也）

自峰山四闸起，至武官营止，缕堤长三千三百一十一丈三尺，康熙十七年创筑。上两堤内有遥堤，长三千二百五十丈，今废。

武官营子堤长七百四丈，康熙二十四年因旧缕堤断，复筑。

武官营大月堤，长三千一百三十四丈，康熙二十四年修筑。（《河防志》云：康熙三十年间，武官营险极，曾于月堤之中又筑重堰未竣，而北岸沙滩开引河成，河流北徙，其工遂省）

自武官营起，经朱家楼、王家堂，至余家堂止，缕堤长二千四百二十三丈，康熙二十三年修筑。雍正六年，加帮王家堂缕堤四百六丈。

朱家楼前格堤五百三十五丈，康熙二十四年创筑。

朱家口月堤九百五十丈，康熙五十九年创筑。雍正四年四月，河决朱家口，十二月堵塞。五年，增建四埽工于大坝，后筑月堤三百六十三丈，又于对岸开捷河五百八十丈，开子河四千六百六十八丈。九年，又加筑月堤五百十六丈六尺。

王家堂岁修险工三百一十一丈五尺，康熙三十八年秋，决开七十四丈。三十九年重修，又于漫口西建挑水坝一座，东建迎水坝一座，不使水冲新堤，又帮筑两坝埽台共五十五丈，加宽二丈，始足防御。

王家堂旧月堤长一千六百丈，前被水冲残，康熙三十九年修筑，五十八年加筑。

王家堂对岸河滩，雍正十一年八月，天开引河一道，险工遂平。总督河道大学士嵇曾筠奏闻，诏致祭河神。

自余家堂起，至戴家楼止，缕堤长一千九百丈，康熙二十三年修筑。

戴家楼岁修险工三百四十丈。旧有月堤五百九十三丈，康熙三十八年加帮北段二百五十五丈，又另筑南段八百四十丈。四十一年加筑月堤一千一百七十三丈五尺。

自戴家楼起，至韩家庄止，缕堤长二千八十二丈，康熙二十二年修筑。○韩家庄月堤长一千一百十丈，康熙十七年创筑。(《河防杂说》云：戴家楼一带，大河去堤原远，近年南徙，竟成极大险工。今须用长桩大埽彻底裹护，又须多筑坝台，迎溜抵御，始保无虞。自董家堂折而南，至睢宁南岸之韩家庄，河离堤不过数十丈，上流花山决口未堵之前，大河水势缓而且少，是以未遽成险。及康熙十九年，花山堵塞，全河归故，水急溜大，直捣堤根，今成最险之工，必须岁岁修防。又全河大溜顶冲而来，势甚勇悍，不得不筑月堤以障之。又上自韩家庄埽工东头起，下至宿迁县界止，堤甚卑矮，必须加帮，以防异涨)

自韩家庄起，至古堤头宿迁县界止，缕堤长六千一百四十一丈五尺，康熙二十三年修筑。(《治河书》云：睢宁之境，尽于南岸险工三：一曰王家堂，一曰戴家楼，一曰羊山寺。河自鲤鱼山、峰山两崖中建瓴而下，南北冲突，三处皆顶冲也)

——以上睢宁县汛，有县丞、主簿、千总分防，共兵三百四十二名，堡夫一百名，堡房五十座。

邳州汛，自铜山县界起，至庙山止，缕堤二百二十三丈，康熙十七年创筑，内有旧格堤。

自绵山起，至拐山止，格堤二百一十九丈，康熙十七年创筑。

马家山格堤一百九十五丈，康熙十七年创筑。

自刘家寨起，至刘家店止，缕堤三百四十丈，康熙十七年创筑。

自丰山起，至青羊山止，缕堤一百八十三丈五尺，康熙十七年创筑。

自青羊山起，至塘池旧遥堤中间止，缕堤长一千八百六十二丈，康熙十七年创筑。自青羊山至旧遥堤头有堤，今废。

赵家庄月堤八百六十三丈六尺，康熙四十三年筑。四十九年建挑水坝。乾隆□年，于南岸睢宁房家庄开引河二百九十余丈，险工淤闭。

塘池抢修险工九十一丈，柳园头抢修险工七十四丈，两工相连，共一百六十五丈。

塘池月堤四百一丈，康熙三十六年创筑。

自塘池起，至羊山寺前止，缕堤四百九十二丈，康熙十七年修筑。○羊山寺前岁修险工长二百七十八丈，康熙四十九年建挑水坝。

自旧遥堤中间起，至羊山寺西止，遥堤长五百二十一丈，康熙十七年创筑。羊山、半戈山有堤，今废。

自羊山寺前起，至董家堂头坝止，缕堤长一百一十四丈，康熙十七年修筑。羊山寺东有格堤，格堤南又有横堤，今俱废。

自董家堂头坝起，至马船帮止，岁修险工六百二十一丈。康熙六十一年，于董家堂迤南象山前，开引河九百十六丈。雍正元年，接筑董家堂迤里张王庙前月堤，长一千一百八十八丈二尺。

自马船帮起，经宋家庄，至五工头止，缕堤长一千一百九十二丈五尺，康熙十七年修筑。〇邳睢厅署前有撑堤九十八丈，康熙十七年创筑，今居民鳞集，已[①]为街市。又自邳睢厅署前起，至五工头西止，有堤；又自前堤中间起，至戚字堡[②]月堤头止，有旧遥堤，今俱废。

宋家庄抢修险工九十八丈。

自五工头起，经戚字堡，至旧遥堤头止，缕堤长八百四十五丈，康熙十七年修筑。

戚字堡岁修险工一百一十九丈。《河防志》云：因对岸沙滩日长，逼溜顶冲，康熙四十年于南岸开引河五百七十丈，分杀水势。

戚字堡西撑堤七十八丈，康熙三十八年创筑。又月堤四百四十丈，康熙三十八年将旧遥堤改修。戚字堡东有旧遥堤，今废。

自旧遥堤头起，至沈家堂止，缕堤长九百五丈，康熙十七年创筑。

自沈家堂起，经青墩营、姚家庄、三官庙，至直河口宿迁县界止，缕堤长二千四百五十三丈九尺，康熙十九年创筑。

青墩营抢修险工七十七丈，姚家庄岁修险工一百三丈，三官庙岁修险工二百二十二丈，三工相连，共长四百六丈。〇青墩营、姚家庄、三官庙三工埽台三百八十八丈，康熙三十八年筑，四十年重修。〇青墩营、姚家庄、三官庙共月堤六百四十丈，康熙三十六年创筑。（《治河书》云：邳州之境，尽于北岸险工四：曰塘池大坝；曰羊山寺；曰董家堂，旧城南里许即董家堂，乃剥肤之虞也；曰五工头，在治东南。〇《河防杂说》云：邳州北岸堤工，因有险汛相隔，分为五段：第一段，上自徐州界起，下至鲤鱼山止，长八百三十余丈；第二段，上自鲤鱼山起，下至塘池险工止，长三千六百七十余丈；第三段，上自塘池险埽工迤东新堤头起，下历羊山寺，至董家堂埽工西头止，长五百七十余丈；第四段，上自董家堂埽工东格堤起，下至五工头埽工西头止，长九百九十余丈；第五段，上自五工头埽工东头起，历青墩营，至宿迁界止，长四千二百三十余丈。皆康熙十七、八两年新筑。十九年以前，大河去堤甚远，至二十年忽然北徙，直冲堤根。况其中地势甚洼，半为钟水之区，乘风撞击，设或破堤而过，则黄流随蹑其后，为害不可胜言。须于顶冲要处多

① 原作“以”，古同“已”。

② 原作“保”，通“堡”，今据上下文统一用字。

筑坝台，埽工要处并签排桩，余俱加筑高厚，设遇意外之涨，有备无患矣。又于徐州界起，至庙山止，绵山起，至拐山止，各筑格堤一道。此两处皆山涧深沟，设或缕堤有失，则建瓴之势北泻，堪虞也。又于羊山寺东至西筑遥堤一道，防其北流；羊山寺南筑格堤一道，障其东注。如此，不惟邳州民社可安，而邳宿运河亦保无虞矣）

——以上邳州汛，有州同、州判、千总、把总分防，共兵五百三十一名，堡夫五十四名，堡房二十七座。

宿迁县黄河南岸，上自睢宁县界古堤头起，下至桃源县界白洋河钞关口止，共六十三里；北岸自邳州界起，至张庄运口止，又自吴家墩起，至桃源县界止，共七十八里。设宿虹河务同知管理修防，其汛四：南岸曰蔡家楼汛、陈家道口汛，北岸曰拦黄坝汛、大古城汛。

蔡家楼汛，自睢宁县界起，至徐家湾西张王庙止，缕堤长六千三百五十丈，康熙三十八年修筑。

蔡家楼岁修险工、老堤头岁修险工，二工相连，共三百五十丈。

彭家堡岁修险工一百四十二丈，雍正五年创筑月堤三百十丈。

蔡家楼墩郎庙月堤二百九十五丈，老堤头月堤四百三十九丈，彭家堡月堤八百七十五丈，俱康熙十八年创筑。又三工总大月堤二千一百九十六丈五尺，三十八年创筑。雍正元年，接筑墩郎庙月堤三百二十四丈，又筑月堤内格堤一百十丈，又加帮旧月堤，接筑新堤，共一百四十丈。五年，又接筑内格堤一百丈。

陈家道口汛，自张王庙起，至桃源县界止，缕堤长五千一百十七丈九尺，康熙三十八年修筑。

徐家湾龙门抢修险工。〇临河堤一千二百一丈，康熙三十八年修筑。

陈家道口岁修险工一百十六丈五尺。

陈家道口月堤长九百五十丈，康熙三十八年创筑。雍正五年，增筑月堤五百丈，撑堤九十五丈。

——以上蔡家楼、陈家道口二汛，有县丞、主簿、千总、把总分防，共兵三百七十名，堡夫六十四名，堡房三十二座。

拦黄坝汛，自邳州界起，至张庄运口止，缕堤长五千九百一十六丈。

自邳州界起，至皂河石磡迤西止，缕堤长二千四百八十五丈，康熙三十八年修筑。

朱家庄旧险工，今河溜南徙，堤外沙淤，停修。

朱家庄月堤，长五百二十三丈一尺，康熙三十六年修筑。五十年，建挑水坝三座，并撑堤共长一百二十丈。

皂河拦黄坝西堤二百四十九丈六尺，康熙三十八年修筑。拦黄坝临河堤三十六丈五尺，三十六年修筑，内岁修险工旧长八十四丈五尺，新生七丈五尺。

拦黄坝东堤二百二十九丈三尺五寸，康熙三十年修筑。

拦黄坝迤里拦运河堤一道，长三十九丈，康熙三十六年创筑。

自拦黄坝东堤起，至张庄运口止，缕堤长三千四百三十一丈，康熙三十八年修筑。

大古城汛，自宿迁县西门吴家墩起，至桃源县界大古城止，缕堤长八千一百五十八丈五尺，康熙九年创筑。

萧家渡旧决口（康熙二十一年河决于此）创堤八十五丈，康熙三十六年帮筑。

朱家堂旧减水坝一百十三丈四尺，康熙三十六年重筑。

杨家庄旧决口（康熙二十年河决于此）戗堤七十八丈，康熙三十六年帮筑。雍正五年，加筑月堤一百三十丈。（《河防杂说》云：黄河自宿迁至清河黄淮交会处一百八十里，其间旧堤未尝不高，只因河底垫高，堤工每被淤没，是以觉其低耳。然从堤内民地而观，则巍然高峻。外高内洼，故凡有决漫，即成建瓴之势。此一百八十里堤工迤北之地，在宿迁十之三，桃源十之五，清河十之七，沭阳、海州则全在其中。此各州县地，原极卑洼，每遇堤溃，则民地亦渐淤高。杨家庄未决之前，止有桃源北岸之地，被新庄口、七里沟等各决口之水淤高。其自徐昇坝迤西，历崔镇、古城、杨家庄、朱家堂、萧家渡，以至宿迁一百里，近堤一带，全系水田，不可以耕，远堤处亦莫不低洼停水。自杨家庄决后，大溜经行四载有余，朱家堂以下俱垫高；朱家堂以上十余里，尚属卑洼，迨萧家渡一决，而宿迁附近亦俱垫高。前此水田，今皆成高亢之区，再经数年之后，凡有未垫之洼地，亦可逐渐淤高。此所以杨家庄埽工一百六十余丈、萧家渡埽工九十余丈，不可不堵筑坚固也）

温州庙旧减水坝三百二十七丈五尺，康熙三十八年修筑。

五堡岁修险工，月堤八百四丈，格堤一百五十四丈，俱雍正元年筑。又撑堤一百十四丈，五年筑。

河北镇下湾抢修险工。〇挑水坝三道：其第一、第二道，康熙三十六年筑；第三道，四十年筑。第二、第三道俱抢修。〇河北镇险工戗堤长二百三十六丈八尺，康熙三十六年帮筑。〇河北镇月堤九百七十八丈八尺，康熙三十八年创筑。雍正五年，加筑月堤六百六十丈，又接筑二十五丈，创筑撑堤九十丈。

自卓家庄起，至大古城桃源县界止，缕堤长一千六百二十六丈，康熙三十六年修筑。

大古城岁修险工长一百一十四丈，月堤长四百七十一丈，康熙五十五年筑。雍正五年，增筑撑堤一百二十丈。

——以上拦黄坝、大古城二汛，有主簿、巡检、千总、把总分防，共兵四百一十六名，堡夫九十四名，堡房四十七座。

宿迁黄河北岸，上自张庄运口起，下至矮堤头止，共十一里，别属宿桃中河通判管辖。

临黄缕堤，自张庄运口起，至骆马湖口西裹头止，长一千九十一丈五尺，又自骆马湖口东裹头起，至拦马湖砂礓嘴迤上矮堤头止，长九百八十三丈二尺，俱康熙三十八年修。

骆马湖口竹络石坝一座，康熙四十年修建。（详见《运河》）

临黄外口（在骆马湖迤东，抢修险工也）迤东石闸一座，康熙三十九年修建。

石闸迤东拦河大坝十六丈，康熙三十七年筑。（《治河书》云：宿迁南岸险工四：曰蔡家楼，曰彭家堡，曰徐家湾，曰白洋河草坝。北岸险工三：曰朱家堂，曰杨家庄大坝并逼水坝，曰古城。诸险之中，朱家堂逼近运河，尤为险害。〇按：府境黄河，上自砀山，下至邳宿，经流绵远，险工甚多。有昔险而今平者，亦有昔平而今险者，总以河性靡常，变迁莫定，故采靳、张二公之书，以志大要云）

归仁集堤，在宿迁县黄河南十六里，明万历六年河臣潘季驯创筑。东西长三十九里，西连凤阳府虹县，东至桃源县界。所以捍御黄水、睢水、湖水，使不得南射泗州，冲高堰；又遏睢水、湖水，使之并入黄河，助其冲刷者。顺治十六年，黄河决归仁堤。康熙初，再决。十年，尝修之（见《泗州志》）。十九年，总河靳辅于堤口建减水坝、便民闸，导水入洪泽湖。自后屡遭水涨，祠堂湖一带连决七口，诸水尽注于淮，为高堰害。三十八年，诏令兴修堤工。既竣，总河张鹏翮相视于涵洞口开引河，引诸水东北流，至桃源老堤头，达于黄河。又于归仁堤建三闸，于老堤头建二闸。黄水大则闭老堤头闸，开归仁堤闸以放水入淮；黄水小即闭归仁堤闸，开老堤头闸以引水刷黄。属宿虹同知管辖。其引河在桃源县境者，属桃源同知管辖。（史奭《归仁堤考》曰：归仁堤，控黄淮，界桃宿，与高堰相表里。盖高堰为淮扬之长城，而归仁堤又高堰之屏障也。其上流来源自徐溪口，历萧县、灵壁等处二百余里，合永堌、姬村湖水，由宿州之符离沟，经邳之睢河，而汇于埠子、白鹿等湖，从白洋河东西两沟入黄河。黄之泥沙，得此而汰，故俗亦名汰黄堤。《河防一览》谓：本堤所以捍御黄水、睢水、湖水，使不得南射泗州，并攻高堰；而又遏睢水、湖水，并入黄河，益助冲刷，关系最重大。然其橐籥，则又在小河口之通塞。盖小河通，则睢、湖诸水径入黄河，而归仁之水减半。其藩篱则又在耿车、时儿滩一带之堤。盖此堤高厚坚固，则睢水不得漫入埠子等湖，而河常通矣。故上自高原，下至时滩，皆当接筑长堤，岁加修守。盖修守此堤，即所以守归仁也。况小河常通，则灵、睢、宿迁积水得泄，而沮洳渐成沃壤；又舟行径直，免犯湖险，而小民便于贩易，为地方利，又非浅鲜也。又按《贻麦堂记》云：堤受白鹿等湖水，由白洋河与黄水会，其曰小河口者，又上流之支分也。二水既合，直趋高堰，淮扬之民不为鱼鳖者几希。堤成，诸水悉由小河故道复入于黄，高堰得杀水势而保无冲决，水不旁流而永无夺河之患）

归仁集西乌鸦岭土堤，上自虹县（属凤阳府）界起，下至归仁集石堤头止，长五百九丈，康熙三十八年修筑。

归仁堤旧石堤，上自归仁集起，下至五堡格堤头止，长三千八十八丈六尺，康熙三十八年修筑。其内土堤，四十一年重修。

五堡迤上双金门闸三座：西曰利仁，东曰归仁，中曰安仁，俱康熙三十九年建。五堡旧减水坝于二十三年被水冲决，四十一年筑塞。

归仁东旧石堤，上自五堡起，下至桃源县界止，长三千七百五十七丈，康熙三十九年修筑。内自五堡迤下起，至九龙庙止，石堤一千一百丈，三十九年创筑。其下自九龙庙起，至桃源县界止，即作新开引河之南岸束水堤。○格堤，自五堡起，至便民闸止（即康熙十九年所建者），长二千七百二十五丈，康熙三十八年修筑。

引河，自九龙庙起，至桃源县境老堤头黄河边止，长三千七百丈四尺五寸（自九龙庙上至涵洞口，有旧河，长一千二十七丈九尺，以河深宽，即仍其旧），在宿迁境长三百五十七丈七尺五寸，在桃源境长三千三百四十二丈七尺，康熙三十九年开浚。

桃源境引河南岸束水堤，接宿迁堤起，至老堤头黄河边止，长一千四百六十二丈，康熙三十九年创筑。

引河北岸束水堤，自格堤三堡起，至桃源县黄河边止，长三千七百七十六丈七尺。在宿迁境长六百八十三丈，康熙三十九年创筑；在桃源境长三千九十三丈七尺，内五百九十五丈系旧堤重修，余俱创筑。

宿迁境北岸束水堤，内小石闸一座，通运料小河之水，康熙四十一年建。

桃源境老堤头出水闸一座，曰祥符闸；又月河小闸一座，曰五瑞闸。俱康熙三十九年建。月河长九十六丈九尺，三十九年开。

引河口门束水横堤四十丈，内草坝一座，俱康熙三十九年建。

运河

徐州运道，始于明永乐中会通河成、罢海运之后，凡东南漕艘，皆由江绝淮，溯[1]黄河，经清河、桃源、宿迁、邳州、睢宁、灵璧，至徐城东北入泗河，过沛县，

① 原作“沂”，系“泝”（同“溯”）形讹，径改。

达山东鱼台界。其后朱衡开新河，以避黄河之冲。至李化龙开泇河，而邳州以上黄河之险亦避矣。今就府境，按地计之，漕河自桃源县崔镇而西二十里，至古城驿入宿迁县界，又西二十里为白洋河口，又十五里为陆家墩，又十里为小河口，又十五里至宿迁县南（县西二里有陈窑口，即天启四年所开新河之口也。详见下），又十五里为落马湖口（“落”今作“骆”。详见下），又十五里为汉路口，又二十里至皂河，接邳州界（《舆程记》：汉路西五里为毛儿庄，又三里为龙冈浅，又十二里为皂河）。又西十里至直河口（山东蒙、沂诸山之水由此泄入黄河。万历中开泇河，至此出口。详见下），又西三十里至匙头湾（隆庆四年，河决灵璧县油房诸处，下流浅淤。河臣潘季驯浚匙头湾八十余里，尽塞决口，河复故道），又二十里至邳州城南，又二十里为干沟，又二十里至睢宁县之新安驿，又十里为马家浅，又二十里为灵璧县之双沟，又五里为徐州接境之栲栳湾（在大河北岸。以上诸口皆黄河决溢处也）。又十五里至房村，又十里至吕梁洪（旧与百步洪称至险，明季俱凿平。详见《山川》），又二十里为黄钟集，又十五里为樊家店，又七里曰狼矢沟（万历中，河屡决于此。详见《黄河》及《山川》），又十八里至百步洪（嘉靖、万历间，黄河上流溃决，二洪浅涸，运道辄阻。详见《黄河》），又二里至州城东北入泉河（即泗河也，与诸泉汇流成川，故曰泉河。万历中，于河口建东镇口闸），过大浮桥（在城东北三里，本名万会桥）。又西北二十里为秦梁洪，又十里至茶城（大河旧道，从城东北隅小浮桥合运。嘉靖末，河益徙而北，小浮桥渐淤，遂至茶城接于闸河。每遇水发，倒灌闸河，动至淤塞。隆庆六年，尚书朱衡自茶城秦沟口，至丰、沛、曹、单，皆接筑缕[①]水旧堤，以防黄流侵运。万历元年，中河郎中陈瑛移河口于茶城东八里，创建古洪、内华二闸，黄涨则闭闸避淤，黄退则启闸冲刷。十六年，给事中常居敬复于古洪闸东南二里余增建镇口闸，去河益近，冲刷益易。十七年，河臣潘季驯复于濒河接筑长堤，申严闸禁。至三十四年，复开小浮桥，河由故道），又十里曰梁境闸（其地有境山，因名。《舆程记》：景山北二十里曰黄家闸，又十余里曰安沟闸，又九里即留城矣），又四十里至留城，接沛县境。又北十二里曰谢沟闸，又十里曰下沽头闸，又北五里曰金沟闸（沛县东北昭阳湖及沙、薛诸水，皆由金沟闸注于运河），又十里至沛县城东，又北二十里曰庙道口闸，又北十八里曰湖陵城闸，入山东鱼台县界。此明初以来运道也。

嘉靖四十四年，河决沛县，泛滥昭阳湖，漫入漕河，运道大阻。遣工部尚书朱衡浚治。衡奏于昭阳湖东开新河，自留城北，至南阳闸，凡百四十里有奇，西去旧河三十里（初，嘉靖六年河决曹、单，沛地淤垫，运道阻塞，尚书李承勋、都御史

① 原作“溇”，径改。

胡世宁皆谓：当别开运道，出昭阳湖东。七年，河臣盛应期请于昭阳湖东，北起汪家口，别开新渠，南至留城，百四十余里。从之。功未半，为异议所阻。至是，朱衡巡行决口，旧渠已成平陆，而应期所凿新河故迹尚在，乃定计开浚。而总河潘季驯持不可，诏遣给事中何起鸣勘视。起鸣言旧河之难复有五，宜如衡言，开新河便。隆庆元年，新河成，引鲇鱼诸泉及薛河、沙河注其中，设坝于三河口，筑马家桥堤，遏黄水入秦沟。由是，黄水不复东侵）。浚旧河，自留城至境山南，凡五十三里有奇（一作“留城至赤龙潭五十三里”），运道大通。（《河渠考》：隆庆元年，河冲浊河鸡爪沟，从徐入洪。既而山水暴发，淤新河三河口。朱衡于新河则筑王家口、豸里沟等坝，开支河引水，由吕孟湖出地浜沟西南入运河；于沙河则筑皇辅坝，开支河引水，会赵沟等泉而入独山湖注运河。凡新河之为闸九[①]：其利建闸属北河，珠梅以南八闸属夏镇。又减水闸凡二十，坝十有三，薛河口石坝一，南阳湖石堤三十余里。又开支河八，旱则资以济漕，涝则泄之昭阳。三年，河溢丰沛间，衡复自城东北二十余里开回回墓河，上通昭阳湖、湖陵城河口，以泄涨水。既而河臣翁大立开鸿沟废渠，亦自昭阳东出留城，为节宣之利云）

新河，自留城而北三十里曰马家桥闸（闸西北五里有百中桥），又十里曰西柳庄闸（一名萧县闸，西去沛县四十里），又五里曰满家桥闸，又五里曰夏镇闸（有夏镇闸八司驻焉，在沛县东北四十里），又西北六里曰杨庄闸（旧名杨家楼闸，在沛县东北四十三里，其东北即薛河坝，又北即沙河坝，所谓沙河口也，西北去滕县五十里），又西北入山东鱼台县境（杨庄闸北至珠梅闸三十里，旧名宋家闸，在沛县北四十里，地属鱼台，而河属夏镇分司）。万历三十一年，河决单县，入夏镇，横冲运河。三十二年，从总河李化龙请，开泇河，南起邳州直河口，北历峄、滕、沛三县，至夏镇合新河，凡二百六十里，以避黄河三百余里之险。自是，运道益利，不复出徐、沛东矣。（初，隆庆四年河决邳州，运道淤。总河翁大立请开泇河，自马家桥，经葛虚岭、侯家湾、良城入泇口，达邳州直河，以避黄险。命给事中雒遵勘视。遵言葛虚岭、良城多伏石难凿，南北诸湖相连，不易堤。议遂寝。万历三年，总河傅希挚复请开泇河，自泉河口去清为大河口，长五百三十里以便漕。给事中侯于赵言功大难成，又罢。二十年，总河舒应龙于微山县韩家庄开渠四十余里，引水入彭河，而泇始通。二十八年，总河刘东星因韩庄故道，凿侯家河、良城及万家庄□□[②]河，达于河，已可行舟。癸卯河决，从镇口出。至是，李化龙定计开泇，议弃王市以下三十里之泇河，径从王市取直，达纪家集南，当河深处，以避

① 原作“八”，据万历《徐州志》及沛县诸志改。

② 二字漫漶，付阙。

凿郗山及周柳诸湖百里之险。遂上疏亟请，言开泇有六善。诏令速鸠工。遂开直河之支渠，修王市之石闸，平太泛口之湍溜，浚彭家口之浅沙。是年八月，河成，漕舟由泇者已三之二。其后历年修浚，增置闸坝，遂为永利。《里道记》：由直河驿而西北二十里至田家口，又二十里至万庄集，又二十里至猫儿窝，又十里至齐塘桥，又十里至二郎庙，又二十里至王市闸，又十里至泇沟口，又三十里至台儿庄，又二十里至邓庄闸，又六十里至夏镇。此泇河开后，漕舟北出之道也。三十九年，总河刘士忠复虑泇河易淤，议自岁三月开泇行运，九月闭之以修浚，开吕坝，令回空由黄。由是泇、黄并用。天启三年，漕储参政朱国盛以王家集、磨儿庄湍溜日甚，谋改浚一河，令同知宋士中自泇口迤东，抵宿迁陈沟口，复溯骆马湖，上至马颊河相度，乃议开马家洲，且疏马颊河口淤塞，上接泇流，下避刘口之险。又疏三汊河十三里，开滔庄河百余丈，浚深小河二十里，开王能庄以通骆马湖口，筑塞张家等沟数十道，以束水归漕，计五十七里。五年四月，工成，名通济新河。粮运尽由宿迁陈沟入口，益远黄河之险。明年，总河李从心开陈沟十里，以竟前工。崇祯七年总河杨一鹏、九年总河周鼎，俱重浚泇河）

本朝运道，初因明旧，自淮安清口达黄河，经清河、桃源，至宿迁县董家沟进口（董家沟在县西北二十里，名曰董口）。康熙七年，董口淤，改由骆马湖。后骆马湖亦淤。十九年，总河靳辅开皂河，接泇河以通运，并修猫儿窝两岸堤坝。二十年七月，黄河大涨，运口淤塞。靳辅又于皂河东开新河，引清水，历龙冈岔路口，至张家庄达黄河，是为张庄运口（《治河书》云：明李化龙开泇，自夏镇达直河口，避黄河之险三百里，漕运利之。后直河塞，改行董口。及董口复淤，遂取道于骆马湖，由湖面西北行四十里，始得沟河，又二十余里至窑湾口接泇。骆马湖本窑田，明季黄河漫溢，停积成湖，夏秋水发，不碍行舟；冬春水涸，不流束楚。且水面辽阔，纤无所施，每重运入口，即役兵夫数万，于湖中捞浚。年年畚锸，宿邑骚然苦之，实漕运咽喉之大虞。按宿邑西北四十里皂河集，其地有旧河形一道，若浚而通之，可以上接泇河，下达于黄。但取土于沮洳之地，为力甚艰，又南患黄河之逼，北虞山左群山之水，不有堤防，不可以行运。乃揆测规画，即取水中之土，筑堤开河，南起皂河口，北达温家沟，共二千四百丈。两岸筑堤四千八百丈。凡邳州、宿迁旧河决口三十余处，尽行筑塞。又自温沟，历窑湾，至邳境猫儿窝计四十里，旧无堤，每山泉暴涨，一望滔天，复两岸筑堤二万七千丈。然猫儿窝一带，为徐、兖诸水所注，水太盛则堤必伤，故建减水大坝以泄之。至如猫儿窝以上，地亢土坚，则空之而弗堤。又猫儿窝至唐宋山三千余丈，乃霪霖暴涨所从出者，则堤之。自皂河而上者，无不治矣。惟是下口直截，黄河暴涨，不无内灌之虞。于是复加斟酌，相得皂河迤东二十余里张家庄，其地卑于皂河口二尺余。黄河上下水势，大抵每里低一寸，自皂河至张家庄二十余里，黄水便低二尺余，内外水面高低相准。乃复挑支河一道，自皂河，历龙冈岔路口，达之张家庄出口。前此皂河出口如丁字，黄水自西而东，皂河水自北而南，两溜相抵而不相比，且黄强清弱，故易灌；今张家庄之出口如人字，黄水与张家庄之水俱自西而东，与溜相比而不相抵，况皂河自高下注，其迅流足以抵黄也。《河防志》：今俗称支河者，即新河也）。二十六年，靳辅奏请自张庄运口，引骆马湖水凿渠，由遥缕二堤之内，历宿迁、桃源、清河三县，至清口对岸仲家庄出口，以避黄河一百八十里之险。二十七年正月，工成，名曰中河。自是，漕艘出清口即入中河，运道益安矣。（康熙三十八年，总河于成龙以桃、清中河南岸逼近黄河，地势卑下，潴水弥漫，难以筑堤，乃自桃源盛家道口至清河，弃中河下段，改凿六十里，名曰新中河。明年，总河张鹏翮又以新中河浅狭，未足行运，且盛家道口河头湾曲，漕艘挽运不顺，乃于三义坝以下用新中河之半，三义坝以上用旧中河之半，合为一河，重加开浚。四十二年，又改中河口于杨家庄。按此俱在桃源、清河、安东三县界内，附见于此）

今府属之宿迁、邳、沛三州县，皆运河所经。凡有关漕渠者，各依本界详列焉。

宿迁中河，南自桃源县界古城起，北至张庄运口止，共一百十三里；又运河，南自张庄运口中河头起，北至邳州界窑湾止，共四十七里。俱属宿迁运河通判管理。（旧自桃、清交界三岔起，至张庄运口一百四十里有奇，属宿桃中河通判。自张庄运口至窑湾，则属宿虹同知。雍正九年，通判改归徐州府，专辖县境。《运河通志》：自桃源县悦来集北入宿迁县境，又三里径仰化集。海州之沭阳县漕运，东由硕项湖，西经盐河，南出仰化集，又四十里径宋家庄，又北而西四十里径宿迁县北西宁桥，又西迤南三十里为中河口，南为黄河，北为骆马湖，故俗谓之十字河也。又西北四十里为窑湾竹闸，入邳州境）

湖西中河北岸堤，长一千二百二十三丈二尺七寸。湖东中河北岸积土，长一千一百三十七丈。

中河北岸子堤，自拦马河起，至桃、清交界止，长二万二千八百六丈五尺，康熙三十八、九两年加修。雍正九年，增筑北岸，上自支河口起，下至桃源县古城，长一万一千五百五十三丈；又自拦马河起，至桃源古城，长八千五百八十七丈。

中河南岸子堤，自拦马河起，至桃源交界，长二万二千一百二十七丈六尺，康熙三十九年、四十年俱加修。

宿迁县护城堤，自县西北起，至黄河缕堤止，长八百五丈。又护城格堤一百六十丈，康熙三十五年修筑。

西宁桥迤西拦水三合土坝，雍正三年筑，两头筑拦水堤六百丈。

北岸遥堤，自张庄运口起，至骆马湖西岸止，长一千一百二丈五尺；又自骆马湖东岸起，至拦马河迤上砂礓嘴止，长八百九十六丈；又自高山头起，至刘老涧旧坝止，长七千五百五丈；又自旧坝起，至桃源县古城止，长一千五百四十九丈。

刘老涧越坝一道，长六十丈，康熙三十四年筑。又减水石坝一座，长二十丈，金门九洞，康熙三十九年建。于坝下开引河，泄中河有余之水，经三尖、北魏、硕项湖，下龙沟归海。雍正九年浚下流，达海口。十年重修石坝。

骆马湖西口王家沟五孔石闸一座，雍正五年建；拦河闸一座，长十六丈，雍正五年建，在骆马湖。经邦闸，旁旧中河口门。（经邦闸，康熙四十年建，旧为中河南岸口门，今不用）

竹络坝，在骆马湖入黄河之口，康熙二十八年创建，编竹贮石，以泄骆马湖涨水。四十二年重建，六十一年增修（东坝二十五丈，西坝十五丈，口门只留十五丈，以遏黄水内注）。雍正五年，于坝北筑拦水撑堤一百十丈。十年，重建竹络东坝长二十九丈，坝后筑撑堤三十五丈五尺；西坝长二十丈，坝后筑堤十八丈，以束水势。徐州每岁粮运，由此口达运河。

运河西堤自邳州界窑湾对岸起，至皂河石磡止，长四千八百七十丈九尺；东堤自窑湾口起，至皂河石磡止，长五千二百七十六丈七尺，俱康熙十八年创筑。自石磡起，至张庄运口止，支河北岸堤长三千四百十八丈，康熙三十八年修筑（支河南岸，即黄河北岸缕堤）。雍正五年，于南岸上自支河口，下至九龙庙，添筑子堤一道。

皂河石裹头闸一座，金门宽十丈，高丈八尺，雍正五年修。又开月河一百丈。（在皂河集前，运河转北处，现今行运）

运河西堤石闸一座，在皂河集北，雍正十年建，设版启闭，以通黄墩湖水济运。

——以上有县丞、主簿、把总分防，共兵三百四十名，堡夫一百八十六名，堡房九十三座。

邳州运河，南自宿迁县界窑湾口起，北至山东峄县界黄林庄止，共一百二十里，属邳睢同知管理。（《通志》：自窑湾竹闸入邳州境，又北五里为马庄闸，十五里径猫儿窝，二十五里径徐塘口，邳州漕运自东来会，又北三十里为泇口，又北二十五里为汶河口，南越梁王城，北接台庄，入山东省境）

西堤，自猫儿窝起，至窑湾口止，长四千二百十三丈八尺。○自猫儿窝迤西起，至唐宋山止，格堤长三千五十丈。○东堤，自猫儿窝起，至窑湾口止，长三千九百六十六丈六尺五寸。

徐塘口月河，康熙六十一年开，接入彭家河行运。

东岸猫儿窝滚水大坝一座，康熙二十二年建。又万家庄石坝一座、马庄集石坝一座，俱康熙十九年建；又上下竹络坝三座，康熙二十七年建；窑湾竹络坝一座，康熙二十九年建。俱泄运河出岸之水，由隅头湖入骆马湖。(《治河书》云：邳州地势甚洼，猫儿窝一带地势甚高，北来诸水直灌州城，内湖外河，及邳、宿两州县各堤俱难保，故筑唐宋山格堤以拦之。猫儿窝斜对为彭家河，凡丰、砀、沛、徐及东省十余州县北岸之水，俱由此河入运。每虑伏秋暴涨，运河难容，故筑猫儿窝、万家庄、马庄集减坝三座以泄之，使东入骆马湖也)

河清闸一座，在州西梁王城运河上，金门宽二丈二尺，两墙各长二十二丈四尺，高二丈八尺八寸，闸旁开月河一百二十丈。又河定闸一座，在州西泇口下，闸制、月河俱与河清闸同。又河成闸一座，在州南徐塘口下，金门宽二丈二尺，两墙各长十六丈，高二丈七尺六寸，闸旁月河一百三十八丈。三闸俱雍正二年建。

——以上有巡检、把总分防，共兵一百六十三名，堡夫四十四名，堡房二十二座。

沛县运河，南自山东滕县界刘昌庄起，北至鱼台县界王家口止，长四十八里。闸座三：曰夏镇，曰杨庄，曰珠梅（三闸俱明嘉靖四十四年开新河时建），有闸官一员，兼司三闸启闭。河道属山东兖州府泇河通判管理。

吕坝（或作“召公坝”），在夏镇东泇河南岸李家港口。其下流通留城旧运河。其南为滕县之彭口，易沙淤。明万历三十二年，李化龙开泇河，由此起。河成，筑此坝，使水不得泄。后总河刘士忠以泇渠易淤，岁当修治，请泇、黄并用，因与彭口坝迭相启闭。每岁三月塞吕坝，开彭口坝以行运；九月初则塞彭口坝，开吕坝入黄，以便回空及官民船往来。本朝则定于冬季、春初两月疏浚，道臣经理其事。(《河防志》曰：沛地低洼，河道四十八里，与山东诸山接近，一遇水发，即患冲决。所赖吕坝一道，时当水涸则蓄水以济漕，水盛则泄水以便民，蓄泄得宜，庶可无患。其如下流彭口，因流沙冲塞，每年回空粮船过毕，例应挑浚，则闭彭而开吕；工竣，则闭吕而开彭。冬开春闭，岁事修筑，所费不赀。又每开一次，水势湍急，其口愈宽愈深。今吕坝之口，宽至三四十丈，深至二三丈，田庐尽遭淹没。将来修筑愈难，所费愈多。且一年之间，时方水涸而欲蓄水，或彭口之工未起，则筑坝有待；时方水溢而欲泄水，或挑浚之工未起，则开坝又不能。今坝口日加深广，倘或山水非时陡发，将有急不及治之虞。运道民生，所关非小。今筹一劳永逸之图，莫若建立石闸，则蓄泄为便。然坝口难以筑闸，惟吕坝之下旧有满家闸，废弃已久，若仍于此处建筑石闸，遇彭口挑浚，则开闸闭彭；工完，则开彭闭闸。凡遇水涸水溢，随时启闭蓄泄，可免非时冲决之患，可省岁岁修筑之劳，上有益于漕运，下有利于民生，计诚莫善于此。但工费浩繁，现在会勘，所当斟酌施行者也。

〇按：此事至今未闻施行，特书之以告来者）

附录闸浅夫役

徐州洪闸（在洪东月河南口。明正统中参将汤节建，景泰中废，嘉靖二十年复建。有大使）

境山镇闸（在境山。旧有积水闸，天顺四年判官潘东建，后废。嘉靖二十年复建。有大使）

浅铺十五（夹沟浅，白庙儿浅，许家浅，白洋圈上浅、下浅，梁山浅，垞城浅，秦梁洪浅，[新洪浅，][①]九里沟浅，狼矢沟浅，青田浅，干谷[堆][②]浅，白羊浅，李家沟浅）

吕梁上、下闸（在洪南北。俱正统中汤节建，后废，嘉靖二十年复建。各有大使）

浅铺七（黄钟集浅、石桥浅、孟城湾浅、侯家石浅、房村浅、龙堂浅、双沟浅）

胡陵城闸（在沛县北五十里，明宣德间建。有大使）

庙道口闸（在沛县北三十里，嘉靖间郎中涂楗建。〇以上二闸俱隶沛县）

沽头上闸（在沛县南二十里，元延祐中建，明初改修）

沽头中闸（在上闸南七里，明成化间郎中顾余庆建）

沽头下闸（在中闸南七里。〇以上三闸俱隶徐州。上闸有大使，带管二闸）

谢沟闸（在沛县南四十里，明宣德八年主事侯晖建。隶沛县）

新兴闸（在沛县南五十八里，隶沛县，亦侯晖建）

黄家闸（在州北六十里，明天顺三年判官潘东建。隶本州）

浅铺三十四（本州十五：谢沟浅，小阎浅，荣家浅，泉水小闸浅，留城上浅、中浅、下浅，贺家浅，皮沟上浅、中浅、下浅，李家浅，侯家上浅、下浅，黄家浅；沛县十九：胡陵城浅，鸡鸣台浅，庙道口浅，张家庄浅，泗亭浅，金沟口浅，金沟上浅、中浅、下浅，鲁村浅，上闸上浅、下浅，类家浅，马家浅，破闸浅，下闸上浅、下浅，梁村浅，阎村浅）

留城闸（在州北留城。明正统五年参将汤节建，积水闸也。又金沟口闸，在沛县南八里，薛河、昭阳湖水入漕之处，元大德十年建，明永乐十四年修；昭阳湖

① 三字据康熙《徐州志》补。

② 字据嘉靖《徐州志》补。

闸，在沛县东北，永乐八年建；鸡鸣台闸，在沛县东北五十里河北岸，正统十一年汤节建。嘉靖中并加修）

梁境闸（在州北四十里。又内华闸，在州北三十里；古洪闸，在州北二十五里；镇口闸，在州北二十里；东镇口闸，在州北二里。五闸俱明万历十年都御史凌云翼建）

——以上俱徐州旧志。

沛县珠梅闸夫三十名，守堤夫三十六名。夏镇闸夫四十名，溜夫一百十五名。留城、满家桥、西柳庄、马家桥、杨庄闸，各夫三十名，溜夫各一百二十五名（以上七闸夫，俱以旧运河孟阳泊等七闸夫改拨）。金沟等浅铺十九，老人十九名，夫三百八十名（后革一百六十八名），今存一百三十三名。

丰县太黄堤铺十七，铺夫三百六名。

砀山县缕堤铺九，铺夫一百六十八名。

徐州黄家、梁境、内华、古洪四闸，各夫三十名，黄家闸溜夫一百三十名（后革三十二[①]名），今存九十八名。

徐州洪夫九百一名，今存七百五十一名。吕梁洪夫一千五百五十名，今存一千三百名。双沟等浅铺四十三（旧三十六），老人四十三名，夫四百三十名（旧每铺四十名，后止七名），今存三百一名；堤铺二十二，守堤夫六百六名。

睢宁县龙冈等浅铺十一，老人十一名，夫二百二十名（旧每铺一百五十名，弘治三年革存前数），今存一百九十八名（改堤夫）；堤铺二十七，守堤夫七百四十一名。

邳州蔡家庄等浅铺十一（旧一），老人十一名，夫二百二十名（旧每铺一百五十名，弘治三年革存前数，后又革二十二名），今存一百九十八名（改堤夫）；堤铺二十八，守堤夫四百七十三名。

邳州卫东城安浅铺夫二十名（后革二名），今存一十八名。

宿迁县武家沟等浅铺二十一（旧三），老人二十一名，夫四百二十名（旧每铺一百名，弘治三年革存前数），今存二百三十名（改堤夫）；堤铺十四，守堤夫六十四名；归仁集遥堤铺十三，守堤义官一员，夫二百七十九名。

——以上俱《明会典》。

江南属徐州浅夫一百四十名，长夫一百八十名，堤夫九十名。上河浅夫一百五十三名，下河浅夫五十七名。又宿州协夫十名半；萧县徭夫九十名，溜夫一百四十四名；沛县浅夫一百七十八名；砀山县游夫九十名，溜夫九十七名；丰县溜夫二百

① 原作“三”，据计算改。

四名；灵璧县浅夫三十名；睢宁县浅夫三百一十二名；宿州协济睢宁县浅夫六名；虹县协济睢宁县浅夫六名；邳州浅夫一百三十七名，徭夫二百六十九名；宿迁县浅夫二百三十名。（以上全裁）

康熙十五年，覆准夏镇分司项下浅、溜夫尽行裁去。

十七年，议定江南凤、淮、扬、徐四府州属浅、溜等夫全裁，设兵五千八百六十名。其闸夫仍留。

——以上俱《大清会典》。

沛县额设浅夫，于康熙十五年奉裁，后改用民夫八十名，按地亩佥派。四十八年，总河赵批免四十名。乾隆元年，于钦奉上谕事案内革除，改设长夫四十名，每名岁给银十八两，遇闰加增，挑河另添器具银八钱，于东省司库给发。

——以上沛县册。

按：康熙十七年，总河靳公题设江南河兵八营，罢徐、灵璧、淮、扬等州县堤浅夫，此浅铺改河营之始也。徐州旧志所载境内诸闸，俱久废。今见存者，沛县之夏镇、杨庄、珠梅三闸，及邳州之河清、河定、河成三闸。凡旧有今无者，仍存其大概，以备考。

徐州府志卷之四全

徐州府志卷之五

赋役

丁田赋役自《全书》[1]订后，迄今几六十年，其中升除裁改，无虑数十百条，核之《全书》，已相径庭。今就现册分晰考订，综于乾隆四年为额，以昭画一，内有今昔迭更未详所自者，姑阙之。

国朝徐州原额田地一十万九千三百七十六顷七十二亩三厘有奇，节年挖伤坍荒田地三万三千二百七顷六十四亩九分四厘，除将节年升垦田地二万二千二百二十二顷五十五亩六分抵补外，雍正十年实在成熟田地九万八千三百九十一顷六十二亩六分九厘有奇。雍正十一年升州为府，并入邳州、宿迁、睢宁三属田地二万七千七百二十六顷六十八亩六分四厘，又归并邳州卫地一千二百七十七顷六十亩，统计八属实在成熟田地一十二万七千三百九十五顷九十一亩三分三厘有奇，除水沉田及蠲豁滨河新淤等地四千六百九十八顷六十二亩七分三厘外，乾隆四年实在成熟田地一十二万二千六百八十顷七十五亩四分八厘有奇。

雍正十三年十月奉上谕：各直省劝令开辟荒地，以广种作，以资食用，俾无旷土游民，原系良法美意，然必该督抚董率所属官吏实力奉行，毫无粉饰，俾地方实有垦辟之田，民间实受耕获之利，以此造报升科，方于国计民生有所禆益。乃朕见各直省督抚题报开垦者，纷纷不一，至于河南一省所报亩数甚多，而闽省继之。经朕访察，其中多有未实，或由督抚以广垦见长，或有地方有司官欲以升垦之多，迎合上司之意，而其实并未开垦，不过将升科钱粮，飞洒于现在地亩之中，名为开荒，而实则加赋，非徒无益于地方，而并贻害于百姓也。嗣后，各该督抚宜仰体皇考爱民至意，诚心办理，凡造报开垦亩数，务必详加查核，实系垦荒，然后具奏，不得丝毫假饰，以致闾阎之扰累。若不痛洗积弊，仍蹈前辙，经朕访闻，必重处分，决不姑贷。钦此！

原额人丁一十七万九千四百九十五丁五分，节年编审，以增抵减外，雍正十年实在人丁一十六万五千五百五十六丁。雍正十一年升府，归并邳州、宿迁、睢宁

① 《全书》：指《简明赋役全书》，是各省征收地丁钱粮之总册。首次纂于明万历初推行“一条鞭法”以后。清顺治十一年（1654）复修，颁示全国，每州县发给两本，一本存于有司，一本存于学宫。康熙二十四年（1685）重修，定名《简明赋役全书》，至乾隆五年（1740）修志，时隔55年，故曰“迄今几六十年”。

三属人丁六万八千六百五丁，又并邳州卫屯丁二千九百九十二丁，实存人丁二十三万七千一百五十三丁，内除逃亡优免人丁三万一十八丁，滋生人丁三万三百四十七丁，实在当差人丁一十七万六千七百八十八丁。又乾隆元年编审，新增滋生人丁八百三十二丁。（滋生人丁自康熙五十五年以后，永不加赋）

○八属正杂钱粮各款，开列大总如左：

额征地漕等银一十八万九千二百五十二两二钱四厘六毫二丝八忽，遇闰加征银三百三十两四钱五分二厘八毫。又宿迁县附征本色月粮麦折并不在《全书》，轻赍、席折等银二百三十三两六钱五分四厘八毫四丝九忽。

额征丁银三万七千九十五两九钱五厘八毫三丝三忽，又宿迁县补丁项下银一千一百一十四两四钱。（雍正六年，总督范时绎题请丁随田办。其略曰：丁银随田并征，最为均平良法。直隶各省历来丁地分征者，节经题明归并，奉有俞旨在案。今江南各州县内，向有丁银随田征输者，亦有丁田各办者，查各属田地原有高下之殊，按亩起科亦有轻重之别。所有丁银，各就本县地亩均摊为便，且可省改造《全书》之烦。至中间成熟银米科算，或照地亩科算，亦皆下顺舆情，便于输纳相应。题明以雍正六年为始，丁随田办，以广皇仁等因，奉旨依议，按人丁项下，遇闰加征银一百三十一两四钱三分五厘九毫）

额征匠班银四百六两八钱。（雍正七年，总督范时绎、安抚魏廷珍、苏抚王玑会题，请将匠班银随田摊征。其略曰：各属匠班银两，向系按匠征输，相沿久远。今查安徽属除当涂、和州、含山三州县，《全书》原未编有匠班，毋庸另议外，其怀、桐等五十七州县，每年额征共银三千八百七十两三钱二厘零。江苏属除山阳、桃源、安东，以及邳州、宿迁、睢宁等州县久在丁田内征解外，其上元等六十州县，每年额征共银七千六百八两五钱三厘零。缘历年久远，原匠子孙逃故无追，是以各州县有于现业匠户派征者，有着族属亲邻里递派征者。若摊入田亩征输，在有田之户所增无几，而手艺贫民受益良多。相应造具摊征清册，请于雍正七年为始。奉旨准行）

不在丁田杂办银九百八十二两四钱五分二厘六毫六丝。内：马场租银一百七两七钱六分六厘，房租正盈银一百四十六两八钱六分，仓租银六十七两八钱二分七厘五毫，积谷军饷银六百六十两。（查积谷军饷一项，历系经征官垫赔，乃有款无征之项。乾隆五年，于钦奉俞旨饬查豁免案内，详候题豁在案）

杂税银一千七百五十五两二钱八分九毫。（田房税银，岁无定额，尽收尽解）。

雍正十三年十月奉上谕：朕闻各省地方于关税外，更有落地税之名，凡耰锄、箕帚、薪炭、鱼虾、蔬果之类，所值无几，必查明上税，方许交易。且贩自东市，既已纳课，货于西市，又复重征。至于乡村僻远之地，有司耳目所不及，或差胥役征收，或令牙行总缴，其交官甚微，不过饱奸民猾吏之私橐，而细民重受扰矣。着通行内外各省，凡镇市落地税银，其在府州县城内，人烟辏集，贸易众多，且官员易于稽查者，照旧征收，但不许额外苛索，亦不许重复缴收。若在乡镇村落，则全行禁革，不许贪官污吏假借名色，巧取一文。着该督抚将如何裁革禁约之处，详造细册，报部查核。倘奉旨之后，仍有不实心奉行、暗藏弊窦者，朕必将有司从重治罪，该督抚并加严谴。将此旨可令各省刻刊颁布，务令远乡僻壤之民共知之。

雍正十三年十二月奉上谕：民间买卖田房，例应买主输税交官，官用印信钤盖契纸，所以杜奸民捏造文契之弊，原非为增国课而牟其利也。后经田文镜创为契纸契根之法，预用布政司印信发给州县。行之既久，书吏夤缘为奸，需索之费数十倍于从前，徒饱吏役之壑，甚为闾阎之累，不可不严行禁止。嗣后民间买卖田房，着照旧例，自行立契，按则纳税，地方官不得额外多取丝毫。将契纸契根之法永行停止。至于活契典业者，乃民间一时借贷银钱，原不在买卖纳税之例，嗣后听其自便，不便投契用印，收取税银。其地方官征收税课多者，亦停其议叙。仍着各该督抚严饬藩司，时加察访。倘有吏胥索诈侵蚀等弊，立即严行究处，毋得稍为宽纵。再，在京两翼收税之处，亦照此例行。钦此！

乾隆四年六月奉上谕：昔我皇考，惠爱商民，恐州县牙行岁有增添，以致奸棍把持争夺，抽分利息，为闾阎之扰累，于雍正十一年特颁谕旨，谕直省督抚，协令藩司，因地制宜，著为定额，报部存案，不许有司任意增添，止许将额内各牙退帖顶补之处，查明换给新帖。再，新开集场应设牙行者，酌定给帖报部，不许滥增。所降谕旨，甚为明晰。近闻江苏各属于额帖之外，陆续请增者，一县竟有数十张，以至百余张不等。此必州县官员才识短浅，听信吏胥簸弄，借新开集场，准其添设之例。或旧集而捏为新设，或裁牙而混详改充，徒使贸易小民受其苛索，莫可申诉。江苏如此，则各省亦必皆然。着该部即通行各省督抚，转饬布政司，将朕此旨出示晓谕该地方，果有新开集场应设牙行者，该印官详确查明，取具印结，由府州核实详司，给发牙帖。如非新开集场而朦混请添者，即行题参，从重议处。倘有仍前滋弊、失于查察者，朕必于该督抚、藩司是问。钦此！

河湖滩租银一千九百八十五两二钱二分三厘四丝一忽。

存留麦一万九千四百七十八石六斗四升八合二勺九抄，折征银九千八百五十八两九钱八厘三毫四丝一忽（宿迁县附征麦折在内）。

额征本色漕米连赠共六万四千四百九十八石三斗九合三抄六撮。

○解给大总：

起运项下，解司兵饷并水脚、裁站等银一十一万九千二百四十六两九钱六分五厘一毫三丝八忽。随漕项下，轻赍、席折、赠五等银五千三百二十七两九钱九分六厘六毫五丝四忽。各仓项下，米、麦、草折等银三万八千一百三十八两六钱七分二厘八毫七丝六忽。河道项下，裁改夫食及岁夫改折等银三万五千一十三两七钱六分四厘九毫三丝。驿站项下，夫马工料等银二万八千一百六十六两七钱四分八厘三毫七丝一忽。

查驿站项下，向系各县协济，并赴司请领复二，以敷支给。乾隆元年，江苏布政司张渠条奏，请将协济、复二等银，俱在本县动支地丁需用，以免跋涉守候。司驿者一时称便。其略曰：驿站钱粮，统于州县支给驿道奏销。惟江省站银，十分中裁去四分，存留六分，复还二分。其原留之六分，照例由州县支给；而复还之二分，乃独令解赴藩库，再令各驿请领。查淮徐各属，距苏窎远，州县甫解到司，而各驿之请领者追随其后。仆仆道途，多一番转折，即多一番费用。似应总归编征州县，就近支给，微员免于跋涉。又奏称：各县驿站不敷银两，则于别州县分编协济。有一县而分协四五驿者，有一驿而受五六县之协济者，更有本州县现有驿站而又协济他县者。如遇分编州县征解稽迟，支应即多缺误，均有未便。似应将协济银两，嗣后概归驿站坐落之州县地丁银内，就近支给。其各州县原编协银，均归地丁，解司充饷。又奏称：驿站钱粮，小建则扣减，遇闰即加增。惟淮、扬、徐三府属向未编征闰银，俱于司库建剩项下题拨。窃夫马工料，计口授食，岂能久待？似应竟准动支建剩银两，免其专案题拨，庶款无悬缺，支应以时等语。部议俱如所请，于乾隆二年为始，画一办理，并载入《全书》，以垂永久。奉旨依议。

存留经费项下：官俸、役食等银一万八百八十三两七分四厘一毫六丝四忽。

乾隆元年三月奉上谕：直省地方州县额征地丁项下，有起解、存留二款，如官役俸工，即在存留款内支给。若该省有地亩荒芜、粮数豁除者，即将官役俸工扣减，以抵豁除之数，名曰扣荒，此亦不得已之办理也。但此扣荒一项，自应合省大小官员均摊，方不悖于情理。乃闻外省止扣知府以下及州县佐杂、教职寒苦之员，而督抚、司道转不在扣除之内，此则大非情理矣。着通行各省，若该省有荒缺，应于正印各官俸工内酌量均摊。至于佐杂、教职等官俸工，概免扣除。若有因地方荒缺而裁减祭祀银两者，着遵雍正十一年世宗宪皇帝恩旨，于该省存公银两内拨补，以重祀典。俱着各省督抚悉心妥议办理。钦此！

乾隆二年二月，江苏巡抚邵基遵旨查议布政司张渠条奏岁贡坊仪银两按照出贡名数通省均派支给一折，其略云：查江省岁贡坊仪、旗匾银两，苏、松、常、镇、太五府州，每名除荒尚有四五十两不等；独徐属之铜、丰、沛、萧、砀五县，每名除荒实给银二两零；江、淮、扬、海、通五府州，及镇属之溧阳县，徐属之邳、宿、睢三州县，俱无额编银两。同一岁贡，而多寡有无各异，殊非一视同仁之道。请照举人会试盘费之例，将通省额编银两，合计各府州县学出贡名数，均匀派给，每名可得银二十两有奇。臣思朝廷立法，原期轻重适均，彼此画一，应将通省额编银两，合计通省出贡名数，均匀支给，庶多寡均平等因，部议应如所请办理。嗣经江苏布政司张渠议详，自乾隆二年起，七年止，六年一周，统算均派，行知各属遵照。

乾隆二年五月，户部议覆：江苏巡抚题佐杂微员免扣荒缺，祭祀、廪膳、民壮、孤贫、铺兵分别拨补等因，应令遵照谕旨，于该督抚司道大员及府州县正印官俸工内，酌量均摊扣除，以抵所缺之数。并祭祀荒减，于存公项下拨补；廪膳、民壮遵照旧例，在地丁项下拨补。至孤贫柴布口粮，现遵俞旨，加增闰月所扣荒缺，免扣于地丁项下，照数拨足，如遇水旱，亦不必扣蠲。其举人盘费，例系三年编征，非按年征给可比；岁贡坊仪，查每年奏销册内，每名约给二十两有余，所扣荒缺，为数无几；文武科场，向因额编不足，统于耗羡银内动拨，俱可毋庸另议。至铺兵一项，各省现在皆遵旧例，并无题请蠲免拨补之案，应仍照旧造报等因，奉旨依议。

乾隆二年闰九月奉上谕：外省有荒缺银两之处，向例在于知府以下等官俸工内扣除抵补。朕念佐杂微员，力量单薄，不应在扣除之内，已于乾隆元年三月内降旨，谕令在督抚司道大员及府州县正印官俸工内酌量均摊，以抵所缺之数。今思官有尊卑，役无大小，微员俸工既经免其摊扣，其余各衙门人役，皆当差效力之人，额支工食数两，藉以养赡其家，若因荒缺扣除，则伊等糊口无资，情有可悯。查此项共计银一十二万余两，着于乾隆戊午年为始，各省大小衙门人役工食，俱准于地丁项下照数全行支给，免其扣荒，使执役之人均沾恩泽。钦此！

乾隆二年，署西安按察司魏定国条奏浮额孤贫动支公项散给。其略云：直省州县设有养济院，分别男、妇居处，散给口粮，周恤至渥。然臣每见道路号呼，沿街乞食，所在多有。寒冬冻饿，丰年尚且不免，倘遇歉岁，更何以堪？而州县孤贫口粮，各有定额，额数既满，势难遍及。请嗣后如有浮于额数者，另为一册，恳动公项散给。后有缺出，按名项补。每年将浮额孤贫若干名，据实造报请销等因，奉部议覆准行。

〇附徐州卫丁田银米各总（额款细数另附八属之后）：

徐州卫实在成熟屯田三千七百七顷七十一亩四分一厘三毫，输赋屯丁二百六十六丁。额征军需银六百七十七两五钱七分九厘零。额征正耗麦七千四百三石八斗五升三合六勺八抄有奇，折银三千七百一两九钱二分六厘八毫。额征正耗豆四千三十七石四斗一升六合二勺五抄，折银三千二十八两六分二厘一毫有奇。随田摊征屯丁银七十二两。牧马场租银三十六两三钱六分。

——以上丁田正杂，共征银七千五百一十五两九钱二分八厘七毫[①]有奇。

〇各属征解大总开后：

铜山县

额征地丁、麦折等银五万三千八百九两五钱八分四毫。内：起运解司项下共银一万三千六百一十三两九钱一分三厘四毫二丝八忽，随漕项下共银一千六百八十八两七钱二分五厘八丝六忽，各仓项下共银一万一千三十二两一钱七厘六毫四忽，河道项下共银七千一百二十七两七钱九分四厘九毫五丝九忽，驿站项下共银一万七千三百五十两二钱三分三厘三毫六丝四忽，存留项下共银二千九百九十六两八钱五厘九毫五丝五忽。仓租、马场租、河湖滩租、杂税等银另款分解，不在此内。

萧县

额征地丁、麦折、场租等银三万一千九百四十两七分六厘一毫五忽。内：起运解司项下共银一万九千五百九两八钱二分三厘，随漕项下共银一千一百四十九两四钱三分五厘九毫五丝四忽，各仓项下共银六千五百二两九钱三分九厘九毫九忽，河道项下共银三千五百四十七两一钱五分四厘二毫四丝二忽，存留项下共银一千二百三十两七钱二分三厘。积谷、军饷、杂税、杂租另款分解，不在此内。

砀山县

额征地丁、麦折、马场租、积谷、军饷等银一万七千四百三十四两八钱五分九厘零。内：起运项下共银一万一千一百二十三两九钱二分一厘一毫一丝一忽，随漕项下共银四百七十二两六钱四分七厘三毫六丝三忽，各仓项下共银二千二百三两四钱一分九毫一丝五忽，河道项下共银二千五百五两九钱二分六厘一毫六丝七忽，存留项下共银一千一百二十八两九钱五分三厘七毫七丝九忽。杂税另解，不在此内。

丰县

额征地丁、麦折、场租等银一万九千一百二十八两八钱八分七厘六毫九丝。内：起运项下共银一万四千三百四十六两二钱四分四厘九毫二忽，随漕项下共银二百九十二两二钱三分九厘二毫八丝，各仓项下共银一千七百二十一两六钱九分七毫七丝二忽，河道项下共银一千六百四十六两一钱三厘三毫六丝九忽，存留项下共银

① 综合各明细，应为“七厘九毫”。

一千一百二十一两六钱九厘三毫六丝六忽。积谷、军饷、杂税等银另款分解，不在此内。

沛县

额征地丁、麦折、场租、房租正余等银二万三千三百九两九钱三分三厘九毫。内：起运项下共银一万四千四百六两二分六厘八毫，随漕项下共银六百五十八两四钱五毫，各仓项下共银四千一百三两八钱九分九厘五毫，河道项下共银一千四百一十一两二钱六分九厘九毫，驿站项下共银一千七百九十八两一钱七分一毫，存留项下共银九百三十二两一钱六分七厘一毫。积谷、军饷、湖租、杂税另款分解，不在此内。

邳州

额征地丁、麦折、河滩租、冈地租等银三万八千八百八十六两八钱二分五厘三毫九丝。内：起运项下共银一万六千八百七十六两五钱九分二厘九毫二丝二忽，随漕项下共银二百七十三两六钱九分一厘三毫二丝一忽，各仓项下共银六千九百二十八两一钱七分四厘三毫八丝八忽，河道项下共银六千一百六十三两六钱九分五厘四毫四丝八忽，驿站项下共银二千八百三十四两七钱一分九厘一毫一丝一忽，存留项下共银八百九两九钱五分二厘二毫。杂税另解，不在此内。

归并邳州卫

额征地丁、军需、米折、麦折共银二千七百二两一钱九分八厘五毫。内：解屯折银一千八百二十五两一分七厘七丝六忽，随漕项下共银二百一十二两三钱九分八厘四毫七丝九忽，米麦折色共银一百九十两二钱三分七厘一毫八丝，存留拨给项下共银四百七十四两五钱四分五厘七毫六丝五忽。

宿迁县

额征地丁银二万九千七百一十八两一钱二分二厘七丝一忽。内：起运项下共银一万三千六百二十六两三钱三分九毫八丝四忽，随漕项下共银四百九十六两九钱八厘三毫四丝九忽，各仓项下共银二千六百二十八两三钱四厘八毫九丝七忽，河道项下共银五千八百七十九两二钱四分八厘八毫四丝五忽，驿站项下共银六千一百八十三两六钱二分五厘九毫九丝六忽，存留项下共银九百三两七钱三厘。冈地租、湖租、杂税并附征项下麦折、轻赍等银，俱另款分解，不在此内。

睢宁县

额征地丁、麦折、场租等银二万四千八百四十六两七钱三分九厘一丝七忽。内：起运项下共银一万三千九百一十九两九分五厘，随漕项下共银八十三两五钱五分三毫一丝九忽，各仓项下共银二千八百二十七两九钱七厘六毫九丝八忽，河道项下共银六千七百三十二两五钱七分二厘，存留项下共银一千二百八十三两六钱一分四厘。湖租、杂税另款分解，不在此内。

附徐州卫

额征地丁、军需、麦豆折色、场租等银七千五百一十五两九钱二分八厘七毫。内：解司项下共银七百八十五两九钱三分九厘七毫，解江安粮道项下共银六千七百二十九两九钱八分八厘九毫。

各属正杂钱粮征解细款开后（米麦附）：

铜山县（雍正十一年，以徐州田地改为县属）

原额田地四万一千九百七十三顷一十九亩六分三厘六毫，除前明久不起科微山湖沉、河[1]挑、堤［占］[2]、义冢等地四千四百五十六顷五十二亩六分，粮摊见田，实在额地三万七千五百一十六顷六十七亩三厘六毫。顺治十年，以无主荒地五千五百七十一顷七十三亩拨入兴屯，此后陆续开垦升科地二千二百七十九顷八十七亩三分六厘，又节年清出隐匿升科地一千六百四十九顷三十六亩五分九厘，除豁版荒、挖废等地五千三百六十六顷六十一亩三厘外，乾隆四年实在成熟田地三万五百七顷五十六亩九分五厘有奇（每亩科征起存、漕项、岁夫等银一分二厘九毫一丝五忽，每亩科征本色漕米六合九勺一抄一撮，每亩科征本色存留地丁麦一合二勺六撮）。

——以上共征起存、漕项、岁夫等银三万九千四百二十九两四钱一厘，本色漕米连赠二万一千八十六石四合九勺三抄九撮，麦三千六百七十九石六斗一升四勺八抄五撮，随田摊征匠班银一百四十八两五分。[3]

原额人丁七万三千九百六十一丁，节年编审，至乾隆元年，共增三千九百四十五丁，共计人丁七万七千九百六丁，内除逃亡、优免人丁二万八千四百四十三丁，滋生人丁五百九十八丁，实在当差人丁四万八千八百六十五丁（原额每上上则丁科银一两一钱七分，上中则丁科银一两四分，上下则丁科银九钱一分，中上则丁科银

---

① 原作“湖”，据顺治、康熙《徐州志》改。

② 字据顺治《徐州志》补。

③ 底本漫灭处据乾隆、道光《铜山县志》补。

七钱八分，中中则丁科银六钱五分，中下则丁科银五钱二分，下上则丁科银三钱九分，下中则丁科银二钱六分，下下则丁科银一钱三分，共九则）。

——以上随田摊征丁银一万二千三百三十七两一钱三分。

丁、田二项，共征银五万一千七百六十六两五钱三分一厘。

〇杂办项下：

马场租银一十一两七钱五分，仓租银六十七两八钱二分七厘五毫。

〇杂税、湖租项下：

牙税银五百二十二两七钱五分，课程银三十两四钱，牛驴税银二十九两四钱二分八厘，典税银三十两，田房税银（岁无定额，尽收尽解），月河口滩房租银七两五钱四厘，丁塘湖租银一十六两四钱四分八厘四毫六丝四忽。

解支各款

〇起运项下：

解司兵饷银一万三千六百八两四钱六分八厘六毫二丝八忽，水脚银五两四钱四分四厘七毫九丝。

〇随漕项下：

轻赍银二百八十三两五钱七分五厘七毫六丝七忽，给军芦席银一百一十五两六钱五分八厘七丝，漕赠五银一千四两九分五厘四毫七丝三忽，额拨漕项银二百八十五两三钱九分五厘七毫七丝二忽。

〇各仓项下：

扬州仓麦折银三百一十六两九钱五分一厘六丝三忽，亳州仓麦折银一百四十五两二钱二分七厘三毫三忽，广运仓一半麦折银一千四百两八分七厘六毫七丝，永福仓麦折银四千四百八十二两七钱四分一毫七丝二忽，永福仓米折银二千三百一十两二钱五分五厘二毫二丝三忽，永福仓草折银四百八十一两八钱四分六厘七毫四丝六忽，广运仓本色麦三千六百七十九石六斗一升四勺八抄五撮，折钱一千八百九十四两九钱九分九厘四毫（此项有荒缺银一百八两一钱五分五厘零，在本县解司地丁项下拨补）。

〇河道项下：

桥船岁修银一百九十一两三钱七分一厘九丝九忽，桥船岁修拨给游夫工食银二百九两六钱二分六厘三毫八丝五忽，护城堤岁修银二百七十六两九钱二分三厘四毫一丝七忽，护城堤拨给游夫工食银一百四十两七钱八分二厘二毫九丝六忽，洪夫草束银一十一两九钱六分六厘四毫九丝五忽，洪夫草束拨给抽兵银四十九两四钱五分一厘七毫一丝五忽，浅夫桩草砖灰银八十六两七钱八分九厘九毫六丝四忽，停役桩草砖灰银三十五两五分六厘三毫三丝八忽，守北堤上河浅夫工食银七百五十一两八钱七分二毫八丝四忽，守南堤下河浅夫工食银一千二百七十八两一钱七分九厘四毫八丝四忽，停役改守北堤上河浅夫工食银五百五十一两三钱七分一厘五毫四丝二忽，停役改守北堤拨入上河浅夫工食银一十六两七钱八厘二毫二丝八忽，上河浅夫抽兵银二百两九钱四分八厘七毫四丝二忽，下河浅夫抽兵银一百四十二两一分九厘九毫四丝二忽，续增河道买柳料银六百二十五两九钱六分一毫八丝九忽，派剩仓麦折银四百五十两八钱五分八厘三毫九丝七忽，河工车盘银一千二十三两三钱六分四毫三丝四忽，岁夫改折银一千八十五两。

查河道项下，除荒实征银七千一百二十七两七钱九分四厘九毫五丝九忽外，荒缺银一千七百六十九两一钱八分六厘，内：本县地丁项下拨补银七百二十两五钱三分八厘，通州拨补银一千四十八两六钱四分八厘零。

○驿站项下（各项细数，详见《驿递》）：

东岸驿夫马工料并留拨银五千二百六两四钱四毫三丝七忽，利国驿夫马工料银五千七百九十八两五钱九分四厘九毫四丝三忽，桃山驿夫马工料银四千四百九十二两二钱九分六厘八毫三丝三忽，夫厂工食并留拨银一千七百八两九钱四分九毫五丝一忽，房村驿马船水手工食银一百四十四两。

○存留经费项下（除荒实征各数）：

淮徐道俸银六十一两八钱八分二厘三毫二丝八忽，门子工食银一十八两五钱六分四厘六毫九丝八忽，快手工食银五十五两六钱九分四厘九丝五忽，皂隶工食银五十五两六钱九分四厘九丝五忽，轿伞扇夫工食银三十二两四钱八分八厘二毫二丝二忽，座船水手工食银五两五钱六分九厘四毫一丝。

徐州府知府俸银八十一两二钱二分五毫五丝六忽，门子工食银九两二钱八分二厘三毫四丝九忽，马快工食草料银一百二十九两九钱五分六厘八毫八丝九忽，步快工食银七十四两二钱五分八厘七毫九丝四忽，皂隶工食银七十四两二钱五分八厘七毫九丝四忽，轿伞扇夫工食银三十二两四钱八分八厘二毫二丝二忽，斗级工食银二十七两八钱四分七厘四丝八忽，库子工食银一十八两五钱六分四厘六毫九丝八忽，看监禁卒工食银五十五两六钱九分四厘九丝五忽。

铜沛厅俸银六十一两八钱八分二厘三毫二丝八忽，门子工食银九两二钱八分二厘三毫四丝九忽，快手工食银三十七两一钱二分九厘三毫九丝七忽，皂隶工食银五十五两六钱九分四厘九丝五忽，轿伞扇夫工食银三十二两四钱八分八厘二毫二丝二忽。

粮盐捕厅俸银四十六两四钱一分一厘七毫四丝六忽，门子工食银九两二钱八分二厘三毫四丝九忽，步快工食银三十七两一钱二分九厘三毫九丝七忽，皂隶工食银五十五两六钱九分四厘九丝五忽，轿伞扇夫工食银三十二两四钱八分八厘二毫二丝二忽。

经历司俸银三十两九钱四分一厘一毫六丝四忽，门子工食银四两六钱四分一厘一毫七丝五忽，皂隶工食银一十八两五钱六分四厘六毫九丝八忽，马夫工食银四两六钱四分一厘一毫七丝五忽。

铜山县知县俸银三十四两八钱八厘八毫一丝，门子工食银九两二钱八分二厘三毫四丝九忽，马快工食银三十七两一钱二分九厘三毫九丝七忽，皂隶工食银七十四两二钱五分八厘七毫九丝四忽，民壮工食银二百四十七两五钱二分九厘三毫一丝二忽，轿伞扇夫工食银三十二两四钱八分八厘二毫二丝二忽，禁卒工食银三十七两一钱二分九厘三毫九丝七忽，库子工食银一十八两五钱六分四厘六毫九丝八忽，斗级工食银一十八两五钱六分四厘六毫九丝八忽，库夫工食银三十七两一钱二分九厘三毫九丝七忽，修理监仓银三两八钱六分七厘六毫四丝六忽，丁坛祭祀银五十九两九钱四分八厘五毫五忽，乡饮酒礼银一两九钱三分三厘八毫二丝三忽，岁贡旗匾银二两三钱二分五毫八丝七忽，武举供应银三钱八分六厘七毫六丝四忽，察院公馆门子工食银二两七钱八分四厘七毫五忽，总铺铺兵工食银三十三两四钱一分六厘四毫五丝七忽，冲繁铺司兵工食银三百一十七两四钱五分六厘三毫四丝三忽，简僻铺司兵工食银六十六两八钱三分二厘九毫一丝四忽，巡道铺兵工食银九两二钱八分二厘三毫四丝九忽，吕梁洪巡司弓兵工食银二十三两二钱五厘八毫七丝三忽，团操民壮今改守监民壮工食银九十二两八钱二分三厘四毫八丝九忽①，吹手民壮工食银三十二两四钱一分六厘四毫五丝七忽，巡盐民壮工食银一十八两五钱六分四厘六毫九丝八忽，孤贫口粮柴薪布匹银六十七两四钱四分五厘一毫三丝九忽。

县丞俸银三十两九钱四分一厘一毫六丝四忽，门子工食银四两六钱四分一厘一毫七丝五忽，皂隶工食银一十八两五钱六分四厘六毫九丝八忽，马夫工食银四两六钱四分一厘一毫七丝五忽。

北岸主簿俸银二十五两六钱一分四厘六毫四丝三忽，门子工食银四两六钱四分一厘一毫七丝五忽，皂隶工食银一十八两五钱六分四厘六毫九丝八忽，马夫工食银四两六钱四分一厘一毫七丝五忽。

南岸主簿俸银二十五两六钱一分四厘六毫四丝三忽，门子工食银四两六钱四分一厘一毫七丝五忽，皂隶工食银一十八两五钱六分四厘六毫九丝八忽，马夫工食银四两六钱四分一厘一毫七丝五忽。

① 底本漫灭。案乾隆《铜山县志》：民壮工食原额一百二十两，巡道铺兵工食十二两，各除荒缺实银，民壮银十倍巡道铺兵银。

典史俸银二十四两三钱八分一厘六毫三丝七忽，门子工食银四两六钱四分一厘一毫七丝五忽，皂隶工食银一十八两五钱六分四厘六毫九丝八忽，马夫工食银四两六钱四分一厘一毫七丝五忽。

府学教授俸银三十四两八钱八厘八毫一丝，廪生廪粮银一百二十三两七钱六分四厘六①毫五丝六忽，膳夫工食银二十两六钱二分七厘三毫九丝一忽。

县学教谕俸银三十两九钱四分一厘一毫六丝四忽，斋夫工食银二十七两八钱四分七厘四丝八忽，门斗工食银一十六两七钱八厘二毫二丝九忽。文庙香烛银一两六钱七分八毫二丝三忽，廪生廪粮银六十一两八钱八分二厘三毫二丝八忽，膳夫工食银一十两三钱一分三厘六毫九丝五忽。

萧县

原额田地二万二千一百四十二顷四亩四分二厘。于顺治十年奉文，将无主荒田并有主无力开垦荒地，共一万六百二十三顷九亩三分四厘拨入兴屯。此后节年报垦升科，至雍正十一年止，其升科地一万五百四十三顷六十亩二分，内除筑堤并挖伤废地共八十三顷五十六亩有奇，乾隆四年实在成熟田地二万一千九百七十八顷九十九亩二分三厘八毫五丝（每亩科征地漕银一分二厘五毫，存留月粮麦八勺三撮，本色月粮麦折银四毫一丝四忽，赠五银三毫三丝，漕米并赠七合三抄三撮，岁夫银三毫二丝）。

——以上共征起存、折色、岁夫、漕赠等银二万九千一十两三钱五分二厘，漕米连赠一万五千五百三十四石六斗二升七合五勺，麦一千七百六十六石八斗九升二合二勺五抄六撮，随田摊征匠班银六十七两五钱。

原额人丁一万七千七百三丁，除逃亡优免外，节年编审，至乾隆元年，实在人丁一万三百二十六丁。内：滋生人丁一百一十九丁，当差人丁一万二百七丁。则数与铜山县同。

——以上随田摊征丁银二千九两八钱。

丁、田二项，共征银三万一千二十二两八钱五分二厘。

〇杂办项下：

马场租银九两九钱七分五厘，积谷军饷银一百二十两。

〇杂税项下：

① 底本漫灭。案县学廪生二十名，廪粮银六十一两八钱八分二厘三毫二丝八忽，府学廪生四十名，倍其费得之。

牙税银六十一两八钱，牛驴猪羊课程等税银二百一十两□钱□分[1]，典税银一十五两，田房税银（岁无定额，尽收尽解），海濠租银一十三两九分七厘。

解支各款

○起运项下：

解司兵饷并水脚、裁站等银六千二百一十九两八钱二分三厘（内：拨补数额凡丁坛祭祀、儒学廪膳、孤贫荒缺银五十二两七钱四分五厘，祭武庙银六十两）。

○随漕项下：

起解徐、长二卫席价银七十八两九钱八分四厘五毫六丝一忽，漕赠五银七百三十九两七钱四分四厘一毫八丝五忽，轻赍席、米折银二百一十八两四钱九分九厘三丝三忽，本色芦席银一十两一钱五分三厘五毫，裁扣银一百二两五分四厘六毫七丝五忽。

○各仓项下：

扬州仓麦折银二百六十六两七钱三厘一毫五丝九忽，亳州仓麦折银七十二两六钱七分八厘三毫八丝九忽，徐州广运仓麦折银七百三两三钱六厘一毫一丝，徐州永福仓麦折银一千九百八十七两九钱五分二厘六毫三丝四忽，徐州永福仓米折银二千一百九十两五钱六厘六毫三丝三忽，徐州永福仓草折银三百七十一两八钱四分三厘四毫七丝二忽，本色正耗麦折银九百九两九钱四分九厘五毫一丝二忽。

○河道项下：

洪夫抽兵银四十一两五钱五分八厘一丝八忽，徭夫抽兵银一百六两六钱八分二厘六毫四丝九忽，桩草、砖灰银一百二十六两四分三厘六毫四丝，洪夫草束银九十六两九钱七分五毫七丝七忽，徭夫工食银九百六十两一钱四分三厘八毫四丝九忽，裁夫工食银二百二两六钱九分七厘一毫一丝五忽，派剩仓麦折银一百八十四两二钱七分四厘五毫二丝一忽，河工轻赍银七百八十八两七钱七分一忽，岁夫银七百二十两，闸夫工食银三百二十两一分三厘八毫七丝二忽。

○存留经费项下（除荒实征银一千二百三十两七钱二分三厘，拨补荒缺银五十二两七钱四分五厘）：

知县俸银四十四两四钱五分五毫二丝七忽，门子工食银一十一两八钱五分三厘四毫七丝三忽，马快工食银四十七两四钱一分三厘八毫九丝五忽；民壮工食银一百八十两，器具银六十两，共二百四十两；皂隶工食银九十四两八钱二分七厘七毫九丝，轿伞扇夫工食银四十一两四钱八分七厘一毫五丝八忽，库子工食银二十三两

[1] 底本漫灭，实数付阙。

七钱六厘九毫四丝七忽，斗级工食银二十三两七钱六厘九毫四丝七忽，禁卒工食银四十七两四钱一分三厘八毫九丝五忽，修理监仓银四两九钱三分八厘九毫四丝七忽，冲繁铺司兵工食银七十八两二钱三分二厘九毫二丝六忽，偏僻铺司兵工食银五十三两三钱四分六毫三丝一忽，禹王庙夫、子张墓夫工食银七两九钱二厘三毫一丝五忽，乡饮酒礼银三两九钱五分一厘一毫五丝七忽，岁贡旗匾银二两九钱六分[1]三厘三毫六丝七忽，丁坛祭祀银三十九两五钱一分一厘五毫一丝九忽，察院公馆门子工食银三两五钱五分六厘四丝二忽，孤贫口粮、柴薪、布匹银七十五两七分二厘一丝，修理贡院银三两二钱二分三厘三毫二丝九忽，武举供应银三钱三分五厘九毫七丝七忽。

儒学俸银（教谕、训导）三十一两一钱三分五厘一毫二丝四忽（外，地丁项下拨全俸银四十八两四钱八分，荒缺银于知县俸内拨补），门斗工食银一十四两二钱二分四厘一毫六丝八忽，斋夫工食银三十五两五钱六分四毫二丝一忽，膳夫工食银一十三两一钱七分七毫六丝三忽。文庙香烛银二两一钱三分三厘六毫二丝五忽，廪生廪粮银七十九两二分四厘一毫八丝五忽。

主簿俸银三十二两七钱九厘六毫六丝一忽，门子工食银五两九钱二分六厘七毫三丝六忽，皂隶工食银二十三两七钱六厘九毫四丝七忽，马夫工食银五两九钱二分六厘七毫三丝六忽。

典史俸银三十一两一钱三分五厘一毫二丝四忽，门子工食银五两九钱二分六厘七毫三丝六忽，皂隶工食银二十三两七钱六厘九毫四丝七忽，马夫工食银五两九钱二分六厘七毫三丝六忽。

张山巡检司俸银三十一两一钱三分五厘一毫二丝四忽。

皂隶工食银一十二两八钱五分三厘四毫七丝三忽。

弓兵工食银二十九两六钱三分三厘六毫八丝四忽。

砀山县

原额田地一万三千七百七顷五十三亩五分二毫。顺治十年，以无主荒地并有主无力开垦荒地一千四百七十八顷拨入兴屯，此后节年开垦，并陆续清出隐匿，共升科地八百二十四顷五十八亩九分七厘二毫，除挖废地九顷五十三亩九分四厘外，乾隆四年实在成熟田地一万三千四十四顷五十八亩五分三厘四毫（每亩科起存地漕银九厘八毫五丝四忽，岁夫折征银四毫二忽，漕米连赠五合三勺四抄三撮，存留正耗

---

① 底本漫灭，以上四字从嘉庆《萧县志》。案萧志云："此款于乾隆二年奏定均给，六年统算，周而复始。"

麦三勺九抄七撮零）。

——以上共征起存、漕项、岁夫等银一万三千三百九十两八钱六分八厘三毫三丝七忽，漕米连赠六千九百七十一石四斗七升一合九勺，麦五百一十九石四斗九升八合一勺五抄三撮，随田摊征匠班银六十二两一钱。

原额人丁二万三千六百七十丁，除逃亡外，节年编审，至乾隆元年，实在人丁二万一千七百三十四丁。内：优免人丁一百七十五丁，滋生人丁三百一丁，实在当差人丁二万一千二百五十八丁（每上上则丁科银九钱，上中则丁科银八钱，上下则丁科银七钱，中上则丁科银六钱，中中则丁科银五钱，中下则丁科银四钱，下上则丁科银三钱，下中则丁科银二钱，下下则丁科银一钱）。

——以上随田摊征丁则银三千四百九十四两七钱。

丁、田二项，共征银一万六千九百四十七两六钱六分八厘二毫五丝三忽。

○杂办项下：

马场租银一十七两一钱（水脚银三钱四分二厘），积谷军饷银二百一十两。

○杂税项下：

牙帖税银一十两四钱，陆税银八十二两（盈余银二十一两三钱），课程银一十两八钱八厘（盈余银六十二两八钱八分八毫八丝），牛猪税银二十九两四钱一分二厘（盈余银一十五两九钱四分七厘一毫二丝），典税银四十两，田房税银（岁无定额，尽收尽解）。

解支各款

○起运项下：

解司兵饷银一万一千六十七两四钱五分四厘四毫九丝八忽（内：解府颜料银四两三钱八分七厘五毫二丝一忽，拨补河道荒缺银七十一两一钱五分七厘八毫一丝四忽，又拨补广运仓麦折荒缺银一十七两六钱六分七厘四毫二丝九忽，又裁扣书役银一百四十六两八钱四厘九毫四丝，拨给廪膳、祭祀、孤贫荒缺银四十二两二钱四分七厘六毫三丝九忽，又祭武庙银六十两），地丁水脚银五十六两四钱六分六厘一毫六丝三忽。

○随漕项下：

船料轻赍银九十九两九钱一分一厘三丝九忽，徐、长二卫给军芦席银三十四两七分五厘五毫二忽，带征芦席银四两五钱五分五厘八毫六丝，酌减芦席银二两一钱四分三厘八毫二丝四忽，漕赠五银三百三十一两九钱六分一厘一毫二丝八忽。

○各仓项下：

扬州仓麦折银八十六两八钱七分九厘一毫七丝，亳州仓麦折银二十二两四钱一分四厘四毫三丝九忽，徐州广运仓一半麦折银二百四两六钱四分八厘七毫一丝三忽，徐州永福仓麦折银五百三十五两六钱二分七厘四丝四忽，徐州永福仓米折银九百二十四两七钱七厘五丝，徐州永福仓草折银一百六十九两三钱八分五厘四毫二丝三忽，月粮正耗麦五百一十九石四斗九升八合一勺五抄三撮，折银二百五十九两七钱四分九厘七丝六忽。

〇河道项下：

游夫工食银九百三十八两二钱九分五厘四丝六忽，派剩仓麦折银五十三两二钱九毫四丝三忽，河工车盘轻赍银三百六十两八钱四分九厘七毫四丝，裁夫银九十三两八钱二分九厘五毫四忽，岁夫折征银五百二十五两，洪夫抽兵银一百四两二钱五分五厘五忽，抽扣兵饷银六两六钱四分九厘一毫五丝二忽，中河桩草银一十五两五钱一分四厘六毫八丝九忽，夏镇桩草银九十五两五钱六分七厘八丝八忽，存留闸夫工食银三百一十二两七钱六分五厘。

〇存留经费项下：

知县俸银四十三两四钱三分九厘五毫八丝五忽，门子工食银一十一两五钱八分三厘八毫八丝九忽，皂隶工食银九十二两六钱七分一厘一毫一丝五忽，民壮工食银二百八十九两五钱九分七厘二毫三丝六忽，马快工食银四十六两三钱三分五厘五毫五丝七忽，轿伞扇夫工食银四十两五钱四分三厘六毫一丝三忽，库子工食银二十三两一钱六分七厘七毫七丝八忽，斗级工食银二十三两一钱六分七厘七毫七丝八忽，孤贫口粮银五十三两七钱二分二毫八丝七忽，铺兵工食银五十七两三钱四分二毫五丝二忽，禁卒工食银四十六两三钱三分五厘五毫五丝七忽，丁坛祭祀银三十八两六钱一分二厘九毫六丝四忽，乡饮酒礼银一两九钱三分六毫四丝八忽，修理监仓银四两八钱二分六厘六毫二丝，岁贡旗匾银二两八钱九分五厘九毫七丝二忽，江宁科场银二两九钱四厘一丝五忽，武场供应银三钱二分八厘四毫九丝一忽。

主簿俸银三十一两九钱六分五厘七毫四丝二忽，门子工食银五两七钱九分一厘九毫四丝四忽，皂隶工食银二十三两一钱六分七厘七毫七丝八忽，马夫工食银五两七钱九分一厘九毫四丝四忽。

典史俸银三十两四钱二分七厘一丝六忽，门子工食银五两七钱九分一厘九毫四丝四忽，皂隶工食银二十三两一钱六分七厘七毫七丝八忽，马夫工食银五两七钱九分一厘九毫四丝四忽。

儒学教谕、训导俸银七十八两九钱七厘一丝六忽，斋夫工食银三十四两七钱五分一厘六毫六丝八忽，门斗工食银一十三两九钱六毫六丝七忽，廪生廪粮银七十七两二钱二分五厘九毫二丝九忽，膳夫工食银一十二两八钱七分一厘五丝二忽。

丰县

原额田地一万五千一百八十三顷九十七亩九厘八毫，除挖伤废地二顷六十五亩二分五厘外，乾隆四年实在成熟田地一万五千一百八十一顷三十一亩八分四厘八毫（每亩科征折色起存银八厘九毫一丝七忽，漕项银一厘七丝一忽，赠五银一毫三丝五忽，岁夫银三毫九丝一忽，漕米二合七勺一抄五撮，赠五米一勺三抄五撮，存留月粮麦三勺三抄二撮）。

——以上共征地漕、岁夫等银一万五千九百六十六两七钱九厘三毫八丝三忽，漕米连赠四千三百二十七石九斗三升一合八勺一抄七撮，存留麦五百四石九斗一升一合七勺八抄九撮，随田摊征匠班银六十一两六钱五分。

原额人丁二万八千七百丁，除逃亡外，节次编审，至乾隆元年，实在人丁二万四千四百七十二丁，内除优免人丁四百二十六丁，滋生人丁二百三十丁，实在当差人丁二万三千八百一十六丁。则数与砀山县同。

——以上随田摊征丁银二千八百四十两四钱。

丁、田二项，共征银一万八千八百七两一钱九厘三毫八丝三忽。

〇杂办项下：

马场租银六两一钱五分，积谷军饷银二百一十两。

〇杂税项下：

牙帖正盈银七十五两六钱，牛猪税银三十五两八钱四分，陆税银三十三两九钱二分，典税银二十五两，田房税银（岁无定额，尽收尽解）。

解支各款

〇起运项下：

解司兵饷银一万四千二百九十五两四钱五分五厘七毫一丝六忽（内：拨补河工银九分一厘一毫，采办颜料银四两三钱五分三厘五毫六丝二忽，裁扣漕项银一百五十三两二钱，武庙祭祀银六十两），起运水脚银五十两七钱八分九厘一毫八丝七忽。

〇随漕项下：

徐、长二卫席银二十二两一钱二分八厘一丝七忽，一分席片银二两八钱二分八厘三毫三丝九忽，解淮旱脚轻赍船料银六十一两一钱九分九毫五丝一忽，赠五银二百六两九分一厘九毫九丝。

〇各仓项下：

扬州仓麦折银八十九两九钱八分六厘七毫四丝三忽，亳州仓麦折银二十二两六钱九分五厘五丝六忽，徐州永福仓米折银五百一十两二钱二分七厘七毫三丝四忽，徐州永福仓马草折银一百四两九钱五分四厘五毫三丝八忽，徐州广运仓麦折银二百一两九钱七分二毫四丝六忽，徐州永福仓麦折银五百三十一两八钱二分六厘八毫八丝九忽，徐州广运仓本色麦折银二百六十两二分九厘五毫六丝七忽。

〇河道项下：

裁夫工食银一百五十八两四钱，中河桩草银五两二钱三分六厘，夏镇桩草银一百七十九两九钱六分，旧额河工银二十两八钱，改派抵补河工轻赍、车盘银二百两四分八厘，派剩仓麦折银五十二两四钱七分九厘，抽扣兵饷银二两二钱四分四厘，岁夫改折银五百九十五两，闸夫工食银四百三十一两九钱三分六厘三毫六丝九忽。

〇存留经费项下：

知县俸银四十四两九钱九分三厘二毫四丝七忽，门子工食银一十一两九钱九分八厘二毫二丝五忽，库子工食银二十三两九钱九分六厘四毫五丝一忽，斗级工食银二十三两九钱九分六厘四毫五丝一忽，轿伞扇夫工食银四十一两九钱九分三厘七毫九丝，皂隶工食银九十五两九钱八分五厘八毫七忽，灯夫工食银二十三两九钱九分六厘四毫五丝一忽（此系闲款），民壮工食银二百九十九两九钱五分五厘六毫四丝七忽，马快工食银四十七两九钱九分二厘九毫三忽，禁卒工食银四十七两九钱九分二厘九毫三忽，修理监仓银四两九钱九分九厘二毫六丝，铺兵工食银三十二两三钱九分五厘二毫九忽，丁坛祭祀银三十九两九钱九分四厘八丝六忽，孤贫口粮银五十九两九钱九分一厘七毫四丝八忽，江宁科场银二两五钱七分三厘二毫三丝五忽，武举供应银二钱五分三厘六毫八丝八忽，岁贡旗匾银二两九钱九分九厘五毫五丝六忽，乡饮酒礼银二两四钱九分九厘六毫三丝。

主簿俸银三十三两一钱九厘一毫四忽，门子工食银五两九钱九分九厘一毫一丝二忽，皂隶工食银二十三两九钱九分六厘四毫五丝一忽，马夫工食银五两九钱九分九厘一毫一丝二忽。

典史俸银三十一两五钱一分五厘三毫三丝九忽，门子工食银五两九钱九分九厘一毫一丝二忽，皂隶工食银二十三两九钱九分六厘四毫五丝一忽，马夫工食银五两九钱九分九厘一毫一丝二忽。

训导俸银三十一两五钱一分五厘三毫三丝九忽，斋夫工食银三十五两九钱九分四厘六毫七丝七忽。文庙香烛银二两一钱五分九厘六毫八丝，廪生廪粮银七十九两九钱八分八厘一毫七丝二忽，膳夫工食银一十三两三钱三分一厘四毫二丝八忽，门斗工食银一十四两三钱九分七厘八毫七丝一忽。

沛县

原额田地一万六千三百六十九顷九十七亩三分八厘。顺治十年，以无主荒地并有主无力开垦荒地，共五千五百二十四顷八十亩一分七厘拨入兴屯。此后陆续开垦，并清出隐匿升科地三千六百八十九顷七亩八分七厘七毫，共地一万四千五百三十顷二十五亩八厘九毫。内，昭阳湖水沉田地二千一百六十八顷七十六亩六分六厘五毫，康熙四十六年沛民王学儒叩阍请豁，屡经部议未定，至雍正四年始奉户部议定，每年冬月委淮徐道查勘，涸则全征，淹则全蠲，另于冬勘案内查报。乾隆四年实在成熟田地一万二千三百六十五顷四十八亩四分二厘三毫（每亩科地漕银一分三厘七毫五丝五忽，岁夫银三毫九丝五忽，赠五银二毫六丝七忽，月粮麦一合五抄九撮，漕米连赠五合六勺一抄八撮）。

——以上除水沉外，共征地漕、岁夫等银一万八千一百三十六两六钱六分九厘四毫有奇，本色漕米连赠六千九百四十八石二斗九升六合七勺，麦一千三百一十石五斗七升七合二勺五抄七撮，随田摊征匠班银六十七两五钱。

原额人丁三万五千四百六十一丁五分，除逃亡外，节年编审，至乾隆元年，实在人丁三万一千六百九十九丁。内：优免人丁二百四十四丁，滋生人丁三十丁，实在当差人丁三万一千四百二十五丁。则数与丰县同。

——以上随田摊征丁银三千九百三十两八钱。

〇杂办项下：

马场租银一十三两八钱六分，房租正余银一百四十六两八钱六分，积谷军饷银一百二十两。

〇杂税、湖租项下：

牙帖银一百五十二两六钱六分九厘四毫，牛猪税银七十五两二钱八分八厘，典税银三十五两，陆税银一百三两七钱三分四厘五毫，田房税银（岁无定额，尽收尽解），湖租银一千三百二十八两。

解支各款

〇起运项下：

解司兵饷正脚银一万二千七百九十一两六钱一分九厘九毫（内：拨解河道荒缺银六十三两二钱一分六厘九毫，拨解泰州河道荒缺银三十六两五钱八分二厘一毫，拨补河道项下水沉银一百五两八钱一厘二毫，拨祭祀武庙银六十两，拨解颜料银一十三两七钱八分二厘一毫，拨给教谕全俸银四十两，拨补岁夫水沉银八十五两八钱一毫，拨补存留项下俸工、荒缺、水沉银一百八十七两九分三厘一毫。实解司银一万二千一百九十九两三钱三分五厘四毫），裁夫工食银一千六十四两三钱八分二厘三毫，新裁泗、夏驿厂复二站银归入地丁解司银七百四十一两六钱二分五厘九毫。

〇各仓项下：

扬、亳二仓麦折银二百四十二两一钱七分六厘六毫，永福仓麦折银一千五百三十一两三钱六分三厘七毫，广运仓麦折银五百四十三两六钱三分八厘四毫，永福仓草折银一百七十二两四钱九分一厘六毫，永福仓米折银九百三十九两二钱八分二厘，本色麦折银六百七十四两九钱四分七厘二毫。

〇随漕项下：

船料旱脚银一百七两七钱一分七厘一毫，赠五银三百三十两八钱七分一厘二毫，三分给军芦席银三十六两六钱六分九厘二毫，本色斜席银四两五钱四分七毫，核减二分五厘芦席银二两七钱三分八厘七毫，裁扣拨充漕项银一百七十五两八钱六分三厘六毫。

〇河道项下（内，地丁项下拨补荒缺水沉银一百九十一两六钱一厘三毫）：

停役改守堤夫工食银九十六两四钱八分三厘五毫，浅夫桩草、砖灰银六十七两二钱一分六厘一毫，抽拨兵饷银一十八两五钱二分三厘九毫，堤夫桩草银四十三两一钱九分九厘一毫，泗亭役水夫改拨缕水堤夫工食银二十八两九钱四分四厘七毫，河工银三十九两四钱八分九厘三毫，河工轻赍车盘银三百七十九两八钱二分二厘四毫，派剩仓麦折银一百六十二两五钱九分九毫，岁夫工食银五百七十五两。

〇驿站项下（各项细数，详见《驿递》）：

泗亭驿、泗夏厂驿站银一千九十八两八钱四分三厘七毫，泗亭驿、泗夏厂复二站银六百六两七钱八分六厘二毫，本县喂马草料等银七十五两六钱八分九厘，马夫工食银一十六两八钱五分一厘二毫。

〇存留经费项下：

知县俸银三十五两一钱一分六厘一毫，门子工食银九两三钱六分四厘三毫，民壮工食银一百六十三两八钱六分三厘六毫，民壮器械银六十一两八钱四分四厘，轿伞扇夫工食银三十二两七钱七分五厘二毫，禁卒工食银三十七两四钱五分七厘二毫，库子工食银一十八两七钱二分八厘六毫，马快工食银三十七两四钱五分七厘二毫，斗级工食银一十八两七钱二分八厘六毫，铺司工食银五两六钱一分八厘，铺兵工食银五十八两九钱九分五厘一毫，孤贫口粮银五十三两六分四厘三毫，皂隶工食银六十两八钱六分七厘九毫，仵作工食银一十四两四分六厘四毫（此项于皂隶工食内扣给），丁坛祭祀银三十一两二钱一分四厘三毫，朱公祠祭祀银二两三钱七分二厘二毫，岁贡旗匾银二两三钱四分一厘，乡饮酒礼银一两九钱五分八毫，修理监仓银三两九钱一厘七毫，江宁科场银三两八钱六分二厘七毫，武场供应银二钱六分五厘四毫。

训导俸银二十四两五钱九分六厘九毫，斋夫工食银二十八两九分二厘九毫，门斗工食银一十一两二钱三分七厘。文庙香烛银一两六钱八分五厘六毫，廪生廪粮并膳夫银七十二两八钱三分三厘九毫。

主簿俸银二十五两八钱四分七毫，门子工食银四两六钱八分二厘一毫，皂隶工食银一十八两七钱六分八厘六毫，马夫工食银四两六钱八分二厘一毫。

典史俸银二十四两五钱九分六厘九毫，门子工食银四两六钱八分二厘一毫，皂隶工食银一十八两七钱六分八厘六毫，马夫工食银四两六钱八分二厘一毫。

驿丞俸银二十四两五钱九分六厘九毫，皂隶工食银九两三钱六分四厘三毫。

邳州

原额田地一万七千六百六十四顷五十三亩七分，内除无主荒地四千一百三十四顷五亩四分四厘有奇，又除挖伤田并义冢地一百二顷一十六亩三分六厘，又除水沉田地四千六百八十二顷二十七亩六分外，乾隆四年实存各项田地一万七百六十一顷八十七亩五分五厘五毫。内：原田八千七百四十六顷四亩二分九厘，报增隐漏地二十五顷一亩，又清出升科地三百八十四顷七十九亩八分，又屯地浮租升科田地三百一十五顷四十一亩九分六厘，又报垦升科浮地二百顷四十八亩三分，又报垦升科地二百二十七顷九十六亩二分，又自首升科地并水面浮地七百六顷五亩，又河滩地一百五十六顷七亩（每亩科地银一分九厘八毫，赠五银七丝八忽，岁夫银四厘五毫，本色漕米一合六勺四抄三撮，麦五合二勺一抄）。

——以上共征起存、折色等银二万五千五百一十五两二钱六分九厘一毫，漕米连赠一千五百九十石四斗四升四合八勺，麦五千四十四石八斗四升二合七勺。

原额人丁三万四百六十六丁，节年编审，除以增抵减外，仍增人丁一万九千一十二丁，实在人丁四万九千四百七十八丁。内：优免人丁二百七十六丁，滋生人丁二万七千二百八十三丁，当差人丁二万一千九百一十九丁（每上中下一则丁科银三两五钱，上中下二则丁科银三两三钱，下上下一则丁科银一两六钱，下上下二则丁科银一两五钱，下上下三则丁科银一两四钱，下中上一则丁科银一两三钱，下中上二则丁科银一两二钱五分，下中上三则丁科银一两二钱，下中中一则丁科银一两一钱，下中中二则丁科银一两，下中中三则丁科银九钱五分，下中下一则丁科银九钱，下中下二则丁科银八钱五分，下中下三则丁科银八钱，下中下四则丁科银七钱五分，下下上一则丁科银七钱，下下上二则丁科银六钱五分，下下上三则丁科银六钱，下下上四则丁科银五钱，下下中一则丁科银四钱五分，下下中二则丁科银四钱，下下中三则丁科银三钱五分，下下中四则丁科银三钱，下下下一则丁科银二钱五分，下下下二则丁科银二钱，下下下三则丁科银一钱五分，下下下四则丁科银一钱，以上共二十八则。遇闰之年，每徭银一两带征闰银三厘五毫零）。

——以上随田摊征丁则银五千五百二十九两四钱。

丁、田二项，共征银三万一千四十四两六钱六分九厘一毫。

〇杂办项下：

冋地租银三十六两一钱四分二厘五毫。

〇杂税湖租项下：

牙税银二十一两四钱，典税银二十两，田房税银（岁无定额，尽收尽解），湖滩租银二百八十三两五钱九分二厘四毫。

解支各款

〇起运项下：

解司地丁银一万六千七百七十三两一分四厘六毫二忽（内[①]：拨补河工荒缺银六百九十七两二钱六分九厘六毫七丝七忽，民壮工食荒缺银一百五十四两七钱九厘，教职全俸不敷银二十六两七钱一分，廪膳荒缺银六十四两六钱六分四毫八丝，孤贫均给银三两九钱三厘，佐杂人役工食荒缺银二百五十八两六钱八分六厘八毫一丝三忽，扣解颜料银五十四两一钱九分七厘，武庙祭祀银六十两，祭先农坛银四两），地丁水脚银一百三两五钱七分八厘三毫二丝。

〇随漕项下：

轻赍船料旱脚银二十三两六钱三分六厘八毫二忽，五厘席折银二钱九分三厘六毫三丝一忽，八厘席折银四钱七分五丝六忽，一分七厘席片银九钱九分八厘八毫六丝九忽，漕赠五银七十五两七钱一分七厘五毫六忽，裁扣银一百七十二两五钱七分四厘四毫五丝七忽。

〇各仓项下：

常盈仓麦折银一千五百四十二两七钱二分八厘三毫八丝九忽，凤仓米折银一百八两二钱九厘八毫三丝四忽，凤仓麦折银一千三百九十两八钱五分七厘四毫一丝，亳仓麦折银二百二十两三钱八分九厘七毫六丝九忽，扬州仓麦折银三十六两六钱七分八厘八毫五忽，淮安、扬州二仓麦折银二百六十八两五钱四分六厘二毫四丝四忽，又淮扬仓麦折银八十二两六钱七分四厘五毫三忽，大、泗二卫折色月粮银三百一十四两八钱八分八厘五毫五忽，长淮卫麦折银四百四十两七钱七分九厘五毫三

①“内”字杂入正文，据文例调整为注文。

丝九忽，本色麦折银二千五百二十二两四钱二分一厘三毫九丝（内：淮仓银二千四十七两二钱五分九厘八毫一丝二忽，大军仓银四百七十五两一钱六分一厘五毫七丝八忽）。

○河道项下（实征银一千三百八十两一钱三厘四丝七忽。拨补银数，详见解司项下）：

裁夫银一千四百七十九两六钱，抽扣兵饷银一百六十二两，改派抵补等银四百三十五两七钱七分二厘七毫二丝五忽，岁夫银四千五百两，河滩租银二百八十三两五钱九分二厘四毫。

○驿站项下（实征银二千八百三十四两七钱一分九厘一毫一丝一忽，又应于司库请拨老荒缺站银一千二百九十七两二钱八分九厘，共银四千一百三十二两八厘，节次裁减银一千九百三十两九钱六分八厘，实支销银二千二百一两四分）：

水夫工食银九百二十一两六钱，马夫工食银二百五十九两二钱，递马草料银六百四十八两，药饵、灯油银四十二两六钱，马船水手工食银七十二两，廪粮银九十两，马价银一百六十七两六钱四分。

○存留经费项下（除荒实征银八百九两九钱五分二厘二毫。拨补银数，详见解司项下）：

山清管河同知俸银一十五两六钱二分一厘七毫九丝。

粮捕通判俸银一十九两五钱三分七厘三毫五丝七忽。

知州俸银四十四两七分七厘五毫一丝二忽，门子工食银一十二两，皂隶工食银九十六两，库子工食银二十四两，斗级工食银二十四两，马快工食银四十八两，轿伞扇夫工食银四十二两，铺兵工食银三十六两，禁卒工食银四十八两，民壮工食银三百二十两，丁坛祭祀银三十五两八钱一分二厘九毫七丝八忽（外，荒缺银二十两二钱六厘零，在地丁耗羡内拨补），孤贫均给银八两三钱一分一厘二毫，江宁科场银二两九钱八分四厘四毫一丝五忽，民七料银八两三钱三分一厘二毫七丝三忽，修理监仓银二两□钱五分四厘八毫四丝五忽，乡饮酒礼银二两七钱五分四厘八毫四丝四忽，中河分司铺兵工食银二两五钱，山阳县铺兵工食银一十八两，淮安府步快工食银一十二两。

州判俸银二十四两七钱九分三厘六毫一忽，马伞夫工食银一十二两，门子工食银六两，皂隶工食银三十六两，吏目俸银一十七两三钱六分六厘五毫五丝九忽，门子工食银六两，皂隶工食银二十四两，马夫工食银六两。

儒学（教谕、训导）俸银四十四两七分七厘四毫四丝，斋夫工食银三十六两，门斗工食银二十一两六钱，廪生廪粮银一百二十四两，膳夫工食银二十两。

直河司巡检俸银一十七两三钱六分六厘五毫四丝，皂隶工食银一十二两，弓兵工食银三十两。

新安巡检俸银一十七两三钱六分六厘五毫四丝，皂隶工食银一十二两。

赵村驿丞俸银一十七两三钱六分六厘五毫四丝，皂隶工食银一十二两。

归并邳州卫

原额田地一千二百七十七顷六十亩，内除公占及挖伤地一顷九十七亩四分二厘，乾隆四年实在各项田地一千二百七十五顷六十二亩五分八厘。内：屯田一百九十顷八十七亩五分（每亩科民料银一分六厘三毫，军需银八厘四毫三丝，摊丁银七毫七丝八忽，麦四合五勺五抄），建地五百六十顷三十七亩三分六厘（每亩科屯料银九厘五毫九丝，军需银八厘四毫三丝，摊丁银七毫七丝八忽，麦四合五勺），荒地二百七顷四十七亩五分八厘七毫（每亩科屯料银一分九厘九毫，摊丁银七毫七丝八忽，月粮米一合三勺），新垦地三百一十六顷九十亩一分三厘（每亩科屯料银一分六厘三毫，摊丁银七毫七丝）。

——以上各项田地共征地料、军需等银二千四百一十二两七钱一分四厘八毫六丝，麦三百四十一石八斗六升五合三勺四抄九撮，米二十七石五斗七升七合八勺八抄三撮。（米、麦俱征折色）

原额屯丁一千四百七十七丁，节年审增一千五百一十五丁，实在屯丁二千九百九十二丁。内：领种屯田、驾运例无丁银屯丁一千一百五十丁，滋生屯丁一千五百五丁，实在当差屯丁三百三十七丁。

——以上共征丁银九十九两二钱四分六厘四毫六忽[①]。

丁、田二项，共征银二千五百一十一两九钱六分一厘三毫二丝。

〇解给各款：

屯折银一千八百二十五两一分七厘（解司），漕项裁扣银六十六两，永减月粮银三十四两四钱六分一厘八毫九丝七忽，月粮银一百一十一两九钱三分六厘五毫八丝二忽，月粮米折银一十九两三钱四厘五毫一丝八忽，月粮麦折银一百七十两九钱三分二厘六毫七丝四忽。（以上解州仓[②]）

〇存留各款：

拨给俸二千二百九十五两四钱一分二厘，复给俸工银一百七十六两九钱五分二厘三毫六丝五忽，武场供应银二两一钱八分一厘四毫。

① 按：丁银末数之“六忽”，汇总时误为“六丝”计，遂使总数较之明细多出“五丝四忽”。

② 底本漫灭，“州仓”二字据同治《徐州府志》定。

宿迁县

原额田地八千八百八十二顷三十七亩，除节年挖河、筑堤、公占等田地四百二十四顷有奇外，乾隆四年实在成熟地八千四百五十八顷三十二亩二分九厘八毫。内：原地五千二百六十八顷八十三亩四分；丈出洼地一千二百三十二顷二十四亩五分；遵旨察勘事案内，报升垦地一百三十五顷三十七亩九分；又屯垦熟地一千三百一十八顷九十八亩九分八厘；又额外屯垦荒地八十九亩二分；又丈明经界等事案内，升科仓基湖地二百七十四顷五十四亩五分一厘八毫；又于钦奉上谕事案内，报出桃邑隐匿仓基湖地一百四十五顷七十亩一分；又请宽升科等事案内，升垦额外抛荒地八十一顷七十三亩七分。

各色地亩分则开后：

原地（每亩科征折色、起存银二分一厘四毫七丝三忽，每亩科赠五银三厘八毫三丝五忽，每亩科岁夫银四厘七毫三丝，每亩摊丁银四厘四毫四忽，每亩科本色起存米八合四抄四撮，每亩科本色麦五合四勺一抄三撮）。

洼地（每亩科折色、起存等银二分九毫一丝七忽，赠五银三厘七毫九丝四忽，岁夫银四厘六毫七丝一忽，摊丁银四厘三毫四丝八忽，漕米并赠七合八勺四抄五撮）。

垦地（各则与原地同）。

屯垦地（每亩科折色、起存银二分四厘三毫，赠五银三毫七丝，岁夫银四厘七毫三丝，余则与原地同）。

仓基湖地（各则与原地同）。

抛荒地（每亩科本色漕米连赠七合七勺七抄，存留月粮米二勺七抄二撮，余则与屯垦地同）。

——以上各项田地，应征起存、漕项、岁夫等银二万四千八百八十五两四钱四分四厘五忽，本色漕米连赠六千七百八十石一斗七合九勺九抄七撮。

原额人丁二万六百五十一丁，除逃亡外，乾隆元年编审实在人丁九千六百三十八丁，除优免二百八十丁，滋生丁一千五十五丁，实在当差人丁八千三百三丁（每中下三则丁科银一两四钱，中下二则丁科银一两二钱，中下一则丁科银一两，下上三则丁科银九钱，下上二则丁科银八钱，下上一则丁科银七钱，下中三则丁科银六钱，下中二则丁科银五钱，下中一则丁科银四钱，下下三则丁科银三钱，下下二则丁科银二钱，下下一则丁科银一钱）。

——以上随田摊征丁银三千七百一十八两二钱七分九厘四毫二丝七忽，又补丁项下银一千一百一十四两四钱（内：异户鞭银一百六十两一钱二分，盐斤水程银四十两，牙税银七百一十九两七钱八分，水面税银一百九十四两五钱）。

丁、田二项，共征银二万九千七百一十八两一钱二分三厘四毫三丝二忽。

〇杂办项下：

冋地租银五两九钱八分五厘九毫二丝。

〇杂税湖租项下：

牙帖税银五十九两九钱，牛驴猪羊、花布、烟包等税银八两四钱四分一厘，典税银四十两，田房税银（岁无定额，尽收尽解），骆马湖、吕家嘴、白洋河等处滩租银一百五两六钱八分一厘四毫七丝七忽。

〇附征项下：

本色、麦折，并不在《全书》。轻赍、席折等银二千二百两一钱一分八毫四丝九忽。

——以上起存、折色并附征各项，通共征银三万一千九百一十八两二钱三分四厘二毫八丝一忽。外，驿站荒缺银三千八十三两六钱五分六厘，引河挖废蠲缺银一十两六钱三分七厘，二共银三千九十四两二钱九分四厘三忽，例于本省布政司拨补，以敷支给。

解给各款

〇起运项下：

解司兵饷银一万三千五百五十二两八钱四分七厘（内[1]：拨抵本县驿站项下复二银一千三百九十六两，又拨添儒学俸银三十一两九钱七分二厘，又拨补廪膳荒缺银三十一两七钱八分六厘，又拨给孤贫银三十九两六钱七分一厘，又拨补民壮荒缺银一百一两八钱五分六厘，器械银二十两，解颜料银八十二两三钱四分四厘，又拨解河工荒缺银九百七十两五钱七分二厘，又祭武庙银六十两），水脚银七十三两四钱八分三厘九毫八丝四忽。

〇随漕项下：

额拨漕项裁扣不敷银一百五十二两五钱四分，船料轻赍银二十六两二钱四分八厘一毫四丝，五厘席折银一两一钱八分四厘七毫六丝七忽，给军席折银二两三钱五分五厘五毫九丝八忽，减存席折银一两一钱九厘一毫一丝七忽，漕赠五银三百一十三两四钱七分七毫二丝七忽。

〇各仓项下：

凤阳仓麦折银八百八十两三钱五分三厘九毫七丝六忽，凤阳仓米折银四百四两

---

① “内”字杂入正文，据文例调整为注文。

二钱二分八厘四毫六丝一忽，淮安仓麦折银一千五十五两二钱一厘七毫二丝七忽，扬州仓麦折银二十七两八钱三分四厘九毫四丝，淮、大、泗三卫运军月粮银一百四十二两七钱二分九厘九丝三忽，原裁加添大、泗二卫缺额月粮银一百一十七两九钱五分六厘七毫。

○河道项下：

裁夫兵饷银一千六百三十八两二钱六毫五忽，协桃裁夫银九十六两三钱四分三厘六丝一忽，桩草车盘银一百五十两七钱二分九厘二丝八忽，岁夫改折银三千九百九十三两九钱七分六厘一毫五丝一忽。

○驿站项下（除荒实征银六千一百八十三两六钱二分五厘九毫九丝六忽，不敷银两于地丁项下并司库拨补，详见总注）：

四分马价银四百四十七两四分，递马草料银一千七百二十八两，修理棚厂银一百一十三两六钱，马夫工食银九百二十一两六钱，峒峿站夫马工料银二千四百七两六钱八分，钟吾驿馆支银七百两，水夫工食银八百三十五两二钱，复设水夫工食银一千二百五十二两八钱，旱夫工食银六百四两八钱，裁存雇募民夫银四百三两二钱，扣解六分马价银一千二百六十两。

查驿站项下，除荒实征共银六千一百八十三两六钱二分五厘九毫九丝六忽，不敷银四千四百九十两二钱九分四厘四忽。内：司库拨补荒缺银三千九十四两二钱九分四厘三忽，地丁项下拨补水旱夫复二银一千三百九十六两。

○存留经费项下（除荒实征银九百三两七钱三厘，不敷银于地丁内拨补，详见解司兵饷项下）：

知县俸银二十九两六钱七分七厘五毫六丝，门子工食银七两九钱一分三厘九毫二丝，皂隶工食银六十三两三钱一分二厘一毫一丝，马快工食银三十一两六钱五分五厘九毫九丝，民壮工食银三百二十两（器械银在内），禁卒工食银三十一两六钱五分五厘九毫九丝，库子工食银一十五两八钱二分八厘三丝，斗级工食银一十五两八钱二分八厘三丝，轿伞扇夫工食银二十七两六钱九分九厘三毫三丝，孤贫银米四十四两九钱四分七厘八毫五丝五忽，修理监仓银三两二钱九分七厘八毫九丝，铺司兵工食银八十五两四钱七分一厘三毫二丝六忽，丁坛祭祀银二十二两七钱六分三厘六丝（外，荒缺银一十二两二钱三分六厘九毫四丝，于地丁耗银内拨补），江宁文场银一两五钱三分五厘七毫一丝，武举供应银二钱六分八毫四丝三忽，乡饮酒礼银一两九钱七分五厘一丝二忽，清江厂造船民七料银一十二两四钱七分□厘三毫二忽，山阳县长差铺兵工食银一十一两八钱七分一厘一丝三忽，淮安府照磨马夫工食银三两九钱五分七厘三丝，山清厅皂隶工食银一十九两七钱八分三厘四丝。

县丞俸银二十六两三钱七分九厘九毫五丝，门子工食银三两九钱五分七厘三丝，皂隶工食银一十五两八钱二分八厘三丝，马夫工食银三两九钱五分七厘三丝。

主簿俸银二十一两八钱三分七厘八毫二丝，门子工食银三两九钱五分七厘三丝，皂隶工食银一十五两八钱二分八厘三丝，马夫工食银三两九钱五分七厘三丝。

典史俸银二十两七钱八分七厘四毫七丝，门子工食银三两九钱五分七厘三丝，皂隶工食银一十五两八钱二分八厘三丝，马夫工食银三两九钱五分七厘三丝。

巡检俸银二十两七钱八分七厘四毫七丝，皂隶工食银七两九钱一分三厘九毫二丝。

驿丞俸银二十两七钱八分七厘四毫七丝，皂隶工食银七两九钱一分三厘九毫二丝。

儒学（教谕、训导）俸银五十二两七钱六分一毫四丝，斋夫工食银二十三两六钱二分七厘四丝，门斗工食银九两四钱九分六厘八毫二丝，廪生廪粮银八十两，膳夫工食银一十三两三钱三分三厘三毫，文庙香烛银一两五钱二分四厘八毫三丝。

○附征项下：

常盈仓本色麦折银一千九百六十六两四钱五分六厘二毫六丝，运军本色月粮麦折银一百四十七两一钱七分一厘二毫五丝六忽，轻赍席折银六十四两二厘一毫九丝九忽，垦地五厘席折银一两五钱八分二厘四丝，越疆五厘席折银四分二毫八丝，带解桃源县常盈仓麦折银二十两八钱五分七厘八毫一丝二忽。

睢宁县

原额田地一万一千四百三顷七十八亩，内除蠲免滨河失业及小河废地二千四百四十七顷四十九亩七厘，实存地八千九百五十六顷二十八亩九分三厘，节年报垦涸地一百五十顷七十七亩一分六厘，又勘涸滨河地八百三十三顷一十二亩八分，又勘涸小河地八百五十五顷一十六亩九分五厘，又覆勘淤地五百四十六顷六十八亩九分三厘，共地一万一千三百四十二顷四亩七分七厘，嗣于乾隆元年钦奉上谕事案内，蠲豁滨河地八百三十三顷一十二亩八分，又蠲豁小河地八百五十五顷一十六亩九分五厘，又蠲豁新淤地五百四十六顷六十八亩九分三厘，乾隆四年实在成熟田地九千一百七顷六亩九分二毫（内：原地每亩科起存、赠五等银一分七厘五毫，岁夫银三厘六毫，米一合三勺，麦二合五勺；清出涸地每亩科起存银一分九厘七毫，赠五银六丝，岁夫银四厘八毫一丝；淤地每亩科征各则，与原地同）。

——以上地漕各项，除荒实征银二万五百四两七钱七分六厘，麦二千三百九十八石八斗五升八勺四抄八撮，米一千二百三十一石八斗四升五合五勺。

原额人丁一万六千九百五十四丁，除逃亡外，节年编审，以增抵减，至乾隆元年，实在人丁九千七百四十丁，内除优免人丁一百七十四丁，滋生人丁五十八丁，实在当差人丁九千五百八丁（每中下一则丁科银三两五钱，下上一则丁科银二两四钱，下中一则丁科银一两三钱，下下一则丁科银九钱，又下上一则丁科银五钱一分，又下中一则丁科银三钱五分，又下下一则丁科银二钱三分）。

——以上随田摊征丁银三千一百三十六两一钱五分。

丁、田二项，共征银二万三千六百四十两九钱二分六厘。

〇杂办项下：

马场租银六两三钱九分六毫六丝。

〇杂税湖租项下：

牙税银三十六两七分二厘五毫，牛猪税银三十五两三钱二分九厘五毫，典税银三十五两，田房税银（岁无定额，尽收尽解），白马庄、白山湖租银二百三十两八钱九分九厘五毫。

解给各款

〇起运项下：

解司兵饷银一万三千八百二十六两四钱二分三厘（内[1]：拨补教职全俸、各役工食及孤贫廪膳、铺兵荒缺银二百四十二两一钱七分一厘，清查升除案内请豁银六两八钱九分九厘，额增二办黄熟铜改办铜斤正脚铺垫银九十二两二钱八分九厘，拨补河工荒缺银七十三两七钱三分九厘，拨补裁夫荒缺银八百六十四两八钱五分七厘，武庙祭祀银六十两），水脚银九十二两六钱七分二厘。

〇河道项下：

河工桩草、砖灰银二百一十四两四钱六分，裁夫工食银二千五百一十五两一钱四分二厘，支给夫食银二两九钱七分六厘，岁夫改折银四千两。

〇随漕项下：

船料旱脚银二十三两六钱六分三厘，五厘席折银二钱二分五厘六毫一丝二忽，漕赠五银五十八两六钱五分九厘三毫八忽，减存八厘席折银三钱六分九毫八丝，给军本色席银六钱四分一厘六忽。

〇各仓项下：

凤仓麦折银四百六两一分一厘三毫九丝八忽，淮仓麦折银八百一十八两五钱三分八厘四毫四丝五忽，扬仓麦折银一十六两二分六厘六毫一丝三忽，大、泗二卫月粮麦折银八十两六钱六分二厘六毫三丝九忽，减存丁船银一十一两九钱五分六厘三

①“内”字杂入正文，据文例调整为注文。

毫七丝七忽，漕项裁扣银一百七十四两二钱四分，本色麦折银一千一百九十九两四钱二分五厘四毫二丝四忽。

〇存留经费项下：

淮安府税课司俸银一十四两五钱二分五厘三毫一忽，淮安府照磨所俸银二十三两四钱五分四厘八毫三丝三忽，淮安府皂隶步快工食银四十二两，里河厅皂隶工食银一十八两，海防厅皂隶工食银一十八两，山阳县长差铺兵工食银一十八两，中河铺兵工食银二两五钱，辛安、刘马巡检司弓兵工食银六十两。

知县俸银三十三两四钱九分五厘九毫七丝八忽，门子工食银一十二两，皂隶工食银八十四两，轿伞扇夫工食银四十二两，马快工食银四十八两，民壮工食、器械银二百四十两，斗级工食银二十四两，库子工食银二十四两，禁卒工食银四十八两，修理监仓银三两七钱二分六毫二丝五忽，孤贫口粮、花布银一十六两三钱九分八毫四丝五忽，□□银三十三两□□□□□□□□□□□□（□□□十一两□钱一分□厘三□□□□□□□□项下拨补），□□□祭银□十二两二钱□厘六毫五丝二忽，丁坛祭祀银二两六钱七分八厘八毫五丝，铺兵工食银二百五十二两，浅厂夫工食银六十两七钱二分六厘一丝，乡饮酒礼银三两七钱二分六毫二丝五忽，察院门子工食银二两六钱七分八厘八毫五丝一忽，清江厂造船民七料银一十七两五钱七分三厘六毫一丝二忽，军三小料银三十两二钱九分二厘四毫二丝九忽，协济江宁修理文场银九钱六分七厘三毫六丝三忽，修理江宁武场银二钱九分三厘七毫五丝。

主簿俸银二十四两六钱四分九毫六丝三忽，马夫工食银六两，门子工食银六两，皂隶工食银二十四两。

典史俸银二十三两四钱五分四厘八毫三丝三忽，马夫工食银六两，门子工食银六两，皂隶工食银二十四两。

儒学（教谕、训导）俸银五十九两五钱三分三丝三忽，斋夫工食银三十六两，门斗工食银一十四两四钱，文庙香烛银一两七钱二分三厘三毫九丝，廪生廪粮银八十两，膳夫工食银一十三两二钱三分三厘四毫。

存留俸工项下，除荒实征银一千二百八十三两六钱一分四厘外，地丁内拨补荒缺银二百四十二两一钱七分一厘二毫九丝三忽，又大员俸内拨补佐杂荒缺俸银五十两六分八厘三丝六忽，又于耗银内拨补春秋丁祭荒缺银一十一两五钱一分四厘五毫七丝。

附徐州卫

原额正、并二卫屯田三千八百八十五顷五亩一分三厘，内除未经开垦田地三百二十四顷八亩六分二厘外，共熟地三千五百六十顷九十六亩五分一厘，节年开垦升科地一百四十六顷七十四亩九分三毫，乾隆六年实在成熟地三千七百七顷七十一亩四分一厘三毫。内：正卫地二千七百三十七顷八十五亩八分七厘，并卫地九百六十九顷八十五亩五分四厘三毫（正卫每亩科军需银一厘六毫六丝六忽，麦连耗共二升二合一勺一抄，正耗豆一升二合二抄四撮，麦每石折银五钱，豆每石折银七钱五分）。

——以上共征军需银六百七十七两五钱七分九厘七毫有奇，正耗麦七千四百三石八斗五升三合六勺八抄，正耗豆四千三十七石四斗一升六合二勺五抄。

原额屯丁正、并二卫共三千八百四十九丁，除逃亡故绝二千二百三十丁，实存屯丁一千六百一十九丁，俱系驾运军旗，原无丁赋，嗣于康熙二十一年编审，清出三则屯丁二百六十六丁。内：正卫上则十七丁，中则七十九丁，下则九十九丁；并卫上则三丁，中则四十九丁，下则一十九丁，共二百六十六丁，照额输赋。乾隆元年编审，实在屯丁二千九百六十九丁（内：无赋驾运旗军一千六百一十九丁，滋生丁一千八十四丁，输赋人丁仍二百六十六丁）。

——以上随田摊征丁银七十二两。内：正卫三则，丁银五十二两；并卫三则，丁银二十两（每亩摊丁银一毫九丝二忽）。

不在丁田，马场租地三十六顷三十六亩，征地租银三十六两三钱六分（丁银一例摊入）。

——以上军需、地租、折色麦豆，通共征银七千五百一十五两九钱二分八厘七毫。内：军需、丁租等银七百八十五两九钱三分九厘七毫，系解藩库；麦豆折征银六千七百二十九两九钱八分八厘九毫，除抵给运船外，余银解江安粮道库。（查徐卫额征麦豆折色内，有抵给本卫徐河三帮出运旗船月粮。每年照全船出运之数，先行除抵。至冬底起运时，如有减停之船，则将抵给月粮按数起征，归入解款。但有无减存并减存若干[①]之处，系临时按粮派运，难以预定也）

物产

峄阳孤桐，泗滨浮磬，纪自《禹贡》，以其为斯地所独有也。旧志广罗笺注，

① 底本漫灭，“若干”二字据道光《铜山县志》卷四《赋役》补。

略无区别，可谓择焉不精矣。今取专产之物，与虽同而其产尤佳者，于各物下条注之，其通郡所产与他处同者，亦依类次列焉。

谷类

稻（旧不种此，近时间有种者，水、旱凡二种。惟萧县白米山泉所灌稻最佳）、麦（有大麦、小麦、荞麦三种。宋苏轼云："徐州地宜菽麦，一熟而饱数岁。"）、菽（有黄豆、赤豆、绿豆、黑豆、豌豆、青豆、黎豆、鸡风豆、豇豆十余种）、黍、稷、粱、秫、胡麻。

蔬类

芹（有水、旱二种。徐地多旱芹，一名药芹，或云即蒡芎）、黄芽菜（与黄芽韭，并砀山者佳）、菌（俗呼为莪子。又一种，冬月雪时生山中，名冻莪，甘滑不同常味，善藏之，可至明年四五月，不可多得也）、蘑菇（州邑皆产）、羊肚菜（生泽中芦苇间，形如羊肚，味胜蘑菇）、老鹳嘴（生山中，茎白叶长，开黄花，早春采其芽和面蒸食之，味甚美。其根阴干，浸酒饮之，能令人发黑；火焙研末，可合疮口）、芥、韭、蒜、葱、茄、蔓菁、荠、蕨、苋、芋、瓠、莴苣、莙荙、芫荽、菠薐、生菜、白菜、苦菜、苜蓿、芦菔、山药、百合、蒲、茭、茼蒿、王瓜、冬瓜、菜瓜、金瓜、南瓜、苦瓜、稍瓜、丝瓜、豆荚、金针菜。

果类

桃（各属俱产。惟丰县桃尤实大而味甘）、杏（郡境杏园最多。一种梅接者，名梅杏，味佳）、梨（萧县梨曰兔头燕顶者，甘脆尤异）、枣（萧县天门寺出天枣，形小色红味美）、地枣（生山中，结实于根，如枣，而小蒸至一昼夜始熟，可疗饥）、李、柰、柿、莲房、藕、菱、芡、沙果、苹果、石榴、栗、胡桃、银杏、羊枣、西瓜（有红、黄二种，徐地多产黄者，吕梁者尤胜）、甜瓜、香瓜、文观果、无花果。

药类

何首乌（有赤、白二种，赤为雄，白为雌，出萧县山中）、黄麻（《本草》：出彭城者佳）、泽兰（《本草》：徐州泽兰，紫叶方茎）、枸杞（《通志》：郡邑通产）、鬼箭草（《通志》：入药，可治疫，郡邑通产）、大戟、沙参、威灵仙、芫花（《明一统志》：以上州县俱出）、翻白草（产吕梁山）、万乐花（生萧县山中，茎细长而盘屈，晒干浸酒服之，能活血黑发）、仙鹤草（生云龙山下，茎端结成鹤形，性温无毒。五月五日采之，阴干浸酒，可治虚寒疾）、柴胡、桔梗、巴戟、苦参、紫参、丹参、知母、山楂、泽泻、远志、艾、苍术、红花、甘松、地榆、干葛、菖蒲（《寰宇记》：菖蒲，一寸九节及十节，出下邳县偃武乡）、牵牛、茜草、薄荷、苏子、瓜蒌、牛蒡、地丁、瞿麦、苍耳、槐角、蒲黄、蒺藜、薏苡、半夏、附子、三棱、细辛、黄精、茴香、仙茅、牛膝、葶苈、漏芦、草乌、藿香、射干、蚕沙、天南星、罂粟壳、青木香、延胡索、益母草、地骨皮、麦门冬、蒲公英、金银花、桑螵蛸、白头翁、红娘子、天仙子、楮实子、莨菪子、香附子、蛇床子、菟丝子、蓖麻子、车前子、王不留行。

木类

松、柏、桐、梓、槐（子房山一槐，虽枯不朽，土人云唐时物也）、桑、柘、檀、榆、椿、杨柳、栎、楮、楝、皂荚、棘、椒、樗、橡、棠梨、白蜡、菩提、枳、竹（附）。

花类

素心蜡梅（内外一色，香倍他种，名素心金莲）、梅花、水仙、瑞香、玉兰、牡丹（徐地近豫省，种类颇多佳者）、芍药（徐郡多植此花，极为奇盛）、海棠（花与他处同。有一种名铁脚海棠，结实如木瓜而小，略异他郡）、玫瑰、罂粟、宝相、蔷薇、月季、萱花、荷花、木槿、虞美人、木香、金钱、绣球、紫薇、龙爪、金盏、珍珠、玉簪、荼蘼、茨蘼、凤仙、鸡冠、葵花、石竹、山丹、棣棠、菊、丁香、紫荆、夜合、碎剪罗、雁来红、木芙蓉、滴滴金。

草类

野兰（萧县署兰山出）、紫草（砀山出）、马薤（出邳州河南北岸。取其根制马刷、拂尘）、蒲、苇、荇、蓼、蓝、萍、蒿、蓬、茅、苜蓿、马兰、游龙、绣带、青莎、薜萝、垂盆、牛舌、狼尾、虎须、观音、吉祥。

禽类

鹤（《邳州志·土产》有灰鹤）、鹰（出萧县者良）、鸡、鸭、鹅、鸽、燕、鹊、鸠、黄鹂、阿鷴、雀、鹭、鹘、鹳、鹞、雁、凫、鸥、鹙、鸬鹚、鸩、天鹅、雉、鸳鸯、布谷、桑扈、鹌鹑、鹡鸰、练雀、啄木、鷦鷯。

兽类

牛、马、骡、驴（丰县产花驴，特胜）、羊、豕、犬、狼、鹿、獐、兔、狐、狸、獾、猴、猫、鼠。

鳞类

鲤（黄河鲤背厚味甘，不让江鲤）、鮰（俗名猪嘴角牙，出黄河中）、鳣（似鲭而小，长五六寸，有须，黄河中出）、银鱼（出微山湖）、鲫、鳊、鲈、鳜、鲇、鲦、鲩、鳝、鳗、鲟、鳢、鲢、河豚。

介类

龟、鳖、蟹、虾、蟛蜞、蚌、蚬、蛤蜊、螺蛳。

虫类

蛙、虾蟆、蚕、蜂、蝶、萤、蝉、蝙蝠、络纬、螳螂、蜻蜓、蚱蜢、蟋蟀、蝇、蚊、蛾、蝎、蛇、蚁、蜣螂、蚰蜒、蜘蛛、蝼蝈、蝎虎、蝇虎、蚯蚓、蛴螬、螟蛉、蜗牛、螽斯、土鳖、芙蓉虫（状类蚬，大仅如粳米，色殷红，浮游水上。府治厅事前，暴雨水潴乃生，涸复不见）

货类

丝（《唐书·地理志》：徐州贡双丝绫）、绢（《元和志》：徐州贡上细绢）、绸（《唐书·地理志》：徐州贡绵绸。旧志：丝绸、绵绸二种。绵绸出丰县者尤佳）、棉（《元和志》：徐州赋用棉绢）、麻（有苎麻、白麻、苘麻数种）、布（砀山出者更胜）、铜（铜山出，今无）、铁（唐时州贡刀错，宋置利国监铁冶。旧志：盘马、铁山皆出。今无）、石炭（萧县出者胜）、花石（《唐书·地理志》：徐州贡紫石。旧志：花石出东山，文成竹木如绘，前人尝琢为用物。今不复出矣）、砚石（按《吕梁志》："明郎中张镗尝得石制砚，与端、歙埒，一时竞求之。"今不知其处）。

附古贡物

五色土（《禹贡·徐州》："厥贡惟土五色。"《传》曰："王者封五色土为社，建诸侯，则各割其方色土与之，使立社。"《元和志》："徐州开元贡五色土各一斗。"《寰宇记》："五色土，出彭城县北三十里赭土山。"详见《山川》）

峄阳桐（孔安国《书传》："峄山之阳，特生桐，中琴瑟。"应劭《风俗通》："桐出峄阳山，采东南孙枝为琴，声甚清雅。"山在今邳州，久无此）

泗滨磬（《水经注》："泗水自彭城过吕梁。《晋太康地记》曰：水出磬石，《书》所谓'泗滨'者也。《括地志》亦云：吕梁出磬石。"白居易云："唐天宝中，始废泗滨磬，用华原石代之。"宋时，改用灵璧石。明嘉靖中，凿平吕梁，此物永绝矣）

徐州府志卷之五全

徐州府志卷之六

公署

公署例宜重见在者，以志国家设官分治之制。先郡县及仓库、百司，专职守也；次文武公署，有事兹土而非主吏也。而前代去今未远，或事往迹存，与虽废而在所当复者，并附录之，使来者有所考焉。

徐州府

府署，在城北正中，即旧州署。相传西楚故宫。唐、宋刺史皆居此。元置武安州，移治城东南。明初，知州文景宗复还故址，创建今治。宣德十年知州杨秘、天顺元年知州宋诚、成化元年知州王叙、九年陈廷琏，相继增修。嘉靖二年，知州张淮拓大之。中为正堂，左为龙亭库，右为吏目厅，各三楹。东西列吏房科十一（东：架阁库，承发司，吏、户、粮、礼房；西：勘合科，兵、刑、工房，马政科）。前为箴石亭，亭前为仪门。门外左土神祠、申明亭，右狱、总铺、永成库，前为大门。正堂后为川堂，川堂左右为耳房，后为后堂，又后为知州宅。宅左前为同知宅，后为预备仓。又后为东吏舍，右为判官宅、吏目宅、西吏舍。大门外东西旧有承流、宣化二坊，嘉靖中废。隆庆六年，知州章世祯于仪门外创寅宾馆。万历元年，知州刘顺之以大门去仪门远，内移二丈许，左右为斜垣，前为门屏。东邻学舍，建兴贤坊；西建图治坊。三十四年，知州夏崇谦重修仪门并六房科。天启四年，河决入城，尽圮于水。崇祯二年，知州韩云复建州署，改永成库于大堂后右。十一年[①]，知州朱统[②]鍏又移建堂后之左。本朝知州事者稍事修葺，无所改更，今为府署规制，略依旧焉。（治内后堂之东，相传即宋时逍遥堂故址。又有秀楚堂，为州守孙觉建；明善堂，为杜纯建。岁久并堙。前知州孙枝蕃建楼于明善故址。知州孔毓珣重建逍遥堂。知州姜焯重建秀楚堂，改造后堂，又于逍遥堂前叠石为山，迤东为沼，改建草堂，颜曰“来鹤轩”。升府后，草堂渐圮，前守曾弘绪重建，易草

---

① 原作“九年”。案各志《官司表》：朱统鍏，十一年任。据顺治、康熙《徐州志》改。

② 原作“纯”，据顺治《徐州志》及本志卷十《官司二》改。

为瓦。今守石杰仍以“逍遥堂”颜之）

铜沛河务同知署（在府治西南，即故南公馆改建。明万历间，分淮安府同知专管徐属河务，并催漕运驻此。天启间，没于水。崇祯二年，同知吴嘉［言］[①]即故址建今署。本朝初因之。乾隆元年，分置丰萧砀河务通判，改徐属厅为铜沛厅，止管铜山县河务。仍驻旧署）

丰萧砀河务通判署（系新设，未建）

管理粮盐捕通判署（系新设，议建，买张氏宅，在铜山县署南。现在兴工）

经历署（系新设，现建府治仪门之左）

府学教授署（在学宫西，即旧州学正署）

铜山县（附郭）

县署，在府治西南。本郡人张氏宅，雍正十一年设县后，买为署。今仅有库、狱，其余营度已定，尚未兴工。

县丞（驻府城，无署）　南岸主簿（驻房村，无署）

北岸主簿（驻府城，无署）　典史署（未建）

县学训导署（在学宫旁，即旧州训导署）

吕梁洪巡检司署（在吕梁镇）　东岸驿丞署（在黄河东岸）

利国驿丞署（在城北九十里利国监）　桃山驿丞署（在城南五十里桃山）

兑军仓（旧在城北三里，后移南关堤内，又没于水。顺治七年，副使张兆熊、知州佟遵道改建于城东门内。今为常平仓积贮之所）

广运仓（在城南二里许，东临河干，即元武安州故址。明永乐十三年，为漕运转输建。宣德五年，增置仓廒百座。成化中，罢转输，令卫军径诣仓兑。初令中官司之。嘉靖初，改归部臣。仓廒倾圮，仅存四座，主事梅守德、尹梁修复六座。旧有会计堂。守德又建驻笏亭，凿池于厅事后。后没于水。顺治间，郎中陈嘉胤[②]建南廒一座，并楼、仓。今铜山县在此收漕）

演武厅（旧在河北九里山前。明万历初，因水迁城南凤凰山南。后又改城西郭家嘴）

---

① 字据康熙《徐州志》及本志卷十《官司二》补。

② 原作“陈嘉应”，避雍正讳改。今据顺治、康熙《徐州志》恢复本字。下同。

文武公署

学院行署（在府城东门内。康熙四十九年，知州卞之钧、训导汪庆升等创建，为督学使者试士之所。初，徐属士子俱赴淮安与试，往返几千里，又苦黄河之险。至是，始试本境，胥称便焉）

淮徐道署（在城西南，即东察院。明正德六年，改建道署。嘉靖十五年，副使宋圭于堂西建射圃。二十五年，副使王梴拓修之。万历末，避水患迁东门内大察院，寻没于水。崇祯元年，兵备唐焕仍于故址建今署。本朝雍正十年，移驻宿迁。而旧署止存照壁、大门，新构数楹于废基上，为淮徐道行署）

河标中营协镇副将署（在府西门内，本故西察院改建。明天启间，圮于水。崇祯二年，副总兵马孟[①]骅重建。顺治二年，副总兵周维墉增修）

协标中军都司署（在府西南隅，旧为左军守备。雍正十年，改中军都司）

徐州卫守备署（在府城东南隅，旧为兵备中军废署。康熙十一年，守备王钦以卫署久废，详请驻此）

徐州南岸营守备署（康熙十七年设，初驻戏马台户部旧署。二十五年，迁东门外黄河南岸。乾隆二年，改丰萧砀河营，驻扎北门外）

徐州北岸营守备署（在府城外，久圮。乾隆二年，改铜沛河营，驻扎北门外）

附录

漕运府（先在百步洪，为督漕都御史、总兵、参将巡历驻节之所。明成化十八年，因水泛修筑不常，知州和鸾、指挥苏宽等移建城东门外、泗河东岸。久废）

都察院（在府城东隅。明嘉靖中，副使王梴建彭东书院于此。三十一年，增设抚营，都御史［王玑］[②]因改为都察院。未几，罢。万历间，兵道迁此。后水没，道署还旧地，此仍为察院。后改儒学，以旧学为察院）

东察院（即今淮徐道行署。明洪武十一年建，为巡按御史莅事之所。成化九年，知州陈廷琏重修，立风纪、激浊、扬清等坊。正德时，改为道署）

西察院（在城西北[③]。明景泰六年，知州宋诚建。后改为参将府，又为总兵府。今为副将署）

南察院（在府治西南。明正德中为南公馆，监仓内臣居之。万历元年，知州刘顺之改为察院。二十二年，改为河防同知署。又有西察院，在兵道署后，不知何时建。万历中，副使袁应泰尝迁学于左卫，以此为左卫。久废）

---

① 原作“重”，据康熙《徐州志》及本志卷十二《官司四》改。

② 二字据万历、顺治、康熙《徐州志》补。

③ 原作“南”，据各志建置沿革改。

户部分司署（明永乐中建，为监督粮储主事莅政之所。初在南门外，广运仓侧。正德间，圮于水。十五年，主事李崧祥徙南门内。中为厅事，左为绿竹轩，右为书吏房，后为川堂、后堂，又后为宅。堂左右皆有厢，厅前左右各为胥舍。前为大门、二门，外为州卫官祗候之所。街东西列慎储、平政二坊。主事杨概、林壁、梅守德、尹梁、张国华相继成之。后河决署没，主事张璇移居戏马台修署，缭以石垣。崇祯九年，郎中张湖[①]建箭楼。本朝顺治二年，郎中陈嘉胤修增雉堞。四年，郎中王维屏于楼门内增左右板屋。康熙初，罢部使，署废）

徐州洪工部分司署（在城东南徐州洪东岸，面西，本洪主事莅政之所。中为正厅，左为洗心轩，后为宅，最后为眺远楼，主事戴德孺建。厅前左右为吏舍，前为二门、大门。外[为][②]坊一，主事吴哲建。北为官厅。又北为义仓，主事李香建。南为含晖楼，主事于思睿即旧鼓楼址重建。又南为井亭、社学、药局、草厂各一区。初，本司公署有二：一为洪上公署，乃莅政之所。即今萃墨亭，其遗址也。基周一里许，大门内为厅事、川堂，后为清风堂，南为苏墨亭，又南为追胜亭。主事蒋文、郭昇、尹珍、夏从寿相继创造。一为洪东公署，乃燕居之所。正德丁丑，洪上公署圮于水，主事董恬即洪东公署，拓基重建，以为莅政之所。后主事陈辅、陈明、陈穆继修。万历二年，主事张登云复于洪中建高亭，形方顶锐，名“回澜亭”。六年，裁并吕梁分司。今俱废）

吕梁洪工部分司署（在吕梁洪东岸，向西。明弘治十年，主事来天球建，为本洪主事莅政之所。外为前门，左右为钟、鼓楼，中有坊曰“漕河通济”。又内为仪门，为正厅。厅左为仪仗库，右为小轩，后为川堂、后堂。由厅迤北为大观堂，主事曹英建。后为状元亭，乃费宏读书处。亭后为望云楼，主事伍全建。大观堂西为宅。正德中，主事陈宪于公署四周为石垣，计六里。中为石门，左右通衢为二门，各有楼。又后立三门，以便出入。岁久圮坏。嘉靖三十四[③]年，主事王应时因旧增筑为城，延袤五百余丈，高二丈五尺，下广八尺。门四：东曰迎和，西曰广济，南曰通裕，北曰澄清。又于署西催运厅前，因高为楼，匾曰“吕梁洪”，其门曰正洪门。署左为观澜亭，右为养正书院，主事陈洪范建；北为社仓二区，主事郭持平建。万历二年，主事黄猷吉重修本署，于城南建万石仓，夫厂二区，砖厂、药局各一区。俱久废）

徐州卫旧署（在城东南隅。明初，指挥使司敬建。正统后，指挥王春、苏宽相继修葺。天启甲子河决，圮于水。自后，官此者率僦民居。康熙初，始移今署）

---

① 原作“湘”，据康熙《徐州志》及本志卷十《官司二》改。

② 字据嘉靖《徐州志》补。

③ 原作“四十三”，讹从康熙《徐州志》，据万历、顺治《徐州志》乙正。

徐州左卫署（在城西南隅，本故河南侯陆聚宅。明宣德五年，指挥佥事范诚建。久废）

彭城驿丞署（在城外黄河南岸。今裁）

圣谕亭（在鼓楼前左。明嘉靖二十二年，知州王重贤建。今圮）

旌善亭（有二：一在府治前，一在南关厢。俱久圮）

皇华厅（旧在东门外，河西岸。正德中圮。嘉靖间副使王梃重建，没于水。万历初，副使舒应龙、知州刘顺之移建河东子房山下。今圮）

北关官厅（在旧万会桥西，为榷船税所。又有河东官厅，在桥东，为迎送上官所。俱废）

房村公馆（在房村。明嘉靖三十一年，都御史曾钧因治河建。国初，尝为管堤判官公署。今废）

刘家公馆（在兵道后。明万历初设，水没复建，今废。又有君子亭，在城东南隅，万历十九年陈文燧建，有堂室门垣。后为公馆，水没后淤废。又旧有公馆四：二在旧东察院左，二在院后，俱久废）

永福仓（旧在州左。明初，知州文景宗建。隆庆中改为学，户部主事朱光宇、知州章世祯即旧学地建仓。后没于水）

预备仓（明天顺七年知州王叙建，有廒五，没于水。崇祯十年，知州李宗奇复建于州大门内福神祠前，今废。又有济留仓四所：一在吕梁，一在境山，一在黄山村，一在赵团山，俱久废）

阴阳学（在府治前东。明洪武三十一年建，设典[①]术一人）

医学（在府治前东。明洪武十七年建，设典[②]科一人。二学皆久废）

税课局（有二：一在城中正街，一在吕梁，俱明洪武六年建。正德末，省吕梁局并于州局。今裁）

鼓楼（在府治前。明洪武七年，知州高玉琳，指挥严渊、蔡祥，知事马良建。天顺元年，知州宋诚改建大楼。万历初，知州刘顺之重修。天启四年，河水陷城，淤高于门，因辟其上层为南北道）

钟楼（在城西南隅，亦高玉琳建。宣德中，知州杨秘重修。今废）

养济院（初在旧学旁。明成化九年，知州陈廷琏移城西北隅。隆庆三年，知州章世祯患水，迁城东隅。万历二年，知州刘顺之重修。后废。又有济众堂二：一在河东驿前，一在吕梁洪，永乐十年建，以赈济饥民。又安乐堂，在城东南隅，亦永

---

① 原作“训”，据前州志改。案《明史·职官志四》阴阳学官：府曰正术，州曰典术，县曰训术。

② 原作“训”，据前州志改。案《明史·职官志四》医官：府曰正科，州曰典科，县曰训科。

乐十年建，以济远方贫病军民。俱久废）

小教场（在城东南隅。明万历间，积水成沼，改建参将署东。今废）

萧县

县署，在县新城东门内。明万历五年，知县伍维翰迁城时，建署城中央。旧志所载正堂、吏舍、箴石亭、仪门、土地祠、寅宾馆、仓、狱、总铺、大门、屏壁、后堂、知县宅，丞、簿、史宅，申明、旌善亭，无不备具。崇祯末，数遭兵燹，荡然无存。本朝顺治三年，知县杨春和即故察院署为县治，建东西吏舍。后知县祖永勋又葺后堂三楹、书库房各二间、茅屋十间。据旧州志云："相沿至今，咸以为安。兴建旧署，尚俟之后来焉。"

主簿署（在县西北四十里郝家集）　　典史署（在县署旁）

县学教谕署　　训导署（俱在学宫内）

张山店巡检司署（在县东南张山店。旧为赵家圈巡检。康熙三十年徙此，改名）

常平仓（旧名预备仓，在县治仪门内，兵燹。康熙二十年，知县阎允吉建屋五间。雍正十一年，知县温长发改建瓦屋二十四间于县治西百余步，为积贮所）

水次仓（旧在徐州城南马市街。天启甲子，没于水。顺治十四年，知县宁坪买民宅一区，为秋粮仓，在府城南广运仓东）

演武厅（在县西门外）　　养济院（在县西门外）

武职公署

萧营都司佥书署（即旧守备署，在城内魁楼西街。康熙十六年，守备刘守珮买民宅创置。后守备徐城、赵兴隆、王遵典相继增建）

附录

西察院（在县西门内，久废。今县治即东察院也）

砀营守备署（在县西北赵家圈，明崇祯六年建，今废）

赵家圈巡检署（在赵家圈，明景泰二年置，今徙废）

营田仓（有五：一在乐善乡，一在都仁乡，一在孝义乡，一在仁寿乡，一在旧县治东，俱明正统五年知县赵珣建。万历八年，知县伍维翰重修。后并废）

阴阳学（在县治后）

医学（在县治西。二学俱明洪武十七年设，今废）

谯楼（在县治前。明知县伍维翰建，康炜重修。今废）

钟楼（在旧城西六十里曹马城中，今废）

旧城建置（旧城久废为墟，其建置可考者，曰：税课局，洪武三年建；河泊所，十四年建；养济院、济众堂、惠众堂，永乐十年建；济留仓，景泰元年建）

砀山县

县署，旧在今治东市中。元末，兵毁。明洪武三年，知县邢俊杰重建。二十五年，灾。永乐三年，知县郝玘复建。正德七年，兵毁。十年，知县刘守恒复建。嘉靖中，圮于河，迁小神集。四十四年，知县崔元吉仍还旧治。隆庆六年，知县王廷卿增修。万历二十六年，又圮于河，知县熊应祥迁建今治。中为正堂，东西吏舍。前戒石亭、仪门。门外东土地祠，前为大门。门内东为宾馆，西为钟楼。正堂西有幕厅，堂后为知县宅。宅前有清白堂，一名“思补”，左右有厢各三楹。其东为库楼。大门外西有圣谕亭、申明亭，东有旌善亭。

主簿署（在县治东）　　典史署（在县治西）

教谕署、训导署（俱在明伦堂后，明知县熊应祥建）

预备仓（在治内主簿宅前，明知县熊应祥建。旧又有四所：一在崇教坊，一在大彭社，一在赵九社，一在浮沟[①]社，俱久废）

常平仓（在县治，明知县朱之扬建）

义仓、社仓（俱明万历间知县陈秉良建）

养济院（在县治西，明知县熊应祥建）

育婴堂（在县治东）

演武厅（旧在城南隅。明知县熊应祥改建西郊，占地二十亩）

附录

察院（旧在县治南。明隆庆间，知县熊应祥迁儒学东）

阴阳学（在县治大门左）　　医学（在县治大门右。俱久废）

钟楼、鼓楼（俱明永乐三年知县郝玘建）

小公馆（在县西门内）

毛城铺公馆（在毛城铺，明知县朱之扬建。久废）

西镇店公馆（在西镇店，亦朱之扬建。久废）

① 原作“讲”，据康熙《徐州志》改。

丰县

县署，在城中央，建立最久。宋关景仁增修。元末，毁于兵。明洪武初，知县傅时即旧址重建。嘉靖五年，河决城陷，知县高禄徙治华山之阳。三十一年，知县徐莫复还旧治重建。四十一年，知县胡乂心增葺。万历二年，知县吴文光重修。中为正堂，左为库，又左为龙亭库，东西列各吏房科。前为箴石亭，又前仪门。门外左土地祠，右延宾馆，东为铺，西为狱，前为大门。正堂后为内省堂、后乐堂、嚣嚣亭。堂楼左右厢，东小书房，后楼，又后大书房[①]。凿池环之，杂植花木，颇称幽胜。（县治左右，旧有旌善、申明二亭，久废，知县阎玿重修。又治前左右有二坊：东曰承流，西曰宣化。明万历八年，知县庄诚建。四十年，知县孔道源易其名：东曰平政，西曰亲民）

主簿署（旧在县治仪门内迤东。今驻盘龙集）

典史署（在县厅西）

教谕署、训导署（俱在学宫内）

水次仓（在沛县夏镇。明万历八年，知县庄诚建。本朝顺治十年，知县阎玿重修）

常平仓（在县东门内。雍正十年，知县魏升叙建廒五十八间，为积贮所）

义仓（在中阳门内。康熙十八年，知县孙毓璘建）

养济院（在县治西北隅，明知县徐莫建）

育婴堂（在城西南隅，康熙十九年建）

演武厅（旧在城东门外，明知县王三益改建城西门外）

附录

察院署（在县治西北。明嘉靖三十一年，知县徐莫改建儒学。三十九年，知县胡乂心又迁学于县治东南，复即其地改建察院。今废）

阴阳学（在县治东）

医学（在县治西。二学俱久废）

鼓楼（在县治东。又钟楼，在治西。俱久废）

预备仓（在察院东。又旧有四所：一在华山保，一在七级保，一在苗城保，一在司马保，俱久废）

常平三仓（在县治后。明万历二十三年，知县孙延建。至四十年，仅存其一，知县孔道源修复二仓。后俱废）

---

① 案顺治《丰县志》："堂后内省堂、后乐堂、嚣嚣亭。堂楼五楹，左右厢房。堂东小书房三楹、楼三楹。又后大书房三楹。"此说较为明了。本志从康熙《徐州志》，节文过甚。

沛县

县署，元以前在城西北隅。元末，兵毁。明洪武二年，知县费忠信徙建城南门内，寻坏。永乐十一年，知县李举贤重建。嘉靖间，知县杨政、孙灿、王治、周泾相继增修。四十四年，圮于水。隆庆元年，知县李时大修之。万历初，知县祝希哲、符玺累加修治。三十一年，河决城坏，衙署胥沉。三十三年，知县李汝让迁于北门之东偏，建今治。中为正堂，左为銮驾库，右为赞政厅，前为戒石亭，东西六房吏舍。前为仪门，外左为神祠、宾馆，右为狱，为铺。又前为大门，门外屏墙。正堂后为中堂，东为库楼，西为书房。又后为知县宅，左为县丞宅，右为典史宅。明末圮，本朝顺治十四年重建。康熙四十年，知县杨弘绩重修。

管河主簿署（在夏镇城中洪济街北，明隆庆三年建）

教谕署（在东门内，旧学东偏） 训导署（在教谕署西偏）

夏镇闸官署（在夏镇见泰门外，东临闸）

泗亭驿丞署（旧在县治东南。明嘉靖末，迁夏镇。今在崇胜寺左）

水次仓（旧在县治东一里，河南岸。明隆庆二年，迁夏镇小水门内。其西为丰县仓）

常平仓（在县治銮驾库东，故县丞宅也。康熙三十年，知县方曰琏改为仓）

养济院（在永清门内。明景泰三年，知县古信建于县治北。万历中，知县李汝让迁此）

演武场（在北郭外稍西，有厅三楹，地三十二亩五分。明嘉靖二十二年，知县王治自城南迁此）

文武公署

河防同知行署（在夏镇城中，故分司署东北。明初为营田仓，万历中知县罗士学改为公馆。后改河防行署。内有大堂、川堂、后堂、寝室，厢厨具备）

协标右军守备署（在夏镇运河东岸。顺治十一年，工部主事常锡胤[①]建）

附录

察院（即旧县治。明永乐四年，知县常瓘建于旧治东。万历三十七年，知州[②]李汝让迁此。康熙中废，改为义学）

---

① 原作“常锡引”，避雍正讳改。今据顺治、康熙《徐州志》恢复本字。后皆同此。

② 按：李汝让以邳州知州留管沛县，故称“知州”。

沽头工部分司署（在县南二十里泗河东岸。明成化二十一年，主事陈宣建，为提督湖陵城诸闸主事莅事之所。厅、堂、门、宅规制如徐、吕二洪分司。嘉靖间，主事侯宁筑城卫之。四十四年圮于水，明年移治夏镇）

夏镇工部分司署（在夏镇城中。明嘉靖末，自沽头移此。隆庆二年，主事陈楠市民地十八亩建署，中为大堂，后川堂，又后中堂，又后主事宅。大堂东为宾馆，西为书房，前为仪门、大门。大门外东西列二坊，东坊外为官厅。明末渐圮。顺治八年，主事狄敬建安夏楼于后圃。十四年，郎中顾大申尝修之。康熙十五年裁，分司署亦废。乾隆四年，因夏镇守备操演无所，知府石杰详允，将废基改作教场）

户部分司行署（在夏镇城南，运河西岸。本故赵公祠，顺治十六年户部郎中吴愈圣改建行署。后为义学）

皇华亭（在夏镇小水门外，临河。明隆庆元年建，内立大学士徐阶《新渠碑》。万历七年，主事王焕于亭后建君子堂，为往来使客驻节之所。顺治十二年，主事常锡胤树坊亭前。今堂毁，亭尚存）

阴阳学（在县治南，明洪武十七年设）

医学（在旧县治前，明洪武十八年设。二学万历时已废）

税课局（在城内东北隅。明永乐四年置，嘉靖十一年革）

递运所（在县治东南，旧泗河东岸。明永乐四年建，置大使一人司之。嘉靖末废）

预备仓（在县治西南一射许。明嘉靖二十六年知县周泾建义仓，后废。万历三十七年，知州李汝让即其地建预备仓，今亦废。又旧志载：县境预备仓凡五所，在北门外，及广戚、泗亭、千秋、汉台四乡，皆久废。又有济留仓，在旧县治仪门外西南，明永乐四年建，久废）

洪济楼（在夏镇运河西岸。又有庆阜楼，在河东岸。俱明时建，久废）

县境公馆（县东南三十里有里仁集公馆，南三十里有刘家堤口公馆，西南三十里有七山公馆，北三十里有庙道口公馆，五十里有沙河公馆，俱明万历中知县罗士学建。明末并废）

广济堂（在县东旧驿南。明景泰中水灾，流亡丐食者众，巡抚王竑令有司煮粥济之，凡活十六万人。久废）

孚惠堂（在泗北岸，亦王竑设以济贫病者，活六七百人。亦久废）

邳州

州署，在今新城中。其旧城中废署。明洪武三年，知州马拯因旧址建。成化七年，判官曹卿更建。弘治初，知州李惟聪重建。本朝康熙七年，河水陷城，官民屋宇悉沉，州治僦居城南堤上者二十余年。至二十九年，迁州治于艾山南，筑新城，知州孙居湜始建今署。中为正堂，后为后堂，旁为库，又后为知州宅。正堂前东西六房吏舍。前为仪门，外为神祠、宾馆。又前为大门，前有屏墙。大门之西为狱。雍正八年，大水入城，大门、神祠、宾馆及六房吏舍、库房皆冲圮。乾隆二年，知州石杰重建屏墙，余惟稍加补葺而已。

州同、州判、州学正、训导（皆在旧城堤上僦居，无署）

吏目署（在州署东北）

新安巡检（在州西北三十里沩口镇，无署）

直河巡检（旧在旧治东南六十里直河口，今移镇卫集，在州南猫儿窝对岸三里。无署）

夹沟驿丞署（在河口）

州仓（在州治大门内西，今废）

常平仓（有三：一在旧城羊山；一在沩口镇运河旁，雍正九年建；一在州东官湖镇，雍正十二年建）

下邳驿馆（在旧城堤上）

文武公署

邳睢灵璧河务同知署（在旧城堤上）

邳睢北岸河营守备署（在旧城堤上。有千总一员，亦驻此）

附录

察院（有二所：一在旧州治东，久废；一在旧城西门内，明嘉靖十五年，知州陈柏重建。城陷，俱圮）

工部分司署（在旧州治东，明洪武三年知州马拯建。久废）

邳州卫署（在旧州治东南，明洪武十三年建。今废）

阴阳学（在旧治西）

医学（在旧城龙兴寺内）

常平仓（在旧州署内东偏。又南关厢仓，在旧治东南二里；沙子道口仓，在旧治东南四十里；鲍家庄仓，在旧治西北一百里。今俱废）

税课司（在旧州治西南。明洪武十四年建，久裁）

递课所（在旧州城东南。明洪武四年建，万历元年废）

河泊所（在旧州城西北三十五里。明洪武十四年建，久废）

养济院（在旧城外一里东西庙。明洪武十七年，知州郝茂建。永乐初，知州舒文秀重建。久堙）

宿迁县

县署，在新城中。明万历四年，旧署圮于水（旧署在今县南旧城中，元末毁。明洪武元年，县丞方铎因故址重建。景泰二年毁，县丞屠玉修。成化二十二年灾，知县朱光正重建），知县喻文伟改筑新城，重建今署。中为正堂，后为后堂，又后为知县宅。正堂左右为二库，前为戒石亭，东西六房吏舍。又前为仪门，门外左土地祠，右迎宾馆，两旁为铺、狱及女监（知县何东凤建）。前为大门，左有旌善亭，右有申明亭。

县丞署（在县署东）中河县丞署（在县治）

北岸主簿署（在县城内）　南岸主簿署（在白洋河）

运河主簿署（在县西北皂河集）　典史署（在县治东南）

教谕署（在县学东）　训导署（在县学西）

刘马庄巡检司署（在县北一百二十里）

归仁堤巡检司署（在县南归仁集）

钟吾驿丞署（在新城南，水次仓西。前有皇华亭）

水次仓（在旧治南。明隆庆四年，河水湮没，知县宋伯华改建灵杰山前）

预备仓（在新治土地祠左。明万历四年，知县喻文伟建。又，县境有社仓二十所，皆喻文伟建，久废）

演武场（在新城东北，有亭，有台，坊曰宣威。知县喻文伟建）

养济院（旧在临淮门外，知县喻文伟迁县前大街）

文武公署

分巡淮徐道署（在县城外北，雍正十一年创建。前为屏墙、东西坊、大门、仪门、官厅、神祠，中为大堂，旁书吏舍，内有二堂、后房，厢厨具备）

宿虹河务同知署（在县治）　宿迁运河通判署（在县署前一射许）

邳睢河营游击署（在县治）　宿迁运河营守备署（在县西北皂河集）

宿虹北岸河营守备署（在县治）　宿虹南岸河营守备署（在县南白洋河镇）

河标右营守备署（在县城）　潼安卫守备署（在白洋河镇）

附录

察院（明洪武二年，县丞方铎建于旧县治东。万历四年，知县喻文伟改建新城儒学前东隅。中为正堂，后为川堂、后堂，前为大门、仪门及东西吏舍。康熙中废）

阴阳学（在县治东旌善亭左，明知县喻文伟建）

医学（在县治西申明亭右，亦喻文伟建）

税课局（在旧县南，久废）

观澜馆（在县罗家口。明万历二十二年，知县何东凤建。又高城公馆，在顺二图，亦何东凤建）

睢宁县

县署，在城北。明洪武元年，知县汪质因旧址建。景泰初知县卢立、成化六年知县何皞俱重修。正德六年，为流寇所毁。八年，知县刘景沂重建。嘉靖、万历间，相继增修。崇祯九年，复毁于寇。后知县高岐凤、署县事邳知州朱逸泓重修。本朝康熙初，知县冯应麟[1]、石之玫俱增葺。五十八年，知县刘如晏大加修建，规制始敞。中为正堂，堂下东西六房吏舍，前为仪门（门内东为县丞署，久废。门外有银房），又前大门（上有谯楼），门内东为迎宾馆、土地祠。门外东为乡约所，前有屏墙。正堂后为川堂，内为后堂，又内为知县宅。库在后堂旁，狱在仪门内西。

县丞署（在黄河南岸姚家集）

主簿署（在黄河南岸魏家集）

典史署（在县治仪门外西）

教谕署（在明伦堂后）

训导署（在明伦堂东）

常平仓（在县署西，共五间。康熙五十七年，知县刘如晏建）

水次仓（在县北羊山。顺治八年，知县魏翰建。康熙五十七年，知县刘如晏重建仓五间，并建官厅、公廨[2]）

演武场（在县西门外。旧有厅，废。康熙五十八年，知县刘如晏清出场地十七亩七分，召垦收租，以供阅操之用）

育婴堂（在县东门内。雍正九年，知县郎大成建）

武职公署

邳睢河营南岸守备署（在县城内，今废）

① 康熙二十二年《睢宁县志》作“冯应麟”，康熙五十七年《睢宁县志》作“冯应麒”。本志卷十三《职官五》亦作“麒”。今难详本字，各从原字。

② 案康熙五十七年《睢宁县志》卷三《公署》：“并建官厅三间于仓北；又于厅前建公廨五间，以居书役之随赴水次者。”

附录

察院（在县治东北。明洪武十三年，知县毛本静[1]建。嘉靖、隆庆、万历间重修。崇祯九年，毁于寇）

行署（二所：一在县北十五里曲期集，一在县东三十里沙家集。俱久废）

阴阳学（明初，在县门西南。永乐十六年，迁治东北隅）

医学（初在县门西南。永乐十六年，迁治东。二学久占于民。万历十四年，知县申其学尝重修，后复废。又有惠民药局，在县西北，亦久废）

税课局（在县西，久裁）

递运所（在县辛安镇，久废）

河泊所（在县东十五里高作集，久废）

预备仓（三所：一在察院西，明正统六年知县闵义建，天顺七年知县牟鸿重修，万历十四年知县申其学重修，正廒、东廒共六间；一在庙湾；一在辛安镇。俱久废）

义仓（在县南门外，本屯田道种子仓。明万历十四年，知县申其学重修，劝士民积粟备赈。久废）

养济院（在县治西南。明景泰三年，知县刘伫创建。万历十一年，知县申其学重修。久废）[2]

学校

古称徐郡与邹、鲁同俗。汉时儒林，彭城特盛。下逮唐、宋，风流未艾。近日湛深经术，既不数见；登科目者，亦复寥寥。岂地有转移，抑教育之道尚有未尽者欤？志学宫修建之由，览者毋徒视为具文焉。

徐州府学

在城东北隅，去府治百步。旧在城东南隅，元至正时毁于兵。明洪武二年，知州文景宗移城东北。宣德间知州杨秘、景泰间知州宋诚，相继增修。天顺六年，知州王叙拓而大之，重建大成殿、两庑、棂星门。成化六年，知州陈廷琏竟其功，又重建明伦堂及斋阁。正德七年，督学御史黄如金、兵备副使柳尚义增建斋舍。嘉靖六年，副使赵春命知州郭天锡拓学前基，并修庙庑堂斋。十二年副使何鳌、十三年知州魏颂俱增修。十四年，知州陆时望建敬一箴亭。二十一年，知州王重贤建启圣

① 原作“靖”，据本志卷十二《职官四》及康熙二十二年、五十七年《睢宁县志》改。

② 底本墨团，本条据康熙五十七年《睢宁县志》卷三《公署》补。

祠。后黄河频决，学基成沼。隆庆三年，知州章世祯白于都御史翁大立，以永福仓址改建。知州刘顺之、副使冯敏功继之，规制始备。历四十余年，复渐圮。万历四十四年，副使袁应泰移建左卫旧址。天启四年河决，水环学厅外，惟庙基未没。崇祯九年，庙灾。十六年，兵道何腾蛟移于东大察院，初建庙堂门池，余俱未就。本朝顺治十年，兵道胡廷佐令知州余志明、学正谭［学］[①] 准、训导蔡尚廉修葺。康熙二十一年，州人病其湫隘，谋迁州治之东。淮徐道刘元勋先出五百金。于是河南道祖文明、河务同知乔显忠、副将邓君弼、知州臧兴祖，并四属县令、州学正、训导，各捐俸有差。乡官张胆，子道祥、道瑞，及吴汝琜、杨妍、鹿嶟、冯大奇，诸生经乃济、拾泰、单乾、王辰等，共助金成之。中为大成殿，东西列两庑，前为戟门，又前为棂星门。当门为屏殿，后为明伦堂，堂后为启圣祠，左右为名宦、乡贤二祠，宫墙除道，并皆坚整。是役也，张氏出资十之四五，且董其成。四十一年，知州佟国弼重葺。五十六年，知州姜焯改建棂星门，凿泮池，跨三石梁。池东北建更衣厅，西北建省牲所。改建戟门为五楹，移名宦祠于门左，乡贤祠于门右。修圣殿，拓殿前台，护以石栏，益两庑各为七楹。以殿后启圣祠基，改建尊经阁，移祠于阁东，增敬一亭于阁西，规制始备。雍正元年，加封先师五世王爵，改启圣祠为崇圣祠。十一年州升为府，以州学为府学。乾隆三年，知府石杰遵新制，大成殿改覆黄瓦，修葺两庑、尊经阁及各祠，规模益焕焉。

铜山县学

未建，现附府学。

萧县学

在县治西南隅。故址在旧北城西北。宋绍圣间，县令孙文徙置旧南城东南。后为河水冲啮。元至正丁丑，县尹耶律廷瑞重建于河西。元末毁。明洪武初，主簿刘瑜重建。永乐后，知县郝玘、柳新、马纶相继增修。正德十六年，巡按御史宁钦移建于华严寺、东岳观之地。万历五年河决，庙圮，知县伍维翰迁城，建学于县治东。四十六年，知县萧学俨复迁于县治西南，即今所也。中文庙，东西两庑，前为庙门。门外东名宦祠，西乡贤祠，前泮池、石桥，又前棂星门。门前屏墙。庙后明伦堂，东崇德斋，西广业斋，东北启圣祠，西北敬一箴亭。儒学在庙西。明末渐

① 字据顺治、康熙《徐州志》及本志卷十三《职官五》补。

圮。本朝顺治五年，知县祖永勋修而新之。康熙四十九年，知县徐大生重修，建奎楼，复于城西南开小南门，为学宫前大成门。雍正十三年，邑贡生王傅梅重修崇圣祠，及门坊祠宇。

砀山县学

在县新城内。旧在旧城西北隅，唐贞观四年建。宋元祐间，邑人王惠捐资迁东北隅汉高祖庙右。金大定间圮，县令杜之美同进士邵师[①]古新之。元大德十一年，县尹杨泰移建高祖庙故址。明永乐、正统［、成化］[②]间，知县郝玘、刘伯吉、杜钊、张梦辅先后修葺。嘉靖四十一年，河决学圮。隆庆间，知县戴伟、王廷卿相继重修。万历间，知县［吴］[③]尚诚以其地洿下，又迁西华池北。二[④]十六年，知县熊应祥改建今所。中文庙，东西两庑，前戟门，左名宦祠，右乡贤祠，前泮池，前棂星门。启圣祠在文庙左，更衣亭在戟门左。庙后为明伦堂，堂东为魁星楼，堂后为教官宅，草创粗具。天启七年，知县李春鲸，教谕叶孝友、孔时可，训导贺日章共新之。崇祯五年，知县姚来琯益加修建。九年，知县宋坤建祠斋庑墙。本朝顺治十四年，知县曾为履、教谕苏渊、训导金逢瑞、乡官冯知己等捐修。康熙二十一年，岁贡生陈鼎新重修正殿两庑，增广名宦、乡贤二祠，易棂星门以石。六十一年，知县王晋重修。雍正十二年，教谕张景祁、训导曹廷襄重建明伦堂。乾隆二年，知县陆国枢重修葺大成殿及两庑诸祠宇。

丰县学

在县治东南。旧在县治东，金末毁于火。元至正间，县尹郭瑄重建，寻毁于兵。明洪武六年，知县曾本创建。宣德、天顺、成化间，相继修葺。嘉靖五年，没于水。二十一年，知县李崇信创建于迁治之东。三十一年，知县徐蕡复还旧县，重建于县治西北。三十九年，知县胡乂心于县治东南改建今所，岁久寖坏。本朝顺治二年，知县阎玿、教谕陈彝及训导江能容大修，制度毕备。康熙三十五年，知县李振、教谕黄师晟重修，创建奎楼。后知县王初集又修。中文庙，东西两庑，前戟门。门外泮池，桥跨其上，文曲沟水绕之。桥左名宦祠，右乡贤祠。又前棂星门，

---

① 原作“思”，据前各州志及砀山人邵邦哲《重修大成至圣文宣王庙记》改。

② 二字据康熙《徐州志》补。按：张梦辅，成化五年知县。

③ 字据本志卷十一《官司三》补。

④ 原作“三”，案旧志“万历戊戌”，参以熊应祥履职时间，应为二十六年，据改。

当门为大成坊。东为儒学，由学大门入，为宰牲门、魁星楼、启圣公祠。祠前西转，入礼门，即庙。后为明伦堂，后问奇堂，又后尊经阁。堂东西为修德、明道二斋，西南为义路，与礼门正对。又西转为敬一亭，亭后为宅，亭前为书院。又有文明楼，在敬一亭西。

沛县学

在县南故泗河南岸。旧在河东泗亭坊，宋靖康中，兵毁。金大定初，徙建河西清[①]化坊。元至正间，复毁。明洪武三年，知县费忠信、训导华革等重建。永乐、正统、景泰间，知县王清、古信俱重修。嘉靖八年，圮于水。十一年，知县王治以旧学地易泡河南龙泉寺址，改建今所。二十五年，知县周泾增门庑祠宇，凿泮池，易民地拓大之。后知县李祯迁启圣、名宦、乡贤三祠，作南畿首学坊。四十四年，复圮于水。隆庆三年，知县白经改建明伦堂、两庑，徙启圣祠于庙东。万历二年，知州刘顺之修圣庙，知县倪民望修各祠宇，立兴贤、育才二坊。九年，知县周治升修两庑，建棂星门，创尊经阁，徙启圣、名宦、乡贤三祠于明伦堂后。二十四年，[知县罗士学][②]设外屏，立作圣、成材二坊，规制始备。本朝康熙七年地震，庙圮，生员王祉等修葺正殿。十七年，教谕叶炳修葺两庑及明伦堂、东西斋舍。三十一年，生员王贯、监生王可继重建启圣祠。四十年，知县杨弘绩重修。雍正十三年，知县李棠重修大殿、明伦堂。乾隆四年，重修东西两庑。

邳州学

在新城内。旧在旧州治东南，宋时建，元末毁。明洪武四年，判官裴珏[③]重建。成化、弘治、嘉靖间，相继重修。本朝康熙七年，沉于水。十八年，管河同知苏嵋、知州李缵宗与学正胡圭、训导许来惠，改建于南堤之东，先营庙殿，二十年落成。二十四年大水，学正孟安世、训导许来惠堤障获全。二十九年，改筑新城，知州孙居湜营度规制，申请建学。至康熙五十六年，知州高魁标、朱尔融始相继偕州绅士捐建。（建学始末并迁州后宜入地志诸事，行文本州稽考，多不能知。又自建新学以来，朔望瞻谒，惟知州、吏目行事，其余各官因驻旧城，仍诣旧庙行礼。惟春秋二祭儒学，一至新城。雍正八年大水，旧庙亦圮，仅存东庑四楹）

---

① 原作“靖”，据正统《彭城志》、嘉靖《徐州志》改。

② 五字据康熙《徐州志》补。

③ 按：本志卷十二《职官四》失载此人。查各本《邳州志》，亦然。

宿迁县学

在县城外灵杰山左。旧在县治东南里许，元至元二十八年，县尹张彬、达鲁花赤孛老创立学址。元贞初，孛老与尹萧世荣成之。元末兵毁。明洪武二年，县丞方铎、训导孙本初重建。永乐、正统间，屡经修葺。成化五年，提学御史谢选改建。嘉靖末，为大风雨所坏，知县陈嘉道重修。万历五年，复为河水冲啮，知县喻文伟迁建新治之左。崇祯八年，知县王芳年复迁今所。康熙七年地震，多圮，教谕章得简、毛士铨、谢范陵等相继修葺。

睢宁县学

在县治东南。元至元二十五年，县尹王荣祖始建。大德八年，县尹苗铎重建。元末，毁于兵。明洪武六年，知县叶见泰、教谕林德乾重建。宣德末知县卫镛、景泰初知县张竑、正德间知县黄守濂、刘景沂俱增修。嘉靖后，知县乔镇、徐密相继修葺。崇祯二年，为河水所圮。本朝顺治四年，知县殷岳建正殿、两庑。八年，知县魏翰建棂星门、戟门。康熙元年，知县冯应麒、教谕孙大经建启圣祠及魁楼、学门，兴贤、育才两坊，泮池、青云桥，其余无不修整。四年，知县石之玫建青云亭。三十五、六、七年，知县谢乃实、章之瑶、教谕李嵘瑞重修，并建尊经阁。五十七年，知县刘如晏、教谕费廷宣迁启圣祠于文庙东北，并建名宦、乡贤祠于前，移尊经阁于启圣祠后，节烈祠于忠臣祠西。乾隆二年，知县余家璜、教谕吴遇进、训导郭梅俱重修。

文庙匾额三：康熙二十三年御书“万世师表”四字，雍正三年御书“生民未有”四字，乾隆三年御书“与天地参”四字。并摹刻悬庙中（各属州县同）。

文庙崇祀至圣先师孔子。东西列四配，次十哲，两庑以先贤七十余子及先儒左丘明以下诸儒从祀。岁以春秋二仲月上丁日，用太牢（自雍正三年始）致祭。每朔望，郡县长以下诣学行香。（旧制：四配十哲外，两庑祀先贤澹台灭明以下六十二人，先儒自左、公、谷以下四十人。康熙五十一年，升朱子熹于殿内十哲之次，改称先贤。五十五年[①]，以宋范仲淹从祀，称先儒。雍正三年，增祀先贤蘧瑗、林放、秦冉、颜何、牧皮、县亶、公都子、乐正克、公孙丑、万章共十人，先儒郑康成、诸葛亮、范宁、尹焞、黄幹、陈淳、何基、魏了翁、赵复、许谦、金履祥、陈澔、

① 原作“五十三年”，据康熙《徐州志》改。案清《皇朝通典》卷四十八《礼八》：“五十四年十一月，以宋儒范仲淹从祀文庙，位列西庑先儒之次。”康熙《徐州志》所载应是。

罗钦顺、蔡清、陆陇其共十五人，升周敦颐、张载、程颢、程颐、邵雍为先贤。乾隆三年，升先贤有若于殿东十哲之列，增祀元儒吴澄）

崇圣祠，旧曰启圣祠，祀叔梁公，以先贤颜无繇、曾点、孔鲤、孟孙配，先儒周辅成、程珦、朱松、蔡元定从祀。雍正元年，诏封先师五代王爵：肇圣王木金父、裕圣王祈父、贻圣王防叔、昌圣王伯夏、启圣王叔梁纥。改启圣祠为崇圣祠，同日致祭。增宋儒张迪从祀。

——以上二祀，祭器、礼仪俱遵《会典》。府州县并同。

各学生员额数

府学：廪生四十名（廪膳银详见《赋役》存留项下，各属同），增生四十名，岁考入学文童二十名，科考入学文童二十名，岁科并考入学武童二十名。

邳州学：廪生三十名，增生三十名，岁考入学文童二十五名，科考入学文童二十五名，岁科并考入学武童十五名。

铜、萧等七县学：廪生各二十名，增生各二十名。

铜山县学：岁入文童十五名，科入文童十五名，岁科并入武童十五名。

萧、砀、丰、沛四县学：岁入文童各十六名，科入文童各十六名，岁科并入武童各十二名。

睢宁、宿迁二县学：岁入文童各二十名，科入文童各二十名，岁科并入武童各十二名。

各学恩、拔、岁贡例，详见《选举》。

学田

徐州学田共一十二顷八十四亩（学册云明时置，原委未详），学租银一十五两。雍正十二年升府后，其田府学与铜山县学均分（破石桥一顷六十五亩，王世刚集一顷十六亩三分五厘，展家湖一顷十七亩，梁庄一顷五十一亩，徐三村六十亩，大浮桥三十二亩六分五厘，以上分属府学。破石桥一顷一十亩，王世刚集五十八亩，律北沟一顷八十八亩，梁庄二顷一十亩，徐三村四十亩，大浮桥三十六亩，以上分属县学）。

萧县学田共五顷四十亩（旧县志云：在浮绥湖，明万历末教谕徐遵养捐置，其租银数未详。又有旧城学基三十七亩，亦附学田下）。

砀山县学田二顷十二亩（每年租银九两五钱四分，其田在县东南纪家洼）。

丰县学田共九顷八十亩（谢家集五顷八十亩，于家堂二顷，仇家集一顷，五沟集一顷。原额租银一十七两三钱，并无漕米）。

沛县学田，明嘉靖三十年，知县李祯始置田六顷九十二亩八厘。万历二十一年，知县苏万民又以旧吴公祠赡祠地四顷，归作学田。

邳州学田（旧志不载。据学册云：原额六顷，坐落竹林社，岁征租银一十五两。历年久远，原委未悉。康熙十七年，花山口决，界址堙失，止存地四顷五十亩，租仍旧额。又，学宫明季旧碑载：嘉靖间学田四顷六十亩，坐落旧州古城头河内，相传即吕布所居，历久水沉。雍正二年秋涸，复淹。地系众水所聚，垦熟无期，亦未报部。存以备考）

宿迁县学田（旧县志载有响场及张陵湖地各百十亩，庙巷地租屋一百间，旧学周围地租屋二十八间，旧学空地一顷十六亩一分，直河镇赵文等房一百八十间并地五亩，皆岁纳租为贫生助）

睢宁县学田一顷八十亩，在县东南凌城社，额征租银三两六钱。（县志：明天启二年，知县林翘楚捐地百二十顷。七年，知县杨若桐以新淤官地五百余亩作学田。至康熙六十年间，尚存五顷，与今学册多寡不同，银数则符）

书院 义学

云龙书院（在府城南云龙山黄茅冈四贤祠后。旧有亭馆，为游观之所。康熙六十年，徐属同知孙国瑜始置义学。雍正十三年，知府李根云即其地创建书院。改故紫翠轩为会文所，中为堂，构志道、据德、依仁、游艺、诚意、致知六斋舍，于冈上建先师祠，缭以周垣石栏。集生徒肄业其中，聘名师课之。令绅士张彦琮、权临、左良弼、杨非熊等经理其事。郡人直隶总督李卫奏于朝，且捐置田五顷。萧县绅士王傅梅、张志宁、权峻各助田二顷，为延师课文之费。自是，四方负笈来学者日众）

彭东书院（在府城东北隅。明嘉靖二十五年副使王梃建，为诸生讲读之所。今废）

彭西书院（在府城西南隅。旧称武学，明嘉靖六年副使赵春建，为武举弟子居业之所。二十五年，副使王梃复拓之，改曰彭西书院。今废）

养正书院（在府吕梁分司之南。明嘉靖三十五年，主事王应时因旧社仓改为书院。堂曰育德，左右书屋各十楹，堂后为居学轩，徐邳之士咸肄业于此。今废。又

吕梁书院，亦在吕梁洪，嘉靖十二年[①]主事郭持平建。境山书院，在府北境山，明隆庆四年主事吴自新建。俱久废）

河清书院（在府城东门，明隆庆三年知州章世祯建。万历二年，刘顺之增置寝室。今废）

醴泉山书院（在吕梁北，康熙五十八年州人同建）

龙峰书院（在砀山县新城。明万历元年知县王廷卿建，为诸生居业地。中有天语亭、瑞麦亭）

华山书院（在丰县华山东，明嘉靖二十五年知县叶烓[②]建。又有中阳书院，万历末知县宋士中建。皆久废）

泗滨书院（在沛县东南，旧泗河东岸，邻废递运所，即汉高书院故址也。又建中书院，在县治南。皆久废）

仰圣书院（在沛县上沽头，明嘉靖二十九年主事吴衍建。又有沽头精舍，嘉靖三十九年主事施笃臣建。皆久废）

两河书院（在沛县夏镇城中。明隆庆三年，镇人为尚书朱衡建，曰镇山书院。崇祯中毁。顺治十六年，工部郎中顾大申重建，更今名，延师课士，四方来游者众。明年，镇民涂弘德诬讼起大狱，大申解任，学遂罢）

凌云书院（在宿迁县新城南门内，明万历五年知县喻文伟建。中为明德堂，后为静思轩，左右日新、时习二斋，集诸生肄业其中，亦名毓俊社学。时，文伟又于县城四隅建兴贤、育才、培英、储秀等社学四所，于各镇建志道、据德、依仁等社学二十所。后皆废）

桂林书院（在睢宁县治后。康熙五十七年，知县刘如晏建义学于城隍庙西，监生王讷捐今地改建书院，为课士之所，而以义学地立马神、忠义、节烈等祠。又有义学，在县学东，康熙三十七年知县章之瑶、教谕李嵘瑞建，并置田三顷，为延师之费）

义塾（在吕梁上洪黄家桥。明弘治十一年[③]，主事来天球建。嘉靖二年，主事郭持平修。后圮。十一年，主事蒋应奎重建，置塾师四人，以训童蒙。后废。旧志云：明时城内外社学十余所，成化三年提学御史陈选建，以教民间子弟。后尽废）

乐育馆（在丰县治西，康熙四十四年知县王初集建，置田五十亩，资来学者。

① 按：康熙《徐州志》作“嘉靖癸巳”，即十二年。考郭持平任职时间为正德末（见冯世雍《吕梁洪志·官师》），又舒芬《吕梁书院记》作于“嘉靖癸未闰月癸丑”，时为嘉靖二年。以此推之，“癸巳”应为“癸未”之讹，“十二年”应作“二年”。

② 原作“烓”，据徐州、丰县旧志改。

③ 按：康熙《徐州志》作“弘治己未”，即弘治十二年。二说稍异，未审各自所据。

又有义学，在儒学右，顺治初知县阎玿建，置田七十五亩，赡养生徒）

圣水社学（在沛县西南里许。明嘉靖十年知县杨政建，后废为民居。万历二十四年，知县罗士学重建，寻废。又有天津社学，在旧泗河东岸，亦政建，久废）

高房社学（在沛县西二十五里高房集，明万历二十四年知县罗士学建，久废。旧志云：嘉靖三十年，知县李祯于县境设社学十八区，以教民间子弟。后并废，无考）

夏镇义学（共有三：一在夏镇见岱门内，明隆庆二年工部主事钱锡汝建，以课镇人子弟。中设先圣神位。时分司以所驻去县远，朔望即就义学肃谒，更曰先师庙，岁举二丁祭祀。本朝康熙元年，主事李禧拓庙基重建。后分司裁，始罢。三十一年，知县方曰琏仍改为义学。一在镇城内羲皇庙西偏，康熙十年刑部郎中弼汉建，今废为民居。一即分司行署，康熙三十六年知县佟锟改为义学）

养正社学（在睢宁县城隍庙西南，明万历十年知县申其学建。附祀忠臣丘绅、金声、袁浩，义士朱用之于内，后废。崇祯初，社学亦圮于黄水）[①]

徐州府志卷之六全

① 底本缺损，字参康熙二十二年、五十七年《睢宁县志》补完。

徐州府志卷之七

兵制

旧州志云："徐在汉、魏、六朝、唐、宋、金、元皆当兵冲，号称重镇。其置将设兵，因时增损，迄无一定，今于《官司》《兵变》中约略载之。而其所设官军人数，与分守汛廪食事宜，不可得而详。又惟明代纪载独完，故志徐《兵防》，自明代始。"然其纪明代则太杂，志现在则太略，今用其例而更定之。至本朝营汛制度，历年增捐因改事宜，尤详核焉。

明初，仿元万户之制，凡内郡大者及要害地俱置卫，小者置守御千户所，统于都督府及各都司，后兼辖于兵备道。又增置总兵以下诸将领，驻守其地。其在徐州及今新属之邳州境者：卫三，参将一。

徐州卫，吴元年置，设指挥使、指挥同知、佥事，及镇抚、经历、知事等官。初领左、右、中、前、后五所（每所有正千户、副千户、百户、镇抚，其多寡或异）。景泰五年，调灵山、安东二所，增设中左、中右二所。凡七所。隶京师中军都督府。

嘉靖州志曰：指挥使以下袭荫及诸军政，悉报上中军都督府，以达于兵部。惟京操，则辖于中都留守司领班都指挥。岁以指挥一人入贺万寿节。每岁，抚、按洎兵备道察其贤否，阅五载一考选而变易之，谓之"考选军政"。其掌印及训练、屯田、漕运、京操、管局、巡盐、巡捕、巡河，各一人掌领之，并以选任，皆谓之"见任管事"。不预此者，编诸行伍，谓之"带俸差操"。其镇抚掌卫之狱事，经历则流官铨授，得以文法吏事，纲纪卫政。今多不行，势使然也。千百户考选军政、管事管军，如指挥之制。百户不皆堪任，常以能者兼摄之。旗军：初额凡七千八百四十人，其调补京匠者二百五十二人，见存充伍者仅一千九百三人，余皆死亡逋绝矣。至其漕运：浅船二百五十只，运军二千五百十六人；京操：春班四百九十五人，秋班一千四百七十一人；局匠：原额一百八十人，今止七十五人，岁办料银一百五十两八钱二分八厘，军器一百六十副，计六千四十件；巡河五人，巡盐二十人，捕盗二十人，屯种四千五百十人，城操七百二十六人；及诸杂役：预备仓军斗五人，库子五人，淮安府造船十三人，守门四十八人，则悉索军舍余丁充补额数，给饷一如正军。尺籍空虚，几于无兵可交者矣。

徐州左卫，宣德五年调楚府护卫置（嘉靖志有指挥使、佥事，无同知），领左、右、中、前、后五所，隶京师中军都督府。

嘉靖州志曰：使以下世袭、考选，悉如徐州卫，惟京操省。旗军：初额五千六百四十四人，存留武昌护卫一千三十八人，调武功右卫二百九十二人，见存充伍者一千一百十一人，余皆逃亡。其漕运浅船九十只，军一千五人；屯种三百七十六人；巡捕二十人；巡盐十人；巡河六人；局匠三十九人，岁办料银二百十一两三钱八分，军器八十副，计三千二十件；城操二百三人；及诸杂役：淮安厂造船三十四人，预备仓军斗五人，库子一人，看监十二人，守门二十二人。悉以军舍余丁充补，给饷并与徐州卫同。

邳州卫，明洪武十三年置，隶京师中军都督府（此卫官制，旧志既不得见，今俱无可考[①]。康熙间州志但云：明设指挥十四员、卫镇抚二员、千户二十七员、所镇抚三员、百户五十一员，本朝尽裁，惟设千总四员，随帮领运）。

分守徐州参将，隆庆四年自睢陈参将改置（提调徐州卫、左卫，暨宿州、归德、武平、睢阳、陈州、颍州、曹州等卫，滕县、濮州、颍上等所官兵民兵。设中军守备一员，统兵八百名，分为三营：徐州一营，宿州一营，归德一营。正月至四月驻徐州，以保运道；五月至八月驻归德，以防窃发；九月至十二月驻宿州，以防陆路。天启二年，改置总兵官。四年，改副总兵。崇祯十四年，改徐漕总兵官。十六年，又改副总兵）。

盐城守备，驻邳州（旧系参将，嘉靖四十三年改设，无事驻扎邳州，有事防守盐城）。

淮徐兵备道中军守备（万历三十五年设，统兵五百名，后减至三百名）。

砀营守备，在砀县赵家圈[②]，崇祯六年置（初设把总，寻改守备，统中军掌号左哨、右哨兵五百名）。

按嘉靖旧志：卫兵之外，别有民壮。本州民壮五百二十七人，萧县二百二十九人，沛县一百七十九人，砀山一百七十六人，丰县九十三人。初，正统间以天下卫兵耗弱，令各州县籍民为兵，守御其土，皆以十年更编。本州洎诸邑乃据初籍为定，子孙世役之，虽流亡亦不得去其籍，至为里甲累，民患苦之。嘉靖中，副使王梃议如他郡例编易之，仍著为令。其他所有，则吕梁巡检弓兵四十名、赵家圈巡检

① 按：邳州卫官制，参见明嘉靖《重修邳州志》卷二《兵戎》。王峻修志时未见其书，故云“无可考”。

② 按：赵家圈地属萧县。康熙《徐州志》载：“崇祯六年，漕抚部院杨某题于萧西赵家圈改为赵镇，设砀营把总，寻易守备。”顺治三年，改砀营守备为漕标萧营守备。查萧、砀二县志各引府志，所载略同，唯《萧县志》径改“在萧县赵家圈”，《砀山县志》则书“在砀山县赵家圈”。盖其地在萧县，而营以砀名，兼负两县防务，故而萧、砀县志并录其事。然以赵家圈所在地言，本志、砀志皆误。

弓兵三十名而已。又，建文三年尝设军民指挥使于沛县。天启、崇祯间，丰、沛、砀山诸邑各团练乡兵，皆因有事暂设，非经制也。

本朝顺治二年，废徐州左卫，以屯田并于徐州卫，改设守备，统千总，管卫事（旧指挥、同知、佥事、镇抚等官俱罢，惟留经历一员，康熙初亦裁。现设掌印守备一员，领运千总六员）。康熙年间，裁邳州卫，以卫屯田归并邳州，以千总隶淮安卫，管佥运事。至驻防将领，旧以徐州副将隶漕标，防河各营隶河标（各营官兵始于康熙十七年，裁沿河浅夫改设），今皆属江南总河，分著于左：

河标左营（顺治三年，设徐州总兵。七年，改副将，属漕标，兼辖萧营。雍正七年，移属河标，改为中营。十年，改为左营。旧额副将一员，守备二员，千总二员，把总四员，马战兵二百名，步战兵一百二十五名，守兵五百三十七名，官坐马三十二匹，战马二百匹。康熙二十二年，拨马步战守兵三十四名、马四匹入抚标。二十三年，裁马战兵一百十三名、马一百十三匹。二十五年，改步战兵六十名为守兵。二十六年，裁马步战守兵二十九名、马三匹。三十五年，裁步战守兵三十名。雍正二年，拨步战守兵十二名入太湖营。五年，拨步战守兵八名入苏州营。六年，添设外委千、把总六员。十年，改左军守备为中军都司，添设千、把总二员，外委千、把总二员，马步战守兵二百名；又收右营把总一员、马步战守兵一百九十八名，官坐马二匹、战马七十一匹归营）

副将一员（驻扎徐州府城）

中军都司一员（驻防徐州府城）

右军守备一员（驻防夏镇）

千总三员（一驻防铜山县，一驻防沛县，一驻防睢宁县）

把总六员（一驻防府城西北路，一驻防府城南路，一驻防府城东北路，一驻防丰县，一驻防睢宁县）

外委千总三员、把总五员（协同经制千、把总防守）

马战兵一百六十六名，步战兵二百二十二名，守兵七百五十四名，官坐马三十四匹，战马一百五十一匹，巡船五只，岁需俸薪饷干连闰银二万二千八十二两八钱五分二厘，米四千四百七十三石三斗。

——是营防守铜山县、丰县、沛县、睢宁县地方。（徐州府汛地墩堡十一处，丰县、沛县专管城池、库狱、关厢；睢宁县汛地墩堡六处）

河标右营（顺治五年设游击，属漕标。雍正七年，移属河标，改为右营。旧额游击一员，守备一员，千总二员，把总四员，马战兵七十四名，步战兵一百十八名，守兵五百二十一名，官坐马二十二匹，战马七十四匹。雍正二年，拨步战守兵七名入太湖营。五年，拨步战守兵七名入苏州营。七年，添设外委千、把总六员。

八年，收济宁营马战兵十七名归营。九年，收淮安城守营把总一员、马步战守兵一百六名、苇荡营马战守兵四十七名归营，拨守兵十名入苏州营。十年，添设千、把总二员，外委千、把总二员，马步战守兵二百名，官坐马四匹，战马二十匹；又拨把总一员、马步战守兵一百九十八名、官坐马二匹、战马七十一匹入左营）

游击一员（驻扎桃源、宿迁二县交界白洋河地方）

中军守备一员（驻防宿迁县城）

千总三员（二驻防白洋河镇，一驻防新邳州地方）

把总五员（一驻防邳州隅头集，一驻防宿迁城外，一驻防邳州泇口镇，其二驻防淮安府之桃源、清河二县）

外委千总三员、把总五员（协同经制千、把总防守）

马战兵九十四名，步战兵二百六名，守兵五百九十一名，官坐马二十六匹，战马九十四匹，巡船九只，岁需俸薪饷干连闰银一万六千一百六十六两一钱九分六厘，米三千四百八十二石七斗。

——是营防守邳州、宿迁县及淮安府之桃源、清河二县地方。（邳州汛地墩堡十处，宿迁县汛地墩堡二十六处；其桃源县汛地墩堡十四处，清河县汛地墩堡九处，系淮安府界）

萧营（顺治三年，改砀营为萧营，属漕标。雍正七年，改归河标。旧额守备一员，把总一员，马战兵五十名，步战兵六十七名，守兵一百八十二名，官坐马六匹，战马五十匹。康熙二十二年，拨马战兵一名、马一匹入抚标。二十三年，裁马战兵二十一名、马二十一匹。二十五年，改步战兵十二名为守兵。二十六年，裁马步战守兵十名、马一匹。三十五年，裁步战兵十一名。雍正二年，拨步战守兵二名入太湖营。五年，拨守兵三名入苏州营。七年，添设外委把总一员，仍食马战兵粮。十年，守备改设都司佥书）

都司佥书一员（驻防萧县城）

把总一员（驻防砀山县）

外委把总一员（协防萧县）

马战兵二十七名，步战兵四十一名，守兵一百八十三名，官坐马六匹，战马二十七匹，巡河船四只，岁需俸薪饷干连闰银四千四百五十七两六钱五分六厘，米九百七十八石九斗。

——是营防守萧县、砀山县地方。（萧县汛地墩堡十处，砀山汛地墩堡九处）

丰萧砀河营（康熙十七年，设徐属河营。雍正六年，分本营为南岸、北岸二营。南岸专司灵壁、铜山、萧、砀河务。乾隆二年，改为丰萧砀河营）

守备一员（驻扎徐州府北门外）

千总一员（驻萧县顺河集，专管田家楼、顺河集、徐家庄工程）

把总二员（一驻砀山县定国寺，专管毛城铺工程；一驻砀山县盘龙集，专管黄村、石林口工程）

桩战兵八十八名，守兵三百五十五名，官坐马十四，大柳船七只，岁需俸薪饷干米折连闰共银七千七百三十九两九钱三分有奇。

——是营修防丰、萧、砀三县河工。

铜沛河营（雍正六年，分设北岸营，专司丰县及铜山县北岸工程。乾隆二年，改为铜沛河营）

守备一员（驻府城北门外）

千总一员（驻小店，修防杨横庄、曹家坝、黄家庄、小店工程）

把总二员（一驻大坝，修防大坝、狼矢沟工程；一驻郭汛，修防韩家山工程）

步战兵一百六十六名，守兵六百五十七名，官马十四，大柳船二只，大浚船二十三只，岁需俸薪饷折马干连闰共银一万三千八百五十三两六钱六分有奇。

——是营修防铜山县、沛县河工。

邳州河营（康熙十七年，设邳睢灵璧河营，管辖邳、睢、灵璧三州县黄、运两河工程。原额守备一员，千总二员，把总三员，步战兵十七名，守兵九百三十名，官坐马十四匹，大浚船七十只，大柳船五只。康熙三十八年，题裁岁夫，改募河兵四百四十名。雍正六年，添设游击一员，分辖淮徐南北九河营；守备一员，分管睢宁、灵璧二县黄河南岸汛）

游击一员（驻扎宿迁县）

北岸守备一员（驻防睢宁县木社店）

南岸守备一员（驻扎睢宁）

千总二员（一驻防董家堂，一驻防戴家楼）

把总三员（一驻防董家堂，一驻防五工头，一驻防王家堂）

步战兵二十二名，守兵一千三百六十五名，官坐马二十二匹，大浚船七十只，大柳船五只，岁需俸薪饷干米折连闰银二万一千九百九十六两一钱三分九厘零。

——是营修防邳州、睢宁县、灵璧县河工。

宿虹北岸河营（康熙十七年，设宿虹河营。原额守备一员，千总二员，把总四员，步战兵十九名，守兵八百六十六名，官坐马十六匹，大柳船五只，大浚船四十三只，小浚船二十八只。康熙二十九年，拨兵四十七名入济标中、左、右三营。三十八年题裁岁夫，改募河兵一百十七名。三十九年，拨把总一员、步战守兵一百四十六名、浚船九只入新设中河营。雍正元年，又拨把总一员、步战守兵一百十七名、浚船九只、柳船一只，归宿迁运河厅管辖。六年，分本营为南岸、北岸二营，拨千总一员、把总一员、步战守兵三百七十名、官坐马四匹、柳船二只、浚船二十二只，入新分宿虹南岸河营；本营改为宿虹北岸河营）

守备一员（驻防宿迁县）

千总一员（驻防宿迁县皂河）

把总一员（驻防宿迁县五堡）

步战兵七名，守兵四百九名，官坐马八匹，大柳船二只，大浚船二十一只，小浚船十只，岁需俸薪饷干米折连闰银一万二百六十四两一钱八分五厘零。

——是营修防宿迁县黄河北岸堤工。

宿虹南岸河营（雍正六年，分宿虹河营立）

守备一员（驻防宿迁县白洋河）

千总一员（驻防宿迁县洋河汛）

把总一员（驻防宿迁县蔡家楼汛）

步战兵五名，守兵三百六十五名，官坐马八匹，大柳船二只，大浚船十二只，小浚船十只，岁需俸薪饷干米折连闰银一万一百九十七两一钱五分九厘零。

——是营修防宿迁县黄河南岸堤工。

宿迁运河营（康熙三十八年，设安清宿桃中河营，管辖宿、桃、山、安、清五县中河工程。雍正六年，分宿迁、桃源二县河道，设宿桃中河上营。守备一员，把总二员，步战兵六名，守兵四百十九名，官坐马八匹，大柳船二只，大浚船五只，小浚船四只。九年，以桃源中河仍归安清河营管辖，改此为宿迁运河营。拨把总一员、步战守兵二百名、官坐马二匹、柳船二只，入桃源安清中河营；收宿虹运河汛把总一员、步战守兵一百十七名、坐马二匹，柳、浚船十只归营）

守备一员（驻防宿迁县皂河）

把总二员（一驻防宿迁县杨家庄，一驻防皂河）

步战兵五名，守兵三百三十七名，官坐马八匹，大浚船十只，小浚船八只，大柳船一只，岁需俸薪饷干米折连闰银五千四百四十九两七钱六厘零。

——是营修防宿迁县运河两岸堤工。

乡镇

昔萧何入秦，先收图书，故高祖具知天下阨塞、户口。唐贾耽作《县道四夷述》，关戍走集，莫不毕纪。近州县志于本境乡村镇集，每存其名，方隅道里多无可考，其漫不留心如此，吏治可知矣。今于可考者注之，其无可考者，仍旧次列。而驿递、关梁二者，亦以类相从焉。

铜山县

乡村

七乡九十八村，合在城为八乡，旧制编户百三十里。（编户久已不行，特存其旧，后仿此）

一乡（古名隆德，在东南境。共十村：塔山、双井、白塔、坊亭、稍子、悬水、北集、顾贺、驼沟、赤兰）

二乡（古名昌化，在东境。共六村：堌台、屯头、马头、新郭、安枝、夏店）

三乡（古名福宁，在东北境。共十七村：苏伯、辛马、王解、南蔡丘、张村、南冯[1]、冈头、枕沟、柳泉、侯村、单庄、北冯、夏朔、东高、吕村、西高、北蔡丘）

四乡（古名延寿，在北境。共十三村：南关庄、三梁、溜沟、南曲直、姬村、临秦、末直、清水沟、呼家、韩村、北曲直、马栏、浊河）

五乡（古名安乐，在西北境。共二十三村：奉阳、金陵、南邵团、北欧、杜村、城子、曹团、北邵团、安丘、孙村、浊沙、北林、双堌、南楼子、朱村、南欧、东曹、龙堂、新曹、北楼子、黄村、胡庄、西曹）

六乡（古名嘉祐，在西南境。共十一村：龚成、义安、马场、大彭、董村、桃山、灌沟、林前、林后、阎村、塔山）

七乡（古名崇庆，在东南境。共十八村：三山、黄钟、义堂、南黄钟、梨林、胡山、贾城、张盆、西房、北黄钟、双沟、中房、南却鲍、北却鲍、东房、吴疃、龙堂、栲栳）

镇集

吕梁镇（《九域志》：彭城县有吕梁镇。今有巡司。旧州志作吕梁集，与杨家庄、来安、单家、魏家、侯家、冈上、滩头、土城、伊庄、悦来等十集，俱在县东南一乡。又嘉靖志：一乡有淡家、林子头二集。今废）

汴塘镇（在县东北百里，地有汴塘湖，故名。与邳州接界。《九域志》：彭城县有卞塘镇，即此。旧州志作汴塘集，与泉河、塔山、屯头、芦山、小店、南店等六集，俱在县东二乡。又嘉靖志：二乡有辛贯山、十里沟、堌台、马头、溜白沟、泉上、青山诸集。今俱废）

利国镇（在县北八十五里旧利国驿。宋置监，金时为镇。苏轼云："其地自古

---

① 原作"南堣"，据正统《彭城志》、弘治《重修徐州志》改。下"北冯"亦同。

为铁冶，商贾所聚，其民富乐。凡三十六冶，冶户皆大家，藏镪巨万，常为盗贼所窥。”今为南北通衢，居民犹盛。旧州志作利国集。又有柳泉集，俱在县东北三乡。又嘉靖志：三乡有境上、留城、夹沟、溜沟、谢沟、皮沟、南庄七集。今俱废）

丁家集（在县北四乡。又有复兴、太平、浊河、兴隆、郑家、唐家沟等六集，俱在四乡界）

楼子集（在县西北五乡黄河北岸。又有黄家、冯家、敬安、石城、管粥、黄村、新安、豆虎店、湾里、公平、葛家口、兴仁、胡李、徐家店、顺河、袁家等十六集，俱在五乡界。又嘉靖志：五乡有新集、胡庄、城子院、杨村、金陵、火燎、雁麦、五沟等集。今俱废）

桃山集（在县西南五十里桃山驿。又嘉靖志有马栏、灌沟、安山、丁塘四集，在县西南六乡。今俱废）

房村集（在县东南八十里黄河南岸。明初，置水驿。嘉靖间，大河尝决于此。又有双沟、黄钟、胡山、双庙、王庄、张家、中立等六集，俱在县东南七乡）

萧县

七乡

旧城地俗曰在坊乡，合在乡七乡为八乡，编户三十七里。

乐善乡（在县北）

里仁乡（在县南）

孝义乡（在县西北）

红亭乡（在县西南）

仁寿乡（在县西南）

都仁乡（在县东南）

仁智乡（在县东南）

镇店集

永固镇（在县东南二十里永固山下，有集）

白土镇（在县东南五十里，宋苏轼得石炭于此。《金志》：萧县有白土镇）

永宁镇（在县西三十里）

安民镇（《金志》：萧县有安民镇。今一名“东镇”，在县西四十里）

暑兰店（在县东南七十里）

张山店（在县东南一百一十里，与灵璧县接界。今设巡司）

盂城店（在县南十五里）

帽山店（在县西南十里）

朱珊店（在县西二十里）

曲里店（在县西二十里。明万历二十七年，总河刘东星浚贾鲁河故道，自曲里

铺至三仙台四十里，即此）

刘家店（在县西六十里）　　梁郭店（在县西北十五里）

赵家圈集（在县西北六十里，大河津要处也。明嘉靖四十四年，河流由此冲决，丰沛皆受其患。旧有巡司，本朝设萧营守备驻防，移巡司于张山店）

申明亭集（在县西北旧县治。又，县西北四十里有郝家集，六十里有雁门集，七十里有姬家庄集、黄家口集）

韦家道口集（在县西五十里。又，县西三十里有杨家集、西陈集、红庙集，四十里有吴家集、棠林集）

瓦子口集（在县西南三十里。又，县西南四十里有高岳集，五十里有留歇集，七十里有锦川桥集、青里集）

丁里集（在县南十二里。又朔里店集，在县南二十里）

庙桥集（在县东南二十里。又芋曲集、北辰集，俱在县北二十里；吕闾集，在县北三十里；管粥集，在县北四十里，距黄河）

砀山县

乡社

在乡二十一社（使庄社、柳庄社、封池社、马昂社、东张社、大彭社、赵九社、渠城社、原奉社、段庄社、陈村社、浮沟社、子乾社、双沟社、蒲芦社、青台社、忠义社、兴礼社、保安社、务本社、重安社。以上编户二十五里）

店集

西镇店（在县东五十里。旧有公馆）　王达店（在县西三十五里）

毛城铺集（在县东三十里。本朝康熙中，河臣靳辅于此建减水闸坝，以泄黄河涨水。近复兴修）

侯家口集（在县东五十里，与萧县接界）

小神集（在县东南二十里。明嘉靖中，迁县于此，以避河患。其地有小神湖，毛城铺减水由此湖，东达萧县永固、姬村诸湖）

盘龙集（在县东南三十五里）　　南镇集（在县南十八里）

戚家集（在县西南十五里。又刘家集，在县西南二十里；鼎新集，在县西南四十里，接河南虞城县界）

吕家集（在县西十八里）

饯城集（在县西北三十五里大河北岸，旧为六河冲要）

吴家集（在县西北十五里。又忠义集，在县西北二十里；回堽集，在县西北三十五里；北镇集，在县西北四十五里）

市力寨集（在县北四十里。旧为河滨冲要，尝移县主簿驻此。又羊耳河集，在县北二十里；窦家集，在县北十里）

双沟集（在县东北十五里）

麻城集（在县东北二十五里，即古麻乡。又里仁集，在县东北十八里；礼河集，在县东北二十里；杨村集，在县东北三十二里；胡宋集，在县东北三十四里；福庆集，在县东北三十五里）

丰县

乡保

在乡十八保（华山保、大乌保、留顺保、丁兰保、万安保、襄田保、七级保、艾村保，皆在县东南；安靖保、苗城保、新赵保，皆在县西南；司马保、田村保、食城保，皆在县西北；忽城保、力村保、永安保、新村保，皆在县东北。以上合在城保，编户十九里）

庄集

赵庄（在县西北二十里。旧为集，今成巨镇。又杨庄，在县西北二十里；刘庄，在县西北三十里；马庄，在县东南九里；胡庄，在县北十七里。又，县南旧有枣庄，东南有陈庄，今废）

黄家店（在县北五十里。又，县北四十里旧有任家店，今废）

艾村集（在县东南十五里。县志云：今名杏花集）

华山集（在县东南三十里。又谢家集，在县东南十八里；安仁集、新丰集，俱在县东南二十里；风化集，在县东南二十二里；襄田集，在县东南二十五里）

棠林集（在县南二十里。县志谓：即古中阳里。又永庆集，在县南十二里；管勾集，在县南二十里）

苗城集（在县西南二十里。又许家集，亦在县西南二十里；永宁集，在县西南十二里）

褚庄集（在县西北十八里。又新安集，在县西北三十里）

司马集（在县西北三十五里古司马城。又丁庄集、洪光集、首羡集、便益集，俱在县西北四十里；刘家集，在县西北四十五里）

常店集（在县北十二里。又顺合集，在县北三十里）

忽城集（在县北三十里。又大圣集，在县北四十里）

丁兰集（在县东北十二里。县志云：即汉孝子丁兰侨寓处。又停灵台集、兴利集，俱在县东北二十五里；贺堌集，在县东北四十里；蠡口集，在县东三十里）

沛县

乡村

四乡，编户三十里。（嘉靖志载三十六村，旧州志三[1]十九村，新县志多不合。今参酌录之）

广戚乡（在县东，因汉广戚县为名。旧州志有十六村。县志增至二十余：曰滩上，去城五里；曰王家岭；曰鲁村；曰桃沟村；曰鹿家口；曰三界湾，居徐、滕、沛之交；曰鸿沟；曰聂庄，在鸿沟北七里；曰安家口；曰丁村；曰杨庄，在夏镇北八里；曰高村，在镇西北三里；曰刘村，在镇西；曰石羊村，在李家口东南；曰范家村，在夏镇南；曰鹿家场；曰吕坝；曰南庄，在满家闸南；曰寨子里，在夏镇东南；曰刘昌庄，北与络房相对；曰络房村，在夏镇东八里，有南、北、中三村；曰黄丘村；曰白冢村；曰纸房村，在夏镇北六里，居人率以制纸为业；曰汇子里，在夏镇西北。其旧塔墟村，今没于湖；丁马、泉水二村，今不知所在）

泗亭乡（在县北，因秦泗水亭为名。旧州志止大社、科城二村。县志有十余：曰八里屯；曰张家庄，去县十二里；曰何家口；曰时家口；曰官庄；曰魏家营；曰苇子园；曰安家营；曰小房村；曰曲防，在昭阳湖东北，去城二十五里；曰大社村，在邵玉集西；曰于家村；曰马家寨。其科城村，今废）

千秋乡（在县西，因古千秋城为名。旧州志六村。县志有十二：曰窑子头，在西南郭外，东接瓦子村；曰刘家园；曰黄家井；曰谷里村，在二堡遥北；曰邵村；曰蔡家村；曰周田；曰梅家村；曰十字河；曰灌城村；曰北孟村；曰彭村）

汉台乡（在县南，因古歌风台为名。旧州志十五村。县志有二十：曰瓦子村，在南郭外；曰刘家井；曰封沟村；曰临堤村；曰黄家村；曰南坨村；曰鸭子嘴；曰魏氏老家；曰栗子村；曰桑子村；曰马村，在县西南二十七里；曰房家营；曰盘龙村，在县西南，有大、小二村；曰秦村，在县南二十里，有南、北二村；曰乔窝，有前、后二村，前村今名张潘集；曰胡庄，在县南鄙；曰犇口村；曰于家村；曰欧家村；曰杨家场）

① 原作“二”，讹同康熙《徐州志》，今据四乡总数改。

镇集

夏镇（在县东北四十里运河西岸，北即山东滕县界。本名夏村，明隆庆元年移沽头分司驻此，建为镇。万历十六年，工部主事杨信筑土城于南、北、西三面。明年，主事余继善补筑东面。门四，各有楼：东曰见泰，西曰瞻华，南曰延庆，北曰拱极。东面临河又增二门：曰洪济，曰小水门。天启六年，郎中丰建欲甃以砖，不果。本朝顺治十五年，员外郎顾大申始建砖城。十七年，主事李禧竟其功。周九百余丈，高二丈五尺。康熙七年地震，四门楼并圮。城外有濠。天启五年，郎中朱瀛达建二闸，引运河水注之。西南有护城堤，万历七年主事王焕筑）

沙河镇（在县西北六十里。明初，置沙河驿。建文三年，燕兵南下，驻沙河驿，攻沛县，下之，即此。隆庆三年，驿废。县志：昔为南北孔道，民居稠密，今萧条矣。又《金志》：沛县有陶阳镇。久废）

金沟店（在县东七里）

沽头闸店（在县东南十五里。其地有沽头城，旧为工部分司所驻，明嘉靖四十四年圮于水）

白水店（在县东北十五里）

庙道口店（在县西北三十里。明嘉靖中，黄河屡决于此。万历中，淤为平陆）

刘八店（在县西北二十五里。又指挥店，在县西北三十五里）

阎兴集（在县东八里。又有中闸集，在沽头闸店南）

邵玉集（在县东北二十八里。又三河口集、田里集，并在县东广戚乡，俱久废。县志：自邵玉集废后，移为傅家集，后又分为班家、卜家等集）

欢城集（在县北四十里。又魏家营集、常家口集、官庄集，俱在县北泗亭乡。又旧有李家、朱梅二集，今废）

阎家集（在县西北二十里。又高房集，去县二十五里；蔡家集，去县二十八里；扬名集，去县三十三里；贺堌集，去县四十里，为丰沛之交。又有千秋、石家、五堡、李家、安国、张鲁、大安、周家店、王家店等集，俱在县西千秋乡）

七山集（在县西南三十里。旧有公馆。又草庙集，在县东南十二里；里仁集，在县东南三十里，南接铜山县界豆虎店；斜庙集，在县西南十五里；张家集，在县南三十五里；贺家口集，在县南三十八里，今改在河北岸，曰李家集。又有栗子寺、赵家店、李家店、张潘集、卓家集，俱在县南汉台乡）

邳州

乡社

旧有四乡。明初，析修文乡十四社属睢宁。今有三乡四十二社，编户四十七里。

偃武乡（在今州西北。共十四社：曰艾山社、泇口社、更听社、黄石社、石埠社、四户社、石兰社、疃上社、请庄户社、茸山社、黄墩社、遵教社、齐家庄社、土山社）

受贤乡（在今州南。共十四社：曰高冢社、范家疃社、荆邑社、鲍家庄社、余行社、杜家庄社、徐塘社、炮车社、宝车社、沙沟社、陶合社、郭家庄社、善训社、岠山社）

招贤乡（在今州东南。共十四社：曰小沂社、赵家庄社、龙池社、三义社、桑柘社、六家疃社、城安社、刘义墩社、南马庄社、青墩社、大村社、十里店社、竹林社、沙子道口社）

镇集

泇口镇（在今州西北三十里，旧城西北九十里。为漕运冲要处，有巡司及把总驻守）

受贤镇（在今州南，旧城北九十里。有受贤集）

余行镇（在今州南二十里，旧城北七十里。其地有余行省城，见《古迹》）

直河镇（在旧城东南三十五里。旧为泇河入大河之口，明季置直河驿及巡司于此。今驿废，巡司亦徙）

新安镇（在旧城西四十里，滨大河，接睢宁界。明置新安驿，嘉靖中改置巡司。今巡司移置泇口，犹仍旧名）

源雀镇（在州境。《金史》：保大中，弃山东地，惟守邳州之源雀镇。盖其地当山东冲要也）

官湖集（在今州东八里）

龙池集（在今州东沂水西岸）

炮车集（在今州东南）

镇卫集（在今州东南，猫儿窝对岸三里，直河巡司移驻于此。又东南有马庄、万家庄二集，皆运河津要处）

郭家庄集（在今州西南，旧城北八十里。明正德中，刘六等作乱，官军败之于泇口，又败之郭家庄，即此。又有涧下沟、良壁、四户、虎丘、齐家庄、隅头、猩

猩店[1]等集，皆在州境。州志不言所在）

宿迁县

乡社

旧治分五隅为五社，四乡合十七社，共二十二社，编户五十九里。

南人乡（在县东南。旧三社，今十一图。接桃源、沭阳界）

孝义乡（在县西南。旧四社，今十一图。接桃源、泗州、虹县、睢宁界）

顺德乡（在县西北。旧五社，今十一图。跨黄、运两河，绕骆马湖，南至马陵山，西接睢宁、邳州界）

北人乡（在县东北。旧三社，今十一图。接沭阳、郯城界）

安人乡（在县西北。旧二社，今十图。接邳州、郯城界）

旧县志载社名凡十八，既与总数不符，又不分注各乡之下。今无可考，姑如其序次录之，曰：南关社、下相社、黄墩社、直河社、驼腰社、麦湖社、高沙社、草堰社、龙堽社、麻湾社、司吾社、梅村社、河西社、巷头社、化村社、邵店社、潼沟社、沈黑社。

镇集

刘马庄镇（一名刘家庄，在县西北一百二十里。今有巡司）

堰头镇（在县西北七十里）

邵店镇（在县东北五十里）

司吾镇（在县北六十里峒峿山下。五代汉乾祐初，南唐遣将皇甫晖出沂泗，招纳淮北群盗，汉徐州将成德钦败之于峒峿镇，即此。今有峒峿站）

小河口镇（在县西南十里。旧时睢水由此入河，为津要处）

白洋河镇（在县西南四十里，与桃源县接界。北临大河，东即白洋河口，为商贾舟行要路。今宿迁关分设榷场及宿虹营、潼安卫两守备、县主簿皆驻于此。旧志云：镇东西长街一道，中有古沟，上跨板桥，旧尝于此立石为界，西属宿迁，东属桃源。万历初，奸民夏文等盗石弃草莽中。自是，两县民争界相讼，至五十余年不决。天启五年，淮安知府宋祖舜往勘其地，召父老细询，乃复以板桥为界，令宿迁县树坊表之。由是争端始息）

脱车头镇（在县西北四十里，今废）

① 康熙《邳州志》作“惺惺店”。

中河镇（在县东运河东，一名顺河集，康熙二十八年建，为往来士商驻宿之所）

归仁集（在县西南六十里刘武沟，明万历四年知县喻文伟建，为江宁、天长、六合陆路必由之径。后潘季驯于其地筑堤，遂以为名。今有巡司）

仰化集（在县东南四十里刘老涧，明万历五年知县喻文伟建。今为南北要路）

耿车集（在县西南二十里。又埠子集，在县西南四十里）

皂河集（在县西北四十里运河西岸，运河经此折而北入邳州界。今运河守备、主簿皆驻此）

睢宁县

乡社

四乡三十四社，编户三十四里。

子仙乡（在县南。共十社，曰：坊郭社、水南社、堽头社、子仙社、宋家山社、五分社、新兴社、湖山社、高堽社、余家渡社）

招义乡（在县北。共十社，曰：桃源社、青羊社、黄山社、白山社、董家庄社、刘家庄社、木家桥社、义陈社、大村社、木社）

高景乡（在县东。共七社，曰：高作社、凌城社、浪子社、瓜娄社、陶河社、芹沟社、池山社）

大盈乡（在县西。共七社，曰：竹城社、师村社、泥沟社、李家庄社、靳家滩社、新安社、马家浅社）

县志云：三十四社内，木社、桃源、青羊、大村、浪子、陶河、木家桥、黄山、白山、义陈、新安、董安庄、刘家庄、马浅一十四社，昔属邳州，明洪武十四年分属睢宁。又，邳州卫五十营，大半在睢宁境内。卫既裁，其屯粮归并邳州，人居睢宁，籍属邳州，每逢征比钱粮，军民互相推诿。康熙五十七年，知县刘如晏因将卫户置买睢宁民地，别立寄社以别之。

镇集

高作镇（在县东十五里）

木社店（在县北五十里，接邳州界）

沙家集（在县东三十五里。旧有行署，久废。又有袁家集、新王家集，皆在县东境）

汤家集（在县南。又东南有王家林集、南丘家集。又南有找沟集）

魏家集（在县北黄河南岸。本县丞驻此，分防戴家楼黄河之险。其西有姚家集，县主簿驻此，分防王家堂黄河之险）

兴隆集（在县北四十里。又有龙家集、永兴集，皆在县北；西王家集，在县西北；朱家集、高兴集，皆在县西；李家集，在县西南）

顺河集（在县西北黄河北岸。其东有古城、李家集、王家集）

淮安旧志载：县西南三十里有子仙镇；西北六十里有辛安镇；东北三十里有沙房集，四十里有枫山集；北三里有官庄集，十五里有曲期集；西八里有堽[①]头集，六十里有岚山集；西北八十里有曲头集。县志：沙房集已沉于河，余并废。

驿递

铜山县

夫厂（旧系徐州管理。雍正十一年州升府，归附郭铜山县管理）：

旧设扛夫九十名，水夫五十名。雍正四年，裁减水夫十名。十年，扣留扛夫三十六名，水夫二十四名。今现设扛夫五十四名，工食银七百七十七两六钱（每名日支银四分），扣留雇夫银五百一十八两四钱；水夫一十六名，工食银二百三十两四钱，扣留雇夫银三百四十五两六钱。岁共支银一千八百七十二两。

东岸驿（在府北黄河北岸，明永乐十三年置）：

旧设马一百二十五匹、马夫一百二十五名。后于题明请将等事案内，裁减马五匹、马夫五名。雍正十年，裁减马夫四十八名。

今现设马一百二十匹，草料银二千五百九十二两（原额每匹日支草料银八分。雍正十二年，于酌定驿棚等事案内裁银二分，每匹日支银六分，共裁银八百六十四两，归入地丁，解司充饷）。

马夫七十二名，工食银一千三十六两八钱（每名日支银四分。原设一百二十名，雍正十年于敬陈清厘等事案内，奉裁四十八名。共裁银六百九十一两二钱，归入地丁，解司充饷）。

鞍辔、棚厂、药材等银一百七十两四钱（原额银二百一十六两。于酌定驿棚等事案内，裁银四十五两六钱，归入地丁，解司充饷）。

四分马价六百七十两五钱六分（原额马价一百二十匹，每匹价银一十五两，每

① 原作“瑶”。案正德《淮安府志》，睢宁县有冈头集，去治西南八里。天启、康熙《淮安府志》作“瑶头集，县西八里”，乾隆、同治《徐州府志》同。然考康熙二十二年、五十七年《睢宁县志》作“堽头集”，且证以今名“岗头”，“瑶”字音形皆误。今据睢宁旧志改回“堽”字。

岁留六倒四，支马价银七百二十两，扣解银一千八十两。雍正十二年酌定驿棚等事案内，每匹裁银一两三分，共裁银四十九两四钱四分，归入地丁，解司充饷。每岁扣解六分马价银一千五两八钱四分）。

廪给口粮银五百两（系原额）。

旧州志：本驿马价，从前每岁奏销册内全报倒补。康熙五十七年，奉部文十马三倒，嗣以江南地处洼下，倒四扣六，起解充饷。又五十六年，奉文赴张家口领商人王纲明、范毓宾马匹，其马价每匹留银三两，为赶盘马费及关税使用等项，以十二两解交藩库汇解户部。五十九年，经各省抚院题明，仍照旧就便买补，每匹以三两解交藩库汇解户部。利国、桃山二驿并同。〇按：每匹扣银三两，于雍正元年奉文停止。

旧志有州县上马二十四匹，中马十九匹，下马十七匹，马夫六十名；骡六十六头，骡夫数同；什物一百二十六副。外，江浙二省协济粮佥上马十七匹，中马八匹，下马十匹，马夫三十五名，上中下铺陈三十五副，什物同。此明时旧制也，今惟有额设马及马夫，余并废。

利国驿（在府北八十里，明永乐十三年置）：

额设夫、马等款与裁减各数，并同东岸驿。

旧志有州县上马十一匹，中马七匹，下马五匹，马夫二十三名；骡五十二头，骡夫数同；什物七十五副。外，江浙二省协济粮佥上马二十一匹，中马六匹，下马八匹，马夫三十五名，上中下铺陈三十五副，什物同。今惟有额设马及马夫，余俱废。〇又旧州志有石山陆驿，在城东北四十里，明嘉靖四十二年裁。今为东岸、利国二驿腰站，各拨马三十匹应递。

桃山驿（在府南五十里，明永乐十三年置）：

旧设马九十五匹、马夫九十五名。雍正十年，裁减马夫三十七名。

今现设马九十五匹，草料银二千五十二两（酌定驿棚等事案内，裁银六百八十四两，解司充饷。余见前）。

马夫五十八名，工食银八百三十五两二钱（原设九十五名。敬陈清厘等事案内，裁三十七名。裁银五百三十二两八钱，解司充饷。余见前）。

鞍辔、棚厂、药材等银一百三十四两九钱（原额银一百七十一两。酌定驿棚等事案内，裁银三十六两一钱，归入地丁，解司充饷）。

四分马价银五百三十两八钱六分（原额九十五匹，留六倒四，岁支马价银五百七十两。酌定驿棚等事案内，裁银三十九两一钱四分，解司充饷。余见前）。

廪给口粮银四百两（系原额）。

旧志有州县上马十二匹，中马七匹，下马七[①]匹，马夫二十六名；骡六十五头，骡夫数同；什物九十一副。外，江浙二省协济粮佥上马十五[②]匹，中马九匹，下马十一匹，马夫三十五名，上中［下］[③]铺陈三十五副，什物同。今惟有额设马及马夫，余俱废。

房村驿（在城南七十里，明永乐十三年置）：

旧设马船二十只，水手四十五名。后于题明请将等事案内，裁减船十只，水手二十名。

今现设马船十只，水手二十五名，岁支工食银一百四十四两（每名日支银一分六厘）。

旧志：州县站船、水夫、铺陈，与彭城驿同。外，河南密县协济插站水夫十名，通许县五名，西[④]平县二十名，共站船三[⑤]只五分，上铺陈三副五分，什物数同。今惟有额设马船及水手，余俱废。〇旧志又有夹沟水驿，在城北九十里。有州县站船十五只，水夫一百五十名，上中铺陈各十五副，什物同。外，山东胶州协济插站上马一匹，马夫一名，骡一头，骡夫一名；平度州中马一匹，马夫一名；即墨县中马一匹，马夫一名。上中铺陈四副，什物同。此驿久废。

彭城驿（在城外黄河南岸，明永乐十三年置。初在城南二里许，嘉靖二十二年迁此。今已全裁）：

旧设水夫四十名，轿夫三十名。后于题明请将等事案内，裁减水夫十名、轿夫三十名。嗣于雍正四年，又裁减水夫十名，扣留水夫一十二名，止存水夫八名。工食银一百一十五两二钱，支应银三百两，于雍正十三年特参虚冒等事案内全裁，银解司充饷。

旧志云：有州县站船十七只，水夫一百七十名，上中铺陈各十七副，什物同。外，河南光、罗二县协济插站船一只，水夫各五名，上铺陈一副，什物同。后惟额设水夫，余俱废。

萧、砀、丰三县

旧各设马二匹，马夫一名，差夫五名，久裁。

① 原作“九”，案马夫人数定其马数，减除上、中马马数，应余七匹，据改。
② 原作“三”，讹同康熙《徐州志》，字据万历《徐州志》改。
③ 字据康熙《徐州志》补。
④ 原作“四”，讹同康熙《徐州志》，据万历、顺治《徐州志》改。
⑤ 原作“五”，讹同康熙《徐州志》，据万历、顺治《徐州志》改。

沛县

旧设马一十二匹，马夫十名。后于题明请将等事案内，裁马七匹，马夫六名。雍正六年又裁马二匹，马夫二名，杠轿夫二十名全裁。

今现设马三匹，岁支草料银六十四两八钱（原额银八十六两四钱。酌定驿棚等事案内，裁银二十一两六钱，归入地丁，解司充饷）。

马夫二名，岁支工食银二十一两六钱（系原额）。

鞍辔、棚厂、药材等银四两二钱六分（原额银四两五钱。酌定驿棚等事案内，裁银二钱四分，解司充饷）。

四分马价银一十三两九钱七分（原设银一十五两。酌定驿棚等事案内，裁银二两六分，解司充饷。每岁应扣解六分马价银一十三两九钱七分。减数详见东岸驿马价条下）。

泗亭驿（在县东北夏镇，明永乐十三年置。初在县治东南，嘉靖四十五年新河成，迁此）：

旧设杠轿夫二十名，水夫八十名。雍正四年，裁减水夫十名。十年，扣留杠轿夫八名，水夫四十二名。乾隆四年，增复水夫四十二名。

今现设水夫七十名，工食银一千八两（每名日支银四分）。杠轿夫十二名，工食银一百七十二两八钱，扣留雇夫银一百一十五两二钱，支应银二百五十两。

旧志有四县站船十五只，水夫一百五［十］[①]名，上中铺陈各十五副，什物同。外，河南密县、鹿邑县协济插站，共站船一只九分，水夫密县十名，鹿邑县九名，上铺陈、什物各一副九分。又，山东胶州协济插站骡一头，骡夫一名；即墨县中马一匹，马夫一名，共中下铺陈二副，什物二副。今惟有夫，余俱废。

夏镇夫厂：

旧设扛夫六十名，水夫一百五十名。雍正四年，裁减扛夫十名，水夫十五名。十年，扣留扛夫二十名，水夫八十一名。乾隆四年，增复水夫八十一名。

今现设扛夫三十名，工食银四百三十二两，扣留雇夫银二百八十八两；水夫一百三十五名，工食银一千九百四十四两。

邳州

旧设夫马，原系邳州管理。雍正八年，改归赵村驿驿丞管理。

---

① 字据文义补。

旧设马三十四，今仍旧额，草料银六百四十八两（原额银八百六十四两。酌定驿棚等事案内，裁银二百一十六两，归入地丁解司）。

马夫一十八名，工食银二百五十九两二钱（原设马夫二十四名。于敬陈清厘等事案内，裁去马夫六名。岁裁银六十四两八钱，解司充饷）。

马船五只，水手十名，工食银七十二两（原设马船十只，水手二十名。于题明请将等事案内，裁减马船五只、水手十名）。

四分马价银一百六十七两六钱四分（原额银三百两。酌定驿棚等事案内，裁银二十两六钱，归入地丁，解司充饷。现设马价银二百七十九两四钱，每岁扣解马价银一百一十一两七钱六分，应支倒四马价一百六十七两六钱四分）。

鞍辔、棚厂、药材等银四十二两六钱（原额银五十四两。酌定驿棚等事案内，裁银一十一两四钱，解司充饷）。

赵村驿（在州东南猫儿窝运河口，明万历四十四年置。今又名夹沟驿）：

旧设水夫一百六十名。雍正十年，扣留水夫九十六名。乾隆四年，增复原额。现设水夫一百六十名，岁支工食银二千三百四两。

按：邳州旧有下邳驿，在旧州城南堤上，洪武三年置。额设水夫四十名，后裁并赵村驿。又旧志有直河驿，在旧城东南三十五里，明洪武二十三年置。久废。

宿迁县

县站旧设马八十四，今仍旧额，草料银一千七百二十八两（原额每匹日支银八分，共银二千三百四两。雍正十二年，于酌定驿棚等事案内，每匹裁银二分，共裁银五百七十六两，归入地丁，解司充饷。除裁外，止存今数）。

旧设马夫八十名，裁去十六名，现设六十四名，工食银九百二十一两六钱（雍正十年敬陈清厘等事案内，奉裁一十六名。裁银二百三十两四钱，归入地丁，解司充饷）。

鞍辔、棚厂等银一百一十三两六钱（原额银一百四十四两。于酌定驿棚等事案内，裁银三十两四钱，归入地丁，解司充饷）。

四分马价银四百四十七两四分（原额银四百八十两。于酌定驿棚等事案内，裁银三十二两九钱六分，归入地丁，解司充饷）。

钟吾驿（在县新城南，明洪武初置。旧在县西南，万历四年迁此）：

旧设水夫一百六十名，旱夫八十名。雍正四年，裁减水夫十五名、旱夫十名。十年，扣留水夫八十七名、旱夫二十八名。乾隆四年，增复水夫八十七名。今现设水夫一百四十五名，工食银二千八十八两（每名日支银四分）；旱夫四十二名，工食银六百四两八钱，扣留雇夫银四百三两二钱，支应银七百两。

峒峿站（在县北六十里。原系宿迁县管理，于雍正八年归并钟吾驿兼管）：

旧设马六十匹，今仍旧额，岁支草料银一千二百九十六两（原额银一千七百二十八两。酌定驿棚等事案内，裁银四百三十二两，归入地丁，解司充饷）。

马夫四十八名，工食银六百九十一两二钱（原额马夫六十名。于敬陈清厘等事案内，裁去一十二名。共裁银一百七十二两八钱，归入地丁，解司充饷）。

鞍辔、棚厂、药材等银八十五两二钱（原额一百八两。于酌定驿棚等事案内，裁银二十二两八钱，归入地丁，解司充饷）。

四分马价银三百三十五两二钱八分（原额银三百六十两。于酌定驿棚等事案内，裁银二十四两七钱二分，归入地丁，解司充饷）。

查驿站水夫项下，邳、沛、宿三属已裁六留四。乾隆三年十二月奉上谕：江南驿站水夫，前经巡察御史条奏裁六留四，即以裁存工食，为大差经临雇募民夫，每百里给价一钱之用。今朕闻得江南之山、清、桃、宿、邳、沛等六州县，地处冲繁，差务既倍于他邑，河多闸坝，更难于平川。其间守候耽延，尤多迟滞。驿地裁夫之后，以一钱为雇募之价，实有不敷，官民不无赔累之苦。所当酌量变通者。着将此六州县原裁六分水夫之数，照旧例增复，俾民无科派之扰，官无赔垫之虞。该部即行文该督抚知之。钦此！

递铺

铜山县

铺司兵共八十一名，总铺在府治前（旧在州治大门内右）。

南路为十里铺、二铺、三铺、四铺，达萧县桃山铺。

东南路为下洪铺、二铺、三铺、黎林铺、吕梁铺、房村铺、龙堂铺、双沟铺，达睢宁马浅铺。

东北路为馆驿门铺、荆山口铺、夏所铺、石山铺、柳泉铺、高皇铺、利国铺，达山东峄县韩庄铺。

北路为平山口铺、唐家沟铺、郑家集铺、湾里集铺、王家集铺，达沛县里仁铺。

西路为九里沟铺、马家林铺、义安铺，达萧县姬村铺。

旧志：南路有九里沟铺、陡沟铺、尔家庄铺、孤栗树铺；东南有三山铺；东北有曹家庄铺、王堌朔铺、夏家庄铺、扢搭铺、单庄铺、高村铺；北路有马兰铺、垞城铺、清水沟铺、张村铺、沈家庄铺；西路有刘家庄铺、鱼张铺。并久废。

萧县

铺司兵共二十一名，总铺在县治前。

东二十里为姬村铺，又十里至铜山义安铺。

西二十里为朱珊铺，又十里至曲里铺，又十里至杨铺，又十里至东镇铺，又十里至赵家圈铺，又十里达砀山西镇铺。

南经铜山南四铺，至县界桃山铺，又二十里至胡辛铺，又十二里达宿州闵子铺。

砀山县

铺司兵共十一名，总铺在县治大门内。

东路有张家井铺、郑家楼铺、毛城铺、柴市铺、西镇铺，达萧县赵家圈铺。

旧志：县东有七里铺、赵九铺；县北有十里铺、浊河铺、张清铺，并久废。

旧州志云：砀邑铺止设达萧县一路。其北路丰县、西路河南永城县，虽系接壤，实无额设铺兵传递公文。凡有公移，皆由萧县入本州总铺，一分沛县达丰县，一分宿州达河南永城县。

丰县

铺司兵共六名，总铺在县治大门内。

东路为周村铺，达沛县倪陵铺。

沛县

铺司兵共十五名，总铺在县治大门外左。

南路为十里铺、二十里铺、里仁铺，达铜山县王家集铺。

东路为聂庄铺、桃源铺、夏镇铺，达山东滕县戚城铺。又有鹿鸣铺，上接夏镇铺，下接本县里仁铺。

西路为十字河铺、高房铺、倪陵铺，达丰县周村铺。

旧志有夏镇铺，今止接投粮船公文，不随路。又有宣丘铺、老鹳铺、杨家厂铺、界沟铺，并久废。

邳州

铺司兵共五名，总铺在新城州治前。一应公文，递至南五十里猫儿窝腰铺，又四十里至旧城渡河，交睢宁戴家楼铺，转递迟滞特甚。揆厥由来，邳治向在旧城滨河，河南岸皆睢宁铺，而北岸上下无铺，故止设总铺五名，公文皆发睢宁戴家楼铺转递。今新城去旧城九十里，而中间止有一腰铺，仍需至旧城，交戴家楼铺转递，毋怪其迟滞也。似应酌添。

宿迁县

铺司兵共十八名，总铺在县治前。

东路为小河铺、化村铺，达桃源县洋河铺。

西路为朱衣铺、曹庄铺，达睢宁县古堤铺。

睢宁县

铺司兵共四十二名，总铺在县治前。

东路为高作铺、沙家集铺、蒋家庄铺，达宿迁界。

西南路为土桥铺，达虹县及灵璧界。

西北路为小铺、戴家楼总铺（沿河十三铺，以戴家楼为居中总铺，去旧邳州五里）。

自戴家楼东南为下河铺、张林铺、古宅铺、瓜娄铺、窝子铺、古堤铺，达宿迁县曹庄铺。

自戴家楼西北为塘池铺、义陈铺、辛安铺、木桥铺、瘸角铺、马浅铺，达铜山县双沟铺。

县志：旧志有大村、蔡上、曲期、师村、木社、余家、渡沟、汪庐沟、土桥共九铺。今土桥铺存，木社铺即戴家楼总铺，余俱废。

关梁

铜山县

东门桥（在城东门内，泄城中积水出东南隅水门，入支河）

云集桥（在城北门外，跨大河。元时有石桥，后圮。明初，维舟为之，俗名小浮桥。久废）

万会桥（在城东北三里，跨泗水上。元时垒石为之，圮于水。明洪武十八年，比舟为桥。正统间架木为梁，寻坏。成化间，知州朱鼎联舟十八，以铁索贯之，俗名大浮桥。久废）

弘济桥（在城东门外，明嘉靖二十六年副使王梃建。初移万会桥舟于此，行者弗便。乃还万会舟，别造舟三十五为此桥，名曰“弘济”，行者便之。亦久废）。

荆山口石桥（在城东北二十里。山前有河甚广，下多乱石。旧有桥跨其上，为南北通衢，后圮，行者苦之。康熙三十年，里人张胆出银二万六千余两，垒石为桥，长三百六十二丈五尺，至今称便。大学士张玉书有记）

柳泉桥（在城东北凤凰山南）

汴塘桥（在城东北汴塘湖）

利国监桥（在利国镇新挑沟，元时建）

七星桥（在城北半里，元建，久废。〇又演武桥，在城北二里；通济桥，在城北三里；清源桥，在城北三十里；萧家桥，在城北四十里）

三里沟桥（在城北三里沟。又北有乌嘴沟桥，俱明主事冯有年建。〇又北末直渡有广济桥，浊河有浊河桥，境山沟有境山桥，夹沟有夹沟桥）

八仙桥（在城西。相近有大通桥，俱元时建，久废）

大安桥（在城西二里，明徐州卫人谭敬兄弟建，商辂有记。〇又金家桥、太平桥，俱在城西九里）

袁家桥（在城南，去苏堤西南三里。〇又凤凰桥，在奎山塔西；八里桥，在金磴山南）

楚沟桥（在城南十五里。〇又苑家桥，在城南二十五里；麻沟桥，在城南三十里；通惠桥，在城南六十里）

九里沟桥（在城东南九里沟。〇其西九里有新洪浅桥，又东南二十里有狼豕沟桥，又南十里有李家沟桥）

黄家桥（在吕梁上洪。明郎中王溥建。后圮，主事张镗改建石桥）

永济桥（在吕梁下洪。明永乐间民人居敬建。后圮，主事陈洪范改甃以石。〇又有新桥，主事温濡建）

柳沟桥（在城东定国山北。〇又马头桥，在寺山；普济桥、庙相桥，俱在城东圣龙山；马家桥、张庄桥，俱在县北饮马珠泉）

吕梁渡（在城东南吕梁洪）

乔家渡

末直渡（在城北二十里）

查府城东关、北关，俱有渡船。其在河北者九处，曰西阁、邢杨枋、段家巷、果子店、回流窝、馆驿门、王家渡口、祠堂、下洪大王庙；在河南者六处，曰郭家嘴、洪福寺、大王庙、蔡家马头、拐角楼、春秋阁。俱系民渡，以利济往来。非专设之官渡，附载于此。

萧县

惠民桥（在县西门外，明知县梁枢建。〇又三元桥，在东门外；西岱桥，在县西五里）

永固桥（在县东南永固山下，一名董大桥）

苌池桥（在县东南白土山西北。桥下水流潺湲，声闻数里，一名响水桥。〇又白土桥，在白土山下）

天门桥（在县东南天门山）

陶墟桥（在县东南黄桑峪南）

桃山桥（在县东南桃山下）

青冢村桥（在县东南骞山下）

暑兰桥（在县东南暑兰山下）

周疃桥（在县东南龙泉山）

双桥（在县南白米堰西。〇又卓家桥，在白米堰东北）

丁公桥（在县东南丁公山下。〇又孟城桥，在丁公山南）

锦川桥（在县西南红亭乡）

瓦桥（在县西南瓦子集西）

齐村桥（在县西。通白渎沟，上承获水，下接梧桐陂）

吉安桥（在县西北赵家圈渡，金承安五年建）

仙台桥（在县西北五里三仙台下）

庙桥（在县东北绥舆山东北）

果老桥（在县东北禹家屯山中）

冀门渡（在县西北十里。〇县志：诸渡皆淤，此渡仅存）

朱珊渡（在县西北二十五里）

曲里渡（在县西北三十里）

东镇渡（在县西北五十里。〇又雁门渡、拖绳渡，俱在县西北六十里）

赵家圈渡（在县西北七十里。〇又海家湾渡，在县北三十里；常家楼渡，在县

东北三十里）

砀山县

巩济桥（在县东门外）

夏家桥（在县东三十里）

五王铺桥（在县东三十五里）

狐父桥（在县南三十五里，明永乐间知县周宗昕建。《史记》：曹参破秦军，取砀狐父，即此地）

丰县

天津桥（在县北门内中阳坊。桥有石栏，栏有石鱼，旧有古碑[①]剥落，今重建。〇又有地津桥，在西门内；人津桥，在南门内；又水津桥，在东门内。今淤）

太平桥（在县东关帝庙前。〇又嘉庆桥，在东门外，今淤）

泡桥（在县东七里。〇又有泡河桥，在县北门外泡河上，久废）

白洋桥（在县南门外一里。〇又土桥，在县南三里，今淤）

岚桥（在县岚山前）

朱麻桥（在县西北二十里）

人巩桥（在县北二十里）

龙雾桥（在县东北五里。《明一统志》：即汉高祖母遇神之处）

大圣桥（在县东北四十里）

沛县

飞云桥（在县南门外，跨泡河，为往来津要。以近歌风台故，取《大风歌》句为名。明正德四年，大河决于此，入运河。嘉靖四十四年，泛滥益甚。隆庆初，知县李时改建南门于东南隅，桥亦随迁。自后，屡经修葺）

济民桥（在县东门外，跨旧运河，明万历中建。〇又丰成桥，在县西门外；北门桥，在北门外；小北门桥，亦在北门外。俱明知县罗士学建）

东岳庙桥（在县城东。跨旧运河，久废）

通济桥（在县东一里。旧名东堤桥，明万历七年建。顺治初重修，改名）

鸿沟桥（在县东十里许。〇又聂庄桥，在县东北十五里。俱久废）

① 原作“牌”，据康熙《徐州志》改。

利济桥（在县南郭外。旧名便民桥，明万历间建。康熙初，易今名）

窑子头桥（在县西南护城堤外）

三元桥（在县西南三官庙前。〇又有三官庙桥，在南郭外）

沙河桥（在县沙河渡）

宣丘桥（在县西南三十里，久废）

满家桥（在县东北四十里）

月河桥（在夏镇运河东岸，有三桥）

震远桥（在县三河口大王庙东北）

灰沟桥（在县东北刘昌庄东北，滕、沛分界于此）

金沟口渡（在县西南十五里。鸿沟、漷水、昭阳湖、薛水合流，并由此达泗，今淤。〇又有北门渡、东门渡、南门渡、上沽头渡、下沽头渡，皆旧运河渡也。今悉淤）

邳州

官湖桥（在州东六里）

步云桥（在州东北二十里，一名五丈桥）

登龙桥（在州北二十里，旧名石桥）

姜石桥（在州北三十里，地石如姜）

营河桥（在州西泇口镇）

玉虹桥（在旧城东北一里。〇又黄家沟桥，在旧城东北十里；溜沟桥，在城东二十里；洪河桥，在城东南三十里；高桥，在城西北三十五里；横沟桥，在城西北一百里；履坦桥，在城北二十里。俱久废）

新城渡（在州东门外）

受贤渡（在州南二十里）

龙化渡（在州南四十里）

象山渡（在州南九十里）

直河渡（在州东南一百二十里）

沂河渡（在旧城西北一里。〇又泗水渡，在旧城南二里；武河渡，在城西南六里；张村渡，在城北七十里）

宿迁县

宿迁关（在县北运河南岸。明时有中河工部分司，在夏镇、徐州、吕梁、宿迁四处征税；又有徐仓户部分司，在夏镇、徐州征税。本朝康熙五年，归并淮扬道管理。七年，改归徐属河务同知管理。八年，复归中河分司。十一年，以徐仓分司归并中河分司，裁徐州等关，专在宿迁征收；止留陆税，令同知在徐州征收，仍解中河分司汇解。十七年，罢分司，归并淮徐道兼理。雍正五年，将宿迁关归并淮安关监督兼理。今监督遣人在关征收。其黄河南岸白洋河口，及对直之运河南岸，商贩往来，皆稽察焉）

五花桥（本名惠政桥，在县北七里连支河上。康熙二十二年，总河靳辅大修河道，凿山，泄七十二道山河水，命知县尚登岸建桥以通行人。桥有六，长二百有二丈。在运河东南者，曰东奠、德远、镇宣；在运河西北者，曰西宁、澄泓、锡成。惠政，其总名也。俗谓之五花）

朝阳桥（在县南三里）　　上口桥（在县南十里）

小河口桥（在县南十里）

惠政桥（在县治前。〇又通贤桥，在县治东）

广济桥（在县旧治北一里）　　化龙桥（在旧儒学东）

迎恩桥（在县西四里）　　拱宸桥（在县北四里）

管坊湖桥（在县北四十里，明知县河东凤建）

坡石桥（在县北围田湖）

沭河板桥（在邵店、刘马庄、闻家庄等处。冬春水涸，则下桩架板，以利涉者；伏秋水涨则撤。岁岁募修）

皇华渡（在县治西南一里）　　新路口渡（在县西一里）

小河口渡（在县南十里）　　直河渡（在县南十里）

白洋河渡（在县东南四十里）　　皂河渡（在皂河口）

睢宁县

通济桥（在县北关外）　　余家桥（在县东二里）

白龙桥（在县南二里）　　吕公桥（在县南二十里）

戚家桥（在县南二十五里）　　邵公桥（在县西南十五里）

羊山渡（在县北四十五里，一名象山渡。有官设渡舟二）

新河头渡（在县东北三十五里。旧在戚家堡、张林铺二处，后以五工头开引河，移此）

姚家渡（在县东北三十五里。南岸属睢宁，北岸属邳州）

皂河口渡（在县东北四十里。南岸属睢宁，北岸属宿迁）

王家堂渡（在县西北四十五里。〇又彭家庄渡，在县西北五十里；时家渡，在县西北五十五里）

鲤鱼山渡（在县西北七十里。为南北通衢，有渡船二。〇以上皆大河渡也。又旧志有庙湾渡，在县西北二里，为睢水南北之冲；又县东北三里有贾公渡，北三十里有麻墩渡，西二十五里有余家渡，并睢水渡也。今水改由县南，诸渡皆淤）

徐州府志卷之七全

徐州府志卷之八

坛庙

郡县志纪载祀典，大率冗杂不伦。旧州志削去民间丛祠，是矣，而又疏略太甚。今为斟酌差次之。文庙制度既见《学校》，祀事亦宜归并，不必分见也。先坛壝、百神以及敕建之祠，皆秩祀也。次昔人所建古帝王、山川神祇、历代名贤忠孝之祠。而民间祈报所在，行之已久而不可没者，酌存之，亦有举无废之道也。

徐州府（铜山县附）

社稷坛（在府城北门外三里，黄河北。明洪武二年，知州文景宗建。旁有神厨库、宰牲房。本朝康熙年间没于河，改迁府城西门外一里。有司岁以春秋仲月上戊日致祭。旧止用羊豕，今遵典礼，社稷、山川、文庙、关庙俱增用太牢）

风云雷雨山川坛（在府城南门外一里，亦明知州文景宗建。坛制一如社稷。岁以春秋仲月上丁第三日致祭）

先农坛（在府治东郊，雍正五年奉敕建。旁有耤田四亩九分，岁以仲春亥日，府州县长官各率属行耕耤礼）

郡厉坛（有二：一在河北观音堂前，一在北门外迤西。祭无专所，岁以清明、中元、十月朔，凡三日致祭。今在西门外西南一里）

关帝庙（在府城东门内。雍正五年，奉旨追封三代公爵，同日祭于后殿。春秋仲月及五月十三日，凡三祭。〇又府境庙凡有八：一即此，一在城西门内，一在城南门闸，一在城南二里，一在城南五十里桃山，一在双沟，一在城北二里，一在城北四十里境山。他不胜纪）

城隍庙（在府城东南隅。明洪武二年，知州文景宗建。春秋合祀于山川坛，余听官民致祭。〇又，利国驿亦有城隍庙，旧志云：相传为古彭城县庙，县废移此。非是，盖宋置利国监时所建也）

福神祠（在府治及铜山县治仪门外之东，春秋丁祭后一日致祭）

八蜡庙（在城南云龙山下。所祀：一先啬，二司啬，三农，四邮表畷，五猫虎，六坊，七水庸，八昆虫。雍正年间奉敕建庙，岁以季冬致祭）

刘猛将军庙（在城南云龙山下。神讳锜，宋淮南、江东、浙江制置使。景定四年，敕封扬威侯、天曹猛将天[①]神。敕内有“飞蝗犯禁，宵旰怀忧，赖尔神力，扫荡无余”等语。雍正十三年，奉旨祠祀。〇以上坛庙，所属各州县皆如制）

名宦祠（在府学。祀唐推官韩愈，宋知州傅尧俞、王洙、苏轼、曾肇、杜纯、王复，参军杨时，明巡抚王竑，副使汪舜民、袁应泰，参议徐标，知州文景宗，州同刘秩，知州杨节仲[②]、杨秘、宋诚、王叙、和鸾、徐邻，本朝总督马鸣佩、于成龙、傅腊塔、范承勋，总河陈鹏年，巡抚宋荦、张伯行，督学许汝霖、邵嗣尧、张榕端、张泰交、张元臣、余正健，知州江雁卿、孙枝蕃、佟国弼，凡三十六人）

乡贤祠（在府学。祀汉光禄大夫龚胜，宋国子监说书颜太初、云龙山人张天骥、秘书省正字陈师道，明工部尚书朱守仁、文华殿大学士权谨、新安知县张端、孝子王豫、汝宁教授马蕙、西安教授沙杰、广西佥事沙立、福建提学马津、御史张鹤鸣，本朝直隶督标副将张胆、贵州总兵张之麟、凉州总兵袁钤，凡十六人。大学士蒋廷锡，雍正年间奉旨一体崇祀。各属均附入焉。〇以上二祠，岁以春秋上丁致祭。所属州县同。〇按明嘉靖志云：旧有先贤祠，在学宫，正统元年建，祀汉萧何、曹参、王陵、周勃、樊哙、夏侯婴、周昌、周亚夫、龚胜、龚舍、姜肱、施雠，隋刘子翊，唐刘德威，宋陈师道，元曹伯启、孔午、袁遵道、石普，明黄政、权谨，凡二十一人。天顺间，学正龚汇以韩愈、苏轼任徐有遗惠，刻像置诸贤前祀之。成化七年，知州陈廷琏徙建黄茅冈，增祀陈师道，为三贤祠，而先贤祠遂废。至嘉靖二十六年，副使王梃始建乡贤祠于学宫，祀宋陈师道至明马蕙，凡八人。以今观之，明时先贤祠所祀诸贤，虽不尽出本州，总在所属之内，犹合礼意。成化改更，甚为无理。今名宦、乡贤二祠所祀，稽诸史传，有当祀而遗者，亦有不必祀而祀者。既为一郡总祠，尚须博考古今，重为厘定云）

忠义祠（在学宫内。祀南北朝宋给事中阳瓒，魏赠五等子爵孙道登，隋泉州刺史刘弘[③]，唐赠工部尚书刘审礼、安南都护刘延祐，宋赠奉[④]国军节度使赵立，元枢密院都事石普，凡七人）

节孝祠（在府城中。祀历代节孝贞烈妇人，自封卓妻刘氏以下，凡一百二十余人。〇二祠俱奉敕建，每岁春秋二祭。所属州县同）

玉皇庙（有三：一近夹河，一近茶城，一在黄钟集）

---

① 按：“天”字，他省地志或作“之”字。乾隆《绩溪县志》载诏书原文，有“故提举江州太平兴国宫、淮南江东浙西制置使刘锜，今特封为扬威侯、天曹猛将之神，尔其甸抚黎庶，血食一方，故谕”。

② 按：杨节仲，各志《官司》《宦绩》外，亦多记载，本卷皆倒作“杨仲节”，径为乙正。

③ 原作“宏”，系清人避讳改，今据《隋书》本传恢复“弘”字。

④ 原作“泰”，据《宋史・赵立传》改。

东岳庙（旧在城西南隅，明洪武初建。今移云龙山南麓。○又有庙在桃山驿，亦明初建）

真武庙（有三：一在城北门闉，一在城外小河口，一在黄钟集河滨）

火神庙（有八：一在南门城闉，一在城北小河东岸，一在城西南隅，二在南关，一在北关，一在西关，一在夹河。皆民建）

旗纛庙（旧在徐州卫公署后。明成化中，改建演武场将台东。正德中，为水圮）

禹王庙（在吕梁上洪东岸，明时建）

汉高祖庙（在城南五里广运仓东。明永乐间，耆民梁聚等建。正统、成化、正德间，有司相继重修。庙有试剑石，详见《古迹》。○又，城北七十里彭城废县地，亦有高祖庙）

丁塘拔剑泉庙（在丁塘山东，祀汉高祖。明洪武末，知州杨节仲因故址建。天顺间，知州宋诚重修。本朝雍正十一年，知州石杰祷雨雪辄验，倡绅士重修）

文昌祠（有二：一在南门外迤西，明天顺间，知州宋诚自学宫徙建，久废；一在戏马台，明嘉靖二十六年，工部主事冯有年建）

三官庙（有二：一在城北门闉，一在城南隅）

徐州洪神庙（在百步洪上。旧有庙，称灵源弘［济］[①] 王，或称金龙四大王。凡舟逾洪，必祷焉。元郡守赵克明重建。明成化七年，主事郭昇重修）

吕梁洪神庙（有二：一在上洪，旧称河平王，明永乐初建，宣德十年知州杨秘重修；一在下洪，旧称龙神，元皇庆间建，明天顺初重建）

关尉神庙（在吕梁洪上，祀汉关侯、唐鄂国公尉迟敬德。元皇庆间建，赵孟頫撰碑。○以上四庙，明宣德七年并登祀典，岁以春秋上丁三日致祭。今久废）

田祖庙（在城西北五里许。明洪武末，知州杨节仲因元故址建。久废）

金龙庙（有三：一在城北门外南岸，一在河东岸，一在房村）

显济庙（在城南太山巅，明嘉靖末建。岁三月十八日，里人祀之）

彭祖庙（在城东北隅，后魏刺史元延明自他所移建于此。旧州志：在彭祖井边。详见《古迹》）

黄石公庙（《寰宇记》：在彭城山南。《一统志》：在城东北二十里。旧州志：今移子房山）

留侯庙（在府北留城。戴延之《西征记》：留城中有张良庙。裴子野《宋略》：义熙十三年，高祖北伐，大军次留城，令修张良庙。嘉靖志：成化间，巡河御史陈

① 字据嘉靖《徐州志》补。

嘉谟[①]、郎中顾余庆改建，后圮于水。又有庙在子房山，明宣德初，平江伯陈瑄因祷雨有应建）

三义庙（在城南戏马台上。明隆庆中[②]，知州刘顺之即台头寺址改建，以祀汉昭烈、关、张。天启中，改为户部分司署。康熙十七年，复为河营守备署。后署徙，仍为庙。〇又有庙在桃山驿，元至正间建）

四贤祠（在云龙山黄茅冈。旧有韩愈、苏轼像，在学宫先贤祠。明成化七年，知州陈廷琏徙建今祀，增祀陈师道，为三贤祠。十八年，知州和鸾复徙祠于学宫东。弘治十七年，户部主事庄襗[③]复徙祠于此。正德三年，主事张孟中增祀宋儒杨时，改今名。嘉靖四十年，有司又增入刘向，名五贤祠，寻废。康熙五十九年，知州姜焯重修，仍名四贤祠）

东坡祠（在戏马台三义庙东南隅，明万历三年知州刘顺之建）

忠烈庙（在府境。宋建炎中，知州王复拒金人死节。权知州事赵立奏为复立庙，号“忠烈”。每岁时及出师，立必率众泣祷曰：“公为朝廷死，必能阴佑其遗民也！”徐人闻之归心焉。今不知其处）

陈恭襄祠（在黄河东水次，明成化十八年建，祀平江恭襄侯陈瑄，以有功漕运也）

费公祠（在吕梁下洪。明成化间，工部主事费瑄督理洪事，有惠政，洪人立生祠。后登祀典。祭日、祭品，与关尉诸祠庙同）

潘公祠（在城北四十里境山镇。明嘉靖间，总理河道侍郎潘希曾有德政，民立祠祀之）

刘牧祠（有二：一在城中，久废；一在戏马台。祀明知州刘顺之）

佟公祠（在城东北隅，学宫左前。知州佟国弼有惠政，民立祠祀之）

萧县

社稷坛（在县西门外）

风云雷雨山川坛（在县南门外）

先农坛（在城外东南隅）

邑厉坛（在县北三台山下）

关帝庙（在东门内，今春秋致祭于此。〇又有二：一在白茅山，明知县朱同芳建；一在两河口，明总河刘东星建）

---

① 原作“摸”，据嘉靖《徐州志》、《明英宗实录》改。

② 案万历《徐州志》：“万历元年，知州刘顺之以地在州左，为青龙，且为学前朱雀，请于兵宪副使冯敏功，议改建今庙，取汉君臣义，用风一方。”庙成，冯敏功为记。

③ 原作“绎”，据本志职官表、名宦传并参明俞宪《皇明进士登科考》卷九改。

城隍庙（在县东南隅。明万历五年，知县伍维翰建。本朝顺治四年，知县陈启南重建）

土地祠（有三：一在县治仪门内，一在东察院仪门外，一在城隍庙内）

八蜡庙（在县东一里许）

刘猛将军庙（在县南门外，雍正十二年建）

名宦祠（在县学。祀汉县令费汎、隋刘高、宋张惇，元达鲁花赤耶律廷瑞、马彻里、完哲笃，明知县郑恕、郝玘、闭悌、冯裕、王隆、陈会江，县丞齐福东，训导欧阳安、耿介，凡十五人。本朝总督、总河巡抚、督学十三人，与府同。余州县视此）

乡贤祠（在县学。祀汉新息侯朱浮、太尉刘矩，刘宋征士刘镇之、建安侯刘粹[①]、武陵太守刘伯龙，宋光泽主簿窦沔，元徐州观察孔午、监察御史傅汝砺，明太常少卿高逊志、贵州布政孟骥、慈利知县刘俨、茌平教谕朱信、工部员外郎孙𢈪、南和知县蒋仕，本朝湖广副总兵张大谟，凡十五人）

忠义祠（在县魁星阁旁。祀明末死难诸生：王基贞、王基弘[②]、孙思谦、任如龙、李燧、纵鲲跃、郝惟聪、黄廷谏、郑士彦、郑士俊、王所采、王所受、李荷春、刘梦鲤、穆遵衡、全我初、贾千春、孔贞元、吴洪谟、徐懋赏、仝勤王、纵四通、纵若启、纵履中、刘光肇、纵日升、纵天德、戴奋翼、郝崇抱、郝昌龄、孟钥、陈丹、陈复新、王文功、任佑龙、郭复初、李炜、徐时讷、章捷、尚宗礼、朱道光、王永龄、任嘉猷、郭复性、谢承惠、王廷俊、徐道衡、徐士遴、徐士奇、陈忠亮、欧阳振文，凡五十一人）

节孝祠（在忠义祠西。〇按：各县册内所列入祠节烈妇人，多寡不同。多者不胜载，少者太脱略。且其姓氏、事实，已见《列女》各传中，故此处略焉。后仿此）

文昌祠（旧在龙山巅，明万历十八年知县康炜建。今移大魁楼）

大魁楼（在县治东南，明万历三十七年知县李维极建。与文昌同日祭）

旗纛神（祀于演武厅）

马神庙（旧在县治后，明万历七年建，祀天驷房星之神。今移建东门外）

玉皇庙（在白茅山顶，明知县康炜建）

禹王庙（在白茅山阴，明嘉靖十三年知县朱同芳建）

三皇庙（在县南门外）

---

① 原作“梓”，讹同康熙《徐州志》，据嘉靖、顺治《徐州志》及《宋书》《南史》本传改。

② 原作“王基宏”，系清人避讳改，据前志恢复“弘”字。

大王庙（在旧县东三里，明万历中敕建，为两河口之镇）

龙王庙（在化龙潭上）

三贤堂（在白茅山阴，明嘉靖十三年知县朱同芳建，祀闵子、子张及唐封萧伯颜辛）

闵子祠（在县东南闵子村，与宿州接界。《明一统志》：碑文断裂，遗址存焉。县志引《一统志》云：萧东南八十里有闵子村、骞山，山南有祠，有浣絮沟，有地名摸儿寒，有晒书台，有赡墓地三百亩在祠前。今墓属萧，祠在宿。余详见《陵墓》）

子张祠（有二：一在县南三十里堀坊村墓前；一在县西门外，明万历四十八年裔孙颛孙承惠建，有奉祀生员四名）

亚圣祠（旧在县西南三十里孟镇寺。元大德初，裔孙孟端自邹徙萧，建祠于此，给冠带奉祀。后为水圮，重建于县城东隅，知县刘梦熊置祭田十二亩，以供祭祀）

朱公祠（在县西岱山，祀汉新息侯朱浮、明茌平教谕朱信）

华祖庙（在县南门外，祀后汉神医华陀）

欧阳文忠祠（在县东南五十里桃山。其子孙居此，故建祠祀之）

岳忠武王庙（在县东南桃山。元至正八年裔孙岳彦圣建庙黄柏口，十二年迁此。明万历二十年，十五代孙岳钟灵重修，置祭田三顷，给奉祀生四名）

勒[①]恩祠（在县东门外龙山麓，祀明都御史张缙、王诰、王宗沐，兵备副使何鳌、徐节、于德昌，知州刘顺之、唐民敏，共八人）

郑公祠（在县圣泉山北里许，祀死难知县郑恕）

唐公祠（在旧城西。明隆庆间，知县唐文华治萧有惠政，迁知德州去，邑人祠祀之）

张公祠（在县东门外。明天启间，知县张镜心厘剔奸弊，政声甚著。满岁，调繁定远。邑人祠祀之）

史公祠（在县东门内，祀明阁部史可法。崇祯十四年，岁大饥，民苦征输，逃亡日甚。可法为淮抚，以南粮拨补之。民赖以活，为建生祠）

祖公祠（在县东门外。国初，知县祖永勋治萧有善政，迁兴屯同知去，民为建祠立碑）

---

① 原作“勤”，据康熙《徐州志》改。

砀山县

社稷坛（在县西门外，乾隆三年建）

风云雷雨山川坛（在县南门外，乾隆三年建）

先农坛（在县南郊外，雍正五[①]年建）

邑厉坛（在县北门外东北）

关帝庙（在城隍庙东）　　城隍庙（在县治西北）

刘猛将军庙（在城隍庙东南隅，雍正十三年建）

名宦祠（在县学。祀唐县令韦恒，明知县郝玘、杜钊、张梦辅、田禋、胡希颜、李金、刘阳、王绍元，教谕叶楚华，本朝知县李允祯，凡十一人。其大吏十三人，与府同）

乡贤祠（在县学。祀汉丞相申屠嘉、将军丁宽、小黄令焦赣，元浙西廉访使曹伯启，明佥都御史黄正、荆州知府张宏、浙江佥事李稳、保定同知邵宗玄，本朝国子监典簿汪润，凡九人）

忠义祠（在县学东，祀义士汪廷对）

节孝祠（在城西门）　　玉皇庙（在城东）

真武庙（在北门外）　　火神庙（在南门外）

三官庙（有二：一在城东堤外，一在城西堤外）

见思祠（祀明知县季木、刘阳）

蔡公祠（在县治东，祀明知县蔡一熊。〇又，旧有王公祠，在县东，祀明知县王廷卿；宋公祠，在县西，祀明知县宋坤。今祠废，同祀蔡祠内）

丰县

社稷坛（在县西半里许）　　风云雷雨山川坛（在县东南一里许）

先农坛（在县东门外东北隅，雍正六年建）

邑厉坛（在县北堤内）

关帝庙（在县治东儒学西，今春秋致祭于此。〇又有二：一在县西门外半里许，一在东堤北）

城隍庙（在县治西。旧在县东，元建。明嘉靖中，随县徙华山。后还旧治，改

① 底本漫灭，据乾隆《砀山县志》补。案砀志：雍正五年奉敕建，旁有耤田四亩九分，知县谈继文捐俸建，乾隆五年知县郭浩重修。

建于此）

八蜡庙（在县治西北）

刘猛将军庙（在县东北隅，雍正十一年建）

名宦祠（在县学。祀汉县令牟融，唐李守素，宋关景仁、马建中、韩侯，元县尹刘士，明知县曾本、曹仲篪、阙膺、陈善、裴爵、高禄、张叔宣，教谕段徽、陈璜、陈让，训导孙应旂，本朝知县李允祯，教谕顾言，训导朱元梦，凡二十人。其大吏十三人，与府同）

乡贤祠（在县学。祀汉酂侯萧何、绛侯周勃、汾阴侯周昌、条侯周亚夫，宋参知政事李若谷，元学士袁遵道、丞相袁涣，明泸州知州王正、兵马指挥王献、葭州知州胡宁、靖海知县李俊、滑县知县李实、孝子周潭、义民孙荣、泗水教谕蔡彧、归安县丞李琮、征士秦英，凡十七人）

忠义祠（在县治东南隅。祀明义士翟成、王舜举、孔仪、张祥、周兴甫、胡祥、李保、李铸、侯宗禄、孙荣、秦仪，凡十一人）

节孝祠（在县南门内）

汉高祖庙（旧在县城中阳坊，五代时刘知远建。明初，命有司岁时祭享。嘉靖五年圮于水，徙建华山。后县还旧治，改建于北门外迤东。岁久渐倾。康熙十九年，知县孙毓璘迁建于北门内天津桥左，并置田十五亩，为修葺之资。后知县王初集重修。县志：初，昆山徐元文公车过丰时，曾感异梦。及第后，遂出资助迁云）

丰公祠（在龙雾桥侧。后汉延熹十年，县令刘亹立感应碑。今淤）

玉皇庙（有二：一在县东门外，一在赵庄集北迤东）

三官庙（有六：一在县西南隅，一在察院西，一在西门外迤北，一在北门外迤东，一在赵庄集北，一在司马集北）

东岳庙（有二：一在县城东北隅，一在娥墓堌）

金龙庙（在北门泡河北岸。旧在城南门外，后徙建南门外堤上，寻移于此）

田祖庙（在县西二十五里）

碧霞庙（有五：一在县南门堤外，一在县北门泡河北岸，一在赵庄集，一在欢口集，一在城东南隅）

崔府君庙（在县西北二十五里堤北，今淤）

司马神庙（在县中阳坊）

汉光武庙（在县西北八里。又名东皇庙）

周太尉庙（在县西门外）

司马庙（在县西北三十里司马集。县志：祀汉浮阳侯司马耀）

华祖庙（有二：一在县南门外迤西，一在城西南十二里）

柳公祠（在城西北隅堤上。明季，邑罹河患，神常著灵异，县人章云翥建庙祀之）

刘都督庙（在城西北。县志云：即刘轨）

李文靖庙（在县西三十里，祀宋李沆。县志：明洪武中，黄水漂流，乡人收其神主，知县杨扐立庙祀之）

李公祠（在学宫乡贤祠西偏，祀明知县李崇信）

吴公祠（在县北门东。明万历初建，祀知县吴文光）

沛县

社稷坛（在县西门外迤北。旧在县西北半里，明嘉靖二十年迁此）

风云雷雨山川坛（在县治南一里，明永乐二年建）

先农坛（在县城东，雍正六年建）

邑厉坛（在县北门外迤东。旧在县北一里，明嘉靖二十一年迁此）

关帝庙（在县治东南护城堤上，今春秋致祭于此。〇又有庙九：一在县南关护城堤内，一在郃玉集，一在夏镇运河东岸，一在县东北五十里北络房村，一在县北十二里张家庄，一在县北三十里庙道口，一在县东南八里汉台乡，一在县南十二里，一在县东三十里）

城隍庙（在县西南，明永乐四年知县常瓘建。以后历年修葺）

福神祠（在县仪门外之东）

刘猛将军庙（在县南护城堤外。雍正十二年，知县谢纶音因旧修建）

名宦祠（在县学。祀汉县令许慎、宋程珦、明知县颜瓌，及本朝大吏十三人）

乡贤祠（在县学。祀商左相仲虺，汉平阳侯曹参、安国侯王陵、绛侯周勃、舞阳侯樊哙、御史大夫周苛、汾阴侯周昌、条侯周亚夫、博士施雠、东平太傅庆普、郎中蔡千秋、处士姜肱，梁著作郎刘臧，明浙江按察蔡楫、孝子监生赵清、兴化教授卢雄、礼科给事中张贞观，凡十七人）

忠义祠（在县学大门内，雍正七年建）

节孝祠（在县学大门外，雍正七年建）

文昌祠（在县北门外迤东，明万历三十九年自学宫徙此）

马神庙（有三：一在县治左；一在县东东岳庙右，六月二十四日有司致祭；一在夏镇城北）

汉高祖庙（《汉书·礼乐志》：初，高祖既定天下，过沛，与故人父老相乐。醉酒欢哀，作《风起》之诗，令沛中僮儿百二十人习而歌之。至孝惠时，以沛宫为原庙，皆令歌儿习吹以相和，常以百二十人为员。《后汉书》：光武建武二年，盖延南伐刘永，大破之，遂定沛、楚。修高祖庙，置啬夫、祝宰、乐［人］①。五年七月，帝幸沛，祠高原庙。章怀太子曰："高祖庙，今在沛县东故泗水亭中，即高祖为亭长之所也。"县志：旧庙久废。明万历三年，知县倪民望始于歌风台东南建殿三楹，春秋致祭。〇按：嘉靖志以在沛宫故地为汉高原庙，以在泗水亭者为盖延所修，别为一庙。诸志多从之。不知"原"训重于京师，高庙之外又立庙，故谓之"原"。断无原庙之旁复有庙之事。且盖延岂有舍原庙而别修无名之庙？光武又岂有舍延所修而祠未修之庙乎？沛宫本与泗水亭相近，故后世但言庙在泗水亭耳。分为二者，非是）

昭惠祠（旧在河东岸，祀伍子胥。明嘉靖六年河决，运道淤塞，都御史章拯屡祷获应，请于朝，命有司重修，岁时致祭。四十四年，圮于水。万历十年，知县周治升徙建小北门外平成集南）

忠孝祠（在县西南一里许。祀明靖难时死节知县颜瓌父子，及主簿唐子清、典史黄谦。嘉靖十九年，工部主事颜德伦建。后圮于水。万历二十五年，知县罗士学复建）

朱公祠（在夏镇镇山书院，祀明工部尚书朱衡）

大德祠（在泗河东岸，祀明吏部尚书吴鹏。嘉靖三十二年，淮徐大饥，鹏以刑部侍郎奉命发淮徐仓粟来赈。沛适缺令，未以灾报。鹏矫诏发仓以赈，全活甚众，民建祠祀之。今祠废，祭于荒址）

洪济庙（在夏镇运河西岸）

三河口大王庙（在县东北三十五里，明嘉靖四十五年建）

玉皇庙（有四：一在县西门外，一在县东北三十里曲房集，一在县东二十五里，一在夏镇城内）

三官庙（有五：一在县治西南古城址，一在县东关油坊口，一在县东射箭台，［一在县北鸡鸣台，］②一在夏镇）

真武庙（有八：一在县治河东半里；一在北门子城内；一在县南十里汉台乡；一在县北三十里庙道口；一在县西北三十里徐家集；一在县西二十五里高房集；一在县东北三十五里欢城集；一在县南三里漷河南岸，今废）

火神庙（有三：一在盐店口街之东，一在县治西南城隍庙东，一在夏镇南门内）

① 字据《后汉书·盖延传》《水经注·济水》及旧州志等补。
② 七字据康熙《徐州志》补。

东岳庙（有五：一在县东半里泗河北岸，元元统三年建；一在县西三十五里北孟村；一在县西北六十里沙河镇；一在夏镇；一在县南五里）

五岳庙（在县南三十里高坨村）

伏羲庙（有二：一在夏镇南门内，一在县南二十五里）

三皇庙（有五：一在鸭子村，一在高房集东南，一在千秋集，一在南秦村，一在夏镇城南）

大王庙（有四：一在县南泗河北岸；一在县西南四十里小盘龙村；一在县东南十五里上沽头，今废；一在县南二十五里下沽头）

天妃行宫（有十：一在县东关护城堤内，一在县东射箭台，一在县东三十里，一在县北三里吕母冢，一在县西北刘八店，一在夏镇新河西岸，一在县西南七山北，一在县东南十五里，一在县东南里仁集，一在县北庙道口）

七圣祠（有三：一在县东北安家口，一在县西门护城堤外，一在县西北五里小虫坡）

黄冢庙（在县南十里）　　圣德庙（在庙道口集东北）

灵显真君庙（在县东北五十里泗亭乡，元延祐元年里人杜珍建）

二郎庙（在县西三十里）　　水母庙（在县治南，面临泡水。今废）

微子庙（在县东半里，明万历二十五年知县罗士学建。今废）

留侯祠（在县东南里仁集，自留城移置于此。今废）

樊将军庙（在县南胡庄）

三义庙（在县南门内之西，旧射戟台，明永乐十五年建。〇又有庙，在夏镇南门外）

华祖庙（有四：一在山川坛之左，一在县西二十二里，一在七山堤南，一在苐子园）

茅公祠（在夏镇分司署之东。明万历中，工部郎中茅国缙卒于官，人怀其德，立祠祀之）

义烈祠（在东郭外。明天启二年，知县林汝翥建，以祀乡兵御妖贼阵亡者。今废）

练公祠（在东郭外。明天启三年，邑人为知县练国事建。今废）

陆公祠（在夏镇小水门北。明天启中，镇民为工部郎中陆化熙建。今废）

赵公祠（在夏镇城南运河西岸。明崇祯中，镇民为工部郎中赵士履建。后改为户部分司行署）

弱戴二公祠（在夏镇洪济门内。康熙十二年，镇民为刑部郎中弱汉、戴锡纶建）

节妇祠（在县东关猪市街南。明隆庆四年，知县白泾建，祀陈恕妻姜氏、张化隆妻胡氏。今废）

清风烈女祠（在夏镇运河西岸。明万历二十四年，主事杨为栋建，祀死节皮工妻女）

邳州

社稷坛（在新城北门外）

风云雷雨山川坛（在新城北门外，与社稷坛并）

先农坛（在新城北门外）

邑厉坛（未建。每祭，设北门外山麓）

关帝庙（在新城西北，今春秋于此致祭。〇又有四：一在旧城堤上，一在白莲埠，一在土山，一在泇口）

城隍庙（在新城西北）

土地祠（在州治仪门外东，雍正八年毁于水）

八蜡庙（在新城北门外）

名宦祠（在新城州学。祀汉下邳令韩棱，明知州陈葵、周广荣、李惟聪、雷爵、周尚化、高岩，州判曹卿，凡八人，及本朝大吏十三人）

乡贤祠（在新城州学。祀汉严彭祖、于定国、翼奉、赵兴、周纡、吴树、陈球，隋刘臻，五代晋沈斌，宋刘福，元杜佑、史彦斌，明倪宽、张金、岑义，凡十五人）

忠义祠（在新城州学，祀明义士王台辅）

节孝祠（在新城州署后）

马神庙（在旧城）

河神庙（有二：一在旧城大堤上，一在城西旧堤上）

东岳庙（有三：一在泇口镇，一在旧城东，一在旧城东南旧堤）

玉皇庙（在半戈山）

真武庙（有三：一在旧城，一在东南旧堤，一在泇口镇）

三官庙（有二：一在旧城西北十里，一在旧城东南堤）

火星庙（在旧城南竹竿巷西）

灵感通济庙（在旧城西北三里，祀金龙四大王）

元君庙（在旧城北一里许）

水母庙（在旧城西二十里）

龙王庙（在下邳驿东）

郯子庙（在旧治东北，久废）

黄石公庙（《寰宇记》：在黄乡城东南一里。《明一统志》：在黄石山。《淮安府

志》：在黄石社。州志又谓：在半戈山）

留侯庙（在旧城西门外，今废）

渊德公庙（在旧城西六里，岠山之阳。《明一统志》：韩棱为下邳令，有遗爱，民立祠祀之。迄今不废）

西楚霸王庙（在旧城北一里，今废）　晏公庙（在旧治东南）

侯成庙（在旧治北，今废）　甘泉庙（在沂河西，今废）

刘纲祠（在旧治南一百步。旧云：纲，下邳人。祠前有皂树，乃升仙之所。今废）

宿迁县

社稷坛（在县西门外迤北，雍正十一年改建）

风云雷雨山川坛（在县学宫西南，雍正十一年重建）

先农坛（在东门外二里许）　邑厉坛（在城东北）

关帝庙（在县治前）

城隍庙（旧在县治南二百步。明洪武二年，县丞方铎建。万历十三年，知县孙湛创建于新治儒学东）

名宦祠（在县学。祀宋县令陈师锡，明知县梁孟岳、张瓛、周鸿图，县丞方铎，主簿龚森[①]，本朝知县周祚永，及大吏十三人）

乡贤祠（在县学。祀周伍奢、伍尚、伍员，宋魏胜，明刘江、潘敏、罗鹍、张宾、陆佶、陆奋飞，本朝蔡士英，凡十一人）

忠义祠（在县学西，雍正九年建）

节孝祠（在县马路口迤北，雍正九年建）

文昌祠（在儒学崇圣祠后，明知县喻文伟建）

马神庙（在新城东北，明知县喻文伟改建）

金龙四大王庙（在城外东南遥堤上。明隆庆三年，兵备冯敏功[②]、知县宋伯华建。后圮。本朝康熙二十四年，总河靳辅改建于城西南堤上）

龙王庙（在县西北皂河集，本朝康熙中建。雍正五年，奉敕重修）

忠孝祠（在明伦堂左。祀伍举、伍奢、伍尚、伍员。〇按：子胥生长楚国，后仕吴，皆去此地绝远。乃府县志并载其父子入《人物》。县志引《史记》托子于齐

① 案本志《官司》《宦绩》，龚森为县丞，非主簿。

② 原作“恭”，据前州志及本志各卷统一用字。

鲍氏事，意其子孙或流转至此。其言傅会，不足信。今于《人物》内不敢妄载，特附见于此）

三杰祠（在县城南。明嘉靖十三年，知县李相建。祀春秋伍员、宋魏胜、明刘江）

项王庙（在县学西南。明万历二十二年，知县何东凤建。〇又有虞姬祠，在灵杰山，亦东凤建。今废）

玉皇庙（在县围田湖，明知县何东凤建）

东岳庙（在县治南）

真武庙（有四：一在马陵山，一在小河口，一在下相社，一在季家村）

三官庙（有四：一在灵杰山，一在季家村，一在埠子湖，一在响水沟）

火神庙（有二：一在旧治南，一在新城南门外）

崇宁真君庙（在旧治东南白茅墩上，元延祐六年监官伯颜建）

朱山相公庙（在下相社朱山，元至正间［建］[①]，祀汉朱买臣。旱涝祷之有应）

晏公庙（在旧治南二里，明万历间知县何东凤建）

张将军庙（在县东南十里小河口。旧志云：神名襄，弘治间行商至伍家营，为舟人所害，投之水。夜托梦于母。明日寻得其尸，遂鸣之官，置舟人于法。自后屡著灵异，里人祀之小河口）

三公祠（在旧治南。明嘉靖、隆庆间知县莫抑、崔元吉、宋伯华三人皆有惠政，民立祠祀之）

喻公祠（在新县治前。明万历初知县喻文伟有迁城功，民立祠祀之）

烈女祠（在灵杰山前，明万历三年知县喻文伟建）

睢宁县

社稷坛（在县城西）

风云雷雨山川坛（在县城南。〇二坛皆康熙五十五年知县刘如晏重建）

先农坛（在城南坊廓社，离城里许）

邑厉坛（在城西北隅，康熙五十五年知县刘如晏迁建）

关帝庙（在东门外。明万历十二年，知县申其学建。崇祯二年，圮于水。十四年，知县高岐凤重建，今春秋于此致祭。〇又一庙在南门外，顺治十六年建，东有火神庙，西有大王庙）

---

① 字参万历《宿迁县志》补。

城隍庙（在县治东南。明洪武初，知县汪质建。崇祯二年圮于水。本朝顺治五年，署县事侯昌胤重建）

土地祠（在县治仪门外东）

名宦祠（在县学。祀晋太保王祥，明知县何皞、陈嘉略、申其学、高岐凤，本朝督抚大吏十三人，及知县殷岳）

乡贤祠（在县学。祀明临安知府汤思恭、佥事高瑁、副使王应乾，本朝拔贡李枝翘）

忠义祠（在县学东，雍正九年建。祀元武略将军匡才、兵部尚书仝文瑞，明主簿丘绅、金声，典史袁浩，义士朱用之，本朝教谕王相吕、训导李之实）

节孝祠（在忠义祠北，雍正九年建）

孝子祠（在县治北。康熙五十七年，知县刘如晏自县南改建于此。祀孝子晋王祥、明孙清）

马神庙（旧在县治南复初社，久废。康熙五十七年，知县刘如晏重建）

东岳庙（在找沟集。〇又有庙在庙湾，明正德间圮于水，移像二郎庙）

三官庙（有二：一在县治西南，一在魏家集）

二郎庙（在北门外）　　玉皇阁（在南门外）

三皇庙（在找沟集）

柳将军庙（在辛安集，明嘉靖三十二年敕建）

寺观附

铜山县

卧佛寺（在城东南隅。中有卧佛像，故名。本古刹，明洪武二十七年重建）

开元寺（在城南里许。中有铁佛像，亦名铁佛寺。明洪武三十年重建）

兴化寺（在城南二里云龙山阳，明建文四[①]年建。以古有石琢佛像甚巨，俗名石佛寺）

洪福寺（在城北，久废。明正统时修建）

五级寺（在城东，北齐时建）

开化寺（在城北门外。旧名兴化寺。康熙十四年，副总兵恚占春重建，改名）

① 原作"五"。按：建文止四年，朱棣废之，仍以洪武为年号。今据嘉靖、康熙《徐州志》"洪武三十五年"改。又，同治《徐州府志》同误。

洞山寺（在城北桓山，明天顺、成化间修建）

大云教寺（在城北四十里。旧废，明洪武十五年重建）

开元寺（在一乡三图，金大定二十二年建）

兴隆寺（在一乡十五图，明天顺元年建）

屯头寺（在二乡八图，金大定三年建）

龙泉寺（在三乡十三图，金大定三年建）

清泉寺（在四乡十图，元至正三年建）

兴台寺（在五乡九图，唐开元二十三年建）

七佛寺（在五乡金陵集，元至正初建）

禅正寺（在五乡八图，金大定四年建）

三洞［山］①寺（在六乡一图，元至正六年建）

兴明寺（在七乡七图，宋元祐元年建）

景福寺（在吕梁洪，金大定三年建）

英会寺（在留城，金大定三年建）

洪福禅院（在城北一百十五里，宋崇宁初建，金大定初重修）

龙兴禅院（在宝峰山后，金大定间建）

功德禅院（在府北九十里留城西北，元中统初建）

香亭院（在城东七十里，创于元，明宣德间重修）

弥陀院（在城东南六十里，元建，明宣德中修）

西观音堂院（在城西北隅，明洪武中建）

大士岩院（在城南云龙山之阴，康熙五十七年建）

真武观（在城东南隅，明永乐初建。〇又白云观，在府治东；白鹤观、三清观，俱在治南；庆真观，在治东南；八仙观，在治西南；瑞云观，在治西北。以上六观并废）

斗姥宫（在城内西北隅，康熙四十一年修建）

萧县

华严寺（在县东门外。［旧在］古城厉坛东。明宣德初，徙旧县［南隅］②。万历初，水没城迁，复建于此）

---

① 字据嘉靖、康熙《徐州志》补。

② 以上四字据嘉靖、康熙《徐州志》补。

寿圣寺（在旧县［南］[1]二十五里，金大定间建）

显庆寺（在里仁乡，宋咸平元年建）　开皇寺（在孝义乡，金大定四年建）

白云寺（在孝义乡，明洪武元年建）　石佛寺（在乐善乡，宋开宝八年建）

福寿寺（在乐善乡，金大定七年建）　朝阳寺（在乐善乡，元至正间建）

新兴寺（在乐善乡，金大定四年建）

天门寺（在县东南四十里山谷中。元至元间建。明宣德四年，知州杨秘重建，更名禅院）

龙泉禅寺（在县东南五十余里）

皇藏寺（在都仁乡，亦作“黄桑”。元至正间建）

龙驹嘴寺（在都仁乡，明正德元年建）成阳寺（在都仁乡，元至元二十三年建）

㔶沟寺（在都仁乡，金贞祐元年建）　五眼泉寺（在都仁乡，元至正四年建）

灵光寺（在都仁乡，金大定四年建）　腾云寺（在都仁乡，唐太和元年建）

白土寺（在都仁乡，金大定元年建）　龙寿寺（在都仁乡，金皇统元年建）

九圣寺（在红亭乡，晋[2]大安间建）　积善寺（在红亭乡，宋景祐三年建）

隆兴寺（在姬村山阴，明崇祯时建）　孝义寺（在旧县北三十余里）

龙泉寺（在圣泉山阴，金明昌二年建）

延寿寺（在县西南三十里）　宝峰寺（在旧县东十一里）

凉楼寺（在县东北十五里，明末废，顺治间知县祖永勋重建）

嶂山寺（在嶂山麓，明成化间重修）　建凤法轮禅院（在县西北三十里）

真武观（在县北三仙台南，明万历七年建）

太虚观（在县南五十里）　玉虚观（在县南五十里）

乾明观（在县西南五十里）　栖真观（在旧县西七十里）

大道玄元观（在县东南五十里）

砀山县

永庆寺（在旧县治前，创建无考。明永乐七年，建万佛琉璃塔于寺前。宣德十年重建。嘉靖十一年，创千佛阁于后，高与塔齐）

寿圣寺（在县东北崇教坊，金大定四年建）

立头寺（在县东保安社）　大明寺（在县东陈村社，金大定二年建）

① 字据嘉靖、康熙《徐州志》补。

② 疑“晋”为“金”音讹。

白塔寺（在县东马昂社）　白云寺（在县南赵九社）

定国寺（在马昂社）

兴国寺（在县东南渠城社，元至元二十六年建）

南大觉寺（在渠城社，元至正元年建）

云台寺（在县东北使庄社，元至正二年建）

观音寺（在县南门外）　资圣寺（在赵九社，明景泰七年建）

铜钟寺（在县北段庄社，元至元二年建）

吴庄寺（在县西北柳庄社）　回罡寺（在县西北浮沟社）

释迦院（在县东五十里，宋建）　崇寿院（在县东一里，金大定间建）

大觉院（在县北四十五里）

聚仙宫（在县北三十五里市力寨，元延祐元年建）

青华观（在使庄社）　全真观（在县北一里）

丰县

兴教寺（在城西北隅。旧在县治东北二百五十步，本名永宁寺。北齐天保二年，改白塔寺。隋开皇十三年，改道成寺。唐上元二年，改重光寺。宋大中祥符初，复改永宁寺。建炎间，迁东北隅汉卢绾故宅。明洪武间重建，改今名。后河决寺废，迁建于此。顺治十年，邑人梁熼重修）

登云寺（在县东南华山上。本古刹，明嘉靖间重建）

大圣寺（在县北四十里，唐贞元十七年建）

重福寺（在县田村保，金大定元年建）

华严寺（在县司马保，元至正元年建）

福胜寺（在县西二十里，元至正间建）

马庄寺（在县东南九里）

清凉寺（在县东南十里）　春台寺（在县东南三十里）

土桥寺（在县南三里）　郑家寺（在县南五里）

许家寺（在县南二十里）　万陈寺（在县南三十里）

曲房寺（在县南五十里）　苗城寺（在县西南十五里）

铜钟寺（在县西南二十里钓台村）　石瓮寺（在县西南二十五里）

吕堌寺（在县西三里）　光庆寺（在县西十里，即夹河滩寺）

观音寺（在县西四十里）　应封寺（在县西四十里）

卧佛寺（在县西北十里）　杨庄寺（在县西北二十里）

褚庄寺（在县西北二十里）
羊苗寺（在县西北二十二里）
鲭鲶寺（在县西北三十里）
刘庄寺（在县西北三十里）
胡庄寺（在县西北三十五里）
安国寺（在县西北四十里）
首羡寺（在县西北四十里）
洪方寺（即龙泉寺，在县西北五十里）
韩村寺（在县北十五里）
清堌寺（在县北三十五里）
明教寺（在县北五十里）
丁兰寺（在县东北十二里）
贺堌寺（在县东北四十里）
洞真观（在城东北隅。元至正六年建，二十五年改为曲泉宫，有碑记）
龙翔观（在县东北隅。明正统十二年重建）
长春观（在县南七里）
南华观（在县南四十里）
和光观（在县西北四十里）
栖云观（在县北五十里）

沛县

龙泉寺（在县治运河东岸。旧在南门外泡河南。明嘉靖间，迁于城内旧学地。万历间，复迁建于旧子胥庙地）

祥国寺（在县东二十里，明成化七年建）

丁村寺（在县东二十里）

观音寺（有二：一在县东二十里，一在县东南十五里上沽头）

新兴寺（在县东三十里）
草堂寺（在县东三十里）
华严寺（有二：一在县东南八里，一在县东北三十里西小房）
临堤寺（在县南八里）
黄龙寺（在县南十里）
秦村寺（在县南二十里）
青墩寺（在县南二十五里）
栗子寺（在县西南二十里）
盘龙寺（在县西南二十里）
无儿寺（在县西南三十里）
释迦寺（在县西南三十里七山）
七山寺（在县西南三十八里）
晓明寺（在县西十里）
白云寺（在县西二十里）
弥陀寺（有二：一在县西二十里高房集，一在县东北五十五里）
杨名寺（在县西二十里）
汲冢寺（在县西二十五里）
卧佛寺（在县西三十里）
大觉寺（有二：一在县西三十里桑子村，一在县东北二十五里丁村）
高房寺（在县西三十五里）
大安寺（在县西三十五里）
龙兴寺（在县西四十里大盘龙集）
龙冈寺（在县西北二十里）

永寺（在县西北四十里）
隆兴寺（在县北二十里）
庙道口寺（在县北三十里）
兴隆寺（在县北四十里）
石楼寺（在县东北十二里）
昭阳寺（在县东北二十里）
陶阳寺（在县东北二十五里）
昭庆寺（在县东北三十五里高村）
永宁寺（在县东北三十五里欢城集）
崇庆寺（在县东北四十里夏镇）

广度寺（在夏镇，明万历十九年建。内有佛经一藏）

崇胜寺（在夏镇城中。有唐天宝八载心经碑）

福胜院（在县西北四十[①]里灌城村，唐建，久废）

广福禅院（在县东北十五里高村，久废。有金大定五年碑）

清凉院（在县南关）

真元观（在县西北一里。〇又长春观，在县西三里；玉虚观，在县东。三观并元至正元年建，久废）

紫阳宫（在夏镇城中）

邳州

洪福寺（在新城北小山，因寺改山名“洪福”）

龙兴寺（在旧城南门外。旧在沂河西，明洪武十七年迁建。今淤）

宗善禅寺（在旧城南羊山，明成化七年赐额）

白玉寺（在石羊埠，元至正二年建）

半戈山寺（在泗河之南。旧出金莲）

观音堂（在旧城大街竹竿巷西）

准提庵（在旧城大堤上）

昭惠观（在旧城东南十里，元至正间建）

宿迁县

寿圣寺（在旧治南，元大德四年建）
兴国寺（在县东门内）

竹城寺（在旧治东二十里，明洪武三年建）

洪福寺（在县北一百里瓦窑村）

沈黑寺（在县北四十里。僧沈黑建，故名）

---

①“四十”应作“二十”，勘详康熙《徐州志》卷十五《古迹》“福胜院”条下。

邵店寺（在县东北四十里邵店镇）
堰头寺（在县北七十里堰头集）
黄墩寺（在县北一百二十里。本旧天宁院，后改今名）
普化禅林（在县治北五里，马陵山东北。前有醒心井、亭）
护国庵（在普化禅林左）
极乐庵（在县治东北二里许，淮徐道署后。内有戒堂。称淮北丛林）
观音庵（县志云：在旧治南门外。疑即今观音阁）
妙峰庵（在县东南二里）
孟城庵（在运河西，去治五里）
弥陀庵（在治北马陵山后）
华岩庵（在马陵山后）
龙泉庵（在峒峿山，去县六十里。元延祐间建）
净土庵（在刘马庄，去县一百余里）
地藏庵（在城东北）
玉虚观（在县北马陵山，明正德四年建）

睢宁县

崇宁寺（在县治东北。明洪武十一年建于县治北，万历十三年迁建于此）
龙泉寺（在黄山社龙泉山，亦名“堌寺”）
铁佛寺（在刘马庄社王家崆）
芹沟寺（在芹沟社，有砖塔）
普照寺（在县东北三十里）
荆山寺（在宋家山社彭家山）
石桥寺（在黄山社石桥山）
石屋寺（在董家庄社石屋山）
范家寺（在县治西南四十里）
慈云庵（在县东门外）
甘露庵（在县治东南）
苏息庵（在县南门外）
华岩庵（在县西门外）
护国庵（在县治东南二里）
太平庵（在县东南四十里）
百子堂（在县治东北）
孙家堂（在县治北）
玄真观（在北门内，明洪武间建）

徐州市史志办公室　江苏师范大学汉文化研究院　整理

徐州古方志丛书

·点校本·

赵明奇　主编

第四册

清康熙《续徐州志》

清康熙《徐州志》（上）

文化藝術出版社
Culture and Art Publishing House

徐州市史志办公室　江苏师范大学汉文化研究院　整理

徐州古方志丛书

·点校本·

赵明奇　主编

第六册

清乾隆《徐州府志》（下）

文化藝術出版社
Culture and Art Publishing House

清乾隆《徐州府志》

（下）

石杰　监修

王峻　纂修

古迹

《元和》《寰宇》诸书所载古迹，首重故城废县，以其与建置相表里也；其余昔贤遗踪及台榭、宫馆之类，亦仅存其最著而不可磨灭者。故其书足传。自《明一统志》不知此例，记繁志寡。郡县志效之，益无讥矣。今于故城废县，及诸名迹，详加订正，馀虽不能尽去琐屑，要亦自分轻重。至流俗传讹与伪托者，仍附载而加辨焉。

铜山县

彭城故城（今铜山县治。《世本》：尧封彭祖于彭城，号大彭氏。《汉书·地理志》“彭城，古彭祖国”是也。春秋为宋地。《左传·成十八年》：郑伯会楚子伐宋彭城，纳鱼石。襄元年，诸侯围宋彭城，彭城降晋。秦置县，属泗水郡。《史记》：始皇二十八年，南登琅邪，还过彭城，欲出周鼎泗水。二世二年，秦嘉立景驹为楚王，军彭城东。既而楚怀王自盱台徙都之。后项羽自立为西楚霸王，亦都此。汉六年，封弟交为楚王，以彭城为国治。宣帝地节元年，国除，为彭城郡。黄龙初，封子嚣于此，复为楚国。东汉建武十七年，封子英为楚王。章帝建初三年，封明帝子恭为彭城王，此为彭城国治。晋为徐州治。太宁初没于石勒，永和七年复归于晋，太元四年没于苻坚，九年复取之，置北徐州。宋仍为徐州治。泰始三年，徐州刺史薛安都举城降魏，魏亦建为重镇。梁普通六年，魏徐州刺史元法僧以州附梁。梁使豫章王综镇之，综寻以州降魏。《水经注》：彭城大城内有金城。东北又有小城，刘公更开广之。皆垒石高四丈，列堑环之。小城西又一城，是大司马琅邪王所修，因项羽故台，经始即构，宫观门阁，惟新厥制。义熙十二年，霖雨骤澍，汴水暴涨，城遂坏。冠军将军刘公子[1]更筑之，悉以砖垒，宏壮坚峻，楼橹赫奕，南北所无。《元和志》：州内城，贞观五年筑，其外城即古大彭氏国也。旧志云：今城东北八

① 按：《水经注·获水》作“冠军将军，彭城刘公之子也”，即刘裕第五子江夏王刘义恭，景平二年受封冠军将军。

十里铜山下，相传有古彭城废县，或以为汉县治此，非是。又，城南三里有武安废城。元至正十三年，芝麻李据徐州，脱脱击平之，改徐州为武安州，移治于此。今为广运仓地）

吕梁故城（在城东南。春秋时宋邑。《左传·襄元年》：晋韩厥、荀偃帅诸侯之师伐郑。楚子辛救郑，侵宋吕、留。杜预曰："吕、留二县，今属彭城郡。"汉置吕县，属楚国。后汉、晋皆属彭城国。宋属彭城郡，后魏因之，隋废。《元和志》：吕梁故城，在彭城县东五十七里，汉为吕县。城临泗水，高百四十尺，周回十七里。此城东二里有三城：一在水南，一在水中潬上，一在水北，并高齐所筑，立镇以防陈寇。旧志：吕梁城，在州东南吕梁洪东岸，明嘉靖四十三年筑，城周五百余丈，工部分司署在焉。又，吕梁洪[①]上有二城：一曰云梦，一曰梁王。土人谓云梦为韩信，梁王即彭越。又，洪西岸有尉迟城。唐尉迟敬德督徐州，尝凿吕梁洪，因筑此城）

留城（在城北九十里，与沛县接界。春秋时宋邑，秦置县。二世二年，秦嘉立景驹为楚王，在留。沛公往从之，欲请兵以攻丰。汉六年，封功臣，高帝令张良自择齐三万户。良曰："始臣起下邳，与上会留，此天以臣授陛下。臣愿封留足矣。"乃封良为留侯。寻亦为留县，属楚国。后汉属彭城国。晋因之。太元四年，苻坚将彭超围彭城，置辎重于留城。谢玄赴救，扬声遣军向留城，超乃还保辎重。宋仍属彭城郡。元嘉二十七年，魏主焘南侵，遣步尼公自清东进屯留城。泰始中没于魏，亦属彭城郡。北齐废。隋开皇十六年复置，属徐州。唐废。《元和志》："故留城，在沛县东南五十里。"明时为运道所经。旧志：城在徐、沛之间，今入郡）

垞城（在城北三十里。《水经注》：泗水径留县而南，径垞城东。城西南有崇侯虎庙，道沦遗爱，不知何因有此。《元和志》：在彭城县北二十六里。兖州人谓实中城曰"垞"。《方舆纪要》云：盖南北朝时戍守处也。今谓之茶城，为运道所经。嘉靖末，黄河北徙，城遂为漕、黄交会之冲。后河口东移，茶城乃为内险）

舞阳城（在城西北五十里。旧志谓汉封功臣樊哙为舞阳侯，城于此。《方舆纪要》改作"濮阳废县"，云：刘宋侨置阳平郡于沛郡南界，领馆陶、阳平、濮阳三县。后没于魏，为南阳平郡。后又徙郡，寄治彭城。后周始并入彭城郡。此城即南阳平侨郡所领之濮阳县。《寰宇记》作"舞阳城"，误也。〇按：《寰宇记》有樊哙墓，在彭城县北五十九里，实无舞阳城；近志但有舞阳城，不载濮阳县及樊哙墓。然《方舆纪要》考古甚核，并录之以存疑）

吕布城（在城东南。《元和志》：曹公故城，在彭城县东南六十五里吕梁东岸。

① 原作"山"，据《读史方舆纪要》卷二十九《南直十一》改。

或言曹公筑此以图吕布；西岸有城临水，是布之所固也，号曰吕布固。《寰宇记》：吕布城，在县东南五十里。按《魏·地形志》：吕布自下邳与曹公相持，筑城于此。旧志：在吕梁南二十五里。一名战台，堑垒犹存。○按：《寰宇记》所引《地形志》，今本无此文，不知何据）

弥黎城（在城西南。《水经注》：获水东径弥黎城北，刘澄之《永初记》所谓彭城西南有弥黎城者也。州志：今城南五里许太山下有迷刘城，俗称刘城台，相传汉军败于楚，不知高帝所在处。盖即"弥黎"之讹也。又有灰城，在城西北一百里，世传汉高帝所筑。又食城，在城西北百二十里，俗传高帝尝犒师于此。《方舆纪要》"食城"作"仓城"，谓皆昔时顿兵贮粮之所。或谓灰城即仲虺城，详见《沛县》。旧志又有武原城，在武原山下，谓汉置武原县于此，详见《邳州》）

利国监（在州北少东九十里。汉元封初，从桑弘羊请，于彭城、沛县立铁官。河平二年，沛县铁官地陷，销铁皆飞。唐置秋丘冶，宋置利国监。《寰宇记》：监本秋丘冶务也。今置利国监驿于此。又宝丰监，在府治东。元丰六年置，铸铜钱，八年废）

高冢戍（在州南。后魏所置，即亚父冢。详见《陵墓》）

下磕戍（在州东南。刘宋泰始二年，薛安都以彭城降魏，诏张永攻之，军于下磕，即此）

西楚故宫（在府治。苏轼《答范纯甫》诗："重瞳遗迹已尘埃，惟有黄楼临泗水。"自注云："郡有厅事，俗谓之霸王厅，相传不可坐，仆拆之以盖黄楼。"）

戏马台（在城南一里。项羽因山为台，以观戏马，故名。宋武为宋公，在彭城，九日大会宾僚赋诗于此。元嘉二十七年，魏太武南侵，立毡屋于戏马台，以望城中。宋时为台头寺，苏轼云："台高数十仞，广袤数百步，有事则可用屯戍，与城相表里。"旧志：循磴而上，傍有石崖，杂勒古岁月名氏有文，皆隶书，笔法遒劲，剥落不可读。明天启间，户部分司尝移署于上，人遂名户部山）

大彭馆（在城西南。唐时邮传所经，亦为迎饯之地，以古大彭国为名。咸通九年，庞勋作乱，杀观察使崔彦曾于大彭馆，即此）

彭祖楼（《水经注》：彭城东北角，起层楼于其上，号曰彭祖楼。《寰宇记》：魏神龟二年，刺史元延明移彭祖庙于子城东北楼下，俗呼楼为彭祖楼。旧志：城东北隅旧有彭祖楼，楼上石刻三字，久毁）

燕子楼（《明一统志》：在徐州城西北隅。唐贞元中，张建封镇徐州，有妾曰盼盼，为筑此楼以居之。建封既卒，盼盼楼居十余年不嫁。《南畿志》云：在州廨中。嘉靖旧州志谓在张建封旧第中。俗传城西北角楼，恐非是）

黄楼（宋熙宁十年，苏轼守徐州，水既退，增筑徐城，即城之东门为大楼，垩以黄土，曰土能胜水。常与客游其上，弟辙及秦观各为赋，陈师道为铭。嘉靖志云：“俗传谓即城东角楼，恐误。”盖非故处矣。本朝顺治十六年，防河同知魏裔鲁重修。康熙六十一年，知州姜焯再修）

快哉亭（在城东南。旧志：宋熙宁末，李邦直持节徐州，即唐薛能阳春亭故址构建，郡守苏轼名曰“快哉”。今废）

放鹤亭（在云龙山上。宋云龙山人张天骥建，苏轼为记。岁久亭圮。明嘉靖十一年都御史戴时宗即故址重建，后副使王梃修葺。康熙五十七年重修）

萃墨亭（在城东南百步洪洲上。明成化中，主事尹珍于洪东崖石间得石刻一，上书“郡守苏轼、山人张天骥、诗僧道潜月中游”十六字，盖轼守徐时笔也。因建亭洲上，名曰“苏墨”，陷石壁间。又于亭南建清风堂。正德末，亭坏，主事李香筑台重建，更今名，自为记。今废）

观道亭（在吕梁洪塔山巅。上有先圣石刻像，明嘉靖十四年主事张镗建。亦名川上书院。或谓即《论语》“子在川上”处，盖因吕梁悬水事而附记也）

逍遥堂（在府治后。苏轼守徐时，与弟辙会宿此堂，各有诗。久废。康熙三十六年，知州孔毓琦重建）

秀楚堂（在州[①]治内。宋元祐中知州孙觉建，自记云：“广陋适中，侈俭合度，燕申起居，既便且安。”岁久圮。康熙六十年知州姜焯重建）

明善堂（在府治后。宋元祐中知州杜纯建，久废。康熙十三年，知州孙枝蕃建楼于故址）

会墨堂（在吕梁下洪。明嘉靖二十三年[②]主事陈洪范建，有赵孟頫碑及诸刻）

彭祖宅（旧志：在城西北隅，宅有井。唐皇甫冉诗“旧井莓苔近寝堂”是也）

廉里（《汉书》：龚胜居彭城廉里，后世刻石表其里门。《水经注》云：彭城西北旧有龚胜宅）

彭城三里（彭城刘氏同出楚元王后。宋武帝时，刘氏分为三里，以别帝族：左将军刘怀肃居安上里；豫州刺史刘怀武居丛亭里；宋氏帝族居绥舆里，今萧县有绥舆山，即其地）

渎上（《汉书》：韦孟家本彭城，后徙于邹，作诗曰：“梦我渎上，立于王朝。”应劭曰：“渎上，孟所居，彭城东里名。”近志谓之孟徙里）

悬水村（在吕梁洪。苏轼《答吕梁仲屯田》诗：“乱山合沓围彭门，官居独在悬水村。”自注：“悬水村，吕梁地名”）

---

① 案文例，此“州”字应为“府”字未尽改者。

② 康熙《徐州志》作“嘉靖癸卯”，为二十二年。

雍门村（《寰宇记》：雍门城，在彭城县东南五十里。桓谭《新论》云“雍门周弹琴见孟尝君”是也。州志作雍门村，在吕梁洪北）

试剑石（在城南汉高祖庙。石高三尺余，中裂如破竹，不尽者寸，相传为高帝试剑石。苏辙有铭。又，九里山上有樊哙磨旗石）

境内古碑（《水经注》：彭城城内有汉司徒袁安、魏中郎徐庶等数碑，并列植于街右，咸曾为楚相也；又有龚胜墓碣，今皆不知所在。今所有者：唐高瑀为节度使李愿立碑，其石八棱，在城内；苏辙《黄楼赋》碑四枚，相传苏轼书，在黄楼；又有轼书并关侯画竹石刻，在铁佛寺；岳飞送张浚北伐诗石刻，朱子书《易·系辞》石四枚，赵孟頫、文征明两碑，并在吕梁洪；董其昌书《重修放鹤亭碑》，在放鹤亭；吴道子《观音》，在黄茅冈。其他自明以来石刻颇多，皆不足录）

附录

挂剑台（州志云：在城南里许。季札挂剑处，后人筑台表之，址尚存。明知州宋诚刻石其上。〇按伏滔《北征记》：“徐县北有徐君墓，延陵解剑之处。”《寰宇记》：“挂剑台，在泗州大徐城东北，临朱沛水。”盖大徐城即古徐子国。汉之徐县、唐之徐城，皆今泗州地，与彭城无涉。《淮安府志》又载挂剑台在邳州泗河南二里；去睢宁县西北六十里有大冢，高三丈，周十余丈，谓相传季子挂剑处。皆非是）

萧县

故萧城（在今县西北十里。古萧国，春秋时为宋附庸。庄十二年，南宫万弑闵公，立公子游，群公子奔萧。萧叔大心杀子游，立桓公。二十三年，萧叔朝公。宣十二年，楚伐萧，萧溃，皆即此。秦置萧县。二世二年，沛公与秦将司马尼战萧西，不利，还收兵聚留。汉二年，汉王入彭城，项羽自齐还至萧，晨击汉军。两汉、晋、宋皆属沛郡，后魏始移沛郡治此。《元和志》：县东北至州六十里。《城邑考》：萧城北二十里有黄杨城，亦谓之北城，方九里余，世传萧子避暑处。其南城，即故萧国城。《北征记》：萧城周十四里，南临汴水。今城方九里三十步，东南绕城有隍，西北无隍。唐时县治此城。宋时河决，又于其南半里筑新城，北连旧城，亦谓之南城。明初，亦为县治，周仅四里。万历五年圮于水，乃迁治于三台山南麓，即今治也）

杼秋城（在旧县西北。汉县，属梁国。光武封刘般为侯邑，明帝改属沛国。晋因之，后废。《寰宇记》：城在县西七十五里）

扶阳城（在今县西。汉县，属沛郡。宣帝封韦贤为侯邑，后汉省。《寰宇记》：

城在县西南六十五里）

龙城（在今县东北。《魏书·地形志》：彭城郡领龙城县。《水经注》：获水径萧县，又东历龙城，不知谁所创筑。隋尝改萧县为龙城，盖以此名也。《寰宇记》：城在县东三十里）

曹马城（在旧城西北七十里。方九里，内有饮马池，相传曹操尝驻马于此。又有古塔，明洪武中为人所毁。又有郭城，在旧城西南二十五里，方二千三百步，相传后周太祖所筑。又蒋蔡城，在旧城南三十里）

英州城（在旧城西北五十里。旧志云：建置莫考。元初，城址尚存，周九里余，城中水可舟。至正甲申河决，淤为平陆，今俗呼“雁门泊”。又有黑沙[①]县，相传即英州之附郭）

永固废县（在县东南永固山下。本彭城县之永固镇，金元光二年升为永固县，属徐州。元至元二年并入萧县，为巡检司。明洪武十三年废为镇）

红亭（在今县西北[②]。《春秋·昭公八年》：“秋蒐于红。”杜预曰：“红，鲁地，沛国萧县西有红亭。远，疑。”盖因萧本宋地，故疑其远也。《寰宇记》作“洪亭”。今为红亭乡）

清心亭（在县治东。宋嘉祐六年县令梅某建，曾巩为记。梅，轶其名）

拱翠堂（在县西北圣泉山中。宋邑人窦敦礼建，以延四方贤士，晁补之为记）

绥舆里（在县绥舆山下，南朝宋武帝故居。详见前）

砀山县

砀县故城（在今县东三里。故砀县治，唐、宋以来因之。《寰宇记》：“在单州东南九十里。”即此。金兴定中圮于河，迁虞山南保安镇。元至元中，复还旧治。明嘉靖四十一年，圮于河，迁治县东南二十里小神集。四十四年，复还旧治。万历二十六年，复圮于河，始迁今治）

麻城（在县东北二十五里。后汉建武二年，盖延伐刘永，取麻乡，即此。后魏孝昌二年，置安阳县，属砀郡，《地形志》云“县治麻城”是也。北齐废砀县，改属彭城郡。隋开皇十八年，移治砀县故城，改曰“砀山”，而此城废。今为麻城集）

狐父城（在县南三十里。《史记》：曹参击秦将司马尼于砀东，破之，取砀狐父，即此。一作“狐父聚”）

---

① 原作“河”，据康熙《徐州志》、康熙《萧县志》改。

② 按：康熙、嘉庆《萧县志》作“西南”，其说应是。万历《徐州志》作“东南”，误。本志从《读史方舆纪要》作“西北”，亦不为得。

燕喜台（在县治东。旧有台，又有亭、池。唐李白有《秋夜与刘砀山泛燕喜亭》诗，即此。元延祐三年，县尹杜郁尝因台址建谯楼，后废。今遗迹尚存）

附录

梁城（嘉靖志云：邑境有梁城，即汉梁国城，不知处所。近志则云：汉梁怀王都，即秦砀郡废城，梁孝王更筑之，遗址犹存。今县治居其东北隅。新通志遂据县志，以燕喜台即梁王平台，并载入梁园。今按：梁孝王国在睢阳，即怀王旧地，其平台、梁园并在睢阳，本传及《水经注》甚明，与砀县何涉？《汉志》梁国首砀县者，盖初因秦砀郡旧治。至后梁王封国，则在睢阳。今县西南遗址，大抵金、元以来迁徙遗迹，未必梁王所筑。邑志最为舛陋，乃通志、州志皆从之，误矣）

丰县

邀帝城（在县西南二十里。相传汉高帝还乡，父老邀之于此，因名，亦曰邀驾城。又有偃王城，在县北五十里，相传徐偃王[①]所筑；司马城，在县西北三十五里，相传汉时有浮阳侯司马耀封此，有铁碑，今为司马集）

厌气台（在城中县治东。秦始皇东游，筑此台以厌王气。宋王禹偁有铭。州志云：明嘉靖五年淤。又，县城北有伏道，俗传高祖避秦厌气，由此潜出，至今道中荆棘皆顺生）

枌榆社（《史记》：高祖祷丰枌榆社。后四岁，天下已定，诏御史令丰谨治枌榆社，常以四时春以羊彘祀之。张晏曰："枌，白榆也，社在丰东北十五里。或曰枌榆，乡名，高祖里社。"《后汉书·郡国志》：丰有枌榆亭）

汉高祖故宅（在县中阳坊。《汉书》：高祖，沛丰邑中阳里人。《魏书·地形志》"丰县有汉高祖旧宅"是也。《寰宇记》谓：在城内。《玉海》引《述征记》：在丰水东九十里。县志云："当作九里。"又有萧何宅，在县东门城下。卢绾宅，在县治西北隅，宋建炎中改为永宁寺）

朱陈村（唐白居易《朱陈村》诗略曰："徐州古丰县，有村曰朱陈。去县百余里，桑麻青氤氲。县远官事少，山深民俗淳。一村惟两姓，世世为婚姻。"宋苏轼有《题朱陈村嫁娶图》诗。旧州志谓：今丰西无山，疑在萧境，旧属丰处。又据

① 顺治《丰县志》、康熙《徐州志》作"战国时宋王偃所筑"。

《古今诗话》云“古丰县有杏花村二十里”[①]，盖因苏诗有“劝耕曾入杏花村”之句，不知诗所谓“杏花村”者，即指朱陈也）

午沟里（在县南五十里，接砀山县界。朱温所生之地，后尝改为衣锦乡，今为午沟集。县志云：温虽砀人，而里在丰境，相传朱五经设教于此）

凫鹭亭（在县治东北池上。旧名“四望”，宋治平三年县令关景仁重建，改名。元末毁于兵）

袁遵道墓碑（在县华山。姚燧撰文，赵孟頫书，郭贯篆额，时称“三绝”）

沛县

沛故城（即今县治，秦置。汉高初起于此，为沛公。十二年，封合阳侯喜子濞为沛侯，寻为吴王。后汉兴平元年，陶谦表先主为豫州刺史，屯小沛。自是，沛县皆兼小沛之名。《水经注》引《述征记》曰：城极大，四周堑通丰水。《元和志》云：县内城，即秦沛县城。县志：沛旧城，在县治西北。元至正十七年，同佥孔士亨据其地，筑小城，周二里有奇，即汉旧址也。《寰宇记》则谓：县东南微山下有故沛城。《水经注》亦云：泗水南径小沛县东，县治故县南垞上。盖相承有此说，其实无可考。旧志又有泗水郡城，在县治东，相传秦置泗水郡，筑城于此）

广戚故城（在县东南，汉县，属沛郡。武帝元朔元年，封鲁恭王子将为侯邑，后复为县。成帝河平三年，又封楚孝王子勋为广戚侯。后汉改属彭城国。晋因之，后废。《水经注》：泗水自沛县，又东南径广戚县故城南。今县东有广戚乡，盖因故县得名。县志谓在县东北四十里，与《水经注》不合）

湖陵故城（在县北五十里，与山东鱼台县接界。故宋邑，秦置县。《史记》：项梁击败秦嘉，进[②]至胡陵，既而并嘉军，军胡陵；又曹参攻胡陵，取之；汉二年，东伐楚，入彭城，项羽引兵去齐，从鲁出胡陵，皆即此。汉初曰湖陵县，属山阳郡。王莽改曰湖陆。后汉初，复曰湖陵。《光武纪》：建武五年，幸沛。辛卯，进幸湖陵，是也。章帝封东平王苍子为侯邑，仍改曰湖陆。晋属高平国。东晋太和四年，桓温伐燕，遣檀玄攻湖陆，拔之。既而苻坚灭燕，置兖州刺史于此。后魏省，《地形志》高平府有胡陆城。明时为运河所经，曰湖陵城闸，南至庙道口十八里）

千秋城（在县西北六十五里。《魏书·地形志》：高平县有千秋城。即此。县志

① 案宋陈景沂《全芳备祖前集》卷十引《诗话》：“徐州古丰县朱陈村，有杏花一百二十里，近有人为德庆户曹，道过此村，其花尚无恙也。”隆庆《丰县志》亦引《诗话》谓：“徐州古丰县有杏花村，东去二十里。”视此，杏花村或即朱陈村别名。

② 原作“退”，据《读史方舆纪要》改。

又有灌城，在县西北二十里，相传汉将灌婴所筑。又泗河东岸有旧城，俗以为张士诚筑。又有欢城，在县东北四十里，建置未详）

沛宫（《史记》：汉十二年，高祖已击黥布，还过沛，留置酒沛宫，悉召故人父老子弟纵酒。酒酣，高祖击筑，自为歌诗起舞，慷慨伤怀，谓沛父兄曰："游子悲故乡。吾虽都关中，万岁后吾魂魄犹乐思沛。且朕自沛公，以诛暴逆，遂有天下，其以沛为朕汤沐邑，复其民，世世无有所与。"《括地志》：沛宫，在沛县东南二十里。《元和志》：在县东南一里。按：二书所纪道里不同，近志皆从《括地志》。以歌风台合考之，当从《元和志》）

啮桑亭（在县西南。周显王四十六年，秦张仪与齐、楚之相，会于啮桑。汉武帝《瓠子歌》："啮桑浮兮淮泗满。"徐广曰："啮桑，在梁与彭城之间。"后汉初，王梁击佼疆、苏茂于楚、沛间，拔大梁、啮桑是也。〇按：啮桑，诸志不载。以地考之，总不出沛、丰之境。张仪一会，《史记》于各国皆书其事，不可不存其名也）

泗水亭（《水经注》：沛县南垞上，东岸有泗水亭，汉高祖为泗水亭长，即此亭也。《元和志》：在县东一百步。《寰宇记》：在县东南一里，今有庙。旧志：今泗亭驿，乃其故址）

歌风台（《寰宇记》：在沛县东南一百八十步。汉高祖征英布回，归沛，于此台歌曰"大风起兮云飞扬"，因为名。旧志：初，台在泗水西岸，有石刻歌辞，岁久倾圮。成化间，徙置河东琉璃井之次。嘉靖间，知县周泾别为台于东偏，覆亭碑上。至今屡经修葺）

鸡鸣台（在县东北五十五里沙河北岸。明正统中，置闸于此，为运河所经。嘉靖中废。县志载：旧传楚汉各筑城于河南北，楚人夜筑，汉兵登台为鸡鸣以散之。其说甚俚，不足取）

射戟台（在县南门内之西。后汉袁术遣纪灵等攻刘先主于小沛，吕布驰往救之，曰："诸君观布射戟小支，中者便当解去。"一发果中，台以此名。台上有汉昭烈庙。又有射箭台，在县东南五里，明成祖驻师时所筑也）

歌风碑（在歌风台。石长丈，阔三尺余，刻《大风歌》，字悉篆文。相传汉蔡邕书，无所考。今中断，锢以铁。旁又有一石，乃元大德中所摹刻者。又有《心经》碑，在夏镇崇胜寺中，唐天宝八载刻，字多残缺不可读；苏轼竹石刻二小方，在县学大门内东西壁上；新渠碑，在夏镇皇华亭中，明大学士徐阶撰文，吴人周天球书）

附录

仲虺城（嘉靖志：在县南四十里。按《玉海》引《国史·地理志》：沛县有仲虺城。○按：其地与铜山接界，即铜山之灰城也。《水经注》：漷水西经仲虺城北。《晋地道记》曰：仲虺城，在薛城西三十里。据此，则仲虺城当在县北滕县界内，不在县南也，盖因其地有仲虺墓而傅会耳）

邳州

下邳故城（在今州南，旧州治东。本古邳国，《左传·昭元年》赵孟曰“商有姺、邳”是也。又《定元年》薛宰曰：“薛祖奚仲迁于邳。”秦置下邳县，属郯郡。二世二年，项梁渡淮，军下邳，即此。汉初，封韩信为楚王，都下邳。后为县，属东海郡。后汉永平十五年，东巡狩于下邳。庚子，改置下邳国，封皇子衍于此。建安初，先主为徐州牧，屯下邳，吕布袭取之。三年，曹操攻吕布于下邳。四年，先主取徐州，留关云长守下邳，寻为操所败。魏、晋皆为下邳国，常为重镇。晋永兴二年，琅邪王睿监徐州，留守下邳。太宁中没于石勒。永和五年收复。太元三年没于苻坚，坚置扬州镇焉。九年，谢玄取下邳，秦人弃彭城，遂进据之。宋泰始三年，为魏所取。魏孝昌初，置东徐州于此。永熙二年降梁，置武州，改下邳曰归政县。太清二年，又降于东魏，复曰东徐州。陈太建六年，复得之。十一年，为周所取，亦曰下邳郡，兼置邳州。隋废郡存州。大业初，复置郡于宿豫县，下邳县属焉。唐初置邳州，寻废。宋置淮阳军。金、元皆为州治。明初，省县入州。《元和志》：县内城，古邳国城也。魏武征吕布于下邳，决泗、沂水以灌其城，即此处也。城有三重，大城周十二里半，中城周四里，吕布所守也。魏武擒布于白门，即大城之门也。小城垒砖坚峻，周二里许。西南又有一小城，周三百七十步，征虏将军石崇所筑也。旧志：州东三里有土城故址，即下邳旧城。今城金人所置，明初修筑，周五里。康熙七年，河决坏城，积为巨浸，水不复出。乃迁新治，南去旧城百里）

良城（在今州南旧城北。春秋时郑地，《左传·昭十三年》：“晋侯会吴子于良，水道不可，吴子辞，乃还。”即此。汉置良城县，属东海郡。始元五年，封鲁安王子文德为侯邑。后汉改属下邳国。晋曰良城县，宋及后魏因之。梁置武安郡，北齐、后周因之。隋开皇初，郡废，县仍属下邳郡。唐初属邳州，贞观初省。《寰宇记》云：良城，在下邳县北六十里。州志云：城去州二十余里，在偃武乡洳口社）

武原城（在州西。汉县，属楚国。后汉[①]属彭城国，晋因之。宋初废。泰始二年，薛安都以彭城降魏，宋将张永进军逼彭城，军于下磕，分遣别将王穆之守辎重于武原，为魏将尉元所破，即故县也。魏仍为武原县，属下邳郡。东魏武定八年，

① 原作“魏”，疑后汉与魏之省，据徐州志及《读史方舆纪要》改。

复置武原郡治焉。后周郡县俱废。《水经注》：武原水出武原县西北，径其城西，县东有徐庙山。旧志：在旧城西北百里，峄阳山西。按徐州旧志，州东南亦有武原城，与诸书不合。当在邳州境内）

余行城（在今州南二十里。州志：在受贤乡，元末平章王信筑，俗呼“余行省城”）

艾山废县（今州治［北］[①]。东魏武定八年置，属武原郡，盖以艾山为名。北齐废）

圯上（在旧城东南，俗呼圯桥。《汉书》：张良亡匿下邳，尝间从容步游下邳圯上。有一老父，衣褐，至良所，直堕其履圯下，顾谓良曰：“孺子下取履！”良愕然，欲殴之。为其老，强忍，下取履，因跪进。父以足受，笑而去。服虔曰：圯音颐，楚人谓桥曰圯。戴延之《西征记》曰：下邳有沂水，自城北西南注泗；别下回城南，亦注泗。旧有桥，张良与黄石公会此。《寰宇记》引《郡国志》曰：沂水，今号长利池。上有桥，即张良遇黄石公处。○按：《水经注》及戴延之《西征记》俱谓桥在下邳东南小沂水上。小沂水，即《郡国》所谓长利池也。参考诸书，大略相同。州志则谓：新城东北二十里受贤乡有受贤镇，东邻沂水，号为长利池。池上有桥，即黄石公受书处。其西有受书院，阔亩余。旁有子房进履石，石上有足形，有跪形，历然在目。相传明万历间移于旧城外，遗址渐堙，而古迹无征矣。今考：新城南去旧城百里，又东北二十里，在秦汉时当为东海郯县之界，与史传大相径庭。即有遗迹，亦是后人假托，何足信耶？《水经注》已见《山川》内）

升仙亭（在旧城西南。相传郡人刘纲升仙之所，后人为筑亭立祠）

渔亭（在旧城西沂河东岸。相传晋石崇尝渔于此）

古碑（《水经注》：下邳大城中有司马[②]石苞、镇东将军胡质[③]、司徒王浑、监军石崇四碑。今不知所在）

附录

郯城（《淮安府志》云：去邳州治北五十里，沂、武二河之侧，古郯子国。○按《元和志》：故郯城，在下邳县东北一百五十里。盖隋时郯县，唐省入下邳也。

---

① 字据《清一统志》补。按：艾山在新城北五里，废县又在艾山东北一里许，距新城六里（参见乾隆《邳州志》）。则当时州治，固非旧县址也。

② 按：“司马”，应为“大司马”，朱谋㙔《水经注笺》脱“大”字，杨守敬、熊会贞《水经注疏》有勘。《太平寰宇记》引伏滔《北征记》亦云：“下邳大城内有大司马碑，石声如磬。”

③ 按：“镇东将军胡质”，杨守敬、熊会贞《水经注疏》称：“《魏志》本传：‘迁征东将军，假节，都督青徐诸军事。’此作‘镇东’，异。”又，《太平寰宇记》引伏滔《北征记》：“下邳西南有石崇四丈碑。”熊会贞曰：此四碑，欧《集古录》、赵《金石录》皆不著录，盖已佚。

今自旧城东北至山东郯城县界约百二十里，古郯城在今州北境外郯城县西南，其故城宜载入郯城县。府志谓“五十里”，误）

宿迁县

宿豫故城（在县东南。其地当睢水入泗之口，西、南皆临泗水。郦道元曰：晋元皇之为安东也，督运军储而为邸阁[①]，因有宿豫之名。义熙中始置城邑，自后常为重镇。《宋书·州郡志》曰“宿豫，晋安帝立”是也。宋泰始三年，魏将孔伯恭攻宿豫，宿豫守将鲁僧遵弃城走，自是没于后魏。梁天监五年，张惠绍攻拔宿豫，执城主马成龙。未几，魏邢峦围宿豫，败梁兵于清南，惠绍弃城南走。八年，魏将成景儁杀宿豫戍主严仲宝，以城来降，魏将杨椿攻之，不克。普通六年，萧综以彭城降魏，魏乘胜取诸城戍，至宿豫而还。大通中，复得其地。侯景作乱，为东魏所取。承圣三年，齐宿豫民东方白额以城降梁，梁遣杜僧明助之，齐将王球来攻，败退。寻复入于齐。陈太建五年，鲁广达克之，诏以广达为北徐州刺史镇其地。十一年，又为后周所陷。隋大业中，置下邳郡治焉。唐废郡，又改县曰宿迁。《寰宇记》：宿迁县，在淮阳军东一百十里；宿豫城，在下邳县东南一百八十里[②]）

厹犹城（在县境。汉置临淮郡，领厹犹县。后汉省。颜师古曰：厹，音仇。《元和志》“宿迁县，宋人迁宿之地，汉为厹犹县”是也）

下相城（在县西北。秦置下相县，项羽生于此。汉亦为下相县，属临淮郡。应劭曰：相水出沛国，故加“下”也[③]。后汉属下邳国，晋属临淮郡，后魏亦曰下相县。孝昌三年，属盱眙郡。东魏武定八年，置临清郡于此，寻废。《元和志》：下相故城，在县西北七十里。县志：今县西有下相社。又有土城，在运河西三里，相传项羽所筑。《淮安府志》云：“下相城，在邳州治西南一里。”误）

司吾城（在县北。本古钟吾国。汉置司吾县，属东海郡。应劭曰：《左传》“吴执钟吾子”是也。后汉属下邳国，晋属临淮郡。宋为淮陵郡治，元徽五年改曰峒峿，昇明初复旧。齐因之，寻没于魏。梁普通五年，魏东海太守韦敬欣以司吾城来降，即此。《水经注》：沭水径司吾山东，又径司吾县故城西。《寰宇记》：峒峿，在县西北七十里司吾故乡。县志：县北六十里有司吾镇，今置驿于此）

---

① 原作“国”，据《水经注》卷二十五《泗水》改。

②《清一统志》云：“盖唐后移治，非故城矣。明万历中，又移今治，南去故城二里。”

③《史记·项羽本纪》司马贞《索隐》引应劭云：“相，水名，出沛国。沛国有相县，其水下流，又因置县，故名下相也。”

淩城（在县东南。汉置淩县[①]，元鼎四[②]年封常山宪王子商为泗水王，国于此。后［汉］[③]建武中，省泗水国，以县属广陵郡。晋属下邳国，宋省。齐复置，属临淮郡，后废。应劭曰：淩水出县西南，入淮。《水经注》：泗水自宿豫城又东径淩栅南，旧淩县治也。《寰宇记》：淩城，在县东南五十里，故城存）

泗阳城（汉县，属泗水国。后汉省。《寰宇记》"故城在今宿迁县东南八里，魏阳故城"是也。盖因魏文帝幸广陵，故名）

角城（在县东南。《宋志》作甬城。晋安帝义熙中土断，立淮阳郡，又立角城县为治。宋、齐常为重镇。梁改置临清、天水、浮阳三县。寻入于魏，亦为淮阳郡。东魏武定七年，复并三县置角城县。北齐改为文城县，后周又改曰临清。隋开皇三年，省入淮阳县。《寰宇记》：角城，在宿迁县东南一百十一里，在淮之北、泗水之西。亦谓之泗城。〇按《宋志》淮阳郡治角城，则淮阳当即角城，而《魏书》高闾曰："角城蕞尔，处在淮北，去淮阳十八里。"盖南北战争时，别于其南置镇，而以角城为戍也。梁时建置纷然，多不可考。《隋志》淮阳县下云："东魏并梁绥化、吕梁二郡为绥化县，后周改为淮阳。"而角城亦省入焉。《寰宇记》载角城于宿迁，别载淮阳城于泗州，云在徐城东北一百五十里。徐城在今泗州西北五十里，以道里计之，角城之去淮阳，正与高闾之说相合。就今地界言，两城并在今宿迁东南及桃源县境，不在泗州界矣）

栅渊城（在县西南。《魏书·地形志》：下邳郡有栅渊县，武定八年分宿豫置。陈太建六年，樊毅克齐下邳、高栅等六城。《方舆纪要》云：高栅，或即栅渊也）

樊阶城（在县西北，南北朝时为戍守处。宋泰始三年，魏将孔伯恭造火车攻宿豫，沈攸之退保樊阶城。齐建元三年，遣桓康败魏人于淮阳，进拔樊谐城。樊谐，即樊阶之讹也）

济岷故郡（在县北。东晋时，以蜀西、济北流人置济岷郡。咸和三年，济岷太守刘闿等杀下邳内史夏侯嘉，以下邳叛入后赵，郡寻废。沈约《宋志》淮阳郡："晋宁县，故属济岷。"宋改属淮阳）

伍员里（县志：在县北七十里挑沟岸）

项羽里（县志：在县旧治北一里梧桐巷）

古碑（《水经注》：下相城西北汉太尉陈球墓前有二碑，是弟子管宁、华歆等所造。宋时尚存，洪适有跋。今不知所在）

---

①《清一统志》曰"秦置"。案《史记·陈涉世家》有"淩人秦嘉"，疑秦时已立县。

② 原作"二"，据《汉书·武帝纪》《清一统志》改。

③ 字据《清一统志》补。

睢宁县

睢陵故城（在县南。汉县，属临淮郡。武帝元朔元年，封江都易王子定国为侯邑。后汉属下邳国。晋初因之，后废。《水经注》：睢水径取虑故城北，又东径睢陵县故城北，又东南径下相县南。章怀太子曰：睢陵县，在下邳县东南。〇按：睢陵之在睢宁，旧志多无确据，惟新通志谓“即今睢宁县治”。今以《水经注》及《后汉书》注参考之，睢陵在睢水之南，取虑、下相二县之间，其地当在今睢宁县南无疑。今泗州盱眙县西有睢陵城，乃汉淮陵县地。宋大明初，侨置济阴郡及睢陵县，非汉故县也）

取虑城（在县西南。汉县，属临淮郡。顾野王曰：“取虑，音秋闾。”后汉改属下邳国。初平四年，曹操攻陶谦于郯，不克。还攻取虑、睢陵、夏丘，皆屠之，杀男女数十万人，泗水为之不流。晋仍属下邳国。魏亦曰取虑县，置临潼郡，谓之临潼城。梁大通初，将军成景儁拔魏临潼，因置潼州于此。太清初，东魏将慕容绍宗大败梁军于彭城，进围潼州，刺史郭凤弃城走。魏武定六年，分置晋陵县，为临潼郡治。九年，改梁潼州为睢州，治取虑城。北齐改郡曰潼郡，以睢州废入焉。隋开皇初，郡县俱省入夏丘县。《寰宇记》：潼郡城，在虹县北百二十里，即汉取虑县也。县志：潼郡城，在县西南四十里，城址犹存。西南去灵璧县七十里，盖即汉取虑、东魏临潼郡。或互见凤阳府虹县、灵璧志，以壤地相接也。〇按：《邳州志》载取虑城在州西南，盖本《后汉书》注及《寰宇记》，不知唐、宋下邳南境，今皆属睢宁县；西南现有潼郡城，而邑志又不能深考。今以《寰宇记》所记道里，合诸书详考正之）

占[①]城（在县西北七十里。俗名瞻王城，内有七十四井，城址犹存。又有新城，在县北五十里，俗传韩平章所筑。又有九城，在县东二十五里）

陵墓

陵墓自郦道元注《水经》、魏收《地形志》、刘昭注《郡国志》咸载焉，盖重其人也。然其所在，必衷之于古，方有据依。近郡县志不能远考，傅会传讹，率多混列。今于正载之外，凡传疑者别为附录，使阅者易辨。而义冢，恤政所存，亦附见焉。

① 原作“古”，据康熙二十二年、五十七年及光绪十二年《睢宁县志》改。案县志“胡元居此，名占王城”，与本志所载“俗名瞻王城”义同。

铜山县

古彭祖墓（《寰宇记》：按《彭门记》云：殷之贤臣彭祖，颛顼之玄孙，至殷末，寿及七百六十七岁。今墓犹在故邑，号大彭焉。旧志：今不知处）

西楚范增墓（在城南里许，古名亚父冢。宋元嘉二十七年，魏主焘南侵，至彭城，登城南亚父冢，以望城内。后彭城归魏，置高冢戍于此。《水经注》：今彭城南，项羽掠马台之西南山麓上，即亚父冢也。旧志：元季有贾胡盗发其冢，得宝剑去。明嘉靖中，户部主事岳东升表其墓）

汉楚元王墓（《水经注》：同孝山阴有楚元王冢，上圆下方，累石为之，高十余丈，广百许步，经十余坟，悉结石也。《北征记》：彭城西二十里有山，山有楚元王墓。旧志：今在楚王山山下。又有古冢数十处，皆甃以巨石，相传为交子孙墓）

王陵母墓（在城西南二里。明嘉靖中，御史朱裳[①]立碑冢上，后为居人侵毁。康熙五十八年，淮徐同知孙国瑜按旧址，卫以石垣，建坊墓门）

张良墓（《魏书·地形志》：留县有张良冢。旧志：在城北七十里留城南）

樊哙墓（《寰宇记》：在彭城县北五十九里。○按：《明一统志》亦载此墓，但讹作“九十五里”。旧州志止载舞阳城于《古迹》，不载墓，不知舞阳城尤无据。墓见于《寰宇记》，今虽无考，不宜去也）

刘向墓（《水经注》：彭城北三里有石冢被开，传言是刘向冢，未详是否。旧志：在城西北二里演武场南。墓侧旧有祠）

龚胜墓（《水经注》：泗水自彭城县东，又径龚胜墓南，墓碣尚存。《寰宇记》：在县东南三里，至今禁刍牧）

刘平墓（在城西北九十里）

陶谦墓（在城西四十里陶山）

华陀墓（旧志：在城南山川坛侧。陀，沛国谯人，游学徐土，善医，以忤曹操见杀。永乐初，知州杨节仲修坛，劚地得髑髅甚巨，疑为陀首，加土瘗之，题其碣。万历初，知州刘顺之立祠墓前）

刘宋王仲德墓（《寰宇记》：在彭城县北四十一里。○按：仲德名懿，以字行，为徐州刺史，事迹详见《名宦》。旧志失载其墓，今从《寰宇记》增入）

宋苏姑墓（在府治东偏。宋苏轼守徐时，葬其幼女于此。康熙十七年，松江府水利通判董宏署州事，作亭覆之，题曰“眉山掌珠墓门”，复勒石碣。乾隆三年，知府石杰复修）

① 原作“衣”，据《漕运通志》卷三《尚书、都御史、主事表》改。

元钱光弼墓（在九里山之阴。光弼，元时总管，孛术鲁翀为撰神道碑）

明山云墓（在留城。云官都督，出镇广西，卒。正统四年，谕葬于此，庐陵钱习礼撰神道碑）

杨琏墓（在骆驼山下。琏为户部郎中，卒于官，葬此）

马蕙墓（在城北九里山下，李秉撰表）

张鹤鸣墓（在子房山下）

陈汝麟墓（在奎山南）

万崇德墓（在太山东、奎山西）[①]

附录

义冢（有三：一在城南二里，一在城西南半里，一在城西北四里。旧志有十余，皆水没不存）

萧县

周闵子墓（旧志：在县东南八十里。元有赡坟地租，为儒学公用。其碑阴有地界，县尹赵国纲徙置学宫。○按：萧与宿州接壤，今《宿州志》又谓墓当在其地。考《寰宇记》：闵子骞冢在符离县东北九十里。符离县即今符离桥，本宿州治，自元废县，移州于南。当时必以北境太远，分属于萧。故元时墓地已入萧县，不当执古记以相争也）

子张墓（在县南三十里堀坊村，与闵子墓有司并以春秋致祭。县志又有申详墓）

宋玉墓（《明一统志》：在县西南三十里）

元傅汝砺墓（在旧城南二里许）

明孟骥墓（在县西北七十里）

知县郑恕墓（在白茅山南，知县王衮树碑墓前）

谢祐墓（在白茅山阳。祐为县教谕，卒葬此）

马津墓（在县东绥舆里，凤凰山阳）

附录疑冢义冢

丁公墓（县志：在县南十里。○按《寰宇记》：在丰县北。盖因丁公山而傅

① 按：自刘向墓以下，底本多有残损，悉参道光《铜山县志》卷八《古迹》补足。

会也）

展雄墓、吕蒙墓（县志：二墓俱在县西南六十里。〇按：蒙，吴人，墓不当在此）

蒋横公墓（县志：在县南三十五里）

康仁冢（县志：在旧城西北隅。〇以上诸墓俱无考，附见）

古冢（旧志：凡六十余所，在县西北三十里建凤法轮禅院前，世传为萧子世墓。其内三冢，高五丈余，即旧志所谓“建凤三冢”。相传宋元间，人欲假器用者，祷之辄应，后有假者损其器，遂不可复得）

义冢（有三：一在旧县西一里，一在南二里，一在北半里）

砀山县

梁广王墓（在县北二里许，梁太祖兄全昱也。旁有安庄王友宁墓，有碑铭，土淤其半。又县志：梁祖追高祖黯为肃祖，曾祖茂琳为敬祖，祖信为宪祖，父诚为烈祖。四陵并在县北午沟里，接丰县界）

宋党进墓（在县南三十里，有碑记）

元曹甫墓（在县北三里。甫，元御史中丞，赠行省左丞、鲁郡公）

曹伯启墓（在县北三里）

成克敬墓（在县东二里）

明李稳墓（在县南郊外）

剑甲墓（在县南三里。明初，佥都御史黄正死普安州，子孙葬其制敕及所遗剑甲于此。子龙虎卫镇抚琰，与父同死国事。昆季并葬其兜鍪、弧矢于剑甲墓侧）

附录

义冢（有三：一在城北厉坛［南］[①]，一在城东官道南，一在城西社稷坛南）

丰县

汉丁公坟（《寰宇记》：在县东北六里，即高祖所斩以徇众者）

宋李若谷墓（在县西北）

李淑墓（若谷子，亦在县西北）

---

① 字据康熙《徐州志》补。

元袁遵道墓（在县华山西北八里。子涣墓，亦相近）

曹中墓（在城西百步。中，元侍郎也）

秦英墓（在县东南三里。县志：英，元末征士）

明王正墓（在县西三十里）

赵恕墓（在县东南二里）

胡宁墓（在县北四十里）

杨名墓（在城东北里许）

史可传墓（在县东北六里。子文烇，祔葬）

崔连云墓（在县西北三里。连云，明末诸生）

娥墓（在县西北六十五里。旧志未详姓氏，盖古烈女墓云）

本朝李卫墓（在县南杨家集。乾隆四年，钦赐祭葬，大学士张廷玉撰墓碑）

附录

夷王陵（县志：在县东南三十里华山中。县志云春秋时人，未知何据）

齐王陵（在县东北二十五里。县志云：王名肥，即高祖微时外妇之子。按：古未闻葬此）

秦王墓（在县西五里。县志云：相传有茔地四十亩）

楚王墓（嘉靖志：在县西北，有亭灵台）

越王墓（县志：明万历时，大雷雨，华山东麓忽崩裂，露古墓，有碣云“越王之墓”，棺皆凿石为之。人就视，衣冠如生，顷即为灰。香炉、供具皆陶器）

庄伯墓（县志：在县西二里许，今淤）

马惟堌（在县东北二里。旧志：俗传汉祖所从受学马惟葬此）

绛侯墓（县志：在城东北十二里。明初，汉碑犹存。至今子孙世业八十余亩。又次子亚夫[①]墓，在绛侯墓左二里。○按《水经注》诸书，绛侯、亚夫冢并在长安，不言在此）

雍齿墓（县志：在城北九里许。按：此亦无考）

孙光溥墓（县志：在西门外。宋将也，相传有茔地数十亩）

丁宰相墓（县志：丰之万安保人也，子孙至今以时祭扫。在灰城中。明嘉靖间，墓碑犹存。隆庆初，沙淤）

白侍郎墓（县志：在县西三十五里，名未详）

义冢（有三：二在泡河北、官路西，一在城东南里许）

① 原作“父”，径改。

沛县

商仲虺墓（旧县志：在县南四十里虺城内。〇按：《寰宇记》县有仲虺庙而无墓；《明一统志》、嘉靖旧志皆载仲虺墓，但云在县境，不详所在。县志始云云。康熙间修志者，知虺城不当在南，去“虺城内”三字。今以《寰宇记》考之，疑是昔时曾建庙于此，而后人指以为冢、为城。然无他据，傅疑可也）

微子墓（《元和志》：微山上有微子冢）

汉吕母冢（县志：在县北三里，隆然大丘，汉吕后母卒葬此）

明知县颜瓌墓（在县学西南数十步。瓌，靖难时父子死节，邑人收葬于此，永丰彭勖记）

蔡楫墓（在县西十五里蔡家村）

张贞观墓（在县东郭内）

郭烈女墓（在县北门外。烈女名青儿，明弘治时人）

贞妇许氏墓（在县东郭内。县志：贞妇名牡丹，明嘉靖时葬此，岁久冢平。顺治中，有人行其上，闻地下有声，怪之。有老人知贞妇坟在此，乃择日相与封墓揺土，果得其碑。自后，遂不复有声）

清风烈女墓（在夏镇城北，运河西岸下）

丘孝子墓（在县东南五里。县志：孝子名祺，吴人，死葬此）

附录

邵世矩墓（在县东南上沽头。旧志：世矩，废齐刘豫时第一人登第。嘉靖二十三年，主事许诗因筑城，得其门人訾栋所撰故志，刻而立之。〇按：世矩仕于刘豫，人不足取，姑附于此）

龙化堌（在夏镇城西南，双丘对峙）

黄丘（在县东北四十里广戚城北，高八尺，方广数亩。四围属滕，丘独隶沛。又有白冢，在广戚城北六里；双冢，在县东北三河口。盖皆昔人冢墓也）

义冢（有四：一在东郭内，一在西门外，一在夏镇运河东岸，一在县东南八里，徽州商民所置也）

邳州

魏陈琳墓（旧志引《九域志》云：在下邳，唐温庭筠有诗。今不知其处）

明孝妇聂氏冢（在受贤乡陶合社）

附录

筑墩（《淮安府志》：去治十里，在招贤乡大村社。旧志：相传为韩朋墓。去墩又数里，为朋妻墓。按：安东县有韩凭与青陵台二冢，相去不远，即《搜神记》所谓“两冢相望”者。此或相传之误）

宿迁县

宋魏胜墓（在县东南四十里）

孝女墓（在县西十里朱山东北。元时人，失其姓氏）

明广宁侯刘安墓（在县北马陵山西南）

左都督马仪墓（在县西北六十里直河东岸）

何烈女墓（在县旧治东）

刘烈女墓（在县南小河口）

附录

梁王墓（在县北七十里龙泉社，世代无考。相传昔有人发冢得暴疾，至今人不敢近）

张万户墓（在县东四十里，石兽尚存）

睢宁县

晋王祥履墓（在县城南。县志：祥食邑睢陵，后卒，民取其履葬于此。明御史王友贤立碑于冢。康熙五十四年，知县刘如晏修筑，置祭田五十亩）

明孝子孙清墓（在县东南六里毛竹冈）

义士朱用之墓（在县西南三里赵家滩）

双烈墓（在县东五里。正德时，徐雪梅、严锐儿二女以不屈贼死，葬此）

义士王台辅墓（在县北四十五里象山巅）

徐州府志卷之八全

徐州府志卷之九

职官一

地志之有《职官》《选举》，盖仿史书表例，以补传记所不及也。徐州自汉迄元，官制代殊，人名散佚，纪载颇难。嘉靖志专列明代。顺治间，胡志始编及历代。康熙间，姜志嫌前志挂漏，乃搜采诸书，远及春秋，不按地理，不考事实，凡有所见，兼收并列，班部混淆，序次错乱，自谓详慎，而芜蔓极矣。今惟自明来仍旧，以前断自汉起，其不治兹地者，概从刊削，存其大略如左。

两汉

前汉彭城置楚国。后汉尝为楚郡，后为彭城国。又分东海、下邳，置下邳国。其官曰太守（治郡）、内史、相（内史治国民，相统众官。成帝绥和初，省内史，更令相治民。后汉因之。又，汉初置太傅辅王，成帝后但曰傅。楚元王时，有中大夫申公等，乃自置者，今附见焉）。其徐州刺史（前汉领东海、琅邪、临淮、楚、泗水、广陵，郡国六；后汉领东海、琅邪、彭城、广陵、下邳，郡国五），前汉无治所，后汉治郯县，皆不在今府境。至建安时，吕布屯下邳，昭烈屯小沛，乃一时权宜，非常制。刺史姓名已见《通志》，此不入。（旧志泛列两汉刺史姓名，并后汉末刺史官属。今俱削之）

冷　耳（沛人，楚元王相）
陈　婴（楚元王相）
申　公（楚中大夫）
白　生（楚中大夫）
穆　生（楚中大夫）
韦　孟（楚太傅）
苏　意（楚王戊相）
张　尚（楚相）
赵夷吾（楚太傅）
爰　盎（楚人，楚王礼相）
冯　唐（安陵人，景帝时楚相）
唐长宾（东平人，楚太傅）
铎　椒[1]（楚太傅）
宋　登（齐人，楚孝王相）
马　宫（楚长史）
陈　咸（相人，成帝时楚内史）

① 案《史记·十二诸侯年表》序："铎椒为楚威王傅，为王不能尽观《春秋》，采取成败，卒四十章，为《铎氏微》。"铎椒为战国时楚傅，康熙《徐州志》误收，本志同误。

何　武（楚内史）
薛　惠（薛宣子，彭城令）
刘　良（光武叔，平帝时为萧令）
孙　萌（光武初楚郡太守）
袁　安（楚郡太守）
宗[1]湛（建初中楚郡太守）
文　穆（灵帝时以中郎将守彭城）
关　羽（建安四年行下邳太守事）
令狐子伯（太原人，建武中楚王英相）
江　革（楚太仆）
韩　棱（元和三年下邳相）
赵　牧（元初中彭城靖王相）
张　皓（犍为人，彭城相）
袁　贺（汝阳人，彭城相）
史　弼（考城人，光和中彭城相）
薛　礼（中平时彭城相）
麋　芳（建安初彭城相）
温　恢（彭城相）
侯　谐（彭城相）
陈　矫（彭城相）
汲　廉（彭城相）
牟　融（丰令）
杨　统（彭城令）
韩　棱（舞阳人，章帝时下邳令）
谢夷吾（山阴人，章帝时下邳令）
苏　章（武原令）
费　汎（萧令）
朱　穆（顺帝时丰令）
周　永（桓帝时沛令）
魏　朗（彭城令）
刘　亹（延熹末丰令）
应　劭（萧令）
陈　群（建安中萧令）
浩　周（萧令）
孙　坚（灵帝时下邳丞）

三国魏

魏时徐州刺史治下邳，又有使持节、都督诸军事同治焉。旧志载入者，今仍之。

吕　虔（徐州刺史）
王　祥（徐州别驾）
郑　岐（明帝时徐州刺史）
王　昶（正始中徐州刺史）
石　苞（嘉平中徐州刺史）
胡　质（徐州刺史）
胡　威（徐州刺史）
向　韶（山阳人，彭城太守）
徐　庶（彭城相）
桓　范（明帝时都督青徐诸军事，治下邳）
钟　毓（甘露中都督徐州诸军事）
卫　瓘（咸熙中都督徐州诸军事）
胡　遵（征东将军督青徐诸军）

① 原作“宋”，据《后汉书·杨厚传》改。

晋

晋时，徐州刺史始治彭城（初亦治下邳），领彭城、下邳等，郡国七。东晋时，淮北沦没，至义熙七年，始复置北徐州。旧志刺史外，兼载监军都督（初仍魏制，刺史治民，别置都督治军，位刺史上。南渡后，并为一官）、镇将及一二僚佐。今考其实，治兹土者存之。（旧志并载石赵、苻秦诸伪刺史，既不足示后，又挂一漏百，徒秽简编；又载晋末宋武镇彭城时诸官属，尤无谓。今俱削之。其云彭城王不之国，但设内史以代太守[①]者，乃当时制也）

司马伷（琅邪王，泰始中都督徐州诸军事）

司马晃（下邳王，都督青、徐二州诸军事）

司马肜（梁王，监青、徐二州诸军事）

阮　垣（监青、徐二州诸军事）

石　崇（苞子，元康中监徐州诸军事）

司马楙[②]（东平王，永宁初都督徐州军事）

王　修（长史）

司马越（东海王，惠帝时徐州都督）　王　隆（徐州监军）

顾　荣（东海王军谘祭酒）　薛　兼（越参军）

司马裒（琅邪王，建武初青、徐、兖三州都督）

刘　隗（太兴中青、徐、幽、平四州都督）

王　浑（徐州刺史）　胡　奋（徐州刺史）

嵇　喜（谯人，太康时徐州刺史）　嵇　绍（徐州刺史）

高　诞（围城人，徐州刺史）　周　馥（惠帝时徐州刺史）

裴　盾（永嘉中徐州刺史）　司马奥（长史）

王　琛（建兴初徐州刺史）　祖　逖（徐州刺史）

蔡　豹（徐州刺史）　卞　敦（元帝末徐州刺史，镇泗口）

刘　遐（下邳内史。后为兖州刺史，屯泗口[③]）

荀　羡（徐、兖二州刺史，镇下邳）　郗　昙（徐、兖二州刺史，镇下邳）

郗　愔（徐、兖二州刺史）　桓　温（代郗愔为徐、兖刺史）

谢　玄（徐州刺史）　谢　琰（徐、兖刺史）

刘道怜（徐州刺史）　刘怀慎（徐、兖刺史）

---

① 原作“史”，据康熙《徐州志》改。

② 原作“懋”，今从《晋书》本传用字。

③ 案《晋书》本传：太宁初，自彭城移屯泗口。王含乱平，以功迁徐州刺史，代王邃镇淮阴。应是兖州刺史治彭城，徐州刺史镇淮阴。

羊陶、羊纬、羊忱、刘咸（四人皆徐州刺史，未详何年在任）

王　华（州主簿，转治中）　　江秉之（州主簿）

刘道会（州主簿）　　丘渊之（武帝时州主簿）

王昙首（冠军长史）　　戴　逯[①]（太元初沛郡太守，戍彭城）

朱　序（太元中以青、兖二州刺史戍彭城）

刘牢之（以龙骧将军戍彭城）　　向钦之、竺朗之（二人俱牢之参军）

羊穆之（义熙初以宁朔将军戍彭城）　　刘　隗（惠帝时彭城内史）

孙　惠（彭城内史）　　周　抚（元帝时彭城内史）

刘　续（太宁初彭城内史）　　何　谦（彭城内史）

王　弘（彭城太守）　　孟怀玉（义熙初下邳太守）

刘　混（宋武帝曾祖父，为武原令）　　袁　瓌（阳夏人，永嘉中为吕令）

袁　猷（瓌弟，代瓌为吕令）　　张道欣（宋建国时为彭城令）

南北朝宋

宋徐州刺史领彭城、下邳、沛、兰陵、东海、东莞、东安、琅邪、淮阳、阳平、济阴、北济阴十二郡，治彭城。泰始三年入于后魏。

王仲德（徐州刺史，加都督）　　刘义欣（长沙王，元嘉初镇彭城）

吉　翰（徐州刺史、假节、监军事）　　赵伯符（元嘉中徐、兖二州刺史）

臧　质（元嘉中都督，徐、兖二州刺史）

刘义季（衡阳王，元嘉中徐州刺史）　　刘义宾（兴安侯，元嘉末徐州刺史）

刘义恭（江夏王，元嘉末镇彭城）　　萧思话（代武陵王为刺史）

王玄谟（徐州刺史）　　庞秀之（孝建初代王玄谟为刺史）

垣护之（孝建时代庞秀之为刺史）　　申　坦（孝建时代垣护之为刺史）

沈昙庆（大明初徐州刺史）　　刘道隆（大明二年徐州刺史）

刘休若（巴陵王，大明四年徐州刺史）

薛安都（徐州刺史。以彭城降魏）　　魏恭子（彭城内史）

沈叔仁（征北府长史、行参军）　　崔道固（武陵王从事史）

毕众敬（武陵王从事史）　　刘延孙（武陵王府别驾）

刘泰之（武陵参军）　　臧肇之（田曹行参军）

尹　定（集曹行参军）　　杜幼文（武陵国左常侍）

马文恭（武陵参军）　　颜师伯（临沂人，徐州主簿）

① 原作“遂”，据《晋书·谢玄传》、康熙《徐州志》改。

颜　竣（安北主簿）
张　畅（安北府长史）
王　彧（安北谘议参军）
王孝孙（安北录事参军）
垣谦之（安北骑兵行参军）
袁愍孙（安北行参军）
夏侯祖权（安北府司马）
王　谌（徐州主簿，后为从事参军）
王元曾（别驾）
刘　瓛（祭酒）
垣崇[①]祖（主簿。以上三人皆刘道隆所辟）
张　岱（冠军谘议参军）
韦道福（镇北录事参军）
王文和（征北主簿）
张　浩（谘议参军）
羊　希（刘义恭主簿）
沈庆之（刘义恭府中兵参军）
嵇玄敬（江夏王参军）
虞法生[②]（征北府典签）
王道隆（太宗镇彭城，补典签内监）
兰陵伛（平北长史）
崔文仲（主簿）
王裕之（中从事史）

后魏

徐州亦治彭城，领彭城、南阳平、蕃、沛、兰陵、北济阴、砀七郡。又，魏末置东楚州，治宿豫；东徐州，治下邳，皆在今府境。刺史上又设行台以节度之，或并节度二兖，其后或以刺史兼之。又有镇都大将，统兵备御，与刺史同[③]。

尉　元（徐州刺史，加都督）
元　云（任城王，徐州刺史，加都督）
李　䜣（承明初徐州刺史）
托跋嘉（徐州刺史）
薛虎子（徐州刺史）
托跋郁（济阴王，徐州刺史）
元　澄（任城王，徐州刺史）
元　衍（广陵侯，徐州刺史）
邓宗庆（太和中徐州刺史）
元　愉（京兆王，徐州刺史）
元　昞（徐州刺史）
元　鉴（武昌王，徐州刺史）
元　嵩（高平侯，徐州刺史）
卢　昶（徐州刺史）
李　彦（延昌初徐州刺史）
杨　钧（华阴人，徐州刺史）
萧宝夤（徐州刺史）
元延明（安丰王，徐州刺史，加都督）
薛豹子[④]（正光前徐州刺史）
常　景（孝昌时徐州刺史兼行台）
杨　昱（孝昌末徐州刺史）
元　孚（永安初徐州刺史）

① 原作“荣”，据《南齐书》本传改。
②《宋书·晋熙王昶传》作“蘧法生”，《魏书·刘昶传》作“虞法生”。
③ 原作“与刺史同城”。案《魏书·官氏志》：“缘边皆置镇都大将，统兵备御，与刺史同。城隍、仓库皆镇将主之。”据此，“城”字当断下，此处误衍，今删。
④ 与前“薛虎子”同为一人。《北史》本纪作“豹”，列传作“彪”，皆系唐人避李虎讳改。

严思达（永安中徐州刺史） 斛斯椿（永安时徐州刺史）
杜　德（节闵时徐州刺史，加都督） 元　祐（孝武时徐州刺史）
贾显度（孝武初徐州刺史、东南大行台）
任延敬（天平初徐州刺史） 元　轨（天平中徐州刺史）
崔　悛（天平末徐州刺史） 陆子彰（兴和初徐州刺史）
房　谟（兴和中徐州刺史） 王　春（徐州刺史）
慕容绍宗（武定时徐州刺史） 王　则（徐州刺史）
高乾邕（徐州刺史） 高归彦（武定时徐州刺史）
辛　徽（徐州刺史）
附元　颢（北海王，徐州刺史。叛）
附元法僧（正光中徐州刺史。叛）
附元　鉴（安乐王，正光中徐州刺史。叛）
潘绍业（孝武时东徐州刺史） 高　谅（正光中徐州行台）
崔孝芬（孝昌末徐州行台） 羊　深（孝昌末徐州行台）
辛　术（武定时为行台，迁东徐州刺史）
孔伯恭（天安时彭城镇将，加都督） 元解愁（彭城镇将）
元　拔（乐平王，太和中彭城镇将） 长孙浑（太和中彭城镇将）
李元茂（太和末彭城镇副将） 李　宪（徐州都督）
贾　智（孝庄时镇彭城） 邸　珍（永熙中徐州都督）
高　岳（徐州都督）
附萧　综（梁豫章王，镇彭城。叛降魏）
附成景儁（梁将，镇彭城）
附胡龙牙（梁将，镇彭城。〇时彭城入梁，寻又入魏）
附尔朱仲远（徐州都督，以彭城叛） 鹿　生（长史，带彭城镇将）
卢　渊（长史） 薛修义（长史）
王可久（长史，带彭城太守） 李长寿（司马）
郑　籍（平东[1]府长史） 李　志（平东司马）
李　象（功曹参军） 封　回（延昌中由长史行徐州事）
姜　俭（田曹[2]参军） 元显和（安东长史）
崔　秉（安东府录事参军） 郑伯猷（行台郎中）

① 原作“东平”，据《魏书·郑羲传》乙正。
② 原作“常”，据《魏书·韦阆传》改。

李　广（长流参军）
刘文颢（骑兵参军）
羊　敦（孝昌末长史）
崔慈懋（徐州征东府长史）
刘士荣（武定时长史）
裴夷吾（武定时参军）
辛子馥（天平中徐州开府长史）
王　肃[①]（太和中宋王刘昶长史）
阳　固（宋王法曹参军）
申景义（宋国侍郎）
袁　济（宋王谘议参军）
高　祐（宋王傅）
沈保冲（宋王外兵参军）
郑　演（皇兴初彭城太守）
李长仁（延兴中沛、彭二郡太守）
阴周达（长仁司马）
韦欣宗（孝文初彭城太守[②]）
郑　浑（沛郡太守）
邵　安（沛郡太守，以罪赐死）
陆　延（以王府司马，带彭城内史）
程公义（以王府长史，带沛郡太守）
毕闻慰（东平府长史，带彭城内史）
董　征（熙平初沛郡太守）
刘世明（彭城内史）
封　述（武定中彭城太守）
封子施（武定末沛郡太守）
刘思祖（梁、沛二郡太守）
刘僧利（徐州别驾、沛郡太守）
辛绍先（皇兴中下邳太守，屯吕梁）
朱　就（孝文时沛令）

北齐

置东南道行台，即刺史领之。

辛　术（天保初东南道行台）
赵彦深（天保中徐州刺史）
阳　斐（天保末徐州刺史）
苏　琼（皇建中行台左丞，行徐州事）
高景安（天统初徐州刺史）
元　豫（徐州刺史）
高孝珩（广宁王，武平初徐州行台）
段　深（武平末徐州刺史）
高思宗（徐州刺史）
徐　远（东楚州刺史）
卢士彻（徐州别驾）
唐伯华（徐州长史）
高　构（司马）
刘　遍（徐州司马）
卢士熙（彭城太守）

后周

置总管、刺史，加使持节、都督军事。改东楚州为泗州，东徐州为邳州，省沛郡入彭城。

① 原作“王一肃”。案《魏书·崔挺传》，“一”字衍，今删。
② 案《魏书·韦阆传》为彭城内史。

梁士彦（徐州刺史，加总管）

王　轨（徐州总管）

韦孝宽（大象初徐州总管）

源　雄（徐州总管）

杨　素（静帝初徐州总管）

刘仁恩（徐州刺史）

刘　弘（彭城太守）

隋

开皇中罢郡，以州领县。大业初，改州为郡。四年，废总管。（彭城、下邳二郡在府境）

李　崇（隋初徐州总管）

尔朱敞（开皇初徐州总管）

卢昌衡（敞府长史）

吐万绪（开皇初代尔朱敞为徐州总管）

乞伏慧（开皇中徐州总管）

和　洪[①]（开皇中徐州总管）

房　兆（徐州总管）

董　纯（大业初彭城留守）

孙万安（文帝时徐州刺史）

梁　洋（开皇中徐州刺史）

陈善藏（大业初彭城赞务）

刘务本（留县长）

刘　高（大业时萧令）

唐

唐复改郡为州。彭城郡领彭城、萧、丰、沛、宿迁、下邳（贞观中属泗州，元和中来属）等县（砀山县别属宋州）。贞元四年，置徐泗濠节度使，治徐州。元和二年，号武宁军。咸通三年，罢节度。五年，置观察使。后复置节度，号感化军。五代时，复曰武宁军。（节度使之属，有判官、推官、巡官；州刺史之属，有别驾、长史、司马、录事参军；县令下有丞、簿、尉）

裴虔通（唐初徐州总管）

任　瓌（武德中徐州总管）

李　贞（汉王，贞观中为徐州都督）

李元轨（霍王，贞观中为徐州刺史）

李元晓（密王，代霍王为刺史）

刘易从（元晓长史）

严　延（长史）

李元庆（道王，高宗时为刺史）

李　璩（刺史）

王　莹（武后时刺史）

王　焘（司马）

崔敏壳（刺史）

卢齐卿（刺史）

薛　瑜（刺史）

姚元之[②]（景云中刺史）

张九皋（开元中刺史）

---

① 原版从康熙《徐州志》作“和弘”，后以“弘”字犯讳剜去。案顺治以前旧志及《隋书》《北史》，应为“和洪”。今径改回“洪”字。

② 姚元之，即姚崇，字元之。

苏　诜（刺史）
韦　铦（别驾）
柳子夏（长史）
李　棖[1]（司马）
李　昂（司户参军）
陆　易（徐州刺史）
崔　晊（司马）
李　憕（彭城郡太守）
李光弼（以都统镇徐州）
张　傪（判官）
曹　昇（永泰中徐州刺史）
梁　乘（大历中刺史）
路齐晖（刺史）
李　洧（建中初徐州刺史）
高承宗（兴元初刺史）
独孤华（代高承宗为刺史）
高明应（代独孤华为刺史）
卢士玫（刺史）
徐　瑾（司法参军）
李　朗（录事参军）
张建封（贞元中徐泗濠节度使）
韩　愈（推官）
许孟容（从事）
李　藩（巡官）
于良史
温　造（参谋）
冯　宿（掌书记。六人并在建封幕府）
张　愔（嗣建封为节度使）
郑通诚（判官）
王　绍（元和初武宁军节度使）
李　愿（元和中武宁军节度使）
李　愬（元和末武宁军节度使）
王守澄（愬监军）
崔　群（长庆初武宁军节度使）
王智兴（长庆初武宁军节度使）
高　瑀（太和中武宁军节度使）
崔　珙（太和末武宁军节度使）
薛元赏（开成中武宁军节度使）
郭　铨（武宁军节度使）
李　廓（大中初武宁军节度使）
卢弘止（大中时武宁军节度使）
李商隐（掌书记）
康季荣（大中末武宁军节度使）
田　牟（会昌中武宁军节度使）
温　璋（咸通中武宁军节度使）
王　式（咸通中武宁军节度使）
崔彦曾（咸通中徐州观察使）
张道瑾（监军）
温庭皓（观察判官）
焦　璐[2]　李　棁　崔　蕴　柳　泰
卢崇[3]嗣　韦廷范（以上诸人并彦曾幕僚官，同死难）
支　详[4]（僖宗时感化军节度使）
李凝吉（支详参军）
时　溥（代支详为节度使）
庞师古（景福初徐州留后）

① 原作“褆”，据《新唐书·宗室世系表上》改。
② 原作“路”，据两《唐书·崔彦曾传》改。
③ 原作“宗”，据《新唐书·崔彦曾传》改。
④ 原作“祥”，据两《唐书·时溥传》改。下同。

杨师厚（天祐初武宁军节度使）
王敬荛（天祐时武宁军节度使）
张慎思（唐末权武宁军节度使）
徐　唐（英公族祖，为沛令）
陆余庆（武后时萧县丞）
孙　溥（思邈孙，为萧县丞）
韦　恒（逍遥公嗣立子，开元初砀山令）
于默成（志宁孙，沛令）
白季庚（居易父，建中初彭城令）
薛　陟（收玄孙，彭城令）
李　达（贞元中彭城令）
韩宗古（萧令）
郑　憬（沛令）
李守素（德宗时丰令）
卢　澄（卢氏人，丰令）
卢河童（卢氏人，丰令）
李　曾（彭城丞）
宋思礼（萧主簿）
柳　晃（萧尉）
郑立言（勉之孙，萧主簿）

五代

梁

蒋　殷（武宁节度）
朱友璋（梁主第三子，贞明初武宁节度）

唐

李绍真（同光时武宁节度）
李绍荣（代绍真为武宁节度）
房知温（天成时武宁节度）
李　周（长兴中武宁节度）
李从温（清泰中武宁节度）
淳于晏（绍真从事）
剧可久（司法参军）

晋

吴　峦（天福初武宁节度副使）
苌从简（天福中武宁节度）
侯　益（代苌从简为武宁节度）
赵在礼（天福末武宁节度）
符彦卿（开运中武宁节度）

汉

王　周（汉初武宁节度）
刘　赟（汉主从子，为武宁节度）
巩庭[1]美（赟都押衙）
杨　温（赟教练使）

① 原作“度”，据《新五代史·汉家人传》改。

董　裔（判官）

郭忠恕（推官）

周

王彦超（广顺初权武宁节度）

向　训（代彦超为武宁节度）

王　晏（显德初武宁节度）

高　锡（掌书记）

滕中正（掌书记）

宋

宋初沿五代，于徐州置大都督、武宁军节度使，后但存空名而已。徐州领彭城、沛、丰、滕、萧五县，设知军州事，通判军州事，录事、司理、司法、司户四参军，又有州教授、知利国监等员（砀山县属单州）。太平兴国七年，于下邳置淮阳军，谓之同下州，别领下邳、宿迁二县。

郭从义（宋初武宁节度）

高继冲（乾德初武宁节度）

王全斌（开宝末武宁节度）

陈洪进（太平兴国中武宁节度）

曹　彬（雍熙中武宁节度）

王德用（仁宗时武宁节度）

夏　竦（皇祐初武宁节度）

侯　赟（开宝中知徐州）

马元方（至道初知徐州）

梁　鼎（至道初知徐州）

赵德彝（咸平中知徐州）

陈文颢（洪进子，知徐州）

陈　兴（景德初知徐州）

吴元扆（大中祥符初知徐州）

阎日新（大中祥符间知徐州）

戚　纶（大中祥符间知徐州）

薛　颜（天禧中知徐州）

张宗诲（仁宗时知徐州）

徐　起（仁宗时知徐州）

孔道辅（景祐初知徐州）

李　迪（宝元中知徐州）

赵　及（庆历中知徐州）

刘　湜（仁宗时知徐州）

王　洙（皇祐初知徐州）

孙　沔（代王洙知徐州）

吕公绰（皇祐中知徐州）

吕　溱（后公绰知徐州）

任　颛（嘉祐初知徐州）

孙祖德（嘉祐中知徐州）

赵　概（熙宁初知徐州）

韩　贽（熙宁中知徐州）

傅尧俞（熙宁中知徐州）

苏　轼（熙宁末知徐州）

孙　觉（元丰中知徐州）

马　默（元丰末知徐州）

郑　仅（神宗时知徐州）

彭汝砺（元祐中知徐州）

杜　纯（元祐中知徐州）

孔宗翰（道辅子，知徐州）

杨　汲（元祐中知徐州）

曾　肇（元祐中知徐州）

贾　易（绍圣中知徐州）

杜　常（徽宗初知徐州）
刘奉世（建中靖国间知徐州）
徐处仁（重和初知徐州）
王　复（建炎初知徐州）
赵　立（权知徐州事）
梁　适（仁宗时知淮阳军）
田　昼（建中靖国初知淮阳军）
米　芾（徽宗时知淮阳军）
路　振（淳化中通判）
王　臻（景德中通判）
王　逢（庆历中通判）
傅　禓（徐州通判）
施昌言[1]（徐州通判）
刘昌言（太平兴国中节度推官）
杨　蟫（太平兴国中徐州观察推官）
刘　炤（温叟子，雍熙初徐州观察推官）
赵庶明[2]（新建人，仁宗时徐州推官）
赵　禹（徐州推官）
窦　偁（宋初节度掌书记）
王　明（高继冲掌书记）
范　镛（掌书记）
查　道（端拱初节度从事）
杨　时（元丰末徐州司法参军）
李　溥（监利国监）
杨彭年（巡检）
李昭玘（元丰中徐州教授）
陈师道（元祐初本州教授）
郑　褒（教授）
王　沿[3]（真宗时知彭城县）
程　珦（庆历初知沛县）
关景仁（治平初知丰县）
陈师锡（元丰末知宿迁县）
马建中（元祐初知丰县）
孙　文（绍圣初知萧县）
张　惇（绍圣中知萧县）
刘　亢（枣强人，熙宁中彭城主簿）
王之才（宣和中丰县主簿）
王存立（砀山县尉）

金

金于徐州置武宁军节度使、同知、副使、判官、观察判官，及录事、录判、知法、司狱、教授等员。贞祐三年，升淮阳军为邳州，置刺史。宣宗时，置行枢密院。哀宗时，更设行尚书省，特遣大臣出镇，非常置也。徐州领彭城、萧、丰三县。沛属滕州，砀山属单州。邳州领下邳、兰陵、宿迁三县。兴定二年，邳州增置睢宁县。元光二年，徐州增置永固县。

完颜海里（海陵时武宁节度）
高召和失[4]（海陵时武宁节度）
萧仲宣（贞元中武宁节度）
乌延蒲离黑（正隆中武宁节度）
大邦基（海陵时武宁节度）
大　磐（大定时武宁节度）

① 案《宋史·施昌言传》："授将作监丞、通判滁州。"此言通判徐州，误。
② 与下"赵禹"同为一人。
③ 原作"沼"，据《宋史》本传改。
④ 即旧志"高彪"，《金史·海陵纪》又作"高召和式"。

石抹仲温（大定中节度同知）　移剌益（徐州录事参军）
斡纳忠[①]（承安初武宁节度）　王　扩（承安中徐州观察判官）
乌古论礼（泰和中武宁节度）　张　翙（泰和中节度副使）
兀颜讹出虎（贞祐初武宁节度）　纥石烈鹤寿（贞祐初节度副使）
移剌挞不也（武宁节度）　高　彪（武宁节度）
斡勒合打（贞祐中武宁节度）　雷　渊（兴定中徐州观察判官）
仆散安贞（贞祐中徐州行枢密副使）　完颜定奴（兴定初徐州行枢密院兼节度）
纥石烈桓端（贞祐时充徐州界都提控）　粘割晖（徐州行枢密院参议官）
完颜仲德（宣宗时邳州刺史，后行省事于徐州）
徒单兀典（权徐州行省、参知政事）　完颜承立[②]（正大时行尚书省于徐州）
徒单益都（天兴初行尚书省于徐州）　抹撚兀典（行尚书省于徐州）
完颜赛不（行尚书省于徐州）
张　钺（徐州学正。旧志作“张越，武宁节度”，误）
商　瑀（元帅）
纥石烈善住（元帅左都监。上二人同死于贼）
李居仁（元帅右都监）　常　忠（员外郎）
完颜兀论（天兴初为徐州元帅）　匡　才（天兴中为徐邳兵马都巡使）
移剌长寿（天兴初为徐州元帅）　卓　翼[③]（源州元帅）
孙璧冲[④]（源州元帅）　张特立（正大中左迁邳州判官）
余师旦（熙宗[⑤]时丰令）　赤盏霞老（大定中沛令）
丁　昭（沛主簿兼知县尉）　蒲察木鲁虎（大定中沛令）
刘　勋（大定中沛令）　杜之美（大定中砀山令）
王　立（沛令）　纳　懒（沛主簿）
孙　思（沛令）　辛　仪（沛主簿）
李世弼（贞祐初彭城主簿）　张邦宪（永固令。避兵徐州）
李　果（沛尉）　刘　琥（沛尉）
侯　清（沛尉）　王　昭（沛尉）[⑥]

---

①《金史》本传作“斡勒忠”。
② 一名“庆山奴”，金室内族。
③ 原作“彝”，据《金史·完颜仲德传》改。
④ 原作“中”，据《金史·完颜仲德传》改。
⑤ 原作“宁”，据顺治《丰县志》、康熙《徐州志》改。
⑥ 案光绪《沛县志》卷十二《选举表》：“李果，骁骑尉；刘琥，飞骑尉；侯清，飞骑尉；王昭，云骑尉。以上四人见金大定石刻，乃邑人之有勋绩者，古志以为县尉，非也。”

吴灿周（沛典史）

元

元初置徐州节度使。中统时置总管，寻降属归德府。州设达鲁花赤、尹、同知、判官、吏目、学正，利国监都酒税务提领大使、副使，利国监、留城、溜沟三巡检，吕梁驿丞。省附郭彭城县，州尹亲民事，领萧县一县。县置达鲁花赤、尹、主簿、尉。沛属济州，砀山、丰属济宁路。邳州亦属归德府，领下邳、宿迁、睢宁三县，设官同。至正八年，复升徐州为路，置总管府。十一年，设徐州兵马司指挥使。十五年，又置忠勤万户、镇抚、千户、达鲁花赤等员。

石　荣（徐州节度使）
孔　午（徐州观察副使）
李杲哥（世祖时徐州总管）
刘　渊（至元时徐邳屯田总管）
郭　侃（中统时徐邳二州总管）
燕只吉台彻里（徐州达鲁花赤）
赵克明（徐州尹）
侯康济（徐州尹）
耿廷端（徐州同知）
董汝砺（灵寿人，大德时徐州同知）
邸　宗（曲阳人，由武科总七路兵镇徐州）
秃　鲁（徐州兵马司指挥）
三宝住（徐州兵马司指挥）
陆　聚（元末以同知枢密守徐州。降明，封侯）
董　恩（下邳人，皇庆初吕梁驿丞）
耶律廷瑞[①]（至元中萧县尹）
马彻里（大德中萧县达鲁花赤）
完哲笃（至正中萧县达鲁花赤）
赵国纲（至正中萧县尹）
马　珪（至元中沛县尹）
赵　野（大德初沛县尹）
扎忽斛（大德中沛县达鲁花赤）
丁　用（大德中沛县尹）
百家奴（延祐时沛县达鲁花赤）
袁　说（延祐中沛县尹）
伯颜普化（沛县达鲁花赤）
宝　童（后至元中沛县达鲁花赤）
扎忽儿歹（沛县达鲁花赤）
完者不花（沛县达鲁花赤）
任　焕（后至元中沛县尹）
刘伯颜（沛县尹）
众家奴（至正间沛县达鲁花赤）
孙文顺（至正中沛县尹）
王居礼（沛县尹）
刘　铎（沛县尹）
李　旺（沛县尹）
伯岳斛（丰县达鲁花赤）
张　荣（至元中丰县尹）
颜　毅（至正初丰县尹）
郭　瑄（至正中丰县尹）
刘　士（至正时丰县尹）

---

① 原作“端”，讹从康熙《徐州志》，据傅汝砺《萧县儒学记》及明旧州志、清萧县诸志改。

庆　寿（丰县达鲁花赤）
也速答儿（丰县达鲁花赤）
蒋　恕[①]（元贞中砀山县尹）
杨　泰[②]（大德中砀山县尹）
崔　旭（后至元中砀山县尹）
孟　直（天历中砀山县尹）
鲁曲吕丁（大德中邳州达鲁花赤）
赤不剌金（大德中邳州达鲁花赤）
杨　温（大德中知邳州）
吴文德（大德中知邳州）
赵　霁（元贞中知邳州）
刘　寅（元统时知邳州）
王　璧（邳州人，元末知本州）
唐　括（邳州人，元末知本州）
韩　政（元末以平章守邳州，领宿迁。降明）
完者秃（至元初宿迁县达鲁花赤）
王居桢（至元初宿迁县尹）
张　彬（至元中宿迁县尹）
孛　老（至元末宿迁县达鲁花赤）
王仲宽（元贞初宿迁县尹）
萧世荣（元贞时宿迁县尹）
秃忽赤（天历初宿迁县达鲁花赤）
陈维新（天历中宿迁县尹）
曹希明（至正时宿迁县尹）
王荣祖（至元二十六年睢宁县尹）
苗　泽（大德中睢宁县尹）
杜　和（泰定五年睢宁县尹）
梁天祺（沛主簿）
脱不十（沛主簿）
张造道（沛主簿）
韩仁义（沛主簿）
赵希哲（沛主簿）
李　伟（沛主簿）
赵伯颜（沛主簿）
曹　简（大德中丰县主簿）
王荣祖（至大时丰主簿）
黄　彬（丰主簿）
谢永锡（丰主簿）
王　良（砀山主簿）
韩　让（砀山主簿）
张林兴（宿迁主簿）
郝仲实（宿迁主簿）
郎　洪（宿迁主簿）
胡廷秀（宿迁主簿）
李　茂（沛尉）
李　英（沛尉）
蒋希祖（沛尉）
赵　侃（沛尉）
蒋景山（沛尉）
王　郁（沛尉）
刘　熙（沛典史）
陈　义（沛典史）
元永固（沛典史）
马公谅（丰尉）
王　辅（丰典史）
德　懋（丰尉）
郭荣祖（丰典史）
王宗举（丰尉）
李元善（宿迁尉）

① 原作“崧”，据正统《彭城志》，嘉靖、万历《徐州志》改。乾隆《砀山县志》亦谓：“府志作蒋崧，误。”
② 原作“参”，据正统《彭城志》、乾隆《砀山县志》改。

侯太初（宿迁尉）　黄　渊（宿迁尉）
阮志学（至正间沛县教谕）　孔希冕（沛县教谕）
李维贤（沛县教谕）　王　复（沛县教谕）
房居安（沛县教谕）　张　肃（沛县教谕）
余　升[1]（沛县教谕）　郑　用（沛县教谕）
王天泽（砀山县教谕）　曹　谦（泰定初丰县教谕）
杨　嘉（丰县教谕）　季秀英（宿迁教谕）
孙友仁（宿迁教谕）　晋　德（睢宁教谕）
韩思诚（睢宁教谕）

旧志引陆陇其《灵寿县志》云："元世祖以蒙古人充各路达鲁花赤，汉人充总管，回回充同知，永为定制。"又按《扶沟县志》云："元称达鲁花赤，犹言荷包上压口襟子，亦总辖之义。"附记备考。

徐州府志卷之九全

① 同治《徐州府志》、光绪《沛县志》作"俞升"。

徐州府志卷之十

职官二

明一

明初，徐州隶凤阳府，寻直隶南京。设知州一人，领萧、沛、砀山、丰四县；同知一人，判官三人（管粮、管马、管河。万历间，管马亦改任河务，分上下河厅，上河厅驻新河口，下河厅驻双沟），吏目一人；儒学学正一人，训导三人；税课局、吕梁洪税课局、永成库、递运所大使各一人；永福仓大使、副使各一人；广运仓大使、副使各二人，后各省一人。黄河东岸驿、石山驿、利国监驿、桃山驿、彭城驿、房村驿、夹沟驿驿丞各一人；徐州洪闸、境山镇闸、吕梁洪上下闸、沽头上下闸、留城闸、马家桥闸、黄家闸、梁境闸闸官各一人；吕梁洪巡检一人。四县知县各一人，县丞各一人，主簿各一人（沛县增管河主簿一人[①]），典史各一人，儒学教谕各一人，训导各二人。萧县赵家圈巡检一人，沛县泗亭驿驿丞一人，递运所大使一人，胡陵城闸、庙道口闸、新兴闸、谢沟闸、杨庄闸、夏镇闸、西柳庄闸闸官各一人。邳州属淮安府，领宿迁、睢宁二县，设知州及管粮同知（天启间省），判官、吏目各一人，新安、直河巡检各一人，下邳、赵村驿丞各一人。宿迁县有刘马庄巡检、钟吾驿驿丞。其佐贰、学官，与各县同。永乐初，设徐州仓户部分司一人，徐州洪、吕梁洪工部分司各一人。成化二十一年，设沽头工部分司一人（后移夏镇）。初时命官不一，后皆以主事任。正德六年，徐州设淮徐兵备道一人，以布政司参政、参议，按察司副使、佥事任。万历七年，以淮安府同知一人管淮徐总捕，治徐州，寻裁。二十二年，复置徐属河务官，仍以淮安同知来任。又分淮安同知驻邳州，专管邳、宿河务。

淮徐兵备道

旧志：统辖扬州、淮安、徐州并凤阳之宿州、灵璧县，及徐州、徐州左、邳

① 九字原为正文，今据文例调整入注。

州、宿州、淮安、大河、高邮、仪征、山东之沂州等十卫，通州、泰州、盐城、兴化、海州、东海、山东之莒州等七所。嘉靖末，设扬州海防道，扬属州县卫所归隶海防，余统如故。天启二年，设淮海道，驻淮安府，本道统辖如故。至州县考成，则海州、山阳等八州县属淮海焉。

张　宪（蔚州人，弘治己未进士）　毛　科（余姚人，戊戌[①]进士）
冯　显（安肃人，己未进士）　柳尚义（巴陵人，乙丑进士）
罗　循（吉水人）　陈　和（龙岩人）
余　祐[②]（鄱阳人。并己未进士）　蔡　需（金吾卫籍宝坻人）
李　珏（开州人。并乙丑进士，正德间任）
吴嘉聪（振武卫人，正德辛未[③]进士）
赵　春（巴县人，戊辰进士）　秦　钺（慈溪人，甲戌进士）
吴　昂（海盐人，弘治乙丑进士）
何　鳌（顺德人，正德戊辰进士，嘉靖九年任）
何　鳌（山阴人，丁丑进士）　查应兆（长洲人，辛巳进士）
宋　圭（北直新城人，嘉靖癸未进士）
张　臬（进贤人，丙戌进士）　屠大山（鄞县人，癸未进士）
王　樾（象山人，壬辰进士）　杨　宜（衡水人，癸未[④]进士）
郭廷冕（文水人，弘治乙丑进士）　王　畿（衢州人，嘉靖壬辰进士）
谭　棨（涪州人）　李天宠（孟津人。并戊戌进士）
刘天授（吉安人，壬辰进士）　于德昌（四川右护卫人，辛丑进士）
翁时器（余姚人，丁未进士）　卢　鉴（咸宁人，庚戌进士）
钱　峄（鄞县人，甲辰进士）　余朝卿（南昌人）
徐　节（临汾人）　陈　奎（怀安人。并癸丑[⑤]进士）
刘经纬（进贤人，隆庆二年任）　冯敏功（平湖人，三年任）
舒应龙（全州人。并壬戌进士）　陈文焕（临川人）
林　绍（漳浦人，万历五年任。并乙丑进士）
游季勋（丰城人，壬戌进士）　张　纯（漳浦人，乙丑进士）
唐　炼（常德人，壬戌进士）　陈　瑛（莆田人，万历甲戌进士）

① 原作“壬戌”，据《绍兴府志》《皇明进士登科考》改。
② 原作“余祐”，据顺治、康熙《徐州志》改。
③ 原作“辛巳”。案俞宪辑《皇明进士登科考》：吴嘉聪，正德六年辛未科三甲第二十四名，据改。
④ 原作“戊戌”，据万历《徐州志》及《皇明进士登科考》改。
⑤ 原作“癸未”，据万历、顺治《徐州志》并参余朝卿、徐节、陈奎三人登科年份改。

莫与齐（柳城人，隆庆辛未进士）　　陈文燧（临川人，嘉靖壬戌进士）
周梦阳（南漳人，万历甲戌进士）　　毕自严（淄川人，壬辰进士）
徐成位（景陵人，隆庆戊辰进士）　　郭光复（固安人，万历己丑进士）
曹时聘（获鹿人，隆庆辛未进士）　　刘大文（博平人，万历丙戌进士）
卜汝良（归安人，癸未进士）　　冯盛明（涿鹿卫人，己丑进士）
李文芳（绵州人，嘉靖乙丑进士）　　徐成位（再任）
袁应泰（凤翔人，万历壬辰进士）　　杨　洵（济宁人，嘉靖壬戌进士）
高　捷（淄川人，万历辛丑进士）　　岳骏声（嘉兴人，庚戌进士）
施天德（新喻人）　　赵　谦（忻州人。并丁未进士）
杨廷槐（钱塘人，乙未进士）
王振祚（华州人，丁未进士，天启六年任）
唐　焕（益都人，丙辰进士，七年任）
杨廷槐（再任）　　刘　泓（海盐人，己未进士）
徐　标（济宁人，天启乙丑进士，崇祯六年任）
姜兆张（潍县人，十三年任）
张若獬（胶州人，崇祯甲戌进士，十四年任）
何腾蛟（山阴人，举人，十六年任）
范鸣珂（宣府卫人，贡士，十七年任）
郑之俊（归德人，贡士，十七年任）

徐州仓户部分司

初专督广运粮储，一岁一代。后兼理广、永仓事，并管钞税，三年一代。后钞归吕梁工部，本司止监管税务。

熊　壮　　郭　安（襄城人，正统戊辰进士）
丘　逵　　车　宁（闽县人）
蒋　敷（江宁人。并戊辰进士）　　孙　确
苗　灏（德州人，景泰甲戌进士。并景泰中任）
李淑玉（长乐人，正统乙丑进士）　　贾　杰
夏　忠（德州卫人，景泰甲戌进士）　　解延年（栖霞人，正统壬戌进士）
王　珪（松江千户所人，景泰甲戌进士）
张　遂　　冯　灏
蒋云汉（巴县人，天顺丁丑进士。并天顺中任）

张　瓒（陵川[1]人，庚辰[2]进士）　　余　璞（富顺人，天顺庚辰[3]进士）
刘　璋（卫辉人，丙戌进士）　　阎　恕（荥阳人）
刘　澄（四会人。并甲辰进士）　　柳　琰（仪征人，丙戌进士）
冯　绩[4]（昌邑人）　　刘　道（怀仁人）
李　衍（武强人。并天顺甲申[5]进士）　　高　弼（武城人，成化丙戌进士）
袁　江（祥符人，天顺甲申进士）　　冀　绮（宝应人，成化己丑进士）
翟　通（仪封人，壬辰进士）　　毛　泰（南阳人，己丑进士）
刘　忠（南溪人，乙未进士）　　郁　庠（景州人，己丑进士）
李　云（宜兴人，乙未进士）　　吴　裕（揭阳人，壬辰进士）
童　兰（孟津人，乙未进士）　　田　铎（阳城人）
缪　昌（无锡人）　　孙　识（商河人。并戊戌进士）
康绍宗（武定州人，辛丑进士。并成化中任）
丁　珝（海丰人）　　陈　昌（无锡人。并甲辰进士）
郭秉韶（桂阳人，辛丑[6]进士）　　黎世容
余　征（莆田人，丁未进士）　　徐　逵（长沙人，弘治庚戌进士）
徐文英（西平人，成化丁未进士）　　赵亮采（齐河人）
王　琰（孝感人。并甲辰进士）　　胡　经（滨州人，丁未进士）
相　枢（博兴人，弘治庚戌进士）　　赵　鹤（江都人，丙辰进士）
陈　策（无锡人，癸丑进士）　　王　玹（阳城人，己未进士）
宋　毓（德州人）　　庄　襗（武进人。并丙辰进士）
侯启忠（长宁人，癸丑进士）
鲍继文（曲阜人，己未进士。并弘治中任）
毛思义（阳信人，壬戌进士）　　张　秀（瓯宁人，丙辰进士）
杨　清（清河人，己未进士）　　于　鳌[7]（滁州卫人）
冯　驯（岳池人。并正德戊辰进士）　　郑　琼（海阳人，弘治己未进士）
张孟忠（闽县人，正德辛未进士）　　高　瑁（睢宁人，戊辰进士）
王　遵（宣城人，辛未进士）　　王进贤（邓州人，弘治己未进士）

---

① 原作“巴川”，据《皇明进士登科考》卷七“山西陵川人”改。
② 原作“庚戌”，据旧志及《皇明进士登科考》改。按：张瓒，天顺四年庚辰科三甲第八十九名。本志误。
③ 原作“成化甲辰”，据《皇明进士登科考》改。
④ 原作“冯绪”，据《皇明进士登科考》改。旧志误作“陕西昌邑”，实为山东昌邑。
⑤ 原作“景泰甲戌”，据《皇明进士登科考》改。
⑥ 原作“辛巳”，据旧志及《皇明进士登科考》改。按：《登科考》作“郭秉昭”，成化十七年辛丑科三甲第一百八十八名。
⑦ 原作“于鳌”，据嘉靖、万历《徐州志》改。

杨　易（建安人，正德戊辰进士）
蒋　彬（全州人，甲戌进士）
李崧祥（贵池人，甲戌进士）
孙　仪（平度州人，甲戌进士）
王　召（无锡人，嘉靖癸未进士）
江元辅（婺源人，丁丑进士）
韦尚贤（南安人，正德辛巳进士）
陈　玑（郾[1]城人，癸未进士）
王邦裕（堂[2]邑人，癸未进士）
李开先（章丘人，己丑进士）
高　翀（安陆人。并丙戌进士）
张　伟（河间卫人，正德癸酉举人）
王　问（无锡人，戊戌进士）
吴　岳（汶上人，壬辰进士）
李　琇（含山人，正德己卯举人）
林　璧（侯官人，己丑进士）
梅守德（宣城人）
李　台（公安人。并辛丑进士）
李　燧（金乡人）
李　敬（泾阳人，丁未进士）
郑　铭（闽县人，丁未进士）
邓廷猷（蒲圻人）
雷上儒（嘉鱼人。并癸丑进士）
张文渊（西蜀人）
刘大遗（晋江人，己未进士）
蔡可教（成安人，己未进士）
任汝亮[5]（猗氏人，壬戌进士）
赵　讷（孝义人，己未进士）

康　浩（武功人，辛未进士）
张拱辰（顺德人，丁丑进士）
杨　概（德州人，丁丑进士，正德中任）
郑　建（祁门人，丁丑进士）
华　金（无锡人，正德辛巳进士）
许　继（闽县人，嘉靖癸未进士）
尹尚宾（茶陵人，嘉靖丙戌进士）
郑　絅（莆田人，己丑进士）
伍　铠（晋江人，丙戌进士）
王维垣（武清人）
张　愚（天津人，壬辰进士）
窦　润（滁州卫人，嘉靖乙未进士）
郭朝宾（汶上人，乙未进士）
陈　捷（长乐人，己丑进士）
李继先（泸州人，嘉靖戊戌进士）
周　镐（汲县人）
尹　梁（晋州人）
方　瑜（歙县人）
卢岐嶷（长泰人。并甲辰进士）
杨胤[3]贤（寿张人，辛丑进士）
岳东升（信阳卫人，甲午举人）
毛　木（任县人）
马云雷（祁[4]县人，选贡）
张一霁（睢阳人。并丙辰进士）
毛自道（平原人，丙辰进士）
王缵宗（南充人，丙午举人）
顾应龙（无锡人，乙丑进士）
朱光宇（河南祥符人）

---

① 原作“偃”，据《皇明进士登科考》卷十一改。
② 原作“棠”，据《皇明进士登科考》卷十一改。
③ 原作“允”，避雍正讳改。今据旧志恢复本字。
④ 原作“祈”，据万历、顺治《徐州志》改。
⑤ 原作“赵讷”，与下重，系刻板之误，据万历、顺治《徐州志》改。

薛　钥（代州人。并乙丑[1]进士）　申嘉瑞（叶县人，丙午解元）
张国华（巫山人，己酉举人）　张敷潜（晋江人，壬子举人）
许大光（安阳人）
郑继之（襄阳人，万历初任。并乙丑进士）
杨以忠（武进人，万历甲戌进士）　高　荐（益都人）
杨佩训（晋江人。并隆庆辛未进士）
姜士昌（丹阳人，万历庚辰进士，十年任）
周大谟（宝庆人，举人）　陈[一][2]简（繁昌人，癸未进士）
傅崇明（卫辉人，庚辰进士）　洪敷诰（临桂人，嘉靖丙辰进士）
黄应聘（江津人，万历癸未进士）　叶　炜（宣城人，丙戌进士）
周继京（晋江人）　袁　谏（西充人。并乙未进士）
鲁　点（南漳人，癸未进士）　曹志遇（兴国人，戊戌进士）
胡廷宴（漳浦人）　阳思谦（新化人。并乙未进士）
裴文焕（临清人）　张守道（宣城人。并甲辰进士）
李廷训（固原卫人，乙未进士）　卢瑛田（东莞人，庚戌进士）
张　晓（益都人，乙未进士）
宋统殷（即墨人，庚戌进士，四十四年任）
刘弘宇（泰州人，癸丑进士）　陈王道（东莞人，举人）
郭长发（惠安人，举人，天启二年任）　张　璇（高邑人，举人，四年任）
刘继芳（泾阳人，官生）　史启元（江都人，甲辰进士）
林　钟（晋江人，举人）　张道泽（沁水人，官生）
许国士（祁州人，天启壬戌进士）　张　湖（大邑人，举人）
韩昭宣（蒲州人，崇祯十一年任）　张永禧（宜兴人，官生）
刘世俊（蒲州人，崇祯甲戌进士，十五年任）
盛　黄（项城人，天启甲子举人，十七年任）

徐州洪工部分司

本司之设，专为粮运。初差御史、郎中等员。正统初，始定选工部都水司主事督理洪事，凡三年一代。嘉靖二十年，兼理徐州、境山二闸。万历六年裁，归并吕梁洪工部分司。

---

① 原作“乙未”，据万历、顺治《徐州志》改。
② 字据顺治、康熙《徐州志》补。

王　矩（御史）　杨　琏（定远人，户部郎中）
孙　昇（济宁人，工部郎中）　史　历[1]（溧水人，工部郎中）
王　豫（祥符人，景泰甲戌进士。以下皆主事）
王　忠（临海人）　蒋希性（缙云人。并正统丙辰进士）
蒋　文（侯官人）　成　伟（兴化人）
李　蕃（河阳人，戊辰进士）　袁　润（丰城人，景泰甲戌进士）
张　寰（新建人）　宋　德（嘉祥人，天顺丁丑进士）
谢　弁（余姚人）　郭　昇（颍州人，庚辰进士）
王　道（固始人，丁丑进士）　方　彬（莆田人，成化壬辰进士）
尹　珍（大河卫人，乙未进士）　吴　超（漳浦人，戊戌进士）
饶　泗（进贤人，辛丑进士）　吴　瑞（昆山人，乙未进士）
谢　缉（乐安人，辛丑进士）　冯　夔（无锡人，弘治庚戌进士）
夏从寿（江阴人，癸丑进士）　董　恬（上海人，丙辰进士）
胡　昉（萧山人，癸丑进士）　朱　衮（上虞人，壬戌进士）
罗　循（吉水人，己未进士）　陆　鳌（吴江人，壬戌进士）
戴德孺（临海人）　吴　哲（华亭人。并乙丑进士）
陈　辅（仪征人，正德甲戌进士）　陆　金（吴江人，丁丑进士）
王时泰（余姚人，甲戌进士）　李　香（分宜人，辛巳进士）
陈之良（应山人，嘉靖癸未进士）　于思睿（青城人，丙戌进士）
刘　录（鄱阳人）　陈　明（历城人。并癸未进士）
胡　岳（鄱阳人，壬辰进士）　马从谦（溧阳人）
李载贽（石首人）　戴　鰲（鄞县人。并乙未进士）
陈　穆（鄞县人，戊戌进士）　王重光（山东新城人）
王　觉（无锡人。并辛丑进士）　冯有年（无锡人，甲辰进士）
彭登瀛（临桂人，丁未进士）　陈元琰（怀安人，庚戌进士）
吴遵晦（钱塘人，癸丑进士）　张大猷（番禺人）
董　懋（泸州人）
姚体信（平湖人，嘉靖四十年任。并丙辰[2]进士）
李　汶（任丘人）　王　宜（晋江人）
刘　泮（江都人。并壬戌进士）　欧阳绍庆（江西泰和人，举人）

---

① 原作“宏”，据旧州志改。按：原版未避“历”字，故遭剜去，复以活字“宏”字误补，遂讹如此。
② 原作“丙戌”，误，据万历、顺治《徐州府志》改。

张登云（宁阳人，隆庆辛未进士）

万文卿（南昌人，万历甲戌进士。是后缺裁）

吕梁洪工部分司

徐　仪（南城人，大理寺左丞，宣德间任）

王　溥（新昌人，刑部郎中，与徐同任）

荣　华（宛平人，以河南副使任）

萧　宏（宣州人，主事。旧志作“宣城人”）

张　荣（湖广人。以后皆主事）　谢　逵（海州人。旧志作“山东人”）

丘　奎（山东人）　杜　谦（昌黎人，景泰甲戌进士）

虞　钟（开化人）　钟　宸（华亭人。并天顺丁丑进士）

张　达（泰和[①]人，甲申进士，成化三年任）

过　璘（平湖人，成化丙戌进士）　谢　敬（德州卫人，天顺丁丑进士）

孙　佐（仁和人，庚辰进士）　李　瀛（宛平人，成化壬辰进士）

王　俨（华容人，己丑进士）　费　瑄（铅山人，乙未进士）

李　侃（玉山人）　李　浩（曲沃人。并甲辰进士）

李　泰（江西新城人，戊戌进士）　赵　璜（安福人）

来天球（萧山人。并弘治庚戌进士）　皇甫录（长洲人，丙辰进士）

张文锦（广宁卫人，己未进士）　刘天麒（桂林卫人）

姜　荣（余姚人。并壬戌进士）　伍　全（安福人，正德戊辰进士）

李　楫（成都卫人）　蒋　益（武进人）

陈　宪（余干人。并辛未进士）　郭持平（万安人，丁丑进士）

温　濡（招远人，甲戌进士，嘉靖二年任）

冯世雍（江夏人，五年任）　卢　绅（咸宁人。并嘉靖癸未进士）

蒋应奎（江都人，丙戌进士）　张　镗（余姚人，癸未进士）

公跻奎（蒙阴人）

张　珍（丹阳人，十六年任。并乙未进士）

徐有让（东平州人，乙酉举人，二十年任）

陈洪范（仁和人，辛丑进士，二十二年任）

曹　英（江津人，辛卯举人，二十五年任）

莫　璿（蓟州人，丁未进士。旧志作“纪璿”）

① 诸志俱作“太和”。案《皇明进士登科考》，应为“江西泰和”。

包应麟（临海人，二十九年任）　　诸　暲（余姚人，三十二年任）
王应时（侯官人。并庚戌进士）
卢嘉庆（祥符人，癸丑进士，三十七年任）
章汝槐（临川人，丙辰进士，三十九年任）
何　源（广昌人，己未进士）　　吴善言（成安人）
唐　炼（湖广人，升徐州兵备。并壬戌进士）
吴自新（江宁人，隆庆戊辰进士）　　黄猷吉（山阴人，戊辰进士）
陈邦彦（青阳人，万历甲戌进士）　　公一扬（山东人，嘉靖己未进士）
沈　修（仁和人，万历庚辰进士）　　萧　雍（宁国人，癸未进士）
李　瑞（林县人，举人）　　佘毅中（铜陵人，万历四年任）
陈　瑛（莆田人。并甲戌进士）　　袁光宇（常熟人）
黄承玄（秀水人。并丙戌进士）　　刘不息（祥符人，举人）
朱家法（上海人，壬辰进士）　　袁应泰（凤翔人，乙未进士）
赵应选（新昌人，壬辰进士）　　傅淑训（孝感人，甲辰进士）
王命禹（萧山人，丁未进士，三十九年任）
吴大山（钱塘人，举人）　　蒋　谨（江阴人）
金元嘉（吴江人。并丁未进士）　　晋承惠（洪洞人）
赵　濂（韩城人）
聂云翃（曲周[①]人，天启七年任。并举人）
屠存仁（嘉兴人，进士）　　胡　琏（余干人，崇祯戊辰进士）
王赞资（会稽人，官生）　　余　宗（襄阳人，举人）

夏镇工部分司

初为沽头工部分司，弘治元年罢，七年复设；正德元年再罢，六年复；嘉靖二年又罢，十四年又复。至四十四年河决，沽头署圮于水，乃迁夏镇，改名夏镇工部分司。

陈　宣（永嘉人，成化辛丑进士）　　胡　倬（临桂人，甲辰进士）
俞　稳（宁海人，弘治庚戌进士）　　江师古（蒲圻人，癸丑进士）
蒙　惠（苍梧人，庚戌进士）　　高　贯（江阴人，己未进士）
章文韬（黄岩人，己未进士）　　章　拯（兰溪人，壬戌进士）
王孝忠（南充人，丙辰进士）　　王　銮（大庾人，正德戊辰进士）
李　瑜（缙云人，丁丑进士）　　乐　选（仁和人，辛未进士）

① 原作“州”，据顺治、康熙《徐州志》之《职官表》《宦绩传》改。

王　佩（文安人，嘉靖壬辰进士）　颜德伦（安福人，正德己卯举人）

侯　宁（东平人，己丑进士）　许　诗（灵宝人，乙酉举人）

徐惟贤（上虞人，嘉靖甲辰进士）　吴　衍（南城人，丁未进士）

钦拱极（太仓人，庚戌进士）　曾　鉴（德州人，癸丑进士）

陆梦韩（平湖人）　施笃臣（青阳人。并丙辰进士）

宋豫卿（富顺人，己未进士。以上驻[1]沽头）

陈　楠（奉化人，壬戌进士。以下迁夏镇）

钱锡汝（吴江人）　季[2]膺（华亭人。并乙丑进士）

高自新（获鹿人，隆庆戊辰进士）　钱锡汝（万历元年再任）

陆　檄（长洲人）　詹思谦（常山人。并万历甲戌进士）

王　焕（咸宁人，隆庆辛未进士）　詹世用（弋阳人，戊辰进士）

韩　杲（光山人，辛未进士）　杨　信（咸宁人，万历癸未进士）

余继善（固始人，庚辰进士。旧志作"徐继善"）

钱养廉（仁和县人，己丑进士）　尹从教（宜宾人，庚辰进士）

杨为栋（綦江人）　梅守相（宣城人。并己丑进士）

茅国缙（归安人，癸未进士。推补更替领敕行事自此始）

汤　沐（安陆人，壬辰进士）　刘一鹏（南昌人，壬午举人）

钱时俊（常熟人，甲辰进士）　石　炬（兴国州人，丁未进士）

黄元会（太仓人，癸丑进士）　张应完（鄞县人，丁酉举人）

章　谟（德清人，丁未进士）　陆化熙（常熟人，癸丑进士）

刘　泓（海盐人，己未进士）　朱瀛达（余姚人，癸丑进士）

丰　建（鄞县人，天启乙丑进士）　吴昌期（吴江人，万历己酉举人）

赵士履（常熟人，官生）　于重庆（金坛人，崇祯辛未进士）

宫继兰（静海人，丁丑进士）

徐属河务淮安府同知

专管徐、萧、沛、砀、丰河务，并灵璧县堤岸催[3]运。

孙鸣教（京山人，举人，万历二十二年任）

陈昌言（宜阳人，二十四年任）　樊玉衡（黄冈人）

许一诚（蓟州人，举人，二十六年任）　张　执（富平人，举人，三十一年任）

---

① 原作"注"，径改。

② 原作"李"，讹同顺治、康熙《徐州志》，据万历《徐州志》及嘉靖四十四年会试题名录改。

③ 原作"推"，据顺治、康熙《徐州志》改。

张凤翼（长安人，举人，三十三年任）　崔维岳（大名人，举人，三十六年任）
吕　谔（莱阳人，举人，三十九年任）　郑　谦（黄冈人，举人，四十一年任）
萧大成（陕州人，举人，天启元年任）　司乃疆（内黄人，举人，三年任）
吴嘉言（汉阳人，选贡，崇祯元年任）　孔从先（清远人，举人）
姚来瑄（南城人，恩贡）　张俊英（衡水人，举人，九年任）
朱梦弼（嘉兴人，举人，十五年任）　朱以霈（山东鲁藩宗室）
郑之俊（归德人，贡士，十七年任）

邳宿河务同知

旧设管河通判，驻宿迁，万历八年裁。以驻徐州同知移驻邳州，兼管徐属河务。二十一年，复驻徐州。仍设一员驻邳州，管理邳宿河务。

鲁　信（景陵人，举人，万历四十一年任）
祝名先（黄冈人，举人，天启二年任）　宋士中（奉新人，举人，五年任）
周霖雨（行唐人，举人，崇祯二年任）　胡　宾（麻城人，举人，三年任）
谭元方（景陵人，举人，八年任）　张以谦（醴泉人，选贡，十二年任）
邓应韬（江西人，选贡，十四年任）　黄光炜（汝宁人，举人，十六年任）

徐州知州

文景宗（合肥人，洪武元年任）　高玉琳（七年任）
张　景（泗州人，生员，十年任）　徐　恒（十五年任）
田　渎（易州人，监生，二十一年任）　杨节仲（湖广樊城人，三十一年任）
杨　秘（辽州人，宣德四年任）　汤惟坚（丽水人，监生，正统二年任）
章　赞（遂安人，监生，六年任）　知　贤（八年在任。见开元寺碑）
苏　璟（祥符人，监生，十年任）　任　泰（咸宁人，监生，十三年任）
罗　正（丰城人，举人，景泰二年任）　宋　诚（蕲州人，四年任）
王　叙（临汾人，天顺五年任）　陈廷琏（攸县人，进士，成化六年任）
张　琳（上蔡人，十年任）　和　鸾（平定人，举人，十一年任）
朱　鼎（二十年任）　刘　宪（华容人，二十二年任）
何宗理（平凉人，进士，弘治七年任）　王　寅（安居人，举人，十三年任）
上官崇（吉水人，进士，正德二年任）　栗　铭（潞州人，进士，五年任）
张行甫（大兴人，进士，七年任）　武　雷（馆陶人，举人，九年任）
樊　准（南昌人，十三年任）

张　淮（义勇前卫人，进士，十三[①]年任）
卢永春（嘉靖元年任）
郭天锡（福山所人，举人，二年任）
李　邦（巴县人，举人，六年任）
孙　光（萧山人，举人，九年任）
魏　颂（蒲圻人，举人，十三年任）
陆时望（丰城人，举人，十四年任）
陈克昌（仁和人，进士，十九年任）
熊　林（广西人，举人，二十年任）
王重贤（交河人，举人，二十二年任）
陈淑美（泾阳人，举人，二十三年任）
何　莘（桂林人，举人，二十六年任）
李　桐（吴桥人，举人，三十年任）
胡　麟（藁城人，进士，三十二年任）
王　霄（秦州人，举人，三十五年任）
郑维邦（侯官人，举人，三十九年任）
邹　臣（安阳人，举人，四十三年任）
王　銧（灵丘人，举人，隆庆元年任）
章世祯（余干人，举人，三年任）
刘顺之（马平人，举人，六年任）
孙养魁（容城人，举人，万历四年任）
刘贞宽（山西人，举人，十三年任）
唐民敏（全州人，举人，十四年任）
张士美（陕西人，举人，十七年任）
许知新（晋江人，举人，十八年任）
徐　邻（上虞人，举人，二十年任）
刘　萃（雒阳人，举人，二十二年任）
曾士毅（巴县人，举人，二十四年任）
张　执（富平人，举人，二十七年任）
关　香（新建人，举人，三十三年任）
夏崇谦（京山人，举人，三十三年任）

① 原作“一”，据嘉靖、万历《徐州志》改。

刘民爱（贵州人，举人，三十七年任）
张崇烈（湖广人，举人，三十八年任）
张正纲（晋江人，举人，四十年任）
程宇鹿（合州人，举人，四十三年任）
傅维翼（富顺人，举人，四十五年任）
汪心渊（弋阳人，四十七年任）
张国用（定番人，举人，天启四年任）
辛联魁（万载人，举人，五年任）
霍震寓（清苑人，举人，七年任）
粆[1]良翰（陕西人，举人，崇祯元年任）
韩　云（绛州人，举人，元年任）
孙振基（诸城人，举人，四年任）
杨锡璜（晋江人，进士，五年任）
杨思乾（临川人，举人，七年任）
李宗奇（临川人，举人，八年任）
刘中衍（金溪人，举人，九年任）
冉孺能（中牟人，举人，十年任）
朱统鏄（江西瑞昌王府宗室，十一年任）
纪天祐（江西人，举人）
瞿鸣岐（垫江人，以淮安府同知管州事）
何　复（平度州人，进士，十六年任）
朱蕴鏉（湖广宗室，十七年任）
徐可举（乐平人，荐辟，明初任。见《饶州志》）
赵　玠（无极人，岁贡。见《无极县志》。以上二名，旧志失载。附见）

同知

刘　秩（丰城人，吴元年任）
萧云举（新城人，监生，永乐十年任）
喻则成（玉山人，进士，宣德八年谪任）
阎　本（滦州人，监生，正统八年任）
包用达（桐庐人，监生，九年任）

① 原作“米”，据《陕西通志》《西安府志》《高陵县志》等改。

程　综（福州人，十二年任）
王　政（鄞县人，景泰四年任）
王　琦（天顺五年任）
沈仝和（乌程人，成化十一年任）
张师载（海盐人，监生，弘治七年任）
孔　易（十八年任）
邵　立（正德五年任）
俞　绫（新昌人，监生，八年任）
臧　鲁（嘉靖二年任）
王　芳（六年任）
赵　鸾（余姚人，吏员，七年任）
姚一和（高安人，监生，十年任）
樊　艮（缙云人，监生，十二年任）
赵　恒（柏乡人，监生，十四年任）
李　杜（玉山人，监生，十六年任）
沈　美（慈溪人，吏员，十九年任）
石　岗（平乐人，吏员，二十三年任）
刘天叙（莆田人，吏员，二十八年任）
梁　仪（无极人，三十一年任）
刘　宣（四川人，监生，三十五年任）
王文华（山西人，吏员，三十六年任）
陈　鸣（山阴人，监生，三十八年任）
王继志（琼山人，监生，四十一年任）
谢俊芳（辰溪人，监生，四十三年任）
胡　轲（鄱阳人，隆庆元年任）
陈大章（鄞县人，进士，二年谪任）
应世卿（诸暨人，监生，二年任）
冯　镮（威远卫人，监生，四年任）
何　普（龙游人，监生，六年任）
王　璞（淇县人，监生，万历二年任）

马　图	周治升	魏守训	卓　相
王　宇	王子充	丁　偕	姜继周

李敬可（广东人）　　宋一征（安塞人）

郭自震
徐德言（龙门人）
李学夔（南昌人）
李联芳（朝邑人，万历丁未进士）
许令典（海盐人，丁未进士）
杨麟征（延安卫人）
王士吉（招远人）
王邦定（洪洞人）
刘文炳（唐县人）
刘梦弼（沁州人）
刘兆东（东安人）
杨启泰（汉阳人，选贡，崇祯十三年任）
朱以化（浮梁人）

判官

旧设一人，后增二人。崇祯三年管粮厅裁，十一年上河厅裁。〇姜志云：前明万历前，判官有管粮、管马、管河凡三人。年远，无从分辨。旧志自晏璧后、陈嘉范前，皆以为管粮判官。后始分上、下河厅。岂先管河、马者无一存乎？今不敢谓然，故总括之曰判官。

晏　璧（庐陵人，永乐二年任）
侯　铭（完县人，八年任）
梁　逊（十三年任）
杨道亨（严州人，宣德八年任）
唐　庆（八年任）
朱　泗（福安人，正统二年任）
程　式（祥符人，五年任）
彭　志（蓬莱人，监生，七年任）
周仕安（崇阳人，监生，八年任）
黎用显（清江人，十一年任）
潘　东（侯官人，监生，景泰四年任）
宇文泰（见挂剑台碑）
李　荣（隆平人，岁贡，七年任）
韩　琪（天顺五年任）
吕　胜（清苑人，成化六年任）
赵　颙（兰溪人，六年任）
李文举（弘治七年任）
刘　理（十八年任）
周　豫（十八年任）
陈　鉴（正德五年任）
赵宗良（九年任）
夏　暹（九年任）
董　相（十三年任）
潘九征（蓟州人，监生，十六年任）
齐　凤（临漳人，监生，嘉靖二年任）
戴　魁（大城人，举人，三年任）
谢　元（三年任）
王　轼（五年任）
温文标（石州人，监生，七年任）
张　溥（平原人，监生，八年任）
项　情（德兴人，监生，八年任）
郑清远（侯官人，吏员，十二年任）
崔　镇（香河人，监生，十二年任）
王　梓（安义人，监生，十四年任）

滕　汉（麻阳人，监生，十五年任）
程　鸣（上饶人，监生，十七年任）
马　云（兴州卫人，监生，十七年任）
吴　镛（长泰人，监生，十八年任）
李　睿（达州人，吏员，十九年任）
徐有恭（东平人，监生，二十年任）
陈　壮（余姚人，知印，二十年任）
黄应期（南城人，监生，二十三年任）
欧世贤（苍梧人，监生，二十三年任）
袁　衮（楚雄卫人，举人，二十四年谪任）
白　雁（兴济人，监生，二十六年任）
任　槐（见高帝庙碑）
唐仕祐（会同人，监生，二十九年任）
高　瀛（成安人，监生，二十九年任）
王　沂（德州人，监生，三十一年任）
阎绍光（青州人，监生，三十三年任）
杜　巍（登州卫人，三十五年任）
路　塘（靖虏人，监生，三十七年任）
张自义（永城人，监生，三十七年任）
张邦治（崇德人，知印，三十八年任）
刘继厚（闽县人，吏员，三十九年任）
梁明经（景州人，监生，四十年任）
黄　鳌（赣县人，岁贡，四十二年任）
黄国勋（清江人，吏员，四十二年任）
章世祯（余干人，举人，四十四年谪任）
周　宸（保康人，监生，四十四年任）
徐文训（永康人，监生，四十五年任）
唐　俊（兰溪人，官生，隆庆元年谪任）
邹　乔（建宁人，监生，二年任）
张志通（广宁卫人，监生，三年任）
郑国贤（兰溪人，监生，四年任）
李从龙（新会人，举人，五年谪任）
萧　梅（龙南人，岁贡，六年任）

白　经（抚宁人，举人，六年谪任）
余国英（浙江西安人，万历元年任）
王　寀（景州人，监生，元年任）
陈　宰（仁寿人，吏员，二年任）
卢　宁（广济人，吏员，二年任）
陈　址（施州卫人，监生，二年任）
顾应臣（武义人，监生，三年任）
蒋自淑（全州人，吏员，三年任）
欧阳策（武强人，监生，三年任）
林大原（福清人，吏员）
汤大耆（临川人，监生。〇以上管粮、河、马无可考，旧志俱作管粮，误）
江子洞（以下旧志无注，疑是管粮厅）

王国彦	倪有观	周仲士（进士）	郑尚辅
李春熙（进士）	陈京第	张弘善	洪元亨
潘景贤	邸居震	周贵阳	张时雨
方矩谟	朱一春	贾　诰	陈嘉范（崇祯三年裁）

上官宝（以下旧志分上河厅）

任宗美	巫山泽	郑　简	程　潮
刘　坦	张文耀	程　潮（再任）	王大化
李　樜	许凤来	梁　栋	刘凤德
焦应荐	全盛时	高士元	齐　莒
余正发	傅天宠	钟暨熺	

徐　芬（晋江人，崇祯七年任）
赖存礼（福建人，九年任。十一年裁）
李　成（以下旧志分下河厅）

朱南金	王达先	宋一范	李维国
许汝美	蔡钟有	陈胤[①]奇	裘兆锦

郭应响（济源人，贡生）

杨于扆	赛延祺	许登俊

熊士骥（兴国人，监生）
吴　焮（崇仁人，人才。见《抚州志》）

① 原作“允”，避雍正讳改。今据旧志恢复本字。后皆同。

冯世宁（抚宁人，贡生。见《永平志》）
黄　顺（雩都人，岁贡。见《赣州志》）
王之葵（抚宁人，贡生。见《永平志》）

吏目

韩遇春
郑　端（并正统间任。见兴化、开元诸寺碑）
王　纪（海盐人，监生，景泰三年任）
欧　铭（长沙人，成化六年任）　张　松（曲阳人，贡生，弘治间任）
赵　志（十八年任）　李　新（正德八年任）
焦　澄（九年任）　陆　广（安州人，监生，嘉靖元年任）
阎　锦（宁乡人，监生，八年任）　吕　纯（十二年任）
康　淳（修武人，监生，十四年任）　范　经（乌程人，监生，十五年任）
王　绾（怀仁人，监生，二十年任）　张九官（长清人，监生，二十五年任）
王　钊（山东人，监生，二十八年任）　李　政（莱芜人，吏员，三十二年任）
翁　守（福清人，承差，四十年任）　李志勇（吴堡人，监生，四十二年任）
曹　锡（清苑人，四十五年任）　叶文溥（庆元人，监生，隆庆二年任）
沈　汉（邵阳人，监生，六年任）　张思齐（钜野人，监生，万历三年任）
金鸣远（丰城人，吏员，三年任）　郑文迪（福清人，知印，五年任）
钟　藻　薛景瑞　谢明教
阮　约　黄积珍　钱永焕
王有道　茹学文　林大节
烟可爱　李崇道　潘应嗣
邵以泽　钟　玉　高若奎
郭　冕　周允［益］[①]　张　珍
吴凤起　金　珮　滕庆云
周光先（庐陵人，监生，崇祯十二年任）

学正

陈　胤（陵川人，举人，洪武间任）　俞盛世（象山人，举人，永乐十二年任）
宋　骥（余姚人，宣德八年任）　刘　羽（吉水人，举人，正统四年任）

① 字据顺治《徐州志》补。

罗兼善（庐[1]陵人，举人，十二年任）　崔　盛（清江人，举人，十四年任）
张德瑄（侯官人，景泰四年任）　龚　汇（荣县人，举人，天顺五年任）
聂　荣（清江人，成化三年任）　应广平（黄岩人，举人，六年任）
刘文宗（弘治十一年任）　林应甫（十四年任）
杨　和（固安人，正德八年任）　胡崇易（垫江人，正德十三年任）
黄　玉（云南人，十六年任）　吴　湘（福建人，嘉靖七年任）
余　魁（江西人，九年任）　李　宪（江西人，举人，十一年任）
周　易（番禺人，举人，十三年任）　安　止（广西人，举人，十五年任）
李　柡（广西人，举人，十九年任）　吕　锐（永康人，举人，二十二年任）
吴时昭（怀安人，举人，二十六年任）　夏云鹏（嘉兴人，三十一年任）
袁文遴（龙溪人，举人，三十三年任）　林维杰（番禺人，举人，三十九年任）
林东阶（闽县人，举人，四十年任）　耿　介（元城人，四十三年任）
宁维良（祁州人，隆庆元年任）　孔彦圻（曲阜人，三年任）
章　浚（新喻人，万历元年任）　陈　玺（福清人，举人，五年任）
王　佩（仁和人，举人，九年任）　邓成藩
袁尧臣（江阴人，举人，十七年任）　田　苗
孙政敏（举人）　计如愚
陈格言（举人）　张　焕（东莞人，举人）
李承福（卢龙人，岁贡）　陈愈嘉
周宪时（苏州人，举人）　何懋基（武进人，举人）
甘　霈（贵阳人，举人）　张　淳（孝感人，举人，天启三年任）
王延庚（莱阳人）　黄国骅
雷永祚（南直人，举人）　陈孟敬
倪自治（桐城人，崇祯十一年任）　朱梦弼（嘉兴人，举人）
张维光（辽东前屯人，十五年任）

训导（凡三人，隆庆二年裁一）

孔公礼（曲阜人，岁贡，正统七年任）　魏　忠（正统八年在任。见开元寺碑）
傅　霖（永丰人，儒士，十一年任）　胡　顼（进贤人，儒士，十一年任）
赵　敏（永川人，举人，十二年任）　赵　观（景泰四年任）

① 康熙《徐州志》作"江西广陵人"。案嘉靖、万历、顺治《徐州志》，雍正《江西通志 · 选举四》等，应为"庐陵"。据改。

王　达（襄陵人，举人，七年任）
魏　资（柏乡人，岁贡，景泰间任。见《柏乡县志》）
徐原怡（临海人，天顺元年任）
宋时著（弘治十一年任）　　刘天锡（十三年任）
徐　俨（正德十年任）　　郭　辉（十年任）
李　珍（浮梁人，十二年任）　　邓孔清（进贤人，十二年任）
杨　琳（十二年任）　　于　松（嘉靖元年任）
方中孚（乌程人，九年任）　　李　仁（浮梁人，十二[①]年任）
丘以山（河南人，十三年任）　　王时正（湖广人，十三[②]年任）
朗　楠（浙江人，十八年任）　　李敷扬[③]（真定人，十八年任）
卢　泰（湖广人，十九年任）　　解　初（顺天人，二十年任）
刘仲璋（河南人，二十二年任）　　谢　京（於潜人，二十四年任）
高　朗（通许人，二十五年任）　　廖　辕（崇仁人，二十五年任）
张九旓（邢台人，二十九年任）　　郭本固（冠县人，三十一年任）
王可久（杞县人，三十二年任）　　崔进美（襄陵人，三十五年任）
王　裳[④]（栾城人，三十七年任）　　李一旸（麻城人，三十八年任）
任　统（岳阳人[⑤]，三十九年任）　　郑良贵（常山人，四十三年任）
杨秉忠（裕州人，四十三年任）　　蒲　祥（祥符人，四十四年任）
鄔　麟（余干人，隆庆二年任）　　钱　运（星子人，三年任）
胡士荣（章丘人，四年任）　　刘朝阳（睢州人，六年任）
李重卿（兴国人，万历元年任）　　鲁一贯（当涂人，二年任）
陈邦奇　　俞思静　　罗胤贵　　陈　奇
邓　铠　　宋良用（云南人，十六年任）
魏应元　　潘清光　　张　侯　　杨　升
李之德　　刘安善　　刘巨鳌
袁一理（六合人，二十一年任）
张三才　　顾凤仪　　董　济　　罗世春
李　薛　　杨名世　　牛光溥　　李春时

点校本徐州古方志丛书

① 原作“三”，据嘉靖、康熙《徐州志》改。
② 原作“二”，据嘉靖、康熙《徐州志》改。
③ 嘉靖、康熙《徐州志》等作“李敷阳”。
④ 原作“棠”，据康熙《徐州志》改。
⑤ 案万历、顺治《徐州志》，此为山西岳阳。1914 年 6 月，因与湖南岳阳县重名，改为安泽县。

周之冕（苏州人）	葛弘道	杨植本	丁有望
杨茂才	尤　奇（淮安人）	王可行	王嘉夔
陈廷彦	许云会	狄来臣（莱芜人）	王登哲（北直人）
张国正	王行谏	刘安民	王泽远（安平人）
聂克勤（赵州人）	吴家泰（枣强人）	王与莹（宁阳人）	范友欧（寿州人）

吕重卿（兴国人，岁贡。见《赣州志》）

朱　馨（抚州人，贡生。见《抚州志》）

康熙间州志云：明时徐州杂职，名多不传。其散见于诸碑记者，有：

吕梁巡检

杨　劝（保定人）

桃山驿丞

孙熙安（浙江人）　　朱　良（云南人）

张希皋　　张邦用（山东人）

郑　镇　　关　褒

王试行（辽东人，崇祯时任）

房村驿丞

李　恕（曹州人，弘治末任）　　林大经（万历间任）

利国驿丞

李　郁（正德初任）　　程廷珮（福建人，嘉靖四十二年任）

韩可贤（天启初任）

夹沟驿丞

王　深

吕梁洪闸官

蔡信育　　刘　达（并正德中任）

张　儒（嘉靖间任）

沽头闸官

高　昇（嘉靖二十二年任）

留城闸官

李宗道（保定人）

边大伦（长清人）

丘国用（上杭人）

王　贡（济阳人）

高尚策（利津人）

马家桥闸官

叶　臻（丹徒人）

周　官（恩县人）

王　臣（武城人）

刘一凤（苏州人）

程师尹（馆陶人）

路　韶（堂邑人）

秦上仓（夏县人）

区　英（南海人）

周　凤（临桂人）

杨宗颜（胙[1]城人。并吏员）

徐州府志卷之十全

① 原作“肥”，据万历《沛志》、乾隆《沛县志》改。康熙《徐州志》作“河南肥城人”，误。

徐州府志卷之十一

职官三

明二

萧县知县

汪致道（黟县人，洪武元年任）

宋　予（十七年任）

乔　俊（二十九年任）

郑　恕（仙居人，三十五年任）

郝　玘（吉州人，监生，永乐十六年任）

张　肃（正统初在任。见兴化寺碑）

赵　珣（五年任）

柳　新（十二年任）

闭　悌（横州人，进士，成化十年任）

马　纶（内江人，进士，十三年任）

陆本正（辽东人，举人，十七年任）

冯　显（荥泽人，举人，弘治十六年任）

周　檠（北通州人，进士）

仇　惠（北直新安人，进士）

周　湘（浙江人，举人）

石邦柱（苍梧人，进士）

冯　裕（临朐人，进士，正德三年任）

孟　琏[①]（济宁人，监生，六年任）

王　隆（郓城人，举人，九年任）

郭　濂（余姚人，举人，嘉靖二年任）

---

① 嘉靖、万历《徐州志》作"琎"。

苏子受（海阳人，举人，四年任）
寻孔乐（阳曲人，举人，八年任）
朱同芳（余姚人，举人，十一年任）
孙重光（海丰人，举人，十六年任）
王荩臣（桂林卫人，举人，二十二年任）
周景会（山阴人，举人，二十六年任）
何稽贤（汀州人，选贡，二十八年任）
李文蔚（石屏人，举人，三十年任）
张启晨（江夏人，举人，三十二年任）
张季良（赵州人[①]，举人，三十七年任）
成尧卿（齐东人，选贡，四十二年任）
胡　润（密云卫人，监生，四十三年任）
陈择善（德化人，选贡，隆庆二年任）
唐文华（怀庆人，举人，三年任）
宋　炜（丰城人，举人，万历二年任）
伍维翰（贵州人，举人，四年任）
梁　枢（宜春人，举人，九年任）
王　衮（阳谷人，举人，十一年任）
高进孝（获嘉人，进士，十四年任）
康　炜（武定州人，举人，十六年任）
台存道（诸城人，举人，二十年任）
俞承宗（钱塘人，贡士，二十四年任）
魏　研（石泉人，贡士，二十八年任）
刘梦熊（沁州人，举人，三十五年任）
李维极（京山人，举人，三十七年任）
李梦祥（将乐人，贡士，三十九年任）
管为国（黄岩人，举人，四十一年任）
吴之英（海盐人，举人，四十四年任）
萧学俨（庐陵人，举人，四十六年任）
高金矢（临安人，举人，天启二年任）

① 康熙《徐州志》、嘉庆《萧县志》作“北直赵州人”，案万历《徐州志》并参乾隆《云南通志》《大理府志》，应为云南赵州人，嘉靖三十一年壬子举人，以龙阳教谕迁萧县令。

张镜心（磁州人，进士，四年任）
陈会江（莆田人，举人，五年任）
郑继侨（九江人，举人，崇祯元年任）
周　渐（道州人，举人，三年任）
郭应璧（辽东人，贡士，五年任）
祝嵩龄（山阴人，举人，七年任）
张惟新（零陵人，举人，八年任）
何天华（番禺人，举人，九年任）
曾魁应（临川人，举人，十年任）
郑　僖（剑州人，贡士，十二年任）
吉人杰（内江人，举人，十四年任）
茹鸣盛（辽东人，举人，十六年任）
范昌世（吴县人，乡荐。见《通志》）
王　纲（抚宁人，贡士。见《永平府志》）

县丞（崇祯三年裁）

齐福东（石首人，洪武二十九年任）
杨　泰（永乐十六年任）
王　澄（柏乡人，岁贡，宣德间任。见《柏乡县志》）
郭　祯（正统元年任）
蔡道恭（正统三年在任。见石佛寺碑）
邓　鏞（景泰元年任）
段　忠（香河人，成化元年任）
董　贤
张　镛（并弘治初任。见邑志《瑞麦亭记》）
杨　辉（柏乡人，岁贡，弘治间任。见《柏乡县志》）
高　文（石州人，吏员，正德七年任）
孙　昇（任丘人，吏员，十二年任）
陈　昂（江夏人，监生，嘉靖元年任）
方　相（巴陵人，吏员，三年任）
刘廷玺（桂阳人，监生，五年任）
熊　肇（丰城人，吏员，七年任）
石廷玺（平都人，监生，十一年任）

于　漯（吴堡人，监生，十六年任）
苏大纪（邢台人，监生，二十年任）
刘世泰（南城人，监生，二十三年任）
陈思议（灵山卫人，监生，二十六年任）
袁　宝（博兴人，监生，二十八年任）
朱　环（永城人，选贡，三十年任）
徐恒爱（余姚人，吏员，三十一年任）
朱　钦（仁和人，吏员，三十四年任）
陆　遂（南海人，吏员，三十七年任）
胡　贡（历城人，都吏，四十年任）
冯邦本（上津人，选贡，四十四年任）
马如龙（开州人，岁贡，隆庆二年任）
赵景昌（蓟州人，吏员，五年任）
罗廷祯（奉新人，监生，万历二年任）
郑　聘（德安人，选贡，五年任）
张汝容（安福人，吏员，十年任）
庄尧相（同安人，吏员，十二年任）
陆光宙（南海人，吏员，十八年任）
林　成（九江人，吏员，二十三年任）
徐尧仁[①]（昆明人，贡生，二十七年任）
萧三汲（曲沃人，选贡，三十四年任）
贺　祥（福建人，吏员，三十八年任）
许自新（漳州人，吏员，四十年任）
徐汝腾（罗山人，贡士，四十二年任）
李　培（钦州人，选贡，四十六年任）
崔德立（襄阳人，岁贡，泰昌元年任）
李国钦（会稽人，吏员，天启三年任）
高日烇（会稽人，吏员，六年任）
朱景色（浙江人，吏员，崇祯元年任。三年缺裁）
马　宁（武邑人，贡生。见《冀州志》）

① 嘉庆《萧县志》、同治《徐州府志》作“徐尧佐”。

主簿

刘　瑜（洪武元年任）

崔　岩（永乐十六年任）

吕　祥（弘治初任。见邑志《瑞麦亭记》）

靳永庆（蒲台人，监生，正德八年任）

黄　继（同安人，吏员，十五年任）

任　怀（涉县人，监生，嘉靖四年任）

楚　富（荥阳人，监生，八年任）

王宗儒（大城人，监生，十四年任）

李继勋（宣府前卫人，监生，十四年任）

臧希古（莱阳人，监生，十九年任）

张　澜（长清人，监生，二十三年任）

张继芳（南皮人，监生，二十六年任）

周朝宾（和顺人，选贡，二十九年任）

许思恭（莱芜人，选贡，三十一年任）

李存智（莱芜人，选贡，三十五年任）

张　堦（余姚人，承差，四十年任）

王从儒（阳武人，监生，四十四年任）

周天济（锦衣卫人，监生，四十五年任）

王维藩（平原人，监生，隆庆四年任）

王一夔（乐亭人，监生，万历二年任）

赵永福（洛阳人，吏员，五年任）

杜本濂（临安人，吏员，九年任）

郭国藩（宁陵人，监生，十二年任）

王进官（沁水人，监生，十五年任）

盛世同（福宁人，选贡，十七年任）

杨时茂（浮梁人，知印，十八年任）

杨廷钦（商丘人，监生，二十三年任）

刘　温（平阳人，监生，二十五年任）

冷际元（辽阳人，监生，二十六年任）

罗廷钦（南昌人，监生，三十二年任）

王伯金（山阴人，监生，三十七年任）

张明道（山阴人，吏员，四十一年任）

赵全璧（缙云人，监生，四十五年任）
郑应五（晋江人，监生，四十七年任）
邵　杰（宁波人，监生，泰昌元年任）
罗文运（庐陵人，监生，天启三年任）
林本京（福建人，吏员，六年任）
徐时龙（兰溪人，吏员，崇祯二年任）
殷之盘（施州卫人，贡士，三年任）
伍　镆（南昌人，监生，七年任）
童志宇（慈溪人，吏员，十年任）
黄金纶（平湖人，监生，十二年任）
高应魁（山阴人，监生，十四年任）
马　珍（武邑人，贡生。见《武邑县志》）

典史

李　凯（弘治初任。见邑志《瑞麦亭记》）
吴道中（马邑人，吏员，嘉靖八年任）
刘巨元（登州人，吏员，十六年任）
刘　铉（平原人，吏员，二十二年任）
程　伦（钱塘人，吏员，二十七年任）
莫　麟（仁和人，知印，三十年任）
孟朝纪（青城人，吏员，三十二年任）
王克俭（胙城人，吏员，三十七年任）
杨　辉（丰城人，吏员，四十二年任）
萧大成（襄阳人，吏员，隆庆二年任）
朱　诏（山阴人，吏员，四年任）
费邦骥（武康人，吏员，六年任）
张文林（慈溪人，吏员，万历二年任）
张　翼（滨州人，吏员，八年任）
徐之绎（上虞人，吏员，十年任）
王　阶（将乐人，吏员，十六年任）
何希贞（南昌人，吏员，十八年任）
谢子立（江西人，吏员，二十三年任）
金廷槐（义乌人，吏员，二十七年任）

秦自麟（龙门人，吏员，三十二年任）
蒋一经（南昌人，吏员，三十六年任）
叶逢春（九江人，吏员，三十九年任）
曹汝结（永城人，进士，四十一年谪任）
周德顺（秀水人，吏员，四十二年任）
李廷举（荆州人，吏员，四十五年任）
陈云台（莆田人，吏员，天启元年任）
王九佑（金华人，吏员，四年任）
胡源兴（福州人，吏员，七年任）
史凤翔（山阴人，吏员，崇祯二年任）
楼应登（诸暨人，吏员，五年任）
赵永富（武清人，吏员，八年任）
蔡兴祖（会稽人，吏员，十年任）
沈应斗（建德人，吏员，十一年任）
余国显（山阴人，吏员，十二年任）
蔺振缨（陕西人，十四年任）

教谕

谢　祐（洪武[1]十年任）
李应吉（余姚人，举人，宣德元年任）
王　隆（江西人，岁贡，景泰元年任）
任守中（四川人，举人，成化四年任）
常　俊（河南人，岁贡，八年任）
晏文茂（泸州人，举人，十九年任）
余　宾（江西人，岁贡，正德三年任）
沈　珪（德清人，举人，六年任）
姜　芳（兰溪人，举人，七年任）
徐　瓒（松阳人，岁贡，八年任）
陈　璸（漳浦人，岁贡，十年任）
周　良（德清人，岁贡，十五年任）
马　玉（朔州人，岁贡，嘉靖元年任）

① 嘉靖、万历《徐州志》作“永乐”。

马　德（沂州人，岁贡，八年任）
周　蕙（平乐人，岁贡，十一年任）
胥　纯（阳谷人，岁贡，二十年任）
王纳议（融县人，举人，二十六年任）
袁　旻（嵊县人，岁贡，三[①]十五年任）
沈　种（赵州人，选贡，三十八年任）
萧　蔚（马平人，举人，四十一年任）
刘凤翔（汲县人，岁贡，四十四年任）
陈大璘（莆田人，举人，隆庆二年任）
王锡卿（掖县人，岁贡，四年任）
姚应龙（慈溪人，举人，万历三年任）
聂大伦（邵武人，岁贡，五年任）
喻思敬（上高人，选贡，九年任）
邹　仕（汝宁人，选贡，十一年任）
王　匏（长垣人，岁贡，十六年任）
杨邦泰（郁林人，选贡，十八年任）
蒋　钊（铅山人，岁贡，二十二年任）
朱应隆（南昌人，举人，二十四年任）
孟思经（兖州人，岁贡，二十七年任）
蔡绍襄（华亭人，举人，二十八年任）
秦志孝（滁州人，岁贡，三十二年任）
薛志学（常熟人，岁贡，三十七年任）
须用明（武进人，岁贡，三十九年任）
张一翰（翼城人，举人，四十年任）
徐遵养（沭阳人，岁贡，四十三年任）
姜周望（钜野人，岁贡，四十六年任）
黄自立（太湖人，岁贡，天启二年任）
郭履中（五河人，岁贡，四年任）
陈大道（贵州人，岁贡，五年任）
吴　晓（通州人，岁贡，崇祯二年任）
彭承苊（江都人，举人，四年任）

① 原作“二”，据万历《徐州志》、康熙《萧县志》改。

鲁汝亨[①]（江西南城人，举人，七年任）

张邦和（广宁人，贡士，十一年任）

朱国璘（凤阳人，贡士，十四年任）

训导（凡二人，隆庆二年裁一）

欧阳安（庐陵人，宣德五年任）

何　檜（景泰元年任）

董　衡（永嘉人，岁贡，成化四年任）

崔　信（山东人，岁贡，八年任）

苏文渊（十三年任）

孙绳宗（掖县人，岁贡，二十一年任）

孙　服（弘治初任。见邑志《瑞麦亭记》）

林　忠（建宁人，岁贡，三年任）

袁　缙（泾阳人，岁贡，五年任）

赵　聪（四川人，岁贡，十六年任）

董　琼（乌程人，岁贡）

施　金[②]（严州人，岁贡。并正德初年任）

毛　祐（洛阳人，岁贡，十六年任）

卢　珽（上蔡人，岁贡，嘉靖二年任）

毛　美（浙江人，岁贡，五年任）

李天民（洛阳人，岁贡，六年任）

周仲鹏（湘潭人，岁贡，八年任）

沈腾芳（浏阳人，岁贡，十三年任）

李济川（临漳人，岁贡，十六年任）

刘　恺（衡水人，岁贡，二十二年任）

安中夏（仪封人，岁贡，二十三年任）

彭士龙（南海人，岁贡，二十四年任）

楼　祁（萧山人，岁贡，二十六年任）

叶　賁（德兴人，选贡，二十八年任）

陈　谟（邵阳人，岁贡，三十年任）

---

① 原作“亭”，据康熙、嘉庆《萧县志》，同治《徐州府志》改。

② 嘉靖、万历《徐州志》作“淦”。

马　祯（巴陵人，岁贡，三十五年任）
耿　介（元城人，岁贡，三十七年任）
刘　寅（鄄城人，岁贡，四十一年任）
张时旦（鄢陵人，岁贡，四十三年任）
史　策（开封人，岁贡，隆庆二年任）
张　勋（赵州人，岁贡，五年任）
冯循理（临城人，岁贡，万历四年任）
葛士麟（上海人，选贡，五年任）
章　乔（绩溪人，选贡，七年任）
宋大儒（滨州人，岁贡，十年任）
胡廷用（蕲州人，选贡，十五年任）
宋道光（山阳人，岁贡，二十一年任）
刘应选（德平人，岁贡，二十七年任）
徐志京（东平人，岁贡，三十一年任）
岳继夏（曲阜人，岁贡，三十七年任）
江　鲤（汝宁人，岁贡，四十一年任）
何光扬（怀远人，岁贡，天启元年任）
张凤翔（平越人，岁贡，四年任）
蒋克显（普安州人，岁贡，崇祯二年任）
刘士奇（华亭人，岁贡，六年任）
冯世熙（黎城人，岁贡，八年任）
周文昌（辽东右屯卫人，十二年任）

赵家圈巡检（崇祯末废）

欧　吉（临清人，景泰二年任。赵家圈巡检始此）

沛县知县

费忠信（洪武二年任）
颜　瓌（庐陵人，荐举，建文元年任）
王　敏（永年人，永乐二年任）
常　瓘（内乡人，举人，四年任）
王　征（大同人，十七年任）
李举贤（容城人，十九年任）
杜　钊（衡水人，宣德元年任）
陈原宗（衡阳人，六年任）
王　清（新都人，正统元年任）

余　升（八年任）
古　信（嘉鱼人，举人，景泰元年任）
王　韶（泽州人，成化元年任）
孙　镗（十年任）
冯　谦（诸暨人，举人）
王　琛（松滋人，举人，弘治元年任）
袁　纪（潞州人，监生，七年任）
张　珩（大名人，举人）
徐　彬（余姚人，举人）
马伯骐（新乐人，岁贡，十二年任）
栗　钲（潞州人，举人）
杨　凤（府军前卫人，进士，十七年任）
孙宗尧（河间人，举人，正德元年任）
王　瓒（华阴人，举人）
胡守约（合州人，举人）
麻　芝（榆林人，监生）
周万金（内黄人，举人，嘉靖元年任）
孔　时（长安人，举人，二年任）
郑公奇（莆田人，进士，六年任）
向必成（黄梅人，监生，七年任）
平世祥（日照人，监生，七年任）
杨　政（南昌人，监生，九年任）
孙　灿（朝城人，监生，十六年任）
王　治（永年人，监生，十九年任）
周　泾（贵溪人，举人，二十三年任）
李　祯（新昌人，举人，二十七年任）
郭进贤（麻城人，监生[2]，三十一年任）
叶恒嵩（太平人，举人，三十二年任）
张性深（邯郸人，举人，三十三年任）
罗见麟（番禺人，举人，三十六年任）
王　纲（鄢陵人，十一年任）
雷应春（四川人）
孙　泰
马时中（太原人，举人，十一年任）
吴　钊（顺天人，举人，二十一年任[1]）
姚　祥（归善人，进士，六年任）

① 万历《徐州志》作“年阙”，康熙《徐州志》作“十一年任”。

② 案雍正《湖广通志》卷三十五《选举》：郭进贤，黄州人，嘉靖十九年庚子举人。此从康熙《徐州志》作“监生”，疑不确。

滕　霁（建安人，举人，三十八年任）
宋聚奎（闻喜人，监生，三十九年任）
李　时（奉节人，举人，四十一年任）
白　经（北京卫籍举人，隆庆三年任）
徐　辂（海宁人，举人，五年任）
倪民望（黄梅人，举人，万历元年任）
祝希哲（德兴人，举人，三年任）
马　昺[1]（南部人，举人，四年任）
周治升（新津人，恩贡，六年任）
杨　盐（即墨人，举人，十一年任）
符　玺（龙阳人，举人，十四年任）
苏万民（隰州人，选贡，十八年任）
罗士学（彭山人，选贡，二十二年任）
张文炳（掖县人，举人，二十九年任）
李汝让（永宁人，选贡，三十二年任）
李懋顺（滑县人，举人，三十八年任）
刘希颜（华容人，举人，四十三年任）
练国事（永城人，进士，四十五年任）
林汝翥（福清人，举人，四十七年任）
刘庆长（开州人，举人，天启三年任）
张　信（鹤庆人，举人，七年任）
秦聘璁（马平人，举人，崇祯三年任）
毕靖之（文登人，选贡，四年任）
李显魁（苍梧人，举人，七年任）
张象贤（腾越人，举人，九年任）
何日澜（番禺人，举人，十三年任）
李正茂（洪洞人，举人，十四年任）

县丞

旧制一人，后增设一人：一管农，一管马。成化二十年后，始并农、马为一。

① 按：道光二十九年《南部县志》有冯昺，嘉靖十六年丁酉举人，后中进士。徐州志、沛志皆作“马昺”，疑讹。

崇祯初，亦裁。

王居鋆（忻州人，洪武二十六年任）　胡　光（一作“先”，建文元年任）

李　钦　夏天祥（永乐间任）

陶　骥（滋阳人，二十年任）　吴自然（桂阳人，洪熙元年任）

何　通（华阴人，宣德元年任）　张　祥（栾城人，二年任）

李希贤（祥符人，四年任）　黄以容（平阳人，五年任）

罗　敬（衡山人，八年任）

雷　志（桂阳人，正统元年任。嘉靖志作“雷忠”）

罗　瓒（固始人。嘉靖志作“七年任”）

沈　富（仁和人，七年任）　王　制（完县人，八年任）

杨　春（温江人，十一年任）　李　暹（遵化人，十二年任）

韦　聪（河间人，景泰元年任）　朱　宁（金华人，四年任）

张羽中　卢　成

王　锡（成化二十一年任）　刘　瑾

陶　纪（湖口人。以上并成化间任）　陶　鉴（弘治初年任）

李　理（十二年任。沛志作十三）　陈　杰

刘　能（诸城人，监生）　孟文楫[①]（文水人，监生，正德元年任）

谢洪仁（四川人）　方　廉（泗水人）

陶　恕（山海卫人，监生，嘉靖元年任）

李文宪（北直人，监生，二年任）

张　轨（普安州人，监生，三年任）

寇宗仁（祥符人，监生，八年任）

周　坚（竹山人，监生，十一年任）

孟　绅（济宁人，吏员，十六年任）

王　统（大庾人，监生，二十年任）

吴元祥（汉阳人，监生，二十三年任）

方绍仁（黄冈人，吏员，二十六年任）

沈汝立（归安人，监生，三十一年任）

吴　杞（孝丰人，监生，三十三年任）

曹　岳（嘉兴人，监生，三十六年任）

徐一举（醴陵人，监生，三十九年任）

---

① 嘉靖、万历《徐州志》作“孟楫”，万历《沛志》作“孟之楫”。

王　评（黄县人，监生，四十一年任）
孙公惠（罗源人，吏员，四十二年任）
左　极（星子人，监生，隆庆元年任）
孟绪恩（岐山人，监生，三年任。邑志“二年”）
张友方（浙江磐石卫人，监生，邑志作“六年任”）
邓　海（新建人，吏员，万历二年任）
吕学中（零陵人，恩贡，四年任）
钱士彰（山阴人，岁贡，九年任）
王国宾（唐县人，恩贡，十一年任）
戴经筵（昌化人，岁贡）
袁一辅（宜春人，吏员）
贡守愚（灵寿人，吏员，十八年任）
王光宝（永嘉人，选贡）
汤应龙（永康人，吏员，二十二年任）
邓一中（南丰人，选贡，二十五年任）
衷崇源（进贤人，吏员，二十九年任）
程师明（江夏人，岁贡，三十四年任）
高日昇（山阴人，吏员，三十八年任）
尹知卓（蕲水人，监生，四十一年任）
徐师文（浙江人，岁贡，四十三年任）
张承嗣（怀来卫人，岁贡，四十六年任）
张述颜（乐安人，序班，天启三年外任）
江绍授（广信人，岁贡）
蒋逢吉（缙云人，岁贡，崇祯二年任）
王大来（嘉兴人，岁贡，三年任。四年缺裁）
卢　胜（滦州人，贡士。见《永平志》）
刘　�（赣县人，岁贡。见《赣州志》。以上二名，旧志遗。附见）

主簿（凡二人，隆庆二年裁一）

唐子清（建文元年任）
何　润（华容人，岁贡，永乐十七年任）
沈宗原（武康人，监生，二十年任）
李　经（垣曲人，宣德六年任）　　王　勖（莱阳人，正统元年任）

侯　智（河阴人，八年任）
潘　安　　　　　齐　富
宋　道（以上四人并成化间任）
裴克让（元年任）
吴　举（成安人，十二年任）
郭　增
易　纮（湖广人）
田　知（五年任）
徐　杰（嘉兴人，吏员，十一年任）
王廷相（掖县人，监生，十二年任）
董应期（东平州人，监生，十四年任）
何光明（兴山人，监生，十四年任）
潘　泽（涿鹿卫人，监生，十六年任）
李　约（献县人，监生，十六年任）
刘　钲（莱州人，监生，十九年任）
王　璿（神木人，监生，二十年任）
齐邦用（邓州人，吏员，二十年任）
蒋廷瓒（东安人，监生，二十二年任）
孙汝霖（招远人，监生，二十六年任）
宁守宽（章丘人，二十七年任）
李意光（庆都人，监生，二十七年任）
茂有绩（益都人，岁贡，三十二年任）
都永靖（林川人，监生，三十六年任）
闻思贤（鄞县人，吏员，三十六年任）
郑　实（涿州人，监生，三十八年任）
马　珩（郓城人，监生，三十九年任）
李志道（嘉兴人，监生，三十九年任）
李存忠（漳浦人，承差，四十一年任）
娄　聪（会稽人，吏员，四十一年任）
谢　鸾（龙溪人，吏员，四十二年任）
卢　蓁（安肃人，九年任）
黑　伦
吴　本（蒲州人，弘治元年任）
高　珽（十二年任）
曹　鼎（耀州人，正德元年任）
孙　锦（县志云：为官者史[1]宣所杀）
宁时智[2]（永年人，监生，嘉靖四年任）
李　琦（颍川卫人，监生，八年任）

① 原作“李”，据乾隆《沛县志》卷五《秩官志》改。
② 原作“習”，系“智”形讹，据嘉靖、万历州县志改。

傅　儒（会稽人，吏员，四十五年任）
孔承学（曲阜人，监生，四十五年任。隆庆二年裁，存一缺）
高　述（掖县人，监生，隆庆元年任）
熊孔廉（临桂人，吏员，五年任）
李惟高（松潘卫人，选贡，万历二年任）
陈存之（江西人，监生，五年任）
俞有家（鄞县人，监生，九年任）
石　坚（获鹿人，监生，十一年任）
涂　勋（丰城人，吏员，十八年任）
段养安（蠡县人，监生，二十一年任）
强性宽（阌乡人，吏员，二十二年任）
赵日荣（晋江人，选贡，二十五年任）
梁崇朴（濮州人，承差，二十九年任）
李华春（长兴人，监生，三十四年任）
于应钦（浙江人，三十八年任）　应思忠（浙江人，四十一年任）
骆允升（浙江人，四十二年任）　董士龙（山西人，四十六年任）
罗乘鹏（浙江人，崇祯元年任）　徐勋铭（山东渤海人，三年任）
胡来臣（浙江人，五年任）　赵国栋（湖州人，八年任）
李自广（江西人，十二年任）　邓　乔（陕西人，十四年任）

典史

黄　谦（武进人，儒士，建文元年任）
任　敏（洪洞人，永乐四年任）　熊　信（泸州人，十七年任）
唐　彦（高唐州人，正统七年任）　刘　真（东安人，八年任）
胡　顺（济宁人，九年任）　邓　林（景泰初任。见邑志《庙学记》）
宋　敏　路　瑾（并成化间任）
黄　琳（弘治元年任）　黄廷进（十二年任）
李　豫（遂平人，十七年任）　邢　恕（阳武人，正德元年任）
韩良辅（迁安人，吏员，嘉靖二年任）
马　昂（河间人，吏员，八年任）
戴　仁（鄞县人，吏员，十一年任）
李仕佩（莆田人，吏员，十七年任）
林大理（莆田人，吏员，二十年任）

沈　祚（慈溪人，吏员，二十七年任）
陈　思[①]（德化人，吏员，三十六年任）
刘　靖[②]（邵武人，吏员，三十八年任）
王尧辅（濮州人，吏员，四十一年任）
孙　翔（沂州人，吏员，四十三年任）
胡朝器（东阳人，吏员，四十五年任）
周敏政（鄞县人，吏员，隆庆四年任）
赵万亮（南昌人，吏员，万历二年任）
陈天爵（六年任）
黄河清（临川人，吏员，十年任）
齐良懋（山阴人，吏员，十四年任）
朱大积（会稽人，吏员，十[四][③]年任）
李　琚（金乡人，吏员，十八年任）
何应泰（於潜人，吏员，二十一年任）
陈　纶（归安人，吏员，二十二年任）
刘一纲（高要人，吏员，二十五年任）
何功显（福州人，吏员，二十八年任）
徐鸣阳（临海人，吏员，三十一年任）
蔡执礼（莆田人，吏员，三十四年任）
区文从（广东人，三十八年任）
杨继立（广东人，四十三年任）
潘宗庆（浙江人）
沈君思（浙江人）
李存性（浙江人）
章文远（江西人，天启三年任）
朱一鸣（浙江人，七年任）
方应时（浙江人，崇祯三年任）
俞守素（浙江人，五年任）
吴希元（浙江义乌人，九年任）
叶应槚（浙江人，十二年任）

教谕

刘以礼[④]（长洲人，荐举，洪武初任）
潘　灿（正统元年任）
徐　经（广信人，七年任）

① 万历《徐州志》、万历《沛志》作“陈恩”。
② 万历《徐州志》作“刘永清”，万历《沛志》作“刘清”。
③ 原墨丁，据万历《沛志》补。
④ 乾隆《沛县志》同。康熙《徐州志》作“刘以祖”。

何　肃（九年任）
尤　聪（成化初任）
李道弘（丰城人，举人，弘治四年任）
易　宽（良乡人，举人，七年任）
蒋　弼（青田人，岁贡，十七年任）
杨　仲（汤溪人，岁贡，正德五年任）
操　松（浮梁人，举人，十五年任）
周　麒（处州人，岁贡，嘉靖元年任）
李　洪（全州人，举人）
于　乔（高唐州人，岁贡，八年任）
蔡玉实（华容人，岁贡，十五年任）
马　伟（广平人，岁贡，二十一年任）
唐伯杰（灵川人，举人，二十三年任）
朱以和（高安人，岁贡，二十五年任）
滕　霁（建安人，举人，二十九年任）
李乘鲸（南郑人，岁贡，三十□[①]年任）
孙惟慎（泰和人，岁贡，四十年任）
饶　熠（德化人，岁贡，隆庆二年任。邑志作“耀”[②]）
高维崧（庐陵人，举人，五年任）
邵华翰（普安州人，岁贡，六年任）
成　咏（兴化人，岁贡，万历四年任）
吴世辉（嵊县人，岁贡，八年任）
谭尚忠（茶陵人，岁贡）
方　佐（宁国人，岁贡）
李文善（合肥人，岁贡）
陈大复（江陵人，举人，十七年任）
倪　鲁（大河卫籍常熟人，举人，二十一年任）
宋　约（颍上人，岁贡，二十六年任）
王希贵（泾县人，岁贡，二十九年任）
赵国相（万全右卫人，岁贡，三十三年任）
张　晔（临清人，景泰元年任）
卢　荣（天台人，岁贡，二十一年任）
虞　铋（金华人，岁贡）

① 原墨丁。
② 万历《徐州志》亦作“燿”。

张　箴（阳信人，岁贡，三十四年任）
卢汝霑（宣城人，岁贡，三十五年任）
高汝毅（江宁人，岁贡，三十八年任）
杨世贤（凤阳人，岁贡，四十一年任）
敖希彦（清江人，举人，四十三年任）
陶继宗（潜山人，岁贡，四十七年任）
周济生（金乡人，岁贡，天启元年任）
叶万全（华亭人，岁贡，四年任）
徐可弼（东流人，岁贡，七年任）
魏知微（陕西人，岁贡，崇祯四年任）
张化枢（永昌人，举人，七年任）
吴启泰（峄县人，岁贡，十二年任）
成王佐（嘉善人，岁贡，十四年任）

训导（凡二人，隆庆二年裁一）
华　革（洪武二年任）
弘　昭（正统元年任）
陈　谟（绍兴人，岁贡，七年任）
周　缉（吉水人，岁贡，七年任）
周在苾（景泰元年任）
方　璠（元年任）
林　贵（鄞县人，岁贡，成化二十一年任）
王　辅（安吉州人，岁贡）
聂　让（云梦人，岁贡，弘治四年任）
李　兰（南安人，岁贡，十七年任）
林　蕃（广西藤县人，举人，十七年任）
周　鹏（丰润人，岁贡，正德初年任）
张　俊（同安人，岁贡，五年任）
安　信（沣州人，岁贡，十五年任）
李　镕（嘉鱼人，岁贡，嘉靖元年任）
胡　福（南丰人，岁贡，三年任。《南丰志》作“安福”）
陆　渊（高要人，岁贡，八年任）
刘学夔（兴国州人，岁贡，十年任）
苏　镆（荆州人，岁贡，十三年任）
黄　昶（确山人，岁贡，十八年任）
张庆旸（泰顺人，选贡，二十年任）

季　珩（浦城人，岁贡，二十三年任）
钟大器（曲江人，岁贡，二十九年任）
董　勋（怀庆人，岁贡）
郑　原（宣平人，岁贡）
杨　爵（贵溪人，岁贡）
周可久（泸州人，岁贡）
宋时奎（新河人，岁贡）
李　嵩（高要人，岁贡）
曾继[①]爵（上犹人，岁贡，四十年任）
冯中州（景州人，岁贡，四十四年任）
窦　岭（诸城人，岁贡，隆庆元年任。二年裁）
史思贤（宁阳人，岁贡，四年任）
寇立纪（应城人，岁贡，万历四年任）
唐印正（邳州人，岁贡，九年任）
丁一杰（许州人，岁贡）
鲁思问（和州人，岁贡）
李　宣（赞皇人，岁贡，二十六年任）
程三德（婺源人，岁贡，三十二年任）
蒋体仁（虹县人，岁贡，三十七年任）
王　璇（聊城人，岁贡，四十二年任）
何羹弼（丹徒人，岁贡，四十六年任）
张汝蕴（泾阳人，岁贡，天启元年任）
张登瀛（济宁人，岁贡，六年任）
柴邦震（绛州人，岁贡，崇祯三年任）
张弘纲（山阳人，岁贡，六年任）
孙联芳（仁和人，岁贡，十年任）
季连芳（大城人，岁贡，十二年任）
朱一新（安东人，岁贡，十六年任）

泗亭驿驿丞

震　倘[②]（山阴人，吏员）
周　炳（上虞人，吏员）
秦绍宾（临桂人，吏员）
张　绀（黄岩人，吏员）
黄云鹏（余姚人，吏员）
张四维（馆陶人，吏员）

---

① 原作“维”，据万历《南安府志》、康熙《上犹县志》改。
② 万历《沛志》、乾隆《沛县志》作“周倘”。

王大岳（襄阳人，承差）
沈　纪（临淮人，承差）
刘自新（大城人，吏员）
张孚先（大名人，承差）
朱天宠（太仓人，承差）
叶　棠（歙县人，承差）
萧廷辅（仁和人，吏员）
丁尚涣（仁和人，承差）

西柳庄闸闸官（隶滕县，在沛县境内）

邬　灌（丰城人，吏员）
王廷儒（襄垣人，吏员）
谢永贞（博平人，吏员）
常三省（馆陶人，吏员）
饶永宣（新建人，吏员）
李　萼（滨州人，吏员）
杨　津（太原人，吏员）

砀山县知县

邵俊杰（洪武三年任）
张　清（十五年任）
冯　钦（二十四年任）
郝　玘（吉州人，监生，永乐元年任）
周宗昕（十三年任）
刘伯吉（宣德八年任）
邹　旦（乐安人，正统元年任）
杜　钊（衡水人，岁贡，五年任）
刘　宧（成化年任）
张梦辅（澄城人，举人，五年任）
包　鼐（浙江人，进士，十年任）
叶　林（北直人，监生）
田　禋（祥符人，进士）
胡希颜（乾州人，进士，弘治四年任）
杜　臻（山西人，举人）
周　逊（江西人，举人）
阎　济（山西人，举人）
孙　昊（河南人，监生）
李　金（丰城人，进士，正德四年任）
杨　誉（莆田人，进士，七年任）
刘守恒（宁乡[1]人，举人，八年任）
霍　凤（青县人，监生，十年任）
季　木（会稽人，举人，十五年任）
吴大用（仁和人，举人，嘉靖六年任）
彭以诚（曲阳人，举人，八年任）
陶师文（会稽人，举人，十一年任）
陆　登（鄞县人，监生，十三年任）

---

① 原作“都”，讹自嘉靖《徐州志》。案雍正《湖广通志》卷三十五《选举》：刘守恒，宁乡人，弘治二年己酉举人。乾隆《砀山县志》作“宁都州”，亦误。

张　忠（南皮人，监生，十四年任）
高　珊（宜山人，监生，十九年任）
刘　阳（安福人，举人，二十年任）
鲍继昌（曲阜人，监生，二十四年任）
王绍元（金溪人，举人，二十六年任）
李　坦（武强人，贡生）　孔维经（汝宁人，监生）
方叔猷（福建人，举人）　甘懋德（奉新人，举人）
崔元吉（开州人，举人，四十三年任）
戴　伟（郓城人，举人）
王廷卿（荆门人，举人，隆庆四年任）
吴尚诚（连江人，举人，万历初年任）
刘守谦（龙阳人，举人）　廖　澜（江西人，举人）
赵应元（秀水人，岁贡）　陈　熙（雅州人，岁贡）
陈继志（上虞人，举人）　熊应祥（金溪人，举人，二十六年任）
高　瀚（胶州人，选贡，三十年任）
朱之扬（大名人，举人，三十[①]年任）
张汝霖（清江人，举人，三十八年任）
陈秉良（东莞人，举人，四十三年任）
蔡一熊（惠安人，进士，四十八年任）
张兆璋（惠安人，举人，天启初任）
李春鲸（开州人，举人，七年任）
姚来琯（南城人，恩贡，崇祯四年任）
宋　坤（沈阳人，选贡）
刘　芳（清苑人，举人，十二年任）
赵承鼎（崇祯末任）
易世璧（雩都人，选贡，明末任。见《雩都志》）

县丞（嘉靖初[②]裁）

齐思鲁（洪武十五年任）　傅彦臻（卢龙人，永乐十四年任）
刘　全（晋州人，岁贡，宣德八年任）　王一贯[③]（十年任）

① 案康熙《徐州志》"三十□年任"，墨丁阙年。本志遂误读为"三十年"。
② 原作"末"，据康熙《徐州志》改。
③ 嘉靖、万历《徐州志》作"王贯"。

姜　钺（昌邑人，岁贡，景泰三年任）
缪　贯（成化四年任）
陈　纪（八年任）
郑　彝
苏　茂
于　溥（弘治四年任）
张思温
周　宝
熊　才（正德初任）
林　稳（莆田人，吏员，七年任）
傅　英（临淄人，监生，九年任）
陶　恕（山海卫人，监生，十四年任）
李　淡（南丰人，监生，十六年任）
王守道（临漳人，监生，嘉靖五年任。后缺裁）

主簿

张文宪（永乐七年任）
王　吉（元氏人，贡生，天顺间任）
陈　隆（成化四年任）
赵　濬（八年任）
赵　庆（弘治四年任）
刘　汉（洵县人，监生，正德八年任）
韩　福（曲周人，监生，十年任）
王　琦（太原人，监生，十五年任）
万　魁（大宁茂山卫人，监生，嘉靖七年任）
蒋　仪（铜仁人，监生，十三年任）
郫　源（黄岩人，吏员，十四年任）
邓　颐（弋阳人，监生，二十年任）
马　桂
刘拱极（任县人）
苏天章
李光奎（滨州人）
李镇南（临海人，吏员）
丰　丛（滑县人，监生）
吴　履（山阴人，吏员）
杨　栀（莘县人，监生）
李文林（曲沃人，监生）
黄可征（罗田人，监生）
郝致敬（平山人，贡生，万历二年任）
陈危言（五年任）
胡应宿（八年任）
陈应诏（十年任）
李有敬（十二年任）
章士英（会稽人，吏员）
赵有家（寿光人，儒士）
崔　衮（十七年任）
刘　培（十九年任）
俞　应（二十年任）
程　潮（彭泽人，吏员，升徐州判官）
孙思敬（莘县人，监生）
马崇信（二十七年任）
潘向阳（真阳人，儒士）
欧阳墀（福建人，三十一年任）
余焕文（侯官人，监生）
潘可则（缙云人，吏员，三十九年任）
张敬元（深州人，吏员，四十二年任）
刘元征（掖县人，监生）
史绍芳（万年人，吏员）
顾起翔（嘉善人，吏员）
陈光柱（崇祯十二年任）

典史

刘　运（洪武三年任）　周文中（宣德间任）
余　盛（正德七年任）　王　聪（八年任）
王　完（十五年任）　李　锐（蓟州人，吏员，十六年任）
杨　淮（通州人，吏员，嘉靖五年任）　王　容（唐山人，吏员，十年任）
李世材（侯官人，吏员，十五年任）　赖　栋（丰城人，吏员，十七年任）
郑　桂（会稽人，吏员，二十年任）　贾文英（迁安人，吏员，二十五年任）
邹云翰（福建人）　傅廷用（巴陵人）
周　銭[①]（黄冈人）　文从周（东安人。以上俱嘉靖间任）
叶　擂（万历四年任）　蒋应春（十一年任）
章士英（升本县主簿）　丘　松（江夏人）
沈绍麟（慈溪人）　陈应奇（会稽人）
丘同山（二十七年任）　王大本（三十年任）
万　忠（蕲水人，三十三年任）　丁　栻（麻城人，三十六年任）
沈世儒（天津卫人）　金　尧（三十九年任）
陈　钟（四十年任）　孙文斗（严州人）
金世贞（钱塘人，四十六年任）　姚文芳（崇祯十二年任）

教谕

李孟玉、张观兴、丘纯（并宣德间任。见孔庙碑）
叶楚华（松阳人，举人，成化二年任）　郑　吉（八年任）
习　镛（弘治四年任）　周　太（七年任）
张来仪（霸州人，正德元年任）　吴可贞（临桂人，举人，七年任）
董　槐（代州人，举人，十一年任）　袁　钏（麻城人，岁贡，十五年任）
吴　俊（建安人，岁贡，嘉靖九年任）　黄　溥（藤县人，举人，十一年任）
王一贯（泰和人，举人，十七年任）
杨振纪（辽东前卫人，岁贡，二十二年任）
黄　俭（城步人，岁贡，二十六年任）
李应扬（侯官人，岁贡[②]）　贾　崧（金华人，岁贡）

---

① 万历《徐州志》、乾隆《砀山县志》同作“周銭”。同治《徐州府志》作“周钺”。

② 案万历《福州府志·人文志五·清操》：“李应扬，字希旦，闽县人。嘉靖壬子乡荐，授砀山谕，寻转曲阳令。”万历《徐州志》同作“举人”。康熙《徐州志》、乾隆《徐州府志》、同治《徐州府志》、乾隆《砀山县志》并作“岁贡”，应误。

徐天麟（龙阳人，岁贡）
陈九畴（海盐人，岁贡）
刘朝孚（顺德人，举人）
丘　崧（陕州人，岁贡）
严　淮（太和人，举人）
陈　瑄（宁德人，岁贡）
张　炳（沭阳人，岁贡）
胡一化（凤阳人，选贡）
王　珠（颍州人，选贡）
黄思齐（宜兴人，选贡）
崔应科（虹县人，选贡）
缪时雨（霑益州人，选贡）
章　春（绩溪人，选贡）
叶孝友（婺源人，岁贡）
刘元龙（全州人，举人）
蒋鉴偃（全州人，举人）
谢廷谏（亳州人，恩贡，万历三十八年任）
余朝卿（黟县人，岁贡）
陈嘉谟（城步人，岁贡）
刘敏德（沭阳人，岁贡）
田既庭（霍丘人，岁贡）
孔时可（合肥人，岁贡）
李时昇（巢县人，岁贡）
江期昌（海州人，岁贡）
庄起敬（丹阳人，岁贡）
陈于朝（贵州安南籍和州人，岁贡，崇祯中任）

训导（凡二人，隆庆二年裁一）

徐　忞[①]（宣德十年任）
陈　翔[②]（成化八年任）
秦　徽（新乐人，举人，八年任）
任　道（弘治五年任）
廖　轲（六年任）
尹　鸿（七年任）
季　春（八年任）
刘　佑（河南人，正德元年任）
孙　辅（高阳人，岁贡，六年任）
陈　仁（广东人，岁贡，七年任）
陆　铠（登州卫人，监生，十四年任）
李文炜（荥泽人，岁贡，十四年任）
宋景春（平谷人，岁贡，嘉靖元年任）
严廷修（瑞金人，岁贡，四年任）
张　桂（余杭人，岁贡，七年任）
范希清（弋阳人，岁贡，九年任）
周　赞（奉化人，岁贡，十八年任）
李　曾（郧阳人，岁贡，十八年任）

① 原作“徐文心”，据《浙江通志》《衢州府志》《常山县志》等改。
② 嘉靖、万历《徐州志》作“陈翱”，康熙《徐州志》、乾隆《徐州府志》作“陈翔”，乾隆《砀山县志》亦作“陈翔”，并按曰“州志作‘陈翱’”。本字难详，各从原稿用字。

吴　奇（丽水人，岁贡，二十三年任）
沈　璇（汉阳人，岁贡，二十五年任）
王子朴（山东黄县人）
赵　镃
张时穆（祁州人）
杨　佐（闻喜人）
徐　镗（登州人）
唐应时（沭阳人，岁贡）
马应选（临邑人）
张四维（来安人，岁贡）
王之相（蒙阴人）
刘　楷（宿迁人，岁贡）
王　冲（白水人，岁贡，天启七年任）
董胤昌（滁县人，岁贡）
范　济
林彦嘉（安溪人）
卫　锐（仁和人）
贾梦鲤（峄县人）
朱维翰（合肥人）
王光辉（唐县人）
伍养默（兖州人）
鲁　兰（含山人）
余朝卿（万历三十八年任。升本学教谕）
周之桢（泗州人，岁贡）
贺日章（丹阳人，岁贡，崇祯四年任）
陆养正（五河人，岁贡，十二年任）

丰县知县

傅　时（洪武三年任）
曾　本（雩都人，五年任）
杨　扐（八年任）
曹仲篪（湖口人，三十年任）
方　琛（乌程人，永乐十年任）
郝　晔[①]（十六年任）
阙　膺（奉新人，宣德元年任）
孙　安（浮梁人，贡士，景泰元年任）
邝　颐（南海人，进士，成化十九年任）
于　让（滑县人，弘治十年任）
王　纪（济源人，十一年任）
陈　善（弋阳人，进士，正德三年任）
张　泮（鄞县人，举人，九年任）
裴　爵（泽州人，举人，十一年任）
王廷直（博野人，举人，嘉靖三年任）

① 原作“元”，避康熙讳误改。今据隆庆、顺治《丰县志》恢复本字。

高　禄（博兴人，监生，四年任）
赵　寿（沔县人，监生，十年任）
张叔宣（内江人，举人，十四年任）
张　萃（元城人，监生，十九年任）
李崇信（潜江人，举人，二十年任）
叶　烓（丽水人，监生，二十四年任）
祝　文（宁州人，举人，二十八年任）
徐　蒉（长山人，举人，二十九年任）
戴　辅（灌阳人，举人，三十一年任）
胡乂心（仁和人，举人）
丘　铉[1]（德州人，监生，四十三年任）
任惟贤（黄陂人，举人，四十五年任）
尹　梓（南宫人，举人，隆庆二年任）
吴文光（高安人，举人，万历元年任）
欧阳宇（庐陵人，监生，四年任）
何仕廷（铜仁人，贡士，七年任）
庄　诚（成都人，举人，八年任）
范　围（随州人，选贡，十三年任）
费思箴（荆门州人，举人，十五年任）
邓全谦（全州人，举人，二十年任）
孙　延（掖县人，举人，二十二年任）
钟世章（会昌人，选贡，二十五年任）
李先春（延庆州人，选贡，二十八年任）
戴一松（仪封人，举人，三十二年任）
杨鸿翔（侯官人，贡士，三十五年任）
熊应祥（内江人，举人，三十六年任）
孔道源（钱塘人，选贡，三十八年任）
常思温（灵宝人，举人，四十一年任）
王三益（永城人，举人，四十六年任）
宋士中（奉新人，举人，四十八年任）
刘调羹（禹州人，进士，天启三年任）

① 原作“邱元”，皆系避讳改。今恢复本字。

王体蒙（虞城人，举人，崇祯二年任）
陈鸣喻（晋江人，举人，六年任）
方遴偕（慈溪人，举人，八年任）
米良昆（蒲圻人，举人，十二年任）
唐元皋[①]（广西人，举人，十三[②]年任）
刘　光（贵州人，举人，十四年任）
谯拱极（四川人，举人，十七年任）

县丞（弘治后裁）

周公谨（东阳人，宣德四年任）
宋　溥（弘治间任。见邑志《高帝庙记》）

主簿（嘉靖十五年裁，万历四年复设）

李克文（余姚人，吏员，嘉靖九年任）
夏　时（城固人，吏员，十年任）
王宗儒（大城人，监生，十二年任）
王　椿（颍川卫人，监生，十四年任。次年缺裁）
彭　凤（江西人，监生，万历四年复设任）
王　曦（齐东人，监生）
林大原（福清人，吏员，七年任。升徐州判官）
吴　木（余姚人，吏员，八年任）
喻元庆（南昌人，监生，十三年任）
林时藩（莆田人，吏员，年阙）
吴一龙（高安人，吏员，二十年任）
宋启明（泗水人，监生，二十二年任）
石　沂（黄梅人，监生）
游应秋（瓯宁人，监生，二十五年任）
冯思敬（束鹿人，吏员，二十八年任）
窦生耀（大名人，监生，三十二年任）

① 康熙《徐州志》、顺治《丰县志》作“皡”。
② 原作“七”，据康熙《徐州志》、顺治《丰县志》改。

胡效义（罗州人[1]，监生，三十五年任）
黄幼仪（莆田人，监生，三十六年任）
潘　晫（南皮人，监生，三十八年任）
王与诰（将乐人，吏员，天启三年任）
林瑞春（山阴人，吏员）
石　锦（莆田人，吏员，崇祯二年任）
王施仁（武安人，吏员）
王明顺（永嘉人，吏员，六年任）
罗尚志（泰和人，吏员，八年任）
王联奇（寿光人，恩贡，十二年任）
刘继远（南昌人，十七年任）

典史

王　庸（晋县人，吏员，宣德四年任）
刘　勉（正统间任。见《汉高帝庙记》）
刘　昂（景泰元年任）
查　俊（弘治间任。见《汉高帝庙记》）
刘　瑀（蓬莱人，吏员，嘉靖六年任）
金良章（乐清人，吏员，十一年任）
周景福（上杭人，吏员，十四年任）
单　仁（滕县人，吏员，十七年任）
井廷玉（华阴人，吏员，二十一年任）
林孔泰（莆[2]田人，二十九年任）
韩　耀（临川人，三十年任）
谭邦直（满城人）
吴大年（莆田人）
潘元谅（南海人，三年任）
李尚志（信阳州人，七年任）
赵　坦（山阴人，十五年任）
黄　寀（丰城人，三十九[3]年任）
萧　操（庐陵人，隆庆元年任）
戴廷玭（太平人，万历元年任）
罗朝钦（湘阴人，十三年任）
宋　升（绍兴人，二十年任）

① 康熙《徐州志》、顺治《丰县志》作“湖广罗田人”。自本志节省份后，同治《徐州府志》、乾隆《丰县志》、光绪《丰县志》同作“罗州”，疑误。
② 原作“青”，据万历《徐州志》“福建莆田人”改。
③ 原作“三十三”。案万历《徐州志》，谭邦直三十六年任，黄寀三十九年任，据改。

魏九叙（南昌人，监生，二十二年任）
王大绶（山阴人，二十五年任）
叶　祺（山阴人，二十八年任）
王行静（山阴人，三十二年任）
邬成化（郴州人，三十五年任）
朱家弼（丰城人，三十六年任）
程希恩（内丘人，三十八年任）
詹云吉（天启三年任）
朱　科（崇祯八年任）
戴天宣（浙江人，吏员，十四年任）

教谕

孔克伸（曲阜人，洪武七年任）
刘　昂（庐陵人，举人，正统三年任[1]）
段　徽（怀仁人，举人，天顺元年任）
段　恕（武强人，贡生。见《武强志》）
陈　璜（福清人，举人，成化十一年任）
陈　让（长乐人，举人，弘治十二年任）
唐　俊（零陵人，举人，正德五年任）
林　拱（平海卫人，贡生，七年任）
吴景寅（通城人，举人，十一年任）
孙　桓（蒲台人，贡生，十五年任）
胡文举（闽县人，举人，嘉靖五年任）
许天祐（闽县人，贡生，十一年任）
王鹏举（桐庐人，贡生，二十一年任）
杨　灿（桂林中卫人，举人，二十三年任）
刘汝贤（祥符人，贡生，二十八年任）
经彦宣（全州人，举人，二十九年任）
孙世宁（沙河人，贡生，三十五年任）
王　献（乐清人，贡生，三十九年任）
余廷桂（黄冈人，贡生，四十年任）
李　珂（洪洞人，贡生，四十四年任）
李　星（海盐人，举人，隆庆二年任）
何　恩（於潜人，岁贡，四年任）
白　笺（长葛人，岁贡，万历元年任）
马廷仪（邵阳人，岁贡，四年任）

① 原作“永乐二年任”，据嘉靖、万历《徐州志》改。勘详康熙《徐州志》。

吴　臣（寿州人，岁贡，六年任）
潘　例（广德州人，岁贡，九年任）
蓝继芬（琼州人，岁贡）
王大栋（嵊县人，举人，十三年任）
毛志尹（南昌人，举人，十六年任）
范景曾（昌邑人，岁贡，二十年任）
袁九皋（辰州人，岁贡，二十一年任）
李　洛（高淳人，岁贡）
徐　化[①]（临邑人，岁贡）
陈　昇（宿迁人，岁贡）
王大舜（永嘉人，岁贡）
萧丰桐（上蔡人，岁贡）
武志仁（武安人，岁贡）
庞　濬（丹阳人，岁贡。以上邑志漫漶难考）
张以诚（青浦人，举人，四十二年任）
宋德隆
金　鱼（盱眙人，岁贡，四十六年任）
刘惟中（海丰人，天启二年任）
蒋天祐（太仓人，三年任）
张凤翎（淮安人，五年任）
龚　奭（景陵人，举人，七年任）
邓士奇（广西人，解元，崇祯四年任）
吴恭安（歙县人，举人，七年任）
高孝志（江都人，举人，九年任）

训导（凡二人，隆庆二年裁一）

吴　昂（固安人，举人，成化七年任）
吴　辙（漳浦人，贡生，弘治十一年任）
郑　发（龙溪人，举人，十二年任）
王　鸾（黄陂人，贡生，正德七年任）
杜　良（浙江人，贡生，十一年任）
郭　伟（苍梧人，监生，嘉靖二年任）
闻　翰（余姚人，岁贡，七年任）
连大猷（惠安人，监生，十年任）
孟景旸（无极人，岁贡，十六年任）
孟　钥（平乐人，贡士，十八年任）
周　辙（中牟人，贡士，二十二年任）
危　春（彭泽人，岁贡，二十二年任）
杨汝舟（平度州人，贡士，二十三年任）

① 康熙《徐州志》作“任□化”，墨丁阙字。顺治《丰县志》作“徐子化”。

郑　敬（缙云人，贡士，二十八年任）
王　和（定海人，贡士，二十九年任）
元东光（大名人，贡生，三十五年任）
章天伦（成都人，监生，三十五年任）
王承乾（顺天人，贡生，三十七年任）
巩　固（深州人，贡生，三十九年任）
杨　泾（涿州人，贡生，四十三年任）
谌　达（高安人，贡士，四十五年任。隆庆二年裁）
夏　时（德清人，贡士，隆庆二年任）
曹　贡（新泰人，贡士，五年任）
俞　堪（含山人，岁贡，万历四年任）
陈　锐（滕县人，岁贡，九年任）　罗胤武（宿迁人，岁贡）
尹尚志（虹县人，岁贡，十四年任）　刘继芬（封丘人，岁贡，二十二年任）
张拱端（宿州人，岁贡）　王冲鹤（杞县人，岁贡）
刘文晔（邹平人，岁贡）　袁时荐（河南人，岁贡）
商可化（四十二年任）　缪应登（滁州人，岁贡，四十六年任）
张汝蕴（六合人，天启三年任）　孙应旂（宣城人，贡士，七年任）
汤梦祯（宝应人，贡士，崇祯四年任）　赵于朝（罗平人，贡士，七年任）
孙　瓒（秦州人，贡士，十二年任）　马如融（安庆人，贡士，十七年任）

州志云：《日知录》引《盂县志》云：“高皇帝定天下，诏府、卫、州、县各立学。置师一人，或二人。英宗以后，始著为令：府五人、州四人、县三人。例录天下岁贡之士为之，间有由举人、进士除授者。”按：此考核最确，但未言何年裁训导一人。州旧志云“崇祯三年裁”，沛志云“隆庆二年裁”。沛志成于万历三十七年，去隆庆未久，当以沛志为允。

徐州府志卷之十一全

徐州府志卷之十二

职官四

明三

邳州知州

马　拯（洪武三年任）

陈　葵（慈溪人，洪武中任）

申　梗（金华人，十三年任）

郝　茂（十四年任）

舒文秀（荆门州人，建文四年任）

孟　琳（蒲州人，举人，成化中任）

郭　珏（河南新安人，成化中任）

郭　定（泽州人，进士，成化中任）

周广荣（吉水人，举人，十六年任）

毛　深（聊城人，举人，十九年任）

李惟聪（杞县人，弘治二年任）

苏　泰（历城人，进士，七年任）

吴　濬（南昌人，进士，九年任）

雷　爵（朝邑人，举人，十二年任）

周尚化（太和人，进士，正德四年任）

沈　珂（湖州人，举人，九年任）

高　岩（泸州人，举人，十二年任）

王　德[1]（侯官人，举人，十六年任）

孙　龙（信阳人，举人，嘉靖五年任）

马　京（真定人，举人，十二年任）

---

① 嘉靖《重修邳州志》作“王德广”。

陈　柏（庐陵人，举人，十四年任。有宦绩传）

蔡　珀（黄冈人，十九年任）　　叶尚浩（贵溪人，二十一年任）

孙重光（山东人，二十三年任）　　贺世采（新县人，二十四年任）

周　寅（山东人，二十八年任）　　吕　穆（秀水人，三十二年任）

黄士谦（清远人，三十三年任）　　远永爵[①]（祥符人，三十六年任）

陈　宠（莆田人，三十九年任）　　萧惟馨（庐陵人，四十一年任）

胡应潮（淄川人，四十五年任）　　潘　滋（涿州人，隆庆元年任）

高自卑[②]（历城人，二年任）　　钟崇文（南昌人，三年任）

许大经（临川人，举人，万历五年任）

陈玉廷（上虞人，举人，十一年任）

井济博（霸州人，举人，十五年任）

林守典（福清人，举人，二十年任）

何邦渐（浪穹人，选贡，二十二年任）

郑元辅（莆田人，举人，二十三年任）

边　樽（任丘人，举人，二十八年任）

周世臣（金溪人，举人，三十一年任）

嵇汝沭（德清人，举人，三十三年任）

林铭鼎（莆田人，进士，三十九年任）

沈弘遇（海盐人，举人，四十二年任）

傅维翼（富顺人，举人，四十三年任）

华可瞻（潍县人，举人，四十五年任）

孙应举（韩城人，举人，四十七年任）

金　陛（德清人，举人，天启元年任）

袁懋纲（丰城人，举人，四年任）

张所性（浚县人，举人，六年任）

罗起化（新建人，举人，七年任）

刘　檄（历城人，贡士，崇祯三年任）

甘天植（高明人，举人，五年任）

郭　郛（胶州人，七年任）

---

① 同治《徐州府志》作“袁永豸”。咸丰《邳州志》按：“淮安旧志学校门有嘉靖三十七年知州袁永豸修儒学事。按：远姓罕见，或即袁之误，未敢决也。”

② 万历《淮安府志》作“高自卑”，邳州各志作“高皋”。今疑“自卑”为“皞”字拆写。

苏成性（堂[①]邑人，贡士，十年任）

朱逸泓[②]（平阳人，贡士，十二年任。升定州兵备道佥事）

马　玶（四川人，举人，十五年任）

州同（成化年设，专管漕粮。天启间，漕粮归并州守，缺裁）

武　宁（大同人，成化间任）　马　宪（睢州人，监生，成化间任）

龚　华（南昌人，吏员，弘治三年任）

王景隆（隆庆州人，监生，弘治十二年任。有宦绩传。升太平府通判）

王　宗（恩县人，吏员，正德四年任）

冯　洙（金华人，进士，嘉靖二年以工部员外郎调补）

张　僎（德州人，恩生，五年任）

朱应昌（北京人，进士，七年以工部员外郎调补）

杨　沅（金齿司人，监生，十二年任）

吴　宪（江夏人，监生，十四年任）

吴九经（十九年以主事谪任）　杨　春（西安府人，由吏员任）

高　麒（莆田人，由吏员任）　李　儒（真定人，二十六年任）

施　泽（秀水人，二十八年任）　田　芳（定州人，三十二年任）

邓文德（南昌人，四十一年任）

张德恭（古弦人，进士，四十四年以户部主事谪任）

陈绍科（绍兴人，隆庆元年任）　曹　勃（曹县人，二年任）

朱　襄（恩县人，四年任）　樊东昌（缙云人，五年任）

郭文明（舞阳人，选贡，万历十四年任）

刘自新（韩城人，选贡，十六年任）

杨四畏（孟县人，恩贡，二十二年任）

晏天相（高安人，监生，二十四年任）

岳民望（温县人，选贡，二十七年任）

王国绩（南平人，吏员，三十年任）

张　鹍（通州人，监生，三十一年任）

倪光宇（会稽人，选贡，三十四年任）

任天眷（宁武所人，选贡，四十三年任）

① 原作“棠”，据康熙《邳州志》改。

② 原作“宏”，据康熙《邳州志》恢复本字。

姚允中（长宁人，选贡，四十四年任）
张凤皋（靖边卫人，选贡，四十六年任）
武兴周（永昌卫人，监生，四十八年任）
王朝英（保安州人，选贡，天启二年任）
张年龄（德兴人，恩贡，六年任）
唐之隆（江西安远人，选贡，七年任）

判官

曹　卿（铜梁人，进士，成化间以御史谪任）
姚　昌（嘉兴人，吏员，成化间任）
雷　贡（湖广人，吏员，弘治四年任）
王　勤（泾阳人，吏员，十三年任）
乔　恕（宁陵人，进士，正德三年以御史谪任）
刘　礼（江西人，监生，十二年任）
武　忠（辽阳人，监生，嘉靖元年任）
冯　清（淇县人，监生，三年任）
杨　政（南昌人，监生，四年任）
宋维哲（嘉定州人，监生，五年任）
季　澄（进贤人，吏员，七年任）
彭　绣（麻城人，吏员，七年任）
田　霁（辰州人，监生，八年任）
秦　武（临安人，进士，十三年以御史谪任）
沈应扬（浙江人，进士，十五年任）
梁　轸（涿州人，二十二年任）　侯　珍（汾州人，二十四年任）
王　钥（滦州人，二十八年任）　唐士奇（枣阳人，四十年任）
金　玑（山阴人，四十三年任）　方　中（萧山人，四十五年任）
刘　泳（鄱阳人，隆庆三年任）　陈思忠（陈州人，五年任）
龚　勋（彝陵人，万历元年任）　应存相（仙居人，监生，十三年任）
黄居德（上高人，吏员，十八年任）
杨　田（寿昌人，监生，十九年任）
江　鹍（建阳人，儒士，十九年任）
刘　杞（武陵人，监生，二十二年任）
陈嘉谟（侯官人，吏员，二十五年任）

李　宙（建宁人，监生，二十八年任）
尹如度（嵊县人，监生，三十一年任）
吕文实（江夏人，吏员，三十二年任）
刘良方（夏邑人，吏员，三十四年任）
金有芳（义乌人，监生，三十七年任）
程雷震（鱼台人，恩贡，四十三年任）
廖士淮（清流人，岁贡，四十七年任）
霍化愚（吴堡人，选贡，天启三年任）
萧来凤（新蔡人，选贡，五年任）
钟士楚（程乡人，七年任）
曹　铨（安丘人，贡生，崇祯间任）
刘　锭（湖广人，贡生，崇祯间任）
赵建鼎（山西人，贡生，崇祯间任）

吏目

魏　俊（巩昌人，吏员，弘治十年任）
张　翔（范县人，十二年任）　　王　贵（莱阳人，正德初任）
王　绪（邢泽人，监生，嘉靖十五年任）
戴天应（汀州人，吏员）　　安国士（汾州人，监生）
方　标（麻城人，吏员）　　於从仕（太原人，监生）
范　麟（镇朔卫人，监生）
范　荣（仁和人，监生。以上并嘉靖间任）
左　仲（章丘人，监生，隆庆六年任）
李天秩（汾州人，吏员，万历十三年任）
单之勤（满城人，监生，十七年任）
何　式（会昌人，监生，二十六年任）
徐廷桥（上饶人，监生，二十九年任）
曹　轩（大庾人，吏员，三十一年任）
杨文敬（平阳人，吏员，三十二年任）
龚一策（南昌人，吏员，三十四年任）
徐士廉（常山人，儒士，三十五年任）
张定远（庐陵人，吏员，三十八年任）
王效古（登州卫人，吏员，四十五年任）

蔡御宗（连城人，吏员，天启元年任）
钱象基（山阴人，吏员，四年任）
陈王前（邹平人，七年任）
高望魁（顺天人，吏员）
黄钟之（吏员。并崇祯间任）

学正

萧　琼（武冈[①]人，成化间任）
顾　维（四川人，举人，成化间任）
林　初（宁德人，举人，弘治初任）
侯　汾（临海人，举人，十年任）
邓　镛（丰城人，举人，正德七年任）
程　阜（奉化人，监生，十三年任）
蔡容韬（长泰人，监生，嘉靖四年任）
周　亮（侯官[②]人，举人，八年任）
陈　赋（高安人，监生，十二年任）
麦　茂（新兴人）
林　洪（莆田人）
屈　浚（蓟州人）
罗　乔（滦州人）
邵有邻（新城人）
傅汝肖（进贤人，万历间任）
王延祚（青城人）
袁九功（通州人）
潘世美（常熟人）
刘时煦（鹿邑人）
李　祯（完县人）
薛　谏（临晋人）
应大经（仙居人）
黄　鲁（宜黄人）
李　润（桐庐人）
钱　翱（会稽人）
曹　卿（临清人。以上俱嘉靖间任）
高文贵（潮阳人）
杨廷猷（建安人）
李惟乔（永丰人）
李　宣（赞皇人）
程云鹏（仪真人）
冯甘雨（东昌卫人）
范可录（新野人。以上俱万历间任）

① 原作“武刚”，据乾隆《邳州志》改。
② 原作“长太”。案嘉靖《邳州志》：“周亮，福建侯官县人。”康熙《邳州志》改“福建长太”，乾隆《邳州志》以后顺作“长泰”。又查嘉靖《邳州志》：“周亮，以举人任，后登壬辰进士。”证以《皇明进士登科考》：嘉靖十一年壬辰科进士三甲第一百一十三名周亮，亦福州府侯官县人。综合乾隆二十一年《福州府志》：周亮，字尚寅，嘉靖元年侯官举人，后登进士。皆无涉常泰县事。据此，则康熙《邳州志》以后皆误，据改。

朱　相（罗次人，天启元年任）
马天骥（昆山人，举人，七年任）
陈大廷（崇祯间任）
刘士元
解传芳（并崇祯间任）

训导

叶　蕃（华阳人，监生，弘治初任）
应　旭（嵊县人，监生，十年任）
夏　玑（余姚人，举人，十二年任）
俞朝文（新昌人，监生，正德六年任）
俞　缙（鄱阳人，监生，七年任）
储　弦（宁海人，监生，八年任）
冯守中（济宁人，十三年任）
梁乃如（广东人）
张　珂（仁和人）
张　铎（山东人）
颜　玉（江西人）
胡　瓒（河间人）
黄曰方（江西人）
袁希灿（临江人）
郎　佐（建德人）
舒　耸（武平人）
林　锦（高唐人。以上俱嘉靖间任）
张　翀（广东人）
孙应际（博兴人。并隆庆间任）
王　士（遂平人，万历间任）
冀　璿（遂平人）
杜　綵（郯城人）
张传道（日照人）
叶春荣（永丰人）
郑　震（河南人）
陈　镇（临海人）
冯　训（博平人）
金汝明（高邮人）
杨嘉猷（寻甸军民府人）
阮　仑（怀远人）
赵尚义（江上人）
田　苗（凤阳人）
杨于朝（赵州人）
严师曾（江都人）
高　冠（靖江人）
解　诰（灵璧人）
韩　化（鱼台人）
程于璧（黟县人）
李应聘（德州人）
刘　枚（滨州人）
王三聘（通州人）
史　官（尉氏人）
杨世贤（凤阳人）
木应春（章丘人）
郭　讷（费县人）
王自贵（巩县人）
陈所志（如皋人）
仝一理（渑池人）
郭惟城（济宁人。以上俱万历间任）
张振先（宿州人，天启间任）
郑光国（颍上人）

马从龙（灵璧人）
蒋赓明（沛县人）
刘嗣元（扬州卫人）
刘芳誉（盱眙人。以上俱天启间任）
张　嶟（含山人，崇祯四年任）
何阳春
汪士宝
王朝章（俱崇祯间任）

宿迁县知县

梁孟岳（贵溪人，永乐七年任）
朱　瑛（沂州人）
王　懋（俱永乐中任）
宁　直（滕县人，宣德元年任）
马　贵（莱州人）
戴　谦（萧山人，俱宣德中任）
李　永（嘉兴人，正统间任）
应永富（衢州人，景泰二年任）
史　珍（德化人，进士，天顺四年任）
朱光正（大竹人，进士，成化十二年任）
王　翱（宝坻人，举人，成化中任）
张　瓛（福山人，举人，弘治间任）
邓时中（广西人，举人，正德六年任）
吴　英（河南人，举人）
蔡　宇（祥符人，举人，俱正德中任）
王　雄（顺天人，进士，九年任）
高　岩（大名人，举人，十二年任）
杨　铭（枣强人，岁贡，十四年任）
王巨臣（夏津人，举人，十五年任）
崔　邦（平度人，举人，十六年任）
林一凤（江夏人，举人，嘉靖四年任）
李　锦（渭南人，举人，七年任）
张　荣（祥符人，举人，十年任）
李　相（全州人，举人，十二年任）
谢文正（衡阳人，十六年由经历升任）
李文英（湖广人，十七年由县丞升任）
余友行（鄞县人，举人，十八年任）

应世亨（慈溪人，举人，二十一年任）
李九功（裕州人，进士，二十四年任）
魏　铎（汝宁人，举人，二十八年任）
徐　衍（灌阳人，举人，二十九年任）
莫　抑（马平人，进士，三十二年任）
邵思学（蕲州人，举人，三十四年任）
苏守毅（濮州人，举人，三十五年任）
陈嘉道（获州人，举人，三十八年任）
戚孕秀（东平人，举人，四十一年任）
崔元吉（历城人，举人，四十四年任）
宋伯华（益都人，进士，隆庆二年任）
陈　情（广平人，举人，万历元年任）
喻文伟（南昌人，举人，二年任）
卓大纯（慈利人，恩贡，六年任）
王存仁（鄞县人，举人，七年任）
赵敬宾（益都人，举人，九年任）
徐　化（临川人，举人，十年任）
孙　湛（沧州人，举人，十二年任）
莫应奎（灵川人，举人，十四年任）
邹国琳（清流人，选贡，十六年任）
聂　铉（南城人，举人，十八年任）
李英材（晋江人，举人，二十年任）
范懋久（弋阳人，选贡，二十一年任）
何东凤（东乡人，举人，二十二年任）
王　训（蒲城人，举人，二十五年任）
张道一（故城人，举人，三十一年任）
杨舒英（洪雅人，举人，三十五年任）
刘可顺（分水人，选贡，三十七年任）
李继志（府谷人，举人，三十八年任）
董则喻（光州人，举人，四十三年任）
周鸿图（即墨人，选贡，泰昌元年任）
王嗣奭（鄞县人，举人，天启三年任）
李　雍（同安人，举人，五年任）

吴　锡（都匀人，举人，六年任）
杨献吉（滋阳人，举人，崇祯元年任）
曾朝仪（福建人，贡生，六年任）
王芳年（贵州人，贡生，七年任）
李　硕（钱塘人，举人，九年任）
林毓秀（福建人，举人，十年任）
孔道昌（密云人，拔贡，十一年任）
龚昌胤（广东人，举人，十二年任）
李可梁（真定人，举人，十二年任）
朱盛濂（湖广人，宗廪，十四年任）
袁伯瞰（湖广人，举人，十七年任）
蔡廷简（辽东人，贡生，十七年任）

县丞

方　铎（石首人，元末丙午年任）
叶仲康（永乐七年任）
郭明远（顺德人，举人，永乐中任）
张　忠（济南人，宣德元年任）
郭　智（宣德中任）
孟　芳（归安人，四年以刑部员外谪任）
李　泽（永平人，正统间任）
屠　玉（景泰二年任）
马　俊（天顺七年任）
曹　璿（洪洞人，贡生，弘治中任）
龚　森（余姚人，正德十二年任）
陈文陆（莆田人，嘉靖八年任）
李孔爽（山东人，监生，十一年任）
龚　胤（四川人，监生，十四年任）
刘　勋（湖广人，二十一年任）
任　珩（宣府人，监生，三十一年任）
袁尚宾（泽州人，监生，嘉靖中任）
林　盘（福建人，三十九年由吏目升任）
宋　永（宁海人，四十五年任）
谢启光（江西人，隆庆元年任）
吉廷相（河南人，三年任）
胡　玉（罗田人，五年任）
郑朝周（东阳人，六年任）
张　璠（绍兴人，万历二年由吏目升任）
周汝元（崇德人，监生，八年任）
刘应秋（莆田人，九年由吏目升任）
李日南（长沙人，十年由吏目升任）
王君任（益都人，例贡，十二年任）

胡　柱（宁乡人，例贡，十四年任）
龙汝霖（吉安人，十八年由吏目升任）
陈　苠（同安人，二十年由吏目升任）
唐从训（全州人，二十四年由吏目升任）
郑　焕（永丰人，监生，二十五年任）
张应鹤（龙游人，监生，三十一年任）
涂希禹（泰昌人，选贡，三十六年任）
傅梦麟（丰城人，监生，四十一年任）
吴昌祐（信丰人，监生，四十四年任）
陈　学（保昌人，监生，四十七年任）
沈志道（慈溪人，监生，天启四年任）
马呈瑞（禹州人，六年任）
刘世芳（万全人，选贡，崇祯元年任）
吴宗泰（峄县人，岁贡，四年任）
黄尚栗（浙江人，六年由吏目升任）
钟人奎（江西人，十年由吏目升任）
宋　杰（浙江人，十二年由吏目升任）

主簿

石　崐（白水人，永乐七年任）
康　迪（龙泉人，永乐间任）
石以中（临洮人，宣德元年任）
李　登（云南人）
应永富（俱正统中任）
张　钦（景泰二年任）
王　俊（天顺七年任）
赵　安
温　成（俱天顺中任）
鲁进德（祥符人，监生，嘉靖十四年任）
高　美（山东人，监生，十五年任）
白居智（清涧人，监生，十七年任）
张　洵（十八年任）
徐　标（福建人，二十五年任）
王　越（武义人，二十七年任）
杨以旦（泰和人，四十五年任）
胡朝器（东阳人，隆庆年任）
张作霖（河南人，监生，万历二年任）
叶公明（寿昌人，吏员，四年任）
王　讯（钱塘人，七年任）
齐　均（马邑人，监生，八年任）
孟　坦（阳谷人，监生，十一年任）
刘　迟（唐县人，监生，十三年任）
亢一元（十四年任）
孙志闵（嘉善人，监生，十九年任）
陈一奎（山阴人，吏员，二十年任）

毛凤仪（鄞县人，例贡，二十二年任）
陈经济（南海人，吏员，二十四年任）
张绳直（宜春人，监生，二十五年任）
赵东渐（乐安人，监生，二十八年任）
汪应龙（固始人，监生，三十一年任）
孟文选（宁津人，三十四年任）
黄茂植（龙溪人，吏员，三十八年任）
王道平（开州人，监生，四十年任）
倪　沣（罗源人，监生，四十四年任）
鲁三才（长兴人，吏员，天启二年任）
敖　荣（临川人，六年任）
钟　柱（山阴人，监生，七年任）
黄槐开（浙江人，吏员，崇祯七年任）
严之麟（浙江人，保举，十年任）

典史

李用善（宣德元年任）
陈士安（俱天顺间任）
汪　满（十八年任）
陈　莹（余杭人，四十三年任）
乐良珊（宜春人，隆庆三年任）
王　梓（会稽人，吏员，万历二年任）
陈良璧（松溪人，吏员，五年任）
赵可爱（光化人，承差，八年任）
颜考迁（同安人，吏员，九年任）
汤元亮（南昌人，吏员，十四年任）
陈文扬（义乌人，吏员，十六年任）
汪尚质（铅山人，吏员，二十年任）
舒　悦（二十二年任）
袁　让（余干人，吏员，二十四年任）
徐文达（江山人，吏员，二十五年任）
沈文惠（武康人，吏员，二十七年任）
龙起渊（庐陵人，万历中任）
陈　嵩
叶士亨（湖广人，嘉靖十四年升吏目）
叶　可（遂昌人，二十五年任）
彭炳忠（江西人，四十四年任）

王春宾（瑞金人，吏员，三十三年任）
彭仲贤（铅山人，吏员，三十六年任）
满上达（海盐人，吏员，三十九年任）
纪　润（漳浦人，吏员，四十二年任）
袁自进（新城人，吏员，泰昌元年任）
李希政（莆田人，天启四年任）
贾廷缙（金华人，六年任）
李希正（浙江人，吏员，崇祯二年任）
曹可权（山西人，吏员，六年任）
徐中孚（浙江人，吏员，十年任）
严弘惺[1]（浙江人，吏员，十五年任）

教谕

王绍先（永乐七年任）
高　进（河南人，举人，景泰间任）
但希贤（浔阳人，天顺中任）
俞　瑛（山阴人，举人）
王　焕（安乡人。俱成化间任）
闵　芳（浮梁人，举人）
王　纬（莱阳人，举人，正德间任）
朱　禄（鱼台人，举人，嘉靖十年任）
刘　璋（莆田人，举人，十一年任）
余世忠（仙居人，选贡，十四年任）
彭廷瑞（永州人，岁贡，二十二年任）
马之乾（莘县人，岁贡，二十八年任）
龚　岳（福建人，岁贡，三十八年任）
魏　果（福建人，岁贡，四十年任）
项　根（永嘉人，岁贡，四十二年任）
陈　讱（都昌人，岁贡，四十五年任）
杨　泾（涿州人，岁贡，隆庆元年任）
徐维超（四川人，宣德元年任）
高允芳
林　瑄（莆田人，举人）
张　谟（侯官人）
董　琚（临安人，举人）
沈　璋（钱塘人，举人。俱弘治间任）

① 同治、民国《宿迁县志》作“严惺”，皆系讳阙。

赵　杲（青平人[①]，四年任）
何　仪（西充人，选贡，万历四年任）
杜学易（郯城人，岁贡，八年任）
王宗璧（云南人，岁贡，十二年任）
李　芳（仪真人，岁贡，十五年任）
林德广（侯官人，举人，十八年任）
吴　廉（上海人，举人，二十一年任）
徐　灌（新城人，二十四年任）
杨懋德（长泰人，选贡，二十七年任）
穆善庆（辽阳人，三十年任）
夏存心（丘县人，三十三年任）
黄友琼（溧阳人，三十六年任）
邢　东（当涂人，三十九年任）
陈邦符（潜山人，四十二年任）
许　身（青浦人，四十五年任）
金时振（华亭人，四十八年任）
朱贞一（嘉定人，举人，天启二年任）
王世静（自在州人，岁贡，六年任）
曹师曾（宜兴人，岁贡，崇祯四年任）
陈应鹄（靖江人，岁贡，六年任）
张凤翔（泰兴人，岁贡，九年任）
张其纶（太湖人，岁贡，十二年任）
李逢甲（大兴人，岁贡，十四年任）

训导

孙本初（洪武间任）
王　承（浙江人，宣德四年任）
黄　保（江西人，正统间任）
王　敏（景泰间任）
吴　洪（浙江人，天顺间任）
刘　振（封丘人，举人）
童　锦（沔阳人）
程　敬（常山人）
张　瀚（侯官人，举人。俱成化间任）
张　钥（太和人，举人）

① 万历《宿迁县志》卷五《秩官志》：“赵杲，贵州青平人，升重庆府学教授。”又，“青”应作“清”。明洪武二十二年置清平长官司，弘治间升为县，治今贵州省凯里市西北清平。清康熙七年省入麻哈州；十一年复置。1914 年，因与山东省清平县重名，改名炉山县。

郑　师（福山人）　　范　昌（万安人，岁贡）

仇　廉（安丘人）　　杜　瑜（吉水人，岁贡）

邢　表（尉氏人）　　唐　时（钱塘人）

钱　曙（山阴人，岁贡）　　董　安（直隶人，岁贡。俱弘治间任）

徐　旰（寿昌人，岁贡）　　竺　恕（上虞人，岁贡）

王　钦（博野人，岁贡。俱正德间任）

赵　忠（满城人，岁贡，嘉靖十年任）

王仲卿（慈溪人，岁贡，十一年任）

楼　翼（东阳人，十二年任）　　刘廷茂（衡山人，十五年任）

张　相（陵县人，十七年任）　　张文锦（沔阳人，十八年任）

何楚冠（湖广人，二十一年任）

高　嵩（高安人，岁贡，二十八年任）

屈　滦（冀州人，岁贡，嘉靖间任）

赵光洪（景州人，岁贡，三十二年任）

任德化（浙江人，岁贡，三十三年任）

孙文仲（黄县人，岁贡，三十五年任）

鲁一贤（湖广人，岁贡，三十六年任）

高　金（祥符人，岁贡）

张　键（高安人，岁贡。俱四十五年任）

陈鸣凤（永嘉人，岁贡，隆庆元年任）

刘　算（文登人，岁贡，万历二年任）

聂　暹（五河人，岁贡，八年任）

刘子孝（掖县人，岁贡，十二年任）

李　珙（日照人，选贡，十五年任）

朱　迟（庐江人，岁贡，十八年任）

王惟修（铜仁[①]人，选贡，二十一年任）

张　旻（宝应人，二十四年任）　　陆万程（宿州人，二十七年任）

王大相（砀山人，三十年任）　　潘启元（仪真人，三十三年任）

孙承光（郓城人，三十六年任）　　孔尚文（曲阜人，三十九年任）

林　茂（永福人，天启元年任）　　汪大川（新贵人，岁贡，六年任）

缪守道（天长人，岁贡，崇祯六年任）

① 原作“同人”，据同治《宿迁县志》改。

高万仞（宿州人，岁贡，九年任）
时际明（虹县人，岁贡，十二年任）

睢宁县知县

汪　质（上饶人，洪武元年任）
叶见泰（临海人，九年任）
毛本静（十三年任）
虞行简（开化人，十五年任）
胡彦祥（陕西徽州人，二十二年任）[①]
马　彝（永清人，永乐七年任）
李　巽（宜川人，十二年任）
张　参（中牟人，十七年任）
卫　镛（浮山人，宣德十年任）
闵　义（举人，正统六年任）
卢　立（岁贡，景泰元年任）
张　竚（举人，三年任）
牟　鸿（河南人，举人，天顺七年任）
何　皞（公安人，举人，成化六年任）
韩　春（蠡县人，进士，弘治二年任）
邢　清（济阳人，进士，六年任）
黄志宪（福建人，举人，十四年任）
黄守濂（莆田人，举人，十七年任）
周延祥（山西人，监生，正德五年任）
苏　宵（江西人，举人，六年任）
刘景沂（长清人，进士，九年任）
王　仓（济宁人，例贡，十一年任）
姚　禄（顺天人，举人，嘉靖三年任）
李　表（任丘人，举人，八年任）
董　樵（麻城人，监生，九年任）
黄宗钦（福建人，监生，十二年任）
游　纶（南平人，岁贡，十四年任）
朱　灏（丰城人，举人，二十年任）
陈嘉略（安庄卫人，举人，二十三年任）
纪　缄（永丰人，岁贡，二十九年任）
桂学诗（上饶人，岁贡，三十一年任）
乔　镇（遵化人，举人，三十四年任）

① 案《明太宗实录》卷二十八：监察御史纪谆，建文中出知睢宁县。永乐二年复为御史。睢宁旧志遗此人。

唐尧臣（义宁人，岁贡，三十七年任）
钱呈之（山阴人，举人，三十九年任）
许　环（施州卫人，岁贡，四十一年任）
刘　麒（莱阳人，岁贡，四十三年任）
黄益纯（永定人，举人，隆庆元年任）
谭守道（北流人，举人，三年任）
冯　尚（江夏人，举人，五年任）
刘维藩（钱塘人，举人，六年任）
郭嘉冕（福安人，恩贡，万历三年任）
章　迈（兰溪人，举人，五年任）
夏尚忠（浏阳人，恩贡，六年任）
徐　密（灌县人，恩贡，七年任）
龙德谦（武陵人，举人，八年任）
申其学（日照人，恩贡，十年任）
冯绍京（番禺人，举人，十六年任）
彭应章（广州人，举人，十八年任）
谭廷柯（南昌人，岁贡，二十二年任）
熊大维（湖广人，举人，二十三年任）
张炳文（真定人，举人，二十六年任）
陈　耀（遵化人，举人，三十一年任）
赵　完（邠州人，举人，三十三年任）
鲁　信（湖广人，举人，三十六年任）
李毓奇（山东人，岁贡，四十年任）
康应奎（夏津人，举人，四十四年任）
林翘楚（莆田人，举人，天启元年任）
沈应魁（会稽人，举人，二年任）
杨若桐（通州人，恩贡，三年任）
颜近道（大名人，岁贡，崇祯元年任）
朱登明（吉安人，恩贡，三年任）
文　炜（禹州人，举人，五年任）
吴起经（孝丰人，举人，六年任）
杨　镃（成都人，恩贡，六年任）
费士彦（慈溪人，恩贡，九年任）

高岐凤（凉州人，恩贡，十年任）
纪天叙（贵州人，恩贡，十五年任）
宋　坤（辽东人，贡士，十七年任）

县丞

王　寿（岁贡，永乐十六年任）
卢　怀（监生，弘治十一年任。淮郡志作“罗怀”）
张　龙（岁贡，正德十年任）
孙　震（监生，嘉靖二年任）
周　齐（陆川人，岁贡，十七年任）
王　臣（濮州人，监生，二十五年任）
李　绥（偏头关人，监生，二十八年任）
牛孔昌（固安人，监生，三十年任）
刘　瑶（齐东人，监生，三十三年任）
朱维明（浙江人，监生，三十七年任）
江　廪（奉化人，监生，四十年任）
黄　言（浙江人，吏员，四十二年任）
汪应宣（瓯宁人，吏员，四十五年任）
喻尚和（会昌人，岁贡，隆庆五年任）
姚宗万（钜鹿人，岁贡，万历元年任）
朱良策（固始人，监生，六年任）
梅　信（广济人，吏员，七年任）
杨　奉（新建人，例贡，十年任）
李思庄（永定人，岁贡，十二年任）
王　芹（奉化人，监生，十五年任）
许国桂（莆田人，吏员，十六年任）
郑　辖（汤溪人，选贡，十七年任）
范谦亨（鱼台人，选贡，二十二年任）
朱尚贤（章平人，监生，二十九年任）
危正廉（光泽人，吏员，三十一年任）
徐正功（钱塘人，吏员，三十五年任）
萧仲佳（山阴人，儒士，三十八年任）
张莹甫（莆田人，吏员，四十二年任）

王　垣（京山人，监生，四十五年任）
徐元佐（定海人，吏员，泰昌元年任）
孟养气（辽东人，岁贡，天启五年任）
刘景奎（永安人，选贡，六年任）
陈一鸿（崇祯元年任。以后缺裁）

主簿

陈世能（溧阳人，监生，洪武七年任）
萧凤来（监生，成化九年任）
雷　赞（丰城人，弘治十八年任）
丘　绅（龙泉人，监生，正德六年任）
金　声（大嵩卫人，监生，六年任）
许　倌（交河人，监生，嘉靖二十三年任）
萧　鹏（宜春人，监生，二十七年任）
冯良翰（平凉人，监生，三十年任）
李克己（茌平人，监生，三十三年任）
陈　乾（浙江人，知印，三十四年任）
孔学礼（秀水人，监生，三十七年任）
胡裕儒（鄢陵人，岁贡，四十二年任）
朱廷相（钜鹿人，岁贡，隆庆三年任）
单　恩（山阴人，吏员，五年任）
牛　渠（郓城人，监生，万历二年任）
花　澍（福州人，吏员，六年任）
周学孔（湖广人，知印，九年任）
张　准（武强人，监生，十一年任）
纪世宦（饶阳人，监生，十二年任）
李　琪（金溪人，吏员，十九年任）
梁继善（鹿邑人，监生，二十一年任）
汪希尹（余姚人，吏员，二十三年任）
方以端（弋阳人，监生，二十六年任）
游致中（通许人，监生，三十二年任）
许赞华（诏安人，知印，三十四年任）
陈文庆（琼山人，吏员，三十七年任）

李　锷（山阴人，吏员，三十八年任）
吴宗禹（宜城人，吏员，四十一年任）
戴承家（麻城人，吏员，四十三年任）
余顺蒙（德兴人，监生，四十五年任）
戴　棉（长泰人，监生，泰昌元年任）
陈文熙（山阴人，吏员，天启三年任）
程一图（庐陵人，吏员，六年任）
董志皋（富阳人，吏员，崇祯十年任）
尹　诏（四川人，吏员，十三年任）
张利贞（福清人，监生，十七年任）

典史

袁　浩（吏员，正德六年任。《淮安府志》作“袁诰”）
姚公平（平原人，吏员，嘉靖二十二年任）
杨得春（迁安人，承差，二十八年任）
林朝先（富平人，吏员，三十一年任）
王宗儒（青州人，吏员，三十七年任）
魏　达（浙江人，吏员，四十二年任）
何邦旭（莆田人，吏员，隆庆元年任）
蒋宗宣（太平人，吏员，四年任）
王　镗（金溪人，吏员，万历三年任）
周　全（丰城人，吏员，七年任）
胡文盛（南昌人，吏员，十一年任）
胡文习（太平人，吏员，十三年任）
翁　云（慈溪人，吏员，二十年任）
黄　赓（庐陵人，吏员）
万　教（武昌人，吏员。俱二十三年任）
薛　典（仙游人，吏员，二十七年任）
叶如舟（余姚人，吏员，三十五年任）
毕光元（蕲水人，吏员，三十八年任）
童舜相（会稽人，吏员，四十一年任）
何志学（分水人，吏员，四十三年任）
郑启元（侯官人，吏员，天启二年任）

姚元阳（会稽人，吏员，六年任）
史大正（会稽人，吏员，崇祯二年任）
陈　斗（福清人，吏员，四年任）
傅尚和（绍兴人，吏员，六年任）
刘美爵（湖广人，吏员，七年任）
魏大儒（浦江人，吏员，十年任）
朱世隆（杭州人，吏员，十二年任）
席必亨（枣阳人，吏员，十七年任）

教谕

林德乾（莆田人，举人，洪武六年任）
彭汝弼（吉水人，岁贡，景泰三年任）
颜广烈（安福人，岁贡，成化三年任）
王德明（慈溪人，举人，弘治五年任）
戴　俭（岁贡，十一年任）
杨　庄（南昌人，举人，正德十年任）
杨　盛（临漳人，举人，嘉靖九年任）
朱　瓒（新淦人，举人，十八年任）
徐学诗（合浦人，岁贡，二十二年任。《淮安府志》作“徐学书”）
胡　铠（祁阳人，岁贡，二十六年任。《淮安府志》作“胡恺”）
田　泽（南阳人，岁贡，二十九年任）
朱　镇（分宜人，岁贡，三十四年任）
张拱辰（赵州人，岁贡，三十六年任）
樊　楠（永嘉人，岁贡，四十年任）
范惟恭（丰城人，举人，四十四年任）
王　士（遂平人，岁贡，隆庆元年任）
彭继芳（攸县人，岁贡，三年任）
蒋　椿（含山人，岁贡，万历元年任）
张世熙（桐城人，岁贡，三年任）
晏九思（上高人，岁贡，六年任）
刘文邦（高淳人，岁贡，十年任）
黄廷敕（番禺人，举人，十四年任）
穆　昭（伊县人，十七年任）
周大绩（松阳人，二十年任）

田　立（南阳人，二十三年任）
唐　诗（莱州卫人，举人）
丁　铉（邓州人）
范廷功（屏山人）
陈周易（永宁人）
奚可召（海门人）
王子鏊（金坛人，举人。俱万历间任）
刘　泮（盱眙人，天启元年任）
汪惟效（祁门人，举人，六年任）
程之鹏（永昌人，举人，崇祯四年任）
胡光绶（建平人，岁贡，十一年任）
胡至贞（徽州人，岁贡，十四年任）

训导

朱　历（天台人，岁贡，洪武三年任。《淮安府志》作“朱历万”）
王有道（江夏人，岁贡，永乐三年任）
曾一贯（郴州人，岁贡，嘉靖六年任）
陈　魁（松溪人，选贡，十四年任）
毕　翰（夔州人，岁贡，十八年任）
余守正（巴东人，岁贡，二十六年任）
陈学诗（青城人，岁贡，二十九年任）
李应洪（汀州人，岁贡，三十一年任）
郑　祯（常山人，岁贡，三十四年任。《淮安府志》作“郑桢”）
李守田（郑州人，岁贡，三十五年任）
蔡　萼[①]
卢凤鸣（安东卫人，岁贡，四十年任）
周应时（汜水人，岁贡，隆庆二年任）
赵廷试（尉氏人，岁贡，四年任）
朱道澜（彰德人，岁贡，万历四年任）
曹　铎（丰城人，恩贡，七年任）
张都俞（凤阳人，岁贡，十二年任）
刘尔庄（凤阳人，岁贡，十四年任）
张三乐（滨州人，岁贡）
李元冲（荥阳人）
桂梦麟（安仁人）
许其清（睢州人）

① 康熙《睢宁县志》作“嘉靖三十年任”。

陈邦符（潜山人）　彭大化（海门人）

刘子仁（汝阳人，贡士。俱万历间任）

彭尚絅（龙阳人，岁贡，天启二年任）

孟光启（虹县人，岁贡，六年任）

潘登嘉（溧阳人，岁贡，七年任）

王佩珂（临潼人，岁贡，崇祯四年任）

谢嘉霖（泗州人，岁贡，七年任。《淮安府志》作"谢嘉霂"）

景峻命（稷山人，十一年任）

朱　熙（仪封人，十三年任。《淮安府志》作"宋熙"）

吴希有（临淮人，岁贡，十四年任）

武职附

明四

武职官制，已详见《兵制》，今存旧志所录人数，附文职后。

徐州卫指挥使

两卫官属甚多，其姓名多不传。旧志据各志及诸碑文采入，今仍之。

司　敬　苏　宽　赵　俊

赵　檀　郭军儿　郭　鸿（并见嘉靖志）

赵　浦　丁　山（并见顺治旧志）

朱　荣　宋　玉（并见兴化寺碑）

孙　经　张　岱（并见高帝庙碑）

王文炯（为砀营守备）　徐广如（为砀营守备）

何孙义　阿都赤（并见《萧县志》）

李继春（见《济南府志》）

同知

王　春　王　成　王元伯

徐　兴　徐　汉　王恭敬

苏　得　苏　磬

王三儿　王　鉴（并见嘉靖志）

王　全　　马尖头（并见旧志）
徐　亨（见兴化寺碑）

佥事

尹　全	尹　悌	王　才
王　继	金　旺	金　印
魏　仁	魏尚忠	许　文
许邦义	张　八	张　岱
费　先	费　濂	王　印
孙阿都赤	孙　经	杨　濂（并见嘉靖志）
谭巨渊	许　秀	倪兴旺
杨　智	武仕杰	滕皮儿
孙　德	王　立	李仕能
王　聚	张定安	魏　化（并见旧志）
王　雄	费　安	尹　端
魏　荣	许　荣	谭　秉

温　恭（并见兴化寺碑）
金　辂（见《萧县志》。为砀营守备）

镇抚

王　智　　喻　清　　喻　津（并见嘉靖志）
薛三保　　陈永康（并见旧志）
张　惠　　喻　春（并见兴化寺碑）

经历

张　谨　　张　龄　　马　越
袁文林（阳和卫人，监生）　　康　爵（鄱阳人，吏员）
韩　相（安丘人，监生）　　董天赋（浏阳人，监生。并见嘉靖志）
朱　森（见兴化寺碑）
张　贞（河间人，岁贡。见《河间府志》）
李文秀（行唐人）　　王　荐（真定人。并见《真定府志》）

知事（嘉靖后裁）

马　良（昆山人）　谭大经
陈　本　乔　玺
李　绍（德州人，吏员）　王　云（项城人，吏员）
邹　相（长沙人，监生）　胡仲哲（蕲水人，吏员）
王承宗（临邑人，吏员）　赵　环（昌邑人，吏员。并见嘉靖志）

千户

尚都先　卫　永（俱左所）
许　智　许　谦　刘　恭
刘　忠（俱右所）
刘　行　刘　宪　任六儿
任　夔　郁忽剌歹　郁　洪
谭　谨（并见嘉靖志）
任　宽（见旧志。俱中所）
曹　荣　曹舜臣（并见嘉靖志）
赵　宣（见《信丰县志》。俱前所）
陶　勇　陶　輾（俱后所）
滕　霄　高得亮
高　举（俱中左所）
尹　忠
尹　经（俱中右所。见嘉靖志。以上正千户）
文寿孙　文　玉　陈　兴
陈　良　倪关住
倪　经（并见嘉靖志）
蒋　成（见旧志。俱左所）
张　兴　张　缙　邵文明
邵　臣（俱右所）
徐　旺　徐　相　孟　成
孟　充（并见嘉靖志）
徐　通（见旧志。俱中所）
滕　胜　滕　奇　李　成
李　隆　邹　远　邹　堂

董移住　　董　爵　　戴　兴（并见嘉靖志）

董　奉（见旧志。俱前所）

王　原　　王　田　　蔡　闰

蔡　用　　李七儿　　李　明

谭　贵　　谭　燧（并见嘉靖志）

李　浩（见旧志。俱后所）

刘　唐　　刘　恺　　杨　景

杨　津（并见嘉靖志）

徐象牙（见旧志。俱中左所）

王　崐　　颜　祥　　颜　梅　　张　兴

张　诚（并见嘉靖志。俱中右所）

余凤孙（见《饶州府志》，未详何所。以上副千户）

张　山（见《萧县志》）

刘　钊　　陶　渊　　许　刚

杨　斌　　姚　政

尹　敬（并见兴化寺碑）

李　楫（见高帝庙碑。以上正、副并何所未详）

徐州左卫指挥使

时　宝　　时　广　　时　序

李　斌　　李得阳　　金　勇

金　銮　　向　礼　　向　文

陈　文　　陈一清（并见嘉靖志）

金　汉　　时从义　　陈友僧

贾　禄　　向那海（并见旧志）

蔺　义（见《萧县志》）

同知

华　礼（见旧志）

金志皋（见《萧县志》。为砀营守备）

佥事

范　诚　　孙　忠　　孙世勋

刘　琮　刘　勋　陈　杰
陈　铸　张　麒　张仲裔
仇　谅　仇　遂　陈　宁
陈　祥　夏　宏　夏　书
韩　玉　韩　仪　钟　馨
钟　琦　蔺　琥　蔺　资（并见嘉靖志）
仇　彪　陈鹤松　陈子名
蔺　富　孙　长　刘鉴通
刘　保　张　宝（并见旧志）
孙　英（见兴化寺碑）

镇抚

蒋　俊　蒋　弼（并见嘉靖志）
蒋　实（见旧志）

经历

马　准（泾阳人，吏员）
周　循　刘　兰
蓝　贯（进贤人，吏员）　张　铬
辛　登（襄城人，吏员。并见嘉靖志）
杨良辉（见兴化寺碑）　王　章（见沛邑志）

知事（嘉靖后裁）

张　釜（渑池人，吏员）　何　袭（慈溪人，吏员）
吕　厚　邵　德（定海人，吏员。并见嘉靖志）

千户

林　英　林　勇（并见嘉靖志）
林　茂（见旧志。俱左所）
徐　文　徐尚儒（并见嘉靖志）
徐　庸（见旧志。俱右所）
裴　镇　裴　俊（并见嘉靖志）
裴　忠（见旧志。俱中所）

郎　玉　　　　　　郎　悌（并见嘉靖志）

王　兴　　　　　　郎　荣（并见旧志。俱前所）

刘　兴　　刘　勇　　管彦良

管　政（并见嘉靖志。俱后所。以上正千户）

邹　理　　邹　玉　　陈　瑄

陈尚仁（并见嘉靖志）

邹　聚　　陈二郎（并见旧志。俱左所）

张　胜　　张　京　　苑显忠

苑　荣（并见嘉靖志）

张　省　　苑得成（并见旧志。俱右所）

徐　旺　　徐　文（并见嘉靖志）

刘　兴　　杜　雄（并见旧志。俱中所）

赵　斌　　赵　允　　吴　宽

吴孟嗣（并见嘉靖志）

吴　福（见旧志。俱前所）

王　弘　　王自清　　邢　秀

邢　清　　　　　　姚　瑄

姚　相（并见嘉靖志）

王世臣　　　　　　邢　聚

姚　显（并见旧志。俱后所。以上副千户）

邳州卫指挥使

车　麒　　　　　　韩　豸

同知

汪　鳌　　马　才　　郑　环

佥事

万　言　　李尚志　　单　溥

周　正　　李　隆　　申　武

余　印　　汤　庆　　娄　宇

镇抚

王宪	王功	罗玺
姜忠		杨才

千户

寇宣	王进	赵鸾
刘崐	刘正	王辇
高士	李沄	沈瀛
方华	田贡	史承勋
展克勤	孙霁	闵济
史嗣	夏宧	李滋
张佑	杨和	倪密
王臣	王鋆	许汴
汤诰	张虎	由经

淮徐参将

王柱	尹凤	韩荣
黄孝感	解元	卢继忠
王时伟	韦国祯	金一清
田有成	孙继祖	王良相
姜济美	公光国	王鼎

刘文炳（以上并参将。天启二[①]年改总兵）

镇守徐州营总兵官（后副总兵、总兵互改用）

萧如薰（总兵，延安人，天启三年任）

曹鸣雷（副总兵，顺天人，武进士，四年任）

仇时明（副总兵，曲沃人，五年任）

陈九德（副总兵，东安人，崇祯元年任）

周洪印（副总兵，山阴人，武进士，二年任）

马孟骅（副总兵，山后怀远人，四年任）

---

① 原作“三”，讹从康熙《徐州志》卷十二《官司四》。据康熙《徐州志》卷七《兵防》“天启二年，改为总府”，并考《明熹宗实录》天启二年九月“升福建副总兵张嘉策为徐州总兵官”等改。

孙嗣徽（副总兵，滨州人，武举，五年任）

马　炉（副总兵，灵州人，七年任）

刘良佐（副总兵，大同卫人，十二年任。十四年升徐漕总兵，仍任）

刘邦域（总兵，颍州卫人，武进士，十五年任）

刘世昌（副总兵，辽东前屯卫人，十七年任）

徐州营中军

郭之枢（高邑人。见《高邑县志》）

兵备道中军

金汝佐	王国柱	王一麟
杨晋元	唐光裕	王三才
骆循理	董大寿	卓　圣
费从德	王锡印（二人见丰邑志《壬戌纪事》）	

沛丰军民指挥使

王　显（建文时任。见《沛县志》）

砀营守备

金志皋（崇祯六年由徐州左卫同知任）

谢天颜（九年由徐州左卫镇抚任）

金　辂（十年由徐州卫千户任）

王文炯（十一年由徐州卫指挥任）

贾之騄（平阳人，十五年任）

郭君瑞（十六年由镇标都司任）

王明汉（十六年由徐州卫百户任）

刘一鹏（十六年任）

徐广如（十七年由徐州卫指挥任）

杨　成（十七年由抚标游击任）

砀营中军

何应科（崇祯六年任）

杨从泰[1]（九年由徐州卫千户任）

徐应蛟（十一年由徐州左卫百户任）

杨方晞（十七年任）

胡登高（十七年任）

宿迁护漕参将

古道行（扬州人，崇祯九年任。死贼难）

倪　鸾（以凤阳留守管宿迁营事）

徐州府志卷之十二全

① 原作“秦”，据康熙《徐州志》改。

徐州府志卷之十三

职官五

本朝

国初，徐州设官，皆仍明旧。康熙间，先后增省各属。至雍正十一年，升徐州为府。历年事宜，分见各职下。第河员委调靡常，册籍复灾于水火，无据稽查，未昭大备，只载可考者于后。

淮徐道

旧驻徐州，康熙二年裁，归并淮海道。九年，复设。十五年，兼辖夏镇工部分司。十六年，并管中河分司钞税、河工，移驻宿迁。三十九年，管理河库，移驻清江浦。雍正七年，复设河库道，以淮徐道为分巡道，兼理河务。十年，移驻宿迁。其所辖徐属有铜沛、萧砀、邳睢、宿虹、运河五厅，淮属有桃源一厅。

赵福星（辽东人，顺治二年以参政任）

萧时彦（辽东人，参议）

张兆罴（陕西人，贡士，以参议任）

刘明偀（山东人，进士，以参议任）

张　斌（辽东人，参政）

胡廷佐（陕西平凉人，选贡，十年以佥事任）

李浴日（佥事）

李世洽（佥事）

项锡胤（奉天人，贡生，十七年以参政任）

戴圣聪（奉天盖平人，贡生，康熙九年以副使任）

吴　炜（大兴人，举人，十七年以参政任）

司　琨（内黄人，荫生，十九年以佥事任）

刘元勋（咸阳人，进士，二十年以佥事任）

常君恩（定海人，恩贡，二十三年任）

刘　暟（顺天人，三十一年任）
苏昌臣（直隶人，三十四年任）
徐　丽（奉天人，三十五年任）
郭文煜[1]（奉天人，三十六年任）
施世纶（晋江人，荫生，三十八年任）
张　弼（山西人，四十一年任）
李　梅（奉天人，四十四年任）
蒋陈锡（常熟人，进士，四十四年任）
刘廷机（奉天人，四十五年任）
潘尚智（乌程人，监生，五十五年任）
张其仁（山西人，雍正元年任）
康弘勋（泾阳人，监生，四年任）
吕维炳（镶蓝旗人，监生，八年任）
白　嵘（奉天正白旗人，岁贡，乾隆三年任）
王弘勋（奉天正白旗人，监生，五年任）
姚廷栋（桐城人，保举，六年任。现任）

徐州仓户部分司

康熙四年裁，仓务分归淮安仓及徐州管理，税务归并淮扬道兼理。

陈嘉胤（东平人，举人，顺治二年任）
王维屏（山西人，举人）
边维隆（河南人，举人）
姚玄瑛（杭州人，进士）
张云翼（洛阳人，进士，九年任）
贾益谦（十年任）
谷应泰（丰润人，进士，十一年任）
马翰如（陇州人，举人，十二年任）
贾　壮（河南人，十三年任）
丁浴初（十四年任）
吴愈圣（十五年任）
徐谓第（十六年任）
钟　琇（康熙二年任）
孙象贤（山西人，三年任）
王斗枢（四年任。是年缺裁）

吕梁洪工部分司

旧称中河分司。康熙五年，钞务归并淮扬道兼理。七年，归徐属河务同知管理。八年，复归本司。十七年，归并淮徐道，本司缺裁。

---

① 康熙《徐州志》作“郎文煜”，乾隆、道光《铜山县志》作“郎文煌”。

谷明登（鹿邑人，举人，顺治初任）
沈浣先（苏州人，举人）
郭　浩
宁之凤（宁阳人，进士）
李本晟（蕲州人，进士，十一年任）
佟弘器（奉天人）
杨西狩（南昌人，进士）
包元臣（康熙二年任）
金达喇汉（满洲人，三年任）

夏镇工部分司（康熙十六年裁）

杨天祥（顺治初任）
高鹏南
狄　敬（溧阳人，进士）
常锡胤（鄢陵人，十一年任）
顾大申（华亭人，进士，十四年任）
骉　汉（满洲人）
戴锡纶（并康熙初任）

姜志云：我朝户、工二部分司，自顺治十一年后，姓名皆不传。今据《通志》及放鹤亭、黄茅冈、修城诸碑记，补载数人；又考他省郡邑志，得一二人。所遗尚多也。

徐属河务淮安府同知

朱家栋（顺治初任）
史应选（会稽人，选贡，二年任）
杨作栋（醴泉人，四年任）
韩竞秀（淄川人，恩贡，七年任）
叶腾凤（永平人，进士，十一年任）
魏裔鲁（柏乡人，副贡，十一年任）
董　绪（泽州人，进士，十七年任）
陈大常（峨嵋人，康熙元年任）
朱一范（义乌人，拔贡，三年任）
纪　元（文安人，进士，七年任）
冯源济（涿州人，进士，十一年任）
祖文明（正黄旗人，荫生，十三年任）
乔显忠（榆林卫人，十八年任）
臧兴祖（正红旗人，荫生，二十四年任）
王隆熙（齐河人，二十六年任）
李　梅（奉天人，三十七年任）
张士绅（镶白旗人，四十二年任）

王友德（镶红旗人，五十二年任）
孙国瑜（镶蓝旗人，监生，五十八年任）
于　鳌（镶蓝旗人，监生，雍正五年署任）
张　铎（青县人，监生，六年任）
高　越（镶黄旗人，监生，八年署任）
林孟文（平远人，监生，九年署任）
李　椐（镶蓝旗人，监生，十年署任）
钟　昭（宛平人，监生，十一年署任。是年升州为府，改归徐州府管辖）

旧徐州知州

王自成（浙江人，顺治二年任）
冯　睿（涿州人，举人，二年任）
赵文星（锦州人）
佟遵道（奉天人）
余志明（奉天人，贡士，十一年任）
潘天植（正蓝旗人，十三年任）
王所善（阳城人，举人，十五年任）
和　夔（内丘人，副贡，康熙元年任）
张嗣贤（镶黄旗人，教习，三年任）
高鸿飞（河南人，五年任）
陈钟斗（古田人，副贡，七年任）
江雁卿（新城人，贡士，八年任）
孙枝蕃（三原人，会副，十二年任）
王　纪（浙江人，荫生，十七年任）
赵维城（顺天人，荫生，十九年任）
臧兴祖（正红旗人，二十二年任。升淮徐同知）
迟　熇（正白旗人，二十五年任）
王永青（黄陂人，进士，二十七年任）
李经邦（奉天人，荫生，二十九年任）
孔毓珣（曲阜人，圣裔，三十二年任）
佟国弼（奉天人，荫生，三十九年任）
卞之钧（奉天人，监生，四十七年任）
姜　焯（昌邑人，廪贡，五十一年任）

巴尔图（镶红旗人，雍正二年署任）
孙　诏（武威人，进士，雍正二年任）
吴大成[①]（石门人，监生，四年署任）
张　昕（宣化人，岁贡，五年任）
曹　暟（景州人，五年署任）
宁承谟（郑州人，五年任）
张文英（正黄旗人，举人，六年任）
何钟瑞（榆次人，六年署任）
白　洁（镶白旗人，监生，六年任）
门　钰（正红旗人，九年署任）
石　杰（桐乡人，进士，九年任。十一年改府）

州同知

杨照普[②]（安阳人，顺治初任）
高　榜（肃宁人）
徐光祖（十一年任）
王大成（由监纪道谪任）
陈一新
郭云行（高邑人，恩贡）
司位勋
徐　鸿（福建人，康熙初任）
秦　善
马云锦
汪起鲲
柳毓茂
郑维桢（山阴人，监生，二十四年任）
史国琏（正白旗人，荫生，二十九年任）
欧阳肇奎（南昌人，贡监，三十六年任）
苏　履（正红旗人，监生，三十七年任）
张　镐（正红旗人，监生，四十七年任）
李时泰（正红旗人，荫生，由员外郎谪任）
陈思友（宛平人，监生，六十年任）
钱朝模（会稽人，监生，雍正五年任）
李　宫（胶州人，举人，七年任）
张师栻（开封人，贡生，十年署任）

① 乾隆、道光《铜山县志》，同治《徐州府志》作“吴天成”。
② 原作“普照”，据顺治、康熙《徐州志》乙正。

南岸州判

冯　芝（高邑人，恩贡，顺治初任）

谷元彦　喻振芳　王　炜（十一年任）

刘启鸣　黄朝玉　郭泰亨

周世泰　康文礼

陈云鸾（掖县人，监生，康熙二十九年任）

王　治（会稽人，监生，四十年任）

钱士镛（建德人，监生，五十四年任）

张懋行（遂宁人，廪生，五十七年任）

黄德吉（昌邑人，贡生，六十年任）

于　鳌（雍正四年署任）　张懋恭（漳州人，六年署任）

赵　玑（河南人，岁贡，七年任。十一年州升府，改主簿）

北岸州判

李衷实　原永昌（顺治初任）

韩必升（十一年任）　王　念

袁　楫　柳毓茂（升本州同知）

郑维桢（升本州同知）　王　炳（宛平人，康熙二十五年任）

王　鉴（山阴人，三十一年任）　赵绍箕（大兴人，三十六年任）

纳勒海（镶黄旗人，笔帖式，四十八年任）

刘世恩（正黄旗人，监生，五十六年任）

朱源星（绍兴人，监生，雍正六年署任）

黄　湘（杭州人，监生，七年署任）

李文煌（亳州人，十年任。十一年州升府，改主簿）

吏目

茅国纶（顺治初任）　樊时茂　胡大宁

程子骐[1]（十一年任）　伍承恩　李应运

倪起芝　沈文魁　张天祐

马　权　张期远

鲍瑞光（长山人，吏员，康熙二十八年任）

① 顺治、康熙《徐州志》，同治《徐州府志》作“程士骐”。

曾　诣（滦州人，吏员，四十七年任）
茅藩京（山阴人，监生，五十年任）
赵　坤（山阴人，监生，五十三年任）
张　奎（扶风人，吏员，五十九年任）
郦　琮（蓟州人，吏员，雍正七年任）
张祖孔（太原人，吏员，十年任。十一年州升府，缺改典史）

学正

石日桢（冀州人，贡士，顺治初任）
谭学准（贡士）　张如骞（举人，十一年任）
蔡玉铉　谷如秀　李巽臣（金坛人，举人）
吉天籁（太湖人，举人，康熙十三年任）
吴守仔（武进人，拔贡，十四年任）
周如濂（丹徒人，举人，十八年任）
莫春芳（华亭人，举人，二十七年任）
吴　兰（歙县人，举人，三十年任）
崔　扬（海门人，举人，四十一年任）
霍云集（芜湖人，举人，四十九年任）
刘植敬（昆山人，举人，五十七年任）
孙倪城（昆山人，举人，雍正元年任）
王　馩（娄县人，廪贡，九年任。十一年州升府，以学正管教授事）

训导（康熙三年裁，十六年复设）

曹以迈（徽州人，顺治初任）　朱梦龙（全椒人）
蔡尚廉（宿州人，十一年任）　乔三变（康熙三年任。缺裁）
汪光祥（歙县人，岁贡，十六年复设任）
汪志楷（武进人，岁贡，十九年任）
汪志蓁（太仓人，岁贡，二十六年任）
王三楫（吴县人，岁贡，四十四年任）
汪庆升（嘉定人，岁贡，四十五年任）
沙汉鳌（如皋人，岁贡，五十六年任）
刘钟嵋（通州人，岁贡，雍正四年任）
江云起（海州人，岁贡，七年任。十一年州升府，设铜山县，以训导管县

学事）

徐州府知府（雍正十一年升州为府）

李根云（赵州人，进士，雍正十一年任）

曾弘绪（南昌人，监生，乾隆元年署任）

石　杰（桐乡人，进士，二年署任。升四川建昌上南道）

铜沛河务同知

旧为淮安府同知，管理徐属河务。雍正十一年，归徐州府辖。乾隆二年，分设丰萧砀厅，而徐属同知止管铜、沛二县河务。

钟　昭（宛平人，监生，雍正十一年任）

林孟文（平远人，监生，十三年任）

陈景瀛（鱼台人，生员，乾隆三年署任）

冯　焜（涿州人，岁贡，四年任。现任）

丰萧砀河务通判（乾隆二年分设）

李景琮（正蓝旗人，监生，乾隆二年署任）

杨惠春（邹县人，监生，三年署任）

徐文炜（镶蓝旗人，监生，六年署任。现任）

邳睢灵璧河务同知

明置邳宿河务同知，属淮安府。康熙二十年，改管邳、睢、灵璧河务，驻邳州。雍正十一年，改归徐州府。

魏执中（辽阳人，顺治二年任）

李　艳（梓潼人，恩贡，五年任）

徐腾鲸（辽阳人，廪生，七年任）

薛所习（孟县人，选贡，九年任）

孙裔昌（霑化人，拔贡，十三年任）

张四维（蓟州人，拔贡，十七年任）

解　机（万全人，拔贡，康熙四年任）

陈沃心（元城人，荫生，六年任）

马光远（辽阳人，七年任）

苏　嵋（大兴人，进士，十二年任）

俞　森（钱塘人，监生，十八年任。以上并邳宿同知）

李缵宗（辽阳人，荫生，二十年任）

高承爵（辽阳人，荫生，二十一年任）

蒋征猷（严州人，贡士，二十五年任）

丁　健（浙江人，监生，二十六年任）

冯　佑（绍兴人，监生，二十九年任）

陈谦吉（泽州人，贡士，二十九年任。嗣后至雍正六年俱无考）

项　余（汉阳人，监生，雍正七年任）

叶存仁（江夏人，监生，乾隆元年任。现任）

宿虹河务同知

旧属淮安府，康熙九年设，管理宿、桃、归仁堤。二十三年，改管宿、虹河务。雍正十一年，改归徐州府。

刘光耀（锦州人，荫生，康熙九年任）

佟国聘（奉天人，生员，十三年任）

李　灿（正红旗人，二十年任。以上管理归仁堤）

刘沛引（大兴人，监生，二十四年任。嗣后至五十九年俱无考）

甘士调（正蓝旗人，监生，六十年任）

牟　鎵（正白旗人，监生，雍正三年任）

孙　钧（济宁人，岁贡，五年任）

佟世表（正蓝旗人，监生，乾隆元年任。现任）

粮盐捕通判（雍正十一年设）

程　璇（益阳人，举人，雍正十一年任）

李绅玺（诸城人，贡生，乾隆四年任。现任）

宿迁运河通判

康熙二十八年设宿桃中河通判，管理宿迁、桃源二县中河。雍正九年，改管宿迁运河。十一年，改属徐州府。

钟　昭（宛平人，监生，雍正七年任。旧皆无考）

胡　琮（镶白旗人，十一年署任）

王　林（钱塘人，监生，乾隆元年任。现任）

经历（雍正十一年设）

汪永书（黄冈人，拔贡，雍正十一年任）

章　治（大兴人，吏员，十三年署任）

武承运（汾阳人，供事，乾隆元年任。现任）

教授（雍正十一年改设）

王　馪（徐州学正，雍正十一年改授）

田实发（合肥人，进士，乾隆二年任。现任）

铜山县知县（雍正十一年设）

朱　紘（新兴州人，举人，雍正十一年任）

叶存仁（江夏人，监生，十二年任）

鲁国宁[①]（大兴人，监生，乾隆元年署任）

俞民表（山阴人，监生，五年署任）

王　琮（山阴人，贡生，五年署任）

县丞（雍正十一年改设）

徐国景（正蓝旗人，监生，雍正十一年署任）

沈生遴（湖州人，监生，十三年署任）

张　淇（仁和人，监生，乾隆元年任。现任）

南岸主簿（雍正十一年改设）

沈景涛（慈溪人，监生，雍正十一年任。现任）

北岸主簿（雍正十一年改设）

李文煌（颍州人，岁贡，雍正十一年署任）

任登瀛（镇江人，附生，乾隆元年任。现任）

典史（雍正十一年改设）

张祖孔（徐州吏目，雍正十一年改授）

赵如枋（大兴人，吏员，乾隆元年任）

① 乾隆、民国《铜山县志》作“鲁国宁”，道光《铜山县志》、同治《徐州府志》作“鲁国平”。

训导（雍正十一年改管县学事）

江云起（徐州训导，雍正十一年改授）

杨　墀（通州人，岁贡，乾隆五年任。现任）

吕梁洪巡检

史元勋（吏员，顺治元年任）　　王　臣（吏员，十一年任）

蒋之绂（吏员）　　马　章（吏员）

赵耀祖（吏员）　　陈　瑞（吏员）

朱之辅（吏员）　　刘　銮（吏员）

徐光大（慈溪人，监生，康熙三十二年任）

赵世荣（钱塘人，吏员，四十六年任）

关道煌（广济人，吏员，四十七年任）

任世显（黄陂人，监生，五十五年任）

胡玉玺（雍正三年任）

阿　麟（正红旗人，监生，五年署任）

李于济（兖州人，附生，七年署任）

崔　卓（开封府人，监生，十一年任）

曹文焕（十二年署任）　　钟廷瑞（十三年署任）

于廷烈（顺天人，监生，乾隆元年署任）

邵千之（杭州府人，附生，元年任。现任）

东岸驿驿丞

张隆铉（顺治间任）

殷起元（宛平人，吏员，康熙十六年任）

胡士超（宛平人，吏员，二十四年任）

高宗岱（平顺人，吏员，三十九年任）

蔡炘宸（大兴人，供事，五十三年任）

陆祖辉（云南府人，吏员，雍正九年任）

阮　琏（保定府人，吏员，十三年任。现任）

彭城驿驿丞（雍正十三年裁）

赵　植（顺治间任）

张复祺（汶上人，吏员，康熙二十八年任）

任　铨（宛平人，吏员，四十二年任）
李　廓（汾阳人，吏员，五十五年任）
金　简（宛平人，吏员，五十八年任）
杨宗亿（绛州人，供事，雍正九年任。十三年裁）

桃山驿驿丞（康熙十六年裁）

郑弼明（顺治初任）
宋应期（直隶人，吏员，十七年任）
孙维新（孝感人，吏员，康熙十一年任）
孙元宗（直隶人，吏员，十五年任。次年缺裁）

房村驿驿丞

曹　淮（顺治间任）
张　柱（华州人，吏员，康熙八年任。十六年，兼管桃山驿事）
崔云台（肃宁人，吏员，二十一年任）
黄明训（富平人，吏员，三十二年任）
陆颖昌（钱塘人，吏员，三十七年任）
尚积勋（宝鸡人，吏员，五十一年任）
商运茂（宝坻人，吏员，六十年任）
张　淳（顺天府人，吏员，雍正八年任）
陈颖施（山阴人，吏员，乾隆四年任。现任）

利国驿驿丞

余光荣、顾国荣（并顺治间任）
周汝琨（太原人，吏员，康熙元年任）
张大任（保定人，吏员，六年任）
沈　铨（会稽人，吏员，十七年任）
张　德（柘城人，吏员，二十六年任）
董芳声（蓬莱人，吏员，三十二年任）
沈弘志（宛平人，吏员，四十三年任）
李有德（宛平人，吏员，五十三年任）
田　畯（保定府人，吏员，雍正四年任）
金人麟（大兴人，吏员，十二年任。现任）

梁境闸闸官（康熙六年裁）

刘应才（顺治间任）

萧县知县

李联芳（武定人，生员，顺治二年任）
杨春和（兴济人，贡士，三年任）
陈启南（襄阳人，贡士，四年任）
祖永勋（辽东人，贡士，五年任）
丁体仁（泰安州人，贡士，十一年任）
宁　坪（大兴人，教习，十三年任）
蔡胤隆（秀水人，副贡，十六年任）
赵忠仔（东阳人，贡士，十七年任）
沈大观（海宁人，举人，康熙元年任）
梁邦英（襄陵人，拔贡，六年任）
陈　膺（莆田人，举人，十年任）
乔启祐（孟津人，进士，十三年任）
邵　瑗（大兴人，监生，十八年任）
阎允吉（卢龙人，举人，二十年任）
王锡命（郃阳人，进士，二十五年任）
张　勉（南和人，举人，二十七年任）
徐京玮（安义人，监生，三十一年任）
马　镶（奉天府人，监生，三十四年署任）
喻天祥（正蓝旗人，荫生，三十四年任）
王　鼐（奉天府人，监生，三十七年署任）
纪遴宜（文安人，进士，三十八年任）
徐大生（武陟人，举人，四十四年任）
周绳祖（大兴人，监生，五十六年署任）
罗　濬（大埔人，进士，五十六年任）
徐永隆（正黄旗人，岁贡，五十九年署任）
吴大成（石门人，监生，六十年任）
四　格（镶白旗包衣人，雍正五年任）
李　琮（玉田人，岁贡，六年任）
宁基丕（阜城人，拔贡，八年任）

温长发（三原[1]人，拔贡，九年任）

夏建寅（正红旗人，监生，十二年任）

主簿

朱名世（辽东人，贡士，顺治三年任）

王之栋（仁和人，吏员，十一年任）

俞应贵（大兴籍浙江人，监生，十八年任）

傅元星（庆都人，岁贡，康熙十二年任）

田起珣（富平人，十四年任）

沈　益（会稽人，二十二年任）

赵之豸（正白旗人，监生，三十二年任）

康弘勋（泾阳人，监生，四十四年任）

赵秉礼（寿张人，监生，五十七年任）

高　旻（广西府人，岁贡，雍正四年署任）

朱　铭（济宁人，监生，七年署任）

张　宾（韩城人，监生，十一年任）

张树玉（镶蓝旗人，监生，乾隆元年署任）[2]

典史

诸允宁（余姚人，吏员，顺治三年任）

薛　栋（福建人，吏员，四年任）

马光祖（绍兴人，吏员，八年任）

胡大奇（大兴人，吏员，十二年任）

谢　荣（福建人，吏员，十五年任）

唐朝虞（四川人，吏员，康熙四年任）

陈大化（浙江人，吏员，六年任）

韩贵成（蓟州人，吏员，十年任）

魏锡蕃（浙江人，十三年任）

吴继登（钱塘人，二十年任）

徐凤翮（保定左卫人，吏员，三十一年任）

---

① 原作“元”，据嘉庆《萧县志》、同治《徐州府志》改。

② 底本残损，以上三人据嘉庆《萧县志》、同治《徐州府志》补。

杨国梁（承德人，吏员，三十九年任）
朱式曾（大兴人，吏员，四十五年任）
徐起华（通州人，吏员，五十一年任）
密廷策（海宁人，吏员，五十六年任）
胡　峤（大兴人，吏员，雍正二年任）
沈宗良（宛平人，吏员，九年署任）
俞成龙（大兴人，供事，十年任）
陈继祖（昌平人，吏员，十三年任）
王　洽（宛平人，吏员，乾隆三年任）

教谕（康熙三年裁，十六年复设）

陈弘泰（青城人，岁贡，顺治四年任）
李陶寰（亳州人，岁贡，九年任）
吴　岳（吴江人，会副，十三年任。康熙三年裁）
孙灏如（昆山人，副贡，康熙十六年复设任）
王道弘（歙县人，岁贡，二十五年任）
方正瑨（桐城人，岁贡，四十四年任）
毛傅箴（吴县人，岁贡，四十六年任）
刘志垣（颍州人，举人，雍正三年任）
张家爽（上海人，副贡，九年任）
金声武（霍山人，副贡，十二年任）
江　蒋（六安人，岁贡，乾隆二年任）
张阶绪（江宁人，副贡，六年任。现任）

训导

吴律身（太和人，恩贡，顺治四年任）
程孔思（霍山人，岁贡，八年任）
岑兆旂（建平人，岁贡，十六年任）
李调鼎（泗州人，岁贡，康熙四年任）
夏衡阳（建平人，岁贡，十年任）
王承时（建平人，岁贡，二十三年任）

俞名言（繁昌人，岁贡，三十四年任[1]）
薛　龙（上海人，岁贡，四十一年任）
丁肇麟（宿州人，岁贡，四十四年任）
徐　基（嘉定人，岁贡，四十六年任）
杨斐菉（山阳人，岁贡，四十九年任）
宋朝训（婺源人，岁贡，五十四年任）
梁柱相（宝应人，岁贡，五十七年任）
李天柱（定远人，岁贡，雍正四年任）
郭兆鳌（吴县人，岁贡，八年任）
赵玉田（吴江人，岁贡，八年任）
宋统玉（寿州人，岁贡，乾隆元年任）
毛　邵（镇江府人，岁贡，六年任。现任）

张山店巡检（即赵家圈巡检。康熙三十年移驻张山店，易今名）
裘宗仁（山阴人，顺治三年复设任。嗣后疑有阙）
高　朗（临汾人，吏员，康熙二十一年任）
金正泰（会稽人，吏员，三十二年任）
薛　远（山阴人，吏员，四十七年任）
潘士成（文安人，吏员，五十四年任）
汪文辉（亳州人，吏员，雍正十三年任）
强国瑄（富平人，乾隆五年任。现任）

砀山县知县
刘养性（顺治初任）
黄廷诤
赵启建
夏以牧（十一年任）
曾为履（十四年任）
林云骧（福建人，贡生）
邝奕垣（广东人，进士，康熙初任）
过泽远（福建人，贡生）

---

① 康熙《徐州志》作“十九年任”。

谢国昌（定海人，贡生，十年任）

佟国聘（[正][1]蓝旗人，升任）

柴国宾（山东人）

冯　煜（大同人，贡生）

杨昌龄（陕西人，举人）

梁心恒（嘉祥人，进士，十七年任）

修朝彬（莱阳人，岁贡，二十三年任）

沈永裕（德清人，进士，二十六年任）

郭威鉴（镶白旗人，监生，二十九年任）

查嗣钦（海宁人，恩贡，三十年任）

柴尔皓（高阳人，进士，三十二年任）

马羲浩（定番人，举人，三十七年任）

黄华衮（邵武人，举人，四十年任）

杨维庚（宁海人，岁贡，四十九年任）

黄大均（贵筑人，举人，五十六年任）

王　晋（大兴人，岁贡，五十七年任）

王百藻（奉新人，岁贡，雍正元年任）

谈继文（孝感人，监生，四年任）

何钟瑞（榆次人，贡生，六年署任）

张楚材（宣化人，贡生，六年任）

郭耕礼（泾阳人，举人，九年任）

鲁国宁（大兴人，监生，十一年署任）

马汝宽（唐县人，贡生，十一年任）

陆国枢（萧山人，十三年署任）

郭　浩（福清人，贡生，乾隆三年任）

高其伦（镶黄旗人，监生，五年署任）

邬承显（正红旗人，监生，六年任。现任）

主簿

李育之（新城人，岁贡，顺治元年任）

冯　锐（乐安人，监生，九年任）

---

① 字据同治《徐州府志》补。

潘　玉（浦江人，岁贡，十六年任）
陈正宗（山阴人，监生，康熙八年任）
钱　钥（霸州人，岁贡，十四年任）
叶长春（余姚人，监生，二十三年任）
梁应元（真定人，监生，三十一年任）
陈　愫（通许人，岁贡，三十三年任）
王廷翰（通州人，监生，四十一年任）
彭其佺（正蓝旗人，监生，四十八年任）
杨　相（正红旗人，监生，五十五年任）
焦翊祚（章丘人，监生，雍正六年任）
孙兆震（娄县人，监生，九年任）
申维世（祥符人，监生，十二年任）
郭　宾（江都人，监生，乾隆二年任）

典史

袁士龙（保安人，吏员，康熙八年任）
贾养中（浚县人，吏员，十一年任）
宋　兴（昌邑人，吏员，十七年任）
杨起元（会稽人，吏员，二十七年任）
陈　璜（山阴人，吏员，二十九年任）
罗经选（富平人，吏员，三十一年任）
孙弘化（山阴人，吏员，三十五年任）
畅振宗（大宁人，吏员，四十四年任）
林　洪（宛平人，吏员，五十年任）
黄以信（会稽人，雍正四年任）
林　玉（文水人，内务府办事，六年任）
陶　瞵（绛州人，供事，十一年任）
王　佐（宛平人，吏员，十三年任）
蒋国瑚（山阴人，吏员，乾隆六年任。现任）

教谕（康熙三年裁，十六年复设）

黄中瑄（顺治初任）
苏　渊（嘉定人，举人，九年任）

金逢瑞（常熟人，岁贡，十二年任。康熙三年裁）
叶　晟（休宁人，副贡，康熙十六年复设任）
姚士塾（桐城人，岁贡，二十二年任）
鲍　衡（吴县人，岁贡，二十九年任）
朱慧晓（泰兴人，岁贡，三十八年任）
吴鼎位（嘉定人，岁贡，三十九年任）
翟思瀷（泾县人，岁贡，六十一年任）
张景祁（长洲人，举人，雍正六年任）
谢　晋（常熟人，举人，乾隆五年任。现任）

训导

罗锡胤（顺治初任）
吴允宏（江都人，岁贡，九年任）
王弘业（繁昌人，岁贡，十一年任）
张闇然（亳州人，岁贡，康熙八年任）
毕天台（歙县人，岁贡，十四年任）
范尚治（桃源人，岁贡，二十五年任）
苏开先（凤阳人，岁贡，三十一年任）
顾　英（太仓人，岁贡，三十二年任）
田数可（桃源人，岁贡，三十四年任）
王　章（娄县人，岁贡，三十六年任）
陆宗灏（华亭人，岁贡，三十九年任）
周玉觚（丹阳人，岁贡，五十一年任）
柏舜年（赣榆人，岁贡，五十四年任）
孔衍祺（丹徒人，岁贡，五十八年任）
陆　淳（巢县人，岁贡，雍正三年任）
秦　楫（新阳人，岁贡，八年署任）
石　云（宿松人，岁贡，八年任）
曹廷襄（丹徒人，岁贡，十一年任。现任）

丰县知县

李允祯（德州人，举人，顺治二年任）
阎　玿（太原人，进士，三年任）

胡应淳（临安人，贡生，十四年任）
陈祖焕（处州人，贡生，十六年任）
严登庸（闽县人，举人，十八年任）
何　广（汶上人，进士，康熙六年任）
王之俊（河间人，举人，十年任）
段文彩（陕西人，进士，十三年任）
佟吉年（正黄旗人，举人，十五年任）
孙毓璘（奉天人，十七年任）
符　冋（翼城人，贡士，二十一年任）
梁文炳（正白旗人，监生，二十三年任）
李　振（临邑人，序班，二十四年任）
叶光龙（东莞人，举人，三十七年署任）
刘洪征[①]（清江人，进士，三十八年任）
纪遴宜（文安人，进士，三十九年署任）
卢世德（正黄旗人，笔帖式，三十九年任）
杨弘绩（正黄旗人，监生，四十二年署任）
王初集（光州人，举人，四十三年任）
徐大生（武陟人，进士，五十年署任）
朱龙御（楚雄府人，举人，五十一年任）
车国器（大兴人，生员，雍正二年署任）
魏学谧（蔚州人，举人，三年任）
王　锡（海盐人，举人，八年任）
魏升叙（柏乡人，拔贡，九年任）
王诏宾（济宁人，监生，乾隆元年任）
焦育龙（长安人，贡生，二年任）
郑　重（长安人，丁未进士，五年任）
饶万鉴（长沙人，廪贡，六年任）
刘玮泽（长沙人，进士，六年署任）

主簿

张明德（延庆人，贡士，顺治二年任）

① 康熙《徐州志》作“刘珙征”。

柴云缙（绍兴人，监生，三年任）
杜华然（华阴人，十一年任）
徐太福（浙江人，吏员，十七年任）
余昌宗（成[1]都人，举人，康熙十二年任）
王希圣（直隶人，吏员，十四年任）
郑维桢（浙江人，十五年任。升本州判官、同知）
余　骧（浙江人，十八年任）
骆隆友（浙江人，二十四年任）
常继茂（沂州人，监生，二十六年任）
何中觐（浙江人，监生，二十八年任）
刘文均（江西人，监生，三十六年任）
王　镇（浙江人，吏员，四十年任）
王家騋（仁和人，监生，五十九年任）
赵成芳（东平州人，监生，六十一年任）
王家騋（雍正六年再任）
朱廷镇（无锡人，监生，九年任）
丁　采（会稽人，监生，十一年任）
汪　鹏（黟县人，监生，十二年任）
方国相（晋江人，监生，十三年任）
孙　沂（江宁人，监生，乾隆元年任。现任）

典史

韩昌藩（绍兴人，吏员，顺治三年任）
邹宗文（山阴人，十年任）
李　敬（十四年任）
陆天祐（山阴人，十七年任）
徐弘毅（乾州人，吏员，康熙二年任）
杨学镇（直隶人，六年任）
傅志桓（陕西人，十四年任）
刘　麟（西安人，十八年任）
王　璘（山阴人，二十三年任）

① 原作“城”，径改。

田曰璿（富平人，二十六年任）
王　遵（阜平人，吏员，三十七年任）
冯至化（慈溪人，吏员，四十七年任）
邵越凡（会稽人，吏员，雍正九年任）
商汝霖（大兴人，吏员，乾隆六年任。现任）

教谕（康熙三年裁，十六年复设）
杨　璟（巴县人，举人，顺治初任）
陈　彝（江宁人，举人，十一年任）
顾　言（丹徒人，贡士）
陈新芝（常熟人，贡士，十八年任。康熙三年裁）
嵇宗禹（安东人，贡生，康熙十六年复设任）
江学佐（歙县人，二十四年任）
王凤来（庐州人，三十一年任）
黄师晟（六安州人，三十六年任）
孙　超（六合人，四十三年任）
吴　昉（桐城人，副贡，四十六年任）
郑华礼（上元人，岁贡，五十八年任）
吴　咼（宜兴人，拔贡，雍正三年任）
吴　锴（娄县人，举人，九年署任）
张麟文（巢县人，岁贡，十年任）
杨大澋（江宁人，举人，乾隆三年任。现任）

训导
谢昌运（顺治初任）
江能容（海州人，贡士，十一年任）
江南皋
杨祚昌（十八年任）
殷之尹（安庆人，岁贡，康熙四年任）
王嘉亨（潜山人，岁贡，六年任）
孙曰绳（宣城人，贡士，十年任）
施　夔（长洲人，贡士，十四年任）
周　宸（苏州人，二十三年任）

顾宾玉（嘉定人，岁贡，三十二年任）
乔守愿（宝应人，贡士，三十九年任）
孙王锡（松江人，岁贡，四十七年任）
朱元梦（泰州人，岁贡，四十八年任）
沈长泽（吴县人，岁贡，五十二年任）
吴　淑（泾县人，岁贡，五十七年任）
郭兆鳌（吴县人，岁贡，雍正五年任）
张星灿（滁州人，岁贡，九年任）
沈牛成（宜兴人，岁贡，十一年任）
潘嘉照（泗州人，岁贡，乾隆五年任。现任）

沛县知县

徐可大（镇夷[①]所人，选贡，顺治二年任）
王克生（阳城人，进士，三年任）
赵世祯（开原人，贡士，七年任）
郭维新（十一年任）
李芝凤（奉天人，康熙四年任）
徐懋昭（鄞县人，进士，十二年任）
程万圻（保定人，监生，二十年任）
梁文炳（正白旗人，监生，二十二年任）
方曰琏（建安人，进士，二十九年任）
邓宏芳（眉[②]州人，举人，三十一年任）
佟　锟（奉天人，三十四年任）
叶光龙（东莞人，举人，三十七年任）
杨弘绩（正黄旗人，岁贡，三十九年任）
蔡　瑚（正白旗人，监生，四十七年任）
黄　甲（海阳人，岁贡，五十一年任）
沈瑞鹤（叶县人，进士，五十三年任）
佟世集（镶黄旗人，监生，五十五年任）
梁甲第（平遥人，拔贡，六十年任）

① 原作“彝”，避夷狄胡虏讳改。今用本字。
② 原作“郿”，据康熙《眉州属志》改。

朱　紘（新兴人，举人，六十一年任）
周之准（正白旗人，监生，雍正六年任）
张嘉纶（海宁人，监生，七年任）
张登倬（大兴人，举人，八年任）
施　霈（宛平人，监生，九年任）
谢纶音（余姚人，监生，十一年任）
李　棠（海阳人，监生，十三年任）

主簿

洪永禄（黄冈人，监生，顺治二年任）
李占春（巩州人，九年任）
黄志顺（大兴人，十三年任）
王吉晖（浙江人，康熙二年任）
魏运泰（直隶人，八年任）
支可培（十四年任）
王　炳（直隶人，二十二年任。升本州判官）
朱之辅（涿州人，二十九年任）
戴文诩（济宁人，监生，四十一年任）
于　伟（正白旗人，监生，五十四年任）
邵士环（山阴人，监生，雍正二年任）
程　恪（永宁人，捐贡，五年任）
成其名（大名人，监生，七年任）
张士英（永定人，监生，九年任）
黄孙韬（曲阜人，监生，十一年任）
李廷梁（山阳人，吏员，十二年任）
赵廷幹（清平人，吏员，十二年任）
刘　澄（慈溪人，监生，十三年任）
刘　钺（汶上人，监生，十三年任）
韩　尧（洪洞人，监生，乾隆四年任。现任）

典史

吴孟熙（浙江人，顺治二年任）
俞应垣（浙江人，七年任）

高思明（大兴人，十一年任）
任守典（大兴人，康熙元年任）
秦光焕（陕西人，三年任）
梅　滃（富平人，十二年任）
高名显（聊城人，二十年任）
张　祥（咸宁人，二十九年任）
谢伟略（上虞人，三十二年任）
胡启祥（大兴人，三十三年任）
曹　弘（茂山卫人，吏员，三十九年任）
傅国祥（大兴人，吏员，四十八年任）
王廷辅（宛平人，吏员，六十一年任）
吴　琮（宛平人，供事，雍正五年任）
李世贵（韩城人，吏员，十三年任）
何文升（宛平人，吏员，乾隆六年任）

教谕（康熙三年裁，十六年复设）
朱一新（安东人，顺治二年任）
侯靖宸（钜野人，五年任）
萧松龄（靖江人，举人）
杨廷蕴（武进人，举人，十二年任。康熙三年裁）
叶　炳（江宁人，举人，康熙十六年复设任）
汪士裕（江都人，举人，二十四年任）
胡　湛（宣城人，三十三年任）
阮　赞（宣城人，贡生，三十五年任）
张宗鉴（丹徒人，贡生，四十五年任）
刘　炽（虹县人，拔贡，五十二年任）
缪近三（如皋人，贡生，五十九年任）
蔡书升（吴县人，贡生，六十年任）
吴　锴（娄县人，举人，雍正五年任）
侯启晋（宿州人，拔贡，十二年任）
杨　倓（徽州人，岁贡，乾隆五年任。现任）

训导

韩元珍（山东人，岁贡，顺治三年任）

包邦甲（宣城人，岁贡，八年任）

陈天策（宜兴人，岁贡，十二年任）

宋懋功（泰州人，岁贡，十八年任）

王方来（金坛人，岁贡，康熙三年任）

马光前（祁门人，岁贡，七年任）

刘维祯[1]（南陵人，岁贡，十九年任）

李　先（上元人，岁贡，二十二年任）

沈瞻祖[2]（华亭人，岁贡，二十七年任）

邵允彝（全椒人，岁贡，三十七年任）

孙　珍（盐城人，岁贡，四十四年任）

吴　嵩（桐城人，岁贡，五十九年任）

程士琳（丹徒人，岁贡，六十年任）

秦　楫（新阳人，岁贡，雍正五年任）

吴维宁（桃源人，岁贡，十一年任）

王人龙（宜兴人，岁贡，乾隆元年任）

汪自贤（青浦人，岁贡，三年任。现任）

泗亭驿驿丞

孟尚德（归安人，康熙二年任）

李逢春（十九年任）

江天祚（二十五年任）

杨　琳（大兴籍定海人，二十八年任）

程　琠（安阳人，吏员，四十四年任）

许九仪（建德人，吏员，五十年任）

陶　滨（宛平人，供事，五十七年任）

李　柑（仪封人，吏员，雍正三年任）

厉益新（大兴人，吏员，六年任）

---

① 乾隆《沛县志》作“维桢”，乾隆、同治《徐州府志》作“维贞”，嘉庆、民国《南陵县志》作“维正”（顺治十五年岁贡，沛县训导），俱系避讳改。今从康熙《徐州志》用“祯”。

② 康熙《徐州志》、乾隆《沛县志》及乾隆、光绪《华亭县志》同作“瞻祖”。同治《徐州府志》及光绪、民国《沛县志》作“赡祖”。

刘景奇（曲阳人，吏员，十二年任）
江调鼐（钱塘人，吏员，乾隆二年任。现任）

杨庄闸闸官

董耀先（临汾人，监生，康熙三十六年任）
张志鼎（富平人，监生，五十一年任）
曾世球（崇仁人，监生，六十一年任）
徐能基（丰城人，监生，雍正二年任）
张士英（永定人，监生，三年任）
纪　钧（如皋人，监生，九年任）
刘　瑛（济宁人，吏员，十年任）
徐学乾（江阴人，监生，十二年任）
陆良瑜（吴县人，监生，乾隆二年任。现任）

夏镇闸闸官

侯凤鸣（顺治间任）
陈宗器（河间人，吏员，康熙二十六年任）
黎家全（长汀人，监生，四十二年任）
李暨侯（渭南人，吏员，四十四年任）
李　静（安肃人，吏员，五十三年任）
魏湘年（建昌人，监生，五十五年任）
张山涛（嘉祥人，监生，雍正九年任）
杨山立（山阳人，吏员，十一年任）
胡　简（常熟人，监生，十二年任）
李鹏翮（济宁州人，监生，十三年任）
雍　然（山阳人，吏员，乾隆四年任。现任）

邳州知州

朱克配（宁阳人，顺治二年任）
张孕美（掖县人，贡士，顺治三年任）
杨均之（安邑人，四年任）
董一成（辽东人，八年任）
程　璧（辽东人，八年任）

李成栋（辽东人，十年任）

杭如苏（东昌府人，举人，十三年任）

马应祥（辽东人，十五年任）

萧如蕙（宝坻人，贡士，十七年任）

何之图（会稽人，监生，康熙元年任）

贾士遴（大兴人，拔贡，三年任）

郭尧京（高陵人，举人，四年任）

孙文灿（三原人，举人，七年任）

孙家栋（安丘人，进士，九年任）

蒋　璸（辽东人，荫生，十二年任）

李缵宗（辽东人，荫生，十五年任）

胡良弼（辽东人，荫生，十九年任）

黄日焕（永定人，进士，二十二年任）

孙居湜（大兴人，监生，二十六年任）

马骧云（辽东人，监生，三十二年任）

佟国绍（镶蓝旗人，三十四年任）

高魁标（沧州人，五十一年任）

朱尔融（单县人，五十八年任）

白映棠（镶白旗人，六十一年任）

谈继文（孝感人，雍正元年任）

陈学良（山阴人，三年任）

曹　恺（景州人，四年任）

吕大雅（正红旗人，六年任）

王诏宾（济宁人，十二年任）

石　杰（桐乡人，进士，十三年任。升本府知府）

褚菊书（秀水人，举人，乾隆二年任）

支本固（灵丘人，岁贡，六年任。现任）

州同知

康熙十八年设，专理河务。雍正四年，改为缉捕河务州同。十二年，仍改管河同知。

刘　恺（大兴人，康熙十八年任。升淮徐道）

康文礼（城武人，监生，二十一年任）

黄应登（通州人，监生，二十九年任）
王　炳（宛平人，监生，三十一年任。嗣后至雍正六年俱无考）
王授章（雍正七年任）
李敏祜[①]（十一年任）
钱　溥（十一年任）
朱腾龙（十一年任）
张　淇（十三年任）
白永清（十三年任）
王　峄（乾隆二年任）
吴敦侃（江都人，岁贡，四年任。现任）

州判

钱怀志（顺治四年任）
葛吟南（六年任）
罗九鼎（八年任）
余德馨（福州人，监生，十二年任）
徐日昇（山阴人，贡生，十八年任）
叶　英（寿宁人，拔贡，康熙七年任）
何子可（西安府人，供事，九年任）
柳毓茂（泾阳人，监生）
王振先（辽东人，官生，十九年任）
冯　佑（山阴人，监生，二十一年任）
黄应登（北直人，监生，二十五年任）
刘宗业（临朐[②]人，监生，三十年任。嗣后至雍正八年俱无考）
沈景涛（雍正九年任）
吴敦侃（江都人，岁贡，十年任）
狄鹿祥（溧阳人，举人，十二年任。现任）

吏目

王国智（顺治初任）

① 同治《徐州府志》作“李敏祐”，《邳州志》失载。
② 原作“临煦”，径改。

范绍志（山阴人，吏员，四年任）
高　标（井陉人，监生，十三年任）
李翰捷（隆德人，吏员，十七年任）
蔡　杞（大兴人，吏员，康熙四年任）
胡五祥（大兴人，吏员，七年任）
冯　豸（辽东人，监生，十四年任）
谢世荣（真定人，吏员，十八年任）
陈秉钥（绍兴人，监生，二十一年任）
张　仲（富平人，监生，二十八年任）
王之鼎（阳曲人，监生，三十一年任）
曹　堂（绍兴人，监生，三十九年任）
沈　尚（大兴人，吏员，四十五年任）
赵轩临（宛平人，吏员，六十年任）
马复光（大兴人，吏员，雍正九年任。现任）

学正

王映奎（辽东人，贡士，顺治二年任）
蒋龙光（宜兴人，举人，六年任）
邓绍熠（虹县人，贡士，九年任）
彭士俊（溧水人，举人，十一年任）
蒋　曜（宜兴人，举人，十二年任）
何天衢（凤阳府人，贡士，十四年任）
周鼎煌（贡士，十六年任）
李还一（合肥人，贡士，十八年任）
徐　瀛（金坛人，贡士，康熙五年任）
孙大经（上海人，选贡，六年任）
胡　圭（祁门人，十一年任）
孟安世（怀宁人，举人，二十二年任）
程宏度（贡生，三十四年任）
费　著（举人，三十六年任）
程登鼎（岁贡，四十年任）
吴羽翙（举人，四十四年任）
孙　抡（举人，五十年任）

周永祺（举人，雍正三年任）
翟　铸（副贡，四年任）
高元仑（江都人，举人，九年任。现任）

训导（顺治十八年裁，康熙十五年复设）

牛之矶（日照人，贡士，顺治三年任）
赵翼轸（临城人，贡士，四年任）
舒文灿（黟县人，贡士，七年任）
谈　志（武进人，贡士，十七年任）
章　宪（萧县人，贡士，十八年任。缺裁）
许来惠（桐城人，贡士，康熙十五年复设任）
左之柳（桐城人，贡士，二十六年任）
汪庆升（贡生，三十九年任）
周　菁（四十二年任）
杨　延（六十年任）
叶肇统（岁贡，雍正三年任）
涂锦章（岁贡，八年任）
董显宗（乾隆元年任。现任）

直河巡检

戴　贞（山阴人，康熙四年任）
计万言（北直人，吏员，二十年任）
严于陛（浙江人，吏员，三十一年任。嗣后至雍正六年俱无考）
尚思敬（仪封人，监生，雍正七年任）
罗晋能（会稽人，监生，十二年任。现任）

新安巡检

傅宗周（会稽人，康熙九年任）
刘成龙（河南人，二十二年任）
谢　超（浙江人，监生，二十六年任。嗣后至雍正元年俱无考）
刘　汉（济宁人，吏员，雍正二年任）
沈泰源（会稽人，监生，十年任。现任）

赵村驿驿丞

叶光义（山阴人，康熙四年任）

高永润（大兴人）

刘秉坤（河南人，二十九年任。嗣后至雍正七年俱无考）

王中仕（济宁人，吏员，雍正八年任）

龚允锡（八年任）

施光兰（会稽人，吏员，十年任）

徐　珠（大兴人，吏员，十二年任。现任）

宿迁县知县

李起元（顺天人，贡生，顺治二年任）

毛抟霄（曲阜人，贡生，三年任）

张元镇（单县人，进士，四年任）

刘邦相（辽东人，贡生，五年任）

王元勋（辽东人，贡生，七年任）

焦文华（赵州人，贡生，九年任）

周祚永（临潼人，举人，十一年任）

王如春（金华人，拔贡，十三年任）

魏铉衡（遂平人，贡生，十六年任）

郑应兆（浦江人，恩贡，十七年任）

郭一鹏（莱州府人，贡生，十八年任）

吕正音（荣河人，贡生，康熙元年任）

胡宗鼎（永城人，进士，三年任）

李经世（聊城人，恩贡，六年任）

丘三捷（尤溪人，举人，十年任）

王振先（鄞县人，十二年任）

李　灿（辽东人，十三年任）

尚登岸（京山人，进士，十七年任）

赵良臣（锦县人，监生，十九年任）

胡天龙（辽东人，护卫，二十一年任）

林昆翰（黄冈人，举人，二十二年任）

邹　琬（麻城人，进士，二十三年任）

祖寅亮（满洲人，监生，二十六年任）

李遇桂（满洲人，二十八年任）
郭世光（盂县人，举人，三十一年任）
胡三俊（余姚人，监生，三十五年任）
刘正远（临朐[1]人，进士，六十一年任）
徐　清（宛平人，贡生，雍正六年任）
钱朝模（会稽人，监生，七年任）
萧廷瑞（德州卫人，举人，乾隆四年署任）
谢锡侯（大兴人，贡生，四年任）
朱绍文（镶白旗人，监生，五年任。现任）

县丞

李长茂（山东人，拔贡，顺治二年任）
赖及国（宛平人，五年任）
秦士俊（大兴人，吏员，九年任）
陈　禵（晋江人，廪生，十六年任）
高　巍（河南人，康熙六年任）
余　宣（浙江人，监生，二十一年任）
朱　惠（会稽人，监生，二十二年任）
王显蕴（大同人，岁贡，二十三年任）
沈　益（浙江人，监生，三十四年任）
胡堪征（浙江人，监生，三十五年任）
朱家彦（易州人，监生，三十九年任）
郭维藩（济宁人，监生，四十年任）
赵荆璧（济宁人，监生，四十五年任）
陈朝纲（山阴人，监生，五十三年任）
宋　墧（商丘人，贡生，五十七年任）
黄绍圣（安义人，监生，雍正八年任）
王连璧（归安人，监生，十一年任）
陈大壮（江西人，监生，乾隆四年任。现任）
傅　果（镶黄旗人，监生，六年任。现任）

① 原作“临煦”，径改。

主簿

王良臣（北直人，贡生，顺治二年任）
秦邦翰（绍兴人，贡生，六年任）
沈时达（嘉兴人，吏员，十年任）
杜荣春（井陉人，监生，十七年任）
韩必荣（日照人，吏员，康熙十二年任）
王振先（辽东人，十六年任）
陈　标（涿州人，二十一[①]年任）
冯源汴（涿州人，荫生，二十三年任）
咸养翠（浙江人，监生，二十四年任）
符　册（山西人，监生，二十八年任）
郎熙仁（满洲人，监生，三十一年任）
于　展（通州人，监生，三十五年任）
范锦云（仪封人，监生，四十五年任）
许大壮（大兴人，荫生，五十一年任）
杨澄源（山阳人，监生，雍正十一年任。现任）
汪　鹏（黟县人，监生，十二年任。现任）
于廷烈（大兴人，监生，乾隆元年任。现任）

典史

杨腾秀（陕西人，吏员，顺治二年任）
徐　泳（浙江人，吏员，十二年任）
许士元（绍兴人，吏员，十七年任）
叶长春（杭州人，吏员，康熙十三年任）
陈相儒（华州人，吏员，十六年任）
李　济（会稽人，吏员，二十三年任）
祝国桢（山阴人，吏员，二十八年任）
张现璧（河南人，吏员，四十一年任）
张允绩（蓟州人，吏员，五十二年任）
吴　元（宛平人，吏员，乾隆元年任。现任）

① 原作“九”，据同治《徐州府志》、同治《宿迁县志》改。

教谕

张居完（郯城人，岁贡，顺治四年任）
周　式（太仓人，举人，十年任）
李巽臣（金坛人，举人，十八年任）
章得简（萧县人，岁贡，康熙十六年任）
毛士铨（桐城人，岁贡，二十一年任）
谢范陵（桐城人，贡生，二十七年任）
钱汝驱（太仓人，贡生，三十三年任）
李嵘瑞（盱眙人，拔贡，四十二年任）
朱　峻（宝应人，四十五年任）
朱廷岚（如皋人，岁贡，五十二年任）
吴　骝（桐城人，岁贡，五十六年任）
诸正述（怀宁人，拔贡，雍正六年任）
汪　葵（徽州人，副贡，乾隆六年任。现任）

训导

胡文荐（德州人，岁贡，顺治三年任）
杨　玹（新安人，岁贡，四年任）
蒋名扬（无为州人，岁贡，十一年任）
岑兆旂（建平人，岁贡，十四年任）
苗养民（定远人，岁贡，康熙五年任）
陈重蕃（当涂人，岁贡，十三年任）
汪　彦（江宁人，岁贡，十九年任）
邓世极（虹县人，岁贡，二十年任）
苏开元（江宁人，岁贡，二十三年任）
张世访（江阴人，岁贡，三十年任）
李如桂（江宁人，岁贡，三十三年任）
刘衍畴（宿松人，岁贡，三十五年任）
张燕颔（临淮人，岁贡，三十八年任）
申　稑（吴县人，贡生，四十八年任）
吴有恒（武进人，岁贡，四十九年任）
钱为湄（丹徒人，岁贡，五十五年任）
陈世琦（通州人，岁贡，雍正三年任）

吴　喆（庐江人，岁贡，七年任）

李民舆（镇江人，岁贡，十年任。现任）

刘马庄巡检

朱式谷（当涂人，监生，雍正十二年任。现任。旧皆无考）

归仁堤巡检

诸显功（绍兴人，乾隆元年任。现任。旧皆无考）

钟吾驿驿丞

陶　滢（大兴人，雍正八年任。现任。旧皆无考）

睢宁县知县

殷　岳（鸡泽人，举人，顺治二年任）

扈文杰（盖州人，五年任）

陈君锡（辽东人，贡士，八年任）

魏　翰（宁远卫人，举人，八年任）

郭士贤（辽阳人，贡士，十二年任）

李粹质（郑州人，拔贡，十四年任）

王家瑞（临汾人，举人，十四年任）

刘朝钥（曲江人，举人，十八年任）

冯应麒[1]（辽东前屯卫人，生员，康熙元年任）

石之玫（甘泉人，进士，三年任）

陈鸿绩（鄞县人，举人，十五年任）

刘登枢（复州卫人，进士，十八年任）

葛之莫（辽东人，监生，二十二年任）

郭允屏（高陵人，进士，二十五年任）

卢信鸿（怀集人，举人，二十七年任）

刘公裕（济宁人，监生，二十九年任）

丁　昱（日照人，举人，三十一年任）

郎应室（镶黄旗人，三十三年任）

---

① 本志卷六《公署》亦作“冯应麟”。

谢乃实（福山人，进士，三十四年任）
章之瑶（会稽人，监生，三十六年任）
周凤鸣（正蓝旗人，三十九年任）
段仔文（简州人，举人，四十二年任）
罗　英（嘉定人，举人，四十四年任）
王廷梅（资阳人，举人，四十六年任）
刘如晏（临桂人，解元，五十三年任）
朱尔荣（单县人，教习，五十九年任）
郭朝弼（镶红旗汉军，监生，六十年任）
牟　悫（栖霞人，进士，雍正元年任）
刘正远（山东人，进士，四年署任）
杨圣模（安平人，举人，四年任）
刘发华（高安人，举人，六年任）
靖乃成（黄冈人，附生，六年署任）
黄　宣（即墨人，举人，六年署任）
高连登（沅陵人，拔贡，七年署任）
马国镎（绥德州人，监生，七年署任）
郎大成（昌平州人，拔贡，九年署任）
杨曾敏（开化人，监生，十一年任）
余家璜（镇远人，岁贡，乾隆元年署任）
张楚材（宣化人，贡生，四年署任）
俞民表（山阴人，监生，五年署任。现任）

县丞（康熙二十三年复设，管理河务）
沈五杲（山阴人，贡生，康熙二十三年任）
张其仁（韩城人，监生，二十六年任）
孙时泰（绍兴人，监生，三十七年任）
郭　蕃（大兴人，生员，五十四年任）
郭耕礼（泾阳人，举人，雍正七年署任）
严必彩（宛平人，监生，七年署任）
傅　果（镶黄旗人，监生，八年署任）
张树玉（镶蓝旗人，监生，十年署任）
景天文（偃师人，儒士，十二年任。现任）

主簿

冯世忠（浙江人，吏员，顺治三年任）
杜士英（浙江人，吏员，七年任）
王汝翼（韩城人，吏员，十年任）
张　鼎（钱塘人，吏员，十四年任）
宋文耀（东安人，吏员，十六年任）
金汉泳（义乌人，吏员，康熙五年任）
丁应生（大兴人，吏员，十五年任）
黄应登（通州人，吏员，十七年任）
张允仁（绍兴人，吏员，二十二年任）
吴　璋（湖州人，监生，二十七年任）
叶　志（慈溪人，监生，三十五年任）
杨懋昌（湖广人，监生，四十七年任）
赵　烺（镶蓝旗人，五十四年任）
钟　昭（宛平人，监生，雍正六年任）
朱继序（山阴人，岁贡，七年署任）
郭　宾（江都人，监生，十年署任）
吴　铎（南昌人，监生，十一年任。现任）

典史

金文元（浙江人，吏员，顺治三年任）
黄应征（丰城人，吏员，八年任）
梁晋望（上虞人，吏员，十四年任）
陆文祚（会稽人，吏员，康熙元年任）
缪振稷（山阴人，吏员，三年任）
倪　镃（会稽人，吏员，六年任）
杨　杰（直隶人，吏员，十八年任）
谷承恩（济宁人，吏员，二十九年任）
宋文显（绍兴人，吏员，三十一年任）
夏　楠（绍兴人，吏员，三十八年任）
丁　珏（绍兴人，吏员，四十六年任）
鲁嗣渊（绍兴人，吏员，五十六年任）
田建朝（渭南人，吏员，雍正四年署任）

陈国弼（临洮府人，吏员，五年任）
张允绩（蓟州人，吏员，六年任）
王中仕（滋阳人，吏员，七年任）
徐　珠（大兴人，吏员，十三年署任）
马德聚（长治人，吏员，十三年任）
谢　吉（上虞人，议叙，乾隆五年任。现任）

教谕

刘龙跃（南昌人，举人，顺治三年任）
许　瑶（常熟人，举人，七年任）
王相吕（泰州人，举人，九年任）
朱文谟（旌德人，岁贡，十一年任）
卢元靖（颍上人，岁贡，十五年任）
孙大经（上海人，副贡，十八年任。缺裁）
姚士塈（桐城人，岁贡，康熙十六年复设任）
陈　哲（广德人，举人，十七年任）
江之淮（歙县人，岁贡，二十三年任）
黄天嗣（江都人，贡生，二十七年任）
李嵘瑞（盱眙人，拔贡，三十五年任）
孙学洙（丰县人，拔贡，三十八年任）
黄吉昱（江都人，岁贡，四十九年任）
费廷宣（长洲人，岁贡，五十四年任）
夏　震（如皋人，贡生，六十一年任）
陈　倓（仪征人，举人，雍正五年任）
高元仑（江都人，举人，十年署任）
吴裴立（武进人，副贡，十二年任）
吴遇进（高邮州人，副贡，十三年任。现任）

训导

张一鹤（平度州人，岁贡，顺治三年任）
李之实（延庆州人，岁贡，五年任）
金南鸣（英山人，岁贡，十二年任）
沈明弼（定远人，岁贡，十四年任。缺裁）

徐　常（武进人，岁贡，康熙四年复设任）
郑维清（滁州人，岁贡，十八年任）
张联斗（寿州人，岁贡，十九年任）
虞　寿（金坛人，岁贡，二十五年任）
余　张（建阳卫人，岁贡，三十一年任）
佘　蕙（铜陵人，恩贡，三十六年任）
吕自卓（金坛人，岁贡，四十四年任）
沈绍蕃（常熟人，岁贡，五十年任）
许自召（歙县人，贡生，六十一年任）
翟　铸（泾县人，副贡，雍正五年任）
俞舜臣（芜湖人，岁贡，六年任）
李　灏（合肥人，岁贡，九年任）
郭　梅（丹阳人，岁贡，乾隆元年任。现任）

武职附

本朝二

武职沿革，详见《兵制》。至沿河驻防各弁，因时增改，委署迭更，实授久任者十不二三。邳、宿、睢三属于雍正八年大水，案卷漂失，无从查核。兹将有考者载姓名于左。

徐州副总兵（驻府城。顺治二年设总兵，寻改副总兵，属漕标。雍正七年，改为河标左营）

王之纲（顺天人，顺治二年任。总兵）
周维墉（江宁人，武举，三年任。以后皆副总兵）
陈一贯（正蓝旗人，九年任）
刘朝辅（正红旗人，十三年任）
周　贵（正黄旗人，十八年任）
贺国贤（石楼人，行伍，康熙十年任）
惠占春（永平人，十二年任）

杨三元（宜川[1]人，十八年任）
邓君弼（榆林人，将材，二十一年任）
任世禄（杞县人，将材，二十四年任）
侯　奇（济宁人，将材，二十六年任）
许　青（晋江人，三十年任）
王子明（直隶人，行伍，三十六年任）
刘体义（宁夏左卫人，将材，三十七年任）
郑　章（直隶人，将材，三十八年任）
陈天培（武昌左卫人，四十六年任）
王政行（侯官人，行伍，五十年任）
韩廷标（余姚人，行伍，五十七年任）
闪文绣（大名人，武进士，雍正元年任）
郭鲁藩（钜野人，行伍，六年署任）
许大学（宁夏人，武进士，六年任）
葛世雄（宁武府人，行伍，九年任）
王云鼿（正黄旗人，行伍，乾隆元年任。现任）

中军守备（康熙初裁）

柳吉润（山西人）
张进忠
董次仲（并顺治间任）
徐世华（康熙初任。寻裁）

兵备道中军守备（康熙四年裁）

谢　灿
刘汉杰（并顺治初任）
冯士显（十一年任）
员汝白（十一年任。康熙四年裁）

左军守备

王　恂（顺治间任）
薛世卿（康熙初任）
尹　志（南宫人，武进士，十二年任）
臧国佐（清苑人，三十九年任）
刘文元（辽东抚顺人，四十七年任）
谢　珏（大兴人，五十二年任）
杜　凯（湖广人，五十七年任）
成元震（文水人，武举，六十一年任）

---

① 原作“州”，据民国《宜川县志》卷二十二《氏族志》改。

河标左营中军都司（雍正十年以左军守备改设）

王永福（东阿人，武进士，雍正十一年任）

董正坤（安顺府人，行伍，乾隆三年任。现任）

千总（旧设二员，雍正十年添设一员，额设三员）

方　斌（本州人，康熙五十年任）

黄　飞（浙江人，五十八年任）

方伯敬（本州人，五十八年任）

刘永春（历城人，行伍，雍正元年任）

田国聘[①]（桃源人，行伍，三年任）

王　详（宿迁人，行伍，四年任）

叶盛林（桃源人，行伍，八年任）

韦国相（松江人，行伍，十年任）

宋世德（吴县人，行伍，十二年任）

陈加翔（上元人，行伍，十三年任）

马宗珍（济宁人，行伍，乾隆四年任）

右军守备（驻夏镇）

张弼明、白国栋、高霈（并顺治间任）

舒良幹（宁国人，武进士，康熙元年任）

忻维世（宣府人，武进士，十年任）

樊述英（榆林人，武进士，二十年任）

林之本（燕山卫人，武进士，二十八年任）

姚钦明（三原人，武举，三十六年任）

郭光烈（南昌人，功加，三十六年任）

阎滨威（榆林人，行伍，四十四年任）

刘维翰（顺天人，武进士，五十二年任）

朱世杰（宁夏人，行伍，五十八年任）

徐文芳（番禺人，行伍，五十九年任）

王　琰（保定府人，武生，雍正二年任）

董士杰（湖广人，行伍，七年任）

① 铜山县志皆作“田归聘”。

王　俨（祥符人，武举，八年任）
翟应熊（河南人，行伍，十一年任）
李振元（正红旗人，武举，十三年任。现任）

萧营守备

罗景芳（镶红旗人，顺治三年任）
郭大乾（京卫人，十年任）
贾　成（本州人，将材，十三年任）
潘起龙（江陵人，将材，康熙五年任）
刘玉珮（京卫人，武举，十一年任）
徐　城（京卫人，武进士，二十年任）
姚廷栋（京卫人，武进士，二十二年任）
赵兴隆（靖远卫人，武举，二十三年任）
王遵典（淇县人，武举，二十五年任）
唐时模（武昌人，武进士，三十年任）
李登第（武进人，三十九年任）
傅　训（余姚人，行伍，四十五年任）
寇明臣（大同人，行伍，五十二年任）
田喜金（固原人，行伍，五十七年任）
高　钰（镶黄旗人，雍正元年任）
颜绍周（亳州人，九年任）

萧营都司（雍正十年以守备改设）

颜绍周（本营守备，雍正十年改授。现任）

河标右营游击（驻白洋河。旧属漕标，雍正七年改为河标右营）

沈应麟（萧山人，顺治年任）
吴国栋（宣府人）
高文举
单登龙（京卫人，武探花）
丁际昌（绍兴人，武进士）
陈　铸（济宁人）
李　耀（河南人）
章　纮（绍兴人，武进士）
罗光耀（宣府人，将材）

张子龙（宣府人。嗣后至乾隆元年俱无考[①]）

陈　楫（保定人，武进士。乾隆二年任。现任）

中军守备（驻宿迁县城）

毛有轮（顺天人）

刘嗣孟（平原人，武进士）

朱（佚名）

孟宗圣（浙江人，武进士）

林　宁（福建人）

庄　焕（京卫人，武进士。嗣后至乾隆二年俱无考）

张　玉

赵一鹏

毋三俊

王　焜（济宁人）

张得功（京卫人）

李奎芳（淮安人）

李国柱（天津人，行伍，乾隆三年任）

千总（额设三员：二驻防白洋河地方，一驻防新邳州地方）

叶盛林（桃源人，行伍，乾隆二年任）

彭承龙（衡州人，行伍，乾隆五年任。以上驻白洋河）

周　琦（济宁人，行伍，雍正十三年任。驻邳州）

丰萧砀河营守备（徐河南岸营改设，详见《兵制》）

唐建功（济宁人，将材，康熙十七年任）

王金锡（荆州人，武举，十九年任）

华成名（宿州人，将材，二十五年任）

陈友谦（镶蓝旗人，三十八年任）

刘汶远（汶上人，将材，四十七年任）

朱　锦（宝应人，将材，五十五年任。嗣后至乾隆元年俱无考）

戴大鹏（淮安人，武举，乾隆二年改丰萧砀河营。现任）

千总（驻防府西郭家嘴）

华成名（宿州人，升本营守备）

张隆麟（本州人）

朱　锦（宝应人，升本营守备）

安自亮（福建人）

① 案乾隆《江南通志》卷一一一《职官志·武职》，自沈应麟以下皆有任职年岁。张子龙，康熙四十二年任。嗣后有祁瑛（凉州卫人，四十七年任）、吴进（陕西人，五十年任）、冯廷辅（陕西人，五十三年任）、张耀祖（陕西人，五十五年任）、方文登（扬州人，六十年任）、徐文芳（广东人，雍正元年任）、白举（直隶人，五年任）、黄正元（福建人，八年任）。

吴　寿（大兴人，入籍铜山）　　　　张继圣（本州人）

赵应鸾（本州人。嗣后至乾隆元年俱无考）

吴　灿（大兴人，行伍，乾隆二年改归丰萧砀河营管辖）

铜沛河营守备（徐河北岸营改设，详见《兵制》）

徐国琛（正蓝旗人，武举，雍正七年任。乾隆二年改铜沛河营）

千总（驻防徐州大坝）

林文元（邳州人，行伍，雍正七年任）

李　泽（铜山人，行伍）

孟　宣（阳谷人，行伍。乾隆二年改归铜沛河营管辖）

淮徐河营游击（雍正六年设，驻宿迁县）

彭　镇（行伍，雍正十年任。现任。旧皆无考）

邳睢北岸河营守备（康熙十八年设，驻睢宁县木社店）

张得功（郓城人，储将，康熙十八年任）

姚国幹（仪封人，武举，二十五年任）

赵国泰（济宁人，行伍，三十年任）

张鹏黄（高唐州人，武举，三十九年任）

杨九奏（济宁人，武举，五十二年任）

李凤冈（宛平人，行伍，雍正七年任。现任）

千总（驻扎董家塘）

赵国泰（济宁人，行伍，康熙二十年任）

张志远（郓城人，行伍，二十九年任）

李　才（济宁人，行伍，三十二年任）

宫士捷（济宁人，行伍，三十六年任）

厉汝贵（绍兴人，将材，三十六年任）

张其祉（桃源人，武生，四十五年任）

陆　翠（山阳人，行伍，五十一年任）

周洪玉（扬州人，行伍，五十一年任）

戴大鹏（山阳人，武举，雍正二年任）

丘若龙（济宁人，旗牌，八年任）
骆飞龙（山阳人，武举，十一年任）
李国太（桃源人，行伍，乾隆四年任）

南岸河营守备（雍正十年分设，详见《兵制》）
王　起（济宁人，行伍，雍正十年任。现任）

千总（驻防戴家楼）
包成龙（山阳人，行伍，雍正十年任）
朱一智（桃源人，行伍，乾隆二年任。现任）

宿虹北岸河营守备（康熙十七年设，驻宿迁县）
柳连城（济宁人，行伍，雍正六年任。旧皆无考）
汪　顺（清河人，行伍，乾隆三年署任）

千总（驻皂河）
苏廷瑞（济宁人，行伍，雍正六年任。旧皆无考）
桑　浩（宿迁人，行伍，九年任）
周　国（山阳人，行伍，十二年任）
张秉铨（沛县人，行伍，乾隆二年任。现任）

南岸河营守备（雍正六年分设，驻白洋河）
徐三元（铜山人，行伍，雍正八年任）
汪　顺（清河人，行伍，乾隆二年任）
柳连城（济宁人，行伍，三年署任）

千总（驻洋河汛）
任弘图（济宁人，行伍，雍正七年任）
丁元配（宿迁人，行伍，乾隆二年任）

宿迁运河营守备（宿桃中河营改设，详见《兵制》）
张其智（桃源人，武生，雍正八年署任。旧皆无考）
柳连璧（济宁人，行伍，九年署任）

丘若龙（济宁人，旗牌，十年任。现任）

徐州卫守备

于　蛟（顺治初任）

王永禄（十一年任）

罗弘儒

黄可乐（康熙元年任）

王　钦（渭南人，武举，元年任）

周在鱼（鄞县人，武进士，十二年任）

田　穗（商丘人，武进士，二十二年任）

王　绪（宝坻人，武进士，二十六年任）

李　琛（曲沃人，武进士，四十三年任）

朱应高（蕲水人，武进士，四十七年任）

孙国宾（庐陵人，五十年任）

王之佐（大兴人，官生，五十三年任）

王调梅（正蓝旗人，监生，雍正五年任。现任）

经历（康熙初裁）

杨用陛、金鸿图（并顺治间任）

千总

王一谦、孙翊、曹应宿、萧晖、刘弘基（并顺治间任。以后分帮各载）

江北帮领运千总

马映宿（西华人，康熙二十二年任）

何绍穆（福清人，行伍，二十二年任）

杨　弘（萧县人，武举，三十六年任）

余　龙（永嘉人，行伍，三十八年任）

纪　寅（乌程人，武举，四十七年任）

邬上谘（奉化人，武举，四十七年任）

姚锡年（钜野人，武举，五十二年任）

高其傃（镶白旗人，监生，五十三年任）

陈文魁（宜都人，监生，雍正二年任）

张匡世（海宁人，世职，二年任。现任）

严　况（武昌人，武举，三年任。现任）

河南帮领运千总

李承瀚（大兴人，武举，康熙二十九年任）

徐葆良（陵县人，三十四年任）

韩弘毅（大兴人，三十九年任）

李　采（鹿邑人，武举，四十二年任）

萧　渭（宛平人，武举，四十四年任）

孙　獬（万全人，武举，四十五年任）

李继伦[①]（北通州人，四十六年任）

于元泰（宝坻人，武举，四十七年任）

李　正（蒲城人，武生，雍正元年任）

河南前帮领运千总（即前河南帮。雍正四年分为前、后两帮，每帮设二员）

李年丰（平遥人，雍正二年任。四年分为前帮）

宋德宏（大兴人，三年任。现任）

陈定国（宛平人，九年任。现任）

河南后帮领运千总

朱式觐（太平人，雍正四年任）

常世经（北通州人，武举，四年任）

金德照（镶白旗人，监生，六年任）

麻龙文（南昌人，武举，七年任。现任）

徐州府志卷之十三全

① 康熙《徐州志》作“李维伦”。

徐州府志卷之十四

选举上

近来志书，例有《选举》一类，凡科甲、乡贡及他途入仕者，咸得与焉。旧志于是类搜罗颇详，今稍节其繁冗，附以后来并新属之一州二县，以之备考可也。若其人之传与不传，岂系此哉?

历代进士

隋置进士科，唐、宋因之。明代定三年一试，限辰、戌、丑、未年。本朝仍明旧制。特开者曰恩科。

唐

刘延祐（彭城人，高宗时登第，安南都护）

刘知几（彭城人，武后时登第，崇文馆学士）

刘　商（彭城人，虞部郎中）

刘　迥（知几子，给事中）

王　驾（彭城人，大顺元年登第）

刘　轲（沛县人，元和末登第，洺州刺史）

五代

刘　涛（彭城人，后唐天成中登第，秘书监）

李光义（丰县人，太子右赞善）

李良弼（光义子，监察御史）

宋

牛　冕（彭城人，太平兴国三年登第）

刘　晟（彭城人，涛之孙）

刘　讷（晟子）　　刘　谭（晟次子）

晁　迥（彭城人，太子少傅）　刘　颜（彭城人，知龙兴县）
刘　庠（颜之子，太常博士）　刘　湜（彭城人，龙图阁直学士）
寇国宝[①]（彭城人，吴县主簿）　颜太初（彭城人，国子监说书）
郑　仅（彭城人，显谟阁直学士）　李处全（彭城人，太常丞）
晁宗悫（迥之子，参知政事）　颜　复（太初子，国子监祭酒）
邵　化（沛县人，通奉大夫）　邵　奎（化之子，金紫大夫）
邵敏能（化之孙，朝请大夫）　王尧臣（砀山人，天圣五年状元）
葛进卿（砀山人）　李若谷（丰县人，良弼子，参知政事）
李　淑（若谷子，乾兴初赐第，官学士）
李寿朋（淑之子，盐铁副使）　李复圭（淑次子，集贤殿修撰）
宋　章（丰县人，元丰八年登第）
姚孝锡（丰县人，政和四年登第，代州兵曹）

金

刘贤佐（彭城人）
邵世矩（沛县人，化曾孙，刘豫时状元）
高　焕（沛县人，大定间登第）
邵师古（砀山人，大定中登第）
兀底辖长寿奴（沛县人，大安时登第）

元

王　廓（徐州人）
石　普（徐州人，至正初登第，国史院编修）
张　明（萧县人，天历四年登第，参知政事）
李　亨（萧县人，至正十一年登第，知州）
吉　僧（沛县人）　朱　禬（沛县人）
韩　准（沛县人，延祐五年登第，资政大夫）
常　能（丰县人）　袁　涣（丰县人，遵道子，右丞相）
王贤举（丰县人，济宁路总管）　郑　鼎（丰县人）
曹　中（丰县人，侍郎）

康熙间州志云：徐属进士，金、元以上，颇不乏人。旧志止总叙数名，太略，

① 原作“宾”，讹自嘉靖《徐州志》，据范成大《吴郡志》及本志《人物传》改。

故更为增订。今仍之。

明

洪武

辛亥科吴[①]伯宗榜（四年）[②]

魏　益（砀山人，知县）

辛未科许观榜（二十四年）

于德恭（宿迁人，瑞州知府）

丁丑科韩克忠榜（三十年）

丁德量（萧县人，御史）

永乐

丙戌科林环榜（四年）

曹士正（萧县人）

乙未科陈循榜（十三年）

许　彬（丰县人，礼部侍郎）

戊戌科李骐[③]榜（十六年）

倪　鼎（砀山人）

正统

己未科施槃榜（四年）

牛　吉（徐州人，佥事）

景泰

□□科□□榜（无考）

李　实[④]（丰县人，滑县知县）

① 原作“胡”，据康熙《徐州志》、《皇明进士登科考》改。

② 年份系整理时所加，下皆同。

③ 原作“麒”，据永乐十六年进士题名碑改。

④ 案康熙《滑县志》：李实，进士，景泰三年任县令。然未及科分，又《皇明进士登科考》有正统七年进士李实，四川合县人，非徐人。存疑待考。

成化

丙戌科罗伦榜（二年）

李　绅（沛县人，光禄寺少卿）　　李秉衷[①]（丰县人，员外郎）

罗　鹍（宿迁人，山西按察司佥事）

许　进（丰县人，河南灵宝籍，礼部尚书）

己丑科张昇榜（五年）

张　佶（徐州人，浙江按察司佥事）

壬辰科吴宽榜（八年）

沈　瓌（宿迁人，陕西盐运副使。《淮安府志》作“沈环”）

乙未科谢迁榜（十一年）

潘　洪（宿迁人，青州知府）

戊戌科曾彦榜[②]（十四年）

孙　珩（徐州人，广东左参议）　　袁　清（邳州人，郧阳知府）

甲辰科李旻榜（二十年）

陈　琳（睢宁人，知县）

丁未科费宏榜（二十三年）

李性明（萧县人，工部都水司主事）

弘治

庚戌科钱福榜（三年）

沙　立（徐州人，广西按察司佥事）

乙丑科顾鼎臣榜（十八年）

杨　辅（邳州人，山西按察司副使）

索承学（邳州人，南京户部郎中）

正德

戊辰科吕柟榜（三年）

李　玑（萧县人，应天骧武卫籍，御史）

李　稳（砀山人，浙江按察司佥事）

---

① 案《皇明进士登科考》：李秉衷，成化五年张昇榜二甲第五名。康熙《徐州志》置入二年丙戌科罗伦榜，本志同误。

② 原作“戊戌科曾彦稿榜”。案《皇明进士登科考》：成化戊戌科进士第一名为曾彦。康熙《徐州志》误“榜”为“稿”，本志据文例补“榜”字，而“稿”字仍存。今删之。

高　瑁（睢宁人，山东提学佥事）

丁丑科舒芬榜（十二年）

马　津（徐州人，福建提学副使）

辛巳科杨维聪榜（十二年）

杨　诠（邳州人，南京户部郎中）

嘉靖

癸未科姚涞榜（二年）

舒　经（徐州人）

丁未科李春芳榜（二十六年）

朱乾亨[①]（徐州人，知府）

周　镗（宿迁人，河东盐运使）

隆庆

辛未科张元忭榜（五年）

卓于彦[②]（睢宁人，知县）

万历

庚辰科张懋修榜（八年）

张鹤鸣（徐州人，御史）

癸未科朱国祚榜（十一年）

陈汝麟（徐州人，浙江按察司佥事）

李生芳（沛县人，南京工部营缮司主事）

张贞观（沛县人，礼科都给事中）

丙戌科唐文献榜（十四年）

张　斗（沛县人，南京刑部主事）

辛丑科张以诚榜（二十九年）

王应乾（睢宁人，大名参议）

甲辰科杨守勤榜（三十二年）

---

① 案旧志，朱乾亨为“嘉靖二十年辛丑科”，《皇明进士登科考》亦同，载为辛丑科沈坤榜二甲第七十八名。康熙《徐州志》误置二十六年李春芳榜，本志同误。

② 康熙、光绪《睢宁县志》作“卓世彦”。

万崇德（徐州人，御[1]史）

崇祯

辛未科陈于泰榜（四年）

陆奋飞（宿迁人，九江参议）

本朝进士

顺治

丙戌科傅以渐榜（三年）

蒋之绂（徐州人）

宋　杞（丰县人，顺天籍，翰林院编修）

辛丑科马世俊榜（十八年）

丘园卜（睢宁人，湖广提学佥事）

康熙

丁未科缪彤榜（六年）

郑侨生（邳州人，湖广提学副使）

己未科归允肃榜（十八年）

任观瀛（萧县人，布政司参议）

丁丑科李蟠榜（三十六年）

李　蟠（徐州人，状元，翰林院修撰）

己丑科赵熊诏榜（四十八年）

阎　圻（沛县人，河南籍，工科掌印，给事中）

徐用锡（宿迁人，翰林院侍读）

癸巳恩科王敬铭榜（五十二年）

徐　鼎（徐州人，遂平籍，湖北布政使）

乙未科徐陶璋榜（五十四年）

季运隆（邳州人，金堂知县）

① 原作“刺”，据康熙《徐州志》及本志《人物传》本传改。

雍正

甲辰科陈惪华榜（二年）

陈　纲（宿迁人，现任吏部文选司主事）

前明举人

乡举在宋为漕试，谓之发解，第阶之解送南宫会试耳。[试弗第者，须再试。间有不须再试而送南宫者，谓之免解进士][1]，未阶以入仕也。明洪武十五年定科举法，以乡试及格者为举人，并得诠注。本朝因之。历代乡举制既不同，人亦无考。今仍旧志，断自明始。

洪武

庚戌科（三年）

魏　益（砀山人。进士）

丁卯科（二十年）

王　怿（砀山人）

庚午科（二十三年）

沈　逵（邳州人，肃王府长史。《淮安府志》作"沈达"）

丙子科（二十九年）

刘　泰（徐州人，员外郎）

丁德量（萧县人。进士）

建文

己卯科（建文元年）

任　肃（徐州人，云南左参政）

邵　著（徐州人）

胡　秩（徐州人）

杜　旸（沛县人，鸿胪寺鸣赞）

壬午科（建文四年）

张　威（沛县人）

永乐

乙酉科（三年）

蒋　焕（徐州人，训导）

杨　守（徐州人，府同知）

戴　安（徐州人，王府伴读）

曹士正（萧县人。进士）

---

① 四句据康熙《徐州志》补入。

李　巽（沛县人）

王　献（丰县人，南京兵马指挥使）

辛卯科（九年）

薛　昶（徐州人，训导）

王　演（徐州人，训导）

赵　斌（沛县人，登州府同知）

许　彬（丰县人，山东籍。进士）

阎　济（邳州人）

杨　善（睢宁人，诸城教谕）

甲午科（十二年）

魏　冀（徐州人，华州学正）

倪　鼎（砀山人。进士）

王　锐（宿迁人，浑源州知州）

丁酉科（十五年）

权　伦（徐州人，谨之子）

庚子科（十八年）

杜　礼（萧县人，训导）

癸卯科（二十一年）

孙　续（萧县人，御史）

汤思恭（睢宁人，临安知府）

宣德

丙午科（元年）

罗　溥（宿迁人，滦城教谕）

己酉科（四年）

谢　兴（宿迁人）

许　敬（宿迁人，即墨训导）

壬子科（七年）

马　蕙（徐州人，汝宁教授）

乙卯科（十年）

陈　賓（徐州人，教谕）

王　邻（萧县人，教授）

朱　信（萧县人，茌平教谕）

蒋　让（沛县人，邓州判官）

正统

戊午科（三年）

牛　吉（徐州人。进士）

傅　鸿（徐州人，教授）

辛酉科（六年）

董　云（徐州人，训导）

王　荣（徐州人，长史）

甲子科（九年）

沙　杰（徐州人，西安教授）

郑　诲（萧县人，长安教谕）

丁卯科（十二年）

朱　玺（徐州人，学正）

景泰

庚午科（元年）

朱　瓒（徐州人，玺之弟，通判）

王　璟（徐州人，教谕）　周　崧（沛县人）

癸酉科（四年）

张　伦（徐州人，王府纪善）　吴　淳（邳州人，延安府通判）

吴　裕（宿迁人，鲁山训导）

丙子科（七年）

欧阳禄（萧县人，南阳训导）

天顺

己卯科（三年）

房　端（徐州人，教谕）　罗　鹍（宿迁人，溥之孙。进士）

壬午科（六年）

孙　珩（徐州人。进士）

成化

乙酉科（元年）

丘　岳（徐州人）

李　绅（沛县人，锦衣卫籍，顺天榜。成进士）

戊子科（四年）

张　信（徐州人。进士）　潘　清（宿迁人，卫辉知府）

沈　瓌（宿迁人。进士）　曾　昂（睢宁人，府同知）

辛卯科（七年）

马　暾（徐州人，蕙之子，户部郎中）

马　湘（徐州人，蕙之孙，庆阳通判）

卞　祥（徐州人）

张　鼎（徐州人，青城知县）　裴　纪（丰县人，钧州同知）

岑　英（邳州人）　潘　洪（宿迁人。进士）

甲午科（十年）

张　锐（徐州人，知县）
朱　轩（徐州人，知县）
袁　清（邳州人）
朱　迪（睢宁人，汤溪知县）
丁酉科（十三年）
姜　煦（宿迁人，栖霞知县）
庚子科（十六年）
孙元佐（徐州人，推官）
沙　立（徐州人，杰之子。进士）
张　时（邳州人）
癸卯科（十九年）
刘　珩（徐州人，成安知县）
周　云（徐州人，知县）
丙午科（二十二年）
刘　经（徐州人，济宁知州）
李性明（萧县人。进士）
张　金（邳州人，湖广鄢县知县）

弘治

己酉科（二年）
石　城（徐州人）
白　辅（徐州人，任磁州知州）
王　度（徐州人，司务）
周　渊（邳州人）
戊午科（十一年）
刘　贡（徐州人）
朱　洪（萧县人）
杨　辅（邳州人。进士）
夏　铉[①]（邳州人，福州府同知。《淮安府志》作“夏玄”[②]，入正德庚午科）
辛酉科（十四年）
索承学（邳州人。进士）
甲子科（十七年）
李　稳（砀山人。进士）
高　瑁（睢宁人。进士）

正德

丁卯科（二年）
舒　经（徐州人。进士）
秦　表（丰县人）
张孟学（丰县人）
黄　轨（丰县人，北榜，昌平知县）

① 原作“夏元”，参哈佛藏本改。
② 原作“夏宏”，参哈佛藏本改。

丙子科（十一年）

刘　霁（徐州人，教授）　　马　津（徐州人。进士）

己卯科（十四年）

吴九华（徐州人，通判）

嘉靖

壬午科（元年）

刘　章（沛县人）

乙酉科（四年）

高　淳（徐州人，通判）　　蔡　泂（宿迁人，雩都知县）

丁酉科（十六年）

朱乾亨（徐州人。进士）　　周　乾（沛县人）

庚子科（十九年）

王　业（萧县人，御史）

癸卯科（二十二年）

周　镗（宿迁人。进士）

己酉科（二十八年）

潘　麃（宿迁人）

壬子科（三十一年）

徐行道（徐州人）

乙卯科（三十四年）

岑　性（邳州人，鱼台知县。《淮安府志》作“戊午科”）

戊午科（三十七年）

蔡　桂（沛县人，户部郎中）　　高　飞（宿迁人。北榜）

辛酉科（四十年）

聂守中（宿迁人）　　胡　宁（睢宁人，知县）

甲子科（四十三年）

马一化（沛县人）

隆庆

丁卯科（元年）

王尧臣（宿迁人，北榜）

庚午科（四年）

张鹤鸣（徐州人。进士）　李生芳（沛县人，河南榜。进士）

万历

癸酉科（元年）

张贞观（沛县人。进士）　陆世勣（邳州人，萍乡知县）

丙子科（四年）

陆进阶（徐州人，府判）　张　斗（沛县人。进士）

谈　经（邳州人，蕲州知州）

壬午科（十年）

陈汝麟（徐州人。进士）　谈好善（邳州人，南京户部郎中）

甲午科（二十二年）

宋维翰（邳州人，福建运使）

丁酉科（二十五年）

王应乾（睢宁人。进士）

庚子科（二十八年）

万崇德（徐州人。进士）　许有光（邳州人）

己酉科（三十七年）

张其蕴（徐州人，高淳教谕）

乙卯科（四十三年）

蔡日知（沛县人）

戊午科（四十六年）

陆奋飞（宿迁人。进士）

天启

甲子科（四年）

李向阳（徐州人）

丁卯科（七年）

刘永庆（睢宁人，开州知州）

崇祯

庚午科（三年）

万寿祺（徐州人，崇德子）　阎尔梅（沛县人）[①]

癸酉科（六年）

王应中（睢宁人）

丙子科（九年）

蒋之绂（徐州人。进士）

己卯科（十二年）

萧光辰（徐州人，义乌知县）　李树琪（萧县人，贵州中式）

史文烇（丰县人，可传子，顺天中式）

本朝举人

顺治

辛卯科（八年）

任国鐄（萧县人，翰林院待诏）

甲午科（十一年）

丘园卜（睢宁人。进士）

丁酉科（十四年）

李　煜（邳州人，莘县知县）　许印芳（邳州人）

庚子科（十七年）

郝　铉（沛县人）

癸卯科（康熙二年）

郑侨生（邳州人。进士）

康熙

己酉科（八年）

吴廷燮（徐州人，北榜）　张之钜（沛县人，山东榜）

戊午科（十七年）

任观瀛（萧县人，国鐄子。进士）

丁卯科（二十六年）

经天衮（徐州人）　沈圣愿（沛县人，长山知县）

陈周礼（沛县人，山东榜）

① 原版整行字剜去，今据康熙《徐州志》、乾隆元年刻本《江南通志》补。

庚午科（二十九年）

李　蟠（徐州人。进士）

己卯科（三十八年）

徐用锡（宿迁人，北榜。进士）

戊子科（四十七年）

吴弘增（徐州人）　阎　圻（沛县人，河南榜。进士）

辛卯科（五十年）

徐　鼎[1]（徐州人，河南榜。进士）　陈潜修（宿迁人，北榜）

癸巳科（五十二年）

王　纲（沛县人）　徐　迟（宿迁人）

甲午科（五十三年）

任懋华（萧县人，观瀛次子，略阳知县）

郝　彬（萧县人）　方文炳（丰县人。解元）

彭嘉绪（沛县人，山东榜）　季运隆（邳州人。进士）

庚子科（五十九年）

张维绩（邳州人）

雍正

癸卯恩科（元年）

顾维舟（丰县人）

癸卯正科（元年）

陈　纲（宿迁人，北榜。进士）

己酉科（元年）

朱　瑄（徐州人）　张秉衡（丰县人）

壬子科（十年）

于　楠（丰县人）

乙卯科（十三年）

丁泗吉（铜山人）

① 康熙《徐州志》作五十二年癸巳科。

历代荐辟

两汉以来，辟举之典，具在史书。明洪武六年，诏罢科举，令有司专用辟荐。其目有经明行修，有怀才抱德，有贤良方正，有人材，有孝廉。至十七年止，仍用科举法。永乐、宣德后，间一行之。本朝亦参用保举。徐方由是选者，在古寥寥，唯明初颇多。今仍旧志所录，著于篇。

汉

申章昌（楚人，以荐为博士）

施　雠（沛人，以荐为博士）

蔡千秋（沛人，擢谏大夫、给事中）

陈　宣（萧人，光武初征为谏议大夫）

刘　辽[①]（萧人，拜议郎）

刘　矩（辽之侄，举贤良方正）

晋

刘　毅（沛人，孝武时辟，封南平郡公）

刘　粹（萧人，恭帝时辟，从事）

刘宋

刘简之（吕人，官参军）

刘延孙（彭城人，位侍中）

唐

刘胤之（彭城人，武德中以荐为信都令）

宋

陈师道（彭城人，元祐中以荐为本州教授）

元

钱光弼（徐州人，初辟王府掾，仕至总管）

党弘济（砀山人，以荐授永城县尹）

刘文质（砀山人，以荐授河南教授）

袁遵道（丰县人，举神童）

① 按：《后汉书·刘矩传》原作“叔父辽，以辟拜议郎”。故府志载“刘辽”，且注刘矩曰“辽之侄”。中华书局标点本据钱大昕、李慈铭等说乙正为“父叔辽”，是名“刘叔辽”，矩之父也。今碍于文例，不便径改，暂仍其旧。下之“刘矩”亦同。

明

房友信（徐州人，洪武初以荐授检讨）
刘　祥（徐州人，洪武初举人材，任利津训导）
高巽志（萧县人，洪武初征修《元史》）
孟　骥（萧县人，洪武初举人材）
常脱因台（砀山人，洪武初由明经授霸州同知）
段　温（砀山人，洪武初举贤良方正）
陈修质（砀山人，洪武初由明经授葭州知州）
魏志道（砀山人，洪武初由明经授怀庆府同知）
高　敏（砀山人，洪武初由明经授扬州府知府）
魏宗周（砀山人，洪武初由明经授泉州府知府）
曹　昶（砀山人，洪武初举人材，授兵马司）
王　正（丰县人，洪武初以宋濂荐，官知府）
蔡　楫（沛县人，洪武十五年举孝廉）
黄　正（砀山人，洪武中擢右佥都御史）
秦　英（丰县人，洪武中举贤良方正）
陈明善（丰县人，洪武中由明经官知府）
唐　懋（丰县人，洪武中举人材，任太原通判）
刘凤翔（丰县人，洪武中以荐授万安知县）
白　金（丰县人，以荐授泉州府通判）
罗承祥（丰县人，洪武中以荐授光禄寺典簿）
李　车（丰县人，洪武中以荐授如皋县丞）
李　冠（丰县人，洪武中以荐授本县训导）
吴希文（沛县人，举贤良方正，授献县知县）
权　度（徐州人，举贤良方正，授寿阳县丞）
权　谨（度之弟，举孝廉，授文华殿大学士）
欧阳股（萧县人，永乐初荐怀才抱德，授主事）
欧阳耳（萧县人，举贤良方正，授贵池县丞）
刘惟新（徐州人，永乐中以楷书征修《大典》）
张　端（徐州人，永乐中举孝廉，授真定尹）
郝　镗（萧县人，荐怀才抱德，授兴化通判）
甄　瑛（沛县人，举明经）
宗德林（丰县人，永乐间荐授宝泉库大使）

王　畴（丰县人，正之子，举怀才抱德）

王　度（正次子，以荐授刑部主事）

赵　庶（邳州人，以荐授南京东城兵马指挥）

刘　崇（邳州人，以荐授任丘县丞）

宋　城（邳州人，以荐授任丘县丞）

张　英（邳州人）

李　焕（邳州人）

杨元亨（邳州人，举人材，授云南军民府知府）

冯　成（邳州人，举人材，授广西柳州府知府）

朱　名（邳州人，举人材，授云南琅井巡检）

唐文焕（邳州人，举人材，授湖广新县知县）

王　琰（宿迁人，以荐授武清县丞）

潘　敏（宿迁人，举人材，授泾阳主簿）

刘　琮（宿迁人，以荐授武冈州同知）

朱　浩（宿迁人）

叶　茂（睢宁人，以荐授高唐州同知）

何　俊（睢宁人，以荐授开封府同知）

顾　浩（睢宁人，以荐授定辽左卫经历）

宋　恺（睢宁人，以荐授蒙化州知州）

按：旧志明季徐州人由保举授官者，监生则陈应阶，授主簿；袁国祥，授宛平知县。诸生则杨妍，授归德推官；吴光谱，授陈州知州；吴应乾，授夏邑知县；吴之蕃，授太康知县；吴汝玑，授知县；胡世明，授归德军厅；杜先发，授清河教谕；杜养邃，海门训导；邓大成，授训导；吴汝球，授宁波通判；滕起凤，授淮安同知。姜志载入"应例"，移附于此。

前明贡生

洪武十六年，令天下府州县学自明年为始，岁贡生员各一人。二十五年，令府学一年贡二人、州学二年贡三人、县学一年贡一人。永乐、宣德间，略有更易，寻复旧。正统六年改制，府学一年一人、州学三年二人、县学二年一人。嘉靖九年，令天下岁贡通学考选一名。考选自是始。隆庆元年，诏选贡府学二人、州县学一人。万历后，恩选因之。崇祯八年，命天下贡士于太学，以提学官为总裁，糊名考试，名曰"超贡"，帝亲临轩试之，此特典也。

徐州学

赵　麟（御史）
朱　芾（御史）
王　洪（主事）
刘　增（知府）
王　允（主簿）
张　骥（给事）
史　恒（御史）
黄　哲（府经历）
吴　讷（御史）
苏　迪（主事）
陈　缙（县丞。以上洪武年贡）
王　礼（知县）
胡　安（吏目）
张　茂（知县）
王　颐（主事）
潘　义（知州）
王　鬻[1]（主事）
潘　励（推官）
王　芃（兵马司副指挥）
潘　玙（县丞）
李良聪（知县）
白　素（少卿）
梁　惠（知县）
孟　凯（兵马指挥）
张　勖（主簿）
刘　庸
吴　昶（卫经历）
王　信（太常奉祀）
孙　顺（铜仁知府）
孟　仝（主簿）
刘　端（王府典宝）
张　英
钱　玉（以上永乐年贡）
朱　敬（县丞）
金　嵩
朱　善（衢州知府）
张　秉
沙　源（以上宣德年贡）
尹　冲
范　寅（河间府同知）
朱　环（知州）
朱　志（户部员外郎）
王　泽（县丞）
杨　震（卫经历）
居　安（州判）
尹　莘（卫经历）
曹　智（县丞）
宋　盛
李　恂（以上正统年贡）
曹　豪
陈　孜
宋　鉴
李　惠
李　恭
贺　达
滕　俊
汪　润（教谕）
任　皓（学正。以上景泰年贡）

① 原作“鼎”，据各本《徐州志》及本志《人物传》改。

权　宗（教谕）	任　伦（无极县训导，升教谕）
鉴　昭	周　谅
申　英（典史）	魏　瑛（训导。以上天顺年贡）
孔　宗（卫经历）	朱　菖（州判）
王　迪	路　聪
孙　绎（县丞）	孟　阳（县丞）
苏　艮（府经历）	牛　祯
梅　玉（训导）	孟希鲁（训导）
马　暕（长史）	吴　叙（卫经历）
刘　正（州判）	黄　仑（训导）
周　会（训导）	李　杰
张　拣（知县。以上成化年贡）	
孔　雄（训导）	任　侃（柏乡训导，升教谕）
孙　玘（训导）	居　辅
尹　瞻（知县）	束　琰（县丞）
沙　性（训导）	潘　杰
蒋　昇（学正）	张　佐（教谕）
朱　绶（训导）	蒋　裕（广平训导）
汪　凤	丁　谦（训导）
房　栋（端之子，崞县知县。以上弘治年贡）	
吴希哲（知县）	周　济（训导）
石　宁（教谕）	祖　章（训导）
金　鳌	朱廷耀（知县）
范廷璋（武定州训导）	任　悦（训导）
潘　经（训导）	李　瓒（新城训导）
丘志广	王逢吉
马　江（蕙之孙，南阳教谕）	权大经（训导。以上正德年贡）
马　林（主簿）	赵　环
张　弓（学正）	胡伯启
徐　兰（德州训导）	周　恺
沙　玄（杰从子，济阳训导）	
董　恺（主簿）	沙孟升（立之子）
尹　玠（献县丞，王府审理）	周　铉（商河主簿）

陈　锐
崔　铠（通判）
徐　宪（训导）
周　镎（训导）
黄　㮚
马　伦
周　贵（吏目）
徐　嵩（知县）
宋　琚
毕　集
周　渠（德州学正）
权思期
孙永祚（训导）
孙永明（教谕）
周　依（王府教授。以上嘉靖年贡）
周中立
徐　夔（王府教授）
吴　愚（训导。以上隆庆年贡）
庄　重（灵璧教谕）
丘　岳
马　荧（朔州学正）
杨希震（荥泽训导）
张　本（知县）
吴志良（沭阳训导）
王　宝（苏州训导）
吴应期（选贡，莱芜知县，升通判）
马如飞（合肥训导）
张　梃（苏州训导）
范士彦（选贡，连州判官）
马　照
武金凤（太平教授）
沙国祯（兴化训导）
王　宾（海门训导）

王　珮
陈　言（教谕）
尹　埙（训导）
吴　金（训导）
刘礼义
杨　年（藁城训导）
周　泾（主簿）
厉　仁
周　冕（训导）
朱　金（教谕）
刘　岱（教谕）
居　易（王府教授）
范常健（教授）
刘　宫（主簿）
伊天民
杨思寿
陶云鹗
夏景荣
徐行儒（乐清训导）
孙永朋
马　焯（如皋训导）
邓　川（金坛训导）
蒋　霑（余姚教谕）
赵鸣鹤（兴化训导）
孙　桐（苏州训导）
吴道昌
王　聪（桐柏教谕）
庄日新（安东训导）
闵　渭（训导）

贾崇禄（溧水训导）　　高　逵
王三槐（大兴训导）　　张四教（湖州训导）
宋　坤（琚之子）　　李国彦（太平训导）
朱之藩（德安教授）　　冯　桂
吴志高（以上万历年贡）　　毕文美（选贡，邯郸知县）
冯志京（选贡，麻阳知县）　　杜世则
酆允兴（当涂训导）　　马允化（如飞子）
洪思谦
王　淳（乐陵教谕。以上天启年贡）
万寿祺（恩贡，庚午中式）　　郭良栋
聂应登（庐江训导）　　刘世用（江阴训导）
张建名（固城教谕）　　刘芳誉（怀临训导）
萧光辰（盐城训导，己卯中式）
高攀鳌　　曹志明（选贡）
魏志高（如皋教谕）　　吴汝琦（河南兵备道）
王明德（太平教谕）　　夏应凤（丹阳训导）
吴之鲸　　李荫阜
张世居　　李　鉴（选贡）
马伯奇（选贡。以上崇祯年贡）
李　茂（永乐中济源训导）
刘　韶（嘉靖中济源训导。并见《济源县志》）
张　谌（宣德中冀州训导。见《冀州志》）
易应时（嘉靖间宿州训导）
马　荣（万历九年蒙城训导）
李思恭（崇祯末灵璧教谕。并见《凤阳府志》）
房厚康（隆庆元年东昌训导。见《东昌府志》）
倪　渤（万历中新乐训导，升郏县教谕。见《新乐县志》）
徐名扬（崇祯元年饶州通判。见《饶州府志》）
傅　鹏（历城教谕）　　李　辅（长清训导）
钱　穗（长清训导）
李云桐（乐陵教谕。并见《济南府志》）
王　荣（故城教谕）
张其名（故城教谕。并见《河间府志》）

刘　信（平山训导。见《平山县志》。〇以上十六名，杂见诸志，皆徐州贡生。其出贡年分未详，附志于后。属县仿此）

萧县学

王祉泰（广东按察司佥事）
武　赳（内黄知县）
钱守成
孙　续（永乐癸卯中式）
丁德量（丙子中式）
蒋敬实
孙寿春
李廷佐（嵊县知县）
彭季伸
张敬宾（泸州同知）
刘　俨（慈利知县）
张　斌（邠州同知）
张　珰（梧州府检校）
朱　瀫（户部主事）
李友梅（镇番[1]经历）
丁　显（以上洪武年贡）
夏仲宏
李　旻
彭　闰
周性纯（赣州府判）
朱季和
朱景安
张志信（鲁山知县）
朱彦辉（荆州卫经历）
冯　扩（南京中城吏目）
董　暹
朱希文（南京留守卫经历）
化从心（广信府检校）
秦　仪（岳州府知事）
高[2]镛（南京刑部主事）
杜纪甫（琼州知府）
平　康（岢岚州判官）
曹　春（长宁教谕）
方仲矩（静县[3]知县）
南　安（黄州府知事。以上永乐年贡）
王　宾（柏乡知县）
李　钺（巩昌知府）
朱　彤（郑府纪善）
王　辅（唐县知县）
王　冕（南安县丞）
邵　南（吉安府知事）
丁达道（阳武县丞。以上宣德年贡）
郭　镛（榆次知县）
孙　谌（南京工部员外）
田　福（忻州同知）
杜　藁（宁府典仪）
蒋　善（冀州判官）
纵　文（济阳主簿）

① 原作“藩”，据正统《彭城志》“镇番卫经历”改。
② 嘉靖、万历《徐州志》作“杜镛”。
③ 案雍正《河南通志》卷三十三《职官四》：方仲矩，江南萧县人，永乐年任新郑知县。静县不知所在，疑“新郑县”之音讹，待考。

曹　祯（宣府教授）　　张　皓（元氏知县）
孟　环（唐县主簿）
梁　聪（遵化县丞。以上正统年贡）
贾　迪（东光知县）　　王　宪（王府奉祀）
孙　纪[①]　　李　贤
杜　洪（王府工正）　　王　杰
郭　泰（黄陂县丞。以上景泰年贡）
赵　铭（钱塘县丞）　　欧阳隆（新河教谕）
郝　濂（怀柔教谕。以上天顺年贡）
郝　淳（秦府教授）　　李　斌（高阳知县）
征　安（南京虎贲卫经历）　　朱　辐（浙江按察司照磨）
朱　轸（阳信训导）　　秦　瓛（广县训导）
孙　立（秦府教授）　　郭　麟（渭源训导）
胡　驯（武强教谕）　　王克岐
陈　敏（齐东训导，徽府伴读）　　耿　举（崇府教授）
李　时（莱州府经历）　　王　珍
纵　諴（蕲州吏目。以上成化年贡）
朱　辙（景州训导）　　冯　祯（汲县训导）
潘　玉（昌黎训导）　　李　谦
杨　翿（大嵩卫教授）　　陈思明（湖州府训导）
曹凤岐　　欧阳俌
郝　槐（柳州府经历）　　王一鸣
王化任（教谕）　　孙文翰（训导）
赵梦熊　　贾　昉
孙　元（卫经历。以上弘治年贡）
朱　铭（知县）　　郭　翀（教谕）
张　翼（县丞。以上正德年贡）　　朱　玳（赵州学正，升教授）
陈　谟（府照磨）　　胡文泰（典宝）
陈鸣鸾（主簿）　　郝　楫
王亮采（学正）　　朱　珊（卫经历）
任　逮（乐亭县丞）　　欧阳备（教谕）

① 嘉靖、万历《徐州志》作“孙纯”。

孙重光　郭　桐（训导）
朱光裕　郝　圻（黄县知县）
欧阳俊　刘　性（州判）
徐　金[①]　杨　栋
朱　沆（教授）　徐　茂（知县）
王尚员（教谕）　刘　道（府照磨）
孟　禄　张庭桂
徐　景（临邑县丞）　蒋　仕（南和知县）
孙文扬
杨惟高（襄阳护卫经历。以上嘉靖年贡）
张　涤　李　尧（定远教谕，升阜平知县）
张廷槐（禹州学正）
张　洲（常州府训导。以上隆庆年贡）
张鹏翰（鲁山主簿）　纵　垠（栖霞知县）
徐　澜（上饶县丞）　孙大信（杭州府教授）
朱自新（象山知县）　李　禹（广宁教授）
寇文英（祥符训导）　杨守清（寿州训导，升蒙城教谕）
王国辅（鄢陵知县）　欧阳光（江阴训导）
杨元焞（选贡）　孔闻政（高邮训导，升济阳教谕）
徐腾鹗　纵慎蒙（汧[②]阳教谕）
张元杰（南康府教授）　李绍芳（永昌府通判）
章　缝（平原教谕，升吉安教授）　任之豪（苏州府训导）
欧阳岳（芜湖训导）　孙重盛
杜文教　贾复淳（通城知县）
穆　简　孟养心（池州府训导）
徐攀龙　郭君召
刘光旻（以上万历年贡）
李廷谟（泰昌年贡）　孙传声（太平教谕）

① 嘉靖、万历《徐州志》及嘉庆《萧县志》作“徐经”。康熙《徐州志》、康熙《萧县志》作“徐金”。康熙《徐州志》按曰：“《栾城志》有训导徐经，萧县贡生。‘金’疑即‘经’字之误。”其说应是。

② 原作“祁阳”。案乾隆辛卯重修《萧县纵氏（东莞堂）族谱》载“陕西陇州祁阳县教谕”，嘉庆《萧县志》之《选举》、《人物·宦绩》本传作“汧阳县教谕”。今考：祁阳在湖南，汧阳属陕西陇州，当以“汧阳教谕”为是。据改。

许　询（恩贡）　　徐腾鲲

任之彦（应天府训导。以上天启年贡）

许　玄[①]（恩选，询之子）　　孙传要（上杭教谕）

王明谟（太和教谕）　　孟知性（漳平教谕）

徐懋贞（拔贡，泗州训导）　　张应宗（亳州学正）

任亚龙（六合训导）　　杜思遴

朱儒秀（六合训导）　　孟贞淳（高淳训导）

葛松茂　　王作标（选贡）

许作楫（选贡。以上崇祯年贡）

沛县学

张　泰　　张　本

郭　冕　　谢　昇（监察御史）

王　缵（监察御史，迁吏部郎中）

王　观　　蒋　迪（浏阳知县）

王　钥（莒州学正）　　吕　宁（户部员外郎）

刘　昶（进贤县丞）　　李　勖[②]（南阳府通判）

王　睿（以上洪武年贡）　　吕　哲（广东按察司经历）

郭　本（赣州府推官）　　刘　端

张　伦　　张　昱（陕西主簿）

梁　怡（蒲城知县）　　魏　廷（河南布政司经历）

申　明　　张　奂

孔继宗　　班　肃

李　恪　　张　勉（湖广按察司经历）

孟　式（户部主事）　　田　畯

王　立　　王　恽（以上永乐年贡）

胥　敬（光禄寺署丞）　　李　旻

李　复　　朱　芾（兖州府经历）

张　玹[③]　　邓　宁（以上宣德年贡）

张　铉（武强训导）　　岳　崇

---

① 原作“宏”，据康熙《徐州志》改。

② 原作“最”，据嘉靖、万历《徐州志》及沛县诸志改。

③ 原作“元”，据康熙《徐州志》改。

踪　昭（宁远知县）
赵　鉴（成都府推官）
张　显（富阳知县）
李　显[①]
刘　昌（九江府经历）
石　泰（以上景泰年贡）
刘　仪
巩　敩（曹州判官。以上天顺年贡）
高　恺（保定知县）
朱　璿
韩　昇（登州府训导）
吴　玘（希文子，任洛阳县丞）
田　玘
李　和
杨　春（麟游县丞）
单　镛（昌黎训导）
贾　聚（平原县丞）
蒋　洪（浚县丞）
李　松（开平卫经历）
王　道
钟　昂（宛平县丞）
周思明（固始县丞）
王守约（滋阳主簿）
陆　本（故城知县）
梁　昇（饶州府知事）
周　乾（选贡）
唐　本（选贡，利津教谕）
田　润（荥泽训导）
梁　敦（安丘主簿）
李士通
赵时若（清之子）

纪　信（山西路府引礼）
李　郁（以上正统年贡）
陈　伦（磁州判官）
甄寿之（岳州府照磨）
李　迪
周　铭（南京留守卫经历）
张　俊（登州府判官）
杨　辅
李　孜（玉田训导）
夏　昌
袁　宪（广东按察司检校）
彭　政（醴陵县丞。以上成化年贡）
刘　福
蒋　雍（寿光主簿）
闵　祯
周良弼（胶州判官。以上弘治年贡）
韩　禩
崔　恺
李　璟（广南卫经历）
赵　清（以上正德年贡）
赵　汉（四川按察司经历）
龚　贵（桐庐县丞）
彭应选（选贡，福清县丞）
崔　棠（选贡，禹城县丞）
崔仕伸
张　连
周思忠（思明从弟，栖霞主簿）
徐守润（宁阳县丞）
张　桂

① 嘉靖、万历《徐州志》，嘉靖《沛县志》作“季显”。

吕文旌
杨　材
王文馆
卢　雄（兴化府教授）
贾　池（新乡县丞）
田　泰（晋州学正）
王守道（常德府教授）
曹世勋（安庆府教授。以上嘉靖年贡）
辛　汉（均州学正）
王嘉宾（守道子，宁津知县）
钟耀先（武陟训导）
蔡　楠（绛州同知。以上隆庆年贡）
踪　淳（恩贡，辰州府经历）
刘可久（新泰训导，升凤阳府教授）
梁　鹗（新城教谕）
刘　藻（章之子，霍丘训导）
那　武（乐安教谕）
封汝才（六合教谕）
尹乐舜（潮州府教授）
张汝贤（临江府同知）
吴邦周（泰安学正）
郝维精（霍山教谕）
张凤翼（选贡，镇安知县）
周　行（思忠子）
马之驯（选贡）
张　修（颍上训导）
陈　栋
王大任（海门训导）
刘永清（恩贡，藻之子，青浦训导）
杨希震（材之子，泰兴训导）
孟羽世
王好义
张鲤化
唐　诰
郭维藩（高淳教谕）
孙名胤（长宁知县）
马出汧（高邮训导。以上万历年贡）
蒋赓明[1]
李联芳（选贡）
陈思谦（应天训导，升凤阳府教授）
朱之裔
龚伯堂（以上天启年贡）
张　振
彭贞学（扬州府教授）
邵仲雍
张　扬
王应祯（高邮训导）
郝继隆（拔贡）
吴三省
蒋友闻
尹尔弘
孟士醒
王国祚（以上崇祯年贡）
李乔年（嘉靖间枣强训导。见《真定府志》）

① 按：蒋赓明，天启间任邳州训导。见本志卷十二《职官四》。

砀山县学

卢　生　　李　忠
朱　安（御史）　　张友恒
朱　显　　唐　凯
杜　庆　　李　范
毛　诚（浙江按察司佥事）　　姜　熊
王　佐（以上洪武年贡）
范　庸　　李　旻
张　俊　　刘　叙（嘉兴府通判）
谢　裴（署丞）　　张　佑
张　宏（荆州知府）　　刘　安
王　瑾（任县丞）　　蒋　幹（府经历）
郭　惠　　程　宪
赵　敏　　褚　让
刘　瓒　　李　恕（监正）
单　庆（织染局副使）　　张　显（县丞）
楚　盛（典史[1]。以上永乐年贡）
董　彝（县丞）　　王　泽
纪　绅（县丞）　　胡　宁（兵马指挥）
刘　志　　黄　远（以上宣德年贡）
齐　志　　武　韬（知县）
许　昌（县丞）　　苗　本
姚　纲（卫经历）　　朱　良（以上正统年贡）
刘　涌　　郭居仁
黄　中（县丞）　　李存仁（广平府训导）
吴文彬　　蒋德兴
李　恂（沧州同知。以上景泰年贡）
王　缙（天顺年贡）　　赵　铭
刘　宗（检校）　　陈　善（西安主簿）
许　中　　赵　英
段　珉（高苑县丞）　　张　豫（县丞）

① 原作“典中”，据嘉靖《徐州志》改。

朱　喆（府经历）　季　春（州判）
丁　鉴　纪　义（仁和县丞）
仇　琰（府知事）　许　侃（府经历）
王　澄（彭泽知县）
刘　濬（叙之孙，宜春县丞。以上成化年贡）
张　环（元城县丞）　李　智
孟　昶（衡水知县）　毛　麒（保定知县）
郭　逊　房　资（钱塘县丞）
王　驸　赵　珝（乐清县丞）
武　禄　张　伦（项城教谕）
曹　鄜　季　旻（以上弘治年贡）
李　锡（翁源知县）　黄　镐
王　惠（元城县丞）　胡　通（袁州府经历）
范　让　李　兰（益都训导）
李　林（王府审理）　白　忠（临清训导）
王　兰（东平训导。以上正德年贡）
孟　暠　杨　经（溆浦知县）
崔　性（滑县训导）　张　泰（费县丞）
姚　典（静海训导）　赵　绅（济源训导）
李　芹（新喻县丞）　赵继时（县丞）
赵孟津　李嘉言（胶州同知）
刘　霆（滋阳训导）　王　化
常世辅　李　佶
姚　寅　王　锐（益州卫教授）
曹　溥　纪孟儒（监利主簿）
魏景芳（宁津主簿）　胡守仁
常　策（曹县丞）　胡应登
薛　锐　王　赓（新城教谕）
朱　旃（周府教授）　李夏臣（淮安训导）
陈大谟（以上嘉靖年贡）　胡邦杰
赵道南（富阳县丞）　赵继芳（武定训导）
蒋世爵（以上隆庆年贡）
纪　动（恩贡，泾阳县丞）　杨　楠

王自勉（瑞安府教授）
许汝砺（金山卫教授）
汪　夏（绍兴府教授）
陈　柏（新郑训导）
段　书（黄陂教谕）
蒋承业（易州判官）
丁甲之（训导）
刘士嘉（学正）
蒋仪廷（知县）
王尔俞（虹县训导）
段象贤（选贡，府经历）
许维聪
房基成
薛　玮（大[①]兴训导）
陈继圣（恩贡）
王文焕（太平府教授）
王大相（训导[②]）
刘以梁（训导）
陈三近
李师苏[③]（训导）
陈履端
陈贞证（旧县志作“陈真诠”[④]）
纪怀德（以上万历年贡）
魏效明（判官。泰昌年贡）
邵宗玄（恩贡，保定府同知）
王民皞
汪用霖（教授。以上天启年贡）
王在新（选贡）
周之冕
汪万顷
刘廷谏
徐腾芳
刘如星（五河训导）
王毓真（拔贡，授通判）
李元绪
庞宗理（恩贡，任信阳州。以上崇祯年贡）
王日新（崇祯间溧阳训导。见《江宁府志》）
柏长春（选贡，禹城知县。见《济南府志》）

丰县学

傅　翼（临海知县）
王　润（桂林卫经历）
马　骥（泾阳县丞）
高　举（北平府经历）
康　泰（汉川县丞）
丁　训（柳城县丞）
荆　贵（户部主事）
王　度（刑部主事）
马　端（中书）
杨　清（太原府经历）
孙　颐（嵩明州判官）
左　继（卫经历）

① 原作“太”，从乾隆《砀山县志》用“大”。查大兴、泰兴县训导，俱无此人。
② 万历三十年任宿迁县训导，见本志卷十二《职官四》。
③ 乾隆《砀山县志》作“刘师苏”。
④ 乾隆《砀山县志》作“陈贞铨”，注曰“府志误”。

徐　浩（上林苑典簿）　赵　恕（御史）
牛凤元（延安府检校）　马　建（湖口主簿。以上洪武年贡）
张　博（都察院照磨，升知县）　董　立（陇州同知）
王　山（秦府伴读）　王　纲（乐安知县）
尹　祯　韩　温（岚县知县）
秦　珪（夏邑主簿）　马　絅[1]（中府都事）
胡宗泰（中书）　赵　麟（惠州府推官）
周　冕（侯官知县）　解以文（榆次县丞）
骆　善（以上永乐年贡）　司　义（广西布政司检校）
李　荣　郑　斌（汲县训导）
王　谦（范县训导）　白思恭（平度州判官）
郑　弘（周府审理）　李　郁
刘　灏　李　进
郝　敬（鄢城教谕。以上宣德年贡）
胡　宁（葭州知州）　王　洪（新安知县）
牛　增（临川知县）　高　翔
朱　铭（福安县丞）　李　懋（南安知县）
张　常（冀州吏目）　魏　智（以上正统年贡）
王　懋（浏阳知县）　李　俊（静海知县）
许　昌　段　文（吏目）
胡　钦（引礼。以上景泰年贡）
尹　俊　李　敏
刘　谦　张　寿（以上天顺年贡）
张　镛　陈　逵（兵马司副指挥）
邵　凤　郭　进
丁　铭　王　纶（冀州判官）
杨　伦（思明府知事）　孙　清（龙泉主簿）
黄　谦（济宁州判官）　黄　安（县丞）
蔡　彧（泗水教谕。以上成化年贡）
刘　鼒（灏之子）　阙　镛
高　宣（黟阳县丞）　胡　政（善化教谕）

① 嘉靖、万历《徐州志》作“马驷”。

裴　纶（纪之弟，夏邑教谕）
王大京（州判）
王　敩（金乡卫经历）
冯　敏（四川盐课副提举）
史　全（浚县丞）
刘日章（灏之孙）
常　杰
田　源（庆都县丞。以上弘治年贡）
陈　瓒
杨廷章
魏　璟（辉县主簿）
杨　霈（伦之子）
田　志
刘　华
王希贤（济南府通判）
李　琼（归安县丞）
孙　宸（清之子，德清主簿）
蔡岳佐（彧之子）
李天祐（主簿）
董　珍（兵马司副指挥。以上正德年贡）
马希周
李廷贤（曹县教谕）
宗　岱（登州府检校）
王　翰
渠民瞻
魏　翰（璟之子，宁州学正）
崔辅政（辉县丞）
仇孟时（安福县丞）
魏　璠（泰和主簿）
胡弘毅（定远知县）
裴陈猷（海盐主簿）
季　珍（乐清主簿）
宗　参（万安县丞）
阙聿修（滨州同知）
郭　暹（济阳县丞）
秦志高（齐河教谕）
王子成
黄　冕
王　炜（扶沟训导）
刘见龙（大名府训导）
刘鹤鸣（峡江训导）
仇孟宸（孟时弟，胶州同知）
李　朴（睢州训导）
刘　汀（冠县知县）
王元贞
李大美（峄县丞。以上嘉靖年贡）
屈　伸（选贡，乐陵县丞）
崔　动（辅政次子，襄阳府典宝）
李　明（泰安州学正。以上隆庆年贡）
董　冕（恩贡，江浦教谕）
渠有源（民瞻子）
刘　演（文登县丞）
史　芬（全之子，沭阳教谕）
曹可教（巢县训导）
史阙疑（武昌府教授）
孙继志（褒城教谕）
苏　莪（后府教授）
赵　科（崇仁县丞）
刘　崇（后府教授）
杨　名（选贡，归德府通判）
渠澄清（永宁卫教授）
史可传（选贡，芬之子，遂昌知县）

孙祚远（平乡训导）
高　第（顺庆府教授）
季春煦（珍之孙，含山教谕）
张盛治（恩贡，太平府教授）
孙祉远（祚远弟，庆元训导）
程士选
杨茂春（常州训导）
王尚志（凤阳府教授）
李春光（安东卫教授）
王洪业（宿州训导）
王廷献（丽江府通判）
张云翥
黄　珠（缙云县丞。以上万历年贡）
董三近（景州判官）
马遴伯（怀宁训导。并泰昌年贡）
史垂宪（选贡）
杨时进（象山主簿）
董汉儒（选贡）
王　珍
孙尚讱（丹阳训导。以上天启年贡）
徐鸣化
刘云衢（高邑教谕）
程　燿（戊午应天副榜）
史文炷（己卯中式）
卜　尹[1]
史还厚（阙疑子）
史滋振（阙疑孙）
张逢宸（盛治子。以上崇祯年贡）

邳州学

朱　约（乐清知县）
张　直（南昌知县）
徐君美（长沙府同知）
张　进（刑科给事中）
李和甫（朝邑知县。《淮安府志》作“李和”）
刘　坚（滨州判官）
韩　让（建昌知县）
唐文焕（新宁知县）
陈宣膺（麻城知县）
刘　安
翁　简（平凉知府）
部惟中（广东按察司副使）
王　均（闻喜知县）
刘　矗（长山典史）
李　昙
庄　敬（高苑主簿）
潘　善（龙泉主簿。《淮安府志》作“魏善”）
高　文（浔州府检校）
胡　斌（金吾前卫经历）
李　澄
梁　宣
王　善
王　敔
王　翰（禹城知县）
王　新
张　时
郝　继（知县）

① 自田源以迄卜尹，国图本阙二叶，据哈佛藏本补入。

李　景（威县丞）
吴　璘（灞州同知）
戚　端（偃师县丞）
陈仲美（以上洪武年贡）
王　景
郑　贵（堂[①]邑知县）
李　瓒（安肃[②]主簿）
卢　渊（南昌府同知）
林　式（青州府推官）
李　振（凤翔府同知）
汤　固（咸阳知县）
梁　钠（茌平知县）
王　卓（监察御史）
高　岳（湖州府经历）
马　俊（任丘知县）
郑　恭（肃府[③]工正）
索　靖（馆陶教谕）
李　奈（崇仁主簿）
张　翔（乐安知县）
米　彝（隆平主簿。以上永乐年贡）
王　谦（南皮知县）
秦　宜（都昌知县）
周　原（青州府训导）
毕　显（宜城知县）
陈　昌（东光知县。以上洪熙年贡）
孙　瓒
王季通（成都府经历）
吴　堂（西华训导）
田　镛（浦城县丞）
宋　芳（东平州吏目）
王　昙（崇德县丞）
杜　深（寿光县丞）
陈　孜（沂水知县）
林　文（福建提举司提举）
钱　弘（经历）
吴　琰（广平府经历）
郭　聪（青州府经历。《淮安府志》作“郑聪”）
梅　茂（辰州府通判。以上宣德年贡）
张　轨（山东盐运司运判）
胡　琮（河南卫经历）
魏　恕（涿州判官）
刘　坤（延津知县）
刘　熙（山西按察司知事）
刘　皋（光禄寺署丞，调靖州判官）
周　绍（以上景泰年贡）
张　栩（孝义知县）
刘　春（新安训导，升南京国子监助教）
苏　海（德清知县）
刘　浩（弋阳主簿）
邵　敏（济阳县丞）
冷　廉（云南巡检）
张　昭（黄冈典史。以上天顺年贡）
孙　铭（潍县递运所大使）
汤　渊（伊王府左长史）

① 原作“棠”，据康熙《邳州志》“山东堂邑县”改。
② 原作“肃安”，据康熙《邳州志》“直隶安肃县”乙正。
③ 原作“州”，据康熙《邳州志》改。

潘　绅（邢台知县。《淮安府志》作“魏绅”）
陈　瑄（广东都司经历）　　宋　宏（魏县丞）
赵　昱（齐[1]河县丞）　　马　彬（洛容知县）
李　昂（凉州卫知事）
王　诩（顺义训导。《淮安府志》作“王翊”）
刘　高（泽州知州）　　苏　雄（河池知县）
谢　锐（淄川训导）　　宋　清
崔　绣　　李　政　　杜　清
邹　聪（曲阜训导）　　桑　俊（东平州训导）
祝　政（滨州吏目。以上成化年贡）
徐　朴（汀州府知事）　　吴　泽（衢州府知事）
陈　珏（登州府训导）　　李　伦（浙江按察司检校）
崔　秀（《淮安府志》作“崔琇”）　　田　埜（杭州府训导）
吴　崇（遵化训导）　　吴　祥（河间府通判）
李　傭（唐王府审理正。《淮安府志》作“李镛”）
尹　端（广东提举司提举）　　潘　信
苏　楷（以上弘治年贡）
文　明　　吴应龙　　刘　钺（平利知县）
王　访（江西布政司都事）　　冯　济（曲阜县丞）
王　鼎（静海主簿）　　刘　镗（密云教谕）
孙　锐　　徐　瑛
赵　渊　　孙　璧（以上正德年贡）
宋　盛（平山训导）　　王　鏞（邹平训导）
王　英（开封府训导）　　张　釜
孟　珑　　许　仪　　刘　梅
王舜臣　　宋应选（金溪主簿）
吴　深（东平州判官）　　陆　鹏（靖海卫训导）
庄　稑（元氏教谕。《淮安府志》作“庄棱”）
金　山（祥符训导）　　高　铉[2]（武陵教谕）
高　金（青城教谕）　　陈　鸾（益都教谕）

---

① 原作“济”，据康熙《邳州志》“山东齐河县县丞”改。
② 原作“元”，据康熙《邳州志》改。

潘　佑（宁波府训导）　　钦　用（许州训导）
秦文渊　杨　科　石　兰　杜　耕
张　璠　贾　柱　朱　恺　王　釜
叶　华　巩　其　徐　卿　徐　秀
蔡　芳　索　绍　娄　璜　宫　俊
杲文奎（沂水教谕）　　李　述
姜尚宾　　费　金
岑　性（嘉靖乙卯科举人）　　孟　文
岑　监（《淮安府志》作“岑鉴”）
高　策　　宋平格（南昌府教授）
宋元德（宣平教谕）　　陆　念（安吉州学正）
吴　潭（隰州判官。《淮安府志》作“吴谭”。以上嘉靖年贡）
孟　湖　杨　禄　高　拱　姜　皋
陆　勤　卢尚忠（黟县训导。以上隆庆年贡）
宋　炼（恩贡，候官知县）　　杨绍光
苏　鹏　徐　芳　岑东春　郭志儒
唐邦正[①]　徐待选（宝应教谕）
李凝秀（严州府通判）　　王一贯
卢　诏（鹿邑训导）　　岑东曙（昌乐教谕）
陆世功（武宁知县）　　岑凤翔（拔贡，衢州府通判）
汤　泽（《淮安府志》作“汤铎”）
李　果　　潘自新（望江教谕）
沈　升　　潘自警（拔贡，定番知州）
吴翰周（武宣知县）　　陆世科
万崇雅　　王　僎
杨三策　　贾元吉（金山卫教授）
陆　熠（延庆卫教授。《淮安府志》作“陆习”）
周　栋　　王荩臣
白可绶（太平府教授）　　陈应宾
王敏孝　　戴光郯（柳州学正）
汤三聘（忠州判官）　　陈嘉宾

① 康熙《邳州志》作“唐正邦”。

岑凤鸣（溧水教谕）
岑凤仪（南昌府教授。以上万历年贡）
岑凤苞（恩贡） 岑凤诏（蓝山教谕。并泰昌年贡）
陈赓盛（恩贡，秦州知州） 陆世胤
苏孔卓（进贤教谕） 陆从修
张廷猷 孙奇秀 孙国栋（以上天启年贡）
宋文瑞（恩贡，巩县知县） 宋文渊（苏州府教授）
钦天授（松江府训导） 许联芳
高自逊 王文烛（金山卫教谕）
谭师颐（天长训导） 潘启珩（拔贡，东乡训导）
赵希文（武进训导） 陈于宁
戴天宠 王秉乾
秦　熙（《淮安府志》作“秦希”） 王懿明（以上崇祯年贡）

宿迁县学

卞　约（宁波府教授） 晁　肃
陈　敷 李　和（工部郎中）
钟　懋 邵　暹（北大理寺评事）
王　宜（日照主簿） 陈　忠
陈　谦 何　恕
孙　友（崇德县丞。以上洪武年贡）
乔　林（宁津知县） 张　组（兵马司指挥）
王　震 王　艮（广东布政司经历）
郭　弘 孙　良 蒋　衡
张　礼 邹　珩 万　昇
蔡　观 杨　赞（大同知县）
张　敬（大策卫经历） 徐　迪（海丰县丞）
周　嵩 乘　辂（琼州府推官）
臧　琰 秦　仪（以上永乐年贡）
顾　玉（无极训导，洪熙年贡）
张　胜 李　岩（滨州州判）
顾　瑛（光禄寺署正） 姚　翔（凌川知县）
纪　俊（昌邑县丞。以上宣德年贡）

王　缙（番禺县丞）　　顾　让（柏乡县丞）
沈秉彝（大理知府）　　张凤仪（宜阳知县）
谢　显（府军前卫经历）
桑　荣（南城副兵马指挥。以上正统年贡）
汪　珏（通州判官）　　沈　佐（南京锦衣卫经历）
罗绍先（陈留县丞）
边　项（香河知县）　　孙　义（知县）
盛　镐（东城副兵马指挥。以上景泰年贡）
朱　瓒　　赵　祥（罗城[①]主簿）
戴　宣　　徐　章（阳谷主簿。以上天顺年贡）
王　鉴（汶上县丞）　　沈　瓌（秉彝子）
潘　洪（进士）　　姜　煦（栖霞知县）
李　璲（归安县丞）　　罗绍章（训导）
施　惠（安居知县。以上成化年贡）
张　震（卫经历）　　徐　熙（永城训导）
江　淳　　吴　政（归德府通判）
许　文（沁阳县丞）　　陈　璇（黄州府推官）
陈汉奇　　徐　玧（阳曲主簿）
罗　观　　白　鉴（蜀府教授）
潘　滋（靖海卫经历。以上弘治年贡）
陶　旺　　潘　淳（太原训导）
吴　绎　　罗有声（鹍之子）
江　辅（唐县训导）　　李　淮
管　明　　潘　棠（萧山县丞）
徐　疆（武城训导。以上正德年贡）
陆　凤（济源知县）　　陈　瑄（鹿邑教谕）
黄　纬（通州卫经历）　　徐　垒（郑州训导）
陈　慈（成都府教授）　　罗　遵（唐府教授）
吴　霍（泰安州判官）　　罗　迴（荣山卫教授）
徐　铃（东平州训导）　　张　竹（宁远教谕）
潘　栗　　姚　泰（宁邑训导）

① 原作“成”，据康熙《宿迁县志》改。

姚　通（遂安训导）
姜　堂
徐　椿
袁　宾
施大勋
王士谕（邹县训导）
姜　鳌
王九皋（辽州学正）
潘　台（延津知县）
马河图（扶沟训导）
徐　锢（杭州府训导）
张　讷（曲阜、建阳两县训导）
曹廉相（太湖训导）
郭　轩（颍州训导）
吴希孟（新泰训导）
刘懋元（杭州府训导）
陈　昇（高邮州训导）
吴明德（通判）
罗承恩（孟州卫经历）
王　瑛（宛平知县）
萧　鹍（县训导）
黄道明（拔贡）
潘汝楫（台之子，朝城教谕）
刘　楷（府教授）
陆方升（颍上训导）
贾可权（府教授）
戴有恒
朱　语（瑞昌训导）
张　珠（吴桥训导）
潘　烋（万载教谕）
管　榕
高　飞（南河训导。中式）
陆建中
王　锦（虞城训导）
王　钧（山阴训导。以上嘉靖年贡）
朱九卿（连城知县，升怀[①]庆府通判）
陈一韶（寿州训导。以上隆庆年贡）
罗胤克（萧山训导）
罗胤贵（徐州训导）
蔡　燕（安丘县丞）
罗胤武（丰县训导）
吴三乐（嘉兴府训导）
鲍宗旦（府训导）
刘　琮（武冈州同知）
朱　浩（三人以楷书贡）
张　洋
朱九迁（府训导）
陆　养（清平教谕）
吴昌祖
蔡鼎铉（临海县丞）
蔡　坎（以上万历年贡）
蔡鼎镇（恩贡，邛州知州。以上泰昌年贡）
陆履直（恩贡）
曹元泰
蔡鼎臣（缙云教谕）
何国泽
周承烈（以上天启年贡）
张士龙（恩贡，贵定知县）
蔡鼎鉁（泗州训导）
朱一贯（夏邑教谕）
戴金章（溧水训导）

① 原作“淮”，据康熙《宿迁县志》改。

陆履跻（选贡）　　姚命禹（沅江知县）
贾起鸾（可权子）　　马延庆（临淮知县）
管有德　　陆　遂
陆奋翼（功贡，授通判，特荐贤良方正。以上崇祯年贡）

睢宁县学

邢　锐（知县）　　苗　义
顾　詹　　黄　纲（训导）
刘　翱（员外郎）　　孙　贞（经历）
张　顺（知县）　　陆　韬
李　琏（知县）
叶　杲（教谕。《淮安府志》作“叶昶”）
侍复礼　　宋　延
朱　义（吏目）　　宋　铨（知县。以上洪武年贡）
邹　谦（县丞）　　王　治（府同知）
潘　智（县丞）　　朱　璿（州判）
丁　孚　　董惟贤　　张　仁（理问）
宋　坚　　李　演　　曹　亨
李　让（知县）　　胡　谨
贾　安　　王　宁
鲍　安（知县）　　李　纶（都司知事）
赵　翥（经历）　　王文质（理问）
彭　忠（序班）　　沈　宣（府同知。以上永乐年贡）
郭　献（府照磨）　　高　起（知州）
盛　才　　马　善（知县）
侯　福（经历）　　沙　杰（府照磨。以上宣德年贡）
周　鼎（知县）　　侍　纶（知县）
胡　鄘（江宁知县）　　张　隆（主簿）
韩　檕（知县。《淮安府志》作“韩棨”）
伏　俸（吏目）　　萧　敬（县丞。以上正统年贡）
侯　礼　　胡　源（主簿）
陈　泰　　沙　征（州判。以上景泰年贡）
葛　真（府通判）　　朱　迪（成化甲午顺天举人）

张　瓘（经历。《淮安府志》作“张瑾”）
汤　岐（县丞）　　胡　鉴（知县）
韩明礼（布政司参议）　　马　騋（金溪主簿）
张　恺（常山县丞）　　张　纶（州同知）
刘　璿（经历）　　高　溥（临江府经历）
高　嵩（州判）　　鲍　函（经历）
刘　锡（杭州卫经历）
张　鹏（卫经历。《淮安府志》作“张鵩”。以上天顺年贡）
赵　颐（知县）　　仝　仁
吴　宁　　贾　铨
刘　铨（德安府岐王引礼舍人）　　潘　盛
汤文瓒（训导）　　王　轸（县丞。以上成化年贡）
汤　霤（府经历）　　苏　琇（教谕）
葛　乾（卫经历）　　张　宧（教谕）
杨　昶　　仝　琮（训导）
顾　泰（府经历）　　徐　仪（州同知）
郭　深（州同知）　　夏　璋（县丞）
杨　俊（怀庆府通判。以上弘治年贡）
朱　炼（知县）　　刘　沛（霍州同知）
鲍　珑　　张　銮（知县）
孙　清（训导）　　侯　凤（布政司理问）
张九功（府通判）　　夏　昶
汤　辅　　王　绪（以上正德年贡）
张志义（经历）　　单　秀（知县）
王　岚（真宁知县）　　朱　轩（县丞）
刘　凝（安县丞）　　仝凤鸣（州判）
张　崐（经历。《淮安府志》作“张鹍”）
高如锡（府通判）　　胡仲锡（汉川知县）
仝鸿鸣（州判）　　胡　锦（县丞）
刘　积（沾化主簿）　　张　溯（经历）
朱　格　　谢　钦（知县）
张九州（州训导）　　鲍舜民（主簿）
仝　社（湖州府通判）　　唐　高（主簿）

仝　榜（府教授。《淮安府志》作“金榜”）
王　鼎（训导）
夏　逄（经历。《淮安府志》作“夏邦”）
高　林（州学正）　　侯　观（知县）
李　瑜（训导）　　高　樊（以上嘉靖年贡）
周　翥（临朐县丞）　　仝　梓（主簿）
张　潜（教谕）
丘九仞（宁国府教授。以上隆庆年贡）
张守成（教谕）　　夏应芳（府经历）
汤克宽（县丞）　　仝　相（训导）
高　扃（《淮安府志》作“高局”）
高绍甲（训导）　　侯光先（训导）
张永澍　　张道传（知州）
仝光普（经历）　　杨宗周（威远知县）
李养培（成山教谕）　　侯　霈（拔贡）
周与杰　　周与进（太平府教授）
仝士孟　　仝士举
仝光祖（恩贡，府判）　　李春梧（训导）
胡汝连（训导）　　朱家桂（曲阜教谕）
金一骥（经历）　　傅邦纪
张应轸　　魏梦蛟（云梦知县）
孙际隆（州学正）　　章孔嘉（训导）
金一鳌（张秋通判。以上万历年贡）
周明选（恩贡）　　刘宗瀚（并泰昌年贡）
周时任（恩贡）　　丘成大
周绳武（龙南知县）
周时鼎（州学正。以上天启年贡）
仝振奇（恩贡）　　张民极
王家桢　　周时盛
王文华（乐清训导）　　胡效猷（高邮州训导）
郭起蛟　　刘毓祥
王应坤　　章　辰（灵璧训导）
周明远（琼州府通判）　　陈禹烈（徐州训导）

孙国桢　　全存奇

刘万礽（功贡，济宁州知州。以上崇祯年贡）

徐州府志卷之十四全

徐州府志卷之十五

选举下

本朝贡生

本朝贡生有四，曰恩、拔、副（乡试中副榜者）、岁。岁贡，府学一年一人，州学三年二人，县学二年一人。恩贡，遇覃恩一行。拔贡，康熙间间行，雍正元年定为六年一考拔。

徐州学

李　弇（向阳子，乙酉恩贡）
李荫远（池州训导）
李廷献（霍丘训导）
李思恭（昆山教谕）
冯泰运（江都训导）
盛于斯（选贡，通判）
张思齐（宜兴训导）
史廷辅（选贡，授知县）
陈心学
陈嘉猷
毕　翰（丹徒训导）
沙永誉（选贡。以上阙年）
吴之元（十三年贡，合肥训导）
吕维扬（十五年贡，太和训导）
赵　藹（十六年贡）
洪以信（十八年贡）
赵国铨（康熙元年恩贡）
赵国彦（元年贡）
胡　浩（三年贡）
吴佳藩（十四年副贡）
王允怀（十五年贡）
刘　泽（十六年贡）
李　萼（十八年贡）
段奎璧（十九年贡）
杨　策（二十一年贡）
李　僩（二十二年贡）
邓翊汉（二十四年贡）
解应选（二十五年贡）
苗大生（二十七年贡）
朱国栋（二十八年贡）
单　乾（三十年贡）
李　炜（三十一年，教谕）
吴佳藻（三十一年贡）
范宗文（三十三年贡）
经乃济（三十四年贡）
陈淑仁（三十六年恩贡）

陈大亨（三十七年贡）　陈国桢（诚之子，三十七年拔贡）
杨于襄（三十八年顺天副榜）　张希恩（三十九年贡）
王　庚（四十年贡）　宋志祁（四十二年贡）
王心中（四十三年贡）　拾　璜（四十五年贡）
蒋　清（四十六年贡）　万　睿（寿祺子，四十八年贡）
单泽溥（乾之子，四十九年贡）　张　鉴（五十一年贡）
陈国贤（诚之子，五十二年恩贡）　陈　诚（五十二年贡）
李　鹏（五十四年贡）　陈颖龙（五十五年贡）
周曰庠（五十七年贡）　李芳兰（五十八年贡）
吴士骧（六十年贡）　李　皋（六十一年贡）
吴士翃（雍正元年恩贡）　张宜厚（元年拔贡）
毕锡甸（雍正二年贡）　唐　瀚（三年贡）
张兆熊（五年贡）　郝永禧（六年贡）
柳廷玑（七年拔贡，略阳知县）　李　杓（八年贡）[1]
王以屏（九年贡）　陈国龙（十一年贡）

徐州府学（雍正十二年升府设）

施兆麟（雍正十二年拔贡）　李执躬（乾隆元年恩贡）
周毓仑（五年拔贡）

铜山县学（雍正十二年分设）

韩毓材（雍正十二年拔贡）　陈　诗（十二年贡）
左良弼（乾隆元年恩贡）　蒋　莅（元年贡）
连　城（三年贡）　张　烈（五年贡）
张文瑞（五年拔贡）

萧县学

任国鑛（顺治二年恩贡，任训导，辛卯中式）
孟养性（二年贡，望江训导）　纵鹏翼（四年贡，亳州训导）
徐　霭（腾鲲子，五年恩贡，浮梁知县）
郝　键（七年贡，武进教谕）　颛孙佐圣（九年恩贡，和曲州知州）

---

① 按：柳廷玑原在李杓后，今据年份调整。

吴存恕（九年贡，兴平县丞）
章　宪（十一年贡，赣榆训导）
任国铸（十一年拔贡）
李　笃（十三年贡）
谢从宽（十五年贡）
蒋永祺（十七年贡，繁昌训导）
孙士琦（康熙元年贡）
冯昌期（元年贡）
朱祚远（元年恩贡）
刘以洋（元年贡）
祖箕芳（九年贡）
陈　是（十一年贡）
王如春（十三年贡）
纵闳中（十五年恩贡，仪真教谕）
朱　轮（十五年贡）
朱　钦（十七年贡）
郝　灏（十九年贡）
梁廷幹（二十一年贡，颍上训导）
宋继震（二十三年贡）
周相成（二十五年贡）
许乘长（二十七年贡）
郝　浣（二十九年贡）
陈同人（三十一年贡）
吴　诜（三十三年贡）
曾　裔（三十五年贡）
王奋翮（三十七年拔贡）
任　蔼（四十年贡）
章华国（四十二年贡）
朱儒晟（四十四年贡，宁国府训导）
陈次人（四十六年恩贡）
徐周臣（四十八年贡，高邮州训导）
曾启睿（四十九年贡，无为州训导）
纵良嗣（五十年贡，泰兴训导）
徐　巩（五十二年贡）
朱之新（五十四年贡）
任　谌（五十六年贡）
葛　琯（五十八年贡）
张　易（六十一年贡，休宁训导）
赵　玮（雍正元年恩贡）
任　珖（元年拔贡）
杨　蒲（二年贡）
朱士楷（四年副榜，建平教谕）
朱　绅（四年贡，桐城训导）
朱之聪（六年贡）
王永懋（七年拔贡，虹县教谕）
杜理中（八年贡）
周　玳（十年贡）
朱　嵋（十一年拔贡）
范绍宗（十二年贡）
张允奇（乾隆元年恩贡）
许自上（元年贡）
朱　佳（三年贡）
王作楫（五年贡）
任宝坊（五年拔贡）

砀山县学

阚应臣（顺治二年恩贡，婺源教谕）
冯知己（五年拔贡，饶州府通判）
刘如垣（五年贡，青阳训导）
曹廷翼（七年贡，安东训导）
汪公澍（九年贡，怀远训导）
邵体中（十一年拔贡）
李调鼎（十一年贡）
张元升（十三年贡）

汪廷对（康熙元年贡[1]）
邵得中（十一年贡）
张元黄（十三年恩贡）
阙钦臣（十三年贡）
邵　蘖（十五年贡）
戚世泰（十七年贡）
汪廷谟（十九年贡）
王韬略（二十一年贡）
汪公洵（二十三年贡）
邵　佐（二十五年拔贡，繁昌教谕）
陈鼎新（二十五年贡）
李调璠（二十七年贡）
冯　晋（二十九年贡）
李　濬（三十一年贡）
吕　瑚（三十三年贡）
曹　忠（三十五年贡）
王　锴（三十七年贡）
邵　馨（三十九年贡）
汪　鉷（四十一年贡）
赵　楷（四十三年贡，山阳训导）
汪缵烈（四十五年贡）
范文简（四十七年恩贡）
汪　沂（四十七年贡）
窦丕基（四十九年贡）
赵中遴（五十一年贡）
高梦雷（五十三年贡）
王大隆（五十五年贡）
黄　彦（五十七年贡）
刘一柱（五十九年贡，南汇训导）
陈尔寿（六十一年贡）
陈尔耆（雍正元年恩贡）
徐法本（元年拔贡，宿松教谕）
单延年（二年贡）
丁兆麟（四年贡）
李嗣膺（六年贡）
汪文麟（七年拔贡，兴安知县）
李运苍（八年贡）
马　陵（十年贡）
吴观光（雍正十一年拔贡）
于云渤（十二年贡）
冯　暭（乾隆元年恩贡）
尉骏娇（元年贡）
曹　鲁（三年贡）
赵　然（五年贡）
张庆长（五年拔贡）

丰县学

苏向䕫（莪之子，顺治二年恩贡）
刘名桂（二年恩贡，徽州判官）
孙日昂（二年贡，太平教谕）
刘鸿逵（二年贡，怀远训导）
王　星（二年贡，静海知县）
程　坤（燿之子，九年恩贡）
董尚升（九年贡，全椒训导）
刘生龙（十一年贡）
崔曰衡（十一年选贡）
刘　湘（生龙子，十三年贡，太仓学正）
张　型（十五年贡，巢县训导）
张　基（型之弟，十七年贡）

① 康熙《徐州志》作“九年贡”。

齐国琳（康熙元年恩贡）
张芳时（盛治孙，元年贡，黟县训导）
史应祯（九年贡）
孙　辉（尚讱孙，十一年贡）
孙学洙（十一年选贡，睢宁教谕）
黄伯行（十三年贡）
王　梅（星之子，十五年恩贡，潜山训导）
丁鹏鸣（十五年贡）
张　宪（十七年贡）
黄　彩（十九年贡）
刘源厚（二十一年贡）
史应振（垂宪子，二十三年贡）
梁逢吉（二十五年选贡，怀远教谕）
李华玉（二十五年贡）
陈　瑜（二十七年贡）
刘名楠（名桂弟，二十九年贡）
赵　贞（三十一年贡）
丁鹤鸣（鹏鸣兄，三十三年贡）
张　翅（芳时子，三十五年贡）
王恺心（三十七年贡）
顾惟楫（三十七年选贡）
史垂诚（垂宪弟，三十九年贡）
渠　镩（有源玄孙，四十一年贡）
渠　钧（有源玄孙，四十三年贡）
李长振（四十五年贡）
程　鐄（四十六年恩贡）
蒋　擢（四十七年贡）
顾惟舟（四十八年贡，癸卯科举人）
邵　振（五十年贡）
刘金镇（五十二年贡）
高　恭（五十四年贡）
黄元振（五十六年贡）
金廷翼（五十八年贡，颍上训导）
李甘霖（六十年贡）
李　樟（雍正元年恩贡）
陈　锜（元年拔贡）
渠　钜（元年贡）
董　吉（三年贡）
孙三元（五年贡）
顾　奎（七年拔贡，德安知县）
李荐翊（七年贡）
孙汝轼（九年贡）
金嗣珩（十一年贡）
李仙洲（十二年拔贡，象山知县）
安　闲（十三年贡）
史维淇（乾隆元年恩贡）
方文蔚（二年举优贡）
齐永瀚（二年贡）
薛　棐（四年贡）
张之恒（五年拔贡）

沛县学

张凤至（顺治二年恩贡，沅陵知县）
张　豸（二年恩贡，通判）
王化行（二年贡）
辛　焆（二年贡，凤阳府教授）
阎　机（四年贡，饶平知县）
王者都（五年拔贡，泉州知府）
韩胤昌（六年贡）
封　珂（八年恩贡，上杭知县）
赵衍祚（八年贡，霍丘训导）

朱敏治（十年贡，山阳训导）
张居易（十一年拔贡）
张学正（十二年贡）
吴生鹏（十三年贡，建平训导）
封　瑸（十五年贡，盱眙训导）
张之典（十六年贡，东流训导）
张家騄（十八年恩贡）
韩　健（康熙二年贡）
蒋之仪（九年贡）
吴生鹗（十年贡）
王　祜（十一年拔贡）
王宪烈（十二年贡）
王化熙（十四年恩贡）
徐养冲（十五年贡）
封开奕（十六年贡）
孟谱伟（十八年贡）
张　纯（二十年贡，宿松训导）
冯心正（二十二年贡）
邹　晃（二十四年贡）
朱廷策（二十五年拔贡，江浦教谕）
王道纯（二十六年贡）
周炳斗（二十八年贡）
王廷钦（三十年贡）
朱　瑢（三十二年贡）
阎　桧（三十四年恩贡）
曹　镳[1]（三十六年贡）
封禹岐（三十七年选贡）
贾文汉（三十八年贡）
孟时中（四十年贡）
金文泽（四十二年贡）
张开禧（四十四年贡）
蔡芳誉（四十六年恩贡）
朱　恂（四十六年贡）
朱　琬（四十八年贡）
张　玉（五十年贡）
封开维（五十二年贡）
沈　晋（五十四年贡）
马梦弼（五十六年贡，见任旌德训导）
封禹青（五十八年贡）
张发华（六十年贡）
曹宜祥（雍正元年恩贡）
孟梦玉（元年拔贡）
吴昌龄（元年贡）
魏天保（三年贡）
张于襄（五年贡）
封凤翥（七年拔贡）
朱耕沛（七年贡）
张　珠（九年贡）
高　岳（十一年贡）
朱衣点（十二年拔贡）
朱　乔（十三年贡）
张一经（乾隆元年恩贡）
崔汝鹏（二年贡）
唐生翼（四年贡）
徐尔辉（五年拔贡）

邳州学

孙延泰（顺治元年贡，苏州府训导）

---

① 乾隆《沛县志》作“王镳”。

王崇雅（二年恩贡）

宋良翼（三年贡，霍丘训导。《淮安府志》作“宋安翼”）

王业成（四年贡，桂平知县）　王　陛（五年恩贡，益阳县丞）

许国桢（六年贡，松江府训导）　沈允昌（七年贡，贵池县丞）

王国翰（九年恩贡）　季起元（九年贡，芜湖训导）

许胤[①]吉（十年贡，全椒教谕）　张文显（十一年拔贡）

娄士昌（十二年贡，池州府训导）　汤时珮（十三年贡，莱安训导）

戴慎典（十五年贡）

宋文芬（十六年贡。《淮安府志》作“宋文芳”）

孙泽兰（十八年贡）　李含粹（康熙元年恩贡）

白衷睿　王履贞

白衷哲（恩贡）　陈　恺

郭百雉　许胤[②]瑞　谭景明　娄天眷

冯于渭　王三锡　白其章　卢　涵

夏总虞（温县知县）　周　综

周　易（拔贡）　宋志夔

王　垓　季永甲　梁钟粹

高可瞻　陈绍磻　宋志尹

高祥云（以上阙年）　王命锡（三十三年贡）

刘耀宗（三十四年贡）　陆启元（三十六年贡）

薛　湑（三十六年恩贡）　梅　澍（三十七年贡）

潘启皋（三十九年贡）　衡　椒（四十年贡）

冯尔梅（四十二年贡）　陆允元（四十三年贡）

潘启智（四十五年贡）　孙之湄（四十六年贡）

潘肇祚（四十八年贡）　高飞汉（四十九年贡）

徐　珍（五十一年贡）　陆实蕃（五十二年贡）

薛　暾（五十二年恩贡）　吕　鉴（五十四年贡）

白其忱（五十五年贡）　宋　仉（五十七年贡）

张　绩（五十八年贡）　潘开勋（六十年贡）

丘荣先（六十一年贡）　丘芸先（六十一年恩贡）

① 原作“宏”，据康熙《邳州志》恢复本字。

② 原作“印”，据康熙《邳州志》恢复本字。

王　莀（雍正元年拔贡）
衡士幹（二年贡）
武　珏（三年贡，苏州府训导）
曹我泰（五年贡）
许仪孙（六年贡）
陈乔龄（七年拔贡）
白其经（八年贡）
许荃孙（九年贡）
解公枢（十一年贡）
孙希愈（十二年贡）
华尧祝（十二年拔贡）
刘廷敬（乾隆元年贡）
宋德亮（元年恩贡）
杨宏猷（二年贡）
冯弘志（四年贡）
刘辉祖（五年贡）
王希文（五年拔贡）

宿迁县学

陈弘谟（顺治元年贡）
张我知（二年恩贡，临洮府推官）
高伍凤（二年贡，海盐训导）
蔡献瀛（功贡，荆州知府）
叶永新（四年贡）
徐昌祯（五年拔贡，束鹿知县）
沈登瀛（七年贡）
卓　飞（八年恩贡，泸溪知县）
叶惺心（九年贡，训导）
卓　捷（十一年贡）
蔡　垲（十一年拔贡）
蔡可任（十三年贡）
王承乾（十五年贡）
王仪典（十七年贡，训导）
罗于公（康熙元年恩贡）
张　瑄（元年贡）
蔡献渭（九年贡，训导）
高　跻（十一年贡）
张　琳（十三年贡）
王泽远（十四年恩贡）
吴允中（十四年贡）
徐尔珍（十五年贡）
陈一奇（十七年贡）
徐国秀（二十年贡）
沈翔龙（二十二年贡）
张　瑧（二十四年贡）
叶枝翠（二十六年贡）
许　蕃（二十八年贡）
蔡　璜（二十八年拔贡，虞衡司郎中）
陆又始（三十年贡）
陆　岏（三十二年贡）
蔡毓元（三十四年贡）
张　翻（三十六年恩贡）
陈潜修（三十七年拔贡，辛卯顺天举人）
马修龙（三十八年贡，颍上训导）
高　晤（四十年贡）
张甘来（四十二年贡）
蔡惟址（四十四年贡，常熟训导）
张星煌（四十六年恩贡）
臧　煐（四十六年贡）
王　浩（四十八年贡）
周观生（五十年贡）

徐　育（五十三年贡）
卓　乔（五十五年贡）
陆　渭（五十七年贡）
蔡惟琯（五十九年贡）
苏　文（六十年贡）
朱　璘（雍正元年恩贡）
陈　纲（元年拔贡。甲辰进士）
萧绍贤（元年贡）
臧由陛（三年贡）
朱维垣（五年贡）
卓绍源（六年拔贡，泗水知县）
马　宜（七年贡）
臧由堂（九年贡）
蔡季运（十一年贡）
叶　晓（十三年拔贡）
陆　湛（十三年贡）
王　谟（乾隆元年恩贡）
吴承炯（三年贡）
蔡良材（五年贡）
高鸾鸣（五年拔贡）

睢宁县学

朱廷献（顺治二年恩贡，庐州府教授）
刘永泰（二年贡，六安州训导）
金云鹏（四年贡，虹县训导）
周世玺（五年拔贡，四会知县）
吕尔占（六年贡）
李枝萼（八年恩贡，府通判）
魏梦旸（八年贡）
魏启睿（十年贡）
李枝翘（十一年拔贡，知县）
陈维恭（十二年贡）
马斯臧（十四年贡，太平训导）
胡致中（十六年贡）
周敬修（康熙元年恩贡）
陈秉元（二年贡）
孙如兰（三年以修县志贡）
金云鼎（九年贡，五河训导）
吕大濩（十一年贡）
陈乾元（十三年贡，州同）
李　沃（十四年恩贡，定远训导）
王三重（十五年贡）
刘兆奎（十七年贡）
王运庆（十九年贡）
朱之珏（二十一年贡）
魏国璵（二十三年贡）
金　范（二十五年贡，石埭训导）
魏国瑾（二十七年贡）
赵抚辰（二十九年贡）
刘永熹（三十年贡）
李　涵（三十三年贡）
王家选（三十五年贡）
周　特（三十七年拔贡）
陈　灏（三十七年贡）
李　杰（三十九年贡）
万人长（四十一年贡）
袁　爕（四十三年贡）
陈　溥（四十五年贡）
万人魁（四十六年恩贡）
李敦临（四十七年贡）
李　梅（四十九年贡）
李　植（五十一年贡）
王良辅（五十三年贡）

丘园迈（五十五年贡）
王纲振（五十七年贡）
杨士珩（六十年贡）
李金裔（雍正元年恩贡）
李　栗（二年贡，池州府训导）
章如锦（四年贡）
陈晋铉（六年贡）
王如皞（七年拔贡）
李　东（八年贡）
周　锦（十年贡）
李　煊（十二年拔贡）
朱　琚（十二年贡）
马永锡（乾隆元年恩贡）
魏　茹（元年贡）
刘理乾（三年贡）
周　琢（五年贡）
佟任绍（五年拔贡）

世职附

颛孙诚道（萧县人，先贤子张裔，世袭翰林院五经博士）
颛孙世德（钦赐恩贡）
颛孙融道（钦赐恩贡）

应例附

明

王之纪（徐州监生，信丰主簿。见《赣州志》）
沈昌龄（徐州监生，蒲台县丞。见《济南志》）
朱　濬（萧县监生，天津卫经历）
孟　佐（萧县监生，汝州吏目）
寇　鸾（萧县监生，江津县丞）
王　纪（萧县监生，陕西按察司检校）
王　绅（萧县监生，德清县丞）
丁　仁（萧县监生，隆平知县）
刘　鐄（萧县监生，徽府审理）
郑　绎（萧县监生，崇府奉祀）
彭　琚（萧县监生，纳溪主簿）
刘　鉴（萧县监生，太原卫经历）
陈　稳（萧县监生，吉安府经历）
陈以道（萧县监生，宁都主簿）
陈　韬（萧县监生，鸿胪寺序班）
唐　梓（萧县监生，襄府审理）
孙　恪（萧县监生，吉安府照磨）
张　潮（萧县监生，桐庐主簿）
邵自明（萧县监生，保德州吏目）
王文运（萧县监生，布政司经历）
王　乐（萧县监生，鸿胪寺序班）
王与立（萧县监生，钦州吏目）
全大器（萧县监生，王府照磨）
陈其学（萧县监生，沂州吏目）
徐　梧（萧县监生，行唐主簿）
刘　琏（萧县监生，鸿胪寺序班）

郭守身（萧县监生，金吾前卫经历）

王明诏（萧县监生，赣州府经历） 王明伦（萧县监生，抚州府照磨）

王应鸿（萧县监生，南京兵马司指挥）

张　浙（萧县监生，永康主簿） 纵　伏（萧县监生，仁和主簿）

张元明（萧县监生，鲁府理问） 朱光辰（萧县监生，河南府照磨）

张　渭（萧县监生，黄梅主簿） 王文通（萧县监生，鸿胪寺序班）

纵慎言（萧县监生，浙江盐运司经历）

朱贤宰（萧县监生，镇江府训导） 孙思忠（萧县监生，忻州判官）

王文臣（萧县监生，夏邑训导） 张元楫（萧县监生，北京兵马司指挥）

陈忠益（萧县监生，太原府训导） 孙思聪（萧县监生，绵州判官）

徐懋资（萧县监生，安吉州同知） 王文建（萧县监生，福州知事）

纵大启（萧县监生，光禄寺署丞） 贾鼎铉（萧县监生，理问）

王自富（萧县监生，福州知事） 辛　礼（沛县贡生，湖广桃源主簿）

马思仁（沛县贡生，通山知县） 朱　颐（沛县贡生，新城主簿）

唐　弼（沛县贡生，陵县知县） 王　环（沛县贡生，眉州判官）

王　宪（沛县贡生，泗水县丞） 蔡　俸（沛县贡生，乐清县丞）

吕　景（沛县贡生，南宁府知事） 杨东鲁（沛县贡生，兖州府经历）

马允让（沛县贡生，宁海主簿） 崔　岱（沛县贡生，荥河主簿）

孟　瀛（沛县贡生，富阳主簿）

马允敬（沛县贡生，允让弟，封丘主簿）

韦　纪（沛县贡生，汝州判官） 陆　东（沛县贡生，掖县丞）

吕　祉（沛县贡生，忻州同知） 龚　恕（沛县贡生，长葛主簿）

宁　谦（沛县贡生，南康府照磨） 赵维藩（沛县贡生，庆都县丞）

卓　禄（沛县贡生，馆陶主簿） 王　楫（沛县贡生，潞府奉祀）

唐九成（沛县贡生，弼之子，会稽县丞）

唐九官（沛县贡生，弼三子，沅江府经历）

彭时熙（沛县贡生，广西按察司经历）

朱孔昭（沛县贡生，鸿胪寺序班） 周　稳（沛县贡生，鲁山主簿）

朱　选（沛县贡生，上饶主簿） 李东周（沛县贡生，湖口主簿）

吕时熙（沛县贡生，郑州吏目） 赵民服（沛县贡生，常德府照磨）

朱孔阳（沛县贡生，孔昭弟，抚州府照磨）

蔡日强（沛县贡生，桂次子，京卫经历）

朱　芥（沛县贡生，鸿胪寺序班） 马启元（沛县贡生，京卫经历）

朱一麟（沛县贡生，中书舍人）　　张应星（沛县贡生，兴化府检校）

窦惟易（砀山监生，齐东县丞。见《济南志》）

魏　极（砀山监生，饶阳主簿。见《饶阳志》）

按，砀邑志有“援例奉祀”名目载：孟景清，任平凉府；张仲臣，任汝宁府；张舜卿，任开封府；陈子仕，任怀庆府。又有“援例遥授训导”名目载：王梦说，授扬州府训导；杨维政，授淮安府训导；张敏政，授凤阳府训导。其履历皆未详，故附见。

宁　宝（丰县贡生，鹤庆府检校）　　宁　仑（丰县贡生，胶州吏目）

李天佑（丰县贡生，东明主簿）　　宁　瑮（丰县贡生，济源主簿）

苏　伟（丰县贡生，景州吏目）　　孙　玠（丰县贡生，琼州府通判）

李　枢（丰县贡生，易州判官）　　陈大经（丰县贡生，杭州府经历）

孙　珪（丰县贡生，湘阴[①]主簿）　　宋景阳（丰县贡生，蓟州卫经历）

王　诰（丰县贡生，尉氏县丞）　　黄廷秀（丰县贡生，栖霞主簿）

卜文豪（丰县贡生，平遥主簿）　　王继善（丰县贡生，吏目）

安民业（丰县贡生，兵马吏目）　　杨希睿（丰县贡生，安仁主簿）

史　松（丰县贡生，廉州府照磨）

朱明经（丰县贡生，霸州吏目）　　崔大鹍（丰县贡生，宛平县丞）

李嘉祯（丰县贡生，安东卫经历）　　董　林（丰县贡生，东阿县丞）

董令矩（丰县贡生，鸿胪寺少卿）　　杨　璇（丰县贡生，沧州吏目）

按：各志应例诸生，或概曰贡，或概曰监，今无从考订，悉仍之。其未出仕者，例不载。

曹　相（宿迁监生，荥河知县）　　施　礼（宿迁监生，袁州府经历）

张　进（宿迁监生，确山知县）　　孙　礼（宿迁监生，永康知县）

赵　璪（宿迁监生，闽县丞）　　彭志学（宿迁监生，莒州吏目）

朱　荣（宿迁监生，神策卫经历）　　周　达（宿迁监生，山海卫教授）

李　璟（宿迁监生，县丞）　　谢　冲（宿迁监生，藁城县丞）

卞　昇（宿迁监生，福州左卫知事）

郑　钰（宿迁监生，京山典史）　　王　兴（宿迁贡生，冠县丞）

张　锐（宿迁贡生，仙居县丞）　　梁　材（宿迁贡生，经历）

周　璁（宿迁贡生，吏目）　　徐　默（宿迁监生，黄岩主簿）

时　昇（宿迁监生，庐陵县丞）　　张　现（宿迁监生，归安主簿）

① 原作“阳”，径改。案乾隆《湘阴县志》卷十七《令佐》，明代主簿有孙圭，北徐州人，应即此人。

文　缁（宿迁监生，江夏主簿）　彭　灿（宿迁监生，龙泉主簿）
吴　霙（宿迁监生，陕州吏目）　高仲芳（宿迁监生，萧山主簿）
朱　坊（宿迁监生，桂阳州判）　谢　逵（宿迁监生，秀水县丞）
李　芳（宿迁监生，岢岚州知州）　朱　隆（宿迁监生，东明县丞）
王凤翔（宿迁监生，宜春主簿）　潘　罴（宿迁监生，奉依[1]州判）
彭　谦（宿迁监生，登州吏目）　朱　炼（宿迁监生，淳安主簿）
蔡　瑶（宿迁监生，阳武主簿）　蔡　培（宿迁监生，象山主簿）
陆可继（宿迁监生，儒士检校）　蔡广业（宿迁监生，瑞昌县丞）
蔡　壮（宿迁监生，南城兵马司指挥）
陈行可（宿迁监生，鸿胪寺序班）　胡　钰（睢宁监生，主簿）
胡　澄（睢宁监生，主簿）　刘朝佐（睢宁监生，麻城主簿）
朱　暹（睢宁监生，主簿）　胡天挺（睢宁监生，主簿）
孙汝为（睢宁监生，主簿）　周大庾（睢宁监生，照磨）
刘　英（睢宁监生，天台主簿）　叶　茂（睢宁监生，高唐州同知）
何　俊（睢宁监生，开封府同知）　顾　浩（睢宁监生，经历）
宋　恺（睢宁监生，蒙化知州）　孙　嵩（睢宁监生，沧州判官）
朱　渊（睢宁监生，奉新主簿）　葛　埙（睢宁监生，柳州判官）
孙　迪（睢宁监生，主簿）　唐若时（睢宁监生，主簿）
刘宗圣（睢宁监生，光禄寺署丞）　刘守辙（睢宁监生，授七品散官）
李枝芳（睢宁监生，经历）　刘永懋（睢宁贡生，中书舍人）

本朝

张拱极（徐州贡生，莒州知州）　吴永锡（徐州监生，平度州知州）
吴永申（徐州监生，保安州知州）　冯大奇（徐州监生，茂州知州）
鹿　嵋（徐州监生，兰溪县丞）　丁如玑（徐州贡生，安阳知县）
张道源（徐州贡生，江西驿盐道）　徐益哲（徐州监生，温州府同知）
潘云程（徐州监生，大冶县丞）　张道弘（徐州监生，江西按察司知事）
张道沛（徐州监生，延平府知府）　张道溥（徐州贡生，堂邑知县）
张彦璘（徐州监生，平凉府同知）　张广彬（徐州贡生，曹县丞）
李　伋（徐州贡生，河间府通判）　柳本申（徐州监生，沧州判官）
胡　宜（徐州贡生，蓬莱县丞）　张正光（徐州监生，峄县丞）

---

① 奉依州不详所在，疑为广西奉议州。

韩启钜（徐州监生，潍县丞）
李　卫（徐州监生，仕至浙江、直隶总督）
张　翼（徐州监生，济宁州判）
张廷献（徐州监生，归德府通判）
张彦琮（徐州监生，元城县丞）
张　球（徐州贡生，上蔡知县）
吴士鲲（徐州监生，梧州知府）
张秉纶（徐州贡生，沁州知州）
李锡爵（徐州贡生，福州府同知）
李　骕（铜山监生，曹州知州）
胡　环（铜山监生，宁国府通判）
丁祐吉（铜山监生，署宁州知州）
陈鸿宾（铜山监生，临海知县）
柳廷筠（铜山监生，署东昌府通判）
何之缙（铜山贡生，长沙县丞）
颛孙好贤（萧县监生，大名府通判）
陈　超（萧县监生，永清知县）
朱儒经（萧县贡生，上元训导）
王源德（萧县贡生，芜湖训导）
王　楷（萧县贡生，祁门训导）
郭复睿（萧县贡生，归安县丞）
魏　鼎（萧县贡生，靖安县丞）
徐　豫（萧县贡生，乡饮大宾）
纵锡丸（萧县贡生，浔州府同知）
颛孙古道（萧县贡生，宣化府同知）
吴作哲（萧县贡生，现任腾越州知州）
傅天锡（砀山人，楚雄府知府）
陈奕晖（砀山贡生，刑部郎中，升荆南道）
汪天来（砀山监生，福州府通判）
汪世吉（砀山人，岳州府通判）
黄　舆（砀山人，兴化府通判）
汪　润（砀山贡生，国子监典簿）
黄　辑（砀山贡生，滨州知州）
汪止善（砀山贡生，四会知县）
汪　准（砀山人，寿昌知县）
刘　琬（砀山人，柘城知县）
汪德修（砀山贡生，鄚都知县）
李　任（砀山人，德州同知）
李廷讷（砀山人，署安清通判）
贾廷振（砀山人，滑县丞）
宋　铉（砀山监生，汲[1]县丞）
汤绍宗（砀山人，绍兴府批验厅大使）
陈化龙（砀山人，西安府经历）
毛毓秀（砀山人，郁林州吏目）
阚廷献（砀山人，王平口巡检）
段弼圣（砀山人，交河泊头巡检）
宋抚民（砀山人，迁安驿丞）
宋　锐（砀山人，缙云典史）
贾永德（砀山人，协办海防同知）
张允嘉（砀山人，虞城主簿）
谢国栋（丰县附生，石门县丞）
马　龙（沛县贡生，黄平州知州）

① 原作“稽”，据乾隆《砀山县志》、同治《徐州府志》改。

王可继（沛县监生，霸州判官）　郭　裕[1]（沛县贡生，河东盐运使）
魏天质（沛县贡生，翰林院典簿）　桑成鼎（沛县贡生，湖广按察司）
郭振仪（沛县贡生，云南知府）　郭宪仪（沛县监生，现任涪州知州）
郭从仪（沛县监生，现任南城兵马司指挥）
孟承绪（沛县贡生，保定府同知）　王　祇（沛县监生，大定州吏目）
魏　准（沛县监生，卫辉府通判）　陈　璋（邳州监生，沔阳州知州）
白　坦（邳州监生，北城兵马司指挥）
卢　潮（邳州贡生，河东盐大使）　白其章（邳州贡生，长洲训导）
张　瑞（宿迁监生，教谕）　张　琮（宿迁监生，新都知县）
蔡　珠（宿迁监生，严州知府）　陆　湄（宿迁监生，永丰知县）
蔡　琏（宿迁监生，西安知府）　蔡永春（宿迁监生，宝应主簿）
王承猷（睢宁贡生，嘉定知府）　朱　俊（睢宁贡生，临淮教谕）

杂见诸志未详履历者并附

明

卢　辰（徐州人，枣强知县）
王宗绩（徐州人，枣强知县。并见《真定志》）
谢　贵（徐州人，浮梁县丞）
张　爵（徐州人，德兴知县。并见《饶州志》）
陆　昶（徐州人，平山知县。见《平山志》）
吴　英（徐州人，齐河知县。见《济南志》）
徐　绣（徐州人，会昌主簿。见《赣州志》）
赵　书（徐州人，临川主簿。见《抚州志》）
支　斌（徐州人，范县知县。见《东昌志》）
滕九苌（徐州人，顺天京卫经历。见旧志）
刘　询（徐州人，鸿胪寺序班。见兴化寺碑）
段友德（萧县人，崇仁知县）
陈　渠（萧县人，金溪知县。并见《抚州志》）
刘　斌（萧县人，邯郸主簿。见《广平志》）
曹　礼（沛县人，枣强知县。见《枣强志》）

① 康熙《徐州志》作“郭祯”。

王　逊（沛县人，宁都县丞。见《赣州志》）
张　宠（砀山人，荆州知府。见《湖广通志》）
黄　纲（丰县人，乐安知县。见《抚州志》）

本朝

王际隆（砀山人，五河训导。见《凤阳志》）
纪甲第（砀山人，溧水训导。见《江宁志》）

武科

武举之试，始于唐武后，唐史所谓不足道者也。明天顺八年，初试取武举。成化中，内官因请设乡会科、殿试，如进士例，不果行。正德十四年，始定武举条格。由是有乡、会科武举、武进士。三年一举，与文试同。本朝因之。

前明武进士

嘉靖

癸未科（二年）
朱　彩（萧县人，凤阳留守，转温台参将）

隆庆

戊辰科（二年）
蒋　助（徐州人，副将）

万历

辛丑科（二十九年）
万鹿年（徐州人，参将）
甲辰科（三十二年）
管大辂（徐州人，副将）

崇祯

癸未科（十六年）
单宪邦（徐州人）　周敬执（睢宁人，广东游击）

本朝武进士

顺治

丙戌科（三年）

娄士强（邳州人）

壬辰科（九年）

戴秉钺（邳州人，真定右营游击）

乙未科（十二年）

袁　彪（徐州人，山陕督标都司）　　尉　平（砀山人）

戊戌科（十五年）

渠　壹（丰县人，大同助马路守备）

黄金印（邳州人）

辛丑科（十八年）

王之吕（沛县人）　　陆又兼（宿迁人，滁县都司）

康熙

丁未科（六年）

黄　宫（徐州人，潼关守备）

庚戌科（九年）

韩元朗（徐州人，金华副总兵）　　陆又抗（宿迁人）

癸丑科（十二年）

张道瑞（徐州人，侍卫，福山营游击）

孙师[①]武（丰县人，肃州镇游击）

丙辰科（十五年）

黄　吕（徐州人，九溪卫守备）

己未科（十八年）

李廷翰（徐州人）

乙丑科（二十四年）

朱士训（萧县人，贵州守备）　　吴　烈（沛县人，赣州卫守备）

辛未科（三十年）

袁　钤（徐州人，榜眼，凉州挂印总兵）

---

① 原作“帅”，据康熙《徐州志》、乾隆《丰县志》及本志“举人”改。

窦文质（萧县人）

甲戌科（三十三年）

陈季琬（徐州人，兴武卫守备）

丙戌科（四十五年）

孙　帏（丰县人，文英营守备）

己丑科（四十八年）

袁　泌（徐州人，侍卫）　　孙　吴（丰县人，登州府游击）

壬辰科（五十一年）

耿　亮（徐州人）

癸巳科（五十二年）

张　淳（沛县人。县志作“乙未科”）

辛丑科（六十年）

陈　韬（徐州人，现任淮安府河营守备）

雍正

甲辰科（二年）

韩毓棕（徐州人，现署苇荡营守备）

丁未科（五年）

韩　岳（徐州人，侍卫，现任南雄府都司）

袁　楚（徐州人，侍卫，甘肃都司）

庚戌科（八年）

冯　灏（徐州人，现任南昌府守备）

于兴邦（砀山人）

乾隆

丙辰科（元年）

李星垣（铜山人，探花，现任二等侍卫）

丁巳科（二年）

宋作梅（铜山人）

己未科（四年）

周光烈（铜山人，现任侍卫）

前明武举

嘉靖

壬午科（元年）

朱　彩（萧县人，进士）

隆庆

丁卯科（元年）

苏　润[1]（徐州人，中都副留守）

万历

丙子科（四年）

欧阳辉（萧县人）

己酉科（三十七年）

程可斌（沛县人，原籍婺源）

乙卯科（四十三年）

娄　耀（邳州人）

崇祯

癸酉科（六年）

张　垣（徐州人，归德府通判）

张　胆（徐州人，垣之子，督标中军副将）

李天奇（丰县人）

己卯科（十二年）

王道允（丰县人）

胡钦中（丰县人，南京孝陵卫把总）

刘子将（沛县人，镇江卫千总）

[周]维扬（邳州人。阙姓[2]）

壬午科（十五年）

马延超（宿迁人）

马重光（睢宁人）

□□[3]科

---

① 按：嘉靖《徐州志》已载苏润，应为正德间功名。自姜焯改为隆庆元年丁卯科，后志皆误。勘详康熙《徐州志》。

② 案康熙《邳州志》：周维扬，崇祯己卯科。本志所谓“阙姓”者，疑当时所据版本残缺。

③ 原阙，科分无考者汇此。

蒋　助（徐州人，进士）
万鹿年（徐州人，进士）
管大辂（徐州人，进士）
倪化鲸（徐州人）
文　炜（徐州人）
拾有功（徐州人）
万彭年（徐州人）
吴应武（徐州人）
王之钺（徐州人）
李其素（徐州人）
单应邦（徐州人，进士）
陈希起（徐州人，千总）
张复泰（徐州人）
吴光旗（徐州人）
吴应汉（徐州人。以上十五人，旧志未注科分）
石　颖（沛县人。邑志未注科分）

本朝武举

顺治

乙酉科（二年）

黄　都（徐州人）
汤凤阁（邳州人）
李枝青（睢宁人）

戊子科（五年）

钦鼎隆（邳州人）
娄伯麒（邳州人）
刘溯源（睢宁人）
王　俊（睢宁人）

辛卯科（八年）

魏续征（丰县人）
蔡献浑（宿迁人）

□□科

袁　彪（徐州人，进士）
丁尔琏（徐州人）
仇　锦（徐州人）
吴德琦（徐州人。以上四人，旧志未注科分）
尉　平（砀山人，进士。邑志未注科分）

甲午科（十一年）

罗　忠（砀山人。旧志作徐州人）
渠　壹（丰县人，进士）
巩时茂（丰县人，山东中式）
余邦宪（邳州人）

丁酉科（十四年）

张壮猷（徐州人）
孙　超（丰县人）
王之吕（沛县人，进士）
王之侨（邳州人）

张国兴（宿迁人）　杜云霖（睢宁人）

庚子科（十七年）

陆又兼（宿迁人，进士）　陆又绩（宿迁人，无锡营守备）

康熙

癸卯科（二年）

申　祯（徐州人）　李廷翰（徐州人，进士）

张道瑞（徐州人，胆次子，进士）　董　寅（砀山人，原籍丰县）

刘自新（砀山人）　皇甫世长（丰县人，兴武卫千总）

邵　铎（沛县人，太仓卫千总）　王　玟（沛县人，顺天中式）

周嘉禄（邳州人）　许惟恒（邳州人）

丙午科（五年）

黄　宫（徐州人，进士）　袁　彬（徐州人）

杨　弘（萧县人，徐州卫千总）　孟宗圣（萧县人）

李　玿（萧县人）　裴应麟（丰县人）

张应诏（丰县人）　朱士俊（沛县人，长淮卫千总）

董起龙（沛县人）　刘定远（邳州人）

陆又华（宿迁人）　李　骏（睢宁人）

己酉科（八年）

韩元朗（徐州人，进士）　朱抡升（萧县人）

王廷瓒（沛县人）　陆又抗（宿迁人，进士）

壬子科（十一年）

黄　吕（徐州人，进士）　陈　越（徐州人）

李君遇（徐州人）　张之麟（徐州人，威宁镇总兵）

孙师武（丰县人，进士）　彭凤翔（丰县人）

马　越（丰县人）　金朝辅（宿迁人）

蔡　球（宿迁人，石阡府守备）　陆　潼（宿迁人）

乙卯科（十四年）

李　涤（徐州人）　朱士训（萧县人，进士）

吴　愔（萧县人）　于履谦（砀山人）

司　越（丰县人）　刘　韬（丰县人）

梁丽瞻（丰县人）　魏　祚（丰县人）

刘元恺（沛县人）　陆鄭侯（宿迁人）

戊午科（十七年）

马　起（丰县人，越之弟）　　刘英略（睢宁人）

辛酉科（二十年）

杨于衮（徐州人）　　黄　实（徐州人）

袁　钤（徐州人，彪之子，进士）　　耿廷昱（徐州人）

袁　锦（徐州人）　　李廷秀（徐州人）

刘　墉（丰县人）　　史以枢（丰县人）

梁　铨（丰县人）　　萧　悟（丰县人）

魏国柱（丰县人）　　陆　韬（丰县人）

甲子科（二十三年）

庞宗泰（砀山人）　　周　纶（丰县人）

吴　烈（沛县人，进士）

丁卯科（二十六年）

甄　绂[①]（沛县人）　　周　埴（沛县人）

李敦孚（睢宁人）

庚午科（二十九年）

窦文质（萧县人，进士）

癸酉科（三十二年）

胡　宣（徐州人）　　陈季琬（徐州人，进士）

程大受（徐州人）　　杨于褒（徐州人）

渠　篆（丰县人）　　吴　熹（沛县人）

丙子科（三十五年）

张大士[②]（徐州人）　　宁宗汾（丰县人）

高　识（宿迁人）

己卯科（三十八年）

钟　枢（徐州人）　　吴肇泰（萧县人）

丁廷翰（砀山人）　　魏国相（丰县人）

壬午科（四十一年）

袁　泌（徐州人，钤之侄，进士）

乙酉科（四十四年）

① 康熙《徐州志》作“祓”。

② 底本漫漶似“十”字，据康熙《徐州志》、同治《徐州府志》及各本铜山县志改。

耿　光（徐州人）
孙　帏（丰县人，进士）
渠　镃（丰县人）
戊子科（四十七年）
孙　吴（丰县人，进士）
辛卯科（五十年）
耿　亮（徐州人，廷昱子，进士）
吴　璞（萧县人）
董　璐（丰县人）
杨作伦（丰县人）
魏国杞（丰县人）
张　淳（沛县人，进士）
癸巳科（五十二年）
段如璋（徐州人）
孙　炳（丰县人）
马依伦（沛县人）
郁维铉（邳州人）
甲午科（五十三年）
袁　淳（徐州人，钤之子）
耿　偲（徐州人）
李昇龙（徐州人）
许廷琪（砀山人）
朱垂夔（沛县人）
丁酉科（五十六年）
黄朝桢（徐州人）
袁　铸（徐州人，彬之子）
耿　健（徐州人）
韩　岱（徐州人）
徐　照（徐州人，现任乍浦守备）
徐　奇（徐州人，进士）
孙　英（丰县人）
程干城（丰县人）
赵　恭（丰县人）
马秉珮（沛县人）
金　铭（沛县人）
庚子科（五十九年）
袁　楚（徐州人，淳之子，进士）
陈象临（徐州人）
韩毓棕（徐州人，进士）
韩　岳（徐州人，进士）
陈　韬（徐州人，进士）
吴芳茂（沛县人）

雍正

癸卯科（元年）
韩作楫（徐州人）
张增基（徐州人）
丁经国（萧县人）
朱　礼（萧县人）
范怀玑（砀山人）
郝才振（沛县人）
丙午科（四年）

耿　讷（徐州人）　　徐　炳（徐州人）

己酉科（七年）

张　铭（徐州人）　　吴曰栋（萧县人）

范朝柄（砀山人）　　李平藩（砀山人）

袁　琨（沛县人）　　萧　浚（宿迁人）

壬子科（十年）

李星垣[①]（徐州人，进士）　　宋作梅（徐州人，进士）

高英武（萧县人）　　宋冠军（砀山人）

王安国（丰县人）　　郭乔年（沛县人）

乙卯科（十三年）

周弘谋（铜山人，进士，改名光烈）

任凤翙（萧县人）　　吴本澄（萧县人）

乾隆

丙辰科（元年）

陈辅国（铜山人）

戊午科（三年）

权　恕（铜山人）　　祁　琰（铜山人）

陈绍瓒（铜山人）　　季万春（邳州人）

张乔松（宿迁人）　　薛　洁（睢宁人）

武功附

明

山　青（徐州人，由百户累功升都督佥事）

山　云（青之子，由世袭累功升总兵官）

金汝佐（徐州人，由指挥任四川副将）

金　辂（汝佐子，累功任湖广参将）

王一麟（徐州人，由指挥任浙江副将）

许鸣鹤（徐州人，由行伍任同安营游击）

安如山（徐州人，由世职任江西都指挥使）

---

① 乾隆《铜山县志》作“乙卯科”。

周　印（徐州人，湖北都指挥使）
郭秉忠（徐州人，任永平府守备）
林　岐（徐州人，任山海关参将）
薛　显（萧县人，封永城侯）
薛　经（显之子，由镇抚累功都督）
吴　玉（萧县人，任副将，世袭指挥佥事）
杨　锐（萧县人，由世职累功漕运总兵官）
李　义（沛县人，由千户累功授四川都司）
陈　敬（砀山人，都督佥事，镇山海、永平）
于　聪（丰县人，由千户累功授武略将军）
邓　旻（丰县人，都指挥使，守备郴桂）
倪　宽（邳州人，由军功授后府都督佥事）
陈　政（邳州人，由军功授中府都督）
王　成（邳州人，由军功授都督佥事）
王　祯（邳州人，以军功授右军都督佥事）
赵　辅（邳州人，以武功封平西侯）
韩　志（邳州人，以武功授右军都督同知）
张　虎（邳州卫千户，正德时擒流贼有大功）
汤　庆（邳州卫指挥，由军功授右军都督）
汤克宽（庆之子，由军功授右军都督同知。后死贼难）
张　辅（邳州卫百户，御流贼战死）
陈留僧（邳州人，以军功授指挥）
宋抹儿（邳州人，以军功授金吾卫指挥）
程　用（邳州人，以军功授羽林卫指挥）
李　忠（邳州人，以军功授指挥）
张　林（邳州人，以军功授指挥）
秦　宽（邳州人，以军功授指挥）
曹英儿（邳州人，以军功授金吾卫指挥）
杨胜儿（邳州人，以军功授济州卫指挥）
普得安（邳州人，以军功授金吾卫指挥）
韩铺儿（邳州人，以军功授临清卫指挥）
滕原兴（邳州人，以军功授金吾左卫指挥）
李　三（邳州人，以军功授金吾卫指挥）

刘留女（邳州人，以军功授金吾左卫指挥）
徐　清（邳州人，以军功授建昌卫指挥）
刘　津（邳州人，以军功授金吾左卫指挥）
魏剪儿（邳州人，以军功授指挥）
马走儿（邳州人，以军功授金吾右卫指挥）
张玉林（邳州人，以军功授指挥）
潘咬儿（邳州人，以军功授建昌后卫指挥）
朱　旺（邳州人，以军功授金吾左卫指挥）
杜　南（邳州人，以军功授辽阳左卫指挥）
唐　二（邳州人，以军功授宣府前卫指挥）
彭　城（邳州人，以军功授羽林前卫指挥）
傅广儿（邳州人，以军功授指挥）
侯　林（邳州人，以军功授金吾左卫指挥）
陈　进（邳州人，以军功授济州卫指挥使）
刘得海（邳州人，以军功授指挥）
郝彦良（邳州人，以军功授燕山右卫指挥）
高舍儿（邳州人，以军功授燕山右卫指挥）
任小二（邳州人，以军功授腾骧右卫指挥）
李　信（邳州人，以军功授南阳卫指挥）
张驴儿（邳州人，以军功授指挥）
张玉儿（邳州人，以军功授指挥使）
石　伟（邳州人，以军功授金吾右卫指挥）
郑　伯（邳州人，以军功授宁夏屯卫指挥）
马材儿（邳州人，以军功授大同左卫指挥）
蔡　旺（邳州人，以军功授济州卫指挥）
郭彦成（邳州人，以军功授金吾左卫指挥）
陆丑厮（邳州人，以军功授龙江卫指挥）
杨得春（邳州人，以军功授广宁前卫指挥）
杨伯丑（邳州人，以军功授济州卫指挥）
刘　全（邳州人，以军功授金吾右卫指挥）
张　林（邳州人，以军功授金吾左卫指挥）
赵友儿（邳州人，以军功授海州卫指挥）
张　成（邳州人，以军功授济州卫指挥）

张　清（邳州人，以军功授济州卫指挥）
陈　成（邳州人，以军功授云南卫指挥）
曹　德（邳州人，以军功授留守后卫指挥）
陈　进（邳州人，以军功授偏桥卫指挥）
李舍儿（邳州人，以军功授五广卫指挥）
王四驴（邳州人，以军功授苏州卫指挥）
老　千（邳州人，以军功授金吾卫指挥）
王　弼（邳州人，以军功授神武后卫指挥）
周　清（邳州人，以军功授金吾卫指挥）
孙椿儿（邳州人，以军功授金吾右卫指挥）
邹伴儿（邳州人，以军功授镇西卫指挥）
徐　英（邳州人，以军功授指挥）
王驴儿（邳州人，以军功授指挥）
薛　五（邳州人，以军功授金吾左卫指挥）
孟保儿（邳州人，以军功授怀来卫指挥）
陈　文（邳州人，以军功授大宁卫指挥）
朱　真（邳州人，以军功授燕山右卫指挥）
张　旺（邳州人，以军功授荆州左卫指挥）
刘　达（邳州人，以军功授苏州前卫镇抚）
李卓儿（邳州人，以军功授府军前卫镇抚）
李锁儿（邳州人，以军功授武功中卫镇抚）
杨钦儿（邳州人，以军功授保安卫镇抚）
徐系马（邳州人，以军功授营州屯卫镇抚）
冯计住（邳州人，以军功授千户）
程骚胡（邳州人，以军功授金吾左卫千户）
阎靠山（邳州人，以军功授千户）
黄驴儿（邳州人，以军功授金吾左卫千户）
曹忠吉（邳州人，以军功授济州卫千户）
刘季儿（邳州人，以军功授千户）
郭　琦（邳州人，以军功授苏州右卫千户）
许　信（邳州人，以军功授普安卫千户）
杜　二（邳州人，以军功授洪塘湖屯田千户）
岳　原（邳州人，以军功授金吾卫千户）

施均补（邳州人，以军功授金吾卫千户）
夏　立（邳州人，以军功授济州卫千户）
刘六十（邳州人，以军功授济州卫千户）
王连儿（邳州人，以军功授德州卫千户）
赵太平（邳州人，以军功授千户）
谈　海（邳州人，以军功授金吾右卫千户）
刘从政（邳州人，以军功授怀远卫千户）
夏　聚（邳州人，以军功授神策卫千户）
阎　斌（邳州人，以军功授燕山右卫千户）
严　二（邳州人，以军功授燕山右卫千户）
魏平儿（邳州人，以军功授杭州卫千户）
杨镇儿（邳州人，以军功授观海卫千户）
甘　全（邳州人，以军功授海州卫千户）
魏　整（邳州人，以军功授海州卫千户）
徐　成（邳州人，以军功授临清卫千户）
高　材（邳州人，以军功授神策卫千户）
宋　二（邳州人，以军功授潞州卫千户）
魏和兴（邳州人，以军功授济州卫千户）
王九儿（邳州人，以军功授睢阳卫千户）
张驴儿（邳州人，以军功授万全卫千户）
梁犍子（邳州人，以军功授千户）
王　德（邳州人，以军功授济州卫千户）
娄　润（邳州人，以军功授济州卫千户）
董重儿（邳州人，以军功授千户）
张留住（邳州人，以军功授千户）
王安童（邳州人，以军功授燕山右卫千户）
陈　聚（邳州人，以军功授羽林前卫千户）
李　成（邳州人，以军功授宁夏中卫千户）
周　旺（邳州人，以军功授金吾右卫千户）
徐　四（邳州人，以军功授金吾左卫千户）
徐伯双（邳州人，以军功授大宁中卫千户）
钱　二（邳州人，以军功授千户）
唐　振（邳州人，授千户。以上俱洪武年军功）

窦　整（邳州人，以军功授云南后卫指挥）
李　八（邳州人，以军功授兴州卫指挥）
马念儿[①]（邳州人，以军功授金吾左卫指挥）
王　成（邳州人，以军功授金吾右卫指挥）
汤　鼎（邳州人，以军功授本卫指挥）
单　成（邳州人，以军功授保安卫镇抚）
程　安（邳州人，以军功授睢阳卫千户）
戴歪头（邳州人，以军功授鹰扬卫千户）
曹从名（邳州人，以军功授金吾卫千户）
王　成（邳州人，以军功授武平卫千户）
陈驴儿（邳州人，以军功授太原前卫千户）
王脉儿（邳州人，以军功授金吾卫千户）
马黄头（邳州人，授蓟州卫千户。以上俱永乐年军功）
张移儿（邳州人，洪熙时军功授全州卫千户）
鲁　成（邳州人，以军功授怀来卫指挥）
解保儿（邳州人，以军功授曲靖卫指挥）
李五儿（邳州人，以军功授宁远卫指挥）
冯　镇（邳州人，以军功授本卫指挥）
赵　本（邳州人，以军功授济宁卫指挥）
宋马儿（邳州人，以军功授靖海卫镇抚）
王　功（邳州人，以军功授仪真守备）
宫黄毛（邳州人，以军功授镇鲁后卫千户）
朱　得（邳州人，以军功授宁海卫千户）
薛　成（邳州人，以军功授千户）
曹秃儿（邳州人，以军功授镇鲁后卫千户）
桑　茂（邳州人，以军功授靖州卫千户）
何通甫（邳州人，授千户。以上宣德年军功）
李庆儿（邳州人，以军功授济州卫指挥）
曹奴才（邳州人，以军功授邵武卫指挥）
任驹子（邳州人，授锦衣卫千户。以上正统年军功）

① 案嘉靖《邳州志》：马念儿，土山社人，永乐间征进有功，历升金吾左卫指挥。康熙、咸丰、民国《邳州志》字同“念”。乾隆《邳州志》作“冯念儿”，嘉庆《邳州志》作“冯念儿”，同治《徐州府志》作“马念儿”。

李　义（邳州人，景泰时军功授平山卫指挥）
周　荣（邳州人，天顺时军功授锦衣卫千户）[①]
周胜儿（邳州人，弘治时军功授袁州卫指挥）
刘　成（邳州人，弘治时军功授锦衣卫镇抚）
夏　成（邳州人，弘治时军功授信阳卫镇抚）
韩　佐（邳州人，正德时军功授大河卫指挥）
娄　宇（邳州人，嘉靖时军功授苏松参将）
刘　荣（宿迁人，以平倭功封广宁伯）
刘　安（宿迁人，以武功进封侯）
马　仪（宿迁人，以军功授左都督）
马　昂（仪之子，由世职升都督）
张　贵（宿迁人，从永乐有功，授都督指挥）
胡　元（宿迁人，以军功授辽东都指挥）
刘　迪（宿迁人，以军功授辽东都指挥）
焦　忠（宿迁人，以军功授贵州卫指挥）
自　祥（宿迁人，以军功授广东都指挥）
土　忠（宿迁人，以军功授永平卫指挥）
赵福童（宿迁人，以军功授燕山卫指挥）
于　昶（宿迁人，以军功授金吾右卫指挥）
周　成（宿迁人，以军功授济州卫指挥）
初　冒（宿迁人，以军功授大典卫指挥）
王头口（宿迁人，以军功授甘州卫指挥）
王　满（宿迁人，以军功授贵州卫指挥）
丁蛮儿（宿迁人，以军功授济宁卫指挥）
孙学诗（宿迁人，以军功授青州卫指挥）
黄　淮（宿迁人，以军功授金吾卫指挥）
顾　祥（宿迁人，以军功授鳌山卫指挥）
赵官保（宿迁人，以军功授金吾左卫指挥）
葛　本（宿迁人，以军功授济州卫指挥）
戚　敬（宿迁人，以军功授宁夏卫指挥）
孟　良（宿迁人，以军功授济州卫指挥）

---

① 按：周荣原在洪熙张移儿之后、宣德鲁成之前，今据世代年次移此。

杜　兴（宿迁人，以军功授金吾左卫指挥）
刘　聚（宿迁人，以军功授燕山卫指挥）
谷思忠（宿迁人，以军功授金吾前卫指挥）
陈　智（宿迁人，以军功授金吾前卫指挥）
曹　友（宿迁人，以军功授宣德右卫指挥）
聂　胜（宿迁人，以军功授开平右城卫指挥）
董闹儿（宿迁人，以军功授金吾左卫指挥）
董　真（宿迁人，以军功授金吾左卫指挥）
孙　成（宿迁人，以军功授金吾左卫指挥）
李　秀（宿迁人，以军功授羽林卫指挥）
梁　正（宿迁人，以军功授金吾右卫指挥）
陈　纲（宿迁人，以军功授金吾右卫指挥）
穆锁儿（宿迁人，以军功授金吾左卫指挥）
孙　贵（宿迁人，以军功授济阳卫指挥）
刘　津（宿迁人，以军功授凤阳卫指挥）
伍敬祖（宿迁人，以军功授金吾左卫指挥）
姜　成（宿迁人，以军功授沈阳卫指挥）
冷　让（宿迁人，以军功授燕山右卫指挥）
孙　福（宿迁人，以军功授金吾右卫指挥）
姜得春（宿迁人，以军功授金吾右卫指挥）
张　兴（宿迁人，以军功授九溪卫指挥）
李　成（宿迁人，以军功授羽林卫指挥）
张　英（宿迁人，以军功授燕山右卫指挥）
靳　清（宿迁人，以军功授留守右卫指挥）
唐　贞（宿迁人，以军功授金吾右卫指挥）
靳　聚（宿迁人，以军功授金吾右卫指挥）
彭回子（宿迁人，以军功授济宁卫指挥）
张　荣（宿迁人，以军功授武骧右卫指挥）
左　智（宿迁人，以军功授济宁卫镇抚）
张来住（宿迁人，以军功授保安卫镇抚）
刘普安（宿迁人，以军功授宣府前卫镇抚）
张　勉（宿迁人，以军功授西安左卫镇抚）
时　敬（宿迁人，以军功授海宁卫千户）

周五十（宿迁人，以军功授济州卫千户）
董　用（宿迁人，以军功授广西守御千户）
阎兴儿（宿迁人，以军功授济宁卫千户）
王　有（宿迁人，以军功授济州卫千户）
阎钱儿（宿迁人，以军功授燕山右卫千户）
孙伴儿（宿迁人，以军功授燕山右卫千户）
王　荣（宿迁人，以军功授九江卫千户）
周　聚（宿迁人，以军功授成都千户）
胡　刚（宿迁人，以军功授处州卫千户）
傅　通（宿迁人，以军功授鹰[①]扬卫千户）
高　斌（宿迁人，以军功授济州卫千户）
王合住（宿迁人，以军功授尉州千户）
朱　政（宿迁人，以军功授济州卫千户）
徐　仍（宿迁人，以军功授金吾卫千户）
张　成（宿迁人，以军功授济州卫千户）
徐　山（宿迁人，以军功授金吾卫千户）
张　林（宿迁人，以军功授济州卫千户）
朱　谅（宿迁人，以军功授鹰扬卫千户）
宋　四（宿迁人，以军功授建阳卫千户）
李　成（宿迁人，以军功授金华卫千户）
房　贵（宿迁人，以军功授蓟州卫千户）
冯　兴（宿迁人，以军功授豹韬卫千户）
陈　恕（宿迁人，以军功授金吾卫千户）
陈　让（宿迁人，以军功授济州卫千户）
孟　钦（宿迁人，以军功授蓟州卫千户）
张关儿（宿迁人，以军功授金吾卫千户）
杨　青（宿迁人，以军功授定州卫千户）
许　雄（宿迁人，以军功授浙江卫千户）
刘马驴（宿迁人，以军功授济州卫千户）
娄子忠（宿迁人，以军功授金吾卫千户）
田　旺（宿迁人，以军功授信阳卫千户）

---

① 原作“盧”，系“鹰”形讹，据《明史·兵志二》改。

胡不阑（宿迁人，以军功授济州卫千户）
李均甫（宿迁人，以军功授金吾卫千户）
南宋成（宿迁人，以军功授武阳卫千户）
蔡　旺（宿迁人，以军功授济州卫千户）
蒋　清（宿迁人，以军功授济州卫千户）
梁继祖（宿迁人，以军功授济州卫千户）
刘　纲（宿迁人，以军功授羽林卫千户）
潘闹儿（宿迁人，以军功授济州卫千户）
朱　正（宿迁人，以军功授福州卫千户）
芦　清（宿迁人，以军功授金吾卫千户）
刘金灶（宿迁人，以军功授济州卫千户）
王虎儿（宿迁人，以军功授山海卫千户）
苏　和（宿迁人，以军功授燕山卫千户）
王　就（宿迁人，以军功授燕山卫千户）
周　全（宿迁人，以军功授燕山卫千户）
杨　青（宿迁人，以军功授府军卫千户）
曹　荣（宿迁人，以军功授济州卫千户）
钟　显（宿迁人，以军功授燕山卫千户）
董　荣（宿迁人，以军功授济州卫千户）
商　义（宿迁人，以军功授邳州卫千户）
王　义（宿迁人，以军功授济州卫千户）
王　成（宿迁人，以军功授济州卫千户）
朱　贵（宿迁人，以军功授徐州卫千户）
姜　安（宿迁人，以军功授金吾卫千户）
裴　成（宿迁人，以军功授襄阳卫千户）
凤　林（宿迁人，以军功授金吾卫千户）
刁　连（宿迁人，以军功授隆庆卫千户）
花玉春（宿迁人，以军功授济州卫千户）
徐　良（宿迁人，以军功授定辽卫千户）
范　旺（宿迁人，以军功授济州卫千户）
刘自广（宿迁人，以军功授安东卫千户）
丁　成（宿迁人，以军功授会州卫千户）
陆千家（宿迁人，以军功授燕山卫千户）

蔡　清（宿迁人，以军功授辽东卫千户）
伍　聚（宿迁人，以军功授辽东卫千户）
张原本（宿迁人，以军功授临清卫千户）
吴买住（宿迁人，以军功授济宁卫千户）
周官保（宿迁人，以军功授东胜卫镇抚）
孙粪草（宿迁人，以军功授旗手卫千户）
张　钦（睢宁人，以军功授右军都督）
王　钦（睢宁人，以军功授江西都指挥）
谢　兴（睢宁人，以军功授羽林前卫指挥）
张　玉（睢宁人，以军功授义勇右卫指挥）
陈　瓒（睢宁人，以军功授山西都指挥）
张　大（睢宁人，以军功授涿鹿卫指挥）
王　兴（睢宁人，以军功授金吾卫指挥）
周明达（睢宁人，守备）
魏梦弼（睢宁人，守备）
周明征（睢宁人，把总）
魏　超（睢宁人）

本朝

韩尚亮（徐州人，以军功授闽安镇总兵）
张　胆（徐州人，前明武举，授督标中军副将）
贾明学（徐州人，由世职任泰州营守备）
颜　斌（徐州人，由世职累功升汉中镇参将）
苏世臣（徐州人，九江卫守备）
许士高（徐州人，由行伍任延安营游击）
丁　炽（徐州人，由武生任济宁右营守备）
喻三元（徐州人，由武生任协镇山永副将）
刘　永（徐州人，由行伍累功授守备，改任海阳知县）
王之纲（徐州人，由行伍任汀州总兵官）
李全信（徐州人，由行伍任沅江副将）
张　彪（徐州人，由行伍任台湾北路参将）
杨朝柱（徐州人，由武生任略阳营游击）
刘允鑀（徐州人，由将材任黄冈营都司）

潘云汉（徐州人，苇荡营守备）
厉士选（徐州人，由行伍任广信营守备）
李加明（徐州人，由行伍任竹溪营守备）
岳　昶（徐州人，由荫生任四川永宁游击）
袁　汉（徐州人，由待卫任江西抚标游击）
袁　溱（徐州人，由武生袭拖沙喇哈番）
韩　策（铜山人，行伍，现任保定中营守备）
王进昌（行伍任四川提督，奉旨入籍铜山）
陈有明（铜山人，由行伍任山清外河营守备）
陈又新（萧县人，由将材任汀浦镇标游击）
张大谟（萧县人，由将材任宝庆营副将）
张　湘（萧县人，由武生任杭州水师营千总）
张　浩（萧县人，由监生随征，任亳州营千总）
仇肇猷（丰县人，由世职任竹山营游击）
鲍士锦（沛县人，由武生任安东卫守备）
车　鸾（邳州卫人，由指挥任上江总运游击）
娄　灿（邳州卫人，由指挥任靖州守备）
汤铭盘（邳州人，任广东守备）
许　裕（邳州人，任苏州守备）
周之鸾（邳州人，任台州营守备）
宋可凤（邳州人，由行伍任山安外河营守备）
刘国柱（宿迁人，以军功累升福建福宁镇标中营游击）
朱永凡（宿迁人，由行伍任淮扬淮徐河营参将）
桑　浩（宿迁人，由行伍任扬州府江防河营守备）

封荫附

明

蒋明善（徐州人，以兴献后赠玉田伯、荣禄大夫、柱国、太子太保）

蒋　敩（徐州人，以兴献后赠玉田伯、荣禄大夫、柱国、太子太保。〇按：明徐州出仕多显秩，而旧志封荫阙载，今无从追补）

王　缙（萧县人，以子业赠文林郎、永清知县）

郭　麐（萧县人，以子守身封征仕郎、金吾前卫经历）

贾　赞（萧县人，以子复淳赠文林郎、通城知县）
李　斌（萧县人，以子性明封承德郎、工部都水司主事）
刘　崇（沛县人，以鲁王妃父封东城兵马副指挥）
甄子美（沛县人，以子实封中议大夫、赞治尹、太仆寺少卿）
李道明（沛县人，以子绅封户部员外郎）
张　辅（沛县人，以子贞观赠文林郎、益都知县）
张　密（沛县人，以子斗赠承德郎、刑部主事）
蔡　俸（沛县人，以子桂赠承德郎、户部主事）
朱　臣（沛县人，以子芥赠登仕郎、鸿胪寺序班）
朱　苓（沛县人，以子一麟赠文林郎、大理寺评事）
张才卿（砀山人，以子宏赠奉政大夫、户部广东司郎中）
袁　俊（邳州人，以子清封承德郎、刑部主事）
索　逵（邳州人，以子承学赠承德郎、户部主事）
杨　赞（邳州人，以子辅赠奉政大夫、山东按察司佥事）
陆　殷（邳州人，以子世勣赠文林郎、萍乡知县）
宋元德（邳州人，教谕，以子维翰赠奉政大夫、刑部郎中）
汤　宝（邳州人，以子庆封光禄大夫、上柱国）
潘梦吕（邳州人，庠生，以子自警赠承德郎、巩昌府通判）
陈于廷（邳州人，庠生，以子赓盛封文林郎、汤溪知县）
刘　江（宿迁人，以子荣平倭功封广宁伯）
潘　敏（宿迁人，宣府经历，以子洪封奉政大夫、吏科给事中）
罗绍学（宿迁人，以子鹏封南京太常寺博士）
朱仲和（宿迁人，以子荣封神策卫经历）
沈友德（宿迁人，以子伦赠左府经历）
陆　卿（宿迁人，以子奋飞赠承德郎，兵部主事）
高　溥（睢宁人，以子瑁赠承德郎、户部主事）
杨　隆（睢宁人，以子俊赠文林郎、新乐知县）
王之卿（睢宁人，以子应乾赠文林郎、堂[1]邑知县）
丘梦庄（睢宁人，以子园卜赠奉直大夫、平远州知州）
丘梦龙（睢宁人，以出继子园卜赠奉直大夫、平远州知州）

① 原作“棠”，据康熙《睢宁县志》改。

本朝

张应科（徐州人，以孙胆赠骠骑将军，以曾孙道祥赠光禄大夫、道瑞赠荣禄大夫）

张　垣（应科子，胆父，赠官同上）

张　胆（垣之子，都督同知，以子道祥赠光禄大夫、道瑞赠荣禄大夫）

袁可大（徐州人，以曾孙钤赠荣禄大夫、凉州总兵。子国祥、孙彪，赠官同）

张凤鸣（徐州人，以曾孙之麟赠荣禄大夫、临清副将。子联[1]星、孙灿，赠官同）

刘全信（徐州人，以孙允籛赠怀远将军、黄冈营都司。子鸣凤，赠官同）

王　贤（徐州人，以曾孙之纲赠骠骑将军、汀州总兵。子待玉、孙明，赠官同）

徐国珍（徐州人，以子益哲封文林郎、肥城知县，以孙鼎赠通奉大夫、湖北布政使）

徐益哲（国珍子，肥城知县，以子鼎赠通奉大夫、湖北布政使）

冯　彪（徐州人，以子大奇赠文林郎、获嘉知县）

丁自富[2]（徐州人，以子如巩赠文林郎、安阳知县）

李应田（徐州人，以子加明赠宣武将军、湖广竹溪营守备）

傅世泰（徐州人，以子璿封修职郎、衢州府经历）

胡虞印（徐州人，以子宜赠修职郎、蓬莱县丞）

柳际昌（徐州人，以子本申赠儒林郎、沧州州判）

柳本坦（铜山人，以子廷玑封文林郎，略阳知县）

韩　枚（铜山人，以子岳赠明威将军、南雄府都司）

韩　琮（铜山人，以子策赠宣武将军、保定营守备）

柳本立（铜山人，以耆寿赐八品顶戴）

徐应科（铜山人，以子三元封武德将军、宿虹河营守备）

颛孙承惠（萧县人，以子佐圣赠文林郎、峡江知县）

朱印炳（萧县人，以子士训赠明威将军、黔西左营守备）

陈　倬（砀山人，以子奕晖赠中宪大夫、刑部郎中）

汪　铎（砀山人，以孙世吉赠承德郎、岳州府通判。子在滋，赠爵同）

黄昆霞（砀山人，以孙辑赠奉直大夫、滨州知州。子天锡，赠爵同）

---

① 原作“映”，据康熙《徐州志》、本志卷二十八《艺文五》李光地《孝行张又白传》改。

② 康熙《徐州志》、乾隆《铜山县志》作“丁士富”。

李从任（丰县人，以曾孙卫赠太子少保、兵部尚书）

李　藻（丰县人，以孙卫赠太子少保、兵部尚书）

李宗靖（丰县人，以子卫赠太子少保、兵部尚书）

王应隆（沛县人，以子者都赠中宪大夫、泉[①]州府知府）

郭登魁（沛县人，以子裕赠中宪大夫、河东盐运使）

吴道臻（沛县人，以子烈赠明威将军、赣州卫掌印守备）

王　祺（沛县人，以子可继赠修职郎、博平县丞）

沈　环（沛县人，以子圣愿赠文林郎、长山知县）

孟时雍（沛县人，以子承绪赠奉政大夫、保定府同知）

马毓兴（沛县人，以子梦弼赠修职郎、当涂训导）

郭　祉（沛县人，以子振仪赠奉直大夫、涪州知州）

戴天宠（邳州人，以子秉钺赠明威将军、真定营游击）

郑遇时（邳州人，以子侨生赠中宪大夫、太原府知府）

林成茂（邳州人，以子文元赠武德将军、外河营守备）

徐尔珍（宿迁人，以子用锡赠奉直大夫、翰林院侍读）

陆奋扬（宿迁人，以子又兼赠明威将军、滁县都司）

蔡毓庆（宿迁人，以子珠赠中宪大夫、严州府知府）

蔡毓儁（宿迁人，以子琏赠奉直大夫）

蔡　瑚（宿迁人，以子永春赠登仕郎、宝应县主簿）

陈　珆（宿迁人，以孙纲赠文林郎、承德县知县。子于宁，赠爵同）

卓　儒（宿迁人，以子飞赠文林郎、泸溪县知县）

刘文进（宿迁人，以孙国柱赠骠骑将军。子之如，封爵同）

朱　友（宿迁人，以孙永凡赠昭勇将军、淮扬淮徐河营参将。子宪宾，赠爵同）

桑维城（宿迁人，以孙浩赠武德将军、扬州府江防河营守备。子毓锦，赠爵同）

王登瀛（睢宁人，以子承猷赠承德郎、绍兴府通判）

朱作对（睢宁人，以子俊封修职郎、临淮教谕。以上封）

张　铎（徐州人，以兄胆荫生，仕至汉阳府知府）

张道祥（徐州人，以父胆荫生，仕至湖北按察使）

王应瑄（徐州人，以父之纲荫生，仕至南宁府知府）

① 原作“全”，据康熙《徐州志》及本志《人物传》其子王者都“升泉州知府”改。

韩　琮（徐州人，以祖尚亮荫监生）

袁　渼（徐州人，以父钤荫监生）

张宽培（徐州人，以父之麟荫监生）

李星聚（丰县廪生，以父卫荫，现任户部云南司员外郎。以上荫）

徐州府志卷之十五全

徐州府志卷之十六

封建

封建在三代时，则君也。汉时，王侯犹治其国，食其邑。东晋以还，已多虚号。沿及唐宋，概属空名。旧志不考其实，混收博采，可谓无识矣。今其著者已略见《古迹》，不得已，择其实临兹土，与行事有关一方理乱者存之。至如上古之大彭、奚仲，春秋之萧叔、钟吾，已屡见《建置》《古迹》，兹不复列。

汉

楚王韩信，淮阴人。汉四年，平齐，立为齐王。五年正月，徙为楚王，都下邳。信初之国，行县邑，陈兵出入。六年，人有上书告信反。高祖用陈平计，伪游云梦，会诸侯于陈。信至，即执之，赦为淮阴侯。十一年，吕后斩之，夷三族。

楚元王刘交，字游，高祖同父少弟。好书，多材艺。少时尝与鲁穆生、白生、申公受《诗》于浮丘伯。从高祖见项梁，共立楚怀王。西攻南阳，入武关，与秦战于蓝田。至霸上，封交为文信君。从入蜀，还定三秦，诛项籍。即帝位，交常侍上，出入卧内，传言语诸内事隐谋。汉六年，立为楚王，王薛郡、东海、彭城三十六县。既至楚，以穆生、白生、申公为中大夫。高后时，浮丘伯在长安，元王遣子郢客与申公俱卒业。元王好《诗》，诸子皆读《诗》。高后二年，以郢客为宗正，封上邳侯。元王立二十三年薨，[子郢客嗣，是为夷王。立四年薨][1]，子戊嗣。景帝时，王戊与吴通谋，起兵会吴西攻梁。与汉将周亚夫战，败，戊自杀。景帝立元王子平陆侯礼为楚王，是为文王，四年薨。子安王道嗣，二十二年薨。子襄王注嗣，十四年薨。子节王纯嗣，十六年薨。子延寿嗣。宣帝即位，延寿有罪自杀，国除。

泗水思王刘商，常山宪王舜少子。元鼎四年封，分东海郡之凌、泗阳、于三县为泗水国，立十二年薨。子哀王安世嗣，立一年薨，无子。武帝复立安世弟贺，是为戴王。立二十二年薨。遗腹子煖嗣，是为勤王，立三十九年薨。子戾王骏嗣，三十一年薨。子靖嗣。王莽时绝。

楚孝王刘嚣，宣帝子。甘露二年，立为定陶王。三年，徙楚。成帝河平中，入

① 参《汉书·楚元王传》，据康熙《徐州志》补。

朝。时被疾，天子闵之，诏称："王素行孝顺慈仁。之国以来，二十余年，纤芥之过未尝闻。今乃遭命，罹于恶疾，朕甚闵焉。以广戚县户四千三百，封其子勋为侯。"明年，嚚薨。子文嗣，一年薨。无子，绝。明年，成帝复立文弟[①]衍，是为思王。立二十一年薨。子纡嗣，立十年，王莽篡位，贬为楚公。明年，降为庶人，因家于彭城。

留侯张良，佐高帝定天下。汉六年，大封功臣。高帝曰："运筹帷幄中，决胜千里外，子房功也。自择齐三万户。"良曰："始臣起下邳，与上会留，此天以臣授陛下。陛下用臣计，幸而时中。臣愿封留足矣。"乃封良为留侯。以高后二年薨，子不疑嗣。孝文五年，坐不敬，国除。

武原靖侯卫胠。汉七年，以梁将军从初起，击韩信、陈豨有功。八年，封武原侯，食二千八百户。孝惠三年薨。子寄嗣，三十七年薨。子不害嗣十三年，以孝景后二年坐葬过律免，国除。

沛侯刘濞，高祖兄仲之子，以十二年二月封于沛。七月，黥布反，高祖自将讨之，濞以骑将从，破布军。明年，高祖还至沛，立濞为吴王。后四十二年，以反伏诛。

下相侯冷耳，以客从高祖起沛，入汉。用兵击破齐田解军。十二年，以楚丞相坚守彭城、距黥布军功，封下相侯，食二千户。子顺嗣，孝景三年坐谋反诛。

广戚侯刘将，鲁恭王子。元朔元年封于广戚。薨，子始嗣。元鼎五年，坐酎金免。

良城侯刘文德，鲁安王子。昭帝始元五年封。子舜、孙原、曾孙元、玄孙闵相继嗣，后绝。

扶阳侯韦贤，字长孺。其先韦孟，自彭城徙邹，至贤五世。宣帝本始三年为丞相，封扶阳侯，食邑七百户。地节三年致仕。年八十二[②]薨。神爵元年，少子玄成嗣。九年，有罪削一级，为关内侯。永光二年，复以丞相，封扶阳侯。建昭三年薨。子宽、孙育、曾孙湛相继嗣侯。王莽败，乃绝。

广戚侯刘勋，孝王子。以河平三年封。薨，谥炀侯。子显嗣。显子婴，平帝崩，王莽立为孺子。莽篡位，为安定[③]公。莽败，死。

楚王刘英，光武帝子。建武十五年封楚公，十七年进爵为王，二十八年就国。三十年，以临淮之取虑、昌阳[④]二县益楚国。英少好游侠，交通宾客。晚节更喜黄

---

① 原作"帝"，据《汉书·楚孝王嚚传》改。
② 原作"三"，据《汉书·韦贤传》改。
③ 原倒作"定安"，据《后汉书·光武帝纪》李贤注乙正。
④ 按：《后汉书·楚王英传》作"须昌"。李贤注曰："临淮无须昌，有昌阳县。盖误也。"本志从李贤注改。

老，学为浮图斋戒祭祀。后遂大交通方士，作金龟玉鹤，刻文字以为符瑞。永平十三年，人告英有逆谋。事下案验，有司奏英大逆不道，请诛之。帝不忍，乃废英，徙泾县，赐汤沐邑五百户。男女为侯、主者，食邑如故。楚太后勿上玺绶，留楚宫。明年，英至丹阳[①]，自杀。立三十三年，国除。追谥爵曰楚厉侯。英子种，嗣为楚侯，后徙封六侯。

彭城靖王刘恭，明帝子。永平九年，赐号灵寿王。十五年，封钜鹿王。肃宗时，徙封江陵，又徙封六安。后遗诏徙封彭城，食楚郡。其年就国。恭敦厚威重，举动有节度，吏人敬爱之。立四十六年薨。子道嗣，立二十八年薨。子定嗣，立四年薨。子和嗣。和性至孝，太夫人薨，行丧陵次，毁觜过礼。傅相以闻，桓帝诏使奉牛酒，迎王还宫。和敬贤乐施，国中爱之。初平中，天下大乱。和为贼昌务所攻，避奔东阿，后得还国。立六十四年薨，孙祇嗣。立七年，魏篡汉，降为崇德侯。

下邳惠王刘衍，明帝子。永平十五年封。衍有容貌，肃宗即位，常在左右。建初四年，以临淮郡及九江之钟离、当涂、东城、历阳、全椒，合十七县益下邳国。帝崩，其年就国。衍后病荒忽，而太子卬有罪，废。诸姬争欲立子为嗣，连［上］[②]书相告言。和帝使彭城靖王恭至下邳，正其嫡庶，立子成为太子。衍立五十四年薨。子成嗣，立二年薨。子意嗣，立五十七年薨。子宜嗣，数月薨，无子，建安十一年国除。

甾丘侯刘般，故楚王纡子。建武九年，封甾丘侯，奉孝王祀。后徙封杼秋，又徙居巢。

扶阳侯韩歆，字翁君，南阳人。从光武征伐，以功封扶阳侯。后以好直言见杀。

沛侯刘宝，沛献王子，世祖中元二年封。（时沛王都相，沛县为侯国）

武原侯徐璜，下邳良城人。桓帝初，为中常侍，以收梁冀功封侯，食邑万五千户。

三国魏

萧哀王曹炳，文帝同母弟熊之子。熊早死，黄初二年追封，谥萧怀公。太和三年，又追进为王。青龙三年，以炳嗣，食邑二千五百户。六年薨，无子，国除。

---

① 原作“杨”。案宋景定《建康志》卷五《辨丹阳》：“西汉《地理志》字从‘杨’，东汉《郡国志》字从‘阳’。自晋至唐，见于史传者，或为‘杨’，或为‘阳’，无定字也。”近又有“丹扬”者，三说似各有据。今以志文录自《后汉书·楚王英传》，故从本传改用“阳”字。

② 字据《后汉书·下邳惠王衍传》补。

丰恭王曹琬，樊安公均子。文帝兄[①]昂死，无子。黄初二年追封，谥曰丰悼公。后加号悼王，改愍王。嘉平六年，乃以琬袭昂爵，为丰王。累增邑二千七百户。薨，子廉嗣。晋代魏，国除。

彭城王曹据，文帝庶弟。黄初三年，自义阳王徙封彭城。后又徙济阴、定陶。太和六年，复封彭城。累增邑四千六百户。

沛王曹林，文帝庶弟。太和六年，自鄄城王改封沛国。景初二年，以沛、杼秋、公丘、丰及彭城之广戚，并五县为沛王国。林薨，子纬嗣。晋初，与彭城国俱除。

晋

下邳献王司马晃，字子明，宣帝弟安平献王孚子。武帝受禅，封下邳王，邑五千一百七十六户。泰始二年就国。晃孝友贞廉，谦虚下士，甚得宗室之称。后为长水校尉、南中郎将。九年，为使持节、都督宁益二州诸军事、安西将军，领益州刺史，以疾不行。更拜尚书右仆射，出为镇东将军，都督青徐二州诸军事。惠帝即位，守尚书令，迁司空，加侍中。元康[②]六年薨。子绰，有笃疾，别封良城县王。以太原王第三子韡为嗣，早薨，子韶立。

彭城王司马权，字子舆，东武城侯馗之子。武帝受禅，封彭城王，食二千九百户。出为北中郎将、都督邺城守诸军事。咸宁元年薨，子植立。永康元年，代淮南王允镇寿春。未发，被谗，以忧薨，赠车骑将军，增封万五千户。子释立，分鲁国蕃、薛二县，以益其国，凡二万三千户。永嘉三年薨。子雄立，坐奔苏峻伏诛。更以释子纮[③]嗣。（按：权未尝之国。南渡后，彭城陷没，故国已失，此后大抵皆虚名矣）

睢陵公王祥，字休征，琅邪临沂人。魏末，以太尉封睢陵侯，邑一千六百户。武帝践祚，拜太保，进爵为公。以老乞骸骨，诏听以睢陵公就第。（按本传，祥未尝就第封邑。今睢宁县祀于名宦，又取其履立冢，姑载之）

五代宋

彭城王刘义康，宋武帝第四子。永初元年，受封食邑三千户。文帝即位，增邑二千户。自元嘉六年，历官中外。至二十二年，以罪废为庶人。

---

① 原作“弟”，据《三国志 · 魏书 · 武帝纪》改。

② 原作“咸宁”，为武帝年号，误。据《晋书 · 下邳献王晃传》改。

③ 原作“紘”，据《晋书 · 彭城穆王权传》改。

北魏

宋王刘昶，字休道，宋文帝第九子。在宋，封义阳王。废帝即位，出为都督、徐州刺史。及江夏王诛废帝，疑昶有异志，遂率众北讨。昶乃弃母、妻奔魏。尚公主，封丹阳王。太和三年，齐代宋。孝文伐之，诏昶以本将军与诸将同行。路经徐州，哭拜其母旧堂，哀感从者。及至军所，四面拜诸将士，自陈家国灭亡，蒙朝廷慈覆。辞理切至，声气激扬，涕泗横流，三军咸为感叹。后封齐郡开国公，加宋王之号。十八年，除使持节，都督吴、越、楚、彭城诸军事，大将军、开府，镇徐州。昶背彭城，至是已久，其昔斋宇山池，并尚存立，昶更修缮，还处其中。不能绥边怀物，抚接[①]义故。前民旧吏，莫不慨叹焉。二十一年，薨于彭城。

彭城王尔朱仲远，北秀容人。永安末，除徐州刺史，兼三徐州大行台，寻进督三徐州诸军事。仲远求权立中正，在军定第，斟酌授官。从之。于是随情补授，肆意聚敛。尔朱荣死，仲远勒众向京师。庄帝诏诸将讨之，皆败。尔朱兆弑帝，立元晔，除仲远都督三徐二兖诸军事，封彭城王。性贪残，人比之豺狼。后为高欢所破，奔梁，死于江南。

唐

徐王李元礼，高祖子。性恭畏，善骑射。武德四年，封郑王。贞观十年，徙封徐，迁徐州都督。镇徐八年，转绛[②]州刺史，薨。（按：元礼子茂、茂子璀、璀子延年，虽皆嗣位，不在徐土，故不纪）

宋

徐国公张耆，开封人，初名旻。天禧中，拜武宁军节度使、同平章事。仁宗朝，更名耆。明道二年，封徐国公。

明

河南侯陆聚，不知何许人。元枢密院同知。脱脱败芝麻李于徐州，彭大等奔濠。聚抚流亡，缮城保境，寇不敢犯。徐达经理江淮，聚以徐、宿二州降。太祖以聚为江南行省参政[③]，仍守徐州。遣兵略定邳、沛、萧、砀、鱼台。扩廓遣李左丞侵徐，驻陵子村。聚遣指挥傅友德击之，俘其众，擒李左丞。又败元兵于宿州，擒佥院邢端等。从定山东，平汴梁，还镇，改山东行省参政。从平元都，定山西、陕

---

① 原作“节”，据《魏书》《北史》本传改。

② 原作“绎”，据两《唐书·徐王元礼传》改。

③ 按:《明史》本传作“江南行省参政”。本志卷二十九《大事记》从《明太祖实录》作“江淮行省参政”。

西。聚所部皆淮北劲卒，虽燕赵精骑不及也。沂、邳山民乘间作乱，诏聚还，讨平之。洪武三年，封河南侯，禄九百石，予世券。后坐胡党死，爵除。（按：聚爵号虽不系徐，而其镇守则徐也。故增入此）

名宦上

自明以来，地志必兼《名宦》《人物》，踵事增华，傅会粉饰，真假难辨矣。徐州旧志《名宦》《人物》，明嘉靖王本、顺治时胡本大抵失之陋，康熙间姜志旁摭滥收，更失之杂。今订其伪舛，节其繁冗。至近代诸人，或位终牧宰，名在口碑，虽事鲜流传，而前志已载，容有过而存之者，惟观其所纪之辞，止是寻常供职之流，则去之非刻也。

汉

何武，字君公，蜀郡郫县人。成帝时，由京兆尹左迁楚内史，迁沛郡太守。武为人仁厚，好进士，奖称人之善。在楚厚两龚，在沛厚两唐，及为公卿，荐之朝廷，遂显于世。世以此多焉。

牟融，字子优，北海安丘人。以司徒茂才为丰令。视事三年，县无狱讼，为州郡最。司徒范迁上其理状。永平五年，入为司隶校尉。

袁安，字邵公，汝南汝阳人。永平十三年，楚王英谋为逆，事下郡覆考。明年，三府举安能理剧，拜楚郡太守。是时，英辞所连及系者数千人，显宗怒甚，吏案之急，迫痛自诬，死者甚众。安到郡，不入府，先往案狱，理其无明验者，条上出之。府丞掾史皆叩头争，以为阿附反虏，法与同罪，不可。安曰："如有不合，太守自当坐之，不以相及也。"遂分别具奏。帝感悟，即报许。得出者四百余家。

杨统，字仲通，广汉新都人。善图谶学及天文推步之术。建初中为彭城令。岁大旱，统推阴阳消伏，县界蒙泽。太守宗湛使统为郡求雨，亦即降澍。自是，朝廷灾异多以访之。统在县，休征时序，风雨得节，嘉禾生于寺舍，人庶称神。（《后汉书·杨厚传》）

张禹，字伯达，襄国人。元和三年为下邳相。徐县北有蒲阳坂，傍多良田，而堙废莫修。禹为开水门，通引灌溉，遂成熟田数百顷。劝率吏民，假与耕种，亲自勉劳，遂大收谷实。邻郡贫者归之千余户。后岁至垦田千余顷，民用温给。功曹史戴润，故太尉掾也，权动郡内，有小谴[①]，禹令自致狱，然后正其法。自长史以下，

① 原作"遣"，据《后汉书》本传改。

莫不震肃。

韩棱，字伯师，舞阳人。章帝时为下邳令。多异政，邑独不雹。征拜尚书，邳人庙祀之。(《南畿志》。○按：本传不言为下邳令，《南畿志》盖本元焦景秋《祠堂记》。详见《艺文》)

谢夷吾，字尧卿，山阴人。章帝时，以钜鹿太守左转下邳令。所在爱育人物，有善迹。

苏章，字孺文，扶风平陵人。安帝时出为武原令。时岁饥，辄开仓廪，活三千余户。(武原，在今邳州境)

张皓，字叔明，犍为武阳人。安帝时出为彭城相，荐隐士闾丘邈等。永宁初，征拜廷尉。

费汎，字仲虑[1]，吴兴乌程人。举孝廉，除郎中、屯骑司马，迁萧令。视民如子，先教后罚。在任九年，风化大行，奸慝不作。时沛有蝗，独不入境。朝廷嘉之，迁梁相。

魏朗，字少英，会稽上虞人。桓帝时为彭城令。时，中官子弟为国相，多行不法，朗与更相章奏。幸臣忿嫉，欲中之。会九真贼起，众共荐朗为九真都尉。(《后汉书·党锢传》)

史弼，字公谦，陈留考城人。光和中为议郎，侯览等恶之，出为彭城相。会病卒。

孙坚，富春人。熹平中为盐渎丞，转盱眙丞，又徙下邳丞。历佐三县，所在有称，吏民亲附。

关侯，河东解人。建安四年，先主杀徐州刺史车胄，使侯守下邳，行太守事。

三国魏

按：前汉徐州刺史无治所，后汉治郯，皆不在今府境。《魏书·地形志》："魏、晋治彭城。"参考他书，则魏时刺史治下邳。然总在府界也，故录刺史自魏、晋始。

徐庶，字元直，颍川人。魏时为彭城相。

吕虔，字子恪，任城人。魏黄初元年为徐州刺史。请王祥为别驾，民事一以委之。世多其能任贤。

王祥，字休征，琅邪临沂人。吕虔檄为别驾，委以州事。时寇盗充斥，祥率厉兵士，频讨破之。州界清静，政化大行。时人歌之曰："海沂之康，实赖王祥。邦国不空，别驾之功。"

---

① 原作"虞"，据洪适《隶释》、董斯张《吴兴备录》改。

胡质，字文德，寿春人。正始中，为征东将军，都督青徐诸军事。广农积谷，有兼年之储。置东征台，且佃且守。又通渠诸郡，利舟楫，严设备，以待敌。海边无事。

胡威，字伯虎，质之子也。咸熙中，为徐州刺史。勤于政术，风化大行。

晋

王浑，字玄冲，太原人。泰始初，迁徐州刺史。时岁饥，浑开仓赈赡，百姓赖之。

司马伷，宣王子，封琅邪王。泰始中，出为镇东大将军、假节、都督徐州诸军事，代卫瓘镇下邳。伷镇御有方，得将士死力，吴人惮之。

胡奋，字玄威，安定临泾人。泰始中，为徐州刺史。所在有声绩。

嵇绍，字延祖，谯国铚人。元[①]康中，拜徐州刺史。时，石崇为都督，性虽骄暴，而绍将之以道，崇甚亲敬之。后以长子丧去职。

刘遐，字正长，广平易阳人。建武初，为下邳内史。初，沛人周抚与同郡周默，因天下乱，各为坞主，以寇抄为事。默降祖逖，抚怒，遂袭杀默，以彭城叛，石勒遣骑援之。诏遐领彭城内史，与徐州刺史蔡豹等讨抚于寒山，抚败走。诏徙为临淮太守，后为兖州刺史。太宁初，自彭城移屯泗口。

蔡豹，字士宣，陈留圉城人。元帝时，为徐州刺史。豹在徐土，内抚将士，外怀诸众，甚得远近情。后讨徐龛，以军败诛。人闻其死，多悼惜之。

荀羡，字令则，颍川临颍人。永和中，除徐州刺史，假节，监徐兖二州、扬州之晋陵诸军事。羡将经略中原，自京口移镇淮阴，屯田于东阳之石鳖。寻加监青州诸军事，又领兖州刺史，镇下邳。时石季龙死，羡抚纳降附，甚得众心。

谢玄[②]，字幼度，陈郡阳夏人。太元初，授兖州刺史，监江北诸军事。三年，救戴逯于彭城，败秦师，加领徐州刺史。八年，授都督徐、兖、青诸州军事，大败苻坚于淝水。九年，诏玄经略旧都。率众次彭城，堰吕梁水以利漕运，公私利便。

南北朝宋

王弘，字休元，琅邪临沂人。宋国建，为尚书仆射掌选，领彭城太守。

王懿，字仲德，以字行，太原祁人。晋太元末，徙居彭城。后从宋武帝平长安，为太尉谘议参军。武帝受命，累迁徐州刺史，加都督。元嘉三年，进号安北将

---

① 原作“太”，据康熙《徐州志》改。案《晋书》本传未详年份，参以“时，石崇为都督”，应在元康初，康熙《徐州志》为是。

② 原作“谢宏”，避乾隆讳改。今恢复本字。下同。

军，与到彦之北伐，大破魏军。坐无功，免官。九年，又为镇北将军、徐州刺史。仲德三临徐州，威德著于彭城。

魏恭子，元嘉初，遣大使巡行四方，兼散骑常侍孔默之、王韵之等上言："彭城内史魏恭子，廉恪修慎，在公忘私，安约守俭，久而弥固。请加褒赉，以劝于后。"乃赐恭子绢五十匹、谷五百斛。（《宋书·良吏传》）

吉翰，字休文，冯翊池阳人。元嘉八年为徐州刺史，监徐兖二州、豫州之梁郡诸军事。时有死罪囚，典签意欲活之。因翰入关斋，呈其事。翰语"且去"。明旦呼之来，取昨所呈事，视讫，谓之曰："卿意当欲宥此囚死命。但此囚罪重不可贷，既欲加恩，卿便当代任其罪。"因命左右收典签，付狱杀之，原此囚生命。自下畏服，莫敢犯禁。

张畅，字少微，吴郡吴人。孝武镇彭城，畅为安北府长史、沛郡太守。元嘉二十七年，魏太武南征，太尉江夏王义恭统诸军出镇彭城。魏众近城数十里，彭城众力虽多，军食不足，义恭欲弃彭城南归，计议弥日不定。时沈庆之欲趋历城，何勖欲奔郁洲，畅曰："今城内乏食，百姓咸有走情，但以关扃严固，欲去莫从耳。若一旦动脚，则各自散走。欲至所在，何由可得？今军食虽寡，朝夕犹未窘罄。岂有舍万安之术，而就危亡之道？若此计必用，下官请以颈血污君马迹！"孝武闻畅议，谓义恭曰："长史言不可异也！"义恭乃止。魏主既至，畅于城上与魏尚书李孝伯语。畅随宜应答，吐属如流，魏人美之。

萧思话，南兰陵人。元嘉二十七年，魏攻悬瓠。思话为护军将军，领精甲三千，助镇彭城。魏军退，即代孝武为徐、兖二州刺史，监四州军事。后以北伐无功，免官。元凶弑立，以为徐兖二州刺史。思话即率部曲还彭城，起义以应孝武。孝武即位，征为丹阳尹。思话历十二州，所至爱才好士，人多归之。

王玄谟，字彦德，太原人，寓居下邳。武帝临徐州，辟为从事史。后为刘义宾司马，带彭城太守。义宾薨，玄谟上表以彭城要兼水陆，请以皇子抚临州事。乃以孝武出镇。大明五年，为徐州刺史，加都督。时徐方饥馑，乃散私谷十万斛、牛千头以赈之。

沈昙庆，吴兴武康人。大明元年为徐州刺史。时，殿中员外将军[1]裴景仁助戍彭城。景仁本北人，多悉关中事，昙庆使撰《秦记》十卷，述苻氏事。其书传于世。昙庆谨实清正，所莅有称绩。世以长者称之。

张岱，字景山，吴郡吴人。大明中，巴陵王镇徐州，以岱为冠军谘议参军。王年十三，未亲政事。岱以谘议领彭城太守，行府、州、国事。后历临海、豫章、晋

① 原作"殿中员外郎将军"。案《宋书》《南史》，"郎"字衍，今删。

安三王军府谘议，每能辑和公私。

兰陵俨，为平北长史。薛安都初据彭城以叛，俨密欲图之，事泄遇害。泰始二年，赠光禄勋。

后魏

尉元，字荀仁，代人。天安元年，薛安都以徐州内附，请援。献文以元为都督诸军事，与孔伯恭赴之。元入彭城，以宋将张永仍据险要，乃命安都等固守，身率精锐，分击吕梁，大破之。遣使谕东徐州、兖州，相与归命。元表曰："彭城仓廪虚罄，人有饥色。求运冀、相、济、兖四州粟，取张永所弃船九百艘，沿清运致，可以济救斯民。"诏从之。又表分兵置戍，进定青、冀。又书与宋徐州刺史王玄载，示其祸福。宿豫、淮阳皆弃城而遁。于是遣高闾与张谠对为东徐州刺史，李璨[①]与毕众敬对为东兖州刺史。拜元都督诸军事、镇东大将军、开府、徐州刺史。时，徐州妖人司马休符扇惑百姓，元遣将斩之。

孔伯恭，魏郡邺人。天安元年，以镇东将军副尉元救彭城。皇兴元年，大破宋军，攻拔宿豫、淮阳。二年，以伯恭为彭城镇将，都督徐、南兖州诸军事。

李长仁，字景安，勃海蓨人。累迁平南将军、沛郡太守，仍为彭城太守。又从尉元讨定南境，还除北海内史。凡在三郡，吏民安之。

元云，太武孙，封任城王。延兴四年，为征东大将军、开府、徐州刺史。以太妃盖氏薨，表求解任，献文不许。云悲号动疾，乃许之。性善抚绥，得徐方之心，为百姓所追恋。送遗钱货，一无所受。献文嘉之。

薛虎子，代人。太和四年，徐州民桓和[②]等叛，诏虎子为征南都副将，与尉元讨平之。以本将军为彭城镇将。在镇雅得民和，除开府、徐州刺史。时州镇戍兵，资绢自随，不入公库，任其私用，常苦饥寒。虎子上言："徐州左右，水陆沃壤，清汴通流，足盈激灌，其中良田十余万顷。若以兵绢市牛，分减戍卒，计其牛数，足得万头。兴力公田，必当大获粟稻，一岁之中，且给官食，半兵耘植，余兵尚众，且耕且守，不妨捍边。一年之取，过于十倍之绢；暂时之耕，足充数年之食。五稔之后，谷帛俱溢。"孝文纳之。在州戍兵，每岁交代，虎子必亲自劳送。丧者给其殓帛。州内遭水，二麦不收，上表请贷民粟。民有车牛者，求诣东兖给之。并如所奏，民得安堵。孝文曾问秘书［丞］[③]李彪曰："卿频使江南，徐州刺史政绩何如？"彪曰："绥边布化，甚得其和。"帝曰："朕亦知之。"沛郡太守邵安、下邳太

① 原作"燦"，据《魏书·尉元传》改。

② 本志卷二十九《大事记》从《资治通鉴》作"桓标之"。

③ 字据《魏书·薛虎子传》补。

守张攀，咸以赃污，虎子案之于法。在州十一载，卒。

元澄，字道镇，任城王云子，袭封。孝文时，为徐州刺史，甚有声绩。

李元茂，赵郡人。太和十八年，除镇威将军、彭城镇副将，吏民安之。赏帛百匹、谷百斛。

元衍，字安乐，阳平王新成之子，封广陵侯。太和中，为徐州刺史。衍性清慎，居官廉洁，历牧四州，皆有称绩。

卢渊，字伯源，范阳涿人。太和中，京兆王愉镇徐州，以渊为长史。愉时年少，事无巨细，多决于渊。渊以诚信御物，甚得东南民和。南徐州刺史沈陵密谋外叛，渊知之，潜敕诸戍，微为之备。屡有表闻，朝廷不纳。陵果杀将佐，勒宿豫之众逃叛，淮滨诸戍由备得全。陵之余党颇见执送，渊皆抚而赦之，惟归罪于陵，众心乃安。

元鉴，字绍达，袭父爵为武昌王。景明初为徐州刺史。属徐、兖大水，民多饥馑，鉴表加赈恤，民赖以济。先是，京兆王瑜为徐州王，既年少，长史卢渊宽以御下，郡县多不奉法。鉴奏免梁郡太守程灵虬，征还京师。于是徐境肃然。

卢昶，字叔达，前长史渊之弟。宣武时为徐州刺史。昶宽和矜恕，善于抚绥。其在徐州，戍兵疾，亲自检恤。至番兵年满不归，容充后役，终昶一政，然后始还。人庶称之。

李彦，字次仲，敦煌人。宣武时为徐州刺史。延昌二年夏，大霖雨，川渎皆溢。彦相水陆形势，随便疏通，得无淹渍之害。朝廷嘉之，频诏劳勉。

萧宝夤，字智亮，齐明帝子。国亡，奔魏。神龟中，为徐州刺史。起学馆于清东，朔望引见土姓子弟，接以恩颜，与论经义。勤于政治，吏民爱之。

高谅，字修贤，勃海人。正光中，除徐州行台，加骁骑将军。元法僧反，逼谅同之。谅不从，为法僧所害。赠幽州刺史，谥忠侯。

元显和，济阴王郁从子。为徐州安东府长史。元法僧叛，显和与战，被擒。法僧执手命坐，显和曰："显和与阿翁，同源别派，皆是磐石之宗。一朝以地外叛，若遇董狐，能无惭德?"遂不肯坐。法僧犹欲慰谕，显和曰："乃可死作恶鬼，不能生为叛臣!"及将杀之，神色自若。

元延明，袭父猛爵为安丰王。孝昌元年，元法僧反，梁遣豫章王萧综入守彭城。诏以延明为东道行台，督诸军讨法僧。延明先牧徐方，甚得民誉，至是屯军于萧，招怀旧土，远近归之。与萧综相持数月。综密送款，夜开北门，诣萧城降。延明追击梁军，复东南之境，至宿豫而还。即授徐州刺史，加都督。徐州频经师旅，人物凋敝，延明招携新故，人悉安业，百姓咸附。

常景，字永昌，河内温人。清俭自守，澹于荣利。安丰王延明征彭城，萧综降附，遣景持节驰与行台、都督观机部分，寻授景徐州刺史。会杜洛周反于上谷，仍以景为北道行台讨之。

崔孝芬，字恭梓，博陵安平人。孝昌三年，梁将成景儁率众逼彭城，除孝芬宁朔将军，为徐州行台。景儁筑栅造堰，谋断泗水，以灌彭城。孝芬率大都督李叔仁等迎战，景儁退走。除孝芬安南将军兼尚书，为徐、兖二州行台。

羊深，字文渊，泰山钜平人。孝昌末，为二徐行台。庄帝践祚，又为二兖行台。深处分军国，损益随机，亦有时誉。初，尔朱荣杀害朝士，深弟侃据泰山降梁。深在彭城，忽得侃书，招与同逆。深慨然流涕，斩侃使人，并书表闻。庄帝下诏褒其忠烈。

杨昱，字元晷，恒农华阴人。孝昌末为徐州刺史，寻除镇东将军、东南道都督。羊侃叛，梁遣将军王辩侵徐州，番郡人续灵珍拥众攻城。昱遣别将击斩灵珍，王辩退走。侃兄深，时为徐州行台。府州咸欲禁深，昱曰："昔叔向不以鲋也见废，《春秋》贵之。奈何以侃罪深也？宜听朝旨。"不许群议。

房谟，字敬放，洛阳人。兴和中，由兖州刺史转徐州刺史。始，谟在兖州，彭城慕其政化。及为刺史，合境欣悦。谟为政如在瑕丘[①]。先是，当州兵皆寮佐驱使，饥寒死病，动至千数。谟至，皆加检勒，不令烦扰。以休假、番代、洗沐，督察主司，亲自检视。又使佣赁，令作衣服，终岁还家，无不温饱，全济甚多。时梁、魏和好，使人入其界者，咸称叹焉。

慕容绍宗，代人。武定二年，梁人刘乌黑寇徐方。令绍宗率兵讨击，大破之，因除徐州刺史，执乌黑杀之。五年，侯景反。命绍宗为东南道行台，诏节度三徐二兖诸军事，与大都督高岳，擒梁贞阳侯萧渊明于寒山。回军，讨侯景于涡阳，大破之。

北齐

辛术，天保初，以东南道行台为淮南经略。侯景征江西租税，术率诸军度淮断之，烧其稻数百万石，还镇下邳。人随术北渡淮者三千余家。

赵彦深，名隐，以字行，平原人。天保中，为东南道行台、徐州刺史。政尚恩信，为吏民所怀。多所降下，所营军处，士庶追思，号"赵行台顿"。文宣玺书慰劳。

苏琼，字珍之，长乐武强人。皇建中，为徐州行台左丞，行徐州事。城中五级寺忽被盗铜像一百躯，有司征检四邻、防宿及踪迹所疑，逮系数十人，琼一时放

① 刘宋兖州，元魏改东兖州，皆治瑕丘。

遣。寺僧怨诉不为推贼，琼遣僧谢曰："但且还寺，得像自送尔。"后十日，抄贼姓名及赃处所，径收掩，悉获实验。贼徒款引，道俗叹服。旧制，以淮禁①，不听商贩辄度。淮南岁俭，启听淮北取籴。后淮北人饥，复请通籴淮南。遂得商估往还，彼此兼济，水陆之利，通于河北。

徐远，字彦遐，石门人。仕北齐，为东楚州刺史。邑郭大火，远躬自赴救，为之流涕。仍为经营，乃得安集。

周

王轨，太原祁人。武帝时，陈将吴明彻入寇吕梁。徐州总管梁士彦频与战，不利，退保徐州城。明彻遂堰清水以灌之，列舰城下，以图攻取。诏以轨为行营总管，率诸军赴救。轨潜于清水入淮口，多树大木，以铁锁贯车轮，横截水流，以断其船路。方欲密决其堰以毙②之，明彻知之，乃破堰遽退。比至清口，并碍于车轮，不得复过。因率兵蹙之，明彻及将士并就俘获。仍拜徐州总管。轨性严重，多谋略，兼有吕梁之捷，威震敌境，陈人甚惮之。初，轨数言太子失德，帝深然之，而不能用。及宣帝即位，轨自知祸及，谓所亲曰："此州控带淮南，邻接强寇，欲为身计，易同反掌；但忠义之节，不可亏违。吾止于此待死，义不为他计。冀千载之后，知我此心！"大象元年，宣帝令内史杜庆信就徐州杀轨。

隋

源雄，字世略，西平乐都人。周时，检校徐州总管。及尉迟迥起兵，时雄家累在相州，迥潜以书诱之，雄卒不顾。迥遣将据兰陵，陷昌虑、下邑，雄遣徐州刺史刘仁恩、仪同刘弘分击平之。又定东潼州之乱，进位上大将军，拜徐州总管。

尔朱敞，字乾罗，秀容人。开皇二年为徐州总管。在职数年，号为明肃，吏民畏之。以年老乞骸骨，归于河内。

卢昌衡，字子均，魏长史渊孙。由尚书祠部郎，出为尔朱敞府长史，甚有能名。吏部尚书苏威考之曰："德为人表，行为士则。"闻者以为确论。

房兆，全州人。为徐州总管。有勇略，以御海寇著功。

刘高，彭城人。大业时，为萧令。时长吏多赃污，高清节愈励。风教大洽，狱无系囚，为吏民所称。(《南畿志》)

① 原作"以淮北禁"。案《北齐书》《北史》，"北"字衍，今删。
② 原作"鳖"，据《周书》《北史》本传改。

唐

李元轨，高祖子，封霍王。贞观十七年，为徐州刺史。闭门读书，以吏事委长史、司马。谦慎，未尝与物忤。数引见处士刘玄平，为布衣交。或问王所长于玄平，答曰：“无长。”问者不解，玄平曰：“人有短，所以见长。若王无所不备，吾何以称之?”

宋思礼，字过庭。事继母徐以孝闻。调露二年，补萧县主簿。会大旱，井池涸。母羸疾，非泉水不适口。思礼忧惧且祷，忽有泉出诸庭，味甘寒，不乏汲。县人异之。尉柳晃刻石纪其事。

王焘，郿人，永宁公珪之孙。为徐州司马。性至孝，因母疾，数从高医游，遂穷其术。作《外台秘要》，讨绎精明，世宝焉。后守邺郡，治闻于时。

陆余庆，苏州吴人。武后时，举制策甲科，补萧县尉。迁阳城尉。

姚元之，陕州硖石[①]人。景云中为徐州刺史。政条简肃，人为纪德于碑。

韦恒，郑州阳武人，逍遥公嗣立之子。开元初为砀山令，政宽惠，吏民爱之。天子东巡，州县供张，皆鞭扑趣办，恒不立威而事给。(《唐书·韦思谦传》)

苏诜，字廷吉，雍州武功人，宰相瓌子。自给事中出为徐州刺史，治有声迹。

李光弼，营州柳城人。上元二年，拜太尉，兼侍中、河南副元帅。史朝义略申、光等州，光弼舆疾就道，驱入徐州，使田神功击走朝义。初，神功平刘展，逗遛淮南；尚衡、殷仲卿相攻兖、郓间；来瑱擅襄阳。及光弼至徐州，朝义走，神功还河南，瑱、衡、仲卿入朝。其为诸将惮服如此。光弼在镇，惟军旅事自决，众务悉委判官张傪。傪吏事精敏，区处如流，人皆畏服。

张建封，字本立，邓州南阳人。贞元四年，为徐泗濠节度。初，李洧以徐降。洧卒，高承宗、独孤华代之，地迫于寇，常困蹙不支。至是，李泌请以建封代之，益与濠、泗二州。由是徐复为重镇。久之，加检校[②]右仆射。十三年，入朝，帝眷遇异等。将还镇，帝赋诗以饯，又以所持鞭赐之，曰：“卿节谊岁寒弗渝，故用此为况。”十六年，以病求代，寻卒。建封治徐凡十年，躬于所事，一军大治。善容人过，至健黠亦未尝曲法假之。其言忠义感激，故下皆畏悦。士贤不肖，礼必均，故其往如归。许孟容、韩愈，皆奏署幕府。子愔，嗣为节度，治徐七年，其政称治。

许孟容，字公范，长安人。为张建封从事。李纳以兵拒境，建封遣使谕止，前后三辈往，皆不听。乃使孟容见纳，敷引逆顺，纳即悔谢，为罢兵。表为濠州

---

① 原作“峡石”，据两《唐书》本传改。

② 原作“检拔拔”，据两《唐书》本传改。

刺史。

韩愈，字退之，邓州南阳人。为张建封推官。操行坚正，鲠言无所忌。

李藩，字叔翰，赵州人。张建封辟为节度巡官，未尝察苛细。建封卒，濠州刺史杜兼疾驱至，阴有觊望。藩泣谓曰："公今丧，君宜谨守土，何弃而来？宜速还，否则以法劾君！"兼错愕去，恨之，因诬奏建封死，藩撼其军，有非望。德宗怒，密诏淮南徐泗节度使杜佑杀之。佑雅器藩，得诏，十日不发，召见藩曰："世谓死生报应，验乎？"藩曰："殆然。"曰："审若此，君宜遇事无恐。"因出诏示藩。藩色不变，曰："信乎，杜兼之报也！"佑曰："慎毋畏，吾已持阖门保君矣！"帝未之信，亟追藩。既入，望其状貌，曰："是岂作乱人耶？"释之，拜秘书郎。

李鄘，字建侯，扬州江都人。张建封卒，兵乱，囚监军，迫建封子愔主军务。德宗以鄘刚果，拜宣慰使。持节直入其军，大会士众，喻以祸福。出监军狱中，脱桎梏，使复位。众不敢动。愔即上表谢罪，称"兵马留后"。鄘曰："非诏命，安得辄称之？"削去乃受。既还，称旨，迁吏部郎中。

李守素，字太朴。德宗时为丰令，后在台有声。①

王绍，京兆万年人。元和初，自东都留守为武宁军节度使。自张愔后，兵骄难治，绍搜辑军政，推诚示人。裨将安进达、唐重靖谋乱，绍以计取之，出家资赏士，举军安赖。

李愿，洮州临潭人，西平王晟之子。元和中，为武宁军节度使。李师道反，愿移师伐之，数有功。后以疾去。

李愬，愿弟。元和十三年，代愿为节度。有董重质者，本吴元济将，降于愬，时得罪被斥。愬请赐军中自效，许之。至乃署为牙将，与贼战于金乡，凡十一遇，擒贼队将五十，俘馘万计。淄、青平，进同中书门下平章事。

高瑀，冀州蓨人。太和六年，为武宁军节度使。瑀宽和，居官无赫然誉。所至称治，士人怀之。

崔珙，博陵人。文宗时，徐州以王智兴后，军骄，数犯法，节度使高瑀未能制。天子思材望威烈者，检革其弊。见珙意气慷慨，先尝为泗州刺史，得士心。即谓宰相曰："欲武宁军节度使者，无易珙才。"遂以珙代瑀。居二岁，徐人戢畏。

薛元赏，文宗时，自京兆尹出为武宁节度使。罢泗口猥税，人以为便。后徙镇邠宁。

卢弘止，字子强，蒲州人。宣宗时，出为武宁军节度使。徐自王智兴后，吏卒

---

① 案丰县诸志：李守素，太宗初为丰令，后迁弘文馆学士。德宗时另有李元素，字大朴（《旧唐书》列传第八十二），康熙《徐州志》始混二人为一，本志同误。

骄沓，银刀军尤不法。弘止戮其尤无状者。终弘止治，不敢哗。优诏褒劳。

王式，太原人。咸通三年，徐州银刀军乱，以式检校[1]工部尚书，徙武宁节度使，诏许、滑兵自随。视事三日，悉以计诛乱兵。会诏降武宁为团练，罢归。

崔彦曾，齐州全节人。咸通初，由太仆卿为徐州观察使。庞勋反，彦曾料丁男乘城。或劝彦曾奔兖州，彦曾曰：“我，方帅也，奉命守此，惟有死尔！”斩议者一人号于众。俄而勋傅城，彦曾悉诛贼家属。勋超墉入，囚彦曾大彭馆，寻遇害。赠刑部尚书。

温廷皓，并州祁人，署崔彦曾幕府。庞勋反，以刃胁廷皓，使为表求节度使。廷皓绐曰：“表闻天子，当为公信宿思之。”乃归，与妻子诀。明日，勋索表，倨答曰：“我岂以笔砚事汝耶？速杀我！”勋熟视，笑曰：“儒生有胆耶？吾勒众百万，无一人草檄乎！”囚之，更使周重草表。及彦曾遇害，廷皓亦死。诏赠兵部郎中。时，焦璐[2]、李棁、崔蕴、柳泰、卢宗嗣、韦廷范，同为幕府寮官，并遇害，诏赠官有差。

五代唐

剧可久，字尚贤，范阳人。同光初，为徐州司法参军，以干职闻。

李周，字通理，邢州内丘人。长兴中，自静难节度使徙镇武宁，所至多善政。

周

王晏，徐州滕人。显德初，为武宁军节度使。境内安静，吏民诣阙请立德政碑，世宗命比部郎中张正撰文赐之。

宋

侯赟，太原人。开宝中，以右武卫将军知徐州，有善政。太宗即位，移知福州。

曹彬，字国华，真定灵寿人。雍熙四年，为武宁军节度使。彬仁爱多恕，有吏犯罪，既具案，逾年然后杖之。人问其故，彬曰：“吾闻此人新娶妇，若杖之，其舅姑必以妇为不利，而朝夕笞詈之，使不能自存。吾故缓其事，然法亦未尝屈焉。”淳化五年，徙平卢军节度。

梁鼎，字凝正，华阳人。至道中知徐州，居官峻厉，名称甚茂。

---

① 原作“拔”，据《新唐书》本传改。

② 原作“路”，据两《唐书·崔彦曾传》改。

陈兴，澶州卫南人。景德三年，以本州团练使知徐州。兴起行伍，有武略，所至颇著声绩。

王臻，字及之，汝阴人。景德中，以大理评事通判徐州。性刚严，善决事，所至有风迹。

吴元扆，字君华，太原人，尚太宗女蔡国公主。大中祥符初，以检校太傅知徐州。四年，卒于官。元扆性谨让，在藩镇有忧民心，待宾佐以礼。真宗于帝婿中，独称其贤。

孔道辅，字原鲁，宣圣四十五代孙。天圣中知徐州。明道二年，由右谏议大夫再知徐州。

梁适，字仲贤，东平人。知淮阳军，奏减京东豫买绸百三十万，又论景祐赦书不当录朱梁后。仁宗记其名。

程珦，字伯温，河南人。庆历初知沛县。会久雨，平地出水，谷既不登，晚种不入。珦谓："俟可种而耕，则时已过矣！"募富民，捐菽数千石以贷农，使布之水中。水未尽涸，而甲已露矣。是年遂不艰食。有丐于市者，自称僧伽之弟，愚民争遗金钱，珦杖而出之境。(《朱子文集》)

赵及，字希之，偃师人。仁宗时，以侍御史知徐州。后又以右谏议大夫知徐州。及和厚谦退，所治有声，吏民爱之。

徐起，字豫之，濮州鄄城人。仁宗时知徐州，就为转运使。募富室，得米十七万斛，赈饥殍。又移粟以赡河北、京西者，凡三百万。

王洙，字原叔，虞城人。皇祐初知徐州。时京东饥，朝廷议塞商胡河，赋楗薪，输半而罢塞。洙命更其余为谷粟，诱愿输者，以餔流民，因募其壮者为兵，得千余人，盗贼衰息。有司上其最，为京东第一。

孙沔，字元规，会稽人。仁宗时，京东多盗，以沔知徐州。沔明购赏，严诛罚，盗遂止。

吕溱，字济叔，扬州人。嘉祐中，以侍读学士知徐州。性开敏，善折狱。寻徙知成德军。

关景仁，字彦长，钱唐人。治平二年知丰县，政尚清简，与民休息。尝改作凫鹥亭，赋诗记之。仁爱之意，蔼然见于辞。

韩贽，字献臣，齐州长山人。熙宁中，以龙图阁直学士知徐州。自奉至约，政简而治。以吏部侍郎致仕。

傅尧俞，字钦之，济源人。熙宁中知徐州。以与王安石不合，请提举崇福宫，寻坐事削职。先是，徐前守侵用公钱，尧俞至为偿之，未足而去。后守移文尧俞使偿。久之，考实非尧俞所用，卒不辩。其容物如此。

苏轼，字子瞻，眉山人。熙宁末知徐州。时河决曹村，泛于梁山泺，溢于南清河。徐城南众山环绕，吕梁、百步扼之，汇于城下，涨不得泄。城将败，富民争出避水。轼曰：“富民若出，众皆动摇，吾谁与守？吾在是，水决不能败城！”驱使复入。诣武卫营，呼卒长曰：“河将害城，事急矣，虽禁军且为我尽力！”士卒长曰：“太守犹不避涂潦，吾侪小人，当效命。”率其徒持畚锸以出，筑东南长堤，首起戏马台，尾属于城。雨日夜不止，城不沉者三版。轼庐于城上，过家不入，使官吏分堵以守，卒全其城。复请调来岁夫，增筑故城，为木岸，以虞水之再至。朝廷从之。

孙觉，字莘[①]老，高邮人。元丰中知徐州。徐多盗，捕盗，得杀人者五，其一仅胜衣。疑而讯之，曰：“我耕于野，与甲遇，强以梃与我。半夜挟我东，使候诸门。不知其他也。”问吏：“法何如？”曰：“死。”觉止诛其首而释之，后遂为例。

李昭玘，字成季，济南人。登进士第，调徐州教授。守孙觉深礼之，每从容讲学，及古人持己处世之要，相得欢甚。荐入为正字，仕至太常少卿。

杨时，字中立，将乐人。元丰末，为徐州司法参军。

陈师锡，字伯修，建阳人。元丰末，官监察御史，为用事者所忌，出知宿迁县。元祐初，苏轼三上章，荐其学术渊源，行己洁素，议论刚正，器识靖深。入为秘书省校书郎。

马默，字处厚，单州成武人。哲宗时知徐州。属城利国苦吴居厚之虐，默皆革之。召为司农少卿。后复知徐州。

马建中，单父人。元祐初知丰县，民安其政。有《和凫鹥亭》诗传于时。(《丰县志》又载：“韩侯，不知其名，宣和中知县。博雅好古，士民钦之。今祀名宦。”以他无可考，附见于此)

彭汝砺，字器资，鄱阳人。元祐中，为中书舍人，以论蔡确事落职，知徐州。

杜纯，字孝[②]锡，鄄城人。以荫入仕。元祐中，以右司郎中知徐州。迁陕西转运使。

曾肇，字子开，南丰人。元祐七年，自吏部侍郎出知徐州，有善政。改江南府。

张惇，绍圣三年知萧县。凿泒水新渠，民免水患。

田昼，字承君，阳翟人。建中靖国初知淮阳军。岁大疫，日挟医问病者药之。遇疾卒，淮阳人祀以为土神。(《宋史》本传)

① 原作“萃”，据《宋史》本传改。
② 原作“圣”，据《宋史》本传改。

米芾，字元章，吴人。徽宗时，由礼部员外郎出知淮阳军。用文雅为政，尚礼教，去淫祀。秩满，归橐萧然，遇风，舟危，作诗矢诸神，风顿止。

王复，以龙图阁待制知徐州。建炎三年，金人自袭庆引兵围徐。复与男倚婴城固守，率军民力战。外援不至，城陷。复坐厅事，语粘罕曰："死守者，我也，他皆无豫。愿杀我而舍僚吏百姓。"粘罕欲降之。复嫚骂求死，阖门百口皆被杀，独一子佾先去。城破时，武卫都虞候赵立夺门出。夜半，杀守者入城求复尸，瘗之。事闻，赠复资政殿学士，谥壮节。赵立奏为复建庙楚州，号忠烈。同时，教授郑褒、巡检杨彭年，皆以骂敌死之。

金

萧仲宣，本名野里补，辽人。海陵时，历武宁节度使。为政平易，小吏不敢为奸，贿赂禁绝。正隆二年卒。

纥石烈桓端，西南路忽论宋割猛安人。贞祐四年为邳州刺史，充徐州界都提控。红袄贼数万攻邳州，桓端破之于黄山。贼复来，追击败之。贼围沂州，桓端率兵击之，贼乃去。枢密副使仆散安贞上其功，进同知武宁军节度。兴定二年，代石盏女鲁欢权佥徐州行枢密院事。后以疾召至京师，卒。

完颜仲德，本名忽斜虎，合[①]懒路人。宣宗时，授邳州刺史。增筑城壁，汇水环之，州由是可守。哀宗即位，同佥徐州行枢密院事。徐城东、西、北三面皆黄河，而南独平陆。仲德垒石为基，增城之半，复浚隍引水为固，民赖以安。天兴二年，复以仲德行尚书省于徐州。总领王德全反复，仲德诛之。已，奉诏赴行在，议迁蔡。国亡，赴汝水死。

张特立，字文举，曹州东明人。正大中，官监察御史，为当路所忌，左迁邳州军士判官，士论惜之。

徒单益都，以正大九年正月，行尚书省于徐州。北兵至，益都战退之。六月，徐州兵乱，益都挈妻子奔宿州。会宿人杀其节度，请益都主帅府事。益都不从，曰："吾，国家旧人，为将帅亦久。今大事已去，方逃罪不暇，岂复可夺人城池，以降外方乎？"即日率官吏行。至谷孰东，遇蒙古兵，不屈而死。

完颜赛不，金始祖弟保活里之后。天兴二年七月，行尚书省于徐州。未几，元帅郭恩召叛将郭野驴、麻琮袭破徐州。赛不恐被执，投河求死，流三十余步不没，军士援出之。复自缢于州第。又，完颜兀论、移剌长寿，相继来为徐州元帅。天兴元年，先后与蒙古战死。

---

① 原作"谷"，据《金史》本传改。

张邦宪，字政叔，秦州人。登正大中进士第，为永固令。天兴二年，避兵徐州，会源州帅卓翼率兵至城，邦宪被执，将驱之北。邦宪骂曰：“我进士也！蒙朝廷用为邑长，可从汝曹反耶？”遂遇害。

元

郭侃，字仲和，华州郑县人。中统二年，益都李璮及徐州总管李杲哥俱反，宋夏贵复来犯边。史天泽荐侃。世祖召见，问计，赐尚衣弓矢。驰至徐，斩杲哥。夏贵焚庐舍，徙军民南去。侃追贵，过宿迁县，夺军民万余人而还。赐金符，为徐邳二州总管。侃行军有纪律，野爨露宿，虽风雨不入民舍。所至兴学课农，吏民畏服。

燕只吉台彻里，世祖时为徐州达鲁花赤。崇尚经术，周知民情，锄强扶弱，吏民畏而爱之。(《志略》云：《元史·彻里传》燕只吉台氏食邑于徐，盖又自监本州耳)

伯岳解，蒙古人，家于郓。至元中为丰县达鲁花赤。刚正严明，忠诚廉干，门无私谒，吏绝侵渔。

马珪，字君章，兖州人。至元中沛县尹。为政循良，颇有古风，民思之不忘，为立去思碑。(《明一统志》)

耶律廷瑞，至元中为萧县尹。改建学宫，士风一振。(县志)

赵野，字子开，济南人。大德初为沛县尹。劝农兴学，政平讼理，人多称之，有去思碑。(《明一统志》)

马彻里，西夏人。大德中监萧县，有捍水患功。

曹简，字士廉，沂州人。大德中丰县主簿，有德政。

杨泰，大德十一年为砀山县尹。振兴学校，劝课农桑，政教兼举。民怀其德。(县志)

李茂，字庭实，德州齐河人。初为濮州观城尉，徙沛尉。有美政，邑人颂之，父老为立碑，临川虞集为记。

杨温，大德间知邳州，有惠政。继之者为吴文德，亦有遗爱。

鲁吕曲丁、赤不剌金，俱大德间邳州达鲁花赤，以廉能称。

苗泽，淮庆人。大德六年知睢宁县。有干济才，劝耕兴学。岁饥，建言宜蠲赋赈给。河水冲决，置大舟以济民涉。

郭瑄，字廷玉。至正五年为丰县尹，沉毅有为。凡有大兴作，皆不动声色，人争趋之。

刘士，字尚志，保定人。至正十年为丰县尹，廉慎称职。

完哲笃，字仲玉。至正中监萧县。政简赋平，吏畏民怀。行部所至，一饭必酬其直。（县志）

徐州府志卷之十六全

徐州府志卷之十七

名宦下

明

自元以前，官制不一，人亦较少，故从姜志，按年合叙。自明以来，官制一定，大小宜分。今先列统辖大吏之有功德斯地者，次驻守兵备及分司，次州官，次各属。

王竑，字公度，陕西河州人。景泰二年，以佥都御史总督漕运，兼巡抚江北。四年夏，淮徐大水，道殣相望。竑不待报，开仓赈之。山东、河南饥民咸来就食，廪不能给，惟徐州广运仓有余积。竑欲发以赈，典守中官不可。竑至徐，告曰："民旦夕且为盗。若不吾从，脱有变，先斩若，然后自请死耳！"中官惮竑威名，不得已从之。竑乃自劾专擅罪，因言："广运所储，仅支三月。请令死罪以下，得入粟赎。"帝从其议。复命侍郎邹幹赍帑金驰赴，听竑便宜。竑乃躬自巡行散赈，不足，则令沿淮上下商舟量大小出米，全活百八十五万人。劝富民出米二十五万石，给饥民五十七万七千家，赋牛种七万四千余家，复业者五千五百家，他境流移安辑者万六百余家。病者给药，死者具槥，鬻子女则赎而归之，还籍者予道里费。人忘其饥，颂声大作，辑其事为《救荒录》以传。

朱衡，字士南，江西万安人。嘉靖四［十四］[①]年，河决沛县飞云桥，运道淤塞。诏以衡为工部尚书，总理河漕。衡视河道，见旧渠已成平陆，定议开新河，起南阳至留城一百四十二里；疏旧渠，起留城至境[②]山五十三里。建闸三十余，为月河六、坝十有二，筑堤四十里。运道大通。徐人建祠夏镇祀之。

翁大立，余姚人。隆庆二年，以右副都御史总督河道。朱衡既开新河，大立因请浚回回墓以达鸿沟，引昭阳之水，溉湖下腴田千顷。又请凿邵家岭，令水由地浜沟出境山，入漕河。帝皆从之。三年七月，河大决沛县，漕艘阻不进。帝从大立请，大行赈贷。又请漕艘后至者，贮粟徐州仓，平价出粜。诏许以三万石赉民。大立以下民昏垫、闾阎愁困状，帝莫能周知，乃绘图十二以献，且言"可虑者五"。

---

① 二字据《明史》本传及前志补。

② 原作"岘"，据万历《徐州志》及徐阶《漕运新渠记》、雷礼《夏镇新河工成记》等改。

时论韪之。(以上统辖大臣)

汪舜民，婺源人。正德初，以山东副使按徐。廉介刚正，威惠并著，属吏无敢侵渔部下者。值岁饥，多方拯救，仍请巡抚发粟以赈，全活万余人。

余祐，字子积，江西鄱阳人。正德中，为徐州兵备副使。中官王敬进鲜，多挟商船，与知州樊准、指挥王良诟。良发其违禁物。敬惧，诣祐求解。祐不听。敬诬奏准等殴己，遂并逮祐，谪南宁府同知。(《明史》)

李珏，字廷重，开州人。正德末，任兵备副使。性敏决，案无稽牍。山东贼王堂掠及丰沛，珏调健卒拒之，旗帜以李兵为号。贼大败，遁去。山东、河南官兵剿捕者，皆假其旗号，贼望见辄走。其威望如此。

何鳌，字子鱼，广东顺德人。嘉靖九年，为徐州兵备副使。州有驿馆夫役，久为民病。鳌议罢其役，岁省民财以万计。

杨宜，衡水人。嘉靖中，为徐州兵备副使。汰冗役八百余人，诸不便于民者皆除之。时乡试届期，集诸生于书院，聘名士第其文艺。又并商税，修浮桥，辨疑狱。居五月，迁河南参政去。

徐节，山西临汾人。嘉靖中，为徐州兵备副使。故事，驿马办自富室，分给各驿。守者既不经心刍牧，役使又复不均，毙则仍责富室补偿，最为民病。节酌定上中下之直，听各驿自买。尤严差役之序，民多称便。罢石山驿、开新河，皆节主其议。

刘经纬，江西进贤人。隆庆二年，为兵备副使。才识精敏，狷介绝俗，威惠并行。每莅学与诸士讲论，皆根极理要，徐人士佩服之。以艰去，行李萧然。属吏以赎锾助之，固辞不受。

冯敏功，浙江平湖人。隆庆三年，为兵备副使。时黄河大决，民多不相保，敏功力请赈之。诸赋役不便于民者，一切停罢。督理河务，往来洪波中，未尝惮劳。寻迁山东参政。士民建祠祀之。

舒应龙，广西全州人。万历初，为徐州兵备副使。洁己爱人，作兴士类。黄河决溢，屡侵州城，应龙与知州刘顺之度地量财，周城筑堤以捍卫。复延名人，纂修州志。士民为建祠。

陈文燧，江西临川人。万历十七年，为徐州兵备副使。为政持大体。月朔望，必诣学与诸生讲论。庚寅、辛卯，连年大水，城市以舟。文燧相地城南，凿支河，以泄城中积水。至今赖之。

袁应泰，字大来，凤翔人。万历末，为淮徐兵备参议。山东大饥，设粥厂哺流民。缮城浚濠，修先圣庙，饥者尽得食。更搜额外税及漕折马价数万金，先后发赈。户部劾其擅移官廪，时已迁副使，遂移疾归。(《明史》)

徐标，山东济宁人。崇祯六年，为徐州兵备参政。整饬属僚，训课诸生。河决常山数十里，力塞之。流贼至，率将吏昼夜城守。贼西走，遣将追至马家林，俘馘而还。以忧去。

何腾蛟，浙江山阴县人。崇祯十五年，为淮徐兵备佥事。时徐境土寇蜂起，张方造、王道善分掠丰沛；程继孔踞萧之铙山，四出焚劫。腾蛟至，即率兵渡河攻剿，以次皆平。以继孔本萧民，与他盗异，单骑抵其巢，谕降之。明年冬，擢巡抚湖广。（以上兵备道）

郭昇，字腾霄，颍州人。天顺间，以工部主事督徐州洪。洪旧与吕梁同称最险，岁坏舟常百数。昇相要害，募人尽凿去其石，水势遂平。擢郎中，仍莅洪事。后民于洪上立祠祀之。（见《一统志》）

吴岳，字汝乔，汶上人。嘉靖中，以户部主事督徐仓。清操绝俗，于利秋毫无染。待人坦易，时进诸生讲学。尝建蹑云亭于学宫之北，以增胜概。既去，人皆思之。

何源，江西广昌人。嘉靖中，以工部主事任吕梁洪分司。端凝介直，遇事剖析无滞，御下未尝少假辞色。洪民有武断者，绳以法无贷。风裁凛然。

朱光宇，河南祥符人。隆庆中，以户部主事督徐仓。才识精明，搜剔积弊殆尽。雅尚俭约，崇儒重道。先是，学圮于水。形家尝以永福仓地为善，光宇慨然即易为学。因建祠学内，与翁大立、冯敏功、章世祯、刘顺之并祀。

佘毅中，铜陵人。万历四年，以主事分司吕梁洪。毅中少有清望，在官兴利革弊，商民德之。性嗜学，读书每至达旦。竟以勤致疾，卒于官。副使莫与齐为祠凤冠山以祀焉。

姜士昌，丹阳人。万历十年，以户部主事管徐州仓。时方弱冠，洞烛利弊，老吏不及。恤军惠商，不听外讼，胥吏畏若神明。羡余万金，悉以贮州帑。尤谦恭下士，加意学校。及去，士民为立碑。

梅守相，字台甫，宣城人。万历中，授工部主事，分司夏镇。自刘东星开浚韩家庄，至李化龙凿泇河功成，皆守相为之佐理。其有功漕河，不亚于二公。

王命禹，浙江萧山人。万历三十九年，以工部郎中分司吕梁洪。御下严，而内宽厚。立社课诸生文艺，四方至者甚多。河决狼矢沟，命禹露处河干，昼夜督役。逮功竟，未尝轻笞一人。以忧去，士民怀之。

宋统殷，山东即墨人。万历四十四年，为户部分司主事。政崇大体，商民怀惠。接士子以礼。寻迁淮安知府。

张璇，高邑人。天启四年，为户部分司主事。才识明练，商民多被泽。时黄河暴涨，璇于六月二日，促装移戏马台之聚奎堂。是夜，河决城陷，独璇典守无失。

人皆服其先见。因筑垣修宇，遂为署焉。凿义井，修放鹤亭。众为立碑建祠。

聂云翃，直隶曲周人。天启七年，以工部郎中分司吕梁洪，甚得士民心。解任归，舟次新安湖中，有群盗驾小船数十向之，左右皆惊。贼众曰："尔无畏，我众来为百姓叩谢使君耳！"乃各叩首以去。（以上分司）

文景宗，合肥人。洪武初，自婺源州同知来知徐州事，廉介有守。时天下初定，民多流离。景宗招徕赈贷，劝督农桑，民以安集。历任久，创建州治、坛庙、学校，民不劳而事集。迁济南知府去。

刘秩，字伯序[1]，丰城人。吴元年，由内翰典签检阅经史官，出为徐州同知。文章政事，皆见称当时。与知州文景宗协力修政。寻诏入议大礼，迁崇明知州。民为立生祠。

马良，昆山人。洪武初，以荐举授徐州卫知事。明习法令，纠绳军政，上下咸服。尝与指挥蔡祥协建卫治。后升德庆府同知。其孙纪，遂占籍于徐。

杨节仲，湖广樊城人。洪武末，以荐举知徐州。为政一以厚风俗为务。州大疫，遣医四出疗治，躬自督视，贫者则捐俸给之。善奖拔士类。在任六年，政化大洽。升大理知府去。

杨秘，山西辽州人。宣德四年知徐州。多惠政，得民心。州中公署、庙学，悉为改置。秩满当代，属邑乞留，诏增秩复任。先后凡十八年。民迄今颂之不衰。

宋骥，余姚人。宣德中，为徐州学正。勤于教诲，士多成就。

宋诚，字彦实，湖广蕲州人。景泰中，由剑州知州改知徐州。时方饥疫，与巡抚王竑协力共济，多方赈救。往吏多怠玩废事，诚绳督弗少假借。凡公署、庙学，次第葺治。政暇，修纂州志。政务具举，吏民畏服。迁叙州知府去。

王叙，字大伦，临汾人。天顺中知徐州。廉洁自持，莅政严明，废坠多所修举。迁镇[2]远知府去。

陈廷琏，字宗器，湖广攸县人。成化中，以进士知徐州。才识通敏，为政敦劝风俗，弘奖士类。迁南京刑部员外郎去。

和鸾，字廷瑞，山西平定人。成化中知徐州。性鲠介，廉慎自持，遇事不肯迁就。监司初不悦，久之，转加敬信。军卫事赴诉者，皆获平反。在任八年，深得民心。迁襄阳守去。

樊准，南昌人。正德中知徐州。廉介强立，不畏权势，政务节省。先是，中贵督广运仓储，左右恣肆，莫敢谁何。准至，一以法绳之，无敢犯者。会进鲜中使横

---

① 原作"叙"，据嘉靖《徐州志》并参《江南通志》《江西通志》等改。
② 原作"庆"，据嘉靖《徐州志》及《贵州通志》《镇远府志》等改。

索，驿递供应不赀。准廉得其所挟私物，裁抑之。寻被诬逮系，老幼号泣随送者几万人。抵京，事白，得调任。历官山东按察佥事。

张淮，字本豫，义勇前卫人。正德中知徐州。时驾南幸，百姓惶惧，咸思窜匿。淮与判官董相慰安之，经画供亿，秋毫不以扰民。时服其才。

王重贤，交河人。先为御史，以言事落职。嘉靖中，再迁知徐州。初，州以里胥分直供应，豪猾缘以掊克。重贤至，革之，改用赎金，以亭老司其出入，民间始无扰累。有州佐恃结纳上官黩货，贤因考察入京，白吏部罢之。迁东昌府同知。

项情，江西德兴人。嘉靖中，为徐州判官。洁己爱民，未尝苟取。尝以秋冬久旱，徒跣为民祈雪，雪随大降，人以为精诚所感。

周易，广东番禺人。嘉靖中，由举人为州学正。有志操，矩矱端严，好善疾恶。教人行谊为先，讲论亹亹不懈。常捐俸以济士之贫乏。

刘顺之，广西马平人。隆庆六年知徐州。廉介精明，善剖烦剧。徐频年被水，为筑张村站堤，塞房村决口，创筑护城堤。遍历郊野，问民疾苦，请赈恤之。力行条鞭法，裁定赋役。学宫新迁，日为临视，以底于成。岁旱，祷雨辄应。火延烧城楼，望拜即灭。居四年，百度具饬。迁琼州府同知，百姓争乞留不得。后上官疏留，为淮安同知。徐人怀其德，常往谒之。

孙养魁，直隶容城人。万历四年知徐州，以宽大得民心。在任凡十年。

陈玺，福建福清人。万历五年为州学正。性严正，人不敢干以私，上官皆敬礼之。当时推学官之贤者，必曰陈先生。擢翰林孔目，卒于官。

唐民敏，广西全州人。由举人，万历十四年知徐州。州钱粮频年为奸胥上下其手，以致甲乙不均。敏清审厘正，宿弊尽除，百姓大悦。以不阿上官，左迁去。士民怀之。

袁尧臣，江阴人。万历十七年，以举人任州学正。性简淡，博学能文，兼工翰墨。与诸生处五载，未尝以疾言倨色相加。擢知鲁山县。

徐邻，浙江上虞人。万历二十年知徐州。爱民礼士。性至勤，未旦即起视事，一郡称治。迁保定府同知。

夏崇谦，湖广京山人。万历三十三年知徐州。坦易明敏，判断如流，无所挠枉。尤注意学校。在任四年，考最加秩。以病去，士民攀送百里外。为棠风亭于云龙山，设石主祀之。

傅惟翼，四川富顺人。由举人，万历四十五年以邳州知州迁徐州。为政简要，凡可因者因之，不可者，务与众参酌而后去。在任四载，赋平役省。时有“四野不识胥吏，一州不知有官”之谣。循良为一时之冠。

张淳，湖广孝感人。天启三年，由举人署州学正。嗜学不倦，立教本诸躬行，诸生争自濯磨。居三载，以艰去，士人怀之。

吴嘉言，湖广汉阳人。崇祯二年，为淮安河务同知，驻徐州。以廉洁称。

朱梦弼，浙江秀水人。崇祯十三年，为州学正。博学，工翰墨，持身清正。上官敬礼之，使署徐属河防事，未越月即治。又署户部事，皆有清节惠政。（以上徐州）

汪致道，字成德，徽州黟县人。洪武初知萧县。兵燹后，致道尽心招抚，民得复业。治为诸县最。

齐福东，湖广石首人。洪武中为萧县丞。廉洁不苟，临事公平，吏民畏服。以最迁知嘉定。

郑恕，浙江仙居人。建文时知萧县。燕将王聪破萧，恕以不屈死。籍其家，二女当配，亦死之。

郝玘，山西吉州人。初由国子生为典史，以廉能迁邯郸令，调知砀山。所至政教修明，民怀其惠。以忧去。永乐初服阕[1]，谒选京师，萧父老乞为萧令，从之。治绩视砀益著。子孙因占籍于萧。

欧阳安，庐陵人。永乐初，以商水教谕征修《大典》。上章忤旨，谪萧县训导。日进诸生论文讲道，由是萧人始知向学。宣德中卒官，年九十六。诸生追思倡明文学之功，请祀名宦。子孙遂家于萧。

闭悌，广西横州人。成化中，左迁萧县丞。萧民宜之，奏请为令。寻迁韶州府同知。

冯裕，临朐人。正德三年，由进士知萧县。岁饥，发廪以赈，仍日煮豆粥三百釜食之。又抚流移，垦荒田，补助不给，邑人依若慈母。

王隆，郓城人。嘉靖中知萧县。山东群盗摽掠郡县，人情汹惧。隆为营缉城守，民赖以安。又改建文庙，作新人才。迁安庆府通判去，士民思之。

刘梦熊，山西沁州人。万历三十五年知萧县事。会大水，筑两河口堤，开常家楼黄河数十里。一月报竣，民不疲劳。

耿介，元城人。嘉靖三十七年，由岁贡为萧训导。性纯朴，淡泊自甘。课士先行谊而后文艺，常捐俸以周士之贫者，萧人称之。

梁枢，江西宜春人。万历九年知萧县。革代补洪闸等役银六千余两，前人所不肯行者。萧人德之。

姚应龙，浙江慈溪人。万历三年，以举人为萧县教谕。性和平，课诸生雅有法。文章才望，卓冠畿省。北都聘校乡试。修州志，多出其手。

---

① 案本志卷十一《职官三》：郝玘，永乐元年任砀令，十六年改萧。此言“永乐初服阕”，误。

王衮，山东阳谷人。万历十一年知萧县。听断精明。数年，强豪屏迹，百废皆兴。上官荐章凡七上。以忧去。

康炜，山东武定州人。万历十六年，以举人知萧县。息讼省刑，修学建署，葺城垣，纂邑乘，采办寿工花石，具有功绩。

台存道，山东诸城人。万历二十年知萧县。岁大饥，请给民牛种，截留漕米二千余石以赈，全活万余。尽除里甲应官浮费，立亭老办事，里长止催鞭粮，人皆称便。

张镜心，字湛虚，磁州人。由进士，天启四年知萧县。讯鞫必尽其情。里长苦丁粮繁费过多，镜心自为解兑，不以累民。革除铺户供应。县境有故河久堙，疏通之，得田千顷，尽以予民。调繁去，萧民为立生祠。

高应魁，山阴监生。崇祯十四年，授萧主簿，慷爽多智略。时土寇蜂起，辄芟人麦禾为粮。魁随宜捍之，竟不敢犯。国变，弃官去。

贾之琭，山西平阳府人。崇祯十五年，为砀营守备，驻赵家圈。时盗贼充斥，之琭年少，善骑射，每出剿，临阵先登。从刘将军破贼砀山，战最力。及征萧东南山贼，以山径盘屈，失道，后军不能从。猝与贼遇，遂单骑突入其阵，贼众披靡。所乘马忽蹶，之琭步战，手刃数人。贼围益众，力战死。事闻，赠奋勇将军。（以上萧县）

颜伯玮，名瓌，以字行，江西庐陵人。建文元年，以贤良征，授沛县知县。靖难兵起，李景隆屯德州，沛人终岁挽运。伯玮善筹画，得不困。会设沛丰军民指挥使，乃集民兵五千人，筑七堡为备御。寻调三千益山东，所存二千皆疲弱，不任战。燕兵攻沛，伯玮遣县丞胡先、百夫长邵彦庄，间行至徐州告急。援不至，遂命其弟珏、子有为还家侍父。题诗公署壁上，誓必死。燕兵夜入东门，指挥王显迎降。伯玮具衣冠，南向拜毕，自经死。有为不忍去，复还，见父尸，自刎。福王时，赠伯玮太仆少卿，谥忠惠；有为，翰林待诏，谥孝节。

唐子清，沛主簿也，不知何许人。在沛有善政，民爱之。颜伯玮守沛，专调兵食，逻察事皆付子清。燕师入，被执。燕将欲释子清，子清曰："愿随颜公地下！"遂死之。福王时，赠工部员外郎，谥义节。

黄谦，字损之，武进人。以儒士为沛县典史，果敢善战，能戢下。燕兵薄沛，谦与颜伯玮、唐子清集民兵，筑堡备御。燕兵不克，去。谦寻统死士，往东昌援铁铉。及燕兵入沛，遣谦往徐州招降。谦不从，亦死。福王时，赠工部员外郎，谥果义。（以上颜伯玮、子有为、唐子清、黄谦四人，俱本《明史》，兼参旧州志）

马时中，太原人。成化中，由举人知沛县。持守廉介，为政简易。以忤权宦，谪庆远卫经历。

姚祥，字应龙，归善人。弘治中，由进士知沛县。自奉清约，爱民如子。天旱，虔祷郊外，大澍如注。民有负官租数年者，久拘于官，祥与之期而遣归，果如期至。常诣学，进诸生课之。甫八月，擢御史去。

胡守约，字希曾，合州人。由举人知沛县。中官史宣进贡经沛，陵轹官吏，横索无厌。守约与宣讦奏，被诬系狱。比鞫对，持论侃侃，无屈挠。竟罢归。后复起用，官至湖广按察司佥事。

李文宪，字从周，北直人。嘉靖二年，由国子生授沛县丞。明年三月二十八日夜，忽有贼百余人，入城劫掠。宪率民兵往捕，挺身当先，矢尽遇害。

王治，字纯甫，永年人。由国子生知沛县。沛故无城，治为创筑。又撤龙泉寺，徙建学宫。

李祯，新昌人。由举人知沛县。县田多芜，祯给牛开垦，尽成新畲。发奸摘伏，如神明。政暇，集诸士论文不倦。寻擢御史。

滕霁，字子开，建安人。由举人署沛学教谕。岁饥，沛适缺令，未以灾报。霁为请上官发仓赈之，全活无算。迁嘉善知县。沛民请于吏部，遂知沛县。锄强抑暴，礼士爱民。以不善事上官，投劾去。

鲁思问，字汝祥，和州人。为沛县训导。敦名行，崇教条，恤孤寒，育才俊。计口食俸，贫逾于诸生时。给事张贞观里居，敬事之。

李汝让，字逊庵，直隶永宁人。万历癸卯，沛大水，公私庐舍荡覆。汝让时知虹县，以才能调沛。居城堙视事，悉心抚恤，诸废圮渐次修举。寻迁知鄜州，邑人乞留，诏改授邳州知州，仍留管县事。初，汝让补筑护城堤、修学宫、迁县治，未竣。至是，益专力营治。修筑太皇溃堤、缕水缺堤，纂辑县志，百务具举。（以上沛县）

郝玘，永乐元年，由邯郸知县调砀山。劝课农桑，振兴学校，廉慎明敏，政教大行。秩满，士民乞留，还任。寻以忧去。服阕，谒选京师，萧人请为令，政绩复著。

刘伯吉，宣德间知砀山县，以亲丧去。服除，砀山民守阙下，求再任。吏部言："新令在砀山已二年矣！"帝曰："新者胜旧，则民不复思。今久而犹思，其贤于新者可知矣。"遂易之。

杜钊，衡水人。正统中知砀山县，兴学爱民。秩满，民恳留，增秩还任。

张梦辅，澄城人。成化中，由举人知砀山县。刚果有为，盗贼屏迹。迁知颍州去。

叶楚华，松阳人。成化初，由举人为砀山教谕。学问该博，诸生颂之。

田禋，祥符人。由进士知砀山县。廉介不苟，绰有治声。擢御史。

胡希颜[1]，乾州人。弘治中，由进士知砀山县。政尚体要，百废具举。擢御史。

李金，字宣之，丰城人。正德中知砀山县。时盗贼猖獗，筑重城捍卫。后洪水至，赖以保障。迁兵部郎中。

季木，会稽人。嘉靖中知砀山县。岁饥，赈恤多方，全活甚众。又筑堤卫城，以免水患，百姓德之。

刘阳，字一舒，江西安福人。嘉靖中知砀山县。砀多盗，阳捕其魁杰格杀之，奸民震慑，不敢动。表孝子闾，祭节妇墓。邑苦河患，乃斋沐七日，率父老子弟请祷，愿以身代。河忽自疏者二十七里。待僚佐如昆弟，褆身如寒士。居四年，擢御史。士民遮道哭别，为创仁政祠、去思碑。

王绍元，江西金溪人。嘉靖中知砀山县。筑堤三十里，以捍决河。招逋民，给种复业。立均地三限等法，清查隐田。飞蝗蔽日，祷于天，得大雨，蝗尽死。擢御史。砀人祠祀之。

王廷卿，荆门人。由举人为砀山令。多方抚字，集流散，建书院，课诸生，置义田以资贫寒者。贤声流闻当路。荐牍七上。万历二年，入觐。上简循良吏，得二十五人，廷卿与焉。赐遣回时，麦穗有四岐、五岐、六岐者。明年，擢南京户部主事。

宋坤，沈阳人。崇祯中知砀山县。时流贼方盛，坤修城隍，建楼橹，置炮其中，日练兵守御。贼至，开门出战，追至河南界骆家集而还。后贼大至，又以计退之。寻调去，民感其全城之德，为立生祠。（以上砀山）

曾本，江西雩都人。洪武五年知丰县。性廉洁，政尚宽平，吏民怀服。

曹仲篪，江西湖口人。洪武三十年知丰县。持身清廉，治民平恕。

阙膺，字允登，江西奉新人。宣德元年知丰县。明达谙练，政教兼举。公署、学校，悉加缮葺。九年，乞致政，遂家于丰。

陈善，江西弋阳人。由进士知丰县事。刚明果断，洁己字民。仅半载，迁安吉知州去。民惜之，祀名宦。

裴爵，山西泽州人。正德十四年知丰县，持法平恕。辟荒土，惠行旅，筑堤以捍河，皆有劳绩。祀名宦。

高禄，山东博兴人。嘉靖初知丰县。会黄水陷城，民流离失所。禄率众徙于华山，斩茨以居，专务简约，民赖以全。

张叔宣，四川内江人。由举人知丰县。持身贞白，临事警敏，民便之。擢松江判去。

---

① 原作“胡希贤”，据本志卷十一《职官三》、乾隆《砀山县志·名宦》改。

李崇信，湖广潜江人。由举人知丰县。时旧城溃没，民依华山以居。崇信相度形便，经画城池。兴建庙学、公署，处置得宜。民皆悦服。

徐蓂，长山人。由举人，嘉靖二十九年知丰县。时县复还旧治，凡城池、庙学、官署、仓狱，皆所创建。

胡乂心，仁和人。嘉靖三十九年知丰县。迁建儒学，增筑城堤，修祠庙，多所创置。

任惟贤，湖广黄陂人。由举人知丰县。筑新堤，崇节孝，抑奸贪，雪幽滞，缓征薄敛，与民休暇。后去，老幼攀辕号泣，立碑志之。

吴文光，江西高安人。万历元年，由举人知丰县。裁冗役，修缕堤，开荒田。贫民有逋赋者，请以其地变值，遂捐俸易为学田。作新士类，修葺学宫，声绩甚著。

宋士中，字然石，奉新人。知丰县。天启二年，山东妖贼徐鸿儒破邹、滕，陷夏镇，邻邑震恐。士中浚城隍，督乡勇，昼夜守御。贼至，三战皆胜。凡数月始安。

刘光，字剑池，贵州人。崇祯中，由举人知丰县。土寇余党为民害，率乡勇剿平之。十五年，大兵攻丰，光力御之。城溃，死焉。（以上丰县）

马拯，洪武三年知邳州。创州治，建庙学。

陈葵，慈溪人。洪武中知邳州。兴学校，劝农桑，有遗爱，百姓思之。

舒文秀，荆门州人。建文时知邳州。兴学劝农，士民怀之。

郭珏，河南新安人。成化间知邳州。廉勤爱民，大兴学校。

周广荣，江西吉水人。成化十六年知邳州，文章政事俱优。

毛深，山东聊城人。成化十九年知邳州，以爱民礼士闻。

曹卿，四川铜梁人。成化间，以御史谪邳州判官。兴利除害，治绩甚著。

李惟聪，河南杞县人。弘治二年知邳州。为政平易，谳狱详慎。

雷爵，陕西朝邑人。弘治十二年知邳州。政善民安，有古循良吏风。

王景隆，隆庆州人。弘治中为邳州同知。赋性刚明，处事敏决。

周尚化，太和人。正德四年知邳州。流贼犯境，筑土城，建三楼，为三面守御。州人赖以保全，立祠祀之。

高岩，四川泸州人。正德十二年知邳州。不避权势，临民庄而礼士优。

陈柏，庐陵人。嘉靖十四年知邳州，廉能最著。下邳驿前民家失火，大风炽甚。柏祷于天，火旋息。

傅惟翼，富顺人。万历四十三年知邳州，以贤能调徐州。（以上邳州）

方铎，湖广石首人。洪武中为宿迁丞，廉平，得民心。公廨、学校、坛庙、仓库，皆其所建置。

梁孟岳，江西贵溪人。永乐七年知宿迁县。历二考，赋均讼平。贫民婚姻死葬，皆有赒恤。

宁直，山东滕县人。宣德初知宿迁县。持身端谨，处事公平，政教兼举，吏民悦服。

史珍，江西德化人。天顺四年知宿迁县。持己严，御众宽，作兴士类。历三考，民称颂之。

林瑄，成化中为宿迁教谕。课士有法，一时人才多有造就。

张瓛，山东福山人。弘治中知宿迁县，百废俱兴。

王雄，顺天人。正德九年知宿迁县，刑清政简。

龚森，余姚人。正德中为宿迁丞。有德政碑。

莫抑，广西马平人。嘉靖三十二年知宿迁县。威惠并著，治为淮北最。以才调长洲。

崔元吉，山东历城人。嘉靖末知宿迁县。裁减夫马，不避权要。

喻文伟，江西南昌人。万历二年知宿迁县。县治为河所啮，文伟改建马鞍山下。筑城堤，创官舍，诸役并兴，而民不怨。擢御史去，民建祠祀之。

何东凤，江西东乡人。万历二十二年知宿迁县。县迁二十年，而城工犹未竣，东凤力完之。筑长堤六十里以捍水，政绩最著。

董则喻，光州人。万历末知宿迁县。招流移，修学校，有惠政。

周鸿图，即墨人。天启初知宿迁县。有才略，数举卓异。升大理同知。

古道行，扬州人。崇祯九年，漕抚史可法奏为护漕参将，驻宿迁。袁时中来寇，道行统兵千余，与战于灵爽庙。贼众五千，围之数重。道行奋勇冲突，自旦至暮，击杀数百人。力尽援绝，死之。

戴国柱，浙江人。崇祯中为山东副总兵，漕抚史可法奏调协镇宿迁。与古道行合兵拒贼，同战死。（以上宿迁）

何暤，湖广公安人。成化六年知睢宁县。有异政，蝗不入境，甘雨时降，瑞麦迭生。邑人立碑记其事。

邢清，山东济阳人。弘治六年知睢宁县。居官清廉。尝储粟万余斛，以活民。

丘绅、金声。绅，龙泉人；声，大嵩卫人。正德中，俱为睢宁主簿。流贼至，二人与义士朱用之迎战死。事闻，皆赠官、赐祭、予荫、立祠。又典史袁浩，亦同战死。

陈嘉略，贵州安庄卫人。嘉靖二十三年知睢宁县。在任六年，抚恤流移，爱民节用。初，睢仅有土城，嘉略始甃以甓。以亲老去，百姓遮道送之。

申其学，山东日照人。万历十年知睢宁县。时黄河屡决，城郭庐舍尽圮，人民流散。其学创建城廨，筑堤八百五十余丈，置官庄，给民牛种，垦地万一千四百余顷，流亡渐归。修学校，造桥梁，严保甲，政化大行。政暇，纂辑邑志。睢宁有志，自此始。

高岐凤，凉州人。崇祯十年知睢宁县。县为流贼蹂躏，居民存者仅数十家。岐凤抚绥安集，修葺城垣，练兵守御。贼袁时中率众数万，驻县东南找沟，岐凤与总兵刘良佐击走之。萧寇程肖宇犯徐州，诫其羽党毋入睢宁境，岐凤仍领兵捣其巢。超迁监军副使。（以上睢宁）

本朝

陈嘉胤，山东东平人。顺治二年，以户部郎中管徐仓。修葺衙宇，创建仓廒，招徕[1]商贾，抚绥军民，请裁额外之征。商民为建德政碑。

王维屏，字带汾，山右人。顺治四年，以户部郎中管徐仓。为政清简，商民不扰。

张云翼，河南洛阳人。起家进士。顺治九年，任徐仓户部郎中。嗜文学，公余，日以著述为事。惠商恤民，汰冗役，商民怀之。

顾大申，字见山，华亭人。顺治中授工部主事，分司夏镇河道。镇民繁，而城坏不可守，大申节省公费重筑之，人服其廉干。立书院，以教学子。以吏人素强悍，治尚严峻。奸人惧，赴京罗告。遣官会总河讯问，皆虚，告者伏罪。升郎中。

江雁卿，江西新城人。康熙八年知徐州。约己率民，不事刑扑。州旧有版荒地四千七百余顷，丁粮未除，久为民困，为力请上官奏免之。卒于官，囊无一钱，州人为具棺殓。

孙枝蕃，陕西三原[2]人。康熙十二年知徐州。时黄河泛溢，居人恟惧。乃出私财，募人夫，取石筑堤，护城亘数里，城赖以全。徐民夙苦协济夫役，一征发辄数百千人，蕃力请上官免之。滇闽变作，官军多道于徐，蕃竭力营供亿。公帑不足，继以私财，又继以假贷，卒不一扰民间。遂坐逋负，忧劳卒官。

佟国弼，奉天人。康熙三十九年授徐州知州。岁饥，力请蠲赈。尝发常平仓麦二千余石，假贷饥民。明年又饥，民不能尽偿，弼代为偿之。黄河北，自李道华口至苏家山，旧无堤，数遭水患。乃出私钱，筑子堰数十里，岁得有秋。徐俗，贫人生子多不举。国弼捐资立育婴堂，募乳媪哺养，全活颇众。卒于官，贫无以殓。人

---

① 原作“来”，通“徕”。
② 原作“元”，据《江南通志》《陕西通志》改。

皆为痛哭。

孙诏，武威人。雍正二年知徐州。治匪类，禁淫祀，以正风俗为己任。州城自康熙七年地震颓圮，垂五十年，诏始修筑完固。去后，人思之不忘。（以上徐州）

祖永勋，字元若，辽东宁远人。顺治五年知萧县。县当寇乱后，数十里无人烟。永勋巡视城野，招集流亡，斩荆除棘。于是来归日众，村落中始闻有鸡犬声。既数年，兴学校，定赋役，考山川图籍，修辑邑乘，百务具举。萧人戴之如父母。

赵忠仔，字示卿，浙江东阳人。顺治十七年知萧县。莅事严明，人不敢欺。丁粮弊端，厘剔至尽。善折狱，摘伏如神。公余，引见诸生，衡文讲艺。政务傍午，不废吟咏，而事亦集。以罣误去，萧人恨焉。

邵瑗，字南玉，大兴人。康熙十八年知萧县。萧连岁皆饥，频请蠲赈，全活甚众。军兴，供亿悉出私橐，不以累民。十九年春，邑西盗发，瑗闻，即率众往捕其魁，余党遂遁。以内艰归。

徐基，字中有，嘉定人。为萧县训导。教诸生分斋课艺，不拘故常。间以微言启发，令闻者神会。诸生以比明欧阳安、耿介、姚应龙。（以上萧县）

李允祯，字贞甫，德州人。顺治二年知丰县。时经制未定，征求多亟，允桢应以暇豫而有条理，民得不扰。砀山令缺，顽民煽乱，表檄兼摄砀事。时首恶已就擒，镇将欲穷治余党。允祯廉其无辜，具文陈请，愿以身家保之，事得寝。因抚绥招徕，流亡者多复业。明年，代者至，百姓攀辕泣送。

阎玿，太原人。顺治三年知丰县。每周谘邑中利病，辄与兴除。禁革兑粮解头、收粮大户，民尤便之。时山东逋寇未殄，玿出资增修土城，严守御，不以扰民。丰民为建生祠，且输祀田若干亩。玿固却之，因用为义学，以其田赡养生徒。

孙毓璘，字文伯，奉天人。为丰县令，以弭盗除奸为务。立义馆，清赋法，筑缕堤，置义冢，多惠政。去后，士民为建祠立碑。

卢世德，字绍先，奉天人。康熙三十九年知丰县。先是，夏镇闸夫取之各县，属丰县者皆镇人代役，要索无厌。世德令计工予直，自是不敢多求。前官李振匿灾，称丰地如鏊背，水不能为患。后虽以水告，上官多不听，民皆怨忿。世德力为申明，遇水灾捐资施粥，不俟符下辄开仓平粜，复请拨他县仓以助，全活者三万余人，民甚德之。以忧去，邑人追送境上，至拥马不得行。（以上丰县）

赵世祯，字兴公，开原人。顺治七年知沛县。沛无志，失载。《丰志》云：世祯以顺治壬辰兼摄丰事，政尚简易。旧例有收粮大户，每一佥报，辄数十家绎骚不宁。世祯悉裁之，民皆称庆。时地亩失额，差赋淆乱。世祯决意清丈，端绪甫引，寻以替去，邑人惜焉。

郭维新，宛平人。顺治十一年知沛县。邑无志，其绩不传。《丰志》云：维新以沛令署丰，性聪敏，长于吏治。发奸摘伏，朗如鉴照。未几，升去。

杨弘绩，正黄旗人。康熙三十九年知沛县。有吏才，善剖断。时县连年大水，弘绩力请蠲赈，全活甚众。自四十年至四十六年，圣祖南巡阅河，前后四经沛境，役夫数千。弘绩捐资，日给口粮，民皆乐从。在任八年，修邑志，建义学，善政甚多。坐催科不力罢。总督阿山复题授丹阳知县。临行，民涕泣以送。

沈瑞鹤，叶县人。康熙五十三年知沛县。乙未、丙申，再遇水灾，瑞鹤竭力抚绥。居二载，以忧去，人皆叹惜。

施霈，宛平人。雍正九年知沛县。初，雍正五年河决护城堤，民奔避无所。八年，水又至，民益恐。霈至，即集邑中士庶议筑，凡两月而成。至今赖其保障。（以上沛县）

苏嵋，大兴人。康熙十二年，为邳宿河务同知。迁平乐知府，奏留，仍理河工十余年。总河靳辅疏列才能第一。未及擢用而卒。

高承爵，辽阳人。康熙二十一年，为邳睢灵璧河务同知。凿象山嘴，以除险工，勤筑堤防。监赈饥民，绝破冒之弊，复煮粥以济老弱。民怀其惠。

孙居湜，大兴人。康熙二十六年知邳州。明年，以凤麦后期诖误。圣祖仁皇帝南巡，士民迎驾乞留，诏还任。未几，复以盗案被劾。州人列状请留，督抚奏复其官。前后请蠲逋赋，营建新城，劳绩甚著。擢河南知府。（以上邳州）

焦文华，赵州人。顺治九年知宿迁县。廉干有威，吏不敢欺。征赋用自封投柜法，不任差役。刻木为隶，令自限时日，繁费尽省。民争输，无敢后期者。

周祚永，临潼人。顺治十一年知宿迁县。招流移，垦荒瘠，征赋亦令民自封投柜，尽除耗羡。米麦二税收用制斛，革除行户供应之扰。胥吏非奉宪檄，不滥差遣。

郑应兆，浦江人。顺治十七年知宿迁县。性仁厚，不喜苛察。时多积逋，廷议命州县岁终奏销，列绅士欠数于册。檄下他邑，奉行恐后，应兆独一无所及。或讽之曰："公宁不自为计乎?"曰："吾宁忍以数百人身命，博一官耶?"竟以此得罪去。

胡宗鼎，永城人。康熙三年知宿迁县。才识精敏，有智略。县当极冲，养马久为民害。顺治十六年奉旨马归官养，议增站银七千三百余两。部吏索赂，持之不下。宗鼎极力斡[①]旋，始得如议。又议增峒峿腰站银三千余两，官吏苏困，而民亦免外帮之费。

尚登岸，京山人。康熙十七年知宿迁县。邑不产稻，远籴秋粮，久为民累。登

① 原作"幹"，径改。

岸力请改征粟米。总河靳辅署漕事，竟奏如其请。至今赖之。（以上宿迁县）

殷岳，鸡泽人。顺治二年知睢宁县。时军需傍午，岳办理不紊，听断严明，豪强敛迹。学宫为河水淤没，鸠工重建，朔望集诸生课文，第其甲乙。政教兼举。

石之玫，陕西甘泉人。康熙三年知睢宁县。请免额外升科地四千一百三十余顷，以除民累。又请捐钱本七千七百余两。邳州五工头青墩营险工，横派睢宁夫料，之玫力争而止。

谢乃实，山东福山人。康熙三十四年知睢宁县。初谒文庙，睹殿庑倾圮，即集绅士议修。催科设十户滚单，以省杂费。兴学劝农，次第举行。仅逾年，丁父忧去。

刘如晏，临桂人。康熙五十三年知睢宁县。睢宁城倾圮二十年，前官以请帑不允，不敢复言。如晏力图修建，劝率士民，节省浮费。逾年，城工告竣，民不知役。又修葺庙学，缮治公廨，重纂县志。百废具举，政教大行。

王相吕，泰州举人，授睢宁教谕。顺治十年，胶寇陷城，抗义不屈，遂被害。奉旨赠国子监博士。

李之实，延庆州岁贡，为睢宁训导。胶寇陷城，与教谕王相吕俱以不屈被害。奉旨赠国子监学录。

李嵘瑞，盱眙拔贡，授睢宁县教谕。县学颓废已久，嵘瑞至，即出橐金千两，合绅士所助，鸠工重建。又创义学，置义田，构敦暗堂，朔望课士其中。士习为之一变。（以上睢宁县）

徐州府志卷之十七全

徐州府志卷之十八

人物一

自古伟人贤士，名垂青史者，初不以郡县志之有无为轻重，乃郡县志借之以重斯地耳。自余稗官野乘，往往传闻失实，兼之执笔非人，纵或人有可采，而事迹不明，虚辞难信。徐州旧志元、明来正史外所载人物，多此类也，不得已为删润存之。若夫强分品目，别部析居，乃近志之陋例，姜志独合为一，是可取也。惟流寓、方技、仙释三者，其人本未可合，仍分载焉。

铜山县

汉

季布，楚人，为任侠有名。项籍使将兵，数窘汉王。籍灭，高祖购求布急。布匿濮阳周氏。周氏髡钳布，置布广柳车中，之鲁朱家所卖之。朱家心知季布，买置田舍。乃之雒阳，说滕公为上言之。上乃赦布，召见，拜郎中。孝惠时，为中郎将。单于尝为书嫚吕太后，太后召诸将议之。上将军樊哙曰："臣愿得十万众，横行匈奴中。"布曰："樊哙可斩也！以高帝兵三十余万，困于平城，哙时亦在其中。今哙奈何以十万众横行匈奴中？面谩！"太后遂不复议击匈奴事。孝文时，布为河东守。人有言其贤，召，欲以为御史大夫。复有言其勇，使酒难近。至，留邸一月，见罢。布进曰："臣待罪河东，陛下无故召臣，此人必有以臣欺陛下者；今臣至，无所受事，罢去，此人必有以毁臣者。夫陛下以一人誉召臣，一人毁去臣，恐天下有识者闻之，有以窥陛下也。"上默然惭，曰："河东，吾股肱郡，故特召君耳。"布弟心，气盖关中，遇人恭谨，为任侠。方数千里，士争为死。当时，心以勇，布以诺，并闻关中。

陆贾，楚人。以客从高祖定天下，有口辩。时中国初定，尉佗平南越，因王之。高祖使贾赐佗印，为南越王。贾至，佗初魋结箕倨见贾。贾因说谕之，佗乃大悦，赐贾千金。贾卒拜佗为南越王，令称臣，奉汉约束。归报，拜太中大夫。贾时时前说，称诗书。高祖骂之曰："乃公居马上得之，安事诗书！"贾曰："马上得之，宁可以马上治乎？"帝谓贾曰："试为我著秦所以失天下，吾所以得之者，及古成败之国。”贾凡著十二篇。每奏一篇，帝未尝不称善，称其书曰《新语》。后，吕太后欲王诸吕。贾往说右丞相陈平交欢太尉周勃，平用其计。及诛诸吕，立孝文，贾颇有力。孝文即位，欲使人之南越。乃复以贾为太中大夫，往使尉佗，去黄屋称制，令比诸侯，皆如意指。贾归，竟以寿终。

朱建，楚人。故尝为淮南王黥布相，有罪去。后复事布。布欲反时，问建，建谏止之。布不听，遂反。高帝既诛布，闻建曾谏，赐号平原君，徙家长安。建为人有口辩，刻廉刚直，行不苟合，义不取容。后为辟阳侯审食其画策。孝文时，使吏捕建，欲治。遂自刭。

韦孟，彭城人。为楚元王傅，傅子夷王及孙王戊。[戊][1]荒淫不遵道，孟作诗风谏。后遂去位，徙家于邹，复作诗一章。自孟至贤五世，为邹鲁大儒。

伍被，楚人。或言其先伍子胥后也。被以材能称，为淮南中郎。时淮南王安好术学，折节下士，招致英俊以百数，被为冠首。久之，淮南王阴有邪[2]谋，被数微谏。后王召被，欲与计事，不从。王怒，系被父母，囚之三月，复召问。被数谏流涕，不得已为画计。后事发觉，被诣吏自告，卒被诛。

申章昌，字曼君，楚人梁丁姓弟子。传《穀梁春秋》，为博士，至长沙太傅，徒众尤盛。由是《穀梁春秋》有申章氏学。

刘向，字子政，本名更生，楚元王玄孙。年十二，以父德任为辇郎。既冠，以行修饬，擢谏大夫。时，宣帝招选名儒俊材置左右。更生以通达能文辞，预进对，献赋颂凡数十篇。坐铸作黄金不验，下狱，得减死。征受《穀梁春秋》，讲论五经于石渠。复拜郎中、给事黄门，迁谏大夫、给事中。元帝初即位，萧望之、周堪荐更生宗室忠直，明经有行，擢为宗正、给事中，与侍中金敞拾遗左右，四人同心辅政。寻为外戚许、史及宦官恭、显所谮诉，凡再系狱，免为庶人。乃上封事，推《春秋》灾异，以救今事。请放远佞邪之党，坏散[3]险诐之聚，杜闭群枉之门，广开众正之路。恭、显见之，愈与许、史比而怨更生，遂废十余年。成帝即位，更生乃复进用，更名向。拜中郎，数奏封事，迁光禄大夫。时，数有灾异，向以为外戚贵盛，王氏用事之咎，乃集《洪范五行传论》奏之。天子心知向精忠，然终不能夺王氏权。又上疏谏营昌陵，采《诗》《书》所载贤妃贞妇及孽嬖乱亡者，序次为《列[4]女传》八篇，以戒天子。著《新序》《说苑》凡五十篇奏之。数上疏言得失。上虽不能尽用，然内嘉其言，常嗟叹之。时上无继嗣，政由王氏出，灾异寖甚。复上封

① 字据《汉书·韦贤传》补。
② 原作“斜”，据《汉书·伍被传》改。
③ 原作“败”，据《汉书》本传改。
④ 原作“烈”，同“列”，据《汉书》本传改。

事极谏。天子召见向，叹息，以为中垒校尉。向廉靖乐道，不交接世俗，专积思于经术。自见得信于上，故常显讼宗室，讥刺王氏及在位大臣，其言多痛切，发于至诚。上数欲用为九卿，辄为王氏居位者及丞相、御史所持，故终不迁。居列大夫官，前后三十余年，年七十二卒。子歆，最知名。向死后，歆复领五经，卒父前业。集六艺群书，种别为《七略》。欲建立《左氏春秋》及《毛诗》《逸礼》《古文尚书》，皆列于学官[①]。哀帝令歆与五经博士讲论其义。诸博士或不肯置对，歆因移[②]书太常博士责让之，言甚切。由是忤执政大臣，出补吏。后仕王莽，为国师。

龚胜，字君宾，楚人。与龚舍相友，并著名节，世谓之“楚两龚”。少皆好学明经。胜为郡吏，三举孝廉，以王国人不得宿卫补吏，再为尉，一为丞。胜辄至官乃去。州举茂才，为重泉令，病去官。大司空何武、执金吾阎崇荐胜，征为谏大夫。胜居谏官，数上书求见，言百姓贫，盗贼多，吏不良，风俗薄，灾异数见，不可不忧；制度太奢，刑罚太深，赋敛太重，宜以俭约先下。迁丞相司直，徙光禄大夫。言董贤乱制度，由是逆上指，出为渤海太守。胜谢病，免归，复征为光禄大夫。胜常称疾卧，数使子上书乞骸骨。会哀帝崩，王莽白太皇太后，使谒者仆射策诏之，遂归老于乡里。莽既篡国，明年，遣使者奉玺书、太子师友祭酒印绶，安车驷马迎胜。使者与郡守、县吏、三老官属，入胜里致诏。胜称病笃。使者要说，至以印绶就加胜身，胜辄推不受。使者五日一与太守俱问起居，为胜两子及门人高晖等言：“朝廷虚心待君，宜有行意。”胜自知不见听，即谓晖等：“吾受汉家厚恩，亡以报。今年老矣，旦暮入地，谊岂以一身事二姓，下见故主哉?”因敕以棺敛丧事。语毕，遂不复开口饮食。积十四日，死，时年七十九。胜居彭城廉里，后世刻石表其里门。

刘平，字公子，彭城人。本名旷，显宗后改为平。王莽时，为郡吏，守菑丘长，政教大行。更始时，天下乱，平弟仲为贼所杀。平扶母逃难，仲遗腹女始一岁，平抱仲女而弃其子，曰：“力不能两活，仲不可以绝类!”遂去不顾，与母俱匿野泽中。平朝出求食，逢饿贼，将烹，平叩头曰：“今旦为老母求菜，愿得先归，食母毕，还就死。”因涕泣。贼见其至诚，哀而遣之。建武初，庞萌反于彭城，攻败郡守孙萌。平时复为郡吏，冒白刃伏萌身上，被十创，号泣请曰：“愿以身代府君!”贼乃敛兵，曰：“此义士也，勿杀!”遂解去。后数日，萌死，平裹创扶送萌丧，至其本县。后举孝廉，拜济阴郡丞。太守刘育上书荐平。遭父丧，去官。服阕，拜全椒长。政有恩惠，百姓怀感。刺史、太守行部，狱无系囚，唯颁诏书而

① 原作“宫”，据《汉书》本传改。
② 原作“遗”，据《汉书》本传改。

去。后以病免。显宗初，尚书仆射钟离意上书荐平执性恬淡，修身行义，应在朝次。征拜议郎，再迁侍中。永平三年，拜宗正，数荐达名士。在位八年，以老病乞归。

刘般，字伯兴，宣帝玄孙也。宣帝封子嚣于楚，是为孝王。孝王生思王衍，衍生王纡，纡生般。自嚣至般，积累仁义，世有名节。而纡尤慈笃，早失母，鞠养弟平。及成人，平病卒，纡哭泣数月亦殁。初，纡袭王封，值王莽篡位，废为庶人，因家彭城。般数岁而孤，与母独居。莽败，天下乱，母与般转侧兵革中，西行上陇，流至武威。般虽少，而笃志修行，讲诵不怠。建武八年，将家属东至洛阳，修经学。明年，光武封般为菑丘侯，奉孝王祀，使就国。后以国属楚王，徙封杼秋侯。十九年，行幸沛，诏问郡中诸侯行能。太守荐般秉修至行，为诸侯师。帝闻而嘉之，赐般绶，钱百万，缯二百匹。永平元年，徙封居巢。就国数年，扬州刺史观恂荐般在国口无择言，行无怨恶，宜蒙旌显。显宗嘉之，征般行执金吾事，兼屯骑校尉。建初二年，迁宗正。般在位，数言政事，尤能收恤九族，时人称之。

刘恺，字伯豫，般长子。般卒，以当袭封，让与弟宪，遁逃避封。久之，章和中，有司奏请绝恺国，肃宗美其义，特优假之。永元十年，有司复奏之，侍中贾逵上书言恺："素行孝友，谦逊洁清，让封弟宪，潜身远迹。有司不原乐善之心，而绳以寻常之法，惧非长克让之风，成含弘之化。"和帝乃听宪嗣爵。征恺，拜为郎，迁侍中。恺入朝，在位者莫不仰其风行，累拜司空、太常。元初二年，为司徒。永宁元年，致仕。安帝始亲政事，朝廷多称恺之德，复拜太尉。少子茂，字叔盛，亦好礼让。桓帝时为司空，以讼司隶校尉李膺等冤，坐免。建宁中，复为太中大夫，卒于官。

刁韪，字子荣，彭城人。建和时，为侍御史，坐朋党禁锢。后陈蕃被征，复拜议郎，迁尚书，在朝有鲠直节。出为鲁、东海二郡相，性抗厉，有明略，所在称神。常以法度自整，家人莫见惰容。

三国吴

张昭，字子布，彭城人。少好学，通《左氏春秋》，博览众书。汉末大乱，昭渡江，孙策命为长史，抚军中郎将。策临亡，以弟权托昭。权为吴王，敬礼弥重，拜辅吴将军，封娄侯。昭容貌矜严，有威风，自权以下皆惮之。卒，谥曰文。昭子承，以才学知名，能甄识人物，官至奋威将军，封都乡侯。卒，谥曰定。昭弟子奋，亦为将军，有战功。

严畯，字曼才，彭城人。少耽学，善《诗》《书》《三礼》，又好《说文》。性质直纯厚。避乱江东，张昭进之孙权，以为骑都尉。及鲁肃卒，权以畯代镇陆口，畯固辞："[朴][1]素书生，不娴军事。"后为卫尉，使蜀，丞相诸葛亮善之。著《孝经传》《潮水论》。

蔡款，字文德，彭城人。为张承所拔，历位内外，以清真显于当世。后以卫尉领中书令，封留侯。

谢慈，字孝宗，彭城人。撰《丧服图》及《变除论》行世。为孙奋傅相，以直谏见杀。奋坐废为庶人。

晋

刘隗，字大连，彭城人，汉楚元王交之后。少有文翰，起家秘书郎、彭城内史。避乱渡江，元帝以为从事中郎，迁丞相司直，委以刑宪。屡有弹奏，不畏强御。累拜镇北将军，都督青、徐、幽、平四州，假节，加散骑常侍，率万人镇泗口。初，隗以王敦威权太盛，终不可制，劝帝出腹心，以镇方隅。及敦作乱，隗与刁协入见，奏请诛王氏，不从。遂奔石勒，卒。孙波，字道则，初仕石季龙。季龙死，遂归。穆帝以为襄城太守，累迁散骑常侍。

刘讷，字令言，隗伯父。有人伦识鉴。初入洛，见诸名士，叹曰："王夷甫，太鲜明；乐彦辅，我所敬；张茂先，我所不解；周弘武，巧于用短；杜方叔，拙于用长。"讷终于司隶校尉。讷子畴，字王乔。少有美誉，善谈名理。永嘉中，位至司徒左长史，为阎鼎所杀。司空蔡谟每叹曰："若使刘王乔南渡，司徒公之美选也！"王导拜司徒，叹曰："刘王乔若过江，我不独拜公也！"其为名流所推服如此。畴兄子劭，有才干。咸康世，历御史中丞、侍中、尚书、豫章太守。劭族子黄老，太元中为尚书郎。有义学，注《慎子》《老子》行于世。

刘牢之，字道坚，彭城人。曾祖羲，以善射事武帝，历北地、雁门太守。父建，有武干，为征虏将军，世以壮勇称。牢之面紫赤色，须目惊人，而沉毅多计画。太元初，谢玄北镇广陵。时苻坚方盛，玄多募劲勇，牢之以骁猛应选。为参军，领精锐为前锋，百战百胜，号为"北府兵"，敌人畏之。淮淝之役，苻坚将梁成以二万人屯洛涧，牢之以精卒五千距之。去贼十里，成阻涧列阵，牢之直进渡水，临阵斩成，坚寻亦大败。牢之进平谯城，迁龙骧将军、彭城内史。进屯鄄城，引兵救苻丕，为慕容垂所败，征还。守淮阴，复戍彭城，领太守。王恭将讨王国宝，引牢之为司马。已，及恭后举，牢之背恭归朝廷。恭既死，遂代恭为都督兖、青、冀、幽、并、徐、扬州晋陵军事，还镇京口。及孙恩陷会稽，牢之进号镇北将军，率众讨平之。后与桓玄交通，寻为玄所图，自缢死。

---

① 字据《三国志·吴书》本传补。

刘敬宣，字万寿，牢之长子也。八岁丧母，昼夜号泣。四月八日，见众人灌佛，乃下头上金镜为母灌像，因悲泣不自胜。桓序叹息，谓牢之曰：“卿此儿非唯为家之孝子，必为国之忠臣！”孙恩之乱，随父征讨，所向有功。为元显谘议参军，又为桓玄谘议参军。牢之败，与广陵相高雅之俱奔慕容超。桓玄得志，敬宣晓天文，知必有兴复晋室者。寻梦丸土服之，既觉，喜曰：“丸者，桓也。桓既吞矣，吾当复本土乎！”玄败，遂还京师，为晋陵太守，迁江州刺史，镇寻阳。义熙五年，宋武帝伐慕容超，除中军谘议参军。大破超军，进围广固，屡献规画。仍从南讨，为左卫将军。后领冀州刺史，为其参军司马道赐所害。

南北朝宋

刘怀肃，彭城人，宋武帝从母兄也。家世贫窭，躬耕好学。仕晋，为费令。闻武帝起义，弃县来奔。京邑平定，振武将军道规［追］[①] 桓玄，以怀肃为司马，连破城垒。桓振据荆州，怀肃自云杜兼程七日而至。振勒兵三万，旗帜蔽野，跃马横矛，躬自突阵。流矢伤怀肃额，众惧欲奔，怀肃瞋目奋战，于是士卒争先，临阵斩振首。江陵平，为辅国将军，淮南、历阳二郡太守。又领刘毅抚军司马，以建义功封东兴县侯。卒，赠左将军。弟怀敬，武帝以其母乳养旧恩，累见崇授，至会稽太守，历尚书、金紫光禄大夫。怀敬子真道，为钱唐令，有美政。元嘉中，为梁、南秦二州刺史。讨破杨难当，为建威将军、雍州刺史。

刘怀慎，怀敬弟。少谨慎质直。从宋武帝征伐，位徐州刺史。为政严猛，境内震肃。以平广固、卢循功，封南城县男。永初元年，以佐命功进爵为侯，位五兵尚书，加散骑常侍、光禄[②] 大夫。景平元年，迁护军将军。禄赐颁于宗族，家无余财。卒，谥肃侯。庶长子荣祖，少好骑射，为宋武帝所知，以战功参太尉军事。帝北伐，转镇西中兵参军。水军入河，与朱超石大破魏军于半城。帝大飨将士，谓荣祖曰：“卿以寡克众，攻无坚城，虽古名将，何以过此！”永初中，为辅国将军，追论半城功，赐爵都乡侯。卒于官。

刘简之，彭城人，世居京口。有志干，为宋武帝所知。帝将谋兴复，收集才力之士，尝再造简之，会有客。简之悟意，谓弟虔之曰：“刘下邳再来，必当有意。既不得语，汝可试往见之。”及虔之至，武帝已克京口，虔之即投义。简之闻之，杀耕牛，会众以赴之。位太尉谘议参军。弟谦之，好学，撰《晋纪》二十卷，位至广州刺史、太中大夫。虔之轻财好施，为江夏相，从宋武帝征司马休之，追赠梁、

① 字据《宋书》本传补。
② 原作“大中”，据《宋书》《南史》本传改。

南秦二州刺史，封新康县男。

刘钟，字世之，彭城人。少孤，有志［力］[①]，从宋武帝征伐，尽其心力。及义旗建，拔为郡主簿。后除南齐国内史，封安丘县五等侯。从征广固，孟龙符于阵陷殁，钟直入贼营，取其尸而反。卢循逼建邺，钟拒栅，身被重创，贼不得入。循南走，与刘藩追徐道覆[②]于始兴，斩之。后随朱龄石伐蜀，为前锋。劝龄石急攻，龄石从之，遂平成都。以广固功，封永新县男。累迁右卫将军。

刘遗民，彭城人。尝为柴桑令，后遁迹庐山。与陶渊明、周续之，皆不应征命，谓之“寻阳三隐”。

到彦之，字道豫，彭城武原人。从宋武帝，以战功封佷山县子，进爵为侯。佐守荆楚垂二十载，威信为士民所怀。元嘉中，封建昌县公，迁南豫州刺史，镇历阳。卒，谥曰忠。

阳瓒，彭城人。仕宋，为宁远司马、濮阳太守。佐东郡太守王景度守滑台。永初三年，魏主嗣，自率众至方城，悉力攻滑台。城东北崩坏，王景度出奔，瓒坚守不动。众溃，抗节不降，为魏人所杀。少帝追赠给事中，赐绢百匹、粟三百斛，文士颜延之为之诔（见《宋书·索虏传》及《文选》）。

刘康祖，虔之子。便弓马，膂[③]力绝人。袭封，拜员外郎。孝武为豫州刺史，镇历阳，以康祖为征虏中兵参军。魏太武攻围汝南，文帝遣诸军救援，康祖总统前驱，奋击破之，太武烧营退走。迁左军将军。后与魏军战殁，赠益州刺史，谥曰壮。

刘道产，简之子。初为无锡令，袭爵晋安县五等侯。元嘉三年，累迁至梁、南秦二州刺史，加都督，在州有惠化。后为雍州刺史，领宁蛮校尉，加都督，襄阳太守。善于临职，在雍政绩尤著，蛮夷前后不受化者皆顺服。百姓乐业，由此有《襄阳乐歌》，自道产始也。卒于官，谥曰襄。道产子延孙，孝武初位侍中，封东昌县侯。累迁尚书右仆射、金紫光禄大夫，出为南徐州刺史。卒，谥文穆。

刘勔，字伯猷，彭城安上里人。祖怀义，父颖之，位并郡守。勔少有志节，兼好文义。家贫。仕宋，初为广州增城令，稍迁郁林太守。大明初，还都，徐州刺史刘道隆请为宁朔司马。竟陵王诞据广陵为逆，勔随道隆受沈庆之节度。事平，封金城县五等爵侯。明帝即位，豫州刺史殷琰反叛，召勔还都致讨。时琰婴城固守，自始春至于穷冬，勔内攻外御，战无不捷。善抚将帅，以宽厚为众所依。及琰请降，勔约令三军不得妄动，城内士庶感悦。还都，封鄱阳县侯。受明帝顾命，为守尚书

① 字据《宋书》本传补。
② 原作“福”，据《宋书》《南史》本传改。
③ 原作“智”，据《宋书》《南史》本传改。

右仆射、中领军。元徽初，桂阳王休范为乱，奄至建邺。勔战败，死之。赠司空，谥曰昭。

刘亮，怀慎从孙。少工刀盾。以军功封顺阳县侯，历梁、益二州刺史。在位廉俭，所得公禄悉以还官，明帝下诏褒美。卒，谥刚侯。

孙棘，彭城人。宋大明五年，发三五丁，棘弟萨应充行，坐违期不至。棘诣郡辞列："棘为家长，令弟不行，罪应百死，乞以身代萨。"萨又辞列自引。太守张岱疑其不实，以棘、萨各置一处，报云听其相代。并色喜，甘心赴死。棘妻许又寄语属棘："君当门户，岂可委罪小郎？且大家临亡，以小郎属君，竟未妻娶，家道不立。君已有二儿，死复何恨！"岱依事表上，孝武诏特原罪。州加辟命，并赐帛二十匹。

南齐

刘悛，字士操，勔子。仕齐，为领军将军，司州刺史。父勔于大航战死，悛时遇疾，扶伏路次，求勔尸。勔尸顶后伤缺，悛拔发补之。持丧墓侧，冬月不衣絮。以父死朱雀航，终身不由其路。明帝崩，东昏侯即位，改授散骑常侍，领[①]骁骑将军。卫送山陵，路经朱雀航，感恸，至曲阿而卒。

刘绘，字士章，勔少子。仕齐，为著作郎。历洗马、南康相，后为中书郎。永明末，都下人士盛为文章谈义，皆凑竟陵西邸，绘为后进领袖。官至大司马从事中郎。弟瑱，字士温，少有行业，文藻、篆隶、丹青，并为当世所称。仕齐，历尚书吏部郎、义兴太守。

梁

到溉，字茂灌，彦之曾孙。祖仲度，江夏王从事中郎。父坦，齐中书郎。溉少孤贫，与兄沼、弟洽俱知名，为任昉所赏。仕梁，起家王国左常侍，历太子中庶子。湘东王为会稽太守，以溉为轻车长史、行府郡事。武帝敕王曰："到溉非直为汝行事，足为汝师。"遭母忧，居丧尽礼。服阕，犹蔬食布衣者累载。历散骑常侍、侍中、国子祭酒，所莅以清白自修。性又率俭，不好声色，虚室单床，傍无姬侍。冠履十年一易，朝服或至穿补。传呼清路，示有朝章而已。溉素谨厚，特被高祖赏接，每与对棋，从夕达旦。后因疾失明，诏以金紫光禄大夫就第养疾。家门雍睦，兄弟特相友爱。初与弟洽常共居一斋，洽卒后，便舍为寺。性不好交游，惟与朱异、刘之遴、张绾同志。有集二十卷行于世。子镜，字圆照，五岁便为诗，位太子

① 原作"郎"，据《南齐书》《南史》本传改。

舍人，早卒。镜子荩，早聪慧，位尚书殿中郎。尝从高祖幸京口，登北顾楼赋诗，受诏便就。上览以示溉曰："荩定是才子！翻恐卿从来文章，假手于荩。"除丹阳尹丞。太清乱，赴江陵，卒。

到洽，字茂沿，溉弟，清警有才学。年十八，为南徐州迎西曹行事。谢朓文章盛于一时，见洽，深相赏好，每称其资兼文武。朓后为吏部，欲荐之，洽睹世方乱，深相拒绝。遂筑室岩阿，幽居积岁。任昉与洽兄沼、溉并善。尝访洽于田舍，见之，叹曰："此子日下无双！"遂申拜亲之礼。武帝尝问待诏丘迟曰："到洽何如沆、溉？"迟对曰："正清过于沆，文章不减溉，加以清言，殆将难及。"即召为太子舍人。御华光殿，诏洽及沆、萧琛、任昉侍宴，赋二十韵诗，以洽辞为工，赐绢二十匹。帝谓昉曰："诸到可谓才子！"累迁太子中舍人，掌东宫管记。侍读省置学士二人，洽复充其选。为尚书吏部郎，请托不行。徙左丞，准绳不避贵戚。迁御史中丞，号为劲直。出为寻阳太守。卒，赠侍中，谥曰理子。有文集行于世。子仲举，字德言。陈天嘉中，累官侍中、尚书仆射，封建昌县侯。

到沆，字茂瀣，彦之曾孙。父㧑，齐五兵尚书。沆幼聪敏，五岁时，㧑于屏风抄古诗，沆请教读，一遍便能诵讽。及长，勤学，善属文，工篆隶。美风神，容止可悦。梁天监初，为征虏主簿。东宫建，为太子洗马。武帝宴华光殿，命群臣赋诗，独诏沆为二百字，三刻便成[①]。沆于坐立奏，其文甚美，寻为殿中曹侍郎。此曹以文才选，沆从父兄溉、洽，并有才名，时皆相代为之，见荣当世。沆为人谦敬，口不论人短。与任昉、范云友善。卒于北中郎谘议参军，所著诗赋百余篇。

刘苞，字孝尝，勔之孙也。父愃，齐太子中庶子。苞四岁而孤，至六七岁，世叔父悛、绘等并显贵，苞见之辄泣。其母谓其畏惮，怒之。苞曰："早孤，不识父，闻诸父多与父类，故心中悲耳。"因而欷歔，母亦悲恸。奉其母最孝，尝为扇席温枕。母及两兄相继亡，经营墓所，不资诸父。仕至太子洗马，侍讲寿光殿，以文藻见知，多预宴坐。居官有能名。性和而直，与人交，情无所隐。天监十年卒，时年三十。

刘孝绰，字孝绰[②]，绘之子。七岁能属文，舅王融称为神童。父党沈约、任昉、范云等，尤相赏[好][③]。天监初，起家著作佐郎。尝侍梁武帝宴，作诗七首，帝篇篇嗟赏，迁秘书丞。帝谓周舍曰："第一官当知用第一人。"故以孝绰居此职。官至

①《南史》本传作"三刻便成"，《梁书·文学传上》作"二刻使成"。

② 案《日知录集释》"字同其名"章云：名字相同，起于晋宋之间。史之所载，晋殷仲文，字仲文；宋蔡兴宗，字兴宗；齐颜见远，字见远；梁王僧孺，字僧孺；刘孝绰，字孝绰；北齐慕容绍宗，字绍宗；后周王思政，字思政；辛庆之，字庆之之类，至唐时尤多。

③ 字据《梁书》本传补。

秘书监。孝绰少有盛名，而仗气负才，由此多忤于物，前后五免。文集数十万言行于时。兄弟及群从子侄，当时有七十人并能属文，近古未之有也。

刘潜，字孝仪，孝绰弟。幼孤，与兄弟相勖以学，并工属文。孝绰尝曰“三笔六诗”，“三”即孝仪，“六”谓孝威也。天监五年，举秀才，累迁尚书殿中郎。敕令制雍州平等寺金像碑，文甚宏丽。晋安王出镇襄阳，引为安北功曹史。王为皇太子，仍补洗马，迁中舍人。出为阳羡令，甚有称绩。后为中书郎，累迁尚书左丞，兼御史中丞，在职弹纠，无所顾望，当时称之。出为临海太守，绥抚境内，风俗大革。终豫章内史。孝仪为人宽厚，内行尤笃。第二兄孝能早卒，孝仪事寡嫂甚谨，未尝失礼，世以此称之。有文集二十卷行于世。第五弟孝胜，历官右丞，兼散骑常侍。元帝时，为司徒右长史。第六弟孝威，气调爽逸，风仪俊举。初为安北晋安王法曹，后为太子洗马、中舍人、庶子、率更令，并掌管记。大同九年，白雀集东宫，孝威上颂，其辞甚美。太清中，兼通事舍人。侯景乱，随柳仲礼至安陆，卒。第七弟孝先，武陵王主簿。与兄孝胜俱随武陵王军出峡口。兵败，元帝以为黄门侍郎。

刘孺，字孝稚，悛子。幼聪敏，能属文。年十四居丧，毁瘠骨立。叔父瑱尝置坐侧，谓宾客曰：“此吾家明珠也。”仕梁，起家中军法曹行参军，迁太子中舍人。尝在御坐为《李赋》，受诏便成，文不加点，武帝甚叹赏之。迁中书郎、散骑常侍。大同五年，授吏部尚书。出为晋陵太守，在郡和理，为吏民所称。入为侍中，复为吏部尚书。母忧，以毁卒，谥曰孝。

刘览，字孝智，孺弟。十六通《老子》《易》，位中书郎。以所生母忧，庐于墓，尝再期不尝盐酪，食麦粥而已。隆冬止著单布衣，家人虑不胜丧，中夜窃置炭于床下，览因暖得寐，及觉知之，号恸呕血。梁武帝闻其至性，数使省视。服阕，除尚书左丞。当官清正，无所私。出为始兴内史，居郡[①]尤励清节。复为左丞，卒。览弟遵，字孝陵。少清雅，有学行。为晋安王纲宣惠[②]、云麾二府记室，甚见宾礼。王为皇太子，仍除中庶子。卒官，皇太子深悼惜之。

刘孝孙，彭城人。博学通敏，仕多不遂。尝叹曰：“古人或开[③]一说而致卿相，立谈间而降白璧，书籍妄耳！”

刘慧斐，字文宣，彭城吕县人。父元真，淮南太守。慧斐少博学，能属文，起家安成王法曹行参军。尝还都，途经寻阳，游匡山，过处士张孝秀，相得甚欢，遂有终焉之志。因不仕，居于东林寺。又于山北构园一所，号曰离垢园，时人乃谓为

① 原作“都”，据《南史》本传改。
② 原作“慰”，据《梁书》《南史》本传改。
③ 原作“闻”，据《南史》本传改。

离垢先生。慧斐尤明释典，工篆隶。在山，手写佛经二千余卷。简文临江州，遗以几杖。论者云：自远法师没后将二百年，始有张、刘之盛。元帝及武陵王等书问不绝。大同二年，卒。

刘昙净，字元光，慧斐兄慧镜子。祖元真，居郡得罪，慧镜历诣朝士乞哀，恳恻甚至，遂以孝闻，仕至安成内史。昙净笃行有父风，解褐安成王国左常侍。父卒于郡，昙净奔丧，不食饮者累日，绝而又苏，每哭辄呕血。服阕，因毁瘠成疾。会有诏士姓各举四科，昙净叔父慧斐举以应孝行，梁高祖用为海宁令。昙净以兄未为县，因以让兄，乃除安西行参军。父亡后，事母尤淳至，身营飧粥，不以委人。母疾，衣不解带。及母亡，水浆不入口者殆一旬。母丧，权瘞药王寺。时天寒，昙净身衣单布，庐于瘞所，昼夜哭泣不绝声，哀感行路。未及期而卒。

魏

刘芳，字伯文，彭城丛亭里人。幼随伯母避难北徙，虽处穷窘之中，而业尚贞固。聪敏过人，笃志《典》《坟》，昼则佣书自给，夜则诵经不寝。孝文帝时，为中书侍郎，授太子经。芳才思深敏，特精经义，博闻强记，兼览《苍》《雅》，尤长音训，辨析无疑。于是礼遇日隆，超迁国子祭酒。齐将裴叔业入寇徐州，疆埸之人颇怀去就，帝忧之，以芳为散骑常侍、徐州大中正、行徐州事，后兼侍中。宣武即位，迁中书令，出除青州刺史。还朝，议定律令，修正朝仪。转太常卿，议郊社礼乐。学者多归宗焉。所撰诸经音义甚多。卒，赠镇东将军、徐州刺史，谥曰文贞。子怿，字祖欣。仕魏，历徐州别驾、兖州左军府长史、司空谘议参军。屡为行台出使，所历皆有当官之称。累迁安南将军、大司农卿。卒，赠徐州刺史，谥曰简。

刘僧利，芳族兄。轻财通侠，甚得乡情。孝文幸徐州，引见，善之，拜徐州别驾，迁沛郡太守。后遂从容乡里，不乐台官。积十余年，征拜轻车将军、羽林监，卒官。

刘懋，字仲华，芳从子。聪敏好学，博综经史，善草隶书，识奇字。宣武初入朝，位尚书外兵郎中。芳甚重之，凡所撰定朝廷轨仪，皆与参量。尚书博议，懋与殿中郎袁翻常为议主。达于从政，台中疑事，咸所访决。领考课郎中，立法甚有条贯。清河王怿为宰相，礼懋尤重，令诸子师之。迁太尉司马。卒，家徒四壁而已。赠南秦州刺史，谥宣简。所制诗文，见称于时。又撰诸品物造作之始一十五卷，名曰《物祖》。

刘元孙，懋从叔。养志丘园，不求闻达。孝文幸彭城，起家拜兰陵太守，治以清静为名，卒官。子长文，为南兖州长史，带谯郡太守。被围粮竭，固节全城，以功赐下邑子，迁鲁郡太守。

郑长猷，本荥阳人。父演，仕宋为琅邪太守，与薛安都降魏，为彭城太守，遂家彭城。长猷初为东平太守，转沛郡。入为主客郎中，袭父封云阳伯。孝文南伐，既克宛城，拜长猷南阳太守，诏曰："昔曹公克荆州，留满宠于后。朕今委卿此郡，兼统戎马，非直绥初附，以捍城相托。"寻征为护军长史。后，任城王为扬州刺史，诏长猷为谘议参军，转徐州武昌王长史，带彭城内史。征拜谏议大夫，迁通直散骑常侍。永平末卒，谥曰贞。

刘凝之，彭城人。仕宋，位起部郎。及齐受禅，奔魏，以忠烈自比伍员，因赐姓员。终镇西将军、平凉郡公。其后遂家齐州之全节。唐学士员半千，其十世孙也。（见《唐书·员半千传》）

刘廞，字景兴，芳次子。好学强立，与灵太后兄弟往还相好，太后令廞以诗赋授弟元吉。孝庄初，除国子祭酒，以本官行徐州事。孝武帝初，复领国子祭酒。帝于显阳殿讲《孝经》，廞为执经，风采音制[1]，足有可观。寻迁殿中尚书。后为高欢所害。子鸷，位徐州开府从事中郎。廞死，鸷率乡部赴兖州，与刺史樊子鹄抗御王师。每战，流涕突阵。城陷，擒送晋阳，高欢矜而赦之。后为中书舍人，时与梁和，鸷前后受敕专对梁使十六人。官至司徒长史。

刘粹，芳第五子，徐州别驾、朱衣直阁。粹少尚气侠，兄廞死，粹招合部曲，就兖州刺史樊子鹄，谋应关西。城陷，死之。

刘世明，字伯楚，僧利次子，颇涉书传。自奉朝请，稍迁兰陵太守、彭城内史。属刺史元法僧以城外叛，遂送于梁。梁欲加封爵，固辞不受。频请乞还，听之。孝明时，征为谏议大夫。孝庄末，除南兖州刺史。时尔朱氏乱政，城民王乞得逼劫世明，据州归梁。封开国县侯、征西大将军、郢州刺史。复辞不受，固请北归。既还，归乡里，不复入朝。

孙道登，彭城吕县人。魏永安初，为梁将韦休等所获，面缚临刃，巡绕村坞，令其招降乡曲。道登厉声倡呼："但当努力，贼无所能！"遂见屠戮。朝廷遣使吊祭，赐五等子爵，听子弟承袭。

北齐

刘逖，字子长，芳之孙。少聪敏，魏末为永安公府参军。发愤自励，专精读书，留心文藻，颇工诗咏。仕齐，至给事黄门侍郎，聘周使副。二国始通，礼仪未定，逖与周朝议论，往复斟酌古今，事多合礼，兼文辞可观，甚得名誉。使还，拜仪同三司。后与崔季舒等同时被戮。所著文笔三十卷。弟訾，少聪明，好文学。仕

① 原作"旨"，据《北史·刘芳传》改。

齐，累转尚书仪曹郎。周大象末，卒于黎州治中。子玄道，有人品识用，定州骑兵参军。

郑抗，字子信，彭城人。有文学。武平末，兼左右郎中，待诏文林馆。

隋

刘弘，字仲远，彭城丛亭里人。少好学，有行检，重节概。仕齐行台郎中，襄城、沛郡、谷阳三郡太守，西楚州刺史。及齐亡，周武帝以为本郡太守。及隋文帝平陈，以行军长史从总管吐万绪渡江，以功加上仪同，封护泽县公，拜泉州刺史。会高知慧作乱，以兵攻州。弘城守百余日，救兵不至。前后出战，死亡大半。粮尽，与士卒数百人煮犀甲[①]腰带，及剥树皮而食之，一无离叛。贼欲降之，弘抗节弥厉。城陷，为贼所害。文帝闻而嘉叹，赐物三千段。子长信，袭其官爵。

刘士儁，彭城人。性至孝。丁母丧，绝而复苏，勺饮不入口者七日。庐于墓侧，负土成坟，列植松柏。虎狼驯扰，为之取食。隋文帝受禅，表其门。

刘颢，字君卿，逖从子。祖庥，为齐神武所杀。颢父济，及济弟埈，俱奔江南，后皆北还。颢好文学，工草书，风仪甚美。历瀛州外兵参军、司空功曹，待诏文林馆，除大理司直。隋开皇中卒。

刘子翊，彭城丛亭里人。父遍，齐徐州司马。子翊少好学，颇解属文。性刚蹇，有吏干。大业中，为治书侍御史。每朝廷疑议，子翊为之辨析，多出众人意表。从幸江都，因切谏忤旨，出为丹阳留守。寻遣于上江督运，为贼吴棋子所虏。子翊说之，因以众降。会炀帝被弑，贼又请以为主，不从。因执至临川城下，使告城中，云帝崩。子翊反其言，于是见害。

徐州府志卷之十八全

① 原作“角”，据《隋书》本传改。

徐州府志卷之十九

人物二

唐

刘德威，彭城人。姿貌魁秀，有干略。隋大业末，从裴仁基讨淮贼，手剑贼酋[①]，传行在。后归李密。密降，俱入朝，授左武卫[②]将军，封滕县公。诏将兵击刘武周。俄为武周所获，使率本部徇地浩州，得自拔归。尽上贼中虚实，高祖嘉纳，封彭城县公。贞观初，历大理卿、绵州刺史，政号廉平，百姓立石颂德。入为大理卿。太宗问曰："比刑网浸[③]密，咎安在?"德威曰："在君不在臣。下之宽猛，视主之好恶。今坐入者无辜，坐出者有罪，所以吏务深文，为自营计。"帝然其言。后迁刑部尚书，检校雍州别驾，终同州刺史。卒，赠礼部尚书、幽州都督，谥曰襄，陪葬献陵。德威于闺门友睦，为人宽平，生平所得俸禄，以分宗亲，无留藏。

刘胤[④]之，徐州彭城人。少志学，与孙万寿、李百药相友善。武德中，杜淹荐为信都令，有惠政。永徽初，以著作郎、弘文馆学士，与令狐德棻、阳仁卿等撰次国史并实录，以劳封阳城县男，终楚州刺史。

刘伯庄，彭城人，精《汉书》学。贞观中，为弘文馆学士，迁国子博士。与许敬宗等论撰甚多，终崇贤馆学士。自所著书，亦百余篇。子之宏，世其学。武后时，以著作郎兼修国史，终相王府司马。睿宗立，赠秘书［少］[⑤]监。

刘审礼，德威子。少丧母，为祖母元所养。隋末大乱，道不通，审礼自乡里负祖母渡江，转侧避地。及天下平，西入长安。元每疾病，必亲煮药尝而进。元曰："儿孝通幽显，吾一顾念，疾辄间。"贞观中，历左骁卫郎将，父丧免。比葬，徒跣流血，行路咨叹。服除，当袭爵，让其弟，不听。见父执，必感泗滂沱。事继母尤谨[⑥]。与弟延景为闻友，得禄多资之，而妻子执寒苦，晏如也。再从皆同居，合二百

---

① 原作"首"，据《新唐书》本传改。

② 原作"卫"，据两《唐书》本传改。

③ 原作"寖"，据《新唐书》本传改。

④ 原作"宏"，疑补版时误改，今据《旧唐书·刘胤之传》《新唐书·刘延祐传》恢复本字。下"刘延祐"条亦同。

⑤ 字据《旧唐书·儒学传》补。

⑥ 案两《唐书》：德威归唐，高祖妻以女平寿县主，为审礼继母。弟延景，公主所出。

口，内外无间言。迁工部尚书，检校左卫大将军。仪凤三年，吐蕃寇凉州，副中书令李敬玄讨之，与战青海上，败，为虏执。其子尚乘直长殆庶，及延景诣阙待罪，请入赎以赎。有诏审礼徇忠以没[①]，非有罪，宜各还职。特诏殆庶弟易从省之。既至，而审礼卒。易从昼夜哭不止，吐蕃哀之，乃还其父尸。徒跣万里，扶护以归，见者流涕。审礼赠工部尚书，谥曰僖。弟延景，字冬日，终陕州刺史。睿宗初，以后父[②]追赠尚书右仆射，陪葬乾陵。

刘延嗣，审礼从弟，为润州司马。徐敬业攻润州，延嗣与刺史固守。俄而城陷，敬业邀以降，延嗣曰："吾世蒙恩，今城不守，所负多矣，讵能苟生为宗族羞?"敬业怒，将斩之，其党魏思温救止，系江都狱。敬业败，录忠当叙，以裴炎近亲，裁迁梓州长史，转汾州刺史。宗族至刺史者二十余人。

刘延祐，胤之从子。擢进士，补渭南尉，有吏能，治第一。李勣戒之曰："子春秋少，而有美名，宜稍自抑，无为出人上。"延祐敬纳。后检校司宾少卿，封薛县男。徐敬业败，诏延祐持节到军。时，吏议敬业所署五品官殊死，六品流。延祐谓诬胁可察以情，乃论授五品官当流，六品以下除名，全宥甚众。拜箕州刺史，转安南都护。安南人丁建等叛，合众围城。以兵少援不至，遇害。

刘藏器，延祐从弟，高宗[③]时为侍御史。卫尉卿尉迟宝琳胁人为妾，藏器劾还之。宝琳私请帝止其还。凡再劾再止，藏器曰："法为天下悬衡，万民所共。陛下用舍由情，法何所施?今宝琳私请，陛下从之；臣公劾，陛下亦从之。今日从，明日改，下何所遵?"帝乃诏可。稍迁比部员外郎，魏元忠称其贤，帝欲擢任为吏部侍郎，魏玄同沮之。出为宋州司马，卒。

刘易从，审礼子，累迁彭州[④]长史、任城县男。永昌中，为酷吏周兴诬构，坐死。将刑，百姓奔走，争解衣投地，曰："为长史祈福!"有司平直，乃十余万。当时号"孝义刘家"，及易从以非祸死，天下冤之。子昇，年十余岁，流岭表。六道使诛流人，昇以信爱为首领所庇免。后易姓温，北归洛。景云中，特授右武卫骑曹参军。开元中，累迁中书舍人、太子右庶子。昇能文，善草隶。

刘知柔，藏器子，性俭静，美风仪。居亲丧，庐墓侧，诏筑阙表之。历国子司业，累迁工部尚书。开元六年，河南大水，诏知柔驰驿察民疾苦及吏善恶。所表陈州刺史韦嗣立、汝州刺史崔日用、兖州刺史韦元珪、符离令綦毋顼等，止二十七人

---

① 原作"殁"，通"没"，沦没，今从《新唐书》本传用字。

② 案两《唐书·后妃传》，睿宗肃明顺圣皇后刘氏，延景之女。

③ 原作"祖"，据《新唐书》本传改。

④ 按:《新唐书》原作"彭城"，吴缜《纠谬》谓本传与《世表》互异。中华书局标点本据《资治通鉴》卷二〇四"彭州"、《新唐书·地理志·剑南道·彭州》"武后时长史刘易从"等改"彭州"，其说应是，今从之。

有治状。久之，迁太子宾客，封彭城县侯。致仕，给全禄终身。卒，赠太子少保，谥曰文。

刘知几，字子玄，藏器子。年十二，闻父为诸兄讲《春秋左氏》，冒往听，退辄辨析所疑。父奇之，许授《左氏》。逾年，遂通览群史，与兄知柔俱以善文词知名。擢进士第，累迁凤阁舍人、兼修国史。中宗时，修《武后实录》，有所改正，而武三思等不听。乃著《史通》内外四十九篇，讥评今古。徐坚叹曰："为史氏者，宜置此座右也！"别撰《刘氏家史》及《谱考》，上推汉为陆终苗裔，非尧后；彭城丛亭里诸刘，出楚孝王嚣曾孙居巢侯般，不承元王。按据明审，议者高其博。尝曰："吾若得封，必以居巢绍司徒旧邑。"后果封居巢县子。乡人以其兄弟六人俱有名，号其乡曰高阳，里曰居巢。累迁太子左庶子，兼崇文馆学士。开元初，迁左散骑常侍，贬安州别驾，卒。知几领国史三十年，尝为郑惟忠言："史有三长：才、学、识。世罕兼之，故史才少。"时以为笃论。追赠工部尚书，谥曰文。六子：贶、餗、汇、秩、迅、迥。

刘贶，字惠卿，好学，多所通解。知几卒，诏访其后，擢起居郎，历右拾遗、内供奉。献《续说苑》十篇，以广汉刘向所遗，而刊落怪妄。贶尝以《竹书纪年》序诸侯列会皆举谥，后人追修，非当时正史。如"齐人歼于遂""郑弃其师"，皆孔子新意；《师春》一篇录卜筮事，与《左氏》合，知按《春秋》经传而为也，因著《外传》云。

刘餗，字鼎卿。天宝初，历集贤院学士，兼知史官，终右补阙。父子三人，更莅史官。著《史例》，颇有法。弟汇，左散骑常侍，终荆南节度使。汇子赞，以荫仕至宣州都团练观察使。卒，赠吏部尚书。

刘秩，字祚卿。开元末，历左监门卫录事参军，稍迁宪部员外郎。坐小累，下除陇西司马。安禄山反，哥舒翰守潼关，杨国忠欲夺其兵。秩上言："翰兵天下成败所系，不可忽。"房琯见其书，以比刘更生。至德初，迁给事中。久之，出为阆州刺史，贬抚州长史，卒。所著《政典》《止戈记》《至德新议》等，凡数十篇。

刘迅，字捷卿，历京兆功曹参军事。尝寝疾，房琯闻，忧不寐，曰："捷卿有不讳，天理欺矣！"陈郡殷寅名知人，见迅，叹曰："今黄叔度也！"刘晏每闻其论，曰："皇王之道尽矣！"上元中，避地安康，卒。迅续《诗》《书》《春秋》《礼》《乐》五说。书成，语人曰："天下滔滔，知我者希。"终不以示人云。

刘迥，以刚直称。第进士，历殿中侍御史，佐江淮转运使。时新更安史乱，迥馈运财赋，力于职。大历初，为吉州刺史，治行尤异。累迁给事中。

刘海宾，彭城人。以义侠闻。为泾原兵马将，与段秀实友善，累立战功，兼御史中丞。刘文喜据泾州叛，海宾与其子光国给以奏请，及入对，因言奸慝可诛状。

既还，光国手斩文喜，献阙下。拜左骁卫大将军、五原郡王；海宾，乐平郡王。后朱泚反，秀实密图杀贼，约海宾及何明礼、岐灵岳三人为外应。及秀实击泚，而海宾未至，遂遇害。海宾等亦为贼所杀，赠太子太保。

刘滋，字公茂，贶之子。通经术，喜持论。以荫历涟水令。杨绾荐材堪谏官，累授左补阙。后以司勋员外郎判南曹，勤职奉法，进至给事中。兴元初，以吏部侍郎知南选。时大盗后，旱蝗相仍，吏不能诣京师，命滋至洪州调补，以振职闻。贞元二年，擢左散骑常侍、同中书门下平章事。明年，罢。又明年，复为吏部侍郎，迁尚书，寻夺阶。卒，赠陕州大都督，谥曰贞。弟浃，亦有学术。

刘敦儒，浃之子也。家东都。母病狂易，非笞掠人不能安，左右皆亡去。敦儒日侍疾，体常流血，母乃能下食。敦儒怡然不为痛隐。留守韦夏卿表其行，诏标阙于闾。元和中，权德舆复荐之，乃授左龙武军兵曹参军，分司东都。在母丧，毁瘠几死，时谓刘孝子。后为起居郎，达礼好古，有祖风云。

刘商，字子夏，彭城人。第进士，历尚书虞部郎中，以病免。所著有《刘虞部集》十卷。（旧志）

刘禹锡，字梦得，彭城人。工文章，名重一时，登贞元进士、宏辞二科。辟淮南杜佑掌书记，从入朝，为监察御史。以附王叔文，坐贬朗州司马。朗地接夜郎，俗尚鬼，每祠歌竹枝，其声伧伫。禹锡谓屈原居沅、湘间作《九歌》，使楚人以迎送神，乃倚其声，为《竹枝》十余篇。武陵夷[1]俚悉歌之。始，坐叔文贬者八人，宰相怜其才，将澡濯用之。会程异复起，乃诏禹锡等悉补远州刺史，而谏官言不可，遂罢。久之，召还。欲任南省郎，以作《玄都观》诗，语涉讥忿，当道不悦，出为播州刺史。诏下，御史中丞裴度言禹锡有老母，请稍内迁，乃易连州，又徙夔州。后由和州刺史入为主客郎中，复作《游玄都》诗，且序："始谪十年，还京师，道士植桃甚盛，灿如红霞。又十四年过之，无复一存，惟兔葵、燕麦动摇春风耳。"其言诋切权近，时论亦薄之。俄分司东都，雅为裴度所知，荐授集贤直学士。度罢，复刺苏州。以政最，赐金紫，徙汝、同二州，再迁宾客分司。终以恃才褊心，文辞多讽刺，故偃蹇寡合。诗力精悍，赋《金陵怀古》，元、白犹避其锋。会昌时，加检校礼部尚书。卒，年七十二，赠户部尚书。子承雍，亦登进士，有才藻。

刘仁师，字行舆，德威五世孙，商犹子也。长庆三年，为高陵令。抑豪猾，雪冤枉，筑新堰，通水渠。百姓享其利，名其渠曰"刘公"，堰曰"彭城"。寻转昭应令，迁检校屯田郎中，兼侍御史。（见丰志）

刘沔，字子汪，徐州彭城人。父廷珍，以羽林军扈德宗幸奉天。以战功，官左

① 原作"彝"，避夷狄胡虏讳改。今用本字。

骁卫大将军、东阳郡王。沔[①]少孤，客振武节度使范希朝，署牙将。军中大会，沔捉刀立堂下，希朝奇之，召谓曰："后日必处吾坐。"希朝卒，入为神策将。累迁大将军，擢泾原节度使，徙振武。开成三年，突厥劫营田，沔发万人击之，贼无一返者。会昌二年，回鹘掠太原、振武，改河东节度，兼招抚回鹘［使］[②]，进屯雁门关。虏寇云州，沔击败其众。以还太和公主功，加检校司空。刘稹阻命，诏沔南讨，屯榆社。会王宰逗留，宰相李德裕表沔镇河阳，以滑兵二千壁万善，居宰肘腋下，激之使出军。稹平，进检校司徒，徙忠武节度使。以病，拜太子太傅致仕。卒，赠司徒。

石雄，徐州人。少为牙校，敢毅善战，气盖军中。王智兴讨李同捷，收棣州，使雄先驱渡河，鼓行无前。徐军恶智兴苛酷，谋逐之而立雄。智兴惧，表雄为壁州刺史，杀雄素所善百余人，诬雄摇乱。文宗素知雄，不杀，流白州，徙为陈州长史。党项扰河西，诏雄隶振武刘沔军。会昌初，回鹘入寇，诏雄为天德防御副使，佐刘沔屯云州。沔与雄谋迎公主，选沙陀李国昌及契苾、拓拔杂虏三千骑，夜发马邑。雄穴城夜出，直捣乌介帐。可汗大骇，单骑走。追斩万级，获马牛羊无算，迎公主还，进丰州防御使。武宁李彦佐讨刘稹，逗留，以雄为晋绛行营诸军副使助之。雄受命，即勒兵越乌岭，破贼五壁，斩获千计。雄临财廉，每朝廷赐与，辄置军门，自取一匹缣，余悉分士伍，由是众感发，无不奋。武宗嘉之，就拜行营节度使，代彦佐，徙河中。稹危蹙，其大将郭谊密献款，请斩稹首自归。众疑其诈，雄以七千[③]人径薄潞，受谊降。进检校兵部尚书，徙河阳。后拜神武统军，卒。

刘巨容，徐州人，为州大将。庞勋之反，自拔归，授埇桥镇遏使。浙西突阵将王郢反，攻明州，巨容以筒箭射郢死，拜明州刺史，徙楚州团练使。黄巢乱，累迁山南东道节度使以捍巢，屯团林。江西招讨使曹全晸与巨容守荆门关，与贼战，巨容伪北，巢追之，伏兴林樾间，贼大败，执贼将十三人，虏获不可计。巢浮江东奔，巨容追之，十俘其八，以功迁检校礼部尚书。后巢复炽，陷两京，巨容合诸道兵讨之，授南面行营招讨使，累兼天下兵马先锋开道供军粮料使，检校司空，封彭城县侯。巨容明吏治。时僖宗在蜀，公卿多因巨容护赴行在。后为田令孜所害。

王驾，字大用，彭城人。大顺元年第进士。有集一卷。（旧志）

皇甫恒、尹务荣，俱彭城人，皆以事亲、居丧著至行。天子各旌表其门。

路审中，徐吏也。观察使崔彦曾知其能，颇任之。彦曾为庞勋所害，审中赂守卒，敛葬其尸。张玄稔攻徐州，审中率死士应官军，开南白门，官兵入，因得破

① 原作"廷珍"，据《新唐书》本传改。
② 字据《新唐书》本传补。
③ 原作"十"，据《新唐书》本传改。

勋。后位岚州刺史。郑畋谓审中节贯神明，请擢为右羽林将军。

时溥，彭城人，为州牙将。僖宗时，授徐州节度使。黄巢败，东走，围陈州，营溵水。秦宗权方据淮西，相联结。溥地介于贼，乃悉师讨之，军锋甚盛，连战辄克，授东面兵马都统。遂合许、兖、郓兵，逐尚让于太康，斩首数万级，让以所部万人降。溥遣将李师悦等，追尾巢至莱芜，大破之。巢至狼虎谷，计无复之，使林言斩其首以献，而太原博野军杀言，与巢首俱上。溥以献于行在，故破贼溥功第一。加检校司徒、同中书门下平章事，进检校太尉，兼中书令，封钜鹿郡王。宗权阻兵，又拜蔡州行营兵马都统。贼平，与朱全忠争功，嫌惎日构，自后连岁相攻。至景福二年，全忠使庞师古攻拔徐州，溥与妻子登燕子楼自焚死。

五代南唐

徐玠，字蕴圭，彭城人。事吴，为江西粮料使，迁吉州刺史。烈祖以佐命功拜右丞相，出为宣州节度使，召为司徒。年七十六卒，赠高平郡王。

马仁裕，徐州人。数岁学兵法，通解若素习。事南唐，为昇州牙将。以定朱瑾功，迁左领军将军。历楚州刺史，节度润州，改庐州。为政宽简廉平，甚得众心。

马文义，仁裕子。以荫授千牛备身，隶祖全恩，为判官。从下建州，将吏皆入府库争取金宝，文义独收民籍。故建虽乱，而民安旧业，文义有力焉。迁赞善大夫，卒。妻朱氏，赙赠一无所受。人以为其廉能刑家。

刘仁赡，字守惠，彭城人。父金，事杨行密，为濠、滁二州刺史，以骁勇知名。仁赡事南唐，为将。轻财重士，法令严肃，通兵书。历仕左监门卫将军，黄、袁二州刺史，所至称治。唐主璟[①]使掌亲军，以为武昌军节度使。周师征淮，迁清淮军节度使，镇寿州。世宗攻寿州，围之数重，以方舟载炮，自淝河中流击其城。又束巨竹数十[万][②]竿，上施版屋，号为“竹龙”，载甲士以攻之。又决其水砦，[入][③]于淝河。攻之百端，自正月至四月，不能下。岁大暑，霖雨弥旬，周兵营寨水深数尺。淮、淝暴涨，炮舟、竹龙皆飘南岸，为唐兵所焚，周兵多死。世宗东趋濠梁，以李重进为庐、寿州都招讨使。唐亦遣元帅齐王景达，列砦紫金山下，为夹道，以属城中。而重进与张永德两军相疑不协，仁赡屡请出战，景达不许，由是愤惋成疾。明年正月，世宗复至淮上，尽破紫金山砦，坏其夹道。唐兵大败，诸城守

① 原作“景”。案《旧五代史·僭伪传》：“景，本名璟，及将臣于周，以犯庙讳，故改之。”考《旧五代史·周太祖纪一》：后周太祖郭威，其高祖讳璟，追尊为睿和皇帝，庙号信祖。故宋史臣讳“璟”字改，《新五代史》亦从之。今改还本字。

② 字据《新五代史·死节》本传补。

③ 字据《新五代史·死节》本传补。

将或走或降，皆不能守。唐君臣震慑，奉表称臣，愿割地输贡，而仁赡独坚守，不可下。世宗使唐所遣使者孙晟，至城下示之。仁赡子崇谏，幸其父病，谋与诸将出降，仁赡立命斩之。监军使周廷构哭于中门，救之不得。于是士卒皆感泣，愿以死守。三月，仁赡病甚，已不知人，其副使孙羽诈为仁赡书，以城降。世宗命舁仁赡至帐前，嗟叹久之，赐以玉带、御马，复使入城养疾。是日卒。世宗遣使吊祭，丧事官给，追封彭城郡王，以其子崇赞为怀州刺史。（《南唐书》作“淮阴洪泽人”。今据《五代史》载入）

宋

刘涛，字德润，彭城人。后唐举进士，为左补阙。周广顺中，再知贡举，累官右詹事。涛性刚毅不挠，与宰相范质不协，遂退居洛阳，杜门以书史自娱。太祖素知涛履行，召至。以老病求退，授秘书监致仕。初，清泰中，中书舍人卢导受诏主文，将锁院，涛力荐薛居正，以为文章器业，必至台辅。导取之。后果为相，世称其知人。涛子项，仕至监察御史。项子晟，晟子讷、谭，并进士及第。

郭廷谓，字信臣，彭城人。父全义，仕南唐，为濠州观察使。廷谓幼好学，工书，善骑射。性恭谨，事母以孝闻。全义卒，擢庄宅［使］①、濠州监军。周师来攻，廷谓屡破之，以功为滁州刺史、兵马都监。及紫金山之战，南唐诸将多降，独廷谓以全军还守濠州。既而援兵不至，周师急击，南望大恸，乃降周。拜亳州防御使。宋初，再知亳州。冯瓒知梓州，为仆夫所讼，召廷谓为静江军节度观察使留后以代之，悉除弊政。

郭延濬，字利川，廷谓子。幼谦和。廷谓卒，太祖录延濬为供奉官。淳化四年，李顺乱，以延濬为成都十州都巡检使。时成都将陷，延濬单骑入城，募卒保剑门，贼来，击破之。王继恩率兵至，以延濬为先锋壕砦使，即领兵先进，斩贼千余级。寻知汉州，募军民葺廨舍、桥梁、城砦，率州帑以应军需。录功，改洛苑使，诏书嘉奖。

郭延泽，字德润。廷谓兄廷谕子。乾德中，累迁殿中丞、知建州。太宗闻其好学，博通典籍，召问经史大义，称旨，命为史馆检讨，历国子博士。咸平中，以虞部员外郎致仕。居濠城南，有小园以自娱，咏牡丹诗千余首。聚图籍万卷，手自刊校。范杲②、韩丕皆与之游。景德初卒。

牛冕，字君仪，彭城人。太平兴国三年进士。解褐将作监丞，累迁太常丞、知

① 字据《宋史》本传补。
② 原作“景”，据《宋史》本传改。

滁州，以勤政闻。召归，转监察御史。端拱元年，召试文章，迁左正言、直史馆，出知润州。迁福建转运使，建议废邵武军归化金坑，土人便之。至道初，召入，进秩兵部员外郎，寻改工部郎中，命为永熙陵仪仗使。咸平元年，选知益州。会戍卒乱，冕奔汉州，坐流儋州。后官至祠部员外郎。

王汉忠，字希杰，彭城人。少豪荡，有膂力，形质魁岸，善骑射。太宗在藩邸，奇其才力，置左右。即位，补殿前指挥使，累迁内殿直都知。从征太原，先登，流矢中眸，战益急，上壮之。端拱中，累迁高阳关副都部署。契丹南侵，汉忠合诸军击败之，斩馘甚众。真宗即位，召归。复出为镇、定、高阳关都部署，三路都排阵使。契丹掠中山，汉忠率诸将阵于野。契丹遁，追斩甚众，获其贵将。加殿前副都指挥使，改领[①]保静军节度。五年，为邠宁、环庆两路都部署。召还，出知襄州。未上道，暴疾卒，赠太尉。汉忠有识略，军政甚肃。每行师，诘旦必行香祝曰："愿军民无犯吾令，违者一毫不贷。"故所部无盗。性刚果，不务小节，轻财乐施。好读书，颇能诗。喜儒士，待宾佐有礼，名称甚茂。

彭程，徐州人，四世同居。淳化初，诏旌其门。

晁迥，字明远。世为澶州清丰人。父佺，始徙彭城。迥举进士，为大理评事，历迁太常丞。真宗即位，擢右正言、直史馆，献《咸平新书》五十篇，又献《理枢》一篇。召试，除右司谏、知制诰，进翰林学士、同修国史。使契丹还，奏《北庭记》，加史馆修撰、知通进银台司。献《玉清昭应宫颂》，其子宗操继上《景灵宫庆成歌》，帝嘉美之。史成，擢刑部侍郎。时，朝廷方修礼文之事，诏令多出迥手。尝夜召对，帝令内侍持烛送归院。请分司西京，特拜工部尚书、集贤院学士，判西京留司御史台。仁宗即位，迁礼部尚书。居台六年，累章请老，以少保致仕。天圣中，召宴太清楼，宠赉甚厚，进太子少傅。后复召对延和殿，访《洪范》雨旸之应，献《斧扆》《慎刑箴》。及感疾，绝人事，屏医药，具冠冕而卒，年八十四。赠太子太保，谥文元。迥性乐易宽闲，服道履正，虽贵势无所屈。历官临事，未尝挟情害物，真宗数称其好学长者。杨亿尝谓迥所作书命，无过褒，得代言之体。喜质正经史疑义，所著《翰林集》三十卷，《道院集》十五卷，《法藏碎金录》十卷，《耆智余书》《随因纪述》《昭德新编》各三卷。

晁宗悫，字世良，迥子。以父荫为校书郎，屡献歌颂。召试，赐进士及第。除馆阁校勘，三迁大理寺丞、集贤校理。父迥领西台，宗悫求便养，通判许州。仁宗即位，迁殿中丞，同修起居注，累迁祠部员外郎，知制诰。宋绶尝谓："自唐以来，唯杨于陵亲见其子嗣复继掌书命。今始有晁氏焉。"后入翰林，为学士。元昊反，

① 原作"顶"，据《宋史》本传改。

以宗悫安抚陕西，与夏竦[①]议攻守策。还，拜右谏议大夫、参知政事。卒，赠工部尚书，谥文庄。宗悫性敦厚，事父母孝，笃于故旧，凡任子恩，皆先其族人。在翰林，一夕草将相五制，褒扬训戒，人得所宜。尝密诏访边策，陈七事，颇施用之。

刘颜，字子望，彭城人。少孤，好古学，不专章句。举进士第，知龙兴县，坐法免官。久之，授徐州文学。居乡里，教授数十百人。采汉、唐奏议为《辅弼名对》。冯元、刘筠等上其书，除任城主簿。岁饥，发大姓所积粟，活数千人。所著有《儒术通要》《经济枢言》。石介见其书，叹曰："恨不在弟子之列！"

颜太初，字醇之，彭城人，颜子四十七世孙。少博学，有隽才，慷慨好义，喜为诗，多讥切时事。天圣中，亳州卫真令黎德润为吏诬构，死狱中，太初以诗发其冤，览者壮之。孔圣祐卒，罢袭封，太初作诗以讽在位，因以圣祐弟袭封文宣公。太初中进士，为莒县尉，忤转运使，投劾去。后历阆中、临晋主簿，应天府户曹参军，南京国子监说书，卒。著书号《洙南子》，所居在凫、绎[②]两山之间，号凫绎处士。有集十卷，《淳曜联英集》二十卷。

刘湜，字子正，彭城人。举进士，累迁太常博士，通判剑州。审阆州狱，活死囚七人。王尧臣安抚陕西，荐之，擢知耀州。富平有盗掠人子女者，既就擒，阳死，伺间逸去。捕得，复阳死，湜趣焚其尸。拜监察御史。王德用自随州召还，近臣言其有反相，湜保佑之。历三司盐铁副使，兼领河渠事。汴水绝，凿河阴新渠，通漕运如故。会江南饥，擢知江宁府，奏运苏州米五十万斛，以贷饥民。徙知广州，侬智高初平，湜练士兵，葺械器，作铁锁断江路。有盗据山，敕贷罪招之，不肯降。湜知并山民资之食，即徙民绝饷。盗困蹙乞降，民安之。居二年，母老求内徙，遂徙徐州。湜喜曰："昔布衣随计，今以侍从官三品，复典乡郡，过始望矣。"后迁龙图阁直学士、知庆州。湜少贱，母更嫁营卒。既登第，具袍笏，趋卒舍迎母，里人观叹。改知密州，卒。

刘庠，字希道，颜之子。八岁能诗，蔡齐妻以女。中进士第，为高密广平院教授。英宗求直言，庠上书论时事，除监察御史里行，屡有直言。帝不豫，储嗣未定，庠拜疏谓："太子，天下本。颍[③]王长且贤，宜亟立，使日侍禁中，阅四方章奏。"帝从之。神宗立，迁殿中侍御史，为右司谏。奉使契丹。故事，两国忌日不相避。契丹张宴白沟，日当英宗祥祭，庠丐免，契丹义而听之。为河东转运使，进天章阁待制。历河北、河东都转运使，召知开封府。庠不肯屈事王安石。安石亟欲

---

① 原作"疎"，据《宋史》本传改。

② 原作"峄"，通"绎"。下同。《诗·鲁颂·閟宫》："保有凫绎，遂荒徐宅。"凫山在今山东邹县西南，绎山在邹县东南。宋时滕隶徐州，太初居此，故为徐人。

③ 原作"隶"，据《宋史》本传改。

见之，戒典谒者曰：“今日客至勿纳，惟刘尹来，即告我。”有语庠者曰：“王公意如此，盍一往见?”庠谓：“见之，何所言? 自彼执政，未尝一事合人情。脱问青苗、免役，将何辞以对?”竟不往。奏论新法，神宗谕之曰：“奈何不与大臣协心济治乎?”庠曰：“臣知事陛下，不敢附安石!”会与蔡确争廷参礼，出知太原府。后历知成都、秦、虢、江宁、滁诸府州，徙永兴军。时西征无功，关内骚动。庠过阙，力言虚内事外，恐摇根本，帝感纳其忠。元祐初，加枢密学士、知渭州，卒。庠有吏能，淹通历代史，王安石称其博。后苏颂论庠建储之功，诏褒录其子。

颜复，字长道，太初子。嘉祐中，诏郡国敦访遗逸，京东以复言。凡试于中书者二十有二人，考官欧阳修奏复第一。赐进士，为校书郎、知永宁县。熙宁中，为国子直讲。元祐初，为太常博士。建言士民礼制不立，下无矜式，请令礼官荟萃古今典范，为五礼书。又请考正祀典，凡曲学、道流、术家之法，一切芟去。俾大小群祀，尽合圣人之经，为后世法。迁礼部员外郎，累转中书舍人，兼国子监祭酒。言太学诸生有诱进之法，独教官未尝旌别，似非严师劝士之道。未逾年，以疾卒。王岩叟等言复学行超特，宜加优赙。诏赐钱五十万。子岐，建炎中为门下侍郎。

张天骥，字圣途，彭城人。隐居不仕，构园亭于云龙山西麓，号云龙山人。郡守苏轼屡与之游。

陈师道，字履常，一字无己，彭城人。少好学苦志。年十六，以文谒曾巩，巩一见奇之，留受业。熙宁中，王氏经学盛行，师道心非其说，遂绝意进取。元祐初，苏轼、傅尧俞、孙觉荐其文行，为徐州教授。又用梁焘荐，为太学博士。为言者所中，改教授颍州，又罢归。调彭泽令，不赴。久之，召为秘书省正字。卒，年四十九。师道高介有节，安贫乐道。于诸经尤邃《诗》《礼》。其为文师曾巩，作诗学黄庭坚，精深雅奥，自成一家。游京师逾年，傅尧俞知其贫，怀金馈之，比至，听其论议，竟不敢以出口。章惇在枢府，将荐于朝，师道答书谢之。及惇为相，又致意焉，终不往。官颍时，苏轼知州事，待之绝席，欲参诸门弟子间，而师道赋诗有“向来一瓣香，敬为曾南丰”之语，其自守如是。与赵挺之友婿，素恶其人。适预郊祀行礼，寒甚，衣无绵。妻就假于挺之家，问所从得，却去，不肯服。竟以寒疾死。[①]

郑仅，字彦能，徐州彭城人。第进士，为大名府司户参军。文彦博以为材，奏改司法，迁冠氏令。时河朔饥，盗起，独冠氏无之，且不入境。他邑获盗，诘治之，盗因言郑冠氏仁，故相戒不犯尔。知福昌县，复值岁饥，悉意振贷，民不流

① 底本残损，缺字据同治《徐州府志》补足。

亡。累转陕西都转运使，论馈饷河湟功，进显谟阁待制，改知庆[①]州。诸军多杀老弱，持首要赏。仅下令：非强壮而能生致者，赏半之。有内附羌追寇，得老人，不忍杀，擒之，乃其父也，相持泣，一军感动。时诸路争进讨奏捷，仅独保境不生事，寇亦不犯。徙秦州，复为都转运使，召拜户部侍郎。寻改吏部，知徐州。以显谟阁直学士卒，赠光禄大夫，谥修敏。子望之，字顾[②]道，少有文名。靖康初，再使金营，累官吏部侍郎。尝论王云之冤，帝为感动，复云原官，与七子恩泽。绍兴二年，以徽猷阁待制致仕。七年，召赴行在，以衰老辞。以直学士复致仕。卒，赠中大夫。[③]

寇国宝，徐州人。从陈无己学，诗文皆有渊源。后举进士，官吴县主簿。

赵立，徐州张益村人，以勇敢隶兵籍。靖康初，以战功为武卫都虞候。建炎三年，金人攻徐，王复拒守，命立督战。中六矢，战益厉。城陷，复死。立巷战夺门以出，金人击之死。夜半，得微雨而苏。乃杀守者，入城求复尸，恸哭，手瘗之。金人北还，立率残兵邀击，断其归路，夺舟船、金帛以千计，军声复振。乃尽结乡民为兵，遂复徐州。诏授忠翊郎，权知州事。时，山东诸郡莽为盗区，立介居其间，威名流闻。金人围楚州急，宣抚杜充[④]命立往援。连七战胜而后能达楚，两颊中流矢，既入城休士，而后拔镞。诏以立守楚州。金人攻城，立屡破之。朝廷以立为徐州观察使、泗州涟水军镇抚使兼知楚州。每奋身博战，金人莫能当。坚守累月，粮尽，告急于朝。赵鼎遣张俊、刘光世救之，皆不肯行。金知外救绝，围益急。忽飞炮中其首而绝，年三十七。金人疑立诈死，犹不敢动。越旬余，城始陷。立不知书，忠义出天性。善骑射，不喜声色财利，与士卒均廪给。每战，擐甲先登。刘豫遣立故人赍书约降，立焚其书，且曰："吾了此贼，必灭豫！"由是，忠义之声闻于远近，金人不敢斥其名。讣闻，辍朝，赠奉[⑤]国军节度使、开府仪同三司，官其子孙十人，谥忠烈。立庙楚州，名曰显忠。

金

曹珪，徐州人。大定四年，州人江志作乱，珪子弼在贼党中。珪谋诛志，并弼杀之。尚书省议当补二班杂官叙，诏曰："珪赤心为国，大义灭亲，自古罕闻也。更进一官，正班用之。"

① 原作"宁"，据《宋史》本传改。
② 原作"显"，据《宋史·郑望之传》改。
③ 底本残损，缺字据康熙《徐州志》补足。
④ 原作"兖"，据《宋史》本传改。
⑤ 原作"秦"，据《宋史》本传改。

刘全，彭城人。天兴间，率乡邻数百避兵沫沟，推为砦主。北兵至徐，尽俘其老幼，全父亦在其中。北兵质之，以招全。全缚其人送徐州，因窃其父以归。徐帅益都嘉其忠，承制以为昭信校尉，遥领彭城县尉。后遇国用安，以其不附己，见杀。

元

彻里，燕只吉台氏。曾祖太赤，为马步军都元帅，从太祖定中原，以功封徐、邳二州，因家于徐。彻里幼孤，母蒲察氏教以读书。至元十八年，世祖召见，应对详雅，悦之，俾常侍左右，民间事时有所咨访。尝奉使江南，省风俗，访遗逸。桑哥为相，用其党钩考天下钱粮负逋，械禁榜掠，民不胜其苦，死者以百数。廷臣莫敢言。彻里乃具陈桑哥误国害民状，辞语激烈。帝怒，谓其毁诋大臣，命左右批其颊。彻里辩愈力。帝乃悟，命往籍其家，得珍宝如内藏之半。桑哥既诛，诸枉系者始得释。复命往江南，籍桑哥姻党，皆弃市，天下快之。彻里往来凡四道徐，皆过门不入。升福建行省平章政事，引兵诛斩汀、漳剧盗欧狗，所过秋毫无犯，胁从者不戮一人。帝崩，与诸大臣共定策，迎立成宗。拜江南诸道行台御史大夫，改江浙行省平章政事。发卒疏吴松江，四阅月毕工。召入为中书平章事，寻以疾薨，年四十七。家资不满二百缗，人服其廉。赠太傅，追封徐国公，谥忠肃。至治二年，加赠太师，追封武宁王，谥正宪。

钱光弼，字仲明，彭城人。以荐授将仕郎、同知晋宁州事，寻迁太常司直、治中，再迁汴梁路总管兼府尹。未二年，省宪交荐，迁平江路总管，兼管内劝农事。卒，赠兵部尚书，追封彭城郡侯。（见旧志，云有神道碑存）

石普，字元周，徐州人[①]。至正五年进士，授国史院编修。从丞相脱脱平徐州，升枢密院都事，从守淮安。时张士诚据高邮，普诣丞相，面陈破贼策，且曰："高邮负重湖之险，地皆沮洳，[骑][②]兵莫能前。若与普步兵三万，保为取之。高邮既平，则濠、泗易破。普请先驱，为天下忠义倡。"丞相壮之，命权山东义兵万户府事，募万人以行。而用事者阴沮之，减其军半。普行次范水砦，日未夕，令军中具食。夜漏三刻，下令衔枚趣宝应，营中更鼓如平时。抵县，即登城树帜，贼惊溃。因抚安其民，乘胜拔十余砦。将抵高邮，分兵三队，自将，攻北门。遇贼与战，贼不能当，遁入城。普先士卒蹑之，纵火烧关门。贼惧，谋弃城走。而援军忌普成功，按兵不进。总兵者遣蒙古千骑，突出普军前，欲夺先入功。贼殊死战，蒙古不

① 案正统《彭城志》及各志《选举》：石普，徐州砀山人。
② 字据《元史》本传补。

能当，即驰回。普止之不可，为贼蹂践。军乱，贼乘之。普勒兵血战，仗剑大呼曰："丈夫当为国死，有不进者斩！"直入贼阵奋击，从者仅三十人。日西援绝，被创堕马，复步战数合。贼益至攒刺，普与从者皆死之。

胡居仁、张允中，俱徐州人。以居丧庐墓，旌表门闾。（见《元史·孝友传》序）

郭通，徐州人。少以孝称。父柩在殡，邻火延及通舍。通仰天诉曰："柩不能移，宁与柩俱焚死！"伏柩恸哭，火遂熄。（《明一统志》）

明

朱守仁，字元夫[①]，徐人。元末兵起，应州辟，累破群盗，历官枢密同知，守舒城。明兵下庐州，举城附。授中书断事，出知袁州，抚安创残，民甚德之。洪武三年，征为工部侍郎。四年，拜尚书，奉命察山东官吏，归奏称旨。寻改北平行省参政[②]，以馈饷不继，谪苍梧知县。进知容州、高唐州，皆有善政。十年，进四川布政使司，治尚简严。以疾致仕。云南平，改威楚、开南路宣抚司为楚雄府，起守仁知府事。招集流移，均剂徭役，建学校，兴人才。居九年，境内大治。上计入朝，郡人垂涕送之。拜太仆卿，首请立草场于江北等处，牧放马匹。所辖十四监、九十八群，马大蕃息。马政之修，自守仁始。久之，致仕。永乐初入朝，遇疾卒。孙环，字璇玉，由国子生授陕西靖宁知州。有孝行，母殁庐墓，有司上闻，旌表其门。

房栋，字子材。祖友信，洪武中以文学荐，授翰林检讨。栋博学明经，有文誉。由国子生，知山西崞县。致仕，蓄古书甚富，闭户诵读，学益该博。诗文多散佚，不尽传。

朱芾，字大芾，徐州人。洪武中为户科给事中，改御史。性刚直，纠劾百僚，无所避忌。以言事忤旨，谪戍云南，行次九江而卒。

赵庭兰，徐人。洪武中为汉阳知县，爱民任事。朝廷尝遣使征陈氏散卒，他县多以民丁应，庭兰独言县无有。汉阳人言郡守则称苏恭让，言县令则称庭兰云。（见《明史》）

王僧儿，徐州人。母病，医祷弗效，僧儿沐浴叩天，剖腹取肝，入糜食母，母病寻愈。洪武中旌表。（嘉靖志。其名见《明史·孝友传》序）

刘恭，字政亨，徐州人。少颖悟好学。举洪武二十九年乡试，授山西陵川[③]训

---

① 按：正统《彭城志》，嘉靖、万历《徐州志》作"字存道"。王鸿绪《横云山人明史稿》改作"元夫"，《清一统志》因之，自本志及后府县志并同。

② 原作"致"，据《明史》本传改。

③ 原作"州"，据嘉靖、顺治《徐州志》改。

导，谪戍泗州。从燕兵渡淮，授百户。永乐初，改建宁通判、礼部员外郎，与修《永乐大典》。寻致仕归。（《明一统志》作“刘泰”①）

任肃，字伯雝，徐州人。建文二年举于乡，为工部主事，进郎中。以营缮宫殿成，迁南昌知府，多惠政。秩满，父老乞留，命增秩还任。寻擢云南左参政致仕。

阎马儿，建文四年，以匠执役京师。父家居病笃，弗得归省，剖腹取肝，焚香吁天，祈父病瘳。事闻，复役，仍旌其门。（嘉靖志）

山云，徐人。父青，从太祖，为燕山左卫百户。永乐初，以靖难功，累官中军都督佥事。云貌魁梧，多智略，袭金吾左卫指挥使。数从出塞，先登却敌。仁宗立，擢行在都督佥事。宣德二年，佩征蛮将军印，充总兵官，出镇广西。时，柳庆蛮、韦朝烈等纠合瑶僮为边患。云至，讨朝烈，破之。分遣将平定诸蛮，先后大战十余，斩首万二千二百六十，降贼酋三百七十，还男女二千五百八十。筑堡九，城四，铺舍五百余区。瑶僮屏迹，居民安堵。论功，进都督同知，玺书褒劳。云谋勇鸷发，而端洁不苟取，公赏罚，严号令，与士卒同甘苦。临机应变，战无不捷。所至，咨里老，抚善良，人皆爱之。英宗即位，进右都督。正统三年卒，赠怀远伯，谥襄毅②。长子俊当袭爵，让其弟泉，世为府军前卫指挥使。广西人思云不置，肖貌祀之。

马荣，徐州人。由永清卫镇抚，从燕兵转战，积功至都督佥事。从征本雅失里，领左翼，进右都督。永乐八年卒，追封景城伯，谥壮威③。

权谨，字仲常。父执中，自河间徙居于徐，遂为徐人。谨十岁丧父，即哀毁，奉母李至孝。兄度，为山西寿阳丞，坐事谪戍，谨罄资给其行。妹④早寡，抚其孤成立。永乐四年，以沛人主事吕宁荐，授乐安知县。迁光禄署丞，以省侍归。母年九十而终，躬负土封树。庐墓三年，致泉涌、兔驯之异。有司以闻，仁宗命驰驿赴阙，出其事状，令侍臣朗诵大廷，以示百僚。即拜文华殿大学士。谨辞，帝曰：“朕之擢卿，以风天下为人子者，他非卿责也。”寻扈从皇太子监国南京。宣宗嗣立，以疾乞归，改通政司右参议，赐白金、文绮致仕。家居十余年，卒。子伦，字民衷，举永乐十五年乡试。养亲二十年。亲终，不仕。伦子宇，亦笃孝。伦年九十，病卧，宇侍汤药不少懈。既卒，负土种树，庐墓侧，晨昏哀泣。母殁，亦如

---

① 按：正统《彭城志》、嘉靖《徐州志》作“刘泰，字致亨”。自顺治《徐州志》讹“泰”为“恭”，讹“致”为“政”，后志遂因之。

②《明英宗实录》《明史·功臣世表三》作“忠毅”，《氏族大全》《南畿志》及焦竑《国朝献征录》作“襄毅”。

③ 马荣谥号，《明太宗实录》《明一统志》《明史·功臣世表二》《明会要》作“壮武”，《皇明功臣封爵考》《吾学编》作“武壮”。本志作“壮威”，未详所据。

④ 高穀《权学士墓表》作“姊”。

之。成化十二年，亦获旌表。人称世孝。

王弼，徐州人。永乐中为良乡知县。县当要冲，事极繁，弼办理得宜。逾七旬，当代去，民恳留之，益勤政不怠。岁旱，躬祷即得雨。蝗入境，复自祈之，为群鸟食尽。迁户部主事。(《明一统志》)

张端，字端夫。亲丧，庐墓。永乐中以孝行荐，授真定太守。又，张文友[①]，徐州卫军；金嵩，字士昭，国子生，二人并正统间以孝行旌。张暕，州学生；吴友直、路车，俱州民，三人并成化间以孝行旌。

马蕙，字彦芳。其先昆山人，曾祖良，为徐州卫知事，遂占籍于徐。蕙邃于学，举宣德七年乡试，历曹县、上蔡教谕，汝宁教授。所至敦重行谊，教有成效。藩省屡聘典文，皆辞不赴。以疾卒于汝宁。所著有《兰斋集》。子暾，字廷震，举成化七年乡试。初知潞州，居官平恕，宗藩信服，无挠法者。均徭赋，兴学校，以治最迁南京户部员外郎。进郎中，卒于官。孙湘，字宗海；江，字宗岷，皆笃学。湘举乡试，官庆阳通判。江由贡，历光山训导、南阳教谕，兴礼劝俗，以古道教人。

沙杰，字彦英。举正统九年乡试，为沂州学正，迁西安教授，以操行见称。子立，登弘治三年进士，历官广西按察佥事。性刚介，迕刘瑾，罢归。杰从子玄，以贡授济阳训导，亦有狷节；立子孟升，孟升子国祯，皆岁贡。国祯官兴化训导。世以清德著闻。

王豫，字德立。父弼，由国子生历官良乡令、户部主事，皆有声。豫性孝，初居父丧，哀毁骨立。母殁如之。将举柩合葬父茔，道遇雷雨，豫号泣吁天，雨寻止。既葬，庐墓三年，群鹊驯集。正统中，有司奏旌其门。

范寅，字敬时。性至孝，居亲丧尽礼。比葬，庐墓三年。由国子生授知山西石州，升河间府同知。

朱环，字璇玉，守仁孙。由国子生授靖宁州知州。有孝行，母殁，庐墓。有司旌其门。[②]

孙顺，字以敬。性温厚谦谨。由国子生为彰德同知，有惠政。迁贵州铜仁知府，莅政公平，夷民信服。孙珩，字邦玉。登成化戊戌进士，历官广东左参议，亦有声于时。

张佶，字习之，徐州人。成化五年进士。除鄞县知县，性刚敏，治甚有声。迁南京刑部主事。有疑狱久不决，佶一讯即定。其他多所平反。迁浙江按察佥事，势

① 《明宣宗实录》作“章文友”，宣德九年十二月癸亥旌表。《明史·孝义传》作“张文友”，亦宣德间旌。
② 按：此段已见前朱守仁传，复重出。

豪相戒勿犯。寻为忌者所中，罢归。

刘经，字引之，徐州人。举成化二十二年乡试。授武义知县，治最，迁济宁知州。时刘瑾擅权，遣人索金，不予，遂免官。后瑾败，或劝自白，竟安退以终。

杨志学，字逊夫，徐州人。弘治六年进士。历官大同、宁夏巡抚，边人爱之。累迁刑部尚书。卒，谥康惠。（《明史》）

马尚用，辛贾山村人。幼孤，奉母至孝。母殁庐墓，朝夕泣奠。正德中，流贼掠州境，尚用守墓不去。乡邻强之，乃归。

马津，字宗孔，蕙之后。正德十二年进士，除余干知县。宸濠反，从王守仁征讨。擢御史，抗疏敢言。迁大理寺丞。出为福建提学副使，律身端整，训士有方。以疾归。家居，究心理学，所撰有《克复》诸篇。

张鹤鸣，字孚宇。万历庚辰科进士，授山阴知县。值张居正度田，父老有以苦浮税告者，鹤鸣履亩清厘，邑人德之。擢御史。

杨守谦，字允亨，志学子。嘉靖八年进士。授屯田主事，改职方，历郎中，练习兵计，出为陕西副使。[改][1]督学政，有声。擢右佥都御史，巡抚山西，大兴营田。移抚延绥，进副都御史，巡抚保定，兼督紫荆诸关。去镇之日，倾城号泣，有追送数百里外者。抵保定，未几，俺答入寇。率师倍道入援，进兵部右侍郎，同仇鸾提督内外诸军事。时鸾观望，尚书丁汝夔又戒勿轻战，遂坐失军机死。边陲闻之，无不流涕。守谦坦易无城府，驭下多恩意。守官廉，位至开府，萧然若寒士。以性迟重，竟得罪。隆庆初，赠兵部尚书，谥恪愍。（《明史》。〇守谦父子，旧志不载，《选举》内亦无其名，惟江南新通志载入徐州人物。今存之，俟查考）

周湘，字东之，徐州人。精于《易》学，不希荣进。后学多师之，至舍中不能容。性至孝，悦亲极滋味。母亡，侍父寝食，十有一年不入私室。

李恩，徐州人。少孤贫，采薪养母。母年七十，患风痰垂[2]死。恩无力延医，昕夕守泣，引刀割股，母赖以全。

徐韶，徐州人。父贤，为齐河县尉。母董殁，韶负土为坟，庐守三年，哀毁骨立。其妹亦以节闻。

杨荣，字子华。其先保定人。父劝，为吕梁巡检，卒官葬此，荣庐墓三年。荣卒，子辅亦庐墓。荣母朱氏卒，辅又庐墓。凡六载，泣血粥饮，虽齑盐不入口。主事刘天麒奏闻，旌之。又，王贯，吕梁人，母卒，亦庐墓三年。（以上三人见《吕梁志》）

---

① 字据《明史》本传补。

② 原作“乖”，据康熙《徐州志》改。

周正，徐州人。家酷贫，目不知书，以力养亲。亲殁，卖身以葬。新安义商捐资赎之，正必竟役而后去。万历中卒，知州张植为墓碑旌其行。

万崇德，字惺新。万历甲辰进士。授临海知县，擢御史，出按河东盐池，提督辽饷，所至著声绩。

张垣，徐州人。崇祯六年武举。居乡谨厚好施，尝出家粟赈饥，存活甚众。又置义田十余顷，以赡族人。后以保举，授河南归德府通判，以称职闻。明亡，遂以身殉。

吴汝琦，徐州人。明季备兵归德，与守道蔡凤同死。

滕九苌，徐州人。以顺天京卫经历家居。明末，流寇扰徐，被执。骂贼，为贼所杀。

王养心，徐州诸生。少孤，事母孝。甲申三月，养心闻变痛哭。绝粒七日不死，乃阖户自经。

王明德，字皜儒，徐州人。明南渡时，为太平府学训导。属有乱兵入城，明德偕其妻赴泮水死。

本朝

万寿祺，字年少，徐州人。明御史崇德子。崇祯三年举于乡，五上公车不第。甲申后，避地吴中。当事欲授以吴江令，不就。复渡江，卜筑山阳清江浦，自号“沙门慧寿”，或曰“明志道人”。其学博极群书，深明历法，旁通禅理，吟咏无虚日。有《隰西》《内景》诸集，书画俱精妙绝伦。

李向阳，字孝乾。明天启甲子举人。性纯孝。乙丑会试，却逆珰纳交，几罹祸。后渡江，旅食金山。归而躬耕自给，足不及市廛。与万寿祺诗篇倡和，为莫逆交。当路累荐不就。尝手疏《五经》《离骚》，注《阴符》《老》《庄》，批选唐宋八家文盈千卷。自为古文辞、制义，各有集。孙蟠，康熙丁丑殿试第一，官修撰。

杨妍，徐州诸生。甲申三月，闻变，以家财募兵江淮。督师史可法辟置幕府，授归德屯田推官。国初，隐居不仕。

张联璧，字又白，徐诸生。以孝闻。父殁，哀毁骨立。服阕，重违母侧，不应乡试。伯兄尝遭诬被逮，虑为母忧，破产以脱之。弟早死，子幼无依，召同居。及长，分田与诸儿等。有姊孀居而贫，并孤甥迎养于家。大学士李光地为之传。

李从任，徐州诸生。让产长兄，以教授自给，复为兄婚其二子。其弟夫妇死于盗，觅尸合葬成礼，抚其女嫁之。明末，群盗劫从任入神庙中。僧识之，语盗姓名，呼为义士，得释。濒行，见所掠妇女十百聚他室，好语盗曰：“此皆良家女。吾罄家资可得三百金，向汝赎之，可乎?”盗曰可。归挟金去，如言，尽散遣之。

有江西友人，家熸于火，不能自存，从任迎其眷属至徐，经纪其生业。子藻，孙宗靖，并有至行。自从任以下，皆以曾孙卫贵，赠光禄大夫、太子少保、兵部尚书、浙江直隶总督。

杨枝荣，徐州人。幼失父，即哀毁如成人。母欲殉父死，枝荣泣涕防护。家酷贫，减衣食以养母。母终，哀毁骨立，典鬻以葬。顺治十七年旌表。

张賁，徐州生员。事孀母，孝闻于乡。顺治十七年旌表。

张胆，徐州人。明崇祯癸酉武举。官至副将，加都督同知。会推总兵，谢归。课耕植，务居积，好善乐施。凡州有大故及拯灾恤患，人以告，靡不应。康熙辛酉，徐大饥，出囤粟数千石，设厂分赈，复运麦三千石赈淮安。州旧学圮，众谋迁建，捐千五百金为倡，遂董其成。荆山口为南北孔道，桥坏，不可行，人常病涉，出二万六千余金，建桥长数里，以便行旅。晚岁举乡饮大宾。诸子皆列显仕。卒，祀乡贤。

韩尚亮，字继川，徐州人。少有勇力，善骑射。明末盗起，尝纠义勇六十人，破贼五百余，保全乡里。顺治二年，以白衣投总兵官马得功，为军锋，从下江南。又从平越、闽，皆有功，委为副将。烧敌桃花岭，阵袭将军寨，擒其王，功最。九年，海寇郑成功围漳州，得功遣尚亮率三千人突围入守。城中粮尽，食皮纸都尽，至啖死人。凡九月，援兵至，围始解，录功置漳镇总兵。十一年，移镇泉州。康熙元年，授福建水师左路总兵。二年，卒于官。箧无余金，几不能殓。

吴汝琜，字来伯，徐州人。弱冠为诸生。值流寇侵掠，练民兵保护乡里。尝以计擒伪官。顺治初，从大军定淮安，授庙湾同知，有招降功。寻改宁波通判，监造战舰，平大岚诸山寇。未几，移疾归。居乡三十余年，凡郡中有徭役、兴建及旱潦、灾祲之事，辄首出金钱为倡，乡邦推其好义。年九十卒。子廷夔、曾孙弘增，皆举于乡。

赵国铨，字衡士，本姓崔。幼好读书，不轻言笑，为诸生有声。以贡当受官，不乐仕进，以老疾辞。居吕梁四十年，不入城市，授徒自食，有余资辄以周急。学子数十人，皆先教以行谊。年九十七而卒。广东佥事丁易为之传。

喻三元，字魁一，徐州人。从征福建，以功授游击，镇北楼隘口。地邻五台，夙为盗薮。三元防御有方，盗贼敛迹。加都督同知，升山永副总兵。持身洁廉，治军严明。

吴光诩，州庠生。事父母至孝。年逾七旬，训子孙必述先人言行，言已辄流涕。乡人重之，五举乡饮宾。（旧志）

李三礼，州人。七岁亲病，叩天稽首，至愈乃止。长以例授广东经历，不赴。亲强之行，谬以他故返。父病，呼天求代。及殁，庐墓侧，泪渍土皆湿。竟死于墓

所。（旧志）

王业大，徐州人。母病，割股至再。（旧志）

马羲，徐州人。父伯奇，早孤，家贫，事亲以孝闻，后以诸生为选贡。羲早丧母，善事继母。顺治十年秋，胶兵煽乱。随父自南乡入城，遇寇，掠父所乘马，使送其营。从者惶惧欲奔。寇怒，手刃其父，中创未殊，将遂杀之。羲大呼："宁杀我，毋伤吾父！"涕泪交横。寇叹息其孝，释之而去。羲时年甫十六云。（旧志）

郭如，徐州人。年八岁，遭明末流寇乱，父母死于兵，不知遗骸所在。如依姻戚以长，每思父母辄悲号。既有家室，刻木主，朝夕奉事如生时。阅三载，具棺殓主以葬，复庐其所三年。颇读书能文，以亲遭难，遂终不应试。每遇岁时，流涕终日。年近百岁，终。

程一顺，徐州人，性好施予。明崇祯末，建桥埋胔，赈给饥贫。顺治四年，岁饥，复捐资煮粥，偕妻孟氏亲视炊爨，所活近万人。监司、府州咸表其门。（旧志）

张道祥，字履吉，胆长子。以父荫，授秘书院中书舍人。顺治十七年，从定西将军平云南，授洱海佥事。康熙七年，改雁门佥事，进参议。吴三桂叛，命兼辖大同粮饷，并督应州矿务事，皆办集。二十一年，山西地震，道祥赈生瘗死，抚恤备至。大同大饥，出己资购米四千余石以赈。时，乐户乘饥买饥民女子为娼，道祥捕诸恶绳以法，追出数百人，验文券，出资赎之，给以饮食路费。又力请巡抚奏免云、代被灾粮赋，颂声远闻。二十三年，擢湖北按察使。以滇黔甫平，楚民久困转输，益治以宽大。谳狱平允，矜恤系囚，捐赎难民，甄拔士类，善政甚多。居二载，以疾卒于官。弟道瑞，字履贞，武进士，仕至福山营游击；道源，字履常，贡生，仕至江西驿盐道，俱有能声。子彦琦，字次韩，国子生，好学能文。性孝友，乾隆元年举孝廉方正，以养母辞不赴。所著有《博雅备考》。

张之麟，字仁趾，徐州人。康熙壬子武举，以守备效力河工，累迁贵州威宁镇总兵，以疾归。之麟历官有声，尤加惠乡里。徐东乡数罹河患，田湮没，人多流亡。之麟出麦数千石，浚渠泄水，人还就工，全活颇众。又疏房亭河，倡筑花山口黄河子堤，污田尽成沃壤。徐邳之人立碑以铭其德。卒，祀乡贤。

谷应麟，徐州人。年十一丧父。家贫，学剃发养后母，四十余年不懈。妇死，母年八十，仍躬为执爨。母殁，贫无以殓，遂鬻身邻家，治具与父及生母合葬。邻家感叹，折券令归。庐于墓侧，日培土三肩，虽甚雨雪不辍。数年，坟高大，岿然若丘陵。有司上其事，获与旌典。又有李本延者，乡居能孝。父母殁，亦庐墓三年。

徐文魁，徐州人，以任恤著称。值郡人饥疫，捐资施粥、药、棉衣，存活万计；其死亡者，施棺埋骨，善事尤多。巡抚题请旌表。

韩永荫，徐州人。性仁孝，笃于为善。见暑兰山村人失学，立义塾，延师教之。岁于冬春之交，煮粥济饥人三月。制棺贮古庙中，听丧者自取。割负郭田十五亩为义冢。筑城西南路，于潴水处建桥以便行人。上官旌曰“善人”。

丁瑄，州诸生，好施济。康熙初[①]，岁大歉，民饥流亡。瑄鬻产赈之，获全甚众。

崔咏，字肄三，徐诸生。性孝友，好周人之急，为乡里所重。

韩元朗，字熙子。康熙九年武进士。十四年，从征逆藩耿精忠，靖海寇刘国轩。以才勇为军锋，克复处州、江山诸邑。夜袭仙霞关，降其将。连克浦城、建阳、延平。遂平福州，署游击。守泉州被围，衣甲不解者数月，卒保其城。累迁得胜路参将，升金华副将。乞归，卒。

刘一鹍，字翼云，徐诸生。母李早亡，事继母王孝。王病，尝雪夜行祷，知州和羹夜巡见之，奖曰“纯孝”。又捐田为义冢，毁居旁房以便行路。寿九十余，卒。

袁钤，字孝辰。康熙辛未武科榜眼。以侍卫从征噶尔丹立功，世袭托沙喇哈番。授延安参将，累迁凉州总兵、都督同知。四十八年，徐州饥，赈粮千余石，全活甚众。修岱山西长桥数里以利涉，乡人德之。母丧归。卒，祀乡贤。

李春雷，字玉环。父从先，明天启四年大水，编筏活人。是岁，春雷生。及长，多善行。至雍正元年，年百岁，诏赐八品冠服，旌其闾。二年，以寿终。

李卫，字又玠，徐州人，宗靖子。状貌瑰玮，才略过人。以国子生援例为兵部武选司员外郎，迁户部郎中。山西大饥，从都御史朱轼往赈，悉心筹画，全活无算。雍正元年，授云南盐驿道，廓清积弊，优诏褒之。旋升云南布政使，仍管盐驿，兼管铜厂。请制府兵，剿定山苗。寻擢浙江巡抚，兼理盐务、海塘。整肃纲纪，申严条约，有司奉职，无敢违越。兴革利弊，随事规画，行顺庄均田役法，革数百年里书图甲之弊。以帑金三十万籴米蜀中，分贮诸州县常平仓及省城永济仓，以备平粜。四年，晋阶总督，兼巡抚盐政，并辖江苏诸府州督捕事，前此未有也。卫素娴武艺，每操演兵旅，登坛指挥，军容甚盛。江洋多盗，出没江浙交界太湖间。廉得其姓名居址，潜遣兵役蹑之，无得脱者。他盗有发辄获。自是，东南数千里少盗警。疏西湖淤塞，葺前贤祠宇，修举废坠，浙人大悦。七年，入觐，命游御园，遣画工图其状貌。进阶兵部尚书，回任。丁母忧，命在任守制。寻加太子太保。九年，再入朝，命在军机处行走。旋署刑部尚书。月余，命为直隶总督。巡历塞外，周览边防，足军实，练武勇。于保定募兵二千，悉成劲旅。请设大名兵备

① 案康熙《徐州志》，乾隆、道光《铜山县志》：“丁丑、壬寅，岁大歉，瑄每鬻产赈之。”一在康熙三十六年，一在六十一年。此处统言“康熙初”，误。

道，以重弹压。整肃官吏，荐廉干，黜贪懦，赏罚明信。畿南飞贼积窝，密访捕戮。捐养廉，以益书院诸生膏火。其措置无异抚浙时。世宗宪皇帝常褒异之，前后赐赍不胜纪。乾隆元年，特命兼管直隶总河。周历永定河、东西两淀及运河海口，条上应修浚者，报可。二年，畿辅少雨，奏请停征、减粜、留漕、贮谷诸事，诏即施行。其秋大水，三年秋复苦雨，连遭歉岁，卫赈济有方，民得安堵。是年十月，以积劳成疾，卒于官，年五十有二。上闻之震悼，言卫累任封疆，实心办事，勇往直前，无所瞻顾。遣内大臣往奠。丧还，命所过郡县有司奠醊护送。赐谥敏达。五年，诏祀贤良祠。

吴士鲲，字北海，铜山人。少好读书。雍正初，由监生援例选知云南新兴州，民夷安其政。迁开化同知，与[安南国定疆界，勒石边境。寻升威宁知府，调繁苍梧。兴文教，剔税弊，案无留牍。以疾卒于官。

袁泌，字在湄，号福泉。康熙己丑武榜进士。赐花翎，为乾清门侍卫。自此十年，屡邀圣眷，诰封通议大夫。因母丧归。好读书，喜吟咏。恤孤侄如子][①]。居心宽厚，重名义，慎交游。笃亲戚，恤孤穷，济人急难，不欲以其人姓名闻于人。曾捐修西河堰、响水闸桥。他如设义渡、立义学、助婚嫁、施棺槥医药，岁以为例。乡里皆称之。

张拱极，字环北。由恩贡生初任粤东理问，刑多平反。以卓荐莒州牧，兴利除[②]弊，政迹大著。后罢归，士民惜之。卒年古稀焉。子大来，奉二亲，色养承欢。伯兄早殁，产被侵削，竭力归还。仲兄亦早殁，遗孤田硗，易以己产，使克成家。凡敦一本、和乡里、乐善好义类此。三子：恩铨、恩洽、恩波，皆庠生。

徐州府志卷之十九全

① 底本脱文，参康熙《徐州志》、乾隆《铜山县志》补。

② 原作“陈”，乾隆《铜山县志》同。据道光、民国《铜山县志》改。

徐州府志卷之二十

人物三

萧县

汉

朱浮，字叔元，萧人。初从光武为大司马主簿，迁偏将军。从破邯郸，拜大将军、幽州牧，守蓟城，遂讨定北边。建武二年，封舞[①]阳侯。浮年少有才能，颇欲厉风迹，收士心。辟召州中名宿，以为从事，及故吏皆引置幕府。乃多发诸郡仓谷，廪赡其妻子。渔阳太守彭宠不从其令，浮以峻文诋之。宠积怨，遂举兵攻浮。浮以书质责之，宠得书[②]愈怒，攻浮转急。明年，涿郡太守张丰亦举兵反。浮上疏请救，诏不从。城中粮尽，人相食，乃遁走。帝以浮代贾复为执金吾，徙封父城侯。帝以二千石长吏多不胜任，微过辄斥罢，浮因日食上疏谏。自是，牧守易代颇简。又言国学既兴，宜广博士之选，帝然之。转太仆。二十年，代窦融为大司空。二十五年，徙封新息侯。永平中，赐死。

陈宣，字子兴，沛国萧人。刚猛性毅，博学，明《鲁诗》。遭王莽篡位，隐处不仕。光武即位，征拜谏议大夫。建武十年，雒水出，造津城门。校尉奏欲塞之，宣曰："昔周公卜雒，以安宗庙，为万世基，水不当入城门。如为灾异，人主过而不可辞，塞之无益。昔东郡金堤大决，水欲没郡，令吏民散走，太守王尊忘[③]身敕以伫立不动，水应时自消。尊，人臣，尚修正弭灾，岂况朝廷中兴圣主？天所挺授，水必不入！"言未绝，水去。上善其言。后乘舆出，宣列引在前，行迟，乘舆欲驱，钩宣车盖使疾行，御者堕车下。宣谏曰："王者承天统地，动有法度，车则鸣鸾，步则佩玉，动静应天。昔孝文时，有献千里马者，还而不受。陛下宜上稽唐虞，下以文帝为法。"上纳其言，遂徐行按辔。迁为河堤谒者，以病免，卒于家。（谢承《后汉书》）

---

① 原作"武"，据《后汉书》本传改。
② 原作"善"，据《后汉书》本传改。
③ 原作"亡"，与"忘"同，今用规范字。

刘矩，字叔方，萧人。叔父光，顺帝时为司徒。矩少有高节，举孝廉，为雍丘令，以礼让化民。其无孝义者，皆感悟自革。后，太尉胡广举矩贤良方正，四迁［为］[1]尚书令。性亮直，不能谐附贵势，以是失大将军梁冀意，出为常山相，以病去官。起补从事中郎，复为尚书令，迁宗正、太常。延熹四年，代黄琼为太尉，琼复为司空。矩与琼及司徒种暠，同心辅政，号为贤相。灵帝初，再为上公，所辟召皆名儒宿德。不与诸郡交通。顺辞默谏，多见省用。以日食免，卒于家。

南北朝宋

刘粹，字道冲，沛郡萧人。家在京口。从宋武帝克京城，征广固，以功封西安县五等侯，累迁中军谘议参军。奉文帝镇京口，后为江夏相。族兄毅，贰于武帝。粹独尽心于武帝，以佐命功，封建安县侯。文帝即位，为雍州刺史。初，粹与谢晦善，及元嘉三年受命南讨，一无所顾。粹族弟损，字子骞，卫将军毅从父弟也。父镇之，字仲德。以毅贵显，闲居京口，未尝应召。常谓毅："汝必破我家！"毅甚畏惮，未尝以华仪入镇之门。以左光禄大夫征，不就，卒于家。损，元嘉中为吴郡太守。至阊门，便入泰伯庙。时庙室颓毁，垣墙不修，损怆然曰："清尘尚可仿佛，衡宇一何摧颓？"即令修葺。卒，赠太常。

刘伯龙，损同郡宗人。少贫薄。及长，历位尚书左丞、少府、武陵太守，贫窭尤甚。尝在家慨然，召左右将营十一之方，忽见一鬼在傍抚掌大笑，伯龙叹曰："贫穷固有命，乃复为鬼所笑也？"遂止。

宋

窦沔，萧人。为光泽主簿。喜儒学，招贤士以教子姓，出己资以建县学。尝于圣泉上构拱翠堂，延四方名人，晁补之为作记。卒，祀乡贤。

元

杨惟良，萧县人。官至中奉大夫、甘肃行省参政，封弘农郡侯。（见《明一统志》）

傅汝砺，萧人。为陕西诸道行御史台监察御史，后迁浙江廉访司佥事。文章典茂，为时所称。（旧志）

刘福，萧人。养亲竭力。居丧，苫块饘粥，三年如一。（旧志）

---

① 字据《后汉书》本传补。

明

薛显，萧人。元末，赵均用据徐州，以显为元帅，守泗州。均用死，以泗州来降，授指挥。从大都督朱文正守南昌，陈友谅来攻，显固守有功，擢江西行省参政。从徐达等收淮东，遂伐张士诚，与常遇春攻湖州，别将游军取德清，攻昇山寨。士诚遣其五太子盛兵来援，遇春与战，小却。显奋击，败之，五太子及朱暹、吕珍等以旧馆降。遇春谓显曰："今日之战，将军功，遇春弗如也！"五太子等既降，吴人震恐。进围苏州，吴平，进行省右丞。命从大将军徐达取中原。濒行，太祖谕诸将，谓："薛显、傅友德勇冠三军，可当一面。"进克山东，还收河南，遂率马步舟师克元都。进征山西，入关中，败扩廓于宁夏。复与徐达会师取平凉，破庆阳，斩张良臣，退贺宗哲于六盘山，逐扩廓于塞外。洪武三年，大封功臣。以显擅杀胥吏、兽医、马军及千户吴富，而数其罪，封永城侯，弗予券，谪居海南。三分其禄：一以赡吴富及所杀马军之家，一以给其母妻。逾年，召还，予世券，食禄千五百石。复从征漠北。二十年，征降纳哈出，还次山海关，以疾薨。赠永国公，谥桓襄。无子[①]，弟纲幼。二十三年，追坐胡党，爵除。

王真，萧人，元季为淮安军将。吴元年，从克平江，为和阳卫正千户。从征中原，下益都、济南诸路。平河南、山、陕，皆有功。洪武三年，以取沔州功，升衡州卫指挥佥事。历调常德、金齿、五开诸卫，进指挥同知，世袭。后又调泰州卫[②]。真少壮从征，历官数十年，能无过愆。（见邑志）

高逊志（一作"巽志"），字士敏，萧人。元末，侨寓嘉兴。幼嗜学，尝侍父游吴中，受业于贡师泰、周伯琦、郑元祐。为文深纯典雅，成一家言。年二十五，以荐为郧山书院山长。洪武二年，征修《元史》，入翰林，为编修。累迁侍讲学士。十五年，试吏部右侍郎，寻以事谪朐山。建文初，召为太常寺少卿。时修《太祖实录》，逊志为副总裁官。三年，与董伦为会试主考官，得士如王艮、胡靖、吴溥、杨子荣、金幼孜、杨溥、胡濙、顾佐辈，皆为名臣。燕师入，存殁无可考。或云后赐谥文忠。弟正志，字士表，濮州同知，以清慎见称。（旧志按：钱谦益序高氏家传云，成祖入靖内难，或云巽志遁去，不知所终。或云盛庸兵败，巽志自缢死，以衣冠归葬嘉兴。"文忠"之谥，载在《嘉兴府志》，或云建文时特谥，或云景泰时礼部胡濙请之。《实录》无征，野史错迕，莫可考据。其不屈节而死，则无异辞也。《通志》谓："遁迹雁荡山中。"）

孟骥，字尚德，萧人。洪武初，以荐授驿丞。历迁贵州左布政使，有惠政，得

---

① 案嘉靖、万历《徐州志》：薛显长子经，初授羽林左卫镇抚，累功升左军都督；次子缨，甘州中护卫指挥佥事。女一，为肃王妃。《明史》云"无子"，恐系追论胡党，悉除。

② 康熙《萧县志》、康熙《徐州志》作"秦州卫"。

夷民心。秩满乞留，成祖诏增秩还任。后致仕归，卒。（骥，洪武中为汉阳府推官，有忠直廉干之才。见《湖广通志》）

欧阳股，萧人。洪武初，以怀材抱德荐，授户部主事。弟耳，以贤良方正荐，授贵池县丞。

郝镗，萧人。洪武初，以怀材抱德荐，历甘泉、井陉知县，迁嘉兴[1]通判，所至多惠泽。

刘俨，字若思。洪武中，由国子生为慈利县丞。以荐就迁知县，廉惠益著。寻以疾归。俨好学，明经义。萧令郝玘为建易安书院，聚徒授讲，学者宗之。

朱信，少颖拔。弱冠，领宣德乙卯乡荐。为浦江学训，继迁茌平教谕。朴素清介，常捐俸以济诸生之乏。都御史毕亨、京兆尹白良辅辈，皆出其门。

李钺，字廷器，萧人。正统中，以岁贡为浙江温州同知。海寇抄掠瑞安、罗洋诸邑，钺往剿，获其渠魁置之法，余胁从者招抚复业。以功增秩，历知开封、巩昌二府，所在有惠政。

孙谌，成化中，由国子生仕为吏部司务，迁工部员外郎，所居称职。在官二十五年，致政还家。恒躬驱驴负薪山泽间，恶衣粝食终身。

南真，萧人。早孤，事母孝。母卒，庐墓三年。彭讨儿，父疾亟，医疗弗效，刲股以进，父寻愈。

南杰，萧人。弘治时，以孝行旌。

唐鸾，萧人。天性笃孝。父母相继卒，居丧如礼。及葬，庐墓三年。弘治十五年旌表。

杨锐，字进之，萧县人。嗣世职，为南京羽林前卫指挥。正德初，以才推掌龙江右卫事，督造漕舟于淮安。宁王宸濠有异谋，王琼以安庆居要害，宜置戍，乃进锐署都指挥佥事，守备其地。锐治战舰，日督士肄水战。十四年，宸濠反。贼舟奄至安庆城下，锐与知府张文锦等昼夜拒战，多所杀伤。贼悉兵至，号十万，舳舻相衔六十余里，宸濠身自督战，攻围益急。锐等尽力捍御，又募死士夜劫贼营。宸濠惭愤，会闻伍文定等破南昌，遂去。旬有八日而围解。事闻，武宗大喜，擢锐参将，分守安徽池、太、宁国及九江、饶、黄。锐荐郑岳、胡世宁，帝即召用。世宗立，论功，擢都督佥事，荫子世千户。再迁佥书左府，改南京右府。充总兵官，镇辽东。改督漕运，镇淮安。嘉靖十年，为巡按御史李循义劾罢，逾年卒。（见《明史》）

---

① 案嘉靖《徐州志》、康熙《萧县志》及本志卷十四《历代荐辟》，应为“兴化通判”。其谬讹始末，勘详康熙《徐州志》。

王业，萧人。举嘉靖十九年乡试，授永清[1]知县。政尚平恕，而能遏抑豪右。擢御史，权贵惮之。

孙应奎，字天瑞，萧人。力农，事母甚孝。母病，思甜瓜。时四月未实，应奎奔号，忽从野蔓获之。母食，病愈。

刘镛，萧人。甫十岁，父有疾，对天泣祷，乡人异之。及长，母病，镛夜祈北斗，愿以身代。大风卒至，扬沙走石，烛终不灭，母亦寻愈。后由太学生，为徽府审理。

蒋仕，萧诸生。父母殁，皆庐墓三年不归，虽妻子饥寒，弗恤。有庆云见于山隅，人共指为孝感。后以贡，三任教职，清操愈励，每曰："吾求无忝于所生也！"卒，祀乡贤。

潘廷恩，萧人。幼孤，力耕养母，训二弟，皆成立。母殁庐墓，啖蔬三年。

岳钟灵，萧人。父殁，念母老，不敢庐墓，于堂外设主，朝夕哀奠，三年不入私室。

任逮，萧人，事亲以孝闻。父殁，哀痛逾礼。结庐于墓，日必致奠而泣，闻者伤之。御史毛复亲造其庐慰劳之。服阕，以选贡授乐亭丞，迁蕲州经卫，以廉干称。

李绍芳，字芝亭，萧人。好学嗜书，庐父母墓六年。后为云南永昌通判，摄保山县事，一判一牒，悉出手裁。晚益好书，筑共学台于东山，昕夕往还，跨一疲马，童子负笈从之。时手持一卷，于马上披阅。所著有《心学水鉴》《续高士传》。

贾复淳，字允升，萧人。家贫，每负笈游学于梁、砀间。以贡试吏部第一，授湖广通城知县。莅政严明，时称神君。所著有《政书》。

许作楫，字二济，萧人。好读《左氏春秋》《庄子》《离骚》，善属文，所著有《春问亭集》《易草》《四书解》《毛诗正韵》《说文堂字说》。居嶂山芙蓉湖上，萧然高寄，人称画岩先生。

彭缙，字北田，萧诸生。工文词，萧令康炜修邑志，皆其手订。所著有《忠孝经解》《姓氏源流》。又精医术，著《药性书》。又同邑诸生任汶，字近鲁，亦通经史，好为古文词。晚谢经生业，优游泉石，寿九十四。

吴惟弘，字任宇，萧人。伟干修髯，袭羽林卫指挥，历三十余年。晚告归，睦族亲邻，乐施予。尝助役作长、缕二堤，为乡闾保障，邑人德之。卒，年九十。

许询，字问刍，萧人。气体端凝，诗书外无他嗜好。天启初，选贡入京，马世奇、吴桢诸人交相赏识。尤精《周易》《尚书》，每为弟子说经，语出如注疏，听者

① 原作"永平"，据万历、顺治《徐州志》，嘉庆《萧县志》改。

竞相传写。丙子，死寇难。门人私谥之，曰“文端先生”。

任亚龙，字霖梃，萧人。以岁贡廷试，上疏请迁萧城，为部议所格。为六合训导，课士有法。萧罹寇乱，所杀戮以万数。亚龙检其无主者，聚而掩之。诏旌其闾。

朱自华，字东明，萧人。好读书，兼精医术，授太医院判。逾年归里，施药济众。所著有《击壤集》《樵父吟》《医书简要》。

陈我谋，萧人，幼习兵法。天启三年，黔酋安邦彦叛。督师王三善闻我谋名，征以从征。累立奇功，授电光营参将。后战于大方，三善陷重围，我谋麾骑驰援，遂与俱没。贵抚梁炳以其事闻，熹宗命庙祀黔土。

许玄，字子又，萧人。好奇自负，为文有声。尝之京师，与张溥、蒋鸣玉、杨廷枢诸人游，咸称其才。卒不遇而死。诗格遒上，作字亦奇矫，古文词及小札俱气体高妙。有《赤石居稿》。

孙重盛，字绍中，萧人。庐墓三年，有司旌其庐。

赵森，萧人。目不知书，天性至孝。家贫，贸易养亲，甘脆不匮。

王可邻，萧人。父殁庐墓，朝夕哭，遘疾垂死。妻蒋氏随姑往视，知夫不起，遂先自缢。可邻随殁，夫妇同棺葬焉。事闻，旌表。

王堆，萧人。父病，思肉食，堆刲股进，父病愈。后亡，庐墓三年，不辍哀泣，蔬食终身。

梁世彦，萧人，为吏谨悫。继母病危，有道士过其门，遗药一丸，曰：“此神效，但须人肉作引。汝有孝心，割股可也。”彦如其言，母病果痊。

王基贞，字亨甫，萧人。精骑射，善火攻法。崇祯九年春，贼薄城。基贞率兄弟分守南隅，贼逾城上，辄手刃之。次日风霾作，城溃西北，贼入，犹率众巷战。众寡不敌，遂遇害。

任如龙，字霖苍，萧人。刚介自守。丙子城陷，贼执其父母，将加刃，如龙奋身捍卫，呼曰：“宁杀我，无害我八旬父母！”贼竟害如龙，舍其父母。督学倪以其事闻，赐坊旌表，并祀乡贤。（时，诸生与难者五十一人，附飨学宫，姓名已列《祀典》，兹不尽载）

郝惟聪，字翼明，萧人。流寇破城，惟聪负母匿于学东庑。贼搜获之，乞以身代母，贼怜其孝，舍之去。遇他贼，又被执，挟至清水河，度不能脱，投水死焉。

纵四通，字开之。子日升，字天际。父子俱为诸生。丙子之变，父子登陴守御，城破，俱不屈死。又朱道光，字可大。生而颖异，读书目数行俱下。弱冠入学，有文名。丙子，流寇围萧，奋身守陴。城陷，死之。御史上其事，俱从祀乡贤。

郭复性，字继善。郭复初，字见心。俱萧人。并以守城死难，被旌表。

李荷春，萧人。幼孤，勤学。寇至，与县令议城守。跨马巡城，日夜不休。城破，投濠死。

欧阳复，萧人。袭武功右卫指挥使，回籍家居。崇祯十年，流寇躏徐。参议徐标举复，领乡兵当一面。八月，与贼战，被执不屈，死之。标吊以诗，有“白刃断喉难断义，黄沙埋骨不埋名”之句。

吴洪谟，萧诸生。流寇围城，洪谟日夜守陴。城溃，父子咸及于难。

梁弘道，字廓如，萧诸生。崇祯十五年，袁寇围城，佐县令守北门。城破，犹手杀贼。后贼来益众，遂见害。同死者有戴奋翼，字云程，亦萧诸生。贼入城，奋翼被执。贼异其貌，欲降之。不屈，奋詈。贼怒，乱刃其首而死。

朱贤政，萧人。幼读书，好骑射。崇祯十六年，应将材选，授守备，领后劲营，分防徐邳河口。甲申，移驻虞城。遣入关，有安抚两河各寨功，晋分防泗盱游击。军政严明，为一方保障。乙酉四月，大兵南下，城破，死。

吴存忠，字敬生，萧人。袭父羽林卫指挥，沉毅善断。崇祯末，土寇起萧，以东南诸山为穴。凤抚朱大典属存忠招抚。时贼甚多，存忠单骑入其垒，开示祸福，降数千人。明亡，遂隐不仕。轻财好施，笃于故旧，被周恤者不可数纪。

本朝

徐霨，字云蒸，萧县人。由拔贡为浮梁知县。修学宫，平蜈蚣山寇。未几，乞归。所著有《鹳山集》。

颛孙佐圣，字悦孔。以恩贡考选推官，改授知县。初治峡江，再治泰和，迁和曲州，皆有政声。以终养归。

郝键，萧人，博学嗜古。由岁贡为云间训导，修学宫，浚玉带河。转武进县教谕，士服其教。年七十，致仕归。

章得简，字简臣。早失恃，事继母以孝闻。性好施，遇族党不能婚嫁殡葬者，咸资助之。岁凶，里中赖周济者甚众。应试都门，遇人资斧告匮，即解橐以赠。寓寺，有僧母没入官，出重镪赎之。以岁贡任宿迁教谕，修学数百金，悉出己囊。又蠲资设粥赈饥，躬往监视。莅任五载，勤于课士，讲学无虚日。卒于官，诸生皆哭送于河浒。今祀名宦。

陈开先，字青门，萧县监生。为人坦易，乐济人之厄。河北有别墅，明季寇乱，邑人士避地多依之。四方来萧者，率至其家。及卒，乡人悼之。

王基宁，字一甫。父殁，庐墓。丙子，寇陷萧，基宁率兄弟巷战，拥母出重围。子钦典，性至孝。基宁病笃，祷天请以身代。及殁，以哀毁卒。

朱镶，萧诸生。家贫，博学，事父母以孝闻。明末遭寇乱，冒死救亲，避难彭城。夜读书，昼樵汲，以供薪水。父母病，专治医，遂精其道。每煎药必亲尝，焚香露祷，求以身代，亲疾遂愈。顺治十五年旌表。

任国镠，字贡九，国鑶之弟。慷慨好义，急人之难，未尝避艰险。里中贫乏者几数十家，待以举火，岁以为常。从孙兰，幼孤，沦于他族，访得之，赎归，资之产，造就奖劝，尤足为宗党法。择族人子弟聪慧者，尽纳诸塾，给以日用，以此争相淬厉焉。及殁，人或贫窘急难无所诉，每念国镠，辄欷歔泣下，曰："此风难再矣！"长子观渍，次允温，次企清，皆太学生。

任观瀛，字子登。父国鑶，顺治辛卯举人，历长洲训导，青浦、江都教谕，入为翰林待诏，以名德称。观瀛登康熙己未进士，知长兴县。革耗宽刑，缮城兴学，筑方山、谢公二区，以免水患。巨奸结上官，为邑害，廉得其状，置之法。居六载，擢江西道监察御史，屡陈时弊。出为潼商参议，以亲老乞归。

纵锡丸，字苞举。由岁贡授例，官浔州府同知。天性孝友，好善乐施。创宗祠，设义塾，赒恤穷乏。常焚逋券数百金，乡人德之。

王源德，好善，乐施予。任芜湖县学训导，损资修葺学宫，遇寒士，推解不倦。以终养告归，至今士子思之。子傅梅，捐千金修萧学，又捐田二顷入云龙书院，皆承父志也。

徐豫，字柳次。岁贡生，候选训导。天性孝友，事二亲，能养志。丧葬，哀毁骨立，抚六岁弟成立。族弟七岁而[孤，抚之亦如己弟。举乡饮宾][1]。

人物四

砀山县

汉

申屠嘉，梁人。以材官蹶张从高帝击项籍，迁为队率。孝惠时，为淮阳守。孝文时，以御史大夫代张苍为丞相，封故安侯。嘉为人廉直，门不受私谒。时太中大夫邓通方爱幸。嘉入朝，而通居上旁，有怠慢之礼。罢朝，坐府中，召通诣丞相府。嘉责曰："夫朝廷者，高皇帝之朝廷也。通小臣，戏殿上，大不敬，当斩！"通顿首，首尽出血，不解。帝使使持节谢嘉，乃免。景帝二年，晁错为内史，贵幸用事，诸法令多所变更。嘉疾错，会错擅穿宗庙垣为门，奏请诛错。帝谓："错无

① 十一字据嘉庆《萧县志》卷十二《人物·孝友》本传补。

罪。”罢朝，嘉谓长史曰：“吾悔不先斩错！”因呕血而死。谥为节侯。

栾布，梁人。彭越为家人时，尝与布游。穷困，卖佣于齐，为酒家保。数岁别去。布为人所略卖，为奴于燕。为其主报仇，燕将臧荼举以为都尉。及荼反，汉击燕，虏布。梁王彭越闻之，乃请赎布为梁大夫。使于齐，未反，汉召彭越，责以谋反，夷三族，枭首雒阳，下诏：“有收视者捕之！”布还，奏事彭越头下，祠而哭之。吏捕以闻。上召布，骂曰：“若与彭越反耶？吾禁人勿收，若独祠而哭之，与越反明矣！”趣烹之。布顾曰：“愿一言而死。”上曰：“何言？”布曰：“方上之困彭城，败荥阳、成皋间，项王所以不能遂西，以彭王居梁地，与汉合从苦楚也。且垓下之会，微彭王，项氏不亡。天下已定，彭王剖符受封，亦欲传之万世。今反形未见，以苛小案诛灭之，臣恐功臣人人自危也。彭王已死，臣生不如死，请就烹！”上乃释布，拜为都尉。孝文时，为燕相。吴、楚反，以功封鄃侯。燕、齐之间皆为立社，号曰“栾公社”。

丁宽，字子襄，梁人。初，梁项生从田何受《易》，宽为项生从者，读《易》精微，才过项生，遂事何。学成，何谢宽。宽东归，何谓门人曰：“《易》已东矣！”宽至雒阳，复从周王孙受古义，号《周氏传》。景帝时，宽为梁孝王将军，距吴、楚，号丁将军。作《易说》三万言。

田王孙，梁郡砀人。从同郡丁宽受《易》，为博士。后以其业授施雠、孟喜、梁丘贺。由是《易》有施、孟、梁丘之学。

鲁赐，砀人。鲁申公弟子，传其业。为东海太守，治官民，有廉节称。

焦赣，字延寿，梁人。贫贱，以好学得幸梁王。王供[1]其资用，令极意学。既成，为郡史，察举补小黄令。以候司先知奸邪，盗贼不得发。爱养吏民，化行县中。举最当迁，三老官属上书乞留，诏许增秩留任。卒于小黄。延寿精于《易》，京房受之，为京氏学。

戴德，字延君。弟圣，字次君。梁人，事后苍受《礼》。德号大戴，为信都太傅[2]；圣号小戴，以博士论石渠，至九江太守。由是《礼》有大戴、小戴之学。

桥仁，字季卿，梁人。与同郡杨荣从小戴受《礼》。仁仕为大鸿胪，荣仕为琅琊太守。由是小戴有桥、杨之学。

陈翁生，梁人。与平当受欧阳《尚书》于济南林尊。为信都太傅，家世传业。由是欧阳《尚书》有平、陈之学。翁生授琅琊殷崇、楚国龚胜。

周庆，字幼君；丁姓，字子孙，皆梁人，从鲁荣广受《穀梁春秋》。宣帝时，

---

① 原作“共”，通“供”。

② 原作“信郡太守”，据《汉书·儒林传》改。

选郎十人，从蔡千秋受《穀梁》学。会千秋病死，征江公孙为博士。江博士复死，乃征庆、姓二人待诏保宫，使卒授十人。积十余岁，皆明习。自是《穀梁》之学大盛。庆与姓皆为博士。姓至中山太傅。

萧秉，字君房，梁人。从清河胡常受江博士《穀梁春秋》。新莽时，为讲学大夫。

审忠，字公诚，梁人。灵帝时为郎中，上书言宦官朱瑀等罪恶。后辟公府。

五代梁

朱全昱，砀人，梁太祖兄也。太祖将受禅，有司备礼前殿。全昱视之，顾太祖曰："朱三！尔作得否？"太祖燕居宫中，与群臣饮博。全昱酒酣，取骰子击盆而迸之，呼太祖曰："朱三！尔砀山一百姓，遭逢天子用汝，为四镇节度使，于汝何负？汝灭唐家三百年社稷，吾将见汝赤其族矣，安用博为！"太祖不悦，罢会。全昱亦不乐在京师，常居砀山故里。（按：旧志凡梁宗室俱载入，未免过滥。今依《通志》，止录全昱一人）

元

曹伯启，字士开，砀山人。弱冠从东平李谦游，笃于问学。至元中，以荐擢西台御史，累迁刑部侍郎。丞相铁木迭儿专政，多所作威，伯启惟执法不阿。八番帅擅杀，起边衅，命伯启往诘其事。伯启恐兵往致乱，乃遣令史往喻，备得其情，奏坐前帅擅杀罪，边民以安。大同宣慰使法忽鲁丁扑，运岭北粮，岁数万石，肆为欺罔，累赃巨万。朝廷遣使督征，前后受赂，皆反为之游言。最后伯启往，其人已死，喻其子弟曰："负官钱，虽死必征。与其纳赂于人，曷若偿之于官？第条汝父所赂之数，官为征之。"诸受赂者皆惧，而潜归赂于其子，为钞五［百］[①]万缗。民之逋负而无可理者，即列上与免之。延祐五年，迁司农丞，奉旨至江浙议盐法。伯启所议，皆著为令。英宗立，拜集贤学士、御史台侍御史，迁浙西廉访使。泰定初致仕，优游乡社，砀人贤之，表所居为曹公里。伯启性庄肃，奉身清约，在中台，所奖借名士尤多。天历中，屡召不起，天下高之。所著有诗文十卷、《汉泉漫稿续集》三卷行世。六子十孙，皆显仕。

曹甫，砀山人。博学能文，累官陕西诸道行台御史中丞。卒，赠鲁郡公，谥文贞。

韦信，砀山人。性俭素。事二亲孝，每朝夕供膳，必俯伏四拜而后退。人问其

① 字据《元史》本传补。

故，答曰："父母之恩，终身难报，跪拜何劳?"有司以闻，至元间被诏旌其门。

成克敬，字简卿，砀山人。以学行闻于时，与虞集、赵孟頫为友。由归德军判官，转国子监典籍。卒，赠朝列大夫，追封上谷郡伯。（见《明一统志》）

许义夫，砀山人。为夏邑县尹，每亲诣乡社，教民稼穑，见民勤者赏之，惰者罚之。三年之间，境内丰足。后为封[1]丘尹。至正四年大饥，群盗劫掠州县。义夫闻贼至近境，乃单马出郊迎之，见贼，力言封丘邑小民贫，皆已惊窜，幸无入吾境。言辞愿款，贼遂他往，民得免于难。

明

傅友德，其先宿州人，后徙砀山。从太祖击破陈友谅于鄱阳湖。从征武昌，一鼓夺高冠山。从徐达下淮东，破张士诚。同陆聚守徐州，扩廓遣将李二来攻。再战，破之，擒李二，进江淮行省参政。从取山东，定汴、洛，克元都，下山西，袭败扩廓，遂定陕西，以功封颍川侯。寻充征虏前将军，与汤和分道伐蜀，率诸军潜出陈仓，连拔阶、文、汉州，遂克成都。明昇既降，太祖制《平蜀文》，称友德功为第一。后拜征南将军，讨云南蛮地，悉平。进封颍国公，予世券。友德喑哑跳荡，身冒百死。自偏裨至大将，每战必先士卒。虽被创，战益力，以故所至立功。二十七年，赐死。福王时，追封丽江王，谥武靖。

刘益，砀山人。元末，为辽阳行省参政。顺帝北走，益屯盖[2]州，保金、复等州。洪武初，遣断事黄俦赍诏谕益。益籍所部兵马、钱粮、舆地之数来归，授辽阳指挥同知。未几，元平章洪保保、马彦翚合谋杀益。帝遣都指挥马云谕祭，仍归其丧砀山。

黄正，砀山人。气质刚方，言语必信。居家以孝闻。洪武中为邑吏，以直言征，奏对称旨。擢右佥都御史，弹劾不避权势。后迕旨，黜为英山县吏。会金山寇叛，求能讨平者。或以正子琰闻。征琰至，对曰："臣年幼才弱，不如臣父。"遂复以正为右佥都御史。即日渡江，募勇敢士，得十万余人，遂讨平之。转左佥都御史。又讨云南叛夷，亦降。还至普安，为贼创伤，卒。

张宏，砀山人。天性孝友，勤于问学。永乐中，由国子生为开封府同知，迁户部郎中。律己廉洁，苞苴未尝一至其门。出知荆州府，政务既平，所守益励。门绝私谒，人号"闭户张"。（《明一统志》）

陈敬，砀山人。有武略。永乐中以战功，官至中军都督佥事，出镇山海、永

---

① 原作"丰"，据《续通志》《南畿志》等改，下同。

② 原作"益"，据《明太祖实录》卷五十六、《明史·叶旺传》改。

平。法令严明，军民怀服。(《明一统志》)

李稳，字邦泰，砀山人。正德三年进士。知仁和县，治最，擢御史。以触权贵落职归。嘉靖初，起为浙江按察佥事。吏事精确，声望屹然。寻乞终养归。居乡恂恂，称长者。

张伦，砀山人。以岁贡生为项城教谕。僚友有夫妇偕卒于任者，无子，遗二女，远弗克归。伦为治具营葬，复捐资嫁其二女。再迁陈州学正，不就，引去。

赵绅，砀人。居乡以孝弟称。家素贫，不苟取。嘉靖庚寅[①]岁贡，为济源训导。在官常徒行，或一蹇驴从诸僚后。时，有诏下河南祭济渎，慎选清白官主祀事，绅被首推。济人刻石以纪其事。

纪旻，砀山诸生。童子时，读书务力行。念"身体发肤，受之父母"，出入恒佩一青囊，每落爪发，必蓄囊中。居母丧，结庐墓侧，日三负土。积三年，冢若丘陵，有群雀来巢之异。

赵光霁，砀山人。性孝友，言动有法。父卒于官，扶榇归葬。庐墓侧，朝夕哭奠，负土封树。后母卒，复庐墓不归。

张拱辰，砀山诸生。嘉靖三十年，单县巨贼董大有公行劫掠。拱辰父文渊力卫乡曲，贼并众攻之。拱辰见父中创，赴斗死。

邵良卿，砀山诸生。父早殁，事母甚谨。母病，尝粪以验剧差。及卒，庐墓三年。及当贡，谢归不试。所著有《养拙漫稿》。

邵宗玄，字景康[②]，砀山人。崇祯中，由恩贡生历保定府同知，有治行。李自成陷山西，将犯京师，畿辅震动。宗玄时摄府事，亟集通判王宗周、推官许曰可，及乡官张罗彦等纠乡兵，得二千人城守。贼陷京师，遣其党投书诱降，宗玄手裂之。会督师大学士李建泰部率残卒叩城求入，宗玄初不许，不得已纳之。贼急攻，建泰欲得宗玄印、文牒以降贼。宗玄大哭，数建泰身为将相，丧心负国罪。引刀将自刎，左右急止之。贼攻益力，城陷，建泰出降。宗玄挈印投城下，贼执之，欲夺其印。宗玄固不与，遂见杀。既死，犹手持印不解。贼断两指，乃取以去。

王治邦，砀山民。骁勇，善骑射，为邑令出探贼。至夏邑界，贼大至，围之，爱其壮，诱之使降。治邦大骂，奋起搏击，贼共攒刺之，至死骂不绝口。贼怒，磔其尸。又有吏杜继宗，善用长戟，尝独驱流寇数百人，贼皆辟易。

① 底本漫漶，二字据崇祯《砀山县志·科贡》补。

② 按：邵宗玄，一字玄纳。见本志汪琬《邵玄纳先生传》。

本朝

庞宗理，砀山人。顺治二年，以拔贡生授信阳州知州。州近鸡龙诸山，为寇盗薮，每出掠，直抵城下。宗理率众昼夜守陴，贼不敢逼。四年，署汝南道。真阳县有豪数人聚党，侵暴乡闾，为一方患。宗理按捕，立置于法。真阳人立石志其德。

汪廷对，字迪宸。砀山岁贡生，有御侮才。顺治初，砀邑遭寇乱，制府命颁乡营防御。有狂徒应贼据邑叛，众议待大兵至，协力剪除。廷对曰："大兵至则玉石俱焚矣，宜先扑灭！"遂率乡勇进讨，歼其渠魁，余胁从者悉释不戮。制府嘉其能，欲荐授以官，廷对以养亲辞，坚不就。又尝修圣庙及城角楼、敌台，有功于乡。子七人，后皆显贵。

王子美，砀山人，事母甚孝。尝有盗夜至，击破母寝门，子美挺身语盗曰："汝若有仇，请即杀我，无伤我母；若欲财物，柜匣在是。"中一人曰："彼素有孝名，劫之不祥。"遂散去。子大度，尝刲股愈母疾。

戚价，砀山诸生。性纯孝。年二十丧母，泣血三年。服阕，寝食依父膝下。阅四十年，父卒，闭户守柩如存日。

于淮，砀山人。制行忠厚，明嘉靖两举乡饮价宾。寿逾八旬，乡里悉以孝友称。

王世耀，砀山乡民。康熙五十五年三月，邻家失火，延烧其庐。其母在室内，仓卒不得出，世耀奋身投火，从烈焰中负母而出。远近救者，见世耀遍身火光，肌肉灼烂，悲不忍视。俄顷，其母气绝，世耀哀恸号呼而死。

丰县

汉

萧何，沛丰人。以文无害为沛主吏掾。高祖为布衣时，数以吏事护高祖。高祖为亭长，常左右之。高祖起为沛公，何为丞督事。沛公至咸阳，诸将皆争走金帛、财物之府分之，何独先入收秦律令、图书藏之。沛公以是具知天下厄塞、户口多少强弱处。沛公为汉王，以何为丞相。何进韩信，汉王以为大将军。汉王引兵东定三秦，何留收巴蜀，镇抚谕告，使给军食。汉二年，汉王与诸侯击楚，何守关中，为法令约束，立宗庙、社稷、宫室、县邑，计户转漕给军。汉王数失军，何尝兴关中卒辄补缺，以此专属任何关中事。五年，汉王即皇帝位，以何功最盛，封为酂侯，位第一，拜为相国。高祖崩，事惠帝。何素不与曹参相能。及何病，帝自临视何疾，因问："君百岁后，谁可代者？"对曰："知臣莫如主。"帝曰："曹参何如？"何顿首曰："帝得之矣，臣死不恨矣！"何买田宅，必居穷辟处，为家不治垣屋，曰："令后世贤，师吾俭；不贤，毋为势家所夺。"孝惠二年薨，谥曰文终侯。

隋

刘权，字世略，彭城丰人。祖轨，齐罗州刺史。权少有侠气，后折节好学，动循法度。开皇中，以车骑将军领乡兵[1]，从晋王广平陈，进授开府仪同三司。十二年，拜苏州刺史，赐爵宋城县公。时江南初平，权抚以恩信，甚得人和。炀帝嗣位，拜卫尉卿。从征吐谷浑，留镇西境。在边五载，诸羌怀附。后为南海太守，会群盗起，诏权讨之。权诣贼营，说以利害，群贼感悦，一时降附。及至南海，甚有异政。数岁，遇盗贼群起。群豪愿推权为首，权固守，拒之。子世彻又密遣人赍书，讽令举兵。权召集佐僚，对斩其使，矢竟无异图，守之以死，卒官。世彻，倜傥不羁。大业末，群雄并起，世彻所至见忌，竟为兖州贼帅徐圆朗所杀。权从叔烈，字子将。美容仪，有器局，位鹰扬郎将。子即德威也。

宋

李若谷，字子渊，徐州丰人。少孤，依姻家赵况于洛下，遂葬父母缑氏。举进士，补长社县尉。改大理寺丞、知宜兴县，累迁为京东转运使。会河决白马，调取刍楗。同列卢士伦刻扰州县，而若谷宽之。士伦不悦，构于朝，徙知陕州。天圣初，判三司户部勾院，罢知荆南。王蒙正为驻泊都监，挟太后姻横肆，若谷绳以法。监司右蒙正奏徙若谷潭州。洞庭贼数邀商人船，杀人辄投尸水中。尝捕获，以尸无验，每贷死，隶他州。既逃归，复攻劫。若谷擒致之，磔于市。自是，寇稍息。迁集贤殿修撰、知滑州，寻知延州。州有东西两城，夹河，秋夏水溢，岸辄圮，役费不可胜纪。若谷乃制石版为岸，押以巨木，后虽暴水不复坏。历知寿州，江宁、河南二府，改知并州，皆有善政。进工部侍郎、龙图阁直学士、知开封府事，拜参知政事。建言："风俗美恶，在上之人作而新之。君子小人，各有其类，今一目以朋党，恐正人无以自立矣。"帝悟，为下诏谕中外。以耳疾，辞位致仕。卒，赠太子太傅，谥康靖。若谷性资端重，在政府论议，常近宽厚。治民多智虑，恺悌爱人，其去，多见思云。

李淑，字献臣，若谷子。年十二，真宗幸亳，献文行在所。真宗奇之，命赋诗，赐童子出身。试秘书省校书郎，寇准荐之，授校书郎、馆阁校勘。乾兴初，迁大理评事。修《真宗实录》，为检讨官。书成，改光禄寺丞、集贤校理，为国史院编修官。召试，赐进士及第。改秘书郎，进太常丞。累迁礼部员外郎，上时政十

[1] 原作"领乡典兵"。案《隋书》《北史》本传，"典"字衍，今删。

议。改知制诰，历官翰林学士，中书舍人，端明、侍读二学士，出知河中府。卒，赠尚书右丞。淑警慧过人，博习诸书，详练朝廷典故。凡有沿革，帝多谘访。制作诰命，为时所称。尝修《国朝会要》《三朝训鉴》等书，所著别集百余卷。

李寿朋，字延老，淑长子。庆历[①]初，试学士院，赐进士出身，判吏部南曹。使行诸陵，奏言："昭宪皇后诞育二圣，为国文母，独以合葬安陵，不及时祭，请更其礼。"从之。知凤翔府、沧州[②]。沧地震，坏城郭帑庾。朋以席为屋，督吏宲缮葺，未数月，复其旧。括芜田三万顷，纵民耕，择其壮者使习兵。河方北涌，随塞之。故道陋，寿朋度必东溃，谕居人徙避，后三县四镇果垫焉。司马光出使，荐其能，加直史[③]馆，入直舍人院，同修起居注。进户部、盐铁副使。暴疾卒，诏中使抚其孥，赐白金三百两。

李复圭，字审言，淑次子。庆历[④]初，与兄寿朋同试学士院，赐进士出身，通判澶州。历知渭、相、泾三州，皆有声绩。历湖北、两浙、淮南、河东、陕西、成都六转运使。浙民以给衙前役[⑤]，多破产，复圭悉罢遣归农，令出钱助长召人承募，民便之。濒海人赖蛤沙地以生，豪家占之，量输税于官，复圭奏蠲其税，分以予民。熙宁初，知庆[⑥]州，坐擅兴师，谪保静军节度副使。后以集贤殿修撰知荆南，卒。复圭临事敏决，称健吏。与人交，不以利害避。然轻率躁急。独为王安石所知，故既废即起。

李柞，丰人。亲丧庐墓，凡二十七年。

姚孝锡，字仲纯，丰县人。政和四年登科，调代州兵曹。金兵入雁门，州将议以城降。官属恇怯，投死无所，孝锡偃卧大鼾，略不为意。金帅就注五台簿，未几，移疾去，因家五台。善治生。岁饥，出家粟万石以赈，多所全活。晚以诗酒自娱，自号醉轩，所著有《鸡肋集》。

宋汝为，字师禹，丰人。靖康元年，金人犯京师，阖门遇害，汝为思报国家及父兄之仇。建炎三年，金人再至。谒部使者陈边事，遣对行在。高宗嘉纳，特补

---

① 原作"元"，系避讳误改。今据《宋史》本传恢复本字。

② 案《宋史·五行志五》：熙宁元年八月"沧州清池、莫州亦震，坏官私庐舍、城壁。是时，河北复大震，或数刻不止，有声如雷，楼橹、民居多摧覆，压死者甚众"，十二月"沧州地震，涌出沙泥、船板、胡桃、螺蚌之属"。《宋史·张问传》："为河北转运使，所部地震，河再决。"刘挚《论备契丹奏》："伏念大河之北，自戊申（熙宁元年）地大震，水大溢，民大失职，离乡内徙，空虚塞下。至于今三年，而地震未已。"（《忠肃集》卷六）书史所载，皆与寿朋传合。中华书局标点本《宋史》断为"知凤翔府沧州。沧地震，坏城郭帑庾"，似误。康熙《徐州志》以前皆省"沧"字，作"知凤翔府。沧州地震"，似是。

③ 原作"使"，据《宋史》本传改。

④ 原作"同"，疑为"同前（寿朋传）当讳改"之提示语，匠人误补为"同"字。今据《宋史》本传恢复原字。

⑤ 原作"后"，据《宋史》本传改。

⑥ 原作"度"，据《宋史》本传改。

修武郎，假武功大夫、开州刺史，奉国书副京东运判杜时亮使金。时，刘豫节制东平，丞相吕颐浩因致书豫。汝为行次[①]寿春，遇完颜宗弼军，不克与时亮会，独驰入其壁，将上国书。宗弼盛怒，劫而缚之，欲加戮辱。汝为一无惧色，曰："死固不辞，然衔命出疆，欲达书吐一辞，死未晚。"宗弼顾汝为不屈，遂解缚，延之曰："此山东忠义士也！"听往见豫。汝为持颐浩书与之，开陈祸福，勉以忠义，使归朝廷。豫拘留，诱以官，固辞。遣腹心以机密归报朝廷。绍兴十三年，亡归，作《恢复方略》献于朝。又上丞相书，极言用兵之要。秦桧将械送汝为于金人。汝为乃变姓名为赵复，徒步入蜀，杨企道为假僧舍居之。闻桧死，曰："除此巨蠹，中原恢复有日矣！"后竟终于蜀。有《忠嘉集》行世。

宋南强，字子居，汝为子。因父避秦桧入蜀，莫知所之，乃徙于绍兴。淳祐间知沙县，治专德化，不事刑罚，民为立碑颂德。后痛父死非命，终日泣涕，誓必复仇。隆兴二年，哀诉于朝。参知政事虞允文、钱端礼以闻，高宗特荫其子。复官南强于雅州，政绩尤著。（《宋史》仅载南强之名，此从旧志[②]）

元

谢睦欢，丰县人。以资雄乡曲间。元兵南下，转客兀剌城。元太祖攻西夏，过其城，睦欢与其帅迎降。从攻西京，睦欢力战先登，连中三矢，仆城下。太宗见而怜之，命军校拔其矢，缚牛，刳其肠，裸而纳诸牛腹中，良久乃苏。誓以死报，每遇敌，必身先之。官至太原路金银铁冶达鲁花赤。子仲温。

谢仲温，字君玉。丰颐广颡，声音洪亮，略涉书史。壬子岁，见世祖于野狐岭，命备宿卫，凡所行幸，必在左右。丙辰，城上都，仲温为工部提领，董其役。帝曰："汝但执梃，虽百千人，宁不惧汝耶！"己未，大军围鄂，令督诸将。时守江军士乏食，仲温教之罾鱼以充食。帝喜，谓侍臣曰："朕思不及此。"一夕，帝闻敌军欢噪，命警备。仲温奉绳床，帝凭其肩以行，至旦不能寐。至元九年，迁顺德路总管。时方用兵江淮，有寡妇鬻子以偿转输之直，仲温出俸金赎还之。二十二年，为淮东宣慰使。岁旱，导白水塘溉民田，公私赖焉。大德六年卒，年八十。孙孛完，冀宁等路达鲁花赤。

袁遵道，字叔正，丰人。性颖悟。至大间以神童荐，初为国学四门馆正字，升伴读，历翰林学士。子涣[③]，少游虞集之门，亦有文学。登进士，累官国子监祭酒、吏部尚书、中书省参知政事，进太师、右丞相，赠鲁国公。

---

① 原作"刺"，据《宋史》本传改。

② 按：本传袭顺治、康熙《徐州志》原文，杂糅各说，事多紊乱，辨见顺治《徐州志》本传后。

③ 原作"焕"，据嘉靖《南畿志》及袁遵道神道碑改。

成野贤，丰人。为金乡尹。每政暇，匹马一仆，循行郊陌，劝课农桑。刑清事简，民安其业。

明

秦英，字子美，丰人。通经术。洪武间，知县曹仲篪荐贤良方正，累征不就。

陈明善，博览群书，端方正直。洪武间以明经荐，累官济南知府。年九十三卒。

王正，字惟中。隐居教授。洪武初，宋濂荐明经，授翰林孔目。升泸州知州，加四品俸致仕。祀名宦。

王献，字廷可。永乐乙酉举人，任南京中城兵马指挥使。时，禁官盗劫戚里财物，命捕甚急。献缉获，法司欲有所原。抗章论之，竟置于法。

胡宁，由岁贡授涪州知州。母卒，庐墓三年。起知葭州，劝农兴学，为一方贤牧。从祀乡贤。

李俊，丰人。由岁贡知光化县，治尚敦朴。徙知静海，有夙猾远谒，以觇能否。俊廉知之，即以铁索系至县，杖杀之。由是豪猾敛迹。时，邑人不知读书，率以渔[①]为业。俊多方化诱，渐知向学治行，为诸邑最。母丧归，吏人检舍中，止俸米数升而已。

周潭，字德隐，丰县诸生。性至孝。父丧，庐墓三年。母殁，亦如之。

李铸、张祥、胡祥、孔仪、翟成、王舜举、李保、周兴甫、侯宗禄、秦仪，俱丰人。正统五年，各输麦千五百[②]石赈饥。诏旌为义民。

孙荣，字世华，丰人。性孝友，家人化之，同爨者五世。成化五年大饥，与邑人李桢各出粟千五百石以赈，赖全活者甚众。诏旌为义民。

李琼，字元贵。博古嗜学，聚徒讲授。由岁贡任归安县丞，有善政，民呼曰“李青天”。卒，祀名宦。

刘应元，丰人。澹泊无外慕。负郭有隙地，种柿树千章，筑土室以居。县令召之，不出。

徐明，丰人。足不履城市，逍遥闲远，屡空晏如。寿一百七岁。

刘勋，丰人。隐居城东，邑令造请不就，人称东田先生。

张盛治，字德甫，丰人。由贡生选应天训导，历虢、姑熟教谕，皆有名称。屡摄邑篆，多惠政。摄溧水时，有荫生击杀从兄，盛治执之。暮夜馈金，怒叱去，卒

① 原作“鱼”，通“渔”。
② 隆庆《丰县志》，万历、康熙《徐州志》作“千五十石”。

置于法。盛治磊落有大节，见明季纲纪废弛，尝感愤。好汲引寒士，耽学，至老不倦。所著有《枌榆正续集》。子逢宸，亦以贡为庐江训导。能为古文，尤工书法。孙起宗，亦能文。崇祯壬午，死于寇难。

陈邦瑞，丰人。尝置义田三百亩，赡给宗族，差赋皆自办，不假宗人手。子孙亦能承其家法。

王道充，丰诸生。崇祯壬午兵变，邑令委守东门。城陷，同子宾死之。

皇甫世明，字恒照。貌修伟，博通经史。壬午之变，从知县刘光守御南门。城破，同死焉。

孙操，字雅持，丰诸生。父灿，当岁饥，家有麦三百石，尽散给宗族贫乏者。操慷慨好施，有父风。明季盗起，戮力守障，竟以身殉。子学海，以好学闻。同时殉难者有张剑，字又华，丰学生。体貌魁梧，博学，有胆略。子应诏，以孝称，后中武举乡试。

本朝

孙枝芮，字季长，丰人。事母孝。明崇祯壬午，城陷，枝芮四兄皆遇害，守母不去。及被缚，大呼曰："杀我，谁养吾母?"兵怜而释之。既得脱，抚诸兄遗孤，续其无嗣者。迄今子姓繁庶。

刘湘，字子琴。丰县贡生。历霍丘训导、丹阳教谕、太仓学正，为诸生所怀。所著有《观海楼集》《看花集》《苍桧馆诗》。同里孙日昂、刘鸿达，并以贡官教谕，学行皆可称。

王星，字应垣。体貌修伟，性乐易。由岁贡知靖海、垣曲两县，吏民怀其德。

渠家圻，字世交。孝友醇厚。父老病，晨昏谨视汤药。遗矢衣被间，必躬自浣濯。与兄弟友爱甚笃，财物无所私。遇谈人过失者，即闭口不轻语。

董其正，字子正。邑诸生。九龄失怙，与后母相依。家贫窭，舌耕供养，甘旨无缺。或远馆不能晨昏至，朔望虽风雨必归。待异母弟，友爱笃至。课子孙严，有过辄加棰楚，然一遇母至，即改颜承顺。母年九十有六，及卧病，躬侍汤药，衣不解带者三月。及殁，庐墓侧，负土成坟。通邑称其孝。

史应甲，邑诸生。乐善好施，每具药饵、棺木、粥糜、衣被，以济贫穷无告者。有姊适沛人，生二子一女而寡，贫不能自给，应甲迎养于家，婚其子女，终姊天年。有从兄弟分产未均，应甲出地助而和之。

阎朴，性简素，甘淡泊。好读书，日坐卧小园中。虽家无儋石，而心有余闲。寿一百二岁。

张秉衡，字岐南。幼勤读孝亲，试辄冠其曹。雍正己酉举于乡。为人坦易，不立崖岸。人有争执，一语立解。指授后学，多成就。为乡里所推。

李特，字懋修。少孤贫，事母孝。母病目失明，特年十六，力不能延医，每夜泣涕祷天，晨起漱口，跪扶其母，以舌舐之。不三月，母目复明。母殁，庐墓三年，读书不求仕进。卒，年九十三。

史维岐，丰县贡生。九岁居母丧，哀毁过礼。继母张遇之不以道，维岐趋承弥谨，张感其孝，遂加爱焉。性好施济，凡族人之不能婚丧及老幼无依者，皆周恤之；亲戚子弟贫不能学者，招之来学。尝鬻田以修学宫。雍正八年岁荒，河工督民办料甚急，维岐力请知县王锡闻于上官，得免。邑人多怀其德。

徐州府志卷之二十全

徐州府志卷之二十一

人物五

沛县

汉

曹参，沛人。秦时为狱掾。以中涓从高祖定天下，身被七十创，攻城略地，功最多。六年，赐爵列侯，剖符，世世勿绝，食邑平阳万六百三十户。孝惠元年，为齐丞相。尽召长老诸先生，问所以安集百姓。言人人殊，未知所定。闻胶西有盖公，善治黄老言，使人厚币请之。既见，盖公言治道贵清静，而民自定。参于是避正堂，舍盖公焉。相齐九年[①]，齐国安集，大称贤相。萧何薨，参代何为相国，一遵何约束。择郡国吏讷于文辞、谨厚长者，即召除为丞相史。吏言文刻深者，辄斥去之。为相三年，薨，谥曰懿。百姓为歌之曰："萧何为法，较若画一。曹参代之，守而勿失。载其清静，民以宁壹。"

王陵，沛人。始为县豪，高祖微时，兄事之。及高祖起沛，入咸阳，陵亦聚党数千人，居南阳。及汉王还击项籍，陵乃以兵属汉。从定天下，封安国侯。陵少文任气，好直言。为右丞相二岁，惠帝崩。高后欲立诸吕为王，问陵。陵曰："高皇帝刑白马而盟曰：'非刘氏而王者，天下共击之！'今王吕氏，非约也！"太后不悦。问左丞相陈平及绛侯周勃等，皆曰可。陵让平、勃曰："诸君纵欲阿意背约，何面目见高帝于地下乎！"吕后阳迁陵为帝太傅，实夺之相权。陵谢病，杜门不朝请，十年而薨。

樊哙，沛人。以屠狗为事。高祖为沛公，哙以舍人从攻战，每先登却敌。沛公与项羽会鸿门，羽既飨军士，中酒，亚父令项庄拔剑舞，欲击沛公。哙居营外，闻事急，乃持铁盾撞入，立帐下，谯让羽。既出，步从沛公，从间道归走霸上军。是日，微哙入营，沛公几殆。从入汉中，还定三秦。项羽败汉王于彭城，哙以将军守

① 案《史记》《汉书》本传：参以高祖六年为齐王肥相国，至孝惠元年改为丞相，二年入朝代萧何为相，前后在齐凡九年。

广武一岁。汉王为帝，以哙有功，封舞阳侯。哙以吕后女弟吕媭为妇，故其比诸将最亲。黥布反时，高祖尝病，卧禁中，诏户者毋得入群臣。绛、灌等莫敢入。十余日，哙乃排闼直入，大臣随之。上独枕一宦者卧。哙等见上，流涕曰："始陛下与臣等起丰沛，定天下，何其壮也！今天下已定，又何惫也！且陛下病甚，大臣震恐，不见臣等计事，独与一宦者绝乎？且陛下不见赵高之事乎？"高帝笑而起。孝惠六年薨，谥武。

夏侯婴，沛人，为沛厩司御。高祖为沛公，以婴为太仆，常奉车，赐爵为滕公。从入蜀汉，还定三秦，从击项籍。至彭城，项羽大破汉军。汉王败，驰去，见孝惠、鲁元，载之。汉王急，马罢，常蹶两儿欲弃之，婴常收载行。汉王怒，欲斩婴者十余，卒得脱，而致两儿于丰。汉王立为帝，封汝阴侯。从击韩信军胡骑晋阳旁，大破之。追北至平城，为匈奴所围，七日不得通。高帝使厚遗阏氏，冒顿开围一角。高帝出欲驰，婴固[1]徐行，弩皆持满外向，卒得脱。婴自上初起沛，常为太仆，又以太仆事孝惠及高后。代王之来，婴以太仆与东牟侯入清[2]宫，与大臣共立文帝，复为太仆。八岁卒，谥文侯。

周苛，沛人。初从沛公，为客。及为汉王，以苛为御史大夫。楚围荥阳急，汉王遁去，使苛守荥阳。楚破荥阳，欲令苛将，苛骂曰："若趣降汉王！不然，今为虏矣！"项羽怒，烹苛。后论功，封苛子成为高景侯。

周昌，苛从弟。秦时为泗水卒史。及高祖起沛，从沛公为职志。项羽烹苛，汉王拜昌为御史大夫。从破项籍，封汾阴侯。昌为人彊力，敢直言，自萧、曹等皆卑下之。高祖欲废太子，而立戚姬子如意，昌廷争之强。上问其说。昌为人吃，又盛怒，曰："臣口不能言，然臣期期知其不可！陛下欲废太子，臣期期不奉诏！"后如意为赵王，年十岁，高祖忧万岁后不全，徙昌为赵相。高祖崩，太后鸩杀赵王。昌谢病不朝见，三岁薨，谥曰悼。

周勃，沛人。以中涓从高祖，战功居多，封绛侯。为人木彊敦厚，不好文学。高帝以为可属大事，又尝语吕后曰："安刘氏者，必勃也！"惠帝六年，为太尉。高后崩，与丞相陈平等共诛诸吕，迎立文帝，为右丞相。薨，谥曰武侯。

任敖，沛人。少为狱吏。高祖尝避吏，吏系吕后，遇之不谨。敖素善高祖，怒，击伤主吕后吏。及高祖初起，敖以客从为御史，守丰二岁。高祖为汉王，敖迁为上党守。陈豨反时，敖坚守，封为广阿侯。高后时，为御史大夫。孝文元年薨，谥曰懿侯。

---

① 原作"故"，据《汉书》本传改。
② 原作"青"，据《汉书》本传改。

周緤，沛人。以舍人从高祖起沛，至霸上，西入蜀，还定三秦。从东击项羽，不利，终无离上心。上以緤为信武侯。上欲自击陈豨，緤泣止，上以为爱我，赐入殿不趋。后改封鄘城侯。孝文五年薨，谥曰贞。

周亚夫，勃次子。为河内守，文帝封为条侯。六年，匈奴大入边。以亚夫为将军，军细柳。帝自劳军。先驱不得入，帝使使持节诏之，乃开壁门。天子徐行，至中营，亚夫以军礼见，帝改容式车。既出门，曰："嗟乎，此真将军矣！"景帝时，吴、楚反。以亚夫为太尉，将兵击之，三月而吴、楚破平。迁丞相。上废栗太子，亚夫固争之，不得。上由此疏之。窦太后欲封皇后兄王信为侯，亚夫曰："高帝约'非有功不得侯'。信无功，侯之，非约也！"上默然而沮。后匈奴王徐卢五人降汉，上欲侯之。亚夫曰："彼背其主降，陛下侯之，即何以责人臣不守节者乎？"上曰："丞相议不可用！"乃悉封为侯。亚夫因谢病免相。后有上变告其子，事连污亚夫，召诣廷尉，因不食而死。

蔡千秋，字少君，沛人。尝受《穀梁春秋》于鲁荣广，又事皓星公，为学最笃。宣帝时为郎，召见，与《公羊》家并说。上善《穀梁》说，擢千秋为谏大夫、给事中。后有过，左迁平陵令。复求能为《穀梁》者，莫及千秋。上愍其学且绝，乃以千秋为郎中户将，选郎十人从受。

施雠，字长卿，沛人。沛与砀相近，雠为童子，从田王孙受《易》。后雠徙长陵，田王孙为博士，复从卒业，与孟喜、梁丘贺并为门人。谦让，常称学废，不教授。贺为少府，荐雠"结发事师数十年，贺不能及"，诏拜雠为博士。甘露中，与五经诸儒杂论同异于石渠阁。同郡戴宾，亦受《易》于雠。

高相，沛人。治《易》，与费直同时。其学亡章句，专说阴阳灾异。自言出于丁将军，传至相。相授子康，及兰陵毋将永。康以明《易》为郎，永至豫章都尉。由是《易》有高氏学。

闻人通汉，字子方，沛人。后苍说《礼》数万言，号曰《后氏曲台记》，通汉受之，以太子舍人论石渠，至中山中尉。同郡庆普，字孝公，与戴德、戴圣亦同受《礼》于后苍。由是《礼》有大戴、小戴、庆氏之学。普为东平太傅。

翟牧，字子兄，沛人。受《易》于兰陵孟喜，为博士，与同学白光齐名。由是有翟、孟、白之学。

褚少孙，沛人。从东平王式受《诗》。应博士弟子选，诣博士，抠衣登堂，颂礼甚严，试诵说，有法。诸博士惊问何师，对曰："事王式。"于是共荐式为博士。后褚生亦为博士。

邓彭祖，字子夏，沛人。受梁丘《易》于五鹿充宗，官至真定太傅。

戴崇，字子平，沛人。丞相张禹弟子，传施氏《易》，官至九卿，有名于时。

爰礼，沛人。孝平时，征礼等百余人，令说文字未央廷中，以礼为小学元士、黄门侍郎[①]。

戴宾，沛人。平帝时，以施氏《易》授陈留刘昆。

唐林，字子高，沛人。治《尚书》，师事长安许商长伯。商以四科号其门人，而以林为德行。王莽时，林为九卿，自表上师冢[②]。大夫、博士、郎吏为许氏学者，各从门人，会车数百辆[③]。儒者荣之。

唐尊，沛人。从山阳张无故受小夏侯《尚书》，为王莽太傅。

度尚，字博平，湖陆人。家贫，为侯览视田，得为郡上计吏，拜郎中，除上虞长。为政严峻，发擿奸非，吏人谓之神明。迁文安令，遇时疾疫，谷贵，人饥，开仓廪赈给，营救疾者。刺史朱穆行部，见尚，甚奇之。延熹五年，长沙、零陵贼入桂阳、苍梧、南海、交阯，刺史、太守望风奔逃。遣兵讨之，不克。尚书朱穆举尚为荆州刺史。尚躬率部曲，穷追入南海，破平之。封右乡侯，迁桂阳太守。征还京师，桂阳贼胡兰复乱。以尚为中郎将，讨平之。后为辽东太守，攻破鲜卑，戎狄惮畏。延熹九年，卒于官。

姜肱，字伯淮，彭城广戚人。与二弟仲海、季江，俱以孝行著闻。其友爱天至，常共卧起。肱博通五经，兼明星纬，士之远来就学者三千余人。辟命皆不就。二弟名声相次，亦不应征聘。时人慕之。肱尝与季江谒郡，夜于道遇盗，欲杀之。肱兄弟更相争死，贼遂两释焉，但掠夺衣资而已。既至郡中，肱终不言。盗闻而感悔，后乃就精庐求见，皆叩头，还所略物。肱不受而遣之。后与徐稺等俱征，不至。桓帝乃使画工图其形。肱伏卧幽暗，以被韬面，工竟不得见之。中常侍曹节等专执朝事，诛陈蕃、窦武，欲借宠贤德，以释众望，乃白征肱为太守。肱隐遁海滨。再拜太中大夫，诏书至门，肱使家人对云："久病就医。"遂羸服间行，窜伏青州界中，卖卜给食，历年乃还。熹平二年，终于家。弟子陈留刘操追慕肱德，刊石颂之。

朱寓，沛人。为庐江太守，窦武荐为司隶校尉。党锢事起，蔓衍皆天下善士。寓列名"八俊"，与李膺、范滂等并死狱中。

单飏，字武宣[④]，湖陆人。以孤特清苦自立，善明天官、算术。举孝廉，稍迁太史令，侍中。出为汉中太守，公事免。后拜尚书，卒于官。初，熹平末，黄龙见

---

① 按："黄门侍郎"四字误衍，当断为"黄门侍郎扬雄采以作《训纂篇》"（见《说文解字·叙》）。勘详康熙《徐州志·人物传》。

② 原作"家"，据《汉书·儒林传》改。

③ 原作"两"，通"辆"。

④ 原作"宣武"，据《后汉书》本传乙正。

谯。光禄大夫桥玄问飏曰："此何祥也?"飏曰："其国当有王者兴。不及五十年，龙当复见，此其应也。"殷登密记之。至建安二十五年，黄龙复见谯。其冬，魏受禅。

魏讽，字子京，沛人。有才名，钟繇辟为西曹掾。曹操征汉中未反，讽潜结众，又与长乐卫尉陈祎谋袭邺。未及期，祎惧，以告操子丕。讽见杀，坐死者数十人，繇亦坐免。

三国魏

张茂，字彦林，沛人。为太子舍人。时，明帝盛兴宫室，留意玩饰，又录夺士女前已嫁为民妻者，还以配士。茂上书极谏，甚切。

晋

朱绰，沛国沛人，世为将。兄宪及斌，并为西中郎袁真将佐。桓温伐真于寿阳，真以宪兄弟潜通温，并杀之。绰逃归温，每战常居先，不避矢石。寿阳平，真已死，绰辄发棺戮尸。温怒，将斩之，温弟冲苦请得免。绰受冲更生恩，事冲如父，参冲车骑军事，西阳、广平太守。及冲薨，绰呕血死。

刘毅，字希乐，彭城沛人。少有大志，不修家人产业。仕为州从事，桓弘以为中兵参军。属桓玄篡位，毅与刘裕、何无忌等起义兵，讨玄及其将，战于江乘、罗落桥、覆舟山，皆大破之。玄军奔散，乃逼帝及琅邪王西上。毅追及玄，战于峥嵘州，乘风纵火，尽锐争先。玄众大败，烧辎重夜走。及玄死，毅与诸将讨破桓振于江陵。乘舆反正，毅执玄党尽杀之。诏以毅为豫州刺史，以匡复功，封南平郡开国公，进拜卫将军、开府仪同三司，改荆州刺史。刘裕以毅贰于己，率军攻之。毅众散，自缢死。兄迈，字伯群。少有才干，为殷仲堪中兵参军。桓玄之在江陵，甚豪横，曾于仲堪厅事前戏马，以槊拟仲堪。迈时在坐，谓玄曰："马稍有余，精理不足。"仲堪为之失色，使迈下都以避之。玄果令追之，迈仅免祸。后玄得志，迈诣门称谒。玄谓迈曰："安知不死，而敢相见?"迈对曰："射钩、斩祛，与迈为三，故知不死。"玄甚喜，以为刑狱参军，后为竟陵太守。及毅与裕等同谋起义，迈将应之，事泄，为玄所害。

南北朝宋

朱龄石，字伯儿，沛人，绰子也。少好武事，不治崖检。武帝克京城，以为建武参军。从至江乘，将战，龄石言："世受桓氏恩，不容以兵刃相向，乞在军后。"帝义而许之，以为镇军参军，后领中兵。龄石有武干，又练吏职，帝甚亲委之。平卢循有功，为西阳太守。义熙九年，徙益州刺史，为元帅，伐蜀。与武帝密谋，以疑兵出内水向黄虎[①]，以大众自外水取成都。谯纵果备内水，使其大将谯道福以重兵戍涪城，遣[②]其前将军侯晖、仆射谯诜等屯彭模，夹水为城。龄石至彭模，率刘钟、蒯恩等攻拔北城，斩侯晖、谯诜，诸营守以次土崩。谯纵奔涪城，巴西人王志斩送之。并获谯道福，斩于军门。以平蜀功，封丰城县侯。后桂阳公义真被征，以龄石镇关中。为敌所执，死于长安。

朱超石，龄石弟也，亦果锐，善骑乘。虽出自将家，兄弟并娴[③]尺牍。初为桓谦参军，后为武帝徐州主簿。收迎桓谦身首，躬营殡葬。屡迁宁朔将军、沛郡太守。义熙十二年北伐，超石前锋入河。时军人缘河南岸牵百丈，有漂渡北岸者，辄为魏军所杀略。帝遣白直队主丁旿率七百人及车百乘，于河北岸为却月阵，两头抱河，车置七仗士[④]。事毕，使竖一白毦。魏军不解其意，未动。命超石驰往赴之，并赍大弩百张，一车益二十人，设彭排于辕上。敌见营阵既立，乃进围营。超石先以软弓小箭射之。魏军四面俱至，又遣三万骑内薄攻营。于是百弩俱发。魏军既多，弩不能制。超石初行，别赍大槌并千余张槊，乃断槊三四尺，以槌［槌］[⑤]之，一槊辄洞贯三四人。魏军不能当，遂溃。大军进克蒲坂，以超石为河东太守。后除中书侍郎，封兴平县五等侯。关中乱，帝遣超石慰劳河洛，与龄石俱为赫连勃勃所杀。

周

刘璠，字宝义，沛人。六世祖敏，以永嘉乱，徙居广陵。父臧，性方正，笃志好学，居家以孝闻，仕梁为著作郎。璠九岁而孤，居丧合礼。少好读书，兼善文笔。十七，为上黄侯萧晔所器重。母死，居丧毁瘠，遂感风气。服阕后一年，犹杖而后起。宜丰侯萧修出为北徐州刺史，请璠为轻车府主簿，兼记室参军。修为益州刺史，以璠为府长史。后降于周，周文［帝］[⑥]以璠为中外府记室，迁黄门侍郎、仪同三司。尝卧疾居家，作《雪赋》以遂志。周明帝初，授内史中大夫，掌纶诰，寻封平阳县子。在职清白简亮，不合于时，左迁同和郡守。莅职未期，生羌降附者五百余家。洮阳、洪和二郡羌，常越境诣璠讼理。后为陇右总管府司录，卒于官。著《梁典》三十卷，有集二十卷行于世。

刘祥，字休征，以字行，璠子。幼聪慧，以神童称。事嫡母以孝闻。十岁能属

---

① 原作“武”，唐人避讳改。今恢复本字。下同。

② 原作“遗”，据《宋书》本传改。

③ 原作“阅”，《宋书》《南史》并作“闲”，通“娴”，据改。

④ 原作“十”，据《宋书》《南史》本传改。

⑤ 字据《南史》本传补。

⑥ 字据文意补。

文，十二通五经。仕梁，为宜丰侯记室参军。江陵平，随例入关中。齐公宪召为记室，府中书记令掌之。平齐露布，即休征文也。累迁车骑大将军、仪同大将军，历长安、万年二县令，颇获时誉。卒于官。初，璠所撰《梁典》始就，未及刊定，休征修定缮写，行于世。

隋

刘行本，璠兄瓌子。起家梁武陵王国常侍。遇萧修以梁州北附，遂与叔父璠归周，寓居新丰。每以讽读为事，虽衣食乏绝，晏如也。周大冢宰宇文护引为中外府记室。武帝亲总万机，累迁掌朝下大夫。及宣帝嗣位，多失德，行本切谏忤旨，出为河内太守。及尉迟迥作乱，攻怀州，行本率吏人拒之，拜仪同，赐爵文安县子。隋文帝践祚，拜谏议大夫、检校中书侍郎。帝尝笞一郎于殿前，以行本谏而止。拜太子左庶子，皇太子虚襟敬惮。时庶子唐令则、左卫率长史夏侯福为太子所昵，行本每正色责之。复以本官领大兴令。权贵惮其方正，无敢至其门者。由是请托路绝，吏人怀之。未几，卒于官，上甚伤惜之。及太子废，上曰："若使刘行本在，勇当不及此！"

唐

刘轲，沛人，博学多识。元和末登进士第，官殿中侍御史、秘书丞、史馆修撰，终洺州刺史。所著有《春秋指要》《翼孟子》《豢龙子》诸书。

元

韩准，字公衡，沛人。少沉重好学。年二十，登进士第。授承事郎，同知孟州事。冬有蝇，敕令民多藏冰，以防夏热。明年果然，病者赖冰以愈。擢河南儒学副提举，筑堤陂田，岁收粟数千斛。转南康路总管、江西行省参政。蕲黄寇围江西，平章以下皆出避，准慰抚居民，相持五十四日，城卒得全。南康屡经兵火，城内荒茀，准葺草屋以治，招民复业。陈友谅破隆兴，欲致之，不可；使人致糗，不受。后入闽，改福建廉访使。城陷，吏来追准宣敕，准卧不应。及病甚，不服药而卒，藁葬福州。

明

谢昇，字仲刚，沛人。洪武中贡生。建文初，为湖广道监察御史。燕师南下，昇练兵给饷，甚著劳绩。城陷，不屈死。父旺，年七十四；子咬儿，年十余岁，俱发金齿卫编伍。

蔡楫，字汝济，沛人。洪武十五年举孝廉，拜福建道监察御史，举荐贤能，平理冤狱，声绩甚著。二十六年，以言事谪戍甘州，寻授嘉兴知县。县多无赖子，楫于县厅事置善、恶二牌，民有善恶皆志之，由是民多感愧，皆趋善而去恶。永乐初，复为湖广道监察御史，巡按江西、交趾，俱有声。后擢浙江按察司佥事。其去也，人多思之。

李义，沛人。父荣，初为元将守徐，明初归附。从征中原，克沂州、济东，复从下河南，以功授千户。义嗣职，累迁仪真卫指挥佥事。永乐中，进都指挥佥事，守真州。寻移四川，从黔国公征安南。至生厥江大安梅口，与贼大战，力竭死。

郭全，汉台里人，事母以孝闻。母殁，竭力营丧事。躬负土成坟，庐墓三年。

龚谦，千秋里人，贫而能孝。父先殁，事母曲尽子职。母卒，哀毁逾礼。结庐于墓，朝夕号泣。

赵安，泗亭里人。母早亡，事父尽孝。父殁，庐墓三年。

甄鉴、周防、李卓、王原、蒋荣、张麟、马士云、黄成、龚成、黄智、卓旺、周成，俱沛人。正统五年，各出麦千石余赈饥，奉敕建坊旌表。

王克明，沛人。景泰中，湖广沅陵巡检。时，秦纮以御史降沅陵丞，适同谒上官，秦意颇不怿，克明劝曰："公但当始终一节，处顺以待，无以官职为意。"秦闻而重之。克明寻卒官，会秦丧偶，遂聘其女为继室。弘治初，秦为漕运巡抚，每过沛，必亲祭其墓。

周冕，沛人。正德[1]间，由孝廉仕至布政司参政。洁己爱民，不阿权贵。所著有《政体备要》行世。

赵清，沛贡生。父孜，年十七，尝刲股疗亲疾。孜死，妻卓氏守节垂四十年，教清业儒。清笃直刚方，事母纯孝。母殁，庐墓三年。墓濒河，大水且至，清死守弗去，水竟弗溢。庐旁有隙，仓卒不暇塞，夜有鼠衔草塞之。槁瓜复荣秀。远近闻者皆异其事。清卒，崇祀乡贤。子时若，贡生，亦以醇厚称。

杨冕，沛诸生，事母至孝。母殁，庐墓三年，哀痛弗辍。嘉靖中旌表。

石璞，广戚里人。天性朴实，事亲孝。母殁，庐墓三年，以毁卒。

杨东莱，汉台里人，性至孝。年十四，母马氏疾笃，刲股调羹以进，母食之愈。督学御史令补邑庠生，月给米赡其母。东莱年二十二卒。

张奉，汉台里人。父与继母先后卒，庐墓不归。县令闻之，给以布粟。未几，奉亦卒于墓所。

李三阳，沛人。年十三，家贫力食。母唐氏卒，负土为坟，庐守三年。

---

① 乾隆《沛县志》作"正统"。案嘉靖《徐州志·选举表》：周冕，永乐二十一年贡。疑"正统"为是。

徐实，沛人，有胆略。嘉靖中，倭寇海上。朝议调山东及徐邳兵征之，实兄弟三人皆在选中。至苏州，出与倭战。师溃，实兄弟独不退，多所杀伤，以无援战死。

卢雄，字文表。初为沛诸生，兵备宋圭闻其名，延署中课子。有人犯重罪，以百金馈雄，求为一言，雄峻却之。后以贡为崇仁训导、上饶教谕，勤于课士。升兴化府教授，岁余告归。后殁，里人思之，从祀乡贤。

王守道，字子行，沛人。性廉介，不苟取与。由贡生为禹城训导，以身体力行为教。诸生执贽进，皆却之。迁庐江教谕，升教授，遂告归。闭门扫轨，长吏罕识其面。

陈永，沛人。嘉靖末，奉母避水他邑。母病危，永告天曰："永，羁旅人也。母万一不讳，且无以敛，愿减算以延母年。"母竟不死。后母终，朝夕负土成坟。终丧，遂定居墓傍，日惟一饭，历三十年无改。

蔡桂，字子芳，沛人。嘉靖戊午举人，历户部郎中。谢政归，构园林，与张贞观诸人为文酒会。所著有《五宜亭诗草》。

张贞观，字惟诚，沛人。万历十一年进士，除益都知县。擢兵科给事中，请罢诸边市赏。出阅山西边务，力止五台开矿，又劾罢前抚沈子木、李采菲及监司武将数人。改工科。泗州淮水大溢，贞观往视，定分黄导淮之策。迁礼科都给事。三王并封制下，率同列极谏，不纳。时郊庙祭享，率遣官代行，贞观力请帝亲祀。后以皇长子出阁不具礼，上疏力争，忤旨罢归。中外交荐，卒不起。所著有《掖垣谏草》《野心堂集》。天启中卒，赠太常少卿。

侯颖，沛人。为诸生，家戚城。天启二年，白莲寇陷滕，其族人从逆，欲逼使附己。颖知不得免，促其妻女先缢，遂自杀，阖门俱死。

姜上桂，沛诸生。白莲寇陷夏镇，避乱村居。父子被执，骂不绝口，俱被杀。

张凤，世居夏村。膂力过人。流贼之乱，斩木为寨，以护居民。自持梃与贼斗，击伤甚众。以无援，为贼所杀。

陈应诏，弟应祯，皆沛诸生。壬戌七月，白莲寇再犯夏镇。先经欢城，众皆窜避，独应诏兄弟率其族与斗。众寡不敌，皆被杀。

张思敬，广戚乡人。事孀母，备极孝养。母殁，庐墓三年。友爱诸兄，推食让产。又尝施义冢，修月河桥，凶年掩骼、捐榗，皆不惮劳费。

周育德，字心安，参政冕四世孙。以贡授户部员外郎，不乐之官，雅好施与。崇祯十三年，岁大祲，育德出粟数千石赈饥，全活无算。寻死于寇难，里人哀之。

本朝

阎尔梅，字用卿，号古古，别号白耷山人。幼而颇慧，读书能见大意。成童补博士弟子，弱冠贡入北雍，文名噪于一时。举崇祯庚午乡试。当甲申之变，伪防御使武愫来沛。尔梅贻愫书，讽之反正，愫逊谢之，尔梅乃遁迹微山。后又之东海之滨，周游名山大川，所至必有题咏。晚年闭户著述，有《白耷山人集》行世。①

周士珠，字味元，育德子，为诸生。性高洁，足不履市井。遇乡子弟，必极恭谨，与言，皆孝弟忠信。邻里雀鼠，尝造庐求平，士珠辄为劝解，使归无讼。婚丧不能举者，周恤不遗力。晚年寄情诗词，有《南村漫咏》一卷。

王者都，字敬止。顺治中，由拔贡为西宁卫通判。以才迁肇庆府同知，移大名。康熙九年，升泉州知府。时郑氏据台湾，海氛浸炽，水陆皆屯重兵，与民杂处。者都调剂得宜，上下悦服。稍闲，率民垦荒芜，兴学校。以疾卒于官，人甚惜之。所著有《澹松集》《山水音》《昆仑诗草》。

张之典，字元式，沛人。少孤，事母至孝。长为诸生，以能文名。邑人慕之，或延至其家授徒，数日辄辞归，不忍离母侧。督学使者将以孝行举之，之典固辞，乃止。晚为东流训导，以礼让为先，诸生化之。告归，年八十三卒。

徐登龙，性纯孝。幼丧父，哀毁尽礼。事母，晨昏无间。长好施予，修桥济涉，助人丧婚，善事甚多。知州江雁卿表曰“善人”。

王嘉重，沛监生。与兄嘉训、弟嘉猷，皆居夏镇。家不甚富，而力行任恤，乡人称之。康熙壬寅春，山东饥人流寓境内，并土著贫民凡数百家，无以自存。嘉重出粟数百石，日计口赈之。未几，粟尽，来者益众，至万余人。乃鬻其田宅，买粟以给，计日费四百余金。未几，金又尽，而流者尚不能归，其弟复倾家继之。比饥人去，兄弟遂大窘，卒无怨悔。

郭禧，字祉如，沛县贡生。母病痿十八年，侍汤药不少懈。岁歉，减价以粜。修学宫及飞云桥。邑人称之。

郭祺，字吉如。性好施济。康熙四十二年，沛大饥，祺煮糜一月，出粟减粜，并施棉衣。四十九年，再饥，捐谷五百［石］②。

魏天正，字介石。家素封，慷慨好施予。康熙四十八年，沛大饥，天正出资千余金助赈，全活无数。又尝恤贫交、助婚丧，里人德之。

① 原版九行字剜去。参以康熙《徐州志》，应为阎尔梅传，酌据乾隆《沛县志》全文抄入。
② 字据乾隆《沛县志》补。

人物六

邳州

汉

严延年，字次卿，下邳人。少学律法，为郡吏，举侍御史。时，大将军霍光废昌邑王，尊立宣帝。延年劾奏光擅废立，无人臣礼。奏虽寝，然朝廷肃焉敬惮之。神爵中，为涿郡太守。时大姓西高氏、东高氏，自郡吏以下皆畏避之，莫敢与牾。延年至，遣吏分考两高，穷竟其奸，诛杀数十人。郡中震恐，道不拾遗。迁河南太守，豪强胁息，野无行盗，威震旁郡。后为丞义所告，见杀。

严彭祖，延年少弟。与薛人颜安乐俱事眭孟，受《公羊春秋》。孟弟子百余人，唯彭祖、安乐为明，质问疑谊，各持所见。孟曰："《春秋》之意，在二子矣！"彭祖为宣帝时博士，至河南、东郡太守。入为左冯翊，迁太子太傅。廉直，不事权贵。人或劝其曲意贵人，彭祖曰："凡通经术，固当修行先王之道，何可委曲从俗，苟求富贵乎！"竟以太傅官终。

翼奉，字少君，下邳人。治《齐诗》，与萧望之、匡衡同师。三人经术皆明，而奉惇学不仕，好律历、阴阳之占。元帝初即位，诸儒荐之，征待诏宦者署。数言事燕见，天子敬焉。时，平昌侯王临以宣帝外属侍中，欲学其术，奉不肯与言。为中郎，因灾异数上封事。其后贡禹定庙迭毁礼、匡衡奏徙南北郊，皆自奉发之。为博士、谏大夫，以寿终。子孙皆以学在儒官。

龚舍，字君倩，楚人。家居武原，与龚胜友善。少好学明经，不仕州郡。楚王入朝，闻舍名，聘为常侍，不得已随王。归国固辞，愿卒学，复至长安。胜为谏大夫，引见，荐舍。诏征舍至，为谏大夫，病免。复征为博士，又病去。顷之，哀帝遣使者即楚，拜舍为太山太守。使者至县请舍，欲令至廷拜授印绶。舍曰："王者以天下为家，何必县官?"遂于家受诏，便道之官。既至数月，上书乞骸骨。上征舍，至京兆东湖界，固辞病笃。使使者收印绶，拜为光禄大夫。数赐告，舍终不肯起，乃遣归。舍通五经，以《鲁诗》教授。年六十八，王莽居摄中卒。

赵兴，下邳人。肃宗时，为司隶校尉。不恤讳忌，每入官舍，辄更缮修馆宇，移穿改筑。故犯妖禁，而家人爵禄，益用丰炽。官至颍川太守。子峻，字伯师，位太傅，以才器称。孙安世，鲁相。子孙三叶皆为司隶，时称其盛。

周纡，字文通，下邳人。好韩非之术。永平中，补南行唐长，历博平令，以威名迁齐相。建初中，为渤海太守。每赦令到郡，先决刑罪，坐免归。复为召陵侯相，人莫敢欺。拜洛阳令，下车先问大姓，吏数闾里豪强以对，纡怒曰："本问贵戚若马、窦等辈，岂能知此卖菜佣乎？”于是贵戚局蹐，京师肃清。征为御史中丞，终将作大匠。

谢安，下邳人。建康元年，阴陵人徐凤寇略郡县，自称无上将军，将众攻烧东城。安应募，率其宗亲设伏击凤，斩之。封平乡侯，邑三千户。

吴树，下邳人。桓帝时为宛令，之官，辞梁冀。冀宾客布在县界，以情托树。树曰：“小人奸蠹，比屋可诛。明将军以椒房之重，处上将之位，宜崇贤善，以补朝阙。宛为大都，士之渊薮，自侍坐以来，未闻称一长者，而多托非人，诚非敢闻！”冀默然不悦。树到县，诛杀冀客为人害者数十人，冀深怨之。后为荆州刺史，冀为设酒，因鸩杀之。

刘授，字孟春，武原人。延光元年，以宗正为司空。

三国魏

桓威，下邳人。出自孤微。年十八，著《浑舆经》，依道以见志。魏景初中，为安成令。

吴

裴玄[①]，字彦黄，下邳人。有学行。尝与严畯、张承论管仲、季路，传于世。官至太中大夫。子钦，与太子登游处，登称其翰采。

吴展，字士季，下邳人。仕吴，为广州刺史。忠足矫非，清则厉俗，信可结神，才可干世。吴平，还下邳，闭门自守，不交宾客。

南北朝宋

垣护之，字彦宗。本略阳桓[②]道人，徙家下邳。父苗，仕宋，为屯骑校尉。护之少倜傥，气干强果。元嘉中，累迁钟离太守。王玄谟攻滑台，护之百舸为前锋，进据石济。及魏救将至，驰书劝玄谟急攻之，不从。玄谟败退，魏军以铁锁三重断河，绝护之还路。护之以长柯斧断之，魏人不能禁。唯失一舸，余舸并全。还，领济北太守。文帝崩，屯历下。孝武入讨劭，率所领驰赴，帝以为冀州刺史。及南郡王义宣反，护之率军击鲁爽，大破贼将庞法起，迁徐州刺史，封益阳县侯。复拜青、冀二州刺史，镇历城。征为右将军，于道闻竟陵王诞反，即率部曲受沈庆之节度。事平，转临淮太守，徙豫州刺史。卒，谥壮。

---

① 原作“宏”，据《三国志·吴书·严畯传》改。
② 原作“垣”，据《宋书》《南史》本传改。

垣询之，护之弟。骁敢，有气力。元凶弑逆，其党张超[①]手行大逆，询之与辅国将军张柬谋杀超，不果，因与柬东南奔。孝武即位，以为积射将军。梁山之役，力战，中流矢，卒。赠冀州刺史。

赵绎，下邳人，以文义见称。征士关康之通经学，与绎友善。

齐

垣崇祖，字敬远，询之子。年十四，有干略。伯父护之谓门宗曰："此儿必大吾门！"后随徐州刺史薛安都入魏，寻又率门宗据朐山归宋，为北琅邪、兰陵二郡太守，封下邳子。及齐高帝镇淮阴，以崇祖武勇，善待之。及践祚，徙为豫州刺史。败魏兵于寿，又大破之于下蔡。后为五兵尚书，武帝以其不附己，杀之。从父兄荣祖，字华先。少学骑射，善弹。高祖初，豫佐命勋，封将乐县子。后拜兖州刺史。

垣昙深，荣祖从父，阅之子。以行义称。为临城县，罢归，得钱十万，以买宅奉兄，退无私蓄。历羽林监。王俭深重其学行。

曹虎，字士威，下邳人。齐高帝镇东府，使领白直三百人。后为雍州刺史，封建利侯。虎形干甚毅，善于诱纳，有知人鉴。为东昏侯所杀。子世宗，性严明，颇识兵势。仕梁，历太子左卫率。

北齐

皮景和，下邳人。少通敏，善骑射，兼长吏事。从齐神武征步落稽，射贼数十人，莫不应弦而倒。以战功，累迁殿中尚书、侍中。武平中，诏狱恒令景和案覆，据理执正，由是刑无枉滥。平阳人郑子饶为乱，景和讨擒之。陈将吴明彻围寿阳，诸将拒者多倾覆，唯景和全军而还。累封文城郡王，除尚书令。长子信，机悟，有风神。隋开皇中，卒于洮州刺史。少子宿达，开皇中通事舍人。母忧，起复，将赴京，辞灵恸哭，绝而复苏，三日死。

五代晋

沈斌[②]，字安时，徐州下邳人。少事梁，为拱宸都指挥使。后事唐，从破蜀，以功为虢州刺史，历随、赵等八州刺史。晋开运元年，为祁州刺史。契丹犯塞，至于榆林，过祁州。斌谓契丹归兵羸乏可击，即以州兵邀之。契丹以精兵刬门，斌兵多

---

①《宋书 · 二凶传》《南史 · 垣崇祖传》作"张超之"，《宋书 · 垣询之传》作"张超"。

②《旧五代史》作"沈赟"，《新五代史》作"沈斌"。

死。城中无备，虏将赵延寿留兵急攻之。延寿招斌降，斌从城上大骂，不屈。城陷，斌自尽，其家属皆没于契丹。

宋

刘福，徐州下邳人。少倜傥，魁岸有膂力。周世宗征淮南，福以战功授怀德指挥使。宋初，迁横海指挥使，从征蜀。以击叛卒功，授虎捷都虞候。继隶曹彬麾下，平江南。还，领蔚州刺史。从太宗克并、汾，迁马步都军头、武州团练使。端拱二年，为雄州防御使，兼本州兵马部署。雄州地控边塞，常屯重兵。福至，按行城垒，调镇兵以给缮完，出私钱以资宴犒。寇虽大至，而恃以无恐。卒，赠太傅。福虽不学，而御下有方略，为政简易，人甚德之。领雄州五年，郡境宁谧。福既贵，诸子尝劝起大第，福不许。既死，上赐其子白金五千两，使市第宅。

元

杜佑，邳州人。河南行省署为三义水马站[①]提领。父成，病于家。佑忽心惊，举体沾汗，即弃职归。父病始三日，遂祷神求代，且尝粪以验疾。父卒，庐墓尽哀，有驯兔之瑞。

史彦斌，邳州人。嗜学，有孝行。至正十四年，河溢金乡、鱼台，坟墓多坏。彦斌母卒，虑有后患，乃为厚棺，刻铭曰"邳州沙河店史彦斌母柩"，仍以四铁环钉其上，然后葬。明年，墓果为水所漂。彦斌缚草为人，置水中，仰天呼曰："母棺被水，不知其处。欲天矜怜哀子之心，假此刍灵，指示母棺。"言讫，涕泣横流，乃乘舟随草人所之。经十余日，行三百余里，草人止桑林中。视之，母柩在焉。载归，复葬之。

明

倪宽，邳州人，精武艺。元末，收集民兵，归附太祖。累立战功，升后府都督佥事。

陈政，邳州人。洪武初，集兵从征。骁勇过人，所向有功，累迁中府都督。

李英，邳州人。母刘病甚，英尝粪视药而愈。母卒，庐墓三年。洪武十七年旌表[②]。

张义，邳州人。洪武初，为大冢以瘗境内骸骨暴露者。

---

① 原作"跕"，据乾隆《邳州志》改。

② 案《明太祖实录》卷一百五十六，洪武十六年八月戊子旌表。

岑伸晖、高兴、叶旺、高宗泰、巩得海，俱邳州人。正统五年，以输粟赈饥旌表。有尚义坊。

岑义，邳州人。事父母，自幼以孝闻。朝夕问安必拜跪，饮食汤药必亲尝。母盲，义朝夕舔之，目复明。母卒，义苦块几毁。葬岠山下，负土成坟，庐墓三年，甘露降墓树经月。景泰间旌表。

叶斌，邳州人。成化中大疫，死者枕藉，斌捐地为义阡瘗之。

高大茂，邳州人。少时，母石氏病盲。大茂问其故，母言："产汝时为风所伤。"大茂日以舌舐之，竟得复明。母病，刲股以进，疾遂愈。

丁友，邳州人。母袁氏患痢，友躬汤药尝粪。及卒，哀痛绝而复苏。既葬，庐墓三年。弘治中旌表。

张辅，邳州卫百户，骁勇过人。正德六年，与流贼战黄河南岸，奋勇深入，没于阵。

汤克宽，邳州卫人。父庆，由邳州卫指挥累擢吴淞总兵官。克宽袭世职，历浙江参将，迁副总兵。击倭于温州、宁海、苏松间，屡有功。擢广东总兵，破贼吴平。后移蓟镇。炒蛮入掠，追出塞，遇伏战死。

张缜，邳州人。万历中，以孝旌。

苏德，邳州人。母张寡居，患瘫疾，历二十年，德及妻奉事惟谨，不离左右。母卒，哀毁，庐墓三年。

刘瑛，邳州人，与妻张氏俱有孝行。父母殁，前后庐墓六年。

陈铎，字大声，邳州人。家金陵，以世袭官指挥。风流倜傥，以乐府名于世。山水仿沈周。

王台辅，字赞化，邳州卫监生。崇祯末，复遣宦官出镇。台辅草疏将极谏。甫入都，都城陷，恸哭南还。福王立，东平伯刘泽清、御史王燮张乐大宴于睢宁。台辅缞经直入，责之曰："国破君亡，此公等卧薪尝胆、食不下咽之时，顾饮酒大会耶？"及南京覆，台辅泫然流涕，誓以廪粟尽为死期。明年粟尽，集其里党，深衣幅巾出见之，大呼烈皇帝，北面再拜，自缢死。

本朝

戴秉钺，字季衮，邳州人。顺治九年武进士，累迁德安都司。时吴三桂叛，调荆州防江，与贼夹江而阵。忽一夜，贼以走舸百余，乘风袭北岸。钺束苇裹药，迎舸纵火投之。火烈风反，贼烧溺死者不可胜数，江水为赤。提督桑［额］[1]奇其功，调为岳州七营先锋使。监造浮桥，克日告竣。督兵至七里山，与贼遇。贼将跃马挺枪来刺，钺弯弓射之，应弦而毙。斩获三千余级，以功擢真定右营游击。

卢起鳌，邳州廪监生。倜傥有才。三岁丧母，事继母极孝。推爱两弟，延师完娶，及析箸，皆捐己产赡之。父鸣銮，素贫约，自起鳌从游日众，家业隆起，凡父意所欲，无不承顺。父卒时已百岁，起鳌亦七十矣。

宿迁县

宋

魏胜，字彦威。多智勇。绍兴末，金人南侵。胜聚义士，取涟水军及海州，权知州事。益募忠义，以图收复，远近响应。金人来攻，战皆捷。授阁门祗候，知海州，兼山东路忠义军都统制。胜善用大刀，能左右射。旗揭曰"山东魏胜"，金人望见即退走。前后与金人战，斩馘无算。镇抚一方，民安其政。隆兴二年，以议和，撤海州戍，命胜知楚州。未几，金人来侵，胜率诸军拒于淮阳，与之力战。矢尽，救兵不至。至淮阴东十八里，中矢，坠马死。赠保宁节度，谥忠壮。立庙镇江，号褒忠。

明

刘荣，宿迁人。初冒父名江，为总旗，给事燕邸。姿貌丰伟，饶勇，多智略，王深器之。从起兵为前锋，屡立战功，累授都指挥使，迁右都督。永乐中，再从北征，为前锋，充总兵官，镇辽东。倭数寇海上，濒海郡邑多被害。江度形势，于望海埚筑城堡，设烽堠，严兵待贼。十七年，倭至。江依山设路伏，别遣将断其归路，以步卒迎战，诱贼入。伏起，两路夹击，尽歼其众。自是倭大创，不敢复入辽东。封广宁伯，予世券，更名荣。逾年卒。荣为将，常为军锋，前无坚阵。驭士有纪律，恩信严明。诸款塞者，抚辑备至。赠侯，谥忠武。子湍嗣。湍卒，弟安嗣。正统十四年，充总兵官，镇大同。也先拥英宗抵城下，安出见，伏哭于前。英宗复位，予世侯。卒，赠峄国公，谥忠僖。

臧守，字嗣泉，举乡饮。祖殷富。浙矿盗迫课急，祖意欲为代输。对曰："国课急，因军事。今能竭力助饷，国课亦可稍缓。孙贤，自足衣食；不肖，留此亦无

① 原墨丁。案《清史稿》，应为桑额，汉军镶蓝旗人，李国翰第三子。康熙十二年迁云南提督，未赴任。会吴三桂反，留驻荆州。次年正月，改湖广提督，移守武昌。七月，破于七里山下。据补。

益。”祖喜，助饷八万，追呼因以得缓。王姓素为守仇，适逮狱，狱卒谋于守，欲杀之。守多方勉其保全，仇竟得生。县令催科，择里中有声望者，令其严比。守反置酒劝谕，输纳者较他里为胜。令奖曰“相城重望”。

张宾，宾弟仑，宿迁人。自元时始祖张荣至宾，同居八世。男女二百余人，衣食必均。嫁娶、祭祀、宴饮、丧葬，定为约束。成化中，旌表“义门”。

罗鹍，字云汉，宿迁人。性孝友，家贫力学。举成化二年进士，授御史。以祖及□[①]母迎养道远，乞改南台。后为江西佥事。一夕，梦祖病，即遣使持衾具归。祖果属纩，遂用之。人称其孝感。

潘洪，字绤夫，宿迁人。父敏，景泰中以人才为泾县主簿，有善政。洪举成化十一年进士，历吏科给事中。遇天变，诏内外言得失，洪已注籍休沐，疏弊政数十条上之。出为邵武知府，疏杨铧、吕炯之弊。改守青州，藩邸中人骄横，洪以法绳之，夺还所侵民地。后卒，邵武、青州并祀名宦。

臧笃生，字天培，邑庠生。性恬淡，虽数空匮，不以介意。年近七旬，事兄如严父。生平无疾言遽色，奴婢有过，亦宽宥之。有盗入牖，故作呼童声，令盗自退。真诚接物，遇婚丧事，友争助之；逋急，友代完。巡道戴公数寓其家，云：“此高人室，虽陋，德则馨，不忍离也！”

房永，前六安指挥。流贼至，闻永善骑射，劫以为帅。不从，被害。时，同邑张廷美以选募与流贼战邳州，杀贼首数人，力斗而没。

高飞，字子翀，举人，诗文清丽。弟冠，与齐名，人称“二高”。

吴希孟，字醇甫。由贡生为新泰训导。工古文辞，知名齐鲁间。所著有《孤桐集》。

何九州，字仲敷。博学工诗。初为邑诸生，后弃去，与诸人结社赋诗。山阴徐渭深相推重。著有《白雪堂集》。

张鹏，祖母与父母殁，各庐墓终丧。子玑，肖之。

姚通，父母殁，俱庐墓终丧。事继母尽孝。

晁世兴，万历四年修城，助银千两。赐七品服。

陆奋飞，字翀霄。祖佶，为诸生，性朴行方，事亲至孝。奋飞举崇祯四年进士，由嘉兴教授，累迁户、兵二部郎中。出为饶州知府，以清惠闻。时土寇窃发，所至杀掠。奋飞开关，出老弱妇女，独留壮丁与守。城中有内应贼者，擒斩之，贼不敢东。积劳成疾，归。

① 原墨丁，疑为“父”字。按：万历《淮安府志》卷十四《名贤传》作“以祖及二亲迎养不便”，康熙《宿迁县志》卷七《艺文·罗鹍传》作“以祖父暨二亲老疾，不便迎养”。

本朝

陆履直，字维乾。少有至性，事父母以孝闻。为诸生，有文名。以恩贡当授知县，念父母老，遂不仕。后有司欲一见，终不可得。

罗于公，字良培。弱冠，试辄冠军。性孝友。岁甲申，兵势日蹙，众议欲尽毁民居弃城。于公力言于督师史可法，诛乱者，邑赖以全。

陆遴，字君远。性孝友。年二十食饩。父病，侍汤药，数年不懈。会李自成陷都城，遂绝意仕进。举乡饮，不赴。

臧维来，字永斋，邑庠生。诚悫寡营，事亲诚孝，尤善事继母。友兄弟，敬孀嫂，腴产让之弟，乐称人长。先人遗逋，其人已亡，访子孙偿[①]之。睦族周贫，力行善事。

穆应龙，家贫，力耕养母。妻悍，数忤姑，应龙恶之。妻自经死，遂终身不再娶。自为母供炊爨、浣衣、涤溺器。遇果蔬时物，必竭力购之以献。母年九十七，犹康健。应龙年七十余，孺慕亦如赤子云。

黄文凤，三岁而孤。母孀居二十余年，卧病。家贫，不能得药，文凤与妻耿氏祷于天，割股以进。母食之，遂愈。有司旌其门。

苏匀，年十七，祖母病笃，刲股以进。又有罗藻、臧煜，皆割股愈亲病。

高跻，字不危，儒侠也。为人精敏尚义，以济困扶危为事，三党赖以举火者数十家。有节孝妇女，尤极力周恤，详见徐太史用锡《寿序》中[②]。督府董讷赠以额曰“高士之风”。年九十九岁，无疾而终。孙式禹，循谨守家法。郡守石杰赠联曰：“居虽近市心长古，学不趋时品自醇。”以奖之。

高晤，字尚友。父名踰骈，字特骋。当甲乙之际，弃诸生服。生晤后，不复入室，授读东湖。父母大故毕，遂弃家入山，不知所往。晤年仅九岁，幸母陆氏教育成立。婚娶后，嘱妇代子职，辞母寻父，遍历南北山川，凡四十余年。又以念母故，屡出屡归。年六旬，尚事跋涉，终不可得。值母丧，哀毁成疾，不能再出，乃于母墓侧筑望亲庐，居处终其身。合邑绅士咸颂其孝。

张忭，字渫庵，宿迁诸生。有才胆。初，宿邑数罹水患，地没民流，丁田缺额，悉照现地摊赔。又县当孔道，徭役纷繁，民以重困。康熙二十三年，上幸江南，忭草疏怂族弟士弘倡首，为民请命。诏准奏，经督抚行查，部臣议覆，得邀恩免缺丁、坍地、旷土三项，较昔年赋额减三之一。是役也，忭年已六十，跋涉道途，屡上书巡抚汤斌，备陈地方利弊，蒙嘉纳。县令文稿，亦多假手。始终厥事，

---

① 原作“賞”，系“償”字省写。

② 文见本志卷二十八《艺文五》徐用锡《九十寿文》。

皆忭一人之力。后以借名科敛，文致成狱。忭虽因此获罪，民实赖之。著述颇多，其宿邑私乘，可采录。

徐用锡，字坛长，宿迁人。少好学，早有文誉。游京师，占籍大兴，中康熙己卯顺天乡试。安溪李光地延课诸孙，每朝回，辄与讲明为学之要。用锡步趋惟谨，由是所学益邃。自经史、性理，旁及乐律、音韵、历数、书法，咸造其奥。己丑登进士，选庶吉士，授编修。光地承修《朱子全书》《周易折中》《性理精义》，用锡皆分纂焉。乙未，分校会试，坐浮议罢归。雍正元年，李绂巡抚广西，请以用锡为书院长。既得旨，又为人中伤，勒令里居。今上即位，召授翰林院侍读，时年已八十矣。命纂修《三礼》，寻予原品休致，卒于家。用锡笃于伦谊，平生睦姻族、待师友，皆有可纪。晚年，所养益醇。及殁，视听不乱。所著诗文集藏于家。

睢宁县

元

匡才，睢宁人，雄勇多智。仕金，为武略将军。归元，授沂邳东河监军。邳人袁万作乱，大破之，加兵马使。徐守张名叛，复败之，进元帅。后宋兵大入境，战不利，死之。

匡国政，才之子。为归德判官。母病，刲肝以进。又病，剔脑和药，病即愈。母年八十九，卒。庐墓三年，有鹿驯游其旁。有司上其事，表其里曰“贞孝”。

吴希曾，睢宁人。父卒，葬之日，大雨。希曾跪柩前，炷艾燃腕，火炽而雨止。既葬，庐墓。县上状旌之。

明

张钦，睢宁人。以骑士从燕王起兵，累功为都督佥事。卒，追封新泰伯，谥刚勇。

汤思恭，睢宁人。永乐中，由举人历官临安知府。居官公廉，为时所称。

沈彦礼、赵翥、周彦民，俱睢宁人。正统中，岁大祲，各输粟千石以赈饥。奉敕旌奖。

高瑁，睢宁人。正德三年进士，以户部主事督徐州仓，廉恪称最。历官山东佥事，以忤刘瑾归。

朱用之，睢宁人。幼负勇略，以气节自高。正德六年，流贼攻睢宁。用之率众出战，力竭被执。贼爱其勇，欲降之。大骂不屈，被杀。事闻，旌为义士，建祠祀之。

孙清，睢宁诸生。幼孤，事母至孝。正德中，母卒。时流贼入境，清守母柩不去。贼义之，不入其门，邻里亦赖以不扰。有司上其事，立石表之。

张淳，睢宁人。母早亡，事父孝。家虽贫，奉养必厚。父或不食，己亦废食。父病，家有园圃，尽贸钱以资医药。

彭继泰，睢宁人。十岁丧母，蔬食三年。既长，力田养父。父卒，庐墓三年。

马宸，睢宁诸生。年十三，母病，刲股和药以愈。其孙永贵，亦割胁以疗母疾。同邑陈守、魏柱、袁得水、廖万、李跃龙五人，皆因亲病割股者。

王知止，睢宁人。性慷慨刚正。兄早世，抚孤侄若己出。孤又夭，事嫂甚敬。有夫贫欲鬻妻者，遂捐粟麦，助使完娶。里人颂之。

周宗辅，睢宁人。其先代历七世未析居。宗辅性友爱，掌家务后，益置田庐，戒子孙世守家法。乡人服其义。

本朝

吕尔占，睢宁人。由岁贡授蒙城训导，未及赴任。顺治十年，胶寇陷城，尔占奋勇大呼，夺刀杀贼。贼怒，攒刃刺之。身中数创，骂不绝口而死。时同与难者：监生魏梦熊，生员金云庆、王所重、侯赞化、傅贞默、魏振吉、李明台、朱铉、汤胤[①]奇、胡恭人、胡元调、王遇贤、仝组、张纪等，凡十五人。

仝翘，贡生存奇子。胶寇陷城，众各惊逃。翘祖母丘氏，年八十余，翘与妻张氏扶掖而行。贼突至，将杀丘。翘夫妻泣跪环抱，以身捍刃。贼怒，杀丘，并及翘。张氏亦投井死。

李枝芳，明末为四会主簿，剿贼有功，升桂林经历。晚年，家居不仕，轻财好施。顺治十六年，岁大歉，出麦千余石赈饥，存活甚众。又有恩贡李枝萼，喜成就人材。建义学于所居旁，延师课贫家子。岁歉，捐粟赈饥。

李枝翘，睢宁拔贡生。天性孝友，仗义轻财。尝以先人田宅，悉推让于异母弟，又割己产益之。初，顺治间，县有升科荒地四十余顷，寻没于水。逋赋岁增，官民交困。枝翘力白知县石之玫，申请上官奏免。复入都，请于户部，始得议行。康熙十六年，河大决，陈河务十九事，总河靳辅嘉纳焉。

丘园卜，字枚先。顺治十八年进士。历知万泉、费县，有政声。迁贵州平远知州。时有官兵与苗构衅，苗众喧噪攻城。园卜率家僮驰入其巢，谕以利害，遂解散。督抚嘉其能，再迁工部屯田郎中。康熙庚午科，为河南副主考，出为湖广提学佥事。凡四掌文衡，所得多知名士。秩满，应升参议，以老致仕。家居，犹手不释

---

① 原作“孕”，据康熙二十二年《睢宁县志》改。

卷。喜汲引后进，为学以静悟为宗。所著有《毛诗精义》《颐庵全集》等书。

流寓附

汉

张良，字子房，韩人。大父开地，父平，五世相韩。秦灭韩，良求客刺秦王，为韩报仇。得力士，为铁椎，狙[①]击秦皇帝博浪沙中。秦皇怒，大索天下。良乃更姓名，亡匿下邳，遇圯上老人，授以《太公兵法》。良常习诵读之。居下邳，为任侠。陈涉等起兵，良亦聚少年百余人。沛公略地下邳西，遂属焉。

江革，字次翁，临淄人。遭乱，负母逃难，转客下邳。穷贫裸跣，行佣以供母。便身之物，莫不毕给。建武末，与母归乡。里人称之曰“江巨孝”。

闵贡，字仲叔，太原人。世称节士。建武中，应司徒侯霸辟。既至，霸不及政事，遂投劾去。复以博士征，不至。客居安邑，老病家贫，不能得肉，日买猪肝一片，屠者或不肯与。安邑令闻之，敕吏常给焉。仲叔叹曰：“闵仲叔岂以口腹累安邑耶?”遂去。客沛，以寿终。

申屠蟠，字子龙，外黄人。初，范滂等臧否人物，非讦朝政，自公卿以下，皆折节下之。太学生争慕其风，以为文学将兴，处士复用。蟠独叹曰：“战国之世，处士横议，列国之王至为拥彗先驱，卒有坑儒烧书之祸。今之谓矣！”乃绝迹于梁、砀之间，因树为屋，自同佣人。居二年，滂等果罹党锢。蟠确然免于疑论。

范丹[②]，字史云，外黄人。桓帝时为莱芜长，不到官。后辟太尉府，议者欲以为侍御史，因遁逃于梁、沛之间，徒行敝服，卖卜于市。

丁兰，河内野王人。少丧父，十五岁丧母，乃刻木为像事之。居丰县东十二里。后人名其镇曰丁兰镇，里曰丁兰里。（丁兰事出于流俗传闻。旧志所载邻人张叔因假物不予，击像，兰遂杀叔一事，尤属难信。今从《通志》所删，酌存之）

三国魏

张范，字公仪，河内修武人。性恬静乐道，不就征命。董卓作乱，与弟承避地彭城[③]。范子陵及承子戬，为山东贼所得。范直诣贼请二子，贼以陵还范，范愿以陵易戬，贼义而并还之。后为议郎，参丞[④]相军事。太祖征伐，常令范与世子居守，

① 原作“徂”，据《史记 · 留侯世家》改。
②《后汉书 · 独行列传》作“范冉”。李贤注：“冉，或作丹。”
③ 案《三国志 · 魏书》本传，张范避地扬州，袁术备礼招请，称疾不往，术亦不强屈也。未尝云及彭城。
④ 原作“承”，据《三国志 · 魏书》本传改。

谓文帝："举动必谘焉。"

晋

孙惠，字德施。本吴之富阳人，父、祖并仕吴。惠口讷，好学，有才识。晋武帝时，州辟不就，寓居萧、沛之间。

王睿，字元德。本太原人，与弟懿同起义兵，与慕容垂战败，南奔。太元末，徙居彭城。后以袭桓玄遇害。宋武帝追赠给事中、安复县侯。

唐

许铎，罢武城令，客于徐。庞勋反，胁以官，不从。崔彦曾官属被囚，铎潜馈资粮。及死，为收瘗，匿免其子弟。贼平，乃皆归其丧。诏拜石首令，赐银绯。

宋

范纯礼，仲淹子。历官尚书右丞。崇宁中，启党禁，贬静[①]江军节度副使，徐州安置。

孔恩，宣圣五十代孙。南渡时，徙居萧。恩四世孙午，当金末，聚众捍御一方。元初，授徐州观察副使。

元

罗曾，鲁桥人。登进士，授储司院山长，教授孔、颜、孟三氏子孙。元末，避兵宿迁，因家焉。

明

文篪，其先合肥人。父景宗，洪武初知徐州，因家焉。三十二年，知州杨节仲以篪廉能干济荐，授荆州府潜江知县。

董轰，字文雷，浙江奉化人。以父知徐州，侨居于徐。轰性温雅，博通书史，词翰兼美。以知州杨秘、大学士权谨荐，授承天门待诏。

甄实，字德辉，直隶庆云人。由举人，历官太仆少卿，湖广、四川布政使，宣著勤能。往来过沛，爱其土俗，及致政，遂家焉。其子孙世为沛人。

罗霖，苏州人。工绘事，能诗。与徐士大夫游，侨居二十余年。闻国变，闭户不食旬日死。（旧志）

---

① 原作"靖"，据《宋史·范仲淹传》改。

江汉，句容人，为小贾于沛。父病，思鹿脯。汉力不能致，潜割左臂肉，脯而进之。

本朝

沙杰，字仲渠，真定人。从其父游丰。国初，群盗窃发。县令阎珆知杰魁奇，延与共守御，所歼除者颇多。一日，策蹇自徐还。或识之，怨家噪党围之。杰挺身力战，被害。其子弟家于丰，能读书。

方技附

汉

樊阿，彭城人。学医于华陀，善针术。凡医咸言背及胸脏之间不可妄针，针之，不过四分；而阿针［背］[①]入一二寸，至胸脏乃五六寸，而病者皆瘳。寿百余岁。

三国

朱建平，沛人，善相术。

明

李冠，字公冕，徐州人。博学，能诗文，善隶书。任才使气，不拘小节。晚以医名于时。

裴仕杰，徐州人。通儒书，习阴阳之术。永乐初，征天下儒硕纂修《古今大典》，仕杰以阴阳家预焉。

周昉，字彦华，徐州人。通天文阴阳之术。景泰元年，从征福建，以占候有功，授钦天监灵台郎。迁监副，卒。昉子佐，历官光禄寺少卿；儒，历官应天府丞。佐子瀹，钦天监冬官正。皆世其业。

宗文魁，徐州人。为瘍医，多奇效。而性好施予，得钱辄以助人婚丧危难。事母以孝闻。

袁贯，徐州人。精医术，尤善针法，治疾多奇效。有老狐貌为人，诣贯治疾。贯诊之，识其为兽。狐惊，以实告。与药愈之。有贫家妇以难产死，舁棺往瘗，血出于隙。贯见之，以为血鲜未死，启而治之，复苏。

---

① 字据《后汉书·方术列传》补。

路可泰，萧人。五岁即习术数，为人推星度，多奇中。尤精《易》占，言福祸无不验。

陈表，沛诸生，善书，兼工画梅。同时有王选者，善画竹，得夏太常笔意。其后，监生赵汉画翎毛最善。时人为之语曰："陈表梅花王选竹，赵汉翎毛天下无。"汉尝为四川经历，华阳郡王慕其名，使画新涂垩壁。汉方被酒，泼墨壁上，淋漓至地，王大恚。及醒，援毫点染，顷刻画成，而神彩轩腾，飞走万状。王叹服。

鹿凤，沛人。幼习百家阴阳杂书，尤善法术。尝寓凤阳，岁旱，郡守延之，祷于坛，果得大雨，由是知名。后沛邑遇旱，众即延凤，祷之辄应。

周溥，沛人。习医，为人疗疾，多一服而愈。尝至京，有院官内人暴疾，医人数十辈不能治。溥诊之，曰："伤暑。"时方冬月，官怪讯其内人，曰："昨骤寒，因启篋取七日所暴棉衣著之，遂病。"因使进药，一剂而愈。

孟思贤，字齐之，沛人。工绘事，尤精泥金人物。万历间，中使张洪尝以进呈，召见文华殿，命写御容，称旨，授锦衣卫千户。

姜居安，丰人。居沛之沙河镇。以医名。尝有达官携家过沛，抵[①]沙河，稚子病。居安令取沙一斗布舟中，卧儿其上。久之，儿手足渐动。不数时，疾良已。问其故，曰："小儿纯阳，当春月，衣皆湖绵，过热，故得凉气而解耳。"

李复，字明善，丰县人。通阴阳算数之学，官南京钦天监副。弟登，字从善，为夏官正，后迁监副。

本朝

崔岳，字维宗，徐州人。精幼科，临症如鉴，用药如响，然不以医为利。性好佳山水，每以未遍九州为憾。著《痘疹详辨》行世。

仙释附

商

彭祖，名篯铿，大彭氏后。仕商，为大夫。得养生术，年八百余岁。

周

琴高，居香城泗水中。以善鼓琴，为康王舍人。行彭、涓之术，浮游梁、砀间二百余年。后入砀水取龙子，乘赤鲤出入。

---

① 原作"抄"，据康熙《徐州志》、顺治《丰县志》改。

汉

清平吉，丰人，汉高祖卒也。至光武时，年二百余岁，容貌益少。后尸解去。

周义山，字季道，丞相勃裔孙。年十六时，常以平旦日出，东向嗽咽，服气百数。元凤中，有黄泰者，著败衣，卖芒履于陈留，目方，面有光。义山奇之，使人买其履，阴以金著物中与之。泰后诣义山，曰："我，中岳仙人苏子玄也。闻君好道，是以相诣。"遂授以长生之术。后义山白日升举，号为紫阳真人。

张陵，字辅汉，丰人。七岁通《道德经》。举贤良方正，不就。入蜀，得《九鼎丹经》。成丹，饵之，年六十，容貌益少。又得秘书，通神变化，驱除妖鬼。既而与弟子赵昇、王长迁鹤鸣山中。受上真秘录，桓帝永寿元年正月七日，与妻雍氏白日升举，时年一百二十三岁。

晋

彭宗，彭城人。年二十，服业于杜冲，栖真味道，精贯人神。尝从师采药，忽堕深谷，蹈群蛇，曾无惧色。师乃授丹经、五千文。宗宝而修之，洞畅幽漠。能三昼夜为一息，或一年不动，人以为死，及起，颜色愈鲜。山中蛇虎见之潜伏。后为太清真人。

王玄甫，沛人。学道于赤城、霍山。服青精石饭，得吞日精丹景之法，内见五脏。穆帝永和元年正月望日，白日升举，为中岳真人。(《明一统志》)

南北朝

道生，彭城人。父为广戚令。道生为沙门法汰[①]弟子，幼而聪悟，年十五便能诵经。及长，有异解，立顿悟义，多为前人未发。

唐

刘混成，彭城人，字元和，居江西南康府白鹤山。久之，留其弟子何玉守舍，自入五老峰石室，种木瓜为食。炼丹成，年八十六，别其弟子而逝。举棺将葬，空无人矣。所居有丹井、药臼存焉。

宋

曹国舅，绍圣四年，蝉脱于玉虚观。观在萧县东南五十里，今更名腾云寺。

① 原作"大"，据《高僧传》《法华传记》改。

元

洞真子，涿州人，姓丘。壮年学道。至元庚寅，游京师，谒真人祁公，赐号宝岩大师。南游邹峄山，师丹阳真人，道侣号曰洞真子。西游砀山，遇智井人赵志坚，创建聚仙宫，为真静大师，兼本宫提点。延祐乙卯，邀里中故旧会茶讫，托以他往告别。明旦，人见其西去，弟子志坚辟户视之，羽化矣。

徐神翁，名守信，泰州人，居萧县陈疃村。通黄白之术，家日殷富，曾建愿穷堂、不富亭。后白日升举。今丹井遗址尚存。

明

房德稳[①]，号云真子。早慕玄风，师事长春真人，攻苦食淡二十余年。尝居丰，三年不出。后即曲豆胜境构洞真观修炼。相传为丹成仙去云。

李旺，沛人。少不羁，日与群小博。尝过城隍庙，见衲子坐神像下。旺悯之，遗以饼饵。衲与旺语合，遂得异术。寻鬻所居室，得钱，日游市中，委钱于地，诸丐者洎小儿竞拾取之，罄其钱而后去。尝游金陵，过逆旅求宿，主人不纳，旺即趺坐门外。会夜大雪，主人以为不耐寒死矣，早启门视之，旺所卧处，三尺内无片雪，始异而留之。旺谢去。后死于家，已棺敛矣，翌日有人见之丰县某地。众以为尸解云。

恒斌，本京刹僧。宣德间，住徐州卧佛寺。五十余年，精守戒律，始终不渝。李时勉尝赠以序，略云："恬静寡欲，进修精勤。言不妄发，事不苟为，人不泛交。"

徐州府志卷之二十一全

① 按：房为元人，师事莱州长春真人丘处机。详康熙《徐州志》本传勘注。

徐州府志卷之二十二

列女上

妇人从一而终，常道也。惟贤德出众，与夫遭患难、遇强暴，百折不回，皭然不滓者，为可传焉。近岁，朝廷旌典广被，凡捐躯殉夫及守节三十年者，咸得表厥门闾。贞节之多，至于不可胜纪。然其间或贫苦无力，子孙衰微，没身不彰者，又未必无也。旧州志《列女》繁冗尤甚，今慎录其事迹，余或以名附见。以年例获旌者，亦概得备书。

铜山

晋

何无忌母刘氏，彭城人，征虏将军建之女也。弟牢之为桓玄[①]所害，刘氏每衔之，常思报复。及无忌与刘裕谋，而刘察其举措有异，喜而不言。会无忌夜于屏风内制檄文，刘氏潜以器覆烛，徐登梯窥之。既知，泣而抚之曰："我不如东海吕母明矣！汝能如此，吾仇耻雪矣。"因问其同谋，知事在裕，弥喜，乃说玄必败、义师必成之理，以劝勉之。后果如其言。

南北朝魏

封卓妻刘氏，彭城人。成婚一夕，卓官于京师，后以事伏法。刘在家，忽梦想知卓已死，哀泣，嫂喻之不止。经旬，凶问果至，遂愤叹而死。时人比之秦嘉妻。中书令高允念其义高而名不著，为诗八章以表之。

唐

王孝女，徐州人，字和子。元和中，父、兄皆防秋屯泾州，吐蕃寇边，并战死。和子年十七，单身被发，徒跣缞裳抵泾屯。日丐贷，护二丧还，葬于乡。植松柏，剪发坏容，庐墓所。节度使王智兴白状，诏旌其门。

---

① 原作"宏"，系底本补避"玄"讳之误，据《晋书·列女传》改。下同。

关盼盼，张建封妾也。能诗，为建封爱重。建封薨，盼盼感恩誓守，独居燕子楼十年，无贰志。作诗三百余章，皆以写其哀慕。建封从子仲素，于汉上见白居易，为述之。居易咨叹，和其诗三章，复寄一绝微风焉。仲素归觐从祖母，出白诗转示。盼盼读之，泣曰："自我公薨，妾非不能死。恐百载后以我公重色，有从死之妾。是玷我公也！"遂答一绝，不食而卒。

明

段二妻谢氏，元末乱，舅、姑、夫俱死。谢年二十六，一子甫六岁，又贫无倚，乃依父家守志。年八十二卒。洪武中旌表。（以下节妇）

王五妻薛氏，年十八夫亡，生子甫数月。誓不更适，躬纺绩，抚子成立。正统中旌表。

李纲妻魏氏，学正黉女。年二十夫亡，无子。誓不他适，昼夜惟与夫灵座相对。所居一室萧然，门扉常掩，惟取薪水，始一启。庭内榛莽芜没。闻者咸嗟悯，魏处之晏如。纺绩自给，垂四十年。弘治中旌表。

石嵩妻马氏，教授蕙女也。嵩殁，子城六岁。苦节抚孤城长，延从兄瞰教之学。既领乡荐，寻亦夭殁。马辟纑自给，杜门不出，虽至亲亦罕见之。有司奏旌其门。

李华妻甄氏，夫亡，止一女甫周岁。父欲夺之，甄以死誓。守节五十余年，卒。弘治末旌表。

张颐妻伊氏，夫亡，无子。伊亲自殡葬，以死守之。姑欲夺其志，遂自经墓侧。

周杲妻权氏，学士谨孙女也。年二十余，杲殁，子甫四岁，权哀毁几绝。尝自经，家人觉救，谕以托孤大义，乃止。后贫苦益甚，所居不蔽风日，惟勤女红以自给。守节五十余年，年八十一终。诏旌其门。

梁信妻徐氏，早寡，无子，守志养姑，以节孝闻。

李玺妻邵氏，于归二年，夫殁。邵守遗腹子鲸，抚之成立，生二孙。鲸夫妇复亡，又抚其孤有成。事闻，旌表。

生员李三省妻谭氏，指挥谭师伋女。年十五适李，生二子崇本、崇香。三省病殁，谭年二十有五，痛哭欲绝。翁姑勉以抚孤大义，强就饮食。茹苦奉亲，卒襄大事。教二子，皆成名。有司奏旌其门。卒年九十有三。

王伟妻吴氏，年二十余夫亡，鞠二子成立。诏旌其门。

百户王元妻高氏，州人。元督兵征倭，陷阵死。氏守节，课子成名。有司奏闻，诏赐建忠节坊。

生员尹汤聘妻毕氏，州人。聘以哭母致疾卒。氏年十七，念翁老而瞽，刺绣以养。翁殁，解衣营殡殓。诏旌表。

张氏，州御史张鹤鸣女，适滕县举人黄昌年。昌年殁，张年二十三，依母家居。遗孤家瑞，始六龄，朝夕训诫。后登进士，历官开府。

董霈妻薛氏，笄年早寡，守节终身。

倪禄妻张氏，州人。禄官指挥，以征倭功擢福建游击。倭寇再至，禄战死。张以倪氏无子，姑年八十无所托，乃毁容矢节事姑。台使旌其门。

吴春安妻蔺氏，州人。春安官百户，早亡。氏年二十一，遗一瞽儿，亦夭。姑黄氏年老，家贫，女红以养。姑享大耋，氏服事甚谨，三十余年不违左右。

徐邦泰妻沈氏，甫生子而夫亡，抚孤誓守，辟纑自给。遇岁凶，至日不举火。有司旌之。

胡佩妻李氏，州人。佩早亡，李年二十五，孝事老姑，抚孤世明成名。尝收养孤侄，让邻侵地，焚夫所遗债券，尤多隐德。寿八十一，有司旌其门。

王源妻赵氏，州人。生子养心甫三月，夫亡。赵年十九，守节五十年，训子成名。

魏氏，百户魏一清女，适千户徐增基。自幼庄静，不苟言笑。年十九夫亡，抚三岁孤成立。守贞数十年。

易从义妻魏氏，徐州卫指挥魏廷璋女。年十八于归，阅七载夫亡，抚二岁孤成立，守节数十年。

生员舒怀吉妻司氏，生子六月，怀吉病殁。司贫而守节，教子鹤龄，髫年为诸生，诸孙俱列黉序。卒年七十余。

王一正妻伊氏，年二十四夫亡，家贫子幼，苦节终身。

廪生宋增妻李氏，年二十二增殁，家赤贫，守节抚孤。孤年十六，将授室而夭，李哭之恸，遂死。里人哀之。

生员张光范妻王氏，州人。夫早卒，家贫甚，又以戍籍，故内外侵凌。氏含哀课子际盛、际明，同时补诸生。

生员孙廷选妻乔氏，廷选殁，乔方有身，后产男。家贫甚，纺缉刺绣，以抚其子，常至日中不举火。后子成立。年七十余而卒。

生员马炀妻吴氏。

贡生吴志高妻张氏，教谕鸣鹤长女。

沙怡妻郑氏　　沙鑨妻黄氏

顾云程妻王氏

指挥魏维翰妻王氏，徐州卫指挥王汉女。

毕文萃妻高氏　　王学庸妻李氏

杜先华妻王氏　　杜先荣妻段氏

王民俊[①]妻顾氏　　经历贺国辅妻单氏

——以上十二人并早寡抚孤成立，守节各数十年。

纵尔翼妻宋氏，年二十，夫病殁。宋欲死殉，家人防之。越四日，乘间自经。诏旌其门。

尹镐妻霍氏，年二十夫亡，无子，自经死。正德六年旌表。

居瀚妻孟氏，年二十余，夫亡，自经。

刘孝妻李氏，笄年归孝。孝遘弱疾，李侍汤药，衣不解带者三月。及殁，不食五日，自经柩侧。

陆鲸妾单氏，年二十，鲸疾革，誓与同死。既属纩，即自经。

金樇妻陈氏，年十九，夫亡，自经。

蒋维贤妻张氏，夫亡，张[②]即夕自经死。诏旌其门。

张氏，宿州人，适徐州生员陈王道。夫亡，自经。旌表。

生员岳梦熊妻王氏，三槐长女。夫殁，饮鸩自杀。事闻，旌表。

张氏，宿州人，适徐州生员武金玺。夫亡，自经。旌表。

魏嘉宾妻张氏，苏州训导张梃女。夫亡，自缢。旌表。

杜元祯妻王氏，夫亡，自缢。旌表。

李得一妻曹氏，夫亡，自缢。旌表。

刘永源妻杨氏，夫亡，不食十四日死。诏旌其门。

监生张有容妻李氏，嫁九年，无子。天启四年，容患秽疮死，李即自缢，同棺殓焉。事闻，建坊旌表。

张爵妻石氏，训导天衢女。爵疾革，石先一日自经。有司旌奖。

周氏，东阿教谕周棨女，适丰县孙继忠。夫亡，自经。有司旌其门。

生员吴廷杰妻陆氏，廷杰病殁，陆哀号欲死，其母防之甚严。乃三日不食，乘间自经。时年二十有一。

韩永庆妻左氏，年十九夫殁，自经以殉。

王前士妻李氏，生一女，年十五。崇祯九年，避流贼，潜居刘村。贼突至焚掠，李与女俱骂贼被杀。

毕廷试妻陈氏，年二十四，夫病亟，氏先自服毒。其父救之。泣曰："女殉夫，

① 原倒作"俊民"，据顺治、康熙《徐州志》，乾隆《铜山县志》乙正。

② 原作"蒋"，据康熙《徐州志》、乾隆《铜山县志》改。

经也！不死，将改节乎？”卒先死。（以上烈妇）

丁氏女，徐州人，许字叶孟春。孟春病殁，女即自缢死，年十有七。事闻，旌表。

王氏女，训导王三槐女，许字同里陈洪谟。洪谟以疾夭，女即日自缢死，年十有六。事闻，旌表。

殷氏女，生员殷柏女，许字吴汝璐。汝璐病死，女往视殓，回即自缢。吴氏迎尸，与夫合棺葬焉。

陈氏女，胡山陈于殿女。崇祯十年，流寇至，欲逼之去，女坚不从。以刃加其颈，益大骂，被杀。时年十六。（以上烈女）

本朝

万天祺妻毕氏，天祺殁，遗孤穆甫三龄，毕抚之至成立，为诸生。

孙氏，袁国祥母。国祥生一岁而孤，孙矢节教子。国祥由监生，官顺天经历。

杨文伯继妻张氏，年二十二夫殁，子枝荣六岁，依兄枝秀。张纺绩课读，甘贫苦守。枝荣既长，有声黉序。顺治中旌表。

汪养成妻卢氏，于归后，孝事舅姑，睦于妯娌。年二十八，养成为土寇所害，遗二子皆数岁，氏忍死为抚孤计。稍长，督之学，艰苦备至。日夕涕泣，赍恨而殁。后次子洒然为诸生。

冯国祥妻姜氏，年十六于归。国祥早殁，守节课子，历四十余年。

孟述尧妻武氏，徐州卫人。年二十一夫亡，遗孤三岁。翁姑皆老，家贫甚，武纺绩、糊纸镪以供朝夕。子尚智成立，佣作赡母，勉襄祖妣大事。时人称之。

乔尚义妻赵氏，年二十夫殁，遗子岳方三月。或凌逼之，欲利其产，赵誓死无二，养姑训子。岳年十八入庠。

丁廷槐妻周氏，徐州人，游击周怀女。夫亡，守节奉姑。抚孤炽成立，为河标中军守备。康熙十年旌表。

赵汝伯妻王氏，夫亡，孝养翁姑，抚孤成立。康熙十年旌表。

生员吴廷焞妻张氏，夫亡，守节。康熙二十年旌表[①]。

生员吴相妻杨氏，夫亡，守节。教子士鹏成立，为诸生。康熙四十三年旌表。

居佳熙妻陶氏，夫病狂，不可近，陶谨护持，十年不怠。既死，翁姑穷老。值岁凶，日出掇水草、蒿苗，杂屑树皮以供。教三子甚严，稍长，即能自食其力。娶

① 案康熙《续徐州志》：氏，张胆女，康熙二十一年十二月旌表。康熙《徐州志》云：二十一年旌，至三十七年建霜节坊，在州治西南。本志言“二十”，应有脱字。

家妇，未几而夭，遗一孙方数月，陶自养之。乳忽复湩，哺孙，遂得长成。里人异其事。康熙三十五年旌表。

王梦凤妻朱氏，年二十六夫亡，孝事翁姑，教子大成，年十四即为诸生。守节六十余年。康熙二十四年旌表。

韩启铨妻苗氏，夫亡，守节。康熙四十五年旌表。

生员李乘龙妻沙氏，乘龙殁，沙年二十五。孝养翁姑，教诸孤成立。子鹤年妇王氏，亦以早寡守志，勤苦治家。孙子千妇薛氏，更以自缢殉夫。一门三世贞烈。

申崇熙妻张氏，徐州人。年二十九夫亡，剪发誓守，养舅姑，育孤子，历四十余年。

严登魁妻杨氏，徐州人。登魁以候补守备，从征土寇，死事。时杨年二十七，翁姑衰老，三子皆幼。养生送死，教育诸孤，年八十九以无疾终。子鼎妇张氏、鼒妇毕氏，皆早寡，依于姑，抚子成立。人称“一门三节”。

张兆熊妻李氏，徐州人。明崇祯九年，流寇掠徐，兆熊遇寇于长山，被杀。贼退，李同家人往寻，得尸山下。将舁归，而胎伤产子，因名之曰“长山”。自是矢志守贞，恪事舅姑，抚孤成立。苦节五十年。

汪江妻李氏，徐州卫人。年二十二夫亡，守节抚孤，至年九十二终。

张占鳌妻周氏，徐州人。年二十四夫亡，守孤。族人利其资产，谋夺其志，数加以横逆。周不得已，稍分田宅予之。意终未满，将害其孤。乃迁居避之，卒获全。苦节三十七年。

李养廉妻赵氏，徐州人。年二十三夫亡，躬勤织纺，教子成人。数十年履不逾阈。

周文魁妻刘氏，魁早亡，氏矢志抚孤，备尝诸艰。教子赞化，善属文，工书画，称郡庠名士。孙、曾相继入泮。

生员吴仪妻郭氏，仪早卒，无子。郭年二十有二，誓奉孀姑，立夫从子为后。守节三十余年。

生员张汝麟妻薛氏，前舍人薛国翰女。夫亡，孤在襁褓。氏苦志四十年，教子廷枢、廷梅成名。

监生张大智妻李氏，夫病，刲股以进。夫殁，教遗孤惠成立。苦节三十余年。

王宗印妻丁氏，徐州人。嫁逾年，夫死，无子。舅姑欲夺其志，氏誓不再适，纺织以养舅姑。年八十，邻里犹罕睹其面。

吴朝幹妻李氏，徐州人。年二十一夫亡，抚孤光祖成立，守节数十年。后氏病，子妇马氏割股以进，病遂愈。人称一门节孝。

张大洪妻陆氏，年二十八夫亡，无子，家贫，矢志守节。康熙四十八年，岁饥，夫弟大用劫缚氏，嫁之于屠家。氏誓死不从，碎碗自毁其面，邻里送归。陆氏诉有司，治大用罪。苦节至六十六岁而卒。

贡生萧崇化妻杨氏，夫殁，氏年二十四。事翁姑尽孝，教子慈严兼至。今二子允怀、允协俱成立。里党咸以节孝见称。

吴氏，萧县举人吴惰女，适监生李昌俊。年二十九而寡，守节。奉翁姑终养，嗣侄有源成立。今五十四岁。

吴氏，适太学生杜大涵。事翁姑及太姑，得其欢心。未几，相继亡，汤药丧葬，皆相病夫合礼节。夫故，氏痛系绝，过兄次子为嗣。子幼弱，思生母，屡归，氏恩勤愈笃。苦节无依，委屈成全，以成厥志。太守石公奖曰“志矢柏舟”。

副贡吴佳藩妻王氏

孙枝美妻曹氏

孙世瓒妻王氏

张炽妻孙氏

生员蒋惟清妻吴氏

王永嗣妻张氏

张茂荣妻赵氏

萧长世妻张氏

杜先畴妻张氏

张文吁妻贺氏

生员张文藻妻崔氏

赵应麟妻郭氏

生员申永祼妻丁氏

王相辰妻刘氏、妾李氏

姚名辅妻齐氏

生员张翘妻王氏

张志宇妻梁氏

杜先庚妻丁氏

张起云妻姚氏

史楷妻张氏

苏士进妻孙氏

孟琯甫妻石氏

生员孟佶妻刘氏

高拱斗妻刘氏

——以上二十五人①，皆旧志所载早寡守节，未经旌表者②。

张鹏翥妻徐氏，徐州人。夫早亡，守节。雍正二年旌表。

生员耿佼妻苏氏，徐州人。夫亡，守节。雍正四年旌表。

刘廷璧妻周氏，徐州人。年二十五夫亡，守节四十四年。雍正四年旌表。

曹文明妻李氏，徐州人。夫亡，氏不食七日。亲族勉以大义，强起。事姑尽礼，教诸子成立。雍正五年旌表。

牛国楚妻张氏，徐州人。夫早亡，家贫，纺织以供甘旨。教二子汝亮、文荦，俱成名。雍正五年旌表。

陈应彪妻靖氏，徐州人。夫亡，守节，育夫兄孤子女，皆成立。教子韬，成武

① 原作“二十四人”，案“王相辰妻刘氏、妾李氏”为两人，志书统计疏忽，据改。

② 按：自“杜先庚妻丁氏”以下七人，康熙《徐州志》皆无，事载乾隆《铜山县志》。此云“皆旧志所载”，未详何志。

进士。雍正五年旌表。

曹榛妻吴氏，徐州人。年二十一夫病，割股以进。夫殁，抚七月孤濂，教以成立。雍正五年旌表。

生员单果育妻王氏、妾薛氏，俱铜山人。夫亡，并守节五十余年。雍正十一年旌表。

生员陈琮妻滕氏，铜山人。琮事亲孝，性嗜学，早卒。氏年二十二，上事舅姑，下抚遗腹子象复，力学成立。守节五十六年。雍正十二年旌表。

韩永荫妻陶氏，铜山人。永荫性好施济，氏每赞成之。善事舅姑。永荫卒，自誓死殉，家人救免，遂教子成名。雍正十二年旌表。

赵大爵妻周氏，铜山人。年二十一夫亡，子方三岁，剪发自誓。家贫，针黹自给。子早亡，复与孀媳王氏教育诸孙。雍正十二年旌表。

监生李衡妻陈氏，铜山人。年二十二衡殁，二子继殇，大恸不食。适姒子星垣生弥月，姑令陈抱为己子，鞠育成立。事姑，数十年不懈。星垣以武进士及第，官侍卫。晋封陈夫人。雍正十二年旌表。

候选州同张烛妻邓氏，铜山人。年二十六夫亡。孝事老姑，教子三人，俱成名。苦节四十五年。乾隆四年旌表。妾王氏，亦守节四十余年。

侯起化妻杨氏，铜山人。年二十四夫亡，守节三十四年。乾隆四年旌表。

贡生张彦圣妻王氏，佥都御史黄冈王材任之女。年十七夫亡，抚侄秉信为嗣。礼法自持，足不逾户，宗党钦重。乾隆四年旌表。

韩弘大妻王氏，铜山人。年二十九夫亡，事孀姑，抚孤子文[爽][1]成立，守节五十五年卒。文[爽]妻王氏，年二十八文[爽]病殁，与姑同志，抚子元晧成立，守节四十五年卒。元晧妻杜氏，年二十八夫又亡，养孤鞠子，守节三十余年。一门三节，乾隆四年旌表。

袁渡妻董氏，铜山人。年二十四夫亡，守节三十四年。乾隆四年旌表。

赵溥妻王氏，铜山人。年二十二夫亡，守节三十二年。乾隆五年旌表。

候选县丞袁鉴妻朱氏，铜山人。年二十四夫亡，守节四十三年卒。见请旌。

王琮妻黄氏，铜山人。年二十三夫亡，守节五十余年。乾隆四年请旌。

杨国栋妻郑氏，铜山人。年二十夫亡，守节三十五年。乾隆四年请旌。

周宗周妻朱氏，铜山人。年二十六夫亡，守节三十四年。乾隆五年请旌。

张广奇妻刘氏，铜山人。年二十六夫亡，守节三十四年。乾隆五年请旌。

吴宜妻岳氏，铜山人。年二十二夫亡，守节三十一年。乾隆五年请旌。

---

① 字据民国八年徐州伽河慎修堂《韩氏族谱》补。下同。

许鸿恩妾苏氏，铜山人。年二十七夫亡。事嫡甚谨，抚所生子兴臣、兴国，皆成立。守节三十九年。乾隆五年请旌。

刘美妻李氏，年二十九夫亡，守节三十年。乾隆四年请旌。

刘鼎继妻许氏，年二十八夫亡，养亲抚孤，守节四十二年。乾隆五年请旌。

张大成妻辛氏，年二十九夫亡。孝养翁姑，训诲二子，族人罕见其面。守节五十九年，卒年八十七。次子恒妻黄氏，年二十七恒殁，与姑同志，守节三十六年。乾隆五年并请旌。

赵宸妻米氏，年二十五夫殁，守节三十年。乾隆五年请旌。

李遇春妻韩氏　　李桧妻耿氏

——以上二人并早寡完节，乾隆六年旌表。

彭昆妻杨氏，年十九于归，十载夫亡。三子俱幼，姑老家贫，纺绩以供菽水。子长授室，未几相继夭，又抚其孙。守节四十六年卒。乾隆六年请旌。

生员段如璜妻薛氏，年二十六夫殁，舅姑在堂，子秉则方四岁，氏仰事俯育，备极艰辛。后秉则又殁，遗二孙，皆赖氏成立。计苦节四十一年。现年六十七岁。乾隆六年请旌。

李清理妻杜氏，年十七适李，孝事孀姑。夫亡，氏年二十八，矢志守节，抚二子成人。现年九十八岁。乾隆六年请旌。

李鹤年妻王氏　　岳［重］[①]钦妻武氏

——以上二人俱夫亡守节，奉旨旌表。

生员李明斌妻陈氏，本县生员陈四可女。年二十三夫亡，号恸绝粒，欲以身殉。姑慰之曰："汝子俱幼，吾与翁且老。汝死，其将谁属?"乃勉从姑命。率妾季[②]氏，孝事舅姑，抚嗣子成人，历苦节各五十余年。当代巨卿多给额奖之。

江成业妻徐氏，年二十三夫亡，子甫二岁。翁姑俱老，无伯叔兄弟，家徒四壁。氏纺绩养亲，及殁，经营丧葬。抚孤至二十岁，亦亡。苦节五十一年。

吴李氏，贡生李愿女。年十九适贡生吴士骏，骏殁，遗子椿年、松年甫数岁，上有老姑。李竭力孝养，生死尽礼。鞠二子成立。椿年娶工科给事中阎圻女，松年娶郡庠生祁振铎女。松年早卒，乏嗣；椿年亦亡，遗孤作忠。二氏共厉冰操，与姑同志。一门三节，里党咸称颂之。

李以申妻马氏，丰县生员马四彪女。年十八适李，三载夫亡。公姑在堂，一子方襁褓，氏仰事俯育，艰苦备尝。年七十而终。

---

① 字据乾隆《铜山县志》补。

② 乾隆《铜山县志》作"李"。

郑天祥妻魏氏，于归时，翁患疯瘫卧床，氏奉汤药不懈。夫亡，尤竭力事翁二十余载。翁殁，哀礼兼尽。夫弟天德，贫不能举火，氏收养于家。俭以自持，严于课子。计苦节三十三年。

李久妻韩氏，本县生员韩朴女。年二十五而寡，矢志守节，抚孤诏。比长授室，诏又夭。择从孙庄嗣诏，以主先祀，殷勤教育，无异所生。历四十一年。

崔奇妻赵氏，年二十夫亡。翁姑贫老，氏以女红供朝夕。后翁姑殁，族人感其孝，共助棺以殓。守节五十九年，人无识其面者。

孙志晋妻汪氏，年二十三夫亡，坚志守节，历三十九年而卒。

孙志咸妻徐氏，诰封通奉大夫徐国珍女。年十七于归，至二十三，夫殁。守节三十九年卒。

孙志豫妻金氏，年二十一而寡，矢志守节，阅二十九年。

朱左注妻汪氏，年二十三适左注，六载夫亡。历苦节四十三年。现年七十一岁。

吴廷荦妻周氏，年二十七夫亡，守节。现年八十七岁。

吴士绍妻单氏，于归时，年甫十七。五载夫亡，守节至今六十一岁。

罗岐妻柴氏，年二十三夫殁，守节三十四年卒。

张文杰妻滕氏，年二十一归文杰，越五载而夫亡。守节四十年，现年六十四岁。

张文俊妻郭氏，年二十九夫殁，守节四十四年而卒。

杜鸿縛妻李氏，嫁时年甫十九，至二十七鸿縛殁，守节终身。

吴志楷妻汪氏，年二十早寡。历苦节三十年。

吴志梁妻丁氏，年十七适梁，四载夫殁，矢志不二。现年五十岁。

吴锴妻王氏，夫亡，年二十九。守节四十八年，现年七十六岁。

生员陈汝梅妻李氏，年十九于归，七载夫殁。守节四十一年。

车熙年妻周氏，年二十四夫亡。周志守节，现年七十二岁。

薛文举妻刘氏，年十七适文举，四载夫殁。历苦节二十九年。

薛文臣妻孔氏，圣裔孔衍玺女。于归时年十八，至二十六夫亡，勤辛守节。现年五十一岁。（以上节妇）

刘景高妻徐氏，徐州人。姑疾笃，祷神，刲股作羹以进，食之而愈。徐亦若有神相，绝无痛苦。

刘景越妻陈氏，徐州人，善事舅姑。姑卧病，陈侍汤药，数月弗怠。病革，陈皇遽祝天，割股以疗，病遂瘳。

生员张钰妻吴氏，徐州人，事姑至孝。钰赴淮应试，姑病剧，吴割股作羹，杂

鸡臛以进，姑疾顿愈。（以上孝妇）

丁辚妻韩氏，铜山人。生于明崇祯十二年，至今乾隆五年，寿一百二岁。六年旌表。（寿妇）

彭氏，萧诸生彭万程女，适徐人陈子沅。沅病数载，彭侍药饵无懈。及殁，出簪珥尽散之。越三日，自经死。

海烈妇，徐州人，适同里陈容。家贫，值岁歉，而容庸懦不能治生。闻海有兄子为松江军弁，夫妇偕往依之，不遇，还寓常州。有市侩窥海有姿貌，伪与容交欢，数诣海室，辄拒不纳，甚惭恨。凤阳卫运丁林显瑞者，侩知其淫凶，乃为言海美，嗾令自图。林使其党故与容争，窘辱之，己后至，出钱为解。容不悟其谋，反感焉。居数日，林欲挈容夫妇附其粮艘还徐。海深以为疑，容怒，强之登舟。时天甚寒，海敝衣无絮，林馈食，阴遗衣，皆谢不受。寻令容市纑于苏。海阻容，不听，乃储薪水糇粮，闭舱以待容还。林每诱之，不从。忽一夜，乘酒破门入，海大呼“杀人”，众惊起，乃潜逸去。海自知难免，密缝上下衣履，使为一片。次夜，林果复入，以器击之伤而走。海号泣至夜半，遂自经死。时康熙六年也。林惧，埋尸粮中，拟出境沉之江。又遣水手蓝九廷往杀容。九廷弗忍，与俱诉官。勘实，林服辜，海旌表。常人为立庙西门外运河旁。（按：《通志》载其夫作“陈有量”，盖名容而字有量也）

钟玉妻黄氏，夫亡自缢。康熙三十四年旌表。

赵体义妻谢氏，夫亡，誓以死殉，家人以遗腹劝止。后孤复夭，谢尽捐簪珥，礼葬翁、夫二柩毕，投缳死。康熙三十五年旌表。

冯康运妻高氏，睢宁人，居徐州。夫赴试，溺死于河。高闻讣，即自经死。奉旨表曰“节孝之门”。

刘自坦妻李氏，徐州人，夫亡自缢。

李硕妻苗氏，徐州人。夫亡，殓毕，自经死。

邓炎妻梁氏，黄村人。性静正，能修妇职。未数年，夫殁。殓夫毕，自缢死，时年二十三。

生员时昭妻江氏，徐州人。昭病殁，江殓夫毕，即自缢。

李子千妻薛氏，年二十于归。甫三月，夫殒。悲不自胜，即缢死。

李助妻朱氏，徐州生员朱绅女。年二十一适李。八月，助以暴疾死。敛毕，即扃户缢于棺侧。

丁鋴妻杜氏，徐州贡生杜大逢女。归丁二年，夫亡。杜生子方弥月，誓死守。至四岁，子复夭。乃请舅姑，更立从子以为夫后。遂仰药死。

王进礼妻高氏，年二十三夫亡，饮药死。邻里怜之，为敛资葬焉。

周维藩妻高氏，夫亡，不食三日，夜半自经。时，舅姑梦其夫妇泣拜，惊起呼妇，已气绝矣。

监生张弘基妻滕氏，贤而无子，以夫弟子为嗣。夫亡，嗣子继夭，氏哀痛不食，自缢死。知州白洁旌其门。

王永晋妻何氏，于归四月夫亡，氏号痛几绝，七日不食，自缢死。雍正八年旌表。

吕祖植妻朱氏，于归五载夫亡，昼夜哀号，五日不食，自经死。

王之瑞妻张氏，成婚八载夫亡，终日号泣，勺饮不入口。视敛毕，投缳死。

程公爵妻郑氏，铜山人。夫亡，欲以死殉，家人劝以抚孤守志。未越月，孤又殇，即闭户自经。妾高氏，亦同日投缳死。乾隆六年请旌。（以上烈妇）

张氏女，名秀，徐州人，自幼许字胡钦。年二十一，钦家期以秋娶，及夏而钦殁。女不食二日，自缢死，与钦同葬。

殷氏女，名二立，徐州农家子。有容德，精女红。年及笄，许字程国玺。无何，国玺病亡。女闻，即自经，家人救之。绝粒二日，饮药死。

潘云汉女，徐州人，许字张廷柏。将及笄而母殁，依于祖母。叔父某佐浚邑，迎祖母之官，女从焉。癸未秋，廷柏病殁。问至，祖母知女性烈，匿不言。逾年，一老婢泄之。女悲恸不食，七日死，时年十七。父哀其志，为致丧合葬廷柏之墓。

杨建中女，徐州人。生而颖慧。五六岁时，授以《孝经》，辄解其义。父尝见花间蝶，因出句使对，曰："花间双蝶舞。"女应声曰："天上一鸾飞。"父闻之，愀然弗悦。已许字沙氏子上兰，未嫁，上兰夭。讣至，女知之，不敢泣，托疾卧，勺水不入口。父母劝谕至泣下，乃强起，阳如平常。家人因不疑，夜整衣履，自经死，时年十八。父母痛之，犹冀其复苏，至三日始殓。时方盛夏，颜色不败。

李枚女，许字王延龄。延龄殒，父母闻之，戒家人勿言。后七日，亲戚来唁，女始知，悲痛欲绝。母严防之，因好言绐母，防少懈，遂自经死，时年二十一。

胡氏女，徐州卫人，许字陈肇祥。肇祥殁，女往吊，欲死殉。翁姑以肇祥弟子为其后，命抚育。至十龄，复夭。遂不食死。（以上烈女）

张孝女，徐州人张翃女。方龀时，父忽遘痰疾，举室仓皇，诸儿女绕床泣。女独入小阁，潜祷佛前，愿以身延父算。取剪刀割股肉，暗置药内。父饮药渐瘳，越两月愈，女始微露于母前。一时戚党传为异事。（孝女）

庠生吴在寅，居梁庄。继妻刘氏，事姑左氏孝谨。姑病，将属纩。刘祷神，刲股肉潜投药中，扶姑首饮之，即愈。乡里惊传之，县令旌曰"诚可回天"。

萧县

明

何鉴妻吴氏，年二十一，鉴卒。事舅姑孝谨，抚孤子成立，为乡里所称。

穆三妻黄氏，嫁六月，夫亡。黄矢节，鞠遗腹子端黄[1]成立。同县王彬妻，亦早寡守节，训子成学登第。

黄恩妻徐氏，年二十一夫亡，无子。舅姑欲夺其志，不从，纺绩自赡。乡人怜之。

生员卜同妻郝氏，年二十二，生子周岁，夫亡。姑孙氏老病，郝侍养，勤劳百状。病笃，为尝粪。及卒，竭力以敛。隆冬惟单衣自蔽。苦节终身。

郑槐妻谭氏，早寡，遗腹生子。辟纑鞠育，备诸艰苦。

李宗孔妻郝氏，年二十夫亡，抚孤子化鹏。每逢节序及宗孔忌辰，洒酒恸哭，累日不食。事姑尤以孝闻。

朱玻妻孙氏，年十九，玻卒。孙欲引决，舅哭止之，乃忍死孝养。舅姑丧葬，皆以礼。诏旌其门曰“节孝”。

郝臣妻陈氏，年二十夫亡，舅姑皆老，剪发自誓，孝事尊嫜。抚五月孤一本，博学成名。有司旌其门。

刘楚才妻赵氏。父文鉴，闽人也，为萧丞，见楚才少有奇质，以女妻之。氏年二十四，楚才卒。育遗腹子，养老姑，亲操井臼，慈孝兼至。

生员刘子奇妻徐氏，甫生子而子奇病卒。欲自经，姑泣慰之曰：“而翁早世，吾所以不即死者，以汝夫在也。不幸又死，汝子尚在襁褓。汝死，吾与汝子何归?”徐乃黾勉事姑育子，以慈孝称。有司表曰“双节”。

孙雷妻朱氏，雷负异才而夭折。朱年仅二十，誓以死守。偕生母潘媪，蔬食终生。

岳梓妻武氏，国戚武迪女。梓早逝，训二子钟灵、钟杰成立。钟杰早亡，其妻刘氏亦矢志奉姑，尝割股以愈姑疾。有司表曰“节孝”。

张涔妻居氏　　李大章妻王氏

任述妻朱氏　　郝贡妻潘氏

生员任汉妻杨氏　　王忻妻刘氏

张廷桂妻于氏　　戚性妻纵氏

① 案万历、顺治、康熙《徐州志》：生子端，黄竭力以养姑育子。黄乃妇姓，当断入下句。本志读为“端黄”，误。

王文逵妻刘氏　郝寿妻杨氏
罗衣妻丁氏　纵鲲妻吴氏
纵三乐妻朱氏　王文述妻高氏
王尚员妻李氏　王印妻吴[①]氏
张师果妻陈氏　刘远妻孙氏
刘学易妻李氏　程址妻李氏
刘进辅妻张氏　丁世忠妻孙氏
杨善妻陶氏　李邦渊妻王氏

——以上二十四人皆早寡守节，抚孤成立，各历数十年。

刘湘妻李氏，事孀姑以孝闻。夫殁守节，外户不窥。历八十余年。

任滔妻张氏，夫亡，年二十三。一子二岁，抚之，使学有成。姑王氏丧明，每晨起漱舌舔其目，未一年复明。有司旌其门。

葛氏，葛为绨女，为郝氏妇。夫死，抚四岁子铎长成。娶孙氏，生男甫三岁，铎复死。同妇孙氏抚孤孙，将婚又夭。葛以哭泣病卒，孙亦守夫墓终身。

孙重盛继妻程氏，性敏慧。从重盛识字，一见不忘。重盛死，无子。程以一婢给薪水，闭户不见人。历数十年。

朱明谏妻孙氏，夫早亡，公姑继殁。孙携孤庐二亲墓，身衣缞麻，负土成坟，三载方归。誓守数十年以终。

宫诏妻郝氏，年十七于归。越十年，诏死。抚孤毓麟，依母家，蓬头垢面，纺绩以给。养姑何氏，力奉甘旨。后遭寇乱，渡河，泊异乡。姑卒，以裙裹土筑墓，闻者为泣下。毓麟卒成名，为诸生。奉旨旌表。

生员杜蒲芳妻许氏，夫亡，卜葬先茔侧，朝夕拜泣，三年无间。抔土筑坟，巍然如阜。年八十余，犹哀慕弗忘。（以上节妇）

生员马世录妻王氏，年二十二夫殁，恸几绝。比葬，欲殉者再，诸媪强掖归，卒自经死。乡人悲之，争买棺以殓，启夫窆合殡焉。事闻，旌表。

赵之璧妻马氏，璧疾，祷天请代。及病危，遂先自经，同日棺殓。建坊旌表。

生员彭好古妻丁氏，好古勤学婴疾，丁事之，至忘寝食。疾革，丁泣曰："子危矣，愿同归。且不忍见子之绝也！"先一日自经死。诏旌其门。

亓邦泮妻宗氏，泮病殁，宗从容殓毕，自经死。

葛为绤妻冯氏，成婚未几，绤疾剧。冯治棺衾讫，入室自经。绤亦寻卒。

张恕妻萧氏，恕患病久，萧誓以死从。及殁，遂自经，同棺葬焉。事闻，

① 顺治、康熙《徐州志》作"胡氏"。

旌表。

李世甲妻王氏，嫁九月，世甲病死。王哭之呕血，越二日自经。

——以上七人皆明初人。旧志属之元以前，误。

张冲奎妻徐氏，奎染疯症，喑不能言，氏焚香露祷。夫亡，自缢未遂。遂水浆不入口，七日死。诏建坊于赵家圈，曰“贞烈之门”。

张振鹭妻王氏，夫病，医药弗效，割左股肉为汤疗之。竟不起，殓毕自经。事闻，旌表。

王氏女，许字任士英。闻士英力学致疾将危，告其父母，欲一往视。父母怜而从之。得侍汤药者三月。士英卒，七日不食，自经死。诏旌其庐。

王基弘妻马氏，徐御史马津孙女。素娴内则。崇祯九年，闯贼陷萧，夫死。马被执，义不辱，遂死。诏旌表。

任如龙妻项氏，闯陷破城，夫从父遇害，项被执，以骂贼见杀。诏旌表。

纵鲲跃妻吴氏，城破被刃，寻苏。明日贼退，寻夫尸收殓，自缢柩旁。事闻旌表。

郝惟肖继室李氏，为妇以孝闻。鞠前妻子，无异所生。夫病，侍汤药数月不懈。比死，自经柩旁。

寇自谦妻杜氏，夫妇相敬如宾。自谦以无嗣，多蓄妾，杜爱之不妒。夫亡六日，闭门自经。

许嘉宿妾唐氏，苏州人。年十七为侧室，事嫡贺甚恭。生一子夭。后宿病笃，誓以死从，家人窃笑之。及宿弥留，唐跪宿柩前自经死。县令旌曰“异烈”。

何拱瑞妻杜氏，于归后，夫得异症，数日死，杜即自经。

寇公胤[①]妻纵氏，归寇三载，生一子。夫亡，哭之尽哀。又一岁，子病殇，益哀痛，自经夫柩侧。

陈时鸣妻翁氏，嫁时，值夫病剧，侍汤药唯谨。及殁，翁从容毕敛事，哭不甚恸，翁姑不之疑。阅三日，自缢死，时年二十六。

何鸣汉妻许氏，夫亡，水浆不入口三日，自缢死。

生员徐尧臣妻许氏，尧臣病卒，殓毕成服，从容自缢。遗子琰才六月，后为诸生。

孟知性妻郝氏，知县玘曾孙女。食贫，能劳苦佐夫。生子镇、钥、鐍、锦，俱教以义，诸子惮之过于父。流寇破城，知性父子各相失，独钥得从郝至南门隍。诫钥曰：“我妇人耳，一死谢责。儿不必也！”遂投池而死。钥挽不及，亦触石死。

① 原作“允”，据顺治、康熙《徐州志》改。

何湖妻纵氏，事公姑以孝闻。丙子，流寇破城，携幼子出逃。遇贼索金钱，遂触石壁破额而死。越三年，次子何岱誓报母仇，从刘良佐讨贼，血战于蒙城，死之。

任国鐄[①]妻戴[②]氏，寇至，氏扶姑走凤山巅。贼执之，不屈，被杀。血喷石上，经阴雨即有人影，数岁未灭。

陈氏二女，俱萧人陈于前女。姊适黄廷诔，妹适刘希贤。丙子，贼破萧，姊因夫死，骂贼碎躯；妹不受污，投火死。

陈开先妻郝氏，年十七于归，事翁姑以孝闻。丙子城破，自焚死。

王鼎妻宋氏，流寇过朱珊铺，鼎伤股，宋同子妇欧阳氏被执不污，俱死之。

郝崇抱妻朱氏，流寇至，被执，骂不绝口。贼怒，断其指。骂益厉，复截其舌以死。

葛养性妻蒋氏，夫亡，唯一女，与孀姆王氏共守四十余年。流寇经方山，执蒋，索金钱。绐之曰："埋夫墓侧。"至墓，骂曰："吾得死所矣！"贼杀之。后三年，袁寇大掠萧境。蒋女适徐拱杓，复为所迫，携其女坠楼死。（以上烈妇）

杨自秀女，名四姐，年十五，从父避乱龙蟠山中。寇至，欲辱之，誓死不从。贼怒，碎其尸而去。（烈女）

本朝

生员朱道光妻梁氏，年十七适道光。越三载，道光殉流寇难，子允宪甫一月。梁断发矢志，依伯母栖彭城，纺纴为生。积十载还家，手结庐垦荒。伯母病殁，厚葬之如姑。子成立，为诸生。历四十余年，康熙十八年旌表。

李万苍妻唐氏　　贡生陈大壮妻任氏

——以上二人皆早寡守节终身。见旧志。

生员朱鹏翮妻章氏，夫亡，守节不二。雍正三年旌表。

贡生吴基豫妻任氏，基豫卒，氏孝养舅姑，抚孤成立，守节三十余年。雍正五年旌表。

朱灏妻李氏，夫亡欲殉，屡救得免。未几，夫弟又卒。舅姑膝下无人，氏竭力经营，以养以葬，皆无缺礼。雍正十二年旌表。

吴含芳妻韩氏，夫亡，事姑孝，守节三十六年。

王名世妻张氏，年二十二夫亡，守节三十一年。

---

① 原作"宝"，据本志他卷用字并参顺治《徐州志》、康熙《萧县志》改。

② 原作"钱"，据顺治、康熙《徐州志》，康熙《萧县志》改。又案嘉庆《萧县志》：氏为遇难生员戴奋翼之女。奋翼，本志有传。

生员杜廷玉妻吴氏，夫亡，事姑孝，教二子成立。

吴兆鳌妻王氏，萧县人。夫亡，守节三十二年。

贡生张之濂妻徐氏，夫亡，孝事舅姑，睦于宗党。

——以上五人俱奉旨旌表。

徐儒渥妻张氏，年二十二夫亡，纺绩抚孤，守节四十二年。乾隆四年旌表。

纵汝獬妻郭氏，年二十一夫亡，守节五十二年，至亲罕见其面。乾隆四年旌表。

州同任国镠侧室岳氏，镠卒，氏年廿九，历节教二子成立。陈氏，亦镠侧室，生子观湞。夫妇相继卒，遗六岁孤贺，抚之亦成立。氏性恭顺勤俭，嫡秦氏卒，两子未克主丧，氏独任之。教诸女纺绩，嫁奁资焉。甘布蔬而惠及族党。卒年五十九。乾隆七年旌表。

生员任汤卿妻纵氏，夫亡，孝翁姑，丧葬尽礼。子复夭，抚夫从侄为嗣。守节五十九年。乾隆六年请旌。

生员任立本妻朱氏，年廿四夫亡，养姑教子，守节三十年。乾隆四年旌表。

生员徐廷绣妻丁氏，年二十五夫亡，苦节三十七年。乾隆四年旌表。

生员李竑妻孟氏，年二十四夫亡，善事舅姑，守节四十二年。乾隆六年请旌。

生员朱勇妻杨氏，早寡守节。乾隆六年请旌。

张应龙妻吕氏，年廿九夫亡，矢志。事继姑孝，教子联炳为诸生。苦节四十二年。乾隆六年请旌。

生员朱观澜妻祁氏，铜邑生员祁允慎女。翁姑病，侍汤药三年不懈。比殁，夫继逝，氏竭力营丧葬。抚子之桂成人。守节三十二年。乾隆六年请旌。

监生张濂妻徐氏，年二十一矢节。抚遗腹汝枢至成立，每谓之曰："汝可以继父，吾当不负初志矣！"偶感微疾，遂却药绝粒卒。雍正五年旌表。

生员任汝朴妻王氏，汝朴卒，氏视殓毕，即投缳以殉。有司旌其墓。

张克光妻赵氏，夫病亡，越七日自经。

蒋流妻张氏，萧县人。夫因获麦渡河溺死，氏自经以殉。乾隆六年旌表。

李晨妻程氏，年二十五，抚孤世伟成立。伟又亡，妻朱氏年廿一，矢节如姑。子璐成立又亡，妻马氏又矢志柏舟。三世孀居，族党哀之。

陈氏女，萧县人，永清令陈超女也。幼许字同邑朱山。既及笄，山请待入学而娶。至女年廿二，甫入学，山忽病殒。女闻，欲自杀，家人劝谕不可回。其母泣言愿与同死，始稍进食。自是截发改容，闭深室不复见人。阅八载，以悲死，归其棺于朱氏合葬焉。

朱氏女，萧县人，许配徐州李昌龙。未嫁，昌龙夭[1]。女闻之恸哭，自经死，与昌龙合葬。

黄氏女，萧县人，许字郝氏子。夫亡，殉死。

砀山县

元

段兴妻牛氏，年二十，兴殁。宗党欲夺其志。叱曰："此心已定，敢有复言者，我当自杀！我死，则翁姑孤儿必不能自存，是祸我一家也！"众不敢言。牛躬勤织纫，奉翁姑，葬祭成礼，教子义方。至元中旌表。

明

朱魁妻陈氏，魁早逝。遗二男：长肇元，三岁；次起元，未周。陈年二十一，守节课子，后皆成立。诏旌其门。

生员赵汝器妻李氏，汝器卒，孝养舅姑，训子成立。巡按御史表其居曰"节孝"。

毛九式妻王氏，年十九夫殁。遗腹生子珠，伶仃孤苦，无以自存。宗党欲夺其志，氏厉声斥之，卒获完节。隆庆五年，巡盐御史张匾其居曰"贞节"。

生员李九思妻王氏，夫病，斋沐祈天，不获。九思死，遗一子未期。王啮指自誓，日抱稚子坐卧一小楼，不见一人。忽寐中闻人呼曰："楼倾矣！"惊寤，携子出。楼果倾，瓦及于足下。邑令刘阳表其居。

周谦亨妻李氏，谦亨卧病，李割股和药，吁天愿代。及死，子新德未周岁。李竭力养亲，抚孤成立。

庠生孟三莱妻刘氏，三莱故，刘守贞课子，皆入庠。里人称之。

太学生单士英妻尉氏，英早逝，遗一女在襁褓。尉时年二十，守志育女。蓬首垢面，绩纫自食，历五十年。

赵应登妻仝氏　　汪殷妻刘氏

生员杨烓妻王氏　　生员朱建则妻王氏

邵重谦妻李氏　　戚仲行妻萧氏

李焕星妻朱氏，子之典妻陈氏。

周于德妻于氏　　屈上礼妻刘氏

---

① 原作"妖"，系"殀"形讹，据康熙《徐州志》改。

生员汪秉钧妻蒋氏　　蒋燧妻申氏

段云龙妻曹氏　　许瑄妻薛氏

——以上十四人并早寡守节，抚孤成立，为有司所旌。

张氏，邑庠生胡钦兹妻。钦兹以义侠死，张时泣训二子，以奋励雪父冤。值岁凶，纺绩自赡，延师课子。其子惺心、从心，皆为诸生。（以上节妇）

监生王炌妻孟氏，炌死，父年逾八十，子七人皆幼。孟仰事俯育。舅病，汤药不愈，封股以进。比亡，葬之成礼。抚七孤，皆有成。

刘愚妻段氏，砀山人。愚父八旬患病，思食肉。春荒家窘，又居村落，肉难猝至。段潜割股奉之，病即愈。（以上孝妇）

刘卿妻张氏，年十六归卿。正德壬申，流贼破砀山，尽杀男子，驱妇女入营。张愤击贼面，骂不绝口。贼怒，举刀先截其掌，复刺二刀，肆其尸于东门上。

马鼐妻武氏，为贼所执。贼予之食，骂曰："我良家子，肯从尔贼？欲速死！"贼犹未怒。武乃掷食于地，骂益厉。贼怒，杀之。

赵铁[1]妻陈氏，居村中。贼至，举火焚村落。陈虑出门为贼辱，投烈焰中死。

黄文华妻李氏，流寇犯砀山，李与夫纠义勇百余人，乘夜袭击贼营，大败之。明日，贼复至。夫妇率数十人，转斗二十余里。力竭，援不至。贼欲降之，不屈，遂俱死。其子生员玉色，舆归葬焉。（此妇当为义烈）

许璟妻刘氏，年十八归璟。璟卧病经年，刘侍汤药，祈祷不懈。璟亡，家人号泣。刘即乘间投深潭中，家人救出之。痛哭三昼夜，卒自缢死。诏赐"乾坤正气"坊于门。

谢文焕妻程氏，年十九，焕得疾暴死。程触地裂[2]颡，誓以死殉，母与太姑苦劝止。越两日，卒缢死。奉旨旌表。

刘爆妻吴氏，爆卧病经年，吴日夜悲痛。及殁，殓毕，遂自缢。诏旌表。

刘崇基妻李氏，年十八适崇基。家贫，躬织纺，饮食必先奉舅姑。崇基病，倾奁资市药。及死，誓以身殉。舅姑固止，李曰："刘氏姊能殉许璟，我何可靦然以生？"遂自经死。事闻，旌表。

四段氏，本姊妹。一适毛九韶。年十六，九韶殁。欲以死殉，家人防之严。起居食息，与一老妪俱。岁除归宁，或慰之曰："尔上下无倚，谁见尔名节？"氏怒辞。诣夫墓，大恸，归即自经死。○一适生员张拱辰。年十九，值归宁，拱辰为盗所杀。氏欲自尽，以有娠中止。寻产男，五日而夭。不食七日，自缢死。○一适监

---

① 嘉靖、万历、康熙《徐州志》作"铁"，顺治《徐州志》、乾隆《徐州府志》作"鉄"，乾隆《砀山县志》、同治《徐州府志》作"鐵"。勘详顺治《徐州志》。

② 原作"烈"，据康熙《徐州志》、乾隆《砀山县志》改。

生薛锐。锐疾革，氏吁天刲股和药，不效。氏哭之过哀，寻亦死。○一适李崇谦。为处子时，以孝闻。年二十三，崇谦卒，即自经。家人救之苏。不食三日，伺防者稍懈，仍自缢死。

尚[①]希尧妻朱氏，年十八，希尧遘疾将革，朱许以死殉。夫殁既殓，即从母家取色服。母觉其有从死意，戒姑慎防之。朱水浆不入口者七日，姑力劝之食，乃勉为一啜粥，且求益。姑入厨，朱遽以首触柩而绝。事闻，旌表。

张文炜妻汪氏，年十七于归，孝事舅姑。姑李病，汪躬汤药。及死，脱簪珥办殓具。无何，文炜殁，遗孤甫八月。泣语小姑曰："孤非成人相，吾志决矣！"乘夜北望父母宅，叩首曰："无以报吾父，有死耳！"改吉服，缢死。

生员毛[②]国光妻焦氏，居常以顺谨闻。年二十二，国光疾殁，即自缢。

监生汤执中妻张氏，执中病二载，服侍汤药不懈。及病革，誓以死殉。母丁宁解劝，张曰："吾志决矣！"遂自缢。

生员汪允复妻郭氏，允复以天启七年赴试得病，归死。氏号泣，愿与合殡，遂自经。

生员单士进妻王氏，士进病，侍汤药经年不懈。嘉靖癸亥春，士进死，王触棺，破面折鼻。家人持之，不得死。越宿，乘间自经。时年二十。

陈煌妻汪氏，夫亡，即绝食，辞拜翁姑。越三日，自缢。

汪仪黄妻张氏，年十九，夫病卧，侍汤药昼夜匪懈。及殁，自经以殉。事闻，旌表。

苑守政妻展氏，夫病，躬勤汤药。及殁，抚棺痛哭，遂自缢。越数日，神色不变。

王旦起妻陈氏，旦起病，陈昼侍汤药，夜则焚香请代。及殁，即自缢以殉。（以上烈妇）

程氏女，名恩智[③]。襁褓时，父许字里人王守仲。守仲殇，女年才十四，饮泪茹酸。父母吊守仲，愿随往。父母大恚不许，嘱其妹伴之。绐妹暂出外，即自缢于寝所。父母归，见女面向守仲家，含笑如生。事闻，旌表。（烈女）

---

① 原作"向"，据嘉靖《徐州志》、乾隆《砀山县志》改。

② 原作"王"，据万历《徐州志》及崇祯、乾隆《砀山县志》改。

③ 案顺治《徐州志》："程女，程恩智女，在襁褓时，父许字里人王勒儿守仲。"女父名恩智，此较得实。康熙《徐州志》作"程女，名恩智女"，差同恩智之女，本志以其父名归女，乾隆《砀山县志》作"程氏女，名恩智"，皆误。

本朝

监生庞犹龙妻臧氏、妾郝氏，俱砀山人。明末寇乱，犹龙纠义勇御贼，遇害。其父仓皇出奔，二氏不及从，携孤儿潜匿。寻闻翁殁于丰，二氏方病疫，遽起赴之。宗人以道梗劝阻，不听，遂行。晚憩荒寺前假寐，忽闻人呼之曰："起，起，贼至矣！"惊觉，疾行甫一里许，贼众啸聚于寺，火光烛天矣。比至丰，人问其来自砀，咸大惊。俄有奴尽窃其箱箧以去，二氏大窘，仅余二簪，易木棉纺绩自活。每一抚棺，呕血满地。乱定，扶榇还乡。田产已为人占据，讼于官，得追还。其人阴欲贼害，二氏常置孤楼上，夜卧数移其处，数年乃定。后其孤瑄能读书，为诸生。孙、曾十余人皆成名。二氏守节五十余年，年各八十三卒。雍正十三年旌表。

邵节妻时氏，砀山人。年十九夫亡，抚遗腹子宸相，稍长，教之入学。守节数十年。

汪钊妻曹氏，砀山人。年二十夫亡，抚二幼子，奉翁姑甚谨。守节六十年。康熙五十七年旌表。

生员徐珍妻窦氏，砀山人。有妇德，自少及老，其孝思俭勤，人多称之。至康熙六十年，年百有四岁，尚强健能纺绩。

李充实妻马氏，砀山人。年十八，生子未满三月，夫病亡。值明季流贼乱，氏抱婴儿，痛哭求免。贼不忍害，舍去。后教子成立。守节五十余年。

朱昱妻张氏，砀山人。顺治七年，流贼任七作乱。其家二十七口皆为贼所害，惟氏抱子坠楼死，复苏，昼夜悲号。纺绩自给，抚子本立成人，娶媳蒋氏。本立又早亡，蒋抚周岁孤，事孀姑。两世奇节，里人敬之。

纪良彦妻于氏，砀山人。年二十而寡，遗孤景期甫十月。氏上事翁姑，鞠子成立。娶妇张氏，生一子。景期又夭，张亦抚孤守节终身。

监生汪永祐妻李氏，砀山人。年二十三夫死，止一女。氏啮指血题夫主，事皆请命，朝夕荐食，夜则寝处灵傍，终身如一日。

生员陈琮妻曹氏，砀山人。夫与姑俱多病，氏奉汤药历四年。夫亡，姑卧床又十三年而殁。氏前后奉侍，辛苦万状。训子成立。守节三十七年。

王明照妻许氏，砀山人。夫殁，昼樵夜织，以养翁姑，抚三岁孤永福成立。永福夭，又抚其孙。孙又殇，翁姑继殁，氏哭之，两目俱瞽。

生员白振铨妻邢氏，砀山人。年二十二夫亡，昼夜纺绩，苦节课子。姑两目盲，氏日焚香祷神，遂复明。

崔澍妻蒋氏，砀山人。澍幼孤，母杨氏抚之。娶氏未及二载而澍亡，氏泣曰："吾非不能殉夫于地下也，但念孀姑谁倚？"于是纺绩以养，三十年如一日。州牧旌之曰"巾帼完人"。

李存政妻汪氏，砀山人。年二十而寡，养亲教子，终身布素。

蒋中藩妻戚氏，夫早歿，奉翁姑，抚二子成立。

张氏，徐州贡生张炯女，适砀邑贡生汪在涸。事孀姑甚孝。姑病剧，医云难治。氏极力扶持，吁天求代。姑竟愈，数年乃歿。夫临卒，指孤儿目氏，氏许以守节教孤。督课勤勤，或继以泣，子亦感奋。雍正十一年旌表。

生员黄瑞璋妻汪氏，砀山人。瑞璋生八月，父母俱亡，养于伯父，遂为继嗣。氏年十九于归，生二子天植、天锡。瑞璋卒，氏守节教子。念夫本生父母无他子，以天植承大宗，天锡嗣本生。邑人称其节义。雍正十一年旌表。

王廷璋妻吴氏，砀山人。雍正十三年，以早寡完节旌表。

纪鼎耀妻汪氏，生员汪裕民女。年二十于归。七载夫亡，遗孤甫四岁。族人欲夺其志，氏破冰投水，以救免。守节五十二年卒。乾隆五年旌表。

生员王之彬妻李氏，早寡完节。乾隆六年请旌。

生员陈嵋妻孙氏，夫亡，守节终身。乾隆六年请旌。（以上节妇）

张氏，单县人，年十七适砀山陈美。能修妇职。姑婴痼疾，医云不治。张祷于神，夜梦神语曰："汝姑当死，惟汝能救之。"寤即割股肉调羹以进，三日遂豁然。有司旌其门。

戚价妻黄氏，砀山人。姑衰老，氏以乳哺姑。姑歿，孝翁倍至，与价同心奉养，四十年不少倦。

廪生汪则艮妻吴氏，砀山人。姑病不能食，须乳。氏守榻前乳姑，十四年始歿。事翁益孝。同里张鸣凤妻，亦以乳姑著称。

陈世泰妻杨氏，砀山人，封臂疗姑。（以上孝妇）

汪铣妻冯氏，砀山人。父知己通判饶州，铣偕氏往省，病歿署中。氏投缳，救免。父母劝以宜待翁来。越两月，翁至，即自缢夫榇旁。

赵汝翰妻胡氏，徐州卫人，家砀山。年十七于归，克娴妇道。阅四载，夫亡。殓讫，即自缢。

王四美妻萧氏，砀山人。贤而无子，以夫兄子为嗣。夫病歿，嗣子继夭，氏哀痛不食七日死。

商启妻刘氏，砀山人。嫁逾年，夫病。每夜祷天，愿以身代。及歿，氏不食不哭。既殓，更衣拜柩前，又拜其姑，自缢柩旁。县令为勒石表墓。

张世则妻刘氏，砀山人。幼失母，养于夫家，能孝舅姑。及长婚配，未几，夫病亡。氏号哭觅死，姑防之甚密。数日稍懈，乘间自经。

单德宏妻张氏，砀山人。夫亡，无子。自经以殉。乡人为立石。

张淳妻汪氏，砀山人。夫临歿，一女仅三月，嘱曰："女存与存。"氏守节十五年，女复亡。号泣曰："可下报吾夫矣！"遂自经。

李东里妻刘氏，砀山人。孝翁姑，和妯娌，乡党称之。夫病亡，氏年二十二，无子，自缢以殉。

监生周之楷妻吕氏，砀山人。夫亡，无子。沐浴更衣，拜夫柩，自经死。

于唐妻王氏，砀山人。夫亡，无子。丧毕，上夫墓痛哭。归除服，即于是夜自经，时年二十四。

陈启光妻李氏，砀山人。夫死，殓毕自经。

范五妻魏氏，砀山人。夫亡，自经。

监生李善彰妻汪氏，砀山人。年十九适李。仅八月，夫病笃。先夫一日自经死。

仝器妻连氏，砀山人。性贞静，事翁姑孝。年二十一夫亡，自经以殉。

窦正己妻戚氏，砀山人。嫁逾年，夫殁。视殓毕，即自经。

赵之兰妻米氏，砀山人。年二十一夫亡，自经。

陈奕晖妾谈氏，砀山人。奕晖殁，投缳以殉。乾隆三年旌表。

王裴然妻张氏，夫亡，无子。母许以丧满择配，氏闻言，号泣云："贫不能守节，愿从夫死！"逮夜，闭户自经。乾隆六年请旌。

徐允昌妻毛氏，砀山人。夫亡，以子女托伯元会抚养，乘间自经。

生员杨镀妻张氏，砀山人。夫亡，遗子女二。氏矢志守节，教子应童子试。子忽病殇。以夫死子亡，遂自缢。

刘大木妻冯氏，砀山人。夫亡，氏年二十，誓以身殉，亲党勉以抚孤。及孤殇，即于是夜自经。（以上烈妇）

彭氏女，宿迁游击彭镇女，许字砀山汪谆。将择吉完婚，谆忽病死。父匿，不与知。女窥父有忧容，泣叩其故，以实告。遂不食，临殁告父母："必葬我于汪氏！"父怜其志，遂柩至砀山，与谆合葬。

徐禹治女，砀山人。九岁时，许字魏氏子典。年十七，典亡。女闻之，不食自缢，家人救免。后数日，仍自经死。

欧阳氏女，砀山人，许字王氏子。夫亡，父更议婚。女闻，投井死。

杜氏女，砀山人，许字戴允谦。允谦殁，女年十八，请于父母往夫家，临棺号恸，乘间自缢。（以上烈女）

戚勒猷妻于氏，夫亡，氏年廿一，矢志抚襁褓子，孝养翁姑。子复殇，嗣立延祀。翁殁尽哀，事姑敬顺。今年逾五十矣。

徐州府志卷之二十二全

徐州府志卷之二十三

列女下

丰县

金

莫材兴女，名贞贤，年十八。值金末兵乱，群盗入其家，贞贤知不免，与其妹俱投井死。有司厚葬之，仍奏其事，旌曰“双烈”。

戴氏，公孙去病妻，戴元世之女也。既嫁，久而无子。谓其夫曰：“妾不才，得奉巾栉，历年无嗣。礼有七出，愿受诀。”夫不听。进曰：“福莫大于昌后，祸莫大于绝嗣。君不忍见遣，当更广室。”夫又不听。夫死，服除，父母欲嫁之，氏遂操刀割耳鼻，誓死守。执义以终，郡表其里。

明

黄甲妻薛氏，丰县人。甲从军死，氏年十九而贫。或劝之改醮，即厉色拒之。时公姑俱八十余，氏绩纺以供朝夕。洎卒，复竭力为敛葬。粗粝自甘，以完节终。诏旌表。

刘志明妻吴氏，年十九夫亡，鞠遗腹子名臣。比长，为援例入监。力能持家，先业浸拓。乃置义田、义塾，以成夫志。隆庆中旌表。

李天瑞妻渠氏，年二十六夫殁，抚子锜至成立。寿九十二。万历中旌表。

裴补衮妻常氏，衮应试南畿，殒于宝[①]应。常抚孤国祚，奉事舅姑，节孝兼著。诏旌其门。

董珣妻王氏，丰县人。年二十夫亡，伶仃孤苦，纺绩易粟以食，抚孤长成。诏旌其门。

史氏，戴某妻，明经史芬女也。归戴数年而寡，以苦节见称。年四十九卒。其兄可传作诔以表之。

---

① 原作“实”，据顺治、康熙《徐州志》改。

李晟妻周氏，笄年适晟。未几，晟殁。周即自经，家人觉之，不遂。寻投于河，又拯出之。乃断发自誓，抚伯氏子为嗣，以节终。

洪笏妻张氏，食贫孀居七十余载，齿堕再生，寿百有四岁。（以上节妇）

周诗妻李氏，年十七，诗殁。不食七日，长跪辞舅姑父母，自经柩前。有司奏表其门。（以下烈妇）

生员孙修妻王氏，性贞静，事修甚恭。修年少遘危疾，王泣曰："子第往，我即相见于地下也！"修卒，遂自经死。

崔大节妻戴氏，年十八，大节卧病不能起。戴自誓以死殉，遂不食。及大节死，戴亦死。

孙来谷妻王氏，谷以笔研积劳成瘵死，王即于是夜自经。奉旨旌表。

朱焜妻李氏，徐州人，李绍第女。年十六归焜。焜病羸死，李不食七日，仍缢死。

王嘉麒妻齐氏，丰县人。夫亡，自经。

孙恕妻魏氏，丰县人。被流寇执，不屈，见杀。

刘澍妻马氏，单县马象乾女。机警，通文字。适丰人刘澍。澍寻殁，遗孤梓襁褓中，即课督之。稍长，就外傅，归必叩所读书。壬午之变，有逼之从者，马毅然曰："宁见杀！"遂遇害。

孙绍远妻韩氏，年二十三岁，夫亡。不食三日，解经自缢柩左。

王守善[①]妻李氏，年十九岁，夫亡。六日不食，自经死。

张日华妻李氏，金乡李廷光之女。日华病死，李誓以身殉。父兄劝谕之。曰："儿有死耳，何多言为？"焚香柩前，从容自缢。

巩汤臣妻刘氏，年十九，夫亡。号泣三日，拜辞舅姑诸姒，自缢柩侧。

李祯阳妻赵氏，祯阳年十九病故，赵即日自经死。

朱炳妻赵氏，年十八，夫病殁。赵绝粒不食，拜辞舅姑及父母，告以炳无嗣，请从死。舅姑父母皆泣涕劝止，终不可夺。是夜，自经柩侧。

李化龙妻韩氏，父死，[化龙][②]自鬻殡葬，留其余以养祖，以孝见称。后化龙病将绝，韩谓曰："妾当先死，令君一见。"遂阖户自经。化龙首肯叹息，推己棺予之。越一日，化龙始殁。

武生孙继忠妻周氏，夫亡，年二十七，子六岁。周誓死同穴。至葬，令人宽其穴。众力止之，因劝抚孤。未几，孤亦殇，遂自缢。

---

① 康熙《徐州志》，顺治、乾隆《丰县志》作"王善守"。此处疑误。

② 二字据顺治《丰县志》补。

马文章妻师氏，夫亡，师以其子女托族人，自经柩旁。

——以上九人从邑志补遗，未详年月。

齐氏女，齐来庭女，许字卜息。年十七，未嫁。万历三十三年河决，息溺。女闻，即涕泗不食。或有言客舟救以去者，乃稍自宽。越岁，知果死，遂于息溺之日，潜置舄河干，投水死。诘朝，浮水上，面如生。有司上其事，今建祠于邵庄镇。（烈女）

本朝

张春母杨氏，丰县人。年十八适春父，生春。居五载，岁荒，饥甚。夫曰："一家待毙矣！吾今抱子就食他方，汝待我五年则嫁。"氏泣曰："幸勿以妾为念！"既五年不归，舅姑亲戚咸劝之嫁。不从，又强逼之。氏不堪其苦，乃潜出寻夫。至济宁州南米家庄，忽心痛，涕泗不能忍。前至城中，遇一少年，貌类其子。询之，即春也。于时母子相抱大哭。问其夫，已死数年矣。命春引至夫墓所，即向心痛处也。遂与其子负骸骨归。

刘圻妻王氏，丰县人。年二十二夫亡，守志抚二岁孤成立。孝事翁姑，养葬尽礼。寿至九十一岁。

史以昭母毕氏，丰县人。年二十一夫亡，遗腹一子，即以昭也。家极贫，氏守节自甘，抚孤成人。娶妇孙氏，生孙。以昭寻殁，与媳共守遗孤。至八十三而殁。

程贞泰妻崔氏，丰县人。年二十四夫亡，事继姑，抚幼子，备历诸艰。后姑目盲，氏昼夜扶持者十二年。

丁氏，丰县人。年十七，许字未嫁。闻夫死，欲奔丧，母不许。遂坠楼，伤臂及股。乃送至夫家，养姑守贞终身。

马氏，丰县人，归沛人孔某。夫亡，翁以氏年少，恐未能终守。氏知其意，寻死不得，以手入烈火中，毁其中指。守节数十年而终。

史一爵妻杨氏，丰县人。年二十二夫亡，孝事翁姑，抚孤成立。守节至八十四岁而终。

史继珍妻陈氏，丰县人。年十九夫亡，守节，事翁姑甚孝。邑令旌其门。

刘吉士妻聂氏，丰县人。年二十二夫亡。纺织养舅姑，教子映藜为诸生，亦以孝闻。乾隆二年请旌。（以上节妇）

武生尹襄妻鹿氏，性素严正。榆园贼掠华山，破村落。鹿语襄曰："家破身危，宁死不辱！"移时，贼入室，鹿延颈就刃，骂贼死。（邑志载诸节烈于前明交际时，不详年月，不分朝代。今据其序述中略可考者，意为区别，未必悉合也）

史一起妻王氏，廪生王德明女。夫亡，氏守一女，适孙壮猷。方归宁，值榆园寇夜陷城。王偕女出避，与贼遇，母女俱投水死。

张修德妻齐氏，夫死，止遗二女。齐哀毁甚，公姑知其欲死，解之曰："二女在，若弗恤乎？"氏曰："女非男比，他日不能终吾事，何隐忍苟活为？"月余，防稍疏，自经于柩侧。

生员仇世芳妻李氏，诸生李铨女。世芳病故，李年二十二，止一女。殓夫毕，遂登楼自经。

党鸣玺妻萧氏，鸣玺病故，氏告翁姑曰："妇无子，宜死。但翁姑年老，又无伯叔，缓死以奉养，可乎？"其翁姑佯许之，潜与其父母谋择配。事既谐，氏闻之，声色不动，自浣其衣被。邻里以为将待嫁，窃笑之。至期前一日，投缳死。

袁桓[①]妻孟氏，丰人，寓沛之戚山。于归二年，夫病殁。其翁因桓兄弟相继夭亡，不令祔先人兆，欲葬之义冢。氏争之不得，不食求死，舅姑防之甚周。忽一日，和颜告曰："所以欲死者，为无子也。得一侄为后，可以终事舅姑矣！"许之。自是不复哭。防稍疏，入室自经。翁姑悼之，择戚山之麓，移桓合葬，如氏初志。

生员蒋宾王妾邵氏，丰县人。宾王病故，氏视殓毕，入室自经。

生员张时逢妻李氏，丰县人。夫殁，氏欲死殉，缘遗孤，勉抚之。未几，孤以痘亡，氏缢于夫棺侧。

孙汝翼妻张氏，丰县人。归甫弥月，夫病故，氏遂缢死柩前。

卜丕勋妻孔氏，丰县人。夫殁，殓毕，自经棺侧。时年十九。

渠洙妻李氏，丰县人。家贫，夫病不起，氏竭力奉事，拮据百端。及洙卒，入室自缢，面色如生。幼女宛转其侧，见者伤之。

刘振镕妻侯氏，丰县人。夫亡，自经。

袁钰妻孙氏，丰县人。夫亡，自经。

王莘妻谢氏，丰县人。莘病，祈以身代。及殁，自经。

刘桂妻王氏，丰县人。桂殁，母欲再嫁。氏送夫丧，临穴，伏棺上自刺，刃出于背而死。时康熙十八年，邑令为之立石。

金荷生妻程氏，丰县人。成婚三日而荷生卒，氏年十七，一痛几绝。三日，自经于棺侧。

董椿妻赵氏，丰县人，鱼台贡生赵擢女。夫殁，誓以死殉，亲党严为之防。至半月，偶得间，遂自经死。

生员刘在谋妻薛氏，本儒家女，能以礼义自闲。在谋病殁，即投缳死。

董氏，丰县人，归鱼台古玉章。夫亡，自经。

① 康熙《徐州志》、乾隆《丰县志》作"袁恒"。此亦疑误。

张白妻樊氏，丰县人。年二十二，生子八月，夫亡。氏号泣不食，欲以身殉。姑以存嗣泣谕之，强起。越一岁，子能粒食，遂潜自经。

杨逢盛妻赵氏，丰县人。夫病亟，氏先密缝其衣。及夫殁，自经死。

刘大伦妻韩氏，丰县人。夫亡，无子，自经死。

王国瑞妻张氏，丰县人。夫亡，自经。

高充良妻李氏，丰县人。夫亡，自经。（以上烈妇）

刘氏女，幼许字季之梅。年及笄，之梅避乱于外，久不归，亦无音耗。姑寄语刘氏，令女他适。女不从。又数年，遂往归季，操作纺绩，以奉其姑。越十余年，人传其夫已死，寻姑亦亡，刘号泣曰："可矣！"即于卧间结带死。

拔贡顾惟楫女，丰县人，许字李镒。女素娴经史，凡阅古人忠孝大节，辄感泣。及镒卒，女闻讣，遂自经死。

蒋氏女，丰县人，许字孙明新。未嫁，夫亡。女闻讣，自投楼下，折左臂。时方严寒，斥去绵衣，不食十日。家人劝之，不从。其姑至，苦喻之，乃舆归姑家，守贞二十余年。姑殁，葬毕，不食死。（以上烈女）

沛县

汉

王陵母，沛人。高祖还击项羽，陵以兵属汉。项羽取陵母，置军中。陵使至，则东向坐陵母，欲以招陵。陵母既私送使者，泣曰："愿为老妾语陵，善事汉王。汉王长者，毋以老妾故，持二心。妾以死送使者！"遂伏剑死。

沛刘长卿妻桓氏，同郡桓鸾女。生一男五岁，而长卿卒。妻防远嫌疑，不肯归宁。儿年十五，又夭殁。桓虑不免，乃豫刑其耳以自誓。宗妇相与愍之，共谓曰："若家殊无他意，何贵义轻身之甚哉？"曰："昔我先君五更[①]，学为儒宗，历代不替。男以忠孝显，女以贞顺称。是以豫自刑剪，以明我情！"沛相王吉上奏，显其门闾，号曰"行义桓嫠[②]"。县邑有祀必膰焉。

元

刘某[③]妻王氏，夫亡，誓不他适。天历[④]二年旌表。有石坊，在北门外。

---

① 先君五更：指东汉名儒桓荣，明帝拜为五更，为桓鸾祖父，即长卿妻之曾祖。
② 原作"嫠"，系"嫠"形讹，今改"嫠"。
③ 嘉靖《沛县志》、康熙《徐州志》作"刘宅"。
④ 原作"元"，据嘉靖《沛县志》、康熙《徐州志》等改。

明

李伯奴妻白氏。父思明无子，赘伯奴于家。洪武中，伯奴从征死于边，白年二十，惟一女甫周。誓不再适，孝事父母。殁，竭力营葬。粗衣粝食，守节四十余年。宣德中旌表。

生员马继立妻贺氏，年十八于归，克尽妇道。夫早亡，无子而贫，亲族或劝之他适，贺坚不从。孀居五十二年。有司表其闾。

韩鼎妻王氏，汉台里人。鼎病死，子寅七岁，王矢志抚孤。寅长，娶黄氏。未几，寅亦死，遗孤二。黄上事寡姑，下抚二孤，皆成立。

杨东莱妻曹氏，东莱早殁，子璩方数月，曹鞠育成立。璩甫娶，生一女，又卒。曹鞠女孙，依伯氏东周夫妇。女孙又夭，东周夫妇老且死，氏晚年衣食多不给，略无怨怼。（以上节妇）

陈恕妻姜氏，恕患肿疾，姜日夕忧劳，尽脱簪珥，以佐医药费。逾年，恕竟不起。悲号五日，不进水浆。取恕平日所束带，自缢死。

张化龙妻胡氏，归未几，化龙病殁。胡三日不食，欲自决，家人守之甚密。夜半，守者稍倦，遂自经。

王嘉任妻张氏，嘉任病殁，张哭之恸，誓不复生。明日，以所束麻绳自缢于夫傍。

卓冠伦妻张氏，千秋乡人。冠伦素患瘰疬，张躬侍汤药，愿以身代。冠伦死，张即自经。

生员吕登瀛妻郑氏，登瀛病殁，氏以死自誓，母秦氏防之严。迨三日，母倦睡，氏沐浴更衣，自经柩前。

冯东鲁妻张氏，千秋乡人。幼适冯，无子，乞他人女养之。东鲁病殁，张于次日以宅地券纸付翁姑，又以所养女付其本生父母，夜自缢死。

新河役夫妇，不知何许人。夫本富家子，流落不偶，携妇就食四方。嘉靖初，盛应期开新河，夫在募中。会夏大疫，病死。妇伏尸旁哭，三日不食死。有司义而葬之。

郝基隆妻周氏，夫亡自缢，家人救免。翁姑慰曰："与其殉夫而死，孰若抚孤而生。"无何，孤又殇。至夫葬期，夜焚香酌茶夫柩前，缢死。遂合葬。

缝人妻女，缝人不详何许人，业缝皮，居夏镇。万历甲午，岁大歉，缝人迫于饥，谋鬻女于娼籍。成约矣，妻女知之，遂相携投池死。女时年十四。（以上烈妇）

张氏女，汉台里人张浩女。年二十，许字蒋政。政卒，女闻，恸哭几绝。欲往吊，父母不可。比葬，欲往送，又不可。遂自经死。

石氏女，名景儿，广戚里人。父隆早丧，独与母居。年十七，许配张旺儿。旺卒，景闻之，哀痛不已，至夜自经。与旺合葬。

陈氏女，名季春，千秋里人陈宣女。性聪慧，尝读《孝经》《列女传》，通大义。年十六，许字里人甄时用。时用病亡，季春入室，书时用及己姓名，置诸怀中，自经死。遂与时用合葬焉。

郭端女，名青儿，汉台里人。年十八，许配里人王成。一日，成与邻人竞计，欲自死。诣郭氏，求一相见。女拒之。求至再三，终不见。成归自经。女闻，痛咽不食，欲死。母觉之，防范甚严。及成将葬，欲往送丧，父母不许。乃绐母求面羹。母入厨，即自经死。县令率僚属往祭之，遂与成合葬。督学御史立石表其墓。

袁经女，汉台里人。性贞［静］[1]，年十七，未尝出门阈。正德六年，流贼掠沛境，邑人皆走避。经令女易男服，杂众走。女出门里许，还顾父曰："我为女子，不能贞信自守，易服偷生，吾耻之！"俄而，贼追将至。见道傍有大坑，遂投身死。

张文津女，泗亭人。许字宋夺先。年十四，夺先病故。女闻哀泣，欲奔丧，父母不可，遂自缢死。阅数日殓，颜色如生。崇祯六年旌表。（以上烈女）

本朝

蔡尧揆妻张氏，沛县人。年二十四夫亡，事姑抚孤，守志五十年。雍正四年旌表。

孟锦孙妻王氏，年二十九夫亡。氏誓以身殉，姑谕止之，曰："吾年老，惟汝是依。且汝有子女，又遗腹将娩，义当抚孤。"氏泣受命，纺织奉姑，教子成立。历三十三年卒。雍正五年旌表。

生员王永茂妻郝氏，年十五于归，一载夫亡。守志四十余年。乾隆五年旌表。

朱奕闳妻柴氏，年二十四夫亡，守节三十六年卒。乾隆五年旌表。

燕瑞妻朱氏，年二十一夫亡，守节三十一年。乾隆五年旌表。

郝倬妻朱氏，年二十九夫亡，守节二十九年。乾隆五年旌表。（以上节妇）

吴仪妻郭氏　　王祺妻张氏

王锡珪妻蒋氏　　郝质瑜妻冯氏

——以上四人见《通志》，皆沛人早寡完节，未经旌表者。

冯家爵妻徐氏，沛人。爵贫，赘于徐氏，未三月病殁。氏哭极哀，已而拭泪整容，遥望夫家拜曰："吾为冯氏妇，未获一事舅姑，死有余憾！"言讫，自经于夫侧。

沈弘智妻孙氏，沛人。年二十四夫死，无子，止一女三岁。自度年尚少，人不

① 字据嘉靖《徐州志》、嘉靖《沛县志》补。

能听其守也，阖户自缢。舅觉而救之，开释百端，终无一言。明日，复缢死。

郝修妻封氏，沛县人。夫亡，遗二子一女，越岁余，俱殇。氏哭奠夫柩，自经死。乾隆四年旌表。

蔡芳隷妻张氏，沛人，监生张于垣女。嫁甫八月，夫婴疾，侍汤药至三年未愈。姑与叔又病，氏兼视之。寻姑、叔皆死，尽出簪珥，营办丧事。及夫亡殓毕，盥栉易衣，缢于棺侧。

王鈖妻王氏，沛人。鈖业儒多病，氏侍药饵，八年不懈。岁己亥，病稍愈，应试于徐，以积劳复发，遂不起。氏焚香祈天，愿以身代。及夫殁，即自经。时年三十，无子。邑人哀之。

王玉衡妻祁氏，夫病，迎归成礼。氏日夜侍汤药，祷天愿代。及殁，次日乘间自经于尸旁。雍正五年旌表。

左尚礼妻孟氏，年二十八夫亡，无子，自经柩旁。

王小报妻李氏，有冯之儒调之，羞愤自缢死。乾隆元年旌表。

庠生朱奕讱妻张氏，夫因赴试，覆舟溺死，氏大哭不食。夫柩归，自经柩侧。事闻，旌表。

张宗瑞妻王氏，有刘廷乘醉欲污之，氏力拒，自经死。审拟请旌。（以上烈妇）

魏氏女，名荣姐。年十三，恶少孟猫逼之不从，自经死。雍正六年旌表。（烈女）

邳州

汉

严延年母，东海下邳人。延年为河南太守，用刑刻忍。冬月论囚，流血数里，河南号曰“屠伯”。母从东海来，欲从延年腊。到洛阳，适见报囚。母大惊，便止都亭，不肯入府。延年出至都亭谒母，母闭阁不见。延年免冠顿首阁下，良久，乃见之，因数责延年：“幸得备郡守，专治千里，不闻仁爱教化，有以全安愚民，顾多刑杀，欲以立威，岂为民父母意哉！”延年顿首谢，自为母御，归府舍。母毕正腊，谓延年：“天道神明，人不可独杀。我不意当老见壮子被刑戮也！行矣，去汝东归，扫除墓地耳！”遂去，归郡。后岁余，果败。东海莫不贤知其母。延年兄弟五人[1]皆有吏材，至大官，东海号曰“万石严妪”。

① 按：延年次弟彭祖，明《公羊春秋》，为宣帝时博士，仕至太子太傅。本志卷二十一《人物六》有传。

元

匡才妻高氏，邳州人。才守邳，因事出境，贼乘虚破城。氏被掠，大骂不屈。贼斫之仆地，以为已死，遂去，复苏。及才殉节，抚孤国政。尝猝兵，母子相失，氏冒锋镝求之乱尸中，幸而得全。明洪武中旌表。

明

李思义妻王氏，年二十三夫亡。子甫三岁，舅病疯瘫不起，姑复病目盲。家贫，以劳绩奉舅姑，抚孤成立。永乐十年旌表。

岑衡妻沈氏，年十八，衡死，守节终身。成化中旌表。

王辂妻张氏，年二十二，夫死，守节。嘉靖中旌表。

尹富妻孙氏，夫早亡，家贫，抚孤守节六十余年。

生员展锐妻钱氏，夫亡，无子。有欲夺其志者，氏剪发截耳，苦节终身。又同里李可久妻杨氏、刘礼妻惠氏、武弁妻周氏、钱达妻某氏①、李秩妻某氏②、生员韩钊妻季氏、汤仪妻孙氏、监生陈禹谟妻戴氏，皆少年守节，历数十载。（以上节妇）

指挥汤瑞妻屠氏，夫亡，自缢。景泰二年旌。

泰运妻顾氏，夫戍于京。流贼入其家，逼令供馔。复欲污之，顾坚拒，抓破其面，骂贼被杀。

杜氏女，年十六，为贼所掠。义不受辱，投水死。

许士俊妻陆氏，夫为流寇所杀，氏赴水死。

杜应魁妻万氏，为贼所驱，投水中。贼从水挽出，令更新衣。氏大骂不从，被杀。

张九鹏妻周氏，寇至，抱幼女赴水死。

高建极妻夏氏，不受寇辱，投河死。

索鹭飞妻宋氏，夫为寇所害，氏视棺殓毕，谓家人曰："吾将娩矣，生男当守，否则相从地下耳！"既而生女，遂自缢死。

张浚明妻高氏，夫亡，自经。嘉靖十二年旌表。

展濬妻索氏，孝养舅姑。夫病殁，遂自经死。嘉靖十三年旌表。

张子道妻瞿氏，夫亡，不食死。万历元年旌表。

张启勋二妾魏氏、韩氏。启勋娶周氏，早亡，无子，继纳韩、魏。寻病殁，二人相向号恸，俟夫殓毕，同日自经。郡守朱逸泓亲祭之，旌其门。（以上烈妇）

---

① 案康熙《邳州志》：钱达妻苏氏，年二十五丧夫，甘贫抚孤，守至八十六岁卒。

② 案康熙《邳州志》：李秩妻娄氏，二十五岁夫卒，苦节六十五年。

孙成女，年十七。因邻人醉骂，语言秽恶，女羞忿，以衣掩面投河死。（烈女）

本朝

周大柱妻薛氏，夫亡，家贫甚。孀姑杨老病，支离床褥十有余年，氏孝养不倦。遗孤幼稚，均教育有成。康熙十八年旌表。

夏来凤妻戴氏，明崇祯六年，来凤奉巡抚檄侦寇遇害，氏守志不二，事姑郭甚孝。后奉姑避寇，走至河干，寇骑突至。姑涉水，贼发矢连射，氏以身蔽姑，臂中二矢。守节六十年。康熙十八年旌表。

生员陈悌妻周氏，廪生周世德女。年十六于归，五载夫殁。值明季寇乱，里井远避，氏独守翁姑、幼子不去。寇至，露刃诘其故，知为节孝妇，以米帛遗之，并戒党羽毋得入其里。人以为孝感。守节六十年，至八十一岁卒。

王宪妻禚氏，宪病故，禚年二十一，生子绍先甫两月，矢志抚孤。后山贼掠邳，禚避于楼上。贼焚屋，禚抱子投楼下，匿草间，为贼所得，身被数刃，昏绝于地，掠其子以去。越三日，子自贼中逃回，相持大哭，渐进水浆，得不死。乃纺织自给，教子读书为诸生。有司旌其门。

李永祯妻宋氏，幼事母以孝闻。嫁未半载，夫亡，无子，归养孀母。缟衣四十余年。

张启聪继妻宋氏，夫亡，守节。教前妻四子及己二子，俱成名。

薛震林妻王氏，年二十二夫亡，守遗腹子，纺织养姑。历六十余年。

生员王履晋妻宋氏，夫病，吁天愿以身代，隆冬誓衣单三年。及夫殁，家贫，勤纺绩，事姑教子。历三十八年。

张金麟妻王氏　　吴天爵妻李氏

吴堪禧妻熊氏　　吴增禧妻司氏

卢德育妻陈氏　　州同戴滋妻陈氏

刘公谦妻石氏　　姚廷琯妻刘氏

姚廷玿妻周氏　　吴伯仁妻姚氏

——以上十人皆早寡守节，养亲抚孤，历数十年。

生员宋镒妻潘氏，夫早亡。氏事姑孝，抚子有成。雍正二年旌表[①]。

胡文英妻熊氏，夫亡，守节。雍正二年旌表。

生员白其音妻戴氏，早寡，苦节终身。雍正三年旌表。

华文祥继妻王氏　　华宫秀妻刘氏

---

① 乾隆《邳州志》按："自雍正八年卷宗漂没，从前节烈无案可查，续入者自雍正二年为始。"

生员华宫美母王氏

——以上三人俱以夫亡守节终身，雍正五年旌表。

衡士基妻董氏，夫病，割股。夫亡，谨事舅姑。贤孝为乡里所重。雍正十一年旌表。

衡士鉴妻曹氏，夫亡，舅衰老，子病剧。家贫无措，氏鬻奁资。姑继殁，柩在堂，湖水泛溢，左右邻悉乘桴而出。氏以身覆柩，漂至高岸，柩亦无恙。雍正十一年旌表。

冯祖眷妻丁氏　　张龙瀫妻展氏

生员李大坊继妻高氏

——以上三人俱以夫亡守节终身，雍正十一年旌表。

许维安妻崔氏，夫亡，守节终身。雍正十二年旌表。

娄士强继妻林氏，镇江人，士强籍邳州。雍正十三年，以早寡完节旌表。

葛天宜妻吴氏　　葛天振妻邵氏

王绘章妻周氏

——以上三人俱以早寡完节，雍正年旌表。

王子韦妻冯氏　　戴济源妻张氏

薛挺秀妻花氏　　周麟妻薛氏

周世翰妻贺氏　　周伦妻张氏

杨冲妻朱氏　　姚暟妻朱氏

韩炎妻汤氏　　郭之瑾妻王氏

——以上十人俱乾隆五年以夫亡守节终身旌表。

汤聘尹妻王氏，陆家疃社人。嫁时年甫十七，至二十九夫亡，遗孤万铠。抚之成立，娶族侄女为媳，生孙淳浩。未几，万铠亦亡。媳年二十五，欲以身殉，氏慰之曰："汝翁殁时，我非不能死，以汝夫故，未可死也。今汝止知一死谢夫，独不念朽姑弱子，将谁托乎？"媳闻言感悟，竭力事姑，课二子并为诸生。一门双节，乾隆六年旌表。

周嵋妻杨氏，邳州人，早寡守节。乾隆六年请旌。

王文作妻宋氏，年二十七夫亡。奉孀姑，养葬尽礼，教子承烈成名。年六十卒。乾隆六年请旌。

王相昇妻李氏，睢宁人，四会令李枝芳女。年十七于归，至二十九，夫客死。闻讣，号恸几绝，复念亲老子幼，己死，无所依。乃矢志守节，艰苦备尝。历五十四年，以寿终。乾隆六年请旌。（以上节妇）

郑瑞妻宋氏，归郑一年，夫病不起，氏侍汤药不懈。夫亡，整衣闭户自经。

王在丰妻龚氏，孝事孀姑。在丰病剧，氏祷神愿以身代。及殁，即自缢死，时年二十二。康熙十五年旌表。

张氏，徐之吕梁人，许字州人高华宗。华宗病甚，迎氏归成礼，越三日而亡。氏号恸誓死，视夫殓毕，乘间自经。康熙十九年旌表。

黄瑹妻陈氏，年十六于归。瑹以勤学抱羸疾亡，氏投缳遇救。越六日，防稍懈，遂闭门自经，面如生。康熙二十六年旌表。

吴伯平妻高氏，与张二比邻而居。张瞯伯平外出，乘夜潜往图奸。氏大呼，二惊遁去。夫归，泣诉，羞愤自缢。有司上其事，治张二罪。乾隆四年旌表。

周二妻刘氏[①]，有姚永逼奸，不从，被杀。

生员朱天培妻陈氏，夫亡守节。有劫贼持刃逼之，不屈，被杀。（以上烈妇）

娄士超女，许字徐州李之馨。闻夫亡，泣告父母愿送丧。葬毕，母促之归，女曰："苦留此寡女何为?"乘间，自缢死。

娄氏女，许字夏瓖。瓖亡，闻讣自缢。

王氏女拔姐，许字陈夫琚。未婚，夫亡，女焚妆自经死。雍正十一年旌表。（以上烈女）

宿迁县

明

丁九妻李氏，北仁乡人。夫早亡，守志贞洁，善事舅姑[②]，鞠遗腹子成立。洪武十五年旌表。

王昉妻朱氏，昉卒，生子兴仅月余。朱纺绩抚养孤子成立。后，兴以岁荐为冠县丞。

高暹妻樊氏，夫亡，坚志守节，抚遗腹子成立。弘治五[③]年旌表。

姚镒妻郭氏，夫亡，无子。奉养舅姑，守节终身。

罗绍恭妻南氏，夫卒，家极贫。抚孤子金成立，娶妇纪氏。未期，金又亡，遗腹生子，抚之成人。

---

① 案《雍正实录》卷一三二：十年六月乙卯"旌表江南睢宁县烈女周二聘妻刘氏，拒奸不从，被刃殒命，给银建坊，入祠致祭如例"。据此，应入睢宁志。

② 底本残损，以下参万历《宿迁县志》、万历《淮安府志》补。又，《明太祖实录》卷一百五十，有吴彦礼妻钟氏，同时受旌，亦宿迁县民。

③ 底本残损，兹从《明孝宗实录》卷六十二作"五年"。案《孝宗实录》"樊氏，直隶宿迁县民高暹妻"，以弘治五年四月丙午诏旌。而万历《宿迁县志》言："弘治甲寅年，有司上其事，旌表。"甲寅为弘治七年；万历《淮安府志》据此，复衍作"十七年"。二说今并不取。

徐点妻吴氏　　　　　　　　　　生员许醇方妻王氏

——以上二人俱早寡无子，守节数十年。

马讲妻陈氏，夫亡，抚四岁子河图成名，事兄嫂如翁姑，终身蔬食。

罗追妻徐氏，夫殁，抚幼子，事孀姑，以孝闻。

生员司淳妻徐氏，夫亡，无子，守节终身。

蕲古妻罗氏，夫亡子夭，躬耕织，苦节终身。又同里朱童妻潘氏、高鹄妻陈氏，俱以早寡完节闻。

高科妻潘氏，科早亡，氏事姑孝，抚诸子成立。有司旌其门。

朱衮妻许氏，夫亡，抚孤守中。受室，亦早殁。又抚其孙，与妇王氏以女红自给。有司旌其门。

姚池妻朱氏，早寡，家贫，抚遗孤，以刺绣自给。孀居七十余年，邻里罕见其面。

李骧妻苏氏，夫早殁，躬耕抚孤，苦节终身。

蔡绍科妻沈氏，夫亡，养姑训子，布衣蔬食四十余年。

叶春旸妻程氏，旸卒，守志抚孤，至九十而终。

蔡名儒妻朱氏，夫殁，守节抚孤，破产举三丧，事老姑以孝闻。

陈尔庥妻蔡氏，夫殁，抚孤养亲，守节终身。

高荐妻朱氏，夫亡，截发自誓，训子成立。又同里施慎妻司氏、罗于阁妻刘氏、蔡垣妻朱氏，并早寡，守节抚孤，历数十年。

徐之龙妻某氏，夫亡，伯叔利其产，欲夺其志。氏悉以其家资与之。以女红自给，教子尔珍成名。

萧士英妻张氏，夫亡，三子皆幼。伯、姒欲夺其志，凌虐备至，终不移。教诸子有法。伯、姒相继殁，无子，祭葬以礼。里人贤之。

龚儒妻王氏，早寡，家贫，抚孤完节。（以上节妇）

王汉妻蔡氏，正德中，夫疫病殁，氏赴水死。

生员谢达妻朱氏，夫亡，自经。正德十六年旌表。

徐之骥妻朱氏，夫亡，自经。（以上烈妇）

何睦女，许字管逵为继室。逵亡，女恸哭焚奁具。送葬毕，遂归管氏，奉养老姑，抚前妻子，守贞以终。（贞女）

刘鳌女，年十八，许字管平。未嫁而平殁。女哀毁不食，欲往吊，父母不许。遂自缢，与平合葬。万历四年旌表。（烈女）

陈氏女，年十岁，父为郡吏，坐累系狱。母病笃，女割股作羹以进，病寻愈。有司闻之，立释其父，下书旌之。（孝女）

本朝

陆奋鸣妻高氏，夫亡，善事病姑，训子读书成名。康熙间旌表。

武举周承熙妻蔡氏，承熙明末从征阵亡，氏无子且贫，孝事孀姑，守节终身。

曹氏，邑诸生曹濂女，适邳州陈献琉。夫亡，其伯献瑾本无赖子，欲夺其志，不从。遂强嫁之，劫氏登车。氏奋身投车下大骂，被棰。至其家，佯死。忽跃起，趋投水，遇逻卒救之。管河同知苏嵋立治献瑾罪，给氏牒，守节终身。

蔡鼎镌妻陆氏，夫病疯，朝夕扶持，不离左右。及殁，家贫，女红自给，课儿读书。连举三丧，以成夫志。

臧氏，候选学正臧由坱女，庠生高鹄鸣妻。幼颖慧，喜诵古今书史，通达道理。年十八适高，遽遭姑变，夫以哀毁染疾，氏刲股以疗，不愈。夫殁，屡投缳未遂。兄庠生雉鸣悯其孝节，以子嗣之。氏虔祭祀，营丧葬，爱姑叔，睦姻族，悉中礼节。内外称之，无间言。

生员陆奋扬妻戴氏	叶逢舜妻高氏
朱鼎寿妻王氏	龚世臣妻吴氏
汪应东妻陆氏	李敬越妻高氏
沈良屏妻张氏	苏民岩妻沈氏
生员蔡可教妾朱氏、媳毛氏	生员高应选继妻钱氏
蔡起渭妻张氏	叶士伟妻吴氏
叶蔚起妻梁氏	周天禄妻李氏

——以上十五人俱早寡抚孤，守节终身。

施浲妻徐氏，孝事翁姑。尝失火，于烈焰中负姑出，手臂皆焦。夫亡，苦节教子有成。

生员陆奋勇妻朱氏，性孝，勤俭治家。姑殁，小叔小姑俱在襁褓，氏鞠育成立。为夫置妾，生子，爱之如己出。

贡生陆奋翼妻丁氏，善事继姑，抚幼叔如子。妾梁氏生子，爱如己出。夫亡，梁尚幼，委曲护之，亦得全节。

徐大器妻周氏，事姑至孝。姑病岁余，侍汤药，昼夜寒暑不少懈。姑亡，哀毁骨立。

陈琨妻朱氏，姑病，割股以进，姑遂愈。

庄和妻朱氏，屠家女。父荣因暴疾，思兔肺羹，不可得。氏乃剖右肋，取肺烹以进，父遂愈。

蔡鼎金妻艾氏，嫁甫六月，翁病，医药不效。氏刲股作羹以进，翁食之愈。

生员臧熫妻蔡氏，孝事舅姑。夫病不愈，刲股以进者三次。家素贫，能竭力资邻族丧葬。邑人贤之，至今犹传。教子由埛成名。

职监蔡瑚妻程氏，夫早亡，矢志抚孤，孝养舅姑。守节三十余年。雍正二年旌表。

朱绂妻程氏，夫亡，抚孤养姑，守节三十余年。雍正二年旌表。

生员苏琅妻朱氏，夫殁，奉养舅姑，教子长泳成名，守节六十一年。乾隆四年旌表。

监生叶亦高妻李氏，夫亡，养姑教子，守节三十余年。乾隆四年旌表。

周麟趾妻臧氏，安仁乡人。年二十，夫亡，无子，哀毁不欲生。姑泣慰之曰："吾老矣，子既夭，汝若殉死，我身何所赖？"乃曲从姑命，立志守节，继子以承宗祀。昼耕夜绩，养姑鞠子，历艰苦四十一年。乾隆五年请旌。

徐炘妻许氏，年十九于归，二载而寡，遗孤甫八月。苦志守节，上事孀姑，下抚幼子，历三十七年卒。乾隆五年请旌。（以上节孝）

施灏妻叶氏，灏家居邑之晏窝。顺治五年，榆贼突至，执灏父索金搒掠。氏哀恳，愿以身代。贼欲执氏去。绐之曰："翁有金藏井侧。"因诣井上，遂投井中，大骂。贼怒，下巨石碎其首死。翁得免。越数日，乡人出尸于井，颜色如生。

张氏，少许字陆云。家贫，为陆养媳。未婚，云渡河溺死。氏痛哭，投河者数四，皆以救免。不食七日，仍自缢死，时年十八。

陆鸣皋妻鲍氏，事翁姑孝。年十八，鸣皋病卒，氏绝粒九日未死。强食少许，家人疏于防，遂自经死。

陆尔睿妻张氏，尔睿卒，氏自经死。

陈璋妻朱氏，夫亡，自经死。

武举马延超妾钟氏，延超病，氏刲股尝粪，以祈其愈。及卒，誓以身殉。殓毕，即缢死。

朱起妻龚氏，起卒，家贫无棺，氏号哭乞于里人。既殓，自经死。

彭万寿妻杭氏，贫家妇也。年十七归彭，事病姑孝。一日夫外出，邻恶少李二夜潜入其室，氏大呼，二逸去。氏曰："贼入内室，虽未受污，何面目见人？"遂自缢死。康熙九年旌表。

张星焯妻罗氏，星焯以母丧，哀毁成疾，氏侍汤药，半载不懈。及殁，殓夫毕，自缢死。康熙十年旌表。

蔡珂妻陈氏，夫病，刲股和药以进。及卒，自经死。

周玉妻沙氏，河兵何凯窥氏少艾，乘玉早出，突往逼奸。氏不从，凯取绳缚氏。值玉归，逸去。氏愤，自缢死。雍正五年，有司上其事，凯伏辜，氏旌表。

黄得高妻曹氏，婚甫逾月，得高赴溧阳贸易，病殁。氏闻讣，誓以身殉，因夫骨未归，忍死以待。及柩还葬毕，即自缢死。雍正九年旌表。

张家璿妻朱氏，璿以力学，积劳成疾，氏侍汤药四年。夫亡，自缢柩旁。乾隆三年请旌。（以上烈妇）

王氏女，顺德乡人，许字马大达。大达以弱疾死，女闻讣，遂自缢。康熙十八年旌表。

王氏女，许字马京龙。夫亡，自缢。康熙中旌表。

高晖女，许字生员臧高飞。未婚，夫亡，自经死。邑人嘉其节烈，建高贞女祠祀之。雍正十年旌表。

张悦女，名娟姐，宿迁人，许字桃源胡静。静病亡，女年十八，闻讣，号泣二日，夜即自经。乾隆四年请旌。

李氏女，监生李桐女，幼许蔡绍。未嫁而绍殁，女哀毁不食，乘间自经。乾隆六年请旌。（以上烈女）

张氏女，邑人，许字虹县民金长发。未婚，长发死，守贞终身。（贞女）

睢宁县

明

周仲仁妻许氏，年二十二夫亡，抚二孤成立，孀居四十九年。洪武初旌表。

朱一忠妻刘氏，年二十夫亡，无子。守节至八十五岁卒。有司表其门。

鲍奎妻胡氏，夫亡，无子，与妾赵氏共守节终身。

胡麒生妻王氏，年二十一夫殁，截发剔目自誓。姑病，割股至再。

生员朱正吉妻孙氏，夫早殁，家贫。事养翁姑，资女红给食，间拾橡栗佐之。翁姑继殁，遭大水，庐舍漂没，氏篷居守柩。教子阳、孙大观，皆成名。守节四十余年。

鲍佑妻高氏，年二十夫亡，养姑，抚遗腹子。子又早亡，苦节终身。

徐五教妻胡氏，年二十夫亡，止生二女。姑令改适，氏泣曰："姑不幸无子，儿不幸失夫，何忍他适？"以女招婿。婿亦早亡，同女守节终身。

朱印妻李氏，夫亡，家贫无子，以针纫养姑。姑殁，独与婢川芎守节以老。

王庸止妻鲍氏，夫殁，女红自给，教子读书入学。子又早亡，孑身独守。年八十余，以苦节终。

侯宁妻杨氏，夫亡，生子甫两月。姑欲夺其志，不从。守节五十余年。

朱诏妻武氏，早寡，家贫无子，苦节四十余年。

杨思让妻李氏，夫殁，抚二子成立。蔬食终身，无疾而逝。

张道充妻庄氏，年十九于归，事翁姑孝。道充早殁，守节。教子民极，拔贡成名。

袁应母龚氏，夫早亡，遗腹生应，抚之成立。应亦以孝著。诏旌其闾。（以上节妇）

经历陈思孔妻葛氏，事舅姑孝。孀居守节，教子成名。崇祯九年，流寇犯境，被执，骂贼而死。

魏文征妻周氏，夫亡自缢。事闻，旌表。

丘园拔妻王氏，未字时，祖母年老，不能自饮食，氏哺之数年，人称孝女。既嫁，遭袁寇乱，拔身被十七创，氏亲为洗涤，调药饵，襟带不解者年余。拔亡，悲号逾月，泪血俱竭而死。

生员周凤集妻耿氏，夫久病，侍汤药不懈。及卒，视殓毕，尽散家资与诸昆弟，自经死。（以上烈妇）

州判徐仪女，名雪梅，年十四。正德六年，流贼破睢宁，执女欲犯之。女大骂，手击贼面，贼怒杀之。事闻，旌表。

严清女，名锐儿。流贼破城，入其家。女匿穴中，搜出，令行酒，不从见杀。事闻，旌表。

陈氏女，名纯姐。年十七，许字张梧凤。未嫁，夫亡。女闻讣，自经死。（以上烈女）

本朝

生员李滋妻房氏，年十九滋卒，生子杰甫三月。养姑以孝，抚子成名，守节四十余年。康熙二十六年旌表。

监生刘毓瑞妻仝氏，夫亡苦节，教子大受成名。年八十七卒，守节六十三年。

生员魏振吉妻刘氏，夫亡，抚孤成立。守节六十余年。

生员傅贞默妻魏氏，夫亡子夭，苦节四十年。

监生王登瀛妻陈氏，夫亡，善事翁姑，教子有法。

监生丘园进妻汤氏，夫殁，奉姑甚谨，朝夕不离左右。教二子甚严。守节三十七年。雍正十一年旌表。

丘园枚妻张氏，夫病，侍疾年余不懈。及殁，守节抚孤。事翁姑，养葬皆竭力。夫兄嫂早逝，并抚其孤成立。雍正十二年旌表。

王世臣妻夏氏，夫亡，绝食几死，姑郑劝而止。抚育二子成立。事孀姑三十余年，甚孝。雍正十二年旌表。

卓弘建妻王氏，夫亡，姑继殁。翁老病，事皆竭力。教子睿，有成。睿早逝，又与媳共抚孤孙。雍正十二年旌表。

谢超妻丘氏，超病，氏祷天愿代。及殁，养翁姑，抚遗孤，足不履外庭六十余年。翁姑殁后，以夫早逝，未执亲丧，代夫素服终身。雍正十三年旌表。

生员丘云鼎妻刘氏，夫早殁。抚遗腹子凯，娶陈氏，生子。凯复亡，与媳共抚孤孙，苦节终身。乾隆二年旌表。

丘峋妻朱氏，夫亡守节，课诸子成名。乾隆二年旌表。

郑绍恩妻靳氏，夫殁，守节抚孤，奉翁姑，养葬如礼。夫幼弟绍经，年仅六龄，教育成立，同居无间言。乾隆四年旌表。

杨文进妻魏氏，夫殁家贫，以女红自给，教子读书成业。乾隆四年旌表。

胡璿妻郭氏，少读书，事父母孝。年二十五夫殁，子幼无依，迎母张氏同居。以礼法自持，外人罕见其面。每正旦，族长率众拜于门外而去，不轻入也。晚有孙五人，力不能延师，皆自课其书。守节五十八年。乾隆四年旌表。

仝淇洙妻王氏，夫亡家贫，躬纺绩事姑，训子皆有法度。夫从兄早逝，教育其孤。娣朱氏少寡，常保护之。乾隆四年旌表。

李瓒妻仝氏，年十八于归，孝事翁姑。夫病殁，遗孤五岁。偶生痞，医言难治，翁谓姑曰："此子若不幸而死，吾与汝何赖?"氏闻之，曰："此疑予守节之不坚也!"遂断其左手无名指以自誓，孤亦寻愈。自是养亲教子，守节终身。乾隆四年旌表。

生员仝之敀妻王氏，夫亡，事翁姑，教孤子，守志数十年。乾隆五年旌表。

丘梦鳌妻王氏。顺治十年，胶寇破城，梦鳌以守城遇害。氏年十九，生子甫七月，誓守节抚孤，于夫柩前刺血以告。事孀姑甚孝，教子园迈成名。乾隆五年旌表。

赵廷玙妻余氏，夫亡，养翁姑，教子，和于妯娌，族党贤之。乾隆五年旌表。

陈霞妻吕氏，年十八夫亡。姑早殁，翁年未六十，劝翁继娶，以免嫌疑。奉养甚谨。乾隆五年旌表。

吕永秀妻胡氏，早寡，守节五十八年。乾隆五年旌表。

吴应昌妻孙氏，性温和，夫亡家贫。岁凶，剪发易米以养姑。教子成立，节孝兼著。乾隆五年旌表。

生员王云上妻衡氏　　　　王荣祚妻陈氏

生员王云超妻高氏

——以上三人俱早寡守节，乾隆六年请旌。

丘云观妻朱氏，贡生朱之珏女。云观少孤，依叔母张氏以长。朱事张如姑。夫久病，日夕吁天，愿以身代。年二十六夫殁，哀毁不欲生。张谕以抚孤大义，始敛

哀营丧事。家贫，延师课子，纺织以供。守节三十二年。（以上节妇）

生员王所相妻周氏，龙南知县周绳武女也。顺治十年，胶寇陷城，执氏，欲污之。氏大骂曰："吾名家女，岂从贼乎！"夺贼刀自刎。贼怒，乱斫之。至死骂不绝口。

朱锦妻杨氏，胶寇破城，锦仓皇谓氏曰："贼至矣！宜毁容垢面以自匿。"氏曰："此身当不令贼见，毁容垢面何为者！"遂与其小姑春姐携手同投泮池死。

朱钟妻汪氏，胶寇至，义不受辱，投泮池水。

仝翘妻张氏，胶寇破城，翘与氏扶祖母丘逃。路遇贼，将杀丘，夫妇环抱跪泣。贼怒，杀丘及翘，氏号哭投水死。

仝铇妻沙氏，胶寇破城，铇拒守战死，氏从公姑避兵于乡。归治葬具毕，自缢死。遗一子方匝月，嫂魏氏抚之成立。

傅麟生妻张氏，年二十一夫亡。殓毕，自经柩前，姑救之，复苏。水浆不入口，翁姑泣劝，乃日饮白水半勺。淹留九日，呕血死。

王广胤[1]妻胡氏，贡生胡致中女。名官人，字于朝，能诗。年十六适王。夫亡，氏闭户自经，姑急解，百计防之。每朔望，草小札，命婢持焚夫墓祈死。未几，归宁。忽心痛，父母强以药，挥置之。作《矢别集》，趋归夫室，遂以是疾终。

刘裔云妻冯氏，山东嘉祥举人冯天禄女。年十六，嫁睢宁刘氏。未三载，夫病风癫。氏侍汤药，蓬首垢面，七载不倦。及卒，殓毕自经。

刘师云妻陈氏，夫亡，氏呕血死。

武师章妻李氏，夫亡，翁姑以氏年少，恐难守，将嫁之。氏浣濯旧衣，哭辞夫墓，拜别翁姑，自经死。

生员彭修龄妻赵氏，事公姑孝。夫病，祝天愿以身代。及疾亟，诀以死从。公姑及家众百计劝止，氏曰："我无子可守，义不可以苟活！"绝粒五日死。

郭忻妻凌氏，归郭一载，事孀姑尽孝。夫亡，自经。

葛超妻彭氏，年二十七，生一女。夫病笃，氏与诀曰："吾必从君于地下！"及卒，家人防之甚密。氏以好言相慰，乘间自经死。

冯康运妻高氏[2]，康运赴试，舟覆溺死。氏闻讣，自经死。康熙中旌表。

彭麟妻丘氏，夫亡，遗孤方五龄。氏泣曰："吾义当死，但此子在，然有癖疾，当与此子共存亡！"越七日，子殇，氏自经死。

张弘勋妻胡氏，年二十归张。未半载，夫亡。氏誓以身殉，以太姑笃老无依，

① 原作"允"，据康熙《睢宁县志》改。

② 按：冯康运妻高氏，居徐州，前已具铜山烈妇。

忍死奉养。逾年，及太姑殁，氏治丧葬毕，乃归宁，周旋父母前，不露悽怆色。旋返夫家，自经死。

王翰修妻王氏，年十九于归。未及五月，翰修病卒，即自尽。

薛杏妻张氏，宿迁□□□□□女。于归时，杏已遘疾。氏奉汤药三年□□□□丧葬毕，饮毒垂毙，以救苏。至中元日，从容□□，家人意其无他，防少懈。逮夜，闭户自经。（以上烈妇）

胡氏女，胡维纲妹，名成姐。年十七，未适人。胶寇陷城，女身被数刃，投泮池死。维纲亦迎战死。

赵璧女，许字邳州张景绪。景绪病亡，女年十六，闻讣，自经死，与夫合葬。

刘氏女[1]，朱陈人，贫家子。幼配周二为养媳，未婚。一日往田中摘瓜，有恶少姚永，窥氏少艾，四顾无人，突前逼奸。女大呼坚拒，取削草刀斫伤永手，永夺刀杀女而逃。夫家鸣于官，捕永置于法，女建坊旌表。

陆氏女，本县陆忠女。许字清河周麟，未嫁。父病疫甚笃，女晨夕不离，母恐染，戒以勿近。女曰："恨不能代耳，何虑染为！"父殁将葬，适闻夫讣，乃抚父棺号泣，夜投缳死。（以上烈女）

补遗

沛县

监生王略妻郑氏，年十七适略。十二载，夫亡。守节历四十年。乾隆六年请旌。

卓开禄妻丁氏，千秋乡人。年二十六而寡。守节历三十六年。乾隆六年请旌。

张文林妻曹氏，早寡守节。乾隆六年请旌。

徐州府志卷之二十三全

① 本卷邳州烈女"周二妻刘氏，有姚永逼奸，不从，被杀"，即此妇也，实睢宁人。

徐州府志卷之二十四

艺文一

史书之有《艺文志》也，止载书名、卷帙及历代作者姓氏，综其数以备检考而已。近来志书，专采诗文，亦曰“艺文”，既无关轻重，而又鉴别不精，或徇人意，芜累岂能免乎？今仿史例，先列此方古今作者书名、姓名。其余诗文，旧志既载，未便竟去此类，择其雅驯可传与有关地理、人事者存之；其辞不足采，徒供人訾议者，概置不录。

《田氏易》（汉田王孙，砀人。受业于梁丁宽，传施雠、孟喜、梁丘贺三人）

《焦氏易》十卷（汉焦赣，一名延寿，砀人。受《易》于孟喜）

《焦氏易林》二卷（焦赣自撰）

《施氏易章句》二篇（汉施雠，沛人）

《高氏易灾异说》（汉高相，沛人。自言受《易》于丁将军，传子康及兰陵毋将永）

刘向校《尚书大传》（《大传》，伏生作，汉彭城刘向校定）

《洪范五行传记》十一卷（汉刘向作。其子歆亦有《洪范五行传论》，与[1]向颇有异同）

刘向《礼记》二百十四篇（先是，东海孟卿传《礼》百三十一篇。向又得《孔子三朝记》七篇、《明堂阴阳记》三十三篇、《王氏史氏记》二十一篇，合之为此书。梁人戴德即向所传，删之为八十五篇，名《大戴礼》。其从子圣又删之为四十六篇，名《小戴礼》。马融仍取刘向本，增入《乐记》《月令》《明堂位》三篇，今所传《礼记》四十九篇是也）

《闻人氏礼记》（汉闻人通［汉］[2]，沛人。受《曲台记》于郑后苍）

《庆氏礼记》（汉庆普，沛人。受《礼》于后苍）

《乐记》二十三篇（刘向校定。张守节云：公孙尼子所撰。其目有《乐本》《乐伦》《乐理》《乐施》《乐情》《乐形》《乐化》《乐象》《宾牟贯问乐》《子贡问乐》

① 原作“于”，径改。

② 按：清人著述多作“闻人通”，脱“汉”字。今据《汉书·儒林传》及本志《人物传》补。

《魏文侯问乐》《奏乐》《乐器》《乐作》《意始》《乐穆》《说律》《季札》《乐道》《乐义》《招本》《招颂》《窦公》。自马融掇十一篇入《礼记》，而余篇遂亡）

《严氏公羊春秋》（汉严彭祖，下邳人。受《公羊》于鲁眭孟）

《蔡氏穀梁春秋》（汉蔡千秋，沛人。与梁人周庆、丁姓，皆从鲁荣广受《穀梁》。汉宣帝先征千秋，立《穀梁》学。千秋卒，征庆及姓，并置博士）

刘歆《左氏春秋》（汉初，张苍、贾谊、张敞等皆修《左氏春秋传》，而武帝止立《公羊》，宣帝乃立《穀梁》。至此，《左氏》乃立）

《孝经翼氏说》一篇（汉下邳翼奉）

《孝经传》一卷（三国彭城严畯）

《周官义证》三卷、《仪礼义证》五卷、《礼记义证》十卷（俱后魏彭城刘芳）

《春秋三传指要》（唐沛刘轲）

《梁典》二十卷（后周沛刘璠）

《六说》五卷（唐彭城刘迅）

《春秋外传》、《六经外传》三十七卷（俱唐彭城刘贶）

《四书集说》十二卷（本朝铜山周志济）

——以上经传

《尔雅注》三卷（汉彭城刘歆）

《续尔雅》一卷（唐彭城刘伯恭）

——以上小学

《楚汉春秋》（汉楚人陆贾）

《新国语》五十四篇（刘向分《国语》）

《列士传》二卷、《列女传》十五卷、《列女传颂》一卷（俱刘向）

《徐州先贤传赞》八卷、《江左名士传》一卷（俱南北朝刘义庆）

《史记音义》二十卷（唐彭城刘伯庄）

《后汉书音》一卷、《徐州人地录》二十卷、《广州先贤传》[①]七卷（俱后魏彭城刘芳）

《太上皇实录》十卷、《高宗复修实录》二十卷、《史通内史》四十九篇、《史例》三卷（俱唐彭城刘知几）

《国朝旧记》三卷（唐彭城刘悚）

《天官旧事》一卷（唐彭城刘贶）

① 按：刘芳生平皆在北朝，未涉广州。疑书名取“增广《徐州先贤传》”之意，即刘义庆《徐州先贤传》之续书。

《帝王历数歌》一卷（唐沛县刘轲）

《续高士传》（明徐州李绍芳）

——以上史类

《徐地录》一卷（后魏彭城刘芳）

《丰邑古今考》（明徐州季[①]春煦）

——以上地理

《新语》二卷（汉楚人陆贾）

《新序》三十卷、《说苑》二十卷（俱刘向）

《续经说》（唐彭城刘迅）

《太乐令壁记》三卷、《续说苑》十篇（俱唐彭城刘贶）

《洙南子》（宋彭城颜太初）

《儒术通要》（宋彭城刘颜）

《克复篇》（明徐州马津）

《惊心录》（明沛县赵时若）

《朱子传道经世言行录》[②]（本朝铜山舒敬亭）

——以上儒家

《说老子》四篇（刘向）

《老子注》一卷、《慎子注》（俱唐徐州刘黄官）

《庄子注》（本朝徐州李向阳）

——以上诸子

《七略别录》二十卷（刘向）

《七略》七卷（刘歆）

《潮水论》（三国彭城严畯）

《子长文笔》三十卷（北齐[③]徐州刘逖）

《幽明录》三十卷、《宣验记》十三卷、《世说》八卷、《小说》十卷、《集林》二百卷（俱南北朝宋刘义庆）

《物祖》十五卷（后魏徐州刘懋）

《后山谈丛》（宋彭城陈师道）

---

① 原作“李”，据顺治《丰县志》、康熙《徐州志》改。

② 按：王峻曾为该书作序，见《王艮斋文集》卷一《朱子言行录序》。

③ 原作“晋”，据《北齐书》《北史》本传改。

《滓溟斋花竹泉石谱》（明萧县宗玄[1]）

《三余漫草》（明丰县渠[2]澄清）

《续野客丛书》（明徐州申崇勋）

《柏庵杂著》（明沛县单镛）

《庄骚注》[3]（本朝徐州李向阳）

——以上杂著

《政典》（唐徐州刘秩）

《经济枢言》（宋徐州刘颜）

《恢复方略》（宋丰县宋汝为）

《政书》（明徐州贾复淳）

——以上政术

《世本》二卷（刘向）

《刘氏谱考》三卷、《刘氏家史》十五卷（俱彭城刘知几）

——以上谱牒

《素书》一卷、《三略》三卷（俱秦黄石公。相传黄石公为下邳隐君子，所著书尚有《三奇》《五垒》等十余卷，疑多后人伪托。今所存亦惟此二种）

《项王》一篇（秦下相项籍）

《黄帝兵法》一卷、《兵法要略》一卷（俱南北朝宋武帝）

《止戈记》七卷（唐徐州刘秩）

《阴符经注》（本朝徐州李向阳）

——以上兵谋

《备气三元经》二卷、《地镜诀八宅法》二卷（俱黄石公）

《晷限历》一卷、《易林变占》十六卷（俱汉砀山焦赣。按：焦氏有《易》，有《易林》，有《易林变占》。今所传者《易林变占》，余书皆亡轶）

《九章重差》一卷（刘向）

《三统历法》三卷（刘歆）

《风角要经》十一卷、《风角鸟情》一卷（俱汉下邳翼奉）

① 原作“完”，据康熙《萧县志》卷十《隐逸》改。案康熙《萧县志》：“宗玄，字伯玉，号滓溟。”乾隆元年刻本、四库抄本《江南通志》作“宗元”，嘉庆《萧县志》作“宗铉”，俱系讳改。本志据《江南通志》采入，讹“元”为“完”。今据康熙《萧县志》恢复本字。

② 原作“梁”，据康熙《徐州志》、同治《徐州府志》改。

③ 案康熙《续徐州志》李向阳本传：“手疏五经一过，及注《阴符》《老》《庄》《离骚》。”乾隆《江南通志》：“《阴符注》《庄骚注》，俱徐州李向阳。”其《庄子注》见前“诸子”，《阴符经注》见后“兵谋”，惟《老子注》遗。此处“庄骚注”，疑“离骚注”之讹；亦或《庄子》《离骚》二书并刊，然与前《庄子注》重出，似违。

《金英玉髓经》一卷、《风角鸟情》二卷（俱南北朝徐州刘孝恭）

《开皇历》一卷、《七曜杂说》二卷（俱南北朝徐州刘孝孙）

——以上阴阳

《真人肘后方》三卷（唐彭城刘贶）

《医书简要》四卷（明徐州[①]朱自华）

《痘疹详辨》（本朝铜山崔岳）

——以上医家

《掖垣谏草》（明沛县张贞观）

——以上奏议

赋三篇（汉陆贾）

《刘子政集》五卷、赋三十三篇（俱刘向）

《刘颖叔集》五卷（刘歆）

《光禄集》二卷（晋彭城刘毅）

《刘太常集》（晋沛县刘弘）

宋文帝集七卷

宋孝武帝集二十五卷

宋废帝集十卷

宋明帝集三十三卷

宋长沙王刘道怜集十卷

宋临川王刘道规集四卷

宋临川王刘义庆集八卷

宋江夏王刘义恭集十一卷、别集十五卷

宋衡阳王刘义季集十卷

宋新渝惠侯刘义宗集十二卷

宋南平王刘铄集五卷

宋竟陵王刘诞集二十卷

宋建平王刘休祐集十卷（以上诸刘皆彭城人）

《廷尉卿集》十四卷（梁彭城刘孝绰）

《都官尚书集》二十卷（梁彭城刘孝仪）

《庶子集》十卷（梁彭城刘孝威）

《到氏集》二十卷（梁彭城到溉、到洽）

① 朱自华，萧县人，传详本志《人物传》。

《刘内史集》二十卷（后周沛刘璠）

《刘伯刍集》三十卷（唐徐州人）

《刘虞部集》十卷（唐徐州刘商）

《王守素集》六卷（唐徐州王驾）

《皃绎集》（宋徐州颜太初）

《后山集》二十卷（宋徐州陈师道）

《鸡肋集》（宋丰县姚孝锡）

《汉泉诗文》十卷、《漫稿》二卷、《继稿》一卷①（俱元砀山曹伯启②）

《兰斋集》（明徐州马蕙）

《野心堂集》（明沛县张贞观）

《雪秀亭稿》《秋碧轩稿》《秋碧乐府》（俱明邳州陈铎）

《春亭诗集》（明宿迁何九州）

《云液草》（明宿迁陆奋飞）

《隰西集》《内景集》（俱本朝徐州万寿祺）

《李孝乾文集》（本朝徐州李向阳）

《藜村诗集》（本朝徐州杨妍）

《白耷山人集》（本朝沛县阎尔梅）③

《李根庵诗文集》（本朝徐州李蟠）

《圭美堂全集》（本朝宿迁徐用锡）

《泗山文集》（本朝沛县阎圻）

——以上文集

① 案《元史·曹伯启传》："有诗文十卷，号《汉泉漫稿》，《续集》三卷行世。"盖《汉泉诗文》十卷即《漫稿》，另有《续稿》三卷并行于世，见虞集《汉泉漫稿序》。乾隆《江南通志》析为"《汉泉诗文》十卷、《漫稿》二卷、《续稿》一卷"，本志从之，皆误。

② 原作"起"，据《元史》本传、本志《人物传》及砀山旧志改。

③ 原版整行字剜去。案乾隆元年刻本《江南通志》卷一九四《艺文志·集部》：李向阳、万寿祺集后有阎尔梅《白耷山人集》，至四库抄本《江南通志》则无。此处所剜去者，必此。又按：《白耷山人集》，初刻于康熙十四年。乾隆四十三年以违碍被禁，军机处奏准全毁（今仍有刊本传世）。故四库本削去，而本志原版凡涉阎尔梅处，悉被削除。今重新补入。

附录诗文

汉诗

大风歌

高帝

大风起兮云飞扬，威加海内兮归故乡，安得猛士兮守四方！

风谏诗

韦孟

肃肃我祖，国自豕韦。黼衣朱绂，四牡龙旂。彤弓斯征，抚宁遐荒。总齐群邦，以翼大商。迭彼大彭，勋绩惟光。至于有周，历世会同。王赧听谮，实绝我邦。我邦既绝，厥政斯逸。赏罚之行，非繇王室。庶尹群后，靡扶靡卫。五服崩离，宗周以坠。我祖斯微，迁于彭城。在予小子，勤欸厥生。厄此嫚秦，耒耜以耕。悠悠嫚秦，上天不宁。乃眷南顾，授汉于京。於赫有汉，四方是征。靡适不怀，万国攸平。乃命厥弟，建侯于楚。俾我小臣，惟傅是辅。竞竞元王，恭俭静一。惠此黎民，纳彼辅弼。飨国渐世，垂烈于后。乃及夷王，克奉厥绪。咨命不永，唯王统祀。左右陪臣，此惟皇士。如何我王，不思守保。不惟履冰，以继祖考。邦事是废，逸游是娱。犬马繇繇，是放是驱。务彼鸟兽，忽此稼苗。烝民以匮，我王以媮。所弘非德，所亲非俊。惟囿是恢，惟谀是信。睮睮谄夫，咢咢黄发。如何我王，曾不是察。既藐下臣，追欲从逸。嫚彼显祖，轻兹削黜。嗟嗟我王，汉之睦亲。曾不夙夜，以休令闻。穆穆天子，临尔下土。明明群司，执宪靡顾。正遐由近，殆其怙兹[1]。嗟嗟我王，曷不此思。非思非鉴，嗣其罔则。弥弥其逸，岌岌其国。致冰匪霜，致队靡嫚。瞻惟我王，昔靡不练。兴国救颠，孰违悔过。追思黄发，秦缪以霸。岁月其徂，年其逮耇。於昔君子，庶显于后。我王如何，曾不斯览。黄发不近，胡不时监！

后诗

微微小子，既耇且陋。岂不牵位，秽我王朝。王朝肃清，惟俊之庭。顾瞻余躬，惧秽此征。我之退征，请于天子。天子我恤，矜我发齿。赫赫天子，明哲且

① 原作“兹怙”，据《汉书·韦贤传》乙正。

仁。县车之义，以洎小臣。嗟我小子，岂不怀土。庶我王寤，越迁于鲁。既去祢祖，惟怀惟顾。祁祁我徒，戴负盈路。爰戾于邹，剪茅作堂。我徒我环，筑室于墙。我既迁逝，心存我旧。梦我渎上，立于王朝。其梦如何？梦争王室。其争如何？梦我王弼。寤其外邦，叹其喟然。念我祖考，泣涕其涟。微微老夫，咨既迁绝。洋洋仲尼，视我遗烈。济济邹鲁，礼义唯恭。诵习弦歌，于异他邦。我虽鄙耇，心其好而。我徒侃尔，乐亦在而。

马上诗（时东巡徐州）

曹丕

观兵临江水，水流何汤汤。戈矛成山林，玄甲耀日光。猛将怀暴怒，胆气正纵横。谁云江水广，一苇可以航。不战屈敌虏，戢兵称贤良。古公宅岐邑，实始翦殷商。孟献营虎牢，郑人惧稽颡。充国务耕植，先零自破亡。兴农淮泗间，筑室都徐方。量宜运权略，六军咸悦康。岂如《东山》诗，悠悠多忧伤。

刘宋诗

九日从宋公戏马台集送孔令诗

谢灵运

季秋边朔苦，旅雁违霜雪。凄凄阳卉腓，皎皎寒潭洁。良辰感圣心，云旗兴暮节。鸣葭①戾朱宫，兰卮②献时哲。饯宴光有孚，和乐信所缺。在宥天下理，吹万群方悦。归客遂海隅，脱冠谢朝列。弭③棹泊枉渚，指景待乐阕。河流有急澜，浮骖无缓辙。岂伊川途念，夙心愧将别。彼美丘园道，喟焉伤薄劣。

张子房诗

谢瞻

王风哀以思，周道荡无章。卜洛易隆替，兴④乱罔不亡。力政吞九鼎，苛慝暴三殇。息肩缠民思，灵鉴集朱光。伊人感代工，聿来扶兴王。婉婉幕中画，辉辉天业昌。鸿门销薄蚀，垓⑤下陨欃枪。爵仇建萧宰，定都护储皇。肇允契幽叟，翻飞

① 原作“笳”，据《文选》谢灵运诗改。
② 原作“芝”，据《文选》谢灵运诗改。
③ 原作“弥”，据《文选》谢灵运诗改。
④ 原作“舆”，据《文选》谢瞻诗改。
⑤ 原作“堦”，据《文选》谢瞻诗改。

指帝乡。惠心奋千祀，清埃播无疆。神武睦三正，裁成被八荒。明两烛河阴，庆霄薄汾阳。銮旂历颓寝，饰像荐嘉尝。圣心岂徒[①]甄，惟德在无忘。逝者如可作，揆子慕周行。济济属车士，粲粲翰墨场。瞽夫违盛观，竦踊企一方。四达虽平直，蹇步愧无良。餐和忘微远，延首咏太康。

元魏诗

哀封卓妻诗八章

高允[②]

两仪正位，人伦肇甄。爰制夫妇，统业承先。虽曰异族，气犹自然。生则同室，终契黄泉。

封生令达，卓为时彦。内协黄中，外兼三变。谁能作配，克应其选。实有华宗，挺生淑媛。

京野势殊，山川乖互。乃奉王命，载驰在路。公务既弘，私义获著。因媒致币，遘止一暮。

率我初冠，眷彼弱笄。形由礼比，情以趣谐。忻愿难常，影迹易乖。悠悠言迈，戚戚长怀。

时遇险迍，横罹尘网。伏锧就刑，身分土壤。千里虽遐，应如影响。良嫔洞感，发于梦想。

仰惟亲命，俯寻嘉好。谁谓会浅，义深情到。毕志守穷，誓不二醮。何以验之，殒身是效。

人之处世，孰不厚生。必存于义，所重则轻。结愤钟心，甘就幽冥。永捐堂宇，长辞母兄。

茫茫中野，翳翳孤丘。葛藟冥蒙，荆棘四周。理苟不昧，神必俱游。异哉贞妇，旷世靡俦。

悲彭城

祖莹

悲彭城，楚歌四面起。尸积石梁亭，血流睢水里。

---

① 原作“從”，据《文选》谢瞻诗改。

② 原作“元”，据《魏书》《北史·列女传》改。

北周诗

入彭城馆

庾信

襄君前建国，项氏昔[1]棱威。鹓飞伤楚战，鸡鸣悲汉围。年代殊氓俗，风云更盛衰。水流浮磬动，山喧双翟飞。夏余花欲尽，秋近燕将稀。槐庭垂绿穗，莲浦落红衣。徒知日云暮，不见舞雩归。

唐诗

赐张建封节度

德宗

牧守重所寄，才贤生为时。宣风自淮甸，授钺膺藩维。入觐展遐恋，临轩慰来思。忠诚在方寸，感激陈情辞。报国尔所尚，恤人余是资。勿以千里遥，而云无已知。

秋夜与刘砀山泛宴喜亭

李白

明宰试舟楫，张灯宴华池。文招梁苑客，歌动郢中儿。月色望不尽，天空交相宜。令人欲泛海，只待长风吹。

经下邳桥怀张子房

李白

子房未虎啸，破产不为家。沧海得壮士，椎秦博浪沙。报韩虽不成，天地皆振[2]动。潜匿游下邳，岂曰非智勇。我来圯桥上，怀古钦英风。惟见碧流水，曾无黄石公。叹息此人去，萧条徐泗空。

戏马台

储光羲[3]

君不见，宋公仗钺诛燕后，英雄踊跃争趋走。小会衣冠吕梁壑，大征甲卒碻磝

① 原作“西”，据《庾子山集》卷三改。
② 原作“震”，据《李太白集》卷二十改。
③ 原作“义”，据《全唐诗》卷一三八改。

口。天开神武树元勋，九日茱萸享六军。泛泛楼船游极浦，摇摇歌吹动浮云。居人满目市朝变，伯业犹存齐楚甸。泗水南流桐柏川，沂山北走琅琊县。沧海沉沉晨雾开，彭城烈烈秋风来。少年自苦未得意，落日萧条登古台。

送李给事归徐州觐省

孙逖

列位登青琐，还乡服彩衣。共言晨省日，便是昼游归。春水经梁宋，晴山入海沂。莫愁东路远，四牡正騑騑。

泗上冯使君南楼作

祖咏

井邑连淮泗，南楼向晚过。望滩沙鹭起，寻岸浴童歌。近海云偏出，兼秋雨更多。明晨拟回棹，乡思恨风波。

归沛县道中晚泊留侯城

刘长卿

访古此城下，子房安在哉？白云去不返，危堞空崔嵬。伊昔楚汉时，颇闻经济才。运筹风尘下，能使天地开。蔓草日已积，长松日已摧。功名满青史，祠庙唯蒿莱。百里暮程远，孤舟川上回。进帆东风便，转岸前山①来。楚水②澹相引，沙鸥闲不猜。扣舷从此去，延伫仍徘徊。

晚次宿豫馆

钱起

乡心不可问，秋气又相逢。飘泊方千里，离悲复几重。回云随去雁，寒露滴鸣蛩。延颈遥天末，如闻故③国钟。

登彭城

皇甫冉

落日凭危堞，春风似故乡。川流通楚塞，山色绕徐方。壁垒依寒草，旌旗动夕阳。无戎资上策，南亩起耕桑。

① 原作“山前”，据《刘随州集》卷二乙正。
② 原作“山”，据《刘随州集》改。
③ 原作“万”，据《钱仲文集》卷四改。

汉祖庙

皇甫冉

古庙风烟积，春城车骑过。方修汉祖祀，更使沛童歌。寝帐巢禽出，香烟水雾和。神心降福处，应在故乡多。

归彭城诗

韩愈

天下兵又动，太平竟何时。讦谟者谁子，无乃失所宜。前年关中旱，闾井多死饥。去岁东郡水，生民为流尸。上天不虚应，祸福各有随。我欲进短策，无由至彤墀。刳肝以为纸，沥血以为辞。上言陈尧舜，下言引龙夔。言词多感激，文字少葳蕤。一读已自怪，再寻良自疑。食芹虽云美，献御固已痴。缄封在骨髓，耿耿空自奇。昨者到京城，屡陪高车驰。周行多俊异，议论无瑕疵。见待颇异礼，未能去毛皮。到口不敢吐，徐徐俟其巇。归来戎马间，惊顾似羁雌。连日或不语，终朝见相欺。乘闲辄骑马，茫茫诣空陂。遇酒即酩酊，君知我为谁?

雉带箭（徐州作）

韩愈

原头火烧静兀兀，野雉畏鹰出复没。将军欲以巧伏人，盘马弯弓惜不发。地形渐窄观者多，雉惊弓满劲箭加。冲人决起百余尺，红翎白镞相倾斜。将军仰笑军吏贺，五色离披马前堕。

赠张徐州莫辞酒

韩愈

莫辞酒，此会固难同。请看工女机上帛，半作军人旗上红。

莫辞酒，谁为君王之爪牙。春雷三月不作响，战士岂得来还家?

汴泗交流赠张仆射

韩愈

汴泗交流郡城角，筑场千步平如削。短垣三面缭逶迤，击鼓腾腾树赤旗。新秋朝凉未见日，早早结束来何为。分曹决胜约前定，百马攒蹄近相映。球惊杖奋合且离，红牛缨绂黄金羁。侧身转臂著马腹，霹雳[1]应手神珠驰。超遥散漫两闲暇，挥

① 原作“历”，据《五百家注昌黎文集》卷三改。

霍纷纭争变化。发难得巧意气粗，欢声四合壮士呼。此诚习战非为剧，岂若安坐行良图。当今忠臣不可得，公马莫走须杀贼。

留别李观、韩愈，因献张徐州诗

孟郊

富别愁在颜，贫别愁销骨。懒磨旧铜镜，畏见新白发。古树春无花，子规啼有血。离弦不堪听，一听三四绝。世路非一险，俗虑有千结。有客步大方，驱车独迷辙。故人韩与李，逸翰双皎洁。哀我[①]摧折归，赠词纵横设。徐方国东枢，元戎天下杰。祢生投刺游，王粲吟诗谒。高情无遗照，朗抱开晓月。有抑不埋冤，有仇皆为雪。愿为直[②]草木，永向君地列。愿为古琴瑟，永为君地发。欲识丈夫心，曾将宝镜说。

朱陈村诗

白居易

徐州古丰县，有村曰朱陈。去县百余里，桑麻青氤氲。机梭声札札，牛驴走纭纭。女汲涧下水，男采山上薪。县远官事少，山深民俗淳。有财不行商，有丁不入军。家家守村业，头白不出门。生为村之民，死为村之尘。田中老与幼，相见何欣欣。一村惟两姓，世世为婚姻。亲属居有族，少长游有群。黄鸡与白酒，欢会不隔旬。生者不远别，嫁娶先近邻。死者不远葬，坟墓多绕村。既安生与死，不苦形与神。所以多寿考，往往见玄孙。我生礼义乡，少小孤且贫。徒学见是非，只自取辛勤。世法贵名教，士人重冠[③]婚。以此自桎梏，信为大谬人。十岁解读书，十五能属文。二十举秀才，三十为谏臣。下有妻子累，上有君亲恩。承家与事国，望此不肖身。忆昨旧游初，迨今十五春。孤舟三适楚，羸马四经秦。昼行有饥色，夜寝无安魂。东西不暂住，来往若浮云。离乱失故乡，骨肉多散分。江南与江北，各有平生亲。生者终日别，死者隔年闻。朝忧卧至暮，夕哭坐达晨。悲火烧心曲，愁霜侵鬓根。一生苦如此，长羡村中民。

燕子楼三首

关盼盼

楼上残灯伴晓霜，独眠人起合欢床。相思一夜情多少，地角天涯未是长。

---

① 原作“哉”，据《孟东野诗集》卷七改。
② 原作“植”，据《孟东野诗集》改。《全唐诗》卷三七八谓一作“奇”，皆为挺异不俗之意。
③ 原作“官”，据《白氏长庆集》卷十改。

北邙松柏锁愁烟，燕子楼中思悄然。自埋剑履歌尘绝，红袖香销十一年。

适看鸿雁岳阳回，又睹玄禽逼社来。瑶瑟玉箫无意绪，任从蛛[①]网任从灰。

和韵（并序）

白居易

徐州故张尚书有爱妓曰盼盼，善歌舞，雅多风态。予为校书郎时，游徐泗间，张尚书宴予，酒酣，出盼盼以佐饮，欢甚。予因赠诗云："醉娇胜不得，风袅牡丹花。"尽欢而去，尔后绝不相闻，迨兹仅一纪矣。昨日，司勋员外郎张仲素缋之访予，因吟新诗，有《燕子楼》三首，词甚婉丽。诘其由，为盼盼作也。缋之从事武宁军累年，颇知盼盼始末，云尚书既殁，归葬东洛，而彭城有张氏旧第，第中有小楼名燕子。盼盼念旧爱而不嫁，居是楼十余年，幽独块然，于今尚在。予爱缋之新咏，感彭城旧游，因同其题，作三绝句。

满帘风月满楼霜，被冷灯残拂卧床。燕子楼中霜月苦，秋来只为一人长。

钿晕罗衫色似烟，几回欲着即潸然。自从不舞霓裳曲，叠在空箱十一年。

今春有客洛阳回，曾到尚书墓上来。见说白杨堪作柱，争教红粉不成灰。

观白诗序，则元倡三首乃张仲素所作。今白集附刻作盼盼诗，疑非是。盖盼盼自能诗，但非此耳。

感故张仆射诸妓

白居易

黄金不惜买蛾眉，拣得如花三四枝。歌舞教成心力尽，一朝身去不相随。

和韵

关盼盼

自守空闺敛恨眉，形同春后牡丹枝。舍人不会人深意，讶道泉台不去随。

按《尧山堂外纪》：白诗讽盼盼而作。盼盼得诗，反覆读之，泣曰："自我公薨，妾非不能死。恐百载之后，人以我公重色，有从死之妾。是玷我公清范！"乃答白公诗云云，旬日不食而死。

---

① 原作"珠"，据《全唐诗》卷三六七改。

送李侍御赴徐州行营

韩翃

少年兼柱史，东至旧徐州。远属平津阁，前驱博望侯。向营淮水满，吹角楚天秋。客梦依依处，寒山对白楼。

泗水泛舟

薛能

都人层立似山丘，坐啸将军拥棹游。绕郭烟波浮泗水，满船丝竹载凉州。城中睹望皆丹雘，旗里惊飞尽白鸥。儒将不须夸郤縠，未闻诗句解风流。

观徐州李司空猎

张祜[1]

晓出郡城东，分围浅草中。红旗开向日，白马骤迎风。背手抽金镞，翻身控角弓。万人齐指处，一雁落寒空。

过陈琳墓

温庭筠

曾于青史见遗文，今日飘零过古坟。词客有灵应识我，霸才无主始怜君。石麟埋没藏秋草，铜雀荒凉对暮云。莫怪临风倍惆怅，欲将书剑学从军。

泗上逢韩司徒归北

周贺

多病十年无旧识，沧州乱后又逢君。已知罢秩辞泷水，相视移家住岳云。泗上旅帆侵叠浪，雪中归路踏荒坟。更为此别愁应老，书札何由到北军。

送沛县司马丞

方干

举酒一相劝，逢春聊尽欢。羁游故交少，远别后期难。路上野花发，雨中青草寒。悠悠两乡梦，小沛与长安。

---

① 原作“祐”，据《全唐诗》卷五一〇改。

泗上早发

许棠

独起无人见，长河夜泛时。平芜疑自动，落月便相随。楚外离空早，关西去已迟。渔歌闻不绝，却轸洞庭思。

宋诗

厌气台

梁灏

天生王气何能厌，嬴氏空劳筑此台。今日我来台上看，残春寂寞野花开。

过泗水

苏舜钦

五年六经此，仰首叹劳生。山是往时色[①]，人皆今日情。机心去国少，尘眼向淮[②]明。物理吾俱晓，漂流安足惊。

落马碑

张方平

纵酒疏狂懒治生，中阳有土不归耕。偶因乱世成功业，更向翁前共仲争。

歌风台

张方平

落魄刘郎作帝归，尊前感慨大风诗。淮阴反接英彭族，更欲多求猛士为?

送赵谏[③]议之官徐州

梅尧臣

鹿车几两马几匹，轸建朱幡骑彀弓。雨过短亭云断续，莺啼高柳路西东。吕梁水注千寻险，大泽龙归万古空。莫问前朝张仆射，球场细草绿蒙蒙。

---

① 原作“路”，据苏舜钦《苏学士集》卷七改。
② 原作“谁”，据《苏学士集》卷七改。
③ 原作“简”，据梅尧臣《宛陵先生文集》卷十五改。

凫鹥亭诗

关景仁

古有凫鹥诗，喜物游太平。今见凫鹥乐，为作凫鹥亭。夜安洲渚栖，昼无罗网惊。群嬉固俦匹，适意相飞鸣。春风藻荇稠，夜雨波澜清。特以王泽深，遂此微物生。飞甍枕秦台，缭绕寒芜城。俯目瞰清泚，日羡凫鹥情。自惟县令职①，朝夕亲编氓。土瘠民半馁，役频民少宁。嗟尔多蹙迫，岂与凫鹥并？我心徒尔嗟，奈何存典刑。尔劳悯以恕，尔重移之轻。庶几皆有乐，共戴君聪明。民安令亦暇，临流解尘缨。卒岁可归去，白发南山耕。

凫鹥亭

马建中

古丰千岁远，汉皇实此生。雉堞皆榛棘，故魏徙都城。县宇构台上，台基起秦嬴。四绕半农桑，前池澄流清。东偏特起亭，题曰凫鹥名。传是关令建，下瞰连高甍。亭兴二十载，继踵多贤英。开轩敞眺望，景趋江湖并。春夏芰荷茂，秋冬风月明。政暇来登赏，心虚厌簪缨。因观立台意，期于仁化行。博爱飞鸟游，庶几及群氓。将使为政者，视物推斯诚。暴虐将知禁，典刑将就轻。今我来承乏，治术择未精。境土皆陂泽，弥年水害惊。赋入复增重，务农难劝耕。积有弊源深，宣流孰为更？安得凫鹥乐，均尔黎庶情②。年丰衣食足，大雅歌太平。

又

胡宗愈

君为凫鹥亭，更作凫鹥诗。凫鹥为鸟虽甚微，君心仁爱乃在兹。不忍壮者弋其母、儿童捕其儿，凫鹥母子何嬉嬉。城头草静烟云迷，城下水暖菰蒲低。凫鹥朝傍云烟飞，倦来暮入菰蒲栖。寄巢生子冬复夏，巢稳子大无人知。我思入境观君为，坐见三异于今时。知君官久行亦归，亭上引满伤别离。岂惟丰人惜君去，虽我亦为凫鹥悲。

子房诗

邵雍

灭项兴刘如覆手，绝秦昌汉若更棋。卷舒天下坐筹日，锻炼心源辟谷时。黄石

---

① 原作“暇”，据正统《彭城志》、隆庆《丰县志》改。

② 原作“清”，据徐州旧志及丰县诸志改。

公传皆是用，赤松子伴更何为。如君才业求其似，今古相望不记谁。

彭城道中

曾巩

百步洪声潦退初，白沙新岸凑舟车。一时屠钓[①]英雄尽，千载河山战伐余。楚汉旧歌流俚耳，韩彭遗迹冠丘墟。可怜马上纵横略，只在邳桥一卷书。

和子由与颜长道同游百步洪

苏轼

平明坐衙不暖席，归来闭阁闲终日。卧闻客至倒屣迎，两眼蒙笼余睡色。城东泗水步可到，路转河洪翻雪白。安得青丝络骏马，蹙踏飞波柳阴下。奋身三丈两蹄间，振鬣长鸣身自干。少年狂兴久已谢，但忆嘉陵绕剑关。剑关大道车方轨，君自不去归何难。山中故人应大笑，筑室种柳何时还。

与梁先、舒焕[②]泛舟得“临”“酿”字二首

苏轼

彭城古战国，孤客倦登临。汴泗交流处，清潭百丈深。故人轻千里，足茧来相寻。何以娱佳客，潭水洗君心。

老守厌簿书，先生罢函丈。风流魏晋间，谈笑羲皇上。河洪忽已过，水色绿可酿。君无轻此乐，此乐清且放。

留题石经院三首[③]

苏轼

葱蒨门前路，行穿翠密中。却来堂上看，岩谷意无穷。

夭矫庭中桧，枯枝鹊踏消。瘦皮缠鹤骨，高顶转龙腰。

窈窕山头井，潜通伏涧清。欲知深几许，听转辘轳声。

过云龙山人张天骥

苏轼

郊原雨初足，风日清且好。病守亦欣然，肩舆白门道。荒田咽蛩蚓，村巷悬梨

① 原作“狗”，据曾巩《元丰类稿》卷八改。
② 原作“涣”，据《东坡诗集注》卷三改。
③ 按：石经院，在戏马台古台头寺。旧志皆遗。

枣。下有幽人居，闭门空雀噪。西风高正厉，落叶纷可扫。孤童卧斜日，病马放秋草。墟里通有无，垣墙任摧倒。君家本冠盖，丝竹闹邻保。脱身声利中，道德自濯澡。躬耕抱羸疾，奉养百岁老。诗书膏吻頬，菽水媚翁媪。饥寒天随子，杞菊自撷芼。慈孝董邵南，鸡狗相乳抱。吾生如寄耳，归计失不早。故山岂敢忘，但恐迫华皓。从君学种秫，斗酒时相[①]劳。

河复（并序）

苏轼

熙宁十年秋，河决澶渊，注钜野，入淮泗，自澶、魏以北皆绝流，而齐、楚大被其患。彭城门下水二丈八尺，七十余日不退，吏民疲于守御。十月十三日，澶州大风终日，既止，而河流一支已复故道。闻之喜甚，庶几可塞乎？乃作《河复》诗，歌之道路，以致民愿而迎神休，盖守土者之志也。

君不见，西汉元光元封间，河决瓠子二十年。钜野东倾淮泗满，楚人恣食黄河鳣。万里沙回封禅罢，初遣越巫沉白马。河公未许人力穷，薪刍万计随流下。吾君仁圣如帝尧，百神受职河神骄。帝遣风师下约束，北流夜起澶州桥。东风吹冻收微渌，神功不用淇园竹。楚人种麦满河淤，仰看浮槎栖古木。

登望谼亭

苏轼

河涨西来失旧谼，孤城浑在水光中。忽然归壑无寻处，千里禾麻一半空。

有言郡东北荆山下可以沟畎积水，因与吴正字、王户曹同往相视，以地多乱石，不果。还游圣女山，山有石室如墓，而无棺椁，或云宋司马桓魋墓。二子有诗，次其韵二首

苏轼

侧手区区未易遮，奔流一瞬卷千家。共疑智伯初围赵，犹有张汤欲漕斜。已坐迂疏来此地，分将劳苦送生涯。使君下策真堪笑，隐隐惊雷响踏车。

茫茫清泗绕孤岑，归路相将得暂临。试著芒鞋穿荦确，更然松炬照幽深。纵令司马能镵石，奈有中郎解摸金。强写苍崖留岁月，他年谁识此时心。

---

① 原作“自”，据《东坡全集》卷八改。

答吕梁仲屯田

苏轼

乱山合沓围彭门，官居独在悬水村（自注：悬水村，吕梁地名）。居民萧条杂麋鹿，小市冷落无鸡豚。黄河西来初不觉，但讶清泗流奔浑。夜闻沙岸鸣瓮盎，晓看霜浪浮鹏鹍。吕梁自古喉吻地，万顷一抹何由吞。坐观入市卷闾井，吏民走尽余王尊。计穷路断欲安适，吟诗破屋愁鸢蹲。岁寒霜重水归壑，但见屋瓦留沙痕。入城相对如梦寐，我亦仅免为鱼鼋。旋呼歌舞杂诙笑，不惜饮醑空瓶盆。念君官舍冰雪冷，新诗美酒聊相温。人生如寄何不乐，任使绛蜡烧黄昏。宣房未筑淮泗满，故道堙灭疮痍存。明年劳苦应更甚，我当畚锸先黥髡。付君万指伐顽石，千锤雷动苍[①]山根。高城如铁洪口快，谈笑却扫看崩奔。农夫掉臂免狼顾，秋谷布野如云屯。还须更置软脚酒，为君击鼓行金樽。

访张山人得“山”“中”字二首

苏轼

鱼龙随水落，猿鹤喜君还。旧隐丘墟外，新堂紫翠间。野麋驯杖履，幽桂出榛菅。洒扫门前路，山公亦爱山（自注：张故居为大水所坏，新卜居此室，故居之东）。

万木锁云龙（自注：山名），天留与戴公。路迷山向背，人在瀼西东。荠麦余春雪，樱桃落晚风。入城都不记，归路醉眠中。

起伏龙行（并引）

苏轼

徐州城东二十里有石潭，父老云与泗水通，增损清浊，相应不差，时有河鱼出焉。元丰元年春旱，或云置虎头潭中，可以致雷雨。用其说，作《起伏龙行》。

何年白竹千钧弩，射杀南山雪毛虎。至今颅骨带霜牙，尚作四海毛虫祖。东方久旱千里赤，三月行人口生土。碧潭近在古城东，神物所蟠谁敢侮。上歙苍石拥岩窦，下应清河通水府。眼光作电走金蛇，鼻息为云擢烟缕。当年负图传帝命，左右羲轩诏神禹。尔来怀宝但贪眠，满腹雷霆喑不吐。赤龙白虎战明日（自注：是月丙辰，明日庚寅），倒卷黄河作飞雨。嗟我岂乐斗两雄，有事径须烦一怒。

① 原作“千”，据各本苏集改。

游张山人园

苏轼

壁间一轴烟萝子，盆里千枝锦被堆。惯与先生为酒伴，不嫌刺史亦颜开。纤纤入麦黄花乱，飒飒催诗白雨来。闻道君家好井水，归轩乞得满瓶回。

又送郑户曹

（郑户曹名仅，字彦能，彭城人，时为冠氏令①）

苏轼

水绕彭祖楼，山围戏马台。古来豪杰地，千岁有余哀。隆准飞上天②，重瞳亦成灰。白门下吕布，大星陨临淮。尚想刘德舆，置酒此徘徊。尔来苦寂寞，废圃多苍苔。河从百步响，山到九里回。山水自相激，夜声转风雷。荡荡清河壖，黄楼我所开。秋月堕城角，春风摇酒杯。迟（去声）君为坐客，新诗出琼瑰。楼成君已去，人事固多乖。他年君倦游，白首赋归来。登楼一长啸，使君安在哉?

答范淳甫

（自注：来诗有张仆射、李临淮之句）

苏轼

吾州下邑生刘季，谁数区区张与李。重瞳遗迹已尘埃，惟有黄楼临泗水。而今太守老且寒，侠气不洗儒生酸。犹胜白门穷吕布，欲将鞍马事曹瞒。

答王巩

（自注：巩将见过，有诗自谓恶客，戏之）

苏轼

汴泗绕吾城，城坚如削铁。中有李临淮，号令肝胆裂。古来彭城守，未省怕恶客。恶客云是谁，祥符相公孙。是家豪逸生有种，千金一掷颇黎盆。连车载酒来，不饮外酒嫌其村。子有千瓶酒，我有万株菊。任子满头插，团团见花不见目。醉中插花归，花重压折轴。问客何所须，客言我爱山。青山自绕郭，不要买山钱。此外有黄楼，楼下一河水。美哉洋洋乎，可以疗饥并洗耳。彭城之游乐复乐，客恶何如主人恶！

---

① 按：此句袭施元之、顾禧《施注苏诗》。清查慎行《苏诗补注》谓：“本年《中秋月》诗‘郑子向河朔’公自注云：‘郑仅赴大名户曹。’施氏云‘时为冠氏令’者讹。”

② 原作“天上”，据各本苏集乙正。

九日黄楼作

苏轼

去年重阳不可说，南城夜半千沤发。水穿城下作雷鸣，泥满城头飞雨滑。黄花白酒无人问，日暮归来洗靴袜。岂知还复有今年，把盏对花容一呷。莫嫌酒薄红粉陋，终胜泥中千柄锸。黄楼新成壁未干，清河已落霜初杀。朝来白露如细雨，南山不见千寻刹。楼前便作海茫茫，楼下空闻橹鸦轧。薄寒中人老可畏，热酒浇肠气先压。烟消日出见渔村，远水鳞鳞山齾齾。诗人猛士杂龙虎，楚舞吴歌乱鹅鸭。一杯相属君勿辞，此景何殊泛清霅。

太虚以《黄楼赋》见寄，作诗为谢

苏轼

我在黄楼上，欲作黄楼诗。忽得故人书，中有黄楼词。黄楼高十丈，下建五丈旗。楚山以为城，泗水以为池。我诗无杰句，万景骄莫随。夫子独何妙，雨雹散雷椎。雄词杂今古，中有屈宋姿。南山多磬石，清滑如流脂。朱蜡为摹刻，细妙分毫厘。佳处未易识，当有来者知。

登云龙山

苏轼

醉中走上黄茅冈，满冈乱石如群羊。冈头醉倒石作床，仰观白云天茫茫，歌声落谷秋风长。路人举首东南望，拍手大笑使君狂。

与舒教授、张山人、参寥师同游戏马台，书西轩壁，兼简颜长道二首

苏轼

古寺长廊院院行，此轩偏慰旅人情。楚山西断如迎客，汴水南来故绕城。路失玉钩芳草合，林亡白鹤古泉清。淡游何以娱庠老，坐听郊原琢磬声。

竹杖芒鞋取次行，下临官道见人情。天寒菽粟犹栖亩，日暮牛羊自入城。沽酒独教陶令醉，题诗谁似皎公清。更寻陋巷颜夫子，乞取微言继此声。

百步洪

苏轼

王定国访余于彭城，一日棹小舟，与颜长道携盼、英、卿三子游泗水，北上圣女山，南下百步洪，吹笛饮酒，乘月而归。余时以事不得往，夜着羽衣伫立黄楼

上，相视而笑，以为李太白死，世间无此乐三百余年矣。定国既去逾月，复与参寥师放舟洪下，追怀曩游，已为陈迹，喟然而叹。故作二诗，一以遗参寥，一以寄定国，且示颜长道、舒尧文，邀同赋云。

长洪斗落生跳波，轻舟南下如投梭。水师绝叫凫雁起，乱石一线争磋磨。有如兔走鹰隼落，骏马下注千丈坡。断弦离柱箭脱手，飞电过隙珠翻荷。四山眩转风掠耳，但见流沫生千涡。险中得乐虽一快，何异水伯夸秋河。我生乘化日夜逝，坐觉一念逾新罗。纷纷争夺醉梦里，岂信荆棘埋铜驼。觉来俯仰失千劫，回视此水殊委蛇。君看岸边苍石上，古来篙眼如蜂窠。但应此心无所住，造物虽驶如吾何。回船上马各归去，多言譊譊师所呵。

佳人未肯回秋波，幼[①]舆欲语防飞梭。轻舟弄水买一笑，醉中荡桨肩相磨。不学长安闾里侠，貂裘夜走胭脂坡。独将诗句拟鲍谢，涉江共采秋江荷。不知诗中道何语，但觉两颊生微涡[②]。我时羽服黄楼上，坐见织[③]女初斜河。归来笛声满山谷，明月正照金叵罗。奈何舍我入尘土，扰扰毛群欺卧驼。不念空斋老病叟，退食谁与共委蛇。时来洪上看遗迹，忽[④]见屐齿青苔窠。诗成不觉双泪下，悲吟相对惟羊何。欲遣佳人寄锦字，夜寒手冷无人呵。

十月十五日观月黄楼席上次韵

苏轼

中秋天气未应殊，不用红纱照坐隅。山下白云横匹素，水中明月卧浮图。未成短棹还三峡，已约轻舟泛五湖。为问登临好风景，明年还忆使君无?

祈雪雾猪泉马上作赠舒尧文

苏轼

三年走吴越，踏遍千重山。朝随白云去，暮与栖鸦还。翩如得木狖，飞步谁能攀。一为符竹累，坐老敲榜间。此行亦何事，聊散腰脚顽。浩荡城西南，乱山如玦环。山下野人家，桑柘杂榛菅。岁晏风日暖，人牛相对闲。薄雪不盖土，麦苗稀可删。愿君发豪句，嘲诙破天悭。

---

① 原作“挽”，据《东坡诗集注》卷六改。
② 原作“窝”，据各本苏集改。
③ 原作“职”，据各本苏集改。
④ 原作“忽”，据各本苏集改。

又次舒尧文韵

苏轼

长笑蛇医一寸腹，衔冰吐雹何时足。苍鹅无罪亦可怜，斩颈横盘不敢哭。岂知泉下有猪龙，卧枕雷车踏阴轴。前年太守为旱请，雨点随人如撒菽（公自注：傅钦之曾祷此泉得雨）。太守归国龙归泉，至今人咏淇园绿。我今又复罹此旱，凛凛疲民在沟渎。却寻旧迹叩神泉，坐客仍携王子渊（公自注：钦之时客惟舒在矣）。看草中和乐职颂，新声妙语慰华颠。晓来泉上东风急，须上冰珠老蛟泣。怪词欲逼龙飞起，险韵不量吾所及。行看积雪厚埋牛，谁与春工掀百蛰。此时还复借君诗，余力汰辀仍贯笠。挥毫落纸勿言疲，惊龙再起震失匙。

石炭（并引）

苏轼

彭城旧无石炭，元丰元年十二月，始遣人访获于州之西南白土镇之北，冶铁作兵，犀利胜常云。

君不见，前年雨雪行人断，城中居民风裂骭。湿薪半束抱衾裯，日暮敲门无处换。岂料山中有遗宝，磊落如礐（音“衣”）万车炭。流膏迸液无人知，阵阵腥风自吹散。根苗一发浩无际，万人鼓舞千人看。投泥泼水愈光明，烁玉流金见精悍。南山栗林渐可息，北山顽矿何劳锻。为君铸作百炼刀，腰斩长鲸为万段。

台头寺步月得“人”字

苏轼

风吹河汉扫微云，步屧中庭月趁人。浥浥炉香初泛夜，离离花影欲摇春。遥知金阙同清景，想见毡车碾暗尘。回首旧游真是梦，一簪华发岸纶巾。

游桓山，会者十人，以“春水满四泽，夏云多奇峰”为韵，得“泽”字

苏轼

东郊欲寻春，未见莺花迹。春风在流水，凫雁先拍拍。孤帆信溶漾，弄此半篙碧。舣舟桓山下，长啸理轻策。弹琴石室中，幽响清磔磔。吊彼泉下人，野火失枯[1]腊。悟此人间世，何者为真宅。暮回百步洪，散坐洪上石。愧我非王襄，子渊

① 原作“骨”，据各本苏集改。枯腊：犹言干尸。《东坡诗集注》程缜注引《汉书·扬王孙传》曰：“支体束络，口含玉石，欲化不得，郁为枯腊，千载之后，乃得归土，就其真宅。”

肯见客。临流吹洞箫，水月照连璧。此欢真不朽，回首岁月隔。想像斜川游，作诗继彭泽。

送蜀人张师厚赴殿试二首

苏轼

忘归不觉鬓毛斑，好事乡人尚往还。断岭不遮西望眼，送君直过楚王山。

云龙山下试春衣，放鹤亭前送落晖。一色杏花三十里，新郎君去马如飞。

罢徐州，往南京，马上走笔寄子由五首

苏轼

吏民莫扳援，歌管莫凄咽。吾生如寄耳，宁独为此别。别离随处有，悲恼缘爱结。而我本无恩，此涕谁为设。纷纷等儿戏，鞭镫遭割截。道边双石人，几见太守发。有知当解笑，抚掌冠缨绝。

父老何自来，花枝袅长红。洗盏拜马前，请寿使君公。前年无使君，鱼鳖化儿童。举鞭谢父老，正坐使君穷。穷人命分恶，所向招灾凶。水来非吾过，去亦非吾功。

古汴从西来，迎我向南京。东流入淮泗，送我东南行。暂别复还见，依然有余情。春雨涨微波，一夜到彭城。过我黄楼下，朱栏照飞甍。可怜洪上石，谁听月中声。

前年过南京，麦老樱桃熟。今来旧游处，樱麦半黄绿。岁月如夙昔，人事几反覆。青衫老从事，坐稳生髀肉。联翩阅三[①]守，迎送如转毂。归耕何时决，田舍我已卜。

卜田向何许，石佛山南路。下有尔家川，千畦种粳稌。山泉宅龙蜃，平地走膏乳。异时亩一金，近欲为逃户。逝将解簪绂，卖剑买牛具。故山岂不怀，废宅生蒿稆[②]。便恐桐乡人，长祠仲卿墓。

题《朱陈嫁娶图》

苏轼

何年顾陆丹青手，画作朱陈嫁娶图。闻道一村惟两姓，不将门户买崔卢。

---

① 原作“太”，据《东坡全集》卷十改。

② 原作“櫓”，据《东坡全集》改。

其二

我是朱陈旧使君，劝农曾入杏花村。而今风物那堪画，县吏催钱夜打门。

逍遥堂诗（并序）

苏辙

辙幼从子瞻兄读书，未尝一日相舍。既壮，将宦游四方，读韦苏州诗有云："那知风雨夜，复此对床眠。"恻然感之，乃相约早退为闲居之乐。故子瞻始为凤翔幕官，留诗与辙曰："夜雨何时听萧瑟。"其后子瞻通[①]守余杭，复移守胶西，而辙流滞于睢阳、济南，不见者七年。熙宁十年二月，始复会于澶、濮之间，相从彭城，留百余日。时宿于逍遥堂，追感前约，作小诗二首。

其一

逍遥堂后千寻木，长送中宵风雨声。误喜对床寻旧约，不知漂泊在彭城。

其二

秋来东阁凉如水，客去山公醉似泥。困卧北窗呼不起，风吹松竹雨凄凄。

中秋见月寄子瞻兄

苏辙

西风吹暑天益高，明月耿耿分秋毫。彭城闭门青嶂合，坐听百步鸣飞涛。使君携客登燕子，月色著人如著水。筵前不设鼓与钟，处处笛声相应起。浮云卷尽流金丸，戏马台西山郁蟠。杯中绿酒一时尽，衣上白露三更寒。扁舟明月浮古汴，回首逡巡陵谷变。河吞钜野走长淮，城没黄河只三版。明年筑城城似山，伐木为堤堤更坚。黄楼未成河已退，空有遗迹令人看。城头看水应更好，河流处处今生草。子孙免被鱼鳖食，歌舞聊宽使君老。南都从事老更贫，羞见青天月照人。飞鹤投笼不能出，曾是彭城坐中客。

送梁交之徐州

苏辙

湖水清且深，新荷半犹卷。未见红妆窈窕娘，先排翠羽参差扇。水面风生人未

---

① 原作"迁"，据《栾城集》卷七、《东坡全集》卷八改。

知，欹倾俯仰长相见[①]。岸上游人暮不归，清香入袖凉吹面。投壶击鞠绿杨阴，共尽清樽餐白饭。坐中飞将忽先起，轻衫出试彭城远。百步洪西白浪翻，戏马台南云岫满。江山雄丽信宜人，风流孰似梁王苑？

陪子瞻泛舟诗

苏辙

城东泗水平如席，城头远山涵落日。轻舟鸣橹自生风，渺渺江湖动颜色。中洲过尽石纵横，南去清波头尽白。岸边怪状[②]如牛马，衔尾舳舻谁敢下。渔人出没须臾间，却立沙头手足干。客舟一叶久未上，吴牛回首良间关。风波荡潏未可触，归来百事常艰难。楼中吹角暮烟起，出城骑火催君还。

同子瞻泛汴泗得“渔[③]”“酒”

苏辙

江湖性终在，平地难久居。绿水雨新涨，扁舟意自如。河身萦匹素，洪口转千车。愿言弃城市，长竿夜独渔。

游云龙张氏山居

贺铸

云龙山距彭城郭南三里，郡人张天骥圣涂筑亭于西麓。元丰初，郡守眉山苏公屡登燕于此亭下，畜二鹤，因以放鹤名亭，复为之记。亭下有小屋，曰苏斋，壁间榜眉山所留二诗及画大枯株，亦公醉笔也。壬戌秋，余初至徐，张惠然见临，继相招为山中游。

昔闻张逸民，卜筑云龙山。东望结遐想，喜得彭城官。一语定襟契，宛如平生[④]欢。招携属休沐，投此萝薜间。女仆候门巷，青袿双翠鬟。苏斋轩户明，饼火焚椒兰。宝墨鬼神护，清诗冰玉寒。森然拱檐溜，架石排琅玕。东趋放鹤亭，磴道披茅菅。指顾百村落，炊烟林莽间。日脚洒平陆，两山如断环。凄风振晚叶，坐怯衣裘单。引领紫霄极，飘飘如可干。缅怀眉山公，五马来游盘。酣兴走颠笔，苍崖即镵刊。午年仲冬月，雪野云弥漫。扫石坐舒啸，惠泉烹凤团。当时诧盛集，千古陋逵安。俯仰迹遂陈，斯人久泥蟠。我来后千日，逸躅何由攀。仰怀胜事往，俯遵

① 今本《栾城集》作“长先见”。
② 今本《栾城集》作“怪石”。
③ 原作“鱼”，字通。今从《栾城集》卷七用字。下之“长竿夜独渔”，亦同。
④ 原作“生平”，据贺铸《庆湖遗老集》卷二乙正。

尘路还。山灵能不辱，时款白云关。

登黄楼有怀苏眉山

贺铸

登黄楼，望黄州。黄州望不见，楼下水东流。水流何可留，浮云更悠悠。伤心泽畔客，憔悴楚兰秋。

和张谋父游石佛山观魏太武书

贺铸

按《南北史》《彭城图经》：魏太平真君十一年，太武南侵，至瓜步，筑宫驻跸，声欲渡江。宋人患之，遣使请婚，馈百牢以犒师。明年春，旋师渡淮，复留连徐方，再旬始北去。今彭城南五里，因山鑱佛，高十许丈。东北百步有大磐石，欹枕小溪，划然四字曰“阿弥陀佛”，皆径尺余。盖当时太武以铁棰画是字，非刊刻也。乙丑秋，张谋父赋诗，要余属和焉。

中区昔屯否，代邦天所开。鸿图属太武，不世英雄才。南洗洛阳血，西荡长安灰。毡车十万乘，略地驱风雷。一苇济长淮，筑宫瓜步隈。东邻拜牢饩，走使为婚媒。云旗即归路，览胜此徘徊。俯挥铁马鞭，顽石同陶坯。划成四大字，屹栗阴虹摧。沦精入崖壑，怒气羞蟠回。茫茫六百年，风雨生莓苔。伟迹浸销泯，威灵安在哉。君为访古游，赋诗追七哀。人生谁不尔，零落同尘埃。

彭城三咏

贺铸

元丰甲子，余与彭城张仲［连］[①]谋父、东莱寇昌朝元弼、彭城陈师仲传道、临城王适子立、宋城王珏文举，采徐方陈迹分咏之。余得戏马台、斩蛇泽、歌风台三题，即赋焉。

秦蛇已中断，刘项方龙战。叱咤沮风云，睢盱走霆电。鸿沟一画天地开，楚王洗剑东归来。新都形胜控淮泗，笼山络谷营高台。重瞳登览何为者，不知招贤知戏马。上如激矢下投丸，兰筋霜腕便回盘。半夜悲歌骓不逝，明日阴陵行路难。駃牝三千归汉苑，粟豆尤闻蠹县官。君不见，华山之阳古垌牧，春风吹草年年绿。（右戏马台）

君不闻，泗滨昔日有亭长，送徒咸阳失收掌。泽中置酒饮相诀，吾亦从兹奔芒

① 字据《庆湖遗老集》卷一补。

清乾隆《徐州府志》

砀。阴风萧萧导者惧，前有修蛇怒横路。酒酣拔剑肯留行，划断蜿蜒不回顾。河明月出人踵来，彼媪何冤号且哀。谓遭赤帝屠吾子，语竟莫知安往哉。真人闻此自心许，茫茫四海吾其主。虎变龙飞十二年，馘项枭英直狐鼠。半夜雄铓飞上天，几见长陵一抔土。（右斩蛇泽）

汉祖高风百尺台，千年客土生蒿莱。何穷人事水东去，如故地形三四来。江淮犹沸鲸鲵血，八十一车枉归辙。白叟逢迎皆故人，斗酒欢呼惜将别。崤渑迢遥非我乡，死生此地乌能忘。酒阑鸣筑动云物，青衿儿曹随抑扬。尔时可无股肱力，端思猛士守四方。君不闻，淮阴就缚何慨慷，解道鸟尽良弓藏。（右歌风台）

戏马台

贺铸

当年节物此山川，倦客登临独惘然。戏马台荒年自久，斩蛇公去事空传。黄华半老清霜后，白鸟孤飞落照前。不与兴亡城下水，稳浮渔艇入淮天。

燕子楼诗

陈荐

仆射新阡狐兔游，侍儿犹住水边楼。风清玉簟慵欹枕，月好珠帘懒上钩。残梦觉来沧海阔，新诗吟罢紫兰秋。乐天才思如春雨，断送残花一夕休。

陪赵大夫游桓山

陈师道

后水喧江落晕黄，晓云障日作微凉。笙歌声里旌旗动，罗绮丛中笑语香。劝相秋郊开[①]稔熟，摩挲苔壁吊荒亡。风流一代今山简，有底尊前著葛强。

游显庆寺

陈师道

晴山堪著眼，别意不胜秋。小作三年别，聊为五斗谋。要须乘下泽，不待到壶头。预恐登临处，长思马少游。

① 原作“闻”，据陈师道《后山集》卷六改。

盘马山

陈师道

耕桑战伐饱曾经，庙毁村荒不乞灵。尚有君王盘马迹，至今草木不能青。

和寇十一晚登白门

陈师道

重门杰观屹相望，表里山河自一方。小市张灯归意动，轻衫当户晚风长。孤臣白首逢新政，游子青春见故乡。富贵本非吾辈事，江湖安得便相忘。

燕子楼

陈师道

绿暗连村柳，红明委地霞。画梁初著燕，废沼已鸣蛙。鸥没轻春水，舟横著浅沙。相逢千岁语，犹说后庭花。

送晁尧民守徐

陈师道

中年为别不堪忧，束发登门到白头。南省望郎仍国士，东方千骑更吾州。彭翁老寿终遗骨，燕子飞来只故楼。知己难逢身易迈，烦公置醴我归休。

登彭城楼

吕定

项王台上白云秋，亚父坟前草树稠。山色不随人事改，水声长近戍城流[①]。空余夜月龙神庙，无复春风燕子楼。楚汉兴亡俱土壤，不须怀古重夷犹。

戏马台

吕定

据鞍挥指八千兵，昔日中原几战争。追鹿已无秦社稷，逝骓方叹楚歌声。英雄事往人何在，寂寞台空草自生。回首云山青矗矗，黄流依旧绕彭城。

① 原作“楼”，据《两宋名贤小集》卷三六五改。

发宿迁

文天祥

夜梦入星槎，晓行随斗柄。衣暖露自干，鬓寒冰欲凝。将军戴铁笠，壮士敲金镫[①]。白眼睨青天，我生不有命？

望邳州

文天祥

中原行几日，今日才见山。问山在何处，云在徐邳间。邳州山，徐州水，项籍不还韩信死。龙争虎斗不可止，烟草漫漫青万里。古来刘季号英雄，樊崇至今已千岁。

彭城行

文天祥

连山四围合，吕梁贯其中。河南大都会，故有项王宫。晋牧连扬豫，虎视北方雄。唐时燕子楼，风流张建封。西望睢阳城，下与汴水通。太平黄楼赋，尚能想遗风。尔来百[②]余年，正朔归江东。遗民死欲尽，萧然狐兔丛。我从南方来，停骖抚遗踪。故河蓄潢污，荒城翳秋蓬。凄凉戏马台，憔悴巨佛峰。沧海变苍白，陵谷代不同。朝为朱门贵，暮作行旅穷。乘除信物理，感慨系所[③]逢。古来贤达人，一醉万虑空。如此独醒何，北风逐征鸿。

九月九日游戏马台

文天祥

[九月初九日，客游戏马台][④]。黄花弄朝露，古人化飞埃。今人哀古人，后人复今哀。世事那可及，泪落茱萸杯。

吊盼盼

文天祥

自别张公子，婵娟不下楼。遂令楼上燕，百岁称风流。我游彭城门，来吊楚王

① 原作“凳”，据各本《文山集》改。
② 原作“千”，据各本《文山集》改。
③ 原作“听”，据各本《文山集》改。
④ 二句据各本《文山集》补。

阙。问楼在何处，城东草[①]如雪。蛾眉代不乏，埋没安足论。因何张家妾，名与山川存？自古皆有死，忠义长不没。但传美人心，不说美人色。

发彭城

文天祥

今朝正重九，行人意迟迟。回首戏马台，野花发葳蕤。草埋范增冢，云见樊哙旗。时节正如此，道路将何之。我爱陶渊明，甲子题新诗。白衣送酒来，把盏卧东篱。

徐州道中

文天祥

彭城古官道，日中十马驰。咫尺不见人，扑面黄尘飞。向来汉王缟素师，美人燕罢项羽啼。一时混战四十万，天昏地黑睢水湄。乃知大风扬沙失白昼，自是地利非天时。汉王仓皇问道西，一儿一女嘻其危。太公吕后去不归，俎上宁有生还时。未央称寿太上皇，巍然女娲帝中闱。终然富贵自有命，造物颠倒真小儿。

沛宫诗

文天祥

秦氏失其鹿，丰沛发龙颜。王侯与将相，不出徐泗间。当时数公起，四海王气闲。至今尚想见，龙光照人寰。我来千载下，吊古泪如潸。白云落荒草，隐隐芒砀山。黄河天下雄，南去不复还。乃知盈虚故，天道如循环。卢王旧封地，今日设函关。

歌风台

文天祥

长陵有神气，万岁光如虹。有时风云变，魂魄来沛宫。壮哉游子乡，一览万宇空。击筑戒复隍，帝业慎所终。缅怀首丘意，自足分雌雄。向昔霸心存，慷慨怀勇功。不见往年事，烹狗与藏弓。早知致两[②]生，礼乐三代隆。匹夫事已往，安用责乃翁。我来汤沐邑，白杨吹悲风。永言三侯章，隐隐闻儿童。叶落皆归根，飘零独

① 原作“莫”，据各本《文山集》改。
② 原作“两致”，据各本《文山集》乙正。

秋蓬[1]。登台共凄恻，日落南飞鸿。

徐州府志卷之二十四全

① 原作“风”，与前重韵，据各本《文山集》改。

徐州府志卷之二十五

艺文二

元诗

徐州春暮

胡士则

三秦已属真龙子，万古空余戏马台。燕子经年江上别，桃花一夜雨中开。鼋鼍汹涌清流合，塔庙参差碧嶂回。日暮黄楼登览遍，苏仙不见使人哀。

徐州怀古

吴澄①

籍也楚世将，江东八千兵。伧依饱肌骨，上国足横行。乘愤西入秦，昼锦归彭城。喑呜千人废，诸侯莫敢争。竟坐勇力亡，汉以宽仁兴。

其二

斯文六经后，百世一昌黎。饥寒三十年，一朝从陇西。生死终不召，感恩报己知。徐牧亦何人，燕楼贮歌姬。翩翩伤弓鸟，谁暇择木栖。丈夫出处难，泪洒符离堆。

歌风台

吴澄

黄屋巍巍万乘尊，千秋游子故乡魂。韩彭自取夷三族，平勃犹堪托后昆。湛露只今王迹熄，大风终古霸心存。当时尽自②规模远，愿起河汾与细论。

① 底本脱名，据《元音》、嘉靖《徐州志》补回。

② 原作“是”，据《吴文正集》卷九十四改。

范增墓

虞集

盗发亚父冢，宝剑实累之。冢开宝气尽，狱吏书盗词。盗言惟见宝，宁知亚父谁。项王不相信，弟子遂舆尸。黄壤下深锢，千载复何为。大河在城东，落日在城西。过客知真城，踟蹰望安期。

赋砀山成简卿心远亭

虞集

作亭临河河水浑，草树绕屋啼鸟闻。梦回枕上彭城雨，目送檐间芒砀云。归来黄菊有佳色，坐老青山无垢氛。但愿尊中常得酒，曲阿莫问旧参军。

白杨河看月

揭傒斯

白杨河上看明月，昔人曾照今人别。茅屋数家河上村，化作三山白银阙。波平风静棹歌来，万顷冲融镜面开。今夜江南忆游子，空瞻云汉上昭回。茫茫万里燕齐路，北斗纵横泰阶曙。黄河东逝月西流，明日南风过洪去。

歌风台

揭傒斯

万乘东归火德开，汉皇曾此宴高台。沛中父老讴歌入，海内英雄倒载回。汤沐空余清泗在，风云犹似翠华来。穹碑立断苍苔上，静阅人间几劫灰。

歌风台

傅若金

黔首厌秦暴，龙德奋炎刘。英雄乘天诛，拔剑起相仇。天风堕陵谷，飞云扬九州。天下事既定，怀土未遑休。置酒宴高台，中厨进庶羞。悲歌落林木。父老皆涕流。功臣日菹醢，壮士复何求。至今丰沛间，长顾使人愁。故乡帝所爱，零落遗旧丘。大运各有终，圣贤谁能留。焉知万岁后，魂魄复来游。

下邳怀留侯

傅若金

豪杰关休运，乾坤属远猷。自须成汉业，岂独报韩仇。黄石嗟长往，青山感旧游。同时多草莽，事定觅封侯。

徐州

傅若金

断山数里见浮屠，水树微茫映日疏。舟楫遍经危石过，人烟稍近白云居。朱陈县远思遗俗，楚汉台荒想故墟。万古风帆自来往，新诗吟罢独踌躕。

戏马台

岑安卿

彭城负剑河为障，南屹崇台势雄壮。重瞳奋迹入秦回，诸侯揽辔皆东向。酒酣蹙马升崔巍，鬃翻鬣振云烟开。倚鞭四顾示无敌，指挥貔虎心雄哉。黄金间行亚父去，帐下茫然失谋主。楚歌声合溃重围，昔日名骓空故步。千年积恨气未消，绕台泗水撞飞涛。

邳州

贡奎

古城结危构，交逵袁招延。朱碧递隐见，冈回势蜿蜒。填车纵横游，重屋光华鲜。扣门多乞食，民饥远流迁。桑柘重绿蔼[1]，郁郁浮苍烟。念此万里道，我舟亦已旋。云树列环岫，晴凫散平川。烜赫骊珠光，随风堕灵篇。神清契高冥，性敛涵静渊。出处古异途，世故宁纠缠。简书诚可乐，轩冕非自捐。推篷晚逾迅，疑霞助孤骞。

邳州

贡奎

荒城十载路重经，暂舣扁舟坐驿亭。春到梅花何处白，雪晴山色向人青。惊心家远书难寄，迎面风寒酒易醒。莫忆牵衣儿女态，晓猿夜鹤笑林扃。

彭城杂诗

萨都剌

城下黄河去不回，四山依旧翠屏开。无人会得登临意，独上将军戏马台。

雪白杨花拍马头，行人春尽过徐州。夜凉一片城头月，曾照张家燕子楼[2]。

---

① 原作“霭绿”，据贡奎《云林诗集》卷二改。

② 民国《铜山县志》按：“考明弘治刊本《萨天锡前后集》，‘张家燕子楼’作‘张良案上筹’。又有‘何处春风燕子楼，断碑落日古城头。画眉人远繁华歇，无数远山生暮愁’一首，不知旧志据何删改。”案嘉庆刻本《雁门集》注，旧志或据明瞿佑《归田诗话》、清《渊鉴类函》等改。

黄河三面绕孤城，独倚危楼眼倍明。柳絮飞飞三月暮，楼头犹有卖花声。

歌扇春风噀酒香，舞裙落日动鹅黄。柳边今夜孤舟发，水远山遥空断肠。

鸡鸣台

周权

横空阵气长云黑，戈铤照耀旌旗色。龙跳虎跃鬼神愁，楚汉存亡一丝隔。相持两地皆雄据，楚力疑非汉能拒。瑞启炎图芒砀云，悲歌霸业乌江路。空余故垒传遗迹，离合山河几勍敌。战尘吹尽水东流，落日沙场春草碧。

徐州

孟梗

徐州压城霜木赭，可能回首风尘下。当年缟素从西来，仰天伏地声呜哑。君臣大义日月白，牧野①鸣条此其亚。帝王气象佳葱葱，举止却类田舍翁。美人琼玉是粪土，四海正在水火中。如龙如虎尚蹉跌，况乃竖子贪天功。

徐州

陈孚

项王熊②豹姿，气欲吞天下。大呼渡河来，山岳如崩瓦。当其火秦宫，血流渭水赭。瞋目叱诸侯，胆落毛发洒。谁知阴陵路，浩歌泪如泻。惟徐乃故都，昔此奠宗社。尚想巍台上，铁槊拥万马。酒酣笳鼓鸣，旌旗蔽原野。及今亦何有，荒棘秋满把。皇天祚真主，神器不可假。岂有时雨师，刈人如土苴。天亡君勿悲，为君奠罍斝。

燕子楼

陈孚

长相思，久别离，东风不暖残燕支。乳鸦困，柔莺悲。樱桃泫红腻，蘼芜凋绿滋。牙床琥珀枕，梦君君不知。

① 原作“马”，据《谷音》卷上、道光《铜山县志》卷二十二改。
② 原作“雄”，据《陈刚中诗集》卷一改。

汉留侯庙

陈孚

子房王佐才，其风凛冰雪。天遣鹤发翁，圯上授宝诀。博浪沙中千尺铁，祖龙未死胆已裂。况此喑哑扛鼎夫，不直秋风一剑血。谈笑帷幄间，六合雌雄决。卯金四百年，只在三寸舌。但恨汉德非姚虞，不得身为古稷契。雍熙至治如可作，岂肯脱冠挂北阙。留城古祠今千载，碧藓溜雨眠断碣。我恐至人或不死，尚有笙鹤拥玉节。酌泉采菊往奠之，回首芒砀堕山月。

邳州

陈孚

沂水碧潺潺，汀沙白鸟闲。林边郯子国，烟际峄阳山。茅屋秋先破，荒城夜不关。烹鱼呼浊酒，一笑夕阳间。

古宿迁二绝

陈孚

淮水东流古宿迁，荒郊千里绝人烟。征衫不脱夜无寐，舟在西风乱荻边。

月落狐鸣野草黄，雁飞无数水茫茫。数星鬼火寒沙上，知是何年旧战场。

邳州

陈秀民

青山一发见邳州，落日云迷故国愁。父老空传黄石在，仙人已伴赤松游。乾坤不信无清气，河水胡为尚浊流。野树昏鸦栖未定，数声哀角起高楼。

歌风台

张昱

世间快意宁有此，亭长还乡作天子。沛宫不乐复何为，诸母父兄知旧事。酒酣起舞和儿歌，眼中尽是汉山河。韩彭受诛黥布戮，且喜壮士今无多。纵酒极欢留十日，慷慨伤怀泪沾臆。万乘旌旗不自尊，魂魄犹为故乡惜。由来极乐易生哀，泗水东流不再回。万岁千秋谁不念，古之帝王安在哉。莓苔石刻今如许，几度西风灞陵雨。汉家社稷四百年，荒台犹是开基处。

燕子楼同周伯宁赋

刘炳

宝瑟凝歌绕珠箔，流苏结带黄金索。翠红香里宿鸳鸯，春风人间无此乐。杏梁尘暗麝兰篝，黛锁眉峰掩画楼。灯残枕冷梨云断，秋雨人间无此愁。

悲徐州

成廷珪

彭城八月风尘起，数郡义军多战死。良家子女复何辜，尽作黄河水中鬼。髑髅填海几时归，千古沉冤无处洗。王师一日天上来，贼船夜斫浮桥开。守桥将军不敢敌，狂澜倒泻声如雷。三山回望平如掌，野旷犹闻金鼓响。军中少年当封侯，争入辕门请功赏。江边老翁死即休，血泪沾襟空白头。

明诗

黄楼

王祎

昔读黄楼赋，颇疑过铺张。今晨获登览，始觉词致长。缅怀澶渊决，彭城预为防。千年文章守，恩德遗此乡。只今河为患，居人极灾伤。谁为任民社，乃复循故常。山川如昔时，游子多慨慷。长风城上来，飞雨湿我裳。摩挲旧碑刻，欲去重徬徨。

戏马台

方孝孺

盖世英雄酒一杯，悲歌只使后人哀。平生费尽屠龙技，今日空留戏马台。

九日望邳州①

杨士奇

挂席迢遥晚未休，行程迤逦望邳州。数家农舍通篱落，几处渔舟聚洑流。回首乡原天渺渺，惊心时序水悠悠。紫萸黄菊非无意，沙鸟汀云漫自愁。

① 杨士奇《东里诗集》卷二题曰“九日过宿迁县”。

夜泊邳州有怀

杨士奇

平芜漠漠柳依依，迢递烟村夜火微。远水孤舟人语静，重城残月漏声稀。心驰北阙应先到，家在南园久未归。明过圯桥须访古，酣歌毋惜典春衣。

过邳州

杨士奇

岧岧下邳城，浩浩河流骛。伫立意徘徊，古人今何处。船头见青山，山高连云树。白鸟自幽闲[①]，双飞背人去。

夜过徐州

杨士奇

怒涛翻河乱石横，牵船上洪初月明。夜中不辨黄楼处，惟听层城钟鼓声。

范增墓

杨士奇

千年宝剑无光气，衰草寒烟野水邻。同是遗骸葬徐土，当时陵母识天人。

颜公祠

杨士奇

平生金石见临危，就义从容子亦随。百里山河遗县在，一门忠孝史官知。故乡住近文丞相，先德传从鲁太师。欲吊丘坟何处是，离离芳草泪空垂。

歌风台

杨士奇

汉皇靖宇内，六合承统御。万乘还沛中，龙旗翼銮辂。酒酣歌大风，气势排云雾。往绩示殊伟，丕图怀永固。宽仁运乾刚，四百隆鸿祚。至今千载余，光华垂竹素。崇台面河曲，穹碑倚烟树。我来属秋杪，维舟久瞻顾。矫首芒砀云，澹澹青空曙。

---

① 原作“问”，据《东里诗集》卷一改。

百步洪望黄楼故址歌

胡俨

船头鼓鸣春浪急，浪花飞洒春衫湿。放船侵晓度长洪，森森乱石烟中立。遥望黄楼迹已非，却忆苏公初筑时。黎庶讴歌脱昏垫，座中宾客赋新诗。碧瓦雕甍映垂柳，凭栏把酒临风酾。醉骑黄鹤上碧落，东窥瀛海西瑶池。只今雉堞排空起，亦有高楼临绿水。人家两岸傍河堤，黄鹂碧草春风里。九里山前花正开，看花回首重徘徊。慨公神游不复返，空见断碑生绿苔。

吕梁洪[①]

胡翰

河水趋山东，四旷无险塞。吕梁扼其冲，凛若万强敌。水势与石斗，终古怒未息。舟行龃腭间，众挽不余力。进始逾跬步，退忽落千尺。好风东南来，送我天北阙。叱驭诚足钦，垂堂遽且恤。昔闻庄叟言，有山在离石。悬水三十仞，鱼鳖皆辟易。孰隳天地性，遂拯生民溺。鸿飞九州野，吾愿观禹迹。

吕梁洪[②]

曾棨

洪流昔怀襄，区域信茫昧。斯民靡宁居，婴此昏垫害。神哉夏先后，敷理乘四载。吕梁基其冲，滔天亦横溃。巨灵劈山骨，地轴为之碎。两岸束惊湍，咫尺一何隘。怒霆斗铿訇，飞瀑泻澎湃。沛然向东注，下与百川会。缅怀胼胝劳，遗迹远犹在。伟哉疏凿功，万世终永赖。

戏马台

曾棨

绕堤春树翠重重，项羽遗都有旧踪。城外高台空戏马，沛中佳气已成龙。英雄割据青山在，霸业销沉碧藓封。此日经过倍惆怅，乱鸦啼散晚烟浓。

燕子楼

曾棨

楼外双旌去不归，楼中寂寞减容辉。合欢枕冷愁长在，织锦机寒恨永违。青镜

---

① 原作“百步洪”，据胡翰《胡仲子集》卷十改。

② 原作“百步洪”，据曾棨《西墅集》卷六改。

自嗟鸾独舞，画梁无复燕双飞。只今艳骨成尘土，空有行人吊落晖。

歌风台

曾棨

秦皇失其鹿，咸阳为飞灰。沐猴万人敌，叱咤生风雷。堂堂隆准翁，仗剑起蒿莱。天威动四海，指顾群雄摧。垂衣坐关中，黄屋高崔嵬。一朝念乡土，万乘忽归来。酒酣发浩歌，意气何壮哉。大风撼枌榆，白日照尊罍。焉知天运移，炎祚忽已颓。凄凉千载后，秋草翳荒台。流景能几时，昆明起尘埃。飘飘芒砀云，飞散不复回。至今中阳里，凄怆令人哀。

入徐州

薛瑄

去年春正月，南泛彭城舟。今岁值秋暮，北上溯长流。踪迹信往复，景物惬观游。风寒堤柳落，波减岸石稠。白见高城堞，苍出远山丘。何处戏马台，仿佛燕子楼。化迁无停轨，事往不可求。陈迹竟泯泯，虚名但悠悠。览今亦怀昔，发声遂成讴。

吕梁洪

薛瑄

水村夜寥寥，秋月流空白。牵舟上吕梁，逆浪涌寒雪。愧彼役夫劳，当此滩水涩。忆我四方游，江湖饱涉越。祗诏复兹行，恩重知才劣。矢心复何如，长洪石如铁。

歌风台

薛瑄

故城南畔泗河限，汉祖歌风有旧台。乐饮一时酬父老，壮心千古忆雄才。新丰桑柘萧疏尽，芒砀云霞散漫开。一自鼎湖龙去后，英魂几复沛中来。

又

薛瑄

素灵夜哭秋郊月，汉祖吴钩三尺血。芒砀云气从飞龙，咸阳竹帛随烟灭。独绌群策驱群雄，汉中一旅红旗东。韩郎对语识成败，董公遮说开天衷。王者之师仁以武，诸侯效顺力如虎。关河百战芟群雄，垓下一歌散强楚。风尘荡涤天下清，万乘不忘布素情。黄屋归来见乡邑，宴饮父老如平生。酒酣拔剑高歌起，歌词激烈振天地。雄志深知大业难[①]，霸心尚思猛士倚。群儿逐和[②]声悠扬，起舞四顾何慨慷。乐极哀来泪沾臆，魂魄千秋思故乡。遂令此邑为汤沐，独承天宠何优沃。四百休运同始终，三国遗民想兴复。至今有台泗水滨，雄豪一去余千春。坏埒层层积苍藓，平原漠漠生黄尘。我来正值清秋暮，桑柘萧萧叶飞雨。泗水南流芒砀高，伯业王风复何许。徘徊重是古帝郊，摩挲石刻心焦劳。俯仰秋天莽空阔，杳杳鸿鹄凌风高。

吕梁洪

李时勉

岸欹欲合连津石，水激遥翻倒海波。淳朴独怜民俗在，凿疏漫说禹功多。

歌风台

李时勉

君不见，歌风昔日有高台，古人不见今人哀。露砌荒凉余白石，断碑剥落生苍苔。忆昨歌风台下路，凤辇归时花满树。锦筵戏乐天上来，娇娥舞袖云中度。威加海内未可论，何如归见旧山村。青云壮士古来有，白发遗民今少存。秋日经过望齐鲁，野草寒花是谁主。远色平分砀北云，寒声暝度丰西雨。层台累榭势转奇，世人相逢那得知。好看汉祚从此启，铜雀姑苏空尔为。

彭城有怀

储巏

清夜棹歌发，高秋客思生。绵绵乡国梦，历历水云程。老树危蟠石，冲波怒啮城。白门楼上月，偏傍海东明[③]。

百步洪

程敏政

高秋水落百步洪，登亭一见苏长公。大书深刻十六字，横姿逸态生长风。黄楼东来水如注，野僧山人旧知遇。石濑溅溅月满天，仿佛当时旧游处。

① 原作“成”，据薛瑄《敬轩文集》卷三改。
② 原作“我”，据《敬轩文集》改。
③ 原作“晴”，据何乔远《皇明文征》、钱谦益《列朝诗集》等改。

徐州望子房山，山上有祠

程敏政

子房祠在望中岑，蔓草寒烟尚可寻。五世报韩终有恨，一时兴汉本无心。书传黄石知真赝，名配青山自古今。立马斜阳无限思，天教风壑助豪吟。

歌风台

程敏政

万乘还家日，威生泗水前。楚歌聊复尔，汉业已茫然。宿雨苔花乱，斜阳树影偏。一台惭戏马，相望亦千年。

徐州洪苏墨亭书坡老石刻

李东阳

我昔彭城初泊舟，岸行百步观洪流。手披荒藓看古石，上有坡翁旧时刻。沙冲水啮四百年，字画半灭风神全。我行见此三叹息，此物乃在风尘间。冬曹尹君真好事，自扫巉岩凿[①]苍翠。山灵助喜河伯愁，白日骊珠照平地。孤亭素壁高巃嵸，登堂见字[②]如见翁。山人在前僧在后，尚忆扁舟游月中。崖端刻颂唐宗业，水底沉碑杜预功。直将谈笑为故事，似与百战争豪雄。高才直节古今少，片石价比千金同。由来一代不几见，况我异世怀高踪。凭君一拓[③]数千本，遍使四海扬清风。

吕梁洪

李东阳

吕梁天下奇，涛石动森磢。槎牙引微路，镗鞳堕深响。周回百里间，大地无寸壤。天开与鬼凿，兹事真惚恍。江淮实襟带，幽蓟乃喉吭。冬干苦焦涸，夏潦愁泱漭。凭高瞥而下，跬步不得上。光阴在瞬息，性命寄篙桨。吾生好奇胜，寓目堪一赏。心神昼轩豁，毛骨秋飒爽。平生忠信心，利涉随所往。高歌溯天风，壮志方慨慷。

过沛怀古

李东阳

小县萧条野水滨，旧时遗迹尚风尘。山中白帝先降汉，天下黔黎正苦秦。五载

① 原作“作”，据李东阳《怀麓堂集》卷九十三改。
② 原作“子”，据《怀麓堂集》改。
③ 原作“榻”，径改。

衣冠朝北面，三章号令忆西巡。南畿亦是今丰沛，莫作凄凉吊古人。

歌风台

李东阳

风急高城涌暮波，旧时台榭此山河[1]。鹿当秦楚黄尘合，龙去芒砀紫气多。海内英雄休战伐，里中耆旧喜经过。功成坐失萧墙计，遗恨当年猛士歌。

过邳州即事，有怀张都宪瓒

李东阳

道经下邳城，城小民苦贫。停舟问官吏，未语眉先颦。季夏月既望，泗水东南奔。河水出西北，狂澜互相吞。蒙山山水来，浩荡苍崖根。群流所汇集，势欲凌高旻。川流失故道，散入农家村。叠岸颓磊砢，平田尽淪沦。弥漫极千里，连延逾两旬。居人半逋徙，津吏漫讥巡。丁男不自保，况复论鸡豚。耆民发半白，未尝见与闻。忆昔当昏垫，适余南使辰。幸得一叶舟，避此千丈浑。归来岁云暮，水去灾犹存。移灯屡更仆，坐为韩将军。四顾指屋宇，半是波涛痕。此事信咄咄，相逢漫云云。张公秉节钺，忧国意殷勤。移文谕郡邑，绘图上枫宸。愿言溥德泽，山谷回阳春。苍生正翘首，慎勿埋双轮。

放鹤亭

乔宇

鹫峰千仞俯崇冈，暂谢长途半日忙。海内帆樯通汴泗，江南形势控淮扬。川原雨过烟花绕，殿阁风回竹树凉。笑指云龙山下路，放歌无惜醉华觞[2]。

云龙山次乔宇韵

王守仁

几度舟人指石冈，东西长是客途忙。百年风物初经眼，三月烟花正向阳。芒砀汉云春寂寞，黄楼楚调晚凄凉。惟余放鹤亭前草，还与游人藉醉觞。

---

① 原作“阿”，据李东阳《怀麓堂集》卷九十一改。

② 原作“阳”，据嘉靖《徐州志》及王守仁次韵诗改。

邳州

杨于臣

少昊金天墟，齐鲁维南疆。居中扼喉吭，翊徐牵淮阳。大河未阑入，楚汉争战场。留侯受素书，信都何皇皇。距今千余祀，陵谷移沧桑。警波撼城橹，惴惴鱼鳖乡。烈日暑雨中，畚锸纷如狂。邮传呼不应，追征百难偿。况复闻加增，得不之四方。我行览阡陌，乌攫徒彷徨。

下邳道中

张瀚

黄河故道沙为阜，青草新陂水拍天。社燕城乌浑不解，飞鸣犹自夕阳边。

徐州霸王庙

张以宁

长洪声动楚山虚，太息彭城霸国余。父老更堪秦暴虐，英雄空为汉驱除。苔[1]移玉帐蛛丝暗，柳绕黄楼雁影疏。独有春风虞氏草，魂归为汝一沾裾。

黄茅冈

柳琰

黄茅冈负彭城郭，远引林峦散村落。登登石磴近人纡，漠漠岚光向日薄。背岩细草满平坡，出洞闲云度孤壑。烂然醉我东风前，摩挲石壁谁能镌。疏才自笑有狂兴，苦无佳句如坡仙。

再泊徐州

杨珍

风烟漠漠路漫漫，迢递偏嗟作客难。茂苑音书千里隔，彭城月色两宵看。星涵河影垂平野，水触洪声泻急湍。更倚五云瞻北斗，清辉玉宇不胜寒。

至徐州

周用

远戍收宵柝，高风动雪车。三年同旅雁，一饭厌河鱼。赤叶寒林晓，黄茅野市虚。因思溪水上，在昔卧深庐。

① 原作“国”，据张以宁《翠屏集》卷二改。

云龙山

夏言

还乡值青春，南来已一月。维舟彭城下，兴为龙山发。登舆眺广野，远见青青麦。千树桃李花，芳草正未歇。初登戏马台，徐览大佛石。披榛历峻坂，蹑磴陟层壁。坐观江淮胜，未觉风烟隔。高情王宪使，潇洒今摩诘。开尊放鹤亭，狂歌促绮席。相邀五六子，翩翩华省客。芳辰合俦侣，兹游谅难得。贪赏竟忘归，攀欢意不极。酒阑一骋望，青山半衔日。晚下黄茅冈，怪石莽离立。徘徊四贤堂，摩挲古碑刻。风流想一时，俯仰慨[①]今昔。衰迟愧野老，解政遂闲适。看山从此始，把笔纪行迹。明朝度大江，矫矣冥鸿翼。

又

夏言

昔人曾放鹤，此日更登亭。地主能投辖，山僧解乞铭。河山余王气，尊俎聚文星。直北仍回首，偏多关塞情。

百步洪萃墨亭

夏言

彭城城边秋系舸，黄河涨发波涛大。隔水遥看水部衙，有亭岌嶫山之左。我闻此亭新落成，筑台累石见高情。百年丽藻星辰聚，千秋遗墨烟云生。忆昔坡翁守兹土，月中之游谁与伍？张老还携铁笛歌，潜公自袒袈裟舞。一时清兴真可怜，片石题名今宛然。那知埋没黄尘下，复得摩挲碧槛前。古人踪迹今不朽，文章照耀看身后。昭代诸公尽才彦，西涯东白俱山斗。登临啸咏古今同，人代推迁感慨中。悠悠白日浮云外，杳杳洪波砥柱东。亭中我是初来客，临风重洒淋漓墨。芒砀山前木叶飞，满天鸿雁悲秋色。吕梁白浪高崔嵬，盘涡转石鸣万雷。天关撼折地轴动，吁嗟气势何雄哉。北风萧萧卷江水，落日吴帆下千里。夏子高歌为谁起，作亭主人豫章李。

云龙山二绝句

李春芳

归来正及李[②]花时，为访仙踪去马迟。更上龙冈最高处，五云霏霭凤凰池。

---

① 原作“愧”，据嘉靖、康熙《徐州志》改。

② 顺治《徐州志》、道光《铜山县志》作“杏”。

放鹤亭前水泠泠，放鹤亭上云晶晶。千古水云常自在，红尘扰扰笑浮生。

歌风台

唐顺之

我来拟上歌风台，岂意台空只平地。琉璃古井亦崩塌，断碑无字苔藓翳。当年此地说豪华，富贵归乡多意气。枌榆社里列黄麾，泗水亭前张赤帜。里中父老竞来窥，昔日刘郎今作帝。共谈畴昔帝一噱，季固大言少成事。椎牛张宴里闬空，进钱今日几万计。坐中只戴竹皮冠，众里长呼武负字。酒酣击节帝起舞，乐极歌残更流涕。游子谁不悲故乡，万岁吾魂犹乐沛。赐名此朕汤沐邑，世世田畴免租税。风起云飞又一时，往事萧条复谁记。樵人不识斩蛇薮，行客还归贳酒市。台下黄河尽日流，瞬息人间几兴废。

徐州同朱进士登子房山

归有光

入舟忽不乐，呼侣登崇丘。子房信高士，祠处亦清幽。俯视徐州城，黄河映带流。青山如环抱，一发悬孤州。河流日侵啮，淼淼洞庭秋。乌犬争死人，冈陇多髑髅。使者沉白马，守臣记黄楼。叹我亦何为，空尔生百忧。生民随大运，孰能知其由。睹此名邦旧，怀古思悠悠。壹自徐偃王，独有青山留。刘项亦何在，子房空运筹。但从赤松子，不用待封侯。

自徐州至吕梁述水势大略

归有光

黄河漫徐方，原野层波生。万人化为鱼，凛然余孤城。仅见沮洳间，檐楹半颓倾。日月照蛟室，风波栖蜑氓。浸薄连群山，浩荡烟霞明。山回时复圆，盂盎涵光晶。忽然睹开豁，天末翠黛横。此来顿觉异，日在江湖行。吕梁遂安流，泯泯无水声。狼牙没深沉，一夜走长鲸。三洪坐失险，蛟龙不能争。乃知房村间，尚未得泻倾。如人有疾病，腹坚中膨脝。空役数万人，绩用何年成?

鲤鱼山

归有光

鲤鱼山头日[1]，日落山紫赤。遥见两君子，登岸问苦疾。此地饶粟麦，乃以水荡

① 原作“口”，据归有光《震川别集》卷十改。

瀰。水留久不去，三年已不食。今年虽下种，湿土干芽茁。因指柳树间，此是吾家室。前月水漫时，群贼肆狂猾。少弟独骑危，射死五六贼。长兄善长枪，力战幸得释。因示刀箭痕，十指尚凝血。问之此何由，多是屯军卒。居民亦何敢，为此强驱率。始者军掠民，以后军民一。民聚军势孤，民复还劫卒。鲤鱼山前后，遂为贼巢窟。徐沂两兵司，近日穷剿灭。军贼选骁健，叱呼随主帅。民贼就擒捕，时或有奔逸。其中稍黠者，通贿乃交密。以此一月间，颇亦见宁谧。二人既别去，予用深叹息。披发一童子，其言亦能悉。民贼犹可矜，本为饥荒迫。军贼受犒赏，乃以贼杀贼。吾行淮徐间，每闻[①]邳州卒。荆楚多剽轻，养乱非弘策。

沛县

归有光

泗水抱城闉，东去日潾潾。丰沛至今存，汉事已千春。嗟我亦何为，独叹往来频。封侯不可期，白日坐[②]沉沦。每见沛父老，旅行泗水滨。鸡犬如昨日，此亦非昔民。空传泗水亭，井邑疑未真。城外绿杨柳，高帘悬风尘。犹有卖酒家，王媪几世亲。高庙神灵在，英雄却笑人。

亚父墓[③]

徐渭

王者从来云不死，共疑隆准与重瞳。已占龙气成天子，却幸鸿门败乃公。一牧乳羊遮墓白，几株寒枣覆碑红。怜渠疽发不欲活，岂为人间少邓通?

燕子楼

徐渭

牡丹春后惟枝在，燕子楼空苦恨生。昨泪几行因拥髻，当年一顾本倾城。分为翡翠笼俱老，讶道泉台伴不成。犹胜分香台上妾，更无一个哭西陵。

题赠栖云洞羽士（洞在凤冠山）

宗臣

明月峰头弄紫霞，相逢今日问丹砂。赠君一丈金光草，愁杀春风万树花。

碧草青萝古洞遥，吕梁疑是赤城标。知君咫尺蓬莱路，夜夜秋风弄玉箫。

---

① 原作“问”，通“闻”，据《震川别集》改。

② 原作“生”，据《震川别集》卷十改。

③ 原版十三行字剜去。今参道光《铜山县志》卷二十一《艺文四》，补入徐渭诗二首及宗臣诗二绝。

舟次宿迁值雨

郭天锡

柳梅何处斗春晡，风雨满船清兴孤。汝水云心关汉节，淮山烟树渺钟吾。苍波野涨排空起，黄鸟沙寒隔岸呼。落日荒荒成晚泊，一天幽思绕江湖。

谒楚王祠

沈练

祠庙苍苍淮水滨，英魂犹忆故宫春。江山万里非无楚，城阙千年别有秦。战罢只令身伏剑，歌残空自泪沾襟。不知夹垒多豪杰，半是将军帐下人。

同江司徒小酌云龙山

潘季驯

握手论交今白头，天涯相对一樽留。帘前秀结千峰色，槛底声喧万里流。世事误人称老马，机心终自愧闲鸥。知君亦有烟霞癖，还许相从范蠡舟。

再登云龙山

潘季驯

龙山再上思依然，千里河流自蜿蜒。几向蒿莱寻水脉，翻从沧海见桑田。负薪十载歌方就，投杼当年事可怜。为谢含沙沙且尽，归与吾已欲逃禅。

彭城渡黄河

屠隆

彭城临广岸，俯仰霸图空。白日照残雪，黄河多烈风。所嗟人向北，不似水流东。回首沧溟曲，山山云雾中。

彭城姜使君仲文[1]邀登放鹤亭

屠隆

彭城刺史龙为友，文章斫地劈天手。手提招摇弄北斗，大叫瀚溟万山吼。所至踪迹落人间，岳渎风雨辘辘随公走。鸿蒙元气日告罢，羲和六龙在公后。朅来高卧黄茅冈，赋诗载酒倾秋缸。彩毫十丈，五丁巨灵不敢扛。断冈裂石作亭子，劲风

① 原作“江陵君仲父”，讹同康熙《徐州志》，今据屠隆《白榆集》卷二改。姜使君仲文，即徐州户部分司主事姜士昌，字仲文，直隶丹阳人。

潇潇开八窗。长河烟销落日紫，铁笛乍起鱼龙撞。呼来碧海月千顷，目送青天鹤一双。自公神游去冥极，云坛芝盖无消息。亭今兀兀吞寒烟，鹤亦茫茫堕[1]空碧。霜花不蚀苍崖碑，知是山灵护真迹。时移代谢浩劫灰，我与使君今复来。一日苏耽弃我去，千秋华表令人哀。有酒空浇亭下土[2]，春风又绿岩前苔。山崔嵬，水潆洄，吊古兴哀徒尔为。一曲斜阳送一杯，与君烂醉白云堆。

云龙山[3]

萧如薰

突兀云龙寺，金容巨佛尊。河流一衣带，山势尽屏藩。云暗参差树，花明远近村。呗闻僧谶诵，钟动鸟飞骞。障翳微言在，迷开圣谛存。苏公诗纪胜，张骥鹤留轩。倾废诚难葺，崇新岂易言。明公分厚俸，爱客倒清樽。掩映亭台丽，丰茸涧壑蕃。林深青窈窕，井浚碧潺湲。游目景殊绝，攀萝星可扪。升沉莫漫结，忧喜欲除烦。拟借兹山榻，有时好避喧。

子房山祠

刘荣嗣

落日荒城试问津，子房遗像俯河漘。赤松自遂烟霞侣，黄绮翻为羽翼人。圯上有书全覆楚，沙中一击已无秦。痛来九世伤心事，莫共萧韩作汉臣。

高村谒汉高祖庙

周允嘉

高村汤沐地，下马独徘徊。落日吹原庙，歌风想旧台。新丰鸡犬去，故土梦魂来。猛士空烦忆，韩彭安在哉?

望彭城

袁懋谦

彭城面面水，环匝与城平。君不见，马中赤兔人中布，引水灌城走无路。

① 原作“随”，据《白榆集》改。
② 原作“有酒空教亭下吐”，据《白榆集》改。
③ 原版八行字剜去。今参道光《铜山县志》，似应为萧如薰该题，据补。

泗上

汪乾利

芒砀山前秋草多，彭城王业竟如何。云来还作真人气，风起犹传帝子歌。朔雁南飞离紫塞，淮流东下接黄河。知君跃马能乘兴，一路江山取次过。

晚登东山

万寿祺

木落东皋烟树齐，留侯台上望苏堤。十年虎豹人家少，几处牛羊村舍低。荒日尚悬寒郭外，群山不动大河西。浮云直下三千里，南斗平临在碧鸡。

登云龙山

万寿祺

放鹤亭西接大河，颓烟蔓草望中过。频年战斗逋逃尽，落日山川痛哭多。北枕荒城仍畜牧，东临野水见渔蓑。独闻新决澶渊道，回首风尘起碧波。

夜渡吕梁将过迪堂呈李大

万寿祺

霜风吹雁晚来过，水落蛟门初渡河。独夜榛苓南国远，隔年钟磬故山多。担簦有客随蓬藁，披户无人补薜萝。几度别君无那老，须眉如故奈愁何。

小沛壮缪侯庙

万寿祺

沛城城北路，庙貌一时新。友道殉臣道，今人愧古人。春风看立马，夜雨泣悬鹑。牧畜东山客，悲歌动鬼神。

登歌风台

万寿祺

日暮高台风大呼，沛宫子弟尚存无？莫言猛士今安得，已识真人先有符。杨柳岸高悬野渡，桃花沙暖入平芜。弥弥泗水环祠庙，谁见尘埃旧酒徒。

沛宫

万寿祺

泗亭春尽树婆娑，汉帝宸游不再过。魂魄有时还至沛，楼台落日半临河。风吹大泽龙蛇远，天人平沙雁鹜多。我亦远随黄绮去，东山重唱采芝歌。

邀施诚庵凤仪、吴日生易两职方集云龙山[1]

阎尔梅

漫向山庐起卧龙，山庐深锁翠岚重。方闻义士争超距，其奈王师戏举烽。纡道往寻前代迹，移樽直上最高峰。黄茅冈下苔纹古，处处坡仙怪石供。

群水群山护此山，断碑无数立中间。平田树紫春如绣，残雪峰青夕更斑。熊耳铭功悲事往，龙门遣妓想官闲。行来鹤室荒芜尽，应是当年放未还。

戏马台怀古

吴伟业

戏马台前拜鲁公，兴王何必定关中。故人子弟多豪杰，不及封侯吕马童。

项王庙

吴伟业

救赵非无策，坑秦亦有名。情深在鲁沛，气盛失韩彭。垓下骓难逝，江东剑不成。凄凉思昼锦，遗恨在彭城。

赠百岁卢翁

施润章[2]

万历年初旧逸民，丹颜碧眼自为春。经传伏胜家应远，酒过麻姑醉几巡。戏彩趋庭称皓首，比肩让齿剩何人。下邳从古存仙迹，黄石于今有后身。

（以下二十六行字剜去，无从据补，付阙）[3]

本朝诗

粮船妇（海氏）

吴嘉纪

秋风河上来，吹我饥馑夫。虽有如花妇，不及盘中餔。日暮何喧喧，河湾泊粮

① 原版十五行字剜去。今参道光《铜山县志》，补入阎尔梅、吴伟业诗。

② 底本残损，阙字据康熙《邳州志》卷九《艺文下》补。

③ 此处所缺二十六行字，暂无确据可补。然参以康熙《徐州志》次序，其中应有钱谦益、屈大均等人过徐州诗。

船。船公坐上头，盼睐见红颜。遣人通殷勤：吾家衣食足。若辈愁饿死，试来同力作。力作到一年，偿钱令汝归。力作到三年，无钱令汝归。阿夫呼妇语：与卿勉相从。不从便饿死，尔我长西东。匍匐起偕妇，妇泪落如雨。昨日闺中人，今日舟中婢。俦侣贺添丁，馈酒遗犍蹄。河南舣船去，河北舣船来。船公心中喜，举手数斟酌。自谓佳丽质，已是虞罗雀。罗雀则有雄，匹妇则有夫。谁知匹妇志，千折不可移。阿夫泣相持，依人且低眉。力作到三年，无钱共汝归。阿妇默无声，人眠窗落月。急遽离船公，慷慨寻鬼伯。抱石投邗沟，波涛为不流。行人挥涕看，尸横沟水头。

沛中怀古

陈恭尹

汉皇生长难忘处，尺土犹书故宅名。四海自飞鸿鹄羽，中宵人哭白蛇声。轻沙浅草堪调马，习俗群儿敢说兵。千载英雄同一辙，徐州南是凤阳城。

坐黄石峒望湖西怀李条侯

吴振宗

高岩屯云物，野秀绿横塘。载观陂泽胜，倾耳听沧浪。依希谷城下，黄石可葆藏。缅怀思古人，扳崖聊徜徉。襟期既昭旷，感叹生悲凉。时哉念旧好，悠悠道何长。索居日已久，离群易以伤。

张良

熊赐履

报韩幸已终，事汉非其志。三寸舌将敝，万户侯如寄。既听淮阴诛，又伤萧相瘁。三杰渐摧残，孺子能无悸？辟谷卒难成，人间恶可弃。托言赤松游，咄哉子房智。

纪泰山所见长者

李奔

岳名有或同，徐山亦云泰。居然众峰杰，仰止此其最。山南住老人，九十未狼狈。前朝博士业，多年成解蜕。乱后井络虚，茅茨久已汰。犹寻所旧居，寄迹白云外。冬春负岩曦，秋夏延群霭。棘棫密为墙，杂树叶肺肺。土楼倾东楹，风雨半间赖。类鸟破巢栖，数枝挂青盖。今秋扫墓归，下驴得一会。耳聋隔众嚣，步健童无奈。遍问同时人，谢尽发深慨。答音每难人，横膝勤手绘。无何日影黄，告别牵缕禬。殷勤送我行，西园摘果蒂。相视宛婴初，唾咳悉天籁。作伪本衣冠，养生贵粗粝。木石可坚身，毁凿由于兑。客去掩蓬门，嗒焉坐长桧。

户部山探梅

李蟠

空山无伴已多年，独有寒梅傍我妍。疏影偏宜闲散地，幽芬不到艳阳天。含苞带雨来相问，露蕊临风倍可怜。纸帐夜深还入梦，罗浮只在一灯前。

丁塘道中

吴蔼

廿里丁塘路，崎岖试一行。疏林空叶落，虚谷剩虫鸣。寺古僧栖冷，风来水作声。临流聊枕石，闲看野云平。

亚父冢

杨策

佐项亡嬴计亦工，莫将成败论英雄。鸿门肯便歼隆准，薄海应须变楚风。竟使萧曹鸣得意，反教平勃笑无功。墓前芳草侵眸绿，遗恨千年尚不穷。

歌风台怀古

经乃济

荒台约莫汉山河，风动疑闻击筑歌。留跸自忘天子贵，侍筵喜见故人多。枌榆古社为今沐，鸡犬新丰照旧过。长守四方家海内，重瞳夜锦视如何?

歌风台怀古

常安

吕梁西，云龙北，荒台一片莓苔蚀。旁有百尺赑屃之长碑，上有苍苍之烟弄颜色。经过曾听行人言，此是赤帝歌风旧迹犹可识。伊昔意气逞豪雄，手中七尺长剑吐铦锋。沟里蛇斩血流红，咿呦哭向夜深中。森然长啸鬼呼风，遂从垓下灭重瞳。曾访重瞳遗踪泗水上，断碣一片空惆怅。谁其作者蔡中郎，残阳满地冷相向。遥想长歌思英杰，茫茫四方愁分裂。弓狗烹藏志士冤，粉黛奸雄女儿舌。杀尽奇人气转增，慷慨未肯雄心歇。衣冠犹向原庙藏，高台长并河山列。阴雨时闻剑佩声，锹锹铮铮鸣锈铁。颇怪当时呼父老，复丰复沛何草草。丈夫衣锦当昼行，十日之欢应未了。二千年来泰阶平，不用猛士作长城。君不见昔日高歌处，惟见野云纵复横。

舟泊韩庄闸集，渔舟捕鱼于微山湖

常安

齐抛案牍到濠梁，坐看渔舟列数行。巨网投时云浪动，细鳞出处水风凉。鸾刀鲙落银丝净，金碗光浮玉液香。官有余闲多乐事，不烦张翰更思乡。

游微山湖登铜山远眺

常安

微山湖水连云白，漫吞田土为鱼宅。两度经过未得游，纷纷扰扰红尘迫。今日重来有余闲，烟消雨霁到铜山。一朵青莲插明镜，孤标铜柱耐跻攀。马山峙左龟山右，螺髻碧簪双竞秀。龙女天孙梳洗新，湖心倒影纤罗皱。皱影渐移夕阳斜，棹返南风破浪花。回望铜山渺不见，万顷光摇万缕霞。

徐州府志卷之二十五全

徐州府志卷之二十六

艺文三

汉文

徐州牧箴

扬雄

海岱伊淮，东海是渚。徐州之土，邑于蕃宇。大野既豬，有羽有蒙。孤桐玭珠，泗沂攸同。实列蕃蔽，侯卫东方。民好农桑，大野以康。帝癸及辛，不祗不恪。沉湎于酒，而忘其东作。天命汤武，剿绝其绪祚。降周任姜，镇于琅琊。姜姓绝苗，田氏攸都。事由细微，不虑不图。祸如丘山，本在萌芽。牧臣司徐，敢告仆夫。

汉高祖庙铭

班固

后汉光武建武二年，封盖延安平侯，伐刘永，遂定沛，修高祖庙，置啬夫、祝宰、乐人。注："沛县泗水亭中，即高祖为亭长之所。"《西征记》云："沛县西北有汉高祖庙，为亭长处。"《括地志》云："泗水亭，在沛县东一百步，有高祖庙。"前有碑，延熹十年立。高祖及十八侯，皆班固为铭。

皇皇圣汉，兆自沛丰。乾降著符，精感赤龙。承魀流裔，袭唐末风。寸木尺土，无俟斯亭。建号宣基，维以沛公。扬威斩蛇[①]，金精摧伤。涉关陵郊，系获秦王。鸿门造势，斗璧纳忠。天期乘祚，受爵汉中。勒陈东征，剟擒三秦。灵威神祐，鸿沟是乘。汉军改歌，楚众易心。诛项讨羽，诸夏以康。陈张画策，萧勃翼终。出爵褒贤，列土封功。炎火之德，弥光以明。源清流洁，本盛末荣。叙将十八，赞述股肱。休勋显祚，永永无疆。国家宁安，我君是升。根生叶茂，旧邑是仍。於皇旧亭，苗嗣是承。天之福祐，万年是兴。（右《高祖铭》）

---

① 原作"龙"，据《东汉文纪》卷十改。

耽耽相国，弘策不追。御国维纲，秉统枢机。文昌四友，汉有萧何。序功第一，受封于酂。（右《酂侯萧何铭》）

歎歎将军，威盖不当。操盾千钧，拔主项堂。兴汉破楚，矫矫忠良。卒为丞相，帝室以康。（右《舞阳侯樊哙铭》）

懿懿太尉，惇厚朴诚。辅翼受命，应节御营。历位卿相，土国兼并。见危致命，社稷以宁。（右《绛侯周勃铭》）

蹇蹇相国，允忠克诚。临危处险，安而匡倾。兴代之际，济主立名。身履国土，秉御乾桢[①]。（右《平阳侯曹参铭》）

斌斌将军，鹰武是扬。内康王室，外镇四方。诸夏乂安，流及要荒。声驰海内，苗嗣纪功。（右《汝阴侯夏侯婴铭》）

明明丞相，天赋挺直。刚德正行，不枉不曲。功业茂著，荣显食邑。距吕奉主，昭然不惑。（右《安国侯王陵铭》）

肃肃御史，以武以文。相赵距吕，志安君身。征诣[②]行在，如意不全。天秩邑土，勋乃永存。（右《汾阴侯周昌铭》）

赫赫将军，受兵黄石。规图胜负，不出帷幄。念虑俯仰，安全正朔。国师是封，光荣旧宅。（右《留侯张良铭》。余十人不产沛、丰，其铭不录）

晋文

盛德颂（有序）

陆云

余行经泗水，高帝昔为亭长于此。瞻望山川，意有慨然，遂奏章以通情焉，并为之颂云尔。晋太子舍人粪土臣云稽首再拜，上书皇帝陛下：臣云顿首死罪，伏惟陛下绍轩辕之睿哲，越三代之高踪，膺有圣之玄景，蕴生民之上略。秦政肆虐，渐衅生民。在昔上帝，乃眷多方。肃雍宝命，鉴民顾天。思文睿圣，以宅神器。六合炎驾，八荒星错。企皇居于阿房，犄逸鹿于九野。谋猷回遹[③]，天人匪祚。乃繭斯国，授汉于西京。是以克绍五纬，章太素。神母哀号，底命丹野。九垓辟授命之符，钧天清建皇之鉴。陛下螭蟠泗水，龙跃下亭。庆云徘徊，紫尘熠烁。皇威肇于断蛇，神武基于丰沛。掩四缤以盖天，廓玄谟以辟宇。华宫山藏，玉堂海绸；云盖景阴，金门林蔚。拔足崇长揖之宾，吐飧纳献规之客。玄猷上通，德辉下济。仰翰

① 原作“祯”，据《东汉文纪》改。
② 原作“诸”，据《东汉文纪》改。
③ 原作“送”，据《陆士龙集》卷六改。

云禽，俯跃鱼魴。是以四海之内，莫不企景岳以接群，望广川而鳞集。乘山涉水，视险若夷[①]。奔波阙廷，思效死节。乃鸣鸾在衡，奔骥服辂。良、平凤栖，信、布虎据。豪雄凌暴于外，奇谟补阙乎内。威谋兼陈，智勇毕效。乃凌河海，河海无梁；乃仆高山，岳华不重。三秦席卷，项籍灰分；逋虏[②]雾散，遗寇云彻。泛时雨以清[③]天，洒狂尘以肃地。驰广辔于舟舆，竦峻盖于苍昊。功济宇宙，德被群生。天人允嘉，民神协爱。历数在身，有命将集。而陛下犹复允执高让，成功靡有。普天归德，群后固请。然后谒天皇于圆丘，迎万乘于帝室。率土离暴秦之乱，臣妾蒙有道之惠。日照月临之墟，雕趾卉服之国[④]，莫非帝臣。巍巍荡荡，盖天临地。自启辟以来，有皇之美，未有若圣功之著盛者也！臣云顿首顿首，死罪死罪。臣以鄙倍，文武无施，忝宠本朝，承乏下位。而臣遘愍，自西徂东，行迈攸止，路经泗水。伏见史臣班固撰录圣功，窃承陛下扶桑始照、天晖未融之日，尝临御此川。于是即命舟人，弭楫水沚。瞻仰山川，旧物不替。永惟圣辉，罔识所凭。远眺迩念，感物兴哀。终怀靡及，拊心遐慕。臣命违千载之运，身生四百之外。恨不得役力圣明之鉴，寓目风尘之会。挥戈前队，待罪下军。抽锋咸阳之关，提钺项籍之领。痛心自悼，不知所裁。行役之臣，牵制朝宪。虽怀彷徨，王事靡盬，肃将言迈，实衔罔极。臣闻游魂变化，神道无方。虽圣灵登遐，降陟在天，连光五精，流辉太一。或冀神舆降观，薄狩五服，时迈玉辂，言巡兹邑。是以下臣仰瞻紫宫，俯息恍惚，愚情振荡，靡审所如。不胜延颈紫微，结心阊阖之情。谨住水滨，拜章陈愚。臣云诚惶诚恐，顿首顿首，死罪死罪，稽首以闻。臣云言：臣闻歌咏所以宣成功之烈，诗颂所以美盛德之容。是以闻其声，则重华之道弥新；存其操，则文王之容可睹。永惟陛下圣德丰化，比隆前代；元勋茂功，超踪在昔。故诗歌之所依咏，金石之所揄扬者也。臣谨上《盛德颂》一篇，虽不足以仰度天高，伏测地厚，贵献狂夫区区之情，臣云云云。晋太子舍人臣陆云上。

於皇汉祖，纂胄有唐。平章在昔，文思百王。丹辉栖列，火精幽光。爰兹圣绪，颓维弛[⑤]纲。灵曜熠烁，济景扶桑。则天未坠，重规旻苍。其规伊何，横乾作峻。厥德不回，矩地能顺。凭河拓景，襄岳殷韵。龙章炯伟，虎质硕变。有秦不竞，罔极黔首。震惊予师，思虔神主。上帝曰咨，天鉴[⑥]有赫。乃眷伊汉，此惟予宅。穆穆圣皇，既受帝祉。云腾下邑，风骇泗水。仰镜天文，五纬同晷。俯察云

① 原作“彝”，避夷狄胡虏讳改。今据《陆士龙集》恢复本字。
② 原作“臣”。清人避外族讳，改“虏”为“臣”，一作“卤”。今用本字。
③ 原作“青”，据《陆士龙集》改。
④ 二句《陆士龙集》作“戎羌蛮夷之墟，雕趾肃慎之国”。本志系讳改之文。
⑤ 原作“地”，据《陆士龙集》改。
⑥ 原作“监”，通“鉴”，镜。

符，神母爰止。思文圣主，克广克遐。威凌群桀，德润诸华。爰祀天人，天人攸嘉。爰辑烝徒，[烝徒既和][1]。既和既顺，乃矢德音。丰沛之旅，其会如林。朱旗虹超，彤旆电寻。推师萧曹，抚剑高吟。元戎薄伐，时罔不龛。凌波川溃，肆野陆沉。咸阳克殄，既系秦后。峨峨阿房，乃清帝宇。穆穆圣皇，天保攸定。有项畔援，不式王命。王命既愆，黜我西土。於铄王师，遵时匪怒。爰赫乘衅，席卷三夏。啴啴戎轩，矫矫乘马。燮伐强楚，至于垓下。天诛薄曜，暴籍授首。区夏既混，宇宙蒙乂。肃肃帝居，巍巍神器。有皇于登，是临天位。绣文于裳，组华于黻。穆穆天子，有瑟其容。朱干锵锵，相维辟公。宣[2]声路寝，发号紫宫。颁[3]此恺悌，以畜万邦。思乐皇庆，协于时雍。琴瑟在御，大予舞功。越裳委贽，肃慎来王。穆穆圣皇，开国乘制。分圭祚劳，河山命誓。礼律克彰，典文垂艺。有汉恢恢，疏罔不替。圣功克明，九方孔安。良宰内干，武臣外闲。渐泽冀域，沾被戎蛮[4]。连光太素，万[5]载不刊。

刘宋文

为宋公修张良庙教（时军次留城）

傅亮

夫盛德不泯，义在祀典。微管之叹，抚事弥深。张子房道亚黄中，照临殆庶。风云言感，蔚为帝师。夷项定汉，大拯横流。固已参轨伊望，冠德如仁。若乃神交圯上，道契商洛。显默之际，窈然难究。源流浩漾，莫测其端矣。途次旧沛，伫驾留城。灵庙荒顿，遗像陈昧。抚迹怀人，永叹实深。过大梁者，或伫想于夷门；游九原者，亦流连于随会。拟之若人，亦足以云。可改构栋宇，修饰丹青。蘋蘩行潦，以时致荐。抒怀古之情，存不刊之烈。

为宋公修楚元王墓教

傅亮

夫褒贤崇德，千载弥光。尊本敬始，义隆自远。楚元王积仁基德，启蕃斯境。素风道业，作范后昆。本支之祚，实隆鄙宗。遗芳余烈，奋乎百世。而丘封翳然，

① 四字据《陆士龙集》补。
② 原作“喧”，据《陆士龙集》改。
③ 原作“须”，据《陆士龙集》改。
④ 原作“雍方”，失韵，据《陆士龙集》改。
⑤ 原作“家”，据《陆士龙集》改。

坟茔莫翦。感远存往，慨然永怀。夫爱人怀树，甘棠且犹勿翦；追甄墟墓，信陵尚或不泯。况瓜瓞所兴，开源自本者乎？可蠲复近墓五家，常给洒扫。

元魏文

徐州上皇帝表

尉元

臣受命出疆，载离寒暑，进无邓艾一举之功，退无羊祜[①]保境之略，虽淮岱复振，而民情未安。臣以愚昧，属当偏任，苟事宜宣彻，敢不以闻。臣前表以下邳水陆所凑，先规殄灭，遣兵屡讨，犹未擒定。然彭城、下邳，信命未断，而此城之人，元居贼界，心尚恋土。辄相诳惑，希幸非望。南来息耗，壅塞不达，虽至穷迫，仍不肯降。彭城民任玄朗从淮南到镇，称宋将任农夫、陈显达领兵三千，来循宿豫。臣即以其日密遣觇使，验其虚实，如朗所言。臣欲自出击之，以运粮未接，又恐新民生变，遣子都将于沓千、刘龙驹等步骑五千，将往赴击。但征人淹久，逃亡者多，迭相扇动，莫有固志，器仗败毁，无一可用。臣闻伐国事重，古人所难，功虽可立，必须经略而举。若贼向彭城，必由清泗过宿豫，历下邳；趋青州，路亦由下邳入沂水，经东安，即为贼用师之要。今若先定下邳，平宿豫，镇淮阳[②]，戍东安，则青冀诸镇可不攻而克。若四处不服，青冀虽拔，百姓狼顾，犹怀侥幸之心。臣愚以为宜释青冀之师，先定东南之地，断宋人北顾之意，绝愚民南[③]望之心。夏水虽盛，无津途可因；冬路虽通，无高城可固。如此则淮北自举，暂劳永逸。今虽向热，犹可行师。兵尚神速，久则生变。若大[④]雨既降，或因水通，运粮益众，规为进取。恐近淮民庶，翻然改图，青冀二州，卒未可拔。臣辄与僚佐共议，咸谓可然。若隐而不陈，惧有损败之责；陈而无验，恐成诬罔之罪。惟天鉴悬量，照臣愚款。

徐州陈政事表

薛虎子

臣闻金汤之固，非粟不守；韩白之勇，非粮不战。故自用兵以来，莫不先积聚，然后图兼并者也。今江左未宾，鲸鲵待戮，自非委粟彭城，以强丰沛，将何以

① 原作“祐”，据《魏书》本传改。
② 原作“扬”，据《魏书》本传改。
③ 原作“难”，据《魏书》本传改。
④《魏书》本传作“天”。

拓定江关，扫一衡霍？窃惟在镇之兵，不减数万，资粮之绢，人十二匹，即自随身，用度无准，未及代下，不免饥寒。论之于公，无毫厘之润；语其私利，则横费不足。非所谓纳民轨度，公私相益也。徐州左右，水陆沃壤，清汴通流，足盈激灌，其中良田十万余顷。若以兵绢市牛，分减戍卒，计其牛数，足得万头。兴力公田，必当大获粟稻。一岁之中，且给官食，半兵耕植，余兵尚众，且耕且守，不妨捍边。一年之收，过于十倍之绢；暂时之耕，足充数载之食。于后兵资，惟须内库，五稔之后，谷帛俱溢。匪直戍士有丰饱之资，于国有吞敌之势。昔杜预田宛叶以平吴，充国耕西零以强汉。臣虽识谢古人，任当边守，庶竭尘露，有增山海。

再陈政事疏

薛虎子

臣闻先王建不易之轨，万代承之；圣主垂不刊之制，千载共仰。伏惟陛下道洽群生，恩齐造化，仁德所覃，迹超前哲。远崇古典，留意治方，革前王之弊法，申当今之宜用。定贡赋之轻重，均品秩之厚薄，庶令百辟足以代耕，编户享其余畜。巍乎焕焉，不可量也。臣窃寻举边之民，蒙化日浅；戎马之所，资计素微。小户者一丁而已，计其征调之费，终岁乃有七缣。去年征责不备，或有货易田宅，质妻卖子，呻吟道路，不可忍闻。今淮南之人，思慕圣化，延颈企足，十室而九。恐闻赋重，更怀进退。非惟损皇风之盛，虑伤慕义之心。且臣所居，与南连接，民情去就，实所谙知。特宜宽省，以招未至。其小郡太守，数户而已。一请只六尺绢，岁不满匹。既委边捍，取其必死，邀之士重，何吝君轻？今班制已行，布之天下，不宜忤冒，以乱朝章。但猥藉恩私，备位藩岳，忧责之地，敢不尽言。

梁文

张良遇黄石公赞

庾信

张良取履，跪授无辞。素书一卷，长者三期。昔称韩相，今为帝师。谷城余石，还归旧祠。

唐文

灵泉颂（原名孝感泉）

骆宾王

按《新唐书》：宋思礼事继母徐，以孝闻。补萧县主簿，会大旱，井池涸。母羸疾，非泉水不适口，思礼忧惧且祷。忽有泉水出诸庭，味甘寒，日不乏汲。县人异之。尉柳晃为刻石，颂其孝感。

闻夫玄[①]功幽赞，灵心以有德是亲；至道冥符，笃行以通仁为本。若乃天经地义，色养叶于因心；夏清冬温，爱敬弘于锡类。下逮六幽之奥，上洞三光之精。不有至诚，孰云斯感？有广平宋思礼，字过庭，皇朝永州刺史昉之适孙，户部员外顺之长子。幼丁偏罚，早丧慈亲。永怀鞠养之恩，长增思慕之痛。弱不好弄，长而能贤。趋庭闻诗礼之风，亢宗勖曾闵之行。事后母徐，以至孝闻。北面兴悲，泣高堂而咎己；东游下位，欢微禄以逮亲。调露二年，来佐百里。俯就微班之列，将申返哺之情。敬立身其若斯，于从政乎何有？时岁亢旱，金石行销，远近川原，殆将堙绝。浚井皆为汤谷，通波尽化污池。太夫人在迟暮之年，有温劳之疾。非滥浆不可以适口，非源泉不可以蠲疴。色养既亏，忧惶靡诉。俄而厅阶之下，忽清泉而自生。因疏导其源，遂流注不竭。味甘若醴，气冷如冰。此邑城近骞山，地连禹穴。基址多石，岗阜无津。爰自兴建以来，久微穿汲之利。非精诚贯于有道，纯志浃于无私，孰能洽冥贶以通幽，导灵泉而致养者也？昔汉臣忠烈，穷井飞于一言；姜妇孝思，潜波移于七里。静惟陈迹，彼亦何人？萧县尉柳晃，耿介之士也。道合则金兰若胶漆，情异则轩冕犹埃尘。片善可嘉，朝闻甘于夕死；一诺犹重，黄金贱于白圭。以为执友素交，岂轻肥利禄之谓也；赏音达礼，非钟鼓玉帛之云乎？所耻者，没而无称；所贵者，存乎不朽。徒怀美志，未遇良材。某出赞荒隅，途经胜壤。三秋客恨，长怀宋玉之悲；一面交欢，暂雪桓谭之涕。睹斯水之清泚，感若人之精诚。见贤思齐，仰圭璋而有地；挥毫兴颂，镂琬琰以无惭。乃作颂曰：

粤若稽古，厥初生民。其谁不孝，独我难伦。义不悖道，仁不遗亲。爱敬尽力，孝弟通神。顾我罔极，因心感至。冥契动天，甘泉涌地。泠泠无竭，烝烝不匮。曾是我私，永锡尔类。爰有劳[②]人，景行芳尘。事谐则感，道洽斯亲。孝为礼主，名为实宾。倘斯文之不坠，知盛德之有邻。[③]

---

① 原作“元”，清人避讳改，今据上海涵芬楼藏明刊本《骆宾王文集》卷一恢复本字。

② 原作“芳”，据《全唐文》卷一九七改。

③ 上海涵芬楼藏明刊本骆集析此颂为三首，应误。

使院新修石幢记

高瑀

元和十二年九月十二日，徐之从事立石纪事于府庭之南端。初，元戎岐公辛卯岁自夏台帅奉诏朝于京师。天子当扆，对百辟卿士，登公于明庭，曰："自理朔陲，边风变和，毡裘垂臂，敛衽从教。予嘉于衷，文武佥同。今之徐方，控临东极，淮海闽越，千里遥赖。地产坚金，俗风用刚。河山郁盘，我武宜扬。故有铁钺、印绶之赐，予之戎柄，期于光大。郡邑之长，司我风教。蒸人寿夭，系厥二吏。故别以符印，备以僚属，予之耳目，期于观听[①]。大野东原，既潴且平，纤缟草木，咸在征赋，故当命使，期于营度。城一十六，户一十万，兵六十旅，矛铤戈戟，戎车铁马，洎翔潜动植，宜咸领焉！"公拜稽首，致诚泪血，俯仰交感，左右动色。让德不获，改辕而东。红旌大旆，都人纵观，光腾九衢。以功绍复，再统幢节，近古无俦。是岁十一月四日，至于理所。从一日至于百千日，无一息无一顷暂忘向之帝命。旧府无积，衣食旷乏，则军声武备，其可知矣。遂假财于邻，从俭于身，戎装貔集，将卒骁敢，野夫行谣，四郡咸康。故以战则克，以祀则福，境有飞运，水无惊波，有征之师，以徐为则。上多乃茂绩，俾位冠于群帅，故有左揆之拜，时无等焉。皇乎哉！岐公之德，宜在鼎彝矣。噫！连帅大府，今天下三十有九。皆显才闻人，为佐为宾。诚明中和，从事之道也；离明诚中和，非从事之道也。扶善与能，鬼神潜光。谁或绐幽暗，而谓神无知？故予之同府，常恐惧乎不至，戒慎乎不闻。用明诚怡神，离明诚愧神。将此道也，奉我公，省厥躬，期此布名氏之不朽，则可转之石，焉足道哉！（岐公谓李愿也）

周苛碑记

李观

昔天丧水德，未有受命者，而刘项之战方苦，残毒轧于生民。御史大夫周苛，世籍于沛，始汉祖起而随焉。时汉以新厄睢水之围，遽保荥阳。楚人四面攻之，内无完备，忧难持久。用将军纪信计而汉祖免，用周苛守后事，以御外敌。敌知其危，并力荡摇。哀哀遗军，创痛如积。虽授之以利兵，束之以坚甲，而莫能起。非爱死也，力不堪也，故城覆于项氏。项氏毅然鹰瞬，爨大鼎于宇下，谓苛曰："请封三万户为上将军。军之政，自不谷而下及卒乘，皆听其所为。不从则烹，决无疑焉！"公怒甚色作，视羽而咳之曰："吾闻不善者善人之资。今天将锡汉，是用汝资之。不即倒戈请命，汝死无日矣！且秦政反道，歼灭六国，天人合怒，噍类不留。

① 原作"德"，据《全唐文》卷七一六改。

今汝之业不足侔秦，而罪侈于秦，曾不知天以阴骘兴丧与夺，而犹与汉争锋。且若战数胜，攻[①]数克，非君能也。天厚其恶，恶厚将崩，何得长哉！”项氏恚公之不屈，而耻其诡己，声如乳虎，指左右捽公于沸鼎。公奋身不顾，蹈鼎而卒。呜呼！糜躯冀于不朽，不朽在乎立节，立节在乎显主。主显节立，独苛有之，与夫由余受戈、弘演内肝［不］[②]殊也。初，苛杀魏豹，可谓无人薄我；及拒项氏，岂非临难不苟免耶？观感公之雄果，而史无传记，敢镂幽石，以承阙文。其辞曰：

龙战未分，崩雷泄云。雷崩[③]云泄，其下流血。荥阳攻急，介士涕泣。赤帝徘徊，惟公在哉。秉心慷慨，处死不改。沉沉积冤，千古奚言。纪公光烈，系史之阙。

徐泗濠三州节度掌书记厅石记

韩愈

书记之任，亦难矣！元戎整齐三军之士，统理所部之甿，以镇守邦国，赞天子施教化，而又外与宾客四邻交。其朝觐、聘问、慰荐、祭祀、祈祝之文，与所部之政、三军之号令升黜，凡文辞之事，皆出书记。非闳辨通敏兼人之才，莫宜居之。然皆元戎自辟，然后命于天子。苟其帅之不文，则其所辟或不当，亦其理宜也。南阳公自御史大夫、濠寿庐三州观察使，授节移镇徐州，历十一年，而掌书记者三人：其一人曰高阳许孟容，人［仕］[④]于王朝，今为尚书礼部郎中；其一人曰京兆杜兼，今为尚书礼部员外郎、观察判官；其一人［曰］[⑤]陇西李博，自前乡贡进士［授］[⑥]秘书省校书郎，方为之。南阳公文章称天下，其所辟，实所谓闳辨通敏兼人之才者也。后之人苟未知南阳公之文章，吾请观于三君子；苟未知三君子之文章，吾请观于南阳公可知矣。蔚乎其相彰，炳乎其相辉，志同而气合，鱼川泳而鸟云飞也。愈乐是宾主之相得也，故请刻石以记之，而陷置于壁间，俾来者得以观览焉。

汉高原庙

柳宗元

昔在帝尧，光有四海，元首万邦。时则舜、禹、稷、契，佐命垂统，股肱天下。圣德未衰而内禅，元臣继天而受命。四姓承休，迭有中邦。五神还运，炎德复

---

① 原作“功”，据《全唐文》卷五三五改。
② 字据《全唐文》补。
③ 原作“奔”，据《全唐文》改。
④ 字据《五百家注昌黎文集》卷十三补。
⑤ 字据《五百家注昌黎文集》补。
⑥ 字据《五百家注昌黎文集》补。

起。周道削灭，秦德暴戾。皇天畴庸，审厥保承。乃命唐帝之后，振而兴之；又俾元臣之后，翊而登之。所以绍复丕绩，不坠厥祀。故曲逆起为策士，辅成帝图，吐谋洞灵，奋奇如神，舜之胄也。汝阴脱帝密网，摧虏暴气，扶乘天休，运行嘉谋，禹之苗也。酂侯保绥三秦，控引汉中，宏器廓度，以大帝业，契之裔也。淮阴整齐天兵，导扬灵威，覆赵夷魏，拔齐殄楚；平阳破三秦，虏魏王；绛侯定楚地，固刘氏，皆稷之裔也。克复尧绪，昭哉甚明。天意若曰：建火[1]德者，必唐帝之胄，故汉氏兴焉；翼炎运者，必唐臣之孙，故群雄登焉。是以高帝诞膺圣祚，以垂德厚，探昊穹[2]之奥[3]旨，载幽明之休祐。杀白帝于大泽，以承其灵；建赤旂于沛邑，以昭其神。假手于嬴，以混诸侯；冯力于项，以离关东。奉缵尧之元命，而四代之后，咸献其用；德乘木之大统，而秦楚之盛，不保其位。既建皇极，设都咸阳，抚征四方，训齐天下。乃乐沛宫，以追造邦之本；乃歌《大风》，以昭武成之德；乃奠旧都，以壮王业之基。生为汤沐之邑，没为思乐之地。且曰万岁之后，魂游于此。惟兹原庙，沛宫之旧也。祭蚩尤于是庭，而赤精降；导灵命于是邦，而群雄至。登布衣于万乘，而子孙得以缵其绪；化环堵为四海，而黎元得以安其业。基岱岳之高，源洪河之长，蓄灵拥休，此焉发迹。盖以道备于是，而后行之天下；制成于是，而后广之宇内。天下备其道，而神复乎本；宇内成其制，而心怀其旧。宜其正名以表功，用成其始，俾生灵尽其敬焉；陈本以宅神，用成其终，俾生灵尽其慕焉。故高帝定位，建兹闳宫；惠皇嗣服，爰立清庙。绵越千祀，至今血食，此所以成终而成始也。且夫以断蛇之威，安知不运其密，用佐岁功以流泽欤？以约法之仁，安知不流其神，眷相旧邦之遗黎欤？以绍唐之余庆，统天之遗烈，安知不奋其神化，大祐于下土欤？然则展敬乞灵，乌可已也。铭于旧邑，以迪天命。其辞曰：

荡荡明德，时维放勋。揖让而退，祚于后昆。群蛇辅龙，以翊天门。登翼炎运，唐臣之孙。秦纲既离，鹿骇东夏。长蛇封豕，蹈跃中野。天复尧绪，钟祐于刘。赫矣汉祖，播兹皇猷。扬旂沛庭，约从诸侯。豪暴震叠，威声布流。总制虎臣，委成良畴。剿殄霸楚，遂荒神州。区宇怀濡，黔黎辑柔。表正万国，炎灵用休。定宅咸阳，以都上游。留观本邦，在镐如周。穆穆惠皇，宗禋克承[4]。崇崇沛宫，清庙是凭。原念大业，肇经兹地。乃专元命，亦举严祀。建旂衅鼓，遂据天位。魂游故都，永介丕祚。焕列唐典，严恭罔坠。勒此休铭，以昭本始。

① 原作“大”，据《柳河东集》卷二十改。
② 原作“穷”，通“穹”。
③ 原作“粤”，据《柳河东集》改。
④ 原作“成”，据《柳河东集》改。

荐刘轲书

白居易

庐山自陶、谢洎十八贤已还，儒风绵绵，相续不绝。贞元初，有符载、杨衡辈隐焉，亦出为文人。今读书属文、结草庐于岩谷间者一二十人，其秀出者有彭城刘轲。开卷慕孟轲为人，秉笔慕扬雄、司马迁为文。著《翼孟》三卷、《豢龙子》十卷、杂文百余篇。圣人之旨，作者之风，虽未臻极，往往而得。予佐浔阳二年，轲每著文，辄来示予。予知轲志不息，异日必能跨符、杨，攀陶、谢。轲一旦尽赍所著书及所为文，访予告行，欲举进士。予方沦落江海，不足发轲事业。又羸病无心力，不能遍致书于台省故人。因援纸引笔，写胸中事，授轲曰：持此为予谒集贤庾三十二补阙、翰林杜十四拾遗、金部元公、监察牛二侍御、秘省萧正字、蓝田杨主簿兄弟。彼七八君子，以予愚直，常信其言。苟于今不我欺，则子之道庶几光明矣！

宋文

厌气台铭

王禹偁

古之王者筑灵台，视云物，察气候之吉凶，知政教之善恶。苟理合天道，垂休降福，则必日新其德以奉之；化失民心，为妖作沴，则必夕惕其躬以惧之。如是，则变祸福而反灾祥，不为难矣。乌有筑高台，厌王气，行巫觋之事，御天地之灾者乎？嬴政之有天下也，始以利嘴长距，鸡斗六国而擅场；复以钩爪锯牙，虎噬万方而择肉；终以多藏厚敛，蚕食兆民而富国。然后戍五岭，筑阿房。驱周孔之书，尽付回禄；惑神仙之术，但崇方士。收大半之赋，则黔首豆分；用参夷之刑，则赭衣栉比。鲸鲵国政，蝼蚁人命。原膏野血，风腥雨膻。六国嗷嗷，上诉求主。天将使民息肩于炎汉，故望气者云：东南有天子气。于是祖龙巡狩，筑台以厌之。殊不知，民厌秦也，诉之于天；天厌秦也，授之于汉。秦独厌天、厌民而自王乎？向使筑是台，告天引咎，迁善树德，封六国之嗣，复万民之业，薄赋敛，省徭役，销戈兵，勖稼穑，除高斯之暴政，修唐虞之坠典，下从人望，上答天意，则王气不厌而自销矣，刘项之族何由而兴哉？某游丰沛之间，过台之旧址，思古览今，怅然有怀。洒翰濡毫，遂为铭曰：

台之筑兮，救秦之衰。救[①]之不得，为汉之基。气之厌兮，虑汉之昌。厌之不

---

① 原作“厌”，据《明一统志》卷十八改。

得，速秦之亡。秦之厌汉，其惟一身。汉之厌秦，乃有万民。高台巍峨，王气氤氲。秦政已矣，汉德惟新。泱泱前古，茫茫后尘。故国芜没，荒台草蓁。行人环竦，恻怆斯文。

《彭祖观井图》铭并序

陈靖

淳化中，予将命之狄丘，道由彭门，有客得《彭祖观井图》以为贶。中有台[榭][①]、人物，山林森森然。盖状其佳象幽致，表绘事之工，予无取。所慕者，惟彭氏面井而覆之以轮，背树而缆之以绳，凭杖敛躬，局蹐而迎视，兢然若将坠也。呜呼！古人临事而惧之有若是，检身远害之有若是，后之君子得无效欤？予实好古，历考其迹于传记，虽敻而难信，且夫子云“窃比于我老彭”，亦其验也。故作铭于座右，曰：

至哉古人，远害全身。战战兢兢，恒若履冰。朽索之驭，纳隍是虑。天子则之，鸿休永据。存而惧亡[②]，系于苞桑。诸侯则之，其国必昌。若舟弗济，夕惕而厉。大夫则之，其家孔炽。直哉惟清，执虚如盈。士子则之，其道元亨。不争在丑，无愧屋漏。庶人则之，其食孔阜。吾省予行，吾慎予守。窃比老彭，式介眉寿。

皃鷖亭诗序

姚云

丰县公宇之背，子城之东隅，有亭其上，曰“四望”，旧矣。治平三年，钱塘关公彦长以进士来宰是邑。视事之暇，而登览焉，病其榱栋栏楯之朽败，不足以蔽风雨而延宾客也，于是易新今名而完壮之。又作诗其上，以赋其事。丰人嘉诵而喜传者，方领曳裾之外，闺门稚子、林野匹夫同之。於乎，何其声誉之琅琅也！粤二[③]十余祀，单父马公以世胄之贤，为令是县。爱其陂池游衍，鱼鸟出没有江湖之态，芰荷菱芡有清适之境，佳木秀竹有山林之气，又嘉公能写咏其事而传遗后人也，于是迭出新意，以赓和之。言约而义丰，辞匀而意远，不戾于古，不愧于今，信乎与作者同风也。丰人安公之政而嘉公之咏，乐与二公之诗俱传不朽，故特镌于石，以久岁月，而且属云序之。于是遂书云。

① 字据《古今事文类聚别集》卷三十补。

② 原作“有而不忘”，据《古今事文类聚别集》改。

③ 原作“三”，据嘉靖《徐州志》、隆庆《丰县志》改。

清心亭记

曾巩

嘉祐六年，尚书虞部员外郎梅君为徐之萧县，改作其治所之东亭，以为燕息之所，而名之曰清心亭。是岁秋，来请记于京师。属予有亡妹、伤女之悲，不果为。明年春，又来请。属予有悼亡之忧，又不果为。而其请犹不止。至冬，乃为之记曰：夫人之所以神明其德，与天地同其变化者，夫岂远哉？生于心而已矣。若夫极天下之知，以穷天下之理，与夫性之在我者能尽之，命之在彼者能安之，则万物自外至者，安能累我哉？此君子之所以虚其心也。万物不能累我矣，而应乎万物，与民同其吉凶者，亦未尝废也。于是有法诫之设、邪僻之防，此君子之所以斋[①]其心也。虚其心者，极乎精微，所以入神也；斋其心者，由乎中庸，所以致用也。然则君子之欲修其身、治其国家天下者，可知矣。今梅君之为[②]是亭，曰不敢以为游观之美，盖所以推本为治之意，而且将清心于此。其所存者，亦可谓能知其要矣！乃为之记，而道余之所闻者焉。十一月五日，南丰曾巩记。

徐州谢上表

苏轼

臣轼言：分符高密，已窃名邦；改命东徐，复尘督府。荷蒙深厚，抚己兢惭。伏念臣奋身农亩，托迹书林。信道直前，曾无坎井之避；立朝寡助，谁为先后之容。屡献瞽言，仰尘圣鉴，岂有意于为异，盖笃信其所闻。顾惭迂阔之言，虽多无益；惟有朴忠[③]之素，既久犹坚。远不忘君，未忍改其常度；言之无罪，实有恃于至仁。知臣者谓臣爱君，不知臣者谓臣多事。空怀此意，谁复见明？伏惟皇帝陛下，日月照临，乾坤覆帱。察孤危之易毁，谅拙直之无他。安全陋躯，畀付善地。民淳讼简，殊无施设之方；食足身闲，仰愧生成之赐。顾力报之无所，怀孤忠而自怜。

徐州贺河平表

苏轼

臣轼言：窃闻黄河决口已遂闭塞者，圣谟独运，天眷莫违。庶邦子来，民罔告病；万杵雷动，役不逾时。遂消东北莫大之忧，然后麦［禾］[④]可得而食。人无后

① 原作“齐”，据曾巩《元丰类稿》卷十八改。下同。
② 原作“有”，据《元丰类稿》改。
③ 原作“忠朴”，意同而律出，据《东坡全集》卷六十七乙正。
④ 字据《东坡全集》卷六十七补。

患，喜若再生。臣轼伏以大河为灾，历世所病。禹治兖州之野，十有三载乃同；汉筑宣房之宫，二十余年而定。未有收狂澜于既溃，复古道于将湮，俯仰而成，神速若此。恭惟皇帝陛下，至仁溥施，神智无方。达四聪以来众言，广大孝以安宗庙。水当润下，河不溢流。属岁久之无虞，故患生于所忽。方其决也，本吏失其防，而非天意；及其复也，盖天助有德，而非人功。振古所无，普天同庆。维丰沛之大泽，实汴泗之所钟。伊昔横流，壈孤城之若块；迨兹平定，蔚秋稼以如云。害既广则利多，忧独深而喜倍。虽官守有限，不获趋外庭以称觞；而民意所同，亦能抒下情而作颂。

徐州谢奖谕表

苏轼

臣轼言：伏奉今月四日敕，以臣去岁修城捍水，粗免疏虞，特赐奖谕者。奔走服勤，人臣之常事；褒称劳勉，学者之至荣。自惟何人，乃辱斯语？伏念臣学无师法，才与世疏。经术既已不深，吏事又其所短。累忝优寄，卒无异称。宽如定远之言，平平无取；拙比道州之政，下下宜然。乃者河决澶渊，毒流淮泗。百堵皆作，盖僚吏之劬劳；三版不沉，本朝廷之威德。而臣下掠众美，上贪天功。独窃玺书之荣，以为私室之宝。此盖伏遇皇帝陛下，天覆四海，子养万民。哀无辜之遭罹，特遣使以存问。既蠲免其赋调，又饮食其饥寒。所以录臣之微劳，盖将责臣之来效。臣敢不躬亲畚筑，益修今岁之防；安集流亡，尽复平时之业。庶殚朽钝，少补丝毫。

祈雨青词

苏轼

河失故道，遗患及于东方；徐居下流，受害甲于他郡。田庐漂荡，父子流离。饥寒顿仆于沟坑，盗贼充盈于犴狱。人穷计迫，理极词危。望二麦之一登，救饥民于垂死。而天未悔祸，岁仍大荒。水未落而旱已成，冬无雪而春不雨。烟尘蓬勃，草木焦然。今者麦已过期，获不偿种；禾未入土，忧及明年。臣等恭循旧章，并走群望。意水旱之有数，非鬼神之得专。是用稽首告哀，吁天请命。若其赋政多辟，以谪见于阴阳；事神不恭，以获戾于上下。臣实有罪，罚其敢辞？小民无知，大命近止。愿下雷霆之诏，分敕山川之神。朝脐寸云，暮洽千里。使岁得中熟，则民犹小康。

徐州上神宗皇帝书

苏轼

臣以庸才，备员册[①]府，出守两郡，皆东方要地。私窃以为守法令，治文书，赴期会，不足以报塞万一。辄伏思念东方之要务，陛下之所宜知者，得其一二，章具以闻，而陛下择焉。臣前任密州，所建言自古河北与中原离合，常系社稷存亡，而京东之地所以灌输河北，瓶竭则罍耻，唇亡则齿寒，而其民喜为盗贼，为害最盛，因为陛下画所以待盗贼之策。及移守徐州，观览山川之形势，察其风俗之所移，而考之于载籍，然后又知徐州为南北之襟要，而京东诸郡安危所寄也。昔项羽入关，既烧咸阳而东归，则都彭城。夫以羽之雄略，舍咸阳而取彭城，则彭城之险固形便[②]，足以得志于诸侯者可知矣。臣观其地，三面被山，独其西平川数百里，西走梁宋。使楚人开关而延敌，材官驺发，突骑云从，真若屋上建瓴水也。地宜菽麦，一熟而饱数岁。其城三面阻水，楼堞之下，以汴泗为池。独其南可通车马，而戏马台在焉。其高十仞，广袤百步。若用武之世，屯千人其上，聚櫑木炮石凡战守之具，以与城相表里，而积三千粮于城中，虽用十万人，不易取也。其民皆长大，胆力绝人，喜为剽掠，小不适意，则有飞扬跋扈之心，非止为暴而已。汉高祖，沛人也；项羽，宿迁人也；刘裕，彭城人也；朱全忠，砀山人也，皆在今徐州数百里间耳。其人以此自负，雄杰之气，积以成俗。魏太武以三十万众攻彭城不能下，而王智兴以卒伍庸材，恣睢于徐，朝廷亦不能讨，岂非以其地形便利、人卒勇悍故耶？州之东北方六十里即利国监，自古为铁冶，商贾所聚。其民富乐，凡三十六冶。冶户皆大家，藏镪巨万，常为盗贼所窥，而兵卫寡弱，有同儿戏。臣中夜以思，即为寒心。使剧盗致死者十余人，白昼入市，则守者皆弃而走耳。地既产精铁，而民皆善锻，散冶户之财，以啸召无赖，则乌合之众、数千人之仗，可以一夕具也。顺流南下，辰发巳至，而徐有不守之忧矣。使不幸而贼有过人之材，如吕布、刘备之徒，得徐而逞其志，则京东之安危，未可知也。近者，河北转运司奏乞禁止利国监铁，不许入河北，朝廷从之。昔楚人亡[③]弓，不能忘楚，孔子犹小之，况天下一家，东北二冶皆为国兴利，而夺彼以与此，不亦隘乎？自铁不北行，冶户皆有失业之忧，诣臣而诉者数矣。臣欲因此以征冶户，为利国监之翰屏。今三十六冶，冶各百余人，采矿伐炭，多饥寒亡命、强力鸷忍之民也。臣欲使冶户每冶各择有材守而忠谨者，保任十人，籍其名于官，授以剑刃刀槊，教之击刺。每月两

① 原作“州”，据《东坡全集》卷五十二改。按：嘉靖、万历、康熙《徐州志》，乾隆、同治《徐州府志》及乾隆、道光《铜山县志》皆作“州”；正统《彭城志》、民国《铜山县志》作“册”。

② 原作“彭城之险固形胜便”。案《东坡全集》，“胜”字衍，今删。

③ 原作“忘”，据《东坡全集》改。

班，集于知监之廷而阅试之。藏其刃于官，以待大盗，不得役使，犯者以违制论。冶户为盗所拟久矣，民皆知之。使冶出十人以自卫，民所乐也。而官又为除近日之禁，使铁得北行，则冶户皆悦而听命，奸猾破胆而不敢谋矣。徐城虽险固，而楼橹敝恶，又城大而兵少，缓急不可守。今战兵千人耳，臣欲乞移南京新招骑射两指挥于徐。此故徐人也，尝屯于徐，营垒材石既具矣，而迁于南京。异时转运使分东西路，畏馈饷之劳而移之西耳。今两路为一，其去来无所损益，而足以为徐之重。城下数里，颇产精石无穷，而奉化厢军见阙数百人。臣愿募石工以足之，听不差出[①]，使此数百人者，常采石以甃城。数年之后，举为金汤之固。要使利国监不可窥，则徐无事；徐无事，则京东无虞矣。沂州山谷重阻，为逋逃渊薮，盗贼每入徐州界中。陛下若采臣言，不以臣为不肖，愿复三年守徐，且得兼领沂州兵甲巡检公事，必有以自效。京东恶盗，多出逃军。逃军为盗，民则望风畏之，何也？技精而法重也。技精则难敌，法重则致死，其势然也。自陛下置将官，修军政，士皆精锐，而不免于逃者，臣常考其所由。盖自近岁以来，部送罪人配军者，皆不使役人，而皆使禁军。军士当部送者，受牒即行，往反常不下十日，道路之费，非取息钱不能办。百姓畏法不敢贷，贷亦不可复得；惟所部将校，乃敢出息钱与之，归而刻其粮赐。以故上下相持，军政不修，博弈[②]饮酒，无所不至，穷苦无聊，则逃去为盗。臣自至徐，即取不系省钱百余千别储之。当部送者，量远近裁取，以三月刻纳，不取其息。将吏有敢贷息钱者，痛以法治之。然后严军政，禁酒博。比期年，士卒皆饱暖，练熟技艺，等第为诸郡之冠。陛下遣敕使按阅，所具见也。臣愿下其法诸郡，推此行之，则军政修而逃者衰，亦去盗之一端也。臣闻之汉相王嘉曰："孝文帝时，二千石长吏安官乐职，上下相望，莫有苟且之意。其后稍稍变易，公卿以下转相促急，司隶、部刺史发扬阴私，吏或居官数月而退。二千石益轻贱，吏民慢易之，知其易危，小失意则有离畔之心。前山阳亡徒苏令[③]纵横，吏士临难，莫肯有伏[④]节死义者，以守相威权素夺故也。国家有急，取办于二千石。二千石尊重难危，乃能使下。"以王嘉之言而考之于今，郡守之威权可谓素夺矣。上有监司伺其过失，下有吏民持其长短，未及按问，而差替之命已下矣。欲督捕盗贼，法外求一钱以使人，且不可得。盗贼凶人，情重而法轻者，守臣辄配流之，则使所在法司复按其状，劾以失入。惴惴如此，何以得吏士死力而破奸人之党乎？由此观之，盗贼所以滋炽者，以陛下守臣权太轻故也。臣愿陛下稍重其权，责以大纲，略其小过。凡京

① 原作"听不差不出"。案《东坡全集》，"不"字衍，今删。
② 原作"奕"，通"弈"。
③ 原作"合"，据《东坡全集》《汉书·王嘉传》改。
④ 原作"仗"，据《东坡全集》改。

东多盗之郡，自青、郓以及徐、沂、齐、曹之类，皆慎择守臣，听法外处置强盗。颇赐缗钱，使得以布设耳目，蓄养爪牙。然缗钱多则难常，少又不足于用。臣以为，每郡可岁别给一二百千，使以酿酒。凡使缉捕盗贼，得以酒予之；敢以为他用者，坐赃论。赏格之外，岁得酒数百斛，亦足以使人矣。此又治盗之一［术也］[①]。然此皆其小者，其大者非臣之所当言。欲默而不发，则又私自念：遭值陛下英圣特达如此，若有所不尽，非忠臣之义。故昧死复言之。昔者以诗赋取士，今陛下以经术用人，名虽不同，然皆以文词进耳。考其所得，多吴、楚、闽、蜀之人。至于京东[②]西、河北、河东、陕西五路，盖自古豪杰之场，其人沉鸷勇悍，可任以事。然欲治声律，读经义，以与吴、楚、闽、蜀之士争得失于毫厘之间，则彼有不仕而已，故其得人常少。夫惟忠孝礼义之士，虽不得志，而不失为君子。若德不足而才有余者，困于无门，则无所不至矣。故臣愿陛下特为五路之士，别开仕进之门。汉法：郡县秀民，推[③]择为吏，考行察廉，以次迁补，或至二千石，入为公卿。古者不专以文词取人，故得士为盛。黄霸起于卒史，薛宣奋于书佐，朱邑选于啬夫，丙吉出于狱吏，其余名臣循吏由此而进者，不可胜数。唐自中叶以后，方镇皆选列校以长牙兵。是时，四方豪杰不能以科举自达者，皆争为之，往往积功以取旄钺。虽老奸巨盗或出其中，而名卿贤将[④]如高仙芝、封常清、李光弼、来瑱、李抱玉、段秀实之流，所得亦已多矣。王者之用人如江河，江河所趋，百川赴焉，蛟龙生之。及其去而之他，则鱼鳖无所还其体，而鲵鳅为之制。今世胥吏、牙校，皆奴仆庸人者，无他，以陛下不用也。今欲用胥吏、牙校，而胥吏行文书，治刑狱钱谷，其势不可废鞭挞。鞭挞一行，则豪杰不出于其间。故凡士之刑者不可用，而用者不可刑。故臣愿陛下采唐之旧，使五路监司郡守共选士人，以补其牙职。皆取才力有足过人而不能从事于科举者，禄之以今之庸钱，而课之以镇税场务、督捕盗贼之类，自公罪杖以下听赎。依将校法，使长吏得荐其才者，第其功阀[⑤]，书其岁月，使得出仕比任子，而不以流外限其所至。朝廷察其尤异者，擢用数人。则豪杰英伟之士渐出于此途，而奸猾之党可得而笼取也。其条目委曲，臣未敢尽言，惟陛下留神省察。昔晋武平吴之后，诏天下罢军役，州郡悉去武备，惟山涛论其不可。帝见之，曰："天下名言也！"而不能用。及永宁之后，盗贼蜂起，郡国皆以无备不能制，其言乃验。今臣于无事之时，屡以盗贼为言，其私忧过计，亦已甚矣。陛下纵能容

① 二字据《东坡全集》补。
② 原作"东京"，据《东坡全集》乙正。
③ 原作"准"，据《东坡全集》改。
④ 原作"判"，据《东坡全集》改。
⑤ 原作"阅"，据《东坡全集》改。

之，必为议者所笑。使天下无事而臣获笑，可也。不然，事至而图之，亦晚矣！

莲花漏铭

苏轼

故龙图［阁］[①]直学士、礼部侍郎燕公肃，以创物之智闻于天下，作莲花漏，世服其精。凡公所临，必为之。今州郡往往而在，虽有巧者，莫敢损益。而徐州独用瞽人卫朴所造，废法而任意，有壶而无箭，自以无目而废天下之视，使守者伺其满，则决之而更注，人莫不笑之。国子博士傅君裼，公之外曾孙，得其法为详。其通守是邦也，实始改作，而请铭于轼。铭曰：

人之所信者，手足耳目也。目识多寡，手知重轻。然人未有以手量而目计者，必付之于度量与权衡。岂不自信［而信］[②]物？盖以为无意无我，然后得万物之情[③]。故天地之寒暑，日月之晦明，昆仑旁薄于三十八万八千里之外，而不能逃于三尺之箭、五斗之瓶。虽疾雷霾风、雨雪昼晦，而迟速有度，不加亏盈。使凡为吏者，如瓶之受水，不过其量；如水之浮箭，不失其平[④]；如箭之升降也，视时之上下，降不为辱，升不为荣，则民将靡然心服，而寄我以死生矣。

桓山记

苏轼

元丰二年正月己亥，春服既成，从二三子游于泗水之上。登桓山，入石室，使道士戴日祥鼓雷氏之琴，操《履霜》之遗音。曰："噫嘻悲夫，此宋司马桓魋之墓也！"或曰："鼓琴于墓，礼欤？"曰："礼也。季武子之丧，曾点倚其门而歌。仲尼，日月也，而魋以为可得而害也。且死为石椁，三年不成，古之愚人也。予将吊其藏，而其骨毛爪齿既已化为飞尘、荡为冷风矣，而况椁乎？况于从死之臣妾、饭含之贝玉乎？使魋而无知也，予虽鼓琴而歌，可也；使魋而有知也，闻予鼓而歌，知哀乐之不可常，物化之无日也，其愚岂不瘳乎？"二三子喟然而叹。乃歌曰："桓山之上，维石嵯峨兮。司马之恶，与石不磨兮。桓山之下，维水弥弥兮。司马之藏，与水皆逝兮！"歌阕而去。从游者八人：毕仲孙、舒焕、寇昌朝、王适、王遹、王肆、轼之子迈、焕之子彦举。

① 字据《东坡全集》卷九十六补。
② 字据嘉靖《徐州志》、《东坡全集》补。
③ 原作"精"，据《东坡全集》改。
④ 原作"中"，失韵，据《东坡全集》改。

附诗：舣舟桓山下，长啸理轻策。弹琴石室中，幽响清磔磔。吊彼泉下人，野火失枯腊。悟此人间世[①]，何者为真[②]宅。

放鹤亭记

苏轼

熙宁十年秋，彭城大水。云龙山人张君之草堂，水及其半扉。明年春，水落，迁于故居之东，东山之麓。升高而望，得异境焉，作亭于其上。彭城之山，冈峦四合，隐然如大环，独缺其西十二，而山人之亭适当其缺。春夏之交，草木际天；秋冬雪月，千里一色。风雨晦明之间，俯仰百变。山人有二鹤，既驯而能飞，旦则望西山之缺而放焉，纵其所如，或立于陂田，或翔于云表，暮则傃东山而归，故名之曰放鹤亭。郡守苏轼，时从宾客僚吏往见山人，饮酒于斯亭而乐之，揖山人而告之曰："子知隐居之乐乎？虽南面之君[③]，未可与易也。《易》曰：'鸣鹤在阴，其子和之。'《诗》曰：'鹤鸣于九皋，声闻于天。'盖其为物，清远闲放，超然于尘垢之外，故《易》、诗人以比贤人君子。隐德之士狎而玩之，宜若有益而无损者，然卫懿公好鹤则亡其国。周公作《酒诰》，卫武公作《抑戒》，以为荒惑败乱，无若酒者；而刘伶、阮籍之徒，以此全其真而名后世。嗟夫！南面之君，虽清远闲放如鹤者，犹不得好，好之则亡其国；而山林遁世之士，虽荒惑败乱如酒者，犹不能为害，而况于鹤乎？由此观之，其为乐未可同日而语也！"山人欣然而笑曰："有是哉！"乃作《放鹤》《招鹤》之歌曰：

鹤飞去兮，西山之缺。高翔而下览兮，择所适。翻然敛翼，婉将集兮。忽何所见，矫然而复击。独终日于涧谷之间兮，啄苍苔而履白石。

鹤归来兮，东山之阴。其下有人兮，黄冠草屦，葛衣而鼓琴。躬耕而食兮，其余以汝饱。归来归来兮，西山不可以久留。

黄楼赋

苏辙

熙宁十年七月乙丑，河决于澶渊，东流钜野，北溢于济，南溢于泗。八月戊戌，水及彭城。余兄子瞻适为彭城守，水未至，使民具畚锸，畜土石，积刍茭，完

① 原作"世间"，据各本苏集改。又：《桓山记》文后附此诗，其始自顺治《徐州志》，其后康熙《徐州志》及本志皆因之。然本志《艺文一》既有《游桓山，会者十人，以"春水满四泽，夏云多奇峰"为韵，得"泽"字》，诗具见前，此处无须复赘。

② 原作"贞"，据《东坡诗集注》卷三改。

③ 原作"乐"，据《苏轼集》卷三十六改。

窒[①]隙穴，以为水备，故水至而民不恐。自戊戌至九月戊辰，水及城下者二[②]丈八尺，塞东西北门，水皆自城际山[③]，雨昼夜不止。子瞻衣褒履屦，庐于城上，调急走、发禁卒以从事，令民无得窃出避水，以身率之，与城存亡，故水大至而民不溃。方水之淫也，汗漫千余里，漂庐舍，败冢墓，老弱蔽川而下，壮者狂走，无所得食，槁死于丘陵林木之上。子瞻使习水者浮舟楫、载糗饵以济之，得脱者无数。水既涸消，朝廷方塞澶渊，未暇及徐。子瞻曰："澶渊诚塞，徐则无害。塞不塞，天也，不可使徐人重被其患。"乃请增筑徐城，相水之冲，以堤防之。水虽复至，不能以病徐也。故水既去而民益亲。于是即城之东门为大楼焉，垩以黄土，曰土能胜水。徐人相劝成之。辙方从事于宋，登黄楼，览观山川，吊水之遗迹，乃作黄楼之赋。其词曰：

子瞻与客游于黄楼之上。客仰而望，俯而叹，曰："噫嘻殆哉！在汉元光，河决瓠子，腾蹙钜野，衍溢淮泗，梁楚受害二十余岁。下者为污泽，上者为沮洳。民为鱼鳖，郡县无所。天子封祀泰山，徜徉东方。哀民之无辜，流死不藏。使公卿负薪，以塞宣房。瓠子之歌，至今伤之。嗟维此邦，俯仰千载。河东倾而南泄，蹈汉世之遗害。包原隰而为一，窥吾墉[④]之摧败。吕梁龃龉，横绝乎其前；四山连属，合围乎其外。水回洑而不进，环孤城而为海。舞鱼龙于隍壑，阅帆樯于睥睨。方飘风之迅发，震鞞鼓之惊骇。诚蚁穴之不救，分闾阎之横溃。幸冬日之既迫，水泉缩以自退。栖流枿于乔木，遗枯蚌于水裔。听澶渊之奏功，非天意吾谁赖？今我与公，冠冕裳衣，设几布筵，斗酒相属，饮酣乐作，开口而笑，夫岂偶然也哉？"子瞻曰："今夫安于乐者，不知乐之为乐也，必涉于害者，而后知之。吾尝与子凭兹楼而四顾，览天宇之弘大。缭青山以为城，引长河而为带。平皋衍其如席，桑麻蔚乎旆旆。画阡陌之纵横，分园庐之向背。放田渔于江浦，散牛羊于烟际。清风时起，微云霮霸。山川开阖，苍莽千里。东望则连山参差，与水皆驰。群石倾奔，绝流而西。百步涌波，舟楫分披。鱼鳖颠沛，没人所嬉。声崩震雷，城堞为危。南望则戏马之台，巨佛之峰。岿乎特起，下窥城中。楼观翱翔，巍峨相重。激水既平，渺莽浮空。骈洲接浦，下与淮通。西望则山断为玦，伤心极目。麦熟禾秀，离离满隰。飞鸿群往，白鸟孤没。横烟澹澹，俯见落日。北望则泗水漎漫，古汴入焉。汇为涛渊，蛟龙所蟠。古木蔽空，乌鸟号呼。贾客连樯，联络城隅。送夕阳之西尽，导明月之东出。金钲涌于青嶂，阴氛为之辟易。窥人寰而直上，委余彩于沙碛。激

① 原作"室"，据苏辙《栾城集》卷十七改。
② 原作"三"，据《栾城集》改。
③ 原作"出"，据《栾城集》改。
④ 原作"牗"，据《栾城集》改。

飞楹而入户，使人体寒而战栗。息汹汹于群动，听川流之荡潏。可以起舞相命，欢饮千石。遗弃忧患，超然自得。且子独不见夫昔之居此者乎？前则项籍、刘备，后则光弼、建封。战马成群，猛士如林。擐臂长啸，风动云兴。朱阁青楼，舞女歌童。势穷力竭，化为虚空。山高水深，草生故墟。盖将问其遗老，既已灰灭而无余矣。故吾将与子吊古人之既逝，悯河决于畴昔，以变化之无在，付杯酒于终日。”于是众客释然而笑，颓然而醉，酒倾月坠，扶携而出。

黄楼赋

秦观

太史苏公守彭城之明年，既治河决之变，民以更生，又因修缮其城，作黄楼于东门之上。以为水受制于土，而土之色黄，故取名焉。楼成，使其客高邮秦观赋之。其辞曰：

惟黄楼之瑰[①]玮兮，冠雉堞之左方。挟光晷以横出兮，干云气而上征。既要眇以有度兮，又洞达而无旁。斥丹雘而不御兮，爰取法于中央。列千山而环峙兮，交二水而旁奔。冈陵奋其攫拿兮，溪谷效其吐吞。览形势之四塞兮，识诸雄之所存。意天作以遗公兮，慰平日之忧勤。繄大河之初决兮，狂流漫而稽天。御扶摇以东下兮，纷万马而争前。象罔出而侮人兮，螭蜃过而垂涎。微精诚之所贯兮，几孤墉之不全。偷朝夕以昧远兮，固前识之所羞。虑异日之或然兮，复压之以兹楼。时不可以复得兮，姑从容而浮游。倘登临之信美兮，又何必乎故丘？觞酒醪以为寿兮，旅肴核以为仪。俪云霄以为侍兮，笑言乐而忘时。发哀弹与豪吹兮，飞鸟起而参差。怅所思之迟暮兮，缀明月而成词。噫变故之相诡兮，遒传马之更驰。昔何负而遑遽兮，今何暇而遨嬉？岂造物之莫诘兮，惟元元之自诒。将苦逸之有数兮，畴工拙之能为。韪哲人之知其故兮，蹈险夷而皆宜。视蛟蛇之过前兮，曾不介乎心思。正余冠之崔嵬兮，服余佩之焜煌。从公于［斯］[②]楼兮，聊徘回以徜徉。

彭城县令石记

陈师道

庆历初，西边弛兵，益修政事。谓吏之近民莫如令，始出王官行县事，以休其民。盖自选人三考，用举者为令；令三考，用举者为京官；京官满三岁，为朝官。盖士之选者，以选士治剧县若相宜，然而犹有不合者，岂法使然哉？徐为州部五

① 原作“環”，据秦观《淮海集》卷一改。
② 字据《淮海集》补。

县，而四用选[①]令，以为难治，而彭城其尤也。昔汉宣帝责成郡国守相，班班声绩可纪。今选士为令，于古为加详，而吏治不尽如古，其故何耶？盖汉承秦弊，纲目疏阔，吏自为治，故易为功，而非王制。今法令备具，上下维持，中才可以守，而智者常患其不尽用，故其治难，无赫赫之功。虽然，善其身，明其视听，使民有所恃而不冤，亦可谓良有司矣。司马迁、班固传《循吏》，不刊县令，岂非令非王官，不登简策而不书耶？令皆天子命吏，可不自勉，使史氏[②]有述焉！令[③]厅故无[④]记，承议郎梁君始追纪其名氏刊于石，凡[⑤]十九人。记 [与][⑥]不记，不足为吏能否，而梁君力能及之，为有余也。

黄楼铭

陈师道

熙宁十年，京东路安抚使臣某、转运使臣某、判官臣某稽首言：河决澶州，南倾淮泗，彭城当其冲。夹以连山，扼以吕梁，流泄不时，盈溢千里，平地水深丈余。下顾城中，井出脉发，东薄两隅，西入通洫，南坏水垣，土恶不支，百有余日而后已。守臣苏轼念惟流亡，为天子忧，夙夜不怠，以劳其人，兴发戍兵，固弊应卒。外为长楗[⑦]，乘高如虹，以杀其恶；内为大堤，附城如环，以持其溃。筑二坊于南门之外，以适南山，以安危疑。发仓庾，明劝禁，以惠困穷，以督盗贼。宣布恩泽，巡行内外。吏民向化，兴于事功。法施四邑，诚格百神，可谓有功矣。宜有褒嘉，以扬郡县。十月二日甲子奏京师。明年元丰正月甲子，制诰谕意。臣轼惟念：祗承谟训，人神力同，敢曰为功，以速大戾？而明扬褒大，无以报称，乃作黄楼于东门，具刻明诏，以承天休而明德意。使其客陈师道为之铭。臣师道伏惟：吕尚、南仲，内抚百姓，外平诸侯，《诗》美文武；尹甫、召虎，南伐淮夷，北伐猃狁，功歌宣王。君能使人以尽其才，臣能有功以报其上，古之义也。臣师道又惟：感而通之者，道也；行而化之者，德也；制法明教者，政也；治人成功者，事也。昔之诗人，歌其政事，则并其道德而传之。后王有作，可举而行。顾臣之愚，何与于此？诚乐其君臣之尽 [道][⑧]云。臣不佞，昧死上《黄楼铭》。其词曰：

皇治惟戒，修明法度，协和阴阳。十有一年，天灾时行，河失其防。齐鲁梁

---

① 原作“县”，据陈师道《后山集》卷十二改。
② 原作“吏民”，据《后山集》改。
③ 原作“今”，据《后山集》改。
④ 原作“年”，据《后山集》改。
⑤ 原作“九”，据《后山集》改。
⑥ 字据《后山集》补。
⑦ 原作“楗”，据《后山集》卷十七改。
⑧ 字据《后山集》补。

楚，千里四达，溃乱散亡。皇仁隐忧，临遣信臣，以惠东方。羸老困[①]穷，安慰抚养，发散积仓。流人如归，居人忘危，完聚靡伤。天叙地平，明圣成能，人神效祥。灵平告成，百谷丰盈，万邦乐康。郡县祗畏，允迪圣谟，终事无荒。皇功不居，归休臣民，迩昭远扬。守臣拜手，夸大休嘉，使民不忘。改作黄楼，以临泗上，述修故常。庶民无佞，原始要终，铭之石章。以告成功，以扬德声，永永无疆！

汳水新渠记

陈师道

汳句于萧，其阙如玦。《水经》谓[②]：河至荥阳，莨荡渠出焉。渠至阳武，其下为沙，蔡水是也。其出为阴沟，至浚仪，其下为涡，别为汳。汳至蒙，别为获，余波迤于淮阳，东历萧、彭城，入于泗。《注》谓鸿沟、官渡、甾获、丹浚，与渠一也。禹塞荥泽，而通渠于甫田，其后河绝，旃然入焉，即索水也。《汉书·地理志》荥阳既有汴水，又有莨荡而受泲；蒙有获水，首受甾获，至彭城入泗。以余考之，《河渠书》曰："自禹之后，荥阳引河为鸿沟，以通宋、郑、陈、蔡、曹、卫，与济、汝、淮、泗会于楚。"而《竹书纪年》"梁惠成王入河于甫田"，又引而东，明非禹之旧也。《书》云"济入于河，东出于陶丘北"者，入而复出也；"溢为荥"者，济之别也。荥波既潴，障而东之也。《周官》又谓"豫之川，荥、洛；幽、兖之川，河、泲"，则河南无济矣。其谓"莨荡受济""禹塞荥泽而用河"者，皆失之。《汉志》莨荡无出，甾获无始，盖略之也。余谓与《经》合，而荥水诸书皆不载，又疑渠、汳为二，而荥有一焉。杜佑以《经》作于顺帝之后，诡诞无据；而《注》叙渠源，或河或泲，或河、泲合，其说不一。次其所引，《经》纷错悖戾，而《志》亦阔略，不具辨始末，盖皆不可考也。自汉末，河入于汳，灌注兖、豫。永平中，导汳自荥阳，别而东北，至千乘入于海，而河复。于是故渎在新渠之南，《注》所谓"绝河而受索"自此始。隋开皇中，因汉之旧，[导][③]河入汳。大业初，合河、索为通济渠，别而东南入于淮，而故道竭。今始东都，受退水为臭河，于畿为白沟，于宋为长沙，于单为石梁，于徐为汳，而入于南清。南清，故泗也。盖自王都而东，畿、宋、亳、宿、单、济之间，千里四来，而故道浅狭，春夏不胜舟，秋水大至，亦不能受也。萧，故附庸之国，城小不足居民，又列[④]肆于河外。每水

① 原作"不"，据《后山集》改。
② 原作"渭"，据《后山集》卷十二改。下同。
③ 字据《后山集》补。
④ 原作"别"，据《后山集》改。

至，南里之民皆徙避之，庐舍没焉。率数岁一逢，民以为病。绍圣三年，县令朝奉郎张惇，始自河西，因故作新支为大渠，合于东河，以导滞而援溺。于是富者出财，壮者出力，日劝旬劳，既月而成。邑人相与语曰："渠议旧矣，更数令不决，而卒成于吾侯，孰有惠而不报者乎？"于是不谋而同，欲纪于石，以属余。余谓[张][①]侯，其居善守，行峻而言直，以成其名；其任善议，不畏不侮，以登于治。其可纪者多矣，而诸父兄独有见于此，何也？夫善为治[②]者，人知其善而已；至其所善，盖莫得言也。渠之兴作有迹，其效在今，此邑人之欲书也。遂为之书。

思亭记

陈师道

甄，故徐富家。至甄君，始以明经教授，乡称善人。而家益贫，更数十岁不克葬。乞贷邑里，葬其父母昆弟凡几丧。邑人怜之，多助之者。既葬，益树以木，作室其傍，而问名于余。余以谓："目之所视，而思从之。视干戈则思斗，视刀锯则思惧，视庙社则思敬，视第家则思安。夫人存好恶喜惧之心，物至而思，固其理也。今夫升高而望松楸，下丘垅而行墟墓之间，荆棘莽然，狐兔之迹交道，其有不思其亲者乎？请名之曰'思亭'。亲者，人之所不忘也，而君子慎之。故为墓于郊而封沟之，为庙于家而尝禘之，为衰为忌而悲哀之，所以存其思也，其可忘乎？虽然，夫自亲而下，至于服尽，服尽则情尽，情尽则忘之矣。自吾之亲而至于忘之者，远故也。此亭之所以作也，凡君之子孙登斯亭者，其有忘乎？因其亲以广其思，其有不兴乎？"君曰："博哉，子之言也！吾其庶乎？"曰："未也！贤不肖异思后，岂不有望其木思以为材、视其榛棘思以为薪、登其丘墓思发其所藏者乎？"于是遽然流涕以泣，曰："未也！""吾为君记之，使君之子孙诵斯文者，视其美以为劝，视其恶以为戒，其可免乎？"君揽涕而谢，曰："免矣！"遂为之记。

拱翠堂记

晁补之

萧之南稍东五里，曰泉山。泉山之势，南峙而北屏。左则如涛如云，如虎如蛇，腾涌拿蹩，杂袭而相羊；右则如车如盖，如人如芝，逶[③]迤雍容，离立而孤骧；中则平原绿野，桑柘禾黍，井[④]闾沟洫，什伍而纵横。泉出于山，夏冽而甘，冬木

① 字据《后山集》补。
② 原作"始"，据《后山集》改。
③ 原作"迤"，据《鸡肋集》卷三十改。
④ "黍，井"二字原作"其三"，据《鸡肋集》改。

落[①]山瘦，泉渟而不冰。泉旁土腴润，宜五谷百果，众物皆夥。其南逾百里至于汴，舳舻万艘，以输赋于京师，以下入于江、淮、浙、荆、湖、闽、广；其北不五十里至于泗，商贾游士之载者，自大野以东，西通于齐、鲁、赵、魏之衢，以下达于淮入海。而泉山介其间，其境胜而土乐，又甚易至也。然往来者旁午，而莫之闻。虽余少长数舍间，亦莫之闻也。岂人［皆］[②]不知山水登临之可乐而争驱之？惟其憧憧而过者，皆有求于汴泗，而无求于泉山，故泉山虽近，而莫之闻。尚有美于此者，或去城郭益远，居人胜士足迹之所不至，而田夫野老常居之。林以为樵苏，为逋亡聚；而泉以为沤，以饮牛马。千百岁而无有过焉者也。且物固无情于所遭，而遗天地之美为可惜。又东北俗椎鲁，虽信美或不知择而居。居之或不爱，爱而不以语人，语人而不能夸以大之，故皆不显。盖如峄山、灵岩，或有名秦[③]已来，或名天下四绝处。与齐境诸泉，皆清泠鸣射，如线如珠，仰出奇异。以皆在东北下国僻处，故闻者往往不道，道之亦未必信，况未有名于昔者？则虽近而莫之闻，亦无足怪也。而窦君师道，世居于萧，恬淡［寡］[④]嗜好。尝为一尉，即拂衣去。读书赋诗，不以取名，而以自娱，故能独得泉山而居之。居之而爱，然不以语人，不夸以大之，曰："此乐神所秘，吾非不能与人同之，从我者寡也！"然士之慕君者，时往焉，故泉山因以知名。而师道殁十年，其子明远始益筑圃疏沼，为亭为庵，而面势作堂，临泉之上，尽山之胜。以其四达而望皆山也，则以"拱翠"名之，曰："虽然，不能尽也！"顷，余固以闻师道于徐之君子。后谪佐宋都，始识明远于国子生中。出师道诗，读而爱之。而明远因道拱翠胜绝，且图其圃，以来求文为记。而余未至泉山也，然少游吴，爱富春四合皆山，民居蚁附山上，而中大溪蜿蜒贯之。尝言："仕宦幸至守令，当求富春。"然吏居不可久也，又竟不得。况田亩耕稼、终身优游之乐哉。又尝闻胶西牢山有老人，七八辈不出山，食其山中药，皆百余岁，耳聪目明。意甚慕之，而念不可以远坟墓，欲筑室故缗城东以老。而缗去山远，相其原阜，见似山者而喜，则[⑤]泉山之往来余怀可知矣。而明远方年少气锐，日夕治其业，为扬名显亲事。则虽其居之胜，草木日茂，池[⑥]槛日修，而有时去之，得不为猿鹤林涧之辱且拒哉？昔汉隐者王儒仲与令狐子伯交，后子伯为楚相，而其子为郡功曹。子伯因遣子奉书儒仲，车服甚宠，而儒仲子方耕，见客不能仰视，儒仲愧焉。其妻曰："始君志何如？今子伯之贵，孰与君高？而惭儿女子乎！"儒仲屈起而

① 原作"不"，据《鸡肋集》改。
② 字据《鸡肋集》补。
③ 原作"奏"，据《鸡肋集》改。
④ 字据《鸡肋集》补。
⑤ "喜，则"二字原作"居闻"，据《鸡肋集》改。
⑥ 原作"治"，据《鸡肋集》改。

笑曰:“有是哉!”遂共终身隐遁。余以为师道潜德，不愧儒仲，而明远温恭慕义，非儒仲子比。且功名可求也，其成有命，则明远固不得以彼而易此也!

萧县儒学碑记

晁端中

萧之为邑，负山濒河，多古形胜。萧人拒楚，匿胥井而出之。故其城垒高大，周袤数里。游其国者，想见昔人恃险深阻之迹。今其风俗浑厚，多智虑，务农生财，独饶于他邑。然官民居庐皆聚于故垒之南，而其北独佛宇神祠、乔木数处而已。宣圣庙犹在西北无人之地，众不乐居，虽存犹废也。自皇祐逮今，登进士第才数人。故萧之士鲜知学校群居之乐，而邑之耆年长者，常以是为不足。前光泽簿窦君沔，喜儒学，有远识。其诸子侄在童龀时，已能招致四方贤士，日游其门，使夫耳目所接，皆文字笔墨间，不溺于他好。以身独当家之众务，故家益富，号为中州巨室。然子弟皆纯素如寒士。长子盥，数预州荐。其族人多有以儒业成名者。又常训曰:“凡以儒自名，而恃家之多财，最士之可耻者!”由是远近服君为有道。一日，白于邑宰孙公曰:“郡邑之学，多居文明之方，盖以利学者进取，向于高显之义。今愿于邑东择爽垲之地以徙学，可乎?”遂白于州守，许为之。乃绘图以进。其规有堂有檐，有东西序，斋房、庖厨亦各有次。像先圣、七十二子，其列有楚。笾豆簠簋、罍洗爵斝，荐献之器，其藏有次。由是邑人争愿出力，以佐其役，而令皆助之。肇始于绍圣五年三月壬子，落成于七月丁未。乃遣侄敦礼求记于余，曰:“君尝寓学于此，知萧之子弟多秀颖可教，当为之记。”因复曰:“窦君以富饶之资，能兴儒学，使为父兄者知以礼义教子弟、以学古入官者可尚也。邑人既乐公迁学之美，则君富而好礼，绝人远甚矣。其功及人者，其报当在子孙。则公之后，必有登显仕者矣!”时绍圣五年八月庚寅立石。

汉太尉陈球二碑跋

洪适

汉故太尉陈公之碑篆额[①]。陈公名球，下邳淮浦人。三剖郡符，五入卿寺，再为三公。灵帝光和二年卒。本传载:球令繁阳，郡守求贿不获，趣督邮令逐之。督邮不可，曰:“魏郡十五城，独繁阳有异政。”乃止。桂阳贼李研陆梁荆部，州郡懦弱不能禁，太尉杨秉表为零陵守，期[月][②]而贼散。州兵朱盖反，与桂阳胡兰转攻零

① 洪适《隶释》卷十先录《太尉陈球碑》文，继云“右汉故太尉陈公之碑篆额”，复次跋语，即上文。据此，则“汉故太尉陈公之碑篆额”十字似可省。

② 字据洪适《隶释》补。

陵。编木为城，不可守备。掾史白遣家避难，球怒曰：“复言者斩！”乃悉内吏人老弱，与共城守。私揉木为弓，相拒[①]十余日，会救至，贼破。诏拜一子为郎。熹平元年，为廷尉。曹节欲别葬窦太后，诏公卿大会朝堂。球忠愤奋发，抗议不挠，奸佞为之退听，史载其事六百余言。光和二年，为永乐少府，与司徒刘郃谋诛宦官，事泄，下狱死，史载其事又三百余言。大凡碑碣，率与史传抵牾。球之二碑，独繁阳事迹不同。所书零陵平贼事，虽石破[②]文阙，其存者皆与传合。至廷尉、永乐时，则一辞不措，故熹平之议、光和之谋咸无焉，殆有所畏而然也。呜呼！东汉阉寺之盛，人主拱手，君子丧气，然刚毅之士，宁接踵以赴死，不诎身以媚灶。故汉道虽曰陵迟，无法度纪纲可以凭藉，而能立国又百余年者，皆忠臣义士之力也。《汉志》雒阳城有中东门、上东门，后碑亦作“中东城门”，此碑云“换东城门候”，殆省文也。《左传》虞阏父为周陶正，而此作“遏父”；陈敬仲至齐为工正，掌百工之官也，而此作“公正”；太尉桥公，而此作“乔”，皆借用也。

又后碑跋

汉故太尉陈公之碑篆额。公既不得其死，门人或畏惮凶焰，必不敢立石双表也。两碑之前，几二百字可读。其末则文字雕落，如晨星相望。岂其间盖有愤怼哀切之语，后来亦有所惧而剔之乎？汉人隶法有所谓省文者，如“爵”之为“时”、“鹤”之为“隺”是也。经传多书“蟻”作“蛾”，似亦是省文。《左传》“蛾析”、《戴记》“蛾子时术”、《列子》“末聚禽兽虫蛾”、《黄帝纪》“淳化鸟兽虫蛾”、《元帝纪》“白蛾群飞蔽日”、《长杨赋》“扶服蛾伏”，皆读“蛾”为“蟻”。《隶释·中秋下旬碑》有“蟻附”之句。此云“蜂聚蛾动”，亦“蟻”省也。

金文

中靖大夫郜公墓志铭

訾栋

先生讳世矩，字彦礼。其先幽州人，至石晋之乱，遂之于沛，因家焉。曾祖通奉，讳化；伯祖金紫，讳奎；伯父朝请，讳敏能，皆进士登第，俱累典大郡。父儒林，讳敏德，任开州司户。宋末，兵革扰乱，家事索然，宗族解散。先生孤处乡中，多难剧贫，而无他念，惟务读诵，朝夕不辍。夜乏膏油，县君时与。燃薪继

① 原作“距”，通“拒”。

② 原作“破石”，据《隶释》乙正。

暑，精勤不知寒暑。初则治《诗》，后无文籍，惟存《戴经》全帙，遂改治焉。曾不数载，以至精通。迨废齐阜昌六年，开辟应试，作兖州解元，省试第二人，廷试第一甲第一人登第，时年三十有六。敕授承事郎、单州佥判。次任皇统三年授禄州防判，次任冠氏县令，次任京兆府推，次任朝城县令，末任河中府推官，逾岁而致仕，官至中靖大夫。先生性资端悫，居官廉直，秋毫无犯。自俭约为节，所在屡有治绩。虽州牧侯伯亦不阿事，常不以进为念，所乐者诗书而已。故在常调，亦不苟进。年才六十有三，遽然告致而归。守道恬淡，真古君子所为。年六十有七，时丁亥岁八月三日，因病而逝。有男六人，长曰敦仁，与佑、僎、俣、佐、傅，女四人，孙二十一人。曾祖通奉，暨父儒林，皆先葬夏村西北狼石沟东岸。缘旧茔濒河，水涨侵近，大定二[①]十八年岁次戊申二月六日，别葬先生于泗河之湾。始娶邓氏，病卒；再娶许氏，后娶王氏，皆封博陵县君，因祔葬焉。学生訾栋，幼蒙教养，稔闻先生行状。诸子昆仲令栋作志，辞不获已，姑述大概，以应其命。为之铭曰：

甘棠余庆，世生直臣。我公彬彬，博物洽闻。卓冠豪俊，内蕴经纶。进不屈志，退能保身。完名高节，耀乎缙绅。

徐州府志卷之二十六全

---

① 原作“三”，据万历《沛志》、康熙《徐州志》改。按：金大定只二十九年，无谓三十八年。

徐州府志卷之二十七

艺文四

元文[①]

渊德公重建祠堂记

焦景秋

渊德公者，下邳令颍川韩棱也。邳在汉为邑，公莅之，俗美而政异。邳人追思，立庙在岠山之阳，左环武水，右跨清流，诚胜概也。凡邳境水旱灾厉，咸往祷而辄应。唐贞元九年，大构祠宇。宋因之，封以渊德公，诏立碑纪其事。元改军为州，故平章政事徐忠肃公监此郡，为重葺之。岁久，栋椽毁坠，不可庇风雨。忠肃次子监归德府，过家上冢，展谒祠前，仰观周览，怆然兴慨，以为先公之所建，明神之所栖，奚忍如是？遂言于州之僚佐，咸愿捐俸共成之。尝考诸史传：公字伯师，令下邳时，他邑有冰雹之灾，邳独不雹。大臣上其事，征为尚书。肃宗赐以宝剑，自署其名曰“韩棱楚龙渊”，以公渊深有谋故尔。宋之封，亦取是与？后事和帝，位至司空。故老相传云：公平日不饮，一日侍上而醉。帝问故，公对曰：“今日为臣生辰，邳人其或奠献，所以致此。”遣使验之，果然。夫古今为守令者，俾民在位而向其化，解绶而慕其德，尚未多见也；况生而怀其惠鲜之泽，死而验其祸福之灵，鼓舞一方，奔走承奉，殆绝无而仅有矣！公名芬汉史，神馨邳土，使人不疾病，岁不凶歉，雨旸时若，冰雹不至。去世千有余岁，遗爱赫如。庙而祀之，谁曰不宜？祠成，公命予纪于碑阴。延祐三年八月十六日书。

沛县尉李君美政记

虞集

沛有尉，善其职，父老爱之，愿刻姓名于石，以示远久[②]。国子生张复，邑人也，疏其邑人之颂云：“舟车冲冲，出我沛邦。我任我载，惟尉之从，力用不穷。

① 字据文例补。

② 原作“大”，据虞集《道园学古录》卷七改。

岁饥有盗，尉制之有道。田则有蝗，尉除之有方。泗黄水患，防堤善圮。尉将役人，如视妻子。民有无告，尉缮其屋。有系在狱，尉哺有粟[①]。顾瞻学宫，乃牖乃墉。释其弓刀，揖逊有容。”复之言曰：尉尝学于济南李昌[道][②]先生，故知爱人之说。其父奉使平阳，罹地震之祸，尉以恩得官，故能感奋自树立也。嗟夫！尉于县政，无所敢自遂也，而及乎民者如此。自昔沛以勇宕为俗，今父老独不忘于一尉之善者又如此。且世之豪民猾吏，以动摇劫持为能，视一职满尉何有此？乃以终[③]爱闻，不亦善夫！使尉益自励而不至倦，虽古循吏，何以过之？有司用材者，能无考于斯乎？尉姓李，名茂，字廷实，德州齐河人，初为濮州观城尉，迁沛尉。父老曰张仲昂。

吕梁洪关尉庙碑记

赵孟頫

神有所依凭则灵。载于有国之典，人得通祀者，惟山川之神与古圣贤之祠。山川则能藏天地之精气，古圣贤则有功德于民。有以圣贤而兼主山川之祠，则向往加多，享祀亦加数焉。徐州之水，合于吕梁，而入于淮，近世乃兼受河之下流。徐州之山，自西南来，乱流而东，复起为冈峦，累累然相系不绝。水中横石数百步，其纵十倍，其上下如纵得十之二三，高出于水上者，齰齰然象人齿牙。水势小杀，则悍[④]急尤甚。舟行至此，百篙枝柱，负缆之夫，流汗至地，进以尺寸计，其难也乃几于登天。舟中之人，常号呼假助于神明。有元混一天下，凡东南贡赋之输，皆引道自此，故舟至益多，日百千万艘。有庙在洪之西堧，所祀二神：一为汉寿亭侯关公，公事汉昭烈，尝为徐州牧；一为唐鄂国公尉迟恭。相传二公治水吕梁，徐州盖有二公之遗迹。二公生为大将，殁而为神，其急人之患难，夫岂愆于素志也哉？先王制礼，能御大灾、捍大患则祀之。如二公者，盖庶几其人焉。二公所治，乃扼乎天地之巨险，在人所尤急难之地。始作庙者，董恩。庙成，奉牲酒者争门而入，拜于轩陛之间者，至不能容。人之精神萃聚于此，又挟山川之气以自壮，故祷焉辄应。每事必祝，其灵赫然。享祀之至，愈久而愈盛。于此见忠义之士，虽[历][⑤]千载，遗烈犹不泯也，岂不伟哉！恩，下邳人，尝为驿官，性敦朴，笃于事神。予往年被召，数往来洪上。恩砻巨石为碑，征余为文。余至京师，文成，书以遗之。皇

① 原作“尉哺之有粟”。案《道园学古录》及嘉靖、万历《徐州志》，“之”字衍，今删。

② 字据《道园学古录》补。

③ 原作“忠”，据《道园学古录》改。

④ 原作“捍”，通“悍”，今从正统《彭城志》及嘉靖、万历《徐州志》用字。下之“增悍兴怒”亦同。

⑤ 字据正统《彭城志》卷十四补。

庆二年十月十七日也。铭曰：

於赫二神，奋发雄武。际会风云，服事英主。维时英主，遇会无间。左顾右盼，力剪祸乱。生为大将，死为明神。能介景福，以祐下民。徐合众流，浩浩南注。石扼中路，增悍兴怒。舟人至此，罔不震惧。日进万艘，谒庙致祭。刲羊割豕，罗拜轩陛。神所主治，多部将吏。号呼乞灵，缓急如意。拔人于险，振人于扼。水循[1]故道，湍驰崩迫。鼋鼍蛟龙，各守其宅。神依于人，英威凛然。千载不泯，祷祀益虔。作庙距涯，允壮且丽。碑铭我词，以告来世。

元故资政大夫江南诸道行御史台侍御史韩文公权厝志

吴海

岁辛亥三月二十四日，行台侍御史韩公卒于福州光泽里寓舍。五月甲午，其子儒奉公柩，槀葬于城东之凤丘。送者若干人，皆涕泣相吊。行道观者莫不咨嗟，以为难得。既卒事，乃众相与谋曰："呜呼！惟公宿德重望，嘉政休烈，有不待言而彰、纪而垂者，惟是假厝于兹，不可以弗识也！"则又众应曰："诺！"于是，公之门人新安郑桓述公行实，以来告郡人吴海，请书其墓石。按：公讳准，字公衡。先世居滕，金源时迁曲房，迨今八世为沛人。公生六岁始能言，七岁能行，沉重好学。年二十，登进士第。授承事郎、同知孟州事，擢河南儒学副提学，调儒林郎、德安府推官，选太常博士，拜监察御史，转奉训大夫、佥河南北道廉访司事，改奉直大夫、江西湖南道佥事，加中奉大夫、南康路总管，进中宪大夫、本道廉访副使，升正使，授中奉大夫、江西行省参知政事，徙行台治书侍御史，进资善大夫、江浙行省左丞，又改福建廉访使、资政大夫，后为侍御史。公方为别驾时，州大饥疫。公出入赈救，所乘马至不忍食豆粟，或杂草以饲之，则并草不食，人谓感公化。冬时，蝇集州署，公令民广藏冰。明年大热，病者赖服冰以愈。在河南，有陂田若干顷为水所泛，守令因循不治。公行部至，敕有司率民障堤，岁收粟数千斛。壬辰春，蕲黄寇围江西，平章、道同出避，宪臣从之。独公与右丞万伯颜谋，遣郎中伯颜不花出战，而公慰抚居民，民大感励。相持五十四日，城赖以全。南康累经兵火，城内荒茀，公舟居以治，招民复业。归者既众，遂葺草屋为署。野豕残民禾，公吁于神，豕遂去，不为害。戊戌岁四月，陈友谅攻破隆兴城，来见公。公疾，面壁卧不起。友谅曰："吾向为县小吏，已闻公名。"公不答。既去，使人致糗，公拒不受，然竟不敢加害。壬寅春，脱身入闽，朝廷嘉公，授江西省参政。江西无治所，寓顺昌。公志在收复，扶疾以往。迨复为侍御史，以告老章上。而是

[1] 原作"道"，据正统《彭城志》，嘉靖、万历《徐州志》改。

冬城陷，公藉稿堂下，以丧礼自处。吏来迫公宣敕，公取枕以卧，厉刃向之，曰："此吾所受于君者，必欲取之，并取吾首去！"吏不敢迫。迨新制，变冠服，由是著帽终日，未尝去首。园瓜有苦者，辄取尝之。及病甚，遂不服药以终，年七十有三。配李氏，继丁氏，累赠南阳郡夫人。三子：洛安、燕安俱早卒；为后者，儒也。公考讳彧，累赠中奉大夫、河南北等处行中书省参知政事、护军、南阳郡公。祖讳润，累赠嘉议大夫、佥书江浙等处、行枢密院事、上轻车都尉、南阳郡侯。妣王氏，祖妣朱氏，皆累赠南阳郡夫人，以公显。公性俭素，平居泊如，常端坐，寡言笑。然对宾客、朋友谈论，亹亹不倦。尝读小学书，至老莱子诈跌仆地，曰："设有所损，岂不反贻忧乎？"其端如此。为文章简古，不事华藻，有《小学书阙疑》《水利通编》藏于家。呜呼！士之处平世，贤不肖不能大相异，顾君子若不足，小人反若有余。及遇变故，然后君子之所守，凝然不挠；而小人颠倒反易，凡平日所以夸众眩世者，悉丧气而不存矣。福城之陷，能蹈死守节者不三四人，其叛恩取宠者比比然。是若公，可谓纯臣矣。铭曰：

行务实，不几以文昌。政为循，不几以名扬。气直以刚，文静有常。遭运之倾，其节益彰。右史有作，考予铭章。

徐州洪神庙碑记

傅汝砺

中原河山形胜，彭城为最。河源出昆仑，万里西来，宣房水之灵府，神明实主之。吞泾纳渭，历砥柱而东，狂澜冲突，缠纬畿甸，变迁无定。由汴渠故道，掠彭门而与泗、汶通，其势弥盛。郡城东南，双洪对峙，奔流砰湃，汇为涛渊。国朝收复残宋，车书混一。无思不服，重译入贡。舆琛辇赀，必由彭城。使者旁午，殆[①]无虚日。连樯巨舶，络绎不绝。百步洪东岸，旧有祠宇。下瞰洪涛，高崖峭壁，无云而雷，鼋鼍出没，人所惊嘻。横波之石，廉利侔剑戟。凡至洪下者，必舣舟弭楫，股栗［心悸］[②]，睥睨不敢发。莫不割牲酾酒，恭谒庙貌，睢盱侦伺，以听神命。吉凶逆从，昭答如响。少有凭忽，舟上下失势，沦溺者往往有之。曩岁江淮未附，邳徐之境，家犀户鹤，民不聊生。庙亦草创，岁久摧圮。郡侯赵克明与其寮属，慎乃庶绩，整其隘陋，倡率资助，醵钱为五百万缗，创建殿廊，焕然一新。夫天一生水，善利万物，民所以取财用也。《礼》云："三王之祭川，皆先河而后海，曰源也，委也，此之谓务本。"后汉元光间，河决瓠子，白马沉璧，历代所宗。与夫泯

① 原作"适"，系"迨"形讹，径改。
② 字据正统《彭城志》补。

竭其力，以奉无名之水土者，可同语哉？侯请予为文纪之。比者宦游南国，亦尝祷于祠下，目击其状。故泚笔以纪其实。夫《易·需卦》：“需者，待也。”为险在前，须有所待也，可不慎欤？乃系之以辞曰：

纳纳提封，徐当其中。奎娄之方，白羊之宫。河山襟带，惟徐最雄。河源西来，常骛于东。郡城之角，泗汶潜通。乱石横波，对峙双洪。奔流澎湃，汇为涛潨。驿船市舶，往来憧憧。殊方辐辏，津梁要冲。涛头出没，鼋鼍喁喁。惟天设险，鬼凿神工。少有凭忽，沦溺是从。灵源弘济，历代所宗。孰其尸之，护国金龙。再新祠宇，龟石穹窿。恭奠侦伺，是效是崇。蘋蘩之荐，可羞王公。神其默相，报汝亦丰。惟至德溥，远迩攸同。屏卫王室，万世无穷。

萧县儒学记

傅汝砺

萧邑介大河之间，黄流漫漶，自古为害。南北两城，居民不能奠厥攸居。往者，庙学置于北城西墉之上。宋绍圣五年，因遭洪水，移于南城。继以狂澜四围，屡有废弛。至元丙子，一新于北城。岁久，悉皆芜没于苍烟灌莽之中。至元丁丑，县尹耶律廷瑞慨然兴复，遂于南城之东，买隙地二十亩有奇，积土聚财有所待。适廉访分司完颜公至，合其议，复指示地西偏面阳爽垲之墟，创建殿庑、堂斋、棂星门。翚跂翼齐，焕然一新，为多方之冠。萧县复立六十载，未闻有道义功烈显于时者，亦无一宾兴于场者，是岂其才之不足哉？抑为政者未有以兴起之也。今庙貌完，学校兴，有司、宪司交相勉励，不亦幸哉！诸生孜孜读书，以孝悌忠信正其心，以礼义廉耻修其身，则名声将有不可掩者，岂独乡闾之光，抑亦不负圣朝之意。斯役兴功于戊寅春正月，收功于冬十月。落成之日，士庶咸请立石，以传不朽。予目击其美，故乐为之书。

明文

祭吕梁青山龙神文

孝宗

维弘治七年，岁次甲寅，十二月丙戌朔，越二十六日辛亥，皇帝谨遣内官监太监李兴、太子太保平江伯陈锐、都御史刘大夏，以香币牲醴，祭告于吕梁青山龙神曰：比者黄河不循故道，决于张秋，东注于海。既坏民田，又妨运道。特遣内外文武大臣，循行溃决之处，督工修筑。神其默相，用成厥功，使农不失业，国计不亏，不胜惓惓顾望之至。谨告。

圣庙碑铭

宋濂

洪武二年秋八月，孔子庙学成。凡历日一百二十，费功三千。徐为名镇，素多佳士，孝友如刘敬宣，忠义如赵立者，班班而是。《传》所谓“习俗好尚与邹鲁同”，盖不诬也！侯之兴学，将以前人望人。徐人士奉亲必孝，事君必忠，庶弗悖于侯之教。铭曰：

古之建学，释奠寓焉。神以牖民，必身为先。师废学微，专视庙报。祀事虽严，匪及乎教。徐为名区，学与庙俱。正之于古，亦曰庶几。皇明御天，海宇肃清。选贤出守，用宣邦经。时维文侯，来治兹土。不鄙其民，视如邹鲁。乃抚厥民，尔民固灵。弗莅于学，孰励其成？相惟故址，既陋且僻。卜迁南东，我龟孔食。乃协其程[1]，乃直以绳。乃经乃营，日夕靡宁。有殿言言，有堂矗矗。有庑轩轩，有门肃肃。视其斋庐，有师有儒。亦有生徒，执经而趋。学究六经，讲切六艺。夜以继日，莫之或替。人之所学，在孝与忠。忠孝一缺，昧其天衷。搜猎载籍，无征弗记。务贪得多，君子所刺。摛为篇章，葩藻是耽。斯谓偏徇，小人之甘。必蹈大中，内外孚浃。蕴于身心，著于事业。贤侯兴学，实阐化基。岂曰土木，崇其巍巍。铭以著之，作者太史。用推本原，以告徐士。

砀山儒学记（正统）

刘球

皇上嗣天下之明年，选风纪之臣，分督郡邑学政。其陛辞也，首敕建葺庙学。四年，砀山县学孔子庙告成。其崇以寻计者四，广以丈计者六，邃以尺计者三十有奇。斋堂门庑之展，庖廪之扩，莫不称之。其地夷，其材硕，其构坚，其绘藻，规制壮丽于初。官不伤费，民不知劳，何易臻此哉？砀令衡水杜钊课最当迁，以民乞留，增秩还官，来请予记。因问倡斯役者，则曰：“初督学御史庐陵彭侯勖命之迁，继督学御史庐陵孙侯鼎饬之完。”又问宰斯役者，则曰：“前知县事刘伯吉实经始之。继而程工制用，以克有终者，钊也。”又问赞襄斯役者，则曰：“前谕李孟玉、张观兴，今谕丘纯、训徐忞，以及丞刘全、典史周文中，预有力焉。”嗟夫！道在天地间，万世犹一日也。二帝三王之后，生一孔子，四教所以立，六经所以明，百王之法所以备，此其所以世为天下师也。皇上御极，即命郡邑隆其祀事。隆其祀，所以尊其道也。从事斯役者，克率厥职，岂非斯道之幸与？诸士诵其诗书，习其礼乐，敏而为达财，粹而为成德。得志行所蕴，不得志仁其家、善其乡里之俗，安往

① 原作“成”，据正统《彭城志》改。

而不得于道哉？其勒之石以志劝。

权学士墓表

高穀

按状：公讳谨，字仲常，其先河间人。八世祖讳邦彦，字朝美，宋大观中知冀州。扈驾南渡，位至参知政事。卒，谥质肃。公生五子，仲曰义，自河间徙东昌。至公之父执中，复徙于沂。洪武初，挈公自沂徙于彭城，遂家焉。公十岁，父卒，母李氏辛勤训诲，俾务于学。既长，益自刻厉读书，以真知实践为务，暇则精研于书数。郡守杨节仲延训子弟，一时名士交游者众。兄度，举贤良，授山西寿阳丞，谪戍辽左，遂罄资以给其行。姊适郡人张纯，早卒，公为置茔原以葬之，奉寡姊尽礼，抚孤甥如子。其孝友之笃，出于天性然也。永乐丙戌，户部主事吕宁以求贤荐，授知青之乐安县。其俗旧多盗发冢，既取所藏，暴露甚惨；与人微有隙，辄衔之，阳弗与较，暮夜则使人以锄锸铲其禾稼。民甚苦之，公皆严以禁绝。奸黠数辈恒持里中及有司短长，胁人以逞其私，公执渠魁一人置于法，余皆屏迹。不数月间，其廉明仁恕，为山东六郡邑令之首称。庚寅、甲午岁，太宗文皇帝亲征北寇，公两给饷于沙漠，三督军于青社，其他效劳多类此。板舆迎母，远就禄养；葬兄旅榇，抚其妻子；绝食祷旱，霖雨沛作；盈城水咸，甘泉涌出，精诚格于穹壤。迁光禄署丞，奉职惟谨。未几，以目疾归。后，母年九十令终，公哀毁几绝，葬祭一循《文公家礼》。倚庐墓次，负土成坟，种柏成林，朝夕哭奠，常如初丧。有乌鸣、犬来、泉涌、兔驯之异。元日黎明，祭于墓所，忽有相貌乘骑浮空而至，乡人皆以为孝感所致。郡守杨秘等交奏，仁宗昭皇帝命驰驿之京。及以事闻，上曰："高声再读与众官听！"盖以公之孝谕群臣也。特拜文华殿大学士，公辞曰："臣少孤失学，恐不能称其职。"上曰："止着东宫学尔孝，其余免尔。"制书判本曰："朕之除卿，嘉汝之孝，欲以风励天下之为人子者，他非汝责也。"恭祀文皇，以公为群臣班首，哭之哀。上嘉之，赐牛羊首、果饵、脯醢之类。随侍皇太子监国南京，得辅道体。宣宗皇帝继承大统，以老疾辞，遂进秩通政使司参议致仕，受白金、文绮、朱衣之赐，仍敕礼官旌其门曰"孝子权谨孝行之门"，永蠲其家徭。配刘氏，孝敬慈惠，寡于言笑，终身被服布素。夫德妇贤，闾里称之，后公五年卒。子男二：长曰伦，领丁酉乡荐，终养不仕；次曰僦。女曰淑安，适陆宾。孙男三人：宗，太学生；次宝，次宇。孙女三人，俱适士族。

重修石佛寺记

吴瑞

去徐城南二里而近，有山曰云龙山，寺曰兴化寺。山南有石，好事者刻为巨佛首，故山又名为石佛山，寺亦名曰石佛寺。“石佛”之称近于事实，故其名独行于世，而“云龙”“兴化”遂泯然。其两名皆莫究其所由始，名之沿革亦莫知其昉于何时。按欧阳公《五代史》，当唐昭宗景福二年，朱全忠遣其子友裕攻节度使时溥于徐，败溥军于石佛山前；苏子由《黄楼赋》有曰“巨佛之峰”。是知石佛山在唐、宋已著其名矣。我皇明洪武戊寅，有僧胜吉建大殿，为石佛之覆。宣德癸丑，殿毁于火，而石佛岿然独存。至正统丙辰，嗣僧文安复鼎新之，益以法堂、三门、方丈、两庑，具载同知喻则成《记》。距今五十余年，久而梁栋檐楹剥落，堂庑门槛又皆残缺不完，无以为僧众皈依。成化丁未春，诸君子修禊事于兹山中。贵则有太监高公瑛、左监丞马公敬、右监丞韦公通、工部郎中曹公以贞，户部主事孙公以蓄、康公孝隆，暨予七人。览其倾圮，为之怆然。诸君子合辞于高公曰：“是为法筵之地，岁久狼藉，不葺之功，将转而为葵麦之墟矣。矧予辈各以王事，分理兹土，咸欲来游观，以发舒其郁滞。今日起废之寄，非公曷宜？”高公曰：“诺！”遂命徐州左卫镇抚杨颙董其事。而远近大家闻风而来，施财相役，雾滃云集。于是鸠工兴作。缔构之精，庄严之丽，日光霞彩，顿还旧观。有井在山顶，弃而不食者累年。公又发其瓦砾，泉甘如初，僧人免远汲之艰。始事于丁未五月，工讫，遂属笔于予。惟先王之创栋宇也，室以居生，窀以送死，坚而为城郭垣墙，高而为楼观台榭，凡以为民也。彼佛氏以清净寂灭为教，其说有不严而威，不疾而速之妙。故凡名山长谷、穹楼广殿，以崇其居，妥其象，弘其化基。其来也远，莫可得而致诘矣。然是山为一州之镇，诸君子又皆莅兹地，乘暇而来，登高眺远，于以舒其志之滞，以宣其气之郁，则气清而志达，事理而政成。昔人谓游观之道有裨于化理，不其然乎？是则公今日修葺之勤，又为吾徐人无穷之利如此，乌可以不书？遂书之为记。

颜瓌墓祭文

彭勖

公名瓌，字伯玮，庐陵芗城人也。相传为唐鲁公之裔，素以学行称于州里。洪武末，由明经授知是邑，民悦其政。靖难兵压境，父子同日就死。邑人义之，遂敛葬焉。岁久冢平。正统初，监察御史彭勖巡教至邑，询于致仕户曹孟式，得其葬处，乃令有司起坟立祠，而祭之曰：人孰不死，公独死义。荒冢累累，我独公祭。勖非要誉于乡党，盖欲振纲常于百世。维灵爽之洋洋，永庙食于此地。

登仕郎马文重墓志铭

王守仁

沛汉台里有马[1]翁者，长身而多智。涉书史，少喜谈兵，交四方之贤，指画山川道里，弛张阖辟，自谓功业可掉臂取。尝登芒砀山，左右眺望，嘻吁慷慨，时人莫测也。中年从县司辟为掾，已得选，忽不惬，复遂弃去。授登仕郎，归与家人力耕，致饶富，辄以散其族党乡邻。葬死恤孤，赈水旱，修桥梁，惟恐有间。既老，乃益循饬。邑人望而尊之，以为大宾焉。年八十六，正德丙子四月三日，无疾而卒。长子思仁，时为鸿胪司仪署丞，勤而有礼，予既素爱之。至是，闻父丧，恸毁几绝。以状来请予铭，又哀而力，遂不能辞。按状：翁名珍，字文重。父某、祖某、曾祖某，皆有隐德。子男若干人，女若干人。以某年月日，葬祖茔之侧。为之铭曰：

丰沛之间，自昔多魁异材力。若汉之萧曹，使不遇高祖，乘风云之会，固将终老其身于刀笔之间。世之怀奇不偶，无以自见于时，名湮没而不著者，何可胜数？若翁者，亦其人非耶？然考其为迹，亦异矣。呜呼！千里之足，困于伏枥。连城之珍，或混瓦砾。不琢其章，于璧何伤？不驾以骧，奚损于良？呜呼马翁，兹焉允臧！

萃墨亭记

邹守益

昔苏文忠公偕山人张天骥、诗僧道潜，乘月游百步洪，纪十六字于石。成化庚子，督洪主事尹君廷用获之水中，作亭于洪之洲以覆之，名曰“苏墨”，旁建清风堂、追胜亭。士君子各赋而记之。比年河决丰沛，徐多水患，亭悉圮。正德己卯，陆君德如葺之。比复圮。嘉靖二年，李君汝兰甃石筑基，复作亭其上，置苏墨及诸碑刻赋咏，名之曰“萃墨”。予将之广德，汝兰以记请。呜呼！十六字之存毁，于东坡何加损？而诸君惓惓收拾，瞿然戚其沦没者，岂繄重其墨，将重其人也。文忠公天才骏逸而记问浩博，有傲睨一代、凌厉万类之气举，宠利窘困不足以缚之。故立朝守官，侃侃自立，而野叟缁流，江风山月，无往而非超然之境。世之爱仰之者，如朱鸟黄鹄，冥不可睹，虽其残翮零羽，犹将珍而藏之。彼冒利怙权以挤公者，不啻枭獍之声，闻而恶之矣。凡登斯亭、抚斯墨者，其惕然尚友于公，正直自持，勿随人俯仰，以日进于高明，庶后之爱仰之者，亦将复如公也。汝兰才充而年富，沛然有愿学之志，因贻此以勉之，并以谂后之督洪事及四方之来游者。

---

① 原作“高”，据《王文成全书》卷二十五改。

疏凿吕梁洪记（文征明书）

徐阶

君子之为政也，其必本诸万物一体之学乎？万物生而同出于天，其始也，本一体也。惟夫自为之私胜，而又不知学以求之，于是其情日疏，其势日隔，忧喜好恶，漠乎不相关，而善政始日以废。盖昔颜子问仁，孔子告之克己复礼；及问为邦，孔子告之以四代之礼乐。说者曰："克己复礼，学也；四代之礼乐，政也。"呜呼！政与学析而为二，则亦不知君子之所以为政者乎？今夫语治，至于虞夏商周；语人，至于舜禹汤武，其亦无以加矣。然而孔子冒非圣之嫌，弃反古之惑，举其所谓礼乐者去取之，而不顾里巷之浮言。其在士大夫之身，曾不足为损益；而世之君子，恒至于畏且忌，而遂罢其所当为。何孔子之勇，而世之君子其怯甚也？孔子之学，以为万物一体。视天下之政，有一不宜于民，不啻疾痛之在身也[①]，惕然惟去之之为快。故虽前圣之制作，不得而徇。世之君子，莫不有自为之私焉。故虽里巷之浮言，惟恐其足以为吾累，而不肯以易天下之安。夫其自为之私，是则所谓己也。己克而礼复，则能以万物为一体，而行四代之礼乐。四代之礼乐行，则化理洽，而天下归其仁。是则孔子所以告颜子之旨，而政与学未尝二者也。呜呼！斯义晦，而天下无善政矣。我国家漕东南之粟，贮之京庾，为石至四百万。其道涉江乱淮，溯二洪而北，又沿卫以入白，然后达于京师，为里三千[②]而遥，而莫险于二洪。二洪之石，其狞且利，如剑戟之相向，而虎豹象狮之相攫，犬牙交而蛇蚓蟠，舟不戒辄败，而莫甚于吕梁。吏或议凿之，其旁之人曰："是鬼神之所护也！"则逡巡而不敢。嘉靖甲辰，都水主事陈君往莅洪事，恻然言曰："古之君子，苟利于民，则捐其身为之，矧里巷之浮言，其不足听。盖审而以罢吾所当为，是厚自为，而为民薄也！"遂以二月二十六日，率其徒凿焉。众亦闻君言，以为仁也，咸忭以奋。阅三日，怪石尽去，舟之行者如出坦途。于是洪之士民来请余记。始君为诸生，余幸识之，常与言万物一体之学，君欣然受焉，不意其果能行之也。今天下之政，不宜于民者多矣。然而论者知求之政，而不知求之学，往往以自为之私为之，故其说愈长而善政卒不可见。其甚也，谓学不可以施诸政，而学校之设，六经之教，亦且为具文。夫孰有知孔、颜之授受者乎？余故因君，推本而记之石。君名洪范，字锡卿，辛丑进士，浙之仁和人。

---

① 嘉靖、万历《徐州志》及现存残碑作"在己"，康熙《徐州志》作"在也"，本志据加"身"字，其义尚同，兹从原文。

② 原作"数百"，现存碑刻剥落。据文义言，当以嘉靖、万历《徐州志》"三千"为是，据改。

漕运新渠记

徐阶

先皇帝之四十四年秋七月，河决而东注，自华山出飞云桥，截沛以入昭阳湖。于是沛之北，水逆行，历湖陵、孟阳，至谷亭四十里。其南溢于徐，渺然成巨浸，运道阻焉。事闻，诏吏部举大臣之有才识者督河道。都御史，直隶、河南、山东之抚臣，洪闸之司属，暨诸藩臬有司治之，得今万安朱[①]公衡。爰自南京刑部尚书，改工部尚书，兼都察院右副都御史，奉玺书总理其事。公至，驾轻舠，凌风雨，周视河流，规复沛渠之旧。而时潴者为泽，淤者为沮洳，疏与塞俱不得施。公喟然叹曰："夫水之性下，而兹地下甚[②]，不独今不可治也，即能治之，他岁河水至，且复沦没，若运事何?"召诸吏士及父老而问计。或曰："道南阳折而东，南至于夏村，又东南至于留城，其地高，河水不能及。昔中丞盛公应期尝议凿渠于此，而不果就。其迹尚存，可续也。"公率僚属视之，果然。驰疏以请，先皇帝从之。工既举，而民之规利与士大夫之泥于故常者，争以为复旧渠便。先皇帝若曰："兹国之大事，谋之不可不审也!"敕工科右给事中何君起鸣勘议焉。何君具言旧渠之难复者五，急宜治新渠而增其所未备，以济漕运。诏工部集廷臣议，佥又以为然。诏报可。公乃庐于夏村，昼夜督诸属，程役以工，授匠以式，测水之平，铲高而实下，导鲇鱼诸泉、薛沙诸河，会于中坝三河口，以杜浮沙之壅；堤马家桥，遏河之出飞云者尽入于秦沟，涤泥沙，使不得积。凡凿新渠，起南阳迄留城百四十一里有奇；疏旧渠，起留城迄境山五十三里。建闸九，减水闸十有六，为月河于闸之旁者六，为坝十有三，石坝一。堤于渠之两涯，以丈计者四万一千六百有奇，以里计者五十三。为石堤三十里，又疏支河九十六里，修其堤六千三百四十六丈。而运道复通，由徐达于济，舟行坦然，视旧加捷。阶惟国家建都燕蓟，百官六军之食，咸仰给于东南。漕运者，盖国之大计也。自海运罢，而舟之转漕，独兹一线之渠。其通与塞，又国之所谓大利大害也。河势悍而流浊，塞之则复决，浚之则辄淤。事在往代及先朝者姑弗论，即嘉靖间，疏筑之役屡矣，而卒未有数岁之宁。则今徙渠而避焉，诚计之所必出也。然当议之初上也，或以为方命，或以为厉民，哗之以众口，挠之以贵势，诬之以重谤，胁之以危言。于其时，公之身且不能自保，况敢冀渠之成哉?赖先皇帝明圣，不怒不疑，徐以公论付之谏臣，择两端之中，而因得夫远猷之所在。由是，公始得竭智毕力，以竟其初志，而质其谋之非迂。然则兹渠之成，固公之功，实先皇帝成之也。昔禹受治水之命于尧，尽舍其前人湮塞之图，而创为疏导

① 原作"未"，据康熙《徐州志》、万历《沛志》、夏镇现存碑刻改。
② 原作"其"，据万历《徐州志》、万历《沛志》、夏镇现存碑刻改。

之说。彼其骤闻焉者，岂无或骇且谤乎？惟尧信之深、任之笃，至八年而不二，禹是以得建万世永赖之绩，奉玄圭以告厥成。则洪水底平，虽谓尧之功，可也。而虞夏之史臣与后世之文人学士咸知称禹，而莫知颂尧。呜呼！此尧之德所以为无能名也欤？洪惟先皇帝力持国是，以就兹渠，功德之隆，较之帝尧，可谓协矣。阶曩岁备员内阁，尝屡奉治河之谕。迩谢政南归，复得亲至新渠，睹其水工而考论其事之始末，追感往昔，不知涕泗之交颐也。遂因公请，僭为之记，且以告夫修实录者。役始于四十四年十一月二十四日，成于次年九月初九日。用夫[①]九万一千有奇，银四十万。赞其议者，河道都御史孙公慎、潘公季驯；经理于其间者，工部郎中程道东、游季勋、沈子木、朱应时、涂渊，主事陈楠、李汶、吴善言、李承绪、王宜、唐炼、张纯，参政熊桴，副使梁梦龙、徐节、胡涌、张任、陈奎、李幼滋，佥事董文寀、黎德充、郭天禄、刘赞，并列名左方。

新迁庙学记

冯敏功

徐，故彭城郡，用武地也。汉晋而下，若韦孟、刘更生、龚胜、张昭、刘隗、孝绰、知几诸人，冥搜玄骋，翼道传经，劲气直节，扶纲植纪，后先相望焉。盖山川融会，风气攸钟，其代有杰人，亦地灵使然也。旧有学，在州治东南。其后洪水遁城，淤沙日垫，学宫居泽，若盘盂然。少司空余姚翁公行部至徐，病其卑隘弗称也。升高凝睇，四顾踟蹰，见西南诸山迤逦而来，跃为云龙，翔于凤凰，驰于戏马，蜿蜒入城，历州治而东，土脉隆起，东尽于城而逼于河滨。公曰："是谓势来形止，山川之所界也，风气之所结也，是最吉。"乃仓储故地，遂谋于仓部大梁朱君，易而授宫焉。抚大中丞临川陈公、临海王公，河大中丞归安潘公、少司马南昌万公，按使者宁乡王公、汾州张公，协志崇教，饬工佐材；而州守章子世祯、刘子顺之相继效劳，群工乃作。中为文庙，正殿五楹，东西两庑各十二楹。庑之东北为神库，西北为神厨。前为戟门，门之左为启圣祠，右为五贤、名宦、乡贤三祠。又前为泮池，跨石梁。又前为棂星门，前为儒林街。街之南为文明坊，街之左为育才坊，街之右为兴贤坊。文明坊之前为莲池。文庙之北为明伦堂，东西为斋各十二楹。堂之北为敬一亭，又北为尊经阁。堂之右为学正廨一、训导廨一，堂之左为训导廨二[②]。而学之门，则直训廨而南，共适儒林街。缭以周垣，东西四十丈，南北三十六丈。地址之恢，黉宇之壮，视旧宫有侈焉。于是应璧耸左，郡谯埒右，云龙

① 原作"人"，据万历《徐州志》、万历《沛志》、夏镇现存碑刻改。
② 原作"三"，据万历、顺治、康熙《徐州志》改。

峙前，汴河绕后，而黄楼背护，俯雉昂霄，莲池清漪，袭芳铺丽，群山映翠，环水为清，诚形胜之要区而文明之奥宅也。是役也，经始于隆庆己巳冬，竣于万历癸酉春。功承乏徐臬，乐观厥成，诸士属之言。窃闻山处者，其人多劲直，其敝也峭急而少文；水处者，其人多文秀，其敝也浮靡而少实。徐山水甲天下，而直节文艺之士，犹有古先英哲之余风，固彬彬若是盛矣。然峭直浮靡，间有不免，则变化气质，以适于中和，是在诸士子学问之功耳。其尚懋修华实，用广思皇，追踪先哲，以无负诸公作兴之盛心，其于山川尚亦有光哉，其于斯役尚亦有光哉！

徐州护城堤记

张鹤鸣

宋元祐间，黄水突至，城不浸者三版。适东坡守徐，多方防护，城赖以全。及水涸，乃构黄楼以压之。复筑堤，由城南门以达云龙山麓，用戒不虞。徐之城在宋已危矣，而今之河益非宋之河也。昔出荥泽由寿州入淮，出祥符由怀远入淮，近以陵寝故塞。全河之水统由秦沟，直射城之东北，倾泻南下二洪。[泥沙][①]停壅，河身渐高，由外视城，形如仰釜。每夏秋之交，巨浸周遭，风鼓洪涛，势凭吞吐。浸灌既久，土脉皆润，地泉涌出，不雨而溢。于斯时也，孤城屹立，人人惟鱼鳖是惧。万历初载，中阳舒公总宪于徐，下车阅城，惊谓郡守刘侯曰："徐为天下襟喉，而洪水一至，被地浮天，所恃以全，惟此城也。今破碎如此，万一决裂，祸延元元，不知谁执其咎？宜筑护堤，以捍其外。"侯应之曰："顺之夙有是心矣，苦于无备。二年以来，所省不经之费储之官帑者二千五百金有奇，于用恐未充，奈之何？"公曰："簉事之后，当别为区画。不可以时绌而濡迟也。"惟时晋阳张公为计部使者，公语之曰："徐之城，军民错处也；堤之筑，军民举安也。请以军便二千金助。至于力役，民劳其七，军劳其三，则其事易集矣。"晋阳公曰："诺！"议既克合，公遂与侯登陟相度，务为一劳永逸之图。四周共二千六十四丈，自城东南转角楼以迄东门，自鄢家巷以迄四大王庙，堤以石甃者一百七十五丈。自小土山东麓以迄城东南之板桥，自黄茅冈绕西门，经洪福寺以迄鄢家巷，自四大王庙以至东门，堤以土筑者一千七百丈。其尺度之高下，基面之广狭，石者与土异，当水冲者与漫流处异，地势高者与卑下者异。若堤之近水者，多用汉人筑瓠子法，以竹笼贮石，盘护堤根，以防冲啮。又自城西北隅迤至东南，城下制濠，制水柜以泄城内之水，即东南转角楼之下，为减水闸一座，以时蓄泄。因户出夫，凡役夫以四千六百五十名计。夫役日给之食，各艺给食而兼其直，加以竹木铁石，费五千两有奇计。经始于

① 顺治、康熙《徐州志》俱脱二字，今据万历《徐州志》补。

万历二年季秋，告成于明年季春，间以冱寒休暇者凡一月而讫事也。方公与侯之肇斯举也，士民群然哗曰：“洪水滔天，民不堪命。食无所需，居无所定。妄兴大役，卒劳百姓。”公曰：“人情难与虑始，当勿为摇也。”侯曰：“以民事而任怨，顺之诚甘之！”遂毅行无阻。既而夫[①]役之直，日可食二人；各艺之直，日可食三人。兴造之中，阴寓救荒之策。民始欣欣焉，子来之恐后也，不日告成。逶迤袤亘云龙之麓，若白虎列序而蹲踞[②]也；汴泗洪流，若苍龙承隅而蚴蟉[③]也。有基无坏，我墉言言。凡厥人士，瞻眺裴徊。属张子鹤鸣而记之如左。

敷陈里甲条鞭审派疏

张贞观

臣本庸谫，谬以职掌，实叨耳目之司，一切民隐吏蠹，例当与闻。倘有所知，何敢终默？谨以里甲当议处者，为皇上陈之：自民间苦里甲，而后有条鞭之法。是条鞭之行，所以苏里甲之困也。然里甲之累有一分未除，则便是条鞭之法有一分未尽。但据所知，则固有已征鞭银而复役里甲者，亦有限年头役、名色，依然照旧佥派、私贴无算者。业已征其银而复役其身，是民昔之所苦者一，而今之所苦者二也。且头役、私帮出自见年，偏累犹昔，何称鞭法？臣尝备员山东，见鞭法之行，较若画一，民间大称苏息，何江北辄不同也？臣谓较若画一，既已改行鞭法，即当悉去见年。其间有重差，如提锁甲首、走递马匹之类，私帮之数视正额固多，俱应明鞭，不应暗贴；俱应派之合境，不应帮之里甲。至于官府一应供应之数，宁从其优，无过于减。仍严为申禁，必不使里甲复至私用，庶里胥之科扰可杜，而灾地之累苦亦尚可少舒矣。若徒上沽节省之空名，下受贴敛之实祸，是掩耳盗铃者类也，臣未见其可矣！审派大约三年两次，原为全用里甲佥派，头役中有私贴数倍者，恐致偏累，故为是以均。今悉改行鞭法，惟征差银户，则虽悬苦乐，颇无大异。物力消长，岂遽至月异而岁不同也？臣尝为令，备知扰民之最大者，无过均丈与审鞭。均丈一次，其费可抵半岁之粮；审鞭一次，其费可抵半岁之差。盖假升合而肆索求，指报丁而恣渔猎，里书积态，万不能免故也。至于粮差之派，每岁一更，亦只以便里胥之影那及奸顽之飞诡，而赤历多不经磨勘、繇票多不遍给发，其多寡轻重，要惟随人上下其手，而小民殆不能知其数也。臣谓审派之期，俱应以五年为则。以此年而审，即以此年而派。阖县差徭若干、粮银若干、米若干、丁若干、则若干、地若干，每丁若则该银若干、每顷若亩该银米若干，务要总撒磨算不差。仍

① 原作“大”，径改。

② 原作“踆踞”，参万历《徐州志》改。

③ 原作“蟓”，据万历、顺治《徐州志》改。

将原派之数揭示民间，便民通知。或呈府道查验，照此的数登入繇票，人给一张，以便照数算纳。即随年遇有蠲贷，惟于大数减除；或随年遇有改折，另于本历外暂派；至随年遇有买卖地土，暂于本名下代征，通行五年审派，方许过割。庶上省一分之扰，则下省一分之费。不惟可绝纷纷影那、飞诡之端，小民皆知徭粮之数，即有司亦得以自明，无复多派之苦矣。倘蒙皇上不以臣言为谬，下部议处施行，其于国计民生，未必无万一之补矣。

陈佥宪墓表

朱国祚

天启辛酉夏，余赴召至彭城，有诸生三人造余而请，则惺源陈公子中涵、中蕴、中孚也，以公遗命，乞余表其墓。余与公乡会同年，公宰嘉禾，及兵备杭严，皆宦于浙。习知公行谊及政绩，莫如余者。余何敢辞？公讳汝麟，字仁夫，惺源其别号也。其先清江人，从高皇帝以开国功授徐州卫百户，世其职，因家焉。八传至永康，晋卫镇抚，赠昭信校尉。娶刘安人，生五丈夫子，公其季也。少而颖异，十七廪于学，壬午举于乡，癸未成进士。初为长葛令，既而调嘉兴。外艰服阕，补山东之清平。越四载，转南京虞衡主事，榷芜湖税。内艰服阕，补北部，榷荆州税。寻转都水员外郎，晋郎中，出治通惠河。为郎署久之，乃擢浙江按察佥事，兵备杭严。公在长葛，其俗犷悍好讼，即长吏常为所持，公缚其豪置之法，境内肃然。以能治剧役嘉兴，治不扰而事集，去后恒见思。乃坐谤补清平。清平疲瘠，公涤其烦苛，宽其条教，民赖以安。属岁大祲，蝗起，中丞宋公欲以术禳之，方士所至纷扰，公叱去之，而课民捕瘗，虽灾不害。其在芜湖不半载，溢额六千金；再榷荆州，溢额至倍。司空荐其廉干，取所上条议颁行之，著为令。会营建两宫，公督率勤劳，蒙上尊之赐。其治通惠河，疏浚缮筑，以身先之，殚心悉力，费省而功倍。其兵备杭严，值中使刘成驿骚，欲榷茶笋青梅诸税，又与诸生为难，士民群哄，诉于公。公慷慨激烈，必绳以法，而中丞刘公欲调停之。公叹曰："身为法官，乃坐视中珰之横而不禁止乎？又奚用此豸冠为也！"遂奏记两台，径拂衣去。缙绅士民遮道留之，不可得。两台以病闻，予告归。居无何，以荐起补关西，而刘成忌公不释，竟以察典中公。公怡然不以为意，辟园构亭，莳花种竹，日觞咏其间，不问户外事。其论乡邦利害，如浚河、筑堤、增城、起梁，观察袁公所为德于徐者，其计画皆本自公。公性尤孝友，曾抚孤侄、葬仲兄。即同籍兄弟，如任宇黄兄、乐同鲁兄，客死于徐，公皆殡之。又尝赈饥民，捐粮煮粥，活流移数千人，此尤其盛德之显著者。初，公举于乡，少保沈公梦四麟游于庭。比揭榜，而名麟者四，公其一人也，人以为瑞征。而卒不得大用，惜哉！公为令以循良著，榷两关所至溢额，治河以精敏称。及佥浙宪，以法不得伸而去。归而杜门扫轨，以诗书自娱。盖耿介为操，狷洁自好，其行谊政绩有足多者。余故表公之墓，以石镌于凤凰山之原。

重修云龙山放鹤亭记

董其昌

按《史记》：秦始皇东游厌王气，汉祖心自疑，避匿山中，吕后辄得之，曰“季所居，有云成五采”云。而赤帝子斩白帝子，盖龙德也。彭城之有云龙山，其得[①]名当以此。山有放鹤亭，隐君子张天骥故居，苏子瞻所为作《记》者，虽至今不废，然荒圮久矣。高邑潜颖张大夫以分司仓庾至，数登其巅，吊古怀贤，将撤而新之。念徐方震邻，重以儆水，时诎举嬴，踌躅四顾。节缩俸人，度材采石，徒庸工作之。直取之宫中，公帑不烦，民大和会。于是飞甍画栋，延敞虚明，缭以垣墉，翼以厨湢[②]，屹然壮观矣。落成之后，余适以使事还朝，大夫就山堂而觞之曰：“吾闻传舍何常，忽则易人，兹山于我何有哉？第登高能赋，大夫之事也；周爰咨询，使臣之职也；民之失德，干糇以愆，我有旨酒，嘉宾式燕，地主之礼也。堂成而三善举焉，非直寄情吏隐之间而已。不可以无记。”余惟子瞻引卫懿公事，谓国君之宠鹤，不若山人之放鹤得自全其高者，此未为笃论也。使卫公有公刘“乃积乃仓”之粮，曾孙“如京如坻”之粟，以此进战，孰能胜之？而鹤之乘轩，庸何伤？彭城，用武之国也，项羽尝自王其地矣。羽起徒步，摧强秦，钜鹿之战，威名岂出淮阴下？而终以不振。盖高祖有酂侯，能挽关中粟，以济军兴之乏，而羽为汉军绝饷道，故其强易弱耳。今天子惩邹、滕之役，命征西大将军萧公提重兵镇彭城，而大夫精心计调兵食，一洗脂膏之陋，庶几士饱马腾，以伐萌于不战。是桓、文之烈也，卫懿云乎哉？山三面距水，弥漫无际，一似西湖之孤山。孤山，林君复放鹤处也。子瞻习于西湖者，乃莽苍悲壮之区，恍然潋滟空蒙之致，而觌面若忘，不为拈出，何耶？岂陵谷之变，昔与今殊？将山川之灵，待时而显耶？黄鲁直以飞仙目子瞻，倘其化鹤复还，不但歌城郭之是而已。大夫以为何如？大夫名璇，高邑人。

徐州府志卷之二十七全

---

① 原作“德”，据康熙《续徐州志》、康熙《徐州志》改。

② 原作“畜”，据《钦定古今图书集成》卷七七二改。

徐州府志卷之二十八

艺文五

本朝文

修龙山落成碑记

王永吉

司农丁公督庾之明年，超轶著声，阜政具举。乃以务暇，从事于南山、黄茅诸迹，构亭岿然。复为阁以礼大士，公自为文以纪矣。是年秋，复大稔，人歌京坻。萃缙绅髦士于山亭而觞之曰："兹非苏端明旧游耶？人之服职，如觞中主客，各有攸司。主主任，客主让，逾者有愆。苏子守是土，为主；而余之督庾也，为客。凡此山堂落成，以今日之客，承昔日之主也，徐人得无诧其多事？"一时坐者曰："不然。夫所称善于其职者，谓用其不足乎？抑用其有余乎？使以斤斤奉职为无忝，则昔之守土，当惟钱谷讼狱是务，不应及佳山水。乃苏子始创此迹，人不之诧，共相与佩德不忘，谓苏子用其有余，如觞中有贤主人，不独循乎礼仪之中，而能娴乎礼仪之外也。诚知苏子为贤主，其为苏子之嘉客，政不易。今夫由阼阶，升广墠，揖让拜跪，惟恐失坠，而饮不三合，逡巡辞避，是得为嘉客乎？将必威仪钟鼓之后，更解衣盘礴，自一斗，及一石，能倾四座之欢，而后为嘉客也。昔苏子既不以拘牵为主，今公亦不以逊避为客，所谓各用其有余，不相逾而适相得。大夫何多谢焉？"公曰："若是，果足以续昔日之盛耶？"坐者曰："昔不足以尽苏子，今又何足以尽公？从来达人命世，率有所寄焉耳。博墅绿野，传以人，不传以地。即苏子一身所至，为杭，为颍，为黄，为惠，凡嘉山水，皆所流连。而一经缔造，旋则忘之，何尝矜为异事？亦不闻当时有为异事以谀之者。此其所以为苏子，为张天骥，为颜复、王巩诸人也。"公曰："善！"遂罢觞。其后瓜期至，公归京师，有传在徐之事者。余谓其主客之谓有可采，遂取南山石一以记之。

萧县寇五传

陈名夏

予往来徐沛间，则知萧县有寇生某云。苏州沈山人孟，有口辩，善摹画人笑语，如古优孟，数为予言寇生之奇。及予愿交寇生，而已不幸罹祸以死，悲夫！寇生行第五，伯兄尊生，有声江淮间，嘉定娄子柔有诗称焉。家故饶，能致客。尊生既死，无子，家人产皆归寇生。生则益大喜任侠，振人急，出于天性。又能读书，读已，击剑自豪。又喜饮，饮辄醉。醉已，逢所不足，辄诮让；若素所庄敬，则父事兄事。抑抑能自下，多不可及者。春夏，生率闭户不出。架上藏书数千卷，标识成诵。二麦登，岁得千金。秋冬之交，生辄出游。遇人穷乏，辄出橐金与之。尝鲜衣行市中，见故人无衣，辄解衣，或至裸体。生又好吟诗，喜书。诗成，觅侧理投赠。游倦，必至垂橐丐贷，然后归里门。江浙老儒走糊口于齐鲁之乡，皆馆于生家，或至数岁不厌。生尝一应童子试，州守大奇其文，将置第一。生即索原卷曰："予于制义无不能，此以文自娱耳。局趣效辕下驹，无以为也。且与人争名，非所好愿！"袖而出。州守大笑，如其言。生尝偕诸宾客驰马芒砀山中，奴子挟箙，被短衣，执壶榼以从。生箕踞呼啸，仰视浮云，不可一世。樵者见之，辟易而去。生又好击刺，或多集无赖少年博塞为娱。性素刚，不能受人色，小不如意，辄思报之。舍旁富儿辱其客，诬以胠箧。客诉，生大怒，乃令诸从者火其居。富人诉诸道府，遂案责客。生又匿客，令不对簿。有司怒生所为武断匿客，无三尺法，遂并治之，逮系州狱。其后多言生有义气者，令责保状，归其家。会李贼破归、亳诸郡，掠徐方，闻生名，令卒缚而生致之，将以为前锋。生大恚，曰："吾家世文学，恨不得当以报国家，乃反为贼用耶?"行山径，酒灌诸贼，皆刃之。乃逃而归，诣州守，请复入狱。然州守不能知生义，听之。且有文致其罪者，久不脱，而生病瘐死矣。悲夫！生就治之日，诸客请百其身以赎。及死，则又皆流涕不能止。生既死，而徐沛之间亦无有能养客者。陈子曰：予不识生何状，然闻之沈山人云，岂非古之义士哉？方其驰马芒砀，宾从如云，挥金纵酒，意气自得，何其壮也！而卒以喜侠扞网，不获蒙宥。至其脱贼之胁从而俯身就法，可谓志操孑然矣。当世有气力者，不引之以为友，而反挤之至死。虽有文采，不克表见，予未尝不为生涕泗也。生既死矣，山人言生，如见其人，生又幸得一山人也。生养客，其传以客，有以夫！寇五，名自伸。

陈烈妇彭氏小引

胡廷佐

彭氏，萧庠彭万程女也，许配征聘太学生陈应阶季子名子沅者。氏少孤，陈迎而育于室，及沅游泮，始偕妇道，贤而宜家，人无间言。为妇三岁，翁疾，沅亦病，氏奉汤药，周旋于事翁事夫之间，阅六载如一日，形容枯槁，可谓贤矣。甲午春，沅病笃，氏约与从，退而理妆，自着殓服，意必死也。及沅故，目不瞑，氏祝曰："君其须我乎？"目遂瞑。既殓，乃辞姑曰："媳不克终妇道，慎勿为念！"已而散其笥中，告伯嫂、诸姊以及婢仆，惟善事翁姑是嘱。乃与其兄诀曰："妹已身许陈矣，慎勿哀！"复语其夫之同交游曰："氏今从夫于地下，愿诸君勿忘陈氏之交！"越次夕，乘须臾间投缳。及救，已殁，颜如生，若有愉色然。四方观者，莫不流涕。嗟哉妇也，侍疾不辞劳，忘其劳矣；夫死不徒悲，过于悲矣；临死无遽容，志有在矣；既死有愉色，则其天性然矣。妇也若此，烈而进于贤矣，是真有关风化者，其可泯诸？百尔君子，其尚采诸歌谣而永言嗣之，以风天下后世。

骠骑将军张公传

王熙

公讳胆，字伯量，彭城人，汉文成侯良后裔。少慷慨有大志，鸢肩虎相，见天下多故，思以武功显，登前明癸酉科武举。父曙三公，以荐任河南归德府通判，公亦旋授归德城营参将。父子文武，为一方保障。然时群盗麻沸，悍帅跋扈，曙三公督饷睢州，值守将举兵叛，不屈，死之。公闻变，泣血厉众，率所部直捣其师歼之，叛帅跳而免。公痛念父仇国耻，益愤懑，日夜泣。值兴朝定鼎，豫王南征，闻公才，召置军中，立授副总兵职，赐貂、蟒、鞍马。随征维扬，下京口，先登陷阵。所至，戒麾下毋妄杀焚掠，义声先路，郡县辄望风降。三吴、两浙以次底定。制府张存仁总督浙闽，以公管督标左营，兼管赏功事。时版舆初附，浙民之窜入山泽者，衣冠未改，岩巢砦处，以叛案服诛者无虚日，奸民乘机飞章罗织。公察无辜者辄释之，甚有解衣就锁，急奔白制府释缚者，比比佥曰："张公活我！"继进中军副将，会榆园盗起。榆园者，山左之僻险地也，山林菁莽，溪洞盘互。巨寇梁敏、杨立吾等倚为窟穴，踞险啸聚，时出惨掠傍郡，官兵莫能制。朝命张存仁总制三省，相机往剿。张公曰："吾用赵人久。剿荡榆寇，非张副戎莫办！"遂亟疏于朝，请迁公直隶、河南、山东三省大厅，节驻天[①]雄。公提兵至其地，周视曰："是贼无能为。绝其区，防其奔逸，一鼓就擒矣！"乃阴使人持火具，从间道焚林烈泽，烟焰涨天。继遣健丁操锐斧，列阵而进，摧枯刊木，灌莽若洗。贼始惶骇，思鸟兽散。先是，榆寇穿地道千里，急则潜行以遁。公诇知之，使卒决黄水灌之。穴塞，贼益窘迫乞命。匝月而渠魁授首，余党悉平。总督马光辉以公屡建大功，疏题天津

① 原作"大"，据乾隆、道光《铜山县志》改。

总兵，廷议会推开归提督总兵。会有修怨者假事中伤，大府欲亟上白，且留公。公曰："吾尚有老母在，当伸孝养，遂初吾志也，奚辨为?"遂侃然归。公性俭约，浣衣粝食，撙节物力，人猝遇之，不知其为贵人。独好义乐善，遇所当为，虽动费不赀，无难色。康熙辛酉，徐地大饥，出囤粟数千石，设厂分赈。淮安祲，复运麦三千石输于官，分赈山、清等五县，民赖存活。郡东北[1]有荆山口，湖流巨浸，为南北七省孔道。向有石梁，久为湖水横啮，崩圮殆尽。行者率乘舴艋得渡，每风波险恶；及冬日坚冰，则莫能济。公慨然兴举，为费巨万，数年而成，绵亘数里，皆成坦道，行旅颂焉。徐学宫濒河数徙，沮洳污下，展敬非地。公力任迁建，捐资数千金，得地州治傍，填筑垲爽，轮奂一新，科名蔚起。其他偿逋赋、焚积券、建义学，善难枚举。计公生平，智勇兼备，仁义性成，其立功于国、为善于乡者如此。公历官总督直隶、山东、河南等处部院中军副总兵。顺治八年，恭遇覃恩，诰授骠骑将军。嗣以子道祥贵，恩封光禄大夫。复以子道瑞贵，再封荣禄大夫。享年七十有七，以疾卒于里第。子六人，五列膴仕。诸孙二十余人，有闻于时。公殁，乡人士思其德，请崇祀乡贤。《宋史》云曹彬之下江南，兵不血刃，故子孙繁贵。昔公之征广陵、定吴越也，全活甚众，人亦方之武惠。宜乎清河子姓，盛符珂里。语云"活千人者必封"，吾于张公将益信云。

徐州新迁文庙碑记

张玉书

从来人才之盛衰，视乎学校之隆替。入其国而宫墙焕然，俎豆秩然，茂草之叹不闻，城阙之刺不作，此非独在上之教泽也，必有乡之贤大夫振兴表率于其间。而后此邦之士济济焉，蒸然向风而鼓舞于不倦。彭城为江左门户，环山带河，风土淳厚。士之游于党庠者，类皆崇实行、斥浮华，不以虚声附和为尚。学宫在城东隅，自明天启甲子河溢之后，因陋就简，制度未备。其地湫隘，不足以容多士之肄业。州之耆硕谋择高敞地，经营而廓大之，顾为费甚巨，无能为力。即牧兹土者，建议而中辍者屡矣。予宗叔伯量公毅然起曰："我国家兴贤育才之所，而一州人士所与型仁讲让，以为庶民先者，胥系于是。是安可以不力?"因捐其岁入之资六千余金以为倡。于是一时志古行义者，从而乐输，以共襄厥事。经始于康熙癸亥年春，落成于康熙甲子年。卜吉日迁主入庙，两庑从祀诸贤，次第以进。集诸生行释奠礼，州之父老子弟扶挈往观。有斋讲之堂，有藏书之阁，有游息之所。自门庭户牖，以迄黝垩丹漆，悉中程度。视旧学之制，规模宏远矣。猗欤盛哉！尝见琳宫梵刹之

① 原作"西北"，据民国《铜山县志》改。

创造也，破瓦颓垣之地，不逾年而金碧辉映，耳目改观。甚或数百年废址，无复尺寸可凭，而一二缁黄之徒慨然修复，亦不数载而古迹一新，且加丽焉。是岂二氏之教，果可与吾儒相颉颃哉？福田利益之说，中于人心，谓足以护果报，而乐施者众耳。至庠序学校之设，有关乎风俗教化，其宜崇奉而修葺者，较之二氏，缓急何啻千万倍？乃金钱谷帛之助，往往俭于此而丰于彼者，何欤？将以为朝廷之巨典，有司之奉行，而非士大夫之责欤？今观予宗叔之捐己橐而非以为德，董其役而不以为劳，盖实以振兴文教、乐育人才为己任，而上以仰答圣天子崇儒重道之至意焉耳。将见州之学者弦歌诵读于中，养其才，成其德，异日出而为国家效忠宣力，此则予叔所惓惓属望于桑梓之多士者也，而多士亦何日忘予叔之泽哉？予奉命阅河至徐，得悉迁学之始末，遂援笔以为记。

重建荆山口石桥碑记

张玉书

徐固水国也，为南北孔道。东渡河二十余里，有荆山口，地庳下，汇蓄东北诸山水，通微山、昭阳等湖，巨浸弥漫。向有石桥横亘水面，轮蹄络绎，赖以获济，行者称便。自浊流涨溢，霪潦惊涛日争啮为患，桥遂倾荡无迹。凡邮传行旅往来，率望洋以叹。篙师操一叶舟，踞为利薮，鸡鸣问津，日晡不得毕渡，中流横索钱。衣袽不戒，覆溺时告。其上下濒水居民田，亦坐是淹没。吾族叔彭城伯量公悯然殷怀，首志修复，走白诸当事，请以家财重建。其子若楚臬、游戎、虞部诸昆季，亦能善承父志。遂大出橐中金，召徒役，具器用，伐石舆土，囊糗船粟，视其力资给之。畚锸云集，历久告竣。长虹亘空，川原底定。出其上者，若径坦途、砥周道，莫不啧啧称叹。往余奉命巡视河道，经其地，下车周览，喟然曰："伟哉是工也！"《传》曰："司空以时平易道路。"《周礼》曰："司险知川泽之阻，而达其道路。"则雨毕治道，水涸成梁，固皆有司事也。舆梁徒杠，王制具在，然尚脱辋不给，病涉时闻。而公以里闬荐绅出，而情殷桑梓，嘉惠远人，不待劝施而乐善好义，为居者行者无疆之利，其功岂浅鲜哉？石桥长计三百六十二丈五尺，高若干，顶宽一丈九尺，桥孔大小四十余洞。始工于康熙壬戌，迄工于康熙辛未，共费银二万六千八百有奇。外建茶房一所，阁一座，为行旅风雨庇息之地。桥规制宏远，石甃坚固，为费不赀。公姓张氏，讳胆，字伯量，彭城人，历官骠骑将军，以子贵，诰封光禄大夫，余族叔也。平生慷慨乐义，他如迁学、赈荒，善难枚举，皆公力任首倡。而此之巨工永济，尤余所目击而乐道之者，因记以镌诸石，俾志不朽。

邵玄[1]汭先生传

汪琬

邵宗玄，字玄汭，徐州人。明崇祯末，为保定府同知，署府印。十七年春，流贼李自成破居庸关，将寇京师，保定人震恐。宗玄与总监方公正化、故光禄少卿张公罗彦，纠乡兵二千人登陴。无何，督师阁部李建泰退兵抵保定，谋入城，守城者不纳。建泰不得已，遣监军御史金公毓峒与城上人盟，始得率其麾下士百余人，入居公廨。先是，建泰尝遇贼，阴有异志矣，而宗玄等皆不之知也。已，自成陷京师，遣贼将刘方亮趋保定。方亮射书城上诱降，具言京师覆没、保定孤城无援状。建泰得之，匿其书，促召众议事廨中。众稍集，建泰从容曰："诸君亦闻京师之变乎?"众曰："窃闻之，而未审也。"建泰乃出贼所射书以示众。众方传观其书，宗玄后至，见之，勃然曰："吾辈受国家厚恩，宜以死报，安能腆颜向狗豕求活耶?"当是时，知府何公复者甫之任，未暇受府印也，印犹在宗玄所。建泰遂曰："吾欲得君印，印文书为保定数万户请命。不则，必被屠杀，奈何?"宗玄涕泣被面，不言久之，已乃大呼曰："曩知府来，不受印，宗玄所以不固让者，以守城之议倡自宗玄故也。此时即知府争印亦不与，况阁部将劫取之以授贼乎?"因目建泰数之曰："宗玄，一江北老贡生耳，位不过郡丞，碌碌无足比数，然犹不忍背主苟活。阁部固名甲科，受任将相，纵不自爱惜，独不记出师时，皇帝亲祖正阳门，以武侯、晋公相期待耶? 顾丧心若此!"建泰瞠目无以对，而其麾下士大哗，欲兵宗玄。宗玄急掷印建泰前，曰："任若所为!"因拔佩刀将自刎。众咸抱持之。宗玄哭，众亦哭。最后，张光禄、金御史至，复取印授宗玄，相率引出。建泰独居廨中，仰天叹曰："我为保定士民计耳。此一举，无噍类矣!"独夜缒其私人出，阴与贼约降。越明日，城陷。宗玄乃挈印自投城下，为众贼所执。贼搜得其印，欲夺之。宗玄大骂，固不与。遂为贼所杀，犹手持印不解。贼断两指，取以去。正化与何知府皆死，张光禄兄弟、妇女二十余人亦皆死，而建泰竟率其麾下降于贼矣。建泰既降，又遣使者持一矢招金御史。御史且走且手折其矢，厉声诃责使者。有绿衣贼尾御史入三皇庙，御史出不意，奋拳迎殴，贼仆之。遂抱监军印，急趋庙前古井中亦死。越数年，保定人立祠祀诸死事者，宗玄与焉，血食至今。汪琬曰：甲申之变，保定据孤城，后京师五日而陷，其以死殉者甚众。诸生陈僖有《上谷纪事》，述之详矣。予独慕宗玄骂李阁部语侃侃壮伟，故略序其始末如此。

[1] 原作"元"，避康熙讳改。今概从顺治《徐州志》恢复本字。

孝行张又白传

李光地

先生张姓，联璧名，字又白，终于诸生而笃于孝行者也。父凤鸣，让产诸弟，挺身起素封，乐善好施，豪举闻海内。今以曾孙之麟贵，赠荣禄大夫。先生生有异姿，好读书，不避寒燠。每于溽暑中，衣冠坐深室，手披简编，汗流至浃背。冬则积絮筐筥，贮足其内，穷日夜吟哦不绝口。诵习无旁杂义，卓然以前修自期。尤于敦伦立本处，以身心体认。尝读书至孝弟章，掩卷叹曰："人生大节，只此两端。此间有亏，其他俱无足道！"闻者咸高其论。年十七，父卒，哀毁柴立，忧形眉睫者三年。服阕应试，属郡博士弟子。人劝先生应乡举，辞不赴，曰："掇科名为仕进地耳。吾父背母寡，正虑子职有缺，无以娱萱亲，尚何荣名之足云！"以故，先生事母，不第谨定省之仪，尤凡事必承意旨，终身不渝。兄联斗，家督也，无故中含沙，几陷于法，母虑之，先生破己产奋力拔归。弟联星，幼力学，不禄，遗一孤曰灿，甫周龄，七岁又失恃，茕茕孑立，母虑之，先生置膝下，抚育倍至。既长，割之田，视己儿无异同。姊早孀，甥少，窭贫不能自存，母虑之，先生迎养于家。母心大慰，先生事母之心亦大慰。寻母卒，恸绝数四，浃旬不咽溢米，号泣饮水而已。哀慕之诚，三年犹泣。出告反面，事死不废，而处己应物，犹若有母临之者。岁凶，穿窬盗粟就擒，先生恻然曰："若为饥寒所驱，故至此，大可矜！"释之，遗以麦，引理法喻之，窃者泣拜，人比之王彦方。其他折券、归田、散金、救贫、恤埋葬、活桑梓，不可枚举。要皆念母之遗命，扩母之善量，不以生死二者也。提学诸君子闻之，旌以额。绣衣秦使奇其行，特疏上荐，以作忠为先生期。甫奏，先生卒，年六十九岁。都人士哀之，莫不酸鼻。生子五：长拱极，以明经出佐粤藩，迁莒守，所至多异政；次壮猷，孝廉；次炯，恩贡士；次拱辰，次向极，皆诸生。公侄灿，太学生，生子之麟，壬子举于乡，历简黔西总戎。之麟，字仁趾，余门人也。参南营时，比余衙舍，言先生事最悉。丁酉五月，余奉命还朝，舟次台庄闸，仁趾携其从弟正光来谒。叩之，正光，炯子，先生孙也，时佐峄邑，有清声，余雅爱之。坐顷，出先生行状，丐余立传。余因闻于仁趾者稔，爰走笔为之。赞曰：

先生之事亲也，生而爱，死而哀，久而思，可谓孝矣。然其友于兄弟，德施乡闾，寝食诗书，升闻朝野，殆所谓立身行道，扬名后世，以显父母者乎？至其簪缨代起，搢笏盈庭，又知天之报施非浅鲜矣！余论次其事，心向往之矣。

赵衡士先生传

丁易

先生名国铨，字衡士。本姓崔，先世山左之濮人。高祖海，仕直隶大城县知县。曾祖赞，诸生，迁徐。祖梦熊，赘于赵，因以为氏。先生幼端凝，不苟言笑。好读书，质钝，日仅诵数十言，然一有所得，辄终身不忘。年二十六，补博士弟子员，初试高等，食饩。壬寅岁，以恩贡与试，授州司马。回籍，旋居艰，哀毁柴立，泣血三年，口不言外事。服阕，征就职，屡敦不起。曰："仕进非吾愿。何必学陶栗里，见督邮时始赋归来耶?"结庐吕梁洪西，树以松，手堆奇石数种，号曰"松石居"。肥壤让诸昆弟，留斥卤少许，供饘粥而已。置僻室，闭关危坐，取周、程、张、朱各遗书及百家古文集，穷日夜殚心一力，究极奥蕴，体诸身心。常书座右曰："读书须在切实上做工夫，不可在吟咏间讨名誉。"以故，先生独不以诗赋见长。四十年不入城市。门外谒者非其人，拒而不会；向学者，倒履迎之。虽三尺童子，必遇以礼。当路不投半刺。雅与都水李缙明善，相见谈道义，间为山水游，未尝一语干与政事。李公深器重之，称为赵夫子。授生徒，先德行，次文艺。一从游，终身诚之不渝。有二生既出其门，一渔市利，一好争。先生闻，置酒招之，正颜色谓曰："士不入市。湫嚣之地，岂宜投足? 孳孳为利，盗跖之徒。若宁不知人之处世，以忍为大? 君子待人，用三个自反。若当取存心仁礼章，仔细体认！"二生大惭而退，痛自责悔。先生近百岁，不带镜，不扶杖，诵读不绝口。居家一本小学，子孙无佻达习，臧获不加诟谇，门庭肃如也。康熙丙寅，举上元乡饮酒礼，都人士言于有司，推先生为大宾，先生谦退不居。即有以诗文寿者，亦固辞不受。生平不近名，类如此。子诗，托志泉石，吟弄风月，工于诗，尤善青乌；季子元、孙立政入成均，仍不释简编，人谓箕裘不坠云。赞曰：

昔吾夫子观道处曰吕梁，固名山佳水区也，往往有隐君子者托足其间。余曩过其地，闻父老多称衡士赵先生。及获从嗣君游，造其庐，松石依然，典型犹在。先生之风，真山高而水长矣！

张广文传

阎圻

张广文，讳之典，字元式，别号肃斋。先世自元时居沛，邑称旧族，必曰晓明寺张氏云。广文天性真挚，少孤，事母以孝闻。年十九，补邑弟子，试辄高等。家故饶，不假教授为生。或重其文行，强延之。居才数日，如违定省数年者，意忽忽如有失。中夜起行，彷徨不寐。明旦即辞去，依依膝下，终不肯复至塾中。主人不能强，而广文之孝益有声。会督学使者试淮徐，佥议以孝行举。议既上，广文闻之，则惶恐谢不敢当。当事者益重之，然重违其意，不果题。初，邑中每岁签[1]里

① 原作"佥"，通"签"。

长任事者，辄至破家。邑某例不应役，邑大夫将脱之，顾尝重广文，欲得广文一言乃免。某承旨怀金为寿，广文为言，得释矣。越日，携酒诣谢，广文与饮尽欢。某挈榼归，则原金在焉。某惊且感，为传颂于邑中，而广文则自讳曰“无之”。年逾七旬，训导东流，教士以礼让为先。诸生化之，无争讦者。在任三年，以老告归。举乡饮大宾。卒年八十三。子其猷，孙仟，皆名诸生。

汉安国侯王陵母墓碑

孙国瑜

王陵，故沛人，与高祖为布衣昆弟，交意不相下。高祖起兵入关，陵弗肯从，自聚卒数千人于南阳。久之，始以兵属汉。是时，楚势方张，项王气盖世，乃东向坐陵母，欲招陵。其为羽所尊重若此，陵固一时人望之所属也。昔淮阴侯归楚则楚胜，归汉则汉胜，两无所归则楚汉争胜。谁谓士之去就，不有关于楚汉兴亡之故哉？使母当时稍依违迁就于其间，陵归楚，则徐庶不得为完臣；陵不归楚，则赵苞不得为孝子矣。不宁惟是，陵素赣直任气，母惟一死以绝其望，使知汉王长者，勿持二心。陵始恸母仇项，终事高祖定天下，为社稷臣。吕后朝，陵守正不阿，罢相归，不朝请者七年。既卒，乃得王诸吕，审食其始居中用事矣。吕氏之惮陵，不隐然一敌国也哉？凡此者，皆母“勿二心”之一言教之也。迄今将二千载，微独重瞳久化青燐，即高皇原庙亦鞠为茂草矣，而陵母青冢岿然独存。贤母之懿德烈行，自足以传万世。而余复树以华表，建以丰碑，周以围墙，使后之过其傍者，皆有所观感而兴起焉，聊以为世道人心之一助云尔。

重修徐州学碑记

李蟠

郡侯姜公莅徐五载，教养兼施，修废举坠，次第施行。一日，进多士于学宫而诏之曰：“胶庠之地，论道亲师，兴贤育秀，广教化，美风俗，以上佐盛世右文之治，胥于是乎在。乃观瞻未壮，茂草兴嗟，则司土者责也！”于是捐俸重修，缺者补之，敝者葺之，未有者增置之，未合于制度者变易而更张之。乃首新大成殿，安圣灵也，轮焉奂焉，绀碧耀日矣。次及戟门、棂星门，清神道也，巍焉焕焉，嵯峨干霄矣。未已也，《诗》不云乎：“思乐泮水。”而泮池未备，非制也。乃浚土为池，醴泉涌焉。架石为梁者三，梁各三空，周围石栏雕镂，备极工巧。澄潭映月，朗石[1]冰壶，真巨观也！复改建正殿月台，增以石栏并石级，皆雕龙彩凤，镂刻备至

① 原作“若”，据康熙《徐州志》改。

者亦同前。复增正殿腰墙，辟门者二，两庑亦皆新。复念名宦、乡贤二祠，湫隘不蔽风雨，非所以崇先贤、厉后进也。加增旧制者数倍，周以为围墙，颜其门。复建更衣、省牲二厅，非徒饰观，以昭诚敬焉。夫如是，亦可谓备美而无憾矣。犹欲创建尊经阁于明伦堂后，正庀材鸠工，经营筹画，落成亦在指顾间。嗟乎！吾见世之守土者矣，朔望之辰，入庙成礼而去，奉行故事而已；其他浮屠古制，画栋雕楹，动费巨万，将以祈福泽、恣游览也。求如公之立政务本者，谁欤？继自今学校日兴，人材倍出，以科第寥落之乡，忽化为冠裳辐辏之地，其大有造于徐人者，岂浅鲜哉？故为之记。

创建尊经阁记

李蟠

六经，皆圣人手定之书也，萃尧、舜、禹、汤、文、武之道于简编之中，以垂教万世。万世之人，无不尊而奉之，如日月之经天、江河之亘地也。是以历代学宫，必建尊经阁于其中[①]。徐之学宫凡数迁，历数百年，而兹阁缺焉未讲也。岁丁酉，郡侯姜公重新圣殿，两庑增置月台，凿泮池，改建棂星门，易木以石，名宦、乡贤祠皆扩其旧制，复建更衣厅、省牲所。崇隆巍焕，甲于江北。工甫竣，复进徐人士而诏之曰："经学之不明于世也久矣！士不通经，不适于用，昔人盖尝言之。将欲阐明圣学，昭示来兹，俾皆顾名思义，不至于蔑古而荒经，则斯阁不可以不建。"于是辟地筑基，克日落成。长六十一尺五寸，宽二十九尺，高四十一尺五寸，翚飞鸟革，照耀寰区。登斯阁也，山河在抱，烟火万家，羽籥弦诵之声，达于远近。富而后教，徐之士风蒸蒸日上，公之湛深经术而政教兼得也，亦具见于此矣。

张总戎传

徐用锡

张公讳之麟，字仁趾，号厚庵。先世山左人，明初徙居彭城。曾祖凤鸣，素封好施，有隐德；祖联星，力学早世；父灿，太学生，崇义轻财，豪侠闻远近。今以公贵，赠皆荣禄大夫。公生而颖慧，善记诵。初操觚，新奇之论，时出意外，人称异焉。戊申，应童子试，文战失利，改武，列博士弟子员。壬子，登贤书。会试见黜者再。壬申，效力枢曹。旋居艰，哀毁骨立。除服考满，授守备。己卯，效用河上。辛巳，张大司马视河，委摄苇荡营游击。兴闭举弹，悉谘于公。公论人言事，无相参错，深信任之。盐枭孔文泰横踞海澨，官兵莫谁何。公单舸入其巢，招之

---

① 文庙出土碑刻作"其后"。

降。淮扬监司闻而嫉之，篡其功不遂，加以毒害，欲置之死。癸未春，翠华南巡阅河，公挺身起为向导官，屡顾问奏，皆称旨。载归至都，特授北营游击，许其时入见且启事，盖以锁钥之重任公。公颖于是脱，乃举京营积弊，力为扫除。捐俸置戎器，奏请饷米领通州者改京仓。捕盗救燎，纯用机术操纵；摘猾伏奸，勋贵皆不能夺。人以为难。时上官有鸱张者，颇用贿，公与争角，几至决裂。既而啖以甘言，欲诱致公。人或劝以阿顺，公曰："是大负圣明也，是尽弃生平也，断不可有！"午夜遗金者，正色却之。公之秉正守礼，屹然中砥，处污秽而不蒙其滋垢，虽与日月争光可也。九重闻之，益重且爱。銮辂出，即令扈从，赐厩马、冠服、羞味，皇子赠诗额。宠遇之隆，震动畿辅。是时公跻显庸，监司方陷于法，身既殒，坐及其子，公致书当道，解脱其罪。即向之乘危下石者，仍与款接，其宽厚如此。乙酉，车驾巡江浙，公为前驱。丙戌，升南营参将。戊子，迁山东临清营副将。至则靖萑苻、修操场、练士卒，壁垒为之改观。己丑岁祲，敦请赈济，全活者不可胜算。壬辰，报最。甲午，有威宁总兵之命。公疏请陛辞，中途袭风寒，疾作，乞骸骨归。结庐先人首丘，榜"清白"二字于门端，足迹不入城，干谒者摈而不见。所萦念者，朝廷之恩未报，桑梓之利未溥。盖公以忠君爱民为汲汲，其天性然也。先是，徐邳间有清水河曰房亭，淤垫不宣泄，害州县十数，公目击心恻者久。家食时，尝自出粟开沟渠。嗣于风云际会之初，恳切陈言，邀恩疏导。而归里后，犹修浚阔充，为万世计深远，屡吁州守筑堤其南，黄水不能北下，民困大苏。复倡设书院于醴泉山，聚闾里俊乂者，延师教之。安溪李夫子赠之联曰："束发驱驰，不忍营家羞壮士；抽簪卧隐，常因化里作劳人。"公生平清正廉洁，功在朝野，具见于斯矣。无何，西戎告警，远勤王师。忠愤羞涩，积忧成疾。自知不起，口授遗疏，沐浴，正衣冠而逝，时庚子孟夏朔日也。疏上，优旨下，逮期年从祀乡贤。子五：廷柏，幼殇，其妇贞殉；士魁，荫监，早世；宽培，补荫；嗣魁、致和，皆州同。余与公交最深，又为姻娅，知其事悉矣。厥子复以状求传，因援笔为之。赞曰：

当公之初膺主知也，天威不违咫尺，抵掌而谈，累累不穷，人或曰："此雒阳季子之流乎？"迨观其立勋名、禁苞苴、绝芥蒂、审进退、拯乡邦，方之范文正公，何多让焉！贪廉懦立，吾望天下后世之闻其风者矣！

九十寿文

徐用锡

康熙四十八年己丑六月七日，为吾父执友高五叔翁不危先生九十大庆之辰。亲朋制锦屏以祝，邮书属其辞于予。以予为通家子，知其行实为悉也。予不敢辞。先生刚而毅，任侠好义，平生不以非义取人一介。先生弟特骋先生，甲乙后弃诸生，爱导引家术。丁酉，不知所往。先生抚其子女如已出，各有成立。内外亲族有不能婚葬者，先生为举之者几数十家。先生有友胡援道济者，徽州人，老而鳏独，先生每岁馈遗所需，有额数计数年约百金。胡君病笃，按年封识，付所亲曰："吾食其息，足以自给，其本银俱在也。可于吾身后还之。不尔，高君不受也！"胡君死，如其语。先生曰："吾于其生予之，而于其死取之，可乎？"固不受。其亲者曰："将谁归？"先生不得已，曰："吾知所用矣！"胡君坟边已先自葺大士庵，以遗骸托其僧。僧居湫隘，恐日久倾废，复为增廊塾凡九楹，费殆溢于遗金。旧河臣筹兴屯淮徐，各州县无宁宇，而吾邑与焉。奉行者率豺虎，受困尤剧。平原董公总制两江，即日上其事，罢其役田还民。董公以此中毒螫，至左迁。先生独力为建生祠，深敞靓丽，堂亭、庖湢、门栅、僧寮、赡田无不备，约费千余金，先生实无寸土在屯内也。先生产实不及中人，独以信义相通贷，田谷粜籴以时，若素封然。吾邑地滨两河，水患十年八九遇，而赋独重于邻封。初，次上南巡，有义民阘牍以闻。下部议，部复转咨于巡抚，情不能达，其事几寝。先生为经画，道路往来资给，皆出先生，至卖市宅以佐。今吾邑每岁租税减万金，先生之力为多。先生御细，大事不苟，危坐一室中，而内外戚友吉凶之务，无不周悉。家之子孙僮仆，房闼针管线纩，概为筹度。井灶仓庾，以及刍豢饲养、柴炭囤置之所，井然不乱，洁净无纤尘。虽饘、酏、芼、羹，皆有道。所造屋垣壁，虽数十年如新。及营度少失分寸，虽已成，必使正之。工人有爱费而泣求止者，先生曰："吾去心病也！"衣帽敝，必补绽着之，然无点污。器具有毁坏者，必完整之。有所诺，虽艰难崎岖，必重费极力，必成以报。为人必实有济，不苟为文貌而止。先生与先君称莫逆交，财贿不分，人比之管鲍。以其女字予兄。先生少有弱症，蒸热衣葛为焦，又好思谋，症忡不寐。六十内外，卧病累年，忽不药自愈。至今几三十年，康强寿考，似非偶然者。先生以余故人子，自幼器重而爱之。及余入乡试场，必设魁宿象，香楮牲醴，虔礼迓福，终闱期为常。先生八十，予始登贤书于京兆。今九十，余始捷南宫，钦选入馆。先生喜不自胜。然以此，皆不得随亲宾后举寿卮。他时百岁，余幸得幅巾杖履，从先生看五代孙锦衣斑斓，杂沓称觞，为盛世之瑞，岂不乐哉？昔汉时顾思远、张元始，开元间于伯龙，皆以年百岁外，著之青史，颇无关于风教。今先生年将不让于古人，而余为著其行事，使人知精神绵固，作事必期其成，与人事自损所有，以相益敦伦重本，皆寿考之征。而人之所可勉者，后生小子则而象之，以渐年敏德，庶几有补。不仅为介祝之滥辞，以相耀已也。

云龙山新开大士岩碑记

姜焯

维予自壬辰春来牧是邦，鞅掌劳瘁，逾八稔矣。幸明神默相，时和年丰，井闾乐业，一似恤予之拙且劳也，嬉然相与安焉。既用自喜，乃以暇崇饰学宫，增益往制。工甫竣，属河防贰尹王公欲重葺宋张山人放鹤亭。未几，遽以忧去，群情怅悒，予遂为嗣究厥功。既而相度亭踞云龙之椒，临眺四极，是云佳胜；有议构室其上，募僧居守，顾于亭有所障，非前良初旨。视亭下岩，怪石离立，坡陀负土，可夷之屋，以居僧众。议是之。爰鸠工平治，不数锸而土尽，实一巨石，当山肩项，广约十寻，莫穷其深厚，隐伏土中，其上离立，则峰棱外出者耳。惊且爱焉，惧无以显石之奇。念是岩稍下为黄茅冈，有唐吴道子观音大士像碑渐剥蚀。授意工人，相石之势，开雕肤理，为大士化身。留其外，即以为龛。石理致栗，斤削所施，易于竹木。无几时，遂已告成。面手冠衣，各肖其色。中白纹一桁，横亘腰围，天然若带，观者益以为神。已，土人有病疾患苦者，来祷辄应。州人士请崇宏其宇。于是增工扩地焉，为正殿三楹，前为韦驮殿，左右为寮舍、亭台、阁道，名之曰“大士岩”。其形势峥嵘，屹然与放鹤、黄茅相峙，而非复前此之蹭蹬蹉跎矣。客或谓曰：“兹石自清宁既判，已蕴是山。经数千万年，虽遇好奇如韩、苏诸公，尚莫之出。至今日得子，乃大显于人，此其遭可贺也！”余谓于昔贤无能为役，特其遗踪所在，稍事修治，守土之职然也，不自意得遇兹石之奇。崇祀大士，又只以其名号灵异，足兴人于善。顺俗而教，亦有补于政治。岂能如柳州、次山诸公，为山水搜罗放失乎哉？客是予言，乃更相与修黄茅冈四贤祠宇，次及可廊，对冈建半山亭，相为映带。已，复为收归故守亭僧田，合今所增，计四百三十亩，付主僧世世守之。庶使兹岩与亭、与冈相为终古可也。

韩氏世节旌门记

陈祖范

闺门之内，不获偕老，而以节著，非幸也；其或二三世皆然，尤不幸也。然当圣明之代，章志贞教，以树风声，表厥宅里，不致泯没而弗彰。于是不幸之遇，反为家门之光、闾党之荣，则又不幸中之幸也。予居徐州云龙书院，高才生有韩子树策、树猷、树疆者，为述其先自海州迁今铜山县北乡，堂构绳绳，服畴食德。逮曾王父讳弘大、王父讳文［爽］[①]、伯父讳元皓，年皆不永，向壮而亡。凡所以持门户、奉孀姑、立孤孩、庀婚嫁，使我韩氏之绪不至扫地尽者，实赖三世贤母之力焉。向

① 字据民国八年徐州泇河慎修堂《韩氏宗谱》补。

时遴举贞节，郡县重其事，往往寝格，壅于上闻。近奉明诏，年与例合、名与实符者，许直达无阻。于是我三世幽芳苦节，得同时具题邀恩，可计日俟。余闻而叹曰："节孝之家，厥后必昌，其在子昆季间乎！"既而命下，峨峨绰楔，官办维备。其子姓谋树碑记事，请文于余。余惟王泽之及于下也，既化行俗美，蕴酿以成其节，复朝报夕闻，使积年丰蔀俱耀于光明，不亦休哉！

新建云龙书院记

叶长扬

滇南李公以词臣给笔札，承明天子嘉其才，出守青州，复守徐州。学博而行修，以实心行实政。治徐四载，士民咸颂之。甲寅夏，以公事来吴门，语予曰："徐州，古彭城地，襟山带河。人生其间，多雄伟卓荦之彦，而学鲜薪传，数十年来宾兴者，盖寥寥焉。予将择府南云龙山麓，辟土建椽，为诸生肄业之所，以绍鹿洞、鹅湖之遗徽。而主其席者，敢以烦君。"予应之曰："且为之。吾至，无难也。"去冬书至，云落成矣，趣予行。予至之日，观察使吕公率诸生谒庙后，行师生相见礼。而李公自淮归徐，惟以"务实勿务名"一语训诫诸生，至再至三。予亦诏诸生而告之曰："李公，贤大夫也。念徐州人士不克振兴，既造汝于学校矣，复创书院，以烝我髦士，涵育而薰陶之。士之集于此者，其所诵读，皆六经四书之文；其所讲习，皆孔孟朱程之理。当实心以制行，实心以学文，居家则思实心以事亲信友，历仕则思实心以致君泽民，则上之可以为邦家有赖之士，而次亦不失为乡党自好之人。务实之训，所以砥节立名，期汝于圣贤之学者，意盖有在。发策决科，又其小者耳。今李公升鹾使，而接守是邦者，复得贤大夫南州曾公，诚敬宅衷，事事不苟，亦以实心行实政者。公余之暇，偕别驾益阳程公，每阅课文，必覆加评校；亦时至讲堂，面命耳提，作新鼓舞于不倦。而更得邑令前任叶公、新任鲁公，广文王公、江公佐之，经理院中出纳诸务，俾得终岁读书其中。可不谓诸生之幸欤！夫建学者，司牧之事；敷教者，师儒之责。学设教修，而名实不著，士人之耻也。且兹院之建，宫保李公已达宸听，于以垂之永久。诸生将何以报称？亦惟崇尚实学，充火燃泉，达之端谨。茅塞牿亡之戒，更相磨砺，底于有成。将必有道德文章卓然名世者，以鸣国家之盛而绍邹鲁之传，岂非诸贤大夫之所厚望者哉？"诸生曰各勉旃，请勒诸石，以示不忘。遂书以付之。

游铜山记

常安

微山与铜山，同一湖也。微山在滕邑南百里，上有微子墓，居民多殷姓。唐卢思道，明胡俨、徐进贤俱有题咏。山下湖水弥漫数百里，界江南铜、沛，山东峄、滕四邑。因通运河，湖口置板，启闭蓄泄，以济运水之不足。辛酉夏日，予督漕北行，泊舟于韩庄闸，携五儿琦、孝廉左向九，欲赴微山。舟子云："风斗水逆，不如往铜山利。"遂从其言，顺流直下。时风力渐柔，波涛微漾，薄阴笼日，水天弄影，殊得之意外。抵山，监司翁□□[①]亦至，乃摄衣同跻。山势平衍，无起伏险峻处。有积石错立者二，俱高三十余尺，阔倍之，如名园之张玩具于门屏间者。其石质似铁，露碎星闪闪如金，世谓之铜山也。山四围俱水，清澈如镜。马山峙其东，龟山伏其西。其间高帆疾橹出没，首尾相衔，而渔篷钓艇，讴嬉递发，前唱后和，击楫空明，鱼沉鸟起于微茫暗霭中。予望之，心怡而神旷。自念足迹遍天下，独此低徊不忍去者，意有所适也。夫人惟性之所耽，不能自已。曩余于名山大川，或公余，或途便，虽抢攘中窃片刻暇，必足及之、目接之而后快。然万事萦扰于中，晷影迫切于外，纵稍惬适，而意别有属，终未能畅然而满足也。今日之游，身于此，意亦于此。山不必奇，湖不必阔，而云容水态，别会于意言之外，适不适之分也。于是复将游龟山，从者以云起于巽止之，遂驾舟归。微山之游，亦姑以俟之他日。

徐州府志卷之二十八全

修来堂记

田实发

家非甚丰而勇于善，己非有余而乐济人之不足。无他，见己之丰与余也。非见其丰与余也，乃心目中时见人之不足而忧之也。彭门王君是已。君名朝栋，邑贡生，世居乡东北之大进口，以文行著。大学士海宁陈公访之，过其庐，而朝栋已殁。见其子方读书，深喜之，赠以额，言曰"修来堂"。盖益勉之以逊志时敏，而期以远且大也。陈公既去，君子乃恳予作大书并记之。予秉铎兹土六载，固稔知君之生平及其家世，因乐为之。君祖名虎变，郡庠生，曾办河工自子房山至陡山口大堤，行人便之。父名加璋，国学生，每冬寒施绵衣以为常。君孝奉二亲，恭事寡嫂，恩恤孤侄，助以己分地二顷六十亩。云龙书院初设，捐百金。岁饥，赈饭粥衣袄，给棺槥，助埋葬。或减价平粜，或曲全婚嫁，不殚述。考院屏墙路狭，让市宅地扩之。修金山桥，捐百金，故桑梓间恒啧啧号"王善人"。因陈公之额合余所闻，方吮毫为文，适卫守戎王公鹤亭见[过，曰："君之久于此，不如吾之久于此也。君之知王君，不如吾之知王君也。君盖见义必为，悯人之困乏而不计，己之有余者

① 二字空阙。查乾隆、道光《铜山县志》作"监司翁亦至"，则所缺二字应为其名。

计。曩者，郡守议建河院署，欲以旧学基地为之，而地皆贫民构屋而居，闻地人官，哗然或惧或怨，纷纷藉藉，群聚而论。适王君来，意欲以其千金产近学基者，捐为院署，俾勿坏民居。太守偿以二百金，君受之，而仍捐为构署费。后虽不果用，而君之厚意固已载人口矣。此举几二十年。度君行事，率多类此。不琐琐告之家人，而家亦莫知，予则暗以此重君也。迩者，陈公自北归，谓予曰：'吾观王君之子纯者，品量殆有父风。'况君之母郑、李两孺人，抚君于幼少，义方之训，谆谆不倦。和熊画荻，以成子之为善人者，俾炽俾臧。施及于后，宁有艾乎？"余闻鹤亭之言，遂述以入余记。夫天之佑善也，其真事事有鬼神伺之，而较其轻重短长而福之耶？总由此心之仁，契天地之生机耳。苟充此而不忍人之心，亦安往而不善哉？君子之方，读书励志，绍前徽而光大之，奚难哉？]①

阙题②

夫祠祀之诚，即田夫野老，亦得耳而闻之，过而拜之，目而识之，心焉数之，曰：某为亚圣，某为大贤，某也孝，某也义。则人心之斂而起敬者，未必不转而思效也。余家村庄之车牛坂，相传为闵子御车失鞭处，带水屏山，林木茂美。窃欲就地建祠闵子，意其神之有在，而因举颛孙、颜、孟合祠之。声应气求，或亦先贤灵爽之所乐乎？余方婴疾，鸠工庀材，固未之能。或邀天之庇护少痊，堪以扶杖而出，祠其首务也。预为之记。

劝立身制行文

王源德

士先品行而后文章，诸生闻之熟矣。是以督学大人下车即核品行优劣，然后案临，功令森严也。夫欲端品行，必须立定脚跟，挺然卓立，不屈不挠，从格致诚正下手，施诸日用饮食之间、伦纪纲常之际。毋务高远，毋矜险僻。视听言动，勿涉非礼；行止坐卧，常令收心。处已接物，自理合而义宜矣。薄责人而厚于责己，恕在斯而忠亦在斯。俭乃出仕廉介之源，客至蒸匏，厅容旋马，显仕犹然，微时可想。勤乃建勋懋著之本，朝运甓出，夕运甓入，意念深矣，临事可知。诸生试思所读何书，所居何地，平居期许何如，将来用世设施何如，岂可行与言违哉？圣门诸贤，曾子质鲁，而早悟一贯，以其践履实地也；言子、卜子，文学高科，闻道独后，概可见矣。古人文章用以载道，后世撰述只图斗靡。花卉鲜妍，彩绣辉耀，洵

① 国图本缺页，据哈佛藏本并参乾隆、道光《铜山县志》补足。
② 本篇阙题。作者为萧人，姓氏无考。

悦目而怡情。岂如布帛粟菽之适用，不可一日匮乏哉？言念及此，则制艺亦思过半矣。州邑长吏每月朔望，董率耆老莅于公所，宣讲圣论十六条，各附以史传事实，召庶民聚听，亦民可使由之义也。宣竟民归，转相传述，欣慕乐道，久之性移。迩岁，御史行台汇题孝子节妇，钦奉温纶旌表者累累，是皆愚夫愚妇耳，诸生可忽乎哉？诸生才识器量，大可有为，举首谢青，谅不远矣。故既锓皇上训饬士子文，复撰斯立身制行之说，冀诸生勉之。余亦自知陈言可憎也，第诸生童年入塾，五经、四子书即次第诵读。稍长，习帖括。无非在此中探讨，未免视为取科第之径路。几人身体力行，不知为圣贤、为名臣宁外此耶？爰再录一通，附家书内，以示儿侄及亲友之后进者。

芜湖司训王公传

吴涛

王公源德，字宸在，号恕斋，萧邑人。少孤，力学。年十六，即补邑博士弟子员，旋贡入成均，廷试名列前茅，需次于家。时河使于公莅事伊始，延访谙悉水利之人。公以梓里数被水患，欲稍抒其干济才，乃应檄召，效力河工。功未及就，会部选芜湖县训导，遂辞之任。在任七载，以母老，告终养归。母亡，以哭母卒于家。其居平，勃窣理窟，别有会心，所著书甚夥。其在任也，有《诠注御制训饬士子文》及校刊《学政全书》，为江南督学、后任浙江巡抚洎谷张公所嘉奖，先后颁发江浙两省，至今士林皆宝重之。其他修废举坠，不一而足。课生徒，砺行绩文，有胡安定先生遗范。而其为人，则又轻财货，好施与。先是，康熙乙卯，邑大祲[①]，出粟活数千人。[其][②]他赈贫周急事，亦不可枚举。方疾革时，语其子曰："丈夫力不能济天下，当济一乡。凡吾所愿为，及事所当为者，汝辈其力行之毋怠！"其二子皆能继家学，为明经。长召棠，温厚称邑长者。次传梅，好学乐善，犹似其父，举孝廉方正，不就。尝拟建言吁请修复萧邑水利事，虽未行，邑人韪之。又尝因公捐输累千金，以承先志。大吏欲循例题叙授职，传梅乃归善于亲，力求貤赠，已入告矣。邑绅士公举公乡贤，学使刘公亦许咨题，芜湖诸生又相率请之上江学使，求入名宦。两地之崇祀黉序，必蒙俞允。然则公虽赍志以殁，而学行已传之千秋，公其不死矣！赞曰：

士君子负大志、抱异才，不得致身通显，以上裨国家，下裨兆庶，则偶效一官，循分称职，亦足以维风俗、正人心；又或好行其德，利济一乡，殁而可祭于

① 原作"无"，据嘉庆《萧县志》卷十六《艺文二》改。
② 据嘉庆《萧县志》卷十六《艺文二》补。

祀。若恕斋者，殆兼之矣。然韩子云："莫为之前，虽美弗彰；莫为之后，虽盛弗传。"闻恕斋高、曾、祖、父四世，皆积学能文章，遇危难则慷慨有大节；而其子传梅，又能继志述事，力图不朽。则王氏之发祥食报，辉映后先，其将未有艾与！

续刻重修苏堤碑记

郡守 邵大业

徐城之西有堤焉，起云龙山黄茅冈，至西关而止，长六百余丈，废坏不治。世传为宋苏文忠公所筑以御黄者，因名苏堤。顾考文忠公本传，其事在熙宁十年，河决澶渊，水集城下，公筑东南长堤，首起戏马台，尾属于城。今不特起止互异，且在城西，与东南之文剌谬。《志》故谓：非苏公之旧也。然本传又称：公使官吏分堵以守，卒全其城。复请调来岁夫，增筑故城，为木岸，以防水之再至。而《年谱》则并称筑徐州外小城。夫曰故城，曰小城，则疑有二城。核之《志》所载徐有四城者，似是。而筑城在河平之后，筑堤在河涨之时，大书曰"州外"，则非公所全之城，明甚。今徐城在堤之东，安知非所谓故城、小城者？而公所全之城在堤之西，已就湮废，未可知也。且戏马台在今南门外，距城不能里许，果首尾仅此，乌足以御黄流？然则城非旧城，堤之是与非，未足为定论矣。乾隆辛巳，皇帝下诏于明年南巡狩，而重念彭门河防要地，将再幸。大业于是冬奉檄督郡事。莅之日，访察利弊，则咸谓业曰："徐莫先于河患，河莫亟于城西。往者河水骤至，西堤韩家山、奶奶庙等埽工，危险特甚。赖石楗巩固无患，而居人皇皇者久之。"业闻而心悸焉。苏堤在埽工、月坝之内，不濒河，初若无用。然周审形势，河三面绕城，其东、北二门，循轨直下，泛急无碍；韩家山、奶奶庙当西北苏家山之冲，中流激怒，一折而南，全河奔注，势若阵[①]马。而孤城在肘腋之间，能勿懔懔？当此之际，作万一不虞之策，谋其未然，遏其旁溢，为万堞保障，诚无逾此堤者，顾可听其废坏不治哉？于是谋之监司瑭公，公曰："然！"河务监司李公言曰："善哉，所以安舆情也！"癸未春，大中丞庄公亲临环视，获如请。乃饬吏相度，测水平，视高下，卑者崇之，薄者厚之，旧趾湮没者撤民居而新之。请于上，得闲款若干；谋之铜人，得夫力若干；更旁求别邑之好义者，得金若干。南起于云龙，北讫于月堤。中建石闸，以泄石沟湖之水入于奎河。众志既协，通力合作，不两月而工成。巍峨蜿蜒，屹若磐石。铜之人请伐石记其事，而乞言于业。业唯盛朝立政，崇实去华。方今圣天子清问下民，勤勤恳恳，内外官吏罔不恪修职业，务为悃愊之治。凡粉饰张皇、因循沿袭、一切润色耳目之事，皆非所取。今堤之建于苏公，真伪不可知，其

---

① 原作"帆"，据文义改。

建立之本意尤不可考。然使其于利害非甚关切，而后之人藉为游观寄兴之所，是可废也；若其锁钥关键，利在百世，从而新之，虽未即实有见于昔人之心，而适有中于今日之要，则庶几当务之急矣。公《谢河平表》云："属屡岁之无虞，故患生于所忽。"公之时，河不入徐，故云然也。今则事事有备矣，然而慎之又慎，思患预防之道，不厌其细。是役也，防所忽于未尝忽云尔。堤长七百九十二丈，高一丈二三尺有差，顶宽三丈，底宽八九丈有差，闸高、宽与堤平。起工于六月八日，工竣于七月杪，值金以千计者六有奇。捐输者为徐人韩岱等，督工者为经历沈松龄等，例得书碑阴。而自始事以至蒇事，同心而协力者，则邑令杨咏也。是为记。

徐州府志卷之二十九

大事记

彭城为自古要地，楚汉以来，战争之事多矣。稽诸往史，其小者可略，其大者不可不记也。旧志目曰“兵变”，名不善而义不该。今详考《通鉴》诸书，增入下邳州县，更之曰“大事记”[①]。

周

穆王末年，徐子叛，自称偃王，淮北诸侯朝之者三十六国。穆王命楚讨之。偃王军败，走彭城武原山下，死。

襄王二十二年秋，介人侵萧。（鲁僖公三十年）

定王十年，楚子伐萧。宋华椒以蔡人救萧。萧人囚熊相宜僚及公子丙。王曰：“勿杀，吾退。”萧人杀之。王怒，遂围萧。萧溃。（鲁宣公十二年）

简王十三年，楚与郑伐宋，取彭城，封鱼石。（鲁成公十八年）

十四年，诸侯围宋彭城，讨鱼石。彭城降晋。（鲁襄公元年）

灵王九年秋七月，楚子囊、郑子耳侵鲁西鄙。还，围萧。八月丙寅，克之。（鲁襄公十年）

敬王二十一年春，宋公之弟辰及仲佗、石彄公子地，自陈入于萧，以叛。（鲁定公十一年）

赧王二十九年，齐、楚、魏攻宋。康王走死于温。三国分宋地，以彭城归楚。

秦

二世元年，陈胜等起蕲，至陈而王。诸郡县皆多杀长吏以应。沛令欲以沛应之，掾主吏萧何、曹参乃令樊哙召刘季。刘季之众已数十百人矣。沛令恐其有变，乃闭城守，欲诛萧、曹。萧、曹恐，逾城保刘季。乃书帛射城上，谓沛父老，为陈利害。父老乃率子弟共杀沛令，开城门，迎刘季，立为沛公。萧、曹等为收沛子

① 案《尚书 · 大诰》：“我有大事，休，朕卜并吉。”孔安国《传》：“大事，戎事也。”《孙子 · 计篇》：“兵者，国之大事。”篇名“大事记”，专载兵事，义本此也。

弟，得三千人，攻胡陵、方与，还守丰。

二年，秦泗川监平将兵围丰。二日，沛公出与战，破之。命雍齿守丰，引兵之薛。泗川守壮败于薛，走至戚，沛公左司马得杀之[①]。沛公还军亢父，至方与。陈王使魏人周市略地。周市使人招雍齿，齿即反为魏守丰。沛公引兵攻丰，不能取，还沛。闻东阳宁君、秦嘉立景驹为假王，在留，乃往从之，欲请兵以攻丰。是时，秦别将司马尼将兵北定楚地，屠相，至砀。沛公引兵西，与战萧西，不利。还，收兵聚留。二月，引兵攻砀，三日拔之。收砀兵，得五六千人。攻下邑，拔之。还攻丰，不下。闻项梁在薛，往见之。益沛公卒五千人、五大夫将十人，还攻丰，拔之。雍齿奔魏。○项梁众凡六七万人，军下邳。秦嘉已立景驹为楚王，军彭城东，欲距项梁。项梁乃进兵击秦嘉。秦嘉军败走，追之至胡陵。嘉还战一日，死。景驹走死梁地。项梁军胡陵，章邯军至栗，梁使别将朱鸡石、余樊君与战。余樊君死，朱鸡石军败，亡走胡陵。项梁闻陈王定[②]死，召诸将会薛计事，沛公亦自沛往焉。梁从范增言，求楚怀王孙心，立以为楚怀王。

三年，秦将章邯击楚军，大破之定陶，项梁死。怀王自盱眙都彭城。吕臣军彭城东，项羽军彭城西，沛公军砀。后九月，怀王并吕臣、项羽军，自将之。以沛公为砀郡长，封武安侯，将砀郡兵。及项羽救赵，沛公乃西略地入关。

汉

二年春，汉王部五诸侯兵凡五十六万人，东伐楚。是时，项王方留击齐。以故，汉王遂入彭城，收其宝货美人，日置酒高会。项王闻之，令诸将击齐，而自以精兵三万人，南从鲁出胡陵。至萧，晨击汉军而东，至彭城，日中，大破汉军。汉军皆走，相随入谷、泗水。杀汉卒十余万人。汉卒皆南走山，楚又追击，至灵壁东睢水上。汉军却，为楚所挤，卒十余万人皆入睢水，水为之不流。围汉王三匝，会大风从西北起，折木发屋，扬沙石，窈冥昼晦，逢迎楚军。楚军大乱，坏散，而汉王乃得与数十骑遁去。欲过沛收家室，而楚亦使人之沛，取汉王家。家皆亡，不与汉王相见。是时，吕后兄周吕侯为汉将兵居下邑。汉王间行从之，稍稍收其士卒。至荥阳，复振。

十一年，淮南王英布反，渡淮击楚，败楚兵徐、僮间。元王奔薛。楚丞相泠耳坚守彭城，城赖以全。

景帝三年，楚王戊与吴王濞，及赵、胶西、济南、菑川、胶东七国反，发兵西

① 案《汉书·高帝纪》颜师古注："得者，司马之名。"《史记·高祖本纪》："沛公左司马得泗川守壮，杀之。"司马贞《索隐》曰："盖是左司马无伤得泗川守壮而杀之耳。"

② 定：确凿、确实。

围梁。上遣太尉周亚夫将兵击破之。吴王濞亡走，楚王戊自杀。吴王之初发也，下邳人周丘说王曰："愿请王一汉节，必有以报王。"王乃予之。丘得节，驰入下邳。下邳时闻吴反，皆城守。丘至传舍，召令入户，斩之。遂召昆弟、豪吏告曰："吴兵且至，屠下邳不过食顷。今先下，家室必完，能者封侯矣！"众从之，下邳皆下。丘一夜得三万人，使人报吴王。遂将其兵，北略城邑。比至阳城，兵十余万。闻吴王败走，引兵归下邳。未至，疽发背死。

王莽末，青、徐大饥。樊崇等聚众为寇，号赤眉，掠楚、沛、汝南、颍川。

更始二年，梁王刘永据国起兵[①]，招诸豪杰沛人周建等，攻下济阴、山阳、沛、楚、淮阳、汝南，凡得二十八城。拜董宪、张步各为大将军，与之连兵，专据东方。更始败，永自称天子。

光武建武二年，遣盖延等伐刘永。围睢阳数月，拔之。永奔谯。延进攻，拔薛，斩其鲁郡太守。彭城、扶阳、杼秋、萧皆降。又破永沛郡太守，斩之。永将苏茂、佼彊、周建等三万余人救永。延与战于沛西，大破之。永走保湖陵，茂奔广乐。延遂定沛、楚、临淮。

三年，睢阳人反城迎刘永，延复率诸将围之。永走，为其将所杀。永弟防举城降。苏茂、周建奔垂惠，共立永子纡为梁王。

四年春，延攻茂、建于蕲，进与董宪战留下，皆破之。因率平狄[②]将军庞萌攻西防，拔之。复追败周建、苏茂于彭城。茂、建亡奔董宪。宪将贲休举兰陵城降。宪闻之，自郯围休。时延、萌在楚，往救之，不能克，乃往来要击宪别将于彭城、郯、邳之间，战或日数合，颇有克获。

五年春，庞萌反，引军袭败盖延，与董宪连和，屯桃乡。夏，帝自将征之，敕诸将会睢阳。萌攻破彭城，杀楚郡太守孙萌，复与董宪等围桃城。帝自蒙趋桃城，率诸将进击，大破之。七月，幸沛，进幸湖陵，攻董宪，破之昌虑。宪及庞萌走保郯。留吴汉攻之，车驾转徇彭城、下邳。汉拔郯，军士斩刘纡降。十月，张步斩苏茂以降。

六年，吴汉获董宪、庞萌，山东、江淮悉平。

献帝初平二年，黄巾贼寇徐州。以陶谦为徐州刺史，击黄巾，大破走之，境内以安。

四年，下邳人阙宣聚众数千人，自称天子，劫略郡县。徐州牧陶谦击杀之。〇是年，曹操击谦，攻拔十余城。至彭城，大战。谦败，走保郯。操坑杀男女数十万

① 案《后汉书·刘永传》：永，梁孝王八世孙。更始即位，绍封为梁王，都睢阳。及闻更始政乱，遂据国起兵，擅命于睢阳。

② 原作"敌"，避"夷狄"讳改。今恢复本字。

口于泗水，水为之不流。攻郯，不能克，乃去。攻取虑、睢陵、夏丘，皆屠之，鸡犬亦尽，邑无复行人。

兴平元年，陶谦告急于田楷。楷与平原相刘备救之。谦表备为豫州刺史，屯小沛。夏四月，操复攻谦，略地至东海，所过残灭。还，击破刘备于郯东。是年，陶谦卒，刘备领徐州。

建安元年，袁术攻刘备，以争徐州。备使张飞守下邳，自将，拒袁术于盱眙、淮阴，更有胜负。吕布乘虚袭下邳。下邳守将曹豹反，间迎布。布虏备妻子。备闻之，引还，转军海西。已而求和于布。布复以为豫州刺史，与并势击术，使屯小沛。布自称徐州牧。

二年，袁术遣其将张勋与韩暹、杨奉，步骑数万，趋下邳，攻布。布用陈珪策，连和暹、奉，败张勋。暹、奉留下邳，寇掠徐、扬间。军饥，欲辞布去，布不许。奉因私与刘备相闻，欲共击布。备阳许之。奉引兵诣沛，备于座上斩之。韩暹归并州。

三年春，吕布复与袁术通，攻刘备于沛，破之。备走，归曹操。操益之兵，使东击布。布遣高顺攻之。操遣夏侯惇往，不能救，为顺所败。操乃自将击布。冬十月，屠彭城，进至下邳。布屡战皆败，还保城，不敢出。操掘堑围之三月，引沂、泗灌城。布困迫，与麾下登白门楼。兵围急，乃下降。操缢杀之。

四年夏，袁术欲经下邳，北就袁绍。曹操遣刘备邀之。术复走寿春，呕血死。备据下邳，杀徐州刺史车胄。留关羽守下邳，身还小沛。郡县多叛曹为备，众数万人。遣孙乾与袁绍连和。操遣刘岱、王忠击之，不克。

五年，曹操自击刘备，破之，进拔下邳。备奔青州，归绍。

晋

惠帝太安二年，义阳妖贼张昌反，其党石冰寇扬州。临淮人封云起兵寇徐州，以应冰。于是徐、扬等五州多为昌所掠。

永兴元年，广陵度支陈敏攻徐州贼封云。云将张统斩云降，徐州平。

二年七月，东海王越严兵徐方，将西迎大驾。以琅琊王睿为平东将军，监徐州诸军事，留守下邳。越率甲士三万，西屯萧县。豫州刺史刘乔不受越命，遣子祐拒之灵壁。越军败。

怀帝永嘉元年二月，东莱人王弥起兵反，寇青、徐二州。

二年，王弥寇兖、豫、青、徐四州。

四年九月，徐州监军王隆自下邳弃军，奔于周馥。

五年，贼王桑、冷道陷徐州，刺史裴盾遇害。

元帝大兴元年十二月，彭城内史周抚杀沛国内史周默以反。周抚，沛人，一名坚，初与同郡周默因天下乱，各为坞主，以寇抄为事，既而各受官。默降祖逖，抚怒，遂袭杀默，以彭城叛。诏下邳内史刘遐领彭城内史，与刺史蔡豹、太山太守徐龛共讨之。

二年二月，战于寒山，抚败走。徐龛斩抚，传首京师。

明帝太宁元年三月，石勒攻陷下邳，寇彭城。徐州刺史卞敦退保盱眙。

二年正月，石勒将石瞻寇下邳、彭城，取东莞、东海。刘遐自彭城退保泗口。

成帝咸和元年十二月，济岷太守刘闿等杀下邳内史夏侯嘉，以下邳叛，降于石勒。彭城内史刘续复据兰陵石城，勒将石瞻攻拔之。

九年十二月，石虎徐州从事朱纵斩刺史郭祥，以彭城来降。虎将王朗攻之，纵奔淮南。

穆帝永和五年六月，褚裒以石虎死，表请北伐，直指泗口。先遣前锋督护王颐之径造彭城，示以威信，后遣督护麋嶷进军下邳，贼皆奔溃。裒率众三万，次彭城。河朔士庶归降者日以千数，裒抚纳之。遣督护王龛[①]伐沛，获伪相支重，郡中二千人归顺。鲁郡民五百余家亦建义请援，复遣龛领锐卒三千迎之。龛违裒节度，次代陂，军败死之。裒退屯广陵。

七年八月，魏徐州刺史周成与兖、豫、荆、洛，皆以城来降。

八年，慕容儁僭位。宁朔将军荣胡以彭城、鲁郡叛降于儁。

升平三年，诏谢万、郗昙击燕。郗昙以病退屯彭城，万亦引还，于是许、颍、谯、沛诸城皆没于燕。

隆和元年二月，以庾希为徐、兖二州刺史，镇下邳。十二月，希自下邳退屯山阳。

哀帝兴宁二年四月，燕将李洪攻许昌、汝南，败晋兵于悬瓠。陈郡太守朱辅退保彭城。

帝奕太和四年，桓温北伐，遣建威将军檀玄攻湖陆，拔之，获慕容忠。

孝武帝宁康二年八月，秦人寇彭城。

太元三年，秦兖州刺史彭超攻沛郡太守戴逯[②]于彭城。

四年，谢玄率高衡、何谦之[③]统众数万救彭城，次于泗口，欲遣间使报逯而不可得。部曲将田泓请行。乃没水潜行，将趋彭城，为秦人所获。厚赂之，使云“南军已败”。伪许之。既而告城中曰：“南军垂至，我单行来报，为贼所得。勉之！”

---

①《晋书·褚裒传》作“徐龛”，《十六国春秋·后赵录八》《资治通鉴·晋纪二十》作“王龛”。

② 原作“逯”，据《晋书·谢玄传》《晋书·苻坚载记上》改。下同。

③《晋书·谢玄传》《资治通鉴》作“何谦”，《晋书·苻坚载记上》作“何谦之”。

秦人杀之。时，彭超置辎重于留城。谢玄遣何谦之向留城。超闻之，还保辎重。谦之驰进，解彭城围。遂遂率彭城之众奔于玄军。超遂据彭城，留其治中徐褒守之，南攻盱眙、淮阴，陷之。七月，苻坚以毛当为徐州刺史，镇彭城；毛盛为兖州刺史，镇湖陆；王显为扬州刺史，镇下邳。

九年，谢玄经略旧都，至下邳，伪徐州刺史赵迁弃城走还。玄进据彭城，遣参军刘袭攻取兖州。既平，玄患水道险涩，粮运艰难，用督护闻人奭谋，堰吕梁水，树栅，立七埭为派，拥二岸之流，以利运漕，自此公私利便。进攻青、冀等州，皆降。还镇淮阴，以朱序代守彭城。

十二年，慕容垂寇河东，济北太守温详奔彭城。遣北府兵戍湖陆。

十四年，彭城妖贼刘黎称帝于皇丘，刘牢之讨平之。

安帝义熙元年，魏豫州刺史索度真、大将斛斯兰寇徐州，围刺史羊穆之于彭城。穆之告急，刘道怜率众救之。军次陵栅，斩叛将刘该、孙全。真、兰退走。道怜率孟龙符、孔隆及穆之追蹑至光水沟。魏军杀伤溺死略尽。

二年三月，慕容超遣慕容昱寇徐州[①]。

十二年，宋公刘裕北伐。九月，次彭城。

十三年正月，宋公以舟师进讨，留彭城公义隆镇彭城。

宋

武帝永初三年，魏人寇司、青二州，徐州刺史王仲德率军次湖陆以备之。

少帝景平元年，青州被攻日久，檀道济与王仲德兼行赴之。敌闻之，弃去。仲德向尹卯，道济停军湖陆。仲德之出也，冠军将军申宣戍彭城。魏人陷高平诸县，宣惧敌至，移郭外居民并诸营署悉入小城。

文帝元嘉七年，到彦之率大众入河北伐。长沙王义欣出镇彭城，为众军声援。彦之败退，焚舟，步趋彭城。魏叔孙建追竺灵秀于湖陆，破之。将佐劝义欣委镇还都，义欣不从。

八年，檀道济伐魏。食尽，自历城引还。参军刘振之戍下邳，闻之，亦委城走。

二十七年，魏太武南侵，至邹山。遣楚王建进军清西，向萧城；步尼公进军清东，向留城。武陵王遣参军马文恭至萧城御之，江夏王义恭遣军主嵇玄敬至留，并为觇候。文恭为魏所败，仅以身免。玄敬亦与步尼公相值，幢主华钦继其后。敌望玄敬后有军，引去，趋苞桥，欲渡清西。沛县民烧苞桥，夜于林中击鼓。魏以为宋

---

① 案《资治通鉴·晋纪三十六》，事在同年八月。

兵大至，争渡苞水，溺死者殆半。时江夏王义恭总统诸军，与武陵王同镇彭城。魏军既败马文恭，执队主蒯应，自萧东向彭城，去城十余里。义恭惧，欲弃城南归。长史张畅力陈不可，乃止。太武至，立毡屋于戏马台，以望城中。遣送蒯应至小市门致意，求甘蔗及酒。武陵王与之，就求橐驼。明日，太武使李孝伯饷义恭、武陵王貂裘、橐驼。武陵王使张畅先于城上与李孝伯语，乃开门出见之。魏军攻彭城，不克，引兵南下，至瓜步。北还，经彭城下，遣人语城内："食尽且去，须麦熟更来！"义恭惧，闭门不敢追。

孝武帝孝建元年，南郡王义宣反。兖州刺史徐遗宝戍湖陆，与相连结。遣长史刘雍之袭徐州长史明胤于彭城，不克，更遣王玄楷[①]与雍之复逼彭城。时，徐州刺史萧思话未之镇。因诏安北司马夏侯祖权，率五百人驰往助胤。既至，击玄楷，斩之。雍之还湖陆。兖州刺史垣护之率步骑袭遗宝，破其别戍。遗宝焚城西走。

大明元年二月，魏人寇兖州。诏遣薛安都将骑兵、沈法系将水军，向彭城以御之，并受徐州刺史申坦节度。比至，魏兵已去。

废帝永光元年，帝自将兵讨义阳王昶。昶聚兵反，移檄统内诸郡，皆不受命。昶知事不成，弃母、妻，携爱妾，夜与数十骑开北门奔魏。

明帝泰始二年，徐州刺史薛安都举兵应晋安王子勋。长史兰陵俨密欲图之，见杀。安都密信报其从子索儿，自省逃出，携安都诸子及家累北奔。青州沈文秀、冀州崔道固皆反，应安都。文秀遣刘弥之等出下邳，道固遣子景征、傅灵越自太山道向彭城。时，安都婿裴祖隆守下邳。弥之等至下邳，改计归顺，因袭祖隆，破之。祖隆与安北将军垣崇祖奔彭城。帝以申令孙为徐州，代安都。令孙进据淮阳，降于索儿。八月，子勋平定，安都奉启书归款。帝遣张永、沈攸之以重军迎之。安都疑惧，乃乞降于魏，请救。魏遣尉元、孔伯恭帅二万骑救之，以安都为镇南大将军、徐州刺史。张永、沈攸之进兵逼彭城，军于下磕，分遣王穆之将卒五千，守辎重于武原。魏尉元至彭城，遣李璨先入，收其管籥；别遣孔伯恭以精甲二千，安抚内外，然后入。其夜，张永攻南门，不克而还。元使安都守彭城，自将兵击张永，绝其粮道。又破王穆之于武原。

三年正月，张永等弃城夜遁。会大雪，士卒冻死大半。尉元邀其前，薛安都乘其后，大破永等于吕梁之东，枕尸六十余里。永等仅以身免，于是尽失淮北四州及豫州淮西之地。○沈攸之之自彭城还也，留长水校尉王玄载守下邳，积射将军沈韶守宿豫。睢陵、淮阳，皆留兵戍之。七月，攸之自送运米至下邳。魏人遣清泗间人诈攸之，云："薛安都欲降，求军迎接。"攸之不许，使军主彭城陈显达将千人助戍

① 原作"元楷"，据《宋书·徐遗宝传》改。下同。

而还。七月，帝复遣沈攸之等击彭城。魏尉元遣孔伯恭率步骑一万拒之。攸之至焦墟，去下邳五十余里，陈显达引兵迎攸之至睢清口。伯恭击破之，攸之还屯淮阴。尉元以书谕徐州刺史王玄载，玄载弃下邳走。孔伯恭进据宿豫，戍将鲁僧遵亦弃城走。魏将孔大恒等将千骑南攻淮阳，淮阳太守崔武仲焚城走。

齐

建元二年二月，崔叔延破魏睢陵，杀淮阳太守梁恶。七月，角城戍主举城降魏，魏遣徐州刺史梁郡王嘉迎之。九月，遣李安民循行清泗诸戍以备魏。

魏

孝文帝太和四年，徐州民桓标之[1]等叛，屯于五固。尉元与镇将薛虎子讨平之。

魏宣武帝正始三年（梁天监五年）二月，梁将军萧昞将兵击魏徐州，围淮阳。魏将军奚康生救淮阳。五月，梁将张惠绍等侵魏徐州，拔宿豫，执戍主马成龙。六月，惠绍与假徐州刺史宋黑，水陆俱进，趣彭城，围高冢戍。魏奚康生将兵救之。惠绍兵不利，黑战死。七月，梁将兰怀恭与魏邢峦战于睢口，怀恭败绩。峦进围宿豫。怀恭复于清南筑城。峦与杨大眼合攻，拔之，斩怀恭。张惠绍弃宿豫，萧昞弃淮阳遁。

魏永平元年（梁天监七年）十月，魏镇东参军成景儁杀宿豫戍主严仲贤，以城降梁。十一月，魏遣安东将军杨椿将兵四万攻宿豫，不克而还。

魏明帝孝昌元年（梁普通六年）正月，徐州刺史元法僧据城反，杀行台高谅，称帝，改元天启。魏发兵讨之，法僧遂降于梁。梁以元略为大都督，与将军陈庆之、胡龙牙、成景儁等将兵接应。魏遣安乐王鉴讨法僧，击元略于彭城南。略大败，与数十骑走入城。鉴不设备，法僧出击，大破之。鉴单马奔归。梁寻遣豫章王综镇徐州，召法僧及元略还建康。法僧驱彭城吏民万余人南渡。魏以安丰王延明为东道行台，临淮王彧为都督，以击彭城，相持未决。而梁豫章王综素蓄异志，潜送款于魏。六月，遂举城降魏。魏人乘胜进击，复取诸城，至宿豫而还。

三年正月，徐州民任道棱聚众反，袭萧城，据之。州军讨平之。〇二月，梁将军成景儁率众逼彭城，筑栅造堰，谋断泗水以灌城中。魏崔孝芬、李叔仁等击之，景儁遁还。

魏孝庄帝永安三年正月，东徐州城民吕文欣等杀刺史元大宾，据城反。遣都官尚书樊子鹄讨平之。〇十月，徐州刺史尔朱仲远反，率众向京师。以郑先护为大都

---

① 本志卷十六《名宦》从《魏书·尉元传》作“桓和”，兹从《资治通鉴》作“桓标之”。

督，与行台杨昱讨之。先护兵败，降于仲远。

魏永熙二年五月，东徐州民王早等杀刺史崔庠，以下邳降梁。十一月，魏以邸珍为徐州大都督、东道行台讨之。

东魏孝静帝武定二年二月，徐州人刘乌黑聚众反，行台慕容绍宗讨平之。

五年九月，梁遣贞阳侯萧渊明帅众伐彭城，堰泗水于寒山，灌彭城，以应侯景。东魏以慕容绍宗为东南道行台，与大都督高岳将兵救彭城。十一月，绍宗破梁军，擒渊明，俘斩五万级。冻乏赴水死者，不可胜数。

北齐

文宣帝天保元年，齐东徐州行台辛术镇下邳。十一月，侯景征租入建康。术率众渡淮断之，烧其谷百万石，遂围阳平。景行台郭元建救之。术略三千余家还下邳。

天保四年十二月，齐宿豫民东方白额以城降梁。梁使晋陵太守杜僧明帅三千人助白额。

五年三月，齐将王球攻宿豫。杜僧明出击，大破之。球走归彭城。六月，齐段韶、敬显儁等围宿豫，使辩士说东方白额。白额开门请盟，因执而斩之。

北齐后主武平五年九月，陈遣都督吴明彻进攻彭城，至吕梁，大破齐军。

后周

建德六年，陈宣帝闻周灭齐，欲争徐、兖，遣吴明彻督诸军伐之。十月，明彻军至吕梁。周徐州总管梁士彦率众出战，明彻频破之，因退兵城守，不敢复出。明彻乃堰清水以灌其城，环列舟舰于城下，攻之甚急。周遣上大将军王轨为行军总管，率诸军赴救。轨轻行自清水入据淮口，横流竖木，以铁锁贯车轮，遏断船路。陈诸将闻之，甚惶恐，议欲破堰拔军，以舫载马而去。马主裴子烈谓不如先遣马出，会明彻苦背疾甚笃，从之。乃遣萧摩诃帅马军前还，明彻仍自决其堰，乘水势以退军。及至清口，水势渐微，舟舰不得渡，众军皆溃。明彻及将士三万余人并辎重皆就俘获。

隋

炀帝大业十年，彭城贼帅张大虎、宗世模等众至数万，寇掠徐兖。榆林太守董纯进讨，至于昌虑，大破之，斩首万余级。

十一年，董纯又讨彭城贼魏麒麟，与战，破之。〇炀帝既亡，裴虔通为宇文化及守徐州。化及败，虔通归唐。王世充以兵攻徐州，取之，置行台以守。

唐

高祖武德四年，王世充弟世辩以徐州降。

玄宗天宝末，安禄山反。命虢王巨为河南道节度使，屯彭城。巨以贼势炽，东走临淮。

代宗大历九年，徐州兵乱，逐其刺史梁乘。

德[1]宗建中二年，淄青李纳叛。其所署徐州刺史李洧，以城归国。纳怒洧背己，攻徐州甚急。命宣武节度刘治救彭城，与贼相拒于七里沟，大破之。

贞元十六年五月，徐州节度使张建封卒。判官郑通诚权知留后，恐军士为变，会浙西戍兵过徐，谋引以为援。军士怒。壬子，数千人斧库门，出甲兵擐执之，围牙城，劫建封子愔，令知军府事。杀通诚及大将段伯熊等数人，表请愔为留后。不许，诏淮南节度使杜佑讨之。佑遣泗州刺史张伾[2]攻埇桥，大败而还。朝廷不得已，除愔徐州团练使，俄为留后。

宪宗元和十年，诏诸道兵讨吴元济。李师道谋挠王师，数侵徐救蔡。节度使李愿遣将王智兴率步骑拒贼。贼将王朝晏方攻沛，智兴逆击，败之，朝晏脱身走保沂州。智兴进破姚海兵于丰。朝晏以轻兵还袭沛，与夜战狄丘，复破之。

十三年，讨李师道。王智兴以步骑八千次于湖陆，与忠武军会。遂拔金乡、鱼台，俘斩万计。

穆宗长庆元年，河朔用兵，以王智兴为武宁节度副使。二年三月，智兴帅兵三千讨幽、镇。节度使崔群畏智兴难制，奏请即用智兴为节度，不则召诣阙，除以他官。智兴亦自疑。会赦王庭凑，诸道皆班师，智兴引兵先期入境。群惧，遣使迎劳，且令军士释甲而入。智兴不从。乙巳，引兵直进，徐人开门待之。智兴杀异己者十余辈，然后谒群，谢曰："此军情也！"为群及判官、从吏具人马及治装。遣兵卫从群，至埇桥而返。遂掠盐铁院及贡物，劫商旅，逐濠州刺史侯弘度。朝廷甫罢兵，不能讨，即命为本军节度使。

宣宗大中三年五月，武宁军乱，逐节度使李廓。

懿宗咸通三年七月，武宁军乱，逐节度使温璋。○初，王智兴既得徐州，募勇悍士二千人，号银刀、雕旗、门枪、挟马等七军。常以三百余人自卫，露刃坐于两庑夹幕之下，每月一更。后节度使多儒臣，其兵浸骄，小不如意，一夫大呼，其众皆和之，节度使辄自后门逃去。前节度使田牟，至与之杂坐饮酒，把臂拊背，犒赐日以万计，犹邀求不已。牟卒，璋代之。骄兵素知璋性严，惮之。璋虽开怀慰抚，

---

① 原作"宪"，据唐帝年号并参《旧唐书·德宗纪上》改。
② 原作"邳"，据两《唐书·张建封传》《资治通鉴·唐纪五十一》改。

终怀猜忌。一旦，竟聚噪而逐之。诏以王式为节度，使式率忠武、义成两军赴彭城。视事三日，命两镇围骄兵数千人，尽杀之。朝廷以徐州屡乱，改为团练使，隶兖海节度。

九年七月，武宁军节度粮料判官庞勋反。初，南诏盗边，遣武宁兵戍桂州，约三年一代。至是已六年，不得代。列校许佶、赵可立因众怒，杀督将王仲甫，推庞勋为长，勒众北还。诏徐州观察使崔彦曾慰安之。勋于路益裒兵，招亡命，收银刀亡卒。至徐城，斩牙健赵武等，送首彦曾。彦曾不能诘。勋怨都押衙尹戡、教练使杜璋、兵马使徐行俭不遣代戍，又使白彦曾，请为二屯，且退戡等。彦曾与府属温廷皓谋，选兵三千，授都虞候元密屯任山，须勋至，劫取之。勋知其谋，即诡路袭据宿州，自称留后，趋泗州。密觉，追之，遇伏兵，大败。勋船千艘，与骑夹岸，噪而至徐。彦曾料丁男乘城，悉诛贼家属。城中大雾，贼四面超墉入，囚彦曾及官属，杀尹戡等。徇十余县，皆下。遣伪将屯柳子及丰、滕、沛、萧，露章求节度使。帝遣中人康道隐诣徐宣慰。勋郊迎，旗铠矛戟亘三十里，使骑鸣鼙角，声动山谷。置酒球场，引道隐观其众。道隐还。固求节度，即残砀山、单父十余县，斩官吏，出金帛募兵，游民皆从之。诏大将康承训、王晏权、戴可师率魏博诸道及沙陀等兵二十万讨之。贼与官军更有胜负。可师败死，帝更以曹翔为北面招讨使，屯滕、沛，魏博将薛尤屯萧、丰，承训屯柳子右，夹汴筑垒，用沙陀骑屡破之，杀伤万计。勋惧，乃害彦曾等，谓其下曰："上不许我节度，与诸君真反矣！"大索兵，得三万，称天册[①]将军。以其父举直为大司马，守徐州，自引兵救丰。魏博军溃，勋乘胜攻承训。时承训方攻临涣，乃追还兵仗[②]以待。勋军皆市人，未阵即奔，相蹈藉，死者四万。勋释甲，服布襦遁去，收散卒三千以归彭城。○勋初起，下邳土豪郑镒聚众应之，勋以为将。五月，沂州遣军围下邳，勋命镒救之。镒率所部来降。黔中观察使秦匡、南面招讨使马士举徇淮、泗，尽碎其营。帝恨魏博军不胜，以宋威为西北面招讨使，率兵三万屯萧、丰。曹翔下滕，贼将朱玫以蕲、沛降，李直奔入徐州。翔又破丰、徐城、下邳，贼益蹙，引而西，使举直、许佶守徐。承训与十遇，皆胜之，因谕降贼将张玄稔。玄稔斩其党刘景、张儒，诈为溃军劫符离，得兵万人，北攻徐州。许佶等不敢出。彦曾故吏路审中，开白门内玄稔军。许佶等启北门走，玄稔追之，贼大崩，皆赴水死。斩举直、许佶、李直等，收叛卒亲族，悉夷之。勋闻徐已拔，率众二万自石山[③]焚掠而西。承训悉兵八万逐北，沙陀将朱

① 原作"策"，与"册"通，今从《新唐书·康承训传》《资治通鉴·唐纪六十七》用字。

② 原作"伏"，据《新唐书·康承训传》改。

③ 按：顾祖禹谓"石山"为"砀山"之讹。《读史方舆纪要》云："唐咸通中，官军讨叛卒庞勋于徐州，勋穷蹙，自砀山西出，袭宋州，不能陷而还。或作'石山'，误也。"

邪赤心追至蕲县，斩首万级，余皆溺死。阅三日，得勋尸。勋始得徐州，资储荡然，乃四出剽取，男子十五以上皆执兵。舒锄钩为兵，号“霍锥”。破十余州，凡二岁灭。

僖宗中和元年，黄巢乱京师。感化节度使支详遣牙将时溥、陈璠率兵五千西讨。次河阴，军乱，剽居人。溥招戢其众，引还，屯境上，疑不敢归。详以牛酒犒士，约悉贳其罪。军入，乃共推溥为留后，逐详客馆。溥具资装，遣璠护还京师。夜驻七里亭，璠杀详，屠其家。溥怒，署璠宿州刺史，俄杀之。别遣将引锐兵三千入关。

光启三年，朱全忠以宣武行军司马李璠为淮南留后，遣将郭言将兵千人送之。感化节度使时溥自以于全忠为先进，官为都统，顾不得领淮南，而全忠得之，意甚恨望。全忠以书假道，溥不许。璠至泗州，溥以兵袭之。郭言力战，得免而还。徐、汴始构怨。

文德元年十一月，时溥自将步骑七万，屯吴康镇。梁朱珍与战，大破之。

昭宗龙纪元年五月，朱珍拔萧县，据之。七月，朱全忠如萧，以庞师古代珍为都指挥使，进攻时溥壁。会大雨，引还。

大顺元年正月，时溥求救于河东，李克用遣其将石君和将五百骑赴之。夏四月，宿州将张筠逐刺史张绍光，附于时溥。朱全忠率诸军讨之。溥出兵掠砀山，全忠遣牙内都指挥朱友裕击之，杀三千余人，擒石君和。

二年十一月，时溥将刘知俊率众二千，降于朱全忠。知俊，沛人，徐之骁将也。溥军自是不振。

景福元年，朱全忠连年攻时溥，涂、泗、濠三州民不得耕获。兖、郓、河东兵救之，皆无功。复值水灾，人死者十六七。溥困甚，请和于全忠。全忠勒令移镇，溥许之。全忠乃奏请移溥他镇，仍命大臣镇徐。诏以刘崇望充感化节度使，以溥为太子太师。溥恐全忠诈而杀之，据城不奉诏。崇望行及华阴而还。〇三月，时溥南侵至楚州，杨行密将张训、李德诚败之于寿河。〇十一月，朱全忠遣其子友裕将兵十万，击时溥。

二年正月，时溥遣兵攻宿州，刺史郭言战死。二月，时溥求救于朱瑾。朱全忠遣其将霍存将骑兵三千，军曹州以备之。瑾将兵二万救徐州。存引兵赴之，与朱友裕合击徐、兖兵于石佛山下，大破之。瑾遁归兖州。后数日，复战。存败死，庞师古攻拔佛山寨。自是，徐兵不敢出。朱全忠自将如徐。师古拔彭城，时溥举族登燕子楼自焚死，全忠遂有其地。

后梁

乾化四[①]年八月，以福王友璋为武宁节度使。前节度王殷[②]，友珪所置也，惧不受代，叛[③]附于吴。梁命淮南招讨应接使牛存节，及开封尹刘鄩将兵讨之。冬十月，存节等军于宿州。吴平卢节度使朱瑾等将兵救徐州，存节等逆击破之。吴兵引归。

后汉

刘赟自徐州入为汉嗣，留将军巩庭美、杨温守徐州。二人闻周代汉，奉赟妃董氏拒周。周使王彦超率兵克徐州，二人死之。

宋

高宗建炎三年，金粘没喝围徐州。知州王复固守，率军民力战。外援不至，城陷，死之。先是，宋所运江淮金币皆在徐州府库。金尽得之，分给诸军。〇金人北还，都虞候赵立率残兵邀击，断其归路，夺舟舰金帛以千计。乃尽结乡民为兵，遂复徐州。诏以立权知州事。会金围楚州，急命立往赴。立去，徐州复失。

建炎六年，韩世忠引兵攻宿迁。统制呼延通与金兵战，败之，擒其将孛堇牙合。

金

宣宗兴定二年十二月，红袄贼攻彭城之胡村寨。徐州兵讨破之。

五年秋七月，义勇军叛，据砀山县，袭永城。副总领高琬败之，命蒙古［纲］[④]并力捕讨。诏增徐州、清口等处戍兵衣粮。

元光元年，红袄贼袭徐州十八里砦。

元光二年，蒙古纲行省邳州。纲御下严，信赏必罚，邳州军不乐属纲。八月，邳州从宜经略使纳合六哥率众杀纲，据州反，与蒙古将李二措致书海州，言欲来附。李全麾下周岊得之，以报全。全喜，遣王喜儿以兵二千应接，而己继之。二措纳喜儿而囚之。全欲攻邳，四面阻水，二措积劲弩射之，全不得进，合兵索战而败。金行院总帅牙吾塔讨杀六哥，复其城。

哀宗天兴元年正月，徐州行省庆山奴引兵入援徐邳。义胜军总领侯进、杜政、

---

① 原作“三”，据《资治通鉴·后梁纪四》改。
② 王殷，即本志《杂纪》之“蒋殷”，幼为王重盈养子，冒姓王。以叛附吴，梁末帝诏削官爵，还其姓。
③ 原作“判”，据《资治通鉴·后梁纪四》改。
④ 字据《金史·宣宗本纪下》《蒙古纲传》补。

张兴率所部降于蒙古。北兵至徐之张盆渡。时，行省徒单益都令移剌长寿率甲士千人迎战。北兵掩之，一军皆覆。益都籍州人及运粮埽兵，得万人守御。北兵傅城，烧南关而去。侯进复请千人来袭。二月庚申，北兵坎南门而上，守者皆散走。益都率兵三百，力战却之。夺张盆渡，取萧县，破白塔，战于土山，救被俘老幼五千还徐。侯进、张兴、杜政穷窘自归。六月，青州人王祐为埽兵总领，将兵千七百人，与都统封仙等夜烧草场作乱。益都挈妻子缒城出走。张兴杀祐，因大掠城中。蒙古将国安用率兵至徐，执兴与其党十余人，斩之。遂以封仙为元帅，主徐州。金宿州总帅刘安国、邳州杜政，皆以州归之。安用遂据三州。蒙古帅阿术鲁闻之，怒曰："此三州吾当取！安用何人，辄受降？"遣张进率兵入徐，图安用。安用杀之，还邳州。七月，安用降金，封兖王，赐姓完颜，改名用安。十二月，率兵至徐。元帅王德全闭城不纳，系封仙于狱，杀之。用安攻徐，久不能下，退保涟水。

二年正月，以完颜仲德行省事于徐州。沛县卓翼、孙璧冲初投国用安，用安封翼东平郡王，璧冲博平公，升沛县为源州。至是，翼、璧冲归金，仲德令统河北诸砦，行源州帅府事。○二月丙子朔，鱼山总领张瓛作乱，杀元帅完颜忽土降蒙古，以兵胁保安镇从宜严禄。禄在砀山数年，久得士心，阴召诸义军赴保安诛瓛。徐州去保安百里，行省闻之来讨，会禄已反正，乃以便宜授禄元帅左都监，就佩忽土虎符。未几，蒙古帅阿术鲁兵至保安，禄夜遁。三月，阿术鲁攻萧县，游骑至徐。徐帅遣张元哥、苗秀昌率骑八百往救萧。未及交战，元哥退走，蒙古兵掩之，皆为所擒杀。遂陷萧县。○七月，以完颜赛不行尚书省于徐州。既至，以州乏粮，遣郎中王万庆会徐、宿、灵璧兵取源州，令元帅郭恩统之。九月，恩至源州城下，败绩而还，乃召河北叛将郭野驴等入城作乱。凡防城与守门者，皆河北义军。赛不先病重，为贼党所制，不得已，授野驴节度使以羁縻之。野驴复约源州叛将麻琮袭破徐州。赛不自杀，麻琮遂遣人以州降蒙古。

三年，金亡。是年，国用安降为宋将。蒙古围源州，用安往救之，败走徐州。时，历城张荣从阿术鲁为先锋。沛将唆蛾夜来捣营，荣觉之。唆蛾反走，荣率壮士追杀之，乘胜急攻，城破。遂攻徐州，国用安引兵突出，荣迎击之，亦破其城。用安赴水死。

元

太宗初年，徐州守将张名以城降宋，导宋兵攻邳州。元将匡才击走之，复取徐州。

世祖中统三年四月，宋华路分、汤太尉攻徐、邳二州。元分张柔军千人还戍。五月，宋人攻邳州，元徐州总管李杲哥降于宋。未几，元严忠嗣从按脱复徐州，杲哥遇害。

至元十二年，元博罗欢军下邳，取清河。涟、海守臣俱以城降。

顺帝至正七年二月，河南、山东盗蔓延徐州、济宁、滕、邳等处。十二月，分拨达达军与扬州旧军于水陆关隘戍守，东至徐州，北至夹马营，遇贼掩捕。

十年，徐州立兵马指挥使，捕上马贼。

十一年八月丙戌，萧县人李二及老彭、赵均用攻陷徐州。李二，号芝麻李，与其党亦以烧香聚众反。

十二年，太师脱脱请亲出师讨芝麻李，诏许之。九月，脱脱至徐州，攻其西门。贼出战，以铁翎箭射马首。脱脱不为动，麾军奋击，破之。用也速计，以巨石为炮，昼夜攻不息。也速攻破南关外城，芝麻李遁走。遂屠其城。

十三年四月，降徐州为武安州，徙城南数里。

十五年二月己未，刘福通等自砀山夹河迎韩林儿至亳州，立为帝。自是，濠、徐间州县多陷于贼。诏立忠勤万户府于武安州。

二十三年九月，张士诚自称吴王。朝廷征粮，不与。于是，徐、宿、泗、濠诸郡皆为士诚有。

二十六年四月，明徐达克淮安。徐州守将陆聚以徐、宿二州降，命为江淮行省参政[①]，仍守徐州。于是，邳、萧、宿迁、睢宁诸县皆降。元遣李左丞击徐，聚击破之。

明

建文三年五月，燕王遣都指挥李远等，率轻骑六千诣徐、沛，令易士卒衣甲，与南师同，插柳枝于背为识。至济宁谷亭，尽焚军兴以来储积。遂潜兵掠沙河、沛县，南军不之觉，焚其粮船数千艘、粮数百万石。军资器械，悉为煨烬，河水尽热。

四年春正月，燕师至沛县，指挥王显以城降。知县颜伯玮死之。遂进师徐州，守将闭门不出。燕王欲驱兵南进，而士卒多散出取粮，恐后至者为城中兵所掩。乃伏兵九里山，又先匿百余骑演武亭，令数骑往来城下嫚骂，焚其庐舍，徐发一矢射城上，抵暮乃去。明日复如之。城中不胜怒，乃开门，以兵五千出追。燕骑按辔徐行，既渡河，炮举伏发，燕王亲帅劲骑驰西门，断其归路，腹背夹击之。城中兵大溃，争渡桥，桥坏，溺死千余人，斩获甚众。后单骑往来城下，城中竟不敢出。乃以师南行。

---

①《明太祖实录》作“江淮行省参政”。本志卷十六《封建》从《明史》本传作“江南行省参政”。

成祖永乐初，徐州贼张晋祥倡乱，巡按御史丁璿擒斩之。

武宗正德六年，流贼赵燧等攻徐州不下，至宿迁。淮安知府率兵击贼，不战而溃。〇是年，河南贼贾勉儿等三千人破砀山，又破萧。

七年正月，刘六等自文安而下。二月，至宿迁，屯小河口，劫船欲渡。指挥周正拒之。退屯城子河，率众万余，掠邳州之迦口集，遂由赣榆过郯[1]城。既拥众复寇邳州，贼皆白衣，弥漫郊野。知州周尚化悉力拒却之。三月，贼过吕梁，沿途焚掠无遗。总兵刘[2]晖屡破之于吕孟社、郭家庄、鱼头集等处，贼遁走。〇四月壬辰，都指挥杨鼎击贼于徐州之庄里集，败走之。〇闰五月，刘六、刘七围邳州，督漕都御史张缙击败之。东海千户张瀛率锐卒杀其渠帅三人。六等遂从枣林渡邳，奔河南。

神宗万历二十七年，浙江民赵古元至徐，谋作乱，徐州及丰沛人多从之者。未及发，兵备郭光复捕诛之。

熹宗天启二年，山东妖贼徐鸿儒等以白莲教倡乱，攻郓、邹、滕、峄诸县，拥众数万南下。六月十日，攻夏镇，掠粮船四十余艘。九月二十四日，由荆山口至徐，结营子房山下，焚掠居民。知州汪心渊获为贼耳目者三人，斩之，尽撤黄河舟楫。贼知有备，引去，向丰县。十月朔，屯华山。知县宋士中、军官王锡印等率兵民迎贼，三战皆胜。贼引而北，止常家店。游击焦某领淮狼兵五千至。遂与东省四将合击，大破之。乘胜追杀，无一返者。

四年九月，贼拥众攻沛县。沛坚守，不能陷，遂掠南关而去。〇是年，徐贼余党复聚泗州，焚掠睢宁城邑。

七年，张山土贼李五、郑三峰等依山为险，四出剽掠，为徐、邳、宿三州之害。

庄烈宗崇祯元年，总兵官马炘率兵攻李五等，捣其巢，擒斩之，余党遂散。

八年，江北贼入萧、砀境。参议徐标守徐，贼不敢犯，遂引而南。

九年正月戊辰，江北贼攻萧县，破之，焚掠几尽。诸生死贼者甚众。〇己巳，闯贼东奔宿州，突入沛县，焚戮妇竖，掠其精壮入营中。〇壬申，闯王合扫地王、紫金梁等二十四营攻徐州，不克，遂西陷虞城。

十年八月癸卯，江北贼陷睢宁。〇是月十六日，贼至徐之房村、胡山等处。官军与乡兵筑砦胡山，列阵御之。自晨至夕，贼不敢逼[3]，乃退。十七日，至城南焦山等处，随引去。

---

① 原作“剡”，据《明史纪事本末》卷四十五改。

② 原作“姚”，据《明武宗实录》及《明史纪事本末》改。

③ 原作“偪”，通“逼”。

十三年，盗焚掠沛县南关。

十四年五月庚子，泰安土寇犯徐州北关，焚之。

十五年，开州贼袁时中突入萧县，执知县以去。〇十二月，袁贼东犯凤皖，至睢宁。参将古道行、总兵戴国柱战死淩城庙。〇是年，土寇纷起，张方造、王道善等啸聚河北，掠丰沛；程继孔等盘踞铙山一带，四出焚劫。副使何腾蛟率兵平河北盗，乃招抚继孔。继孔欲出就抚，旋以腾蛟迁去而止。〇是年八月[1]，大清游骑至沛，沛人避匿。围城七日，解而去。

十七年，李自成兵陷沛，以其党武愫为防御使。

大清

顺治二年，王师下徐州，明总兵李成栋南奔。〇嗣后，程继孔、王敏、刘三奇等，及山东榆园诸盗，先后为徐属各邑患者，皆以次诛之。

顺治十年九月，胶州总兵海士行叛，奔六安山。过睢宁，抵城下，索牛马。知县魏翰拒之。贼已西行，翰弟魏三风子约百余骑，欲翦其尾队要功。贼怒，还围城，火其西门。城遂破，屠掠一空。

徐州府志卷之二十九全

① 按："八月"应为"十二月"，讹从康熙《徐州志》。参见《清史稿 · 阿巴泰传》、乾隆《沛县志》。

徐州府志卷之三十

祥异

旧志有《祥异》一类，统纪自秦汉迄今水旱灾祥，以备后来之考鉴，固不可废。若以为犹史之有《天文》《五行》，必当附于《星野》之后、《建置》之前，恐非通人之见也。今采其专属兹地者，附之《人事》之后。

周

显王时，九鼎没于泗，鼎气浮于水上。秦始皇使数千人没水求之，不获，谓之“鼎伏”。

秦

始皇帝二十八年，望气者云：东南有天子气。遂东巡至丰，筑台，埋宝剑、丹砂于下，复于城四隅凿池深数丈，以厌之。

汉

文帝元年四月，齐、楚地震。〇五年十月，楚王都彭城大风从东南来，入市门，杀人。〇后元七年九月，有星孛于西方。其本直箕、尾，末指虚、危，长丈余。占者以为：“尾，宋地，今楚彭城。”是时，景帝初即位，信用晁错，削诸侯王地。三年，楚并七国反。

景帝三年十一月，楚国吕县有白颈乌与黑乌群斗，白颈不胜，堕泗水死者数千。

宣帝本始二年，荧惑守房之钩钤。占曰：“房为将相，心为子属。其地宋，今楚彭城。”〇地节元年正月辛酉，荧惑入氐中。氐，天子之宫，荧惑入之，有贼臣。是岁，楚王延寿谋逆自杀。〇元康元年，凤凰下彭城。

成帝河平二年正月，沛郡铁官铸铁[①]不下，隆隆如雷声，又如鼓音。工十三人惊走。音止，还视，地陷数尺。炉为十，一炉中销铁散若流星，皆上去（铁官在

① 原作“钱”，据《汉书·五行志》改。

沛县)。○阳朔元年七月壬子，月犯心星。占曰："其国有忧，若有大丧。房、心为宋，今楚地。"十一月，楚王芳薨。

哀帝建平四年，湖陆雨血。○王莽天凤六年，青、徐民饥，流亡，死道路者甚众。

光武中元元年，楚、沛多蝗。

明帝永平九年正月戊申，客星出牵牛，长八尺，历建星，至房南灭。占曰："客星舍房，左右群臣有吞药死者。"又占有夺地。牵牛主吴越，房、心为宋。后广陵王荆、楚王英谋逆事觉，皆自杀。广陵属吴；彭城，古宋地。

章帝建初二年，兖、豫、徐三州大旱。诏勿收田租、刍稿，其见谷赈给贫民。○元和二年，芝生沛。○三年，白虎见彭城。

和帝永元十六年二月，诏兖、豫、徐、冀四州，比年雨多伤稼，禁沽酒。

安帝永初元年正月，月犯心后星。占曰："不利子。心，为宋。"五月，沛王牙薨。○四年夏四月，豫、徐等五州蝗。○七年，南阳、广陵、下邳、彭城、山阳、庐江、九江民饥。九月，调零陵、桂阳、丹阳、豫章、会稽租米赈给。○延光三年四月丙戌，沛国言甘露降丰县。

桓帝永兴二年六月，彭城泗水增长逆流。

灵帝中平五年，山阳、梁、沛、彭城、下邳、东海、琅邪七郡水大出。

魏

明帝景初元年九月，冀、兖、徐、豫四州水灾。遣侍御史循行没溺死亡及失财产者，所在开仓赈救之。○二年九月，淫雨。冀、兖、徐、豫四州水出，溺杀人，漂失财产。

晋

武帝泰始四年九月，青、徐、兖、豫四州大水。○五年二月，青、徐、兖三州水。遣使赈恤。○咸宁元年九月，徐州大水。○三年九月，兖、豫、徐、青等七州大水，伤秋稼。诏赈给之。

惠帝元康二年八月，沛雨雹。○永平五年，荆、扬、兖、豫、青、徐六州大水。遣御史巡行赈贷。○六年三月，彭城吕县有流血，东西百余步。○八[1]年九月，荆、扬、豫、徐、冀五州大水。○永宁[2]元年，自夏及秋，青、徐、幽、并四州旱。

① 原作"七"，据《晋书·惠帝纪》改。
② 原作"安"，据《晋书》《宋书》《通志》等改。

○太安[1]元年秋七月，兖、豫、徐、冀四州大水。○永兴元年七月庚申，太白犯角、亢，经房、心。占曰："人房、心，有兵丧。"于是，徐、兖、豫为天下兵冲。

元帝太兴元年七月，东海、彭城、下邳、临淮四郡虫，害禾稼。八月，冀、徐、青三州蝗。○二年五月，徐、扬诸郡蝗。○四年十二月，月犯岁星，在房。占曰："其国兵饥，人流亡。"

穆帝[2]升平元年十一月壬午，月掩岁星，在房。占曰："人饥。"又曰："豫州有灾。"○二年闰三[3]月乙亥，月犯岁星，在房。占同前。是年，刺史谢奕卒。○五年六月癸酉，月掩氐东北星。占曰："大将军当之。"八月，徐州刺史范汪废。

孝武帝太元十年[4]七月，彭城饥旱。先是，诸将略地，有事徐、豫间。谢安出镇，使子琰进次彭城，频有军役。○十三年［闰正月］[5]戊辰，天狗东北下，有声。占曰："有大战，血流。"十四年正月，彭城妖贼刘黎称伪号于皇丘，刘牢之破灭之。○彭城人刘象之家鸡有三足。○十九[6]年秋七月，荆、徐二州大水，伤稼。遣使赈恤之。○二十年六月，荆、徐二州又大水。

安帝义熙二年二月己丑，月犯心后星。占曰："豫州有灾。"五月，荧惑犯氐。六月，又犯房北第二星。是年，慕容超侵掠徐、兖。○三年二月癸亥，荧惑、镇星、太白、辰星聚于奎、娄，从镇星也，徐州分。是时，慕容超僭号于齐，兵连徐、兖，至于淮、泗。○十一年五月甲申，彗星二出天市，扫帝座，在房、心北。房、心，宋之分野。案占：得彗柄者兴，除旧布新，宋兴之象。○十二年五月，岁星留房、心之间，宋之分野。始封刘裕为宋公，后有天下。

宋

文帝元嘉十七年八月，徐、兖、青等州大水。遣使赈恤。○二十一年四月，甘露降彭城绥舆里，徐州刺史臧质以闻。○二十三年六月，白鹿见彭城县，征北将军衡阳王义季获以献。○二十四年，徐、兖、青等州大水。○三十年，青、徐州饥。遣运部赈恤。

孝武大明四年二月乙巳，徐州于汴水得白玉戟以献。

① 原作"永康"，据《晋书·惠帝纪》改。
② 按：穆帝条误置孝武帝后，今据世代前置。
③ 原作"二"，据《晋书·天文志中》改。
④ 原作"宁康元年"，据《晋书·孝武帝纪》改。按：嘉靖、顺治《徐州志》作"宁康十年"，宁康仅三年，其说固误。康熙《徐州志》改为"初年"，亦不为得。参以"先是"淝水战事在太元九年，宁康初年亦误。
⑤ 参《晋书·天文志下》补。
⑥ 原作"八"，据《晋书·孝武帝纪》改。

北魏

世祖神䴥三年［十］① 二月丙戌，流星，首如瓮，长二十余丈，大如数十斛船，色正赤，光烛人面。自天船及河，抵奎大星，及于壁。占曰："天船以济兵革，奎为徐方，是为宋师之祥。"

高祖延兴元年十二月，徐州竹邑戍士邢德于彭城南百余里得蓍草一株，四十九枝，下掘得龟，献之。诏曰："龟、蓍与经文相合，所谓灵物也。德可赐爵五等。"○承明元年四月，徐大风，雹。○太和二年四月，南豫、徐、兖州大霖雨。○八月，徐、东徐、兖等七州大水。○十一月，徐州献黑狐。○三年十月，徐州献嘉瓠，一蒂② 两实。○六年，徐州蝗，害稼。○八年六月，徐州献白兔，又献黑狐。○十九年，徐州表言：丈八铜佛像汗流于地。○二十三年四月，徐州自甲寅至己未，大风拔树。○六月，徐、豫、兖等州大水。

世宗景明元年五月，徐州野蚄害稼。○七月，徐、兖、豫、东豫等州郡大水，平隰一丈五尺，民居全者十四五。是岁，徐、兖、青、齐四州大饥，人死者万余口。○正始二年三月，青、徐州大霖雨。○徐州蚕蛾吃人，尪残者一百一十余人，死者二十三人。○永平四年二月，青、徐、齐、兖四州民饥甚。遣使赈恤。○八月，月犯太白，在胃。胃为徐方，大战之象。是后，徐州刺史卢昶军败，沦覆十余万人。○延昌四年七月，徐州上言：阳平戍猪生子，头面似人，顶有肉髻，体无毛。

肃宗熙平元年六月，徐州大水。○二年三月，徐州献白獐。○神龟元年，徐州献一角鹿。○二年五月，徐州献白雀。○六月，献白鹿。○七月，献白獐。○九月，献一角兽。○正光元年正月，徐州献白兔。○三年五月，徐州献白兔二。○六月庚辰，徐州地震。

孝静元象元年五月，徐州献白兔。○兴和二年四月，徐州献白兔。

陈

宣帝太建十年二月癸亥，日上有背。占曰："其野失地，有叛兵。"甲子，吴明彻兵败于吕梁，淮南至徐州地尽入于周。

唐

太宗贞观三年五月，徐州蝗。○秋，徐州水。○十六年秋，徐、戴二州大水。

---

① 字据《魏书·天象志一》补。
② 原作"带"，据《魏书·灵征志下》改。

〇十八年秋，徐州大水。〇十九年二月，徐州言驺虞见。〇二十二年，徐州水。

高宗咸亨二年八月，徐州山水，漂百余家。〇武后万岁通天元年八月，徐州大水，害稼。

玄宗开元二十八年，徐、泗二州无蚕，免今年税赋。

代宗大历八年四月癸丑，岁星掩房。占曰："将相忧。宋分也，为徐州地。"〇九年九月甲子，荧惑入氐。宋分也，徐、豫州地。

德宗贞元八年秋，天下四十余州大水。徐州平地水深丈余，害稼，溺死人，漂没庐舍。〇十八年，徐州献嘉瓜、白兔。

宪宗元和元年，夏，寿、徐等州大水。〇九年二月丁酉，月犯房中星。〇三月，镇星、太白合于奎。占曰："内兵，徐州之分。"〇七月，月掩心中星。占曰："其宿地凶。心，豫州分，今徐州地。"

文宗太和二年九月，徐州李有华，实可食。〇三年，宋、亳、徐等州大水，害稼。〇六年六月，徐州大雨，败坏民居九百余家。〇开成二年六月，徐州火，延烧居民三百余家。

宣宗大中十二年八月，徐、泗等州水深五尺，漂没数万家。

懿宗咸通四年七月，许、汝、徐、泗等州大水，伤稼。〇六年，徐州彭城民家鸡生角。〇七年，徐州萧县民家豕出圂舞。又，牡豕多将邻里群豕而行，复自相噬啮。〇八年，下邳雨汤，杀鸟雀。水沸于火，可以伤物。〇九年正月，彗星出于娄、胃。十一月，庞勋陷徐州。甲辰，大雾昏塞，至于丙午。

昭宗天祐六年[①]夏，徐州疫。

后晋

天福四年，徐州大火[②]。

宋

太祖建隆四[③]年九月，徐州水，损民田。〇乾德五年，五星聚奎，经星直鲁分，徐州，白羊[④]之域。〇开宝三年，徐水灾，害民田。

太宗太平兴国五年五月，徐州白沟河溢入州城，毁民舍。堤塘皆坏。〇八年八

① 按：天祐四年唐亡，晋、岐、淮南等地犹称天祐年号。天祐六年，即后梁开平三年。

② 原作"水"，讹从康熙《徐州志》。案《宋史·侯益传》：是年九月，徐州大火，益出金、粟赈之。顺治及前旧志《宦迹传》皆有载，自康熙《徐州志》始削去不书。今据嘉靖、万历、顺治《徐州志》改。

③ 原作"二"，讹从康熙《徐州志》，据《宋史·五行志一》改。

④ 原作"洋"，据嘉靖《徐州志》改。

月，徐州清河涨丈七尺，溢出。堤塞州三面门以御之。○淳化三年七月，彭城、淮阳诸军州蝗蛾抱草自死。已，徐州大霖雨，秋稼多败。

真宗咸平二年九月壬寅，徐州言禾一茎五穗，彭城县民张福先田粟一茎分四穗。○大中祥符二年，徐、济、青、淄大水。○四年八月，徐州草场火。○天禧元年九月，彭城砦风雹[①]，害民田。○三年五月，徐州利国监大风，起西南，坏庐舍二百余区，压死十二人。○六月，河决滑州，泛澶、濮、郓城，至徐州，与清河合，浸城壁，不没者四版。

仁宗天圣初，徐州仍岁水灾。○嘉祐七年三月，徐州彭城县白鹤乡地生面。占曰："地生面，民将饥。"

神宗熙宁[②]四年，徐州麦一本百七十二穗。○十年秋七月，河决澶渊曹村，南溢于徐州，城不浸者三版。方水之至也，汗漫千余里，漂没庐舍，老弱蔽川而下，壮者无所食，多槁[③]死丘陵林木间。○徐州官舍生异草，经月不腐。○十一年，旱。

徽宗建中靖国元年，沛县禾合穗。○政和四年九月丙申，徐州彭城县柏开花。○六年，徐州木连理。

金

世宗大定二十四年正月辛卯朔，徐州进芝十有八茎。

卫绍王大安元年，徐、沛界黄河清五百余里，几二年。以其事诏中外。

元

世祖至元二年，徐、宿、邳等州旱，蝗。○十四年六月，济宁路雨，水平地丈余，损稼（砀、丰、沛俱属济宁路）。○十七年，济宁等路水。

成宗[④]元贞二年六月，沛县水。○大德元年三月，归德、徐、邳等州县河水大溢，漂没田庐。○六月，徐州、邳州蝗。○二年，济宁、东平等郡县水（砀、丰隶济宁路，沛隶济州）。○六年，归德、徐州、邳州、睢宁雨五十日。

武宗至大元年七月，济宁路雨，水平地丈余。○二年七月，徐州、邳州饥。

仁宗延祐元年三月，济宁路霜，杀桑，无蚕。○六年，济宁等路大雨，水伤禾稼。六月，遣官阅视民乏食者赈之，仍禁酒。（砀、丰、沛在辖内）

英宗至治三年五月，砀山县霖雨，害稼。

---

① 此条讹从康熙《徐州志》。案《宋史·五行志一》"镇戎军彭城砦风雹"，其地在今宁夏固原，无关徐州。
② 案《宋史·五行志二》作"元丰"。《文献通考》卷二九九《物异考五》作"熙宁"。
③ 原作"稿"，通"槁"。
④ 原作"帝"，据嘉靖《徐州志》改。

泰定帝二年六月，砀、丰、沛等五县水。是年，徐、邳等州饥。○致和元年三月，河决砀山县。

明宗天历二年六月，徐邳等州饥。

顺帝至正四年五月，大雨。黄河暴溢，决白茅堤，丰沛大水。○五年，徐州大饥，人相食。○九年五月，白茅河东注沛县，遂成巨浸。黄河入沛，始此。

明

太祖洪武初，徐州献瑞麦。○九年夏，睢宁大旱，民多疫疠。

成祖永乐十三年，徐州暨诸属县饥。命进士梁洞赈恤。

宣宗宣德三年，邳州民高浩家昼落一星。不逾月，选其女入侍御。○七年，沛大蝗。巡抚曹洪奏蠲租税。

景帝景泰三年，谯、徐大水，民饥疫。命都御史王竑赈恤。

宪宗成化元年，徐州及沛、丰大饥。遣都御史吴琛赈恤。○二年，又大饥疫。命都御史林聪赈恤。○三年，丰大水。○七年，沛县水。诏免夏麦、税丝。○十三年秋，徐州大水，伤稼，坏民居。遣郎中国泰赈恤。○十六年秋，徐州大水。○十七年，睢宁麦有一茎三岐者。十九年，又有一茎五岐者。○二十年，砀山饥。徐州有孕妇胁下瘤生儿。

孝宗弘治元年，徐州竹开花。○萧县仁寿乡麦多一茎三四穗。○四年夏，邳州、睢宁大雨雹，禾稼尽伤，人畜多击死。○十三年，丰大水。○十五年冬，丰县桃李华。

武宗正德二年，黄河徙入沛县泡河，漂民庐舍，损禾稼。○三年，宿迁县冰纹如花树、楼台、图画之状。○七年五月，丰县大风自西北来，坏民庐舍，木石俱发，咫尺莫辨。○秋，沛、丰大水。○八年，沛、丰水。○九年，沛、砀山、丰大水。○秋，睢宁旱，菽谷不登。○十年六月，沛县水。丰县大水，有二龙斗于泡河[①]。○十四年，徐州大水，坏官民庐舍，伤禾稼。萧、沛亦大水。

世宗嘉靖二年，萧县饥。砀山县旱、疫。丰县大水。沛县秋河决，塞运道，坏民庐舍，平野中水势接天，民多流亡。睢宁大饥，人相食。○四年，沛县大蝗，无禾。丰县大饥。○五年六月二十七日，黄水陷丰县城。○六、七年，沛、丰俱大水。○八年，沛大水，舟行入市，平地沙淤数尺。丰亦大水。○十年，萧县蝗。○十一年，丰县蝗。○十二年，砀山县蝗。○十四年，睢河竭。○二十一年夏，沛县大霖雨。河溢，败民居、禾稼。○二十三年，萧县地震，有声。是年，蝗不入睢宁

① 案顺治《徐州志》，“二龙斗于泡河”在十三年六月。

境，麦有一茎三岐者，岁大熟。〇二十五年四月，丰县雨雹。〇六月，萧县民室中忽有火光。须臾，牛生一犊，遍身鳞甲，红毛茸然。骇而杀之。数日，犹闻香气。〇八月二十五日，徐州地震。越三日，又震。〇九月，丰县地震，有声。〇二十六年七月，徐、萧大水，坏民舍、禾稼。砀山亦水。〇二十七年，徐、萧大水。〇二十八年，徐大水。萧水围城，四门俱塞。〇二十九年、三十年，徐、萧俱大水。〇三十一年春，沛县饥。秋，丰县地震。宿迁、睢宁大水。〇三十二年春，徐、萧、沛、丰、邳、睢宁俱大饥，人相食。命侍郎吴鹏赈恤。〇四十二年，砀山饥。〇四十四年，徐、萧、沛、丰大水，民饥。萧兼旱、蝗。沛更河决塞运，淹死民人无算。尚书朱衡请发宫眷银大赈。〇四十五年，又大水，有赈。〇砀山大雪，伤禾。

穆宗隆庆元年六月，萧县雨雹，大于鸡卵，堆成冈阜，三日后乃消。〇二年元日，沛、丰大风拔树。〇八月，大风雨三日夜，坏官民庐舍、禾稼。砀山县大水。〇三年秋，沛大水，入市。睢宁大饥。徐、萧自三年至六年，皆大水。五年九月六日，水决州城西门，倾人屋舍，溺死者甚多。〇四年，砀山大水。〇六年七月，黄河暴涨，自徐、砀以下，悉成巨浸。邳、宿迁、睢宁被灾尤甚。

神宗万历元年，徐、萧、砀山大水。〇二年夏，沛雨雹，伤稼。砀山麦秀有二、三岐至四、五岐者。秋，复大水。〇七月十五日，睢宁、宿迁大风雨，屋瓦皆飞，人畜死者甚众。是年，大水环州城，四门俱塞。决萧城南门内，成巨浸。徐、萧民饥，巡抚王宗沐请赈。〇三年，徐、萧水益大。〇夏，萧麦秀多四、五岐。砀山大水。〇四年八月，河决丰太行堤凡数处。冬，沛有鸷鸟攫取民男妇冠笄。〇五年，大水，坏萧县城。〇六年六月，丰县大风自西南来，扬沙拔木，掀田车于空中。〇秋，沛河溢，睢宁亦大水。有星夜陨州东乡，牧人识其处，掘之，得物如石，色青，长九寸，广四寸，下锐上平。十二月，沛、丰大雪二十余日。〇七年，沛麦秀三岐，多至五岐。〇九年三月十九日，宿迁、睢宁大风雹，伤麦禾。秋，复大水，徐州大饥。〇十年秋，蝗，不为灾。〇十一年，徐、萧大水。〇五月，沛大旱。〇十二年，睢宁大稔。〇十六年春，徐、萧大饥，人相食。夏，大疫，死者相枕。宿迁亦大饥。〇十七年，萧县春旱，夏蝗。已，霖雨六旬。秋复大水。〇十八年五月，萧县麦秀多二、三岐者，秋，谷禾复一茎四穗、五穗。徐州城中大水，官廨民庐尽没，秋，复大雨，真武观井泉涌出如瀑。〇二十一年，徐、萧大饥，人相食。疫复盛行，死者载道。督抚请留南粮赈之。六月大水，邳州、宿迁溺死人民无算。沛、丰亦苦霖雨三月，人有食草木皮者。〇二十五年正月十五日，徐州夜雨木冰，鸟雀皆冻死。〇八月，沛地震。九月，复震。〇二十六年，有星陨徐河东，光耀数亩，色如磁石。知州曾士毅藏于库。〇萧大熟。〇二十七年，河决监城集，故道涸绝。〇沛有麦双岐。〇三十年四月，宿迁大水。〇三十一年，徐州春夏淫雨，伤稼。秋冬大饥，人相食。○沛县夏秋大疫，病者十七八，死数千人。总河李化龙请留粮赈恤。○三十二年八月，河决朱旺口及太行堤，丰境悉成巨浸。是年，沛亦大水，陷城。○三十四年四、五月，宿迁大水，平地深丈余，飞蝗食禾。六、七月，霪雨弥甚。○三十五年正月朔，徐州火，延烧居民数百家。○十二月，天鼓鸣。○三十九年，桃山岳王祠竹开花。○四十一年七月，河决徐州祁家店。睢宁大水。○四十三年，邳州、宿迁大旱。是年，萧大熟。○四十四年，徐、萧地震。○四十五年，河决徐狼矢沟，吕梁洪竭。

熹宗天启元年六月，大雨七日夜，州城内水深数尺，坏民房千余间。○二年三月，徐属地震，有声如雷。○四年六月甲申，河夜决奎山堤，陷州城，官廨民庐尽没，人溺死者无算。○六年七月，河决匙头湾，灌骆马湖，邳州、宿迁田庐淹没无算。是月，丰县大霜，杀禾。○七年，萧县麦双岐，竟亩如一。○丰县蝗。

庄烈帝崇祯元年夏，徐、萧、丰蝗，伤麦。○沛闻天鼓鸣。○二年二月，丰地震。○徐州大雨伤麦。○萧县陨星，如狗首，着地尚热。○［闰］[①]四月，大水决郭家嘴，平地水深七尺。○秋，沛霖雨，大水。○三年五月，徐雨雹，巨者如碗，伤禾，鸟兽死者无算。○四年四月，州城南火，居民延烧数百余家。○五月，州境雨雹，大如鸡卵，屋瓦皆裂，鸟兽死伤甚众。○六月，萧县大雷雨，飙风卷演武厅梁栋落山东境上。○八月，大雨，河溢。○九月，有鸟群飞自西北来，状如鸠而兔趾，色玄黄，不树栖，夜飞向民家，举火照之辄堕，人谓之“反鸟”。萧、丰诸邑皆有之。是月，丰县河决西洋庙口及十七铺。○五年正月，大雷雨。○秋，有蝗。萧、丰诸邑大水，人饥。○七年，萧县山鸣。○蝗飞蔽天。行地者越城渡河，禾稼木叶俱尽。或入人室中，啮毁衣物。○八年六、七月，大雨，有蝗。萧邑为甚。○天狗星堕，光如灯烛，空中尽赤。○九年正月，萧城北门锁无故自开者三。○五月，有蝗。○六月，河决长山堤。○八月，萧、丰河溢，大水。是秋，每日向夕，西方殷红如血。○十年，蝗，饥。○九月十三日夜，大风雨。民避寇境上者，男女冻死相枕藉。○冬，文庙灾。○十一年春，旱。○夏，徐、沛、丰蝗飞蔽天，食禾苗至尽。○十二月十七日夜，地震。是岁，萧西山鸣，声隐隐如鼙鼓者三。○十二年，诸属邑大旱。蓬蒿遍生，人呼为“离乡草”。○十三年，大旱。○二月四日，萧、丰言异风自北来，兵刃草树皆出火光。○夏秋，蝗蝻遍野，人争捕杀，积道旁成丘，臭秽闻数十里。民饥甚，斗米千钱。徐、邳诸州县人相食，流亡载道，非聚众持梃，不敢昼行。或以妇子易钱百文、米数升，即去不复顾。○十四年，又大旱，蝗。人相食，道无行人。夏，大疫，死无棺殓者不可数计。○八月，黄河清。

① 字据顺治《徐州志》补。

常有鼠数十为群，渡河而北。○十一月，丰有雉栖于县治。○十五年，疫甚。○四月二十四日，天鼓鸣。有大星陨，其光亘天。是年，宿迁有鵽鸠自北群飞而南，不可数计，人捕食之。○十六年九月，地震。十二月，又震。诸县并同。宿迁人家铁器，至暮常有火光。

本朝

世祖顺治二年，萧县甘露降于树。○三年，丰县旧决口北徙午沟，徐州河流甚浅。○四年秋，雨，大水。宿迁大饥。○五年秋，雨，徐、萧间民饥。有野菽五种，杂生草中，众采食之，活者无数。八月，萧黄桑峪产芝三本。九月，萧姬村山鸣。是年七月，地震。○六年二月，萧东山虎北渡河去。九月，地震。○七年正月，萧民家牛产双犊。○十年五月十日，雷震睢宁学大成殿鸱吻。至九月，胶寇陷城，教谕王相吕、训导李之实俱遇害。是月，丰县牡丹秋华，艳丽如春。○十一年，雨雹，伤麦。○十四年秋，豆大稔。○十五年五月，地震。九月，河水溢。冬月，无云而雷。○十六年夏秋，淫雨三月余，麦烂，秋禾亦伤。冬春，民饥。○十八年秋，蝗蝝灾。

圣祖康熙二年夏，麦大稔。六月，睢宁雨雹，大如拳，禾尽伤。○三年冬，孛星见东南方。○四年正月，萧西山鸣。六、七月，邳、睢宁、宿迁雨，涝。七月三日夜，飓风大作，发屋拔木，河船覆溺者无数。○六年秋，大水，萧西北长堤决。○七年六月十七日戌时，地震，有声自西北来，坏城郭、庐舍殆尽，远近压死者不可数计。七月十二日，河决，邳州城陷，水不复退。是年，河溢、霪雨、蝗蝻相继为灾。冬，沛大雪，深五六尺。○九年秋，河溢。冬，大雪，属邑有井泉冻者。○十年八月，萧地震。河再溢。○十一年夏，萧地又震。七月癸丑，有龙十余自东而西经睢宁城，去地仅十余丈。八月，河决山西坡，萧、砀大水。○十二年十月，丰桃、李再实，状如王瓜。○十五年，大水。○十六年，又大水。七月庚子，河决宿迁杨家庄。夏，沛大雨雹，有巨如升斗者。○十七年春，霜杀麦，秋又大水。自是，徐、萧连三岁被水，皆有蠲赈。冬，沛饥。十二月，睢宁雨土，著地成钱形，轮郭宛然。○十八年，旱，蝗。蠲赈。○十九年五月，丰大风雨，坏城堞屋舍，平地成渠，民数千家露处堤上。十月，彗星见，月余乃没。○二十一年夏，萧大有麦。○二十二年春，霾雾，麦尽枯。睢宁亦大饥。夏，天鼓鸣。秋，沛大水。○二十四年，睢宁夏秋霪涝，岁大饥。七月，丰县大风雨，三日夜不休，秫实尽落，伐屋拔木，平地水深尺许，晚田漂没。○二十五年春，沛饥。○二十六年，宿迁飞蝗遍野，有虾蟆食之，不为灾。○二十七年秋，雨，无禾。○二十八年，丰、睢宁雨，伤稼。○二十九年，宿迁旱，蝗。○三十年春，宿迁大旱，无麦。秋，沛有虎。〇三十二年正月朔，丰县氛气霾日，昼为之晦。秋，沛大水。〇三十三年，徐州黄河溢花山口。〇三十四年四月三日，丰地震。是年，花山口河又溢。〇三十五年秋，大霪雨，花山河溢，石狗湖水涨，坏城东南居民庐舍。沛亦大水。宿迁窑湾堤居民为风雨所漂，尸骸满路。〇三十七年，河决李家楼口。〇三十九年七月，邳州、宿迁、睢宁大雨三昼夜，平地水数尺。丰亦大雨，伤禾稼。十二月，宿迁黄河清。〇四十年夏，旱。秋，沛大水。自是，连三年皆被水。〇四十二年，丰县雨雹，如卵如枣，大者如杵，麦禾伤损。秋，宿迁大旱，无禾。明年春大饥，流亡甚众。〇四十三年，沛大饥，人相食。已，大旱，疫。〇四十四年三月，大雪。六月，龙见沛东北郊，首尾毕露。秋，宿迁大雨，豆苗尽死。〇四十五年五月，丰县雨雹。徐州夏秋淫雨。〇四十七年，大稔。〇四十八年，淫雨凡五月，无麦，民饥。睢宁同。〇五十一年，沛、睢宁大水。〇五十二年夏，睢宁大水。〇五十三年，徐州麦秀双岐，有四五岐者。自是，连岁皆稔。〇五十四年秋，沛、睢宁大水。〇五十五年秋，邻县蝗入州界，不食禾，皆抱草自死。是年，邳、宿迁水，秋有蝗。〇六十年三月，沛大寒，井冰结不可汲。

世宗雍正四年十二月，黄河清。自徐邳上至河南、陕西二千里，凡二十余日。〇八年，邳州大水，田庐多漂没。

今上乾隆四年夏，雨涝，伤禾稼，民饥。诏发粟赈恤。

杂纪

旧志有《杂纪》一卷，以其于以前诸类无所处，而其事与辞，足资见闻，不可竟弃也。然必流传可信，又必悉据本书，方免无稽之诮。箧中携书不多，未遑博考，第去其踳驳，择其可纪者存之。

《吕氏春秋》：尧朝许由于沛泽，请属天下。《水经注》云：泗水又东[①]，过沛县东。昔许由隐于沛泽，即是县也。县盖取泽为名。

周时，徐夷僭号，乃率九夷以伐宗周，西至河上。穆王畏其方炽，乃分东[方][②]诸侯，命徐偃王主之。偃王处潢池东，地方五百里，行仁义，陆地而朝者三十有六国。穆王后得骥騄之乘，乃使造父御以告楚，令伐徐，一旦而至。于是，楚文王大举兵而灭之。偃王仁而无权，不忍斗其人，故至于败。乃北走彭城武原东山下，百姓随之者以万数，因名其山为徐山。（《后汉书》）

---

① 杨守敬、熊会贞《水经注疏》："'又南'，戴作'又东'，与钟、谭、黄晟等本同。会贞按：黄省曾本作'又南'，证以水道适合，则作'东'者误也。"

② 字据《后汉书·东夷传》补。

《博物志》曰：徐君宫人娠而生卵，以为不祥，弃于水滨。孤独[①]母有犬名鹄仓，持所弃卵，衔以归母。母覆暖之，遂成小儿。生而偃，故以为名。宫人闻之，乃更取录。长，袭为徐君。又曰：徐王妖异不常。武原东十里，见有徐山石室祠处。偃王沟通陈、蔡之间，得朱弓朱矢，以己得天瑞，自称偃王。穆王闻之，遣使乘驷，一日至楚，伐之。偃王仁，不忍斗，为楚所败，北走此山也。（见《后汉书注》）

《列子》曰：孔子观于吕梁，悬水三十仞，流沫四十里，鼋鼍鱼鳖之所不能游也。见一丈夫游之，以为有苦而欲死者也，使弟子并流而拯之。数百步而出，被发行歌，而游于棠行。孔子从而问之，曰："吕梁悬水三十仞，流沫四十里，鼋鼍鱼鳖所不能游也。吾见子道之，以为有苦而欲死者，使弟子并流将拯子。子出而被发行歌，吾以为鬼也；察子，则人也。请问蹈水有道乎?"曰："亡。吾无道。吾始乎故、长乎性、成乎命，与济俱入，与汨偕出，从水之道而不为私焉。此吾所以蹈之也。"孔子曰："何谓始乎故、长乎性、成乎命也?"曰："吾生于陵而安于陵，故也；长于水而安于水，性也；不知吾所以然而然，命也。"

《列子》又曰：孔子自卫反鲁，息驾乎河梁而观焉。顾悬水三十仞，圜流九十里，鱼鳖不能游，鼋鼍弗能居也，意者难可以济乎？丈夫不以错意，遂渡而出。孔子问之曰："巧乎？有道术乎？所以能入而出者，何也?"丈夫对曰："始吾之入也，先以忠信；及吾之出也，又从以忠信。忠信错吾躯于波流，而吾不敢用私。所以能入而复出者，以此也。"孔子谓弟子曰："二三子识之：水犹且可以忠信诚身亲之，而况人乎?"

鲁哀公十四年，孔子夜梦三槐之间、丰沛之邦有赤烟气起，乃呼颜渊、子夏往视之。驱车到楚西北范氏街，见刍儿摘麟，伤其左前足，薪而覆之。孔子曰："儿来，汝岂有所见邪?"儿曰："见一禽，巨如羔羊，头上有角，其末有肉。"发薪下麟示孔子。孔子趋而往，麟蒙其耳，吐三卷图，广三寸，长八寸，每卷二十四字。其言赤刘当起，曰："周亡，赤气起，大耀兴，玄丘制命，帝卯金。"（《宋书·符瑞志》）

顾炎武《日知录》云，《史记·齐太公世家》：田常执简公于徐州。《田敬仲完世家》：宣王九年，与魏襄王会徐州，诸侯相王也。十年，楚围我徐州。《魏世家》：襄王元年，与诸侯会徐州。《楚世家》：威王七年，齐孟尝君父田婴欺楚，楚伐齐，败之于徐州。《越世家》：勾践已平吴，乃以兵北渡淮，与齐、晋诸侯会于徐州。《鲁世家》：顷公十九年，楚伐我，取徐州（《索隐》曰：徐音"舒"。徐州，齐

①《后汉书·东夷传》注引《博物志》作"孤独"，今本《博物志》作"独孤"。

邑，薛县是也，非九州之徐）。按《后汉书·志》：薛本国，六国时曰徐州，在今滕县之南。薛河北有大城，田文所筑也。此与楚、魏二国为境，而威王曰："吾吏有黔夫者，使守徐州，则燕人祭北门，赵人祭西门，徙而从者七千余家。"盖与梁惠王言，不欲斥魏，更以燕、赵夸之耳。（按：旧志载黔夫为徐州秩官，存此条以证其讹）

又云，《索隐》曰："《说文》：郐，邾之下邑，在鲁东。"又《竹书纪年》云："梁惠成王三十一年，邳迁于薛，改名曰徐州。"则徐与郐，并音"舒"也。今读为《禹贡》徐州之"徐"者，误。《齐世家》"田常执简公于徐州"，《春秋》正作"舒"。

汉高帝父曰刘执嘉。执嘉之母梦赤鸟若龙，戏己，而生执嘉。是为太上皇。帝母名含始，是为昭灵后。昭灵后游于洛池，有玉鸡衔赤珠，刻曰："玉英，吞此者王。"后取而吞之。又寝于大泽，梦与神遇，遂生高帝。（《宋书·符瑞志》。又《后汉书》注：高帝父名煓）

《陈留风俗传》云：沛公起兵野战，丧皇妣于黄乡。天下平定，使使者以梓宫招幽魂于是。丹蛇在水，自洗濯，入梓宫，其沐处有遗发。谥曰昭灵夫人。皇甫谧曰：媪，盖姓王氏。《史记索隐》曰：近得班固泗水亭长古碑文，云："母，温氏。"

《手板经》六卷，汉丰人萧何著。魏司空陈群见此书，叹服，以示许士宗、韦仲将、管辂。郭景纯以夜兼昼，方得其妙理。

司马迁年二十而南游江、淮，上会稽，探禹穴，窥九疑，浮沅、湘；北涉汶、泗，讲业齐、鲁之都，观孔子遗风，乡射邹、峄；厄困蕃、薛、彭城，过梁、楚以归。（《史记》）

刘纲，下邳人。祠在县南一百步。旧时，祠前有皂树，乃升仙之所。旧《图经》云：树高十丈。唐天宝元年，因大风折。至三年，枯树东南有根再生。

陶谦为徐州牧时，同郡人笮融聚众数百，往依于谦。谦使督广陵、下邳、彭城粮运。遂断三郡委输，大起浮屠寺，上累金盘，下为重楼。又堂阁周回，可容三千许人。作黄金涂像，衣以锦彩。每浴佛，辄多设饮饭，布席于路，其有就食及观者且万余人。及曹操击谦，徐方不安，融乃将男女万口走广陵。（《后汉书》）

汉兴平元年九月，桑再椹。时先主军于沛，年荒谷贵，士众皆饥，仰以为粮。（《异苑》）

樊阿从华佗，求可服食益于人者。佗授以漆叶青黏散：漆叶屑一升，青黏屑十四两，以是为率。久服，去三虫，利五藏，轻体，使人头不白。阿从其言，寿百余岁。漆叶处所而有，青黏生于丰、沛、彭城及朝歌（《魏志》）。《佗别传》云：青黏者，一名地节，一名黄芝，主理五藏，益精气。本出于迷入山者，见仙人服之，以告佗。佗以为佳，辄语阿。阿又秘之。近者，人见阿之寿而气力强盛，怪之，遂责阿所服。因醉乱语，误道之。法一施，人多服者，皆有大验。

魏文帝黄初六年，帝自谯循涡入淮，从陆道幸徐，筑东巡台。(《魏志》)

晋穆帝升平二年，彭城计佐虞兴发白虎樽。

安帝义熙五年，彭城刘澄常见鬼。及为左卫司马，与将军巢营廨宇相接。澄夜相就坐语，见一小儿赭衣，手执赤帜，团团似芙蓉花。数日，巢大遭火。(《异苑》)

刘王乔，名畴，彭城人。避乱坞壁，贾胡百数欲害之。畴无惧色，援笳而吹之，为《出塞》《入塞》之声，动其游客之思。于是群胡皆垂泣而去之。(《晋书》)

宋武帝永初元年八月，诏曰："彭城桑梓，报本斯隆，宜同丰沛，各[1]复租布三十年。"(《宋书》[2])

宋王仲德，父苗，仕苻坚，至二千石。苻氏之败，仲德年十七，及兄睿同起义兵，与慕容垂战败，被重创走，与家属相失。路经大泽，困未能去，卧林中。有一小儿青衣，年可七八岁，骑牛行。见仲德，惊曰："汉已食未?"仲德言饥。儿去，须臾复来，得饭与之。食毕欲行，而暴雨莫知津径。有一白狼至前，仰天而号，号讫，衔仲德衣，因渡水。仲德随后，得济，与睿相及。后为徐州刺史，立佛寺，作白狼、童子于塔中。及卒，亦于庙左立白狼、童子坛，每祭必祠之。(《南史》)

魏太武南侵，至萧城，败宋将马文恭，获队主蒯应。遂傅彭城，驻戏马台，使人送蒯应还，至小市门致意，求甘蔗及酒。孝武遣人送酒二器，甘蔗百挺，求骆驼。明日，太武又自上戏马台，复遣使至小市门，求与孝武相见。遣送骆驼，并致貂裘、杂物，使于南门受之。孝武遣长史张畅于城上，与魏尚书李孝伯语。孝伯问："君何姓?"答云："姓张。"孝伯曰："是张长史也!"畅曰："君何得见识?"孝伯曰："君声名远闻，足使我知。"畅曰："君复何姓?居何官也?"孝伯曰："我戎行一夫，何足致问!然足与君相敌。"因言说久之。城内有具思者，尝在魏，义恭遣视，知是孝伯，乃开门进饷物。太武又求酒及甘橘，畅宣孝武旨，又致螺杯、杂粽，南土所珍。太武复令孝伯传语，曰："魏主有诏：借博具。"畅曰："博具当为申致。有诏之言，政可施于彼国，何得称之于此?"孝伯曰："邻国之君，何为不称诏于邻国之臣?"畅曰："君之此称，尚不可闻于中华，况在诸王之贵，而犹曰邻国之君耶!"孝伯曰："魏主言太尉、镇军：久阙南信，殊当忧悒。若欲遣信，当为护送。"畅曰："此方间路甚多，不复以此劳魏主。"孝伯曰："亦知有水路，似为白贼所断。"畅曰："君著白衣，故称白贼耶?"孝伯大笑曰："今之白贼，亦不异黄

① 案《南史》原文："其沛郡、下邳各复租布三十年。"《宋书》"各"作"可"，亦指二郡而言。

② 本条出自《南史》，与《宋书》文句差异较大。

巾、赤眉。”畅曰：“黄巾、赤眉，似不在江南。”孝伯曰：“亦不离青、徐。”畅曰：“今者青、徐实为有贼，但非白贼耳。”又求博具，俄送与。太武又遣送毡及九种盐并胡豉，云：“此诸盐各有所宜：白盐是魏主所食；黑者疗腹胀气满，细刮取六铢，以酒服之；胡盐疗目痛；柔盐不用食，疗马脊创；赤盐、驳盐、臭盐、马齿盐四种，并不中食。胡豉，亦中啖。”又求黄甘，并云：“魏主致意太尉、安北：何不遣人来至我间？彼此之情，虽不可尽，要须见我小大，知我老少，观我为人。若诸佐不可遣，亦可使僮来。”畅又宣旨答曰：“魏主形状才力，久为来往所见，李尚书亲自衔命，不患彼此不尽，故不复遣信。”又云：“魏主恨向所送马，殊不称意。安北若须大马，当更送之；脱须蜀马，亦有佳者。”畅曰：“安北不乏良驷。送自彼意，非此所求。”义恭又饷炬烛十[①]挺，孝武亦致锦一匹，又曰：“知更须黄甘，诚非所吝，但会不足周一军。向给魏主，未应便乏，故不复重付。”太武复求甘蔗、安石榴。畅曰：“石榴出自邺下，亦当非彼所乏。”孝伯曰：“君南土膏粱，何为著屩？君而著此，将士云何？”畅曰：“膏粱之言，诚为多愧。但以不武，受命统军，戎阵之间，不容缓服。”太武又遣就二王借箜篌、琵琶、筝、笛等器及棋子。孝伯辞辩，亦北土之美。畅随宜应答，吐属如流，音韵详雅，风仪华润。孝伯及左右人并相视叹息。（《南史》）

魏皇兴三年，尉元镇彭城，表言：“臣于彭城遣将，以八月至睢口，邀贼将陈显达。有战士于营外五里刍牧，见一白头翁，乘白马，将军呼之，语称：‘至十八日辰，必来到此。语汝将军，领众从东北临入，我当驱贼令走。申时，贼必大破，宿豫、淮阳皆克无疑。我当与汝国家淮畔为断。下邳城，我当驱出，不劳兵力。’后十日，此人复于彭城南戏马台东二里见白头翁，亦乘白马，从东北来，呼此人谓曰：‘我与东海、四渎、太山、北岳神共行淮北，助汝二将荡除已定。汝上下喜不？’因忽然不见。”诏元于老人前后见所，为坛表记之。（《魏书》）

魏尧暄使徐州，见州城楼观，嫌其华盛，乃令往往毁撤。由是，后更损落。及高祖幸彭城，闻之，曰：“暄犹可追斩！”（《魏书》）

魏王肃曾于省中咏《悲平城》诗。彭城王勰甚嗟其美，欲使肃更咏，乃失语云：“王公吟咏性情，声律殊佳，可更[②]为诵《悲彭城》诗。”肃因戏勰云：“何意《悲平城》为《悲彭城》也？”勰有惭色。祖莹在座，即云：“所有《悲彭城》，王公自未见耳。”肃云：“可为诵之。”莹应声云：“悲彭城，楚歌四面起。尸积石梁亭，血流睢水里。”肃甚嗟赏之。勰亦大悦，退谓莹曰：“卿定是神口。今日若不得卿，

① 原作“千”，据《宋书》《南史》张畅传改。

② 原作“便”，据《魏书·祖莹传》改。

儿为吴子所屈！”（《魏书》）

魏孝文帝南行，崔休从驾。及还，幸彭城，泛舟泗水，休在侍筵，观者荣之。（《北史》）

崔㥄预高欢义旗，封武城县公。天平末，除徐州刺史。㥄素与魏收不协。兴和元年，收聘梁，过徐。㥄备刺史卤簿送之，使人语收曰：“勿怪仪多，稽古之力也。”收报曰：“白崔徐州：建义之勋，何稽古之有？”㥄自以门阀素高，特不平此言。收乘宿憾，故以挫之。（《北史》）

章武人颜恶头，妙于《易》筮，言无不中。尝自言厄在彭城。后游东郡，逢尔朱仲远将御高欢，召恶头使筮之。恶头野生，不知避忌，高声言：“大恶！”仲远怒其阻众，斩之。仲远为彭城王，人乃知其言不谓彭城之地，谓彭城王也。（《魏书》）

北齐太宁元年，卫尉少卿兼散骑常侍崔赡聘陈。过彭城，读道旁碑文，未毕而绝倒。从者遥见，以为中恶。盖碑实赡父㥄[①]为徐州时所立，故痛殒焉。

唐涿州卢齐卿之少也，华原孙思邈见之，曰：“后五十年位方伯，吾孙为属吏，愿自爱。”时，思邈孙溥尚未生。及溥为萧丞，而齐卿徐州刺史。（《新唐书》）

唐时，徐州刺史治皆不敢居正厅，相传为项王故殿。崔敏壳为刺史，到州即敕洒扫。视事数日，忽闻空中大叫曰：“我西楚霸王也！崔敏壳何人，敢夺吾所居！”敏壳徐云：“鄙哉项羽！生不能与汉高祖西向争天下，死乃与崔敏壳争一败屋乎？且王死乌江，头行万里，纵有余灵，何足畏也！”乃帖然无声，其厅遂安。（《志略》）

张建封自徐州入觐，为《朝天行》。末句云：“赖有双旌在手中，镆铘昨夜新磨了。”德宗不悦。（唐陈京《葆化录》）

徐州张尚书妓女多涉猎，人有借其书者，往往粉指痕并印于青编。（《妆楼记》）

刘轲为僧时，尝葬遗骸。其夜，梦书生来谢，与之三鸡卵。轲嚼一而吞二。后遂精儒业，与吴武陵并以文名。

王智兴为徐州节度。一日，诸从事会饮赋诗。智兴至，从事即屏去翰墨。智兴言：“适间作诗，何独见某而罢？”复以笺陈席上。小吏置笺智兴前，智兴引毫立成，曰：“三十年前老健儿，刚被郎官遣作诗。江南花柳从君咏，塞北烟尘我独知。”四座惊叹。监军谓张祜[②]曰：“观兹盛事，岂得无言？”祜乃献诗曰：“十年受命镇方隅，孝节忠风两有余。谁信将坛佳政外，李陵章句右军书。”

庞勋陷徐州，杀观察使崔彦曾。始，徐有子亭，下潴水为沱，彦曾导清河灌

① 原作“俊”，据《北史》《北齐书》改。

② 原作“祐”，据《唐诗纪事》《尧山堂外纪》等改。下同。

之，镌石龙首注溜，蔽以屋。徐人谓屋覆龙，于文为“庞”；清河，崔望也，为吞噬云（《唐书·崔彦曾传》）。庞勋好鬼道，有言汉高祖庙夜阅兵，人马汗流。勋日往请命。巫言球场有隐龙，得之可战胜。勋大役徒凿地，不能得。（《唐书》）

蒋殷为梁武宁军节度使，末帝诛友珪，命友璋代殷，殷不受代。八月二十日夜，月明如昼，居人咸闻通衢队伍之声。自门隙觇之，则皆青衣兵士，而无甲胄。初谓州兵潜以捕盗耳。俄闻清啸相呼，或歌或叹，刀盾矛槊填塞闾巷，怪状奇形，甚可畏惧，乃知非人也。比自府廨，出于州南东门，扃键无阻，人咸异之。殷以州降于淮南。明年，梁师攻陷彭城，殷举族自燔死，州人亦多被残杀。

晁文元公迥在翰林，以文章德行为真宗所优异。帝以君子长者称之。天禧初，因草诏得对，命坐，赐茶。既退，已昏夕。上顾左右：“取烛与学士！”中使就御前取烛，执以前导之，出内门，传付从史。后曲宴宜春殿，出牡丹百余盘，千叶者才十余朵，所赐止亲王、宰臣。上顾文元及钱文禧惟演，各赐一朵。又尝侍宴，赐禁中名花。故事，惟亲王、宰臣，即中使为插花，余皆自戴。上忽顾公，令内侍为戴花。观者荣之。（宋人《盛事美谈》）

李若谷未第时，与韩亿为友，俱贫。同试京师，每出谒，更迭为仆。李先登第，授许州长社县簿。赴官，自控妻驴，韩为负箱。将至长社三十里，李谓韩曰：“恐县吏来，须别。”箱中有钱六百，以其半遗韩。有一毡一席，亦割分之，相持大哭。后韩亦登第，皆至参知政事。

天圣间，新进士谒李子渊若谷求教。若谷曰：“某自守官以来，常持四字，曰：勤、谨、和、缓。”一后生应声曰：“勤、谨、和，既闻命矣；缓之一字，某所未闻。”李正色曰：“何尝教贤缓不及事来？且道世间，甚事不因忙中错了？”

若谷在长社时，日挂百钱于壁，用尽即止。

《邯郸图书志》十卷，李淑著。图书者，载其家所藏图书五十七类，经史子集通计一千八百三十六部，二万三千一百八十六卷。皇祐乙丑自作序，以示子孙寿朋、复圭、德刍也。

宋皇祐四年，范文正公薨于徐州。公讳仲淹，字希文。其年请知颍州，肩舆至徐，遂不起。时年六十四。

曾鲁公［公］[①]亮，自嘉祐秉政，至熙宁中，尚在政府。虽年齿甚高，而精力不衰，台谏无有非之者。惟李复圭刺之以诗曰：“老凤池边蹲不去，饥乌台上噤无声。”未几，公即退位。盖宋以丞相为老凤，翰林学士为大凤，紫薇舍人为小凤。

参寥子，即妙总大师昙潜，俗姓王氏，杭州钱塘县人。为比丘，受具戒，于内

① 字据《山堂肆考》卷四十三补。

外典无所不窥。能文章，尤喜为诗。秦少游与之交契。东坡守彭城，参寥尝往见之。在坡座赋诗，援笔立成，一坐嗟服。坡遣官奴马盼盼索诗，参寥笑作绝句云："多谢樽前窈窕娘，好将魂梦恼襄王。禅心已作沾泥絮，不逐春风上下狂。"坡曰："予尝见柳絮落泥中，私谓可以入诗，偶未曾收拾，乃为此老所先，可惜也！"

黄河随时涨落，人举物候为水势之名：自立春之后，东风解冻，河边入候水，初至凡一寸，则夏秋当至一尺，谓之"信水"。二三月，桃花始开，冰泮雨积，川流猥集，波澜盛长，谓之"桃华水"。春末，芜菁花开，谓之"菜花水"。四月末，垄麦结秀，擢芒变色，谓之"麦黄水"。五月，瓜实延蔓，谓之"瓜蔓水"。朔野之地，深山穷谷，固阴冱寒，冰坚晚泮。逮乎盛夏，消释方尽，而沃荡山石，水带矾腥，并流于河。故六月中旬后，谓之"矾山水"。七月，菽豆方秀，谓之"豆花水"。八月，菼薍花，谓之"荻苗水"。九月以重阳纪节，谓之"登高水"。十月，水落安流，复其故道，谓之"复槽水"。十一二月，断冰杂流，乘寒复结，谓之"蹙凌水"。水信有常，率以为准。非时暴涨，谓之"客水"。(《宋史》)

旧制，岁虞河决，常以孟秋预调塞治之物，梢芟、薪[柴][①]、楗橛、竹石、茭索、竹索凡若干万，谓之"春料"。凡伐芦荻谓之"芟"，伐山木榆柳枝叶谓之"梢"，辫竹纠芟为索。以竹为巨索，长十尺至百尺，有数等。埽之制，密布芟索，铺梢，梢芟相重，压之以土，杂之以碎石，以巨竹索横贯其中，谓之"心索"。卷而束之，复以大芟索系其两端，别以竹索自内旁出，其高至数丈，其长倍之。用丁夫千百人，杂唱齐挽，积置卑薄之处，谓之"埽岸"。既下，以橛臬阂之，复以长木贯之。其竹索皆埋巨木于岸以维之，遇河之横决，则复增之，以补其缺。凡埽下非积数叠，亦不能遏其迅湍。又有马头、锯牙、木岸者，以蹙水势护堤焉。(《宋史》)

宋陈后山《寄曹州晁大夫》诗云："堕絮随风化作尘，黄楼桃李不成春。只今容有名驹子，困倚阑干一欠伸。"自注云："周昉画美人，有背立欠伸者，最为妍绝，东坡所赋《丽人行》也。"晁大夫增饰披云，初欲压黄楼，而张、马二子，皆当年樽下世所谓英英、盼盼者。盼卒，英嫁，盼之子莹，颇有家风。而曹妓未有显者，黄楼不可胜也。作《南乡子》以歌之，曰："风絮落东邻，点缀繁枝旋化尘。关锁玉楼巢燕子，冥冥，桃李摧残不见春。流转到如今，翡翠生儿翠作衾。花样腰身官样立，婷婷，困倚阑干一欠伸。"盖前云"风絮"以属英，"尘化"以属盼，"名驹子"以属莹。[莹][②]之母，马氏也。(《诗林广记》)

① 字据《宋史·河渠志一》补。
② 字据《菊坡丛话》《诗林广记》补。

陈无己、赵挺之、邢和叔，皆郭大夫婿。陈在馆职，当侍祠郊丘，非重裘不能御寒气。无己止有其一，其内子为于挺之家假以衣之。无己诘所从来，内以实告。无己曰："汝岂不知我不着渠家衣耶！"却之。既而遂以冻病而死。谢克家作其文集序，中有云："箧无副裘。"又云："此[①]岂易衣食者？"盖指此事（《朱子语类》。〇《语类》又云：后山推尊苏黄，不服王氏，故与和叔不合。南郊行礼，其妻于邢家借得一裘以衣，后山不肯服。或曰非从邢借，乃从赵借也）。

初，高宗为康王时，质于金。靖康之乱，得逸南奔。力疲，困于丰之崔府君庙中。梦有人促之曰："起！起！追兵至矣，请乘马！"王惊寤，果有马在侧。驰之，日行七百余里。及渡淮，鞭之不动。下视，则泥马也，方知神助。由是得以延宋祚。（《丰县志》）

宋文天祥以丁丑年十一月被执北行。戊寅年九月初九日至徐州，吊项羽故宫地，登黄楼台，读子由赋。十一日至沛县，作《歌风台》诗。（旧志）

李世弼为彭城县主簿，意抑郁不乐，求复试。一夕，梦在李彦榜下。阅计偕士，无其人。子昶时年十六，已能文，更其名曰彦，父子同赴试。彦果以《春秋》中第二甲第二人，世弼第三甲第三人。父子褒贬各异，时人以比向、歆。世弼遂不复仕。彦后仕元，复名昶，为理学名儒。（《弘简录》）

金纥石烈牙吾塔，为武宁节度。性刚悍，喜战斗，频败宋师，威震淮泗。好用鼓椎击人，世呼"卢鼓椎"，其名可以怖儿啼。为人殊狠戾，好结小人，不听朝廷节制。尤不喜文士，僚属有长裾者，以刀截去。每朝使至，辄加凌侮。（《金史》）

元至正末，丰洪水方割，群盗纵横，动以千数。时元政不纲，将出师，率与盗和。百姓锁城隍于烈日中，以望救。[袁][②]遵道有诗曰："盗积民财归帅府，官疑神罪锁城隍。"后神果示灵异，渠魁歼灭，遵道又有"锁项城隍阴破敌"之句。由是，丰城隍得封灵应侯。（旧志）

丰邑城隍庙正殿右银杏一本[③]，经雷火劈裂，焦枯憔悴，已历数月。一日，一羽客来庙中，顾谓庙中道士曰："吾当为汝医此树。"索酒向树噀之。已而枝叶萌生，结实累累，树身削立其上，横斜虬曲，亦异观也。（《丰志》）

元末时，萧县一男子樵于白茅山。时林木荟蔚，寂无人行，独一犬随之。樵者为虎所获，犬鸣斗不已，力竭而死，虎亦遁去。樵者遂免。（旧志）

沛贺姓者，忘其名，汉台里人。生而伟躯硕干，仪观动人。洪武中，以公事偕三人诣留都陛见。上壮其人，欲官之。归旅舍，辄以刀自断一指。翌日，三人赴阙

---

① 原作"比"，据《朱子类语》卷一三〇《本朝四》改。

② 原阙，字据康熙《徐州志》补。

③ 原作"木"，据顺治《丰县志》卷十《丛纪》改。

辞上。上问曰："昨顾而长者安在？"三人不敢隐，以实对。上懊惜久之，竟亦弗之罪也。（《沛志》）

景泰四年四月，诏各布政司及直隶府州县学生员，能出米八百石于临清、东昌、徐州三处赈济，愿入监读书者听。五月，令生员纳米入监者，比前例减三百石。八月，礼部奏："迩因济宁、徐州饥，权宜拯济，令生员输米入监。虽云权宜，实坏士习。请弛其令，庶生徒以学行相励。"从之。（《日知录》）

明王应时作《吕梁志》，载漕运一则云：洪武初年，四方贡赋漕于江左。三十年，始开海运，以供辽东军饷。及永乐初年，定鼎燕京，漕引江南之粟，一由江入海，出直沽口、白河，运至通州；一由江渡淮，入黄河至阳武县，陆运至卫辉府，由卫河运至通州。九年，浚元会通河，以达漕舟于京、通。十三年，乃罢海运，悉从内河。一浚真、楚诸湖，引江舟入淮；再浚徐、吕二洪，引淮舟入济；最后疏汶河，达清、卫、漳、御，而济舟乃长抵直沽。（《吕梁志》）

明时，天下粮船由徐、吕二洪而上者，岁计一万二千一百四十三只。分为十总：南京二总，共三十二卫；中都留守总，十二卫；浙江总，十三卫，嘉靖末分浙东、西为二总；江北直隶二总，共十八卫；江南直隶总，十一卫；江西总，十二卫；湖广总，十二卫；遮洋总，十三卫。是皆分司拨夫牵挽过洪，以供军储者。此时，徐方最为冲剧。（《吕梁志》）

进贡船每岁过徐、吕二洪者，其一则司礼监，曰神帛、笔料；其二则守备尚膳监，曰鲜梅、枇杷、杨梅、鲜笋、鲥鱼；其三则守备不用冰者，曰橄榄、鲜茶、木樨、柿、橘；其四则尚膳监不用冰者，曰天鹅、腌菜、笋、蜜、樱、苏糕、鹚鸪；其五则司苑局，曰荸荠、芋、姜、藕、果；其六则内府供用库，曰香稻、苗姜；其七则御马监，曰苜蓿。后加龙衣、板方等船，例[①]外者复多，舟艘至以千计。洪夫牵挽并两河夫役递送，殆不胜其困矣。（《吕梁志》）

州城形如卧牛，昔人以河善泛溢，又铸铁牛镇之。故徐人不敢于立春日迎击土牛，相传为"徐不鞭春"。（旧志）

昔有人北试，道经彭城，过乡落间，见一义虎桥，询诸父老，曰：昔有商于齐鲁之墟者，夜归，迷失故道，误堕虎穴，自分必死。虎熟视，不加噬。昼则出取物食之，夜归，若为之护者。月余，其人稍谙虎性，乃嘱之曰："吾因失道至此，幸君惠我，不及于难。吾有父母妻子，久客于外，思欲一见。仗君力，能置我于大道中，幸甚！"虎作许诺状，伏地摇尾招之。商喻其意，上虎背，跃而出，置诸道旁，顾而悲跳分去。后历数载，商偶经此地，见诸猎缚一生虎归，将献之官。熟视，乃

① 原作"倒"，据顾起元《客座赘语》卷六"供用船只旧例"改。

前虎也。虎见之，回睨。其人感泣，遂与众具道所以，亟出重资赎之。众亦义其所为，相与释缚，纵深山之曲。后人于其地为桥表焉。

萧县相袭不撞钟，以为撞则水至。嘉靖间，县尹朱同芳弗听，水果大至。同芳坚不听，水亦寻涸。及孙重光尹萧，父老恳请，重光遂止之，乃为文以祭钟曰："鼓焉以钟，昏晨之轨。民有讹言，金能利水。为民父母，从此而已。御患无德，随俗可耻。钟兮有灵，尚鉴乎此！"重光去，王荩臣继之，复令撞钟。其家病祸相沿，惧而复止。

明武宗南狩，御舟泊河下，偶失一随驾猴，上命中使踪迹之。猴方在河岸刘崇家，踞屋脊坐。会其家生一女，中使以闻，上喜曰："是女异日当使缔姻王家。"及笄，鲁府阳信王观燃纳为妃，崇得封东城兵马副指挥。（沛志）

琉璃井，在泗河北岸，相传为汉高祖所凿。成化末，侍御陈嘉谟以歌风台旧地圮于水，迁《大风歌》二碑，就井地创亭，树碑其中。嘉靖间，日本国使臣题诗壁上，曰："玉虎风轻转辘轳，汉家汤沐旧规模。不知一勺寒泉水，洗得君王杂霸无。"（沛志）

香草堌，在丰泡河北岸，上有古碑刻云："东一箭，西一箭，生金犁，十八面。"中间剥落难识，末有"九州十八变"字样，似为隐语。成、弘间，居民张氏掘地，尝获金耙齿，约重十两。下有古井，得古钱甚多，今淤。（旧志）

丰西隅池，即秦皇掘坎以泄王气者，水深数丈，邑人恒操小舟以取鱼鲜。正德三年冬，严肃冰坚，有异物藏伏于中。每日出，腾身而起。起即冰裂，高数尺，声若迅雷，疾如奔马，自池至天津桥而止。月余，池冰始定，父老多及见之。（旧志）

嘉靖五年，丰城陷水，公私庐舍冲漂殆尽。惟高皇与萧相国小木像，荡漾于洪涛巨浪中，虽烈风暴雨，曾不飘散，于庙若相依倚。（旧志）

嘉靖四十三年，丰黄河在县南邵家口，有一物逆水而上，昂首数尺，约长六七十丈。面黑须白，额止一角，鼻嘴类牛而大。有时吐舌，舌纯红，长尺余。双目炯炯射人，身尾或隐或浮。舟皆避匿，两岸观者如堵。自华山至许家楼而没。或云："此蛟也，蛟行必变。"后数月，河果沙为平陆。（旧志）

邳州有慈母树。顺治间，州民刘清源幼失生母，嫡母沈氏抚养之，食必先尝，寝必同卧，恩逾己出。其家祖墓有树，枯十三年矣。一夕，复生枝叶，更茂前。时人以为沈德所感，故以号树云。（州志）

徐州府志卷之三十全

后　记

地方志书是一地百科全书，是区域历史文化资源最重要的载体，藉此与先贤对话，从中学习历史智慧，有明了世事功过，推动地方建设的资治价值；有凝聚地方人心，培养家国情怀的整合价值；有传播地方文明，熏陶青年一代的教化价值；有弘扬前辈品行，构建现代社会的示范价值；更有彰显地方特色，不断薪火相传的存史价值。

徐州志书不仅是地方文化宝库，并且就其本身成就而言，也是地方历史文化的光辉一页。然而，古代方志稀见难求，艰于读懂。首先，文言语境的缺失、繁体字使用习惯的改变，导致今人缺乏相应的古文功底和典章知识。其次，许多志书仓促草就，内容纰漏尚多，流传过程中又有人为造成的讹误、脱略，也为今人的阅读增加了难度。由此，随着社会发展，便产生了对旧志校勘整理的现代需求，而如何把这一财富传承好、利用好，也就成为时代赋予我们这一代人义不容辞的使命。

欣逢盛世，适值国家实施中华优秀传统文化传承发展工程，江苏省地方志编纂委员会办公室亦发文部署古代地方志整理工作。徐州市委、市政府和市史志办公室积极响应，努力发掘和弘扬地方历史文化，助推经济社会发展和城乡建设。作为回溯性文化资源库的徐州地方志书，对其实现一定程度的现代解读，自然是优先完成的任务。有鉴于徐州所属六县市的旧志整理工作，已经有沛县、丰县、邳州、睢宁选择若干部旧志出版，而总述徐州的州志、府志存世共9部，除已经完成点校出版的同治《徐州府志》外，剩余8部志书的整理，遂成当务之急。整理出版《点校本徐州古方志丛书》，原本就是我们为之夙夜萦怀的徐州历史文化研究重大工程。在《江苏地方文化史·徐州卷》候审的同时，我们启动了8部徐州旧志的标点校勘。两项工作同时开展，互为补充，历时六年，完成初稿。

《点校本徐州古方志丛书》整理出版是集体劳动、集体智慧的结晶。赵明奇对张政拟定的《整理说明》做了补充，并对具体工作的开展做了详细布置；赵明奇、张政、祝静为每部志书撰写《导读》；张政、赵明奇、彭校、祝静、吴阳、梁伟兴完成8部徐州志书的誊录、标点、校勘、注释工作；王智科、李文普、阎强、韩宜锋、孟召宜负责校订；沙先一、王立增、乔秋颖、胡政、兰芳对全书进行审读；编务工作则由沈山、周晓云组织协调。

《点校本徐州古方志丛书》在学术上的优点是实现了各部之间的互校，解决了单本点校所不容易解决的问题；弱点是量大人多，把握不尽相同，出现风格差异。

我们在统稿时不辞繁难，尽量做了适度的调整和统一。但因8部徐州志书所载的内容纵向时间跨度大、横向内容覆盖面广，涉及的文献资料繁多，需要研究的知识点众多，限于我们团队的学识和能力，难免存在不足和错漏之处，尚祈读者不吝指正，以便在适当的时候修改补充。

衷心感谢江苏省地方志编纂委员会办公室努力推进全省旧志整理出版工作，给我们乘势而为创造了良好的氛围。左健伟主任、陈华副主任、桑荟副主任和相关同志的关心和鼓励，增强了我们战胜困难的勇气。资深专家张乃格先生担纲《江苏文库·方志编》，百忙之中不辞所请，鉴审全稿，炼文赐序，令人尊敬。

诚挚感谢徐州市委、市政府、市史志办公室领导和相关同志们毅然立项，为这一文化工程的竣工提供了保障。宋乐伟书记心系徐州文脉，倾力文化建设，令人鼓舞；王剑锋市长、王先正副市长一向关心市政府参事赵明奇的地方历史文化研究和建议，多次批示，多次协调，令人感动；市史志办艾新建主任积极推进，措施有力，与相关同志具体指导旧志点校工作，亦令人十分钦佩。

格外感谢江苏师范大学徐放鸣书记、方忠书记、周汝光校长、娄峥嵘副校长、商亮副校长、郝其宏处长和相关同志的管理与支持，为我们提供了良好的工作条件。诚如李鸿民先生所言：没有师大的人力资源和科研平台，点校工作会难上加难。

更应感谢文化艺术出版社王红总编辑、董良敏主任和邓丽君、汪勇、赵吉平、李梦希、董斌、李响、马夕雯等同志，他们优先申报选题，优先组织审读，精心比勘校正，精心设计装帧，为该书的编辑出版提供了质量保障。

还应感谢我们项目组同仁们，大家刻苦用功，案牍劳形，不计报酬，任劳任怨，相互安慰，相互扶持，令人泪目，恰也令人欣喜。正是因为徐州地方上有许多这样的文化守望者，徐州文化传承才得以波澜壮阔，奔腾不息，大气雄风，一往无前。

按照赵明奇老师的惯例，每出一部著作总要登上云龙山岗，在观景台上巡视远方，抚慰一下自己的衷肠。此次我们相约同往，面对着名城的天全山水、超然俊朗，不一定热泪盈眶，但一定会高声开嗓：

感恩徐州的先贤，为我们创造了历史的荣光；

感恩徐州的土地，为我们承载了无尽的辉煌；

感恩徐州的文献，为我们构建了修行的道场；

感恩时代与命运，为我们圆就了一个又一个美好的梦想。

天地有情兮，佑我徐方；大美徐州兮，父老吉祥。

《点校本徐州古方志丛书》项目组

2024年6月6日